現代漢語
學習詞典

繁體版

LEARNER'S DICTIONARY
OF CONTEMPORARY CHINESE

現代漢語
學習詞典

XIANDAI HANYU XUEXI CIDIAN

繁體版

商務印書館辭書研究中心　編著

田小琳　李斐　馬毛朋　修訂

特約編輯		趙志峰
責任編輯		鄭海檳
書籍設計		吳丹娜
排　版		陳先英
校　對		栗鐵英

書　名	**現代漢語學習詞典**（繁體版）
編　著	商務印書館辭書研究中心
修　訂	田小琳　李斐　馬毛朋
出　版	三聯書店（香港）有限公司 香港北角英皇道 499 號北角工業大廈 20 樓 Joint Publishing (H.K.) Co., Ltd. 20/F., North Point Industrial Building, 499 King's Road, North Point, Hong Kong
香港發行	香港聯合書刊物流有限公司 香港新界荃灣德士古道 220-248 號 16 樓
印　刷	中華商務彩色印刷有限公司 香港新界大埔汀麗路 36 號 14 字樓
版　次	2015 年 3 月香港第一版第一次印刷 2021 年 6 月香港第一版第三次印刷
規　格	大 32 開（140 x 210 mm）1944 面
國際書號	ISBN 978-962-04-3208-8

© 2015 Joint Publishing (H.K.) Co., Ltd.

Published in Hong Kong

出版說明

本詞典是一部從讀者需求出發、立足實用的創新型、學習型漢語詞典。與傳統的查考型詞典的不同之處在於，它從漢語教與學的實際需要出發，藉助新設立的"語彙""注意""辨析""知識窗"等欄目和插圖，增加了實用功能，突出了學習特點，使讀者準確理解漢語詞語，從而提高漢語的運用能力和水平。

本詞典是在商務印書館辭書研究中心編纂的《現代漢語學習詞典》基礎上改編修訂而成的。《現代漢語學習詞典》2010 年 8 月由北京商務印書館正式出版之後，一紙風行，更得到學術界的高度評價。經北京商務印書館授權，我們決定出版《現代漢語學習詞典》繁體版。考慮到香港、澳門、台灣及海外地區使用繁體字讀者的實際需要，我們特邀請田小琳教授、李斐博士和馬毛朋博士，對詞典進行修訂。這次修訂注重學術性、實用性和系統性，參考《現代漢語詞典》（第 6 版）、《全球華語詞典》、《香港社區詞詞典》和《兩岸常用詞典》等工具書，吸收新詞新語及少量新鮮的香港、澳門、台灣地區用詞作為補充。

本詞典共收字約 11000 個，收詞約 46000 條。除了保留原詞典的特點之外，做了如下修訂：

（一）字形方面

1. 參考《通用規範漢字表》（2013），依據香港地區現行的常用繁體字字形，設立字頭。

2. 若有"一簡對多繁"的情況，則將不同的繁體字分列條目。

3. 明確字際關係，在字頭後括註相應的簡體字和異體字。

4. 原詞典存在簡體字、繁體字和異體字對應關係者，根據香港漢字使用實際情況，有的異體字設為字頭，原簡體字緊隨其後以圓括號標註，原繁體字作為異體字者以尖括號標註，如"閒（閑）〈閑〉"。

5. 原詞典存在簡體字和異體字的對應關係者，根據香港漢字使用實際情況，有的異體字經調整後作為正字字頭設立，原簡體字字頭仍認定為簡體字，用圓括號加註，如"涼（凉）"。

（二）字音方面

1. 參照《現代漢語詞典》（第6版）對部分條目的注音做了修訂，如"的士"現注音為"dīshì"。

2. 參照國家語言文字工作委員會《普通話輕聲詞兒化詞規範》課題組的意見，對輕聲詞、兒化詞的選定和讀音做了修訂。

3. 增補與普通話讀音不同的台灣常用讀音約200個，如"帆"現加注音"fán"。

4. 音節表同時使用漢語拼音和注音符號。

（三）詞語和釋義方面

1. 增收香港、澳門、台灣地區用詞數百條，地區用詞除單列詞目外，有些置於詞語辨析欄目，或增加義項。例如香港地區用詞"撻訂""傷健"，澳門地區用詞"前地""荷官"，台灣地區用詞"陸生""安寧病房"等。

2. 適量增收新詞新語，增補新義，例如"裸婚""單獨二孩"等，並刪除少量不適用的詞語和詞義。

3. 適量增收港澳地區中文書面語常用虛詞，例如"因應""若然""詎料"等。

4. 原轄於某一字頭下的詞條，根據實際情況，對義項進行剝離，分列在不同字頭下，如原詞典"冲击"一條，今分列為"沖擊"和"衝擊"兩條；原詞典可互見的條目，因字頭繁化有調整，另見條不再體現另見關係，如原詞典"斗牛"，今分列為"斗牛"和"鬥牛"。

5. 吸收最新研究成果，對原有條目進行修訂，其中還對與民眾生活密切相關的內容進行安全提示，如"碘鹽"和"粉塵"。

6. 附錄增補以西文字母開頭的詞語。

7. 附錄新增以阿拉伯數字開頭的詞語。

（四）例句和語料方面

1. 修訂不適用的例句。

2. 在原有文言例句後，多加註白話譯文。

3. 根據最新公佈的統計報告，更新數據信息，如少數民族的人口數據。

修訂詞典是一項工程浩繁的工作。其間，田小琳教授帶領專家團隊付出了辛勞，語言學界和歷史學界多位專家提出了很好的意見和建議，北京商務印書館始終給予我們有力的支持，特約編輯趙志峰先生仔細審校，在此謹向他們表示敬意和衷心感謝。相信本詞典的出版不僅為讀者提供一本權威、實用的工具書，而且提供語文學習的方法和必備的知識，從而有效提升語文能力，達到全人發展的目標。

　　本詞典在修訂中，難免存在疏漏之處，敬希讀者不吝賜教。

三聯書店（香港）有限公司

編輯部

2015 年 6 月

簡體版前言

學習型詞典不管對學習母語還是對學習外語，都有非常重要的指導作用。20 世紀 80 年代以來，為母語非英語學習者編纂的英語學習詞典不斷發展，先後出版了五部各具特色的高階英語學習詞典，即《牛津高階英語詞典》(*Oxford Advanced Learner's Dictionary*)、《朗文當代英語詞典》(*Longman Dictionary of Contemporary English*)、《柯林斯高階英語詞典》(*Collins COBUILD Advanced Learner's English Dictionary*)、《劍橋高階英語詞典》(*Cambridge Advanced Learner's Dictionary*)和《麥克米倫高階英語詞典》(*Macmillan English Dictionary for Advanced Learners*)。這些詞典以用戶需求為宗旨，積極吸收現代語言學的研究成果，在大型語料庫的支持下，立足實用，不斷推陳出新，顯示出很強的生命力，為其他語種學習詞典的編纂樹立了典範。

我國學習型漢語詞典編纂起步較晚，目前有兩種類型：

一種跟英語學習詞典一樣，是為母語非漢語的外族學習者編纂的、旨在提高其漢語水平的"外向型"學習詞典，習慣上稱為對外漢語學習詞典。呂叔湘主編的《現代漢語八百詞》(商務印書館，1980 年)是我國第一部現代漢語用法詞典，主要供非漢族人士學習漢語使用，一般語文工作者也可參考。此後相繼問世的對外漢語學習詞典有：《現代漢語學習詞典》(孫全洲主編，1995 年)，《現代漢語常用詞用法詞典》(李憶民主編，1995 年)，《當代漢語學習詞典》(徐玉敏主編，2005 年)，《商務館學漢語詞典》(魯健驥、呂文華主編，2007 年)等。

另一種是為母語為漢語的本族學習者編纂的、旨在提高漢語母語語言能力的"內向型"學習詞典，如李臨定編著的《現代漢語疑難詞詞典》(商務印書館，1999 年)。郭良夫主編的《應用漢語詞典》(商務印書館，2000 年)，注重詞語的用法，在標註詞類、詞義辨析、構詞提示、插圖等多個方面進行了有益的嘗試，已經具備了"內向型"學習詞典的一些主要元素。這次，我們在此基礎上研發編寫了《現代漢語學習詞典》。可以說，這是一部專門為母語為漢語的學習者編纂的學習詞典。

這部《現代漢語學習詞典》除了選詞適當、釋義通俗、例證豐富外，注意突出時代特色，努力反映和貼近當代語言生活；注意突出文化特色，努力揭示詞語包蘊的中華文化歷史和現實的內涵；注意突出語用特色，努力挖掘各類詞語的具體用法和特殊含義。為此，我們設立了"注意""辨析""語彙""知識窗""插圖"等欄目，對一些容易讀錯、寫錯、用錯的字詞加以提示，對同義詞、易混詞等做簡要辨析，簡介與詞目相關的文化知識，交代某些詞語的來源，等等。我們所做的這些努力，都是為了幫助母語為漢語的學習者更好地學習和使用漢語。

囿於編者水平，這部詞典距離理想的學習型漢語詞典還有一些差距，疏漏之處也一定不少。懇請專家學者和廣大讀者批評指正。

商務印書館辭書研究中心

2010 年 7 月

總 目

凡例 ……………………………………………………… 2

音節表 …………………………………………………… 7

部首檢字表 ……………………………………………… 14

　（一）部首目錄 ……………………………………… 14

　（二）檢字表 ………………………………………… 16

　（三）難檢字筆畫索引 ……………………………… 67

詞典正文 …………………………………………… 1–1844

　（附西文字母開頭的詞語）

　（附阿拉伯數字開頭的詞語）

附錄 …………………………………………… 1845–1866

　漢語拼音方案 ……………………………………… 1845

　中國歷代紀元表 …………………………………… 1848

　計量單位簡表 ……………………………………… 1862

　元素週期表 ………………………………………… 1866

凡　例

一、條目安排

1.1　本詞典所收條目分單字條目和多字條目。

單字條目採用較大字體，依漢語拼音字母次序排列。同音字按筆畫排列，筆畫少的在前，多的在後。筆畫相同的，按起筆筆形橫（一）、豎（丨）、撇（丿）、點（丶）、折（乛）的順序排列。

多字條目按第一個字分列於領頭的單字條目下；多字條目不止一條的，依第二字的拼音字母次序排列；第二字相同的，依第三字拼音字母次序排列，其餘依此類推。

1.2　形同條目安排。

單字條目

（a）形同而音、義不同的，分立條目。如"樂"lè 和"樂"yuè，"調"diào 和"調"tiáo。

（b）形、義相同而音不同，各有適用範圍的，分立條目。如"給"gěi 和"給"jǐ，"血"xuè 和"血"xiě。

（c）形同、音同而在意義上需要區分的，在該字頭下用 ㊀㊁㊂ 等分層處理，各層內部的義項用 ❶❷❸ 等順次排列。如：

肯 kěn ㊀❶附着在骨頭間的肉：中（zhòng）～｜～綮〈㊀肎〉（qìng）。❷（Kěn）〔名〕姓。

　　㊁〔動〕❶ 表示同意：大家勸了半天，她才～了。❷ 助動詞。願意或樂意（怎麼樣）：～幹｜～賣力氣｜～接受批評｜不～不去｜你～不～來？**注意** a）單用時，"肯"前面不能加"很"，如不能說"很肯"。類似的如"會""願"，前面都不能加"很"，如不能說"很會""很願"，但"很願意"就可以說了。b）"不肯不"表示一定要，十分堅決，不等於"肯"。

多字條目

（a）形同而音、義不同的，分立條目。如【好事】hǎoshì 和【好事】hàoshì，【人家】rénjiā 和【人家】rénjia。

（b）形同、音同而在意義上需要區分的，在該條目下用 ⊖ ⊜ ⊜ 等分層處理，各層內部的義項用 ❶❷❸ 等順次排列。如：

【備考】bèikǎo ⊖❶〔名〕書籍正文之外供參考的附錄或附註。

❷〔動〕留供參考：這個材料提出了與當前學術界完全不同的看法，錄以～。⊜〔動〕為考試做準備：他們正緊張地～。

（c）輕聲條目緊接在同形的非輕聲條目後面，如【地道】dìdao 排在【地道】dìdào 之後。

（d）兒化條目接在同形的非兒化條目後面，如【白麵兒】báimiànr 排在【白麵】báimiàn 之後。

二、字形和詞形

2.1　本詞典參考了《通用規範漢字表》（2013），單字條目所用漢字形體主要以香港地區現行的字形為依據。

2.2　簡體字、異體字分別加“（　）”“〈　〉”附列在字頭之後。括號內的字只適用於個別意義時，在該字左上角加上所適用的分層號或義項號。如：

額（额）〈⊖❶❷⊜額〉é ⊖❶〔名〕額頭：焦頭爛～｜～上有皺紋。❷ 牌匾：匾～｜橫～｜～上有字。❸（É）〔名〕姓。⊜限定的數目：名～｜金～｜～外。

2.3　異形詞的處理分為兩種情況。

（a）已有國家試行標準的，以推薦詞形立目並釋義，非推薦詞形加“（　）”附列在推薦詞形之後，不再出條。如【粗魯】（粗鹵）、【熱衷】（熱中），其中“粗鹵”“熱中”不再單獨列出條目。

（b）國家標準未做規定的，以較通行的詞形立目並釋義，釋義後加“也作某”。如【幡然】……也作翻然。不太通行的詞形如果出條，只註同“某”，如【翻然】……同“幡然”。

三、注音

3.1　條目用漢語拼音字母注音，注音方法遵照現在通行的標準。

傳統上有兩讀，又都比較通行的，酌收兩讀。如【摑】guāi，又讀 guó；【誰】shéi，又讀 shuí。

少量有查考價值的舊讀音，在注音後加“（　）”標出舊讀音。如【禧】xǐ（舊讀 xī）；【蕁麻疹】xúnmázhěn（舊讀 qiánmázhěn）。

3.2　有些常用字的字頭注音加有單斜線“/”，斜線前為普通話讀音，後為台灣讀音（並用下劃線提示）。如【究】jiū/<u>jiù</u>；【期】qī/<u>qí</u>。這種方式只見於字頭，詞條內不再加注台灣讀音。

3.3　本詞典注音標本調，對少量口語中有變調的，在注音後加“（　）”標出口語中的讀法。如【唱片】chàngpiàn（口語中也讀 chàngpiānr）；【文縐縐】wénzhòuzhòu（口語中讀 wénzhōuzhōu）。

3.4　條目中輕聲不標調號。如【熱鬧】rènao；【前頭】qiántou。既有重讀也有輕讀的字，先標本調，再在後面加“（　）”標出輕聲讀法。如【體面】tǐmiàn（-mian）；【算盤】suànpán（-pan）。

3.5　本詞典兒化音的注音方法如下。

必須兒化的，基本形式後加 r。如“麻花兒”máhuār。

書面語中不兒化，口語中可以兒化的：

（a）漢語拼音後加“（～兒）”，表示適合後面所有義項，如【班底】bāndǐ（～兒）❶……　❷……；

（b）義項序號後加“（～兒）”，表示只適合此義項，如【實心】shíxīn ❶（～兒）……　❷……。

3.6　有些條目注音時加有雙斜線“//”，表示中間可以插入其他成分。如【洗澡】xǐ//zǎo。同一個詞有的義項中間可以插入其他成分，有的義項中間不能插入其他成分。對那些可插入其他成分的，在義項號後加“（-//-）”。如【貸款】dàikuǎn ❶（-//-）……　❷……。

3.7　有些字頭下有條目互見，以“另見……”標示，按繁體字頭、簡體字和異體字的順序，分別對應。如“衝（沖）〈沖〉”條目下，另見 chòng（182 頁）；“沖”另見 chōng “沖”（179 頁）、chòng “衝”（182 頁）；“沖”另見 chōng（179 頁）。

四、釋義

4.1　釋義主要收現代義，兼收部分古義。對語言中相對穩定的新義適當予以反映。

4.2　多義項條目，義項用❶❷❸等順次排列。

4.3　分別用〈口〉〈書〉表示口語和書面語；分別用〈謙〉〈敬〉〈婉〉〈詈〉表示自謙、敬重、委婉、詈罵等色彩。

4.4　方言詞語外加"（　）"標出所屬方言，主要有北方官話、西北官話、西南官話、江淮官話、吳語、湘語、贛語、粵語、閩語、客家話等。少量詞語標出更具體的所屬方言，主要有北京話、東北話等。

4.5　在香港、澳門、台灣等地流通的詞語，標明香港地區用詞、澳門地區用詞、港澳地區用詞、台灣地區用詞等。

4.6　有些名詞條目後附列量詞，外加"（　）"標出，放在詞類標註之後。如【手錶】〔名〕（塊，隻）；【樓房】〔名〕（棟，座，幢）。

4.7　釋文舉例中的被釋條目用"～"代替，不止一例的中間用"｜"隔開。

4.8　釋文中的"以上也說""以上也叫""以上也作"等表示適用於以上幾個義項；釋文中的"也說""也叫""也作"等表示只適用於本義項。

4.9　釋文中的各種標記適用於多義項條目各個義項的，標在第一個義項號前；只適用於個別義項的，標在相關義項號後。分層處理的條目每層內部依照上述方式處理。

4.10　音譯外來語一般附註外文，用"〔　〕"標出，列在釋文之後。如【曲奇】……〔英 cookie〕；【伏特加】……〔俄 водка〕；【菩提】……〔梵 Bodhi〕。"英""俄""梵"等字，表示語別。中國少數民族借詞只附註民族名稱。如【戈壁】……〔蒙〕，【薩其馬】……〔滿〕。

五、詞類及語類標註

5.1　詞類標註。

　　本詞典在區分詞與非詞的基礎上給條目標註詞類。

把詞分為 12 大類：名詞、動詞、形容詞、數詞、量詞、代詞、副詞、連詞、介詞、助詞、歎詞、擬聲詞，分別用〔名〕〔動〕〔形〕〔數〕〔量〕〔代〕〔副〕〔連〕〔介〕〔助〕〔歎〕〔擬聲〕表示。詞綴分為前綴、後綴，分別用〔前綴〕〔後綴〕表示。

5.2　語類標註。

本詞典對成語、俗語、慣用語、諺語、歇後語進行標註，分別用〔成〕〔俗〕〔慣〕〔諺〕〔歇〕表示。

六、欄目設置

6.1　本詞典設置注意、辨析、語彙、知識窗、插圖等欄目。

6.2　注意欄目對一些有特殊用法或容易用錯、讀錯、寫錯的字詞加以提示，用 注意 表示。

6.3　辨析欄目對同義詞、易混詞等進行辨析，用 辨析 表示。

6.4　語彙欄目在單字條目後附列逆序詞，用 語彙 表示。逆序詞按音節多少排列，相同音節內部按音序排列。

6.5　知識窗欄目簡介與詞目有關的文化知識，交代某些詞語的來源，列舉一些詞語在華語區的不同說法等，用 ▭ 表示。

6.6　部分條目配有插圖，作為釋文內容的補充。

音節表

（音節由漢語拼音和注音符號標示，
音節右邊的頁碼指詞典正文的頁碼）

A

ā ㄚ	1
á ㄚˊ	2
ǎ ㄚˇ	2
à ㄚˋ	2
a ·ㄚ	2
āi ㄞ	2
ái ㄞˊ	4
ǎi ㄞˇ	4
ài ㄞˋ	5
ān ㄢ	7
ǎn ㄢˇ	10
àn ㄢˋ	10
āng ㄤ	13
áng ㄤˊ	13
àng ㄤˋ	14
āo ㄠ	14
áo ㄠˊ	14
ǎo ㄠˇ	15
ào ㄠˋ	15

B

bā ㄅㄚ	17
bá ㄅㄚˊ	20
bǎ ㄅㄚˇ	21
bà ㄅㄚˋ	22
ba ·ㄅㄚ	24
bāi ㄅㄞ	24
bái ㄅㄞˊ	24
bǎi ㄅㄞˇ	29
bài ㄅㄞˋ	31
bai ·ㄅㄞ	33
bān ㄅㄢ	33
bǎn ㄅㄢˇ	35
bàn ㄅㄢˋ	37
bāng ㄅㄤ	41
bǎng ㄅㄤˇ	42
bàng ㄅㄤˋ	42
bāo ㄅㄠ	43
báo ㄅㄠˊ	46
bǎo ㄅㄠˇ	46
bào ㄅㄠˋ	50
bēi ㄅㄟ	55
běi ㄅㄟˇ	57

bèi ㄅㄟˋ	58
bei ·ㄅㄟ	62
bēn ㄅㄣ	62
běn ㄅㄣˇ	63
bèn ㄅㄣˋ	65
bēng ㄅㄥ	65
béng ㄅㄥˊ	66
běng ㄅㄥˇ	66
bèng ㄅㄥˋ	66
bī ㄅㄧ	67
bí ㄅㄧˊ	67
bǐ ㄅㄧˇ	68
bì ㄅㄧˋ	72
biān ㄅㄧㄢ	78
biǎn ㄅㄧㄢˇ	80
biàn ㄅㄧㄢˋ	81
biāo ㄅㄧㄠ	85
biǎo ㄅㄧㄠˇ	87
biào ㄅㄧㄠˋ	89
biē ㄅㄧㄝ	89
bié ㄅㄧㄝˊ	89
biě ㄅㄧㄝˇ	90
biè ㄅㄧㄝˋ	90
bīn ㄅㄧㄣ	90
bìn ㄅㄧㄣˋ	91
bīng ㄅㄧㄥ	92
bǐng ㄅㄧㄥˇ	94
bìng ㄅㄧㄥˋ	95
bō ㄅㄛ	97
bó ㄅㄛˊ	99
bǒ ㄅㄛˇ	103
bò ㄅㄛˋ	103
bo ·ㄅㄛ	103
bū ㄅㄨ	103
bú ㄅㄨˊ	103
bǔ ㄅㄨˇ	103
bù ㄅㄨˋ	105

C

cā ㄘㄚ	121
cǎ ㄘㄚˇ	121
cāi ㄘㄞ	121
cái ㄘㄞˊ	121
cǎi ㄘㄞˇ	123
cài ㄘㄞˋ	125

cān ㄘㄢ	126
cán ㄘㄢˊ	127
cǎn ㄘㄢˇ	129
càn ㄘㄢˋ	129
cāng ㄘㄤ	129
cáng ㄘㄤˊ	131
cāo ㄘㄠ	131
cáo ㄘㄠˊ	132
cǎo ㄘㄠˇ	132
cào ㄘㄠˋ	134
cè ㄘㄜˋ	134
cèi ㄘㄟˋ	135
cēn ㄘㄣ	135
cén ㄘㄣˊ	136
cēng ㄘㄥ	136
céng ㄘㄥˊ	136
cèng ㄘㄥˋ	136
chā ㄔㄚ	136
chá ㄔㄚˊ	138
chǎ ㄔㄚˇ	141
chà ㄔㄚˋ	141
chāi ㄔㄞ	142
chái ㄔㄞˊ	143
chǎi ㄔㄞˇ	143
chài ㄔㄞˋ	143
chān ㄔㄢ	143
chán ㄔㄢˊ	144
chǎn ㄔㄢˇ	145
chàn ㄔㄢˋ	146
chāng ㄔㄤ	147
cháng ㄔㄤˊ	147
chǎng ㄔㄤˇ	151
chàng ㄔㄤˋ	152
chāo ㄔㄠ	153
cháo ㄔㄠˊ	155
chǎo ㄔㄠˇ	157
chào ㄔㄠˋ	157
chē ㄔㄜ	157
chě ㄔㄜˇ	159
chè ㄔㄜˋ	159
chēn ㄔㄣ	160
chén ㄔㄣˊ	160
chěn ㄔㄣˇ	163
chèn ㄔㄣˋ	163
chen ·ㄔㄣ	164

chēng ㄔㄥ	164
chéng ㄔㄥˊ	165
chěng ㄔㄥˇ	171
chèng ㄔㄥˋ	171
chī ㄔ	172
chí ㄔˊ	174
chǐ ㄔˇ	176
chì ㄔˋ	176
chōng ㄔㄨㄥ	178
chóng ㄔㄨㄥˊ	180
chǒng ㄔㄨㄥˇ	182
chòng ㄔㄨㄥˋ	182
chōu ㄔㄡ	183
chóu ㄔㄡˊ	184
chǒu ㄔㄡˇ	185
chòu ㄔㄡˋ	186
chū ㄔㄨ	186
chú ㄔㄨˊ	192
chǔ ㄔㄨˇ	193
chù ㄔㄨˋ	195
chuā ㄔㄨㄚ	196
chuāi ㄔㄨㄞ	196
chuái ㄔㄨㄞˊ	197
chuǎi ㄔㄨㄞˇ	197
chuài ㄔㄨㄞˋ	197
chuān ㄔㄨㄢ	197
chuán ㄔㄨㄢˊ	198
chuǎn ㄔㄨㄢˇ	201
chuàn ㄔㄨㄢˋ	201
chuāng ㄔㄨㄤ	201
chuáng ㄔㄨㄤˊ	202
chuǎng ㄔㄨㄤˇ	202
chuàng ㄔㄨㄤˋ	203
chuī ㄔㄨㄟ	204
chuí ㄔㄨㄟˊ	204
chūn ㄔㄨㄣ	205
chún ㄔㄨㄣˊ	207
chǔn ㄔㄨㄣˇ	208
chuō ㄔㄨㄛ	208
chuò ㄔㄨㄛˋ	208
cī ㄘ	209
cí ㄘˊ	209
cǐ ㄘˇ	212
cì ㄘˋ	212
cōng ㄘㄨㄥ	214

cóng ㄘㄨㄥˊ	214	diǎ ㄉㄧㄚˇ	286	**F**		gē ㄍㄜ	435
còu ㄘㄡˋ	216	diān ㄉㄧㄢ	286			gé ㄍㄜˊ	438
cū ㄘㄨ	216	diǎn ㄉㄧㄢˇ	286	fā ㄈㄚ	349	gě ㄍㄜˇ	440
cú ㄘㄨˊ	217	diàn ㄉㄧㄢˋ	289	fá ㄈㄚˊ	353	gè ㄍㄜˋ	441
cù ㄘㄨˋ	217	diāo ㄉㄧㄠ	294	fǎ ㄈㄚˇ	353	gěi ㄍㄟˇ	442
cuān ㄘㄨㄢ	218	diǎo ㄉㄧㄠˇ	295	fà ㄈㄚˋ	355	gēn ㄍㄣ	443
cuán ㄘㄨㄢˊ	219	diào ㄉㄧㄠˋ	295	fa ·ㄈㄚ	356	gén ㄍㄣˊ	444
cuàn ㄘㄨㄢˋ	219	diē ㄉㄧㄝ	298	fān ㄈㄢ	356	gěn ㄍㄣˇ	444
cuī ㄘㄨㄟ	219	dié ㄉㄧㄝˊ	299	fán ㄈㄢˊ	358	gèn ㄍㄣˋ	444
cuǐ ㄘㄨㄟˇ	220	dīng ㄉㄧㄥ	300	fǎn ㄈㄢˇ	359	gēng ㄍㄥ	444
cuì ㄘㄨㄟˋ	220	dǐng ㄉㄧㄥˇ	301	fàn ㄈㄢˋ	363	gěng ㄍㄥˇ	445
cūn ㄘㄨㄣ	221	dìng ㄉㄧㄥˋ	303	fāng ㄈㄤ	365	gèng ㄍㄥˋ	446
cún ㄘㄨㄣˊ	221	diū ㄉㄧㄡ	306	fáng ㄈㄤˊ	367	gōng ㄍㄨㄥ	446
cǔn ㄘㄨㄣˇ	222	dōng ㄉㄨㄥ	306	fǎng ㄈㄤˇ	369	gǒng ㄍㄨㄥˇ	456
cùn ㄘㄨㄣˋ	222	dǒng ㄉㄨㄥˇ	309	fàng ㄈㄤˋ	370	gòng ㄍㄨㄥˋ	457
cuō ㄘㄨㄛ	222	dòng ㄉㄨㄥˋ	309	fēi ㄈㄟ	372	gōu ㄍㄡ	458
cuó ㄘㄨㄛˊ	223	dōu ㄉㄡ	312	féi ㄈㄟˊ	375	gǒu ㄍㄡˇ	459
cuǒ ㄘㄨㄛˇ	223	dǒu ㄉㄡˇ	313	fěi ㄈㄟˇ	376	gòu ㄍㄡˋ	461
cuò ㄘㄨㄛˋ	223	dòu ㄉㄡˋ	314	fèi ㄈㄟˋ	377	gū ㄍㄨ	462
		dū ㄉㄨ	316	fēn ㄈㄣ	379	gǔ ㄍㄨˇ	465
D		dú ㄉㄨˊ	317	fén ㄈㄣˊ	382	gù ㄍㄨˋ	469
dā ㄉㄚ	225	dǔ ㄉㄨˇ	320	fěn ㄈㄣˇ	383	guā ㄍㄨㄚ	472
dá ㄉㄚˊ	226	dù ㄉㄨˋ	321	fèn ㄈㄣˋ	384	guǎ ㄍㄨㄚˇ	473
dǎ ㄉㄚˇ	227	duān ㄉㄨㄢ	322	fēng ㄈㄥ	385	guà ㄍㄨㄚˋ	474
dà ㄉㄚˋ	232	duǎn ㄉㄨㄢˇ	323	féng ㄈㄥˊ	392	guāi ㄍㄨㄞ	475
da ·ㄉㄚ	242	duàn ㄉㄨㄢˋ	324	fěng ㄈㄥˇ	393	guǎi ㄍㄨㄞˇ	475
dāi ㄉㄞ	242	duī ㄉㄨㄟ	326	fèng ㄈㄥˋ	393	guài ㄍㄨㄞˋ	476
dǎi ㄉㄞˇ	242	duì ㄉㄨㄟˋ	326	fó ㄈㄛ	394	guān ㄍㄨㄢ	476
dài ㄉㄞˋ	243	dūn ㄉㄨㄣ	330	fōu ㄈㄡ	395	guǎn ㄍㄨㄢˇ	480
dān ㄉㄢ	246	dǔn ㄉㄨㄣˇ	331	fǒu ㄈㄡˇ	395	guàn ㄍㄨㄢˋ	482
dǎn ㄉㄢˇ	250	dùn ㄉㄨㄣˋ	331	fū ㄈㄨ	395	guāng ㄍㄨㄤ	484
dàn ㄉㄢˋ	250	duō ㄉㄨㄛ	332	fú ㄈㄨˊ	396	guǎng ㄍㄨㄤˇ	486
dāng ㄉㄤ	253	duó ㄉㄨㄛˊ	335	fǔ ㄈㄨˇ	402	guàng ㄍㄨㄤˋ	487
dǎng ㄉㄤˇ	255	duǒ ㄉㄨㄛˇ	335	fù ㄈㄨˋ	405	guī ㄍㄨㄟ	487
dàng ㄉㄤˋ	256	duò ㄉㄨㄛˋ	336			guǐ ㄍㄨㄟˇ	489
dǎo ㄉㄠ	257			**G**		guì ㄍㄨㄟˋ	491
dáo ㄉㄠˊ	258	**E**		gā ㄍㄚ	413	gǔn ㄍㄨㄣˇ	493
dǎo ㄉㄠˇ	259	ē ㄜ	337	gá ㄍㄚˊ	413	gùn ㄍㄨㄣˋ	493
dào ㄉㄠˋ	261	é ㄜˊ	337	gǎ ㄍㄚˇ	413	guō ㄍㄨㄛ	493
dē ㄉㄜ	265	ě ㄜˇ	338	gà ㄍㄚˋ	414	guó ㄍㄨㄛˊ	494
dé ㄉㄜˊ	265	è ㄜˋ	338	gāi ㄍㄞ	414	guǒ ㄍㄨㄛˇ	498
de ·ㄉㄜ	267	e ·ㄜ	341	gǎi ㄍㄞˇ	414	guò ㄍㄨㄛˋ	499
dēi ㄉㄟ	268	ê̄ ㄝ	341	gài ㄍㄞˋ	416		
děi ㄉㄟˇ	268	ế ㄝˊ	341	gān ㄍㄢ	417	**H**	
dèn ㄉㄣˋ	269	ê̌ ㄝˇ	341	gǎn ㄍㄢˇ	421	hā ㄏㄚ	503
dēng ㄉㄥ	269	ề ㄝˋ	341	gàn ㄍㄢˋ	424	há ㄏㄚˊ	503
děng ㄉㄥˇ	271	ēn ㄣ	341	gāng ㄍㄤ	425	hǎ ㄏㄚˇ	503
dèng ㄉㄥˋ	272	èn ㄣˋ	342	gǎng ㄍㄤˇ	427	hà ㄏㄚˋ	503
dī ㄉㄧ	272	ēng ㄥ	342	gàng ㄍㄤˋ	428	hāi ㄏㄞ	504
dí ㄉㄧˊ	275	ér ㄦˊ	342	gāo ㄍㄠ	428	hái ㄏㄞˊ	504
dǐ ㄉㄧˇ	276	ěr ㄦˇ	343	gǎo ㄍㄠˇ	433	hǎi ㄏㄞˇ	505
dì ㄉㄧˋ	278	èr ㄦˋ	345	gào ㄍㄠˋ	434	hài ㄏㄞˋ	507

hān ㄏㄢ	508	huì ㄏㄨㄟ	584	jué ㄐㄩㄝ	725	kuǐ ㄎㄨㄟ	785
hán ㄏㄢ	508	hūn ㄏㄨㄣ	588	jué ㄐㄩㄝ	725	kuì ㄎㄨㄟ	786
hǎn ㄏㄢ	511	hún ㄏㄨㄣ	589	juě ㄐㄩㄝ	730	kūn ㄎㄨㄣ	786
hàn ㄏㄢ	511	hùn ㄏㄨㄣ	590	juè ㄐㄩㄝ	730	kǔn ㄎㄨㄣ	787
hāng ㄏㄤ	514	huō ㄏㄨㄛ	591	jūn ㄐㄩㄣ	730	kùn ㄎㄨㄣ	787
háng ㄏㄤ	514	huó ㄏㄨㄛ	591	jùn ㄐㄩㄣ	733	kuò ㄎㄨㄛ	788
hàng ㄏㄤ	516	huǒ ㄏㄨㄛ	593				
hāo ㄏㄠ	516	huò ㄏㄨㄛ	596	**K**		**L**	
háo ㄏㄠ	516						
hǎo ㄏㄠ	518	**J**		kā ㄎㄚ	734	lā ㄌㄚ	790
hào ㄏㄠ	521			kǎ ㄎㄚ	734	lá ㄌㄚ	792
hē ㄏㄜ	523	jī ㄐㄧ	600	kāi ㄎㄞ	735	lǎ ㄌㄚ	792
hé ㄏㄜ	523	jí ㄐㄧ	609	kǎi ㄎㄞ	742	là ㄌㄚ	792
hè ㄏㄜ	531	jǐ ㄐㄧ	616	kài ㄎㄞ	742	la ·ㄌㄚ	794
hēi ㄏㄟ	532	jì ㄐㄧ	618	kān ㄎㄢ	742	lái ㄌㄞ	794
hén ㄏㄣ	535	jiā ㄐㄧㄚ	625	kǎn ㄎㄢ	744	lài ㄌㄞ	796
hěn ㄏㄣ	535	jiá ㄐㄧㄚ	631	kàn ㄎㄢ	744	lán ㄌㄢ	797
hèn ㄏㄣ	535	jiǎ ㄐㄧㄚ	631	kāng ㄎㄤ	746	lǎn ㄌㄢ	799
hēng ㄏㄥ	535	jià ㄐㄧㄚ	633	káng ㄎㄤ	747	làn ㄌㄢ	800
héng ㄏㄥ	536	jiān ㄐㄧㄢ	635	kàng ㄎㄤ	747	lāng ㄌㄤ	800
hèng ㄏㄥ	538	jiǎn ㄐㄧㄢ	639	kāo ㄎㄠ	748	láng ㄌㄤ	800
hm ㄏㄇ	538	jiàn ㄐㄧㄢ	643	kǎo ㄎㄠ	749	lǎng ㄌㄤ	802
hng ㄏㄫ	538	jiāng ㄐㄧㄤ	650	kào ㄎㄠ	750	làng ㄌㄤ	802
hōng ㄏㄨㄥ	538	jiǎng ㄐㄧㄤ	652	kē ㄎㄜ	751	lāo ㄌㄠ	803
hóng ㄏㄨㄥ	539	jiàng ㄐㄧㄤ	653	ké ㄎㄜ	753	láo ㄌㄠ	803
hǒng ㄏㄨㄥ	543	jiāo ㄐㄧㄠ	654	kě ㄎㄜ	754	lǎo ㄌㄠ	805
hòng ㄏㄨㄥ	544	jiáo ㄐㄧㄠ	660	kè ㄎㄜ	757	lào ㄌㄠ	811
hōu ㄏㄡ	544	jiǎo ㄐㄧㄠ	660	kēi ㄎㄟ	760	lē ㄌㄜ	811
hóu ㄏㄡ	544	jiào ㄐㄧㄠ	663	kěn ㄎㄣ	761	lè ㄌㄜ	812
hǒu ㄏㄡ	544	jiē ㄐㄧㄝ	667	kèn ㄎㄣ	761	le ·ㄌㄜ	813
hòu ㄏㄡ	544	jié ㄐㄧㄝ	671	kēng ㄎㄥ	761	lēi ㄌㄟ	813
hū ㄏㄨ	548	jiě ㄐㄧㄝ	677	kōng ㄎㄨㄥ	762	léi ㄌㄟ	813
hú ㄏㄨ	550	jiè ㄐㄧㄝ	679	kǒng ㄎㄨㄥ	766	lěi ㄌㄟ	815
hǔ ㄏㄨ	553	jie ·ㄐㄧㄝ	682	kòng ㄎㄨㄥ	767	lèi ㄌㄟ	815
hù ㄏㄨ	554	jīn ㄐㄧㄣ	682	kōu ㄎㄡ	768	lei ·ㄌㄟ	816
huā ㄏㄨㄚ	556	jǐn ㄐㄧㄣ	686	kǒu ㄎㄡ	768	lēng ㄌㄥ	816
huá ㄏㄨㄚ	559	jìn ㄐㄧㄣ	688	kòu ㄎㄡ	771	léng ㄌㄥ	816
huà ㄏㄨㄚ	562	jīng ㄐㄧㄥ	694	kū ㄎㄨ	772	lěng ㄌㄥ	817
huái ㄏㄨㄞ	566	jǐng ㄐㄧㄥ	700	kǔ ㄎㄨ	773	lèng ㄌㄥ	819
huài ㄏㄨㄞ	567	jìng ㄐㄧㄥ	703	kù ㄎㄨ	775	lī ㄌㄧ	819
huai ·ㄏㄨㄞ	567	jiōng ㄐㄩㄥ	706	kuā ㄎㄨㄚ	775	lí ㄌㄧ	819
huān ㄏㄨㄢ	567	jiǒng ㄐㄩㄥ	707	kuǎ ㄎㄨㄚ	776	lǐ ㄌㄧ	821
huán ㄏㄨㄢ	568	jiū ㄐㄧㄡ	707	kuà ㄎㄨㄚ	776	lì ㄌㄧ	825
huǎn ㄏㄨㄢ	570	jiǔ ㄐㄧㄡ	708	kuǎi ㄎㄨㄞ	777	li ·ㄌㄧ	831
huàn ㄏㄨㄢ	571	jiù ㄐㄧㄡ	710	kuài ㄎㄨㄞ	777	liǎ ㄌㄧㄚ	831
huāng ㄏㄨㄤ	573	jiu ·ㄐㄧㄡ	714	kuān ㄎㄨㄢ	779	lián ㄌㄧㄢ	831
huáng ㄏㄨㄤ	574	jū ㄐㄩ	714	kuǎn ㄎㄨㄢ	780	liǎn ㄌㄧㄢ	835
huǎng ㄏㄨㄤ	577	jú ㄐㄩ	716	kuāng ㄎㄨㄤ	781	liàn ㄌㄧㄢ	836
huàng ㄏㄨㄤ	578	jǔ ㄐㄩ	717	kuáng ㄎㄨㄤ	781	liáng ㄌㄧㄤ	837
huī ㄏㄨㄟ	578	jù ㄐㄩ	719	kuǎng ㄎㄨㄤ	782	liǎng ㄌㄧㄤ	839
huí ㄏㄨㄟ	580	juān ㄐㄩㄢ	723	kuàng ㄎㄨㄤ	782	liàng ㄌㄧㄤ	841
huǐ ㄏㄨㄟ	583	juǎn ㄐㄩㄢ	724	kuī ㄎㄨㄟ	783	liāo ㄌㄧㄠ	843
		juàn ㄐㄩㄢ	724	kuí ㄎㄨㄟ	784	liáo ㄌㄧㄠ	843

liǎo ㄌㄧㄠˇ	844	má ㄇㄚˊ	888	mò ㄇㄛˋ	942	niào ㄋㄧㄠˋ	980
liào ㄌㄧㄠˋ	845	mǎ ㄇㄚˇ	889	mōu ㄇㄡ	946	niē ㄋㄧㄝ	980
liē ㄌㄧㄝ	846	mà ㄇㄚˋ	892	móu ㄇㄡˊ	946	nié ㄋㄧㄝˊ	980
liě ㄌㄧㄝˇ	846	ma ˙ㄇㄚ	892	mǒu ㄇㄡˇ	946	niè ㄋㄧㄝˋ	980
liè ㄌㄧㄝˋ	846	mái ㄇㄞˊ	892	mú ㄇㄨˊ	947	nín ㄋㄧㄣˊ	981
lie ˙ㄌㄧㄝ	848	mǎi ㄇㄞˇ	893	mǔ ㄇㄨˇ	947	níng ㄋㄧㄥˊ	981
līn ㄌㄧㄣ	848	mài ㄇㄞˋ	894	mù ㄇㄨˋ	948	nǐng ㄋㄧㄥˇ	982
lín ㄌㄧㄣˊ	848	mān ㄇㄢ	896			nìng ㄋㄧㄥˋ	983
lǐn ㄌㄧㄣˇ	851	mán ㄇㄢˊ	896	**N**		niū ㄋㄧㄡ	983
lìn ㄌㄧㄣˋ	851	mǎn ㄇㄢˇ	896	ń ㄋˊ	953	niú ㄋㄧㄡˊ	983
líng ㄌㄧㄥˊ	851	màn ㄇㄢˋ	898	ň ㄋˇ	953	niǔ ㄋㄧㄡˇ	984
lǐng ㄌㄧㄥˇ	855	māng ㄇㄤ	899	ǹ ㄋ	953	niù ㄋㄧㄡˋ	985
lìng ㄌㄧㄥˋ	857	máng ㄇㄤˊ	900	nā ㄋㄚ	953	nóng ㄋㄨㄥˊ	985
liū ㄌㄧㄡ	858	mǎng ㄇㄤˇ	901	ná ㄋㄚˊ	953	nòng ㄋㄨㄥˋ	987
liú ㄌㄧㄡˊ	858	māo ㄇㄠ	901	nǎ ㄋㄚˇ	953	nòu ㄋㄡˋ	987
liǔ ㄌㄧㄡˇ	863	máo ㄇㄠˊ	902	nà ㄋㄚˋ	954	nú ㄋㄨˊ	988
liù ㄌㄧㄡˋ	863	mǎo ㄇㄠˇ	904	na ˙ㄋㄚ	956	nǔ ㄋㄨˇ	988
lo ˙ㄌㄛ	864	mào ㄇㄠˋ	904	nǎi ㄋㄞˇ	956	nù ㄋㄨˋ	988
lōng ㄌㄨㄥ	864	me ˙ㄇㄜ	906	nài ㄋㄞˋ	957	nǚ ㄋㄩˇ	989
lóng ㄌㄨㄥˊ	864	méi ㄇㄟˊ	906	nān ㄋㄢ	958	nǜ ㄋㄩˋ	990
lǒng ㄌㄨㄥˇ	867	měi ㄇㄟˇ	910	nán ㄋㄢˊ	958	nuǎn ㄋㄨㄢˇ	990
lòng ㄌㄨㄥˋ	867	mèi ㄇㄟˋ	911	nǎn ㄋㄢˇ	962	nüè ㄋㄩㄝˋ	991
lōu ㄌㄡ	867	mēn ㄇㄣ	912	nàn ㄋㄢˋ	962	nún ㄋㄨㄣˊ	991
lóu ㄌㄡˊ	868	mén ㄇㄣˊ	912	nāng ㄋㄤ	962	nuó ㄋㄨㄛˊ	991
lǒu ㄌㄡˇ	868	mèn ㄇㄣˋ	914	náng ㄋㄤˊ	962	nuò ㄋㄨㄛˋ	992
lòu ㄌㄡˋ	869	men ˙ㄇㄣ	914	nǎng ㄋㄤˇ	963	**O**	
lou ˙ㄌㄡ	870	mēng ㄇㄥ	915	nàng ㄋㄤˋ	963		
lū ㄌㄨ	870	méng ㄇㄥˊ	915	nāo ㄋㄠ	963	ō ㄛ	993
lú ㄌㄨˊ	870	měng ㄇㄥˇ	916	náo ㄋㄠˊ	963	ó ㄛˊ	993
lǔ ㄌㄨˇ	872	mèng ㄇㄥˋ	917	nǎo ㄋㄠˇ	963	ǒ ㄛˇ	993
lù ㄌㄨˋ	872	mī ㄇㄧ	918	nào ㄋㄠˋ	965	ò ㄛˋ	993
lu ˙ㄌㄨ	876	mí ㄇㄧˊ	918	né ㄋㄜˊ	966	ōu ㄡ	993
lǘ ㄌㄩˊ	876	mǐ ㄇㄧˇ	920	nè ㄋㄜˋ	966	ǒu ㄡˇ	994
lǚ ㄌㄩˇ	876	mì ㄇㄧˋ	921	ne ˙ㄋㄜ	966	òu ㄡˋ	995
lǜ ㄌㄩˋ	877	mián ㄇㄧㄢˊ	922	něi ㄋㄟˇ	966		
luán ㄌㄨㄢˊ	879	miǎn ㄇㄧㄢˇ	923	nèi ㄋㄟˋ	966	**P**	
luǎn ㄌㄨㄢˇ	879	miàn ㄇㄧㄢˋ	924	nèn ㄋㄣˋ	969	pā ㄆㄚ	996
luàn ㄌㄨㄢˋ	879	miāo ㄇㄧㄠ	927	néng ㄋㄥˊ	969	pá ㄆㄚˊ	996
lüè ㄌㄩㄝˋ	880	miáo ㄇㄧㄠˊ	927	ńg ㄫˊ	970	pà ㄆㄚˋ	997
lūn ㄌㄨㄣ	881	miǎo ㄇㄧㄠˇ	927	ňg ㄫˇ	970	pāi ㄆㄞ	997
lún ㄌㄨㄣˊ	881	miào ㄇㄧㄠˋ	928	ǹg ㄫ	970	pái ㄆㄞˊ	998
lǔn ㄌㄨㄣˇ	882	miē ㄇㄧㄝ	928	nī ㄋㄧ	970	pǎi ㄆㄞˇ	1001
lùn ㄌㄨㄣˋ	882	miè ㄇㄧㄝˋ	929	ní ㄋㄧˊ	970	pài ㄆㄞˋ	1001
luō ㄌㄨㄛ	883	mín ㄇㄧㄣˊ	929	nǐ ㄋㄧˇ	972	pān ㄆㄢ	1002
luó ㄌㄨㄛˊ	883	mǐn ㄇㄧㄣˇ	931	nì ㄋㄧˋ	973	pán ㄆㄢˊ	1002
luǒ ㄌㄨㄛˇ	885	míng ㄇㄧㄥˊ	932	niān ㄋㄧㄢ	974	pàn ㄆㄢˋ	1004
luò ㄌㄨㄛˋ	885	mǐng ㄇㄧㄥˇ	938	nián ㄋㄧㄢˊ	975	pāng ㄆㄤ	1005
M		mìng ㄇㄧㄥˋ	938	niǎn ㄋㄧㄢˇ	977	páng ㄆㄤˊ	1005
		miù ㄇㄧㄡˋ	938	niàn ㄋㄧㄢˋ	977	pǎng ㄆㄤˇ	1006
ḿ ㄇˊ	888	mō ㄇㄛ	939	niáng ㄋㄧㄤˊ	978	pàng ㄆㄤˋ	1007
m̀ ㄇ	888	mó ㄇㄛˊ	939	niàng ㄋㄧㄤˋ	979	pāo ㄆㄠ	1007
mā ㄇㄚ	888	mǒ ㄇㄛˇ	942	niǎo ㄋㄧㄠˇ	979	páo ㄆㄠˊ	1007

pǎo ㄆㄠˇ	1008	qiá ㄑㄧㄚˊ	1062	ràng ㄖㄤˋ	1123	shāi ㄕㄞ	1167
pào ㄆㄠˋ	1009	qiǎ ㄑㄧㄚˇ	1062	ráo ㄖㄠˊ	1123	shǎi ㄕㄞˇ	1167
pēi ㄆㄟ	1010	qià ㄑㄧㄚˋ	1063	rǎo ㄖㄠˇ	1123	shài ㄕㄞˋ	1168
péi ㄆㄟˊ	1010	qiān ㄑㄧㄢ	1063	rào ㄖㄠˋ	1124	shān ㄕㄢ	1168
pèi ㄆㄟˋ	1011	qián ㄑㄧㄢˊ	1067	rě ㄖㄜˇ	1124	shǎn ㄕㄢˇ	1171
pēn ㄆㄣ	1013	qiǎn ㄑㄧㄢˇ	1072	rè ㄖㄜˋ	1124	shàn ㄕㄢˋ	1172
pén ㄆㄣˊ	1013	qiàn ㄑㄧㄢˋ	1073	rén ㄖㄣˊ	1127	shāng ㄕㄤ	1174
pèn ㄆㄣˋ	1014	qiāng ㄑㄧㄤ	1074	rěn ㄖㄣˇ	1132	shǎng ㄕㄤˇ	1176
pēng ㄆㄥ	1014	qiáng ㄑㄧㄤˊ	1075	rèn ㄖㄣˋ	1132	shàng ㄕㄤˋ	1177
péng ㄆㄥˊ	1014	qiǎng ㄑㄧㄤˇ	1077	rēng ㄖㄥ	1134	shang ·ㄕㄤ	1183
pěng ㄆㄥˇ	1015	qiàng ㄑㄧㄤˋ	1078	réng ㄖㄥˊ	1134	shāo ㄕㄠ	1183
pèng ㄆㄥˋ	1016	qiāo ㄑㄧㄠ	1079	rì ㄖ	1134	sháo ㄕㄠˊ	1184
pī ㄆㄧ	1016	qiáo ㄑㄧㄠˊ	1080	róng ㄖㄨㄥ	1136	shǎo ㄕㄠˇ	1184
pí ㄆㄧˊ	1019	qiǎo ㄑㄧㄠˇ	1081	rǒng ㄖㄨㄥˇ	1138	shào ㄕㄠˋ	1185
pǐ ㄆㄧˇ	1021	qiào ㄑㄧㄠˋ	1082	róu ㄖㄡˊ	1139	shē ㄕㄜ	1186
pì ㄆㄧˋ	1022	qiē ㄑㄧㄝ	1083	ròu ㄖㄡˋ	1139	shé ㄕㄜˊ	1187
piān ㄆㄧㄢ	1023	qié ㄑㄧㄝˊ	1083	rú ㄖㄨˊ	1140	shě ㄕㄜˇ	1187
pián ㄆㄧㄢˊ	1025	qiě ㄑㄧㄝˇ	1083	rǔ ㄖㄨˇ	1143	shè ㄕㄜˋ	1188
piǎn ㄆㄧㄢˇ	1025	qiè ㄑㄧㄝˋ	1084	rù ㄖㄨˋ	1144	shéi ㄕㄟˊ	1191
piàn ㄆㄧㄢˋ	1025	qīn ㄑㄧㄣ	1085	ruá ㄖㄨㄚˊ	1146	shēn ㄕㄣ	1192
piāo ㄆㄧㄠ	1026	qín ㄑㄧㄣˊ	1087	ruán ㄖㄨㄢˊ	1146	shén ㄕㄣˊ	1196
piáo ㄆㄧㄠˊ	1027	qǐn ㄑㄧㄣˇ	1089	ruǎn ㄖㄨㄢˇ	1146	shěn ㄕㄣˇ	1198
piǎo ㄆㄧㄠˇ	1027	qìn ㄑㄧㄣˋ	1089	ruí ㄖㄨㄟˊ	1147	shèn ㄕㄣˋ	1199
piào ㄆㄧㄠˋ	1028	qīng ㄑㄧㄥ	1089	ruǐ ㄖㄨㄟˇ	1147	shēng ㄕㄥ	1200
piē ㄆㄧㄝ	1028	qíng ㄑㄧㄥˊ	1097	ruì ㄖㄨㄟˋ	1147	shéng ㄕㄥˊ	1207
piě ㄆㄧㄝˇ	1029	qǐng ㄑㄧㄥˇ	1099	rún ㄖㄨㄣˊ	1148	shěng ㄕㄥˇ	1207
piè ㄆㄧㄝˋ	1029	qìng ㄑㄧㄥˋ	1100	rùn ㄖㄨㄣˋ	1148	shèng ㄕㄥˋ	1208
pīn ㄆㄧㄣ	1029	qióng ㄑㄩㄥˊ	1101	ruó ㄖㄨㄛˊ	1148	shī ㄕ	1210
pín ㄆㄧㄣˊ	1030	qiū ㄑㄧㄡ	1102	ruò ㄖㄨㄛˋ	1149	shí ㄕˊ	1216
pǐn ㄆㄧㄣˇ	1030	qiú ㄑㄧㄡˊ	1103			shǐ ㄕˇ	1224
pìn ㄆㄧㄣˋ	1031	qiǔ ㄑㄧㄡˇ	1105	**S**		shì ㄕˋ	1226
pīng ㄆㄧㄥ	1032	qū ㄑㄩ	1106	sā ㄙㄚ	1151	shi ·ㄕ	1237
píng ㄆㄧㄥˊ	1032	qú ㄑㄩˊ	1108	sǎ ㄙㄚˇ	1151	shōu ㄕㄡ	1238
pō ㄆㄛ	1037	qǔ ㄑㄩˇ	1109	sà ㄙㄚˋ	1152	shóu ㄕㄡˊ	1240
pó ㄆㄛˊ	1037	qù ㄑㄩˋ	1111	sāi ㄙㄞ	1152	shǒu ㄕㄡˇ	1240
pǒ ㄆㄛˇ	1038	qu ·ㄑㄩ	1112	sài ㄙㄞˋ	1152	shòu ㄕㄡˋ	1245
pò ㄆㄛˋ	1038	quān ㄑㄩㄢ	1112	sān ㄙㄢ	1153	shū ㄕㄨ	1249
po ·ㄆㄛ	1040	quán ㄑㄩㄢˊ	1112	sǎn ㄙㄢˇ	1157	shú ㄕㄨˊ	1254
pōu ㄆㄡ	1040	quǎn ㄑㄩㄢˇ	1116	sàn ㄙㄢˋ	1158	shǔ ㄕㄨˇ	1256
póu ㄆㄡˊ	1040	quàn ㄑㄩㄢˋ	1116	sāng ㄙㄤ	1159	shù ㄕㄨˋ	1258
pǒu ㄆㄡˇ	1040	quē ㄑㄩㄝ	1117	sǎng ㄙㄤˇ	1159	shuā ㄕㄨㄚ	1261
pū ㄆㄨ	1040	qué ㄑㄩㄝˊ	1118	sàng ㄙㄤˋ	1159	shuǎ ㄕㄨㄚˇ	1261
pú ㄆㄨˊ	1041	què ㄑㄩㄝˋ	1118	sāo ㄙㄠ	1160	shuà ㄕㄨㄚˋ	1261
pǔ ㄆㄨˇ	1043	qūn ㄑㄩㄣ	1119	sǎo ㄙㄠˇ	1160	shuāi ㄕㄨㄞ	1261
pù ㄆㄨˋ	1044	qún ㄑㄩㄣˊ	1119	sào ㄙㄠˋ	1161	shuǎi ㄕㄨㄞˇ	1262
				sè ㄙㄜˋ	1161	shuài ㄕㄨㄞˋ	1262
Q		**R**		sēn ㄙㄣ	1162	shuān ㄕㄨㄢ	1263
qī ㄑㄧ	1045	rán ㄖㄢˊ	1121	sēng ㄙㄥ	1163	shuàn ㄕㄨㄢˋ	1263
qí ㄑㄧˊ	1048	rǎn ㄖㄢˇ	1121	shā ㄕㄚ	1163	shuāng ㄕㄨㄤ	1263
qǐ ㄑㄧˇ	1053	rāng ㄖㄤ	1122	shá ㄕㄚˊ	1166	shuǎng ㄕㄨㄤˇ	1265
qì ㄑㄧˋ	1058	ráng ㄖㄤˊ	1122	shǎ ㄕㄚˇ	1166	shuí ㄕㄨㄟˊ	1266
qiā ㄑㄧㄚ	1062	rǎng ㄖㄤˇ	1122	shà ㄕㄚˋ	1167	shuǐ ㄕㄨㄟˇ	1266

shuì	ㄕㄨㄟ	1270	tēi	ㄊㄟ	1325	**W**		
shǔn	ㄕㄨㄣ	1271	tēng	ㄊㄥ	1325			
shùn	ㄕㄨㄣ	1271	téng	ㄊㄥ	1325	wā	ㄨㄚ	1381
shuō	ㄕㄨㄛ	1273	tī	ㄊㄧ	1326	wá	ㄨㄚ	1381
shuò	ㄕㄨㄛ	1275	tí	ㄊㄧ	1327	wǎ	ㄨㄚ	1382
sī	ㄙ	1276	tǐ	ㄊㄧ	1330	wà	ㄨㄚ	1382
sǐ	ㄙ	1279	tì	ㄊㄧ	1331	wa	·ㄨㄚ	1383
sì	ㄙ	1281	tiān	ㄊㄧㄢ	1332	wāi	ㄨㄞ	1383
sōng	ㄙㄨㄥ	1284	tián	ㄊㄧㄢ	1337	wǎi	ㄨㄞ	1383
sóng	ㄙㄨㄥ	1285	tiǎn	ㄊㄧㄢ	1338	wài	ㄨㄞ	1383
sǒng	ㄙㄨㄥ	1285	tiàn	ㄊㄧㄢ	1339	wān	ㄨㄢ	1387
sòng	ㄙㄨㄥ	1286	tiāo	ㄊㄧㄠ	1339	wán	ㄨㄢ	1387
sōu	ㄙㄡ	1287	tiáo	ㄊㄧㄠ	1339	wǎn	ㄨㄢ	1390
sǒu	ㄙㄡ	1287	tiǎo	ㄊㄧㄠ	1342	wàn	ㄨㄢ	1392
sòu	ㄙㄡ	1288	tiào	ㄊㄧㄠ	1343	wāng	ㄨㄤ	1394
sū	ㄙㄨ	1288	tiē	ㄊㄧㄝ	1344	wáng	ㄨㄤ	1394
sú	ㄙㄨ	1288	tiě	ㄊㄧㄝ	1345	wǎng	ㄨㄤ	1396
sù	ㄙㄨ	1289	tiè	ㄊㄧㄝ	1346	wàng	ㄨㄤ	1398
suān	ㄙㄨㄢ	1292	tīng	ㄊㄧㄥ	1347	wēi	ㄨㄟ	1400
suàn	ㄙㄨㄢ	1293	tíng	ㄊㄧㄥ	1348	wéi	ㄨㄟ	1402
suī	ㄙㄨㄟ	1294	tǐng	ㄊㄧㄥ	1350	wěi	ㄨㄟ	1406
suí	ㄙㄨㄟ	1294	tìng	ㄊㄧㄥ	1350	wèi	ㄨㄟ	1409
suǐ	ㄙㄨㄟ	1296	tōng	ㄊㄨㄥ	1351	wēn	ㄨㄣ	1414
suì	ㄙㄨㄟ	1296	tóng	ㄊㄨㄥ	1353	wén	ㄨㄣ	1415
sūn	ㄙㄨㄣ	1297	tǒng	ㄊㄨㄥ	1358	wěn	ㄨㄣ	1420
sǔn	ㄙㄨㄣ	1297	tòng	ㄊㄨㄥ	1359	wèn	ㄨㄣ	1421
sùn	ㄙㄨㄣ	1298	tōu	ㄊㄡ	1359	wēng	ㄨㄥ	1422
suō	ㄙㄨㄛ	1298	tóu	ㄊㄡ	1360	wěng	ㄨㄥ	1422
suǒ	ㄙㄨㄛ	1299	tǒu	ㄊㄡ	1363	wèng	ㄨㄥ	1422
			tòu	ㄊㄡ	1363	wō	ㄨㄛ	1423
T			tū	ㄊㄨ	1364	wǒ	ㄨㄛ	1424
			tú	ㄊㄨ	1365	wò	ㄨㄛ	1424
tā	ㄊㄚ	1302	tǔ	ㄊㄨ	1368	wū	ㄨ	1425
tǎ	ㄊㄚ	1303	tù	ㄊㄨ	1369	wú	ㄨ	1428
tà	ㄊㄚ	1303	tuān	ㄊㄨㄢ	1370	wǔ	ㄨ	1434
tāi	ㄊㄞ	1304	tuán	ㄊㄨㄢ	1370	wù	ㄨ	1439
tái	ㄊㄞ	1305	tuǎn	ㄊㄨㄢ	1371			
tǎi	ㄊㄞ	1306	tuàn	ㄊㄨㄢ	1371	**X**		
tài	ㄊㄞ	1307	tuī	ㄊㄨㄟ	1371	xī	ㄒㄧ	1444
tān	ㄊㄢ	1309	tuí	ㄊㄨㄟ	1373	xí	ㄒㄧ	1450
tán	ㄊㄢ	1310	tuǐ	ㄊㄨㄟ	1373	xǐ	ㄒㄧ	1452
tǎn	ㄊㄢ	1312	tuì	ㄊㄨㄟ	1373	xì	ㄒㄧ	1454
tàn	ㄊㄢ	1313	tūn	ㄊㄨㄣ	1375	xiā	ㄒㄧㄚ	1457
tāng	ㄊㄤ	1314	tún	ㄊㄨㄣ	1375	xiá	ㄒㄧㄚ	1457
táng	ㄊㄤ	1315	tǔn	ㄊㄨㄣ	1376	xià	ㄒㄧㄚ	1458
tǎng	ㄊㄤ	1317	tùn	ㄊㄨㄣ	1376	xiān	ㄒㄧㄢ	1464
tàng	ㄊㄤ	1318	tuō	ㄊㄨㄛ	1376	xián	ㄒㄧㄢ	1467
tāo	ㄊㄠ	1318	tuó	ㄊㄨㄛ	1378	xiǎn	ㄒㄧㄢ	1469
táo	ㄊㄠ	1319	tuǒ	ㄊㄨㄛ	1379	xiàn	ㄒㄧㄢ	1471
tǎo	ㄊㄠ	1321	tuò	ㄊㄨㄛ	1380	xiāng	ㄒㄧㄤ	1475
tào	ㄊㄠ	1321				xiáng	ㄒㄧㄤ	1479
tè	ㄊㄜ	1323				xiǎng	ㄒㄧㄤ	1480
te	·ㄊㄜ	1325						

xiàng	ㄒㄧㄤ	1482
xiāo	ㄒㄧㄠ	1485
xiáo	ㄒㄧㄠ	1488
xiǎo	ㄒㄧㄠ	1488
xiào	ㄒㄧㄠ	1494
xiē	ㄒㄧㄝ	1496
xié	ㄒㄧㄝ	1497
xiě	ㄒㄧㄝ	1499
xiè	ㄒㄧㄝ	1500
xīn	ㄒㄧㄣ	1502
xín	ㄒㄧㄣ	1509
xǐn	ㄒㄧㄣ	1509
xìn	ㄒㄧㄣ	1509
xīng	ㄒㄧㄥ	1511
xíng	ㄒㄧㄥ	1513
xǐng	ㄒㄧㄥ	1517
xìng	ㄒㄧㄥ	1517
xiōng	ㄒㄩㄥ	1519
xióng	ㄒㄩㄥ	1521
xiòng	ㄒㄩㄥ	1522
xiū	ㄒㄧㄡ	1522
xiǔ	ㄒㄧㄡ	1525
xiù	ㄒㄧㄡ	1525
xū	ㄒㄩ	1526
xú	ㄒㄩ	1529
xǔ	ㄒㄩ	1529
xù	ㄒㄩ	1530
xu	·ㄒㄩ	1532
xuān	ㄒㄩㄢ	1532
xuán	ㄒㄩㄢ	1533
xuǎn	ㄒㄩㄢ	1535
xuàn	ㄒㄩㄢ	1536
xuē	ㄒㄩㄝ	1537
xué	ㄒㄩㄝ	1538
xuě	ㄒㄩㄝ	1540
xuè	ㄒㄩㄝ	1541
xūn	ㄒㄩㄣ	1542
xún	ㄒㄩㄣ	1543
xùn	ㄒㄩㄣ	1545
Y		
yā	ㄧㄚ	1547
yá	ㄧㄚ	1549
yǎ	ㄧㄚ	1550
yà	ㄧㄚ	1551
ya	·ㄧㄚ	1552
yān	ㄧㄢ	1552
yán	ㄧㄢ	1554
yǎn	ㄧㄢ	1559
yàn	ㄧㄢ	1563
yāng	ㄧㄤ	1565
yáng	ㄧㄤ	1566

yǎng	ㄧㄤˇ	1569	yuě	ㄩㄝˇ	1676	zhài ㄓㄨㄞˋ	1707
yàng	ㄧㄤˋ	1571	yuè	ㄩㄝˋ	1676	zhān ㄓㄢ	1708
yāo	ㄧㄠ	1571	yūn	ㄩㄣ	1680	zhǎn ㄓㄢˇ	1709
yáo	ㄧㄠˊ	1573	yún	ㄩㄣˊ	1680	zhàn ㄓㄢˋ	1710
yǎo	ㄧㄠˇ	1575	yǔn	ㄩㄣˇ	1682	zhāng ㄓㄤ	1713
yào	ㄧㄠˋ	1575	yùn	ㄩㄣˋ	1682	zhǎng ㄓㄤˇ	1715
yē	ㄧㄝ	1578				zhàng ㄓㄤˋ	1716
yé	ㄧㄝˊ	1578	**Z**			zhāo ㄓㄠ	1718
yě	ㄧㄝˇ	1579	zā	ㄗㄚ	1686	zháo ㄓㄠˊ	1720
yè	ㄧㄝˋ	1580	zá	ㄗㄚˊ	1686	zhǎo ㄓㄠˇ	1720
yī	ㄧ	1583	zǎ	ㄗㄚˇ	1688	zhào ㄓㄠˋ	1721
yí	ㄧˊ	1597	zāi	ㄗㄞ	1688	zhē ㄓㄜ	1723
yǐ	ㄧˇ	1602	zǎi	ㄗㄞˇ	1688	zhé ㄓㄜˊ	1724
yì	ㄧˋ	1606	zài	ㄗㄞˋ	1689	zhě ㄓㄜˇ	1726
yīn	ㄧㄣ	1615	zān	ㄗㄢ	1691	zhè ㄓㄜˋ	1726
yín	ㄧㄣˊ	1620	zán	ㄗㄢˊ	1692	zhe ·ㄓㄜ	1728
yǐn	ㄧㄣˇ	1621	zǎn	ㄗㄢˇ	1692	zhèi ㄓㄟˋ	1728
yìn	ㄧㄣˋ	1625	zàn	ㄗㄢˋ	1692	zhēn ㄓㄣ	1728
yīng	ㄧㄥ	1626	zan	·ㄗㄢ	1693	zhěn ㄓㄣˇ	1731
yíng	ㄧㄥˊ	1628	zāng	ㄗㄤ	1693	zhèn ㄓㄣˋ	1732
yǐng	ㄧㄥˇ	1631	zǎng	ㄗㄤˇ	1693	zhēng ㄓㄥ	1734
yìng	ㄧㄥˋ	1632	zàng	ㄗㄤˋ	1693	zhěng ㄓㄥˇ	1737
yō	ㄧㄛ	1634	zāo	ㄗㄠ	1694	zhèng ㄓㄥˋ	1738
yo	·ㄧㄛ	1635	záo	ㄗㄠˊ	1695	zhī ㄓ	1743
yōng	ㄩㄥ	1635	zǎo	ㄗㄠˇ	1695	zhí ㄓˊ	1748
yóng	ㄩㄥˊ	1636	zào	ㄗㄠˋ	1697	zhǐ ㄓˇ	1752
yǒng	ㄩㄥˇ	1636	zé	ㄗㄜˊ	1699	zhì ㄓˋ	1756
yòng	ㄩㄥˋ	1637	zè	ㄗㄜˋ	1700	zhōng ㄓㄨㄥ	1763
yōu	ㄧㄡ	1639	zéi	ㄗㄟˊ	1700	zhǒng ㄓㄨㄥˇ	1769
yóu	ㄧㄡˊ	1641	zěn	ㄗㄣˇ	1701	zhòng ㄓㄨㄥˋ	1770
yǒu	ㄧㄡˇ	1646	zèn	ㄗㄣˋ	1701	zhōu ㄓㄡ	1773
yòu	ㄧㄡˋ	1650	zēng	ㄗㄥ	1701	zhóu ㄓㄡˊ	1774
yū	ㄩ	1652	zèng	ㄗㄥˋ	1702	zhǒu ㄓㄡˇ	1775
yú	ㄩˊ	1653	zhā	ㄓㄚ	1703	zhòu ㄓㄡˋ	1775
yǔ	ㄩˇ	1657	zhá	ㄓㄚˊ	1704	zhū ㄓㄨ	1776
yù	ㄩˋ	1661	zhǎ	ㄓㄚˇ	1704	zhú ㄓㄨˊ	1778
yuān	ㄩㄢ	1667	zhà	ㄓㄚˋ	1705	zhǔ ㄓㄨˇ	1779
yuán	ㄩㄢˊ	1668	zha	·ㄓㄚ	1706	zhù ㄓㄨˋ	1783
yuǎn	ㄩㄢˇ	1674	zhāi	ㄓㄞ	1706	zhuā ㄓㄨㄚ	1787
yuàn	ㄩㄢˋ	1674	zhái	ㄓㄞˊ	1706	zhuǎ ㄓㄨㄚˇ	1788
yuē	ㄩㄝ	1676	zhǎi	ㄓㄞˇ	1707	zhuāi ㄓㄨㄞ	1788

zhuǎi ㄓㄨㄞˇ	1788
zhuài ㄓㄨㄞˋ	1788
zhuān ㄓㄨㄢ	1788
zhuǎn ㄓㄨㄢˇ	1790
zhuàn ㄓㄨㄢˋ	1792
zhuāng ㄓㄨㄤ	1794
zhuǎng ㄓㄨㄤˇ	1796
zhuàng ㄓㄨㄤˋ	1796
zhuī ㄓㄨㄟ	1797
zhuì ㄓㄨㄟˋ	1799
zhūn ㄓㄨㄣ	1799
zhǔn ㄓㄨㄣˇ	1799
zhuō ㄓㄨㄛ	1800
zhuó ㄓㄨㄛˊ	1801
zī ㄗ	1803
zǐ ㄗˇ	1805
zì ㄗˋ	1808
zōng ㄗㄨㄥ	1815
zǒng ㄗㄨㄥˇ	1816
zòng ㄗㄨㄥˋ	1818
zōu ㄗㄡ	1819
zǒu ㄗㄡˇ	1819
zòu ㄗㄡˋ	1821
zū ㄗㄨ	1821
zú ㄗㄨˊ	1821
zǔ ㄗㄨˇ	1822
zuān ㄗㄨㄢ	1824
zuǎn ㄗㄨㄢˇ	1825
zuàn ㄗㄨㄢˋ	1825
zuī ㄗㄨㄟ	1825
zuǐ ㄗㄨㄟˇ	1825
zuì ㄗㄨㄟˋ	1826
zūn ㄗㄨㄣ	1827
zǔn ㄗㄨㄣˇ	1828
zùn ㄗㄨㄣˋ	1828
zuō ㄗㄨㄛ	1828
zuó ㄗㄨㄛˊ	1828
zuǒ ㄗㄨㄛˇ	1829
zuò ㄗㄨㄛˋ	1830

部首檢字表

【說明】

本表採用的部首依據《漢字部首表》，共 201 部。漢字歸部依據《GB13000.1 字符集漢字部首歸部規範》。

編排次序參考《GB13000.1 字符集漢字筆順規範》和《GB13000.1 字符集漢字字序（筆畫序）規範》，按筆畫數由少到多依次排列，同筆畫數的，按起筆筆形橫（一）、豎（丨）、撇（丿）、點（丶）、折（乛）順序排列，第一筆相同的，按第二筆，依次類推。

在《部首目錄》中，主部首左邊標有部首序號，附形部首加有圓括號單立，其左邊部首序號加有方括號。

在《檢字表》中，與詞典正文相應，簡體字加有圓括號，異體字加有尖括號；同部首的字按除去部首筆畫以外的筆畫數排列。

檢字時，需先在《部首目錄》裏查出待查部首的頁碼，然後再查《檢字表》。

《檢字表》後面另有《難檢字筆畫索引》備查。

（一）部首目錄

（部首左邊的數字指部首序號；右邊的數字指檢字表的頁碼）

一畫			9	卜	17	18	冫	20	28	土	21	38	巾	26
			10	冂	17	[11]	(丷)	17	[28]	(士)	21	39	彳	26
1	一	16	[12]	(亻)	17	19	冖	20	[68]	(扌)	36	40	彡	27
2	丨	16	[7]	(厂)	17	[153]	(讠)	58	[132]	(艹)	51	[58]	(犭)	31
3	丿	16	11	八	17	20	凵	20	29	寸	22	41	夕	27
4	丶	16	12	人	17	21	卩	20	30	廾	22	42	夊	27
5	乛(乛乚乙)		[12]	(入)	17	22	刀	20	31	大	22	[170]	(饣)	62
		17	[22]	(⺈)	20	23	力	21	[32]	(兀)	23	[85]	(阝)	41
			[10]	(勹)	17	24	又	21	32	尢	23	43	广	27
二畫			13	勹	17	25	厶	21	33	弋	23	[160]	(门)	59
			[16]	(几)	19	[21]	(㔾)	20	34	小	23	[66]	(氵)	33
6	十	17	14	儿	19	**三畫**			[34]	(⺌)	23	[84]	(忄)	40
7	厂	17	15	匕	19				35	口	23	44	宀	27
8	匚	17	16	几	19	26	干	21	36	口	25	45	彐	28
[9]	(卜)	17	17	亠	20	27	工	21	37	山	25	[45]	(⺕)	28
[22]	(刂)	20												

46	尸	28	[156]	(镸)	59	105	疋	47	[184]	(卤)	64	179	鬥	63
47	己	28	71	片	38	106	皮	47	142	貝	55	180	骨	63
[47]	(巳)	28	72	斤	38	107	癶	47	143	見	55	181	鬼	63
[47]	(巳)	28	73	爪	38	108	矛	47	144	里	55	182	高	64
48	弓	28	[83]	(户)	40	[86]	(毌)	42	[145]	(䶮)	55		十一畫	
49	子	28	74	父	38		六畫		145	足	55	[189]	(黃)	65
50	屮	28	[32]	(允)	23	109	耒	47	146	邑	56	183	麥	64
51	女	28	[73]	(爫)	38	110	老	47	147	身	57	184	鹵	64
[175]	(飞)	63	75	月	38	111	耳	47	148	辵	57	185	鳥	64
[177]	(马)	63	76	氏	39	112	臣	47	149	釆	57	186	魚	64
[45]	(彑)	28	77	欠	39	[113]	(西)	47	150	谷	57	187	麻	65
[134]	(彡)	53	[171]	(风)	62	[113]	(襾)	47	151	豸	57	188	鹿	65
[162]	(阝左)	59	78	殳	39	113	西	47	[201]	(龟)	66		十二畫	
[146]	(阝右)	56	79	文	39	114	而	47	152	角	57	189	黃	65
52	彳	29	80	方	39	115	至	47	153	言	58	190	黑	65
53	幺	29	81	火	39	116	虍	47	154	辛	58	191	黍	65
54	巛	29	82	斗	40	117	虫	47		八畫			十三畫	
	四畫		[81]	(灬)	39	118	肉	48	155	青	59	192	鼓	65
[87]	(王)	42	83	户	40	119	缶	48	156	長	59	193	鼎	65
55	无	29	[88]	(礻)	43	120	舌	48	157	卓	59	194	黽	65
[174]	(韦)	63	84	心	40	121	竹	48	158	雨	59	195	鼠	65
[132]	(艹)	51	[148]	(辶)	57	[121]	(⺮)	48	159	非	59		十四畫	
[110]	(孑)	47	[130]	(聿)	50	122	臼	49	[198]	(齿)	65	196	鼻	65
[132]	(卄)	51	85	爿	41	123	自	49	[116]	(虎)	47	197	齊	65
56	木	29	86	毋	42	124	血	49	160	門	59		十五畫	
[56]	(朩)	29		五畫		125	舟	49	[194]	(黾)	65	198	齒	65
57	支	31	87	玉	42	126	色	49	161	隹	59		十六畫	
58	犬	31	88	示	43	[197]	(齐)	65	162	阜	59	199	龍	66
59	歹	32	89	瓦	43	127	衣	49	163	金	60		十七畫	
[137]	(车)	54	90	甘	43	128	羊	50	[170]	(钅)	62	200	龠	66
60	牙	32	91	石	43	[128]	(羊)	50	[186]	(鱼)	64		十八畫	
61	戈	32	[199]	(龙)	66	[128]	(羊)	50	164	隶	61	201	龜	66
[55]	(旡)	29	92	业	44	129	米	50		九畫				
62	比	32	[66]	(氺)	33	130	聿	50	165	革	61			
63	止	32	93	目	44	131	艮	50	166	頁	62			
64	攴	32	94	田	44	132	艸	51	167	面	62			
[84]	(小)	40	95	四	45	133	羽	53	168	韭	62			
[65]	(曰)	32	96	皿	45	134	糸	53	[180]	(骨)	63			
[65]	(日)	32	[163]	(钅)	60	[134]	(糸)	53	169	香	62			
65	日	32	97	生	45		七畫		170	食	62			
[75]	(月)	38	98	矢	45	[183]	(麦)	64	171	風	62			
[142]	(贝)	55	99	禾	45	[156]	(镸)	59	172	音	62			
66	水	33	100	白	45	135	走	54	173	首	63			
[143]	(见)	55	101	瓜	46	136	赤	54	174	韋	63			
67	牛	36	[185]	(鸟)	64	137	車	54	175	飛	63			
68	手	36	102	疒	46	138	豆	54		十畫				
[68]	(手)	36	103	立	46	139	酉	55	176	彭	63			
69	气	38	104	穴	46	140	辰	55	177	馬	63			
70	毛	38	[127]	(衤)	49	141	豕	55	178	鬲	63			
[67]	(牜)	36	[130]	(肀)	50									
[64]	(攵)	32	[105]	(疋)	47									

（二）檢字表

（字右邊的數字指詞典正文的頁碼）

1　一部

一　1583

一畫

二　345
丁　300
　　1734
七　1045

二畫

三　1153
于　195
于　1653
才〈纔〉121
下　1458
　　1459
丈　1716
万　942

三畫

井　700
亓　1048
夫　395
　　397
天　1332
元　1668
云　1680
丐〈匃匄〉416
廿　977
不　331
五　1434
市　396
丏　923
卅　1152
不　105
　　395
屯　1375
　　1799
互　554

四畫

末　942
未　1409
正　1734
　　1738

世　1227
冊　1454
本　63
丙　94
丕　1016

五畫

吏　827
再〈再冄〉1689
束　212
亙（亘）444
百　29
夷　1597
丞　168

六畫

求　1103
甫　402
更　444
　　446
束　1258
龍　900
　　915

七畫

奉　393
表　87
亞（亚）1551
東（东）307
事　1229
兩（两）839
歫　671
亟　611
　　1058

八畫

奏　1821
甚　1196
　　1199
柬　639
歪　1383
甬　66

九畫

菁　461
彧　1662

哥　436

十畫

焉　1552
堇　686

十一畫

棘　614
棗（枣）1696
孞　15
畐　74

十三畫以上

爾（尔）〈尒〉345
囊　962
　　962

2　丨部

三畫

中　1763
　　1770
内　966

四畫

凸　1364
且　714
　　1083
甲　631
申　1192
由　1641
史　1224
央　1565
冉〈冄〉1121
冊（册）134
凹　14
　　1381

五畫

曳　1580
曲　1106
　　1109

六畫以上

串　201
果〈菓〉498

禺　1653
畢（毕）73

3　丿部

一畫

乂　1606
九　708

二畫

千〈韆〉1063
毛　1376
　　1726
川　197
久　708
九　1387
么　1571

三畫

丰（丰）385
午　1437
壬　1131
升〈昇陞〉1200
夭〈殀〉1571
爻　1573
丹　246
及　609

四畫

生　413
失　1210
乍　1705
丘〈坵〉1102
乏　353
乎　548

五畫

年〈秊〉975
朱　1776
乒　1032
乓　1005
凶　1509
用　872

六畫

我　1424

肉〈宍〉214
卵　879
系　1454

七畫

乖　475
秉　94
臾　1653

八畫

垂　204
重　180
　　1770
禹　1658
胤　1626

九畫

烏（乌）1426
　　1441
師（师）1213

十一畫以上

喬（乔）1080
粵　1678
睾　433
舉（举）〈擧〉717
釁　1511

4　丶部

三至四畫

之　1744
半　37
必　72
永　1636

五至六畫

州　1773
良　837

八畫以上

叛　1004
為（为）〈爲〉1403
　　1412
隺　531

5 乛 (丁乁乚乙) 部

乙 1602

一畫
刁 294
了 813
　 844
　 844
乃 4
乃〈廼廼〉 956
也 928
　 980

二畫
乞 1053
孑 671
孓 725
也 1579

三畫
尹 1621
乩 1392
夬 476
弔(吊) 295
丑 185
卪 1392
予 1653
　 1657
毌 482

四畫
司 1276
民 929
弗 397
毕 482

五至六畫
乱 600
咠 316
甬 1636

七畫以上
乳 1143
承 168
亂(乱) 879

6 十部

十 1216

三至五畫
卉 584
古 465
克 757

六畫
直 1748
協(协) 1497
卑 55

七至八畫
南 953
　 958
真 1729

十畫
貢(贡) 63
　 74
博(博) 100
喪(丧) 1159
　 1159

十一至十二畫
嗇(啬) 1162
準(准) 1800
兢 697
嘏 469
　 633

十五畫以上
戴 246
矗 196

7 厂 (厂) 部

厂 7

二畫
仄 1700
厄〈戹阨〉 338
反 359

三至四畫
斥 177
厎〈底〉 1745
后 544

六至七畫
厔 1757
厙(库) 1189
厖 901
　 1005

匚〈釐〉 819
厚 545
盾 332

八畫
厝 223
原 1669
厖 1278

十畫
雁〈鴈〉 1564
厥 727

十二至十五畫
厭(厌) 1564
愿 1675
厲(厉) 829
歷(历)〈歴歴〉
　 829
曆(历) 830
壓(压) 1548
　 1552

十七畫以上
靥(靥) 1563
贋(赝)〈贗〉 1565
黶(黡) 1583
魘(魇) 1565
魘(魇) 1563
黶(黡) 1563

8 匚部

二畫
匹〈疋〉 1021
巨〈鉅〉 719

三畫
叵 1038
匝〈帀〉 1686
匜 1597

四畫
匡 781
匠 653

五至八畫
匦 1457
匼 751
匪 376

九畫
匭 974
甌(瓯) 491
區(区) 993
　 1107
匾 80

十一畫以上
匯(汇)〈滙〉 584
匱(匮) 786

9 卜 (卜) 部

卜 103

一至三畫
上 1176
　 1177
　 1177
北 782
卡 734
　 1062
占 1708

五畫以上
半 920
卣 1650
卦 474
卓 1801
貞(贞) 1728
桌(棹) 1801
高(高) 1501

10 冂 (冂) 部

二至三畫
冇 904
用 1637
甩 1262

四畫以上
同〈仝〉 1353
同〈衕〉 1359
冏 707
岡(冈) 425
罔〈冈〉 1396
周 1773

11 八 (ㇱ) 部

八 17

一至二畫
丫〈椏枒〉 1547
兮 1444
分 379
　 384
公 449

四畫
共 454
　 457
并 93

五畫
兵 93
兌 326
坐 65
弟 283

六畫
其 600
　 1048
具 720
典 286
贪 413
　 1167
並(并)〈竝〉 95

七至九畫
前 1067
酋 1105
翁 1422
兼 636
貧(贫) 1030

十一至十三畫
與(与) 1656
　 1659
　 1664
養(养) 1570

十四畫以上
興(兴) 1513
　 1519
輿(舆) 1657

12 人 (亻入) 部

人 1127
入 1144

二畫
仁 1131

第一欄

仃	300
什	1196
	1217
仆	1040
仇	1103
仇〈讎讐〉	184
仉	1715
仂	812
仍	1134
化	556
	562
介	679
今	682

三畫

以〈㕥吕〉	1602
仨	1151
仕	1228
付	405
仗	1716
代	243
仙〈僊〉	1464
仟	1064
仡	435
	1606
仫	950
仔	1688
	1803
	1807
他	1302
仦	988
仞	1132
仝	1353
令	851
	855
	857

四畫

伏	396
休	1522
伍	1437
伎	618
伏	397
伢	1550
伐	353
仳	1021
仲	1770
件	643
	1437
任	1132
	1132
价	679

第二欄

份	384
仰	1569
仮	610
伉	747
仿〈倣髣〉	369
伙	596
仯	1509
伊	1594
伃	1653
全	1112
合	440
	523
企	1053
余	218
	1376

五畫

佞	983
佉	1106
伛	1382
估	462
	469
何	526
佐	1830
伾	1017
佑	1651
佈〈布〉	118
伻	65
伜	735
佔〈占〉	1710
似	1229
似〈佀〉	1283
攸	1639
但	251
伸	1192
佃	289
	1337
	1775
伶	1283
佚	1606
作	1828
	1830
伯	30
	99
伶	851
佣	1639
低	272
你〈妳〉	972
佝	459
佟	1356
住	1784
位	1410

第三欄

佷	1467
伴	39
彳（亻）〈㣔〉	1784
佗	1378
佖	72
伺	213
	1283
伲	973
佛	73
	394
佛〈髴髴〉	398
伽	413
	627
	1083
佰	1605
佘	1187
余	1653
含	508
岔	141

六畫

佳	627
侍	1231
佶	611
佬	810
俚	348
	957
供	455
	457
使	1225
佰	30
侑	1651
侉	776
例	828
侄	1749
侗	309
	1356
	1358
侃〈偘〉	744
侏	1776
佻	1194
恬	591
舟	1773
佺	1114
佻	1339
佾	1607
佩	1011
侥	490
佫	531
侈	176
侎	1607
侂	1377

第四欄

佼	660
㑇	213
依	1595
侅	414
佯	1567
併（并）	95
侘	141
侔	946
舍	1189
命（仐）	881
命（俞）	938
肏	134
念	977

七畫

俅	1104
俥（伡）	159
便	81
	1025
俠（侠）	1457
俏	1082
俔（伣）	1073
俚	822
保	46
俜	1032
促	218
侶	876
俁	1658
俄	337
俒	1350
俐	828
俬	1278
侮	1438
俙	1446
俗	1288
俘	399
俛	924
係（系）	1454
信	1509
俔	1373
	1377
俤	283
俍	838
侵	1085
侯	544
	545
俑	1637
俟	1050
俟〈竢〉	1283
俊〈儁㑺〉	733
俞	1258
	1653

第五欄

弇	1559
剑	185
俎	1823
盆	1013

八畫

俸	394
倩	1073
俵	89
倀（伥）	147
倖（幸）	1519
借	680
值	1749
倈（倈）	796
倆（俩）	831
	841
倏	957
俙	65
倚	1605
俺	10
健	671
倒	259
	262
俳	998
俶	195
	1331
倬	1801
修〈脩〉	1523
倘	149
	1317
俱	715
	720
倮	885
倡	147
	152
們（们）	914
	914
個（个）	440
個（个）〈箇〉	441
候	548
倭	1423
倪	971
俾	70
倫（伦）	881
偶	1331
倞	703
	842
俯〈俛頫〉	403
倅	220
倍	60
倦〈勌〉	724
倓	1310

第一欄

俦	1816
倌	477
倥	765
	767
倨	721
倔	727
	730
拿〈舁〉	953
倉（仓）	129

九畫

偰	1501
偌	1150
惈	1711
鄉	1578
做	1834
偃	1562
偭	924
偕	1498
偵（侦）〈遉〉	1731
條（条）	1340
候〈候〉	1252
脩	1524
側（侧）	134
	1700
	1706
偶	994
偈	622
	672
偎	1401
偲	121
	1278
倕	205
俅	185
偶	1659
偷〈媮〉	1359
俪	164
停	1349
偽（伪）〈僞〉	1408
偉（伟）	589
偏	1023
健	646
假〈叚〉	631
假	634
偓	1425
偉（伟）	1408
恣	1662
盒	530
貪（贪）	1309

十畫

傣	243

第二欄

傃	1291
備（备）〈俻〉	61
傎	286
傈	829
傌	989
傀	488
	785
傒	1448
傖（伧）	130
	164
傑（杰）	672
傷（伯）	1775
傍	43
催	727
舒	1253
畬	1186
畲	1186
翕	1448
傘（伞）〈傘繖〉	
	1158
傅	408
傢（家）	630

十一畫

債（债）	1707
傲	15
僅（仅）	686
	693
傳（传）	199
	1792
傴（伛）	1659
僄	1028
傾（倾）	1094
傿	1487
僂（偻）	868
	877
催	219
傷（伤）	1175
傻〈儍〉	1166
傯（傯）	1816
傺	178
傭（佣）	1635
僇	874
愈	1664
僉（佥）	1066
會（会）	585
	778
禽	1089

十二畫

僰	102

第三欄

僥（侥）〈傲〉	662
僥（侥）	1574
僨（偾）	384
僖	1449
僆（達）	1304
僳	1292
僚	843
僭	647
僕（仆）	1042
僤（僤）	252
僑（侨）	1080
焦	658
僻	201
像	1484
僦	713
僮	1357
	1797
僡	1828
僧	1163
僱（雇）	471
僝	144
僎	1793

十三畫

儆（儆）	1691
儆	701
僵〈殭〉	651
價（价）	634
	682
儢（傂）	932
儂（侬）	986
儇	1533
懲	1775
儉（俭）	641
儈（侩）	779
儍（傻）	6
儋	249
億（亿）	1612
儀（仪）	1600
僻	1022

十四畫

僮	1306
儔（俦）	185
儒	1142
儗	972
儕（侪）	143
儐（傧）	91
儘（尽）	687
盦	10

第四欄

十五畫

鵂（鸺）	1524
優（优）	1640
償（偿）	151
儡	815
儲（储）	195
儱	87

十六至十七畫

儠（儩）	164
儺	145
儾	1122

十九畫

儺（傩）	991
儷（俪）	831
儸（㸌）	884

二十畫以上

儼（俨）	1563
儻（傥）	1317
龕（龛）	744
儸（余）	276
儸	815

13 勹部

一畫

勺	1184

二畫

勿	1439
匀	1680
勼	707
勾	458
	461

三畫

句	459
	719
匃〈匄匃〉	214
包	43

四至六畫

匍	1543
匈	1520
匐	1014
匄	289
	1337
匔	1319

第五欄

七畫以上

匍	1041
匑	394
匎	538
匊（匀）	192
匐	401

14 儿部

四畫

先	1464
兆	1721
兇（凶）	1520

五畫以上

兒	1283
党	255
兜〈兠〉	312

15 匕部

匕	68

三至八畫

北	57
旨	1753
匙	152

九畫以上

頃（顷）	1099
匙	175
	1237
疑	1599
冀	624

16 几（几）部

几	600

一至四畫

凡〈凣〉	358
朵〈朶〉	335
夙	1289

六畫以上

咒〈呪〉	1775
凰	575
凱（凯）	742
鳳（凤）	394

17 亠部

一至二畫
亡〈亾〉 1394
亡 1428
卞 81
六 863
　 872
亢 747

三至五畫
主 1779
市 1229
玄 1533
亦 1606
交 655
亥 507
充 178
亨 535

六畫
京 694
享〈亯〉 1480
夜〈亱〉 1580
卒 217
卒〈卆〉 1822
氓 901
　 915

七畫
哀 2
亭 1348
亮 841
兗〈兖〉 1559

八畫
衰 219
　 1261
畝〈亩〉〈畆畮畂 畆畞〉 948
衷 1767
毫 100

九畫
惠 1451
毫 516
孰 1254
烹 1014
袞〈袞〉 493
商 1174

衺 905
率 878
　 1263

十畫
就 711
裒 1040
棄〈弃〉 1061

十一畫
裏〈里〉〈裡〉 823
裏 1609
亶 250
　 252
稟〈禀〉 94
雍〈雝〉 1635

十二至十三畫
裛 499
豪 517
褒 1526
褻〈褻〉 46

十四至十六畫
壅 1636
襃〈襃〉 1502
襄 1479
甕〈瓮〉〈罋〉 1422

十八畫以上
韡〈韠〉 336
亹 914
亹 1409
饔 1636

18 冫部

三至四畫
江 425
冱 554
冰〈氷〉 92
次 212

五至六畫
冷 817
冶 1579
冽 847
洗 1469

八畫
清 1100

凌〈淩〉 852
松 1284
凍〈冻〉 310
准 1799
凋 294

十畫
馮〈冯〉 393
　 1035
凓 829
滄〈沧〉 204

十二畫以上
澌 1279
澤〈泽〉 335
凜〈凛〉 851
凝 982

19 冖部

冗〈宂〉 1138
冠 477
　 482
軍〈军〉 730
冢〈塚〉 1769
冥〈冥冥〉 936
冤〈宽宽〉 1667
幕〈幂〉 922

20 凵部

凶 1519
凸 994
出 777
凹〈坳〉 256
函〈圅〉 509

21 卩（卩）部

二至四畫
卬 13
卯〈戼夘〉 904
印 1625
危 1400

五畫以上
即 610
卷 724
卸 1500
卿 1091

22 刀（刂⺉）部

刀 257

一至二畫
刃 1132
切 1083
　 1084
刈 1606

三至四畫
召 1185
　 1721
刑 1513
刋 1387
刎 1420

五畫
別 89
刪〈删〉 1170
免 923
刨〈鉋鑤〉 50
刨 1007
判 1004
刜 398

六畫
刲 783
刺 209
　 213
刮 24
刳 772
制 1757
刴〈剁〉 336
兔〈兎兔〉 1370
刻 757
券 1116
　 1536
刷 1261
　 1261

七畫
剋（克）〈尅〉 758
剋〈尅〉 760
剌 792
　 792
到〈刡〉 701
削 1485
　 1537
剎 141
　 1164

負（负） 406
奐（奂） 571
剃〈鬀〉 1331

八畫
削 223
剒 1815
剞 600
剗〈划〉 146
剔 1326
剛〈刚〉 425
剖 1040
剠 1172
　 1559
剡 1387
剗 335
剝〈剥〉 45
　 98

九畫
副 407
剮（剐） 473
剪 640

十畫
剴〈剀〉 742
剩〈賸〉 1209
創〈创〉 201
創〈创〉〈剙剏〉 203
象 1483
割 436

十一畫
剰 1026
詹 1708
剿〈勦剿〉 155
　 662

十二畫
劂 777
劂 729
劄 1079
劃（划） 561
　 565
　 567
劉 473

十三畫
劇〈剧〉 492
劇〈剧〉 721
劍〈剑〉〈劒〉 648

創（剑） 492
夐 1522
劉（刘） 862
劈 1018
　 1022

十四畫

劌（刿） 591
賴（赖）〈賴〉 796
劑（剂） 624
豫 1666

十九畫以上

劖（劖） 643
劘 941
劙 821
霻（崋） 1511

23 力部

力 825

三至五畫

加 625
劣 846
劫〈刦刧刼〉 671
助 1783
劬 1108
努 988
劭 1185

六畫

劻 781
劼 671
劾 528

七畫

勃 100
勁（劲） 689
　 703
勉 924
勇 1637

八畫

勑（勅） 796
勍 1097
勐 916
駑 440
脅（胁）〈脇〉 1498

九至十畫

勘 743

勖〈勗〉 1530
動（动） 310
勞（劳） 803

十一畫

勛（勋） 623
勢（势） 1233
勤〈懃〉 1088
勦 874

十二至十三畫

勰（勰） 1612
勱（劢） 895
勷 1499

十四畫以上

勳（勋）〈勛〉 1542
勵（励） 830
勸 1122
勸（劝） 1116

24 又部

又 1650

一至二畫

叉 136
　 138
　 141
　 141
友 1646

四至六畫

攴 1225
叔 1249
受 1245
叕 1802

七至八畫

叜 1287
叚 1458
桑〈桒〉 1159

十五畫以上

燮〈爕〉 1502
雙（双） 1263
矍 729

25 厶部

厶 1276

二至三畫

允 1682
弁 81
台 1304
　 1305
台〈臺〉 1305

四至五畫

丟（丢） 306
牟 946
　 951
矣 1605

六至七畫

叄 1157
叅 1452
叞 1306
怠 245

八畫以上

叇 65
能 957
　 969
參（参）〈叅〉 126
　 135
參（参）〈蓡薓〉 1196

26 干部

干 417
刊〈栞〉 742
平 1032
邗 508
罕 511
頊（顼） 508

27 工部

工 446

二至三畫

巧 1081
功 453
左 1829
邛 1101

四畫

汞 456
攻 454
巫 1426
巠（圣） 694

七畫以上

貢（贡） 458
項（项） 1483
虢（虩） 1105

28 土（士）部

土 1368
士 1226

二至三畫

打 1350
去 1111
圩 1402
　 1526
圬 1425
圭 487
寺 1283
吉 609
圲 1065
圫 15
　 1376
圪 435
圳 1732
玘 1021
圯 1597
地 267
　 278
在 1690

四畫

坉 1375
址〈阯〉 1753
圻 1048
　 1620
坂〈阪岅〉 35
坋 384
坎〈埳〉 744
均 730
坍 1309
圾 600
坑〈阬〉 761
坊 366
　 367
志 1757
壽 4
坐 1832

五畫

坩 419
坷 751
　 756

坯 1017
坺 119
坪 1034
坫 289
坥 720
坦 1312
坤〈堃〉 786
坰 706
坼 160
坬 474
　 1381
坿 851
坻 175
　 276
垃 790
坢 40
幸 1517
坨 1378
坭 970
坡 1037
姆 948
坳〈坳〉 15
垈 244

六畫

型 1516
垚 1573
垣 1669
垮 776
城 169
垩 299
垅 485
垌 309
　 1356
垍 619
垧 1176
垢 461
垛〈垜〉 335
　 336
垝 490
垰 428
垎 531
垓 414
垟 1567
垞 138
垵 10
垠 877
垠 1620
堡 353
垩 545

七畫

埔	119
	1043
埂	445
垺	119
垾	512
埕	169
埋	892
	896
袁	1669
埒	847
	399
埆	1118
埗	1530
垸	1675
垠	802
埇	1637
埃	3
垩	1626
圣	613

八畫

堵	320
埞	819
埡（垭）	1547
埴	1750
域	1662
堐	1550
埼	1050
埯	10
埫	1317
場	1608
圊	471
埏	1171
垻	974
堆	326
埤	1020
	1022
埠	119
堖（垴）	882
埝	978
堋	1014
塊	1370
埻	1800
培	1010
堉	1662
執（执）	1750
埮	1310
埪	765
埭	245
埽	1161

堀	773
埾	335
堊（垩）	339
基	601
壹	1750
堅（坚）	636
堂	1315
堃	787

九畫

堶	206
堯（尧）	1573
堼	538
堪	743
堞	299
堰	1563
堙〈陻〉	1619
堧	1572
塒	1379
堧	1146
堤〈隄〉	274
場（场）〈塲〉	150
	151
喆	1725
堨	339
堝（埚）	494
喜	1452
塄	816
堹	336
毈	324
堠	548
報（报）	51
坰	446
壹	1596
堛	1025
壺（壶）	552
塚	1792
塀（垴）	963
堡	49
	104
	1044
塈	623

十畫

塔〈墖〉	1303
塳	574
塨	456
填	1338
塥	439
塬	1671
塌	1302
塡（坝）〈塼〉	1542

塆（垲）	742
堤	426
塩	1557
塮	1501
塢（坞）〈隝〉	1442
塊（块）	778
塕	1422
塘	1316
塝	43
塒	802
壼（壸）	787
塑	1291
塋（茔）	1629
塗（涂）	1367
塈	802

十一畫

瑪	1564
塖	746
塻	693
垞	1071
塸（抠）	993
塿	1265
塼（塿）	868
塪	898
嘉	630
臺	1306
塅	494
塝	747
塐	1635
境	705
墑	1176
墊（垫）	293
墚	839
壽（寿）	1248
塰	846
堨	1085
塹（堑）	1073
墅	1259
鈝	1499
塾	1254

十二畫

墝（垱）	1079
墳（坟）	383
壚	1528
墣	1042
墠（埠）	1173
賣（卖）	894
墦	358
墩〈墪〉	331
墖	1173

增	1701
塝（坊）	805
墀	175
墮（堕）	336
墜（坠）	1799
墬	285

十三畫

墶（垯）	242
墻（墙）	257
熹	1449
憙	1454
墺	16
墱（磴）	641
壇（坛）	1311
壎（壎）	799
墼	605
壂（壆）	761
壁	76

十四至十五畫

壕	518
壄	532
壙（圹）	782
燾（焘）	265
	1319

十六至十七畫

壏（坼）	830
壚（垆）	870
囍	1022
壞（坏）	567
壠（垅）	867
壤	1122

十九畫以上

懿	1615
壩（坝）	24
壪（坝）〈坝〉	24
囍	1454
壪（塆）	1387

29 寸部

寸	222

二至九畫

刌	222
封	385
專（专）〈耑〉	1788
尉	1412
	1663

尊	1827

十一畫以上

對（对）	327
導（导）	260
幫（帮）〈幇幚〉	41

30 廾部

弄	717
弈	1607
弊（獘）	75

31 大部

大	232
	243

一至三畫

太	1307
夯	65
	514
夸	775
夼	782

四畫

夾（夹）	413
	626
夾（夹）〈裌袷〉	631
夳	19

五畫

奈	957
奔〈奔犇〉	62
奔〈奔逩〉	65
奇	600
	1049
奄	1559
奅	1009

六畫

契	1058
	1501
奎	784
奓	225
奁	1703
	1705
奕	1607

七畫

套	1321

奘	1693	貳（贰）	348	叨	258	咬	402	咇 73
	1796	戜	416		258	吟〈唫〉	1620	呢 966
八畫		鳶（鸢）	1667		1318	吩	382	970
匏	1008	**34**		叻	812	吻〈脗〉	1420	咈 398
奢	1186	**小（⺌）部**		另	857	吹	204	咄 334
爽	1265	小	1488	**三畫**		吸	1445	呶 963
九至十一畫		**一至三畫**		吁	1526	吭	515	咖 413
奮	503	少	1184	吐	1652		762	734
奠	289		1185	吐	1369	呎	176	哈 504
奧	15	尜	414	吋	1369		1626	唪 888
奩（奩）〈廢匲籢〉		尖	635	吊	222	吳（吴）〈吳〉	1428	888
	833	光	484	吃〈喫〉	1626	呁	1623	呦 1639
奪（夺）	335	**四至六畫**		吒	172	吧	19	咎 710
十二畫以上		肖	1485	吖	1703		24	**六畫**
奭	1236		1494	叫	1	吼	544	哉 1688
樊	358	尚	1182	吔	1151	吮	1271	咠 1807
奮（奋）	384	尞	413	吣	1578	告	434	哐 781
䙆（奲）	336	**七至八畫**		向〈嚮曏〉	1571	君	730	哇 1381
32		耑（耑）	1300	向	1482	**五畫**		1383
九（尢允）部		雀	1079	**四畫**	1482	味	1411	哎 2
尢	1425		1082	吞		呵	225	咭 600
	1439		1118	吾	1375	咕	463	哩 348
一至四畫		**十二畫以上**		否	1428	呵	1	哄 538
尤	1641	輝（辉）〈煇〉	579		395		2	543
尥	845	縣（县）	1474	呈	1022		2	哄〈鬨鬦〉 544
尩	1394	虩	1456	吠	168		2	哐 1532
尬	414	耀（燿）	1577	呆〈獃〉	396		523	1535
六畫以上		矗	265	吱	242		751	哂 1198
尵	579	**35**			1745	咂	1686	哃 343
	583	**口部**		吥	1803	呸	1010	咳 579
尰	1441	口	768	呔	118	咔	734	咧 846
尲（尴）	579	**二畫**			242		735	846
尷（尴）	1373	可	754	吠	1306	咀	717	848
	421		757	呃	377		1825	咦 1598
33		右	1651	呃	539	呷	413	哇 1454
弋部		叮	300		339		1457	呲 209
弋	1606	叶	1497		341	呻	1194	咼（呙） 436
三至四畫		卟	103	呀	1547	咉	1566	493
式	1229	叺	19		1552	咋	1688	咣 485
忒	1323	只〈祇衹秖〉	1752	吡	69		1699	品 1030
	1325	叱	177		72		1703	哃 1356
	1371	兄	1519		1022	咐	405	咽 1552
五畫以上		叼	294	吵	154	呱	463	咮 1582
貳	244	叫（呌）	663		157		472	咻 1775
		叩〈敂〉	771	呐	954		473	哦 1523
					966	呼〈嘑謼〉	549	咱〈喒偺〉 356
				哔	538	呤	858	1686
				吡	337	咚	308	1692
				呂	876	咆	1008	1693
						呢	339	咿〈呀〉 1596
								哌 1001

哈	503	唻	1286	啊	1	喙	584	嘔	1635		
	503	哪	953		2	喲〈哟〉	1635				
	503		956		2		1635	**十一畫**			
哚〈㖵〉	336		957		2	啻	178	嘈	586		
咯	436		966			善	1173	嘖〈啧〉	1700		
	735		966	**九畫**				嗬	523		
	864	唛	1089	喏	992	**十畫**		嘟	316		
	885	唧	600		1124	嗉	1089	嗷	14		
哆	335	唉	4	喵	927	嗉	1291	嘞	811		
咬〈齩〉	1575		5	戢	614	嗎〈吗〉	889		816		
咳	504	唆	1298	喋〈啑〉	299		891	嘜〈唛〉	894		
咳〈欬〉	753	**八畫**		喋	1704		892	嘈	132		
哞〈哶哶〉	929	砍	5	喃	960	嗒	226	嗽〈嗽〉	1288		
咪	918	唪	393	喳	138		1303	嘔〈呕〉	994		
咤〈吒〉	1705	啪	996		1704	嗊〈呗〉	458	嘌	1028		
哏	444	啦	792	喇	792		543	喊	1047		
哗	946		794		792	嗜	1234	嘎〈嘎〉	413		
咨	1803	唪	536	喱	1572	嗌	752		413		
七畫			538	喊	511		760		414		
哲〈喆〉	1725	啞〈哑〉	1547	喹	1383	嗔	160	嘡	1315		
哪	41		1550	喱	820	嗦	1298	嘍〈喽〉	868		
哢	867	啉	848	喳	785	嗝	439		870		
哇	312	啢〈唡〉	841	喈	669	嗄	2	嘩〈哗〉	75		
咮	174		1627	喟	1636		1167		66		
哳	1704	唵	10		1655	嗩〈唢〉	1300	鳴〈鸣〉	937		
哮	1494	啄	1802	喝	523	嗣	1284	嘚	265		
哼	98	啡	375		531	嗯	953		268		
唓〈咋〉	159	唷	761	喂	1412		953	曑	667		
哺	104	唬	554	喟	786		953	嘛	1724		
哽	446		1463	喎〈呙〉	1383		970		1727		
唔	1428	唱	152	單〈单〉	144		970	嘛	892		
哨	1185	唯	1404		247		970	嘀	274		
唄〈呗〉	32	啤	1020		1173	嗅	1526		275		
	62	唫	1166	粥	1774	嗥〈嘷獋〉	517	嘛	1287		
員〈员〉	1671	唅	690	喘	201	嗚〈呜〉	1427	嘧	922		
	1681	唸〈念〉	978	喅	33	嗲	286	嗵	1353		
	1682	啁	1719	唾	1380	嗆〈呛〉	1074	**十二畫**			
哩	819		1774	啾	708		1078	嘵〈哓〉	1487		
	822	啕	1320	嗖	1287	嗡	1422	嘩〈哗〉	559		
	831	唿	550	喤	577	嗽	948		1381		
	1627	唪	220	喉	544		1627	嘩〈哗〉〈譁〉	562		
喑	1607	唻	1167	喻	1663	嗙	1006	噴〈喷〉	1013		
哦	337	唷	1635	喚〈唤〉	572	嗟	670		1014		
	993	啖〈啗啖〉	251	喨	842	嗌	5	嘻〈譆〉	1449		
	993	啵	103	喑〈瘖〉	1619		1609	嘭	1014		
唈〈啍〉	1697	啶	305	嗲	1564	嗛	1072	噎	1578		
唏	1446	唳	829	啼〈嗁〉	1328	嘲	1298	噁〈恶〉	338		
唑	1834	唰	1261	嗞	1804	嗨	504	噁〈噁〉	340		
唁	1563	啜	197	喧〈誼〉	1533		534	嘶	1279		
哼	536		208	喀	734	嗜	508	嘲	156		
	538			啷	800	嘍	174		1720		
				喔	993	嗓	1159				
					1423						

嚓	725	噫	1597	囂（嚚） 15
嘹	843	嚏	1152	1488
嘈	1692	嘯（啸） 1496		
噓	1215	嚄	1018	**十九畫**
	1528			囓（吃） 1615
嘆（嘆） 1041	**十四畫**	囅（冁） 146		
嘁	197	嚅	516	囉（啰） 883
	1828	嚇（吓） 532		884
嘽（啴） 146		1463	囐（嚿） 1013	
	1309	嚌	591	**二十畫以上**
嘿	534		598	囌（苏） 1288
	944		993	囑（啢） 511
嘸（呒） 888	嚔	1332	囑（嘱） 1783	
噍	667	嚅	1142	囔 962

口部 36 / 口部 37 / 山部（詳見下表）

第一欄

嚓 725／嘹 843／嘈 1692／噓 1215／1528／嘆（嘆）1041／嘁 197／1828／嘽（啴）146／1309／嘿 534／944／嘸（呒）888／噍 667／噏 1449／噇 202／嘷 1828／噌 136／165／嘮（唠）805／811／嘻（咺）1545／1627／嘆 1546／噔 270／嗪（嗞）1279／嘰（叽）602

十三畫
噎 413／嚏（哒）226／噤 693／嘈 816／噸（吨）331／噯（哕）587／1676／嘴 1825／噱 729／1538／噹（当）255／器 1061／噥（哝）986／噪〈譟〉1698／噬 1237／噭 667／噢 993／噲（哙）779／噫 1089／嗳（嗳）4／4／6／噈 538

第二欄

噫 1597／嚏 1152／嘯（啸）1496／嚄 1018

十四畫
嚅 516／嚇（吓）532／1463／嚌 591／598／993／嚔 1332／嚅 1142／嚎 518／嚌（𪙊）624／嚓 121／138／嚀（咛）982／營（营）1630

十五畫
嚥（嬊）994／嚙（啮）〈齧嚙〉981／囂 1621／嚯 906／嚕（噜）870

十六畫
嚵（咽）1565／嚦（呖）830／嚯 599／嚽（嚽）253／嚶（嗓）164／嚨（咙）864／866

十七畫
嚷（嚷）1628／嚴（严）1558／嚼 660／667／729／嚲 1122／1123／譽（誉）775

十八畫
囑（嘱）981／囀（啭）1794／囉 1108

第三欄

囂（嚚）15／1488

十九畫
囓（吃）1615／囅（冁）146／囉（啰）883／884／囐（嚿）1013

二十畫以上
囌（苏）1288／囑（啢）511／囑（嘱）1783／囔 962

36 口部
○ 851

二至三畫
囙 1103／囜 1281／因〈囙〉1615／回 580／囝 639／囚 958

四畫
困 787／囤 331／1375／囦 337／囱 707／囫 550／囡 748

五至六畫
固 469／困 1119／囹 851／囿 1651

七畫
圃 1043／圉 1659／圂 590

八畫
圍 1091／圇 1659／國（国）494

第四欄

圖（图）881／圈 723／725／1112

九畫
圙 199／205／圛 773／圍（围）1404

十畫
園（园）1671／圓（圆）1672／圖 1366

十一畫
團（团）1370／圖（图）1367／圚 881

十三畫以上
圛 568／1673／圞 1646／圞（圆）879

37 山部
山 1168

三畫
屼 1440／屾 1192／屹 436／1606／屺 1053

四畫
岍 1065／岐 1048／岠 720／岈 1550／岑 136／岌 610／岜 19／岊 671

五畫
岵 554／岢 756／岸〈屽〉10

第五欄

岩〈巖巗嵒〉1555／岨 1106／岬 631／岫 1525／岝 1834／岣 459／崉 904／峎 1356／峒 1278／岷 931／岩 1339／姆 948／岳 1678／岱 244

六畫
峙 1232／1758／峘 568／峏 322／炭 1313／峈 847／峗 169／峀 1107／峒〈峝〉309／1356／峇 20／峣 1403／峋 1543／峧 657／幽 1639

七畫
峚 867／埳 746／峿 1428／峌（峊）1056／峽（峡）1458／峭〈陗〉1082／峴（岘）1471／峨〈峩〉337／峪 1662／峰〈峯〉390／崀 802／峻 733／島（岛）〈嶋〉259

八畫
崚 816／崍（崃）796／崧 1284／崬（崬）309

崖 1550
崎 1050
崪 1552
崑(昆)〈崐〉 787
崮 471
崗(岗) 426
　 427
　 428
崔 219
崟 1620
崙(仑)〈崘〉 881
崤 1488
峥(峥) 1736
崩 65
崞 493
崒 1822
崇 181
崆 765
崛 715
崛 727
崝 510
崈 872

九畫
崶 390
崴 743
嵌 1073
嵁 140
崾 1577
嵅 510
嵗 1383
　 1401
嵋 1655
嵬 1689
嵍 340
嵛 1655
嵐(岚) 797
嵫 1804
嵋 909

十畫
塆(堎) 1222
嵺 242
峯(峯) 1186
嵊 1210
嵲 981
嵐 1405
嵩 1284
嵜 615
嵯 223

十一畫
嶅 14
嶃(崭)〈嶄〉 1710
嶇(岖) 1107
嶍(嶍) 299
嶁(嵝) 869
嶂 1717
嶓 1451

十二畫
嶢(峣) 1574
嶠(峤) 667
　 1080
嵽 1449
嶕 658
嶔(嵚) 1086
嶓 99
嵬 713
嶙 849
嶒 1828
嶒 136
嶗(崂) 805
嶝 272

十三畫
嶧(峄) 1612
嶼(屿) 1661
嶮(崄) 1469
嵺(嵺) 1469
嶦 1173
嶰 1501
嶱(峃) 1538
嶨(峇) 16

十四畫
嶼 91
嶸 916
嶺(岭) 857
嶷 1601
嶽(岳) 1679
嶸(嵘) 1138

十六至十八畫
巊(岖) 830
巇 1450
巉 145
巍 1402
巋(岿) 784

十九畫以上
巔(巅) 286

巖 963
巒(峦) 879
巘(岩) 1563

38 巾部
巾 682

二至四畫
布 117
帆〈帆驅〉 356
帊 997
希 1446

五畫
帖 1344
　 1345
　 1346
帙〈袠裦〉 1757
帕 997
帔 1011
帘 1667
帑 1317

六畫
帡 1034
帥(帅) 1262
帝 283
帣 724
　 724

七至八畫
帩 1082
帨 1270
帶(带) 245
常 149
帳(帐) 1717
帷 1404
帵 1387

九至十畫
幅 401
幀(帧) 1731
帽(帽) 905
幄 1425
幈 1035
幃(帏) 1404
幌 578
幎 922

十一畫
幗(帼) 1700

幖 85
幔 898
幛(帻) 498
幛 1717
幣(币) 75

十二畫
幞 402
幠(帪) 550
幡 356
幢 202
　 1797
幟(帜) 1761

十三畫以上
幭 1079
幪 916
幬(帱) 185
　 265
幰(幰) 193
帾 1470

39 彳部
彳 176

三至四畫
行 514
　 516
　 536
　 1514
　 1606
役 370
彷 1005

五畫
征 1734
徂 217
往〈徃〉 1396
彼 70

六畫
衍 746
徆 1284
待 242
　 244
徊 566
徇〈狗〉 1545
徉 1567
衍 1559
律 877
很 535

後(后) 545

七畫
衛 1675
徒 1365
徑(径)〈逕〉 703
徐 1529
衎 515

八畫
後 852
徠(徕) 796
　 796
術(术) 1258
徛 622
徘 1000
徙 1452
徜 150
得 265
　 268
　 268
從(从) 214
衔 1537

九畫
街 670
御 1663
復(复) 408
徨 577
循 1543

十至十一畫
衕 1550
微 1401
徭 1574
徯 1448
衛(卫)〈衞啣〉 1468

十二畫
德〈惪〉 267
徵(征) 1736
徵 1756
衝(冲)〈沖〉 180
衝(冲) 182
徹(彻) 160

十三畫
衞 1799
徼 662
　 667
衡 537

衞(卫)〈衞〉1413

十四畫以上

徽〈徽〉 580
黴(霉) 910
衢 1109

40 彡部

四至六畫

形 1515
彤 1356
彥 1563

八畫以上

彩〈綵〉 124
彭 1014
須(须) 1528
彰 1714
影 1631

41 夕部

夕 1444

二至三畫

外 1383
夗 201
名 932
多 332

八畫以上

夠(够) 461
飱(飧) 1297
夥(伙) 596
舞 1439
夤 1621

42 夂部

冬 306
各 440
441
夏 1463
憂(忧) 1640
螽 1769
夔 963
夓 785

43 广部

广 7

二至四畫

庀 1021
床〈牀〉 202
庋 490
庇 73
序 1530

五畫

庝 65
店 289
府 402
底 268
277
庖 1008
庚 445

六畫

庤 1758
度 321
335
庥 1523
庠 1479

七畫

席〈蓆〉 1450
庫(库) 775
庭 1349
座 1834
唐 1315

八畫

庱 171
庶〈庻〉 1258
庹 1379
庵〈菴〉 9
庾 1659
廄 74
康 746
庸 1635

九畫

廂(厢) 1478
廁(厕)〈厠〉 135
廋 1287
廊 801
廄(廐)〈廐〉 713

十畫

廈(厦) 1167
1463
廎 488

1409
廉〈廉廉〉 833

十一畫

廒 14
廑 687
1089
廎(廎) 1099
廣 1612
腐 404
廓 788
廖 846

十二畫

廚(厨)〈厨〉 193
廝(厮) 1279
廣(广) 486
廟(庙) 928
廠(厂) 152
廛 144
廡(庑) 1439
廞(廞) 1509
廢(廃) 445
慶(庆) 1100
廢(废)〈癈〉 378

十三至十四畫

廦 1501
廩(廪) 851
廬 1727
膺 1627
應(应) 1627
1633

十六畫以上

廬(庐) 870
龐(庞) 1006
鷹 1628
1634
鷹(鹰) 1628
廳(厅) 1348

44 宀部

二至三畫

尢 490
它 1302
宇 1657
守 1243
宅 1706
字 1813

安 7

四畫

完 1388
宋 1286
宏 539
牢 803

五畫

宗 1815
定 303
宕 256
宜 1598
宙 1775
官 476
宛 1390
宓 921

六畫

宣 1532
宦 571
宥 1651
宬 169
室 1232
客 758

七畫

害 507
宭 1598
宸 162
家 628
682
宵 1486
宴〈醼〉 1563
宮 455
容 1136
宰 1688
寀 1119
案 11

八畫

寇〈宼寇〉 772
寅 1620
寄 622
寁 1692
寂 623
宿〈宿〉 1290
1525
1525
寀 125
密 921

九畫

寒 510
寋 647
富 409
寔 1222
寓〈庽〉 1663
甯 983
寐 911

十畫

塞 1152
1162
寁 760
寖 693

十一畫

寨〈砦〉 1707
搴 1066
寞 944
賓(宾) 91
寡 473
察〈詧〉 140
蜜 922
寧(宁)〈寍甯〉
981
983
寤 1442
寢(寝)〈寑〉1089
寥 843
實(实) 1222

十二畫

賓(賓) 215
寬(宽) 779
寮 843
寫(写) 1500
1501
寯 733
審(审) 1198
寋 10

十三畫

憲(宪) 1474
賽 1066
褰 568

十四畫

賽(赛) 1152
塞 642
謇 642
蹇 1613

十六畫以上
寵(宠) 182
寶(宝)〈寳〉 50
騫(骞) 1067
驥(骥) 1467

45 ヨ(彑彐)部

五至八畫
帚〈箒〉 1775
彖 1371
彗 584

九畫以上
尋(寻)〈尋〉 1544
彘 1760
彙(汇)〈匯滙〉 586
彝 1601
彠(彠) 1676

46 尸部
尸 1210

一至二畫
尺 159
　 176
尻 748
尼 970

四畫
屁 1022
尿 980
　 1294
尾 1406
　 1605
屄 22
局〈跼侷〉 716

五畫
屆(届) 680
居 714
屄 67
屈 1106

六畫
屍(尸) 1213
屋 1426
屌 295
屉 1755

屏 94
　 94
　 1034
屎 1226

七畫
展 1709
屒 1105
屑 1501
屓(屃) 1454
屐 601

八畫
屠 1366
屎 316
屜(屉) 1331
屙 337

九畫
屛 1501
犀 1448
屝 129
　 144

十一至十二畫
屢(屡) 877
鳲(鳲) 1215
屣 1453
屧(屎) 1285
履 877
層(层) 136

十四畫以上
屨(屦) 723
屬(屝) 725
屬(属) 1257
　 1782
屭 146

47 己(已巳)部
己 616
已 1602
巳 1281
巴 18
忌 618
巷 516
　 1482
卺 686
巽 1546

48 弓部
弓 449

一至三畫
引 1621
弘 539
弛 174

五畫
弧 551
弦〈絃〉 1467
　 1318
弢 154
弩 988

六至七畫
卷 1112
弭 920
弳(弪) 703
弱 1149

八畫
張(张) 1713
　 1014
弸 654
強(强)〈彊〉 654
　 1075
　 1077

九畫
弼 74
粥 1664
　 1774

十一至十二畫
彆(别) 90
彄(弡) 768
彈(弹) 252
　 1311

十四畫以上
彌(弥) 919
彍(弘) 494
彊 651
彎(弯) 1387

49 子部
子 1805

一至三畫
孔 766
孕 1682
存 221
孖 888
　 1803

四畫
孛 58
　 99
孜 1803

五至七畫
孟 917
孤 463
孢 45
孥 988
孩 504
孫(孙) 1297

九畫以上
孽 1804
學(学) 1538
孺 1143
孿(孪) 879

50 屮部
屮 159
出 186
蚩 174

51 女部
女 989

二至三畫
奶〈嬭妳〉 956
奴 988
妄 1398
奸〈姦〉 635
妑 1606
如 1140
妑 141
妁 1275
妃 372
好 518
　 521
她 1302

四畫
妍 1555

妘 1392
　 1669
妊 1680
妓 618
妣 70
妙〈玅〉 928
妔 521
妍〈姃〉 1133
妖 1571
妗 688
妨 367
妒〈妬〉 321
妞 983
好 1653

五畫
妻 1045
　 1058
妹 911
　 943
姑 464
妭 21
娀 1678
姒 1283
姐 226
姐 677
妯 1774
姍(姗) 1170
姓 1518
姊(姉) 1807
姈 851
姁 1529
妼 73
妮 970
始 1226
姆 948

六畫
契 671
姿 1804
娥 1284
娃 1381
姞 612
姥 810
　 948
姮 536
姱 776
姨 1598
姪(侄) 1749
姚 486
姻〈婣〉 1617
姝 1249

姞　461
姶　339
姚　1573
娩　490
姣　657
姸　1030
姹　141

七畫

孥　963
姿　1298
姬　601
娪　1428
短　315
娠　1194
娏　901
娌（姪）　1517
娌　822
娉　1032
娗　208
娟　723
娛　1653
娥　337
娓　908
娩　924
娣　283
娘〈孃〉　978
娜　955
　　991
婗　1408
婑　1358
娭　4
　　1447

八畫

娶　1111
婌〈㛃〉　797
娄（婁）　868
婆　1037
婧　704
婊　88
婷　1519
婭（婭）　1552
嫩　715
婍　1057
婕　672
婌　1254
娼　147
婵　12
婗　971
婢　74
婩　125

婟　1774
婚　588
婘　1115
婠　1387
婉　1391
婦（妇）〈媍〉　408
婀〈娿〉　337

九畫

媂　208
　　1150
媖　1627
媒　909
媟　1501
婻　962
媿　1401
媛　1147
媞　1233
　　1328
媚　906
媼〈媪〉　15
媧（娲）　1381
媵　1025
嫂　1161
媓　577
婷　9
媛　1671
　　1675
婷　1350
媂　285
媄　911
媯（妫）〈嬀〉　488
娵　801
媥　1024
媓（媁）　1409
媚　911
媢〈㛐〉　1531
媂　1139
媿　1442

十畫

媾　461
媽（妈）　888
媜　1731
嫄　1673
媳　1451
媲　1022
媱　1574
嫉　615
嫌　1468
嫁　634
媸　174

十一畫

孿（孪）　488
嫛　1597
嫛　1029
嫣　1554
嫫　939
嫤　687
嫩（嫩）　969
嫗（妪）　1665
嫖　1027
嫕　1612
嫭　555
嫦　151
嫚　896
　　899
嫘　814
嫜　1714
嫡　275
嫪　811

十二畫

嫠（嫠）　1528
嬈（娆）　1123
　　1123
嫨（㷍）　566
嬉　1449
嫽　843
嫻（娴）〈嫺〉　1469
嬋（婵）　144
嫵（妩）　1439
嬌（娇）　659
嬎　365
燃　1121
嬟（媛）　566
嬍　270

十三畫

嬖　76
嬙（嫱）　1077
嬛　568
　　1533
嬡（媛）　6
嬗　1174

十四畫

嬰（婴）　1627
嬬　1143
嬢　941
嬪（嫔）　1030
嬣（㜷）　982
孅　1342

十五畫以上

嬸（婶）　1199
嬾　1565
嬭　1265
孂　1467
孌（娈）　879

52
夊部

廷　1348
延　1556
建　645

53
幺部

幺　1571
幻　571
幼　1651
幾（几）　602
　　616
畿　603

54
巛部

災（灾）〈烖菑〉
　　1688
甾　1688
邕　1635
巢　155

55
无（旡）部

炁　1058
忞　5
既　620
暨　623
蠶（蚕）　128

56
木（朩）部

木　948

一至二畫

札〈劄劄〉　1704
尤　1778
朽　1525
朴　1027
　　1037
　　1038
机　19
朸　827

三畫

杆　418
杜　321
杠　425
材　122
村〈邨〉　221
　　283
杕　336
杖　1717
杌　1440
杙　1606
杏　1517
杆　1065
杉　1163
　　1170
杓　85
枫　358
杓　1184
杗　900
杞　1054
李　821
权　137
　　141

四畫

枉　1396
枅　600
林　848
枝　1745
杯〈盃桮〉　55
柜　717
枇　1020
枢　554
杪　927
杏　1575
柄　1147
杵　193
枚　908
析　1446
板　35
枌　1607
來（来）　794
枌　383
松　1284
柳　14
杭　515
枋　367
枓　314
枕　1731
杻　185
　　985

杷 996	招 1184	桸 1759	森 1162	楪 1583
杼 1784	柏（台）〈檯〉 1306	彬 91	棶（棶） 796	楠〈枏柟〉 960
五畫	柒 1046	梵 364	棽 160	楂 140
	染 1122	梛 160	1196	1704
奈 957	架 633	桿 1040	棼 383	楝 836
枯 1107	**六畫**	梗 446	棼 383	楷 670
柑 419		梧 1428	棟（栋） 312	742
枇 1607	栽 1688	梜（梜） 630	椷 1663	楨（桢） 1731
枯 772	框 782	椎 73	椅 1596	楊（杨） 1569
柯 751	栻 1232	梢 1161	1605	楃〈櫕〉 615
柄 94	桂 491	1183	椓 1802	榅〈榅〉 1415
柘 1726	桔 671	桿（杆） 421	棲〈栖〉 1047	楬 674
柩 710	栲 750	程 1347	棧（栈） 1711	根 1401
枰 1034	栳 810	梖（梖） 61	棑 1000	椵 1279
查〈查〉 138	棋 456	梘（梘） 639	椒 657	楅 1031
1703	桓 568	梩 819	棹〈櫂〉 1722	楞 817
相 1475	栖 1446	梠 877	棵 752	椎〈箠〉 205
1482	桱 1758	梣 162	棍 493	楸 1103
柙 1457	桃 486	1088	椆（椆） 426	椴 324
枵 1485	487	梏 471	椫 143	楩 1025
柚 1643	桐 1356	梃 1350	椎 205	楯 332
1651	株 1777	1350	1798	1271
枳 1755	栝 473	梅〈楳槑〉 908	棉 922	榆 1655
柷 195	788	梌 1366	椑 56	楓（枫） 391
1785	梅 1708	㯂 1046	1021	椻 1599
柵（栅） 1170	柍 399	桴 401	棚 1014	楢 1645
1705	柏 710	梮 727	椆 184	楦〈楥〉 1537
柞 1705	桁 536	梓 1807	椋 839	椰 801
1834	栓 1263	梳 1252	棓 43	楗 647
树 396	桃 1319	梲 1801	61	概〈槩〉 416
柏〈栢〉 30	桅 1404	梯 1326	棬 1112	楣 909
柏 100	枸 1543	杪 1298	椪 1016	榃 1629
103	格 436	桹 801	棯 1562	榃 906
析 1380	438	桵 1089	棕〈椶〉 1816	椽 199
柜〈櫃〉 1747	栘 1598	桶 1358	棺 477	**十畫**
柃 852	校 664	棱 1298	椀 1391	榛 1731
柢 278	1494	梨〈棃〉 819	棣 285	構（构）〈搆〉 461
枸 459	柸 1596	梟〈梟〉 1486	椐 715	榵 377
460	核〈覈〉 529	渠 1108	極（极） 613	榪（杩） 892
717	核 552	梁 839	棐 376	榗（杠） 428
柳〈栁栁〉 863	栟 63	**八畫**	棠 1316	榰 1747
柊 1767	94	棒 42	弑 1233	榼 753
枹 45	桉 9	根（枨） 170	棨 1057	榑 402
柱 1785	根 443	楮 194	**九畫**	槅 440
柿〈枾〉 1231	栩 1529	棱 816	楔 1496	槐 578
柈 40	柴 143	853	椿 206	榻 1304
柁 336	栞 672	棱〈稜〉 816	楛 555	榾 469
1379	粂 725	椏（椏） 1547	775	橙（樘） 1047
枺 1637	**七畫**	棋〈棊碁〉 1050	椹 1200	榫 1297
柯 209	梆 41	楷 224	1731	榭 1501
枻 336	械 1501	植 1750	椰 1578	槔 433
枷 628				

槐	566				
槌	205				
槍(枪)〈鎗〉	1074				
槊	676				
榴	862				
榎	220				
槁(槀)	434				
槨(椁)	499				
榜(牓)	42				
槎	140				
榨〈搾〉	1705				
榕	1137				
榷〈榷搉〉	1118				
槅	1501				
槃	1002				
槊	1275				
榮(荣)	1137				
槼	802				

十二畫

橈(桡)	1123
樺(桦)	566
樾	1679
橄	424
樹(树)	1260
横	536
	538
橞	587
樕(檨)	729
橑	811
樸(朴)	1043
橇	1079
橋(桥)	1080
橰(槔)	1827
樵	1081
橡	1484
橦	1357
樽(罇)	1828
樨	1449
橙	171
橘	717
橢(椭)	1380
機(机)	603
橐	1379

十三畫

檠	1099
梃(桱)	165
橢(橢)〈𣝔〉	1077
檟(槚)	633
橎	814
檔(档)	257
樾(樾)	1788
櫛(栉)	1762
橄	1451
檢(检)	641
檜(桧)	492
	587
橘	1089
檐(簷)	1557
檞	679
檀	1312
檁(檩)	851
檗	103

十四畫

檬	916
檮(梼)	1321
櫃(柜)	492
檻(槛)	649

十一畫

槷	981
槸	587
椿(桩)	1795
模	939
	947
槿	687
樏(榪)	834
槽	132
樞(枢)	1254
標(标)	85
樗	1650
樴	1061
樘	192
樫	1316
樓(楼)	868
橘(榴)	492
樅(枞)	214
	1816
槐	313
槲	552
樑	747
樟	1714
樀	274
樣(样)	1571
樑(梁)	839
樛	708
椠(椠)	1074
樂(乐)	812
	1679
槳(桨)	652

	744
檽	987
檽	785
檳(槟)	91
	94
檫	141
檸(柠)	982
櫃	624

十五畫

櫝(椟)	319
櫚(榈)	876
櫟	820
櫟(栎)	830
	1679
櫓(橹)〈樐艣艪櫓〉	872
櫧(槠)	1778
櫥(橱)	193
櫞(橼)	1674
櫜	433
櫱(蘖)	1778

十六畫

櫪(枥)	831
櫨(栌)	871
櫸(榉)	719
櫬(榇)	164

十七畫

櫳(栊)	866
樽	102
櫻(樱)	1628
欄(栏)	798
欂	639
欐(欐)	1625

十八至二十畫

權(权)	1115
欋	1109
欏(椤)	885
欒(栾)	879
欖(槤)	256

二十一畫以上

欖(榄)	800
欞	815
欖(榥)	855
鬱(郁)〈鬰欝〉	1666

57 支部

支	1743
郂	1048
翅〈翄〉	178
頍(颀)	785

58 犬（犭）部

犬	1116

二至三畫

犰	1103
犯	363
犴	10
	508

四畫

狂	781
狄	275
狃	985
犿	544
犹	1682

五畫

狌	1018
狙	714
狎	1457
狌	1205
	1511
狐	550
狗	459
狝	1651
狒	377
狛	627
狓	1020

六畫

狨	1136
独	1607
狡	660
狩	1247
狳	878
狼	535

七畫

哭	773
猁	1759
狹(狭)〈陜〉	1458
狴	73
狺(狺)	60

狸(狸)	819
猖(獧)	725
猁	829
猞	1653
猹	1620
狼	801
猂	508
猫	963
狻	1292

八畫

猋	85
猜	121
猗	1596
猇	1487
猖	147
猊	971
猞	1186
猙(狰)	1736
猭	550
猄	695
猝	218
猧	637
猛	916

九畫

猰	1552
猢	552
猹	140
猩	1512
猥	1408
猯	1370
猴	544
猺	1659
猶(犹)	1644
猧	909
猱	963
猷	1646

十畫

獁(犸)	891
猿〈猨猱〉	1673
猾	561
獅(狮)	1214
猻	1574
猻(狲)	1297

十一畫

獒	14
獉	220
獄(狱)	1665
獐〈麞〉	1714

獶　　705
獎(奖)〈獎〉652

十二至十三畫
獮　　729
獠　　843
獨(独)317
獫(猃)1469
獪(狯)779
獬　1501

十四畫
獴　　917
獲(获)598
獮(狝)1470
獯　1542
獰(狞)982

十五畫
獸(兽)1249
獷(犷)486
獵(猎)847

十六畫
獻(献)1474
獺(獭)1303
玀　　599

十七畫以上
玁(猃)920
玀(猡玀)567
玀(猡)884
玃　　730

59　歹部
歹　　242

二至四畫
列　　846
死　1279
歿　　943

五畫
殂　　217
殃　1566
殄　1338
殆　　244

六至七畫
殊　1249
殉　1545

殍　1027

八畫
殖　1237
　　1751
殘(残)127
殛　　614

十至十一畫
殞(殒)1682
殥　　186
殣　　693
殪　1332
殤(殇)1176

十二畫
殨　1612
殯(殡)587
殫(殚)249

十三畫以上
殮(殓)837
殯(殡)91
殲(歼)639

60　牙部
牙　1549
邪〈衺〉1497
邪　1578
牸　　529
雅　1547
　　1550
掌　　164
　　172
鴉(鸦)〈鵶〉1547

61　戈部
戈　　435

一至二畫
戊　1439
戎　1136
戍　1112
　　1526
戌　1258
成　　165
划　　559

三至五畫
戒　　679
或　　596

戔(戋)636
咸　1467
威　1400

七至九畫
戚〈慼慽〉1046
戛〈戞〉631
戟　　743
戩〈戔珋〉1710

十畫
戤　　641
戧(戗)1075
　　1079

十一至十二畫
賊　1563
戮　　874
戰(战)1711

十三畫以上
戲(戏)〈戯〉550
　　1456
戳　　208

62　比部
比　　68
毖　　72
皆　　667
毖　　73
琵　1021

63　止部
止　1752

二至四畫
此　　212
步　　118
武　1437
歧　1050
肯〈肎〉761
些　1496

八畫以上
齒　1807
歲(岁)〈歳〉1296
雌　　211
歸(归)488

64　攴(攵)部

二至六畫
收　1238
改　　414
放　　33
政　1741
故　　470
效〈俲効〉1495

七畫
教　　657
　　664
敖　　14
救〈捄〉710
敕〈勅勑〉178
敔　1659
敏　　931
敍(叙)〈敘〉1530
敚　　335
敝　　74
啟(启)〈啓啟〉1057

八畫
敢　　421
散〈散〉1157
　　1158
敬　　152
敦　　327
敦〈敦〉330
敧　1363

九至十畫
勢　　820
敬　　704
敫　　661
敳　　322
敷　　820

十一畫
斄　　175
犛(牦)〈氂〉904
敷　　396
數(数)1256
　　1259
　　1275
敵(敌)276

十二至十四畫
整　1737
斂(敛)〈歛〉835
斃(毙)〈斃〉77
釐(厘)820
氂　1450

十六畫以上
斆(敩)1496
　　1540
斀(斀)1657
變(变)83

65　日(日曰)部
日　1134
曰　1676

一至二畫
旦　　250
早　1695
旯　　792
旮　　413
旭　1530

三畫
旰　　424
旱　　512
旴　1526
旵　　145

四畫
昔　1446
旺　1399
昊　　521
杲　　433
昃　1700
昆　　786
昌　　147
昨　1438
昇　1205
昕　1506
昄　　36
盼　　382
明　　934
昒　　549
易　1607
昀　1681
昂　　13
旻　　931
昉　　370
昃　　491

707	晛（晛） 1473	**十畫**	曬（晒） 1168	沙 1163
昈 554	曼 898	嘗（尝）〈甞嘗〉	**66**	1167
香 491	晦 584	150	**水（氵氺）部**	汩 921
五畫	晞 1447	暢（畅） 153	水 1266	汩 466
春〈旾〉 205	晗 510	嘉 434	**二畫**	沖（冲） 179
昚 1200	冕 924	暝 937	汀 1347	汭 1147
昧 911	晚 1390	暴 1469	汁 1745	汽 1058
昰 1231	晜 787	**十一畫**	氿 489	沃 1424
是〈昰〉 1231	眼 803	暫（暂）〈蹔〉 1692	709	沂 1598
昺 94	暧 1085	暺 587	氻 294	汥 405
冒〈冒〉 905	晙 733	暵 514	氹 258	汾 382
冒 943		暴 53	氾 358	沕 921
映〈暎〉 1632	**八畫**	1044	氾（泛） 363	汲 610
星 1511	替 1332	暗 1714	**三畫**	沒 906
映 299	晴 1099	曉 1534	杏 1054	943
1607	暑 1256	**十二畫**	汗 508	汙 81
昨 1828	最〈冣冣〉 1826	曉（晓） 1494	511	汶 1421
昣 1732	晰〈晳〉 1447	曄（晔） 1583	污〈汙汚〉 1425	沆 516
昤 852	量 839	曇 1449	江 650	沈 161
昫 1530	842	暬 1612	汏 242	1198
曷 529	腌 1562	曡（县） 1312	汕 1172	沉 161
昻 904	晫 1802	曚 702	汔 1058	沁 1089
昱 1662	晶 695	曘 1723	汎 363	決（决） 726
昡 1537	晪 1339	暾 1375	氿 1387	沈 1559
昵〈暱〉 973	暍 491	曈 1357	汐 1445	
昭 1719	景 701	曒 160	汋 1801	**五畫**
昇 81	晾 842	獝 382	汛 1545	泰 1308
昚 1692	晬 1826	**十三畫**	氾 1283	沫 911
昶 151	晱 1172	曚 706	池 174	沫 943
	智 1759	曙 1257	汝 1143	法〈灋泆〉 353
六畫	普 1043	暖（暖） 6	汊 141	泔 419
晉（晋） 689	曾 136	**十四畫**		泄（洩） 1500
時（时）〈旹〉 1220	1701	矇 916	**四畫**	沽 463
晅 1535		曚 1048	杳 226	沭 1258
晟 169	**九畫**	曛 1543	1303	河 528
1208	暕 641	曜 1577	汪 1394	泙 1034
晊 1759	暘（旸） 1569	**十五畫**	汫 701	沾〈霑〉 1708
晃 578	喕（喕） 1415	曝 54	汧 1065	沮 714
晄〈㨾〉 578	暍 1578	1044	沅 1669	717
晢 1529	晏 573	曠（旷） 782	沄 1680	720
晌 1176	暖〈煖煗煖〉 990	**十六畫以上**	沐 951	沺 1337
晁 155	暗〈闇晻〉 12	曨（昽） 866	沛 1011	油 1641
晐 414	暝 446	曦 1450	洒 924	泆 1566
晏 1563	1535	曩 963	汰 1308	況（况） 782
	暄 1533	曮 568	沌 331	洄 707
七畫	暉（晖） 579		1792	泅 1104
晢 1725	暈（晕） 1680		泚 70	泗 1283
曹 132	1683		洌 1045	泆 1607
晡 103	暇 1458		沚 1753	泊 100
晤 1441	暐（晆） 1409			1037
晨 162	暎 785			泛〈汎氾〉 363
	瞽 932			泠 851

泜	1747	洢	1596	浮	399	淘	1320	湍	1370
沟	714	洫	1530	洽	510	淴	550	湃	1002
沿	1556	派	996	浼	911	涼〈凉〉	838	湫	661
泖	904		1001	浲	392		842		1103
泡	1007	洽	1063	流	859	淳〈湻〉	207	溲	1287
	1009	洮	1319	涕	1331	液	1582	淵〈渊〉	1667
注	1784	洈	1403	浣〈澣〉	571	淬	220	湟	577
泣	1058	洵	1543	浪	801	涪	401	渝	1655
泫	1536	洶〈汹〉	1520		802	淤	1652	漳	1562
泮	1004	浲	653	浸	690	淯	1663	溵	1671
沱	1378	洛	885	涩	977	淫	40	溢	1014
泌	73	洺	936	涌	179	淡	251	渙〈焕〉	573
	921	洨	1488	涘	1283	淙	215	渢〈沨〉	390
泳	1637	洗	179	浚〈濬〉	733	淀	289	溈	1609
泥	970	洋	1567		1546	涫	482	渟	1350
	973	洴	1034			涴	1425	渡	322
泯〈泯〉	931	洣	920	**八畫**			1667	溇	1609
沸	377	洲	1774	淼	928	淚〈泪〉	816	游	1644
泓	539	津	685	清	1091	深〈深〉	1194	渼	911
泇	627	洳	1145	添	1336	涮	1263	湔	637
沼	1721			渚	1782	涵	510	滋	1804
波	97	**七畫**		淇	1050	淨	873	為〈为〉〈溈〉	1405
治	1758	浙〈淛〉	1726	淋	849	淄	1804	湉	1338
泐	812	洿	1496	淋〈痳〉	851			渲	1537
		涍	100	淅	1447	**九畫**		渾〈浑〉	589
六畫		浦	1043	淶〈涞〉	796	湊〈凑〉	216	溉	416
洭	781	浭	445	凇	1284	湛	1711	渥	1425
洘	750	涷	1290	淮	1550	港	427	潛	932
洱	345	浯	1428	淹	1552	溧	1501	湋〈沣〉	1405
洪	540	酒	709	涿	1801	湖	552	湄	909
洹	568	浹〈浃〉	628	凄〈凄〉	1046	湘	1478	渭	1529
涷	1059	涇〈泾〉	694	淺〈浅〉	637	渣	1704		1531
洒	1151	涉	1190		1072	渤	101	湧〈涌〉	1637
洧	1408	消	1485	淑	1253	湮	1552	湧	1637
洫	343	涅〈湼〉	980	淖	965		1619		
洈	1530	涓〈涓〉	1013	淌	1317	減〈减〉	640	**十畫**	
洌	847	浬	505	淏	522	湎	924	溙	820
洴	1331		822	混	589	湝	670	溱	1089
泚	212	湾	1032		590	湞〈浈〉	1731		1731
洸	486	涅	1802	淠	1022	湨	717	溝〈沟〉	459
洞	309	涓	723	淶	1339	湜	1222	溶	1303
	1356	浥	1608	涸	530	渺〈淼渗〉	928	溢	760
洇	1617	涔	136	涎〈次〉	1467	測〈测〉	135	溍〈潽〉	693
洄	582	浩	522	淮	566	湯〈汤〉	1175	滇	286
洙	1776	浅	337	淦	424		1314	溹	1300
洗	1452	浰	829	淪〈沦〉	881	溫〈温〉	1414	溥	1043
	1469	海	505	渶〈殷〉	1488	湮	1205	渦	439
活	591	浜	41	淫〈滛婬〉	1620	渴	756	漂	829
洑	399	㳠	1643	淨〈净〉	703	渭	1412	溽	1145
	407	涂	1366	淵	1014	洳	543	滅〈灭〉	929
洣	645	浠	1447		1035	渦〈涡〉	494	源	1673
洎	620	浴	1662	淝	376		1423	滉	578

漓	1303	溥（浮）	1371	
滑	561	漕	132	
溳（涢）	1682	潄（漱）	1259	
溺	591	漚〈沤〉	993	
激	1402		995	
潶	1526	漂	1026	
㵞（㴲）	1215		1027	
潋	1619		1028	
滢	403	滑	207	
滔	1318	滯（滞）	1761	
溪〈谿〉	1448	淳	550	
滄（沧）	130	漊（溇）	868	
瀚	1422	漫	898	
	1422	漢	1612	
溜	858	潔	887	
	864		1304	
滴	523	潤（润）	498	
滧	1496	滮	573	
溇	1316	漼	220	
滂	1005	漅	182	
潘	195	滌（涤）	275	
	1531	潲	1525	
溠	1705	潋（潋）	1531	
溢	1612	㵵	425	
溯〈泝溯〉	1291	漁（渔）	1656	
溶	1137	漪	1597	
滓	1808	漯	623	
溟	937	漪（浒）	554	
滘	666		1529	
溺	974	漝	596	
	980	滾（滚）	493	
滋	1761	漓	820	
潗	1160	漉	874	
滁	193	漳	1714	
滍	1635	滻（浐）	146	
荥（荥）	1629	滴	274	
	1517	漩	1534	
		漾	1571	
十一畫		演	1562	
潰（溃）	1815	滬（沪）	555	
滈	1554	漏	869	
溂	901	漲（涨）	1716	
漠	944		1717	
滶	667	漻	843	
漢（汉）	513	滲（渗）	1200	
滿（满）	896	漿（浆）	651	
滮	421		654	
漊	799			
漆	1047	**十二畫**		
漸（渐）	639	潔（洁）〈絜〉	676	
	647	港	997	
漣（涟）	833	澆（浇）	16	

	658	濰	1294	瀘（泸） 879
潁（颍）	544	澠（渑）	924	瀑 54
潵	424		1207	1044
潢（渍）	383	潞	875	濺（溅） 639
澍	1260	澧	824	649
澎	1014	濃（浓）	986	濼（泺） 887
	1015	澡	1696	1037
潮	1279	澤（泽）	1700	瀂 498
潢	577	澴	568	瀂（澛） 872
澈	1151	濁（浊）	1803	瀏（浏） 862
潮	156	澨	1237	瀍 144
潛	1171	激	606	瀌 87
潓	587	澳	16	瀅（滢） 1630
潭	1311	澮（浍）	587	瀉（泻） 1502
潕	729		779	瀋（沈） 1199
潦	811	澹	253	
	843		1312	**十六畫**
澐（沄）	1682	澥	1501	瀚 514
潜（潜）	1071	澶	144	瀨（濑） 797
潤（润）	1148	濂	834	瀝（沥） 830
澗（涧）	648	澼	1636	瀕（濒） 91
潰（溃）	587	澱（淀）	294	瀅 1502
	786	澼	1023	瀘（泸） 871
潡	171	澦（滪）	1666	瀧（泷） 866
潤（润）	1406			1265
潕（沅）	1439	**十四畫**		瀛 1631
潲	1186	濛（蒙）	916	瀨（瀄） 1631
潷（滗）	75	鴻（鸿）	543	
潟	1455	濤（涛）	1319	**十七畫**
澔	523	濩	599	瀟（潇） 1488
澓	402	濫（滥）	800	瀾（澜） 798
潘	1002	濔（沵）	920	瀰 625
潼	1357	濡	1143	瀜 1679
潋	160	濕（湿）〈溼〉	1215	瀲（潋） 837
潽	1041	濆	1042	瀱 1122
潾	849	濞	76	1123
澇（涝）	811	濠	518	瀵 385
潯（浔）	1545	濟（济）	617	瀳 643
潺	144		624	瀰（弥） 920
澁	1298	澡（藻）	1630	
澄〈澂〉	171	濱（滨）	91	**十八畫**
澄	272	濘（泞）	983	瀺（灒） 1191
潑（泼）	1037	澲（浕）	693	灌 483
潘	729	澀（涩）〈澁濇〉		灁 1072
	1665		1162	灃（沣） 392
潅	865	濯	1803	灈 1109
		濰（潍）	1406	
十三畫				**十九畫**
溝（沟）	1394	**十五畫**		灘（滩） 1310
澺	194	瀆（渎）	319	灑（洒） 1151
灣	854	瀔	469	灒（灒） 1692
濂	723	濭（潛）	1778	灕（漓） 821

二十一畫

灝　24
灘（滩）　523
灢　815
灦（灏）　1450

二十二畫以上

灣（湾）　1387
灤（滦）　879
灩（滟）　1565

**67
牛（牜）部**

牛　983

二至三畫

牝　1031
牣　707
牡　947
牤　899
牠（它）　1302
牫　1133

四畫

牧　951
物　1440
牥　367

五至六畫

牯　467
牲　1205
牮　645
特　1323
牸　1815

七畫

牾　1438
牻　901
牿　471
犁（犂）　820
牽（牵）　1065

八畫

犇　63
犄　602
犋　721

九至十一畫

犏　1024
犍　638
　　1070
犒　750

犖（荦）　887
犡　814
犟　654

十五畫以上

犢（犊）　319
犧（牺）　1450
犨　184

**68
手（扌手）部**

手　1240

一至二畫

扎　1703
　　1704
打　226
　　227
扒　19
　　996
扔　1134

三畫

扞　511
扛〈摃〉　425
扛　747
扤　1440
扣　771
扦　1065
托　1376

四畫

扶　397
抗　1387
技　618
抔　1040
扼〈搤〉　338
拒　719
抻　269
找　1721
批　1016
扯〈撦〉　159
抄　153
折　1187
　　1723
　　1724
抓　1787
扳　33
　　1002
扮　39
拥　1677
抵　1753

抑　1606
投　1360
抌　81
扷　1420
抗　747
抖　313
抉　725
扭　984
把　21
　　22
抒　1249

五畫

抹　888
　　942
　　943
拑　1067
拓〈搨〉　1303
拓　1380
拔　20
抛（拋）　1007
抨　1014
抷　1062
拈　974
押　160
押　1547
抽　183
拐〈柺〉　475
抶　177
拃　1704
拖〈拕〉　1376
拊　402
拍　997
拆　121
　　142
　　848
抵〈牴觝〉　276
拘　714
抱　50
拄　1782
拉　790
　　792
拌　40
抿　931
拂　398
拙　1800
招　1718
披　1017
拚（拼）　1004
拚（拼）　1029

抬　1305
拇　948
拗〈抝〉　15
　　15
　　985
拜　28
　　31
看　743
　　744

六畫

拭　1231
持　175
拮　671
拷　750
拷　810
拱　456
挎　776
拽　1581
　　1788
　　1788
挠　1469
括〈捪〉　788
拴　1263
拾　1189
　　1219
挑　1339
　　1342
指　1753
拼　1029
托　1703
挖　1381
按　10
拯　1737
拶　1686
　　1692
挈　1084
拳　1114
挛　953

七畫

捕　103
捂　1438
振　1732
挾（挟）　628
　　1498
捎　1183
　　1185
捍〈扞〉　512
捏〈揑〉　980
捉　1801
捆〈綑〉　787

捐　723
捭　1607
捌　20
挺　1350
挫　223
捋　876
　　883
授　1146
　　1148
挽　1390
挩　1377
捃　733
挪　991
搞　715
捅　1358
挨　3
　　1828
挲〈挱〉　1151
　　1166
　　1298

八畫

捧　1015
揍　1339
掛（挂）〈罣〉　474
掗（挜）　1552
措　223
捱〈挨〉　4
捼　956
掎　616
掩　1559
捷〈捷〉　672
捯　258
排　998
　　1001
掯　761
掉　296
捫（扪）　914
推　1371
掊　30
掀　1466
捨（舍）　1187
掄　1088
掄（抡）　881
　　881
採（采）　123
授　1247
掙（挣）　1736
　　1742
捻　977
掴　1774
掏〈搯〉　1318

第一欄

掐	1062
搁	715
掠	880
掂	286
掖	1578
	1582
捽	1829
掊	1040
	1040
接	667
捲(卷)	724
揆	1173
	1563
控	767
捵	847
掮	1070
探	1313
掃(扫)	1160
	1161
据	715
掘	727
掇〈敠〉	335
挵	997
掣	160
掰	24

九畫

揳	1496
揍	1821
描	927
揕	1733
揶	1578
揲	299
	1187
揸	1704
揠	1552
揦	792
揀(拣)	640
搣	1401
揺	1383
揩	735
提	274
	1327
揚(扬)〈敭颺〉	
	1567
揖	1596
搵〈搼〉	1422
揭	669
揌	1152
揣	196
	197
	197

第二欄

捶〈搥〉	205
插(挿)	137
揪(揫)	708
搜(蒐)	1287
揄	1654
援	1671
换(换)	571
揞	10
揂	640
㧱(扐)〈攝〉	579
揎	1533
搭	753
揮(挥)	579
握	1425
摒	97
揆	785
揉	1139
掾	1675
掔	1557
掌	1715

十畫

搽	140
搭	225
搕	752
搢(搢)	692
搏	101
捐	552
損(损)	1297
搤	342
搗(捣)〈擣搗〉	
	260
搋	196
搬	35
搶(抢)	1074
	1078
搖	1573
搈(捈)	184
搞	433
搞	174
搪	1316
搆	43
	1015
播	195
搓	222
搛	638
搠	1275
搘	561
搖	1709
搦	992
搔	1160
搡	1159

第三欄

掰	440

十一畫

椿	179
摸	939
搏(抟)	1370
摳(抠)	768
摽	85
	89
摴	192
摟(搂)	867
	868
摺	845
摞	887
摑(掴)	475
	498
摧	220
搬(捼)	1152
	1166
摭	1751
摘	1706
捧	1262
撤	1028
	1029
摺(折)	1725
摻(掺)	129
	143
	1172
摜(掼)	482
摯(挚)	1761

十二畫

撓(挠)	963
撖	514
撕	1279
撒	1151
	1151
撅	725
撐	843
	843
撲(扑)	1040
撑(撑)	165
撮	223
	1830
撣(掸)〈撢担〉	
	250
撢(掸)	1173
撫(抚)	404
撬	1082
撟(挢)	662
撤(揪)〈捈〉	1089
播	98

第四欄

撳	331
撞	1797
撤	160
撙	1828
撈(捞)	803
撏(挦)	1469
撰(譔)	1793
撥(拨)	99

十三畫

揭	734
撻(挞)	1304
撏	424
撼	514
擓(扩)	777
播	814
	816
據(据)〈㨿〉	722
擄(掳)	872
擋(挡)〈攩〉	255
擋(挡)	257
擿(挃)	1424
	1788
操〈捺捳〉	131
擇(择)	1700
	1707
擐	573
撿	1082
撿(捡)	641
擒	1089
擔(担)	249
	253
擅	1173
擁(拥)	1635
擠(捭)	1487
擗	1022
擎	1099
擘	103

十四畫

擩	1144
擱(搁)	438
	440
擤	1517
擬(拟)〈儗〉	972
擠(挤)	617
擦	1708
擯(摈)	91
擦	121
擰(拧)	982
	982
	983

第五欄

擢	1803
擊(击)	607

十五畫

撞(撺)	977
擷(撷)	1499
擾(扰)	1123
據(摅)	1254
擻(擞)	1288
	1288
擺(摆)	30
擺(摆)〈襬〉	31
擼(撸)	870
擴(扩)	789
擿	1327
	1762
擲(掷)	1762
攀	1002

十六至十七畫

攉	591
攏(拢)	867
攖(撄)	1628
攔(拦)	798
攙(搀)	144
攘	1122

十八畫

攝(摄)	1191
攜(携)〈攜擕攟〉	
	1499
攢(扠)	1286
攛(撺)	218

十九畫

攤(摊)	1309
攧(擷)	286
攢(攒)	219
	1692
攣(挛)	879

二十畫以上

攬(揽)	799
攫	730
攥	1825
攪(搅)	663
攘	963

69 气部

一至五畫

气 1028
氕 258
氖 957
氚 1466
氘 197
氛〈雰〉 382
氡 308
氟 399

六至七畫

氩 1617
氦 507
氧 1570
氣（气）1059
氨 9
氮 760
氢（氢）1091

八畫以上

氯 1099
氫（氢）1552
氬 252
氯 878
氳〈氲〉1680

70 毛部

毛 902

六至七畫

毪 1469
毢 947
毤 1139

八畫

毳 220
毰 1011
毿 1313

九畫

毵 906
毽 1152
毽 647
毹 1254

十一至十三畫

毿（毿）1157
氂 152

氈 1043
氊 1161
氍（毡）〈氊〉1708

十五畫以上

氌（氇）876
氋 1109
氎 300

71 片部

片 1023
　 1025
版 36
牌 1000
牒 299
牖 1650
牘〈牍〉319

72 斤部

斤〈觔〉682
欣〈訢〉1506
斯 1278
頎〈颀〉1051
新 1507
斶 196
斷〈断〉325
斸〈斸〉1779

73 爪（爫）部

爪 1720
　 1788

三至四畫

孚 398
妥 1379
爬 996
采 123
采〈寀〉125
爭（争）1735

五至七畫

爰 1669
舀 1575
奚 1447
覓（觅）〈覔〉921

八畫以上

舜 1273
愛（爱）5
孵 396

爵 729

74 父部

父 402
　 405
斧 402
爸 22
釜 403
爹 298
爺（爷）1578

75 月（月）部

月 1676

二畫

有 1646
　 1651
刖 1677
肌 600
肋 811
　 815

三畫

肝 418
肟 1424
肚 320
　 321
肛〈疘〉425
肘 1775
肜 1136
肓 573

四畫

肼 701
肮 1146
肺 377
肢 1747
肽 1308
肱 455
肫 1799
肭 955
肸 1446
朋 1014
股 466
肪 368
肥 375
服 398
　 406
育 1634
　 1662

五畫

胡〈衚〉551
背〈揹〉55
背 59
胄 1775
脉 1232
胻 1107
胋 467
胚〈肧〉1010
胈 21
胂 735
胛 631
肿 1200
胜 1205
胙 1834
胉 176
胍 473
胗 1729
胝 1747
胸 1108
胞 45
胖 1002
　 1007
胅 376
胎 1304

六畫

胹 343
胯 776
胰 1598
脛 174
胱 486
胴 310
胭〈臙〉1552
脑 990
脈（脉）〈眽衇〉894
脉（脉）943
脎 1152
脁 1342
脆〈脃〉220
脂 1747
胸〈脅〉1520
胳 413
　 439
胳〈肐〉436
胲 416
　 505
胼 1025
朕 1733
脒 920

胺 11
脊 616
朔 1275
朗 802

七畫

脖〈額〉100
脯 403
　 1041
脴 316
脧 1375
脲 268
　 1325
脛（胫）〈踁〉703
脡 1350
脢 909
脱 1377
脺 223
脬 847
脟 1007
脝 536
脘 1331
脘 1391
豚 980
脧 724
　 1825

八畫

期〈朞〉602
期 1046
腎（肾）1200
腈 695
腠 88
脹（胀）1717
腊 1448
腖（胨）312
腓 376
腆 1339
腘 733
腴 1655
脾 1021
腋 1582
腐 403
脺 220
勝（胜）1209
腙 1816
腚 306
腔 1074
腕 1392
腒 715
臀 1057

九畫

膝 216
腩 962
腰 1572
腦 924
腪 226
腸（肠）〈膓〉 150
膃〈膃〉 1383
腥 1512
腮〈顋〉 1152
膈〈膈〉 883
腷 1263
腫（肿） 1769
腹 410
腺 1473
腯 1366
腧 1259
腳（脚） 661
　 729
腤 10
脛〈㙴〉 170
腠 1633
腱 647
腦（脑） 964

十畫

膊 102
膈 440
膃 1799
膲 1021
膀〈髈〉 42
膀 43
　 1005
　 1006
膁〈肷〉 1073
膄 598
腿〈骽〉 1373
膏 435
膋 877
膋（背） 843

十一畫

膜 940
膝〈𦝫〉 1449
膞〈肶〉 1790
膘〈膔〉 87
膣 1316
膄〈膝〉 868
　 876
膕（膕） 498
膤 197

膝 1325
膣 1762
膢 652
膠（胶） 658

十二畫

膩（腻） 974
膵 221
膨 1015
膰 359
膧 1357
膾 197
膳〈饍〉 1173
膡 1325
膝 1325
膦 851
赢 1629

十三畫

臌 469
膿（脓） 987
臊 1160
　 1161
臉（脸） 835
膾（脍） 779
膽（胆） 250
膻 253
膻〈膻蕇〉 1171
臁 835
臆 1612
臃 1636
膺（誊） 1325
臀〈臋〉 1376
臂 62
　 76

十四畫

朦 916
臑 965
臍（脐） 91

十五畫

臏（膑） 402
臘（腊）〈臈〉 793
赢 885
赢 814

十六畫

臛 599
臚（胪） 871
臕（胧） 866
臘（腾） 1325

赢（赢） 1631

十七畫以上

臙〈臙〉 1326
臟（脏） 1694
臞 1109
臟 246
臢（臜） 1686

76 氏部

氏 1227
　 1744
氐 272
　 276
昏〈昬〉 588

77 欠部

欠 1073

六至七畫

欥 742
欷 1447
欿 4
　 4
　 341
　 341
　 341
　 341

八畫

款〈欵〉 780
欺 1047
欹 1047
欲 744
欻 196
　 1528

九畫

歈 1619
歇 1496
歃 1167
歆 1656

十至十二畫

歌〈謌〉 437
歎 1073
欸（叹）〈嘆〉 1314
歐（欧） 993
歔 1528
歙 1191
　 1450

十三畫以上

歟 196
歠（欶） 1657
歡 209
歡（欢）〈懽讙驩〉 568

78 攴部

攴 1249

五至六畫

段 324
殷 1552
　 1623
殷〈慇〉 1617

七至八畫

殽 491
殺（杀） 1165
殼（壳）〈殻〉 753
　 1082

九至十畫

彀 461
毀〈燬譭〉 583
殿 293
毂 469

十一至十二畫

彀（谷） 469
毆（殴） 994
毅 1612
毂 553

十三畫以上

毂（穀） 465
　 469
殼 553
毂（毂） 772

79 文部

文 1415
吝〈恡〉 851
忞 931
紊 1420
斌 91
斕（斓） 799

80 方部

方 365

三至四畫

邡 366
放 370
於 1426
　 1652
於（于） 1653

五畫

斿 858
　 1643
施 1213

六畫

旁 1005
斾 1013
旆 904
旂 1050
旅 876
斺 1708

七畫

旌 695
族 1822
旎 972
旋 1534
　 1537

八畫以上

旗 1722
旒 862
旗〈旂〉 1051
旖 1605
旛（旙） 1657
旞 1297

81 火（灬）部

火 593

二至三畫

灰 578
灸 709
灶〈竈〉 1697
灼 1801
灺 1500

四畫

炅 1620

炙	1758	煥	1389	羨〈羗〉	1101	燉〈炖〉	332	斢	716
炬	720	焫	802	煊	1533	熾〈炽〉	178		

83 戶（户）部

炒	157	焗	716	煸	78	桑	1196	戶	554
炘	1507	焌	733	煒〈炜〉	1409	燊	1612		
炌	742		1107	煣	1139	燖〈燖〉	1545		

四畫

炊	204	**八畫**		**十畫**		燈〈灯〉	270	所	1299
炆	1419	煮〈煑〉	1782	熙〈熈熙〉	1449	燏	1666	戾	828
炕〈匼〉	748	熐	707	熏〈燻〉	1542	燙〈烫〉	1318	肩	636
炎	1556	無〈无〉	939	熏	1546			戺	611
炔	491		1428	熄	1449	**十三畫**		房	369
	1117	然	1121	熗〈熗〉	1079	燦〈灿〉	129	戽	554
		焯	155	熘	858	燥	1698		

五畫

			1801	熇	531	燭〈烛〉	1779	**五畫**	
炯	756	焜	787	熒〈荧〉	1629	燠	1666	居	289
炳	94	焻	1171	熔〈鎔〉	1138	燴〈烩〉	587	扁	80
炻	1220		1564	煽	1171	燧	1296		1023
炟	226	焺	1511	熥	1375			咼	706
炯〈烱〉	707	焰〈燄〉	1564	熊	1522	**十四畫**			
炸	1704	焞	1375			燹	1470	**六畫**	
	1705	焠	220	**十一畫**		燽〈焘〉	185	扆	1599
烀	550	焙	61	熱（热）	1124	燦〈煤〉	1138	扅	1605
烔	1639	焱	1564	熬	14	爇〈荋〉	1100	扃	1171
炮	45				14	燼〈烬〉	693		1172
	1008	**九畫**		熟	1240				
炮〈砲礮〉	1009	煦	1531		1255	**十五畫**		**七畫以上**	
炷	1785	照〈炤〉	1722	熯	514	爆	54	扈	555
炫	1537	煲	46	熰（伛）	994	爗	751	扉	375
		煞	1166	熛	87	爍〈烁〉	1275	雇	471
六畫			1167	熳	899	爐	14	扊	1562
烈	847	煎	638	熜	214				
烤	750	煤	909	熵	1176	**十六畫**		**84 心（忄小）部**	
烘	538	煁	163	熠	1612	爔	599	心	1502
烜	1535	煳	552	熦	1325	爐〈炉〉〈鑪〉	871		
烔	583	煏	74	熨	1666	爛〈焖〉	1565	**二至三畫**	
炯	1356	煙〈烟〉〈菸〉	1553		1684	爞	1450	忉	258
烟	1618	煉〈炼〉〈鍊〉	836					忑	1323
烙	811	煩〈烦〉	358	**十二畫**		**十七畫以上**		志	1312
	885	煒	785	燕	1554	爛〈烂〉	800	忏	418
烊	1567	煬〈炀〉	1569	燕〈鷰〉	1564	爝	1680	忖	222
	1571		1571	燒〈烧〉	1183	爨	1123	忙	900
烝	1736	熅〈熅〉	1680	燁〈烨〉〈爗〉	1583	爔	730	忍	1132
			1683	燂	1312	爥	483		
七畫		煋	1512	燎	844	爨	219	**四畫**	
焐	1441	煜	1664		845			忝	1338
烴〈烃〉	1347	煨	1402	燔	639	**82 斗部**		忠	1767
焊〈銲釬〉	513	煯	1412	燜〈焖〉	914	斗	313	忿	384
焗	724	煓	1370	燀〈燀〉	146	斜	1498	忽	549
烻	1350	煅	324	燋	659	斝	633	忘	1398
烯	1447	煌	577	燴	1450	斟	1731	忭	1392
焓	510	煖	1533	燔	359	斠	666	怃	1757
烽	390	煥〈焕〉	573	燃	1121	斡	716		
烶	1137								

忳 1375	恫 310	1317	慎〈昚〉1200	憐（怜）834
忡 179	1351	惕 1331	慓〈慄〉829	憎 1702
忤〈牾〉1437	恬 1337	惓 1339	愷（恺）742	憕 171
忻 1506	恤〈卹䘏賉〉1530	惘 1396	愾〈忔〉742	憑（凭）〈凴〉1036
忪 1284	恰 1063	悸 622	愧（媿）786	憨 330
1767	恂 1543	惟 1404	愒 1318	
忺 1466	恟 1520	惆 184	愴（怆）204	**十三畫**
忣 610	恪 758	惛 588	懈（怆）1775	
忭 81	恔 660	惚 550	慊 1073	憨 702
忧 162	恨 535	惇〈憞〉330	1085	懋 906
快 777	恣 1815	惦 289	態（态）1309	懇（恳）761
忸 985	恕 1258	悴〈顇〉220		懂 309
		倦 1115	**十一畫**	憷 195
五畫	**七畫**	惔 1310		憾 514
		悰 215	慧 587	懍（懔）963
怎 1701	患 571	悾 766	憃 179	懆 134
怹 1309	悠 1639	惋 1391	愿 1325	懌（怿）1612
怨 1674	您 981	惙 208	慇（慭）1118	懨 1533
急 611	悈 681		慫 932	慎 16
恀 1735	悖〈誖〉60	**九畫**	慫（丛）1285	憺 253
1741	悚 1285		傲 16	懈 1501
怯 1084	悟 1441	想 1480	慚（惭）〈慙〉128	懔（懔）851
怙 554	悝 1018	感 421	慪（怄）995	憶（忆）1612
怵 195	悄 1079	愚 1655	慳（悭）1066	
怖 119	1082	愁 184	慓 1027	**十四至十五畫**
怦 1014	悍〈猂〉512	愁〈譽〉1066	慢 899	
怗 1344	悝 784	愜（慊）〈厭〉1084	慷 1698	懟（怼）330
怛 226	822	惰 336	慟（恸）1359	懞（蒙）916
怏 1571	悃 787	愐 924	慷 747	懨（恹）1554
性 1518	悒 1608	惻（恻）135	慵 1635	懦 992
怍 1834	悔 583	愠（愠）1682	慘（惨）129	懣（懑）914
怕 997	悅 1678	惺 1512	慣（惯）482	懲（惩）580
怩 971	悌 1331	愒 742	憋 89	懲（惩）171
怫 399	悢 842	愕 340	慰 1412	
怊 154	悛 1112	惴 1799		**十六畫以上**
怪〈恠〉476	悪〈㤅愶〉1637	愣 819	**十二畫**	
怡 1598		愀 1082		懸（悬）1534
怒 988	**八畫**	愎 74	憨 508	懵 917
		惶 577	憖（憗）1626	懶（懒）〈嬾〉799
六畫	惡（恶）339	愉 1655	憩〈憇〉1062	懷（怀）566
	1427	愔 1619	億（亿）62	懺（忏）146
恝 631	1441	愊 1533	憤（愤）384	懾（慑）〈慴〉1191
恚 584	惎 623	惲（恽）1683	憶 587	懼（惧）723
恐 766	惠 584	慨〈嘅〉742	憭 845	戁（戁）962
恭 455	惑 598	惱（恼）963	憍 129	戀（恋）837
恩〈㤙〉341	惰 1097	慈 210	憫（悯）932	戇（戆）428
恁 969	悵（怅）153	愍 932	憬 702	1797
981	悽 852		憒（愦）786	
恈 781	悴 1519	**十畫**	憚（惮）252	**85**
恃 1232	惜 1447		憮（怃）1439	**爿（丬）部**
恓 1446	悽（凄）1046	愳 591	憔〈顦癄〉1080	爿 1002
恆（恒）536	悱 376	愫 1291	憨 218	
恢 579	悼 263	慌 574	憧 180	**三至五畫**
恍〈悅〉577	惱 151	愭 1051		壯（壮）1796
				妝（妆）〈粧〉1794

狀(状) 1796
戕 1074
斨 1074
牁 752

六畫以上

牂 1693
將(将) 650
654
1074
牆(墙)〈墻〉 1077

86 毋(母)部

毋 1428
母 947
每 910
乸 953
毑 677
毒 317
毓 1665

87 玉(王)部

王 1395
1398
玉 1661

二畫

玎 301
玐 19
玏 812

三畫

玗 418
玗 1653
玒 539
弄 867
弄〈挵〉 987
玔 201
玓 283
玖 709
玘 1054
玙 1807

四畫

玤 42
玞 396
玩〈翫〉 1388
玡 1550
玭 1030
玫 908
玠 679
玢 90
382
玥 1677
玟 1419
玦 727

五畫

珏 727
玵 419
珂 751
玶 1034
玷 289
珇 1823
珅 1194
玥 1121
玳〈瑇〉 244
珀 1038
珍〈珎〉 1728
玲 851
珊(珊) 1170
珋 863
玹 1534
珌 73
珉 931
珈 627
玿 1184
玻 98
玢 81

六畫

珪 487
珥 345
珙 456
珛 1525
珹 169
玼 212
珖 486
珠 1776
珦 1483
珩 536
珝 1774
珧 1573
珬 336
珣 1543
珞 885
珓 664
珫 179
班 33
珒 686
珢 1620
珕 828
珝 1529

七畫

球〈毬〉 1105
珸 1428
琊 1550
珵 170
琄(琄) 61
現(现) 1471
理 822
琄 1537
珽 1350
琇 1525
琭 1366
琈 400
琀 510
琂 1557
琉〈瑠璢〉 862
琋 283
琅〈瑯〉 801
珺 733
望〈朢〉 1399

八畫

琫 66
琙 1438
琴〈琹〉 1088
琶 997
琪 1050
琳 849
琦 1050
琢 1802
1829
琲 61
琡 195
琥 554
琨 787
琚 733
琤 623
琟 1404
琤(琤) 164
斑 34
琗 220
琰 1562
琺(珐) 355
琮 215
琔 289
琯 480
琬 1391
琛 160
琭 873
琚 715

九畫

瑃 206
瑟 1162
瑛 1627
瑚 552
瑓 836
瑊 637
瑣(顼) 1528
瑅 1329
瑒(玚) 153
1569
瑂 906
瑆 1512
瑞 1147
瑡 336
瑖 324
瑝 577
瑔 1115
瑀 1659
瑜 1655
瑗 1675
瑅 285
瑄 1533
瑛 1366
琿(珲) 579
590
瑕 1458
瑋(玮) 1409
瑂 909
瑈 1139
瑑 1792
瑙 964
聖(圣) 1209

十畫

瑧 1731
瑪(玛) 891
瑠(瑠) 693
瑱 1339
1733
瑣(琐)〈瑣〉 1300
瑰(瓌) 488
瑲(玱) 1074
瑤 1574
瑭 1316
瑳 223
瑢 1137
瑩(莹) 1629
瑬 862

十一畫

璈 14
瑾 687
璊(璊) 914
璉(琏) 835
璗 1365
璀 220
璁 214
瑽(瑽) 214
璃〈瓈琍〉 820
璋 1714
璆 1105
瑿 1597

十二畫

璜 577
璞 1042
璟 702
璡(琎) 693
璠 359
璘 849
璕(玙) 1545
璒 270
璣(玑) 603
璔 340
璗(璗) 257

十三畫

璱 1162
璭 441
璥 702
璨 129
璩 1109
璫(珰) 255
璐 875
璪 1696
環(环) 568
璹 1257
璵(玙) 1657
璬 662
璦(瑷) 6
璮 1313
璲 1296
璧 77

十四畫

璩 1052
瓀 1147
璿(璇) 1534
璽(玺) 1454

十五畫

瓄（瑇）　319
瓅（珠）　830
瓊（琼）　1102
璺　1422

十六至十七畫

瓏（珑）　866
瓔（璎）　1628
瓚　1502
瓖　1479

十八畫以上

瓛　483
瓓（玙）　884
瓚（瓒）　1692
瓛（瓛）　570

**88
示（礻）部**

示　1227

二至三畫

礿　1134
社　1188
祀〈禩〉　1283
祁　1048

四畫

祆　1466
祖　1753
祈　1050
祇　1050
祋　327
祊　65

五畫

祙　1293
祛　1107
祜　555
祐　1220
祐　1651
祓　399
祖　1823
神　1196
祝　1785
祚　1834
祔　407
祗　1747
祕　921
祠　209
祟　1296

六至七畫

祡　143
祭　622
　　1707
袷　1458
祧　1339
祥　1479
視（视）〈眎眎〉
　　1232
祲　690

八畫

禁　686
　　692
祾　853
祺　1051
裸　482
祿　873

九畫

禝　1455
福　401
禋　1619
禛（祯）　1731
禔　1747
禍（祸）〈旤〉　598
禘　285
禕（祎）　1597
祿　1469

十至十一畫

禡（祃）　892
禛　1731
禤　1803
禰　1533

十二至十三畫

禦（御）　1666
禧　1454
禫　253
禪（禅）　144
　　1174
禨（禨）　608
禮（礼）　824

十四畫以上

禱（祷）　261
禰（祢）　920
禳　1122

**89
瓦部**

瓦　1382

三至七畫

瓩　1065
瓴　852
瓷　209
瓶〈缾〉　1035
瓻　174

八至九畫

瓿　135
甄　120
甍　210
甄　1731
甃　1775

十一畫以上

甌（瓯）　994
甏　66
甑　249
甓　1703
甕　1023
甗　1563

**90
甘部**

甘　418
某　946

**91
石部**

石　250
　　1217

三畫

矸　419
矼　425
矻　772
矽　1446

四畫

研　1557
　　1563
砆　396
砑　1551
砘　332
砒　1018
砌　1059
　　1084
砂　1164

泵　66
斫〈斵斲斷〉　1802
砍　744
砄　727
耆　559
　　1526

五畫

砝　355
砵　98
砸　1686
砰　1014
砧〈碪〉　1730
砠　715
砷　1194
砟　1705
砼　1356
砭　78
砥　278
硅　1785
砬　792
砣　1379
破　1038
砮　988

六畫

碧　880
硼　1517
硅　488
硔　543
硒　1447
硐　310
硃（朱）　1777
砌　963
硇　491
硌　442
　　885
硋　5
硍　1620
砦　1707

七畫

硤　901
硨（硨）　159
硬　1632
硤（硖）　1458
硜（硁）　762
硝　1487
硯（砚）　1563
硪　1425
硫　862
硠　801

八畫

碱　1438
碃　1100
碏　1118
硝　446
碘　287
碓　327
碑　56
硼　1015
碉　295
碚　931
碎　1296
碴　61
碰〈揰踫〉　1016
碇〈矴椗〉　306
碇　766
碗〈盌椀甄〉　1391
碌〈磟〉　864
碌　873

九畫

碧　75
磋　1061
磚　1775
碟　299
碴〈鑸〉　140
碩（硕）　1275
磅　1706
碭（砀）　257
碣　676
碾　1412
碍　340
碳　1314
碫　324
碸（砜）　391
碲　285
磁　211
碹　1537
碥　81

十畫

碼（码）　892
磕　753
磊　815
磑（硙）　1406
　　1412
魂　785
磔　1449
磊　1725
磅　43
　　1006

礅　223
磲　834
　　1066
確(确)　1118
碾　977
磋　1159
磬　1002

十一畫

磬　1100
磺(碛)　1061
磡　746
磚(砖)〈塼甎〉　1790
磽　132
礌　1061
磽(碛)　493
磣(碜)〈砂頪〉　163

十二畫

磴(硗)　1079
磺　577
礁　1312
磲　1716
磾(碑)　275
礄(硚)　1081
礁　659
礌　1004
礅　331
磷〈燐粦〉　850
礫　1109
礎　272
磯(矶)　608

十三畫

礑(砀)　227
　　1303
礎(础)　195
礓　651
礌　814
礌　1698
礜(岩)　1119

十四畫

礤　916
礙(碍)　6
礦　121

十五畫

礦(矿)〈鑛〉　783
礬(矾)　359

礦　121
礪(砺)　831
礫(砾)　831
礩(硕)　1762

十六畫以上

礴　946
礵　102
礲　1265
礵(砻)　799

92 业部

粜　1756
业(业)　1583
叢　402
叢(丛)　215
黷　405

93 目部

目　949

二至三畫

盯　301
盱　1526
盲　900

四畫

省　1207
　　1517
眄　924
　　926
盹　331
眇〈眇〉　927
眊　905
盼　1454
盼　1004
昀　1337
眈　247
眉　908

五畫

眂　467
眨　1705
眩　1537
眠　922
眙　1598
眢　1667

六畫

眥〈眦〉　1815
眶　782

睭　1294
眽　944
眺(覜)　1343
眵　174
睆　182
眼　1560
眸　946
眷〈睠〉　725

七畫

睞　1172
睄　1186
睅　513
睨(睨)　1473
睏(困)　788
睧　725
睎　1447
睇　285
睆　572
睃　1298

八畫

督　316
睛　695
睹(覩)　320
睦　951
睖　819
睞(睞)　796
睚　1550
睫　674
睨　974
睢　1294
睥　1022
睬(倸)　125
睜(睁)　1736
睩　1172
睩　873

九畫

睿〈叡〉　1148
瞄　927
睡　1270
瞅〈瞅朒〉　185
瞍　1287
睽　785
瞀　906

十畫

瞌　753
瞋　160
瞇(眯)　918
　　919

瞎　1457
瞑　937

十一畫

瞞(瞒)　896
瞤(断)　1710
瞘(眍)　768
瞟　1028
瞠　165
瞜(瞜)　867
瞥　1029

十二畫

瞰〈瞯〉　746
瞫　1199
瞭(了)　845
瞭　846
瞳(眮)　1148
　　1273
瞤(眴)　649
　　1469
瞧　1081

十三至十四畫

瞼(脸)　642
瞻　1708
矇(蒙)　915
　　916

十六畫以上

矑(眹)　871
矓(眬)　866
矚(瞩)　1783

94 田部

田　1337

二畫

町　301
　　1350
叭　751
男　958
甸　790

三畫

畀　73
毗　1116

晏　600

四畫

畎　1116
畏　1411
毗〈毘〉　1020
胃　1411
畋　1337
畈　364
界　680
畇　1681
畎　427
思　1152
　　1278

五畫

甿　1381
畛　1732
畔　1005
留〈畱畄畱〉　858
畜　195
　　1530

六畫

畦　1050
畤　1759
異(异)　1608
略(畧)　880
累　813
　　815
累〈纍〉　815

七至八畫

畯　733
畬　1310
當(当)　253
　　256
畸　602
畹　1391

十一至十四畫

疃　862
疃　1371
疁　980
畾(垒)　815
疇(畴)　185

十六畫以上

畾　814
纍(累)　815
疊(叠)〈疂疉〉　300

95 罒部

四至五畫

罘 399
罛 425
罟 468
置 715
罜 464

六至七畫

眾(众)〈衆〉1772
買(买) 893
罥 725
罦 401
罭 829

八畫

署 1256
罨〈罜〉1760
罳 1664
罧 1562
罪〈皋〉1826
罩 1723
蜀 1256

九畫

罱 799
罳 1279
罰(罚)〈罸〉353

十畫

罵(骂)〈罵傌〉892
罶 863
罷(罢) 23
24

十一畫

羈 1292
麗 874
罹 820
罻 1413

十二畫

羀 624
羄 180
羄 1702

十四畫以上

羆(罴) 1021

羅(罗) 883
羉 724
羈(羁)〈覉〉609

96 皿部

皿 931

三至四畫

盂 1653
盅 1767
盈 1629

五畫

盉〈盇〉529
盋 14
益 1607

六至八畫

盌 784
盛 170
1208
盜 263
盟 915

九至十二畫

監(监) 638
647
盤(盘) 1002
盥 469
盦 483

十二畫

盩 1774
盨(盉) 1081
盩(盩) 1529

十三畫以上

鹽 469
盭 831
鹽(盐) 1559

97 生部

生 1201
甡 1208
牲 1194
產(产) 145
甦 1288
甥 1205

98 矢部

矢 1225

三至四畫

知 1745
矩〈榘〉717
矧 1198

七至八畫

短 323
矬 223
矮 4
雉 1760

十二畫以上

矯(矫) 660
662
矰 1702
矱 1676

99 禾部

禾 523

二畫

利 827
秃 1364
秀 1525
私 1276

三畫

和〈龢咊〉527
和 531
550
591
597
秈(籼) 1466
季 618
委 1400
1407

四畫

秬 720
秕(粃) 70
秒 927
种 180
秋〈烌穐鞦〉1102
科 751

五畫

秦 1087

乘〈乘桀〉169
1208
秣 943
秫 1254
秤 171
租 1821
秧 1566
盉 529
秩 1759
稀 1807
秘〈祕〉73
921

六畫

秸〈稭〉669
移〈迻〉1598

七畫

稆 602
稍 1183
1186
稈(秆) 421
程 170
稻 877
稌 1366
稀 1447
稅 1270
稃 396
稂 801

八畫

稑 874
稙 1747
稞 752
稚〈稺釋〉1761
稗 33
稔 1132
稠 184
稭 43

九畫

種(种) 1769
1772
稱(称) 164
164
稨 81
概 623

十畫

積 1732
稽 603
1058

稷 623
稻 265
稿〈藁〉434
稼 634

十一畫

積(积) 605
穆 952
穄 624
穋(穆) 129

十二畫

穗 1296
穆 1042
穜 1357
1773

十三畫

穚(穚) 1162
穄(秒) 587
穟(秾) 987
穖 1296

十四畫以上

穫(获) 599
穩(稳) 1420
穰 1122

100 白部

白 24

一至二畫

皅 1083
皂〈皁〉1697
兒 904

三畫

帛 100
的 267
274
275
283

四畫

皇 574
泉 1114
皈 487

五至八畫

皋〈皐皐〉428
皖 578

皎　　661
皓〈暠暠〉522
皖　　1391
皙　　1448

十畫
皝　　578
皚〈皚〉　4
皜　　523
皛　　1493
魄　　1040

十二畫以上
皤　　1038
皦　　662
皭　　667

101 瓜部
瓜　　472
瓞　　299
瓠　　555
瓢　　1027
瓤　　1122

102 疒部
二至三畫
疔　　301
疝　　1172
疙　　436
疚　　710

四畫
疣　　1643
疥　　680
疧　　1050
疫　　1607
疢　　163
疤　　20

五畫
症　　1742
疳　　419
病　　96
疸　　1171
疽　　242
　　　250
疽　　715
疾　　612
疶　　1705
疹　　1732

疼　　1325
痎　　1785
痃　　1534
痂　　628
疲　　1020

六畫
痔　　1759
痏　　1408
痍　　1599
痊　　178
疵　　209
痉　　1115
痕　　535

七畫
痣　　1760
痦　　1442
痘　　316
痞　　1022
痙〈痉〉704
痢　　829
痗　　911
痤　　223
痧　　1166
痛　　1359
痠〈酸〉1292

八畫
痦　　1366
痞〈痖〉1551
痳　　889
瘃　　1779
痱〈痹〉378
痹〈痹〉74
痼　　471
痴〈癡〉174
瘘　　1409
瘐　　1659
瘁　　221
瘀　　1652
痰　　1310
痯　　480
痾〈疴〉752

九畫
瘈　　178
　　　1761
瘌　　792
瘧〈疟〉991
　　　1577
瘍〈疡〉1569

瘟〈瘟〉1415
瘦　　1248
瘝　　544
瘓　　573
瘋〈疯〉391
瘢　　633

十畫
瘛　　178
瘩〈瘩〉227
　　　242
瘥〈瘥〉1612
瘕　　477
瘜　　1449
瘭　　35
瘡〈疮〉202
瘤〈瘤〉862
瘠　　615
瘢　　143
瘣　　223
瘴　　1161

十一畫
瘼　　945
瘰　　87
瘻〈瘘〉〈瘺〉869
瘭　　885
瘲〈瘲〉1818
瘵　　1708
瘴　　1717
瘸　　1118
瘳　　184
瘆〈瘆〉1200

十二畫
瘢　　35
癀　　577
療〈疗〉844
癇〈痫〉1469
癉〈瘅〉249
　　　253
癌　　4
癆〈痨〉805
癗　　866

十三畫
癍　　830
癉　　815
癘〈疠〉671
癲　　1257
癒〈愈〉〈痊〉1666
癟　　1613

癥　　294
癖　　1022

十四至十五畫
癰〈痈〉〈癰〉89
　　　90
癥〈症〉1737
癢〈痒〉1570

十六至十七畫
癲〈癫〉797
癧〈疬〉831
癮〈瘾〉1625
癯〈癯〉1632
癬〈癣〉1536

十八畫以上
癯　　1109
癰〈痈〉1636
癱〈瘫〉1310
癲〈癫〉286

103 立部
立　　825

三至六畫
妾　　1084
竑　　540
站　　1710
竘　　1111
竧　　1609

七畫
竦　　1285
童　　1356
竢　　733

八畫
竪〈竖〉〈竪〉1259
靖　　705
竫〈净〉705

九畫以上
竭　　676
端　　322
颯〈飒〉〈颮〉1152
競〈竞〉706

104 穴部
穴　　1538

二至三畫
究　　707
空　　762
　　　767
帘　　831
穸　　1446
穹　　1101

四畫
突　　1365
穿　　197
窀　　1799

五畫
窅　　1575
窄　　1707
窊　　1381
空　　80
窃　　664
窈　　1575

六至七畫
窒　　1759
窕　　1342
窞　　316
窖　　666
窗〈窗窓窻窗牕牖〉202
窘　　707

八畫
窠　　752
窣　　1288
窟　　773

九畫
窩〈窝〉1423
窬　　1656
窨　　1542
　　　1626
窪〈洼〉1381

十畫
窮〈穷〉1101
窳　　1661
窯〈窑〉〈窰〉1574

十一至十二畫
窺〈窥〉〈闚〉784
窶〈窭〉723
窵〈窎〉298

窪　1450
竀　781
竉　866

十三畫以上

竄（窜）　219
竅（窍）　1083
竇（窦）　316
竊（窃）　1085

105 疋（疋）部

疋　1021
　　1550
胥　1526
疍〈蜑〉　251
蛋　252
疏〈疎〉　1253
楚　194
疐　1761

106 皮部

皮　1019
皰（疱）　1010
皴　221
皰（皰）　732
頗（颇）　1037
皺（皱）　1775

107 癶部

癸　490
登　269
發（发）　349
凳（櫈）　272

108 矛部

矛　903
柔　1139
矜　477
　　685
　　1087
務（务）　1441
矟　1275
矞　1664
蟊　904

109 耒

耒　815

三至四畫

籽　1807
耕〈畊〉　445
耘　1681
　　157
耗　521
耙　23
　　997

五至九畫

粗　1283
耠　591
耤　615
耥　1315
耦　994

十畫

耩　652
耨　987
耪　1006

十一畫以上

耬（耧）　868
耮（耢）　811
耰　1641
耱　567
　　946

110 老（耂）部

老　805
考〈攷〉　749
孝　1494
者　1726
耆　1050
耄　905
耇　460
耋　299

111 耳部

耳　343

二至三畫

耵　301
聊　348
取　1110
耶　1578
　　1578

四畫

耿　445

耽〈躭〉　247
恥（耻）　176

五畫

聱　1530
聘　247
聆　852
聊　843

六至八畫

聒　494
聘　1031
聚　721

十一畫

聱　15
聲（声）　1205
聰（聪）〈聦〉　214
聯（联）　834
聳（耸）　1285

十二畫以上

聶（聂）　981
聵（聩）　786
職（职）　1751
聹（聍）　982
聽（听）　1347

112 臣部

臣　160
臥（卧）　1424
臧　1693
臨（临）　849

113 西（西覀）部

西　1444
要　1572
　　1575
栗　828
　　1028
覃　1088
　　1310
粟　1291
賈（贾）　469
　　633
覆　411

114 而部

而　342
耐　957

奭　1146
彭　343
耍　1261
恧　990

115 至部

至　1756
到　261
郅　1758
致　1758
臻　1731

116 虍（虎）部

虎　553

二至四畫

虓　1485
虐　991
彪　85
虔　1070

五畫

處（处）　194
　　195
虖　401
號（号）　517
　　522

六至七畫

虛　1526
虞　1655
虜（虏）〈虜〉　872
虢　498

八畫

疏　54
虡　721
虧　1557

九畫以上

膚（肤）　396
慮（虑）　879
盧（卢）　870
虧（亏）　784

117 虫部

二至三畫

虯（虬）　1104
虷　419

　　510
虹　539
　　653
虼　441
虵（蚘）　915
虷　1807

四畫

蚌　42
　　66
蚨　399
蚜　1550
蚍　1020
蚰　1772
蚋　1147
蚧　680
蚡　383
蚣　455
蚊〈蟲蚉〉　1419
蚄　367
蚪　314
蚓　1623
蚆　20
蚕　1696

五畫

蛄　508
蛄　464
　　468
蚵　94
蛃　1035
蛆　1107
蚰　1643
蛉　1121
蚱　1705
蚯　1103
蛉　852
蛀　1785
蛇〈虵〉　1187
蛇　1598
蛏　294
蚴　1652

六畫

蛋　1101
蚕　456
蛙〈鼃〉　1381
蛣　1047
蛭　1759
蛐　1107
蛔〈蛕蚘痼蜖〉　583
蛛　1777

蚝　788
蛔　1480
蛤　439
　　503
蛟　657
蚌　1568
蛇　1705
蚌　946

七畫
蜇　1724
　　1725
蛐　674
蛺〈蛱〉631
蛸　1183
　　1487
蜈　1434
蜆〈蚬〉1469
蜗　1667
蛾　338
　　1605
蜓　1350
蜊　820
蜍　193
蜕　1375
蜉　401
蜂〈蠭蠭〉391
蛹　1637

八畫
蜻　1097
蜞　1051
蜡　1706
蜥　1449
蛛〈蛛〉309
蜮　1665
蛹〈蛹〉841
蜾　499
蜴　1612
蜩　1397
蜘　1747
蜒　1557
蜺　971
蜿　37
蜱　1021
蜩　1341
蜣　1075
蜷　1115
蜿　1387
蜢　917
蟹　376

九畫
蝽　206
蝶〈蜨〉299
蝴　552
蝻　962
蝗　1563
蝲　793
蝠　402
蜂　785
蝟〈猬〉1412
蜗〈蜗〉1423
蝌　753
蝮　411
蝘　1287
蝗　577
蝓　1656
蝜〈蝜〉411
蝣　1646
蝎　1105
　　1646
螂〈蜋〉801
蝙　78
蝦〈虾〉503
　　1457
蝨〈虱〉1215
螫　904

十畫
螓　1089
螞〈蚂〉888
　　892
　　892
螈　1673
螈　1524
螅　1449
螄〈蛳〉1279
螗　1316
螃　1006
螠　1612
蝙　1173
螟　938
螢〈萤〉1629

十一畫
蟊　974
螯　1237
螫　15
螫〈蛰〉1725
蟒　901
蟆〈蟇〉889
蟎〈螨〉898

蟠　132
螵　1027
蟏〈蟏〉286
螳　1317
蟓〈蝼〉868
螺　884
蟈〈蝈〉494
蟀　1450
蜗　174
蟑　1715
蟀　1263
螬　1624
蟊　1414
螫〈蛰〉651

十二畫
蟯〈蛲〉963
蟛　1015
蟢　1454
蟥　577
蟪　587
蟫　1621
蟲〈虫〉182
蟬〈蝉〉144
蟜〈蛴〉662
蟣〈蛴〉1325
蟠　1004
蟮　1174
蟣〈虮〉618

十三畫
蟹　1062
蟶〈蛏〉165
蟷　814
蠅〈蝇〉1630
蠍〈蝎〉1497
蠋　1779
蟶　1350
蠏〈蚜〉676
蟾　144
蠊　835
蟻〈蚁〉1605
蟹〈蠏〉1502

十四畫
蠓　917
蠖　599
蠕〈蝡〉1143
蠔〈蚝〉518
蟣〈蛴〉1053
蠛〈蠂〉1138

十五畫
蠢〈惷〉208
蠣　929
蠣〈蛎〉831
蠟〈蜡〉793
蠱　821
　　825

十七畫以上
蠨〈蟏〉1488
蠱〈蛊〉469
蠹　322
蠼　1109
蠷　1450
蠻〈蛮〉896
蠾　1109

**118
肉部**
肉　1139
臠　988
胾　1815
胔　1815
臠〈臠〉879

**119
缶部**
缶　395

三至十畫
缸　425
缺　1117
缽〈钵〉〈鉢盉〉98
鉥　1707
鈷　1483
罃〈罃〉1627

十一畫以上
罄　1101
罅　1463
罂　1575
　　1646
　　1776
罌〈罍〉〈罌罌〉1628
罎〈坛〉〈壜罎〉
　　1312
罐〈罐〉483

**120
舌部**
舌　1187
刮　473

舐　1232
甜　1338
舔　1339
鴰〈鸹〉473

**121
竹（⺮）部**
竹　1778

二至三畫
竺　1779
竻　812
竿　419
竽　1653

四畫
笄　600
笑〈咲〉1494
笊　1721
笫　1807
笏　555
笈　612
笆　20

五畫
笨　65
笱　421
笪　1038
笪　226
笛　275
笙　1205
笮　1699
　　1829
符　401
等　852
筍　461
笠　829
筒　1284
筬　931
第　283
笯　988
笳　630
笤　1340
答　174

六畫
筐　781
筆　492
等　271
筘　772
筝　750
筆　810

筑 1786
笧 1101
策〈筴筴〉134
筒〈筩〉1358
笓 1469
筶 788
筏〈栰〉353
筌 1115
答 225
　 226
筋 686
筍(笋) 1297
笑 1488
筆(笔) 70

七畫
箁 1293
筋 1725
筠 732
　 1682
笆 997
筮 1234
筴 428
筴(筴) 630
筲〈摘〉1183
筧(笕) 641
筶 717
筶 435
筱 1493
筷 778
笇 480
筐 801
節(节) 671
節(节)〈節〉674

八畫
箐 1100
箍 465
箸〈筯〉1786
箕 602
箖 849
篂 1167
箋(笺)〈牋楈〉
　 638
算 1293
箅 75
筵 1557
箚 1704
箏(筝) 1736
箍 402
箔 102
管〈筦〉480

筡 766
筿 1667

九畫
篋(箧) 1085
箬〈篛〉1150
箱 1479
範(范) 364
箴 1731
箵 1512
篇 200
箪 577
篌 544
箭 648
箕 543
篇 1024
篆 1793

十畫
簀 459
篚 377
篤(笃) 321
賫(赍) 867
築(筑) 1787
篥 830
篡(篡) 219
賫(赟) 1682
篩(筛) 1167
筐 76
簇 175
篘(笉) 184
簹 433
篠 193

十一畫
簣(篑) 1700
篸 813
簌 1292
篡 1793
簍(篓) 869
篳(竿) 76
篾 929
簉 1698
簃 1601
篼 313
篷 1015
簏 875
篰 120
簇 218
簋 491
篸(篸) 129

十二畫
簣 577
簞 405
篳 294
簪 844
簹 1691
簡(简) 642
簀(赍) 786
簞(箪) 249
簾 1001
簫 1298
簦 271

十三畫
簬 1776
簸 103
　 103
箸(笪) 255
簽(签) 1067
簾(帘) 835
簿 120
簫(箫) 1488

十四至十五畫
籍 616
籌(筹) 185
籃(篮) 798
籬(帟) 981
籑(籑) 1825
籛(篯) 379

十六畫
攮(筟) 1380
籟(籁) 797
籛(籛) 639
籙(箓) 875
籠(笼) 866
　 867

十七畫
籧 1109
蘭(籣) 799
籥 1680
籤(签)〈籖〉1067
彌(祢) 920

十八畫以上
籪(籪) 326
籮(箩) 885
籩(笾) 80
籬(篱) 821

籯 1680
籯(籝) 1631
籲(吁) 1667

122 白部
白 710
兒(儿) 343
兒 970
舁 1653
舂 179
舀 1455
舅 713

123 自部
自 1808
臬 1450
臭 186
　 1525
息 1446
臲 981

124 血部
血 1499
　 1541
衃 1010
衄〈衂衂〉990
衊(蔑) 929

125 舟部
舟 1773

二至四畫
舠 258
舢 1170
舭 70
舯 1767
舨 37
般 34
　 98
　 1002
航 515
舫 370
舥 996

五畫
舸 440
舳 1779
舴 1699
舶 100

舲 852
船(舩) 198
舷 1467
舵〈柁〉336

六至八畫
舾 1448
艄 1183
艇 1350
艅 1656
艉 1409
艋 917

九畫
艘 1287
艎 577
艏 1245

十至十二畫
艑 1304
艙(舱) 130
艖 138
艚 132
鴿(鹆) 1774
艟 180

十三畫以上
艤(舣) 1606
艨 916
艦(舰) 649
艫(舻) 871

126 色部
色 1161
　 1167
艴 100
艷(艳)〈豔豓〉
　 1565

127 衣(衤)部
衣 1595
　 1606

二至三畫
初 191
衫 1170
衩 141
　 141

四畫
衮 1085

衲 955	褐 1332	**十四至十五畫**	群〈羣〉 1119	粽〈糉〉 1818
衽〈袵〉 1133	1449	襤（褴） 798		
衿 685	褝 74	襦 1143	**八至十畫**	**九畫**
袂 911	1021	襪 1237	羯 676	糊 550
	褐 185	褴（襕） 1499	羰 1315	555
五畫	裾 716	襪（袜）〈韤韈〉	羱 1673	糊〈餬粘〉 552
袋 246	褶 335	1383	羲 1450	糈 141
祛 1107				糇〈餱〉 544
袒〈襢〉 1313	**九畫**	**十六畫以上**	**十一畫以上**	糌 1691
袖 1525	褙 62	襯（衬） 164	鸄（鳌） 1705	糍〈餈〉 211
衫 1732	褐 531	襪 246	羹 445	糈 1529
袍 1008	複（复） 410	襴（襕） 799		糅 1139
祥 1005	褓〈緥〉 50	襄 1122	**129**	
被 60	褕 1656	襷 1005	**米部**	**十畫**
袯 1577	褌（褌） 787		米 920	精 62
裂 630	褊 81	**128**		糗 1105
	褘（祎） 579	**羊（⺶⺷）部**	**三畫**	糖〈餳〉 1316
六畫		羊 1566	籽 1807	糕〈餻〉 433
裁 123	**十畫**		籸 990	
裂 846	褡 226	**一至三畫**		**十一畫**
847	褥 1146	羌〈羗羌〉 1074	**四畫**	糟〈蹧〉 1694
袺 672	褟 1303	美 910	粔 721	糞（粪） 385
䄅 1618	襯 176	羑 1650	籹 920	糙 132
袄 401	褲 682	姜 650	粉 383	糠〈穅杭〉 747
裕 1062	褲（裤）〈袴〉 775		料 845	糗 654
袼 436	褪 1375	**四畫**	粑 20	糁（糝） 1158
裉 761	1376	殺 468		1196
	襟 957	羓 20	**五畫**	
七畫		差 137	粘 977	**十二畫以上**
裘 1105	**十一畫**	141	1708	糧（粮） 839
裊〈裊〉〈嫋嬝褭〉	襀（襀） 607	142	粗〈觕麤〉 216	糯〈稬稌〉 992
979	褳（裢） 834	209	粕 1040	糰（团） 1371
補（补） 104	褾 89	羔 433	粒 829	耦（粭） 831
袻 1259	褸（褛） 877	恙 1571		糴（籴） 1344
裎 170	襁〈繈〉 1078		**六畫**	
171	褶 1726	**五畫**	粲 1804	**130**
裕 1664		羚 852	粞 1448	**聿（⺻⺜）部**
裙〈裠帬〉 1119	**十二畫**	羝 274		聿 1662
裔 1609	襆 402	羞 1524	**七畫**	書（书） 1249
袋 1166	襇（裥） 642	羕 1571	粱 129	畫（昼） 1775
裝（装） 1794	襀（襀） 786		粳〈秔稉〉 695	畫（画） 563
	襌（禅） 249	**六畫**	粔（粯） 1473	肄 1609
八畫	襏（祓） 102	翔 1480	粱 839	肇 1723
裳 150		着 1720		肅（肃） 1291
1183	**十三畫**	1728	**八畫**	盡（尽） 693
製（制） 1761	襟 686	1802	精 697	盡 1457
裱 88	襠（裆） 255		粿 499	
褂 475	襖（袄） 15	**七畫**	粼 849	**131**
褚 194	襝（裣） 836	羥（羟） 1078	粹 221	**艮部**
1782	襜 144	羧 1298		艮 444
褟（裲） 841	襚 1297	義（义） 1611		艱（艰） 639
裸〈躶赢〉 885	襃 77	羡（羨） 1473		

132 **艸（艹艹卅）部**	芨 600	苗 1802	**七畫**	其 1050
	芰 1170	茄 628	莐 744	菻 851
二畫	苄 81	1083	莐 143	菥 1447
艾 5	芝 1419	苕 1184	莩 67	菜（莱） 796
1606	芝 1745	1339	莆 1041	菘 1284
芁 654	芳 366	苔 1304	荚（荚） 631	莿 213
芀 812	芯 1506	1306	莽 901	菌（菌） 841
芀 957	1509	茅 904	茎（茎） 694	萃 957
	芭 19		莫 943	菁 1050
三畫	芤 768	**六畫**	莧（苋） 1473	萋 1046
芋 1662	芋 1530	荆 694	莒 717	菲 375
芏 321	1784	茫 810	莪 337	376
芉 1065		茸 1136	莛 1349	菽 1253
芁 1014	**五畫**	萱 568	莉 829	萆 1801
芍 1184	943	茜 1073	莠 1650	菖 147
芄 1387	茉 419	1446	莓 908	萌 915
芒 900	苷 773	茬 139	荷 530	萜 1344
芑 1054	苦 65	荑 1327	531	菌 732
芎 1520	苯 751	1598	莜 1643	733
	苟 1029	茈 209	茶 1187	姜 1408
四畫	苤 1124	1807	茶 1366	萸 1654
芙 398	若 1149	草〈艸〉 132	莝 224	萑 568
芫 1555	904	茼 1356	莩 401	萆 74
1669	茂 21	茵 1617	1027	菂 285
1680	茇 1170	茴 582	娄 1294	菜 125
芾 377	苫 1172	茱 1777	荻 275	蔥 981
398	1605	茖 473	莘 1194	萊 382
芨 618	苡 715	茚 1626	1507	萉 401
芣 398	苴 951	茯 399	莎 1165	菟 1366
芭 339	苜 927	荏 1772	1298	1370
芑 1022	英 1626	荏 1132	莞 477	萄 1321
芑 720	苋 1747	荇 1519	480	菖 252
1109	苣 1605	荃 1114	1390	菊 716
芽 1550	苒 1121	茶 139	莨 803	萃 220
芘 70	苤 1205	荀 1543	838	菩 1042
1020	茌 1705	荟 438	著 732	菱 1313
芷 1753	茌 175	茗 936	莆 956	菏 530
芮 1147	苻 399	茭 657	991	萍 1035
芼 904	茶 980	茨 209	莊（庄） 1794	菹 1821
花〈蒼蘠〉 556	苓 852	荒 573		菠 98
芹 1087	苠 278	荄 414	**八畫**	萣 306
芶 1607	苟 460	荛 179	菶 66	萶 256
芥 416	茆 904	荓 1035	華（华） 560	菅 637
679	苑 1674	茳 650	563	菀 1391
芩 1087	苞 45	茫 901	菁 695	1663
芬 382	范 363	莨 444	菾 1338	菉 873
芪 1048	苧（苎） 1785	茇 1080	莨（苌） 150	菹 1107
芴 1440	茓 1538	茹 1142	菝 21	菰 464
芡 1073	苠 73	荔〈荔〉 828	著 1786	菌 513
	莨 931	兹 209	1802	菇 464
	莆 73	茲（兹） 1804	菱〈菱〉 853	蒥 1804
	399			

九畫

蒅	1062
尌	390
	394
葚	1133
	1200
葉(叶)	1582
葫	552
蒳	960
葙	1479
葳	1731
葳	1401
惹	1124
葬〈葵堃〉	1693
蕾	742
募	951
葺	1061
萬(万)	1392
葛	439
	440
蒽	1453
蒝(萈)	1423
尊〈尊〉	340
萩	1103
菫	309
葆	49
葩	996
葰	733
葏	878
葡	1042
葱〈蔥〉	214
葶	1350
蒂(蔕)	285
葹	1214
蒍(芛)〈蔿〉	1409
渶	543
蒗	1002
落	792
	811
	883
	886
萱〈蕿葖蘐蕙〉	1533
葜	1365
蔲	477
葷(荤)	589
	1542
萹	78
	81
葭	630
葦(苇)	1409

葵	785
葒(荭)	543
蒔(葑)	1775

十畫

縈	1731
蒜	1293
蒲	1042
薯	1215
蓋(盖)	416
	440
蒻	1146
蒔(莳)	1222
	1236
墓	951
幕(幙)	951
蒱	465
蒽	342
蒨	1073
蒢	1341
蓓	62
蒐	1287
蒫	75
蔌	885
蒼(苍)	130
蓊	1422
蓑〈簑〉	1298
蒿	516
蒵	615
蒟	717
蒡	43
蓄	1531
蒹	638
蒴	1275
蒲	1042
茈(苊)〈岊〉	829
蒖	803
蓉	1137
蒙	915
	915
	917
蒴	802
蓂	922
	937
蒻	1150
蒣(苏)	1297
蒸	1736
蓇(莼)〈蒪〉	207
夢(梦)	917

十一畫

葚	587

蕘	974
蓺	1612
蓮(莲)	833
蕨	1292
蕈	85
蓽(荜)	75
慕	952
暮	952
摹	939
蒩(尚)	899
蔞(蒌)	868
蔓	896
	899
	1394
蒙	814
蓧(莜)	297
蔦(茑)	980
蒬	313
蒞	1453
蓯(苁)	214
蔔(卜)	103
蓬	1015
蔡	126
蔗	1727
蔀	120
蔟	218
蔽	75
蕁	511
	514
蔆	1109
蔲	772
蓓	1532
蔚	1412
	1665
蔣(蒋)	652
蔭(荫)	1619
蔭(荫)〈廕〉	1626
蓼	845
	874
蔑	929
蔃	1077

十二畫

蕘(荛)	1123
蕙	587
蕈	1546
蕆(蒇)	146
蕨	729
蕤	1147
蕓(芸)	1682
蕢	1827
蕺	615

黃(黄)	786
蕒(荬)	893
蕪(芜)	1434
蔾	820
蕎(荞)〈荍〉	1080
蕉	659
	1080
蕃	99
	357
	359
	1021
蕕(莸)	1646
董	309
蕩(荡)〈潒〉	257
蕰(蕴)	1415
蕊〈蕋蘂蕤〉	1147
蕁(荨)	1071
	1545
蔬	1254
蕥(芛)	1479
蕢	916
蕢	916

十三畫

蕻	543
	544
薘(荙)	227
薔(蔷)	1077
薑(姜)	651
薤	1501
蕾	815
薗	875
薯〈藷〉	1257
薙	1332
薐	817
薛	1538
薁	1666
薇	1402
薟(莶)	1466
薈(荟)	587
薆(爱)	6
薊(蓟)	624
薢	1502
薦(荐)	649
薋(荠)	211
薪	1509
蕙	1612
薙	1422
薄	46
	102
	103
蕭(萧)	1487

薛	76
薅	516
蕷(蓣)	1666
薨	539

十四畫

藉	616
	682
藉(借)	682
薹	1409
薑	1306
藂	215
藍(蓝)	797
藏	131
	1693
薺	1143
藕	81
薰	1542
舊(旧)	713
藐	928
藋	973
薰	434
薺(荠)	624
	1053
藻	1027
藭(芎)	982
薑(蕜)	693
薩(萨)	1152

十五畫

藕	994
爇	1150
藝(艺)	1613
藪(薮)	1288
蘁(虿)	143
藟	815
蠒(茧)〈蠒〉	643
藜〈藜〉	820
蟇	667
藥(药)	1577
藤〈籘〉	1325
藚	1102
藦	941
藨	87
藩	358
藭(芎)	1102
藴(蕴)〈蘊〉	1684

十六畫

蘀(萚)	1380
蘑(荶)	831
蘢	599

蘋（苹） 1030
蘋（苹） 1036
蘆（芦） 871
　　　 872
蘭（蕑） 851
蘄（蕲） 1053
蘖（蘖） 981
蘇（苏）〈蘓甦〉 1288
藹（蔼）十 5
蘑 941
藻 1696
蘦（薹） 331

十七畫
蓬 1109
龍（龙） 866
蘴（蘴） 946
虁（夔） 1628
蘭（兰） 798
蘈 1414
蘖 981
薂（薂） 836
蘚（藓） 1470
蘪 920
蘿 523
蘩 359
襄 1122

十八畫以上
蘿（蔿） 821
蘿 1713
蘿（萝） 884
蘖 981
蘿 920
蘿（藕） 1615

133 羽部
羽 1658

三至四畫
羿 1607
翃 543
翀 179
翂 382

五畫
翎 1458
翝 1122
翎 852

習（习） 1451
翊 1609

八畫
翥 1786
翟 276
　　 1707
翠 221

九畫
翦 641
翩 1024
翬（翚） 579

十至十一畫
翱〈翔〉 14
翯 531
翳〈瞖〉 1612
翼 1613

十二畫以上
翹（翘） 1081
　　　 1082
翻〈飜繙〉 357
翻 1358
翶 850
翾 1702
翻（翔） 587
翻 1533

134 糸（糹纟）部

二至三畫
糾（纠）〈紏〉 707
紆（纡） 1652
紅（红） 455
　　　 540
紂（纣） 1775
紇（纥） 436
　　　 529
紃（纮） 1543
紉（纫） 1389
約（约） 1572
　　　 1676
紀（纪） 616
　　　 620
紉（纫） 1133

四畫
素 1289
索 1300

紜（纭） 1681
紘（纮） 543
純（纯） 207
紕（纰） 1018
紗（纱） 1165
納（纳） 955
紝（纴） 1133
紟（紟） 686
紛（纷） 382
紙（纸）〈帋〉 1755
級（级） 613
紋（纹） 1419
　　　 1421
紡（纺） 370
紞（紞） 250
紖（纼） 1733
紐（纽） 985
紓（纾） 1252

五畫
紮（扎）〈紥〉 1686
　　　 1704
紫 246
紺（绀） 424
紲（绁）〈緤〉 1501
紱（绂） 401
組（组） 1711
組（组） 1823
紳（绅） 1196
紬（䌷） 184
細（细） 1454
絅（䌹） 707
紩（绖） 1759
紵（纻） 1214
紾（紾） 1732
終（终） 1767
絆（绊） 40
紓（紓） 1786
紼（绋） 401
絀（绌） 195
紹（绍） 1186
給（给） 246

六畫
絜 672
　 1499
絮 1807
絮 1531
絨（绒）〈毧毧〉 1137
絓（絓） 475
結（结） 670

　　　 672
綺（绮） 775
経（经） 299
絖（絖） 782
絪（䌸） 1619
絎（絎） 516
絟（绛） 1115
給（给） 442
　　　 616
絢（绚） 1537
絳（绛） 654
絡（络） 811
　　　 886
絞（绞） 661
統（统） 1358
絕（绝） 727
絲（丝） 1278

七畫
綁（绑） 42
綆（绠） 446
經（经） 695
　　　 705
綃（绡） 1487
絹（绢） 725
綎（綎） 1347
綌（绤） 174
綌（绤） 1455
綏（绥） 1294
綈（绨） 1329
　　　 1332
綄（綄） 568

八畫
綦 1051
緊（紧）〈緊緊〉 686
綮 1058
　　 1100
綪（綪） 1074
緒（绪） 1531
綾（绫） 854
緇（缁） 1819
綝（綝） 160
　　 849
綱（纲） 841
綺（绮） 1058
綫（线）〈線〉 1473
緋（绯） 375
綽（绰） 155
　　 208
綢（绸） 1182

綑（绲） 493
綱（纲） 426
網（网） 1397
綾（绫） 1147
縡（縡） 1557
維（维） 1406
綿（绵）〈緜〉 923
綸（纶） 477
　　　 881
綬（绶） 1249
綢（绸）〈紬〉 185
綯（绹） 1321
綹（绺） 863
綜（综） 839
綧（綧） 1800
綷（綷） 221
綣（绻） 1116
綜（综） 1702
　　　 1816
綻（绽） 1711
綰（绾） 1392
綴（缀） 1799
綠（绿） 874
綠（绿）〈菉〉 878
緇（缁） 1805

九畫
緷（緷） 760
緗（缃） 1479
練（练） 836
緘（缄）〈械〉 639
緬（缅） 924
緹（缇） 1329
緲（缈） 928
緝（缉） 603
　　　 1048
緼（缊）〈縕〉 1680
緱（缑） 1684
緦（缌） 1279
緺（緺） 473
緞（缎） 324
緶（缏） 82
　　　 1025
線（线） 1474
緱（缑） 459
緩（缓） 570
締（缔） 285
緡（缗） 445
編（编） 78
緐（緐） 931
緯（纬） 1409
緣（缘） 1673

十畫
縈（萦）1630
縉（缙）693
縝（缜）1732
縛（缚）411
縟（褥）1146
緻（致）1762
縧（绦）〈絛縚〉1319
繵（缒）1799
縐（绉）1776
纕（镶）220
縞（缟）434
縊（缢）1612
縑（缣）639

十一畫
縶（絷）1751
繁 1597
縻（縼）359　1038
績（绩）〈勣〉624
縹（缥）1027　1028
縷（缕）877
縵（缦）899
縲（缧）814
繃（绷）〈絣〉66　66　66
總（总）1816
縱（纵）1818
縫（缝）393　394
綵（缫）126
縞（缟）820
縴（纤）1074
縯（演）1563
縮（缩）1292　1298
繆（缪）928　938　946
繅（缲）1160

十二畫
繞（绕）〈遶〉1124
繚（缭）844
繢（缋）587
繙（𫄧）359
織（织）1747

繕（缮）1174
繒（缯）1702　1703

十三畫
繫（系）624　1456
繸（𫄧）242
繩（绳）1207
繰（缲）1080　1160
繹（绎）1613
繯（缳）570
繳（缴）662　1803
繪（绘）587
繶（缢）1613
繡（绣）〈綉〉1526

十四畫
繻（𫄨）1528
繾（缱）1073
繽（缤）1543
繮（缰）1625
繽（缤）91
繼（继）625

十五畫
纈（缬）1499
續（续）1531
纆（纆）946
纊（纩）783
纏（缠）145

十六畫以上
纑（纩）871
纓（缨）1628
纖（纤）1467
纕（镶）1479
纚（纚）821　1454
纘（缵）1825
纜（缆）800

135 走部
走 1819

二至三畫
赴 406
赳 708
趄 1172

起 1054

五畫
越 1678
趄 715　1084
趁（趂）163
超 154

六至七畫
趙 847
趑 1804
趙（赵）1723
趕（赶）423

八畫以上
趣 1111
趨 1318
趨（趋）1108
趲 1332
趲（趱）1692

136 赤部
赤 177

二至六畫
郝 521
赦 1190
赧 962
赭 1455

七畫以上
赫 531
赭 1726
赬（赪）165
䞓 1317

137 車（车）部
車（车）157　714

一至二畫
軋（轧）413　1551　1704
軌（轨）490

三畫
軒（轩）1532
軑（轪）245
軏（轧）1678

軔（轫）〈𨍷〉1133

四畫
軛（轭）339
斬（斩）1709
軝（𫐄）1050
軟（软）〈輭〉1146

五畫
軲（轱）464
軻（轲）752　756
軸（轴）1774　1775
軹（轵）1756
軼（轶）1609
軺（轺）465
軒（轩）550
軫（轸）1732
軤（轷）1573

六畫
載（载）1689　1691
軾（轼）1234
輈（辀）343
輊（轾）1760
軲（𫐉）486
輇（辁）1774
輅（辂）1115
輅（辂）873
較（较）666

七畫
輒（辄）〈輙〉1725
輔（辅）403
輕（轻）1095
輓（挽）1391

八畫
輩（辈）977
輛（辆）842
輥（辊）493
輞（辋）1397
輗（輗）972
輪（轮）881
輬（辌）839
輯（辑）481
輟（辍）208
輻（辐）1805

九畫
轅（辕）216
輻（辐）402
輯（辑）615
輼（辒）〈辒〉1415
輠（𫐓）206
輸（输）1254
轄（辖）1646
輮（輮）1139

十畫
轅（辕）1673
轄（辖）1458
輾（辗）1710

十一畫
轉（转）1788　1790　1793
轆（辘）875
轇（轇）659

十二畫
轎（轿）667
轍（辙）1726
轔（辚）850

十三畫
轕（轕）440
轗（轗）744
轘（𫐹）570　573
轙（轙）1297

十四畫以上
轟（轰）539
轢（轹）831
轤（轳）871

138 豆部
豆〈荳〉314

二至四畫
剅 868
豇 650
豉 176

八畫以上
豏 143
豌 1387
頭（头）1362

豐（丰） 392	醄 1321	唇〈脣〉 207	**七畫**	**三至四畫**	
139 酉部	醇〈醕〉 207	郋 162	賕（赇） 1105	覎（觃） 1563	
酉 1650	醉 1827	蜃 1200	賑（赈） 1733	規（规）〈槼〉 487	
二至三畫	醅 1010	農（农）〈辳〉 985	賒（赊） 1186	**五至七畫**	
酊 301	醆 1799	**141 豕部**	**八畫**	覘（觇） 143	
301	**九畫**	豕 1225	賫（赍） 796	覡（觋） 1284	
酐 419	醐 553	豢 573	賣（卖）〈賈𧶜〉	覦（觎） 1451	
酎 1775	醍 1329	豨 1449	602	**八至九畫**	
酌 1802	醞（酝）〈醖〉1684	豬（猪） 1777	賢（贤） 1469	覬（觊） 1339	
配 1012	醒 1517	豪 1818	賞（赏） 1176	覯（觏） 1657	
酖 1605	醑 1529	豷（獙） 383	賦（赋） 411	親（亲） 1086	
四畫	**十畫**	**142 貝（贝）部**	賄（赌） 1099	1101	
酞 1308	醛 1115	貝（贝） 58	賬（账） 1717	**十至十一畫**	
酕 904	醢 507	**二至三畫**	賭（赌） 320	覲（觐） 462	
酗 1530	醜（丑） 186	則（则） 1699	賤（贱） 648	覷（觑） 624	
酚 382	醨（酾） 1075	財（财） 122	賜（赐） 214	覰（觎） 693	
五畫	醨 820	貤（貤） 1598	賙（赒） 1774	**十二畫**	
酣 508	醚 919	1607	賠（赔） 1011	覯（觎） 1108	
酤 465	醛 1706	**四畫**	賧（赕） 250	1112	
酢 218	**十一畫**	責（责） 1699	質（质） 1761	覿（觌） 649	
1835	醨 805	敗（败） 32	**九至十畫**	**十三畫以上**	
酥 1288	醫（医） 1597	販（贩） 364	賵（赗） 394	覺（觉） 667	
酡 1379	醬（酱） 654	貨（货） 597	購（购） 462	729	
六畫	**十二畫**	貫（贯） 482	賻（赙） 411	覽（览） 799	
酮 1357	醰 1312	**五畫**	賺（赚） 1793	覻（视） 884	
酰 1466	醳 103	貰（贳） 1233	1825	覷（觑） 276	
酯 1756	醮 667	貼（贴） 1344	**十一畫**	觀（观） 479	
酪 811	醯 1450	貾（贶） 782	贅（赘） 1799	483	
酩 938	醱（酦） 353	貶（贬） 80	贊（赞） 1762	**144 里部**	
酬〈酧詶醻〉 184	1037	貯（贮） 1786	贋（赝） 1700	里 822	
七畫	**十三畫**	貽（贻） 1599	**十二畫**	野〈埜壄〉 1579	
酵 666	釀 723	貴（贵） 491	贉（赕） 253	**145 足（𧾷）部**	
酺 1042	醴 825	貸（贷） 246	贈（赠） 1703	足 1821	
酲 171	醲（酿） 987	貿（贸） 905	贊（赞）〈賛〉1692	**二至三畫**	
酷 775	**十四畫以上**	費（费） 378	贇（赟） 1680	趴 996	
酶 909	醺 1543	賀（贺） 531	**十三畫以上**	趵 51	
酴 1367	釀（酿） 979	**六畫**	贍（赡） 1174	98	
酵 816	釁 920	賁（贲） 1804	贓（赃）〈臟〉1693	**四畫**	
酸 1292	釅（酽） 1167	賊（贼） 1700	贔（赑） 77	趼 639	
八畫	1215	賄（贿） 585	贐（赆） 693	跌 396	
醋 218	釃（酾） 1565	賂（赂） 873	贖（赎） 1255	跂 1050	
醃（腌） 2	**140 辰部**	賅（赅） 414	**143 見（见）部**		
1554	辰 160	賃（赁） 851	見（见） 644		
醌 787	辱 1144	資（资）〈貲〉1804	1471		

	1061	踦	1605	蹠(跖)	1751	躦(躜)	1824	七畫	
距	721	踐(践)	648	蹢	276	躪(躏)	851	郢	403
趾	1756	踉	218		1752	**146**		郜	1428
跉	163	踔	208	蹜	1292	**邑(阝右)部**		郟(郏)	631
跩	1302	踝	566	蹡(蹡)	1075	邑	1606	郫	1631
五畫		踢	1326		1079			郤	435
跋	21	踏	1303	蹩	90	三至四畫		郛	174
跕	287		1304	十二畫		邢	1653	郗	1447
	298	跾	175	蹺(跷)〈蹻〉	1079	邙	900	郭	399
跌	298	踜	1423	蹽	193	邪	1516	郡	733
跗	396	踩(跴)	125	蹶	729	邧	1011		
跉	1380	踮(跕)	287		730	邨	221	八畫	
跊	1747	踣	102	蹳	843	邦	41	都	312
跔	715	踞	722	蹼	1043	邠	90		316
跚(姍)	1171	九畫		蹻(跻)	725	那	953	郼	1046
跑	1008	蹅	201	蹯	359		954	郵	1021
	1008	踶	163	蹴〈蹵〉	218		966	部	1252
跎	1379	蹀	299		714		969	郭	494
跏	630	踳	141	蹬	331	五畫		部	119
跂	103	踶	285	蹲	222	邯	509	郑	1310
跆	1306	踹	197		331	邴	94		
跐	948	踰	24	蹭	136	邳	1018	九畫	
六畫		踵	1770	蹬	271	邶	59	都	1150
跧	1101	踽	717		272	邸	955	郾	1562
跬	785	蹀	335	十三畫		邱	1102	鄄	725
跱	1760	蹄〈蹏〉	1329	躂(跶)	242	邸	277	郿	717
跨	776	蹁	1025	躁	1698	邰	45	鄂	340
跐	209	踺	648	躅	1779	邲	73	郵(邮)	1643
	212	踴(踊)	1637	蹴	1083	邾	377	鄁	1659
跣	1788	蹂	1139	躄	77		399	鄃	1253
跌	1469	十畫		十四畫		邺	192	鄆(郓)	1683
跲	631	蹋	1304	躊(踌)	185	邵	1185	鄈	909
跳	1343	蹈	261	躋(跻)	609	邰	1306	鄉(乡)	1478
跺(跥跢)	336	蹊	1048	躍(跃)	1679	六畫		十畫	
跪	492		1450	十五畫		邽	487	鄑(鄑)	1804
路	873	蹌(蹡)	1075	躓(踬)	1752	郅	1213	鄅	1144
跡(迹)〈蹟〉	623		1079	躒(跞)	1467	邾	455	鄖(郧)	1682
跤	658	蹓	858	躔(躔)	831	郁	1662	鄔(邬)	1427
跰	1025		864		887	郄	169	鄒(邹)	1819
跟	443	蹐	616	躑(踯)	1762	郏	1776	鄘	1316
七畫		蹉	223	蹟(蹟)	193	邽	545	十一畫	
踅	1538	蹑	977	躚	145	邰	529	鄢	1554
踉	839	十一畫		躐	848	郇	1084	鄭	906
	842	蹙	218	十六畫以上			1454	鄲	1620
踞	623	蹣(蹒)	1004	躞	1502	郈	568	鄠	555
踦	221	蹚〈蹡〉	1315	躡(蹑)	981		1543	鄧	1316
八畫		蹕(踔)	77	躕(躇)	218	郊	657	鄙	72
踏	615	蹦	66			郎	800	廓	1635
		蹤(踪)	1816				802	鄣	1714

十二畫

鄆（郓）249
鄯 1037
鄱 1173
鄰（邻）〈隣〉849
鄭（郑）1742
鄴 1702
鄶（郐）1545
鄧（邓）272

十三畫以上

鄴（邺）1583
鄶（郐）779
鄺 1819
酂 1641
酈（郦）782
酇（向）1485
鄶 854
鄗 392
酃 1112
酅 1450
酈（郦）831
酇（酂）223
　1692

147 身部

身 1193
射〈躲〉1189
躬〈躳〉455
躲〈躱〉336
躺 1317
軀（躯）1108

148 辵（辶）部

辵 208

三畫

迁 1652
辿 143
　144
迄 1058
迅 1545
巡〈廵〉1543

四畫

迓 1551
迍 1799
迕 1438
近 688
返 362

迎 1628
远 515

五畫

述 1258
迪 275
迴〈迥〉707
迭 299
迮 1699
迤 1598
　1605
迫〈廹〉1001
　1038
迦 628
迢 1339
迨 245

六畫

迺 957
迴（回）〈廻迴〉583
适 788
追 1797
逅 548
逃 1319
逢 1005
迸 66
送 1286
迷 918
逆 973
退 1373

七畫

逝 1232
逑 1105
連（连）831
逋 103
速 1290
逗 315
逐 1779
逕（迳）703
逍 1486
逞 171
造 1697
透 1363
途 1366
逜 788
逛 487
逖 1331
逢 392
這（这）1726
　1728

通 1351
　1359
逶 1119

八畫

達 785
逮 208
逴 1401
進（进）690
週（周）1774
逸 1609
逭 573
逯 243
　246
逵 873

九畫

達（达）226
逼（偪）67
遇 1664
遏 340
過（过）494
　499
遄 199
遑 577
遁〈遯〉332
逾〈踰〉1656
遆 1329
遊（游）1645
遒 1105
道 263
遂 1294
　1296

十畫

遘 461
遠（远）1674
遢 1303
遣 1072
逯 1304
遞（递）285
遙 1574
遛 862
　864
遜（逊）1546

十一畫

遨 14
遭 1694
遷（迁）1066
遮 1724
適（适）1236

十二畫

遼（辽）843
遟 1466
遺（遗）1413
　1600
遴 849
遵 1828
遲（迟）175
選（选）1535
遹 1666

十三畫

邁（迈）895
遽 723
還（还）504
　569
邀 1573
邂 1502
邅 1708
避 76

十四畫

邇（迩）345
邈 928
邃 1297

十五畫以上

邊（边）79
邋 792
邐（逦）825
邏（逻）885

149 采部

悉 1447
番 356
　1002
釉 1652
釋（释）1237

150 谷部

谷 466
　1662

二至六畫

郤（却）〈卻〉1118
郤 1454
欲〈慾〉1662
郷 543

十畫以上

谿 1450
豀 1450
豁 562
　591
　599

151 豸部

豸 1757

三至五畫

豺 143
豹 51
貂 295

六畫

貊 568
貂 944
狴 1524
貉 517
　530

七至九畫

貌 906
貅 523
貓（猫）901
　904

十畫以上

貛 1021
貘 945
貐（貋）192

152 角部

角 660
　725

四至五畫

斛 552
觖 727
觚 465

六畫

觜 1804

　　　　　1825
觟　　565
舩　　456
解　　677
　　　　681
　　　1501

七至九畫
觮　　1292
觭　　603
觷　　76

十畫以上
觴(觞)　1176
觶(觯)　1762
觸(触)　196
觺　　1602
觿　　1450

**153
言(讠)部**

言　　1554

二畫
訁　　1104
訂(订)　305
計(计)　619
訃(讣)　407

三畫
訐(讦)　672
訏(讦)　1526
訌(讧)　544
討(讨)　1321
汕(讪)　1172
訖(讫)　1061
託(托)　1377
訓(训)　1545
訊(讯)　1546
記(记)　621
訒(讱)　1133

四畫
詎(讵)　721
訝(讶)　1552
訥(讷)　966
許(许)　1529
訛(讹)〈譌譌〉
　　　　337
訢(䜣)　1507
訩(讻)　1521
訟(讼)　1286

設(设)　1190
訪(访)　370
訣(诀)　727

五畫
詁(诂)　468
訶(诃)　523
評(评)　1035
詛(诅)　1824
詞(词)　1522
詐(诈)　1705
詠(咏)　530
詑(诒)　1599
訴(诉)〈愬〉1291
診(诊)　1732
詆(诋)　278
註(注)　1786
訿(訾)　1782
詠(咏)　1637
詘(诎)　1107
詔(诏)　1722
詖(诐)　74
詒(诒)　1599

六畫
詈　　1804
　　　1808
誆(诓)　781
誄(诔)　815
試(试)　1234
詿(诖)　475
詩(诗)　1214
詰(诘)　615
　　　675
誇(夸)　776
詼(诙)　579
誠(诚)　170
詷(词)　1357
誅(诛)　1777
詵(诜)　1196
話(话)〈譮〉565
詬(诟)　461
詮(诠)　1115
詭(诡)　491
詢(询)　1544
詣(诣)　1609
該(该)　414
詳(详)　1480
詫(诧)　142
詪(诨)　535
詡(诩)　1529

七畫
誓　　1236
誠(诚)　682
誌(志)　1761
誣(诬)　1427
語(语)　1659
　　　1665
誚(诮)　1082
誤(误)　1442
誥(诰)　435
誘(诱)　1652
誨(诲)　586
說(说)　1271
　　　1273
　　　1679

誙(诓)　782
認(认)　1133
誦(诵)　1287
誒(诶)　341
　　　341
　　　341
　　　341

八畫
請(请)　1099
諸(诸)　1777
諏(诹)　1819
諑(诼)　1803
諓(诐)　648
誹(诽)　377
諔(俶)　195
課(课)　760
諉(诿)　1409
誕(诞)　252
諛(谀)　1657
誰(谁)　1191
　　　1266
論(论)　882
　　　882
諍(净)　1742
諗(谂)　1198
調(调)　297
　　　1341
諂(谄)　146
諒(谅)　842
諄(谆)　1799
誶(谇)　1296
談(谈)　1310
誼(谊)　1612

九畫
諾(诺)　992
謀(谋)　946
諶(谌)　163
諜(谍)　299
謰(逞)　1620
諫(谏)　649
諴(诚)　1469
諧(谐)　1499
謔(谑)　1542
諟(谥)　1237
謁(谒)　1583
謂(谓)　1414
諤(谔)　340
謏(搜)　1494
諭(谕)　1666
諼(谖)　1533
諷(讽)　393
諮(谘)　1805
諳(谙)　10
諺(谚)　1565
諦(谛)　285
諢(诨)　591
諞(谝)　1025
諱(讳)　587
謂(谓)　1528

十畫
謷　　15
講(讲)　652
謊(谎)　578
謖(谡)　1292
謝(谢)　1502
謠(谣)　1575
謅(诌)　1774
謗(谤)　43
謎(谜)　912
　　　919
謚(谥)〈諡〉1237
謙(谦)　1066
謐(谧)　922

十一畫
謷　　1100
謨(谟)〈暮〉941
謹(谨)　688
謰(涟)　835
謳(讴)　994
謾(谩)　896
　　　899
謫(谪)〈讁〉1726

七畫
誓　　1236

謬(谬)　938

十二畫
譊(谯)　963
譖(谮)　587
譚(谭)　1312
譖(潜)　1701
譙(谯)　1081
識(识)　1224
　　　1762
譜(谱)　1044
證(证)　1742
譎(谲)　729
譏(讥)　609

十三畫
警　　702
譽(誉)　1666
譯(译)　1613
譞(环)　1533
譫(谵)　1708
議(议)　1614
譬　　1023

十四畫
譸(诪)　1774
護(护)　555
譴(谴)　1073

十五畫
嚮(讋)　1414
讀(读)　316
　　　319
讅(谉)　643
讄(诔)　1199

十七畫
讔(谵)　1625
讕(谰)　799
讒(谗)　164
讖(谶)　145
讓(让)　1123

十九畫以上
讚(赞)　1692
讜(谠)　1565
讞(谳)　256
讟(讟)　320

**154
辛部**
辛　　1506

五至八畫

辜 464
辟 75
　 1022
辣〈辢〉 792

九畫以上

辨 82
辦〈办〉 40
辭〈辞〉〈辤〉 211
瓣 41
辮（辫） 82
辯（辩） 83

155 青部

青 1089
靚（靓） 705
　 842
靜（静） 705
靛 294
鶄（鶄） 699

156 長（长镸）部

長（长） 147
　 1715
肆 1284

157 卓部

三至四畫

乾（干）〈乹乾〉 419
乾 1070
戟 616
朝 156
　 1719

五畫以上

幹（干）〈榦〉 424
斡 1425
翰 514
韓（韩） 511

158 雨部

雨 1658
　 1662

三至四畫

雩 1653
雪 1540
雲（云） 1681
雱 382
雯 1419
雳 1005

五畫

電（电） 290
雷 814
零 853
雹 46

六至七畫

需 1528
震 1733
霄 1487
霆 1350
霉 909
霢 1706
霈 1013

八畫

霖 849
霏 375
霓〈蜺〉 972
霍 598
霎 1167

九畫

霙 1627
霜 1263
霞 1458

十一畫

霪 1621
霨 1414
霭 1451
霧（雾） 1442

十二至十三畫

霰 1474
霸〈覇〉 23
露 870
　 875
霹 1018

十四畫以上

霾 893
霽（霁） 625
靆（犍） 246
靆（霶） 831
靈（灵） 854
靄（霭） 5
靉（叆） 7

159 非部

非 372

二至四畫

荆 377
斐 376
悲 56

六畫以上

蜚 375
　 377
翡 377
裴 1011
輩（辈） 62
靠 750

160 門（门）部

門（门） 912

一至三畫

閂（闩） 1263
閃（闪） 1171
閆（闫） 1557
閉（闭） 513
閇（闭） 73
問（问） 1421
閔（闵） 202

四畫

閏（闰） 1148
開（开） 735
閑（闲） 1467
閎（闳） 543
間（间） 637
　 647
閒（闲）〈閑〉 1467
閌 932
閌（闶） 747
　 748
悶（闷） 912
　 914

五至六畫

閘（闸）〈牐〉 1704
閨（闺） 488
聞（闻） 1419
閩（闽） 932
閥（阀） 353
閣（阁） 440
閤（合） 530
閣（阁）〈閤〉 440
閬（阆） 1742
閤（阆） 530

七畫

閻（阎） 787
閶（阊） 876
閱（阅） 1679
閫（阃） 197
閬（阆） 1621
閭（闾） 801
　 803

八畫

闍（阇） 317
　 1187
閾（阈） 1666
閹（阉） 1554
閻（阎） 147
閔（闵） 1420
閽（阍） 589
閻（阎） 1557
閼（阏） 340
　 1554

九畫

闔（阖） 1620
闌（阑） 797
闈（闱） 1112
闆（板） 37
闊（阔）〈濶〉 788
闃（阒） 1406
閡（阂） 1119

十畫

闖（闯） 203
闔（阖） 530
闐（阗） 1338
闓（闿） 1304
闕（阙） 742
闌（阑） 981
關（阙） 1118
　 1119

十一畫以上

關（关） 477
闞（阚） 511
　 746
闟（阘） 588
闡（阐） 146
闥（闼） 1304
闢（辟） 570
闢（辟） 1023

161 佳部

隹 1797

二至三畫

隼 1297
隻（只） 1747
售 1248

四畫

雄 1521
集 614
雋（隽） 725
　 733
焦 657

五至六畫

睢 716
雒 461
截 675
雌 887

七至十畫

雕〈鵰彫琱〉 295
雖（虽） 1294
瞿 723
　 1109
雞（鸡）〈鷄〉 608
雛（雏） 193
雜（杂）〈襍〉 1686

十一畫以上

難（难） 960
　 962
離（离） 820
讎（雠）〈讐〉 185

162 阜（阝左）部

阜 406

三至四畫

阢 1440
阡 1065
阱（穽） 701
阮 1146
阪 35
阨 762
防 367

阜（阝左）

阞　314

五畫
阿　1
　　2
　　337
阽　289
　　1557
阻　1822
阼　1834
陁　1379
附〈坿〉　406
陀　1379
陂　55
　　1020
　　1037

六畫
陜　540
陋　869
陌　943
陑　343
陎　1249
降　653
　　1479
陔　414
限　1471

七畫
陡　314
陣（阵）　1733
陝（陕）　1172
陛　73
陘（陉）　1517
陟　1759
陙　1205
除　192
院　1675

八畫
陸（陆）　864
　　873
陵　852
陬　1819
陳（陈）　162
陮　974
陴　1021
陰（阴）〈陰〉　1618
陶　1320
　　1573
陷　1473
陪　1010

九畫
隋　1294
階（阶）〈堦〉　670
陽（阳）　1568
隅　1655
隈　1401
陲　205
陻　981
隍　577
隃　1259
隆　864
　　864
隊（队）　327

十畫
隔　439
隙　1455
隕（陨）　1682
隖　416
隗　785
　　1409
隘　6

十一畫
隩　14
際（际）　623
障　1717

十二至十三畫
隤　1373
隥　272
隨（随）　1294
隩　16
　　1666
險（险）　1470
隧　1296

十四以上畫
隰　1451
隱（隐）　1624
隮（跻）　608
臍（脐）　1053
隴（陇）　867

163
金（钅）部
金　683

一至二畫
釓（钆）　413
釔（钇）　1605
釘（钉）　301
　　305
針（针）〈鍼〉　1730
釗（钊）　1719
釙（钋）　1037
釘（钉）　845
　　845

三畫
釭（釭）　426
釷（钍）　1369
釱（钛）　1609
釦（扣）　772
釺（钎）　1065
釧（钏）　201
釵（钗）　1171
　　1173
釣（钓）　297
釩（钒）　358
釹（钕）　990
釰　143

四畫
鈃（钘）　1517
鈇　396
鈣（钙）　416
釽　120
鈦（钛）　1308
鈜　543
鉅（钜）　721
鈍（钝）　332
鈚　1018
鈔（钞）　155
鈉（钠）　956
釿　686
鈑（钣）　37
鈐（钤）　1070
欽（钦）　1086
鈞（钧）　732
鈎（钩）〈鉤〉　459
鈧（钪）　748
鈁（钫）　367
鈥（钬）　596
鈄（钭）　314
　　1363
鈕（钮）　985
鈀（钯）　22
　　997

五畫
鈺（钰）　1664
鉦（钲）　1736
鉗（钳）　1070
鈷（钴）　469
鉥　1259
鉅（钜）　1038
鈸（钹）　101
鉞（钺）　1679
鉬（钼）　193
鉏（鉏）　717
鉬（钼）　951
鉭（钽）　1313
鉀（钾）　633
鉮　1198
鈿（钿）　293
　　1338
鈾（铀）　1645
鉑（铂）　101
鈴（铃）　854
鉨　1453
鉤（钩）　459
鉛（铅）〈鈆〉　1066
鉛（铅）　1557
鉚（铆）　904
鈰（铈）　1234
鉉（铉）　1537
鉈（铊）　1303
　　1379
鉍（铋）　74
鈮（铌）　971
鉊　1720
鈹（铍）　1018
　　1021
鉧　948

六畫
銎　1101
銤　306
鉶（铏）　1517
銈　602
銬（铐）　750
銠（铑）　811
銩（铥）　345
銶　543
鍁　1650
鋋　171
銍（铚）　1761
鋁（铝）　877
銅（铜）　1357
錮（锢）　297
銦（铟）　1619
銖（铢）　1777
銑（铣）　1453
　　1469
銛（铦）　1466

鈷（钴）　469
鉥　1259
鉅（钜）　1038
鈸（钹）　101
鉞（钺）　1679
鉬　193
鉏　717
鉬　951
鉭（钽）　1313
鉀（钾）　633
鉮　1198
鈿　293
　　1338
鈾　1645
鉑（铂）　101
鈴（铃）　854
鉨　1453
鉤（钩）　459
鉛（铅）〈鈆〉　1066
鉛（铅）　1557
鉚（铆）　904
鈰（铈）　1234
鉉（铉）　1537
鉈（铊）　1303
　　1379
鉍（铋）　74
鈮（铌）　971
鉊　1720
鈹（铍）　1018
　　1021
鉧　948

七畫
鏊　1005
鋬　732
　　1682
鋩（铓）　901
鈚　322
錸（铼）　1105
鋪（铺）　1041
鋪（铺）〈舖〉　1044
鋙（铻）　1434
　　1661
鋏（铗）　631
鋮（铖）　1325
鋃（锒）　1578
銷（销）　1487
鋥（锃）　1703
鋇（钡）　62
鋤（锄）〈鉏鋤〉　193
鋰（锂）　824
鋦（锔）　1533
鋯（锆）　435
鐵（铁）　338
鋌（铤）　306
　　1350
銳（锐）　1148
銼（锉）〈剉〉　224
鋊　881
鋒（锋）　391
鋅（锌）　1509
銃（铳）　863
銻（锑）　1327
鋱（铽）　543
銀（银）　802
鋟（锓）　1089
鋼（钢）　716
　　717
鋈　1442

八畫

錆(锖) 1075
錶(表) 89
銀(银) 152
鍺(锗) 1726
錤(锘) 606
錯(错) 224
錸(铼) 796
錛(锛) 63
錡(锜) 1052
錢(钱) 1071
鍀(锝) 267
錁(锞) 760
錕(锟) 787
鍆(钔) 914
錫(锡) 1449
錮(锢) 471
鋼(钢) 426
　　　 428
鋌(铤) 144
錐(锥) 1798
錦(锦) 688
鍬(锹) 1466
錀(锌) 882
錚(铮) 1737
錋(绷) 1015
鍃(锪) 591
錞(镎) 208
　　　 330
錇(锫) 1011
錈(锩) 724
錟(锬) 1312
鈹(铍) 99
錠(锭) 306
鋸(锯) 722
錳(锰) 917
錣(缀) 1799
録(录) 875
錒(锕) 2
鎦(镏) 1805

九畫

鍥(锲) 1085
鍩(锘) 992
錨(锚) 904
鋏(铗) 1627
鍇(锴) 742
鍘(铡) 1704
鍚(钖) 1569
鍶(锶) 1279
鍋(锅) 494

鍔(锷) 340
錘(锤)〈鎚〉 205
鍤(锸) 138
鍬(锹)〈鍪〉 1079
鍾(钟) 1768
鍛(锻) 324
鎪(锼) 1287
鍠(锽) 577
鍭(镞) 544
鍰(锾) 570
鋃(锒) 4
鍍(镀) 322
鎳(镍) 1474
鎂(镁) 911
鎰(镒) 1805
鄉(鄉) 802
鍵(键) 649
鎇(镅) 909
鍪 946

十畫

鎝(镗) 226
鎮(镇) 1734
鎛(镈) 102
鎘(镉) 440
鎖(锁)〈鎻〉 1300
鎧(铠) 742
鎵(镓) 981
鎢(钨) 1428
鎩(铩) 67
　　　 1018
鎩(铩) 1166
鋒(锋) 953
鎡(镃) 1422
鎦(镏) 862
　　　 864
鎬(镐) 434
　　　 523
鎊(镑) 43
鎰(镒) 1613
鎵(镓) 630
鎔(镕) 1138
鎘(镉) 1174
鎏(鎏) 1628
　　　 1630
鎏 862

十一畫

鏊 16
鏨(錾) 1692
鏏(镨) 1414
鏌(镆) 945

鏉 895
鏈(链) 837
鏗(铿) 762
鏢(镖) 87
鏜(镗) 1315
　　　 1317
鏤(镂) 869
鏝(镘) 899
鏰(镚) 66
鏦(钬) 214
鏞(镛) 1636
鏡(镜) 706
鏟(铲)〈剷〉 146
鏑(镝) 275
　　　 276
鏃(镞) 1822
鏇(旋) 1537
鏉(锈) 1029
鏘(锵) 1075
　　　 1078
鏐(镠) 1075
鏐(镠) 862

十二畫

鏻 671
鐃(铙) 963
鏵(铧) 562
鐠(镨) 1801
鐯 1454
鐄 577
鐔(镡) 145
　　　 1312
　　　 1509
鐮(镰) 729
鐐(镣) 846
鐄(镁) 1042
鐦(锎) 643
　　　 649
鐗(锏) 742
鐆 534
鐪(镥) 724
鐇(镨) 359
鐓(镦) 330
　　　 331
鐘(钟) 1769
鐥(镨) 1174
鐤(镗) 1044
鐲(镯) 850
鐏(镈) 1828
鐍(锇) 805
鐊(钖) 1315
鐬(哕) 379

鐙(镫) 271
　　　 272
鏺(铍) 1037
鏽(镐) 729
鋬 35

十三畫

鐵(铁) 1345
鉈(铊) 227
鐳(镭) 815
鐻 723
鐺(铛) 165
　　　 255
鐸(铎) 335
鐶(镮) 570
鐲(镯) 1803
　　　 835
鐿(镱) 1615
鐩(燧) 1297
鏽(锈)〈銹〉 1526
鑒 62

十四畫

鑒(鉴)〈鑑鉴〉 649
鑄(铸) 1787
鑊(镬) 599
鑌(镔) 91
鑣(镳) 141

十五畫

鑢(铝) 879
鑠(铄) 1276
鑕(锧) 1762
鑥(镥) 872
鑷(镊) 87
鑲(镶) 794

十六至十七畫

鑪(铲) 871
鑫 1509
鑭(镧) 799
鑰(钥) 1578
　　　 1680
鑱(镵) 145
鑲(镶) 1479

十八畫以上

鑷(镊) 981
鑭(镧) 219
鑼(锣) 885

鑽(钻)〈鑚〉 1824
　　　 1825
鑾(銮) 879
鑿(凿) 1695
鑱(锧) 1317
钁(镢) 730

164 隶部

隶(隶)〈隸隷〉 830

165 革部

革 438
　 611

二畫

靪 301
勒 812
　 813

三至四畫

靬 1070
靰 1442
靴〈鞾〉 1537
靳 692
靸 1151
靭 1624
靶 22

五畫

靺 944
靼 227
靿 1566
　 1571
鞉 40
鞍 62
勒 1577

六畫

鞏(巩) 456
鞋〈鞵〉 1499
鞍〈鞌〉 10

七畫

鞘 1082
　 1183
鞓 1347
鞔 896

八畫

鞚 794

鞠 716
鞟 788
鞚 768

九畫

鞮 275
鞨 530
鞭 79
鞬 342
鞫 716
鞜 1103
鞨 639
鞣 1139

十畫

鞲 459
鞳 1304
鞴 62
鞻 1422
鞶 1004

十二畫以上

鞽（鞒）1081
韆（韂）609
韃（鞑）227
韁（缰）〈繮〉652
韆 146
韉（鞯）639

頷（颔）1409
穎（颖）1632
穎（颕）707
頖（颏）753
　753
頦（颏）340

七畫

頤（颐）1600
頰（颊）631
頸（颈）446
　702
頻（频）1030
頣（颐）1350
頼（颏）〈頿〉1373
頷（颔）514
穎（颖）〈頴〉1632
顋（颏）1680

八至九畫

顑（颒）1048
顆（颗）753
顱（颅）744
題（题）1329
顒（颙）1636
顎（颚）340
顡（颟）1790
顔（颜）1557
額（额）〈頟〉338

十畫

顛（颠）286
願（愿）1675
顜（颣）1605
類（类）816
顙（颡）1159

十一至十二畫

顢（颟）896
顥（颢）523
顦（颥）816
顧（顾）471

十三畫以上

顫（颤）146
　1713
顴（颧）1143
顯（显）1470
顰（颦）1030
顱（颅）871
顳（颞）1116
顬（颥）981

166 頁（页）部

頁（页）1581

二至四畫

頂（顶）301
順（顺）1271
頑（顽）1389
頓（顿）317
　332
頒（颁）35
頌（颂）1287
頏（颃）516
預（预）1664

五至六畫

頓（顿）275
領（领）855
頡（颉）676
　1499
頜（颌）440
　530
頰（颊）405

167 面部

面 924
靦 924
靦（腼）924
　1339
靨（靥）588

168 韭部

韭（韮）709
韲 1501

169 香部

香 1477
䢼 75
馝 102
馧（馧）1680
馥 412
馨 1509

170 食（饣食）部

食 1219
　1283
　1607

二至三畫

飣（饤）305
飢（饥）600
飥（饦）1377

四畫

飩（饨）1376
飪（饪）〈餁〉1133
飫（饫）1663
飭（饬）178
飯（饭）364
飲（饮）〈歙〉1623
　1626

五畫

飾（饰）1234
飽（饱）49
飼（饲）〈飤〉1284
飿（饳）336
飴（饴）1599

六畫

餌（饵）345
蝕（蚀）1222

餂（餂）1339
餉（饷）〈饟〉1481
飴（饴）530
餎（饹）438
　813
餃（饺）662
餏（饻）1449
餅（饼）95

七畫

餐 127
餑（饽）99
餔（餔）120
餗（餗）1292
餖（饾）316
餓（饿）340
餘（余）1656
餗（馂）1656
餞（馂）966
餒（馁）733

八畫

餜（饫）1715
餞（饯）648
餜（馃）499
餛（馄）590
餶（馉）1574
餡（馅）1474
館（馆）〈舘〉481

九畫

餐 1347
餷（馇）138
　1706
餳（饧）1317
　1517
餧（喂）〈餵〉1414
餿（馊）1287
餭（馍）577

十畫

餻（糕）1583
餺（馎）102
餼（饩）469
餾（馏）1456
餹 326
餾（馏）862
　864

十一畫

饃（馍）〈餑〉941
饉（馑）688

饅（馒）896
餺（伴）77
饌（馔）1524

十二畫

饒（饶）1123
饐（饐）1613
饑（饿）1158
饋（馈）〈餽〉786
饌（馔）〈籑〉1793
饑（饥）609
饗（飨）1481

十三畫以上

饕 1319
饘（饘）1709
饞（馋）145
饠（箩）885
饟（馕）962
　963

171 風（风）部

風（风）386

五畫

颭（飐）1710
颮（飑）85
颱（台）1306

六至九畫

颳（刮）473
颶（飓）〈颸〉723
颸（飔）1569
颺（飏）1279
颼（飕）1287
飀（飗）1409

十畫以上

飆（飙）1575
飀（飀）862
飄（飘）〈飃〉1027
飆（飙）〈飇〉87
飈（飈）87

172 音部

音 1616

二至五畫

章 1713
竟 703
歆 1509

意 1609
韶 1184

十畫以上

韻(韵) 1684
響(响) 1481
贛(赣)〈贛灨〉 425

173 首部

首 1244
馗 785
馘 498

174 韋(韦)部

韋(韦) 1403

三至九畫

靭(韧)〈靭靱靭〉 1133
靫(鞁) 402
韄(韍) 153
韃(韃) 1409
韞(韫)〈韫〉 1684

十畫以上

韜(韬) 1319
韝(韝) 33
韡(韠) 1409

175 飛(飞)部

飛(飞) 374

176 髟部

三至四畫

髡 787
髦 275
髶 904
髡 252

五畫

髫 1071
髮(发) 356
髯〈髥〉 1121
髻 1341
髭 75
髽 904

六畫

髻 624
髭 1805
髹 1524
髶 1737

七畫

鬀 830
鬁 1788
鬆 276

八畫

鬆(松) 1285
鬆 1424
鬅 1015
鬈 1115
鬃〈騣鬉騌〉 1816

九畫

鬍(胡) 553
鬎 793
鬐 1380
鬏 708
鬌 643

十畫

鬒 1053
鬓 1732
鬜 1332
鬘 835

十一畫以上

鬟 896
鬚(须) 1528
鬢 570
鬢(鬓) 91
鬣(鬣) 982
鬣 848

177 馬(马)部

馬(马) 889

二至三畫

馭(驭) 1663
馱(驮)〈馱〉 336
            1379
馴(驯) 1546
馳(驰) 175

四畫

駁(驵) 1136

駁(驳)〈駮〉 101
駁(驳) 1419
駃(駃) 729

五畫

駔(轻) 1018
駔(驵) 1693
駛(驶) 1226
駉(駉) 706
駟(驷) 1284
駙(驸) 411
駒(驹) 716
駐(驻) 1786
駭(驳) 1534
駝(驼)〈駞〉 1379
駁(驳) 75
駘(骀) 246
            1306
駕(驾) 988
駕(驾) 634

六畫

駰(驵) 1620
駾(骁) 1196
駱(骆) 887
駭(骇) 508
駢(骈) 1025

七畫

騁(骋) 171
騄(騄) 1368
騂(骍) 1513
駸(骎) 1087
騃(騃) 4
駿(骏) 733

八畫

騏(骐) 1052
騎(骑) 1052
騑(騑) 375
騍(骒) 760
騅(骓) 1799
騊(騊) 1321
騄(骒) 875

九畫

騞(骟) 591
騠(騠) 1329
騔(骒) 473
騙(骗) 1026
騤(骙) 785
騖(骛) 1443

十畫

顥(颢) 1674
騷(骚) 1450
騮(骝) 862
騑(驹) 1819
騙(骗) 1174
騷(骚) 1160
騭(骘) 1762

十一畫

驅(驱)〈駈歐〉 1108
驃(骠) 87
            1028
騍(骒) 1265
驌(骕)〈骦〉 884
驄(骢) 214
驂(骖) 127
驚(惊) 16

十二畫

驍(骁) 1488
驊(骅) 562
驕(骄) 659
驖(骏) 331
驏(骣) 850
驔(骣) 146

十三畫

驛(驿) 1615
驗(验)〈騐〉 1565
驒(骟) 1292
驚(惊) 699

十四至十六畫

驟(骤) 1776
驦(骦) 625
驢(驴) 876

十七畫以上

驪(骊) 1265
驤(骧) 1479
驫(骊) 821
驫(骉) 87

178 髙部

髙 439
         828
融(螎) 1138
翮 530
翩 405

鬻(鬻) 489
鶵(鶵) 1615
鬻 1666

179 鬥部

鬥(斗)〈鬦鬨鬮〉 315
鬧(闹)〈閙〉 965
鬩(阋) 1456
鬮(阄) 708

180 骨(骨)部

骨 464
      467

三至四畫

骭 425
骫 1409
骱 682
骰 1362
骯(肮) 13

五至六畫

骷 773
骶 278
骺 544
骼 440
骸 504

八至十畫

髁 753
髀 77
髑 1657
骼 1063
髏 1006

十一畫以上

髇(髅) 868
鶻(鹘) 469
髎 844
髒(脏) 1693
髓 1296
體(体) 1327
         1330
髑 320
髖(髋) 91
髖(髋) 780

181 鬼部

鬼 490

四至七畫

魂〈䰟〉 590
魁 785
魅 912
魃 21
魈 1528
魋 1373
魍 1488

八畫以上

魏 1414
魍(魖) 841
魑 1398
魘 174

182 高部

高 428
鄗 523
敲 1079
膏 433

183 麥(麦)部

麥(麦) 894

四畫

麩(麸)〈䴸麪〉 396
麪(面)〈麵〉 926
麨(麨) 157

六畫以上

麴(曲)〈麹〉 1108
麰(𪍻) 946
麯(麹) 1108

184 鹵(卤)部

鹵(卤)〈滷〉 872
䴔(䴔) 428
鹹(咸) 1469
鹺(醝) 223
鹼(碱)〈堿鹻〉 643

185 鳥(鸟)部

鳥(鸟) 295 / 979

二至四畫

鳧(凫)〈鳬〉 401
鳩(鸠) 708
鴉(鸦) 1215
鴃(鴃) 729
鴒(鸰) 50
鳩(鸠)〈酖〉 1734
鳲(鸤) 729

五畫

鴣(鸪) 465
鴨(鸭) 1547
鴞(鸮) 1487
鴦(鸯) 1566
鴕(鸵) 1379
鴥(鴥) 1666
鴒(鸰) 854
鴟(鸱) 174
鴝(鸲) 1109
鴛(鸳) 1667

六畫

鴰(鸹) 456
鴴(鸻) 343
鴷(䴕) 847
鴿(鸽) 538
鴣(鸹) 438
鴯(鸸) 659

七畫

鵁(䴔) 1434
鵊(鵊) 102
鵏(䴔) 105
鵑(鹃) 724
鵒(鹆) 163
鵙(䴗) 469 / 553
鵝(鹅)〈鵞䳘〉 338
鵒(鸽) 1666
鵟(鵟) 782
鵜(鹈) 1329

八畫

鶄(䴖) 1439
鵲(鹊) 1119
鵜(鹈) 796
鶇(鸫) 309
鶴(鹤) 10
鶓(鹋) 787
鶬(鶬) 1613
鶉(鹑) 57
鵬(鹏) 1015
鶡(鹖) 1067

九畫

鵲(鹊) 927
鶘(鹕) 553
鷗(鸥) 1563
鶼(鹣) 178
鶪(䴗) 717
鶵(雏) 1329
鶡(鹖) 530
鶚(鹗) 341
鶩(鹜) 1103
鶲(鹟)〈鶑〉 212
鶻(鹘) 909
鶺(鹡) 1443

十畫

鶹(鹠) 1565
鶺(鹡) 553
鷉(䴘) 1327
鴿(鸽) 131
鶹(鹠) 1422
鷓(鹧) 1578
鷚(鹨) 863
鶵(雏) 193
鷊(鹝) 616
鷁(鹢) 1615
鷂(鹞) 639
鶯(莺)〈鸎〉 1628
鶴(鹤) 532

十一畫

鷖(鹥) 1762
鷗(鸥) 994
鷙(鸷) 1597
鷞(鷞) 1265
鷛(鹬) 1728
鷟(鷟) 1803
鷠(鷠) 864

十二畫

鷯(鹩) 844
鷳(鹇) 1469
鷦(鹪) 660
鷭(鷭) 359
鷲(鹫) 714
鷸(鹬) 1666
鷺(鹭) 1279

十三畫

鷿(䴙) 876
鸇(鹯) 570
鷦(鹪) 15
鸊(䴙) 1709
鸂(鸂) 1292
鸇(鹇) 1023

十四畫以上

鸋(鸋) 916
鸌(鹱) 556
鸴(鸳) 1680
鸕(鸬) 871
鸛(鹳) 1265
鸚(鹦) 1628
鸝(鹂) 483
鸜(鸜) 1109
鸞(鸾) 821
鸂(鸾) 879

186 魚(鱼)部

魚(鱼) 1654

二至三畫

魛(鱽) 258
魟(魟) 543
魢(魢) 617

四畫

魷(鱿) 1646
魨(鲀) 1376
魯(鲁) 872
魴(鲂) 369
魮(魮) 20

五畫

鲅(鲅) 23
鲆(鲆) 1036
鲉(鲉) 1646
鲊(鲊) 1705
穌(稣) 1288
鲋(鲋) 411
鲌(鲌) 102
鲫(鲫) 1626
鲍(鲍) 716
鲍(鲍) 54
鮀(鮀) 1379
鲅(鲅) 1021
鲐(鲐) 1306

六畫

鮆(鲚) 212
鮭(鲑) 488 / 1499
鮚(鲒) 676
鮞(鲕) 343
鮪(鲔) 1409
鮦(鲖) 1357
鮜(鲘) 548
鮡(鮡) 1723
鮠(鮠) 1406
鮨(鮨) 1613
鮫(鲛) 659
鮮(鲜)〈鱻〉 1466
鮮(鲜)〈尠尟〉 1470
鮟(鮟) 10
鯗(鲞)〈鮺〉 1481

七畫

鯋(鲨) 127
鯁(鲠)〈骾〉 446
鯉(鲤) 825
鯇(鲩) 924
鯀(鲧) 493
鯇(鲩) 573
鯤(鲲) 733
鯽(鲫) 624
鯒(鲬) 1637
鯊(鲨) 1166

八畫

鯖(鲭) 1097 / 1737
鯪(鲮) 854
鯕(鲯) 1053
鯫(鲰) 1819
鹹(鹹) 599
鯡(鲱) 375
鯧(鲳) 147
鯤(鲲) 787
鯛(鲷) 471
鯢(鲵) 972
鯰(鲇) 977
鯛(鲷) 295
鯨(鲸) 699
鰄(鳁) 1215
鯥(鲏) 875
鯔(鲻) 1805

九畫

鮓（鲊）	206
鰈（鰈）	300
鮦（鲖）	67
鰊（鰊）	793
鰊（鰊）	837
鯤（鲲）	1329
鰛（鰛）〈鰛〉	1415
鰤（鰤）	1701
鰓（鳃）	1152
鰃（鰃）	1402
鰍（鳅）〈鰌〉	1103
鰒（鳆）	412
鰉（鳇）	577
鯨（鲸）	1115
鯿（鳊）	80
鱟（鲎）	625

十畫

鰭（鳍）	1053
鰣（鲥）	1224
鰮（鳗）	1303
鰰（鲟）	562
鰾（鳔）	479
鰤（鲕）	1215
鰷（鲦）	1575
鰰（鳎）	1422
鰟（鳑）	1006
鰜（鳒）	639

十一畫

鱉（鳖）	932
鱸（鲈）	813
鰹（鲣）	639
鰱（鲢）	835
鰾（鳔）	89
鱈（鳕）	1540
鰻（鳗）	896
鰷（鲦）	1342
鰺（鲹）	625
鰳（鳓）	747
鰼（鳛）	1636
鰯（鳚）	1414
鱂（鳉）	652
鰼（鳟）	1451
鰺（鲹）	1196

十二畫

鱝（鲼）	385

鱚（鳝）	1454
鱖（鳜）	493
鱔（鳝）〈鱓〉	1174
鱗（鳞）	850
鱒（鳟）	1828
鱘（鲟）	1545

十三畫

鱟（鲎）	548
鰔（鰔）	424
鰺（鲹）	493
鱧（鳢）	825
鱨（鲿）	1532
鱠（鲙）	779
鱣（鳣）	1709

十四畫

鱮（鳡）	556
鱶（鲦）	151
鱭（鲚）	482
鱴（鲫）	1469
鱹（鲭）	625

十五畫以上

鱲（鲽）	1731
鱺（鲡）	848
鱷（鳄）〈鰐〉	341
鱸（鲈）	871
鱺（鲡）	821

187 麻部

麻	888
麻〈蔴〉	888

三至五畫

麼（么）	906
麼	939
摩	888
	940
麾	579
磨	940
	945

六畫以上

糜	909
	919
縻	919
靡	920
	920
魔	991
魔	941

188 鹿部

鹿	872

二至三畫

麂	617
塵	1640
郿	396
塵（尘）	163

五至七畫

麇	732
	1120
麃（狍）	1008
塵	1782
麀	630
麋	919

八畫

麓	875
麗（丽）	820
	830
麒	1053
麙	972
麠	15
麇	699

十畫以上

麝	1191
麟〈麐〉	851

189 黃（黄）部

黃（黄）	575
黇	1342
黅	1337
黌（黉）	543

190 黑部

黑	532

三至四畫

墨	944
默	945
黔	1071
黜	250

五畫

點（点）	287
黝	196
黚	1650

黛	246

六至七畫

點	1458
黟	1597
黢	1108

八畫

黨（党）	255
黥	1099
黧	1679
黦	821

九畫以上

黯	13
黲（黪）	129
黵	1710
黷（黩）	320

191 黍部

黍	1256
黏	977
黐	1321

192 鼓部

鼓〈皼〉	468
瞽	469
鼕（冬）	309
鼖	1321
鼙	1021
鼟	1325

193 鼎部

鼎	303
鼐	957
鼒	1805

194 黽（黾）部

黽（黾）	924
	932
鄳（郳）	916
黿（鼋）	1673
鼉（鼍）〈鱉〉	15
鼈（鳖）〈鱉〉	89
鼉（鼍）	1379

195 鼠部

鼠	1256

四至五畫

鼢	383
鼪	21
鼫	1224
鼬	1652
鼩	1207
鼩	1109
鼧	1379

七畫以上

鼴	1434
鼱	699
鼷（鼲）	1563
鼹	1450

196 鼻部

鼻	67
劓	1612
鼽	1105
鼾	508
齁	544
齆	1422
齇	1704
齉	963

197 齊（齐）部

齊（齐）	623
	1052
齋（斋）	1706
齏（齑）	609

198 齒（齿）部

齒（齿）	176

二至四畫

齔（龀）	164
齕（龁）	530
齗（龂）	23
齘（龄）	1502
齗（龂）	1621

五畫

齙（龅）	46
齣（出）	192
齟（龃）	719
齡（龄）	854
齠（龆）	1062
齠（龆）	1342
齜（龇）	1700

六至七畫

齦（龈）	1621
齫（龇）	1805
齯（齯）	209
齰（龉）	1661

八畫

齷（龊）	972

齮（齮）	1606
齱（齬）	1700

九畫以上

齶（腭）	341
齵（齵）	1111
齷（齷）	1425
齺（齼）	195

199
龍（龙）部

龍（龙）	865
壟（垄）	867
龔（龚）	1563
龕（龛）	866
龔（龚）	456
聾（聋）	867

襲（袭）	1451
聾（詟）	1726

200
龠部

龠	1679
龢	530

201
龜（龟）部

龜（龟）	489
	732
	1103

（三）難檢字筆畫索引
（字右邊的數字指詞典正文的頁碼）

一畫

字	頁
〇	851
乙	1602

二畫

字	頁
丁	300
七	1734
匕	1045
九	68
刁	708
了	294
	813
	844
乃	844
	4
乜	956
	928
	980

三畫

字	頁
三	1153
干	417
于	195
亍	1653
才	121
下	1458
	1459
	1716
丈	942
万	1176
上	1177
	1177
	1063
千	1376
	1726
乇	1053
乞	197
川	708
久	1571
么	1387
九	1547
丫	671
子	725
孑	1579

四畫

字	頁
亓	1048
井	700
天	1332
夫	395
	397
元	1668
云	1680
丐	416
廿	977
五	1434
丏	923
卅	1152
不	105
	395
卞	904
牙	1549
屯	1375
	1799
互	554
卝	782
中	1763
	1770
午	1437
丰	385
玉	1131
升	1200
夭	1571
反	359
	1573
氏	1227
丹	1744
及	246
卞	609
之	81
尹	1744
尺	1621
夬	159
丑	176
巴	476
以	185
予	18
	1602
	1653
	1657

五畫

字	頁
未	1409
末	942
正	1734
	1738
甘	418
世	1227
本	63
可	754
	757
丙	94
左	1829
丕	1016
右	1651
布	117
戌	1439
平	1032
卡	734
	1062
	57
北	1364
凸	714
且	1083
而	631
甲	1192
申	1641
由	1224
史	1565
央	1121
冉	14
凹	1381
冊	134
生	413
失	1201
乍	1210
丘	1705
斥	1102
卮	177
乏	1745
乎	353
用	548
甩	1637
氐	1262
	272
	276
匆	214
包	43
半	37
必	72
司	1276
民	929
弗	397
疋	1021
	1550
出	186
卯	482

六畫

字	頁
丟	306
戎	1136
考	749
吏	827
再	1689
互	444
戍	1112
	1526
在	1690
百	29
而	342
戍	1258
死	1279
成	165
乩	600
曳	1580
曲	1106
	1109
	1139
肉	975
年	1776
朱	1032
乒	1005
乓	1482
向	1509
凶	544
后	872
用	1721
兆	1773
州	316
丟	168

七畫

字	頁
戒	679
巫	1426
求	1103
甫	402
更	444
	446
束	1258
夾	413
	626
	631
	920
羋	201
串	1424
我	214
囪	1446
希	326
兌	1832
坐	879
卵	283
弟	730

八畫

字	頁
奉	393
武	1437
表	87
長	147
	1715
	1726
者	1551
亞	794
來	596
或	1229
事	839
兩	671
隶	636
戔	372
非	1496
些	498
果	475
乖	94
秉	1653
臾	1143
乳	901
氓	915
卷	724
承	168
亟	611
	1058

九畫

字	頁
奏	1821
堯	1573
哉	1688

甚	1196	厖	1278	甥	1205	**十五畫**		龜	489
	1199	圉	152		1080	奭	1236		732
巷	516	虓	1485	舒	1253	肅	1805		1103
	1482	書	1249	就	711	輝	579		
柬	639	弱	1149			靠	750	**十九畫**	
歪	1383	智	440	**十三畫**		虩	578	嚞	1022
面	924	能	957	鼓	468	號	498	櫜	433
韭	709		969	嗇	1162	養	1570	嚘	963
禹	1653			農	985	颁	1499	鼕	1321
幽	1639	**十　畫**		嗣	1284	豫	1666	贏	885
拜	28	焉	1552	與	1656			赢	814
垂	204	董	686		1659	**十六畫**		疆	651
重	180	乾	419		1664	疏	54		
	1770	專	1788		1678	黇	1337	**二十畫以上**	
禹	1658	戚	1046	粵	1611	翰	514	馨	1509
尫	1104	匏	1008	義	1291	噩	340	耀	1577
胤	1626	爽	1265			整	1737	疊	1511
叛	1004	匙	175	**十四畫**		臻	1731	譽	775
首	1244		1237	嘉	630	興	1513	彈	336
咫	1755	梟	1486	赫	531		1519	贏	1631
沓	686	象	1483	截	675	舉	717	鬻	489
飛	374	馗	785	朅	1085	氄	981	鼕	1021
癸	490	夠	461	幹	1425	羸	1629	懿	1615
		孰	1254	競	697			囊	962
十畫		產	145	戤	469	**十七畫**			962
菁	461	貌	100		633	戴	246	矙	146
袁	1669	脔	988	疐	1761	臨	849	灟	724
彧	1662	習	1451	甀	1105	黼	405	蠹	265
哥	436			暢	153	闚	91	畫	196
鬲	439	**十二畫**		減	1693	虧	784	钀	246
	828	戢	1815	夥	596	黏	977	艷	1565
奓	963	黃	575	舞	1439	爵	729	钀	1325
牲	1194	喪	1159	毓	1665	鹹	498	饢	7
乘	169		1159	睪	433			护	1676
	1208	棘	614	疑	1599	**十八畫**			
島	259	棗	1696	孵	396	賾	1700		
烏	1426	晷	15	盡	693	虩	1456		
	1441	䓛	74	暨	623	歸	488		
師	1213	剴	1815	鼐	957				

A

ā ㄚ

吖 ā 用於譯音：～嗪（有機化合物的一類）｜～啶黃（一種醫藥注射劑）。

呵 ā 同"啊"（ā）。**注意** "呵（ā á ǎ à）"用作歎詞、語氣助詞，多見於早期白話，現在一般用"啊"。

另見 á（2頁）；ǎ（2頁）；à（2頁）；a（2頁）；hē（523頁）；kē（751頁）。

阿 ā〔前綴〕❶（閩語、粵語、吳語）加在名、姓、排行前，構成日常稱名：～珍｜～寶｜～毛｜～陳｜～大｜～七。❷（閩語、粵語、吳語）加在親屬名前構成親屬稱謂：～爹｜～婆｜～叔｜～姨（小姨）｜～姐。❸加在"哥""妹"前稱青年男女，有親昵意味，青年戀人常用以互稱：～哥去當邊防軍，～妹相送難分手。

另見 ā（2頁）；ē（337頁）。

【阿鼻地獄】ābí dìyù 佛教指最下面的地獄，是犯重罪的人死後靈魂永受苦難的地方。[阿鼻，梵 avīci]

【阿波羅】Ābōluó〔名〕古代希臘神話中的太陽神，傳說他把光明送到四面八方，還經常向人類發出種種預言。阿波羅形象端莊英俊，手執弓箭、神盾、七弦琴等物。[拉丁 Apollo]

【阿昌族】Āchāngzú〔名〕中國少數民族之一，人口約3.95萬（2010年），主要分佈在雲南西部隴川、梁河、潞西和鄰近的龍陵等地。阿昌語是主要交際工具，沒有本民族文字。

【阿斗】Ā Dǒu〔名〕三國蜀漢後主劉禪（shàn）的小名。阿斗昏聵平庸，胸無大志，後多用來指稱事事聽命於人、懦弱無能的人。

【阿爾法射綫】ā'ěrfǎ shèxiàn 放射性原子核所放出的帶正電荷的粒子（氦原子核）流。通常寫作α射綫。[阿爾法，希臘字母α的音譯]

【阿凡提】Āfántí〔名〕新疆維吾爾族民間傳說中的人物。他嘲笑愚蠢偽善的人，同情幫助窮苦善良的人，機智勇敢，又幽默樂觀，是人們心目中智慧和歡樂的化身。阿凡提的故事也在新疆哈薩克、烏孜別克、柯爾克孜、塔吉克等民族中流傳。

【阿飛】āfēi〔名〕指穿戴奇特、作風不正派的青少年：流氓～。

【阿芙蓉】āfúróng〔名〕阿片。

【阿訇】āhōng〔名〕伊斯蘭教宗教職業者的通稱。波斯語原意為教師，現用來指主持教儀、講授經典的人。[波斯 ākhūnd]

【阿拉】ālā〔代〕（吳語）我；我們：～上海人｜勿要忘記～。

【阿拉伯人】Ālābórén〔名〕亞洲西南部和非洲北部的主要居民。原住阿拉伯半島，多信奉伊斯蘭教。[阿拉伯，阿拉伯語 Arab]

【阿拉伯數字】Ālābó shùzì 指0、1、2、3、4、5、6、7、8、9這些記錄數目的符號。原為印度始創，12世紀由阿拉伯人傳入歐洲，是國際上通用的數字。

【阿羅漢】āluóhàn〔名〕羅漢。[梵 arhat]

【阿貓阿狗】āmāo-āgǒu〔俗〕（吳語）指說話人認為能力平庸的一般人：這件事不是～都能做的。

【阿門】āmén 基督教祈禱完畢時的用語，意思是心願如此。也譯作阿們、亞門。[希伯來āmēn]

【阿木林】āmùlín〔名〕（吳語）指愚笨、容易上當受騙的人；傻瓜。

【阿片】āpiàn〔名〕從尚未成熟的罌粟果實中提取的乳汁狀液體，乾燥後呈淡黃色或棕色。有鎮痛、止咳、止瀉等效用。常用成癮，是一種毒品。用作毒品時叫鴉片。也叫阿芙蓉。

【阿Q】Ā Q〔名〕魯迅小說《阿Q正傳》中的主人公，他備受屈辱，卻無力反抗，只好用自我安慰的辦法來自欺欺人。後來"阿Q"一詞成為自甘屈辱的"精神勝利者"的代稱：～思想｜他真是個～。

【阿詩瑪】Āshīmǎ〔名〕彝族支系撒尼人的民間長篇敍事詩。流行於雲南。敍述勤勞勇敢的撒尼姑娘阿詩瑪反對強迫婚姻，與阿黑哥一起同封建勢力進行鬥爭的故事。

【阿司匹林】āsīpǐlín〔名〕（片）藥名，白色結晶，略帶酸味。有解熱、鎮痛、抑制血小板凝結等作用。也用於預防心肌梗死等。[德 Aspirin]

【阿嚏】ātì〔擬聲〕形容打噴嚏的聲音：～，～，他一連打了好幾個噴嚏。

【阿姨】āyí〔名〕❶（位）少年兒童稱呼跟父母年齡差不多而無親屬關係的婦女：張～｜售貨員～態度特別好。❷（位）對保育員或保姆的稱呼：幼兒園的～正在給小朋友講故事｜家裏有～帶孩子，我很放心。❸（吳語）姨母。

啊 ā ❶〔歎〕表示讚歎或驚異：～，那場面真大！｜～，颳大風了！❷（Ā）〔名〕姓。

另見 á（2頁）；ǎ（2頁）；à（2頁）；a（2頁）。

醃（腌）ā/āng 見下。
另見 yān（1554頁）。

【醃臢】āzā（-za）（北方官話）❶〔形〕骯髒；不乾淨：這水太～，不能喝｜他身上總麼～。❷〔形〕不痛快；感到彆扭：這事兒弄得我心裏～極了。❸〔動〕故意使人不痛快；使感到彆扭：快別拿這種事來～人了！

錒（锕）ā〔名〕一種放射性金屬元素，符號 Ac，原子序數 89。

á Ý

呵 á 同 "啊"（á）。
另見 ā（1頁）；ǎ（2頁）；à（2頁）；a（2頁）；hē（523頁）；kē（751頁）。

啊 á〔歎〕表示疑問或反問：～？你說甚麼？｜～？你真不知道？
另見 ā（1頁）；ǎ（2頁）；à（2頁）；a（2頁）。

嗄 á 同 "啊"（á）。
另見 shà（1167頁）。

ǎ Ý

呵 ǎ 同 "啊"（ǎ）。
另見 ā（1頁）；á（2頁）；à（2頁）；a（2頁）；hē（523頁）；kē（751頁）。

啊 ǎ〔歎〕表示驚疑：～？真有這樣的事？｜～？問題有這麼嚴重？
另見 ā（1頁）；á（2頁）；à（2頁）；a（2頁）。

à Ỳ

呵 à 同 "啊"（à）。
另見 ā（1頁）；á（2頁）；ǎ（2頁）；a（2頁）；hē（523頁）；kē（751頁）。

啊 à〔歎〕❶ 表示答應或領會：～，好吧｜～，沒意見｜～，我知道了。❷ 表示恍然醒悟：～，原來是你呀！｜～，難怪他說話總躲躲閃閃的｜～，原來是這麼回事。❸ 表示讚歎：～，衞星發射成功了！｜～，花的海洋！
另見 ā（1頁）；á（2頁）；ǎ（2頁）；a（2頁）。

a ·Ý

呵 a 同 "啊"（a）。
另見 ā（1頁）；á（2頁）；ǎ（2頁）；à（2頁）；hē（523頁）；kē（751頁）。

阿 a 同 "啊"（a）。
另見 ā（1頁）；ē（337頁）。

啊 a〔助〕語氣助詞。❶ 用在陳述句末，表示肯定、解釋或提醒：這是理所當然～｜咱們的糧食可來之不易～｜過馬路要當心～！❷ 用在陳述句末，表示不耐煩：翻來覆去老說，就沒意思了～｜我也沒說不好～！❸ 用在祈使句末，隨me意表示請求、催促、命令、警告等：進來～｜快走～｜你一定得參加～｜這樣幹可不對～！❹ 用在感歎句末或打招呼的話裏：多好的天兒～！｜老王，你可快點來！❺ 用在有疑問指代詞的問句或選擇問句裏，使語氣緩和：是誰～？｜你是打哪兒來的～？｜你看不看電影～？❻ 用在陳述句形式的問句裏，表示提問的目的是要求得到證實：你不發言～？｜這是真的～？❼ 用在反問句裏，使反詰語氣緩和些：你怎麼不去看他～？｜哪會有這種事～？❽ 用在句中，稍做停頓，表示猶豫或引起注意：一到這兒來～，你就別想回家了｜你～，連這個也不懂，就不好辦了。❾ 用在列舉的事項之後：筆～，紙～，墨～，都準備好了，就等他動手畫了｜思想作風～，文化水平～，工作能力～，誰也比不上他｜這個～，那個～，買了一大堆。❿ 用在重複的動詞後面，表示過程長：大家在這兒等～等～，總算把他等來了。**注意** "啊" 用在句末或句中，常因受到前一字的元音或輔音的影響而發生音變，也可寫成 "呀、哇、哪" 等字，如 "來呀" "好哇" "多沉哪" 之類。
另見 ā（1頁）；á（2頁）；ǎ（2頁）；à（2頁）。

āi 历

哎 āi ❶〔歎〕表示意外或不滿意：～！真想不到你也來了｜～，你怎麼能這樣說呢！❷〔歎〕表示提醒：～，別忘了明天看電影。❸〔歎〕用於見面打招呼：～，怎麼好久沒見你了？｜～，老王，早哇！❹（Āi）〔名〕姓。

【哎呀】āiyā〔歎〕❶ 表示驚訝：～！這孩子的字寫得多好哇！❷ 表示埋怨、不耐煩等：～，你這毛病怎麼老改不過來呀！｜～，你怎麼還沒聽懂！

【哎喲】āiyō〔歎〕表示驚訝、痛苦等：～！孩子都長這麼高了！｜～！我肚子好疼！

哀 āi ❶ 悲痛；傷心：～泣｜節～｜喜怒～樂｜～而不傷。❷ 悼念：～悼｜～辭｜默～。❸ 憐憫：～憐｜～其不幸。❹（Āi）〔名〕姓。

語彙 悲哀 節哀 舉哀 默哀 誌哀 致哀

【哀兵必勝】āibīng-bìshèng〔成〕《老子·六十九章》："故抗兵相加，哀者勝矣。"意思是兩軍相遇，悲憤的一方將獲得勝利。後用來指受壓抑而悲憤地奮起反抗的軍隊一定能打勝仗：～，驕兵必敗。

【哀愁】āichóu〔形〕悲哀憂愁：無限～。

【哀辭】āicí〔名〕古文文體。追悼死者的文字，多用韻語。也作哀詞。

【哀悼】āidào〔動〕悲痛地悼念（死者）：舉國～｜沉痛～｜～英勇獻身的戰友。

【哀感頑艷】āigǎn-wányàn〔成〕三國魏繁欽《與魏文帝箋》："悽入肝脾，哀感頑艷。"意思是（詞旨）哀艷，使頑鈍和聰慧的人都深受感動。後多用來形容詩文的筆調哀艷動人。

【哀告】āigào〔動〕苦苦懇求憐憫：長跪階前～｜不斷向人～。

【哀歌】āigē ❶〔動〕因悲哀而歌唱：仰首～。❷〔名〕哀傷的歌曲：一曲～，感動眾人。

【哀號】āiháo〔動〕悲痛地號哭：呼天搶地，～不已。也作哀嚎。

【哀嚎】āiháo ❶〔動〕悲哀地嚎叫（用於獸類）：野狼在寒風中～。❷同"哀號"。

【哀鴻遍野】āihóng-biànyě〔成〕到處是哀鳴的大雁。比喻到處都是流離失所、呻吟呼號的災民；舊時每逢水旱戰亂，老百姓就被迫四處逃亡，那真是～，一片淒涼。

【哀矜】āijīn〔動〕〈書〉哀憐：～其無辜受戮。

【哀懇】āikěn〔動〕悲苦乞求：～垂憐｜再三～，仍未獲准。

【哀樂】āilè〔名〕悲哀和歡樂：～之情，人同此心。
　　另見āiyuè(3頁)。

【哀憐】āilián〔動〕憐憫；對不幸的人表示同情：同學們都～她的不幸。

【哀鳴】āimíng ❶〔動〕痛苦悲哀地呼叫：孤雁在空中～。❷〔名〕(聲)悲哀呼叫的聲音：戰馬的～把他從昏迷中喚醒。❸〔名〕比喻悲觀絕望的情思：這部小說使人感受到主人公絕望的～。

【哀戚】āiqī〔形〕〈書〉悲傷：舉目荒涼，令人～｜聞此噩耗，無不為之～。

【哀啟】āiqǐ〔名〕死者家屬敍述死者事略和病情的文字，多附在訃聞之後。

【哀泣】āiqì〔動〕悲哀地哭泣：低頭～。

【哀求】āiqiú〔動〕乞求：苦苦～｜不要～別人施捨｜不管他怎樣～，都沒有用。

【哀傷】āishāng ❶〔動〕感到悲哀難過：～他的不幸遭遇｜要克制，不要過分～。❷〔形〕悲哀難過：家中的變故，使他很～。

[辨析] 哀傷、悲傷　二者是同義詞，都有傷心、難過的意思，但"哀傷"傷心、難過的程度深一些。如"別難過，莫悲傷""出國前，他向媽媽告別，要媽媽別悲傷"，都不能換成"哀傷"。"哀傷"還能帶賓語，如"哀傷人民的困苦""哀傷她的不幸"。"悲傷"是形容詞，不能帶賓語。

【哀思】āisī〔名〕(縷)悲哀思念之情：寄託～。

【哀駘】Āitái〔名〕複姓。

【哀歎】āitàn〔動〕悲哀地歎息：～命運不濟｜～生活太苦了｜徒然～，於事無補。

【哀慟】āitòng〔形〕〈書〉極度悲哀心痛：舉國～。

【哀痛】āitòng〔形〕非常悲痛：感到萬分～。

【哀婉】āiwǎn〔形〕(聲音、言辭)哀傷婉轉：曲調～｜歌聲～，催人淚下。

【哀怨】āiyuàn ❶〔形〕哀傷怨恨：這支曲子～纏綿，催人淚下。❷〔名〕因受委屈而產生的哀傷怨恨情感：一腔～｜～深深。

【哀樂】āiyuè〔名〕表示悲哀的樂曲，用於喪葬和追悼：奏～。
　　另見āilè(3頁)。

埃 āi ㊀〔名〕❶灰塵；塵土：塵～｜黃～｜上食～土，下飲黃泉。❷(Āi)〔名〕姓。
㊁〔量〕長度的非法定計量單位，符號 Å。1 埃等於 10^{-10} 米。用來計量微小長度。為紀念瑞典物理學家埃斯特朗（Anders Jonas Ångström, 1814–1874）而定名。

【埃博拉】āibólā〔名〕由埃博拉病毒引起的急性傳染病，患者高熱、多處血管出血、腎功能衰竭，死亡率高。因曾流行於非洲埃博拉河地區而得名。[英 Ebola]

【埃菲爾鐵塔】Āifēiěr Tiětǎ 1898 年為紀念法國資產階級革命一百週年而建的著名建築，位於巴黎塞納河畔。塔高 320 米，分為四層，是當時世界第一高塔。後成為世界著名旅遊景點。因設計者為古斯塔夫·埃菲爾（Gustave Eiffel），故稱。

挨 āi ❶〔動〕靠近；緊接着：他家～着圖書館｜～着勤的沒懶的｜一個～一個。❷〔介〕依次：～次｜～戶通知｜～家訪問｜～着號頭兒叫。
　　另見 ái "捱"(4頁)。

【挨邊】āi//biān (～兒)〔動〕❶(年齡等)接近(較大的整數)：父親七十～兒了，身體還很硬朗。❷接近事實、主題：他的建議，倒也～兒。

【挨次】āicì〔副〕順着次序：～發言｜～檢查書上的頁碼。

【挨個兒】āigèr〔副〕〈口〉一個一個地；順着次序：～上車｜～點名。

【挨家】āijiā (～兒)〔副〕一家一家地：～檢查衛生｜～送報紙。

【挨肩兒】āijiānr〔動〕〈口〉同胞兄弟姐妹年齡相近，排行相連：姐倆兒～，又在同一個學校讀書。

【挨近】āijìn〔動〕靠近(某處)：～媽媽坐｜你家～哪兒？

【挨門挨戶】āimén-āihù〔成〕一家接着一家：～地安裝電表。

唉 āi ❶〔歎〕表示答應：～！我就來｜～，我聽見了。❷〔歎〕表示歎息和惋惜：～，這事真把我愁死了｜～！這樣的好事我怎麼就沒趕上呢？❸〔歎〕表示招呼：～，你去不去？｜～，新年好！❹(唉)〔名〕姓。
　　　另見 ài(5頁)。

【唉聲歎氣】āishēng-tànqì〔成〕因憂傷、煩悶或痛苦而發出歎息聲：～沒有用，得振作起來。
　　注意 這裏的"唉"不寫作"哀"。

娭 āi 見下。
　　　另見 xī(1447頁)。

【娭毑】āijiě〔名〕（湘語）❶ 祖母。❷ 對老年婦女的尊稱。

欸 āi 同"唉"(āi)。
　　　另見 ǎi(4頁)；ě(341頁)；é(341頁)；è(341頁)；è(341頁)。

嗳(嗳) āi 同"哎"①②。
　　　另見 ǎi(4頁)；ài(6頁)。

鑀(鑀) āi〔名〕一種放射性金屬元素，符號 Es，原子序數 99。

ái ㄞ

捱(挨) ái〔動〕❶ 遭受；忍受：～揍｜忍飢～餓｜～了一頓打｜～一拳頭學一招。❷ 艱難地度日：在醫院裏躺了半年，日子好難～呀！❸ 拖延：要開演了，快化裝，別在那兒慢慢地～了。
　　　"挨"另見 āi(3頁)。

【捱板子】ái bǎnzi 受板子體罰，常比喻受上級領導批評、處罰：他們還在搞亂收費，也不怕～。

【捱呲兒】ái//cīr〔動〕（北京話）受批評；遭訓斥：他不遵守課堂紀律，老～｜捱了一頓呲兒。

【捱宰】ái//zǎi〔動〕〈口〉比喻購物或接受服務時受到價格欺詐，遭受經濟損失：捱了一次宰，再不去那家店買東西了。

皚 ái〈書〉潔白：～如山上雪。

【皚皚】ái'ái〔形〕〈書〉霜、雪潔白的樣子：白雪～｜～積雪。

騃(騃) ái〈書〉傻，呆：～不曉事｜女痴男～（指天真無知、沉迷愛河的少男少女）。

癌 ái〔舊讀 yán〕〔名〕上皮細胞所形成的惡性腫瘤。常見的有鱗狀細胞癌、腺癌等。多發生在胃腸道、肝、肺、子宮頸、乳腺、鼻咽、皮膚等處。

【癌變】áibiàn〔動〕由於致癌物的作用，上皮細胞逐漸發生質變，形成癌細胞：他的胃病已

經～｜及早動手術，防止～。

【癌細胞】áixìbāo〔名〕人體內一種不按生理需要，進行無序分裂且無正常功能的細胞。它形成腫塊，大量消耗人體營養，破壞正常組織，嚴重危害機體健康。

【癌症】áizhèng〔名〕惡性腫瘤病：得了～｜～晚期｜醫學的發展，終會戰勝～。

ǎi ㄞ

乃 Ǎi〔名〕姓。
　　　另見 nǎi(956頁)。

毐 ǎi 用於人名：嫪(lào)～（戰國末秦國人）。

欸 ǎi 見下。
　　　另見 āi(4頁)；ě(341頁)；é(341頁)；ě(341頁)；è(341頁)。

【欸乃】ǎinǎi〔書〕〔擬聲〕❶ 形容行船搖櫓聲：～一聲山水綠。❷ 划船時唱歌的聲音：歌～櫓咿咿。

矮 ǎi〔形〕❶ 身材短小：高～｜～個兒｜他個子不～｜弟弟比哥哥～。❷ 高度小：低～｜在人～檐下，怎敢不低頭｜這幾棵小樹很～。❸ 等級、地位低：他讀高一，比你～一級。

> **辨析** **矮、低** a）形容詞。跟"高"相對。矮，多用於身量、建築、器物，如"他個子矮""高樓矮屋""矮茶几"。"低"不能這樣用。低，多用於等級、地勢等，如"低年級""低坡""情緒很低"。這些也都不能換用"矮"。b）"低"有動詞義，意為"低垂"，如"他低着頭正想心事呢"。這裏，"低"不能換為"矮"。

【矮半截】ǎi bànjié〔慣〕比喻地位、事業比別人差很多：他當他的經理，我開我的車，我也不會比他～。

【矮墩墩】ǎidūndūn（～的）〔形〕狀態詞。形容身材矮小而粗壯：那人～的，看上去挺結實。

【矮胖】ǎipàng〔形〕狀態詞。矮小肥胖；又矮又胖：此人身材～，聲音洪亮。

【矮小】ǎixiǎo〔形〕（事物）高度體積不及一般：個子很～｜～的茅屋。

【矮行星】ǎixíngxīng〔名〕〔顆〕按照大小不同的橢圓形軌道圍繞太陽運行的質量足夠大的天體，不能清除其軌道附近的其他物體。太陽系中已確認的矮行星有冥王星、卡戎星、齊娜星、穀神星等。

【矮子】ǎizi〔名〕（個）個子矮的人（不禮貌的說法）。

嗳(嗳) ǎi〔歎〕表示不同意或否定：～，不能這樣做｜～，我不是那意思。
　　　另見 āi(4頁)；ài(6頁)。

【嗳氣】ǎiqì〔動〕胃裏氣體不自主地從嘴中出來，並發出聲音。通稱打嗝兒。

【噯酸】ǎisuān〔動〕胃酸不自主地從胃裏湧到嘴裏：他胃不好，否兒吃多了會～。

藹（藹）ǎi ㊀❶和氣：慈～｜和～｜～然。❷(Ǎi)〔名〕姓。
㊀〔書〕繁茂；茂盛：其林～～。

【藹然】ǎirán〔形〕〔書〕和氣：～可親。

靄（靄）ǎi ❶〔書〕雲霧；雲氣：暮～沉沉。❷(Ǎi)〔名〕姓。

| 語彙 | 暮靄 | 霧靄 | 煙靄 | 雲靄 |

【靄靄】ǎi'ǎi〔形〕〔書〕雲霧聚集的樣子：停雲～～｜～暮雲。

ài ㄞˋ

艾ài ㊀〔名〕❶多年生草本植物，葉有香氣，可入藥，又可製艾絨供灸法用。也叫艾蒿。❷(Ài)姓。
㊁停止；完結：憂未～也｜方興未～。
㊂美好：少～｜幼～。
㊃年老的，老年人：先耆～，奉高年｜稚～。
另見yì（1606頁）。

| 語彙 | 少艾 | 幼艾 | 方興未艾 | 期期艾艾 |

【艾絨】àiróng〔名〕把艾葉曬乾搗碎去渣而成的絨狀物。中醫針灸時點燃配合治病，也用來製印泥。

【艾窩窩】àiwōwo〔名〕一種北京小吃。用熟糯米做成的黏糰，有甜餡，涼着吃。也作愛窩窩。

【艾滋病】àizībìng〔名〕也稱愛滋病、愛之病。獲得性免疫缺陷綜合徵的通稱。病毒侵入淋巴系統，使人體喪失免疫能力，導致死亡。傳染途徑主要有性接觸傳播、血液傳播和母嬰傳播等。由於"愛滋病"譯名易使人產生誤解，故中國大陸現在以"艾滋病"為規範譯名。每年12月1日是世界艾滋病日。〔艾滋，英AIDS，是acquired immune deficiency syndrome的縮寫〕

悊ài〔書〕同"愛"。

唉ài〔歎〕表示傷感或痛惜：～，這場病把我的身體給搞垮了｜～，這場球又輸了。
另見āi（4頁）。

砹ài〔名〕一種放射性非金屬元素，符號At，原子序數85。

硋ài〔書〕同"礙"。

嗌ài〔書〕咽喉痛。
另見yì（1609頁）。

愛（爱）ài ❶〔動〕對人或事物珍惜、親近，有深厚的感情：～祖國｜～父

母｜她～過一個畫家｜幹一行，～一行。❷〔動〕喜愛：～下棋｜～聽京戲｜性本～丘山。注意a)"愛"跟"不"呼應構成"愛x不x"，表示無論選擇哪一種都隨便，含有不滿情緒。如"愛去不去""愛聽不聽""愛信不信"。b)"愛"跟"就"呼應構成"愛x就x"（後面常有後續詞語），表示不必顧及其他。如"愛吃就吃，不用問誰請客""愛給誰就給誰，別人管不着""愛上哪兒就上哪兒，隨你的便"。c)"愛"①②義可帶趨向補語，如"她愛上了同桌""他愛上了下圍棋"。❸〔動〕愛護；愛惜：～名譽｜～公物。❹〔動〕因不由自主或失去控制而常常發生：她～哭｜他不～生氣。❺〔動〕不符合意願的事容易發生：我～暈車｜鐵～生鏽。❻(Ài)〔名〕姓。

語彙	博愛	寵愛	慈愛	錯愛	恩愛	撫愛	割愛
	見愛	敬愛	可愛	酷愛	憐愛	戀愛	令愛	母愛
	溺愛	偏愛	親愛	情愛	求愛	熱愛	仁愛	疼愛
	喜愛	相愛	心愛	友愛	珍愛	摯愛	鍾愛	自愛
	做愛

【愛不釋手】àibùshìshǒu〔成〕因喜愛而捨不得放下：他喜歡看小說，拿起一本來就～。也說愛不忍釋。

【愛巢】àicháo〔名〕比喻幸福夫妻的居所：漂泊了數月，他終於要回到他們那個溫馨的～了。

【愛稱】àichēng〔名〕表示親愛、親昵的稱呼（跟"憎稱"相對）："寶寶"是父母對孩子的～｜"小鴿子"是他對妻子的～。

愛稱的使用
愛稱一般用於平輩之間或長輩對晚輩，而且多用於家庭稱謂之中。例如，古代夫妻互稱卿、卿卿，夫稱妻為賢妻、娘子，妻稱夫為官人、相公。現代夫稱妻為老婆，妻稱夫為老公，老年夫妻互稱老伴兒，長輩稱年幼晚輩為寶貝兒、寶寶、乖乖等。

【愛戴】àidài〔動〕敬愛而且擁戴：人民～自己的領袖｜他深受年輕人～。

【愛撫】àifǔ〔動〕疼愛撫慰：王嫂～着她的小兒子｜煩惱時有丈夫的～，她感到幸福。

【愛國】ài∥guó〔動〕熱愛自己的國家：～僑胞｜同胞們都很～。

【愛國主義】àiguó zhǔyì 指對祖國忠誠和熱愛的思想感情。愛國主義是一個歷史範疇，在社會發展的不同階段、不同時期有不同的具體內容。

【愛好】àihào ❶〔動〕喜歡：～美術｜～數學｜～自然科學｜～寫字畫畫兒。❷〔名〕由於喜歡某事物而產生的濃厚興趣：各人的～不同，不要強求一律｜他有自己的特殊～。

【愛河】àihé〔名〕❶佛教認為愛欲像河流一樣，使人沉溺不能自拔，貪愛之心執著於物而不離，如水浸染於物，所以把愛欲比成河水，叫

作愛河。❷比喻濃厚甜蜜的愛情：他們倆沐浴在～裏。

【愛護】àihù〔動〕愛惜並加以保護：～公共財物｜～勞動果實｜對弱者要加以～。

〔辨析〕**愛護、愛惜**　意義相近，但有差異；用法也不完全相同。"愛護"着重保護，不使受害，如"要愛護兒童"；"愛惜"着重珍惜，不使糟蹋或虛擲，如"要愛惜糧食""要愛惜時間"。上面例句裏的"愛護"和"愛惜"不能互換。

【愛克斯射綫】àikèsī shèxiàn 一種電磁波，可以穿透許多物質，使照相膠片感光。醫學上常用來透視和治療。德國物理學家倫琴（Wilhelm Konrad Roentgen, 1845–1923）首先發現。通常寫作 X 射綫，也叫倫琴射綫。[愛克斯，英文字母 X 的音譯]

【愛憐】àilián〔動〕疼愛：惹人～。

【愛戀】àiliàn〔動〕愛得深而難割難捨，不能分離（多指男女之情）：～之情｜～故土。

【愛美】àiměi〔動〕喜歡漂亮美觀：女孩子誰不～？｜他很～，房間裝修得十分典雅。

【愛面子】ài miànzi〔慣〕怕損傷體面，被人看不起：既然～，就別做不光彩的事｜他也太～了，借這麼多錢給兒子辦喜事。

【愛莫能助】àimònéngzhù〔成〕有心幫助，但是無能為力：我的能力有限，你託我找工作，實在是～。

【愛慕】àimù〔動〕❶ 羨慕；嚮往：～虛榮｜不要～名利。❷ 喜愛仰慕，願意接近：小夥子聰明能幹，引起姑娘的～。

【愛鳥週】Àiniǎozhōu〔名〕宣傳並促進愛護鳥類的活動時間。中國規定每年 4 月至 5 月初的一個星期為愛鳥週，此活動從 1982 年春開始實施。具體時間各省、市、自治區有所不同。鳥能給自然界帶來無限生機，給生活增添無窮樂趣，鳥中益鳥佔絕大多數，愛鳥有利於維護生態平衡。

【愛女】àinǚ〔名〕女兒的愛稱。**注意** 自己或別人提起自己女兒時可稱"愛女"，自己當面一般不稱女兒為"愛女"。

【愛妻】àiqī〔名〕妻子的愛稱。

【愛情】àiqíng〔名〕男女之間相愛的感情：他們在工作中產生了～。

【愛人】àiren〔名〕❶ 丈夫或妻子：他的～在醫院當護士｜她～是物理系教授。❷ 未婚戀人的一方。

【愛神】àishén〔名〕指古羅馬神話中的丘比特，傳說他主管愛情。他用箭射人的心，射中的就產生愛情。

【愛窩窩】àiwōwo 同"艾窩窩"。

【愛屋及烏】àiwū-jíwū〔成〕《尚書大傳》卷三："愛人者，兼其屋上之烏。"意思是，因為愛一個人而連帶喜愛他屋上的烏鴉。後用"愛屋及烏"

比喻因為愛一個人而連帶喜愛跟那人有關係的人或事物。

【愛惜】àixī〔動〕愛護珍惜；不糟蹋，不浪費：～時間｜～身體｜～人才｜對糧食要倍加～。

【愛惜羽毛】àixī-yǔmáo〔成〕像鳥獸愛惜羽毛那樣珍視自己的聲譽。比喻十分愛惜個人的聲譽。

【愛心】àixīn〔名〕（片）關懷愛憐的感情：有～｜給災區人民送～。

【愛憎分明】àizēng-fēnmíng〔成〕喜愛甚麼，憎惡甚麼，界限非常清楚：對朋友和敵人要～。

【愛重】àizhòng〔動〕愛惜並尊重：～人才｜他的為人受到大家的～。

隘 ài
ài ❶ 狹窄：狹～｜湫～囂塵（低下狹小，囂雜多塵）。❷ 關口；險要的地方：關～｜要～｜險～｜一人守～，萬夫莫向。

語彙　關隘　湫隘　狹隘　險隘　要隘

【隘口】àikǒu〔名〕狹窄而險要的山口：守住～。

【隘路】àilù〔名〕狹窄而險隘的通道。

【隘巷】àixiàng〔名〕狹窄的小巷。

傻（傻） ài
ài〔書〕❶ 隱約；仿佛：～而不見。❷ 呼吸不暢，嗚咽：如彼遡（sù，逆着）風，亦孔之～（好比頂着大風跑，呼吸困難心發跳）。

【傻尼】àiní〔名〕漢族對部分哈尼族的稱謂。

噯（嗳） ài
ài〔歎〕表示感傷、痛惜、懊悔：～，太可惜了！｜～，我真不該答應他。

另見 āi（4頁）；ǎi（4頁）。

嫒（嬡） ài
ài ❶ 見"令嬡"（857頁）。❷（Ài）〔名〕姓。

瑷（璦） ài
ài〔書〕美玉。

【瑷琿】Àihuī〔名〕地名，在黑龍江省。曾作愛輝、璦琿。1983 年併入黑河市。

薆（薆） ài
ài〔書〕❶ 隱蔽的樣子。❷ 草木茂盛的樣子。

曖（暧） ài
ài〔書〕日光昏暗不明：昏～｜幽～｜～～遠人村。

【曖昧】àimèi〔形〕❶ 用意含糊，態度不明朗：言辭～｜態度～｜立場～。❷ 行為不光明、不正當，有不可告人的隱秘：他們的關係很～。

礙（碍） ài
ài〔動〕妨害；阻礙：有～觀瞻｜直視無～｜～手～腳｜你別～了他們的好事。

語彙　妨礙　干礙　掛礙　關礙　違礙　障礙　滯礙　阻礙

【礙面子】ài miànzi〔慣〕怕傷情面：飯館礙着他父親的面子，沒有把他辭退。

【礙難】àinán ❶〔動〕難以（舊式公文常用的套話）：～照准。❷〔形〕很難：年邁人往往偏執，代溝～超越。

【礙事】àishì ❶〔動〕不方便；有所妨礙：我把自行車放在這～嗎？❷〔形〕嚴重；有危險（多用於否定式）：這點損失不～｜他這個病～不～？

【礙手礙腳】àishǒu-àijiǎo〔成〕妨礙別人做事：咱們也幫不上忙，別在這裏～，還是早點走吧。

【礙眼】àiyǎn〔形〕（北京話）❶眼睛看着不舒服：～的詞句一律刪掉｜東西擺得不是地方，怪～的。❷因眼前有人而感到不方便：今天有客人來，咱們在這裏太～，快走吧。

靉（靆）　ài 見下。

【靉靆】àidài〔形〕〈書〉很盛的樣子：朝雲～｜日月～。

ān ㄢ

厂 ān 同"庵"①②，多見於人名。
另見 chǎng"廠"（152頁）。

广 ān 同"庵"①②，多見於人名。
另見 guǎng"廣"（486頁）。

安 ān ㊀❶〔形〕平靜；安定：心緒不～｜坐立不～｜恬然自～。❷平安；穩定（跟"危"相對）：居～思危｜轉危為～｜風雨不動～如山。❸使平靜；使安定：～神｜～民｜治國～邦。❹〔動〕使有合適的位置：再給你們組～幾個人｜把他～到了重要部門。❺〔動〕裝置；設立：～電話｜～玻璃｜～假牙｜我們村已經～寬帶網了。❻〔動〕加上：給這小別墅～個好名稱｜～罪名他也不怕。❼〔動〕心裏懷着（某種念頭，多指壞念頭）：我看他一開始就沒～好心｜你到底～着甚麼心？❽〔名〕行的禮；祝願平安的話：請了一個～｜向兩位老人問了一聲～。注意"安"這個意義只能同"請""問"搭配。❾（Ān）〔名〕姓。

㊁〔代〕〈書〉疑問代詞。❶甚麼；甚麼地方：皮之不存，毛將～傅？❷怎麼；哪裏（多用於反問）：子非魚，～知魚之樂？｜～能久居此乎？｜燕雀～知鴻鵠之志哉！

㊂〔量〕安培的簡稱。導體橫截面每秒通過的電量是1庫時，電流強度就是1安。

語彙	保安	公安	苟安	偏安	平安	欠安	請安
偷安	晚安	問安	相安	心安	早安	招安	治安
隨遇而安	轉危為安	坐立不安

【安保】ānbǎo〔形〕屬性詞。安全保衛：～工作不容忽視。

【安步當車】ānbù-dàngchē〔成〕《戰國策·齊策四》："安步以當車。"慢慢地步行，權當乘車：你們騎車先走，我們就～吧！

【安插】ānchā〔動〕（把人或事物）放在一定的位置上：～親信｜第二幕～了一段倒敘｜電視節目裏～的商品廣告太多。

【安厝】āncuò〔動〕〈書〉❶停放靈柩待葬。❷非正式安葬。

【安定】āndìng ❶〔形〕平靜穩定：生活～｜人心～｜～團結的局面。❷〔動〕使平靜穩定：～民心。❸〔名〕一種藥劑，是一種有機化合物，有粉劑和片劑，能起鎮靜作用。

【安度】āndù〔動〕❶安全度過：～險期。❷平靜地度過：～晚年。

【安頓】āndùn ❶〔動〕安排處理，使有着落：我們把孩子～在姥姥家｜這麼多行李，無處～。❷〔形〕安穩；安靜：孩子吃了藥，睡得～多了。

【安放】ānfàng〔動〕把東西妥善地放在適當的位置：他們顧不得把行李～好，就都跑到工地上去了｜她把花圈～在親人墓前。

【安分】ānfèn〔形〕守規矩；守本分：他一向很～，不可能有越軌行為｜這個人不～，要多加小心。注意 這裏的"分"不讀 fēn。

【安分守己】ānfèn-shǒujǐ〔成〕守己：保持自己的節操。指做人處事規矩老實：父親一輩子～，從不跟人家爭名爭利。

【安撫】ānfǔ〔動〕安頓撫慰：～民心｜～烈士家屬。

【安好】ānhǎo〔形〕平安（多用於書信）：闔家～。

【安懷醫院】ānhuái yīyuàn 一種專門護理危重病人，使其得到臨終關懷，能夠安然離世的醫院：本市鼓樓～已經掛牌好幾年了。參見"臨終關懷（850頁）。

【安魂曲】ānhúnqǔ〔名〕天主教為死者舉行安葬儀式時用的樂曲。也叫追思曲。

【安家】ān//jiā〔動〕❶安置家庭：在北京～。❷結婚成立家庭：他是單身，還沒有～｜娶了親，安了家，事兒可就多了｜安一個家不是那麼容易。

【安家落戶】ānjiā-luòhù〔成〕在異地安置家庭，長期居住下去：支援邊疆建設的科技人員很多人就在那裏～了。

【安檢】ānjiǎn〔動〕安全檢查：～站｜為減少工傷事故，～不可鬆懈。

【安靖】ānjìng〔形〕〈書〉❶安定；平安無事。❷平靜無聲：街巷人夜甚～。

【安靜】ānjìng〔形〕❶沒有聲音：考場裏十分～｜～的夜晚。❷安穩平靜：孩子睡得很～｜心裏覺得很不～。❸指人的氣度沉靜：性情～。

【安居】ānjū〔動〕安定地居住、生活：他分到了新房，可以～了｜～工程。

【安居工程】ānjū gōngchéng 一種非營利性住宅建築工程。由國家貸款、地方政府自籌資金建設住宅，以成本價出售給中低收入家庭。

【安居樂業】ānjū-lèyè〔成〕《老子·八十章》："甘

其食，美其服，安其居，樂其俗。"後用"安居樂業"指安定地生活，愉快地勞作：社會動亂，人民就無法～。

【安康】ānkāng〔形〕平安健康（多用於書信）：敬祝～。

【安老院】ānlǎoyuàn〔名〕（所，家）港澳地區用詞。敬老院，也稱護老院、老人院。為老年人安度晚年而開辦的社會福利機構。在港澳臺大都由私人或慈善機構開辦，政府給予資助：香港～為老年人提供生活、娛樂、醫療、保健等方面的服務。

【安樂】ānlè〔形〕安寧快樂：百姓～｜生活～。

【安樂死】ānlèsǐ〔名〕一種促成死亡的方式。指身患絕症的病人因無法忍受病痛折磨而主動提出結束生命的要求，醫生採取措施，使病人無痛苦地死去。目前各國、各界對安樂死的看法不一。

【安樂窩】ānlèwō〔名〕（個，處）指安樂舒適的生活環境和處所：她決心離開城裏的～，到農村去闖一闖。也說安樂鄉。

【安樂椅】ānlèyǐ〔名〕（把）一種椅背寬大、兩邊有扶手、可以半躺的椅子，有的還可前後搖動。

【安理會】Ānlǐhuì〔名〕聯合國主要機構安全理事會的簡稱。

【安謐】ānmì〔形〕〈書〉安寧；安靜：境內～。

【安眠】ānmián〔動〕❶安穩地進入睡眠狀態：～藥｜徹夜不得～。❷指死亡：～於地下。

【安眠藥】ānmiányào〔名〕（片）催眠藥。

【安民告示】ānmín gàoshi 原指官府發佈的安定民心的佈告。現借指重要商討的問題或要辦的事預先告知有關人員，使其了解並有所準備的通知：為整頓農貿市場，先出個～。

【安寧】ānníng〔形〕❶安定平靜：天下～｜社會～｜當今世界很不～。❷（心情）平定；不煩躁：這幾天心情一直不～。

【安寧病房】ānníng bìngfáng〔名〕臺灣地區用詞。也稱寧境病房。醫院裏為臨終病人特設的病房：在他的陪伴下，老人在～有尊嚴地度過了人生最後的階段。

【安排】ānpái〔動〕❶安置（人員）：～人力｜把這幾位旅客～一下。❷有條理分先後地處理（事物）：～工作｜～情節｜～商業網點｜版面～得錯落有致。

辨析 安排、安置　a）"安置"着重在使人或事物有着落，多用於處理人事工作的活動；"安排"着重在使人或事物各得其所，多用於處理日常工作的活動。b）"安置"的對象多是具體的人或物，如"安置災民""安置行李"；"安排"的對象可以是具體的，也可以是抽象的，如"安排勞力""安排時間""安排課程""安排行程""安排工作"。

【安培】ānpéi〔量〕電流強度單位，符號 A。為紀念法國物理學家安德烈·馬利·安培（André Marie Ampère, 1775–1836）而定名。簡稱安。

【安貧樂道】ānpín-lèdào〔成〕《後漢書·韋彪傳》："安貧樂道，恬於進趣，三輔諸儒莫不慕仰之。"原意指安於貧困生活，樂於學習奉行聖人之道。後也用來指安於貧困生活，堅持從事喜好的專業工作：他在艱難的條件下，長期搞良種培育，～，最終取得成功。

【安琪兒】ānqí'ér〔名〕天使。[英 angel]

【安寢】ānqǐn〔動〕〈書〉安然就寢；安睡：樓下的吵鬧聲使人不得～。

【安全】ānquán〔形〕沒有危險、損害（跟"危險"相對）：～地帶｜～駕駛｜注意～｜保障生命～｜橫穿馬路走人行道才比較～。

【安全玻璃】ānquán bōli 夾層玻璃、鋼化玻璃、夾絲玻璃等的統稱。具有不易破裂或破裂碎片不易散落的特點。多用於交通工具或某些高層建築。

【安全帶】ānquándài〔名〕❶（副）工人高空作業、雜技演員空中表演時固定身體、保障安全的帶子。也作保險帶。❷（副）飛機或汽車上安裝的供駕駛員、乘客固定身體、起保護作用的帶子：飛機正在降落，乘客要繫好～。

【安全島】ānquándǎo〔名〕馬路中間劃出的一塊供行人避讓車輛的地方：在～站一會兒，等車過完再走。

【安全理事會】Ānquán Lǐshìhuì 聯合國的主要機構。根據聯合國憲章規定，它是聯合國唯一有權採取行動來維護國際和平與安全的機構，由 15 個理事國組成。中、法、俄、英、美為常任理事國，擁有否決權；其餘 10 國為非常任理事國，由聯合國大會選出，任期兩年。簡稱安理會。

【安全帽】ānquánmào〔名〕（頂）礦工、建築工人、駕駛機動車的人等用來保護頭部的頭盔：騎摩托車一定要戴～。

【安全門】ānquánmén〔名〕（道）太平門。

【安全套】ānquántào〔名〕一種男性用的避孕用具。因其具有避孕和防止性病傳播的作用，故稱。也作保險套。

【安然】ānrán〔形〕❶安全，平穩：～無恙｜航船～到達港口。❷心裏踏實，沒有顧慮：～自得｜你倒很～，可把我急壞了。

【安然無恙】ānrán-wúyàng〔成〕恙：疾病；災禍。指平平安安地沒有遭遇任何損傷：這次地震，他家的房子沒倒塌，人也～。

【安如泰山】ānrútàishān〔成〕像泰山一樣不可動搖。形容極其安穩牢固：在這次危機中，多家公司倒閉，他們公司卻～。也說穩如泰山。

【安設】ānshè〔動〕安裝設置：樓群裏～了公用的接收天綫。

【安身】ān//shēn〔動〕在某處居住生活：無處～｜

先安下身再找工作。

【安身立命】ānshēn-lìmìng〔成〕安身：有地方容身；立命：精神上安定。指生活有依靠，精神有寄託：他知道只有勤奮工作，才能在這裏～。

【安神】ānshén〔動〕使精神平靜安定：這種藥有～補腦作用。

【安生】ānshēng〔形〕❶ 生活安定：過～日子｜搬一次家弄得十天半個月不得～。❷ 安寧；安分：這孩子一會兒都不～｜他老碰釘子，還不～呢！

【安適】ānshì〔形〕安定舒適：爺爺退休後在家過着～的生活｜周圍噪音太大，住在這裏很不～。

辨析　安適、安逸　都有"舒適"的意思。但"安逸"偏重安閒、自在，生活舒適；"安適"偏重安靜，舒適。如"小兩口兒日子過得很安逸""在療養院裏過着安適的生活"。例句裏的"安逸"和"安適"不宜互換。

【安睡】ānshuì〔動〕安穩地入睡：孩子～了，媽媽有時間做點事。

【安土重遷】āntǔ-zhòngqiān〔成〕《漢書·元帝紀》："安土重遷，黎民之性。"習慣了本鄉本土，不肯輕易遷移：他們三個人都有～的思想，不願到外地去工作。

【安危】ānwēi〔名〕平安和危險（常偏指危險方面）：～與共｜不顧個人～｜他把自己的～置之度外。

【安慰】ānwèi ❶〔動〕安撫勸解：～兩位老人｜他～了我一番｜她正傷心，你去～～她吧。❷〔形〕感到滿足，沒有遺憾：孩子有了成就，父母感到很～。

【安慰賽】ānwèisài〔名〕（場）正式比賽後，為照顧未取得名次的運動員的情緒而再次組織的比賽，是聯誼性的。

【安穩】ānwěn〔形〕❶ 平安穩當；穩定：總算過上了～的日子｜大船逆風行駛也很～。❷（北方官話）舉止沉靜穩重：這孩子太不～，一會兒跑一會兒跳。

【安息】ānxī〔動〕❶ 安歇入睡：嬰兒啼哭不止，母親整夜不得～。❷ 悼念死者用語，願死者安然長眠：為保衛祖國而犧牲的英雄們，～吧！

【安息日】ānxīrì〔名〕猶太教每週一次的聖日，定在星期六。基督教（新教）改以星期日為安息日。當天教徒停止工作，禮拜上帝。

【安閒】ānxián〔形〕生活安定，無工作、雜事煩擾：鄉下生活又～又自在。

【安詳】ānxiáng〔形〕平靜從容：舉止～｜神態～。

【安歇】ānxiē〔動〕休息就寢：時間已然很晚，老師還沒有～｜太累了，先找個地方～吧。

【安心】ānxīn ㊀(-//-)〔動〕存心：～害人｜你為甚麼這樣做？安的甚麼心？ ㊁〔形〕心情平穩安定，沒有波動：～工作｜她做清潔工人很不～｜他的話交了底，大家聽了都～了。

【安逸】ānyì〔形〕❶ 安閒舒適：貪圖～｜兩位老人過着～的生活｜他日子過得很不～。❷（西南官話）自在：大家都忙不過來，他躲在一旁好～！

【安營紮寨】ānyíng-zhāzhài〔成〕指軍隊建立營地駐紮下來。也比喻建立臨時基地（多用於建立工作基地）：這支勘探隊在西北地區的群山中～。

【安於】ānyú〔動〕習慣於；滿足於：～現狀｜～平淡的生活。

【安葬】ānzàng〔動〕埋葬使安息：派人把將軍的遺骸送回家鄉～｜以最隆重的禮節來～這些為國捐軀的英雄。

辨析　安葬、埋葬　a)"安葬"用於比較鄭重的場合，常要舉行一定的儀式；"埋葬"不一定舉行儀式。b)"埋葬"有比喻用法，如"埋葬舊世界"，"安葬"沒有這種用法。

【安枕】ānzhěn〔動〕〈書〉❶ 放好枕頭。指安安穩穩睡覺：食不甘味，寢不～｜樓上又吵又鬧，攪得人無法～。❷ 借指沒有煩心事：～無憂。

【安之若素】ānzhī-ruòsù〔成〕遭到挫折或失敗毫不在意，像平常一樣對待：有物資供應不上，飢一頓飽一頓，他們仍然～，沒半句怨言。

【安置】ānzhì〔動〕❶ 安放，使物件處於一定位置：你快去～行李｜這麼多東西哪裏也～不下。❷ 使人各有着落：地震後的災區，災民都得到妥善～。｜領導把他～到重要的崗位上。

【安裝】ānzhuāng〔動〕按一定要求把機械或器材等裝配安置在固定的地方：～電話｜～空調｜把天綫～好了。

桉

【桉樹】ānshù〔名〕（棵，株）常綠喬木，樹幹高而直，種類很多，木材可用作建築材料，枝葉可提製桉油。原產澳大利亞，中國熱帶、亞熱帶地區也有種植。

氨

ān〔名〕一種無機化合物，化學式 NH_3。是無色有刺激性臭味的氣體，易溶於水。水溶液叫氨水，可直接用作肥料。液體氨可用作溶劑、冷凍劑等。醫藥上用作興奮劑。[英 ammonia]

庵〈菴〉

ān ❶〔書〕圓形的小草屋：茅～｜結草為～。❷〔名〕佛寺（多指尼姑住的）：～堂｜尼姑～。❸（Ān）〔名〕姓。

婂

ān 見下。

【婂婀】ān'ē〔形〕〈書〉沒有主見的樣子。

A

腤 ān〈書〉烹煮魚肉。

鞌 〈鎒〉 ān 鞌子：馬～｜征～｜～轡｜下馬解～｜快馬加鞭末下～。"鎒"另見 Ān（10頁）。

【鞍馬】ānmǎ〔名〕❶ 鞍子和馬，也用來指奔波或戰鬥的生活：願為市～｜～勞頓。❷ 男子體操項目之一，運動員手握鞍馬器械的半圓環或撐着馬背做各種動作，在運動中保持重心的穩定。❸ 體操器械之一，像馬形，木製馬身，表面包有皮革或帆布，背部有兩個半圓環，馬腿有木製和鐵製兩種：學校體操器械設備齊全，有單槓、雙槓、高低槓、～等。

【鞍馬勞頓】ānmǎ-láodùn〔成〕鞍馬：借指旅途或戰鬥；勞頓：過度活動、工作而疲倦。形容長距離旅程或行軍的困乏。現多指旅途勞累：出門旅遊，一路～，但也見到了不少名山大川。

【鞍橋】ānqiáo〔名〕鞍子，因形似橋，故稱。戲曲裏扮演武將的常說（或唱）"坐穩馬鞍橋"。

【鞍子】ānzi〔名〕（副）裝在牲口背上的器具，形似拱橋，用來馱運物品，也便於騎坐：把馱運的東西都放在牲口的～上｜他騎馬不用馬～。

鎒 Ān 古地名。❶ 春秋齊地，在今山東濟南西南。❷ 春秋宋地，在今山東定陶南。另見 ān"鞌"（10頁）。

盒 ān ❶ 古代盛食物的器具。❷〈書〉同"庵"①②。

諳 （谙） ān〈書〉熟悉；知曉：～練｜素諳武功｜江南好，風景舊曾～。

【諳練】ānliàn〔動〕〈書〉熟悉：～舊事。

【諳熟】ānshú〔動〕〈書〉非常了解：～當地風土人情｜～經營之道。

鮟 （鮟） ān 見下。

【鮟鱇】ānkāng〔名〕魚名，頭大而扁，嘴闊，身體前半部圓盤形，尾部細小，全身無鱗。在近海底層活動，能發出像老人咳嗽的聲音。有的地區叫老頭兒魚。

鵪 （鹌） ān 見下。

【鵪鶉】ānchún（-chun）〔名〕（隻）鳥名，樣子像小雞，頭小，尾短禿。背褐色，雜有棕白色條紋，腹白色。

ǎn ㄢˇ

垵 ǎn 同"埯"。用於地名：新～（在福建）｜～口（在浙江）。

俺 ǎn〔代〕（北方官話）人稱代詞。❶ 我們（不包括聽話的人）：～都願意去｜～村今年糧食又豐收了。❷ 我：你這份禮～不能收｜～爹是個老實人。

【俺們】ǎnmen〔代〕（北方官話）人稱代詞。我們：～家｜～鄉下人也要出國見見世面。

埯 ǎn ❶〔動〕挖小坑點種：～瓜｜～豆。❷〔名〕點種時挖的小坑：往～裏點豆。❸（～兒）〔量〕用於點種的植物：一～兒豆。

唵 ǎn（北方官話）㊀〔動〕用手往嘴裏塞東西（粒狀或粉末狀物）：～了一口炒麪。㊁〔歎〕表示疑問或懷疑：～，該不是那小子幹的吧？

揞 ǎn〔動〕把藥粉等敷在傷口上：腳上破皮了，快～上一點藥麪兒呷！

錏 （铵） ǎn〔名〕銨根，從氨衍生所得的帶正電荷的根，也就是銨離子。**注意**"銨"不讀 ān。[英 ammonium]

àn ㄢˋ

犴 àn ❶ 見"狴犴"（73頁）。❷（Àn）〔名〕姓。另見 hān（508頁）。

岸 〈屵〉 àn ㊀〔名〕❶ 江、河、湖、海等水邊高起的陸地：堤～｜河的兩～｜下了船就趕快上～。❷（Àn）〔名〕姓。㊁ ❶ 高大：魁～｜偉～。❷ 高傲：傲～（自高自大）。

> **語彙** 傲岸 彼岸 堤岸 海岸 口岸 偉岸 沿岸 回頭是岸

【岸然】ànrán〔形〕〈書〉莊重嚴肅的樣子：道貌～。

按 àn ㊀ ❶〔動〕用手或指頭往下壓：～摩｜～電鈴｜～圖釘｜～圖章。❷〔動〕壓住；抑制：～捺｜～兵不動｜～下不提｜～不住胸中怒火。❸〔介〕依照：～照｜～圖索驥｜～時到會｜～客觀規律辦事。❹（Àn）〔名〕姓。㊁〔動〕❶〈書〉考查；核對：原文可～｜引文經得起復～。❷ 加按語：本報～｜編者～｜～：本文附註都是編者加的。**注意** 這個意義一般用在兩種格式中：a）獨用加冒號，後面是按語；b）前面加表行為主體的詞語，後面也加冒號，後接按語。但"編者按"也可做名詞性詞組使用，如：這條消息加了個"編者按"。

> **辨析 按、照** 兩個詞的介詞義用法有不同。a）對時間、空間有所限定時，多用"按"，如"按月完成""按省區劃分"。b）表示模仿或臨摹，多用"照"，如"照樣子學""照他的畫稿畫"。

【按兵不動】ànbīng-búdòng〔成〕使作戰軍隊暫不

行動，以待時機。現也借指接受任務後拖延着不肯行動：東綫戰事吃緊，西綫將領～｜任務早就下達了，你們怎麼還～？

【按部就班】ànbù-jiùbān〔成〕晉朝陸機《文賦》："選義按部，考辭就班。"意思是按文章分段佈局的需要來用字遣詞。後用"按部就班"指辦事按照一定的條理或遵循一定的程序：無論辦甚麼事都要～，不可操之過急。

【按法】ànfǎ〔名〕推拿手法之一。一般用拇指或食指、中指的指端或指腹按壓穴位。有通經活血、鎮痙止痛、開竅醒腦等作用。

【按鍵】ànjiàn〔名〕打字機、電腦等機器上供操作時按動的部分。

【按揭】ànjiē ❶〔動〕(粵語)為購房購物辦理抵押貸款，以所購房產或實物或有價證券作為抵押而得到貸款，分期償還。❷〔名〕購房購物的抵押貸款：做～。

> **"按揭"種種**
> 20 世紀末期"按揭"一詞從香港傳入大陸。由於按揭多用於購房貸款，因此俗稱"房貸"。購房後，如果"房貸"尚未償清，而房屋升值了，業主可要求銀行按市價重新估算房地產價值，貸款額度隨房價攀升而增加，這叫"加按揭"，簡稱"加按"。如果貸款銀行不願辦理"加按揭"，借款人可以把房貸轉到能辦理"加按揭"的銀行，這叫"轉按揭"，簡稱"轉按"。

【按勞付酬】ànláo fùchóu 社會主義社會的一種分配原則。它要求一切有勞動能力的人盡其所能地為社會勞動，國家或集體按照勞動者所提供的勞動數量和質量來分配生活資料，多勞多得，少勞少得，不勞不得。也說按勞分配。

【按摩】ànmó〔動〕一種保健、治病的方法。用手在人體上推、拿、按、摩、敲、捏、揉、搓，以放鬆肌肉，促進血液循環，調整神經功能：你睡前自己～～，會睡得好些。

【按捺】(按納)ànnà〔動〕抑制；壓住：～不住激動的情緒。**注意** "捺"不讀 nài。

【按耐】ànnài〔動〕按捺：他竭力～着心中的煩躁｜滿腔的怒火再也～不住了。

【按鈕】ànniǔ〔名〕用手按的開關：設置～｜按一下～。

【按期】ànqī〔副〕按照規定的期限：～付款｜～歸還｜～交貨。

【按時】ànshí〔副〕按照規定的時間：～到達｜～完成｜～上班｜～交作業。

【按說】ànshuō〔副〕按照事理或情理來說(用來連接分句。後面常與表轉折的"可是"等呼應，也可單用)：立冬過後，～該冷了，可是天氣還很暖和｜咱們是好朋友，～你不該這麼見外。

【按圖索驥】àntú-suǒjì〔成〕按照圖上畫的樣子去尋求好馬。比喻拘泥而不知變通。現多比喻按照綫索去尋求：《遊覽指南》是個好嚮導，～可以找到要去的地方。也說按圖索驥。

【按壓】ànyā〔動〕❶用手往下壓：～痛點｜輕輕～。❷控制(多指情感)：～不住心頭的激動。

【按語】(案語)ànyǔ〔名〕(句，條，段)編著者對有關文章的內容或詞句等所做的說明、提示或考證：這是編者加的一條～。

【按章工作】ànzhāng gōngzuò 港澳地區用詞。在港澳地區工會領導工人抗議僱主損害工人利益的集體行動。例如公共汽車司機拒絕加班，大批員工請假，靠慢綫行駛，車上滿員仍停車，不論何種情況對準站牌才開門。按章行為會給僱主造成很大損失。工人完全按照章程消極刻板地沒有靈活性地工作：某巴士公司僱主取消工人雙糧，工人一致反對，工會與公司談判破裂，決定立即實行～。

【按照】ànzhào〔介〕表示遵從某種標準：～政策辦事｜～年齡分組｜～高矮排隊。

【按着牛頭喝水——勉強不得】ànzhe niútóu hē-shuǐ——miǎnqiǎng bu dé〔歇〕指不能違背他人意願，強制他人做某事：婚姻這種事啊，是～；既然你閨女看不上他，那就到此為止吧。

胺 àn/ān〔名〕氨(NH₃)的氫原子被烴基取代後而成的有機化合物。[英 amine]

案 àn ❶長條形的桌子：～頭｜拍～叫絕｜伏～讀書。❷古代有短腳、盛食物的木托盤：持～進食｜舉～齊眉。❸事件；案件：犯～｜血～｜破～｜緝拿歸～｜此～已破。❹案卷；記錄：檔～｜教～｜有～可稽｜記錄在～｜請求備～。❺提出計劃、建議等內容的文件：方～｜議～｜提～。❻草稿：草～｜腹～。❼舊同"按"㊀。

語彙	白案	備案	慘案	草案	串案	錯案	答案
大案	檔案	定案	法案	翻案	方案	伏案	公案
紅案	几案	教案	命案	破案	提案	條案	投案
圖案	懸案	血案	要案	議案	冤案	專案	作案

【案板】ànbǎn〔名〕(塊)廚房用具，切菜、做麵食等用的板狀物，多為長方形，木製。

【案底】àndǐ〔名〕公安部門存有的某人原來作案的記錄：三個犯罪嫌疑人中，兩個有～可查。

【案牘】àndú〔名〕《書》公文；卷宗：無絲竹之亂耳，無～之勞形(沒有管弦樂曲擾亂心竅，也沒有官府文書勞神傷身)。

【案犯】ànfàn〔名〕(名)作案犯罪的人。有主犯、從犯、教唆犯等。**注意** 涉案人員在檢察機關提起公訴之前，只能稱為"犯罪嫌疑人"；在提起公訴、由法庭審訊期間，只能稱為"被告人"；須經法庭判決有罪後，始可稱為"案犯""罪犯"。

【案件】ànjiàn〔名〕(起,椿,宗)向政法機關起訴的事件和報案的違法事件:民事～｜刑事～｜一起重大～。

【案卷】ànjuàn〔名〕(份,宗)分類保存以備查考的文件:～調齊,分類查閱｜要了解真相,需查閱大量～。

【案例】ànlì〔名〕某種案件的例子,也泛指某種事物的例子:典型～｜～分析｜有～可以援用。

【案情】ànqíng〔名〕案件的情節:調查～｜～複雜｜～已經查清。

【案頭】àntóu〔名〕❶ 辦公桌或書桌上:～日曆｜～工具書｜～放着一盞新式枱燈。❷ 借指文書或文字方面的:～工作。

【案由】ànyóu〔名〕案件的緣由:寫清～｜摘錄～。

【案值】ànzhí〔名〕經濟犯罪案件所涉及的物品、貨幣的價值:破獲走私案多起,～達億元。

【案子】ànzi ㊀〔名〕(張,條)一種狹長的桌子或架起來代替桌子用的長木板:肉～｜裝裱書畫的。㊁〔名〕(件,個)〈口〉案件:辦～｜～還沒處理。

嫭 àn〈書〉女子容貌端正美好。

暗〈㊀闇唵〉àn ㊀❶〔形〕昏暗(跟"明"相對):黑～｜～淡｜地下室又潮又～｜柳～花明又一村。❷ 糊塗;不明事理:棄～投明｜兼聽則明,偏信則～。❸ 愚昧:愚～｜～弱。

㊁❶ 暗藏的;不公開的(跟"明"相對):～道｜～殺｜明爭～鬥。❷ 悄悄地;默默地:明察～訪｜～圖復辟｜群籍萬卷常～誦。

"唵"另見 yǎn(1562頁)。

語彙　灰暗　昏暗　陰暗　幽暗　天昏地暗

【暗暗】àn'àn〔副〕悄悄地,不表露在外面:他～下定決心｜有人一直～跟在他後面盯梢｜碰上這倒霉事,只能～叫苦。

【暗堡】ànbǎo〔名〕(座)隱蔽的碉堡。

【暗藏】àncáng〔動〕❶ 把東西放在隱蔽處:～武器。❷ 暗中躲藏起來:～在青紗帳裏｜把～的敵人挖出來。

【暗娼】ànchāng〔名〕暗地裏賣淫的妓女。

【暗場】ànchǎng〔名〕指戲中某些情節不在舞台上表演,而通過台詞、音響效果向觀眾交代的處理。這類情節多因為對觀眾太刺激(如用刑、殺人等),不宜在舞台上表演,就用暗場。

【暗潮】àncháo〔名〕(股)比喻暗中興起和發展起來的某種社會思潮或事態:這種～正影響着一批年輕人。

【暗處】ànchù(-chu)〔名〕❶ 黑暗或光線不足的地方:找個～把膠捲換上｜照片上的景物在～看不清。❷ 喻指隱蔽或秘密的地方(跟"明處"相對):躲在～幹壞事｜～有他們的人在活動。

【暗淡】àndàn〔形〕❶ 光線不明亮,顏色不鮮艷:月光～｜～無光。❷ 比喻不景氣,沒有希望:前景～｜心情～。

【暗道】àndào〔名〕(條)秘密的、隱蔽的通道:屋中設有～通向外邊。

【暗地裏】àndìli〔名〕非公開的場合;背地裏(跟"明裏"相對):～來往｜～進行交易｜躲在～放冷箭｜不要表面一套,～一套。也說暗地。

【暗兜兒】àndōur〔名〕衣服上不顯露在外的口袋兒。

【暗度陳倉】àndù-Chéncāng〔成〕楚漢相爭,劉邦表面依約退守巴蜀漢中,伺機偷取陳倉(今陝西寶雞東),打敗降楚的秦將章邯,重新佔領咸陽。後用"暗度陳倉"比喻暗地裏採取某種行動。

【暗訪】ànfǎng〔動〕暗中調查了解:明察～｜經過多次～,案情慢慢清晰了。

【暗溝】àngōu〔名〕(條)安設在地下排污水的溝(區別於"明溝")。

【暗害】ànhài〔動〕暗中陷害或秘密殺害:慘遭～｜小心被人～｜敵人早就想～他。

【暗含】ànhán〔動〕行動、說話蘊涵着不願或不能明白表達出來的某種意思:～殺機｜他這個話～着叫我們儘快離開此地的意思。

【暗號】ànhào(～兒)〔名〕秘密聯繫的信號,由雙方事先約定,大多利用某種聲音、動作、物品來暗示:聯絡～。

【暗合】ànhé〔動〕(言辭、計劃)並非有意,也並非事先商量好卻恰巧符合:他說的這一番話與我的想法～。

【暗盒】ànhé(～兒)〔名〕放置沒有曝光或沒有沖洗的膠捲的特製圓柱形小盒兒。

【暗花】ànhuā(～兒)〔名〕隱約而不顯露的花紋,瓷器上、織物上常有:花瓶上的～很美。

【暗火】ànhuǒ〔名〕沒有火苗的火(區別於"明火")。

【暗疾】ànjí〔名〕不好意思跟人明說的疾病(多指有關性方面的疾病)。

【暗間兒】ànjiānr〔名〕(間)房屋中不直接通向外面的、較隱蔽的房間。

【暗箭】ànjiàn〔名〕暗中射出的箭。比喻暗中傷害人的行為或奸計:～傷人｜明槍易躲,～難防。

【暗礁】ànjiāo〔名〕❶(座)隱沒在海洋、江河水面下的礁石,是航行的障礙:炸掉～,疏通航道。❷ 比喻前進中遇到的潛伏的障礙:在前進的征途上,我們繞過～,越過險灘,去奪取勝利。

【暗戀】ànliàn〔動〕(男女之間)暗中愛戀:他太不自信,一直不敢向～的女孩表白。

【暗流】ànliú〔名〕❶(條,股)河、海深層或地下的水流。❷(股)比喻潛藏的思想意識、社會動向（多指不好的）：讀書無用論曾是社會上的一股～。

【暗碼】ànmǎ（～兒）〔名〕(種，個) 舊時商店商品標價用來代替數字的符號（區別於"明碼"）。

【暗門】ànmén〔名〕(道) 隱蔽、不易為人發現的門：臥室裏有道～直通地道。

【暗器】ànqì〔名〕(件) 暗中攜帶、乘人不備時投射的兵器，如鏢、彈弓、袖箭等：身藏～。

【暗弱】ànruò〔形〕❶ 光綫微弱，昏暗不明亮：～的燈光。❷〔書〕昏庸懦弱：為人～｜～無能之輩。

【暗殺】ànshā〔動〕秘密殺害；乘人不備、難以自衞時殺害：慘遭～｜他被人～了。

【暗射】ànshè〔動〕影射：這篇文章寫得很含蓄，是～某政客的。

【暗射地圖】ànshè dìtú 一種供教學用的地圖。圖中有符號標記，但不註文字，供學生辨認或做填充練習。

【暗示】ànshì ❶〔動〕用間接、含蓄的方式向對方示意：她這話是在～我不要再說下去了｜我給他遞了一個眼色，～他趕快離開。❷〔名〕一種心理影響。在一定條件、環境下，用言語、手勢、表情使人服從或做某件事，如催眠術就是一種暗示。

【暗室】ànshì〔名〕❶ (間) 有遮蔽光綫設備的房間，在其中沖洗膠捲和照片。❷〔書〕隱蔽、外人不知曉的地方：策劃於～。

【暗送秋波】ànsòng-qiūbō〔成〕原指女子用目光暗中傳情，後泛指暗中勾搭（含貶義）：她向上司～，希圖得到重用。

【暗算】ànsuàn〔動〕暗地裏謀劃傷害或陷害人：遭人～｜敵人早就想～他，只是一直沒有機會。

【暗鎖】ànsuǒ〔名〕(把) 裝在器物上只露出鎖孔的鎖，有的要用鑰匙才能鎖上（區別於"明鎖"）。

【暗探】àntàn〔名〕從事秘密偵察的探子：小心，會場裏有敵人的～。

【暗無天日】ànwútiānrì〔成〕黑暗得如同天上沒有了太陽。形容社會或環境極端黑暗。

【暗物質】ànwùzhì〔名〕由天文觀測推斷存在於宇宙中的不發光物質，由不發光天體、某些宇宙粒子等組成。

【暗箱】ànxiāng〔名〕老式照相機中鏡頭至底片之間不漏光的部分，形狀像一個狹長的小箱子。

【暗箱操作】ànxiāng cāozuò 比喻在行政事務中，不按規定公開處理，而在暗中活動決定：有人在職稱評定中搞～，必須堅決制止。也說黑箱操作。

【暗笑】ànxiào〔動〕❶ 暗自高興：她得意地躲在一邊｜這話說到她心坎兒上了，她不好意思地低頭。❷ 暗中譏笑：他～那個年輕人太

莽撞。**注意** "暗笑" ❶義一般不帶賓語。❷義必帶由表具體對象的詞語充當的賓語，可以是人，如"她暗笑幹了傻事的小張"，也可以是事，如"她暗笑小張幹了傻事"。

【暗語】ànyǔ〔名〕彼此約定、不為外人所知的用語：偵察員從他們的～中發現了綫索。

【暗喻】ànyù〔名〕比喻的一種，通常用"是""就是""成為""變成"等代替比喻詞，表面看是判斷形式，實際是打比方。如"糧食是寶中寶""祖國，我的母親"就是用了暗喻的修辭手法（區別於"明喻""借喻"）。也叫隱喻。

【暗中】ànzhōng〔名〕❶ 黑暗中：夜裏老鼠在～跑來跑去｜四周一片漆黑，部隊只能在～摸索前進。❷ 暗地裏；私下裏：～打聽｜～活動｜～有個人幫助他。

【暗轉】ànzhuǎn〔動〕戲劇演出時變換劇中時間或地點的一種手法，不落幕時暫時熄滅燈光表示時間推移，或同時改換場景表示地點變動。

【暗自】ànzì〔副〕私下；暗地裏：～高興｜～努力。

黯 àn 陰暗：～淡。

【黯淡】àndàn〔形〕暗淡。

【黯然】ànrán〔形〕〈書〉❶ 失去光彩的樣子：～失色｜～無光。❷ 心境不好、神情頹喪的樣子：～淚下｜神色～｜～銷魂者，惟別而已矣。**注意** 這裏的"黯"不寫作"暗"。

āng 尢

骯（肮）

āng 見下。

【骯髒】āngzāng〔形〕❶ 不乾淨（跟"潔淨"相對）：屋裏怎麼這樣～，該徹底打掃一下了｜你看孩子身上多～，快帶他去洗個澡吧。❷ 比喻思想或行為醜惡、卑鄙：～的勾當｜靈魂～。

áng 尢

卬 áng ❶〔代〕〈書〉人稱代詞。我：人涉～否。❷〔書〕同"昂"。❸ (Áng)〔名〕姓。

昂 áng ❶〔動〕仰；抬起：矯首～視｜～首挺胸。❷ (價錢) 高；(東西) 貴：～貴。❸ 精神振奮：～揚｜激～｜氣～～。❹ (Áng)〔名〕姓。

語彙 高昂　激昂　軒昂

【昂昂】áng'áng〔形〕精神奮發的樣子：氣勢～｜雄赳赳，氣～。

【昂藏】ángcáng〔形〕〈書〉氣宇軒昂：堂堂七尺～之軀，豈能做出卑鄙小人的事來！

【昂貴】ángguì〔形〕價格很高：物價～｜青菜便

宜，珠寶～，各有所值。

【昂然】ángrán〔形〕仰頭挺胸、大無畏的樣子：
神態～｜氣概～。

【昂首闊步】ángshǒu-kuòbù〔成〕抬起頭，邁開大
步前進。形容精神抖擻，意氣風發：中國人民
正～地向現代化強國進軍。

【昂揚】ángyáng〔形〕❶（情緒）振奮，高漲：鬥
志～｜～的士氣。❷（聲音）響亮高亢：教室
裏傳出～的歌聲。

àng ㄤ

枊 àng〈書〉拴馬椿：馬～。

盎 àng ㊀❶古代一種盛物器皿，腹大口小：
瓦～｜～中無斗儲。❷（Àng）〔名〕姓。
㊁〈書〉旺盛：～然。

【盎然】àngrán〔形〕氣氛、趣味等濃厚強烈的樣
子：春意～｜詩意～｜興趣～。

【盎司】àngsī〔量〕英美制重量單位，1 盎司等
於 1/16 磅，合 28.3495 克。舊稱英兩。[英
ounce]

āo ㄠ

凹 āo〔形〕周圍高而中間低（跟"凸"相
對）：～凸不平。**注意** 凹字的筆順為：丨𠃌凹
凹凹，共五筆。
另見 wā（1381 頁）。

【凹版】āobǎn〔名〕（塊，張）版面的印刷部分凹
入空白部分的印刷版，如銅版、鋼版、照相凹
版等（區別於"凸版"）。

【凹透鏡】āotòujìng〔名〕（面，塊）透鏡的一種，
中央比邊緣部分薄，能使光綫向四外散射。近
視鏡片就屬凹透鏡類型。

【凹陷】āoxiàn〔動〕向裏或向下陷進去：地
形｜公路塌方，有好幾處～下去了。

熬 āo〔動〕把蔬菜或肉類等放在水裏煮：～白
菜｜羊肉～冬瓜。
另見 áo（14 頁）。

【熬心】āoxīn〔形〕（北方官話）心裏長時間不舒
暢：孩子的婚事讓他～。

爊 āo〈書〉❶放在微火上煨熟。❷同"熬"
（āo）。

áo ㄠ

敖 áo❶〈書〉同"遨"：以～以遊｜民不～，
則業不敗。❷同"隞"。❸（Áo）〔名〕姓。

【敖包】áobāo〔名〕蒙古語"堆子"的意思。用石
塊、土、草等堆成。原是道路或境界的標誌，

舊時以其為山神、路神的住地而加以祭祀。也
譯作鄂博。

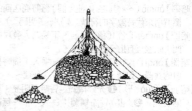

嶅 áo 多小石的山。多用於地名：岩～｜～陰
（在山東）。

嗷 áo 見下。

【嗷嗷】áo'áo〔擬聲〕❶〈書〉形容哀號聲：哀
鳴～。❷形容嘈雜的聲音：眾人～。

【嗷嗷待哺】áo'áo-dàibǔ〔成〕哺：餵養。哀號着
等待餵養。形容飢餓時渴望得到食物的情景：
戰亂中逃出來的大批難民～。

廒 áo〈書〉糧倉：倉～。

隞 Áo 商朝（帝仲丁時期）都城，在今河南鄭
州西北。

璈 áo 古代打擊樂器：彈八琅之～。

獒 áo〔名〕高大而兇猛的狗（《爾雅·釋畜》：
"狗四尺為獒"）：藏～。

熬 áo❶〔動〕長時間地、慢慢地煮（多用文
火）：～粥｜～藥｜～鹽。❷〔動〕（北方官
話）消耗；浪費：不要點燈～油了。❸〔動〕勉強
忍受（多指痛苦或艱苦的生活）：煎～｜～夜｜～
日子｜～年頭｜～了半輩子｜～白了頭髮｜不知
道哪一天才能～出頭。❹（Áo）〔名〕姓。
另見 āo（14 頁）。

【熬煎】áojiān〔動〕比喻長時間經受痛苦：受
盡～｜在苦難中～。

【熬頭兒】áotour〔名〕（北方官話）長時間忍受磨難
以後，可能獲得的好結果：現在受點兒苦，孩
子長大就好了，總還是有個～。

【熬夜】áo // yè〔動〕因需要夜間不睡覺（去做
事）：忙起來，他幾乎天天～｜熬了一夜，才
把文章趕寫出來。

遨 áo〈書〉遊玩：～遊。

【遨遊】áoyóu〔動〕漫遊；遊歷：～世界｜～
太空｜在大海上～｜挾飛仙以～，抱明月而
長終。

翱〈翶〉áo 展開翅膀飛：～翔｜驚～鳳翥
（zhù）。

【翱翔】áoxiáng〔動〕在空中轉着圈兒飛：雄鷹在
晴空～｜～蓬蒿之間｜～四海之外。

A

辨析 翱翔、飛翔　"翱翔"指在空中轉着圈兒飛，"飛翔"可以指轉着圈兒飛，也可以指用其他方式飛。

螯 áo 見"佶屈螯牙"（611頁）。

螯 áo〔名〕（隻）螃蟹等節肢動物變形的第一對腳，像鉗子，用來取食或自衛。

螯 áo〈書〉詆毀：～醜先王。

鏖 áo〈書〉❶ 激戰；苦戰：～戰｜赤壁～兵。❷ 喧擾：市聲～午枕。

【鏖戰】áozhàn〔動〕激烈地戰鬥，現也比喻激烈的體育競賽：與敵軍～｜兩支球隊正奮力～。

囂（嚻）另見 xiāo（1488頁）。

鼇（鰲）〈鼇〉或大鼇〔名〕傳說中海裏的大龜或大鼈：巨～｜獨佔～頭。

【鼇頭】áotóu〔名〕指皇宮大殿石階前刻的大鼇的頭，考中狀元的人才可以踏上。借指競賽頭名的地位：獨佔～。

ǎo ㄠˇ

拗〈抝〉ǎo〔動〕（吳語、閩語）❶ 弄彎；折斷：～斷竹筷。❷ 掰：一個白麵饅頭～成了兩半。
另見 ào（15頁）；niù（985頁）。

媪〈媼〉ǎo〈書〉年老的婦女：～嫗｜翁～｜老～。

襖（袄）ǎo〔名〕有襯裏的中式上衣：夾～｜棉～｜皮～｜她穿着一件小花～。

鷯（鷂）ǎo 見"鴗鷯"（796頁）。

ào ㄠˋ

圫 ào "墺"的古字。多用於地名：唐家～（在湖南湘潭）。

坳〈垇〉ào/ǎo ❶ 山間平地：山～｜土～。❷ 低窪的地方：～堂｜～塘。

拗〈抝〉ào ❶ 違抗：違～。❷ 不順：～口。
另見 ǎo（15頁）；niù（985頁）。

【拗口】àokǒu〔形〕說起來不順口：詞句～｜文章讀來很～。

【拗口令】àokǒulìng〔名〕（段）繞口令。

奡 ào ❶（Ào）人名，傳說為夏代人物寒浞（zhuó，后羿的寵臣）的兒子。❷〈書〉矯健：排～。❸〈書〉同"傲"①。

傲 ào ❶〔形〕驕傲：～慢｜～氣｜居功自～｜縱情～物｜他自視甚高，對誰都那麼～。❷（Ào）〔名〕姓。

語彙　高傲　孤傲　簡傲　驕傲　倨傲　狂傲　嘯傲　自傲

【傲骨】àogǔ〔名〕指高傲不俯就，或受壓不屈服的性格：生就的～。

【傲慢】àomàn〔形〕自負而輕視別人，對人沒禮貌（跟"謙恭"相對）：口氣～｜態度～｜他～得很，誰也瞧不起。

【傲氣】àoqì(-qi)❶〔名〕（股，身）驕傲自大的作風：去掉身上的～。❷〔形〕驕傲：她這人特～。

【傲然】àorán〔形〕堅強不屈的樣子：～挺立｜松柏～屹立在寒風中。

【傲視】àoshì〔動〕高傲地對待：～一切｜群雄。

奧 ào ❶ 含義深，不容易理解：深～｜～義。❷ 古時指房屋的西南角，也泛指房屋的深處：堂～。❸（Ào）〔名〕姓。

語彙　古奧　深奧　玄奧

【奧博】àobó〔形〕〈書〉精深淵博：文辭～｜學問～。

【奧敦】Àodūn〔名〕複姓。

【奧林匹克運動會】Àolínpǐkè Yùndònghuì 國際奧委會主辦的世界性綜合運動會。得名於古希臘地名奧林匹亞（Olympia）。也叫夏季奧林匹克運動會。簡稱奧運會。

奧林匹克運動會

相傳古希臘於公元前 776 年在奧林匹亞舉辦第一屆競技運動會，以後每四年一次，共舉行了293 次。1894 年國際體育大會確定把現代世界性綜合運動會定名為奧林匹克運動會。1896 年在希臘首都雅典舉行了第一屆現代奧林匹克運動會，以後仍四年一次，輪流在各會員國舉行，到 2012 年，共舉辦了 30 屆（兩次世界大戰中斷三次，實際為 27 屆）。會期一般不超過 16 天。現在一般設有田徑、足球、游泳、籃球、排球、曲棍球、體操、舉重、自行車、摔跤、柔道、射擊、射箭、擊劍、皮划艇、賽艇、帆船、馬術、拳擊、手球、羽毛球、網球、乒乓球、現代五項等項目。冬季運動項目的比賽，從 1924 年開始舉辦，稱"冬季奧林匹克運動會"。

【奧秘】àomì〔名〕深奧神秘，尚未被人們發現和認識的秘密：探索宇宙的～｜大自然的～正期待着人們去發現和認識。

【奧妙】àomiào〔形〕（道理、內容、技藝）深奧微妙：～無窮｜他玩兒的魔術十分～。

【奧數】àoshù〔名〕奧林匹克數學競賽的簡稱。1934 年蘇聯舉辦了以"奧林匹克"冠名的中學數學競賽，1959 年在羅馬尼亞舉辦了第一屆國際奧林匹克數學競賽。舉辦此項競賽的目的是，發現並鼓勵世界上具有數學天分的青少

A

年，為各國進行數學教育交流提供條件，增進各國師生間的友好關係。中國於 1985 年首次參加國際奧林匹克數學競賽，並於 1991 年正式舉辦以“奧匹克”冠名的中學生和小學生數學競賽。

【奧斯卡金像獎】Àosīkǎ Jīnxiàngjiǎng 世界影響力最大的電影獎項，美國 1927 年設立，獎項頒發給電影界在表演、編導、音樂等方面取得傑出成績的影片和個人，並設外語片獎。每年評選一次。

【奧委會】Àowěihuì〔名〕奧林匹克運動委員會的簡稱。

【奧校】àoxiào〔名〕奧林匹克學校的簡稱。一種課外授課的教學組織，旨在培養訓練參加各學科奧林匹克競賽的選手：數學～｜物理～｜上～。

【奧義】àoyì〔書〕精深的義理：講論經典～。

【奧援】àoyuán〔書〕官場中內部支持的勢力（多含貶義）：縣長～是眾，鬥倒他不容易。

【奧運村】àoyùncūn〔名〕奧運會主辦國專為參加者提供的配有多種服務設施的住地：來自世界各國的運動員和奧委會官員進駐了～｜在～舉行了升旗儀式。

【奧運會】Àoyùnhuì〔名〕(屆，次)奧林匹克運動會的簡稱。

【奧旨】àozhǐ〔書〕精深的主旨：探測～。

【奧屯】Àozhūn〔名〕複姓。

傲 ào〈書〉同“傲”①。

澆(澆) ào ❶ 同“墺”①。❷ (Ào)〔名〕姓。

另見 jiāo（658 頁）。

墺 ào 山間平地。多用於地名：深山野～｜賀家～。

嶅(峇) ào 浙江、福建等沿海地區稱山間平地。多用於地名：崔家～(在浙江象山東北)｜施家～(在浙江嵊州)。

澳 ào ㊀ ❶ 海邊有彎曲的地方，可以停靠船舶（多用於地名）：三都～(在福建東北側)。❷ (Ào)〔名〕指澳門：港～(香港和澳門)地區｜港～同胞。❸ (Ào)〔名〕姓。

㊁ (Ào)〔名〕指澳洲或澳大利亞：～抗｜～毛｜中～文化交流。

【澳抗】àokàng〔名〕澳大利亞抗原的簡稱。人體感染病毒性乙型肝炎後產生的抗體，是人體血清中一種異常蛋白質。因由澳大利亞科學家首先發現，故稱。現稱乙型肝炎表面抗原。

【澳門】Àomén〔名〕地名，位於珠江三角洲南端一個半島上，包括附近氹仔、九澳兩個小島。面積約 23.5 平方千米。16 世紀被葡萄牙侵佔。中國政府於 1999 年 12 月 20 日對澳門恢復行使主權，建立澳門特別行政區。

【澳門幣】àoménbì〔名〕澳門地區通行的貨幣，以圓為單位。

【澳洲】Àozhōu〔名〕澳大利亞大陸的通稱。

懊 ào 煩惱；悔恨：～悔｜～惱。

【懊悔】àohuǐ〔動〕悔恨：他非常～當時沒有聽你的勸告｜一時說了些過頭話，她心裏十分～。

【懊惱】àonǎo〔形〕心裏彆扭而煩惱：一樁樁不順心的事使他～極了｜他一想起那件事心裏就十分～。

> **辨析** 懊惱、懊悔 意義有差異，用法也不完全相同。a)“懊悔”着重悔恨，如“把房子賣了，他很懊悔”。“懊惱”着重煩惱，如“孩子老是不聽話，使他十分懊惱”。上兩例中“懊悔”和“懊惱”不能互換。b)“懊悔”是表示心理活動的動詞，能加“很”，能帶賓語。如“他很懊悔把房子賣了”。“懊惱”是形容詞，能加“很”，但不能帶賓語。

【懊喪】àosàng〔形〕因事情不順心、不如意而精神不振，灰心喪氣：沒有考上大學，他很～。

隩 ào〈書〉可居住的邊遠地區。

另見 yù（1666 頁）。

鼇 ào 見下。

【鼇子】àozi〔名〕烙餅用的鐵製器具，圓形平底，中間稍稍凸起。

驁(驁) ào〈書〉❶ 駿馬：良馬期乎千里，不期乎驥～(乘良馬是希望能跑千里，不是希望得到好馬的名字)。❷ 同“傲”①：桀～不馴。

B

bā ㄅㄚ

八 bā ❶〔數〕數目，七加一後所得。❷（Bā）〔名〕姓。

語彙 臘八 王八 橫七豎八 雜七雜八

【**八拜之交**】bābàizhījiāo〔成〕拜把子的關係。舊時世交子弟見長輩行"八拜"禮，異姓結為兄弟也用這個禮節：他倆從小在一起長大，而且有～。

【**八寶菜**】bābǎocài〔名〕一種醬菜，由黃瓜、藕、花生米、萵筍、甘露、核桃仁、荸薺、薑絲等八種原料混合在一起加工醃製而成。配料沒有一定，因八寶菜的品級而異。

【**八寶飯**】bābǎofàn〔名〕一種甜食，主要成分為糯米，另加果料兒、桂圓、蓮子、紅棗、金橘脯、蜜櫻桃、薏仁米等配料，蒸熟後加糖食用。配料沒有一定，因各地人的不同喜好而異。

【**八寶山**】Bābǎoshān〔名〕地名，在北京石景山區。其地有革命公墓。北京有人把死說成"上八寶山"。

【**八成**】bāchéng（～兒）❶數量詞。十分之八：劇院上了～座兒｜成功的希望有了～啦。❷〔副〕十分之八的程度：這件衣裳～兒新｜他才吃了個～兒飽。❸〔副〕表示推測。多半；大概：老王～兒病了｜～兒他又來不了啦。**注意**②和③不僅意義不同，而且用法也不同。②義修飾少數有程度區別的形容詞，如"八成兒新""八成兒飽"。③義修飾動詞，如"八成兒跑了""八成兒去上海了"。

【**八達通**】bādátōng〔名〕香港地區用詞。一種智能儲值卡，主要用於公共交通工具交費，如公共汽車、地鐵、輕鐵、火車、電車、渡輪等，也可用於在超級市場、各類便利店購物時付款：使用長者～乘車有很多優惠。

【**八方**】bāfāng〔名〕指東、西、南、北、東南、東北、西南、西北八個方向，泛指周圍各地：四面～｜一方有難，～支援。

【**八竿子打不着**】bā gānzi dǎbùzháo〔俗〕"八竿子"指多根竿子連接起來。形容關係遠：怎麼～的人也來參加婚禮了？｜這個人是他～的親戚。

【**八哥兒**】bāgēr〔名〕（隻）鳥名，羽毛黑色，鼻子部位的羽毛呈冠狀。經訓練能模仿人說話的

某些聲音，故常比喻能說會道的人為"巧嘴八哥兒"。八哥兒古稱鴝鵒（qúyù）。

【**八股**】bāgǔ〔名〕明清兩代科舉考試的文體。以《四書》中的文句為題，每篇有破題、承題、起講、入手、起股、中股、後股、束股八個部分。從起股到束股的四個部分，每部分都有兩股相互排比的文字，共為八股，連字數都有一定的限制。後來用以比喻形式呆板、內容空洞的文章、講話等：黨～｜洋～｜～腔。

【**八卦**】bāguà〔名〕❶中國古代創造的有象徵意義的八種圖形。"—"代表陽，"--"代表陰。陰陽相配，三個一組，共成八組，所以叫作八卦。八卦各有名稱，分別代表不同的自然現象和事物：☰乾代表天，☷坤代表地，☵坎代表水，☲離代表火，☳震代表雷，☴巽代表風，☶艮代表山，☱兌代表澤。八卦是乾與坤、坎與離、震與巽、艮與兌四組對立的現象。這八卦都是單卦，單卦重疊為重卦。重卦六個一組，共成六十四組，即六十四卦。六十四卦是三十二組對立的現象。《周易》一書對此有詳細的記載。典籍記載伏羲始作八卦。"八卦"原反映古人對現實的認識，有樸素的辯證法因素，後用為卜筮的符號。❷〔形〕形容好管閒事或偏好窺探傳播緋聞、隱私、靈異新聞：～婆｜～週刊｜有些媒體逼着記者走～路綫，以吸引讀者。

【**八國聯軍**】Bāguó Liánjūn 1900 年由英、美、德、法、俄、日、意、奧八個帝國主義國家組成的侵華聯軍。為了鎮壓義和團運動，陰謀瓜分中國，他們以清政府"排外"為藉口，大舉進犯；攻陷大沽，佔領天津、北京；掠奪財物，殘殺人民。1901 年強迫清政府簽訂《辛丑條約》。

【**八行書**】bāhángshū〔名〕❶中國傳統信紙的一種，一般用紅綫（或藍綫）分為八個直行，故稱八行書。❷用這種信紙寫的比較正式的書信，字篇八行，以表示鄭重和禮貌。

【**八號風球**】bāhàofēngqiú〔名〕港澳地區用詞。香港天文台發佈的表示烈風或暴風的信號。一般在電視台和電台向市民宣佈：～懸掛後，學校放假，政府和公司的員工可以不上班，正在上班的可以即刻放下工作回家，部分交通工具停駛。

B

掛風球

風球是指由天文台發佈的熱帶氣旋警告，因舊時懸掛圓形球體，故稱為風球。依照熱帶氣旋的大小，風球分為 1 號、3 號、8 號、9 號和 10 號五種。香港政府法例規定，天文台發出 8 號風球警告時，工人停工，學生停課。

1 號為戒備信號，表示有熱帶氣旋集結於香港 800 千米以內，可能影響香港。

3 號為強風信號，表示香港近海平面處吹強風，持續風力達每小時 41-62 千米，陣風可能超過每小時 110 千米，且風勢可能持續。

8 號為烈風或暴風信號，表示香港近海平面處吹烈風或暴風，持續風力達每小時 63-117 千米，陣風每小時超過 180 千米，且風勢可能持續。

9 號為烈風或暴風風力增強信號，表示烈風或暴風將會明顯增強。

10 號為颶風信號，表示風力正在或將要加強至颶風程度，持續風力每小時 118 千米以上，陣風可能達每小時 220 千米。

【八九不離十】bā jiǔ bùlí shí〔俗〕數目八、九後面緊接着就是十。比喻接近實際情況：他就是不告訴我，我也能猜個～。

【八路】Bālù〔名〕指八路軍，也常用以指八路軍的成員：老～｜小～。

【八路軍】Bālùjūn〔名〕國民革命軍第八路軍的簡稱，為抗日戰爭時期中國共產黨領導的武裝力量，由原中國工農紅軍的主力部隊於 1937 年改編而成。朱德任總司令，彭德懷任副總司令，葉劍英任參謀長，轄一一五、一二〇、一二九三個師。

【八面玲瓏】bāmiàn-línglóng〔成〕原指窗戶通徹明亮。後用來形容人圓滑世故，不得罪任何一方面（常含貶義）：做人不要～。

【八面威風】bāmiàn-wēifēng〔成〕八面：原指八方，這裏表示威風所及。形容威風凜凜、神氣十足：大將軍～。

【八旗】bāqí〔名〕清代滿族的戶口編制和軍隊合一的組織，以旗為號，有正黃、正白、正紅、正藍、鑲黃、鑲白、鑲紅、鑲藍八旗。八旗官員平時主政，戰時統兵，旗民軍籍世襲。清初又增設蒙古八旗和漢軍八旗。

【八仙】bāxiān〔名〕傳說中的八個仙人，即漢鍾離、張果老、呂洞賓、李鐵拐、韓湘子、曹國舅、藍采和、何仙姑。八仙故事是舊時繪畫、戲劇、小說等常見的主題。

【八仙過海，各顯神通】bāxiān-guòhǎi，gèxiǎn-shéntōng〔成〕傳說八仙渡海時，他們各顯本領，與龍宮太子展開大戰。後用來比喻各人有各人的辦法，或各人拿出自己的本領來取得勝利。也說"八仙過海，各顯其能"。參見"八仙"（18 頁）。

【八仙桌】bāxiānzhuō（～兒）〔名〕（張）一種正方形的大桌子，因每邊可以坐兩人，共坐八人，故稱。

【八一建軍節】Bā-Yī Jiànjūn Jié 中國人民解放軍的建軍紀念日。1927 年 8 月 1 日，中國共產黨人在江西南昌發動和領導了著名的南昌起義，標誌着中國共產黨獨立領導武裝革命的開始。後來確定 8 月 1 日為中國人民解放軍的建軍節。

【八音盒】bāyīnhé〔名〕一種能奏出固定樂曲的小型盒狀物件，以發條驅動。

【八月節】Bāyuè Jié〔名〕中秋節，時間在農曆八月十五日。參見"中秋"（1765 頁）。

【八珍】bāzhēn〔名〕八種珍貴的食物，文獻記載多有不同，一般說是龍肝、鳳髓、豹胎、鯉尾、鶚炙、猩唇、熊掌、酥酪蟬。

【八字】bāzì（～兒）〔名〕用天干地支記人出生的年、月、日、時，一共是八個字。如某人是 1941 年正月初一日子時出生的，八字就是辛巳（年）、庚寅（月）、乙亥（日）、丙子（時）。宿命論者認為一個人的生辰八字可以決定他的吉凶禍福，因而"八字"也用來指人的命運。

【八字腳】bāzìjiǎo〔名〕走路時，兩腳向外撇，像個倒寫的"八"字，故稱。也叫八字步。

【八字沒一撇】bā zì méi yī piě〔俗〕"八"字由一撇（丿）一捺（乀）兩筆組成，八字還沒有寫一撇，比喻事情還沒有眉目，距離成功尚遠：你急甚麼，～呢！

巴 bā ㊀❶ 盼望：朝～夜盼｜～不得。❷〔動〕緊緊貼住：蠍虎～在牆上，一動也不動。❸〔動〕粘住：鍋不洗乾淨，炸魚可要～鍋。❹〔動〕挨着，靠：前不～村，後不～店。❺〔動〕（北京話）縫：褲襠破了，你趕緊給我～上兩針兒。❻粘在別的物體上的東西：鍋～。❼〔後綴〕加在名詞性成分後，北方官話有"尾巴"，西南官話有"泥巴""鹽巴"，吳語有"嘴巴"等。

㊁〔動〕（北方官話）❶睜開：～着眼往屋裏瞧。❷開裂：手凍得都～開了｜天旱得地都～了縫兒了。

㊂❶巴士：大～｜中～｜小～｜校～｜旅遊～。❷〔量〕壓強的非法定計量單位，符號 bar。1 平方厘米的面積上受到 100 萬達因作用力，壓強就是 1 巴，合 10 萬帕。

㊃（Bā）❶周朝國名，在今重慶和四川東部一帶地方。❷指重慶和四川東部一帶。❸〔名〕姓。

語彙 乾巴　結巴　泥巴　尾巴　啞巴　嘴巴

【巴不得】bābude〔動〕〈口〉急切地盼望：新產品

試製成功了，全廠工人～立刻投產。**注意**"巴不得"有動詞的完整功能：a）可以帶動詞性詞語做賓語，如"巴不得就走""巴不得回家""巴不得他來"。b）也可以帶體詞性詞語做賓語，如"媽媽說了聲玩去吧，小弟巴不得這一句，轉身就跑"。c）它的賓語可以用否定形式，如"巴不得不幹""巴不得他不來"。d）"巴不得"加"的"可以修飾名詞性詞語，如"這真是一件巴不得的好事"。

【巴豆】**bādòu**〔名〕常綠小喬木，種子有毒，可入藥，是劇烈的瀉劑。

【巴兒狗】**bārgǒu**〔名〕(隻，條)哈巴狗：她的寵物是一條～。也作叭兒狗。

【巴結】**bājie** ❶〔動〕討好；奉承：這號人專愛～有錢的。❷〔形〕(北京話)艱難：過的是～日子。

【巴士】**bāshì**〔名〕(輛)公共汽車。[英 bus]

【巴蜀】**Bā-Shǔ**〔名〕巴、蜀是中國古代兩個小國，在今重慶和四川境內。後合稱重慶和四川為巴蜀：經～，入黔滇，行程數千里。

【巴松】**bāsōng**〔名〕木管樂器，管身由短節、長節、底節和喇叭口四部分組成，雙簧片由金屬曲頸管連接，插在短節頂端。也叫大管。[英 bassoon]

【巴掌】**bāzhang**〔名〕手掌：拍～｜一個～拍不響。

辨析　**巴掌、手掌**　"巴掌"是名詞，可以用作動量詞，前面可以直接加數詞，如"一巴掌""三巴掌"；"手掌"是名詞，不能用作動量詞。"手掌"可用於比喻，意為掌握的範圍，如"儘管他神通廣大，也逃不出我們的手掌"。"巴掌"不能這樣用。

扒 **bā** ❶〔動〕抓住可讓身體依附的東西：～着山石往上爬｜欄杆｜～牆頭兒。❷〔動〕刨開；挖掘：院牆～了一個洞｜把埋在地裏的東西～出來。❸〔動〕拆：～舊房子。❹〔動〕撥開：～開眾人。❺〔動〕剝(bāo)掉；脫掉：～樹皮｜那個歹徒說："沒錢，～他的衣裳！"❻(Bā)〔名〕姓。

另見 pá(996頁)。

【扒車】**bā//chē**〔動〕趁火車、汽車車速緩慢時攀上車：火車站附近有人夜間～，偷盜貨物。

【扒拉】**bāla**〔動〕〈口〉❶撥動：～算盤珠｜開雜草｜把圍觀的人群～開。❷去掉；撤下：把多餘的人～下去幾個｜科長職務讓給～掉了。

另見 pála(996頁)。

【扒皮】**bā//pí**〔動〕比喻進行盤剝和榨取：扒一層皮｜對工人要給合理的報酬，不要吸血～。

叭 **bā** ❶〔擬聲〕形容物體折斷或撞擊時發出的清脆而短促的聲響：～的一聲，沉重的籮筐把扁擔壓折了｜～，～，遠處突然傳來了幾

聲槍響。❷(Bā)〔名〕姓。

【叭兒狗】**bārgǒu** 同"巴兒狗"。

玐 **bā**〔擬聲〕〈書〉玉石撞擊的聲音。

朳 **bā** 用於地名：橫～(在陝西)。

奆 **bā** 用於地名：奤(hǎ)～屯(在北京)。

吧 **bā** ㊀❶ 同"叭"：～的一聲，椅子撐兒(chèngr)踩斷了。❷〔動〕吸(煙)：老人～了一口煙，又接着往下說。

㊁❶ 酒吧：～女｜～台。[英 bar] ❷ 某些兼供酒水的時尚服務場所：氧～｜網～｜書～。[英 bar]

另見 ba(24頁)。

語彙　餐吧　茶吧　酒吧　泡吧　書吧　水吧　玩吧　網吧　氧吧　咖啡吧

【吧嗒】**bādā**〔擬聲〕關上門或東西掉在地上時發出的聲響：～，門上了閂｜～一聲，桌子上的書掉在了地上。

【吧嗒】**bāda**〔動〕❶嘴唇開合作聲：他～了兩下嘴，一句話也沒有說。❷吸(旱煙)：他～着煙袋想辦法。

【吧唧】**bājī**〔擬聲〕兩物接觸時，排開中間氣體或液體的阻力而發出的聲響：他光着腳，～～在雨中走着。

【吧唧】**bāji**〔動〕❶嘴唇開合作聲：那孩子不停地～着嘴，像是嚼着甚麼｜他的嘴～～動個不停。❷抽(旱煙)：他一連～了兩袋煙，弄得屋裏那個嗆。

【吧女】**bānǚ**〔名〕(名)酒吧裏的女招待。

【吧台】**bātái**〔名〕酒吧裏供應飲料的櫃枱。

岜 **bā** 石山。多用於地名：～關嶺(在廣西)。

芭 **bā** ❶ 古書上說的一種香草名。❷(Bā)〔名〕姓。

【芭比娃娃】**Bābǐ Wáwa** 一種青年女性形象玩具，有貴婦型、淑女型等，身高 11.5 英寸。因造型美麗高貴而成為西方少女的偶像。[芭比，英 Barbie]

【芭蕉】**bājiāo**〔名〕❶(棵，株)多年生草本植物，果實與香蕉相似，可以吃，但味道稍差：門前種了兩棵～。❷(根，掛)這種植物的果實：～沒有香蕉好吃。

【芭蕉扇】**bājiāoshàn**〔名〕(把)葵扇的俗稱。因蒲葵葉形似芭蕉葉，故稱。

【芭蕾】**bālěi**〔名〕一種起源於意大利、流行於歐洲的古典舞劇。以舞蹈為主，配合音樂，用啞

劇形式表演。女演員跳舞時常採用行雲流水的腳尖舞步，所以也叫腳尖舞。〔法 ballet〕

峇

bā 見下。

【峇厘】Bālí〔名〕印度尼西亞島名。現作巴厘。

疤

bā〔名〕（塊，道）❶ 傷口或瘡口癒合後留下的痕跡：～痕｜瘡～｜傷～｜他頭上有個～。❷ 物體上像疤一樣的痕跡：挺好的一隻花瓶，可惜有塊～。

【疤痕】bāhén〔名〕（塊，道）疤：他身上有一塊～｜玉石通體光潔，沒有～。

【疤瘌】bāla〔名〕（塊，道）疤：他腿上的大～是被狗咬傷後留下的。也作疤拉。

【疤瘌眼兒】bālayǎnr〔名〕（口）❶ 眼皮上有疤痕的眼睛：臉上的燒傷全好了，就是留下個～。❷ 眼皮上有疤痕的人（不禮貌的說法）：外面進來三個人，一個高個兒一個矮胖子，一個～。

捌

bā〔數〕"八"的大寫。多用於票據、賬目。

虮

bā 用於地名：～蛸（在遼寧）。

笆

bā 用竹片或樹枝編成的器物或片狀物：～斗｜竹～。

【笆斗】bādǒu〔名〕（隻）用柳條等編成的一種底呈半球形的容器。

【笆簍】bālǒu〔名〕（隻）用荊條或竹篾編成的容器，用來背東西。

耙

bā〈書〉乾肉。

粑

bā〔名〕（西南官話）餅類食物：糍～｜糖～｜糯米～。

【粑粑】bābā〔名〕（塊）（西南官話）餅類食物：玉米～。

鮁（鮁）

bā〔名〕（條）魚名，生活在淡水中，體側扁或略呈圓筒形，產於華南和西南地區。

bá ㄅㄚˊ

拔

bá ❶〔動〕拉出；抽出；拽出：～河｜～節｜～雞毛｜～劍｜～蘿蔔｜力～山兮氣蓋世。❷〔動〕除去：～除｜～了禍根（比喻根除禍害）｜～去眼中釘（比喻除去心中痛恨的人）。❸〔動〕吸出：～毒｜～膿。❹ 挑選、提升（人才）：～擢｜選～｜提～。❺〔動〕向高提：唱旦角兒，要～尖嗓子。❻ 高出；超出：海～｜勢～五嶽掩於城｜出類～萃。❼〔動〕掃蕩；攻佔：先～掉敵人的炮樓，又了敵人的據點。❽〔動〕（北方官話）把東西浸在涼水裏使變涼：把啤酒放在冰水裏～一會兒再喝。❾（Bá）〔名〕姓。

【拔除】báchú〔動〕除去：～窩點｜～禍患｜～凶邪。

【拔刀相助】bádāo-xiāngzhù〔成〕形容別人遇到危險困難時給予幫助：路見不平，～｜眼看工程就要停頓，幸得朋友～，他這項工程才得以順利進行。

【拔高】bá // gāo〔動〕❶ 提高：～嗓音。❷ 着意抬高人物或作品的地位（含貶義）：報上登的一篇訪問記，把那個人～了，讀者讀了很不滿意｜那篇短篇小說並不出色，可是被一篇評論文章拔得很高。

> **辨析** 拔高、提高　"拔高"義同"提高"時，使用範圍窄，如"拔高嗓音""拔高調門"；"提高"使用範圍寬，如"提高標準""提高生活水平""提高質量""提高檔次""提高錄取分數""提高待遇"。"拔高"有"着意抬高"義，如"拔高人物""拔高作品"，不能換成"提高"。

【拔罐子】bá guànzi 中醫的一種治療方法。在小罐內點着火，燃燒片刻，然後把罐口扣在皮膚上。小罐內因燃燒而產生較強的吸力，可使局部毛細血管擴張、充血，新陳代謝加速，抗病能力增強。也說拔火罐兒。

【拔河】báhé〔動〕一種體育運動。參加的雙方人數相等，分別握住長繩的一端，使勁向後拉，把繩子中部繫有標誌的一點拉過規定界線的一方為勝。

【拔火罐兒】báhuǒguànr ❶〔名〕一種下端粗上端細的短煙筒，鐵製或瓦製，生爐子時放在爐口上，使火燒旺。也叫拔火筒、火拔子。❷（bá huǒguànr）拔罐子。

【拔尖兒】bájiānr ❶〔形〕出眾：他學習刻苦，成績優秀，在班上是～的｜她的刺繡技術很～。❷〔動〕自居於眾人之上：這個人也太霸道了，處處都想～。

【拔苗助長】bámiáo-zhùzhǎng〔成〕比喻違反事物的發展規律，急於求成，反而把事情弄糟：對孩子進行教育，要循序漸進，不要～。也說揠（yà）苗助長。

【拔絲】básī〔動〕一種烹調方法。把做熟的塊狀食物放在熱油溶化的糖中，攪拌均勻。用筷子夾起來，粘在食物上的糖就拉成絲狀：～蘋果｜～山藥｜這些白薯，你是要烤，還是要～？注意 "拔絲"做謂語很少，多做修飾語。

【拔俗】bású〔動〕超出世俗：超凡～。

【拔腿】bátuǐ〔動〕❶ 邁開腳步：他一聽到消息，一～就跑。❷（-//-）抽身；脫身：年前工作太多，拔不開腿｜最近忙得拔不出腿來。

【拔營】báyíng〔動〕指軍隊撤離開原駐地轉移他處：～起寨｜支隊六點～，下午兩點才到達目的地。

【拔擢】bázhuó〔動〕〈書〉選拔；提拔：～新人。

妭 bá〈書〉美麗的女子。

芨 bá〈書〉草根。

肬 bá〈書〉腿上的細毛：骿無～，脛無毛。

菝 bá 見下。

【菝葜】báqiā〔名〕落葉攀援狀灌木，葉子多為橢圓形，花黃綠色，漿果球形。根莖可入藥，有祛風濕、解毒等作用。俗稱金剛刺、鐵菱角。

跋 ㈠〔名〕❶〔篇〕文體的一種。一般寫在書籍、文章、書畫等的後面，內容多為評述、考證、鑒賞之類：題～｜序～｜這本書前面有序，後面有～。也叫跋文、跋語。❷（Bá）姓。

【跋扈】báhù〔形〕狂妄而專橫：飛揚～｜專橫～｜這個人～得不得了。

【跋前疐後】báqián-zhìhòu〔成〕《詩經‧豳風‧狼跋》：“狼跋其胡，載疐其尾。”跋：踩；胡：野獸脖子下的垂肉；疐：跌倒。意思是狼前進則踩著脖子下的肉，後退則被尾巴絆倒。比喻進退兩難。也作跋前躓（zhì）後。

【跋山涉水】báshān-shèshuǐ〔成〕翻過山嶺，越過河水。形容旅途艱辛：他不畏艱苦，～到高原地區考察。

【跋涉】báshè〔動〕走山路，涉河水；比喻艱苦行進：～山川｜長途～。

魃 bá 見“旱魃”（512 頁）。

馛 bá 見“羆馛”（1379 頁）。

bǎ ㄅㄚˇ

把 bǎ ㈠❶〔動〕握住：～握｜～舵｜～穩方向盤｜手～手書口稱敬。❷〔動〕把守：～風｜～門。❸〔動〕緊靠：～口兒｜～角兒。❹〔動〕把持（含貶義）：那麼多職位他一人～着，怎麼幹得好？❺〔名〕車把：他剛學會騎自行車，手還不敢撒～。❻指拜把子的關係：～兄｜～嫂｜～兄弟。❼（～兒）〔名〕捆成或擰成的把子：草～｜手巾～兒。❽〔量〕用於某些可以握或拿的東西：一～鑰匙開一～鎖｜兩～剪子｜幾～梳子。❾〔量〕表示能用手抓起的數量：兩～花生｜三～米｜幾～土。❿〔量〕用於某些抽象事物：再努一～力｜加一～勁｜一大～年紀。⓫〔量〕用於能手等：幹活兒他真是～能手｜劇團裏還少你這麼一～手。⓬〔量〕用於領導職務（前面數詞表序數）：老王是我們廠的一～手｜他是二～手。⓭〔量〕用於手的動作：推一～｜捎一～｜拉他們一～｜幫他一～。⓮（Bǎ）〔名〕姓。

㈡〔助〕❶用在“百、千、萬”後面、量詞前面，表示接近這個數的大概數量：百～塊錢｜千～棵樹｜萬～條槍。❷用在某些量詞後面，表示大概的數量：個～月｜塊～錢。注意“個把月”是一個月左右，“塊把錢”是一塊錢左右。這樣用時前面不能再加數詞，不能說“一個把月”或“兩塊把錢”。

㈢〔介〕❶表示處置（“把”後的賓語是後面動詞的受事者）：～辦公室打掃一下｜～行李收拾收拾｜～煙戒了｜～腰一彎。❷表示致使（後面的動詞帶有結果補語）：～他忙壞了｜～眼睛哭紅了｜～衣服弄髒了｜～情況搞清楚。❸引入表示動作處所범위的詞語：～個院子找遍了｜～個北京城走了一多半｜～山前山後又搜尋了一遍。❹表示發生了不如意的事情（“把”後面的賓語指當事者）：偏偏～老伴兒病了｜～犯人跑了。❺有“拿”“對”的意思：我～他沒辦法｜你能～他怎麼樣？注意 a）“把”後面的名詞所指的事物都是確定的，如“把書看完了”“把那本雜誌買了”，表示不確定事物的名詞，不能跟“把”組合，如不能說“把很多書看了”“把好些雜誌買了”。b）“把”後面的動詞前要要帶其他成分，一般不用單個動詞，尤其不用單音節動詞（韻文除外）：i. 動詞後帶“了”“着”，如“把水喝了”“把書包背着”。ii. 動詞重疊，如“把衣服洗洗”“把地板擦擦”。iii. 動詞帶結果補語、趨向補語，如“把他忙壞了”“把生產搞上去”。iv. 動詞帶動量、時量賓語，如“把習題做一遍”“把他們再拖幾天”。v. 動詞後加介詞短語，如“把東西放在桌子上”“把禮物交給小王”。vi. 動詞後加“得”帶情態補語，如“把他高興得手舞足蹈”“把劇場擠得水泄不通”。vii. 動詞前加修飾成分，如“把眉頭一皺”“把酒不停地喝”。c）否定副詞一般放在“把”前，如“他沒把信寄出去”“你不把話說完就要走嗎？”；但有些熟語裏的“不”置前置後都可以，如“不把人放在眼裏”“把人不放在眼裏”。d）在口語裏，後面可以不出現動詞，表示責怪或無可奈何，如“我把你這個小淘氣！”“我把你這個沒良心的！”。e）港澳地區一般不用“把”來表示“處置”，缺少把字句句式。

另見 bà（22 頁）。

語彙 車把　火把　拖把　大撒把　投機倒把

【把柄】bǎbǐng〔名〕原指器物上突出的便於用手拿的部分，比喻可以被人利用來要挾的憑據：他有～在別人手中｜工作中的失誤，會讓人當成～來攻擊我們。

【把持】bǎchí〔動〕獨斷專行，不容別人參與（含貶義）：這個人大權獨攬，～一切｜他～的部門成了獨立王國。

【把風】bǎfēng〔動〕❶ 幹不正當或違法的事（如聚賭、盜竊等）時，派人在外面望風：盜竊團夥有兩個人在外頭～。❷ 從事秘密工作時，派人把守望風：我們派了一個人～。

【把關】bǎ // guān〔動〕❶ 把守關口：重兵～。❷ 比喻根據法律、政策或已定的標準進行嚴格檢查或操作，以防止差錯：這本書，請您～｜～老師｜把質量關｜把好關｜把得住關｜把不住關。

【把家】bǎjiā〔動〕持家：別看她年輕，可很會～。

【把酒】bǎjiǔ〔動〕端着酒杯來：～敬客。

【把脈】bǎ // mài〔動〕❶ 診脈：～看舌苔是中醫大夫的基本功｜醫生靜靜地為他把了一會兒脈。❷ 比喻分析情況，查明問題原因：科技顧問為企業～獻策。

【把門】bǎ // mén〔動〕❶ 看守門戶：倉庫有保安人員～。❷ 守球門：這場球賽我隊有老張～，對方難以破門。

【把勢】bǎshi〔名〕❶〈口〉武術；會武術的人：練～｜光說不練，假～；光練不說，傻～。❷〈口〉熟練掌握某種技能的人：車～｜他是幹莊稼活的好～。❸（北京話）技能：在農業生產方面，他學會了全套～。以上也作把式。

【把手】bǎshou〔名〕❶ 拉手（lāshou）：門上安個～。❷ 器物上用手拿住的地方：奶鍋上沒個～，怎麼端呢？

【把守】bǎshǒu〔動〕守衛：～大門｜～關口。

〖辨析〗**把守、看守、守衛** a）"把守"着重在守衛控制；"看守"着重在管理、照料。b）"把守"的對象主要是政府重要機關、軍事基地、港口橋樑等；"看守"的對象主要是老人、小孩、病人、犯人等。c）"看守"還可組成"看守內閣""看守所"等名詞性詞語，而且"看守"本身也可以是名詞，指監牢裏看守犯人的人；"把守"沒有這種用法。d）"守衛"主要指用武裝防守保衛，對象是國家疆土，重要的基地、機關等。

【把頭】bǎtóu(-tou)〔名〕舊時把持從事體力勞動工作的某種行業、壟斷勞動力以從中牟利的人：搬運行的～。

【把握】bǎwò ❶〔動〕握；拿：～方向盤｜～手中槍。❷〔動〕掌握（多用於抽象事物）：～戰機｜～事物本質｜～鬥爭方向。❸〔名〕事情成功的可靠性：沒有～｜完成任務有充分的～。

【把晤】bǎwù〔動〕〈書〉會面握手，泛指會晤：日前～，暢談甚歡。

【把戲】bǎxì〔名〕（套）❶ 雜技魔術等：變～｜耍～｜看～。❷ 騙人的手段、計謀等：敵人玩弄騙人的～｜戳穿壞人的～。

【把兄弟】bǎxiōngdì〔名〕通過拜把子結成的兄弟。年長的稱把兄，年輕的稱把弟。也叫盟兄

弟。參見"拜把子"（32 頁）。

【把盞】bǎzhǎn〔動〕〈書〉端着酒杯（多用於斟酒敬客）：～敬酒。

【把子】bǎzi ㊀ ❶〔名〕東西紮成的捆兒：稻草～｜秫秸～。❷〔名〕擰成捆兒的毛巾：手巾～｜扔～（舊時戲園子裏準備熱毛巾，擰成捆兒，由服務人員拋擲給需要的觀眾）。❸〔量〕用於一夥人：一～土匪。❹〔量〕用於一手抓到的數量：一～蒜苗。❺〔量〕用於年紀，表示年齡大（數詞只能用"一"）：他有一～年紀了。❻〔量〕用於抽象事物（數詞只能用"一"）：加（一）～勁兒就抬起來了。㊁〔名〕❶ 結拜的兄弟：他是我們兩個人的～。❷ 戲曲演出所用的武器道具的總稱，如刀、槍、劍、戟、斧、鉞、鈎、叉等。也叫刀槍把子。㊂〔名〕指武打動作：～功（武打技藝的基本功）｜單刀～。

另見 bàzi（22 頁）。

屙 bǎ ❶〔名〕（西南官話、北方官話）屎：屙～。❷〔動〕拉屎：到外面～去。

【屙屙】bǎba〔名〕（西南官話、北方官話）屎：快帶孩子去屙～！

鈀（钯） bǎ〔名〕一種金屬元素，符號 Pd，原子序數 46。銀白色，有吸收氣體的特性，可用作吸收劑或催化劑。鈀合金可用作牙科材料和裝飾品。

另見 pá（997 頁）。

靶 bǎ〔名〕靶子：箭～｜～場｜打～｜一槍中～。

語彙　打靶　環靶　脫靶

【靶場】bǎchǎng〔名〕練習射箭或射擊的場地。

【靶子】bǎzi〔名〕〈口〉練習射箭或射擊的目標：一箭射中了～｜噠噠噠，～上一片槍眼兒。

bà ㄅㄚˋ

把 bà(～兒)〔名〕❶ 器物上供手把握的突出部分：刀～兒｜壺～兒。❷ 花、葉或果實的柄：花～兒｜柿子～兒。❸ 槍柄：槍～兒。

另見 bǎ（21 頁）。

【把子】bàzi〔名〕"把"（bà）①：刀～｜印～。

另見 bǎzi（22 頁）。

爸 bà〔名〕〈口〉父親。

【爸爸】bàba〔名〕〈口〉父親。

〖辨析〗**爸爸、父親**　"父親"多用於書面語，一般不用於面稱，"爸爸"多用於口語，面稱、背稱都可以；用"父親"時顯得莊重，用"爸爸"時顯得親熱。"父親"有修辭用法，如"父親般的親切""父親般的慈愛"，"爸爸"沒有這種用法。

B

耙 **bà ❶**〔名〕(張)平地和碎土的農具。有釘齒耙和圓盤耙等。**❷**〔動〕用耙平地和碎土:下種前,他又把地～了一遍│三犁三～。

另見 pá(997頁)。

罷(罷) **bà ❶**停止:～手│～作│～工│～課│欲～不能。**❷**免除:～黜│～職│上級～了他的官。**❸**〔動〕(北方官話)完畢:吃～飯去看戲│洗～臉刮鬍子│聽～,他不但不生氣,反而哈哈大笑起來。**❹**(Bà)〔名〕姓。

另見 ba(24頁)。

語彙 也罷 作罷

【罷黜】**bàchù**〔動〕〈書〉**❶**廢除:～百家,獨尊儒術。**❷**免除(官職):～返鄉。

【罷工】**bà//gōng**〔動〕工人為達到政治或經濟的目的而集體停止工作:大～│總～│舉行～│罷了半年工又復工。

【罷官】**bà//guān**〔動〕免除官職:他不怕～,堅決頂住了歪風│他被罷了官。

【罷課】**bà//kè**〔動〕學生為達到某種目的而集體停止上課:舉行～│一學期罷了兩次課│罷了一個月的課。

【罷了】**bàle**〔助〕語氣助詞。用在陳述句末尾,表示如此而已,對句子所表示的意義起減輕作用,含有無足輕重的意味。常跟"不過、只是、無非"等詞語相呼應:我不過說說～,你何必當真呢?│沒有甚麼可表揚的,我只是為群眾做了一點我應該做的事～│你怕甚麼,他無非嚇唬嚇唬你～。

另見 bàliǎo(23頁)。

【罷了】**bàliǎo**〔動〕表示容忍,不再計較:他雖然有點不高興,可自己是長輩,只好～│他自己不願意來倒也～,幹嗎還阻止別人來呢!**注意**"罷了"雖是動詞,但用法有限制,它只能做謂語,放在句子(單句或分句)之後(如上舉例句)或單用,如"罷了,不找他了"。

另見 bàle(23頁)。

【罷論】**bàlùn**〔名〕取消了的打算;不再追究討論的事:調動工作一事已作～。**注意**"罷論"這個名詞只能做賓語,前面加動詞"作"等。

【罷免】**bàmiǎn**〔動〕代表機關或選民撤銷他們所選出的人員的職務;免去職務:選民有權～他們選出的代表。

【罷市】**bà//shì**〔動〕商人為達到某種目的而聯合起來停止營業:舉行～│罷了一天市。

【罷手】**bàshǒu**〔動〕停住手,指停止進行某件事(多用於否定式):決不～│不達到目的他一定不會～。

【罷休】**bàxiū**〔動〕停止(多用於否定式):不達目的決不～│難道就這樣～了?**注意**"罷休"這個動詞只能做謂語,位於句末(後面可以有語氣詞)。

【罷職】**bàzhí**〔動〕免去職務:～以來,居家賦閒。

鲅(鲅) **bà**〔名〕魚名,生活在海洋中,體長,側扁,鱗細,背部黑藍色,腹部兩側銀灰色。性凶猛,喜捕食小魚。也叫鯖、馬鮫。

齷(齷) **bà**〈書〉牙齒外露:眼眶齒～。

霸(霸) **bà ❶**中國春秋時代諸侯聯盟的盟主:春秋五～。**❷**〔名〕依仗權勢欺壓群眾的人:惡～│車匪路～│他是南方一～。**❸**〔動〕霸佔;強據│地方上的幾個犯罪團夥各～一方。**❹**(Bà)〔名〕姓。

語彙 稱霸 惡霸 反霸 爭霸

【霸道】**bàdào ❶**〔名〕中國古代指憑藉武力和權勢進行統治的政策(跟"王道"相對)。**❷**〔形〕蠻橫不講道理:橫行～│倚勢仗權逞～│這個人做事太～。**注意**口語中,義項②的"道"多輕讀。

【霸氣】**bàqì ❶**〔形〕蠻橫不講理:這人做事太～,不能平等待人。**❷**〔名〕稱王稱霸的氣勢:你當了領導,做事不能有～。

【霸權】**bàquán**〔名〕依靠武力在國際上稱霸的大國強權:～主義│反對～。

【霸王】**bàwáng**〔名〕**❶**古代霸主的稱號,如秦末項羽率領諸侯軍隊推翻秦王朝後自稱西楚霸王。**❷**(個)比喻蠻橫不講理、仗勢欺人的人:那人是個橫行鄉里的～,老百姓受害不淺。

> **霸王種種**
> 在港澳地區,由"霸王"的蠻橫不講道理的比喻義,引申為享用某種服務後應付款而不付款的行為,從而生成許多新詞,如"霸王車"指乘坐公共汽車不付款,"霸王餐"指到飯館吃飯不付款,"霸王舞"指到舞廳跳舞不付款,"霸王戲"指到電影院看電影不付款,等等。以上部分詞語現也流通於各地。

【霸王鞭】**bàwángbiān**〔名〕**❶**(根、支)表演民間舞蹈用的彩色短棍,用竹子或細木製成,兩頭挖有小孔,內嵌銅片。**❷**一種民間舞蹈,舞者上下左右舞動霸王鞭敲擊四肢、肩、背,發出聲響,同時伴有歌唱,唱詞多為七字的四句複沓。也叫連廂、打連廂、唱連廂。

【霸王條款】**bàwáng tiáokuǎn**經營單位為逃避法定義務、減免自身責任而單方面制定的限制消費者權利、侵害消費者利益的不平等合同、通告、聲明、告示或行業慣例等。

【霸業】**bàyè**〔名〕指稱霸諸侯的事業:管仲輔佐齊桓公成就～。

【霸佔】**bàzhàn**〔動〕依仗權勢,強行據為己有:～房產│～錢財。

【霸主】**bàzhǔ**〔名〕(位)**❶**中國春秋時代在若干

諸侯中取得盟主地位，勢力最大的諸侯。❷在某一地區或領域取得支配地位的人或集團。

壩¹（坝）bà〔名〕（座，道）攔住水流起防護作用的建築物：堤～｜丁～｜大～｜水沒來，先壘～。

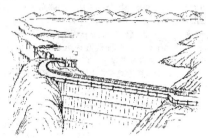

壩²（坝）〈坂〉bà ❶〔名〕沙灘；沙洲。多用於地名：葛洲～（在湖北）。❷壩子。多用於地名：沙坪～（在重慶）。

【壩子】bàzi〔名〕（西南官話）平地或平原：川西～｜貴陽～。

灞　Bà 灞河，水名。在陝西中部，北流入渭水。

ba ·ㄅㄚ

吧　ba〔助〕語氣助詞。❶用在句末表示勸告：快點兒回家～｜咱們就這麼辦～｜甭客氣了～！❷用在句末表示是否式的問話：你知道～？｜我告訴過你了～？｜下午看電影～？❸用在句末表示揣測：我們在哪兒見過，大概是上海～｜真夠帥的，這件衣裳是新買的～？｜他是前天回來的～？注意a）句末用“嗎”是不知而問，如“你是新來的嗎？”；句末用“吧”是表示揣測，認為應當如此，但不能確定，提問是為了求得證實，如“你是新來的吧？”。b）句中如果用了“大概”“也許”一類表示揣測的副詞時，句末只能用“吧”，不能用“嗎”，如“山東人也許愛吃辣的吧”，不能說成“山東人也許愛吃辣的嗎”。❹用在句中表示停頓：好～，咱們一塊兒去｜就說你～，誰也沒把你當外人看｜就說這項開支～，也夠大的了。❺重複用在句中表示兩難：不給錢～，不好意思；給錢～，又給不起｜去～，不樂意；不去～，又不好｜幹～，幹不了；不幹～，對不起大家。
　　另見 bā（19頁）。

罷（罢）ba 同“吧”（ba）。
　　另見 bà（23頁）。

bāi ㄅㄞ

刌　bāi 見下。

【刌劃】bāihua〔動〕〈口〉❶籌劃：諸位不必擔心，我自會～。❷擺佈：他無計可施，只好任人～。

掰　bāi〔動〕❶扳：～腕子｜～着指頭算。❷用手把東西分開或折斷：～棒子｜把橘子～成兩半兒｜他從樹上～下一根樹杈當拐杖。

【掰腕子】bāi wànzi 一種比腕力和臂力的運動。兩人各伸出一隻手互相握住，雙方肘部不能離開同一平面，各自用力，把對方的手壓下去為勝。

踔　bāi〔動〕（西南官話）跛：～足｜～子（腿腳不方便的人）｜～着腳｜腳都跑～了。

bái ㄅㄞ

白　bái ㊀❶〔形〕像霜雪的顏色（跟“黑”相對）：～紙｜～頭髮｜藍天～雲｜莫等閒，～了少年頭，空悲切！❷沒加別的東西；空白：～飯｜～卷兒｜～開水｜一窮二～。❸有關喪事的（跟“紅”相對）：紅～事｜紅～喜事。❹象徵反動（跟“紅”相對）：～軍｜～區。❺明白；弄明白：沉冤莫～｜真相終於大～。❻〔動〕看人時將瞳孔斜向一邊，露出白眼球，以表示輕視或不滿：～了他一眼。❼〔副〕徒然；沒有效果：～費勁｜～說了一趟｜一天的工夫～～過去了。❽〔副〕無代價；無報償：～吃～住｜這種東西～給也沒人要｜憑甚麼把他的車～～搶去呢？❾（Bái）〔名〕姓。
　　㊁〔形〕寫別了的（字）或讀錯的（字）：滿篇～字｜寫～字｜這個字唸～了。
　　㊂❶說明；陳述：辯～｜表～｜便可～公姥，及時相遣歸。❷話劇中的對話，戲曲、歌劇中唱詞以外說的話：對～｜道～｜旁～｜獨～｜韻～。❸白話：文～對照｜半文半～。❹地方話：蘇～｜京～。

語彙	斑白	表白	補白	蒼白	蛋白	獨白	對白
	飛白	花白	灰白	潔白	精白	空白	明白	漂白
	平白	搶白	清白	煞白	坦白	雪白	銀白	月白
	直白	自白	開場白	魚肚白	顛倒黑白	一清二白

【白皚皚】bái'ái'ái（～的）〔形〕狀態詞。潔白的樣子（多用於形容霜雪）：漫山遍野都是～的雪。

【白案】bái'àn（～兒）〔名〕指炊事人員煮飯、蒸饅頭、烙餅等一類製作主食的工作（區別於“紅案”）。

【白班】báibān（～兒）〔名〕在白天工作的班次（區別於“夜班”）：你今天～兒還是夜班兒？

【白板】báibǎn〔名〕（塊）白色的金屬板或塑料板

等。用專用的筆在上面書寫。

【白璧微瑕】**báibì-wēixiá**〔成〕璧：扁圓形中間有孔的玉；瑕：玉上的斑點。潔白的璧玉上有小斑點。比喻很好的人或事物有些小缺點，美中不足：他在文學創作上有很大成就，影響深遠，但晚年寫的幾個短篇，不能不說是～。

【白璧無瑕】**báibì-wúxiá**〔成〕潔白的璧玉上沒有斑點。比喻人或事物沒有一點缺陷，十分完美：這幅畫立意、構圖、色彩都十分好，可以說是～。

【白醭】**báibú**（～兒）〔名〕（層）醬油、醋等表面長的一種白色的黴。

【白不呲咧】**báibucīliē**（～的）〔形〕（北方官話）狀態詞。形容東西因退色而發白（含厭惡意）：這件衣服穿了多年，已經～的了。

【白菜】**báicài**〔名〕❶一年生或二年生草本植物，品種很多，通常指大白菜。葉子大，一般綠色或白色，是中國北方地區秋冬的主要蔬菜。❷一年生或二年生植物，品種很多，植株矮小，莖短，葉子綠色，是中國南方地區的主要蔬菜。

【白茶】**báichá**〔名〕茶葉的一大類，不發酵，也不經揉捻，製作工藝特殊。

【白車】**báichē**〔名〕港澳地區對救護車的俗稱。因其車身為白色而得名，也稱十字車，因車體外有明顯的紅十字標誌。是醫療機構緊急救護傷病員的專用車輛，車上配有醫務人員和急救設備：香港～服務及時、周到，一向受市民讚揚。

【白吃飯】**báichīfàn**〔慣〕❶比喻只拿報酬而不幹事：拿了工資就得幹事，不能～。❷〈詈〉多用於指責別人無用：你是～的？連這點小事都做不好！

【白痴】**báichī**〔名〕❶一種重度精神發育不全的病，患者智力低下、動作遲緩、語言不清，嚴重的生活不能自理。❷患白痴病的人。❸〈詈〉笨蛋：你真是個～，這樣簡單的道理都悟不出來！

【白熾】**báichì**〔形〕屬性詞。白熱。～狀態。

【白搭】**báidā**〔動〕〈口〉白費力氣；不起作用：你說也～，他不會同意的｜這樣做～，誰也不會認賬｜平日不學好，一旦犯了錯誤，後悔也～。

【白大褂兒】**báidàguàr**〔名〕❶（件）醫護人員所穿的白色工作服。❷（位）借指醫生、護士。

【白帶】**báidài**〔名〕婦女子宮和陰道中分泌出的白色黏液。

【白道】**báidào**（～兒）〔名〕公開的、合法的途徑（跟"黑道"相對）：他～、黑道裏都有人，不是好惹的。**注意**"白道"常在同"黑道"相對的情況下使用。從事正當的職業一般不說"走白道"。

【白丁】**báidīng**〔名〕封建社會指沒有取得科舉稱號或官職名位的人。後來也泛指沒有擔任領導職務的人（含詼諧意）：起自～，位至列侯｜老王幹了二十多年，還是個～。

【白讀】**báidú**〔名〕某字在口語中的發音。漢字中有少量字有文讀和白讀之分，叫文白異讀。口語詞一般發白讀的音，如"攪色(shǎi)子""削(xiāo)鉛筆""鑰(yào)匙"等；書面語詞多文讀，如"遜色(sè)""削(xuē)減""鎖鑰(yuè)"等。

【白堊】**bái'è**〔名〕一種鬆軟的白色石灰質岩石，可燒製石灰和水泥，可製作粉筆或用作粉刷材料。俗稱大白。

【白髮浪潮】**báifà làngcháo** 比喻老年人在社會人口中比例逐漸增加的狀態；老年化社會的趨勢：～呼喚養老保險。也說銀色浪潮。

【白礬】**báifán**〔名〕明礬。

【白飯】**báifàn**〔名〕不加任何調味品做成並且不就菜吃的米飯：海島生活很艱苦，有時蔬菜供應不上，一連幾天吃～。

【白費】**báifèi**〔動〕無效果地耗費：～精力｜～心思｜～力氣｜一切努力都～了。

【白粉】**báifěn**〔名〕❶熟石灰。❷白色粉狀化妝用品。❸白麵兒。一種白色粉狀毒品的俗稱。

【白乾兒】**báigānr**〔名〕白酒：四兩～一下肚，他的話可就多了去了。

【白宮】**Báigōng**〔名〕美國總統的辦公處所和官邸，在華盛頓。始建於1792年，後遭火焚，1818年重建。因建築物的外部為白色，故稱。常用作美國政府的代稱。

【白骨】**báigǔ**〔名〕人的屍體腐爛後剩下的骨頭：～累累｜君不見，青海頭，古來～無人收。

【白骨精】**báigǔjīng**〔名〕《西遊記》中的一個女妖精，狡詐兇殘，善於偽裝變化。常用來形容壞女人。

【白圭之玷】**báiguīzhīdiàn**〔成〕圭：古代一種長條尖頂的玉器；白圭：泛指玉器。禮器上的一點污斑。比喻好人的缺點（不存在大的問題）。

【白果】**báiguǒ**〔名〕銀杏。

【白果兒】**báiguǒr**〔名〕（北京話）雞蛋。**注意**"白果兒"的用法很有限制，常說"臥一個白果兒""買雞蛋""炒雞蛋"中的"雞蛋"，不能換成"白果兒"。

【白喉】**báihóu**〔名〕一種由白喉桿菌引起的急性傳染病，小兒最易感染，患者鼻腔、咽部有白色假膜，造成咽喉部梗阻，常引起心肌發炎或癱瘓，嚴重的窒息死亡。

【白虎】**báihǔ**〔名〕❶二十八宿中西方七宿（奎、婁、胃、昴、畢、觜、參）的統稱。參見"二十八宿"（347頁）。❷道教所奉的西方之神。

【白花花】**báihuāhuā**（～的）〔形〕狀態詞。形容白得耀眼：～的銀子｜蘆葦塘裏一片～的。

【白花蛇】**báihuāshé**〔名〕(條)一種毒蛇，體長，頭大，呈三角形，頭部暗黑色，背部灰褐色，腹面黃白色，有黑色圓形斑點。也叫蘄蛇、五步蛇。

【白話】**báihuà**㊀〔名〕普通話的書面形式，它是唐宋以來在口語的基礎上形成的，最初只應用於通俗文學作品，自五四運動提倡白話文、反對文言文以後，才逐漸在社會上普遍應用（區別於"文言"）。㊁〔名〕不能兌現的空話：他空口說～，誰能相信！㊂廣東話的俗稱：20世紀 80 年代前，香港不會講～的人很難找到工作。

【白話文】**báihuàwén**〔名〕(篇)用白話寫的文章（區別於"文言文"）。也叫語體文。

【白樺】**báihuà**〔名〕(棵)落葉喬木，樹皮白色，剝離呈紙狀，耐寒性強。木材緻密，可製木器。樹皮可提白樺油，用作化妝品香料。也叫樺木。

【白灰】**báihuī**〔名〕石灰的通稱。

【白芨】**báijī**〔名〕(株)多年生草本植物，花紫紅色，葉子長，地下塊莖白色，可入藥，有止血作用。

【白鱀豚】**báijìtún**〔名〕(條)哺乳動物，體長約 2.5 米，嘴長，有背鰭。體背淡藍灰色，腹部白色。分佈在長江中下游，是國家重點保護動物。也叫白鰭豚。

【白金】**báijīn**〔名〕❶鉑的通稱。❷(塊)古指銀子。

【白淨】**báijing**〔形〕潔白乾淨（用於形容皮膚）：孩子～的小臉真逗人愛。

【白酒】**báijiǔ**〔名〕以高粱、玉米、甘薯等糧食或某些果品為原料釀製成的酒，無色，度數較高。也叫白乾兒、燒酒。

【白駒過隙】**báijū-guòxì**〔成〕《莊子‧知北遊》："人生天地間，若白駒之過郤，忽然而已。"白駒：白馬，這裏指日光；郤：隙，縫隙。意思是人的一生很短暫，像日光越過縫隙一樣飛快消逝。後用"白駒過隙"形容時光過得極快。

【白卷兒】**báijuànr**〔名〕❶(份，張)沒有寫出答案的考卷：一道題也答不出來，只好交了個～。❷比喻沒有成績或貢獻的工作結果：面對大家的期望，他下定決心，無論工作多困難，也不能交～。

【白軍】**báijūn**〔名〕中國第二次國內革命戰爭時期（1927–1937）稱與紅軍作戰的國民黨中央軍和地方軍隊。1917 年俄國十月革命初期，指同革命敵對的反動軍隊。

【白開水】**báikāishuǐ**〔名〕不加糖、茶葉或其他東西的開水：沒有茶葉，喝點～吧。**注意**"白開水"前面有"涼"字修飾時，可省去"水"字，說成"涼白開"。

【白口】**báikǒu**㊀〔名〕從前木版書籍的一種版式，版口中心摺縫的地方，上下都空白的稱白口，上下刻有黑綫條的稱黑口。㊁(～兒)〔名〕戲曲中的說白。

【白蘭地】**báilándì**〔名〕用葡萄或蘋果等果汁發酵蒸餾釀製而成的酒，度數較高。[英 brandy]

【白臉】**báiliǎn**〔名〕戲曲中人物臉譜，多象徵奸詐。比喻處理事情表面上平和公正的人（跟"紅臉"相對）：你好言好語勸他，裝～，不然他不上當。

【白蘞】**báiliǎn**〔名〕多年生蔓生藤本植物，掌狀複葉，花淡綠色，球形漿果，可入藥。

【白蛉】**báilíng**〔名〕昆蟲。外像像蚊子而較小，灰黃色，有長毛。雌蟲吸食人畜的血液，能傳播黑熱病。

【白領】**báilǐng**〔名〕(位)指以腦力勞動為主的職員，如企業的技術人員、管理人員、政府公務人員及教師、律師等。由於這些人工作環境較好，工作時穿着整齊，衣領白淨，故稱（區別於"藍領"）：～階層｜王先生是位～，很在意自己的形象。

【白鷺】**báilù**〔名〕(隻)鷺的一種，白色，腿長，常涉水捕食魚蝦。也叫鷺鷥。

【白露】**báilù**〔名〕二十四節氣之一，在 9 月 8 日前後。白露時節，中國大部分地區氣溫漸下降，夜間較涼，多有露水。

【白馬】**Báimǎ**〔名〕複姓。

【白馬王子】**báimǎ wángzǐ** 歐洲民間故事《灰姑娘》中的人物。主人公灰姑娘受到後母及異母姐妹的虐待，神靈和小動物們拯救了她，幫她獲得了一位王子的愛，王子和她結了婚，從而改變了她的命運。王子以白馬為坐騎，非常英俊瀟灑。後用"白馬王子"比喻年輕女子心目中理想的青年男子：那時候他才華橫溢，精力充沛，是不少女孩兒心中的～。

【白茫茫】**báimángmáng**(～的)〔形〕狀態詞。形容雲、霧、雪、大水等白得一望無邊：大雪紛飛，遼闊的原野變成～的一片。

【白茅】**báimáo**〔名〕多年生草本植物，葉子條形或條狀披針形，花穗上密生白毛。根狀莖可以吃，也可入藥。也叫茅草。

【白米】**báimǐ**〔名〕(粒)碾淨了糠的大米。也泛指大米。

【白麵】**báimiàn**〔名〕麵粉：大米～｜吃的是饅頭。**注意** 中國北方多稱"白麵"，或單稱"麵"，有時也稱"麵粉"；南方多稱"麵粉"，有時也稱"灰麵"或"白麵"，但不單稱"麵"。南方所說的"麵"，就是北方人所說的"麵條"。北方人說的"麵"，有時指"白麵"，如"今天家裏沒有麵（麵粉）了"，有時指"麵條"，如"中午吃飯（米飯）還是吃麵（麵條）？"；而在"切麵、掛麵、湯麵、方便麵"

B

這些合成詞後面，南北都不加"條"字。

【白麵兒】**báimiànr**〔名〕指毒品海洛因。因其色白呈粉狀，故稱。**注意** 指麵粉的白麵，一定不能讀作兒化詞；指毒品海洛因的白麵兒，一定要讀成兒化詞。

【白面書生】**báimiàn shūshēng** 指年輕的讀書人。也泛指讀書人。

【白描】**báimiáo**〔名〕❶ 中國畫的一種技法，單純用綫條勾畫，不傅彩，不設背景。多用於畫人物。❷ 文學創作上的一種以敍述為主的表現手法，即用簡練的文字描繪形象，不加渲染和烘托。

【白木耳】**báimù'ěr**〔名〕銀耳。

【白目】**báimù**〔形〕台灣地區用詞。指不識相、不知好歹、搞不清楚狀況、不會看人臉色等情況：對上司說這種話，你真～哦。

【白內障】**báinèizhàng**〔名〕一種眼病，眼球內晶狀體發生混濁而影響視力。以老年患者為多。

【白嫩】**báinèn**〔形〕(皮膚)潔白細嫩：這小女孩皮膚～，又活潑可愛，真招人喜歡。

【白牌車】**báipáichē**〔名〕港澳地區用詞，又稱為黑車。沒有辦理有關牌照而營運的車輛，如用私家車載客營業等：的士司機強烈要求取締來往機場的～。

【白皮書】**báipíshū**〔名〕某些國家的政府或議會等就內政、外交、人權、財政等重大問題正式發表的文件或報告(如國防白皮書、人權狀況白皮書)，因其封面為白色，故稱。由於各國習慣和文件內容的不同，也有用藍色、黃色或紅色的，分別叫藍皮書、黃皮書或紅皮書。

【白票】**báipiào**〔名〕(張)沒有寫上或沒有用規定符號標出被選舉人的選票。

【白旗】**báiqí**〔名〕(面，杆)❶ 戰爭中表示投降的白色旗子。❷ 戰爭中敵對雙方派人互相聯絡時用的白色旗子。

【白鰭豚】**báiqítún**〔名〕(條)白鱀豚。

【白區】**báiqū**〔名〕中國第二次國內革命戰爭時期(1927-1937)稱國民黨統治的地區(區別於"蘇區")。

【白饒】**báiráo**〔動〕❶ (北京話)白搭：過去的努力全算～，你得重打鼓另開張從頭兒來！❷ 額外多給，不要代價：這堆菜你要肯包圓兒，我就再～你兩棵葱。

【白熱】**báirè**〔形〕某些物質加高熱後發出白光，比赤熱溫度更高，這種狀態叫白熱。

【白熱化】**báirèhuà**〔動〕比喻競賽、感情等發展到最熱烈的階段：爭奪冠軍的比賽已經～｜他跟女朋友正在熱戀，愛情正趨～。

【白刃】**báirèn**〔名〕鋒利鋥亮的刀：～戰｜～格鬥。

【白日】**báirì**〔名〕〈書〉❶ 指太陽：～當空，山下景色盡收眼底｜～依山盡，黃河入海流。❷ 白天：～做夢｜～放歌須縱酒，青春作伴好還鄉。

【白日見鬼】**báirì-jiànguǐ**〔成〕大白天看見了鬼。比喻出現離奇的或不可能發生的事：門窗都是關好的，怎麼會有人進你的屋呢？你真是～了。

【白日做夢】**báirì-zuòmèng**〔成〕比喻妄想實現根本無法實現的事情：想靠買彩票致富，真是～！

【白肉】**báiròu**〔名〕❶ 用清水煮熟的豬肉。也叫白切肉。❷ 營養學上指雞、鴨、鵝等的肉，也包括魚類、蝦蟹、牡蠣、蛤蜊等的肉。纖維細膩，脂肪含量較低，脂肪中不飽和脂肪酸含量較高。因這幾種肉是白顏色的，故稱(跟"紅肉"相對)：建議您多吃～，少吃紅肉。

【白色】**báisè**❶〔名〕白的顏色。❷〔形〕屬性詞。象徵反革命(跟"紅色"相對)：～政權｜～恐怖。❸〔形〕屬性詞。比喻合法的：～收入。

【白色恐怖】**báisè kǒngbù** 指反動統治者用逮捕、屠殺等手段造成的恐怖。

【白色收入】**báisè shōurù** 指按規定獲得的工資、津貼等勞動報酬。因這類收入是合法的、公開的，故稱(區別於"黑色收入""灰色收入")：老王拿的是純粹的～，一點兒外快都沒有。

【白色污染】**báisè wūrǎn** 指廢棄的白色或透明的塑料製品對農田和環境造成的污染：地膜覆蓋技術在給農業帶來巨大效益的同時，也帶來了越來越嚴重的～。也叫白色公害。

【白山黑水】**Báishān Hēishuǐ** 指中國東北長白山和黑龍江地區：～之間，當年活躍着英勇的抗日武裝。

【白食】**báishí**〔名〕不付出代價而吃到或得到的東西：這夥人欺行霸市，到處吃～。

【白事】**báishì**〔名〕喪事：辦～。

【白手】**báishǒu**〔副〕空着手：兩個人～相鬥了一場。

【白手起家】**báishǒu-qǐjiā**〔成〕空手創立家業。形容在沒有基礎或條件很差的情況下艱苦奮鬥，成就一番事業：她們～辦起了家庭託兒所。

【白壽】**báishòu**〔名〕俗稱九十九歲壽辰。因"百"字少一筆為"白"，故稱。

【白薯】**báishǔ**〔名〕(塊)甘薯的通稱。

【白說】**báishuō**〔動〕說了沒有效果：這事兒算我～了｜說了也～｜～也要說。

【白絲帶】**báisīdài**〔名〕致力於反對家庭暴力、呼籲關懷女性的國際性民間組織的標誌。白絲帶運動1991年起源於加拿大。

【白糖】**báitáng**〔名〕糖的一種。由甘蔗或甜菜的汁熬成，色白，味甜，供食用。分為綿白糖、白砂糖等。

【白體】**báitǐ**〔名〕印刷字體，筆畫較細，如漢字的宋體、仿宋體(區別於"黑體")。

【白天】báitiān〔名〕從日出到日落的一段時間（跟"黑夜"相對）。

【白條】báitiáo（～兒）〔名〕（張）❶ 未蓋公章、不能作為報銷憑證的非正式單據：～兒不能拿來報銷。❷ 特指一個時期一些地方收購農民的農產品不付現款而臨時開給的一種字條兒：不許再給農民打～兒｜～兒年底以前一律兌現。

【白條雞】báitiáojī〔名〕宰殺去毛的雞，供食用。

【白條豬】báitiáozhū〔名〕宰殺去毛的豬，供食用。

【白廳】Báitīng〔名〕英國倫敦的一條大街，因有白廳宮而得名。現在是英國主要政府機關的所在地。常用作英國政府的代稱。

【白頭偕老】báitóu-xiélǎo〔成〕偕：共同。夫婦共同生活一直到老：祝你們夫妻～，生活美滿。也說白頭到老。

【白脫】báituō〔名〕黃油。[英 butter]

【白玩兒】báiwánr〔動〕❶ 不支付費用、不花代價使用：兒童公園遊樂設施多，哪一樣也不能～。❷ 指做某件事不費力：別人做不出來的數學題，他做出來跟～似的。注意 此義只能在形容"輕易做到"時用，常跟"似的"跟……一樣"等搭配。

【白文】báiwén〔名〕❶ 不加註釋的正文：有些古書光看～是讀不懂的。❷ 印章上的陰文，用印色印在白紙上是紅底白字，故稱（跟"朱文"相對）。

【白皙】báixī〔形〕〈書〉白淨：皮膚～。

【白細胞】báixìbāo〔名〕血細胞的一種，比紅細胞大，無色，產生於骨髓、脾臟和淋巴結中，有吞噬細菌、中和細菌分泌的毒素等作用。舊稱白血球。

【白血病】báixuèbìng〔名〕一種造血系統的惡性增生性疾病，血液中白細胞異常增多並浸潤全身各組織，造成貧血、出血、肝脾及淋巴結腫大等。俗稱血癌。

【白血球】báixuèqiú〔名〕白細胞的舊稱。

【白眼】báiyǎn〔名〕眼睛朝上或向旁邊看，露出白眼珠，是輕視或厭惡別人的一種表示（跟"青眼"相對）：遭人～｜不受別人的～，趕快離開這裏。

【白眼兒狼】báiyǎnrláng〔名〕狼生性殘忍、貪婪，即使對有恩於牠的人也敵視，想把牠吃掉。比喻忘恩負義、沒有良心的人：他不知感恩，過河拆橋，簡直是個～。

【白頁】báiyè〔名〕電話號碼簿中刊印機關團體、事業單位電話號碼的部分。因這一部分用白色紙張印刷，故稱（區別於"黃頁"）。

【白夜】báiyè〔名〕地球上緯度 48.5° 以上的地區，由於地軸偏斜地球自轉、公轉的關係，有時黃昏沒有過去就接着呈現黎明，這種現象叫作白夜。緯度越高白夜出現的時間越長，天空也越亮。

【白衣天使】báiyī tiānshǐ 對醫護人員的美稱。因身穿白色工作服，故稱。

【白衣戰士】báiyī zhànshì 指醫護人員。因為穿白色工作服，救死扶傷，跟疾病作鬥爭，故稱。

【白蟻】báiyǐ〔名〕（隻）一種形狀像螞蟻而有翅的白色害蟲，群居，以木材、菌類、半腐性葉片為食，對森林、房屋、橋樑以及農作物有極大的危害。

【白銀】báiyín〔名〕❶ 銀的通稱：黃金～。❷（塊）指銀塊、銀圓等：～出口。

【白岳】Báiyuè〔名〕複姓。

【白雲蒼狗】báiyún-cānggǒu〔成〕唐朝杜甫《可歎》詩："天上浮雲似白衣，斯須改變如蒼狗。"意思是說，雲彩像白衣裳，一會兒又變得像隻黑狗。比喻世事變幻無常：在那種～的動盪歲月裏，老百姓過不上安生日子。也說白衣蒼狗。

【白斬雞】báizhǎnjī〔名〕（塊）一種菜餚，用水將整雞煮熟後切成塊蘸作料吃。

【白芷】báizhǐ〔名〕多年生草本植物，花白色，果實長橢圓形。根粗大，有香氣，可入藥。

【白紙黑字】báizhǐ-hēizì〔成〕白紙上留下了黑色的字。指有確鑿的文字憑據：～，抵賴是沒有用的。

【白晝】báizhòu〔名〕白天。

> 辨析 **白晝、白天** "白晝"的使用範圍有限，常用於"亮如白晝""如同白晝"等說法中。"白天"是通用詞，結合面寬。"白天"前可加"大"修飾，說成"大白天"，口語的味道更濃；"白晝"不能。

【白朮】báizhú〔名〕❶ 多年生草本植物，葉橢圓，花紫紅色，根莖塊狀，味甘微香，可入藥。❷（塊，片）這種植物的根狀莖。

【白濁】báizhuó〔名〕淋病的舊稱。

【白字】báizì〔名〕別字。注意 "白字"是指字的錯用或錯讀；"錯字"是指字的筆畫寫錯了。"白字"跟"別字"的意義雖然一樣，但組合略有不同。如"錯別字"，不能說成"錯白字"。"白字先生"不能說成"別字先生"。

【白族】Báizú〔名〕中國少數民族之一，人口約 193 萬（2010 年），主要分佈在雲南西部以洱海為中心的大理白族自治州，少部分散居在四川、貴州、湖南等地。白語是主要交際工具，沒有本民族文字。

【白嘴兒】báizuǐr〔副〕（北方官話）光吃飯不就菜或光吃菜不就飯：沒菜了，～吃飯也行｜～吃菜，怪鹹的，盛點飯吧！

拜 bái〔動〕拜拜。[英 bye]
另見 bài（31 頁）。

【拜拜】báibái〔動〕❶ 再見：回去早點睡，～！❷ 指結束某種關係：他一氣之下就和那個洋老

B

闖～了｜人家老李早就跟煙酒～了。[英 bye-bye]

bǎi ㄅㄞˇ

百 **bǎi** ❶〔數〕十個十。❷ 表示很多；眾多：～貨｜～姓｜～葉窗｜～鳥朝鳳｜千奇～怪｜錯誤～出｜殺一儆～｜～廢俱興。❸(Bǎi)〔名〕姓。

語彙 半百 千兒八百 殺一儆百 正經八百

【百般】**bǎibān**〔副〕用各種各樣的方法：～勸說｜～啟發｜～刁難｜～糾纏｜～抵賴。**注意** "百般"不修飾單音節動詞，如不能說"百般勸""百般說"。

【百寶箱】**bǎibǎoxiāng**〔名〕珍藏各種貴重物品的箱子。也比喻精選多種內容、有多種作用的出版物：成語故事～。

【百步穿楊】**bǎibù-chuānyáng**〔成〕《戰國策·西周策》載，楚國養由基善於射箭，能在百步之外射中楊樹的葉子。形容箭法或槍法高明：他有～的本領，被人們譽為神槍手。

【百尺竿頭】**bǎichǐ-gāntóu**〔成〕《五燈會元·天童淨全禪師》："百尺竿頭須進步，十方世界現全身。"原是佛教用來比喻修養達到最高境界。後泛指在取得很大成績以後還應繼續努力，不斷前進。**注意** 常說"百尺竿頭，更進一步"。

【百川歸海】**bǎichuān-guīhǎi**〔成〕百：指眾多。眾多江河都流入大海。比喻許多分散的事物都匯集到一個地方。也比喻眾望所歸，人心所向。也說百川匯海。

【百搭】**bǎidā**〔形〕能夠跟任何人或事搭配的：～吊墜（能跟任何首飾搭配佩戴的墜子）｜～演員（能跟任何演員配戲的人）。

【百發百中】**bǎifā-bǎizhòng**〔成〕形容槍法或箭法高明，每次都能命中目標。也比喻料事或做事有充分把握，從不出錯或落空：小王是個～的神槍手｜他有豐富的經驗，對情況或問題的估計往往～，很少有差錯。

【百廢待舉】**bǎifèi-dàijǔ**〔成〕各種被擱置或耽誤的事業都等待興辦：中華人民共和國建國初期，～，各地都需要很多管理幹部和建設人才。

【百廢俱興】（百廢具興）**bǎifèi-jùxīng**〔成〕各種被擱置或耽誤的事業都興辦起來了：政通人和，～。**注意** 這裏的"俱"不寫作"具"。

【百分百】**bǎifēnbǎi**〔數〕百分之百；形容完全、徹底：我～相信你的誠意｜辦這件事情要有～的把握。

【百分比】**bǎifēnbǐ**〔名〕用百分率表示的某事物所佔數量的比例關係。如：某小組有 10 人，婦女 2 人，這個小組婦女所佔的百分比是 20%。

【百分點】**bǎifēndiǎn**〔名〕（個）表示兩個百分率差額情況的概念。百分之一為一個百分點。**注意** 百分點不同於百分數，如，中國國內生產總值中，第一產業所佔比重由 1992 年的 20.8% 下降到 1993 年的 18.2%，我們可以說 1993 年比 1992 年下降 2.6 個百分點（18.2－20.8=－2.6），而不能說下降 2.6%。

【百分率】**bǎifēnlǜ**〔名〕分母是 100 時，分子、分母數量的比值叫百分率。如 4／25 這個分數用百分率來表示就是 16／100。

【百分數】**bǎifēnshù**〔名〕用 100 做分母的分數，通常用百分號（%）來表示。如 30／100 寫作 30%。

【百分之百】**bǎifēnzhībǎi** 全部；完全。**注意** "百分之百"可以單說，也可以做各種句子成分。充當定語，如"百分之百的把握"；充當謂語，如"出勤率百分之百"；充當狀語，如"百分之百贊成""百分之百擁護""百分之百完成任務"。

【百感交集】**bǎigǎn-jiāojí**〔成〕各種感觸聚集在一起。形容心情非常複雜：他目睹家鄉的種種變化，真是～。

【百合】**bǎihé**〔名〕❶（株）多年生草本植物，花白色，供觀賞。鱗莖多扁圓形，白色或淺紅色，可以吃，也可入藥。❷ 這種植物的鱗莖。

【百花齊放，百家爭鳴】**bǎihuā-qífàng，bǎijiā-zhēngmíng** 指藝術上的不同形式和風格可以自由發展，科學上的不同流派可以自由爭論。中國共產黨為促進藝術發展、科學進步，於 1956 年提出了這個方針。

【百貨】**bǎihuò**〔名〕以生活用品為主的各類商品的總稱：日用～｜～商店｜～大樓｜他開了一家小店經營～、糧油。

【百貨公司】**bǎihuò gōngsī** 規模較大、商品較齊全的大型百貨商店。

【百家爭鳴】**bǎijiā-zhēngmíng**〔成〕春秋戰國時期出現了各種學術思想和流派，主要有儒、法、道、墨、名、陰陽、縱橫、農、雜等。他們著書立說，互相爭辯，形成了學術上的繁榮局面，被稱為百家爭鳴。

【百科全書】**bǎikē quánshū**（套，部）一類大型工具書，比較全面系統地介紹科學文化知識，按辭書形式分條編排，解說詳明，卷帙浩繁。有綜合性百科全書，如《中國大百科全書》，也有專科性百科全書，如《軍事百科全書》。

【百孔千瘡】**bǎikǒng-qiānchuāng**〔成〕到處是漏洞，到處是瘡口。形容破壞得很嚴重、弊病極多：這個大型企業由於管理不善，現已是～。也說千瘡百孔。

【百里】**Bǎilǐ**〔名〕複姓。

【百裏挑一】**bǎilǐ-tiāoyī** 一百裏頭挑選一個。形容十分出眾：他是～的電腦高手。

【百煉成鋼】**bǎiliàn-chénggāng**〔成〕比喻經歷長期鍛煉，變得非常堅強：革命戰士只有經過鬥爭的考驗，才能～。

【百衲本】bǎinàběn〔名〕像百衲衣似的，彙集很多版本而成的書，如百衲本《二十四史》。

【百衲衣】bǎinàyī〔名〕(件)❶袈裟。用許多塊小布片拼綴縫製而成，故稱。❷泛指有很多補丁的衣服。

【百年】bǎinián 數量詞。❶指很多年，長時期：~大計｜~不遇｜~土地轉三家。❷終身：~好合(新婚祝詞)。

【百年大計】bǎinián-dàjì〔成〕關係到長遠利益的計劃或措施：~，質量第一｜搞好教育是為國家培養人才的~。

【百年樹人】bǎinián-shùrén〔成〕《管子·權修》："一年之計，莫如樹穀；十年之計，莫如樹木；終身之計，莫如樹人。"後用"百年樹人"來說明培養人才是長遠之計，應該特別重視。

【百年之後】bǎinián zhīhòu〈婉〉指死亡(一般用於長者)：把這件事辦好，老人家~也就沒有甚麼牽掛了。

【百十】bǎishí〔數〕一百左右的大概數目：~個人｜~來天｜~來塊錢｜~畝地。注意"百十"前不能再加數詞，不能說"三百十""四百十"；也沒有"千十""萬十"的說法。

【百思不解】bǎisī-bùjiě〔成〕反復思考也找不到答案。形容無法理解：他為甚麼要這樣對待我，我~。也說百思不得其解。

【百萬】bǎiwàn〔數〕❶一百個萬。❷泛指巨大的數目：~雄師｜~家產｜~富翁。

【百聞不如一見】bǎiwén bùrú yījiàn〔諺〕聽得再多也不如見到一次，表示親眼看到的情況要比聽來的準確可靠：這裏的街道整齊、清潔，跟傳聞完全不同，真是~。

【百問不厭】bǎiwèn-bùyàn 商業的行業用語，指售貨員對顧客提出的問題能耐心回答，不厭煩：百拿不煩，~。

【百無禁忌】bǎiwújìnjì〔成〕甚麼都不忌諱：今天過年，在我家甚麼話都可以講，~。

【百無聊賴】bǎiwúliáolài〔成〕聊賴：依靠。精神上無所寄託，感到沒甚麼意思：退休以後，他義務去小學幫忙，一點也沒有無所事事、~的感覺。

【百戲】bǎixì〔名〕古代樂舞雜技及幻術的統稱，如扛鼎、吞刀、吐火、裝扮動物、樂歌舞蹈等。元代以後多用各種樂舞雜技的專名，"百戲"這個詞就逐漸少用了。

【百姓】bǎixìng〔名〕人民群眾(舊時區別於"官吏")：平民~｜老~｜~足，君孰與不足？

"百姓"的變異

上古時代，最初只有貴族有姓氏，一般平民沒有姓氏，因此，"百姓"的原義是百官。後來，隨着社會的變遷，百官的子孫後代很多成了平民，而原來的平民也漸漸有了姓氏，"百姓"才成了平民的同義詞。

【百葉】bǎiyè〔名〕❶(張，沓)千張。❷(~兒)牛羊等反芻類動物的胃(裏面有多層皺褶)，做食品時叫百葉。

【百葉窗】(百頁窗)bǎiyèchuāng〔名〕❶(扇)一種窗戶，窗扇安有很多有空隙的橫條，可以活動。有木製的，也有塑料製的，既可以遮光擋雨，又可以通風。❷機械設備中類似百葉窗的裝置。

【百葉箱】bǎiyèxiāng〔名〕用來在屋外測量空氣溫度、濕度的白色木箱，四周是百葉窗，裏面裝有儀器。

【百依百順】bǎiyī-bǎishùn〔成〕形容在一切事情上都順從：他對老王言聽計從，~。

【百越】Bǎiyuè〔名〕古代生活在浙、閩、粵、桂等地越族各部落的統稱：~之地。也作百粵。

【百戰百勝】bǎizhàn-bǎishèng〔成〕每次打仗都取得勝利。也比喻做甚麼都能取得成功：掌握了真理，就可以所向披靡，~。

【百折不撓】bǎizhé-bùnáo〔成〕撓：彎曲。無論受到多少次挫折也不屈服。形容意志堅強：實現現代化，需要全國人民以~的精神進行幾十年的艱苦奮鬥。也說百折不回、百折不屈。

【百褶裙】bǎizhěqún〔名〕(條)一種有很多豎褶兒的裙子。

【百足之蟲，死而不僵】bǎizúzhīchóng, sǐérbùjiāng〔成〕百足：馬陸，是節肢動物，被切斷致死，還能蠕動，不倒下；僵：仆倒。比喻有實力的人或大家族雖已衰敗，但其殘餘勢力或影響依然存在。

伯 bǎi 見"大伯子"(233頁)。
另見 bó(99頁)。

佰 bǎi ❶〔數〕"百"的大寫。多用於票據、賬目。❷(Bǎi)〔名〕姓。

柏〈栢〉bǎi〔名〕❶常綠喬木，木質堅硬，可供建築及製造器物用，有側柏、圓柏、羅漢柏等多種。❷(Bǎi)姓。
另見 bó(100頁)；bò(103頁)。

【柏油】bǎiyóu〔名〕瀝青的通稱：~馬路。注意這裏的"柏"不讀 bó。

捭 bǎi〔書〕分開：縱橫~闔。

擺¹(擺) bǎi ㊀❶〔動〕安放；陳列：這間房子~沙發，那間房子~椅子｜把餐具~整齊｜簽名簿~在進門的條桌上。❷〔動〕亮出；顯示：~事實｜~問題｜~條件。❸〔動〕炫耀：~資格｜~威風。❹〔動〕搖動：~手｜~頭｜搖頭~尾。❺〔動〕(西南官話)說：陳述：~龍門陣｜晚上有空，到我這裏來~~。❻〔名〕懸掛在細綫上的重錘，能來回擺動。擺的長度不變並且振幅不太大時，運動的週期恆等。❼〔名〕鐘錶或精密儀器上用來控制擺動頻率的裝置。❽(Bǎi)〔名〕姓。

㊀〔名〕原指傣族聚居地區小乘佛教的大型活動儀式，今泛指該地區商業、文藝等方面的大型群眾活動（類似於廟會）：趕～。[傣]

擺²（擺）〈擺〉bǎi〔名〕衣裙的下邊部分：下～｜前～｜～寬。

語彙　扭擺　下擺　搖擺　衣擺　鐘擺

【擺佈】bǎibù(-bu)〔動〕支配；操縱：受人～。

【擺動】bǎidòng〔動〕來回搖動：～手中的小旗｜楊柳迎風輕輕～。

【擺渡】bǎidù ❶〔動〕用船載人或運物過河：～過河｜～擺到岸邊，造塔造到塔尖。❷〔名〕擺渡用的船、竹筏等。

【擺放】bǎifàng〔動〕安放，陳列：數十萬盆鮮花～在天安門廣場｜展品的～是很有講究的。

【擺供】bǎigòng〔動〕陳列供品（準備祭祀）：觀裏的道士正忙着～，準備舉行儀式。

【擺好】bǎi // hǎo〔動〕列舉做的好事、取得的成績：評功｜擺了一大堆好｜別給他～了，他當主任後群眾意見大着呢。

【擺架子】bǎi jiàzi〔慣〕架子：自高自大的作風。指自高自大，顯示身份高貴（含貶義）：當了領導不要～。

【擺闊】bǎi // kuò〔動〕講排場，顯闊氣：剛賺了點兒錢，他就～｜想不到這個人擺起闊來了。也說擺闊氣。

【擺擂台】bǎi lèitái〔慣〕搭起擂台招人來較量武藝。現多比喻招人前來應戰或參賽：電視台～，歡迎民歌新秀參賽。

【擺龍門陣】bǎi lóngménzhèn〔慣〕（西南官話）聊天或講故事：一連幾個晚上～擺到夜深。

【擺門面】bǎi ménmiàn〔慣〕講究外表的氣派和好看（含貶義）：做工作要講求實際，不能～。

【擺弄】bǎinòng(-nong)〔動〕❶反復撥弄或玩弄：他一沒事就～那輛自行車｜他整天～那台破收音機，一會兒拆，一會兒裝，沒完沒了。❷擺佈：任人～。

【擺拍】bǎipāi〔動〕拍攝影像時，先安排好場景，設計好人物姿態，再進行拍攝，叫擺拍（區別於"搶拍""抓拍"）。

【擺平】bǎi // píng〔動〕擺放平正。比喻處理好各方面利害關係，使平衡：～關係｜這件事由我去～。

【擺譜兒】bǎi // pǔr〔動〕（北方官話）擺架子；擺門面：張科長喜歡吹牛，喜歡～，喜歡聽人奉承｜在老朋友面前還擺甚麼譜兒！

【擺設】bǎishè〔動〕安放物品：客廳裏～得美觀大方。

【擺設】bǎishe(-兒)〔名〕❶（件）擺設的東西：他家裏的～都是西式的｜櫃子上放了不少小～兒。❷比喻設置的不發揮作用的機構或人；徒有其表而無用處的東西：他調到上級機

關以後，沒有實權，成了～｜他家的空調從來不用，成了～兒。

【擺手】bǎi // shǒu〔動〕❶搖手，表示否認或阻止：我問他去不去參觀，他沒有說話，只是向我不斷～｜門衛～，不讓車子進門。❷招手，表示叫人來或打招呼：他向我～，讓我進去說話｜路上相見急匆匆，誰也沒說話，只是擺擺手。

【擺台】bǎitái〔動〕在宴席桌上擺餐具、酒具等：餐廳服務員先要學～。

【擺攤子】bǎi tānzi ❶商販在路旁或指定的場地陳列商品出售：這條商業街上有很多小商販～。也說擺攤兒。❷〔慣〕比喻鋪張（含貶義）：他一味追求形式，喜歡～，不講求實效。❸〔慣〕比喻開創局面、設置機構、規劃項目等：～擺得太大，又沒有得力的領導去抓，這是工作沒有搞好的主要原因。

【擺脫】bǎituō〔動〕掙脫；甩掉：～干擾｜～苦悶｜～困境｜～笨重的體力勞動｜～了那個糾纏不休的人。

【擺烏龍】bǎi wūlóng ❶足球等比賽中球員誤將球打進自家球門：守門員忙中出錯，自～。❷說話、做事因忙亂、疏忽而出錯，以致前後矛盾：通信公司～，手機尚有話費，用戶卻被告知"欠費"而停機。

"烏龍"和"擺烏龍"

一說英語 own goal（自己打進自己一方球門的球）與粵方言的"烏龍"一詞發音相近，而粵方言"烏龍"有"搞錯、糊裏糊塗"等意思，20世紀六七十年代，香港記者便在報道中把 own goal 翻譯為"烏龍"。另一說，"擺烏龍"來自廣東民間傳說：久旱之時，人們舞龍求雨，誰知青龍未至，烏龍現身，反而給人們帶來了災難。後來把"擺烏龍"這一詞語引用到足球場上。

【擺樣子】bǎi yàngzi 沒有實際做到，只是裝裝樣子給人看：這個廠在為職工謀福利方面做了很多扎實的工作，不是光～。

【擺子】bǎizi〔名〕（北方官話）瘧疾。**注意** 得了瘧疾說"打擺子"，"擺子"只同"打"搭配，不能說"得擺子""患擺子"。

拜 bài ㄅㄞˋ

bài ❶〔動〕敬禮：叩～｜跪～｜他朝着父母的遺像～了又～。❷行禮表示祝賀：～壽｜～年。❸〔動〕拜望：～客｜咱們一塊兒去～～張老師吧！❹〈書〉被任命為（官）：～將｜～相｜官～御史大夫。❺〔動〕恭敬地跟對方結拜成某種關係：～師｜～把子｜～她當乾娘。❻〈敬〉用在自己的動作前，表示對對方的恭

敬：～讀｜～託｜～領。**❼**（Bài）〔名〕姓。
另見 bái（28頁）。

語彙　參拜　朝拜　崇拜　答拜　回拜　結拜　禮拜
團拜　頂禮膜拜

【拜把子】bài bǎzi 要好的朋友結為兄弟：他們三
個人～了。

【拜倒】bàidǎo〔動〕拜伏在地，比喻崇拜或屈服
（多含貶義）：～在她的石榴裙下（石榴裙：紅
色的裙子，女子的象徵。指男子對女子愛慕
迷戀）。

【拜讀】bàidú〔動〕〈敬〉閱讀：～大作，獲益
匪淺。

【拜訪】bàifǎng〔動〕〈敬〉訪問：明天到府上～。

【拜會】bàihuì〔動〕拜訪會見（多用於外交場
合）：中國駐聯合國代表～了聯合國秘書長。

【拜見】bàijiàn〔動〕〈敬〉訪問會見：青年們～了
那位知名老作家。

【拜節】bài // jié〔動〕祝賀節日：你們老家有沒
有～的習慣？｜今天中秋，給您拜個節。**注意**
"拜節"只用於傳統節日。國慶節、勞動節、婦
女節等不說拜節，而只說祝賀一類的話。

【拜金】bàijīn〔動〕崇拜金錢：～主義｜～思想。

【拜金主義】bàijīn zhǔyì 崇拜金錢，以金錢為唯一
追逐目標的思想作風：～腐蝕人的靈魂。

【拜客】bài // kè〔動〕拜訪別人：拜了一天客｜他
上任以後，整天忙於開會｜你拜你的客，我
讀我的書。

【拜年】bài // nián〔動〕祝賀新年或春節：給大
家～｜拜個晚年。

兩種拜年
中國民間習慣把春節稱為年。從農曆正月初一
開始，人們攜帶禮物走親訪友，稱為拜年，一
直延續到正月十五。陽曆年元旦稱為新年，只
是部分機關團體在元旦前後舉行團拜，部分
工作人員互致賀卡或問候；民間一般沒有拜年
活動。

【拜票】bàipiào〔動〕台灣地區用詞。在選舉前候
選人四處拜訪，請求選民給自己投票。

【拜啟】bàiqǐ〔動〕〈敬〉陳述（傳統書信的一種用
語，用於末尾署名之下）：學生～。

【拜師】bài // shī〔動〕拜自己敬重的人為師：行
了～禮，他正式成為程門弟子｜他拜王教授為
師，學習鋼琴。

【拜壽】bàishòu〔動〕拜賀壽辰；（向年長者）祝賀
生日：畢業生都給老師～來了。**注意**"拜壽"
只用於年長者，對年輕人或小孩則說"祝賀
生日"。

【拜堂】bài // táng〔動〕舊式婚禮中新婚夫婦互相
禮拜，並一起拜天地，拜父母公婆：他跟夫人
以前是～成親的。也叫拜天地。

【拜天地】bài tiāndì 拜堂。

【拜託】bàituō〔動〕〈敬〉託人辦事：這件事就～
您了｜這本書～您轉給他。

【拜望】bàiwàng〔動〕〈敬〉看望：一群學生～老
教授來了。

【拜物教】bàiwùjiào〔名〕**❶** 原始宗教的一種形
式，把某些實物如石頭、樹木、弓箭等當作神
靈來崇拜，以祈求庇護、福祉。**❷** 比喻對某種
事物的迷信：貨幣～。

【拜謝】bàixiè〔動〕〈敬〉感謝：～恩師｜登門～。

【拜謁】bàiyè〔動〕〈書〉**❶** 拜見：～國家元首。
❷ 瞻仰：～中山陵｜～人民英雄紀念碑。

唄（唄）bài 見"梵唄"（364頁）。
另見 bei（62頁）。

敗（敗）bài **❶**〔動〕失敗（跟"勝"相對）：
敵軍～了｜驕兵必～｜勝不驕、
不餒。**❷**〔動〕使失敗：打敗；擊～敵軍｜中國
女籃大～日本隊。**注意**"敗"和"勝"是一對反義
詞，其用法不盡相同。"敗"的自動（自敗）、使
動（敗他）兩種用法同樣常見，而"勝"不見有使
動用法，如有"打敗侵略者"，沒有"打勝侵略
者"。因此，"勝"的"自勝"義和"敗"的"使敗"
義可以構成同義表述，如"甲隊戰勝乙隊"等於
"甲隊戰敗乙隊"。**❸**（事業上、工作上）失敗；
不成功（跟"成"相對）：坐觀成～｜成～之機，
在於今日。**❹** 損害；毀壞：傷風～俗｜成事不
足，～事有餘。**❺** 消除：～火｜～毒。**❻** 破舊；
腐爛：～絮｜～肉。**❼**〔動〕衰落；凋謝：他們家
過去是大戶，後來慢慢～了｜枯枝～葉｜開不～
的花朵。

語彙　慘敗　成敗　挫敗　打敗　腐敗　擊敗　潰敗
破敗　失敗　衰敗　戰敗　驕兵必敗

【敗北】bàiběi〔動〕〈書〉敗逃：敵軍～。**注意**
"北"是古"背"字，像兩人相背形。軍隊打敗
仗逃跑時必定背對敵人，所以叫敗北。

【敗筆】bàibǐ〔名〕書畫運筆上的缺陷或文章詞句
上的毛病，也指小說、戲劇等文藝作品寫得不
成功的部分：這幅山水畫運筆老到，並無～｜
主人公的結局公式化，是這部小說的～。

【敗兵】bàibīng〔名〕打了敗仗的兵；戰敗潰散
的兵。

【敗壞】bàihuài **❶**〔動〕損害；破壞：～名譽｜
門楣｜社會風氣讓這些人～了。**❷**〔形〕非常
壞；惡劣：道德～。

【敗火】bài // huǒ〔動〕中醫指清熱、解毒：吃兩
丸牛黃清心丸，敗敗火。**注意**"敗火"做謂語
時，不能帶賓語，"敗"可以重疊。

【敗績】bàijì **❶**〔動〕指在戰爭中潰敗，也指在比
賽或競爭中失敗：敵軍～。**❷**〔名〕比賽或競
爭中失敗的結果：首嘗～。

【敗家】bài // jiā〔動〕揮霍錢財，使家業敗落：因

賭博而傾家蕩產敗了家。

【敗家子】**bàijiāzǐ**（～兒）〔名〕不走正道、揮霍家產的子弟。現多指任意揮霍浪費國家財產的人：～不怕財多｜眼看國家的錢白白扔掉，他們一點兒也不心疼，真是一些～。

【敗將】**bàijiàng**〔名〕（員）打仗中失敗的將領。現多指競爭中失敗的人：手下～。

【敗局】**bàijú**〔名〕失敗的局勢：～已定｜已成｜扭轉～。

【敗類】**bàilèi**〔名〕變節分子或品質惡劣、道德敗壞的人：民族～｜清除社會～。

【敗露】**bàilù**〔動〕壞事或陰謀被人發覺：敵人的陰謀～了｜這個詐騙集團行騙的事終於～。

辨析 敗露、暴露　a）"敗露"只用於反面事物，如"詭計""陰謀"等；"暴露"除了用於反面事物外，還可用於正面事物，如"由於叛徒告密，他的身份暴露了"。b）"敗露"後面不能帶賓語；"暴露"後面可以帶賓語，含有"使⋯⋯暴露"的意思，如"暴露目標""暴露真相""暴露敵人"等。

【敗落】**bàiluò**〔動〕❶凋落：花葉～。❷由興盛而衰落：家道～。

【敗訴】**bàisù**〔動〕打輸官司，訴訟中當事人的一方受到不利的判決（跟"勝訴"相對）：審判終結，那家公司～了。

【敗退】**bàituì**〔動〕因打敗仗而撤退：節節～｜～五十里。

【敗象】**bàixiàng**〔名〕敗落或失敗的跡象：公司管理不善，～已露｜比賽未完，球隊已顯～。

【敗興】**bài // xìng**〔形〕興致遭到破壞而情緒低落；掃興：乘興而往、～而返｜她這一哭，敗了大家的興。

【敗血症】**bàixuèzhèng**〔名〕因細菌、真菌等侵入血液而引起的疾病，症狀是全身打寒戰、發熱，皮膚和黏膜有出血點，脾臟腫大，甚至昏迷休克。

【敗仗】**bàizhàng**〔名〕打輸了的戰役或戰鬥（跟"勝仗"相對）：打了～｜吃～。

【敗陣】**bài // zhèn**〔動〕在戰鬥中失敗，比喻在競爭中失敗：這場球賽客隊以 0 比 3～｜他在商戰中敗下陣來。

【敗子】**bàizǐ**〔名〕敗家子：家有～。

稗 **bài** ❶〔名〕稗子。❷〔書〕比喻微小、瑣細：～史｜～說（小說）｜《清･類鈔》（清代逸聞瑣事的分類彙編）。**注意** "稗"不讀 bēi。

【稗販】**bàifàn**〔書〕❶〔名〕小販。❷〔動〕比喻抄襲成說，好像小販販賣貨物：～陳說，了無新意。

【稗官野史】**bàiguān-yěshǐ**〔成〕《漢書･藝文志》："小說家者流，蓋出於稗官。街談巷語，道聽途說者之所造也。"稗官：古代專門給帝王講述街談巷議、風俗故事的小官，後世作為

小說的代稱。後用"稗官野史"稱小說及記載逸聞瑣事的文字。

【稗史】**bàishǐ**〔名〕（部）指記載逸聞瑣事的非正史類的書。

【稗子】**bàizi**〔名〕❶（株）一年生草本植物，葉子像稻，子實像黍米，是稻田害草。子實可以釀酒或做飼料，有些地方也當作一種作物來栽培。❷這種植物的子實。

髀（䪼）**bài**〔名〕風箱：風～。

bai ·ㄅㄞ

唄 bai〔助〕用法同"唄"（bei）。

bān ㄅㄢ

扳 **bān**〔動〕❶把一端位置固定的東西往下或往裏拉，使改變方向：～機｜～手｜～槍栓｜～道岔｜蜘蛛絲～不倒石牌樓。❷扭轉（敗局）：～本兒｜～回一局。
另見 pān（1002 頁）。

【扳本兒】**bānběnr**〔動〕賭博中輸掉錢後再賭，以求把原有的錢贏回來：贏了還想贏，輸了想～，越賭越上癮。

【扳不倒兒】**bānbùdǎor**〔名〕〈口〉不倒翁：他在廟會上買了個～給孩子玩兒。

【扳道】**bāndào**〔動〕扳動道岔使列車由一組軌道轉到另一組軌道上去：～工｜要及時～，使火車不發生碰撞事故。

【扳機】**bānjī**〔名〕槍上的機件，射擊時扳動使子彈射出：扣動～。

【扳平】**bānpíng**〔動〕體育比賽中落後的一方扭轉局面，與對方打成平手：主隊在最後一刻～比分，雙方進入點球大戰。

【扳手】**bānshou**〔名〕❶（把）扳子：拿～緊一下螺母。❷器具上可以用手扳的部分。

【扳指】**bānzhir**〔名〕（枚）玉石翡翠的大指環，戴在大拇指上，原是射箭時戴的，後用作裝飾品。

【扳子】**bānzi**〔名〕（把）擰螺絲螺母的工具：拿個～來，把螺母擰緊。也叫扳手。

頒 **bān**〔書〕頒佈。多見於人名。

班 **bān** ❶〔名〕學習或工作的組織：～級｜插～｜進修～｜二年級三～｜作業～｜炊事～。❷〔名〕軍隊編制的最基層單位，在排之下：一連三個排，一排三個～。❸（～兒）〔名〕舊時稱劇團：戲～｜草台～兒｜厲家～兒｜紹興大～（紹興戲的班子）。❹（～兒）〔名〕按時間分成段落的工作：早～｜白～｜晚～｜值～｜上～｜今

天你是甚麼～兒？❺ 定時開行的班次：～車｜～機｜航～。❻〔量〕用於人群：那～人不是好惹的。❼〔量〕用於定時開行的交通工具：末～車｜下一～輪船明天早上六點鐘開。❽ 調回或調動武裝力量：～師｜～兵。❾（Bān）〔名〕姓。

> **語彙** 插班　當班　倒班　跟班　航班　加班　交班　接班　科班　領班　輪班　上班　同班　下班　夜班　值班　坐班　按部就班

【班車】bānchē〔名〕（輛）按一定時間並在固定綫路上行駛的公用車輛：單位有～接送｜坐～上下班。

【班次】bāncì〔名〕❶ 學校班級的次序：開學以前，教務處就把～編好了。❷ 定時往來的公共交通工具開行的次數：增加公共汽車～｜調整郊區車～。

【班底】bāndǐ（～兒）〔名〕❶ 舊指戲班中主要演員以外的其他演員：四大名旦的～都有不少名角兒。❷ 指一個組織的基本成員或某一主管人左右的主要幹部：老～｜新～｜局長的～，個個都很幹練。

【班房】bānfáng〔名〕❶ 舊指衙門裏衙役值班的地方，有時也指衙役。❷ 監獄或拘留所的俗稱：坐～｜蹲～｜進～。❸ 教室。港澳地區稱教室為班房。英語 classroom 的直譯。

【班會】bānhuì〔名〕班級召開的會議：主題～｜明天的～由張老師和李楊同學主持。

【班機】bānjī〔名〕（架）按一定時間起飛並在固定航綫上飛行的飛機：氣候惡劣，～不能按時起飛。

【班級】bānjí〔名〕學校裏年級和班的總稱：今年擴大招生，學校的～相應增加了。

【班戟】bānjǐ〔名〕港澳地區用詞。一種以奶油麵糊在平底鍋上烘焙而成的薄餅。[英 pancake]

【班輪】bānlún〔名〕（艘）按一定時間開航並在固定航道上航行的輪船：上海到青島有～來往。

【班門弄斧】bānmén-nòngfǔ〔成〕班：魯班，春秋時魯國有名的巧匠。在魯班門前耍弄斧子。比喻在行家面前炫耀本領：在大學者面前談論治學之道，豈不是～？

【班期】bānqī〔名〕車、船、飛機發車、開航或起飛的日期：4 月 1 日起，火車客運～時間改了。

【班師】bānshī〔動〕〈書〉把派出去打仗的軍隊調回來，也指出征的軍隊勝利歸來：～回朝。

【班長】bānzhǎng〔名〕（位，名）❶ 學校中班裏學生幹部中最主要的一位：同學們一致選她當～。❷ 軍隊基層組織或基層組織中某項業務的負責人：他入伍不久就當上了～｜炊事～｜通訊～。

【班主】bānzhǔ〔名〕（位）舊時戲班的管理人，經理。

【班主任】bānzhǔrèn〔名〕（位，名）學校中負責

一個班學生的學習、生活、思想工作的教師：優秀～｜她是這個班的～。

【班子】bānzi〔名〕❶（套）指為進行某項工作或執行一定任務而成立的組織：工作～｜生產～｜領導～｜組建一個專門～來負責這項工作。❷ 戲班：他在哪個～唱戲？

【班組】bānzǔ〔名〕工廠、企業中根據生產需要成立的班和小組等基層單位。

般 bān ❶〔量〕樣；種：萬～｜這～｜百～刁難。❷〔助〕結構助詞。一樣；似的：暴風雨～的掌聲｜閃電～的速度。❸（Bān）〔名〕姓。
另見 bō（98 頁）；pán（1002 頁）。

> **語彙** 百般　萬般　一般

【般配】bānpèi〔形〕（北方官話）指結親的雙方各方面條件相稱相當，婚姻非常合適：兩個人很～｜小王個子太矮，跟她愛人不怎麼～。

斑 bān ❶〔名〕斑點；斑紋：黑～｜雀～｜臉上有一個～。❷ 比喻整體中有代表性的部分：略見一～｜可見一～。❸ 有斑點或斑紋的：～竹｜～馬。❹（Bān）〔名〕姓。

> **語彙** 斑斑　雀斑　壽斑

【斑白】（班白、頒白）bānbái〔形〕〈書〉花白：兩鬢～。

【斑斑】bānbān〔形〕形容斑點很多：血跡～｜～汗跡｜～淚痕。

【斑駁】（班駁）bānbó〔形〕〈書〉❶ 多種顏色夾雜在一起：～陸離｜那間老房子牆壁～，門窗都關不嚴了。❷ 錯雜：桂影～，風移影動。

【斑點】bāndiǎn〔名〕單純顏色中的雜色的點子：你這件新買的襯衣上怎麼會有～？

【斑鳩】bānjiū〔名〕（隻）鳥名，身體灰褐色，頸後有白色或黃褐色斑點，腳淡紅色。喜吃穀粒。

【斑斕】bānlán〔形〕〈書〉文采美麗：色彩～｜～猛虎。

【斑馬】bānmǎ〔名〕（匹）哺乳動物，形狀像馬，全身黑色和白色條紋相間，產在非洲，是珍貴的觀賞動物。

【斑馬綫】bānmǎxiàn〔名〕人行橫道綫。因路面上畫有相間的白色綫紋，類似斑馬紋，故稱。

【斑蝥】bānmáo〔名〕昆蟲，觸角鞭狀，腿細長，鞘翅上有黃黑色斑紋，成蟲是農業害蟲。可入藥。

【斑禿】bāntū〔名〕（塊）一種皮膚病，頭髮局部突然脫落。俗稱鬼剃頭。

【斑紋】bānwén〔名〕單純顏色的物體表面上雜色的別種顏色的條紋：這個貝殼上的～美極了。

【斑竹】bānzhú〔名〕（株）竹子的一種，莖上有紫褐色的斑點。也叫湘妃竹。

搬 bān〔動〕❶移動：～運｜～桌子｜～磚頭｜把這些書～到圖書館去｜把真人真事～到舞台上去｜小說《芙蓉鎮》～上銀幕了。❷遷移：～家｜他捨不得離開舊居，遲遲未～。❸照原樣移用：照～｜～用｜生～硬套｜這套做法不可機械～過來用。

【搬兵】bān // bīng〔動〕搬取救兵，多比喻請求援助：你們小組的人馬不夠，快去～｜他搬了一營兵來搶險。

【搬家】bān // jiā〔動〕❶把家由一個地方遷移到另一個地方：他～了，新地址還沒告訴我｜上個月我搬了家｜他在北京生活了三十年，一共搬了五次家。❷泛指遷移地點或挪動位置：胡同口那家商店～了｜桌子上的東西全搬了家，肯定有甚麼人動過。

【搬家公司】bānjiā gōngsī〔家〕專為客戶搬家的公司。公司依據搬運距離的遠近、物品的多少、樓層的高低等收取一定的費用。

【搬弄】bānnòng〔動〕❶用手操作：他在院裏～自行車，修好了。❷不適當地顯示自己的才能、長處（含貶義）：晚上看星星，他又～他那點天文學知識了。❸亂說使生矛盾（含貶義）：～是非｜～口舌。

【搬弄是非】bānnòng-shìfēi〔成〕在別人背後蓄意挑撥，製造矛盾，引發糾紛：這個人愛～｜～的人大家要提防。

【搬起石頭砸自己的腳】bān qǐ shítou zá zìjǐ de jiǎo〔諺〕比喻存心損害別人，結果反而害了自己：壞事做絕的人，到頭來總是～，沒有好下場。

【搬遷】bānqiān〔動〕從原來所在的地方（多指居住地）遷到新的地方：～戶｜工廠～｜這一帶要建立交橋，我們不久就會～。

【搬演】bānyǎn〔動〕把往事或別處的事重演出來：京劇院～了歌劇《白毛女》，有些創新。

【搬運】bānyùn〔動〕把較重或較多的東西從一個地方運到另一個地方：～公司｜～工人｜這些家具要～到樓上去。

[辨析]　搬運、運輸　a）"搬運"既可指人工運送，也可指用交通工具運送；"運輸"只指用交通工具運送。b）兩詞在詞語組合搭配上略有不同：如"搬運工"不能說成"運輸工"；"運輸線""運輸機"不能說成"搬運線""搬運機"。

頌（頌）　bān頒佈；頒發：～行｜～獎。

【頒佈】bānbù〔動〕公佈（命令、法令等）：～憲法｜～法令。

【頒發】bānfā〔動〕❶發佈（命令、指示等）：～嘉獎令｜～指示｜～條例。❷發給；授予：～證書｜～獎金｜～勳章。

[辨析]　頒發、發佈　二者在意義和用法上都有相同之處，如"頒發命令"也可以說成"發佈命令"。但也有細微差別，如"中央軍委向硬骨頭六連頒發嘉獎令"，是着重受獎勵者；"中央軍委主席發佈通令，嘉獎參加滅火救災的全體指戰員"，是讓全軍都知道這項嘉獎的命令。另外，二者使用的範圍也不完全相同，如"發佈新聞"不能說成"頒發新聞"，"發佈公告"不能說成"頒發公告"。"頒發"另有授予義，如"頒發證書""頒發勳章"，"發佈"不能這樣用。

【頒獎】bānjiǎng〔動〕頒發獎狀、獎品等：～儀式｜請校長為獲獎同學～。

【頒行】bānxíng〔動〕頒佈施行：為減輕農民負擔，政府～了各種減稅免稅政策。

瘢 bān〔名〕瘡口或創口痊癒後留下的痕跡：～痕｜刀～｜手背上有一塊兒～。

【瘢痕】bānhén〔名〕瘢：身上有燒傷的～。

癍 bān〔名〕皮膚上生斑點的病：臉上有塊～。

鋻 bān〈書〉文武全才。

bǎn ㄅㄢˇ

坂〈阪岅〉bǎn〈書〉山坡；斜坡：峭～｜下～走丸（比喻無阻礙而迅速）。"阪"另見bǎn（35頁）。

阪 bǎn❶〈書〉同"坂"：～田（崎嶇貧瘠之地）。❷用於地名：大～（在日本）。❸（Bǎn）〔名〕姓。
　　另見bǎn"坂"（35頁）。

板 bǎn❶（～兒）〔名〕（塊）較硬的片狀物體：鋼～｜把木頭鋸成～兒。❷（～兒）〔名〕店鋪的門板：一打烊鋪子就都上了～兒了。❸〔名〕打擊樂器。主要用於演員歌唱時打節拍。❹〔名〕節拍：慢～｜走～｜一三眼。❺〔形〕硬得像板子似的：地太～了，鋤不動。❻〔形〕不靈活；呆板：你的表情太～，跟那個演員配不上｜大夥兒都很活潑，就是他有點～。❼〔動〕表情顯出嚴肅、不愉快或含怒容：～起面孔｜他～着個臉一句話也不說。❽（Bǎn）〔名〕姓。
　　另見bǎn"闆"（37頁）。

[語彙]　呆板　古板　甲板　刻板　快板　拍板　平板　石板　死板　跳板　樣板　腰板　天花板　離弦走板

【板報】bǎnbào〔名〕（期）〈口〉黑板報：辦～｜出～。

【板擦兒】bǎncār〔名〕擦黑板的用具，一般是長方形或橢圓形，在小塊木板上加絨布或棕毛製成。

【板車】bǎnchē〔名〕（輛）一種用人力或畜力拉的車，載物或載人的部分是平板：拉～｜倆一輞～。

【板寸】bǎncùn〔名〕一種髮式。類似寸頭而有所變化，頭頂上的頭髮留至一寸左右，修剪得像板子那樣平，左右兩側和後面的頭髮理得很短。

【板凳】bǎndèng〔名〕(條)一種長條形的凳子，木製。現在也有用竹子和塑料製成的其他形狀的板凳：～要坐十年冷，文章不寫一句空。

【板斧】bǎnfǔ〔名〕(把)一種刃平而寬的大斧子，原來也是一種兵器：《水滸傳》中的李逵，使的是兩把～。

【板鼓】bǎngǔ〔名〕(面，隻)打擊樂器，鼓框用堅硬的厚木合成，內腔呈喇叭形，稱為鼓心。鼓面全部蒙豬皮或牛皮，發音清脆。在中國戲曲和民間吹打樂演奏中起指揮作用。也叫小鼓、單皮鼓。

【板胡】bǎnhú〔名〕(把)弦樂器，胡琴的一種，琴筒為半球形，口上蒙着薄桐木板。發音高亢。是地方戲梆子腔的主要伴奏樂器。

【板間房】bǎnjiān fáng〔名〕香港地區用詞。將一個大房間或一套住房用木板間隔成小房間，面積很小，幾平方米或十幾平方米不等，沒有獨立的洗手間和廚房，且不隔音：房租昂貴，一些單身人士或低收入家庭租住廉價的～。

【板結】bǎnjié〔動〕土壤因缺乏有機質而結構不良，灌水或降雨後表面變硬，不利於農作物生長，這種現象叫板結：土壤～了，玉米長得不好。

【板塊】bǎnkuài〔名〕❶一種關於地球構造的學說，把岩石圈的構造單元稱為板塊，全球分為六大板塊：歐亞板塊、太平洋板塊、美洲板塊、非洲板塊、印澳板塊和南極板塊。❷比喻具有內在聯繫的個體的組合：金融股票～｜報紙的體育新聞分了好幾個～｜電視台安排了文化娛樂～的節目。

【板藍根】bǎnlángēn〔名〕二年生草本植物，葉子較大，花小，黃色。根可入藥，叫板藍根，性寒，味甘，有清熱、解毒等功效。可用來防治感冒等。

【板栗】bǎnlì〔名〕栗子。

【板樓】bǎnlóu〔名〕長度大於寬度略呈狹長板形的樓房(區別於"塔樓")。

【板上釘釘】bǎnshàng-dìngdīng〔成〕木板上釘了釘子。比喻事情已定，不能改變：機構改革的請示報告已經批下來了，～啦｜立法會三讀通過，這件事就算～了。

【板式】bǎnshì〔名〕戲曲音樂的節拍形式，如京劇中的快板、慢板、倒板、流水板、散板等。

【板書】bǎnshū ❶〔動〕教師講課時在黑板上寫字：王老師一邊講一邊～。❷〔名〕指教師在黑板上寫的字：～太亂，學生看不清楚。

【板鴨】bǎnyā〔名〕(隻)一種肉類產品，將宰殺後退了毛的鴨子用鹽水浸泡，再壓成板狀並加以風乾製成。

【板眼】bǎnyǎn〔名〕❶節拍。中國民族音樂和戲曲音樂，通常以板和鼓擊拍，擊板用來表示強拍，敲鼓用來表示弱拍或次強拍。每小節中強拍叫作板，弱拍或次強拍叫作眼，合稱板眼。依照板眼形式的不同，分別稱為一板三眼(四拍子)、一板一眼(二拍子)、有板無眼(一拍子或稱流水板)、無板無眼(散板)等。❷比喻條理、層次：他待人接物很有～。❸(西南官話)比喻主意、辦法：別看他人小，～可不少｜老王真有～，說調動就真調走了。

【板油】bǎnyóu〔名〕附着在豬體腔內壁上的脂肪，因呈板狀，故稱。也叫豬油、大油。

【板子】bǎnzi〔名〕❶(塊)質地較硬的片狀物體(多為木質的)。❷舊時拷打或體罰用的木板或竹片：打～｜捱了一頓～。

昄 bǎn 用於地名：～大(在江西)。

版 bǎn ❶〔名〕(塊)有文字或圖形的供印刷用的底子(從前用木板，現在多用金屬板或膠片)：鉛～｜銅～｜鋅～｜製成～以後要改就得挖改了。❷〔名〕書籍版本，電影拷貝等：宋～｜魯迅的小說有很多譯本，如英文～、法文～、日文～等｜影片《末代皇帝》現有華語～了。❸〔名〕(個)報紙的版面。❹〔量〕書籍排印一次為一版(一版可包括多次印刷)：第一～第三次印刷｜這本書印了五～。❺〔量〕報紙的一面叫一版：重要新聞都在頭～｜這份報紙每天有八～｜第八～是副刊。

語彙 出版 初版 底版 翻版 膠版 木版 排版 拼版 原版 再版

【版本】bǎnběn〔名〕❶同一部書的不同本子。不同版本的主要標誌是不同的出版單位或不同的出版年月、裝幀形式、印製方法等。❷比喻同一事物的不同表現形式或不同說法：此事的來龍去脈，至少有三個～。

書的版本

原版書：是原作者所寫，未經任何人刪改、增補的版本；

修訂本：根據原版本的內容，進行重大修改後的版本；

增訂本：根據原版本的內容，重新審閱修正，增加較多內容的版本；

縮寫本：為使讀者以較少時間了解書的整個內容，根據原著的主要內容和情節，以簡練文字寫成的版本；

節　本：根據需要，刪減過長的篇幅，或刪去不宜保留的內容的版本；

改寫本：根據原著內容修改重寫的版本；

通俗本：由於原著內容文字深奧不易閱讀，另以通俗易懂的筆調寫成的版本；

單行本：將作者的某一著作或有獨立性的文章單獨出版發行的版本；

影印本：對珍貴的圖書或資料，為保持其原有藝術風格和內容，採用影印方法出版的版本。

【版次】bǎncì〔名〕書籍排印出版的次序。第一次出版的叫初版或第一版，重排出版的叫再版或第二版，以下依次類推；每一個版次可以有不止一個印次。

【版畫】bǎnhuà〔名〕(幅，張)用刀子或化學藥品等在木版、石版、銅版、鋅版等版面上雕刻或蝕刻成各種繪畫的模子，然後拓在紙上而成的圖畫：牆上掛着一幅～｜宋元明清的～，風格各不相同。

【版面】bǎnmiàn〔名〕❶(個)書籍報刊每一頁的整面：這家晚報有四個～。❷書籍報刊每一面的編排形式：～設計。

【版權】bǎnquán〔名〕❶公民、法人依法對其作品享有的署名、發表、出版並獲得報酬等的權利。也叫著作權。❷出版社享有的專有出版權。

【版權頁】bǎnquányè〔名〕書刊上記載編著者、出版者、發行者、承印單位、出版年月、版次、開本、印張、字數、印數、統一書號、定價等信息的一頁。

【版式】bǎnshì〔名〕版面的格式：～樣｜～新穎｜近年來出版的書～很講究。

【版稅】bǎnshuì〔名〕出版者向作者或其他版權所有者支付報酬的一種方式，即按銷售出版物所得收入的約定百分數付給的報酬。

【版圖】bǎntú〔名〕本指戶籍和地圖。現泛指國家的疆域：～遼闊｜根據各方面材料證明，南海諸島歷來屬中國～。

【版主】bǎnzhǔ〔名〕維護和管理網站主頁或某個欄目的人。

【版築】bǎnzhù❶〔名〕夾板和杵，築土牆用的兩種工具。❷〔動〕古代築牆時在兩塊夾板中間加土，用杵搗土，使它結實。現在叫乾打壘。

舨 bǎn "舢舨"，見"舢板"(1170頁)。

鈑(鈑) bǎn〔名〕金屬板材：鋼～。

蝂 bǎn 見"蝜蝂"(411頁)。

闆(板) bǎn 見"老闆"(805頁)。
"板"另見 bǎn(35頁)。

bàn ㄅㄢˋ

半 bàn ❶〔數〕二分之一：～尺｜～個月｜一里～路｜兩點～鐘｜五塊～錢。注意 a)"半"在沒有整數時用在量詞前，在有整數時用在量詞後。b)有時省去量詞前的數詞"一"，"半"就用在量詞後，如"斤半餅"。c)如果"半"和一個名詞合成語彙性複合詞，就可能產生歧義，如"三個半勞動力"可以指半勞動力有三個，也可以指全勞動力有三個、半勞動力有一個(三點五個勞動力)。用適當的重音和停頓把它直接な分割開，歧義就消除了。"吃了兩碗半飯"沒有問題，"飯"雖然是名詞，但是沒有"半飯"這個複合詞。❷中間：～夜｜～山腰｜～晌午。❸〔數〕表示很少，帶有誇張的語氣：他連一句話都不說｜連～個影子也沒見到｜秀才人情紙～張｜孩子只吃了～口奶。❹形容很少：一鱗～爪｜一星～點兒｜一知～解。❺〔副〕一半程度；不完全(用在形容詞、動詞前)：～飽｜～新｜～透明｜～公開｜房門～敞着。❻(Bàn)〔名〕姓。

> **語彙** 參半 大半 對半 多半 過半 小半 夜半 事倍功半

【半百】bànbǎi〔數〕五十(多指年歲)：年過～。注意 a)"半百"除了年歲，別的事物一般不用，如"五十元錢""五十張桌子"，不能說"半百元錢""半百張桌子"。b)除了"百"，"半"不能跟別的數詞如"十、千、萬、億"等組合，即不能說"半十、半千、半萬、半億"等，但可以說"半個億"，不過"半個十、半個千、半個萬"仍然不能說。

【半……半……】bàn……bàn……分別用在意義相反的兩個單音節動詞、形容詞、名詞或語素前面，表示互相對立的兩種性質或狀態同時存在：～吞～吐｜～土～洋｜～人～鬼｜～中～西｜～信～疑。

【半輩子】bànbèizi〔名〕人一生中的一半：前(上)～｜後(下)～｜他辛辛苦苦幹了～，卻連房子都沒買上。注意 a)"半輩子"一般用於成年人，多指中年前或中年後的年齡段。b)"半輩子"只是大略的說法，並不正好是人一生中的一半時間，如一個人五十多歲，已接近老年，說到自己今後的歲月，也可以說"後半輩子"。

【半壁】bànbì〔名〕〈書〉半邊(指疆土)：～江山｜江南～。

【半壁江山】bànbì-jiāngshān〔成〕國土的一半。多指敵人入侵後國土被分割的淪陷部分或保存部分：斷送了～｜守護～，等待時機收復失地。也說半壁河山。

【半邊家庭】bànbiān jiātíng〔名〕台灣地區用詞。單親家庭。父母離婚或一方病故，子女只跟父親或母親一起生活的家庭：老師要多加關心～的孩子。

【半邊天】bànbiāntiān〔名〕❶ 天空的一部分：黃昏，彩霞映紅了～。❷ 常形容新社會婦女力量大，能頂半邊天，因而"半邊天"借指婦女：在我們國家，婦女是～。

【半……不……】bàn……bù…… 分別用在意義相反的兩個單音節名詞、動詞、形容詞或語素前面，表示一種中間的性質或狀態（多含厭惡意）：～文～白｜～新～舊｜～死～活。**注意** "半……不……"跟同一個單音節形容詞或動詞組合，表示的仍然是一種中間的性質或狀態，如"半新不新""半舊不舊""半懂不懂"。

【半成品】bànchéngpǐn〔名〕❶（件）未全部製成，有待進一步加工或裝配的產品：這個工廠以生產～為主｜這些都是～，還得加工。也叫半製品。❷ 菜餚已經配好作料只待烹調的半加工成品：到菜市場買些～，一下鍋就能端上餐桌了。

【半大】bàndà〔形〕屬性詞。形體不很大也不算小的：～小子｜～箱子。

【半導體】bàndǎotǐ〔名〕❶ 導電性能介於導體與絕緣體之間的物質。如鍺、硅、硒和某些化合物，這些物質都具有單向導電特性。可以用來製成各種器件，如半導體二極管、三極管和集成電路等。❷（台）半導體收音機的簡稱：他早晨去散步老帶着個～，一邊走一邊聽廣播。

【半島】bàndǎo〔名〕伸入較大水域中的面積較大的陸地，三面臨水，一面與大陸相連：山東～｜遼東～。

【半道兒】bàndàor〔名〕❶〈口〉半路：汽車～拋錨｜～上殺出個咬金。❷ 指工作、生活的某一過程之中：他本來學唱戲，～改學畫畫了。

【半吊子】bàndiàozi〔名〕舊時一千個銅錢串在一起為一吊，五百個銅錢為半吊，比起一吊來有不完整、不夠格的意思。所以用半吊子比喻在某方面有欠缺的人。❶ 比喻不明白事理的人：他說話沒準兒，是個～，你別計較。❷ 比喻知識不豐富，技藝不到家的人：我看老王也是個～，他給我講了半天也講不清楚，我越聽越糊塗。❸ 比喻粗心大意、有始無終的人：他不論幹甚麼都是開個頭兒就撂下了，真是個～！

【半封建】bànfēngjiàn〔名〕指封建專制國家受到資本主義國家的侵略，封建經濟遭到破壞後，形成的一種既發展了一些資本主義又保存着封建剝削制度的社會形態。

【半工半讀】bàngōng bàndú 學生一面學習一面勞動，生產與學習並重。中國除了有全日制學校和業餘學校外，還有半工半讀學校。另外，學生為了籌集學費和生活費，在課餘時間打工掙錢，也叫半工半讀。

【半價】bànjià〔名〕原價的一半：～出售｜～優待。

【半截兒】bànjiér 數量詞。❶ 事物（一般為條狀物）的一半：～煙筒｜～香煙｜～木棍｜他一翻身，～身子露在被子外邊了。❷ 事物進程中的半段：話說了～｜電影放了～｜一齣戲才演了～。

【半截兒入土】bànjiér-rùtǔ〔俗〕按中國傳統，人死後土葬，入土為安。指人已年老，不久於人世：您別老說自己七老八十，～，好日子長着呢。

【半斤八兩】bànjīn-bāliǎng〔成〕舊制一斤十六兩，半斤等於八兩。比喻彼此差不多，不相上下（多含貶義）：他兄弟倆～，誰也不比誰好。

【半徑】bànjìng〔名〕連接圓心和圓周上任意一點的綫段；連接球心和球面上任意一點的綫段。

【半決賽】bànjuésài〔動〕體育運動等比賽爭奪決賽權的一輪比賽。在半決賽中獲得優勝的隊或個人，進入爭奪冠軍的決賽：打入～｜明天足協杯進行～。

【半空】bànkōng ❶〔名〕空中：懸在～｜～飛來一支箭｜～落大雪 —— 天花亂墜。❷〔形〕屬性詞。半懸空着的；不飽滿的：～的花生。

【半拉】bànlǎ ❶〈口〉數量詞。半個：～饅頭｜～月餅｜～西瓜。❷〔名〕〈口〉半邊：操場的北～有個籃球場。

【半路】bànlù（～兒）〔名〕❶ 路途中間或一半：走到～兒，忽然下起雨來了｜～上碰到孩子放學回家。❷ 比喻事情正在進行的過程中：老張另有任務，～退出了編寫組。

> **辨析　半路、半道兒**　是同義詞，一般可以換用，如"半路上碰見了老李"，也可以說成"半道兒上碰見了老李"。但是在固定語裏不能自由換用，如"半路出家""半路夫妻"，不能說成"半道兒出家"，也很少說"半道兒夫妻"。

【半路出家】bànlù-chūjiā〔成〕年紀大了才離開家庭去當僧尼或道士。比喻所做的工作不是本行，是後來改行從事的（說別人時表示看不起，說自己時表示謙虛）：他也是～，比我強不了多少｜我是～的編輯，不學習怎麼行？

【半票】bànpiào〔名〕半價的車票、船票、門票等（優待學生、老年人、幼兒等，區別於"全票"）：學生寒暑假回家，坐火車可以買～。

【半瓶醋】bànpíngcù〔慣〕比喻對某種知識或技術知道一些但知之不多的人（說別人時表示看不起，說自己時表示謙虛）：我看老周也是個～，你別去問他了｜你問的問題很專業，我這個～可回答不了。也說半瓶子醋。

【半晌】bànshǎng（～兒）數量詞。❶（北京話）"半天"①：前～兒（上午）｜後～兒（下午）。❷ 指相當長的一段時間：兩個人聊了～兒。

【半身不遂】bànshēn bùsuí 偏癱：中風以後他就～了。

【半生】bànshēng〔名〕半輩子：前～｜後～｜他

花費了～心血，才完成了這部巨著。

【半生不熟】bànshēng-bùshú〔成〕❶食物沒有完全加工熟：雞燉得～｜肉煮得～。❷瓜果尚未完全成熟：西瓜還～呢，不好吃。❸技術、語言等不熟練：外國客人說着～的漢語，並不拘束。

【半數】bànshù（～兒）〔名〕某個規定數目（通常為整數）的一半。如應有 10 人參加會議，實到 5 人，叫"夠半數"；5 人以下，叫"不夠半數"；5 人以上，叫"超過半數"或"過半數"。

【半死】bànsǐ〔動〕快要死亡。表示受折磨、摧殘等的程度深：人被打得～｜他被氣個～。

【半死不活】bànsǐ-bùhuó〔成〕❶快要死了還沒有死的狀態：人已經是～了，沒救了。❷形容人或事物沒有生氣和活力：公司～，快辦不下去了。

【半天】bàntiān 數量詞。❶白天的一半：上～｜下～｜～工作，～學習。❷相當長的一段時間；很久（多帶誇張的意味）：他想了～還沒有想出一個好辦法｜你學了～計算機，怎麼連上網還不會？

【半途】bàntú〔名〕〈書〉半路：～而廢。

【半途而廢】bàntú'érfèi〔成〕事情沒有完成就停止進行。形容做事不能堅持到底：這項工作一定要完成，絕對不能～。

【半推半就】bàntuī-bànjiù〔成〕一面推開一面又靠上去。形容心裏願意，表面上卻又裝出不願意而推辭的樣子：大家推舉他當召集人，他～地答應了。

【半脫產】bàntuōchǎn〔動〕一半時間做本職工作，一半時間脫離本職工作從事其他工作或學習：領導決定讓他～，一邊工作一邊學習。

【半文盲】bànwénmáng〔名〕識字不多仍未脫離文盲狀態的成年人：他雖說上過夜校，可還是個～。

【半夏】bànxià〔名〕多年生草本植物，地下有小塊莖，白色，可入藥，主治胸悶、嘔吐、咳喘等症。

【半信半疑】bànxìn-bànyí〔成〕有點相信，又有點懷疑：聽了小李的解釋，老王還是～。

【半休】bànxiū〔動〕每個工作日一半時間工作，一半時間休息，後也指在一段時間內，有一半時間休息：他現在～，下午不在機關｜因身體不好，領導批准他～。

【半夜】bànyè〔名〕❶一夜的一半：前（上）～｜後（下）～。❷夜裏十二點前後；深夜：深更～｜他一直工作到～｜為人不做虧心事，不怕鬼叫門。

【半夜三更】bànyè-sāngēng〔成〕夜裏十二點前後為半夜，三更約為夜裏十一時至凌晨一時。泛指深夜：你～來找我，到底有甚麼急事？｜～的，你喊甚麼？也說三更半夜、深更半夜。

【半音】bànyīn〔名〕音樂上把一個八度音劃分為十二個音，兩個相鄰的音之間的音程叫半音，兩個半音合為一個全音。

【半月刊】bànyuèkān〔名〕每半個月出版一期的刊物，如新華社編的《半月談》。

【半殖民地】bànzhímíndì〔名〕指在政治、經濟、文化等方面受帝國主義控制，但又在形式上保持着獨立的國家。

【半自動】bànzìdòng〔形〕屬性詞。部分靠機器部分靠人工操作的：～裝置｜～步槍｜這種洗衣機是～的。

扮 bàn〔動〕❶化裝成（某種人物或角色）；扮演：《群英會》裏他～周瑜｜～花旦。❷化裝成某種人物，以掩蓋其真實身份：偵察員～作一個小販兒｜游擊隊長～成醫生混進城去了。❸做出（某種表情）或裝成（某種樣子）：～鬼臉｜～哭相。

語彙　打扮　假扮　裝扮

【扮酷】bàn//kù〔動〕裝扮出很時髦的樣子：他着裝前衛，喜歡～。[酷，英 cool]

【扮靚】bànliàng〔動〕打扮、裝飾使變得漂亮：鮮花～了城區。

【扮戲】bàn//xì〔動〕❶戲曲演員化裝：演員們都在後台～。❷演戲：他經常與名角一起～｜她扮起戲來非常投入。

【扮相】bànxiàng〔名〕指演員化裝成戲劇角色的外部形象，泛指扮妝後的模樣：～俊俏｜這些年輕的京劇演員～都很好，唱功也不錯。

【扮演】bànyǎn〔動〕裝扮成某個角色上場表演：在《借東風》那齣戲裏，他～諸葛亮。

【扮裝】bàn//zhuāng〔動〕為表演而化裝：他正在後台～｜扮好裝再出演。

伴 bàn ❶（～兒）〔名〕同伴：結～同行。❷〔動〕陪伴；陪同：～讀｜～唱｜～君如～虎｜這隻貓～了他十幾年。❸（Bàn）〔名〕姓。

語彙　夥伴　老伴　旅伴　女伴　陪伴　同伴　舞伴　做伴

【伴唱】bànchàng〔動〕為配合表演，在幕後或台旁唱歌。

【伴當】bàndāng〔名〕舊時稱帶在身邊的僕人或跟隨着的夥伴。

【伴讀】bàndú ❶〔名〕封建社會專門陪伴王室子弟讀書的官職。❷〔名〕舊時陪伴富貴人家子弟讀書的人。❸〔動〕指到外國陪伴配偶讀書：愛人在美國留學，她前去～。

【伴郎】bànláng〔名〕男儐相。

【伴侶】bànlǚ〔名〕❶在一起生活或共同參加某項活動的關係密切的同伴：生活中的～｜終身～（指夫妻）。❷借指像伴侶一樣的事物：這本小說成了我旅途中的唯一～。

【伴娘】bànniáng〔名〕❶女儐相。❷舊時女子出嫁負責隨從照料的熟悉婚嫁禮儀的婦女。

【伴隨】bànsuí〔動〕跟着；隨同：～左右｜～着優美的樂曲，大家跳起了歡快的集體舞｜經濟建設的全面高漲，必將～着改革的深化。

【伴舞】bànwǔ〔動〕❶陪伴人跳舞：週末舞會，請了幾位女職員～。❷舞蹈人員為配合演唱而伴隨跳舞：一個人獨唱，好幾個人～。

【伴奏】bànzòu〔動〕唱歌、演戲、跳舞或樂器獨奏時，用器樂演奏配合：鋼琴～｜演唱會由中央樂團～。

坢　bàn〔名〕(吳語)糞肥：牛欄～。

拌　bàn〔動〕攪拌；攪和：芝麻醬～麵｜棉種～河泥，出苗快又齊。

語彙　攪拌　涼拌

【拌和】bànhuò(-huo)〔動〕攪拌；摻和：白麵和玉米麵～在一起，能做成多種風味食品。

【拌蒜】bàn∥suàn〔動〕(北京話)❶走路不利落，兩腳常相碰撞：他兩腳拌着蒜，東搖西晃地撲過來了。❷做事不利索，技術不熟練；舉止失措：叫他幹這麼一點活兒他就拌上蒜了｜一聽說同夥被逮起來了，他就拌了蒜了。

【拌嘴】bàn∥zuǐ〔動〕〈口〉吵嘴；吵架：夫妻～｜拌了一次嘴，兩個人就彆扭起來了。

桦　bàn見下。

【桦子】bànzi〔名〕用刀斧等劈成的大塊的木柴。

泮　bàn〔名〕(北方官話)爛泥：膠泥～。

絆(絆)　bàn〔動〕❶擋住或纏住人的腿、腳，使跌倒或難以行走：～倒了｜～了一跤｜～人的樁子不在高。❷比喻纏住某人，使難以脫身：我剛想出門，來了一位客人，～住了｜自從有了孩子，就～住了腳，哪兒都去不成啦！

語彙　羈絆　磕磕絆絆

【絆腳石】bànjiǎoshí〔名〕(塊)擋住腳的石頭，比喻阻礙前進或發展的人或事物：驕傲和自滿是繼續進步的～。

靽　bàn〈書〉駕車時套在牲口後部的皮帶。

辦(辦)　bàn❶〔動〕辦理；處理：～事｜～護照｜～展覽｜他已經～了手續｜他倆正～着結婚登記呢｜～完事就回家｜你幫他～～借書證吧！❷〔動〕創建；經營；舉辦：～工廠｜～教育｜語言學會～了一份雜誌｜村裏～了養豬場｜我們～過編輯講習班｜週末～舞會，大家輕鬆一下。❸〔動〕採購；置辦：～貨｜～嫁妝｜他～了一批時裝｜禮品都～過了｜你幫忙～～酒席好嗎？**注意**　可以說"辦貨"，但

不能說"辦商品"；可以說"辦嫁妝"，但不能說"辦服裝"，要是對"服裝"加以限制，就又可以說了，如"從上海辦了點兒服裝"；可以說"辦酒席"，但不能說"辦酒"或"辦菜"，要是對"酒、菜"加以限制，就又可以說了，如"這家商店辦了一批白酒""他辦了一桌菜請客"。❹〔動〕懲治：～罪｜法～｜首惡必～。❺指辦公室或辦公廳：黨～(黨委辦公室)｜僑～(僑務辦公室)｜中～(中共中央辦公廳)｜國～(國務院辦公廳)。❻(Bàn)〔名〕姓。

語彙　包辦　備辦　採辦　查辦　承辦　懲辦　籌辦　創辦　代辦　督辦　法辦　官辦　舉辦　開辦　買辦　民辦　興辦　嚴辦　照辦　主辦

【辦案】bàn∥àn〔動〕辦理案件：依法～｜等辦完了案再說。

【辦班】bàn∥bān〔動〕舉辦學習班、培訓班等：技術處定期～，進行業務培訓｜辦了幾次班，他們也積累了一些經驗。

【辦法】bànfǎ〔名〕處理事情或解決問題的方法：想～｜這是解決問題的好～。

【辦公】bàn∥gōng〔動〕處理公務：～時間｜辦了一天公，回家還得幹家務活兒。

【辦公會議】bàngōng huìyì通過召集會議商議處理有關事務的辦公方式：市長～｜每月的第一個星期一召開一次～。

【辦公室】bàngōngshì〔名〕❶(間)辦公的房間。❷(個)政府機關及企事業單位等內部協助負責人工作並辦理行政性事務的部門：黨委～｜校長～｜總編～。**注意**　級別高、規模大的稱辦公廳，如國務院辦公廳、司法部辦公廳、省政府辦公廳等。

【辦公自動化】bàngōng zìdònghuà綜合使用電子計算機、文字處理機、打印機、複印機、傳真機、會議電視等現代化設備和技術處理信息，高效率地辦理公務。

【辦貨】bàn∥huò〔動〕採購貨物：採購員到廣州～去了｜他為單位辦了一批貨。

【辦理】bànlǐ〔動〕承辦某種業務；處理：～行李託運｜～護照｜～簽證｜代為～｜酌情～｜秉公～｜他剛剛～了出國手續。

【辦事】bàn∥shì〔動〕辦理事務；做事：給群眾～｜辦了一件事｜辦大事｜辦好事｜上街辦了點事兒。

辨析　**辦事、做事**　在"辦理事情"這個意義上基本相同。"他做事認真""為大夥做事"中的"做事"，也可以換為"辦事"。但"辦事"指的是辦理具體的事情或事務，如"他到外交部去辦事"或"他正在外交部辦事"。"上午上街辦事去了"其中的"辦事"不能換用"做事"。"做事"還可以指擔任某個職務或從事某種工作，如"他在外交部做事"，"辦事"沒有這個意義。

B

【辦事處】bànshìchù〔名〕政府機關、企業業單位等所設置的辦理事務工作的機構：街道～｜駐京～。

【辦事員】bànshìyuán〔名〕(位，名)國家公務員的一種非領導職務名稱，在科員之下。

【辦學】bànxué〔動〕興辦學校：集資～｜村民們～的積極性空前高漲。

瓣 bàn（～兒）❶〔名〕花瓣：一朵梅花有五個～。❷〔名〕植物的果實或球莖可以分開的小塊兒：豆～兒｜橘子～兒｜蒜～兒。❸〔量〕用於果實、球莖等分開的小塊兒：兩～橘子｜一～兒蒜。❹〔量〕物體自然分成或破碎後分成的小塊：一顆汗珠兒摔八～兒｜好好的一個盤子摔成了幾～兒。注意 在這裏，"瓣"後面不能再加名詞，不能說"八瓣兒汗珠""幾瓣兒盤子"。

【瓣香】bànxiāng〔名〕表示禱祝敬慕而燒的香：～一炷，聊表敬意。

bāng ㄅㄤ

邦 bāng ❶ 國：鄰～｜盟～｜治國安～｜～以民為本。❷(Bāng)〔名〕姓。

語彙 聯邦　鄰邦　盟邦　土邦　友邦　烏托邦　硬邦邦　多難興邦

【邦本】bāngběn〔名〕〈書〉國家的根本所在：民為～，本固邦寧。

【邦交】bāngjiāo〔名〕國家之間正式建立的外交關係：建立～｜恢復～｜斷絕～｜中止～。

【邦聯】bānglián〔名〕兩個或兩個以上的國家為了一定的共同目的而組成的聯合體。邦聯的成員國各自保持內政和外交的獨立，只是在軍事等方面採取某些聯合行動。

哪 bāng〔擬聲〕敲打木頭發出的聲音：～，～，～，有人在敲門。

浜 bāng〔名〕❶(吳語)小河，多用於地名：河～｜陸家～(在上海)｜沙家～(在江蘇)。❷(Bāng)姓。

梆 bāng ❶ 打更用的梆子。❷〔擬聲〕敲打木器發出的聲音：～～～，樓下有人敲門。

【梆子】bāngzi〔名〕❶ 打更等用的器具，中空，用竹或木製成。❷ 打擊樂器，用兩根硬木棍製成，是梆子腔的主要伴奏樂器。❸ 戲曲聲腔的一種，因用硬木梆子做打擊樂器以打節拍而得名。有陝西梆子(秦腔)、山西梆子(晉劇)、山東梆子、河南梆子(豫劇)、河北梆子等。也叫梆子腔。

幫（帮）〈幇幚〉bāng ㊀〔名〕❶（～兒）物體兩旁或周邊豎起的部分：船～｜鞋～兒。❷（～兒）〔名〕"幫子"㊀①：白菜～兒。

㊁❶ 團夥；集團：幫會：青～｜洪～｜

匪～｜搭～拉～結隊。❷〔量〕用於成群的人：這～人｜一～中學生。❸(Bāng)〔名〕姓。

㊂〔動〕❶ 幫助：魚～水，水～魚｜一個籬笆三個樁，一個好漢三個～｜我一個人忙不過來～～他吧！❷ 幫人幹活兒以謀生：～短工｜～冬。

語彙 單幫　匪幫　行幫　黑幫　馬幫

【幫辦】bāngbàn ❶〔動〕幫助主事者辦事：～財政｜～軍務。❷〔名〕(名)主管人員或部門長官的助手，如舊時有部長的幫辦、局長的幫辦，清朝後期中央和地方臨時設置的機構，主管官吏稱督辦或總辦，副職稱會辦，資格較會辦略次的叫幫辦。

【幫補】bāngbǔ〔動〕在經濟上幫助貼補：他每月寄錢～家用｜錢雖說不多，倒是能～～。

【幫廚】bāng // chú ❶〔動〕非炊事人員臨時到廚房去幫助炊事員做一些輔助性的工作：餐廳老闆經常下廚房～｜他總要抽時間去幫個廚。注意 在家裏幫助做飯不能叫"幫廚"。❷〔名〕廚師的助手。

【幫倒忙】bāng dàománg〔慣〕表面上是幫忙，實際上添了麻煩：你這不是～嗎？｜我不了解情況，給你幫了不少倒忙。

【幫扶】bāngfú〔動〕幫助扶持：～對象｜～困難戶脫貧致富。

【幫工】bānggōng ❶(-//-)〔動〕幫助幹活兒(多指農村)：農忙季節，村裏有不少人到地廣人稀的鄰縣去～｜幫了一天工剛掙出個飯錢。❷〔名〕(名)幫工的人(多指舊時農村的短工)：農忙時候多找幾個～。

【幫會】bānghuì〔名〕舊時某些民間秘密組織的總稱，如哥老會、大刀會、青幫、洪幫等。

【幫教】bāngjiào〔動〕幫助和教育。特指對失足青少年進行教育：～工作｜～對象｜派出所和學校、家庭聯合，對這幾名學生進行重點～。

【幫口】bāngkǒu〔名〕舊時借同鄉關係或行業關係為了某種共同利益而結合的幫派。

【幫困】bāngkùn〔動〕幫助貧困戶或困難單位：扶貧～｜廠際間～扭虧。

【幫忙】bāng // máng（～兒）〔動〕幫助人做事；給人解決困難：你甚麼時候搬家，我一定來～兒｜請你幫個忙兒｜請幫一下忙｜請你幫幫忙。

辨析 幫忙、幫助　a)兩個詞都可以指替人出力做事，給以各種實際的支持。"幫忙"常側重指具體幫人做事，如"他搬家我去幫忙"，其中"幫忙"不宜換用"幫助"。"幫助"可以指幫人在知識能力上提高，如"有同學的幫助，他學習成績提高了"，其中"幫助"不能換用"幫忙"。b)"幫助"可以帶賓語，如"幫助同學"；"幫忙"不能帶賓語。c)"幫忙"中間可以插入其他成分，如"請你幫個忙"；"幫助"不行。

B

【幫派】bāngpài〔名〕指一些人為共同的私利而結成的小集團：結成～｜搞～活動。

【幫腔】bāngqiāng〔動〕❶ 某些戲曲劇種演唱的一種形式，由數人在後台或台側給上場的演員幫唱，用以刻畫心理活動和渲染氣氛；或台上一人主唱，台後數人和着唱。❷ 比喻幫人說話，表示支持：他見有人～，態度更強硬了。

【幫手】bāng // shǒu〔動〕幫忙：請你來幫把手｜這活兒我可幫不上手。

【幫手】bāngshou〔名〕（位，名）做輔助工作的人；幫助工作的人：他有一個好～｜女兒長大後，幫助洗衣做飯，料理家務，成了母親的好～。

【幫閒】bāngxián ❶〔動〕文人受有錢人豢養，為他們消愁解悶，裝點門面：他會畫畫兒，一向在張家～。❷〔名〕幫閒的文人、食客：那個慣會吟詩作賦的人是個～。

【幫兇】bāngxiōng ❶〔動〕幫助壞人行兇作惡：他做壞事，你也跟着去～嗎？❷〔名〕（名）幫助壞人行兇作惡的人：這件案子，他還不是元兇，是～。

【幫助】bāngzhù〔動〕❶ 給人以人力、物力、精神或道義等方面的支援：～殘疾人｜他每月小李一百塊錢｜他有困難，我們都去～～。❷ 在思想上進行啟發、說服或批評、教育：他認識很糊塗，需要開個會～～他。

【幫子】bāngzi ㊀〔名〕❶ 白菜、花菜等蔬菜外層葉子較厚的部分：白菜～。❷ 鞋幫：這種鞋的～是用牛皮做的，很結實。㊁〔量〕用於人群：一～人瞎起哄｜來了一～人。

綁 bǎng ㄅㄤˇ

綁（绑） bǎng〔動〕捆紮：～掃帚｜～結實｜他把兩根木棍～在一起。

語彙　捆綁　陪綁　鬆綁　繩捆索綁　五花大綁

【綁匪】bǎngfěi〔名〕綁架人以勒索贖金的匪徒。

【綁縛】bǎngfù〔動〕捆綁（多用於人）：她看見老羅被敵人～着帶走了，心裏萬分難過。

【綁架】bǎngjià〔動〕為一定目的，用強制力量把人劫走：遭到～｜他被不明身份的人～走了。

> **辨析**　綁架、劫持　"綁架"的對象只能是人；"劫持"的對象除了人以外，還可以是別的東西，如"劫持飛機""劫持汽車"等。"綁架"一般是預謀的，"劫持"可以是歹徒情急中採取的。如"搶劫犯劫持了一名女店員，追捕的警察正在想方設法解救"，其中的"劫持"不能換成"綁架"。

【綁票】bǎng // piào（～兒）〔動〕匪徒把人劫走，強迫被綁架者的家屬、所在集體等按指定的時間和地點交錢贖人。被綁架者稱為"肉票兒"，

綁匪勒索財物未遂，就處死被綁架者，稱為"撕票兒"。

【綁腿】bǎngtuǐ（-tui）〔名〕（副，條）纏裹小腿的布帶子。

榜〈牓〉 bǎng

❶〔名〕貼出的名單：光榮～｜選民～｜發～｜～上有名。❷ 古代指官府的文告：皇～｜～文｜張～招賢。❸〈書〉匾額：安～｜題～｜此～乃皇上所書。❹（Bǎng）〔名〕姓。

語彙　標榜　出榜　發榜　金榜　落榜　光榮榜

【榜首】bǎngshǒu〔名〕張貼的名單中的第一位，泛指競賽或比賽中的第一名：名列～｜這支球隊進步顯著，在今年聯賽中躍居～。

【榜眼】bǎngyǎn〔名〕古代科舉考試中，考取殿試一甲（第一等）第二名的人。宋代一甲二三名均稱榜眼，意指榜中的雙眼，後來專指第二名。

【榜樣】bǎngyàng〔名〕值得學習的人、單位或事例（多指好的）：先進人物是我們學習的～｜這個廠一年翻身，扭虧為盈，成了全縣的～。

【榜主】bǎngzhǔ〔名〕排行榜的第一名；榜首：他的主打歌一炮打響，成為流行歌曲龍虎榜的～。

膀〈髈〉 bǎng

❶ "膀子"①：肩～｜～大腰圓。❷〔名〕（～兒）"膀子"②：這隻鳥折了一個～。

另見 bàng（43 頁）；pāng（1005 頁）；páng（1006 頁）；"髈"另見 pǎng（1006 頁）。

語彙　臂膀　翅膀　肩膀

【膀子】bǎngzi〔名〕❶ 手臂上部靠近肩的部位，也指整個手臂：光着～｜挑的擔子太重，～都壓紅了。❷ 鳥類等的翅膀：雞～｜小鳥的～受傷了。

拜 bàng ㄅㄤˋ

拜 bàng〈書〉次於玉的美石。

蚌 bàng〔名〕軟體動物，生活在淡水中，沒有頭，口也只是一條縫，足的形狀像斧頭，能挖掘泥沙。有兩個堅硬的貝殼，橢圓形，黑褐色，可以開閉。有的種類可產珍珠。

另見 bèng（66 頁）。

棒 bàng ❶〔名〕棍子：棍～｜大～｜指揮～。❷〔形〕〈口〉強壯；好：身體～｜學習～｜這篇文章寫得真～｜～小夥子。

語彙　棍棒　木棒　拳棒　接力棒　指揮棒

【棒槌】bàngchui〔名〕❶（根）用來捶打的木棒（多用於洗衣服）。❷ 指外行（多用於戲劇界）。

【棒喝】bànghè〔動〕❶ 佛教禪宗祖師對學佛理的

人用棒擊或喝問令其回答問題，促其領悟。❷比喻促人醒悟的嚴厲批評或警告：當頭～。

【棒球】bàngqiú〔名〕❶球類運動項目之一。參賽兩隊一攻一守，守方以手套、球、棒為工具，運用投球、接球、傳球等技術，攻方運用擊球、跑壘等技術，進行比賽。❷（隻）棒球運動使用的球。

【棒兒香】bàngrxiāng〔名〕用細木棍或細竹棍做芯子的香：屋子裏點上～熏一熏。

【棒針】bàngzhēn〔名〕（根，副）一種較粗的編織毛衣用的針，多用竹製成：～衫｜～編織花樣。

【棒子】bàngzi〔名〕❶（根）棍子（多為較粗較短的）。❷比喻光棍或窮人：窮～。❸（北方官話）玉米：～麵｜下地掰～。

【棒子麵】bàngzimiàn〔名〕（北方官話）玉米麵：～粥｜～窩頭。

桙 bàng〈書〉同"棒"。
另見 bèi（61 頁）。

傍 bàng/bāng❶〔動〕靠近；依傍：依山～水｜船～了岸。❷臨近（多指時間）：～晚。❸〔動〕比喻依附、依仗：倚～｜～大款｜人門戶。❹（Bàng）〔名〕姓。

【傍大款】bàng dàkuǎn 追隨並依附特別有錢的人（多用於女性，含貶義）。

【傍黑兒】bànghēir〔名〕（北方官話）傍晚。

【傍晚】bàngwǎn〔名〕天快黑的時候。

辨析 傍晚、黃昏　"傍晚"指天將黑還沒有完全黑的時候，只能朦朧看到周圍的景色；"黃昏"則指日落到天黑這段時間。由於太陽的餘光，黃昏開始時天空比較亮，周圍的景色也看得清楚，以後漸漸暗下來，一直到天黑。因此，"黃昏"時間較長，實際上包括了"傍晚"。說"傍晚，狂風大作"比說"黃昏，狂風大作"表示的時間更具體確定；一般只說喜歡看"黃昏的落日"，不說"傍晚的落日"。

塝 bàng 田邊或土坡；溝渠或土埂的邊。多用於地名：張～（在湖北）。

搒 bàng〈書〉撐船：～船送妻還。
另見 péng（1015 頁）。

稴 bàng 見下。

【稴頭】bàngtóu〔名〕（北方官話）玉米：種～。

莑
膀 bàng 見"牛莑"（983 頁）。

bàng 見"吊膀子"（296 頁）。
另見 bǎng（42 頁）；pāng（1005 頁）；páng（1006 頁）。

磅 bàng ❶〔量〕英美制質量或重量單位，符號 lb。1 磅等於 0.4536 千克，合 0.9072 斤。❷〔名〕磅秤（chèng）：過～｜用～來稱一稱。❸〔動〕用磅秤稱輕重：把東西～一～。〔英 pound〕

另見 páng（1006 頁）。

【磅秤】bàngchèng〔名〕（台）一種秤，用金屬製成，有固定承重底座。

謗（谤） bàng〈書〉❶指責、宣揚別人的過失：國人～王（人民指責周厲王）｜信而見疑，忠而被～，能無怨乎？❷誹謗：毀～｜～詞。

語彙　誹謗　毀謗　弭謗

【謗書】bàngshū〔名〕〈書〉❶誹謗人的信件或書籍：～一篋｜～盈案。❷抨擊別人或世事的書籍：司馬遷的《史記》是一部～。

鎊（镑） bàng〔名〕英國、埃及等國的本位貨幣名稱。〔英 pound〕

bāo ㄅㄠ

包 bāo ❶〔動〕把東西裹起來：～書｜～子｜～袱｜頭上～着花頭巾。❷〔動〕包藏：紙～不住火，人～不住錯｜事情～不住。❸〔動〕容納在內，總括在一起：～含｜～羅萬象｜無所不～。❹〔動〕承擔下任務，負責完成：～修｜～活兒｜～伙食｜這件事～在我們身上｜植樹的任務～給你們了｜大學畢業生早就不～分配了。❺〔動〕保證：～你滿意｜這西瓜～熟～甜。❻〔動〕付款承包，約定專用：～場｜在賓館～了兩個房間｜這三輛車會議都～着呢｜他們在戲院～過五排專座兒。❼〔動〕包圍；圍攏：烈火把他～了起來｜分兩路向敵人～過去。❽（～兒）〔名〕包裹起來的東西：郵～｜針綫～兒｜把這些東西包一個～兒。❾〔名〕裝物的口袋狀的東西：書～｜公文～。❿〔名〕鼓起的疙瘩：頭上碰了一個大～｜樹皮鼓起個～。⓫少數民族使用的氈製的圓頂帳篷：蒙古～。⓬〔量〕用於成包的東西：一～糖｜兩～餅乾｜三～香煙。⓭（Bāo）〔名〕姓。

語彙　背包　草包　承包　打包　掉包　紅包　挎包　麵包　膿包　皮包　蒲包　手包　書包　提包　腰包　郵包　蒙古包　手提包

【包辦】bāobàn〔動〕❶獨攬一切，不讓別人過問或參與：一手～｜這是大夥的事情，不能由他一人～。❷不徵得同意就代為辦理：～婚姻｜婚姻大事誰也不能～。❸負責承辦：～延席｜大樓的裝修，連工帶料都由施工隊～。

【包庇】bāobì〔動〕對壞人、壞事的行為加以袒護或隱瞞：～壞人｜互相～｜對這種犯罪的人絕不能～。

【包藏】bāocáng〔動〕包含隱藏：～禍心｜～殺機。

【包藏禍心】bāocáng-huòxīn〔成〕隱藏着害人的或做壞事的念頭：那個傢伙早就～，圖謀不

另見 páng（1006 頁）。

B

軌了。

【包產】bāo // chǎn〔動〕根據生產工具、勞動條件等訂出產量或利潤指標及獎罰辦法,包給某一生產者或生產單位去完成,超產獎勵,欠產受罰:～到戶 | 既然包了產,就得完成任務。

【包場】bāo // chǎng〔動〕預先定下電影、戲劇、歌舞或其他演出的一個場次的全部或大部分座位:大家都想看話劇《茶館》,就去～吧 | 今天的演出已由那家公司包了場。

【包抄】bāochāo〔動〕分兵迂迴到敵人側面或後面進攻:分路～ | ～敵人 | 向敵人的據點～過去。

【包車】bāochē ❶(-// -)〔動〕包租車輛:～比買車划算 | 這次春遊,單位包了三輛大客車。❷〔名〕(輛)包租的車輛:客人是坐張經理的～回家的。

【包乘組】bāochéngzǔ〔名〕交通運輸部門的一種包乾負責的工作組織,如鐵路部門火車由司機、列車員等組成若干小組,輪流承擔某次列車的運輸任務,負責值勤服務和保養。

【包打天下】bāodǎtiānxià〔成〕包攬打天下的重任。比喻不讓別人插手,由個人或少數人去辦代替。也比喻甚麼事都要過問,甚麼問題都要解決。

【包打聽】bāodǎtīng〔名〕❶(吳語)舊時(上海)巡捕房中的偵探。❷指好打聽消息、探詢別人隱私的人。

【包飯】bāofàn ❶(-// -)〔動〕按雙方商定好的標準包定伙食,按月支付費用以得到對方供應的飯食:這個班有不少同學在學校附近的飯館～ | 職工吃快餐,不在食堂包午飯。❷〔名〕按月支付費用後供應的飯食:吃～比零買零吃經濟實惠。

【包封】bāofēng ❶〔動〕把東西包起來封好。❷〔名〕護封:這幾部精裝的大詞典每一本都有～。❸〔名〕舊時指紅紙包裹的賞錢。

【包袱】bāofu〔名〕❶包裹衣物等東西用的布。也叫包袱皮兒。❷包裹着衣物等東西的包兒。❸比喻某種壓力或負擔(多指思想上的):背～ | 思想～ | 放下～ | 不能把扶貧工作看成是～。❹指相聲、快書等曲藝節目中的笑料:繫～(醞釀並組織笑料) | 抖～。

〔辨析〕包袱、包裹　a)"包裹"有動詞義,"包袱"沒有,不能說"把它包袱好"。b)"包袱"有比喻意義,"包裹"沒有,不能說"思想包裹"。c)即便都是包好的包兒,包兒的形式也不一樣,"包袱"多是用一塊方形大布(包袱皮兒)對角紮結而成;"包裹"則要裹起來,捆紮好;到郵局郵寄的包兒,只能叫"包裹",不能叫"包袱"。

【包乾兒】bāogānr〔動〕❶承擔某一範圍的工作,並保證按時完成:分片～,定期檢查 | 裝修任

務由這個小組～了。❷對某種工作全面負責,自己負擔經費的損益:預算～ | 投資～。

【包工】bāo // gōng〔動〕按預先商定或合同規定的質量要求和期限完成某項生產任務:維修頤和園長廊由古建築隊～ | 包了工接着就開工。

【包公】Bāogōng〔名〕北宋時期公正廉明的清官包拯,人稱包公。他的故事,小說、戲曲多用作題材,把他塑造成為老百姓喜愛的清官典型,稱為包青天。

【包穀】bāogǔ〔名〕(西南官話)玉米。也作苞穀。

【包裹】bāoguǒ ❶〔動〕包起來並捆好:這些東西怕潮濕,把它～好,存放在乾燥處。❷〔名〕(件)包好的包兒:寄～ | 填寫～單 | 他背着～,打着雨傘,就上路了。

【包含】bāohán〔動〕內部含有(多用於抽象事物):語言學～許多分支 | 他的話～好幾層意思。

【包涵】bāohan〔動〕客套話。請不要計較並加以原諒:我唱得不好,請各位多多～!

請求原諒的客套話

原諒　見諒　包涵　海涵
對不起　別見怪　見笑
幸勿見責(用於書面語)　高抬貴手

【包伙】bāohuǒ ❶(-// -)〔動〕"包飯"①:你們哪裏包的伙?注意"包飯"可以全包,也可以分頓包,如果只包一頓飯,就可以說成"包早飯""包午飯""包晚飯"。"包伙"只能全包,不能分包;中間不能插入"早""午""晚"。❷〔名〕"包飯"②:這對雙職工家裏不做飯,吃～。

【包機】bāojī ❶〔動〕個人或單位定期租用飛機:代表團～去雅典。❷〔名〕(架)定期包乘的飛機:這是一架～,運送中國京劇團到美國巡迴演出。

【包間】bāojiān〔名〕(間)賓館、酒樓或遊覽、娛樂場所供顧客單獨使用的房間:～房 | 住～ | 主人要了個～宴請我們。

【包括】bāokuò〔動〕總括一起;容納在內:房租一百元不～水電費 | 華東地區～七省一市 | ～你在內,義務獻血的共一百人。

〔辨析〕包括、包含　"包含"着重於事物的內在關係;"包括"着重從數量、範圍方面列舉各部分或特別指出某一部分。如"中國的直轄市包括北京、上海、天津、重慶""包括你在內,參加這次會議的共十人",其中的"包括"不能換成"包含"。"數學包含很多分支學科""這篇論文包含很多新鮮觀點",其中的"包含"不能換成"包括"。

【包攬】bāolǎn〔動〕把事情全部兜攬過來辦理:他～了大樓的清潔衛生工作。

【包羅】bāoluó〔動〕包容網羅;包括:～萬象 |

文學藝術～甚廣，不是一兩個小時所能講清楚的。

【包羅萬象】bāoluó-wànxiàng〔成〕萬象：宇宙間一切景象。形容內容豐富、品種齊全、無所不有：廣州交易會大廳裏陳列着全國各地的產品，～，應有盡有。

【包米】bāomǐ〔名〕(東北話)玉米：～麵｜～粥。也作苞米。

【包皮】bāopí〔名〕❶包裝的封皮。❷陰莖前部包着龜頭的外皮。

【包票】bāopiào〔名〕❶保單，保證產品可以正常使用若干年限的證明書。❷自信絕無問題時提出的敢於承擔責任的保證：年底出十本新書，絕無問題，我敢打～。以上也說保票。

【包青天】Bāo Qīngtiān〔名〕見"包公"(44頁)。

【包容】bāoróng〔動〕❶寬容；容忍：寬大～｜多方～。❷容納：這塊新興的城市～着千千萬萬南來北往的人｜胸中～着全世界。

【包圍】bāowéi〔動〕❶四面圍住：這塊綠洲被湖水～着，形成了一個孤島。❷從正面、兩側、後面同時向敵人進攻；也指形成圍攻的態勢：～圈｜我軍分幾路向敵軍～過去｜敵軍被～了三天，最後不得不投降。

【包席】bāoxí❶(-//-)〔動〕向飯館預先定下整桌酒席：包了一桌席｜公司在飯店～招待客戶。❷〔名〕向飯館預先定下的整桌酒席或飯館供應的整桌酒席(區別於"散座")。也說包桌。

【包廂】bāoxiāng〔名〕(間)❶戲園、劇場特別設置的單間觀眾座位，一間有六七個座位。大多在樓上或前部：明天晚上看京戲，我們定了～。❷火車軟臥鋪車廂被包下來的一間：夜車到上海去，咱們四個人在一個～裏。

【包銷】bāoxiāo〔動〕❶承攬貨物，負責銷售：這條大街的個體戶～糖葫蘆。❷商業單位通過合同形式與生產廠家確定供銷關係，全部承擔產品的銷售：本廠產品由百貨大樓～。

【包養】bāoyǎng〔動〕❶供養某人或某些人，專門為自己使用：～幫閑。❷為配偶以外的異性(多為女性)提供房屋、金錢等，並長期與之姘居：～情婦｜幹部～二奶要受到懲罰。

【包銀】bāoyín〔名〕舊戲班班主或戲院經理人根據合同付給演員或戲班的工資。最初，一般戲班邀約演員大多以一年為期，訂約後即發給一年包銀，每日演唱另付車錢。後來，按日發給工資，改叫戲份。

【包圓兒】bāoyuánr〔動〕〈口〉❶將商品或剩餘的商品全部買下來：這堆黃瓜我～了。❷(事情或工作)全部承擔下來：辦公室的衛生工作由我～。

【包孕】bāoyùn〔動〕〈書〉容納；包含：～古今。

【包蘊】bāoyùn〔動〕包含：俗語往往～很多人生哲理。

【包紮】bāozā〔動〕包裹捆紮：～傷口｜把鈔票～成捆｜要寄的書全～好了。**注意** 這裏的"紮"不讀zhā。

【包裝】bāozhuāng❶〔動〕用專用的紙張、薄膜包裹商品或把商品裝進容器如盒子、瓶子等：～商品｜把商品～好不光是一種技術，還是一種藝術。❷〔名〕包裝商品用的紙、盒子、瓶子等；商品包裝的形式：這個工廠產品的質量很好，但～的防水性能太差｜這種包裝的～美觀大方。❸〔動〕比喻對人或事物進行形象設計，使美化而更具有吸引力或商業價值：～歌星｜～綜藝活動｜現在人們講求～了。

【包子】bāozi〔名〕一種食品。多用發麵做皮兒，包上餡兒蒸熟後食用：菜～｜肉～｜糖～。**注意** 可以說"包包子""蒸包子"，但不說"造包子"。

郫 Bāo〔名〕姓。

孢 bāo 見下。

【孢子】(胞子)bāozǐ〔名〕某些低等動物或植物產生的一種有繁殖或休眠作用的細胞，脫離母體後能直接或間接發育成新的個體：～植物。

苞 bāo ㊀〔名〕花蒂上的葉片，包着尚未開放的花骨朵：含～待放｜牡丹已經長出～兒來了。
㊁〈書〉茂盛：竹～松茂。

語彙 打苞　含苞　花苞

【苞穀】bāogǔ 同"包穀"。
【苞米】bāomǐ 同"包米"。

枹 bāo〔名〕枹樹，落葉喬木，葉子呈倒卵形，邊緣有鋸齒，種子可提取澱粉，樹皮可製栲膠。也叫小橡樹。

胞 bāo ❶胞衣。❷同父母所生的：～兄｜～弟｜～姐｜～妹｜～叔(親叔叔)。**注意** 親哥哥只稱"胞兄"，不稱"胞哥"；父親的親弟弟稱"胞叔"，但父親的親哥哥不能稱"胞伯"；父親的親姐姐或妹妹不能稱"胞姑"；母親的親兄弟和親姐妹只能稱"舅舅"和"姨"，不稱"胞舅""胞姨"。❸同一祖國或同一民族的人：僑～｜台～｜藏～。

語彙 僑胞　台胞　同胞　細胞

【胞衣】bāoyī〔名〕包裹胎兒的胎膜和胎盤，入藥時叫紫河車。也叫衣胞、胎衣。

炮 bāo〔動〕❶一種烹調方法，把肉片、魚等放在熱油鍋中用旺火快炒：～羊肉。❷烘烤：尿布搭在烘籃上，一會兒就～乾了。
另見páo(1008頁)；pào(1009頁)。

剥 (剝) bāo〔動〕去掉皮殼，多用於口語：～豆子｜～橘子｜～花生｜～

B

一層皮。

　　另見 bō（98 頁）。

煲 bāo（粤語）❶〔名〕底深壁陡的鍋：瓦~｜電飯~。❷〔動〕把食物放在煲裹煮或熬：~飯｜~粥｜~雞湯。

【煲電話粥】bāo diànhuàzhōu（粤語）比喻長時間地打電話聊天兒。

【煲湯】bāotāng（粤語）用各種有營養的食材合理搭配長時間熬煮成湯；他下班到家，就聞到媽媽~的香味。

褒〈襃〉❶〔書〕衣襟寬大：~衣博帶。❷讚揚；誇獎（跟"貶"相對）：~揚｜~獎｜~勉。❸（Bāo）〔名〕姓。

【褒貶】bāobiǎn〔動〕評論優劣：~人物｜不一｜妄加~。

【褒貶】bāobian〔動〕批評；指責：大家多注意影響，不要讓人~｜總在背後~人，這樣不好。

【褒獎】bāojiǎng〔動〕表揚並獎勵：受到~｜給予~｜~有功人員。

【褒揚】bāoyáng〔動〕〔書〕稱讚；表揚：~先進｜這種敬業精神值得~。

【褒義】bāoyì〔名〕字詞或語句中含有的讚許或肯定的意思（跟"貶義"相對）。

【褒義詞】bāoyìcí〔名〕含有褒義的詞，如"英勇""堅強"（跟"貶義詞"相對）。

齙（龅） bāo 牙齒突出露在唇外：~牙。

【齙牙】bāoyá〔名〕（顆）突出唇外的牙齒。

báo ㄅㄠˊ

雹 báo〔名〕❶冰雹：~災。❷（Báo）姓。

【雹災】báozāi〔名〕（場）由冰雹造成的災害。

【雹子】báozi〔名〕（顆，粒）〈口〉冰雹：下~了｜~像雞蛋那麼大。

薄 báo〔形〕❶厚度小（跟"厚"相對）：~片｜~紙｜這堵牆太~。❷（感情）冷淡，不深厚（跟"厚"相對）：待他不~｜人情太~了。❸（味道）淡，不濃（跟"厚"相對）：酒味太~。❹不肥沃：~田｜~地｜土質~。❺（家產）少，不富有：家底兒~。

　　另見 bó（102 頁）；bò（103 頁）。

【薄餅】báobǐng〔名〕（張）用燙麵做成的極薄的餅，兩張相疊，烙熟後能揭開，多用來捲菜吃：~捲醬肉｜中午吃一頓~吧！

【薄脆】báocuì〔名〕❶一種既薄又脆的糕點。❷一種油炸麵食，既薄又脆，形狀或圓或方，中國北方喜食：~夾燒餅。

bǎo ㄅㄠˇ

保 bǎo ❶〔動〕保衛；保護：~健｜~安｜~家衛國｜~國安民｜栽樹在河畔，防洪~堤岸。❷〔動〕保持：~溫｜~鮮｜~住性命。❸〔動〕保證；切實負責做到：旱澇~收｜~修~換｜~質~量｜我的西瓜~你好吃。❹〔動〕擔保：~外就醫。❺〔動〕保證人：作~｜交~｜取~。❻〔名〕舊時戶口的一種編制。參見"保甲"（47頁）。❼（Bǎo）〔名〕姓。

語彙　擔保　管保　環保　酒保　勞保　取保　確保　人保　中保　準保　作保

【保安】bǎo'ān ❶〔動〕保衛治安：~工作。❷〔動〕防止在生產中發生事故，保護生產人員安全：~措施｜~制度。❸〔名〕（名）指保安員。

　　保安服務公司
　　保安服務公司是在公安機關主管和指導下，為客戶提供專業化的、有償的安全防範服務的特殊性企業。1985 年 1 月，全國政法工作會議上提出在大中城市創辦保安公司，1988 年 7 月，公安部報經國務院批准，正式向全國發出創辦保安服務公司的通知。從此，中國有了保安業。

【保安員】bǎo'ānyuán〔名〕（位，名）保安服務公司派駐在企事業單位、公司、賓館、社區等處的保安服務隊員。負責門前執勤、檢查出入證件、保衛安全（區別於"民警""經濟警察"）。

【保安族】Bǎo'ānzú〔名〕中國少數民族之一，人口約 2 萬（2010 年），主要分佈在甘肅臨夏的積石山，少數散居在青海和新疆。保安語是主要交際工具，沒有本民族文字。兼通漢語。

【保本】bǎo//běn（~兒）〔動〕保住本錢或投入的資金不受損失：~生意｜買~基金｜做生意要~，還要賺錢。

【保鏢】（保鑣）bǎobiāo ❶〔動〕舊時指鏢局、鏢客專為別人護送財物或保護人身安全，後指為官員、富豪守衛門戶，保護人身安全。❷〔名〕（名）專做保鏢工作的人：貼身~。

【保不住】bǎobuzhù ❶〔動〕不可能保持住：再不努力，領先地位就~了。❷〔副〕表示某種情況可能發生：既然是試驗，就~會失敗。也說保不定、保不齊。

【保藏】bǎocáng〔動〕收藏起來使不受損壞或遺失：~糧食｜食品~｜中國美術館~了張大千的山水畫。

【保持】bǎochí〔動〕維持住原來的狀況或水平，使不改變或消失：水土~｜~清潔｜~不敗紀錄｜~清醒頭腦｜~優良傳統｜老師與同學~良好的關係。

【保存】bǎocún〔動〕維護着使繼續存在下去：~

起來 | ～下去 | ～力量 | ～民族風格 | 這些材料，他都完好無損地～着。

【保單】bǎodān〔名〕❶（張）表示在一定時期之內保證對某事或某種產品的質量負責的單據：本店出售的家具都有～。❷指保險單，投保人與保險人簽訂的保險合同。

【保底】bǎo // dǐ〔動〕保持底數（最低的基本數額）：獎金與貢獻大小掛鈎，上不封頂，下不～。

【保管】bǎoguǎn ❶〔動〕保藏管理：～機密文件 | 把資料卡片分給大家～。❷〔名〕（名）做保藏管理工作的人：老～ | 他在這個工廠做了二十多年的倉庫～。❸〔副〕表示完全有把握：既然已經寫了報告，～能解決問題 | 只要你出面，～行得通。

【保護】bǎohù〔動〕護衛，使不受損害或破壞：～名勝古跡 | ～人民利益 | ～身體 | ～眼睛 | ～現場 | ～環境。

辨析 保護、保衞 "保護"着重於照顧，使不受損害，對象多是人或物，如"保護兒童""保護環境"；"保衞"着重於防衞，使不受侵犯，對象多是國家主權、生存權利、和平事業等，往往要動用武力或政治力量，如"保衞祖國""保衞世界和平""保衞下一代"。

【保護層】bǎohùcéng〔名〕❶物體表面附着的一層起防護作用的物質。❷比喻起包庇作用的人或事物：司法人員決心衝破關係網、～，讓這起貪污案真相大白。

【保護價】bǎohùjià〔名〕國家為保護生產者利益，對某些產品制定的通常高於市場價格的統購價。

【保護傘】bǎohùsǎn〔名〕比喻能起保護作用的有威懾性的力量或有權勢的人（多含貶義）：核～ | 他萬萬沒想到，自己竟然充當了一幫壞人的～。

【保護色】bǎohùsè〔名〕某些動物（如蜥蜴、蛇、青蛙等）身體的顏色與生活環境的顏色相似，不容易讓別的動物發現，有保護自己的作用，這種身體顏色叫保護色。也用作比喻：他假裝積極，給自己塗了一層～。

【保皇派】bǎohuángpài〔名〕原指保護皇帝、維護帝制的黨派或個人。後來泛指為保守勢力賣命的組織或個人（含貶義）。

【保甲】bǎojiǎ〔名〕舊時基層居民的戶籍編制，始於宋朝。若干戶為一甲，設甲長；若干甲為一保，設保長。統治者通過保甲對居民實行控制。

【保價信】bǎojiàxìn〔名〕（封）中國曾施行過的用郵局特製信封郵寄有價證券及其他票證的信件，如果遺失，郵局負責賠償。

【保駕】bǎo // jià〔動〕❶舊指保衞皇帝，現多泛指保護（含詼諧意味）：保他的駕 | 有兩個大

小夥子，你怕甚麼？❷保衞；保護（含莊重意）：為經濟建設～護航。

【保健】bǎojiàn〔動〕保護健康：～站 | ～操 | 婦幼～ | 身體～ | ～門診 | ～醫生。

【保健操】bǎojiàncāo〔名〕（套）運用中國傳統醫學推拿、按摩等方法編製的健身體操：眼～。

【保教】bǎojiào〔動〕對嬰幼兒的保育和教養：～工作 | ～人員。

【保潔】bǎojié〔動〕保持環境清潔：～員 | ～公司 | 加強小區的～工作。

【保舉】bǎojǔ〔動〕向上級推薦人才或有功人員，使得到提拔任用：我向公司～一人。

【保齡球】bǎolíngqiú〔名〕❶室內體育運動項目。參加比賽的人把球投擲出去使之在球道上滾動前進，撞擊球道終端的瓶柱（十個），依所撞倒的瓶柱數計分。保齡，英語 bowling 的音譯。❷（隻）保齡球運動所使用的球，用硬質膠木製成，空心。

保齡球運動變遷

保齡球起源於德國，原是一種宗教儀式活動，因擊中九個瓶形柱，故又稱九柱戲。後傳入意大利、英國、法國、荷蘭、美國等國家，並將九個瓶形柱改為現行的十個。1974 年列為亞運會比賽項目，1988 年列為奧運會表演項目。根據保齡球的運行軌跡，可分為直綫球、弧綫球和飛碟球三種投法。

【保留】bǎoliú〔動〕❶留着不去掉、不改變；保存下來：他們定期進行篩選，好的～下來，不好的淘汰掉 | 客廳的陳設還～着十年前的原樣。❷留着不拿出來：我收藏的書畫差不多都捐獻出來了，只～了父親畫的一幅 | 有甚麼意見都說出來，不要～。❸留着不解決、不處理：有不同的意見可以～，但要服從決議 | 我方～隨時要求賠償的一切權利。❹表示持否定態度或有異議：對於這個問題，我有～ | 他對會議決議持～態度。

辨析 保留、保存 兩個詞在使繼續存在的意義上同義。"保存"着重指不失去，"保留"着重指不去掉，如"保存力量"，其中的"保存"不能換為"保留"；"修訂本保留了原來的附錄和習題"，其中的"保留"不能換為"保存"。"保留"還有暫留不處理義，如"保留繼續索賠的權利"，"保存"沒有這個意思。

【保留劇目】bǎoliú jùmù 某個劇團或演員因演出成功而保留下來以備經常演出的劇目：《茶館》和《雷雨》是北京人民藝術劇院的～。

【保密】bǎo // mì〔動〕保守機密而不讓它泄露出去：這個文件絕對～ | 他保不了密，甚麼事也別告訴他 | 這件事請你暫時保一保密。

【保命】bǎo // mìng〔動〕保住性命；維持生命：～要緊，趕快做手術吧！ | 為了保他的命，醫院

採取了很多措施。

【保姆】（保母、褓姆）bǎomǔ〔名〕（名，位）以幫人從事家務勞動或照看小孩、老人為職業的婦女：僱～｜當～｜小～。注意"保姆"舊時叫"老媽子、女傭、女僕"等。現在也有男子做保姆工作的，稱為男保姆。

【保暖】bǎo∥nuǎn〔動〕保持熱量，使溫暖：～設備｜注意～｜羽絨服既輕柔又～｜這間簡易房冬天不～，不能住人。

【保票】bǎopiào〔名〕包票：打～。

【保全】bǎoquán〔動〕保護，使完好無缺、不受損失：～名譽｜～面子｜～性命。

【保全工】bǎoquángōng〔名，位〕保護機器並隨時維修使之正常運轉的專職工人。

【保人】bǎorén〔名〕（位）替人做擔保的人：找個～｜你的～已撤銷了對你的擔保。

【保墒】bǎoshāng〔動〕用耙地、壓地、中耕、覆蓋地膜等方法使土壤保持一定的濕度，以適合農作物的出苗和生長。

【保濕】bǎoshī〔動〕保持水分；保持濕潤：～面膜｜秋冬季節要注意皮膚～。

【保釋】bǎoshì〔動〕❶ 被拘禁的人取保獲釋：～出獄。❷ 為被拘禁的人擔保，使其獲釋。

【保守】bǎoshǒu ❶〔動〕護衛着使不失去：～國家機密｜勝利果實得來不易，一定要～住。❷〔形〕思想守舊，不求改進（跟"激進"相對）：他的思想太～｜你們制定的十年規劃有點兒～。

【保守派】bǎoshǒupài〔名〕思想、行為落後於客觀事物發展，反對變革，維護舊事物的人或派別。

【保稅區】bǎoshuìqū〔名〕國家在海港、機場或其他交通便利地區設立的實行封閉式管理、對外開放的特殊經濟區域。主要包括出口加工區和保稅倉儲區等。區內關稅全免，境外人員、貨物進出自由。

【保送】bǎosòng〔動〕國家、機關、學校或團體保薦成績優異或某方面表現突出的人去學習：學校～他升入重點大學｜省教育局～三個人出國留學。

【保衛】bǎowèi〔動〕護衛着使不受侵犯：～祖國｜～和平｜～人民生命財產安全｜～國家主權。

【保溫】bǎo∥wēn〔動〕保持溫度，使熱量不散失：～杯｜～裝置｜田地上厚厚的積雪可以～保墒｜這個熱水瓶能～四十八小時。

> 辨析　保溫、保暖　都有保持熱量的意思，但"保暖"着重指不讓外部的寒氣侵入，如"保暖內衣""天冷了，老人要多穿點，注意保暖"；"保溫"着重指不讓內部熱量散失，如"保溫瓶""室內要注意保溫"。二者都可以構成反復問句："保暖不保暖？""保溫不保溫？"

【保溫杯】bǎowēnbēi〔名〕（隻）能在較長時間內保持杯內溫度的杯子。

【保鮮】bǎoxiān〔動〕保持蔬菜、水果等食物的新鮮狀態，防止乾癟或腐爛變質：～劑｜～技術｜食品～｜蔬菜～｜水果～。

【保鮮劑】bǎoxiānjì〔名〕使水果、蔬菜、水產品等一定時間內保持新鮮的添加劑。

【保鮮膜】bǎoxiānmó〔名〕（張，捲）一種塑料薄膜，能在較長時間內保持被封住食物的新鮮狀態。也叫保鮮紙。

【保險】bǎoxiǎn ❶〔名〕（項）一種處理風險的方法。保險機構向投保人收取一定數量的費用，如果在規定期限內投保人發生某種意外事故而蒙受損失，保險機構則按原定契約給予賠償：～公司｜財產～｜人壽～｜火災～｜社會～。❷〔形〕穩當可靠：他認為把錢放在身上不～｜張大夫很有經驗，由他做手術非常～。❸〔副〕確定；肯定：他明天一早～會來｜這樣幹～能成功｜開舞會～大家都參加。❹〔名〕槍支、鎖等上面起安全保護作用的裝置。

【保險刀】bǎoxiǎndāo（～兒）〔名〕（把）安全、保險的剃刀，用來刮鬍子，不會刮傷皮膚。有手動的，也有電動的。

【保險槓】bǎoxiǎngàng〔名〕裝在汽車前後防止車身直接碰撞的金屬槓：前後～｜大尺寸後～為這款車增加了幾分霸氣。

【保險櫃】bǎoxiǎnguì〔名〕（隻）一種用來存放錢財、貴重物品及機密文件的櫃子，用中間夾有石棉的兩層鐵板製成，並裝有特製的鎖，可以防火、防盜。

【保險絲】bǎoxiǎnsī〔名〕（根）安在電路的保險裝置上的導綫，一般用低熔點的鉛、錫、鉍等的合金絲製成。當電流強度超過限度時，導綫就會燒斷，電路也隨即斷開，從而防止燒壞電器或發生火災。

【保險箱】bǎoxiǎnxiāng〔名〕（隻）一種箱子形的小型保險櫃。

【保修】bǎoxiū〔動〕商家或廠家對售出的商品在規定的使用期限內負責免費修理：～三年｜負責～｜憑發票～。

【保養】bǎoyǎng〔動〕❶ 保護調養，使身體保持健康：～身體｜他很會～，雖然六十多歲了，可不顯老｜分別十年，他還是老樣子，可見這些年他～得很好。注意　此"保養"只用於人，不用於動物；只用於成年人，不用於小孩。❷ 通過經常性的檢查、維護修理，使保持正常狀態：～機器｜～汽車｜公路有工人～｜電冰箱～得好，可以延長使用年限。

【保有】bǎoyǒu〔動〕擁有：農民～土地｜作者～著作權。

【保佑】bǎoyòu〔動〕指神、佛、死者魂靈等的保護和幫助：菩薩～｜上帝～｜老天～｜祖宗～。**注意**"保佑"的施予者只限於神靈或死去的人，不能是活着的人。有時也說上帝保佑、老天保佑。

【保育】**bǎoyù**〔動〕❶照管並且教育幼兒：～嬰幼兒。❷保護、培育文物古跡：～是香港特區政府保護文物的一項重要政策。

【保育員】**bǎoyùyuán**〔名〕(位，名)在幼兒園或託兒所裏負責照管並教育幼兒的人員。

【保育院】**bǎoyùyuàn**〔名〕(所，家)為保護並教育兒童而設的機構，院内有託兒所、幼兒園、小學等。

【保障】**bǎozhàng**❶〔動〕保護使不受侵犯和破壞：為～人民生命財產的安全，必須做好防汛工作｜婚姻法～了婦女的合法權利。❷〔名〕指起保障作用的措施或事物：後勤～｜技術～｜和平環境是進行生產建設的～。

【保真】**bǎozhēn**〔動〕使音像設備輸出的聲音、圖像跟輸入前的一樣；不失真：高～音響。

【保證】**bǎozhèng**❶〔動〕確保使不受損害和侵犯：必須～技術人員的科研時間｜商業部門為了～節日供應，做了充分的準備工作。❷〔動〕擔保；擔保做到：只要有人有料，就能～工程如期完成｜我向你～，月底一定完成任務。❸〔名〕指起擔保作用的事物或條件：團結是勝利的～。

辨析 保證、保障　a) 作為動詞"保障"的意思是確保，賓語多是名詞或名詞性詞語，如"財產、權利、生命安全"等；"保證"除了確保外，還有保證做到的意思，賓語多是動詞、動詞性詞語甚至小句，如"完成任務""丟不了""他能取得成功"等。b) 作為名詞，"保障"指保護作用的事物，而且多指大的方面；"保證"則指起擔保作用的事物或條件，除了指大的方面外，還可指日常生活方面的，如"充足的睡眠是健康的保證"中的"保證"就不能換用"保障"。

【保證人】**bǎozhèngrén**〔名〕❶(名，位)保證別人的行為符合既定要求的人。❷法律上指對取保候審的犯罪嫌疑人或被告人承擔保證責任的人。❸法律上指擔保債務人能償還債務的人，當債務人不履行債務時，保證人須按約定履行債務或承擔責任。

【保證書】**bǎozhèngshū**〔名〕(份)為保證完成某項任務、做好某件事而寫下的書面材料。

【保值】**bǎozhí**〔動〕保持貨幣或財產原有價值，不受物價變動的影響：～儲蓄｜～期。

【保質保量】**bǎozhì-bǎoliàng**既保證質量又保證數量：我們必須～地完成任務。

【保重】**bǎozhòng**〔動〕(希望別人)保護和珍重身體健康或安全：多多～｜希望你一路～｜請他～身體。**注意**"保重"只能用於對方或第三

者，不能用於自己，不能說"我以後要保重身體"。當然，像"他希望我多多保重身體"或"彼此保重"的說法，也是可以成立的。

堡 **bǎo** ❶ 堡壘：碉～｜地～｜暗～｜橋頭～。❷ 小城：古～｜城～。❸(Bǎo)〔名〕姓。

另見 bǔ(104頁)；pù(1044頁)。

語彙 暗堡　城堡　地堡　碉堡　古堡　橋頭堡

【堡壘】**bǎolěi**〔名〕❶(座)防禦敵人進攻用的堅固建築物，一般建在地勢險要的地方。❷比喻堅強的組織或領導核心：工人突擊隊成為堅強的戰鬥～｜～最容易從内部攻破。❸比喻難於攻破的事物：青年人要立志攻剋科學～。❹比喻不容易接受新事物、新思想的人：守舊～｜頑固～。

葆 **bǎo** ❶〈書〉草木茂盛：頭如蓬～。❷〈書〉保持：永～青春。❸(Bǎo)〔名〕姓。

飽(饱) **bǎo** ❶〔形〕食量得到滿足：吃足了(跟"餓"相對)：吃～了｜不要吃得太～｜～時莫忘飢時難。❷〔形〕飽滿；鼓脹(跟"癟"相對)：麥粒兒很～。❸滿足；裝滿：大～眼福｜一～口福｜中～私囊。❹充足；充分：～覽｜～經風霜。❺(Bǎo)〔名〕姓。

語彙 飢飽　温飽　中飽

【飽餐】**bǎocān**〔動〕飽飽兒地吃：～一頓。

【飽嗝兒】**bǎogér**〔名〕人吃飽飯後打的嗝兒。

【飽含】**bǎohán**〔動〕滿含着；充滿：～熱淚｜～激情｜話語裏～着辛酸。

【飽漢不知餓漢飢】**bǎohàn bùzhī èhàn jī**〔俗〕吃飽了飯的人不知捱餓的人的内心感受。比喻得到滿足的人無法理解沒有得到滿足的人的苦惱和處境。

【飽和】**bǎohé**〔動〕❶在一定的温度和壓力下，溶液中所含的被溶解物質的量達到最高限度，或者一種物質中所含另一種物質(如空氣中含水蒸氣、土壤中含水分)的量達到最高限度。❷事物在某個範圍内發展到最高限度：市場接近～｜這種暢銷貨已經～，如今滯銷了。

【飽經風霜】**bǎojīng-fēngshuāng**〔成〕形容經歷了很多艱難困苦。

【飽覽】**bǎolǎn**〔動〕盡情觀賞：～三峽風光。

【飽滿】**bǎomǎn**〔形〕❶充實而豐滿：穀粒～｜庭～。❷充足而有活力；旺盛：精神～｜演員們以～的熱情投入排練。

【飽食終日，無所用心】**bǎoshí-zhōngrì, wúsuǒyòngxīn**〔成〕《論語·陽貨》："飽食終日，無所用心，難矣哉！"指吃飽飯整天甚麼事都不想，也不幹：大家都在為創業而努力奮鬥，他卻～。

【飽學】bǎoxué〔形〕學問廣博：～之士。

【飽以老拳】bǎoyǐlǎoquán 用拳頭狠打（含詼諧意）：氣急時，她會對丈夫～。

裸〈緥〉 bǎo〈書〉嬰兒的衣被。參見"襁褓"（1078頁）。

鴇（鸨） bǎo ❶〔名〕鳥名，頸長，尾短，不善飛，但善奔走，能涉水。❷指鴇母（古人認為鴇是淫鳥）：老～。

【鴇母】bǎomǔ〔名〕開妓院的女人。也叫鴇兒、老鴇。

寶（宝）〈寶〉 bǎo ❶〔名〕珍貴的東西：國～｜傳家～｜無價之～。❷〔名〕一種賭具，方形，上面有指示方向的符號，讓賭博的人猜測下注。❸珍貴的：～物｜～馬｜～刀｜～劍。❹〈敬〉用於稱呼對方的家眷、店鋪等：～眷｜～號｜～地｜～刹。❺（Bǎo）〔名〕姓。

語彙　財寶　法寶　瑰寶　國寶　活寶　墨寶　元寶　珍寶　至寶　珠寶　傳家寶　文房四寶　無價之寶

【寶寶】bǎobao（-bao）〔名〕對小孩的愛稱。

【寶貝】bǎobèi（-bei）〔名〕❶（件）貴重珍奇的物品：珍珠～｜出土的文物中有不少價值連城的～。❷無用或不務正業的人（含諷刺意）：他的兒子真是個～，把家產全揮霍光了。❸對小孩的愛稱。

【寶刀】bǎodāo〔名〕（把，口）作為武器的稀有而寶貴的刀。

【寶刀不老】bǎodāo-bùlǎo〔成〕《三國演義》第十六回：張郃出馬，見了黃忠，笑曰："你許大年紀，猶不識羞，尚欲出陣耶？"忠怒曰："豎子欺吾年老！吾手中寶刀卻不老！"比喻年紀雖老，但功夫或技藝並未減退，仍很精湛：七十四歲還能唱武生戲，他可真是～。

【寶島】bǎodǎo〔名〕美麗富饒的島嶼，特指中國的台灣島。

【寶典】bǎodiǎn〔名〕珍貴的典籍。

【寶貴】bǎoguì ❶〔形〕非常有價值；極為難得：森林是國家的～財富｜時間很～，千萬不能浪費。❷〔動〕認為極有價值，當作珍貴看待：他的作品是極可～的文化遺產。

【寶劍】bǎojiàn〔名〕（把）古人指用特殊方法鑄成的、非常鋒利而稀有珍貴的劍，現在泛指劍。

【寶局】bǎojú〔名〕賭場；賭局。

【寶卷】bǎojuàn〔名〕原為說唱文學，後來發展為一種曲藝。由唐代講唱佛經的變文和宋代的說經演變而成。僧徒講唱寶卷，稱為"宣卷"。元明清以來，內容逐漸擴大到神仙故事、民間故事、歷史故事和現實生活等，如孟姜仙女寶卷、百花名寶卷。

【寶眷】bǎojuàn〔名〕〈敬〉用來稱呼對方的家眷。

【寶庫】bǎokù〔名〕（座）儲藏珍寶的地方，多用作比喻：理論～｜藝術～｜圖書是知識的～。

【寶藍】bǎolán〔形〕很鮮亮的藍色。

【寶石】bǎoshí〔名〕（顆，粒）極為稀少並且十分貴重的礦石，色澤美麗，透明度、硬度較高，耐腐蝕。有金剛石、紅寶石、藍寶石等。可製成裝飾品，也可做貴重儀表的軸承或研磨劑等。

【寶石婚】bǎoshíhūn〔名〕西方風俗稱結婚四十五週年為寶石婚。

【寶書】bǎoshū〔名〕難得的書；極有價值的書。

【寶塔】bǎotǎ〔名〕（座）塔的美稱，因佛教徒常以金、銀、琉璃等寶物裝飾佛塔，故稱。後泛指塔：～山｜一座～｜玲瓏～十三層。

【寶物】bǎowù〔名〕珍貴的東西：首飾盒內淨是～。

【寶玉】bǎoyù〔名〕珍貴的玉。

【寶藏】bǎozàng〔名〕❶指埋在地下的礦產，泛指儲藏的珍寶：開發～｜那裏有取之不盡的地下～。❷比喻精神財富：他一生都從事傳統劇目的整理和研究，挖掘出了不少京劇藝術的～。

【寶座】bǎozuò〔名〕帝王或神佛的座位。現多比喻某種高貴或重要的位子：爭奪冠軍～｜爬上局長～是他日思夜想的事。

bào ㄅㄠ

刨〈鉋鑤〉 bào ❶刨子或刨床：～刃兒｜牛頭～｜龍門～。❷〔動〕用刨子或刨床刮平木料或鋼材等：～光｜～平｜～木頭｜這塊木板你給我一～～。另見 páo（1007頁）。

語彙　槽刨　平刨　龍門刨　牛頭刨

【刨冰】bàobīng〔名〕一種把冰刨成碎片加上果汁、白糖等製成的冷食：來一杯～。

【刨床】bàochuáng〔名〕❶（台）一種用刨刀刮削工件，加工出平面、溝、槽等的切削機床。❷刨子上安插刨刀的木製部分。

【刨花】bàohuā〔名〕❶加工木料時刨下的薄片，多呈捲筒狀。❷特指從榆木上刨下的薄片，泡在水裏有黏性，舊時民間婦女用它當髮脂，刷在頭髮上，使光潔不亂。

【刨子】bàozi〔名〕（把）一種用來刮平木料的手工工具。

抱 bào ❶〔動〕用手臂圍住：～孩子｜他～着很多書走進了閱覽室。❷〔動〕指人初次得到後代（兒子或孫子）：他剛五十歲就～孫子了。❸〔動〕領養（孩子）：老兩口兒從孤兒院～了個孩子。❹（北方官話）（衣服、鞋）大小合適（賓語限於"身""腳"等少數名詞）：這件毛衣挺～身兒｜這雙鞋～腳兒。❺〔動〕結合在一起，團結一致：

咱們～成團兒，困難是可以克服的。❻環繞：環山～水。❼〔動〕懷有某種想法、感情或意見：～恨終身｜～着必勝的信心｜～着遠大的理想｜對敵人不能～幻想。❽〔量〕用於兩臂合圍的量：一～柴火。❾〔動〕孵（卵成雛）：～窩｜～小雞兒。❿（Bào）〔名〕姓。

語彙 懷抱 環抱 摟抱 擁抱

【抱病】bàobìng〔動〕帶病；有病在身：～工作｜～遠行。

【抱不平】bào bùpíng〔慣〕見到不公平的事感到憤慨：他無緣無故捱了一頓批評，大家都為他～。

【抱殘守缺】bàocán-shǒuquē〔成〕守着陳舊殘缺的東西不放。形容思想落後保守，不知改進或不願意接受新事物：搞四化建設，如果～，不思進取，一定不會成功。

【抱粗腿】bào cūtuǐ〔慣〕比喻巴結、攀附有權有勢的人：老王當了廠長後，有些人就去～。

【抱佛腳】bào fójiǎo〔慣〕比喻遇到急事，臨時慌忙應付。是俗語"平時不燒香，急來抱佛腳"的省略說法：後天就要考試了，還沒有一點準備，臨時～吧｜你現在才知道着急，抱起佛腳來了。

【抱負】bàofù(-fu)〔名〕遠大的志向和理想：～非凡｜青年人應該有～。

【抱恨】bàohèn〔動〕心中存有遺憾或怨恨的事：～終天（終身含恨）｜一生～｜～而死。

【抱愧】bàokuì〔動〕心中感到慚愧：因事來遲，實在～。

【抱歉】bàoqiàn〔形〕客套話。覺得對不住別人而感到不安：對剛才發生的事，我感到很～｜十分～，我忘了把你要的書帶來。

【抱屈】bàoqū〔動〕心中感到委屈：大家都替他～｜分配要合理，不能叫老實人～。也說抱委屈。

【抱拳】bào // quán〔動〕一種民俗禮節，一手握拳，另一手包住拳頭，合攏在胸前，在相見或分手時表示問候、祝賀或辭別：他兩手一～，說了一聲"再見"，就走了。

【抱廈】bàoshà〔名〕中國傳統木結構建築中，房屋前面加出的門廊或後面連着的小房子。

【抱頭鼠竄】bàotóu-shǔcuàn〔成〕抱着頭像老鼠一樣逃跑。形容倉皇逃跑的狼狽相：這些小流氓見警察來了，一個個～。

【抱團兒】bào // tuánr〔動〕抱成一團兒，指結成一夥或團結一心：他們幾個人抱成了團兒，心很齊。

【抱薪救火】bàoxīn-jiùhuǒ〔成〕《史記·魏世家》："譬猶抱薪救火，薪不盡，火不滅。"意思是比方抱柴草去救火，柴燒不完，火是不會滅的。後來比喻用錯誤的方法消除禍患，

反而使禍患更為擴大：用大量發行貨幣的辦法來解決經濟危機，無異於～。

【抱養】bàoyǎng〔動〕把別人的孩子抱來當作自己的孩子撫養：這對夫婦～了一名女嬰。

【抱怨】bàoyuàn(-yuan)〔動〕由於心中不滿而責備別人：孩子學習不好，不能～老師｜他一邊追趕，一邊～別人走得太快了。

趵 bào 跳躍；向上噴湧：～突泉（在山東濟南）。
另見 bō（98頁）。

豹 bào〔名〕❶（隻，頭）哺乳動物，像虎而較小，身上有斑點或花紋，性兇猛，善跳躍，能上樹，捕食其他獸類，傷害人畜。常見的有金錢豹、雲豹、獵豹等。通稱豹子。❷（Bào）姓。

語彙 金錢豹 管中窺豹 未窺全豹

【豹死留皮】bàosǐ-liúpí〔成〕《新五代史·王彥章傳》："彥章武人，不知書，常為俚語謂人曰：豹死留皮，人死留名。"比喻人死後應當留美名於後世。

【豹子】bàozi〔名〕（隻，頭）豹的通稱。

報（报）bào ❶〔動〕告訴；報告：舉～｜～名｜你考上了大學，還不給家裏一個喜信兒？❷〔動〕回答：～任安書｜～以熱烈的掌聲。❸〔動〕報答；報復：投桃～李｜～恩｜～仇｜以怨～德。❹〔動〕報銷：～賬。❺報應：善有善～，惡有惡～｜一～還一～。❻〔名〕（份，張）報紙或刊物：讀書看～｜學～｜畫～｜故事～，都很受歡迎。❼消息；信息：捷～｜情～｜快～。❽電報：發～｜收～。❾（Bào）〔名〕姓。

語彙 壁報 稟報 呈報 黨報 諜報 發報 公報 海報 畫報 回報 彙報 簡報 捷報 警報 快報 牆報 情報 日報 申報 通報 晚報 喜報 學報 預報 月報 戰報 週報 惡報 恩將仇報

【報案】bào // àn〔動〕向公安或司法部門報告發生的案件：發現壞人壞事，應該迅速～｜這事已經向公安局報了案。

【報表】bàobiǎo〔名〕（份，張）按規格填寫，向上級報告情況的表格：生產～｜填寫～。

【報償】bàocháng〔名〕由於受到恩惠而給予別人的報答和補償：給予～｜他做了很多好事，從不希望得到～。

【報仇】bào // chóu〔動〕對仇人進行報復和打擊：～雪恨｜他終於報了仇。

【報酬】bàochóu(-chou)〔名〕（份）因使用他人勞動、物件等而作為代價付給的錢或實物：不

計～｜索取～。

【報答】bàodá〔動〕用行動感謝對自己有恩惠的人或組織：～父母的養育之恩｜～領導和同志們的關懷。

【報導】bàodǎo ❶〔動〕"報道"①。❷〔名〕"報道"②。

【報到】bào // dào〔動〕向單位或組織辦理手續，報告自己已經來到：按時～｜大會～處｜他決定到出版社工作，但還沒有去～｜民間文學討論會明天開始～。

【報道】bàodào ❶〔動〕通過報紙、廣播、電視等形式把新聞發佈出去：～大會開幕的消息｜各國的報紙都及時～了這一事件。❷〔名〕(篇)通過各種形式發佈的新聞作品：這篇～寫得很好｜他寫了一組關於特區的～。

【報廢】bào // fèi〔動〕把不合格的或不能再繼續使用的器物、機器、設備等當成廢物處理：這種汽車太老了，耗油量又大，早就應當～了｜這台機器去年就報了廢了。

┌─辨析─報廢、作廢　"報廢"一般用於機器、器物、設備等；"作廢"則多用於計劃、條例、憑證等。如"電影票過期作廢"，不能說成"電影票過期報廢"；"這座煉鋼爐早該報廢了"，其中的"報廢"不能換成"作廢"。

【報復】bàofù (-fu)〔動〕❶ 對批評過自己或損害過自己利益的人進行打擊：打擊～｜上次會議你批評了他，下次會議他可能要～。❷ 對不友好或損害自己利益的國家，採取相應措施予以回擊：～措施｜～行動。

【報告】bàogào ❶〔動〕正式向上級或群眾陳述事情或意見：把處理結果向上級～｜～大家一個好消息｜～比賽結果。❷〔名〕(份、篇)向上級或群眾所做的正式的書面或口頭陳述：總結～｜調查～｜政府工作～｜口頭～。❸〔名〕(場)講演：做～｜學術～｜動員～。❹〔動〕禮貌用語。進入老師、首長或領導辦公室前，說一聲"報告"，表示有事報告，請求准許進入，是一種禮貌行為。

【報告文學】bàogào wénxué 一種文學體裁，以現實生活中具有典型意義的真人真事為題材，經過藝術加工而成。兼有文學和新聞的特點。

【報關】bào // guān〔動〕向海關申報辦理貨物、行李等進出口手續：我這一箱書要～嗎？｜報了關才能託運。

【報館】bàoguǎn〔名〕(家)報社。

【報國】bàoguó〔動〕報效國家：盡忠～｜立志～｜以身～。

【報捷】bàojié〔動〕報告(戰爭、比賽、工作等)獲得勝利的消息：這項工程的建設者表示，一定要在年底以前完工，向市民～。

【報警】bàojǐng〔動〕報告危急情況或發出緊急信號給有關部門，請求援助或保護：一有情況馬上～。

【報刊】bàokān〔名〕報紙和刊物的合稱：訂閱～｜他在～上發表了二十多篇文章。

【報考】bàokǎo〔動〕報名投考：～北京大學。

【報料】bàoliào ❶〔動〕指向報紙、廣播電台、電視台等媒體提供消息或新聞綫索：～投訴｜電話～｜現場～｜這家公司被～做虛假廣告。❷〔名〕指向報紙、廣播電台、電視台等媒體提供的消息或新聞綫索：報社接到這個～後立即派人去現場採訪。

【報名】bào // míng〔動〕為了升學、就業、參加某種活動或組織，向主管人或主管單位報告登記自己的名字：積極～｜～參加義務勞動｜他連續兩年沒考上，今年高考又報了名。

【報幕】bào // mù〔動〕節目演出前向觀眾報告節目的名稱、內容以及作者和演員的姓名：這次演出，由著名影星～。

【報幕員】bàomùyuán〔名〕(位，名)節目演出前擔任報幕工作的人。

【報批】bàopī〔動〕報請上級審核批准：計劃尚未～，請勿外傳。

【報屁股】bàopìgu〔名〕報紙正版排滿之後，剩餘的次要版面空欄；有時指的是副刊(含詼諧意味)：他寫的散文小品，全登在～上。

【報請】bàoqǐng〔動〕用書面形式向上級報告和請示：～領導審核｜～國務院批准。注意"報請"的賓語兼做"審核"或"批准"的主語。這種賓語兼主語不作賓語。因此不能光說"報請領導"或"報請國務院"，必須說"報請領導審核"或"報請國務院批准"。

【報人】bàorén〔名〕(位)指從事報刊工作的人。

【報喪】bào // sāng〔動〕向死者的親友報告死者去世的消息：四處～｜向親友～｜老人一故去，兒女就立刻向老人的至親好友報了喪。

【報社】bàoshè〔名〕(家)編輯出版報紙的新聞機構：他在～工作。

【報失】bàoshī〔動〕把丟失財物或單據憑證的情況報告給有關部門，請求幫助查找或聲明作廢：向派出所～。

【報時】bào // shí〔動〕報告時間，特指廣播電台、電話局、電視台向公眾報告準確的時間：廣播電台一個鐘頭報一次時。

【報數】bào // shù〔動〕報告數目。指排隊時，按照口令，每人依次報一個自然數，以便清點人數。

【報稅】bàoshuì〔動〕向稅務機關申報納稅。

【報亭】bàotíng〔名〕(座)設在公共場所出售報紙、刊物的像亭子的建築物。

【報頭】bàotóu〔名〕報紙第一版和壁報、黑板報等標有報名、期號等的部分。

【報喜】bào // xǐ〔動〕報告喜訊：報紙既要～，又要報憂｜完不成任務，報不了喜。

【報喜不報憂】bàoxǐ bù bàoyōu〔俗〕只報告好

的、喜慶的消息，不報告壞的、不吉利的消息。

【報銷】bàoxiāo〔動〕❶將開支款項向財務部門辦理結算、銷賬手續：參加會議的差(chāi)旅費可據實～。❷把用壞或作廢的物件向管理部門報告銷賬。❸比喻把人或物除掉（含詼諧意）：我們機槍班一上去，敵人很快就～了｜我的自行車沒騎兩年就～了。

【報效】bàoxiào〔動〕為報答恩惠而為對方效勞：～祖國。

【報信】bào//xìn〔動〕把消息告訴人：通風～｜派人～｜有了消息就給我報個信。

【報修】bàoxiū〔動〕向有關部門報告設備出現損壞或發生故障，要求前來修理：～電話｜暖氣管漏水，可向物業公司～。

【報眼】bàoyǎn〔名〕位於報頭旁邊的小塊篇幅，因地位顯著，猶如面部的眼睛，故稱：～上的廣告最惹人注目了。

【報業】bàoyè〔名〕指報紙出版業：～集團｜～大王。

【報應】bàoyìng (-ying)〔動〕佛教用語，佛教認為有施必報，有感必應，無論禍福，皆有報應。後來偏重指種惡因得惡果：害人反害己，真是～！

【報憂】bào//yōu〔動〕報告令人憂慮的消息：要報喜，也要～。

【報章】bàozhāng〔名〕報紙的總稱：～雜誌｜新聞語言，～文字。

【報賬】bào//zhàng〔動〕向財務部門或主管人員報告經手款項的使用情況和賬目：請出差人員到財務科～｜你先走，我要去報一筆賬。

【報紙】bàozhǐ〔名〕❶(份，張)以刊登國內外新聞為主要內容並定期出版的出版物，一般指日報或晚報。❷紙張的一種，用來印一般的報刊、書籍。也叫白報紙、新聞紙。

暴 bào ㊀❶突然而又猛烈：～風｜～雨｜～食～飲。❷兇惡；殘酷：～行｜～徒｜～政。❸〔形〕急躁：～性子｜他的脾氣可～了。❹突然；意外：～死｜山洪～發。❺(Bào)〔名〕姓。
　　㊁❶〔動〕鼓起來；突出：急得頭上青筋起。❷露出，顯現：功～天下｜～屍街頭。
　　㊂〈書〉糟蹋；毀壞：～殄天物｜自～自棄。
　　另見 pù（1044頁）。

語彙 殘暴 粗暴 防暴 風暴 橫暴 狂暴 雷暴 強暴 兇暴

【暴病】bàobìng ❶〔動〕突發重病：～身亡。❷〔名〕突然發作的重病：得了～。

【暴跌】bàodiē〔動〕價格、聲譽等大幅度急劇降低：油價～｜股市～｜身價～。

【暴動】bàodòng〔動〕為反抗當時政權和社會制度而採取集體武裝行動：進行～｜工人～了。

〔辨析〕暴動、暴亂　"暴動"是中性詞，可以指革命的，如"工人農民暴動，反抗反動統治"；也可以指反動的，如"被關押的死囚暴動，企圖越獄"。"暴亂"是貶義詞，破壞社會秩序的暴力騷動才稱為"暴亂"。

【暴發】bàofā〔動〕❶用不正當手段突然得勢或發財。❷突然發作或發生：山洪～｜～傳染病。

【暴發戶】bàofāhù (～兒)〔名〕由於意外機會或用不正當手段突然大發橫財或突然得勢的人或家庭（含貶義）：他靠倒賣香煙起家，成了～。

【暴風雨】bàofēngyǔ〔名〕(場)❶又急又猛的風雨。❷比喻激烈的鬥爭：革命的～。

【暴風驟雨】bàofēng-zhòuyǔ〔成〕來得又快又猛的風雨。比喻聲勢浩大、發展迅猛的群眾運動：農民運動有如～，來勢迅猛。

【暴富】bàofù〔動〕突然富裕起來（多含貶義）：這幫人～後連舊日的朋友也不認得了！

【暴光】bào//guāng 同"曝光"。

【暴君】bàojūn〔名〕兇殘暴虐的君主。泛指殘暴的統治者。

【暴力】bàolì〔名〕❶武力；強制的力量：～行為｜～集團｜～家庭。❷特指國家的強制力量：對於敵對階級，軍隊、警察、法庭是一種～。

【暴利】bàolì〔名〕在短期內非法取得的巨額利潤：牟取～。

【暴戾】bàolì〔形〕〈書〉殘暴兇狠：專橫～｜～恣睢（殘暴兇狠，胡作非為）。

【暴烈】bàoliè〔形〕❶暴躁剛烈：性情～。❷兇暴猛烈：～行動。

〔辨析〕暴烈、暴戾　a)"暴烈"的使用範圍比"暴戾"廣，除了形容人的性情暴躁，行動猛烈外，還可以形容物，如"火勢暴烈""暴烈的狂風"；"暴戾"則形容惡人惡勢力的兇狠殘暴。如"暴君暴戾無親""軍閥暴戾恣睢，魚肉百姓"。b)"暴烈"是中性詞，它描寫的對象不一定是壞人、壞事；"暴戾"是貶義詞，它描寫的對象一定是壞人、壞事。此外，"暴戾"是書面語。

【暴露】bàolù（舊讀 pùlù）〔動〕❶隱蔽的事物顯露出來；使隱蔽的事物顯露出來：～真相｜～目標｜把騙子的醜惡嘴臉～在光天化日之下｜他從來不～思想，誰也不知道他想些甚麼。❷指衣着短或薄，故意裸露身體或身體的一部分（多用於女性）：這位女星身着性感泳裝，魔鬼身材～無遺。

【暴亂】bàoluàn〔名〕(起)破壞社會秩序的武力騷動：武裝～｜發生～｜平定～。

【暴虐】bàonüè〔形〕兇暴殘忍：不人道：殘害小動物是不人道的～行為。

【暴殄天物】bàotiǎn-tiānwù〔成〕暴：殘害；殄：

滅絕；天物：自然界的生物。指殘害、滅絕自然界生物。泛指任意糟蹋東西。**注意** 這裏的"殄"不寫作"珍"，不讀 zhēn。

【暴跳如雷】bàotiào-rúléi〔成〕猛烈地跳腳喊叫，聲音像打雷一樣。形容暴怒的樣子：他知道這件事以後，氣得～。

【暴徒】bàotú〔名〕(名)用打砸搶等殘暴手段迫害民眾，擾亂社會治安的壞人：這一夥～終於被抓獲了。

【暴行】bàoxíng〔名〕兇狠殘暴的行為：揭露侵略者的～。

【暴雨】bàoyǔ〔名〕❶氣象上指 1 小時降雨量達 16 毫米或 24 小時內降雨量在 50-100 毫米的雨。❷(場)突發而急速猛烈的大雨：～成災。

【暴躁】bàozào〔形〕遇事容易衝動，好發脾氣：性情～。

【暴漲】bàozhǎng〔動〕(水位、價格等)大幅度急劇上升：連日大雨，河水～｜近日燃油價格～。

【暴政】bàozhèng〔名〕反動統治者殘酷壓迫、剝削人民的政治措施(跟"仁政"相對)。

【暴走族】bàozǒuzú〔名〕❶指專以開飛車為樂的一類人，源自日語：這條公路一入夜就成了～騎摩托飆車的去處。也叫飛車黨。❷通過快步行走來放鬆心情、強身健體的一類人：這些女性～放棄私車、乘電梯的機會，選擇以走路來達到健身的目的。

【暴卒】bàozú〔動〕〈書〉突然死亡。

䶱 bào〈書〉❶猛獸。❷同"暴"㊀②。

鮑(鮑) bào〔名〕❶"鮑魚"㊀。❷(Bào)姓。

【鮑魚】bàoyú㊀〔名〕軟體動物，生活在海中，肉可食。貝殼堅硬，呈橢圓形，可入藥，叫石決明。也叫鰒魚。㊁〔名〕〈書〉鹹魚：如入～之肆(肆：鋪子)。鮑魚之肆：比喻臭穢的地方)，久而不聞其臭。

瀑 Bào 瀑河，水名。在河北。
另見 pù(1044 頁)。

曝 bào〔舊讀 pù〕見下。
另見 pù(1044 頁)。

【曝醜】bàochǒu〔動〕公開暴露缺點、錯誤或問題：我們～的目的，就是要促進產品質量提高。

【曝光】bào//guāng〔動〕❶指照相膠片或感光紙在一定條件下感光：～速度｜～表。❷比喻把隱秘的事情暴露出來：無論哪個單位出現利用公款大吃大喝的情況，都要在報上～。以上也作暴光。

爆 bào〔動〕❶猛然炸裂或迸出：～炸｜～引～｜暖瓶～了｜車胎～了｜冷灰裏～出火來。❷突然出現或發生：～滿｜～冷門｜～出

醜聞。❸用旺火熱油快速烹炸：～炒｜～肚兒。

語彙 起爆 引爆

【爆炒】bàochǎo〔動〕❶把食物放在熱油鍋內快速煎炸。❷聲勢很大地炒作，以擴大影響：～新聞。❸不斷地買進賣出，從中獲利：～股票。

【爆肚兒】bàodǔr〔名〕一種北方風味小吃。把牛、羊的肚兒切成細絲或薄片，放在開水中稍稍一煮就撈出來，蘸作料吃：北京的～是北京風味小吃中的名吃。

【爆肚】bàodù〔動〕港澳地區用詞。指演員事先沒有準備台詞或忘記台詞時，臨時現編現演。

【爆發】bàofā〔動〕❶火山內岩漿猛然衝破地殼向外噴發：火山～。❷突然發生；突然發作：～革命｜1937 年 7 月 7 日，～了"七七事變"。

[辨析] 爆發、暴發　"暴發"着重在突然性，使用範圍較窄，一般用於洪水、傳染病，有時用於突然發財、得勢("暴發戶")；"爆發"着重在氣勢的猛烈，使用範圍較寬，如火山、雷電以及重大事件、重大舉動、巨大聲音等。"防止戰爭爆發""爆發了反戰遊行""爆發了農民起義"，其中的"爆發"不能換成"暴發"。

【爆發力】bàofālì〔名〕體育運動中剎那間突然產生的力量：他起跑時的～很好。

【爆冷】bàolěng〔動〕爆冷門：網球賽頻頻～，種子選手紛紛落馬。

【爆冷門】bào//lěngmén(～兒)〔慣〕突然出現了意想不到的結果：大～｜連～｜全國女足聯賽第一天就爆出冷門。

【爆料】bào//liào〔動〕❶發表使人感到意外或吃驚的消息；公佈別人不知道的內幕材料：對總統的私人生活再次～，使他成了新聞人物。

【爆滿】bàomǎn〔動〕影劇院、競技場等公共場所人多到難以容納的程度：這個戲上演以來場場～｜體育場有足球比賽，賽前一小時就～了。

【爆棚】bàopéng(粵語)❶〔動〕爆滿：兒童文藝演出專場，場場～。❷〔形〕屬性詞。轟動性的；令人震驚的：這件～新聞好比晴天響雷，震得人們目瞪口呆。

【爆破】bàopò〔動〕用炸藥摧毀物體：定向～｜～敵人的碉堡｜採用新技術～，一座樓房很快就拆了。

【爆笑】bàoxiào〔動〕(許多人)突然同時大笑：使爆笑：滑稽的表演讓全場～。

【爆炸】bàozhà〔動〕❶由於物質變化速度急劇增加並釋放出大量能量，使溫度、壓力很快升高而產生猛烈炸裂：原子彈～｜煤氣罐～。❷數量劇增，突破極限：人口～｜信息～。

【爆炸性】bàozhàxìng〔名〕比喻事情具有的令人震驚的性質或作用：～新聞｜這消息具有～。

【爆竹】bàozhú〔名〕(掛，響)用多層紙緊裹火藥，兩頭堵死，通過點燃引火綫能爆裂發聲的東西。多用在喜慶或節日：燃放～。也叫炮仗、爆仗。

> **古代的爆竹**
> 古人燃燒竹子，發出爆裂聲，用以驅鬼，稱為爆竿或爆竹。今天爆竹的名稱就是由此而來。宋代用紙包火藥燃放，叫爆仗。

【爆竹脾氣——一點就着】bàozhú píqi——yī diǎn jiù zháo〔歇〕形容脾氣暴躁，容易衝動：你哥哥是～，所以，你和保安人員發生衝突的事先別告訴他。

bēi ㄅㄟ

杯〈盃桮〉bēi ❶〔名〕杯子：酒～｜茶～｜玻璃～｜保温～｜～盤狼藉。❷ 形狀像杯的獎品：金～｜獎～｜世界～足球賽。❸(Bēi)〔名〕姓。

> 語彙　乾杯　獎杯　金杯　捧杯　貪杯　銀杯

【杯葛】bēigé〔動〕指在勞工、經濟、政治或社會關係中為反對不公正的做法而採取的有組織的抵制。1880年愛爾蘭佃農為反對地主收回土地，對田莊管理人杯葛進行了有效的抵制。此後人們就把抵制叫作杯葛。五四運動時期常使用這個詞。[英boycott]

【杯弓蛇影】bēigōng-shéyǐng〔成〕漢朝應劭《風俗通義‧怪神》記述，杜宣到別人家裏參加宴會，牆上的弓映在酒杯裏，他以為是蛇，疑心自己飲酒時吞下了毒蛇，回去就病了。後用"杯弓蛇影"形容疑神疑鬼，自相驚擾。

【杯盤狼藉】bēipán-lángjí〔成〕狼藉：雜亂的樣子。杯盤放得亂七八糟。形容酒宴後桌面上雜亂不堪的樣子。

【杯賽】bēisài〔名〕(屆)以某種獎杯命名的競賽活動，多指體育賽事。

【杯水車薪】bēishuǐ-chēxīn〔成〕《孟子‧告子上》："今之為仁者，猶以一杯水救一車薪之火也。"意思是用一杯水去救一車柴草燒起來的火。比喻力量太小或東西太少，無濟於事。

【杯中物】bēizhōngwù〔名〕指酒：酷愛～。

【杯子】bēizi〔名〕(隻)盛飲料或其他液體的器具，多為圓柱狀，容積有大有小。**注意**"杯子"一般不借用作量詞，不說"兩杯子水""三杯子水"。

卑bēi ❶ 位置或地位低下：位～｜～賤｜地勢～濕。❷ 品質或質量低劣：～鄙｜～劣。❸〈書〉謙恭：～辭厚禮｜謙～。❹〈書〉卑屈(跟"亢"相對)：不～不亢。❺〈書〉衰微；衰弱：王室其將～乎！❻(Bēi)〔名〕姓。

> 語彙　謙卑　自卑　不亢不卑

【卑鄙】bēibǐ〔形〕❶ 語言行為下流、惡劣(跟"高尚"相對)：～無恥｜～齷齪｜他這樣做太～了。❷〈書〉卑微鄙陋：先帝不以臣～，猥自枉屈，三顧臣於草廬之中。

【卑辭厚禮】bēicí-hòulǐ〔成〕謙卑的言辭，豐厚的禮物。也作卑詞厚禮。

【卑躬屈膝】bēigōng-qūxī〔成〕卑躬：彎腰低頭；屈膝：下跪。形容沒有骨氣，奉承討好：他對上司那副～的樣子，叫人看了噁心。也說卑躬屈節。

【卑賤】bēijiàn〔形〕❶ 出身或地位低下(跟"高貴"相對)：出身～｜地位～。❷ 卑鄙下賤：做人要有骨氣，不可自視～｜行為～。

【卑劣】bēiliè〔形〕卑鄙惡劣(跟"高尚"相對)：言行～｜品格～｜～的行徑｜他是一個～的人。

【卑俗】bēisú〔形〕低劣庸俗：～小人。

【卑瑣】bēisuǒ〔形〕〈書〉低劣；庸俗：～之人。

【卑微】bēiwēi〔形〕地位低下：出身～｜他是一個～的小人物。

【卑污】bēiwū〔形〕品質惡劣，思想骯髒(跟"高潔"相對)：～小人｜品質～｜～的靈魂。

【卑下】bēixià〔形〕❶ 品格低下(跟"高尚"相對)：品質惡劣～。❷ 地位低賤(跟"高貴"相對)：地位～｜職位～。

【卑職】bēizhí〔名〕〈謙〉舊時下級官吏對上司的自稱。

陂bēi〈書〉❶ 池塘：～塘｜～池｜～澤。❷ 池塘的岸；水邊：彼澤之～，有蒲與荷。❸ 山坡：～南～北鴉陣黑，舍西舍東楓葉赤。　另見pí(1020頁)；pō(1037頁)。

背〈揹〉bēi〔動〕❶ 人用背(bèi)馱東西：～孩子｜～行李｜～得動｜～不動｜～得了｜～不了｜豬八戒～媳婦。❷ 負擔：～了一身債｜這麼重大的責任我可～不起。　另見bèi(59頁)。

【背包】bēibāo〔名〕行軍或外出遠行時背(bēi)在背上的衣被包裹：出發前要打好～。

【背包袱】bēi // bāofu〔慣〕比喻有思想、經濟方面的負擔：你不要因為批評而～｜父母死後，弟妹靠他掙錢維持生活，他背上了沉重的包袱。

【背包客】bēibāo kè〔名〕指背着雙肩包自助旅行的人，也泛指戶外活動，如探險、登山等的參加者。

【背帶】bēidài〔名〕❶(根，條)背行李、槍支等用的帶子。❷ 搭在雙肩上用以繫褲子或裙子的帶子：～褲。

【背負】bēifù〔動〕❶ 用脊背馱(東西)：～着行李捲兒。❷ 擔負：～着人民的希望。

【背黑鍋】bēi hēiguō〔慣〕比喻代人受過或蒙受冤

屈而承受惡名：你挪用了公款，讓我～，我可不幹！

【背債】bēi//zhài〔動〕欠債；負債：因為買房，背了許多債。

桮 bēi 見下。
另見 pí（1021 頁）。

【桮柿】bēishì〔名〕柿子的一個變種，果實小而黑，不能吃，可用來製塗料。

悲 bēi ❶ 悲傷（跟"歡""喜"相對）：～歡離合｜樂極生～｜不以物喜，不以己～。❷ 憐憫：慈～｜兔死狐～｜可～可歎。❸ 思念：遊子～故鄉。❹（Bēi）〔名〕姓。

> 語彙　慈悲　可悲　傷悲　樂極生悲　兔死狐悲

【悲哀】bēi'āi〔形〕傷心（跟"喜悅"相對）：很～｜～極了｜～的結局。

【悲不自勝】bēibùzìshèng〔成〕悲傷得承受不了。形容極為悲痛。

【悲慘】bēicǎn〔形〕極其痛苦悽慘：～的遭遇｜～的生活｜戰亂國家和地區人民的生活非常～。

【悲愴】bēichuàng〔形〕〈書〉十分悲傷：每讀此二人書，未嘗不～流涕。注意"愴"不讀 cāng。

【悲憤】bēifèn〔形〕悲傷而憤怒：～填膺｜無比～。

【悲歌】bēigē ❶〔動〕悲壯地歌唱：慷慨～。❷〔名〕（首，曲）悲壯的歌曲：國際～歌一曲，狂飆為我從天落。

【悲觀】bēiguān〔形〕精神頹廢，缺乏信心（跟"樂觀"相對）：～失望｜～厭世｜～消極｜你對形勢的估計太～了。

【悲歡離合】bēi-huān-lí-hé〔成〕泛指人生中悲哀、歡樂、離別、團聚的種種遭遇：人有～，月有陰晴圓缺。也說離合悲歡。

【悲劇】bēijù〔名〕❶ 戲劇的一種類型，以表現主人公跟現實之間不可調和的矛盾衝突及其悲慘結局為基本特點（跟"喜劇"相對）。❷（場）比喻不幸的遭遇：家庭～｜人生～｜戀愛～。

【悲苦】bēikǔ〔形〕悲哀痛苦：內心～，難以訴說。

【悲涼】bēiliáng〔形〕悲哀淒涼：笛聲～｜～的秋夜｜～的月色。

【悲鳴】bēimíng〔動〕悲哀地鳴叫：寒蟬在～｜敵人絕望地～。注意"悲鳴"用於人時，含貶義。

【悲切】bēiqiè〔形〕〈書〉悲傷痛切：哭聲～｜莫等閒，白了少年頭，空～。

【悲傷】bēishāng〔形〕悲痛傷心：他很～｜不要過於～。

【悲酸】bēisuān〔形〕悲痛心酸：眼前的慘狀，實在令人～。

【悲歎】bēitàn〔動〕悲傷歎息：～命運｜令人～。

【悲天憫人】bēitiān-mǐnrén〔成〕悲歎時世的艱辛，憐憫人民的疾苦。形容對社會腐敗和民生

疾苦的激憤憂傷：這一番話，激起了他～的滿腔義憤。

【悲痛】bēitòng〔形〕極度傷心：化～為力量｜對森林大火帶來的不幸，他感到很～｜不要～，要重新振作起來。

> [辨析] 悲痛、悲傷　"悲痛"是由重大的不幸所引起的，程度比"悲傷"重。如說"親人永遠離去，他悲痛欲絕"，比說"他很悲傷"痛苦程度要重。習慣上有"化悲痛為力量"的說法，不說"化悲傷為力量"。

【悲喜交集】bēixǐ-jiāojí〔成〕悲哀和喜悅的感情交織在一起。

【悲喜劇】bēixǐjù〔名〕指同時具有悲劇和喜劇色彩的戲劇。

【悲咽】bēiyè〔動〕悲傷哽咽：經人勸說後，她不再～了。

【悲壯】bēizhuàng〔形〕悲哀而雄壯；悲哀而壯烈：歌聲～｜～的樂曲｜烈士犧牲的場面十分～。

碑 bēi〔名〕❶（塊，座，個）刻着文字或圖畫，豎立起來用作紀念或標誌的石頭：紀念～｜墓～｜里程～｜界～｜樹～立傳。❷（Bēi）姓。

> 語彙　豐碑　界碑　口碑　墓碑　石碑　紀念碑　里程碑　有口皆碑

【碑額】bēi'é〔名〕碑的上端及其題字。

【碑記】bēijì〔名〕碑上所刻的記事文字。

【碑碣】bēijié〔名〕（塊，座）"碑"①。古代稱上端呈方形的碑石為碑，呈圓形的碑石為碣。後來混用不分。注意"碑碣"一般用於書面語，但有些地方如山東，口語就說"碑碣"。

【碑刻】bēikè〔名〕刻在碑石上的文字或圖畫：古代～｜他是研究～的專家。

【碑林】bēilín〔名〕藏有眾多石碑的地方。因碑石層層豎立，密佈如林，故稱。

> **中國的四大碑林**
> a）西安碑林是陝西西安市內的著名古跡，內藏各種碑石近三千方，漢魏以及唐朝著名書法家的碑刻大都集中在這裏，是中國保存碑石最多的地方。始建於北宋哲宗元祐二年（1087年），原為保存唐代《開成石經》《石台孝經》等而設，後陸續增加。b）山東曲阜孔廟碑林，集碑碣兩千多塊，其中兩千多年前的孔廟、史晨、乙瑛、禮器等四塊漢碑是聞名中外的碑林珍品。c）台灣高雄南門碑林，共陳列清朝 61 塊碑碣，均為書法藝術上的珍品。d）四川西昌地震碑林，有碑石一百多塊，記載了這一帶歷史上發生地震的資料，是地震史研究的寶貴文獻。

【碑銘】bēimíng〔名〕碑文。

【碑拓】bēità〔名〕拓印的碑帖。

B

【碑帖】bēitiè〔名〕中國的碑和帖上兩種文字的合稱。碑，旨在宣揚，如朝廷規章、法令，各地名勝以及某人事跡等，文字書寫一般比較工整端莊；而帖更注重書法的藝術性，因此也叫作法帖。碑帖的文字刻在石上、木上，再翻拓在紙上，供人欣賞、臨摹和學習。

【碑文】bēiwén〔名〕碑石上的文字。

【碑陰】bēiyīn〔名〕碑的背面。

鵯（鵯）bēi〔名〕鳥類的一屬，體形似鳩，羽毛大部為黑褐色，以昆蟲和果實為食。

běi ㄅㄟˇ

北 běi ❶〔名〕方位詞。四個主要方向之一，早晨面向太陽時左手的一邊（跟"南"相對）：～邊兒｜～屋｜～半球｜路～｜城～｜由南往～｜東西南～。❷〈書〉打敗仗；失敗：連戰皆～｜屢戰屢～。❸〈書〉敗逃者：追亡逐～。❹(Běi)〔名〕姓。

語彙 敗北 奔北 東北 華北 江北 西北 山南海北 天南地北 追奔逐北 走南闖北

【北半球】běibànqiú〔名〕地球以赤道為界，分為南北兩個半球，赤道以北的叫北半球。

【北邊】běibian〔名〕(～兒)方位詞。❶北：教室在禮堂的～兒｜劇場～兒有一個博物館。❷北方②：他具有～人豪爽的氣質｜我初到～的那幾年，生活很不習慣。

【北冰洋】Běibīng Yáng〔名〕世界第四大洋，位於北極圈內，被亞洲、歐洲、北美洲所包圍，面積1310萬平方千米。

【北朝】Běicháo〔名〕北魏（後分為東魏、西魏）、北齊、北周的合稱。參見"南北朝"（958頁）。

【北辰】běichén〔名〕古書上指北極星。

【北大荒】Běidàhuāng〔名〕過去稱中國北部的一塊廣大荒原，位於黑龍江省嫩江流域、黑龍江谷地和三江平原。中華人民共和國成立後，經過大力開墾，此地已成為中國重要產糧基地之一。盛產小麥、大豆、甜菜等。

【北戴河】Běidàihé〔名〕地名，在河北秦皇島西南，北靠蓮蓬山，南臨渤海。風景優美，氣候宜人，為著名的避暑療養勝地。

【北斗星】běidǒuxīng〔名〕大熊星座的七顆亮星。把七顆星連接起來，很像古代舀酒用的斗，故稱。分斗身和斗柄兩部分，斗身由四顆星組成，斗柄由三顆星組成。把斗身邊緣的兩顆星連成直綫並向外延長約為五倍的距離，就可以找到北極星。北極星所在的方向，就是地球的正北方，因此常被當作辨認方向的標誌。

北斗七星
在中國古代，把大熊星座中的七顆亮星看作一個勺子的形狀，這就是北斗七星。其中，玉衡星、開陽星、搖光星三星是斗柄，天樞星、天璇星、天璣星和天權星四星是斗魁，又叫璇璣。古人云："斗柄東指，天下皆春；斗柄南指，天下皆夏；斗柄西指，天下皆秋；斗柄北指，天下皆冬。"遠古時代沒有日曆，人們就用這種辦法估測四季。

【北豆腐】běidòufu〔名〕(塊)豆漿煮開後加入鹽鹵製成的豆腐，比南豆腐水分少且硬（區別於"南豆腐"）。

【北伐戰爭】Běifá Zhànzhēng 第一次國內革命戰爭時期，中國共產黨與中國國民黨實行了兩黨第一次合作，建立了國民政府，組織了十萬人的國民革命軍，並於1926年7月從廣東出師北伐，在以後的十個月中，先後打了北洋軍閥四十多萬軍隊，結束了北洋軍閥的統治。這次戰爭稱為北伐戰爭。

【北方】běifāng〔名〕❶方位詞。北：飛機向～飛去｜～的天空有一片烏雲。❷北部地區，在中國指黃河流域及其以北地區：～人都愛吃麵食｜當～還是冰天雪地的時候，南方不少地方已經鳥語花香了。

辨析 北方、北邊　"北邊"既可用於近距離，也可用於遠距離，凡用"北方"的地方都可換用"北邊"；"北方"一般只用於遠距離，如"教室裏北邊的牆上掛着一幅世界地圖""圖書館的北邊有一個小賣部"，其中的"北邊"都不能換用"北方"。

【北方話】běifānghuà〔名〕北方方言，是普通話的基礎方言。包括長江以北以及雲南、貴州、四川、重慶、湖北大部、湖南西北部及廣西北部的方言。

【北非】Běifēi〔名〕非洲北部，包括埃及、蘇丹、利比亞、阿爾及利亞、突尼斯、亞速爾群島、馬德拉群島等。

【北宮】Běigōng〔名〕複姓。

【北國】běiguó〔名〕〈書〉泛指中國的北部地區（跟"南國"相對）：～江南｜～風光。

【北海公園】Běihǎi Gōngyuán 中國名園，位於北京市區，故宮的西北部，是由遼、金、元、明、清幾代逐步建造的皇家園林。瓊華島四面環水，山上有藏式白塔。依山傍水的古建築還有五龍亭、九龍壁、萬佛樓、漪瀾堂等。

【北回歸綫】běihuíguīxiàn〔名〕北緯23°26′的緯綫。因太陽直射至此綫，即行南返，不復向北，故稱。"回歸綫"（581頁）。

【北貨】běihuò〔名〕北方出產的食品，如紅棗、核桃、柿餅等。

【北極】běijí〔名〕❶地球自轉軸的北端，北半球的頂點。❷北磁極，用 N 來表示。

【北極圈】běijíquān〔名〕北半球的極圈，是北寒帶和北溫帶的分界綫。參見"極圈"（614 頁）。

【北極星】běijíxīng〔名〕（顆）北方星空小熊星座中的阿爾法（α）星，正好位於天球北極的位置，用肉眼幾乎看不到它的變化，有助於人們辨別方向。參見"北斗星"（57 頁）。

【北京】Běijīng〔名〕中國文化名城。公元 10 世紀初為遼代陪都，稱南京（也叫燕京）。金、元、明、清四朝相繼在這裏建都。北京集中展現着數千年燦爛的民族文化，有周口店北京猿人遺址、八達嶺和居庸關長城、頤和園皇家園林、故宮帝王宮殿、北海、天壇、香山、十三陵等名勝古跡。1949 年中華人民共和國成立，確定北京為首都，中央直轄市。面積 16800 多平方千米，人口 1200 多萬（2006 年），除漢族外，還有回、滿、蒙等民族。北京科研機關、高等院校、圖書館、博物館星羅棋布，不僅是全國的政治中心，而且是全國的經濟、科技、文化中心。

【北京時間】Běijīng shíjiān 中國的標準時。以東經 120°子午綫為標準的時刻，是北京所在地的區時，比世界時早 8 小時。

【北京猿人】Běijīng yuánrén 中國猿人的一種，直立人，生活在距今約 50 萬年前。1929 年在北京周口店龍骨山山洞發現了第一個完整的頭骨化石。也叫北京人。

【北美洲】Běiměizhōu〔名〕北亞美利加洲的簡稱。位於西半球北部。東臨大西洋，西臨太平洋，北臨北冰洋，南以巴拿馬運河與南美洲為界。面積 2422.8 萬平方千米，人口 5.5 億（2014 年）。為世界第三大洲。包括加拿大、美國、墨西哥、中美各國、西印度群島與格陵蘭等國家和地區。

【北面】běimiàn（～兒）〔名〕方位詞。北邊。

【北歐】Běi'ōu〔名〕歐洲北部地區，包括芬蘭、瑞典、挪威、丹麥和冰島等國。

【北漂】běipiāo ❶〔動〕指沒有北京戶籍而在北京工作或謀求發展：～一族｜她大學畢業後一直過着～的生活。❷〔名〕稱北漂的人。生活多不夠穩定，有漂泊感：老～｜為了拜師學藝，他毅然辭職進京，成為一名～。

【北平】Běipíng〔名〕北京曾用的名稱。1928 年 6 月 20 日中華民國政府以南京為首都，改北京為北平，1949 年 10 月 1 日中華人民共和國成立又改稱北京。

【北齊】Běiqí〔名〕南北朝時北朝之一，公元 550-577 年，高洋所建，建都鄴（今河北臨漳西南）。

【北曲】běiqǔ〔名〕❶宋元以來北方戲曲、散曲所用的各種曲調的統稱（跟"南曲"相對），聲調豪壯樸實。❷元代流行於北方的戲曲。

【北上】běishàng〔動〕中國古代以北為上，後來到北方去就說"北上"（跟"南下"相對）：～抗日。

【北宋】Běisòng〔名〕朝代，公元 960-1127 年，自太祖趙匡胤建隆元年起，至欽宗趙桓靖康二年止，建都汴京（今河南開封）。

【北唐】Běitáng〔名〕複姓。

【北緯】běiwěi〔名〕赤道以北的緯度或緯綫。

【北魏】Běiwèi〔名〕南北朝時北朝之一，公元 386-534 年，鮮卑人拓跋珪所建。後分裂為東魏、西魏。

【北洋】Běiyáng〔名〕清末指奉天（遼寧）、直隸（河北）、山東等北方沿海地區。設北洋通商大臣，由直隸總督兼任：～大臣｜～水師。

【北洋軍閥】Běiyáng Jūnfá 民國初年代表北方封建勢力的軍閥集團。1911 年辛亥革命後，袁世凱篡奪了總統職位，他廣植黨羽，擴大北洋軍，開始了北洋軍閥從中央到地方的反動統治。1916 年袁世凱死後，北洋軍閥分裂為直、皖、奉三個派系，在外國帝國主義的支持下先後控制了當時的北京政府，鎮壓革命力量，出賣國家主權，連年進行內戰。

【北野】Běiyě〔名〕複姓。

【北約】Běiyuē〔名〕北大西洋公約組織（NATO）的簡稱，該組織於 1949 年 8 月《北大西洋公約》生效時成立，此後相繼加入的還有德國、土耳其、西班牙、希臘、波蘭、捷克、匈牙利等國。總部設在比利時首都布魯塞爾。

【北周】Běizhōu〔名〕南北朝時北朝之一，公元 557-581 年，鮮卑人宇文覺所建，建都長安（今陝西西安）。

bèi　ㄅㄟˋ

孛　bèi 古書上指彗星。
另見 bó（99 頁）。

貝（贝）　bèi ㊀❶〔名〕螺、蚌、蛤蜊等有介殼的軟體動物的總稱。❷古代用貝殼做的貨幣：～貨。❸（Bèi）〔名〕姓。
㊁〔量〕貝爾的簡稱。

語彙　寶貝　川貝　分貝　拷貝

【貝雕】bèidiāo〔名〕（件）用貝殼雕刻的造型藝術，也指用貝殼加工製成的工藝品。

【貝多】bèiduō〔名〕葉樹，高可達 20 多米，葉子大，掌狀羽形分裂，生長在印度。也作貝多。[梵 pattra]

【貝爾】bèi'ěr〔量〕計量聲強、電壓或功率等相對大小的單位，符號 B。為紀念美國發明家貝爾（Alexander Graham Bell, 1847-1922）而定名。簡稱貝。[英 bel]

【貝殼】bèiké（～兒）〔名〕（隻）貝類的介殼。多美觀，有花紋，可供玩賞或製成裝飾品：海灘上有很多美麗的～。

【貝雷帽】bèiléimào〔名〕(頂)一種無檐的扁圓帽，主要供軍人戴。[貝雷，法 bèret]

【貝母】bèimǔ〔名〕多年生草本植物。莖直立，花淡黃綠色，吊鐘形，鱗莖扁球狀，可入藥。種類眾多，以浙貝母、川貝母使用最廣。

【貝塔射綫】bèitǎ shèxiàn 放射性物質衰變時放射出來的高速運動的電子(或正電子)流，有穿透能力。通常寫作 β 射綫。[貝塔，希臘字母 β 的音譯]

【貝葉】bèiyè〔名〕(片)貝多樹的葉，可做扇子，也可代替紙用來寫字。古代印度人在貝葉上寫的佛經就叫"貝書"或"貝葉經"。

邶 Bèi ❶ 西周古國名，在今河南湯陰東南。❷〔名〕姓。

背 bèi ㊀〔名〕❶ 背部，軀幹後面跟胸腹相對的部位：前胸後～｜腹～受敵。❷(～兒)某些物體的反面或後部：手～｜刀～兒｜力透紙～。❸(Bèi)姓。
㊁❶〔動〕背部朝着(跟"向"相對)：～山面海｜～水一戰｜～着太陽站在那裏。❷反對：人心向～。❸離開：離鄉～井。❹〔動〕躲避；瞞：他～着大夥兒，不知道幹些甚麼｜好話不～人，～人沒好話。❺〔動〕背誦：每天都要～書｜台詞～熟了。❻違反：～信棄義｜棄理～義。
㊂〔形〕❶ 偏僻：～街小胡同｜他住的地方很～。❷〈口〉不順利；運氣不好：走～運｜他今天手氣真～。❸ 聽覺不靈：耳朵有點兒～。
另見 bēi(55頁)。

語彙 脊背 駝背 違背 項背 汗流浹背 力透紙背

【背城借一】bèichéng-jièyī〔成〕《左傳·成公二年》："請收合餘燼，背城借一。"意思是在自己的城下，憑藉最後一戰，決定存亡。泛指作最後的決戰。

【背道而馳】bèidàoérchí〔成〕朝着相反的方向奔跑。比喻方向、目標完全相反：切不可與歷史發展方向～。

【背地裏】bèidìli〔名〕暗中；私下：不要～說別人的壞話｜當面說好聽，～卻在揭鬼。也說背地。

【背供】bèigōng〔名〕傳統戲曲的一種表演程式，相當於西方戲劇的旁白。場上如二人或二人以上同在，其中一人獨自思考時，演員通常舉一手以擋住臉部，面向觀眾唸白或演唱。一般把採用這種表演程式稱為打背供。也作背躬。

【背光】bèiguāng〔動〕光綫被擋住不能直接照射：這兒～，看書請到亮處去。

【背後】bèihòu〔名〕❶ 後面：屏風～｜房屋～。❷暗中；私下：當面是人，～是鬼｜他在～下了毒手。

【背井離鄉】bèijǐng-líxiāng〔成〕背：離開；井：

上古實行井田制，八家共有一"井"，引申為家鄉。指離開家鄉，在外生活(多指不得已的)：老華僑從小～，在外國生活了幾十年，去年才回來。也說離鄉背井。

【背景】bèijǐng〔名〕❶ 佈景①：這個話劇一共三幕，三幕的～都一樣。❷ 照片、圖畫等中襯托主體事物的景物：這張照片～太模糊。❸ 對人物的活動或事態發生、發展起重要作用的歷史條件或現實環境：社會～｜歷史～｜時代～｜關於這件事，我向你介紹一點～材料。❹ 指背後可以倚靠的力量：這個新來的科員盛氣凌人，好像有甚麼～。

【背靜】bèijing〔形〕❶ 偏僻：～的小巷｜～的村莊。❷ 清靜：市中心有個小公園，很～｜這兒人來人往，不怎麼～。

【背離】bèilí〔動〕❶ 離開；分離：～故鄉｜人心～。❷ 違背；違反：～做人的準則。

【背理】bèi // lǐ〔形〕不合理；違背事理：這事他處理得有點～。

【背面】bèimiàn (～兒)〔名〕某些物體的反面(跟"正面"相對)：在照片的～兒寫上名字。

【背叛】bèipàn〔動〕背離一方，投向敵對一方；叛變：～祖國｜～人民｜朝廷變亂，四方～。

【背棄】bèiqì〔動〕違背並拋棄：～原先的信仰｜～雙方簽訂的和約。

辨析 **背棄、背離** a)"背棄"的程度較重，"背離"的程度較輕。b)"背棄"是自覺的行動，"背離"則可以是自覺的行動，也可以是不自覺的行動。如"他背棄了原來的立場"，是自覺的行動；而"他背離了原來的立場，站到新的立場上來了"，是自覺的行動，也可以是不自覺的行動，如"他還沒有認識到，自己的所作所為已經背離了原來的立場"。

【背時】bèishí〔形〕(北方官話)❶ 不合時宜：人家都用計算器了，你還用算盤，就不覺得～嗎？❷ 倒霉；運氣不好：俺今年真～，種莊稼遭了災，做買賣賠了本。

【背水一戰】bèishuǐ-yīzhàn〔成〕據《史記·淮陰侯列傳》載，漢將韓信率領軍隊攻打趙國，在井陘口背水擺開陣勢，與敵人交戰。韓信用前臨大敵、後無退路的處境來堅定將士拚死求生的決心，終於大破趙軍。後用"背水一戰"比喻在絕境中拚死決戰：對手實力強大，要想進決賽，只有～了。

【背誦】bèisòng〔動〕憑記憶誦讀看過的文字：～課文｜～台詞｜把這首詩～一遍。

【背心】bèixīn (～兒)〔名〕(件)沒有衣領和衣袖，只能遮蔽胸腹和背部的上衣：棉～｜夾～｜毛～。

【背信棄義】bèixìn-qìyì〔成〕違背信用，拋棄道義：你們單方面撕毀合同，這完全是一種～的行為。

B

【背陰】bèiyīn（～兒）❶〔動〕陽光照射不到：大家都在～兒的地方休息｜這個地方～兒，很涼快。❷〔名〕陽光照不到的地方：大家找個～，先休息一下。

【背影】bèiyǐng（～兒）〔名〕人的背面身影：這張照片，你只照了個～兒｜父親匆匆離去的～，使我久久不能忘懷。

【背約】bèi//yuē〔動〕違背約定；背棄諾言：他答應的事，從不～。

【背運】bèiyùn ❶〔形〕運氣不好，不順利：真見鬼，幹甚麼都～。❷〔名〕不好的運氣：他正走～。

【背着手】bèizheshǒu 兩手放在背後交叉着：他～在屋裏走來走去｜爸爸在走廊上～踱方步。

倍 bèi ❶〔量〕跟原數相等的數，某數的幾倍就是用幾乘某數：五的三～是十五。**注意**"倍"只能用於表示數量的增加，不能用於表示數量的減少。"減少了一倍"是錯誤的說法，正確的說法是"減少了一半""減少了 50%"或"減少了五成"。❷ 加倍：事～功半｜～道兼程。❸〔副〕格外；更加：幹勁～增｜每逢佳節～思親。❹（Bèi）〔名〕姓。

語彙 成倍 加倍 事半功倍

【倍道兼程】bèidào-jiānchéng〔成〕指加倍趕路，一天走兩天的路程。

【倍加】bèijiā〔副〕加倍地；更加：～珍惜｜節日的廣場，人潮湧動，～熱鬧。

【倍受】bèishòu〔動〕更加受到；格外受到：綠色食品剛一投入市場，就～歡迎。

【倍數】bèishù〔名〕❶ 一個數可用另一數除盡時，這個數就是另一數的倍數，如 21、18、15 都是 3 的倍數。❷ 一個數除以另一數所得的商，如 10÷5=2，即 10 是 5 的 2 倍，2 是倍數。

【倍增】bèizēng〔動〕成倍地增長：人數～｜身價～。

狠（狴） bèi 見"狼狽"（801頁）。

悖（誖）bèi〈書〉❶ 衝突；違背：並行不～｜～於情理。❷ 謬誤；荒謬：～謬｜～言亂辭。❸ 惑亂；糊塗：老～｜～晦。

語彙 狂悖 並行不悖

【悖理】bèilǐ〔形〕背理；違反情理。

【悖論】bèilùn〔名〕指某些語意朦朧、是非難定、真偽難分的說法。如有人說："我正在說的這句話是謊話。"對於這句話本身，人們根本就分辨不出它到底是謊話還是實話。

【悖謬】bèimiù〔形〕〈書〉錯誤；荒謬：從無～之事。也作背謬。

【悖逆】bèinì〔動〕〈書〉違反正道：～人倫。

【悖入悖出】bèirù-bèichū〔成〕《禮記·大學》："貨悖而入者，亦悖而出。"用不正當手段得來的財物，也會讓人用不正當手段拿去。後來也指胡亂得來的錢又胡亂花掉。也說悖出悖入。

被 bèi ㊀〔名〕❶（條，床）被子：羽絨～｜天涼，睡覺不蓋～可不行。❷（Bèi）姓。

㊁〈書〉❶ 覆蓋：芳草～徑。❷ 遭受：～災｜～創（創：傷）。

㊂❶〔介〕在句中表示主語是動作的接受者，施動者放在"被"字後：衣服～風颳跑了｜登山隊～風雪所阻｜虎落平陽～犬欺。**注意** a）"被"字句的動詞後面多有表示完成或結果的詞語。b）"被"字句動詞前後大都帶有附加成分，如"被颳跑了""被借走了""被……所阻"。c）"被"字句用單個動詞，不帶賓語、補語時，只限於少數雙音節詞，而且"被"字前常帶有助動詞、副詞或時間詞語。如"封建王朝的統治終於被人民推翻""大家的建議已經被領導採納""你的話可能被人誤解""他的父親在 1948 年被敵人殺害"。d）否定詞必須放在"被"字的前面，如"有些意見沒有被領導接受""他覺得自己不被上級重視"。❷〔助〕結構助詞。用在動詞前，表示動作的被動性，但不點明施動者：～殺｜～盜｜敵人～消滅了｜老周～任命為董事長。

| **辨析** 被、叫、讓　a）作為介詞，"叫""讓"多用於口語，"被"多用於書面語。比較正式、莊重、嚴肅的場合用"被"，不用"叫""讓"，如"他被選為人民代表""那項議案被聯合國安理會推翻了"，不能換用"叫""讓"。b）"被"字經常直接用在動詞前，作為表示被動的助詞，如"被燒""被打""被否定""被扭轉"等；"叫"字很少這樣用；"讓"字沒有這種用法。c）"叫"或"讓"後面是指人的名詞時，可能跟動詞用法混淆，產生歧義，如"妹妹叫（讓）他帶走了"，可以理解為"妹妹要他帶（某物）走了"，也可以理解為"妹妹被他帶走了"；"被"字意義總是確定的，不會出現這樣的問題。|

語彙 單被 夾被 棉被 植被 毛巾被

【被單】bèidān（～兒）〔名〕❶（條，床）鋪在床上的布單子。❷（條）單層布做的被子。

【被動】bèidòng〔形〕❶ 受外力推動而行動的；不自覺的（跟"主動"相對）：你要爭取主動，不要～。❷ 不能按自己的意願行事，處於不利地位（跟"主動"相對）：他在工作中顯得很～｜我方提出具體方案以後，對方十分～。

【被動吸煙】bèidòng xīyān 不吸煙者被迫吸入吸煙者吐出的有害煙霧：大量事實證明，～能引起多種疾病。

【被告】bèigào〔名〕（名）訴訟中被起訴的一方（跟"原告"相對）。也叫被告人。

【被叫】bèijiào〔名〕指接聽電話的一方（跟"主叫"

相對）。

【被裏】bèilǐ（～兒）〔名〕（條、床）被子的裏子，指蓋用時貼身的一面（跟“被面”相對）：～兒還是棉布的好。注意“被裏”也可以說成“被裏子”，但是不能說成“被子裏”。“被裏子”是被的裏子，而“被子裏”是被子的裏面或被子的裏頭，二者完全不同。

【被面】bèimiàn（～兒）〔名〕（條、床）被子的正面，指蓋用時不貼身的一面（跟“被裏”相對）：媽媽給女兒買了一床緞子～。

【被難】bèinàn〔動〕〈書〉❶遭受災難：～的人已安置妥當。❷因災禍或變故而喪失生命：他的父親在抗爭鬥爭中～。

【被迫】bèipò〔動〕迫不得已或勉強（去做某事）：～停止試驗｜工程項目～下馬｜老李這樣做完全出於～。

【被褥】bèirù〔名〕被子和褥子；鋪蓋：他家床上的～都是新的。

【被套】bèitào〔名〕❶裝被子的外套，一面的中間或兩面的邊上開口。❷為了拆洗方便，把被裏和被面縫成的袋狀物。❸棉被的胎：打～｜～網了新棉花。

【被頭】bèitóu〔名〕❶縫在被子蓋上身那一頭的布：縫～｜拆洗～。❷（吳語）被子。

【被窩兒】bèiwōr〔名〕睡覺時鋪成長筒形的被子的裏面：鑽～｜太陽老高了，他還躺在～裏呢！

【被罩】bèizhào〔名〕（床）罩在被子外面，便於換洗的布套子。

【被子】bèizi〔名〕（床、條）睡覺用具，蓋在身上可保暖，一般用布或綢緞做面，用布做裏子，裝上棉花、絲綿、羽絨等。

瑣（瑣）bèi〈書〉貝類飾物。

楨（楨）bèi 見下。

【楨多】bèiduō 同“貝多”。

琲 bèi〈書〉成串的珠子。

棓 bèi 見“五棓子”（1435頁）。
另見 bàng（43頁）。

備（备）〈俻〉bèi ❶具備；完備：德才兼～｜萬事齊～，只欠東風｜求全責～。❷〔動〕準備：～而不用｜有～無患｜常～不懈。❸防備：防旱～荒｜出其不意，攻其不～。❹設備：軍～｜裝～｜配～。❺〔副〕〈書〉盡；完全：關懷～至｜～受歡迎｜～嘗辛苦。❻（Bèi）〔名〕姓。

辨析 **備、倍** 二者在書面語中有文言用法的副詞意義。“備”指完全，“倍”指更加、格外。各有習慣的組合詞語。如“關懷備至”“艱苦備嘗”“信心倍增”“倍感親切”，其中的“備”“倍”不能換用。“備受歡迎”和“倍受歡

迎”都可以說，“備受關注”“倍受關注”也都可以說，其中“備”指全面地，“倍”指更加或格外地，應據表達需要選用。

語彙 籌備　儲備　防備　後備　戒備　警備　具備　軍備　配備　齊備　設備　守備　完備　詳備　預備　責備　戰備　整備　置備　裝備　準備　德才兼備　攻其不備　求全責備

【備案】bèi∥àn〔動〕將文字材料送主管單位存查：崗位責任制由各車間根據具體情況制定，報廠部～｜這項科研計劃已報上級備了案。

【備辦】bèibàn〔動〕預先置辦：～嫁妝｜～酒席｜把東西先～好，免得臨時着慌。

【備查】bèichá〔動〕留供查考：此文件存檔～。

【備份】bèifèn ❶〔動〕為了備用而將電子計算機存儲設備中的數據複製一份。❷〔名〕備用的一份，現多指計算機磁帶。

【備耕】bèigēng〔動〕為耕種做準備：春節剛過，農民就忙着～了。

【備荒】bèihuāng〔動〕防備災荒：豐年儲糧～。

【備考】bèikǎo ㊀❶〔名〕書籍正文之外供參考的附錄或附註。❷〔動〕留供參考：這個材料提出了與當前學術界完全不同的看法，錄以～。㊁〔動〕為考試做準備：他們正緊張地～。

【備課】bèi∥kè〔動〕教師在上課前準備講課的內容：家裏的人都睡了，王老師還在～｜晚上，老師除了批改作業外，還要備第二天的課。

【備料】bèi∥liào〔動〕為生產準備所需的材料：先～，後開工｜工程隊備齊了料才破土動工｜蓋這種房子要備甚麼料？

【備受】bèishòu〔動〕受盡；嘗盡：～歡迎｜～艱辛。

【備忘錄】bèiwànglù〔名〕❶（份）一種外交文書，用普通紙書寫，不簽名，不蓋章。內容通常是聲明己方對某一問題的觀點、立場，或把某些事項的概況通知對方。❷（本）隨時記錄，幫助記憶的筆記本。

【備悉】bèixī〔動〕傳統書信用語，全都知道了：昨接來函，～一切。

【備用】bèiyòng〔動〕準備好供需要時使用：～物資｜～輪胎｜～電池｜這筆款項留作～。

【備戰】bèizhàn〔動〕❶準備戰爭：擴軍｜～備荒。❷準備體育競賽等：～奧運會｜全體運動員積極～。

【備至】bèizhì〔形〕極其周到：關懷～。

【備註】bèizhù〔名〕❶圖表上留作必要註釋說明的一欄，欄目的名稱叫備註。❷備註欄中的註釋說明文字：～寫得很詳細。

焙 bèi〔動〕用微火烘烤：～乾研碎｜把花椒放在鍋裏～一～。

碚 bèi 用於地名：北～（在重慶市北）。

蓓 bèi ❶見下。❷(Bèi)〔名〕姓。
【蓓蕾】bèilěi〔名〕花骨朵兒：枝頭~。注意"蓓蕾"不讀 péiléi。

鞁 bèi〈書〉❶鞍轡等駕車用具的統稱。❷同"鞴"㊀。

褙 bèi〔動〕把布、絲綢或紙一層一層地粘在一起：裱~｜在後面一層綢。注意 用於書畫，常說"裱"或"裝裱"，如"這幅畫拿去裱一裱""書畫一經裝裱就生色不少"。一般不說"褙書畫"。

輩(輩) bèi ❶〔名〕輩分：平~｜同~｜長~｜祖~｜晚~｜老前~｜矮一~。❷〈書〉類；等：我~｜無能之~｜等閒之~。❸(~兒)〔名〕輩子：前半~兒｜後半~兒。❹(Bèi)〔名〕姓。

語彙 行輩 後輩 老輩 年輩 朋輩 平輩 前輩 同輩 晚輩 先輩 小輩 長輩 祖輩

【輩出】bèichū〔動〕一批接一批地湧現：人才~｜我們這個時代是英雄~的時代。
【輩分】(輩份)bèifen〔名〕家族、親屬或世交的長幼次第：~大｜~小｜他們兩個人年齡相差很大，可是~卻一樣。
【輩子】bèizi〔名〕一世；一生：這~｜下~｜半~｜他祖父當了一~長工。注意"輩子"前用數詞"一"表示一生。如果用於計數，就說"兩輩子"，如"他家兩輩子都是教書的"。

鋇(鋇) bèi〔名〕一種金屬元素，符號 Ba。原子序數 56。銀白色，有延展性，易氧化。鋇的鹽類用作高級白色顏料。
【鋇餐】bèicān〔名〕"X 射綫造影劑"的通稱。由硫酸鋇加水配製而成，服用後進行 X 射綫透視或照相，檢查腸胃有無病變。

憊(憊) bèi(舊讀 bài)〈書〉非常疲乏：疲~不堪。

糒 bèi〈書〉乾飯。

鞴 bèi ㊀〔動〕把鞍轡套在馬上：~馬。㊁見"鞲鞴"(459 頁)。

鐾 bèi〔動〕將刀在布、皮或石頭等上面反復摩擦使鋒利：~刀。

bei ·ㄅㄟ

唄(唄) bei〔助〕語氣助詞。❶表示事實或道理顯而易見，不說自明：誰還在車間？老班長~｜他怎麼這麼晚了還不來？准是忘了~。❷表示無可奈何、勉強同意：不買就不買｜去就去｜罰款就罰款~，不就是掏幾塊錢嗎？
另見 bài(32 頁)。

臂 bei 見"胳臂"(436 頁)。
另見 bì(76 頁)。

bēn ㄅㄣ

奔(奔犇) bēn ❶急走；快跑：飛~｜狂~。❷急忙趕去：~喪｜~命。❸逃走；逃跑：~逃｜東~西竄｜林沖夜~(戲曲傳統劇目)。❹(Bēn)〔名〕姓。
另見 bèn(65 頁)；"犇"另見 bēn(63 頁)。

語彙 出奔 飛奔 狂奔 裸奔 私奔 夜奔

【奔波】bēnbō〔動〕辛勞地到處奔走；為生活~｜這個商店的售貨員經常~於城鄉之間。
【奔馳】bēnchí〔動〕(車、馬等)很快地跑；急駛：火車向遠方~｜駿馬在草原上~。
【奔放】bēnfàng〔形〕不受拘束地盡情表達、流露：熱情~｜~不羈。
【奔赴】bēnfù〔動〕急忙走向：~戰場｜~邊疆｜~抗旱救災第一綫｜~祖國需要的地方｜即將~工作崗位。
【奔流】bēnliú〔動〕急速流淌：鐵水~｜滔滔江水~不息｜黃河經山東~入海。
【奔忙】bēnmáng〔動〕奔走忙碌；操勞：為籌建學校，他日夜~｜張廠長以廠為家，一天到晚~不休。注意"奔忙"不單獨做謂語，前後總要連帶別的成分。如"他日夜奔忙""他奔忙不休"，或者說"他日夜奔忙不休"，但是不能說"他奔忙"。
【奔命】bēnmìng〔動〕奉命奔走；為使命奔忙：疲於~。
另見 bèn // mìng(65 頁)。
【奔跑】bēnpǎo〔動〕快跑；奔走：人們向出事的地點~過去｜他聽見槍響，就拚命地~起來｜為了採購原材料，採購員四處~。
【奔喪】bēn // sāng〔動〕從外地急忙趕回料理父母等長輩親屬喪事：他回老家~去了｜因奔父喪請假一個月。注意"奔喪"不讀 bènsàng。
【奔逃】bēntáo〔動〕逃跑：四散~｜~他鄉。
【奔騰】bēnténg〔動〕眾馬跳躍奔跑；比喻水流或思想潮流勇往直前：萬馬~｜長江日夜~，永不停息｜改革的洪流~向前。

辨析 奔騰、奔馳 "奔騰"的意思偏重在跑的狀態，像群馬跳躍，一起一伏，很有氣勢，除用於馬群外，還常比喻水流或思想潮流的奔湧，如"奔騰不息的江河""奔騰的創作激情"。"奔馳"的意思偏重在急而快地飛跑，多用於各種交通工具，如"汽車在公路上奔馳"。

【奔突】bēntū〔動〕橫衝直撞；狂奔疾馳：發瘋的公牛四處~。
【奔襲】bēnxí〔動〕向遠距離的敵人急速進軍，乘其不備發動突然進攻：千里~｜我軍避開正面，突然向敵人兩翼～。

【奔瀉】bēnxiè〔動〕水從高處急速流下：瀑布～而下，氣勢十分壯觀。

【奔湧】bēnyǒng〔動〕急速湧出；奔流：泉水～｜激情～｜大河～。

【奔逐】bēnzhú〔動〕奔跑追逐：孩子們在雪地裏盡情～嬉戲。

【奔走】bēnzǒu〔動〕❶急走；奔跑：～相告｜呼號。❷為某一目的而到處活動：廠長為了打開產品的銷路而四處～｜採購員經常～在北京和上海之間。

枋 bēn 用於地名：～茶（在江蘇）。
另見 bīng（94頁）。

賁（贲）bēn ❶見"虎賁"（553頁）。❷（Bēn）〔名〕姓。**注意**"賁"不讀 bèn 或 pēn。
另見 bì（74頁）。

【賁門】bēnmén〔名〕與食管接連的胃的上口。食物通過食管經由賁門進到胃裏。

犇 bēn 見於人名。
另見 bēn "奔"（62頁）。

錛（锛）bēn ❶錛子。❷〔動〕用錛子削平木料：這塊木頭得～一～再刨。❸〔動〕刀斧等的刃出現缺口兒：這把刀～了。

【錛鉸裹】bēn-jiǎo-guǒ〔名〕一種兒童遊戲。兩人對玩，同時出手，有錘子、剪刀、布三種形式。錘子可使剪刀錛口，剪刀可以鉸布，布能把錘子裹起來，故稱。

【錛子】bēnzi〔名〕(把)一種削平木料的工具，刃具扁平，柄一般較長，與刃具相垂直成丁字形，使用時向下向裏用力。

běn ㄅㄣˇ

本 běn ㊀❶草木的根或莖幹：草～｜木～｜豈有無～之木｜木有～，水有源｜枝大於～（樹枝比樹幹還大）。❷事物的根本；根源（跟"末"相對）：忘～｜以民為～｜本末倒置｜君子務～。❸(～兒)〔名〕本錢；本金：小～經營｜一～萬利｜蝕～兒｜還～付息。❹主要的；中心的：～科｜～部｜談話進入～題。❺本來；原來：～意｜～性｜～名｜～鄉～土｜～性～愛丘山。❻〔代〕指示代詞。自己這方面的：～國｜～省｜～校｜～廠｜～館｜～單位。❼〔代〕指示代詞。這（用在以製作者或主管人身份措辭時）：～書共分八章｜～合同一式兩份｜～影片獻給反法西斯戰爭的英雄們｜～次列車開往上海方向｜～屆運動會勝利結束。❽〔代〕指示代詞。指現今的：～年｜～月｜～週｜～季度｜～學期｜～學年｜～世紀。**注意** 不說"本天、本時"。❾〔介〕按照；根據：～此細則進行編審。❿〔副〕原先；本來：他～姓張，後改姓李｜他們幾個～不是一

個廠的｜～已說定，誰知他又反悔｜諸葛亮、諸葛孔明～是一個人。⓫（Běn）〔名〕姓。
㊁❶(～兒)〔名〕本子，本冊：書～｜課～｜練習～兒｜戶口～兒。❷底本：劇～｜腳～。❸版本：善～｜抄～｜刻～｜孤～｜珍～｜藍～｜副～。❹封建時代上給皇帝的奏章：修～｜了一～。❺(～兒)〔量〕用於書籍簿冊：三～書｜一～影集｜兩～兒賬。❻(～兒)〔量〕用於戲曲：頭～《西廂記》。❼(～兒)〔量〕用於電影攝製成的膠捲兒：這電影一共十二～。

> **語彙** 版本 標本 唱本 抄本 成本 底本 讀本
> 範本 副本 稿本 根本 工本 孤本 話本 基本
> 簡本 腳本 教本 節本 潔本 劇本 開本 課本
> 藍本 善本 手本 書本 文本 選本 樣本 譯本
> 珍本 資本

【本本】běnběn〔名〕❶書本；本子：他拿出一個小～，把會議的情況都記了下來。❷比喻教條：他只信～，不看事實。

【本部】běnbù〔名〕機構或組織的中心部分，相對於派出的分支部分而言：公司～｜校～。

【本埠】běnbù〔名〕本地（多用於較大的城鎮）：～的郵資比外埠的便宜。

【本草】běncǎo〔名〕古代指中藥。多用於中藥古籍名稱，如《本草綱目》《神農本草》。

【本初子午綫】běnchū zǐwǔxiàn 地球上計算經度的起始經綫。國際上規定用通過英國格林尼治天文台原址子午儀中心的經綫為本初子午綫。

【本地】běndì〔名〕人、物所在的地區；敘事時特指的某個地區（跟"外地"相對）：～人｜～風光｜～口音（這些東西都是～特產｜重視～幹部的培養。

【本分】(本份)běnfèn ❶〔名〕自己應盡的義務和責任：每人都要盡自己的～｜為建設祖國貢獻力量是我們的～。❷〔形〕安於現狀，無非分要求和想法：這個人很不～｜老張是個非常～的人。

> **辨析** **本分、安分** "安分"指守紀律，不胡作非為；"本分"指安於所處的地位環境，不提出過分的要求，不進行非分的活動。"守本分""本分人"，其中的"本分"不能換用"安分"；"安分守己"裏的"安分"不能換用"本分"。

【本國】běnguó〔名〕說話人所隸屬的國家；敘事時特指的某個國家：這些僑居他國的人，每當跟～同胞相逢，都感到特別親切。

【本行】běnháng〔名〕❶長時間從事的或已經熟悉的行業：教書是他的～。❷現在從事的工作：我們每個人都應該做好～工作。

【本紀】běnjì〔名〕中國紀傳體史書中有關帝王的傳記，一般按帝王紀年的順序記事，放在史書的前面，這種體例創始於司馬遷《史記》。

【本家】běnjiā〔名〕❶ 同宗族的人：他是我～兄弟。❷ 同姓的人：我姓王，你也姓王，咱們倆是～。

【本金】běnjīn〔名〕❶ 用以獲取利息的存款、放款（區別於"利息"）。❷ 經營工商業的本錢。

【本科】běnkē〔名〕大學或學院的基本組成部分，學制一般為四年或五年（區別於預科、專科）：大學～畢業｜早年的大學都設有～和預科。

【本來】běnlái ❶〔形〕屬性詞。原有的：～的顏色｜～的面貌｜～的打算｜還他以～面目。❷〔副〕原先；先前：～他學習很好，後來退步了｜這條路～塵土飛揚，後來年年植樹，變成了林陰大道｜他～就不勤快，現在更懶了。❸〔副〕表示按道理就該這樣：你～就不應該去｜學生～就該好好學習。

【本來面目】běnlái-miànmù〔成〕事物原有的真實樣子：露出～。

【本領】běnlǐng〔名〕做事的能力或技能：學～｜長（zhǎng）～｜有～｜～很大｜努力學習，掌握為人民服務的～。

【本命年】běnmìngnián〔名〕中國傳統把十二生肖記人的出生年，每十二年一輪。如某人申年出生屬猴，再遇申年，就是這個人的本命年。

【本末】běnmò〔名〕❶ 樹根和樹梢，比喻事情從頭到尾的經過：事情的～｜詳述此次罷工風潮的～。❷ 比喻事物根本的主要的部分和細微的次要的部分：～倒置。

【本末倒置】běnmò-dàozhì〔成〕把事物根本的（或主要的）與細微的（或次要的）之間的關係處置顛倒了：應該以預防為主，治療為輔，否則就是～了。

【本能】běnnéng ❶〔名〕本來就具有的能力，指人和動物天生的、不學就會的能力，如嬰兒生下來會吃奶，就是人的本能。❷〔副〕出於本能自然地；下意識地：摩托車迎面駛來，他～地往旁邊一閃。

【本錢】běnqián〔名〕❶ 用來經營工商業、賭博等的錢財：不管做甚麼買賣，都得有～。❷ 比喻可以憑藉的條件：身體是事業的～｜他讀的書很少，生活經驗也不多，要從事寫作，哪裏有～？

【本人】běnrén〔代〕人稱代詞。❶ 說話人自指：～姓張｜～初到貴地謀生，請多多關照｜～對看電影一向沒有興趣。❷ 指當事人或前面提到的人：我要把這封信交到局長～手裏｜最好由他～出面找廠家談一談。

【本嗓】běnsǎng（～兒）〔名〕說話、唱歌時使用的自然的嗓音（跟"假嗓子"相對）。

【本色】běnsè〔名〕本來的面貌，原有的特質：英雄～｜勞動人民～。
　　　　另見 běnshǎi（64 頁）。

【本色】běnshǎi（～兒）〔名〕物品原來的顏色（多指沒有染過色的織物）：～兒布｜他喜歡用～兒料子做衣服。
　　　　另見 běnsè（64 頁）。

【本身】běnshēn〔代〕指示代詞。自己本人；事物的自身：只要～有能力，就不怕找不到合適的工作｜事物～就是複雜的｜錯誤～並不嚴重，但影響很壞｜汽車～的重量就將近一噸。

【本事】běnshì〔名〕文學作品主題所依據的故事情節，或所根據的歷史事實：話劇《屈原》～簡介｜～詩（詩人依據許多軼事和民間傳說所作的詩）。

【本事】běnshi〔名〕做事情的能力：不要看他年紀小，～可挺大｜你要能超過我，就算你有～｜把看家的～都拿出來｜孫悟空～再大，也跳不出如來佛的手掌。

【本體】běntǐ〔名〕❶ 事物的本原或本性。❷ 事物的主體。

【本土】běntǔ〔名〕❶ 原來的生長地：本鄉。❷ 指殖民國家本國的領土（對所掠奪的殖民地而言）。

【本位】běnwèi〔名〕❶ 貨幣制度的基礎或貨幣價值的計算標準：～貨幣｜金～｜銀～。❷ 指事物的基礎或標準單位：詞～｜字～｜語法～。❸ 自己所在的單位；自己工作的崗位：～主義｜做好～工作。

【本位貨幣】běnwèi huòbì 一國貨幣制度中的基本貨幣，如英國的"鎊"，法國的"法郎"，俄國的"盧布"，中國的"圓"，美國的"美圓"，日本的"日圓"等。

【本位主義】běnwèi zhǔyì 不顧整體利益而只為本單位、本部門或本地區局部利益打算的思想作風。

【本文】běnwén〔名〕❶ 指所說的這篇文章：～經周先生最後審定。❷ 區別於譯文或註釋的原文：參照註釋，熟讀～｜對照～和譯文，才能知道翻譯得好不好。

【本息】běnxī〔名〕本金和利息：～轉存。

【本相】běnxiàng〔名〕本來的面目：現出了～。

【本性】běnxìng〔名〕固有的性質或個性：人的～｜江山易改，～難移。

【本意】běnyì〔名〕原來的心意；本來的意圖：我的～是為你好，並不是想害你。

【本義】běnyì〔名〕字詞的本來意義，如"向"的本義是朝北的窗子，引申為朝向、方向。

【本原】běnyuán〔名〕哲學上指世界的最初根源或構成世界的最根本的實體。

【本源】běnyuán〔名〕根源；事物的起源：事變的～。

【本着】běnzhe〔介〕表示遵循（某種原則）：～平等互利的原則發展兩國關係｜～團結互助的精神，我們要開好這次經驗交流會。注意 "本着"的賓語一般是少數抽象名詞，而且在名詞的前面一般要有定語。

【本職】běnzhí〔名〕指自己所在的崗位，所擔任的職務；搞好～工作。

【本質】běnzhì〔名〕❶ 本性；固有的品質：小張～很好，有培養前途。❷ 事物的內部聯繫，由事物的內在矛盾構成，是事物固有的、決定事物性質、面貌和發展的根本屬性（跟"現象"相對）：我們要透過現象看～｜你的發言沒有抓住～。

【本子】běnzi〔名〕❶ 用一定數量的紙裝訂而成、供寫字記事用的物品：筆記｜作業。❷ 版本：他用的是經清代學者整理過的～。❸ 指機動車輛駕駛執照或某些技術工種資格證件：他駕駛技術很熟練，但還沒拿到～｜考一個電工～。

【本字】běnzì〔名〕❶ 一個字原來的字形（區別於後起字）。如"暮"的本字是"莫"，"燃"的本字是"然"。❷ 表示本義的字；古籍中經常或始終用來表示某一意義的字（區別於借字）。如"畔"和"叛"，古籍都有反叛的意思，"叛"是本字，"畔"是借字。

庅　Běn〔名〕姓。

苯　běn〔名〕有機化合物，化學式 C_6H_6。無色液體，容易揮發和燃燒。可以做燃料、溶劑、香料，也是有機合成的重要原料。[英 benzene]

畚　běn ❶ 簸箕。❷〔動〕（吳語）用畚箕撮：～土｜～垃圾。

【畚箕】běnjī〔名〕（吳語）簸箕。

bèn ㄅㄣˋ

夯　bèn 同"笨"（見於《西遊記》《紅樓夢》等白話小說）。

另見 hāng（514頁）。

坌　bèn〈書〉❶ 灰塵。❷ 聚集。❸ 粗劣。

奔〈奔逩〉bèn ❶〔動〕一直向目的地走去：向預定目標前進；直～車站｜～向小康。❷〔動〕年齡接近：老張是～六十的人了。注意 a）一般用於四五十歲以上，不能說"這孩子奔十歲了"。b）只用於四十、五十或六十等整數，不說"他是奔六十三的人了"。❸〔動〕為某事奔走：還缺多少錢？我去～。❹〔介〕朝；向：那輛小汽車～機場方向開去。

另見 bēn（62頁）。

語彙　逃奔　投奔

【奔命】bèn//mìng〔動〕〈口〉❶ 拼命地趕路：咱們只要九點鐘以前趕到飛機場就行，幹嗎～？❷ 拼命地工作：一連幾天開夜車，你這是奔甚

麼命？

另見 bēnmìng（62頁）。

【奔頭兒】bèntour〔名〕可爭取到的實際利益或美好前途：工廠實行了分配制度的改革，工人都覺得有了～｜沒有～，誰還願意幹？｜你只要努力工作，～可大了！

伻　bèn 用於地名：～城（在河北）。

笨　bèn〔形〕❶ 不聰明：～頭～腦｜這個孩子不～｜人多學幾遍也能學好。❷ 不靈巧：～嘴拙舌｜常說口裏順，常做手不～。❸ 粗重，費力氣的：～活兒｜這箱子太～，不太好搬。❹ 粗糙，質量不高：沒有甚麼好東西招待你，都是些粗魯～肉。

語彙　蠢笨　愚笨　拙笨

【笨伯】bènbó〔名〕〈書〉稱智能低下的人。

【笨蛋】bèndàn〔名〕〈罵〉蠢人。

【笨鳥先飛】bènniǎo-xiānfēi〔成〕笨拙的鳥為了不落後而提前飛行。比喻能力差的人做事不甘落後，比別人提前行動（多用作謙辭）。

【笨手笨腳】bènshǒu-bènjiǎo〔成〕形容動作不靈活或手腳不靈便：他～的，怎麼能做得了這樣的細活兒呢？

【笨重】bènzhòng〔形〕❶ 體大而沉重：～家具｜～的箱子。❷ 不靈活：身體～。❸ 繁重而費力的：～的活兒｜～的體力勞動。

辨析　笨重、繁重　意思相近但也有不同，"笨重"側重指花費力氣，"繁重"除了指費力氣以外還強調多而煩瑣，"笨重的體力勞動"也可說成"繁重的體力勞動"，但"繁重的家務勞動""工作任務繁重"裏的"繁重"卻不能換成"笨重"。

【笨拙】bènzhuō〔形〕❶ 不靈巧：一雙～的手｜他太胖，動作顯得有些～。❷ 不聰明；不高明：～的伎倆。

【笨嘴拙舌】bènzuǐ-zhuōshé〔成〕形容口才不好，不善言辭：可別讓我在大會上發言，我～的，甚麼也不會說。也說笨口拙舌。

bēng ㄅㄥ

伻　bēng ❶〈書〉使者。❷〈書〉使；令。❸（Bēng）〔名〕姓。

祊　bēng 古代宗廟門內祭祖。也指宗廟門內祭祖的地方。

崩　bēng ❶〔動〕倒塌；迸裂：山～地裂｜土～瓦解｜泰山～於前而色不變。❷〔動〕使迸裂；破裂：開山～石｜氣球～了｜豆莢開了。❸〔動〕比喻關係破裂：兩個人好了一陣又～了｜他們談～了。❹〔動〕被彈（tán）射物擊中：孩子的左手讓爆竹～傷了。❺〔動〕〈口〉槍

斃：把這個壞蛋拉出去～了。❻古代指帝王死：駕～。❼(Bēng)〔名〕姓。

語彙 駕崩 山崩 雪崩

【崩潰】bēngkuì〔動〕垮台；徹底瓦解：精神～了｜面臨～｜敵軍全綫～。

【崩裂】bēngliè〔動〕物體猛然裂開：山石～｜冰層～。

【崩龍族】Bēnglóngzú〔名〕德昂族的舊稱。

【崩盤】bēngpán〔動〕指股票、期貨市場因行情大跌而徹底崩潰。

【崩塌】bēngtā〔動〕崩裂倒塌：房屋～｜高山積雪～，幾個滑雪運動員遇難了。

嘣 bēng〔擬聲〕形容爆裂或跳動的聲音：氣球～的一聲破了｜爆竹～～～響個不停｜心裏～～直跳。

繃(绷)〈綳〉 bēng〔動〕❶拉緊：弦～得太緊｜～緊繩子。❷織物張緊：衣服太小，～在身上不舒服｜她先把白綢子～緊，然後在上面繡花。❸物體猛然彈起：彈簧～出來，碰傷了他的臉。❹粗粗縫上或用針別上：～被頭｜把鉸好的字～在布上。❺(北京話)支撐：～場面｜你還能～多久？

另見 běng(66 頁)；bèng(66 頁)。

【繃帶】bēngdài〔名〕(條)包紮傷口或患處用的紗布帶：傷員頭上纏着～｜給傷口裹上～｜醫生讓他一星期後去醫院拆～。

【繃子】bēngzi〔名〕刺繡或縫補時繃緊布帛的用具，由大小兩個圈構成。

béng ㄅㄥˊ

甮 béng ❶〔副〕(北京話)"不用"的合音，表示禁止、勸阻或不需要：～廢話！｜您生他的氣｜東西已經夠了，～再買了｜～說三十塊錢，就是三百、三千我也拿得出來("甮說"表示情況不言而喻，多用在表示讓步的分句中)｜他接到我送的禮物，～提多高興了("甮提"後面用上"多"及形容詞表示程度高，難以形容)｜問題不解決，你就～想走("甮想"表示客觀上沒有可能)。❷(Béng)〔名〕姓。

běng ㄅㄥˇ

琫 běng〈書〉古代刀鞘、劍鞘近口處的玉石裝飾物。

菶 běng 見下。

【菶菶】běngběng〔形〕〈書〉草木茂盛的樣子。

繃(绷)〈綳〉 běng〔動〕〈口〉❶板着：～着臉｜他聽完後把臉一～，甚麼話也沒說。❷勉強忍住：～不住笑

了｜你可真～得住勁兒。

另見 bēng(66 頁)；bèng(66 頁)。

bèng ㄅㄥˋ

泵 bèng ❶〔名〕(台)能把氣體或液體抽出或壓入的機械，按用途分有氣泵、水泵、油泵等。[英 pump] ❷〔動〕用泵壓入或抽出：～入｜～出｜～油。❸(Bèng)〔名〕姓。

蚌 bèng 用於地名：～埠(在安徽)。

另見 bàng(39 頁)。

迸 bèng ❶〔動〕向外濺出，噴射：火星兒亂～｜銀瓶乍破水漿～。❷〔動〕比喻突然說出：過了半天，他才～出一句話來。❸突然破裂：～裂｜～碎。

【迸發】bèngfā〔動〕向外突然發出：岩漿～｜錘子打在燒紅的鐵上，～出好些火星兒｜激情～。

【迸濺】bèngjiàn〔動〕向外噴濺：鋼水～。

【迸裂】bèngliè〔動〕突然破裂向外飛濺：他從樓上摔了下來，頓時腦漿～。

【迸射】bèngshè〔動〕噴射：水管的接口處突然裂開一條縫，冰涼的水一下子～出來。

鬃 bèng 甕一類的器皿。

繃(绷)〈綳〉 bèng ❶〔動〕裂開：玻璃板～了一道璺(wèn)。❷〔副〕〈口〉多用在某些單音節形容詞前面，表示程度深：～脆｜～直｜～硬｜～亮。

另見 bēng(66 頁)；běng(66 頁)。

蹦 bèng〔動〕❶雙腳齊跳：歡～亂跳｜他氣得一～老高，破口大罵｜前面有個水溝，～過去吧！❷(北方官話)指昆蟲跳：～出來個螞蚱｜跳蚤一～不見了。❸彈起：彈簧～起來｜撒了氣的皮球～不起來。❹比喻利落地說出：說話動不動就～出幾個成語來。

【蹦床】bèngchuáng〔名〕❶體育運動項目。運動員從特製的有彈力的蹦床上彈起，完成各種翻轉動作。❷蹦床運動使用的彈力床。

【蹦迪】bèngdí〔名〕跳迪斯科舞。

【蹦極】bèngjí〔名〕極限運動項目。參加者將彈性跳繩的一端固定在踝部，另一端固定在跳台上，由台上向下做自由落體運動，在空中利用跳繩的伸縮反復彈起、落下，直到繩子不再伸縮為止。[英 bungee]

蹦極的不同説法

在華語區，中國大陸、泰國叫蹦極、蹦極跳，新加坡、馬來西亞叫綁緊跳，港澳地區叫笨豬跳，台灣地區叫高空彈跳。

鏰(镚) bèng 見下。

【鏰子】bèngzi〔名〕〈口〉原指清末發行的不帶孔

B

的小銅幣，現指小形鎳幣。也叫鋼鏰子、鋼鏰兒、鏰兒。

bī ㄅㄧ

尻 bī〔名〕陰門的俗稱（多用於罵人的話）。

逼〈偪〉bī ❶〔動〕威脅；強迫：～迫｜威～｜咄咄～人｜到底是誰～着你這麼幹的？❷〔動〕強行索取：催租～債。❸ 迫使：～和｜官～民反｜～良為娼。❹ 迫近；接近：～近｜大軍壓境，已～城關。❺〈書〉狹窄：地勢～仄。❻ 近似；酷似：～真｜～肖。❼（Bī）〔名〕姓。

語彙　催逼　進逼　強逼　威逼

【逼宮】bīgōng〔動〕強迫帝王讓位。現指迫使政府首腦辭職或交出權力。

【逼供】bīgòng〔動〕施加酷刑或用威脅手段強使受審人招供：嚴刑｜不要～，也不要誘供。

【逼和】bīhé〔動〕體育競賽（棋類、球類等）中，經過奮力拚搏，迫使強大的對手失去優勢而成和局：客隊在終場前四十秒鐘攻入一球，以二比二～主隊。

【逼近】bījìn〔動〕接近；靠近：我軍～敵人的前沿陣地｜槍聲漸漸～｜今年拖欠的銀行貸款，～千萬元大關。

【逼迫】bīpò〔動〕強迫：我是自願的，沒有誰～我｜～人家承認錯誤，只能是口服心不服。

辨析　逼迫、強迫　二者都指"用強力使服從"，但"逼迫"包含用威脅手段，受害者更無奈，程度比"強迫"深。"強迫"組成的某些詞組，如"強迫命令""強迫勞動""強迫降落"等，其中的"強迫"不能換用"逼迫"。

【逼上梁山】bīshàng-Liángshān〔成〕《水滸傳》中有林沖等許多英雄因為被官府逼迫而投奔梁山造反的情節。後比喻被迫起來造反或不得已而去幹某事。

【逼視】bīshì〔動〕❶ 靠近去看：金光閃閃，不可～。❷ 目光緊盯：他用威嚴的目光～着。

【逼問】bīwèn〔動〕強迫對方回答：禁不起～，他終於說出真相。

【逼肖】bīxiào〔動〕〈書〉酷似；非常像：所繪山水花鳥，無不～。

【逼仄】bīzè〔形〕〈書〉狹窄：房間～。

【逼真】bīzhēn〔形〕❶ 近乎真的；像真的：山石如馬，望之～。❷ 真切：聽得～｜看得～。

鎞〈錍〉bī〈書〉❶ 釵：金～。❷ 箆子。另見 pī（1018頁）。

鰝〈鰏〉bī〔名〕魚名，生活在熱帶近海，體小而側扁，略呈卵圓形，青褐色，口小鱗細。

bí ㄅㄧ

荸 bí 見下。

【荸薺】bíqi〔名〕❶ 多年生草本植物，生在池沼裏或栽培在水田裏。地下莖扁球狀，皮赤褐色，肉白色，可以吃，又可製成澱粉。❷ 這種植物的地下莖。以上也叫地栗、馬蹄。

鼻 bí ❶〔名〕鼻子：～樑｜耳～喉科。❷（～兒）〔名〕某些器物上突出帶孔的部分：針～兒｜門～兒。❸〈書〉開創的：～祖。

語彙　噴鼻　酸鼻　嗤之以鼻

【鼻竇】bídòu〔名〕鼻腔周圍與鼻腔相通的空腔。

【鼻孔】bíkǒng〔名〕鼻腔與外界相通的孔道。

【鼻樑】bíliáng（～兒）〔名〕鼻子隆起的部分：塌～｜這個女孩子大大的眼睛，高高的～兒。也叫鼻樑子。

【鼻腔】bíqiāng〔名〕鼻子內部的空腔，分左右兩個，壁上有細毛。上部黏膜有嗅覺細胞，能分辨氣味。

【鼻青臉腫】bíqīng-liǎnzhǒng〔成〕鼻子青了，臉也腫了。形容面部嚴重受傷的樣子。

【鼻塞】bísè〔動〕鼻子不通氣。多由鼻腔黏膜炎症引起。

【鼻飼】bísì〔動〕病人不能飲食時，用特製的管子通過鼻腔把流質食物或藥液灌進胃裏。

【鼻酸】bísuān〔形〕鼻子發酸。比喻悲傷心酸：她的遭遇，令聽者～。

【鼻涕】bítì（-ti）〔名〕（把）鼻腔黏膜所分泌的液體。

【鼻息】bíxī〔名〕從鼻腔裏發出入的氣息：仰人～。

"鼻息如雷"趣事
北宋沈括《夢溪筆談》卷九載：景德年間，宋真宗御駕親征。皇上的車駕剛過黃河，遼國的騎兵便洶湧來到城下，宋朝上下人心惶惶。皇上派人暗中察看丞相寇準在幹甚麼，卻見寇準在中書省酣然大睡，鼾聲如雷。

【鼻煙】bíyān（～兒）〔名〕用鼻子吸的粉末狀的煙（也有人擦在牙或牙齦上）。把煙葉磨細，反復發酵，再加入香料製成。約17世紀，先在英國流行，後來傳入別國。

【鼻煙壺】bíyānhú（～兒）〔名〕裝鼻煙的小瓶子狀

的壺兒。製作很講究，有的玻璃質的鼻煙壺常飾以精美的內畫，成了很有價值的藝術品。

【鼻炎】bíyán〔名〕鼻腔黏膜發炎的疾病，有急性和慢性兩種，主要症狀是鼻塞流鼻涕。

【鼻翼】bíyì〔名〕鼻尖兩旁的部分。也叫鼻翅兒。

【鼻子】bízi〔名〕人和其他高等動物的嗅覺器官，也是呼吸器官的一部分，位於頭部，有兩個孔。

【鼻祖】bízǔ〔名〕❶始祖；創始人：孔子是儒家的～。❷借指最早出現的某一事物：《離騷》是中國長篇抒情詩的～。

bǐ ㄅㄧˇ

匕 bǐ ❶古代舀取食物的用具，類似現代的羹匙。古籍中多有記載，考古發現中常與鼎、鬲等共出。❷〈書〉指匕首：圖窮而～見(xiàn)｜引～刺狼。

【匕首】bǐshǒu〔名〕（把）一種短劍或短刀，因頭像匕，所以叫匕首。

比 bǐ 〔一〕❶〔動〕比較；較量：～高低｜～快慢｜～圍棋｜咱們～～看｜要～貢獻，不要～享受｜～先進，幫後進｜不怕不識貨，就怕貨～貨。❷〔動〕能夠相比；比得上：壽～南山｜堅～金石｜出門在外不～在家裏，遇事要多考慮。❸〔動〕比賽雙方得分的對比：兩隊現在的得分是二～三。❹〔動〕數學上指兩個同類量對比，前項和後項是被除數和除數的關係，如1：3，列式為⅓，讀為一比三。❺〔動〕比劃：他～着手勢叫大家別說話｜他甚麼也沒說，只用手～了～。❻〔動〕比方：打～（打個比方）｜把人類～作大海，每個人就是大海中的一滴水。❼〔動〕仿照：～着葫蘆畫瓢｜～着這件舊衣服再做一件新的。❽〔動〕對着：用槍～着壞人。❾〔介〕引入比較性狀和程度的對象：小張～小王高，小王～小張矮｜你的身體～過去結實多了｜他的英語～我熟練得多｜今年的利潤～去年增長二十個百分點｜說的～唱的還好聽｜生活一天～一天好。注意 a)"不比……"跟"沒(有)……"意思不一樣，如"這個房間不比那個房間大"，意思是這個房間跟那個房間差不多大；"這個房間沒(有)那個房間大"，意思是這個房間比那個房間小。b)比較差別時用"比"，表示異同時用"跟"或"同"，如"這本書跟那本書不一樣"，其中的"跟"不能換成"比"；"這本書比那本書內容深"，其中的"比"不能換成"跟"或"同"。❿(Bǐ)〔名〕姓。

〔二〕（舊讀bì）〈書〉❶緊靠着：～肩｜～翼。❷勾結：朋～為奸。❸接連地：～年日食｜～～皆是（"比比"引申為處處）。❹近：～來｜天涯若～鄰。❺等到：～及。

語彙 對比　反比　好比　較比　排比　攀比　朋比　評比　無比　鱗次櫛比　無與倫比

【比比】bǐbǐ〔副〕〈書〉❶屢屢；連連：～失利。❷處處；到處：～皆是｜～可見。

【比比皆是】bǐbǐ-jiēshì〔成〕到處都是：家鄉的變化真大，小洋樓～。

【比方】bǐfang ❶〔動〕用甲事物說明乙事物：他的這種行為，只宜用"過河拆橋"來～｜這麼～很不恰當。❷〔名〕指甲事物來說明乙事物的方法：這不過是個～，你不要生氣。❸〔動〕比如：北京的名勝古跡很多，～天壇、故宮、北海。❹〔連〕表示假設：誰都不願意去捅那個馬蜂窩，～讓你去，你也會覺得很棘手。

【比分】bǐfēn〔名〕表示比賽勝負的比數：場上現在的～是五比三｜～咬得很緊｜～交替上升。

【比附】bǐfù〔動〕〈書〉牽強附會，用不能相比的東西勉強相比：不可任意～。

【比劃】bǐhua〔動〕用手勢或拿着東西做出某種姿勢來幫助說話或代替說話：他一邊講，一邊～着｜他～了半天，大家還是不明白｜那個人大聲喊着，又用雙手～，不讓人靠近。也作比畫。

【比基尼】bǐjīní〔名〕一種女子泳裝。由遮蔽面積極小的三角褲和乳罩組成。也叫三點式泳裝。［英 bikini］

【比及】bǐjí〔介〕等到：～趕到碼頭，船已離港。

【比價】bǐjià〔名〕不同商品價格的比率；不同貨幣幣值的比率：工農業產品～｜人民幣和美圓的～。

【比肩】bǐjiān〔動〕〈書〉❶並肩：～而立｜～作戰。❷比喻相當；比美：老舍、茅盾是～的作家。

【比肩繼踵】bǐjiān-jìzhǒng〔成〕肩挨肩，腳碰腳。形容人很多，十分擁擠：王府井大街上人來人往，～，真是熱鬧極了。

【比較】bǐjiào ❶〔動〕辨別同類事物的異同、高下等：～產品質量｜把兩種產品一～，就分出高下了｜質量的優劣可以～出來｜誰好誰不好，應該～～。注意 動詞"比較"可以直接做定語修飾名詞，如"比較文學""比較心理學"。後面不能帶"的"字，如不能說"比較的文學""比較的心理學"。❷〔介〕用來區別性狀和程度的差別：這一帶的環境～前一個時期有了明顯的改善。❸〔副〕表示具有一定的程度：老李～能團結人｜這個問題～好解決｜這裏～安靜。注意"比較好"的否定式，不是"比較不好"，而是"比較差"；"比較能團結人"的否定式，不是"比較不能團結人"，而是"不大能團結人"。

【比來】bǐlái〔名〕〈書〉近來：～學風不正，人心

B

浮躁。

【比例】bǐlì〔名〕❶ 表示兩個比相等的式子，如 1：2＝3：6。❷ 表明一個數是另一個數的幾倍或幾分之幾：男女生的～有所變化。❸ 表明部分量在總量中所佔的分量：民營企業在整個國民經濟中的～逐年增長。

【比例尺】bǐlìchǐ〔名〕❶（把）繪圖時用來測量長度的一種工具，上面有幾種不同比例的刻度。❷ 圖紙上的長度跟它所表示的實際長度之比，用於地圖、工程圖樣等。假如地圖上的比例尺為 1：800 萬，即表示地圖上一厘米相當於實際地面水平距離 8 萬米。❸ 指緣段比例尺，附在圖邊的表示比例的數字和緣段。

【比鄰】bǐlín ❶〔名〕〈書〉近鄰；街坊；天涯若～。❷〔動〕位置靠近：別墅～大海。

【比率】bǐlǜ〔名〕比值。

【比美】bǐměi〔動〕美好的程度相當；水平不相上下，可以相比：媽媽為我們縫製的裙子完全可以和店裏賣的～。

【比目魚】bǐmùyú〔名〕（條）海洋深處一類具相古怪的魚，身體扁平，由於長期平臥海底，使頭骨發生扭曲，成長中，兩眼逐漸並列於頭部一側，所以叫比目魚。兩眼都長在左側的叫鮃，長在右側的叫鰈。也叫偏口魚。

【比擬】bǐnǐ ❶〔動〕比較；相比（多為讚美之辭）：無可～。❷〔名〕一種修辭方式，分擬人、擬物兩種。擬人是把物比擬成人，擬物是把人比擬成物。

【比年】bǐnián〈書〉❶〔名〕近年：～以來，曾無寧歲。❷〔副〕每年；連年：軍閥混戰，～戰爭。

【比拼】bǐpīn〔動〕拚力比試：冠軍的爭奪，首先是～實力。

【比丘】bǐqiū〔名〕佛教指和尚。[梵 bhikṣu]

【比丘尼】bǐqiūní〔名〕佛教指尼姑。[梵 bhikṣuṇī]

【比如】bǐrú〔動〕譬如。用來舉例或引出比喻：要解決好職工最關心的問題，～工資、職稱、住房等 | ～喝茶，就有很多講究 | 提高要有一個基礎，～一桶水，不是從地上去提高，難道是從空中去提高嗎？**注意** "比如"，口頭上有時可說成 "你比如說"，這是為了提起對方的注意，並拉近雙方的心理距離。但在正式場合或書面上，則不宜這麼說。

【比薩餅】bǐsàbǐng〔名〕意大利式餡餅。用肉、菜做餡，放在餅的表面，烘烤而成。[比薩，英 pizza]

【比薩斜塔】Bǐsà Xiétǎ 意大利比薩教堂的鐘塔。始建於 1174 年，1350 年完工。塔身圓柱形，高 55 米。因地基不均衡，建到第三層時產生傾斜，校正不果。建成後，塔身斜度仍在加大，以其獨特的姿態聞名於世。

【比賽】bǐsài ❶〔動〕較量本領或技術高低：～乒乓球。❷〔名〕（場，次）體育或其他活動的賽事：籃球～ | 跳傘～ | 朗誦～。

【比試】bǐshì〔動〕❶ 非正式地較量本領或技術的高低：讓他們～一下，看誰的槍法好 | 我們兩個人～～，看誰的風掌放得高。❷ 做出某種動作的姿勢，嘗試做出某種動作：他拿起標槍先～了一會兒，然後用力投了出去。

辨析 **比試、比賽** "比賽" 多用於正式的競技場合；"比試" 多用於非正式的較量。凡是正式的競技，不用 "比試"，例如不說 "籃球比試" "比試乒乓球"。非正式的較量，多用 "比試"，如 "誰力氣大，你們倆比試比試看"。

【比索】bǐsuǒ〔名〕❶ 西班牙的舊本位貨幣。❷ 一些拉丁美洲國家和菲律賓的貨幣單位。[西 peso]

【比武】bǐ∣wǔ〔動〕比賽武藝；也指比賽技藝：軍隊開展大～活動 | 武術高手明天在體育館～ | 廚藝大～。

【比翼】bǐyì〔動〕翅膀挨着翅膀（飛翔），比喻夫妻相伴不離：～鳥 | ～雙飛。

【比翼鳥】bǐyìniǎo〔名〕（對，雙）傳說中的一種鳥，雌雄比翼齊飛，古典詩詞中多用來比喻恩愛夫妻：在天願作～，在地願為連理枝。

【比翼齊飛】bǐyì-qífēi〔成〕比喻夫妻恩愛，朝夕相伴。也比喻相伴相助，共同進步。

【比喻】bǐyù ❶〔動〕"比方"①：古人常用柳絮來～雪花。❷〔名〕"比方"②：這首詩用了很多～。❸〔名〕一種修辭手法，為了描寫得形象生動，用具有類似特點的一事物來比擬另一事物。分明喻、暗喻和借喻等多種。

【比照】bǐzhào〔動〕❶ 按照已有的模式、標準、方法：～這個櫃子的樣式再做一個 | 我們可以～其他單位的做法制訂獎金分配辦法。❷ 比較對照：兩套衣服的顏色一～，就可以看出這一件天藍的比這一件桃紅的好。

【比值】bǐzhí〔名〕兩個數相比所得的值，如 12：4 的比值是 3。也叫比率。

【比重】bǐzhòng〔名〕❶ 部分在整體中所佔的量：在中國農村，非農業勞動收入在農民總收入中的～越來越大。❷ 物質的重量與它的體積的比值，即物質單位體積的重量。

吡 bǐ 見下。
另見 bì（72 頁）；pǐ（1022 頁）。

【吡啶】bǐdìng〔名〕有機化合物，化學式 C_5H_5N。無色液體，有臭味。可做溶劑和有機合成原料。[英 pyridine]

【吡咯】bǐluò〔名〕有機化合物，化學式 C_4H_5N。

無色液體，在空氣中顏色變深，有刺激性氣味。可用來製藥。[英 pyrrole]

沘 Bǐ 沘江，水名。在雲南雲龍。

妣 bǐ〈書〉已去世的母親：先～｜考～(死去的父母)。注意 "妣" 原來可稱母親，後來只稱已故的母親。

芘 bǐ〔名〕存在於煤焦油中的一種碳氫化合物，化學式 $C_{16}H_{10}$。淺黃色棱形晶體。可用來製合成樹脂、還原染料和分散染料等。[英 pyrene]

另見 pí(1020 頁)。

彼 bǐ〔代〕❶ 指示代詞。指示比較遠的人或事物；那(跟 "此" 相對)：～時｜～處｜～輩。❷ 指示代詞。代替比較遠的人或事物；那個(跟 "此" 相對)：顧此失～｜厚此薄～。❸ 人稱代詞。他；對方：知己知～｜～進我退｜～竭我盈。

語彙 顧此失彼　厚此薄彼　知己知彼

【彼岸】bǐ'àn〔名〕❶〈書〉對岸；河、海等水域的那一邊：小船駛抵～｜來自大洋～的客人。❷ 佛教認為夢生的境界譬如此岸，超越了生死的境界(涅槃)譬如彼岸。❸ 比喻人們嚮往的境界：幸福的～。

【彼此】bǐcǐ〔代〕❶ 人稱代詞。那個人和這個人；雙方：～互相幫助｜～的觀點相差很遠｜不分～。❷ 指示代詞。那種想法和這種想法；不同的意向：軍中諸將，各有～。❸ 人稱代詞。客套話。多用重疊形式，表示大家情況一樣，不必客氣或不必謙虛：您受累啦！——～～。

【彼一時，此一時】bǐ yī shí, cǐ yī shí〔諺〕這時是一種形勢，那時又是一種形勢。表示時過境遷，情況已經改變：～，過去辦不到的事，如今居然辦到了。也說 "此一時，彼一時"。

"彼一時，此一時" 的語源
《孟子·公孫丑下》載：孟子離開齊國，在路上，充虞問道："您好像有點兒不快樂。可是從前我聽您說過，'君子不怨天，不尤人'。怎麼今天竟然如此呢？"孟子說："彼一時，此一時也。"

秕 〈粃〉bǐ❶〔形〕(子實)不飽滿：～穀｜～粒。❷ 秕子：～糠。

【秕糠】bǐkāng〔名〕秕子和糠，比喻沒有用或沒有價值的東西：人以為珍寶，我以為～。

【秕子】bǐzi〔名〕(粒，顆)中空或不飽滿的子實。

俾 bǐ❶〔動〕使：～能潛心研討｜切實加強宣傳，～眾周知。❷ (Bǐ)〔名〕姓。

舭 bǐ〔名〕船底和船側間的彎曲部分：～龍骨。[英 bilge]

筆 (笔) bǐ❶〔名〕(支，桿，管)寫字、畫圖用的工具：鋼～｜鉛～｜毛～。❷ 筆法：敗～｜曲～｜妙～｜驚人之～。❸ 寫：代～｜親～。❹ 手跡：絕～。❺ 筆畫：～形｜～順｜起～。❻〔量〕用於字的筆畫："人"字有兩～｜這一～寫得不端正。❼〔量〕用於書畫藝術：他能寫一～好字｜她會唱歌，還會畫幾～山水。❽〔量〕用於款項、交易等：一～款｜欠了一～債｜一～骯髒的交易。❾ (Bǐ)〔名〕姓。

語彙 敗筆　代筆　伏筆　附筆　擱筆　絕筆　落筆　漫筆　命筆　起筆　親筆　潤筆　手筆　隨筆　文筆　下筆　遺筆　執筆　主筆　走筆

古代的筆
中國古代的筆就是毛筆。毛筆起源於新石器時代晚期，在商代已開始用於繪畫和書寫。秦以前毛筆沒有統一的名稱，楚叫作 "聿"，吳叫作 "不律"，秦統一中國後統稱為 "筆"。史載秦國大將蒙恬奉命南下伐楚，途經中山 (今安徽宣城地區)，見此地兔毛適於製筆，遂命工匠製造了一批改良的筆，世稱 "蒙恬筆"，也即宣城筆。宣筆獨領風騷千餘年，到南宋後，遂被浙江吳興 (今湖州) 所製的湖筆取代，直到如今。目前我們所能看到的最早的毛筆，是 1954 年在湖南長沙出土的戰國時期的毛筆。

【筆觸】bǐchù〔名〕❶ 畫筆接觸到畫面上所留下來的筆跡，泛指格調：這幅油畫的～，很值得我們學習。❷ 筆力；筆法：生動的～｜～簡潔｜魯迅用犀利的～揭露和鞭笞了人吃人的舊社會。

【筆大如椽】bǐdàrúchuán〔成〕筆大得像椽子。形容和讚揚從事寫作、書畫的大手筆。也說大筆如椽、如椽大筆。

【筆底生花】bǐdǐ-shēnghuā〔成〕比喻文章寫得漂亮。也說筆下生花。

【筆底下】bǐdǐxia〔名〕指寫作的能力：他～很不錯｜～來得快｜～過硬。

【筆電】bǐdiàn〔名〕台灣地區用詞。"筆記本電腦"的簡稱。一種攜帶方便、體積小、重量輕的電子計算機：我喜歡用～工作。

【筆調】bǐdiào(～兒)〔名〕文章的風格基調：諷刺的～｜他用抒情的～抒發了對家鄉的思念。

【筆端】bǐduān〔名〕〈書〉筆下；借指寫出的文章作品：愛憎見諸～｜敢遣春溫上～｜～生奇趣。

【筆法】bǐfǎ〔名〕寫字、畫畫或寫文章的方法和技巧：～細膩｜～新穎｜獨特的～。

【筆鋒】bǐfēng〔名〕❶ 毛筆的尖端部分：用筆帽保護～。❷ 寫字、書畫的筆勢：蒼勁的～｜渾厚的～。❸ 文章的鋒芒：作者寫至此處，～一轉，對於當今詩壇的沉寂，表現了深深的憂慮。

【筆桿子】bǐgǎnzi〔名〕❶筆的手拿的部分：這支大毛筆，～就有一米長。❷指寫文章的能力：耍～。也說筆桿兒。❸指寫文章的高手：他是我們這裏的～。

【筆耕】bǐgēng〔動〕用筆耕耘，指寫作：～不輟｜～生活。

【筆供】bǐgòng〔名〕受審的人用筆寫出來的供詞（區別於"口供"）。

【筆畫】（筆劃）bǐhuà〔名〕❶（～兒）組成漢字的橫、豎、撇、點、折等：他的書法～兒很好，但是間架還差一些。❷指單個漢字的筆畫數：～索引｜以姓氏～為序。

【筆會】bǐhuì用文章形式對某一專題發表意見、進行討論的活動：參加～｜散文～。

【筆記】bǐjì ❶〔動〕用筆記錄：他發言，你來～。❷〔名〕（本）用筆做的記錄：～本｜記～｜課堂～｜讀書～｜他讀書很認真，一邊讀一邊做～。❸〔名〕（篇，本）一種以隨筆記錄為主的寫作體裁，內容多為見聞、隨感、故事、評論、考訂等；也指用這種體裁寫的作品（常用於書名）：～小說｜這是一本有名的～｜《老學庵～》（南宋詩人陸游著）。

【筆記本】bǐjìběn〔名〕❶做筆記的本子。❷（台）指筆記本電腦：他有一台小型～。

【筆記本電腦】bǐjìběn diànnǎo（台）一種便攜式電子計算機，因體積小，重量輕，外形像筆記本，故稱。

筆記本電腦的不同說法
在華語區，中國大陸和港澳地區叫筆記本電腦、手提電腦，台灣地區叫筆電，新加坡叫筆記本電腦、筆記型電腦或隨身電腦，馬來西亞、泰國叫筆記電腦或筆記型電腦。

【筆跡】bǐjì〔名〕字跡；每個人寫的字所特有的形式：從～來看，這張條子是她寫的｜每個人的～不可能完全相同。

【筆架】bǐjià〔名〕擱筆或插筆的架子，多用陶瓷、竹、木、金屬製成。

【筆力】bǐlì〔名〕書法、繪畫或文章等在筆法上表現出來的力量：～渾厚｜～遒勁。

【筆錄】bǐlù ❶〔動〕用筆記錄：書記員～了受審者的口供。❷〔名〕（份）記錄下來的文字：這份～很有價值。

【筆名】bǐmíng〔名〕發表作品時作者用的別名：他曾用過幾十個不同的～。

【筆墨】bǐmò〔名〕❶寫字用的筆和墨：～紙硯是文房四寶。❷指文字或詩文書畫：～流暢｜不要橫生枝節，浪費～｜黃山的奇麗，非～所能描繪。

【筆墨官司】bǐmò guānsi 指通過寫文章進行的爭辯：這麼一個小問題，他們竟打了一年多

的～。

【筆勢】bǐshì〔名〕❶寫字、作畫用筆的風格：～穩健。❷詩文書畫所表現出的氣勢：據記載，王羲之的隸書，其～飄若浮雲，矯若驚龍。

【筆試】bǐshì〔動〕用書面形式進行考試（區別於"口試"）。

【筆順】bǐshùn〔名〕漢字筆畫書寫的順序，如"大"，先寫一橫，再寫一撇，最後寫一捺。一般地說，漢字的筆順有一定的規則，如先橫後直（十），先點後橫（文），先撇後捺（人），先外後內（同）等。

【筆算】bǐsuàn〔動〕用筆寫出來進行運算（區別於"心算""口算"）：我～了半天，得出的結果和他口算的完全相同。

【筆談】bǐtán ❶〔動〕面對面在紙上寫字交換意見：在嘈雜的車間裏，我們～了半小時｜他耳聾，我們只好～。❷〔動〕用書面形式對某一問題發表意見：參加報紙～。❸〔名〕一種類似筆記的著作體裁，多用於書名：《夢溪～》（北宋沈括著）。

【筆挺】bǐtǐng〔形〕狀態詞。❶像筆一樣直直挺立的：哨兵站得～。❷衣服平整並且摺痕很直：他穿着的～西服，顯得很有精神。

【筆筒】bǐtǒng（～兒）〔名〕（隻）用來插筆的筒狀用具，多用陶瓷、竹、木或塑料製成：陶瓷～兒。

【筆頭兒】bǐtóur〔名〕❶筆尖兒。❷指寫文章的技巧和能力：～快｜小張～不錯｜挑選幾個～過硬的參加大會的報道工作。

【筆誤】bǐwù ❶〔動〕因疏忽而寫錯字：年紀大了寫文章不免～。❷〔名〕因疏忽而寫錯的字：這份文稿有～數處，已用紅色鉛筆標出，請改正。

【筆洗】bǐxǐ〔名〕洗涮毛筆的用具，多用陶器、石頭或貝殼製成。

【筆下】bǐxià〔名〕❶筆底下。❷用筆寫下的文字：～生花｜龍飛鳳舞。❸作者寫文章時的遣詞和用意：～飽含愛國之情。

【筆芯】bǐxīn（～兒）〔名〕（支，根）鉛筆、圓珠筆的芯子。也作筆心。

【筆形】bǐxíng〔名〕漢字筆畫的形狀。

【筆削】bǐxuē〔動〕〈敬〉古時在木簡、竹簡上寫字，要刪改得用刀刮去，後指請人刪改文章或修改作品：親為～｜發表的幾篇文章皆經主編～。

【筆意】bǐyì〔名〕詩文書畫所表現出的情致意境：～清新｜～精到。

【筆譯】bǐyì ❶〔動〕用文字翻譯（區別於"口譯"）：我們兩個人，你～，我口譯。❷〔名〕

用書面形式進行翻譯的作品：這篇～忠實原文，可以看出譯者的功力。

【筆札】bǐzhá〔名〕札是木簡（小木片），古代無紙，在木簡上寫字。後用筆札指紙筆，又轉指寫的文章或書信。

【筆戰】bǐzhàn〔動〕打筆仗；通過寫文章進行爭論。

【筆者】bǐzhě〔名〕文章或書的作者（多用於自稱）：關於這個問題，～另有專章論述｜在正文之外補充了一些參考材料。注意"筆者"也常用在括號內註解別人的文句，如"語法的類義（語法意義──筆者）"。"語法的類義"是別人的話，"語法意義"是筆者引用時所加的話。

【筆直】bǐzhí〔形〕狀態詞。像筆一樣直：～的大道通向遠方｜～走，不要拐彎。

【筆走龍蛇】bǐzǒulóngshé〔成〕形容詩文、書法筆勢雄健靈活，揮灑自如。

鄙 bǐ ❶淺陋；低下：卑～｜粗～｜～陋｜～事。❷〈謙〉用於自稱：～人｜～意｜～見。❸〈書〉輕蔑；看不起：可～｜～薄｜～棄｜～視。❹〈書〉邊疆；邊遠的地方：邊～｜蜀之～有二僧。❺(Bǐ)〔名〕姓。

語彙　卑鄙　邊鄙　粗鄙　可鄙　貪鄙

【鄙薄】bǐbó ❶〔動〕輕視；看不起：不要～服務性工作｜這種不文明的行為，理應受到～。❷〔形〕〈書〉鄙陋；淺薄：識見～｜風俗～。

【鄙見】bǐjiàn〔名〕〈謙〉稱自己的見解：～如此，請不吝指正。

【鄙陋】bǐlòu〔形〕學問見識淺薄：～無知｜之人｜舉止輕浮，言談～。

【鄙棄】bǐqì〔動〕厭惡(wù)；看不起：大家都～他的為人｜不正之風遭到群眾～。

【鄙人】bǐrén〔名〕〈謙〉用作自稱：坐下來談判，是～的一貫主張｜～聲明在先，概不負責。

【鄙視】bǐshì〔動〕輕視；看不起：不要～勞動｜要熱情幫助失足青年，不要～他們。

【鄙夷】bǐyí〔動〕〈書〉輕視；看不起：流露出～不屑的神氣｜不得～鄉民。

【鄙意】bǐyì〔名〕〈謙〉稱自己的意見：～可在小範圍內試行。

bì ㄅㄧ\

必 bì ❶〔副〕必定；必然：～由之路｜分秒～爭｜有求～應｜三人行，～有我師焉。❷〔副〕必須；一定要：～讀書日｜言～有據｜勢在～行｜言～信，行～果。注意 a）"必定"的"必"，否定式是"未必"。b）"必須"的"必"，否定式是"不必"。❸〔連〕〈書〉果真；如果：王～無人，臣願奉璧往使。❹(Bì)〔名〕姓。

語彙　不必　何必　勢必　未必　務必　想必

【必備】bìbèi〔動〕必須備有或具備：～藥品｜～工具書｜家庭～。

【必得】bìděi〔副〕必須；一定要：這件事～廠長拍板才成。

【必定】bìdìng〔副〕❶表示推斷的確定不移：這個人你見了～會喜歡的｜根據情況判斷，壞人～藏在附近。❷表示意志的堅決：明天我～來送你。注意 表示推論確定的"必定"，否定式是"未必"；表示意志堅決的"必定"，否定式是"不一定"。

【必將】bìjiāng〔副〕一定會：這篇文章～引起一場爭論｜有耕耘～有收穫。

【必然】bìrán ❶〔形〕屬性詞。表示事理上確定不移（跟"偶然"相對）：～結果｜～趨勢｜這兩件事沒有～聯繫｜不嚴格要求自己，～落後。❷〔名〕哲學上指事物發展的客觀規律。

辨析 必然、必定 "必定"表示對事物的判斷，強調主觀的肯定；"必然"表示事理的確定不移，強調客觀的必然性。如"水加熱到100℃，必然變成蒸汽"，是說自然規律如此，將其中的"必然"換成"必定"是人根據規律做出的主觀斷定。

【必然王國】bìrán wángguó 哲學上指人們尚未認識和掌握客觀規律，只能被動地受客觀規律支配的狀態（區別於"自由王國"）。

【必然性】bìránxìng〔名〕指事物發展過程中確定不移的趨勢，它反映了事物的本質（跟"偶然性"相對）。

【必修】bìxiū〔形〕屬性詞。學生按照學校規定必須學習的（區別於"選修"）：～課。

【必須】bìxū〔副〕❶一定要；表示事實上或情理上必要：這件事很棘手，你～親自走一趟｜下班可以痛痛快快地玩兒，但上班～好好工作。❷加強命令的語氣：你們～立即出發！注意"必須"的否定式是"無須""不須"或"不必"。

【必需】bìxū〔動〕必定要有；不可缺少：這些東西是生活所～｜莊稼～肥料。

【必要】bìyào〔形〕❶不可缺少：～措施｜～條件｜多安排幾個警衛是～的。❷非這樣不行：～時可以全體出動｜這個問題沒～再討論了｜這東西由你親自送去很～。

【必由之路】bìyóuzhīlù〔成〕必須經過的唯一道路。泛指必須遵循的途徑：刻苦學習是成才的～。

坒 bì 用於地名：五～（在浙江）。

吡 bì〔擬聲〕形容某種樂音：～～地吹他幾遍。另見 bǐ（69頁）；pǐ（1022頁）。

佖 bì〈書〉鋪滿。

佛 Bì〔名〕姓。
另見 fó（394頁）；fú（398頁）。

庀 bì ❶ 遮蔽：藤蔭可～。❷ 保護：～護｜大～天下寒士俱歡顏。

語彙　包庀　蔭庀

【庀護】bìhù〔動〕❶ 包庀袒護：不能～壞人。❷ 保護：～所｜～權｜要求給予受～的權利。

〔辨析〕**庀護、袒護**　"袒護"有貶義，"庀護"在包庀的意義上是貶義的。"庀護"是對壞人壞事有意識、有目的保護、掩飾；"袒護"是指由於偏愛或出於私心而對錯誤的思想行為偏袒保護。"孩子打架，母親總是袒護自己的孩子"，其中的"袒護"不能換成"庀護"。

畁 bì〈書〉給予：投～豺虎。

呚 bì 用於地名：哈～嘎鄉（在河北）。

郫 Bì ❶ 古地名，春秋時鄭國地，在今河南鄭州東。❷〔名〕姓。

泌 bì 泌陽河，水名。在河南南部。
另見 mì（921頁）。

妼 bì〈書〉女子儀容端莊，舉止得體。

琲 bì 古代刀鞘、劍鞘末端的玉石裝飾物。

芘 bì ❶〈書〉芳香：～芬。❷（Bì）〔名〕姓。

茀 Bì〔名〕姓。
另見 fú（399頁）。

怭 bì〈書〉謹慎；慎重：懲前～後。

秘〈祕〉bì ❶ 譯音用字，用於國名，如～魯（位於南美洲）。❷（Bì）〔名〕姓。
另見 mì（921頁）；"祕"另見 Mì（921頁）。

狴 bì〈書〉監獄：～牢｜～獄。

【狴犴】bì'àn〔名〕〈書〉傳說中的龍子，一種像老虎的猛獸，因為牠有威力，所以古代監獄的門上常畫有狴犴的形象。後來便以狴犴作為監獄的代稱。

陛 bì〈書〉宮殿的台階；特指皇宮的台階：階～｜石～。

【陛下】bìxià〔名〕對君主的尊稱。

〔"陛下"的來源〕
"陛"的本義是登高的台階，後專指帝王宮殿的台階。臣子用"陛下"尊稱君主始於戰國時代，表示不敢直接稱呼君主，只敢稱其殿堂台階下的侍衛。東漢蔡邕《獨斷》說："天子必有近臣執兵陳乎階側，以戒不虞。謂之陛下者，群臣與天子言，不敢指斥天子，故呼在陛下者而告之，因卑達尊之意也。"

椑 bì 見下。

【椑柜】bìhù〔名〕古時官府門前所設的障礙物，用木頭交叉製成，以阻擋行人。也叫行馬。

畢（毕）bì ❶ 完成；結束：～業｜完～｜今日事，今日～｜～其功於一役。❷〈書〉全部；完全：～生｜～力｜鋒芒～露｜群賢～至。❸ 二十八宿之一，西方白虎七宿的第五宿。參見"二十八宿"（347頁）。❹（Bì）〔名〕姓。

語彙　禮畢　完畢

【畢恭畢敬】（必恭必敬）bìgōng-bìjìng〔成〕形容十分恭敬而有禮貌：他在老師面前總是～。

【畢竟】bìjìng〔副〕❶ 表示追根究底所得的結論，即使出現了新情況，原來的狀況也不容否認：小張雖然有一些毛病，但他～是一個業務骨幹｜機器人～是機器人，還是要人來操縱。❷ 表示某種情況和現象最後還是發生了（句尾多有表示新情況出現的語氣助詞"了"）：不管怎麼說，他的病～好起來了｜經歷了千辛萬苦，我們～闖過來了。注意 在通常情況下，"畢竟"放在主語前或放在主語後，沒有甚麼區別。如"畢竟他是老師啊""他畢竟是老師啊""畢竟孩子懂事了""孩子畢竟懂事了"。

〔辨析〕**畢竟、究竟**　a）兩個詞都可以表示"歸根到底"，用於非疑問句，如"他畢竟（究竟）是個孩子""他畢竟（究竟）年紀大了"。b）"究竟"表進一步追究時用於疑問句，如"辦這件事究竟有沒有把握？""究竟毛病出在哪裏？""畢竟"沒有這個用法。c）"究竟"還有名詞用法，如"想知道個究竟""問不出究竟"，"畢竟"也沒有這種用法。

【畢命】bìmìng〔動〕〈書〉結束生命（多指死於意外事故或災禍）：飲彈～。

【畢其功於一役】bì qí gōng yú yīyì〔諺〕一次行動便全部完成需要分幾步做的事情：改造舊城區的工作必須分步驟、有計劃地去做，不可能～。

【畢生】bìshēng〔名〕一生；終生：～精力｜～事業｜他～心血都獻給了教育事業。

【畢肖】bìxiào〔動〕〈書〉完全相像：他畫的人物速寫眉目傳情，神態～。

【畢業】bì // yè〔動〕在學校學習期滿，達到了規定的要求，結束學習而取得相應的學業資格：大學～｜我的孩子在專科學校畢了業｜他是2008 年畢的業。

閉（闭）bì ❶〔動〕關上；合上：～門思過｜夜不～戶｜～目養神｜～口不談。❷ 阻塞：～氣｜～絕言路。❸ 停止；結束：～幕｜～會｜～市｜～館。❹（Bì）〔名〕姓。

B

[辨析]閉、關　二者基本義相同，"閉門"也可以說成"關門"，但"閉"作為詞來用，組合很有限制，"關窗戶""關大門""關抽屜"中的"關"，都不能換成"閉"。"閉"組成的合成詞、固定語，如"閉目""閉嘴""閉門羹""閉關自守"，其中的"閉"不能換成"關"。

語彙　倒閉　封閉　關閉　禁閉　密閉　幽閉

【閉關鎖國】bìguān-suǒguó〔成〕關閉國口，封鎖國境，不與外國通商往來：發展經濟，就要改革開放，不能～。

【閉關自守】bìguān-zìshǒu〔成〕封閉國口，不跟別國交往。比喻因循守舊，不接受外界事物：搞科學研究豈能～，外邊的信息一點兒不知？

【閉卷】bìjuàn〔動〕一種考試形式，答題時不能查看有關資料（區別於"開卷"）：～考試｜這次語文考試分兩部分，基礎知識部分～，作文開卷。

【閉路電視】bìlù diànshì 只在有限區域內通過電纜傳送影像和信號的電視系統。能通過放像機自播電視節目，廣泛用於娛樂、教學、醫學、科研等方面。

【閉門羹】bìméngēng〔名〕見"吃閉門羹"（172頁）。

【閉門思過】bìmén-sīguò〔成〕關起門來自我反省過錯：做了對不起人的事理應在家～才是。

【閉門造車】bìmén-zàochē〔成〕關起門來造車。比喻不問客觀情況，只憑主觀想法辦事：不去調查研究，只在辦公室裏做計劃，這不是～嗎？

【閉目塞聽】bìmù-sètīng〔成〕聽：聽覺器官。閉上眼睛，堵住耳朵。形容對外界的事物不聞不問或不了解：一個～的人，對幾年來發生的巨大變化當然無法理解。

【閉幕】bìmù〔動〕❶演出間歇或結束時拉上舞台前面的幕布（跟"開幕"相對）。❷會議、展覽或比賽等結束（跟"開幕"相對）：大會勝利～。

【閉幕式】bìmùshì〔名〕閉幕時舉行的儀式。

【閉氣】bì//qì〔動〕❶呼吸微弱，氣透不出，失去知覺：腦袋撞暈，一下閉住氣了。❷斷氣：搶救無效，病人已～。❸暫時忍住呼吸：他閉住氣輕輕地走到病人床前。

【閉塞】bìsè ❶〔動〕堵塞：通道～了。❷〔形〕偏僻或交通不便：這個地方過去很～。❸〔形〕消息不靈通，知道的事情很少：我們這裏不如你們那裏，過於～｜甚麼消息也沒有，真～。

【閉珊】Bìshān〔名〕複姓。

【閉月羞花】bìyuè-xiūhuā〔成〕使月亮躲進雲裏，讓花兒覺得羞慚。形容女子容貌非常美麗：她有沉魚落雁之容，～之貌。也說羞花閉月。

庳　bì〈書〉❶低；低窪：墮高堙～（平高填窪）。❷低矮：卑～｜果實繁者木必～。

婢　bì 女奴；使女：小～｜奴～｜侍～｜奴顏～膝。

【婢女】bìnǚ〔名〕舊時有錢人買來或僱來供使喚的丫頭。

賁（贲）　bì〈書〉裝飾得很美：～若草木。

另見 bēn（63頁）。

【賁臨】bìlín〔動〕〈敬〉光臨：～寒舍，不勝榮幸。

葟　bì 見下。

【葟薢】bìxiè〔名〕多年生藤本植物。根狀莖橫生，呈圓柱形。

皕　bì〔數〕〈書〉二百：～年悲恨難平｜～宋樓（清代陸心源藏書樓，因藏有二百種宋版書，故稱）。

敝　bì ❶〈書〉破爛；壞：～衣｜～帚自珍｜唇焦舌～。❷〈書〉衰敗：凋～｜時政日～。❸〈謙〉指自己或與自己有關的（事物）：～人｜姓王｜～校｜～處。**注意** a）"敝"只能與有限的幾個詞結合，並不是所有與自己有關的事物都能用"敝"，如不能說"敝房""敝家"等，但可以說"敝宅""敝舍"。b）"敝"一般不跟複音詞結合，如不能說"敝單位""敝機關"等。❹（Bì）〔名〕姓。

語彙　凋敝　疲敝　衰敝

【敝屣】bìxǐ〔名〕〈書〉破舊的鞋，比喻沒有用的東西：棄之如～｜～尊榮（把富貴榮華看得像破舊的鞋一樣）。

【敝帚自珍】bìzhǒu-zìzhēn〔成〕三國魏曹丕《典論·論文》引時諺："家有敝帚，享之千金。"家裏的破帚帚，自己卻覺得十分珍貴。比喻自家東西雖然不好，自己卻很珍惜。也說敝帚千金。

詖（诐）　bì〈書〉偏頗，不正：心險而行～｜～辭知其所蔽。

愎　bì〈書〉任性；固執：剛～自用。

弻　bì ❶〈書〉輔助；匡正：輔～｜匡～。❷（Bì）〔名〕姓。

鉍（铋）　bì〔名〕一種金屬元素，符號 Bi，原子序數 83。銀白色或粉紅色，質地軟，不純時脆。合金熔點很低，可做保險絲和汽鍋上的安全閥等。

痺〈痹〉　bì 中醫指由風、寒、濕、熱引起肢體疼痛、麻木的病。痺症包括風濕性關節炎、類風濕性關節炎等。

煏　bì〔動〕（吳語）在火灶旁烘乾。

裨　bì〈書〉❶增益：無～於事（對事情沒有補益）。❷益處：雖死何～？

另見 pí（1021頁）。

【裈益】bìyì〈書〉❶〔名〕好處：多搞些調查研究，對於開展工作大有～。❷〔動〕使得到好處：經常鍛煉～健康。

辟　bì ㊀❶〈書〉君主；君位：復｜明～｜惟～作福。❷(Bì)〔名〕姓。
㊁〈書〉❶驅除：～邪。❷同“避”：內稱不～親，外舉不～怨。
㊂〈書〉徵召(授予官職)：初舉孝廉，又～公府。
另見 pì(1022頁)；pì“闢”(1023頁)。

【辟邪】bì // xié〔動〕避免或驅除禍祟：過去學道的人常常養着白犬、白雞，據說可以～｜算命先生讓那個人去外地走走，說是可以辟一下邪。

【辟易】bìyì〔動〕〈書〉因受驚嚇而退避：人馬俱驚，～數里｜怒目時一呼，萬騎皆～。

碧　bì ❶〈書〉青綠色的美石：金～輝煌。❷青綠色或淡藍色：～草｜～玉｜～波｜～瓦紅牆｜～空萬里。❸(Bì)〔名〕姓。

【碧藍】bìlán〔形〕狀態詞。青藍色：～的海洋｜～天空。

【碧綠】bìlǜ〔形〕狀態詞。青綠色：～的田野｜～的麥苗｜湖水～。

【碧螺春】bìluóchūn〔名〕綠茶的一種，青綠色，茶形蜷曲成螺狀，原產於太湖洞庭山。

【碧落】bìluò〔名〕〈書〉天空：上窮～下黃泉，兩處茫茫皆不見。

【碧血】bìxuè〔名〕《莊子·外物》說春秋時周敬王的大夫萇弘，在蜀被殺，他的血三年後化為碧玉。後來多用碧血指為正義事業犧牲性而流的血：～丹心｜～橫飛，浩氣四塞。

【碧玉】bìyù❶〔名〕含鐵的岩石，主要成分是石英。質地堅韌細膩，不透明，有紅、褐、深綠或灰藍色，經加工後可做裝飾品等。❷劉碧玉為宋汝南王之妾，出身於平民之家，後用“碧玉”泛指小戶人家的年輕美貌的女子：小家～。

蓖　bì 見下。

【蓖麻】bìmá〔名〕(棵，株)一年生或多年生草本植物，種子叫蓖麻子，榨的油叫蓖麻油，可做工業用潤滑劑，醫藥上用作瀉藥。

嗶　bì 見下。（嗶）

【嗶嘰】bìjī〔名〕一種密度較小的斜紋毛織品：一身～西裝。[法 beige]

柲　bì 〈書〉濃香。

算　bì 見下。

【算子】bìzi〔名〕有很多空隙而能起間隔作用的片狀器物，如與蒸鍋配套使用的竹算子、鋁算子，火爐上用的爐算子，下水道用的鐵算子等，

過濾沉澱物用的紗算子等。

髲　bì〈書〉假髮：～子(假髻)。

弊　bì ❶欺詐矇騙的行為：作～｜（幣）私～｜營私舞～。❷害處(跟“利”相對)：流～｜～端｜興利除～｜補偏救～｜有利有～｜～大於利。

【弊病】bìbìng〔名〕❶弊端：管理體制上的～越來越明顯地暴露出來了。❷事情的毛病、缺陷：這個辦法～太多。

【弊端】bìduān〔名〕由於制度不合理或工作上有漏洞而發生損害公益的事情：社會～｜消除～。

【弊絕風清】bìjué-fēngqīng〔成〕時弊絕跡，風氣清明。形容社會風氣良好，沒有貪污舞弊等壞現象。

【弊政】bìzhèng〔名〕腐敗的政治統治；有害的政治措施：抨擊～｜邪吏行～｜革除～。

幣　bì 貨幣：金～｜銀～。（幣）

錢幣

【幣市】bìshì〔名〕特殊貨幣交易的市場。

【幣值】bìzhí〔名〕貨幣的價值，即貨幣購買商品的能力：提高～｜～低｜～穩定。

【幣制】bìzhì〔名〕貨幣制度，即國家以法令形式規定的有關貨幣的單位、硬幣的鑄造、紙幣的發行及流通等制度。

駜　bì〈書〉馬肥壯的樣子：～彼乘黃。（駜）

蓽　bì ❶〈書〉同“篳”。❷見下。（蓽）

【蓽撥】bìbō〔名〕多年生藤本植物，果穗乾燥後可入藥。

【蓽路藍縷】bìlù-lánlǚ 同“篳路藍縷”。

潷　bì〔動〕〈口〕擋住渣子或浸泡物（潷）把液體倒出：把湯藥～一～。

蔽　bì ❶遮擋：蒙～｜隱～｜旌旗～日｜衣不～體。❷概括：一言以～之。

【蔽芾】bìfèi〔形〕〈書〉形容樹木幼小：～甘棠，

勿剪勿伐。

【蔽塞】bìsè〔形〕閉塞；掩蔽不開通：耳目～。

觷 bì 見下。

【觷篥】bìlì〔名〕古代一種用竹做管，用蘆葦做嘴的管樂器，漢代由西域傳入。也作觷栗、篳篥。

篦 bì〔動〕用篦子梳：～頭。

箆

【篦子】bìzi〔名〕(把)一種中間有樑、兩邊有密齒的梳頭用具，可以用來除去髮垢。**注意**"篦子"和"梳子"是兩種不同的梳頭用具，梳子僅一邊有齒，而且齒比較稀。

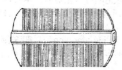

壁 bì ❶ 牆：牆～｜～畫｜～報｜斷垣殘～｜家徒四～｜牆有縫，～有耳。❷ 物體像圍牆的部分：照～｜爐～｜腸～。❸ 營壘：堅～清野｜作～上觀。❹ 陡峭的山崖：懸崖峭～。❺ 二十八宿之一，北方玄武七宿的第七宿。參見"二十八宿"(347頁)。❻ (Bì)〔名〕姓。

語彙　戈壁　隔壁　堅壁　絕壁　破壁　牆壁　峭壁　影壁　飛檐走壁

【壁報】bìbào〔名〕(期)牆報：辦～｜車間～。

【壁布】bìbù〔名〕貼在室內牆壁上，供裝飾用的一種布。

【壁櫥】bìchú〔名〕砌牆時留出空間做成的櫥；嵌進牆裏的櫥櫃：臥房裏有個很大的～。也叫壁櫃。

【壁燈】bìdēng〔名〕(隻)裝置在牆壁上的照明用具，兼有美化裝飾作用。

【壁虎】bìhǔ〔名〕(條，隻)爬行動物，腳趾上有吸盤，能在牆壁上爬行。以蚊、蠅、蛾等小昆蟲為食，對人類有益。舊稱守宮，也叫蠍虎。

【壁畫】bìhuà〔名〕(幅)畫在岩壁或牆壁上的人物畫、故事畫、山水畫等：敦煌～。

【壁壘】bìlěi〔名〕❶ 古代軍營的圍牆，泛指防禦工事：修築～｜～森嚴。❷ 比喻對立的陣營或事物的界限：～分明。

【壁壘森嚴】bìlěi-sēnyán〔成〕形容防守嚴密。也比喻界限分明：我軍早已～，準備迎接更大的戰鬥｜議會中的兩派力量形成了對立，～，各不相讓。

【壁立】bìlì〔動〕❶ 像牆壁一樣屹立，多用來形容山峰：群峰～｜～千仞。❷ 家中空無所有，只有四壁，形容窮困：家徒～｜～無資。

【壁爐】bìlú〔名〕就着牆壁砌成的生火取暖的設備，內部上通煙囪，外部美觀，有裝飾作用。

【壁飾】bìshì〔名〕掛在牆壁上的裝飾性物品，如各種毛織飾物、陶製飾品、繡品、繪畫作品等：柔和的燈光，典雅的～，把這個小書屋裝點得更加寧靜了。

【壁毯】bìtǎn〔名〕(張，塊)掛在牆壁上做裝飾用的毯子，是美化居室的工藝品。也叫掛毯。

【壁葬】bìzàng〔動〕安置死者骨灰的一種方法。把骨灰盒嵌置在專門砌成的牆壁內：～牆。

【壁紙】bìzhǐ〔名〕(張)貼在室內牆壁上做裝飾用的一種紙。也叫牆紙。

嬖 bì〈書〉❶ 寵愛；受寵愛：～倖｜～愛｜～臣｜～妾。❷ 受寵愛的人：便(pián)～。

薜 bì ❶ 見下。❷ (Bì)〔名〕姓。

【薜荔】bìlì〔名〕❶ 藤本植物，莖蔓生，果實似蓮蓬，可入藥。也叫木蓮。❷ 泛指叢生的野草。❸ 梵語"餓鬼"的音譯。也譯作薜荔多、卑帝梨。

箅(笓) bì〈書〉在房屋周圍用竹子、樹枝等編成的起保護作用的籬笆或其他遮攔物：蓬門～戶(指窮苦人家)。

【箅篥】bìlì 同"觷篥"。

【箅路藍縷】bìlù-lánlǚ〔成〕《左傳·宣公十二年》："箅路藍縷，以啟山林。"箅路：柴車；藍縷：破爛衣服。意思是駕着柴車，穿着破爛衣服去開闢山林。形容創業的艱苦：先輩～之功不可埋沒。也作篳路藍縷。

濞 bì 用於地名：漾～(在雲南)。

臂 bì〔名〕胳膊：兩～｜左膀右～｜三頭六～｜助一～之力。

另見 bei(62頁)。

語彙　膀臂　攘臂　振臂　失之交臂

【臂膀】bìbǎng〔名〕胳膊，多比喻得力助手：他們兩個猶如總經理的左右～。

【臂章】bìzhāng〔名〕佩戴在衣袖上方表示身份或職銜的標誌，一般戴在左袖上。

避 bì〔動〕❶ 躲開；躲避：逃～｜迴～｜風～雨｜～暑｜～難｜～重就輕｜風聲太緊，你先到別處去～一～。❷ 防止：～孕｜～雷設施。

語彙　躲避　迴避　逃避　退避

【避而不談】bì'érbùtán〔成〕談話時有意躲開某個或某些問題：對要害問題～是他的一貫做法。

【避風】bì // fēng〔動〕❶ 躲避風吹：病剛好得注意～｜找個地方避一避風。❷ 比喻避開對自己不利的勢頭：他工作上出了點事兒，暫時躲到鄉下～去了。也說避風頭。

【避風港】bìfēnggǎng〔名〕❶ 供船隻停泊，可以躲避大風浪的港灣。❷比喻可以躲避激烈鬥爭或外來傷害（多指政治方面）的地方。

【避諱】bìhuì〔動〕在封建時代，說話或寫文章遇到君主或輩分高的親屬名字都不能直接說出或寫出叫作避諱。同義字替代是避諱的一種方法，例如，唐太宗叫李世民，為了避開"世"和"民"，唐人的文章中往往將"世"改為"代"，將"民"改為"人"。除了改字，避諱的方法還有空字（空着字不寫，或寫個"某"字、"諱"字）、缺筆（如將"世"字寫作"卅"）等。

【避諱】bìhui〔動〕❶ 不願說出或提到某些不吉利的字眼兒，如屠戶把豬舌頭叫作口條或招財，這是因為"舌"跟"蝕"諧音，做買賣怕蝕本，所以就避諱了這個諧音字。❷ 迴避：要正視工作中的缺點，不能～。

【避忌】bìjì〔動〕迴避顧忌：無所～｜說話有～。

【避雷針】bìléizhēn〔名〕保護高大建築物或建築物外電器設備，使免遭雷擊的裝置。在建築物頂端安裝一根金屬棒，通過金屬綫與埋在地下的金屬板相連接，利用金屬棒的尖端放電，使雲層所帶的電與地面的電逐漸中和，並經地綫將雷電電流引入地下，這樣，被保護物則可免遭破壞。

【避免】bìmiǎn〔動〕設法不讓某種情況發生（多指不好的、不利的事）：～衝突｜～損失｜～矛盾激化｜由於處理及時，～了一場流血事故｜些微差錯難以～。

【避難】bì∥nàn〔動〕躲避災難或迫害：～所｜政治～｜敵機轟炸的時候，我們一塊兒在山裏頭避過難。

【避實就虛】bìshí-jiùxū〔成〕實：堅實的部分；虛：虛弱的部分。指避開敵人的主力，打擊敵人力量薄弱的部分。也指迴避要害問題，只談次要的方面：在敵強我弱的形勢下，只能採取聲東擊西、～的作戰方針｜作者對於主要矛盾採取了～的筆法。

【避暑】bì∥shǔ〔動〕❶ 天氣炎熱時到涼爽的地方去住，以避開暑氣：夏天我們常去海濱～｜天氣太熱了，你最好去避避暑。❷ 防止中暑：喝酸梅湯可以～。

【避暑山莊】Bìshǔ Shānzhuāng 中國現存最大的著名園林，在河北承德。是清代皇帝行宮，始建於康熙，完成於乾隆時代。內有宮殿、亭榭、湖山，風景秀麗，氣勢雄渾。原是皇家避暑之處，今日成為遊覽勝地。

【避稅】bìshuì〔動〕納稅人在不直接違背稅法的前提下，利用稅法的漏洞規避或減少納稅義務。

【避席】bìxí〔動〕離開坐席。表示禮貌或敬意：～而拜｜先生進，諸人～而立。

【避嫌】bì∥xián〔動〕暫時避開於己不便而可能令人產生懷疑的事情：和當事人有親戚關係的人員應當～，不要參與處理這個問題｜你還是避一下嫌為好。

【避邪】bìxié〔動〕用某種圖形、象徵物等迷信辦法驅除邪祟，避開邪惡：江湖醫生吹噓這種藥丸既能治病又能～。

【避孕】bì∥yùn〔動〕用藥物、器械等方法阻止精子與卵子相結合，使婦女不受孕：～措施｜她避了一年孕，今年打算要孩子了。

【避重就輕】bìzhòng-jiùqīng〔成〕迴避繁重的事情，只挑省事的來做。也指迴避要害問題，只談次要的方面：犯了錯誤應當認真檢查，不要～。

斃（毙）〈獘〉bì ❶ 死：～命｜倒～｜與犬，犬、犬～，與小臣，小臣亦～。❷〈書〉跌倒；失敗：多行不義必自～。❸〔動〕〈口〉槍斃：把這個壞蛋拉出去～了！

語彙 倒斃 擊斃 槍斃 坐以待斃

【斃命】bìmìng〔動〕喪命（含貶義）。

蹕（跸）bì〈書〉❶ 帝王出行時，開路清道，禁止通行：～路｜出警入～。❷ 帝王出行時的車駕：眾請駐～（眾人請求皇上停留暫住）。

髀 bì〈書〉大腿，也指大腿骨：搏～而歌｜撫～長歎。

【髀肉】bìròu〔名〕大腿上的肉。

【髀肉復生】bìròu-fùshēng〔成〕《三國志·蜀書·先主傳》裴松之註："備曰：吾常身不離鞍，髀肉皆消。今不復騎，髀裏肉生。日月若馳，老將至矣，而功業不建，是以悲耳。"意思是因為長久不騎馬，大腿上的肉又長起來了。後常用作久處安逸、無所作為的自我慨歎之辭。

璧 bì ❶ 古代一種扁平而圓、中間有孔的玉：白～無瑕｜完～歸趙｜珠聯～合。❷（Bì）〔名〕姓。

【璧還】bìhuán〔動〕〈書〉〈敬〉指完好無損地歸還所借的東西，有時也用於客氣地退還贈品：大作～，謹致謝意。也說璧趙。參見"完璧歸趙"（1388頁）。

【璧謝】bìxiè〔動〕〈書〉〈敬〉退還禮物，並表示謝意：友人所贈，皆～不收｜饋贈～，深感厚意。

饆（铧）bì 見下。

【饆饠】bìluó〔名〕古代一種有餡的麵食。

襞 bì ❶〈書〉摺疊衣服，泛指摺疊：～箋（摺紙作書）。❷ 衣裙上的褶子：皺～。❸ 腸、胃等內部器官上的褶子：胃～。

躄 bì ❶〈書〉仆倒：悶絕～地。❷〈書〉腿瘸：少而病～。❸〔動〕跛着腳走：原來是他悄悄地~了進來。

贔（赑）bì 見下。

【贔屭】bìxì〈書〉❶〔形〕猛壯有力的樣子：巨靈～。❷〔名〕傳說中的龍子，像龜，能負重，所以石碑的底座多雕刻成贔屭的形狀。

biān ㄅ丨ㄢ

砭　biān ❶古代治病用的石針：～石。❷用石針刺皮膚治病：針～。❸像用針刺：寒風～骨。

萹　biān ❶見下。❷（Biān）〔名〕姓。
另見 biǎn（81頁）。

【萹蓄】biānxù〔名〕一年生草本植物，莖平臥或上升，花綠色，全草入藥。

煸　biān〔動〕菜、肉等放在熱油鍋裏急炒到半熟：做餃子餡，先把肉餡兒～～，再拌上菜。

【煸鍋兒】biān // guōr〔動〕把葱、薑、蒜等調料和肉放在熱油鍋裏急炒到半熟：煮熱湯麵，先煸煸鍋兒，再下麵。

蝙　biān 見下。

【蝙蝠】biānfú〔名〕（隻）哺乳動物，頭部與軀幹像老鼠，四肢和尾部之間有翼膜。常在夜間飛出，捕食蚊、蛾等，對人類有益。也叫飛鼠、鹽老鼠。

【蝙蝠衫】biānfúshān〔名〕（件）一種腋下肥大，兩袖揚起形狀像蝙蝠的上衣。

編（编）biān ❶〔動〕編織：～席子｜～草帽｜～籬笆｜～花籃。❷〔動〕組織在一起：～組｜～隊｜～排。❸〔動〕按順序排列：～號｜～碼｜～程序。❹〔動〕編輯：～報｜～刊物｜～雜誌。❺〔動〕編寫；創作：～教材｜～字典｜～劇本｜～了一齣新戲。❻〔動〕捏造；把沒有的事說成有：瞎～｜胡～亂造｜～瞎話。❼成本的書（常用於書名）：正～｜續～｜《中國哲學史新～》。❽〔名〕書籍按內容劃分的單位，大於"章""篇"：上～｜中～｜下～。❾"編制"②：超～｜～外｜在～人員。❿〔量〕用於書籍：人手一～｜這書一共有三～。⓫（Biān）〔名〕姓。

語彙　長編　合編　彙編　簡編　續編　選編　摘編　正編　主編

【編程】biānchéng〔動〕編製計算機程序：～人員｜在計算機上～。
【編創】biānchuàng〔動〕編寫創作：～人員｜他

近些年～了不少新節目。
【編導】biāndǎo ❶〔動〕編劇並導演：這部新電影由老藝術家～｜他最近又～了一部電視劇。❷〔名〕（名，位，個）編劇和導演的人：本劇的～是一位青年戲劇家。
【編發】biānfā〔動〕編輯稿件並發排：稿子很快～，沒幾天就出來了校樣。
【編號】biānhào ❶（-//-）〔動〕按一定的順序編排號數：這批文物尚未～｜這批材料每件編一個號兒，然後存檔。❷〔名〕按一定順序編定的號數：倉庫裏的東西，大小件都有～。
【編輯】biānjí ❶〔動〕對資料、文章或書稿進行整理和加工：～室｜～部門｜這部書稿請王先生～加工｜～中小學語文課本。❷〔名〕（位，名）從事編輯工作的人：我在出版社當～｜責任～。❸〔名〕編輯人員的中級專業技術職務名稱，高於助理編輯，低於副編審。
【編輯部】biānjíbù〔名〕出版社、報社、雜誌社等負責編輯工作的部門。編輯部下面還可以按專業劃分若干編輯室。
【編校】biānjiào〔動〕❶編輯校訂：～古籍。❷編輯校對：～工作｜～了幾期刊物。
【編劇】biānjù ❶〔動〕創作劇本：這部電視劇由老王～，老陳執導。❷〔名〕（位，名）創作劇本的人：電影《青春之歌》的～就是這本小說的作者。
【編碼】biānmǎ ❶（-//-）〔動〕為了某種用途，依據一定的方法將文字、數字等編成數碼，或將信息、數據等轉換成規定的電脈衝信號：～在通信、遙控等領域廣泛使用。❷〔名〕為了某種用途並依據一定方法編成的數碼：郵政～。
【編目】biānmù ❶（-//-）〔動〕編製目錄：新書尚未～上架，暫不出借｜圖書館的書都編了目。❷〔名〕編製成的目錄：方誌～｜中國現代文學名著～。
【編年】biānnián〔動〕按史實發生的年月記載編排：～史｜～體｜～作品。
【編排】biānpái〔動〕❶把眾多項目按照次序排列先後：這部詞典的條目按音序～。❷編寫並排演：劇團又～了一齣新戲。
【編派】biānpai〔動〕（北京話）捏造或誇大別人的錯誤和缺點：不要在背後亂～人家｜他把我好一通～。
【編審】biānshěn ❶〔動〕編輯審定：～書稿｜這套叢書請幾位專家～。❷〔名〕編輯系列的最高專業技術職務名稱。❸〔名〕（位，名）做編審工作的人：兩位～正在審稿。
【編外】biānwài〔形〕屬性詞。編制之外的：～人員。
【編委】biānwěi〔名〕（位，名）報刊、書籍等的編輯委員會成員：張先生是這套叢書的特邀～。
【編寫】biānxiě〔動〕❶根據已有材料進行整理、

加工寫成文章或書：～課文｜～教材｜～大型詞典｜百科全書～工作。❷ 創作：寫作：～劇本｜～歌詞。**注意** a）不能說"編寫小說""編寫詩歌"，但可以說"寫小說""寫詩""寫歌詞"。b）"編寫"後面的賓語要求是雙音節的，如"編寫叢書""編寫歷史"。"編"或"寫"後面的賓語單音節、雙音節都可以，如"編書""寫書""編劇本""寫劇本"。

【編演】**biānyǎn**〔動〕創作並演出：～戲曲節目｜劇團還～了不少帶有地方特色的獨幕劇。

【編譯】**biānyì** ❶〔動〕編輯並且翻譯：集體～｜～《希臘戲劇概論》。❷〔名〕(位，名，個）從事編譯工作的人。

【編餘】**biānyú** ❶〔形〕屬性詞。整編或定編後多餘的：～幹部｜～人員。❷〔名〕編輯之餘。常用於書報的欄目或題目，內容多是負責人在編之餘寫的雜感之類：文藝月刊的主編在這一期寫了一篇。

【編造】**biānzào**〔動〕❶ 將資料、統計數字按一定要求排列分類，製成表冊或報表等：～預算｜～名冊｜～年度報表。❷ 杜撰；捏造：～謊言｜～假話。❸ 憑想象力創作：古代人民～了許多奇妙的神話｜幼兒園老師給孩子～了一些有趣的故事。

【編者】**biānzhě**〔名〕(名，位）❶ 做編輯工作的人：～按。❷ 編寫某本書的人：這本教材的～都是從事教育工作多年的老教師。

【編者按】(編者案）**biānzhě'àn**〔名〕(篇）編輯人員就所發表的文章或消息所加的按語，有評論性的、註釋性的和說明性的等多種。編者按放在正文的前面或後面。

【編織】**biānzhī**〔動〕❶ 把毛線、棉線等細長的東西交叉勾連，組織起來：～毛衣｜～手套兒｜～漁網。❷ 把分散的素材進行組合創作：一篇神奇的童話就這樣～成了。

【編制】**biānzhì**〔動〕❶ 編造；制訂：～計劃｜～方案｜～預算。❷〔名〕單位的人員定額和機構設置：縮小～｜錄用人員不能超過～。❸〔名〕特指軍隊編制：平時～｜戰時～。

【編製】**biānzhì**〔動〕編造；製作；將細長物加以編織製成器物：～代碼｜用藤條～的手提箱輕便耐用。

【編鐘】**biānzhōng**〔名〕古代一種打擊樂器。把一組大小不同的銅製的鐘依序懸掛在木架上，用木槌敲擊演奏。

【編著】**biānzhù**〔動〕編寫著述。多指參考利用已有資料寫書：～藥典｜這部多卷本《中國文學史》由多人～而成。

【編撰】**biānzhuàn**〔動〕編纂撰寫：～專書詞典｜～了許多書籍。

【編纂】**biānzuǎn**〔動〕根據大量資料整理編寫：～《辭源》｜～百科全書。

鞭 **biān** ❶〔名〕鞭子：快馬加～｜投～斷流。❷ 古代兵器：鋼～。❸ 像鞭一樣細長的東西：教～｜竹～｜牛～。❹〔名〕(掛，串）成串的小爆竹：～炮｜放了一掛～。❺〔書〕鞭打：～馬｜～背｜～屍。❻ (Biān）〔名〕姓。

語彙 鋼鞭　教鞭　霸王鞭　仙人鞭　竹節鞭　快馬加鞭

【鞭策】**biāncè**〔動〕用鞭子趕馬；比喻嚴格督促使上進：師長時加～｜要經常～自己，力爭上游。

【鞭長莫及】**biāncháng-mòjí**〔成〕《左傳·宣公十五年》："雖鞭之長，不及馬腹。"意思是雖然鞭子很長，也不應抽在馬腹上。後用來比喻力量達不到或不能控制：對遠在邊疆的一個分公司，總公司竟～，無法控制。

【鞭笞】**biānchī**〔動〕〔書〕❶ 古代刑罰。用鞭子或板子抽打：～三百，以儆效尤。❷ 比喻抨擊：小說作者～了各種醜惡的社會現象。**注意**"笞"不讀 *tái* 或 *tà*。

【鞭打】**biāndǎ**〔動〕用鞭子抽打：～馬背。

【鞭打快牛】**biāndǎ-kuàiniú**〔成〕比喻對工作越勤奮、貢獻越大的人或單位越是提要求、壓任務，不加愛護：如果再不解決～問題，消極作用將會更大。

【鞭炮】**biānpào**〔名〕❶ 各種爆竹的統稱：放～。❷ (掛，串）特指成串的小爆竹。

【鞭闢入裏】**biānpì-rùlǐ**〔成〕闢：透徹；裏：內部。形容言論或文章說理十分透徹、深刻：他的講話剖析入微，～，有極大的說服力。

【鞭撻】**biāntà**〔動〕用鞭子抽打，比喻譴責、抨擊：魯迅的小說和雜文無情地～了舊社會。

【鞭子】**biānzi**〔名〕(條，根）❶ 驅趕牲畜的工具：馬～｜皮～。❷ 打人的刑具。

邊(边) **biān** ❶〔名〕幾何圖形上夾成角的射線或圍成多邊形的綫段。❷ (～兒）〔名〕沿邊的部分：馬路～兒｜靠～兒｜且辭爺娘去，暮宿黃河～。❸ (～兒）〔名〕邊緣上的條狀裝飾：花～兒｜袖口上鑲着金～兒。❹ 邊界；邊境：～疆｜墾～｜守～｜戍～。❺〔名〕界限：無～無際｜一眼望不到～。❻ 靠近物體的地方；旁邊：身～｜手～。❼〔名〕一方；方面：雙～合作｜多～會談｜這～力量強。❽〔副〕"邊"字連用，表示動作同時進行：～吃～談｜～幹～學｜～設計～施工。❾ (～兒）〔後綴〕用在單音節方位詞後構成雙音節方位詞，多讀輕聲：裏～｜外～｜前～兒｜後～兒｜東～兒｜西～兒。❿ (Biān）〔名〕姓。

語彙 半邊　北邊　擦邊　東邊　花邊　靠邊　裏邊　兩邊　溜邊　南邊　旁邊　前邊　上邊　身邊　手邊　戍邊　四邊　天邊　貼邊　拓邊　外邊　無邊　西邊　下邊　一邊　沾邊　支邊

B

【邊鄙】biānbǐ〔名〕〈書〉接近邊界的地方；邊遠的地方：地處～。

【邊陲】biānchuí〔名〕〈書〉靠近國界的地區：～要地｜滿洲里是中國北方～重鎮。

【邊防】biānfáng〔名〕為保衞國家安全而設在邊境地區的防務：～軍｜～戰士｜～哨所。

【邊鋒】biānfēng〔名〕(名)足球、籃球等球類比賽中位置在兩側的擔任進攻的隊員。

【邊幅】biānfú〔名〕布帛的寬窄；也指布幅邊上毛糙的地方，常比喻人的衣着，外表、儀容：不修～。

【邊際】biānjì〔名〕❶邊緣；界限：汪洋大海，望不到～。❷比喻範圍和中心：他講話常常東拉西扯，不着～。

【邊檢】biānjiǎn〔動〕邊防檢查：～站｜～人員｜加強～工作。

【邊疆】biānjiāng〔名〕靠近國界的廣大地區：保衞～｜開發～｜支援～建設。

【邊界】biānjiè〔名〕國家之間或地區之間的界綫：～綫｜～衝突｜～談判｜劃定～｜勘測。

【邊境】biānjìng〔名〕靠近邊界的地方：開放～｜封鎖～｜～貿易。

辨析 邊境、邊陲 都指靠近邊界的地方。但"邊境"使用範圍廣，可用於國家或省、縣之間；"邊陲"則只用於國家間，指靠近國界的地區，且書面語色彩濃厚。"搞好兩個縣相連的邊境地區的治安管理工作"，其中的"邊境"不能換成"邊陲"。

【邊貿】biānmào〔名〕邊境地區的對外貿易，包括民間和國家的各種貿易活動形式：～協定。

【邊民】biānmín〔名〕邊境地區的居民：幫助～發展生產｜兩國～經常相互往來。

【邊卡】biānqiǎ〔名〕邊境上的哨所或關卡。

【邊塞】biānsài〔名〕邊疆地區的要塞，泛指邊疆地區：～風光｜～詩（以邊塞為題材，描寫邊塞風光和軍旅生活的詩，唐朝有高適、岑參等著名的邊塞詩人）。

【邊式】biānshi〔形〕❶(北方官話)指人的裝束、體態漂亮俊俏：她今天穿一身淡藍的衣服，分外～。❷戲曲演員武功深厚，舉手投足瀟灑利落：唱文戲也得有武功底子，出台一亮相就～。

【邊緣】biānyuán ❶〔名〕沿邊的部分；邊上：～地區｜死亡～｜瀕臨崩潰的～。❷〔形〕屬性詞。靠近界綫的；同兩方面或多方面有關係的：～學科。

【邊緣化】biānyuánhuà〔動〕使在整體中處於不重要的地位：觀念不更新，是很容易被～的｜在國際政治中，要防止一些發展中國家被～。

【邊緣科學】biānyuán kēxué 以兩種或多種學科為基礎而發展起來的科學。如生物化學就是運用化學理論和方法研究生物的一門邊緣科學。

【邊緣青少年】biānyuán qīngshàonián〔名〕港澳地區用詞。簡稱邊青。行為不端、處於犯罪邊緣或犯有一般非刑事罪行的青少年：社會各界和父母要關懷～。

【邊遠】biānyuǎn〔形〕屬性詞。靠近邊界、遠離中心地區的：～省份｜～地區。

鯿（鯿）biān〔名〕魚名。頭小鱗細，身體扁寬。生活在淡水中。

籩（籩）biān 古代祭祀或宴會時用來盛果脯等的竹編食器：～豆。

biǎn ㄅㄧㄢˇ

扁 biǎn ❶〔形〕寬平而薄：～平｜～匣子｜鴨子的嘴真～｜紙盒壓得～～的。❷〔形〕輕；小：隔着門縫兒看人 —— 把人看～了。❸(Biǎn)〔名〕姓。

另見 piān（1023 頁）。

【扁擔】biǎndan〔名〕(條，根，副)放在肩上，用於挑或抬的工具，扁平而長，用竹或木製成。

注意 扁擔有兩頭兒，因此它的量詞也可以是"副"，如"一副扁擔"。對於一副扁擔，不能用"對"或"雙"，如不能說"一對扁擔"或"一雙扁擔"。

【扁豆】（藊豆、稨豆、藕豆）biǎndòu〔名〕❶一年生草本植物，花白色或紫色，莢果扁平，白色、淡綠色或紫紅色，是蔬菜，種子、種皮和花可入藥，有健脾、止瀉等作用。❷這種植物的莢果或種子。

【扁鵲】Biǎnquè〔名〕戰國時名醫。姓秦名越人，號扁鵲，今河北任丘人。擅長內、婦、兒、五官各科。首創切脈，以湯藥、針灸、按摩等多種療法治病，取得卓越成就，後世奉為神醫。

【扁食】biǎnshi〔名〕❶(北方官話)餃子。❷(閩語)餛飩。

【扁桃體】biǎntáotǐ〔名〕狀如扁桃的淋巴結組織，通常指咽喉兩側的齶扁桃體，能產生吞噬細菌的淋巴球，對機體起保護作用。舊稱扁桃腺。

窆 biǎn〈書〉埋葬：埋～。

匾 biǎn〔名〕❶(塊)匾額：金～｜光榮～｜他家門上掛着一塊～。❷用竹篾編成的圓形淺邊平底的器具，用來養蠶或盛糧食。

【匾額】biǎn'é〔名〕(塊)一種題有作為標誌或讚揚文字的長方形橫牌，多用木板製成，懸掛在門楣或牆壁上。

貶（貶）biǎn〔動〕❶降低：～值｜～價｜～官｜他被～到一個小縣去了。❷批評；給低的或不好的評價（跟"褒"相對）：這本書被某些評論家～得一文不值。

【貶斥】biǎnchì〔動〕〈書〉❶降低職位：累遭～。❷貶低和排斥：不應～與自己意見不同的人。

B

【貶黜】biǎnchù〔動〕〈書〉將官員降職或罷免。

【貶低】biǎndī〔動〕故意降低評價（跟"抬高"相對）：你不能～這篇文章的價值｜不要故意～別人，抬高自己。

【貶損】biǎnsǔn〔動〕貶低損害：～他人｜～他的名譽｜不能讓國家的主權遭到～。

【貶抑】biǎnyì〔動〕〈書〉貶低並壓抑：不應～他的人格。

【貶義】biǎnyì〔名〕字詞或語句中含有的厭惡或否定的意思（跟"褒義"相對）。

【貶義詞】biǎnyìcí〔名〕含有貶義的詞（跟"褒義詞"相對），如"卑鄙""殘暴"。

【貶值】biǎnzhí〔動〕❶貨幣的購買力下降，也泛指某一事物的價值降低：貨幣～｜知識～｜商品～。❷降低本國貨幣的含金量或降低本國貨幣對外幣的比價（跟"升值"相對）。

萹 biǎn "萹豆"，見"扁豆"（80頁）。
另見 biān（78頁）。

碥 biǎn 位於急流之中形勢險峻的小片石地。多用於地名：～頭溪鄉（在陝西）。

稨 biǎn "稨豆"，見"扁豆"（80頁）。

編 biǎn〈書〉狹小；狹隘：～狹｜敝邑～小。

【褊急】biǎnjí〔形〕〈書〉氣量狹小，性情急躁：～之人｜此人秉性～，難以相處。

【褊狹】biǎnxiá〔形〕〈書〉狹小；狹隘：山谷～｜氣量～。

藊 biǎn "藊豆"，見"扁豆"（80頁）。

biàn ㄅㄧㄢˋ

卞 biàn ❶〈書〉性急：～急。❷（Biàn）〔名〕姓。

弁 biàn ❶古時成年男子戴的帽子：皮～。❷舊時稱低級武職人員：馬～｜武～。❸放在前面的：～言。❹（Biàn）〔名〕姓。

【弁言】biànyán〔名〕（篇）〈書〉序言；序文。

抃 biàn〈書〉鼓掌：～舞（鼓掌舞蹈，形容高興到了極點）。

汴 Biàn〔名〕❶河南開封的別稱。開封舊稱汴梁、汴京。❷姓。

忭 biàn〈書〉喜樂，歡快：歡～｜～躍。

苄 biàn 見下。

【苄基】biànjī〔名〕碳氫化合物的一種，化學通式 $C_6H_5CH_2$ 一，是含芳香環的有機基團。[英 benzyl]

玤 biàn〈書〉一種玉。

昪 biàn〈書〉❶喜樂。❷日光。❸光明。

便 biàn 〈書〉❶喜樂。❷日光。❸光明。

便 biàn (一)❶方便；便利：簡～｜輕～｜旅行在外，諸多不～｜悉聽尊～｜～民措施｜因利乘～。❷簡單平常的；非正式的：～飯｜～宴｜～條兒｜～函｜～服。❸方便的時候：寄上拙稿一篇，望～中一閱｜得～請來一遊。❹屎或尿：糞～。❺排泄屎或尿：大～｜小～。

（二）❶〔副〕就；表示很久以前已經發生：他十幾歲～參加了革命｜他還未出世父親～死了。❷〔副〕就；表示兩件事緊接着發生：放學一回到家～幫媽媽幹活兒｜他聽完後～笑了起來｜我去一下兒～來｜剛坐下演出～開始了。❸〔連〕就；承接上文，表示得出結論：貨中主人意，～是好東西｜沒有四個現代化，～沒有國家的富強。❹〔連〕即使；表示假設的讓步：～有千金萬金，也買不來寸光陰｜～有天大困難，也要完成任務。❺（Biàn）〔名〕姓。
另見 pián（1025頁）。

語彙 即便　簡便　近便　輕便　任便　順便　隨便　聽便　以便

【便步】biànbù〔名〕隊伍行進的一種步法，行走的姿勢較為隨便（區別於"正步"）：向後轉，～走！

【便池】biànchí〔名〕供小便用的尿池子。也叫小便池。

【便當】biàndāng〔名〕源自日語。義同盒飯。方便攜帶的裝在盒子裏的飯菜。

【便當】biàndang〔形〕方便；便利：我沒有甚麼家具，搬起家來很～｜我家離車站近，坐公交車挺～。

辨析 便當、方便　"方便"有委婉用法，如"我去方便一下"（婉稱上廁所），"便當"沒有這種用法；"方便"還可以有動詞的用法，如"方便顧客"，"便當"沒有這種用法。

【便道】biàndào〔名〕（條）❶人行道：行人要走～。❷又近又方便的小路：有一條～直通寺廟的後門。❸非正式的臨時通行的道路：前方正在修路，請走～。

【便飯】biànfàn〔名〕（頓）日常飯食（區別於正式宴請的）：家常～｜今天請大家來吃個～，不要客氣。❷〔動〕吃便飯：有時間請來家中～。

【便服】biànfú〔名〕❶（套，件）一般人平常穿的服裝（區別於"禮服""制服"）：軍隊的文職人員着～。❷（套）特指中式服裝。

【便函】biànhán〔名〕（封）機關團體發出的非正式的函件（區別於"公函"）。

【便箋】biànjiān〔名〕❶（張）便條。❷（張，沓）書寫便條的紙。注意"箋"不讀 qiān。

【便捷】biànjié〔形〕❶方便快捷：應當採取一個更為～的辦法。❷輕快敏捷：他六十多歲了，腿腳還相當～。

【便覽】biànlǎn〔名〕(本)簡要的便於查閱的小冊子(多用於交通、郵政、旅遊等方面的書名):《郵政～》|《北京市內交通及旅遊點～》。

【便利】biànlì ❶〔形〕方便順利:購物～|生活～|郵電局在附近,寄信匯錢都很～。❷〔動〕使便利:為了～居民,這裏新開了兩家超市。

【便利店】biànlìdiàn〔名〕(家)方便購物的小型零售商店,多在居民區附近。

【便帽】biànmào(～兒)〔名〕(頂)日常戴的帽子(區別於"軍帽""禮帽")。

【便門】biànmén(～兒)〔名〕正門側面的門。

【便秘】biànmì(舊讀 biànbì)〔動〕大便乾燥、排泄不暢而次數少。

【便民】biànmín〔動〕方便群眾:～措施|～商店|這些做法、利民,小區住戶交口稱讚。

【便人】biànrén〔名〕接受委託順便辦事的人:你要的東西我已買到,不久將託～捎去。

【便士】biànshì〔名〕英國輔幣名,100 便士等於 1 英鎊。[英 pence]

【便條】biàntiáo(～兒)〔名〕(張)寫有簡單內容的非正式書信或通知。

【便桶】biàntǒng〔名〕(隻)供人大小便用的桶,有蓋。

【便鞋】biànxié〔名〕(雙,隻)輕便的鞋,多指布鞋或布底的鞋。

【便攜式】biànxiéshì〔形〕屬性詞。樣式便於攜帶的:～收錄機|～無綫電報警系統|計算機我想買～的。

【便血】biàn//xiě〔動〕大小便排血或大便中帶血。

【便宴】biànyàn〔名〕區別於正式宴會的比較簡單、不拘禮儀的宴席:舉行家庭～|設～招待來賓。

【便衣】biànyī〔名〕❶一般人平常穿的衣服(區別於軍警制服)。❷(～兒)〔名〕身穿便衣執行任務的軍警:正在作案的犯罪嫌疑人被公安局的～抓獲。

【便宜】biànyí〔形〕方便適宜:這樣～,就這樣做好了|～行事。
　　另見 piányi(1025 頁)。

【便宜行事】biànyí-xíngshì〔成〕經特許,不必請示就可以根據實際狀況酌情處理問題:領導派他處理化工廠的問題,並准其～。注意 這裏的"便宜"不讀 piányi。

【便於】biànyú〔動〕容易(做某事):～參考|～使用|～攜帶|為～記憶,她把很多公式編成了口訣。注意 "便於"後面一般要跟動詞性語語。

【便中】biànzhōng〔名〕方便的時候;順便的機會:煩請～一閱|麻煩您～給我捎點兒東西。

【便裝】biànzhuāng〔名〕(件,套,身)便服:脫

下軍裝,換上～再出去遊玩。

遍〈徧〉biàn ❶〔形〕普遍;全:～地開花|～體鱗傷|走～全國|～身綺羅者,不是養蠶人。❷〔量〕動作從開始到結束的全過程:唱一～|說了兩～|讀書百～,其義自見。❸(Biàn)〔名〕姓。

語彙　普遍　周遍

【遍佈】biànbù〔動〕處處分佈着;佈滿;通信網絡～全球|一股暖流立刻～全身。

【遍地】biàndì〔名〕到處;滿地:～黃土|～是寶|落葉～。

【遍地開花】biàndì-kāihuā〔成〕比喻好事情到處出現或普遍發展。

【遍及】biànjí〔動〕普遍達到:他的足跡～全國。

【遍體鱗傷】biàntǐ-línshāng〔成〕身上到處都是傷痕,像魚鱗一樣多而密。形容傷勢重:他被人打得～。

縭〈緶〉biàn 用麻或麥稭編成的辮狀編織物:草帽～。
　　另見 pián(1025 頁)。

辨 biàn〔動〕區分;分辨:～別|～認|明～是非|真偽莫～|此中有真意,欲～已忘言。

辨析 辨、辯　"辨"指區別、區分不同的情況;"辯"指用言辭提出事實、根據來說明論斷。二者在獨用或構成的詞語中都不能互換。如"辨不清方向""真理越辯越明""分辨率""辯護律師",其中的"辨""辯"不能換用。"辨明是非"是指辨別清楚是非,"辯明真理"是指辯論清楚真理。"辨證"指"辨析考證"時,同"辯證"的一個意義相同。中醫的"辨證施治"指區別病人的不同症候進行治療,不能換用"辯證"。

語彙　分辨　識辨

【辨別】biànbié〔動〕辨認並判別:～方向|～是非|～真偽|無從～。

【辨明】biànmíng〔動〕區分清楚:～正誤|～是非曲直。

【辨認】biànrèn〔動〕辨別並認定(某一事物):～屍體|～足跡以推斷作案者的形貌 這對孿生姐妹長得十分相像,誰是姐姐誰是妹妹,實在不易～。

【辨析】biànxī〔動〕辨別分析:～詞義|近義詞～語～。

【辨正】biànzhèng〔動〕辨明正誤並對錯誤的加以改正:誤讀音～。

【辨證】biànzhèng ㊀同"辯證"①。㊁〔動〕辨別症候:中醫重視～施治。也作辨症。

辮〈辮〉biàn(～兒)❶〔名〕"辮子"①:她頭上紮着兩根小～兒。❷〔名〕"辮

子"②：蒜～｜草帽～兒。❸〔量〕用於編成的像辮子一樣的東西：兩～蒜。

【辮子】biànzi〔名〕❶（條，根）把頭髮分股交叉編成的長條兒：長～｜梳～｜紮～。❷像辮子一樣的東西：蒜～。❸比喻把柄：不打棍子，不抓～｜不要讓人揪住～。

辯（辩）**biàn** ❶〔動〕爭辯；辯論：～護｜～駁｜分～｜能言善～｜真理愈～愈明｜你不必再同他～了。❷（Biàn）〔名〕姓。

語彙 答辯 分辯 詭辯 狡辯 巧辯 申辯 雄辯 爭辯

【辯白】biànbái〔動〕申述理由，說明事實，以消除誤解或指責：你不要急於～，先聽聽大家的意見。

【辯駁】biànbó〔動〕申述理由，說明事實，以否定對方的意見：他不但不接受大家的意見，反而逐條加以～。

【辯才】biàncái〔名〕辯論的才能：十分出色的～｜他擅長演說，很有～。

【辯詞】biàncí〔名〕辯解的話語。也作辯辭。

【辯護】biànhù〔動〕❶ 申述理由，擺出事實，以說明某種行為或意見是正確的：他自己已經認識錯誤了，你就不要替他～了。❷法律用語。法院在審理案件時，被告人或辯護人對所指控的事實進行申辯和解釋。

【辯護人】biànhùrén〔名〕（名，位）依法受訴訟當事人委託或由法院指定，替當事人辯護的人。其責任是根據事實和法律，提出證明被告人無罪、罪輕或者減輕、免除其刑事責任的材料和意見，維護當事人的合法權益。

【辯護士】biànhùshì〔名〕為某人或某種觀點、行為辯護的人（含貶義）：不要充當侵略者的～。

【辯解】biànjiě〔動〕為受到指責的行為、意見進行分辯和解釋：我不想為自己～，事實勝於雄辯。

┌─ **辨析** 辯解、辯護 a）"辯解"指分辯解釋（原因或真相）；"辯護"指申辯來保護或維護（別人或自己的言行）。b）"辯護"還是法律用語；"辯解"不是。

【辯論】biànlùn〔動〕申述理由，說明見解，揭露對方的矛盾，以便最後在認識上取勝或取得共識：～會｜通過～澄清了模糊認識｜～來～去，卻毫無結果。

【辯難】biànnàn〔動〕〈書〉辯駁或質問對方：互相～。

【辯手】biànshǒu〔名〕（位，名）參加辯論比賽的選手：法學專業的一位學生獲得本場比賽最佳～的稱號。

【辯題】biàntí〔名〕辯論的主題或話題：抽籤決定～｜下一場辯論賽的～為"斥鉅資收購流失文物值不值得"。

【辯誣】biànwū〔動〕對誹謗或錯誤的指責進行辯駁：魯迅除了忙於創作外，還要用很多時間寫文章～。

【辯證】biànzhèng ❶〔動〕辨析考證。也作辨證。❷〔形〕合乎辯證法的：～的觀點｜～統一關係｜～地分析問題。

【辯證法】biànzhèngfǎ〔名〕關於事物矛盾的運動、變化和發展的一般規律的哲學學說，是與形而上學相對立的方法論和世界觀。認為事物是普遍聯繫和永恆運動着的，事物的變化和發展是由於自身內部矛盾鬥爭所引起的。有樸素的、唯心的和唯物的三種辯證法。現常指唯物辯證法。

變（变）**biàn** ❶〔動〕跟原來不同；改變：～化｜～更｜～樣兒｜窮則思～｜萬～不離其宗｜想法～了。❷〔動〕變成：荒地～良田｜天塹～通途。❸〔動〕使改變：～被動為主動｜～廢為寶。❹〔動〕變戲法；變魔術：戲法人人會～，各有巧妙不同｜大～活人。❺ 可以變化或已變化的：～數｜～態｜～種。❻ 賣出換取：～產｜～賣。❼ 變通：通權達～。❽ 突然發生的具有重大影響的變化：～亂｜事～｜政～｜兵～｜天～不足畏。❾ 指變文：目連～。❿（Biàn）〔名〕姓。

語彙 兵變 改變 嘩變 漸變 劇變 量變 叛變 事變 突變 演變 應變 政變 質變 轉變 一成不變

【變本加厲】biànběn-jiālì〔成〕變得比原來更加嚴重：不法商販不但毫無收斂，反而～，最終落入法網。**注意** 這裏的"厲"不寫作"利"。

【變電】biàndiàn〔動〕通過電力變壓器輸送電能。

【變調】biàndiào（～兒）〔動〕❶ 漢語中字和字連起來說，有時會發生字調跟單說時不同的現象，就叫作變調。如"不"在去聲字前唸陽平；"一"在陰平字、陽平字、上聲字前唸去聲，在去聲字前唸陽平。這些都屬於變調。❷ 樂曲中從某調過渡到另一調。❸（-//-）說話聲音走了調：你是不是感冒了，怎麼說都變了調兒？

【變動】biàndòng〔動〕❶ 發生變化：人事～｜組織～。❷ 改變：任務早就～了｜最好～原來的計劃。

【變法】biànfǎ〔動〕指歷史上對國家原有的法令制度進行重大改革：商鞅～｜戊戌～｜維新～。

【變法兒】biàn // fǎr〔動〕〈口〉想出種種辦法：欸事班～做出可口的飯菜｜她變着法兒討老太太的歡心。

【變革】biàngé〔動〕改變事物的本質，使發生變化：～社會｜～歷史｜這是一項重大的～。

【變更】biàngēng〔動〕變動更改：開會日期～了｜～節目次序｜講話發表時，內容已略做～。

B

【變故】biàngù〔名〕(場)意外發生的變化和事故；災難：巨大的～｜去年他家發生了一場～。

【變卦】biàn // guà〔動〕中途改變已經確定了的事情(多含貶義)：這是你親口答應的，怎麼又～了？

【變化】biànhuà ❶〔動〕事物產生了新的狀況：～多端｜～無常。❷〔動〕改變：應該不斷根據新的情況～工作方式。❸〔名〕事物產生的新狀況：化學～｜物理～｜心理～｜思想～｜這是一種從來沒有的～。

【變幻】biànhuàn〔動〕不可揣測的、無規則可循的變化：～莫測｜～無常｜風雲～｜～出各種不同的圖形。

【變換】biànhuàn〔動〕改變；更換：～信號｜～商標｜～位置｜～手法｜～姿勢。

> **辨析** 變換、更換 意思差不多，但"更換"多指改變事物的個體、成員，如"更換零件""更換設備""更換領導人"，不能說成"變換零件""變換設備""變換領導人"；"變換"多指改變事物的內容、形式，如"變換手法""變換姿勢""變換燈光顏色"，其中的"變換"不能換成"更換"。

【變節】biàn // jié〔動〕在敵人面前喪失氣節，改變立場：～投敵。

【變臉】biànliǎn ❶(-//-)〔動〕臉上的表情突然改變，表示跟對方決裂；或對已承諾的事情不認賬：本來商量好的事，想不到他忽然～了｜你昨天還說得好好兒的，怎麼今天就變了臉？❷〔名〕戲曲表演的一種特技。表現人物內心極度恐懼或憤怒時，演員在一瞬間現出另一副面目。如昆曲《活捉三郎》，張三郎極度恐懼時，小白臉頓時變換成黑色的鬼臉。川劇的變臉演技最為純熟。❸〔動〕比喻事物的面貌有了很大改變：《新華詞典》大～一些～後的相聲受到了觀眾的歡迎。

【變亂】biànluàn〔名〕(場)時局動蕩造成的混亂：引起～｜發生了一場意想不到的～。

【變賣】biànmài〔動〕出賣家產或其他物件以換取現金：～家產｜衣物～一空，也抵不上欠款。

【變遷】biànqiān〔動〕事物的變化轉移：歷史～｜時代～｜六十年來幾經變～，家鄉已非昔日的面貌了。

【變色】biànsè〔動〕❶改變顏色：～龍｜～鏡｜這種染料染的布不～。❷比喻改變政權：保證人民的江山永不～。❸改變臉色：勃然～(突然發怒)｜驚懼～｜面對死亡，英雄面不～心不跳。

【變色龍】biànsèlóng〔名〕❶(條)一種蜥蜴類動物，爬行，四肢稍長，軀幹稍扁。皮膚有多種色素塊，善於隨時變成不同的保護色。❷比喻善於隨風轉舵和反復變化的投機分子。

【變色眼鏡】biànsè yǎnjìng 鏡片採用特殊光學玻璃製成，能隨着光綫強弱而變換顏色的眼鏡。也叫變色鏡。

【變數】biànshù〔名〕❶大小可以變化的數(跟"常數"相對)，如 $x^2+y^2=16$ 中的 x、y 都是變數。❷可變的、不能確定的因素：這種新產品能不能打開銷路仍是一個～。

【變速器】biànsùqì〔名〕變更速度和運動方向的裝置，常用於汽車、拖拉機、船舶、機床上。齒輪傳動的變速器一般由大小不同的齒輪組成。

【變態】biàntài〔名〕❶不正常的狀態(跟"常態"相對)：心理～｜～反應。❷某些動物在生長發育期發生的形態變化，如蚊、蠅等經過卵、幼蟲、蛹、成蟲等四個時期，稱為完全變態；蝗蟲經過卵、若蟲(幼蟲)、成蟲等三個時期，稱為不完全變態。❸某些植物的根、莖、葉在生長發育期中產生的特殊變化的現象，如馬鈴薯的塊莖、仙人掌的針狀葉等。

【變天】biàn // tiān〔動〕❶天氣發生變化，特指由晴變陰、颳風、下雨等：你出門多加衣服，要～了｜趕快打麥揚場，要不一變了天，下起雨來就壞事了。❷比喻政權被敵對勢力推翻，現多指反動勢力復辟。

【變通】biàntōng〔動〕在不失去原則的情況下做靈活的變動：～處理｜想個～的辦法｜你可根據情況加以～。

【變溫動物】biànwēn dòngwù 體溫隨環境溫度的改變而變化的動物，如爬行類、兩棲類和魚類等。俗稱冷血動物。

【變文】biànwén〔名〕中國盛行於唐五代時期的民間文學體裁，有狹義的和廣義的兩種。狹義的變文專指那種有說有唱、逐段鋪陳的文體。廣義的變文除此以外還包括其他說唱文體。內容既有佛經故事，也有歷史故事、民間傳說等。變文流傳一度失傳。清末始在敦煌莫高窟發現。近人王重民等輯錄《敦煌變文集》，共收《維摩詰經變文》《伍子胥變文》《孟姜女變文》等 78 種。

【變戲法】biàn xìfǎ(～兒)表演魔術：你會不會～兒？

【變現】biànxiàn〔動〕把資產或有價證券等兌換成現金。

【變相】biànxiàng〔動〕形式改變了，但內容沒有甚麼不同(多指不好的事)：～體罰｜～貪污｜～剝削｜～的買賣婚姻。

【變心】biàn // xīn〔動〕改變了原來對人或事物的忠誠：他對心愛的人發誓永不～｜小夥子對姑娘變了心。

【變形】biàn // xíng〔動〕形狀發生變化：木板因受潮而～｜他的臉由於抽搐而變了形。

【變形金剛】biànxíng jīngāng 一種可以變形的兒童玩具。能摺疊、扭轉變出機器人、裝甲車、飛行器等形狀。

【變型】biànxíng〔動〕轉變類型：實現了企業經營機制的轉軌～。

【變性】biànxìng〔動〕❶ 物體的性質發生改變：～材料。❷ 醫學上指改變男女性別：～人｜～術。

【變壓器】biànyāqì〔名〕（台）利用電磁感應的原理來改變交流電壓的裝置，主要由原綫圈、副綫圈和鐵芯構成。它可以把低壓變成高壓，或將高壓變成適合於用電設備的電壓等。

【變異】biànyì〔名〕同一種生物世代之間或同代生物不同個體之間在形態特徵、生理特徵等方面所表現的差異。社會語言學也常常利用變異學說研究語言變異現象。

【變質】biàn∥zhì〔動〕事物的性質或人的思想發生了根本性變化（多指向壞的方面轉化）：糧食已經霉爛～｜蛻化～｜那個人已經變了質，不可救藥了。

【變質岩】biànzhìyán〔名〕火成岩、沉積岩在地殼內經受高溫高壓而使成分、結構發生變化形成的岩石，如大理石就是石灰岩、白雲岩經變質而形成的變質岩。

【變種】biànzhǒng〔名〕❶ 生物分類學指比物種小的分類單位，它與原物種有一定的差別，但仍保留着原物種的主要屬性。❷ 比喻以新形式出現但實質上並無變化的舊事物、舊思想等：這不是甚麼新事物，只不過是霸權主義的～而已。

biāo　ㄅㄧㄠ

杓 biāo 古代指北斗七星柄部的三顆星。也叫斗柄。
另見 sháo（1184頁）。

彪 biāo ❶〈書〉小老虎。❷ 比喻身體魁梧：～形大漢。❸〈書〉老虎的斑紋，比喻文采：～炳。❹〔量〕多用於隊伍：一～人馬飛奔而來。❺（Biāo）〔名〕姓。

【彪炳】biāobǐng〈書〉❶〔形〕文采煥發的樣子：其文～而簡約｜～顯赫的功業。❷〔動〕照耀：～千秋｜～青史。

【彪悍】biāohàn〔形〕勇猛強悍：～的摔跤手。

【彪形大漢】biāoxíng-dàhàn〔成〕身體魁梧而健壯的男子：摔跤運動員個個都是～。

猋 biāo〈書〉❶ 迅速的樣子。❷ 同"飆"

摽 biāo〈書〉❶ 揮之使去：～使者出諸大門之外。❷ 拋棄。
另見 biào（89頁）。

標 biāo〈書〉標誌。

颮（飑）biāo〔名〕氣象學上指風向突變、風速劇增的強對流天氣，並伴有雷雨、冰雹，氣溫下降。

薰 biāo 用於地名：～草（在重慶）。

標（标）biāo ❶〈書〉樹梢：綿綿女蘿，施（yì，蔓延）於松～（連綿不斷的女蘿蔓延在松樹梢上）。❷ 事物的枝節、表面：～本兼治｜不能光治～，還必須治本。❸ 標誌：記號：～尺｜～記｜路～｜航～｜袖～｜商～｜音～。❹ 發給競賽優勝者的獎品或旗幟：錦～。❺ 標準；要求：達～｜超～。❻ 招標者預定的價格或投標者開出的價格：招～｜投～｜～底。❼〔動〕用文字數碼、記號等表明：～籤｜將商品～上價碼｜所有的家具都～了號。❽（Biāo）〔名〕姓。

語彙 達標　奪標　浮標　錦標　目標　商標　音標　指標

【標榜】biāobǎng〔動〕❶ 用好聽的名義加以宣揚：～民主自由｜～人道主義。❷ 吹噓；吹捧：自我～｜互相～。

【標本】biāoběn〔名〕❶ 枝節和根本：～兼治。❷ 為了供學習研究時參考，採集後經過加工整理的動物、植物、礦物樣品：動物～｜植物～｜礦物～｜蝴蝶～｜採集～｜收集～。❸ 醫學上指用來化驗或研究的血液、痰液、糞便、組織切片等。

【標兵】biāobīng〔名〕❶ 閱兵場上用來做界綫標誌的士兵。泛指群眾集會中用來做界綫標誌的人：廣場的一個個都顯得很有精神。❷ 比喻可做榜樣的個人或單位：樹立～｜服務～｜這個廠經過三年奮鬥，終於甩掉了落後的帽子，成了同行業的～。

【標底】biāodǐ〔名〕招標者預定的招標工程的最低款額。

【標的】biāodì〔名〕❶ 靶子，也喻指目標。❷ 經濟合同中雙方權利和義務共同指向的對象，如貨物、勞務、工程項目等：～不明的合同是無法履行的。

【標點】biāodiǎn ❶〔名〕標號和點號，見"標點符號"（85頁）。❷〔動〕給沒有標點的文章或書加上標點：～古書｜～二十四史。

【標點符號】biāodiǎn fúhào 用來表示停頓、語氣以及詞語的性質和作用的書寫符號，是書面語的有機組成部分，包括：句號（。）、逗號（，）、頓號（、）、分號（；）、冒號（：）、問號（？）、歎號（！）等，以上屬點號；引號（" "和' '）、括號（（）[ ] 〔 〕 ）、省略號（……）、破折號（——）、連接號（—）、書名號（《》〈〉）、專名號（___）、着重號（.）、間隔號（·）等，以上屬標號。

B

【標點符號小史】中國古代沒有系統的標點符號，全憑讀文章的人自己斷句。漢朝發明了"句、讀"符號；約在宋朝，開始出現"。"和"，"；明朝出現人名號和地名號。1897年，廣東人王炳耀草擬了"讀之號、句之號、節之號、段之號、問之號"等10種標點符號。1919年，胡適等寫出《新式標點符號的種類和用法》的議案，詳細、具體地介紹了10種標點符號的使用方法。1920年，國語統一籌備會制定出12種標點符號，中國開始有了"標點符號"這一名稱。1951年9月，國家出版總署公佈了《標點符號用法》。1990年3月，國家語言文字工作委員會、中華人民共和國新聞出版署聯合發佈了修訂後的《標點符號用法》，在原14種符號的基礎上，增加了連接號和間隔號。1995年12月《標點符號用法》作為中華人民共和國國家標準由國家技術監督局批准發佈，並於1996年6月1日起正式實施。

【標杆】biāogān〔名〕❶（根）測量時標示目標的工具，一般用長2至3米的木杆製成，表面塗有紅白相間的油漆，杆底裝有尖鐵腳，可插入地面。❷比喻學習的榜樣：生產～｜～｜勘測隊。

【標高】biāogāo〔名〕地面或建築物上的一點與作為基準的水平面之間的垂直距離。

【標號】biāohào 一〔名〕❶用來表示某些產品性能的數字。如水泥有200號、300號、400號、500號、600號五種標號，標號越高，質量越好。❷泛指標誌、符號。一〔名〕❶標點符號的一類，標明書面語中詞語的性質和作用（區別於"點號"），包括引號、括號、省略號、着重號、連接號、間隔號、書名號和專名號。

【標記】biāojì〔名〕可供識別的標誌、記號：這個農場的馬匹都有特殊的～。

【標價】biāojià ❶〔名〕商品標出的價格。❷(-//-)〔動〕標明商品價格：明碼～｜凡商店出售的商品都必須標上價。

【標間】biàojiān〔名〕標準間的簡稱。

【標金】biāojīn〔名〕標明重量和成色的金條，每條重10兩至50兩不等，純度為每斤兩含純金978兩。

【標明】biāomíng〔動〕用符號或文字標明白：～次序｜～號碼｜～出廠日期。

【標牌】biāopái〔名〕❶（種）產品標記所用的牌子，上面有符號、圖案、特定的色彩、字體等。❷（塊）作為專業區域、機關團體、企事業單位標誌的牌匾：國家科委把"國家級高新技術產業開發區"的～授予這個縣的高新技術產業開發區。

【標籤】biāoqiān（～兒）〔名〕❶一種貼在或繫在物品上，標明物品品名、用途、價格等的紙片：貼上～｜價目～｜行李都繫上了～兒。❷比喻教條式的評論或形式上的、不解決問題的分類：他的文章沒有甚麼說服力，全是扣帽子、貼～兒。

【標槍】biāoqiāng〔名〕❶田賽項目之一。運動員經過助跑後用力將標槍投擲出去，根據遠近決定勝負。❷（支）田賽投擲器械之一。槍桿多為木製，中間粗兩頭細，前端安有尖銳金屬頭。❸（支）一種投擲式的舊式武器，長桿的一頭安有尖形槍頭，可用來殺敵或打獵。

【標示】biāoshì〔動〕標明顯示：用不同的顏色加以～｜～出行軍的路線。

【標書】biāoshū〔名〕（份）投標方依招標方要求填寫的有關工程金額、條件等的文書。

【標題】biāotí〔名〕（個）文章、作品的題目：大～｜小～｜副～。

【標題新聞】biāotí xīnwén 以標題形式刊登在報刊、網絡上的新聞。這種形式既節省版面又引人注目。

【標題音樂】biāotí yīnyuè 具有某些文學概念、寓言、風景描繪或個人趣事等超音樂意義的器樂音樂（區別於所謂絕對音樂或抽象音樂）。

【標新立異】biāoxīn-lìyì〔成〕語出《世說新語·文學》，原指創意新，立論與眾不同。後多指提出新奇主張，有意顯示非同一般。現也指敢於創新，能提出新觀點、新辦法：大家都習慣如此，你如果～，準會招來非議｜搞改革需要一點～的精神。

【標語】biāoyǔ〔名〕（條）用文字寫出的具有宣傳鼓動作用的簡短語句：張貼～。

【標誌】（標識）biāozhì ❶〔名〕代表某種事物的符號或表明某種特徵的事物：交通～｜氣象圖上用各種～代表不同天氣狀況｜市場繁榮是國家興旺發達的～。❷〔動〕表明某種特徵：電子排版是印刷業進入高科技時代的～。

【標緻】biāozhì〔形〕相貌、姿態美：一個～的小媳婦｜這個小姑娘長得很～。

辨析　標緻、美麗　在形容女性時，用法差不多。但"美麗"用法廣泛得多，服裝、風景、動植物等，都可用"美麗"來形容，如"美麗的旗袍""美麗的西湖""美麗的山雀"等；可是"標緻"只能用來形容人，不能用來形容物。

【標準】biāozhǔn ❶〔名〕（項）衡量事物的準則：客觀～｜行業～｜實踐是檢驗真理的唯一～。❷〔形〕合乎準則的：～音｜～語｜～時｜像｜他的普通話說得很～。

【標準大氣壓】biāozhǔn dàqìyā 壓強的非法定計量單位，符號atm。1標準大氣壓等於101.325千帕。

【標準化】biāozhǔnhuà〔動〕國家或部門為產品的質量、品種、規格、零部件通用等方面規定了統一的技術標準，叫作標準化。中國現在通行的有國家標準、行業標準、地方標準等。

【標準間】biāozhǔnjiān〔名〕指賓館客房中面積大小、空間分隔及設施配置都有統一標準的雙人客房：普通～｜豪華～。簡稱標間。

【標準像】biāozhǔnxiàng〔名〕(張) 正面半身免冠相片(多用於證件)。

【標準音】biāozhǔnyīn〔名〕標準語的語音，漢語普通話以北京語音為標準音，即中國標準語的標準音。

【標準語】biāozhǔnyǔ〔名〕具有一定規範性的民族共同語，是全民族的交際工具。如英語的普通話。

膘〈臕〉biāo(～兒)〔名〕脂肪；肥肉：～肥｜體壯｜長(zhǎng)～兒｜跌～兒(變瘦)｜～兒厚(肥肉多)。注意 a)"膘"的意思是脂肪肉厚，如"膘滿肉肥"。引申為肥肉。b)"膘"一般用於牲畜，用於人時帶有戲謔意味，如"這孩子近來長膘兒了"。

【膘情】biāoqíng〔名〕牲畜長肉的情況：今年養的豬存欄數增加，～也不錯。

熛 biāo〈書〉火星迸飛。

瘭 biāo 見下。

【瘭疽】biāojū〔名〕手指頭肚兒或腳趾頭肚兒上長出的毒瘡。局部紅腫，劇烈疼痛，有時出現高熱。

僄 biāo〈書〉小步快走。

瀌 biāo 見下。

【瀌瀌】biāobiāo〔形〕〈書〉形容雨雪很盛的樣子：雨雪～。

蔍 biāo 見下。

【蔍草】biāocǎo〔名〕多年生草本植物，莖為三棱形，可用來織席、編草鞋、造紙等。

鏢〈镖〉biāo〔名〕(支) 舊時一種兵器。形狀像長矛頭，金屬製成，可拋擲出去殺傷人：飛～。

語彙 保鏢　梭鏢　走鏢

【鏢局】biāojú〔名〕(家) 舊時經營保鏢業務的機構，有保鏢的組織、人員，供人僱用或受人委託，以保障旅途中人和財物的安全。

【鏢客】biāokè〔名〕(名) 舊時專門為旅客或運輸貨物保鏢以謀生的人。這種人武藝高強，一般受僱於專營保鏢業務的鏢行或鏢局。也叫鏢師。

驃〈骠〉biāo〈書〉黃色有白斑的馬。另見 piào (1028頁)。

飆〈飙〉〈飈〉biāo〈書〉暴風：狂～｜～舉電至(暴風起，閃電到)。

【飆車】biāochē〔動〕高速駕駛汽車或摩托車：絕不能酒後～｜他經常去郊區～。

【飆升】biāoshēng〔動〕(價格、數量等) 急速上升：房價～｜汽車的銷量繼續～。

颷〈飑〉biāo ❶ 自下而上的暴風。❷ (Biāo)〔名〕姓。

鑣〈镳〉biāo ㊀〈書〉馬嘴中所銜鐵嚼子的兩端露出嘴外的部分。也借指乘騎：分道揚～。
㊁舊同"鏢"。

驫〈骉〉biāo〈書〉眾馬奔跑的樣子。

biǎo ㄅㄧㄠˇ

表 biǎo ❶ 外部；外表：儀～｜～面｜由表及裏｜虛有其～｜～裏如一。❷ 榜樣；模範：～率｜為人師～。❸〔名〕(張, 份) 分門別類記錄事項的著作或表格：《漢書·百官公卿～》｜登記～｜統計～｜報～｜填～。❹ 文體的一種：《陳情～》｜戰～｜降(xiáng)～｜臨～涕零，不知所言。❺〔名〕(隻) 計量器：水～｜電～｜寒暑～｜體溫～｜壓力～。❻ 中表(親戚)：～哥｜～嫂｜～叔｜～妹｜～姪｜～親。❼〔動〕把思想感情表露出來；表示：～達｜發～｜深同情｜按下不～(說)。❽〔動〕俗稱用藥物把感受的風寒發散出來：你受了點兒涼，吃劑中藥～一～。❾ (Biǎo)〔名〕姓。
另見 biǎo "錶"(89頁)。

語彙 報表　代表　發表　華表　課表　圖表　外表

【表白】biǎobái〔動〕向別人解釋、說明自己的意思和想法：她有滿肚子的委屈，可又不好跟人～｜你的心思我們都了解，不必～了。

【表層】biǎocéng ❶〔名〕事物的表面一層(跟"深層"相對)：皮膚～｜問題的～。❷〔形〕屬性詞。表面的；淺層次的(跟"深層"相對)：～原因。

【表達】biǎodá〔動〕說出或寫出(思想、感情等)：～思想｜～感情｜難以用語言來～｜他善於～，講課效果很好。

【表格】biǎogé〔名〕(份, 張) 一種按項目畫成格子的書面材料，用以填寫數字或簡要的文字內容：填寫～。

【表記】biǎojì〔名〕為表達情意而贈送給別人的紀念品或信物：這個繡花荷包是未婚妻當年給他的～。

【表決】biǎojué〔動〕在會議上以口頭或通過舉手、投票等方式做出決定：付諸～｜進行～｜會上～通過了一項提案。

B

【表決權】biǎojuéquán〔名〕在會上參與表決的權利：行使～。

【表裏】biǎolǐ ❶〔名〕外面和裏面；比喻言論行動和內心思想：～如一｜～不一。❷〔動〕〈書〉相輔相成；互為補充：今毛詩、左氏，各有傳記，共相～。

【表裏不一】biǎolǐ-bùyī〔成〕比喻言行與思想不一致：當面說得好聽，背後又在搗鬼，這不是～嗎！

【表裏如一】biǎolǐ-rúyī〔成〕比喻言行與思想完全一致：做人應當真誠坦率，～。

【表露】biǎolù〔動〕表現流露；顯示出來：～心跡｜他很討厭這個人，但並不～出來。

【表面】biǎomiàn〔名〕❶物體表層與外界接觸的部分：地球的～被大氣層包圍着｜器物～鍍了一層金。❷外在的表現：他～上很高興，其實內心非常痛苦｜～一套，背後又是一套｜～上氣壯如牛，實際上膽小如鼠。❸事物的外在現象或非本質部分：～現象｜要看事情的實質，不能只看～。

【表面化】biǎomiànhuà〔動〕（矛盾、分歧等）由隱蔽的變為明顯的：雙方矛盾已經～了。

【表面文章】biǎomiàn-wénzhāng〔成〕比喻形式好看但沒有實效的事物：做～｜有少數彙報、展覽完全是做給上級看的～。

【表明】biǎomíng〔動〕明白表示；表示清楚：～觀點｜～立場｜～身份｜～心跡。

【表皮】biǎopí〔名〕❶皮膚的外層：碰破了一點～，不礙事。❷植物體表面生長的一層保護組織。

【表親】biǎoqīn〔名〕中表親戚。跟祖父、父親的姐妹的子女的親戚關係；跟祖母、母親的兄弟姐妹的子女的親戚關係。

【表情】biǎoqíng ❶〔動〕表達內心的思想感情：～達意｜這個演員善於～。❷〔名〕（副）面部或身體動作表現出來的喜、怒、哀、樂、愛、惡、欲等思想感情：～生動｜他臉上的～不大自然｜他走下飛機，臉上流露出興奮的～。

【表示】biǎoshì ❶〔動〕用言語說出或用行動顯出某種思想、感情、態度等：～歡迎｜～感謝｜～反對｜～抱歉｜大家～，一定要按時完成任務。❷〔動〕事物本身顯示出某種意義或傳達出某種信息：紅燈～停止，綠燈～放行｜滿屋子的書，～主人是一位學者。❸〔名〕顯示某種思想感情的言語、行動或神情：他聽了後，沒有任何～｜他多次做出反對的～，但主持者沒有理睬。❹〔名〕表達感謝之情的言語或行為：這是我們對您的一點兒～。

【表述】biǎoshù〔動〕表達陳說：～己見｜～準確｜～不當。

【表率】biǎoshuài〔名〕好榜樣：身教重於言教，父母要做子女的～。

【辨析】表率、榜樣　意義差不多，但與其他詞語搭配時略有不同，如可以說"樹立榜樣"，而不說"樹立表率"。

【表態】biǎo //tài〔動〕對人或事情表示自己的態度：這件事請您表個態吧。

【表現】biǎoxiàn ❶〔動〕表示或顯現出來：～得很勇敢｜～出緊張的神色｜出土的工藝品製作精巧，～了古代人民高超的編織技藝。❷〔動〕故意顯示（含貶義）：他好～自己。❸〔名〕顯現出來的行為和作風：工作～｜孩子在學校～不錯。

【表象】biǎoxiàng〔名〕被人們感知的客觀事物在腦中再現的形象。

【表演】biǎoyǎn〔動〕❶演出節目：～雙簧｜化裝～。❷做示範動作：～先進操作方法｜高空帶電作業～。❸作假；裝模作樣（含貶義）：他很會～，不要信他說的那一套｜假的就是假的，不要～了。

【表演賽】biǎoyǎnsài〔名〕（場，次）以宣傳、演示、娛樂為目的的一種運動競賽。比賽一般不計名次，供觀眾欣賞：太極拳～｜乒乓球～。

【表揚】biǎoyáng〔動〕用口頭或書面形式對好人好事公開讚美：～優秀學生｜～先進，激勵後進｜工廠多次對他進行過～。

【表意文字】biǎoyì wénzì 用象徵性符號表示詞或詞素的文字，如古埃及文字、漢字等。

【表彰】biǎozhāng〔動〕對重大功績、壯烈事跡等給予隆重表揚：中央軍委授予他"一級戰鬥英雄"稱號，以～他的卓越戰功｜為了～他捨己救人的英雄事跡，市政府在當地立了一座紀念碑。

【辨析】表彰、表揚　a)"表揚"的對象是一般的好人好事，"表彰"的對象是重大的功績或事跡。b)"表揚"的方式比較自由，可以書面表揚，也可以口頭表揚；"表彰"的方式比較嚴肅、莊重，往往要做出決定，授予稱號、勳章甚至建立紀念碑等。

【表字】biǎozì〔名〕舊時成年人在本名以外取的另一名字。其意義往往跟本名有關係。

婊　biǎo 見下。

【婊子】biǎozi〔名〕（個）妓女（多用作罵人的話）。

脿　biǎo 用於地名：法～（在雲南）。

裱　biǎo〔動〕❶裱褙：～字畫｜把這幅畫拿去～一～。❷裱糊：用白紙把屋子裏的頂棚～～。

【裱褙】biǎobèi〔動〕用紙或絲織品做襯托，把書畫等裝潢起來或加以修補，使便於觀賞和保存。因書畫等向外，叫作裱；做襯底的托背，叫作褙：那幅字畫需要～一下。

【裱糊】biǎohú〔動〕用紙糊頂棚、牆壁、窗戶等：～頂棚。

錶（表）biǎo〔名〕(隻、塊)隨身攜帶的計時器：手～｜電子～｜你的～就在書桌上。

"表"另見 biǎo(87頁)。

【錶蒙子】biǎoméngzi〔名〕裝在錶盤上面的起保護作用的透明硬殼，一般用玻璃或塑料製成。

【錶盤】biǎopán〔名〕鐘錶、儀器上標有表示時間、度數等的刻度或數字的盤。

褾biǎo〈書〉❶ 袖子的前端。❷ 衣帽的緄邊。❸ 書套：青縑為～｜寶軸錦～。

biào ㄅㄧㄠˋ

俵biào〔北方官話〕〔動〕分發：～分｜～給｜～濟。

摽biào〔動〕❶ 緊緊捆住：把煤氣罐～在自行車後架子上｜椅子腿兒活動了，用繩子～住吧。❷ 用自己的胳膊緊緊鉤住別人的胳膊：姐妹倆老～着胳膊走。❸ 緊緊依倚，形容過分親近(多含貶義)：他們老在一塊兒～着。❹(北京話)糾纏：別一天到晚～着她｜他不依不饒地跟我～上了。❺(北京話)暗中較量，比高低：你們不知道，他正跟我～着勁兒呢！

另見 biāo(85頁)。

鰾（鰾）biào〔名〕❶ 魚類體內可以脹縮的囊狀物，裏面充滿氣體，膨脹時魚上浮，收縮時魚下沉。有的魚類的鰾有輔助聽覺或呼吸等作用。也叫魚鰾。❷ 鰾膠。

【鰾膠】biàojiāo〔名〕用魚鰾或豬皮等煮成的膠，黏性很強，常用來粘連木器；硬材家具得用～來粘。

biē ㄅㄧㄝ

憋biē ❶〔動〕強行抑制住不讓出來：～足了勁兒｜潛水時必須～住氣｜他一着一肚子話想對人說。❷〔形〕悶；氣不暢：心裏～得難受｜門窗關得死死的，～得慌。

【憋悶】biēmen〔形〕心情不舒暢；鬱悶：心裏十分～｜他感到～極了。

【憋氣】biē//qì ❶〔動〕因空氣不流通或呼吸受阻礙而產生喘不出氣的感覺：這間屋子又矮又小，住在裏頭真～。❷〔形〕有委屈或煩惱不能發泄而感到不舒暢：這件事叫人非常～。

【憋屈】biēqū(-qu)〔形〕〈口〉心中因委屈而不暢快：實在覺得～，就痛痛快快地大哭一場。

瘪（癟）〈癟〉biē 見下。另見 biě(90頁)。

【瘪三】biēsān〔名〕(吳語)上海人稱以乞討或偷竊為生的無業遊民為瘪三，他們通常是極瘦的(多用作罵人的話)。

鱉（鱉）〈鼈〉biē〔名〕(隻)爬行動物，生活在水中，有甲殼，形狀像龜。肉可食，殼可入藥。俗稱王八，也叫甲魚、團魚，有的地區叫老鱉、老鼈。

bié ㄅㄧㄝˊ

別bié ㊀〔動〕❶ 分離；離別：分～｜告～｜～離｜久～重逢｜臨～贈言｜天明登前途，獨與老翁～｜～了，故鄉。❷(吳語)轉動；轉變：他～轉身子走了出去｜他的思想一時～不過來。

㊁〔動〕❶ 用別針等把東西卡在一起或把另一樣東西附着、固定在紙、布等物體上：把這幾張表格～在一塊兒｜胸前～着胸標。❷ 插住；卡住：腰裏～着個旱煙袋｜衣袋上～着一管鋼筆｜把門～上再走。❸ 用腿使對方摔倒；用車擠佔別人車道，使不能前進：他被人給～倒了｜在路上不能故意～車。

㊂ ❶ 區分；區別：識～｜辨～｜甄～｜分門～類｜～異同，辨真偽。❷ 特殊；不同一般：特～｜～緻｜～才｜映日荷花～樣紅。❸ 另外的：～人｜～處｜～名｜～具一格｜～開生面。❹ 差別：內外有～｜天淵之～。❺ 類別：性～｜級～｜派～｜國～｜職～｜界～。❻(Bié)〔名〕姓。

㊃〔副〕❶ 表示禁止或勸阻：～動｜～說話｜～開玩笑｜沒有金剛鑽，～攬瓷器活。❷ 表示揣度推測(常跟"是"字連用)：～又弄錯了吧？｜烏雲密佈，～是要下大雨了吧？

另見 biè"彆"(90頁)。

語彙 辨別　差別　分別　告別　個別　級別　餞別　鑒別　類別　離別　派別　區別　識別　送別　特別　惜別　永別　贈別

【別才】biécái〔名〕特別的天賦；特別的才能：詩有～，非關書也。

【別裁】biécái〔動〕進行鑒別，做出取捨(舊時多用於詩歌選本名稱)：《唐詩～》｜《宋詩～》。

【別稱】biéchēng〔名〕正式名稱之外的稱呼：蓉是四川成都的～｜滬是上海的～。

【別出心裁】biéchū-xīncái〔成〕心裁：心中的籌劃設計。指想出的辦法與眾不同：這家飯店的建築式樣很有些～。

【別處】biéchù〔名〕另外的地方：這幾件衣服都不太適合你，咱們再到～去看看吧。

【別動隊】biédòngduì〔名〕(支)離開主力單獨執行特殊任務的部隊，現多指武裝特務組織。常用於比喻：那些破壞社會安寧的暗藏敵人，是國際上搞恐怖活動的～。

【別管】biéguǎn〔連〕表示毫無例外，跟"不管""無論"相同：只要觸犯了刑律，～是誰，都要依法制裁｜～他願意不願意，都得到這裏來一趟。

【別號】biéhào〔名〕正式的名、字以外另起的稱號：蘇軾字子瞻，～東坡。

【別集】biéjí〔名〕(部)圖書四部分類中集部的一個分目，即收錄個人作品而成的詩文集，如曹植的《曹子建集》，李白的《李太白集》等，區別於彙集多人作品而成的"總集"。

【別具一格】biéjù-yīgé〔成〕另有一種風格或格調：他的文章～，很有可讀性。

【別開生面】biékāi-shēngmiàn〔成〕唐朝杜甫《丹青引贈曹將軍霸》詩："凌煙功臣少顏色，將軍下筆開生面。"意思是凌煙閣上功臣畫像的顏色已經暗淡了，但在畫家(曹霸)下筆重畫以後，就栩栩如生，煥然一新。後泛指開創新的局面或格式。

【別來無恙】biélái-wúyàng〔成〕恙：疾病。分別以來，身體好嗎？多用於問候。

【別名】biémíng〔名〕❶正式名稱以外的名稱：西紅柿是番茄的～，倭瓜是南瓜的～｜腳踏車是自行車的～。❷本名以外另取的名字。

【別人】biérén〔名〕另外的人：這件事除了你和我以外，沒～知道。

【別人】bieren〔代〕人稱代詞。指說話人自己或某人以外的人：你總得讓～考慮考慮，再給你答復｜不要把自己不願幹的事加在～身上｜不管～怎麼勸，他就是不聽。

【別樹一幟】biéshù-yīzhì〔成〕另外樹立一面旗幟。比喻與眾不同，自成一家：這群青年作家辦的文學刊物～。

【別墅】biéshù〔名〕(座,幢)❶供休養用的園林住宅。❷高級豪華住宅。一般建在郊區或風景區。

【別說】biéshuō〔連〕連接分句，表示降低某人或某一事物的重要性，藉以突出另一人或事物的重要性，常與"就是""即使""連"等相呼應：這件事他連自己愛人都沒告訴，～是你我了。

【別提】biétí〔動〕❶表示程度深，不用細說：黃山的風景，～多美了｜那個人，～多壞了｜爭論那個激烈啊，～了！❷因厭惡或痛苦而不必再說：～它了，那時候真是度日如年啊。

【別無長物】biéwú-chángwù〔成〕長物：多餘的東西。《世說新語‧德行》載，王恭曾對人說"恭作人無長物"。意思是說自己生活上沒有多餘的東西。原指生活儉樸，現指貧窮：房間裏除了一張床、一張桌子、兩把椅子，～。

【別有洞天】biéyǒu-dòngtiān〔成〕洞天：道教指神仙居住的地方。另有一種境界，形容景物等引人入勝：二人向山的深處走去，那裏景色新奇，竟是～。

【別有風味】biéyǒu-fēngwèi〔成〕另有一種情趣或特色：這裏有小橋、流水，還有幾間農舍，真是～。

【別有用心】biéyǒu-yòngxīn〔成〕用心：居心。另有不可告人的企圖：警惕～的人乘機挑起事端。

【別針兒】biézhēnr〔名〕(枚)❶一種彎曲而成環狀的針，有彈性，尖端可以打開或扣住，用來把東西別在一起或別在衣物上。❷一種別在胸前或領口的裝飾品，用金銀、玉石等製成。

【別緻】biézhì〔形〕不同一般；另有風味；新奇：家具式樣～｜一件包裝～的禮物｜故宮三大殿的建築結構很～。

【別字】biézì〔名〕❶寫錯或讀錯的字，把"裁縫"的"裁"寫成"栽"，是寫別字；把"小覷"的"覷"(qù)讀成"虛"(xū)，是讀別字。也說白字。❷別號。

辨析 別字、錯字　"別字"本身的筆畫不錯，只是用錯了，如把"時不再來"的"再"寫成"在"；而"錯字"是把筆畫寫錯了，不成字，如把"染"寫成"柒"，把"恭"寫成"茶"。

蹩 bié〔動〕(吳語)❶腳脖子或手腕子扭傷：他不小心～了腳，看樣子痛得很。❷悄悄地側身移步：～進檔下｜～到桌邊。

【蹩腳】biéjiǎo〔形〕(吳語)質量不好；本領不強；水平不高：～貨｜文章寫得很～。

biě　ㄅㄧㄝˇ

癟 (瘪)〈癟〉biě〔形〕物體表面下凹，不飽滿，不鼓脹(跟"飽"相對)：～穀｜肚子餓～了｜車胎～了。
另見 biē(89頁)。

biè　ㄅㄧㄝˋ

彆 (別) biè〔動〕(北京話)改變別人堅持的意見：我～不過他，只得答應了。
"別"另見 bié(89頁)。

【彆扭】bièniu〔形〕❶不順心；不舒暢：一會兒熱，一會兒冷，這個天氣真～｜工作出了差錯，他這幾天心裏非常～。❷性格古怪難處：這個人脾氣挺～。❸意見不相投，與人不協調：這對夫妻經常鬧～。❹文章或說話不順暢：這篇文章寫得還可以，只是文字有些～。

bīn　ㄅㄧㄣ

邠 Bīn❶同"豳"。❷邠縣，在陝西，1964年改為彬縣。❸〔名〕姓。

玢 bīn〈書〉玉名。
另見 fēn(382頁)。

彬 bīn ❶見下。❷(Bīn)〔名〕姓。

【彬彬】bīnbīn〔形〕❶〈書〉文雅與質樸兼備的樣子：文質～。❷文雅的樣子：～有禮。

【彬彬有禮】bīnbīn-yǒulǐ〔成〕文雅而有禮貌（恰到好處，既不矯情多禮，也不粗魯無禮）：他待人接物總是～的。

斌 bīn ❶同"彬"。多見於人名。❷(Bīn)〔名〕姓。

賓（宾）bīn ❶客人（跟"主"相對）：來～｜～主雙方｜～至如歸｜相敬如～｜喧～奪主。❷(Bīn)〔名〕姓。

語彙　貴賓　國賓　嘉賓　來賓　上賓　外賓

【賓白】bīnbái〔名〕戲曲中的說白。過去有兩種說法：一說唱為主，白為賓，所以叫賓白；一說兩人對說叫作賓，一人自說叫作白。

【賓詞】bīncí〔名〕邏輯學上指一個命題中表示思考對象的屬性。

【賓館】bīnguǎn〔名〕(家)來賓住宿就餐的地方；現多指大型高級旅館飯店。

【賓客】bīnkè〔名〕客人的總稱：接待～｜～如雲。

【賓牟】Bīnmóu〔名〕複姓。

【賓朋】bīnpéng〔名〕賓客和朋友：～齊集一堂｜～滿座。

【賓語】bīnyǔ〔名〕指動詞的連帶成分，一般在動詞後面，用來回答"誰"或"甚麼"，如"我找王老師""我正在寫字"，"他正在寫字"的"字"。當一個動詞帶兩個賓語時，如"給我書"，"書"是直接賓語，代表動作所做的事情，"我"是間接賓語，代表動作影響的人。賓語多由名詞或代詞充當，也可由各類短語充當。

【賓至如歸】bīnzhìrúguī〔成〕客人來到這裏就像回到了自己家裏一樣。形容接待客人殷勤、周到，使客人感到滿意：客人住在這裏，都有～的感覺。

【賓主】bīnzhǔ〔名〕客人和主人：～頻頻舉杯，祝賀雙方達成協議。

儐（傧）bīn 見下。

【儐相】bīnxiàng〔名〕❶古代稱接引賓客或參與讚禮的人：～有位。❷舉行婚禮時引導並陪伴新郎新娘的人：男～｜女～。

豳 Bīn ❶古地名，在今陝西旬邑西南。也作邠。❷〔名〕姓。

濱（滨）bīn ❶水邊：海～｜湖～｜他生活在長江之～，水性極好。❷靠近(水邊)：～海｜～湖｜～江。❸(Bīn)〔名〕姓。

檳（槟）bīn 見下。另見 bīng（94頁）。

【檳子】bīnzi〔名〕❶(棵)檳子樹，是蘋果與沙果的雜交種，果實比蘋果小，紅色，熟後轉紫紅，味甜酸而略澀。❷檳子樹的果實。

瀕（濒）bīn ❶靠近(水邊)：～湖｜～海。❷臨近；接近：～死｜～危。

【瀕臨】bīnlín〔動〕接近；臨近：～大洋｜～絕境｜～倒閉｜～崩潰。

【瀕危】bīnwēi〔形〕臨近危險或死亡滅絕的境地：～動物｜海牛是～的物種。

【瀕於】bīnyú〔動〕臨近或接近某種遭遇：～破產｜～絕境｜～崩潰。

繽（缤）bīn 見下。

【繽紛】bīnfēn〔形〕繁多而雜亂：～世界｜五彩～｜落英～。

鑌（镔）bīn 見下。

【鑌鐵】bīntiě〔名〕精煉的鐵：一條～棍。

bìn ㄅㄧㄣˋ

擯（摈）bìn 〈書〉排除，拋棄：～斥｜～棄｜不能把好同志～於門外｜一些有才幹的人被～而不用。

【擯斥】bìnchì〔動〕排斥（多用於人）：～異己｜橫遭～。

【擯除】bìnchú〔動〕〈書〉拋棄；排除（多用於事物）：～繁文縟節｜～陳規陋習。

【擯黜】bìnchù〔動〕〈書〉斥退；放逐（用於人）：慘遭～｜橫加～。

【擯棄】bìnqì〔動〕〈書〉拋棄：～舊意識｜～封建道德｜～錯誤思想。注意"擯棄"一般不用於具體事物，不說"擯棄書本""擯棄舊零件"等。

【擯退】bìntuì〔動〕〈書〉撤職不用：屢遭～。

殯（殡）bìn ❶停放靈柩：～宮｜儀館。❷指靈柩：出～｜送～。❸埋葬：～於西山。

【殯車】bìnchē〔名〕(輛)出殯時運靈柩的車。

【殯儀館】bìnyíguǎn〔名〕(家)供停放死者遺體或靈柩，辦理喪事的機構。

【殯葬】bìnzàng〔動〕出殯和埋葬：擇日～｜～方式。

臏（膑）bìn 同"髕"。

鬢（鬓）bìn 鬢角：雙～｜～雲｜兩～蒼蒼。

【鬢髮】bìnfà〔名〕鬢角的頭髮：～蒼白｜～如絲。

【鬢角】（鬢腳）bìnjiǎo（～兒）〔名〕耳朵前邊長(zhǎng)頭髮的地方，也指這個部位長(zhǎng)的頭髮：這幾年，媽媽的～又添了不少白髮｜他還不到五十，～就已經白了。

髕（髌）bìn ❶膝蓋骨：舉鼎，絕～（折斷了髕骨）。❷古代(夏商時期)一種削去髕骨的酷刑。❸古代(周、秦、漢)一種

B

砍掉腳或腳趾的酷刑，叫刖刑；因從髕刑發展而來，所以也叫髕（臏）刑：孫子～腳，兵法修列。

【髕骨】bìngǔ〔名〕膝蓋部略呈三角形的一塊骨頭。也叫膝蓋骨。

bīng ㄅㄧㄥ

冰〈冰〉

bīng ❶〔名〕（塊，層）水凝結成的固體：結～｜滴水成～。❷像冰的；像冰那樣：～片｜～糖｜～涼｜～冷｜～釋。❸〔動〕把食品、飲料等放在冰塊或涼水中使變涼：把西瓜～起來｜啤酒不～不好喝。❹〔動〕接觸涼物感到寒冷：這水真～手。❺（Bīng）〔名〕姓。

語彙　滑冰　溜冰　滴水成冰

【冰棒】bīngbàng〔名〕（西南官話、江淮官話）（根，支）冰棍兒。吳語地區如上海、蘇州叫棒冰。

【冰雹】bīngbáo〔名〕（顆，粒，場）空中降下的冰塊兒，大的如雞蛋、核桃，小的像黃豆、米粒，常見於夏季和春末。降雹時間雖然不長，但對農作物損害很大。大冰雹還可能砸傷人畜、毀壞建築物。也叫雹子。有的地區叫冷子。

【冰茶】bīngchá〔名〕一種兼有茶水和果汁特點的低熱量飲料。

【冰川】bīngchuān〔名〕高山或兩極地區沿地面傾斜方向緩慢移動的冰層。按所處位置和形狀不同，可分為高山冰川和大陸冰川兩大類。也叫冰河。

【冰袋】bīngdài〔名〕醫療用的裝有冰塊的橡膠袋。可敷在病人的某一部位，起到局部降溫的作用。

【冰刀】bīngdāo〔名〕（副）滑冰用具，裝在冰鞋底下的鋼製刀狀物。有球刀、跑刀、花樣刀三種。

【冰燈】bīngdēng〔名〕冬季用冰做成的供人觀賞的燈。燈體支架為各種彩繪的動植物或建築物的造型，內裝燈火。

【冰點】bīngdiǎn〔名〕❶水開始凝固成冰的溫度。冰點與壓力的大小有關，壓力增大，冰點相應降低。在標準大氣壓下，水的冰點為 0 攝氏度，32 華氏度。❷比喻受到冷落、不引人關注的事情：他全力關注社會生活的～層面。

【冰雕】bīngdiāo〔名〕用冰雕刻形象的藝術，也指用冰雕刻成的作品：～藝術｜美術學院的～得了頭獎。

【冰凍】bīngdòng〔動〕水結成冰：～柿子｜～三尺，非一日之寒。

【冰凍三尺，非一日之寒】bīng dòng sānchǐ, fēi yīrì zhī hán〔諺〕三尺厚的冰，不是一天的寒冷凍成的。比喻某種情況的形成，有個醞釀、

積累的過程：～，孩子變壞，早就有苗頭，只不過父母沒有察覺罷了。

【冰毒】bīngdú〔名〕有機化合物，成分為去氧麻黃素，白色結晶，形如碎冰。對神經有強刺激作用，吸食可成癮，是一種毒品。也叫艾斯。

【冰櫃】bīngguì〔名〕（台）電冰櫃的簡稱。

【冰棍兒】bīnggùnr〔名〕（根，支）一種冷食，把水、果汁、奶、糖等混合攪拌冷凍成形，用小棍做把兒：奶油～｜紅果兒～。

【冰壺】bīnghú〔名〕❶冰上運動項目之一。運動員在冰上推冰壺，以投出的冰壺離營壘的近遠定勝負。❷冰壺運動使用的器材，扁圓形，略像壺，用花崗岩製成。

【冰激凌】bīngjīlíng〔名〕把水、牛奶、雞蛋、糖、果汁等調和後攪拌冷凍製成的半固體冷食。也譯作冰激淋、冰淇淋、冰琪淋等。[英 ice cream]

【冰窖】bīngjiào〔名〕（座）儲藏冰塊的地窖。

【冰冷】bīnglěng〔形〕狀態詞。❶很冷：河水～｜～的屋子。❷形容態度或表情冷漠：態度～｜他的臉色變得～起來。

【冰涼】bīngliáng〔形〕狀態詞。很涼：～的汽水｜手腳～｜小臉凍得～。

【冰輪】bīnglún〔名〕〈書〉明月：～乍湧。

【冰片】bīngpiàn〔名〕中藥指龍腦。用龍腦樹幹分泌的香料製成，潔白透明，有濃烈香氣，性溫，味辛。內服可治中風口噤等，外用可治咽喉腫痛等。也叫梅片。

【冰品】bīngpǐn〔名〕雪糕、冰棍兒、冰激凌等冷食的統稱。

【冰清玉潔】bīngqīng-yùjié〔成〕玉潔冰清。

【冰球】bīngqiú（～兒）〔名〕❶冰上運動項目之一。每隊六人，比賽時運動員穿冰鞋和保護服裝，用冰球桿將冰球擊入對方球門為得分。❷（隻）冰球運動使用的球，黑色，扁圓形，用硬橡膠等材料製成。

【冰人】bīngrén〔名〕〈書〉《晉書·索統傳》："冰上為陽，冰下為陰……君在冰上與冰下人語，為陽語陰，媒介事也。君當為人作媒，冰泮而婚成。"後來就把媒人叫作冰人。

【冰山】bīngshān〔名〕❶（座）長年被冰雪覆蓋的大山。❷漂浮在海中的巨大冰塊，是兩極冰川末端斷裂後滑到海洋中形成的。❸比喻不能長久依賴的靠山：～易傾。

【冰山一角】bīngshān-yījiǎo〔成〕比喻已經顯露出的事物的一小部分：反映出的問題只是～而已。

【冰上運動】bīngshàng yùndòng 體育運動項目的一大類，包括運動員在冰場上進行的各種運動，如速度滑冰、花樣滑冰、冰球、冰上舞蹈、冰壺等。

【冰釋】bīngshì〔動〕像冰一樣融化，比喻嫌隙、

懷疑、誤會、意見等完全消除：他們之間的誤會渙然～。

【冰霜】bīngshuāng〔名〕《書》❶比喻純潔清白的節操：～素質。❷比喻嚴肅的神情：冷若～。

【冰壇】bīngtán〔名〕冰上運動界：～新秀。

【冰炭】bīngtàn〔名〕冰和炭火，冰冷而炭火熱，比喻互相對立，彼此不能相容的兩種事物：形同～｜～不同器。

【冰炭不相容】bīng tàn bù xiāngróng〔諺〕冰和炭火不能互相容納。比喻性質相反、互相對立的事物不能並存。

【冰糖】bīngtáng〔名〕（塊）一種透明或半透明的塊狀食糖，多為白色或略帶黃色。一般將白糖溶化成糖汁，經過蒸發，濃縮結晶而成。

【冰糖葫蘆】bīngtánghúlu〔名〕（串）中國北方的一種風味小食品。用竹籤串上山楂、海棠、山藥等，外面蘸上熔化了的冰糖。也叫糖葫蘆。

【冰天雪地】bīngtiān-xuědì〔成〕冰雪漫天蓋地。形容天氣十分寒冷：江南已是春暖花開，北國依然～。

【冰箱】bīngxiāng〔名〕（台）電冰箱的簡稱。

【冰消瓦解】bīngxiāo-wǎjiě〔成〕像冰一樣消融，像瓦器一樣分解碎裂。比喻完全消釋或崩潰：聽完這番話，他們之間的誤會～了｜在我軍的強大攻勢下，敵人很快～。

【冰鞋】bīngxié〔名〕（雙，隻）滑冰時穿的鞋，用皮製成，鞋底裝有冰刀。滑旱冰時穿的帶輪子的鞋叫旱冰鞋。

【冰心】bīngxīn〔名〕比喻純潔高尚的心靈：洛陽親友如相問，一片～在玉壺。

【冰鎮】bīngzhèn〔動〕用冰把食物或飲料等變涼：～汽水｜～酸梅湯｜把西瓜拿去～。

【冰柱】bīngzhù（～兒）〔名〕下雪後屋檐滴水凍成的小柱形的冰。也叫冰錐。

【冰磚】bīngzhuān〔名〕（塊）夏天常吃的一種冷食，把水、牛奶、糖、果汁等物混合攪拌，在低溫下凍成的磚形硬塊。

并

Bīng〔名〕❶古代并州的簡稱，今山西太原的別稱。❷姓。
另見 bìng "併"（95 頁）；"並"（95 頁）。

兵

bīng ❶武器：～不血刃｜短～相接｜秣馬屬～。❷〔名〕軍人：工農～｜～多將廣｜殘～敗將｜散～游勇｜招～買馬。❸〔名〕軍隊中的基層戰士；兵士：我是一個～｜班長帶領一班的～。❹〔名〕軍隊；部隊：養～千日，用～一時｜不戰而屈人之～。❺關於軍事或戰爭的：～連禍結｜紙上談～｜～法｜～書。❻〔名〕象棋棋子之一。❼（Bīng）〔名〕姓。

語彙　標兵　官兵　尖兵　驕兵　精兵　救兵　哨兵　士兵　水兵　逃兵　閱兵　徵兵　空降兵　坦克兵　草木皆兵　老弱殘兵　紙上談兵

【兵變】bīngbiàn〔動〕指軍隊不接受上級命令，採取叛變行動：發動～｜平息～。

【兵不血刃】bīngbùxuèrèn〔成〕《荀子·議兵》："兵不血刃，遠邇來服。"武器上沒有沾血，遠近各方就歸附了。指不動刀兵就取得勝利。

【兵不厭詐】bīngbùyànzhà〔成〕《韓非子·難一》："戰陣之間，不厭詐偽。"不厭：不排斥，不以為非。作戰時可以使用欺騙的戰術迷惑敵人：～，在敵眾我寡的形勢下，應該避免正面接觸，而要出奇兵戰勝敵人。

【兵部】bīngbù〔名〕古代官制六部之一，主管全國軍事。

【兵法】bīngfǎ〔名〕古代指用兵作戰的方法，即軍事學。

【兵哥】bīnggē〔名〕台灣地區用詞。也稱阿兵哥。軍人、士兵。多用於口語和非正式場合。

【兵工廠】bīnggōngchǎng〔名〕（家，座）製造武器裝備的工廠。

【兵貴神速】bīngguìshénsù〔成〕用兵打仗最重要在於行動特別迅速：～，趁敵人未站穩腳跟，立即進擊。

【兵荒馬亂】bīnghuāng-mǎluàn〔成〕形容戰時社會動蕩不安的景象：那時～，人民的生活困苦不堪。

【兵家】bīngjiā〔名〕❶古代指軍事學家，先秦諸子之一，代表人物有孫武、孫臏等。❷帶兵打仗的人：勝敗乃～常事｜～必爭之地。

【兵諫】bīngjiàn〔動〕用武力脅迫當權者，使接受規勸：發動～。

【兵力】bīnglì〔名〕軍隊的實力，包括人員和武器裝備等：集中優勢～打擊敵人。

【兵連禍結】bīnglián-huòjié〔成〕《漢書·匈奴傳》："兵連禍結三十餘年，中國罷耗，匈奴亦創艾。"兵：戰爭。戰爭連續不斷，災禍跟隨而來：民國初年軍閥混戰，～，生靈塗炭，百業凋敝。

【兵臨城下】bīnglínchéngxià〔成〕大軍已到達城下。形容形勢危急：我軍～，守城敵軍只好議和。

【兵馬】bīngmǎ〔名〕士兵和戰馬，泛指軍隊：敵軍～不多｜～未動，糧草先行。

【兵馬俑】bīngmǎyǒng〔名〕古代一種殉葬品，仿照兵士和戰馬形象製作的陶俑。1974 年，在中國陝西臨潼秦始皇陵園考古發掘出大批武士俑和戰馬俑，被稱為世界第八大奇跡。

【兵痞】bīngpǐ〔名〕舊指以當兵為職業、品質惡劣、為非作歹的人。

【兵器】bīngqì〔名〕（件）武器：～工業｜古代～。

【兵強馬壯】bīngqiáng-mǎzhuàng〔成〕形容軍隊實力強，有戰鬥力。也比喻組織或團體內部人員能幹：目前我們公司～，事業蒸蒸日上。

【兵權】bīngquán〔名〕掌握軍隊的權力：解

除～｜他是掌～的人。

【兵戎】bīngróng〔名〕❶指武器、軍隊：～相見（指發生武裝衝突）。❷指戰爭或戰亂：～頻起。

【兵書】bīngshū〔名〕(部)講兵法的書籍：諸葛亮自幼熟讀～。

【兵團】bīngtuán〔名〕❶軍隊建制中的一級組織，下轄幾個軍或師：～司令。❷泛指團以上的部隊：主力～｜地方～。❸指從事生產建設的團體：生產建設～。

【兵燹】bīngxiǎn〔名〕〈書〉燹：野火。因戰爭而造成的焚燒破壞等禍害：久遭～，滿目瘡痍。

【兵役】bīngyì〔名〕❶指公民當兵的義務：服～｜～法。❷戰事：～連年，死亡流離。

【兵役法】bīngyìfǎ〔名〕(部)根據憲法規定公民服兵役的法律。

【兵員】bīngyuán〔名〕士兵；戰士：補充～｜～充足。

【兵站】bīngzhàn〔名〕軍隊設置在交通綫上負責補給物資、接收傷病員、接待過往部隊等的機構。

【兵種】bīngzhǒng〔名〕(個)軍種內部的分類，如陸軍分步兵、炮兵、裝甲兵、工程兵等兵種。

屏　bīng 見下。
另見 bǐng（94 頁）；píng（1034 頁）。

【屏營】bīngyíng〔形〕〈書〉驚惶失措的樣子：不勝戰慄～之至。

枰　bīng 見下。
另見 bēn（63 頁）。

【枰櫚】bīnglǘ〔名〕古書上指棕櫚。

檳（檳）　bīng 見下。
另見 bīn（91 頁）。

【檳榔】bīngláng〔名〕❶(棵)常綠喬木，生長在熱帶，樹幹很高，果實可以吃，也可供藥用，有幫助消化和驅蟲等作用。❷(枚)這種植物的果實。

bǐng　ㄅㄧㄥˇ

丙　bǐng ❶〔名〕天干的第三位。也用來表示順序的第三：～種｜～等。❷〈書〉丙丁：付～（燒掉）。❸(Bǐng)〔名〕姓。

【丙部】bǐngbù〔名〕中國古代把圖書分為甲、乙、丙、丁四部，丙部即後來的子部。

【丙丁】bǐngdīng〔名〕〈書〉古代以丙丁為火日，故丙丁為火的代稱：付～。

【丙夜】bǐngyè〔名〕古代指三更或半夜的時候，即夜裏十一時至次日凌晨一時。

邴　Bǐng〔名〕姓。

秉　bǐng ❶〈書〉手拿着：～燭｜～筆直書。❷〈書〉掌握；主持：～持｜～政｜～公辦事。❸〔量〕古代容量單位，合十六斛。❹(Bǐng)〔名〕姓。

【秉筆直書】bǐngbǐ-zhíshū〔成〕拿着筆按照實際情況寫。多指寫史書的人寧可冒風險，也不隱諱或歪曲史實。

【秉承】(稟承)bǐngchéng〔動〕領受；接受（命令，指示）：～他人旨意｜～父母之命。

【秉公】bǐnggōng〔動〕依照公理，主持公道：～處理｜～執法。

【秉性】bǐngxìng〔名〕生性；性格：～忠厚｜～質樸。

【秉燭】bǐngzhú〔動〕〈書〉舉着點燃的火把（指夜以繼日）：晝短苦夜長，何不～遊｜～夜遊（指及時行樂）。

柄　bǐng ❶〔名〕器物上供把握的部分：刀～｜斧～。❷〔名〕植物的花、葉、果實跟莖或枝連接的部分：花～｜葉～。❸比喻言行上被人抓住的材料：把～｜笑～。❹〈書〉權力：國～｜政～｜權～。❺〔量〕(吳語)用於有柄的東西：一～鋼刀。❻(Bǐng)〔名〕姓。

語彙　把柄　國柄　話柄　權柄　笑柄　政柄

昺　bǐng〈書〉明亮。多見於人名。

炳　bǐng ❶〈書〉光明，顯著：彪～｜～煥（光明顯耀）。❷(Bǐng)〔名〕姓。

屏　bǐng ❶〔動〕抑止（呼吸）：～着氣｜～着呼吸。❷逃避；隱藏：～跡｜～居。❸排除；除去：～除｜～棄。
另見 bīng（94 頁）；píng（1034 頁）。

【屏除】bǐngchú〔動〕排除；除去：～私心雜念｜～陋習。

【屏居】bǐngjū〔動〕〈書〉隱居：～鄉野。

【屏氣】bǐng//qì〔動〕止住呼吸：～凝神｜他屏住氣，躡手躡腳地走進來。注意 這裏的"屏"不讀 píng。

【屏棄】bǐngqì〔動〕拋棄：～成見｜～前嫌。

【屏退】bǐngtuì〔動〕〈書〉❶讓（身邊或周圍的人）離開：～左右｜～閒人。❷隱退：事不可為，常思～。

【屏息】bǐngxī〔動〕屏住呼吸：～靜聽。

蛃　bǐng 見下。

【蛃魚】bǐngyú〔名〕蠹魚。也叫衣魚。

稟（稟）　bǐng ❶〔動〕指下對上報告：～報｜～告｜回～｜～明情由。❷稟報的文件：具～詳報。❸受，承受：～命｜～承。❹(Bǐng)〔名〕姓。

【稟報】bǐngbào〔動〕舊指向上級或長輩報告：～父兄。

【稟賦】bǐngfù〔名〕指人天生的資質和體魄：～不薄｜～聰明。

【稟告】bǐnggào〔動〕舊指向上級或長輩報告事情：～官署｜～家父。

【稟性】bǐngxìng〔名〕天賦的本性：～淳厚｜江山易改，～難移。

餅（饼）bǐng（～兒）❶〔名〕〔張〕泛稱扁而圓的麵食：大～｜蒸～｜油～｜烙張～。❷形狀像餅的東西：鐵～｜豆～｜柿～。

語彙　春餅　大餅　豆餅　煎餅　烙餅　燒餅　柿餅　鐵餅　餡餅　油餅　月餅　蒸餅

【餅鐺】bǐngchēng〔名〕（隻）一種烙餅用的平底鍋，多用鐵製成。

【餅乾】bǐnggān〔名〕（塊，片）一種食品，用麵粉加糖、雞蛋、牛奶等烤製而成的小薄片兒：奶油～｜蘇打～｜壓縮～。

【餅屋】bǐngwū〔名〕（家）出售西式糕餅點心的小型食品商店。

【餅子】bǐngzi〔名〕（塊）用玉米麵或小米麵等貼在鍋上烙熟的一種餅。注意用麵粉烙成的餅不能叫"餅子"，只能叫"餅"。

bìng ㄅㄧㄥˋ
併（并）bìng ❶〔動〕合；合在一起：～攏｜兼～｜把桌子～起來。❷兼有：良辰美景，賞心樂事，四者難～。❸〔副〕一併；一起：漁者得而～擒之。
　　"并"另見Bīng（93頁）；bìng"並"（95頁）。

語彙　歸併　合併　火併　兼併　吞併　一併

【併購】bìnggòu〔動〕用購買方式進行兼併；購併。

【併軌】bìngguǐ〔動〕比喻把某些並行的體制或做法等合而為一：經過治理整頓，這一領域的雙軌價格逐漸完成～。

【併攏】bìnglǒng〔動〕靠近；合攏：～兩腳｜五指～。

【併吞】bìngtūn〔動〕把別國領土或別人的產業強行併入自己的範圍內：～弱小國家｜～中小企業。

【併網】bìngwǎng〔動〕❶把單獨的輸電、通信等線路併入總的系統，形成網絡：～發電｜～運行｜這條數字光纖通信綫路，目前已正式～使用。❷把若干輸電、通信網絡合併，形成新的網絡。

並（并）bìng〈垃〉❶〔動〕並排着：～肩前進｜花開～蒂。❷〔副〕表示同存在，同時進行或同等對待：齊頭～進｜預防、治療～重。注意只限於用在某些

單音節動詞前。❸〔副〕放在否定詞前，加強否定語氣，有否定某種看法、說明真實情況的意味：她長得～不難看｜你們吵架的原因，他～沒有告訴我｜經過調查，證明他～無違法行為。❹〔連〕表示更進一層的意思（相當於並且）：大會討論～通過了這項議案｜我完全贊同～全力支持你們的主張。
　　"并"另見Bīng（93頁）；bìng"併"（95頁）。

【並存】bìngcún〔動〕同時存在：兩說可以～｜二者不能～。

【並蒂蓮】bìngdìlián〔名〕（棵）並排長在同一根莖上的兩朵蓮花，常用來比喻恩愛的夫妻。也叫並頭蓮。

【並發】bìngfā〔動〕由正在患的病同時引起別的病：麻疹能～肺炎。

【並發症】bìngfāzhèng〔名〕由正在患的某種病引起的另一種病。如腎炎能引起高血壓、水腫等，高血壓、水腫就是並發症。也叫合併症。

【並駕齊驅】bìngjià-qíqū〔成〕幾匹馬並排拉着車一齊奔跑。比喻齊頭並進，不分前後，不相上下：這位年輕畫家，風格獨特，自成一派，簡直可與當今名手～。

【並肩】bìngjiān ❶(-//-)〔動〕肩挨着肩：～而行。❷〔副〕比喻行動一致（多做狀語）：～前進｜～戰鬥。

【並進】bìngjìn〔動〕同時進行，同時前進：工作齊頭～｜隊伍十排～。

【並舉】bìngjǔ〔動〕同時興辦，共同發展：工農業～｜大、中、小企業～。

【並立】bìnglì〔動〕同時存在：兩強不能～。

辨析　並立、並存　都是"同時存在"的意思，但用法有不同。"並存"是客觀地敍述兩種事物同時存在，"並立"則強調兩種事物各自獨立存在，故"兩說並存""兩種制度並存"中的"並存"都不能換成"並立"；同樣，"群雄並立""兩山並立"也不能說成"群雄並存""兩山並存"。

【並列】bìngliè〔動〕平列，不分主次：兩人～第三名｜他只寫過幾首小詩，哪裏能和著名作家～！

【並排】bìngpái〔動〕排列在一條綫上，不分前後：三個人～走過來｜你們倆～站好。

【並且】bìngqiě〔連〕連接並列的動詞詞語、形容詞詞語或句子，表示更進一層的意思：大會討論～通過了這項決議｜客廳陳設講究～豪華｜這個小鎮不僅整齊乾淨、市面繁榮，～交通也很發達。注意a）"並且"連接三項以上時，要放在最後一項前，如"這間房子寬敞、乾淨並且明亮"。b）"並且"後面常緊接"也還"，如"小鎮上有個飯館賣飯，並且也還便宜"。

【並世】bìngshì〔動〕同存於世：生～名家。

【並綫】bìngxiàn〔動〕車輛在行駛時，從所在車道

B

駛入相鄰車道：～行駛。也叫並道。

【並行】bìngxíng〔動〕❶並排行進：兩人～｜騎車時不要扶肩。❷同時實行：～不悖｜兩個方案可以～。

【並行不悖】bìngxíng-bùbèi〔成〕悖：違背，相衝突。同時實行，不相衝突：揮霍浪費和厲行節約是互相對立的，怎麼可能～呢！注意"悖"不讀 bó。

【並用】bìngyòng〔動〕同時使用：手腦～｜一篇文章中，一般不能繁體字和簡體字～。

【並重】bìngzhòng〔動〕同等重視：普通教育和業餘教育～｜德育、智育和體育～｜農、林、牧、副、漁五業～。

病 bìng

❶〔名〕生理上或心理上不正常的狀態：生～｜他的～見輕了｜～從口入｜來如山倒，～去如抽絲。❷比喻痛苦或不幸：同～相憐。❸缺點；錯誤：語～｜幼稚～。❹〔動〕生病：他～了一年｜久～初癒。❺〈書〉損害：禍國～民。❻〈書〉責備：晚節末路，世人～之｜人所詬～。

語彙　暴病　弊病　發病　犯病　肺病　扶病　詬病
疾病　淋病　毛病　鬧病　染病　熱病　通病　託病
臥病　心病　性病　養病　語病　白血病　傳染病
風濕病　花柳病　結核病　精神病　冷熱病　皮膚病
軟骨病　糖尿病　疑心病　幼稚病　職業病

【病案】bìng'àn〔名〕病歷資料所形成的檔案。

【病包兒】bìngbāor〔名〕〈口〉指經常生病的人（含詼諧意）：她呀，三天兩頭兒上醫院，是個～。

【病變】bìngbiàn〔動〕病理變化，即由疾病引起的細胞或組織的變化：軟組織～。

【病病歪歪】bìngbingwāiwāi（～的）〔形〕狀態詞。形容身體有病、虛弱無力的樣子：這些年他一直～的，沒怎麼上班。

【病殘】bìngcán ❶〔名〕疾病和殘疾：～兒童｜他憑着頑強的毅力，拖着～之軀讀完了中學。❷〔名〕病人和殘疾人：老弱～應得到照顧。

【病程】bìngchéng〔名〕患病的全過程：合理用藥能夠縮短～。

【病蟲害】bìngchónghài〔名〕病害和蟲害的合稱：防治～。

【病床】bìngchuáng〔名〕（張）醫院、療養院裏供病人住院用的床：這家醫院有五百張～｜這幾年，他是躺在～上度過的。

【病從口入】bìngcóngkǒurù〔諺〕指人們生病多半是由飲食不注意衛生引起：俗話說～，大家要十分注意飲食衛生。

【病倒】bìngdǎo〔動〕生病臥床：由於工作太緊張，一個小組～了好幾個人。

【病毒】bìngdú〔名〕❶比病菌還小的病原體，一般能通過細菌濾器，從前叫濾過性病毒，多數要用電子顯微鏡才能看見。人的天花、麻疹、

腦炎、流行性感冒、流行性肝炎和動物的牛瘟、雞瘟等就是由不同的病毒引起的，植物的煙草花葉病、水稻矮縮病等也是由病毒引起的。❷特指計算機病毒。

【病房】bìngfáng〔名〕（間）醫院、療養院裏供病人住的房間：內科～｜普通～。

【病夫】bìngfū〔名〕體弱多病的人（含輕蔑或諷刺意）：中國人被稱為東亞～的時代一去不復返了。

【病根】bìnggēn（～兒）〔名〕❶沒有完全治好的舊病：他在一次車禍中受了重傷，從此種下了～兒，陰天下雨就腰疼。❷致病的根源：只有找到了～兒，才好對症下藥。❸比喻缺點、錯誤或災禍產生的根源：他犯錯誤的～在於私心太重。

【病故】bìnggù〔動〕因病去世：他父親早就～了。注意"病故"只用於中老年人，不用於兒童或少年。

【病害】bìnghài〔名〕由細菌、真菌、病毒侵害或不適宜的氣候、土壤影響引起的植物枯萎或死亡現象。

【病號】bìnghào（～兒）〔名〕（位）部隊、學校、機關、公司等集體單位的病人，也泛指病人：老～兒（經常生病的人）｜～兒飯（專給病人做的飯）｜泡～兒。

【病假】bìngjià〔名〕因病請的假：～條｜請～｜休～｜歇～。

【病假條】bìngjiàtiáo〔名〕因生病需要請假休息的證明。

【病句】bìngjù〔名〕在語法上有毛病的句子：改正～｜這篇作文～太多。

【病菌】bìngjūn〔名〕能使人或其他動植物生病的細菌。

【病理】bìnglǐ〔名〕疾病發生和發展的過程以及原理：～學｜進行～解剖｜研究植物～。

【病歷】bìnglì〔名〕（份）醫療單位記錄每個病人病情、診斷和處理方法的檔案材料。

【病例】bìnglì〔名〕❶某種疾病的實例。某個人或某種動植物患過某種疾病，就是這種疾病的病例：肝炎～｜流感～。❷疾病統計的計算單位，以一個人一種病為一個病例，如果一個人同時患兩種疾病，即為兩個病例。

【病魔】bìngmó〔名〕喻指疾病（長期重病，像魔鬼侵襲）：～纏身｜～一直在折磨着他｜戰勝～｜和～做鬥爭。

【病情】bìngqíng〔名〕疾病發展變化的情況：～好轉｜～惡化｜他的～令人憂慮。

【病區】bìngqū〔名〕醫院按病人疾病不同劃分的住院區域：肝炎～｜骨科～｜二～。

【病人】bìngrén〔名〕（位，名）生病的人；接受治療的人：癌症～｜她是王大夫的～。

【病容】bìngróng〔名〕面部呈現出的有病的氣

色：面現～。

【病入膏肓】bìngrùgāohuāng〔成〕膏肓：古人以心尖脂肪為膏，心臟與膈膜之間為肓，認為膏肓之間是藥力達不到的地方。指病到了無法醫治的地步。也比喻事情到了無法挽救的程度：～，再好的醫生也回春乏術了。注意 這裏的"肓"不寫作"盲"或"育"，不讀 máng。

【病史】bìngshǐ〔名〕過去得病和診治的情況：家族～｜他有肝病。

【病勢】bìngshì〔名〕疾病發展的輕重程度：經治療，～已減輕｜～日益沉重。

【病榻】bìngtà〔名〕病人的床鋪：輾轉～。

辨析 病榻、病床 a）"病床"多用於口語，"病榻"多用於書面語。b）"病床"泛指病人的床鋪，"病床"則指醫院、療養院供病人用的床，"這家醫院有五百張病床"，其中"病床"不能換用"病榻"。

【病態】bìngtài〔名〕❶ 心理或生理上反常的狀態：～心理｜她的身體這麼瘦，可能是一種～。❷ 比喻某些反常的社會現象：清除社會的～。

【病態賭徒】bìngtài dǔtú〔名〕港澳地區用詞。沉迷於賭博不能自拔的人：一位年輕～輸光賭本，又在賭場向人借債，致使債台高築。

【病退】bìngtuì〔動〕因病退學或退職：他身體不好，不到退休年齡就辦了～的手續。

【病亡】bìngwáng〔動〕因病死亡：丈夫早已～。

【病危】bìngwēi〔形〕病情危險（常指臨近死亡）：孩子肺炎～｜醫院已發～通知。

【病西施】bìngxīshī〔名〕春秋時期的絕色美女名叫西施，以後人們就把"西施"當作美女的代稱。相傳西施患病時有一種別緻的美，因此形容病態的美人為病西施。

【病休】bìngxiū〔動〕因病休息或休養：～了一個月｜她～經很久了。

【病因】bìngyīn〔名〕疾病發生的原因：查找～｜～複雜，一時難以確診。

【病友】bìngyǒu〔位，名〕稱同住一家醫院或一間病房的人，也指經常到一家醫院看病的人：他是我的～｜他們倆是～。

【病癒】bìngyù〔動〕病好了：三日即～｜～出院。

【病原體】bìngyuántǐ〔名〕能引起疾病的微生物和寄生蟲的統稱。

【病院】bìngyuàn〔名〕（所，家）治療某種疾病的專科醫院：傳染～｜精神～｜結核～。

辨析 病院、醫院 a）"醫院"泛指一切治療和護理病人的機構；"病院"則專指治療某種疾病的醫院。b）"醫院"可單說，"病院"一般不單說，如可以說"這是一家醫院"，一般不說"這是一家病院"。說"病院"時，必須帶上表示性質的定語，如"這是一家精神病院""她在傳染病院工作"。c）稱"病院"的只限於"傳染、精

神、結核、麻風、傷殘"等幾種，其他專治某種疾病的，仍稱"醫院"，如"腫瘤醫院""眼科醫院""口腔醫院"等。

【病灶】bìngzào〔名〕機體上受病原體侵入而發生局部病變的部分：肺結核～。

【病症】bìngzhèng〔名〕疾病：專治各種疑難～｜這種～不常見。

【病狀】bìngzhuàng〔名〕疾病的狀況；疾病表現出來的現象：患者出現發熱、嘔吐等～。

摒 bìng 排除：～除｜～絕｜～棄｜～於門外。

【摒除】bìngchú〔動〕排除；除去：～雜念。

【摒擋】bìngdàng〔動〕〈書〉料理；收拾：～行裝。

【摒棄】bìngqì〔動〕拋棄；捨棄：～幻想｜陳規陋習。

bō ㄅㄛ

波 bō ❶ 波浪：隨～逐流｜一尺水，百丈～（比喻誇大事實）｜清風徐來，水～不興。❷〔名〕物理學指振動在物質中的傳播過程，是能量傳遞的一種形式。如以石擊水，引發水的振動和傳播形成水波。❸ 比喻糾紛或亂子：軒然大～｜一～未平，一～又起。❹（Bō）〔名〕姓。

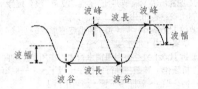

語彙 奔波　電波　短波　風波　光波　秋波　聲波　微波　煙波　餘波　衝擊波　軒然大波

【波長】bōcháng〔名〕波在一個振動週期內傳播的距離，即沿波的傳播方向，兩個相鄰的波峰或波谷之間的距離。波長等於波速和週期的乘積。同一頻率的波，在不同介質中傳播時，波長不同。

【波動】bōdòng ❶〔動〕起伏不定：情緒～｜思想～｜物價～。❷〔名〕物理學上所指的波。

【波段】bōduàn〔名〕指無綫電波按波長不同而分成的段，如長波、中波、短波、超短波等。

【波光】bōguāng〔名〕陽光、月光等照耀下的水波：～閃亮｜～粼粼。

【波及】bōjí〔動〕涉及；影響到：水災～南方數省。

【波瀾】bōlán〔名〕波濤，多用於比喻：～起伏｜狂風掀起了巨大～｜激起了思想的～｜～壯闊。

【波瀾壯闊】bōlán-zhuàngkuò〔成〕比喻規模宏偉，聲勢浩大：～的改革開放進程。

【波浪】bōlàng〔名〕江河湖海等水域因受振動或衝擊而時起時伏的水面：掀起~｜~滾滾｜航船衝破~飛速前進。

【波浪鼓】bōlanggǔ 同"撥浪鼓"。

【波浪式】bōlàngshì〔形〕屬性詞。❶跟波浪相似的樣子，形容起伏不平：~的丘陵地帶｜~髮型。❷與波浪相似的狀況，形容曲折起伏：事物的發展大多不是直綫式的，而往往是~的。

【波羅蜜】bōluómì ㊀〔動〕佛教用語，到彼岸。佛教認為生死的境界為此岸，涅槃為彼岸。[梵 pāramitā]㊁〔名〕❶常綠喬木，高可達 20 米，葉子卵圓形，花小，果實可以吃，果皮黃褐色。原產印度、馬來西亞。❷這種植物的果實。以上也作菠蘿蜜，也叫木波羅。

【波斯貓】bōsīmāo〔名〕（隻）一種寵物貓，白色，長毛，體形較大，眼睛一黃一藍。

【波濤】bōtāo〔名〕大波浪：~洶湧｜萬頃~。

辨析 波濤、波瀾　a）"波濤"着重波浪的猛烈、廣闊，所以常說"波濤洶湧"或"萬頃波濤"。"波瀾"着重波浪的浩瀚起伏，所以常說"波瀾壯闊"或"波瀾起伏"。這兩種組合不能互相改換，如不說"波濤洶湧"或"萬頃波瀾"，也不說"波濤壯闊"或"波濤起伏"。b）"波瀾"還可以比喻文勢的起伏或變化，如"全文波瀾起伏，氣勢非凡"，而"波濤"沒有這樣的比喻意義和用法。

【波紋】bōwén〔名〕（道）細小波浪形成的水紋：微風吹過，池水漾起了~。

【波折】bōzhé〔名〕指事情進行過程中所發生的曲折變化：計劃在執行過程中出現了~｜一見事情有點兒就撒手不管，這可不行！

玻 bō ❶見下。❷（Bō）〔名〕姓。

【玻殼】bōké（~兒）〔名〕電視機正面顯示影像的玻璃殼。

【玻璃】bōli〔名〕❶（塊）一種硬而脆的透明固體。通用的玻璃為硅酸鹽玻璃，是將石英砂、石灰石、純鹼等混合後，加高溫熔化，冷卻後製成的：彩色~｜雕花~。❷指某些透明像玻璃的質料：~絲｜~紗｜~紙｜~纖維｜有機~。

【玻璃纖維】bōli xiānwéi 玻璃熔融後拉成的細絲，有耐腐蝕、隔音、不易燃、絕緣好等性能，可製成玻璃絲、玻璃布、玻璃棉、玻璃鋼等，是工業上用途廣泛的材料。

【玻璃小鞋】bōli xiǎoxié 雖不顯眼卻牢固難脫的小鞋。被有權勢者施加種種讓人有苦難言的限制、刁難和傷害，叫穿玻璃小鞋：你不怕別人給你~穿？

砵 bō 用於地名：銅~（在福建）｜東~（在廣東）。

哱 bō 用於地名：西~羅寨（在山東）。

跛 bō〔擬聲〕腳踏地的聲音：牛蹄~~。另見 bǒ（51 頁）。

般 bō 見下。另見 bān（34 頁）；pán（1002 頁）。

【般若】bōrě〔名〕佛經用語，智慧。[梵 prajñā]

剝（剥）bō 義同"剝"（bāo），用於某些合成詞語：~削｜~離｜~落｜~奪｜盤~｜生吞活~。另見 bāo（45 頁）。

【剝奪】bōduó〔動〕❶用強制的方法奪去：不要~別人的發言權。❷依法取消：~政治權利。

【剝離】bōlí〔動〕❶脫落分離：表皮~｜岩石表層~。❷比喻企事業單位精簡機構，分流人員、轉移職能的行為：~冗員。

【剝落】bōluò〔動〕附在物體表面的東西一片一片地脫落下來：牆皮~｜家具的油漆~了。

【剝蝕】bōshí〔動〕❶物體表面因長期受侵蝕風化而損壞：由於受風雨~，碑文已無法辨認。❷指流水、冰川等對地球表面起破壞作用，使隆起突出的部分變平。

【剝削】bōxuē〔動〕憑藉生產資料的私人所有權或政治上的特權無償地佔有別人的勞動或產品：~階級。

缽（钵）〈鉢盋〉bō〔名〕❶盛飯、菜、茶水等的陶器具，形狀像盆而較小：取~盛水。❷缽盂：衣~相傳。[鉢多羅的省略，梵 pātra]❸（Bō）姓。

【缽盂】bōyú〔名〕和尚用來盛飯的器具，底平，口略小，形稍扁，有陶製的和鐵製的。缽，梵語譯音；盂，漢語譯義。

菠 bō ❶見下。❷（Bō）〔名〕姓。

【菠菜】bōcài〔名〕（棵）一年生或二年生草本植物，根略帶紅色，葉子綠色，略呈三角形，是蔬菜。有的地區叫菠薐菜。

【菠薐菜】bōléngcài〔名〕菠菜。

【菠蘿】bōluó〔名〕❶多年生常綠草本植物，葉子長條形，邊緣有鋸齒，花紫紅色，果實外部呈鱗片狀，果肉酸甜味美。產於廣東、福建、台灣等地。❷這種植物的果實。以上也叫鳳梨。

【菠蘿蜜】bōluómì 同"波羅蜜"。

播 bō/bò ❶〔動〕傳播；傳佈：~音｜這條重要新聞今天中午又~了一遍。❷〔動〕播種（zhòng）：條~｜點~｜秋天~小麥，春天~玉米。❸〔書〕遷移；流亡：~遷｜~蕩。

語彙 插播　傳播　春播　點播　飛播　廣播　聯播　秋播　散播　條播　直播　轉播

【播報】bōbào〔動〕通過廣播、電視播送報道：~

新聞。

【播出】bōchū〔動〕通過廣播、電視播送出：～新聞｜晚會節目將在電視台黃金時間～。

【播發】bōfā〔動〕通過廣播、電視播送發出：～新聞。

【播放】bōfàng〔動〕❶ 播發放送：～音樂。❷ 播送放映：～足球比賽實況｜～紀錄片。

【播講】bōjiǎng〔動〕通過廣播、電視講述或講授：～評書｜～故事｜～電大課程。

【播客】bōkè〔名〕❶ 在互聯網上發佈音頻、視頻等文件並允許用戶瀏覽、下載、播放的網絡傳播形式。❷ 指用此方法製作的音頻、視頻節目。[英 podcast] ❸ 指通過這種方式進行表達和交流的人。

【播弄】bōnòng(-nong)〔動〕❶ 擺佈；擺弄：不願受人～。❷ 挑撥：～是非。

【播撒】bōsǎ〔動〕撒（種子等）。也用於比喻：～麥種｜把科技的火種～到廣闊的農村大地。

【播送】bōsòng〔動〕通過廣播、電視傳送（節目、消息等）：～音樂｜～新聞｜對外～華語節目。

【播音】bō//yīn〔動〕廣播電台或電視台播送節目：現在開始～｜今天～的是邢女士。

【播音員】bōyīnyuán〔名〕(位，名)廣播電台或電視台用語言播送節目的人。

【播映】bōyìng〔動〕電視台播送放映（節目）：～電視劇｜一部新影片要在電視台～。

【播種】bō//zhǒng〔動〕撒佈種子：～機｜～季節｜播了種，出了苗，就要加強田間管理。
　　另見 bōzhòng（99 頁）。

【播種】bōzhòng〔動〕用撒佈種子的方式種植：～玉米｜及時～。
　　另見 bō//zhǒng（99 頁）。

撥（拨）bō ❶〔動〕用手腳或棍棒等推動或移動：～門｜～弦｜場上左邊鋒輕輕把球～給中鋒，照紅一大片。❷〔動〕比喻推開；除去：～開眾人｜～雲見日（比喻得見光明）。❸〔動〕分給，調配：～款｜～糧｜～一些人到生產第一線。❹〔動〕掉轉：馬就往回跑｜～轉航向。❺〔動〕指撥打電話：直～｜先～總機，再轉分機。❻（～兒）〔量〕用於成批的人或物：一～年輕人｜咱們分成三～兒幹活｜第一～兒救災物資已經運走了。

語彙　點撥　調撥　劃撥　撩撥　挑撥

【撥打】bōdǎ〔動〕按照通話號碼，撥動轉盤或按動按鍵打電話：有事請～下列號碼。注意 最早的電話是手搖式，打電話叫"搖電話"；後來改為轉盤式，才改稱"撥打"；今已改為按鍵式，仍沿稱"撥打"，不改稱"按打"。

【撥動】bōdòng〔動〕用手或工具橫向用力使東西移動或振動：～門閂｜～琴弦。

【撥發】bōfā〔動〕分出來並發放：救災物資和款項～到各受災地區。

【撥付】bōfù〔動〕調撥支付（款項）：～經費｜～農業貸款｜～建設資金｜保險公司給災區人民～賠償費。

【撥款】bōkuǎn ❶(-//-)〔動〕撥給款項：國家～發展教育事業｜當地銀行撥了一筆款支援災區農業生產。❷〔名〕(筆，宗，項)撥給的款項：國防～｜教育～不得挪作他用。

【撥浪鼓】bōlanggǔ（～兒）〔名〕(隻)帶把兒的小鼓，兩旁裝有繫着小鼓槌的短繩，來回轉動時，鼓槌擊鼓作聲，是一種玩具。舊時某些小商販常用搖撥浪鼓來招攬生意。也作波浪鼓。

【撥亂反正】bōluàn-fǎnzhèng〔成〕《公羊傳·哀公十四年》："撥亂世，反諸正。"後用"撥亂反正"指治理混亂的局面，使恢復正常；必須～，肅清流毒。

【撥弄】bōnòng(-nong)〔動〕❶ 用手腳或棍棒等回地撥動：～琴弦｜～算盤珠｜他～着火盆裏的木炭，讓火燒得更旺。❷ 挑撥；搬弄：～是非。❸ 擺佈；擺弄：任人～。

【撥冗】bōrǒng〔動〕客套話。從繁忙的事務中抽出時間（多用於書信）：敬請～出席｜務希～賜復。

【撥雲見日】bōyún-jiànrì〔成〕撥開雲霧，看見太陽。比喻衝破黑暗，見到光明。也比喻在困惑時由於受到啟發而豁然開朗：先生的一席話，使學生如～，大受鼓舞。

【撥正】bōzhèng〔動〕撥動使方向正確：～航向。

嶓 bō 用於地名：～溪（在陝西）。

餑（馎）bō 見下。

【餑餑】bōbo〔名〕(北京話) ❶ 糕點：～鋪（賣點心的鋪子）。❷ 饅頭或其他用麵粉、雜糧製成的塊狀食品：貼～（貼餅子）｜煮～（餃子）｜玉米麵～。

蕃 bō 見 "吐蕃"（1369 頁）。
　　另見 fān（357 頁）；fán（359 頁）；Pí（1021 頁）。

鋍（𬭊）bō〔名〕一種放射性金屬元素，符號 Bh，原子序數 107。

bó ㄅㄛˊ

字 bó ❶〔書〕同 "勃" ①。❷(Bó)〔名〕姓。
　　另見 bèi（58 頁）。

伯 bó ㊀ ❶ 伯父：大～｜表～。❷ 稱呼跟父親同輩而年紀較大的男子：老～｜姻～。❸ 兄弟排行裏的老大：～仲｜～兄。
　　㊁ ❶ 古代公、侯、伯、子、男五等爵位的第三等：～爵。❷(Bó)〔名〕姓。

另見 **bǎi**（30頁）。

語彙　笨伯　大伯　老伯　世伯　姻伯

【伯伯】bóbo〔名〕〈口〉❶ 伯父：二～。❷ 稱呼跟父親輩分相同而年紀較大的男子：張～｜李～。

【伯常】Bócháng〔名〕複姓。

【伯成】Bóchéng〔名〕複姓。

【伯德】Bódé〔名〕複姓。

【伯父】bófù〔名〕❶ 父親的哥哥：大～｜二～。❷ 稱呼跟父親輩分相同而年紀較大的男子。**注意** 稱人"伯父"時，一般只帶姓而不帶名字，如"張伯父""趙伯父"。甚至連姓也不帶，表示關係更加親近。

【伯勞】bóláo〔名〕（隻）鳥名，額部和頭部兩旁黑色，頸部藍灰色，背部棕紅色，有黑色波狀橫紋。上嘴彎曲，尾巴長。吃昆蟲和小鳥。河北、北京地區叫虎不拉（hùbùlǎ）。

【伯樂】Bólè〔名〕相傳為春秋時人，姓孫名陽，擅長相馬。後比喻善於發現和選拔人才的人：世有～，然後有千里馬｜各級領導要當～，去發現和造就更多的人才。

> **伯樂一顧，馬價十倍**
> 《戰國策·燕策二》載：有人在集市上賣馬，一連三天無人問津，就去拜請伯樂，說："您只需繞着馬看看，離開時再回頭瞧瞧。"於是伯樂依言而行，結果"一旦而馬價十倍"。

【伯母】bómǔ〔名〕伯父的妻子：大～｜二～。

【伯仲】bózhòng〔名〕〈書〉指兄弟排行的次第，比喻不相上下：～之間，難分高下。

【伯仲叔季】bó-zhòng-shū-jì 中國古代兄弟排行的次序，伯是老大，仲是老二，叔是老三，季是最小的。

帛 bó ❶〈書〉絲織品的總稱：～書｜布～菽粟｜衣～食肉｜化干戈為玉～。❷（Bó）〔名〕姓。

語彙　布帛　玉帛　竹帛

【帛畫】bóhuà〔名〕（幅）中國古代畫在絲織品上的畫：漢墓～。

【帛書】bóshū〔名〕（軸，卷）中國古代寫在絲織品上的書：出土文物中有不少～｜老子～。

泊 bó ㊀❶〔動〕停船靠岸：～岸｜船～港灣。❷ 停留：漂～。❸〔動〕（粵語）停放（車輛）：～車。❹（Bó）〔名〕姓。
㊁ 安靜；恬靜：淡～。
另見 pō（1037頁）。

語彙　淡泊　漂泊　停泊

【泊位】bówèi〔名〕❶ 港區內停靠船舶的位置。能停泊一條船的位置叫一個泊位：深水～｜石油專用～。❷ 停車位。**注意**"泊"不讀 pā。

柏 bó ❶ 見下。❷（Bó）〔名〕姓。
另見 bǎi（30頁）；bò（103頁）。

【柏林】Bólín〔名〕德國首都，是全國政治、經濟、文化和交通中心，也是歷史文化名城，有勃蘭登堡門、共和國宮、亞歷山大廣場、德皇威廉紀念教堂等眾多名勝古跡。

勃 bó ❶〈書〉盛；旺盛：～發｜～起｜蓬～。❷（Bó）〔名〕姓。

【勃勃】bóbó〔形〕❶ 精神旺盛的樣子：生氣～｜朝氣～｜興致～。❷ 欲望強烈的樣子：野心～｜雄心～。

【勃發】bófā〔動〕〈書〉❶ 煥發：英姿～｜生機～。❷ 突然發生：～戰爭｜事變～。

【勃朗寧】bólǎngníng〔名〕（支）一種可以連擊的手槍。因其設計者美國自動武器設計家勃朗寧（John Moses Browning，1855–1926）而定名。

【勃起】bóqǐ〔動〕❶ 突然興起：風潮～。❷ 男性陰莖因刺激而充血變硬：～障礙。

【勃然】bórán〔形〕❶ 旺盛的樣子：網絡文學～興起。❷ 盛怒的樣子：～大怒。❸ 突然的樣子：～變色｜～而動。

【勃豀】bóxī 同"勃谿"。

【勃谿】bóxī〔動〕〈書〉家庭爭吵：婦姑～（媳婦婆婆爭吵）。也作勃豀。

亳 Bó ❶ 亳州，地名。在安徽。❷〔名〕姓。**注意**"亳"（háo）、"亳"（bó）二字有別，"亳"下邊是"毛"，"亳"下邊是"乇"。

浡 bó〈書〉❶ 興起：～然興之。❷ 湧出：原流泉。

舶 bó 航海大船：船～｜海～。

【舶來品】bóláipǐn〔名〕指進口的商品。

脖〈頸〉 bó（～兒）〔名〕❶ 脖子：細～兒大脖子：細～兒粗～兒。❷ 器物上像脖子的部分：長～兒｜瓶～兒。

【脖頸兒】bógěngr〔名〕〈口〉脖子的後部。

【脖子】bózi〔名〕❶ 頭和軀幹相連接的部分。❷ 人身上像脖子的部分：腳～。

艴 bó〈書〉因怒而生氣：～然不悅。

博〈㊀博〉 bó ㊀❶（數量）多；豐富：～大｜～精深｜地大物～｜～學多才｜由～返約。❷〈書〉大：寬衣～帶。❸ 廣泛地掌握：～古通今。
㊁❶ 換取；取得：聊～一笑｜～得同情。❷（Bó）〔名〕姓。
㊂ 博戲，古代原為一種棋戲，黑白棋子各六枚，二人對局，擲彩行棋。後來泛指賭博：～局｜～徒。

語彙　賭博　賅博　廣博　淹博　淵博

【博愛】bó'ài〔動〕普遍地愛：～眾生｜～之心。

【博採】bócǎi〔動〕廣泛地搜集和採用：～眾長｜～各家學說。

【博彩】bócǎi〔動〕指賭博、摸彩票、抽獎等一類活動：～行業｜～活動。

【博大】bódà〔形〕❶ 廣大；寬廣：思九州之～（九州，指天下）。❷ 廣博；豐富（多用於抽象事物）：其學術思想～精深。

【博導】bódǎo〔名，位〕博士研究生指導教師的簡稱。

【博得】bódé〔動〕贏得；取得：～信任｜～同情｜～好評｜他的演出～了全場熱烈的掌聲。

【博古通今】bógǔ-tōngjīn〔成〕對古代的事情知道很多，又通曉現代的事情。形容很有學問：李先生～，人們稱他為"百科全書"。

【博客】bókè〔名〕❶ 在互聯網上發佈文字、圖片等文件並允許用戶瀏覽、下載、閱讀的網絡傳播形式。❷ 指用此方法發表的文字、圖片。也叫網絡日誌。[英 blog] ❸ 指通過這種方式進行表達和交流的人。

> **博客的不同説法**
> 在華語區，中國大陸和港澳地區叫博客，新加坡、馬來西亞和泰國叫部落客、部落格，台灣地區也叫部落格。

【博覽】bólǎn〔動〕廣泛閱讀：～群書｜～經史。

【博覽會】bólǎnhuì〔名〕(屆，次)指由一國主辦，許多國家參加的大型產品或技藝展覽會。有時也指一國的大型產品展覽會：萬國～｜花卉～｜圖書～。

【博取】bóqǔ〔動〕經過努力後取得：～信任｜～同情｜～歡心。

【博士】bóshì〔名〕❶ 學位的最高一級。❷ (位，名)指獲得了博士學位的人：李～。❸ 古時指專精某種技藝或從事某些職業的人：茶～｜酒～。

【博士後】bóshìhòu〔名〕❶ 獲得博士學位後再在高等院校繼續深造或在研究機構進行專業研究的階段。中國 1985 年試辦博士後科研流動站，試行博士後研究制度。❷ (位，名)指博士後階段的研究人員。

【博士買驢】bóshì-mǎilǘ〔成〕博士：古代學官。古諺云："博士買驢，書卷三紙，未有驢字。"後用"博士買驢"形容人說話或寫作時言辭煩瑣，下筆千言且不着邊際。

【博文】bówén〔名〕(篇)博客上的文章：這篇不同尋常的～吸引了我的注意。

【博聞強識】bówén-qiángzhì〔成〕識：記憶。見聞廣，知識多，記憶力強：這位歷史學家～，著作等身。也說博聞強記。**注意** 這裏的"識"不讀 shí。

【博物】bówù〔名〕❶ 萬物：～館｜～院。❷ 舊時指對動物、植物、礦物、生理等學科的總

稱：～學家。

【博物館】bówùguǎn〔名〕(座)搜集、保管、研究、展示有關社會歷史、文化藝術、自然科學以及體育競技等方面的文物或標本的文化機構：自然～｜歷史～｜國家～｜軍事～｜魯迅～。

【博物院】bówùyuàn〔名〕(座)規模較大的博物館：故宮～。

【博學】bóxué〔形〕學識廣博：～之士｜我的老師是一位～多才的專家。

【博雅】bóyǎ〔形〕淵博雅正：～好古｜～君子。

【博弈】bóyì〔動〕❶ 古代指下圍棋，也指賭博。❷〈書〉比喻對抗、競爭：在各種力量的相互～中，推進改革的力量佔了上風。

渤 Bó〔名〕❶ 渤海，中國的內海，在山東半島和遼東半島之間。❷ 姓。

搏 bó ❶〔動〕對打：拚～｜肉～｜最後～。❷〔動〕攫取；撲上去抓：貓～老鼠。❸ 跳動：～動｜脈～。

> **語彙** 脈搏 拚搏 肉搏

【搏動】bódòng〔動〕心臟跳動：搶救無效，病人的心臟終於停止了～。

【搏鬥】bódòu〔動〕❶ 徒手或用器械等激烈對打：公安人員與歹徒進行～。❷ 拚搏；激烈鬥爭：與風浪～｜與厄運～。

【搏擊】bójī〔動〕拚搏衝擊：～長空｜海燕在暴風雨中～。

【搏殺】bóshā〔動〕搏鬥拚殺。可用於比喻：戰士們和敵人奮力～｜經過兩個多小時的激烈～，中國隊終於戰勝了對手。

鈸(钹) bó〔名〕❶ 打擊樂器，兩個圓銅片，中間突起成半球形，正中有孔，可以穿繫綢布條，兩片合擊發聲。俗稱鑔。❷ (Bó)姓。

鉑(铂) bó〔名〕一種金屬元素，符號 Pt，原子序數 78。銀白色，富延展性，導電、導熱性能好，熔點高，耐腐蝕。可製坩堝、電極等，也用作催化劑。通稱白金。

駁(驳)〈㊀驳〉bó ㊀ ❶ 馬的毛色不純，引申為顏色不純或事物紛亂：斑～｜～雜不純。❷〔動〕通過說理來否定別人的意見：真理是～不倒的｜他的觀點不值一～。

㊁ ❶ 駁運：～貨｜～卸。❷ 駁船：鐵～｜拖～。

語彙 斑駁　辯駁　反駁　批駁

【駁斥】bóchì〔動〕對錯誤的言論或意見進行反駁：～錯誤言論。

【駁船】bóchuán〔名〕(條,隻,艘)一種自身沒有動力裝置,靠拖輪拉着或推着行駛的船,用來駁運貨物或旅客。

【駁倒】bó // dǎo〔動〕通過說理否定對方的意見,使之無申辯的餘地：他提出的理由全都被～了。

【駁回】bóhuí〔動〕❶ 不採納或不批准某種建議或請求：這個無理要求被～。❷ 法律用語。指法院對當事人提出的上訴要求不予以支持：～上訴,維持原判。

【駁殼槍】bókéqiāng〔名〕(把,支)一種外有木盒的手槍,木盒可作為射擊時的槍托。能連續射擊,射程比普通手槍遠。也叫盒子槍、盒子炮。

【駁面子】bó miànzi 不講情面,不給面子：你跟他這麼要好,他還會駁你的面子?

【駁難】bónàn〔動〕〈書〉反駁非難：大加～｜更相～｜～攻詰。

【駁運】bóyùn〔動〕用小船在岸與大船或兩大船之間來往轉運旅客或貨物；～碼頭｜旅客、貨物上船全靠小船。

【駁雜】bózá〔形〕混雜不純：這篇文章內容～｜這匹馬毛色～。

爨 Bó ❶ 中國古代稱居住在西南地區的某個少數民族。❷〔名〕姓。

箔 bó ❶ 用葦子、秫秸等編成或用珠子串成的簾子：葦～｜席～｜珠～。❷ 特指蠶箔,用細竹子等編成的養蠶工具。❸ 金屬打成的薄片：金～｜銅～｜鎳～。❹ 一種塗上金屬粉末或裱上金屬薄片的紙,在祭祀時當作紙錢焚化：錫～｜金銀～｜冥～。❺ (Bó)〔名〕姓。

語彙 蠶箔　金箔　冥箔　鎳箔　銅箔　葦箔　錫箔　席箔　珠箔

膊 bó 胳膊：赤～上陣。

踣 bó〈書〉倒斃；跌倒：飢渴而頓～。

辭 bó〈書〉香氣濃。

鮊 (鲌) bó〔名〕魚名,生活在淡水中,身體側扁,嘴向上翹。

薄 bó ㊀❶ 義同"薄"(báo),用於合成詞和成語：～酒｜～田｜～情｜～紙｜如履～冰。❷ 輕微；少：～禮｜～技｜～利多銷｜廣種～收。❸ 減輕：～賦稅。❹ 輕視；慢待：厚此～彼｜厚古～今｜不～今人愛古人。❺ (Bó)〔名〕姓。

㊁ 迫近：日～西山。

另見 báo(46頁)；bò(103頁)。

語彙 鄙薄　單薄　淡薄　菲薄　厚薄　刻薄　綿薄　噴薄　淺薄　輕薄　微薄　稀薄

【薄技】bójì〔名〕微小的技能(多用作謙辭,指本領或技藝不高)：略盡～｜～在身,勝握千金。

【薄酒】bójiǔ〔名〕味淡的酒(多用作待客時的謙辭,指酒不好)：略備～,敬請賞光。

【薄禮】bólǐ〔名〕(份)微薄的禮物(跟"厚禮"相對,多用作謙辭,指禮物不豐厚)：一份～,不成敬意,謹請哂納。

【薄利】bólì〔名〕很少的利潤：～多銷。

【薄命】bómìng〔形〕指命運不好；苦命(多用於女子)：紅顏～。

【薄膜】bómó〔名〕像紙一樣的很薄的東西：塑料～｜農用～。

【薄暮】bómù〔名〕〈書〉太陽快落山時；傍晚：～時分｜～始歸。

【薄情】bóqíng〔形〕感情淡薄；不念情義(多用於男女愛情)：你對他太～了｜痴情女子～漢｜棒打～郎(一齣京戲的劇目名)。

【薄弱】bóruò〔形〕不雄厚；不堅強：力量～｜意志～｜～環節。

【薄田】bótián〔名〕(塊)貧瘠的土地。

【薄物細故】bówù-xìgù〔成〕微小瑣碎的事情：為～,傷大家和氣,不值得。

【薄倖】bóxìng〔形〕〈書〉薄情(多指男對女)：～男兒。

【薄葬】bózàng〔動〕簡辦喪事(跟"厚葬"相對)：厚養～。

襏 (被) bó 見下。

【襏襫】bóshì〔名〕古時指雨具,蓑衣。

鵓 (鹁) bó 見下。

【鵓鴿】bógē〔名〕(隻)一種鴿子,身體上面灰黑色,頸部和胸部暗紅色。可以家養。也叫家鴿。

【鵓鴣】bógū〔名〕(隻)鳥名,羽毛黑褐色,天將下雨時,常在樹上"咕咕"地叫。也叫水鵓鴣。

鎛 (镈) bó ❶ 大鐘,古代樂器,青銅製,圓形,有鈕可懸掛,以槌叩擊發出鳴聲。❷ 古代鋤田去草的一類農具。

餺 (馎) bó 見下。

【餺飥】bótuō〔名〕古代一種麵食,即湯餅。

欂 bó 見下。

【欂櫨】bólú〈書〉柱子頂上承托大樑的方木。

礴 bó 見"磅礴"(1006頁)。

B

bǒ ㄅㄛˇ

跛 bǒ〔動〕腿腳有毛病，走起路來身體不平衡，向兩邊搖晃：他走起路來一顛一～｜他的一條腿有些～。

【跛腳】bǒjiǎo ❶〔動〕腿腳有毛病，走路不能保持身體平衡：他走路有點～。❷〔名〕因有毛病，走路不能保持身體平衡的腳。

簸 bǒ ❶〔動〕用簸箕上下顛動來揚去雜物：～穀子｜把這穀子用簸箕一～一。❷泛指上下顛動：顛～｜～揚。
另見 bò（103頁）。

【簸蕩】bǒdàng〔動〕顛簸搖蕩：船在風浪中不停地～着。

【簸動】bǒdòng〔動〕上下顛動；顛簸：汽車在不平的山路上～着。

【簸揚】bǒyáng〔動〕〈書〉上下顛動，揚去糠皮和塵土：維南有箕，不可以～。

bò ㄅㄛˋ

柏 bò 見 "黃柏"（575頁）。
另見 bǎi（30頁）；bó（100頁）。

薄 bò 見下。
另見 báo（46頁）；bó（102頁）。

【薄荷】bòhe〔名〕多年生草本植物，莖方形，葉子卵形或長圓形。莖葉有清涼的香味，可提取薄荷油、薄荷腦，供醫藥、食品、化妝品工業用。

檗 bò 見 "黃檗"（575頁）。

擘 bò〈書〉❶大拇指：巨～。❷剖裂；分開：果～洞庭橘。

【擘劃】bòhuà〔動〕〈書〉籌劃；安排佈置：～經營｜凡所～，皆為有益之舉。也作擘畫。

【擘畫】bòhuà 同 "擘劃"。

【擘窠書】bòkēshū〔名〕古時題額，多分格書寫，使點畫規整，稱擘窠書。今泛指寫在匾額、招牌上的大字。也叫榜書。

簸 bò 見下。
另見 bǒ（103頁）。

【簸箕】bòji〔名〕❶用竹篾、柳條等編成的用來簸（bǒ）糧食或放東西的器具，一面敞口，三面有邊沿。也有用鐵皮或塑料製成的，多用來撮垃圾。❷像簸箕形的手指紋（區別於 "斗"）。

bo ·ㄅㄛ

啵 bo〔助〕語氣助詞，義同 "吧"（ba）。

蔔（卜）bo 見 "蘿蔔"（884頁）。
"卜" 另見 bǔ（103頁）。

bū ㄅㄨ

逋 bū〈書〉❶逃跑；逃亡：～逃｜～亡。❷該欠；拖欠：～債｜～欠。

【逋留】būliú〔動〕〈書〉逗留：～他鄉。

【逋逃】būtáo〈書〉❶〔動〕逃亡：諸人～｜～出走。❷〔名〕逃亡的人：搜捉～。

【逋逃藪】būtáosǒu〔名〕〈書〉逃亡的人躲藏的地方。

晡 bū〈書〉申時，即下午三時至五時：～食（晚餐）。

bú ㄅㄨˊ

醭 bú（舊讀 pú）（～兒）〔名〕醋、醬油等放久了表面長的白色的黴。

bǔ ㄅㄨˇ

卜 bǔ ❶一種預測吉凶的活動；占卜：～一卦看看。❷〈書〉預料；預測：未～先知｜勝敗可～｜存亡未～。❸〈書〉選擇：～居｜～鄰｜行期未～。❹〔名〕元代戲曲中的老年婦女。❺（Bǔ）〔名〕姓。
另見 bo "蔔"（103頁）。

【語彙】　問卜　預卜　占卜　存亡未卜

【卜辭】bǔcí〔名〕商代刻在龜甲和獸骨上有關占卜的時間、事由以及後來應驗與否等內容的記錄。參見 "甲骨文"（631頁）。

【卜卦】bǔguà〔動〕一種占卜方法，根據八卦的卦象來推斷吉凶。參見 "八卦"（17頁）。

【卜居】bǔjū ❶〔動〕〈書〉擇地居住：～山村。❷〔名〕楚辭篇名，屈原所作。

【卜課】bǔ//kè〔名〕一種占卜方法，主要是搖銅錢看正反面或掐指頭算干支，以此推斷吉凶。也叫起課。

【卜筮】bǔshì〔動〕即占卜。古人把用龜甲占卜叫卜，用著（shī）草占卜叫筮。

卟 bǔ 見下。

【卟吩】bǔfēn〔名〕有機化合物，是葉綠素、血紅素等的重要組成部分。[英 porphin]

捕 bǔ ❶〔動〕逮捕；捕捉：抓～｜～盜｜逃犯已被～。❷〔動〕獵取：～魚｜～鳥｜小鳥～食。❸（Bǔ）〔名〕姓。

語彙　逮捕　拘捕　拒捕　搜捕　巡捕　追捕

【捕風捉影】bǔfēng-zhuōyǐng〔成〕比喻說話做事時，拿不可靠的傳聞或似是而非的跡象做依據：要以事實為根據，不能～，胡亂猜疑。

【捕獲】bǔhuò〔動〕捉到：罪犯被當場～。

【捕快】bǔkuài〔名〕舊時衙門裏擔任緝捕的差役。

【捕撈】bǔlāo〔動〕捕捉和撈取（水生動植物）：～魚蝦｜～海帶｜遠洋～。

【捕獵】bǔliè〔動〕捕捉獵取（野生動物）：禁止～大熊貓。

【捕殺】bǔshā〔動〕捕捉並殺死：禁止～野生保護動物。

【捕捉】bǔzhuō〔動〕❶捉；捉拿：～農田害蟲｜～流竄犯。❷趕緊抓住（多指轉瞬即逝的東西）：～鏡頭｜～戰機｜～靈感。

哺　bǔ ❶給幼兒或幼小的動物東西吃，使成長；餵：～乳｜～雛｜反～｜嗷嗷待～。❷〈書〉嘴中咀嚼着的食物：輟食吐～｜一飯三吐～。

【哺乳】bǔrǔ〔動〕用乳汁餵養嬰兒或幼小動物：～期｜～室｜母親正在給嬰兒～。

【哺乳動物】bǔrǔ dòngwù 最高等的脊椎動物，母體有乳腺，用乳汁哺育嬰兒或初生幼體。絕大多數為胎生，有胎盤。

【哺養】bǔyǎng〔動〕〈書〉餵養：～嬰兒｜人工～。

【哺育】bǔyù〔動〕❶〈書〉餵養：～雛鳥｜～嬰兒。❷比喻培養：老一代～了新一代｜祖國～我們成長。

辨析　哺育、哺養　基本意思都是餵養，但“哺育”有抽象義，如“感謝哺育我們成長的母校”，其中的“哺育”不能換成“哺養”。

堡　bǔ／bǎo〔名〕有土牆圍護的村鎮，多用於地名：吳～（在陝西）｜陽明～（在山西）。
另見 bǎo（49 頁）；pù（1044 頁）。

補（补）　bǔ ❶〔動〕把殘破的東西加上材料修理完整：～衣服｜～鞋｜～鍋｜拆東牆，～西牆。❷〔動〕把缺少的填補上或把沒有的添加上：～苗｜～票｜～缺｜抽肥～瘦｜截長～短｜我們小組還要～兩個人。❸〔動〕補養：～身子｜藥～不如食～。❹〈書〉裨益；益處：不無小～｜無～於事。❺（Bǔ）〔名〕姓。

語彙　幫補　遞補　縫補　候補　彌補　添補　填補　貼補　挖補　修補　增補　滋補

【補白】bǔbái〔名〕（篇）報刊上用來填補空白的短文。

【補辦】bǔbàn〔動〕事後辦理該辦而未辦的事情（多指手續、證件、證明等）：～手續｜～畢業證書。

【補報】bǔbào〔動〕❶事後報告或續報：具體情

況俟清查完畢後～｜第二批人員名單即將向上級～。❷事後報答：承蒙關照，定當～。

【補編】bǔbiān ❶〔名〕對原書內容進行補充的書：二十五史～｜全唐詩～。❷〔動〕補充編寫或編輯：那套書的後兩部是別人～的。❸〔動〕補充編制：人員不足的單位可以～。

【補倉】bǔ∥cāng〔動〕投資者在持有一定數量證券且出現虧損時，又買入同一種證券。

【補差】bǔchā ❶〔動〕退休人員繼續工作時，聘用單位補足其原工資與退休金之間的差額：按月～。❷〔名〕指補差的錢：他退休後每月拿五百元～。

【補償】bǔcháng〔動〕補足；抵補：～差額｜～損失｜～虧欠｜徵地～｜給予拆遷～。

【補償貿易】bǔcháng màoyì 國際貿易的一種形式，即買方通信貸進口外國機器設備、生產技術等，然後以產品或加工勞務清償賣方的貨款。

【補充】bǔchōng ❶〔動〕對不足或缺損的部分進行增補充實：～兵員｜我再～兩點意見｜我們車間還需～一台切紙機。❷〔形〕屬性詞。在主要事物或主要部分之外追加的：～教材｜～讀物｜～規定。

【補丁】（補釘、補靪）bǔding〔名〕（塊）補在破損的衣服鞋襪或其他物品上的東西：打～｜現在很少有人再穿～衣服了。

【補給】bǔjǐ ❶〔動〕補充供給：後勤部門迅速為前方戰士～槍支彈藥。❷〔名〕軍事上供應部隊所需的一切軍需用品的統稱。

【補給綫】bǔjǐxiàn〔名〕從基地到前方作戰部隊之間，輸送各種軍需物品、補充兵員及救護傷員病號等的交通綫路。

【補假】bǔ∥jià〔動〕❶應休假但因工作而未休，事後補給假日：雙休日大家要趕任務，以後再～吧！❷事後補辦請假手續：有急事先走，回來要～。

【補角】bǔjiǎo〔名〕兩角的和等於一個平角（即180°）時，這兩個角互為補角。

【補救】bǔjiù〔動〕出了毛病、問題後，採取措施糾正差錯，減少或防止產生不利影響或損失：設法～｜努力增產，～損失。

【補苴罅漏】bǔjū-xiàlòu〔成〕補苴：彌補。補好裂縫，堵住漏洞。比喻彌補事物的缺漏或缺陷：我們不能止於做一些～的工作，要努力開創新局面。

【補考】bǔkǎo〔動〕因未參加考試或考試成績不及格的人事後再進行考試：～數學。

【補課】bǔ∥kè〔動〕❶學生補學、教師補教所缺的功課：老師利用業餘時間給同學～｜第四節補化學課。❷比喻重做某些做得不完善的工作或事情：安全工作沒有抓好，必須～｜我到這裏來是為了補勞動課。

【補漏】bǔlòu〔動〕❶修補漏洞：早在雨季到來之前，房管所就派人對管區住戶房屋進行了～。❷對工作中的疏漏加以補救：～查缺。

【補票】bǔ//piào〔動〕旅客或乘客事後補買應購的車船票等：還沒買票的快去～｜補一張票。

【補品】bǔpǐn〔名〕補養身體的食品或藥物：人參、鹿茸都是珍貴的～。

【補氣】bǔqì〔動〕中醫指治療氣虛症，即增強身體機能：人參可以～｜醫生開了～的方子。

【補缺】bǔ//quē〔動〕❶填補缺額；補充缺漏：選舉｜今年出書先補上缺再配成套。❷舊時官位遇有缺額，由候補的官吏補上缺叫補缺。

【補闕】bǔquē〔動〕填補缺漏：彌縫｜拾遺。

【補色】bǔsè〔名〕兩種色光以適當比例混合而使人產生白色感覺時，這兩種顏色互為補色。補色並列時，能讓人產生強烈的色彩感覺，紅的更紅，綠的更綠。也叫互補色。

【補台】bǔtái〔動〕比喻幫助別人使工作順利進行（跟"拆台"相對）：工作中要互相～，互相支持。

【補天】bǔtiān〔動〕中國古代神話傳說，女媧曾煉五色石補蒼天。後也用來比喻挽回世運：～手｜功在～。

【補貼】bǔtiē❶〔動〕（經濟或財政上）貼補：～家用｜由國家～糧價。❷〔名〕（項）貼補的費用：交通費～｜他們每月有伙食～。

【補習】bǔxí〔動〕為了補充或增加某種知識，在課外或業餘學習：～學校｜～班｜～所缺功課｜請一位家教給她～英語。

【補習社】bǔxíshè〔名〕港澳地區用詞。在中小學生課外時間，為學生補習輔導功課的機構。一般由私人或私人機構開辦，收取費用不等：～水平參差不齊，家長選擇要慎重。

【補休】bǔxiū〔動〕職工因加班未休息，事後按天數補給休息日：春節後公司職工輪流～｜節日值班的員工可按規定～。

【補選】bǔxuǎn〔動〕因缺額而進行補充選舉：～代表。

【補血】bǔ//xuè〔動〕中醫指治療血虛症，即使紅細胞或血紅蛋白增加：紅棗能～｜醫生開了～的方子。

【補牙】bǔ//yá〔動〕修補缺損的牙齒：請醫生～。

【補養】bǔyǎng〔動〕用飲食或藥物滋補身體：～身體｜你的身體太虛弱，應該～～。

【補藥】bǔyào〔名〕用來滋補身體的藥物：～可以吃，但不宜過多。

【補液】bǔyè❶（-//-）〔動〕輸液，以補充體液的不足。❷〔名〕有滋補作用的汁液：營養～。

【補遺】bǔyí〔動〕書籍的正文有遺漏，加以增補，附在後面，叫作補遺，如《康熙字典》後面的《康熙字典補遺》；前人的著作有遺漏，後人加以補充，另作專冊，也叫補遺，如《三家詩補遺》。

【補益】bǔyì〈書〉❶〔名〕益處；好處：不無～｜大有～。❷〔動〕產生益處或使得到益處：參加儲蓄對國家對個人都有所～｜～社會｜～當代，嘉惠後人。

【補語】bǔyǔ〔名〕動詞或形容詞後面的補充成分，如"喝酒喝醉了"的"醉"、"好極了"的"極"。注意 a）補語只能是動詞、形容詞和副詞，不能是名詞性的。b）補語的作用在說明動作的結果、趨向、可能，形容的狀態、程度等。

【補正】bǔzhèng〔動〕對疏漏和錯誤予以補充和改正（多指文字方面）：本刊上期發表的一篇文章中錯漏甚多，今～如下｜《書目答問～》。

【補助】bǔzhù❶〔動〕從經濟上給予幫助（多指組織對個人）：～金｜對生活困難的給予～｜單位～他五百元。❷〔名〕（筆，項）指補助的錢或物：拿～｜困難～｜領伙食～。

【補妝】bǔzhuāng〔動〕修補化過的妝。

【補足】bǔzú〔動〕補充所缺，使數量足夠或使事物完整：～缺額｜～營養。

鵏 bǔ 見"地鵏"（279頁）。

鵏（鵏）

bù ㄅㄨˋ

不 bù❶〔副〕用在動詞、形容詞或別的副詞前表示否定：～去｜～做｜～好｜～嚴重｜～可能｜～很好｜～一定。❷〔副〕用在相同的兩個動詞或形容詞中間表示疑問：你去～去？｜這是～是你要找的書？｜那個地方乾淨～乾淨？注意 如果是兩個以上音節時，往往只重複第一個音節，如"進不進城""可不可以""知不知道"。❸〔副〕用在相同的兩個動詞、形容詞或名詞中間，表示不在乎或不相干（前面常加"甚麼"）：甚麼賠～賠的，別提這個｜甚麼難～難的，只要肯下工夫就能學會｜甚麼處長～處長，我討厭稱呼官銜。❹〔副〕單用，作否定性的回答：他來嗎？——～，他不來｜昨天你沒有上班吧？——～，我上班了。❺〔副〕用在句末表示疑問：我這位好～？｜你明兒來～？❻〔副〕用在動補結構中間表示不可能達到某種結果：搬～動｜裝～下｜寫～好｜說～清楚｜洗～乾淨｜飛～起來。❼〔副〕不用；不要（限用於某些客套話）：～謝｜～客氣。❽跟"而"搭配，構成某些固定語，表示雖不具備某種條件，但也產生某種結果：～寒而慄｜～脛而走｜～謀而合｜～期而遇｜～言而喻｜～約而同。❾加在某些語素前構成有否定意義的雙音詞：～法｜～軌｜～力｜～幸（以上形容詞）｜～甘｜～符｜～免（以上動詞）。注意 在去聲字前面，"不"字讀陽平。
另見 Fōu（395頁）。

B

語彙 何不 莫不 豈不 無不 要不

【不安】bù'ān〔形〕❶不安寧；不安定：坐立～｜局勢動盪～。❷客套話。表示歉意和感謝：無功受祿，實在～｜一再打擾，我心裏很～。

【不白之冤】bùbáizhīyuān〔成〕無法申訴或沒有得到昭雪的冤情：他蒙受～十年之久，今天終於昭雪了。

【不卑不亢】bùbēi-bùkàng〔成〕既不自卑，也不高傲。形容待人接物恰當，有分寸。也說不亢不卑。

【不備】bùbèi〔動〕❶沒有防備：攻其～｜乘其～。❷〈書〉傳統書信結尾的用語。不詳說；不細述。

【不比】bùbǐ〔動〕❶比不上；不如：我～你，沒上過大學｜這裏條件較差，～城裏。❷不同於：部隊～家裏，做一個軍人要求是非常嚴格的。

【不必】bùbì〔副〕❶用在動詞、形容詞前，表示不需要或用不着：～說下去了｜提綱～詳細。❷〈書〉不一定；未必：弟子～不如師，師～賢於弟子。

> [辨析] **不必、未必** 詞形相近，詞義不同。"未必"是"必定"的否定，意思是不一定，例如"他未必來"，意思是他不一定來。"不必"是"必須"的否定，意思是不需要，用不着，例如"你不必來"，意思是你不用着來。

【不便】bùbiàn ❶〔形〕不方便：交通～｜行動～｜附近沒有超市，購物很～。❷〔動〕不適宜：他不願詳談，我也～細問｜我見他有些為難，就～再提甚麼要求了。**注意** a)"不便"也說"不便於"。b)"不便"必帶動詞賓語。c)跟"不便"相對的肯定式是"便於"，不是"便"。❸〔形〕缺錢用：手頭～｜一時～沒關係，等有了錢再還。

【不辨菽麥】bùbiàn-shūmài〔成〕菽：豆子。分不清豆子和麥子。形容無知或脫離實際：只知道讀死書，～，這樣的人沒有甚麼大用。

【不……不……】bù……bù…… ❶用在同類而意義相同或相近的詞或語素前表示否定（有強調的意味）：～乾～淨｜～慌～忙｜～清～楚｜～明～白｜～聲～響｜～聞～問｜～屈～撓。❷用在同類而意義相對的單音節形容詞或表示方位的名詞前表示適中：～軟～硬｜～鹹～淡｜～肥～瘦｜～大～小｜～前～後。❸用在同類而意義相對的單音節動詞、形容詞、名詞或表示方位的名詞前，表示令人不滿意的中間狀態：～中～西｜～死～活｜～男～女｜～人～鬼｜～上～下。❹用在同類而意義相對的動詞或短語前，表示"如果不……就不……"：～打～相識｜～到黃河心～死｜～到火候～揭鍋｜～見棺材～落淚。

【不才】bùcái ❶〔動〕〈書〉沒有才能：我雖～，但願為您效勞。❷〔名〕沒有才能的人，常用作"我"的謙稱：先生的叮囑，～牢記在心。

【不測】bùcè ❶〔形〕屬性詞。不可預測的：天有～風雲。❷〔名〕意外的事故或災難：險遭～｜加強戒備，以防～。

【不曾】bùcéng〔副〕❶表示某種情況或動作過去沒有出現過（"曾經"的否定）：我～對人說過｜他～來過。❷表示某種狀態還沒有發生（"已然"的否定）：衣服～乾透就穿在身上了｜天還～黑｜他還～回來。

【不成】bùchéng ❶〔動〕"不行"①；不可以：打破了玻璃不賠償～｜～～，這禮物我不能接受｜我非去～，要不就失信了｜我猜那件事可能～。❷〔形〕"不行"②；水平不高：打撲克還湊合，下棋我可～。❸〔助〕語氣助詞。用在句末，表示反問（前面常有"莫非""難道"等詞相呼應）：難道我怕你～？**注意** 用在句末，作為助詞的"不成"，也可以不用，或者換用"嗎(ma)"而意思不變。

【不成話】bù chénghuà 不像話。

【不成敬意】bùchéng-jìngyì〔成〕表示自己所做的事情還不足以表達敬重的心情：區區小禮，～，望先生笑納。

【不成器】bù chéngqì 成不了有用的器物，比喻沒出息：他家大少爺只知揮霍，～。

【不成人】bùchéngrén〔動〕原指人身體不完備、器官有缺陷，後用來指人品行不好。

【不成體統】bùchéngtǐtǒng〔成〕體統：指體制、規矩等。形容言語行為沒有規矩，不成樣子：你坐着，讓老人在一旁站着，實在是～。

【不成文】bùchéngwén〔形〕屬性詞。還沒有用文字固定下來的：我們這裏有一條～的規定。

【不成文法】bùchéngwénfǎ〔名〕未經立法程序制定而具有法律效力的規定（跟"成文法"相對）。

【不逞】bùchěngzhītú〔俗〕逞：欲望未得到滿足。指心懷不滿而搗亂鬧事的人：為了防止～乘機搶劫，公安人員對火災地區加強了警戒。

【不恥下問】bùchǐ-xiàwèn〔成〕《論語·公冶長》："敏而好學，不恥下問。"不以向地位比自己低或學問比自己差的人請教為恥：我們必須要有～的精神，向所有的人學習。

【不齒】bùchǐ〔動〕〈書〉不願提及，羞與為伍，表示鄙棄：為人所～｜～於人類。

【不啻】bùchì〔動〕〈書〉❶不僅；不只：救災所需，～百萬元。❷如同：視三十年～一瞬｜女貌之美，～神仙。**注意** "啻"不讀dì。

【不出所料】bùchū-suǒliào〔成〕沒有超出預料，表示早就預料到了：～，敵人果然想在夜間突圍逃跑。

【不揣冒昧】bùchuǎi-màomèi〔成〕揣：揣摩，估

計。表示不自量力，沒有估量一下自己的能力是否夠得上，地位、場合是否適宜，就冒昧行事：～，陳述管見。

【不辭】bùcí〔動〕❶不告別：～而去。❷不推脫；不拒絕：～勞頓｜～辛苦。

【不辭而別】bùcí'érbié〔成〕不告別就離開了：他在招待所住了三天後～，至今不知去向。

【不錯】bùcuò〔形〕❶對；正確。表示肯定或確認（對"錯"的否定）：～，正是如此｜～，我是剛從上海回來。❷〈口〉好；不壞：今年的收成～｜這本小說寫得很～。注意"不錯"可以受副詞修飾，如"很不錯"，但是不能擴展，如不能說"不很錯"。

【不打不成相識】bù dǎ bù chéng xiāngshí〔諺〕不經過交手較量，彼此不會互相認識了解而成為朋友。指經過一番周折才成朋友。

【不打緊】bù dǎjǐn〔方〕（北方官話）不要緊，不關緊要：小雨，不用打傘｜～，我能對付。

【不打自招】bùdǎ-zìzhāo〔成〕招：招供，招認。沒有用刑，自己就招認了。也比喻無意中泄露真實情況或想法。

【不大離兒】bùdàlír〔形〕〈口〉❶差不多；相近：兩個姑娘的模樣兒～。❷還不錯：他初次登台，演得～｜這塊地的莊稼長得～。

【不單】bùdān ❶〔副〕不只，表示超出某個數目或範圍：這次得獎的～是我們單位｜這種魚外地很多，～我們這兒有。❷〔連〕不但：他～是好老師，也是好父親、好丈夫｜你們兩個人，我們大家都愛聽京戲。注意"不單"，口語也可以說成"不單單"。

【不但】bùdàn〔連〕用在並列複句的上句裏，下句通常有連詞"而且、並且、反而"或副詞"也、還"等相呼應，表示除所說的意思之外，還有更進一層的意思：～要增加產量，而且要提高質量｜他～沒有被困難嚇倒，反而更加堅定了｜那座高山～人上不去，連鳥也飛不過去。注意複句主語相同時，"不但"多置於主語後；主語不同時，"不但"多置於主語前。前者如"他不但會寫歌曲，而且還會譜曲"，後者如"不但社會效益好，經濟效益也不錯"。

【不憚】bùdàn〔動〕〈書〉不怕：～其煩（不怕麻煩）｜勤勤懇懇，～辛勞。

【不當】bùdàng〔形〕不妥當；不合適：措辭～｜處理～｜用人～｜～之處，敬祈原諒。

【不倒翁】bùdǎowēng〔名〕一種形狀像老翁的玩具，上輕下重，扳倒後能自己起來。常用來比喻處世圓滑總不倒台的人。也叫扳不倒兒。

【不到】bùdào〔形〕不周；不周到：照顧～｜禮數～｜～之處，有～的地方，請多原諒。

【不到黃河心不死】bù dào Huáng Hé xīn bù sǐ〔諺〕比喻不達目的決不罷休，也比喻不到絕路不死心。

【不到家】bù dàojiā 沒有達到應有的水平或程度；不周到：技術～｜服務～。

【不得】bùdé〔動〕不可以；不允許；會場～吸煙｜閱覽室內報紙雜誌～隨便攜出。

【不得】bude〔助〕結構助詞。用在動詞或形容詞後面，表示不可以、不能夠或不合適：說～｜錯～｜馬虎～｜遠水救～近火。注意 a）往往用在意思相對的兩個形容詞後面，如"粗也粗不得，細也細不得"。b）"少不得"，意思是"必定"或"必須"，例如"要解決問題，少不得他親自去一趟"。

【不得不】bùdébù〔副〕不能不；必須：由於資金不足，這項工程～下馬｜在鐵證面前，被告～低頭認罪。

【不得而知】bùdé'érzhī〔成〕沒有辦法知道；不知道：這件事情，我們～。

【不得勁】bùdéjìn〔形〕〈口〉❶用着不順手；使不上勁：這把菜刀使起來～兒。❷不舒服：我今天渾身～，大概要生病了。

【不得了】bùdéliǎo〔形〕❶表示事態很嚴重：哎呀，～，出了大事啦！｜這～，孩子掉進冰窟窿裏了！❷表示程度很深：今年冬天冷得～｜我高興得～｜他後悔得～。

【辨析】不得了、了不得 二者意義用法有交叉。a）在表示情況嚴重的意義上，有時可替換，如"出了事那不得了（了不得）"。b）在表示程度深的意義上，有時也可替換，如"他高興得不得了（了不得）"。c）"了不得"可以表示不尋常，很突出，如"這個孩子了不得，能背出一百多首唐詩"。"不得了"不能這樣用。

【不得人心】bùdé-rénxīn〔成〕得不到人們的支持和擁護：他一向～，當然落選。

【不得要領】bùdé-yàolǐng〔成〕抓不住要點或關鍵：老師講了半天，我還是～。

【不得已】bùdéyǐ〔形〕沒有辦法，不能不這樣：～的措施｜～而為之｜實在～，才來求你幫忙｜這樣安排也是出於～。

【不登大雅之堂】bùdēng dàyǎ zhī táng〔俗〕大雅之堂：風雅人物聚會的廳堂。進不了高雅的廳堂。形容某些作品或事物粗俗不雅，不夠檔次：這些從前被認為～的民間美術品漸漸引起了美術界的重視。

【不等】bùděng〔形〕不一樣；不相同：數目～｜大小～｜這些衣服的售價～。

【不等號】bùděnghào〔名〕表示兩個數或兩個代數式不等關係的符號。有小於號（<）、大於號（>）和不等號（≠）。

【不等式】bùděngshì〔名〕（個）表示兩個數或兩個代數式不相等的算式，用不等號連接，如7>4，2a+3＞3a+4。

【不點兒】bùdiǎnr〔形〕很少或很小的：袋子裏就剩～米了｜～年紀知道的事可不少。也說不丁點兒。

【不迭】bùdié〔動〕❶用在動詞後，表示急忙或來不及：忙～｜跑～｜後悔～。❷不停；不止：稱讚～｜叫苦～。

【不定】bùdìng ❶〔形〕不確定；不穩定：飄忽～｜時局動蕩～。❷〔副〕表示不肯定（後面常有表示疑問的詞或肯定和否定疊用的詞語）：這本詞典不能借給你，我一天～查多少次呢｜我還～買不買呢！

【不動產】bùdòngchǎn〔名〕指土地、房屋及其附着物，如樹木等不能移動的財產（區別於"動產"）。

【不動聲色】bùdòng-shēngsè〔成〕內心情感不在說話和神態中表現出來。形容態度從容鎮靜：會場裏吵成一片，只有老李坐在那裏～。也說不露聲色。

【不動窩】bù dòngwō〔慣〕不離開原來的地方；不去行動：一輩子待在一個地方～怎麼行｜任你怎麼勸說，他就是～。

【不獨】bùdú ❶〔副〕不僅：喜歡看《西遊記》的～是小孩子。❷〔連〕不但：讀書～能改變人的氣質，而且還能涵養保全人的精神。

【不端】bùduān〔形〕不正派；品行～｜行為～。

【不斷】bùduàn ❶〔動〕連續不間斷；不停止：這幾年小病～｜來報考的學生接連～。❷〔副〕連續地；不間斷地：生活水平～提高｜～完善各種制度｜～總結經驗。

【不對】bùduì〔形〕❶錯誤（"對"的否定）：我有～的地方，歡迎大家批評｜你這道題算得～。❷單用時表示否定對方的話：～，我不是這樣說的。❸不正常：機器的聲音有點兒～，可能出毛病了｜他剛才神色～，肯定說謊了。

【不對頭】bù duìtóu（西南官話）❶不正常：我覺得今天家裏的氣氛有點兒～。❷不和睦：他們兩個人素來～。❸錯誤：這樣做了，馬上改正過來。

【不二法門】bù'èr-fǎmén〔成〕佛教用語。不二：沒有差異，一是善，二是不善，佛性非善非不善。法門：指修行入道的門徑。後用"不二法門"比喻獨一無二的門徑或方法：掌握任何一種技術，勤學苦練都是～。

【不發達國家】bùfādá guójiā 生產力水平低下、經濟比較落後的國家，多在亞洲、非洲和拉丁美洲，屬發展中國家。

【不乏】bùfá〔動〕不缺少；有很多：～徒眾｜～其例｜～其人。

【不法】bùfǎ〔形〕屬性詞。不守法紀的；違反法律的：～行為｜～分子｜～商人。

【不凡】bùfán〔形〕不平凡；不尋常：器宇～｜身手～｜自命～。

【不妨】bùfáng（舊讀 bùfāng）❶〔動〕沒有關

係：不管是誰來找，見見總～｜說錯了也～。❷〔副〕表示可以如此，沒有妨礙：你～親自去一趟。

【不菲】bùfěi〔形〕（費用、價格等）不少或不低：收入～｜價格～。

【不費吹灰之力】bù fèi chuīhuī zhī lì〔俗〕吹灰之力：指很小的力量。形容做起事來不費力氣，非常容易：這件事他要是去辦，肯定～。

【不分青紅皂白】bù fēn qīng hóng zào bái〔俗〕皂：黑色。指不分是非，不問情由：事情發生後，經理～，把大家都批評了一頓。也說不問青紅皂白。

【不忿】bùfèn（～兒）〔動〕不服氣；感到不平：氣～兒｜內心～兒。

【不孚眾望】bùfú-zhòngwàng〔成〕孚：使人信服。不能使眾人信服，不合於大家的期望。

【不服】bùfú〔動〕❶不聽從；不信服：～裁判｜他各科成績都比我好，我～不行。❷不適應；不習慣：水土～。

【不服水土】bùfú shuǐtǔ 不能適應某一地方的氣候、環境、飲食等：我剛到北京那會兒，～，經常生病。

【不符】bùfú〔動〕不相符合：名實～｜賬目～｜這篇報道與事實～。

【不負眾望】bùfù-zhòngwàng〔成〕不辜負眾人的期望：成績斐然，～。

【不干】bùgàn〔動〕不相干；沒有牽連：～你的事，你別去。

【不甘】bùgān〔動〕不甘心；不情願：～失敗｜～示弱｜他這個人～寂寞，在家裏待不住。

【不乾膠條】bùgānjiāotiáo〔名〕粘上後不乾結，又可揭下的一種紙條。

【不尷不尬】bùgān-bùgà〔成〕❶進退兩難，不好辦：飯後結賬，發現錢不夠，弄得他～。❷（吳語）（神色、態度）不自然：臉上帶着～的笑容。

【不敢】bùgǎn〔動〕❶表示沒有膽量做某事：他脾氣很大，誰都～碰他。❷〈謙〉不敢當：～，您過獎了。

【不敢當】bùgǎndāng〔動〕〈謙〉表示承受不起（對方的稱呼、招待、誇獎等）：您這樣客氣，實在～｜～，您過獎了？

【不敢越雷池一步】bùgǎn yuè Léichí yībù〔成〕雷池：古雷水自今湖北黃梅東流至安徽望江東南，積而成池，名為雷池。東晉庾亮《報溫嶠書》："足下無過雷池一步也。"原意是讓溫嶠坐鎮原來的防地，不要領兵越過雷池到京都去。後用"不敢越雷池一步"指膽小怕事，不敢超出一定的界限和範圍：他一向唯唯諾諾，上面怎麼說他就怎麼做，～。

【不公】bùgōng〔形〕不公平；不公道：辦事～｜分配～｜待遇～｜裁判～｜處理～。

【不攻自破】bùgōng-zìpò〔成〕不用攻擊，自己就潰敗。原指攻戰之事，後多用來指論點、說法或流言不待批駁即露出破綻而站不住腳：他重又出現在比賽場上，退役傳言～。

【不共戴天】bùgòngdàitiān〔成〕不與仇敵在同一個天底下活着。形容仇恨極深：殺父之仇，～。

【不苟】bùgǒu〔形〕不馬虎；不隨便：一絲～｜臨事～｜～言笑。

【不苟言笑】bùgǒu-yánxiào〔成〕苟：隨便。不隨便說話、發笑。形容人態度嚴肅、莊重：王老師一向～，所以大家都有點怕他。

【不夠】bùgòu ❶〔動〕（數量）不足；沒有滿足需要，沒有達到某一標準：錢～｜人力～｜一條件｜菜給的分量～。❷〔副〕表示程度上比所要求的差些：態度～熱情｜論述～充分｜設備～完善｜西瓜～甜。

【不顧】bùgù〔動〕❶ 不照顧：只顧自己，～別人。❷不考慮：～後果｜～大局｜～一切｜消防隊員～個人安危奮力救火。❸不顧忌：～尊嚴｜～廉恥。

【不關】bùguān〔動〕不關涉；不涉及：～緊要｜這～你的事，你別多問｜肥胖最關鍵的原因是過量飲食，而～快餐的事。

【不關痛癢】bùguān-tòngyǎng〔成〕無關痛癢。

【不管】bùguǎn〔連〕不論：他～怎麼忙，每天都要抽出時間學習｜～是誰，觸犯法律都要受制裁。

> 辨析　不管、不論、無論　"不管"多用於口語，"不論""無論"多用於書面語。"不論""無論"後可以用"如何、是否、與否"等文言詞語，如"不論如何困難""無論他答應與否"，而"不管"後面則較少用這些文言詞語。

【不管不顧】bùguǎn-bùgù〔成〕❶ 不照管，不顧及：他成天在外面忙，對家裏的事總是～。❷ 指人做事莽撞，不顧及後果：小夥子～地闖了進來，把正在舉行的婚禮給攪亂了。

【不管部長】bùguǎn bùzhǎng 某些國家設立的專管其他部長不管轄的特殊重要事務的部長，是內閣閣員或部長會議成員，參與決策。

【不管三七二十一】bùguǎn sān qī èrshíyī〔俗〕指不顧是非情由，急於要做某種事情：有些人一發燒，～就吃退燒藥，其實這是不對的。也說管它三七二十一。

【不光】bùguāng〔口〕❶〔副〕不只；不僅：有此看法的人～是我一個｜降價的商品很多，～是彩電、冰箱。❷〔連〕不但：南方的夏天～悶熱，而且潮濕｜他～會英文，而且還會俄文、日文。

【不軌】bùguǐ〔形〕舉動越出法度之外，多指違法亂紀或搞叛亂活動：～行為｜言行～｜圖謀～。

【不果】bùguǒ〔動〕沒有實現；沒有達到目的：本想昨天聚會，但因大雨～。也說未果。

【不過】bùguò ❶〔副〕用在形容詞詞語後面，表示程度最高：這個決定再好～｜坐飛機去最快～了。❷〔副〕僅僅；只是（指明範圍，把事情往小裏或往輕裏說）：我看他～四十來歲｜我～透露了一點情況，沒有細談｜我～隨便問問罷了。❸〔連〕用在後半句的開頭，表示一種委婉的轉折，對上半句話加以修正或補充：最近他工作還努力，～情緒不大好｜試驗失敗了，～大家並不灰心。

【不過爾爾】bùguò-ěr'ěr〔成〕爾爾：同"爾耳"。不過如此罷了（含否定意）：這本所謂的精品書，質量也～，我發現了好幾處硬傷。

【不過意】bù guòyì 過意不去；心中不安：叫您破費，真～｜打擾您幾天，很～。

【不寒而慄】bùhán'érlì〔成〕天氣並不冷而身體發抖。形容非常恐懼：每當想起那可怕的遭遇，他就～。

【不好意思】bù hǎoyìsi ❶ 羞澀；害羞：她第一次在這麼多人面前講話，有點兒～｜新娘大方，新郎反而～。❷ 因礙於情面而不便（做）：朋友請他吃飯，他～推辭｜生活上有甚麼困難就提出來，不要～。❸ 客套話。表示感到難為情：～，那我就先吃了｜無功受祿，實在～。

【不合】bùhé ❶〔動〕不符合：～手續｜～標準｜～時宜。❷〔形〕不相投合：合則留，～則去｜性情～。❸〔動〕〈書〉不應該：此事～如此處理。

【不合時宜】bùhé-shíyí〔成〕不符合當時的需要：他那些超前的政治理想，在當時是～的。

【不和】bùhé〔形〕不和睦：家庭～｜兄弟～。

【不哼不哈】bùhēng-bùhā〔成〕不說話，常指該說而不說：在關鍵時刻你怎麼反倒～了，平時的能言善道哪去了？

【不歡而散】bùhuān'érsàn〔成〕很不愉快地分手：今天是喜慶的日子，有意見以後再提，不要弄得大家～。

【不遑】bùhuáng〔動〕〈書〉沒有閒暇；來不及：～他顧｜～起居。

【不諱】bùhuì〔動〕〈書〉❶ 不避諱、不隱瞞：直言～｜供認～。❷〈婉〉指死亡：先生如有～，誰來接任？

【不惑】bùhuò〔名〕〈書〉《論語·為政》："四十而不惑。"指人到了四十歲，已有了一定閱歷而不致迷惑。後來用"不惑"指四十歲：年近～｜～之年。

【不羈】bùjī〔動〕〈書〉不受約束：放蕩～。

【不及】bùjí〔動〕❶ 比不上：論工作能力他～你｜去年水果的產量～今年。❷ 來不及：後悔～｜躲避～｜他～回家就出發了。

B

〔辨析〕**不及、不如** "不及" 只比較人或事物，前面必須是名詞；"不如" 既可比較人或事物，又可比較動作行為，前後可以是名詞，也可以是動詞或主謂結構。

【不即不離】bùjí-bùlí〔成〕不親近，也不疏遠（用於人際關係）：他與周圍的同事保持着一種～的關係｜老王對所有的人都不偏不向，～，因而關係倒也融洽。

【不計】bùjì〔動〕不計較；不考慮：～成本｜～報酬｜錢多錢少～。

【不計其數】bùjì-qíshù〔成〕無法計算其數目。形容數量極多：每天到展覽館參觀的人～｜他為人熱情，樂於助人，所做善事～。

【不濟】bùjì〔形〕〈口〉不好：眼力～｜精神～。

【不濟事】bù jìshì 不中用；解決不了問題：工程量太大，人少了～｜這個辦法～。

【不假思索】bùjiǎ-sīsuǒ〔成〕假：憑藉，依靠。用不着多想。形容說話做事敏捷迅速：他拿到考題，～，提筆就寫｜我問他去不去，他～地回答："不去。"

【不簡單】bùjiǎndān〔形〕了不起：這孩子才三歲就認識三百多字，真～。

【不見】bùjiàn〔動〕❶不見面：好久～，你好嗎？｜下午兩點在大門口會合，～不散。❷（東西）不在原處；找不着（後面必須帶 "了"）：我的錢包～了｜放在桌子上的字典～了。

【不見得】bù jiànde(-de)不一定（表示不相信）：他～來｜這種材料～好｜他說今年的計劃能完成——我看～｜他會同意嗎？——～。

【不見棺材不落淚】bù jiàn guāncai bù luòlèi〔俗〕比喻不到徹底失敗的時候決不罷休：～，敵人不遭到徹底失敗是不會甘心的。也說不見棺材不下淚、不見棺材不掉淚。

【不見經傳】bùjiàn-jīngzhuàn〔成〕經傳：儒家典籍的經和傳，泛指經典著作。經傳上沒有這樣的記載。指缺乏文獻依據。也指人或事物沒有名氣：這句話雖～，但很有道理｜這是一家名～的小公司。**注意** 這裏的 "傳" 不讀 chuán。

【不教而誅】bùjiào'érzhū〔成〕誅：懲罰。事先不進行教育，一犯錯誤就予以懲罰：加強紀律要從教育入手，不能～。

【不解】bùjiě〔動〕❶不了解；不理解：迷惑～｜～其意。❷解釋不了：這是一個～之謎。❸分不開：他倆結下了～之緣。

【不解之緣】bùjiězhīyuán〔成〕不能分開的緣分。指密切的關係或深厚的感情：他與我有一段～。

【不禁】bùjīn〔副〕禁不住；抑制不住：聽了這一番話，大家～笑了起來｜她得知母親去世的消息後，～失聲痛哭。**注意** 這裏的 "禁" 是 "忍住" 的意思，不讀 jìn。

【不僅】bùjǐn❶〔副〕表示超出某一數量或範圍：有這種看法的～是我一人。❷〔連〕不但：這個菜場的菜～質量好，而且價錢也公道。

【不近人情】bùjìn-rénqíng〔成〕不合乎正常情理：不讓孩子見自己的父母，也太～了。

【不盡】bùjìn❶〔副〕不完全：～合理｜～如人意。❷〔動〕不完；沒有盡頭：感激～｜我有說～的苦衷。

【不盡如人意】bù jìn rú rényì〔成〕不完全符合人們的心意：這個地區的教育質量～｜他在這場比賽中的表現～。**注意** "不盡如人意" 是 "盡如人意" 的否定形式，因此不能說成 "不盡人意"。

【不經】bùjīng〔形〕〈書〉不合常理的，沒有根據的（經：正常）：荒誕～｜～之談。

【不經心】bùjīngxīn〔動〕不注意；不放在心上：他～把暖水瓶碰倒了｜他做事太馬虎，一點也～。

【不經一事，不長一智】bùjīng-yīshì，bùzhǎng-yīzhì〔諺〕不經歷一件事情，就不能增長對於這件事情的見識。指經驗、智慧、見識隨着閱歷而增加：～，我們如果沒有上次受騙的教訓，這次又要吃虧了。

【不脛而走】bùjìng'érzǒu〔成〕脛：小腿。沒有腿卻能跑。比喻消息等傳播迅速：新廠長將要到任的消息，一天之內全廠人人皆知了。**注意** 這裏的 "脛" 不寫作 "徑"。

【不久】bùjiǔ〔形〕距離某一時間不遠：～以前｜～以後｜這部書～就能脫稿｜元旦過後～下了一場大雪。**注意** "不久" 單用時只表示不久以後，如要表示不久以前，必須在 "不久" 前加 "前" 或在 "不久" 後加 "前" 或 "以前"。

【不拘】bùjū❶〔動〕不拘守；不局限於：～細節｜～一格｜今天大家可以～形式隨便談。❷〔連〕不論：～甚麼工作，我都願意做。

【不拘小節】bùjū-xiǎojié〔成〕❶不拘泥於生活小事：小王才氣橫溢，交遊很廣。❷不注意生活小事：他為人粗率，～可能會讓人感到不快。以上也說不拘細節（細：小）。

【不拘一格】bùjū-yīgé〔成〕不拘泥於一種規格或標準：～選拔人才｜歡迎大家給刊物投稿，詩歌、小說、雜文都可以，～。

【不倦】bùjuàn〔動〕不知疲乏：誨人～｜孜孜～。

【不絕】bùjué〔動〕連續不斷：～於耳｜～如縷｜連綿～。

【不絕如縷】bùjué-rúlǚ〔成〕像細綫一樣連着，將斷而未斷。多用來形容情況危急或聲音細微悠長：遠處傳來了悠揚的笛聲，如泣如訴，～。

【不覺】bùjué❶〔動〕不覺醒；不覺悟：～今是而昨非｜身受其害而～。❷〔動〕沒有覺察到；沒有意識到：不知～｜我們一路說着笑着，已到了學校。❸〔副〕禁不住：看到昔日的大宅院如今已成了斷壁殘垣，他～落下淚來。

【不刊之論】bùkānzhīlùn〔成〕刊：削，指削去刻錯了的字；不刊是說不可更改。不能改動的言論：幾千年來，儒家經書都被看成～。**注意** 不刊，不要理解為不能刊登。

【不堪】bùkān ❶〔動〕承受不住：～一擊｜煩擾。❷〔動〕不能（多用於不好或不愉快的方面）：～造就｜～入目｜～回首。❸〔形〕表示程度深：破舊～｜污穢～｜混亂～｜狼狽～。

【不堪回首】bùkān-huíshǒu〔成〕不願意回憶過去的經歷或情景：往事～，還是不要再提了吧！

【不堪設想】bùkān-shèxiǎng〔成〕不能去想，無法想象。指事情的結果可能發展到很壞、很危險的地步：酒後駕車，後果將～。

【不堪一擊】bùkān-yījī〔成〕經不起一打：敵人的軍隊～，很快就被消滅了。

【不可】bùkě ❶〔動〕助動詞。不可以；不能夠：～思議｜～理解｜～偏廢｜他們兩人具體情況不同，～一概而論。❷〔助〕結構助詞。與"非"搭配，構成"非……不可"格式，表示必須或一定怎樣：這件事非得你去辦～。

【不可告人】bùkě-gàorén〔成〕不能告訴別人。指難言之隱或險惡用心不願讓人知道：～的目的｜這案子裏面必定有～的內幕。

【不可更新資源】bùkě gēngxīn zīyuán 被人類開發利用後，在相當長的時間內不能恢復和補充的自然資源。也稱不可再生資源、非再生資源。

【不可或缺】bùkě-huòquē〔成〕或：有時。不能缺少：青春期性教育是人格健康～的一課｜對於一個優秀員工來講，學習能力～。

【不可救藥】bùkě-jiùyào〔成〕無可救藥。

【不可開交】bùkě-kāijiāo〔成〕開交：結束；解決。指無法擺脫或結束：忙得～｜兩個人常常為一些小事吵得～。**注意** a）只有否定形式的"不可開交"，沒有肯定形式的"可開交"。b）只做"得"後面的補語。

【不可抗力】bùkěkànglì〔名〕不能預見、不能避免或人力無法抵抗的強制力。是法律規定的免責條件，如地震、水災、戰爭、封鎖、政府禁令等。

【不可理喻】bùkě-lǐyù〔成〕不能夠用道理說服，使之明白過來。形容人固執或蠻橫，無法講清道理：這個人～，別再跟他多說了。

【不可名狀】bùkě-míngzhuàng〔成〕名：說出。狀：描述。不能夠用言語形容：聽着這支熟悉的老歌，我心裏產生了一種～的情感。

【不可磨滅】bùkě-mómiè〔成〕（功績、印象等）在人們的記憶裏不會隨時間的推移而消失：英雄們建立了～的功勳。**注意** 這裏的"磨"不唸mò。

【不可逆反應】bùkěnì fǎnyìng 在一定條件下，幾乎只能向生成物方向進行的化學反應。

【不可勝數】bùkě-shèngshǔ〔成〕勝（舊讀 shēng）：盡。數不盡。形容極多：中國書法藝術源遠流長，幾千年來留下了～的書法遺產。

【不可收拾】bùkě-shōushi〔成〕指事情或局勢壞到無法整頓或挽救的地步：那家公司的情況一團糟，已經到了～的地步。

【不可思議】bùkě-sīyì〔成〕原為佛教用語，理的深妙，事的稀奇，不可以用心思索，不可以用言語議論。指思想言語所不能達到的境界。後形容對事物的情況、發展變化或言論無法理解，無法想象：天地間有許多事真～。

【不可同日而語】bùkě tóngrì'éryǔ〔成〕不能放在同一時間談論。形容兩件事物差異很大，不能相提並論：如今的房價和十年前比，那就～了。

【不可一世】bùkě-yīshì〔成〕可：認為可以，贊許。指看不上同時代的任何人。形容狂妄自大，目空一切：～的神氣｜那幾個人小有成就，就狂妄自大，個個～。

【不可終日】bùkě-zhōngrì〔成〕一天都過不下去。形容心中惶恐不安：惶惶～｜金融危機，使眾多人士心急如焚，有～之感。

【不克】bùkè〔動〕〈書〉不能：～分身｜此次講座～前往。

【不客氣】bù kèqi ❶不謙虛；不禮貌；不夠客氣：說句～的話，他這是不懂裝懂｜他倒一點兒～，坐下就吃。❷說出不客氣的話或做出不客氣的動作：你再這樣，我就～了。❸客套話。用於回答別人的謝意：非常感謝你的熱情招待——～，～。

【不快】bùkuài〔形〕❶不愉快；不高興：今天這件事令人十分～。❷（身體）不適；不舒服：昨天夜裏沒有睡好，今天一天渾身～。

【不愧】bùkuì〔副〕表示當得起，當之無愧（常跟"為""是"連用）：中華民族～為一個偉大的民族｜她們～是救死扶傷的白衣戰士。

【不賴】bùlài〔形〕（北方官話）不壞；好：你出的點子可真～｜今年的收成～。

【不郎不秀】bùláng-bùxiù〔成〕郎、秀：元明時代稱人以郎、官、秀為等第，郎為下等，秀為上等。後用"不郎不秀"比喻不成才或沒出息：此人無室無家，半世～。也說"郎不郎，秀不秀"。

【不稂不莠】bùláng-bùyǒu〔成〕稂：狼尾草；莠：狗尾草。《詩經·小雅·大田》："既方既皂（zào），既堅既好，不稂不莠。"意思是由於耕作細緻，田裏沒有甚麼雜草。後用"不稂不莠"比喻不成才或沒出息：像他這樣～的，恐怕會誤了人家女孩兒的終身。

【不勞而獲】bùláo'érhuò〔成〕自己不勞動而取得別人勞動的成果。

【不理】bùlǐ〔動〕❶不顧；不答復：置之～。❷不做：成天～正事兒，專跟一些不三不四的人來往。

【不力】bùlì〔形〕不盡力；不得力：辦事～｜領

導～。注意"不力"能做謂語，但不能做定語和狀語。

【不利】bùlì〔形〕❶沒有好處（跟"有利"相對）：～因素｜一冬無雪，人容易生病不說，對農作物也非常～。❷不吉利；不順利：流年～｜出門～。

【不良】bùliáng〔形〕不好；不善：～傾向｜～嗜好｜～作風｜～現象｜～反應｜～影響｜消化～｜存心～。

【不良貸款】bùliáng dàikuǎn 銀行貸出後，借款者不能根據借款合同按時、足額支付利息和歸還本金的貸款。

【不了】bùliǎo〔動〕不停；不完（多用在動詞和"個"之後做補語）：整天忙個～｜大雨下個～｜聽的人笑個～。

【不了了之】bùliǎo-liǎozhī〔成〕了：完結。把該辦而沒有辦完的事情放在一邊不管，就算了結：追查了半年毫無結果，只好～。

【不料】bùliào〔動〕沒有料到；意想不到：早上天氣還好好的，～傍晚下起大雨來了。

【不吝】bùlìn〔動〕客套話。不吝惜；慷慨（用於徵詢意見）：拙作疏漏之處一定不少，望各位專家～賜教｜是否妥當，敬希～指教。

【不另】bùlìng〔動〕不再另外寫（書信用語）：老張、老王等主任處，統此～。

【不露聲色】bùlù-shēngsè〔成〕不動聲色。

【不倫不類】bùlún-bùlèi〔成〕倫：類。既不像這一類，也不像那一類。形容不成樣子，不合規範：她這一身打扮～，叫人看了不舒服。

【不論】bùlùn ❶〔動〕〈書〉不談論；不說：存而～｜暫且～。❷〔連〕表示在任何條件下結果或結論不變，後面往往有表示選擇關係的並列成分或表示引指的疑問代詞，下文多有"也""都""總"等副詞呼應：～條件多麼艱苦，我們也要堅持下去｜大夥兒～有甚麼問題，都願意跟他談。

【不落窠臼】bùluò-kējiù〔成〕窠臼：老套子，舊格式。比喻不落俗套，有獨創性（多指文章、藝術品等）：他的山水畫自創一格，～。

【不滿】bùmǎn ❶〔形〕不滿意：～情緒｜心懷～｜群眾對他的作風很～。❷〔動〕不滿足：～現狀。

【不蔓不枝】bùmàn-bùzhī〔成〕原指蓮梗既不生蔓也不分枝，現多比喻說話、寫文章簡潔：文章說理透徹，～，堪稱佳作。

【不忙】bùmáng〔動〕不急於做：這件事你調查清楚再說，先～做結論。

【不毛之地】bùmáozhīdì〔成〕不長莊稼的地方，形容貧瘠的土地或荒涼的地區：地質隊常年在野外活動，所到之處多是～。

【不免】bùmiǎn〔副〕免不了，表示由於某種原因而導致不甚理想的結果：今年兒子結婚，花了

很多錢，手頭～有點緊｜辦公室太小，大家工作起來～互相干擾。

【不妙】bùmiào〔形〕不好（多指情況向不利的方面轉化）：情況～。注意"不妙"一般不做定語。

【不名一文】bùmíng-yīwén〔成〕名：佔有。一文錢也沒有。形容極貧窮：他從前～，如今成了暴發戶。也說一文不名、一錢不名、不名一錢。

【不名譽】bùmíngyù〔形〕不體面；不光彩：告密是一種～的行為。

【不明飛行物】bùmíng fēixíngwù 指天空中來歷不明並未經證實的飛行物體。據稱有圓盤形、卵形、蘑菇形、雪茄形、橄欖形等。

不明飛行物的説法

20 世紀 40 年代末以後，不明飛行物的目擊事件迅速增多。有人認為這是某種未知的天文或大氣現象，有人認為這是來自外星的飛行器，但絕大多數已被證明或是人的幻覺，或是目擊者對某一現象的曲解。又稱飛碟，字母詞為 UFO。台灣稱幽浮。

【不謀而合】bùmóu'érhé〔成〕沒有經過商量而彼此想法或做法完全一致：新衣捐助災區，母子～。

【不能自已】bùnéng-zìyǐ〔成〕已：停止。不能控制住自己的情緒或感情：相思之情，～。注意這裏的"已"不寫作"己"。

【不念舊惡】bùniàn-jiù'è〔成〕不計較對方與自己之間過去的仇恨：我們主張，在歷史問題上，～，不算舊賬，向前看。

【不怕官，只怕管】bù pà guān，zhǐ pà guǎn〔俗〕不怕高官，只怕管自己的官。指人們對直接上司，言行多有顧忌：俗話說～，上司的意見我怎能不考慮？

【不配】bùpèi ❶〔形〕不相稱：這兩種顏色放在一塊兒有點兒～｜這身衣裳跟你的體形～。❷〔動〕（資格等）夠不上；不夠格：品行不端，他～為人師表。

【不偏不倚】bùpiān-bùyǐ〔成〕❶原指儒家折中調和的中庸之道，現指保持公正，不偏袒任何一方：你應該～，公平合理地處理問題。❷形容不偏不斜，正好命中：～，正中十環。

【不平】bùpíng ❶〔形〕不公平：世間哪有這麼多～事！❷〔名〕不公平的事：路見～，拔刀相助。❸〔動〕對不公平的事表現出憤怒和不滿：大家對這樣的處理憤憤～。❹〔名〕對不公平的事表現出來的憤怒和不滿情緒：他傾訴了心中的～和怨恨。

【不平等條約】bùpíngděng tiáoyuē 侵略國為攫奪領土、財物、資源等而強迫被侵略國簽訂的條約：清政府曾簽訂很多的～，割地賠款，喪權辱國。

【不平則鳴】bùpíngzémíng〔成〕物不平就要發出聲響。指人遇到不公平的事就發出不滿和憤慨的呼聲：～，他們受到了不公正的對待，當然要表示抗議。

【不期而遇】bùqī'éryù〔成〕期：約定時間。沒有約定而意外地遇見：他們分別多年，今天竟在這兒～，真令人高興。

【不起】bùqǐ〔動〕〈婉〉不能站起或坐起，指病重至死：一病～。

【不起眼兒】bù qǐyǎnr（北京話）不引人注目；不被人重視：～的小人物｜這件小東西～，可背着它走遠路還挺沉呢。

【不巧】bùqiǎo〔副〕表示沒想到正好遇上所不希望發生的事情：正要出門，～下起大雨來了。

【不切實際】bùqiè-shíjì〔成〕不符合實際情況：～的幻想｜你的做法太～了。

【不求甚解】bùqiú-shènjiě〔成〕晉陶淵明《五柳先生傳》：“好讀書，不求甚解；每有會意，便欣然忘食。”意思是喜好讀書，只求領會要旨，不追求一字一句的解釋。現指只求懂個大概，不願深入了解：讀書～，只懂得皮毛，那怎麼行？

【不求有功，但求無過】bùqiú-yǒugōng, dànqiú-wúguò〔俗〕不要求有功勞，只希望無過失。指在工作或事業上對自己的要求不高：～，能完成任務我就很滿足了。

【不屈】bùqū〔動〕不屈服：堅強～｜寧死～。

【不屈不撓】bùqū-bùnáo〔成〕撓：彎曲。形容意志堅定，毫不屈服：他們為世界的和平事業，進行了～的鬥爭。

【不然】bùrán ❶〔形〕表示不是這樣：這裏現在很冷清，一到節假日就～了｜這種家具看起來很結實，其實～。❷〔形〕用在對話的開頭，表示否定對方的話：～，情況並非如此。❸〔連〕表示如果不這樣，就可能發生下文所說的情況：這件事應該告訴家裏，～爸爸媽媽會不放心的｜多虧你來幫忙，～就糟了。❹〔連〕表示兩種情況的選擇：他不在單位就在家裏，～就是外出開會去了。

┌─辨析─┐ 不然、否則　a）“不然”意為“不是這樣”時是形容詞，能做謂語，如“平時不忙，到有事時就不然了”，“否則”沒有這個意義和用法。b）做連詞時，“不然”前邊能加“再”“要”等詞，“否則”不能。“再不然”也可以說成“再不”，如“他不在單位就在家裏，再不就是開會去了”。“要不然”也可以說成“要不”，如“多虧你來幫忙，要不就糟了”。

【不人道】bùréndào〔形〕不合乎人道；違反人道：把婦女兒童扣留下來當作人質，這種行為太～了。

【不仁】bùrén〔形〕❶不仁慈：為富～｜你～，我不義。❷（肢體）失去知覺，也用於比喻：手足～｜麻木～。

【不忍】bùrěn〔動〕不忍心；忍受不了：這次機會太好了，我真～放棄｜看他苦苦哀求的樣子，我心中十分～。

【不日】bùrì〔副〕不幾天；未來幾天之內：代表團～啟程｜我～到滬。

【不容】bùróng〔動〕不許；不容許：～分說｜任務緊迫，～耽擱。

【不容置喙】bùróng-zhìhuì〔成〕喙：鳥獸的嘴。指不容許別人插嘴說話：這是主權攸關的大是大非問題，他人～。

【不容置疑】bùróng-zhìyí〔成〕不允許再提出懷疑。指事實可信：運動有利於健康，這一點～。

【不如】bùrú ❶〔動〕比不上：天時～地利，地利～人和｜遠親～近鄰｜你這個人真幼稚，連小孩都～（“不如”的賓語被“連”字提前）。❷〔連〕表示經過比較做出選擇（常用在後面分句開頭，與前面分句的“與其”配合）：與其抱怨四周黑暗，～點燃一根火柴。

【不辱使命】bùrǔ-shǐmìng〔成〕辱：辱沒；玷污。沒有辱沒使命。指任務完成得很好。

【不入虎穴，焉得虎子】bùrù-hǔxué, yāndé-hǔzǐ〔成〕不進老虎洞，怎能捉到小老虎。比喻不親歷艱險就不能取得成功。

【不三不四】bùsān-bùsì〔成〕❶形容品行不端，不正派：他不好好工作，整天跟一些～的人鬼混。❷不像樣子：有些人為了趕時髦，打扮得～。

【不善】bùshàn ❶〔形〕不好：此人來意～，要多加提防｜此事如處理～，會惹出麻煩。❷〔動〕不擅長：～管理｜～經營。❸〔形〕（北京話）非同一般；挺厲害：別看他個子矮小，幹起活來可～。

【不甚了了】bùshèn-liǎoliǎo〔成〕了了：清楚，明白。不太了解；不怎麼清楚。

【不聲不響】bùshēng-bùxiǎng〔成〕形容不言不語；不聲張：他整天～，只知道幹活兒｜飯店小菜說是白送，其實～算在賬裏。

【不勝】bùshèng ❶〔動〕承擔不了；忍受不了：體力～｜弱不～衣｜～其煩。❷〔動〕表示不能做成或做不完（多用在前後同一動詞中間）：錯別字太多，改～改。❸〔副〕異常，特別（用於感情方面）：～感激｜～悲慟。

【不勝枚舉】bùshèng-méijǔ〔成〕枚舉：一一列舉。不可能一個個全舉出來。形容同一類的人或事物很多：環境污染對人造成傷害的例子～。

【不失時機】bùshī-shíjī〔成〕不放過客觀上形成的機遇：這個工廠～地調整了產品結構，迅速扭虧為盈。

【不失為】bùshīwéi〔動〕還可以算得上：你所說

B

的，～一個好建議。

【不時】bùshí ❶〔名〕隨時；不確定的時間：隨身攜帶一些藥品，以備之～之需。❷〔副〕時時；不斷地：會場裏～傳出笑聲和掌聲。

【不識時務】bùshí-shíwù〔成〕未認清當前形勢；不明白時代潮流：他很有學問，但思想保守，～｜你真々，不碰壁才怪呢！

【不識抬舉】bùshí-táijǔ〔成〕抬舉：稱讚，提拔。不重視或不接受別人對自己的好意（用於指責人）：你不要～，敬酒不吃吃罰酒。

【不識閒兒】bùshíxiánr〔動〕❶（北方官話）（手腳）不閒着。一般用來說孩子淘氣，多動：這孩子，怎麼～呀！❷老在做事，閒不住：老張頭兒整天～地悶頭幹活兒。

【不是】bùshi〔名〕過失；錯誤：賠個～｜管閒事，落～｜我承認，是我的么。**注意** 口語中連讀，"不是"當作 búshi，"不"變調，"是"輕讀。

【不是玩兒的】bùshì wánrde〔俗〕不是兒戲；非同小可。指不能輕視：小孩兒別玩火，燒了房子～｜把馬拴好，踢着人可～。

【不是味兒】bùshì wèir〔慣〕❶味道不正：這個菜越吃越～。❷不純正：他唱的東北民歌聽起來很～。❸不對頭；不正常：孩子今天一句話都不說，他感覺很～。❹不好受：看到昔日的男友與別人出雙入對，她心裏滿～。以上也說不是滋味兒。

【不適】bùshì〔形〕（身體）不好受；不舒服：身體～｜今天略感～。

【不爽】bùshuǎng ㊀〔形〕（身體、心情）不舒適；不痛快：偶感風寒，身體～｜考得不好，她心裏很～。㊁〔形〕沒有錯：屢試～｜其德～。

【不俗】bùsú〔形〕❶非同一般的：成績～｜表現～｜功能～。❷不庸俗；高雅：艷而～｜打扮々。

【不速之客】bùsùzhīkè〔成〕速：邀請。沒有邀請而自己突然到來的客人。

【不遂】bùsuì〔動〕❶不如願；不合心意：稍有～就發火。❷不成功：求婚～｜壯志～。

【不同凡響】bùtóng-fánxiǎng〔成〕凡響：平凡的音樂。不同一般的聲響。比喻事物（多指文藝作品或言談）與眾不同，十分突出：他們決心舉辦一屆～的新年音樂會｜老聶這手棋果然～。

【不痛不癢】bùtòng-bùyǎng〔成〕比喻言行未切中要害，不解決實際問題：這種～的批評，根本起不到警醒作用。

【不圖】bùtú ❶〔動〕不追求；不貪圖：～名利｜我幫忙，～你甚麼。❷〔連〕〈書〉不料：本想早日南下，～偶感風寒，未能成行。

【不妥】bùtuǒ〔形〕不妥當：這樣做是不是有點～？｜拙作～之處，敬請批評指正。

【不外】bùwài〔動〕不超出某個範圍：會議討論

的～教學上的問題｜經常去的～小張、小王等幾個年輕人。也說不外乎。

【不為已甚】bùwéi-yǐshèn〔成〕已甚：太過分。《孟子·離婁下》："仲尼不為已甚者。"意思是不幹太過分的事。多指對人的責備或懲罰適可而止：他既認是奉命行事，咱們也就～，放他走吧。

【不韙】bùwěi〔名〕〈書〉不對；過錯：冒天下之大～。

【不謂】bùwèi〈書〉❶〔動〕不能說（用於表示否定的詞語前）：心～不誠。❷〔連〕不料；沒想到：～今日又同此宴。

【不文】bùwén〔形〕港澳地區用詞。低級下流的，不文明的：電影裏有很多～情節，往往不允許青少年觀看。

【不聞不問】bùwén-bùwèn〔成〕既不聽也不問。形容對事情漠不關心：他閉門研究學問，對別的事一概～。

【不無】bùwú〔動〕不是沒有，多少有點兒：～裨益｜雖然說得很懇，但又～道理。

【不務正業】bùwù-zhèngyè〔成〕務：從事。不從事正當的事業。現多指無所事事或丟下本職工作不管去做別的事情：他整天遊手好閒，～。

【不惜】bùxī〔動〕不顧惜：～工本｜一切代價｜～犧牲生命｜就算傾家蕩產，也在所～。

【不暇】bùxiá〔動〕〈書〉沒有時間；來不及；忙不過來：應接～｜目～接｜～他顧。

【不下】bùxià〔動〕❶不比某個數目少：本市今年高考人數～6 萬。也說不下於。❷不亞於；不比別的低（後面用"於"引進比較對象）：他這個自學成才的普通工人，水平～於工程師。❸用在動詞後，表示沒有完成或沒有結果：久攻～｜放心～。

【不顯山，不露水】bù xiǎn shān，bù lù shuǐ〔俗〕比喻平平淡淡卻扎扎實實，不惹人注意：他平時～，好事可幹得不少｜沒想到他這個大明星也甘願在這部劇中扮演一個～的小角色。

【不相上下】bùxiāng-shàngxià〔成〕分不出高低上下。形容數量、程度相當：參加比賽的各個球隊實力～｜這兩種電視機都是名優產品，質量～。

【不祥】bùxiáng〔形〕不吉利：逢時～｜～之兆。

【不詳】bùxiáng ❶〔形〕不詳細：言之～｜語焉～。❷〔形〕不清楚；不了解：地址～｜受災情況～。❸〔動〕不細說（書信中用語）：即將晤面，其餘～。

【不想】bùxiǎng〔連〕沒想到；不料：～條件竟差到這個地步｜早上天氣還好好的，～這會兒竟下起雨來。

【不像話】bù xiànghuà ❶認為某種言語或行為不合情理：不徵求我們的意見就單方面撕毀合同，真～！❷認為某種情況糟糕得過分：屋子

B

裏亂得～。

【不消】**bùxiāo**〔動〕不需要;用不着:～吩咐,車馬早已備好|一分鐘,蚊蟲全部殺死。

【不肖】**bùxiào**〔形〕《書》❶兒子不像父親:舜之子亦～。❷不賢;品行不好;沒有出息(多用於子弟或自謙):～子孫|～之徒。**注意**這裏的"肖"不讀 xiāo。

【不屑】**bùxiè**〔動〕❶認為不值得去做某事:～一顧|對這些問題~置辯。也說不屑於。❷形容輕視而不值得注意:鄙夷～的目光。

【不懈】**bùxiè**〔形〕不懈怠;不鬆懈:堅持～|～的努力|常備～(時刻準備着,毫不鬆懈)。

【不興】**bùxīng**〔動〕❶不時興;不流行:這種款式的衣服早就～了|現在～作揖、磕頭這一套。❷不許:大人談話,小孩兒～插嘴。❸不能(用於反問句):你就～少說兩句嗎?

【不行】**bùxíng** ❶〔動〕不可以;不被允許:你這樣的工作可～|我能進來嗎?——。❷〔形〕水平不高;不好:這孩子語文不錯,數學～。❸〔動〕接近於死亡或垮台:他三天昏迷不醒,大概～了|這家公司負債累累,恐怕~了。❹〔副〕用在"得"後做補語,表示程度深:窗外就是農貿市場,吵鬧得～|南方的夏天熱得～。

【不省人事】**bùxǐng-rénshì**〔成〕❶對周圍的人或事沒有感覺。指人昏迷,失去知覺。❷指不懂人情世故:小妹年幼,～,言語衝撞了那位先生。**注意**這裏的"省"不讀 shěng。

【不幸】**bùxìng** ❶〔形〕不幸運;令人不快的、痛苦的:～的消息|這孩子三歲就死了父母,無依無靠,很～。❷〔形〕表示不希望發生而終於發生:～而被我言中|～身亡|他在一次車禍中～失去了雙腿。❸〔名〕災禍:慘遭～。

【不休】**bùxiū**〔動〕不停止(用在動詞後做補語):爭論～|糾纏～。

【不修邊幅】**bùxiū-biānfú**〔成〕邊幅:布帛的邊緣,比喻儀容、衣着。原指不拘小節,後多用來形容人不注意衣着整潔和儀容修飾。

【不朽】**bùxiǔ**〔動〕永不磨滅;永遠存在(多用於讚頌):～的業績|～的功勳|～的著作|永垂~。

【不鏽鋼】**bùxiùgāng**〔名〕一種合金鋼。含鉻13%以上,有的還含有鎳鈦等其他元素,具有耐酸、鹼或鹽等腐蝕而不鏽的特點。

【不虛此行】**bùxū-cǐxíng**〔成〕沒有白跑一趟。表示行動有收穫,很值得:這次去西北考察,雖然艱苦,收穫很大,大家都認為～。

【不許】**bùxǔ**〔動〕❶不允許;不讓(用於命令或禁止):～動!|～攀折花木|～隨地吐痰。❷〈口〉不能(用於反問句):這家商店沒有,你～到別的店鋪去買嗎?

【不宣】**bùxuān**〔動〕❶傳統書信結尾用語。不

盡;不一一細說。❷不宣佈;不公開說出:～而戰|心照～。

【不宣而戰】**bùxuān'érzhàn**〔成〕不宣戰就向別國進攻(一個國家對別的國家發動戰爭,沒有按照國際法的規定,先經過宣戰的程序):1941年6月,德國法西斯～,突然向蘇聯發動了閃電戰。

【不學無術】**bùxué-wúshù**〔成〕既沒有學問,又沒有能力:此人～,恐難當大任。

【不遜】**bùxùn**〔形〕驕傲蠻橫,沒有禮貌:出言～。

【不雅】**bùyǎ**〔形〕粗俗;不高雅:在公交車上赤背,實在～|動作～。

【不亞於】**bùyàyú**〔動〕不次於:這裏的師資力量～重點學校。

【不言而喻】**bùyán'éryù**〔成〕喻:明白。不用說就可以明白。形容道理顯而易見:這兩種辦法的優劣～。

【不厭】**bùyàn**〔動〕❶《書》不滿足:學而～。❷不厭煩;不嫌:～其煩。❸不拋棄;排斥:兵～詐。

【不厭其煩】**bùyànqífán**〔成〕不嫌麻煩:他解答學生的提問～。

【不要】**bùyào**〔副〕別;表示禁止或勸阻:～慌|～隨地吐痰|～總以為自己比別人高明。

【不要緊】**bù yàojǐn** ❶沒有妨礙;不成問題:只是感冒,～,吃點藥就好了|資金不夠~,可以向銀行貸款。❷表面上似乎沒有妨礙,實際上產生了影響:這雞一叫～,周圍的雞都跟着叫起來了|他這一跑,值勤的武警以為是壞人,立刻追了上去。

【不要臉】**bùyàoliǎn**〔動〕〈詈〉不顧臉面;不知羞恥。

【不一】**bùyī** ❶〔形〕不相同;不一樣:產品質量～|各界反映～。**注意**"不一"只做謂語,不做定語。❷〔動〕傳統書信結尾用語,表示不一一詳述:即此草草|匆此~。

【不一定】**bùyīdìng** ❶〔副〕未必:這次春遊,我～能去|他會同意嗎?——～。❷〔形〕不確定:到底誰勝誰負,還～。

【辨析】**不一定、不見得** a)"不見得""不一定"都可以表示主觀的估計,如"今天他不見得來了""今天他不一定來了"。b)"不一定"還可表示事實沒有確定,如"能不能拿冠軍還不一定""我去不去還不一定","不見得"沒有這種用法。

【不一而足】**bùyī'érzú**〔成〕形容很多,不能一一舉盡:這些人幹盡了壞事,打架鬥毆、溜門撬鎖、聚眾賭博,凡此種種,~。

【不依】**bùyī**〔動〕❶不依從;不聽從:有法~|老母的要求,他沒有~的。❷不寬容;不容忍:~不饒|你要是虐待了她,我可~。

【不宜】bùyí〔動〕不適宜：改善生活環境，～操之過急｜黏性土壤～種棉花｜老年人的飲食～太鹹。注意 a）"不宜"帶動詞、形容詞賓語。做賓語的動詞、形容詞多為雙音節以上的動詞、形容詞結構。b）"不宜"單獨做謂語，表示"對……不宜"，例如"驚險影片，兒童不宜"。

【不遺餘力】bùyí-yúlì〔成〕把所有的力量都使出來，一點也不保留：廠家～地想辦法推銷產品。

【不已】bùyǐ〔動〕不止：激動～｜讚歎～。

【不以為然】bùyǐwéirán〔成〕不認為某種看法或做法是對的。表示不贊同或不同意：老王聽了～，堅決不同意草草了事｜大家對他這種做法～。

【不義之財】bùyìzhīcái〔成〕以不正當手段得到的錢財：～哪怕只有一分錢也不能要。

【不亦樂乎】bùyìlèhū〔成〕《論語·學而》："有朋自遠方來，不亦樂乎？"意思是，有朋友從遠方來了，不也是很快樂的嗎？後常用"不亦樂乎"表示達到極點（用在"得"後做補語）：他這幾天忙得～｜大夥兒聽了這個好消息，高興得～。

【不易】bùyì ❶〔形〕不容易：好生活來之～｜一粥一飯，當思來處～。❷〔動〕不可更改：～之論（不可改變的言論，指正確的言論）。

【不意】bùyì〔動〕〈書〉出乎意料；沒有想到：～禍起蕭牆｜出其～，攻其不備。

【不翼而飛】bùyì-érfēi〔成〕❶ 沒有翅膀卻能飛。比喻東西突然不見了：放在桌子上的筆怎麼～了？❷ 比喻消息傳播迅速：消息～，不到一天，家家戶戶都傳開了。

【不陰不陽】bùyīn-bùyáng〔成〕指態度曖昧，難以捉摸：對這個問題，他一直～，不肯表態。

【不用】bùyòng〔副〕表示不需要、用不着或勸阻、禁止：這些事大家都清楚，我就～說了｜問題已經解決了，你～去了｜我自己來，你管了。參見"甭"（66頁）。

辨析 不用、不必、無須 a）"不用""不必"可以單用，"無須"不能單用。b）"無須"可以用於主語前，如"無須你操心""不用你操心"，"不必"不能。c）"不必"能單獨做謂語，如"這事就不必了"，"無須""不用"不能這樣用。

【不由得】bùyóude ❶〔動〕不容：他所談的情況漏洞非常多，～別人不懷疑｜他態度如此誠懇，～你不相信。❷〔副〕不禁；不由自主地：離家多年的大兒子今天回來了，老母親～失聲痛哭。

【不由自主】bùyóu-zìzhǔ〔成〕不由得自己，不能控制自己（指情緒激動，行為自然產生）：聽見別人唱京戲，這個戲迷也～地唱了起來。

誓死～｜矢志～｜堅貞～的愛情。

【不虞之譽】bùyúzhīyù〔成〕虞：預料。意料不到的讚譽：有～，有求全之毀。

【不約而同】bùyuē'értóng〔成〕事先沒有商量而彼此的見解或行動卻完全一致：聽到了這個好消息，大家～地歡呼起來｜三個人～來到招待所看望張老師。

【不在】bùzài〔動〕❶ 指不在家或不在某地方：我到王師傅家去過了，他～｜事情發生時，他～現場。❷〈婉〉指不在人世（常帶"了"）：魏先生～已經有三年了｜他外婆前年就～了。

【不在乎】bùzàihu〔動〕不放在心上；不計較：他經濟狀況好，花點兒錢～｜我～報酬，多少都行。

【不在話下】bùzài-huàxià〔成〕不在說的範圍內，即不值得說或用不着說。形容事物輕微或事屬當然：小夥子渾身是勁，這袋米對他來說～。

【不贊一詞】bùzàn-yìcí〔成〕《史記·孔子世家》："至於為《春秋》，筆則筆，削則削，子夏之徒不能贊一辭。"原指文章寫得好，別人不能再添一句話。現多指不插話，不表態：大家任他自言自語，～，他獨自發完議論，也就算了。

【不擇手段】bùzé-shǒuduàn〔成〕為了達到目的，甚麼手段都使得出來：這種人一心向上爬，～地攻擊別人，抬高自己。

【不怎麼】bùzěnme〔副〕不很；不十分：那房子～好｜明天的電影我～想看。

【不怎麼樣】bù zěnmeyàng 不很好；十分平常：這個人～｜大家都說這個電影好，我看～｜那本小說寫得很～｜房間裏擺着幾件～的家具。注意 "不怎麼樣"中間不能插入其他成分，因此可以說"很不怎麼樣"，但不能說"不很怎麼樣"。

【不折不扣】bùzhé-bùkòu〔成〕不打折扣；完完全全；十足：～地按政策辦事｜現已查明，那個傢伙是一個～的騙子。

【不爭】bùzhēng ❶〔動〕不爭取；不爭奪：哀其不幸，怒其～｜～名利。❷〔形〕屬性詞。無可爭辯的；公認的：～的事實。

【不正當競爭】bùzhèngdàng jìngzhēng 在生產、經營中用違反規定和損害其他業者合法權益的手段競爭，如串通投標、商業賄賂、虛假廣告、侵犯商業秘密等：《中華人民共和國反～法》。

【不正之風】bùzhèngzhīfēng〔名〕不正派的作風或風氣；錯誤的作風或風氣：整頓行業～。

【不知不覺】bùzhī-bùjué〔成〕沒有覺察到：時間過得真快，～又到元旦了。

【不知凡幾】bùzhī-fánjǐ〔成〕不知道總共有多少。形容很多：每年來這裏進行日光浴的遊客～。

【不知好歹】bùzhī-hǎodǎi〔成〕不懂得好壞。指不明事理，不領會別人的好意：你真～，我是關心你才不讓你抽煙。

【不知所措】bùzhī-suǒcuò〔成〕不知道該怎麼辦。多指面對突發事件，無法應付：他突然忘了詞，站在台上一時~。

【不知所云】bùzhī-suǒyún〔成〕❶ 不知道所說的是甚麼。形容語無倫次，說理不明：他講了半天，大家卻~。❷ 多用作謙辭，表示自認為自己說話不得體：臨表涕泣，~。

【不知天高地厚】bùzhī tiāngāo-dìhòu〔成〕不知道天有多高，地有多厚。多形容人狂妄無知：這小子~，在老專家面前竟然大肆吹噓自己。

【不止】bùzhǐ〔動〕❶ 不停止：流血~ ｜ 大笑~ ｜ 樹欲靜而風~。❷ 超出；超過（某個數目或範圍）：這箱水果~三十斤 ｜ 受到表揚的~我們 ｜ 這件事我提過~一回了。

【不只】bùzhǐ〔連〕不僅；不但：這幾天，~北京，其他北方城市都下了雪 ｜ 他~學習好，身體也不錯。

【不至於】bùzhìyú〔動〕不會達到某種地步或程度：他的病雖然很重，但還~治不好 ｜ 他~連這麼簡單的道理都不懂 ｜ 難道是小張幹的？——~吧！

【不致】bùzhì〔動〕不會造成某種後果：平時工作抓得緊，到年終就~加班加點趕任務了。

【不置可否】bùzhì-kěfǒu〔成〕不說對，也不說不對。指不明確表態：他聽了這番話，~，只淡淡一笑。

【不中用】bùzhōngyòng〔動〕❶ 不頂事；不起作用：你看連這麼點兒事我都記不住，真~ ｜ 零件鏽成這樣兒~了。❷ 沒有才能：這個~的孩子，整天遊手好閒、不務正業。

【不周】bùzhōu〔形〕不周到：考慮~ ｜ 照顧不到 ｜ 招待多有~ ｜ 之處，敬請原諒。

【不准】bùzhǔn〔動〕表示禁止或不允許：非本工地人員~入內 ｜ 此處~停車 ｜ ~隨地吐痰。

辨析 不准、不許、不要　a）"不准"多用於書面語，"不許""不要"多用於口語。b）"不許""不准"表示禁止，"不要"除表示禁止外，還帶有勸阻的意味。因此"不要"前可帶"請"字，"不准""不許"的前面一定不能帶"請"，不能說"請不准……""請不許……"。

【不着邊際】bùzhuó-biānjì〔成〕挨不到邊兒。形容言論空泛，不切實際或談話離題太遠：主持人~地談了一通，參加會議的人聽了都莫名其妙。口語中也說不着邊兒。

【不自量】bù zìliàng 不恰當地過高估計自己，形容狂妄自大：這個人很~，居然以專家權威自居 ｜ 蚍蜉撼大樹，可笑~ ｜ 孔夫子門前賣文章——也太~了！

【不自量力】bùzìliànglì〔成〕不能正確估計自己的力量。指過高估計自己，做力不能及的事情：我也是~，想一個人完成那項研究，結果以失敗告終。也說自不量力。

【不足】bùzú ❶〔形〕不充足：先天~ ｜ 估計~ ｜ 準備~ ｜ 給養~ ｜ 資金~ ｜ 材料~。❷〔動〕不滿；不夠：所剩~兩萬元 ｜ 學好千日~，學壞一日有餘。❸〔動〕不值得：~掛齒 ｜ ~為奇 ｜ ~為怪。❹〔動〕不可以；不能：~為憑 ｜ 人單力薄，~恃 ｜ 非團結~圖存。

【不足道】bùzúdào〔動〕不值得說，指事情輕微，不值一提：區區小事，~ ｜ 個人私事~。

【不足掛齒】bùzú-guàchǐ〔成〕掛齒：掛在嘴邊。指不值得一提：區區小事，~。

【不足為奇】bùzúwéiqí〔成〕不值得奇怪。指事情平常或在情理之中：他們本來就不同意這樣做，現在提出另起爐灶的意見~。

【不足為訓】bùzúwéixùn〔成〕訓：準則。不能當作典範或準則：老張的理論雖然~，但他的某些議論卻有獨到之處，不應當一概否定。

【不作為】bùzuòwéi〔動〕法律上指行為人消極地不履行法律義務而危害社會的行為：行政~ ｜ 醫院應承擔對患者搶救不力的~責任。

布 bù ❶〔名〕（匹，幅，塊）用棉、麻纖維或化學纖維織成的紡織品：一匹~ ｜ 棉~ ｜ 麻~ ｜ 花~ ｜ ~料 ｜ ~鞋 ｜ ~衣服。❷ 像布的東西：瀑~。❸ 用布做成的物品：幕~ ｜ 尿~ ｜ 墩~ ｜ 枱~。❹ 古代的錢幣。❺（Bù）〔名〕姓。另見 bù "佈"（118 頁）。

語彙 粗布　墩布　膠布　瀑布　桌布　遮羞布　斗粟尺布

【布帛】bùbó〔名〕棉織品和絲織品等織物的總稱：~菽粟。

【布草】bùcǎo〔名〕布類製品的統稱，多用於賓館、酒店、餐廳等場所，如床單、浴巾、枱布等：~間 ｜ 浴用~。

【布達拉宮】Bùdálā Gōng〔名〕中國著名的古代建築，位於西藏拉薩市西北角的布達拉山上。相傳 7 世紀時松贊干布始建，清順治二年時，達賴五世擴建。宮殿依山疊寨，高 13 層，達117.19 米，東西長 400 餘米，群樓高聳，巍峨壯觀，體現了漢藏文化融合的建築風格，是藏族建築藝術的精華，為全國重點文物保護單位。

【布丁】bùdīng〔名〕用麵粉、牛奶、雞蛋、水果和糖等製成的一種西式點心。［英 pudding］

【布穀】bùgǔ〔名〕（隻）布穀鳥，即大杜鵑。體灰褐色，腹白色，喜食毛蟲。叫聲連續，似"快快播穀"，中國民間視其為提醒農時的鳴聲。

【布朗族】Bùlǎngzú〔名〕中國少數民族之一，人口約 11.9 萬（2010 年），主要分佈在雲南西雙版納的勐海，少數散居在臨滄、普洱等地。布朗語是主要交際工具，沒有本民族文字。

【布匹】bùpǐ〔名〕布的總稱：這家公司經營棉紗、~。**注意** "布匹" 是由名詞性詞根加量詞性詞根組成的集合名詞，前面只能加集合量詞 "種" "部分" 等，或不定量詞 "點兒" "些" 等；不能加個體量詞或度量詞，如不能說 "一個布匹" 或 "三尺布匹" 等。跟 "布匹" 性質相同的集合名詞還有 "紙張" "書本" "車輛" "馬匹" "船隻" "槍支" "人口" 等。

【布頭】bùtóu（~兒）〔名〕成匹布上剪剩下來的不成整料的部分；也指布的零頭，即剪裁後剩下的零碎布塊兒：零碎的~兒｜墩布是用~兒做的。

【布鞋】bùxié〔名〕（雙，隻）用布做鞋面兒的鞋。

【布衣】bùyī〔名〕❶ 用布做的衣服：穿~，吃粗飯。❷ 古時因平民穿布衣，因而用布衣借指平民：~出身｜從來天下士，只在~中。

【布依族】Bùyīzú〔名〕中國少數民族之一，人口約 287 萬（2010 年），主要分佈在貴州西南部紅水河和南盤江以北地區，少數散居在雲南、四川、廣東、廣西等地。布依語是主要交際工具，沒有本民族文字。兼通漢語。

【布藝】bùyì〔名〕❶ 用於裝飾的富有藝術特色的布料，多供製作窗簾、桌布、沙發套等：~沙發。❷ 一種加工布料的工藝。指通過裁剪、縫綴、刺繡等方式將布料製成用品或飾物：~裝飾｜~設計。

步 bù 〔一〕❶ 用腳走：漫~｜代表們~入會場｜亦~亦趨。❷〈書〉踩；踏；指追隨：~人後塵。❸〔動〕（北京話）用腳步等量地：~一~這塊地，看有幾畝。❹〔名〕行走時兩腳之間的距離：一~跟不上，~~跟不上｜寸~難行。❺〔名〕指台步，傳統戲曲中不同角色在演出時行走的方式方法，如雲步、蹉步、跪步、醉步等：手眼身~法（戲曲表演的五種技法）。❻〔名〕階段：下一~應該抓落實｜工作一~比一~深入。❼〔名〕境地；地步：沒想到竟然會落到這一~。❽〔量〕舊時長度單位，一步等於五尺。❾〔量〕用於棋類競賽：這一~棋走得不對。❿（Bù）〔名〕姓。
〔二〕同 "埠" ①。多用於地名：鹽~（在廣東）｜社~（在廣西）。

語彙				
初步	代步	地步	方步	健步
腳步	進步	留步	漫步	跑步
起步	讓步	散步	踏步	同步
退步	穩步	信步	止步	逐步
鵝行鴨步	高視闊步	五十步笑百步		

【步兵】bùbīng〔名〕❶ 徒步作戰的兵種，是陸軍的主要兵種。現代步兵還包括裝甲步兵、摩托化步兵等。❷ 這一兵種的士兵。

【步步高】bùbùgāo〔慣〕步步升高，喻指不斷被提升：老王是~，現在都當了副總經理了。

【步步為營】bùbù-wéiyíng〔成〕軍隊每前進一步就設立一道營壘。比喻防守嚴密，行動謹慎：敵軍~，難以攻破，只可採取迂迴戰術，從側面進攻。

【步調】bùdiào〔名〕腳步的大小快慢，比喻事情進行的方式、程度、速度等：~一致｜統一~，統一行動｜不可亂了~。

【步伐】bùfá〔名〕腳步；步子。泛指腳步的大小快慢，也比喻事情進行的速度：~整齊｜跟上時代的~。

【步履】bùlǚ〔動〕〈書〉行走：~維艱（行走困難）｜~蹣跚。

【步槍】bùqiāng〔名〕（支，桿）步兵用的一種槍，槍管比較長，有效射程約 400 米。分非自動、半自動、全自動等類型。

【步人後塵】bùrénhòuchén〔成〕後塵：走路時揚起的塵土。跟在後面，踩著人家的腳印走。比喻追隨、模仿別人：這樣做並不是我的發明創造，我只不過是~罷了。

【步入】bùrù〔動〕走入；進入：~會場｜~新時代。

【步叔】Bùshū〔名〕複姓。

【步態】bùtài〔名〕走路的姿態：~輕盈｜~舒緩。

【步武】bùwǔ〈書〉❶〔名〕古時以六尺為步，半步為武，指不遠的距離：~尺寸之間。❷〔動〕武：足跡。踩著別人的足跡走，比喻效法：~前賢。

【步行】bùxíng〔動〕徒步行走：我每天~上班｜下馬~｜我們~，請年長的先生們坐車。

【步行街】bùxíngjiē〔名〕（條）在鬧市區闢出的不准車輛通行、只供行人行走的大街。

【步韻】bù∥yùn〔動〕舊體詩中一種和（hè）詩的方式，即依照別人作詩所用的韻來作詩，韻字及其先後次序必須與原詩完全一致。次韻、和韻指的是同樣的方式。

【步驟】bùzhòu〔名〕辦事的程序：有計劃、有~地進行｜這項工作的每一個~都要制訂切實可行的計劃。

【步子】bùzi〔名〕腳步，也比喻事情進展的速度：輕快的~｜遊行隊伍的~走得很整齊｜加快農業機械化的~。

吥 bù 見 "嘸吥"（458 頁）。

佈（布）bù ❶ 公佈；宣告：發~｜~告天下｜開誠～公。❷〔動〕鋪開；散佈：商業網點遍～全市｜陰雲密~｜星羅棋～。❸〔動〕佈置：~防｜~哨｜~下天羅地網。
"布" 另見 bù（117 頁）。

B

語彙 擺佈　頒佈　遍佈　發佈　分佈　公佈　散佈
宣佈　星羅棋佈

【佈菜】bù//cài〔動〕把菜餚分給座上的客人，是主人的禮貌行為：主人給客人～。

【佈道】bù//dào〔動〕指基督教宣講教義。

【佈點】bù//diǎn〔動〕對人員、機構等所應在的地點進行整體的佈置、安排：避免盲目～，重複建設｜為迅速破案，公安人員已～監視疑犯。

【佈防】bù//fáng〔動〕佈置防守的兵力（跟"撤防"相對）：敵軍在對岸～，企圖阻止我軍過河｜佈了好幾道防。

【佈告】bùgào ❶〔名〕（張）政府機關、學校團體等張貼出來通知群眾有關事項的文告：～欄｜出～｜張貼～。❷〔動〕公佈；通告：～村民｜特此～。

【佈景】bùjǐng ❶〔名〕在舞台或攝影場地佈置的景物。❷〔動〕中國畫指按照畫幅大小安排畫中的景物。

【佈局】bùjú〔動〕❶ 對分佈和格局的全面安排：工業～｜新市區的～應與舊城區協調一致｜居室～合理，裝修考究｜這篇文章的構思、～都有獨到之處。❷棋類術語，指在一局棋開始階段的棋子安排：雙方～時都很謹慎｜～要有戰略思想。

【佈控】bùkòng〔動〕佈置人力監視控制作案對象：公安人員早已在立交橋下進行了嚴密～。

【佈雷】bù//léi〔動〕佈設水雷、地雷：～艦｜～車｜～器。

【佈設】bùshè〔動〕分佈設置：～地雷｜～商業網點｜這準是那幾個傢伙～的圈套。

【佈施】bùshī ❶〔動〕〈書〉向僧道施捨財物等：拿出錢來，～行善。❷〔名〕施捨的財物或齋飯等：化～｜向施主討～。

【佈展】bùzhǎn〔動〕佈置展覽：加緊～｜精心～｜參展商在指定區域內自行～。

【佈置】bùzhì(-zhi)〔動〕❶ 為適合某種需要而排和陳設各種物件：～會場｜這間新房～得很漂亮。❷對工作或活動做出安排：～任務｜老師每天都要給學生～課外作業。

坿　bù 用於地名：茶～（在福建）｜官祿～（在廣東）｜大～（在香港）。

怖　bù 害怕：恐～｜可～。

埔　bù 用於地名：大～（在廣東）。
另見 pǔ（1043頁）。

垬　bù 同"埠"。多用於地名：深水～（在香港）。

埠　bù ❶ 碼頭，多指有碼頭的城鎮，泛指地方：本～｜外～。**注意** "本埠"有時等於本市，如"郵寄本埠信函"。❷通商口岸：商～。

【埠頭】bùtóu〔名〕（吳語）碼頭：航船～。

部　bù ❶ 部分；部位：內～｜局～｜全～｜肺～｜腹～｜胸～。❷〔名〕門類，指文字、書籍等的分類（多用於指漢字及中國傳統典籍等）：～首｜～類｜經～｜史～｜韻～｜《說文解字》將所收漢字分為540～。❸〔名〕中央政府下屬最高級行政機關組織名稱：外交～｜文化～。❹機關企業內部按業務而分的單位：編輯～｜營業～｜門市～。❺機關、企業或軍隊（連以上）等的領導機構或其所在地：社會科學院院～｜化工廠廠～｜北京大學校～｜連～｜指揮～｜司令～。❻〔名〕指部隊：解放軍某～｜我～奉命開赴邊防前綫。❼〈書〉統率：所～不下萬人。❽〔量〕用於書籍、影片等：一～文學史｜一～小說｜一～故事片。❾〔量〕用於車輛或機器：三～汽車｜一～機器。❿（Bù）〔名〕姓。

語彙 幹部　局部　內部　全部　外部　支部　俱樂部
統帥部　小賣部

【部隊】bùduì〔名〕（支）❶軍隊的通稱：～生活｜這是一支人民的～。**注意** "部隊"既然是軍隊的通稱，因此用"部隊"的地方，換用"軍隊"後意思不變。如"部隊的生活很緊張"，也可以說成"軍隊的生活很緊張"。❷指軍隊的一部分：裝甲兵～｜中國人民解放軍南京～。**注意** 這樣用的"部隊"是指軍隊的一部分，因此不能換用為"軍隊"，如"北京部隊"，不能說成"北京軍隊"。

【部分】bùfen ❶〔名〕整體中的局部或個體（跟"整體"相對）：～必須服從整體｜這種機器主要有三個組成～｜這部詞典的漢語～由王老師審訂。❷〔量〕用於組成整體的局部：廠裏先後有兩～人參加了技術培訓班｜這事我有一～責任。

【部件】bùjiàn（～兒）〔名〕❶機器的一個組成部分，一般由若干零件裝配而成，如車床是床身、床頭箱、變速箱、尾架、刀架等幾個部件組成。❷漢字的一個構成部分也叫作部件，如"億"是由"亻"和"意"兩個部件構成的。

【部落】bùluò〔名〕原始社會中幾個相互通婚的氏族的聯合組織，通常有自己的地域、名稱、方言、宗教和習慣等：～首領。

【部門】bùmén〔名〕組成整體的部分和單位：衛生～｜教育～｜主管～｜政府各～｜～領導｜～經理。

【部首】bùshǒu〔名〕根據漢字形體偏旁所分的門類，偏旁相同的為一部，如"壓、曆、原、厚"屬"厂"部，"岩、嶽、峙"屬"山"部，"牝、牡、犁"屬"牛"部等。偏旁排在一部之首，故稱部首。漢語字典、詞典常依據部首編排。

【部署】bùshǔ ❶〔動〕佈置安排：～兵力｜～工作。❷〔名〕做出的安排佈置：戰略～｜打亂了敵人的整套～。**注意** 這裏的"署"不寫作

"暑"。

【部頭】bùtóu（～兒）〔名〕書的厚薄與大小：大～｜這部詞典～兒真不小。

【部委】bùwěi〔名〕中國國務院所屬的職能部門主要有部（如外交部、國防部）和委員會（如國家民族事務委員會），二者合稱部委。

【部位】bùwèi〔名〕整體中的局部位置：發音～｜受傷～。

【部下】bùxià〔名〕指軍隊中被統率或被領導的人，泛指下級：老～｜對～既要嚴格要求，又要熱情關懷。

【部優】bùyōu〔形〕屬性詞。部級優質的：～產品｜～稱號。

【部長】bùzhǎng〔名〕（位，名）❶中央政府所屬最高一級職能部門的首長：外交部～。❷某些機關企業內部按業務而分的單位的負責人：市委宣傳部～｜廠黨委組織部～。注意 並不是所有的部的負責人都叫作部長，如工廠的營業部負責人、醫院的門診部負責人都叫作主任，不叫作部長；公司的門市部負責人就叫作經理，也不叫作部長。

鈈（钚）bù〔名〕一種放射性金屬元素，符號 Pu，原子序數 94。化學性質跟鈾相似。是製造原子彈的主要材料之一。

瓿 bù〈書〉古代盛水或酒的器皿，斂口，圓腹，圈足，像後代的罐子。有些有兩耳，也有個別方瓿。盛行於商至戰國。漢代的瓿也用來盛醬。

蔀 bù〈書〉❶遮蔽，覆蓋：豐其屋，～其家。❷幽暗：冥～。❸古代曆法計算單位，七十六年為一蔀。

餔（铺）bù 見下。

【餔子】bùzi〔名〕一種供嬰幼兒吃的糊狀食品。

箁 bù〈書〉❶簡牘。❷用竹篾編成的籠子。

簿 bù ❶簿子：賬～｜戶口～｜練習～｜記事～｜發文～。❷文狀；狀子：對～公堂。❸（Bù）〔名〕姓。

【簿籍】bùjí〔名〕〈書〉賬簿、戶籍簿、名冊等：出入絲毫，皆登～｜戶口眾，～不得少。

【簿記】bùjì〔名〕❶會計業務中有關記賬的工作。❷符合會計規程的賬簿。

【簿子】bùzi〔名〕（本）記載某些事項的本子，用紙訂成的冊子。

C

cā ㄘㄚ

拆 cā〔動〕（吳語）排泄（大小便）：～爛污｜吃多了，～煞快。
另見 chāi（142 頁）。

【拆爛污】cā lànwū〔慣〕（吳語）拉稀屎。爛污：稀屎。比喻不負責任，把事情搞壞。也說扯爛污。

擦 cā〔動〕❶摩擦：摩拳～掌｜先在門口～一～鞋底再進去。❷擦拭：～桌子｜～臉｜～汗。❸塗抹：～鞋油｜～口紅。❹摩擦使形狀改變：～破了一層皮｜把蘿蔔～成絲兒。❺貼近或靠近：～黑兒｜～肩而過｜蜻蜓～着水面飛去了。

【擦邊球】cābiānqiú〔名〕打乒乓球時從球枱邊沿擦過而難以接起的險球：打～（多用來比喻做介於違規和沒有違規之間的事情）。

【擦亮眼睛】cāliàng yǎnjing 比喻提高警惕：～，不要上當受騙。

【擦屁股】cā pìgu〔慣〕比喻幫人家處理未了事務或解決遺留的問題（多指不好辦的或難以解決的）：他倒好，一走了事，我們還得給他～。

【擦拭】cāshì〔動〕用布、毛巾等摩擦使乾淨：～槍支｜～灶具。

【擦洗】cāxǐ〔動〕用布沾水或油等摩擦沖洗物體表面使乾淨：～桌椅｜～機床。

【擦鞋】cāxié〔動〕港澳地區用詞，來自粵語。指拍馬屁，阿諛奉承：他想靠～往上爬，往往事與願違｜他給上司～，讓人看不起。

【擦澡】cā//zǎo〔動〕不用水沖，只用濕毛巾等擦洗全身：水熱了，你～吧！｜天太熱，擦個澡涼快涼快。

嚓 cā〔擬聲〕物體摩擦發出的聲音：他走路～～的帶響｜～的一聲，他劃着了一根火柴。
另見 chā（138 頁）。

礫 cā 見"礓礫兒"（651 頁）。

cǎ ㄘㄚˇ

礤 cǎ〈書〉粗石。**注意** 傳統韻書、字書把"礤"釋為"粗礵""粗石"或"摩擦"。在現代漢語裏，它只能做"礤床兒"一詞的構詞成分了。

【礤床兒】cǎchuángr〔名〕把蘿蔔、瓜等擦成絲兒的廚房用具：把西葫蘆用～擦成絲兒。

cāi ㄘㄞ

偲 cāi〈書〉有才能。
另見 sī（1278 頁）。

猜 cāi〔動〕❶猜想並努力做出正確的答案：～謎語｜你～～他有多大年紀。❷猜疑：～忌｜兩小無～｜我～他說的不是真話。

【猜測】cāicè〔動〕推測；估計：他能不能考上大學不好～。

【猜度】cāiduó〔動〕推測；揣度：他的心思難以～。

【猜忌】cāijì〔動〕因疑心別人對自己不利而懷恨：不能無端地～別人｜他為人好～，很難共事。

【猜謎兒】cāi//mèir〔動〕❶捉摸謎語的答案，猜出謎底：咱們猜個謎兒來玩。❷比喻揣度別人說話的真意或事情的真相：你快說說你想上哪兒吧，別讓人家～了。

【猜拳】cāi//quán〔動〕划拳。

【猜嫌】cāixián〔動〕〈書〉猜忌：那人好出風頭，又怕別人～。

【猜詳】cāixiáng〔動〕〈書〉揣測審察：個中緣由頗費～｜但願我～的不錯。

【猜想】cāixiǎng〔動〕猜測；揣度：其中原因，不難～｜這種場合，我～他是不會來的。

【猜疑】cāiyí〔動〕對人對事沒有根據地起疑心：相互～｜別瞎～，根本不是人家幹的。

cái ㄘㄞˊ

才〈㊀纔〉cái ㊀❶〔名〕才能：～藝｜～智｜幹部光有～不行，還要有德。❷有才能的人：通～｜幹～。❸（Cái）〔名〕姓。
㊁〔副〕❶剛剛，表示事情剛才發生：他～走，還沒到家呢｜七點鐘人就到齊了。❷表示事情發生或結束得晚：除夕他～回家｜都九點了，人～到齊。❸僅僅，表示數量少：～五輛車，不夠用｜至少要五輛車～夠用。❹表示程度低：他～上小學，不能對他要求太高。❺表示程度高：這孩子～淘氣呢！｜昨天晚上那場戲～精彩呢！❻表示強調語氣：這～是名副其實的英雄（含有"別的不是"的意味）｜答應我的條件，我～幹呢｜讓我演反派，我～不演呢！**注意** a）前一分句用"才"，後一分句多用"就"呼應，表示兩件事情緊接着發生，如"你才來怎麼就要走呢？""他才到家就去幼兒園接孩子了"。b）"才"用於後一分句，前一分句則常有"只有，必須，要；因為，由於；為了"等配合，表示只有在某種條件下或由於某種原因、目的，然後怎麼樣。如"只有考試合格，才能錄取""因為想多學些知識，才出國留學""為了

出國留學，才拚命學習外語的"。

語彙 辯才　不才　成才　方才　幹才　剛才　將(jiāng)才　將(jiàng)才　口才　奴才　奇才　屈才　全才　人才　适才　帥才　天才　通才　文才　賢才　雄才　秀才　英才　庸才　育才　才高八斗　七步之才

【才分】cáifèn〔名〕天賦的才能和智力：他的～很高。

【才幹】cáigàn〔名〕工作的能力：增長～｜既有～，又有高尚的品德。

【才華】cáihuá〔名〕表現在外的才能（多指文藝方面的）：～出眾｜～橫溢｜那個青年詩人很有～。

【才具】cáijù〔名〕〈書〉才能：頗有～｜～有限。

【才力】cáilì〔名〕才幹能力：他～有限，恐怕不能勝任。

【才略】cáilüè〔名〕在政治或軍事方面的才能與謀略：文武～｜～非凡。

【才貌】cáimào〔名〕才能與容貌：～雙全。

【才能】cáinéng〔名〕知識、智慧和能力：～出眾｜這些作品顯示了作者駕馭題材的～。

【才女】cáinǚ〔名〕（位）有才華的女子：她在學校是個～。

【才氣】cáiqì(-qi)〔名〕表現出來的才能（多指文藝方面的）：～過人｜他是個非常有～的詩人。

【才情】cáiqíng〔名〕才華情趣：小說中人物的詩詞，悉如其人的身份、性格、～。

【才識】cáishí〔名〕才能與見解：～兼備。

【才疏學淺】cáishū-xuéqiǎn〔成〕才能低，學識淺（多用作謙辭）：鄙人～，辱承過譽，愧不敢當。

【才思】cáisī〔名〕寫作方面的機敏能力；才氣和文思：～敏捷｜篤志好學有才。

【才學】cáixué〔名〕才能與學問：表姐是個又有本領又有～的奇女子。

【才藝】cáiyì〔名〕才能與技藝：頗有～｜～出眾。

【才智】cáizhì〔名〕才能與智慧：一個人的成功，固然要靠聰明～，但更要靠勤奮努力。

【才子】cáizǐ〔名〕（位）才華突出的男子：～佳人｜洛陽～。

材 cái ❶ 木料：木～｜用～林。❷ 泛指材料：鋼～｜就地取～。❸ 資料：素～｜教～。❹〔名〕〈口〉棺材：壽～｜那老人死了，大夥兒湊錢給他買了一口～。❺ 資質：蠢～｜因～施教。❻ 有能力的人：賢～。❼（Cái）〔名〕姓。

語彙 板材　成材　蠢材　鋼材　棺材　教材　木材　器材　取材　身材　壽材　素材　題材　選材　藥材　資材　五短身材

【材積】cáijī〔名〕樹木出產木材的體積。按立方米

計量。

【材料】cáiliào〔名〕❶ 製造成品所需要的物品：建築～｜這塊～，只夠做個短袖襯衫吧。❷ 可以成為創作內容的對象（事實、人物、場面等）：積累～｜這個故事是相聲的好～。❸（份）可供參考的文字資料：檔案～｜寫個～交來。❹ 比喻合用的人才：這個人忠誠可靠，是做人事工作的～。

財（財） cái 金錢和物資的總稱：貪～｜～物｜～大氣粗｜發了一筆～。

語彙 愛財　地財　發財　浮財　橫財　家財　老財　理財　斂財　破財　錢財　傷財　生財　守財　外財　邪財　洋財　資財　不義之財　和氣生財　勞民傷財　仗義疏財

【財寶】cáibǎo〔名〕錢財和珍貴的東西：金銀～。

【財帛】cáibó〔名〕錢財（古時布帛用作貨幣）：俗語說"～動人心"，其實這句話只適用於某些人。

【財產】cáichǎn〔名〕（筆）（屬於國家、集體或個人的）物質財富和精神財富：～權｜國家～｜公民的合法～受法律保護。

【財大氣粗】cáidà-qìcū〔成〕指錢財多而氣魄大。也指倚仗錢財多而盛氣凌人：他家～，買房買車一點也不費力｜此人～，對誰也瞧不起。

【財東】cáidōng〔名〕❶ 舊時稱商店或礦廠企業的所有者。❷ 財主：他是個大～，家裏有的是錢。

【財閥】cáifá〔名〕壟斷金融的資本家或他們所組成的集團，即金融寡頭。

【財富】cáifù〔名〕有價值的東西：物質～｜精神～｜科學家、藝術家都是國家的寶貴～。

【財貨】cáihuò〔名〕錢財；財物。泛指金錢貨幣。

【財經】cáijīng〔名〕財政與經濟的合稱：～工作｜～大學｜國家培養了大批～幹部。

【財會】cáikuài〔名〕財務與會計的合稱：～專業。

【財禮】cáilǐ〔名〕（份）彩禮。

【財力】cáilì〔名〕資金；經濟力量：～不足｜～有限。

【財路】cáilù〔名〕生財的門路：廣開～。

【財貿】cáimào〔名〕財政與貿易的合稱：～系統｜從事～工作。

【財迷】cáimí ❶〔名〕（個）貪婪錢財入了迷的人：他真是個～，一天到晚貪計錢。❷〔形〕愛財之心很重（含貶義）：那傢伙真～。

【財迷心竅】cáimí-xīnqiào〔成〕錢財迷住了心竅。指由於貪財而思想糊塗：他～，結果上了騙子的當。

【財年】cáinián〔名〕財經年度或財政年度的簡稱。不同國家和地區財年並不相同，有的從1月1日到12月31日，有的從3月1日到第二年的2月28日，有的從6月1日到第二年的5月31

日，或9月1日到第二年的8月31日。中國的財年是從1月1日到12月31日。香港特區的財年是從4月1日到第二年的3月31日。

【財權】cáiquán〔名〕❶管理財物的權力：掌握～。❷財產所有權。

【財神】cáishén〔名〕(位)❶民間指能讓人發財的神，傳說財神姓趙名公明，也稱趙公元帥。❷戲稱有錢的人或主管財務的人。以上也叫財神爺。

【財稅】cáishuì〔名〕財政與稅務的合稱：～部門｜～幹部。

【財團】cáituán〔名〕(家)控制很多公司、銀行、企業的資本家或他們所組成的集團：國際～。

【財物】cáiwù〔名〕金錢和物資：個人～｜公共～｜要愛惜國家～，不要鋪張浪費。

【財務】cáiwù〔名〕❶企業、機關等單位中有關財產、物資、金錢出納等事務：～制度｜管～一定要奉公守法。❷管理財務的人員：老朱是這個廠的～。

【財務公司】cáiwù gōngsī〔名〕港澳地區用詞。20世紀60年代，由大企業或財團創辦的以放貸業務為主的金融機構，只可接受一定期限和一定數額的定期存款；可以貸款、擔保和融資：政府規定，～不能開設門市，不能接受市民的小額存款。

【財源】cáiyuán〔名〕錢財的來源：～滾滾｜開發～｜生意興隆通四海，～茂盛達三江。

【財長】cáizhǎng〔名〕(位)財政部長的簡稱。

【財政】cáizhèng〔名〕國家對財物的收入和支出的管理活動：～部｜～預算。

【財主】cáizhu〔名〕(位)擁有大量財產的人：大～｜土～。

裁 cái ❶〔動〕用刀、剪將紙、布等分割開：～剪｜～紙｜～衣服。❷〔動〕去掉多餘的部分；削減：～軍｜～員。❸安排取捨：獨出心～。❹衡量；判斷：總～｜～判｜～決。❺統治；控制：獨～｜制～。❻樣式；風格：體～。❼〔量〕把整張紙或整塊布裁成的若干等份：對～(整張紙或整塊布的二分之一)｜十六～紙。

> **語彙**　別裁　獨裁　對裁　剪裁　套裁　體裁　心裁　制裁　仲裁　自裁　總裁　獨出心裁

【裁併】cáibìng〔動〕裁減合併(多指機構)：～分支機構。

【裁撤】cáichè〔動〕撤銷(機構)：～收費站｜公司的營業部已經～，人員另行分配工作。

【裁處】cáichǔ〔動〕定奪處理：車間提了個解決問題的意見，等候廠長～。

【裁定】cáidìng ❶〔動〕(法院對案件)做出決定；斟酌決定：此業案經～｜文章是否可用，敬希～。❷〔名〕法院對案件的處理決定：

拒不執行～的，要負法律責任。

【裁奪】cáiduó〔動〕裁決定奪：辦公樓緩建一事，請局長～批示。

【裁縫】cáiféng〔動〕裁剪縫製(衣服)。　另見cáifeng(123頁)。

【裁縫】cáifeng〔名〕(位)專門為人裁剪縫製衣服的手工業者。　另見cáiféng(123頁)。

【裁縫鋪】cáifengpù〔名〕(家)為人裁剪縫製衣服的店鋪。

【裁剪】cáijiǎn〔動〕❶做衣服時把布料按各部分的尺寸裁開：～縫紉專業｜衣服要想可身，先要～得好。❷比喻寫作中對材料的斟酌取捨：～得當。

【裁減】cáijiǎn〔動〕削減(人員、機構等)：～軍隊｜～冗員。

【裁決】cáijué〔動〕考慮並做出決定：一人有兩種以上違反治安管理行為的，分別確定處罰，合併～。

【裁軍】cáijūn〔動〕削減軍事人員和軍事裝備(跟"擴軍"相對)：～計劃｜真心維護世界和平就應當實行～。

【裁判】cáipàn ❶〔動〕法院依法對案件做出決定。❷〔名〕法院對案件做出的決定(含判決和裁定兩種)。❸〔動〕根據體育運動的競賽規則，對參賽運動員的成績或競賽活動中的問題做出評判。❹〔名〕(位，名)在體育比賽活動中執行評判工作的人：足球～｜國家級～。也叫裁判員。

【裁判員】cáipànyuán〔名〕(位，名)裁判④。

【裁員】cáiyuán〔動〕削減人員：大批～｜～減薪。

【裁酌】cáizhuó〔動〕斟酌決定：呈上方案，敬請～。

cǎi　ㄘㄞˇ

采 cǎi ❶精神；神色：風～｜神～｜興高～烈。❷同"彩"。❸(Cǎi)〔名〕姓。　另見cài(125頁)；cǎi"採"(123頁)。

> **語彙**　風采　神采　文采　沒精打采　無精打采

採(采) cǎi ❶〔動〕摘取：～茶｜～了一朵花。❷〔動〕開採：～煤｜～油。❸選取：～購｜～納｜～用。❹〔動〕搜集：～風｜旁徵博～。
"采"另見cǎi(123頁)；cài(125頁)。

> **語彙**　博採　盜採　開採

【採辦】cǎibàn〔動〕採購；購置(多指大宗貨物)：～中西藥材｜～家具｜～年貨。

【採伐】cǎifá〔動〕砍伐森林中的樹木，採集木材：封山育林，嚴禁～。

【採訪】cǎifǎng〔動〕搜求尋訪：～新聞｜～奧運會消息｜向一位著名書法家進行～。

【採風】cǎi//fēng〔動〕❶ 搜集民歌、民謠。也說採詩。❷ 了解民情、民風。

【採購】cǎigòu ❶〔動〕選擇購買：～建築材料｜～副食品｜到外地去～。❷〔名〕擔任這種工作的人。也叫採購員。

【採光】cǎiguāng〔動〕妥善營造建築物的結構或門窗的大小，使建築物内部得到充分、適宜的自然光照：教室必須注意～。

【採集】cǎijí〔動〕收集；到處尋找：～標本｜～藥材｜～民歌。

【採掘】cǎijué〔動〕開採；挖掘：～礦石｜探明地質狀況才能開始～。

【採礦】cǎi//kuàng〔動〕開採礦藏；把礦物挖掘出來：露天～｜地下～。

【採錄】cǎilù〔動〕❶ 採集記錄：～歌謠。❷ 採訪錄製：這台新年音樂會是中央台現場～的。

【採納】cǎinà〔動〕採取；接受（意見、建議等）：校方～了家長代表的意見｜政府～了人大代表關於教育改革的建議。

│辨析│採納、採取　"採納"着重在接納別人的意見、建議等。"採取"着重在選取施行，可以從別人的意見、建議中選取可用的加以施行，如"聽了不同意見，他採取折中的做法"。也可以主動根據情況施行某種方針、政策、措施等，如"針對這種情況，管理部門採取了相應的措施"。

【採暖】cǎinuǎn〔動〕安裝某種設備，使建築物内在寒冷季節保持適宜溫度：～設備｜一般樓房都安裝暖氣～。

【採取】cǎiqǔ〔動〕❶ 選擇施行（方針、政策、對策、手段、措施、方式方法等）；對肇事者必須～嚴厲措施｜不應當～這種方式。❷ 取：～血樣｜～指紋。

【採認】cǎirèn〔動〕採取並承認；認可：提供的證據法院予以～｜其學歷不被～。

【採寫】cǎixiě〔動〕採訪並撰寫：～新聞｜～好人好事。

【採信】cǎixìn〔動〕法院在審理案件中相信某種事實並用來作為依據：被告提供的證據疑點很多，法庭不予～。

【採樣】cǎiyàng〔動〕從同類事物中採集少量的做樣品；抽樣：～化驗｜藥品～檢查。

【採用】cǎiyòng〔動〕選取認為合適的而加以利用：～先進技術｜來稿一經～，即致薄酬。

│辨析│採用、採取　二者的對象都很廣，不同的是"採取"着重在選取施行，多為抽象事物，如政策、方針、辦法等。而"採用"着重在使用和利用，可以是一些抽象事物，如技術、經驗等；也可以是某些具體的事物，如品種、工具、藥物、稿件等。

【採擇】cǎizé〔動〕選取採用；選擇：希望多提建議，供領導～。

【採摘】cǎizhāi〔動〕選擇摘取（果子、葉子、花兒等）：～蘋果｜養蠶必須～大量桑葉｜公園裏的花木，不許～。

【採摘遊】cǎizhāiyóu〔動〕一種休閒觀光旅遊方式。一般在秋天，以採摘蔬菜、水果為主要内容：金秋～｜橘子滯銷，省内各地熱推～。

【採製】cǎizhì〔動〕❶ 採集加工製作：～新茶。❷ 採訪錄製：～專題紀錄片。

彩 cǎi〈㊀綵〉❶ 顏色：五～｜～旗。❷ 表示稱讚的歡呼聲：喝～。❸ 花樣；精彩的成分：當場出～｜豐富多～。❹〔名〕獎；賭博或遊戲中贏得的東西：頭～｜中～。❺ 魔術或戲曲中用的技法：火～｜活～。❻ 負傷流血：掛～｜～號。❼（Cǎi）〔名〕姓。

㊀彩色的絲綢：張燈結～。

│語彙│博彩　出彩　倒彩　燈彩　掛彩　光彩　喝彩　剪彩　結彩　精彩　色彩　水彩　五彩　炫彩　異彩　油彩　雲彩　中彩　豐富多彩　張燈結彩

【彩超】cǎichāo〔名〕彩色 B 超的簡稱。在 B 超的基礎上，用彩色圖像實時顯示血流方向和相對速度的超聲診斷技術。

【彩池】cǎichí〔名〕指某次博彩活動中所累積的獎金總額：億元～｜看準～出擊。

【彩帶】cǎidài〔名〕（條，根）彩色的絲綢帶子。

【彩旦】cǎidàn〔名〕傳統戲曲中丑行的一種，扮演滑稽或奸刁女性人物。一般面塗白粉，再搽上厚重的胭脂。如京劇《拾玉鐲》裏的劉媒婆。也叫丑旦，年紀較大的也叫丑婆子。

【彩電】cǎidiàn〔名〕❶（台）彩色電視機。❷ 彩色電視：～大樓｜～中心。

【彩管】cǎiguǎn（～兒）〔名〕（隻）指彩色電視機上的顯像管：～生產綫。

【彩號】cǎihào（～兒）〔名〕指傷員：重～｜慰問～兒。

【彩虹】cǎihóng〔名〕（道）虹。

【彩繪】cǎihuì ❶〔名〕建築物或器物上的彩色圖畫或圖案：古寺廟牆上有大量～｜帶有～的陶器叫彩陶。❷〔動〕在建築物或器物上用彩色繪製圖畫或圖案：最近，頤和園長廊已經～一新。

【彩捲】cǎijuǎn（～兒）〔名〕（捲）彩色膠捲兒。

【彩擴】cǎikuò〔動〕彩色擴印，即把彩色照相底片放大印製成彩色照片。

【彩禮】cǎilǐ〔名〕（份）訂婚或結婚時，男方送給女方的財物：送～。也叫財禮。

【彩練】cǎiliàn〔名〕（條）彩色的絲綢帶子：赤橙黃綠青藍紫，誰持～當空舞？

【彩鈴】cǎilíng〔名〕移動或固定電話撥通後聽到的豐富多彩的鈴音，如個性化的特定樂曲、音響、問候語等，以代替傳統的"嘟……嘟……"呼叫等待音：～下載｜免費～。

【彩民】cǎimín〔名〕購買彩票或獎券的人（一般指經常購買的）。

【彩排】cǎipái〔動〕❶正式演出前的化裝排演：這齣新戲已經排練純熟，下週可以～了。❷節慶活動、大型文體表演正式舉行前的化裝排練：運動會的開幕式和閉幕式上的文藝表演都要事先～。

【彩票】cǎipiào〔名〕（張）指印有號碼、圖形或文字供人們選擇、購買並按特定規則取得中獎權利的憑證。國家發行彩票的目的是籌集社會閒散資金，以資助福利、體育等社會公益事業。

【彩旗】cǎiqí〔名〕（面）各種顏色的旗子。

【彩券】cǎiquàn〔名〕（張）彩票。

【彩色】cǎisè〔名〕各種各樣的顏色：～鉛筆｜電視｜～膠捲兒。

【彩色片】cǎisèpiàn（口語中也讀cǎisèpiānr）〔名〕（部）帶有彩色的影片（區別於"黑白片"）：拍了一部～｜喜歡看～，不喜歡看黑白片。

【彩飾】cǎishì❶〔名〕彩色的裝飾：朱紅的大門，鮮艷的～，透出濃鬱的民族特色。❷〔動〕用彩色油漆或顏料裝飾：大殿的外面進行了整修和～。

【彩塑】cǎisù〔名〕（尊）塗有色彩的泥塑：寺廟裏有很多～｜～是民族藝術中的瑰寶。

【彩陶】cǎitáo〔名〕（件）表面繪有彩色花紋的陶器，是新石器時代的一種陶器。

【彩霞】cǎixiá〔名〕（道）彩色的雲霞：～滿天｜絢麗的～。

【彩信】cǎixìn〔名〕（條）一種多媒體信息服務，指手機與互聯網之間發送與接收的聲音、文字、彩色圖像等多媒體格式的短信。

【彩照】cǎizhào〔名〕（張）彩色照片。

寀 cǎi 古代指官吏。另見cài"采"（125頁）。

婇 cǎi〈書〉宮女，多見於女子人名。

睬〈倸〉cǎi〔動〕理會；答理：理～｜不理不～｜就算她說得不對，你也不能～也不～。

踩〈跴〉cǎi〔動〕❶用腳踐踏：你～着我的腳了｜一腳～到泥裏去了。❷比喻貶低：他說話老是～人。

【踩點】cǎidiǎn〔動〕❶為了進行某種活動，先對活動地點了解熟悉情況。❷特指盜賊作案前去察看地形、路徑。也說踩道。

【踩水】cǎishuǐ〔動〕一種游泳方法，身體在水中直立，兩足交替踏水，使身體不沉，並能前進：他學會了～。

cài ㄘㄞˋ

采〈寀〉 cài 見下。另見cǎi（123頁）；cǎi"採"（123頁）；"寀"另見cài（125頁）。

【采邑】càiyì〔名〕古代諸侯分封給卿大夫的土地（包括土地上勞動的奴隸）。也叫采地。

菜 cài ❶〔名〕（棵）可以做副食的草本植物；蔬菜：種～｜買～｜～市場。❷〔名〕（道，個）指經過烹飪的蔬菜、肉類、蛋類等食品：飯～｜山東～｜這道～味道不錯。❸專指油菜①：～子｜～油。❹（Cài）〔名〕姓。

語彙 白菜 佈菜 川菜 大菜 飯菜 葷菜 醬菜 韭菜 酒菜 涼菜 盤菜 泡菜 青菜 熱菜 生菜 蔬菜 熟菜 素菜 鹹菜 香菜 小菜 野菜 油菜 榨菜 主菜 看人下菜

【菜場】càichǎng〔名〕菜市場。

【菜單】càidān（～兒）〔名〕❶（張，份）食堂、飯館、飯店中供顧客選擇菜餚的目錄。❷開列各樣蔬菜以及雞鴨魚肉的單子：明天請客吃飯，你得先開個～兒，才好照着去買。❸電子計算機選單的俗稱。

【菜刀】càidāo〔名〕（把）切菜切肉用的刀。

【菜店】càidiàn〔名〕（家）出售蔬菜及其他副食品的商店。

【菜豆】càidòu〔名〕❶一年生草本植物，莖蔓生或矮生，葉子菱形，花色不一，莢果斷面扁平或近圓形，是蔬菜。❷這種植物的莢果或種子。以上通稱芸豆，也叫四季豆。

【菜花】càihuā（～兒）〔名〕❶花椰菜的俗稱。草本植物，葉子膨大，暗綠色。花呈半球形，黃白色，是蔬菜。南方也叫花菜。❷油菜的花：遠望一片金黃，今年油菜子定獲豐收。

【菜金】càijīn〔名〕伙食費中用於購買副食的錢（多指機關、團體的）。

【菜籃子】càilánzi〔名〕盛菜的籃子。借指城鎮居民蔬菜及其他副食品的供應事宜：～工程。

【菜籃子工程】càilánzi gōngchéng 為了解決城鎮居民的蔬菜、副食品供應問題，政府在生產、流通、銷售各個環節所採取的一系列措施：～直接關係到千家萬戶的利益。

【菜鳥】càiniǎo〔名〕初學者；新手（含戲謔意）：以前的～如今變成了高手｜怎麼解釋他都不明白，沒見過這樣的～。

"菜鳥"的來源
在台灣，"菜鳥"原指軍中的新兵（包括軍校新生），有時含輕蔑意。網上"菜鳥"指網絡新手，含戲謔意。"菜鳥"並非源於網絡，卻因網絡而流行。

【菜牛】càiniú〔名〕（頭）專供宰殺食用的牛。

【菜農】càinóng〔名〕(位)以種植蔬菜為業的農民。

【菜畦】càiqí〔名〕菜地裏為了便於操作和管理而用土埂分隔成的一塊塊小區。

【菜色】càisè〔名〕因營養不良導致的青黃的臉色:面有～。

【菜市】càishì〔名〕專門出售蔬菜、肉類、蛋類等副食品的市場。

【菜市場】càishìchǎng〔名〕(家)都市、城鎮專門出售蔬菜、肉類、蛋類等副食品的市場。

【菜蔬】càishū〔名〕❶ 蔬菜:多吃～,有益減肥。❷ 日常飯食或宴會中備辦的各種菜。

【菜餚】càiyáo〔名〕烹調好的蔬菜和雞、鴨、魚、肉各種食品的總稱。

中國的菜系

中國菜餚流派紛呈,最著名的是八大菜系:粵菜(廣州、潮州、東江)、川菜(成都、重慶)、魯菜(濟南、膠東、孔府)、蘇菜(南京、蘇州、揚州、鎮江)、浙菜(杭州、寧波、紹興、溫州)、閩菜(福州、泉州、廈門)、湘菜(湘江流域、洞庭湖區、湘西山區)、徽菜(皖南、沿江、沿淮)。

【菜油】càiyóu〔名〕用油菜子榨的油。也叫菜子油。

【菜園子】càiyuánzi〔名〕種植蔬菜的園子:他家房後有個～。也叫菜園。

【菜子】càizǐ〔名〕❶(～兒)蔬菜的種子。❷ 專指油菜子:～油。也作菜籽。

蔡 cài ㊀〈書〉占卜用的大龜:大～|神～|問～。

㊁(Cài)❶ 周朝諸侯國名,在今河南上蔡西南,後來遷到新蔡一帶。❷〔名〕姓。

縿(縿) cài 見"縩縿"(221頁)。

cān ㄘㄢ

參(參)〈叅〉 cān ㊀❶ 加入;參加(活動):～戰|～展|～政議政。❷ 參考:～酌|～閱|～內。

㊁❶ 進見;謁見:～見|～謁。❷〔動〕舊時指彈劾:～了他一本(本:指奏章)。

㊂❶〔動〕探究;領悟:～透人生|～不盡天下之理。❷(Cān)〔名〕姓。

另見 cēn(135頁);shēn(1196頁)。

【參拜】cānbài〔動〕以一定禮節進見所尊崇的人或祭拜所尊崇人的遺像、靈牌、陵墓:～大師|～黃帝陵。

【參半】cānbàn〔動〕各佔一半:驚喜～|疑信～|毀譽～。

【參訪團】cānfǎngtuán〔名〕參觀訪問的團隊。

【參股】cān//gǔ〔動〕購買股份;入股:投資～。

【參觀】cānguān〔動〕到實地去觀看考察:～博物館|～遊覽|歡迎～。

【參加】cānjiā〔動〕❶ 加入(組織、活動、工作等):～突擊隊|～春節聯歡|～體力勞動。❷ 提出(意見、建議):代表們在會上都積極～意見。

|辨析| **參加、加入、參與** "參加"應用範圍寬,無論具體組織或某項活動都能用,如"參加合唱團""參加學術會議"。"加入"只能用於具體組織,如黨派、團體、工會、協會等,活動、運動等很少用或不能用;"參與"多用活動,如"參與這件事的計劃安排",不能說"參與學生會""參與學術會議"。另外,"參加"和"加入"既用於書面語,也用於口語;"參與"多用於書面語。

【參見】cānjiàn ㊀〔動〕參看:～本書第七頁註釋。㊁〔動〕進見;拜見:～國王陛下。

【參建】cānjiàn〔動〕參加建造或參與建設:這座橋樑由五家建築公司～。

【參校】cānjiào〔動〕❶ 為別人寫的文章或書做校訂工作:王先生的著作由他的學生～。也說參訂。❷ 拿一部書的一種本子做底本,參考其他本子,加以校訂:選一個善本,再～以別的本子。

【參軍】cān//jūn〔動〕到部隊當兵:一人～,全家光榮|他年輕時參過軍。

【參看】cānkàn〔動〕❶ 讀一本書或一篇文章時參考另外的書或文章:～前人論述|那篇文章寫得很好,動筆以前最好～一下。❷ 文章註釋和辭書釋義用語,提示讀者看了此處後可再看某處以了解更多:～第十章第九節。

【參考】cānkǎo〔動〕❶ 查閱有關資料,供學習、研究:本書～了前人的論著。❷ 研究和處理某些事物時,對照或學習另一些事物或有關材料:以上意見僅供～|～傳統工藝改進了製作方法。

【參考書】cānkǎoshū〔名〕(本,部,套)學習某門課程或研究某項問題時用來參閱查考的書籍:指定～。

【參考系】cānkǎoxì〔名〕在認識或論述某一事物時,選作基準以供進行比較、對照的另一系統的事物。

【參謀】cānmóu(-mou)❶〔名〕(位,名)軍隊中參與制訂軍事計劃,協助指揮軍事行動的幹部:作戰～|李～。❷〔名〕替人想辦法、出主意的人:別看他沉默寡言,從不拋頭露面,他可是個好～。❸〔動〕替人想辦法、出主意:請老王幫你～～。

【參拍】cānpāi〔動〕❶ 參加拍賣:有多件珍貴物品～。❷ 參加拍攝:電視劇群眾場面動員了上千名學生～。

【參評】cānpíng〔動〕參加評比、評選或評定:挑選優秀作品～｜今年職稱評定，～的人很多。

【參賽】cānsài〔動〕參加比賽：～權｜～運動隊｜這次象棋高手都來～了。

【參數】cānshù〔名〕❶ 在所討論的一個數學或物理問題中，於所給出的條件下取固定值的變量稱為參數。如，在方程 y=mx 中，當給常數 m 一個固定值時，它表示斜率為 m 的一條直線；當給 m 以不同值時，則它表示通過原點的一系列直線，m 就是參數。也叫參變量。❷ 表明任何現象、設備或工作過程中某一種重要性質的量，如導電率、導熱率、膨脹係數等。

【參天】cāntiān〔動〕(樹木等)聳入天空：～古樹｜松柏～。

【參選】cānxuǎn〔動〕參加評選或競選：這次圖書獎有上千種圖書～｜～村長。

【參驗】cānyàn〔動〕比較檢驗：這種現象是否為一般規律，必須進行～，才能得出結論。

【參謁】cānyè〔動〕進見所尊敬的人或瞻仰其遺像、陵墓等：南京各界人士～中山陵。

【參議院】cānyìyuàn〔名〕兩院制議會中的上議院名稱之一，議員以貴族為主或由選舉產生(區別於"眾議院")。

【參與】(參預)cānyù〔動〕參加(某事的計劃、活動、處理)：～組織策劃｜這件事他從未～，不能責備他。

【參閱】cānyuè〔動〕參照閱讀：這件事如何處理，請～有關文件。

【參贊】cānzàn ❶〔名〕(位，名)駐外使館中次於大使一級的外交官，有政務參贊、商務參贊、文化參贊等。大使不在時，由參贊出任臨時代辦，處理對外事務。❷〔動〕〈書〉參與協助：～軍務｜欲引時賢～大業。

【參展】cānzhǎn〔動〕參加展出：積極～｜～作品｜～人員。

【參戰】cānzhàn〔動〕參加戰爭或戰鬥：～國｜廣大民兵配合正規軍～。

【參照】cānzhào〔動〕參考並仿照：～辦理｜～執行｜～案例｜他們的做法可以～。

【參政】cān//zhèng〔動〕參與國家和地方的政務活動：～議政｜選舉權是公民～的體現。

【參政議政】cānzhèng-yìzhèng 參與國家政治活動並提出意見和建議：加強協商和民主監督，積極～。

【參酌】cānzhuó〔動〕參考各種情況，斟酌決定取捨：軍國大事要～各方面的意見，做出決定。

餐 cān ❶ 吃(飯)：會～｜聚～｜野～。❷ 飯食：早～｜晚～｜快～。❸〔量〕一頓飯叫一餐：一日三～。

語彙　鈿餐　會餐　就餐　聚餐　快餐　聖餐　素餐　套餐　晚餐　午餐　西餐　野餐　夜餐　用餐　早餐　正餐　中餐　桌餐　佐餐　自助餐　露宿風餐　尸位素餐　秀色可餐

【餐車】cānchē〔名〕(節)火車上專門為旅客提供飯食的車廂。

【餐風宿露】cānfēng-sùlù〔成〕迎着風吃飯，在露天裏睡覺。形容旅途或野外工作的艱苦：一路上～，好不容易才到了目的地｜從事地質勘探工作免不了～。也說風餐露宿、露宿風餐。

【餐館】cānguǎn〔名〕(家)飯館：這條街上有幾家小～。

【餐巾】cānjīn〔名〕(條，塊)用餐時，圍在胸前或鋪在膝上的方布巾。

【餐巾紙】cānjīnzhǐ〔名〕(張)用餐時供擦拭嘴、手等的紙。

【餐具】cānjù〔名〕(件，套，副)吃飯用的器具，包括碗、筷、羹匙、刀、叉等。

【餐廳】cāntīng〔名〕❶ 家庭中專用於吃飯的房間。❷(家)火車站、飛機場、酒店等處設置的營業性食堂。❸(家)指飯館(多用於飯館名稱)：北海～｜西山～。

【餐位】cānwèi〔名〕餐廳、飯館裏供顧客用餐的座位。

【餐敍】cānxù〔動〕以聚餐的方式敍談交流：～會｜這些老朋友退休後每月～一次，輪流做東。

【餐飲】cānyǐn〔名〕指餐館、酒館的飲食營業活動：～業｜～收入。

鰼(鰼)　cān 見下。

【鰼鰷】cāntiáo〔名〕魚名，生活在淡水中，身體小而側扁，呈條狀，白色。也叫餐魚、鰷魚。

驂(驂)　cān 古代指駕車時位於車轅兩旁的馬：兩～｜左～。

cán ㄘㄢ

殘(殘)　cán ❶〔動〕缺損不全；不完整：身～志堅｜這幅畫很好，可惜～了。❷ 快完的；剩餘的：～春｜～羹剩飯。❸ 惡毒；兇暴：～暴｜～酷｜～忍。❹ 損害；毀壞：摧～｜～害。

語彙　病殘　摧殘　凋殘　扶殘　傷殘　衰殘　貪殘　兇殘　致殘　助殘

【殘暴】cánbào〔形〕兇殘暴虐：奴隸主對待奴隸非常～｜侵略者～地屠殺人民。

【殘兵敗將】cánbīng-bàijiàng〔成〕指被擊潰殘留下來的軍隊：～向深山逃竄。

【殘春】cánchūn〔名〕春季將盡的時候：欲送～招酒伴。

【殘次】cáncì〔形〕屬性詞。殘破的和質量低劣的：～品｜～零件。

【殘存】cáncún〔動〕未清除掉而留存下來：窮追～之敵。

【殘敵】cándí〔名〕殘留下來的敵人：消滅～。

【殘冬】cándōng〔名〕冬季將盡的時候：～季節｜～臘月｜君看～雪，春來還有無？

【殘毒】cándú ㊀〔形〕兇殘毒辣：其人陰險～。㊁〔名〕農作物、瓜果蔬菜上殘留的農藥或其他有毒物質。

【殘廢】cánfèi ❶〔動〕器官或肢體等失去一部分或者喪失其機能：他摔傷脊骨，～了。❷〔名〕舊時指殘廢的人：他是個～，得有人照顧才行。注意 現在說"殘疾人"，不說"殘廢"。因為"殘廢"含有廢而無用的意思，而事實上殘疾人並非如此。

【殘骸】cánhái〔名〕❶人或其他動物的屍骨：在山溝裏，找到了死者的～。❷借指殘破或毀壞的車、船、飛機、建築物等：飛機～。

【殘害】cánhài〔動〕殘殺或傷害：～生靈｜他在敵人的監獄中被～致死。

【殘花敗柳】cánhuā-bàiliǔ〔成〕比喻遭受蹂躪後被遺棄的女子。

【殘貨】cánhuò〔名〕殘破或質量低劣的貨物：這是一批～，不能出售。

【殘疾】cánjí〔名〕❶肢體、器官或其功能存在的缺陷：～人｜他有～，走路不方便。❷指殘疾人。注意 與"殘疾"同義的還有"殘障""傷殘""傷健"等詞。

【殘局】cánjú〔名〕❶接近結束的棋局：～獲勝，太不容易了。❷由於社會變亂或工作失誤所造成的衰敗局面：收拾～。

【殘酷】cánkù〔形〕❶兇殘冷酷：～的刑罰｜～無情｜一幫車匪路霸非常～地搶劫、殺害旅客。❷惡劣而艱苦：戰爭環境｜工作條件很～。

【殘留】cánliú〔動〕清除未盡而遺留下來：～之敵｜蔬菜、瓜果上可能～着農藥。

【殘年】cánnián〔名〕❶人的晚年：風燭～｜～餘力。❷一年所剩不多的日子：～將盡。

【殘品】cánpǐn〔名〕殘缺破損的產品：這些～不能出廠。

【殘破】cánpò〔形〕殘缺破損：家園～｜這些陶器出土時已經～。

【殘缺】cánquē〔形〕殘損；不完整：這套珍貴的書可惜～不全了｜村後有一塊～的石碑。

【殘忍】cánrěn〔形〕兇惡狠毒：～成性｜手段～｜村裏人多被殺害，敵人太～了。

【殘殺】cánshā〔動〕殘暴殺害：自相～｜匪徒～無辜百姓。

【殘生】cánshēng〔名〕❶晚年：老來做伴，共度～。❷殘存的生命：劫後～。

【殘陽】cányáng〔名〕夕陽：～餘暉｜～如血。

【殘餘】cányú ❶〔動〕剩餘；殘存。❷〔名〕剩下來的或未消滅淨盡的部分：封建～。

【殘月】cányuè〔名〕❶農曆月末形狀如鈎的月亮：～如鈎，又是一月將盡的時候了。❷將要

落的月亮：晨霧未消，西方的～尚隱約可見。

【殘渣餘孽】cánzhā-yúniè〔成〕比喻未清除乾淨而殘存下來的壞人：舊社會的～。

【殘障】cánzhàng〔名〕殘疾：～兒童｜～人士｜重度～。

【殘照】cánzhào〔名〕夕陽；落日的光輝：西風～｜～樓。

慚（慚）〈慙〉　cán　羞愧：～顏｜羞～｜大言不～｜面有～色。

【慚愧】cánkuì〔形〕因為自己有缺點或錯誤而感到不安：沒有完成任務，我深感～。

蠶（蚕）　cán〔名〕（條、隻）一類幼蟲能吐絲的昆蟲，一般指家蠶。幼蟲以桑葉為食，蛻皮四次，吐絲結繭，繭可繅絲。結繭後變成蛹，蛹變成蛾，蛾交尾產卵後死去。蠶絲是重要的紡織原料。也叫桑蠶。

【蠶蔟】cáncù〔名〕供蠶吐絲結繭的器具，有圓錐形、蛛網形等式樣。有的地區叫蠶山。

【蠶豆】cándòu〔名〕（棵）❶一年生或二年生草本植物，莖方形，花白色間有紫斑，結莢果，種子可以吃。❷（顆、粒）這種植物的莢果或種子。以上也叫胡豆。

【蠶蛾】cán'é〔名〕（隻）蠶的成蟲，全身白色，兩觸角羽毛狀，有翅兩對，交尾產卵後即死亡。

【蠶繭】cánjiǎn〔名〕（隻）蠶吐絲結成的殼，橢圓形，白色或黃色，是繅絲的原料。

【蠶眠】cánmián〔動〕蠶在生長過程中要蛻皮四次，每次蛻皮前都有一段時間不食不動，像睡眠一樣，這種現象叫蠶眠。

【蠶農】cánnóng〔名〕（位）以養蠶為主業的農民。

【蠶沙】cánshā〔名〕家蠶的屎，黑色顆粒，性涼，可入藥，或用來裝枕頭。

【蠶山】cánshān〔名〕（吳語）蠶蔟。

【蠶食】cánshí〔動〕像蠶吃桑葉似的一點一點地吃掉。比喻一步一步侵佔（財物或領土）：～政策｜他的家產被強鄰豪吞～鯨吞，早已蕩然無存了｜國土被侵略者大片～。

【蠶絲】cánsī〔名〕蠶吐的絲，主要用來紡織絲綢。也叫絲。

【蠶蛹】cányǒng〔名〕（隻）蠶吐絲做繭以後在繭內蛻皮變成的蛹，是從幼蟲到成蟲的過渡形態。

căn ㄘㄢˇ

慘（惨）căn ❶〔形〕悲慘：～不忍睹｜她死得太～了。❷〔形〕程度深：這場球輸得很～｜今天可把我餓～了。❸兇惡；狠毒：～毒｜～無人道。❹暗淡：～淡｜陰～。

語彙 悲慘 愁慘 悽慘 傷慘 陰慘 陰慘慘

【慘案】căn'àn〔名〕（起）造成人員大量死傷的悲慘事件：五卅～｜發生了一起機毀人亡的～。

【慘白】cănbái〔形〕狀態詞。❶（景色、光綫）暗淡：月色～｜路燈發出～的光。❷（面容）蒼白：臉色～。

【慘敗】cănbài〔動〕慘重失敗：甲午之戰，中國海軍～｜在這次對抗賽中客隊遭到～。

【慘不忍睹】cănbùrěndŭ〔成〕極為悲慘，讓人不忍心看。

【慘淡】（慘澹）căndàn〔形〕❶ 暗淡無光：天色～。❷ 蕭條；不景氣：情景～｜生意～。❸ 在困難的境況中艱苦努力：～經營。

【慘淡經營】căndàn-jīngyíng〔成〕❶ 在困難的環境中艱苦努力地經營：一個行將倒閉的小廠，經過他～，終於復蘇了。❷ 指下筆之前苦心構思：一件藝術品的產生，往往要經過一番～。

【慘禍】cănhuò〔名〕（場）慘重的災禍：遭遇～｜酒後駕車，釀成～。

【慘叫】cănjiào〔動〕悽慘地喊叫：～了一聲。

【慘境】cănjìng〔名〕悲慘的境地：沒想到竟落到食不果腹的～。

【慘劇】cănjù〔名〕（場）指悲慘的事件：人間～｜他緊急應對，避免了一場交通～。

【慘絕人寰】cănjuérénhuán〔成〕悲慘的情狀，為人間從來所未有：法西斯強盜的大屠殺，～。

【慘然】cănrán〔形〕神情悲慘的樣子：神色～｜他那不幸的遭遇，令人～淚下。

【慘殺】cănshā〔動〕殘酷地殺害：～無辜。

【慘死】cănsĭ〔動〕悲慘地、令人傷痛地死去：他英勇不屈，～在敵人的屠刀下。

【慘痛】căntòng〔形〕悲傷痛苦：～的教訓使他猛然警醒。

【慘無人道】cănwúréndào〔成〕兇惡殘暴，沒有一點人性。

【慘笑】cănxiào〔動〕忍住內心悲痛而勉強地笑：他～了一聲，頓時氣餒。

【慘重】cănzhòng〔形〕非常嚴重：這次撞車事件，傷亡～｜敵人遭到～的失敗。

【慘狀】cănzhuàng〔名〕悲慘的狀況：現場～，叫人目不忍睹。

憯 căn〈書〉同“慘”。

穆（穆）căn 穆子。

穆子căn zi〔名〕❶ 一年生草本植物，是稗子的變種，稈粗壯，穗直立，無芒，葉子狹長。子實暗褐色，可以吃。❷ 這種植物的子實。

簽（簪）căn〔名〕一種簸箕。

黔（黔）căn〈書〉淺青黑色：～衣。

càn ㄘㄢˋ

屭càn 見下。
另見 chán（144 頁）。

【屭頭】càntou〔名〕（吳語）〈詈〉懦弱無能的人：你這個～，真是沒有骨氣！

粲càn〈書〉❶ 鮮明，美好：～然。❷ 笑：以博一～。

【粲然】cànrán〔形〕〈書〉❶ 笑時露出牙齒的樣子：～一笑。❷ 形容鮮明發光：星月～｜～著明。

摻（摻）càn 古代的一種鼓曲：漁陽～（古代鼓曲名，也叫漁陽三撾）。
另見 chān（143 頁）；shăn（1172 頁）。

璨càn〈書〉❶ 美玉。❷ 鮮明；明亮：光～～｜～若明星。

燦（灿）càn 光彩耀目的樣子：紅燈猶～｜～若雲霞。

語彙 光燦燦 黃燦燦 金燦燦 明燦燦

【燦爛】cànlàn〔形〕光彩鮮明耀眼：光輝～｜～的陽光。

cāng ㄘㄤ

倉（仓）cāng ❶〔名〕倉庫：穀～｜糧食滿～｜顆粒歸～。❷ 指“倉位”②：補～｜持～。❸（Cāng）〔名〕姓。

語彙 補倉 持倉 倒倉 糧倉 太倉 添倉 填倉 義倉 真空倉

【倉儲】cāngchŭ〔動〕倉庫儲存：～物資｜公司｜盡量減少糧食在～過程中的損耗。

【倉促】cāngcù〔形〕匆忙；急促：時間～｜～上陣｜沒準備好就出發，太～了。也作倉猝。

【倉房】cāngfáng〔名〕（間）儲存糧食或其他物資的房屋。

【倉庚】cānggēng 同“鶬鶊”。

【倉皇】cānghuáng〔形〕倉促慌張：～逃竄｜～躲避。也作倉黃、蒼黃。

【倉頡】Cāngjié〔名〕傳說中漢字的創造者。

倉頡造字的傳說
傳說黃帝統一華夏之後，感到結繩記事已滿足不了需要，就命他的史官倉頡設法造字。倉頡從鳥獸蹄跡的不同中受到啟發，於是依類象形，造出許多象形字。據《淮南子·本經》載："昔者倉頡作書，而天雨粟，鬼夜哭。"可見文字的發明，是一件驚天地、泣鬼神的大事。文字當然不是某個人獨創的，倉頡很可能是最早在收集、整理、規範文字上有突出貢獻的人。所以《荀子·解蔽》中說："好書者眾矣，而倉頡獨傳者，一也。"

【倉庫】cāngkù〔名〕(座，間)存放大量物資的建築物：清理～│新書暫時存放在～裏。

【倉廩】cānglǐn〔名〕〈書〉儲藏糧食的倉庫：～充實│～實而知禮義。

【倉容】cāngróng〔名〕倉庫的容量：～不足│增加～。

【倉位】cāngwèi〔名〕❶倉庫中存放貨物的位置：合理利用～。❷投資者持有的證券金額佔其資金總量的比例。也叫持倉量。

傖（傖）cāng〈書〉粗俗：～夫│～俗。另見 chen（164 頁）。

【傖父】cāngfù〔名〕〈書〉指沒有學識而又粗鄙的人。

【傖俗】cāngsú〔形〕〈書〉粗俗鄙陋：語多～。

滄（滄）cāng ❶暗藍色（形容水的顏色）：～海│～溟。❷(Cāng)〔名〕姓。

【滄海】cānghǎi〔名〕藍黑色的海；大海：井蛙不曉～。

【滄海桑田】cānghǎi-sāngtián〔成〕晉朝葛洪《神仙傳·王遠》："麻姑自說云：'接侍以來，已見東海三為桑田。'"大海變成農田，農田變成大海。比喻世事變化很大：改革開放以來，窮鄉僻壤也呈現一片興旺景象，真是翻天覆地，～。

【滄海一粟】cānghǎi-yīsù〔成〕宋朝蘇軾《前赤壁賦》："寄蜉蝣於天地，渺滄海之一粟。"大海裏的一粒穀子。比喻極其渺小：個人的貢獻跟人類的創造比起來，不過是～。

【滄海遺珠】cānghǎi-yízhū〔成〕比喻被埋沒的人才。

【滄浪】cānglàng〔形〕水色青綠：～泉│～之水。

【滄桑】cāngsāng〔名〕"滄海桑田"的縮略語：歷經～│世事～。

蒼（苍）cāng ❶深藍或深綠：～天│～穹│～翠│～松翠柏。❷灰白：～鬢│兩鬢～～。❸指天：上～。❹(Cāng)〔名〕姓。

語彙 莽蒼 青蒼 穹蒼 上蒼 莽莽蒼蒼 鬱鬱蒼蒼

【蒼白】cāngbái〔形〕❶青白；面色～。❷缺乏旺盛的生命力：這個人物形象～無力。

【蒼蒼】cāngcāng〔形〕❶深藍；深綠：天色～│松柏～。❷灰白：鬢髮～。❸蒼茫：山野～│～茫茫│天～，野茫茫。

【蒼翠】cāngcuì〔形〕深綠：峰巒～│～的竹林。

【蒼耳子】cāng'ěrzǐ〔名〕一年生草本植物蒼耳的種子，可入藥。

【蒼黃】cānghuáng ㊀❶〔形〕黃而發青：肌膚～。❷〔名〕青色和黃色。素絲可以染成青色，可以染成黃色，故用來比喻事物的變化：～翻覆。㊁同"倉皇"。

【蒼勁】cāngjìng〔形〕❶(樹木)蒼老挺拔：～的青松。❷(藝術風格)老練而雄健有力：筆力～。

【蒼老】cānglǎo〔形〕❶衰老(多指聲音、形貌)：他顯得～多了。❷老練而有力量(多指書畫)：筆勢～。

【蒼涼】cāngliáng〔形〕淒涼：景色～，令人悵惘。

【蒼龍】cānglóng〔名〕❶二十八宿中東方七宿（角、亢、氐、房、心、尾、箕）的合稱。參見"二十八宿"（347 頁）。❷青色的馬：駕～。❸傳說中的兇神惡煞，也比喻兇惡的人：何時縛住～？

【蒼鷺】cānglù〔名〕(隻)鷺的一種，背部羽毛青灰色，頭後兩側有黑色長毛。經常站在湖、河岸邊，捕食昆蟲、小魚、青蛙。俗稱長脖老等。

【蒼茫】cāngmáng〔形〕❶空曠無際：～大地。❷曠遠朦朧：暮色～。

【蒼穹】cāngqióng〔名〕〈書〉天空；蒼天：仰望～│～仁慈。也說穹蒼。

【蒼生】cāngshēng〔名〕〈書〉指老百姓：拯救～。也說蒼民。

【蒼天】cāngtiān〔名〕天。古人以蒼天為主宰人生的神，遇到危難，常呼蒼天：悠悠～│～有眼，為我們討回公道。也叫上蒼。

【蒼鷹】cāngyīng〔名〕(隻)鳥名，全身羽毛青褐色，利爪鈎嘴，視力極強，是猛禽，能獵取雞、兔等小動物。

【蒼蠅】cāngying〔名〕(隻)一種有害的昆蟲，幼蟲叫蛆，繁殖於糞坑、污穢中。成蟲有翅會飛，能傳染痢疾、霍亂等多種疾病。

【蒼鬱】cāngyù〔形〕〈書〉(草木)翠綠繁茂：竹林～。

【蒼朮】cāngzhú〔名〕多年生草本植物，葉子橢圓形，花白色或淡紅色。根狀莖，可入藥，有健胃作用。

艙（舱）cāng〔名〕船、飛機等駕駛人員指揮操作或載人、載貨物的地方：駕駛～│指揮～│後～。

語彙 船艙 房艙 貨艙 機艙 客艙 統艙 臥艙 座艙 公務艙 太空艙

【艙位】cāngwèi〔名〕船、飛機等艙內乘客的鋪位和座位：～已滿。

鶬（鸧）cāng 見下。

【鶬鶊】cānggēng〔名〕(隻)黃鸝。也作倉庚。

cáng ㄘㄤˊ

藏 cáng ❶〔動〕躲避；隱藏：東躲西～｜他這個人～不住話。❷〔動〕儲藏；收存：冷～｜～書｜我家～着兩幅名畫。❸（Cáng）〔名〕姓。

另見 zàng（1693頁）。

> **語彙**　暗藏　昂藏　包藏　保藏　儲藏　躲藏　窖藏　庫藏　礦藏　冷藏　埋藏　匿藏　潛藏　收藏　窩藏　行藏　隱藏　蘊藏　遮藏　珍藏　貯藏　捉迷藏　鳥盡弓藏　用舍行藏

【藏奸】cángjiān〔動〕❶ 暗含奸詐：笑裏～。❷ 做事不肯盡力，想留一手兒；不肯盡力幫助別人：～耍滑｜他很會～，不必求他幫忙了。

【藏龍臥虎】cánglóng-wòhǔ〔成〕比喻隱藏着傑出人才：你們設計院可真是～之地呀！

【藏貓兒】cángmāor〔動〕〈口〉捉迷藏：孩子們湊在一起～玩呢。

【藏匿】cángnì〔動〕隱藏，不使人發現：～逃犯是犯罪行為。

【藏品】cángpǐn〔名〕(私人、博物館)收藏的物品：這家博物館～豐富。

【藏身】cángshēn〔動〕躲藏；安身：無處～｜防空洞是躲避敵機轟炸的～之所。

【藏書】cángshū ❶(-//-)〔動〕收藏圖書：圖書館不光～，還要使書廣為流通｜我的書房藏了幾千本書。❷〔名〕(冊，部)收藏的圖書：善本～｜他家有不少～。

清朝七大皇家藏書樓
清朝乾隆年間共建了七座皇家藏書樓，分別貯藏七部四庫全書，它們是：北京故宮的文淵閣，圓明園的文源閣，承德避暑山莊的文津閣，遼寧瀋陽的文溯閣，江蘇揚州的文匯閣，江蘇鎮江的文宗閣，杭州西湖的文瀾閣。其中，文宗閣 1853 年、文匯閣 1854 年均毀於大火，文源閣 1860 年被八國聯軍縱火焚毀。

【藏頭露尾】cángtóu-lùwěi〔成〕隱藏了頭，露出了尾。比喻說話、辦事遮遮掩掩，不把全部真相表露出來：實話實說，何必這樣～。

【藏污納垢】cángwū-nàgòu〔成〕包藏骯髒的東西。比喻包容壞人壞事：團夥的窩點是～之所。也說藏垢納污。

【藏拙】cángzhuō〔動〕不願把自己不成熟的見解或尚不精湛的技藝拿出來，以免丟醜：他的山水畫上從來沒有題跋，原來為的是～。

cāo ㄘㄠ

操〈捈捵〉cāo ❶〔動〕持；拿：～刀｜～舢｜～起掃把就去掃地。❷ 做；從事：重～舊業｜～之過急。❸〔動〕控制；掌握：穩～勝券｜～生殺大權。❹〔動〕用某種語言或方言說話：～英語｜～粵語。❺ 操練：出～。❻〔名〕由一系列動作組成的體育活動：上～｜健美～｜做～。❼ 氣節；品行：節～｜～守。❽(Cāo)〔名〕姓。

> **語彙**　兵操　出操　風操　會操　節操　軍操　練操　情操　上操　繩操　收操　體操　下操　早操　貞操　保健操　工間操　廣播操　健美操　團體操　韻律操

【操辦】cāobàn〔動〕操持辦理：～慶典｜這件事由老李～。

【操場】cāochǎng〔名〕進行軍事操演或體育鍛煉的場地。

【操持】cāochí〔動〕❶ 料理；處理：～家務｜國的事由他自己～去吧！❷ 籌劃辦理：～辦廠的事。

【操刀】cāodāo〔動〕手拿着刀，比喻主持進行或自己做某項工作：～手｜這次試車由張總工程師～。

【操典】cāodiǎn〔名〕規定軍事操作要領的書：炮兵～｜步兵～。

【操觚】cāogū〔動〕〈書〉拿着簡牘。指寫文章：～之士｜率爾～(不假思索，拿起木簡就寫。形容文思敏捷，揮筆成章)。

【操控】cāokòng〔動〕操縱控制：～市場｜受人～。

【操勞】cāoláo〔動〕辛勤努力地工作；費心照管：～過度｜地裏的活兒都是父親在～。

【操練】cāoliàn〔動〕❶ 訓練軍事或體育等方面的技能：～新兵｜儀仗隊必須勤加～。❷ 訓練辦事的能力：家裏的粗活兒他都會做，真～出來了。

【操盤】cāopán〔動〕在股票、期貨交易市場有計劃地進行技術性買進和賣出(多指大宗的)：～手。

【操切】cāoqiè〔形〕求成心切而行動魯莽：不可～從事｜他太～，怎麼能辦得成事！

【操守】cāoshǒu〔名〕節操和品德：～清廉｜為官者要有廉潔的～。

【操心】cāo//xīn〔動〕❶ 費神；關注：事情已經辦妥了，你不必再～了。❷ 費心料理：為了這幾個孩子，她可沒少～｜園長為幼兒園操碎了心。

【操行】cāoxíng〔名〕品德；品行(一般指學生在校的表現)：～評語。

【操演】cāoyǎn〔動〕操練；為檢閱、視察而事前演習：～行進隊列｜為了檢閱時不出問題，一定要先～一下。

【操縱】cāozòng〔動〕❶控制並開動機器、儀器等：～自如｜～機器。❷用不正當手段支配、控制：～議會｜～選舉｜幕後~。

辨析 操縱、把持、控制　"把持"是貶義詞，對象主要是"政權、權力、機構、部門"等；"控制"是中性詞，指不許越出範圍，對象主要是"數量、速度、交通、思想感情"等，如"他總是控制不住自己的感情"；"操縱"也是中性詞，指掌管或使用機器、儀器、手段等，如"計算機再精密，還是要人來操縱"通過操縱利率來控制通貨膨脹"，但在指用不正當的手段支配人或事時，也含有貶義，如"他們暗中操縱選舉"。

【操作】cāozuò〔動〕❶按照技術要求和既定程序進行活動：～要點｜～規程。❷泛指進行工作：評比的辦法有很強的可～性｜這個機構改革方案好是好，就是不好～。

糙 cāo〔形〕粗糙；不光滑；不細緻：～米｜～紙｜毛～｜活兒做得很～｜話～理不～。

語彙　粗糙　毛糙　毛裏毛糙

【糙米】cāomǐ〔名〕(粒)碾去外殼，但碾得不精細的米。

cáo ㄘㄠˊ

曹 cáo ㊀❶〈書〉等；輩：兒～｜爾～｜吾～。❷古代分科辦事的官署：部～｜功~｜坐～治事。
㊁(Cáo)❶周朝諸侯國名，在今山東西南部。❷〔名〕姓。

語彙　部曹　爾曹　功曹　兩曹　吾曹　陰曹

【曹操】Cáo Cāo〔名〕(155-220)字孟德，沛國譙(今安徽亳州)人。東漢末傑出的政治家、軍事家、文學家。著作有《魏武帝集》。由於《三國演義》影響，他的名字在民間流傳甚廣，一般用來指奸臣，因此有很多關於他的俗語，如"寧做紅臉關公，不當白臉曹操""說曹操，曹操到"等。

【曹國舅】Cáo Guójiù〔名〕傳說中的八仙之一。姓曹名友，相傳為宋朝皇帝的親戚。曾因受其弟惡行牽累而遭監禁，後入山修煉，遇漢鍾離和呂洞賓指點而修成仙道，神通廣大。天性純善，不喜富貴，常手執玉版，袖籠金書。

嘈 cáo 喧鬧：～嚷｜～雜｜嘈嘈。

【嘈雜】cáozá〔形〕(聲音)繁雜；喧鬧：人聲｜集市上～不堪。

漕 cáo 漕運：～米｜～渠｜～河｜～幫。

【漕渠】cáoqú〔名〕運河，運漕糧的河道。

【漕運】cáoyùn〔動〕古代指國家將糧食由水路運往京城或供應軍需：總督～。

槽 cáo ❶〔名〕盛飼料餵牲畜的長方形器具：把牲口牽到～上去餵草料。❷〔名〕盛水或飲料的器具：水～｜酒～。❸水道：河~。❹(～兒)〔名〕物體兩邊隆起，中間凹下的部分：在木板上挖個～兒。

豬槽子

語彙　渡槽　合槽　河槽　酒槽　溜槽　落槽　馬槽　平槽　水槽　跳槽　豬槽

【槽坊】cáofang〔名〕舊時釀酒的手工業工場。

【槽頭】cáotóu〔名〕餵牲畜飼料的地方：～興旺。

【槽牙】cáoyá〔名〕(顆)磨牙的通稱：掉了兩顆～。

【槽子】cáozi〔名〕〈口〉槽：石頭～｜挖個~。

【槽子糕】cáozigāo〔名〕(塊)嵌在木模兒裏製成的各種形狀的蛋糕。也叫槽糕。

碻 cáo 用於地名：斫(zhuó)～(在湖南中部)。

螬 cáo 見"蠐螬"(1053頁)。

艚 cáo〈書〉大木船。

【艚子】cáozi〔名〕江河中載貨的大木船，尾部有住人的艙。

cǎo ㄘㄠˇ

草 〈艸〉cǎo ㊀❶〔名〕(棵，株，根)高等植物中栽培植物以外的草本植物的總稱：綠～｜野~。❷〔名〕用作燃料、飼料或用來編織器物的稻、麥之類的莖和葉：～料｜稻～｜～籃兒。❸山野，民間：～野｜～賊｜落~。❹〈口〉雌性的(家畜或家禽)：～驢｜～雞。
㊁❶草書：真～隸篆｜狂~。❷草稿：他起了個～，請你給看看。❸〔形〕草率：～～了事｜字寫得太~。❹非正式的，初步的：～案｜～簽｜～圖｜～約。❺〈書〉起草：～擬謊言。

語彙　草草　稻草　毒草　芳草　花草　荒草　結草　今草　勁草　狂草　糧草　潦草　落草　牧草　起草　水草　算草　演草　藥草　章草　虌皮潦草　疾風勁草

C

【草案】cǎo'àn〔名〕(份)未經通過、公佈的或試行中的法令、規章、計劃等：決議～｜憲法～。

【草包】cǎobāo〔名〕❶ 用草編成的袋子。也叫草袋。❷ 裝着草的袋子，比喻沒有真正學識、本領的人：別看他能說會道，辦起事來卻是一個大～。

【草本植物】cǎoběn zhíwù 莖部柔軟，結種子後枯萎的植物，植株一般較為矮小（區別於“木本植物”）。

【草標】cǎobiāo〔名〕舊時集市上插在出賣的物品上的草棍兒，也插在人身上作為賣身的標誌。

【草草】cǎocǎo〔副〕匆忙；草率：～了事｜～收兵｜那本書～翻了一遍，印象不深。

【草蟲】cǎochóng〔名〕❶ 指生活在草叢中的昆蟲。❷ 以花草、昆蟲為題材的中國畫：他擅長～花鳥。

【草創】cǎochuàng〔動〕剛剛開始創辦或建立：本刊～之初，幸賴諸君大力扶持。

【草蓯蓉】cǎocōngróng〔名〕一年生草本植物，寄生在樺木類植物的根上。莖肉質，紫褐色，葉子鱗片狀，黃褐色，花紫色。全草入藥。

【草叢】cǎocóng〔名〕聚集在一起生長的很多的草：蟋蟀棲息在～中。

【草地】cǎodì〔名〕❶（塊）生長野草或植有草皮的地方：請勿踐踏～。❷ 草原或種植牧草的大片地方：內蒙古有很多～。❸ 長有野草的沼澤地：紅軍爬雪山，過～。

【草墊子】cǎodiànzi〔名〕(塊，張) 用稻草或蒲草等編織成的墊子。

【草垛】cǎoduò〔名〕農村在場院或地裏堆起的草堆。

【草房】cǎofáng〔名〕(間)❶ 用泥土柴草建成的房屋。❷ 堆放飼草的房屋。

【草稿】cǎogǎo〔名〕(篇) 初步寫成尚未確定的文稿或僅有輪廓的畫稿：考慮還不夠成熟，先打個～看看｜畫家很快勾勒出一個～。

【草根】cǎogēn〔名〕❶ 草的根部。❷ 平民百姓普通大眾（跟“精英”相對）：～階層｜～文化｜～學者。

【草雞】cǎojī〔名〕❶〈口〉母雞。❷〔形〕〈口〉形容懦弱無能；膽怯畏縮：這個傢伙真～，這點事都辦不了！

【草菅人命】cǎojiān-rénmìng〔成〕菅，一種野草。把人命當作野草一樣。形容任意殘害人民：在舊社會，～的事到處都有。注意 這裏的“菅”不寫作“管”，不讀 guǎn。

【草芥】cǎojiè〔名〕小草，比喻輕賤、微小的東西：視金錢如～。

【草寇】cǎokòu〔名〕落草的強盜，舊時指在山林出沒的強盜。

【草庫倫】cǎokùlún〔名〕用土坯石塊修築圍牆或用水泥杆拉鐵絲網圍起來的草場。［蒙］

【草料】cǎoliào〔名〕餵牲口的飼料：～足，牲口肥。

【草驢】cǎolǘ〔名〕〈口〉母驢（跟“叫驢”相對）。

【草履蟲】cǎolǚchóng〔名〕(條，隻) 原生動物，生活在停滯的淡水裏，形狀像草鞋底，體有縱行排列的纖毛藉以行動。以細菌和水藻等有機物為食料。

【草綠】cǎolǜ〔形〕像青草一樣帶有微黃的綠色：～軍裝。

【草莽】cǎomǎng〔名〕❶ 草叢：風餐露宿，棲息於～中。❷ 草野，指民間：～英雄｜出身～。

【草帽】cǎomào（～兒）〔名〕(頂) 用麥稈等編成的帽子，夏天用來遮蔽陽光。

【草莓】cǎoméi〔名〕❶ 多年生草本植物，葉子有長柄，花白色。花托肉質，紅色，味酸甜。可供食用（生吃或製成果醬）。❷ 這種植物的花托。

【草民】cǎomín〔名〕平民百姓（含卑賤意，也用於自稱）。

【草木】cǎomù〔名〕花草樹木：～繁茂｜人非～，豈不動情。

【草木皆兵】cǎomù-jiēbīng〔成〕公元 383 年，前秦苻堅領兵攻打東晉，進軍到淝水邊，登壽陽（今安徽壽縣西南）城瞭望，見晉兵陣容嚴整，又望八公山上草木，以為都是晉兵，感到恐懼。後用“草木皆兵”形容驚慌的時候疑神疑鬼。

【草擬】cǎonǐ〔動〕起草；初步寫出或設計出（文稿或方案）：～計劃書｜～招生簡章。

【草皮】cǎopí〔名〕(塊) 鏟下來的帶有一薄層泥土的青草塊，可以用來鋪設草坪、防護堤岸、防風固沙或做肥料、燃料等。

【草坪】cǎopíng〔名〕(塊) 平坦的長滿草的場地，多指人工培育的整片的平坦草地：孩子們在～上遊戲。

【草圃】cǎopǔ〔名〕培育幼草的園地。

【草簽】cǎoqiān ㊀〔動〕締結雙方在條約草案或協議草案上臨時簽署自己的姓名（草簽後還需要正式簽字）：兩國訂立的友好條約，雙方代表已經～。㊁〔名〕草標。

【草書】cǎoshū〔名〕漢字的一種字體，形體上筆畫相連，書寫快速。從隸演變而成草隸，以後發展成章草、今草、狂草，成為書法藝術。

【草率】cǎoshuài〔形〕(做事) 不認真；不細緻：他工作一向認真，從不～從事。

【草堂】cǎotáng〔名〕茅草蓋的堂屋。古人常用為居室的名稱，以表示自謙或高雅：杜甫～。

【草體】cǎotǐ〔名〕❶ 草書：～字。❷ 拼音文字的手寫體。

【草圖】cǎotú〔名〕(張，幅) 初步畫出尚不精確的機械圖、工程設計圖等。

【草鞋】cǎoxié〔名〕(雙，隻)用稻草、蒲草等編成的鞋。

【草藥】cǎoyào〔名〕(劑，服，味)中醫指用植物的根、莖、葉、花、果實、種子製成的藥物。

【草野】cǎoyě ❶〔名〕鄉野，民間：～文學｜～小民。❷〔名〕〈書〉平民百姓：一介～。❸〔形〕粗俗鄙陋。

【草業】cǎoyè〔名〕開發、養護、種植牧草的生產事業：～專業戶｜～系統工程。

【草魚】cǎoyú〔名〕(條)魚名，生活在淡水中，身體圓筒形，背鰭青黃色，棲息水底。以水草為食，所以叫草魚。也叫鯇(huàn)。

【草原】cǎoyuán〔名〕半乾旱氣候地區長滿草本植物的大片土地，間有耐旱的樹木生存。

【草澤】cǎozé〔名〕❶ 水草叢生、低濕泥濘的窪地：這片～棲息着很多水禽。❷ 草野，指民間：～～英雄。

【草紙】cǎozhǐ〔名〕❶(張)用稻草等做原料製成的紙，顏色發黃，質地粗糙，多做包裝用紙。❷(捲)衞生紙。

【草字】cǎozì〔名〕❶ 用草體書寫的漢字：王羲之寫的～很有功夫。❷〈謙〉舊時對人稱自己的表字：台甫？——～振邦。

懆 cǎo 見下。

【懆懆】cǎocǎo〔形〕〈書〉憂慮不安的樣子。

cào ㄘㄠ

夯 cào〔動〕男子性交動作的粗俗說法(多用於罵人)，有時用"操"字替代。

cè ㄘㄜ

冊(册) cè ❶ 原指用皮條編串在一起的若干片竹簡，後指書冊或簿子：花名～｜記分～｜紀念～。❷〔量〕用於書籍、畫冊等：這套歷史教科書共四～。❸〈書〉冊封；封立。皇帝以冊文符命賜封爵位。

語彙 表冊　簿冊　底冊　分冊　畫冊　另冊　名冊　清冊　史冊　手冊　書冊　相冊　賬冊　正冊　註冊　丁口冊　紀念冊　記分冊

【冊封】cèfēng〔動〕皇帝以封號、爵位授給宗族、妃嬪、臣子、藩屬時，要經過一定儀式，宣讀授給封號、爵位的冊文，稱為冊封。

【冊頁】cèyè〔名〕分頁裝裱並訂成冊子的若干幅小型書畫。也作冊葉。

【冊子】cèzi〔名〕(本)裝訂好的本子：把散頁裝訂成～｜這個～是同學錄。注意"小冊子"不能按字面的意思簡單地理解成小的冊子。"小冊子"是書籍的一種，跟專門著作相對，指篇幅較小

的淺近的讀物。如："你要獲得系統的專門知識，光讀小冊子可不行！"

側(側) cè ❶〔名〕旁邊(跟"正"相對)：左～｜大路兩～種着梧桐樹。❷〔動〕向一方傾斜：～身子走過去｜～着耳朵聽。另見 zè(1700頁)；zhāi(1706頁)。

語彙 傾側　轉側　清君側　輾轉反側

【側記】cèjì〔名〕對事物或活動的側面的記述(常用於報道性文章標題)：奧運會足球賽～。

【側近】cèjìn〔名〕附近：～有一座小公園。

【側門】cèmén〔名〕(道)正門旁邊或側面的門。

【側面】cèmiàn〔名〕旁邊的一面(區別於"正面")：～像｜從～夾擊｜從～了解一下他。

【側目】cèmù〔動〕斜着眼看，形容畏懼或敢怒而不敢言：～而視｜這種兇殘的行為，令人～。

> **"側目而視"的故事**
>
> 《戰國策·秦策一》載：蘇秦以連橫策略說秦失敗，窮困潦倒地回到家中，妻子不理他，嫂子不給他做飯，父母不跟他說話。後來他發奮苦學，一合縱策略說趙成功，受相印，遊說楚國。途經家鄉，父母聽說了，清室掃道，施樂置酒，離家三十里去迎接。其妻"側目而視，傾耳而聽"，其嫂則"蛇行匍伏，四拜自跪而謝(不炊之罪)"。

【側身】cè//shēn〔動〕向側面轉動上身：～東望｜他側着身擠進了人群。

【側室】cèshì〔名〕❶ 正屋兩側的居室。❷ 舊時指妾(區別於"正室")。

【側臥】cèwò〔動〕向旁邊歪着身子躺着：他背部受傷，只能～。

【側翼】cèyì〔名〕正面部隊的兩側或兩側配備的軍隊：要出其不意攻其～，才能取勝。

【側影】cèyǐng〔名〕❶ 從側面看到的人或事物的形影：我沒看清她的面孔，只見到了一個～。❷ 從側面拍攝的人或物體的影像：從～中，你也能看出她那憂鬱的神情。❸ 比喻人物、事件的某一方面：從這本書，可以看出當年兵荒馬亂的一個～。

【側泳】cèyǒng〔名〕一種游泳姿勢，游泳時身體側臥水面，兩臂交替划水前進。

【側重】cèzhòng〔動〕把重點放在某一方面；偏重：～點｜目前要～抓經濟建設｜做工作要有所～，不要齊頭並進。

策〈筞筴〉cè ㊀ ❶ 古人在竹片或木片上書寫，編集成冊的叫策：簡～。❷ 古代考試的一種文體，多就國家政治經濟大事發問，應試者對答：對～｜～問。❸ 計謀；措施：獻計獻～｜上～｜下～。❹ 謀劃；策劃：～動｜～反。❺(Cè)〔名〕姓。

㊁ ❶〈書〉拐杖：棄～而行。❷ 古代趕馬用

的馬鞭子，一端有刺：振長～而御宇內（比喻揮動長長的馬鞭子而控制天下）。❸ 用策趕馬：～馬前進｜鞭～。❹〔名〕書法用語。指漢字筆畫的挑。

"筴"另見 jiā（630頁）。

語彙　鞭策　對策　方策　國策　計策　警策　決策　驅策　善策　上策　失策　下策　獻策　政策　中策　出謀劃策　束手無策　萬全之策

【策動】cèdòng〔動〕策劃鼓動：陰謀～政變。

【策反】cèfǎn〔動〕深入敵人內部，秘密策動其中的一些人倒向自己一方：派他到敵軍內部～。

【策劃】cèhuà ❶〔動〕籌劃；謀劃：～陰謀｜幕後～。❷〔動〕規劃設計和組織安排：這部電視劇是由好幾位影視名人～的。❸〔名〕負責規劃設計和組織安排的人：他是這部電視劇的～。

〔辨析〕策劃、策動　a)"策動"着重在鼓動別人採取行動；"策劃"着重在為採取行動而出謀劃策。b)"策動"的對象常是起義、政變等軍事的或政治的重大行動；"策劃"的對象更為廣泛，不僅可以是重大的軍事政治活動，還可以是某項方案、某個集體活動、文藝演出等。注意 "策劃"沒有貶義，是中性詞。

【策勵】cèlì〔動〕督促和激勵：青年人要隨時～自己不斷上進。

【策略】cèlüè ❶〔名〕為達到某一目的而採取的行動步驟、計劃或方式：對敵鬥爭不僅要立場堅定，而且要有～。❷〔形〕（手段或方式方法）靈活而又符合長遠計劃：這樣做會打草驚蛇，很不～。

【策應】cèyìng〔動〕與友軍呼應配合：東北軍～西北軍，協同作戰。

【策源地】cèyuándì〔名〕戰爭、社會運動等重大事件開始發起的地方：北京是五四運動的～｜英國是產業革命的～。

廁（厕）〈厠〉 cè ㊀廁所：公～｜男～。㊁〈書〉混雜在當中；參與：雜～｜～身。

語彙　公廁　男廁　女廁　如廁　雜廁

【廁身】cèshēn〔動〕〈謙〉置身其間，指從事某項工作或參與某種活動：～學界｜～賓客之中。

【廁所】cèsuǒ〔名〕供人大小便的地方。

測（测）cè ❶〔動〕測量；勘測：～雨量｜～體溫｜～風向｜～一～河水有多深。❷猜度；推測：人心難～｜莫～高深。

語彙　不測　步測　猜測　揣測　觀測　監測　檢測　勘測　窺測　蠡測　目測　探測　推測　遙測　臆測　預測　管窺蠡測　居心叵測

【測查】cèchá〔動〕測試檢查；測量查勘：智力～｜～地形。

【測定】cèdìng〔動〕經過勘查或測量後確定：～船隻方位｜～山的高度。

【測度】cèduó〔動〕估量；推測：根據種種跡象～，敵人可能撤退｜這種人的心思實在難以～。

【測估】cègū〔動〕測算估計；估算：市場形勢～｜～本屆考生升學率。

【測繪】cèhuì〔動〕測量繪製：～局｜～地圖。

【測控】cèkòng〔動〕觀測控制：衛星～｜～中心。

【測量】cèliáng〔動〕❶ 考察、度量遠近、深淺、高低等各種情況：～地形｜～外語水平。❷ 用儀器測定所需要的數值：～血壓｜水文～。

【測量師】cèliángshī〔名〕港澳地區用詞。指對物業資產做出評估的工程師。主要從事土地測量、工程成本計算、物業估價、風險評估等工作，向客戶提供專業意見：香港～在內地大展身手，為內地同行帶來新觀念。

【測評】cèpíng〔動〕❶ 測試評定：技術～｜產品經～合格。❷ 推測評估：股市～。

【測試】cèshì〔動〕❶ 測驗考查：專業～合格。❷ 檢測試驗；檢驗：這些家電產品都經過～，質量是有保證的。

【測算】cèsuàn〔動〕❶ 測量計算：通過儀器～洪水流量。❷ 根據各方面情況推算：～造橋成本｜經過～，完成今年增長指標沒有問題。

【測驗】cèyàn〔動〕❶ 用儀器或別的方法測試驗證：～機器性能。❷ 用一定的標準和方式檢查知識、技能掌握的情況：物理～｜進行智力～。

【測字】cèzì〔動〕用分析漢字部件和筆畫的辦法來推斷未來的吉凶禍福。也說拆字。

惻（恻）cè 悲痛；悲傷：悽～｜～然。

【惻隱】cèyǐn〔形〕〈書〉憐憫；同情：～之心，人皆有之。

cèi ㄘㄟ

瓻 cèi〔動〕〈口〉摔碎；打碎：把暖瓶～了｜～了一隻碗。

cēn ㄘㄣ

參（参）〈叅〉 cēn 見下。另見 cān（126頁）；shēn（1196頁）。

【參差】cēncī〔形〕不整齊；不一致：～不齊｜樓房～錯落。

【參錯】cēncuò〈書〉❶〔形〕參差交錯。❷〔動〕錯誤脫漏。

cén ㄘㄣˊ

岑 cén ❶〈書〉小而高的山：～嶺（高峰）。❷〈書〉崖岸；河岸。❸(Cén)〔名〕姓。
注意 "岑" 不讀 jīn 或 qín。
【岑岑】céncén〔形〕〈書〉（頭腦）脹痛的樣子。
【岑寂】cénjì〔形〕〈書〉靜悄悄的；寂寞：四周一片～｜消息傳來，一向～的小山村，頓時熱鬧起來。

涔 cén〈書〉❶雨後積水。❷雨水多；潦：～旱災害。
【涔涔】céncén〔形〕〈書〉❶淚、汗或水流下的樣子：淚～｜汗水～｜～寒雨繁。❷天色陰沉的樣子：雪意～滿面風。❸病痛困頓的樣子：病～。

cēng ㄘㄥ

噌 cēng / zēng〔擬聲〕快速行動或摩擦發出的聲音：麻雀～地飛走了｜～的一聲，火柴劃着了。
另見 chēng（165 頁）。

céng ㄘㄥˊ

曾 céng〔副〕曾經：我～給她去過幾封信｜他～來我家看過我一次。
另見 zēng（1701 頁）。
【曾幾何時】céngjǐhéshí〔成〕幾何：多少。才有多少時間。指時間沒過多久：～，謊言就被拆穿了。
【曾經】céngjīng〔副〕表示過去有過某種事情、行為或情況：他～和我是同學｜他～冒着敵人的炮火，衝鋒陷陣｜他～高興過幾天，如今又犯愁了。
【曾經滄海】céngjīng-cānghǎi〔成〕唐朝元稹《離思五首》詩之四："曾經滄海難為水，除卻巫山不是雲。"意思是曾經見過大海和巫山，對別處的水和雲，再也看不上眼。比喻見過大世面，平常的世事算不了甚麼：～的人對一切都看得平淡無奇。

嶒 céng 見 "崚嶒"（816 頁）。

層(层) céng ❶重疊的東西；重疊事物的一部分：雲～｜大氣～｜表～。❷〔量〕用於重疊、累積的事物：兩～樓｜禮堂外面圍了好幾～人。❸〔量〕用於可以分項、分步的事物：又多了一～顧慮｜這句話有兩～意思｜文件要～～傳達。❹〔量〕用於覆蓋在物體表面的東西：窗台上落了一～土｜湖面上結了薄薄的一～冰｜他穿了很多衣服，脫了一～又一～。❺重疊：～巒疊嶂。❻(Céng)〔名〕姓。

語彙							
表層	底層	地層	斷層	高層	基層	夾層	
階層	煤層	皮層	上層	土層	下層	岩層	雲層
中層	大氣層	隔熱層	密密層層				

【層出不窮】céngchū-bùqióng〔成〕連續不斷地出現，沒有窮盡：新生事物～。
【層次】céngcì〔名〕❶行政部門所統屬的上下機構：減少～，合併機構。❷講話、行文思路的先後次序：他講話條理清楚，～分明。❸事物因時空、等級差異而形成的序列：年齡～｜樓房～高～領導人會晤。❹表示素質優劣的等次：這些人～很低，說話十分粗俗。
【層高】cénggāo〔名〕樓房每一層的高度。
【層級】céngjí〔名〕層次和等級：不同～的人享受不同的待遇。
【層巒疊嶂】céngluán-diézhàng〔成〕重重疊疊的山嶺高低起伏，連綿不斷：林海雪原，～。
【層面】céngmiàn〔名〕範圍；方面：道德～｜問題涉及各個～。
【層見疊出】céngxiàn-diéchū〔成〕不斷出現，屢次發生：一月份交通事故～，亟須加以整頓。

cèng ㄘㄥˋ

蹭 cèng〔動〕❶摩擦：把刀在磨刀石上～兩下。❷沾染：牆是剛抹的，小心～一身灰。❸慢吞吞地行走或行動：磨～｜你一步一步往回～，夜裏十二點也到不了家｜別～了，趕快走吧。❹（北京話）不付代價而獲得，常指白吃飯、白坐車等：～吃～喝｜～車｜他又到別人家～了一頓晚飯。
【蹭蹬】cèngdèng〔形〕〈書〉路途險阻難行。比喻遭遇挫折，失意潦倒：功名～。
【蹭戲】cèngrxì〔名〕（北京話）不花錢聽戲叫作聽蹭兒戲：從前他常常到戲園子裏去聽～。

chā ㄔㄚ

叉 chā ❶〔名〕一端有柄，另一端有兩個以上的長齒便於扎取東西的器具：鋼～｜魚～｜糞～｜吃西餐用刀、～。❷〔名〕（～兒）叉形符號，形狀是 "×"，通常用來標誌錯誤或作廢（交通或公共場合標誌符號 "×" 通常表示禁止）：在這個錯字上打個～。❸〔動〕用叉取物：～魚。❹〔動〕大拇指和其餘四個指頭分開撐着：～腰。
另見 chá（138 頁）；chǎ（141 頁）；chà（141 頁）。

語彙						
餐叉	刀叉	糞叉	鋼叉	交叉	藥叉	夜音叉
魚叉	仰八叉					

【叉車】chāchē〔名〕（輛）一種短距離的搬運機械。車前部裝有鋼叉，可以升降，用以裝卸、

搬運貨物。也叫鏟車。

【叉燒】chāshāo ❶〔動〕一種燒烤肉的方法，把醃漬好的瘦豬肉掛在特別的叉子上，放入爐中燒烤：～肉。❷〔名〕用叉燒方法製成的豬肉美味：～包子。注意"叉燒肉"，平常多省去"肉"字只說"叉燒"，指的就是叉燒肉。

【叉腰】chā // yāo〔動〕大拇指和其餘四指分開，緊按在腰部：雙手～｜他兩手叉着腰，氣勢洶洶。

【叉子】chāzi〔名〕❶（把）"叉"①：冀～｜用～叉住了一條魚。❷"叉"②：在錯別字旁邊打個～。

杈 chā〔名〕❶（把）木製農具，一端有柄，一端有兩個以上的略彎的長齒，用來翻動或挑取柴草等。❷（Chā）姓。

另見 chà（141頁）。

差 chā ❶ 不同的；不相合的：～別｜～距。❷ 差錯：偏～｜誤～｜一念之～。❸〔名〕甲數減去乙數剩餘的數：十減三的～是七。也叫差數。❹〈書〉相差：～之毫釐，失之千里。❺〔副〕〈書〉尚；略；稍微：～可｜～強人意。

另見 chà（141頁）；chāi（142頁）；cī（209頁）。

語彙　等差　反差　落差　逆差　偏差　時差　視差　順差　歲差　溫差　誤差　一念之差　陰錯陽差

【差別】chābié〔名〕不同；不同的地方：年齡～｜城鄉～｜他倆職業不同，愛好各異，～很大。

【差池】（差遲）chāchí〔名〕❶ 意外的事：若有個～，可不好交代。❷ 錯誤：出了～｜不曾有半點兒～。

【差錯】chācuò〔名〕❶ 錯誤：財會人員一定要細心，不能出～。❷ 意外的變故（多指災禍）：別讓孩子自己過馬路，要是有個～，誰也擔待不起！

【差額】chā'é〔名〕跟某數比較相差的數額：補足～｜彌補～｜收支之間存在不小的～。

【差額選舉】chā'é xuǎnjǔ 候選人名額多於應選人名額的一種選舉辦法（區別於"等額選舉"）。

【差價】chājià〔名〕同一商品因條件不同而形成的價格差異：地區～｜季節～。

【差距】chājù〔名〕同類事物之間的差異程度，特指距離某種標準（如上級要求、形勢、任務、先進人物等）的差異程度：學英模，找～｜我們跟先進單位相比還有很大的～。

【差強人意】chāqiáng-rényì〔成〕《後漢書·吳漢傳》載，光武帝劉秀領兵討伐王郎，一次作戰不利，諸將都很恐慌，只有吳漢鎮定自若，劉秀感歎說："吳公差強人意。"差：殊；甚。強：振奮。意思是吳漢很能振奮人的精神。後用"差強人意"表示大體上還能使人滿意（差：大略；稍微）：這齣戲不算精彩，只有第二幕還～。注意"差強人意"不可理解為不夠盡人意、不太滿意的意思。

【差異】chāyì〔名〕別；不同的地方：這兩部車的外形儘管相似，但性能有很大的～｜漢語語法跟日語語法的～很大。

辨析　差異、差別　二者的共同點是都指事物之間在性質和特點上有區別，有不同。但"差異"多指事物在實質方面的不同，書面語色彩較濃；"差別"可指實質方面的不同，也可指外在形式上的不同。

【差之毫釐，謬以千里】chāzhīháolí,miùyǐqiānlǐ〔成〕一點兒誤差，也會造成極大的錯誤。強調不能有一點兒差錯：測繪工作要求極端認真負責，稍有疏忽，就會～，產生嚴重後果。也說"失之毫釐，謬以千里""差之毫釐，失以千里"。

插〈挿〉chā〔動〕❶ 刺進；置入；擠進或放到某一空間：～上插頭｜兩手在口袋裏｜兩岸高山直～雲霄。❷ 栽：～秧｜有心栽花花不發，無心～柳柳成蔭。❸（在中間）加進；加入：～話｜講考古的書一定要～上實物圖片才行。

語彙　安插　穿插　花插　栽插　擠擠插插

【插班】chā // bān〔動〕轉學來的學生根據其學歷和成績安插到適當班級學習：～生｜還沒有經轉學考試，不知道他該插哪一班。

【插播】chābō ➊〔動〕（廣播電台或電視台）中斷正在播出的節目，插入播出別的內容：電視台在播放電視劇時～廣告。➋〔動〕夾雜着播種：玉米地裏～大豆。

【插翅難飛】chāchì-nánfēi〔成〕插上翅膀也難於飛出去。形容很難逃脫：在樹林裏埋伏一個團的兵力，這股匪徒就～了。也說插翅難逃。

【插隊】chā // duì ➊〔動〕不守秩序，插到排好的隊列中：再急我也不好意思～呀！➋〔動〕特指20世紀六七十年代城鎮知識青年和幹部到農村生產隊落戶、勞動：～落戶。

【插花】chāhuā ➊ ❶〔形〕交錯的；穿插的：兩家有一塊～地。❷〔副〕交替着；替換着：幾種款式的衣裳～着穿。➋（-/ /-）〔動〕❶ 把花搭配着插在花瓶、花籃中：她正在表演～。❷ 繡花。

【插畫】chāhuà〔名〕（幅）插圖。

【插話】chāhuà ❶（-// -）〔動〕在別人談話中間插入講話：大人談話，小孩子別～｜這件事跟他沒有關係，他插甚麼話！❷〔名〕（句）在別人談話中間插入講的話：校長的～很重要。❸〔名〕穿插在大事件中的小故事：說書的說到緊要關頭，常加進一段精彩的～。

【插科打諢】chākē-dǎhùn〔成〕戲曲演員在演出過

程中插入一些滑稽的動作或言語引人發笑（科指動作，諢指言語）。也泛指說笑話，逗趣：這不過是～，逗樂兒取個笑罷了。**注意**這裏的"諢"不寫作"渾"，不讀 hún。

【插空】chā // kòng〔動〕繁忙中利用空隙時間（做事）：再忙也得～去醫院看病人。

【插口】chākǒu ㊀(- // -)〔動〕插嘴。㊁(～兒)〔名〕器物上設置的用來插東西的窟窿：這插座有好幾個～。

【插曲】chāqǔ〔名〕❶(首)插在電影、電視劇或話劇中有相對獨立性的樂曲；歌劇中幕與幕之間的樂曲。❷(個)比喻連續進行的事情中插入的特別片段（多指有趣的小事）：婚禮前，女方父母要來阻攔，真是個有趣的～。

【插入】chārù〔動〕❶插進去：把花～瓶中｜他在這段敍述文字中～了一段議論。❷加入；編入：你的孩子可以～初中二年級。

【插身】chāshēn〔動〕❶(- // -)把身子擠進去：地方太小，難插進身去。❷參與：這個公司還沒有登記注冊，你可不要～到裏頭去。

【插手】chā // shǒu〔動〕❶參與其事；干預：孩子的事你不必～。❷幫着做：我很想幫忙，可是插不上手。

【插頭】chātóu(～兒)〔名〕電器用品，裝在導綫一端的接頭，用以插到插座上接通電源。

【插圖】chātú〔名〕(幅)插入文字中間幫助說明內容的圖畫。

【插銷】chāxiāo〔名〕門窗上裝的金屬閂：上～。

【插敍】chāxù〔名〕一種敍事方式，在敍述過程中不按時間順序插入的其他議論或情節：這段～很精彩，稱得上是畫龍點睛之筆。

【插秧】chāyāng〔動〕把育好的水稻秧苗移栽入稻田中：他～插得真快。

【插頁】chāyè〔名〕(張，頁)插訂在書刊中，印有圖畫、表格、人物肖像等的專頁。

【插枝】chāzhī〔動〕把某些植物的枝條截斷插進潮濕的土壤裏，讓它生根發芽，長成新的植物體。也叫插條。

【插足】chā // zú〔動〕❶擠進去，把腳站穩：屋子裏的人擁擠不堪，無法～其間。❷參與某種活動或加進別人中間；插入：因為有第三者～，他倆才鬧離婚的。

【插嘴】chā // zuǐ〔動〕在別人談話時，加入談話（多屬不禮貌行為）：我還沒說完，請你先別～｜他倆談得正熱鬧，我插不上嘴。

【插座】chāzuò(～兒)〔名〕接在電源上連接電路的電器元件。

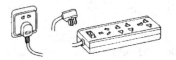

喳　chā 見下。
　　另見 zhā(1704 頁)。

【喳喳】chāchā〔擬聲〕小的說話聲：喊喊～。

【喳喳】chācha〔動〕(北京話)低聲說話：你們倆不用心聽講，～甚麼？｜她倆～了好半天。

艖　chā〈書〉小的船。

嚓　chā 見"咔嚓"(734 頁)、"啪嚓"(996 頁)。
　　另見 cā(121 頁)。

鍤（锸）chā / chá〈書〉挖地取土的工具；鐵鍬。

餷（馇）chā〔動〕❶煮或邊煮邊攪拌（豬、狗的飼料）：～豬食。❷(北京話)熬(粥)：～粥。
　　另見 zha(1706 頁)。

chá　衤

叉　chá〔動〕(北京話)擋住；卡住：汽車把路口～住了。
　　另見 chā(136 頁)；chǎ(141 頁)；chà(141 頁)。

坨　chá 小土山。多用於地名：北～南岡｜蘇家～(在北京)｜勝～(在山東)。

查（查）chá〔動〕❶仔細地查驗；檢查：～賬目｜～學生作業｜電表、水表都～過了｜～～這個攤販的營業執照｜無論誰進門都得～一下出示證。❷調查：～事故｜～原因｜這個案子非～清不行。❸翻檢查看；查找：～數據｜～索引｜～字典。
　　另見 zhā(1703 頁)。

語彙　備查　抽查　存查　調查　訪查　核查　稽查　檢查　勘查　考查　排查　盤查　普查　清查　審查　搜查　巡查　偵查　追查

【查辦】chábàn〔動〕查明犯罪事實並加以法辦：撤職～。

【查抄】cháchāo〔動〕清查並沒收犯罪者的家產；搜查並沒收違禁物品：～造假窩點｜～走私貨物。

【查處】cháchǔ〔動〕查明事實，加以處理：對偷稅漏稅者應嚴加～。

【查點】chádiǎn〔動〕檢查清點（數目、數量）：～人數｜～存貨。

【查堵】chá025dǔ〔動〕對從事非法活動的人或違禁物品進行檢查堵截：～走私車輛。

【查對】cháduì〔動〕檢查核對：～原文｜～數據要將事實～清楚。

【查房】cháfáng〔動〕查看房間內住宿等的情況，特指醫生與有關醫護人員定時到病房查看住院病人情況。

【查訪】cháfǎng〔動〕調查詢問（人物或案情）：細

心～｜仔細～。

【查封】cháfēng〔動〕❶清查封存（非法財物）：～敵偽產業｜～黃色書刊。❷檢查封閉（違法活動的場所、單位）：～非法網站｜～色情歌舞廳。

【查獲】cháhuò〔動〕❶檢查並獲得：海關～一批走私物資。❷偵查並破獲：～兩起販毒大案。

【查繳】chájiǎo〔動〕檢查並收繳（違禁或非法財物）：～私造槍支｜～盜版光碟。

【查禁】chájìn〔動〕檢查並禁止：明令～｜～賣淫嫖娼｜～聚眾鬧事。

【查究】chájiū〔動〕檢查並追究：～事故責任｜事關重大，必須徹底～。

【查勘】chákān〔動〕調查勘測或勘探：～廠址｜～礦產資源。

【查看】chákàn〔動〕檢查、驗看或觀察（某種情況）：要定期～賬目｜雨季已到，防汛部門要隨時～水情。

【查考】chákǎo〔動〕檢查研究；調查考證：存檔以備～｜～有關資料｜經過～弄清了這批青銅器的年代。

【查扣】chákòu〔動〕檢查並扣留（違禁物品）：海關～了一批走私物資。

【查明】chámíng〔動〕考察明白；查清：～原因｜～情況｜在～真相以前，不要隨便下結論。

【查牌】chápái〔動〕港澳地區用詞。警方或政府有關部門檢查經營者所持的牌照、營業執照等：警方～，檢查經營者是否無牌經營，或者經營牌照未規定的業務。

【查訖】cháqì〔動〕檢查完畢；已經檢查過。多用於經過查驗的倉庫或查封的物資的封條上：2013 年 10 月 5 日～｜蓋個"～"的戳兒。

【查清】cháqīng〔動〕調查了解清楚：～原委｜這次事件的來龍去脈。

【查哨】chá//shào〔動〕檢查哨兵執勤情況：連長每天至少查一遍哨。也說查崗。

【查收】cháshōu〔動〕驗看明白後收下（多用於書信）：寄上新書三本，敬請～。

【查稅】chá//shuì〔動〕檢查納稅情況：一年要查幾次稅，遇有漏繳的就責令補繳。

【查私】chásī〔動〕檢查走私活動；查驗走私物品：海關～｜設伏～。

【查問】cháwèn〔動〕調查詢問；審查盤問：～當事人｜～明白，再行處理。

【查詢】cháxún〔動〕調查詢問：～電話號碼｜收信人住址。

【查驗】cháyàn〔動〕檢查驗證：～文憑｜～護照｜～無誤即可放行。

【查夜】cháyè〔動〕夜間巡視、檢查有無事故發生：值班人員要負責～｜城區、郊區都有巡警～。

【查閱】cháyuè〔動〕查找翻檢閱讀（文件、案卷、書刊等）：～有關資料｜～歷年案卷。

【查照】cházhào〔動〕舊時公文用語，多用於平行單位之間，要對方注意文件內容或按照文件內容辦理：即希～施行｜希～辦理為荷。

【查證】cházhèng〔動〕調查取證；檢查證實：需經～，才能結案｜這件事已～清楚。

【查字法】cházìfǎ〔名〕檢字法。

茬 chá（～兒）❶〔名〕收割莊稼後，留在地裏的根莖：高粱～兒｜麥～兒。❷〔量〕農作物在同一塊地裏種植或成長一次叫一茬：一年種兩｜二～韭菜。❸〔量〕年齡相同或相近的一代人叫一茬：一～新幹部成長起來了。❹〔名〕中斷的話或做而未完的事：話～兒｜活～兒｜搭～兒｜接～兒幹。

> **語彙**　二茬　翻茬　話茬　換茬　回茬　活茬　急茬　連茬　麥茬　頭茬

【茬口】chákǒu〔名〕❶輪作農物的種類和輪作的次序：輪作時要選好～才能豐收。❷農作物收割以後的土壤：苜蓿地～壯，種甚麼莊稼都會有好收成。❸（～兒）（北京話）時機；節骨眼：他正高興，這～兒找他說說去｜正講到～上，他就不說了。

茶 chá❶〔名〕茶樹，常綠灌木或小喬木，葉子橢圓形，花白色，春天採下嫩葉加工後就是茶葉。❷〔名〕用茶葉沏成或煮成的飲料：沏一壺～｜喝兩杯～。❸某些稀糊狀食品或飲料的名稱：麵～｜果～｜杏仁～。❹指油茶樹：～油。❺指山茶：～花。❻茶色：～鏡｜～晶。❼（Chá）〔名〕姓。

> **語彙**　果茶　紅茶　花茶　敬茶　綠茶　奶茶　濃茶　泡茶　烹茶　沏茶　清茶　山茶　沱茶　晚茶　釅茶　用茶　油茶　早茶　煮茶　磚茶　龍井茶　普洱茶　烏龍茶　下午茶　杏仁茶

【茶吧】chábā〔名〕富有現代氣息的小型茶館。[吧，英 bar]

【茶杯】chábēi〔名〕（隻）盛茶水或其他飲料的杯子。

【茶餐廳】chácāntīng〔名〕具有香港特色的一種飲食店。融合中式大排檔和西式餐廳的特點，供應粥、粉、飯、麵及冷熱飲品，價錢便宜，上菜快捷，適應香港市民節奏快的生活：港式～現已遍佈內地的大中城市，深受歡迎。

【茶匙】cháchí（～兒）〔名〕（把，隻）調飲料用的小勺子。

【茶炊】cháchuī（～子）〔名〕用金屬製成的燒開水的器具，分裏外兩層，中間燒火，四周裝水，供沏茶用。也叫茶湯壺，有的地區叫燒心壺。

【茶道】chádào〔名〕通過品茶活動表現出一定的禮節、人品、意境、精神思想和美學觀點的飲茶藝術。

【茶點】chádiǎn〔名〕茶水和點心，也專指點心：座談會略備～。

【茶房】cháfáng(-fang)〔名〕(位)舊時稱在茶館、飯館、旅館、劇院、輪船、火車等場所供應茶水等的雜務人員。

【茶館兒】cháguǎnr〔名〕(家)賣茶水的鋪子，設有座位，有的兼售糖果、點心，有的外帶曲藝表演等。

【茶壺】cháhú〔名〕(把)沏茶用的器具，多為陶瓷或銅、鐵、錫等金屬製成。

【茶花】cháhuā(～兒)〔名〕茶樹、山茶樹、油茶樹的花，特指山茶樹的花。

【茶話會】cháhuàhuì〔名〕(次)備有茶點的集會：迎春～。

茶花

【茶會】cháhuì〔名〕用茶點招待客人的社交性集會。

【茶几】chájī(～兒)〔名〕放茶具用的、比桌子矮小的家具。

【茶鏡】chájìng〔名〕(副)茶色眼鏡。

【茶具】chájù〔名〕(套)煮茶和喝茶的用具，包括茶炊、茶盤、茶壺、茶碗等。

【茶末】chámò(～兒)〔名〕茶葉的碎末。

【茶農】chánóng〔名〕(位)以種植茶樹、採製茶葉為主業的農民。

【茶盤】chápán(～兒)〔名〕(隻)放置茶壺、茶碗的盤子。也叫茶盤子。

【茶色】chásè〔名〕像濃茶一樣赤黃而略帶黑的顏色：～玻璃。也叫茶褐色。

【茶食】cháshi〔名〕(份)糕餅、點心、果脯等類的食品，多在宴席上飲茶時食用，故稱。

【茶壽】cháshòu〔名〕俗稱一百零八歲壽辰。"茶"字拆開後，上面的"艹"，形同兩個"十"；下面的"人木"，形似"八十八"。20+88=108，故稱。

【茶水】cháshuǐ〔名〕泛稱茶或開水(多指供行人或旅客用的)：～站｜免費供應～。

【茶湯】chátāng〔名〕糜子麵或高粱麵加糖用開水沖熟的糊狀食品。

【茶託兒】chátuō(～兒)〔名〕(隻)墊在茶碗或茶杯下面的器皿。

【茶碗】cháwǎn〔名〕(隻)喝茶用的碗(一般較飯碗小)。注意 茶碗一般都較小。有一種特地用大碗盛着賣的茶叫大碗茶，是供行人或旅客用的廉價茶水。

【茶歇】cháxiē〔動〕備有茶點招待的會間休息：～時間｜會議～時段，有些代表彼此在交流。

【茶鏽】cháxiù〔名〕附着在茶具上的茶水積垢，一般呈黃褐色。

【茶敍】cháxù〔動〕以一起喝茶、吃點心的方式敍談交流：年終～｜兩岸同胞廈門～，共迎新春。

【茶葉】cháyè〔名〕經過加工的茶樹嫩葉，可沏成飲料。

【茶葉蛋】cháyèdàn〔名〕(隻)用茶葉、五香料、醬油等為作料煮熟的雞蛋。也叫茶雞蛋。

【茶藝】cháyì〔名〕烹茶、飲茶、以茶待客的技藝：～表演｜研究～。

【茶油】cháyóu〔名〕用油茶樹種子榨的油，加熱去毒後供食用，也可供藥用和工業用。也叫茶子油。

【茶餘飯後】cháyú-fànhòu〔成〕指飲茶用飯以後的空閒休息時間。泛指休閒時間：這些閒篇兒，～再扯吧！也說茶餘酒後。

【茶磚】cházhuān〔名〕(塊)磚茶。

【茶座】cházuò(～兒)〔名〕❶ 賣茶水的場所：公園裏設有～兒。❷ 茶館或賣茶水的地方所設的座位：這家小茶館只有十幾個～。

嵖 chá 見下。

【嵖岈】Cháyá〔名〕山名，在河南遂平西。

猹 chá〔名〕(隻)獾類野獸，喜歡吃瓜。此字係魯迅所造，見於其小說《故鄉》(作於1921年)。

搽 chá〔動〕把粉、油、膏等塗抹在臉上或肢體上：～胭脂｜～甘油｜先～一層凡士林再上妝。

楂 chá(～兒)❶〔名〕剃而未淨的或新長出的頭髮、鬍子：鬍子～兒。❷ 同"茬"①。
另見 zhā(1704頁)。

槎 chá ㊀〈書〉竹筏，木筏：乘～｜浮～｜漁～｜海～。
㊁ 同"茬"①。

碴 〈䃅〉chá ❶(～兒)〔名〕物體的小碎塊：冰～兒｜瓦～兒｜玻璃～兒｜骨頭～兒。❷〔動〕(北京話)陶瓷或玻璃碎片等碰破(皮肉)：別拿破碗片玩，小心～了手｜讓碎玻璃～了一道口子。❸(～兒)〔名〕器物上的破口：碗上有一道～，是新～的。❹(～兒)〔名〕感情的裂痕；引起事端的事由；嫌隙：他跟我過去有～。

察 〈詧〉chá ❶〈書〉仔細看：～看｜～言觀色｜明察秋毫。❷ 調查了解：觀～｜考～。❸(Chá)〔名〕姓。

語彙	洞察	督察	觀察	稽察	監察	檢察	警察
糾察	覺察	勘察	考察	苛察	窺察	諒察	明察
審察	視察	體察	省察	偵察	診察	習焉不察

【察訪】cháfǎng〔動〕通過察看、訪問，調查了解情況：暗中～｜～受災情況。

【察覺】chájué〔動〕發覺；看出來：圍脖丟了他都沒～｜那人形跡可疑，很快被門衞～出來了。

【察看】chákàn〔動〕為了解實際情況而仔細查看：～地形｜～動靜｜裏裏外外都～了一下。

【察言觀色】cháyán-guānsè〔成〕揣度言語和觀察臉色，以弄清對方心意：老王在一旁～，想弄明白那人說的是不是真心話。

楂 chá（北方官話）玉米等磨成的碎粒兒：棒～兒｜玉米～。也說楂子。

檫 chá〔名〕落葉喬木，高可達 35 米，木質堅實，可做建築及造船用材，根可入藥。

chǎ 彳

叉 chǎ〔動〕分開成叉（chā）形：～開｜～着腿。
另見 chā（136 頁）；chá（138 頁）；chà（141 頁）。

衩 chǎ 見"褲衩"（775 頁）。
另見 chà（141 頁）。

蹅 chǎ〔動〕〈口〉（在雨雪、泥水等裏面）踏；踩：～了一鞋泥｜一腳～在牛糞上了。

鑔（镲） chǎ〔名〕（副）鈸（bó）的俗稱。

chà 彳

叉 chà 見"劈叉"（1022 頁）。
另見 chā（136 頁）；chá（138 頁）；chǎ（141 頁）。

汊 chà 水流的分支：港～｜河～｜湖～。

妊 chà ❶〈書〉少女。❷同"姹"。

杈 chà〔名〕杈子：樹～｜棉花～。
另見 chā（137 頁）。

語彙　瘋杈　丫杈　枝杈

【杈子】chàzi〔名〕植物的分枝：樹～｜掐尖打～。

岔 chà ❶〔名〕（道路、河流等）分支的地方：道～｜河～｜～道兒｜三～路口。❷（～兒）〔名〕"岔子"①：他管賬目從來沒有出過～兒。❸〔動〕向岔路的方向走：汽車～上了彎路。❹〔動〕比喻偏離正題：他打了個比喻就把話～開了。❺〔動〕互相錯開時間，避免衝突：把會議時間～開。

語彙　打岔　道岔　河岔　山岔

【岔口】chàkǒu〔名〕分岔的路口。

【岔路】chàlù〔名〕（條）偏離正道的路；由幹道分出來的路：沿着馬路一直向前，別走～，很快就到了。也說岔道兒。

【岔氣】chà//qì〔動〕呼吸時肋部或腹部疼痛，多

由用力過猛導致肌肉或神經受傷而引起：沒想到一用力岔了氣。

【岔子】chàzi〔名〕❶意外事故；差錯：這麼晚還不見他把車開回來，千萬別出甚麼～｜他辦事從來沒有出過～。❷岔路：從這個村兒到那裏雖然不算遠，可是路上～很多，弄不好會迷路的。

侘 chà 見下。

【侘傺】chàchì〔形〕〈書〉不得志、不如意的樣子。

衩 chà〔名〕衣裙下端的開口：旗袍的～開得太大了。
另見 chǎ（141 頁）。

刹 chà 原義為土田，引申為佛寺：寶～｜古～｜名～。[剎多羅的省略，梵 kṣetra]
另見 shā（1164 頁）。

【剎那】chànà〔名〕《西域記》："時極短者，謂剎那也。"極小的一瞬間；霎時。[梵 kṣaṇa]

剎那是多長時間

《僧只律》："一剎那者為一念，二十念為一瞬，二十瞬為一彈指，二十彈指為一羅預，二十羅預為一須臾，一日一夜有三十須臾。"據此，則一日一夜（86400 秒）有 480 萬個剎那，一剎那只有 0.018 秒。剎那比瞬、彈指、羅預、須臾都要短得多。

姹 chà〈書〉艷麗。

【姹紫嫣紅】chàzǐ-yānhóng〔成〕形容各種顏色的花卉十分嬌艷：百花盛開，～，好一派春天景象。

差 chà/chā ❶〔動〕缺少；欠缺：還～兩個人沒有到齊｜～一刻鐘十二點。❷〔形〕不相同；不符合：～遠了｜～多了。❸〔形〕錯；不正確：他說得一點也不～。❹〔形〕不好；達不到標準：成績～｜這塊料子質量太～了。
另見 chā（137 頁）；chāi（142 頁）；cī（209 頁）。

【差不多】chàbuduō ❶〔形〕一般；大多數（後面加"的"做定語）：～的莊稼活兒，他都會幹｜～的大學和中學全都設有獎學金。❷〔形〕相差不多；相近：你們倆高矮～。❸〔形〕可以；勉強過得去：這次考得還～。❹〔副〕接近；幾乎：兒時的事，現在～都不記得了｜～快十點鐘了，你怎麼還不起床？

【差不離】chàbuli（～兒）〔形〕❶"差不多"③：你這麼說還～。❷"差不多"①：出席會議的人，～的他都認識。

【差點兒】chàdiǎnr ❶〔形〕（質量、成績、技藝等）不夠好；稍次：這批貨比那批貨～。❷〔副〕表示不希望實現的事情接近實現而沒有實現，帶有慶倖的意思。動詞用肯定式或否定式，意

思都一樣：～摔倒了（沒摔倒）｜～沒摔倒（沒摔倒）｜～鬧了笑話（沒鬧笑話）｜～沒鬧笑話（沒鬧笑話）。❸〔副〕表示希望實現的事情接近不能實現而勉強實現，帶有慶倖的意思。動詞用否定式：～沒趕上車（趕上車了）｜～翻譯不出來（翻譯出來了）｜～沒有買到票（買到票了）。❹〔副〕表示希望實現的事情接近實現而最終沒有實現，帶有惋惜的意思。動詞用肯定式（動詞前面常用"就"）：～就搭上車了（沒搭上車）｜～就得獎了（沒得獎）｜～就贏了（沒有贏）。以上也說差一點兒。

辨析 差點兒、幾乎　在表示"眼看就要發生而結果並未發生"的意義時，兩個詞用法基本相同，如"腳下一滑，差點兒摔倒"，也可以說"腳下一滑，幾乎摔倒"，只是"差點兒"更多用於口語。"差點兒"有時帶有希望實現尚未實現的意思，如"差點兒就考上了"，這時不宜換用"幾乎"。

【差勁】chàjìn〔形〕(事物)質量低劣；(人)品行不好或能力低：這種水泥有點～，不像你說的那樣好｜這人可真～，說話不算話。

【差事】chàshì（～兒）〔形〕〈口〉不夠標準；不頂用：這皮鞋太～了，還穿怎麼穿就裂開個大口子！
　　另見 chāishi(142 頁)。

詫 (诧) chà 感到驚訝；覺得出乎意料：驚～｜～然｜～異｜為奇談。

【詫異】chàyì〔形〕感覺驚奇；奇怪：聽到這個消息，大家不免～｜小李突然失蹤，同學們都非常～。

chāi ㄔㄞ

拆 chāi ❶〔動〕把整體的、合在一起的東西打開或分開：～船｜～信｜把這個大組～成兩個小組。❷〔動〕拆除：～了舊房子蓋新房子｜過河～橋。❸(Chāi)〔名〕姓。
　　另見 cā(121 頁)。

【拆白】chāibái〔動〕(吳語)用誘騙手段詐取財物：～黨。

【拆除】chāichú〔動〕拆去(建築物等)：～違章建築｜～路障，使車輛暢通無阻。

【拆穿】chāichuān〔動〕徹底揭穿：～謊言｜～陰謀｜～西洋鏡(揭穿騙局，暴露真相)。

【拆毀】chāihuǐ〔動〕拆除毀掉：～房屋。

【拆建】chāijiàn〔動〕拆除原有建築物後修建新的建築物。

【拆解】chāijiě〔動〕❶拆開；拆散：～回收的舊機器。❷分析解釋：向眾人～戲法秘密。

【拆借】chāijiè〔動〕向銀行或有關部門短期借貸並按日計息：向信用社～二百萬元。

【拆遷】chāiqiān〔動〕拆除危舊房屋或已被徵用地

區的房屋，原住戶搬遷到別處：～戶｜這一帶的居民都等着～呢。

【拆遷戶】chāiqiānhù〔名〕因拆遷而搬到別處居住的住戶：為了妥善安排～，公司決定先建造住宅新村。

【拆牆腳】chāi qiángjiǎo〔慣〕挖牆腳。

【拆散】chāisǎn〔動〕使整體或整套的東西分散：別把整套家具～了。
　　另見 chāisàn(142 頁)。

【拆散】chāisàn〔動〕使家庭或集體分散：一對好夫妻被別人～了。
　　另見 chāisǎn(142 頁)。

【拆台】chāi//tái〔動〕對別人的事業或工作進行破壞，使其不能成功或順利進行(跟"補台"相對)：為殘疾人募捐是公益事業，任何人不得～｜對別人的工作應該支持，不能拆別人的台。

【拆息】chāixī〔名〕存款放款按日計算的利率。

【拆洗】chāixǐ〔動〕❶將被褥或帶胎的衣物拆開洗淨然後縫好：～舊衣服。❷將機器等拆成零部件擦洗乾淨再裝好：～打字機｜～空調器。

【拆卸】chāixiè〔動〕把機器、車輛、船舶等拆開並卸下其零部件：～機器｜～自行車。

【拆裝】chāizhuāng〔動〕拆卸和組裝：這種健身器械～方便。

【拆字】chāizì〔動〕測字。

差 chāi ❶〔動〕派遣：～遣｜鬼使神～｜～人去請大夫。❷受派遣去做的事；公務；職務：公～｜當～｜他兼了好幾個～。❸受派遣去做某事的人：欽～｜郵～。
　　另見 chā(137 頁)；chà(141 頁)；cī(209 頁)。

語彙 出差　當差　公差　官差　交差　解差　欽差　聽差　銷差　信差　郵差　支差　抓差　專差　開小差　鬼使神差

【差旅】chāilǚ〔動〕出差旅行：～費。

【差遣】chāiqiǎn〔動〕分派去做(某事)；派遣：聽候～｜公司～他出外聯繫業務。

【差使】chāishǐ〔動〕派去做(某事)：着即～得力幹部處理此事。

【差使】chāishi〔名〕❶舊指官場中臨時委派的任務。❷職務或官職：派了他一個當科長的～。以上也作差事。

【差事】chāishi ❶〔名〕(件)受派遣去辦的事：派給我一件～吧！❷同"差使"(chāishi)。
　　另見 chàshì(142 頁)。

【差餉】chāixiǎng ❶〔名〕港澳地區用詞。指物業稅。政府向工業、商業和住宅樓宇等房地產物業業主徵收的稅項：政府每個季度都會向業主發出～單，業主須按時交付。

差餉和警捐

"差餉"早期稱"警捐"。香港1845年根據《徵收警捐條例》徵收警捐,當時此費用專用於供給維持社會治安和消防等的警察所用,稱為"差役的糧餉",簡稱"差餉"。早期,警察主要維護商舖安全,所以只向商戶徵收,民居樓宇不必交付,後擴大到全部物業。而"差餉"一詞沿用至今。

【差役】chāiyì〔名〕❶舊時官府派給人民的無償勞務:~繁重。❷〔名〕舊時衙門中當差的人。

釵（钗）chāi 舊時婦女插在髮髻上的一種首飾,由兩股簪子組成:金~|玉~|荊~布裙(形容婦女裝束樸素)。

chái 彳万

柴chái ㊀〔名〕❶柴火:打~|~米油鹽。❷(Chái)姓。
㊁〔形〕(北京話)❶蔬菜纖維多,不嫩:~扁豆|這芹菜顯得太~了。❷肉的纖維粗糙,不鬆軟:雞老了,肉~得很。❸質量差;水平低;不高明:這筆太~,寫不出字|他的棋下得特~。

語彙 打柴 乾柴 火柴 砍柴 茅柴 木柴 劈柴 引柴 骨瘦如柴

【柴草】cháicǎo〔名〕做燃料用的草木:儲備~。
【柴胡】cháihú〔名〕多年生草本植物,根肥厚,葉子披針形,秋季開小黃花。根可入藥,性微寒,味苦,有解熱等作用。
【柴火】cháihuo〔名〕(把)做燃料用的草木。
【柴米】cháimǐ〔名〕泛指日常生活必需品:~夫妻(共度苦難生活的夫妻)|不當家不知~貴。
【柴油】cháiyóu〔名〕石油加工而成的燃料油,用於柴油機。一般分為重柴油、輕柴油兩種,重柴油用於中速、低速柴油機,輕柴油用於高速柴油機。
【柴油機】cháiyóujī〔名〕(台)用柴油做燃料的內燃機,廣泛用於火車、拖拉機、載重汽車、輪船、艦艇等。

豺chái〔名〕哺乳動物,形狀如狼而較瘦,小而圓,性兇猛,常捕食羊、兔等。

【豺狼】cháiláng〔名〕豺和狼都是兇殘的野獸,用來比喻兇惡殘忍的壞人:~當道。
【豺狼成性】cháiláng-chéngxìng〔成〕比喻壞人像豺狼一樣兇殘成了習性:一夥殺人強盜。

【豺狼當道】cháiláng-dāngdào〔成〕《東觀漢記·張綱》:"豺狼當道,安問狐狸!"意思是為甚麼放開大壞蛋,倒去治小壞蛋!現多比喻壞人當權。

祡chái 用於地名:~洲包(在湖南)。

儕（侪）chái〈書〉同輩或同類的人:吾~|朋~|晉鄭同~。

【儕居】cháijū〔動〕〈書〉一同居住:長幼~。

chǎi 彳万

茝chǎi 古書上說的一種香草,即白芷。

䅟chǎi(~兒)〔名〕豆子或玉米經碾壓而成的碎小顆粒,用來做糕點或熬粥:豆~兒|玉米~兒。

chài 彳历

瘥chài〈書〉痊癒:病已小~|久病不~。
另見cuó(223頁)。

蠆（虿）chài〈書〉蠍子一類的毒蟲:蟲~|蜂~有毒。

chān 彳马

辿chān 用於地名:龍王~(在山西吉縣西北)。
另見chán(144頁)。

梴chān〈書〉樹幹很長的樣子。

覘（觇）chān〈書〉窺探:觀測:~候|~望|掩戶而入~之。

【覘標】chānbiāo〔名〕設在被觀測點上的一種測量標誌,用木料或金屬做標架。

摻（掺）chān〔動〕把一種東西混合進另一種東西裏去;雜入:~假|~雜|酒中不能~水。
另見càn(129頁);shǎn(1172頁)。

【摻和】(攙和)chānhuo〔動〕❶將不同的東西混合在一起;摻雜:將土和白灰~在一起和泥|粗糧和細糧~着吃。❷參加進去添亂:這兒夠亂的了,你就別~啦!❸介入;插手:別人家的事他去瞎~甚麼!
【摻假】(攙假)chān//jiǎ〔動〕把假東西混合到真東西裏去或把質量差的東西混合到質量好的東西裏去:奸商~以车取暴利|這裏摻了不少假。
【摻雜】(攙雜)chānzá〔動〕將不同的東西摻和在一起;混雜:笑聲、歌聲、喧嘩聲~在一起|他把白麵和玉米麵~起來烙了一張餅。

襜 chān〈書〉繫在身前的圍裙。

【襜褕】chānyú〔名〕古代一種短便衣。

攙 (攙) chān〔動〕攙扶:快把她~進門來|~着老人家上樓。

【攙扶】chānfú〔動〕從旁輕輕架住別人的手臂或身體,使站起或前進:他~着老人去醫院看病。

chán 彳ㄢ

辿 chán〈書〉緩慢的:~步。
另見 chān(143頁)。

單 (单) chán 見下。另見 dān(247頁);Shàn(1173頁)。

【單于】chányú〔名〕❶匈奴最高首領的稱號。❷(Chányú)複姓。

孱 chán 軟弱;瘦弱:~弱|~王(懦弱無能的君王)。
另見 càn(129頁)。

【孱弱】chánruò〔形〕〈書〉❶瘦弱無力:身體~。❷懦弱無能:性情~。❸薄弱;衰微:音調~。

僝 chán 見下。

【僝僽】chánzhòu〈書〉❶〔動〕埋怨:將別人來~。❷〔動〕折磨:天氣惱人~。❸〔動〕排遣:閒把詩~。❹〔形〕愁苦;煩惱:唱道幾處笙歌,幾家~。❺〔形〕憔悴:~,~,比着梅花誰瘦。

廛 chán ❶古代指一戶人家所住的地方,包括房子和宅院:願受一~而為氓。❷〈書〉店鋪;市:~|設肆開~。

潺 chán 見下。

【潺潺】chánchán〔擬聲〕流水或下雨的聲音:漸聞水聲~|簾外雨~。

【潺湲】chányuán〔形〕〈書〉水緩緩流動的樣子:流水~。

嬋 (婵) chán 見下。

【嬋娟】chánjuān〈書〉❶〔形〕姿態美好:花~|月~。❷〔名〕指美女:後宮~多花顏。❸〔名〕指代月亮:但願人長久,千里共~。

【嬋媛】chányuán〔形〕〈書〉❶牽掛不捨的樣子:心~而傷懷。❷牽連的樣子:垂緒~。

鋋 (铤) chán 古代一種鐵柄短矛。

澶 chán 見下。

【澶淵】Chányuān〔名〕古地名,在今河南濮陽西。在中國歷史上,北宋和遼國曾在這裏訂立澶淵之盟。

禪 (禅) chán ❶佛教修行的一種功夫,指屏除一切妄念而處於靜心思慮的狀態:參~|坐~|~理。❷有關佛教的人和事物:~師|~宗|~房|~杖。[梵 dhyāna]❸(Chán)〔名〕姓。◆注意 不要把三國時劉備之子劉禪(shàn)讀成劉禪(chán)。
另見 shàn(1174頁)。

語彙 參禪 打禪 坐禪 口頭禪

【禪房】chántáng〔名〕僧尼居住的房屋,泛指寺院。

【禪機】chánjī〔名〕禪宗和尚說法的機鋒,即用言行姿態或其他事物暗示教義的訣竅。

【禪林】chánlín〔名〕佛教寺院。也叫禪寺、禪院。

【禪師】chánshī〔名〕(位)對和尚的尊稱。

【禪宗】chánzōng〔名〕中國佛教的一個重要派別,以靜坐修行為主,主張不立文字,直指人心,見性成佛。相傳南朝末末(公元5世紀)由印度和尚菩提達摩傳入中國,後來又分為南方漸悟說和北方頓悟說二宗。

蟬 (蝉) chán〔名〕(隻)昆蟲,種類很多,雄的腹部有發音器,能連續不斷發出噪聲。雌的不發聲,但腹部有聽器。幼蟲生活在土裏,吸食植物根的汁液,成蟲吃植物的汁。

語彙 寒蟬 秋蟬 噤若寒蟬

【蟬聯】chánlián〔動〕連續保持(某種稱號);連任(某種職務):~世界冠軍|~歷史學會會長。

【蟬蛻】chántuì ❶〔名〕蟬的幼蟲蛻變為成蟲時脫下的殼。可入藥,有鎮靜解熱的作用。也叫蟬衣。❷〔動〕〈書〉比喻解脫:~於濁穢。

【蟬翼】chányì〔名〕蟬的翅膀,極輕極薄:薄如~|質輕~(材質比蟬翼還輕)|功薄~(功勞比蟬翼還薄)。

瀍 Chán 瀍河,水名。在河南洛陽東,向南流入洛河。

蟾 chán ❶指蟾蜍。❷傳說月中有蟾蜍,因借指月亮:~光|玉~|秋~獨明。

【蟾蜍】chánchú〔名〕(隻)兩棲動物,軀體表皮有疙瘩,內有毒腺,能分泌粘液。捕食昆蟲、蝸牛等,有益於農作物。俗稱疥蛤蟆、癩蛤蟆。

【蟾宮】chángōng〔名〕〈書〉指月亮,傳說月中有蟾蜍,故稱:~折桂|玉兔隨~(去:離開)。

【蟾宮折桂】chángōng-zhéguì〔成〕科舉時代比喻

考中進士。

【蟾酥】chánsū〔名〕中藥名，蟾蜍表皮腺體的分泌物，白色乳狀液，有毒。適當劑量有鎮痛、止血作用。

儳 chán〈書〉雜亂不齊。

巉 chán 見下。

【巉峻】chánjùn〔形〕〈書〉形容山勢高險：峰巒～。

【巉岩】chányán〔名〕〈書〉高而險的山石：～難攀。

鐔（镡）Chán〔名〕姓。另見 Tán（1312 頁）；xín（1509 頁）。

纏（缠）chán ❶〔動〕纏繞：頭上～着紗布｜把毛綫～成團兒。❷〔動〕隨身帶着：腰～萬貫。❸〔動〕糾纏：俗務～身｜～着不放。❹〔動〕（北方官話）對付：這個人真難～。❺（Chán）〔名〕姓。

【纏綿】chánmián ❶〔動〕被糾纏而擺脱不開：～病榻｜鄉思～。❷〔形〕情意親密，分解不開：兩情～。❸〔形〕婉轉動人：歌聲～。

【纏磨】chánmo〔動〕❶糾纏：孩子慣壞了，真～死人。❷攪擾：我正忙着呢，你别～我了。

【纏繞】chánrào〔動〕❶細長的東西圍繞在其他東西上：傷員頭上～着綳帶｜枯藤～着老樹。❷攪擾；困擾：諸多煩惱～心頭。

【纏身】chánshēn〔動〕受困擾不得脱身：病魔～｜債務～。

【纏手】chánshǒu〔形〕受糾纏脱不開手，形容事情不好辦或病難治：這件事雖然～，我們也一定要想辦法辦好｜這個病真～。

【纏足】chán//zú〔動〕裹腳。

躔 chán〈書〉❶野獸的足跡：跡～。❷日月星辰運行：日月初～。

讒（谗）chán ❶說别人的壞話：君子不～人。❷陷害别人的話：進～｜帝信～。❸說别人壞話的人：忠進～退。

【讒害】chánhài〔動〕用讒言陷害：～好人｜遭人～。

【讒言】chányán〔名〕誹謗、誣衊别人的話：聽信～。

鑱（镵）chán ❶古代的一種掘土工具，鐵製，有柄。❷〈書〉刺。❸〔形〕尖銳鋒利：又亮又～的板鋤。

饞（馋）chán ❶〔形〕貪吃：～涎欲滴｜他嘴很～。❷〔形〕艷羨；極想得到：眼～｜看見打牌就～得慌。❸〔動〕使饞：～人｜你拿好吃的～我呀？

【饞涎欲滴】chánxián-yùdī〔成〕饞得要流出口水來。形容急於想吃到口的樣子。也比喻非常眼紅：這香甜的蓮子粥讓人～｜櫥窗裏展示着華麗服裝，看得她～。

【饞嘴】chánzuǐ ❶〔形〕嘴饞：這個人沒别的毛病，就是有點兒～。❷〔名〕指貪吃的人：他是個～。

chǎn 彳彡

屵 chǎn 用於地名：～沖（在安徽）。

產（产）chǎn ❶〔動〕生育：～子｜蠶蛾～卵｜熊貓～下一仔兒。❷〔動〕出產：～棉｜～煤。❸ 創造物資或精神財富：生產：～銷兩旺｜增～三成｜多～作家。❹ 物產；產品：海～｜礦～｜特～。❺ 產業：房地～｜不動～。❻（Chǎn）〔名〕姓。

【產出】chǎnchū〔動〕生產出（產品）：少投入，多～。

【產地】chǎndì〔名〕（某物品）出產的地方：棉花～｜這些絲綢是從～運來的。

【產兒】chǎn'ér〔名〕剛出生的嬰兒。比喻新生事物：技術分工是工業革命的～。

【產婦】chǎnfù〔名〕在分娩期或產褥期中的婦女：精心護理，保障～和產兒的健康。

【產後】chǎnhòu〔名〕❶婦女分娩後一段時期：～護理｜～出血。❷ 產品生產出來以後：～服務。

【產假】chǎnjià〔名〕職業婦女分娩前後享受的假期：她正在休～。

【產科】chǎnkē〔名〕醫院中的一科，專門負責孕婦保健和輔助產婦分娩等：～病房｜～醫生。

【產量】chǎnliàng〔名〕產品的數量：日～｜增加～｜農副產品的～大幅度提高。

【產能】chǎnnéng〔名〕生產能力，企業在正常狀態下能夠實現的最高產量的實力：平均～｜～不足。

【產品】chǎnpǐn〔名〕（件）生產或製造出來的物品：礦～｜工業～｜文化～｜～檢驗。

【產前】chǎnqián〔名〕❶婦女分娩前的一段時期；懷孕期：～檢查｜～注意事項。❷ 產品產出之前。

【產區】chǎnqū〔名〕指某類產品集中出產的地

區：糧油～。

【產權】chǎnquán〔名〕財產所有權；知識～｜～受到保護。

【產權證】chǎnquánzhèng〔名〕房屋所有權證書，是中國國家依法保護房屋所有權人合法權益的法律憑證。

【產褥期】chǎnrùqī〔名〕產婦分娩後，生殖器官恢復到正常狀態所需的一段時期。

【產褥熱】chǎnrùrè〔名〕產褥期內產道感染引起的病，患者高熱、下腹疼痛、陰道流膿血、頭痛、嘔吐等。俗稱月子病。

【產生】chǎnshēng〔動〕❶ 由已有的事物中生出新的事物：語言中～了一些新的詞彙。❷ 生出（思想、希望等）：新時代～新思想｜他又～了實現理想的希望。❸ 出現：這樣的好人好事，只有在新時代才會～。

【產物】chǎnwù〔名〕（在一定條件下）產生的事物；結果：疾疫災荒是戰爭的必然～｜這項措施是群眾智慧的～｜一本好的作品是作家嘔心瀝血的～。

【產銷】chǎnxiāo〔名〕生產和銷售：～平衡｜～直接掛鈎｜～兩旺。

【產業】chǎnyè〔名〕❶ 房屋、工廠等財產（多指私有的）：購置～。❷ 工業生產，也指其他生產和經營的事業：～革命｜～工人｜第三～。

【產業鏈】chǎnyèliàn〔名〕指由原材料採購、加工、銷售和售後服務等環節配套組成的產業整合：天然氣～。

【產院】chǎnyuàn〔名〕（家）婦產醫院，是專門為產婦分娩服務的醫療機構。

【產值】chǎnzhí〔名〕在一定時期內，用貨幣計算的產品的價值量：工業總～｜該地區工農業總～超過一百億大關。

滻（浐）Chǎn 滻河，水名。在陝西西安東，向北流入灞河。

嘽（𫭢）chǎn〈書〉舒緩：其聲～以緩。另見 tān（1309頁）。

諂（谄）chǎn 奉承；巴結：～媚｜～笑｜～貧而無～。

【諂媚】chǎnmèi〔動〕低三下四取悅於人；逢迎討好：～求榮｜他那副～上司的樣子，叫人噁心。

【諂諛】chǎnyú〔動〕奉承；諂媚阿諛：當面～，背後謾罵，是卑鄙的行為。

葴（葳）chǎn〈書〉完成；完畢：～事（事情辦妥）。

燀（㶶）chǎn〈書〉❶ 燒火煮。❷ 燃燒。

鏟（铲）〈剗〉chǎn ❶（～兒）〔名〕一種像簸箕或平板的工具，有長把，用來撮取東西或清除附着物：鐵～｜煤～｜鍋～。❷〔動〕用鏟、鍬削平或撮取：～土｜～雪｜把院子裏的地～平。

闡（阐）chǎn 詳細說明；剖析明白：～明｜～釋｜～發。

【闡發】chǎnfā〔動〕說明並加以發揮：這篇論文深刻地～了愛祖國的意義。

【闡明】chǎnmíng〔動〕說清楚；講明白：外交部的照會～了中國的正義立場。

【闡釋】chǎnshì〔動〕說明並解釋：老師在課堂上把這篇文章的寫作特點～得清清楚楚。

【闡述】chǎnshù〔動〕申說；論述：～自己的立場｜書中深刻～了現代哲學的精義。

【闡揚】chǎnyáng〔動〕說明並加以宣揚：～政令｜～書中義理。

驏（骣）chǎn 不加鞍轡騎馬：～騎｜～番馬。

囅（𪾢）chǎn〈書〉笑的樣子：～然而喜。

chàn 彳ㄢ

剗（刬）chàn 見“一剗”（1585頁）。

懺（忏）chàn ❶ 懺悔：愧～。❷ 佛教用語，悔過所做的祈禱稱為懺摩，省稱懺。也指拜懺時所誦的經文。〔梵 kṣama〕

【懺悔】chànhuǐ〔動〕❶ 佛教認為表露以往之罪而誠惶將來為懺悔：向佛～。❷ 泛指認識到過去的罪過而痛心悔過：回憶起過去對父親的粗暴態度，他～了。

屫 chàn 摻雜：～入。

【屫雜】chànzá〔動〕摻雜：不法商販在大米裏～了不少碎石子。

韂 chàn 墊在馬鞍子下面的東西，垂於馬腹兩側，起到保護馬腹遮擋泥土的作用（與馬鞍子合稱“鞍韂”）。

顫（颤）chàn〔動〕哆嗦；顫抖：老人的兩隻手直～｜他激動得說話聲音都發～了。另見 zhàn（1713頁）。

語彙　發顫　震顫

【顫動】chàndòng〔動〕急促而頻繁地起伏振動：聲帶～｜嚇得他全身～。

【顫抖】chàndǒu〔動〕哆嗦；不由自主地顫動：冒着十月的寒風，他不禁～起來｜老人氣得兩腿～。

【顫巍巍】chànwēiwēi（～的）〔形〕狀態詞。微微抖動搖晃的樣子（多用來形容老人或病人的

動作）：父親老了，走起路來～的。也說顫顫
巍巍。

【顫音】chànyīn〔名〕❶ 語音學名詞，舌尖或小舌
連續顫動而形成的一種輔音。如俄語的 Р 就是
舌尖顫音。❷ 音樂名詞，由兩個整音或半音迅
速重複轉換而構成的裝飾音。

【顫悠】chànyou〔動〕顫動搖晃：他挑擔直～｜小
橋～起來了｜她在～的浮橋上行走。

chāng ㄔㄤ

昌 chāng ❶ 發達；興盛：～盛｜～隆｜五世
其～。❷ 正當；善：～言。❸（Chāng）
〔名〕姓。

【昌明】chāngmíng ❶〔形〕興盛發達：政治～｜
文化～。❷〔動〕使興盛發達：～學術。

【昌盛】chāngshèng〔形〕興旺強盛；興隆：事
業～｜繁榮～的國家。

【昌言】chāngyán〈書〉❶〔名〕正當的言論；善
言；美言：禹拜～（大禹接受善言）。❷〔動〕
直言不諱：～於眾。

伥（伥）chāng 伥鬼：虎行就食，～為前
導｜為虎作～。

【伥鬼】chāngguǐ〔名〕傳說中被老虎咬死的人變
成的鬼，它被老虎役使，充當老虎的幫兇。參
見"為虎作伥"（1412頁）。

倡 chāng ❶ 古代以表演歌舞、演奏樂器為
業的人。❷〈書〉同"娼"。❸（Chāng）
〔名〕姓。
　　另見 chàng（152頁）。

【倡優】chāngyōu〔名〕❶ 古代以音樂、歌舞、演
出雜戲為業的人。❷〈書〉指娼妓和優伶。

猖 chāng〈書〉狂妄：～狂｜～獗。

【猖獗】chāngjué ❶〔形〕兇惡放肆，任意橫
行：～一時的敵人，終於被我們消滅了。
❷〔形〕比喻疾病或災害鬧得很兇：瘧疾～｜
過去這一帶盜匪～。❸〔動〕〈書〉傾覆；失
敗：自貽～。

【猖狂】chāngkuáng〔形〕狂妄而放肆：～反撲｜
山裏的一股土匪太～了。

　[辨析]**猖狂、猖獗** "猖狂"着重指狂妄，任
意妄為，一般用來形容敵人的進攻、破壞等行
為；"猖獗"着重指兇猛、放肆，程度比"猖狂"
更重，另外，還可以形容病害、謠言等，多
用作謂語，如"瘋牛病在西歐一些國家一度猖
獗""那個時期，市я謠言猖獗"。

娼 chāng 娼妓：～婦｜男盜女～。

　語彙　暗娼　嫖娼　私娼　逼良為娼　男盜女娼

【娼婦】chāngfù〔名〕妓女（多用於罵人）。

【娼妓】chāngjì〔名〕以賣淫為業的女子：淪為～。

菖 chāng ❶ 見下。❷（Chāng）〔名〕姓。

【菖蒲】chāngpú〔名〕多年生草本植物，葉子像
劍，有香氣。根狀莖可做香料，也可入藥。民
間風俗，端午節將菖蒲葉和艾葉用紅綫繩繫在
一起掛在門前，用來驅邪，並熏蚊蟲，避疾疫。

閶（闾）chāng 見下。

【閶闔】chānghé〔名〕❶ 神話中的天門。❷ 宮
門：～九重。

【閶門】Chāngmén〔名〕地名，蘇州城的西北門。

鯧（鲳）chāng〔名〕魚名，生活在海洋中，
體側扁而圓，有背鰭而無腹鰭，銀
灰色。也叫銀鯧、鏡魚、平魚。

cháng ㄔㄤ

長（长）cháng ❶〔名〕長度；兩點之間的
距離：這條公路全～七百公里。
❷〔形〕空間的距離大（跟"短"相對）：山路又彎
又～｜～的裙子。❸〔形〕時間長久（跟"短"
相對）：七天～假｜冬天夜很～。❹ 長處；優
點：專～｜特～｜取～補短｜一技之～。❺ 擅
長；對某事做得特別好：～於書法｜～於演
說。❻（舊讀 zhàng）〈書〉多；多餘：～物。
❼（Cháng）〔名〕姓。
　　另見 zhǎng（1715頁）。

　語彙　見長　久長　漫長　綿長　頎長　冗長　擅長
身長　深長　特長　細長　狹長　修長　延長　揚長
悠長　周長　專長　地久天長　飛短流長　日久天長
一技之長　語重心長

【長安】Cháng'ān〔名〕❶ 中國古都之一，漢朝和
唐朝等朝代建都於此，在今陝西西安西北。
❷ 唐以後也泛指都城：久居～。

【長編】chángbiān〔名〕撰寫成書之前，把有關材
料搜集編排起來的稿本：唐代詩人傳記～。

【長波】chángbō〔名〕波長從 1000 米到 10000 米
（頻率從 300 千赫到 30 千赫）的無綫電波。因
受電離層等方面的影響少，比較穩定可靠，常
用於無綫電測向、導航和廣播等。

【長城】Chángchéng〔名〕❶ 中國古代偉大工程
之一。始建於戰國時期，歷代均有重修或增

築。現存明長城西起甘肅嘉峪關，中經青海、寧夏、陝西、內蒙古、山西、北京、天津、河北，東到遼寧虎山，全長8851.8千米：不到～非好漢。通稱萬里長城。❷比喻雄厚的力量或不可逾越的障礙。❸比喻軍隊：敵人妄圖毀我～。

【長蟲】chángchong〔名〕（條）蛇的俗稱。

【長處】chángchu〔名〕優點；專長：勝不驕，敗不餒，這是他的～｜各人有各人的～和短處。

> [辨析] 長處、優點　"優點"指優秀的地方，與"缺點"相對，可以用於物和人，如"這種紙有很多優點""謙虛是他的優點"；"長處"強調與其他人、事物比較來較突出的地方，與"短處"相對，多用於人。如"他是山區長大的，善於爬山是他的長處"，這裏的"長處"不能換成"優點"。

【長川】chángchuān ❶同"常川"。❷〔名〕長的河流。

【長此以往】chángcǐ-yǐwǎng〔成〕長期這樣下去（多就不好的情況而言）：～，國將不國｜有病不看，～，將不堪設想。

【長笛】chángdí〔名〕（支）管樂器。用金屬或木料製成，可用於獨奏或合奏。

【長度】chángdù〔名〕❶兩點之間的距離：天線的～。❷縱向的距離：這個大廳的～是15米，寬度是8米。

【長短】chángduǎn〔名〕❶長度；衣服的尺寸：這條褲子你穿起來～正合適。❷意外的變故、危險，一般指人死亡：她要是有個～，我可怎麼辦？❸是非；好壞；善惡：不要背後議論別人～。

【長短句】chángduǎnjù〔名〕"詞"③的別稱。詞中句子長短不一，故稱。

【長噸】chángdūn〔量〕英噸。

【長方形】chángfāngxíng〔名〕矩形。

【長庚星】chánggēngxīng〔名〕中國古代指傍晚時出現在西方天空的金星。也叫太白星。參見"金星"（685頁）。

【長工】chánggōng〔名〕舊社會長年受僱於地主或富農的貧苦農民。

【長鼓】chánggǔ〔名〕（面）❶朝鮮族打擊樂器，圓筒形，中間細而實，兩端粗而中空，用於歌舞表演或合奏。❷瑤族打擊樂器，長筒形，腰細而實。用手敲擊，邊擊邊舞。

【長號】chánghào〔名〕（把）銅管樂器，一端呈喇叭狀，有可以滑動的長管。俗稱拉管。

【長河】chánghé〔名〕❶長的河流，比喻漫長的過程：在歷史的～中，五十年不過一瞬而已。❷（Cháng Hé）〔書〕指黃河：大漠孤煙直，～落日圓。

【長話】chánghuà〔名〕長途電話的簡稱：～局｜國內～。

【長話短說】chánghuà-duǎnshuō〔成〕不用很多話而是用簡短的話把該說的事情說完：咱～，他現在的病情怎麼樣了？

【長假】chángjià〔名〕時間長的假期；長期性的休假：春節～｜他請～還鄉了。

【長江】Cháng Jiāng〔名〕中國第一條大河，發源於唐古拉山脈主峰格拉丹冬雪山西南側，流經青海、西藏、四川、雲南、重慶、湖北、湖南、江西、安徽、江蘇等省區，至上海市流入東海，全長6300千米，流域面積180萬平方千米。長江上游能通天河，由青海玉樹至四川宜賓叫金沙江，宜賓以下叫長江。

【長江後浪推前浪】Cháng Jiāng hòulàng tuī qiánlàng〔諺〕比喻世事交迭，新人接替舊人。也比喻新事物取代舊事物，不斷向前發展：～，老教師應當高高興興地幫助年輕教師趕上來。

【長久】chángjiǔ〔形〕長期；久遠：他不會在這裏～住下去｜坐吃山空，終非～之計。

【長局】chángjú〔名〕指長久保持的局面（多用於否定式）：終非～。

【長空】chángkōng〔名〕遼遠廣闊的天空：～萬里｜鷹擊～，魚翔淺底。

【長廊】chángláng〔名〕（條）❶院子裏房屋之間較長的有頂過道。❷公園或宅院中供觀賞用的較長的有頂過道：頤和園～有很多油漆彩畫。

【長龍】chánglóng〔名〕比喻人或車輛排成的很長的隊伍：買票的人排起了～。

【長矛】chángmáo〔名〕一種舊式兵器，柄很長，一端裝有矛頭，用於刺殺。

【長眠】chángmián〔動〕〈婉〉指死亡（多含莊重意）：～於此。

【長命】chángmìng〔形〕壽命長：～百歲。

【長命鎖】chángmìngsuǒ〔名〕用金屬製成的鎖狀飾物。舊俗掛在小孩兒脖子上，作為健康長壽的象徵。

【長年】chángnián ❶〔副〕整年；多年：邊疆戰士～巡行在邊界綫上。❷〔形〕〈書〉長壽：富貴～。

【長年累月】chángnián-lěiyuè〔成〕一年又一年，一月又一月。形容經歷很長時間：他～從事野外工作。也說經年累月、窮年累月。

【長袍兒】chángpáor〔名〕（件）男子穿的中式長衣：～馬褂兒。

【長跑】chángpǎo〔名〕體育運動比賽項目之一，長距離賽跑。包括男子和女子5000米、10000米賽跑等。

【長篇】chángpiān ❶〔形〕屬性詞。篇幅長的（多指詩文）：～敘事詩｜～小說｜～報告。❷〔名〕（部，個）指長篇小說：在小說創作中他以寫～見長。

【長篇大論】chángpiān-dàlùn〔成〕內容過長的文

章或講話：他講話一向言簡意賅，從不～。

【長篇小說】chángpiān xiǎoshuō〔部〕小說的一種，篇幅長，人物多，内容豐富，情節複雜。

【長期】chángqī〔名〕長時期（跟"短期"相對）：～打算｜～無息貸款。

【長驅】chángqū〔動〕向遠方迅速行進：～直入｜馳騁疆場，～數千里。

【長三角】Chángsānjiǎo〔名〕❶ 長江三角洲的簡稱。指長江和錢塘江在入海口處沖擊形成的三角形陸地，面積近 10 萬平方千米。❷ 指以上海為龍頭，包括江蘇中南部、浙江東北部的工業經濟帶。該地區工業基礎雄厚，商品經濟發達，水陸交通方便，是中國最大的外貿基地。

【長衫】chángshān〔名〕（件）男子穿的長大掛。

【長舌婦】chángshéfù〔名〕愛說閒話、搬弄是非的女人。

【長蛇陣】chángshézhèn〔名〕一字長蛇陣。

【長生】chángshēng〔動〕永遠存在或生存：～不老。

【長壽】chángshòu〔形〕壽命長：～老人｜祝願您健康～。

【長隨】chángsuí〔名〕舊時稱跟隨在有錢有勢者身邊的侍從。

【長歎】chángtàn〔動〕深沉地歎息：談到兒女的不上進，他不禁～一聲。

【長途】chángtú〔名〕❶ 遠的路程；長距離：～汽車｜～電話｜跑～。❷ 指長途電話：給上海打了個～。❸ 指長途汽車：去開發區要乘～。

【長物】chángwù（舊讀 zhàngwù）〔名〕多餘的東西；像樣的東西：一身之外，別無～。

【長綫】chángxiàn〔形〕屬性詞。❶ 指產業、產品中不急需的或供應量超過社會需求量的（跟"短綫"相對）：～工程｜～項目｜～產品。❷ 經過較長時間才能產生效益的（跟"短綫"相對）：～投資。❸ 路途遙遠的（跟"短綫"相對）：～旅遊。

【長綫產品】chángxiàn chǎnpǐn 指貨源充足，供過於求的產品。

【長項】chángxiàng〔名〕擅長的項目、工作、技藝等（跟"短項"相對）：自由體操是中國的～｜搞公關是她的～。

【長銷】chángxiāo〔動〕商品長時期銷售：～不衰｜這家出版社有不少～書。

【長效】chángxiào〔形〕屬性詞。具有長期效力的；有效時間長的：～藥｜～肥料｜教育是一項～的事業。

【長袖善舞】chángxiù-shànwǔ〔成〕《韓非子·五蠹》："鄙諺曰：'長袖善舞，多錢善賈（gǔ）。'"意思是衣服袖子長，跳起舞來容易跳得好看。比喻錢多了容易做生意。也比喻條件好，事情容易辦成功。

【長吁短歎】chángxū-duǎntàn〔成〕因愁悶、煩惱或傷感而不停地歎氣。也作長嘘短歎。

【長纓】chángyīng〔名〕〈書〉長帶子；長繩索：今日～在手，何時縛住蒼龍？

【長遠】chángyuǎn〔形〕久遠；長久：～之策｜～計劃｜眼前利益和～利益要結合起來考慮。

【長征】chángzhēng ❶〔動〕長途旅行；長途行軍：萬里～人未還。❷〔名〕特指中國工農紅軍 1934–1936 年的二萬五千里長征：～組歌。

【長子】chángzi〔名〕身材高的人。
另見 zhǎngzǐ（1715 頁）。

【長足】chángzú〔形〕屬性詞。快速明顯：中國工農業生產取得～的進步。

倘　cháng "倘佯"，見"徜佯"（150 頁）。
另見 tǎng（1317 頁）。

常　cháng ❶ 平常的；一般的；普通的：～情｜～理｜～人。❷ 正常的：～溫｜～態。❸ 固定不變的：～數｜～量。❹ 封建社會人與人關係的準則：倫～｜三綱五～。❺ 一定時期保持原狀的：～設｜～任｜冬夏～青。❻〔副〕常常；經常：～來～往｜我～碰到他。❼（Cháng）〔名〕姓。

語彙　反常　非常　綱常　家常　經常　倫常　平常　日常　失常　時常　通常　往常　照常　正常　三綱五常　習以為常

【常備】chángbèi〔動〕經常準備或防備：～藥物｜～軍｜～武器｜～不懈｜家裏～一些藥物。

【常備不懈】chángbèi-bùxiè〔成〕經常準備着，毫不懈怠：守衛邊疆要～。

【常常】chángcháng〔副〕表示行為、動作頻繁發生：他～到我家來｜這裏冬天～下雪。

【常川】chángchuān〔副〕經常地；長期不斷地：～駐守邊疆｜～贈閲讀物。也作長川。

【常規】chángguī ❶〔名〕一貫例行的規則、辦法：你剛開始工作，一切要照～辦事。❷〔名〕醫學上指經常使用的固定處理方法：血～｜尿～。❸〔形〕屬性詞。一般的；普通的：～武器｜～戰爭。

【常軌】chángguǐ〔名〕正常的途徑或方法：工作已經步入～｜你的做法已越出～。

【常會】chánghuì〔名〕按常規在一定期間舉行的會議：～每月召開一次。

【常見】chángjiàn ❶〔形〕經常見到：～病｜這種鳥在山區～｜這是～的現象，不用大驚小怪。❷〔動〕經常見到：～有人在此貼小廣告。

【常客】chángkè〔名〕（位）常來的客人：王伯伯是我們家的～。

【常例】chánglì〔名〕慣例；沿襲下來的一般做法：婚事要照～去辦，不可鋪張浪費。

【常綠樹】chánglǜshù〔名〕一年四季都有綠葉的樹；冬夏常青的樹：松柏是經冬不凋的～。

【常年】chángnián ❶〔副〕一年到頭；全年：他～堅持冷水浴。❷〔名〕長期：～法律顧問。❸〔副〕年年，年復一年：他披星戴月～做勘探工作。❹〔名〕平常的年份：今年降雨多於｜這個村的小麥～畝產五百多斤。

【常青樹】chángqīngshù〔名〕❶一年四季都有綠葉的樹。❷比喻長久不敗的人或事物：歌壇～｜這種窗簾以其古典、高雅的氣質流行於各個時代，被譽為家居～。

【常情】chángqíng〔名〕一般的心情；通常的情理：人之～｜他是一個懂道理的人，不會違背～做事。

【常人】chángrén〔名〕普通人；平常的人：這件事並不難，～都能做到。

【常任】chángrèn〔形〕屬性詞。長期擔任的：～理事國。

【常識】chángshí〔名〕普通的知識；一般人都具有的知識：衛生～｜冷了要加衣服，這是～。

【常數】chángshù〔名〕固定不變的數（跟"變數"相對）：圓的周長和直徑的比（π）是個～。也叫常量。

【常態】chángtài〔名〕正常狀態；平常的狀態（跟"變態"相對）：他焦躁不安，一反～｜市面已恢復～，行人熙來攘往。

【常委】chángwěi〔名〕(位，名)❶常務委員的簡稱。某些機構的領導集體，由常務委員組成：政治局～｜人大～。❷常務委員會成員。

【常溫】chángwēn〔名〕一般指 15-25℃的溫度：～加工。

【常務】chángwù〔形〕屬性詞。(主持)日常工作、(處理)日常事務的：～理事｜～委員會。

【常銷】chángxiāo〔動〕(商品)常年銷售：～產品｜～不衰｜書由暢銷而～。

【常言】chángyán〔名〕人們口頭常說的諺語、格言一類的話：～說得好：路遙知馬力，日久見人心。

【常業犯】chángyèfàn〔名〕台灣地區用詞。慣犯。經常犯罪、屢教不改的犯罪分子：法院對～要加重刑罰，才能起到震懾作用。

【常用】chángyòng〔動〕經常使用：～藥材｜～詞語｜這個字很～｜他～火柴棍兒剔牙，很不衛生。

徜 cháng 見下。

【徜徉】(倘佯)chángyáng〔動〕〈書〉優遊自在地來回行走：～湖畔。

萇（苌）cháng ❶ 見下。❷(Cháng)〔名〕姓。

【萇楚】chángchǔ〔名〕古書上說的一種植物，跟獼猴桃類似。

場（场）〈塲〉cháng ❶〔名〕平坦的空地，多用來翻曬糧食，碾

軋穀物：～院｜揚～｜打穀～。❷〔名〕(西南官話)集；市：逢～｜趕～。❸〔量〕次，回：一～白露一～霜，一～秋雨一～涼｜大鬧了兩～。

另見 chǎng（151頁）。

語彙 打場　登場　翻場　趕場　碾場　起場　搶場　攤場　揚場

【場院】chángyuàn〔名〕用牆或籬笆圍起的平坦空地，用以打穀或晾曬糧食。

腸（肠）〈膓〉cháng ❶〔名〕消化器官的一部分，形狀像管子，上通於胃，下至肛門，有小腸、大腸之分。通稱腸子。❷心思；情懷：衷～｜愁～｜蕩氣迴～。❸(～兒)〔名〕(根)把魚、肉加作料等灌入腸衣製成的食品：香～兒｜蒜～兒｜臘～兒。

語彙 愁腸　斷腸　灌腸　飢腸　臘腸　盲腸　熱腸　柔腸　香腸　心腸　羊腸　衷腸　熱心腸　蕩氣迴腸　古道熱腸　掛肚牽腸　搜索枯腸　鐵石心腸　小肚雞腸

【腸梗阻】chánggěngzǔ〔名〕❶一種腸道堵塞，食物不能順利通過的病，多由腸內異物或腸套疊、扭轉、粘連等引起，患者腹部劇痛、嘔吐、無大便。❷比喻在辦事過程中間環節出現的阻止事情順利進行的問題：報告送上去遇到～，至今無下文。

【腸胃】chángwèi〔名〕腸和胃，泛指人的消化器官：～病｜～不好｜～不舒服。

【腸衣】chángyī〔名〕用火鹼脫去腸子的脂肪晾乾製成的薄膜。一般用羊腸或豬腸製成，可用來灌香腸或做縫合傷口的綫、羽毛球拍的弦等。

【腸子】chángzi〔名〕腸的通稱。

嘗（尝）〈嘗⊖嚐〉cháng ⊖〔動〕❶稍吃一點以辨別滋味：品～｜臥薪～膽｜～～鹹淡。❷比喻經歷、感受：艱苦備～｜他從海外歸來，～到了全家團聚的歡樂。

⊜❶〔副〕〈書〉曾經：未～｜何～｜～隱居山林。❷(Cháng)〔名〕姓。

語彙 何嘗　品嘗　未嘗　艱苦備嘗

【嘗試】chángshì〔動〕試着做；試驗：在改革過程中，他們～過多種辦法｜蹦極很刺激的，你不想～一下？

【嘗新】cháng // xīn〔動〕品嘗新出的或新鮮的水果和食品：這是最早上市的鮮桃，請你～，吃一個｜荔枝剛下來，讓老人先嘗一下新｜這是我們廠剛生產出來的食品，請大家嘗嘗嘗新。

裳 cháng ❶古人穿的下衣：綠衣黃～。**注意** 在古代，衣和裳有別，衣指上衣，裳指下衣，而且古代男女都可穿"裳"，裳是一種裙子，但跟現在婦女穿的裙子不同。❷(Cháng)〔名〕姓。

另見 shang（1183 頁）。

嫦

cháng 見下。

【嫦娥】Cháng'é〔名〕神話中從人間飛向月宮的仙女：～奔月。也叫姮娥。

嫦娥的傳說

嫦娥本稱恆娥、姮娥，因西漢時避漢文帝劉恆的諱而改稱嫦娥。據《淮南子·覽冥》載，姮娥是后羿（yì）的妻子。后羿從西王母那裏請到了不死之藥，自己尚未服用，就被姮娥偷吃了。姮娥因而成仙，奔入月宮。中國航天登月計劃以"嫦娥"命名，表現中華文化源遠流長。

償（偿）

cháng ❶ 歸還；抵補：～還｜賠～｜得不～失。❷ 代價；報酬：無～｜有～。❸ 滿足：夙願得～｜如願以～。

語彙 報償 補償 代償 抵償 賠償 清償 無償　有償 如願以償

【償付】chángfù〔動〕償還：～債務｜～能力｜貸款不得延期～。

【償還】chánghuán〔動〕❶ 歸還（欠債）：～債務｜借款如數～。❷ 抵償（罪責）：～前世今下的孽債。

【償命】chángmìng〔動〕殺人者以命相抵償；抵命：殺人～，欠債還錢。

【償清】chángqīng〔動〕還完；還清（所欠債款）：貸款均已～。

鱨（鲿）

cháng〔名〕魚名，種類很多，生活在淡水中。

chǎng 彳尢

昶

chǎng ❶〈書〉白天時間長。❷〈書〉通暢；舒暢。❸（Chǎng）〔名〕姓。

惝

chǎng，又讀 tǎng 見下。

【惝怳】chǎnghuǎng，又讀 tǎnghuǎng〔形〕〈書〉❶ 失意的樣子：痛惋～。❷ 模糊不清：～迷離。以上也作惝恍。

場（场）〈塲〉

chǎng ❶ 具有某種用途的寬敞的場所：會～｜劇～｜足球～｜屋後的空～可以用來曬糧食。❷ 場所；活動範圍：官～｜職～｜賣～｜名利～。❸ 發生某種情況或事件的地方：現～｜車

禍發生時我正好在～。❹ 舞台：下～｜快上～｜別誤～。❺ 文藝演出或體育比賽的全過程：開～｜終～。❻〔量〕戲劇演出、體育活動等完整地進行一次為一場：三～電影｜賽了兩～籃球。❼〔量〕戲曲中較小的段落；一齣戲中小於"幕"的片段：這齣戲一共有四幕八～。❽〔量〕用於考試等：昨天上午考了一～語文。**注意** 凡說明某種過程時，讀 cháng，如一場雨、一場大戰、一場虛驚等；凡指稱文體活動次數時，讀 chǎng，如一場球賽、一場電影、一場歌劇、一場舞會等。❾〔名〕物理學用語。是物質存在的一種基本形態，具有能量、動量和質量，如電場、磁場等。❿（Chǎng）〔名〕姓。

另見 cháng（150 頁）。

語彙 靶場 包場 操場 出場 當場 道場 登場　法場 墳場 工場 官場 廣場 過場 會場 火場　疆場 開場 考場 科場 冷場 立場 林場 臨場　賣場 鬧場 排場 捧場 片場 情場 怯場 沙場　商場 市場 收場 下場 現場 刑場 洋場 漁場　圓場 戰場 職場 中場 終場 名利場 走過場　粉墨登場

【場次】chǎngcì ❶〔名〕電影或戲劇演出的場數：今天～已經排滿，那場戲明天再演吧！❷〔量〕複合量詞。表示演出若干場數的總和：一個月演出四十～。

【場地】chǎngdì〔名〕進行某種活動的地方；空地：施工～｜倉庫～有限，不能再增加庫存量了。

【場館】chǎngguǎn〔名〕（座）體育場和體育館的合稱：比賽～｜新建的幾處～將投入使用。

【場合】chǎnghé（～兒）〔名〕指某一時間、地點或情況；某一環境：社交～｜公共～｜這裏不是談個人私事的～。

【場記】chǎngjì〔名〕❶ 指攝製影視或排演話劇時記錄其進展情況的工作。❷（名，位）做這項工作的人：請小王當～。

【場面】chǎngmiàn〔名〕❶ 一定場合下的情景：勞動～。❷ 表面的排場：撐～｜有些結婚～，鋪張浪費到了極點。❸ 文學作品中，人物在一定場合中的生活情景。❹ 戲劇、影視中由佈景、音樂和登場人物組合成的景況：影片《三國演義》人物眾多，～盛大。❺ 指戲曲演出時伴奏的人員和樂器，分文武兩種，管弦樂是文場面，鑼鼓等打擊樂是武場面。稱戲曲樂師為"場面上的"。

【場所】chǎngsuǒ〔名〕處所；地方：學習～｜娛樂～｜蚊蠅滋生的～。

辨析 **場所、場合** "場所"指地點或處所；"場合"不僅指地點、處所，還包括時間、條件和情況等因素。"娛樂場所"不能說成"娛樂場合"，"外交場合"不能說成"外交場所"。

【場子】chǎngzi〔名〕❶可供某種用途的較為寬敞的場所：村頭有個空~。❷特指賣藝的場所：~裏頭有個耍猴兒的。

敞 chǎng ❶〔形〕地方寬綽；沒有遮擋：~亮｜寬~｜這間屋子太~。❷〔動〕張開；打開：~着門｜~着懷。

語彙 高敞 宏敞 空敞 寬敞 軒敞

【敞開】chǎngkāi ❶〔動〕大開；打開：~大門｜~思路。❷〔動〕比喻暴露（內心想法）：~思想。❸（~兒）〔副〕〈口〉儘量地；不加限制地：西瓜有的是，大家~吃｜有意見就~說吧！

【敞口】chǎngkǒu（~兒）❶（-//-）〔動〕敞開口兒：藥瓶不要老敞着口兒。❷〔副〕（北京話）儘量地；沒有限制地：冬貯大白菜~供應。

【敞亮】chǎngliàng（-liang）〔形〕❶寬綽明亮：這間客廳真~。❷比喻心胸開闊：聽了你的話，我心裏~多了。

廠（厂）chǎng〔名〕❶工廠：化工~｜鋼鐵~｜投資辦~。❷廠子②：木材~｜煤~。❸（Chǎng）姓。
"厂"另見 ān（7頁）。

語彙 出廠 船廠 工廠 進廠 紗廠 紡織廠

【廠房】chǎngfáng〔名〕（間，座）工廠的房屋，特指生產車間。

【廠家】chǎngjiā〔名〕工廠（多為工廠以外的人指工廠）：~直銷｜~競相降價。

【廠礦】chǎngkuàng〔名〕（家，座）工廠和礦山：~企業｜下~實習。

【廠齡】chǎnglíng〔名〕❶指職工在某工廠連續工作的年數：他的~很長。❷指某工廠建廠以來的年數：一座有 50 多年~的老廠。

【廠商】chǎngshāng〔名〕廠家；廠主：承包~｜有多家~參展。

【廠休】chǎngxiū〔名〕工廠規定的本廠職工的休息日：~日。

【廠長】chǎngzhǎng〔名〕（位）工廠的主要負責人；主持並管理工廠的人。

【廠子】chǎngzi〔名〕〈口〉工廠：這個~是他一手辦起來的。❷有寬敞地面或院落，可存放貨物並進行簡單加工的商店：木材~。

氅 chǎng 外套：大~（大衣）。注意 現在多用"大衣"，很少用甚至不用"大氅"。"大氅"民國初年常用。

鋹（铩）chǎng〈書〉銳利。

chàng 彳尢

倡 chàng ❶發起；提倡：~辦｜~廉｜首~｜提~。❷〈書〉同"唱"①。

另見 chāng（147頁）。

【倡導】chàngdǎo〔動〕帶頭提倡：~新風氣｜~和平共處五項原則。

【倡言】chàngyán〔動〕〈書〉公開提出；提倡：~革新｜~民主法制並行。

【倡議】chàngyì ❶〔動〕首先建議；發起：~開辦私立學校｜~召開國際和平會議。❷〔名〕首先提出的建議：領導很重視職工代表的~。

鬯 chàng ❶古代宗廟祭祀用的一種香酒，以鬱金香、黑黍釀成。❷〈書〉同"暢"①②。

唱 chàng ❶〔動〕口中發出（樂音、歌聲）：~歌｜~戲｜~曲。❷〔動〕高聲唸；大聲叫：~名｜~票｜雞~三遍。❸（~兒）〔名〕歌曲；戲曲唱詞：小~｜這齣戲裏有幾段~兒很好聽。❹（Chàng）〔名〕姓。

語彙 伴唱 重唱 獨唱 對唱 翻唱 高唱 歌唱 個唱 合唱 歡唱 假唱 絕唱 領唱 輪唱 賣唱 齊唱 清唱 說唱 彈唱 小唱 演唱 吟唱 表演唱 大合唱 淺斟低唱

【唱白臉】chàng báiliǎn（~兒）〔慣〕當惡人；裝壞人：你們都裝好人，讓我一個人~，我可不幹！注意 中國傳統戲曲，登場人物的臉譜中的紅臉表示忠誠、善良，白臉表示奸邪、惡劣。所以唱白臉的意思就是當惡人。

【唱本】chàngběn（~兒）〔名〕記載曲藝或戲曲唱詞的底本。

【唱詞】chàngcí〔名〕（句）曲藝或戲曲中按一定曲調唱的詞句：這段~寫得真不錯。

【唱碟】chàngdié〔名〕（張）唱片：激光~。

【唱段】chàngduàn〔名〕戲曲中一段完整的唱詞和唱腔：京劇~。

【唱對台戲】chàng duìtáixì ❶舊時指旗鼓相當的兩個戲班對台表演，或兩個戲班同時同地演出。❷〔慣〕比喻為與對方爭勝負、比高低而採取相應的行動或措施：方案已經宣佈了，你又搞了個新方案，這不是跟人家~嗎？

【唱反調】chàng fǎndiào（~兒）〔慣〕比喻提出相反的主張，採取相反的行動：我反對請客送禮，你卻私下接受人家的禮物，這不是跟我~嗎？

【唱高調】chàng gāodiào（~兒）〔慣〕說不切實際的漂亮話；光說得好聽而實際做不到或根本不想去做：少~，你做個看看｜他就會~，甚麼實事都不幹。

【唱歌】chàng // gē（~兒）〔動〕按照曲調演唱：他~唱得很好｜她唱了一首歌以後就不再唱了。

【唱功】chànggōng（~兒）〔名〕戲曲中的歌唱藝術。京劇表演講究唱、唸、做、打並重，但不同的劇目又有不同的重點，某些戲特別注重唱功。也作唱工。

【唱和】chànghè〔動〕❶ 一個人做了詩或詞，別人應和作答（一般按原韻）。❷ 指歌曲的此唱彼和：～相應。

【唱紅臉】chàng hóngliǎn（～兒）〔慣〕當好人；裝好人：管教孩子時他總是唱白臉，讓妻子～。參見"唱白臉"（152頁）。

【唱機】chàngjī〔名〕（台）留聲機或電唱機的統稱。

【唱名】chàngmíng ㊀（-//-）〔動〕按照名冊大聲點名：班長正～呢｜剛才唱到小王的名。㊁〔名〕指歌唱時，拉丁文的七個音節，do、re、mi、fa、sol、la、si。簡譜的記法是1、2、3、4、5、6、7。

【唱盤】chàngpán〔名〕❶ 唱機放聲時安置唱片的轉盤。❷ 唱片。

【唱片】chàngpiàn（口語中也讀 chàngpiānr）〔名〕（張）一種用蟲膠、塑料等製成的薄圓盤，上面刻有記錄聲音高低變化的螺旋紋。可以用唱機把它所錄的聲音重新放出來：京劇～。

【唱票】chàng//piào〔動〕投票選舉後，開票時大聲唸出票上被選定的名字：～人｜請老王來～吧，已經唱完票了。

【唱腔】chàngqiāng〔名〕戲曲、曲藝音樂的主要組成部分，即指人聲歌唱的部分，區別於器樂伴奏的部分。每個劇種都有一定的唱腔，同一唱腔又因演員行腔不同而形成各種流派：設計～。

【唱詩班】chàngshībān〔名〕在教堂裏佈道會上演唱讚美詩的合唱隊。

【唱收唱付】chàngshōu-chàngfù 營業員高聲唸出從顧客那裏收到的錢的數目和找還給顧客的錢的數目，以表明手續清楚，數目無誤。

【唱雙簧】chàng shuānghuáng〔慣〕比喻兩人互相配合，一明一暗，裝腔作勢地配合活動：你們別～了，還是說出事實的真相吧！也說演雙簧。

【唱頭】chàngtóu〔名〕唱機上用來安裝唱針的器件。

【唱戲】chàng//xì〔動〕〈口〉演唱戲曲：他不僅會～，歌也唱得不錯。

【唱針】chàngzhēn〔名〕唱機的唱頭上裝的針，一般用鋼或鑽石製成。

【唱主角】zhàng zhǔjué〔慣〕比喻擔任主要任務或起主導作用：這項科研任務由年輕科學家～。

悵（怅） chàng 失意而心情不愉快；期望沒有實現而感到遺憾：惆～｜～然｜走訪老友未遇，甚～。

語彙　悵悵　惆悵　怨悵

【悵然】chàngrán〔形〕失望；失意：～若失。

【悵惘】chàngwǎng〔形〕惆悵迷惘；形容不如意或沒精打采的樣子：神色～｜這麼久沒接到愛人的回信，他感到無限～。

場（场） chàng 古代祭祀用的一種圭。另見 yáng（1569頁）。

暢（畅） chàng ❶ 舒適；爽快：～快｜歡～｜心情不～。❷ 流通運行無阻：～銷｜～達｜～通｜～行無阻。❸ 盡情地；痛快地：～飲｜～敍離情｜～所欲言。❹（Chàng）〔名〕姓。

語彙　酣暢　歡暢　寬暢　流暢　明暢　舒暢　順暢　條暢　通暢

【暢達】chàngdá〔形〕❶（語言、文章）流暢通順：詞意～｜文筆～。❷ 交通方便，通行無阻：交通～｜銷路～。

【暢快】chàngkuài〔形〕舒暢愉快：精神～｜心情～。

【暢所欲言】chàngsuǒyùyán〔成〕痛痛快快地說出想說的話：希望同志們各抒己見，～。

【暢談】chàngtán〔動〕痛快地談；盡情地談：～心曲｜～對未來的希望。

【暢通】chàngtōng〔形〕（交通、綫路等）通行無阻：汽車～｜電信～｜水流～。

【暢想】chàngxiǎng〔動〕毫無拘束地、盡情地想象：～未來｜～一番｜演奏一支～曲。

【暢銷】chàngxiāo〔動〕（貨物）賣得快；銷售無阻（跟"滯銷"相對）：～書｜～國外。

【暢行無阻】chàngxíng-wúzǔ〔成〕順暢而毫無阻礙地通行：山區新修了公路，車輛可以～了。

【暢敍】chàngxù〔動〕盡情地交談：～友情｜～家鄉的巨大變化。

【暢飲】chàngyǐn〔動〕指縱情飲酒：開懷～｜舉杯～。

【暢游】chàngyóu〔動〕暢快盡情地游泳：～長江。

【暢遊】chàngyóu〔動〕暢快盡情地遊覽：～日月潭、阿里山。

【暢月】chàngyuè〔名〕農曆十一月的別稱。暢有充的意思，本月萬物都處於充實狀態，故稱。

韔（韔） chàng 古代盛弓的袋子。

chāo ㄔㄠ

抄 chāo ㊀〔動〕❶ 照着原文或底稿寫：～書｜～筆記｜請把稿子～一遍。❷ 抄襲：他的作業是～同學的。
㊁〔動〕❶ 搜查沒收：～家。❷ 從側面或捷近的路走過去：～近道｜～小路過去。❸ 兩手交叉或套在袖筒裏置於胸前：他～着手站在一旁。㊂〔動〕抓取；順手拿起：他～起棍子就出去了。

語彙　包抄　查抄　傳抄　合抄　詩抄　史抄　手抄　文抄　小抄　摘抄　照抄

154 **chāo** 抄吵怊弨超

【抄本】chāoběn〔名〕抄寫的本子（區別於"原本"）：《紅樓夢》～。

【抄道】chāodào（～兒）❶〔動〕走近便的路：你從這裏～兒走，不一會兒就到了。❷〔名〕〈口〉近便的路：走～兒能近三里路呢。

【抄後路】chāo hòulù 繞到背後襲擊；攻擊敵人的後方。

【抄獲】chāohuò〔動〕搜查並得到：～大量贓款贓物。

【抄家】chāo // jiā〔動〕搜查並沒收家產。

【抄件】chāojiàn〔名〕(份)抄錄或複製的文件（多指複製後送給有關單位參考的上級所發的文件）：現將報告的～轉發給你們。

【抄錄】chāolù〔動〕照原文謄寫：這裏的解釋是從期刊上～下來的。

【抄手】chāoshǒu ㊀(-//-)〔動〕兩隻手在胸前相互插在袖筒中或兩臂在胸前交叉着。㊁〔名〕幫別人抄錄書籍文稿等的人。㊂〔名〕(西南官話)餛飩：紅油～。

【抄送】chāosòng〔動〕抄錄並送交：此件～有關單位。

【抄襲】chāoxí ㊀〔動〕❶照抄別人的答案、作業、作品當作自己的：學生～作業的現象已經很少了｜別人的作品是侵犯版權的行為。❷生硬搬用別人的經驗方法等：要依據國情制定政策，不要～別國的經驗。㊁〔動〕軍隊繞道至側面或背面襲擊敵人。

【抄寫】chāoxiě〔動〕照原文或底稿謄寫：～答案｜把課文～一遍。

吵 chāo 見下。
另見 chǎo（157 頁）。

【吵吵】chāochao〔動〕(北京話)許多人吵鬧或胡亂大聲說話：有理只管說，你們～甚麼？

怊 chāo〈書〉❶失意的樣子：～悵。❷悲傷。

弨 chāo〈書〉❶〔名〕弓：大～掛壁。❷弓弦鬆弛的樣子。

超 chāo ❶〔動〕超過；越過：～車｜趕先進，～先進。❷超出於一般的；超乎尋常的：～高溫｜～低空｜～人。❸不受某種限制；越過某種範圍：～階級｜～現實｜人不能～社會而存在。❹〈書〉跨越：挾泰山以～北海。❺(Chāo)〔名〕姓。

語彙 彩超 出超 趕超 高超 入超 治超

【超班】chāobān〔動〕港澳地區用詞。超過同一個級別、同一個等級，可以升級：這是一匹好馬｜這支籃球隊在乙級聯賽連續三年獲得冠軍，明年可能～。

【超編】chāobiān〔動〕超過編制的限額：人員～。

【超標】chāo // biāo〔動〕超過指標或標準：體重～｜空氣中有害物質～。

【超採】chāocǎi〔動〕超量開採：煤礦～是造成礦難的一個重要原因。

【超產】chāochǎn〔動〕超過預期的或原先確定的產量：今年小麥～百分之十。

【超常】chāocháng〔動〕超出平常；高於一般：～發揮｜～智力～。

【超車】chāo // chē〔動〕(後面的車輛)從旁超越同方向行駛的前面的車輛：道路擁擠，不准～｜司機超了十幾輛車，把自己的車開到最前面去了。

【超導】chāodǎo〔名〕指在溫度和磁場都小於一定數值的條件下，某些金屬和化合物的電阻突然變為近於零的物理現象：～現象｜～材料。

【超導體】chāodǎotǐ〔名〕具有超導性的物體。

【超等】chāoděng〔形〕屬性詞。高於一般等級的；特等：～產品｜～質量。

【超度】chāodù〔動〕佛教和道教用語。指僧、尼、道士為死者唸經、打醮，以使亡魂脫離苦難：～亡靈。

【超短波】chāoduǎnbō〔名〕波長從 1 米到 10 米（頻率從 300 兆赫到 30 兆赫）的無線電波。有像光一樣的直線傳播性質，應用於雷達、廣播及通信等方面。

【超短裙】chāoduǎnqún〔名〕(條)一種特別短的裙子，裙長不到膝蓋。也叫迷你裙〔英 mini〕。

【超額】chāo'é〔動〕超過預定數額：～完成生產指標。

【超負荷】chāo fùhè ❶設備超出負荷規定的承載量：～動轉。❷比喻人負擔的任務過重，超過了自身所能承受的能力：長期～工作嚴重損害了他的健康。

【超過】chāoguò〔動〕❶由某人或物的後面趕到其前面：～對手｜這輛摩托車～了前面的自行車。❷比某個標準或水平還高；在某個標準或水平之上：他的成績～全班其他同學｜今年的小麥畝產量～歷史最高水平。

【超級】chāojí〔形〕屬性詞。超越一般等級的：～大國｜～市場｜～球星。

【超級市場】chāojí shìchǎng（家）顧客自行挑選商品的零售綜合商場。這種商場售貨員較少，顧客自我服務，選好商品後到出口處結算付款。一般規模較大。簡稱超市，也叫自選商場。

【超絕】chāojué〔形〕超出一般；不同於尋常：技藝～｜才能～。

【超齡】chāolíng〔動〕超過限定年齡：～團員。

【超期】chāoqī〔動〕超過規定的期限：～任職｜～服役。

【超前】chāoqián ❶〔動〕超越前人：～絕後。❷〔形〕超越當前的；提前的：～發展｜～服務｜～消費｜～意識｜思想～。

【超群】chāoqún〔動〕超出一般：技藝～｜～的膽識。

【超然】chāorán〔形〕不偏向任何一方面：這事與你有切身關係，你不能採取～的態度｜他一向～，甚麼團體都不參加。

【超然物外】chāorán-wùwài〔成〕❶超越社會紛爭之外。❷置身事外：既是本職工作，就應負起責任，不能～，說風涼話。

【超人】chāorén ❶〔形〕（智力、技能等）超過一般人：智力～｜他有～的記憶力。❷〔名〕德國哲學家尼采（Friedrich Wilhelm Nietzsche，1844-1900）提出的唯意志論哲學的基本概念之一。他認為超人是人類強力意志發展的必然產物和最高典型。超人凌駕於群眾之上，只有超人才擁有世界的意義和價值，決定歷史的發展，而群眾則是超人實現其強力意志的工具。

【超生】chāoshēng ㊀〔動〕指超過計劃生育規定的指標多生育孩子：控制～現象。㊁〔動〕❶佛教用語。指人死後靈魂託生為人。❷比喻寬容：筆下～。

【超聲波】chāoshēngbō〔名〕頻率高於20000赫、人耳聽不到的聲波，這種聲波長短，近似直線傳播，在介質中衰減少，能量易集中。廣泛應用於工農業生產及醫療衛生等方面。如超聲波打孔、金屬探傷、航海探測以及醫療上診斷、治療等。

【超聲速】chāoshēngsù〔名〕超過聲速（340米/秒）的速度：～噴氣機｜～戰鬥機。

【超時】chāoshí〔動〕超過規定的時間：通話已經～｜圍棋快棋賽，～判罰。

【超市】chāoshì〔名〕（家）超級市場的簡稱。

【超速】chāosù〔動〕超過規定的或一般的行進速度：～駕車｜～前進。

【超脫】chāotuō ❶〔形〕不拘泥於成規和傳統習俗等：他寫的詩很～。❷〔動〕超越；脫離：人既然生活在現實社會中就不能～現實社會。❸〔動〕解脫：上有老，下有小，家中的事還～不了。

【超限】chāoxiàn〔動〕超出限度或限制。

【超逸】chāoyì〔形〕不受世俗拘束；灑脫：意趣～｜他言談舉止～不俗。

【超員】chāoyuán〔動〕超出規定人數：輪船～運行容易出危險。

【超越】chāoyuè〔動〕超過；越出：～障礙｜～職權範圍。

【超載】chāozài〔動〕超過運輸工具限定的載重量：這輛卡車嚴重～，繼續行駛恐怕要出事故。

【超支】chāozhī〔動〕❶超過預定的支出數額：差旅費～較多｜執行預算方案，不得～。❷超過限定地領取款：上個月你已經～了。

【超值】chāozhí〔動〕商品和服務質量好，實際價值超過定價或實際上所花的錢：～服務｜～享受。

【超重】chāozhòng〔動〕❶物體沿遠離地球中心的方向做加速運動時，由於慣性的影響，重量好像加大的現象。❷超出了車輛安全行駛的載重限度：運輸車輛不得～，以免造成事故。❸超過限定的重量：信件～要增貼郵票｜行李～要加收託運費用。

【超重氫】chāozhòngqīng〔名〕氚（chuān）。

【超子】chāozǐ〔名〕質量超過核子（質子、中子）的粒子。

鈔（钞）chāo ㊀❶鈔票：現～｜美～｜百元大～。❷（Chāo）〔名〕姓。
㊁同"抄"㊀①：～發。

語彙　寶鈔　大鈔　會鈔　美鈔　冥鈔　破鈔　詩鈔　外鈔　現鈔　驗鈔　紙鈔

【鈔票】chāopiào〔名〕❶（張）紙幣：發行～。❷錢：他有的是～。

> **鈔票源流**
> 宋真宗大中祥符四年（1011年），由四川十六家富戶發行的紙幣，名"交子"；南宋發行的紙幣，叫"會子""關子"或"關會"；遼、金有"交鈔""寶券"；元朝叫"中統元寶交鈔"；明朝稱"大明寶鈔"；清咸豐有"戶部官票"和"大清寶鈔"兩種，合稱"票鈔"或"鈔票"。

焯　chāo〔動〕一種烹飪方法，把蔬菜放在開水裏略微一煮即撈出：把菠菜～一下再拌着吃。
另見zhuō（1801頁）。

剿〈勦勦〉chāo〈書〉襲取；抄襲。
另見jiǎo（662頁）。

【剿說】chāoshuō〔動〕襲用別人的言論當成自己的說法。

【剿襲】chāoxí同"抄襲"㊀。

綽（绰）chāo ㊀〔動〕順手拿起；抓取：～傢伙｜～起一根棍子就要打人。
㊀同"焯"（chāo）。
另見chuò（208頁）。

cháo 〈彳〉

鼂　Cháo〔名〕姓。

巢　cháo ❶鳥窩，也指蜂、蟻等的窩：鳥～｜鵲～｜蜂～｜蟻～｜燕子在屋檐下築～。❷比喻壞人的窩：～穴｜匪～｜老～｜匪徒傾～而出。❸（Cháo）〔名〕姓。

語彙 敵巢 匪巢 空巢 老巢 傾巢 窩巢

【巢湖】Cháo Hú〔名〕中國第五大淡水湖，位於安徽中部，湖水東經裕溪河下泄長江。因湖呈鳥巢狀，故稱。

【巢鼠】cháoshǔ〔名〕（隻）哺乳動物，身體極小，背部棕褐色，腹部淺灰或白色。夏季在稻、麥和大豆等莖稈上做巢，以草籽、糧食為食，能傳染疾病。

【巢穴】cháoxué〔名〕❶昆蟲鳥獸藏身的地方：森林是禽獸的～。❷比喻敵人、壞人藏身的地方：盜賊的～已被我蕩平。

【巢由】Cháo-Yóu〔名〕〈書〉巢父和許由。二人為堯時隱士，後用以指隱居不仕的人。

朝 cháo ❶朝廷：上～。❷指執政的地位（跟"野"相對）：在～｜～野。❸朝代：宋～｜改～換代。❹指一個君主的統治時期：光緒～｜三～元老。❺朝見；朝拜：～聖｜～觀。❻〔動〕正對着；朝向：坐北～南｜面～外，背～裏｜向日葵～着太陽。❼〔介〕表示動作的對象或方向：～眾人揮手｜～他點頭｜～前走｜～着英雄紀念碑行禮｜孩子～着我們這裏跑過來。❽（Cháo）〔名〕姓。
另見 zhāo（1719 頁）。

辨析 朝、向、往 a）"朝""向""往"組成的介詞結構都能做狀語，在表示"由一點到另一點的運動方向"這個意義時，可以通用，如"朝東走"，也可以說"向東走"或"往東走"。b）用"朝"的句子可以改用"向"，但用"向"的句子不一定能改用"朝"，如"向"用在動詞後如"奔向遠方"或用於抽象動詞如"向他學習"的時候，都不能改用"朝"。c）"朝"指正對着，"往"指向前移動。當只有正對着、沒有移動的意義時，必須用"朝"；當只有移動、沒有正對着的意思時，必須用"往"。如"大門朝南"不能說"大門往南"；"往報社投稿"不能說"朝報社投稿"。d）"往"不能直接跟指人的名詞組合，如不能說"往我看"而要說"往我這兒看"，"朝"可以說"朝我笑""朝他揮手"等。

語彙 北朝 當朝 國朝 皇朝 歷朝 六朝 南朝 前朝 上朝 天朝 退朝 王朝 在朝 坐朝 南北朝 得勝回朝

【朝拜】cháobài〔動〕君主時代官員上朝向皇帝行跪拜禮；宗教徒向神、佛禮拜。

【朝代】cháodài〔名〕某姓君主建國後世代相傳的整個統治時期。

中國朝代歌
唐堯虞舜夏商周，春秋戰國亂悠悠。
秦漢三國晉統一，南朝北朝是對頭。
隋唐五代又十國，宋元明清帝王休。

【朝貢】cháogòng〔動〕諸侯、藩屬或外國使臣朝見天子或君王，進獻禮品。

【朝見】cháojiàn〔動〕臣子上朝參見君王：～天子。

【朝覲】cháojìn〔動〕❶〈書〉朝見。❷指宗教徒拜謁聖地，伊斯蘭教規定教徒於教曆十二月去聖地麥加進行朝拜等各種宗教活動。

【朝山】cháoshān〔動〕佛教徒到名山寺廟朝拜。

【朝聖】cháoshèng〔動〕❶舊時對儒家聖地山東曲阜的孔廟、孔林、孔府到拜謁。❷教徒赴宗教聖地朝拜。

【朝廷】cháotíng〔名〕帝王接受朝見並處理政務的地方。也指君主政府或帝王本人。

【朝鮮族】Cháoxiǎnzú〔名〕❶中國少數民族之一，人口約 183 萬（2010 年），主要分佈在吉林、黑龍江、遼寧三省，少數散居在內蒙古和一些內地城市。朝鮮語是主要交際工具，有本民族文字。❷朝鮮和韓國的主體民族。

【朝向】cháoxiàng〔名〕（建築物正門或前面的窗子）正對着的方向：房子的～很好。

【朝陽】cháoyáng〔動〕朝南：他的書房～。
另見 zhāoyáng（1720 頁）。

【朝野】cháoyě〔名〕舊指朝廷和民間，現在指某些國家的政府和非政府方面：權傾～｜～人士，都很贊成。

【朝政】cháozhèng〔名〕朝廷的政事或政令：干預～｜獨攬～｜～日非。

嘲 cháo（舊讀 zhāo）譏笑；嘲笑：～弄｜冷～熱諷。
另見 zhāo（1720 頁）。

語彙 諷嘲 譏嘲 解嘲 冷嘲

【嘲諷】cháofěng〔動〕譏笑諷刺：～別人的人也常常遭到別人～。

【嘲弄】cháonòng〔動〕譏笑戲弄：辯論時～對方，並不是高明的表現。

【嘲笑】cháoxiào〔動〕譏諷取笑：她哪裏是誇你，分明是在～你。

潮 cháo ㊀❶〔名〕潮汐；潮水：漲～｜～頭｜海～。❷像潮水般洶湧起伏的（思想、熱情、行動等）態勢：心～｜怒～｜高～。❸潮流：新～。❹〔形〕濕：受～｜返～｜火柴太～，劃不着。
㊁〔形〕❶技藝不高：手藝～。❷成色低劣：銀子成色～。
㊂（Cháo）❶指廣東潮州：～汕｜～劇。❷〔名〕姓。

語彙 暗潮 大潮 低潮 返潮 防潮 風潮 高潮 工潮 觀潮 海潮 寒潮 回潮 江潮 狂潮 來潮 浪潮 落潮 弄潮 怒潮 熱潮 商潮 受潮 思潮 退潮 晚潮 心潮 新潮 學潮 早潮 漲潮 追潮 心血來潮

【潮乎乎】cháohūhū（～的）〔形〕狀態詞。形容有些潮濕的樣子：連着下了幾天的雨，被子、枕頭都是～的。也作潮呼呼。

【潮解】cháojiě〔動〕某些晶體在常溫下吸收空氣中的水分而逐漸溶解。

【潮流】cháoliú〔名〕（股）❶海水因受潮汐影響而產生的流動。❷社會歷史發展變化的趨勢：思想～｜時代～｜順應～。

【潮氣】cháoqì〔名〕空氣中含有的水分：屋子裏～太大，應該打開窗子通通風。

【潮濕】cháoshī〔形〕物體含有水分高於正常含量：空氣～｜地面～。

【潮水】cháoshuǐ〔名〕因受潮汐影響而大幅度漲落的海水：～翻着浪，奔湧而來｜人們像～一樣湧向天安門廣場。

【潮頭】cháotóu〔名〕漲潮時潮水的浪頭。比喻事物發展的勢頭、趨向：文藝變革的新～。

【潮汐】cháoxī〔名〕由於日月吸引力的影響所造成的海水定時漲落的現象：～觀測站。

【潮信】cháoxìn〔名〕❶指定期出現的潮水。❷〈婉〉指月經。

【潮汛】cháoxùn〔名〕每年定期出現的大潮。

chǎo ㄔㄠˇ

吵 chǎo ❶〔形〕聲音嘈雜；喧鬧：大家午睡，你們打呼，太～得慌。❷〔動〕吵鬧攪擾：別～醒了孩子。❸〔動〕爭執；爭吵：大～｜不要～了，有理慢慢說。

另見 chāo（154 頁）。

【吵架】chǎo // jià〔動〕激烈爭吵：有事好好商量，不要～｜小兩口兒一直挺好的，不知道為甚麼吵了一架。

【吵鬧】chǎonào ❶〔動〕爭吵：你們為甚麼～起來？❷〔動〕擾亂；干擾：孩子們～得我睡不着覺。❸〔形〕喧嚷；嘈雜：人聲～｜這裏臨近集市，太～了。

【吵嚷】chǎorǎng〔動〕亂喊亂叫；大聲喧嘩：不要在這裏～，教室裏正在上課。

【吵嘴】chǎo // zuǐ〔動〕大聲爭辯，互不相讓：剛才還好好的，怎麼又～了｜他倆從來沒有吵過嘴。

炒 chǎo〔動〕❶一種烹調方法。先在鍋裏放一些油，加熱後放進肉、蛋、蔬菜等，不斷翻動使熟：～肉絲｜～豆芽兒｜～雞蛋。❷頻繁買進賣出，以牟取高額利潤：～股票｜～郵票｜～房地產。❸炒魷魚：他被老闆～了。❹炒作：這部片子要好好～一～。

語彙 爆炒　惡炒　熱炒　小炒

【炒菜】chǎocài ❶（-//-）〔動〕用炒的方法烹製菜餚：她到廚房去～｜午飯炒了四個菜。❷〔名〕

炒的菜：吃火鍋就不吃～了。

【炒房】chǎo // fáng〔動〕倒買倒賣房產：這些富翁中～者佔七成。

【炒肝兒】chǎogānr〔名〕用豬肝、豬腸加大蒜、黃醬等勾芡燴成的食品，北京風味小吃，多用作早點。

【炒股】chǎo // gǔ〔動〕買賣股票：他已經炒了幾年股了。

【炒匯】chǎo // huì〔動〕指買賣外匯。

【炒貨】chǎohuò〔名〕市場出售的乾炒食品的總稱，如炒熟的花生、瓜子、栗子、蠶豆等。

【炒家】chǎojiā〔名〕專事炒買炒賣的人。

【炒冷飯】chǎo lěngfàn〔慣〕把涼飯重新炒一次，比喻重複說過的話或做過的事，沒有新的內容：這樣的主題已經司空見慣，不要再～了。

【炒買炒賣】chǎomǎi-chǎomài 就地轉手買賣，從中牟取高額利潤。

【炒米】chǎomǐ〔名〕❶乾炒的米；煮熟晾乾後炒的米。❷蒙古族人用牛油炒拌糜子米做成的食品。

【炒麵】chǎomiàn〔名〕❶煮熟後再加油和作料炒成的麵條。❷炒熟的麵粉，常加糖用開水沖了吃，也可以乾吃。

【炒勺】chǎosháo〔名〕（把）炒菜用的淺鍋，有短柄，形狀像勺子。

【炒魷魚】chǎo yóuyú〔慣〕魷魚在油鍋裏一炒就捲起來，樣子像鋪蓋捲。比喻解僱或解聘：他就怕被～。

> **"炒魷魚"的説法**
>
> "炒魷魚"原是粵方言詞，後被普通話吸收。從前受僱者都自帶被褥，被解僱時就得捲起被褥走人，北方話可說成"捲鋪蓋捲兒"。烹飪魷魚時，魷魚片受熱會捲縮成圓筒狀，形似捲起的鋪蓋，故用"炒魷魚"表示解僱或開除。如今也可以說"炒老闆的魷魚"，指辭職。在廣東和港澳，也說"執包袱"。

【炒作】chǎozuò〔動〕大力宣傳鼓吹以擴大影響：通過新聞媒體～，這本書身價大增。

麨（麨）chǎo〈書〉將米或麥炒熟後磨粉製成的乾糧。

chào ㄔㄠˋ

耖 chào ❶〔名〕跟耙相似的農具，用來把地裏耙過的土塊弄碎。❷〔動〕用耖將土塊弄碎：～地。

chē ㄔㄜ

車（车）chē ❶〔名〕（輛，部）有輪子的陸上交通運輸工具：汽～｜火～｜

出租～｜自行～。**注意** 單說一個"車"字，可以指板車，可以指人力車、自行車，也可以是汽車等，依靠語境確定。❷ 利用輪軸旋轉傳動的器具：紡～｜風～｜水～。❸〔名〕機器；機床：開～｜試～｜～間。❹〔動〕用車床切削器物：～圓｜～光｜～螺絲釘。❺〔動〕用水車汲水：～水。❻〔動〕（吳語）用車搬運：叫部車子把這幾隻箱子～走。❼〔動〕（吳語）轉動（身體或身體的某一部分）：～轉身｜～過頭來。❽（Chē）〔名〕姓。

另見 jū（714頁）。

語彙 包車 兵車 超車 出車 倒車 發車 風車 公車 候車 會車 火車 貨車 機車 客車 轎車 快車 列車 靈車 慢車 跑車 汽車 驅車 賽車 試車 首車 私車 通車 晚車 誤車 夜車 早車 戰車 專車 轉車 裝車 撞車 坐車 開倒車 開夜車 指南車 自行車 安步當車 閉門造車 老牛破車 駟馬高車 螳臂當車 學富五車

【車把】chēbǎ〔名〕自行車、三輪車、摩托車等上使用時用手把握的部分。

【車把勢】chēbǎshi〔名〕（位）趕大車的人；駕馭車馬的人。也作車把式。

【車本】chēběn〔名〕駕照：本人路考剛剛通過，還沒拿到～。

【車場】chēchǎng〔名〕❶ 火車站供列車編組、劃分、儲備等的軌道系統。❷ 停放、保養或修理車輛的場所。❸ 公路運輸和城市公共交通企業的管理機構。

【車廠】chēchǎng〔名〕（家）❶ 製造人力車、三輪車等的工廠。製造汽車的叫作汽車製造廠。❷ 舊時出租人力或三輪車的廠子。也叫車廠子。

【車程】chēchéng〔名〕汽車行駛的路程。通常與時間連說，表示距離的遠近：半小時～｜從機場到本酒店不過 20 分鐘的～。

【車床】chēchuáng〔名〕（台）一種切削機床。工作時工件旋轉，刀具移動切削。有金屬切削車床、木工車床等。

【車次】chēcì〔名〕列車的編號或公共汽車、長途汽車等行車的班次。

【車貸】chēdài〔名〕因購車而從金融機構獲得的貸款。

【車刀】chēdāo〔名〕車床上切削工件的刀具。

【車到山前必有路】chē dào shānqián bì yǒu lù〔諺〕比喻事到臨頭必然會有辦法：困難當然要考慮到，但不必想得太多，～嘛！

【車道】chēdào〔名〕❶（條）專供車輛通行的道路（區別於"人行道"），有慢車道和快車道、非機動車道與機動車道之分。❷ 公路上用標綫隔開的供汽車單向單行（háng）行駛的道路：這是一條雙向六～的高速公路。

【車道綫】chēdàoxiàn〔名〕行車道路路面上的白色標綫，用來標示行車的規範。

【車隊】chēduì〔名〕❶ 排列成隊的車輛（多指汽車）：運輸～｜外賓的～過來了。❷ 公路運輸和城市公共交通部門的一級組織：第七～。❸ 指賽車運動隊。

【車匪】chēfěi〔名〕在鐵路、公路沿綫和火車、長途汽車上進行搶劫等犯罪活動的匪徒：嚴厲打擊～。

【車費】chēfèi〔名〕乘車和租車支付的費用；出差可以報銷～。

【車份兒】chēfènr〔名〕❶ 舊時租人力車或三輪車的車夫每日交付給車主的租金。❷ 出租汽車司機交付給出租汽車公司的承包金。

【車夫】chēfū〔名〕（位）舊時指以拉車、推車、趕車、駕駛車輛為職業的人，如馬車夫、人力車夫、三輪車夫等。

【車工】chēgōng〔名〕❶ 使用車床切削工件的工種。❷（位，名）做這種工作的工人。

【車公里】chēgōnglǐ〔量〕複合量詞。汽車運行工作量的計算單位。1 輛汽車運行 1 公里為 1 車公里：出租車一價由 1.6 元調整為 2 元。

【車軲轆】chēgūlu〔名〕（北方官話）車輪子。

【車軲轆話】chēgūluhuà〔名〕（北京話）反復說的、內容相同的話：說來說去還是這幾句～。

【車禍】chēhuò〔名〕（起）車輛（多指汽車等機動車）在行駛中發生的人員傷亡事故：注意安全行駛，避免發生～。

【車技】chējì〔名〕雜技演員用特製的自行車、摩托車或汽車表演的技藝。

【車間】chējiān〔名〕工廠中完成生產過程中某道工序或單獨生產某種產品的單位，一般由若干班組組成：裝配～｜木工～。

【車檢】chējiǎn〔動〕管理部門定期對機動車輛進行檢查和驗看：年終～｜～中心。

【車捐】chējuān〔名〕舊指車輛所有者為車輛繳納的捐稅：上～。

【車庫】chēkù〔名〕（間）停放車輛（多指汽車）的庫房：地下～。

【車況】chēkuàng〔名〕車輛的性能、運行、保養等方面的情況。

【車輛】chēliàng〔名〕各種車的總稱：來往～｜因翻修馬路，禁止～通行。

【車裂】chēliè〔動〕古代的一種酷刑，即將人頭、四肢分別拴在五輛車上，以五馬駕車，同時向不同方向行駛，將人撕裂。

【車流】chēliú〔名〕指道路上連續不斷行駛的眾多車輛：～如潮｜這段路是～集中的地方。

【車輪】chēlún〔名〕（隻）安裝在車下轉動使車行駛的輪子。也叫車輪子。

【車輪戰】chēlúnzhàn〔名〕幾個人輪番跟一個人打，或幾群人輪番跟一群人打，使對方疲於應付。泛指若干人輪番對付一個人。

【車馬費】chēmǎfèi〔名〕原指僱用車輛馬匹支出的費用，後指因公外出的交通費。有時是以它為名義所發的補貼。

【車模】chēmó〔名〕❶ 汽車模型。❷ 汽車模特兒，即配合車展而表演的模特兒。

【車牌】chēpái〔名〕車輛前部和尾部的金屬牌。上有登記註冊的編號：幸運～號碼。

【車皮】chēpí〔名〕（節）指火車機車以外的每一節車廂，多指貨車的。

【車票】chēpiào〔名〕（張）乘車用的憑證。

【車前】chēqián〔名〕多年生草本植物，葉子長卵形，結蒴果。葉和種子可入藥，有止瀉、利尿等作用。種子稱車前子(zǐ)。

【車市】chēshì〔名〕買賣汽車、摩托車等的市場：～火暴｜～行情。

【車手】chēshǒu〔名〕（位，名）參加自行車、摩托車、汽車比賽的選手。

【車水馬龍】chēshuǐ-mǎlóng〔成〕車如流水，馬似游龍。形容車馬往來絡繹不絕。現多指車輛眾多，來往頻繁：門前～，人來人往，非常熱鬧。

【車速】chēsù〔名〕❶ 機動車輛行駛的速度：控制～。❷ 車床加工工件旋轉的速度。

【車胎】chētāi〔名〕輪胎：汽車～｜自行車～。

【車貼】chētiē ㊀〔名〕乘車的費用補貼。㊁〔名〕貼在汽車、摩托車車身上，具有提示性和裝飾性的文字、圖案等，材料主要是帶不乾膠的戶外專用膠貼紙。

【車位】chēwèi〔名〕小區或公共場所等提供的專供汽車停放的位置：小區～太少｜廣場有200個～可供停車。也叫泊位。

【車廂】（車箱）chēxiāng〔名〕（節）火車、汽車用來載人或裝載貨物的部分：軟臥～可以包廂｜這列車掛了幾節～。

【車轅】chēyuán〔名〕大車前部用於駕牲口的兩根直木。也叫車轅子。

【車載斗量】chēzài-dǒuliáng〔成〕多得能用車來裝，用斗來量。形容同類的人或東西數量很多，不足為奇。

"車載斗量"的語源
《三國志·吳書·吳主傳》裴松之註引《吳書》：孫權派中大夫趙咨出使魏國。魏文帝曹丕不用嘲諷的口吻問他："吳王有點兒學問嗎？""吳國可以征服嗎？""吳國懼怕魏國嗎？"趙咨都一一做了非常得體的回答。曹丕又問："吳國像你這樣的人有幾個？"趙咨說："聰明特達者八九十人，如臣之比，車載斗量，不可勝數。"

【車展】chēzhǎn〔名〕汽車展覽。

【車站】chēzhàn〔名〕（座）為乘客上下車或裝卸貨物而設的停車地點。

【車掌】chēzhǎng〔名〕台灣地區用詞。公共汽車的售票員；列車上的乘務員。

【車照】chēzhào〔名〕行車執照；車輛檢查合格，准許行駛的憑證。

【車轍】chēzhé〔名〕車輛行駛時，車輪軋在道路上凹下去的印跡。

【車軸】chēzhóu〔名〕穿入車輪、承受車身及裝載物重量的圓柱形部件。

【車子】chēzi〔名〕（輛，部）車（多指小型的）：騎～（指自行車）｜開～（指小汽車）。

俥（伡） chē 見"大俥"（233頁）。

唓（吡） chē 見下。

【唓嗻】chēzhē〔形〕〈書〉厲害；猛（見於早期白話）。

硨（砗） chē 見下。

【硨磲】chēqú〔名〕軟體動物，生活在熱帶海底，長可達一米左右，介殼很厚，呈三角形，可用來做器物。

chě 彳ㄜˇ

尺 chě〔名〕中國民族音樂音階上的一級，樂譜上用作記音符號，相當於簡譜的"2"。參見"工尺"（447頁）。
另見 chǐ（176頁）。

扯〈撦〉chě〔動〕❶ 拉：她沒等我把話說完，～着孩子就走了。❷ 比喻使足勁放開（喉嚨）：～着嗓子喊。❸ 撕；撕下：他把牆上的舊年畫～下來了。❹ 買：～來了三尺布｜～上二尺紅頭繩。❺ 隨意說話；任意閒談：東拉西～｜我和他～了家常。

語彙 胡扯 拉扯 攀扯 牽扯 瞎扯 閒扯 東拉西扯 拉拉扯扯

【扯淡】chě//dàn〔動〕（北方官話）閒談；胡扯：不要～，還是說正經的吧！也說閒扯淡。

【扯後腿】chě hòutuǐ〔慣〕拖後腿。

【扯謊】chě//huǎng〔動〕說假話：要說實話，不許｜他跟大夥扯了一個謊。

【扯爛污】chě lànwū〔慣〕（吳語）拆爛污（cā lànwū）。

【扯皮】chě//pí〔動〕無原則地鬧矛盾；無休止地爭吵或相互推諉：扯了一年皮｜這兩家公司遇事就～，還怎麼開展業務？

chè 彳ㄜˋ

屮 chè〈書〉草木初生的樣子。

坼 chè〈書〉分裂；裂開：天崩地～｜吳楚東南～，乾坤日夜浮。

掣 chè ❶拉；拽（zhuài）：牽～｜風～紅旗凍不翻。❷〔動〕抽；縮：～籤｜她趕緊把手～回去。❸閃動；迅疾而過：星流電～｜風馳電～。

【掣肘】chèzhǒu〔動〕拉住胳臂，比喻阻撓別人順利工作：無人～，工作得以順利進行。

撤 chè ❶〔動〕免除；除去：裁～｜～職｜把盤子、碗～了。❷〔動〕退：向後～｜主動～出城去了。❸〔動〕減輕：放點青菜～一～湯裏的鹹味兒。❹（Chè）〔名〕姓。

【撤兵】chè//bīng〔動〕撤回或撤退部隊：交戰雙方停火以後又都撤了兵。

【撤併】chèbìng〔動〕撤銷，合併（機構、單位）：重疊的機構必須～。

【撤除】chèchú〔動〕取消；除掉：～工事｜～軍事設施。

【撤防】chè//fáng〔動〕撤除防守的軍隊和工事（跟"佈防"相對）：敵人雖說已經～，但是隨時都有重新佈防的可能｜騷亂已經平息，街上都撤了防。

【撤換】chèhuàn〔動〕撤除原來的人或物而換上另外的：～兩名代表｜破舊桌椅該～了。

【撤軍】chè//jūn〔動〕把派往某地的軍隊撤回來：雙方都同意～。

【撤離】chèlí〔動〕撤出並離開：～陣地｜～現場。

【撤訴】chèsù〔動〕原告向法院起訴後，由於某種原因，又撤回自己的訴訟請求。

【撤退】chètuì〔動〕部隊退出原來的陣地或佔領的地區：安全～｜敵人～了｜掩護主力部隊～。

【撤銷】chèxiāo〔動〕取消；除去：～處分｜～原定計劃｜～他的代表資格。也作撤消。

【撤職】chè//zhí〔動〕撤銷職務：～查辦｜他犯了嚴重錯誤，被撤了職。

【撤資】chè//zī〔動〕撤出或撤銷投資：外商突然～。

徹（彻）chè 通；透：～夜｜～骨｜響～雲霄。

語彙　洞徹　貫徹　通徹　透徹　響徹

【徹底】（澈底）chèdǐ〔形〕毫無保留，一直到底的；深入而透徹的：～改變舊思想｜他做事一向很～｜對事故原因進行～調查。

【徹骨】chègǔ〔動〕透入骨髓，比喻程度極深：寒風～｜～的仇恨。

【徹頭徹尾】chètóu-chèwěi〔成〕從頭到尾，完完全全（多用於貶義）：～的誹謗｜這是～的騙局。

【徹夜】chèyè〔副〕整夜；通宵：～未眠｜～加班｜天安門前～燈火通明。

澈 chè ❶（水）清而透亮：澄～｜清～見底。❷盡；霧～天清。

語彙　澄澈　明澈　清澈　瑩澈

瞮 chè〈書〉明亮。

chēn　彳ㄣ

抻 chēn ❶〔動〕扯；拉長：～麵｜把襪子往上一～一～。❷（北京話）身體的一部分因拉動而受傷：胳膊～了筋。

【抻麵】chēnmiàn ❶（-//-）〔動〕用手把麵團抻成麵條：這鄭州師傅很會～｜抻碗麵吃。❷〔名〕抻成的麵條兒。

郴 Chēn 郴州，地名。在湖南東南部。

琛 chēn〈書〉珍寶。多用於人名。

棽 chēn "棽"shēn的又讀。

嗔 chēn ❶生氣；發怒：嬌～｜半～半笑｜慎莫近前丞相～。❷埋怨；怪罪：～怪｜～色。

【嗔怪】chēnguài〔動〕責怪；怪罪：失禮之處，請不要～。

【嗔怒】chēnnù〔動〕氣惱；惱怒：未嘗～。

【嗔色】chēnsè〔名〕惱怒的面容：面露～。

綝（綝）chēn〈書〉❶終止。❷良善。
另見 lín（849頁）。

瞋 chēn〈書〉發怒並睜大眼睛：～目。

【瞋目】chēnmù〔動〕〈書〉怒目相向：案劍～｜～而視｜～叱之。

chén　彳ㄣ

臣 chén ❶封建時代的官吏，有時也包括平民百姓：君～｜率土之濱，莫非王～。❷封建時代官吏對君主的自稱。❸現在君主制的國家中的臣屬：掌璽大～。❹（Chén）〔名〕姓。

語彙　大臣　貳臣　功臣　奸臣　近臣　謀臣　內臣　佞臣　弄臣　權臣　賢臣　倖臣　忠臣　欽差大臣　位極人臣　一朝天子一朝臣

【臣服】chénfú〔動〕❶〈書〉降服稱臣：各小國皆～。❷比喻競爭中輸給對手，甘拜下風。

【臣民】chénmín〔名〕君主制國家的臣子和百姓。也說臣庶。

【臣子】chénzǐ〔名〕君主制國家的官吏：～之道。

辰 chén ㊀〔名〕地支的第五位。
㊀❶日、月、星的統稱：三～｜星～。

❷古代把一晝夜分作十二辰：時～。❸時光；日子：誕～｜忌～｜吉日良～。

㊂(Chén)❶指辰州(明代府名，在今湖南沅陵)：～砂。❷〔名〕姓。

語彙　北辰　誕辰　芳辰　忌辰　良辰　年辰　生辰　時辰　壽辰　星辰

【辰時】chénshí〔名〕用十二時辰記時指上午七時至九時。

沈 chén〔書〕同"沉"。
另見 shěn "瀋"(1199頁)；Shěn(1198頁)。

沉 chén ❶〔動〕人或物體在水中往下落；沒入水中(跟"浮"相對)：船～了｜破釜～舟。❷〔動〕日、月、星等降落隱沒：月落星～｜紅日西～。❸〔動〕(北京話)稍等：～一～再說。❹〔動〕物體向下陷落：地基下～。❺〔動〕使精神專注，思想集中，不受外界影響：～下心來｜～得住氣。❻〔動〕比喻作色：他忽然～下臉來。❼〔形〕感覺沉重：頭～｜腿發～。❽情緒低落：消～｜低～｜死氣～～。❾〔形〕重量大：這副擔子很～。❿〔形〕(程度)深：～疴｜～醉｜睡得很～。

語彙　低沉　浮沉　昏沉　陸沉　深沉　升沉　消沉　陰沉　黑沉沉　灰沉沉　死氣沉沉

【沉沉】chénchén〔形〕❶形容分量重：～的穀穗兒低垂下來。❷形容程度很深：夜～｜暮氣～。❸形容向遠處延伸：～一線穿南北。

【沉甸甸】chéndiàndiàn(口語中也讀 chéndiāndiān)(～的)〔形〕狀態詞。❶形容分量重：～的一袋水泥。❷(心情)沉重：愛人的病總不見好，他心裏難免～的。

【沉澱】chéndiàn ❶〔動〕水或溶液中的不溶或難溶物析出沉積於底層：水太渾了，～一下再用。❷〔動〕積聚；積累：方言中的古語詞是語言的歷史～。❸〔名〕沉積於溶液底層的沉澱物。

【沉浮】chénfú〔動〕比喻人事或社會的起落、興衰：宦海～｜問蒼茫大地，誰主～？

【沉積】chénjī〔動〕❶河流所挾帶的岩石、砂礫、泥土等在流速減慢時淤積於河床、海灣等低窪處：泥沙～河底。❷指物質在溶液中沉澱積聚：～物｜～岩。❸比喻沉澱、聚積(多用於抽象事物)：歷史～｜這深厚的文化底蘊。

【沉積岩】chénjīyán〔名〕在陸地上或水中由泥、砂、礫石或化學物質、生物遺體等沉積物形成的岩石，如石灰岩、葉岩、砂岩等。

【沉寂】chénjì〔形〕❶無聲無息，非常寂靜：～的夜｜大地一片～。❷杳無音信：消息～｜音信～。

【沉降】chénjiàng〔動〕物體向下沉：超量開採地下水，造成地面不斷～｜渣滓～在底部。

【沉浸】chénjìn〔動〕浸入水中，多比喻深深地處於某種環境或思想活動中：～在童年的回憶中｜一家人都～在節日的歡樂中。

【沉靜】chénjìng〔形〕❶寂靜：～的夜晚。❷沉默安靜：～的神色｜他老那麼～，那麼自信。

辨析　沉靜、沉寂　"沉靜"和"沉寂"雖然都表示寂靜，但也有些不同：a)"沉寂"表示的程度比"沉靜"重，而且有比喻用法，如"音信沉寂"。"沉靜"沒有這樣的比喻用法。b)"沉靜"除形容環境外，還可形容人的神色、心情和性格，如"他總是那樣沉靜"，不能說成"他總是那樣沉寂"。

【沉疴】chénkē〔名〕〈書〉長久不癒的重病：身染～，纏綿病榻。

【沉淪】chénlún〔動〕陷入(罪惡的、痛苦的境界)：～賭場，不能自拔。

【沉落】chénluò〔動〕❶落下；墜落：～水中｜太陽向西山～。❷沒落；低落：家道～｜精神～。

【沉悶】chénmèn〔形〕❶沉重而煩悶：會議氣氛很～｜漫天大霧，～得很。❷不開朗；不舒暢：心情～｜他一向～，不愛說笑。❸(聲音)低沉，不響亮：～的炮聲。

【沉迷】chénmí〔動〕程度非常深地迷戀：他整天～在牌桌上，連家都不回。

【沉湎】chénmiǎn〔動〕〈書〉深深地陷入某種境地；沉迷(含貶義)：～於酒色。

【沉沒】chénmò〔動〕沉入水中：軍艦被魚雷擊中，立即～。

【沉默】chénmò〔動〕❶不出聲；不說話：～不語｜他～寡言。❷聽到這不幸的消息，大家都～了。

【沉溺】chénnì〔動〕深深地陷入不良的環境或習慣中：～於享樂，不求上進。

【沉睡】chénshuì〔動〕熟睡；昏睡：安然～｜昨天熬了一夜，今天上午十點多鐘他還～～不醒。

【沉思】(沈思)chénsī〔動〕深思：～默想｜掩卷～｜他～了很久，也沒有想出辦法來。

【沉痛】chéntòng〔形〕❶深切的悲痛：心情～｜～宣告，我們的老校長今天逝世了。❷深刻而令人痛切的：～的教訓。

【沉穩】chénwěn〔形〕❶沉着穩重：舉止～，辦事可靠｜她是個很～的女孩子。❷深沉安穩：看着兒子睡得很～，她放心了。

【沉陷】chénxiàn〔動〕❶地面或建築物的基礎下沉：地震後房基～了。❷比喻深深地進入(某種狀態中)：他正～於痛苦的反思之中。

【沉香】chénxiāng〔名〕❶(棵，株)常綠喬木，生長在亞熱帶，葉卵狀披針形，有光澤，花白色。含樹脂的根、幹可入藥，有温中、暖腎、降氣等作用。❷這種植物的木材。以上也叫伽(qié)羅、伽(qié)南香、奇南香。

【沉箱】chénxiāng〔名〕水中作業的一種施工設

備，用金屬或混凝土製成，有頂無底，形狀像一隻倒置的箱子，用時將壓縮空氣注入箱內將水排出，人到裏邊進行作業。作業完畢後，可用混凝土將箱內的空洞填實，作為重型建築物的基礎。

【沉吟】chényín〔動〕❶ 低聲吟詠（詩文）：～詩賦。❷ 猶豫不決，低聲自語：他～了很久，才猛然想出來一個主意。

【沉魚落雁】chényú-luòyàn〔成〕《莊子·齊物論》：「毛嬙、麗姬，人之所美也。魚見之深入，鳥見之高飛……」意思是說魚鳥不辨美色，只知見人螫避。後形容女子絕美。常和「閉月羞花」連用。

【沉鬱】chényù〔形〕❶ 沉悶憂鬱：心情～｜～寡歡。❷〈書〉心中含蘊深沉：高雅之才，～之志。

【沉冤】chényuān〔名〕難以辯白或長期不得昭雪的冤枉：～莫白｜昭雪～。

【沉渣】chénzhā〔名〕沉降在底部的渣滓，比喻殘留的腐朽事物：一時～泛起，把水攪渾。

【沉重】chénzhòng〔形〕❶ 分量重：～的擔子。❷ 形容心情不開朗、不輕鬆：心情～。❸（病情）嚴重：病勢～。

【沉住氣】chénzhùqì 在情況緊急或感情激動時克制住自己，保持住鎮靜：不要慌，要～。注意 "沉住氣"是"動詞＋結果補語＋賓語"的結構。帶結果補語的動賓結構相當於一個動詞，後面可以帶"了"，如可以說"沉住了氣"。結果補語也可以轉換成可能補語，如"沉得住氣""沉不住氣"。

【沉着】chénzhuó〔形〕從容不迫，不慌不忙（跟"慌張"相對）：～應對｜勇敢。

【沉醉】chénzuì〔動〕❶ 大醉：～不醒。❷ 比喻迷戀或陷入某種氣氛、環境：他～在美妙的樂曲聲中。

忱 chén ❶ 情意；心意：謝～｜鄙～｜一片赤～。❷（Chén）〔名〕姓。

語彙 鄙忱 赤忱 丹忱 熱忱 謝忱

郕 Chén〔名〕姓。

宸 chén〈書〉❶ 屋宇。❷ 帝王住的地方，後為王位、帝王的代稱：～居｜～眷（帝王的恩寵）｜～翰（帝王的手跡）。

梣 chén，又讀 qín〔名〕白蠟樹，落葉喬木。可放養白蠟蟲以取用白蠟。樹皮可入藥，叫秦皮。

晨 chén 早上，有時泛指半夜以後到中午以前的一段時間：～四時動身｜一日之計在於～。

語彙 凌晨 侵晨 清晨 早晨 牝雞司晨

【晨報】chénbào〔名〕（份）每天早晨出版的報紙：《北京～》｜訂一份～。

【晨光】chénguāng〔名〕清早的太陽光：～熹微。

【晨練】chénliàn〔動〕清晨進行身體鍛煉：公園裏有不少參加～的人。

【晨曦】chénxī〔名〕〈書〉晨光：煌煌｜航天飛機在～中平安返航。

【晨星】chénxīng〔名〕（顆）❶ 早晨天空中稀疏的星，多用於比喻：寥若～。❷ 天文學上指日出前出現在東方的金星或水星。

陳（陈）chén ㊀❶ 放置；擺列：～列｜～設。❷ 敍述；述說：～詞｜下情上～｜此間情況另函具～。

㊁〔形〕時間久遠的；舊的：～糧｜～酒｜推～出新。

㊂（Chén）❶ 周朝諸侯國名，在今河南淮陽一帶。❷〔名〕南北朝時南朝之一，公元 557-589 年，陳霸先所建，建都建康（今江蘇南京）。❸〔名〕姓。

語彙 電陳 敷陳 縷陳 鋪陳 疏陳 條陳 詳陳 指陳

【陳陳相因】chénchén-xiāngyīn〔成〕《史記·平准書》：「太倉之粟，陳陳相因。」意思是說國都倉庫裏的糧食逐年堆積起來，一年壓着一年。後用來比喻沿襲老一套，不知改進創新。

【陳詞濫調】chéncí-làndiào〔成〕不切合實際的老話：這篇文章一點新意也沒有，從頭至尾都是～。注意 這裏的"濫"不寫作"爛"。

【陳醋】chéncù〔名〕存放時間較久的醋。也叫老醋。

【陳腐】chénfǔ〔形〕陳舊腐朽：～之見｜男尊女卑的～觀點應該批判。

【陳規】chénguī〔名〕沿襲已久，不合時宜的老規矩：～陋習。

【陳跡】chénjì〔名〕從前的事情留下的痕跡；舊事：歷史～｜昨日舊友相聚，何等歡樂，不意轉瞬竟成～。

【陳酒】chénjiǔ〔名〕存放多年的酒，酒味醇厚：～香醇。

【陳舊】chénjiù〔形〕時間久的；過時的：款式～｜設備～｜你的想法過於～。

辨析 陳舊、陳腐 a)"陳舊"指過時，"陳腐"指陳舊而腐朽。b)"陳舊"既可以形容抽象的事物，也可以形容具體的事物，如"陳舊的觀念""一張陳舊的桌子"；"陳腐"一般多形容抽象事物，如"陳腐的思想""文章內容陳腐"。c)"陳舊"是中性詞，"陳腐"是貶義詞。

【陳列】chénliè〔動〕把若干有價值的物品擺出來讓人看：展覽會中～着許多展品｜貨架上～着各式各樣的商品。

【陳皮】chénpí〔名〕曬乾後的橘皮或柑皮、橙子皮，可入藥，有健胃、鎮咳、止嘔等作用。

【陳設】chénshè ❶〔動〕擺設：客廳裏～着盆景。❷〔名〕擺設的東西：屋子裏的～樸素大方。

【陳世美】Chén Shìměi〔名〕京劇《鍘美案》、電影《秦香蓮》中的人物。他考中狀元後，拋棄了結髮妻子秦香蓮。後用來泛指喜新厭舊的男子。

【陳述】chénshù〔動〕有條理地敍述；述說：～冤情｜～事件的前因後果。

【陳述句】chénshùjù〔名〕用來說明事實的句子（區別於"疑問句""祈使句""感歎句"），如"五星紅旗迎風飄揚。""北京是個古老而又年輕的城市。"書面上，陳述句末尾用句號。

【陳說】chénshuō ❶〔動〕逐一敍說；陳述：～利害｜～種種原因。❷〔名〕陳舊的話；舊的言論、主張：～舊見，沒甚麼新意。

【陳訴】chénsù〔動〕向人傾訴；訴說：～苦衷｜～原委｜聽有冤屈的人～。

煁 chén 古時一種可移動的火爐。

塵（尘） chén ❶ 飛揚的或附在物體上的細小灰土：～埃｜揚～｜甚囂～上。❷ 佛教認為一切世間的事都能染污真性。能染污真性的就叫作塵。❸ 塵世；俗世：紅～｜出～。❹〈書〉蹤跡：迷～｜前～｜後～。

> **語彙** 承塵 出塵 除塵 粉塵 風塵 拂塵 浮塵 紅塵 後塵 灰塵 蒙塵 前塵 沙塵 洗塵 纖塵 煙塵 音塵 征塵 步人後塵 和光同塵 僕僕風塵

【塵埃】chén'āi〔名〕灰塵；塵土：汽車駛過，～四起。

【塵埃落定】chén'āi-luòdìng〔成〕比喻事情已有了結果或定局：這一屆的快棋賽決賽～，上屆冠軍隊衛冕成功。

【塵暴】chénbào〔名〕沙塵暴。

【塵封】chénfēng〔動〕〈書〉指東西放置日久，被塵土遮蓋住：～煙鎖｜舊稿～多年。

【塵垢】chéngòu〔名〕❶ 灰塵污垢：滿臉～。❷ 佛教指煩惱：猶如淨水，洗除～。❸ 佛教指塵世：遊乎～之外。

【塵寰】chénhuán〔名〕塵世。佛教稱人間為塵寰：撒手～｜遠離～。

【塵世】chénshì〔名〕佛教徒或道教徒指現實的凡俗世界。

【塵事】chénshì〔名〕人間世俗的事：～紛擾。

【塵土】chéntǔ〔名〕塵埃；細土：～飛揚｜窗台上積滿了～。

【塵網】chénwǎng〔名〕比喻人間，佛教徒、道教徒和有出世思想的人把現實世界看成是束縛人的羅網：誤落～中。

【塵囂】chénxiāo〔名〕〈書〉喧嘩吵鬧的聲音，也指人世間的紛擾：～滿耳｜與～隔絕。

【塵緣】chényuán〔名〕佛教、道教指與塵世的因緣：斬斷～｜～未了。

諶（谌） chén ❶〈書〉相信：其命匪～。❷〔副〕〈書〉的確；誠然：～а弱而難持。❸（Chén）〔名〕姓。

鵿（鹐） chén（～兒）〔名〕小鳥。

chěn ㄔㄣˇ

跰 chěn 見下。

【跰踔】chěnchuō〔動〕〈書〉跳躍：～而行。也作踳踔。

磣（碜）〈❶碜❷頒〉 chěn ❶ 食物中混有沙子：～澀｜牙～。❷〔形〕醜；難看：寒～｜～話｜樣子～得很。

踳 chěn 見下。

【踳踔】chěnchuō 同"跰踔"。

chèn ㄔㄣˋ

疢 chèn〈書〉病：～毒｜～如疾首（像害頭痛病一樣）。

趁〈趂〉 chèn ❶〈書〉追；趕：疾～之。❷〔動〕（北京話）擁有：～錢｜他家～一幢別墅。❸〔形〕（北京話）富有：人家才～呢｜他雖說不那麼～，可日子過得挺不錯。❹〔介〕表示利用條件或時機；因利乘便：～熱吃｜～年輕力壯多做工作｜～着天沒黑趕快走。

【趁便】chèn // biàn〔副〕順便：我打這裏路過，～看一看老朋友。

【趁火打劫】chènhuǒ-dǎjié〔成〕藉助別人家發生火災的機會前去搶劫財物。比喻利用別人遭遇不幸時去撈取利益。

【趁錢】chèn // qián〔動〕（北京話）有錢：他如今～了｜他們家很趁幾個錢。

【趁熱兒】chènrèr〔副〕在尚未冷下來的時候（吃或喝）：黃酒要～喝｜～喝了一杯釅茶。

【趁熱打鐵】chènrè-dǎtiě〔成〕在鐵燒得正熱的時候去錘打它。比喻抓緊有利時機，加速進行，毫不拖延：高中畢業班同學正努力複習功課，我們要～，多加指導。

【趁勢】chènshì〔副〕藉助有利形勢：敵人已經非常疲勞，～反攻，可以取勝。

【趁早】chènzǎo〔副〕抓緊時機或提前（採取行動）：有病～去看｜期末考試要～準備，不要臨時抱佛腳。

稱（称）

chèn 配得上；適合；符合：～身｜～職｜這件上衣和你的褲子顏色相～。

另見 chēng（164 頁）。

語彙 對稱　配稱　相稱　勻稱　銖兩悉稱

【稱身】chèn//shēn〔形〕衣服的尺寸合體：這條連衣裙你穿起來還。

【稱心】（趁心）chèn//xīn〔動〕合於心願；滿意：～如意｜你辦的這件事可稱了大夥的心。

【稱願】chèn//yuàn〔動〕滿足心願（多指對所恨的人遭到“報應”而感到快意）：他表面上假作憂愁，心中～｜我丟了臉，可稱了你的願。

【稱職】chènzhí〔形〕在德、才等方面都能勝任所擔負的職務：無論在甚麼崗位上他都很～。

齔（齓）

chèn〈書〉❶ 小孩兒換牙：男八月生齒，八歲而～。❷ 指童年：諸子年皆童～。

傺（傺）

chèn 同“嚫”。

嚫（嚫）

chèn〔動〕佈施財物給僧道：恭～｜～施｜～錢｜～珠。［達嚫拏的省略，梵 daksinā］

櫬（櫬）

chèn〈書〉棺材：靈～｜扶～返鄉。

襯（衬）

chèn ❶〔動〕在裏面、下面或中間墊上一層：在玻璃板底下～上一層布。❷〔動〕陪襯；襯托：這副對聯～上那幅中堂顯得更好看了。❸ 襯在裏邊的：～布｜～衣｜～裙。❹〔名〕墊在衣裳、鞋帽等某一部分裏邊的布製品：領～｜帽～。

語彙 幫襯　對襯　反襯　烘襯　環襯　爐襯　陪襯　鋪襯　映襯　軸襯

【襯布】chènbù〔名〕（塊）墊在衣服領子、兩肩及褲腰等處的布。

【襯褲】chènkù〔名〕（條）穿在裏邊的單褲。

【襯裙】chènqún〔名〕（條）穿在裙子、旗袍裏邊的裙子。

【襯衫】chènshān〔名〕（件）穿在外衣裏邊的西式單上衣，也可以不套外衣單穿。

【襯托】chèntuō〔動〕用某一事物做陪襯以突出另一事物：紅花～上綠葉顯得更美了｜好油畫還得有好框子來～。

【襯衣】chènyī〔名〕（件）❶ 穿在裏邊的單衣。❷ 襯衫。

【襯字】chènzì〔名〕曲子在格律規定的字數以外，為了歌唱或行文的需要而增加的字。戲曲或歌曲中常用來調節句法，使語氣活潑生動。如“正月裏來那個是新春”中的“來”和“那個”就都是襯字。也叫墊字、襯墊字。

讖（谶）

chèn〈書〉預言；預兆（迷信的人認為將來會應驗）：～緯｜～語｜圖～。

【讖緯】chènwěi〔名〕秦漢時巫師、方士預言吉凶禍福的符籙、隱語叫作讖，漢代附會儒家經書的神學迷信說法叫緯。

【讖語】chènyǔ〔名〕指事後應驗了的預言（迷信）：他曾說：“我死了，你唸悼詞。”想不到那一時的戲言竟成～。

chen ·ㄔㄣ

傖（伧）

chen “寒傖”，見“寒磣”（510 頁）。
另見 cāng（130 頁）。

chēng ㄔㄥ

偁

chēng〈書〉稱揚；稱讚。見於人名。

琤（琤）

chēng 見下。

【琤琤】chēngchēng〔擬聲〕〈書〉水流聲、琴聲、玉石聲：泉水～。

掁

chēng〈書〉同“撐”。
另見 chèng（172 頁）。

稱（称）

chēng ㊀❶〔動〕叫；稱呼：～兄道弟｜我們都～人民解放軍為工農子弟兵。❷ 說；述說：據～山中有猛虎｜大家連聲～好。❸ 讚揚：～讚｜～揚。❹ 名稱：別～｜簡～。

㊁〔動〕用秤測量輕重：你給我～兩斤雞蛋｜這包糖～一～有多重。

㊂〈書〉舉；舉起：～觴｜～兵。
另見 chèn（164 頁）。

語彙 愛稱　別稱　代稱　詭稱　號稱　合稱　簡稱　僭稱　據稱　堪稱　口稱　美稱　名稱　全稱　人稱　聲稱　省稱　俗稱　通稱　統稱　宣稱　職稱　著稱　自稱　尊稱　寸鐵銖稱

【稱霸】chēngbà〔動〕❶ 倚仗權勢和實力，欺凌他國或他人：～世界｜稱王～。❷ 比喻在某領域佔絕對優勢，居首要地位：～乒壇。

【稱便】chēngbiàn〔動〕認為方便：這裏增設了蔬菜銷售網點，居民個個～。

【稱病】chēngbìng〔動〕藉口有病；假託有病：～閒居｜～不出席會議。

【稱道】chēngdào〔動〕稱讚；讚揚：這種拾金不昧的精神值得～。

【稱得起】chēngdeqǐ〔動〕可以稱作；算得上：他真～是我們班裏的標兵。也說稱得上。**注意** 否定形式是“稱不起”，如“他稱不起英雄好漢”。

【稱孤道寡】chēnggū-dàoguǎ〔成〕自稱孤家寡人

（"孤"和"寡人"是古代君主的自稱）。比喻妄自以首腦自居。

【稱號】chēnghào〔名〕賦予個人、團體或事物的名稱（多用於讚譽）：他獲得了拳王的～。

【稱呼】chēnghu ❶〔動〕叫：我不知道應該怎麼～他。❷〔動〕詢問別人的姓名：請問您怎麼～？——我叫李雲。❸〔名〕表示某種關係的稱謂，如哥哥、弟弟、同志、先生等。

辨析 稱呼、稱號　"稱號"和"稱呼"都表示某種名稱或稱謂，但二者有不同。"稱號"是有關方面賦予的榮譽名稱，有讚譽義，如"榮獲'愛民模範'稱號"；"稱呼"僅是表示彼此間關係的稱謂，沒有褒貶意味。另外，"稱呼"有動詞用法，如"大家稱呼他為'二先生'。""稱號"沒有。

【稱快】chēngkuài〔動〕表示快意（多與"拍手"連用）：拍手～｜無不～。

【稱賞】chēngshǎng〔動〕稱許；欣賞；讚賞：這種寧死不屈的精神人人～。

【稱頌】chēngsòng〔動〕稱道頌揚（含莊重意）：世人都～他的功德｜先生的高風亮節令人～。

【稱王稱霸】chēngwáng-chēngbà〔成〕自稱君王、霸主。比喻倚仗權勢，以首領自居。也比喻狂妄自大，獨斷專行：他結交官府，獨佔一方，～～。

【稱謂】chēngwèi〔名〕人們為了表示相互之間的某種關係，或為了表示身份、職業等的區別而有的名稱，如伯父、先生、經理等。

【稱羨】chēngxiàn〔動〕稱讚欽慕：他辦事的才能，令人～。

【稱兄道弟】chēngxiōng-dàodì〔成〕彼此以兄弟相稱，表示關係密切（現在多用於貶義）。

【稱雄】chēngxióng〔動〕❶憑藉權勢或力量，在某一地區稱霸：～於世。❷比喻在某一領域技藝、實力超群，居突出地位：～棋壇。

【稱許】chēngxǔ〔動〕稱讚；讚許：他的精湛醫術深得患者～。

【稱讚】chēngzàn〔動〕稱道；讚揚：老師、同學無不～他助人為樂的精神。

撐（撑）chēng〔動〕❶抵住；支住：用棍子～住門｜兩手～着腮。❷ 用篙向河岸或水底用力，使船前進：～船。❸勉強支持；支撐：～門面｜凍得實在～不住了｜這個局面～不下去了。❹張開：～傘｜～開口袋。❺ 滿到容不下的程度：別裝得太多，～破了口袋。❻吃得過飽；脹：吃得快把肚皮～破了｜少吃一點兒，別～壞了。

語彙　死撐　硬撐　支撐　俯臥撐

【撐場面】chēng chǎngmiàn〔慣〕勉強維持表面的排場：靠別人給你～，總不是個長久之計。也說撐門面。

【撐持】chēngchí〔動〕竭盡全力，勉強維持：艱難支持：～場面｜這爛攤子只好由我們去～了。

【撐竿跳高】chēnggān tiàogāo 田賽項目之一。運動員手持長竿，經助跑，藉長竿抵地的反彈力，騰身躍起，越過橫杆。

【撐腰】chēng // yāo〔動〕比喻給予強有力的支持：他這樣膽大妄為，背後肯定有人～｜不知道有甚麼大人物撐他的腰。

嘥 chēng/zēng 見下。
另見 cēng/zēng（136 頁）。

【嘥吰】chēnghóng〔擬聲〕〈書〉敲擊鐘鼓發出的聲音。

赬（䞓）chēng〈書〉紅色：魴魚～尾。

瞠 chēng〈書〉瞠着眼睛看：～目而視｜～乎其後。注意 "瞠"不讀 táng。

【瞠乎其後】chēnghūqíhòu〔成〕瞠着眼看着別人在前面，自己落在後面趕不上。形容差距大，趕也趕不上。

【瞠目結舌】chēngmù-jiéshé〔成〕瞠着眼睛說不出話來。形容極為驚訝或因激怒、受窘而一時又無法對付的神情。

桱（桱）chēng 見下。

【桱柳】chēngliǔ〔名〕（棵）落葉小喬木，枝條纖弱，多下垂，老後變紅。葉子鱗片狀，夏季開花，花淡紅色，結蒴果。耐旱，適於在鹽鹼地和沙地造林。也叫紅柳、三春柳。

蟶（蛏）chēng 蟶子。

【蟶乾】chēnggān〔名〕去殼曬乾的蟶子肉。

【蟶子】chēngzi〔名〕軟體動物，生活在岸邊海水中，有兩扇貝殼，體狹長，肉色白而味美。

鐺（铛）chēng〔名〕烙餅的平底鍋，多是鐵製的，也有鋁製的。
另見 dāng（255 頁）。

chéng

成 chéng ㊀❶〔動〕成功（跟"敗"相對）：辦～｜～事不足，敗事有餘。❷ 促成；成全：玉～｜君子～人之美，不～人之惡。❸〔動〕成為；變成：點石～金｜滴水～冰｜玉不琢，不～器。❹ 發展、生長到成熟階段：～年｜長大～人。❺ 定形的；現成的：～例｜～品｜～藥。❻〔動〕（後邊加量詞或時間詞）表示達到一定數量或時間：～雙～對｜～日～夜｜～年累月。❼〔動〕表示答應、許可：～！就這麼辦吧｜～了，別再買了。❽〔形〕表示有能力，有才幹（多加"真"修飾）：幹起活來，他可真～。❾成果；成就：坐享其～｜創業難，守～亦不易。❿（Chéng）〔名〕姓。

㊀（～兒）〔量〕十分之一：增產兩～｜有九～兒希望了。

語彙 促成 達成 分成 告成 構成 合成 老成 落成 年成 生成 收成 守成 速成 提成 完成 現成 形成 玉成 贊成 責成 集大成 大功告成 大器晚成 少年老成 水到渠成 相輔相成 一氣呵成 一事無成 約定俗成 坐享其成 功到自然成

【成敗】chéngbài〔名〕成功或失敗：～在此一舉｜～利鈍，不能逆料｜不以～論英雄。

【成本】chéngběn〔名〕產品的造價，包括原材料的費用和生產過程中的勞務費，以及機器、廠房的折舊費等：固定～｜降低～，保證產品質量。

【成才】chéng∥cái〔動〕成為人才：培養～。

【成材】chéng∥cái〔動〕成為有用的材料，比喻成為有用的人：～林｜木已～｜不經鍛煉，不能～｜從小就這麼懶，一定成不了材。

〖辨析〗**成材、成才** 二者都可用於人，指成為有用的人。但“成材”還可用於物，如“成材林”，“成才”則不能。

【成蟲】chéngchóng〔名〕發育成熟能繁殖後代的昆蟲，如蠶蛾是蠶的成蟲。

【成方】chéngfāng〔名〕❶（～兒）現成的藥方（傳統應用於某種疾病的中藥藥方），區別於醫生診斷後的處方：治病不宜隨便用～兒，要對症下藥。❷（Chéngfāng）複姓。

【成分】（成份）chéngfèn(-fen)〔名〕❶組成事物的各種物質：漂白粉的～是鈣、氧和氯。❷影響事物的因素：消除社會不安定～。❸指家庭所屬階級，也指本人參加工作前的經歷或職業：家庭～｜個人～。

【成風】chéngfēng〔動〕成為一時的風氣：蔚然～｜相沿～。

【成公】Chénggōng〔名〕複姓。

【成功】chénggōng ❶〔動〕達到預期的目的；得到希望的結果（跟“失敗”相對）：試驗終於～了。❷〔形〕結果圓滿：這次會議開得很～。

【成規】chéngguī〔名〕現成的或形成已久的規矩或方法：墨守～｜破除～，大膽革新。

〖辨析〗**成規、陳規** “成規”指久已運用、通用的規矩、做法，是中性詞；“陳規”指陳舊的、已不適用的規矩、做法，是貶義詞。“打破成規”“打破陳規”都可以說，但意義有別。“陳規陋習”指不合時宜的章程、習慣，其中的“陳規”不能換用“成規”。而“墨守成規”有成規可依”中的“成規”，指成規的還在起作用的規矩、做法，不能換用“陳規”。

【成果】chéngguǒ〔名〕（項）學習、工作、事業的收穫：科研～｜他在醫學上取得了驚人的～。

【成婚】chéng∥hūn〔動〕結婚：奉子～｜他三十多歲了，尚未～｜他快四十歲才成了婚。

【成活】chénghuó〔動〕培育的動物或植物出生或種植後繼續成長：～率｜新栽的幼苗已經～。

【成績】chéngjì(-ji)〔名〕學習或工作所取得的收穫、成果：～突出｜他的工作很有～。

【成家】chéng∥jiā ㊀〔動〕結婚（舊指男子結婚；女子結婚叫出嫁）：～立業｜他已～｜兒女都成了家，老人沒甚麼心事了。㊁〔動〕在科學技術或文學藝術方面有突出成就，成為專家：成名～。

【成見】chéngjiàn〔名〕❶對人或事物所形成的固執而片面的看法：不抱～｜他們倆～很深，恐怕談不攏。❷成熟的見解；定見：誰適合幹甚麼，領導都有個～。

【成交】chéng∥jiāo〔動〕做成交易；買賣談成：這批棉織品出口美國，已於本月～。

【成就】chéngjiù ❶〔名〕某種事業上的成績：文學創作取得了巨大～。❷〔動〕成全；完成：～了別人的好事｜建設大業。

〖辨析〗**成就、成績** a）“成績”用於一般事情（如工作、學習、體育運動等），中性詞；“成就”用於重大事情（如革命、建設、科技等），語氣鄭重，褒義詞。b）“成績”可以用“大、好、優秀”或“小、不好、差”等詞形容；“成就”多用“巨大、重大、輝煌”等詞形容。c）“成績”只有名詞用法；“成就”還可以有動詞用法。

【成考】chéngkǎo〔名〕成人高考的簡稱。

【成立】chénglì〔動〕❶政權、機構、組織等根據一定的法律或法令建立起來：中國人民共和國～｜～學會。❷觀點、看法或意見證據充分，站得住腳：該申訴人所持意見沒有根據，本案不能～｜這個論點，論據充足，可以～。

【成例】chénglì〔名〕形成已久的慣例、做法：援引～｜此事無～可循。

【成殮】chéngliàn〔動〕（死者）被放在棺材裏；入殮：他回到家裏的時候，親人已經～。

【成龍配套】chénglóng-pèitào〔成〕（設備、產品、工具、機械等）配合成一個完整的系統：要使排灌設備～｜學生的教材和課外讀物～，也မ配套成龍。

【成眠】chéngmián〔動〕進入睡眠狀態；睡着（zháo）：徹夜不能～。

【成名】chéng∥míng〔動〕因學術、事業上有成就而知名於世：一舉～｜尚未～｜他成了名以後更加勤奮了。

【成名成家】chéngmíng-chéngjiā〔成〕指因有成就而出名，成為有影響的人物：不經過艱苦努力就想～，那是不可能的。

【成命】chéngmìng〔名〕已經做出的決定；已經發佈的命令、指示：收回～｜謹遵～。

【成年】chéngnián ㊀〔動〕❶人發育成長到成熟

C

的年齡。中國以十八歲為成年，有的國家（如美國）以十六歲為成年：～人｜孩子已經～。❷高等動物和樹木生長發育到成熟時期：～獸｜～樹。㊂〔副〕一年到頭；整年：～累月｜～在外｜～去野外採集植物標本。

【成批】chéngpī〔形〕屬性詞。大量；大宗：～生產｜～的鋼材｜～的人擁到廣場上。

【成品】chéngpǐn〔名〕(件)加工完畢的合格產品：～尺寸｜這種～正在市場上試銷。

【成氣候】chéng qìhòu〔慣〕比喻有成就或很有發展前途：沒想到這個小姑娘能～｜不管他怎麼折騰，也成不了甚麼氣候。

【成器】chéngqì〔動〕成為可用的器具，比喻成為有用的人：這孩子真不～｜少年立志，艱苦奮鬥，必能～。

【成親】chéng // qīn〔動〕結婚：拜堂～｜自從成了親，他就很顧家了。

> 辨析 成親、結婚　所指相同，"成親"多用於口語，"結婚"是通用詞，為一般書面表達使用，有固定的組合，"結婚典禮""結婚證"等裏的"結婚"不能換成"成親"。

【成全】chéngquán〔動〕幫助人達到某種目的或實現某種願望：多虧你～了我兒子的婚事。

【成人】chéngrén ❶(-//-)〔動〕人發育成熟：長大～。❷(-//-)〔動〕指成才、成器：父母沒有枉費苦心，兒子總算成了人。❸〔名〕成年的人：～高考｜～教育。

【成人高考】chéngrén gāokǎo 成人高等學校的入學考試。報考人員一般為在職職工、離開學校的社會人員。簡稱"成考"：她以剛剛過綫的成績通過了～。

【成人節目】chéngrén jiémù〔名〕電台、電視台、電影院等播放的有色情、暴力、鬼怪等內容的節目。只允許 18 歲或以上成年人觀看：香港特區政府對播放～管理很嚴格。

【成人刊物】chéngrén kānwù〔名〕也稱成人雜誌。以色情為主要內容的刊物，只准 18 歲或以上成年人購買、觀看：報攤不可將～售於 18 歲以下人士。

【成人之美】chéngrénzhīměi〔成〕成全人家的好事：他～，促成了這樁好姻緣。

【成日】chéngrì〔副〕整天：他～東奔西跑的，連家都不顧。

【成色】chéngsè〔名〕❶金銀器物或金幣、銀幣所含的純金或純銀的量。❷質量：這種鞋～好，耐穿。

【成熟】chéngshú ❶〔動〕生物體或植物果實發育到完備階段：桃子～了。❷〔形〕事物發展到完善地步：條件～｜我的意見還不夠～。

【成說】chéngshuō〔名〕現成的說法；已有的結論：襲用～｜科學研究不囿於～才能向前發展。

【成套】chéngtào ❶〔動〕組合起來成為一整套：這份餐具不～，是東拼西湊的。❷〔形〕屬性詞。整套的：～設備｜～唱腔。

【成天】chéngtiān〔副〕〈口〉整天；一天到晚：～到外頭去逛｜營業部～人來人往。

【成為】chéngwéi〔動〕成了；變成：經過多年的磨煉，他已經～一個經濟管理專家了。

【成文】chéngwén ❶〔名〕現成的文章或文句，比喻老一套：抄襲～。❷〔形〕用文字固定下來的；已寫成條文的：～法｜我們這裏有條不～的規矩。

【成文法】chéngwénfǎ〔名〕由國家依立法程序制定，並以文字形式公佈施行的法律（跟"不成文法"相對）。

【成效】chéngxiào〔名〕效果；功效：～顯著｜近年來，科學種田取得了～。

【成心】chéngxīn〔形〕存心；故意：～搗亂｜他跟我過不去｜這麼不講面子簡直是～。

> 辨析 成心、故意　意思都是明知不應如此卻偏要如此。二者常可互相換用，而意思不變，如"成心氣我""故意氣我"。"成心"，可以單用，也用於答話，如："明知故犯，成心！""他這是甚麼意思？成心。""故意"不能單用。

【成行】chéngxíng〔動〕旅行、出遊、外訪等得以實現：簽證順利的話，年底即可～｜因資金問題，這次考察之旅尚未～。

【成形】chéngxíng〔動〕❶計劃、構思、設想基本形成，具備了一定的形式：我們的計劃開始～了。❷具備了成年人的嚴肅、規矩的一般狀態：這孩子總是沒正經，不～。❸指具有正常的形狀：～大便。

【成型】chéngxíng〔動〕部件、產品經過加工，達到要求的形狀：冷滾～｜爆炸～。

【成性】chéngxìng〔動〕成為癖好、習性（多指不好的）：盜竊～｜貪婪～。

【成藥】chéngyào〔名〕已經配製好的可直接使用的藥品。

【成衣】chéngyī ❶〔形〕把衣料做成衣服：～店｜～鋪。❷〔名〕已製成供出售的衣服：這家商店只售～。

【成因】chéngyīn〔名〕事物形成的原因：火山的～。

【成語】chéngyǔ〔名〕長期習用的固定詞組，有意義完整、結構定型、表現力強等特點，有些成語不能從字面上理解它的意思。漢語的成語多由四字組成，如"集思廣益""近水樓台"等。

> **成語的來源**
> a) 古代寓言，如愚公移山、刻舟求劍；
> b) 歷史故事，如退避三舍、破釜沉舟；
> c) 古典文學作品，如一刻千金、集思廣益；
> d) 民間口語，如虎頭蛇尾、陽奉陰違。

【成員】chéngyuán〔名〕（名）構成團體、組織或家庭的一分子：幫會～｜他是領導小組～。

【成長】chéngzhǎng〔動〕向成熟階段發展；發育長成：茁壯～｜孩子們在健康～。

【成竹在胸】chéngzhú-zàixiōng〔成〕比喻做事之前已有全面的設想和考慮：他早就～，一定能做好。也說胸有成竹。

丞 chéng ❶〈書〉輔佐：～輔。❷古代主要官員的輔佐官吏：府～｜縣～。

【丞相】chéngxiàng〔名〕古代輔佐君主，職位最高的大臣；宰相。

呈 chéng ❶〔動〕顯露；呈現：～長方形｜～黃色。❷〔動〕〈敬〉獻上；送上：謹～｜～閱｜～上邀請函。❸呈文：辭～。❹（Chéng）〔名〕姓。

語彙 辭呈 紛呈 公呈 進呈 具呈 簽呈

【呈報】chéngbào〔動〕用書面材料向上級報告：已按上級要求～。

【呈遞】chéngdì〔動〕恭敬地送上：～國書｜辭職報告。

【呈請】chéngqǐng〔動〕呈遞公文向上級請示：～批示。

【呈送】chéngsòng〔動〕恭敬地送上或遞上：～禮品｜～公文。

【呈文】chéngwén ❶〔名〕舊指下級對上級的公文或百姓向官府呈送的文書。❷〔動〕呈遞公文：已～請示。

【呈現】chéngxiàn〔動〕顯露出；表現出：田裏的麥穗兒～一片金黃｜空調市場～熱銷景象。

【呈獻】chéngxiàn〔動〕鄭重恭敬地送上：～禮品｜～意見｜將精心排演的節目～給觀眾。

【呈子】chéngzi〔名〕〈口〉呈文，多指百姓向官府呈送的文書。

承 chéng ❶承受；接着：～塵｜～載。❷承擔：～建｜～運。❸接續；繼續：～上啟下｜～先啟後｜一脈相～。❹接受：～辦｜～包。❺〔動〕〈謙〉承蒙：多～指教｜屢～厚貺（kuàng），不勝感激。❻（Chéng）〔名〕姓。

語彙 秉承 擔承 繼承 辱承 師承 應承 支承 阿（ē）諛奉承 一脈相承

【承辦】chéngbàn〔動〕接受辦理；負責舉辦：搬家公司～搬遷業務｜～奧運會。

【承包】chéngbāo〔動〕訂立契約，接受工程、生產、銷售等任務並負責按期完成：～商｜～制｜～鋪路工程｜～豬鬃出口。

【承傳】chéngchuán〔動〕繼承並使流傳下去：～優秀的文化遺產｜對民間藝術，要～，又要發展。

【承擔】chéngdān〔動〕擔負；擔當：～事故責任｜～一切費用。

【承當】chéngdāng〔動〕擔當：～重任｜出了甚麼事我一個人～。

【承繼】chéngjì〔動〕❶給沒有兒子的伯父、叔父等做兒子。❷收養兄弟等的兒子做自己的兒子。❸繼承：～家產｜～父業。

【承建】chéngjiàn〔動〕承擔某項工程的建設任務；承包修建：大廈由市三建公司～｜～大壩澆築工程。

【承接】chéngjiē〔動〕❶用容器承從上流下的液體：房後安裝了雨水～設備。❷接受：～各項複印業務。❸接續；連接：～上文。

【承攬】chénglǎn〔動〕接受；招攬（包工、運輸、銷售等業務）：～生意｜～建築裝修工程。

【承蒙】chéngméng〔動〕〈謙〉受到（對方所給予的招待、指教、幫助等）：～關照，不勝感激。

【承諾】chéngnuò ❶〔動〕答應照辦；應承下來：雙方～不以武力相威脅｜向社會公開～。❷〔名〕答應下來的話：履行～｜遵守原先的～。

【承平】chéngpíng〔形〕〈書〉太平安定：海內～｜～日久｜～時期｜一片～景象，國泰民安。

【承認】chéngrèn〔動〕❶表示肯定、同意：～錯誤｜他不～那事是他幹的。❷國際關係上指認可一個新國家、新政權的合法存在：許多國家～了這個國家的新政府。

【承上啟下】chéngshàng-qǐxià〔成〕承接上面的，引起下面的：這段文字～，必不可少。也作承上起下。

【承受】chéngshòu〔動〕❶經受；禁（jīn）得起：～考驗｜～壓力。❷繼承：～遺產。

【承受力】chéngshòulì〔名〕指適應和抵禦各種外來壓力和衝擊的能力：橋樑的～｜醫療體制改革必須考慮群眾的～。

【承襲】chéngxí〔動〕❶沿襲（制度、習慣、作風等）：京劇不僅～了皮黃的傳統，而且有了發展和創新。❷舊指繼承了前輩的封爵或權利等：～先輩基業｜祖上衣缽，～罔替。

【承先啟後】chéngxiān-qǐhòu〔成〕繼承前代的，啟發後代的：～的功業有賴於跨世紀的人才。也說承前啟後。

【承想】chéngxiǎng〔動〕料想；想到（多用於否定式）：沒～不一天下起了雨，大家的衣服都淋濕了｜誰～他還有這麼一招，讓眾人措手不及。也作成想。

【承載】chéngzài〔動〕承受裝載：車子～能力是一定的｜～人口的沉重壓力。

【承重】chéngzhòng〔動〕承受重量：～牆｜這輛載重汽車只能～三噸。

【承租】chéngzū〔動〕接受出租；租用（跟"出租"相對）：～方｜～了一間平房。

城 chéng ❶〔名〕城牆：萬里長～｜～內～外。❷〔名〕城牆以內的地方：東～｜西～。❸〔名〕（座）城市（跟"鄉"相對）：進～｜從～裏到鄉下｜～鄉差別。❹ 空間較大、收羅豐富的商業場所（多指某類商品集中的）：圖書～｜美食～｜服裝～。

> **語彙**　長城　都城　攻城　堅城　京城　破城　山城　省城　危城　圍城　甕城　縣城　子城　紫禁城　價值連城　傾城傾國　眾志成城

【城池】chéngchí〔名〕（座）〈書〉城牆和護城河，借指城市：守衛～。**注意** 現代城市不能稱為城池。

【城雕】chéngdiāo〔名〕城市雕塑的簡稱。指設置在城市公共場所起美化環境作用或作為城市象徵的室外雕塑。

【城防】chéngfáng〔名〕城市的防衛：～部隊｜～工事｜鞏固～。

【城府】chéngfǔ〔名〕〈書〉城池和府庫。比喻待人處事的心機：此人～很深，難與共事｜胸無～（稱人襟懷坦白）。

【城關】chéngguān〔名〕❶ 城外靠近城門的一帶地方：～一帶新開了一家百貨商店。❷ 城區：～鎮。

【城管】chéngguǎn ❶〔動〕城市管理：～部門｜～工作。❷〔名〕指城市管理人員。

【城狐社鼠】chénghú-shèshǔ〔成〕城牆一帶的狐狸，土地廟裏的老鼠。比喻仗勢作惡的壞人。

【城隍】chénghuáng〔名〕❶〈書〉護城河。❷ 傳說中守護某座城市的神：～廟｜老爺。❸ 道教指管領亡魂的神：～牒。

【城建】chéngjiàn〔名〕城市建設：～部門｜～規劃。

【城郊】chéngjiāo〔名〕城市周圍的地區；郊區：～公路｜～農民。

【城樓】chénglóu〔名〕（座）建在城門上的樓：天安門～。

【城門失火，殃及池魚】chéngmén-shīhuǒ, yāngjí-chíyú〔成〕城門着了火，用護城河裏的水救火，結果水用完了，魚被乾死。比喻無故地受牽連而遭到禍害或損失。

【城牆】chéngqiáng〔名〕古代為了防守而建造的又高又厚的牆，多建築在城市四周。

【城區】chéngqū〔名〕城內和靠近城的地區（區別於"郊區"）：～人口太稠密｜住在～。

【城圈】chéngquān（～兒）〔名〕城市由城牆圍繞形成的圈兒：南京的～很大｜家在～裏。

【城市】chéngshì〔名〕（座）工商業發達，人口集中，以非農業人口為主的地區，一般是周圍地區政治、經濟、文化的中心：～居民｜～建設。

【城鐵】chéngtiě〔名〕❶（條）城市鐵路的簡稱。指用於城市公共交通的鐵路，包括市內鐵路和市郊鐵路。❷ 指城鐵列車：乘～上下班。

【城下之盟】chéngxiàzhīméng〔成〕因敵人兵臨城下，難以抵抗而被迫與敵人簽訂的屈辱性條約。泛指被迫簽訂的不平等條約。

【城廂】chéngxiāng〔名〕城內和城門外附近的地方：走遍～。

【城鎮】chéngzhèn〔名〕城市和集鎮：～企業｜～居民。

郕 Chéng 周朝國名，在今山東汶上北。

峸 Chéng〔名〕姓。

宬 chéng 古代藏書的屋子，特指皇家檔案庫：皇史～。

城 chéng〈書〉玉名，也指美麗的珠寶。

埕 chéng ㊀ 中國東南沿海一帶養殖蟶子、蛤蜊一類水產生物的田：蟶～｜蛤～。㊁〔名〕酒甕。

晟 Chéng〔名〕姓。

另見 shèng（1208 頁）。

乘 chéng ❶〔動〕騎；坐；利用交通工具或牲畜代替行走：～馬｜～車｜～船｜～飛機。❷〔介〕利用（時機）；趁着：～時｜～機｜～勝追擊。❸〔動〕進行乘法運算，如 2 ～ 3 等於 6。❹ 佛教的教義和教派：大～｜小～。❺（Chéng）〔名〕姓。
另見 shèng（1208 頁）。

> **語彙**　出乘　搭乘　大乘　上乘　下乘　小乘　自乘　無隙可乘　有隙可乘

【乘便】chéngbiàn〔副〕順便：你去書店～給我帶本地圖冊來。

【乘法】chéngfǎ〔名〕數學運算方法的一種，最簡單的是把一個數擴大若干倍的運算，如 3×2=6，讀為三乘以二等於六。

【乘方】chéngfāng〔名〕❶ 若干個相同的數相乘的運算：9 是 3 的 2～（兩個 3 相乘）。❷ 若干個相同的數相乘的積，就叫作這個數的若干次乘方。也叫乘冪。

【乘風破浪】chéngfēng-pòlàng〔成〕《宋書·宗愨（què）傳》記載，宗愨少年時表示自己的志向說："願乘長風破萬里浪。"形容船隻迅速前進。也比喻不畏險阻，奮勇直前。

【乘機】chéngjī〔副〕趁着機會：～進攻｜～破壞。

【乘積】chéngjī〔名〕兩個或兩個以上的數相乘所得的數。簡稱積。

【乘警】chéngjǐng〔名〕（名）在列車上維持治安的警察。

【乘客】chéngkè〔名〕（位，名）車、船、飛機等交通工具上的搭乘者。

【乘涼】chéng // liáng〔動〕暑熱天氣在陰涼透風的地方休息：大樹底下好～｜前人栽樹，後人～。

【乘幂】chéngmì〔名〕"乘方"②。

【乘人之危】chéngrénzhīwēi〔成〕趁着別人有危險、有困難的時刻，去侵害或要挾：～是卑劣行為。

【乘勢】chéngshì〔動〕利用有利形勢：～出擊｜～而上｜我隊～進攻，把比分追上了。

【乘務員】chéngwùyuán〔名〕（位，名）火車、公共汽車、電車、輪船、飛機上的服務人員。

【乘隙】chéngxì〔副〕趁空子；利用機會：～而入。

【乘興】chéngxìng〔副〕趁着一時高興；憑着一時興致：～而來｜～唱和。

乘興而行

《世說新語·任誕》載：王子猷住在山陰，一天夜裏天下大雪，他吟誦左思的《招隱》詩，忽然想起了住在剡地的朋友戴安道，便連夜乘船去戴家。凌晨到達，卻不進門，而回轉山陰。別人問他怎麼回事，他說："吾本乘興而行，興盡而返，何必見戴？"

【乘虛】chéngxū〔副〕趁人不備；趁着空虛：～而入。

【乘坐】chéngzuò〔動〕坐（車、船、飛機等）：～火車｜這條船可一～一千多人｜～宇宙飛船離開地球。

珵　chéng〈書〉美玉。

盛　chéng〔動〕❶把東西裝在器具裏，特指把飯、菜等裝在碗、盤等器皿裏：～飯｜用勺子～湯｜雞蛋～在籃子裏。❷裝入；容納：這條麻袋能～二百斤米。
另見 shèng（1208 頁）。

【盛器】chéngqì〔名〕裝東西的器具。

根（桹）　chéng〈書〉觸動：～撥。

程　chéng ❶法則；規矩：章～｜規～。❷次序：～序｜日～｜課～｜議～。❸道路：登～｜日夜兼～。❹達到的距離：射～｜行～。❺事情進行的步驟：過～。❻計；計算：計日～功。❼（Chéng）〔名〕姓。

語彙						
單程	登程	短程	返程	工程	規程	歸程
過程	航程	回程	兼程	教程	進程	課程	里程
歷程	療程	流程	路程	旅程	起程	啟程	前程
全程	日程	賽程	射程	途程	行程	議程	游程
遠程	章程	征程	專程	各奔前程		錦繡前程
日夜兼程						

【程度】chéngdù〔名〕❶文化教育、知識、能力等方面所達到的水平：初中文化～｜知識～不高。❷事物發展變化所達到的範圍、限度：他破壞公物的情況已達到犯罪的～。

【程控】chéngkòng〔形〕屬性詞。程序控制的。通過事先編製的程序實現的自動控制：～電話｜～設備｜～技術。

【程式】chéngshì〔名〕固定的格式：公文～｜京劇表演～｜～化。

【程序】chéngxù〔名〕事情進行的規則和先後次序：工作～｜法律～。

【程咬金】Chéng Yǎojīn〔名〕古典小說《隋唐演義》裏的人物，為人正直豪爽、幽默熱心，做事富於戲劇性。戰場上是一員猛將，手使長柄大斧，上陣時總是連砍三斧頭，招數雖不多，也頗厲害。

裎　chéng〈書〉光着身體：袒裼裸～。
另見 chěng（171 頁）。

塍〈墢〉　chéng〔名〕❶（吳語）田間的土埂。～子。❷（閩語）田。

誠（诚）　chéng ❶〔形〕真實的：至～｜～信｜心～則靈｜～心～意。❷〔副〕〈書〉的確；實在：心悅～服｜～有此事。❸〔連〕〈書〉果真；假如：～如所言，不敢忘德。❹（Chéng）〔名〕姓。

語彙				
赤誠	丹誠	竭誠	精誠	虔誠	熱誠	實誠
輸誠	坦誠	投誠	真誠	至誠	摯誠	忠誠	專誠

【誠惶誠恐】chénghuáng-chéngkǒng〔成〕原是封建時代臣子對皇帝奏章中的套語，後用來形容惶恐不安。

【誠懇】chéngkěn〔形〕真誠懇切：他對人很～｜～接受批評。

【誠樸】chéngpǔ〔形〕誠懇而樸實：為人～可靠。

【誠然】chéngrán ❶〔副〕的確；實在：這孩子～可愛。❷〔連〕固然（引起下文轉折，有時可以用在一句甚至一段之首，並且後面有停頓）：才華～是成功的因素，但是唯一的因素，這十幾個少年，委實沒有一個不會游泳的，而且兩三個還是游泳的好手。

【誠實】chéngshí〔形〕老老實實，心口如一；不虛假：作風～｜～可靠。

辨析	誠實、誠懇 a）"誠懇"着重指懇切，是就人的情感態度而言；"誠實"着重指老實、不虛假，是就人的品性而言。b）"誠懇"常用作狀語，如"誠懇地接受批評"；"誠實"很少做狀語。

【誠心】chéngxīn ❶〔名〕真心：一片～。❷〔形〕誠懇：～致歉｜～求教｜他對人很～。

【誠信】chéngxìn〔形〕誠實，講信用：講～｜經商當以～為本。

【誠意】chéngyì〔名〕真實的意願：缺乏～｜表示～。

【誠摯】chéngzhì〔形〕誠懇真摯：～的謝意｜在～友好的氣氛中簽訂了兩國文化協定。

C

醒 chéng〈書〉形容喝醉酒神志不清：解～｜憂心如～。

鋮（铖）chéng 見於人名：阮大～（明朝人）。

澂 chéng 用於姓氏人名。
　　另見 chéng "澄"（171 頁）。

澄〈澂〉chéng ❶ 水清澈透明：～澈｜江似練｜湖水～可見底。❷ 使清：～清。
　　另見 dèng（272 頁），"澂" 另見 chéng（171 頁）。

【澄澈】（澂徹）chéngchè〔形〕清澈透明：池水～見底。

【澄清】chéngqīng ❶〔形〕清亮；清澈透明：潭水碧綠～～。❷〔動〕使清明：～天下。❸〔動〕搞清楚；弄明白：～事實｜～誤會。
　　另見 dèng/qīng（272 頁）。

橙 chéng〈書〉平。

橙 chéng ❶〔名〕常綠喬木，葉子卵形，果實球形，果皮紅黃色，有香氣，果瓤味甜汁多。主要生長在中國南方各省。❷〔名〕這種植物的果實：～汁。❸ 紅和黃合成的顏色：～黃｜赤～黃綠青藍紫。

【橙色預警】chéngsè yùjǐng 氣象災害或其他突發事件預先報警四個級別（其他三個級別為紅色預警、黃色預警和藍色預警）中的第二級，危害程度為嚴重。

【橙汁】chéngzhī（～兒）〔名〕橙子的汁液，一種鮮美飲料。

【橙子】chéngzi〔名〕橙樹的果實。

懲（惩）chéng ❶ 處罰；打擊：獎～｜～一警百｜嚴～不貸。❷〈書〉警戒：～前毖後。❸〈書〉苦於：～山北之塞，出入之迂也。

【懲辦】chéngbàn〔動〕對違法犯罪分子予以處罰；治罪：～不法分子｜嚴加～。

【懲處】chéngchǔ〔動〕處罰；嚴加～｜依法～｜給予～。

【懲罰】chéngfá〔動〕處罰；處治：壞人受到～｜嚴厲～經濟犯罪分子。

【懲教】chéngjiào〔動〕對犯罪入獄的罪犯進行懲罰和教育：香港～工作的經驗值得借鑒。

> **香港的懲教制度**
> 香港懲教署的懲教制度主要包括三個方面。第一，監管；第二，善後輔導，教育罪犯認罪，改過自新；第三，工業教育和職業培訓。犯人可以在懲教院所設的工場內學習某種技能；可以修讀課程或修讀社會上的函授課程；也可以自修參加社會上的公開考試等，為重新融入社會作準備。

【懲戒】chéngjiè〔動〕通過懲罰使人警戒：處以罰款，以示～。

【懲前毖後】chéngqián-bìhòu〔成〕吸取從前的教訓，使以後謹慎小心，不再犯類似的錯誤：～，治病救人。

【懲一儆百】chéngyī-jǐngbǎi〔成〕《漢書·尹翁歸傳》："以一警百，吏民皆服。" 懲治少數人來警戒多數人。也作懲一警百。

【懲治】chéngzhì〔動〕懲辦：～罪犯｜～腐敗｜對貪污分子，必須嚴加～。

chěng 彳

逞 chěng ❶〔動〕顯示；炫耀；賣弄：～強｜～英雄｜～威風。❷ 實現；達到（做壞事的）目的：得～｜不～｜窺測方向，以求一～。❸〔動〕放縱；放任：～性子｜～欲。

【逞能】chěng // néng〔動〕顯示或炫耀自己的才能、本領：強中更有強中手，你不要～｜你不過練了幾天武術，逞甚麼能？

【逞強】chěng // qiáng〔動〕顯示自己能力強，本領大：他就愛～，表現自己｜他逞哪門子強？

【逞兇】chěngxiōng〔動〕肆意行兇作惡，胡作非為：奸宄～，百姓受害｜制止暴徒～。

廎 Chěng ❶ 古地名。在今江蘇丹陽東。❷〔名〕姓。

裎 chěng 古代一種對襟單衣。
　　另見 chéng（170 頁）。

騁（骋）chěng ❶ 馬奔跑：馳～。❷ 放開：～目｜～懷。❸〔動〕放任；放縱：～私欲。

【騁懷】chěnghuái〔動〕〈書〉放開胸懷：遊目～。

【騁目】chěngmù〔動〕〈書〉放開眼向遠處看：～四顧｜～遠望。

chèng 彳

秤 chèng / píng〔名〕（桿，台）衡量物體重量的器具，有地秤、桿秤、枱秤、彈簧秤等。

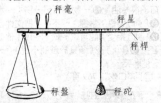

> 秤毫
> 秤星
> 秤桿
> 秤盤　秤砣

語彙　案秤　磅秤　地秤　短秤　桿秤　過秤　開秤　盤秤　枱秤　壓秤　彈簧秤

【秤錘】chèngchuí〔名〕桿秤的組成部分，稱物品時，用來平衡秤桿並據所在位置指示物品重量的金屬錘。也叫秤砣。

【秤桿】chènggǎn（～兒）〔名〕桿秤的組成部分，用一頭粗一頭細的直木棍製成，上面鑲着秤星，用來標誌重量。

【秤鈎】chènggōu〔名〕桿秤的組成部分，是安在秤桿一端的金屬鈎子，用來掛所秤的物品。

【秤紐】chèngniǔ〔名〕秤秤的組成部分，是安在秤桿一端用來提起秤桿及所秤物品的紐帶，一般用繩子、皮條等製成。也叫秤毫。

【秤盤】chèngpán〔名〕用秤稱物品時，用來盛物品的金屬盤子。也叫秤盤子。

【秤砣】chèngtuó〔名〕〈口〉秤錘：～雖小壓千斤（比喻人雖小而志氣大）｜王八吃～，鐵了心。

【秤星】chèngxīng（～兒）〔名〕鑲在秤桿上的金屬小圓點，是顯示所秤物品重量的標誌：秤砣壓在二斤的～上。

掌 chèng〔名〕❶ 樑上斜的支柱。❷（～兒）（根，個）桌椅板凳腿間的橫檔。
另見 chēng（164 頁）。

chī ㄔ

吃〈㊀喫〉chī ㊀❶〔動〕把食物咀嚼後嚥下去：～了飯｜羊在山坡上～草｜把藥～了｜讓孩子～奶。**注意** a）"藥"雖然是喝下去，仍得說"吃藥"。b）"吃奶"限於嬰兒，大人不能說"吃奶"，而要說"喝奶"。c）"吸煙""喝茶"是北方話，"吃煙""吃茶"是南方話。d）"吃酒""喝酒"雖然都可以說，但"吃酒"只出現在少數習慣組合中，如"敬酒不吃吃罰酒"，不能說成"敬酒不喝喝罰酒"，日常生活一般說"喝酒"，南方話有時說"吃酒"。❷ 指飯、食品等吃的東西：有～有穿｜缺～少穿。❸〔動〕在某個地方進食：～館子｜～食堂。❹〔動〕憑藉某種事物生活：～利息｜靠山～山，靠水～水。❺〔動〕指某種待遇：我們都～大灶，他～小灶兒。❻〔動〕消滅；消除（多用於打仗、下棋）：～掉敵軍一個連｜拿"馬"～了他的"炮"。❼〔動〕感受；承受：～驚｜～閉門羹｜腿上～了一槍。❽ 消耗：～力｜～勁。❾〔動〕吸收（液體）：這種紙不～墨｜茄子很～油。❿ 一物進入另一物：～水｜～刀。⓫〔動〕領悟；掌握：～不準｜把文件精神～透。⓬〔動〕接受；認可：～軟不～硬｜他就～你這一套。⓭〔介〕被（多見於戲曲小說）：～人議論｜～他恥笑。
㊁見"口吃"（769 頁）。

語彙 口吃　零吃　討吃　吞吃　小吃

【吃敗仗】chī bàizhàng 遭受失敗；打敗仗：球隊連連～｜產品質量差肯定會在競爭中～。

【吃閉門羹】chī bìméngēng〔慣〕《常新錄》記載，唐代宣城名妓史鳳對不願接待的客人只敬一碗羹，讓他吃罷離開。後用"吃閉門羹"比喻被主人阻攔在門外不讓進屋，或主人不在家，門鎖着進不去：人們去拜訪他，～是常有的事。

【吃不飽】chībubǎo〔慣〕喻指任務過少，勞動力過多，活不夠幹的；或提供的知識偏少，接受知識的能力有餘，不能滿足需求。

【吃不開】chībukāi〔形〕行不通；不受歡迎（跟"吃得開"相對）：拈輕怕重的作風～｜像他這樣的人，到哪兒都～。

【吃不了，兜着走】chī bu liǎo，dōu zhe zǒu〔俗〕指出了問題，要承擔後果和責任。多用來形容吃不消或受不了：他要是耍無賴，就叫他～。**注意** 現在到飯館吃飯如果要的菜沒吃完，為了不糟蹋東西，會打包帶走，常說成"吃不了，兜着走"，用的是該固定語的字面義。含有些許詼諧意。

【吃不下】chībuxià〔動〕❶ 沒胃口，不想吃或不能吃東西（跟"吃得下"①相對）：他病得～飯，睡不着覺。❷ 吃不了；吃不完（跟"吃得下"②相對）：不要添菜了，我實在～了。

【吃不消】chībuxiāo〔動〕禁受不起；支持不下去（跟"吃得消"相對）：天氣這麼熱，悶在屋裏，真讓人～｜幹這種活兒，誰都～。

【吃不住】chībuzhù〔動〕承受不住；難以支持（跟"吃得住"相對）：一噸重的東西，三輪車恐怕～｜強大的軍事壓力，敵人終於～。

【吃穿】chīchuān〔名〕吃的和穿的，泛指日常生活用度：～不愁｜現在富裕了，再也不怕沒有～了。

【吃醋】chī // cù〔動〕心懷嫉妒（多指男女關係上）：那個女人好（hào）～｜她有點吃你的醋。

【吃錯藥】chīcuòyào〔慣〕罵人腦子不正常，做事荒唐。

【吃大鍋飯】chī dàguōfàn〔慣〕比喻不管貢獻大小、工作好壞，都給予相同的報酬。是平均主義的分配方式。

【吃大戶】chī dàhù ❶ 舊時遇到荒年，饑民團結起來向地主富豪家裏吃飯或取出糧食。是一種自發的農民鬥爭。❷ 比喻某些部門向較富裕的單位或個人攤派或索要財物。

【吃得開】chīdekāi〔形〕行得通；受歡迎（跟"吃不開"相對）：他有手藝，在這一帶很～。

【吃得下】chīdexià〔動〕❶ 能吃或想吃東西（跟"吃不下"①相對）：他的病減輕了，飯也～了。❷ 吃得了（liǎo）；吃得完（跟"吃不下"②相對）：這裏還有兩碗飯，你～嗎？

【吃得消】chīdexiāo〔動〕禁受得住；支持得住（跟"吃不消"相對）：再累我也～｜大冷天你穿得這樣軍薄～嗎？

【吃得住】chīdezhù〔動〕承受得住；支持得住（跟"吃不住"相對）：扛這麼重的水泥袋，你～嗎？

【吃獨食】chī dúshí〔慣〕有東西獨自一個人吃，

不分給別人。比喻獨自佔有好處：此人喜歡～，因此沒有人願意與他合作。

【吃飯】chīfàn〔動〕❶吃米飯：他喜歡～，不喜歡吃麵食。❷(-//-)進食：人只要活着就不能不～｜吃完飯再走也不遲。❸(-//-)指維持生活：他靠賣力氣～｜老王一輩子都是吃教書飯。

【吃乾飯】chī gānfàn〔慣〕光吃飯，不幹事（多用來罵人沒本事）：這點事也做不好，都是～的？

【吃官司】chī guānsi〔慣〕指被控告受到法律制裁：免不了吃場大官司。

【吃喝】chīhē〔名〕〈口〉吃的和喝的，指飲食：～很便宜｜他過去把錢都花在～上了。

【吃喝玩樂】chī-hē-wán-lè〔成〕尋歡作樂，追求享受：一天到晚就知道～。

【吃後悔藥】chī hòuhuǐyào〔慣〕指事情過後懊悔：如果你事先想好了，也不至於現在～。

【吃皇糧】chī huángliáng〔慣〕比喻在政府機關或靠國家撥款的事業單位工作。

【吃回扣】chī huíkòu　接受回扣。

【吃緊】chījǐn〔形〕❶（形勢）緊張；（態勢）嚴重：前方～｜銀根～｜形勢有些～。❷緊要；要緊：守護好河堤～的地段｜上課最～的是靜心聽講。

【吃勁】chījìn（～兒）❶〔動〕承受力量；頂用：一條腿受過傷，走路不～｜危房的柱子已經不～了。❷〔形〕費勁；吃力：他扛四袋麵也不～｜時間緊，人手少，要完成今年的任務相當～兒。

【吃驚】chī//jīng〔動〕受驚：這不幸的消息使他～｜聽說家裏失火了，他不禁吃了一驚。

【吃苦】chī//kǔ〔動〕經受艱難困苦：～耐勞｜他吃了半輩子苦，該享福了。

【吃苦頭】chī kǔtou（～兒）受折磨；遭受痛苦：不謹慎小心是要～的｜一路上吃盡了苦頭。

【吃虧】chī//kuī〔動〕❶受損失：薄利多銷並不～｜弄不好要吃大虧。❷在某方面處於不利地位；條件不利：他跑得不快～在體力跟不上｜他～沒有趕上好機會。

【吃勞保】chī láobǎo　指職工因病或工傷長期不能上班而享受勞動保險待遇，每月領取能保障生活的一定百分比的工資。

【吃老本兒】chī lǎoběnr〔慣〕原指商人賠了錢，靠動用本錢維持生活。現指憑藉過去的功勞、成就混日子，不求上進：在優化勞動組合的今天，任何人都不能～。

【吃裏爬外】chīlǐ-páwài〔成〕受着甲方的好處，暗地裏卻向着乙方，為乙方出力辦事：你要再～，公司非把你開除不可。

【吃力】chīlì❶〔形〕費勁：幹這活兒不怎麼～｜～不討好。❷〔動〕承受力量：這房子全靠幾根立柱～。❸〔形〕勞累：你老這樣站着太～了｜年紀大了，手不聽使喚，寫字畫畫兒～。

【吃奶】chī//nǎi〔動〕（嬰兒）吸吮奶汁：孩子剛吃了一口奶就在媽媽懷裏睡了｜使出了～的勁。

【吃偏飯】chī piānfàn〔慣〕比喻得到特殊的幫助和關照：今天，我給你們吃點偏飯——先透一點消息。也說吃偏食。

【吃槍藥】chī qiāngyào〔慣〕槍藥，指火槍的藥。形容說話火氣大，對人發脾氣：你今天說話這麼衝，在哪裏～了？

【吃請】chīqǐng〔動〕接受有求於自己的人的邀請去吃酒飯：他不～，不受賄，公正廉明。

【吃軟不吃硬】chīruǎn bù chīyìng〔俗〕指與人交往中接受委婉勸說等軟的手段，不接受強迫、恐嚇等硬的手段：他～，你千萬不要來硬。

【吃軟飯】chī ruǎnfàn〔慣〕指男人靠女人的錢財維持生活。

【吃水】chīshuǐ ㊀〔動〕取用生活用水：乾旱地區目前～困難。㊁〔動〕船身浸入水中的深度，用來表示船的載重量：這條船～三米｜滿載～六米。㊂〔動〕吸收水分：水泥地面不～。

【吃素】chī//sù〔動〕❶不吃雞、鴨、魚、肉、蝦、蟹等食品，佛教僧徒還包括不吃葱、蒜等：他從來～不吃葷｜他不信佛，只因有病吃了一個月的素。❷比喻不殺傷生命（多用於否定式）：敵人膽敢進犯，我們的槍炮不是～的。

【吃透】chī//tòu〔動〕弄清楚；搞透徹：～文件精神｜這首詩的妙處，我還沒有～。注意 "吃透"是動補結構，它的否定式是 "沒（有）吃透" 或 "吃不透"。

【吃閒飯】chī xiánfàn〔慣〕沒有工作和經濟收入，白吃飯：他不願意～，退休後仍然去幫助車間工作。

【吃香】chīxiāng〔形〕〈口〉受歡迎；受重用：這種羽絨服在市場上很～｜在我們公司博士挺～。

【吃相】chīxiàng〔名〕吃東西時的樣子：～難看｜注意～｜狼吞虎嚥的～。

【吃小灶】chī xiǎozào ❶吃較高標準的伙食。❷〔慣〕比喻享受特殊待遇或照顧：放學後老師還要給學習困難的學生～（增加輔導）。

【吃鴨蛋】chī yādàn〔慣〕比喻在考試或比賽中得零分，因阿拉伯數字 "0" 像鴨蛋，故稱。

【吃啞巴虧】chī yǎbakuī〔慣〕吃了虧不便於說出來；吃了虧無處申訴。

【吃眼前虧】chī yǎnqiánkuī〔慣〕馬上吃虧或當場受辱（多用於否定式）。

【吃齋】chī//zhāi〔動〕❶ "吃素" ①：～唸佛｜吃長齋（長年吃素）｜我今天～。❷（僧尼）吃飯。

【吃重】chīzhòng ❶〔形〕擔負的責任大；艱巨：這種工作很～，你要小心。❷〔形〕費力；

費勁；對他來說，給首長當秘書，很～。❸〔動〕載重：這輛車～三噸。

【吃準】chī // zhǔn〔動〕確認；認定：吃得準｜他出這趟差要幾天我還吃不準。

哧 chī〔擬聲〕形容笑的聲音或撕裂的聲音：他～～地笑了起來｜～的一聲扯下一段布來。

語彙 哼哧 呼哧 吭哧 撲哧

郗 Chī〔名〕姓。
另見 Xī（1447 頁）。

胵 chī〔名〕鳥胃。

蚩 chī〈書〉傻；無知：～拙｜～鄙（痴呆無能）。

【蚩尤】Chīyóu〔名〕中國古代傳說中東方九黎族的首領，與黃帝戰於涿鹿，失敗被殺。

眵 chī〔名〕眼瞼分泌出來的黃色黏液。北方官話叫眼屎或眵目糊（chīmuhū）。

答 chī〈書〉用荊條或竹板抽打：鞭～。

瓻 chī 古代的一種陶製酒器。

摛 chī〈書〉傳佈；舒展：～辭｜～藻。

嗤 chī〈書〉譏笑：～之以鼻。

【嗤笑】chīxiào〔動〕譏笑：被人～。

【嗤之以鼻】chīzhīyǐbí〔成〕用鼻子吭氣，表示譏笑或蔑視。

痴〈癡〉 chī ❶〔形〕傻；愚魯：～呆｜～人說夢。❷ 沉迷於某種對象而不能自拔：～情｜～迷。❸ 沉迷於某種對象的人：情～｜書～。

語彙 白痴 發痴 憨痴 嬌痴 書痴

【痴呆】chīdāi〔形〕愚笨；呆傻：神情～｜這個孩子有點兒～。

【痴迷】chīmí〔動〕沉迷；入迷：他喜歡跳舞，幾乎達到～的程度｜～於網絡遊戲。

【痴情】chīqíng ❶〔名〕痴心的愛情：不能辜負他的一片～。❷〔形〕多情達到痴迷的程度：他對你很～。

【痴人說夢】chīrén-shuōmèng〔成〕本指對痴人說夢話，痴人會信以為真。現比喻像愚蠢的人一樣盡說些完全不可靠或根本辦不到的荒唐話。

【痴想】chīxiǎng ❶〔動〕痴心地想；傻想：那個人還在那裏～。❷〔名〕痴心的荒唐的想法：不學而能一舉成名，不過是他的～罷了。

【痴心】chīxīn〔名〕對某人某事迷戀至於入迷的心思：一片～｜～女子負心漢。

【痴心妄想】chīxīn-wàngxiǎng〔成〕❶ 指荒誕地

想去做不切實際的事；別～了，踏踏實實地工作吧！❷ 入了迷的荒唐想法；不能實現而又痴迷的打算：不腳踏實地做事，總盼一步登天，這只不過是～。

媸 chī〈書〉容貌醜陋（跟"妍"相對）：妍～不分。

絺（缔） chī〈書〉一種用葛纖維紡織而成的細布。

鴟（鸱） chī 古書上指鷂鷹一類的猛禽：～視狼顧（形容兇狠貪婪）。

【鴟鴞】chīxiāo〔名〕❶ 鳥名，鵂鶹、貓頭鷹等都屬於此類。❷〈書〉惡鳥名。比喻奸邪之人：鸞鳳伏竄兮，～翱翔。以上也作鴟梟。

【鴟鵂】chīxiū〔名〕（隻）貓頭鷹。

螭 chī ❶ 傳說中的無角龍。古代常雕塑其形狀作為建築或工藝品上的裝飾：～首龜趺。❷ 同"魑"。

魑 chī 見下。

【魑魅魍魎】chīmèi-wǎngliǎng〔成〕魑魅，傳說中山林裏能害人的妖怪；魍魎，傳說中的怪物。"魑魅魍魎"比喻各種各樣的壞人。

chí 彳

池 chí ❶〔名〕池塘：游泳～｜養魚～。❷ 澡塘：華清～｜温～。❸ 四周高、中間窪的地方：花～｜樂（yuè）～｜舞～。❹ 研墨並且貯墨汁的硯台窪處：硯～。❺ 劇場正廳前部：～座｜～子。❻〈書〉護城河：城～｜金城湯～。❼（Chí）〔名〕姓。

語彙 陂池 差池 城池 電池 花池 雷池 水池 湯池 舞池 鹽池 硯池 瑤池 魚池 浴池 樂池 噴水池 游泳池 金城湯池

【池湯】chítāng〔名〕澡堂裏的浴池：您洗～還是盆湯？也說池塘。

【池塘】chítáng〔名〕❶ 蓄水的窪地：青草～處處蛙。❷ 池湯。

【池鹽】chíyán〔名〕從鹹水湖提取的食鹽。

【池沼】chízhǎo〔名〕天然的較大的水坑。

【池子】chízi〔名〕〈口〉❶ 蓄水的坑：花園裏有個小小的～。❷ 指浴池。❸ 指舞池：輕步滑入～。❹ 劇場正廳前部。

弛 chí ❶〈書〉放鬆；鬆開：鬆～。❷ 廢除；解除：廢～｜～禁。

語彙 廢弛 寬弛 鬆弛 一張一弛

【弛緩】chíhuǎn〔形〕❶（局勢、心情）緩和：讓自己的神經漸漸～下來。❷ 鬆弛：法紀～。

【弛禁】chíjìn〔動〕〈書〉解除禁令：海疆～。

C

氐 chí〈書〉水中小小洲或高地：～渚。
另見 dǐ（276 頁）。

持 chí ❶〔動〕拿住；握着：～筆｜手～鋼槍｜誰～彩練當空舞。❷〔動〕保持；抱有：～久｜～之以恆｜～不同意見｜～反對態度。❸ 管理；料理：～家｜操～｜主～。❹ 對抗；抵抗：相～｜僵～。❺ 挾制；控制：脅～｜劫～｜自～。

語彙　把持　保持　秉持　操持　撐持　扶持　堅持　僵持　劫持　矜持　維持　相持　挾持　脅持　爭持　支持　主持　自持

【持股】chígǔ〔動〕持有股份或股票。
【持衡】chíhéng〔動〕保持平衡：收支～。
【持家】chíjiā〔動〕主持家務：勤儉～｜～有方。
【持久】chíjiǔ〔形〕維持長久：～和平｜戰｜曠日～｜藥效～。
【持論】chílùn〔動〕持有觀點；提出主張：～有據｜～與眾不同。
【持牌】chípái〔動〕港澳地區用詞。持有政府有關部門頒發的營業牌照，個人或公司均可持牌：澳門的博彩業均為～經營｜中醫師均要～才可診治病人。
【持平】chípíng ❶〔形〕保持公平；公正：～之論。❷〔動〕數量或價格等沒有多大變化，基本與相比較的相等：糧食產量與去年～。
【持續】chíxù〔動〕保持並延續；繼續：可～發展｜這場球賽～了一小時才分出勝負。
【持有】chíyǒu〔動〕❶ 拿着；擁有：～介紹信｜～武器｜～公司股份。❷ 存在某種見解、想法：對此事～偏見｜～不同看法。
【持之以恆】chízhīyǐhéng〔成〕以經久不變的毅力堅持下去：努力學習，～，必有所獲。
【持之有故】chízhīyǒugù〔成〕所持的論點或見解有根據：言之成理，～。
【持重】chízhòng〔形〕謹慎穩重；慎重；不輕舉妄動：為人～。

茌 chí ❶ 用於地名：～平（在山東西部）。❷（Chí）〔名〕姓。

匙 chí 匙子：湯～｜藥～。也叫調羹。
另見 shi（1237 頁）。

語彙　茶匙　羹匙　湯匙　藥匙

【匙子】chízi〔名〕（把）一種舀取流質或粉末狀物的小勺。

漦 chí〈書〉有鱗動物的涎沫：龍～｜鱗～。

墀 chí〈書〉宮殿台階上的空地；台階：丹～｜階～｜前～。

踟 chí 見下。

【踟躕】chíchú〔動〕猶豫；遲疑；徘徊：～街頭。也作踟躇。

馳（驰）chí ❶（車馬等）快跑：疾～｜奔～｜飛～。❷ 快速運行：風～電掣。❸ 傳播；傳揚：～名｜～譽。❹〈書〉嚮往：心～｜神～。

語彙　奔馳　飛馳　疾馳　驅馳　神馳　星馳　背道而馳

【馳騁】chíchěng〔動〕❶（馬）疾馳：群馬～在廣闊的田野上。❷ 比喻在某領域充分施展才幹：～文壇。❸ 比喻涉獵：～於群書。
【馳名】chímíng〔動〕聲名傳播得很遠：～世界｜～中外｜～商標。
【馳驅】chíqū〔動〕❶（騎馬）奔跑：～沙場。❷〈書〉奔走效力。
【馳譽】chíyù〔動〕聲譽傳播得很遠：～海外。
【馳援】chíyuán〔動〕迅速前往支援或援救：～前方｜～地震災區。

篪 chí ❶ 竹名：～竹。❷ 古代一種竹製管樂器，形狀像笛子。

遲（迟）chí ❶ 慢；緩慢：事不宜～｜說時～，那時快。❷〔形〕比規定時間晚：～到｜你來得太～了。❸（Chí）〔名〕姓。

語彙　稽遲　凌遲　欽遲　推遲　淹遲　延遲　姍姍來遲　事不宜遲

【遲遲】chíchí ❶〔形〕〈書〉溫暖明媚：春日～。❷〔副〕極為緩慢；長久（多用於否定式）：他為甚麼～不來｜～不作答復。
【遲到】chídào〔動〕比規定時間到得晚：～五分鐘｜他上課從來沒有～過。
【遲鈍】chídùn〔形〕反應慢，思想、行動不靈敏：頭腦～｜我的反應很～，半天還沒弄明白他那句話的意思。
【遲緩】chíhuǎn〔形〕緩慢；速度不快：行動～｜工程進展～。
【遲慢】chímàn〔形〕緩慢：你的動作太～了。
【遲暮】chímù〔名〕〈書〉❶ 傍晚：日色～。❷ 比喻晚年：美人～｜～之年。
【遲誤】chíwù〔動〕因遲遲而誤事；延誤：限於本月中旬上報，不得～。
【遲延】chíyán〔動〕推延；耽擱：按時完成任務，絕不～。
【遲疑】chíyí〔動〕猶豫；拿不定主意：～不定｜不能再～了，要及早定下來。
【遲早】chízǎo〔副〕或遲或早；總有一天：你貪玩不用功，～要後悔。
【遲滯】chízhì ❶〔形〕緩慢；不順暢：工程～，不能如期完成｜河道淤塞，流水～。❷〔形〕呆滯；不靈活：精神～｜～的眼神。❸〔動〕拖延；推遲：～至今｜～敵人的進攻。

chǐ ㄔˇ

尺 chǐ ❶〔量〕長度單位，10尺等於1丈。❷〔名〕(把)量長度的工具。❸畫圖的工具：丁字～｜放大～。❹像尺的東西：鎮～｜計算～。

另見 chě（159頁）。

語彙　標尺　表尺　刀尺　方尺　公尺　戒尺　捲尺　卡尺　皮尺　曲尺　市尺　英尺　咫尺　計算尺　垂涎三尺　得寸進尺

【尺寸】chǐcùn〔名〕❶長度(多指衣服的長短)：你的這件上衣～很合適。❷〈口〉分寸：不論辦甚麼事都得有點兒～｜說話沒～。

【尺牘】chǐdú〔名〕書信。牘是寫字用的木板，古代書簡長約一尺，故稱尺牘。

【尺度】chǐdù〔名〕本指長度標準，泛指標準：放寬～。

【尺短寸長】chǐduǎn-cùncháng〔成〕《楚辭·卜居》："尺有所短，寸有所長。"由於應用的場合不同，一尺有時也顯得短，一寸有時也顯得長。比喻人或事物各有各的長處和短處：～，我們要虛心學習別人的長處，彌補自己的不足。

【尺幅千里】chǐfú-qiānlǐ〔成〕較小的畫面中，能容納千里的景物。比喻事物的外形雖小，包含的內容卻很豐富：他的這篇文章結構簡潔，有～之勢。

【尺骨】chǐgǔ〔名〕胳膊肘與腕骨中間的一段長骨，在橈骨內側，上端粗大呈三棱形，與肱骨相接。

【尺蠖】chǐhuò〔名〕(條，隻)一種昆蟲(尺蠖蛾)的幼蟲，身體細長，行動時身體一曲一伸，像用大拇指和中指量距離一樣，所以叫尺蠖。

【尺碼】chǐmǎ（～兒）〔名〕❶尺寸(多指衣帽鞋襪的)：你穿的鞋～太大，要定做。❷標準：這些產品都符合規定的～。

【尺子】chǐzi〔名〕(把)"尺"②。

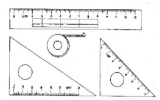

呎 chǐ，又讀 yīngchǐ〔量〕英尺舊也作呎。

侈 chǐ〈書〉❶浪費；奢華：奢～｜～靡｜窮奢極～。❷過分；誇大：～談｜放言～論。

語彙　豪侈　奢侈　汰侈　窮奢極侈

【侈靡】(侈糜)chǐmí〔形〕〈書〉奢侈浪費：生活～。

【侈談】chǐtán ❶〔動〕浮誇不切實際地談論：戰爭販子竟也～和平。❷〔名〕浮誇不實的話：～無驗｜這種～，不值得理睬。

脽 chǐ〈書〉剖開腹部掏出腸子。

恥(耻) chǐ ❶羞愧的心理：知～｜無～。❷受到恥辱的事情：奇～大辱｜此～不可不雪。❸以為羞恥：～與為伍｜不～下問。

語彙　國恥　可恥　廉恥　無恥　羞恥　洗恥　雪恥　知恥　寡廉鮮恥　厚顏無恥　荒淫無恥　恬不知恥

【恥骨】chǐgǔ〔名〕骨盆兩側，靠近外生殖器的形狀不規則骨頭，左右兩塊結合在一起。

【恥辱】chǐrǔ〔名〕名譽上受到的羞恥污辱：莫大的～｜貪污受賄是一輩子也洗不掉的～。

【恥笑】chǐxiào〔動〕鄙視和嘲笑：幹這種見不得人的事難道不怕被人～嗎？

豉 chǐ 見"豆豉"(314頁)。

齒(齒) chǐ ❶牙齒。❷（～兒）〔名〕像牙齒形狀的東西：～輪｜鋸～兒｜這把梳子的～兒很密。❸〈書〉門牙：唇亡～寒。❹〈書〉年齡：同～｜～德俱尊。❺〈書〉說到；提及：～及｜何足掛～。❻〈書〉錄用：～錄｜循名責實，虛偽不～。❼〈書〉並列：～列｜不敢與～。

語彙　不齒　掛齒　恆齒　臼齒　鋸齒　口齒　門齒　沒齒　年齒　啟齒　切齒　齲齒　犬齒　乳齒　序齒　義齒　智齒　蛀齒　伶牙俐齒　明眸皓齒　咬牙切齒

【齒冷】chǐlěng〔動〕〈書〉譏笑；恥笑(笑必張口，牙齒會感到冷)：令人～。

【齒輪】chǐlún（～兒）〔名〕有齒的輪狀機件，是機器上最常用的一種重要零件。通常一對齒輪各裝在一個軸上，兩齒輪的齒互相嚙合，其中一個軸轉動，就帶動了另一個軸轉動。它的作用是改變傳動方向、轉動速度、力矩等。通稱牙輪。

【齒數】chǐshǔ〔動〕〈書〉提到；說起：區區小事，不足～。

【齒齦】chǐyín〔名〕牙齦。

褫 chǐ〈書〉❶剝奪：～革｜～爵。❷奪去：～奪氣｜～魄。

【褫奪】chǐduó〔動〕〈書〉剝奪：～兵權。

chì ㄔˋ

彳 chì 見下。

【彳亍】chìchù〔動〕慢步行走；或走或停：～而

行｜～街頭。

叱 chì ❶ 大聲申斥、責罵：呵～｜怒～。
❷（Chì）〔名〕姓。

【叱干】Chìgān〔名〕複姓。

【叱喝】chìhē〔動〕怒斥；怒喝（hè）。

【叱罵】chìmà〔動〕大聲責罵：～叛徒。

【叱責】chìzé〔動〕大聲斥責：父親嚴厲～兒子的狂妄無知。

【叱咤】chìzhà〔動〕〈書〉發怒並大聲吆喝：～體壇（在體壇有巨大影響）｜～風雲（形容聲勢和威力極大）。

斥 ㊀❶ 責罵：～責｜～罵｜痛～｜怒～。
❷ 排斥：～退｜同性相～。❸〈書〉開拓；擴展：充～｜～地千里。❹〈書〉出；拿出：～資｜～其餘以救人之急。
㊁〈書〉偵察：～候（舊指偵察、瞭望。也指偵察瞭望的人）。
㊂〈書〉斥鹵：五沃之土，乾而不～。

語彙 貶斥 擯斥 駁斥 充斥 呵斥 排斥 申斥 痛斥 訓斥 責斥 指斥

【斥鹵】chìlǔ〔名〕〈書〉指因含鹽鹼過多而不利於作物生長的土地。

【斥罵】chìmà〔動〕責罵：遭到～｜～頑固分子。

【斥退】chìtuì〔動〕❶ 舊時指免去官職：他被上司～了。❷ 舊時指開除學籍：一個三年級的男學生被學校～了。❸ 喝令身邊的人退出：盛怒之下，～眾人。

【斥責】chìzé〔動〕嚴厲地指責；責罵：～犯罪分子的殘暴行徑｜逃學的孩子受到父母～。

【斥資】chìzī〔動〕〈書〉拿出資金；支付費用（多為數額較大的）：～數千萬元｜～興辦企業。

赤 chì ❶ 紅：面紅耳～｜近朱者～。❷ 象徵革命：～衛隊｜～旗。❸ 忠誠：～忱｜～心～膽。❹〔動〕裸露；光着：～～膊｜～光｜～身露體。❺ 空着：～貧｜～手空拳。❻ 指純金：金無足～。❼（Chì）〔名〕姓。

【赤膊】chìbó ❶〔名〕光着的上身：打～還直流汗。❷（-//-）〔動〕光着上身：～袒胸｜天太熱，小夥子們都～幹活兒。

【赤膊上陣】chìbó-shàngzhèn〔成〕光着膀子上戰場。形容不懂戰術、不講謀略地投入鬥爭。現多比喻不加掩飾地直接出來做某事：要學會壕塹戰，千萬別～。

【赤潮】chìcháo〔名〕因海水裏的氮、磷等有機含量過高，某些浮游生物急劇繁殖而導致海水變質、變紅的現象。發生赤潮時，海水多呈紅色，有腥臭，魚類、貝類等海洋生物大量死亡。

【赤誠】chìchéng ❶〔形〕十分真誠：～相見。❷〔名〕十分真誠的心意：滿懷～。

【赤膽忠心】chìdǎn-zhōngxīn〔成〕形容十分忠誠；忠貞不渝：為了人民的事業，他～。

【赤道】chìdào〔名〕❶ 地球表面與南北兩極距離相等的圓周綫，將地球分為南北兩半球，是緯度的基綫，赤道的緯度是 0°。❷ 指天球赤道，即地球赤道面與天球相交形成的大圓圈。也叫天赤道。

【赤地】chìdì〔名〕〈書〉因天災或戰亂，致莊稼、草木不能生長的土地：百姓流離，～千里。

【赤豆】chìdòu〔名〕❶ 一年生草本植物，葉子互生，花黃色，種子暗紅色，供食用。❷ 這種植物的種子。以上也叫小豆、赤小豆、紅小豆。

【赤紅】chìhóng〔形〕紅色：～臉兒｜～的火焰。

【赤腳】chìjiǎo ❶〔名〕不穿襪而光着的腳：進城之前，他一年到頭打～，沒穿過鞋。❷（-//-）〔動〕光着腳（不穿襪）：赤着腳走路｜～下田。

【赤腳醫生】chìjiǎo yīshēng（位，名）20 世紀六七十年代中國農村一度出現的亦農亦醫的醫務工作人員。

【赤金】chìjīn〔名〕（塊，錠）純金：～鐲子｜～戒指。

【赤裸裸】chìluǒluǒ（～的）〔形〕狀態詞。❶ 光着身子的樣子：～一絲不掛。❷ 比喻毫不掩飾的樣子：～的強盜行徑。

【赤貧】chìpín〔形〕窮得一無所有：～如洗｜這個村子的幾家～農戶都先後脫貧了。

【赤身裸體】chìshēn-luǒtǐ〔成〕光着身子；裸露身體：幾個男人～在享受日光浴。

【赤手空拳】chìshǒu-kōngquán〔成〕形容兩手空空，無所憑藉：當初他～辦起了這個服裝加工廠。

【赤松】chìsōng〔名〕（棵，株）常綠喬木，高可達30-40 米，樹皮淡黃紅色，葉子形狀像針。木材可供建築、造紙等用，樹幹可採松脂。

【赤條條】chìtiáotiáo（～的）〔形〕狀態詞。❶ 光着身體，一點衣服都不穿的樣子：～一絲不掛。❷ 比喻一無所有：～來去無牽掛。

【赤衛隊】chìwèiduì〔名〕❶（支）第二次國內革命戰爭時期（1927-1937），中國共產黨領導的革命根據地內不脫離生產的群眾武裝組織。也叫赤衛軍。❷ 俄國十月革命前後布爾什維克領導的工人武裝。

【赤縣】Chìxiàn〔名〕指中國：長夜難明～天。參見"神州"（1198 頁）。

【赤子】chìzǐ〔名〕❶ 初生的嬰兒：～之心（比喻純潔的心）。❷〈書〉指純潔善良的百姓：天下～。❸ 對故土和祖國懷有純真感情的人：海外～，心向祖國。

【赤字】chìzì〔名〕指支出超過收入，餘額為負數的數字。簿記上用紅筆書寫，所以叫赤字。

挟 chì〈書〉鞭打：～而仆之。

翅

〈翄〉 chì ❶〔名〕"翅膀"①：大鵬展～｜小蟲兒舒～。❷ 魚翅：～席。❸（～兒）〔名〕形狀像翅膀的東西：鼻～｜紗帽～。❹ 古同"啻"。

語彙 鞘翅 魚翅 展翅 振翅

【翅膀】chìbǎng〔名〕❶（隻，對，雙）鳥或昆蟲的飛行器官，一般是成對生長：小鳥長出～來了。❷ 物體上形狀和作用像翅膀的部分：飛機～。

【翅果】chìguǒ〔名〕果實的一種，外邊的果皮長出像翅膀的薄片，藉風力傳播種子，如榆錢（榆樹的果實）、椿樹的果實。

【翅脈】chìmài〔名〕昆蟲翅上縱橫相錯的脈狀構造，起支撐的作用。

【翅子】chìzi〔名〕❶ 魚翅：～席。❷（北方官話）翅膀。

敕

〈勑勅〉 chì 皇帝的詔書：～命｜～令｜～撰｜詔～｜宣～｜稱～。
"勑"另見 lài（796 頁）。

瘛

chì 中醫指抽風、驚厥等症狀。

飭

（饬）chì〔書〕❶ 整頓：整～。❷ 謹慎：謹～。❸ 命令：～令｜～派。

語彙 戒飭 謹飭 整飭 申飭

啻

chì〔副〕〔書〕但；只；僅（多與否定詞或疑問詞連用）：不～｜豈～｜奚～。

傺

chì 見"侘傺"（141 頁）。

瘛

chì 見下。
另見 zhì（1761 頁）。

【瘛瘲】chìzòng 同"瘛瘲"。

瘲

chì 見下。

【瘛瘲】chìzòng〔動〕中醫指手足痙攣。也作瘛瘲。

熾

（炽）chì ❶（火勢）旺盛：～烈｜白～。❷ 熱烈：～情。❸ 極度：～熱｜～盛。

【熾烈】chìliè〔形〕❶（火勢）極盛：爐火～。❷ 比喻情勢熾熱烈：～的感情｜競爭～，已達白熱化。

【熾熱】chìrè〔形〕❶ 極熱：～的鋼水｜～的陽光。❷ 比喻非常熱烈：～的心｜～的愛情。

【熾盛】chìshèng〔形〕十分旺盛、強烈：火勢～｜怒火～。

鷘

（鹙）chì 見"鸂鷘"（1450 頁）。

chōng ㄔㄨㄥ

充

chōng ❶ 滿；盡：～其量｜汗牛～棟。❷〔動〕使滿；塞：～電｜～耳不聞。❸ 擔任：～當｜～任。❹〔動〕假裝；冒充：～內行｜～好漢｜以劣～優。❺（Chōng）〔名〕姓。

語彙 補充 混充 假充 擴充 冒充 填充

【充斥】chōngchì〔動〕充滿（含厭惡意）：偽劣產品曾一度～市場。

【充當】chōngdāng〔動〕擔任（某種職務）；承當（某種身份）：～翻譯｜～調解人｜叫小王～臨時演員。

【充電】chōng//diàn〔動〕❶ 把直流電源接到蓄電池的兩極上使蓄電池獲得放電能力，也指用別的方法補充電能：電池該～了｜剃鬚刀充足了電再用。❷ 比喻通過學習補充知識和技能：他準備脫產去培訓中心～。

【充耳不聞】chōng'ěr-bùwén〔成〕塞住耳朵不聽。形容有意不聽別人的意見：對於群眾的呼聲難道能～嗎？

【充分】chōngfèn〔形〕❶ 足夠：理由很～｜證據還不～。❷ 儘量；儘可能：～發表意見｜～調動群眾積極性。

【充公】chōng//gōng〔動〕依法將沒收的財物歸公：敵偽財產全部～｜這所房子充了公以後就用它辦起了幼兒園。

【充飢】chōng//jī〔動〕吃下去東西，解除飢餓：災荒年月，窮人常常用野菜～｜帶點乾糧暫時充一充飢也好。

【充軍】chōngjūn〔動〕中國封建時代刑罰的一種。宋朝是把罪犯發配到軍內或官辦作坊等處服勞役；明朝是發配到邊遠駐軍當兵或服勞役。

【充滿】chōngmǎn〔動〕❶ 填滿；塞滿；佈滿：屋子裏～陽光｜禮堂內～歌聲。❷ 充分具有；滿含：她的歌聲～熱情｜我們對家鄉的建設～信心。

【充沛】chōngpèi〔形〕充足；旺盛：雨水～｜體力～｜～的創作熱情。

【充其量】chōngqíliàng〔副〕表示做最大限度的估算或評價；至多：存糧～可供一個月的需要｜小禮堂～只能容納八百人。

【充任】chōngrèn〔動〕充當；擔任（某種職務）：要選擇有能力有經驗的業務骨幹～經理。

【充塞】chōngsè〔動〕填滿；塞滿：一股暖流～着他的心。

【充實】chōngshí ❶〔形〕（精神上或物質上）豐富；充足（跟"空虛"相對）：內容～｜精神生活～。❷〔動〕使豐富；加強：～學習內容不斷～自己｜調配幹部，～領導班子。

【充數】chōng//shù〔動〕用不合格的人或不合質

量標準的物品湊足數額：濫竽～｜不得以次品～｜群眾演員要是不夠，我還可以充個數。

【充血】chōngxuè〔動〕肌體的局部動脈及毛細血管擴張而血量增加。

【充溢】chōngyì〔動〕充滿；洋溢：熱情～｜大地～着春天的氣息。

辨析 充溢、充滿 "充滿"泛指填滿或充分具有，對象較廣。"充溢"不僅是填滿，而且像水裝得過滿要溢出來的樣子，十分形象，常用於文學語體。如"充滿激情"，不說"充溢激情"；"充溢着歡樂的笑聲"中的"充溢"不能換為"充滿"。

【充盈】chōngyíng〈書〉❶〔動〕充滿：倉廩～｜眼眶裏～着淚水。❷〔形〕豐滿：體態～。

【充裕】chōngyù〔形〕充足；富裕：物資～｜時間～。

【充值】chōng//zhí〔動〕補充錢款以增加信用卡、電信卡等的價值。

【充值卡】chōngzhíkǎ〔名〕存儲金額的交通卡、購物卡、電話卡等電子卡，消費時刷卡扣款，代替付現金：電費～｜手機～。

【充足】chōngzú〔形〕足夠需要；寬裕：糧食～｜資金～｜光綫～。

辨析 充足、充實 a)"充實"着重指內部不空虛，有足夠的內容或力量；"充足"着重指數量足夠，能滿足需要。b)"充實"常形容內容、力量、知識、人員、生活等；"充足"常形容物品、資金、光綫、空氣等更具體的東西，有時也形容理由、論據等抽象的事物。c)"充實"有動詞用法，如"充實教學第一綫"；"充足"沒有這種用法。

沖（沖）chōng ㊀❶〔動〕用開水（或其他液體）澆：～茶｜～雞蛋｜～奶粉。❷〔動〕沖洗；沖擊：用水把碗～乾淨｜大水～了龍王廟。❸〔動〕使顯影：～膠捲。❹〔動〕收支互相抵消：～抵｜～賬。❺〔動〕迷信指化凶為吉：～喜。❻幼小（多用於帝王或帝王之子）：～齡。❼（Chōng）〔名〕姓。
㊁〔名〕〈湘語〉山區裏的平地：韶山～。
另見 chōng "衝"（180 頁）；"沖"另見 chōng "衝"（180 頁）、chòng "衝"（182 頁）。

語彙 怒沖沖 氣沖沖 喜沖沖 興沖沖

【沖沖】chōngchōng〔形〕形容感情激動：興～｜怒～｜氣～。

【沖淡】chōngdàn〔動〕❶在甲種液體中加入乙種液體（一般指水），使甲種液體在同一個單位內所含的成分相對減少：把酒精～。❷降低；減弱：一場喧鬧把歡樂的氣氛～了｜大聲喝彩～了戲劇效果。

【沖服】chōngfú〔動〕用水或酒把藥沖開調勻後喝下去：醫生開的這種藥要用酒～。

【沖積】chōngjī〔動〕高處的砂礫、泥土等被水流沖刷下來，沉積到低窪的地方：～層｜～礦床｜～而成的平原。

【沖擊】chōngjī〔動〕（水流、波浪）撞擊：海浪～着礁石｜波濤～着漁船。

【沖劑】chōngjì〔名〕中醫指用開水沖服的顆粒狀或粉末狀藥劑：感冒～。

【沖決】chōngjué〔動〕大水沖破堤岸：～堤防。

【沖垮】chōngkuǎ〔動〕大水沖擊使障礙毀壞；沖塌；沖壞：洪水～了大壩。

【沖擴】chōngkuò〔動〕沖洗並擴印（照片）：～彩色照片。

【沖涼】chōng//liáng〔動〕〈粵語〉洗澡。

【沖刷】chōngshuā〔動〕❶沖洗並刷去附着的污垢：～汽車｜～籠屜。❷水流沖擊，使土壤沙石流失或剝蝕：洪水～而形成山體滑坡。

【沖塌】chōngtā〔動〕水流沖擊使倒塌：～房屋｜～大堤。

【沖洗】chōngxǐ〔動〕❶沖刷；洗滌：～廚房用具｜～汽車。❷膠片曝光後進行顯影、定影等加工處理：～膠片｜～照片｜～放大。

【沖喜】chōng//xǐ〔動〕舊俗替有重病的人辦理喜事，希圖驅除邪氣，使病人轉危為安，是一種迷信行為：他們家的長子重病在身，迎娶新媳婦來沖一沖喜。

【沖印】chōngyìn〔動〕沖洗（拍攝過的膠片）並印製（照片）：～彩色照片。

【沖賬】chōng//zhàng〔動〕應收應付的賬目（或款項）互相抵消。

忡 chōng〈書〉憂愁不安的樣子：憂心有～。
【忡忡】chōngchōng〔形〕憂愁的樣子：憂心～。

浺 chōng〈書〉山泉流下。

琉 chōng 見下。
【琉耳】chōng'ěr〔名〕古代懸掛在冠冕上垂在兩耳旁邊的玉。

茺 chōng 見下。
【茺蔚】chōngwèi〔名〕益母草。

涌 chōng 河汊，多用於地名：蝦～（在廣東）｜～東（在香港）。
另見 yǒng "湧"（1637 頁）。

翀 chōng〈書〉（鳥）直往上飛：鶴飛～天半。

舂 chōng〔動〕用杵臼將穀物搗去皮殼；在乳缽中將藥物搗碎：～穀｜～藥。

舂 chōng〈書〉衝；撞擊。

憃 chōng〈書〉愚笨：～愚。

衝（沖）〈沖〉chōng ❶ 通行的大道：首當其～。❷〔名〕太陽系中，除水星、金星外，當某一行星或小行星運行到與地球、太陽成一直綫，而地球正處於直綫的中間位置時，這種現象就叫衝。❸〔動〕向前直闖，突破障礙：橫～直撞｜～出重圍。❹ 向上衝撞：氣～霄漢｜怒髮～冠。❺ 觸犯：～撞｜犯｜～突。

另見 chòng（182頁）；"沖"另見 chōng"沖"（179頁）、chòng"衝"（182頁）；"沖"另見 chōng（179頁）。

語彙 俯衝 緩衝 脈衝 要衝 折衝 首當其衝

【衝程】chōngchéng〔名〕內燃機工作時，活塞在汽缸中往復運動，從汽缸的一端到另一端的距離或過程。也叫行程。

【衝刺】chōngcì〔動〕❶ 在比賽速度的體育運動中，接近終點時竭盡全力向前猛衝：最後一｜向終點～。❷ 比喻接近目標或成功的努力：研製工作已進入～階段。

【衝頂】chōngdǐng ㊀〔動〕❶ 登山中臨近頂峰時奮力攀登。❷ 比喻向最高目標發起衝擊：這是一家最有希望～世界第一的企業。㊁〔動〕足球比賽中球員向前躍起，用頭頂球。

【衝動】chōngdòng ❶〔名〕能引起某種行為的神經興奮狀態：藝術～。❷〔形〕感情因受刺激而突然激動，不能控制：你太容易～了｜一時～。

【衝犯】chōngfàn〔動〕用言語、行動衝撞；冒犯：～了那個大人物｜～神靈。

【衝鋒】chōngfēng〔動〕進攻部隊迅猛向前用近距離火力和白刃格鬥去消滅敵人：～陷陣｜號聲一響，我軍立即向敵陣～。

【衝鋒陷陣】chōngfēng-xiànzhèn〔成〕❶ 向敵人衝擊，殺入敵陣。形容作戰英勇：～，身先士卒。❷ 泛指為正義事業英勇鬥爭：他為革命～，一馬當先。

【衝擊】chōngjī〔動〕❶ 向一定目標奮勇進攻；衝鋒：向敵人發起～｜～世界跳遠紀錄。❷ 比喻大的觸動或打擊：他的感情受到～。❸ 比喻大的干擾或影響：偽劣產品～着市場。

【衝決】chōngjué〔動〕比喻衝破某種限制或束縛：～羅網｜～藩籬。

【衝口而出】chōngkǒu'érchū 不假思索，隨口說出：這句話他一直沒有機會說，今天跟大夥兒一見面就～出來。

【衝垮】chōngkuǎ〔動〕軍隊衝擊使障礙毀壞：～敵人的防綫。

【衝浪】chōnglàng ❶〔名〕體育運動項目。運動員利用薄板在海面順着浪濤的起伏而滑行。❷〔動〕指在計算機網絡上瀏覽：他喜歡在網上～。

【衝量】chōngliàng〔名〕在作用力的作用時間很短的情況下，作用力和作用時間的乘積叫作衝量，如用錘子砸東西就是利用衝量的作用。

【衝破】chōngpò〔動〕❶ 衝擊而使破壞：鯊魚～了漁網｜游擊隊～敵人的重重包圍。❷ 比喻突破某種狀況或限制：～黎明前的黑暗｜～傳統觀念的束縛。

【衝散】chōngsàn〔動〕因受衝擊而失散：羊群被暴風雪給～了。

【衝殺】chōngshā〔動〕作戰時突擊向前，拚死和敵人戰鬥：戰士在槍林彈雨中～。

【衝天】chōngtiān〔動〕衝向高空，形容氣勢旺盛，情緒高漲：火光～而起｜幹勁～｜怒氣～。

【衝突】chōngtū ❶〔動〕發生爭鬥或爭執：武裝～｜我不想同她～。❷〔動〕互相矛盾或抵觸：會上兩派意見～起來了｜兩個會的時間～了。❸〔名〕矛盾；雙方的鬥爭：一場外交～｜不同文明之間的一種～。

【衝要】chōngyào ❶〔形〕軍事上或交通上地位、形勢重要：這是一個十分～的地方。❷〔名〕地位、形勢至關重要的地方：水陸～。❸〔名〕〈書〉重要的職位或事情：位居～｜～可付。

【衝撞】chōngzhuàng〔動〕❶ 撞擊：海浪～着船頭。❷ 用言語頂撞；冒犯：我的一句錯話～了你，請原諒吧！

憧 chōng 見下。

【憧憧】chōngchōng〔形〕搖曳不定；往復不定：樹影～｜人影～。

【憧憬】chōngjǐng ❶〔動〕嚮往：～着美好的明天。❷〔名〕所嚮往的情景：腦子裏充滿着未來生活的～。

罿 chōng〈書〉捕鳥的網，也指捕魚的網。

艟 chōng 見"艨艟"（916頁）。

chóng ㄔㄨㄥˊ

种 Chóng〔名〕姓。

另見 zhǒng"種"（1769頁）；zhòng"種"（1772頁）。

重 chóng ❶〔動〕重複：你舉的兩個例子～了｜這幾張唱片買～了。❷〔動〕重疊在一起：～影｜把兩塊板子～起來。❸〔副〕重新；再次：～來一遍｜久別～逢｜～遊故地。❹〔量〕層：雲山萬～｜雙～領導。❺（Chóng）〔名〕姓。

另見 zhòng（1770頁）。

語彙 重重 九重 雙重

【重版】chóngbǎn〔動〕（書籍、刊物）重新出版：～書｜去年出的一本書，今年又～了。

【重播】chóngbō ⊖〔動〕在已播過種子的耕地上重新播種：大莊稼受災，～點晚玉米。⊜〔動〕廣播電台、電視台重新播放已經播放過的節目：這個電視劇～好幾次了。

【重唱】chóngchàng〔名〕兩個或兩個以上的歌唱者，按各自所擔任的聲部配合演唱同一首歌曲。按聲部和人數多少，有二重唱、三重唱、四重唱等。

【重重】chóngchóng〔形〕一層又一層：心事～｜～疑雲｜克服了～困難。

【重蹈覆轍】chóngdǎo-fùzhé〔成〕再走翻過車的老路。比喻重犯過去過的錯誤：不吸取失敗的教訓，就可能～。

【重疊】chóngdié〔動〕（相同的或類似的事物）層層堆積重複：峰巒～｜行政機構～｜“乾乾淨淨”是“乾淨”的～。

【重返】chóngfǎn〔動〕重新回到（原來的地方）：～故土｜～前綫｜～大氣層。

【重犯】chóngfàn〔動〕再一次犯以往犯過的罪行或錯誤：～錯誤，不能原諒。

【重逢】chóngféng〔動〕再次相逢（多指時間分別的人）：久別～，格外親熱。

【重複】chóngfù〔動〕❶ 同樣的事物再次出現；小說的內容太～｜～的話別講了。❷ 再次做（同樣的事情）：請把我的話～一遍。

【重合】chónghé〔動〕❶ 兩個或兩個以上的幾何圖形佔有同一個空間。❷ 兩個或兩個以上的東西結合成一體：漢語語法的兼語，既是賓語，又是主語，兩者～在一起了。

【重婚】chónghūn〔動〕已有配偶的人又和另外的人結婚：～罪｜中國婚姻法規定實行一夫一妻制，嚴禁～。

【重見天日】chóngjiàn-tiānrì〔成〕比喻脫離苦難，重獲新生。也比喻脫離黑暗環境，重新見到光明：這個發現，使幾十萬年前人類祖先的頭蓋骨～了。

【重建】chóngjiàn〔動〕重新建設（多用於災後）：～家園｜戰後經濟～，取得成就。

【重九】Chóngjiǔ〔名〕重陽。

【重碼】chóngmǎ ❶〔動〕兩個或更多的編碼相同，造成重複。❷〔名〕兩個或更多的相同而重複的編碼。

【重起爐灶】chóngqǐ-lúzào〔成〕另建爐灶。比喻重新做起另搞一套：原稿已經損毀，他只好～。

【重申】chóngshēn〔動〕再一次申明：～前令｜～中國的和平外交原則。

【重孫】chóngsūn〔名〕〈口〉孫子的兒子。也叫重孫子。

【重孫女】chóngsūnnǚ〔名〕孫子的女兒。

【重圍】chóngwéi〔名〕一層又一層的包圍：殺出～。

【重溫】chóngwēn〔動〕❶ 重新溫習：要求學生把學過的內容一～一遍｜～過去的歷史。❷ 重新回憶或再現：～舊夢。

【重溫舊夢】chóngwēn-jiùmèng〔成〕重新經歷以往的夢境。比喻再次經歷或回憶過去的美好情景。也說舊夢重溫。

【重文】chóngwén〔名〕〈書〉指異體字。始見於《說文解字》。

【重現】chóngxiàn〔動〕重新出現；再度顯現：這場戲把過去的歷史真實地～了出來。

【重新】chóngxīn〔副〕❶ 表示把以往的動作、行為再做一次：這位老華僑～回到祖國。❷ 表示從頭開始，再做第二次（與前次有所不同）：～研究｜痛改前非，～做人。

【重修舊好】chóngxiū-jiùhǎo〔成〕重新恢復往日的友好關係：兩國絕交以後不久又復交，～。

【重演】chóngyǎn〔動〕重新演出，比喻相同或類似的事情再度出現：歷史不會～。

【重洋】chóngyáng〔名〕重重的海洋，指很遙遠的海洋：遠渡～，出使異域。

【重陽】Chóngyáng〔名〕中國傳統節日，農曆九月初九。九是陽數，九月九日，月、日都逢九，故稱。民間風俗這一天相率登高賞菊、飲酒、佩茱萸囊以避邪。也叫登高節。

> **重陽詩舉隅**
> 唐朝孟浩然《過故人莊》：“待到重陽日，還來就菊花。”《秋登蘭山寄張五》：“何當載酒來，共醉重陽節。”王維《九月九日憶山東兄弟》：“遙知兄弟登高處，遍插茱萸少一人。”杜甫《九日》：“重陽獨酌杯中酒，抱病起登江上台。”黃巢《不第後賦菊》：“待到秋來九月八，我花開後百花殺。衝天香陣透長安，滿城盡帶黃金甲。”

【重映】chóngyìng〔動〕重新放映；重複放映：這部影片最近將在各地影院～。

【重張】chóngzhāng〔動〕商店等重新開業：這家超市停業整頓後今已～。

【重整旗鼓】chóngzhěng-qígǔ〔成〕重新整頓軍旗和戰鼓。受挫的部隊重新整頓軍備，鼓舞士氣，集合力量，以利再戰。比喻失敗後，重新整頓力量，準備再幹：籃球隊比賽失利以後，決心～，加強訓練，準備明年春天的聯賽。也說重振旗鼓。

【重奏】chóngzòu〔名〕兩個或兩個以上的演奏者按各自所擔任的聲部，同時用不同樂器或同一種樂器演奏同一樂曲。按聲部和人數多少，有二重奏、三重奏、四重奏等。

【重組】chóngzǔ〔動〕重新組合或組建（企業、機構等）：資產～。

崇 chóng ❶ 高；高大：～高｜～樓高閣｜山峻嶺。❷ 尊重：～奉｜推～｜尊～｜登～俊良〔登：選拔提升〕。❸（Chóng）〔名〕姓。

語彙 推崇 尊崇

【崇拜】chóngbài〔動〕欽佩；敬仰：～偶像｜～偉大人物｜他對大師很～。

【崇奉】chóngfèng〔動〕崇敬信仰；尊崇：～佛教｜～聖人。

【崇高】chónggāo〔形〕極高；十分高尚：山勢～｜人品～｜致以～的敬禮｜有～的理想。

【崇敬】chóngjìng〔動〕推崇敬仰：～民族英雄｜革命烈士永遠被人民～。

辨析 **崇敬、崇拜** a)"崇敬"指推崇尊敬，對象一般是人；"崇拜"的程度比"崇敬"重，有時甚至達到過分的、迷信的程度，對象可以是人、神，也可以是某種事物。b)"崇敬"是褒義詞；"崇拜"是中性詞，現在較多地用於貶義，如"盲目崇拜""崇拜金錢"等。

【崇尚】chóngshàng〔動〕推重；推崇：～勤儉｜～自由｜～科學。

【崇洋媚外】chóngyáng-mèiwài〔成〕崇拜、迷信並巴結奉承外國：民族自信心、民族自豪感和～的思想水火不相容。

漴 Chóng 漴河，水名。在安徽。

蟲（虫）chóng ❶（～兒）〔名〕（條，隻）蟲子：鳥獸～魚。❷比喻有某種特性的人（多含鄙視意或詼諧意）：可憐～｜車～｜網～｜應聲～。

語彙 草蟲 長蟲 成蟲 大蟲 蠹蟲 飛蟲 害蟲 蝗蟲 昆蟲 懶蟲 毛蟲 爬蟲 蛆蟲 書蟲 網蟲 益蟲 蛀蟲 害人蟲 糊塗蟲 寄生蟲 可憐蟲 應聲蟲 百足之蟲

【蟲草】chóngcǎo〔名〕冬蟲夏草的簡稱。

【蟲害】chónghài〔名〕由昆蟲等的破壞所引起的植物枯萎或死亡等現象：及時噴灑農藥，防止～蔓延。

【蟲媒花】chóngméihuā〔名〕藉助蜂、蝶等昆蟲傳播花粉的花，如桃花、杏花等。

【蟲情】chóngqíng〔名〕農業和林業上指害蟲活動的情況：～測報站。

【蟲牙】chóngyá〔名〕（顆）齲齒（qǔchǐ）的俗稱。

【蟲眼】chóngyǎn〔名〕植物的枝幹、果實或器物上被蟲蛀的小孔。

【蟲癭】chóngyǐng〔名〕由於受到害蟲或真菌的刺激，植物一部分組織畸形發育而形成的瘤狀物。

【蟲災】chóngzāi〔名〕（場）由蟲害嚴重造成的災害。

【蟲豸】chóngzhì〔名〕〈書〉❶蟲子。❷罵人的話，指下賤的人。

【蟲子】chóngzi〔名〕（條，隻）昆蟲和類似昆蟲的小動物：潮濕的地方生了很多～。

chǒng ㄔㄨㄥˇ

寵（宠）chǒng ❶〔動〕寵愛：千萬不要～壞了孩子。❷（Chǒng）〔名〕姓。

語彙 得寵 嬌寵 失寵 受寵 嘩眾取寵

【寵愛】chǒng'ài〔動〕（上對下）偏愛；嬌縱：父母最～小兒子。

【寵兒】chǒng'ér〔名〕受到寵愛的人：力爭成為時代的～。

【寵辱不驚】chǒngrǔ-bùjīng〔成〕受寵愛和受羞辱都不動心。多用於稱譽人有度量，能將榮辱得失置之度外。

【寵物】chǒngwù〔名〕指被人餵養、供玩賞的小動物，如貓、狗等。

【寵信】chǒngxìn〔動〕寵愛信任（多含貶義）：～小人｜深受領導～。

chòng ㄔㄨㄥˋ

眬 chòng〔動〕（西南官話）太睏倦時短暫地打瞌睡：瞌～。

銃（铳）chòng〔名〕一種用火藥發射彈丸的管形火器：火～｜鳥～。

【銃子】chòngzi 同"衝子"。

衝（冲）chòng ㊀〔形〕❶力氣大；勁兒足：小夥子有股子～勁兒｜水流得很～｜他這幾句話的語氣太～｜這個人發了財，花錢很～。❷氣味濃烈：酒味兒很～。

㊁〔動〕衝壓：～床｜在鐵板上～孔。

㊂❶〔動〕〈口〉正對某個方向；朝着：街門～南，窗戶～北｜你別把背～着我。❷〔介〕表示動作所對的方向：窗子～裏開｜身子～後仰了過去。❸〔介〕看；憑：～你的面子，他欠我的錢不要了。

另見 chōng（180 頁）；"冲"另見 chōng"沖"（179 頁）、chōng"衝"（180 頁）。

【衝床】chòngchuáng〔名〕（台）用衝壓方法使金屬成形或在金屬板上衝孔的機器。

【衝勁兒】chòngjìnr〔名〕❶敢闖敢拚的勁頭兒：新來的小夥子挺有～。❷強烈的刺激性：這酒～大，小點口兒。

【衝模】chòngmú〔名〕裝在衝床上用來使被加工的材料成形的模型，一般由凸模和凹模組成。

【衝壓】chòngyā〔動〕用衝床對金屬進行加工。將板料放在凹模和凸模的中間加壓，以獲得所需的工件。

【衝子】chòngzi〔名〕（把）一種金屬製的打眼工具。也作銃子。

【衝嘴兒】chòngzuǐr〔動〕（北京話）小睡；打盹兒：晚上一開會他就愛～。也說衝盹兒。

C

chōu ㄔㄡ

抽 **chōu** ㊀〔動〕❶ 把夾在物體中間的東西取出：～劍｜～籤兒｜從腰間～出一支駁殼槍來。❷ 從整體中拿出一部分：～一部分資金支援災區｜這篇文章請您～時間看看。❸ 從某件事中擺脫出來：近來太忙，～不開身。❹（某些植物體）長出：小麥～穗了。❺ 吸：～油煙｜把積水～出去｜倒～了一口冷氣。

㊁〔動〕❶ 收縮：這種布下水就～。❷ 用手或條狀物打：～他兩個嘴巴｜用鞭子～牲口｜～了他一棍子。❸ 用球拍猛擊球：～殺｜～了一拍。

【抽查】**chōuchá**〔動〕從中挑選一部分進行檢查：最近～了一些飯館，飯菜質量還不錯。

【抽搐】**chōuchù**〔動〕因過於緊張或患病等肌肉不由自主地收縮抖動，多見於四肢和顏面。也說抽搦（nuò）。

【抽搭】**chōuda**〔動〕〈口〉一抽一停地哭泣：他不大聲哭了，卻還在不停地～。

【抽打】**chōudǎ**〔動〕用鞭子、棍棒等掄起來打：～牲口。

【抽打】**chōuda**〔動〕用撣子、毛巾等拍打衣服等以去掉塵土：一進家就把外衣服下來～～。

【抽調】**chōudiào**〔動〕從全部的人員或物資中調出一部分：～部隊開赴抗洪前綫｜～一批物資支援地震災區。

【抽丁】**chōudīng**〔動〕舊時官府以"三丁抽一"（三兄弟抽出一人）為名，強迫窮苦青壯年去當兵。也說抽壯丁。

【抽斗】**chōudou**〔名〕（北方官話）抽屜。

【抽肥補瘦】**chōuféi-bǔshòu**〔成〕比喻取有餘以補不足，使彼此均衡：救災物資要依據～、雪中送炭的原則進行分配。

【抽風】**chōu**//**fēng** ㊀〔動〕用一種裝置把空氣吸入或抽出：～灶｜～機｜衛生間要抽抽風，換換空氣。㊁〔動〕❶ 一種疾病，發病時手足痙攣，口眼歪斜：他剛才抽了一陣兒風，這會兒好了。❷ 比喻做事或行為違背常理：她又～了，半夜三更練嗓子，吵得別人不安寧。

【抽檢】**chōujiǎn**〔動〕抽查：在商場、超市～蔬菜樣品｜產品通過～，達到設計標準。

【抽獎】**chōu**//**jiǎng**〔動〕通過抽籤等辦法來決定獲獎的人，有的包含獲獎等級。

【抽筋】**chōu**//**jīn**〔動〕❶ 抽掉筋：～是古時的一種酷刑。❷（～兒）〈口〉肌肉痙攣：冬天游泳，弄不好腿會～兒。

【抽空兒】**chōu**//**kòngr**〔動〕擠出時間；勻出工夫：時間緊，任務重，更要～學習｜抽個空兒去看畫展。

【抽冷子】**chōulěngzi**〔副〕（北京話）乘人不備；突然：他～拍了我一下，嚇我一跳。

【抽泣】**chōuqì**〔動〕抽搭搭地哭泣：聽到這不幸的消息，她不禁～起來。

【抽籤】**chōu**//**qiān**（～兒）〔動〕❶ 從做有標記或寫有字的許多籤中，抽出一根或幾根，多用來決定先後次序或輸贏等：咱們誰先值班，抽個籤兒來決定吧！❷ 神廟中設有籤筒，讓人從中抽出籤兒來占卜吉凶：老太太抽了個上上籤，十分開心。

【抽身】**chōu**//**shēn**〔動〕使自身從某種局面、處境中擺脫出來；脫身離開：父親病了，這幾天他很難～｜大家都很忙，誰都抽不出身來。

【抽水】**chōu**//**shuǐ** ㊀〔動〕用水泵吸水：～澆地。㊁〔動〕縮水：這布下不～？｜布抽了水，就不夠做上衣了。㊂〔動〕港澳地區用詞。上市公司在股票市場上公開籌集資金：這家上市公司擬增加股份，～超過百億。㊃〔動〕港澳地區用詞。抽頭。設賭局的人向賭客或贏家抽取一定數量的金額。

【抽稅】**chōu**//**shuì**〔動〕稅務部門按一定稅率向納稅人收取稅款。

【抽穗】**chōu**//**suì**（～兒）〔動〕小麥、高粱等農作物由葉鞘中長出穗來：小麥已經揚了花，很快就會抽出穗來了。

【抽縮】**chōusuō**〔動〕機體因受刺激而收縮：蛇～了身子。

【抽逃】**chōutáo**〔動〕為逃避債務、稅務等暗中抽走資金：～資本。

【抽屜】**chōutì**(-ti)〔名〕桌子、櫃子等家具中可以拉出來推進去的盛放東西的匣子形部件。

【抽頭】**chōutóu**（～兒）〔動〕❶ 設賭場的人和侍候賭博的人從贏家的錢中抽取一小部分，叫抽頭：聚賭｜每次打麻將，主人都要～兒。❷ 泛指經手人或中介從中用抽取回扣等辦法取得好處。

【抽象】**chōuxiàng** ❶〔名〕一種形成概念的手段。在許多具體事物中抽取共同的、本質的屬性，捨棄個別的、非本質的屬性。❷〔形〕籠統的；空洞的；不能具體經驗到的（跟"具體"相對）：你把這個問題說得太～了，能不能具體一點兒？

【抽薪止沸】**chōuxīn-zhǐfèi**〔成〕抽掉鍋底下燃燒的柴草，使鍋裏的水不再沸騰。比喻從根本上解決問題。通常說釜底抽薪。

【抽煙】**chōu**//**yān** ㊀〔動〕吸煙：抽一袋煙｜抽一支煙｜你～嗎？｜請勿～。㊁〔動〕把煙氣抽出：這種抽油煙機～效果不錯。

【抽樣】**chōuyàng**〔動〕從同類產品（或事物）中抽出些樣品（進行檢驗、調查等）：～調查。

【抽噎】**chōuyē**〔動〕抽搭着哭泣：聽到這一不幸消息，她不禁連連～。

【抽印】**chōuyìn**〔動〕從整本書或刊物中選取一部分單獨印刷：～本｜論文集的文章～一百份，分送作者。

紬（䌷）chōu〈書〉抽引；綴集：～閱｜～繹。
另見 chóu "綢"（185 頁）。

搊（㧐）chōu ㊀〈書〉用手指彈奏（樂器）：～彈｜～玉箏。
㊀〔動〕❶ 用力扶起：～他一把。❷ 用力將沉重物體掀起或翻起：把床～起來。

篘（筲）chōu〈書〉❶ 用篾編成的濾酒器。❷ 用篘濾酒。

瘳 chōu〈書〉❶ 病癒；舊疾已～。❷ 消除；消失：禍無自～。

犨 chōu〈書〉❶ 牛喘息聲。❷ 突現。

chóu ㄔㄡ

仇〈讎讐〉chóu ❶ 仇敵：～讎｜親痛～快｜疾惡如～。❷〔名〕仇恨（跟"恩"相對）：記～｜血海深～｜兩家結下了～。
另見 Qiú（1103 頁）；"讎"另見 chóu（185 頁）；"讐"另見 chóu "讎"（185 頁）。

語彙 報仇　復仇　記仇　結仇　舊仇　私仇　冤仇　怨仇　公報私仇　疾惡如仇　血海深仇

【仇敵】chóudí〔名〕敵對的人；仇人：外國侵略者是我們全民族的～。

【仇恨】chóuhèn ❶〔名〕由於利害、矛盾而產生的深刻怨恨：滿腔～。❷〔動〕極其怨恨：他～踐踏國土的侵略者。

【仇人】chóurén〔名〕因結有仇怨而被敵視的人：認清了誰是親人，誰是～。

【仇殺】chóushā〔動〕因仇恨而殺害：互相～。

【仇視】chóushì〔動〕作為仇敵看待：～共同的敵人。

【仇外】chóuwài〔動〕仇視外國或外族：清除盲目的～心理。

【仇隙】chóuxì〔名〕〈書〉仇怨；怨恨。

【仇冤】chóuyuān〔名〕由於利害衝突形成的強烈憎恨的情緒：化解～。

惆 chóu〈書〉失意；悲痛。

【惆悵】chóuchàng〔形〕傷感；失意：不勝～｜～滿懷。

椆 chóu 用於地名：～樹塘（在湖南）。

酬〈酧詶醻〉chóu ❶〈書〉勸酒；敬酒：～酢。❷ 報答：～謝｜～勞。❸ 交際往來：應～。❹〔願望〕實現：凤願已～｜壯志未～。❺ 報酬：稿～｜同工同～。

語彙 報酬　稿酬　計酬　應酬　同工同酬

【酬報】chóubào ❶〔動〕用錢物等酬謝報答：多虧他幫忙，我要好好～他一下。❷〔名〕"酬勞"②：如能幫助找回失物，定有～。

【酬賓】chóubīn〔動〕商業上指商家以優惠價格出售商品給顧客：這家商場舉行～活動，全部貨物九折出售。

【酬答】chóudá〔動〕❶ 用金錢或禮品表示謝意：說聲謝謝就行了，不用～。❷ 用言辭或詩文應答：賦詩一首，～友人。

【酬和】chóuhè〔動〕用詩詞應答唱和：以新詞～。**注意** 這裏的"和"不讀 hé。

【酬金】chóujīn〔名〕〔筆〕酬勞的錢：～從豐｜收到一筆～。

【酬勞】chóuláo ❶〔動〕酬謝出力的人：～有功人員。❷〔名〕向人表示酬謝的財物：這是給您的～，請收下。

【酬謝】chóuxiè〔動〕用金錢或禮物向出力相助的人表示感謝：～救命恩人。

【酬應】chóuyìng〔動〕❶ 交際往來：善於～。❷〈書〉應對：～自然得體。

【酬酢】chóuzuò〔動〕〈書〉❶ 主賓互相敬酒（酬：向客人敬酒；酢：向主人敬酒）：賓主盡～之禮。❷ 泛指應酬交際：～之時，不免有交際客套。

稠 chóu〔形〕❶ 濃度大（跟"稀"相對）：～稀合適｜粥太～了。❷ 密集而眾多：地窄人～｜住戶很～。

【稠密】chóumì〔形〕又多又密：人煙～｜商業街上鋪戶很～。

【稠人廣眾】chóurén-guǎngzhòng〔成〕稠密眾多的人群。指人非常多的場合：她在～之中露面還是第一次。

愁 chóu ❶〔動〕憂慮；憂愁：發～｜你成績一貫優秀，不～考不上大學。❷〔動〕使憂慮（一般只用於動結式）：秋風秋雨～煞人｜這事叫我～死我了。❸ 憂愁的心情：鄉～｜多～善感｜與爾同消萬古～。

語彙 哀愁　悲愁　發愁　犯愁　離愁　鄉愁　消愁　憂愁

【愁腸】chóucháng〔名〕憂慮煩悶的心緒：～九轉｜酒入～。

【愁城】chóuchéng〔名〕〈書〉愁苦難消的境地：困坐～。

【愁苦】chóukǔ〔形〕憂心苦惱：心中異常～。

【愁眉】chóuméi〔名〕憂愁時緊皺的眉頭：～苦臉｜～鎖眼｜～不展。

【愁悶】chóumèn〔形〕憂愁煩悶：心情～｜心中～不已。

【愁容】chóuróng〔名〕（絲，副）憂愁的面容：～滿面。

【愁緒】chóuxù〔名〕憂愁的心緒：頓時～全消

裯

chóu〈書〉❶單被。❷床帳。

綢

（绸）〈紬〉~緞。

"紬"另見 chōu（184 頁）。

語彙　彩綢　紡綢　府綢　綿綢　絲綢

【綢緞】chóuduàn〔名〕綢子和緞子，泛指絲織品：綾羅～｜～衣服。

【綢繆】chóumóu ❶〔形〕纏綿；殷切：情意～。❷〔動〕修繕使牢固：～牖戶｜未雨～。

【綢子】chóuzi〔名〕（塊，匹）質地又薄又軟的絲織品。

儔

（俦）chóu〈書〉❶伴侶：～侶｜同～｜良～。❷同類；輩：鮮見其～。

幬

（帱）chóu〈書〉❶帳子：紗～。❷車帷。

另見 dào（265 頁）。

燽

（炪）chóu〈書〉顯著。

疇

（畴）chóu〈書〉❶已耕的田地：田～｜平～。❷種類：範～｜物各有～。

【疇昔】chóuxī〔名〕〈書〉從前：～之事。

籌

（筹）chóu ❶用竹、木、象牙等製成的條形薄片，用為計數或領物品的憑證：酒～｜算～。❷〔動〕謀劃；籌措：統～兼顧｜～一筆款。❸計謀；措施：一～莫展。

語彙　酒籌　統籌　運籌　竹籌　聊勝一籌　稍遜一籌

【籌辦】chóubàn〔動〕籌劃辦理或舉辦：～年貨｜～勞動服務公司。

【籌備】chóubèi〔動〕籌劃準備：～委員會｜～書展。

【籌措】chóucuò〔動〕籌集：～經費｜～大筆款項。

【籌劃】（籌畫）chóuhuà〔動〕❶謀劃；制定規劃：～擴建鄉鎮醫院。❷籌集：～救災物資｜～建築材料。

【籌集】chóují〔動〕想辦法聚集：～資金。

【籌建】chóujiàn〔動〕籌備建立：～歌劇院。

【籌碼】（籌馬）chóumǎ（～兒）〔名〕❶用竹木、象牙等製成的圓薄片，是計數和計算的用具，常用於賭博。❷舊指貨幣或票據。比喻做某種交易時手中掌握的交換條件：政治交易的～。

【籌拍】chóupāi〔動〕籌劃拍攝（電影、電視劇等）：～一部立體武打功夫片。

【籌商】chóushāng〔動〕謀劃商議：～教學改革計劃｜～足球聯賽事宜。

【籌算】chóusuàn〔動〕❶用籌來計算；估算：咱們～一下，看蓋一座商業大樓得花多少錢。❷籌劃：～幾種對策。

【籌資】chóuzī〔動〕籌集資金：～辦學。

【躊組】chóuzǔ〔動〕籌劃組織：～考察團。

躊

（踌）chóu 見下。

【躊躇】（躊躕）chóuchú ❶〔形〕猶豫：～不決｜～了半天還是下不了決心。❷〔動〕停留；徘徊：～不前｜馬～而回顧。❸〔形〕〈書〉得意的樣子：～滿志。

> **辨析**　躊躇、遲疑　兩個詞都表示拿不定主意，但也有不同：a）"遲疑"是從時間角度說，該拿定主意的時候拿不定主意，不果斷；"躊躇"是就具體行動的角度說，猶豫而不能果斷行事。b）"遲疑"通用於口語和書面語，"躊躇"多用於書面語體。c）"躊躇"可形容得意，如"躊躇滿志"，"遲疑"沒有這個意思。

【躊躇滿志】chóuchú-mǎnzhì〔成〕形容對自己的現狀或取得的成就十分得意：此時他春風得意，～｜留學歸來的他～，想幹一番大事業。

讎

（雠）〈讐〉chóu ❶校對；校勘：校～。❷〈書〉出售。

另見 chóu"仇"（184 頁）；"讐"另見 chóu"仇"（184 頁）。

chǒu　ㄔㄡˇ

丑

chǒu ㊀〔名〕❶地支的第二位。❷（Chǒu）姓。

㊁〔名〕傳統戲曲中的角色行當，扮演滑稽人物，有文丑、武丑的區分。扮演女性人物稱丑旦、丑婆子。由於在鼻樑上抹一小塊白粉，所以俗稱小花臉。又因為跟大花臉、二花臉並稱，所以又俗稱三花臉。

另見 chǒu"醜"（186 頁）。

語彙　文丑　武丑　小丑　跳樑小丑

【丑表功】chǒubiǎogōng〔動〕像丑角似的吹噓自己的功勞：你別再～了。

【丑角】chǒujué（～兒）〔名〕❶戲曲角色行當中的丑：他～演得十分出色。❷品德醜惡、言行卑劣的不光彩角色：文壇上的～。

【丑時】chǒushí〔名〕用十二時辰記時指夜間一時至三時。

杻

chǒu 古代指手銬一類的刑具。

另見 niǔ（985 頁）。

銂

Chǒu〔名〕姓。

俦

chǒu〈書〉同"瞅"。

瞅

〈瞲丑〉chǒu〔動〕（北京話）看：她～了我一眼就走開了｜到底出了甚麼事兒，你去～～。

【瞅見】chǒujiàn（-jian）〔動〕（北京話）看見：我沒～他，怎麼能怪我不跟他打招呼呢！

醜（丑） chǒu ❶〔形〕醜陋；難看（跟"美"相對）：長得不～｜如此美女，怎麼偏偏嫁個～男人？❷ 令人厭惡或令人鄙視的：～聞｜～態。❸ 醜事：出～｜家～。

"丑"另見 chǒu（185 頁）。

語彙 出醜 丟醜 家醜 怕醜 現醜 獻醜 遮醜

【醜八怪】chǒubāguài〔名〕〈口〉指面貌很醜的人。也作醜巴怪。

【醜惡】chǒu'è〔形〕醜陋惡劣（跟"美好"相對）：～的嘴臉｜靈魂～。

【醜化】chǒuhuà〔動〕把事物歪曲或形容成醜的（跟"美化"相對）：不要～勞動人民的形象。

【醜劇】chǒujù〔名〕（齣，場）指醜惡的帶有戲劇性的事件：這場賄選～以失敗告終。

【醜陋】chǒulòu〔形〕❶ 容貌或樣子長得難看：相貌～。❷ 思想行為卑劣；醜惡：～的靈魂。

【醜事】chǒushì〔名〕人所不齒的醜惡的事情；不名譽、不光彩的事情：好事不出門，～傳千里｜這椿～，要徹底揭露。

【醜態】chǒutài〔名〕醜惡的神態或舉止：～百出。

【醜聞】chǒuwén〔名〕（椿，件）在社會上流傳的關於某人的醜事：受賄～已被曝光。

【醜小鴨】chǒuxiǎoyā〔名〕丹麥作家安徒生的童話《醜小鴨》中的典型形象。多比喻不被關注的小孩子或年輕人，有時也比喻剛產生而不為人注意的東西：舞台上這位當紅歌星三年前還是個～呢。

臭 chòu ❶〔形〕氣味難聞（跟"香"相對）：～汗｜～味兒。❷〔形〕使人討厭的；惡劣的：～排場｜～名。❸〔形〕低劣；笨拙：～棋｜這招數真～。❹〔副〕狠狠地：～罵了一頓｜一頓～打。

另見 xiù（1525 頁）。

語彙 惡臭 狐臭 口臭 香臭 腥臭 遺臭

【臭蟲】chòuchóng（-chong）〔名〕（隻）昆蟲，身體扁平，橢圓形，腹大，赤褐色，體內有臭腺，能發出刺鼻的惡臭，吸食人畜血液。也叫床蝨，有的地區叫壁蝨。

【臭椿】chòuchūn〔名〕落葉喬木，羽狀複葉，有臭味。花白中帶綠色，結翅果。根和皮可入藥，有止血作用。也叫樗（chū）。

【臭豆腐】chòudòufu〔名〕（塊）一種發酵後有特殊氣味的小塊豆腐，是一種食品：～聞起來臭，吃起來香。

【臭烘烘】chòuhōnghōng（～的）〔形〕狀態詞。形容氣味很臭：屋子裏～的，快打開窗子吧！

【臭美】chòuměi〔動〕諷刺人喜歡表現自己的才能、地位或漂亮：當了個班長，看把她～的。

【臭名遠揚】chòumíng-yuǎnyáng〔成〕壞名聲傳得遠：你高考作弊，就不怕～？

【臭名昭著】chòumíng-zhāozhù〔成〕壞名聲分外顯著，人所共知。

【臭氧】chòuyǎng〔名〕氧的同素異形體，無色，有特殊臭味，溶於水。可用作漂白劑、殺菌劑等。

殯 chòu〈書〉同"臭"（chòu）①。

chū ㄔㄨ

出 chū ❶〔動〕由內往外；從裏邊到外邊（跟"進""入"相對）：～院｜一會兒～，一會兒進，你忙甚麼？❷〔動〕超過；越過：～人頭地｜無～其右｜不～三年，他準能學會唱京戲。❸ 來到：～席｜～庭。❹〔動〕往外拿出：～力｜～題｜～主意。❺〔動〕出產；產生；發生：～煤｜～鹽｜～一位代表｜～了一次事故。❻〔動〕生出；發散；發泄：～芽兒了｜～了一身汗｜這回總算～了氣。❼〔動〕出版：～書｜～了專輯。❽〔動〕顯露：～名｜～頭｜水落石～。❾ 支出：入不敷～｜量入為～。❿ 顯得多：這種米～飯｜秋麥比春麥～麵。⓫ 跟"往"連用，表示向外：戲散了，觀眾紛紛往～走。⓬（chu）〔動〕趨向動詞。表示人、事物隨動作從裏或從某處向外：走～校門｜電報已經發～了｜老樹長～新芽了。⓭（chu）〔動〕趨向動詞。表示動作完成：擠～時間｜做～成績｜看～問題｜想不～辦法。⓮（chu）〔動〕趨向動詞。用在形容詞後，表示超過：他的成績高～全班同學很多｜這雙鞋再大～一點兒來我就能穿得上｜客廳裏多～了三把椅子。

另見 chū "齣"（192 頁）。

語彙 百出 輩出 超出 重出 嫡出 發出 付出 公出 傑出 進出 日出 輸出 庶出 歲出 特出 突出 退出 脫出 外出 演出 展出 支出 悖入悖出 層見疊出 和盤托出 呼之欲出 禍從口出 量入為出 噴薄欲出 入不敷出 深居簡出 水落石出 挺身而出 脫穎而出

【出版】chūbǎn〔動〕把圖書、報刊、音像製品等編印製作出來，向公眾發行：～社｜音像～｜爭取在年底～一批新書。

【出榜】chū//bǎng〔動〕❶ 貼出被錄取或被選取人的名單：大學考試錄取的學生已經出了榜。❷ 舊時指張貼文告或告示：～安民。

【出奔】chūbēn〔動〕❶〈書〉逃亡到外邊去避難：太叔～共。❷ 出走；投奔：～異域。

【出殯】chū//bìn〔動〕把靈柩運往埋葬或寄放的地方：死者遺體停放三天才～。

【出兵】chū//bīng〔動〕派遣軍隊前去作戰：～中

原。**注意**"出兵"和"出版"這一類動賓式動詞,後面還可以帶賓語。如"出兵邊疆""出版新書"。

【**出彩**】chū//cǎi〔動〕❶ 舊時戲曲表演,塗抹紅色表示受傷流血,叫出彩。❷ 做出令人稱道叫好的事情;表現精彩:演員的表演很~|小說中有不少~的地方|在過去的二十年裏,中國電影是非常~的。❸ 出乖露醜(含詼諧意):魔術表演,一揭老底,就會讓他~。

【**出操**】chū//cāo〔動〕隊伍到操場或野外進行軍事或體育操練:出早操。

【**出岔子**】chū chàzi 發生差錯、事故:老王工作一直很認真,沒有出過甚麼岔子。

【**出差**】chū//chāi〔動〕❶ 單位工作人員被派遣到外地去辦理公事:他到廣東~去了|今年他到上海出了一趟差。❷ 舊指民工外出擔負運輸、修建等臨時任務。

【**出產**】chūchǎn ❶〔動〕自然生長出來;加工生產出來:山裏頭~礦泉水,這還~絲綢,世界聞名。❷〔名〕出產的物品:這是我家鄉的~。

【**出場**】chūchǎng〔動〕❶ 演員登台獻藝:這場戲~的都是有名的演員。❷ 運動員進入比賽場地參加比賽或進行表演:今天的排球比賽老將都~了。

【**出場費**】chūchǎngfèi〔名〕演員登台表演或運動員參加比賽時,主辦方所付的費用。

【**出廠**】chū//chǎng〔動〕產品製造出來後運出工廠:~價格|~日期|次品不許~|不合格產品即使出了廠,也一定要追回來。

【**出超**】chūchāo〔動〕在一定時期(一般為一年)內,出口商品總值大於進口商品總值(跟"入超"相對)。

【**出車**】chū//chē〔動〕(單位或公司的)司機開出車輛執行載人或運貨任務:公共汽車早五點~|今天開會,出了好幾輛車去接代表。

【**出醜**】chū//chǒu〔動〕露出醜態;丟面子:當眾~|昨天在會上他出了醜。

【**出處**】chūchǔ〔動〕舊時指士大夫出來做官或引退在家:進退~,不可不慎。
　　另見 chūchù(187頁)。

【**出處**】chūchù〔名〕引文或成語典故所出的地方:查對引文~。
　　另見 chūchǔ(187頁)。

【**出錯**】chū//cuò〔動〕出現差錯;發生錯誤:他管賬很少~|出了錯及時改正。

【**出道**】chūdào〔動〕學藝期滿,開始從事某種職業。現也泛指年輕人初入社會,開始獨立工作:她~21年,是至今香港重要的女藝人之一。

【**出點子**】chū diǎnzi 出主意;想辦法:怎麼幹,大家~|有人在背後給他出壞點子。

【**出動**】chūdòng〔動〕❶(隊伍)出發:小分隊提

前~了|待命~。❷ 派遣;派出(軍隊):~軍艦|~軍隊。❸(很多人為某事)行動起來:清明節植樹,我們全班都~了|全體員工~去掃雪。

【**出爾反爾**】chū'ěr-fǎn'ěr〔成〕《孟子·梁惠王下》:"出乎爾者,反乎爾者也。"意思是你怎樣對待人家,人家將怎樣對待你。現指說了話又反悔,言行前後矛盾,反復無常;言不由衷,~。**注意** 出爾反爾中的"爾",在古代是第二人稱代詞"你"的意思。

【**出發**】chūfā〔動〕❶ 從原來所在的地方起程去別處:巡迴醫療隊今晚就~了|改日~。❷ 以某一點作為考慮或處理問題的依據:~點|一切從人民的利益~|從實際情況~|從發展生產~,舊機器必須更新換代。

【**出訪**】chūfǎng〔動〕指出國訪問;到外國訪問:~美國|~歐洲|隨團~。

【**出風頭**】chū fēngtou〔慣〕在大庭廣眾之中出頭露面,表現自己:她喜歡~|在巡迴演出當中,他可出盡了風頭。

【**出伏**】chū//fú〔動〕出了伏天;過完了伏天:再有三天就~了|一出了伏,天就不那麼熱了。

【**出格**】chū//gé〔動〕❶ 出色;與眾不同:在同學中,他的才學是~的。❷ 言語行動越出常規;出圈兒:你這樣做就有點~了|凡事一出了格就不好辦了。

【**出閣**】chū//gé〔動〕離開閨房,指女子出嫁:他的兩個女兒,都出了閣。

【**出工**】chū//gōng〔動〕上班做工;出勤:這幾天廠裏活兒忙,他很早就~了|昨天他得了感冒,一天沒有~。

【**出恭**】chū//gōng〔動〕解大小便。元、明、清科舉考試,考場設有出入恭敬牌,參加考試的人到廁所去先要領此牌,因此到廁所去大小便就叫出恭。**注意** 後來"恭"已變成一個構詞的成分,如"大恭"(大便)、"小恭"(小便)、"恭桶"(馬桶)等。

【**出軌**】chū//guǐ〔動〕❶ 火車、有軌電車等行駛時脫出軌道。也說脫軌。❷ 言語行動越出常規:他做事謹小慎微,生怕~。

【**出國**】chū//guó〔動〕到國外去:~留學|~探親|他早就出了國了。

【**出海**】chū//hǎi〔動〕(船舶)從停泊地點向海上駛去;(船員或漁民)駕駛船隻到海上去:~遠航|~捕魚。

【**出汗**】chū//hàn〔動〕人、畜從皮膚排出液體:累得直~|出了一身汗。

【**出航**】chūháng〔動〕船隻或飛機離開港口或機場航行:客輪今早~|飛機已經~。

【**出乎意料**】chūhū-yìliào〔成〕事情的發展變化超出了人們的預先估計:試驗結果~地好|這次考試成績這麼壞,真~。

C

【出活】chūhuó（～兒）❶（-//-）〔動〕幹出活兒：他～兒又快又好｜大家都賣勁兒幹，可就是出不來活兒。❷〔形〕在規定的時間裏幹出的活兒多：由於革新了技術，所以很～兒。

【出擊】chūjī〔動〕軍隊出動，向敵人攻擊，也指鬥爭或競賽中主動向對方進攻：不要四面～｜守門員及時～，把球緊緊抱住。

【出家】chū // jiā〔動〕離開家庭到佛寺、道觀中當和尚、尼姑或道士（跟"還俗""在家"相對）：～為僧｜他十歲上出了家。

【出嫁】chū // jià〔動〕女子到男方家結婚。也泛指女子結婚：他的大女兒剛出了嫁，兒子就娶親了。

【出界】chū // jiè〔動〕越出規定的界綫（多指體育比賽）：球～了。

【出借】chūjiè〔動〕把物品借出去：資料室的工具書概不～。

【出警】chūjǐng〔動〕公安部門接到報警後出動警力等到現場處理：派出所及時～，制止了一場鬥毆事件。

【出境】chū // jìng〔動〕❶離開國境：驅逐～｜逃犯即使出了境，也要追捕歸案。❷越出某一地區的邊界：他雖不在市區，估計尚未～。

【出鏡】chūjìng〔動〕在鏡頭中出現，指在電視或電影中露面：未來的總統夫人頻頻～展露風采。

【出局】chūjú〔動〕❶棒球、壘球比賽中，擊球員或跑壘員因犯規等而被判退出球場，失去在本局中繼續比賽的資格。❷泛指因競爭或比賽失利而不能參加後一階段的比賽。❸比喻人或事物不能適應形勢要求被淘汰出所在領域：一味抱殘守缺，終將被淘汰。

【出具】chūjù〔動〕開出；寫出：～證明。

【出口】chūkǒu ㊀〔動〕隨口說出：～成章｜傷人｜一言～，駟馬難追。㊁〔動〕❶船隻駛離港口。❷本國或本地區的產品運銷國外或境外（跟"進口""入口"相對）：～大米｜中國已有不少工業產品～。注意"出口大米""出口小麥"有歧義，可以是動賓結構，也可以是偏正結構。前者如"中國向鄰國出口大米"，後者如"出口小麥的質量都是最好的"。有了上下文，歧義就消失了。㊂（～兒）〔名〕（個，處）從場地或建築物出去的門或口兒（跟"進口""入口"相對）：火車站～｜會場的～兒。

【出口成章】chūkǒu-chéngzhāng〔成〕隨口說出來就成文章。形容口才好或文思敏捷：他那～的本領是從勤學苦練中得來的。

【出來】chū // lái（-lai）〔動〕❶從裏面到外面來（跟"進去"相對）：你～，我和你商量點兒事｜我們想到郊外去玩，你出得來出不來？❷出現；產生：討論結果，～兩種不同的意見｜計算選票的結果今天出得來出不來？

【出來】// chū // lái（chulai）〔動〕趨向動詞。❶用在動詞後，表示行為動作朝着說話的人由裏向外：他把書從兜裏拿～｜從屋裏走出一個人來。❷用在動詞後，表示行為動作已經完成：他終於把這道難題做～了｜開出很多溝渠來。❸用在動詞後，表示由隱蔽到顯露：天暗下來了，連是甚麼字都辨認不～了｜我一眼就認出他來了。❹用在動詞後，表示獲得某種能力或性能：他寫字畫畫兒練～了｜這把菜刀已經使～了｜練出本事來了。

【出類拔萃】chūlèi-bácuì〔成〕高出同類之上。多指人的品德、才能超出眾人之上：各行各業都有～的人物。注意這裏的"萃"不寫作"粹"。

【出力】chū // lì〔動〕使出力量；盡力：請您多～｜每人出一把力，任務就能完成。

【出糧】chūliáng〔動〕港澳地區用詞。指發工資。香港各行業發工資的時間、形式不盡相同，可在規定時間用開支票、發現金、轉銀行賬戶等方式發工資：公司在規定時間內必須給員工～，否則屬違法。

> 辨析 出糧和發薪都表明工資主要用於吃飯，工資主要是用來買糧食和柴薪的，有糧食和柴薪便可煮飯吃。

【出列】chūliè〔動〕士兵按隊列中走出來並立定（多用作口令）：～！槍上肩！

【出獵】chūliè〔動〕出外打獵：這次～收穫不小。

【出籠】chū // lóng〔動〕❶剛蒸熟的包子、饅頭等從籠屜中取出：剛～的包子熱騰騰｜一上午出了好幾籠饅頭。❷比喻事情推出、作品發表、商品上市等（多含貶義）：這部影片一～，立即受到觀眾的批評｜分配方案即將～。

【出爐】chūlú〔動〕❶將烘烤或冶煉好的東西從爐內取出：燒餅剛～｜煉好的鋼要～了。❷比喻名單、方案等產生：世錦賽中國女足名單～｜全國十佳運動員～｜奧運會主場館設計方案～。

【出路】chūlù〔名〕（條）❶通向外面的道路，比喻生存的機會或發展的途徑：生活｜根本～在於改革。❷可以銷售貨物的市場或去處；銷路：這批產品已經過時，找不到～。

【出亂子】chū luànzi 出事；出差錯：想不到這點小事會～｜出了亂子，誰來收拾？

【出落】chūluo〔動〕青年人（多指女性）的體態、容貌等向美好的方面發育、變化：細看那黛玉，已越發～得超逸。

【出馬】chū // mǎ〔動〕將士騎馬上陣，多比喻出面做事：親自～｜連總經理都出了馬，可見任務是多麼重要了。

【出賣】chūmài〔動〕❶向外賣；出售：本店不～假冒偽劣產品。❷為了私利做出有利於敵人而有損於國家、民族、人民或他人利益的事情：～原則｜～靈魂｜～國家利益｜～朋友。

【出毛病】chū máobìng 機器出現故障或工作進行中出了問題：機器～了｜汽車～了。

【出門】chū // mén（～兒）〔動〕❶ 離家外出：他剛～兒，一會就會回來。❷ 離家遠行（多指到外地）：～在外，全靠朋友幫忙。

【出門子】chū ménzi〔慣〕（北方官話）出嫁：明天，她就～了。

【出面】chū // miàn〔動〕以某種身份或名義出來做某件事：部長親自～向大使們說明情況｜雙方由民間團體～商談貿易｜只要老首長～，問題就比較容易解決了。

【出名】chū // míng〔動〕❶ 有名氣；名揚四方：哈密以產哈密瓜～｜這兒是戰爭時期出了名的游擊區。❷（～兒）用某種名義；出面：今晚由學生會～兒召開迎新晚會｜請老師出一個名，召集一次討論會。

【出沒】chūmò〔動〕出現或消失：～無常｜這裏是山區，不時有狼～。

【出謀劃策】（出謀畫策）chūmóu-huàcè〔成〕出計謀，搞策劃：公司專門聘請了專業人員為這次活動～。

【出納】chūnà ❶〔動〕財務管理中，對現金和票據的支出和收入：現金～。❷〔動〕泛指發出和收進的管理工作：報刊～台。❸〔名〕（名）搞出納工作的人：他在汽車公司當～。

【出難題】chū nántí〔慣〕比喻故意製造障礙使人為難：他有意和我過不去，盡～。

【出牌】chūpái〔動〕❶ 打撲克時按規則打出一張或幾張牌。❷ 比喻按一定方式處事或行事：他不是一個按常規的人，喜歡冒險和挑戰。

【出品】chūpǐn ❶〔動〕製造出產品：這台機器是北方機械廠～。❷〔名〕製造出來的產品：本廠的～都經過嚴格檢驗。

【出聘】chūpìn〔動〕出嫁：他家的女兒快～了。

【出其不意】chūqíbùyì〔成〕乘對方沒有意料到的時候（就採取行動）。泛指乘出乎別人意料之際：游擊隊神速動作，～地襲擊敵人。**注意** 這裏的“其”不寫作“奇”。

【出奇】chūqí〔形〕特別；不同尋常：今年春天冷得～｜這個西瓜幾十斤重，真～。

【出奇制勝】chūqí-zhìshèng〔成〕用奇兵、奇計制伏對方，取得勝利。泛指用高明的、使人意想不到的策略或方法取得勝利：這次比賽，教練員安排新人上場，結果～，最終獲得冠軍。**注意** 這裏的“奇”不寫作“其”，“制”不寫作“致”。

【出氣】chū // qì〔動〕把藏在內心的怨憤發泄出來：你別拿人～｜鎮壓了這個惡霸，可給鄉親們出了一口氣。

【出勤】chū // qín〔動〕❶ 按規定的時間到工作或生產崗位上班：～率｜全體～｜他一向出全勤。❷ 外出辦理公務：他沒在，～去了。也說出外勤。

【出糗】chūqiǔ〔動〕台灣地區用詞。指失態、失儀或做出讓自己感到尷尬、羞愧、難為情的事。

【出去】chū // qù(-qu)〔動〕從裏面往外面去（跟“進來”相對）：出不去｜出得去｜今天早晨，他沒～｜～走走，活動活動筋骨。

【出去】// chū // qù(chuqu)〔動〕趨向動詞。用在動詞後，表示行為動作由裏向外離開說話的人：走～｜把入侵者趕～｜把這東西扔出房間去｜從這裏走得～走不～？

【出圈兒】chūquānr〔動〕出了界限，比喻超越通常的或限定的範圍：你這樣說就～了｜他很規矩，無論幹甚麼都出不了圈兒。

【出缺】chūquē〔動〕原任高級官員因離職或死亡而任職位出現空缺：部長離任，職位～。

【出讓】chūràng〔動〕按原價或降價把自己的房產、貨物等轉讓出賣：房屋～｜汽車減價～。

【出人頭地】chūréntóudì〔成〕超出一般人；高人一頭：不少家長希望子女～。

【出人意料】chūrényìliào〔成〕事物的發展、變化出乎人們的預料：他的舉止和平常大不相同，未免～｜有這樣的事，真是太～了！也說出人意表。

【出任】chūrèn〔動〕出來擔任（某種職務）：他～公司總經理。

【出入】chūrù ❶〔動〕出來和進去：騎自行車～請下車｜此門不准～。❷〔名〕不相符、不一致的狀況；差距：他說的和你說的有～｜現款和支票上的數目沒有～。

【出賽】chūsài〔動〕出場參加比賽；參賽：我隊派三名選手～。

【出色】chūsè〔形〕極好；超出一般：演技～｜他幹得很～｜他是一個～的射手。

【出山】chūshān〔動〕《晉書·謝安傳》記載，東晉謝安曾退職在東山隱居，後復出做官。後以“出山”泛指出來擔任某個職位或做某種工作：他再度～，擔任主教練。

【出身】chūshēn ❶〔動〕個人早期經歷和經濟狀況屬於某階層：～貧農～店員。❷〔名〕由家庭經濟或社會地位所決定的個人身份：工人～｜人家是科班～，當然在行。

【出神】chū // shén〔動〕因精神專注於一點而忘了其他事情：青年鋼琴家的演奏使他聽得～｜幼兒園老師講故事，孩子們聽得出了神。

【出神入化】chūshén-rùhuà〔成〕形容技藝高超，達到了絕妙的境界：這位演員的演技～，吸引了大量觀眾。

【出生】chūshēng〔動〕胎兒從母體中生產出來：～率｜～日期｜他～不久，母親就去世了｜祖父 1945 年～於香港。

【辨析】**出生、出身**　"出生"指一個人的出世，如"出生於1998年""15年前，他還沒有出生"。"出身"指一個人早期的經歷和身份，如"出身工人家庭""他是軍人出身"。

【出生入死】chūshēng-rùsǐ〔成〕出入於生死之地。形容冒着生命危險，不顧個人安危：槍林彈雨中，他～戰鬥了十來天。

【出師】chū//shī ⊖〔動〕徒工學徒期滿；再有半年他就～了｜這個學徒一出了師，就能獨立操作了。⊜〔動〕出動軍隊打仗：～不利｜～征伐｜未捷身先死。

【出示】chūshì〔動〕拿出來讓人看：請～證件｜裁判～了黃牌。

【出世】chūshì〔動〕❶ 出生來到人世：孩子快要～了。❷ 產生；面世：新制度要～了｜作品一～，就轟動了文壇。❸ 超脫塵世：有脫塵～思想。❹ 高出於人世間：橫空～，莽崑崙，閱盡人間春色。

【出事】chū//shì〔動〕發生事故；出現了危險：大街上～了，汽車撞了人｜放心，出不了事。

【出手】chū//shǒu ❶〔名〕指袖子的長度：這件衣服～短了。❷〔名〕開始做某件事時顯露出來的本領、才能：～不凡。❸(-/-/-)〔動〕銷售；脫手(多用於變賣、倒把)：那一批貨已經～了｜一批舊貨至今出不了手。❹〔動〕往外拿(財物)；花錢：～大方｜一～就成千上萬，這怎麼得了！❺〔動〕動手；開始行動：該～時就～，風風火火闖九州｜神醫～相救。

【出售】chūshòu〔動〕賣；銷售：本商店～生活日用品。

【辨析】**出售、出賣**　a)兩個詞都有"賣"的意思，如"出售房屋""出賣房屋"；但"出賣"可用於抽象事物，如"出賣勞動力"，不能說成"出售勞動力"。b)"出賣"有貶義用法，如"出賣靈魂""出賣朋友"，不能換成"出售"。

【出台】chūtái〔動〕❶ 演員從後台到前台演出。❷ 比喻某些政策法規予以公佈或解決問題的措施予以實施：～新政策｜公司體制改革方案馬上要～了。

【出逃】chūtáo〔動〕離開家庭或居住的地方逃往外地或外國：～國外｜嫌疑犯案發後～。

【出挑】chūtiāo(-tiao)〔動〕❶ 出落：如今她～得越發美了。❷ 長成；成長：不滿一年，他就～成一個好司機。

【出庭】chū//tíng〔動〕(訴訟案件關係人)來到法庭參與案件的審理或接受審訊：法官～審訊案件｜證人～作證｜律師為被告辯護曾出過三次庭。

【出頭】chū//tóu〔動〕❶ 物體露出頂端：椿樹芽剛～，就被人採走了。❷ 擺脫苦難而揚眉吐氣；擺脫困境而獲得成功：推倒了三座大山，中國人才有了～之日｜奮鬥幾十年，總算出了頭。❸ 出面；帶頭：教唆犯自己不～，在背後唆使青少年幹壞事｜這件事是他～幹起來的。❹(～兒)放在整數後面，表示有餘；多一點：他今年四十～了｜這包大米約二百斤～兒。

【出頭露面】chūtóu-lòumiàn〔成〕❶ 在公開場合出現：不要老～。❷ 出面：這種場合，由他～比較合適。

【出頭鳥】chūtóuniǎo〔名〕比喻出面或帶頭做某事的人，也比喻在某方面表現突出的人：槍打～。

【出土】chū//tǔ〔動〕❶ 從地下發掘出來：～文物｜～了一批古銅器。❷ 露出土地表面；從土中長出：小苗剛～，就被水淹了。

【出脫】chūtuō〔動〕❶ 賣出去；脫手(含緊迫意)：這所房子恐怕一時～不了。❷ 出落：姑娘～得十分標緻。❸ 開脫：他想用錢～罪名，辦不到。

【出亡】chūwáng〔動〕出走；流亡：～境外。

【出息】chūxi ❶〔名〕發展前途；志氣：人小志氣大，這孩子將來一定很有～。❷〔動〕(北方官話)向好的方面發展；長進：時隔一年，這孩子～多了。

【出席】chū//xí〔動〕參加(會議或聚會)；到場：～人民代表大會｜～宴會｜昨天的會，他沒～。

【出險】chū//xiǎn〔動〕❶ 脫離危險；擺脫險境：掩護游擊隊員～。❷ 發生危險；出現險情：趕在汛期前修好堤壩，以防～。❸ 保險業中指出現保險合同約定保險責任範圍內的保險事故：～報案｜異地～應在48小時內向保險公司報案。

【出現】chūxiàn〔動〕❶ 顯露；顯現：雨過天晴，一道長虹在天空～了｜歌舞開始了，會場裏～一片歡騰氣象。❷ 產生或發生：文壇～不少新人新作｜舊的矛盾解決了，新的矛盾又會～。

【出綫】chū//xiàn〔動〕❶ 在分階段比賽中，參賽者由於成績優異而獲得參加下一階段比賽的資格：中國隊以小組～。❷ 出了賽場底綫或邊綫：球～了。

【出綫權】chūxiànquán〔名〕分階段比賽中能夠參加下一階段比賽的權利：中國女排以三比零戰勝對手，穩獲～。

【出項】chūxiàng〔名〕支出的款項：那時候，只有～沒有進項，家裏的日子可難過了。

【出血】chū//xiě〔動〕❶ 血管破裂，血液流出：鼻子～｜胃大～｜出了大量的血。❷ 比喻破費錢財(含被迫意)：幹嗎要人家～呀？

【出新】chūxīn〔動〕在原有事物的基礎上得到發展，形式、內容都有所創新(多指文學藝術)：推陳～｜藝術創造要～，要敢於突破舊框框。

【出巡】chūxún〔動〕出外巡察：微服～｜中央領導～南方各省。

C

【出言不遜】chūyán-bùxùn〔成〕說話傲慢，沒有禮貌：一個人～，正是狂妄自大的表現。

【出演】chūyǎn〔動〕❶扮演（角色）：在這齣戲中她～老大娘。❷演出：今晚劇團沒有～活動。

【出洋】chū // yáng〔動〕到外國去：～留學｜～考察｜年輕的時候，他出過洋。

【出洋相】chū yángxiàng 鬧笑話；出醜：這個人常常不懂裝懂｜別出他的洋相了。

【出以公心】chūyǐgōngxīn〔成〕以公共利益為出發點考慮問題：凡事～，就會得到群眾的支持。

【出遊】chūyóu〔動〕出外遊歷；出去旅遊：～各地｜結伴～。

【出於】chūyú ❶〔動〕來源於；產生於：故事漢代｜這幅畫～名家之手。❷〔介〕從一定的立場觀點出發（多用於表示原因）：～自願｜～無奈｜～對工作的責任心，他排除萬難，完成了任務｜～對同學的愛護，他告誡學生不要曠課。

【出院】chū // yuàn〔動〕（住院病人）因病癒或其他原因離開所住醫院：病癒～｜～證明｜病還沒好，他就急着出了院。

【出戰】chūzhàn〔動〕❶出兵作戰：～告捷。❷出場和對手競賽：客隊派上全部主力隊員～。

【出賬】chūzhàng（吳語）❶（-//-）〔動〕支出款項：招待客人，又要｜個人消費不可出公家的賬。❷（-//-）〔動〕把已支出的錢款登入賬簿：這筆開支還沒～。❸〔名〕支出的款項：這個月～不多，手頭還算寬裕。

【出診】chūzhěn〔動〕醫生離開醫療機構到病人住處去給病人看病：～費｜王大夫經常～。

【出征】chūzhēng〔動〕❶軍隊出外打仗：～獲勝。❷比喻出外參加競賽：乒乓健兒～奧運會。

【出眾】chūzhòng〔形〕超出一般人；高於眾人：才華～｜成績～｜技藝特別～。

【出狀況】chū zhuàngkuàng 發生差錯或事故；出岔子：她在接下來的演出中又是跌倒又是走光，麥克風也頻頻～。

【出資】chūzī〔動〕拿出錢財；提供資金（辦某事情）：～辦廠｜～辦學｜～獎勵榮獲金牌的運動員。

【出走】chūzǒu〔動〕為環境或情勢所迫，悄然離開家庭或當地：倉促～｜隻身～｜孩子輟學～。

【出租】chūzū ❶〔動〕收取一定代價，將東西讓別人在一定時間內使用（跟"承租"相對）：房屋～｜遊船按小時～｜～圖書。❷〔名〕出租汽車的簡稱：乘～走吧｜叫一輛～。

【出租車】chūzūchē〔名〕按里程或時間計價的、供人臨時僱用的汽車。簡稱出租，也叫出租汽車。

初 chū ❶ 開始的；最初的：～冬｜～夏｜～祖｜～次。❷〔名〕開始的一段時間：年～｜月～｜明末清～。❸ 最低的（等級）：～級中學｜～等教育。❹〔副〕第一次；剛開始：～診｜～戀｜～婚｜～出茅廬。❺ 原來的：～衷｜～願。❻ 本初；原先的狀況：不忘其～｜完好如～。❼〔前綴〕放在"一"至"十"的前面，表示農曆一個月前十天的次序：正月～一｜二月～三｜十月～五。❽（Chū）〔名〕姓。

語彙 當初 開初 年初 起初 太初 原初 月初 最初 悔不當初

【初版】chūbǎn ❶〔動〕出第一版：這本書 2000 年～。❷〔名〕第一版：他終於買到了這本書的～。

【初步】chūbù〔形〕屬性詞。剛開始階段的；草創性的；尚不完備的：～意見｜～設想｜～繁榮昌盛｜獲得～成果。

【初出茅廬】chūchū-máolú〔成〕《三國演義》第三十九回說，漢朝末年，諸葛亮在南陽隱居，住的是茅廬。後來他被劉備邀請出來，初掌兵權，就大破曹操的軍隊，稱為"初出茅廬第一功"。現比喻剛出來工作，缺乏經驗，不夠成熟：有志不在年高，對那些～的小夥子不能輕視。

【初創】chūchuàng〔動〕剛創立起來；開始創立：～階段｜～時期｜本公司～，各項業務將陸續展開。

【初春】chūchūn〔名〕春季剛開始的一段時間。

【初等】chūděng〔形〕屬性詞。❶初步的；基本的：～數學｜～教育。❷初級：～師範｜～小學。

【初冬】chūdōng〔名〕冬季剛開始的一段時間。

【初度】chūdù〔名〕〈書〉原指初生的時候，後來指生日：三十～。**注意**"三十初度"指剛剛進入三十歲的第一天，即始於剛剛過完二十九周歲的那一霎；餘類推。

【初犯】chūfàn ❶〔動〕第一次犯罪或犯錯誤：念其～，且從輕發落。❷〔名〕初次被審判機關判為罪犯的人。

【初伏】chūfú〔名〕❶農曆夏至後的第三個庚日，是三伏頭一伏的第一天。❷三伏中的頭伏，指從夏至後第三個庚日起到第四個庚日前一天的十天時間。參見"三伏"（1154 頁）。

【初稿】chūgǎo（～兒）〔名〕最初寫成的草稿（區別於"定稿"）：剛寫了個～兒，還不能發表｜

這是～，根據大家所提意見，再修改定稿。

【初婚】chūhūn ❶〔動〕初次結婚；剛結婚（區別於"再婚"）：～夫婦｜姐妹兩個同日結婚，一個再婚，一個～。❷〔名〕剛結婚的一段時間：～蜜月旅行。

【初級】chūjí〔形〕屬性詞。開始或最低階段的：～小學｜～讀本｜～階段。

【初交】chūjiāo ❶〔動〕認識不久；交往時間不長：跟他～，印象頗好。❷〔名〕認識不久或交往時間很短的友人：我和他是～，彼此了解不深。

【初戀】chūliàn〔動〕❶ 第一次戀愛：她正在～。❷ 剛開始戀愛：～是甜蜜的，幸福的。

【初年】chūnián〔名〕指某一歷史時期的最初一段（跟"末年"相對）：民國～。

【初期】chūqī〔名〕剛開始的一段時期（跟"末期"相對）：建廠～｜試驗～。

【初賽】chūsài〔動〕多輪次競賽中的第一輪比賽：進行～｜～告捷｜很多名將在～中紛紛落馬。

【初生牛犢不怕虎】chūshēng niúdú bùpà hǔ〔諺〕剛生下來的牛犢不怕老虎。比喻青年人敢作敢為，無所畏懼：這群敢作敢為、勇往直前的青年真是～。

【初試】chūshì ❶〔動〕第一次試驗：～鋒芒｜小麥雜交。❷〔名〕第一次考試：～成績不錯｜他只參加了～，沒有參加復試。

【初小】chūxiǎo〔名〕初級小學的簡稱：孩子～剛畢業。

【初夜】chūyè〔名〕❶ 指剛入夜不久的時候。❷ 指新婚的第一夜。

【初葉】chūyè〔名〕一個世紀或一個朝代初期的若干年（區別於"中葉""末葉"）。

【初戰】chūzhàn〔名〕戰爭或戰役開始後的第一仗。也指比賽的最初階段：～告捷｜～失利。

【初中】chūzhōng〔名〕初級中學：他小學畢業以後，免試升入～。

【初衷】chūzhōng〔名〕當初的心願：不改～｜父母的～是希望他成為一名醫生。

邮　chū 用於地名：～江（在四川大邑）。

撝　chū 見下。

【撝蒲】chūpú 同"樗蒲"（chūpú）。

樗　chū〔名〕臭椿。

【樗蒲】chūpú〔名〕古代一種類似擲色子的遊戲。也作撝蒲。

貙（貙）　chū〈書〉虎一類的猛獸，像狸而比狸大。

齣（出）　chū〔量〕傳奇劇本結構上的一個段落叫一齣。戲曲的一個獨立劇目也叫一齣：這本傳奇共四～｜昨晚大戲院演了

三～戲。

"出"另見 chū（186頁）。

chú 彳

芻（刍）　chú ❶〈書〉餵牲畜的草：反～｜～秣（草料）。❷〈書〉割草：～牧｜～蕘。❸〈書〉〈謙〉鄙陋：～言｜～議。❹（Chú）〔名〕姓。

【芻蕘】chúráo〈書〉❶〔動〕割草打柴：～者往焉。❷〔名〕割草打柴的人：不棄～。❸〔名〕〈謙〉在向別人提供意見時的自稱：～之議（草野鄙陋之人的議論）。

【芻議】chúyì〔名〕〈謙〉指自己粗淺鄙陋的議論（常用於文章題目或書名）：《文學改良～》。

除　chú ㊀ ❶〔動〕去掉：斬草～根｜為民～害｜～惡務盡。❷〔動〕進行除法運算，如 2 除 6 等於 3。❸〈書〉授予（官職）；任命：～官｜～吏。❹〔介〕表示不計算在內；不包括在裏面：～此以外，全部合格。❺（Chú）〔名〕姓。
㊁〈書〉台階：階～｜灑掃庭～。

語彙						
拔除	擯除	屏除	拆除	鏟除	撤除	廢除
割除	革除	根除	剪除	剷除	解除	戒除	開除
免除	排除	破除	切除	清除	驅除	去除	掃除
刪除	剔除	庭除	消除	摘除	斬除	整除

【除塵】chúchén〔動〕清除塵埃；特指清除空氣中粉塵：～器｜室內～。

【除塵器】chúchénqì〔名〕（台）吸塵器。

【除蟲菊】chúchóngjú〔名〕多年生草本植物，細莖，花白色或紅色。花含有除蟲菊素，曬乾加工後可殺死蚊、蠅、蚜蟲等害蟲。

【除法】chúfǎ〔名〕數學運算方法的一種，最簡單的是把一個數分成若干等份的運算，如 6÷2=3，讀為六除以二等於三。

【除非】chúfēi〔連〕❶ 常跟"才""否則""不然"等連用，表示唯一的條件：～修座立交橋，這裏的交通擁擠情況才能改變｜～你參加，否則他不會參加｜～得到允許，不然我決不動用這筆款子。❷ 常跟"不""否則"連用，表示一定這樣，否則不能產生某種結果：～他去，別人不會去｜～你來，否則他們都不會來。❸ 常跟"要""如果"連用，表示要想達到某種結果，一定要這樣：要想編好詞典來，～積累大量有用的資料｜如果要提前完成任務，～把大家的積極性充分調動起來。❹"除非"後動詞一正一反疊用時，"除非"只表示陪襯：他～不跟人聊天，一跟人聊天就沒有完｜他～不請假，請起假來至少就是十天半個月。

辨析　除非、只有　意義基本相同，但有差異。a）"只有"從正面提出某個唯一的條件，"除非"從反面強調不能缺少某個唯一的條件，

語氣更重，如 "只有你去，我才會去" "除非你去，我才會去"。b) "除非" 可以用在後一分句前，如 "我不去，除非你去"，"只有" 沒有這個用法。c) "除非⋯⋯，才⋯⋯" 也可以說 "除非⋯⋯，不⋯⋯"；"只有⋯⋯，才⋯⋯" 不能說成 "只有⋯⋯，不⋯⋯"。

【除根】chú // gēn（～兒）〔動〕除去草根；比喻從根本上除掉：斬草～｜這個病很難～兒。

【除舊佈新】chújiù-bùxīn〔成〕革除舊的，建立新的：只有～，歷史才能前進，社會才能發展。

【除了】chúle〔介〕❶ 表示不計算在內：～小一點外，這套房子還可以。❷ 排除特殊，強調一般：～他會說日語，我們都不會說｜下雨，他每天堅持長跑。❸ 排出已知，補充其他：今天沒有到校的，～他以外，還有三人。❹ 後面與 "就是" 連用，表示二者必居其一：這幾天～颳風，就是下雨。

【除名】chú // míng〔動〕把名字從名冊中去掉，取消原來作為集體成員等的資格：他違法亂紀，已被單位～。

【除外】chúwài〔動〕表示前面的人、事物等不計算在內：飯費～，其他費用都可以報銷｜全班同學都參加了，只有他～。

【除夕】chúxī〔名〕農曆一年最後一天的夜晚，也泛指一年的最後一天（舊歲至此而除，次日即新歲，有除舊佈新的意思）：～晚會｜～之夜。

蜍
chú 見 "蟾蜍"（144 頁）。

鉏
chú 用於姓氏人名。
另見 chú "鋤"（193 頁）；jǔ（717 頁）。

滁
Chú 滁州，地名。在安徽東部。

鋤（锄）〈耡鉏〉
chú ❶〔名〕除草或鬆土用的農具。❷〔動〕用鋤除草、鬆土：這塊地～了三遍｜先～一～，再下種。❸ 鏟除；消滅：～奸｜強扶弱。
"鉏" 另見 chú（193 頁）jù（717 頁）。

語彙 掛鋤 荷鋤 開鋤 夏鋤 耘鋤 誅鋤

【鋤奸】chú // jiān〔動〕鏟除通敵的奸細：為民～｜鋤了一個大奸。

【鋤頭】chútou〔名〕（把）"鋤" ①。

廚（厨）〈廚〉
chú ❶ 廚房：庖～｜下～。❷ 廚師：聘請

名～烹製佳餚。❸ 指烹調食物的工作：掌～｜幫～｜～藝。❹（Chú）〔名〕姓。

語彙 幫廚 名廚 庖廚 下廚 掌廚

【廚房】chúfáng〔名〕（間）做飯菜的房子。

【廚具】chújù〔名〕（套，件）做飯菜的用具，如鍋、勺子、鏟子、菜刀等。

【廚師】chúshī〔名，位〕擅長烹飪並以此為職業的人：一級～。

【廚衛】chúwèi〔名〕廚房和衛生間的合稱：～相對於其他的家居空間，裝修起來難度比較大。

【廚餘】chúyú〔名〕因做飯而產生的有機垃圾，包括泔水和蔬菜、魚肉等加工中的剔除物，也泛指生活飲食中的各種廢棄物。

【廚子】chúzi〔名〕舊時指廚師。

篨
chú 見 "籧篨"（1109 頁）。

幮（幮）
chú 一種像櫥的帳子：蚊～｜紗～。

雛（雏）
chú ❶ 幼小的（多指禽鳥）：～燕｜～雞｜～鴉｜～鳳凌空。❷（～兒）〈口〉幼小的鳥：雞～｜育～。❸（～兒）〔名〕〈口〉比喻未成年人或年輕而閱歷淺的人：他在這個行當中，還是個～兒。

語彙 雞雛 鳥雛 鴨雛 育雛 挈婦將雛

【雛妓】chújì〔名〕未成年的妓女。

【雛形】chúxíng〔名〕❶ 初具規模、尚未定型的形式。❷ 依照原物縮小的模型：從水利工程建設的～可以看出中國水利建設已發展到相當高的水平。

櫥（橱）
chú（～兒）〔名〕儲放衣、物的家具：衣～｜壁～｜書～兒｜碗～兒。

【櫥窗】chúchuāng〔名〕❶ 商店展示樣品用的臨街玻璃窗：百貨大樓的～很吸引人。❷ 用來張貼報紙、展覽圖片等，形狀像櫥而較淺的設備。多設置在街頭、路邊。

【櫥櫃】chúguì（～兒）〔名〕放置碗、碟、盤等餐具的櫃子。

躇
chú 見 "躊躇"（185 頁）。

鶵（鶵）
chú ❶〈書〉同 "雛"。❷ 見 "鵷鶵"（1668 頁）。

躕（蹰）
chú 見 "踟躕"（175 頁）。

chǔ　ㄔㄨ

杵
chǔ ❶〔名〕搗米用的一頭細一頭粗的大棒：～臼｜木～。❷〔名〕洗衣服用的棒槌：手裏拿着搗衣服用的～。❸ 用杵搗：～藥。❹〔動〕用細長的木棍或其他東西捅或戳：把窗戶紙～了個窟窿｜我不小心，手指～了他的脖子。❺〔動〕用語言刺人：狠狠地～了他一頓。❻（Chǔ）〔名〕姓。

語彙　鐵杵　砧杵　血流漂杵

處（处）chǔ ❶〔動〕居住；置身在：穴居野～｜魚～水而生｜地～荒郊野嶺｜身～逆境。❷〔動〕共同生活；交往：他跟誰都～得來｜你為甚麼跟他～不來？｜這個人不好～。❸ 處置；辦理：論～｜～事有方。❹懲罰；處分：～以一年以上三年以下有期徒刑。❺（Chǔ）〔名〕姓。

另見 chù（195 頁）。

語彙　裁處　懲處　共處　論處　審處　調處　相處　議處　和平共處　五方雜處　穴居野處

【處罰】chǔfá〔動〕處分犯錯誤的人；懲治犯罪的人：這種行為應當受到～。

【處方】chǔfāng ❶〔動〕醫生給病人開藥方：醫生有～權。❷〔名〕（張）開出的藥方：～藥｜大夫的～，有幾味藥不容易配。

【處方藥】chǔfāngyào〔名〕需要憑執業醫師處方才可購買的藥品（區別於"非處方藥"）。

【處分】chǔfèn ❶〔動〕給犯錯誤或犯罪的人以處罰：免於～｜按情節輕重予以～。❷〔名〕犯罪或犯錯誤的人受到的處罰：他的～已經撤銷了。❸〔動〕〈書〉處理；辦理：相機～。

【處警】chǔjǐng〔動〕（公安人員）處理危急情況：值班民警火速趕往事故現場～。

【處境】chǔjìng〔名〕所處的環境；面臨的境遇：二人的～不同｜現在他的～極為不利｜～困難。

【處決】chǔjué〔動〕❶ 執行死刑；處死：～殺人犯｜綁赴刑場～。❷ 處理決定；裁決：一切重大問題都要由核心領導小組～。

【處理】chǔlǐ〔動〕❶ 安排辦理：遺留問題要妥善～｜～國家大事｜～家務。❷ 處分；懲治：嚴肅～｜～從寬。❸ 為使工件或產品具有某種性能而應用一種特殊加工方法進行加工：熱～｜冷～。❹ 減價出售（物品）：～品｜商品削價～。

【處理品】chǔlǐpǐn〔名〕因質量、積壓等原因而降價出售的商品。

【處女】chǔnǚ ❶〔名〕沒有發生過性行為的女子。❷〔形〕屬性詞。比喻頭一回；初次：～作｜～地。

【處女地】chǔnǚdì〔名〕喻指未開墾的土地。

【處女膜】chǔnǚmó〔名〕成年而未發生過性行為的女子陰道口周圍的一層薄膜。

【處世】chǔshì〔動〕與社會上各方面的人相往來：～哲學｜為人厚道，～有方。

【處暑】chǔshǔ〔名〕二十四節氣之一，在 8 月 23

日前後。處暑時節，中國大部分地區氣溫開始下降，標誌着暑天的結束。

【處死】chǔsǐ〔動〕處以死刑：罪犯已被～｜恐怖分子聲稱不答應要求，將～人質。

【處心積慮】chǔxīn-jīlǜ〔成〕蓄謀很久，費盡心機（多含貶義）：～想擴充自己的勢力。

【處刑】chǔxíng〔動〕法院依法判定被告人有罪並處以刑罰：～輕重按照罪行大小，不得畸輕畸重。

【處於】chǔyú〔動〕位於；處在（某種地位、境遇）：～劣勢｜～有利地位｜～水深火熱之中。

【處之泰然】chǔzhī-tàirán〔成〕面對困難或危急情況，安然自得，滿不在乎：面對競爭激烈的市場形勢，總經理～，推出了各種改革措施應對。

【處治】chǔzhì〔動〕懲辦；處分：～得力｜～貪官污吏，推行廉政。

【處置】chǔzhì〔動〕❶ 處理；安排：～得當｜妥善地～各種意外情況。❷ 懲治：依法～。

┌─ **辨析** 處置、處理　a）在"處治"的意義上，用於具體人時，兩個詞可以通用，如"讓他聽候處理"也可以說"讓他聽候處置"，但"處置"的語意較"處理"更重些。b）在"安排解決"的意義上，"處理"的使用範圍較"處置"寬，不僅可以用於具體的人或事物，還可以用於抽象的東西，如"處理關係""處理矛盾"等，這裏的"處理"不能換用"處置"。─┘

【處子】chǔzǐ〔名〕〈書〉處女：靜若～，動如脫兔。

杵 chǔ ❶〔名〕"橇"㊀①。❷〈書〉紙：～墨｜毫～｜方尺之～。

楚 chǔ ㊀ ❶ 痛苦：苦～｜痛～。❷ 齊整；清晰：清～｜一清二～。
㊁（Chǔ）❶ 周朝諸侯國名，原來在今湖南、湖北一帶，後來擴展到今河南、安徽、江蘇、浙江、江西、四川和重慶。❷〔名〕指湖北和湖南，特指湖北：～劇｜極目～天舒。❸〔名〕姓。

語彙　鞭楚　愁楚　楚楚　苦楚　悽楚　齊楚　翹楚　清楚　酸楚　痛楚　一清二楚　朝秦暮楚

【楚楚】chǔchǔ〔形〕❶ 整潔；鮮明：衣冠～｜～有致。❷ 嬌美纖弱，多用來形容女子：～動人｜～可憐（可憐：可愛）。

【楚劇】chǔjù〔名〕地方戲曲劇種，流行於湖北、江西一帶。受漢劇、京劇影響，逐步發展提高，不斷革新，豐富了板式，成為一大劇種。

褚 Chǔ〔名〕姓。
另見 zhǔ（1782 頁）。

瀦 Chǔ 古水名，濟水支流。在山東。

儲（储） chǔ/chú ❶收藏；存放；積蓄：～糧備荒｜冬～白菜。❷已確定繼承王位的人：王～｜～君。❸（Chǔ）〔名〕姓。

語彙　倉儲　皇儲　積儲　王儲

【儲備】chǔbèi ❶〔動〕把物資、金錢等儲存起來以備需要時應用：～糧草｜～原料。❷〔名〕儲存備用的物資、金錢等：黃金～｜外匯～｜～充足。

【儲藏】chǔcáng ❶〔動〕❶收藏；貯藏；保存：把大白菜～起來準備過冬｜～鮮果｜～珍寶。❷蘊藏：～量｜地下～着豐富的礦產。

【儲存】chǔcún ❶〔動〕把金錢、物資存放起來備用：～餘糧｜～戰略物資｜把資料～在電子計算機內。❷〔名〕儲存的錢或物：每月能有些～｜不能花光用盡，要保留一定數量的～。

【儲戶】chǔhù〔名〕銀行、信用社等指存款的個人或團體：儲蓄所客，常常是～盈門｜～大增。

【儲君】chǔjūn〔名〕被確認為繼承王位的人。

【儲量】chǔliàng〔名〕儲藏量（多指自然資源）：中國礦產～居世界前列｜已探明新的石油～。

【儲蓄】chǔxù ❶〔動〕儲存錢物，一般指把錢存到銀行裏：～存款｜你把錢放在家裏，不如～起來，既保險又有利息。❷〔名〕儲存的錢物，一般指存在銀行裏的錢：活期～｜～年年增加。

【儲運】chǔyùn〔動〕儲藏和運輸：糧食～工作事關重大，要認真落實。

礎（础） chǔ 墊在房屋柱子底下的石礅：基～｜柱～｜～潤知雨。

齼（龃） chǔ〈書〉牙齒酸軟。

chù ㄔㄨ

宁 chù 見"彳亍"（176頁）。

怵 chù〔動〕恐懼；害怕：～頭｜～惕｜犯～｜～目驚心｜心裏真有點～他。

柷 chù 古代打擊樂器，形狀像方匣子：～敔（yǔ）。

俶 chù〈書〉❶美好：～辰。❷開始：～擾（開始擾亂）。❸整理：～裝。❹忽然：～爾。

另見 tì（1331頁）。

畜 chù 禽獸；多指家庭飼養的牲畜、家禽：～類｜～群｜六～（馬、牛、羊、雞、狗、豬）。

另見 xù（1530頁）。

語彙　耕畜　家畜　力畜　六畜　牲畜　役畜　種畜　仔畜

【畜肥】chùféi〔名〕牲畜糞尿一類的肥料。

【畜力】chùlì〔名〕牲畜所提供的勞力（多在耕作、運輸方面）：多用～，節省人力。

【畜生】chùsheng〔名〕❶禽獸。❷罵人的話（指行為如同禽獸）：那個傢伙簡直是～。以上也作畜牲。

【畜疫】chùyì〔名〕家畜的傳染病，如豬瘟、牛瘟、口蹄疫等。

處（处） chù ❶〔名〕地方；處所：高～｜低～｜各～｜停車～｜深～｜去～。❷事物的部分或方面：大～｜小～｜壞～。❸〔名〕〈書〉時；時候：今宵酒醒何～｜怒髮衝冠，憑欄～。❹〔名〕機關或機關所屬的部門：辦事～｜財務～｜人事～｜聯絡～。

另見 chǔ（194頁）。

語彙　暗處　敝處　長處　出處　處處　錯處　到處　短處　各處　害處　好處　壞處　患處　近處　苦處　妙處　明處　難處　去處　深處　四處　隨處　他處　痛處　益處　用處　遠處　住處　獨到之處　恰到好處　一無是處

【處處】chùchù〔副〕各個地方；各個方面：～有親人｜要～以國家利益為重｜～嚴格要求自己。

辨析　處處、到處　兩詞都指各個地方，如"處處有親人"也可說成"到處有親人"。"處處"還可以有較抽象用法，指各個方面，如"處處嚴格要求自己"，"到處"沒有這種用法。

【處所】chùsuǒ〔名〕地方；地點；場所：辦公～｜公園是遊玩休憩的好～。

絀（绌） chù〈書〉不足；不夠：支～｜相形見～。

語彙　支絀　相形見絀　心餘力絀　左支右絀

珿 chù 古代玉器。

搐 chù 抽搐。

【搐動】chùdòng〔動〕肌肉等不自主地收縮抖動：他疼得兩腿直～。

【搐搦】chùnuò〔動〕〈書〉抽搐：中風～。

【搐縮】chùsuō〔動〕抽縮。

滀 chù〈書〉水聚積：～水。

另見 xù（1531頁）。

諔（诼） chù 見下。

【諔詭】chùguǐ〔形〕〈書〉奇異：～之物。

憷 chù〔動〕畏縮；怕：發～｜我向來～他。

【憷場】chùchǎng〔動〕（北京話）懼怕在公共場合講話、表演等；怯場：你是老票友了，怎麼還～？也作怵場。

【憷頭】chùtóu〔形〕(北京話)臨場膽怯，畏難，不敢出頭：上台表演，小姑娘有點兒～。也作怵頭。

歔　chù〈書〉盛怒。

黜　chù〈書〉降職；罷免：～退｜～罷｜～廢。

語彙　罷黜　貶黜　屏黜　廢黜

【黜免】chùmiǎn〔動〕〈書〉罷免官職；解除職務：～奸佞｜誅伐～以懲惡。

臅　chù 見於人名：顏～(戰國時齊國人)。

觸(触)　chù ❶〔動〕接觸；碰；撞：～電｜一～即發｜他用手～了我一下｜～類旁通｜～到痛處。❷ 觸動；引起：～怒｜～發｜這些話～起了她的心事。

語彙　筆觸　抵觸　感觸　接觸

【觸電】chù//diàn〔動〕❶ 人或動物觸及較強電流。觸電會引起體內器官機能失常、機體破壞，甚至死亡。❷ 首次接觸電視劇、電影行業，在其中擔任角色或從事創作、攝製(含詼諧意)：這位歌星感慨地說："我觸過一次電之後，才深知當個電影演員也不容易。"

【觸動】chùdòng〔動〕❶ 碰撞：小偷在暗中摸索着，忽然～了報警器。❷ 碰撞使受損害；觸犯：～了他們的既得利益｜敵人的誣謗～不了我們一根毫毛。❸ 打動；引起情感波動：這支歌～了他的思鄉之情｜群眾的批評，～了他的良心。

【觸發】chùfā〔動〕觸動而引起：～農民起義｜～熱核聚變｜～遊子的思鄉之情。

【觸犯】chùfàn〔動〕冒犯；侵犯；衝撞：～刑律｜～個人尊嚴。

【觸及】chùjí〔動〕接觸到；牽動；涉及：～人們的靈魂｜～人民的利益｜～事物的本質｜這本書～的問題很多，但論述不夠深刻。

【觸礁】chù//jiāo〔動〕❶ 船隻在航行中撞上礁石：商船～沉沒｜這條船觸過礁，後來才把漏洞補好了。❷ 比喻事情遇到了困難、障礙或麻煩：籌建公司的事～了。

【觸角】chùjiǎo〔名〕(隻，對)昆蟲、軟體動物或甲殼類動物感覺器官的一種，呈絲狀，多為一對，長在頭上。常用作比喻：這個集團的～伸進了社會的各個階層。也叫觸鬚。

【觸景生情】chùjǐng-shēngqíng〔成〕被眼前景物所觸動而產生某種感情：回到故鄉，看見這裏的山水草木，不禁～，想起童年的生活。

【觸覺】chùjué〔名〕皮膚與物體接觸時的感覺：～靈敏。

【觸類旁通】chùlèi-pángtōng〔成〕掌握了某一事物的知識或規律，從而類推了解同類中的其他事物：舉一反三，～，是他學有所成的主要原因。

【觸媒】chùméi〔名〕催化劑的舊稱。

【觸摸】chùmō〔動〕用手接觸撫摸：不忍～他的傷口｜失明的老奶奶～着小孫女的頭和臉。

【觸摸屏】chùmōpíng〔名〕電子顯示屏的一種，通過觸摸屏幕來選擇項目或移動光標，使計算機執行操作。這項技術已廣泛地應用在計算機、考勤機、手機、排號機和查詢機等方面。

【觸目】chùmù ❶〔動〕視綫觸及到；眼睛看到：～生情｜～驚心。❷〔形〕顯眼；引人注目：高牆上佈着電網，十分～｜高大建築上的霓虹燈，閃爍變幻，極為～。

【觸目驚心】chùmù-jīngxīn〔成〕看到某種嚴重或可怕的情況心裏感到吃驚。形容事態極其嚴重，令人震驚：侵略者的種種暴行～｜海嘯後的景象真叫人～。也作怵目驚心。

【觸怒】chùnù〔動〕觸犯使發怒；惹怒：說話要多加小心，不可～別人。

【觸手】chùshǒu〔名〕水螅等低等動物的感覺器官，多生在口旁，形狀像絲或手指，兼可用來捕食。

矗　chù 直立；高聳：～立｜～入雲霄。

【矗立】chùlì〔動〕高聳地立着：一對華表～在天安門前｜廣場上～着高大的紀念碑。

chuā　ㄔㄨㄚ

欻　chuā〔擬聲〕形容摩擦或涼物接觸熱鍋等發出的短促的聲音：體育健兒～～地走過來，整齊而有氣勢｜～的一聲，他把菜倒進油鍋裏。

另見 xū(1528 頁)。

【欻拉】chuālā〔擬聲〕欻。聲音稍長。常疊用：磨剪刀的師傅手裏拿着一串鐵片，晃起來～～直響。

chuāi　ㄔㄨㄞ

揣　chuāi〔動〕藏在穿着的衣服或口袋裏：懷裏～着一瓶二鍋頭｜把錢～起來。

另見 chuǎi(197 頁)；chuài(197 頁)。

【揣手兒】chuāi//shǒur〔動〕兩手在身前互相交錯地放在衣袖裏：他一天到晚揣着手兒，甚麼活兒也不幹。

捅　chuāi〔動〕❶ 用手盡力壓和揉：麵太軟，再～點兒乾麵｜這衣服沒洗淨，再～一～。❷ 用捅子把下水道疏通：便池堵了，拿捅子～～。

【捅子】chuāizi〔名〕(把)疏通下水道的工具，主要部分為橡膠製成的碗形吸盤，安裝在木棍上。使用時手執木棍向下壓，使吸盤產生吸力，將下水道中的雜物吸出。

chuái ㄔㄨㄞˊ

朣 chuái〔形〕（北京話）肥胖而肌肉鬆弛。

chuǎi ㄔㄨㄞˇ

揣 chuǎi ❶ 估量；猜度；思量：～摩｜～想｜懸～（憑空猜測）｜不～冒昧。❷（Chuǎi）〔名〕姓。

另見 chuāi（196 頁）；chuài（197 頁）。

【揣測】chuǎicè〔動〕推斷；推測：她的心思難以～｜據我～，他正在經營房地產的業務。

【揣度】chuǎiduó〔動〕〈書〉估量；忖度：幾經～，謀慮仍未周全。

【揣摩】chuǎimó〔動〕仔細探磨；反復思考推求：一個女作家把男人的心理～得這麼細緻，真是難能可貴｜他到底打的甚麼主意，大夥～～看。

chuài ㄔㄨㄞˋ

啜 Chuài〔名〕姓。
另見 chuò（208 頁）。

揣 chuài 見 "囊揣"（962 頁）、"掙揣"（1742 頁）。
另見 chuāi（196 頁）；chuǎi（197 頁）。

圌 （圌）chuài 見 "圌圌"（1742 頁）。

喍 chuài ❶〈書〉咬；大口吃：～食。❷〔動〕給食；餵養：～豬。
另見 zuō（1828 頁）。

踹 chuài〔動〕❶ 用腳底向外使勁踢：不由分說，一腳～開了門｜～了他兩腳。❷ 踏；踩：剛下過雨，他不小心一腳～在泥坑裏｜～了一腳牛糞。

膪 chuài 見 "囊膪"（962 頁）。

chuān ㄔㄨㄢ

川 chuān ❶ 河；水流：名山大～｜百～灌河｜～流不息。❷ 平地；平原：平～廣野｜米糧～。❸（Chuān）〔名〕四川的簡稱：～貝｜～劇｜～菜。

語彙 冰川 常川 河川 盤川 平川 山川 米糧川 一馬平川

【川貝】chuānbèi〔名〕四川出產的貝母，可入藥。參見 "貝母"（54 頁）。

【川菜】chuāncài〔名〕具有四川風味的菜餚。

【川劇】chuānjù〔名〕地方戲曲劇種，流行於四川、重慶和雲南、貴州一帶。川劇的高腔部分唱腔高亢，用打擊樂器和幫腔，幫腔多種多樣。表演細膩，唱詞典雅，藝術風格嚴謹。

【川流不息】chuānliú-bùxī〔成〕像河水那樣流個不停。比喻人群、車輛、船隻來往連續不斷。有時也比喻時光不停地過去：百貨商店生意很好，顧客～。**注意** 這裏的 "川" 不寫作 "穿"。

【川芎】chuānxiōng〔名〕多年生草本植物，四川、雲南、貴州、廣西等地多有栽培。根狀莖入藥，性溫，味辛，主治月經不調、頭痛等病症。也叫芎藭。**注意** "芎" 不讀 qióng。

【川資】chuānzī〔名〕旅費；備足～，始能成行。

氚 chuān〔名〕氫的放射性同位素之一，符號 T 或 ³H。在自然界中，含量極微。原子核有一個質子和兩個中子。用於熱核反應。也叫超重氫。

穿 chuān ❶〔動〕刺破；刺透；鑿通：～了一個窟窿｜給姑娘～個耳朵眼兒好戴耳環。❷〔動〕表示明白、透徹：說～了就是那麼回事｜看～了他的心事。❸〔動〕從孔隙、空地等通過：～針引綫｜～山越嶺｜從這個夾道兒～過去就是大馬路。❹〔動〕用綫、繩等通過物體使連貫到一起：把珠子～成項鏈。❺〔動〕把衣服、鞋、襪套在身體上：～鞋｜～襪子｜～裙子。**注意** "帽子、手套兒" 不能說 "穿"，只能說 "戴"。❻ 指衣服、鞋、襪等穿的東西：吃～｜缺吃少～｜不愁吃不愁～。

語彙 拆穿 戳穿 貫穿 揭穿 看穿 磨穿 說穿 望穿 水滴石穿 望眼欲穿

【穿幫】chuānbāng〔動〕露出破綻；露出真相：～鏡頭｜因表演失誤，魔術當場～。

【穿壁引光】chuānbì-yǐnguāng〔成〕晉朝葛洪《西京雜記》載，東漢時的匡衡家貧好學，夜晚讀書，點不起蠟燭。於是鑿穿牆壁，藉鄰居家的燈光讀書。後來鄰居家知道此事，深受感動，就收他為書童。從此他博覽群書，終於成為著名學者。後用 "穿壁引光" 形容家窮而好學。也說鑿壁偷光。

【穿插】chuānchā〔動〕❶ 交錯；交叉：施肥和除草～進行。❷ 插入；插進：他的報告中一些小故事，生動有趣。❸ 進攻的軍隊利用敵人的間隙和薄弱部分，插入敵人縱深的作戰行動：猛～，巧迂迴，分割包圍。❹ 小說、戲曲為襯托主題而鋪排次要情節：～幾場人物交鋒，把戲裏的矛盾和鬥爭引向高潮，從而突出了主題。

【穿刺】chuāncì〔動〕用特殊的針刺入體腔或器

官，取出液體或組織樣品，經過化驗，輔助診斷、治療。如肝穿刺、脊椎穿刺、關節穿刺等。

【穿戴】chuāndài ❶〔名〕穿的和戴的，泛指衣帽首飾：～十分整齊｜她的～入時。❷〔動〕穿上並戴上，指裝束打扮：該上場了，還不快～起來｜新娘子剛～好，結婚儀式就開始了。

【穿甲彈】chuānjiǎdàn〔名〕（顆，發，枚）能穿透坦克、裝甲車鋼板的炮彈。

【穿孔】chuānkǒng〔動〕❶打眼兒：～機｜卡片～後，分類排列。❷胃、腸等的壁因病變破壞，形成孔洞：胃～｜十二指腸已經～。

【穿連襠褲】chuān liándāngkù〔慣〕比喻串通一氣，互相勾結，互相包庇：與壞人～，絕沒好下場。

【穿山甲】chuānshānjiǎ〔名〕（隻）哺乳動物，全身有覆瓦狀角質鱗，前肢的爪特別銳利，適於掘土。無齒，舌細長，能從口中伸出舐取食物，主食蟻類。產於中國南方。也叫鯪鯉。

【穿梭】chuānsuō〔動〕像織布時的梭子一樣往復穿過，形容來往不停：車輛來往如～一般。

【穿梭機】chuānsuōjī〔名〕港澳地區用詞。太空穿梭機的簡稱，即航天飛機，往返於地球與地球外層空間站之間的航天器：1981 年 4 月 12 日，美國第一架～哥倫比亞號首次升空，開創了人類航天的新時代。

【穿梭外交】chuānsuō wàijiāo1973 年，中東十月戰爭以後，美國國務卿基辛格頻繁奔走於關各國，從中斡旋，以促成阿（拉伯）以（色列）戰事緩和。後把這種頻繁在有關國家進行的外交活動叫作穿梭外交。

【穿小鞋】chuān xiǎoxié〔慣〕比喻暗中受到別人的刁難、限制或打擊報復：你今天得罪了他，就不怕他給你～？

【穿孝】chuān // xiào〔動〕中國傳統風俗，人死亡後，晚輩和平輩的親屬、親戚身穿孝服，表示哀悼。

【穿心蓮】chuānxīnlián〔名〕一年生草本植物，莖四棱形，葉子橢圓形或橢圓披針形，花白色。全草入藥，有消炎、解熱等作用。

【穿行】chuānxíng〔動〕從某一空間通過：火車在大山中～｜操場上正在練隊，禁止他人～。

【穿靴戴帽】chuānxuē-dàimào 比喻講話、寫文章在開頭和結尾部分都加上政治說教等的套語。

【穿越】chuānyuè〔動〕從某一地段或地區穿行通過：科考隊～森林｜火車～大沙漠。

【穿鑿附會】chuānzáo-fùhuì〔成〕穿鑿：勉強進行解釋；附會：將毫無關係的事生硬地聯繫在一起。指在論證中勉強解釋，生硬聯繫。注意“鑿”不讀 zuò。

【穿針引綫】chuānzhēn-yǐnxiàn〔成〕比喻從中接通關係。

【穿着】chuānzhuó〔名〕穿戴；衣着；裝束：講求～｜～樸素大方。

chuán　ㄔㄨㄢ

船〈舩〉chuán〔名〕（隻，條，艘）航行在水上的主要交通工具：河裏有三條～｜乘～旅遊。

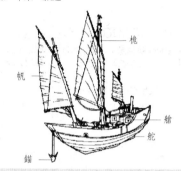

語彙　駁船　渡船　鷁船　帆船　航船　客船　龍船　輪船　民船　汽船　商船　拖船　油船　郵船　遊船　漁船　借風使船　腳踏兩隻船

【船幫】chuánbāng ㊀〔名〕船身的兩側。㊁〔名〕結成群體的船。

【船舶】chuánbó〔名〕泛指各種船隻。

【船埠】chuánbù〔名〕供船隻停靠，以便於上下旅客、裝卸貨物的地方。

【船艙】chuáncāng〔名〕船中分隔開來供載客、裝貨的部分。

【船夫】chuánfū〔名〕（名，位）在船上撐船和擔負其他工作的人。

【船戶】chuánhù〔名〕❶船家。❷（吳語）以船為家的長期生活在水上的住戶。

【船家】chuánjiā〔名〕靠駕駛木船打魚、載客或運貨等來維持生活的人。

【船民】chuánmín〔名〕以船為家從事水上運輸和打漁的人：現在香港的～大都已上岸生活了。

【船篷】chuánpéng〔名〕❶木船上用來遮蔽日光、抵擋風雨的篷子一樣的覆蓋物。❷帆船上懸掛的帆：扯起～來。

【船台】chuántái〔名〕（座）製造船舶用的、有堅固基礎的工作台。建有斜坡、軌道，船造好以後沿斜坡、軌道下水。

【船位】chuánwèi〔名〕❶艙位：訂～。❷某一刻輪船在海上的位置：測定～。

【船塢】chuánwù〔名〕（座）停泊、修理或製造船舶的處所，大小不等。

【船舷】chuánxián〔名〕船身兩側的邊緣。

【船員】chuányuán〔名〕（位，名）輪船上的工作人員（一般指除船長以外的）。

C

【船閘】chuánzhá〔名〕使船隻在河道的大壩、水庫上下游有水位差的情況下得以通行的水工建築物。包括閘門、閘室、輸水道、閘門開啟機械等。船隻駛入閘室後，關閉後面的閘門，調節閘室中的水位，使與前面航道的水位相平或接近，然後開啟前面的閘門，船隻即駛出閘室而前進。

【船長】chuánzhǎng〔名〕(位，名)輪船上的總負責人。

【船隻】chuánzhī〔名〕(艘)船的總稱：江上～，往來如梭｜大小～數十艘。

圌　chuán　同"篅"。
另見 Chuí(205頁)。

椽　chuán　椽子：如～大筆。

【椽子】chuánzi〔名〕(根)放在檁上支架屋面板和瓦片的木條。

遄　chuán〔副〕〈書〉疾速；迅速：～返｜～往｜人而無禮，胡不～死！

傳(传)　chuán ❶〔動〕交給；遞給：～球｜一個一個由前往後～。❷〔動〕發佈；傳達：～命令｜文件發到縣團級，不往下～。❸〔動〕由上代交給下代：輩輩相～｜祖父～下來一把寶劍。❹〔動〕傳授(知識、技藝等)：老工人把焊接技術～給年輕徒工。❺〔動〕傳播：消息很快～開了｜好事不出門，醜事～千里。❻〔動〕傳導：～熱｜～聲。❼表達；顯示：～神｜眉目～情。❽〔動〕傳喚；命令人來：～證人｜～被告。❾〔動〕傳染：不要把這種病～給別人｜小心別讓孩子～上流感。❿(Chuán)〔名〕姓。
另見 zhuàn(1792頁)。

語彙　單傳　嫡傳　訛傳　風傳　家傳　口傳　流傳　盛傳　失傳　師傳　世傳　相傳　宣傳　謠傳　遺傳　真傳　祖傳　不可言傳　捷報頻傳　名不虛傳　謬種流傳　薪盡火傳

【傳幫帶】chuán-bāng-dài　老一代的或資歷深的對年輕的或新來的人傳授技術、經驗，給予幫助，並做出示範帶動他們逐步熟悉工作：他對新來的汽車司機細心地～，講授行車經驗。

【傳播】chuánbō〔動〕廣泛散佈；廣泛宣揚：制止病菌～｜～花粉｜～科學知識｜～先進思想。

【傳佈】chuánbù〔動〕傳播發佈：～命令｜利用報紙、廣播、電視向全國人民～最新消息。

【傳唱】chuánchàng〔動〕流傳歌唱：這首歌旋律優美，廣為～｜英雄事跡～大江南北。

【傳抄】chuánchāo〔動〕輾轉抄寫：～驗方｜～秘本小說。

【傳承】chuánchéng ❶〔動〕傳授和繼承：歷代～，已經千百年。❷〔名〕傳授和繼承下來的；傳統：文化～。

【傳達】chuándá ❶〔動〕把甲方的意見轉達給乙方，多指把上級的命令、意圖轉達給下級：～命令｜～報告。❷〔動〕在機關、學校、工廠等門口承擔文件、報紙收發登記和來賓登記、引導等工作：～室。❸〔名〕承擔文件、報紙收發傳達工作的人：他爸爸在政府機關裏當～。

【傳單】chuándān〔名〕(張，份)向外宣傳散發的單張印刷品：印製～｜散發～。

辨析　標語、傳單　"標語"和"傳單"雖然都是宣傳品，但兩者也有不同的：a)"標語"的內容很簡單，"傳單"的內容可以比較複雜。b)"傳單"主要用於散發，而"標語"只可張貼不可散發。

【傳導】chuándǎo〔動〕❶物理學指熱或電從物體的一部分傳到另一部分：～作用｜電是通過這根金屬絲～的。❷生理學稱神經纖維把外界刺激傳向大腦皮層，或把大腦皮層的活動傳向外圍神經。

【傳道】chuándào〔動〕❶宣揚、講解基督教或其他宗教的教義：～活動｜積極～。❷舊指傳授儒家聖賢的學說：師者，所以～授業解惑也。

【傳遞】chuándì〔動〕一個接一個遞送：～消息｜把這筐土～過去｜快件經郵局快速～。

【傳動】chuándòng〔動〕把動力從機器的一部分傳遞到另一部分：電力～｜變速～｜齒輪～。

【傳粉】chuánfěn〔動〕植物的雄蕊花粉傳到雌蕊柱頭或胚珠上。有天然傳粉和人工傳粉：～期｜有許多植物靠蜜蜂採花～。也叫授粉。

【傳呼】chuánhū〔動〕❶電信局通知受話人去接長途電話；管理公用電話的人通知受話人去接電話：夜間～｜他家附近雖有公用電話，但沒人～。❷通過尋呼台向攜有尋呼機的人發出信號：有事你就～他吧！❸發出命令叫人來：馬上～三連連長跑步來團部。

【傳呼電話】chuánhū diànhuà　有專人向受話人傳呼的公用電話。

【傳話】chuán // huà〔動〕❶把一方的話傳給另一方：你去～，讓他們來開小組會｜你傳個話給他，讓他來一趟。❷背後議論別人：有話當面講，千萬不可～。

【傳喚】chuánhuàn〔動〕❶傳話呼喚；打招呼：有急事請～我。❷司法機關用傳票或通知叫與案件有關的人前來：～被告出庭。

【傳家寶】chuánjiābǎo〔名〕❶家庭中世代相傳的貴重物品。❷比喻流傳下來的好傳統、好作風：把集體利益擺在個人利益之上的高尚風格是我們隊伍的～。

【傳教】chuánjiào〔動〕宣傳宗教教義，特指基督教會宣傳教義勸人信教：～士｜教會派他去～。

【傳經送寶】chuánjīng-sòngbǎo〔成〕比喻到別的部門或單位去傳授經驗、技藝等：感謝外地專家來我們單位～。

C

【傳看】chuánkàn〔動〕傳遞着看：～文件｜有件東西給大家～一下。

【傳令】chuán∥lìng〔動〕傳達命令：～兵｜～嘉獎｜傳主席的令。

【傳媒】chuánméi〔名〕❶傳播媒介的簡稱。指一切向人們傳遞各種信息的工具或技術手段，包括報紙、廣播、電視、網絡等：～業｜大眾～。❷指疾病傳染的媒介或途徑：性接觸是艾滋病的～之一。

【傳票】chuánpiào〔名〕(張)❶審判機關、檢察機關傳喚與案件有關的人到案的憑證：發出～｜刑事～｜民事～。❷會計工作中據以登記賬目的憑證：現金收入～｜現金支出～｜轉賬～。

【傳奇】chuánqí❶〔名〕唐代興起的短篇小說。也叫傳奇文。❷〔名〕明清兩代盛行的一種戲曲形式，通常每本自二十齣至四五十齣不等。如《牡丹亭》《桃花扇》《長生殿》等。❸〔形〕情節離奇；行為超出尋常的：～故事｜～人物｜～色彩。

【傳染】chuánrǎn〔動〕❶由病原體引起，在生物體之間散播，互相感染：生吃瓜果要洗淨、消毒，以免～疾病｜這種病不～，不需要隔離。❷比喻消極的思想情緒、感情、風氣等使接觸者受影響：不要把失敗主義情緒～給大家。

【傳人】chuánrén❶(-//-)〔動〕將技藝等傳授給別人：密不～｜他把秘方傳了人。❷〔動〕使喚人前來：～問話。❸〔動〕疾病傳染給別人：這種病容易～。❹〔名〕具有某種血統或繼承了某種學術、藝術、技巧並能往下傳的人：龍的～｜京劇馬(連良)派～。

【傳神】chuánshén〔形〕生動；有神韻；讓人感到栩栩如生：這幅人物畫非常～｜他十幾年繪畫的發展，是從寫實、～到重意境。

【傳聲筒】chuánshēngtǒng〔名〕(隻)❶"話筒"③。❷比喻人云亦云、毫無獨立見解的人：這絕不是他的主意，他不過是個～。

【傳世】chuánshì〔動〕流傳到後世(多指珍寶、著作、藝術品)：如此珍寶，定可～｜～之作。

【傳授】chuánshòu〔動〕把知識、技能教給別人：～技術｜向學生～知識｜曾經名家～。

【傳輸綫】chuánshūxiàn〔名〕(條)傳送電能和電信號的導綫。如傳送電力的輸電綫、有綫通信的電纜等。

【傳說】chuánshuō❶〔動〕輾轉述說：不幸的消息在村裏～開了。❷〔名〕輾轉相傳的說法，多指民間口頭上流傳下來添枝加葉的故事，常夾雜神話：白蛇的～。

【傳送】chuánsòng〔動〕輸送；傳遞：～信息｜～文件｜要儘量把球～到前鋒腳下。

【傳送帶】chuánsòngdài〔名〕❶(條)工廠、礦山以及建築部門連續輸送材料、部件、產品的裝置。❷特指裝置上的輸送皮帶。

【傳頌】chuánsòng〔動〕傳佈頌揚：他捨己救人的英雄事跡在當地民眾中廣為～。

【傳統】chuántǒng❶〔名〕世代相傳的風俗習慣、道德品質、思想信仰、文化制度、藝術風格等體現歷史發展繼承性的社會因素：民族～｜繼承～。❷〔形〕屬性詞。歷史悠久的；代代相傳的：～戲｜～工藝｜～友誼。❸〔形〕指相對保守，跟不上時代：～勢力｜媽媽思想很～。

【傳聞】chuánwén❶〔動〕輾轉聽到：～他已經出國。❷(則、個)輾轉聽到的事情：此係～，不足信。

【傳銷】chuánxiāo〔動〕一種營銷行為，組織者或經營者以收取一定費用為條件發展人員，並根據被發展人員直接或間接發展的人員數量以及銷售業績來計算和給付報酬。鑒於中國目前的具體情況，國務院 1998 年發佈通知，禁止非法傳銷；2005 年頒佈條例，嚴禁傳銷活動。

【傳訊】chuánxùn〔動〕司法機關傳喚與案情有關的人前來接受訊問：～證人。

【傳言】chuányán❶〔名〕經過許多人轉述的話：～非虛｜這種～，不可輕信。❷〔動〕傳話：代人～｜～遞語。

【傳揚】chuányáng〔動〕廣泛傳播；宣揚：～四方｜到處～。

〖辨析〗**傳揚、傳播** a)"傳揚"一般指有意識地宣揚散佈；"傳播"既可以是有意識的，也可以是無意識的。b)"傳揚"的使用範圍較窄，對象多是事情、名聲等，"傳播"的使用範圍較寬，對象可以是理論、道德、知識、經驗、思想、風氣之類，還可以是種子、疾病等。

【傳閱】chuányuè〔動〕依次傳遞着看：～文件｜文件的草稿先行～，然後共同討論，修改定稿。

【傳召】chuánzhào〔動〕港澳地區用詞。司法用語。警方或法庭等司法機關傳喚案件當事人或有關人士到指定地點：法庭～時，必須按時到達，否則視為蔑視法庭。

【傳真】chuánzhēn❶〔動〕畫家摹寫人的肖像。❷〔名〕利用光電效應，通過有綫電或無綫電裝置把文字、圖片、影像等，按原樣傳送給接收者的通信方式；也指用這種方式傳送的文字、圖片、影像等：～機｜～照片｜發～。❸〔動〕用傳真機傳送文字、圖片、影像等。

【傳種】chuánzhǒng〔動〕❶動植物傳播種子，繁殖後代：大熊貓在人工養殖基地～。❷特指人傳衍子孫，使種姓不絕。

篅 chuán〔名〕一種盛放穀物的圓囤。

chuǎn ㄔㄨㄢˇ

舛 chuǎn ❶〈書〉差錯；錯亂：～錯｜～誤。❷〈書〉違背；不順利：命運多～。❸（Chuǎn）〔名〕姓。

語彙 訛舛　乖舛　命途多舛

【舛誤】chuǎnwù〔名〕〈書〉錯誤；差錯：此書排校粗劣，～甚多。

喘 chuǎn ❶〔動〕急促地呼吸：～息｜他跑得直～｜忙得連氣都不能一～下。❷〔動〕氣喘。❸（Chuǎn）〔名〕姓。

語彙 氣喘　哮喘　痰喘　苟延殘喘

【喘定】chuǎndìng〔動〕港澳地區用詞。金融股票市場用語。指股票、外匯、期貨等價格連續下跌後，市場停止狂跌，穩定下來：受外圍股市利好影響，本地股市連跌數日後～。

【喘氣】chuǎn//qì〔動〕❶大口呼吸；深呼吸：累得直～｜急得都喘不過氣來了。❷（～兒）指緊張活動中的短暫休息：太累了，讓我喘口氣再幹｜累了大半天，喘喘氣兒喝口水吧！

【喘息】chuǎnxī〔動〕❶急促地呼吸：他剛進門還在～，等坐定了再談問題。❷指緊張活動中的短時休息：一直在忙，連～的空兒都沒有。

【喘吁吁】（喘噓噓）chuǎnxūxū（～的）〔形〕狀態詞。形容呼吸急促的樣子：他跑得～的，上氣不接下氣。

僢 chuǎn〈書〉同"舛"①②。

踳 chuǎn〈書〉舛誤：～駁（舛謬雜亂）。

chuàn ㄔㄨㄢˋ

玔 chuàn〈書〉玉鐲。

串 chuàn ❶〔動〕把東西貫通以後連起來：把珍珠～起來。❷暗中勾結；溝通：～供｜～通。❸錯誤地連接：～行｜～戶｜～綫。❹〔動〕物質特質發生轉移或感染：～種｜～味兒。❺〔動〕走動；往來：～門兒｜走街～巷｜不要出來進去的亂～。❻扮演：客～｜反～。❼（～兒）〔名〕連貫起來的東西：羊肉～兒｜連成～兒。❽（～兒）〔量〕用於連貫起來的事物：一～兒唸珠｜兩～銅錢｜幾～糖葫蘆。❾（Chuàn）〔名〕姓。

語彙 反串　貫串　客串　樹串兒　一連串

【串案】chuàn'àn〔名〕某一案件的多個犯罪嫌疑人互相勾連，查證一個人的罪證時又連帶出另一個人，這樣的案件稱作串案。

【串燈】chuàndēng〔名〕用作裝飾的串聯在一起的燈：每逢節日，高大建築物的～爭放光彩。

【串供】chuàn//gòng〔動〕同案的嫌犯互相串通，編造虛假的口供：一定要防止他們～。

【串戶】chuàn//hù〔動〕記賬時把甲戶的賬記到乙戶上去，叫串戶：防止～｜原來是串了戶了。

【串講】chuànjiǎng〔動〕❶一篇文章分段學習後，再把整個內容連貫起來做概括講述：老師～課文大意。❷學習文言詩文時，逐字逐句連貫起來講解其含義：要解詞，還要～。

【串聯】chuànlián〔動〕❶為了進行共同行動，一個一個地進行聯繫：他～了幾個同事，一塊去旅遊。❷〔名〕把幾個電器與電源接成一個沒有分路的連接方式。以上也作串連。

【串門兒】chuàn // ménr〔動〕到別人家閒坐聊天兒：這些天他很少～｜一晚上串了三家門兒。也說串門子。

【串親戚】chuàn qīnqi 到親戚家走動看望。

【串燒】chuànshāo〔名〕❶一種小吃。將肉類、蔬菜等用長籤串在一起燒烤而成：烤肉架上的～飄來陣陣誘人的香氣。❷比喻音樂、曲藝等節目的精彩片段集錦：金曲～。

【串通】chuàntōng〔動〕❶暗中勾結，互相配合：兩個人～一氣，狼狽為奸。❷聯繫；聯絡：～一些人集資辦廠。

【串味】chuàn//wèi（～兒）〔動〕不同的食品、飲料、香煙等之間，或食品、飲料與其他有特殊氣味的東西放在一起因相互沾染而變味：香煙與茶葉放在一起，串了味兒了。

【串戲】chuàn//xì〔動〕扮演戲曲角色，特指票友扮演戲曲角色。

【串綫】chuàn//xiàn〔動〕不同的綫路錯誤地連接在一起：電話～了。

【串演】chuànyǎn〔動〕扮演（本行當之外的角色）：～主角。

【串秧兒】chuànyāngr〔口〕❶（-//-）〔動〕不同品種的動物或植物雜交，改變原來的品種：這種瓜串了秧兒了。❷〔名〕雜交種：這種馬不是純種，是～。

釧（钏） chuàn ❶鐲子：金～｜玉～。❷（Chuàn）〔名〕姓。

chuāng ㄔㄨㄤ

創（创） chuāng ❶創傷：刀～｜身被七～｜五日～癒。❷使受損傷：重～敵人。
另見 chuàng（203 頁）。

語彙 懲創　金創　重創

【創痕】chuānghén〔名〕傷痕（多用比喻義）：心上的～。

【創巨痛深】chuāngjù-tòngshēn〔成〕傷口大，

痛苦深。比喻遭受極為沉痛的打擊或重大的損失。

【創口】chuāngkǒu〔名〕傷口：～陣陣作痛｜～已經瘉合。

【創傷】chuāngshāng〔名〕❶皮膚所受的外傷；身體受傷的地方。❷比喻造成的某種損害或破壞：精神上的～｜醫治戰亂的～。

窗 〈窗窓窻窻牕牕〉 chuāng（～兒）
〔名〕（扇）窗戶：紗～兒｜天～｜～台｜～外｜多開幾個～。

語彙 櫥窗 寒窗 氣窗 紗窗 視窗 鐵窗 天窗 同窗 舷窗 百葉窗 玻璃窗 落地窗

【窗洞】chuāngdòng（～兒）〔名〕牆上開的通氣、透光的洞：牆上開了個小～兒。

【窗格子】chuānggézi〔名〕窗戶上用木條或金屬條交錯製成的各種形狀的格子。

【窗戶】chuānghu〔名〕（扇）牆壁、屋頂或車船上用以通風、透氣、採光的裝置。

【窗花】chuānghuā（～兒）〔名〕貼在窗戶上起裝飾作用的剪紙：老太太剪的～兒可好看啦！

【窗口】chuāngkǒu（～兒）〔名〕❶窗子或窗子跟前：站在～向外看。❷各種賣票（火車票、戲票、門票等）的房間、醫院掛號的房間、夜間售貨的店堂以及傳達室等在牆上設置的窗形的口，通過這裏進行業務活動。❸比喻可以反映或展示精神現象或物質現象全貌或局部狀況的地方：眼睛是靈魂的～｜貿易洽談會成了我們對外貿易的～｜～行業。❹計算機屏幕上所劃分的、用以顯示和處理某類信息、使用戶方便直觀進行操作的區域。不同的窗口之間可以直接進行複製、剪貼等信息處理。

【窗口行業】chuāngkǒu hángyè 指旅遊、餐飲、交通運輸等各種服務性行業。因這些行業廣泛接觸群眾，直接反映或展示社會精神文明和物質文明的狀況，故稱。

【窗簾】chuānglián（～兒）〔名〕掛在窗戶上，用來遮蔽光綫、視綫的幔子，多用織物製成。也叫窗幔。

【窗明几淨】chuāngmíng-jǐjìng〔成〕窗戶明亮，桌子乾淨。形容屋中明亮整潔。也說几淨窗明。

【窗紗】chuāngshā〔名〕裝在窗戶上的鐵紗、銅紗等；糊在窗戶上的紗（絲織或綫織）。有防蚊蠅或飄浮物的作用。

【窗台】chuāngtái（～兒）〔名〕窗戶內外下側的平面，用以托住窗框：大理石～。

【窗友】chuāngyǒu〔名〕（位）同窗的朋友，指同學。

【窗子】chuāngzi〔名〕（扇）窗戶。

瘡 （疮） chuāng ❶〔名〕皮膚或黏膜上腫起或潰爛的疾病：腿上長了一個～｜口舌生～。❷外傷：刀～｜金～。

語彙 棒瘡 痤瘡 凍瘡 疥瘡 口瘡 奶瘡 褥瘡 痔瘡 百孔千瘡 剜肉補瘡

【瘡疤】chuāngbā〔名〕❶（道）瘡口癒合以後留在皮膚上的疤痕：臉上的～。❷比喻痛苦的經歷或不願讓人知道的短處：好了～忘了痛｜不要揭人家的～。

【瘡口】chuāngkǒu〔名〕瘡的破口：碗大的～｜快要癒合了。

【瘡痍】chuāngyí〔名〕〈書〉創傷：周身～｜～滿目。也作創夷。

【瘡痍滿目】chuāngyí-mǎnmù〔成〕滿眼所看到的都是創傷。比喻到處都是遭受破壞或經歷災禍後的殘破景象：大災過後，～。也說滿目瘡痍。

chuáng ㄔㄨㄤˊ

床 〈牀〉 chuáng ❶〔名〕（張）供人躺臥、睡覺的用具：鐵～｜軟～｜行軍～｜臥病在～。❷安放某些器物的架子：琴～｜筆～。❸像床的器具：礦～｜機～。❹像床的地面：河～｜苗～。❺〔量〕用於被褥等：一～毛毯｜兩～被子。

語彙 蹦床 冰床 車床 東床 河床 機床 礦床 臨床 苗床 起床 水床 溫床 臥床 牙床

【床單】chuángdān（～兒）〔名〕（條）鋪在床上的布單子。也叫床單子。

【床鋪】chuángpù〔名〕"床"①：擺放～｜他一天到晚躺在～上看小說。

【床頭櫃】chuángtóuguì〔名〕擺放在床頭旁邊的小櫃子。

【床位】chuángwèi〔名〕火車、輪船、旅館為旅客，醫院、集體宿舍等為病人、住宿者設置的床鋪：近期患者較多，醫院～緊張。

【床笫】chuángzǐ〔名〕〈書〉❶床上墊的竹席：臥病～。❷〈婉〉床鋪，指男女性愛之事：～之歡。注意 這裏的"笫"不寫作"第"，不讀 dì。

噇 chuáng 無節制地大吃大喝：～魚肉｜～酒｜～得爛醉如泥。

幢 chuáng ❶古代儀仗用的一種竪掛的旗子：持～幡。❷刻有佛號或經咒的石柱子；寫着佛號或經咒的綢傘：石～｜經～。另見 zhuàng（1797 頁）。

【幢幢】chuángchuáng〔形〕〈書〉影子搖晃的樣子：燈影～｜～雲影。

chuǎng ㄔㄨㄤˇ

闖 （闯） chuǎng ❶古同"闖"①-④。❷（Chuǎng）〔名〕姓。

闖（闯）chuǎng ❶〔動〕勇敢前進；猛衝：～將｜～勁｜往裏～｜～出去｜橫衝直～。❷〔動〕闖練；歷練：這孩子需要到社會上～一～｜～出膽兒來了。❸〔動〕離家外出謀生：～蕩｜～江湖｜～關東。❹〔動〕招惹：～禍｜～了大亂子。❺（Chuǎng）〔名〕姓。

【闖關東】chuǎng Guāndōng 關東，山海關以東，指中國東北地區。舊時河北、山東等地的窮苦百姓到東北地區謀生叫闖關東。

【闖紅燈】chuǎng hóngdēng ❶ 車輛在行駛中遇到紅燈信號不停下來而強行通過，叫闖紅燈。是一種違反交通規則的行為。❷〔慣〕比喻違反禁令或衝破阻礙、禁忌。

【闖禍】chuǎng∥huò〔動〕因莽撞或大意而惹出禍端：不要到外面去～｜他闖了一場大禍。

【闖江湖】chuǎng jiānghú〔慣〕舊時指流浪四方，依靠賣藝、賣藥、算卦相面等為生，現也泛指出外奔走謀生：他從小就跟着父親～。

【闖將】chuǎngjiàng〔名〕（員）原指在戰鬥中敢於衝鋒陷陣、勇往直前的將領，現多用來比喻勇於承擔責任、不墨守成規、不怕困難、敢於創新的人。

【闖勁】chuǎngjìn（～兒）〔名〕（股）不怕困難，不畏險阻、敢打敢衝的精神。

【闖練】chuǎngliàn〔動〕在社會實踐中經受鍛煉，增長才幹：剛出校門的人要在實際工作中～～。

chuàng ㄔㄨㄤˋ

創（创）〈剙剏〉chuàng ❶〔動〕開創；第一次達到：～立｜～高產｜～紀錄｜～歷史最高水平。❷ 創造：～舉｜～利｜～匯｜～收。

另見 chuāng（201 頁）。

語彙 編創　草創　初創　獨創　開創　首創　原創　主創

【創辦】chuàngbàn〔動〕開始舉辦：～農機修理廠｜～企業｜～雜誌。

【創匯】chuànghuì〔動〕創造外匯，指向國外或境外出口產品以賺取外匯：編織廠半年～上千萬美圓。

【創獲】chuànghuò ❶〔動〕創造並取得成果：這次科學考察～了不少成果。❷〔名〕從來沒有過的成果或收穫：他們的科研課題取得不少～。

【創見】chuàngjiàn〔名〕創造性的見解；獨到的見解：他是一個有～的學者。

【創建】chuàngjiàn〔動〕初創建立；創立：民國初年北京首先～了美術學校。

【創舉】chuàngjǔ〔名〕從來沒有過的具有重大意義的舉措：偉大的～。

【創刊】chuàngkān〔動〕創辦刊物，開始出版發行：～號｜《小說月報》1910年～於上海。

【創立】chuànglì〔動〕首次建立：～了文學研究會｜～了新的理論體系。

> **辨析** 創立、創辦　a）當用於具體事業的時候，兩個詞常通用，如"創立女子師範學校"也可以說"創辦女子師範學校"。但設立一些具體的單位，一般用"創辦"，不宜用"創立"，如"創辦訓練班""創辦連鎖商店"。b）"創立"的使用範圍除具體的事業外，也可以是政策、國家或學說、理論等等，"創辦"不能這樣用。

【創利】chuànglì〔動〕通過工商業經營活動創造利潤：公司全年人均～兩萬多元。

【創設】chuàngshè〔動〕❶ 創辦；開創建立：～物理研究所。❷ 創造：為開展深入學習～必要條件。

【創始】chuàngshǐ〔動〕開始建立；創立：～人｜中國民族工業～於清朝末年。

【創收】chuàngshōu〔動〕學校、科研機關等事業單位以某種方式（如代培、辦講座、技術諮詢等）向社會提供有償服務獲取經濟收入。

【創稅】chuàngshuì〔動〕納稅單位向國家財政部門交納稅款。

【創新】chuàngxīn ❶〔動〕創造出以前沒有過的事物：在藝術上要不斷～｜勇於實踐，大膽～。❷〔名〕新意；創造性：這個話劇在形式上有～。

【創業】chuàngyè〔動〕開創事業；創立基業：艱苦｜～難，守成更不易。

【創意】chuàngyì ❶〔名〕創造性的構思、設想：這一設計頗具～。❷〔動〕提出新的構思、設想：善於～。

【創議】chuàngyì ❶〔動〕首先提出建議：～召開專項論證會。❷〔名〕首先提出的建議：他的～被領導採納了。

【創優】chuàngyōu〔動〕創造優質的產品、成果；打造優秀的集體：開展產品～活動｜全班一心，奮力～。

【創造】chuàngzào ❶〔動〕造出以前所沒有的事物：～有利條件｜～奇跡｜只有人民，才是～世界歷史的動力。❷〔動〕指通過經營等活動而獲得：～利稅。❸〔名〕指造出來的新方法、新理論、新成績、新事物：這項發明～竟出自一個大學生之手。

【創製】chuàngzhì〔動〕創造制定；首次製作：～文字｜～市場管理的法規。

【創作】chuàngzuò ❶〔動〕創造文學藝術作品：～技巧｜～經驗｜～反映現實生活的文藝作品。❷〔名〕文學藝術作品：文藝～｜無愧於偉大時代的～。

[辨析] **創作、創造**　"創作"的使用範圍較窄，對象一般只是文藝作品；"創造"的使用範圍較寬，對象可以是文藝作品，還廣泛用於其他具體的或抽象的東西，如"創造新產品""創造紀錄""創造歷史""創造世界"等。

凔（凔）chuàng〈書〉寒冷：天地之間有~熱。

愴（怆）chuàng〈書〉悲傷：悽~｜悲~｜~痛｜~然流涕。

chuī　ㄔㄨㄟ

吹 chuī〔動〕❶撮起雙唇用力把嘴裏的氣吐出來：~火｜把燈~滅。❷吹奏：~喇叭｜~口琴。❸氣流移動；衝擊：大風~開了窗戶｜風~草動。❹〈口〉誇口；吹噓：自~自擂｜別~了，再一就露餡兒了。❺吹捧：~~拍拍｜又~又拍。❻〈口〉事情失敗；交情破裂：辦公司的事早就~了｜他們倆結婚的事~了。

語彙　告吹　鼓吹　自吹　一風吹

【吹吹拍拍】chuīchuī-pāipāi 吹牛皮，拍馬屁。多指對人吹捧奉承：不要~，拉拉扯扯。

【吹風】chuī//fēng〔動〕❶被風吹着，感受風寒：晚上出去多穿衣服，不然吹了風會感冒。❷洗髮後，用吹風機把頭髮吹得乾爽服帖：~機。❸〔動〕有意識地事先或從旁把事情的內容或意見透露給人：~會｜下次開會要討論機構改革問題，你先向大家吹吹風。

【吹風會】chuīfēnghuì〔名〕為通報情況、透露信息而召開的會議，目的是使到會的人對將要發生的事情思想上有所準備。

【吹拂】chuīfú〔動〕(微風)吹動；拂拭：春風~着楊柳。

【吹鼓手】chuīgǔshǒu〔名〕(位，名)❶舊時婚、喪禮儀中吹奏樂器的人。❷比喻為某事或某人竭力宣揚或吹捧的人(含貶義)。

【吹灰之力】chuīhuīzhīlì 指很小的力量(多用於否定式)：不費~就得到了正確的結論。

【吹喇叭】chuī lǎba〔慣〕比喻為某人或某事吹噓捧場：他從來不為別人~，抬轎子。

【吹冷風】chuī lěngfēng〔慣〕比喻散佈冷言冷語：公司剛辦起來就有人~說早晚得散夥兒。

【吹毛求疵】chuīmáo-qiúcī〔成〕《韓非子‧大體》："不吹毛而求小疵。"意思是不吹開毛來挑人家的小毛病。後用"吹毛求疵"指故意挑剔毛病，尋找缺點。注意"疵"不讀 zī。

【吹牛】chuī//niú〔動〕〈口〉說虛誇不實的話：~拍馬｜他在這裏吹了一通牛。也說吹牛皮。

【吹捧】chuīpěng〔動〕吹噓捧場：~人｜互相~。

【吹台】chuītái〔動〕❶〈口〉(事情)失敗：(交情)破裂：他出國的事~了｜他們戀愛的事早就~

了。❷戲曲開演以前吹奏幕前曲。用來號召觀眾。一般吹打三通，第一、二通用打擊樂器，第三通改用嗩吶吹奏。也叫吹通。

【吹噓】chuīxū〔動〕(對優點)進行誇大或無中生有地宣揚：自我~。

【吹奏】chuīzòu〔動〕吹管樂器；也泛指演奏各種樂器：~樂｜~嗩吶｜~一曲。

炊 chuī❶燒火做飯：~煙｜晚~｜數米而~(數着米粒煮飯)。❷(Chuī)〔名〕姓。

語彙　茶炊　斷炊　野炊　巧婦難為無米之炊

【炊具】chuījù〔名〕(套)做飯菜用的器具。

【炊事】chuīshì〔名〕料理飯菜飲食的工作：~用具｜~班｜~員。

【炊煙】chuīyān〔名〕(縷)燒火做飯時冒出的煙：~裊裊。

【炊帚】chuīzhou〔名〕(把)刷洗鍋碗瓢盆的用具。

chuí　ㄔㄨㄟ

垂 chuí❶〔動〕東西的一頭向下：穀穗下~｜冰柱兒從房檐兒上~下來。❷向下滴；向下流：~淚｜~涎三尺。❸〈書〉〈敬〉(多指長輩、上級)對自己的行動：~顧｜~愛｜~憐｜~念｜~問｜~詢。❹〈書〉流傳下去：永~不朽｜名~青史。❺〔副〕〈書〉快要；將近：~老｜~危｜~死掙扎。注意 垂字的筆順為：ノ一ニ巨乒牟乒垂垂，共九筆。

語彙　垂垂　倒垂　低垂　耳垂　下垂

【垂垂】chuíchuí〔副〕接近；漸漸：歲月遷流，~老矣。

【垂釣】chuídiào〔動〕釣魚：~湖畔｜~之所。

【垂範】chuífàn〔動〕給下級、晚輩或後人做出榜樣：~後世｜率先~。

【垂花門】chuíhuāmén〔名〕(道)講究的中國傳統宅院的第二道門，上面搭蓋穹形雕花垂檐，並加彩繪。

【垂簾】chuílián〔動〕唐高宗在朝堂理政時，在寶座後掛着簾子，皇后武則天在裏面參與決定政事。後來把皇后或太后掌握朝政叫垂簾：清朝的慈禧太后大權在握，~聽政。

【垂柳】chuíliǔ〔名〕(棵)落葉喬木，柳枝柔軟細長下垂，水邊常見：岸邊~。

【垂暮】chuímù❶〔名〕〈書〉傍晚太陽將落山的時候：時已~，荷鋤將歸。❷〔動〕喻指已到老年：年華~｜~之年。

【垂青】chuíqīng〔動〕〈書〉古人把黑眼珠叫青眼，垂青就是用黑眼珠看人，表示對人重視和厚待：格外~｜承~看顧。

"垂青"的語源
《晉書‧阮籍傳》記載，阮籍善為青白眼(對人正視，黑眼珠在中間，叫青眼；對人斜視，露出眼白，叫白眼），見到他討厭的鄙俗之士，常以白眼對之。有一次，嵇康攜酒前去拜訪，阮籍非常高興，以青眼對之。後來便以"垂青"指對人重視和厚待。

【垂手】chuíshǒu〔動〕❶ 垂下雙手，表示恭敬：～侍立。❷ 兩手下垂着，沒做任何動作，表示毫不費力：～可得。注意 成語"唾手可得"，其起源甚古。近代以來，有人誤把"唾(tuò)"字唸成"垂(chuí)"，久而久之，便成了"垂手可得"。"垂手可得"也勉強可通。

【垂死】chuísǐ〔動〕臨近死亡：～之年｜～挣扎。

【垂體】chuítǐ〔名〕內分泌腺的一種，在腦的底部，體積很小，能產生多種不同的激素來調節生命體的生長、發育和其他內分泌腺的活動。也叫腦下垂體。

【垂髫】chuítiáo〔名〕古時小孩子不束髮，頭髮下垂着，借指童年、幼年：黃髮～（老人和兒童）。

【垂頭喪氣】chuítóu-sàngqì〔成〕耷拉着腦袋，意氣頹喪。形容失意或受到挫折時的懊喪神情：跌倒了，爬起來，要振作精神，不要～。

【垂危】chuíwēi〔動〕病重將死；臨近危亡：生命～｜挽救～的祖國。

【垂涎】chuíxián〔動〕想吃好吃的而流口水；比喻看見別人的好東西就想得到，十分眼紅或羨慕：～三尺｜～欲滴。注意 "涎"不讀 dàn 或 yán。

【垂楊】chuíyáng〔名〕（棵）垂柳：家家泉水，戶戶～。

【垂直】chuízhí ❶〔動〕兩條直綫相交成直角時，就說這兩綫互相垂直。這個概念也可推廣到一條直綫與一個平面或兩個平面間的垂直：兩綫～。❷〔形〕屬性詞。事物之間關係直接的：～領導｜～傳播。❸〔形〕屬性詞。由地面向空中發展的、立體的：～綠化。

倕　Chuí 古代巧匠名。傳說為黃帝時人。

捶〈搥〉chuí〔動〕用拳頭或棒槌敲擊：～打｜～背｜～胸頓足｜在石頭上～衣裳。

【捶胸頓足】chuíxiōng-dùnzú〔成〕捶打胸部，用腳踩地。形容極度悲傷或悔恨。

椎　chuí ❶同"槌"。❷同"捶"。
另見 zhuī（1798 頁）。

圖　Chuí 圖山，山名。在江蘇鎮江東。
另見 chuán（199 頁）。

陲　chuí〈書〉邊疆：邊～。

棰〈❸箠〉chuí ㊀〈書〉❶ 短木棍：一尺之～，日取其半，萬世不竭。

❷ 用短棍打。❸ 同"槌"。
㊁〈書〉❶ 鞭子：馬～。❷ 鞭打：笞～。

槌　chuí ❶（～兒）敲打用的木棒，一般一端較大或呈球狀，另一端細長便於手握：棒～｜鼓～兒｜鑼～兒。❷〈書〉敲擊：～床大怒。

錘（錘）〈鎚〉chuí ❶ 古代的一種兵器，柄的一端有個球形的金屬重物。❷ 像錘的東西：秤～｜紡～。❸（～兒）〔名〕錘子：大～｜釘～。❹〔動〕用錘打敲打；鍛造：～煉｜千～萬擊。❺（Chuí）〔名〕姓。

語彙 秤錘 鍛錘 紡錘 風錘 汽錘 銅錘 流星錘 羊角錘 蒸汽錘

【錘煉】chuíliàn〔動〕❶ 冶煉（金屬）：鋼鐵經過～，才能堅固。❷ 磨煉；歷練：～意志｜在困難中～自己。❸ 反復琢磨加工（文藝作品）：～詞句。

【錘子】chuízi〔名〕（把）敲打東西的工具，前有金屬等做的頭，連接錘頭的是柄。

chūn ㄔㄨㄣ

春〈旾〉chūn ❶〔名〕春季：冬去～來｜溫暖如～。❷〈書〉指一年：居舊京已四十～。❸ 春情；情欲：懷～｜～心｜～情。❹ 比喻生機：妙手回～。❺（Chūn）〔名〕姓。

語彙 殘春 懷春 回春 季春 開春 立春 孟春 暮春 青春 踏春 新春 陽春 迎春 遊春 早春 仲春 碧螺春 小陽春 枯木逢春 妙手回春 四季如春 着手成春

【春餅】chūnbǐng〔名〕（張）一種薄餅，立春日應節的食品。

【春播】chūnbō〔動〕春季播種：～作物｜農民正在～。

【春分】chūnfēn〔名〕二十四節氣之一，在 3 月 21 日前後。這一天南北半球晝夜都一樣長。北半球春季開始。

【春風】chūnfēng〔名〕❶ 春天的風：～拂柳。❷〈書〉比喻恩惠：施暢～，澤如時雨。❸ 比喻和藹喜悅的神色：滿面～。

【春風化雨】chūnfēng-huàyǔ〔成〕宜於草木生長的風雨。比喻潛移默化的良好教育。也說東風化雨。

【春風滿面】chūnfēng-mǎnmiàn〔成〕滿臉笑容。形容愉快和藹的面容：你看他～，必定是有喜事。也說滿面春風。

【春耕】chūngēng〔動〕春季播種前翻鬆土壤：～大忙季節。

【春宮】chūngōng〔名〕❶ 古時候太子居住的宮室。❷ 指色情淫穢的圖畫。舊稱秘戲圖，也叫春畫。

C

【春光】chūnguāng〔名〕❶春天的景色：～明媚｜不似～，勝似～。❷指和悅的面容：滿面～。

【春暉】chūnhuī〔名〕❶〈書〉春天的太陽：晨曦含笑～暖。❷比喻父母養育自己的恩惠；報答～。注意　這裏的"暉"不寫作"輝"。

【春季】chūnjì〔名〕一年四季中的第一季，中國習慣指立春到立夏三個月，也指農曆正月、二月、三月。

【春節】Chūn Jié〔名〕中國的傳統節日，舊時以立春為春節，現在指農曆正月初一，也指包括正月初一到十五這些天。

"春節"的由來

自西漢起，新年就定在正月初一，叫"元旦"，歷代相沿，直到清末。民國以後，改用公元紀年，規定公曆1月1日為新年，但不叫"元旦"。1949年後，將公曆1月1日定為"元旦"，農曆正月初一定為"春節"。春節期間，有包餃子、放鞭炮、拜年、逛廟會等各種民俗活動。

【春捲】chūnjuǎn（～兒）〔名〕用薄麵皮包上餡兒，捲成長條形，放在籠裏蒸熟或放在油鍋裏炸熟。為立春應節食品。也作春卷。

【春雷】chūnléi〔名〕（聲）春天的雷。常用以比喻突然發生的激勵人心的重大事件、好消息。

【春聯】chūnlián（～兒）〔名〕（副）春節時貼在門上或門兩旁寫有表示吉祥祝福語句的對聯。

【春令】chūnlìng〔名〕❶春季：桃李～開花，夏令結果。❷春季的氣候：冬行～，春行冬令（冬天裏的氣候像春天，春天裏的氣候像冬天）。

【春夢】chūnmèng〔名〕比喻很快就消失的美景；也指幻想、空想：～醒來一場空。

【春茗】chūnmíng〔名〕港澳地區用詞。春節期間，港澳工商界、社團舉辦的公司員工聚餐和宴請公司客戶以及友好人士的聯誼宴會：各大酒樓為公司和社團舉辦～推出新春菜譜。

春茗來源

早期，茶葉是香港主要的外貿商品之一，茶商聚集。每年春節後茶市開盤，茶商請工商界人士前來試茶，稱為春茶。後來逐漸演變為春節以酒宴招待賓客，亦稱為春茗。

【春秋】chūnqiū〔名〕❶春季和秋季：～多佳日。❷指整個一年：經過幾個～的努力，他終於學成歸國。❸指年歲：～鼎盛｜富於～（調年輕，將來的日子很多）｜已高（調年老，年事已高）。❹（Chūnqiū）中國古代魯國的編年體史書，相傳經過孔子修訂，是儒家重要經典之一。後用為歷史著作名稱，如《晏子春秋》《吳越春秋》《十六國春秋》。❺（Chūnqiū）中國歷史上的一個時代（公元前722-公元前

481）。因魯國編年史《春秋》包括這一時期的242年而得名。現在一般把公元前770年到公元前476年稱為春秋時代。

【春秋筆法】Chūnqiū bǐfǎ 相傳孔子刪改《春秋》，用字很講究，往往一字含有褒貶。後用"春秋筆法"指行文曲折而意含褒貶的寫作手法。

【春秋衫】chūnqiūshān〔名〕（件）適合春秋兩季穿的上衣，多為長袖高領，有的連有帽子。

【春色】chūnsè〔名〕❶春天的景色：滿園～｜～美好，令人陶醉。❷比喻臉上呈現的喜氣或酒後泛起的紅暈：姑娘臉上有些～，定有喜事臨門。❸比喻色情。

【春筍】chūnsǔn〔名〕（根）春季長出的竹子的嫩芽：雨後～。

【春天】chūntiān（-tian）〔名〕❶春季：～播種，秋天收穫。❷比喻充滿活力和希望的時光或環境：迎來科技發展的～。

【春晚】chūnwǎn〔名〕春節聯歡晚會的簡稱。中央電視台除夕晚上為慶祝農曆新年舉辦的文藝晚會，播放晚會實況或進行現場直播。

【春小麥】chūnxiǎomài〔名〕春季播種當年秋季收穫的小麥（區別於"冬小麥"）。

【春汛】chūnxùn〔名〕❶春季桃花盛開時發生的河水暴漲現象。也叫桃汛、桃花汛。❷春季的魚汛，是捕魚的好季節。

【春遊】chūnyóu〔動〕春季外出遊玩：到郊外～。

【春運】chūnyùn〔動〕運輸部門指春節前後一段時間的旅客運輸：完成～任務｜～客流高峰。

【春裝】chūnzhuāng〔名〕（件，身，套）春季穿的服裝：～熱賣。

堃　chūn 用於地名：～坪（在山西）。

瑃　chūn〈書〉玉名。

椿　chūn ❶〔名〕椿樹，指香椿，有時也指臭椿。❷古代大椿象徵長壽，通常用為父親的代稱：～齡｜～壽｜～庭。❸（Chūn）〔名〕姓。

【椿庭】chūntíng〔名〕〈書〉父親的代稱。

【椿象】chūnxiàng〔名〕（隻）昆蟲，種類很多，身體圓形或橢圓形，頭部有單眼，口吻尖銳，略似麥長有長鼻子。喜吸植物莖葉的汁。多數是農業害蟲。遇敵即放出臭氣，俗稱放屁蟲、臭大姐。也叫蝽。

【椿萱】chūnxuān〔名〕〈書〉萱堂。椿萱是父母的代稱：堂上～雪滿頭。

蝽　chūn〔名〕（隻）椿象。

輴（輴）　chūn ❶古代裝載靈柩的車。❷古代用於泥濘道路的交通工具。

鰆（鰆）　chūn〔名〕鮁。

chún ㄔㄨㄣˊ

唇〈脣〉 chún〔名〕人或某些動物口部周圍的肌肉組織：上～｜下～。通稱嘴唇。

語彙 兔唇 文唇 魚唇 嘴唇

【唇筆】chúnbǐ〔名〕(支)一種像筆的化妝用品，用於勾畫唇綫。

【唇齒相依】chúnchǐ-xiāngyī〔成〕嘴唇和牙齒互相依靠。比喻互相依存，關係極為密切：我們兩國人民～，患難與共。

【唇讀】chúndú〔動〕用看別人說話時嘴唇的動作來解讀說話人說的話：～識別｜失聽不久，他就學會了。

【唇膏】chúngāo〔名〕(管，支)化妝時用來塗抹滋潤嘴唇的油膏。

【唇裂】chúnliè〔名〕先天性畸形，上唇豎直着裂開，飲食不便，說話不清楚。現代醫學整容手術可以縫合。俗稱豁嘴，也叫兔唇。

【唇槍舌劍】chúnqiāng-shéjiàn〔成〕形容言辭尖刻犀利，爭辯激烈：兩個人～，各不相讓，爭得臉紅脖子粗。也說舌劍唇槍。

【唇舌】chúnshé〔名〕借指言辭：徒費～｜之爭。

【唇亡齒寒】chúnwáng-chǐhán〔成〕《左傳‧僖公五年》記載，晉國要從虞國借道去攻打虢國，虞國大夫宮之奇不主張借道與晉。他說，虢亡了，虞一定也得跟着滅亡，就像嘴唇沒有了，牙齒就會感到寒冷。後用"唇亡齒寒"比喻關係密切，休戚相關。

【唇吻】chúnwěn〔名〕〈書〉❶嘴唇。❷比喻言辭、口才：狂生縱意高談，眾皆畏其～。

【唇綫】chúnxiàn〔名〕指人嘴唇的外輪廓綫，也指用唇筆勾畫的嘴唇外輪廓綫。

純(纯) chún ❶〔形〕純淨；不含雜質的：～金｜～棉｜～毛｜水質不～。❷〔形〕純粹；單純：～汁｜～白｜動機不～。❸〔形〕純熟：功夫不到家，技藝不～。❹〔副〕完全：～屬捏造｜～係虛構。

語彙 單純 清純 提純 真純

【純粹】chúncuì ❶〔形〕純一不雜的，不含別的成分的：全套家具都是～的花梨木做的，絕對不是雜木｜他說的普通話不～，帶一點兒南方口音。❷〔副〕多跟"是"連用，表示判斷或結論一點不錯，不容置疑；完全：這種設想～是空中樓閣，不能實現。

【純度】chúndù〔名〕物質含雜質多少的程度。所含雜質越少，純度越高。

【純潔】chúnjié ❶〔形〕純正清白；沒有污垢，沒有私心雜念：水質～｜思想～｜心地～｜～的友誼。❷〔動〕使純潔：～組織｜～隊伍。

辨析 純潔、純粹　a)"純潔"着重表示潔淨、清白；"純粹"着重表示完全、真正、不摻雜其他成分。b)"純潔"形容的對象多是水質、空氣、人的思想感情以及組織等，前邊可受"很、十分"等程度副詞修飾；"純粹"形容的對象多是物質、食品的味道、說話的口音等。c)"純潔"有動詞用法，如"純潔隊伍"；"純粹"沒有這種用法。d)"純粹"可用作副詞，如"純粹是空中樓閣"，"純潔"沒有這種意義和用法。

【純淨】chúnjìng ❶〔形〕潔淨而不含雜質：～水｜～的溪水清可見底。❷〔動〕使純淨：～人們的心靈。

【純利】chúnlì〔名〕企業總收入中除去成本、稅款等一切開銷後所得的利潤(區別於"毛利")。

【純樸】chúnpǔ 同"淳樸"。

【純情】chúnqíng ❶〔名〕純潔的感情或愛情(多指女子的)：一片～。❷〔形〕純潔而真摯：～少女。

【純熟】chúnshú〔形〕十分熟練：技藝～｜舞步～｜畫法～。

【純一】chúnyī〔形〕單一：想法～｜目標～。

【純音】chúnyīn〔名〕只有一種振動頻率，而不是由幾種不同振動頻率的波組成的聲音叫作純音，如音叉發出的聲音。

【純真】chúnzhēn〔形〕純潔真摯：感情～｜～的友誼。

【純正】chúnzhèng〔形〕❶精粹；地道：味道～｜～的古典音樂｜～的普通話。❷純潔正當：動機～｜思想～。

淳〈湻〉 chún ❶〔書〕淳厚樸實：～樸｜～厚。❷(Chún)〔名〕姓。

【淳厚】chúnhòu〔形〕樸實敦厚：為人～｜民俗～。也作醇厚。

【淳樸】chúnpǔ〔形〕誠實樸素：生活～｜民風～。也作純樸。

【淳于】Chúnyú〔名〕複姓。

蓴(莼)〈蒓〉 chún 見下。

【蓴菜】chúncài〔名〕(棵)多年生水草，葉子橢圓形，深紅色，浮在水面，莖上和葉背有黏液，花暗紅色。嫩葉可當蔬菜做湯。

滽 chún〈書〉水邊：河～。

醇〈醕〉 chún ❶〈書〉味道濃厚的酒：～香～。❷〔名〕有機化合物的一大類，是含有羥基的烴化合物。如乙醇(酒精)、膽固醇。❸〔形〕酒味兒濃厚，泛指味道純正濃厚：～正｜這種酒很～，喝了不上頭。

語彙 清醇 香醇 乙醇 膽固醇 木糖醇

【醇厚】chúnhòu ❶〔形〕(氣味、滋味等)純正濃厚：酒味～｜韻味～。❷同"淳厚"。

【醇化】chúnhuà〔動〕使歸於純粹，達到完美境界：這篇稿子經過反復推敲和修改，更加～。

【醇正】chúnzhèng〔形〕(滋味、氣味等)濃厚而純正：酒味～。

錞（錞）chún 見下。
另見 duì（330頁）。

【錞于】chúnyú〔名〕古代一種銅製打擊樂器，圓筒形。作戰時用槌擊打以指揮進退。

鶉（鶉）chún〔名〕鵪鶉：衣如懸～。

【鶉衣百結】chúnyī-bǎijié〔成〕鵪鶉的羽毛赤褐色，通身有白色斑點，好像一塊一塊地連綴起來的補丁。形容衣服破爛不堪，補丁很多。

chǔn ㄔㄨㄣˇ

蠢〈㊀惷〉chǔn ㊀〈書〉蟲類爬動：～動。㊁〔形〕❶愚蠢：～人｜～材。❷笨拙，不靈活：～笨。

辨析　蠢、笨、傻　"蠢"強調處事缺乏智慧；"笨"強調智力遲鈍；"傻"強調頭腦糊塗，不明白事理。"這孩子笨，學東西慢"裏的"笨"不能換成"蠢"或"傻"；"放棄這麼好的發財機會，他真傻"裏的"傻"可以換成"蠢"，但不能換成"笨"；"用這種方法來解決矛盾是最蠢不過的了"裏的"蠢"不能換成"笨"或"傻"。另外它們與別的語素構成的合成詞、固定語如"笨蛋""蠢貨""傻子""裝瘋賣傻""笨鳥先飛""笨頭笨腦"等也不能互換。

語彙　蠢蠢　愚蠢　拙蠢

【蠢笨】chǔnbèn〔形〕笨拙，不靈巧：小兒～｜～的身子｜～的工具。

【蠢材】chǔncái〔名〕〈罵〉笨人；笨傢伙。也說蠢貨。

【蠢蠢欲動】chǔnchǔn-yùdòng〔成〕蠢蠢，蟲子蠕動爬行的樣子。比喻敵人準備進犯或壞人陰謀策劃破壞搗亂：據點裏的敵人又～了。

【蠢動】chǔndòng〔動〕❶蟲子爬動：幽蟄～，萬物樂生。❷(敵對分子或壞人)進行活動：車匪路霸伺機～。

【蠢貨】chǔnhuò〔名〕〈書〉〈罵〉蠢材。

【蠢人】chǔnrén〔名〕〈書〉愚笨的人；不知變通的人：只有～才這麼蠻幹。

chuō ㄔㄨㄛ

迍 chuō〈書〉遠：～行。

踔 chuō〈書〉❶騰躍：～躍。❷超越：～絕。

【踔厲】chuōlì〔形〕〈書〉精神奮發：～風發。

戳 chuō ❶〔動〕用尖銳物的頂端觸動或穿過另一物體：～個洞｜～破了窗戶紙｜小心，手裏的竹竿別～了眼睛。❷〔動〕(北京話)因猛然觸到另一較硬的物體而受傷或被損壞：打球～了手指頭｜剪子掉在地上～了尖。❸〔動〕(北京話)豎起；豎立：把這口袋糧食～起來｜土太鬆，棍子～不住。❹(～兒)〔名〕印記；印章：郵～｜～記｜蓋個"註銷"的～兒。

語彙　日戳　手戳　郵戳

【戳穿】chuōchuān〔動〕❶刺穿：～了一層窗戶紙。❷說破；揭穿：～陰謀詭計｜他的謊話被～了。

【戳記】chuōjì〔名〕圖章(多指機關、團體用的)：公司的～，要妥善保管｜包裹單上蓋有"限於三日內領取"的～。

【戳子】chuōzi〔名〕〈口〉圖章：蓋～。

chuò ㄔㄨㄛˋ

辵 chuò〈書〉忽走忽停。

娖 chuò〈書〉❶謹慎的樣子：～～廉謹。❷整齊的樣子。❸整頓；整理：～隊待發。

啜 chuò〈書〉❶喝：～茗(喝茶)｜～粥。❷抽噎的樣子：～泣。
另見 Chuài（197頁）。

【啜泣】chuòqì〔動〕抽噎；抽抽搭搭地哭泣：～不止｜聽到這不幸的消息，她不禁～起來。

惙 chuò〈書〉❶憂愁的樣子：憂心～～。❷疲乏：氣力恆～。

婼 chuò〈書〉不順從。
另見 ruò（1150頁）。

綽（綽）chuò〈書〉❶寬裕：闊～｜～～有餘。❷(女性體態)柔美：～約。
另見 chāo（155頁）。

【綽綽有餘】chuòchuò-yǒuyú〔成〕形容十分寬裕，用不完：以你的才幹，別說是經營一個小廠，就是經營一個大公司，也～。

【綽號】chuòhào〔名〕外號(多顯示本人特點)：他的～叫千里馬。也說綽名。

【綽約】chuòyuē〔形〕〈書〉形容姿態美好：～多姿｜仙姿～。

輟（輟）chuò〈書〉中止；停止；廢止：～學｜～耕｜中～｜天不為人之惡寒也～冬。

語彙　中輟　日夜不輟　時作時輟

【輟筆】chuòbǐ〔動〕停止用筆，多指文學創作或書畫創作未完成而中止：遭此挫折，他只好～。

【輟學】chuòxué〔動〕中途離開學校，停止學業：因家庭變故，只得～就業。

歠 chuò〈書〉❶喝；飲：大～｜小～。❷羹湯：熱～。

齪（齪）chuò 見"齷齪"（1425頁）。

CĪ ㄘ

剌 cī〔擬聲〕形容撕裂、噴發等的聲音：～的一聲，襯衣剮破了一個口子｜導火綫點着了，～～地冒着火星兒。
另見 cì（213頁）。

【剌棱】cīlēng〔擬聲〕形容迅速動作的聲音：屋檐下的麻雀～一下飛了。

【剌溜】cīliū〔擬聲〕形容迅速滑動或迅速averaged過的聲音：在冰上走路，一不小心，～一下摔倒了。

呲 cī〔動〕〈口〉申斥；斥責：～了他一頓。
另見 zī "齜"（1805頁）。

差 cī 見"參差"（135頁）。
另見 chā（137頁）；chà（141頁）；chāi（142頁）。

疵 cī 毛病；瑕疵；缺點：瑕～｜完美無～｜吹毛求～。

跐 cī〔動〕腳下滑動：腳一～，從山坡上摔下來了。
另見 cǐ（212頁）。

CÍ ㄘ

柯 cí ❶〈書〉鐮柄；柄。❷(Cí)〔名〕姓。

祠 cí 祠堂：祖～｜武侯～（即諸葛亮祠，諸葛亮封為武鄉侯）。

語彙　家祠　神祠　生祠　宗祠

【祠堂】cítáng〔名〕(座)為供奉、祭祀祖先或有功德的人物而建的房屋：張氏～｜丞相～。

茈 cí 見"鳧茈"（401頁）。
另見 zǐ（1807頁）。

茨 cí〈書〉❶用茅草或葦草蓋成的屋頂：茅～之下。❷蒺藜：牆有～。

【茨菇】cígu 同"慈姑"。

茲 cí 見"龜茲"（1103頁）。
另見 zī（1804頁）。

瓷 cí〔名〕用高嶺土等燒製成的黏土類製品，比陶器細緻，堅硬。

語彙　白瓷　彩瓷　定瓷　哥瓷　骨瓷　官瓷　鈞瓷　青瓷　汝瓷　搪瓷　陶瓷　細瓷　青花瓷

【瓷都】Cídū〔名〕指以盛產瓷器而名揚中外的江西景德鎮。

【瓷器】(磁器)cíqì〔名〕(件)瓷質的器皿。

瓷器小史
瓷器是中國的偉大發明之一，主要品種有青瓷、白瓷和彩瓷。早在商朝，已有了原始瓷器。東漢時代，就造出了青釉瓷。唐宋時代，瓷業發達，技術成熟，唐以三彩瓷、白瓷著稱；宋朝瓷窰林立，著名的有汝窰、官窰、哥窰、鈞窰、定窰等。江西景德鎮在元朝已生產出青花瓷，明朝以後成為瓷業中心。中國瓷器，在唐宋時代已傳到國外，造瓷技術也傳到世界各地。

瓷瓶　瓷碗

【瓷實】císhi〔形〕結實；堅固：地基打得很～｜這塊地太～，不能種花｜這位演員武功還不夠～。

【瓷土】cítǔ〔名〕燒製瓷器的黏土。主要指高嶺土（因產於江西景德鎮的高嶺村而得名）。

【瓷磚】cízhuān〔名〕(塊)一種用瓷土燒製的建築材料，大小不等，正面有白色、綠色、藍色等顏色的釉質，多用來裝飾牆面或地面。

詞（词）〈書〉cí〔名〕❶（～兒）語言裏能獨立運用的最小單位：用～造句｜這個～兒用得不妥當。❷（～兒）說話、文章、詩歌、戲劇中的語句，特指歌曲、戲曲中配合曲調唱的語句部分：歌～兒｜振振有～｜沒～兒了。❸（首）一種韻文形式，由不同字數的句子組成，押韻有一定格式。由五、七言詩與民歌發展而成，起於唐代，盛於宋代。句的長短隨着歌調而改變，因此也叫長短句。其後演變為曲。

辨析　詞、辭　二者在意義和用法上有三點不同：a)它們分別指稱兩種不同的文體，如"詩詞""宋詞"中的"詞"不寫作"辭"，"楚辭"中的"辭"不寫作"詞"。b)"詞"用於詞語、詞彙義，而"辭"用於言辭義，在合成詞中一般有固定寫法，如"歌詞""動詞""詞義""詞組"等中的"詞"不寫作"辭"。有些傳統上用"辭"的地方現在也多用"詞"，如"答詞""悼詞"等。c)"辭"的告別、不接受、解聘義，不寫作"詞"。

語彙　褒詞　貶詞　答詞　悼詞　遁詞　歌詞　供詞　賀詞　遣詞　生詞　誓詞　訟詞　頌詞　台詞　題詞　託詞　輓詞　微詞　獻詞　訓詞　潛台詞　大放厥詞　各執一詞　含糊其詞　誇大其詞　一面之詞　振振有詞　眾口一詞

C

【詞典】cídiǎn〔名〕(部,本)收集詞彙,按一定順序編排並有注音、釋義(有的還附有例詞、例句或書證)供人查考的工具書。也作辭典。

【詞調】cídiào〔名〕依照詞律填詞的調子。

【詞法】cífǎ〔名〕語法學中研究詞的形態變化的部分,有時也包括構詞法。

【詞根】cígēn〔名〕詞的主要組成部分,是詞義的基礎。如"椅子"裏的"椅","老鼠"裏的"鼠","現代化"裏的"現代"。複合詞的組成部分則都是詞根,如"年輕"的"年"和"輕"、"滿意"的"滿"和"意"、"飛機"的"飛"和"機"等。

【詞話】cíhuà〔名〕❶品評詞的內容和形式,論述詞的源流和詞作者創作得失的書。❷散文裏間雜韻文的說唱文藝形式,是章回小說的前身,起於宋元。明代把夾雜詩詞曲的章回小說叫作詞話,如《金瓶梅詞話》。

【詞彙】cíhuì〔名〕❶一種語言裏的所有詞素以及具有特定意義的詞素組合,總起來構成這種語言的詞彙。如漢語詞彙,日語詞彙。❷指一個作家或一部作品所使用的詞語,如《紅樓夢》的詞彙。

[辨析]詞彙、詞　"詞彙"是集合概念,是許多詞的總彙,不能指單獨一個詞,前邊不能受數量詞修飾,如不能說"出現了好幾個新詞彙";"詞"是普遍概念或個體概念,可以指單獨的一個詞或若干詞,前邊能受數量詞修飾。

【詞句】cíjù〔名〕詞語和句子,泛指文章中的語言:～通順。

【詞類】cílèi〔名〕詞在語法上的分類。各種語言的詞類數目不同,現代漢語的詞一般分十二類:名詞、動詞、形容詞、數詞、量詞、代詞、副詞、介詞、連詞、助詞、歎詞、擬聲詞。前六類為實詞,後六類為虛詞。

【詞牌】cípái〔名〕填詞所根據的曲調,如沁園春、菩薩蠻、西江月、水調歌頭等。也叫詞牌子。

【詞頻】cípín〔名〕一定的語言材料裏詞使用的頻率:統計～。

【詞譜】cípǔ〔名〕(本,部)集錄各種填詞的詞調格式,供填詞的人使用的書。

【詞曲】cíqǔ〔名〕詞和曲的合稱。

【詞書】císhū〔名〕同"辭書"。

【詞訟】císòng〔名〕訴訟;打官司的事:包攬～。也作辭訟。

【詞素】císù〔名〕語言中最小的有意義的單位,詞根、前綴、後綴等都是詞素。有的詞只包括一個詞素,如"人"、"蜘蛛"等。有的詞包括兩個或更多的詞素,如"棍子"包括"棍"和"子"兩個詞素,"蜘蛛網"包括"蜘蛛"和"網"兩個詞素。"體育場"包括"體""育""場"三個詞素。也叫語素。

【詞頭】cítóu〔名〕前綴。

【詞尾】cíwěi〔名〕後綴。

【詞性】cíxìng〔名〕劃分詞類所根據的詞的語法特性,如"一把鎖"的"鎖"可以用數量詞修飾,是名詞;"鎖上門"的"鎖"可以帶賓語,是動詞。

【詞序】cíxù〔名〕詞在詞組和句子裏的先後順序。詞序在漢語裏是一種重要語法手段,詞序的變動能使詞組或句子的意義大不相同,如"不完全知道"和"完全不知道","你找他"和"他找你"。

【詞眼】cíyǎn〔名〕寫作古典詩詞時用在重要處的經過錘煉的字眼,叫詩眼或詞眼。它能起畫龍點睛作用,使全句游龍飛動,令人刮目相看。

【詞義】cíyì〔名〕詞的含義,是客觀的事物、現象或關係的概括反映。詞義有本義、引申義、比喻義、通假義等。

【詞語】cíyǔ〔名〕詞和短語:方言～|生僻～。

【詞韻】cíyùn〔名〕❶填詞依據韻律所押的韻。❷填詞所依據的韻書。如《詞林正韻》。

【詞藻】cízǎo 同"辭藻"。

【詞章】cízhāng 同"辭章"。

【詞綴】cízhuì〔名〕附加在詞根上的構詞成分。附加在前面的叫前綴,也叫詞頭;附加在後面的叫後綴,也叫詞尾。

【詞組】cízǔ〔名〕兩個或兩個以上的詞按一定的語法規則組合起來能表達一定意義但還不能成為一個句子的語言單位(區別於"單詞")。如"新款式、破除迷信、研究成功"等。也叫短語。

甆 cí〈書〉同"瓷"。

慈 cí ❶慈善:～母|～眉善目|堯不～,舜不孝。❷〈書〉(長輩對晚輩)慈愛:敬其老,～其幼。❸指母親:家～|令～|～訓。❹(Cí)〔名〕姓。

語彙　家慈　令慈　仁慈　先慈

【慈愛】cí'ài ❶〔動〕〈書〉(上對下)仁慈愛護:～百姓。❷〔形〕(年長的對年幼的)慈祥而喜愛:～有加|～的目光。

【慈悲】cíbēi ❶〔名〕佛教用語。佛教認為與眾生樂是慈,拔眾生苦是悲。❷〔形〕慈善和憐憫:～心腸|～為懷|請您發發～吧!

【慈姑】cígu〔名〕❶(棵)多年生草本植物,生在水田裏,葉子戟形,花瓣白色,地下球莖可以做蔬菜或製澱粉。❷這種植物的球莖。以上也作茨菰。

【慈和】cíhé〔形〕慈祥和樂;慈祥和藹:上下～|～的神情。

【慈母】címǔ〔名〕仁慈的母親;母親:～手中綫,遊子身上衣。

【慈善】císhàn〔形〕仁慈善良；關懷別人，富有同情心：為人～｜～事業｜祖母對人很～。

【慈祥】cíxiáng〔形〕慈善祥和：～的老爺爺｜老祖母～的面容，我們總也忘不了。

辨析 慈祥、慈愛　兩個詞都可用來描寫長者和藹可親的神態，但"慈愛"還有一層長輩對晚輩喜愛、愛撫的意思，常用來形容長者的心地、感情，"慈祥"則只是就老年人的態度、神色而言。如"她對孩子十分慈愛"，不能說成"她對孩子十分慈祥"。

磁 cí ❶〔形〕某些物質能吸引鐵、鎳、鈷等金屬的性能。❷舊同"瓷"。

【磁場】cíchǎng〔名〕物質存在的一種形式。存在於電流、永磁體的周圍。具有動量和能量，並對場中運動的電荷有作用力。整個地球的內外空間都有磁場存在，指南針指南就是地球磁場的作用。

【磁帶】cídài〔名〕(盤)塗着氧化鐵粉等磁性物質的塑料帶子。用以記錄聲音、影像、數據等電信號。

【磁浮列車】cífú lièchē 利用電磁感應產生的電磁力懸浮在軌道上方並以電機驅動前進的列車，行駛在全封閉的U型導槽內，阻力小，速度快。

磁浮列車的種類
磁浮列車可分為電動懸浮型（EDS）、電磁懸浮型（EMS）、永磁懸浮型（PMS）三種。低速磁浮列車速度在 125 千米/小時以下，用於市內交通；中速磁浮列車速度在 250 千米/小時左右，用於市郊交通；高速磁浮列車速度在 500 千米/小時左右，用於城際交通。

【磁卡】cíkǎ〔名〕利用磁性記錄信息、具有一定功能的卡片，如用於使用公用電話計費、乘公交車計費等。

【磁卡電話】cíkǎ diànhuà 一種插入特製磁卡即可撥打的公用電話。機座上有測定磁卡剩餘儲值的裝置。

【磁力】cílì〔名〕磁場對電流、運動電荷和磁體的作用力；磁體之間相互作用的力：～測定｜～勘探。

【磁療】cíliáo〔名〕物理療法的一種，利用醫療器械產生的磁場作用來治療疾病：做～。

【磁盤】cípán〔名〕表面塗有磁性物質的圓盤形存儲器，可供電子計算機記錄和存儲信息。有硬盤和軟盤兩種。

【磁石】císhí〔名〕(塊)❶磁鐵。❷磁鐵礦。

【磁鐵】cítiě〔名〕(塊)用鋼或合金鋼經過磁化製成的磁體，有的用磁鐵礦石加工製成。多為條形或馬蹄形，一端是南極，另一端是北極。也叫磁石、吸鐵石。

【磁性】cíxìng〔名〕磁體能吸引鐵、鎳、鈷等金屬的性質。

【磁針】cízhēn〔名〕(根)針形磁鐵，通常是狹長菱形，中間支起，可以在水平方向自由轉動。靜止時，因受地磁作用，兩端尖端分別指着南和北。指南針和羅盤是磁針的應用。

雌 cí/cī ❶〔形〕屬性詞。生物中能產生卵細胞的（跟"雄"相對）：～性｜～蕊｜～兔｜～獅。❷〔書〕柔弱❶〔名〕～伏｜知其雄，守其～。

【雌黃】cíhuáng〔名〕❶礦物，化學成分是三硫化二砷，檸檬黃色，硬度小，加熱後有蒜味。可製顏料或用作退色劑。❷〔動〕古人抄書、校書多用雌黃塗改錯字，後就用雌黃借指亂改文字或妄加評論：豈可～前輩！

"雌黃"的語源
雌黃是一種礦物，黃赤色，古人認為它生在山陰，陰為雌，故稱。古人寫字用黃紙，寫錯了，塗上雌黃，以便改正。北齊顏之推說："觀天下書未遍，不得妄下雌黃。"是指校書時，如無充足根據，不得任意竄改。晉朝王衍談《老》《莊》，覺義理有所不妥，隨即改口，時人稱他為"口中雌黃"。

【雌性】cíxìng〔名〕生物兩性之一，能產生卵子：～動物｜～花。

【雌雄】cíxióng〔名〕❶雌性和雄性：～莫辨｜～異株。❷比喻勝負、高低：願一戰，以決～。

糍〈餈〉 cí 見下。

【糍粑】cíbā〔名〕把糯米蒸熟，攪和成泥狀後揉成的餅形食品。也叫糍糕。

薋〈薋〉 cí〔書〕聚集。

辭（辞）〈辤〉 cí ㊀❶ 文辭；言辭；優美的語言：修～立其誠。❷中國古代的一種文體。如漢武帝《秋風辭》、陶淵明《歸去來兮辭》。❸（Cí）〔名〕姓。
㊁❶告別：～舊迎新｜～主人而去。❷〔動〕辭職：～呈｜～去校長職務。❸〔動〕辭退；解僱：他不好好幹，被老闆～了。❹推託；躲避：不～辛苦｜赴湯蹈火，在所不～。

語彙 拜辭 卜辭 楚辭 措辭 告辭 固辭 卦辭 敬辭 儷辭 謙辭 說辭 推辭 婉辭 猥辭 文辭 修辭 言辭 謠辭 誤辭 致辭 唸唸有辭 萬死不辭 義不容辭 隱約其辭 與世長辭 在所不辭

【辭別】cíbié〔動〕告別：～故鄉｜～父母，遠走他鄉。

辨析 辭別、告別　"辭別"跟"告別"常可換用，如"告別父母""辭別父母"，"告別故鄉""辭別故鄉"。但"告別"有"跟死者訣別，表示哀悼"的意義和用法，"辭別"不能這樣用。如"向遺體告別"，不能說成"向遺體辭別"。

【辭不達意】cíbùdáyì〔成〕(說話、寫文章)使用的詞句不能恰當確切地表達自己的意思。

【辭呈】cíchéng〔名〕申請准予辭職的呈文：提出～｜遞交～。

【辭典】cídiǎn 同"詞典"。

【辭令】cílìng〔名〕交際場合中適於應對的話語：嫻於～｜外交～。也作詞令。

【辭聘】cípìn〔動〕❶辭去受聘的職務；推辭掉對方的聘用。❷解聘。

【辭讓】círàng〔動〕推讓；謙讓：再三～才肯落座｜他～了一番才答應當顧問。

【辭色】císè〔名〕〈書〉言辭的感情色彩和說話時的神色：～壯烈｜形於～。

【辭世】císhì〔動〕〈書〉辭別人世。婉稱死亡：先父～已三載。

【辭書】císhū〔名〕(本、部)字典、詞典等工具書的統稱。也作詞書。

【辭歲】cí/suì〔動〕民間風俗，農曆除夕晚上家中晚輩向長輩行禮，互祝平安：辭舊歲，迎新春。

【辭退】cítuì〔動〕❶解僱；解聘：沒幹夠一年，他就給～了。❷謝絕；推辭：將壽禮一概～｜～了各方的邀請。

【辭謝】cíxiè〔動〕客氣地推辭不受：婉言～｜送來的禮物他都～了。

【辭行】cíxíng〔動〕臨出遠門前向親友告別：出差前一天，他到岳父家～。

【辭藻】cízǎo〔名〕詩文中工巧的詞語，常指典故和古書中的現成用語：堆砌～｜～華麗。也作詞藻。

【辭章】cízhāng〔名〕❶詩文的總稱：雅好～。❷文章的寫作技巧；修辭：～學。以上也作詞章。

【辭職】cí//zhí〔動〕申請解除自己的職務：辭了職以後，他整天在家裏畫畫。

鵝（鵝）〈鷟〉　cí 見"鸕鵝"(871頁)。

cǐ ㄘ

此　cǐ ❶〔代〕指示代詞。指示比較近的人或事物；這(跟"彼"相對)：～人｜～事｜～刻。❷〔代〕指示代詞。代替比較近的人或事物；這個(跟"彼"相對)：由～及彼｜～呼彼應｜～起彼伏。❸〔代〕指示代詞。代替此時或此地：從～戒煙｜由～南去即可到達目的地。❹〔代〕指示代詞。代替當前的某種狀態或程度：這樣；長～以往｜早聽勸告，何至於～。❺(Cǐ)〔名〕姓。

語彙　彼此　從此　故此　就此　類此　如此　特此　為此　因此　至此　自此　等因奉此

【此地】cǐdì〔名〕這個地方；本地；這裏：～人｜此時～｜～遠離城市，空氣清新。

【此地無銀三百兩】cǐdì wúyín sānbǎi liǎng〔俗〕民間故事說：有人把銀子埋在地裏，寫了個"此地無銀三百兩"的字條。鄰居李四看到字條，挖去銀子，在字條另一面寫上"對門李四不曾偷"。後用來比喻愚蠢的謊言不僅掩蓋不住想要掩飾的事實，反而暴露出真相。

【此後】cǐhòu〔名〕❶從那時以後：自打1958年他去農村，～就一直沒有回來過。❷從今以後：這個血的教訓，～要牢牢記住。

【此間】cǐjiān〔名〕這裏；此地：人事變動，～已有傳聞。

【此刻】cǐkè〔名〕這時候；這一時刻(多就說話時而言)：～已非往昔可比｜記住此時～。

【此路不通】cǐlù-bùtōng〔慣〕這條道路不通行；這條路走不通(一般用作路牌的標語)。也比喻做事情的方法行不通。

【此起彼伏】cǐqǐ-bǐfú〔成〕這裏起來，那裏落下去。形容連續不斷地出現或產生：封建社會農民起義～。也說此起彼落、此伏彼起。

【此前】cǐqián〔名〕在此(某事、某時)之前：他近年來才開始專門寫作，～是一位工程師。

【此時】cǐshí〔名〕這時候；這時刻：～此刻｜～此地｜～天已大亮｜～他已到天津。

【此外】cǐwài〔連〕除此(上述事物或情況)之外(連接分句、句子或段落)：這個院子裏共有十間房，～還有兩個棚子｜他曾去過西班牙和意大利，～就沒去過別的國家了｜她這次回北京，是看望生病的大姐，～，還想去看看朋友。

【此致】cǐzhì〔動〕就此給予(公文及書信結束時的套語)：～敬禮｜～各兄弟單位。

泚　cǐ〈書〉❶鮮明的樣子：清～。❷冒汗：念此慚且～。❸用筆蘸墨：～筆。

玼　cǐ〈書〉玉的顏色光潔鮮明。

跐　cǐ〔動〕❶踩；踏：～了一腳泥｜～着門檻兒。❷腳尖着地，腳跟抬起：～起腳來看。

另見 cī(212頁)。

鮆（鱭）　cǐ〔名〕魚名，生活在近海，身體側扁，上頜骨向後延長。

cì ㄘ

束　cì ❶〈書〉木芒；刺。❷(Cì)〔名〕姓。

次　cì ❶次序；順序：名～｜位～｜車～｜依～入席。❷〈書〉中間：言～｜胸～。❸〈書〉遠行旅途中停留的地方：途～｜舟～。❹〔形〕質量較差的(修飾單音節的名詞，中間不能加"的"）：～品｜～貨｜～等（品）。❺〔形〕品位較差的（做謂語，前面常加程度副詞）：他說話不算話，人頭兒很～｜那兩個人的相聲特～，盡是要貧嘴。❻第二：～子｜～媳｜～年。❼〔量〕用於可以重複出現或按順序計量的事物：一～機遇｜第八屆全國人民代表大會第二～會議。❽〔量〕用於可以重複的動作：已經討論過三～｜這個電影，我看過兩～了。❾（Cì）〔名〕姓。

語彙　挨次　班次　版次　編次　層次　場次　車次　初次　檔次　等次　迭次　更次　航次　架次　漸次　歷次　旅次　屢次　倫次　名次　目次　其次　詮次　人次　如次　順次　途次　位次　席次　胸次　序次　依次　以次　印次　再次　造次　主次　妝次　座次　三番五次　語無倫次　櫛比鱗次

【次第】cìdì ❶〔名〕次序；等第：排出篇目～｜凡獎掖，視～。❷〔副〕一個挨一個地；依次：～入座。

【次貨】cìhuò〔名〕質量較差的貨物；次品。

【次品】cìpǐn〔名〕質量差的、不合格的產品：這些襪子都是～。也說次等品。

【次生】cìshēng〔形〕屬性詞。第二次生成的；間接造成的：～林｜～海岸。

【次數】cìshù〔名〕事物重複出現或動作重複進行的回數：他請假的～太多，扣了不少工資。

【次序】cìxù(-xu)〔名〕事物按時間、空間等排列的先後順序：～顛倒｜按～排隊入場。

【次要】cìyào〔形〕屬性詞。重要性較差的；不很重要的（跟"主要"相對）：～問題｜～矛盾。

【次長】cìzhǎng〔名〕（位，名）國家政府的副部長（用於舊時或某些國家）：常務～｜政務～。

伺

cì 見下。
另見 sì（1283頁）。

【伺候】cìhou〔動〕供人使喚，在身旁服侍；照料：～病人｜好好～老人。注意 這裏的"伺"不讀 sì。

刺

cì ❶〔動〕用尖銳的東西紮入或穿過：～傷｜描龍～鳳。❷〔動〕暗殺：行～｜被～。❸〔動〕刺激：聲音～耳朵｜氣味～鼻子｜白光～眼睛。❹挖苦；嘲諷：諷～｜譏～。❺偵察；打聽：～探。❻（～兒）〔名〕（根）尖銳像針的東西：手上紮了根～｜帶～兒的玫瑰。❼（～兒）〔名〕比喻話中的尖刻的詞語：他說話常常帶～兒。❽〔書〕名片：名～。❾（Cì）〔名〕姓。
另見 cī（209頁）。

語彙　草刺　衝刺　穿刺　倒刺　諷刺　譏刺　毛刺　名刺　拚刺　槍刺　挑刺　投刺　行刺　遇刺　針刺　肉中刺　挑毛揀刺

【刺刺不休】cìcì-bùxiū〔成〕形容說話嘮叨，沒完沒了：～，徒亂人意。

【刺刀】cìdāo〔名〕（把）槍刺，裝在槍尖上用於拼殺的短刀：上～（口令）。

【刺耳】cì'ěr〔形〕聲音尖銳嘈雜或言語尖酸刻薄，讓人聽了不舒服：這聲音太～｜隔壁的喧鬧聲很～｜想不到你竟會說出這樣～的話。

【刺骨】cìgǔ〔動〕侵入肌骨，多指寒氣、寒風很厲害：朔風～。

【刺槐】cìhuái〔名〕（棵）落葉喬木，枝上有刺，羽狀複葉，花白色，有芳香，結莢果。木材供建築及製作枕木、礦柱等用，是行道樹、觀賞樹和沙地造林樹種。也叫洋槐。

【刺激】cìjī ❶〔名〕物體或現象作用於感覺器官的過程：聲、光、電、熱等引起生物體活動或變化的作用；內外界環境變化引起生物體發生反應的過程：生理的～｜受到很大的～。❷〔動〕推動事物，使發生積極的變化：～勞動積極性｜～～他，叫他醒悟過來。❸〔動〕使人精神上受到打擊或挫折；使激動興奮：你不要過分～他｜這部電影有些鏡頭太～人了。

【刺客】cìkè〔名〕（名）用武器行刺的人。

【刺目】cìmù〔形〕刺眼。

【刺配】cìpèi〔動〕中國封建時代刑罰的一種，在犯人臉上刺刻標記或字，並流配邊遠地區或一定場所服役或充軍。

【刺殺】cìshā〔動〕❶用武器暗殺：遭人～。❷用槍刺同敵人拚殺：練～。

【刺史】cìshǐ〔名〕漢朝由朝廷派出監察地方的官，以後沿指州郡地方長官。宋朝有知州，也有刺史，但為虛銜。元明以後廢刺史官名。

【刺探】cìtàn〔動〕暗中探聽：～虛實｜～機密。

【刺兒頭】cìrtóu〔名〕（北京話）喜歡挑剔、找事，不好對付的人：他是個～，大家都不愛理他。

【刺蝟】cìwei〔名〕（隻）哺乳動物，頭小、嘴尖，四肢短，身上有硬刺，遇有敵情即縮成一團。晝伏夜出，捕食昆蟲、蛇、鼠。

【刺繡】cìxiù ❶〔動〕用彩色絲綫在絲織品或布上繡成花草、鳥獸、人物、景物等。❷〔名〕刺繡工藝的產品。如蘇州的刺繡稱蘇繡，湖南的刺繡稱湘繡，四川的刺繡稱蜀繡，廣州的刺繡稱粵繡，合稱為中國四大名繡。

【刺眼】cìyǎn〔形〕❶光綫太強，使人眼睛不舒服或難睜開：燈光太亮，很～。❷惹人注目，讓人感覺不順眼：他這種打扮太～了。

【刺癢】cìyang〔形〕〈口〉癢：渾身～得很｜叫蚊子叮了一口，可～了。

佽

cì〈書〉幫助：～助。

莿

cì 用於地名：～桐（在台灣）。

賜（赐） cì/sì ❶〔動〕賞賜：～予｜恩～。❷〈敬〉稱對方對自己的指教、光顧、回復等：～教｜～正｜～顧｜～復。❸〈敬〉〈書〉指受到的禮物或恩惠：受人之～｜厚～愧領。

語彙　恩賜　封賜　厚賜　欽賜　賞賜　御賜

【賜教】cìjiào〔動〕〈敬〉給予指教：多蒙～｜敬請不吝～。

【賜予】（賜與）cìyǔ〔動〕賞給：～勳章一枚。

cōng ㄘㄨㄥ

匁〈忽恩〉cōng 急促；急忙：～促｜～忙。

【匁匁】cōngcōng〔形〕急急忙忙的樣子：聚散～｜吃了一頓飯就去趕火車。

【匁促】cōngcù〔形〕匁忙；倉促：～起程｜時間太～，來不及辭行，就走了。

【匁忙】cōngmáng〔形〕急急忙忙：出門～，忘記帶雨具了。

囪〈囱〉cōng 見"煙囪"（1553頁）。

葱（蔥） cōng ❶〔名〕（棵，根）多年生草本植物，鱗莖白色，圓柱形，葉子綠色、圓筒形，開小白花，種子黑色，莖葉辛辣，一般用作調味品，也是蔬菜。❷青色：青～｜翠～｜～綠。

語彙　大葱　青葱　水葱　香葱　小葱　洋葱　倒栽葱　鬱鬱葱葱

【葱白】cōngbái〔名〕（段）葱的莖。

【葱翠】cōngcuì〔形〕青翠；蒼翠：～的山巒｜竹林～。

【葱花】cōnghuā（～兒）〔名〕用來調味的切碎的葱。

【葱蘢】cōnglóng〔形〕青翠茂盛：草木～｜山色～。

【葱綠】cōnglǜ〔形〕❶微黃的淺綠。也叫葱心兒綠：～裙子。❷（草木、莊稼等）青翠：～的樹林｜田間的麥苗～可喜。

【葱頭】cōngtóu〔名〕（顆）洋葱。

【葱鬱】cōngyù〔形〕（草木）葱蘢茂密：～的松柏｜群山葱葱鬱鬱。

瓓 cōng〈書〉像玉的美石。

瑽（玱） cōng 見下。

【瑽瑢】cōngróng〔擬聲〕〈書〉形容佩玉相碰撞發出的聲音。

蓯（苁） cōng ❶見下。❷（Cōng）〔名〕姓。

【蓯蓉】cōngróng〔名〕草本植物草蓯蓉和肉蓯蓉

的統稱，兩種蓯蓉均可入藥。

樅（枞） cōng〔名〕冷杉，常綠喬木，高可達40米。

另見 zōng（1696頁）。

熜 cōng〈書〉❶微火。❷熱氣。❸煙囪。

聰（聪） cōng ❶〈書〉聽覺；聽力：右耳失～。❷聽力好；聽覺靈敏：耳～目明。❸聰明：～慧｜~敏。

【聰慧】cōnghuì〔形〕聰明；多智慧：幼年～｜～可愛｜孩子們那～的眼睛，閃耀着求知的渴望。

【聰明】cōngmíng（-ming）〔形〕❶耳目敏捷：耳目～。❷指人資質靈敏，記憶和理解力強，智力高，心思巧（跟"愚蠢"相對）：這孩子很～｜他這樣聰太不～｜～反被～誤。

【聰穎】cōngyǐng〔形〕〈書〉聰明穎悟：天資～｜～過人。

鏦（枞） cōng 古代兵器，短矛：短～。

驄（骢） cōng〈書〉毛色青白相間的馬。

cóng ㄘㄨㄥˊ

從（从） cóng ㊀❶〈書〉跟隨：願～其後。❷聽從；依順：～命｜～俗｜言聽計～｜力不～心。❸從事；參加：～軍｜～政。❹採取（某種原則或辦法）：～優｜～豐｜處理～寬。❺（舊讀 zòng）從屬的；次要的：主～｜～官｜～吏（僚屬官吏）｜～犯。❻（舊讀 zòng）跟隨的人：隨～｜僕～｜侍～。❼（舊讀 zòng）堂房、旁系（親屬）：～子（姪）｜～女（姪女）｜～父（伯叔）｜～母（姨母）。❽（Cóng）〔名〕姓。

㊁❶〔介〕表示起點：～天津到北京｜～西往東｜～現在起｜～全局出發｜～根本上說。❷〔介〕表示經過的部位、地方：～門縫裏往外看｜我是～橋上過來的。❸〔介〕表示根據；依據：～腳印上判斷，這是一隻大黑熊｜～力量對比看，還是敵強我弱。❹〔副〕從來（多用於否定詞前面）：他在榮譽面前～不驕傲｜～不計較個人的名譽、地位｜～沒見過這種陣勢。**注意** 作為副詞的"從"，也可以換用"從來"而意思不變。"從未"不能說成"從來未"，而只能說"從來沒有"或"從來沒（méi）"。

語彙　服從　過從　扈從　盲從　僕從　屈從　任從　侍從　順從　隨從　聽從　無從　脅從　信從　依從　主從　自從　遵從　何去何從　輕裝簡從　唯命是從　無所適從　言聽計從　擇善而從

【從長計議】cóngcháng-jìyì〔成〕用較長時間慢慢地商議（含有不急於做決定或要慎重處理的意

思）：這個問題，事關重大，要～。

【從此】**cóngcǐ**〔副〕從這個時候起：畢業以後，我們～就失去了聯繫｜鐵路通到山區，交通～就方便了。

【從而】**cóng'ér**〔連〕因此就（上文是原因、方法，下文是結果、目的）：事實駁倒了這種謬論，～改變了某些人的錯誤看法。

【從犯】**cóngfàn**〔名〕(名)在共同犯罪中起次要或輔助作用的罪犯（區別於“主犯”）。

【從簡】**cóngjiǎn**〔動〕按照節儉的原則或採用簡易的辦法（去做）：一切～｜喪事～。

【從警】**cóngjǐng**〔動〕當警察；從事警察工作：他～已經二十年。

【從句】**cóngjù**〔名〕語法學上指主從複句中表示次要意思的分句。參見“主句”（1781頁）。

【從軍】**cóngjūn**〔動〕參加軍隊；參軍：～二十年｜～以後，從戰士升到了團長。

【從來】**cónglái**〔副〕表示從過去到現在都是如此：倆人在工作上～都是互相支持的｜我～不抽煙｜班長～沒有請過一天假。**注意** “從來＋沒（沒有）＋形”這個形式中，形容詞前加上“這麼、這樣”等，意思就全改變，甚至完全相反。如“情況從來沒有好過”（現在仍然不好）“情況從來沒有這麼好過”（現在比以前任何時候都好）；“情況從來沒有壞過”（現在仍然好）“情況從來沒有這麼壞過”（現在比以前任何時候都壞）。

┌─────────────────────────────
辨析 從來、從　a)作為副詞，都表示“一直如此”的意思。“從”只用在“不、未、沒有”等否定詞前，具有文言色彩，而且後面必須用雙音節詞或動詞短語，如“從不驕傲”“從不計較”。“從來”也可以這樣用。但“從來”後面也可以不帶否定詞，如“我們從來如此”“雙方從來互相支持”。b)“從”還有介詞用法，“從來”沒有。
└─────────────────────────────

【從良】**cóng // liáng**〔動〕妓女結束賣淫的生活而嫁人過一般人的生活：棄賤～。

【從略】**cónglüè**〔動〕予以省略：此處引文～。

【從命】**cóngmìng**〔動〕服從命令：恭敬不如～。

【從前】**cóngqián**〔名〕過去的時候；以前：北京的面貌和～大不一樣了｜～大家見了面總要打躬作揖，現在都是握握手。

【從權】**cóngquán**〔動〕採取靈活的變通辦法（處理問題）：～處理。

【從戎】**cóngróng**〔動〕〈書〉參加軍隊；從軍：投筆～。

【從容】**cóngróng**（舊讀 **cōngróng**）〔形〕❶ 舒緩；鎮靜自若；不慌不忙：魚游～｜～不迫｜～應對｜～就義（毫不畏懼地為正義而犧牲）。❷（時間、經濟）不緊迫；寬裕：時間還很～，慢慢整理好了｜這兩個月手頭不怎麼～。

【從善如流】**cóngshàn-rúliú**〔成〕形容能很快地聽

從好的意見，如同水向低處流一樣自然：王經理～，不管誰提意見，只要提得對，他都虛心接受。

【從事】**cóngshì**〔動〕❶ 投身於（某項工作或事業）；致力於：～科學研究｜～文學創作｜～教育工作。❷（按某種方式或原則）對待；處理：慎重～｜馬虎～｜軍法～。

【從屬】**cóngshǔ**〔動〕附屬；依附：～地位｜這個營銷中心～於總公司。

【從俗】**cóngsú**〔動〕❶ 按照習俗：～處理。❷ 順從世俗：～沉浮。

【從速】**cóngsù**〔動〕抓緊時間；趕快：存貨不多，欲購～｜～辦理。

【從頭】**cóngtóu**（～兒）〔副〕❶ 從最開始：這件事得～兒說起。❷ 重新開始：～兒再唱一遍。

【從小】**cóngxiǎo**（～兒）〔副〕從年齡幼小的時候：他～熱愛勞動｜他～兒就喜歡下圍棋｜他們倆是～兒在一處長大的。

【從刑】**cóngxíng**〔名〕附加刑。

【從業】**cóngyè**〔動〕從事某一職業：～資格｜～人員。

【從藝】**cóngyì**〔動〕從事藝術工作（多指表演藝術）：她～多年，成長為歌壇、影壇的雙棲明星。

【從優】**cóngyōu**〔動〕採取優待辦法；給予優惠：待遇～｜價格～。

【從征】**cóngzhēng**〔動〕隨軍隊出征。

【從政】**cóngzhèng**〔動〕從事政務；進入政界做官：棄商～｜～多年。

【從中】**cóngzhōng**〔副〕在某事或某些人中間；從裏面：～作梗｜～說和｜～牟取暴利。

【從眾】**cóngzhòng**〔動〕順從多數人的意見或做法：～心理。

淙 **cóng** 見下。

【淙淙】**cóngcóng**〔擬聲〕形容流水的聲音：澗水～。

悰 **cóng**〈書〉快樂；歡樂。

琮 **cóng** 古代的一種玉器，方柱形，中有圓孔。

賨（賨）**cóng** 秦漢時期今四川、重慶、湖南一帶少數民族所交賦稅的名稱。所交錢幣叫賨錢，所交布匹叫賨布。這部分少數民族因此被稱為賨人。

藂 **cóng**〈書〉聚集。

叢（丛）**cóng** ❶ 聚集在一起：～草｜～林。❷ 聚生在一起的草木：草～｜花～｜樹～。❸ 泛指聚攏在一起的人或物：人～｜論～｜刀～。❹〔量〕用於聚生在一起的草木：一～野花｜一～雜草。❺〔Cóng〕〔名〕姓。

【語彙】草叢 論叢 人叢 樹叢 譯叢

【叢集】cóngjí ❶〔動〕諸多事物（包括具體的和抽象的）聚集在一起：債務～｜疑慮～。❷〔名〕選取若干種書或其中部分篇章彙編成的一套書（常用於書名）：《二十世紀中國畫家～》。

【叢刊】cóngkān〔名〕（部，套）叢書，多用於書名：《四部～》。

【叢林】cónglín〔名〕❶（片）茂密的樹林子：墓地～｜～戰術。❷舊指和尚聚集的處所，泛指寺院。

【叢生】cóngshēng〔動〕❶（草木）聚集在一起生長：荊棘～。❷（疾病、弊病、危險等多種事物）同時或相繼發生：百病～｜弊端～｜險象～。

【叢書】cóngshū〔名〕（部，套）彙集群書編成的一套書：《中國文化史～》。

古代叢書

唐朝陸龜蒙《笠澤叢書》最早以"叢書"為名，但實際上不是真正的叢書，仍為詩文專集；宋朝俞鼎孫、俞經《儒學警悟》是中國最早的一部叢書；清乾隆年間的《四庫全書》是中國最大的一部叢書。

【叢雜】cóngzá〔形〕多而雜亂：內外事務～，一時難以理出頭緒。

còu ㄘㄡˋ

湊（湊）còu〔動〕❶聚集；聚合：～幾個人一塊去｜～足了錢可以買了｜大家來～一～情況。❷碰上；趕：～巧｜～個熱鬧｜正～上星期天｜～空兒｜～大夥在一塊兒。❸接近；靠攏：～近點兒｜往前邊兒～～。

【語彙】幫湊 緊湊 拼湊 雜湊 東拼西湊 七拼八湊

【湊份子】còu fènzi ❶每人拿出一部分錢合在一起送禮或辦事：同事結婚，大家～送了件禮物。❷（北京話）添麻煩；增加忙亂：我們忙得團團轉，你還來～！

【湊合】còuhe ❶〔動〕聚集；會合：星期日，老同學們～在一起聊天。❷〔動〕不做準備，臨時拼湊：請大家會前做好準備，不要臨時～。❸〔動〕將就：琴師光會拉京胡，非叫他拉二胡，他只好～了一段｜他沒有學過會計，但還能～着記賬。❹〔形〕勉強適合；過得去：這本小說怎麼樣？——還～。

【湊集】còují〔動〕聚集；湊攏在一起：～資金｜～在一起商量商量。

【湊巧】còuqiǎo〔形〕正好碰上（所希望的或所不希望的事）；碰巧：真不～，他出去了｜真～，我剛上車，車就開了。注意"湊巧出

去了"，可以表示希望"他出去"，也可以表示不希望"他出去"，具體含義由語境決定。"不湊巧他出去了"只是表示不希望"他出去"。

【湊趣兒】còu // qùr〔動〕❶迎合別人的興趣，叫他高興：他也說了幾句玩笑話，湊了個趣兒。❷逗笑取樂：淨拿他～，這很不合適。

【湊熱鬧】còu rènao ❶找熱鬧的地方去；跟大家湊在一起玩兒：你也唱一段，～唄。❷添麻煩；添亂：我們正在趕任務，你可別來～。

【湊手】còushǒu〔形〕用起來方便（常指手邊的物、錢，有時也可以指人）：一時不～，我拿不出那麼多錢來｜這裏事情太多，人員不～，派不出人。

【湊數】còu // shù（～兒）〔動〕❶湊足數額：湊夠一萬元的數。❷以不合格的（人或物）勉強充數：我在合唱隊裏，不過～罷了｜你們人手不夠，我來湊個數吧！

腠còu〈書〉皮下肌肉之間的空隙。

【腠理】còulǐ〔名〕中醫指皮下肌肉之間的空隙和皮膚的紋理：疾在～。

輳（輳）còu〈書〉車輪上輻條的內端集中到轂上：輻～。

cū ㄘㄨ

粗〈觕麤〉cū ❶〔形〕（條狀的東西）橫剖面大（跟"細"相對）：～管子｜柱子很～。❷〔形〕（長條形的東西）兩長邊的距離大；寬（跟"細"相對）：～綫條｜～眉毛。❸〔形〕顆粒大（跟"細"相對）：～鹽。❹〔形〕聲音大而低沉（跟"細"相對）：～嗓門兒｜～聲～氣。❺〔形〕粗糙；不精細（跟"精"、"細"相對）：去～取精｜她做的活兒太～。❻〔形〕疏忽；不周密（跟"細"相對）：～心大意｜～中有細。❼〔形〕魯莽；粗野：這是個～人｜不要說～話。❽〔副〕稍微；～～知一二｜～具規模｜～通英語。

辨析 粗、糙 作為形容詞，兩個詞都可以用來形容東西資料不精細和工作不細緻，如"這種紙的質地太粗""這活兒做得很粗"，其中的"粗"也可以換用"糙"。但"粗"還有其他意義，可以指東西直徑大，如"樹幹很粗"，可以指聲音大而低沉，如"粗聲粗氣"，還有副詞義，如"略微"，如"粗通英語"，其中的"粗"就不能換用"糙"了。

【語彙】老粗 氣粗 心粗 五大三粗

【粗暴】cūbào〔形〕粗魯；兇暴：性情～｜態度很～｜～行為｜～干涉別國內政。

【粗笨】cūbèn〔形〕❶笨拙，不靈活：動作～｜狗熊身軀～。❷物品粗大笨重，製作不夠精細：有幾件廚房用具顯得特別～。

【粗鄙】cūbǐ〔形〕粗野庸俗：言談～，舉動猥瑣。

【粗布】cūbù〔名〕（塊，匹）❶ 一種質地比較粗糙的平紋棉布：～衣服。❷ 土布：家鄉的～。

【粗糙】cūcāo〔形〕❶ 不光滑潤澤；不精緻細密（跟“精細”相對）：這桌面很～｜～的皮膚。❷ 工作草率馬虎；不細緻：這件大衣做工～。注意“糙”不讀 zào。

【粗茶淡飯】cūchá-dànfàn〔成〕不講究的簡單飲食。多用來形容儉樸、清苦的生活：日用三餐從來～，老將軍一直過着這樣的生活。

【粗放】cūfàng〔形〕❶ 粗獷豪放：作風～｜風格～｜性格～。❷ 粗疏放任；不細緻：～經營｜管理方式極為～。

【粗放經營】cūfàng jīngyíng 農業上指淺耕粗作，在較多的土地上投入較少的生產資料和勞動，單位面積的產量很低，靠擴大土地面積來提高總產量的經營方式（跟“集約經營”相對）。

【粗獷】cūguǎng〔形〕❶ 粗野：質性～，好以氣凌人。❷ 豪放；有氣魄：文風～｜性格～。注意“獷”不讀 kuàng。

【粗豪】cūháo〔形〕❶ 粗獷而豪爽：～狂放。❷ 粗壯豪邁：老同學合唱團的歌聲～有力。

【粗話】cūhuà〔名〕❶ 粗俗的話：市俗～。❷ 髒話；罵人的話：那人竟在大庭廣眾中說～。

【粗活】cūhuó（～兒）〔名〕笨重費力的活計；特指技術性低或不需要技術、勞動強度比較大的工作：細活兒幹不了，幹點～兒還成。

【粗糧】cūliáng〔名〕一般指大米、白麵等細糧以外的雜糧，如玉米、高粱、豆類等（區別於“細糧”）：～細做｜吃點～有益於身體健康。

【粗劣】cūliè〔形〕粗糙低劣（跟“精緻”相對）：這本書的裝幀十分～｜一看就知道這是～的贗品。

【粗陋】cūlòu〔形〕❶ 粗糙簡陋：這座簡易樓顯得過分～。❷ 粗略淺陋：那篇書評文章寫得十分～。

【粗魯】（粗鹵）cūlǔ（-lu）〔形〕（性格或行為等）粗野魯莽；舉動～｜那個人說話太～。

［辨析］粗魯、粗暴 a）“粗魯”的意思着重在“魯莽”；“粗暴”的意思着重在“暴躁”。b）兩個詞都可以形容人的行為、性格、言語等，但“粗暴”還可以用來形容國家、組織的行為，如“粗暴地踐踏別國主權”“粗暴地干涉他國內政”，“粗魯”不能這樣用。

【粗略】cūlüè〔形〕大略；大約：～的想法｜～估算，造四間一套的房子，建築費要三十萬元。

【粗淺】cūqiǎn〔形〕不精深；淺顯：～的體會｜～的道理｜這本講語音常識的書，內容～，道理深刻，稱得上深入淺出。

【粗人】cūrén〔名〕❶ 不文雅、沒有文化修養的人（有時用作謙辭）：我是個～，跟你們讀書人不一樣。❷ 不細心的人：妻子的生日都不記得，您說是不是一個～？

【粗疏】cūshū〔形〕❶ 不細心；不周密；粗糙疏漏：學問～｜～的見地。❷ 粗而稀疏：綾條～。

【粗率】cūshuài〔形〕粗略草率；粗心大意：～的決定行不通。

【粗俗】cūsú〔形〕言談舉止粗野而庸俗（跟“文雅”相對）：言語～｜舉止～。

【粗細】cūxì〔名〕❶ 粗細的程度：金箍棒碗口～（這裏強調的是“粗”，“細”字幾乎成了陪襯）｜這樣～的柱子正合適。❷（工作）粗糙和細緻的程度：莊稼長得好壞，也要看農活兒的～。

【粗綫條】cūxiàntiáo〔名〕❶ 筆畫畫得粗的綫條，也指用粗綫勾出的簡略輪廓。❷ 比喻粗率、豪放的性格或作風；也比喻文學作品粗略的構思或敍述：他這個人～，甚麼都不大在乎｜對作品內容做了～的介紹。

【粗心】cūxīn〔形〕疏忽；不細心（跟“細心”相對）：～大意｜他很～，這種細活兒做不了。

【粗野】cūyě〔形〕（言談、舉止、行為）粗魯無禮，缺乏修養：舉止～｜這個球員動作～。

【粗枝大葉】cūzhī-dàyè〔成〕❶ 比喻做事粗疏、不細緻、馬虎大意：～的工作作風要不得。❷ 比喻簡略概括，不詳細：他把計劃～地介紹了一下。

【粗製濫造】cūzhì-lànzào〔成〕製作粗劣草率，追求數量，不顧質量：寫文章要反復修改，仔細推敲，千萬不可～。注意 這裏的“濫”不寫作“爛”。

【粗重】cūzhòng〔形〕❶ 聲音低而強：嗓音～｜～的鼾聲。❷ 手或腳粗大有力：～的手。❸ 粗大笨重；繁重費力：～的木箱｜～的活兒。❹ 形體寬，顏色濃：～的筆道｜兩道濃黑～的眉毛。

【粗壯】cūzhuàng〔形〕❶（人的體格）粗大健壯：～的小夥子｜～的胳臂。❷（物體）粗大結實：～的樹幹。❸（聲音）大而低沉：嗓音～。

cú ㄘㄨˊ

徂 cú〈書〉❶ 往：自西～東。❷ 逝去：於嗟～兮，命之衰矣！❸ 開始：～暑。❹ 同“殂”。

殂 cú〈書〉死亡：～落｜崩～。

cù ㄘㄨˋ

卒 cù 同“猝”。
另見 zú（1822頁）。

【卒中】cùzhòng〔動〕中醫指中風。

促 cù ❶ 時間短：短～｜急～｜倉～。❷〔動〕催促；推動：～成｜督～｜抓管理，～效益｜想辦法～～他，讓他也參加。❸靠近；緊挨着：～膝長談｜合樽～席。❹（Cù）〔名〕姓。

語彙 倉促 匆促 催促 督促 短促 敦促 急促 緊促 局促 迫促

【促成】cùchéng〔動〕促使成功：～雙方和解｜他們的婚姻是幾位朋友～的。

【促進】cùjìn〔動〕推動使向前發展：互相～｜～生產｜～兩國關係正常化。

【促使】cùshǐ〔動〕推動使發生某種變化：生產的發展～社會不斷進步｜工作的需要～我們刻苦地學習。

【促退】cùtuì〔動〕促使退步（多跟"促進"對舉着用）：我們大家都努力促進，偏偏他一個人在使勁～。

【促膝談心】cùxī-tánxīn〔成〕膝部緊靠着膝部坐着談心裏話。形容親密地交談：廠長雖然很忙，但常常深入群眾，和大家～。

【促狹】cùxiá〔形〕（吳語）喜歡惡作劇；愛捉弄人：～鬼。

【促銷】cùxiāo〔動〕工廠、商店、企業為了引起消費者對自己生產、經營的產品的興趣，用廣告及其他方法促進銷售：降價～｜廠家以重獎～。

【促織】cùzhī〔名〕蟋蟀。

猝 cù〔副〕〈書〉猝然：～不及防｜自外～至。
注意 "猝"不讀 cuì 或 zú。

【猝然】cùrán〔副〕突然；意想不到地：～出逃｜～決定。

酢 cù〈書〉同"醋"。
另見 zuò（1835 頁）。

【酢漿草】cùjiāngcǎo〔名〕多年生草本植物，匍匐莖，掌狀複葉，莖和葉含草酸，花黃色，果實圓柱形。全草入藥，內服有清熱解毒、利尿、消腫、散瘀、止痛等作用，外用可以治疥癬等皮膚病。

蔟 cù〔名〕蠶蔟：蠶就要上～了。

醋 cù ❶〔名〕一種調味用品，味酸，用米、麥或高粱等發酵釀成：米～｜熏～｜山西～有名。❷比喻嫉妒心理（多因為在男女關係上有第三者）：吃～｜～意｜～勁兒。❸（Cù）〔名〕姓。

語彙 陳醋 吃醋 半瓶醋 加油添醋

【醋勁兒】cùjìnr〔名〕嫉妒的情緒（多用於男女關係上）：她的～又上來了。

【醋栗】cùlì〔名〕落葉灌木，莖有刺，葉子掌狀分裂，漿果球形，有多種顏色，味酸，可以吃，也可製果醬或製酒。種子可以榨油。

【醋酸】cùsuān〔名〕有機化合物，化學式 CH_3COOH。無色液體，有刺激性酸味，為日常食用醋的重要成分。是製造人造絲、電影膠片、阿司匹林等的原料。也叫乙酸。

【醋意】cùyì〔名〕嫉妒心（多用於男女關係上）：～大發｜頗有～。

踧 cù〈書〉❶驚異的樣子：～爾。❷同"蹙"。

【踧踖】cùjí〔形〕〈書〉❶恭敬的樣子。❷局促不安的樣子。

憱 cù〈書〉不高興的樣子：～然不悅。

簇 cù ❶聚集起來：～擁｜～居。❷聚集而成的團或堆：花團錦～｜花開成～。❸〔量〕用於聚集成團成堆的東西：鮮花一～｜一～～燦爛的禮花。❹很；全：～新。

語彙 叢簇 攢簇 擁簇 花團錦簇

【簇新】cùxīn〔形〕極新（多指服裝）：～的套裙。

【簇擁】cùyōng〔動〕（很多人）緊緊圍攏着：前後～着一大群人｜工人們～着自己的代表，熱烈地歡呼着。

蹙 cù〈書〉❶急迫；緊迫：氣～｜政繁事～。❷緊縮；收縮：～額（皺起了眉頭）｜強鄰侵襲，國土日～。

語彙 愁蹙 顰蹙 窮蹙

蹴 〈蹵〉cù〈書〉❶踢：～鞠（踢球）。❷踏；踩：一～而就。
另見 jiu（714 頁）。

cuān ㄘㄨㄢ

汆 cuān〔動〕❶一種烹調方法，把蔬菜、鮮肉等投入沸水裏稍微煮一下：～湯｜～丸子｜～豌豆苗兒。❷（北京話）用汆子把水放在火上很快燒開：～了一銚（diào）子開水。

【汆子】cuānzi〔名〕燒水用的細長形薄鐵筒，可以插入爐火中，用來燒水，水開得很快。

攛（攛）cuān〔動〕❶〈口〉拋擲：把一堆廢紙～到火裏燒了。❷匆忙地趕做：到時候現～，來得及嗎？❸發怒：你先別～兒，等我把話說完。

【攛掇】cuānduo〔動〕〈口〉鼓動別人做某種事；慫恿：你去～～大哥，他最聽你的話｜不幹，為甚麼～他呢？

躥（躥）cuān〔動〕❶用力快速地向前或向上跳：他往上一～，就爬上了牆頭｜縱身一～，過了河溝｜貓～到屋頂上去了。❷（北方官話）往外冒：噴射：鼻子～血｜水龍頭壞了，水一個勁兒地往外～｜肚子壞了，直～稀(腹瀉)。

【躥紅】cuānhóng〔動〕迅速走紅(多指演員、運動員)：這位歌手一夜～｜奪得世界冠軍使他～體壇。

【躥升】cuānshēng〔動〕迅速向上升：價格～到新的高度。

鑹(镩) cuān ❶ 鑹子。❷〔動〕用冰鑹鑿：～冰。

【鑹子】cuānzi〔名〕冰鑹，一種鑿冰的工具，頂端尖，有倒鈎。

cuán ㄘㄨㄢˊ

攢(攒) cuán〔動〕聚集在一起；拼湊：咱們～點錢送一份禮吧｜自己買來配件～了一台電腦。

另見 zǎn(1692頁)。

【攢動】cuándòng〔動〕擁擠在一起移動：人頭～。

【攢機】cuán//jī〔動〕根據實際需要，選用不同品牌的零部件組裝計算機：為了節省空間，很多～的朋友都願意選擇一款迷你機箱。

【攢聚】cuánjù〔動〕緊密地湊集在一起：廣場上～了許多人。

cuàn ㄘㄨㄢˋ

篡〈篡〉cuàn ❶ 奪取(權位)：～位｜～權。❷(Cuàn)〔名〕姓。

【篡奪】cuànduó〔動〕用非法手段奪取(職位、地位、權力)：妄圖～最高領導權。

【篡改】cuàngǎi〔動〕用作假的手段故意改動原文、原意或歪曲事實：～歷史｜事實不容～，謊言必須揭穿。

> [辨析]**篡改、竄改**　a)"篡改"是指用假的、錯誤的東西取代或曲解真的、正確的東西；"竄改"是指對原來的東西錯誤地進行改易、變更。b)"篡改"的對象一般是歷史、理論、學說、精神等；"竄改"的對象一般是具體的書面材料，如文字、文件、古書等。

【篡權】cuàn//quán〔動〕篡奪權力(多指國家政權)：竊國的陰謀。

【篡位】cuàn//wèi〔動〕篡奪君主的地位：奸臣～｜曹丕篡了漢獻帝劉協的位。

竄(窜) cuàn ❶〔動〕亂跑；奔逃(用於匪徒、敵軍、獸類等)：逃～｜抱頭鼠～｜東逃西～。❷〈書〉放逐；驅逐：斥～邊遠地帶。❸ 改動；刪改(文字)：點～｜～改。❹(Cuàn)〔名〕姓。

> **語彙**　奔竄　點竄　改竄　潰竄　流竄　鼠竄　逃竄　抱頭鼠竄　東逃西竄

【竄犯】cuànfàn〔動〕(匪徒團夥或小股敵軍)進犯：～邊境的匪徒，已全部就殲。

【竄改】cuàngǎi〔動〕改動(文字、記錄、文件、古書等)：～原文｜～記錄｜這本古書被～過。

【竄擾】cuànrǎo〔動〕擾亂；騷擾：一小股敵軍～沿海一帶｜一架～我領空的敵機被擊落了。

【竄逃】cuàntáo〔動〕逃竄：打得敵人狼狽～。

爨 cuàn ❶〈書〉燒火做飯：同居分～｜兄弟分居異～(指分家過日子)。❷〈書〉灶：共一井～(共用一口井一個灶)。❸(Cuàn)〔名〕姓。

cuī ㄘㄨㄟ

衰 cuī〈書〉❶ 由大到小，按照一定的等級遞減：等～(等次)。❷ 同"縗"。

另見 shuāi(1261頁)。

崔 cuī ❶〈書〉(山)高大：～巍｜～嵬。❷(Cuī)〔名〕姓。

【崔巍】cuīwēi〔形〕❶ 形容山高大險峻：高山～。❷ 形容建築高大雄偉：大殿～。

【崔嵬】cuīwéi〈書〉❶〔名〕有石頭的土山；高山：陟彼～。❷〔形〕高峻：山峰～。

催 cuī ❶〔動〕催促：～他快辦｜揚鞭～馬去～他來彙報。❷ 促使：使事物產生、發展、變化的過程加快：～生｜～眠｜春風～綠。❸(Cuī)〔名〕姓。

【催逼】cuībī〔動〕(施加壓力)催促逼迫(還債、招認口供等)：嚴刑～｜連日～償還債款。

【催產】cuīchǎn〔動〕用藥物或其他方法促使胎兒從母體產出。也說催生。

【催促】cuīcù〔動〕促使人加快行動：我們～他儘快來北京。

【催化劑】cuīhuàjì〔名〕能加速或延緩化學反應速度，而本身的量和化學性質並不改變的物質。加速化學反應速度的物質叫正催化劑，延緩化學反應速度的物質叫負催化劑。舊稱觸媒。

【催淚彈】cuīlèidàn〔名〕(顆，發，枚)裝填有催淚性毒劑的彈體。爆炸後刺激眼睛流淚，主要用於防暴時驅散人群。

【催眠】cuīmián〔動〕對人或動物用刺激視覺、聽覺或觸覺來引起睡眠狀態，對人還可以用言語的暗示引起。

【催眠藥】cuīmiányào〔名〕(片)抑制中樞神經系統以導致睡眠的藥物，種類很多。用於失眠，也用於睡眠療法。也叫安眠藥。

【催命】cuī//mìng〔動〕催人喪命，比喻緊緊地催逼：編輯部讓我三天之內把文稿看完，並提出審讀意見，這簡直等於催我的命。

【催青】cuīqīng〔動〕❶ 蠶卵在孵化前一兩天呈青色。用人工加溫等辦法促使蠶卵提前孵化叫催青。❷ 用藥物在一定時間內促進動物的性成熟。如較瘦弱的母畜，在配種前給加進精良的優等飼料,可以增加受胎率。也叫催情。❸古代指春化。即播種前先使作物的種子在適宜的條件下萌芽發青,以完成第一階段的發育。

【催生】cuīshēng〔動〕催產:～劑。

【催熟】cuīshú〔動〕❶用物理、化學等方法促使植物果實加快成熟:反季節水果多是人工～的。❷比喻使人過早地成熟;使某種條件儘早具備:家長擔心孩子會被成人化的語言環境所～|炙手可熱的黃金現貨正在迅速～與它有關的另一個市場──黃金期貨。

摧 cuī 折斷;破壞:～折|～毀|無堅不～|黑雲壓城城欲～。

語彙　悲摧　堅不可摧　無堅不摧

【摧殘】cuīcán〔動〕使受到嚴重損害:～身體|～文化。

【摧毀】cuīhuǐ〔動〕以強大力量使徹底毀壞:～敵軍據點|颶風～了很多房屋。

辨析　摧毀、摧殘　雖然兩個詞都有損害、破壞的含義,但有很大區別。"摧殘"指破壞的程度較輕,僅僅傷害事物的一部分以至大部分;"摧毀"指破壞的程度較重,對事物加以徹底破壞,以致毀滅。"摧殘"的對象多是人的身體、精神以及文化事業等,"摧毀"的對象多是建築、陣地、制度等。

【摧枯拉朽】cuīkū-lāxiǔ〔成〕摧折枯草朽木。比喻輕而易舉地摧毀腐朽勢力:這場革命～,掃蕩了封建勢力。

【摧折】cuīzhé〔動〕❶折斷:颶風～大樹。❷挫折:堅強的意志不可～。

榱 cuī〈書〉椽子:～棟(屋椽與棟樑)|題（屋椽外露的一端)。

猚 cuī 見"猚猚"(1409頁)。

縗 (縗) cuī 舊時不縫邊的喪服,用粗麻布製成:～服|～麻|～経。

cuǐ ㄘㄨㄟˇ

漼 cuǐ〈書〉水深的樣子。

璀 cuǐ〈書〉色彩鮮明:～璨|琪樹～～。

【璀璨】cuǐcàn〔形〕〈書〉色彩光亮鮮明:～似錦|～奪目|一顆～的明珠。

cuì ㄘㄨㄟˋ

倅 cuì〈書〉❶副:～車|～馬。❷副職:州～|郡～。

脆 (脃) cuì〔形〕❶容易折斷破碎(跟"韌"相對):這紙太～|～金屬。❷食

物容易咬碎:～麻花|這種梨又甜又～。❸(聲音)清脆:她的嗓音又～又甜。❹(北京話)說話辦事爽利痛快,不拖泥帶水:這小夥子辦事倍兒～。

語彙　薄脆　繃脆　乾脆　尖脆　嬌脆　焦脆　清脆　爽脆　鬆脆　酥脆　響脆

【脆骨】cuìgǔ〔名〕❶軟骨。❷作為食品的動物的軟骨:來盤兒～下酒。

【脆弱】cuìruò〔形〕軟弱,不堅強,經不起挫折:性格～|她的感情十分～|一點風浪都經不起,你也太～了。

【脆生】cuìsheng〔形〕〈口〉❶(食物)鬆脆:香瓜～爽口。❷(聲音)高昂清越:花腔女高音唱得可真～。

【脆性】cuìxìng〔名〕物質受拉力或衝擊時,容易破碎的性質。冰、玻璃、細瓷、生鐵等都是脆性物質。

啐 cuì ❶〔動〕用力從嘴裏吐出來:～了一口痰。❷〔歎〕表示輕蔑、斥責或憤怒(多見於戲曲小說):～!休得胡言亂語。

淬 cuì 淬火。

【淬火】cuìhuǒ〔動〕工件熱處理的一種工藝。通常是把金屬、玻璃工件加熱到一定溫度,然後浸入水、油等中急速冷卻,以增加硬度。俗稱蘸(zhàn)火。

【淬礪】cuìlì〔動〕〈書〉淬火和磨礪,比喻人要經過刻苦鍛煉考驗,就像打造刀劍時要淬火、磨礪一樣:雖不肖,亦自～,不敢稍懈。

悴 (顇) cuì〈書〉❶憂傷:心傷～矣。❷面容|形容毀～。

瑃 cuì〈書〉珠玉的光彩。

萃 cuì ❶〈書〉聚集:薈～|集～|～於一身。❷〈書〉聚集在一起的人或物:出於其類,拔乎其～。❸(Cuì)〔名〕姓。

語彙　薈萃　集萃　出類拔萃

【萃聚】cuìjù〔動〕〈書〉聚集:群英～|～一堂|吉日良辰,眾人～。

【萃取】cuìqǔ〔名〕一種分離混合物的方法。在液體混合物中加入某種溶劑,利用混合物的各種成分在該種溶劑中的溶解度不同而將它們分離。廣泛應用於分析化學、稀土元素的提純和富集。

毳 cuì〈書〉鳥獸的細毛:鴻鵠腹下有～,背上有毛。

腔 cuì〈書〉同"脆"①。

焠 cuì 舊同"淬"。

瘁 cuì〈書〉勞累：勞~｜身心交~｜鞠躬盡~。

粹 cuì〈書〉❶純粹而無雜質：~白之裘｜~而能容雜。❷精華：精~｜國~。

翠 cuì ❶青綠色：~竹｜~玉｜~柏。❷指翡翠鳥：~毛｜點~（用翡翠鳥的羽毛來做裝飾的手工工藝）。❸〔名〕指翡翠（一種玉）：珠~｜這塊~很透。❹（Cuì）〔名〕姓。

語彙 蒼翠 葱翠 點翠 翡翠 青翠 珠翠

【翠綠】cuìlǜ〔形〕像翡翠那樣的青綠色：~的峰巒｜麥苗一片~。

【翠微】cuìwēi〔名〕〈書〉❶青綠掩映的山色：高山蘊~。❷泛指青山：晚于香山踏~。

綷（綷） cuì〈書〉五色錯雜：孔雀~羽以翱翔。

【綷縩】cuìcài〔擬聲〕〈書〉衣服摩擦的聲音：花裙~。

膵 cuì 見下。

【膵臟】cuìzàng〔名〕胰的舊稱。

cūn ㄘㄨㄣ

村〈⊖邨〉 cūn ⊖〔名〕❶村莊；村落：山~｜鄰~｜過了這個~，沒這個店。❷指某些居民小區、別墅或賓館：華僑新~｜度假~。
⊜❶〔形〕粗俗：~夫｜~野｜這個人說話太~。❷（Cūn）〔名〕姓。
"邨"另見 cūn（221頁）。

語彙 荒村 農村 山村 鄉村 新村 三家村 行政村 自然村

【村夫俗子】cūnfū-súzǐ〔成〕指缺乏教養、粗野庸俗的人。

【村姑】cūngū〔名〕鄉村的年輕女子。

【村官】cūnguān〔名〕（名）稱村一級行政幹部：大學生當~｜電視台舉辦"尋找最美~"節目。

【村落】cūnluò〔名〕村莊：~整齊｜幾處~。

【村民】cūnmín〔名〕鄉村的居民：~委員會。

【村委會】cūnwěihuì〔名〕村民委員會的簡稱。農村的群眾性自治組織。

【村寨】cūnzhài〔名〕村莊；寨子：苗族~。

【村長】cūnzhǎng〔名〕（位，名）管理一村事務的人。

【村鎮】cūnzhèn〔名〕村莊和集鎮；鄉村集鎮。

【村莊】cūnzhuāng〔名〕鄉間民眾聚居的地方：~小學。

【村子】cūnzi〔名〕村莊。

邨 cūn 見於人名。
另見 cūn "村"（221頁）。

皴 cūn ❶〔動〕皮膚因受凍或風吹而裂開：手~了｜小臉蛋兒都凍~了。❷〔名〕（北京話）皮膚積存的泥垢：他很多天不洗澡，身上~太多。❸〔動〕中國畫畫山石樹木時，勾出輪廓後，為了顯示山石樹木的脈絡紋理和陰陽面，再用乾墨側筆而畫，叫作皴。表現山石的有斧劈皴、披麻皴、雨點皴等，表現樹幹表皮的有鱗皴、繩皴等。

踆 cūn〈書〉踢：逆而~之。

cún ㄘㄨㄣ

存 cún ❶存在；生存：生死~亡｜父母俱~。❷〔動〕儲存；保存：~檔｜~糧。❸〔動〕停滯；蓄積：孩子~了食，消化不良｜水缸裏~點兒水。❹〔動〕儲蓄：~款｜把錢~在銀行裏。❺〔動〕寄放：~行李｜~車。❻〔動〕保留：求同~異｜~而不論｜肚子裏~不住話。❼〔動〕結餘；剩餘：庫~｜收支相抵，淨~兩千元。❽〔動〕心裏懷着；暗地裏想：不~幻想｜~着很大希望｜他到底~甚麼心？❾〈書〉思念：思~｜~想。❿〈書〉問候（常用於書信）：~問。⓫（Cún）〔名〕姓。

語彙 保存 並存 殘存 長存 儲存 封存 共存 惠存 積存 寄存 結存 淨存 庫存 留存 內存 盤存 生存 圖存 外存 溫存 依存 永存 餘存 貯存 碩果僅存 一息尚存

【存案】cún'àn〔動〕登記在案：~備查。

【存查】cúnchá〔動〕保留起來以備查考（公文用語）：交秘書處~。

【存儲】cúnchǔ〔動〕存放儲備；儲存：~量｜~器｜~信息。

【存單】cúndān〔名〕（張）銀行等給存款者開的作為憑證的單據：定期儲蓄~。

【存檔】cún//dàng〔動〕將已處理完的公文、函件、文稿資料等歸入檔案以備日後查考：文件已經存了檔，可以到檔案室去查找。

【存底兒】cúndǐr ❶〔名〕作為留存的底稿等：原件已經留存~，你把複印件寄出去吧。❷（-//-）〔動〕把原始稿件等留存下來，以備日後查考：原件要存個底兒，才有根據。

【存而不論】cún'érbùlùn〔成〕保留起來，不加討論：此事可~。

【存放】cúnfàng ❶〔動〕寄存；放置：~行李｜車輛~。❷〔動〕存入；儲存：把錢~銀行，最為保險。❸〔名〕存款和放款的合稱：發展~業務。

【存根】cúngēn〔名〕開出票據或證件時留下備查的底子，底子上有與開出的票據或證件相同的簡要內容。

【存戶】cúnhù〔名〕在銀行、信用社等存款的戶頭。

【存活】cúnhuó〔動〕生存；活下來：～率｜～數量｜船沉已48小時，失蹤者～的可能性很小。

【存貨】cúnhuò ❶〔名〕商店裏積存待銷的貨物：清點～｜門市部的～已不多，得設法趕快進貨。❷(-//-)〔動〕儲存貨物：倉庫裏存滿了貨。

【存款】cúnkuǎn ❶〔名〕(筆)存到銀行、信用社等金融機構裏的錢。❷(-//-)〔動〕把錢存到銀行、信用社等金融機構裏：他到銀行去～｜老太太在儲蓄所存了一筆數目不小的款。

【存欄】cúnlán〔動〕(牲畜)在欄或圈裏飼養中(多用於數量統計)：生豬～總頭數比去年增加了一倍。

【存盤】cún//pán〔動〕把計算機裏的信息保存到磁盤上：關機時別忘了～，免得丟了文件｜文件存過盤了，可以關機了。

【存身】cúnshēn〔動〕安身：無處～｜～之所。

【存食】cún//shí〔動〕指吃了東西不消化，停滯在胃裏：孩子吃不下飯，大概存了食。

【存亡】cúnwáng〔動〕生存和死亡；存在和滅亡：～未卜｜與陣地共～｜天下～，匹夫有責。

【存亡繼絕】cúnwáng-jìjué〔成〕使將滅亡之國得以生存，使被斷絕之嗣得以延續。

【存項】cúnxiàng〔名〕餘存或儲存的款項：支出日增，～無多。

【存心】cúnxīn ❶(-//-)〔動〕居心；懷着某種想法：～不良｜他說這番話，不知道存的甚麼心。❷〔副〕蓄意；故意：他～跟我過不去｜這不是～害人嗎？

【存疑】cúnyí ❶〔動〕把一時搞不清楚的問題暫時留着，不做結論：問題暫且～，條件成熟後再議不遲。❷〔名〕留存在心中的疑問：心中多年的～一下子消除了。

【存在】cúnzài ❶〔動〕事物出現後持續地佔據着時間和空間；實際上有：我們雖然取得了很大的成績，但也～不少缺點。❷〔名〕指客觀世界：～決定意識。

【存摺】cúnzhé〔名〕(本)銀行等發給存款者作為憑證的小摺子。

蹲 cún〔動〕(北方官話)腿、腳猛然落地，因承受不了強烈震動而受傷：別跳，小心～了腿。
另見 dūn(331頁)。

cǔn ㄘㄨㄣˇ

刌 cǔn〈書〉切斷。

忖 cǔn 揣測；揣度；仔細考慮：自～｜暗～。

語彙 暗忖 思忖 自忖

【忖度】cǔnduó〔動〕揣測；推測：他～了半天，最後決定還是不去。注意 "忖度" 不讀 cūndù。

【忖量】cǔnliàng〔動〕❶猜度；揣摩：此事令人難以～。❷思量；考慮：凡事需仔細～。

cùn ㄘㄨㄣˋ

寸 cùn ❶〔量〕長度單位，10 寸等於 1 尺。❷〔形〕容極短或極小：～功｜～心｜～步｜～土必爭｜～草不留。❸〔形〕(北京話)巧；湊巧：這事真有點兒～。❹(Cùn)〔名〕姓。

語彙 尺寸 方寸 分寸 七寸 積銖累寸

【寸步】cùnbù〔名〕很小的步子，指極小的距離：～不離｜～難行。

【寸草不留】cùncǎo-bùliú〔成〕連小草都不留下。形容全部殺光或破壞得非常嚴重：敵人實行三光政策，所到之處～。

【寸丹】cùndān〔名〕〈書〉一寸丹心；一顆赤誠的心：肝膽寧忘一～。

【寸斷】cùnduàn〔動〕斷成了一小截一小截的：柔腸～｜肝腸～(形容非常悲痛)。

【寸頭】cùntóu〔名〕男子留的一種髮式，頭頂留有一寸來長的頭髮，兩鬢及後邊緣的頭髮更短。

【寸土】cùntǔ〔名〕形容極小的一塊土地，也比喻極小的利益：～必爭｜～不讓。

【寸心】cùnxīn〔名〕❶內心；心裏：文章千古事，得失～知。❷微薄的心意：聊表～。也說寸衷。

【寸陰】cùnyīn〔名〕〈書〉日影移動一寸的時間，形容極短的時間：不貴尺璧，而重～。

吋 cùn，又讀 yīngcùn〔量〕英寸舊也作吋。

cuō ㄘㄨㄛ

搓 cuō〔動〕兩個手掌相對反復來回摩擦，或把別的東西放在兩個手掌中間來回揉：～手取暖｜～麻繩｜衣服太髒了，洗的時候要多～幾下。

語彙 揉搓 挼搓

【搓板】cuōbǎn(～兒)〔名〕(塊)用手洗衣服時用的板狀物，多以木頭或塑料製成，長方形，上面有密而窄的長橫槽，搓洗時可增加阻力，以利清除污垢。

【搓麻將】cuō májiàng 打麻將牌，因洗牌動作像用手搓，故稱：他昨天在朋友家～居然搓了一夜。也說搓麻。

【搓手頓腳】cuōshǒu-dùnjiǎo〔成〕形容焦急不耐

C

煩的樣子；急得他～，可一時也拿不出主意。

【搓洗】cuōxǐ〔動〕用兩手反復搓揉浸泡在水裏的衣物，以去掉污垢：這種料子不能使勁～。

【搓澡】cuō // zǎo〔動〕洗澡時用毛巾等擦洗身體，除去污垢（由別人擦洗）。

瑳 cuō〈書〉玉色鮮明潔白，也泛指顏色潔白。

撮 cuō ❶〈書〉聚合；聚攏：～徒成黨。❷〔動〕用簸箕等將東西聚合在一起（取走）：～走一簸箕土。❸〔動〕（吳語）用手指拈起：～一點鹽。❹摘取；選取：～其旨要。❺〔動〕（北京話）吃：～一頓。❻〔量〕容量單位，10 撮等於 1 勺，1 市撮合 1 毫升。❼〔兒〕〔量〕用於手或工具鏟取的東西：一～兒鹽｜一～兒芝麻。❽〔量〕借用於少數壞人（前面常用“小”，數詞限於“一”）：一小～匪徒｜一小～兒流氓。

另見 zuǒ（1830 頁）。

【撮合】cuōhe〔動〕介紹促成；從中說合：他倆的婚事是她姨媽～成的。

【撮要】cuōyào ❶〔動〕從資料中摘取要點：～舉凡，存其大意。❷〔名〕摘取出來的要點：論文前面一般都有～。

磋 cuō ❶〈書〉把象牙加工成器物：如切如～。❷反復商議：～商。

【磋商】cuōshāng〔動〕互相交換意見，反復商量：與各有關部門進行～，最後達成了協議。

蹉 cuō ❶〈書〉跌倒：～跌。❷比喻失誤、差誤：～誤｜～失。

【蹉跎】cuōtuó〔動〕荒廢時間；虛度光陰：～歲月｜～半生，一事無成。

cuó ㄘㄨㄛˊ

矬 cuó（北方官話）❶〔形〕（身材）短小；矮：孩子的個兒真～｜小～個兒。❷〔動〕把身體往下縮：他往下一～身兒就跳過去了。

【矬子】cuózi〔名〕（北方官話）身體短小的人（多含不喜愛意）。

痤 cuó 見下。

【痤瘡】cuóchuāng〔名〕一種皮膚病，多生在年輕人的面部，通常是圓錐形的小紅疙瘩，有的有黑頭，多由皮脂腺分泌過多堵塞毛孔或消化不良等引起。通稱粉刺，也叫青春痘。注意 “痤”不讀 cuò 或 zuò。

嵯 cuó 見下。

【嵯峨】cuó'é〔形〕〈書〉山勢高峻的樣子：太行～。

瘥 cuó〈書〉疫病：天方薦～（老天爺接連不斷地降下疫病）。

另見 chài（143 頁）。

鹺（**醝**）cuó〈書〉❶鹽：～務。❷味道鹹：～魚。

酇（**酇**）cuó 用於地名：～城（在河南永城）。

另見 Zàn（1692 頁）。

cuǒ ㄘㄨㄛˇ

脞 cuǒ〈書〉細碎繁多：～言｜～錄｜叢～。

cuò ㄘㄨㄛˋ

挫 cuò ❶挫折；打擊：受～｜～損。❷〔動〕壓低；抑制：銳而不～｜～了銳氣｜抑揚頓～｜力～強敵。

語彙　力挫　受挫　銳而不挫　抑揚頓挫

【挫敗】cuòbài ❶〔名〕挫折和失敗：屢有～｜經受住多次的～。❷〔動〕使受挫失敗：～侵略計劃｜～敵人的陰謀。

【挫傷】cuòshāng ❶〔動〕身體因碰撞或擠壓而受傷：腿上～了一大塊。❷〔名〕皮膚或肌肉因碰撞或壓擠而受的傷：軟組織～。❸〔動〕損傷；傷害（熱情、積極性、上進心等）：不要～孩子的積極性。

【挫折】cuòzhé〔動〕❶壓制；阻礙；損傷：不要～了勇氣｜年輕人的進取心受到～。❷失敗；失利：重大～，能激起人們克服困難的勇氣。

剒 cuò〈書〉割；斬；雕刻。

厝 cuò〈書〉❶擺放；置放：～火積薪。❷把靈柩停放待葬或淺埋以待改葬：暫～｜安～。

語彙　安厝　浮厝　暫厝

【厝火積薪】cuòhuǒ-jīxīn〔成〕《漢書·賈誼傳》：“夫抱火厝之積薪之下而寢其上，火未及燃，因謂之安。”意思是把火放在柴堆下，火未燒起來，就以為平安。後用來比喻潛伏着極大的危險。

措 cuò ❶安排；處置：～意｜～置｜手足無～｜驚慌失～｜不知所～。❷籌劃；備辦：～辦｜籌～。

語彙　籌措　舉措　驚惶失措　手足無措

【措辭】cuò // cí〔動〕說話、寫文章選用詞語：～不當｜～欠妥｜～強硬｜你幫我措個辭，寫封信告訴他們我不能參加這次會議。也作措詞。

【措施】cuòshī〔名〕（項）為解決某個重大問題所採取的辦法：安全～｜～得力｜採取緊急～。

[辨析]措施、辦法　a)"措施"多用於書面語，而且多用於較大的事情；"辦法"沒有這些限制，運用範圍寬。"想辦法買到車票""想辦法找到知情者"中的"辦法"，不能換成"措施"。b)"措施"的量詞可用"項"，如"三項措施"；"辦法"的量詞多用"個、種"。c)"措施"常做"訂、制訂"的賓語，如"訂出了安全措施"；"辦法"常做"想"的賓語，如"想想辦法"。

【措手不及】cuòshǒu-bùjí〔成〕措手：着手處理。來不及處理和應付：打他個～｜我們可以出其不意，使敵軍～，粉碎他們的防禦計劃。

【措置】cuòzhì〔動〕安排；處理；處置：只要～得當，問題不難解決。

莝 cuò〈書〉❶ 鍘草。❷ 鍘碎的草。

槎 cuò 用於地名：～樹園（在湖南）。

銼（锉）〈剉〉cuò ❶〔名〕（把）銼刀。❷〔動〕用銼刀進行切削、打磨：把門框兒～平｜把鋼管口的毛刺～掉。

【銼刀】cuòdāo〔名〕（把）手工切削工具，條形，多刃，主要用來對金屬、木料、皮革等表層做微量加工。有扁銼、圓銼、方銼、三角銼等。

錯（错）cuò ㊀〈書〉❶ 打磨玉石的石頭；磨刀石：他山之石，可以為～。❷ 打磨玉石：攻～｜雖有玉璞，不琢不～，不離礫石。

㊁〈書〉鑲嵌：～銀｜～彩鏤金。

㊂ ❶〔動〕參差；錯雜：～綜｜犬牙交～｜這一列字沒對齊，有的～進去了。❷〔動〕兩個物體相對摩擦：～牙｜老人滿嘴牙都掉了，只好用上下牙巴骨～着東西吃。❸〔動〕互相避開而不碰上，也泛指失去時機：～車｜不要～過了機遇。❹〔動〕使辦事的時間不衝突：明天開大會，小組會得往後～｜兩門課都排在了九點鐘，～不開。❺〔形〕壞；差（用於否定式）：他們感情不～｜你這麼努力，將來成績一定～不了。❻〔形〕不正確（跟"對"相對）：這是個～字｜你把大衣穿～了，快換過來吧。❼〔名〕過失；錯處：認個～兒｜沒～兒｜有～兒就改｜千萬不要出～兒。

語彙　差錯　舛錯　改錯　攻錯　過錯　認錯　容錯　鑄錯　舛篡交錯　將錯就錯　犬牙交錯　一差二錯　陰差陽錯　縱橫交錯

【錯愛】cuò'ài〔動〕〈謙〉稱對方對自己的愛護：幸蒙～。

【錯案】cuò'àn〔名〕（起，宗）判錯了的案件：對

於冤假～，必須重新審理，及時糾正。

【錯別字】cuòbiézì〔名〕錯字和別字。

【錯車】cuò // chē〔動〕車輛相向行駛或後車超越前車時互相避開，以便順利通行：就是在～時出了事故｜錯一下車，就可以開過去了。

【錯處】cuòchu〔名〕錯誤的地方；過錯：一段話裏就有幾個～｜你沒有～，是我不好。

【錯峰】cuòfēng〔動〕指用水、用電或車輛運行時錯開較為緊張的高峰階段：～上班。

【錯怪】cuòguài〔動〕因誤會而對人錯誤地責怪或抱怨：我一時糊塗，～了你。

【錯過】cuòguò〔動〕因耽誤而失去（機會）：不要～農時｜這趟汽車，今天就走不成了。

【錯金】cuòjīn〔動〕一種特種工藝，在器物上用金屬絲鑲嵌成花紋或文字：～器皿。

【錯覺】cuòjué〔名〕由於某種原因所引起的錯誤知覺。如同一灰色，放在黑的背景上，看來較白；放在白的背景上，看來較黑。

【錯漏】cuòlòu〔動〕錯誤和遺漏：抄稿～太多｜仔細校對，避免～。

【錯亂】cuòluàn〔形〕錯雜混亂；失去常態：文字～｜次序～｜神經～。

【錯落】cuòluò〔動〕事物的分佈、排列等交錯紛雜：～有致｜歡聲笑語相～。

【錯失】cuòshī ❶〔動〕錯過：不可～良機。❷〔名〕過失；差錯：發生～不可怕，只要勇於承認和改正，就能取得進步。

【錯時】cuòshí〔動〕為避免衝突、擁堵而錯開時間：～遊｜～上下班｜因為電力供應緊張，本市要求企業用電大戶～開工。

【錯位】cuò // wèi〔動〕❶ 離開了原有的位置：關節～。❷ 顛倒了位置：購銷倒掛的～現象已經糾正過來。

【錯誤】cuòwù（-wu）❶〔形〕不正確；不符合實際：～認識｜～說法｜不要～地對待別人的批評。❷〔名〕不正確的事物、行為、認識等：犯～｜～百出。

【錯雜】cuòzá〔動〕多種事物交錯夾雜在一起：顏色～。

【錯字】cuòzì〔名〕書寫或刻印錯誤的字，如把"步"寫成了"步"，下面多了一點。

【錯綜】cuòzōng〔動〕縱橫交叉：這裏公路、鐵路～｜關係複雜～｜～的社會現象。

【錯綜複雜】cuòzōng-fùzá〔成〕形容事物交叉牽扯，頭緒繁多，情況複雜：情況儘管～，但只要深入調查研究，還是能夠弄清楚的。

D

dā ㄉㄚ

叮 dā〔歎〕吆喝牲口前進的聲音，發音短促。
也作噠。

耷 dā〈書〉大耳朵。見於人名：朱～（明末清
初的畫家）。

【耷拉】dāla〔動〕下垂：他～着腦袋｜沉甸甸的穀
穗～下來了。也作搭拉。

答 dā 義同"答"（dá）①：～理｜～應。
另見 dá（226 頁）。

語彙 滴答　羞答答

【答茬兒】dā // chár 同"搭茬兒"。

【答理】dāli〔動〕理睬（多用於否定式或疑問式）：
我叫了他好幾聲，他也沒～我｜他不愛～人｜
既然你跟他一見面就吵，為甚麼還～他？也作
搭理。

【答腔】dā // qiāng 同"搭腔"。

【答應】dāying〔動〕❶應聲回答：在門外叫了你
好幾聲，你也不～｜我～了，你沒聽見。❷同
意；允許：王先生～來參加我們的座談會｜我
們的要求，領導已經～了。

搭 dā ❶〔動〕架起；支起：～架子｜～帳篷｜
後院～了個雞窩。❷〔動〕共同抬起：把沙
發～到客廳去｜把床～起來，下面墊上兩塊磚。
❸〔動〕把柔軟的東西放在支撐物上：把洗好的衣
服～在繩子上｜戲台上的椅子都～着大紅椅披。
❹〔動〕扶：老大娘把手～在小姑娘的肩上，走
了進來。❺〔動〕配合；連接：好壞～着賣｜兩根
電線～在一起了｜前言不～後語。❻〔動〕比喻結
合在一起：～夥｜～鄰居。❼〔動〕賠；虧：～上
一條命｜管了幾天眼，～了二百塊錢。❽〔動〕乘
坐：這次外出旅遊先～車後～船，最後～飛機回
來。❾（Dā）〔名〕姓。

語彙 白搭　抽搭　勾搭　配搭　花花搭搭

【搭班】dābān〔動〕❶舊時指藝人臨時組成或參
加戲班：～唱戲。❷臨時組成或參加作業班：
有技術骨幹了，攻關任務就完成了。❸臨時合
夥：咱倆～說一段相聲。

【搭伴】dā // bàn（～兒）〔動〕趁便做伴：～同行｜
他также到上海去，你們就搭個伴兒吧。

【搭幫】dābāng〔動〕❶（-//-）結伴：～結夥｜搭
個幫一塊兒去，路上也好有個照應。❷（北京
話）多虧：～您哪，老大爺。

【搭便】dābiàn〔副〕趁便；順便：到北京參加會
議，～看看老朋友。

【搭茬兒】dā // chár〔動〕（北京話）接着別人的話
頭兒說話：他們正在談買賣呢，你可別～｜這
不關你的事，你搭甚麼茬兒？也作答茬兒。

【搭車】dā // chē〔動〕❶乘車：～進城｜搭不上
車。❷比喻藉機行事：此次糧油調價，其他日
用品不許～漲價。

【搭乘】dāchéng〔動〕乘坐車船、飛機等：～輪
船｜～長途汽車。

【搭檔】（搭當、搭擋）dādàng（吳語）❶〔動〕合
作；合夥：我跟他～。❷〔名〕（位，名）合作
人；合夥人：你是他的好～｜我們是多年的
老～了。

【搭伙】dā // huǒ〔動〕加入伙食單位或附在別人
家裏用餐：孩子在學校的食堂～｜他在房東家
裏～｜自從搭了伙，就方便多了。

【搭夥】dā // huǒ〔動〕（～兒）合為一夥：成群～｜
～經營｜他要跟我們搭個夥，大家同意嗎？

【搭架子】dā jiàzi ❶搭起框架。比喻做事或寫文
章前先建構整體框架：先～，內容慢慢充實｜
機構雖說成立了，可還沒～呢！❷〔慣〕（吳
語）擺架子：不要～。

【搭建】dājiàn〔動〕❶簡單地修建：～展台｜嚴
禁～違章建築。❷組織；構建：～電子商務平
台｜～領導班子。

【搭界】dājiè〔動〕❶交界：這裏是雲、貴、川
三省～的地方｜西藏自治區南邊同印度～。
❷（-//-）（吳語）相關（多用於否定式）：他是
學法律的，跟科技不～｜這兩件事搭不上界。

【搭救】dājiù〔動〕幫助人脫離危險、困境或災
難：～落水兒童｜得想法把她從火坑裏～出來。

【搭客】dākè ❶〔動〕（-//-）載客：這艘貨輪有時
也～。❷〔名〕乘坐車船的人：江上的渡輪來
往運送着～。

【搭拉】dāla 同"耷拉"。

【搭理】dāli 同"答理"。

【搭配】dāpèi ❶〔動〕按一定要求安排、調配：合
理～｜這兩個詞～不到一塊兒。❷〔動〕配合：
他們倆～默契。❸〔形〕組合相稱協調：穿戴
很不～。

【搭腔】dā // qiāng〔動〕❶接着別人的話說：我問
了幾遍也沒人～｜只要有人～，他就高興了｜
他跟你說話，你為甚麼不搭人家的腔？❷（北
方官話）交談：小王跟小李鬧了一場以後，
不～快兩個月了。以上也作答腔。

【搭橋】dā // qiáo〔動〕❶架設橋樑：封凍期，不
用～就能把木頭拉到河對岸。❷比喻撮合；溝
通：多虧他出面～，這筆買賣才順利成交｜他
們一直在為人才流動牽綫～。❸指用病人自身
的血管接在阻塞部位，使血流暢通。

【搭訕】（搭赸、答訕）dāshàn（-shan）〔動〕❶想

跟人家接近或為打破尷尬局面而主動找話說：她想過去跟他～幾句，但又覺得有點兒不好意思。❷〈吳語〉插嘴：勿要去～。

【搭手】dā // shǒu〔動〕幫忙：有甚麼需要我～的，儘管吩咐就是了｜請搭把手。

【搭售】dāshòu〔動〕搭着銷售。多指把滯銷商品和熱銷商品搭配在一起出售：嚴禁～積壓產品｜硬性～就是變相漲價。也說搭賣。

【搭頭】dātou〔名〕❶搭配的東西：我買的是裏脊，這塊肥肉是～。❷附帶的、次要的東西：這家商店主要賣百貨，書籍只是～。

【搭載】dāzài〔動〕搭乘運載，特指人造衛星或某種裝置搭乘別國的火箭升入太空飛行：過路的車子都不肯～我們｜中國航天技術成熟，～服務可靠。

嗒 dā〔擬聲〕形容馬蹄、機關槍等的聲音：屋子外面傳來～～的馬蹄聲｜機槍一直～～地響個不停。也作噠。

另見 tà（1303 頁）。

腣 dā〈書〉皮膚鬆弛的樣子。

褡 dā〈書〉小被子。

【褡包】dābāo（-bao）〔名〕繫在衣服外面，有口袋的長而寬的腰帶，用布或綢子製成。

【褡褳】dālian〔名〕❶（～兒）（條）中間開口、兩端能裝東西的長方形口袋，大的可以搭在肩上，小的能掛在腰帶上：從～裏取出幾十兩碎銀子。❷（件）摔跤運動員穿的一種厚布上衣。

噠（哒）dā ❶同"嗒"。❷同"吶"。

【噠嗪】dāqín〔名〕有機化合物，化學式 C$_4$H$_4$N$_2$。是嘧啶的同分異構體。[英 pyridazine]

鎝（镗）dā ❶一種翻土工具：鐵～。❷（～兒）（北方官話）指門上的鐵環：門～兒。

dá ㄉㄚˊ

打 dá〔量〕十二個叫一打：一～鉛筆｜他買了兩～襪子。[英 dozen]

另見 dǎ（227 頁）。

語彙　蘇打　大蘇打　小蘇打

查 dá（～兒）〔量〕用於摞起來的紙張或其他薄的東西：一～信封｜把這三～報紙帶到樓上辦公室去。

另見 tà（1303 頁）。

怛 dá〈書〉❶憂傷；悲苦。❷驚慌；恐懼。

【怛怛】dádá〔形〕〈書〉憂傷；不安：勞心～～。

妲 dá 見於人名：～己（商紂王的妃子。文藝作品多以她為妖媚惑主、禍國殃民的壞女人典型）。注意"妲"不讀 dàn 或 tǎn。

烡 dá〈書〉光輝照耀。見於人名：劉～（東漢章帝名）。

笪 dá ❶〔名〕一種粗的竹席。❷〈書〉拉縴的繩子。❸（Dá）〔名〕姓。

答 dá ❶〔動〕回答：有問必～｜一概不～｜～非所問。❷回報：～謝｜～拜｜報～。❸（Dá）〔名〕姓。

另見 dā（225 頁）。

語彙　報答　筆答　酬答　對答　回答　解答　問答　贈答

【答案】dá'àn〔名〕對問題做出的解答：參考～｜正在尋求問題的～。

【答拜】dábài〔動〕〈書〉回拜；回訪。

【答辯】dábiàn〔動〕❶對別人提出的問題或責難進行答復或辯護：正在進行論文～｜對一些人的指責公開～。❷特指被告或原告在法庭上為自己辯護：被告一再～｜原告委託律師對被告的反駁進行～。

【答詞】dácí〔名〕在公眾場合表示謝意或作答時所說的話：在歡迎會上致～。也作答辭。

【答對】dáduì〔動〕回答問話：他被問得無言以～。

【答復】（答覆）dáfù（-fu）❶〔動〕回答提出的問題或請求：～讀者來信｜上述問題敬請早日～為荷。❷〔名〕對問題或請求的回答：他們對這個～都很滿意｜請你給我一個明確的～。

【答話】dáhuà〔動〕回答問話（多用於否定式或疑問式）：你怎麼不～？｜無論誰來問，他都不～。

【答卷】dájuàn ❶（-// -）〔動〕解答試卷上的問題：考生們都在認真～。❷〔名〕（份）解答過的試卷：老師認真批閱～。❸〔名〕（份）比喻人們在困難或考驗面前的立場、態度或行動：在生與死的考驗面前，他交了一份出色的～。

【答禮】dá // lǐ〔動〕還禮：登門道謝，算是答了人家的禮。

【答祿】Dálù〔名〕複姓。

【答數】dáshù〔名〕數學運算得出的數。也叫得數。

【答謝】dáxiè〔動〕對別人的幫助或招待表示謝意：～宴會。

【答疑】dáyí〔動〕解答疑難問題：老師正在～。

達（达）dá ❶通；到：四通八～｜火車直～北京。❷〔動〕達到；抵達：欲速不～｜目的已～，安然返防｜月底以前可～上海。❸認識透徹；通曉事理：通情～理｜通權～變。❹告知：轉～｜傳～。❺表達：詞不～意。❻顯達：～官顯宦。❼（Dá）〔名〕姓。

語彙 表達　暢達　傳達　抵達　發達　放達　哈達　豁達　雷達　馬達　通達　賢達　轉達　飛黃騰達　欲速則不達

【達標】dá//biāo〔動〕達到規定的標準：水質～｜他的體育成績一直達不了標。

【達成】dáchéng〔動〕協商後實現或得到：雙方～協議｜～一筆交易。

【達旦】dádàn〔動〕〈書〉從夜裏一直到天明：燈火～｜通宵～。

【達到】dá//dào〔動〕經努力後實現（多指抽象事物或程度）：～目的｜～世界先進水平｜這個要求達得到還是達不到？**注意**"達到"不可以帶表示具體地點的處所賓語。如"達到上海""達到終點""達到目的地"中的"達到"，都應當改為"到達"。

> **辨析** 達到、到達　兩個詞的意思和用法並不完全相同。"達到"的對象多是抽象的，"到達"的對象多是具體的。如可以說"我們已經達到目的"，但是不能說"我們已經到達目的"；可以說"我們已經到達目的地"，但是不能說"我們已經達到目的地"。"達到"可以插入"得、不"，如"達得/不到目的"，"到達"不能這樣用。

【達官】dáguān〔名〕舊時稱職位高的官吏：～貴人｜～顯爵。

【達觀】dáguān〔形〕對不如意的事想得通，看得開：他很～，這點小事不會影響他的情緒。

【達人】dárén〔名〕〈書〉❶通曉事理的人：～知命。❷豁達豪放的人。❸顯貴的人。❹在技藝、學術等某些方面非常精通、熟練的人；高手：舞蹈～｜數碼～｜潮流～。

【達士】dáshì〔名〕〈書〉不同於流俗，見識高超的人：今世～，能有幾人？

【達斡爾族】Dáwò'ěrzú〔名〕中國少數民族之一，人口約 13 萬（2010 年），主要分佈在內蒙古、黑龍江、新疆等地。達斡爾語是主要交際工具，沒有本民族文字。

【達奚】Dáxī〔名〕複姓。

【達意】dáyì〔動〕用言辭表達思想感情：詞不～｜表情～。

【達因】dáyīn〔量〕力的非法定計量單位，符號 dyn。使 1 克質量的物體產生 1 厘米/秒^{2}的加速度所需的力，叫 1 達因。1 達因等於 10^{-5} 牛。[英 dyne]

靼 dá 見"韃靼"（227 頁）。

瘩〈瘩〉dá 見下。
另見 da（242 頁）。

【瘩背】dábèi〔名〕中醫指長在背部的癰。

薘（莚）dá〈書〉車前草。

礚（磆）dá 用於地名：～石（在廣東）。
另見 tǎ（1303 頁）。

鐽（鐽）dá〔名〕一種放射性金屬元素，符號 Ds，原子序數 110。

韃（鞑）dá 見下。

【韃靼】Dádá〔名〕❶古時漢族對北方各遊牧民族的統稱。❷俄羅斯聯邦的民族之一。主要分佈在韃靼斯坦共和國。

dǎ ㄉㄚˇ

打 dǎ ㊀❶〔動〕敲打；撞擊：～門｜～鼓｜～鐘～了十二下。❷〔動〕因撞擊而破碎：～了個花瓶｜挺好的一個碗給～了｜雞飛蛋～。❸〔動〕攻打：這一仗～了兩個人｜～了起來。❹〔動〕進行某種交涉：～交道｜～了一場官司。❺〔動〕建造：～地基｜～一道牆。❻〔動〕製造：～刀｜～鐵鍁｜～燒餅。❼〔動〕捆綁：～行李｜～鋪蓋捲兒｜～裹腿。❽〔動〕編織：～雙草鞋｜～一件毛衣｜～了兩條辮子。❾〔動〕塗抹：地板～蠟｜皮鞋～油。❿〔動〕寫；畫；印：～草稿｜～格子｜～圖章｜～手印。⓫〔動〕揭開；鑿開：～開蓋子｜～簾子｜～洞｜～一口井｜～兩個眼兒。⓬〔動〕舉；提：～傘｜～旗子｜～燈籠。⓭〔動〕發出；發射：～電報｜～電話｜～槍｜～炮。⓮〔動〕付給或領取：～個介紹信｜～個證明文件。⓯〔動〕除去：把蘿蔔～了皮｜～樹杈｜葉子～了一遍。⓰〔動〕舀取：～一盆水｜～小米粥。⓱〔動〕注入：～氣｜～預防針。⓲〔動〕撥動；搬動：～算盤｜～方向盤。⓳〔動〕購買：～油｜～醋｜～酒｜～戲票。**注意**"打油""打酒"等，必須是從較大的容器裏舀取出來零售的，否則不能叫"打"，而只能說"買"。⓴〔動〕攪拌：～鹵｜～糨糊。㉑〔動〕捕捉（禽獸等）：～鳥｜～魚｜～兔子。㉒〔動〕收穫；割取：～糧食｜～草｜～柴｜一畝地～五百多斤。㉓〔動〕計算；預計：～主意｜成本～少了｜每場電影的觀眾～一千人，演十場就是上萬人呢。㉔〔動〕從事：～游擊｜～零工｜～埋伏。㉕〔動〕玩；做遊戲：～球｜～秋千｜～牌｜～麻將｜～撲克。㉖〔動〕做某種動作或產生某種狀態：～手勢｜～哈欠｜～噴嚏｜～盹兒｜～哆嗦。㉗〔動〕用某種方法或方式：～官腔｜～比喻｜～馬虎眼。㉘〔動〕定某種罪名：他利用職權侵吞公款，被～成貪污犯，受到法律制裁。㉙〔動〕租乘：～的｜～出租車。㉚〔動〕治理；懲辦：～非｜～拐｜～掉一個製假窩點。㉛（Dǎ）〔名〕姓。

㊁〔介〕❶從，組成表示處所、時間、範圍等起點的詞語：～這兒往南去｜～明天起，每天上演一齣新戲｜～高中畢業生中招工人。❷從，組成表示經過路綫、場所的詞語：～小路走，近

得多｜不要～車窗裏探出頭來。**注意** a）"打"是北方官話，普通話一般用"從"。b）在單音節詞前，多用"從"，如"從早到晚""從內到外""從南到北""從老到少"等。

另見 dá（226 頁）。

語彙 鞭打 抽打 吹打 單打 短打 攻打 擊打 拷打 毆打 敲打 捧打 雙打 武打 苦迭打 雞飛蛋打 零敲碎打 穩紮穩打

【打靶】dǎ // bǎ〔動〕對準設置的目標進行射擊：到野外～｜他剛打完靶回來。

【打白條】dǎ báitiáo ❶ 開具非正式的單據：不可以～領取勞務費。❷ 收購或支付報酬時開具暫時不能兌現的領款條：今年收購棉花不許～。

【打擺子】dǎ bǎizi（西南官話）患瘧疾。

【打敗】dǎbài〔動〕❶（-//-）戰勝對方：～侵略者｜我們肯定打得敗敵人。❷ 被對方戰勝；失敗：這一仗～了｜全國籃球比賽第一場，這個隊就～了。**注意** a）"打勝"和"打敗"是一對反義詞，如"這一仗打勝了"和"這一仗打敗了"意思正好相反。b）"打勝了敵人"和"打敗了敵人"這兩句話的意思是一樣的。"這一仗打敗了"的"打敗"是"失敗"的意思，"打敗了敵人"的"打敗"是"使失敗"的意思。c）如果要用"打敗"表示被打敗的意思，就要說"被（敵人、對手）打敗了"。

【打扮】dǎban ❶〔動〕使容貌衣着美觀好看；裝飾：這孩子今天～得真漂亮｜節日的公園～得格外多姿多彩。❷〔名〕打扮出來的樣子；穿戴服飾：他的～像個運動員｜瞧他這身～，不中不西的。

【打榜】dǎbǎng〔動〕登上排行榜（多用於流行歌曲）：～歌曲｜新歌已在各大電台～。

【打包】dǎbāo〔動〕❶ 把物品包裝起來：～機｜這些東西可以打成兩個包。❷ 打開包裝着的物品：～檢查｜他打開包，把裏面的東西全部拿了出來。❸ 在餐館吃飯時，把吃不完的飯菜裝起來帶走。

【打包票】dǎ bāopiào〔慣〕比喻為人擔保負責，做出保證：他是說話算數的人，我敢～，你就放心吧｜我已經打了包票，一定要按期完工。也說打保票。

【打抱不平】dǎ bàobùpíng〔慣〕遇到不公平的事，挺身而出幫助受欺壓的一方；為受欺壓的人伸張正義：他看見別人受欺，就想～。

【打比】dǎbǐ〔動〕❶ 用比喻的方法說明事情、道理：他為了讓聽眾容易明白，講到抽象的道理，常拿具體東西來～。❷ 比較：六十多歲的老大娘，怎麼能跟十幾歲的小姑娘～呢？

【打草驚蛇】dǎcǎo-jīngshé〔成〕比喻行動不謹慎、不嚴密，驚動了對方：切不可～，誤了大事！

【打岔】dǎ // chà〔動〕用無關的語言、行動打斷別人的說話或工作：你別～，讓人家說下去｜他在書房裏寫文章，你不要去～｜我們正討論問題，你來打甚麼岔！

【打場】dǎ // cháng〔動〕穀物收割後在場上脫粒：他正忙着～呢｜我打完場找你去，你就別在這兒等着了。

【打車】dǎ // chē〔動〕打的（dī）：路太遠，你～去吧｜打一輛車去參加會議。**注意** "打車"通指租用或乘坐出租小汽車。租用或乘坐大型、中型出租車都不能說"打車"。

【打成一片】dǎchéng-yīpiàn〔俗〕彼此融合在一起。形容關係密切，感情融洽：幼兒園新來的老師很快就和孩子們～。

【打出手】dǎ chūshǒu ❶（～兒）戲曲用語，一種戲曲表演程式。以一個角色為中心，同其他幾個角色互相配合，做拋擲傳遞武器的特技，形成種種舞蹈性的驚險場面。多用於武旦戲。❷ 動手打架（多與"大"字連用）：兩幫人大～。

【打春】dǎchūn〔名〕〈口〉立春。舊時民間風俗，在立春的前一天要舉行迎春儀式，把泥做的春牛放在衙門前，立春日用紅綠鞭抽打，表示勸農備耕，因此俗稱立春為打春。

【打倒】dǎ // dǎo〔動〕❶ 攻擊使垮台；推翻：～反動派。❷ 打擊使倒下：只一拳就～了對手。

【打的】dǎ // dī〔動〕僱用或乘坐出租小汽車：～去飛機場｜下雨天，打個的回家吧。的：的士，出租小汽車。

【打點】dǎdian〔動〕❶ 收拾；整理：～行李，準備上路｜～齊備就搬家。❷ 用錢財打通關節，請求關照。

【打點滴】dǎ diǎndī〈口〉輸液：住院頭兩天他一直在病床上～。

【打動】dǎdòng〔動〕使人感動：～讀者｜我被那如泣如訴的琴聲深深～了。

【打鬥】dǎdòu〔動〕打架搏鬥：～片｜～鏡頭｜嚴禁聚眾～。

【打逗】dǎdòu〔動〕打趣；逗樂兒：那件名貴的瓷器毀在兩人的～中｜不准在辦公樓內追逐～，大聲喧嘩。

【打賭】dǎ // dǔ〔動〕就某事的真相或結果跟別人賭輸贏：這次球賽青年隊一定獲勝，不信咱們可以～｜我敢～，明天下雨他也來。

【打短兒】dǎduǎnr 〇〔動〕〈口〉做短工：他常在外面～，在家的日子很少。〇〔動〕〈口〉穿短裝：一天到晚幹活兒，穿長衫不行，只能～。

【打斷】dǎduàn〔動〕❶ 使別人的言行中斷：不要～他講話｜你又把我的思路～了。❷ 打折（shé）：一磚頭把竹竿～了。

【打盹兒】dǎ // dǔnr〔動〕〈口〉（坐着或靠着）睡一會兒：他睏得直～｜我剛才打了一個盹兒。

【打發】dǎfa〔動〕❶ 派遣：趕快～人去請大夫｜還是你～人去把他找回來？❷ 使離去：剛把孩子～走了，你又來添亂｜不相干的人都～走了，現在可以談問題了。❸ 消磨：人家忙得不可開交，你倒有工夫閒聊天～時間｜退休後在家抄抄寫寫～日子。❹ 安排；照料（見於早期白話）：～賓客。

【打翻身仗】dǎ fānshenzhàng〔慣〕比喻改變落後面貌和狀況：引進競爭機制的目的是～，實現扭虧為盈。

【打非】dǎfēi〔動〕打擊非法出版物、音像製品的製作和銷售活動：掃黃～。

【打榧子】dǎ fěizi 一種手指動作，拇指貼緊中指面，用力摩擦閃開，使中指打在掌上發聲。

【打更】dǎ // gēng〔動〕舊時把一夜分為五更，一更約兩小時，每到一更，巡夜的人便打梆子或敲鑼報時：更夫又～了｜都打三更了，快睡吧。

【打嗝兒】dǎ // gér〔動〕〈口〉❶ 噯氣的通稱：他的胃不舒服，常～｜打了幾個嗝兒。❷ 呃逆的通稱。

【打工】dǎ // gōng〔動〕受僱用給人做工：很多自費留學生一邊～一邊上學｜我在那家工廠打過工。

【打工皇帝】dǎgōng huángdì〔名〕港澳地區用詞。打工一族中收入最高的人士，泛指大公司、大企業、銀行等的高層管理人員。他們為公司賺取高額利潤，除高薪外還有分紅、福利等：香港的～年收入往往在數千萬甚至億元以上。

【打工妹】dǎgōngmèi〔名〕指打工的年輕女子。

【打工仔】dǎgōngzǎi〔名〕指打工的年輕男子。

【打躬】dǎ // gōng〔動〕彎腰行禮：～作揖｜頻頻～｜見面先打個躬，再坐下來說話。

【打躬作揖】dǎgōng -zuòyī〔成〕舊時一種禮節，雙手抱拳，彎腰行禮。現多用來形容恭順懇求：你現在升官了，我也不會對你～。

【打拱】dǎgǒng〔動〕舊時一種禮節，雙手抱拳至胸，上下微微晃動，表示敬意或道歉。

【打鼓】dǎ // gǔ〔動〕❶ 敲鼓：敲鑼～｜打了三通鼓，才拉開幕。❷ 比喻把握不準，心神不安：事情還沒辦成，他心裏直～。

【打鼓兒的】dǎgǔrde〔名〕（位）北京舊時敲打着小皮鼓兒走街串巷收購廢舊物品的小販。也叫打小鼓兒的。注意 類似的稱呼有：賣菜的、說書的、唱戲的、剃頭的、算命的、掌勺兒的等等。

【打瓜】dǎguā〔名〕❶ 西瓜的一個品種，果實較小，種子大而多，可食用。種這種瓜主要為了取瓜子。❷ 這種植物的果實。

【打卦】dǎ // guà〔動〕占卦。

【打拐】dǎguǎi〔動〕打擊拐賣婦女、兒童的犯罪活動：在這次～行動中，成功地解救了百名被拐賣的兒童和年輕女子。

【打官腔】dǎ guānqiāng 對人說官場中的門面話。也指說堂皇的空話來敷衍推託：你要跟我們說真話，不要～。

【打官司】dǎ guānsi 通過法院解決爭端：兄弟倆為爭奪遺產正在～。

【打光棍兒】dǎ guānggùnr 指成年男子沒有妻子，過單身生活：因忙於事業，他到 40 歲還～。

【打滾兒】dǎ // gǔnr〔動〕❶ 躺着來回滾動：一群孩子在草坪上～玩耍｜疼得他在床上直～｜小花貓在地毯上打了幾個滾兒。❷ 比喻做事歷盡艱難：他在商界～，已經三十多年了。

【打哈哈】dǎ hāha 以開玩笑來對待；敷衍搪塞：這件事咱們是事先說好了的，你可別～。

【打鼾】dǎ // hān〔動〕睡覺時因呼吸受阻而發出斷斷續續的粗重聲音：睡覺的姿勢不對就愛～。

【打夯】dǎ // hāng〔動〕用夯砸實地基：天一亮工人就到工地～了｜打完夯，他把工具收拾好才離開工地。

【打黑】dǎhēi〔動〕打擊黑社會性質的犯罪團夥：重拳～，搞好社會治安｜這個～反腐的故事，充滿着危險情節和眾多懸念。

【打橫】dǎhéng（～兒）〔動〕❶ 圍着方桌坐時，坐側面的座位（橫：橫向）：您坐主位，他～兒。❷ 由直向轉成橫向：雨後路滑，汽車直～。

【打呼嚕】dǎ hūlu〈口〉打鼾：他頭一沾枕頭就開始～。

【打諢】dǎhùn〔動〕❶ 演員（多是丑角）在表演中不時說些逗笑的話助興：插科～。❷ 泛指說些詼諧的話（以活躍氣氛）：他就會～說笑。

【打火】dǎ // huǒ〔動〕❶ 按動點火裝置的按鈕使着火。❷ 特指啟動汽車、摩托車上的點火裝置：沒油了，打不着火。

【打火機】dǎhuǒjī〔名〕一種可隨身攜帶的小巧發火器，主要用於燃點香煙。

【打擊】dǎjī〔動〕❶ 敲打；撞擊：～樂器｜以木棍～頭部致傷。❷〔動〕攻擊；使受到挫折：～侵略者｜～積極性｜不准～報復。❸〔名〕受到的攻擊；遭受的挫折：沉重的～｜毀滅性的～。

【打擊樂器】dǎjī yuèqì 由敲打而發音的樂器，如編鐘、鑼、鼓、木魚、梆子等。

【打饑荒】dǎ jīhuang〔慣〕指經濟上出現虧空；借債：他這個月～了。

【打家劫舍】dǎjiā -jiéshè〔成〕盜賊入室劫奪財物：那一夥人在這一帶佔山為王，～。

【打假】dǎjiǎ〔動〕❶ 打擊假冒偽劣商品的製造和銷售活動：深入開展～活動，保護消費者權益。❷ 揭露、懲治某些領域的造假、欺騙行為：學術～刻不容緩。

【打架】dǎ // jià〔動〕❶ 互相爭鬥毆打：孩子湊在

一塊玩兒，有時候也免不了～｜一天打了好幾架。❷〈口〉吵嘴：這兩口子天天～。

【打價】dǎ ～（兒）〔動〕〈口〉買東西還價（多用於否定式或疑問式）：看着合適就買，不～｜這家商店的貨不二價，你別想跟他們打甚麼價｜你要一百塊錢，能打個價嗎？

【打尖】dǎ//jiān〔動〕㊀在旅途中臨時休息、吃東西：大家加把油，到前面村子裏～｜打個尖再走路。㊁掐去棉花等農作物的頂端：棉花打過尖了。也叫打頂。㊂插隊：排隊上車，不要～。也叫加塞兒。

【打交道】dǎ jiāodao〈口〉接觸；交往聯繫：動物園的工作人員常和動物～。

【打攪】dǎjiǎo〔動〕❶干擾；添亂：姐姐正在做作業，你別去～｜他常來辦公室～我們的工作。❷受招待或有事請人幫助時的客套話：～了，給您添麻煩了｜字典紙借給我用用，～了。

【打醮】dǎjiào〔動〕和尚或道士為人設壇祈經做法事，如祈福消災、超度亡魂等：～求福，信的人已經不多了。

【打劫】dǎjié〔動〕用強力搶奪別人的財物：趁火～｜攔路～。

【打緊】dǎ//jǐn〔形〕重要；嚴重；要緊（多用於否定式）：沒甚麼～｜摔得怎麼樣，～不～？

[辨析]打緊、要緊 "打緊"跟"要緊"指"重要"時的意思雖然相同，可是用法不一樣，如可以說"這件事（很）要緊"，但不能說"這件事（很）打緊"。在選擇問的疑問句裏，二者的用法又一樣了，如"要緊不要緊"跟"打緊不打緊"都可以說。在答話裏可以回答說"要緊"或"不要緊"，也可以說"不打緊"，但不能說"打緊"。

【打卡】dǎ//kǎ〔動〕❶把磁卡貼近或插入磁卡機以讀取有關信息：～式檢票機｜請打一下卡。❷把考勤卡放入打卡機中記錄上下班時間：上班～｜打過卡了。

【打開】dǎ//kāi〔動〕❶弄開封閉、捆紮的物品：～瓶蓋｜～房門｜～窗戶｜～包袱｜～書本｜箱子打不開了｜抽屜打得開打不開？❷使原有的範圍擴大，停滯的局面開展：～思路｜銷路仍舊打不開｜局面打得開打不開？

【打開天窗說亮話】dǎkāi tiānchuāng shuōliànghuà〔諺〕比喻明白而坦率地講出來：～，你要是不換個思路，這件事就辦不成。

【打瞌睡】dǎ kēshuì 打盹兒：老奶奶一邊看電視一邊～。

【打蠟】dǎ//là〔動〕塗蠟，用來保持器物光潔：拋光～｜地板打了一層蠟。

【打撈】dǎlāo〔動〕把落入或沉在水裏的東西取出來：～隊｜～沉船｜～被洪水沖進河裏的木料。

【打雷】dǎ//léi〔動〕陰雨天雲層放出強烈電流發出巨響：又～又下雨｜一連打了幾個雷。

【打擂台】dǎ lèitái〔慣〕上擂台比武。比喻參加某種比賽、較量；應戰：他爺爺一身好武藝，～少有敵手｜學校舉辦乒乓球擂台賽，歡迎高手來～。

【打冷戰】dǎ lěngzhan 因為寒冷或者害怕身體不由自主地抖動一兩下。也作打冷顫。

【打理】dǎlǐ〔動〕❶料理；收拾：～雜務｜因為不會～，屋子裏幾乎沒有地方落腳。❷管理；經營：～店鋪｜公司業務無人～。

【打量】dǎliang〔動〕❶仔細審察（人的形貌、穿着）：他站在一旁～着來人的打扮｜把他全身上下～了一番。❷以為；估計：我～他不會來了｜你到這會兒還哄我，～我不知道？

【打獵】dǎ//liè〔動〕在野外捕殺野禽野獸：上山～｜野生動物保護區內禁止～｜他剛打完獵回來。

【打落水狗】dǎ luòshuǐgǒu〔慣〕比喻徹底打敗在失敗中掙扎的壞人：對敵人不能心慈手軟，要～！

【打馬虎眼】dǎ mǎhuyǎn〔慣〕裝糊塗造假象矇騙人：他這是～，想蒙混過關｜當心，別讓他～。

【打埋伏】dǎ máifu ❶預先把兵力隱藏起來，等待時機行動：大部隊撤走，留下一個連在這裏～。❷〔慣〕比喻有意隱藏人力、財物或隱瞞問題：他們科原來還有個小金庫，這不是～嗎？｜有意見就儘管提，不要～。

【打悶棍】dǎ mèngùn〔慣〕原指為搶劫財物而從背後用棍子將人打悶。比喻乘人不備，突然給以沉重打擊。

【打鳴兒】dǎ//míngr〔動〕〈口〉公雞啼叫：雞都打了鳴兒了，不早兒。

【打磨】dǎmó〔動〕❶摩擦器物表面，使光潔精緻：～玉石。❷比喻對文章或著作等反復加工：這部詞典還需～。

【打鬧】dǎnào〔動〕❶追打玩樂，打鬧說笑：街頭～，影響交通｜他喜歡～，也不分場合。❷爭鬥吵鬧：為一點兒小事就～，太不值得。

【打蔫】dǎ//niān〔動〕〈口〉❶由於乾旱、強陽光照射等原因，植物的枝葉萎縮下垂：長期乾旱，小麥都～了｜花瓶裏的花都打了蔫兒了。❷比喻情緒不高、精神不振：小李一向很活躍，不知為甚麼這兩天～了｜這個人精力旺盛，從來沒打過蔫兒。

【打牌】dǎ//pái〔動〕玩紙牌、麻將：打了一夜牌。

【打泡】dǎ//pào〔動〕手腳因摩擦起泡：鋤了一天地，兩手打了好幾個泡。

【打噴嚏】dǎ pēntì 見"噴嚏"（1013頁）。

【打屁股】dǎ pìgu〔慣〕舊時一種刑罰。比喻給以嚴厲批評或懲罰：如果你也完不成任務，和他一樣，照樣～，絕不手軟。

【打偏手】dǎ piānshǒu〔慣〕給人辦事時，從中做手腳，撈取好處。

【打拼】dǎpīn〔動〕奮力工作；奮鬥：她離鄉背井，獨自在國外～。

【打破】dǎ//pò〔動〕突破原有的限制、狀況：～紀錄｜～平衡｜～僵局｜～常規。

【打破砂鍋——問（璺）到底】dǎpò shāguō——wèn dàodǐ〔歇〕璺：器皿上的裂紋。砂鍋性脆，一旦打破就會從上到下地裂開。指對事情刨根問底兒：遇到不懂的問題他總喜歡～，直到弄明白了才罷休。

【打氣】dǎ//qì（～兒）〔動〕❶向球或輪胎裏灌氣：給籃球～｜自行車輪胎該～了｜車帶癟了，打足了氣才成。❷比喻給人鼓勁：要給人～，別給人泄氣｜拉拉隊正在給場上的運動員～。

【打前失】dǎ qiánshī 牲口因前蹄失衡，跌倒或幾乎跌倒。

【打前站】dǎ qiánzhàn 行軍或集體出行時，派先遣人員到途中停留處或目的地費做安排：他們先來～，大部隊還在後面呢｜這次組織拉練，我們幾個人～。

【打情罵俏】dǎqíng-màqiào〔成〕指男女間以親昵的打鬧笑罵調情：兩人～，全然不顧周邊人的感受。

【打秋風】dǎ qiūfēng〔慣〕指借各種關係或名義向他人索取財物或分享好處：這個人老來～，真討厭。也說打抽豐。

【打趣】dǎqù〔動〕取笑；嘲弄：別人都愁死了，你別來～了｜他經常～讀錯字的同學。

【打拳】dǎ//quán〔動〕演練拳術：～可以強身｜他能打一手好拳。

【打群架】dǎ qúnjià 雙方聚眾鬥毆：禁止～。

【打擾】dǎrǎo〔動〕❶擾亂；攪擾：辦公時間，請勿～。❷受招待或有事請人幫助時的客套話：多次～，真不好意思｜～了，我在您這兒打個電話。

【打入冷宮】dǎrù lěnggōng〔慣〕原指把失寵的后妃安置在帝王不再去的處所。比喻將不喜歡的人或事物棄置不用：他是能人，不會被～｜這些好戲好歌曾一度被～。

【打掃】dǎsǎo〔動〕掃除；清理：～教室｜～戰場｜叫孩子去～～院子。

【打閃】dǎ//shǎn〔動〕陰雨天雲層放電並突然發出閃光：～了｜剛打過一個閃。

【打手】dǎshou〔名〕（名）受僱替僱主欺壓、毆打別人的人。

【打水漂兒】dǎ shuǐpiāor ❶將碎瓦片或碎石片等貼近水面扔出去，使在水上時出時沒地跳躍前進。❷〔慣〕比喻白白地浪費：就是有錢，也不能就這麼拿去～。

【打算】dǎsuan ❶〔動〕考慮；計劃：他～當教師｜你得仔細～～｜你～甚麼時候出發？注意"打算"這樣的動詞只能帶動詞性賓語，不能帶名詞性賓語，如不能說"打算學校""打算他""打算兩個"等等，也不能帶形容詞性賓語，如不能說"打算紅""打算大"等等。"打算好"是動補結構，"好"不是"打算"的賓語，而是它的結果補語。❷〔名〕想法；念頭：我先前的～看來太不現實了｜人多想法多，各有各的～。

辨析 打算、企圖 a）"企圖"是書面語，着重指力求想辦到、圖謀，多用於較重大的事情。"打算"是口語，常指一般地計劃、考慮。b）"企圖"多含貶義，"打算"不帶褒貶色彩。

【打胎】dǎ//tāi〔動〕人工流產。

【打探】dǎtàn〔動〕打聽探問：多方～｜～情況。

【打天下】dǎ tiānxià〔慣〕❶指奪取政權：革命先烈為～英勇獻身。❷比喻創立事業：開發大西北任務艱巨，這就靠你們年青一代～了。

【打聽】dǎtīng〔動〕向別人探問了解：四處～消息｜小王辭職後，大夥兒沒～出來他的下落｜情況到底怎麼樣，你快去～～。

【打通】dǎ//tōng〔動〕❶除去阻隔或障礙使相貫通：把這兩個院子～｜隧道很快就要～了｜電話打不通。❷比喻消除顧慮，使思想通徹：～思想｜他的思想打得通打不通？

【打通關】dǎ tōngguān〔慣〕指在宴席上一個人跟在座的所有人依次划拳喝酒。比喻能全面熟練地完成每項工作：他雖然學歷低一些，但工作兩年後就能～了。

【打頭】dǎtóu ⊖(-//-)〔動〕抽頭：～獲利｜這次打的頭很可觀。⊜(-//-)〔動〕帶頭；領先：他～走進會場｜你打個頭，大家就會跟上來。⊜〔副〕從頭：把讀過的書再～理一遍。

【打頭陣】dǎ tóuzhèn〔慣〕指戰鬥中最先迎敵或出擊。比喻行動中率先做事、帶頭幹：遇到危險，他總是～。

【打退堂鼓】dǎ tuìtánggǔ〔慣〕古代官吏退堂時擊鼓。比喻做事畏難或變卦而中途退縮：要迎着困難上，不要～｜事先說定了的，你怎麼好中途變卦～呢！

【打下】dǎ//xià〔動〕❶進攻勝利而佔領：～敵人城頭堡。❷奠定：～堅實基礎。

【打下手】dǎ xiàshou 擔任助手；做輔助工作：你掌勺，我～｜在公司裏，他唱主角兒，我～。

【打響】dǎxiǎng〔動〕❶開火；開始交戰：前鋒部隊～了｜等部隊～以後他才離開村子。❷比喻首戰告捷或工作開局成功：頭一炮～，下一步棋就好走了。

【打消】dǎxiāo〔動〕消除；放棄：放下包袱，～顧慮｜～了請假回家的念頭｜你這種不切實際的想法趁早～吧！

【打小報告】dǎ xiǎobàogào 指背地裏誇大地或無中生有地向領導反映別人的缺點或錯誤：切忌～，影響大家關係。

【打壓】dǎyā〔動〕打擊壓制：商品出口受到～，必須認真對待｜～不成，又來拉攏。

【打牙祭】dǎ yájì〔慣〕原指每逢初一、十五吃一頓有葷菜的飯食，後來泛指偶爾吃一頓豐盛的飯菜：家裏今天～，你看孩子們吃得多香。

【打掩護】dǎ yǎnhù ❶ 指用牽制、迷惑敵人的方法保護主力部隊或重要人員行動安全：你們連的任務是在後面為主攻部隊～。❷〔慣〕比喻保護、包庇或隱瞞：他根本沒生病，你還為他曠工～。

【打烊】dǎ yàng〔動〕（吳語）晚間商店關門停止營業：商場夜裏九點鐘～｜街上的店鋪都打了烊了。

【打樣】dǎ // yàng（～兒）〔動〕❶ 畫出設計圖樣或做出實物樣板。❷ 書報排版後，印出樣張來供校對用：工廠正在～，下月能開印｜打一份樣兒送給作者，他親自校對。

【打印】dǎyìn〔動〕❶ 打字印刷，有時也專指把計算機中的文字、圖像等印到紙張等上面：這份總結～100 份｜把電腦中這份材料～出來。❷ (-//-)加蓋印章：這份證明必須～才有效。

【打油詩】dǎyóushī〔名〕(首)內容通俗詼諧、不講求格律的舊體詩。相傳唐朝張打油有詠雪詩：“江山一籠統，井上大窟窿。黃狗身上白，白狗身上腫。”因此而得名。後泛指一般的詼諧調侃的短詩。

【打游擊】dǎ yóujī ❶ 從事游擊活動：抗戰時期，他在長白山～。❷〔慣〕比喻從事沒有固定地點的工作或活動（含詼諧意）：他上班到處～，連個固定的辦公室也沒有。❸〔慣〕比喻食宿沒有固定的處所：今天住在親戚家，明天住在朋友家，他到處～。

【打預防針】dǎ yùfángzhēn ❶ 注射預防疾病的藥液。❷〔慣〕比喻事先給予提醒、教育以防出錯：要給大家～，提高抵制各種錯誤思想的能力。

【打援】dǎyuán〔動〕阻擊增援的敵軍：圍城～。

【打圓場】dǎ yuánchǎng〔慣〕調解糾紛，使矛盾或僵局緩和下來：幸好有人出來～，不然兩個人非打架不可。也說打圓盤、打圓台。

【打雜】dǎ // zár〔動〕〈口〉做雜事，幹零碎活兒：每逢爸爸媽媽請客，我總在家裏～｜請你主持大會，我來打雜兒。

【打造】dǎzào〔動〕❶ 用手工製造（多指金屬製品）：～刀劍。❷ 創立；創建：～中國的硅谷｜～著名品牌。❸ 營造；創造：～寬鬆的氛圍｜～獨具特色的節目。❹ 培育：～優秀的營銷隊伍。

【打仗】dǎ // zhàng〔動〕❶ 進行戰爭：打了三年仗。❷ 比喻戰鬥：我們在文化戰綫打了一個漂亮仗。

【打招呼】dǎ zhāohu ❶ 用語言、表情或動作向對方致意：見面時他總主動～，很有禮貌。❷ 事先或事後非正式地予以通知、關照：調動工作的事早跟人事處～了。

【打折扣】dǎ zhékòu ❶ 降低商品的售價：～出售｜～後還這麼貴！❷〔慣〕比喻不完全按規定或承諾做：他沒完全按合同辦事，～了｜廠長貫徹上級指示精神，從來不～。

【打針】dǎ // zhēn〔動〕用注射器把液體藥物注入體內：他又吃藥又～，病得可不輕｜打了三針還不退燒。

【打腫臉充胖子】dǎ zhǒng liǎn chōng pàngzi〔俗〕比喻原本不行卻硬要顯示自己行：他的收入並不多，還～，硬裝闊佬｜實事求是，別～。

【打中】dǎ // zhòng〔動〕打在目標上：足球～門柱｜被子彈～腿部。

【打主意】dǎ zhǔyi ❶ 想辦法：得先從材料、設備方面～。❷ 費心機（謀取）：這座樓房，早已有人～了。

【打字】dǎ // zì〔動〕用打字機把文字、符號等打在紙上。也指在計算機上輸入文字：這份文件交給打字員去～｜一分鐘你能打多少字？

【打坐】dǎzuò〔動〕盤膝而坐，閉目入靜，是僧、道修行的一種方法。也指某些氣功靜坐的健身法。

大 dà ㄉㄚˋ

大 dà ㊀❶〔形〕事物在規模、數量、程度等方面超過一般或所比較的對象（跟“小”相對）：～客廳｜～眼睛｜歲數～｜聲音太～｜這場雪真～。注意 a）“大 A 大 B”構成固定語，A、B 是意義相近或相關的單音節名詞、動詞、形容詞或語素，表示規模大、程度深，如“大手大腳”“大魚大肉”“大葷大素”“大吃大喝”“大紅大紫”。b）“大 A 特 A”構成固定語，A 是單音節動詞或動詞性語素，表示規模大、程度深，如“大書特書”“大講特講”“大叫特叫”。❷〔名〕(體積、年齡等)大小的程度：彈坑有兩間房子～｜他今年多～了？❸〔形〕加在表時間、節氣的詞語前，表示強調：～冬天｜～晴天｜～清早。注意 表示強調的“大”，不能跟“小”相對，如不能說“小冬天”“小晴天”“小清早”。❹〔形〕排行第一的：～哥｜～姐｜～兒子｜他是老～。注意 “大伯”“大媽”中的“大”不表示排行，而有表敬之意。“大姑娘”“大小子”中的“大”也不表示排行，而表示長大、變大。❺〈敬〉稱跟對方有關的事物：～作｜～禮｜～駕｜尊姓～名。❻ 表示時間更遠些的：～前年｜～後天。❼〔副〕表示程度深：～忙｜～亮｜～喝一聲｜～笑起來。❽ 用在“不”後組成“不大”（“大”相當於“很”或“太”），表示程度淺：不～好｜不～舒服｜不～懂｜不～清楚。❾ 用在“不”後組成“不大”，表示不經常：不～看電影｜不～出去玩｜不～愛花錢。**⑩**（Dà）〔名〕姓。

㊁**①**〔名〕(西北官話)父親：乾～｜俺～今年六十整。**②**〔名〕(北方官話)指伯父或叔父：我是二～撫養大的。**③**古同"太""泰"（tài），如"大子""天下大而富"。

另見dài（243頁）。

語彙 博大 措大 放大 肥大 高大 廣大 浩大 宏大 巨大 誇大 寬大 擴大 老大 龐大 強大 人大 盛大 偉大 遠大 重大 壯大 光明正大 自高自大

【大巴】dàbā〔名〕(輛)大型公共汽車或旅遊用車：機場～｜這條綫路增開了豪華～｜租輛～到郊區旅遊。[巴，英 bus]

【大壩】dàbà〔名〕(座,道)江、河、湖泊上高大的攔水建築物。

【大白】dàbái ㊀〔名〕白堊(è)的俗稱：他用～把牆壁粉刷了一遍。㊁〔動〕真相全部顯露：真相～｜～於天下。

【大白菜】dàbáicài〔名〕(棵)白菜的一種，是北方地區秋冬的主要蔬菜。**注意**"大白菜"是個專用名稱，不管棵多小，也叫大白菜；"小白菜"也是個專用名稱，不管棵多大，仍得叫小白菜。

【大伯子】dàbǎizi〔名〕〈口〉丈夫的哥哥。

【大班】dàbān ㊀〔名〕舊時稱洋行經理。港澳地區仍沿用。㊁〔名〕**①**幼兒園裏由五週歲至六週歲兒童所編成的班級。**②**人數多的班。

【大半】dàbàn（～兒）**①**〔數〕多半部分：在座的～是年輕人｜工程已完成～兒了。**②**〔副〕表示較大的可能性：～要起風了｜老王～不來了。

【大飽眼福】dàbǎo-yǎnfú〔成〕觀覽美景、新奇事物而得到充分的滿足：在巴黎舉辦的中國文化節讓法國人民～。

【大本】dàběn〔名〕大學本科的簡稱(跟"大專"相區別)：今年～擴招｜他是～畢業。

【大本營】dàběnyíng〔名〕**①**指戰時軍隊的最高統帥部。**②**泛指進行某種活動的根據地：登山隊員返回～。

【大便】dàbiàn **①**〔名〕屎：把病人的～送去化驗。**②**〔動〕拉屎：孩子要～｜一天～一次。

【大兵】dàbīng〔名〕**①**士兵：門前有～站崗｜對面走過來幾個～。**②**〈書〉實力強大的軍隊：～壓境。

【大餅】dàbǐng〔名〕(張)用白麵烙成的大張厚餅：～油條｜買一斤～｜一個～有二斤重。

【大伯】dàbó〔名〕**①**伯父。**②**對年長男子的尊稱。

【大不了】dàbuliǎo **①**〔副〕表示至多不過如此；充其量：～晚睡一會兒｜買不到飛機票，～坐火車走。**②**〔形〕了不得(多用於否定式)：有甚麼～的事，何必這樣發脾氣｜你這病沒甚麼～的，吃點藥休息幾天就好了。

【大步流星】dàbù-liúxīng〔成〕流星：這裏指流星般的迅速。形容邁步大，走得快：他～地朝前趕路。

【大材小用】dàcái-xiǎoyòng〔成〕大材派派小用場。比喻本事大的人未盡其才(多指人事安排不當，浪費人才)：讓他幹這種工作真有點～。

【大菜】dàcài〔名〕**①**(道)西餐的俗稱：法式～｜吃～。**②**(道)酒席上的大碗或大盤的主菜，如全雞、全魚等。

【大餐】dàcān〔名〕(頓)西餐；豐盛的飯菜。常用於比喻：法式～｜海鮮～｜文化～。

【大操大辦】dàcāo-dàbàn 指在舉行慶典或操辦紅白喜事時講排場、擺闊氣，揮霍浪費：結婚要提倡節約，反對～。

【大茶飯】dàcháfàn〔名〕港澳地區用詞。本義為生意額很大且利潤豐厚的大宗生意。多喻指犯罪集團或犯罪分子作大案：警方鎖定押款車被搶案是一個專食～的犯罪集團所為。

【大氅】dàchǎng〔名〕(件)大衣。

【大鈔】dàchāo〔名〕(張)大面額的鈔票。

【大潮】dàcháo〔名〕(股)**①**在朔日和望日漲落幅度最大的海水。由於其他複雜因素的影響，大潮不一定見於朔、望日，可能延遲兩三天出現。**②**比喻聲勢大的時代潮流：在改革的～中，湧現出了一批新生事物｜和平和發展是時代的～。

【大車】dàchē〔名〕㊀(輛)牲口拉的兩輪或四輪載重車：他趕～去了｜公路上送化肥的～一輛接着一輛。㊁(輛)指大汽車(跟"小車"相對)：參加會議的代表年輕的坐～，年老的坐小車。㊂(位)對火車司機或輪船上負責管理機器的人的尊稱。也作大伕。

【大伕】dàchē 同"大車"㊂。

【大臣】dàchén〔名〕(位)君主國家的高級官員。

【大吃一驚】dàchī-yìjīng〔成〕形容對突然的事情非常吃驚：壞消息傳來，他不禁～。

【大蟲】dàchóng〔名〕(隻)(北方官話)老虎。

【大吹大擂】dàchuī-dàléi〔成〕吹：吹喇叭；擂：打鼓。又吹又打，眾樂齊奏。比喻大肆宣揚：事情還沒有辦成，他就先～起來了。

【大醇小疵】dàchún-xiǎocī〔成〕醇：純正，品質好。大體上良好，只略有一些小毛病：他這部長篇小說寫得相當成功，個別人物性格不鮮明只是～罷了。

【大慈大悲】dàcí-dàbēi〔成〕佛教用語，愛一切眾生為大慈，拯救一切受苦難的眾生為大悲。後多用"大慈大悲"指人心腸慈善，好施捨、行善事。

【大葱】dàcōng〔名〕(根，棵)葱的一種，莖葉較粗大，有辣味。

【大打出手】dàdǎchūshǒu〔成〕打出手：本指戲曲中表演武打時多人同時拋擲武器的一種程式。後用"大打出手"指兇狠地動手打人。也指打架：一群小流氓正對飯店的服務員～｜雙方都帶了傢伙，沒談幾句就～。

【大大】dàdà〔副〕極大地：生產效率～提高｜～減少行政開支。

【大大咧咧】dàdàliēliē〔形〕狀態詞。形容馬虎隨便，毫不在乎：他一向～，不拘小節。

【大大落落】dàdàluōluō〔形〕(北方官話)狀態詞。形容說話做事大方灑脫：這人辦事～，挺爽氣。

【大大小小】dàdà-xiǎoxiǎo〔成〕❶ 所有的；各種各樣的：家裏～的事情她都得管。❷ 指大人小孩：家裏～，要吃要喝。

【大膽】dàdǎn〔形〕有膽量；不畏縮：非常～｜～改革｜～的設想。

【大刀闊斧】dàdāo -kuòfǔ〔成〕本指作戰中使用又寬又大的刀和斧。後用來比喻辦事果斷、有魄力：他辦事向來～，雷厲風行。

【大道】dàdào〔名〕❶ (條)寬闊平坦的道路：康莊～｜走～遠，走小道近。❷〈書〉正理；常理：合於～｜～不違。❸ 古代指儒家最高的政治理想，即大公無私之道：～之行也，天下為公。

【大道理】dàdàolǐ〔名〕❶ 指着眼於全局性和長遠利益的各種事理：小道理要服從～。❷ 指空洞的說教：少講～，說點有針對性的。

【大抵】dàdǐ〔副〕"大概"③；基本上：這幾個人的意見～相同｜漢語的詞～可分為實詞和虛詞兩大類｜到北京的旅遊者～都要去長城遊覽。

【大地】dàdì〔名〕❶ 廣大的地面：陽光普照～｜白雪覆蓋～｜～回春。❷ 指地球：研究～的形成和構造。

【大典】dàdiǎn〔名〕㊀隆重盛大的典禮：開國～｜祭祀黃帝陵～｜建國六十週年慶祝～。㊁〈書〉(部)大的典籍：《永樂～》(書名，明代永樂年間編輯的百科全書)。

【大跌眼鏡】dàdiē-yǎnjìng〔成〕形容事情的結果大大出乎人們的意料：如此高的成交紀錄令許多老收藏家～｜他輕而易舉地打敗了世界冠軍，使很多人～。

【大動干戈】dàdòng-gāngē〔成〕原指動用武器，發動戰爭。後用來比喻興師動眾或大張聲勢地做事(多指不必如此)：鄰里間的糾紛，不必～｜就在家裏為你媽過生日，不必～請親朋好友上酒樓。

【大動脈】dàdòngmài〔名〕❶ 主動脈。❷ 比喻全國交通的主要幹綫：京廣鐵路是中國南北交通

的～。

【大豆】dàdòu〔名〕❶ 一年生草本植物，種子橢圓形或球形，通常黃色，可供食用或榨油，也用作化工原料。❷ 這種植物的種子。

【大都】dàdū ㊀〔名〕❶ 大的都城：通邑～。❷ (Dàdū)元代的首都，故址在今北京城區北部及城北近郊的一部分。㊁(口語中也讀dàdōu)〔副〕大多；大概：在服裝店買西服的~是年輕人｜這個書架上的書，～是散文和詩歌。

【大度】dàdù〔形〕〈書〉氣量大；能容人：寬宏～｜豁達～。

【大多】dàduō〔副〕大多數；大部分：群眾的意見和建議～有了着落｜童年時代的事～還能回憶起來｜池塘裏養的～是鯉魚。

【大多數】dàduōshù〔名〕大大超過半數的數量：～同學都考得不錯｜同意這個意見的是～。

【大鱷】dà'è〔名〕巨大的鱷魚。比喻很有勢力或關係重大的人或集團：金融～｜豪宅買主背後另有～。

【大而無當】dà'érwúdàng〔成〕原指言辭誇大不着邊際。現指體積、計劃等大而不實用：祖上傳下的楠木箱子無法擺放，成了～的負擔｜規劃不能實現的原因是～。

【大耳窿】dà'ěrlóng〔名〕港澳地區用詞。高利貸者的俗稱：政府嚴管借貸，打擊～｜他因賭博借債，被～追債。

【大發雷霆】dàfā-léitíng〔成〕雷霆：響雷，暴雷。比喻大發脾氣，厲聲斥責：不知聽了一句甚麼話，他登時～。

【大法】dàfǎ〔名〕❶ (部)指憲法：憲法是國家的根本～。❷〈書〉指重要的法則、法令。

【大凡】dàfán〔副〕用在句子開頭，表示總括一般的情形，常跟"總""都"等詞呼應：～學習好的同學，都有一套好的學習方法。

【大方】dàfāng〔名〕㊀〈書〉專門家；內行人：～之家｜貽笑～。㊁一種綠茶的名稱，產於浙江、安徽等地。

【大方】dàfang〔形〕❶ 不吝嗇，不小氣：我的朋友花錢很～。❷ 言行自然，不拘束：舉止～。❸ 顏色、樣式等不俗氣：衣着樸素～｜她打扮得很～，一點也不俗氣。

【大放厥詞】dàfàng-juécí〔成〕厥：他的。原指鋪張辭辯。現用來指大發議論(多含貶義)：他在會上～，引起與會者的強烈不滿。

【大糞】dàfèn〔名〕人的糞便。

【大風大浪】dàfēng-dàlàng〔成〕狂風巨浪。比喻社會上的巨大動蕩和變化：人類社會就是從～中發展起來的｜他回首往事，也算是經過～。

【大佛瞻仰節】Dàfó Zhānyǎng Jié 藏族的傳統節日，在藏曆五月份。節日期間在日喀則的扎什倫布寺舉行佛像展示活動，供佛教徒朝拜瞻

仰。第一天展出過去佛（即無量光佛），第二天展出現在佛（即釋迦牟尼），第三天展出未來佛（即吉尊強巴貢波）。

【大夫】dàfū〔名〕古代官名，位在卿之下、士之上。
　　另見 dàifu（243頁）。

【大幅】dàfú ❶〔形〕屬性詞。幅面很寬的：～綢緞。❷〔形〕屬性詞。面積較大的：～標語｜～圖畫。❸〔副〕幅度大地：水稻產量～提高｜石油價格～上調。

【大副】dàfù〔名〕（位，名）輪船上船長的第一助手，職位僅次於船長，負責駕駛工作。大副之下有時還有二副和三副。

【大腹便便】dàfù-piánpián〔成〕肚子肥大。形容肥胖的樣子（含貶義）：他養尊處優，吃得腦滿腸肥，～。

【大概】dàgài ❶〔名〕大致的內容或情況：他介紹的這些不過是個～｜即使你不說，我也知道個～。❷〔形〕屬性詞。不很詳細的；不很準確的：腦子裏只留下一個～的印象｜這是一個～的數字。❸〔副〕表示有較大的可能性：他～不會來了｜參觀展覽的～有五六萬人。

【大概其】dàgàiqí（北京話）❶〔形〕屬性詞。"大概"②：這篇文章我～看了看，覺得不錯｜你先講一講～的情況。❷〔名〕"大概"①：不用太詳細，說個～就行了。以上也作大概齊。

【大綱】dàgāng〔名〕❶著作、講稿、計劃等的內容要點：寫作～｜教學～。❷綱領性的法令、方案：土地法～｜建國～。

【大哥大】dàgēdà〔名〕❶（部，台）便攜式移動電話的舊稱。❷對位居第一的、最好的人或事物的俗稱：他是這些企業家中的～｜這個廠家生產的電視機，質量是同類產品中的～。

【大公無私】dàgōng-wúsī〔成〕一心為公，毫無個人打算：他辦事～，在群眾中很有威信。

【大功告成】dàgōng-gàochéng〔成〕指大的工程、事業或重要任務宣告完成：縣裏興建的化肥廠已～，比原計劃提前了三個月。

【大姑子】dàgūzi〔名〕〈口〉丈夫的姐姐。

【大褂兒】dàguàr〔名〕（件）下擺超過膝蓋的中式單衣。

【大觀】dàguān〔名〕❶豐富多彩的景象：洋洋～｜蔚為～。❷器物、景色等圖像的彙集（有時用於書名）：圓明園～｜《故宮～》。

【大鍋飯】dàguōfàn〔名〕❶用大鍋做的供多數人吃的普通伙食：小鍋菜，～，都愛吃。❷見"吃大鍋飯"（172頁）。

【大海撈針】dàhǎi-lāozhēn〔成〕在大海裏撈針。比喻極難找到：不知道他住在哪裏，也不知道他的電話，你想在北京城找到他，這可是～。也說海底撈針。

【大寒】dàhán ❶〔名〕二十四節氣之一，在1月21日前後。大寒時節，一般是中國氣候最冷的時候。❷〔形〕〈書〉酷冷；特冷：天～。

【大旱望雲霓】dàhàn wàng yúnní〔諺〕《孟子·梁惠王下》："民望之，若大旱之望雲霓也。"大旱的時候人們渴望下雨。比喻渴望解除困境：災區人民需要救濟，猶如～。

【大好】dàhǎo ❶〔形〕特好；非常好：形勢～｜～河山｜～時光。❷〔動〕病痊癒：病已～。

【大號】dàhào ❶（～兒）〔形〕屬性詞。型號較大的：買五件～運動服｜他穿鞋得穿～。❷〔名〕尊稱別人的名字：請問尊姓～？❸〔名〕（把）銅管樂器，裝有四個或五個活塞，發音低沉，雄渾有力。

【大河】dàhé〔名〕❶（條）大的河：大江～｜～無水小河乾。❷（Dàhé）〈書〉特指黃河：鑿龍門，決～｜～上下，頓失滔滔。

【大亨】dàhēng〔名〕（位）稱在某一地方或某一行業中有錢有勢的人：石油～｜金融～。

【大轟大嗡】dàhōng-dàwēng〔成〕形容只求形式上轟轟烈烈，不做有成效的工作：要解決問題就得進行深入細緻的工作，不能～。

【大紅】dàhóng〔形〕很紅的顏色。

【大紅大紫】dàhóng-dàzǐ〔成〕形容十分走紅，很受重視或歡迎：在我們這裏，他可是～的人｜你想一夜之間～，名揚天下，可能嗎？

【大後方】dàhòufāng〔名〕❶指遠離前線的可以作為戰爭依託的廣大地區。❷特指抗日戰爭時期國民黨統治的大西北、大西南地區。

【大呼隆】dàhūlong〔名〕人多聲勢大而不講求實際效果的情況：～的集體勞動弊病很多。

【大戶】dàhù〔名〕❶舊時指有錢有勢的人家：吃～｜這個村的～不多，只有兩三家。❷舊時指人口多、分支繁的大家族：張家五世同堂，是本縣的～。❸在某方面所佔比例較大的單位或個人：用電～｜投資～。

【大話】dàhuà ❶〔名〕（句）浮誇不實的話：要辦實事，不說～。❷〔名〕港澳地區用詞。謊話：那位政府官員因講～而受到輿論抨擊。❸〔動〕漫無邊際、調侃地談論或講述：～奧運｜主持人在網上與網友～春節。

【大環境】dàhuánjìng〔名〕指總的社會環境、氛圍、條件等（跟"小環境"相對）：政府部門為勞動者營造了一個可以自由流動的～。

【大換血】dàhuànxiě〔動〕比喻大規模地調整、更換人員或設備：領導班子～｜全部更換老舊設備，實現了～。

【大黃】dàhuáng〔名〕多年生草本植物，根狀莖肥大，可入藥，有消炎、健胃等作用。也叫川軍。

【大會】dàhuì〔名〕❶國家機關、團體、單位、部門等召開的全體會議：全國人民代表～｜各級

D

婦聯分別召開婦女～。❷ 人數眾多的群眾集會：慶祝～｜聯歡～｜遊園～。❸ 全體有關人員都參加的會：全校～｜今天上午開～，下午開小會（分組討論）。

【大夥兒】dàhuǒr〔代〕〈口〉人稱代詞。某個範圍內所有的人：事情需要～分頭去辦｜聽他這麼一說，～心裏就亮堂了。也說大傢伙兒。

【大惑不解】dàhuò-bùjiě〔成〕《莊子·天地》："大惑者，終身不解。"意思是大迷惑的人終身不解悟。後用"大惑不解"指對事物深感迷惑，很不理解（有時含懷疑、質問意）：他居然做出這種事來，我可真是～｜貴方未做任何答復，令人～。

【大吉】dàjí〔形〕❶ 十分吉利：～大利｜開業～｜萬事～。❷ 用在"關門""溜之"等後表示不得不如此（有詼諧意）：飯館開了三個月，本兒都收不回來，只好關門～｜小偷正要撬門，聽見保安的腳步聲，趕快溜之～。

【大計】dàjì〔名〕重要而長遠的計劃；重大的事情：建國～｜百年～，質量第一｜各方代表齊集一堂共商～。

【大家】dàjiā ㊀〔名〕❶ 德高望重的著名專家：～風範｜人物畫～｜這條幅出自書法～之手。❷ 世家望族：～閨秀。㊁〔代〕人稱代詞。指某個範圍裏所有的人：～對工作充滿信心｜～齊心協力克服眼前困難。**注意** a）某人或某些人跟"大家"對舉的時候，不包括在"大家"範圍之內，如"您講的，大家都聽清楚了""大家都到車站去迎接他們"。b）"大家"常常放在你們、他們、我們、咱們後面做同位語，表示複指，如"你們大家先安靜下來""明天，咱們大家都去參觀"。

【大家閨秀】dàjiā-guīxiù〔成〕舊時指出身於世家望族有教養、有風度的年輕女子。現也泛指有教養、有風度的女子：母親原是～，同父親很般配｜二號選手穩重端莊，有～之風。

【大駕】dàjià〔名〕❶ 古代帝王乘的車子，常用作帝王的代稱。❷〈敬〉稱對方：～光臨，不勝榮幸。

【大件】dàjiàn（～兒）〔名〕❶ 體積大的物品：～託運，小件隨身攜帶。❷ 特指家用高檔耐用消費品：時代不同，～的內容也不同｜他搬進了新居，幾～也基本配齊了。

【大建】dàjiàn〔名〕農曆的大月份，有 30 天。也叫大盡。

【大江】dàjiāng〔名〕❶（條）大的江：這條鐵路要跨過幾條～。❷（Dàjiāng）特指長江：百萬雄師過～｜～東去，浪淘盡，千古風流人物。

【大獎】dàjiǎng〔名〕獎金數額大、獎品價格高或榮譽高的獎勵：小王買的彩票中了～｜他在國際鋼琴比賽中榮獲～。

【大獎賽】dàjiǎngsài〔名〕（次，屆）規模大、設大

獎的賽事：她獲得了通俗歌曲～第一名。

【大將】dàjiàng〔名〕❶ 軍銜，將（jiàng）官的最高一級。❷（員）泛指高級將領。❸（員）比喻能幹而得力的下屬，或某個集體中的骨幹：他手下有幾員～，十分得力｜編輯部的幾員～都參加了這個項目。

【大較】dàjiào〔名〕〈書〉大概；概要：此其～也。

【大街】dàjiē〔名〕❶（條）路面較寬較繁華的街道：郵遞員走遍了附近的～小巷｜區政府就在～上。❷ 用於街道名稱：前門～｜王府井～。

【大捷】dàjié〔動〕打大勝仗；取得大勝利：前綫～｜中國乒乓球隊出征～。

【大節】dàjié〔名〕❶ 在危難之際表現出的節操和品德：～凜然｜～不虧｜考察幹部，要注重～。❷〈書〉大體；重要的道理。

【大襟】dàjīn〔名〕紐扣在一側的中式衣服前面的衣襟。

【大驚小怪】dàjīng-xiǎoguài〔成〕形容對不足為奇的事表現得過分驚訝：夫妻間吵嘴是常有的事，何必～。

【大舅子】dàjiùzi〔名〕〈口〉妻子的哥哥。

【大局】dàjú〔名〕本指棋盤上雙方棋子的大體形勢。後用來泛指整個局面；總的形勢：識大體，顧～｜事關～｜～已定。

【大舉】dàjǔ ㊀〔副〕大規模地進行（多用於軍事行動）：～進攻｜敵人～入侵。㊁〔名〕〈書〉重大舉措：共商～。

【大軍】dàjūn〔名〕❶ 人數眾多的武裝部隊：百萬～｜～壓境。❷ 比喻規模很大的群體：抗洪～｜造林～。

【大楷】dàkǎi〔名〕❶ 手寫的較大的楷體漢字。❷ 拼音字母的大寫印刷體。

【大考】dàkǎo〔名〕學期期末的考試（跟"小考"相對）。

【大快人心】dàkuài-rénxīn〔成〕指壞人受到應得的懲罰，使人們非常痛快：除暴安良，～。也說人心大快。

【大塊】dàkuài〔名〕㊀〈書〉大自然：陽春召我以煙景，～假我以文章。㊁大的塊狀物：土豆要切成～｜～兒牛肉｜吃肉，大碗喝酒。

【大塊頭】dàkuàitóu（～兒）〔名〕胖子；身材魁梧的人。

【大款】dàkuǎn〔名〕指擁有大量金錢的人。

【大牢】dàláo〔名〕（座）〈口〉監獄：他蹲過～。

【大老粗】dàlǎocū〔名〕指沒有文化或文化水平低的人（含輕視或自謙意）：我早年參軍的時候還是個～，斗大的字識不了幾個。

【大老婆】dàlǎopo〔名〕舊時有妾的男子的妻子。

【大老爺們兒】dàlǎoyémenr〔名〕（北京話）"老爺們"①。

【大佬】dàlǎo〔名〕香港、澳門等地區稱有錢或有

權的頭面人物。

【大理石】dàlǐshí〔名〕一種變質岩，主要成分是碳酸鈣和碳酸鎂，通常為白色或帶有黑、灰、褐等色花紋，有光澤而美觀，可做裝飾品和雕刻、建築材料。中國雲南大理產的最有名，故稱。

【大力】dàlì ❶〔名〕大的力量、力氣：仰仗～｜為改革出了～。❷〔副〕用很大的力量；盡最大的努力：～宣傳｜～提倡｜～推廣。

【大力士】dàlìshì〔名〕(位)力氣特別大的人：此人力能扛鼎，真是一個～。

【大樑】dàliáng〔名〕❶(根)正樑，架在屋架或山牆上面最高的一根橫木。也叫正樑。❷比喻骨幹：小趙現在是我們研究所的一～，哪能讓你們挖走！❸比喻重大責任、主要任務：挑～。

【大量】dàliàng〔形〕❶屬性詞。數量大：積累～資金｜～消耗人力物力。❷氣量大，能寬容：寬宏～。

【大料】dàliào〔名〕常綠小喬木，果實呈八角形，紅棕色，常用作調味香料。也叫八角茴香、大茴香。

【大齡青年】dàlíng qīngnián 超過法定結婚年齡較多而沒有結婚的青年人：這個婚姻介紹所專為～服務｜～聯誼活動。

【大陸】dàlù〔名〕❶ 地球上除島嶼外的廣大陸地。全球有六個大陸，即亞歐大陸、非洲大陸、南美大陸、北美大陸、南極大陸和澳大利亞大陸。❷特指中國領土的廣大陸地部分（對中國沿海島嶼而言）：台灣同胞赴～探親人數逐年增加。

【大陸島】dàlùdǎo〔名〕原和大陸相連的島嶼，後因地層陷落、海面上升等原因而與大陸分離。如中國的台灣島、海南島。

【大陸架】dàlùjià〔名〕大陸從海岸向海面以下逐步延伸，開頭坡度較緩，相隔一段距離後坡度急劇增大。延伸坡度較緩的部分叫大陸架，坡度較大的部分叫大陸坡。

【大陸性氣候】dàlùxìng qìhòu 大陸內地受海洋影響較小的氣候，一年和一天內氣溫變化大，空氣乾燥，降水量少，冬寒夏熱。

【大路】dàlù ❶〔名〕(條)寬闊的道路：門前有條～。❷〔形〕屬性詞。指質量一般、價格較低而銷路廣的：～貨｜～瓷器｜～產品。

【大路貨】dàlùhuò〔名〕質量一般、價格較低而銷路廣的貨物：我買的是～，不是精品。

【大亂】dàluàn〔動〕(社會、組織)生活、秩序混亂；比喻思想不一致，差別大：天下～｜人心～。

【大略】dàlüè ㊀〔名〕遠大的謀略：雄才～。
㊁❶〔名〕簡況；概要：今天給大家講的這些只是個～。❷〔副〕大概：請你～介紹一下會議的情況。

【大媽】dàmā〔名〕❶伯母。❷(位)對年長婦女的尊稱：張～｜李～。

【大麻】dàmá〔名〕❶指印度大麻。雌株含大麻脂，是製造毒品的原料。也指製成的毒品：他吸～成癮，毀了萬貫家財。❷漢麻的舊稱。

【大麻哈魚】dàmáhāyú〔名〕(條)魚名，生活在海洋中，體長可達一米，銀灰色，嘴大牙尖，以小魚為食。夏初秋末成群逆流游入黑龍江等河流產卵。是名貴的冷水性經濟魚類。也叫大馬哈魚。

【大馬趴】dàmǎpā〔名〕(北方官話)身體向前跌倒的姿勢：他被石頭絆倒，摔了個～。

【大麥】dàmài〔名〕一年生或二年生草本植物，是糧食作物，葉子比小麥葉略短，子實外殼有長芒。也指大麥的子實，可食用。麥芽可製啤酒、飴糖。麥稈可供編製日用品、工藝品。

【大賣場】dàmàichǎng〔名〕大型的出售商品的場所。多帶有倉儲性質，商品價格相對低廉：～的東西價格便宜，所以顧客總是很多。

【大忙】dàmáng〔形〕特別繁忙而緊張：～季節｜你來得不巧，現在正是他～的時候｜前幾天～了一陣，現在才喘了口氣。

【大門】dàmén〔名〕整個建築物通往外界的正門：公園的～在東邊。

【大米】dàmǐ〔名〕(粒)稻穀脫殼後的米粒。

【大名】dàmíng〔名〕❶人的正式名字：他的小名叫水生，～叫運昌。❷尊稱別人的名字：尊姓～。❸很大的名氣：鼎鼎～。

【大名鼎鼎】dàmíng-dǐngdǐng〔成〕鼎鼎：盛大、顯赫。形容名氣很大：他是這一地區～的人物，只要提到他沒有不知道的。也說鼎鼎大名。

【大謬不然】dàmiù-bùrán〔成〕司馬遷《報任少卿書》："事乃有大謬不然者。" 意思是非常錯誤、完全不是這樣。現多指言論荒謬，違背事理：有謂天圓而地方，天動而地靜者，實則～｜發展工業就要污染環境，此說～。

【大漠】dàmò〔名〕大沙漠：～深處有綠洲。

【大模大樣】dàmú-dàyàng〔成〕形容目空一切、十分傲慢的樣子：一個闊佬由眾人簇擁着，～地走了進來。

【大拿】dàná〔名〕❶ 在某一方面有權威的人：別看小王歲數不大，可人家已經成了電氣技術的～。❷主事的、有權的人：他是我們鄉裏的～。

【大男大女】dànán-dànǚ 指超過正常婚配年齡而尚未結婚的男子和女子。

【大男子主義】dànánzǐ zhǔyì 某些男性具有的讓妻子或戀人事事順從的思想作風：她忍受不了丈夫的～，跟他離了婚。

【大腦】dànǎo〔名〕中樞神經系統的最重要部分。位於顱腔內，由左右兩個大腦半球組成，兩半球間有橫行纖維相聯繫。外層為大腦皮層,內部的空腔叫腦室,是產生和容納腦脊髓液的地方。人類的大腦最發達。

【大內】dànèi〔名〕舊時指皇宮。

【大逆不道】dànì-bùdào〔成〕舊指犯上謀反或不合正道。現指言行極端違背傳統秩序、觀念:去除陳規陋習,並非~,而是社會進步的必然。

【大年】dànián〔名〕❶農曆十二月有 30 天的年份。❷指春節:今天是~初一。❸豐收年:今年的水果是個~。

【大年夜】dàniányè〔名〕(吳語)農曆除夕。

【大娘】dàniáng〔名〕〈口〉❶伯母:大爺~(伯父伯母)。❷(位)對年長婦女的尊稱:老~|張~。

【大排檔】dàpáidàng〔名〕(粵語)一般指在街邊出售食品、雜物的攤子。特指設在露天的飲食攤點。

【大排行】dàpáiháng〔動〕堂兄弟姐妹按長幼排列次序:他~老六。

【大牌】dàpái ❶〔名〕牌戲中地位高、能吃眾多牌的幾張牌。❷〔名〕(體育、娛樂界)名氣大、實力強的人:她是演唱流行歌曲的~。❸〔形〕屬性詞。名氣大、實力強的:~明星|~球員|~企業。

【大盤】dàpán〔名〕股票、國債、期貨市場交易的整體行情。

【大炮】dàpào〔名〕❶(門,尊)大口徑的炮。❷〈口〉比喻好說大話或好發表激烈意見的人:這個~,不管不顧,一番激烈言辭搞得領導下不來台。

【大批】dàpī〔形〕屬性詞。數量多的:~貨物|~幹部|~的土產品。

【大片】dàpiàn ㊀〔形〕面積大;範圍廣:~國土|~草地|丟失了一~。㊁(口語中也讀 dàpiānr)〔名〕(部)投資大、製作精良、演員陣容強的影片;也指題材重大的影片:引進外國~|籌備拍攝反映重大歷史事件的~。

【大票】dàpiào〔名〕(張)面值大的鈔票。

【大起大落】dàqǐ-dàluò〔成〕形容起伏變化很大很快:今年經濟形勢平穩,沒有~|避免物價~。

【大氣】dàqì〔名〕❶包圍地球的氣體,厚度約三千多千米,離地面越高越稀薄,是空氣、水汽、微塵等的混合物:~層|~壓|~污染。❷(~兒)粗重的氣息:他跑得直喘~|嚇得連~兒也不敢出。

【大氣】dàqi〔形〕❶氣派大:商品展銷會很~。❷度量大:這個人很~。❸樣式大方:買的幾套衣服都很~。**注意** 以上三個義項的"大氣"一般只充當謂語,不充當定語。如不說"大氣的展銷會""大氣的人""大氣的衣服"等。

【大氣候】dàqìhòu〔名〕❶一個廣大區域的氣候,如全球的氣候,大洲的氣候。❷比喻國際、國內大範圍內的政治、經濟形勢或社會思潮:和平發展的~有利於經濟建設。

【大氣磅礴】dàqì-pángbó〔成〕形容氣勢浩大:~的萬里長城橫亙在中國北部|群峰聳立,雲海如潮,~。

【大氣圈】dàqìquān〔名〕包圍地球的氣體層。按物理性質的不同,通常分為對流層、平流層、中間層、熱層和外層等層次。也叫大氣層。

【大氣污染】dàqì wūrǎn 指人類活動排入大氣中的廢氣、煙塵等使大氣環境變壞變差的現象。它會嚴重危害人類、動植物的生存和發展。

【大器晚成】dàqì-wǎnchéng〔成〕本指大的器物要經過長時間加工才能做成。後多用來比喻能成大事的人成功較晚:古來~的人不在少數。

【大千世界】dàqiān-shìjiè〔成〕原為佛教用語,佛經說世界有小千、中千、大千之別。以須彌山為中心,以鐵圍山為外郭,為一小世界,合一千小世界為小千世界,小千世界的千倍叫中千世界,中千世界的千倍叫大千世界,總稱三千大千世界。現用來指廣闊無邊的世界:~,無奇不有。

【大前提】dàqiántí〔名〕三段論的一個組成部分,含有結論中的賓詞,是作為結論依據的命題。參見"三段論"(1154 頁)。

【大錢】dàqián〔名〕❶(枚)舊時一種價值較高的銅幣,比普通銅錢大。❷很多的錢:賺~|掙~。

【大慶】dàqìng〔名〕❶大規模的慶祝活動(多指國家大事):建國六十週年~。❷〈敬〉稱老年人的壽誕:八十~。❸(Dàqìng)大慶油田的簡稱,也指稱大慶市。位於中國東北黑龍江省松嫩平原,因 1959 年 9 月國慶十週年前夕打出第一口油井,故取名大慶。

【大秋】dàqiū〔名〕❶秋收季節:家鄉正值~,不能到城裏去看你。❷指大秋作物或秋天的收成:夏收遭了水災,爭取~增產補回來。

【大麴】dàqū〔名〕❶一種釀造白酒的發酵劑,將麥子、麩皮、大豆混合起來磨碎,摻水壓成。❷用大麴釀造的白酒。

【大權】dàquán〔名〕(政治、人事、財經等)重要事務的處置權:財政~|用人~|~獨攬|~旁落|~集中,小權分散。

【大人】dàrén〔名〕〈敬〉❶稱長輩(多用於書信):父親~|母親~|岳父~。❷舊時稱較自己年長的平輩(現在一般不用):仁兄~。

【大人】dàren〔名〕❶指成年人(區別於"小孩兒"):這孩子跟~一般高了|小朋友,你家~到哪兒去了?❷舊時稱地位高的官長:縣長~。

【大人物】dàrénwù〔名〕(位)在社會上有名望、

有權勢的人（跟"小人物"相對）：他的老同學中有幾位是~了。

【大熱倒灶】dàrè-dǎozào〔成〕港澳地區用詞。各類比賽或選舉中，穩操勝券普遍認為可以勝出者，出乎意料地失敗：本年度勁歌金曲評選中某男歌星~，令歌迷十分失望｜他在區議員選舉中~。

【大肉】dàròu〔名〕❶指豬肉：買二斤~。❷泛指肉類葷菜：每天大魚~，時間一長，就吃膩了。

【大賽】dàsài〔名〕（場）❶規模大的體育運動比賽：足球~｜龍舟~｜圍棋~。❷規模大的藝術、技藝表演比賽：青年歌手~｜京劇梅蘭芳金獎~｜川菜~。

【大嫂】dàsǎo〔名〕❶大哥的妻子。❷（位）對年紀跟自己相仿的婦人的尊稱。

【大廈】dàshà〔名〕（座）高大的樓房：高樓~。

【大少爺】dàshàoye〔名〕❶富貴人家的長子。❷指好逸惡勞、肆意揮霍的青年人：~作風。

【大赦】dàshè ❶〔名〕國家依法對所有犯罪者所採取的一種赦免或減輕其刑罰的措施，通常由國家最高權力機關或國家元首以發佈大赦令的方式施行。❷〔動〕國家最高權力機關或國家元首發佈命令，赦免罪犯的刑罰：~令｜~天下。

【大嬸兒】dàshěnr〔名〕❶大叔的妻子。❷（位）〈口〉對跟母親同輩而年紀較小的婦人的尊稱。

【大聲疾呼】dàshēng-jíhū〔成〕急迫地大聲呼籲，提醒人們警覺或注意：科學家一直在~防止環境污染。

【大失所望】dàshī-suǒwàng〔成〕希望完全落空；非常失望：球賽因故臨時取消，球迷們~。

【大師】dàshī〔名〕❶（位）對有很高成就的學者或藝術家的尊稱：一代~｜國學~｜戲劇~。❷（位）對有造詣、有影響的僧人的尊稱：鑒真~東渡｜班禪~。❸某些棋類運動的等級稱號：國際象棋~。

【大師父】dàshīfu〔名〕〈口〉對和尚、尼姑、道士的尊稱。

【大師傅】dàshifu〔名〕（位）〈口〉廚師。

【大使】dàshǐ〔名〕（位）特命全權大使的簡稱。

【大勢所趨】dàshì-suǒqū〔成〕整個局勢發展的趨向：祖國的統一是~，人心所向｜和平、發展，是當今世界的~，潮流所至。

【大勢已去】dàshì-yǐqù〔成〕有利的形勢已經喪失，大局已無可挽回。

【大事】dàshì ㊀〔名〕（件）重大的事情：關心國家~。㊁〔副〕大力從事：~宣傳。

【大事記】dàshìjì〔名〕按時間順序將重大事件記載下來以備查考的資料：辛亥革命~。

【大是大非】dàshì-dàfēi〔成〕有關原則性的是非問題：他一生淡泊名利，但在~問題上卻是立場堅定、旗幟鮮明。

【大手筆】dàshǒubǐ〔名〕❶傑出的著作、文章或書畫藝術品：《茶館》是老舍的~｜這幅畫是齊白石的~。❷指成就高有名望的作家：這部作品出自~。❸比喻從大處着眼、有力度、有影響的舉措：這項古城保護規劃，是~。

【大手大腳】dàshǒu-dàjiǎo〔成〕形容使用錢物沒有節制，肆意鋪張：這孩子~慣了｜他從來都是~的，不知道花了多少冤枉錢。

【大手術】dàshǒushù〔名〕❶難度大的手術：心臟搭橋是一項~。❷比喻採取的重大措施：新一任領導上任之後，動了改革的~。

【大書特書】dàshū-tèshū〔成〕極力宣傳和讚揚：他那捨己救人的精神值得~。

【大叔】dàshū〔名〕❶父親的大弟弟。❷（位）〈口〉對跟父親同輩而年紀較小的男子的尊稱。

【大暑】dàshǔ〔名〕二十四節氣之一，在 7 月 23 日前後。大暑時節，一般是中國氣候最熱的時候。

【大率】dàshuài〔副〕〈書〉大概；大致：~如此。

【大水沖了龍王廟——一家人不認得一家人】dàshuǐ chōng le lóngwángmiào —— yījiā rén bù rènde yījiā rén〔歇〕強調在自己人之間，不僅沒能互相照顧，反倒有所得罪："這真是~！"那位稽查隊長一邊向我鞠躬道歉，一邊命令手下人趕快挪開路障放行。

【大肆】dàsì〔副〕毫無顧忌地（含貶義）：~咆哮（大吵大鬧）｜~活動｜~揮霍。

【大踏步】dàtàbù〔動〕邁着大步，比喻大跨越：迎頭趕上去｜~前進。注意"大踏步"多虛用，而"踏步"多實用。

【大堂】dàtáng〔名〕（酒店、機場等的）接待大廳：賓館~｜~經理。

【大體】dàtǐ ❶〔副〕大概，表示就主要方面或多數情況來說：看法~相同｜收支~平衡。❷〔名〕大略：觀小節，可知~。❸〔名〕重要的道理：顧大局，識~。

【大天白日】dàtiān-báirì〔成〕大白天（含強調意）：這個賊膽兒真大，~的竟敢闖進門來偷東西！

【大田】dàtián〔名〕指大面積種植農作物的田地：~作物。

【大庭廣眾】dàtíng-guǎngzhòng〔成〕人數眾多的公開場合：他好在~中高談闊論。

【大同】dàtóng ❶〔名〕儒家提出的天下為公、人人平等、各得其所的理想社會。❷〔形〕大的方面相同：求~，存小異。

【大同鄉】dàtóngxiāng〔名〕指籍貫屬同一個省份的人（跟"小同鄉"相對）。

【大同小異】dàtóng-xiǎoyì〔成〕大的方面相同，小的地方不同；大體相同，稍有差異：彼此的意見~，可以合併成一個提案。

【大頭】dàtóu〔名〕❶ 一種套在頭上體積較大的假面具；～娃娃舞。❷ 指民國初年發行的鑄有袁世凱頭像的銀圓。也叫袁大頭。❸（～兒）物體大的一端；事物主要的部分：圓木裝車時，～兒都朝裏碼放｜所得利潤，集體拿～兒，個人拿小頭兒。❹ 譏稱枉費錢財的人：別叫人當～耍。

【大頭像】dàtóuxiàng〔名〕（張）指人頭部的照片。特指用於證件的正面免冠照片。因這種照片頭較大，故稱：報名者須交兩張一寸～。

【大頭針】dàtóuzhēn〔名〕（根，枚）用來別紙或布等薄物的一頭有小疙瘩的針。

【大團結】dàtuánjié〔名〕（張）1965 年版第三套人民幣 10 元紙幣的俗稱。因其正面印有表現各族人民大團結的圖像而得名。

【大團圓】dàtuányuán〔動〕❶ 平時分散的家人全部團聚在一起：兒子從海外歸來，全家～了。❷ 文藝作品中主要人物經過悲歡離合最終團聚：作品最後以～結尾。

【大碗茶】dàwǎnchá〔名〕用大碗盛着出售的廉價茶水：這個人是靠賣～起家的。

【大腕】dàwàn（～兒）〔名〕（位）〈口〉指某些領域有成就、名氣大的人：唱歌想唱出個名堂來，要有～的賞識、支持。

辨析 大亨、大款、大腕　"大亨"指在某一地區或某一行業中有錢有勢的人。"大款"指有很多錢的人，但不一定有勢。"大腕"多指在藝術或學術領域中有名氣、有成就的人，不一定有錢，也不一定有勢。

【大王】dàwáng〔名〕❶ 古代對國君、諸侯王的尊稱。❷ 指壟斷某項事業的人：鋼鐵～｜煤油～｜汽車～。❸ 指長於某種技藝的人：伶界～｜拳擊～。
另見 dàiwang（243 頁）。

【大尉】dàwèi〔名〕軍銜，尉官的最高一級。

【大我】dàwǒ〔名〕指集體（跟"小我"相對）：犧牲小我，服從～。

【大無畏】dàwúwèi〔形〕非常勇敢，毫無畏懼：～的精神｜～的英雄情懷。

【大戊】Dàwù〔名〕複姓。

【大西北】Dàxīběi〔名〕泛指中國西北部廣大地區，包括陝西、甘肅、寧夏、青海、新疆五個省、自治區以及內蒙古西部的一部分：振興～。

【大西南】Dàxīnán〔名〕泛指中國西南部廣大地區，包括四川、重慶、貴州、雲南、西藏五個省、自治區、直轄市。

【大西洋】Dàxī Yáng〔名〕世界第二大洋，位於非洲、歐洲之西，北美洲和南美洲之東，南接南極洲，北連北冰洋，面積 9336 萬平方千米。

【大喜】dàxǐ〔動〕❶ 非常高興：心中～｜～過望。❷ 非常值得高興；特指結婚：今天是她～

的日子｜結婚～。注意 "大喜"可用作向辦喜事的人口頭道賀的話，如對將結婚的人說："您大喜啦！"

【大喜過望】dàxǐ-guòwàng〔成〕結果比希望的更好，因而感到非常高興：這場大雨，使抗旱中的農民～。

【大顯身手】dàxiǎn-shēnshǒu〔成〕充分顯露自己的才華或本領：體育健兒在運動場上～。

【大顯神通】dàxiǎn-shéntōng〔成〕充分顯示高超本領：爆破作業～，一座大樓頃刻之間就被摧毀了。

【大相徑庭】dàxiāng-jìngtíng〔成〕《莊子·逍遙遊》："大有徑庭，不近人情焉。"徑：門外的路；庭：門裏的庭院。後用"大相徑庭"指彼此差距很大，極不相同：雙方的主張～，無法調和。

【大小】dàxiǎo ❶（～兒）〔名〕指大小的程度：你試試這雙鞋，看～合適不？❷〔名〕指輩分的高低：只有這一張桌子，咱們就不論～，圍過來一塊兒吃吧。❸〔名〕大人小孩兒：我們全家～，五口。❹〔副〕表示無論是大是小還能算得上：～是個領導。

【大小姐】dàxiǎojiě〔名〕（位）❶ 富貴人家的長女。❷ 指嬌生慣養、養尊處優的年輕女子。

【大校】dàxiào〔名〕軍銜，校官的最高一級。

【大寫】dàxiě ❶〔名〕漢字數目字的一種筆畫繁多的寫法（跟"小寫"相對），如壹、貳、叁、肆、伍、陸、柒、捌、玖、拾、佰、仟等。多用於賬目、單據和文件。❷〔名〕拼音字母的一種寫法（跟"小寫"相對），如拉丁字母的"A、B、C"（小寫為"a、b、c"）等。多用於句首和專名的第一個字母。❸〔動〕按文字大寫形式書寫。

【大心】Dàxīn〔名〕複姓。

【大興】dàxīng〔動〕大規模興起或興建：～調查研究之風｜～問罪之師｜～土木。

【大刑】dàxíng〔名〕殘酷的刑具或重的刑罰（多見於小說和戲曲）：上～｜處以～｜免動～。

【大型】dàxíng〔形〕屬性詞。形體或規模比較大的：～鋼材｜～客機｜～企業｜～歌舞｜～慶祝活動。

【大姓】dàxìng〔名〕❶ 有名望、有地位的大家族：名門～。❷ 人多的姓氏：李、趙、張、王都是～。

【大修】dàxiū〔動〕對建築物、機器設備、運載工具等進行全面檢修：我的車送去～了。

【大選】dàxuǎn〔動〕（次，屆）某些國家指全民投票定期選舉國會議員或總統：國會～｜總統～｜～揭曉。

【大學】dàxué〔名〕❶（所）實施高等教育的學校，分綜合大學和專科大學。❷（Dàxué）《禮記》的篇名。宋朝朱熹把《大學》《中庸》《論語》《孟子》合在一起稱作四書。

【大學生】dàxuéshēng〔名〕(名)在高等學校學習的學生。

【大學生】dàxuésheng〔名〕(北京話)年齡較大的男孩子。

【大雪】dàxuě〔名〕❶二十四節氣之一，在12月7日前後。大雪時節，黃河流域常出現積雪。❷(場)很大的雪：～紛飛｜下了兩場～。

【大雅】dàyǎ ❶(Dàyǎ)〔名〕《詩經》的一個組成部分。多為反映周王朝重大政治事件的詩歌，共31篇。❷〔名〕〈書〉對才德高尚學問淵博的人的讚稱：做此事凡人學識不到，還得請～指正指正。❸〔形〕〈書〉風雅；大方文雅：無傷～｜不登～之堂。

【大煙】dàyān〔名〕〈口〉鴉片的俗稱。

【大言不慚】dàyán-bùcán〔成〕說大話、吹牛皮而不知羞愧：誰叫你～，把事全攬下來，現在又幹不了了。

【大洋】dàyáng〔名〕❶地球表面比海更大的水域，如太平洋、大西洋、印度洋等。❷(塊)銀圓：捐獻五百～。

【大洋洲】Dàyángzhōu〔名〕地球七大洲之一，位於亞洲和南美洲之間，西臨印度洋，東臨太平洋。包括澳大利亞、新西蘭、新幾內亞以及太平洋波利尼西亞、密克羅尼西亞和美拉尼西亞三大群島上的國家。陸地面積897萬平方千米，人口約0.3億(2010年)。是世界上最小的一個洲。

【大要】dàyào〔名〕主要內容；概要：中國史～｜規劃的～。

【大爺】dàyé〔名〕❶指有錢有勢、好逸惡勞、傲慢任性的男子：～作風｜～脾氣。❷兄弟排行中居首的人，其他人依次稱二爺、三爺等(多用於有錢有勢人家)。

【大爺】dàye〔名〕〈口〉❶伯父。❷(位)對年長男子的尊稱。

【大野】Dàyě〔名〕複姓。

【大業】dàyè〔名〕偉大的事業：創立～｜統一～｜千秋～｜～未竟。

【大衣】dàyī〔名〕(件)較長的西式外套。

【大姨】dàyí〔名〕❶(～兒)母親的大姐。❷(位)對母親同輩中年長女性的尊稱。

【大姨子】dàyízi〔名〕〈口〉妻子的姐姐。

【大意】dàyì〔名〕主要的意思；大概的意思：段落～｜我會上決議的～告訴他｜講話的～聽清楚了吧？

【大意】dàyi〔形〕疏忽；不注意：粗心～｜你這樣做太～了。

【大義】dàyì〔名〕❶最基本的準則：男婚女嫁，乃天地之～也。❷大道理；主要旨意(古多指儒家的主要論旨)：微言～。❸正義：～之人｜深明～｜～之舉。

【大義凜然】dàyì-lǐnrán〔成〕堅守正義、威嚴不可欺侮的樣子：面對敵人屠刀，女英雄～，視死如歸。

【大義滅親】dàyì-mièqīn〔成〕《左傳‧隱公四年》："大義滅親，其是之謂乎？"為了維護正義，對違法的親人不徇私情，使受到應得的懲罰：在反貪行動中，他～，檢舉了自己的父親。

【大油】dàyóu〔名〕〈口〉豬油。

【大有可為】dàyǒu-kěwéi〔成〕事情具有廣闊的發展前途，很值得去做：淡水養魚～｜你還年輕，～，不必悲觀。

【大有文章】dàyǒu-wénzhāng〔成〕指言語行為裏隱藏着頗費猜疑的意思或企圖：他的話裏～｜敵人今天突然把崗哨撤了，這裏面～。

【大有作為】dàyǒu-zuòwéi〔成〕能充分發揮作用；能做出很大貢獻：在祖國現代化建設中青年人～｜農村是一個廣闊的天地，在那裏是可以～的。

【大元帥】dàyuánshuài〔名〕某些國家軍事力量的最高統帥，軍銜在元帥之上。

【大員】dàyuán〔名〕(名,位)舊時指職位高的官員：委派～｜接收～。

【大約】dàyuē〔副〕❶表示對數量不很精確的估計：小華～十三四歲｜這支遊行隊伍～有萬把人。❷表示對情況的推測：他～是參觀書畫展覽去了｜他這麼晚還沒到，～是不來了。

辨析 **大約、大概、大約莫** 表示推測時所指相同，文體上略有差別，"大約"多用於書面語，"大概"口語和書面語均用，"大約莫"則多見於口語。"大約""大概"還可表示不精確的估計，如"大約(大概)十里"，"大約莫"不這樣用。"大概"還表示"不確切"，如"大概的印象""大概的內容"，"大約""大約莫"不能這樣用。

【大約莫】dàyuēmo〔副〕〈口〉大約：～夜裏十二點鐘以前可以到家。

【大雜燴】dàzáhuì〔名〕❶把多種菜合在一起燴成的菜。❷比喻胡亂拼在一起的事物(含貶義)。

【大雜院兒】dàzáyuànr〔名〕居住着許多戶人家的院子：我家從～搬進了樓房。

【大灶】dàzào〔名〕❶一種用磚土砌成的固定爐灶。❷集體伙食中最普通的一級(區別於"小灶")：吃～。

【大閘蟹】dàzháxiè〔名〕❶一種螃蟹，江蘇省陽澄湖出產的最有名，運輸和出售時通常用草繩捆綁。每年秋季空運港澳。⊘港澳地區用詞。比喻在股票大跌時被套住的股民，如同大閘蟹被捆綁一樣：股市長期在低位徘徊，我這個～甚麼時候才能解困。

【大戰】dàzhàn ❶〔名〕大規模的戰爭：第二次世界～。❷〔動〕進行大規模的戰爭或激烈的競爭：孫悟空～白骨精｜在汽車市場中，國產品牌～進口品牌。❸〔名〕比喻激烈的競爭局面：幾家商場展開了價格～｜新一輪空調～又開始了。

【大張旗鼓】dàzhāng-qígǔ〔成〕指高揚軍旗，擂響戰鼓，陣勢和規模很大。比喻聲勢和規模很大：～地宣傳禁止酒駕的法例｜打擊販毒吸毒要～。

【大丈夫】dàzhàngfu〔名〕有志氣、有節操、奮發有為的男子：～氣概｜男子漢～，說話要算數。

【大政】dàzhèng〔名〕❶重大的政務：獨掌～。❷重要的政策：～方針。

【大旨】dàzhǐ〔名〕〈書〉主要意義：探其～。

【大指】dàzhǐ〔名〕大拇指。

【大治】dàzhì〔形〕指國家政治安定，經濟文化繁榮，綜合國力強大：天下～｜歷史上多次出現過～的時代。

【大致】dàzhì ❶〔形〕屬性詞。粗略的；大體上的：～的情況。❷〔副〕大概；大約：這兩本書的內容～相同｜他每天早上～五點來鐘就起床了。

【大智若愚】dàzhì-ruòyú〔成〕很有才智卻不顯露，表面看上去好像很愚笨：大發明家不少都是～，在生活中平平常常。

【大眾】dàzhòng〔名〕廣大群眾：人民～｜～的事～辦。

【大專】dàzhuān〔名〕❶指大學（包括單科學院）和專科學校：～院校。❷相當於大學程度的、修業年限較本科短的高等專科學校：～文憑｜他的文化程度是～，不是中專。

【大篆】dàzhuàn〔名〕指筆畫較為繁複的篆書，春秋戰國時通行，區別於秦朝創製的小篆。

【大自然】dàzìrán〔名〕指自然界（常就山川景物而言）：回歸～｜中國的山水畫家都熱愛～。

【大宗】dàzōng ㊀❶〔形〕屬性詞。大批；大量：～貨物｜～款項。❷〔名〕數量極大的產品、商品：以出口絲織品、茶葉為～。㊁〔名〕古代宗法制度以始祖之嫡系長房為大宗，其他為小宗。

【大總統】dàzǒngtǒng〔名〕（位，名）總統。

【大作】dàzuò ㊀〔名〕〈敬〉稱對方著作：～已拜讀，獲益匪淺。㊁〔動〕〈書〉猛烈地發生：狂風～。

汏 dà〔動〕（吳語）洗；涮：～菜｜～衣裳。

da ·ㄉㄚ

疸 da 見"疙疸"（436 頁）。另見 dǎn（250 頁）。

嗒 da 見"屹嗒"（436 頁）。

瘩〈瘩〉da 見"疙瘩"（436 頁）。另見 dá（227 頁）。

墶（垯）da 見"圪墶"（436 頁）。

繨（纮）da 見"紇繨"（436 頁）。

躂（跶）da / dā "蹓躂"，見"溜達"（858 頁）。

dāi ㄉㄞ

呆〈㊀獃〉dāi ㊀〔形〕❶遲鈍；傻：～子｜～頭～腦。❷表情或動作死板；發愣：把他嚇～了｜你看他那～～的樣子。㊁❶同"待"（dāi）。❷（Dāi）〔名〕姓。

語彙 痴呆 發呆 賣呆 目瞪口呆

【呆板】dāibǎn〔形〕❶死板；不自如；不靈活：他太～，演戲恐怕不行｜教育孩子方法～，效果不大。❷呆滯：神情～｜目光～。

【呆鳥】dāidiǎo（～兒）〔名〕罵人的話，指愚笨的人（多見於近代戲曲小說）。

【呆若木雞】dāiruòmùjī〔成〕《莊子·達生》："雞雖有鳴者，已無變矣，望之似木雞矣。"原意形容訓練好的鬥雞，聽見別的雞叫並不驚慌，看起來像木頭做的雞一樣。後多用"呆若木雞"形容因恐懼、驚訝而發愣的樣子：媽媽心臟病突然發作，嚇得他～。

【呆傻】dāishǎ〔形〕遲鈍糊塗：別看他外表～，內心可精明着呢。

【呆頭呆腦】dāitóu-dāinǎo〔成〕形容呆傻、遲鈍的樣子：瞧那人，～的｜跟人做生意，別～的，要放機靈些。

【呆賬】dāizhàng〔名〕（筆）已過償付期限，因某種原因不能收回的款項或貨款。

【呆滯】dāizhì〔形〕❶不流通；停放不用：資金～｜～物料。❷遲鈍；不靈活：神情～｜目光～。

【呆子】dāizi〔名〕傻子（不禮貌的說法）：他可真是個～，甚麼都不懂。

呔 dāi〔歎〕形容為吸引人注意而突然發出的吼聲（多見於戲曲和早期白話）：～！你往哪裏走！
另見 tǎi（1306 頁）。

待 dāi〔動〕〈口〉逗留；停留；居留：～了一會兒｜沒想到他在那裏～下去了。也作呆。
另見 dài（244 頁）。

dǎi ㄉㄞˇ

歹 dǎi ❶壞；惡：～徒｜～毒｜為非作～。❷（Dǎi）〔名〕姓。

語彙　好歹　為非作歹

【歹毒】dǎidú〔形〕陰險狠毒：心腸～｜～的人。

【歹人】dǎirén〔名〕❶壞人：惡人。❷盜賊：一夥～，打家劫舍。

【歹徒】dǎitú〔名〕（名）歹人；壞人：有～在傷人｜智擒～。

【歹意】dǎiyì〔名〕❶壞心眼兒；壞主意：心懷～｜別把好心當～。❷害人之意：圖財害命起了～。

傣

Dǎi ❶傣族。❷〔名〕姓。

【傣族】Dǎizú〔名〕中國少數民族之一，人口約126萬（2010年），主要分佈在雲南的德宏、西雙版納、耿馬、孟連等地，少數散居在四川等地。傣語是主要交際工具，有本民族文字。

逮

dǎi〔動〕捉：～小偷兒｜～逃犯｜狗～耗子，多管閒事。

另見 dài（246頁）。

dài　ㄉㄞˋ

大

dài 見下。

另見 dà（232頁）。

【大夫】dàifu〔名〕（位，名）〈口〉醫生：主治～｜住院～。

另見 dàfū（235頁）。

【大王】dàiwang〔名〕近代戲曲、小說中對國王或大幫強盜首領的稱呼：山寨～。

另見 dàwáng（240頁）。

代

dài ⊖❶〔動〕代替：～筆｜～辦｜我是～人受過。❷〔動〕代理：～局長｜部長出國期間，工作由常務副部長暫～。❸（Dài）〔名〕姓。

⊜❶朝代：漢～｜唐～。❷社會歷史的分期：古～｜近～｜現～。❸〔名〕輩分：上一～｜下一～｜老一～｜青年一～｜～～相傳。❹〔名〕地質年代分期的第二級。根據生物在地球上出現和進化的順序劃分。代以上為宙，代以下為紀，跟代相應的地層系統分類單位叫界：古生～｜中生～｜新生～。

語彙　朝代　當代　斷代　古代　後代　交代　借代　近代　絕代　曠代　歷代　末代　年代　取代　時代　世代　替代　現代　改朝換代　千秋萬代

【代辦】dàibàn ❶〔名〕（位，名）一國以外交部長的名義派駐另一國的外交代表，級別低於大使、公使：～處。❷〔名〕（位，名）大使或公使不在職時，臨時代理大使或公使工作的人：臨時～。❸〔動〕代理辦理：購買機票一事就請你～了｜～運輸業務。

【代筆】dàibǐ〔動〕替別人寫書信、文章、文件

等：廠長做報告從來不要秘書～｜老大娘請人～給兒子寫了一封信。

【代表】dàibiǎo ❶〔名〕（位，名）由選舉產生的替選舉人辦事或表達意見的人：他被選為市人民代表大會～。❷〔名〕（位，名）受委託，指派替個人、單位、政府辦事或表達意見的人：雙方各派出了三名談判～｜中國～的發言得到大多數與會國～的贊同。❸〔名〕顯示同一類共同特徵的人或事物：她是婦女界的～人物｜上述作品可以說是新時期的～。❹〔動〕替個人、單位、政府辦事或發表意見：他～廠長與外商談判｜我～小組向來人介紹了經驗｜～黨和政府慰問災區人民。❺〔動〕表示或象徵：～不同類型｜用沙盤～戰場。

【代表作】dàibiǎozuò〔名〕（部，篇）最能體現作者水平、風格或最具時代特點的作品：《四世同堂》是老舍先生的～。

【代步】dàibù〈書〉❶〔動〕利用交通工具代替步行：乘車～｜騎馬～。❷〔名〕指代替步行的交通工具：陸地可以車、馬為～。

【代稱】dàichēng〔名〕用來代替正式名稱的另一種名稱：丹青是繪畫的～，又是史冊的～。

【代詞】dàicí〔名〕具有代替、指別作用的詞。大致分為三類：一是人稱代詞，如"你、我、他、我們"等；二是指示代詞，如"這、那、這裏、這麼、那裏、那麼"等；三是疑問代詞，如"誰、甚麼、哪兒、怎麼、怎樣"等。

【代溝】dàigōu〔名〕❶指兩代人在思想意識、價值觀念、生活情趣等方面的差異。廣義指青年一代與老一代的差異，狹義指父母與子女兩代的隔閡。也叫代差。❷借指兩種裝備或設備之間在先進程度方面存在的巨大差異：一方是弓箭、長矛，一方是飛機、大炮，兩類武器之間存在着。

【代號】dàihào〔名〕代替正式名稱的別名、編號或字母等：他只寫了單位的～，沒有寫單位的名稱｜請扭新產品的～記下來。

【代際】dàijì〔形〕屬性詞。兩代人之間的：～差異｜～對話。

【代際公平】dàijì gōngpíng 當代人和後代人在利用自然資源、滿足自身利益、謀求生存與發展上權利均等。代際公平是可持續發展戰略的重要原則。

【代價】dàijià〔名〕❶為得到某種東西付出的錢：這件古物是用高額～贖回來的。❷為實現某一目標或完成某項任務所耗費的物力或精力：他為事業的成功付出了極大的～｜要不惜任何～搶救他的生命。

【代駕】dàijià〔動〕代替他人駕車（多為有償服務性質）：酒後～｜商務～｜服務～｜～公司。

【代課】dài//kè〔動〕代替別人講課：～老師｜張老師每天還要到別的學校代兩節課。

【代勞】dàiláo〔動〕請人代替自己或自己代替別人辦事：買票的事就請你～了｜你的發言稿我不能～，還是你自己動筆寫吧。

【代理】dàilǐ〔動〕❶暫時替人擔任某種職務：～廠長｜～主任。❷接受委託，代表當事人或單位在受權範圍內進行活動：～報刊訂閱業務｜～訂票業務。

【代理人】dàilǐrén〔名〕（名）❶受當事人委託，代表他進行訴訟、納稅、簽訂合同等活動的人。❷指為某人、某集團利益服務的人（含貶義）：他充當了大軍閥的～。

【代碼】dàimǎ〔名〕❶為了便捷或保密用來代替某個事物名稱的一組數字：這家超市為所售的商品編了～。❷表示信息的符號組合，如電子計算機中的二進制數碼。

【代名詞】dàimíngcí〔名〕❶代替正式名稱或說法的詞：奧運精神早已成為和平友愛的～。❷有些語法書指代詞。

【代庖】dàipáo〔動〕〈書〉代替廚師做飯，借指別人做他分內的事。參見"越俎代庖"（1678頁）。

【代培】dàipéi〔動〕受委託替對方培養人才：本省的師範大學為中小學～了很多教師｜學校也在社會上辦一些～班。

【代數】dàishù〔名〕代數學的簡稱。用字母代表數來研究數的關係、性質和運算規律，是數學的一個分支。

【代替】dàitì〔動〕用能起同樣作用的人或事物替換原來的人或事物：用硬質塑料～鋼材｜外科手術可以用針麻～麻藥｜他不能去開會，請你～他出席。

┌───────────────────────────────┐
│ 辨析 代替、接替　"接替"運用的範圍只能是│
│ 人，以及人所從事的工作、所擔任的職務；│
│ "代替"運用的範圍比較廣泛，除了人或人的工│
│ 作外，還可以是組織或事物，如"用塑料代替│
│ 木材""用酵母代替蘇打""用國貨代替進口貨"│
│ 等，其中的"代替"都不能換用"接替"。│
└───────────────────────────────┘

【代銷】dàixiāo〔動〕代理銷售：～點｜～店｜小副食店～郵票、信封和信紙。

【代謝】dàixiè〔動〕新的接替、更換舊的：新陳～｜人事有～，往來成古今。

【代序】dàixù ㊀〔名〕（篇）代替序言的文章：他用先前寫的一篇文章當作自己新著的～。㊁〔動〕按次序不斷相互替換：春秋～。

【代言人】dàiyánrén〔名〕（位）代表某人或某方面發表意見的人：他是這家公司的～。

【代議制】dàiyìzhì〔名〕議會制。

【代用】dàiyòng〔動〕合用的人或物不夠或受損時，換用相類似的人或物：～品｜～材料｜～

器官｜～教師｜先找個型號大致相同的軸承～一下。

【代職】dài//zhí〔動〕暫時代理某種職務：抽調西部地區的幹部到沿海發達地區～。

甙 dài〔名〕糖苷的舊稱。

坒 dài 用於地名：～灣（在江蘇）。

岱 Dài〔名〕❶泰山的別稱。也叫岱宗、岱嶽。❷姓。

玳〈瑇〉dài 見下。

【玳瑁】dàimào〔名〕爬行動物，生活在熱帶、亞熱帶沿海，形狀像龜，背殼的角質板呈覆瓦狀排列，表面光滑，可做裝飾品，也可入藥。

殆 dài〈書〉❶危險：知彼知己，百戰不～｜天下发发乎～哉！❷〔副〕將近；差不多：傷亡～盡｜遊歷～遍。❸〔副〕大概；恐怕：～有甚焉。

待 dài ㊀❶招待：～客｜接～。❷〔動〕對待：虛～｜優～｜平等～人｜他～我不錯。㊁❶等候：守株～兔｜枕戈～旦｜嚴陣以～。❷需要：自不～言｜毋～申論。❸〔動〕將要；打算：～說不想說，～不說又憋不住。❹（Dài）〔名〕姓。
另見dāi（242頁）。

┌───────────────────────────────┐
│ **語彙** 擔待 等待 對待 接待 看待 款待 虐待│
│ 慢待 虐待 期待 優待 招待 坐待 刮目相看│
│ 迫不及待 拭目以待 指日可待│
└───────────────────────────────┘

【待承】dàicheng〔動〕招待；看待：要好好～人家｜～客人非常周到。

【待崗】dàigǎng〔動〕下崗人員等待另行安排工作崗位：～人員｜哥哥～，我正想辦法幫助他。

【待機】dàijī〔動〕❶等待時機：～而動。❷特指電子計算機、手機等處在等待使用的狀態：電腦正處在～狀態｜這款手機～時間長。

【待價而沽】dàijià'érgū〔成〕等待高價出售。《論語·子罕》："沽之哉，沽之哉，我待賈者也。"舊時比喻等待時機出來做官。現多比喻等待好的待遇或條件才同意任職或做事：投機商囤積商品，～，牟取暴利｜用工告急，意味着勞動力賣方市場形成，勞動者可以挑挑揀揀，～。
注意 這裏的"沽"不寫作"估"，不讀gū。

【待見】dàijiàn (-jian)〔動〕〈口〉喜歡；喜愛（多用於否定式）：這孩子不讓人～。

【待考】dàikǎo〔動〕有待查考：這句話的出處～。

【待命】dàimìng〔動〕等待命令：整裝～｜～出擊｜原地～。

【待聘】dàipìn〔動〕❶〈書〉女子等待出嫁。❷等待招聘或聘用：未被錄用者，到人事部門～。

【待人接物】dàirén-jiēwù〔成〕物：指人。跟人交往相處；處理人際關係：他～，恰到好處。

【待續】dàixù〔動〕等待接續：未完～。

【待業】dàiyè〔動〕等待就業（跟"就業"相對）：在家～｜街道裏有好幾個青年正在～。

【待遇】dàiyù〔名〕❶對待人的態度、方式、情況：非人的～｜不公正的～。❷指在社會上享有的權利、義務：政治～｜物質～｜平等～。❸指工資福利等物質報酬：優厚的～｜～較高。

【待字】dàizì〔動〕〈書〉女子成年待嫁。古代女子成年許婚後才起字，故稱：閨中～。

【待罪】dàizuì〔動〕〈書〉❶古代官吏任職的謙稱：～台輔。❷等待處分：～私門。

怠 dài ❶懶惰；鬆懈：耕者～則無獲｜兵民～而國弱。❷冷淡；不恭敬：～慢。

語彙 倦怠 懶怠 懈怠

【怠工】dài//gōng〔動〕故意降低工作效率，不好好工作，有時帶有罷工性質：消極～。

【怠慢】dàimàn ❶〔動〕待人冷淡：別～了他｜不要～客人。❷〔動〕客套話。表示待客不周：主人拱着手對客人說：～，～！❸〔形〕懈怠：不敢～。

迨 dài〈書〉❶及；等到：力疆不～志有餘。❷乘；趁着：～此暇時須出遊。

軑（軑） dài ❶古代指包在車轂頭上的鐵帽兒。也指車輪。❷（Dài）漢朝縣名。故城在今湖北浠水蘭溪鎮附近。漢惠帝二年（公元前193年）始封黎叔蒼為軑侯。

埭 dài 土壩。多用於地名：鍾～（在浙江東北部）。

帶（帶） dài ㊀❶（～兒）〔名〕（條，根）帶子或像帶子的長條物：皮～兒｜鞋～兒｜錄音～｜傳送～｜～上有兩行字。❷〔名〕輪胎：自行車～｜汽車裏外～。❸地帶；區域：熱～｜寒～｜溫～｜沿海一～。❹白帶：～下。❺（Dài）〔名〕姓。
㊁〔動〕❶佩掛：～劍｜身上～着手槍。❷隨身攜帶：～乾糧｜～本字典｜不用～行李。❸順便捎帶：身上要～錢｜～個口信兒去｜上街～瓶香油來。❹關閉（限於門）：請你～上門。❺顯出；含有：面～愁容｜說話不要～刺兒。❻連帶；再加上：～葉兒的棗子｜連說～笑｜連罵～鬧。❼帶領；引導：～兵｜～路｜～徒弟。❽帶動：以點～面。

語彙 背帶 綢帶 彩帶 車帶 磁帶 地帶 附帶 拐帶 海帶 寒帶 夾帶 膠帶 裏帶 連帶 林帶 領帶 履帶 紐帶 佩帶 皮帶 飄帶 裙帶 熱帶 韌帶 捎帶 聲帶 綬帶 順帶 外帶 溫帶 攜帶 腰帶

【帶班】dài//bān〔動〕❶帶領人值班：廠領導輪流～。❷帶領班組、班級：擔任班主任：既教課又～。

【帶刺兒】dài//cìr〔動〕指話裏暗含譏諷：說話不要～。

【帶動】dàidòng〔動〕❶由動力牽引而動起來：馬達～水車｜這些機器全靠電力～。❷引導；幹部～群眾｜用點上的經驗～面上的工作。

辨析 帶動、拉動　都有通過動力使全體或個別動起來的意思。"帶動"着重相關部分相應動起來，如"發展鄉鎮企業，帶動農業"。"拉動"是用拉力推動，着重指促進使起動，如"加快鐵路建設，拉動經濟增長"。"帶動"還含有起帶頭作用的意思，如"樹立典型，帶動全班"。

【帶好兒】dài//hǎor〔動〕轉達對別人的問候：請給你父母～｜見到了老首長，替我帶個好兒。

【帶勁】dàijìn〔形〕❶（～兒）有力；有勁：他挑土真～兒｜這老頭兒走路可～啦。❷有興趣；帶來興味：他就是跳舞～，別的都沒興趣｜玩牌不～，還是逛公園去吧。

【帶累】dàilěi〔動〕連累；使別人跟着受損害：小心行事，千萬別～左鄰右舍｜想不到這件事～了全班同學。

【帶領】dàilǐng〔動〕❶率領並指揮：老師～同學到郊外植樹。❷引路讓別人跟隨：老鄉～我們去找泉水。

辨析 帶領、率領　a）"帶領"強調站在前頭指引，"率領"強調居於領導地位來引導。b）"帶領"不具特別色彩，"率領"帶有鄭重色彩。如"總理率領政府代表團出訪"，其中的"率領"不能換成"帶領"。

【帶路】dài//lù〔動〕領別人走他不熟悉的路；比喻指點如何學習工作：你在前面～｜我給一個從外地來到北京的人帶了一段路｜新兵有老兵～，很快習慣了軍營生活。

【帶頭】dài//tóu（～兒）〔動〕用實際行動帶動別人；在前頭領着大家行動：～作用｜～搞好環境衛生｜帶了一個好頭兒。

【帶頭人】dàitóurén〔名〕（位）❶用自己的行動帶動別人前進的人：幹部是群眾的～。❷學術水平高，能引導推進專業研究的人：學術～｜學科～。

【帶薪】dàixīn〔動〕享有原薪（而做另外的事）：～學習。

【帶魚】dàiyú〔名〕（條）魚名，主要生活在西北太平洋、印度洋，形似帶子，銀白色，無鱗，為中國重要海產。

【帶職】dàizhí〔動〕因公離職改做其他工作時，保留原職務：～進修。

【帶子】dàizi〔名〕❶（條，根）用皮、布或絲綾等做成的條狀物。❷（盤）指錄音帶、錄像帶。

袋 dài ❶（～兒）〔名〕口袋：米～｜錢～兒｜郵～｜工具～｜子彈～｜書都裝在～裏了。❷〔量〕用於水煙、旱煙、煙斗裝的煙：一～煙。❸（Dài）〔名〕姓。

語彙　被袋　冰袋　口袋　麻袋　腦袋　沙袋　煙袋　掉書袋　熱水袋　水煙袋　酒囊飯袋

【袋鼠】dàishǔ〔名〕（隻）哺乳動物，形狀像鼠，大的體長約二米。前肢短小，後肢粗大，善於跳躍，尾粗大，能支持身體。雌的腹部有皮質育兒袋。以植物為食，產在澳大利亞。

【袋裝】dàizhuāng〔形〕屬性詞。用袋子包裝的：～食品｜～奶粉。

【袋子】dàizi〔名〕口袋：米～｜化肥～。

紾 dài〔量〕旦㊂的舊稱。

給（给）dài〈書〉哄騙；欺騙：迷失道，問一田父，田父～曰：「左。」

貸（贷）dài ❶借出或借入的款項：農～｜還～。❷〔動〕借入或借出：～款｜銀行～給棉農一筆款。❸推卸：責無旁～。❹寬恕：嚴懲不～。

語彙　告貸　借貸　寬貸　農貸　信貸　高利貸　責無旁貸

【貸方】dàifāng〔名〕會計簿記賬戶上右邊的一欄，記載資產的減少、負債的增加和收入的增加（跟「借方」相對）。也叫付方。

【貸款】dàikuǎn ❶（-//-）〔動〕國家、銀行、信用合作社等借錢給需要者，一般規定利息，定期償還：銀行給農民貸了一筆款。❷〔名〕（筆）國家、銀行、信用合作社等給需要者貸出的款項：償付～｜這是一筆無息～｜我們將利用這筆～修築一條公路。

逮 dài ❶〈書〉及；到：力所不～。❷捉拿：～捕。
另見 dǎi（243頁）。

【逮捕】dàibǔ〔動〕司法機關依法捉拿；強制羈押：～令｜～證｜～法辦｜～殺人兇手｜他因犯貪污罪被～了。

駘（骀）dài 見下。
另見 tái（1306頁）。

【駘蕩】dàidàng〔形〕〈書〉❶舒緩起伏：春風～｜～的海風。❷無拘束局限：其為文，空明～。

戴 dài ❶〔動〕把東西加在頭上或上身的其他部位：～帽子｜～面具｜～眼鏡｜～校徽｜～耳環｜～手套。❷尊敬；擁護：愛～｜擁～。❸比喻頂着，承受：披星～月｜不共～天｜～罪立功。❹（Dài）〔名〕姓。

語彙　愛戴　插戴　穿戴　感戴　推戴　擁戴　張冠李戴

【戴高帽兒】dài gāomàor〔慣〕比喻奉承人，說恭維話：隨便給年輕人～，對他們沒甚麼好處。也說戴高帽子。

【戴綠帽】dài lǜmào〔慣〕譏諷某人妻子有外遇。也說戴綠帽子。

"戴綠帽"的語源
漢朝時以綠頭巾為賤者的服飾。唐朝的延陵縣令李封，對有罪的吏民不加杖罰，只是責令他們裹上綠頭巾以示侮辱。元朝、明朝的娼家男子，只能裹綠頭巾。後來用"戴綠頭巾"或"戴綠帽"比喻某人妻子有外遇。

【戴帽】dàimào〔動〕比喻學校附設高一級學校的班級並以高一級的命名：小學～｜～中學。

【戴帽子】dài màozi〔慣〕比喻給人加上罪名：不抓辮子、不～、不打棍子。

【戴孝】（帶孝）dài // xiào〔動〕死者的家屬、親友、同事以穿孝服、佩黑紗、別白花等方式表示對死者的哀悼：他戴着孝呢，一定是家裏有老人去世了。

【戴罪立功】dàizuì-lìgōng〔成〕帶着或承擔着罪名去建立功勞，將功折罪：這次他率領一團人去攻城，是～。

黛 dài ❶〈書〉古代婦女用來畫眉的青黑色顏料：眉～｜粉白～黑｜六宮粉～無顏色。❷〈書〉比喻好的眉毛：愁凝歌～（歌者的眉毛）欲生煙。❸〈書〉青黑色：千里橫～色。❹（Dài）〔名〕姓。

【黛綠】dàilǜ〔形〕〈書〉墨綠：～的山色｜眼前一片粉白～。

黱 dài〈書〉同"黛"。

襶 dài 見"襶襶"（958頁）。

髢（髢）dài 見"髢髢"（7頁）。

dān ㄉㄢ

丹 dān ❶古代指朱砂。❷像朱砂一樣的紅色：～唇｜～楓。❸古代道家用朱砂等煉製的藥：仙～｜靈～妙藥｜煉～術。❹按配方製成的顆粒狀或粉末狀中藥：丸散膏～｜人～。❺（Dān）〔名〕姓。

語彙　蔻丹　煉丹　牡丹　鉛丹　山丹　仙丹

【丹頂鶴】dāndǐnghè〔名〕（隻）鶴的一種，羽毛主要為白色，頭頂皮膚裸露，呈朱紅色。翅膀大，能高飛，頸和腿很長，常涉水，以魚、蝦為食。鳴聲響亮。也叫仙鶴、白鶴。

【丹毒】dāndú〔名〕一種由鏈球菌引起的皮膚傳染性炎症，常發生在面部和小腿，患處皮膚紅腫、疼痛，並有全身性發冷發熱症狀。發生在頭部的叫抱頭火丹，發生在胸腹部的叫內發丹毒，發生在小腿的叫流火。

【丹方】dānfāng〔名〕❶〔劑〕指流傳於民間的藥方。因藥效神妙，可比仙丹，所以叫丹方。又因為一般藥味較簡單，所以也作單方。❷〈書〉道士煉丹的方術。

【丹鉛】dānqiān〔名〕❶點校書籍用的朱砂和鉛粉，借指校訂書稿的工作。❷〈書〉指古代婦女化妝用的胭脂和鉛粉，借指化妝用品：不施～。

【丹青】dānqīng〔名〕〈書〉❶紅色和青色兩種顏料：～玄黃，色彩分明。❷（幅）借指繪畫：尤善～｜妙筆頌盛世，～繪中華。❸泛指史冊：時窮節乃見，一一垂～。

【丹砂】dānshā〔名〕朱砂。

【丹參】dānshēn〔名〕多年生草本植物，莖四棱形，羽狀複葉，花紫色。根肥大，外紅內白，可入藥，有鎮靜、調經等作用。

【丹田】dāntián〔名〕道家稱人體臍下三寸的地方為丹田：～之氣。

【丹心】dānxīn〔名〕（片）赤心；赤誠的心：人生自古誰無死，留取～照汗青。

肬 dān 見下。

【肬肬】dāndān〔形〕注視的樣子：虎視～。

耽〈㊀躭〉dān ㊀❶〈書〉沉溺；入迷：～學｜～酒｜～於幻想。❷（Dān）〔名〕姓。
㊁遲延：～擱｜～誤。

【耽擱】（擔擱）dānge〔動〕❶停留：這次出差，在廣州多～了幾天。❷延遲；拖延：最近太忙，～了回信｜這事再也不能～了。❸耽誤：他～人，沒有趕上車。

【耽誤】dānwu〔動〕因耽擱、失去時機而誤事：看電視～了做功課｜他從不為個人的事～工作。

聃 dān ❶見於人名：老～（即老子，道家學派創始人）。❷（Dān）〔名〕姓。

單（单）dān ㊀❶〔形〕屬性詞。單個；一個（跟"雙"相對）：～扇門｜形～影隻。❷〔形〕屬性詞。奇數的（跟"雙"相對）：～日｜～號｜～數。❸單獨：～身一人｜～槍匹馬。❹〔形〕屬性詞。只有一層的：～衣｜～褲。❺不複雜：簡～｜～調｜～純。❻薄弱；勢孤力～。❼〔副〕僅；只：～說不練｜不能～憑經驗辦事。
㊁（～兒）〔名〕❶"單子"②：菜～兒｜名～兒｜賬～兒｜提貨～兒。❷"單子"①：被～兒｜床～兒。
另見 chán（144 頁）；Shàn（1173 頁）。

語彙 保單　報單　被單　傳單　床單　存單　訂單　仿單　孤單　掛單　簡單　買單　名單　清單　褥單　失單　賬單　黑名單　三聯單　提貨單

【單幫】dānbāng〔名〕從一地販運貨物到他地賣出的個體商販：跑～｜～貨商。

【單邊】dānbiān ❶〔形〕屬性詞。單獨一方參加的：～行動｜～調查。❷〔名〕畫在圖案四周的界綫邊框。

【單薄】dānbó〔形〕❶禦寒的衣服、被褥等薄而且少：穿的衣服～了些｜蓋的這床被子太～了。❷瘦弱；不強壯：他身子骨兒像～。❸薄弱；不充實：力量～｜內容～｜材料～。

【單產】dānchǎn〔名〕指一定時間內（一季或一年）單位土地面積上農作物的產量：今年水稻每畝～800斤｜努力提高糧食～。

【單車】dānchē〔名〕（輛）自行車。

【單程】dānchéng〔名〕指往返行程中一去或一來的行程：～機票｜去上海火車～並不貴。

【單傳】dānchuán〔動〕❶指幾代都只有一個兒子傳宗接代：他家五世～。❷舊指只有一個師傅傳授，不摻雜別的門派：這種雜技絕活，得自～。

【單純】dānchún〔形〕❶簡單純一；不複雜：思想～｜孩子都很～｜問題並不～。❷單一；單單：不能～為學理而學理論｜～追求數量的做法是錯誤的。

【單純詞】dānchúncí〔名〕只包含一個詞素的詞（區別於"合成詞"）。有單音節的，也有多音節的，如"人、山、走、快、蟋蟀、玻璃、阿司匹林"等。

【單詞】dāncí〔名〕❶指單純詞。❷詞（區別於"詞組"）：學外語，背～。

【單打】dāndǎ ❶〔名〕某些球類比賽的一種方式，由雙方各出一人進行比賽：乒乓球～｜羽毛球～｜男子～｜女子～。❷〔動〕一個人對一個人地打鬥：～獨鬥。

【單打一】dāndǎyī〔動〕只做一件事而不管其他的事：做領導工作要學會彈鋼琴，不能～。

【單單】dāndān〔副〕表示把事物或動作限定在極小的範圍內，相當於"只是""僅僅"（多用於句首）：別人都走了，～他沒走｜～說明目的不夠，還要說明達到目的的方法和步驟。

【單刀直入】dāndāo-zhírù〔成〕比喻直截了當，不拐彎抹角：～不能取勝，就該採用迂迴的戰術｜那些提意見的人不留面子，～，開門見山。

【單調】dāndiào〔形〕簡單、重複而缺少變化：色彩～｜生活太～｜～的情節不能引人入勝。

【單獨】dāndú〔副〕獨自一個；不跟別的合在一起：～行動｜他～住在一間屋子裏。

【單獨二孩】dāndú èrhái 中國現行的一種生育政

策。夫妻雙方一人為獨生子女，第一胎非多胞胎，即可生第二胎。

【單方】dānfāng ㊀同"丹方"。㊁〔名〕單方面：～撕毀合同。

【單方面】dānfāngmiàn〔名〕單獨一方面：～破壞協定。也說單方。

【單放機】dānfàngjī〔名〕(台)只具有放音功能的電子裝置。

【單幹】dāngàn〔動〕❶ 單獨幹活或單獨從事某項工作，不跟別的人合作：他一個人～｜不要～，還是大夥兒一塊兒幹好。❷ 中國農業合作化時期特指農民以戶為單位耕作：～戶｜參加了合作社就不能～。

【單槓】dāngàng〔名〕❶ 男子體操項目之一，運動員在槓上可做迴環、擺越、轉體等各種動作。❷ 體操器械之一，在兩支柱間架一橫槓，橫槓為鐵製，高低可以調節，支柱有木製和鐵製兩種。

【單個兒】dāngèr ❶〔副〕單獨一個：隊長要求大家一齊走，不要～行動。❷〔名〕成套或成對中的一個：這副手套剩下～一隻｜耳環丟了一隻，成了～的了。

【單軌】dānguǐ〔名〕❶ 一根軌道：遊樂園的～腳踏車很好玩。❷ 只有一組軌道的鐵路綫。

【單軌制】dānguǐzhì〔名〕指實行單一體制或措施的制度。

【單簧管】dānhuángguǎn(～兒)〔名〕(隻)管樂器，由嘴子、小筒、管身和喇叭口四部分構成，嘴子上裝有單簧片，故稱。也叫黑管。

【單價】dānjià〔名〕商品的單位價格：西紅柿每公斤～有地區差別。

【單間】dānjiān(～兒)〔名〕❶ 只有一間的屋子：他家在隔壁院子裏還有一個～房。❷ 旅店、飯館內供客人單獨使用的房間：老馬出差向來住～｜老同學聚會包了個～。

【單句】dānjù〔名〕語法上指不能分析成兩個或兩個以上分句的句子(跟"複句"相對)。也叫簡單句。

【單據】dānjù〔名〕(張)收付錢、物的憑據，如收據、發票、發貨單等：報銷～｜憑～取貨。

【單口相聲】dānkǒu xiàngsheng 只有一個人表演的相聲。參見"相聲"(1483頁)。

【單利】dānlì〔名〕計算利息的一種方法，只按照本金計算利息，所得利息不加入本金重複計算利息(區別於"複利")。

【單戀】dānliàn〔動〕單相思。

【單名】dānmíng〔名〕只有一個字的名字。

【單槍匹馬】dānqiāng-pǐmǎ〔成〕原指一個人騎一匹馬單獨上陣。比喻沒有旁人幫助，單獨行動：這項任務不依靠集體力量，～是很難完成的。也說匹馬單槍。

【單親】dānqīn〔形〕屬性詞。指只有父親或只有母親單獨一方的：～家庭｜離婚的人一增多，～的孩子也就多起來了。

【單人】dānrén〔形〕屬性詞。一個人的：～床｜～滑｜～舞。

【單身】dānshēn〔名〕沒有家屬或不跟家屬在一起生活的人：～漢｜～女人｜～宿舍｜長期～在外。

【單身貴族】dānshēn guìzú 指有較高經濟收入、追求生活自由的單身男女。也泛指單身生活的人：近年女性的～越來越多｜現在喜歡～的生活，將來可能想有個家。

【單身漢】dānshēnhàn〔名〕(台)沒有妻子或沒有跟妻子一起生活的男人：～俱樂部｜這個機關的～都住在集體宿舍裏。

【單數】dānshù〔名〕❶ 正的奇數，如1，3，5，7，9等(區別於"雙數")。❷ 某些語言中由詞本身形式表示的單一的數量(區別於"複數")，如英語boy，表示一個男孩，girl，表示一個女孩，是單數。

【單挑】dāntiǎo〔動〕與對手一對一地較量：～獨鬥｜你敢跟他～嗎？

【單位】dānwèi〔名〕❶ 計算長度、重量、時間、溫度等的標準量的名稱，如厘米(長度)、克(重量)、秒(時間)等。❷ 指機關、團體或機關、團體所屬的部門：行政～｜生產～｜直屬～｜附屬～｜各～的人都到齊了。❸ 港澳地區用詞。一套單元樓房：香港售樓時，每套～的建築面積和實用面積都要列明。

【單弦兒】dānxiánr〔名〕曲藝的一種，流行於華北和東北等地。一人自彈自唱，所以叫單弦兒。現在多為演唱者打八角鼓，另有三弦等樂器伴奏。

【單綫】dānxiàn〔名〕❶ 單獨的一條綫：～縫兩行｜～勾畫。❷ 唯一的聯繫渠道(多指秘密工作)：做地下工作一般都是～聯繫。❸ "單軌"②(區別於"複綫")：～鐵路｜～行駛。

【單相思】dānxiāngsī〔動〕男女間只一方對另一方懷有愛慕之情：他只是～，女方對他並無好感。

【單向】dānxiàng〔形〕屬性詞。單一方向的；只有一方向另一方施行的(區別於"雙向")：多年來，學校一直沿襲老師講、學生聽的～灌輸模式｜人才求職已由～選擇變為雙向選擇。

【單項】dānxiàng〔名〕單一的項目：～比賽｜體操比賽中獲得～冠軍。

【單行】dānxíng ❶〔形〕屬性詞。就單一事項實行的；僅在某地頒行適用的(多指法律條例)。❷〔動〕單向行駛：～綫｜實行交通管制，這條路改為～。❸〔動〕單獨發生：禍不～。

【單行本】dānxíngběn〔名〕❶ 從整部著作或報刊、叢書中抽取一部分單獨印行的書：政府工作報告已印成～。❷ 將報刊上分期發表的文章整理、彙集而印行的書：報紙連載的遊記已經出版～了。

【單行綫】dānxíngxiàn〔名〕車輛只能向一個方向行駛的道路。也叫單行道。

【單姓】dānxìng〔名〕只有一個字的姓，如趙、錢、孫、李（區別於"複姓"）。

【單選】dānxuǎn〔動〕單項選擇，即只有一個正確選項的選擇（區別於"多選"）：～題。

【單眼皮】dānyǎnpí（～兒）〔名〕下緣沒有褶兒的上眼皮（區別於"雙眼皮"）。

【單一】dānyī〔形〕只有一種樣式；沒有變化：～經濟｜～種植｜方法｜飯菜～。

【單衣】dānyī〔名〕（件）只有一層薄織物的衣服：大冷天，只穿一件～可不行！

【單音詞】dānyīncí〔名〕只有一個音節的詞，如"筆、紙、官兒（guānr）、笑、瘦"等。

【單元】dānyuán〔名〕指教材、房屋等自成段落、自有系統、自為一組的單位：這個～已經學完了｜他們兩家住在同一個～。

【單元房】dānyuánfáng〔名〕（套）有客廳、臥室、廚房、衛生間等配套房間的住房。

【單元樓】dānyuánlóu〔名〕（棟）內部是單元房的住宅樓（區別於"筒子樓"）。

【單質】dānzhì〔名〕由同一種化學元素的原子組成的物質，如氧、銅、溴等。

【單子】dānzi〔名〕❶（條）鋪在床上的大幅單層布：床上鋪着一條白細布～。❷（張）記有分項事物的紙片：賬～｜菜～｜經理開了個購貨～。

【單字】dānzì〔名〕❶單個的漢字。❷指外國語中單個的詞：學外國語要下工夫記～。

鄲（鄲）dān ❶ 用於地名：～城（在河南）｜邯～（在河北）。❷（Dān）〔名〕姓。

儋　dān 用於地名：～州（在海南）。

擔（擔）dān〔動〕❶ 用肩挑：～水｜～柴｜～兩筐土。❷ 擔負；承當：承～｜～風險｜～責任｜把任務～起來。
另見 dàn（253頁）。

語彙　承擔　分擔　負擔

【擔保】dānbǎo〔動〕❶ 以語言保證某事能辦到：我～他不會失約。❷ 經濟活動中以財物、名譽保證債務人償還債務：借給他一大筆款，誰～？❸ 按一定法律程序，以金錢等保證刑事被告人暫離監管後按要求受審：有人提供～，讓案犯監外就醫。

【擔保人】dānbǎorén〔名〕（位）依法履行擔保責任的人。

【擔不是】dān bùshi〔慣〕承當過錯：這次事故不能讓他一個人～｜你們大膽去幹，要是出了問題，我～。

【擔待】dāndài〔動〕〈口〉❶ 包涵；原諒：您老人家就～他們些吧！❷ 承擔（責任）：萬一出了事，我可～不起｜一切有我～，你就放心吧！

【擔當】dāndāng〔動〕承擔並負責：～責任｜他領導的小組～起艱巨的試驗任務｜這責任你～得了嗎？

【擔負】dānfù〔動〕應（yìng）承擔當（工作、費用、責任等）：～部門領導工作｜他上學的費用全歸大哥～｜烈士未完成的任務，我們要～起來。

【擔綱】dāngāng〔動〕充當主要角色或主力；擔當主要責任：這部戲由他倆～演出｜攻關工作他～。

【擔架】dānjià〔名〕（副）抬送傷病員的用具，用木棍或竹竿做架子，中間繃上帆布或繩子，像一個簡易的床。

【擔任】dānrèn〔動〕擔當某種職務或擔負某種任務：～經理｜～組織工作｜導遊全部由學員～。

辨析　擔任、擔當　"擔任"指擔起、負責，對象多是職務及具體職務名稱、工作及具體工作名稱；"擔當"指擔起、承當，對象多是較艱巨的工作、較重大的責任以及風險、罪名等。如"擔任技術指導"和"擔當全部責任"中兩個詞不能互換。

【擔心】（耽心）dān∥xīn〔動〕顧慮事情有不順；放不下心：他～老人家的健康｜媽媽總為兒女的事～｜孩子都工作了，你還為他擔甚麼心？

【擔憂】（耽憂）dānyōu〔動〕發愁；憂慮：聽評書落淚，替古人～｜大家都在為他的病～｜路上有人照顧，您不必～。

辨析　擔憂、擔心　a）"擔憂"語義較重，不僅放心不下，而且憂慮、發愁；"擔心"語義較輕，只指放心不下。b）"擔憂"多用於為某事而擔憂，後面一般不帶賓語；"擔心"後面可帶賓語，如"她擔心兒子不好好學習"。c）"擔心"中間可以插入其他成分，如"擔了一輩子的心"，而"擔憂"不能。

殫（殫）dān〈書〉盡；竭盡：～天下之財｜殫徵竭盡，人力～。

【殫精竭慮】dānjīng-jiélǜ〔成〕耗盡精力，用盡心思：～，以解民困｜老校長為人師表三十載，～育桃李。也說殫思極慮。

甔　dān〈書〉陶製的罐子。

癉（癉）dān 中醫指一種熱症。
另見 dàn（253頁）。

襌（襌）dān〈書〉單衣。

簞（簞）dān 古代盛飯的圓形竹器：～食瓢飲。

【簞食壺漿】dānsì-hújiāng〔成〕民眾用簞盛飯、用壺盛漿來歡迎他們所擁護的軍隊。形容得民心的軍隊受到群眾歡迎的情況：沿途群眾～歡迎人民軍隊。**注意** 這裏的"食"不讀 shí。

dǎn ㄉㄢˇ

疸 dǎn 見"黃疸"（575 頁）。
另見 da（242 頁）。

紞（统）dǎn 古代冠冕上用來繫玉墜的帶子。

亶 dǎn ❶〈書〉誠信。❷〈書〉實在。❸（Dǎn）〔名〕姓。
另見 dàn（252 頁）。

撣（掸）〈撢担〉dǎn〔動〕用撣子或其他工具拂去塵土等：～土｜～一～衣服跟帽子上的雪｜書桌和書架都～得很乾淨。
另見 Shàn（1173 頁）。

【撣子】dǎnzi〔名〕（把）把雞毛或布條捆紮在棍兒上製成的拂去灰塵的用具：雞毛～｜用～把鞋上的土撣乾淨。

賧（赕）dǎn 奉獻：～佛（向廟宇捐獻財物以求佛消災賜福）。[傣]

黵 dǎn〈書〉❶滓垢。❷黑的樣子。

膽（胆）dǎn〔名〕❶膽囊，儲存膽汁的囊狀器官，人的膽囊在肝臟右葉的下前部：豬～｜苦～｜～結石。❷（～兒）膽量，勇氣：～大｜～識，心又細｜壯一壯～兒。❸放在某些器物內部，用來裝水、空氣等的東西：球～｜熱水瓶～。❹（Dǎn）姓。

語彙 大膽 斗膽 放膽 肝膽 孤膽 海膽 苦膽 球膽 壯膽 明目張膽 披肝瀝膽 群威群膽 提心吊膽 剛風喪膽 臥薪嘗膽

【膽大包天】dǎndà-bāotiān〔成〕形容膽量極大（多用於貶義）：目無法紀，真是～。

【膽大妄為】dǎndà-wàngwéi〔成〕肆無忌憚，胡作非為：公共場所，哪能容許歹徒如此～！｜少數人～，竟攜巨額公款出國豪賭。

【膽大心細】dǎndà-xīnxì〔成〕辦事勇敢果斷而又謹慎小心：他是一個精明強幹、～的好領導。

【膽敢】dǎngǎn〔動〕居然有膽量敢於：敵人～來犯，必定叫他有來無回。

【膽固醇】dǎngùchún〔名〕醇的一種，白色結晶，質地軟。人和動物的腦、神經組織、血液皮脂、膽汁中膽固醇含量最多。膽固醇代謝失調會產生動脈粥樣硬化和膽結石等。

【膽寒】dǎnhán〔形〕害怕；驚懼：山下萬丈深淵，低頭一看真叫人～心驚｜將要遇到的困難令他～。

【膽力】dǎnlì〔名〕膽量和魄力：驚人的～｜艱巨的工作沒有～難以勝任。

【膽量】dǎnliàng〔名〕指敢作敢為、無所畏懼的精神和勇氣：很有～｜～不小｜訓練～。

【膽略】dǎnlüè〔名〕膽識和謀略：～過人｜他是一位有～的政治家。

【膽氣】dǎnqì〔名〕膽量和勇氣：～衝霄漢。

【膽怯】dǎnqiè〔形〕膽小；缺乏膽量：他在困難面前從不～｜夜裏走路害怕，你也太～了。

【膽識】dǎnshí〔名〕膽量和見識：表現出非凡的～｜～過人。

【膽小】dǎnxiǎo〔形〕易受驚嚇；缺乏勇氣：孩子～，不敢關燈睡覺｜～怕事。

【膽小鬼】dǎnxiǎoguǐ〔名〕易受驚嚇或缺乏勇氣的人（含譏諷意）：你真是個～，不敢下水怎能學會游泳呢？

【膽小如鼠】dǎnxiǎo-rúshǔ〔成〕像老鼠一樣膽子小。形容非常膽小：他～，哪裏敢給領導提意見。

【膽戰心驚】dǎnzhàn-xīnjīng〔成〕膽、心：指內心。戰：顫抖。形容十分害怕：窗外陣陣霹靂，嚇得他～。也說心驚膽戰。

【膽汁】dǎnzhī〔名〕由肝臟分泌的液體，黃綠色，味苦。對脂肪的消化和吸收有重要作用。

【膽子】dǎnzi〔名〕膽量：好大的～｜～也太小了。

dàn ㄉㄢˋ

石 dàn（古讀 shí）〔量〕容量單位，10 斗等於 1 石。
另見 shí（1217 頁）。

旦 dàn ㊀❶〈書〉天亮；早晨：通宵達～｜枕戈待～。❷（某一）天：元～｜毀於一～。❸（Dàn）〔名〕姓。
㊁〔名〕傳統戲曲中的角色行當，扮演婦女，如京劇有青衣（正旦）、花旦、老旦、武旦、刀馬旦等，表演上各具特點。
㊂〔量〕旦尼爾的簡稱。舊時的纖度單位，9000 米長的天然絲或化學纖維重多少克，其纖度就是多少旦，1 旦等於 1/9 特。舊稱紫（dài）。

語彙 彩旦 達旦 花旦 老旦 年旦 文旦 武旦 一旦 元旦 正旦 刀馬旦 信誓旦旦 枕戈待旦

【旦旦】dàndàn〔形〕〈書〉誠懇的樣子：信誓～。

【旦角兒】dànjuér〔名〕傳統戲曲演員統稱角兒，專演婦女角色的就叫作旦角兒。旦角兒又分青衣、花旦、武旦、老旦等。各種角色形成各種行當，在習慣上角色跟行當成了同義語，所以旦角兒也叫旦行。

京劇四大名旦
1928 年，上海的《戲劇月刊》發起以"四大名旦"為題的徵文，獲得觀眾熱烈響應。1930 年徵文揭曉，集中在梅蘭芳、程硯秋、荀慧生、尚小雲四人身上，稱"梅蘭芳如春蘭，有王者之香；程硯秋如菊花，霜天挺秀；荀慧生如牡丹，佔盡春光；尚小雲如芙蓉，映日鮮紅"。自此，"四大名旦"的名聲傳播海內外。

【旦尼爾】dànní'ěr〔量〕纖度的非法定計量單位。簡稱旦。〔法 denier〕

【旦夕】dànxī〔名〕❶〈書〉早上和晚上：～奉問起居。❷借指在很短時間內：～之間｜危在～｜人有～禍福。

但 dàn ❶〔副〕僅；只：～願如此｜不求有功，～求無過｜～見一輪紅日從海上升起。❷〔連〕但是，表示轉折：要充分認識不利因素，～也要看到有利條件。❸(Dàn)〔名〕姓。

語彙　不但　非但　豈但

【但凡】dànfán〔副〕凡是；只要是：～和他相處的人，沒有不說他好的｜～我有工夫，就一定去看他。

【但憑】dànpíng〔動〕任憑：東西我不要了，～拿去就是。

【但是】dànshì〔連〕用在後半句話裏表示轉折，前半句中往往用"雖然、固然、儘管"等呼應，後面常有"卻、也、還、仍然"等：他講話雖然不多，～句句在理｜儘管我們付出了極大的代價，～仍然沒有收到預期的效果。

〔辨析〕但是、但　意義和用法基本相同，但有兩點差異：a) 在表示轉折的意義上，"但"後一般不能停頓，"但是"後可以停頓，如"這本小說的故事情節曲折動人，但過於巧合""我們都愛看電影，但是，不好的電影，誰也不愛看"。b) "但是"只有連詞的用法，而"但"還有副詞的用法，意為"僅僅、只是"，如"不求有功，但求無過"。

【但書】dànshū〔名〕法律條文中指明例外情況或附加有某種條件的部分，因句首用個"但"字，故稱。

【但願】dànyuàn〔動〕只希望：～如此｜這下雪天不影響我們的航程｜～這消息不是真的。

疍〈蜑〉dàn 舊稱南方的水上居民。疍民從前受歧視，以船為家，不准陸居；中華人民共和國成立後上岸居住，與陸居人平等：～民｜～戶｜～家兒女。

啖〈❶-❸啗❶-❸噉〉dàn〈書〉❶吃：日～荔枝三百顆。❷給人或動物吃；餵食：～虎狼以肉｜以梨之。❸利誘：～之以利｜不為利～。❹(Dàn)〔名〕姓。

淡 dàn ❶〔形〕氣味或液體含某種成分少；稀薄（跟"濃"相對）：～墨｜～煙｜～裝素裹｜君子之交～如水。❷〔形〕顏色淺：～綠｜～紫。❸〔形〕味道不濃；不鹹：～茶｜～酒｜

清～｜菜～一點兒好｜～而無味。❹〔形〕冷淡；不熱心：～然處之｜他把功名看得很～。❺〔形〕經營不旺盛：～月｜～季｜生意很～。❻無聊；無關緊要：～話｜扯～。❼(Dàn)〔名〕姓。

語彙　暗淡　慘淡　扯淡　沖淡　冷淡　平淡　清淡　素淡　恬淡

【淡泊】（澹泊）dànbó〔形〕〈書〉不熱衷於功名利祿：～寡欲｜富貴不足移～之心。

　淡泊以明志
　三國蜀諸葛亮《誡子書》："夫君子之行，靜以修身，儉以養德，非淡泊無以明志，非寧靜無以致遠。"

【淡薄】dànbó〔形〕❶稀薄：太陽出來，濃霧才慢慢地～了。❷冷淡；不濃厚：感情～｜興趣～。❸不濃；不強烈：味道～。❹模糊；不清晰：記憶～｜印象已經～了。

【淡彩】dàncǎi〔名〕素描畫中所加的淡淡的水彩。

【淡菜】dàncài〔名〕貽貝（一種軟體動物）肉的乾製品。因曬乾後不加鹽，故稱。

【淡出】dànchū〔動〕❶影視畫面由清晰明亮逐漸轉成模糊暗淡，聲音也由高逐漸變低，表示劇情過渡（跟"淡入"相對）。❷比喻引人注目的人或事物逐漸退出：近年老將紛紛～足壇。

【淡淡】dàndàn〔形〕❶程度淺淺：～的哀愁｜臉上～地着了點妝。❷冷漠；不熱情：她態度～的，不太答理人。❸不經意的樣子：他～地說了幾句就走了。

【淡定】dàndìng〔形〕鎮定；不慌不忙：～自若｜時間快到了，他還那麼～。

【淡化】dànhuà〔動〕❶經過處理使含鹽分較多的水變成淡水：～海水。❷逐漸淡薄：傳宗接代的觀念～了。❸使淡薄：～行政干預，強化競爭機制。

【淡季】dànjì〔名〕某種東西出產少的季節或營業不旺盛的季節（跟"旺季"相對）：旅遊～｜汽車銷售～｜冬天是瓜菜生產～。

【淡漠】dànmò〔形〕❶冷淡；不熱情：他對人很～｜態度十分～。❷記憶模糊；印象不清晰：十年前的那件事，他已經十分～了｜留下的只是～的印象。

【淡然】（澹然）dànrán〔形〕〈書〉不經心；不在意的樣子：～處之｜～自守。

【淡入】dànrù〔動〕❶影視畫面由模糊黑暗逐漸轉成清晰明亮，聲音也由低逐漸變高，表示劇情轉換（跟"淡出"相對）。❷比喻人或事物逐漸進入一範圍：金融街的～給市場帶來一絲清新。

【淡市】dànshì〔名〕生意清淡的市場情勢（跟"旺市"相對）：目前相對短缺的辦公空間使寫字樓開發商看到了～中的希望｜九十月間，苦瓜得了空兒，大量供應～。

【淡水】dànshuǐ〔名〕含鹽分極少的水；可供生活中飲用、清洗的水：～湖｜～養魚｜海島上缺少～。

【淡水湖】dànshuǐhú〔名〕水中含鹽分很少的湖泊。

中國五大淡水湖
鄱陽湖（在江西）	洞庭湖（在湖南）
太　湖（在江蘇）	洪澤湖（在江蘇）
巢　湖（在安徽）	

【淡忘】dànwàng〔動〕漸漸從記憶中消失：童年的歡樂也罷，痛苦也罷，如今都已經～了。

【淡雅】dànyǎ〔形〕顏色式樣素淡雅致：她裝束～｜水仙花～宜人。

【淡月】dànyuè〔名〕生意清淡的月份（跟"旺月"相對）：正值～，生意不旺。

【淡妝濃抹】dànzhuāng -nóngmǒ〔成〕指婦女或淡雅或濃艷的不同妝飾：欲把西湖比西子，～總相宜。

蛋 dàn ❶〔名〕(隻)禽鳥類和龜、蛇等產的卵，如雞蛋、蛇蛋。❷(～兒)形狀像蛋的東西：山藥～｜驢糞～兒。❸比喻具有某種特點的人(含貶義)：笨～｜壞～｜窮光～。❹(Dàn)〔名〕姓。

語彙 笨蛋 搗蛋 滾蛋 壞蛋 渾蛋 臉蛋兒 零蛋 皮蛋 完蛋 下蛋 茶葉蛋 荷包蛋 窮光蛋 山藥蛋 雙黃蛋

【蛋白】dànbái〔名〕❶卵中卵黃周圍透明的膠狀物，由蛋白質組成。也叫蛋清。❷指蛋白質：植物～｜動物～。

【蛋白質】dànbáizhì〔名〕天然高分子有機化合物，由多種氨基酸組合而成。種類很多，存在於生物體內，是生物體的主要組成物質之一，是生命的基礎。舊稱朊（ruǎn）。

【蛋雕】dàndiāo〔名〕在蛋殼上雕刻形象、圖案的藝術，也指用蛋殼雕刻成的作品。

【蛋糕】dàngāo〔名〕(塊)❶用雞蛋、麵粉再加糖和油等製成的鬆軟可口的糕：奶油～。❷比喻共有的社會財富、利益、事業：隨着農村經濟、文化的發展，農村出版物這塊～將會越做越大｜國內網站建設確實是一塊誘人的的～。

【蛋羹】dàngēng〔名〕將蛋黃蛋白攪勻後加水和作料蒸成的食品。

【蛋黃兒】dànhuángr〔名〕卵中被蛋白包裹着的黃色球形膠狀物。

【蛋雞】dànjī〔名〕(隻)專門培育和飼養的卵用雞，產蛋率高於一般母雞（區別於"肉雞"）。

【蛋捲】dànjuǎn(～兒)〔名〕由雞蛋和麵粉加適當作料製成的鬆脆可口的圓筒形食品。也作蛋卷。

【蛋青】dànqīng〔形〕像鴨蛋殼的顏色：她穿了一件～的上衣。

【蛋清】dànqīng(～兒)〔名〕〈口〉"蛋白"①。

荳 dàn ❶見"菡荳"（513頁）。❷(Dàn)〔名〕姓。

氮 dàn〔名〕一種氣體元素，符號 N，原子序數 7。無色無臭(xiù)，約佔空氣總體積的五分之四，是植物營養的重要成分之一。可用來製造氨、硝酸和氮肥等。

【氮肥】dànféi〔名〕含氮較多的肥料。能促進作物根、莖、葉的生長，提高農作物的產量。常見的有尿素、碳酸氫銨等。

亶 dàn〈書〉❶同"但"①。❷〔副〕徒然：～費精神於此。❸同"但"②。
另見 dǎn（250頁）。

髧 dàn〈書〉頭髮下垂的樣子：～彼兩髦。

僤（僤）dàn〈書〉盛；大。

誕（诞）dàn ㊀❶出生；生育：～生｜～辰。❷生日：壽～｜華～。
㊁荒唐；虛妄：荒～不經｜虛～不實｜離奇怪～。

語彙 放誕 怪誕 華誕 荒誕 聖誕 壽誕

【誕辰】dànchén〔名〕生日（多用於長輩和所尊敬的人）：今天是老師八十歲～，學生都來慶賀了｜紀念魯迅先生一百週年～。

【誕生】dànshēng〔動〕❶人出生：每天都有嬰兒～｜六十年前，我們的軍長～在一個普通農民家裏。❷比喻事物產生：從新中國～的那一天起，中國人民就站起來了｜這份雜誌～於21世紀初。

憚（惮）dàn ❶〈書〉畏懼；害怕：民不～苦｜肆無忌～。❷(Dàn)〔名〕姓。

彈（弹）dàn ❶(～兒)小彈子：～丸｜鐵～兒。❷內裝火藥可以爆炸的東西，如炮彈、槍彈、炸彈。
另見 tán（1311頁）。

語彙 導彈 飛彈 流彈 炮彈 槍彈 氫彈 糖彈 投彈 炸彈 子彈 燃燒彈 手榴彈 信號彈 煙幕彈 原子彈 照明彈 定時炸彈 糖衣炮彈 洲際導彈

導彈

子彈　　　手榴彈

【彈道】dàndào〔名〕發射出的彈頭在空中所經由的路綫。由於受發射角度、速度、彈頭形狀、空氣阻力、地心引力等的影響，一般形成不對稱的拋物綫形，升弧較長而直伸，降弧較短而彎曲：～學｜～導彈。

【彈道導彈】dàndào dǎodàn 導彈的一種，由火箭發動機推送到一定高度和一定速度後，發動機自行關閉，彈頭沿着預定的彈道飛向目標。

【彈弓】dàngōng〔名〕能發射彈丸的彈（tán）力弓。古時曾用作武器。

【彈痕】dànhén〔名〕各種槍彈、炮彈擊中目標後留下的痕跡：～累累｜滿目～。

【彈盡糧絕】dànjìn-liángjué〔成〕形容軍隊彈藥、糧食等用完而又得不到補給的困境。也形容做某事時必需品斷絕的困難：探險隊在沙漠中迷失，～，只有少數人生還。

【彈殼】dànké〔名〕槍彈、炮彈等的金屬外殼。

【彈坑】dànkēng〔名〕炮彈、炸彈等爆炸後在地面或物體上形成的坑。

【彈片】dànpiàn〔名〕炮彈、炸彈等爆炸後的碎片。

【彈丸】dànwán〔名〕❶（顆）彈弓所用的鐵丸或泥丸。❷〈書〉比喻很狹小的地方：～之地。

【彈無虛發】dànwúxūfā〔成〕每一顆槍彈或炮彈都能射中目標，沒有空放的。也比喻做每一件事都能成功：戰士們個個都是～的神槍手。也說彈不虛發。

【彈藥】dànyào〔名〕槍彈、炮彈、地雷等各類爆炸物的統稱：～庫｜～箱｜～充足。

【彈子】dànzǐ（-zi）〔名〕❶（顆）彈弓彈（tán）射的彈丸。❷"枱球"①：～房｜打～。❸（顆）兒童玩具，由玻璃製成的小圓球。

擔（担） dàn ❶〔名〕擔子：荷～｜貨郎～｜每人挑一～｜革命重～。❷〔量〕用於成擔的東西：一～水｜兩～柴。❸〔量〕重量單位，100 斤等於 1 擔。
另見 dān（249 頁）。

另見 dān（249 頁）。

語彙　扁擔　公擔　石擔　市擔　重擔

【擔擔麵】dàndanmiàn〔名〕（西南官話）一種煮熟後加葱、薑、榨菜、麻醬、辣椒油等多種調料的麵條。因常由小販挑擔走街串巷叫賣而得名。

【擔子】dànzi〔名〕（副）❶扁擔和挑在扁擔兩端的東西：他挑着菜～去賣菜。❷比喻擔負的責任：他的～可不輕｜振興中華的～落在了青年人肩上。

澹 dàn〈書〉安靜；恬靜：～乎若深淵之靜。
另見 tán（1312 頁）。

憺 dàn〈書〉安定。

襌 dàn 古代喪家除去喪服的祭禮。

膻 dàn 見下。
另見 shān（1171 頁）。

【膻中】dànzhōng〔名〕中醫指人體胸腹間的膈。

癉（瘅） dàn〈書〉❶因勞累而得的病。❷憎恨：彰善～惡。
另見 dān（249 頁）。

賮（赕） dàn〈書〉❶買東西預先付錢。❷書畫卷軸卷首貼綾的地方。

噹（当） dàn 同 "啖" ①－③。

dāng ㄉㄤ

當（当） dāng ㊀❶〔動〕擔任；充當：他留校～助教｜他給出國代表團～翻譯｜他想～飛行員。❷〔動〕承當；承受：不敢～｜～之無愧｜～不起這樣的稱讚。❸主持；執掌：～國｜～政｜～權｜～家。❹〈書〉阻擋；抵擋：一夫～關，萬夫莫開｜銳不可～。
㊁❶相等；適合；相稱：門～戶對｜旗鼓相～。❷〔動〕助動詞。應該；應當：～省則省，～用則用。❸〔介〕面對着；向着：～着大家談一談｜～機立斷｜～眾表演。❹〔介〕正在某時某地：～我還是學生的時候｜～場拍板。
㊂❶某個空閒的地方或時間：空～兒｜口～。❷〈書〉頂端：瓦～。❸（Dāng）〔名〕姓。
另見 dàng（256 頁）。

語彙　伴當　承當　充當　擔當　該當　空當　理當　瓦當　相當　應當　正當　旗鼓相當

【當班】dāngbān〔動〕在規定的時間裏擔任工作；在崗位上工作：明天我～，不能帶你去玩｜～工人正在車間勞動。

【當差】dāngchāi ❶〔名〕舊時指男僕。也叫當差的。❷（-//-）〔動〕舊時指做小官吏或當用人：他爺爺曾在縣裏～｜我小時候在王先生家當過兩年差。

【當場】dāngchǎng〔副〕指正在某地和某時：～表演｜～拒絕｜～抓獲。

【當場出彩】dāngchǎng-chūcǎi〔成〕舊時戲劇表演殺傷時，用塗抹紅色水來裝作流血的樣子叫出彩。現多比喻當場敗露秘密或當場出醜：兩個藥販子用假藥行騙，～了。

【當初】dāngchū〔名〕❶從前；起初：～這裏還是一片汪洋｜～的北大荒一片荒涼，現在已經成了中國北方的糧倉。❷特指以前發生某件事情的時候：～的預言，如今都變成了現實｜既知今日，何必～？

【當代】dāngdài〔名〕當今這個時代：～文學｜～藝術大師。

D

【當道】dāngdào ❶(～兒)〔名〕路中間:不能站～兒,影響交通。❷〔名〕舊指執掌政權的大官:諂事～。❸〔動〕執掌政權(含貶義):壞人～,好人遭殃|奸臣~|豺狼~。

【當地】dāngdì〔名〕本地;人或事物所在的地方:他是～人|聽～的天氣預報|尊重～的風俗|趕到～,抓住了歹徒。

【當歸】dāngguī〔名〕多年生草本植物,莖紫色,全草有特殊香氣。根可入藥,有補血活血、調經止痛等作用。

【當行出色】dānghàng-chūsè〔成〕做本行的事成績特別突出:他從藝三十多年,武生戲更是～。

【當紅】dānghóng〔形〕正在走紅的:～明星|~作家|~新片。

【當機立斷】dāngjī-lìduàn〔成〕機會出現時毫不猶豫,立即決斷:攻城消息一泄露,團長～,命令提前行動。

【當即】dāngjí〔副〕立即;馬上就:接到命令,～出動|他～表示同意|員工的建議～被採納。

【當家】dāng // jiā〔動〕❶ 主持家務:母親很會～,大小事情都處理得有條不紊|父親去世後,大哥當了家。❷比喻掌握大權:～作主|選你當廠長,你一定要當好這個家。

【當家菜】dāngjiācài〔名〕❶某個時期佔主要地位的蔬菜,如大白菜早年曾是北方地區市民冬季的當家菜。❷某個餐館裏最有特色的菜:果木烤鴨是這家餐館的～。

【當家的】dāngjiāde〔名〕❶〈口〉主管家務的人:我們家奶奶是～。❷〈口〉掌管寺院的和尚。❸(北方話)妻子稱丈夫:他是俺～。

【當街】dāngjiē ❶〔動〕臨街:緊挨着街道:整頓市容,撤掉~的違章建築。❷〔名〕(北方官話)街上:～不是爭吵的地方,回家說去。

【當今】dāngjīn ❶現在;目前:～世界|~社會。❷封建社會稱在位的皇帝。

【當緊】dāngjǐn〔形〕(北方官話)要緊:這事不～,過幾天再說吧。

【當局】dāngjú〔名〕指政府、執政黨、學校的掌權者:政府～|治安～|有關～。

【當局者迷,旁觀者清】dāngjúzhěmí,pángguānzhěqīng〔成〕當局者原指下棋的人,旁觀者原指看棋的人。現多用來比喻一件事情的當事人往往因為對利害得失考慮片面,反而迷惑起來,旁觀的人卻能清醒地觀察問題:俗話說"～",制訂改革方案的時候,我們要廣泛徵求各方面的意見。也常說"當局者迷"或"旁觀者清"。

【當空】dāngkōng〔動〕在空中;在天上:明月～|紅日～|誰持彩虹~舞?

【當口兒】dāngkour〔名〕事情正在發生或進行的時候:正在這～,汽車突然熄火了。

【當量】dāngliàng〔名〕科學技術上指與某種標準數相對應的量,如化學當量、熱功當量等。

【當面】dāng // miàn(～兒)〔動〕在面前;面對面(做與對方有關的事):所付現款,～點清|你把話～說清楚|你這是當着眾人的面撒謊。

【當面鑼,對面鼓】dāngmiàn luó,duìmiàn gǔ〔俗〕比喻與某事有關的人面對面地商議或討論:兩人～地談了半天,總算把問題說清楚了。

【當年】dāngnián ❶〔名〕指從前的某個時候:這是～紅軍用過的長矛和大刀|想～到你家來的時候你爺爺還在世呢。❷〔動〕正處在身強力壯的時期:他正～,幹起活來不覺累。
另見 dàngnián(256頁)。

【當牛作馬】dāngniú-zuòmǎ〔成〕比喻受壓迫、受剝削,像牛馬一樣被奴役:封建社會,勞動人民～,不得溫飽。

【當前】dāngqián ❶〔動〕在面前:大敵～,團結禦侮|一事～,他首先想到的是人民的利益。❷〔名〕目前;現階段:認清～的國際形勢|把～利益和長遠利益統一起來。

【當權】dāng // quán〔動〕掌握大權:～者|一旦當了權就要為群眾辦事。

【當然】dāngrán〔形〕❶ 應當如此(不能加"很""太"):為國分憂,理所～|~代表(區別於選舉代表和特邀代表)|鄰里間有事互相關照也是～的事。❷表示事理或情理的必然結果,沒有可懷疑的地方(也可單用或回答問題):作為領導,發生這次事故～他有責任|~!我投贊成票|你可一定要來呀!——~!❸用作插入語,表示對上文加以補充,有進一步說明的作用:這篇文章很好,~,有個別字句還應推敲。

【當仁不讓】dāngrén-bùràng〔成〕《論語·衛靈公》:"當仁不讓於師。"意思是事關仁義,就是對老師也不必謙讓。後指遇到應該做的事情勇於承當而不退讓:既然大家信任,我就～,代表全班上台表明決心。

【當時】dāngshí ❶〔名〕指過去某件事情發生的時候:～的情況,他一點也回憶不起來了|作品反映了老區人民～的鬥爭生活|他還是個學徒工,可現在已經是我們的車間主任了。❷〔動〕處於合適的時期:白露早,寒露遲,秋分的麥子正～。
另見 dàngshí(257頁)。

【當事人】dāngshìrén〔名〕(位)❶指參加訴訟的原告、被告等。❷跟事情直接有關的人:去找～調查。

【當頭】dāngtóu ❶〔副〕正對着頭:～棒喝。❷〔動〕臨頭;到了眼前:國難～。❸〔動〕擺在首位:只要幹字～,任務沒有完不成的。
另見 dàngtou(257頁)。

【當頭棒喝】dāngtóu-bànghè〔成〕佛教禪宗和尚接待初學者的時候，常常用棒當頭一擊或朝他大喝一聲，促使其從迷誤中醒悟。現多比喻給人以警告，促人猛醒：老師的嚴厲批評似是～，使他認識到沉溺網絡遊戲的危害。

【當務之急】dāngwùzhījí〔成〕當前應當辦的最急切的事：汛期將到，防汛工作是～｜～是搶救地震受傷人員。

【當下】dāngxià〔副〕就在當時；立刻：他一看見這種情況，～就度過去了。

【當先】dāngxiān〔動〕走在頭裏；趕在最前面：一馬～｜奮勇～。

【當心】dāngxīn㊀〔動〕注意；留心：～路滑｜莊稼｜～小偷兒！㊁〔名〕胸部正中；正中間：～一拳｜一箭射去，正中～。

【當選】dāngxuǎn〔動〕被選上：他～為人大代表｜這一屆會長他～了。

【當一天和尚撞一天鐘】dāng yītiān héshang zhuàng yītiān zhōng〔諺〕比喻工作敷衍塞責，缺乏積極主動的精神：他現在是～，領導叫幹甚麼就幹甚麼。

【當政】dāngzhèng〔動〕執掌政權：～八年｜少帥～｜由誰～，關係重大。

【當之無愧】dāngzhī-wúkuì〔成〕接受某種稱號或榮譽完全夠格，不用感到慚愧：她被評為三八紅旗手～。

【當中】dāngzhōng〔名〕方位詞。❶正中間：圓心在圓的～｜聯歡會上同學們讓老師坐在～｜紀念碑矗立在廣場～。❷中間；之內：作家應當生活在群眾～｜他們～誰是院士？

【當眾】dāngzhòng〔副〕當着眾人的面；在眾人面前：～承認錯誤｜～宣佈撤銷處分。

噹（当）dāng〔擬聲〕形容撞擊金屬物的聲音：～～響了幾聲。

"当"另見 dāng "當"（253頁）；dàng "當"（256頁）。

語彙　丁噹　郎噹　響噹噹　吊兒郎噹　滿滿噹噹

【噹啷】dānglāng〔擬聲〕形容金屬器物磕碰、撞擊的聲音：風把門吹得～～直響。

璫（珰）dāng ❶〔書〕婦女戴在耳垂上的珠玉裝飾品：耳著明月～。❷漢代宦官帽子上有金璫做裝飾品。後借指宦官：內～｜權～｜奸～。

襠（裆）dāng〔名〕兩條褲腿相連的地方：開～褲｜褲子的～太緊了。

語彙　褲襠　胯襠　褲襠

簹（筜）dāng 見 "簹簹"（1682頁）。

鐺（铛）dāng〔擬聲〕撞擊金屬器物的聲音：聽見～的一聲，鐵門被打開了。

另見 chēng（165頁）。

語彙　鋃鐺　鈴鐺

dǎng ㄉㄤˇ

党dǎng ❶ 見 "党項"（255頁）。❷（Dǎng）〔名〕姓。

另見 dǎng "黨"（255頁）。

【党項】Dǎngxiàng〔名〕中國古代西北地區的少數民族，是羌族的一支，北宋時曾建立西夏政權。

擋（挡）〈攩〉dǎng ❶〔動〕阻攔；抵擋：～路｜兵來將～｜～住他，別讓他跑了。❷〔動〕遮蔽：～雨｜高山不住太陽。❸（～兒）〔名〕遮擋用的東西：爐～兒｜窗戶～兒。❹〔名〕排擋：掛～｜三～。

另見 dàng（257頁）。

語彙　抵擋　空擋　攔擋　排擋　遮擋　阻擋

【擋板】dǎngbǎn〔名〕（塊）貨車車廂的左右及後面的攔板。

【擋風牆】dǎngfēngqiáng〔名〕比喻可起掩護作用的人或勢力：有你～，我沒有，所以事事都得小心。

【擋駕】dǎngjià〔動〕〈婉〉謝絕客人來訪：幾位老先生要來看我，我可不敢當，你快替我～！

【擋箭牌】dǎngjiànpái〔名〕盾牌，比喻推託或掩飾的藉口：幫弟弟學外語成了他不做家務活兒的～了｜你別拿領導做～，說話做事自己要負責。

黨（党）dǎng ❶〔名〕有綱領、有章程、有組織、有紀律的政治組織：國民～｜國大～｜民主～｜賄選醜聞對這個～的打擊很大。❷〔名〕在中國特指中國共產黨：中國社會主義革命和建設離不開～的領導｜～的三大作風｜～群關係。❸ 為了私利而結成的小集團：結～營私｜同～｜死～。❹〈書〉指親族：父～｜妻～。❺〈書〉偏袒：～同伐異｜君子不～。❻（Dǎng）〔名〕姓。

"党"另見 dǎng "黨"（255頁）。

語彙　會黨　朋黨　私黨　死黨　同黨　鄉黨　餘黨　政黨　狐群狗黨

【黨八股】dǎngbāgǔ〔名〕指中國共產黨內帶有八股氣的不良文風：反對～以整頓文風。參見"八股"（17頁）。

【黨報】dǎngbào〔名〕（份）政黨的機關報：～刊｜學習～上的重要文章。

【黨部】dǎngbù〔名〕某些政黨的各級委員會，如中國國民黨有中央黨部、省黨部、縣黨部。

【黨風】dǎngfēng〔名〕政黨的作風：整頓～。

【黨綱】dǎnggāng〔名〕政黨的基本綱領、總綱。它規定黨的性質、任務和奮鬥目標等。在中國特指中國共產黨的黨綱：～是黨員的行為準則｜承認～和黨章，遵守黨紀。

【黨錮】dǎnggù〔名〕古代指對某一集團、派別採取的限制措施，包括禁止其活動、不許有關人員擔任官職等內容。

【黨籍】dǎngjí〔名〕黨員資格：恢復～｜開除～。

【黨紀】dǎngjì〔名〕一個政黨所規定的全黨必須遵守的紀律：～國法｜嚴肅～，懲治腐敗。

【黨建】dǎngjiàn〔名〕黨的建設，特指中國共產黨內的思想建設和組織建設：～理論｜搞好～工作。

【黨刊】dǎngkān〔名〕（份，本）政黨的機關刊物：黨報～。

【黨魁】dǎngkuí〔名〕(名)政黨的首領：他是保守黨～，準備競選國會議員。

【黨齡】dǎnglíng〔名〕具有黨員資格的年數。中國共產黨黨員的黨齡從預備期轉為正式黨員之日算起，預備黨員不計算黨齡：他是一個有50年～的老黨員。

【黨派】dǎngpài〔名〕政黨或政治派別，也指一個政黨內部的各個派別：～關係｜～之爭｜民主｜無～人士。

【黨旗】dǎngqí〔名〕（面）代表一個政黨的旗幟。

【黨參】dǎngshēn〔名〕多年生草本植物，根圓柱形，可入藥，有補中氣、治虛弱等作用。因多產於上黨（今山西長治一帶）而得名。

【黨同伐異】dǎngtóng-fáyì〔成〕偏袒跟自己意見相同的人，打擊、排斥跟自己意見不同的人。《後漢書·黨錮傳序》："自武帝以後，崇尚儒學……至有石渠分爭之論，黨同伐異之說。"原指學術上派別之間的鬥爭，後也用來指政治上、社會上集團之間的鬥爭：這一夥野心家～，培植親信，排斥異己。

【黨徒】dǎngtú〔名〕(名)稱某一政黨、集團或派別裏的人（含貶義）：一群法西斯～。

【黨團】dǎngtuán〔名〕❶黨派和團體，在中國特指中國共產黨和中國共產主義青年團。❷某些國家中屬於某個政黨的一組國會代表：議會～。

【黨委】dǎngwěi〔名〕黨的各級委員會的簡稱。在中國特指中國共產黨的各級委員會。

【黨校】dǎngxiào〔名〕(所)政黨為培訓幹部開辦的學校，在中國特指中國共產黨的各級黨校：中央～｜省委～｜上～學習。

【黨性】dǎngxìng〔名〕❶階級性最高最集中的表現。❷特指共產黨的黨性，即無產階級階級性最高最集中的表現：他入黨多年，～很強。

【黨羽】dǎngyǔ〔名〕集團首領下面的追隨者（含貶義）：～四散｜廣布～，控制局面。

【黨員】dǎngyuán〔名〕(名)政黨的成員，在中國特指中國共產黨的成員。

【黨章】dǎngzhāng〔名〕一個政黨的章程。內容一般有黨的總綱，黨員的條件、權利和義務，黨的組織制度、組織機構，黨的幹部、黨的紀律等。在中國特指中國共產黨黨章。

【黨證】dǎngzhèng〔名〕證明黨員身份的證件。

【黨中央】dǎngzhōngyāng〔名〕黨的中央委員會。在中國特指中國共產黨中央委員會。

【黨組】dǎngzǔ〔名〕指中國共產黨在中央和地方國家機關、人民團體、經濟組織、文化組織和其他非黨組織的領導機關中成立的黨的領導小組。黨組的任務，主要是負責實現黨的路綫、方針、政策，討論和決定本部門的重大問題：～書記。

欓（㯷）dǎng 見"筕欓"（813頁）。

讜（谠）dǎng〈書〉正直：忠言～論，聞於中外。

dàng ㄉㄤˋ

氹（凼）dàng〔名〕（粵語）水坑；糞坑；漚肥坑：水～｜～肥。

【氹肥】dàngféi〔名〕中國南方指在漚肥坑裏把垃圾、糞土等漚成的肥料。

宕 dàng ❶〈書〉拖延；遲延：延～｜推～。❷〈書〉放蕩；不受拘束：跌～｜流～。❸（Dàng）〔名〕姓。

語彙 跌宕 推宕 延宕

菪 dàng ❶見"莨菪"（803頁）。❷（Dàng）〔名〕姓。

當（当）dàng ㊀❶恰當；合宜：得～｜不～｜失～。❷〔動〕抵得上；等於：幹起活兒來一個人～兩個人｜以一～十｜一天～兩天用。❸〔動〕作為；當作：別把我～客人｜他把老師～親人。❹〔動〕以為；認為：我～你不來了呢｜你～我不知道？❺表示在事情發生的時間：～天｜～月｜～年。

㊁❶〔動〕抵押，用實物作為抵押品向當鋪借錢：這些東西一時還用不着，拿去～了吧。❷押在當鋪裏的實物：當～｜贖～。

另見 dāng（253頁）。

語彙 便當 得當 典當 勾當 行當 家當 精當 快當 恰當 確當 上當 適當 贖當 順當 停當 妥當 穩當 押當 允當 正當 值當 大而無當 直截了當

【當回事兒】dànghuíshìr〈口〉重視：別拿人家不～。

【當年】dàngnián〔名〕就在本年：同一年：～播種～收穫｜～動工～完工｜～就能受益。

另見 dāngnián（254頁）。

【當票】dàngpiào〔名〕（張）當鋪驗收抵押的實物

後，開給押物人到期贖取當物的憑據。

【當鋪】dàngpù〔名〕（家）專門收受抵押品而借款給物品主人的店鋪。到約定期限不贖，抵押品就歸當鋪所有。港澳地區稱為"大押"。

【當時】dàngshí〔副〕就在那個時刻；立即：他一接到電報，～就趕回去了｜修理自行車，～可取。

另見 dāngshí（254 頁）。

【當天】dàngtiān〔名〕就在同一天：～的任務～完成｜他來的～就走了。

【當頭】dàngtou〔名〕〈口〉向當鋪借錢時交付的抵押品。

另見 dāngtóu（254 頁）。

【當真】dàngzhēn ❶〔動〕信以為真；確信不疑：一句開玩笑的話你何必～呢？❷〔形〕確實：這話～？❸〔副〕果然：星期天他～給我收拾房間來了。

【當作】dàngzuò〔動〕把某人或某事看成其他東西或可作為代替的東西：大家都把班長～學習的榜樣｜死馬～活馬醫｜客廳可以～會議室。

碭（砀）

dàng 用於地名：～山（在安徽北部）。

壋（垱）

dàng〔名〕為灌溉而築的小土堤：挖塘築～。

擋（挡）

dàng 見"摒擋"（97 頁）。

另見 dǎng（255 頁）。

蕩（荡）〈㊀瀇〉

dàng ㊀❶〔動〕搖動；擺動：～秋千｜～舟｜～槳。❷閒遊；遊逛：遊～｜閒～。❸洗滌：滌～｜沖～。❹完全失去；全部清除：傾家～產｜掃～。❺空闊；平坦：～然無存｜浩～｜坦～。

㊁放縱；放任：放～｜狂～｜淫～｜婦～。
㊂❶水匯聚成的淺水湖或池沼：魚～｜藕～｜蘆葦～。❷同"凼"。❸（Dàng）〔名〕姓。

語彙　板蕩　波蕩　簸蕩　闖蕩　滌蕩　動蕩　放蕩　浮蕩　逛蕩　浩蕩　晃蕩　迴蕩　激蕩　浪蕩　流蕩　飄蕩　掃蕩　坦蕩　閒蕩　搖蕩　淫蕩　悠蕩　遊蕩　振蕩　震蕩　空蕩蕩

【蕩除】dàngchú〔動〕徹底清除：～流毒｜～惡習。

【蕩滌】dàngdí〔動〕〈書〉洗滌；比喻清除：～邪穢｜～舊社會的污泥濁水。

【蕩婦】dàngfù〔名〕❶〈書〉倡婦，古代表演歌舞的女子：倡樓～。❷（個）放蕩的婦人。

【蕩平】dàngpíng〔動〕掃蕩平定：～天下。

【蕩氣迴腸】dàngqì-huícháng〔成〕迴腸蕩氣。

【蕩然】dàngrán〔形〕〈書〉❶形容完全失去；消失得一乾二淨：～無存。❷敗壞的樣子：風俗～。

【蕩漾】dàngyàng〔動〕❶水面起伏波動：湖水～｜碧波～。❷形容高低起伏地流動：歌聲～｜春風～。

檔（档）

dàng／dǎng ❶帶格子的架子或櫥櫃，多用於存放案卷：文件歸～｜清一清～。❷檔案：查～｜調～。❸（商品、產品的）等級：高～商品｜中低～貨。❹（～兒）〔名〕器物上起支撐固定作用的條狀物：橫～兒。❺〔名〕（粵語）貨攤或食品攤：大排～。❻（Dàng）〔名〕姓。

語彙　存檔　搭檔　低檔　高檔　歸檔　排檔　脫檔

【檔案】dàng'àn〔名〕（份）機關團體或企業事業單位裏分類保存的各種文件和材料：人事～｜業務～｜病歷～。

【檔次】dàngcì〔名〕按一定標準排列的等級次序：拉開工資的～｜這家小工廠生產的家具不全｜他們幾個人的教學水平屬於同一個～。

【檔期】dàngqī〔名〕❶影視片上映或播出的時段：有關人士認為，國產片不應在片名和～上吃虧。❷商品上市銷售的時段：今年是新款經濟型車上市的～。

【檔子】dàngzi〔量〕（北京話）❶用於事或事件：你們兩個人的問題不是一～事｜這到底是怎麼～事？❷用於演出節目：前頭是一～踩高蹺的，後頭是一～耍獅子的｜演了一～小戲，還有一～玩魔術的。

盪（盪）

dàng〈書〉黃金。

dāo ㄉㄠ

刀

dāo ❶〔名〕（把，口）一種兵器：大～｜樸～｜～槍劍戟。❷〔名〕（把）供切、割、削、砍、鍘、拉（lá）的工具，一般用鋼鐵製成：菜～｜鐮～｜柴～｜鍘～｜把切肉的～磨快。注意 古代青銅刀既是兵器，也是工具。❸形狀像刀的東西：瓦～｜冰～。❹古代錢幣名，形狀像刀：～布之幣。❺〔量〕紙張的計算單位，一百張為一刀；用了 50～白紙。❻（Dāo）〔名〕姓。

語彙　刨刀　冰刀　菜刀　車刀　刺刀　單刀　尖刀　剪刀　絞刀　戒刀　軍刀　開刀　砍刀　鐮刀　麻刀　馬刀　樸刀　剃刀　屠刀　瓦刀　鍘刀　戰刀　捉刀　二把刀　指揮刀　兩面三刀　笑裏藏刀　割雞焉用牛刀

【刀把】dāobà〔名〕❶刀上供手握的部分：菜刀上有一個木頭～。❷比喻權柄。❸比喻把柄：誰知道越求情越叫人拿住～，哪裏還硬得起來。以上也叫刀把子。

【刀筆】dāobǐ〔名〕古代用筆在竹簡上記事，有錯就用刀刮去重寫，後來就用刀筆指有關公文案卷的事：～老手｜長於～。

【刀筆吏】dāobǐlì〔名〕❶舊時指掌管公文案卷的官吏。❷指訟師。

>**"刀筆吏"的由來**
>中國最早的書是用毛筆沾墨或漆寫在竹木簡上，如有錯訛，就用一種叫作"削"的青銅利器削去重寫。這種青銅削又稱刀，長二十厘米左右，便於攜帶。古代讀書人原是隨身帶着刀和筆，刀筆並用，因此官府衙門的文職官員遂被稱作"刀筆吏"。《史記·李將軍列傳》中李廣自劉前說："廣年六十餘矣，終不能復對刀筆之吏。"後來"刀筆吏"又特指深文周納、用筆如刀的訟師、幕僚。

【刀幣】dāobì〔名〕中國古銅幣名，銅製，形似刀，上面鑄有文字，由生產工具的刀演變而成。也叫刀布。

【刀兵】dāobīng〔名〕❶軍器；武器：內持～。❷指戰事：～再起。

【刀法】dāofǎ〔名〕❶武術中使用刀的套路。❷雕刻藝術中運刀的技法。❸炊事員切肉切菜的技術。

【刀斧手】dāofǔshǒu〔名〕(位，名)舊時指劊子手。

【刀桿節】Dāogǎn Jié〔名〕傈僳族的傳統節日，在農曆二月初八。節日期間舉行傳統的"上刀山，下火海"等表演活動。

【刀耕火種】dāogēng-huǒzhòng〔成〕一種原始的耕種方法，放火燒掉地上的草木，用燒成的灰做肥料，就地用刀挖坑下種(zhǒng)：偏僻山區農民改變了～的生產方式。

【刀光劍影】dāoguāng-jiànyǐng〔成〕形容激烈廝殺、搏鬥的場面或殺氣騰騰的氣勢：兩軍陣前，～，殺聲震天。

【刀具】dāojù〔名〕用於切削加工的金屬工具的統稱，如車刀、銑刀、刨刀、絞刀、鑽頭等。也叫刃具。

【刀口】dāokǒu〔名〕❶刀上能切削的部分：～朝下｜這把新刀的～還沒有開刃兒。❷比喻最能發揮作用或最關鍵的地方：要把勁兒使在～上。❸受刀傷或做手術留下的傷口。

【刀馬旦】dāomǎdàn〔名〕傳統戲曲中旦行的一種，大都扮演擅長武藝的青壯年婦女。武打不如武旦激烈，較着重於唱、唸和做功。

【刀片】dāopiàn〔名〕❶指裝在機械或工具上的片狀機械零件，用來切削加工。❷(～兒)(片)夾在刮臉刀架中，用來刮鬍鬚的薄鋼片刀。

【刀槍】dāoqiāng〔名〕刀和槍，泛指武器，也比喻戰事：不要舞動～｜～入庫，馬放南山。

【刀刃兒】dāorènr〔名〕"刀口"①②：把好鋼用在～上｜這筆錢沒有花在～上。

【刀山火海】dāoshān-huǒhǎi〔成〕比喻極其危險和困難的境地：為革命他～也敢闖。也說火海刀山。

【刀削麵】dāoxiāomiàn〔名〕一種山西風味的麵食。先將麵和好揉成較硬的塊狀，然後用刀削入鍋內煮熟，加作料吃。

【刀子】dāozi〔名〕(把)〈口〉刀；小刀兒。

【刀子嘴豆腐心】dāozi zuǐ dòufu xīn〔俗〕比喻人言語尖刻而心地和善：她這個人是～，吃軟不吃硬。

【刀俎】dāozǔ〔名〕〈書〉刀和砧板，宰割工具。比喻宰割者或迫害者：人為～，我為魚肉。

叨 dāo 見下。
另見 dáo(258頁)；tāo(1318頁)。

>語彙　嘮叨　磨叨　唸叨　數叨　絮叨

【叨叨】dāodao〔動〕〈口〉沒完沒了地說；重複地說(含煩膩意)：他～了半天，就是那麼幾句車軲轆話｜別一個人～了，還是讓大家談談吧。

【叨嘮】dāolao〔動〕〈口〉叨叨：～起來，沒完沒了，真煩人。

【叨唸】dāoniàn〔動〕〈口〉"唸叨"①：快寫封信回家，不然你媽又要～你了。

汈 dāo 見下。

【汈汈】dāodao〔形〕靈活；流動。多見於近代漢語。

切 dāo 見下。

【切怛】dāodá〔名〕〈書〉哀傷的情懷：異方之樂，只令人悲，增～耳。

【切切】dāodao〔形〕〈書〉憂愁的樣子：憂心～。

氕 dāo〔名〕氫的同位素之一，符號為 D 或 ²H。原子核中有一個質子和一個中子，質量數為 2，與氧化合成重水，用於熱核反應。也叫重氫。

舠 dāo〈書〉形狀像刀的小船，泛指船。

魛(魛) dāo 古書上指身體形狀像刀的魚，如帶魚、鱭魚等。

dáo ㄉㄠˊ

叨 dáo 見下。
另見 dāo(258頁)；tāo(1318頁)。

【叨咕】dáogu〔動〕〈口〉小聲叨叨：你就別在我跟前～了，這事過去就算完了。

捯 dáo〔動〕(北京話)❶兩手輪換着往回拉繩子；纏繞：把風箏～下來｜我撐着，你幫我把這點毛綫～上。❷兩腿交替着快速邁出：看他那兩條腿～得多快！❸追根；追究：這事還沒～出眉目來呢｜他一定要～老根兒。

【捯飭】dáochi〔動〕(北京話)打扮：她這一～，還挺中看的。

【捯氣兒】dáo//qìr〔動〕（北京話）❶指人臨死前困難而急促地喘氣。❷指上氣不接下氣：他極度虛弱，說話都捯不過氣兒來。

倒 dǎo ㄉㄠˇ

倒 dǎo ㊀〔動〕❶人或豎立的東西橫躺下來；倒塌：～在地上受了傷｜樹叫大風颳～了。❷失敗；垮台：～閉｜～台｜內閣～了。❸使失敗；使垮台：～閣｜～袁運動。❹人的某些器官受到損傷，致使功能變差：她的嗓子～了。

㊁❶〔動〕轉換；更換：你回家～不～車？｜一下手就賺了兩千塊錢。❷〔動〕掉轉；轉動：這間屋子太小，簡直～不開身兒。❸〔動〕出倒；轉讓：三間鋪面房～給人家了。❹〔動〕倒買倒賣：～匯。❺指倒爺：官～。

另見 dào（262頁）。

語彙　拜倒　駁倒　打倒　顛倒　絕倒　拉倒　潦倒　傾倒　推倒　壓倒　扳不倒兒　隨風倒　窮途潦倒

【倒班】dǎo//bān〔動〕輪流換班：晝夜～｜一個星期倒一次班兒。

【倒閉】dǎobì〔動〕企業或商店因虧損而停業：企業破產，宣告～｜這商店經營不善，虧損太大，最後～了。

【倒倉】dǎo//cāng ㊀〔動〕❶把倉裏糧食拿出來晾曬之後再裝進去：趁晴天，店裏的糧食該～了。❷把糧食從一個倉裏轉到另一個倉裏去：新糧倉建成以後，這些倉庫裏的糧食就要～了。㊁〔動〕倒嗓。

【倒茬】dǎo//chá〔動〕在一塊田地上依次輪換栽種不同作物：村西的地收瓜菜以後～種玉米｜倒着茬種莊稼。

【倒車】dǎo//chē〔動〕旅途中換乘另外的車輛：從北京坐火車可直達廣州，不用～｜他中途還得倒一次車才能到家。

另見 dàochē（262頁）。

【倒伏】dǎofú〔動〕農作物在生長期中因根莖無力或受外力作用而傾斜或倒下來：大風過後有一大片玉米～。

【倒戈】dǎogē〔動〕作戰中掉轉槍口，反過來打自己人。後比喻在鬥爭中轉而支持對方，反對己方：敵軍又有兩個師～了｜賣友的事，他不幹。

【倒海翻江】dǎohǎi-fānjiāng〔成〕翻江倒海。

【倒換】dǎohuàn〔動〕❶輪流替換：～值班｜～着休息。❷掉換：～貨品｜你們兩個人的座位～一下好嗎？

【倒匯】dǎohuì〔動〕倒買倒賣外匯：嚴禁黑市～。

【倒嚼】dǎojiào〔動〕反芻。也作倒噍。

【倒買倒賣】dǎomǎi-dǎomài 低價買進，轉手高價賣出，以牟取利益：他～木材，賺了一筆。

【倒賣】dǎomài〔動〕把低價買進的貨物轉手高價出售：～黃金｜禁止～糧食。

【倒霉】（倒楣）dǎoméi〈口〉❶〔形〕不順利，運氣不好：真～，把錢包丟了｜他兒子又生病了，夠～的。❷(-//-)〔動〕經受不幸遭遇：今天他倒了霉了，汽車讓人偷了｜他倒了一輩子霉，到晚年生活還算安定。

【倒牌子】dǎo páizi 把自己的招牌或品牌搞垮了。比喻經營不良，失去信譽：不注意產品質量，先進企業也會～。

【倒嗓】dǎo//sǎng〔動〕戲曲演員在青春發育時期嗓音變啞，唱不成聲：他本來學青衣，～過後就改行（háng）學唱小生了。也叫倒倉。

【倒手】dǎo//shǒu〔動〕❶把物品從一隻手轉到另一隻手：她倒了幾次手，才把包裹拿到樓上。❷把商品從一個人手中轉到另一個人手中：東西早已～，很難查找｜倒了一下手就賺了一筆錢。

【倒塌】dǎotā〔動〕建築物倒下來：房屋～｜煙囪～｜牆壁～下來把過道兒堵塞了。

【倒台】dǎotái〔動〕（政治人物、組織）崩潰瓦解，垮台：在一片抗議聲中臨時政府～了｜靠山～後，他跟着就倒了台。

【倒騰】dǎoteng〔動〕〈口〉❶翻動；挪動：就那幾件家具，他～了一個上午，也沒有把房間佈置好。❷買進賣出；販賣：就這幾個本錢，越～越少，賠光了算完。❸周轉；分派：任務重，人手～不開。以上也作搗騰。

【倒胃口】dǎo wèikou ❶因為膩味而不想吃：大魚大肉吃多了也容易～。❷〔慣〕比喻使人膩煩而不想接受：這些話聽得太多了，還老說，真叫人～。

【倒休】dǎoxiū〔動〕掉換休息或休假的時間：今天我不休息，在下個月～。

【倒牙】dǎo//yá〔動〕（北方官話）牙齒受酸性食物刺激而無法正常咀嚼食物：只吃了一個橙子就倒了牙。

【倒爺】dǎoyé〔名〕指從事倒買倒賣活動的人。

【倒運】dǎoyùn ㊀〔動〕❶根據價格高低，在不同地區間轉運出售貨物，以牟取高利：～土產。❷轉運：北方的煤先運到港口，再～到南方。㊁(-//-)〔動〕（北方官話）倒霉：早晨起來就頭疼，一天也沒好，真～｜今年可倒了運了。

【倒賬】dǎozhàng ❶〔動〕把欠人的賬款賴賬不還：～潛逃。❷〔名〕收不回來的賬款：～太多，資金周轉不了。

【倒字】dǎo//zì（～兒）〔動〕唱戲不辨尖團音而誤讀字的聲調。

島（岛）〈嶋〉dǎo ❶〔名〕（座）海洋、湖泊、江河裏四面被水圍着的小塊陸地：小～｜半～｜南海有很多～。❷比喻像島的處所：環～｜安全～。❸（Dǎo）

〔名〕姓。

語彙 半島　海島　環島　列島　群島　安全島　交通島　珊瑚島

【島國】dǎoguó〔名〕全部領土由島嶼組成的國家：日本、英國都是～。

【島嶼】dǎoyǔ〔名〕(座)島的總稱。

搗(搗)〈擣搗〉dǎo〔動〕❶用棍棒等的一端撞擊；舂：～米｜～藥｜～蒜。❷以短棒捶打濕衣物以助去污：～衣服。❸比喻背後譏評：不要叫人～脊樑骨。❹攻擊；攻打：直～敵巢。❺打擾，擾亂：～亂｜～麻煩。

> [辨析] **搗、捅、點** 都有觸動的意思，但"搗"多指反復觸動或撞擊(也可指一次性的，如"用胳膊肘搗了他一下")；"捅"多指一次性的；"點"多指輕輕觸到物體後迅即離開(如"蜻蜓點水")。

【搗蛋】dǎo // dàn〔動〕〈口〉無理取鬧，藉端生事或給人添麻煩：調皮～｜別再～了，讓人家好好做生意吧。

【搗鼓】dǎogu〔動〕(北方官話)❶反復擺弄：他一回家就～那輛自行車｜～來～去，把收音機～壞了。❷倒騰；經營：～點兒小百貨。

【搗鬼】dǎo // guǐ〔動〕暗中使用詭計：這事有人在後面～｜一時猜不透他搗甚麼鬼。

【搗毀】dǎohuǐ〔動〕砸壞；擊垮；摧毀：～敵匪巢穴｜把敵人的指揮部～了。

【搗糨糊】dǎo jiànghu〔慣〕(吳語)指做事不講原則，不認真負責，企圖蒙混過關：這個規則的出台有利於杜絕違規廠商～、濫竽充數等行為。

【搗亂】dǎo // luàn〔動〕❶擾亂；破壞：提高警惕，防止敵人～。❷添亂；找麻煩：別～，姐姐要做功課了｜他在這兒搗了一陣兒亂，才走開了。

【搗騰】dǎoteng 同"倒騰"。

導(导)dǎo❶引導；引領：～淮入海｜～向光明之路。❷啟發；開導：教～｜指～。❸傳導：～熱｜～電。❹導演：～戲｜執～。❺擔任導演工作的人：王～正在給演員說戲。❻(Dǎo)〔名〕姓。

語彙 報導　編導　倡導　傳導　輔導　教導　開導　領導　前導　勸導　疏導　推導　先導　嚮導　引導　誘導　執導　指導　制導　主導　因勢利導

【導報】dǎobào〔名〕某領域裏具有引領或指導作用的報刊(多用於報刊名)：《經濟～》｜《語文～》。

【導播】dǎobō❶〔動〕組織和指導廣播或電視節目的錄製播出工作。❷〔名〕(位)擔任導播工作的人。

【導彈】dǎodàn〔名〕(枚)一種裝有彈頭和動力裝置並能制導和高速飛行的武器。種類很多，按射程可分近程、中程、遠程、洲際導彈等，可以從地上、艦艇上或飛機上發射出去，轟擊預定目標。

【導電】dǎo // diàn〔動〕讓電荷通過形成電流：這些金屬都能～｜木頭不能～。

【導讀】dǎodú〔動〕啟發、引導閱讀：本屆圖書節推出的～活動大大方便了讀者｜王老師～，效果很好。

【導購】dǎogòu❶〔動〕引導顧客購物：有行家～，她買得稱心。❷〔名〕(名，位)引導顧客購物的服務人員：當～是她的第二職業。

【導管】dǎoguǎn〔名〕❶(根)起輸導物質作用的管子：金屬～｜塑料～。❷動物體內輸送液體的管狀組織。❸植物體木質部內輸送水分和無機鹽的管狀組織。

【導航】dǎoháng〔動〕利用航標、雷達、無線電裝置等引導飛行器或船舶航行。有進出港導航、霧中導航等。

【導火綫】dǎohuǒxiàn〔名〕❶(根)使爆炸物爆炸的引綫。❷比喻直接引發衝突的事件：邊界糾紛是這場戰爭的～。以上也叫導火索。

【導論】dǎolùn〔名〕❶(篇，章)書籍或論文開頭概述內容主旨的部分。❷對某一學科基礎理論引導性的論述(多用於書名)。

【導盲犬】dǎomángquǎn〔名〕(隻)經過專門訓練，能夠引導盲人出行的狗：～已獲准帶入餐廳。

【導盲磚】dǎomángzhuān〔名〕在人行道或公共場所為引導盲人行走而鋪設的專用地磚。多為黃色，分為表示直行的綫狀和表示提醒的點狀兩種。

【導熱】dǎo // rè〔動〕使熱能從溫度較高的部分傳到溫度較低的部分。各種物質的導熱能力不同，金屬的導熱能力最強：銅、鐵材料～性能好，可製成炊具。

【導師】dǎoshī〔名〕(位，名)❶高等學校或研究機關中指導學生學習和研究的老師：錢教授是博士生～｜這位研究員兼任研究生～。❷在社會大潮流、大事業中建立理論、指示方向、掌握原則的領導者：革命～｜偉大的～。

【導體】dǎotǐ〔名〕能傳導電流或熱的物體：半～｜超～｜非～｜一般金屬都是～。

【導綫】dǎoxiàn〔名〕(根)輸送電流的金屬綫：管道～｜～埋在地下了。

【導向】dǎoxiàng❶〔動〕引導向某個方面發展：這次會談將～兩國關係的正常化。❷〔名〕引導的方向：新聞～｜輿論～。

【導言】dǎoyán〔名〕(篇)論著開頭起引導、啟發作用的部分，一般說明論著的內容和主旨。

【導演】dǎoyǎn❶〔動〕組織指導舞台演出或拍攝

影視片：他～過電影和電視｜戲曲演出也要請
人～。❷〔名〕(位，名)擔任導演工作的人。

【**導醫**】dǎoyī ❶〔動〕引導或指導患者就醫：～熱
綫｜～指南｜應把～作為方便患者就醫的一個
重要環節。❷〔名〕(位，名)擔任導醫工作的
人員：她在這家醫院做～。

【**導遊**】dǎoyóu ❶〔動〕帶領和指導旅遊者參觀
遊覽：今天遊覽故宮，請王先生～。❷〔名〕
(位，名)做導遊工作的人。

【**導語**】dǎoyǔ〔名〕新聞開頭兒的一段話，概括說
出這條新聞的內容要點。

【**導源**】dǎoyuán〔動〕❶ 發源；來源(後面常帶
"於")：長江～於格拉丹東雪山。❷ 由某事物
發展而來(後面常帶"於")：知識～於實踐｜
迷信～於無知。

【**導致**】dǎozhì〔動〕引起；造成：平時忽視安全
教育，～這次惡性事故發生｜由於對山林亂砍
濫伐，～山洪暴發。

蹈 dǎo / dào ❶〈書〉踩；踏：赴湯～火｜重～
覆轍。❷ 比喻依照、遵循：循規～矩｜～
故襲常。❸ 跳動：手舞足～。

【**蹈故襲常**】dǎogù-xícháng〔成〕依照老規矩或按
照舊框框辦事：改革開放需要打破～的保守
思想。

【**蹈海**】dǎohǎi〔動〕〈書〉跳海(自殺)：難酬～亦
英雄。

【**蹈襲**】dǎoxí〔動〕〈書〉因襲；照別人的老樣子
做：～故常｜言必出於己，不～古人一言一語。

禱(祷) dǎo〈書〉❶ 禱告：默～｜祈～｜
祝～。❷ 請求；盼望(書信用
語)：請大力協助為～｜共襄盛舉，是所至～。

【**禱告**】dǎogào〔動〕祈求神靈保佑：～佛祖保
佑｜這位基督徒就餐前總是先～。

【**禱文**】dǎowén〔名〕(篇)祈禱的文章。

【**禱祝**】dǎozhù〔動〕禱告祝願。

dào ㄉㄠˋ

到 dào ❶〔動〕到達；達到：代表團今天～｜
火車正點～｜孩子～七歲才能入學｜觀眾
不～一萬人。❷〔動〕去；往：～外婆家去｜～
上海出差｜～邊疆工作。❸〔動〕表示動作有結
果(做動詞的補語)：見～｜聽～｜說～做～｜想
不～出了這事兒。❹〔動〕表示到達某地(做動詞
的補語)：把這封信送～中國科學院｜他回～了老
家。❺〔動〕表示動作繼續到甚麼時間(做動詞的
補語)：睡～下午還沒覺｜大雪下～中午才停止。
❻〔形〕周全；周到：面面俱～｜不～之處請原
諒。❼(Dào)〔名〕姓。

語彙 報到 遲到 達到 得到 等到 點到 獨到
感到 精到 老到 簽到 遇到 周到 想不到
想得到 面面俱到 先來後到

【**到處**】dàochù〔副〕各處；處處：祖國～有親
人｜～是繁忙的建設景象。

【**到達**】dàodá〔動〕抵達某一點：建築大軍～工
地｜兩個代表團同機～｜～理想境界。

【**到底**】dàodǐ ❶(-//-)〔動〕到盡頭；到終點：戰
鬥～｜將調查工作進行～｜水不深，已經到
了底。❷〔副〕表示經過種種變化最後實現的
情況：水稻良種～培育出來了｜大夥～把你
盼來了。❸〔副〕用在問句裏，表示進一步追
究：來人～是誰？｜昨天那個問題你～搞清楚
了沒有？❹〔副〕表示對某一狀況的肯定、確
認：～還是集體力量大｜～還是你說得對。

辨析 到底、終於　a)"到底"，書面語、口語
都常用，"終於"一般用於書面語。b)在陳述句
裏，"到底"修飾的動詞必帶"了"，如"問題到
底解決了"；"終於"不受這個限制，如"問題終
於解決""問題終於解決了"都能說。c)"到底"
可用於問句，如"你到底回去不回去？"，"終
於"不能用於問句，不能說"你終於寫信不寫
信"，"到底"有"畢竟"的用法，如"畢竟農
場是我生活過的地方，哪能一點兒不想"，也可
以說成"到底農場是我生活過的地方，哪能一
點兒不想"；"終於"沒有這樣的用法。

【**到點**】dào//diǎn〔動〕到了規定或預定的時
間：～下班｜車都快～了，她怎麼還沒來？

【**到頂**】dào//dǐng〔動〕達到頂端；達到極限：登
山隊已經～了｜房價瘋漲，不知何時～。

【**到訪**】dàofǎng〔動〕到達某地訪問；來訪：貴
賓～。

【**到家**】dào//jiā〔形〕比喻達到相當高的水平或具
有相當深的程度：咱們廠的生產為甚麼上不
去？老趙的幾句話說得很～｜這個動作落地不
穩，說明練得還差一～｜他的功夫可真是到了
家了。

【**到來**】dàolái〔動〕來到；來臨：一個新時期已
經～｜戰士們列隊歡迎慰問團～。

【**到了兒**】dàoliǎor〔副〕(北京話)到底：我一再囑
咐他把毛衣穿上，他～沒穿就走了。

【**到期**】dào//qī〔動〕到了期限：～還本付息｜已
經到了期，不再保修了。

【**到任**】dàorèn〔動〕到職：新局長尚未～。

【**到手**】dào//shǒu〔動〕拿到手；到了手中：～的
糧食絕不能讓它壞在地裏｜這貴重東西到了你
們的手可得妥善保管。

【**到頭**】dào//tóu(～兒)〔動〕到了盡頭：一年～｜
這條路怎麼總划不了頭兒。

【**到頭來**】dàotóulái〔副〕到最後；表示結果(多
用於壞的方面)：學習不努力，～不會有好成
績｜他在任時收受賄賂，～被推上審判台。

【**到位**】dào//wèi ❶〔動〕到達規定的位置或要
求：人員～｜資金到不了位，工作就無法進
行｜每個動作都應該～。❷〔形〕比喻達到應

有的狀態或合適的程度：她的表演總是到不了位｜他分析得很～。

【到職】dàozhí〔動〕(接受任命或委派)來到新的工作崗位：他～第二天，就下到車間跟工人一起勞動去了｜新部長還沒～。

倒 dào ㊀❶〔動〕顛倒：畫兒掛～了｜本末～置｜～數第一。❷相反的；反面的：～流｜～算。❸〔動〕傾倒出來：～茶｜～酒｜～垃圾。❹〔動〕比喻傾吐；把心裏話全都～了出來。❺〔動〕使向後退或向相反方向移動：～車。

㊁〔副〕❶表示跟一般情理相反；反而；反倒：沒吃藥，我這病～好了｜已經是春暖花開，～下起大雪來了。❷表示跟事實相反，有反說或責怪的語氣：你說得～輕鬆，可做起來並不簡單｜他想得～容易，事情哪兒有那麼好辦！❸表示出乎意料：本想省事，誰知～費事了｜有這樣的事？我～要聽聽｜說起這個人來，我～想起一樁事情來了。❹表示轉折：屋子不寬綽，佈置得～很講究｜劇本的故事情節相當簡單，對話～非常生動。❺表示讓步：衣服的尺寸～合適，就是式樣舊了點兒｜我跟他認識～認識，就是沒有甚麼交情｜文章～寫了一篇，不過還很不滿意。❻表示追問或催促：帶有不耐煩的語氣：這也不行，那也不行，你～說個行的辦法｜你～去不去呀？❼語氣舒緩(不用"倒"則語氣較強)：退休以後，養養鳥兒，種點兒花，～挺有意思｜你說他不愛看京戲，這～不見得｜男孩兒比女孩兒淘氣？那～不一定。

另見dǎo(259頁)。

語彙 反倒 傾倒

【倒彩】dàocǎi〔名〕倒好兒：喝～。

【倒插門】dàochāmén(～兒)〔動〕男子到女方家裏結婚並落戶。插門，這裏指插入別人家門戶成為一員。男子入贅女方家，因與成婚後女子到男方家居住的傳統習慣相反，故稱倒插門：老人不願意把女兒嫁出去，招了個女婿～。

【倒車】dàochē ❶〔名〕向後倒退的車。比喻逆時代潮流而向後退的舉動：不要開～｜他開的是歷史～。❷(-//-)〔動〕使車向後倒退：等會再過去，前面一輛卡車在～｜你倒一倒車，好讓後面的車開過去。

另見dǎo//chē(259頁)。

【倒持太阿】dàochí-Tài'ē〔成〕倒拿着太阿劍，把劍柄交給對方。比喻輕率地授人權柄，自己反受其害：你輕易讓出經理位置，是～，以後他不會聽你的了。

【倒春寒】dàochūnhán〔名〕指春季回暖後，由於受寒流影響而造成的連續低溫天氣。對農業生產危害較大。

【倒打一耙】dàodǎ-yīpá〔俗〕比喻自己有錯不僅不承認，拒絕對方的指責，還指責對方：他失

職釀成事故還～，真是豈有此理！

【倒讀秒】dàodúmiǎo〔動〕用讀秒的方法進行倒計時。如在12月31日23點59分55秒時讀5、4、3、2、1(一秒讀一個數字)，之後時間即進入新的一年：飛船發射已進入～。

【倒反】dàofǎn〔副〕(吳語)反而；反倒：她平時牢騷滿腹，一見面～說不出來了｜春天快完了，村子裏～來了狼，誰能料到！

【倒掛】dàoguà〔動〕❶上下顛倒地掛着：他左肩～着一支衝鋒槍｜有個猴子～在樹杈上。❷指商品銷售價格低於收購價格：農副產品購銷價格嚴重～。❸泛指違反常理而關係顛倒：腦力勞動和體力勞動的報酬～｜招生數和報名數～。

【倒灌】dàoguàn〔動〕❶江、河、湖、海的水因故由低處向高處倒流：海水～｜～的江水淹沒了濱江市區。❷煙氣因故從煙筒口向裏倒流：煙氣～，滿屋子都是煙。

【倒好兒】dàohǎor〔名〕演員表演中出現某種差錯時，觀眾起哄叫好的喊聲：老演員唱錯了一句，台下的觀眾沒有一個人喊～。

【倒計時】dàojìshí〔動〕從未來的某一時點往現在由多到少計算時間，直到時間計數為零時停止，以示對某個重大事件到來時刻的重視：～牌｜高考已進入～階段。

【倒立】dàolì〔動〕❶頂端朝下地豎立：山上寶塔的影子～在山前的湖水裏。❷武術的一種動作，頭朝下，兩腿向上，兩手着地支撐全身：～動作｜～行走｜他先～，猛然雙腳落地連續翻滾，動作乾淨利落。也叫拿大頂。

【倒流】dàoliú〔動〕❶水向上游流：河水豈能～！❷比喻向正常運轉方向相反的方向運轉：不要叫貨物～｜不能使時間～。

【倒數】dàoshǔ〔動〕從後向前數(shǔ)：這次考試他得了～第一。

【倒貼】dàotiē〔動〕❶該收的一方反過來給該付的一方貼補：這筆買賣他不但沒賺，還～不少錢。❷俗指女子戀男子而供給他金錢：她做生意發了，能找到如意郎君～，她也願意。

【倒退】dàotuì〔動〕往後退；走回頭路：她被嚇得～了幾步｜要是～十年，我還能開夜車｜堅持進步，反對～。

【倒行逆施】dàoxíng-nìshī〔成〕原指做事嚴重違背正常情理。現多指所作所為違背歷史潮流：民族分裂主義分子的～，遭到了社會各界的嚴厲譴責。

【倒序】dàoxù〔名〕逆序。

【倒敍】dàoxù〔名〕一種敍事方式，先交代結局或某些後面的情節，然後再交代開端或發生在先的部分：這篇小說作者用了～、插敍等多種寫作手法。

【倒懸】dàoxuán〔動〕❶頭向下、腳向上地懸掛

着：敵人把他～在房樑上｜幾隻猴子～在一根橫着的竹竿上。❷〈書〉比喻處境的痛苦和危急就像人被倒掛着一樣：士民方有～之患｜解民於～。

【倒影】dàoyǐng〔名〕倒立的影子：河水映着垂柳的～｜你站在小船上的～也隨波蕩漾起來了。

【倒栽葱】dàozāicōng〔名〕頭朝下摔倒在地的樣子：摔了個～｜敵機被擊中後，一個～掉進了海裏。

【倒置】dàozhì〔動〕倒着放；顛倒處置：輕重～｜本末～。

【倒轉】dàozhuàn〔動〕向相反方向轉動：歷史的車輪不會～。

【倒座兒】dàozuòr〔名〕❶ 四合院中與正房（坐北朝南的房子）相對的房屋。❷ 車船上與行駛方向相反的座位。

悼 dào ❶ 哀傷；悼念：追～｜哀～｜～念。❷（Dào）〔名〕姓。

語彙 哀悼 悲悼 追悼

【悼詞】dàocí〔名〕（篇）哀悼死者的話或文章：寫～｜致～｜～對他的一生做了公正客觀的評價。

【悼念】dàoniàn〔動〕哀悼懷念死者：沉痛～｜～亡友。

【悼亡】dàowáng〔動〕〈書〉晉代文學家潘岳因妻死，賦《悼亡》詩三首。後稱悼念亡妻為悼亡。也指死了妻子。**注意** 不要把一般悼念死者說成悼亡。

盗 dào ❶〔動〕偷竊；搶劫：掩耳～鈴｜欺世～名｜電腦昨晚被～。❷ 強盜：開門揖～｜江洋大～。

語彙 海盜 強盜 失盜 偷盜 誨淫誨盜 江洋大盜 開門揖盜

【盜版】dàobǎn ❶〔動〕侵犯版權，非法印行書籍或錄製音像作品：打擊～活動｜已有人密謀～，趕在正版發行之前出售。❷〔名〕指侵犯版權、非法印行、錄製的出版物：查獲了一批～。

【盜採】dàocǎi〔動〕非法開採：～礦石。

【盜伐】dàofá〔動〕非法砍伐：嚴禁～樹木。

【盜匪】dàofěi〔名〕用暴力搶奪財物的匪徒。

【盜汗】dàohàn〔動〕中醫指因病或虛弱睡眠中出汗，醒來即止。

【盜劫】dàojié〔動〕偷盜掠奪：～錢財｜～文物。

【盜獵】dàoliè〔動〕非法捕獵：～者｜～珍稀野生動物犯法。

【盜錄】dàolù〔動〕非法錄製音像製品：影片已為非法商人～。

【盜賣】dàomài〔動〕盜竊公產、公物或別人的財物出賣：～文物｜客廳的字畫被～了。

【盜墓】dào // mù〔動〕挖開墳墓，盜取墓中隨葬的貴重物品：新發現的古墓群要加強保護，防止～。

【盜竊】dàoqiè〔動〕偷竊；偷盜：～犯｜～罪｜～現金｜～國家機密。

【盜印】dàoyìn〔動〕非法印製（出版物）：～暢銷書｜這家出版社出版的辭書被大量～。

【盜用】dàoyòng〔動〕非法使用（名義、財物等）：～公款｜～公司名義。

【盜運】dàoyùn〔動〕偷竊財物後暗中運走：～鋼材｜公安人員查獲一批～的文物。

【盜賊】dàozéi〔名〕強盜和小偷的泛稱：捉拿～｜一夥～。

道 dào ❶（～兒）〔名〕（條）道路；通道：陽關大～｜羊腸小～兒｜任重～遠。❷ 水流的途徑；空中或地下通行的路徑：下水～｜黃河故～｜隧～｜地～｜航～｜索～。❸ 途徑；方向：同～｜志同～合。❹ 技藝；技術：茶～｜醫～。❺ 道理；事理：頭頭是～｜得～多助，失～寡助。❻ 思想；學說：傳～授業｜吾一以貫之。❼ 方法：門道（多用於不正派的）：歪門邪～｜旁門左～。❽ 屬於道教的；道教徒：～院｜～姑｜老～｜～僧。❾〔名〕指某些封建迷信組織：會～門｜一貫～。❿（～兒）〔名〕線條；細長的痕跡：畫兩條橫～兒。⓫〔量〕用於某些長條狀的東西：一～河｜一～縫兒｜霞光萬～。⓬〔量〕用於門、牆、關口等：兩～門｜一～圍牆｜要過三～關口。⓭〔量〕用於命令、題目等：一～命令｜十～題。⓮〔量〕次（用於某些分程序的動作）：刷了三～漆｜多了一～手續｜吃完飯，又上了一～水果。⓯（Dào）〔名〕姓。

㈠〔名〕❶ 中國歷史上行政區劃的名稱。唐代的道相當於現在的省，清代和民國初年在省的下面設道。❷ 日本、朝鮮等為國行政區劃的名稱。

㈡ ❶ 說：能說會～｜一語～破｜讓我慢慢～來。❷ 用言語表示心意、情意：～喜｜～謝｜～歉｜～萬福。❸〔動〕說道（後一般停頓，接所說的話。多見於小說）。❹〔動〕測度；以為：我～是誰，原來是他｜我～是去年的事，原來就是今年的事。

語彙 霸道 報道 便道 稱道 赤道 傳道 彈道 當道 地道 東道 公道 管道 軌道 航道 河道 厚道 宦道 街道 開道 門道 難道 跑道 頻道 渠道 人道 世道 隧道 索道 鐵道 通道 同道 味道 棧道 知道 人行道 武士道 陽關道 大逆不道 胡說八道 康莊大道 旁門左道 天公地道 頭頭是道 歪門邪道 怨聲載道

【道白】dàobái〔名〕戲曲中的說白。

【道別】dàobié〔動〕告別；辭行：握手～｜到親友家～。

【道不拾遺】dàobùshíyí〔成〕路不拾遺。

【道岔】dàochà〔名〕❶鐵路軌道上的一種裝置，可以使列車由一組軌道轉到另一組軌道上去：扳～。❷由主路分出的岔路。

【道場】dàochǎng〔名〕❶佛教指學習佛理、修行的場所。❷僧道誦經做法事的場所。❸僧道所做的法事：請了一班和尚做～。

【道德】dàodé ❶〔名〕社會生活中人們相處的行為準則和規範，是社會意識形態之一：要講～｜很有～｜～敗壞｜要有很好的～，國家才能長治久安。❷〔形〕(言行)合乎社會的準則和規範(一般用於否定式)：這樣做很不～。

【道德法庭】dàodé fǎtíng 指由道德規範形成的社會輿論和社會評判。

【道德經】Dàodéjīng〔名〕書名，即《老子》。

【道地】dàodì〔形〕(北京話)屬性詞。純正的；真正的；正宗的：～的台灣香蕉｜這家藥店經營的是～藥材。

【道釘】dàodīng〔名〕❶(顆、隻、枚)鐵道上用來把鐵軌固定在枕木上的釘子。❷道路上用來反射夜間汽車燈光的小型裝置，在道路的隔離帶或轉彎處設置，提醒司機注意安全。其內部構造酷似貓眼，俗稱貓眼道釘。

【道乏】dào // fá〔動〕向為自己出力幫忙的人表示感謝和慰問：他還要到府上來給你～呢｜道個乏。

【道高一尺，魔高一丈】dàogāoyīchǐ, mógāo yīzhàng〔諺〕道：指正氣；魔：指邪氣。原是佛教告誡修行的人要警惕外界的誘惑。意為修行達到一定階段，會有妖魔侵擾而喪失前功。後用來比喻正氣和邪氣彼此消長，有時也比喻正義終將戰勝邪惡：～，禁毒措施越嚴密，販毒者越花樣翻新｜只要堅持嚴防嚴查，販毒者本事再大，～，最終也難逃法網。

【道姑】dàogū〔名〕(位)女道士。

【道觀】dàoguàn〔名〕(座)道教的廟宇；道士修道的場所。注意 這裏的"觀"不讀guān。

【道賀】dàohè〔動〕向人表示慶賀；道喜：她得了歌唱比賽一等獎，大家都向她～。

【道行】dàoheng(-heng)〔名〕〈口〉原指僧道修行的功夫。後多比喻本領技能：這小夥子～不小，一聽就知道機器哪兒出了毛病。

【道家】Dàojiā〔名〕先秦時期以老子、莊子為代表的一個學派。認為"道"是天地萬物的根源，主張清靜無為。

【道教】Dàojiào〔名〕中國主要宗教之一，由東漢張道陵創立，入道者需出五斗米，故又稱五斗米教。奉老子為教祖，尊稱為太上老君，不同於道家學派。

中國道教四大名山

武當山(在湖北)　青城山(在四川)
龍虎山(在江西)　齊雲山(在安徽)

【道具】dàojù〔名〕❶佛教用語。指修行者用的衣物器具。❷戲劇、影視等演出場景陳設、人物所用器具用品的總稱。一般把沙發、桌椅等叫作大道具，把手杖、煙斗等叫作小道具。

【道理】dàolǐ(-li)〔名〕❶事物的規律；老師正在講授水力發電的～｜生命在於運動的～是有科學根據的。❷理由；情理：他的話很有～｜把人家的成績一筆抹殺，這太沒有～了。❸辦法；打算：下一步怎麼辦，我自有～。

【道林紙】dàolínzhǐ〔名〕(張)一種供印刷書報用的紙，堅韌潔白。因最初由美國道林公司製造而得名。

【道路】dàolù〔名〕(條)❶陸地上修築成或自然形成的供行人車馬通行的長帶形部分：～泥濘｜寬闊平坦的～｜山間～崎嶇。❷借指遵循的途徑、路綫：走共同富裕的～｜為和談鋪平～。❸兩地間的水陸通道；路途：～遙遠。

辨析 道路、馬路、公路 a)"道路"是路的總稱；"馬路、公路"都指車輛行駛的寬闊平坦的道路，但"馬路"指城市或近郊的，"公路"指市區以外的。b)"馬路"有時可泛指公路，但"公路"不可泛指馬路。c)"道路"可用於比喻，如"成功的道路""成長的道路"，"馬路、公路"不行。

【道貌岸然】dàomào-ànrán〔成〕形容神態莊重，一本正經的樣子(常含譏諷意)：別看他～，其實是個偽君子。

【道謀】dàomóu〈書〉❶〔動〕與路人商量謀略、辦法：築室～。❷〔名〕路人的謀略、辦法：奪其世守(歷來遵從的)而～是用(採用路人的意見)。

【道破】dàopò〔動〕點破；說穿：一語～｜～其中奧妙。

【道歉】dào // qiàn〔動〕向人表示歉意或向人認錯：事先沒來得及打招呼，現在向您～｜你去向他道個歉就沒事了。

【道情】dàoqíng〔名〕一種曲藝形式，以唱為主，用漁鼓和簡板伴奏。原為道士演唱道教故事的曲子，後用來演唱民間故事：陝北～｜翻身～。

【道瓊斯指數】Dào-Qióngsī zhǐshù 指紐約股票交易所上市的30種有代表性的工業公司股票的價格平均數，用以衡量股票行情的起落。道瓊斯是兩個美國人查爾斯‧亨利‧道和愛德華‧瓊斯的姓。

【道人】dàoren〔名〕❶(位)對道士的尊稱。❷六朝時期稱出家的佛教徒。

【道士】dàoshi〔名〕❶(位)道教教徒。❷泛指有道之士。

【道聽途說】dàotīng-túshuō〔成〕從路上聽來在路上傳播的話。《論語‧陽貨》："道聽而途說，德已棄也(拋棄了道德)。"指沒有根據的傳聞；

他剛才講的全是～，不可輕信。

【道統】dàotǒng〔名〕儒家學術思想傳承的系統。宋明理學家自認為繼承了周公、孔子的這個系統，並稱這個系統為道統。

【道喜】dào∥xǐ〔動〕對人的喜慶事表示祝賀；賀喜：給您～｜他倆今天結婚，我們去道個喜。

【道謝】dào∥xiè〔動〕用話語表示感謝：登門～｜飯後，大家向主人道過謝才慢慢散去。

【道學】dàoxué ❶〔名〕指宋明理學。❷〔形〕不通情理，迂腐古板：～先生｜～氣太濃。

【道牙】dàoyá〔名〕鑲嵌在馬路兩側的邊兒。因所用構件一塊塊排列整齊如牙，故稱。也叫馬路牙子。

【道義】dàoyì〔名〕道德和正義：給予～上的支持｜鐵肩擔～，妙手著文章。

【道藏】Dàozàng〔名〕（部）道教書籍的總匯，包括周秦以下道家子書及六朝以來道教經典。

【道子】dàozi〔名〕（條）綫條的痕跡：你這胳膊上叫誰拉了兩條～？

稻 dào〔名〕❶一年生草本植物，是重要的糧食作物，分水稻和旱稻兩類，通常指水稻。子實橢圓形，有硬殼，去殼後叫大米。❷這種植物的子實。❸（Dào）姓。

語彙 旱稻 粳稻 糯稻 水稻 晚稻 秈稻 早稻 中稻 三季稻 雙季稻

【稻草】dàocǎo〔名〕（根，把，捆）脫粒後的稻稈。可以搓草繩、造紙，或做飼料、燃料等。

【稻草人】dàocǎorén〔名〕❶用稻草紮成的人形，豎在田間，以嚇退啄食農作物的鳥類。❷比喻沒力量、沒本領的人。

【稻穀】dàogǔ〔名〕（粒，顆）帶殼的稻粒。

【稻田】dàotián〔名〕種植稻子的田地。有水田、旱田兩種，通常指水稻田。

【稻種】dàozhǒng〔名〕（粒，顆）做種子用的稻穀。

【稻子】dàozi〔名〕（株，棵）〈口〉稻。

幬（幬）dào〈書〉覆蓋：如天之無不～也。另見 chóu（185 頁）。

燾（燾）dào，又讀 tāo〈書〉同"幬"。

纛 dào ❶古代用旄牛尾或雉尾做成的舞具，也用作帝王車上的裝飾。❷古代軍中大旗：大～。

dē ㄉㄜ

嘚 dē〔擬聲〕馬蹄踏地的聲音：那匹馬～～～飛奔過去。
另見 dēi（268 頁）。

dé ㄉㄜˊ

得 dé ㊀❶〔動〕得到；獲得（跟"失"相對）：～獎｜唾手可～｜～道多助，失道寡助｜從朋友那裏～些幫助。❷〔動〕計數得到結果：二二～四。❸適合：～用｜～體。❹〔動〕〈口〉完成：飯～了沒有？沒，就先吃幾塊餅乾點補點補。❺〔動〕〈口〉表示同意或禁止：～，就這麼辦｜～了，不必再說了。❻〔動〕〈口〉表示無可奈何：～，感情徹底破裂了！❼得意；滿意：自～。❽（Dé）〔名〕姓。

㊁〔動〕❶助動詞。用在別的動詞前，表示許可（多用於法令、公文等）：閱覽室的書報一律不～攜出室外。❷"得"前後有"不"，表示客觀情況迫使這樣做：他的確非常困難，組織上～不給他一些補助金｜連日大雨，鐵路塌方，我們不～不繞道走了。
另見 de（268 頁）；děi（268 頁）。

語彙 博得 分得 獲得 樂得 難得 取得 算得 心得 引得 贏得 只得 不見得 見不得 少不得 千慮一得 求之不得 心安理得 一舉兩得 罪有應得

【得便】débiàn〔動〕趕上方便的時候；遇到機會：下次出差～再到我家來玩｜～重遊舊地。

【得不償失】débùchángshī〔成〕得到的補償不了失去的：力求避免打那種～的或得失相當的消耗戰｜這種～的做法應當馬上停止。

【得逞】déchěng〔動〕不良的企圖得以實現：絕不能讓敵人的陰謀～｜叛軍發動的政變最終未能～。

【得寵】dé∥chǒng〔動〕受到寵愛（含貶義，跟"失寵"相對）：奸佞～｜他在主子面前得了寵就胡作非為。

【得寸進尺】décùn-jìnchǐ〔成〕得到一寸就想進一尺。比喻貪心越來越大，沒有滿足的時候：他這個人向來是～，貪得無厭。

【得當】dédàng〔形〕適合要求；恰當：措辭～｜詳略～｜這樣安排很～。

【得到】dé∥dào〔動〕取得；獲得：～5000 元獎金｜～一次進修的機會｜甚麼也沒～｜得不到任何好處。

【得道多助，失道寡助】dédào-duōzhù，shīdào-guǎzhù〔成〕《孟子·公孫丑下》："得道者多助，失道者寡助。"指站在正義方面就會得到多數人的支持和幫助，違背正義必然陷於孤立：歷史上侵略的弱國戰勝強國的例子不少，這是因為～。

【得法】défǎ〔形〕（辦事）有竅門，方法恰當；方法得當：管教～｜指導～｜講授不～｜措施很～。

【得分】défēn ❶〔動〕(-∥-)遊戲、比賽、考試時得到分數：投球命中率高，連連～。❷〔名〕

遊戲、比賽、考試所得的分數：北京隊的～一直領先。

【得過且過】déguò-qiěguò〔成〕只要能過得去就姑且過下去。指無大志或沒有長遠打算。也指對工作不負責任，敷衍了事：那年頭兒，誰還能顧到將來，不過是～混日子。

【得計】déjì〔動〕計謀得以實現（含貶義）：他已經陷入了人家設的圈套，還自以為～呢！

【得勁】déjìn（～兒）〔形〕舒適；稱心順手：清早一起床就頭暈，一天都不大～｜我這支筆寫起字來很～兒。

【得空】dé // kòng（～兒）〔動〕有空閒時間：早就想來看你，總不～兒｜他一得個空兒就去下棋。

【得了】déle ❶〔動〕〈口〉表示阻止或同意；算了：～，別跟他囉唆了｜～吧，根本就不是那麼回事！注意"得了"有時略有不滿的意味，特別是連用兩個"得了"的時候，不滿的意味更濃。如"得了，你有理，我沒理""得了，得了，你願意怎麼幹就怎麼幹吧"。❷〔助〕語氣助詞。用在陳述句末尾，表示肯定，有加強語氣的作用：家裏有我呢，你走你的～｜既然這病不礙事，就讓我上班去～。

另見déliǎo（266頁）。

【得力】délì ❶〔形〕能幹：～的幫手｜～的幹部。❷〔形〕堅強有力：外交部長辦外交很～。❸〔形〕見效；有效力：這藥吃了很～｜鍛煉強身真～。❹〔動〕得益：他能理頭寫作，～於他愛人料理家務。❺(- // -)〔動〕得到幫助：多虧得他的力，這件事才辦成了。

【得了】déliǎo〔形〕表示情況很嚴重或緊迫（用於反問或否定式）：怎麼在這裏抽煙，失了火還～？｜冬天生爐子取暖，千萬要注意，中了煤氣可不～！注意"不得了"在形式上看是"得了"的否定式，而意思是完全相同的。

另見déle（266頁）。

【得隴望蜀】délǒng-wàngshǔ〔成〕《後漢書·岑彭傳》："人苦不知足，既平隴，復望蜀。"意思是既取得隴右（今甘肅一帶），又想進攻西蜀。後用"得隴望蜀"比喻貪心不足，務求更多：你已經收購了一個大公司，就不要再～了。

【得人心】dé rénxīn 得到眾人的信任和擁護：政策兌現很～｜他在我們這裏不～。

【得色】désè〔名〕得意的神色：面有～。

【得勝】déshèng〔動〕取得勝利：旗開～，馬到成功｜經過苦戰，乒壇老將最終～。

【得失】déshī〔名〕❶所得和所失：～相當｜個人～置之度外。❷好處和壞處：權衡～｜充分評估～，選定三個建築項目。

【得勢】déshì〔動〕❶(- // -)得到權柄，有了勢力（多用於貶義）：壞人～，好人遭殃｜要是他一旦得了勢，我們都要倒霉。❷佔據優勢：這場

比賽，他～不得分。

【得手】déshǒu ㊀〔形〕得心應手；順利：這幾步棋下得很～，奠定了勝局。㊁(- // -)〔動〕辦事順利或達到目的：屢屢～｜行騙未能～。

【得數】déshù〔名〕答數。

【得體】détǐ〔形〕言行得當，恰如其分：他在大會上的講話十分～｜當着大夥兒發脾氣，這樣很不～。

【得天獨厚】détiān-dúhòu〔成〕具有的自然條件特別優越。泛指所處的環境或所具備的條件特別好：四川氣候溫和，雨量充沛，農業生產～，真是"天府之國"｜小馬有個好嗓子，學唱歌稱得上～。

【得無】déwú〔副〕〈書〉表示揣測或估摸，相當於"大概不至於""該不會"等：日食飲～衰乎？｜覽物之情，～異乎？

【得閒】déxián〔動〕得空兒；有空閒時間：一～，我就去看朋友了｜他是個大忙人，整天不～。

【得心應手】déxīn-yìngshǒu〔成〕做事心手相應。形容運用自如：他的根底厚，寫起東西來總是那麼～。

【得宜】déyí〔形〕適當；合適：處置～。

【得以】déyǐ〔動〕助動詞。可以；能夠：理想～實現｜問題～澄清｜意見～充分發表。注意"得以"不能單說，也不能單獨回答問題，沒有否定式。

【得益】déyì〔動〕得到好處；受益：大家會上提的意見使佢～匪淺｜村裏的農戶今年都～新修的水庫｜看了這些書～不少。

【得意】déyì〔形〕稱心如意（多指驕傲自滿，跟"失意"相對）：自鳴～｜春風～｜馬蹄疾｜想到美好的前途，她非常～。

【得意忘形】déyì-wàngxíng〔成〕稍微得志就高興得無法控制自己：千萬不可因初步勝利就～。

【得意洋洋】déyì-yángyáng〔成〕形容滿足、得意的樣子。也作得意揚揚。

【得用】déyòng〔形〕適用；得力：這冰箱很～｜他手下的幾個人都很不～。

【得魚忘筌】déyú-wàngquán〔成〕《莊子·外物》："筌者所以在魚，得魚而忘筌。"意思是說，筌是捕魚的竹器，魚已捕得，就忘掉筌。比喻達到目的以後便忘了原來依靠的人或物：朋友幫了你很大的忙，事情辦成後不可～。

【得志】dé // zhì〔動〕志願得以實現或名利欲望得到滿足：少年～｜子係中山狼，～便猖狂｜如今他得了志，連父老鄉親都不認了。

【得主】dézhǔ〔名〕賽事或評選中獲得物質獎勵或榮譽的人或集體：冠軍～｜奧運會金牌～。

【得罪】dézuì(-zui)〔動〕冒犯；招人生氣或懷恨：無意中～了她，我一再向她道歉｜我心直口快，說話～了人還不知道呢！

德〈惪〉**dé** ❶〔名〕道德；品行：～行｜～望｜～才兼備｜重才輕～，重～輕才，都是不全面的。❷ 心意；信念：同心同～｜離心離～。❸ 恩惠；好處：感恩戴～｜以怨報～。❹（Dé）〔名〕姓。

語彙 道德　恩德　公德　功德　積德　美德　品德　缺德　賢德　歌功頌德　離心離德　三從四德　同心同德

【德昂族】Dé'ángzú〔名〕中國少數民族之一，人口約 2 萬（2010 年），主要分佈在雲南潞西、鎮康等地。德昂語是主要交際工具，沒有本民族文字。舊稱崩龍族。

【德比戰】débǐzhàn〔名〕同一城市或區域的兩支以上球隊之間的體育比賽。也泛指同一範圍內兩種力量的競爭。［德比，英 derby］

【德才兼備】décái-jiānbèi〔成〕既有德，又有才；品德和才能都好：要培養和造就一大批～的幹部｜青年學生要努力做到～。

【德操】décāo〔名〕道德操守：高尚的～。

【德高望重】dégāo-wàngzhòng〔成〕品德高尚，聲望很高：他的幾位老師，都是～的學者。

【德行】déxíng〔名〕道德和品行：他不光學問好，～也好｜同學們都很注重～的修養。

【德性】déxing〔名〕（北京話）對人的容貌、儀表、言行、舉止和作風等表示輕蔑、嘲弄、譏諷的俗語：你瞧他那份兒～，真叫人噁心。

【德藝雙馨】déyì-shuāngxīn〔成〕馨：香氣。德行和才藝都非常好：演藝界有不少的名演員。

【德育】déyù〔名〕思想和道德方面的教育：我們的學校既要重視～，又要重視智育、體育和美育，使學生得到全面發展。

【德澤】dézé〔名〕〈書〉恩惠：～有加。

【德政】dézhèng〔名〕有益於人民的政治措施：政府多行～，就會得到擁護。

【德治】dézhì〔名〕❶ 中國古代儒家強調以道德教化來治理國家的政治思想。❷ 倡導以道德規範、良好品德治理國家社會的主張和措施：在當今文明社會中，法治～，二者不可偏廢。

錇（锝）**dé**〔名〕一種放射性金屬元素，符號 Tc，原子序數 43。是良好的超導體。

de · ㄉㄜ

地 de〔助〕結構助詞。用在詞語後構成狀語，修飾動詞或形容詞。❶ 用在動詞後：試探～說｜苦笑～點了點頭｜誇大～報道了事實。❷ 用在形容詞後：嚴肅～表示｜頑強～拚搏｜安靜～坐着。❸ 用在名詞後：歷史～研究｜本能～躲避。❹ 用在詞組後：手牽手～走進來｜十分困難～說｜神不知鬼不覺～跑了。**注意** 各種詞語都可以直接修飾動詞或形容詞，不一定非要用"地"：a）數量名詞語的重疊式和某些動詞或形容詞修飾動詞，不一定要用"地"，如"你們這班同學一個人一個人（地）進去""用力（地）喊叫""勝利（地）完成任務"。b）單音節形容詞修飾動詞不用"地"，如"大幹快上""你就直說吧！"。c）雙音節形容詞修飾動詞，不一定用"地"，如"圓滿（地）結束""認真（地）學習""徹底（地）消滅"。d）形容詞重疊式修飾動詞，不一定用"地"，如"白白（地）浪費了""高高興興（地）來了""痛痛快快（地）玩兒了一天"。e）副詞修飾動詞或形容詞一般不用"地"，但在某些雙音節副詞後可用可不用，如"偶然（地）出現""故意（地）閉彆扭""非常（地）痛苦"。f）"歷史地研究"是名詞後用上"地"修飾動詞，"歷史研究"是名詞修飾名詞。

另見 dì（278 頁）。

的 de㊀〔助〕結構助詞。❶ 用在名詞後構成定語，修飾中心語名詞：水泥～地面｜群眾～力量｜星期六～晚會。❷ 用在人稱代詞或名詞後構成定語，表示定語和中心語之間是領屬關係：我～哥哥｜他～箱子｜學校～校長｜書店～門市部。**注意** 上述用例中，"他的箱子"中的"的"不能省，其餘三例"的"字可不用。表示領屬關係，定語和中心語結合緊密，常不用"的"字。❸ 用在動詞或動詞性詞組後構成定語，修飾中心語：挖～煤｜養～魚｜討論～問題｜上船～碼頭。❹ 用在形容詞後構成定語，修飾中心語，並加強語氣：聰明～人｜幸福～家庭｜安靜～環境。**注意** 名詞、形容詞做定語修飾中心語名詞，結合緊密的都可以不用"的"字，用"的"字可表示強調，"水泥的地面"較"水泥地面"強調，"聰明的人"較"聰明人"強調。❺ 用在擬聲詞後構成定語，修飾中心語：呼呼～風聲。❻ 構成"的"字結構，代替上文中心語名詞所指的人或具體事物：她的朋友來了，你～呢？｜這是你的衣服，那是他～。**注意** 用"的"字結構的條件是：中心語名詞泛指人或具體事物，如"二廠的（同志）來了嗎？""他的鋼筆不好使，你的（鋼筆）好使嗎？"；中心語名詞指人的稱謂或抽象事物，就不能用"的"字結構，如"新來的處長比過去的處長（"處長"不能省）年紀小些""老王的意見是明天去，我的意見（"意見"不能省）是今天就走"。❼ 與限制性或分類性修飾語構成"的"字結構，代替上文中心語名詞所指的事物：這班學生一共五十人，男～三十，女～二十｜菊花開了，有白～，有紫～。**注意** 如果修飾語是描寫性的或帶感情色彩的，就不能用"的"字結構代替上文中心語的名詞，如"我們取得了輝煌的成績，這輝煌的成績（"成績"不能省）來之不易""他真是個偉大的人物，偉大的人物（"人物"不能省）永遠活在人民心中"。❽ 用來構成"的"字結構做謂語，表示領屬關係、質地、品性、情緒等：這皮包，他～｜書櫃，玻璃～｜這盤菜，辣～｜頭髮黑黑～｜大夥兒挺開心～。❾ 與描寫性詞語組成"的"字結構做補語，表示出現的情態：喝得醉醺醺～｜累得東倒西歪～｜弄得亂七八糟～。❿ "的"前後用相同的動詞、形容詞，連用這種結構，表示有這樣、那樣的情況：說～說，笑～笑｜唱～唱，跳～跳｜老～老，小～小。⓫ 加在指人的名詞、代詞與指職務的名詞中間，表示某人取得某種職務或身份：這次會議他～主席（他做會議主席）｜演《佳期》，小李～紅娘（小李演紅娘）。⓬ 用在指人的名詞或代詞後充當某些賓語的定語，表示名詞或代詞所指的人是動詞和賓語所表示的動作的對象：討上級～好兒｜開你～玩笑｜關小王～禁閉。⓭ 在某些句子的謂語動詞和賓語中間加"的"，強調已發生的動作的施事者、受事者、時間、地點、方式等：他提～意見，我沒提（強調"他"）｜我們昨天到～北京（強調"昨天"）｜小王在上海學～音樂（強調"在上海"）｜大家按規定辦～手續（強調"按規定"）。⓮ 在跟主語相同的人稱代詞後加"的"，然後充當謂語動詞賓語的定語或賓語，表示上文涉及的事同人稱代詞所指的人無關：（派他一個人出差）你們照常上你們～班（"出差"跟"你們"無關）｜（今天的會你不用參加）你只管玩兒你～去（"今天的會"跟"你"無關）。⓯ 用在並列的詞語後，表示"等等"之類（省略列舉）：鍋碗瓢盆兒～，洗乾淨得半天｜縫縫補補～，一天到晚閒不住。

㈡〔助〕語氣助詞。❶ 用在句末，表示加強肯定：他會來～｜這樁事兒小王知道～｜這種做法不對～。注意 不用"的"和用"的"句子意思相同，但不用"的"字只是一般陳述，用"的"字是強調陳述，加強了肯定的語氣。如"他會來"（不太肯定）、"這樁事兒小王知道"（一般陳述，未做強調）。❷ 用在句末，表示已然，並加強肯定：他坐飛機走～｜我們一塊兒去看戲～。注意 不用"的"，多表示事情尚未發生。如"去廣州，他坐飛機走""去上海，他坐飛機走，我坐火車走"。❸〈口〉用在句首某些詞語的後面，強調這些詞語表示的情況：大年下～，怎麼不去逛逛廟會？｜無緣無故～，你發甚麼愁？｜有吃有喝～，何必去冒險？

㈢〔助〕〈口〉結構助詞。❶ 用在兩個數量詞之間，表示相加：一塊三毛二～五毛四，一共一塊八毛六。❷ 用在兩個數量詞之間，表示相乘（限於面積、體積）：三米～五米，合十五平方米｜四平方米～八米，合三十二立方米。❸ 用在兩個數量詞之間，表示列舉：（兩種大米的價格）一塊二～一塊五。

另見 dí（274 頁）；dí（275 頁）；dì（283 頁）。

【的話】dehuà〔助〕語氣助詞。❶ 用在假設分句末尾，加強假設：明天沒事～，我一定找你去｜如果贊成～，就這樣決定了｜請再給我一次機會，要是可以～。❷ 承上文用在表示相反條件的連詞、副詞後引出推論：最好你來，不然～，只好另約時間了｜這篇文章能用當然好，否則～，就還要另寫一篇。

底 de 同"的"（de）㈠②：我～故鄉｜伊～照片。注意 "底"作為結構助詞，多用於五四時期至 20 世紀 30 年代，現已不用，而改用"的"字。

另見 dí（277 頁）。

得 de〔助〕結構助詞。❶ 用在動詞或形容詞後面，連接表示結果或程度的補語：寫～清楚｜來～早不如來～巧｜天氣冷～很。注意 "寫得清楚"的否定式是"寫得不清楚"；"香得很"的否定式是"不很香"，"香不很"或"香很"都不成話。❷ 用在動賓結構的詞語後面，連接表示結果或程度的補語：他彈琴彈～好極了｜孩子們聽故事聽～不想睡覺。注意 動賓結構帶上這類加"得"的補語時，一定要重複動詞，不能說"彈琴得好極了""聽故事得不想睡覺"。❸ 用在動詞或形容詞的後面，"得"後面的話不說出來，有"無法形容"的意味：瞧你說～！｜看把他倆美～！❹ 用在單音節動詞後面，表示可能、可以：這東西吃～｜那個地方去不～｜買來的新皮鞋穿～。注意 否定式是"得"前加"不"，動詞不限於單音節，如"這東西吃不得""那樁事情耽誤不得"。❺ 在動詞和補語中間插入"得"表示可能：做～成｜出～去｜回～來。注意 a）這裏的動詞只要是及物的，都可以帶賓語，如"做得成此事"。b）否定式是把"得"換成"不"，如"做不成""出不去""回不來"。c）"記得、認得、曉得、覺得、顯得、值得、省得、免得"，其中的"得"是構詞成分，不是動詞後面的助詞。

另見 dé（265 頁）；děi（268 頁）。

語彙	懂得	記得	覺得	虧得	來得	懶得	了得
	落得	免得	認得	捨得	省得	使得	顯得	曉得
	值得	巴不得	不由得	怪不得	來不得	了不得
	免不得	捨不得	使不得	說不得	要不得	由不得

赋 de "赋"te 的又讀。

dēi ㄉㄟ

嘚 dēi〔歎〕吆喝驢、騾前進的聲音。
另見 dē（265 頁）。

děi ㄉㄟ

得 děi ㈠〔動〕助動詞。❶〈口〉需要；必須：修建這座大橋，至少～兩年｜這事～開會

研究｜你病了，～快去找大夫看看。**注意** a）"得"的否定用"無須"或"不用"，不說"不得"。b）"得"後可以用數量詞，如"得兩年""得半個月二十天"。❷會；推測必然如此：降溫了，要不加衣服，又～着〔zháo〕涼｜這麼大雨，你也沒有帶雨具，一上路就～挨淋。**注意** 這裏的"得"沒有否定形式。不能單獨回答問題。

㊂〔形〕（北京話）舒適，得意：你可真～｜自斟自飲地喝上了｜小日子過得挺～。

另見 dé（265頁）；de（268頁）。

語彙　必得　非得　總得

【得虧】děikuī〔副〕（北京話）幸虧；多虧：～消防隊來得快，才避免了一場火災｜我～帶了一把傘，要不就被雨淋了。**注意** 這裏的"得"不讀 dé。

dèn ㄉㄣˋ

拕 dèn〔動〕（北京話）❶用手握住布、繩等兩端同時向外用力使伸展、平整：把剛晾乾的窗簾兒～平｜把袖子一～。❷抻；拽：把綫頭兒～出來｜把繩子～直。

dēng ㄉㄥ

登 dēng ㊀❶〔動〕人由低處上到高處：～山｜～陸｜一步～天。❷〔動〕刊登；記載：～報｜～廣告｜～簡訊｜戶口～｜他的名字～上了光榮榜。❸古代指科舉考中：～第｜～科。❹穀物成熟：五穀豐～。❺（Dēng）〔名〕姓。

㊁〔動〕❶用力踩踏腳底下的物體：～水車｜～三輪兒｜雙腳一～，身體一縱，就過了水溝。❷用腳踏：～在椅子上掛畫兒｜～着梯子往上爬。❸（北方官話）穿（鞋、褲等）：冬天～個皮靴｜～上褲子，下床去開門。❹（北方官話）腳後跟用力：新鞋有點兒緊，用力一～就穿上了。

語彙　豐登　刊登　摩登　攀登　滿登登　紅不棱登　捷足先登

【登場】dēng//cháng〔動〕莊稼收割後運到打穀場上：新穀～，堆積如山｜麥子登了場接着得打場。

另見 dēng//chǎng（269頁）。

【登場】dēng//chǎng〔動〕劇中人登上舞台：～表演｜粉墨～｜你方唱罷我～。

另見 dēng//cháng（269頁）。

【登程】dēngchéng〔動〕踏上行程；上路：他歸心似箭，恨不得馬上～｜已經～前往。

【登崇】dēngchóng〔動〕〈書〉提拔；選拔任用：拔去兇邪，～俊良。

【登第】dēngdì〔動〕登科；特指考取進士。科舉考試錄取時評定等第，故稱。

【登頂】dēngdǐng〔動〕❶登上頂峰：登山隊如期～。❷比喻奪取冠軍或達到最高程度：這部影片近日連續～票房排行榜｜球隊在剩下來的比賽中如能獲得全勝，仍有希望在聯賽中～。

【登峰造極】dēngfēng-zàojí〔成〕登上高峰，達到頂點。比喻事業等達到最高水平，取得最大成就：他的繪畫成就已經～｜航空技術發展很快，但不能說現在已經～。

> **"登峰造極"的語源**
> 《世說新語·文學》載，佛經認為去除雜念，修煉身心，就可以成佛。簡文帝司馬昱說："不知是否可以達到登峰造極的地步？然而陶冶修煉的功夫，還是不可抹殺的。"

【登高】dēnggāo〔動〕❶登上高處：～遠眺｜～一呼，應者雲集。❷指重陽節的登山活動，民俗認為這一天登山可以消災避邪：重陽～｜～飲菊花酒。

【登革熱】dēnggérè〔名〕一種由登革熱病毒引發的急性傳染病，患者突發高熱，肌肉和關節疼痛，出現紅斑，鼻子和牙齦出血，嘔吐物呈咖啡色。是熱帶地區蔓延最快的疾病之一。也叫骨痛熱。[登革，英 dengue]

【登基】dēngjī〔動〕皇帝即位。

【登極】dēngjí〔動〕登基。

【登記】dēng//jì〔動〕把有關事項填寫在一定的表冊上以備查考：～分數｜戶口～｜結婚～｜參觀展覽的人要登個記。

【登科】dēngkē〔動〕科舉時代應考得中叫登科。

【登臨】dēnglín〔動〕登山臨水或登高臨下；泛指遊覽山水名勝：～山水，經日忘歸。

【登龍門】dēng lóngmén 龍門：原指黃河的禹門口（河津），此處兩岸峭壁對峙，河水從高處跌落。相傳魚能跳上此門者為龍。後用來比喻經自身努力或得有力者幫助而佔據要位、高位。也說登龍。

【登龍術】dēnglóngshù〔名〕登龍，魚躍過龍門成為龍。指成名成家、飛黃騰達的方法。

【登陸】dēnglù〔動〕❶從水域登上陸地：～艇｜從海上～｜颱風～｜～作戰。❷比喻人或事物進入某一領域：中國製造的玩具大舉～海外市場｜球隊水平不高，難以～世界級的比賽。

【登錄】dēnglù〔動〕❶登記；記錄：～有關資料。❷電子計算機網絡用語，指用戶按要求操作進入系統或要訪問的站點：～彩票投注站｜這裏可免費～觀看寬頻視聽節目。

【登門】dēng//mén〔動〕到別人住的地方：～求教｜到新單位後，他還沒有登過同事的門。

【登攀】dēngpān〔動〕攀登，比喻奮力向更高的目標邁進：山石危險，不要～｜世上無難事，只要肯～｜～科學高峰。

【登山】dēng//shān〔動〕上山；特指登山運動：

明天開始～｜傍晚大家登上了山。

【登山服】dēngshānfú〔名〕(件，套)原為登山運動員登山時穿的防寒服裝，後成為一種一般人穿的冬季服裝，多用尼龍綢、羽絨等製成。

【登時】dēngshí〔副〕立刻：臉～紅了｜她彈落燈花，燈光～亮得多了。

【登台】dēng // tái〔動〕❶上講台或上舞台：～講課｜～獻藝｜我從來沒登過台，在台下清唱一段還行。❷比喻登上政治舞台：新的內閣已經～。

【登堂入室】dēngtáng-rùshì〔成〕《論語·先進》："由也升堂矣，未入於室也。"意思是仲由(子路，孔子的學生)學孔子有成就，但尚未達到精深的程度。後用"登堂入室"比喻學問或技能由淺入深，循序漸進，達到更高的水平：跟藝術大師學習的人很多，～的只有少數幾個。也說升堂入室。

【登載】dēngzǎi〔動〕文章、圖片等在報刊上發表：報紙頭版～了一篇重要社論｜圖片沒有在這期的刊物上～。

噔 dēng〔擬聲〕形容重東西落地的響聲或硬物撞擊物體的聲音：樓梯上響起～～～的腳步聲｜～的一聲撞到了牆上。

燈 dēng〈書〉形容女子貌美。

璒 dēng〈書〉像玉的石頭。

燈(灯) dēng〔名〕❶(盞)發光用以照明或發信號的器具；某些用以加熱的燈形器具：～塔｜煤油～｜紅綠～｜霓虹～｜用酒精～加熱。❷俗稱收音機、電視機等的電子管：你的收音機幾個～？❸(Dēng)姓。

> 語彙 壁燈 電燈 宮燈 花燈 華燈 幻燈 龍燈 路燈 綠燈 枱燈 尾燈 油燈 掌燈 安全燈 保險燈 本生燈 長明燈 紅綠燈 弧光燈 煤氣燈 霓虹燈 日光燈 太陽燈 探照燈 信號燈 熒光燈 走馬燈

【燈彩】dēngcǎi〔名〕❶中國民間製造的各種彩色花燈：滿堂～｜安裝～｜小城元宵節的～爭奇鬥艷。❷舞台上的照明裝置：有了～，舞台上創造出了更奇妙的幻覺世界。

【燈草】dēngcǎo〔名〕(根)燈芯草莖裏的白瓤，細長可燃，可用作油燈的燈芯。

【燈管】dēngguǎn〔名〕(根，支)熒光燈的管狀發光部分。

【燈光】dēngguāng〔名〕❶(束)燈的光：～明亮｜不要在暗淡的～下看書。❷指照明設備或其發出的光亮：舞台～｜～球場｜～佈景。

【燈紅酒綠】dēnghóng-jiǔlǜ〔成〕❶形容花天酒地、尋歡作樂的生活：他不願意過～的生活，到鄉村當小學教師去了。❷形容夜晚的繁華景

象：鬧市區～，人來人往，直至深夜。

【燈虎】dēnghǔ(～兒)〔名〕燈謎。

【燈花】dēnghuā(～兒)〔名〕燈芯燃燒過程中有時爆出的火花或結成的花形物，民間以為是吉兆：昨夜～報，今朝喜鵲噪。

【燈會】dēnghuì〔名〕(次)元宵節舉行的觀賞花燈的民間活動，常伴有踩高蹺、舞獅子、跑旱船及雜技表演等娛樂活動。

【燈火】dēnghuǒ〔名〕燈的亮光；也指亮着的燈：萬家～｜～管制｜笙歌歸院落，～下樓台。

【燈火管制】dēnghuǒ guǎnzhì 戰爭期間為防備空襲而在城市、工礦區、軍隊駐地、交通樞紐等處採取的統一管理燈火的防空措施。

【燈火輝煌】dēnghuǒ-huīhuáng〔成〕燈光明亮，十分奪目耀眼：節日的夜晚，天安門廣場～｜宴會大廳裏～，賓主頻頻舉杯。

【燈節】Dēng Jié〔名〕元宵節。因在正月十五日，這天夜晚民間有花燈展覽、觀賞的風俗，故稱。

【燈具】dēngjù〔名〕各種照明用具的總稱。

【燈籠】dēnglong〔名〕(隻)一種籠子式的照明用具，多用紙或紗糊在特製的籠架上製成，裏面燃點蠟燭。種類多樣，可手提或懸掛。現多用作節日裝飾燈，用電燈做光源。

【燈籠褲】dēnglongkù〔名〕(條)褲腿上端肥大、下端箍在腳腕上外形像燈籠的褲子。

【燈謎】dēngmí〔名〕原為貼在花燈上的謎語，後也可張貼懸掛。猜燈謎是中國一種傳統的娛樂活動，多在元宵節晚上進行：～晚會｜猜～。也叫燈虎。

【燈泡兒】dēngpàor〔名〕(隻)電燈泡。也叫燈泡子。

【燈傘】dēngsǎn〔名〕枱燈、落地燈上面傘形的燈罩。注意 吊燈上的燈罩不叫燈傘。

【燈市】dēngshì〔名〕元宵節前後出售花燈的集市或張設花燈的街市：逛～｜今年的～比往年熱鬧多了。

【燈飾】dēngshì〔名〕燈具的裝飾藝術或具有裝飾、美化作用的燈具：隨着裝修熱的興起，～市場越來越火爆｜鬧市區的～爭奇鬥艷。

【燈塔】dēngtǎ〔名〕❶(座)設置在海上航線附近的島嶼或港口岸上的強光源高塔，夜間指引船隻航行：導航～。❷比喻指引前進方向的事物：精神～｜大改革家的理想，是指引人們前進的～。

【燈台】dēngtái〔名〕油燈的底座，像個高高的台子，故稱。

【燈頭】dēngtóu〔名〕❶煤油燈上裝燈芯、安燈罩的部分。❷連接電線供安裝燈泡用的裝置：卡口～｜螺絲口～。❸指電燈盞數：房間裏大小～有五六個。

【燈箱】dēngxiāng〔名〕用半透明材料製成的、裏

面裝有電燈的箱式標牌或廣告設備：～廣告。

【燈芯】dēngxīn〔名〕油燈上用來點燃的燈草、紗、綫、繩等。也作燈心。

【燈芯草】dēngxīncǎo〔名〕多年生草本植物，莖細長、直立，葉子狹長。莖瓤可做油燈的燈芯，也可入藥，有清熱利尿作用。也作燈心草。

【燈芯絨】dēngxīnróng〔名〕一種棉織品，在織物表面上有像燈芯的絨條，故稱。也作燈心絨，也叫條絨。

【燈語】dēngyǔ〔名〕一種燈光通信方式，即用燈光一明一暗的變換或間歇的長短表示不同的信號：山上有人打～，好像和山下甚麼人聯繫。

【燈盞】dēngzhǎn〔名〕油燈的總稱；也泛指燈：長街上點亮萬千～，璀璨奪目。

【燈罩】dēngzhào（～兒）〔名〕裝在燈上用以集中燈光或防風的用具，如電燈上的燈傘，煤油燈上的玻璃罩兒。也叫燈罩子。

簦 dēng 古代有柄的竹笠。

蹬 dēng ❶〔動〕（北方官話）拋棄；決裂：他們倆好了一陣，現如今男的把女的～了。❷同"登"㊀。
另見 dèng（272頁）。

鐙（鐙） dēng〈書〉同"燈"。指油燈。
另見 dèng（272頁）。

děng ㄉㄥˇ

等 děng ㊀❶〔名〕等級：甲～｜上～。❷〔量〕用於等級：三～功｜次～品｜一共有五～。❸〔量〕種；類：有這～事？｜何～人。❹同"戥"。❺ 等同；相：相～｜大小不～｜有法不依，與無法～。❻（Děng）〔名〕姓。
㊁〔動〕❶ 等候；等待：他在這兒～人｜我們到路口兒～車｜他一分～得不耐煩了。❷ 等到：～他到了一塊兒走｜～吃過飯再去玩兒｜～冷靜下來，才好繼續談。
㊂〔助〕結構助詞。❶〈書〉用在人稱代詞或指人的名詞後面，表示複數：我～｜公～遇雨，皆已失期。❷ 表示列舉未盡：北京大學、清華大學～高等學校。❸ 用於列舉後煞尾（後面多有中心語）：這學期我們學了語文、數學、歷史、地理、生物～五門課程。**注意**"等"可以重疊成"等等"，如"大學生運動會的比賽項目包括田徑、體操、游泳、球類等等"。這種情況，有下列幾點要注意：a）"等等"一般不用於專有名詞的後面，如不說"魯迅、郭沫若等等"。這是因為這樣用含有不尊重的意味。b）"等等"後面一般不再有其他詞語。c）"等等"還可以重複，如"這家商店經營的商品有電視機、電冰箱、錄像機、洗衣機等等，等等"。

語彙 不等　超等　初等　次等　對等　高等　均等　平等　上等　特等　同等　下等　相等　中等　坐等　三六九等

【等差】děngchā〔名〕〈書〉等級次序：自卿大夫以至於庶人百姓，各有～。

【等次】děngcì〔名〕等級高低：獲獎～｜按商品質量的～論價。

【等待】děngdài〔動〕盼望所期待的人、事物或情況出現：～遠方來的朋友｜～回音｜不能～大自然的恩賜｜機遇就在眼前，還～甚麼？

【等到】děngdào〔連〕用於另一動詞或主謂詞組前，表示主要動作發生的某種條件或機會：～買齊了再寄給你｜～媽媽休假，我們全家一起去公園玩兒。

【等第】děngdì〔名〕〈書〉人的名次或等級：以功績定～。

【等額】děng'é〔形〕屬性詞。跟某數比較相等的：～選舉｜～配備。

【等額選舉】děng'é xuǎnjǔ 候選人名額與應選人名額相等的一種選舉辦法（區別於"差額選舉"）。

【等而下之】děng'érxiàzhī〔成〕由這一等次逐級往下。指比某一等次更差：這幾種蘑菇的質量不一樣，口蘑為上品，香菇次之，雞頭蘑、松蘑～，好的尚且如此，～的就可想而知了。

【等份】děngfèn〔名〕若干大小數量相等的份兒：把一塊大蛋糕切成八～｜一筐蘋果分成了三～。

【等號】děnghào〔名〕❶ 表示相等關係的符號，用"="表示。❷ 相等的關係：這兩篇文章的水平可以畫～。

【等候】děnghòu〔動〕等待：～客人｜～命令｜一有結果馬上電話通知，你不必坐在這兒～了。

【等級】děngjí〔名〕按照一定標準所確定的差別等次：～森嚴｜～制度｜同一種商品還分好幾個｜棉花按～作價收購。

【等價】děngjià〔動〕價值相等：～商品｜～交換｜這筆買賣不～，只好認了。

【等價物】děngjiàwù〔名〕在交換中用來體現其他商品價值的商品。貨幣是體現各種商品價值的一般等價物。

【等量齊觀】děngliàng-qíguān〔成〕對於有差別的事物同等看待：這是兩個不同性質的問題，豈能～｜過失傷害和有意傷害不可～。

【等米下鍋】děngmǐ-xiàguō〔成〕❶ 比喻境況窘迫：煤運不來，發電廠用完存煤只好～。❷ 比喻消極被動地等待援助：工廠應該積極想辦法解決原料問題，不能～。

【等身】děngshēn〔動〕跟人的身體高度相等：～蠟像｜著作～（形容著作很多）。

【等式】děngshì〔名〕（個）表示兩個數或兩個代數式相等的算式，用等號連接，如 5+3=4+4,

x=2y。

【等同】děngtóng〔動〕相等；同等看待：不能把兩件性質不同的事～起來｜領導幹部不能把對自己的要求～於一般人。

【等外】děngwài〔名〕產品不能列入等級標準之內的質量情況：～貨｜～品｜這批產品只能列在～。

【等位青年】děngwèi qīngnián〔名〕港澳地區用詞。指年齡在15歲至19歲之間，不肯上學也沒有工作的青少年，他們找工作困難，不易融入主流社會：政府高度重視～問題，採取多種措施幫助這些人就業。

【等閒】děngxián〈書〉❶〔形〕尋常；平常：～之輩｜千錘萬鑿出深山，烈火焚燒若～。❷〔副〕隨便；輕易：～識得東風面，萬紫千紅總是春。❸〔副〕無端；平白地：長恨人心不如水，～平地起風波。

【等因奉此】děngyīn-fèngcǐ〔成〕舊時公文中的套語。結束所引上級來文用"等因"，引起下文用"奉此"。後常用"等因奉此"比喻例行公事、文牘主義。

【等於】děngyú〔動〕❶一數量跟另一數量相等：二加二～四｜一公里～二華里｜今年縣裏棉花收購量～去年的兩倍。❷幾乎一樣；兩者沒甚麼區別：抓而不緊，～不抓｜學了就忘，～白學。

【等子】děngzi 同"戥子"。

戥 děng〔動〕用戥子稱東西：～一～這些藏紅花的分量｜放在戥子上一～，才知道這小玩意兒很重。也作等。

【戥子】děngzi〔名〕一種小型的秤，多用來測定金銀、珠寶、藥品等的重量，單位小到分或厘，最大到兩。也作等子。

dèng ㄉㄥˋ

凳〈櫈〉dèng〔名〕凳子：板～｜長～方兒｜高～兒｜矮～兒。

語彙 板凳 春凳 老虎凳 坐冷板凳

【凳子】dèngzi〔名〕(條)有腿沒有靠背的坐具。

嶝 dèng〈書〉登山的小路。

澄 dèng〔動〕❶使液體裏的雜質沉澱：用明礬把水～清｜把缸裏的水～一～再飲用。❷將容器裏液體中的固體物擋住，把液體倒出來：～出一碗湯。

另見 chéng(171頁)。

【澄清】dèng // qīng〔動〕使液體中的雜質沉澱；使混濁液體純淨：放幾片淨水劑把混濁的水～一下｜從河溝裏打來的水澄得清澄不清？

另見 chéngqīng(171頁)。

【澄沙】dèngshā〔名〕過濾後較細膩的豆沙：～餡兒月餅。

鄧(邓)Dèng〔名〕姓。

隥 Dèng〔名〕姓。

磴 dèng ❶〈書〉石頭台階。❷〔量〕用於台階或樓梯：這台階有一百多～。

瞪 dèng〔動〕❶睜大眼睛注視，表示不滿或驚愕：目～口呆｜我不同意，她～了我一眼。❷使勁睜大眼睛：～着眼睛使勁看，也看不見天上那顆星。

【瞪眼】dèng // yǎn〔動〕❶睜着眼睛；眼看着：乾(gān)～｜他～看甚麼呢？❷表示對人耍態度、發脾氣：他動不動就愛～｜他又瞪了我一眼，是不是因為我說錯了甚麼話？

蹬 dèng 見"蹭蹬"(136頁)。

另見 dēng(271頁)。

鐙(镫)dèng〔名〕掛在馬鞍兩旁供腳踏的東西，多為金屬製成：馬～｜扳鞍認～。

另見 dēng(271頁)。

dī ㄉㄧ

氐 dī ❶二十八宿之一，東方蒼龍七宿的第三宿。參見"二十八宿"(347頁)。❷(Dī)中國古代西北部的一個民族，東晉時先後建立過前秦、後涼。

另見 dǐ(276頁)。

低 dī ❶〔形〕離地面近；上下距離小(跟"高"相對)：高～｜～空｜地勢～｜這房子太～。❷〔形〕在一般標準或程度之下的(跟"高"相對)：～聲細語｜眼高手～｜水平偏～。❸〔形〕等級在下的(跟"高"相對)：～年級｜～工資｜最～的價錢。**注意** 形容詞"低"可以重疊，重疊以後還必須加"的"，如可以說"低低的聲音""把聲音壓得低低的"，但是不能說"低低聲音""把聲音壓得低低"。❹〔動〕下垂；下降：把頭～一～｜血壓～下來了。❺(Dī)〔名〕姓。

語彙 貶低 高低 減低 降低 山高水低 眼高手低

【低保】dībǎo〔名〕城市居民最低生活保障制度。是社會保障體系中社會救助制度的組成部分，面向城市貧困人口按時發放救助金，並在某些方面減免費用：～家庭｜～關係到貧困居民的切身利益。

【低層】dīcéng〔名〕❶低的層次：他住～。❷〔形〕屬性詞。(樓房等)層數少的：～樓房。❸〔形〕屬性詞。級別低的：～職員。

【低產】dīchǎn〔形〕屬性詞。產量少的(跟"高產"相對)：～作物｜～田。

【低潮】dīcháo〔名〕❶在潮的一個漲落週期內最低的水位(跟"高潮"相對)：～和高潮的水位相差很大。❷比喻事物發展過程中的低落階段(跟"高潮"相對)：他是在革命處於～時期參加革命的｜這個話劇第二幕是～，第四幕發展到了高潮。

【低沉】dīchén〔形〕❶雲層低，天氣陰暗悶：～的天空雲層很厚。❷(聲音)低而沉重：她眼裏閃着淚花，說話聲音～。❸(情緒)低落消沉：最近他的情緒很～，不知道有甚麼心事。

【低檔】dīdàng〔形〕屬性詞。等級低、質量差、價格便宜的：～貨｜～餐館｜工廠生產～的毛料，銷路很廣｜～工資。注意商品有高檔、中檔和低檔三個等級。"高檔"和"中檔"可以簡縮成"高中檔"，"中檔"和"低檔"可以簡縮成"中低檔"。"高中檔"也可以說成"中高檔"，但是"中低檔"卻不能說成"低中檔"。

【低等】dīděng〔形〕屬性詞。物體組織簡單的；等級低下的：～動物｜～植物｜爵位。

【低等動物】dīděng dòngwù 一般指無脊椎動物，其特點是身體構造簡單、組織及器官分化不顯著(跟"高等動物"相對)。

【低等植物】dīděng zhíwù 指個體發育過程中無胚胎期的植物，包括藻類、菌類和地衣。一般構造簡單，無莖葉分化，生殖器官多為單細胞的結構(跟"高等植物"相對)。

【低調】dīdiào❶〔名〕不高昂的調門兒；比喻緩和的或比較消沉的論調：唱～｜做了一個～的發言。❷〔形〕形容為人、處事不張揚(跟"高調"相對)：處理｜作風～｜他的復出很～。

【低端】dīduān〔形〕屬性詞。同類事物中檔次、等級、價位等較低的：～產品｜～技術。

【低峰】dīfēng〔名〕水電等使用中用量低的時間，比喻事物發展過程中的最低點(區別於"高峰")：午夜以後，是用電的～時間。

【低估】dīgū〔動〕過低地估計；小看：婦女的作用不能～｜不要～了節約的意義。

【低谷】dīgǔ〔名〕❶低窪的谷地。❷比喻事業發展過程、事物運行中低落或停滯的階段：鋼鐵生產走出了～｜對蝦養殖業近年來跌入～。

【低耗】dīhào〔形〕屬性詞。消耗比較少的：水運是一種～的運輸方式｜加工業要向～節能方向努力。

【低回】(低徊)dīhuí〔動〕〈書〉徘徊：在門前～多時，不忍離去。

【低廻】dīhuí〔動〕〈書〉(聲音)廻旋往復：哀樂～，令人動容。

【低級】dījí〔形〕❶屬性詞。初步的；簡單的：～階段｜～水平｜～形式。❷低下庸俗：～趣味｜這玩笑開得太～了。

【低賤】dījiàn〔形〕❶指人的出身、地位、品性等低下：出身～。❷指貨物很不值錢：原先大白菜價錢～，現在漲上來了。

【低空】dīkōng〔名〕接近地面的空中：隱形飛機在～飛行。

【低廉】dīlián〔形〕價格低；價錢便宜(piányi)：新產品以～的價格投放市場｜運費～。

【低劣】dīliè〔形〕質量低；水平差：產品質量～，一律退廠｜嚴防～商品上市｜品質～｜成績～。

【低齡】dīlíng❶〔名〕稱較幼小的人的年齡(跟"高齡"相對)：～早熟是一種不正常的現象｜～犯罪現象值得關注。❷〔形〕屬性詞。在某個年齡層內年齡偏低的(跟"高齡"相對)：～兒童｜～老人。

【低落】dīluò❶〔動〕(價格、水位等)往下降落(跟"高漲"相對)：價格～｜潮水～。❷〔形〕(情緒等)不高；不旺盛(跟"高漲"相對)：士氣～｜情緒～。

【低迷】dīmí〔形〕低落；不景氣：幾年來，該國經濟一直處於～狀態｜市場～。

【低能】dīnéng〔形〕能力低下；無能：想不到他這麼～，好話壞話都聽不出來｜這麼大的工廠，～的人是管不好的。

【低能兒】dīnéng'ér〔名〕智力低下、近於痴呆的兒童；也泛指智能低下的人：特殊教育包括對～的教育｜安樂窩中只能成長～。

【低頻】dīpín❶〔形〕屬性詞。頻率低的：～詞。❷〔名〕指30-300千赫的頻率。

【低熱】dīrè〔名〕指人的體溫在37.5-38℃的狀態：發～｜～不退。也叫低燒。

【低三下四】dīsān-xiàsì〔成〕形容卑躬屈膝的樣子。也形容地位卑賤，低人一等：不要～去求人｜認為做服務工作～是一種偏見。

【低燒】dīshāo〔名〕低熱。

【低聲下氣】dīshēng-xiàqì〔成〕形容說話和態度卑下恭順的樣子：他寧願忍飢受凍，也不肯～求人施捨。

【低首下心】dīshǒu-xiàxīn〔成〕低着頭，小心恭順。形容屈服順從的樣子：他一身正氣，絕不肯為此～！

【低俗】dīsú〔形〕低級庸俗：談吐～｜格調～。

【低碳】dītàn〔形〕屬性詞。二氧化碳等溫室氣體排放量低的：～經濟｜～技術｜～觀念｜～社會｜～生活方式。

【低糖】dītáng〔形〕屬性詞。含糖量低的：～糕點｜～飲料。

【低頭】dī//tóu〔動〕❶垂下頭：門太矮，進出都要～｜她不好意思地低下了頭。❷表示屈服，承認失敗：～認罪｜決不向困難～。

【低窪】dīwā〔形〕地勢比四周低：地勢～｜把村裏那塊～地改成養魚池。

【低微】dīwēi〔形〕❶（聲音）微弱、細小：他在昏迷中發出的聲音十分～。❷少；微薄：收入～｜利潤～。❸（身份、地位）低下、卑微：出身～｜地位～。

【低溫】dīwēn〔名〕較低的溫度：～氣候｜～處理｜在～中存放。

【低下】dīxià〔形〕❶（能力、地位等）在一般標準之下：社會地位～｜農作物產量～｜智力～。❷低俗：格調～｜品質～。

【低效】dīxiào〔形〕效率低下的；效能低的：效益低的：管理～｜關停高耗～企業。

【低壓】dīyā〔名〕❶低氣壓或低氣壓區：高空在一條～槽。❷低的電壓（在 250 伏以下）。❸醫學上指心臟舒張時血液對血管的壓力：～超過 90，就要遵醫囑吃藥了。

【低音】dīyīn〔名〕❶在聲樂作品中，男聲中音域最低的聲部，其標準音域為中央 C 下面第二個 E 至上面的升 F：～提琴｜～大號。❷發音體振動緩慢、頻率低的音：他的～很甜美｜用～吹出悲涼的調子。

【低幼】dīyòu ❶〔形〕屬性詞。低：一般指小學低年級。幼：學齡前幼兒。泛指年齡小的：～兒童系列讀物。❷〔名〕年齡幼小的人：～讀物｜～教育｜潛心～文學。

【低姿態】dīzītài〔名〕謙遜而不張揚的態度：這位大明星在公共場合始終保持～｜生活中他一向～，人緣不錯。

的　dī〔名〕的士，也泛指運營用的車：打～。
另見 de（267 頁）；dí（275 頁）；dì（283 頁）。

【的哥】dīgē〔名〕（名）男性出租汽車司機。

【的姐】dījiě〔名〕（名）女性出租汽車司機。

【的士】dīshì〔名〕（輛）出租小汽車。［英 taxi］

羝　dī〈書〉公羊。

堤〈隄〉dī／tí〔名〕沿着湖、河、江、海用土、石等修築的防水建築物：築～｜大～｜汽車在～上奔馳。

語彙　大堤　路堤　子堤　防波堤

【堤岸】dī'àn〔名〕堤；岸邊的防水建築物：沿～是一條公路。

【堤壩】dībà〔名〕堤和壩的總稱；泛指防水、攔水的建築物：修築～｜加固～｜～又寬又長。

【堤防】dīfáng〔名〕堤：加固～｜小心護衛～。

【堤情】dīqíng〔名〕指堤壩的安全情況：搞好～普測工作。

提　dī　垂手拿着（有提樑或繩套的東西）。用於"提防""提溜"。
另見 tí（1327 頁）。

【提防】dīfang〔動〕小心防備：剛下過兩路滑，～跌倒｜對那個人要～着點兒。注意 這裏的"提"不讀 tí。

【提溜】dīliu〔動〕（北方官話）手提；提起來：手裏～着一個大鳥籠｜這袋米太重，我～不起來｜～着心（不放心）。

嘀　dī 見下。
另見 dí（275 頁）。

【嘀嗒】dīdā 同"滴答"（dīdā）。

【嘀嗒】dīda 同"滴答"（dīda）。

【嘀裏嘟嚕】dīlidūlū〔形〕狀態詞。形容口齒含混不清，說得又快：～的不知道他說些甚麼。也作滴裏嘟嚕。

滴　dī ❶〔動〕液體一點一點地往下掉；使液體一點一點地往下落：房檐～水｜～眼藥水。❷一點一點落下的液體；水點：汗～｜淚～｜雨～。❸〔量〕液體一點稱一滴：幾～眼淚｜兩～藥水。

語彙　點滴　涓滴　嬌滴滴

【滴答】dīdā〔擬聲〕形容鐘錶擺動或水滴落下的聲音：牆上的掛鐘發出～～的響聲｜雨～～地下個不停。也作嘀嗒。

【滴答】dīda〔動〕成滴地落下：自來水龍頭沒有關緊，～着水。也作嘀嗒。

【滴灌】dīguàn〔動〕通過管道裝置，使水滴到植物根部和土壤中。用這種方法灌溉，可以節水、省肥、增產。

【滴劑】dījì〔名〕按滴數服用或用滴的方式外用的液體藥劑：小兒清熱～。

【滴裏嘟嚕】dīlidūlū ❶〔形〕狀態詞。形容攜帶、懸掛的大大小小的一串東西凌亂且累贅：腰帶上掛着一串鑰匙，～的。❷同"嘀裏嘟嚕"。

【滴瀝】dīlì〔擬聲〕形容水下滴的聲音：雨～～下了一夜。

【滴溜兒】dīliūr〔形〕狀態詞。❶形容十分圓：睜着一對～圓的大眼睛。❷形容很迅速地旋轉或流動：忙得～轉（形容很忙）｜眼珠～轉｜兩人跳着快步舞，～～直打轉。

【滴漏】dīlòu ❶〔名〕漏壺。❷〔動〕液體一滴一滴地從阻塞不嚴的孔眼中漏出：防止水龍頭～。

【滴水不漏】dīshuǐ-bùlòu〔成〕比喻說話、做事非常嚴密：他在法庭上的辯護，～｜作案人以為他的安排～，但還是露出了破綻。

【滴水成冰】dīshuǐ-chéngbīng〔成〕水滴下來就結成了冰。形容天氣十分寒冷：如今已是～的數九寒天，工地上人們還幹得熱火朝天呢！

【滴水穿石】dīshuǐ-chuānshí〔成〕比喻堅持努力，點滴去做，再堅固的障礙也可穿越：～，功到自然成｜他學習基礎差，但還是以～的精神，學完了大學高深的數學課程。

樀　dī 見下。

【摘摘】dīdī〔擬聲〕〈書〉形容叩門聲。

碑（碲） dī ❶ 見於人名；金日（mì）~（漢朝人）。❷（Dī）〔名〕姓。

鞮 dī ❶ 古代用皮製的鞋。❷（Dī）〔名〕姓。

鏑（镝） dī〔名〕一種金屬元素，符號 Dy，原子序數 66。屬稀土元素。用於核工業和激光材料等。
另見 dí（276 頁）。

dí ㄉㄧˊ

狄 Dí ❶ 中國古代稱北方的民族：北~。❷〔名〕姓。

的 dí〈書〉❶ 正確：~證｜確係~論。❷ 確實；實在：~有此事｜~是如此。
另見 de（267 頁）；dī（274 頁）；dì（283 頁）。

【的當】dídàng〔形〕〈書〉恰當；妥帖；處置~｜遣詞造句十分~。

【的確】díquè〔副〕完全確實；實在：他~表現不錯｜這幅畫~是好｜~，這意見很中肯。**注意**"的確"可重疊為"的的確確"，表示十分肯定的加強語氣，有非常確實或實實在在的意思，如"我的的確確買了票""這封信的確確是剛收到的"。

【的確良】díquèliáng〔名〕滌綸紡織物，有純紡的、混紡的，與棉混紡的叫棉的確良，與毛混紡的叫毛的確良。的確良衣物耐磨、易洗、易乾、不走樣。[英 dacron]

迪 dí ❶〈書〉開導；引導：啟~後人。❷（Dí）〔名〕姓。

語彙 啟迪 訓迪 蹦迪

【迪斯科】dísīkē〔名〕一種舞蹈，起源於黑人舞蹈，節奏快而強烈，20 世紀 70 年代後流行於各國。舞姿以胯部扭動為主，即興性強，不一定有舞伴。也指這種舞蹈的音樂：酒吧中的~表演很精彩｜公園晨練中也能聽到~舞曲。[英 disco]

> **迪斯科的不同說法**
> 在華語區，中國大陸叫迪斯科，台灣地區叫狄斯可或踢死狗，香港地區叫的士高，新加坡叫迪斯科、的士高或踢死狗。

【迪斯尼樂園】Dísīní Lèyuán 美國電影製片人、著名動畫片導演華特·迪斯尼創建的大型遊樂園，設有規模宏大的自動化娛樂設施和驚險的娛樂項目。第一個遊樂園 1955 年建於美國洛杉磯。[英 Disney]

【迪廳】dítīng〔名〕迪斯科舞廳：每個週末他們都去~跳舞。

荻 dí〔名〕❶ 多年生草本植物。稈直立，葉細長，形狀像蘆葦，生長在水邊。莖可以編席箔：蘆~｜楓葉~花。❷（Dí）姓。

笛 dí❶〔名〕橫吹管樂器，多為竹笛，也有鐵笛、銅笛、玉笛、蘆笛等，有一吹孔，一膜孔（蒙竹膜或蘆膜），六個指孔。常用的有梆笛、曲笛兩種。梆笛用於梆子戲伴奏，曲笛用於昆曲和京劇伴奏。也叫橫笛、笛子。❷ 響聲尖銳的發音器：汽~｜警~。**注意**"鳴笛誌哀"裏的"笛"指汽笛，"鳴笛捕人"裏的"笛"指警笛，都不是指樂器。

語彙 長笛 短笛 橫笛 警笛 汽笛

【笛子】dízi〔名〕（支）"笛"①。

髢 dí（舊讀 dì）〈書〉假髮。

嘀 dí 見下。
另見 dī（274 頁）。

【嘀咕】dígu〔動〕〈口〉❶ 小聲說話；私下裏說話：坐在後面的別~啦，注意聽講｜他自言自語地在那兒~甚麼？❷ 猜疑；躊躇：我心裏直~，剛才的不點名批評究竟是說誰呢？｜別在那裏犯~了，快拿主意吧！

滌（涤） dí❶洗：洗~｜蕩~｜~除舊習。❷（Dí）〔名〕姓。

【滌蕩】dídàng〔動〕洗滌；清除（舊思潮、陋習等）：~舊社會遺留下來的污泥濁水｜~講排場、講人情的壞風氣。

【滌卡】díkǎ〔名〕用滌綸纖維和棉紗混紡後織成的咔嘰布，紗綫密度大，布面有明顯的斜紋：~上衣。

【滌綸】dílún〔名〕一種合成纖維，保形性好，易洗易乾，用來織成織物或製成絕緣材料、繩索等。[英 terylene]

【滌棉】dímián〔名〕滌棉布，是滌綸與棉的混紡布料的統稱。

【滌罪所】dízuìsuǒ〔名〕煉獄。

頔（頔） dí〈書〉美好。

嫡 dí❶ 宗法制度下指家庭的正支（跟"庶"相對）：~子｜~出。❷ 指正妻所生之子：殺~立庶。❸ 血統最近的；親的：~親。❹ 指一個系統傳下來的正支：~派｜~系｜~傳。

【嫡出】díchū〔動〕正妻所生（區別於"庶出"）。

【嫡傳】díchuán❶〔形〕屬性詞。嫡派所傳的（含正統的意思）：~弟子｜~門生。❷〔動〕嫡派相傳：他這身絕技確係名家~。

【嫡派】dípài〔名〕❶ 指技術、武藝等得到傳授人親自傳授的一派：他的武藝得自~真傳。❷嫡系。

【嫡親】díqīn〔形〕屬性詞。血統關係最接近的：~弟兄｜~叔伯。

【嫡庶】díshù〔名〕❶指嫡子與庶子。❷指正妻與妾。

【嫡系】díxì〔名〕❶宗法制度下家族相傳的正支：～後裔｜～子弟。❷一脈相傳的派系：～部隊｜依靠～，排除異己。

【嫡子】dízǐ〔名〕❶舊時指正妻所生的兒子（區別於"庶子"）。❷特指嫡長子。

翟 dí ❶古代指長尾的野雞。❷古代樂舞時所執的野雞毛：右手秉～。❸(Dí)〔名〕姓。
另見 Zhái (1707 頁)。

敵（敵）dí ❶互相敵對的：～人｜～意。❷敵人：分清～我｜有我無～｜不要到處樹～。❸對抗；抵擋：寡不～眾｜萬夫莫～。❹不相上下；相等：勢均力～。

語彙　仇敵　公敵　勁敵　匹敵　輕敵　情敵　守敵　死敵　天敵　通敵　投敵　無敵　政敵　腹背受敵　勢均力敵　所向無敵

【敵敵畏】dídíwèi〔名〕一種有機磷殺蟲劑。無色油狀液體，揮發性較強，主要用於防治棉花、蔬菜和果樹上的蚜蟲、紅蜘蛛及蚊、蠅等害蟲。對人、畜的毒性較大。[英 DDVP，是 dimethyl-dichloro-vinyl-phosphate 的縮寫]

【敵對】díduì〔動〕仇視而相對抗；對立互不相容：～情緒｜～行為｜雙方互相～。

【敵後】díhòu〔名〕打仗時敵人的後方：深入～開展鬥爭｜開闢～根據地。

【敵愾同仇】díkài-tóngchóu〔成〕同仇敵愾。

【敵寇】díkòu〔名〕武裝入侵的敵人：殲滅～｜～敢來侵犯，叫他有來無回。

【敵樓】dílóu〔名〕(座)舊時城牆上瞭望和抵禦敵人的城樓。

【敵情】díqíng〔名〕敵方的情況，特指敵方針對我方採取行動的部署情況：了解～｜偵察～｜～嚴重，要格外警惕。

【敵人】dírén〔名〕武裝攻擊我方的軍事勢力或集團；敵對者：打退～進攻｜在村子外面發現了幾個～｜今天的朋友，但願不要成為明天的～。

【敵視】díshì〔動〕仇視；以敵對的態度看待：他們之間互相～｜對意見不同的朋友不應當採取～的態度。

【敵手】díshǒu〔名〕❶能力或力量相當的對手：今天下棋遇見了～｜我不是他的～。❷敵人的手裏，指敵方：落入～。

【敵探】dítàn〔名〕敵方派遣來我方刺探機密情報的間諜。

【敵特】dítè〔名〕敵方派遣來的特務。

【敵頑】díwán〔名〕頑固的敵人：勇鬥～。

【敵偽】díwěi〔名〕指中國抗日戰爭時期日本侵略者、漢奸及其政權：～時期｜～政權。

【敵意】díyì〔名〕敵對的心；仇恨的心：不抱～｜

懷有～｜消除～。

【敵佔區】dízhànqū〔名〕一時被敵人佔領的我方地區。

髢 dí 見下。

【髢髻】díjì〔名〕〈書〉假髮盤成的髻。

蹄 dí〈書〉獸蹄。
另見 zhí (1752 頁)。

鏑（鏑）dí〈書〉箭頭：以青銅為～｜塗毒藥於～鋒，中(zhòng)人即死。
另見 dī (275 頁)。

覿（覿）dí〈書〉相見：三歲不～。

糴（糴）dí ❶〔動〕買進糧食（跟"糶"相對）：～米｜～一口袋糧食回來。❷(Dí)〔名〕姓。

dǐ ㄉㄧˇ

氐 dǐ〈書〉根本；基礎：民為國之～。
另見 dī (272 頁)。

坁 dǐ ❶山坡。多用於地名：寶～(在天津)。❷(Dǐ)〔名〕姓。
另見 chí (175 頁)。

抵〈㊂牴㊂觝〉dǐ ㊀❶〔動〕頂；支撐：你～住門別讓他進來｜兩手～着兩腮。❷抵抗：～敵｜～制。❸〔動〕抵償：殺人～命｜把珠寶～給他。❹〔動〕抵消：收支兩～。❺〔動〕相當；代替：老將出馬，一個～倆｜家書～萬金。❻〔動〕抵押：暫以房屋做～。㊁〔動〕〈書〉到達：平安～家｜人民代表陸續～京。㊂用角頂：～觸｜～牾。

語彙　大抵　飛抵　進抵　兩抵

【抵補】dǐbǔ〔動〕補足缺少的部分：～損失｜不足部分用福利費～。

【抵償】dǐcháng〔動〕用同等價值的東西做賠償或補償：用實物～債務｜給當地人民造成的損失難以～。

【抵觸】dǐchù〔動〕衝突；對立：這項措施與法律相～｜設法消除雙方的～情緒。

【抵達】dǐdá〔動〕到達：～目的地｜因故不能按時～。

【抵擋】dǐdǎng〔動〕使停止，不能越過；阻止：即使大水襲來，新修的堤壩也完全可以～｜這股潮流誰也～不住。

【抵換】dǐhuàn〔動〕以另一物頂替原物：他把花瓶打碎了，想拿個花盆～，那可不行｜用手機～了一台舊相機，還值。

【抵抗】dǐkàng〔動〕❶抵禦抗拒暴力侵犯：～侵略者｜奮起～暴徒的攻擊。❷(生物體)抗拒

D

病菌等的侵害：～微生物的侵蝕｜增強～疾病的能力。

【抵扣】dǐkòu〔動〕從某人所得收入中扣下相當的數額以抵消其所欠、應交款項：所借款項在年終分紅中～。

【抵賴】dǐlài〔動〕對所犯過失或罪行狡辯否認：贓物俱在，休想～｜眼看～不過去才被迫認罪。

【抵免】dǐmiǎn〔動〕指外貿企業向國家納稅時對將在國外已繳納的所得稅部分扣除。

【抵命】dǐ//mìng〔動〕償命：殺人要～｜你拿甚麼去抵人家一條命！

【抵死】dǐsǐ〔副〕直到死；無論如何：～不從｜～也不認賬。

【抵牾】dǐwǔ〔動〕〈書〉矛盾；衝突：前後文相～，立論未穩。

【抵消】dǐxiāo〔動〕相對立的事物因作用相反而相消除：收支數目相等，兩相～｜功過互相～了｜這兩種藥的作用相反，你一次都吃了下去，藥力哪兒能不～呢！

【抵押】dǐyā〔動〕為獲得借款，債務人向債權人簽下交付某種財產的協議，作為清償債務的保證：我把房產～給這家公司，借來了一筆款。

【抵押品】dǐyāpǐn〔名〕(件)債務人交給債權人做抵押用的物品。

【抵禦】dǐyù〔動〕抵擋；抵抗：防護林能～風沙｜全國一致～外來侵略。

辨析 抵禦、抵擋 在用於人的行為時，"抵禦"比較主動，是有計劃地、投入相當強大的人力物力進行防禦；"抵擋"則是較被動的行動，往往是事到臨頭而採取的應付措施。運用的對象也有些不同，如"在球網上抵擋對方的扣球""抵擋兇猛的洪水"，其中的"抵擋"不能換成"抵禦"。

【抵債】dǐ//zhài〔動〕抵賬；抵償債務：收回的欠款剛好～｜打一年工的錢都抵不了債。

【抵賬】dǐ//zhàng〔動〕以財物或勞力來還賬：他用一頭大肥豬～了｜女兒當保姆來抵父親欠人家的賬。

【抵制】dǐzhì〔動〕抗拒阻止，使外力不能侵入或發生作用：～各種腐朽思想的侵蝕｜公司的錯誤決定受到職員～。

【抵罪】dǐzuì〔動〕按所犯罪行接受應得的懲罰。

邸 dǐ ❶ 古時王侯或入京朝見皇帝的官員的住所：迎王侯於～。❷ 高級官員辦公或居住的處所：宦～｜官～｜府～。❸ 旅館：客～。❹(Dǐ)〔名〕姓。

語彙 府邸 官邸 私邸

【邸舍】dǐshè〔名〕〈書〉❶王公貴族的住宅：王公妃主，～相望。❷旅館：行路邸～。

【邸宅】dǐzhái〔名〕府第。

底 dǐ ㊀❶(～兒)〔名〕物體的最下部分：井～｜壺～｜挖到～了。❷一年、一個月、一旬的末尾：年～｜月～｜旬～。❸(～兒)〔名〕"底子"④：發出的信都要留一個～兒。❹(～兒)〔名〕事情的根源或內情：泄～｜刨根問～兒。❺(～兒)〔名〕花紋圖案的襯托面：黑～白花。❻(～兒)〔名〕"底子"⑤：貨～。❼(Dǐ)〔名〕姓。

㊁〔代〕〈書〉疑問代詞。❶何：～事(何事)未能平？｜～處(何處)雙飛燕。❷甚麼：做～(做甚麼)？

㊂〔代〕〈書〉指示代詞。❶這；此：～是藏春處(這是藏春處)。❷如此；這樣：最愛河堤能～巧。

另見 de(268 頁)。

語彙 班底 徹底 到底 封底 根底 功底 家底 交底 老底 謎底 摸底 年底 臥底 月底 歸根結底 尋根究底 伊於胡底

【底版】dǐbǎn〔名〕❶拍照時用來映入影像的玻璃硬片或塑料膠片，影像的明暗和實物相反。用它來印製和放大相片。❷未拍攝過的玻璃硬片或塑料膠片。以上也叫底片。

【底本】dǐběn〔名〕❶留作底子或作為依據的稿本。❷抄本或刊印本所依據的本子。❸校勘時作為主要依據的本子。❹做生意的本錢：儘快處理這批滯銷貨，保住～。

【底層】dǐcéng〔名〕❶建築最底下的一層。泛指事物最下面的部分：臨街樓房的～大多是商店｜這種魚生活在海的～。❷社會最低的階層：小說描寫的是～社會人物的生活｜他在～生活多年。

【底肥】dǐféi〔名〕基肥：施足～｜～不夠。

【底稿】dǐgǎo(～兒)〔名〕抄錄或排印後保存起來備查的原稿。

【底價】dǐjià〔名〕拍賣或招標前預先定下的能成交的最低價錢：這件古董～5000元，成交價10000元。

【底裏】dǐlǐ〔名〕〈書〉❶裏面；裏頭：千山～著樓台｜水風～更荷香。❷底細。

【底牌】dǐpái〔名〕❶撲克牌遊戲中留待最後亮出來的牌。❷比喻真正意圖：別繞圈子了，快亮出～吧。❸留着最後動用的力量：必須摸清他們的～才好動手。

【底片】dǐpiàn〔名〕底版。

【底氣】dǐqì〔名〕❶指人內在的活力：這老人～足，活一百歲沒問題。❷指人的呼吸量：他～不足，走幾步就要停下來休息。❸泛指信心、幹勁：動員大會開過後，工人的～一下更足了。

【底情】dǐqíng〔名〕內情；實情：不知～。

【底色】dǐsè〔名〕打底的顏色：金黃色的～。

【底墒】dǐshāng〔名〕指播種前土壤裏原已有的水

分：蓄足～｜旱情嚴重，～不足。

【底數】dǐshù〔名〕❶求一個數的若干次方時，這個數就是底數，如求 a^n，a 就是底數。簡稱底。❷事情的本末；事先定的計劃、數字等：這事的～我知道｜把～告訴他。

【底細】dǐxì(-xi)〔名〕原委；內情：摸清～｜大家想知道這件事情的～｜公司的～董事會都清楚。

【底下】dǐxia〔名〕❶方位詞。在某物的下面：屋簷兒～有個燕子窩｜樹～坐着幾個人在乘涼。❷比喻人的某種能力和負責範圍內：筆～功夫不錯（會寫文章）｜手～工作太多。❸屬下；基層：～提的意見，領導要分析分析。❹以後：～的工作就只能交給接班的人來完成了。

【底下人】dǐxiarén〔名〕❶舊時指僕人。❷屬下；手下做事的人：不必你動手，叫～去做就可以了。

【底綫】dǐxiàn ㊀〔名〕❶足球、排球、羽毛球等運動場地兩端的端綫。❷比喻必須堅守的最低標準和限度：協議不能突破我們的～｜摸清對方的～。㊁〔名〕內綫；暗藏在對方內部刺探情報的人員：挖出了對方埋在公司裏的～。

【底薪】dǐxīn〔名〕基本工資：部門經理的～不高。

【底蘊】dǐyùn〔名〕〈書〉❶內情；底細：不了解這次事件的～｜洞見～。❷蘊涵着的才識：老演員～深厚。❸文明的積累：這座城市具有深厚的文化～｜莫高窟的～，有待進一步認識。❹深刻的含義：挖掘生活的～。

【底子】dǐzi〔名〕❶"底" ㊀①：鞋～｜鍋～壞了。❷基礎：這一班學生的～都不錯｜他古漢語～好。❸底細：把～摸清了｜他的～你是知道的。❹底本；底稿：上報材料要留個～｜畫畫兒要先打個～。❺最後的剩餘物：糧食～｜把倉庫的～清理一下。❻"底" ㊀⑤：我喜歡這件淡～帶小紅花的短裙。

【底座】dǐzuò(~兒)〔名〕在器物或物體下面起固定作用的座子：枱燈的～｜銅像～是花崗岩的。

芪 dǐ〔名〕有機化合物，化學式 $C_{14}H_{12}$。無色晶體，它的衍生物是染料和熒光增白劑的中間體。

柢 dǐ ❶樹根：～固則生長。❷比喻德業的基礎：深根固～。

砥 dǐ（舊又讀 zhǐ）〈書〉❶質地很細的磨刀石，引申指磨：劍待～而後能利。❷磨礪：～德修政。

【砥礪】dǐlì〈書〉❶〔名〕磨刀石。砥是細磨刀石，礪是粗磨刀石。❷〔動〕磨煉：～意志。❸〔動〕勉勵：互相～。

【砥平】dǐpíng〔形〕〈書〉太平；安定：四方～。

【砥柱】Dǐzhù〔名〕指砥柱山，在河南三門峽市北黃河中。

詆（诋）dǐ〈書〉責罵；譭謗：醜～（辱罵）｜～斥（譴責）。

【詆毀】dǐhuǐ〔動〕譭謗；誣衊：亂加～｜～他人，實不足取。

骶 dǐ〔名〕腰部下面、尾骨上面的部分。

【骶骨】dǐgǔ〔名〕腰椎下部五塊椎骨合成的一塊骨，呈倒三角形。上部與第五腰椎體相連，下部與尾骨相連。

dì 勿ì

地 dì ❶〔名〕地球；地殼：天～｜大～｜～震。❷〔名〕（塊，片）土地；田地：荒～｜麥～｜耕～｜種了很多～。❸〔名〕陸地：～勢｜高～｜盆～｜飛機離～一萬米。❹〔名〕地區；地點：本～｜外～｜目的～｜所在～。❺〔名〕建築物內地的表面：水泥～｜紅磚鋪～。❻〔名〕指地方（dìfāng）上：軍～兩用人才。❼〔名〕"地區"③：～委。❽人所處的位置：易～以處｜設身處～。❾境地；地步：留有餘～｜置之死～而後生。❿（~兒）〔名〕〈口〉地方；空間：給我佔個～兒｜屋裏沒～兒，放不下太多的家具。⓫見識；心意：見～｜心～。⓬（~兒）〔名〕底子：白～紅字｜綠～兒白花的窗簾。⓭〔名〕指路程，用里數、站數等後：十里～｜三站～。⓮（Dì）〔名〕姓。

另見 de（267 頁）。

語彙 暗地 本地 產地 場地 當地 防地 飛地 耕地 工地 基地 禁地 境地 領地 內地 盆地 聖地 勝地 特地 天地 田地 外地 心地 要地 營地 餘地 園地 戰地 陣地 重地 駐地 策源地 處女地 發祥地 根據地 殖民地 別有天地 不毛之地 出人頭地 翻天覆地 肝腦塗地 設身處地 死心塌地 五體投地 一敗塗地

【地板】dìbǎn〔名〕❶（塊）建築物內部及周圍地上鋪設的一層東西，材料多為木頭、磚石或混凝土：實木～｜水泥～｜大理石～。❷（北方官話）土地；田地。

【地板革】dìbǎngé〔名〕（塊）鋪室內地面用的硬質塑料材料。有多種圖案花紋，堅固耐磨。

【地板磚】dìbǎnzhuān〔名〕（塊）鋪室內地面用的磚狀材料。

【地保】dìbǎo〔名〕清朝到民國初年在地方上替官府辦差的人。1920 年廢除地保，其事務改由鄉公所掌管。

【地堡】dìbǎo〔名〕（座）大部隱蔽於地面下的防禦工事，一般用鋼筋水泥構築，圓頂，開有供射擊用小孔。

【地標】dìbiāo〔名〕一個地區的地面標誌（多指建築物）。

【地表】dìbiǎo〔名〕大地的表面；地殼的最外層：～水｜煤層在～露出。

【地表水】dìbiǎoshuǐ〔名〕存在於地面上的水，包括海水、河水、湖水、冰川等（跟"地下水"相對）。

【地䳍】dìbǔ〔名〕鳥名。羽毛灰白色，背部有黃褐色和黑色斑紋，腹部近白色，不善飛，以穀類、昆蟲為食。也叫大鴇（bǎo）。

【地步】dìbù〔名〕❶ 處境（多指不好的景況）：事情已經鬧到了這種～，哭還有甚麼用？❷ 達到的程度：他愛唱京戲竟到了神魂顛倒的～。❸ 周轉迴旋的餘地：他事先給自己留了～，所以很主動｜不留一點～，難怪一敗不可收拾。

【地層】dìcéng〔名〕地殼發展過程中所形成的一層層岩石的總稱。先沉積的地層在下面，後沉積的地層在上面，正常情況是下面的時代早於上面的：～是研究地殼發展歷史的重要根據。

【地產】dìchǎn〔名〕指擁有所有權的土地和固定在土地上不可分割的固定資產：～糾紛｜～屬於國家。注意 現在常用的詞是"房地產"。

【地磁】dìcí〔名〕地球所具有的磁性，能形成地磁場，保護地球上的人類及其他生物免受宇宙射線的侵害。其強度在不同的地方和時間都有變化：～學｜～記錄儀｜用磁針探測～。

【地大物博】dìdà-wùbó〔成〕地域廣大，物產豐富：～的文明古國。

【地帶】dìdài〔名〕具有某種地貌、特性的一定範圍的地方：草原～｜沙漠～｜危險～。

【地道】dìdào〔名〕(條)在地面上挖成的通道，用於秘密交通或軍事目的：挖～｜～出口｜隱藏在～裏。

【地道】dìdao〔形〕❶ 真正的：～貨｜～藥材。❷ 純正：她的北京話說得真～。❸ 質量實在；夠標準：他幹的活兒很～｜上海輕工產品確實～，名不虛傳。

【地點】dìdiǎn〔名〕事物、既定目標所在的地方：集合～在大門外面｜這所學校在居民小區內，～適中。

【地洞】dìdòng〔名〕在地面以下自然形成或人工挖成的洞。

【地動儀】dìdòngyí〔名〕候風地動儀的簡稱，是世界上最早的地震儀，為中國東漢天文學家張衡創製。

【地段】dìduàn〔名〕地面上的一段空間；一片地方：黃金～｜城市裏每個～都有郵筒｜這個派出所管的～治安良好。

【地方】dìfāng〔名〕❶ 中央下屬的省、市、縣等各級行政區劃的統稱（跟"中央"相對）：～服從中央｜中央和～的領導人都重視經濟工作。❷ 指非軍事的部門、團體等（區別於"軍隊"）：一批軍隊幹部轉業到～工作｜培養軍隊和～的兩用人才。❸ 本地（多用於指方位的名

詞"上"前面）：他對～上的貢獻很大｜～上有代表性的人物都選出來了。

【地方】dìfang〔名〕❶ 某一區域、空間或部位：江南那～美極了｜房間太小，放下一張床就沒有～了｜你甚麼～不舒服？❷ 部分：他的意見有對的～，也有不對的～｜這齣戲精彩的～很多。

【地方病】dìfāngbìng〔名〕某一地區特有的疾病，如血吸蟲病、克山病等。

【地方戲】dìfāngxì〔名〕某一地區特有的戲曲劇種，用當地方言演唱，音樂唱腔具有地方特色，如河北梆子、粵劇、川劇、閩劇、黃梅戲等，跟"京戲"相對而言。注意 京戲當初也是由地方戲發展而來的，但早已突破地方性而成為全國性的戲曲了。所以，京戲不叫地方戲，而叫國劇。

中國主要地方戲曲

滬劇（上海），吉劇（吉林），龍江劇（黑龍江），評劇（遼寧、北京、河北），二人台（內蒙古），陝西腔、郿鄠劇、秦腔、碗碗腔（陝西），隴劇（甘肅），呂劇、柳子戲、五音戲（山東），晉劇（山西），錫劇、淮劇、揚劇、昆劇（江蘇），越劇、紹劇、婺劇（浙江），黃梅戲、廬劇、泗州戲（安徽），贛劇、採茶戲（江西），閩劇、梨園劇、莆仙戲、高甲戲（福建），薌劇、歌仔戲（台灣），河北梆子（河北、天津），豫劇、越調、曲劇（河南），漢劇、楚劇、花鼓戲（湖北），湘劇、花鼓戲（湖南），粵劇、潮劇、瓊劇、漢劇（廣東），桂劇、壯劇、彩調（廣西），川劇（四川），黔劇（貴州），滇劇、花燈（雲南），藏戲（西藏），平弦戲（青海），維吾爾族歌劇（新疆），曲劇（北京）。

【地方誌】dìfāngzhì〔名〕(本, 部)系統記載一個地方的歷史沿革、地理環境、風俗習慣、文化教育、物產、人物等情況的書籍，如縣誌、府誌等。也叫方誌。

【地縫】dìfèng〔名〕(道)地面上的裂口：羞得她滿面通紅，恨不得有個～鑽進去｜地震過後，那裏出現了幾道～。

【地府】dìfǔ〔名〕民間傳說中設想人死後靈魂所歸的地方；陰間：陰曹～。

【地宮】dìgōng〔名〕(座)❶ 地下宮殿，古代帝王陵墓中安放棺槨和陪葬品的地下部分，如北京的定陵。❷ 佛寺中保藏舍利、器物等的地下建築物。

【地溝油】dìgōuyóu〔名〕用泔水或下水道裏的浮油為原料，經簡單加工提煉而成的油，若食用會對人體造成傷害，俗稱地溝油。也泛指來源不明、質量低劣的食用油。

【地滾球】dìgǔnqiú〔名〕保齡球。

【地基】dìjī〔名〕建築物下麪夯實的土層或岩層，為承受建築物的基礎：打好～｜～不牢，樓房塌了。俗稱地腳。

【地積】dìjī〔名〕土地面積。過去通常用頃、畝、分等單位來計算，現在用平方米來計算。

【地極】dìjí〔名〕地球的南北兩極，是地球自轉軸與地球表面相交的兩點。

【地價】dìjià〔名〕❶ 土地的價格。❷ 非常低的價格（跟"天價"相對）：標着天價，賣着～。

【地角】dìjiǎo〔名〕❶ 大地的盡頭，指極其偏遠的地方：天涯～有窮時，只有相思無盡處。❷ 岬角；伸入海中的尖形陸地：～上建有燈塔。

【地窖】dìjiào〔名〕天然或人工挖成用以保藏物品的地洞或地下空間。

【地界】dìjiè〔名〕❶ 田地之間的界綫。❷ 行政管理區域的界綫或範圍：該縣～一直到河邊｜沿兩縣～有一條公路。

【地庫】dìkù〔名〕地下室，一般用作倉庫，故得名，俗稱地牢：這棟大廈沒有～。

【地礦】dìkuàng〔名〕地質礦產：～部門。

【地牢】dìláo〔名〕（座，間）❶ 在地面下構築的監獄。❷ 港澳地區用詞。地下室：這間酒店有兩層～。❸ 港澳地區用詞。地窖：他的別墅有～，存放紅酒。

【地老虎】dìlǎohǔ〔名〕（隻）昆蟲，是一種夜蛾的幼蟲，生活在泥土中，形狀像蠶，灰褐色，吃作物的根和幼苗。也叫地蠶、切根蟲。

【地老天荒】dìlǎo-tiānhuāng〔成〕老、荒：這裏指時間變化的最後階段。形容時代久遠或經歷的時間極久：～，海枯石爛，永不變心（形容對愛情的忠貞）。也説天荒地老。

【地雷】dìléi〔名〕（顆）一種爆炸性武器，由雷殼、炸藥和引信組成，種類很多。多埋入地下，視情況設置壓發、絆發、震發等各類引爆裝置。

【地理】dìlǐ〔名〕❶ 地球上的山川、氣候、資源等自然環境要素及居民、生產、交通等社會經濟要素的總的情況：～條件｜～環境｜～位置｜調查～民情。❷ 地理學：自然～｜人文～。

【地利】dìlì〔名〕❶ 地理形勢上的便利：天時～人和｜利用居高臨下的～條件守住了陣地。❷ 有利於種植作物的土地條件：充分發揮～作用，因地制宜種植作物。

【地利人和】dìlì-rénhé〔成〕《孟子·公孫丑下》："天時不如地利，地利不如人和。"意思是在戰爭能獲勝的各種因素中，天時（節令和氣候）有利不如地形有利重要，地形有利不如得人心重要。現多用"地利人和"指優越的地理條件和良好的群眾關係：新的發展規劃充分利用了～的優勢，得到大家的贊同。

【地漏】dìlòu ㊀〔動〕俗稱農曆二月二十五日下雨為地漏，認為是多雨的徵兆。㊁（～兒）〔名〕建築物地面上設置的通向下水道的排水孔。

【地脈】dìmài〔名〕❶ 水流在地上的分佈情況，因其狀如人體上血脈的分佈，故稱：鑿池疏～。❷ 舊指地的脈絡；地勢。❸ 講風水的人所説的地形好壞。

【地貌】dìmào〔名〕地球表面各種形態的總稱。按形態分為山地、丘陵、高原、平原、盆地等。按成因分為構造地貌、氣候地貌、侵蝕地貌、堆積地貌等。地理學上也叫地形。

【地面】dìmiàn〔名〕❶ 地的表面：高出～三米｜～下沉很多。❷ 地板：方磚～｜水磨石～｜大理石～。❸〈口〉地區（多指行政區域）：列車進入東北～。❹〈口〉當地；某地區內：～上人他很熟。❺ 地上（區別於"空中"）：～部隊。

【地面站】dìmiànzhàn〔名〕設置在地面可發射接收信號、進行衛星通信的設備。

【地膜】dìmó〔名〕覆蓋農田進行作物栽培的塑料薄膜。一般為聚氯乙烯薄膜，有保溫、保墒，促使作物生長、成熟等作用：推廣～覆蓋栽培技術。也叫農膜。

【地苤】dìniè〔名〕多年生草本植物，葉子倒卵形，花紫紅色，果實球形。全草入藥。也叫鋪地錦、地石榴。

【地暖】dìnuǎn〔名〕指在室內地面以下鋪設供暖管道，通過輻射的方式向地面以上空間散熱的取暖方式：～供熱｜安裝～設備。

【地盤】dìpán（～兒）〔名〕❶ 佔據、把持的地方；勢力範圍：互相爭奪～｜那幫人搶～兒來了｜他把集體企業作為自己個人的～兒。❷ 港澳地區用詞。建築工地：～上禁用黑工。

【地陪】dìpéi〔名〕指受接待旅行社委派，代表接待社為旅客提供當地旅遊服務的工作人員（區別於"全陪"）。

【地皮】dìpí〔名〕❶（塊，層）指建築用地：想蓋宿舍找不到～｜城區的～太貴。❷（～兒）地的表面：這陣雨連～兒都沒濕｜把～兒上的雜草鋤掉。

【地痞】dìpǐ〔名〕地方上以暴力強制手段欺壓百姓的壞人：流氓～。

【地平綫】dìpíngxiàn〔名〕在空曠地面上向水平方向望去的天地交界綫：太陽升出了～。

【地鋪】dìpù〔名〕鋪在地上的鋪位：打～。

【地契】dìqì〔名〕買賣土地時所訂立的契約：他找到了舊～，才知這片地原是從張家買的。

【地氣】dìqì〔名〕❶ 指地面上的潮氣：～太大，住在那裏非得關節炎不可。❷ 指地表的溫度。也泛指氣溫或氣候：這裏的～很適合棉花生長。

【地殼】dìqiào〔名〕由岩石組成的地球的最外層。大陸地殼平均厚度約 35 千米，海洋地殼平均厚度約 7 千米。**注意** 這裏的"殼"不讀 ké。

【地勤】dìqín〔名〕航空部門指在地面上為飛行服

務的各項工作（區別於"空勤"）：～工作｜～
人員｜幹～很辛苦。

【地球】dìqiú〔名〕人類居住的星球，太陽系八大
行星之一，按距離太陽由近及遠的次序計為第
三顆。公轉一周的時間約 365.25 天，即一年。
自轉一周的時間約 23 小時 56 分，即一晝夜。
周圍有大氣圈包圍，表面是陸地和海洋。有一
顆衞星（月球）。

【地球村】dìqiúcūn〔名〕指地球，現代交通和信息
技術使世界各地之間聯繫日益緊密，距離相對
縮短，相對於廣大的宇宙，人類共同生活的地
球猶如一個村落，故稱：我和你，心連心，同
住～。

【地球日】dìqiúrì〔名〕全球環境保護警示日，由美
國環境保護工作者發起，在 4 月 22 日。

【地球儀】dìqiúyí〔名〕人工製造的地球模型，一
般安在支架上，可轉動，上面按比例繪出海
洋、陸地、河流、山脈、經緯綫等，主要供教
學和軍事用。

【地區】dìqū〔名〕❶ 地理劃分的大區域：太平
洋～｜南美～。❷ 指較大範圍的地方：平
原～｜沿海～｜亞熱帶～。❸ 指中國省、自治
區設立的行政區域，一般包括若干縣、市。舊
稱專區。❹ 指未獲獨立的殖民地、託管地等。
❺ 指一個國家之內的某一地方：台灣～｜參加
會議的有 78 個國家和～的人士。

【地權】dìquán〔名〕土地所有者佔有、使用和處
理土地的權利。在中國，地權屬於國家。

【地熱】dìrè〔名〕地球內部的熱能：開發～｜合理
利用～｜～能源。

【地勢】dìshì〔名〕地球表面高低起伏的形勢：～
險要｜～平坦｜佔據有利～，攻守自如。

【地書】dìshū〔名〕在水泥地面或地磚上寫毛筆字
的書寫方式。地書所用的筆，多用整塊海綿削
尖製成，筆桿很長，寫時蘸水，不用墨，寫後
不久水分蒸發，不留痕跡。也指用這種方式寫
出的毛筆字：～表演｜～愛好者。

【地稅】dìshuì〔名〕❶ 土地稅的舊稱。❷ 地方稅
（區別於"國稅"）：～局｜繳納～。

【地攤】dìtān（～兒）〔名〕鋪設在地上的售貨攤
子：擺個～兒｜這些小玩意兒是在～兒上買的。

【地壇】dìtán〔名〕古時皇帝祭地的壇。今北京市
安定門外有明、清兩朝的地壇，明嘉靖九年
（1530 年）建，清朝重加修整。又叫方澤壇。
現為地壇公園。

【地毯】dìtǎn〔名〕（張、塊）鋪在地面上作裝飾、
保温用的毯子，上面有圖案花紋，多用毛綫、
棉麻和化纖織成。

【地毯式】dìtǎnshì〔形〕屬性詞。全面的，沒有一
點遺漏的：警方對案發現場進行了～搜索｜～
轟炸。

【地鐵】dìtiě〔名〕❶ 地下鐵道：修建～｜環

城～｜好幾路～都直通鬧市區。❷ 指地鐵列
車：乘坐～上下班。

【地頭】dìtóu ㊀〔名〕❶（～兒）田地的邊上：田
邊～兒｜到～歇一會兒再幹。❷（吳語）所在
地；目的地：要差人去問他家裏，又不曉得
他～住處。❸（吳語）當地；本地：他～熟，
聯繫起來方便。㊁〔名〕書頁底端的空白地方
（跟"天頭"相對）：～留得太寬｜～上寫滿了
密密麻麻的批註。

【地頭蛇】dìtóushé〔名〕指當地橫行不法、欺壓百
姓的壞人。

【地圖】dìtú〔名〕（張，幅，本，冊）把地球上各
地區或某一地區的地理情況按比例縮小繪製
成的圖形，用文字、形象符號、色彩等標示
海陸、山川、交通、城市、地區分界等：世
界～｜中國～｜分省～｜軍用～。

【地位】dìwèi〔名〕❶ 地理位置：台灣海峽連接東
海和南海，～很重要。❷ 國家在國際關係中
所處的位置；人或團體在社會關係中所處的位
置：國際～｜社會～｜經濟～｜這個學會在醫
學界～很高｜他備受歧視，絲毫沒有～。

【地峽】dìxiá〔名〕夾在海洋之間並連接兩塊較
大陸地的狹窄陸地：巴拿馬～（連接北美和
南美）。

【地下】dìxià〔名〕❶ 地面之下；地層內部：～管
道｜～宮殿｜～核試驗｜開發～資源。❷ 不公
開的秘密狀態：～工作｜～工廠｜～舞廳｜被
迫轉入～。❸ 港澳地區用詞。樓房的第一層：
很多屋邨的～一層，都開商店。注意 中國內地
樓房的第一層，港澳地區稱為"地下"；內地樓
房的第二層，港澳地區稱為"一層"。由電梯
的分層標誌亦可看出。

【地下】dìxia〔名〕地面上：別把飯撒在～｜～打
掃得挺乾淨。

【地下室】dìxiàshì〔名〕（間）建在地面下的樓層
或房間：公寓的～是車庫｜空襲的時候，可以
到～去躲避。

地下室的不同説法

在華語區，中國大陸、台灣地區和新加坡、馬
來西亞、泰國均叫地下室，港澳地區叫地庫、
土庫或地牢，加拿大也叫地庫或土庫。

【地下水】dìxiàshuǐ〔名〕❶ 從地面滲透而積聚在
地下土壤或岩層空隙中的水。❷ 存在於地面下
的水，包括井水、泉水等（跟"地表水"相對）。

【地下鐵道】dìxià tiědào（條）指主要修建在地下
隧道中的鐵道，有的有一段或數段露出地面。

【地綫】dìxiàn〔名〕（根）電器與大地相接的導
綫。接上地綫，用以防止電器內部絕緣破壞時
電器外殼帶電。也叫零綫。

【地心】dìxīn〔名〕地球內核的中心部分。

【地心引力】dìxīn yǐnlì"重力"①。

【地形】dìxíng〔名〕❶ 軍事上指同作戰相關的地面形勢:利用～做掩護 | 這裏的～對我軍有利。❷ 地理學上指地貌:～複雜 | 先要熟悉～ | ～學。❸ 測繪學上指地表起伏形態和分佈在地面上的固定物體的總稱。

【地衣】dìyī〔名〕低等生物的一類,是藻類與真菌的共生聯合體,種類很多,多生長在地面、樹皮或岩石上。

【地獄】dìyù〔名〕❶ 某些宗教指人死後靈魂受懲罰的場所(跟"天堂"相對):打入十八層～。❷ 比喻黑暗而悲慘的生活環境:集中營裏的日子如同在～。

【地域】dìyù〔名〕❶ 面積廣大的地區:西北～廣袤。❷ 局限的地方(指某地或本鄉本土):～觀念很重。

【地緣】dìyuán〔名〕❶ 由地理位置決定的關係:～優勢 | ～經濟。❷ 跟地方的緣分:她始終不加入外國國籍,究其原因在～。

【地藏】Dìzàng〔名〕佛教大乘菩薩之一,相傳是在釋迦既滅之後、彌勒出生之前現身於道救助眾生的一位菩薩。中國佛教認為他顯靈說法的道場在安徽的九華山。也叫地藏王、地藏菩薩、地藏王菩薩。

【地震】dìzhèn ❶〔名〕地殼的震動。天然地震是由於地球內部發生變化而引起地層斷裂或移動造成的。用人為方法造成的地面顫動稱為人工地震。為確定某一地區的地震強度,主要按地表的變化現象、建築物的破壞程度分為若干等級。國際間比較通用的地震烈度分為 12 度。❷〔動〕發生地震:他們老家又～了,損失不大。

地震烈度標誌

1 人無感覺,儀器有顯示
2 人在完全靜止中才能感覺到
3 有類似馬車馳過的震動
4 有類似載重卡車疾馳而過的震動
5 室內震動較強,個別窗戶玻璃破裂
6 輕家具受震移動,書籍、器具翻倒墜落,牆皮裂開
7 房屋輕度破壞,井中水位變化
8 人難站住,房屋多有破壞,人畜有傷亡
9 行走的人摔倒,大多數房屋倒塌破壞
10 處於不穩狀態的人會摔出,堅固建築亦遭破壞,土地變形,管道破裂
11 地層發生大斷裂,景觀大改變
12 所有建築物嚴重毀壞,地形劇烈變化,動植物遭到毀滅

【地支】dìzhī〔名〕子、丑、寅、卯、辰、巳、午、未、申、酉、戌、亥的總稱,傳統以記日期、年份,後也用作表示次序的符號。跟"天干"合稱干支。也叫十二支。參見"干支"(417頁)。

【地址】dìzhǐ〔名〕❶ 居住和通信的地點:請填上～ | 把回信～和郵政編碼寫清楚 | ～不詳,無法投遞。❷ 計算機存儲器中存儲單元的編號。❸ 計算機指令碼的一部分,用來規定操作數據的所在位置。

【地質】dìzhì〔名〕指地殼的成分和結構:～勘探 | ～調查 | ～構造。

絕對地質年代及特徵

代	紀	生物發展狀況
古生代	寒武紀	紅藻、綠藻等開始繁盛
	奧陶紀	發現可靠的四射珊瑚
	志留紀	原始魚類出現
	泥盆紀	昆蟲和原始兩棲類出現
	石炭紀	爬行類出現
	二疊紀	裸子植物如松柏類開始發展
中生代	三疊紀	爬行類發展,哺乳類出現
	侏羅紀	巨大的爬行類(恐龍)發展,鳥類出現
	白堊紀	被子植物大量出現,真骨魚類興盛,末期恐龍滅絕
新生代	古近紀	被子植物繁盛,哺乳動物迅速發展
	新近紀	植物和動物逐漸接近現代
	第四紀	人類祖先出現

【地質公園】dìzhì gōngyuán 具有地質科學意義、以珍奇秀麗和獨特的地質景觀為主,融合自然景觀與人文景觀的公園。

中國的世界地質公園
世界地質公園由聯合國教科文組織評選公佈。中國的世界地質公園有黃山世界地質公園(安徽)、廬山世界地質公園(江西)、雲台山世界地質公園(河南)、石林世界地質公園(雲南)、丹霞山世界地質公園(廣東)、武陵源世界地質公園(湖南)、五大連池世界地質公園(黑龍江)、嵩山世界地質公園(河南)、雁蕩山世界地質公園(浙江)、泰寧世界地質公園(福建)、克什克騰世界地質公園(內蒙古)、興文世界地質公園(四川)、湖光岩世界地質公園(廣東)、伏牛山世界地質公園(河南)、泰山世界地質公園(山東)、王屋山－黛眉山世界地質公園(河南)、雷瓊世界地質公園(海南)、房山世界地質公園(北京,河北)、鏡泊湖世界地質公園(黑龍江)等。

【地軸】dìzhóu〔名〕地球繞着自轉的一條軸綫。它連接南極和北極，和赤道平面相垂直。

【地主】dìzhǔ〔名〕❶佔有土地，自己不勞動或只有附帶的勞動，靠出租土地或僱工剝削農民為主要生活來源的人：～階級。❷居住所在地的主人：當盡～之誼。

【地磚】dìzhuān〔名〕（塊）專門用來鋪在地面上的磚，多製成方形，表面有色彩和圖案。

【地租】dìzū〔名〕土地所有者通過出租土地而獲得的收入：～剝削｜實物～。

圽　dì 見下。

【圽瓅】dìlì〔形〕〈書〉形容珠光閃耀。

杕　dì〈書〉樹木孤零獨立。
另見 duò（336頁）。

弟　dì〔名〕❶弟弟：三～｜小～。❷親戚中同輩而年齡比自己小的男子：堂～｜表～｜內～。❸〈謙〉同輩朋友間自稱（多用於書信）：～不勝感激｜愚～拜啟。❹老師稱自己的學生（徒弟）為弟（用於書面語）。❺(Dì)〔名〕姓。

語彙　內弟　仁弟　如弟　師弟　徒弟　小弟　兄弟　子弟　把兄弟　稱弟道弟　難兄難弟

【弟弟】dìdi〔名〕❶同父母或同父異母、同母異父而年齡比自己小的男子：我的～是攻讀哲學的研究生。❷同族同輩而年齡比自己小的男子：叔伯～。❸朋友中年齡小的男子：你們把我當大哥，那你們都是我的～。

【弟妹】dìmèi〔名〕❶弟弟和妹妹：他家～年齡還小。❷弟弟的妻子。也叫弟婦、弟媳、弟媳婦。

【弟媳】dìxí〔名〕"弟妹"②。

【弟兄】dìxiong〔名〕❶弟弟和哥哥：他有一個姐姐，沒有～（不包括本人）｜他們是親～（包括本人）。❷舊時軍隊中對士兵的稱呼（有親昵意）：～們，一定要打贏這一仗！❸比喻親如弟兄的人：支援農民～。

【弟子】dìzǐ〔名〕學生；門徒：這兩個青年畫家是老畫家的～。

的　dì ❶箭靶的中心：有～放矢｜眾矢之～。❷(Dì)〔名〕姓。
　　另見 de（267頁）；dī（274頁）；dí（275頁）。

語彙　標的　端的　目的　中的　一語破的　眾矢之的

佅　dì 見於人名。

帝　dì ❶宗教或神話中稱最高的天神、宇宙萬物的主宰者：上～｜玉皇大～。❷君主；皇帝：三皇五～｜稱王稱～。❸指帝國主義：反～反封建。❹(Dì)〔名〕姓。

語彙　皇帝　上帝　兒皇帝　土皇帝

【帝國】dìguó〔名〕❶通常指版圖很大或有殖民地的君主制國家和君主立憲制國家：羅馬～｜大清～｜大英～。❷指某些實力強大、侵略他國的非君主制國家：第三～（希特勒時代的德國）。❸比喻經濟實力雄厚、佔壟斷地位的企業集團：石油～｜金融～。

【帝國主義】dìguó zhǔyì ❶指資本主義發展的最高階段，以經濟壟斷和金融寡頭的統治為主要特徵：～是現代戰爭的根源。❷指帝國主義國家。

【帝閽】dìhūn〔名〕傳說中掌管天門的人；代指君王：懷～而不見。

【帝女】dìnǚ〔名〕❶神話中天帝的女兒。❷帝王的女兒；公主。

【帝王】dìwáng〔名〕（位）泛指君主國的最高統治者：封建～｜～思想。

【帝鄉】dìxiāng〔名〕❶傳說中天帝居住的地方；代指仙境：富貴非吾願，～不可期。❷皇帝住的地方。

【帝制】dìzhì〔名〕君主專制的政體：實行～｜復辟～｜推翻～。

【帝子】dìzǐ〔名〕❶帝王的子女：昔下天津館，嘗過～家。❷特指傳說中堯的兩個女兒娥皇和女英：～乘風下翠微。

娣　dì ❶古代姐姐稱妹妹。❷古時婦女稱丈夫的弟媳婦為娣，稱丈夫的嫂子為姒，娣姒即妯娌。❸古代貴族婦女出嫁時隨嫁的女子：諸～從之。❹(Dì)〔名〕姓。

瑇　dì〈書〉佩玉。

第　dì ㊀❶〈書〉科舉榜上的次第：狀元及～｜落～（沒考中）。❷〔前綴〕用在整數的前面，表示次序：～二天｜～三次｜～一百九十六個｜你坐在～幾排？注意 a)"第二"，不能說成"第兩"。b)"第一第二"，可以說成"第一、二"。c)序數後有的要加量詞再加名詞，如"第三間房""第五個人"，有的可以不加量詞，如"第三國""第五中學"。d)時間、編號、少數場合的序數可以不用"第"，如"一千九百九十一年""演劇二隊""二十九中"（第二十九中學）。e)"一(二、三、四……)樓"，可以是第一座樓的意思，也可以是第一層樓的意思，決定於確定的語境。二樓、三樓……依次類推，都可以有兩個意思。❸(Dì)〔名〕姓。
　　㊁顯貴人家的住宅：府～｜門～｜進士～｜～中梅花盛開。
　　㊂〈書〉❶〔副〕僅：～見遠山、煙雲、叢林而已。❷〔連〕儘管：君～隨我，寞可得矣。

語彙　次第　登第　等第　府第　及第　科第　落第　門第

【第八】Dìbā〔名〕複姓。

【第二】Dì'èr〔名〕複姓。

【第二產業】dì'èr chǎnyè 指工業(包括採掘、製造、自來水、電力、蒸汽、煤氣等)和建築業。

【第二次世界大戰】Dì'èrcì Shìjiè Dàzhàn 1939–1945 年德、意、日法西斯國家發動的世界規模的戰爭。先後有 60 多個國家和地區、20 億以上人口捲入了戰爭。中、蘇、美、英、法等國結成反法西斯戰綫,最後取得勝利。簡稱二戰。

【第二課堂】dì'èr kètáng ❶ 指教學單位在課堂教學以外組織引導學生參加的各種有益活動和社會實踐。❷ 指職業教育或成人教育。

【第二人稱】dì'èr rénchēng ❶ 文學作品敘事視角之一。敘述者以與人物直接對話的方式,在表現形式上與作品中的"你"進行交流,在閱讀時又仿佛與讀者中的"你"進行交流。讀者立即被帶入作品的情景之中。這種敘事方式起源於 1950 年法國的"新小說"。❷ 語法上指表達的接受者,即聽話的一方。單數用"你"或"您",複數用"你們"。

【第二世界】dì'èr shìjiè 一個時期依據國際形勢把全球劃分為三個世界,第二世界指處於第一世界和第三世界之間的發達國家,如英國、法國、加拿大、日本等。

【第二綫】dì'èrxiàn〔名〕❶ 戰爭的第二道防綫。❷ 比喻不負責具體工作和不擔任直接領導的地位:退居~。❸ 指不直接從事生產勞動等活動的崗位或處所:後勤部門的管理人員在~,一年到頭忙,也很辛苦。

【第二信號系統】dì'èr xìnhào xìtǒng 語言或文字的刺激通過人的大腦皮質中相應的區域形成條件聯繫,大腦皮質的這種機能系統叫作第二信號系統。第二信號系統是人類特有的。

【第二宇宙速度】dì'èr yǔzhòu sùdù 宇宙速度的一級,指物體達到 11.2 千米 / 秒的速度,這時物體可以克服地心引力,脫離地球而進入太陽系。也叫脫離速度。

【第二職業】dì'èr zhíyè 職工在本職工作以外從事的有報酬的工作。

【第六感覺】dìliù gǎnjué 指相對於視、聽、嗅、味、觸五種感覺而言的敏銳感覺:憑~,我幾乎立刻就猜到他是一位詩人。

【第三產業】dìsān chǎnyè 指為生產和生活服務的行業,如商業與貿易、金融與保險、旅遊與娛樂、倉儲與運輸、文教與衛生、信息與通信、科研與諮詢、旅館與飲食,以及其他服務性部門。

【第三次浪潮】dìsāncì làngcháo 指第一次浪潮(農業革命時代)、第二次浪潮(工業革命時代)以後出現的一次新文明浪潮。即電子技術、生物工程、信息工程、宇航技術、機器人等新材料、新技術和新能源的時代。也叫新的世界產業革命。

【第三人稱】dìsān rénchēng ❶ 文學作品敘事視角之一。指以第三者的身份來敘述故事。是文學作品常用的敘述方式。❷ 語法上指表達者、接受者以外的第三方。單數用"他""她""它",複數用"他們""她們""它們"。

【第三世界】dìsān shìjiè 一個時期依據國際形勢把全球劃分為三個世界,第三世界指亞洲、非洲、拉丁美洲及其他地區的發展中國家。

【第三宇宙速度】dìsān yǔzhòu sùdù 宇宙速度的一級,指物體達到 16.7 千米 / 秒的速度,這時物體可以脫離太陽系而進入其他星系。

【第三者】dìsānzhě〔名〕❶ 當事雙方以外的人或團體。❷ 特指與夫婦或戀愛雙方中的一方發生戀愛關係或不正當男女關係的人:~插足。

【第四宇宙速度】dìsì yǔzhòu sùdù 宇宙速度的一級,指物體達到 110–120 千米 / 秒的速度,這時物體可以脫離銀河系而進入其他星系。

【第五】Dìwǔ〔名〕複姓。

【第五縱隊】dìwǔ zòngduì 1936 年西班牙內戰時,叛軍用四個縱隊進攻首都馬德里,而把潛伏在首都策應的反革命組織叫第五縱隊。後泛指潛藏在內部的敵方組織。

【第一】dìyī〔數〕❶ 排列在最前面的:這是他的~篇作品 | 我坐在劇場裏~排。❷ 排在首位;最重要:安全~ | 老子(lǎozi)天下~(老子,驕傲的人自稱)。

【第一把手】dìyībǎshǒu 一個領導班子中居首位的領導人。簡稱一把手。

【第一產業】dìyī chǎnyè 指農業(包括林業、牧業、漁業等)。

【第一次世界大戰】Dìyīcì Shìjiè Dàzhàn 1914–1918 年帝國主義國家為了重新瓜分世界而進行的大規模戰爭。參戰國 33 個,捲入戰爭人口在 15 億以上。戰爭雙方是以德國、奧匈帝國為首的同盟國和以英、美、法、俄為首的協約國,中國在戰爭後期加入協約國一方。最後協約國戰勝同盟國。簡稱一戰。

【第一夫人】dìyī fūrén 一般指國家元首的妻子。

【第一流】dìyīliú〔名〕最高、最好的等級:~學者 | 設備是~的 | 位居~。

【第一人稱】dìyī rénchēng ❶ 文學作品的敘事視角之一。指以"我"的身份來敘述,"我"可以是作者自己,也可以是作品中的人物。常用於敘述講故事者的親歷親為,增強故事的可信度和抒情性。❷ 語法上指表達者一方。單數用"我",複數用"我們"。

【第一時間】dìyī shíjiān 事件發生後最早、最緊要的時間:聽到報警,消防人員在~趕到現場。

【第一世界】dìyī shìjiè 一個時期依據國際形勢把全球劃分為三個世界,第一世界為超級大國,指當時的蘇聯和美國。

【第一手材料】dìyīshǒu cáiliào ❶ 親自實踐或調查

得來的材料：掌握～。❷原始的、直接而非轉引的材料（間接的、轉引的材料稱"第二手材料"）：這本書裏的所有引文都是～。

【第一桶金】dìyītǒngjīn 創業者賺到的第一筆錢：他從東北到深圳創業，三年就賺到～。

【第一綫】dìyīxiàn〔名〕❶戰爭的最前綫；敵軍兵力集中～，孤注一擲。❷指直接從事生產勞動等活動的崗位或處所：工農業生產～｜各級領導幹部親臨～，指揮搶險救災｜他現在已經從～退居二綫了。注意 a）直接從事生產勞動等活動的第一綫也可以簡稱一綫。b）不直接從事生產勞動等活動但仍在工作（如顧問或備諮詢）的叫作在第二綫工作。第二綫也可以簡稱二綫。

【第一信號系統】dìyī xìnhào xìtǒng 直接的刺激作用於感受器，就在大腦皮質中相應的區域形成條件聯繫，大腦皮質的這種機能系統叫作第一信號系統。第一信號系統是人類和一般高等動物所共有的。

【第一印象】dìyī yìnxiàng 指對人或事物的最初或最早的印象：她給人的～是很文氣｜～效應是由最初接觸到的信息形成的。

【第一宇宙速度】dìyī yǔzhòu sùdù 宇宙速度的一級，指物體達到 7.9 千米／秒的速度，這時物體和地心引力平衡，可環繞地球運行。也叫環繞速度。

菂 dì 古指蓮子。

棣 dì ㊀❶見下。❷見"棠棣"（1316 頁）。❸(Dì)〔名〕姓。
　　㊁〈書〉弟：仁～｜賢～。

【棣棠】dìtáng〔名〕落葉灌木，花金黃色，果實黑褐色。花和枝葉可入藥。

睇 dì〈書〉斜着眼看：凝～。

【睇眄】dìmiǎn〔動〕〈書〉斜視；環顧：窮～於中天，極娛遊於暇日（向天空中極目遠眺，在假日裏盡情歡娛）。

婍 dì 見於人名。

琋 dì 見"瑪琋脂"（891 頁）。

蒂〈蔕〉dì ❶花、果跟枝、莖相連的部分：並～蓮｜瓜熟～落。❷末尾的部分：煙～。❸(Dì)〔名〕姓。

褅 dì 古代天子諸侯祭祀祖先的一種典禮。

碲 dì〔名〕一種非金屬元素，符號 Te，原子序數 52。為銀白色晶體或棕色粉末，用以製半導體材料或煉製合金材料。1993 年中國在四川石棉縣大渡河畔發現了碲原生礦。

遞（遞）dì ❶〔動〕傳送；傳遞：郵政速～｜把茶杯～給我｜他給我～了個眼神兒。❷順次；依次：～加｜～補｜～升｜～進｜～降。❸(Dì)〔名〕姓。

語彙　呈遞　傳遞　快遞　速遞　投遞　郵遞

【遞補】dìbǔ〔動〕按着次序補充：所缺名額，由備取生～｜後備隊員及時～上去了。

【遞加】dìjiā〔動〕依次增加：工錢從每日十塊錢～至三十塊錢。

【遞減】dìjiǎn〔動〕依次減少：教育逐步普及，文盲隨之～。

【遞降】dìjiàng〔動〕依次降低或減少：效率提高，成本～｜調整經濟措施適當，失業率～。

【遞交】dìjiāo〔動〕當面送交：～國書｜～聲明。

【遞解】dìjiè〔動〕舊時押解犯人出境或到外地，由沿途官府按經過的順序派人押送：～雲南｜～出境。

【遞進】dìjìn〔動〕（時序、數量）依次推進、提升：寒暑～，盛衰相襲｜稅率隨收入增多而～。

【遞升】dìshēng〔動〕依次升高或提升：採用新技術之後，這個廠的產量逐月～｜官職按級～。

【遞送】dìsòng〔動〕送交；投遞：～文件｜～情報｜～通知書。

【遞眼色】dì yǎnsè 使眼色：他給我遞了個眼色。

【遞增】dìzēng〔動〕一次比一次增加：人數逐年～｜銷售額平均每月～百分之五。

墬 dì 篆文（大篆）"地"字。

締（締）dì ㊀❶結合；訂立：～交｜～約。❷建立：～造。
　　㊁約束；限制：取～。

【締交】dìjiāo〔動〕❶〈書〉結成朋友：與君～，情同手足。❷建立邦交：中國已和世界上眾多國家～。

【締結】dìjié〔動〕訂立（條約、同盟等）：～盟約｜～貿易協定。

【締姻】dìyīn〔動〕〈書〉訂婚而結為姻親：兩家～，門當戶對。

【締約】dìyuē〔動〕（國家、集團）訂立條約：～國（共同訂立某項條約的國家）｜兩國準備就邊界問題年內～。

【締造】dìzào〔動〕創建（偉大事業、宏偉成就）：～者｜～了新中國｜～了世界遠洋航運王國。

踶 dì〈書〉踢；踏：（馬）喜則交頸相靡，怒則分背相～。

諦（諦）dì ❶〈書〉仔細；注意（看或聽）：～察｜～聽｜～思之。❷佛教認為的真實而不虛妄的道理，把涅槃寂靜的道理叫作真諦，把世間俗事叫作俗諦。泛指事理的精義：妙～｜真～。

【諦視】dìshì〔動〕〈書〉仔細地看：～良久，不發一言。

【諦聽】dìtīng〔動〕〈書〉仔細地聽：凝神～｜側耳～鳥語。

螮（蝃） dì 見下。

【螮蝀】dìdōng〔名〕〈書〉虹。

diǎ ㄉㄧㄚˇ

哆 diǎ〔形〕（吳語）❶ 形容撒嬌的聲音或姿態：～聲～氣。❷ 優異，十分好（一般指物品、衣服式樣）。

diān ㄉㄧㄢ

掂 diān〔動〕用手托着東西上下輕輕拋起估量輕重：我～着這麼重，一定是個金鐲子｜你～一～這塊玉石有多重？

【掂掇】diānduo〔動〕❶ 斟酌：你～着辦吧｜大夥～～怎麼回信才好。❷ 估計：我～讓他去能辦好。

【掂斤播兩】diānjīn-bōliǎng〔成〕件件小事都計較：你何必為這件小事跟他～？也說掂斤簸兩、掂斤抹兩。

【掂量】diānliáng（-liang）〔動〕❶（北方官話）斟酌：你～着辦吧｜不要別人說甚麼就信甚麼，有些話你自己也該～～。❷ 用手托物估量輕重：你～～這個西瓜有幾斤重。

傎 diān〈書〉顛倒。

滇 Diān〔名〕❶ 雲南的別稱：川～公路｜～緬公路。❷ 姓。

顛（顛）diān ㊀❶〈書〉頭頂：華～｜綠首成白。❷ 最高的地方；頂端：山～｜樹～｜塔～。❸（Diān）〔名〕姓。
㊁❶〔動〕顛簸：路不好，車～得太厲害。❷ 跌落：～撲不破。❸ 上下、前後的次序倒置；錯亂：～來倒去｜～三倒四。❹（～兒）〔動〕（北京話）走；跑：他早～兒了｜一路連跑帶～地～到了山腳下。
㊂同"癲"。

【顛簸】diānbǒ〔動〕起伏震動：坐在車上～得真難受｜迎着一股強氣流飛行，機身一上一下地～起來。

【顛倒】diāndǎo〔動〕❶ 上下、前後的次序倒置：把這句話～過來就通順了｜這是上聯，那是下聯，別掛～了。❷ 錯亂；混亂：神魂～｜～黑白，混淆是非。

【顛倒黑白】diāndǎo-hēibái〔成〕把黑說成白，把白說成黑。形容混淆是非：不許壞人～，造謠生事。

【顛倒是非】diāndǎo-shìfēi〔成〕把是說成非，把非說成是。形容混淆是非：～的攻擊，經不起事實的檢驗。

【顛覆】diānfù〔動〕❶ 傾覆：路基塌陷，造成汽車～。❷ 用陰謀手段推翻合法政權：～合法政府，實現某些人的政治利益的事不少見。

【辨析】顛覆、推翻 a）"顛覆"多用於貶義，指採用非法手段推翻合法政權；"推翻"是中性詞，不具褒貶色彩。b）"顛覆"可做修飾語，如"進行顛覆活動"；"推翻"沒有此種用法。c）"推翻"還可以指從根本上否定原來的主張、方案、計劃、協定等；"顛覆"沒有這樣的意義、用法。

【顛來倒去】diānlái-dǎoqù〔成〕翻過來倒過去，反反復復。形容囉嗦重複：～老是那幾句車軲轆話｜～地講，大家都聽膩了。

【顛沛流離】diānpèi-liúlí〔成〕顛沛：指艱難。形容生活困苦，到處流浪：日本侵佔東北，他們一家～，好不容易到了大後方。

【顛撲不破】diānpū-bùpò〔成〕無論怎樣摔打都不破。比喻言論、學說等符合實際，經得起檢驗，不能推翻：實踐是檢驗真理的唯一標準，這是～的真理。

【顛三倒四】diānsān-dǎosì〔成〕形容說話做事沒有次序，失去了常態：這個人胡言亂語，～，一定是受了甚麼刺激｜他做事怎麼這樣～？

攧（攧）diān〔動〕跌（多見於早期白話小說、戲曲）：～將下去。

巔（巔）diān ❶ 山頂：泰山之～。❷ 最高處：～峰（頂峰）。

【巔峰】diānfēng〔名〕❶ 頂峰，山的最高處：喜馬拉雅山～上的積雪常年不化。❷ 比喻事物發展過程的最高點：唐詩是古典詩歌的～｜處在事業的～時期。

癲（癲）diān 精神錯亂：～狂｜瘋～。

【癲狂】diānkuáng〔形〕❶ 精神錯亂；言行反常無顧忌：醫生終於治好了他的～症。❷ 言行放肆，不莊重：在聚會上他這麼～，實在不成樣子。

【癲癇】diānxián〔名〕一種腦部疾病，發作時突然喪失神志而昏倒，面色青紫，口吐泡沫，全身痙攣。俗稱羊角風、羊癇風。

diǎn ㄉㄧㄢˇ

典 diǎn ㊀❶ 法制；法則：守～奉法。❷ 可以作為標準、典範的書籍：字～｜引經據～。❸ 典故：用～｜出～。❹ 典禮；儀式：開國大～｜盛～｜慶～。❺〈書〉掌管：～試｜～獄。❻（Diǎn）〔名〕姓。

㈡〔動〕典押；典當：一處房產～了二十萬塊錢。

語彙 出典 詞典 大典 恩典 法典 古典 經典 慶典 字典 引經據典

【典藏】diǎncáng〔動〕（圖書館、博物館等）收藏（圖書、文物等）：～精品｜～系列。

【典當】diǎndàng ❶〔名〕以實物為抵押向當鋪取得貨幣的交易方式。❷〔動〕典押借錢：為了還債，把值錢的東西暫時～了吧！

【典範】diǎnfàn〔名〕可以作為榜樣和標準的人或事物：這次受到表揚的售票員是服務行業的～｜選取~的白話文作為教材。

【典故】diǎngù〔名〕詩文所稱引的古書中的事情或詞句：引用～｜請你幫我查一查這個～的出處。

【典籍】diǎnjí〔名〕法典、圖籍等重要文獻。也泛指各種典冊、書籍：古代～｜圖書館收藏的～十分豐富。

【典禮】diǎnlǐ〔名〕為紀念重要事情的開始或結束而舉行的儀式：開幕～｜開學～｜大廈落成～｜結業～。

【典型】diǎnxíng ❶〔名〕具有某種代表性的人物或事件：他是村裏勤勞致富的～｜理論與實踐相結合的～。❷〔名〕文學藝術中能夠反映一定社會本質而又具有鮮明個性的藝術形象：賈寶玉、林黛玉是《紅樓夢》作者創造的兩個藝術～。❸〔形〕（人、事物）有代表性：他真是個～的書呆子｜這個例子不～，別到大會上去講了。

[辨析] **典型、典範** a)"典型"是中性詞，"典範"是褒義詞，如"上面所說的是我們單位裏的極壞的典型"，其中的"典型"不能換用"典範"。b)"典型"還有形容詞用法，可受"不、很"修飾；"典範"沒有這種用法。

【典型化】diǎnxínghuà〔動〕藝術創作中塑造基於現實生活又高於現實生活的典型形象。

【典型性】diǎnxíngxìng〔名〕代表性；體現某方面一般特點的性質：這個問題具有一定的～。

【典押】diǎnyā〔動〕用物品向人或當鋪做抵押借現錢：幾件金首飾～了幾千元。

【典雅】diǎnyǎ〔形〕優美、高雅；不粗俗：客廳佈置得很～。

【典章】diǎnzhāng〔名〕法令制度的總稱：～制度。

跕 diǎn 同"踮"。
另見 diē（298 頁）。

碘 diǎn〔名〕一種非金屬元素，符號 I，原子序數 53。黑紫色鱗片狀晶體，有金屬光澤，易溶於酒精等有機溶液。供醫藥、染料等用。

【碘酒】diǎnjiǔ〔名〕碘和碘化鉀溶於酒精而成的棕紅色半透明液體。可消炎治腫，是殺滅黴菌的藥品。也叫碘酊。

【碘鹽】diǎnyán〔名〕加入適量碘的食鹽。缺碘地區的人食用碘鹽可以預防缺碘產生的甲狀腺腫大等疾病。高碘地區的人及甲狀腺疾病患者不宜食用碘鹽。

踮〈跕〉diǎn/diàn〔動〕提起腳跟，用腳尖着地站立：他被前面的人擋住了視綫，只好～着腳伸長脖子看｜她～着腳輕輕地走了過去。也作點。
"跕"另見 diǎn（287 頁）、diē（298 頁）。

點（点）diǎn ㈠❶（～兒）〔名〕液體的小滴：小水珠：雨～兒。❷（～兒）〔名〕細小的痕跡：斑～｜污～｜上衣沒洗乾淨，胸前還有幾個～兒。❸（～兒）〔名〕漢字的筆畫，形狀是"、"。❹〔名〕幾何學上把沒有長、寬、厚而只有位置的幾何圖形叫作點。❺（～兒）〔名〕數學上表示小數的點號，如 2.5 億讀作二點兒五億。❻〔名〕某個地方或程度的標誌：起～｜終～｜據～｜熱～｜沸～｜冰～｜飽和～｜空白～。❼〔名〕特定的地方：沿海各地設幾個～，實行對外商的優惠政策。❽ 事物的某些方面或某些部分：優～｜缺～｜重～｜特～｜弱～。❾（～兒）〔量〕表示少量（事物的部分而非整體）：帶一～兒水果去看病人｜出了一～兒問題，已經解決了。注意 數詞限於"一、半"，口語中"一"常省去不說。❿〔量〕用於項目：兩～意見｜一～補充｜歸納起來一共有三～。⓫〔量〕印刷上計算活字及字模的大小的單位，約等於 0.35 毫米。⓬〔動〕用筆加點：她在眉心～了一個紅點兒｜畫龍～睛。⓭〔動〕接觸物體馬上離開：蜻蜓～水｜腳不～地。⓮ 同"踮"。⓯〔動〕頭向下動一動，表示同意或打招呼：他向大家～了一下頭。⓰〔動〕使液體滴進去：～眼藥｜鹵水～豆腐，一物降一物。⓱〔動〕點種：～花生｜～綠豆。⓲〔動〕逐一查對；核對：～名｜～數｜把錢～一～。⓳〔動〕選派；選中：～兵｜～將｜～狀元。⓴〔動〕指定：～菜｜～戲｜～節目。㉑〔動〕指點；啟示：不用他～，我心裏也明白是怎麼回事。㉒〔動〕點燃；引着火：～燈｜～炮仗｜～一支煙。㉓ 裝飾：～綴｜裝～。㉔（Diǎn）〔名〕姓。

㈡❶〔名〕金屬製的響器，舊時用來報時或召集群眾。❷（～兒）〔名〕敲鐘擊鼓發出的音響節奏：隊伍踩着鑼鼓～兒前進。❸〔名〕規定的鐘點：正～｜火車誤了～。❹〔量〕用於計時：兩～鐘。注意 "兩點鐘"可以指鐘錶上一點到三點之間的"兩點"，也可以指"兩個鐘頭"。但是"兩個鐘頭"就只有一個意思。❺〔量〕舊時用於夜間計時（一更分五點）：三更三～。

㈢❶點心：茶～｜早～｜細～｜（精緻的點心）。❷吃少量的食物解餓：～飢｜～補。

語彙 斑點 標點 冰點 茶點 打點 地點 頂點 逗點 蹄點 沸點 觀點 檢點 交點 焦點 據點

論點 盤點 起點 清點 缺點 弱點 試點 特點 要點 優點 早點 指點 終點 重點 裝點 出發點 火力點 居民點 立足點 小數點 制高點 轉折點 文不加點

【點撥】diǎnbo〔動〕〈口〕指點；開導：聰明人一~就懂｜請師傅~~他。

【點播】diǎnbō ㊀〔動〕間隔一定距離挖坑播種子，再蓋上土（區別於"撒播"）。也叫點種。㊁〔動〕要求廣播電台或電視台播放某一節目：聽眾~一首新歌。

【點補】diǎnbu〔動〕在進餐之前先吃少量食品充飢：你先吃幾塊餅乾~~。

【點竄】diǎncuàn〔動〕改換字句：一經~，文章的可讀性就大大增加了。

【點滴】diǎndī ❶〔名〕零星微小的事物：巨星~｜技術~｜記錄網友生活~。❷〔形〕零星微小：~經驗｜本書將給你~啟發。

【點歌】diǎn//gē〔動〕要求電台或電視台播放一首歌曲：為方便聽眾~，電台開設了專台｜朋友們在電台點了一首歌祝賀她的生日。

【點號】diǎnhào〔名〕標點符號的一類，表示書面語中的停頓和語氣。包括句末點號和句內點號。句末點號有句號、問號、歎號三種，句內點號有逗號、頓號、分號、冒號四種（區別於"標號"）。

【點化】diǎnhuà〔動〕❶道家指神仙用法術使人或物變為他物，借指僧道講法引導人悟道。❷泛指引導啟發：經名師~，他的書法日益精進。

【點火】diǎn//huǒ〔動〕❶引着火：~做飯｜點着了火。❷比喻挑起事端，使發生激烈衝突：防止壞人煽風~，破壞社會秩序｜這番~的話，使兩人吵翻了天。

【點擊】diǎnjī〔動〕將計算機鼠標指針指向目標，輕按鼠標上的按鍵，以實現特定的操作功能。分單擊、雙擊兩種：~網站名，就可以將它打開。

【點將】diǎn//jiàng〔動〕原指主帥點名分派將官執行任務。現多比喻領導指名要誰去做某項工作：這項工程關係重大，上邊~要他負責。

【點校】diǎnjiào〔動〕加上標點並校對勘正文字：~古籍｜~本。

【點卯】diǎn//mǎo〔動〕舊時官署吏役於卯時到職叫應卯，長官按冊呼名為點卯。後喻指到時上班，敷衍應景兒：他雖說天天到單位~，可就是不出活｜他每天來點個卯就溜走了。

【點名】diǎn//míng〔動〕❶按名冊逐一呼叫名字，查點人員：早上~，他沒到｜點過名了你才來。❷指出具體人的名字：領導~要你來這裏工作｜大會上點了他的名，這批評夠重的。

【點明】diǎnmíng〔動〕提出來簡要說明：~主旨｜~要害。

【點墨】diǎnmò〔名〕借指極少的文化：胸無~。

【點評】diǎnpíng ❶〔動〕指點評論：歡迎讀者~｜~語文高考試卷。❷〔名〕指點評論的文字或話語：文末附有精彩的~。

【點破】diǎnpò〔動〕揭露真相或隱情：他心裏明白，卻不~｜既然已經~，我就實話實說吧！

【點球】diǎnqiú〔名〕足球、曲棍球等運動比賽規則之一。如在足球比賽中，運動員在罰球點（距對方球門綫正中 11 米，英制為 12 碼）直接向對方球門射球叫點球。點球有兩種情況，第一，運動員在本方罰球區內故意犯規被判罰直接任意球時稱點球；第二，比賽出現平局時用點球決勝負。

【點燃】diǎnrán〔動〕使燃燒；比喻使產生、發生：~鞭炮｜~火把｜重新把心中的希望之火~。

【點染】diǎnrǎn〔動〕❶繪畫時點綴景物和渲染色彩：揮筆~，畫面景物栩栩如生。❷在文字上潤色：此文經他略加~，生色不少。❸泛指點綴和裝飾：盛開的玫瑰花~在蒼松翠柏中間，着實好看。

【點射】diǎnshè〔動〕❶自動武器每次發射兩發以上子彈的斷續性射擊：靶場裏傳出~的槍聲。❷踢射球：~進球。

【點石成金】diǎnshí-chéngjīn〔成〕傳說中說仙人用手指一點，就能使鐵變成金子。後用來比喻把平凡的東西變成不一般的：大家都稱讚他的訓練班~，培養了好幾位優秀運動員。也說點鐵成金。

【點收】diǎnshōu〔動〕清點查收：~貨物｜保管員按清單~庫房存放的器材｜現金請當面~。

【點題】diǎn//tí〔動〕用簡短的話揭示主題；點出中心意思：文章~很巧妙｜僅用三言兩語就點了題。

【點頭】diǎn//tóu〔動〕頭向下一動，表示贊同、認可或打招呼：領導~了（表示同意）｜他不~事情不好辦｜大家相互點了一下頭。

【點頭哈腰】diǎntóu-hāyāo〔成〕形容過分恭順或過分客氣：他見了人總是~的｜在上級面前他~，對待百姓卻盛氣凌人。

【點心】diǎnxin ❶〔名〕（塊）糕餅之類的食品。❷〔名〕粵式茶樓裏提供的各式茶點：飲茶一定要吃蝦餃和燒賣這兩種。❸〔動〕吃少量食品解餓。

【點穴】diǎn//xué〔動〕❶傳說中的一種武功，把全身的功力運在手指上，點擊人身的穴道，可以使人受傷或不能動彈。❷中醫的一種按摩療法，用手指或肘尖在患者穴位及特定部位進行按壓。

【點陣】diǎnzhèn〔名〕把一定數量的點有規律或按規則排列成的幾何圖形：~圖｜漢字~字模｜~式打字機。

【點綴】diǎnzhuì(-zhui)〔動〕❶ 裝飾：幾十盆鮮花把慶祝大會的會場～得又莊嚴又美麗。❷ 應景兒；裝點門面：請那個有點名氣的人做發起人，不過～～罷了。

【點子】diǎnzi ⊝❶〔名〕液體的小滴：水～｜雨～。❷〔名〕細小的痕跡：泥～｜油～｜這塊白布上有兩個黑～。❸〔名〕打擊樂器的節拍：一群小夥子踩着鑼鼓～扭秧歌。❹〔量〕（北京話）表示少量；一點兒：吃了～涼菜｜多花了～錢。注意 a）"點子"前的數詞限於"一"。b）"點子"前的數詞"一"常省去不說。⊜〔名〕❶ 關鍵所在：你這話真說在～上了。❷ 計謀；主意；辦法：他會出～｜這是些餿～，不管用。⊜〔名〕（北京話）不吉利的時刻：誰知道這正碰到～上。

【點字】diǎnzì〔名〕盲字。

diàn ㄉㄧㄢˋ

佃 diàn ❶〔動〕指舊時農民向土地所有者租地耕種：租～｜農民向地主～了二畝地。❷（Diàn）〔名〕姓。
另見 tián（1337 頁）。

語彙　撤佃　承佃　東佃　退佃　租佃

【佃戶】diànhù〔名〕舊時租種地主及其他土地所有者土地的農戶。

【佃農】diànnóng〔名〕耕種的土地全部或大部分是租入，並以之為生的無地、少地農民。

【佃租】diànzū〔名〕佃戶向地主交納的地租。

甸 diàn ❶ 古代都城郊外的地方：郊～之內。❷〈書〉田野的產物：納～於有司。❸ 甸子；原野。多用於地名：樺～（在吉林松花湖以南）｜～尾（在雲南普渡河東岸）。
另見 tián（1337 頁）。

坫 diàn ❶ 古代室內放置酒器、食物等的土台子。❷ 屏障。

店 diàn ❶〔名〕商店：書～｜副食～｜雜貨～。❷（～兒）〔名〕旅店：小～兒｜客～｜住～。❸ 用於地名：駐馬～（在河南）｜高碑～（在北京）。❹（Diàn）〔名〕姓。

語彙　飯店　分店　黑店　客店　旅店　商店　夫妻店　雞毛店

【店東】diàndōng〔名〕（位）舊時稱商店或旅店的主人：這家～是北京的老戶。也叫店主。

【店號】diànhào〔名〕商店的名稱；也泛指商店：同仁堂是一家老～｜請人起了個～，生意就開張了。

【店家】diànjiā〔名〕舊時指商店、旅店的主人或管事人。常用於戲曲裏的對白。

【店貌】diànmào〔名〕商店的外觀：店容～。

【店面】diànmiàn〔名〕商店的門面：～房｜把～裝修一新。

【店鋪】diànpù〔名〕（家）商店、鋪子的統稱：這條街上的～真不少｜別看～小，商品可不少！

【店堂】diàntáng〔名〕商店、餐館營業的地方：步入～｜～的售貨員對顧客非常熱情。

【店小二】diànxiǎo'èr〔名〕舊時稱飯鋪、酒館、客店招待顧客的人（多見於早期白話小說和戲曲）。

【店員】diànyuán〔名〕（位，名）商店的員工，有時也指服務性行業的職工：這家商店～女性居多。

【店主】diànzhǔ〔名〕店東。

阽 diàn，又讀 yán〈書〉臨近：～危。

玷 diàn ❶〈書〉白玉上面的污點：白圭之～。❷ 弄髒；使染上污點：～污｜～辱名聲。

【玷辱】diànrǔ〔動〕使蒙受恥辱；污損：～門楣｜寧折不彎，絕不～國家尊嚴。

【玷污】diànwū〔動〕使受污辱；弄髒（多用於比喻）：不要～了祖國的榮譽。

居 diàn〈書〉門閂。

淀 diàn ❶ 淺的湖泊。多用於地名：白洋～（在河北任丘北）。❷（Diàn）〔名〕姓。
另見 diàn "澱"（294 頁）。

惦 diàn〔動〕惦記；掛念：她老～着家裏的孩子。

【惦掛】diànguà〔動〕惦記掛念：到了上海就來信，免得家裏～。

【惦記】diànjì(-ji)〔動〕心裏牽掛，不能忘懷：爸爸～着老家。

【惦念】diànniàn〔動〕惦記思念：她～着在外地工作的孩子｜我在外一切都好，請你不要～。

琔 diàn〈書〉玉的顏色。

奠 diàn ⊖ 向死者獻上祭品致意：祭～。
⊝❶ 建立；奠定：～都｜～基。❷（Diàn）〔名〕姓。

【奠鼎】diàndǐng〔動〕指定都建立王朝。相傳夏禹鑄九鼎象徵九州，夏、商、周三代都作為傳國重器，置於國都。鼎成為國都國家的象徵，故稱。

【奠定】diàndìng〔動〕使穩定而且牢固：～了教育事業的基礎。

【奠都】diàndū〔動〕確定首都的所在地：中華人民共和國～北京。

【奠基】diànjī〔動〕❶ 為建築物打下基礎：大禮堂兩年前～，今年落成。❷ 比喻為事業、思想體系等創立基礎：儒家思想是由孔子～的。

【奠基石】diànjīshí〔名〕❶ 原為奠定建築物的石頭，現多指工程或大型建築物開工典禮時埋在地下作為奠基標誌的石頭，上刻"奠基"及年月日等字。❷比喻事物得以產生發展的牢固根基：材料和能源是人類文明的～。

【奠酒】diànjiǔ❶〔名〕祭祀時把酒灑在地上的一種儀式。❷〔動〕把酒灑在地上向死者致意。

【奠儀】diànyí〔名〕送給死者家屬的祭品或禮金（以代祭品）：～二百元。

電（电）diàn❶〔名〕物質的一種能，有正電和負電，兩種電相接觸，可產生光和熱。電是一種重要能源，廣泛用於生產和生活各方面：～波｜發～｜無綫～｜～閃雷鳴｜節約每一度～。❷〔名〕電報；電訊：加急～｜新華社～。❸指電器：家～。❹〔動〕觸電：小心，別～着了。❺〔動〕打電報：已～上級請示。❻（Diàn）〔名〕姓。

語彙 充電 觸電 帶電 導電 發電 放電 負電 函電 賀電 回電 機電 急電 靜電 雷電 閃電 手電 通電 郵電 正電 專電 高壓電 交流電 無綫電 直流電 火力發電

【電霸】diànbà〔名〕指利用掌管電力的職權迫使用戶接受不合理要求以獲取豐厚利益的單位或個人：～作風。也叫電老虎。

【電棒兒】diànbàngr〔名〕(支)（北方官話）手電筒。也叫手電棒兒。

【電報】diànbào〔名〕❶用電信號傳遞信息的通信方式。分有綫電報和無綫電報兩種。❷（封）用電信號傳遞的文字、照片、圖表等信息：他到郵電局打～去了。

【電報掛號】diànbào guàhào 向電報局申請編定的號碼，用來代表用戶的名稱和地址。過去用電報掛號打電報可以節省費用。

【電表】diànbiǎo〔名〕❶各種電氣儀表的統稱，常用的有電流表、電壓表、數字式電表等。❷民用測量用電量的電能表的通稱：這個月～走了20個字。

【電冰櫃】diànbīngguì〔名〕(台)一種工作原理與電冰箱相同的冷藏裝置。冷藏溫度在0℃以下。簡稱冰櫃。

【電冰箱】diànbīngxiāng〔名〕(台)冷凍物品的人工製冷器。在一個可以隔熱的櫃子裏面裝電動機，帶動壓縮機使冷凝劑在管道中循環產生低溫。一般分為兩部分，溫度在0℃以下的叫冷凍室，在0℃以上的叫冷藏室。簡稱冰箱。

【電場】diànchǎng〔名〕傳遞電荷與電荷間相互作用的物理場。電荷周圍存在着電場，變化的磁場引起電場。電場具有動量和能量，並對場中其他電荷發生力的作用。

【電唱機】diànchàngjī〔名〕(台)舊時所用的放送唱片錄音的電動唱機，主要由電唱頭、圓形唱片盤、電動機和音頻放大器等組成。也叫唱機。

【電車】diànchē〔名〕(輛)用電做動力，靠架空電綫供電行駛的公共交通工具。分有軌和無軌兩種。

【電池】diànchí〔名〕(節)將化學能或光能等轉變為電能的裝置，主要部分包括正負兩個電極和電解質。如乾電池、蓄電池、太陽能電池等。

【電傳】diànchuán❶〔動〕使用電子傳真裝置把文字、圖像等直接傳送到目的地：按通訊錄把會議通知～給與會者。❷〔名〕(份，張)利用電子傳真裝置傳送的文字、圖像等：公司收到～後，隨即發出了招標文件。

【電磁波】diàncíbō〔名〕在空間以波的形式傳播的週期性變化的電磁場。無綫電波、光波、X射綫等都是波長不同的電磁波。

【電磁場】diàncíchǎng〔名〕相互依存的電場和磁場的合稱。電場變化產生磁場，磁場變化又產生電場，二者相互感應，相互轉化。

【電磁輻射】diàncí fúshè 指電磁場能量以波的形式向外發射的過程。也指所發射的電磁波，其傳播速度與光速相同。

【電磁污染】diàncí wūrǎn 電磁波對人體造成不良影響或對儀器設備產生干擾和危害的現象。家用電器可在室內造成電磁污染。

【電大】diàndà〔名〕電視大學的簡稱。

【電燈】diàndēng〔名〕(盞)利用電能發光照明的燈。有白熾燈、弧光燈、熒光燈等。

【電動】diàndòng〔形〕屬性詞。利用電能使機械運轉的：～裝置｜～玩具｜～自行車。

【電動機】diàndòngjī〔名〕(台)把電能轉換成機械能的機器，通電後能帶動其他機器運轉。分為直流電動機和交流電動機。也叫馬達。

【電鍍】diàndù〔動〕用電解法使金屬或其他材料製件的表面均勻地附上一層薄薄的金屬。用於防腐蝕、增加光亮度和導電性等。

【電飯鍋】diànfànguō〔名〕(隻)一種以電為能源的炊具，圓筒形，飯熟後能自動斷電保溫。粵語稱電飯煲。

【電鎬】diàngǎo〔名〕(把)一種用於開鑿挖取岩層和礦石的電動工具。

【電告】diàngào〔動〕❶拍電報將情況通知對方或報告上級：～各部隊｜～中央。❷用電話、電傳告知對方：～開會議程。

【電工】diàngōng〔名〕❶指製造、安裝、維修電氣設備的工作：他做～工作。❷（位，名）製造、安裝或維修電氣設備的工人。

【電光】diànguāng〔名〕❶雷電的光：一道～閃過，接着就是轟隆轟隆的雷聲。❷電能發出的閃光：電焊時～刺眼。❸紡織品經特殊工藝處理後產生的閃耀光澤：～綢。

【電函】diànhán〔名〕利用電信設備傳遞的信件，主要有電報、傳真信件、電子郵件等。

【電焊】diànhàn〔動〕用電能加熱，熔化焊接材料，使金屬工件連接在一起。有電弧焊、接觸焊、電渣焊等。

【電荷】diànhè〔名〕帶電體所帶的正電或負電。電荷的移動形成電流。帶同種電荷的物體相排斥，帶異種電荷的物體相吸引。

【電賀】diànhè〔動〕發電報或其他電函表示祝賀：～代表大會開幕。

【電弧】diànhú〔名〕正負兩電極間氣體放電的一種形式。放電時產生高溫，並射出強光。可作為弧光燈的光源和電弧爐、電弧焊機的熱源。

【電化教育】diànhuà jiàoyù 指利用廣播、電影、電視、室內音像設備等進行的教育。簡稱電教。

【電話】diànhuà〔名〕❶（門，部）利用電信號使處在兩地的人進行通話的裝置（固定的或移動的），主要由發話器、受話器和線路等部分組成。通過導線傳送的叫有綫電話，利用無綫電傳送的叫無綫電話。現在又有了可視電話，通話時可以看見對方的形象。❷用電話裝置傳送的話：有你的～｜他接～去了。

【電話會議】diànhuà huìyì 利用電話設備召開的會議。

【電話卡】diànhuàkǎ〔名〕（張）電信部門發行的電話付費用的信用卡、磁卡、智能卡等。

【電話銀行】diànhuà yínháng 一項電子化銀行服務業務，與銀行簽訂使用此項服務協議的用戶，可利用電話辦理多種銀行業務。

【電匯】diànhuì ❶〔動〕通過電報或電傳的方式匯款（區別於"信匯"）：請～人民幣 5000 元以應急需。❷〔名〕（筆）通過電報或電傳方式辦理的匯款：～已經收到。

【電機】diànjī〔名〕（台）一切產生和應用電能的機器的統稱。把電能轉變為機械能的電機稱電動機，把機械能轉變為電能的電機稱發電機。

【電極】diànjí〔名〕電源或電器上接通電流的地方。分正極和負極。

【電教】diànjiào〔名〕電化教育的簡稱：～設備。

【電解】diànjiě〔動〕利用電流的作用把化合物分解。可以應用於提取金屬、把水分解成氫和氧、電鍍等。

【電烤箱】diànkǎoxiāng〔名〕（台）利用電熱烤製食品的箱式器具。

【電纜】diànlǎn〔名〕（根，條）用護套將多根互相絕緣的導綫包裹製成的粗導綫，架在空中或鋪設在地下、水底，用於電力輸送或電信傳輸。

【電老虎】diànlǎohǔ〔名〕❶喻指用電量很大的單位或設備：對企業中的～要採取限制措施｜這台機器是～，輕易別用它。❷電霸。

【電離】diànlí〔動〕❶中性分子或原子受撞擊、照射形成離子的過程。❷電解質在溶液中或在熔融狀態下分解為正、負離子自由移動，而使溶液具有導電性。

【電力】diànlì〔名〕電能、電量，常指做動力用的電：～網｜～機車｜～公司｜～不足，機器開不起來。

【電力網】diànlìwǎng〔名〕由輸電、變電、配電三部分組成的網絡。簡稱電網。

【電量】diànliàng〔名〕物體所帶電荷的多少，即電的量度。單位為庫侖。

【電療】diànliáo〔名〕物理療法的一種，利用電器裝置發熱、發出電磁波或電流刺激來治療疾病：～治腰疼，有一定療效。

【電料】diànliào〔名〕電氣器材的總稱：～行｜五金商店裏也賣～。

【電鈴】diànlíng〔名〕（隻）通電後能發出聲響信號的小電器。

【電流】diànliú〔名〕❶流動的電荷。❷電流強度的簡稱。

【電流強度】diànliú qiángdù 單位時間內通過導體橫截面的電量。單位是安培。簡稱電流。

【電爐】diànlú〔名〕泛指用電能做熱源的爐子。家庭用於取暖、炊事，工業上用於加熱、烘乾、冶煉等：家用～｜～煉鋼法。

【電路】diànlù〔名〕（條）電器裝置的電流通路，由電源、導綫、電器元件和電鍵等連接而成。

【電碼】diànmǎ〔名〕電報通信使用的符號。拼音文字和漢語拼音用字母傳送，傳送時字母要轉換成不同的電脈衝組合。

【電煤】diànméi〔名〕供發電用的煤：突擊搶運～｜～供應形勢嚴峻。

【電門】diànmén〔名〕"開關"㊀①的通稱。

【電母】Diànmǔ〔名〕中國古代神話中管電的神：雷公～。

【電腦】diànnǎo〔名〕（台）電子計算機。

【電腦病毒】diànnǎo bìngdú 計算機病毒。

【電鈕】diànniǔ〔名〕電器開關或調節設備上通常用手操作的部分。多用膠木、塑料等絕緣材料製成。

【電氣】diànqì〔名〕物質的一種能，正電和負電相接觸產生光和熱。它是一種廣泛用於生產和生活各方面的重要能源：～設備｜～機車。

【電氣化】diànqìhuà〔動〕在經濟領域和人民生活中普遍使用電力：農業～｜鐵路～｜～的程度很高。

【電器】diànqì〔名〕❶用來接通、調節、控制以及保護電路和電機的裝置，如開關、繼電器、控制器、變阻器、熔斷器、避雷器、電抗器等。❷家用電器，如電扇、電冰箱、電視機、洗衣機、空調等。

【電熱】diànrè〔形〕屬性詞。利用電能產生熱能的：～壺｜～毯。

【電熱毯】diànrètǎn〔名〕（條）一種能夠把電能轉化為熱能的毯子，供床上取暖用。

【電容】diànróng〔名〕❶導體儲積電荷的能力。

單位是法拉。❷（個）電容器。

【電扇】diànshàn〔名〕（台）利用電動機帶動葉片旋轉以送風和通風的電氣器具。常見的有吊扇、台扇、落地扇等。

【電視】diànshì〔名〕❶將景物的圖像和聲音（伴音）變成電信號，通過無綫電波或導綫傳送出去，使圖像和聲音重現的電信系統。廣泛應用於工業、醫療、廣播、交通運輸、文化教育、科學研究、軍事作戰等諸多方面。❷利用電視裝置傳送的圖像：看～｜放～。❸（台）電視機：打開～。

【電視大學】diànshì dàxué 利用電視手段進行高等教育的教學機構。簡稱電大。

【電視會議】diànshì huìyì 一種新型的會議形式，用通信綫路把不在同一處的各個會議室連接起來，彼此間實現影像、聲音和資料等的實時傳送和交換。

【電視機】diànshìjī〔名〕（台）接收電視廣播的裝置。能把接收到的電視信號轉換成圖像信號和聲音信號並重現出來。有黑白電視機和彩色電視機。

【電視劇】diànshìjù〔名〕（部）為電視台播映而錄製的戲劇。可以有眾多續集。

【電視片】diànshìpiàn（口語中也讀 diànshìpiānr）〔名〕（部）供電視台播放的影視片，內容多為科學知識、人物介紹、地區風光等：他們正在製作一部介紹著名科學家的～。

【電視塔】diànshìtǎ〔名〕（座）電視發射塔的簡稱。發射電視信號的塔狀建築物，頂端設置發射天綫。

【電視台】diànshìtái〔名〕（家）攝製並播放電視節目的場所和機構。

【電視綜合徵】diànshì zōnghézhēng 因迷戀電視、長時間收看電視而使人體生理產生的多種症狀，如視力減退、食欲不振、消化不良、失眠多夢等。

【電台】diàntái〔名〕❶發射和接受無綫電信號的裝置。❷（家）指廣播電台。

【電燙】diàntàng〔動〕以電器所生電熱烤燙頭髮，美化髮型。

【電梯】diàntī〔名〕❶（部）高層建築物中用電做動力供居民上下、運送物品的升降機。❷用於商場等公共場所載客上下樓層的台式運送機。

【電筒】diàntǒng〔名〕（隻）手電筒。

【電兔】diàntù〔名〕澳門地區用詞。指電動兔形模型。澳門賽狗場用做誘餌在前領跑，令參賽狗追逐競跑：賽狗場的～飛跑在前，像真兔子一樣。

【電玩】diànwán〔名〕❶電子遊戲機。也叫電遊。❷電動玩具。

【電網】diànwǎng〔名〕❶可以通上電流的網狀金屬綫障礙物，多用來防盜或防敵。❷電力網的

簡稱：華北～。

【電文】diànwén〔名〕❶電報上的文字：擬好了～｜他把～向大家唸了一遍。❷傳真件、電子郵件上的文字。

【電綫】diànxiàn〔名〕（條，根）由導電材料銅、鋁等製成的輸電金屬綫，有單根的或多股絞併而成的。不包絕緣材料的稱裸電綫，包絕緣材料的稱絕緣電綫。

【電信】diànxìn〔名〕利用電信號傳遞信息的通信方式的通稱。一般指電報、電話等通信方式。廣義則包括廣播、電視、雷達、遙控、遙測等利用電信號的通信方式：～業務｜～局。舊稱電訊。

【電刑】diànxíng〔名〕❶用強大電流通過人體使產生各種痛楚而逼供的酷刑。❷用電椅處死犯人的刑罰。

【電訊】diànxùn〔名〕❶（條）用電話、電報或無綫電設備等傳播的消息報道：新華社～｜綜合世界各地發來的～，做出正確分析。❷電信的舊稱。

【電壓】diànyā〔名〕靜電場或電路中兩點間的電勢差。單位為伏特。

【電唁】diànyàn〔動〕發電報或電傳弔唁，表示慰問和哀悼：～致哀。

【電椅】diànyǐ〔名〕（把）能通電的椅子式的刑具。

【電影】diànyǐng（～兒）〔名〕（場，部）現代科技和多種藝術表現手段結合形成的綜合藝術，用攝影機將事物或人物表演拍攝成連續性畫面，通過放映機在銀幕上再現出來，看起來像真實活動的形象。早期電影是無聲的、黑白的，以後出現了有聲電影、彩色電影。影片有藝術片、科教片、紀錄片等。也指拍成的影片：～金雞獎｜拍～｜看～。

【電影院】diànyǐngyuàn〔名〕（家）放映電影的場所。簡稱影院。

【電源】diànyuán〔名〕❶把其他形式的能量轉變為電能供給電器的裝置，如發電機、電池等。❷有時指電氣設備中變換電能形式的裝置，如整流器、變壓器等。

【電站】diànzhàn〔名〕裝置發電設備將其他能量轉化為電能的建築機構，有水電站、火電站、核電站等。

【電子】diànzǐ〔名〕構成原子的一種基本粒子，圍繞原子核運動，帶負電，質量極小。

【電子版】diànzǐbǎn〔名〕指出版物電子形式的版本，如錄有出版內容的錄音帶、錄像帶、磁盤、光盤等：這部辭書目前只有紙質版，很快將推出～和網絡版。

【電子錶】diànzǐbiǎo〔名〕（塊，隻）裝有電子元件，以微型電池為能源的手錶，根據所用振動系統或振盪器的不同，可分為擺輪電子手錶、音叉手錶和石英手錶等。

【電子秤】diànzǐchèng〔名〕(台)一種秤，採用半導體集成電路稱重並計算貨款，通過液晶顯示結果。

【電子辭典】diànzǐ cídiǎn 以電子出版物形式出版的辭典：～發展迅速，市場上有很多品牌。

【電子管】diànzǐguǎn〔名〕(根)一種電子器件，在真空或充以少量特定氣體的管子裏裝有電極，以發射、收集或控制電子流。用於整流、放大、信號轉換、圖像顯示等。按照電極多少分為二極管、三極管、四極管、五極管、七極管等。

【電子貨幣】diànzǐ huòbì 一種具有消費信用功能的電子磁卡，由銀行發行，可以通過發行銀行的電子計算機網絡系統進行現款存取、轉賬結算等。

【電子計算機】diànzǐ jìsuànjī 一種用電子技術來實現數學運算、信息處理的裝置。具有處理數據、信息速度快且精確度高的特點。可分數字式、模擬式、混合式三種，廣泛用於工程技術、科學研究、經濟管理、教育醫療、文化娛樂、社會生活各個方面。簡稱計算機，也叫電腦。

【電子警察】diànzǐ jǐngchá 交通違章自動拍攝系統的俗稱。

【電子垃圾】diànzǐ lājī 指電子、數碼產品的廢棄物品，包括廢棄不用的手機、家用電器、電腦、複印機、打印機等。

【電子簽名】diànzǐ qiānmíng 利用網絡進行電子商務交易時，用於鑒別當事人身份及確保交易內容資料不被篡改或泄露的代碼。

【電子琴】diànzǐqín〔名〕(架)鍵盤樂器，採用半導體集成電路，對樂音信號進行放大，並通過揚聲器產生音響。

【電子商務】diànzǐ shāngwù 通過互聯網以電子工具進行的商品買賣、服務等商業活動。

【電子圖書】diànzǐ túshū ❶ 以計算機存儲器、磁盤、光盤或互聯網為載體的需用計算機顯示等設備閱讀的圖書：我們準備把這部詞典做成一。❷ 一種像普通書籍大小的小型電子計算機，可以用來閱讀盤裏的內容。❸ 兒童遊戲學習用的一種圖書，上面印有各種智力測驗題，用特製的電子筆來選擇答案。

【電子霧】diànzǐwù〔名〕電子設備在使用過程中所產生的充斥空間、瀰漫於大氣之中的各種不同波長的電磁波。是威脅人類生存環境的一種污染源。

【電子顯微鏡】diànzǐ xiǎnwēijìng 一種高精度顯微鏡，利用能使電子束彙聚成像的電磁透鏡，使放大了的物體影像在熒光屏上顯示出來，能將物體放大幾十萬倍。

【電子信箱】diànzǐ xìnxiāng 在互聯網上的郵政系統中，用戶擁有的信息存儲空間。用戶使用密碼打開電子信箱，進行電子郵件的編輯收發等各種操作。也叫電子郵箱。

【電子眼】diànzǐyǎn〔名〕電視監控攝像器的俗稱。也叫電眼。

【電子郵件】diànzǐ yóujiàn 用戶或用戶組之間通過互聯網收發的信息。也叫電子函件。

電子郵件的不同說法

在華語區，一般都叫電子郵件，中國大陸和台灣地區也叫電子函件、伊眉兒或伊妹兒，台灣地區還叫妹兒，新加坡、馬來西亞和泰國也叫伊妹兒，港澳地區則叫伊貓。

【電子遊戲機】diànzǐ yóuxìjī 一種由電子裝置控制、通過屏幕顯示遊戲內容、用控制鍵操作的高檔玩具。它採用大規模集成電路和中央處理器、視頻處理器。簡稱遊戲機。

【電子政務】diànzǐ zhèngwù 利用信息網絡技術和其他相關技術構建的政府行政手段和方式，目前主要實施網上辦公、網上發佈信息和各部門資源共享等。

【電阻】diànzǔ〔名〕❶ 物體對電流通過的阻礙作用。單位是歐姆。❷ 利用這種阻礙作用的原理製成的電子元件。

【電鑽】diànzuàn〔名〕(台)用電做動力的鑽孔機。

鈿（钿） diàn ❶ 用金銀、翡翠、貝殼、珠寶等鑲嵌在器物上的花紋裝飾：金～｜螺～｜寶～｜翠～。❷ 用金銀、翡翠、珠寶等製成的花朵樣的首飾：花～委地（掉在地上）。❸（Diàn）〔名〕姓。

另見 tián（1338 頁）。

殿 diàn ㊀〔名〕❶（座）高大的房屋。特指寺廟裏供奉神佛或封建帝王受朝理政的房屋：佛～｜大雄寶～｜金鑾～。❷（Diàn）姓。

㊁處在最後；走在最後的：～後｜～軍｜置諸戎車之～。

語彙　大殿　宮殿　配殿　正殿　金鑾殿

【殿後】diànhòu〔動〕走在行軍隊伍的最後：我們小隊～。

【殿軍】diànjūn〔名〕❶ 行軍時走在最後的部隊：～後入。❷ 體育、遊藝等競賽中的最後一名，也指競賽後入選的最後一名。

【殿試】diànshì〔名〕由皇帝在宮廷內大殿上舉行的考試，是科舉考試的最高一級。也叫廷試。

【殿堂】diàntáng〔名〕(座)❶ 宮殿、廟宇等高大建築物的廳堂。❷ 比喻莊嚴肅穆的所在：科學～｜藝術～。

【殿下】diànxià〔名〕對太子或親王的尊稱：親王～｜歡迎～訪問我國。

【殿元】diànyuán〔名〕狀元。也叫殿魁。

墊（垫） diàn ❶〔動〕用東西襯、鋪或支，使加高、加厚或起隔離作用：～

豬圈｜～路面｜把床～高一些｜衣服上面～塊布再熨。❷〔動〕暫時代人付給：～款｜買戲票的錢我先給你～上。❸〔動〕填補空缺（用於戲曲演出）：大軸開演以前先～一齣折子戲。❹（～兒）〔名〕做襯墊或墊子用的東西：鞋～兒｜椅～兒｜草～兒。❺（Diàn）〔名〕姓。

語彙 靠墊 賠墊 鋪墊 坐墊

【墊背】diàn // bèi〔動〕比喻代人受過：他捅了婁子，別人給他～｜他臨死還要拉一個～的｜他官面上交代不下去，要不把你墊了背才怪。

【墊補】diànbu〔動〕（北方官話）❶暫時挪用別的款項或借用別人的錢：先拿這筆錢～上，以後再還。❷貼補；補充不足：掙點兒外快～家用。❸餓時在餐前吃些點心；點補：這裏有點心，誰餓了誰就～～。

【墊底】diàn // dǐ〔動〕❶在底部鋪上起保護或隔離作用的東西：箱子裏先用報紙～，再放書。❷先少吃點東西解餓：先吃點餅乾墊墊底兒，過會兒再開飯。❸比喻做基礎：有學過的知識～，我對做好這項工作很有信心。❹比喻排在最後：這次考試他墊了底兒。

【墊付】diànfù〔動〕暫時代別人付錢：買電影票的錢我替你～了｜書籍印製的費用先由工廠～，月終結賬。

【墊話】diànhuà ❶(-//-)（～兒）〔動〕（北京話）預先通知或關照：過兩天可能要召集大家開個會，您先給他們幾位墊個話。❷〔名〕評書或相聲在表演前的開場白，用來點出正式節目的內容，以引起觀眾注意。

【墊肩】diànjiān〔名〕❶（副）挑東西或扛東西時襯在肩膀上的墊子。❷襯在外套等上衣肩部裏頭的襯墊物，使衣服挺直平。

【墊腳】diànjiao〔名〕〈口〉鋪墊在牲畜圈裏的碎草、乾土等，柔軟保溫，吸收糞尿。

【墊腳石】diànjiǎoshí〔名〕（塊）上馬時踩着登上馬背的石頭。比喻藉以提升地位、官職的人或事物：你要留意，可別讓人家把你當成～。

【墊圈】diànquān（～兒）〔名〕墊在螺母與被連接件之間起加固保護作用的零件，一般為扁平形的金屬環。

【墊支】diànzhī〔動〕暫時代為支付款項：學費由學校～｜上月房租是朋友～的。

【墊資】diànzī〔動〕墊付資金：公司～建設職工俱樂部。

【墊子】diànzi〔名〕墊在某些用具或器物上的東西：床～｜草～｜沙發～｜墊上一個新～。

靛 diàn ❶靛藍。❷藍色和紫色混合而成的深藍顏色。

【靛頦兒】diànkér〔名〕紅點頦兒和藍點頦兒的統稱。

【靛藍】diànlán〔名〕一種天然的深藍色染料，用蓼藍的葉子發酵製成，也可以人工合成。

澱（淀）diàn 沉於液體底層的淤積物：～粉｜清潭去～，引水養魚。
"淀"另見 diàn（289頁）。

【澱粉】diànfěn〔名〕❶有機化合物，由許多葡萄糖分子縮合而成，是重要的營養物質。❷糧粉。

簟 diàn〔名〕竹席：席為冬設，～為夏施。

癜 diàn 皮膚上出現紫斑或白斑的病，日久蔓延成片：紫～｜白～風。

diāo ㄉㄧㄠ

刁 diāo ❶〔形〕狡猾；奸詐：這個人很～｜他也太～了。❷（Diāo）〔名〕姓。

【刁斗】diāodǒu〔名〕古代軍中用具，銅質，有柄，能容一斗。白天用來燒飯，夜間用來打更：竟夕擊～，喧聲連萬方。

【刁悍】diāohàn〔形〕奸猾兇狠：這些人十分～｜～之徒。

【刁滑】diāohuá〔形〕奸猾：走私犯再～也逃不過檢查人員的眼睛｜這人很～，要特別小心。

【刁民】diāomín〔名〕奸猾兇悍的人，舊時官吏常用以蔑稱不服管教的百姓。

【刁難】diāonàn〔動〕找藉口為難阻攔：百般～｜他不是故意～你。

【刁狀】diāozhuàng〔名〕（紙）指顛倒黑白的訴狀：告～。

【刁鑽】diāozuān〔形〕奸猾詭詐：～古怪｜行為～。

【刁鑽古怪】diāozuān-gǔguài〔成〕形容為人狡詐怪僻，行為反常：這是個～的人，誰都很難跟他相處。

叼 diāo〔動〕用嘴銜住（物體的一部分）；用嘴咬住：貓～着老鼠｜嘴裏～着個煙斗。

汈 diāo 見下。

【汈汊】Diāochà〔名〕湖名，在湖北。

凋 diāo ❶凋謝：草木未～｜松柏後～。❷（Diāo）〔名〕姓。

【凋敝】（雕敝、雕弊）diāobì〔形〕❶生活陷入困苦：民生～。❷事業衰落：百業～。

【凋零】（雕零）diāolíng〔動〕❶草木凋謝零落：百花～。❷指人事衰落：同輩～｜百業～。

【凋落】（雕落）diāoluò〔動〕凋謝：入秋後花草～了。

【凋謝】（雕謝）diāoxiè〔動〕❶草木花葉脫落：一下霜，園裏的百花都～了。❷比喻人衰老死亡：朋輩日見～。

蛁 diāo 古指蟬：～鳴。

貂 diāo〔名〕❶（隻）哺乳動物，生活在寒帶地區，身體細長，四肢短，聽覺敏銳。種類很多，有石貂、水貂、紫貂等。❷（Diāo）姓。

語彙　水貂　紫貂　狗尾續貂

碉 diāo ❶石室。❷碉堡：明～暗堡。

【碉堡】diāobǎo〔名〕（座）用磚、石、鋼筋混凝土等建成的防守用的建築物。

辨析　碉堡、堡壘　一般的軍事防守工事叫"碉堡"，"堡壘"多指大型的軍事工事設施。"敵人沿公路修了很多碉堡"，其中的"碉堡"不能換為"堡壘"。"堡壘"能用於比喻義，如"我們一定要攻剋這一科學堡壘"，"碉堡"不能。

雕 〈㊀鵰㊁彫㊂琱〉

diāo ㊀〔名〕❶（隻）猛禽，嘴、爪均呈鈎狀，翼強大善飛，視力很強，能自高空俯視獵物。嗜食鼠、兔等。❷（Diāo）姓。

㊁❶〔動〕雕刻：～版｜木～泥塑｜精～細刻｜牆上～有佛像。❷用彩畫裝飾的：～樑畫棟｜～牆之美。❸指雕刻藝術或作品：貝～｜牙～。

語彙　貝雕　浮雕　花雕　漆雕　石雕　牙雕　坐山雕　泥塑木雕　一箭雙雕

【雕版】diāobǎn ❶〔動〕在木板或金屬板上雕刻文字或圖畫，使成為印刷用的底版：～工人。❷〔名〕供印刷用的雕刻好的底版。

【雕蟲】diāochóng〔名〕只會雕蟲小技的人：尋章摘句老～。

【雕蟲小技】diāochóng-xiǎojì〔成〕像雕刻鳥蟲書（古代的一種字體，形狀像鳥蟲）一樣的技能。比喻微不足道的技能（多指文字技巧）：我寫了幾篇散文，不過是～。也說雕蟲小藝。

【雕花】diāohuā ❶〔動〕雕刻圖案、花紋：在柱子上～｜在名廚手上，果品也可以～。❷〔名〕雕刻成的圖案、花紋：～家具。

【雕刻】diāokè ❶〔動〕在木、石、象牙等材料上刻出文字或形象：～圖章｜～碑文。❷〔名〕雕刻成的藝術品：大理石～｜象牙～。

【雕樑畫棟】diāoliáng-huàdòng〔成〕用雕花彩畫裝飾的樑棟。形容建築物富麗堂皇：江邊的高閣，～，很有氣勢。也說畫棟雕樑。

【雕漆】diāoqī〔名〕❶一種先在銅胎或木胎上塗上好些層漆，陰乾後雕成各種花紋的特種工藝。❷雕漆工藝製成的器物。以上也叫漆雕。

【雕砌】diāoqì〔動〕雕琢堆砌（詞語）：遣詞造句要自然，不可～辭藻。

【雕飾】diāoshì ❶〔動〕雕琢裝飾。

❷〔動〕指刻意地修飾：不加～，天然成趣。
❸〔名〕雕琢裝飾的花紋、圖案等：殿內的～已殘缺了。

【雕塑】diāosù〔名〕❶一種造型藝術。用黏土、石膏、金屬等雕刻或塑造成人物、動植物等各種形象。有圓雕（如立體的人物頭像、全身像等）和浮雕（如牆壁上凸出來的半立體形象等）之分。❷雕塑成的藝術品。

【雕像】diāoxiàng〔名〕（尊）雕刻的人像；有時也指動物形象：半身～｜大理石～。

【雕琢】diāozhuó〔動〕❶雕刻玉石器物：這是一整塊翡翠～成的白菜和蟈蟈兒。❷刻意地修飾（文字）：寫文章不要只在詞句方面～。

鯛（鯛）diāo〔名〕魚名，生活在海洋中，長橢圓形，頭大口小，有明顯的側綫。種類很多，有真鯛、黑鯛等。

diǎo ㄉㄧㄠˇ

屌 diǎo〔名〕〈口〉男性生殖器的俗稱。

鳥（鳥）diǎo 同"屌"。舊小說中（如《水滸傳》）常用作罵人的話：～朝廷｜～官｜～相干。

另見 niǎo（979頁）。

diào ㄉㄧㄠˋ

弔（吊）diào〔動〕祭奠、追念死者或慰問遭到喪事的人家、團體：憑～｜～喪｜寫詩以～為國捐軀的烈士。

"吊"另見 diào（295頁）。

語彙　憑弔　形影相弔

【弔民伐罪】diàomín-fázuì〔成〕撫慰老百姓，討伐有罪的統治者：人民軍隊～，秋毫無犯，受到群眾熱烈歡迎。

【弔喪】diào∥sāng〔動〕到喪家祭奠死者：～的人成群結隊｜弔了喪以後又慰問了死者家屬。

【弔死扶傷】diàosǐ-fúshāng〔成〕祭奠死者，救助傷者：大災過後，～是義不容辭的責任。

【弔慰】diàowèi〔動〕哀悼死者並向死者家屬表示慰問：對事故中遇難者家屬，領導一一登門～。

【弔孝】diàoxiào〔動〕弔喪。

【弔唁】diàoyàn〔動〕祭奠死者並慰問其親屬：專程前往～。

吊 diào ㊀❶〔動〕懸掛：城樓上～着紅紗燈。❷〔動〕用繩子等繫着升或降：把灰漿～上樓頂｜把工具～下礦井。❸〔動〕把球巧妙地打到對方防守薄弱的地方：近網輕～｜打～結合｜～射。❹〔動〕給成件的毛皮綴上面子或裏子製成衣服。❺收回（證件、執照等）：～銷。

㊁〔量〕舊時一千個制錢叫一吊，從前北京管一千個銅錢也叫一吊，兩千個銅錢就叫兩吊。一吊、兩吊，也可以說成一吊錢、兩吊錢。

另見 diào "弔"（295 頁）。

語彙 陪吊 上吊 塔吊

【吊膀子】diàobàngzi〔動〕（吳語）調情。也說吊膀。

【吊車】diàochē〔名〕（台）起重機的通稱。

【吊窗】diàochuāng〔名〕（扇）一種舊式窗子，可以向上吊起來。

【吊床】diàochuáng〔名〕可以把兩端掛起來固定又不挨地面的床，用帆布、繩、網做成，多野外用。

【吊帶】diàodài〔名〕（條）❶從腰間或腿上兩側垂下吊住褲子的帶子（多為女性使用）。也叫襪帶。❷從肩部垂下吊住受傷的手、臂以防骨頭錯位的帶子。❸搭在肩上吊住褲子或裙子的帶子。❹女式背心、裙裝、泳裝上吊在肩部的細帶子。

【吊燈】diàodēng〔名〕（盞）從高處垂掛下來的燈，形式多樣，一般有裝飾性的燈罩。

【吊頂】diàodǐng ❶〔動〕(-//-)在室內屋頂平面上安裝天花板：房間正在～，還沒裝修完。❷〔名〕天花板：鄰居房間的～做得很漂亮。

【吊兒郎當】diào'erlángdāng〔形〕〈口〉狀態詞。形容作風懶散、態度不嚴肅等：那幾個年輕人自由散漫慣了，成天～的。

【吊環】diàohuán〔名〕❶男子體操運動項目之一。運動員手握吊環做各種動作：～比賽。❷體操器械之一，在高架上掛兩根繩，繩下端各有一個環。

【吊腳樓】diàojiǎolóu〔名〕（座）❶中國貴州、湖南西部的土、侗等族的民居，依山用竹木建樓，高可三層，樓後部靠岩着地，樓前部凌空，下端支有木柱。是中原庭院式建築同西南干欄式建築的完美結合。❷臨水而建的房屋，因面積不足，房屋的一半着陸，另一半以支柱架在水上。以上也叫吊樓。

【吊具】diàojù〔名〕泛指起重工具。

【吊蘭】diàolán〔名〕（棵）多年生草本植物，葉叢抽出細長下垂的花軸，上開白色小花。適於盆栽，懸掛在室內供觀賞。

【吊爐】diàolú〔名〕一種烘製食品的爐具，燃木炭，無灰，食物掛或架在其中烘烤：～燒餅｜～烤鴨。

【吊毛】diàomáo〔名〕戲曲武功。身體向前，兩臂環甩至胸前，左腳向前上，趁勢以腳掌猛蹬，上身向前俯，縱腰，兩腳離開地面。身體騰空後，兩腿伸直併攏，向空翻，以脊背着地。是一種舞蹈化的翻跟頭。

【吊橋】diàoqiáo〔名〕❶（座）用多條鐵索或繩索懸在兩岸間，在其上鋪設橋面的橋：兩山峽谷之間有～。❷（座）全部或一部分橋面可以吊起、放下的橋。多用在護城河及軍事據點上。❸登陸艦艇和汽車渡輪上供登船或上岸用的可吊放的跳板。

【吊球】diào // qiú〔動〕某些球類比賽時把球從網上輕巧地打到對方防守薄弱的地方：甲隊～成功，取得關鍵的一分。

【吊嗓子】diào sǎngzi 戲曲、曲藝或歌唱演員用樂器伴奏或按要求練發聲：他唱京劇入了迷，每天清晨都要去公園～。

【吊扇】diàoshàn〔名〕（台）安裝在房屋頂棚上的電風扇。

【吊死鬼】diàosǐguǐ〔名〕❶〈口〉指夏天從槐樹上吐絲掛下來的槐蠶（含厭惡意）。❷迷信指上吊而死的人或其鬼魂。

【吊塔】diàotǎ〔名〕（座）吊車的塔架。

【吊桶】diàotǒng〔名〕（隻）桶樑上繫有繩子或竹竿，用來垂下吊上打水的桶：他家院子裏放了兩個～｜十五個～打水，七上八下。

【吊胃口】diào wèikǒu ❶用美味引起人的食欲。❷〔慣〕比喻誘使人產生興趣或欲望：先給你一點兒好處，～，讓你產生購買的想法。

【吊線】diào // xiàn〔動〕瓦木工幹活時，用綫吊重物形成垂綫以為標準：想當木工就要學會～｜請老師傅吊一下線，看這牆砌得直不直。

【吊銷】diàoxiāo〔動〕收回並取消某些（證件、執照）：～護照｜～執照。

【吊裝】diàozhuāng〔動〕在建築工程中把預製構件吊起來安裝在一定的位置：～構件｜人工～｜機械～。

掉 diào ㊀〔動〕❶落下：～淚｜皮球～在井裏了。❷落在後面：～隊了。❸遺失；遺漏：別把身份證～了｜這段譯文～了幾個字。❹減少；降低：～價兒｜～膘｜～色。❺用在動詞後，表示除去：打～官氣｜刪～這一句話。❻用在動詞後，表示離開：幾個小夥子溜～了｜小鳥飛～了｜再晚就走不～了。

㊁❶搖動；擺動：尾大不～。❷〔動〕回；轉：我把車～了頭再開｜為甚麼～過臉去不理人？❸〔動〕掉換：～了個過兒，看着就順眼了。

語彙 丟掉 幹掉 失掉 忘掉 尾大不掉

【掉包】diào // bāo（～兒）〔動〕暗中以假的壞的替換真的好的：～計｜沒想到皮箱被人神不知鬼不覺地掉了包。也作調包。

【掉膘】diào // biāo〔動〕（北方官話）指牲畜變瘦：飼料充足，過冬後羊都沒～。

【掉點兒】diào // diǎnr〔動〕〈口〉零零星星地落下雨點兒：～了，快把院子裏晾的衣裳收進來｜沒掉幾個點兒，雨就停了。

【掉隊】diào//duì〔動〕結隊而行時，落在隊伍的後面；也泛指落伍：行軍途中沒有一個人～｜跟上形勢，不要～｜你又掉了隊，快努力趕上去。

【掉過兒】diào//guòr〔動〕掉換位置：把書桌書架～放，屋裏就顯得寬綽了｜你們倆掉個過兒就都看得見台上的表演了。

【掉換】diàohuàn〔動〕❶ 互換：我想到值班時間和別人～一下｜他倆要求～座位。❷ 更換：這雙鞋買得不合適，要去商店～｜他很想～工作。以上也作調換。

【掉價】diào//jià（～兒）〔動〕❶ 價格降低：雞蛋～了。❷ 比喻降低身份：跟這種人在一起真～。

【掉鏈子】diào liànzi ❶ 自行車在行駛中鏈條脫落。❷〔慣〕比喻事情在進行中出現失誤，無法達到預期效果：他關鍵時刻沒～，投籃命中，幫助球隊取得勝利。

【掉色】diào//shǎi〔動〕顏色變淺或脫落：毛衣～｜這身衣服剛穿幾天就掉了色。**注意**這裏的"色"不讀 sè。

【掉書袋】diào shūdài〔慣〕譏諷人說話、寫文章好引經據典，賣弄才學：他愛～，惹人討厭。

掉書袋的故事
宋朝馬令《南唐書・彭利用傳》載，彭利用飽讀詩書，博聞強記，及至日常生活，對大人孩子以及僕役，動輒引經據典、子曰詩云，以代常談，時俗稱他是"掉書袋"。

【掉頭】diào//tóu〔動〕❶ 轉頭，表示不顧而去：他見勢不妙，～就跑。❷ 回頭：～一看，嚇了我一跳。❸（車、船等）轉成相反的方向：船小好～｜汽車掉一個頭才好開出去。也作調頭。

【掉歪】diàowāi〔動〕〈口〉出壞主意：耍滑、～，他都不會。

【掉綫】diào//xiàn〔動〕（電話、網絡等）綫路在接通後突然中斷：電話又～了，真煩人｜剛上網，就掉了綫。

【掉以輕心】diàoyǐqīngxīn〔成〕唐朝柳宗元《答韋中立論師道書》："故吾每為文章，未嘗敢以輕心掉之。"掉：賣弄；輕心：輕率之心。意思是說他寫文章從來不敢輕率地去賣弄。後用"掉以輕心"指對事情漫不經心，不當一回事：這個問題要認真對待，絕不能～。

【掉轉】diàozhuǎn〔動〕改變成相反方向：～槍口｜馬頭飛奔而去。

釣（钓）diào ❶〔動〕用釣餌引誘鈎取魚及其他水生物：～魚｜～上來一隻小烏龜。❷ 比喻用手段誘取、騙取：沽名～譽。❸（Diào）〔名〕姓。

【釣餌】diào'ěr〔名〕❶ 誘魚上鈎的食物：他用蚯蚓做～釣了一條大魚。❷ 比喻引人進入圈套的事物：他以招工為～，拐賣女青年。

【釣竿】diàogān〔名〕（根）釣魚的工具，用細長的竹子或金屬製成，在竿的一端繫綫，綫端有釣鈎：這裏魚很多，～一放上，就有魚來咬鈎。

【釣鈎】diàogōu〔名〕❶ 釣魚的小金屬鈎兒。❷ 比喻為引誘人設下的圈套：別上他們的～。

【釣具】diàojù〔名〕（副）釣魚的用具。

【釣手】diàoshǒu〔名〕（位，名）參加釣魚比賽的選手。

【釣位】diàowèi〔名〕釣魚比賽時安排的選手垂釣的位置。

【釣魚】diào//yú〔動〕❶ 用釣餌誘使魚上鈎。❷ 比喻引誘別人上當。

【釣魚台】Diàoyútái〔名〕北京著名亭台苑囿之一，在阜成門外。清朝時為行宮，現為國賓館。

銱（铞）diào 見"釘銱兒"（845 頁）。

銚（铫）diào（～兒）〔名〕熬東西燒開水用的器具：藥～兒｜沙～兒。
另見 yáo（1574 頁）。

蓧（蓧）diào 古代除草用的農具：以杖荷～。

調（调）diào ㊀❶〔動〕調動；分派：～工作｜南水北～｜～他去搞工會工作。❷ 訪查；了解：～研｜內查外～。
㊁❶（～兒）〔名〕腔調；口音：南腔北～｜他說話一口山東～兒。❷〔名〕樂曲、戲曲中指調門的高低：C～｜上字～。❸（～兒）〔名〕曲調，樂曲中高低長短的音配合組成的旋律：這首歌的～優美動聽。❹ 比喻風格、才情等的特點：情～｜格～｜筆～。❺〔名〕語音的聲調：～類｜～值｜升～｜降～｜降升～。
另見 tiáo（1341 頁）。

語彙 筆調 變調 步調 抽調 單調 低調 對調 高調 格調 基調 老調 論調 腔調 強調 情調 曲調 聲調 外調 語調 徵調 唱反調 陳詞濫調 南腔北調 油腔滑調

【調包】diàobāo 同"掉包"。

【調兵遣將】diàobīng-qiǎnjiàng〔成〕調動兵力，派遣將領。指軍事中部署兵力。也泛指組織調配人力：敵對雙方都在～，戰爭有一觸即發之勢｜為使新產品佔領市場，公司～，分赴各地搞促銷。

【調撥】diàobō〔動〕❶ 調動分配（物資、款項等）：～鋼材｜～化肥｜將一批救災物資～到災區。❷ 調遣：抗洪人員歸你們統一指揮～。

【調查】diàochá〔動〕為了了解情況進行實地考察：到出事地點～｜一定要把這件事～清楚。

【調檔】diào//dàng〔動〕調閱檔案，特指招生工作中把分數達到一定標準的考生的檔案調出來查閱，確定錄取人員：～綫。

【調動】diàodòng〔動〕❶更動；變更：部隊～頻繁｜～工作。❷調集發動：～力量｜～一切積極因素。

【調度】diàodù　❶〔動〕調派安排（人力、車輛等）：～有方，工作井然有序｜～車輛。❷〔名〕（位，名）指做調度工作的人。

【調防】diào // fáng〔動〕駐防部隊移交防守任務，由新調來的部隊接替：部隊～｜原來駐在這裏的一個團已經調了防。

【調幹生】diàogànshēng〔名〕（名）指原為幹部，後調離工作崗位去學校學習的學生。

【調函】diàohán〔名〕（份）❶由人事部門發出的調動人員的公函。❷向有關方面發出的請求協助調查的公函。

【調號】diàohào（～兒）〔名〕❶表示音節聲調的符號。《漢語拼音方案》規定的調號是：陰平作（-），陽平作（ˊ），上聲作（ˇ），去聲作（ˋ），輕聲無符號。❷音樂中指用以確定樂曲主音高度的符號。在五綫譜中用不同數目的升（#）、降（b）記號表示；在簡譜中用 1=F、1=ᵇB 等記號表示。

【調虎離山】diàohǔ-líshān〔成〕誘使老虎離開山中的巢穴。比喻設法使人離開原來的地方，以便乘機行事：險些中敵人～之計｜佯攻車站，～，再抄襲司令部。

【調換】diàohuàn 同"掉換"。

【調集】diàojí〔動〕調動使集中：～人馬｜～兵力｜～救災物資。

【調卷】diàojuàn〔動〕調閱案卷或考卷：需要到他所在部門去～。也作吊卷。

【調類】diàolèi〔名〕聲調的類別。古漢語的調類原有四個，即平聲、上聲、去聲、入聲。普通話的調類有四個，即陰平、陽平、上聲、去聲。方言的調類有三至九個不等。

【調離】diàolí〔動〕調動並離開：老王已～該廠。

【調令】diàolìng〔名〕（道）調動人員的命令：下達～｜等待～｜～已經發出。

【調門兒】diàoménr〔名〕〈口〉❶指音調的高低：家裏有病人，請你們說話時把～放低點｜～一定得太高，恐怕唱不上去。❷指論調：～不要太高，太高了會脫離群眾的。

【調派】diàopài〔動〕調動分派（人員）：～大批醫務人員趕赴災區｜～車輛力保春耕用油。

【調配】diàopèi〔動〕調動配置（人力、物資）：合理～勞動力｜～生產工具和原材料。
　　另見 tiáopèi（1341頁）。

【調遣】diàoqiǎn〔動〕調動派遣；差遣：～部隊｜～幹部。

【調任】diàorèn〔動〕調離原職，改任新職：他由車間主任～副廠長。

【調式】diàoshì〔名〕樂曲都是由若干基本的音所構成，它們按照一定的關係組成為音列，稱為調式。調式中的一音處於核心地位，叫主音。

【調頭】diàotóu 同"掉頭"③。

【調研】diàoyán〔動〕調查研究：深入基層～，取得第一手資料。

【調研員】diàoyányuán〔名〕❶（位，名）為企業管理決策做信息採集和數據分析的業務人員：市場～。❷中國國家公務員非領導職務的一種。包括副處級調研員、正處級調研員等。

【調演】diàoyǎn〔動〕文化主管部門挑選安排下屬文藝團體單獨或同台演出優秀文藝節目：全國戲曲～｜～話劇新作，獎勵優秀創作。

【調用】diàoyòng〔動〕調配使用：～物資｜聽候～。

【調閱】diàoyuè〔動〕調取文件、檔案進行查閱：～了大量法院存檔，才了解了案件的真相。

【調運】diàoyùn〔動〕調撥並運輸（物資）：～救濟糧｜～土特產品進城｜～日用品下鄉。

【調值】diàozhí〔名〕聲調的高低升降的實際讀法。不同的方言，字調的調類可以相同，但每一調類的調值卻可以不同。比如調類同為陰平，北京話讀高平調，而天津話卻讀低平調，二者調值相差甚大。

【調職】diào // zhí〔動〕調動職務；從一個單位調到另一個單位去工作：張廠長已～到分廠。

【調子】diàozi〔名〕❶音樂的曲調：這首歌的～很高昂。❷說話時帶的某種情緒：小王發言的～很低沉｜他今天說話的～變了。❸論調；宗旨：你不要先定～，讓大家自由討論｜講話的基本～未變。

窵（窵）diào〈書〉深遠：～遠。

diē ㄉㄧㄝ

爹 diē〔名〕〈口〉父親。

語彙　乾爹　公爹　後爹　老爹

【爹爹】diēdie〔名〕（吳語）❶父親。❷祖父。

跕 diē〈書〉跌倒；降落。
　另見 diǎn（287頁）；diǎn "踮"（287頁）。

跌 diē/dié〔動〕❶摔倒；倒下：～了一跤｜～倒了爬起來。❷（水位）下落（跟"漲"相對）：水位漸漸～下去了。❸（物價）下降（跟"漲"相對）：～價。❹墜：～落｜～到水中。

【跌打損傷】diēdǎ-sǔnshāng 因摔跤、揑打造成的傷痛。泛指由各種外因造成的傷痛：這膏藥專治～。

【跌宕】（跌蕩）diēdàng〔形〕〈書〉❶放縱；不受

拘束：～不羈。❷ 音調抑揚頓挫：歌聲～。
❸ 文章富於變化，行文有頓挫波折：這篇小說
情節起伏～，引人入勝。

【跌倒】diēdǎo〔動〕❶ 身體失去平衡而倒下：孩
子走路不小心～了｜～不要緊，爬起來趕上
去！❷ 比喻犯錯誤或受挫折：知錯改錯，從哪
裏～，就從哪裏爬起來。

【跌跌撞撞】diēdiēzhuàngzhuàng（～的）〔形〕狀
態詞。走路不穩的樣子：幾個人摸着黑，深一
腳淺一腳，～地往前走。

【跌份】diē//fèn（～兒）〔動〕（北京話）丟臉；降低
身份：輸了棋可～｜真給我們大夥～｜栽了跟
頭，跌了份兒。

【跌幅】diēfú〔名〕（物價等）下降的幅度：今年副
食品價格同比～很大｜股價～達 10%。

【跌價】diē // jià〔動〕價格下降（跟"漲價"相
對）：到了旺季，水果就要～｜這東西跌了價
也沒人買。

【跌跤】（跌交）diē // jiāo〔動〕❶ 摔跟頭：弟弟～
了，快把他扶起來｜跌了一跤。❷ 比喻在前
進過程中犯錯誤或受挫折：要大膽工作，不要
怕～｜剛工作那一陣兒，我可跌了不少跤。以
上也說跌跤子。

【跌落】diēluò〔動〕❶（有一定重量的物體）往下
掉落：花瓶～在地上碎了。❷（價格、產量
等）下降：這次調價，家用電器～20%｜今年
遭遇洪災，產量有所～。

【跌勢】diēshì〔名〕下降的勢頭：由於廠家競爭，
彩電的～還要持續下去。

【跌停板】diētíngbǎn〔名〕證券市場實施的一種行
政管理措施和制度。它規定股票、基金、債券
當日跌幅的最低限度（不得超過前一天收盤的
10%），以此作為當日的最低價，但不停止交
易（跟"漲停板"相對）。

【跌銷】diēxiāo〔動〕銷路下降：市場上的洗衣機
出現了～現象。

dié ㄉㄧㄝˊ

垤　dié〈書〉小土堆：丘～。

昳　dié〈書〉太陽偏西：日～。
另見 yì（1607頁）。

迭　dié ❶ 輪流；交替；更～。❷ 跟在"不"
後，表示不止或不及：叫苦不～｜忙
不～。❸〔副〕〈書〉屢次：～接來信｜有新發
現。❹（Dié）〔名〕姓。

【迭出】diéchū〔動〕交替地出現；不斷地出現：
層見～｜精品～。

【迭次】diécì〔副〕〈書〉不只一次；屢次：～會
談，毫無進展。

【迭起】diéqǐ〔動〕一重一重地出現；一次又一次

地興起：山巒～｜歌聲～｜高潮～。

砝　dié〈書〉小瓜：瓜～綿綿。

堞　dié 城上如齒狀的矮牆：雉～｜城～。

揲　dié〈書〉摺疊。
另見 shé（1187頁）。

耊　dié〈書〉七八十歲的年紀，泛指老年：
耄～之年。

喋　dié ㊀〈嚏〉見"喋喋不休"（299頁）。
㊁見"喋血"（299頁）。
另見 zhá（1704頁）。

【喋喋不休】diédié-bùxiū〔成〕嘮嘮叨叨，說個沒
完（多含厭惡意）：他一回到家裏就～地說自己
多麼勞累。

【喋血】（蹀血）diéxuè〔動〕〈書〉指（因殺人多而）
滿地流血：～京師｜王好～，驅民征戰。

経（経）dié ❶ 古時喪服上的麻布帶子。
❷（Dié）〔名〕姓。

牒　dié ❶ 簡札，古人寫字或刻字用的小木片
或小竹片：截以為～。❷ 書籍；簿冊：
史～（史籍）｜名～（名冊）。❸ 文書或證件：最後
通～｜度～。❹（Dié）〔名〕姓。

語彙　度牒　譜牒　通牒

碟　dié〔名〕碟子：把碗、～洗乾淨。

【碟片】diépiàn〔名〕（張）光盤：他整整看了一晚
上～。

【碟子】diézi〔名〕（隻）盛菜或調味品等的小食
具，底平而淺。

嵽（嵽）dié 見下。

【嵽嵲】diéniè〔形〕〈書〉山高峻的樣子。

蝶〈蜨〉dié〔名〕蝴蝶的簡稱：招蜂引～｜
紙上畫着雙飛～。

語彙　粉蝶　蝴蝶　蛺蝶　木葉蝶

【蝶泳】diéyǒng〔名〕❶ 一種游泳姿勢，因動作
形似蝶飛，故稱：～比賽。❷ 游泳運動項目
之一。

蹀　dié〈書〉踏；跺：～足。

【蹀躞】diéxiè〔動〕❶〈書〉小步行走：～恐顛墜。
❷ 徘徊①：春日～於後園。以上也說蹀躞。

諜（諜）dié ❶〈書〉刺探敵情：使人～之。
❷ 進行諜報活動的人：間～｜
匪～。

【諜報】diébào〔名〕刺探來的敵方情報：屢
獲～｜～員。

【諜戰】diézhàn〔名〕敵對雙方的間諜活動：～片
是影視劇的一個重要類別。

鰈（鰈）dié〔名〕魚名，生活在淺海，體側扁，有細鱗，兩眼都在右側。

疊（叠）〈疊疊〉dié ❶〔動〕一層加一層；重複：～假山｜～羅漢。❷〔動〕摺疊：～衣服｜～被子｜～信紙。❸（Dié）〔名〕姓。

語彙　重疊　打疊　堆疊　摺疊

【疊床架屋】diéchuáng-jiàwū〔成〕床上疊床，屋上架屋。比喻重複累贅：說話寫文章切忌～，使人不得要領｜機構設置有～現象，必須精簡。也說架屋疊床。

【疊翠】diécuì〔動〕林木、山巒青翠重疊：層林～｜群山～。

【疊羅漢】dié luóhàn 一種體操、雜技表演，人架人重疊成各種造型。

【疊印】diéyìn〔動〕把兩個或兩個以上不同的畫面重疊映出，用以表現劇中人的回憶、幻想，也用以構成並列形象，是電影、電視劇的一種表現手法。

【疊韻】diéyùn〔名〕❶ 漢語中指兩個或幾個字韻母中的主要元音和韻尾相同，如"伶仃""膀胱"。❷ 寫舊體詩重用前韻。

【疊嶂】diézhàng〔名〕重疊的山峰：重巒～。

【疊字】diézì〔名〕形、音、義相同的單字的重疊，是古人常用的一種修辭方式（如"冷冷清清，悽悽慘慘戚戚"），也是一種構詞方式（如"剛剛""偏偏"）。

氎 dié〈書〉細棉布。

dīng ㄉㄧㄥ

丁 dīng ㊀❶成年人（指男子）：成～｜每戶抽一～。❷指人口：人～興旺｜計～授糧。❸指從事某種勞動的人：園～｜庖～。❹（Dīng）〔名〕姓。

㊁（～兒）〔名〕蔬菜、肉類切成的小方塊：把蘿蔔切成～兒｜榨菜炒肉～兒。

㊂〔名〕天干的第四位。也用來表示順序的第四。

㊃〈書〉遭逢：～憂｜～艱。

另見 zhēng（1734 頁）。

【丁部】dīngbù〔名〕中國古代把圖書分為甲、乙、丙、丁四部，丁部即後來的集部。

【丁村人】Dīngcūnrén〔名〕古人類的一種，生活在舊石器時代早期，其化石 1954 年於山西襄汾丁村附近發現，故稱。

【丁當】dīngdāng〔擬聲〕形容金屬、瓷器等撞擊的聲音：錘子砸在鐵板上～響｜洗碗的時候別弄得丁丁當當的。也作叮噹、玎璫。

【丁點兒】dīngdiǎnr〔量〕（北京話）表示極少或極小：這手錶一～毛病也沒有｜這麼～事不要去麻煩大家。注意 a）"丁點兒"前的數詞限於"一"，如不能說"兩丁點兒"或"三丁點兒"。b）"丁點兒"前的數詞"一"常常可以略去不說。

【丁東】dīngdōng〔擬聲〕形容玉、石、金屬等撞擊的聲音：兩隻玉鐲碰在一起～有聲。也作丁冬。

【丁艱】dīngjiān〔動〕〈書〉丁憂：～在家。

【丁克家庭】dīngkè jiātíng 夫婦都有收入並且不準備養育子女的家庭：白領夫婦中，希望選擇～生活的人有增加之勢。(丁克，英 DINK，是 double income no kids 的縮寫)

【丁零】dīnglíng〔擬聲〕形容鈴聲：他把自行車鈴按得～～直響。

【丁零噹啷】dīnglingdānglāng〔擬聲〕形容金屬、瓷器等連續撞擊的聲音：清風吹來，寶塔上的銅鈴～地響個不停。

【丁男】dīngnán〔名〕舊指已達到服役年齡的成年男子。

【丁年】dīngnián〔名〕男子成丁的年齡。

【丁是丁，卯是卯】dīng shì dīng，mǎo shì mǎo〔俗〕丁是天干的第四位，卯是地支的第四位。同是第四位，卻不能混淆。形容做事認真，不通融，不馬虎：老劉管財務～，深得領導和群眾的信任。也作"釘是釘，鉚是鉚"。

【丁香】dīngxiāng〔名〕（棵，株）❶ 母丁香。常綠喬木，夏季開淡紫色花，花蕾可入藥，果實長球形，種子可榨油。❷ 紫丁香。落葉灌木，葉子卵圓形或腎臟形，春季開白色或紫色的花，有香氣，供觀賞。

【丁夜】dīngyè〔名〕古代指四更時，即凌晨一時至三時。

【丁憂】dīngyōu〔動〕〈書〉遭逢父親或母親的喪事：～離任。也說丁艱。

【丁壯】dīngzhuàng〔名〕〈書〉青壯年男子。

【丁字尺】dīngzìchǐ〔名〕（把）像丁字形的尺子，用於繪圖，多用木料或塑料製成。

【丁字街】dīngzìjiē〔名〕形狀呈 T 形，像丁字的街道。

【丁字路】dīngzìlù〔名〕呈丁字形的道路。

仃 dīng 見"伶仃"（851 頁）。

叮 dīng〔動〕❶ 咬：蚊蟲等用針形口器插入人或某些動物皮膚內吸食血液：孩子的腿上叫蚊子～了個包。❷ 追問：一連～了幾句，他才說了真話。❸ 囑咐：千～萬囑｜上車前又～了他一句。

【叮嚀】（叮寧）dīngníng〔動〕反復地囑咐：兒子每次出遠門，媽媽總是～了又～。

【叮囑】dīngzhǔ〔動〕懇切囑咐：首長～新到任的秘書要保管好機密文件｜老奶奶～孫女出門要小心謹慎。

[辨析]**叮囑、叮嚀**　兩個詞都是囑咐的意思，但"叮囑"更多的是用於長輩對晚輩、上級對下級，有語重心長的含義；"叮嚀"是多次反復地囑咐，有不厭其煩的含義。

玎 dīng 見下。

【玎玲】dīnglíng〔擬聲〕形容玉石撞擊的聲音。

盯 dīng〔動〕集中視力看（某一點）；注視：兩眼～着黑板｜大家都～着他。也作釘（dīng）。

【盯防】dīngfáng〔動〕足球、籃球等比賽中指緊盯着對方隊員進行防守：投籃時無人～｜場上重點～對方的主要射手。

【盯梢】dīng // shāo〔動〕❶ 暗中跟蹤；監視：小心有人～｜有人盯你的梢。❷ 不懷好意地跟在後面；追蹤（多指男的追蹤女的）。以上也作釘梢。

町 dīng 用於地名：畹～（在雲南西部）。
另見 tǐng（1350頁）。

疔 dīng〔名〕一種毒瘡，多生於頭面及四肢末端，腫硬而根深，略似小釘子。也叫疔瘡、疔疽。

酊 dīng / dǐng ❶ 見下。❷（Dīng）〔名〕姓。

【酊聹】dīngníng〔名〕〈書〉耳垢。

酊 dīng〔名〕酊劑的簡稱。在藥品或化學藥品經浸漬或溶解而製成的一種藥劑，如碘酊、橙皮酊等。[拉 tinctura]
另見 dǐng（301頁）。

釘（钉）dīng ⊖（～兒）〔名〕（顆）釘子：鐵～｜螺絲～兒｜輪胎上扎了一個～。

⊜ ❶〔動〕緊跟着不放鬆：～住對方的旗艦｜對方採取人～人的戰術，他無法投籃。❷〔動〕督促；催問：他吃藥總要別人～着｜這事你得～着點，不然他又忘了。❸ 同"盯"。
另見 dìng（305頁）。

語彙　道釘　螺釘　圖釘　眼中釘　板上釘釘

【釘錘】dīngchuí〔名〕（把）釘釘子用具，一頭裝有錘頭，錘頭一端為柱形，另一端扁平微彎，中間有狹縫，用於起釘子。

【釘螺】dīngluó〔名〕螺的一種，生活在温帶或熱帶的淡水裏，水陸兩棲，殼圓錐形，像釘子。是傳染血吸蟲病的媒介。

【釘耙】dīngpá〔名〕（把）鐵製的有釘狀齒的耙子，用以碎土和平地。也叫釘齒耙。

【釘牌】dīngpái〔動〕港澳地區用詞。吊銷營業執照，取消某種資格：該旅行社因不安排旅客入住酒店，嚴重損害旅客利益，經調查，最後被政府～。

【釘梢】dīng // shāo 同"盯梢"。

【釘鞋】dīngxié〔名〕（雙，隻）❶ 用桐油油過的布鞋，底子上釘滿大帽子釘，用作雨鞋。也叫油鞋。❷ 運動穿的跑鞋和跳鞋，底子有鞋釘，鞋釘插進跑道，增加跑跳衝力。

【釘子】dīngzi〔名〕❶（顆，枚）金屬或竹木等製成的一頭平一頭尖的細條形物件，主要用於固定、連接物體或懸掛物品；一般指鐵釘。❷ 比喻難以處理的人或事物：～戶。❸ 比喻潛伏在對方內部的人：我們內部有敵人安插的～。

【釘子戶】dīngzihù〔名〕指城市房屋拆遷中要價很高、不滿足條件就頂着不搬遷的住戶或單位。

靪 dīng〔動〕補鞋底。

dǐng ㄉㄧㄥˇ

酊 dǐng 見"酩酊"（938頁）。
另見 dīng（301頁）。

頂（顶）dǐng ⊖ ❶〔名〕頭的最上部：他的～都禿了｜摩～放踵。❷（～兒）〔名〕物體的最上部分：屋～｜山～兒。❸〔名〕上限；最高點：獎金下不保底，上不封～｜他的事業也到～了。❹〔量〕用於某些有頂的物品：一～草帽｜一～蚊帳。❺〔動〕用頭支承：～碗（雜技）｜他～着雨追去了（冒雨）｜～天立地。❻〔動〕支撐；抵住：用槓子～上門｜～住歪風邪氣。❼〔動〕對面迎着：～風冒雪｜兩輛卡車～頭相撞。❽〔動〕從下向上拱：幼芽～出地面。❾〔動〕用頭撞擊：～球。❿〔動〕用言語頂撞：這孩子說話～人。⓫〔副〕表示程度最高：這塊石頭～硬｜她給戰士做的布鞋～結實｜他～愛下棋｜正在上演的新戲～賣座兒。⓬〔副〕表示最大限度：做這種活兒～快也得十天半個月｜～多再有兩個人也就夠了。注意"先、後、前"等單音詞前面一般用"最"，不用"頂"。⓭（Dǐng）〔名〕姓。

⊜〔動〕❶ 相當；抵：他幹活兒一個～倆。❷ 擔當；支持：一晝夜連着幹他也～下來了。❸ 頂替：～名兒｜假貨～真貨可不行。❹ 指轉讓或取得企業的經營權、房屋的租賃權：這家商店已～出去了｜他～了一家鋪面，準備開個飯館。

語彙　出頂　尖頂　絕頂　滅頂　拿頂　頭頂　透頂　禿頂　千斤頂

【頂班】dǐngbān〔動〕❶ 頂替一個勞動力上班工作：幹部經常下車間～，既熟悉了生產也熟悉了工人。❷ 替班：有的工人病了，他就去～。

【頂包】dǐngbāo〔動〕港澳地區用詞。也稱頂替。指犯罪，代人承擔法律責任：他酒後駕車，卻找別人～，罪加一等。

【頂層】dǐngcéng〔名〕房屋家具等最上面的一層：在這座樓的～上可以俯瞰全城｜盒子放在

櫃子的～上。

【頂戴】dǐngdài〔名〕清朝區別官員等級的帽子及帽子上的裝飾：花翎～。

【頂燈】dǐngdēng〔名〕(盞)❶安裝在汽車車頂上用顏色或文字來標誌汽車用途的燈。❷安裝在室內頂部的燈。

【頂點】dǐngdiǎn〔名〕❶最高點；極點：爬到了高山的～｜達到光輝的～。❷三角形中頂角的兩條邊綫的交點或錐體的尖頂。

【頂端】dǐngduān〔名〕❶最高或最上的部分：大樓～裝有天綫｜步槍～裝上了刺刀。❷末尾或盡頭：他用十分鐘才走到了隧道的～｜走廊的～有樓梯。

【頂多】dǐngduō〔副〕最多；最大限度：到飛機場～需要半小時｜他的考試成績～及格。

【頂風】dǐngfēng ❶〔名〕跟前進方向相反的風：咱們攜起手，迎着～走。❷(-//-)〔動〕迎着風；衝着風：投遞員～冒雪送郵件｜頂着風騎車很費勁兒。❸(-//-)〔動〕比喻公然對抗行法規、政策、制度等：對～違紀的，要嚴肅處理。

【頂峰】dǐngfēng〔名〕❶山的最高處；最高的山峰：登上～｜～白雲繚繞。❷比喻事物發展過程中的最高點：立志攀登科學～。

【頂缸】dǐng//gāng〔動〕〈口〉比喻代人受過或承擔責任：找他沒有用，他不過是個～的。

【頂崗】dǐng//gǎng〔動〕頂替一個人員的工作或一個勞動力的勞動：很多復轉軍人用不着培訓，一到單位就能～工作。

【頂槓】dǐng//gàng〔動〕爭辯；抬槓：他生性好強，老喜歡跟別人～。

【頂格】dǐng//gé〔動〕把字寫在或排在橫行最左的一格、直行最上的一格：這一行字得～｜～照排。

【頂呱呱】dǐngguāguā(～的)〔形〕狀態詞。形容極好；好極了：他一手毛筆字寫得～的。也作頂刮刮。

【頂級】dǐngjí〔形〕屬性詞。等級或水平最高的：～人參｜～棉花｜～科學家。

【頂尖】dǐngjiān ❶〔名〕物體最高最上部分：工人們正在電視塔的～施工。❷〔名〕植物主莖的頂端：打掉～棉花才能多結棉桃。❸〔形〕最突出的；水平最高的：～人物｜～好手｜世界杯彙集足球～強隊，比賽精彩激烈。

【頂禮膜拜】dǐnglǐ-móbài〔成〕頂禮：兩手伏地，頭頂着佛的腳；膜拜：跪在地上兩手加額而拜。"頂禮膜拜"是佛教最尊敬的禮節。後用來指崇拜到了極點(多含貶義)：有些人對西方來的東西一概～，分不清好壞。

【頂樑柱】dǐngliángzhù〔名〕支撐大樑的立柱。比喻起骨幹作用的力量：他們這幾個人在本單位已經是～了。

【頂樓】dǐnglóu〔名〕多層樓房最上面的一層。

【頂門】dǐngmén(～兒)〔名〕〈口〉頭頂的前部：～上已沒有幾根頭髮了。

【頂門立戶】dǐngmén-lìhù〔成〕支撐門戶。指獨立成家生活：兒子大了，就讓他～，另外過日子吧。

【頂牛兒】dǐng//niúr〔動〕❶一種骨牌遊戲或賭博，兩家或幾家出牌，點數相同的一頭互相銜接，接不上的從自己牌中選一張牌扣下，終局時以不扣牌或所扣的牌點數最小者為贏家。❷比喻雙方發生爭執或互相對立：兩個人不談還好，一談就～｜沒想到他在會上跟你頂起牛兒來了。

【頂棚】dǐngpéng〔名〕室內屋頂或樓板下面加的一層隔層，用木條、葦箔抹灰或糊紙做成，能起保溫、隔音、美化等作用。

【頂事】dǐng//shì(～兒)〔動〕能解決問題；管用：家裏養個狸貓還真～兒，把老鼠都嚇跑了｜天太冷，你穿一件毛衣頂甚麼事兒？

【頂替】dǐngtì〔動〕❶頂名代替：冒名～｜因為長得像，他就～他哥哥進了保密車間。❷接替；替代：數學老師調走了誰來～？

【頂天立地】dǐngtiān-lìdì〔成〕形容形象高大，氣概豪邁：他是個～的男子漢，絕不做虧心事｜抗日戰爭期間，中華兒女湧現了多少～的英雄。

【頂頭上司】dǐngtóu shàngsi〈口〉直接管自己的上級領導或機構：他找～請假去了｜出版集團是出版社的～。

【頂用】dǐng//yòng〔動〕有用處和起作用；頂事：這種藥很～｜遇事不想辦法，幹着急頂甚麼用？

【頂真】dǐngzhēn ㊀〔形〕(吳語)認真：他做事非常～｜大事小事甚是～。㊁〔名〕一種修辭方式。也作頂針。

【頂真續麻】dǐngzhēn-xùmá 宋元時代較為盛行的一種帶遊戲性的文體，特點是後句的首字要用前句的末字。如"斷腸人寄斷腸詞，詞寫心間事。事到頭來不由自，自尋思。思量往日真誠志，志誠是有。有情誰似，似俺那人兒"。單說頂真或聯珠，是與上述特點類似的一種修辭方式，唐朝已有。

【頂針】dǐngzhēn 同"頂真"㊁。

【頂針】dǐngzhen〔名〕做針綫活時戴在手指上的環形工具，多用金屬製成，上面佈滿小坑兒，用來抵住針鼻兒，使針穿過活計而手指不受傷。

【頂珠】dǐngzhū〔名〕(顆)清朝官吏帽頂正中的珠子，珠子的質料和顏色表示品級高低。也叫頂子、頂兒。

【頂撞】dǐngzhuàng〔動〕用強硬的話應答對方的意見(多指對尊長)：以前他多次～父母，現在改了。

【頂子】dǐngzi〔名〕❶ 頂珠。❷ 建築物的頂部。

【頂嘴】dǐng∥zuǐ〔動〕〈口〉還嘴；被批評時馬上爭辯（多指對尊長）：這孩子就愛～｜說他一句他頂一句嘴。

【頂罪】dǐng∥zuì〔動〕❶ 替人承擔罪責。❷ 抵罪：罰不～。

鼎 dǐng ㊀❶ 古代煮東西的炊具，多為圓腹三足兩耳，也有方形四足兩耳的。現在發現的銅鼎是由陶鼎發展而成的，在商周時期曾被貴族作為權力和等級的標誌。❷ 象徵王位或權力：問～｜定～。❸〔名〕（閩語）鍋。❹ 大：～力。❺（Dǐng）〔名〕姓。

高足鼎

㊁〔副〕〈書〉方；正當：天子春秋～盛。

語彙 鼎鼎　問鼎　贋鼎

【鼎鼎大名】dǐngdǐng-dàmíng〔成〕鼎鼎：盛大，顯赫。形容名氣很大：他是～的京劇演員。也說大名鼎鼎。

【鼎沸】dǐngfèi〔形〕〈書〉形容喧囂嘈雜，像水在鍋裏沸騰：四海～｜人聲～。

【鼎革】dǐnggé〔動〕〈書〉革故鼎新，指改朝換代或重大改革：～以還，萬類維新。

【鼎鑊】dǐnghuò〔名〕大鐵鍋。特指古代的一種酷刑，把人放在大鐵鍋裏烹死：以刀鋸～待天下之士。

【鼎力】dǐnglì〔副〕〈敬〉大力：多蒙～援助。

【鼎立】dǐnglì〔動〕像鼎的三條腿一樣立着。比喻三方面勢力對立：三國～｜形成～之勢。

> **"鼎立"的語源**
> 《史記·淮陰侯列傳》載，韓信消滅齊國，被劉邦封為齊王。時韓信兵多勢廣，權重天下，為漢則漢勝，與楚則楚勝。項羽派人遊說不果，齊人蒯通於是勸韓信背漢自立，說："誠能聽臣之計，莫若兩利而俱存之，三分天下，鼎足而居，其勢莫敢先動。"

【鼎盛】dǐngshèng〔形〕正當興盛；正值強壯：～時期｜陛下春秋～（君主正值壯年）。

【鼎食】dǐngshí〔動〕把鼎排列起來吃飯，形容富貴人家的奢侈生活：鐘鳴～之家。

【鼎新】dǐngxīn〔動〕〈書〉更新：～革故。

【鼎彝】dǐngyí〔名〕古代祭器，上面多鑄有表彰功臣的文字。

【鼎助】dǐngzhù〔動〕〈書〉敬辭，鼎力相助（用於請託或表示感謝時）。

【鼎足】dǐngzú〔名〕鼎的三條腿，比喻三方面對立的局勢：魏、蜀、吳三分天下，勢成～。

dìng ㄉㄧㄥˋ

定 dìng ❶〔動〕固定；使固定：手錶壞了，錶針～住不動了｜一～晴一看。❷〔動〕平靜；穩定：～下心來才能學好｜心神不～。❸〔動〕決定；使確定：～規劃｜大局已～｜先把章程～下來，再討論工作細則。**注意** "定"是個能充當補語的動詞，表示動作行為達到穩定、固定、確定的結果，如"孩子坐定了再放手""拿定了主意""這齣戲演定了"。❹〔動〕約定；預定：～了兩張戲票｜住宿的房間已經～好了。❺ 穩定的；確定的；規定的：～理｜～論｜～局｜～量｜～期｜～額。❻〔副〕〈書〉一定；必定：～能奪取冠軍｜～有緣故｜～可獲勝。❼（Dìng）〔名〕姓。

語彙 安定　必定　裁定　斷定　法定　否定　固定　規定　假定　堅定　鑒定　決定　肯定　擬定　確定　認定　審定　鐵定　穩定　限定　協定　一定　預定　約定　鎮定　制定　注定　蓋棺論定　舉棋不定

【定案】dìng'àn ❶〔名〕對案件、方案做出的最後裁斷決定：已成～，不得更改。❷（-//-）〔動〕對案件、方案等做出最後裁斷決定：證據不足以～｜工作分配等定了案再說。

【定本】dìngběn〔名〕校正改定後的稿本或版本。

【定編】dìngbiān〔動〕確定機構人員的數量和組織形式：～定員。

【定場白】dìngchǎngbái〔名〕戲曲主要角色第一次上場唸完引子和定場詩以後所唸的一段獨白，內容大致是介紹姓名、籍貫、身世以及當時情景和事件過程等。也叫坐場白。

【定場詩】dìngchǎngshī〔名〕❶ 戲曲主要角色第一次出場唸完引子以後所唸的詩，多為七言四句。內容大都介紹劇中規定情境。也叫坐場詩。❷ 評書、鼓書等曲藝演員演出時，在長篇曲目前所唸的四句或八句詩。

【定點】dìngdiǎn ❶〔動〕選定一定的地方：～兌換｜～銷售。❷〔形〕屬性詞。指定作為專門從事某項工作的：旅遊～飯店｜～商場。❸〔形〕屬性詞。規定時間的：～班車｜～巡邏。

【定調子】dìng diàozi〔慣〕比喻事先確定下基本的原則、大致的說法等：領導早已經給這事～了。

【定鼎】dìngdǐng〔動〕〈書〉指確定國都。相傳夏禹製九鼎，作為傳國重器，保存在王朝建都的地方，故稱：秦滅六國，～咸陽。也指建立王朝。

【定都】dìngdū〔動〕確定首都所在地：～北京。

【定奪】dìngduó〔動〕決定取捨或可否：由主任～｜此事須經集體研究，不可擅自～。

【定額】dìng'é ❶〔名〕規定的數額：生產～｜完

成~。❷〔動〕規定數額：~分配｜這家快餐店每天~供應免費飲料。

【定崗】dìng//gǎng〔動〕確定工作勞動的崗位：~到人｜車間工人，個個~，各負其責。

【定稿】dìnggǎo ❶(- // -)〔動〕修改並確定稿子的文字內容：這本新書正在~｜最後由主編~。❷〔名〕修改後確定下來的文稿：這是一本｜已將~送交出版社。

【定格】dìnggé ❶(- // -)〔動〕為獲得特定效果，影視片的活動畫面突然停止在某一個畫面上：影片在此處~。❷〔名〕固定的格式；一定的規格：寫信是有~的。

【定規】dìngguī ❶〔名〕一定的規矩；既定的規則：已成~｜沒有~。❷〔動〕(北京話)決定；商定：事情就這樣~了罷。❸〔副〕(吳語)一定：叫他不去，他~要去。

【定級】dìngjí〔動〕確定級別或等級：他還在試用期間，尚未~｜對產品分類~。

【定計】dìng//jì〔動〕設下計策：~將敵人引出城再消滅｜大量購入股票後全部拋出，以牟暴利。

【定價】dìngjià ❶〔名〕規定的價格：~合理｜~偏高。❷(- // -)〔動〕規定價格：分等~｜給這批貨定個價，再協商。

【定見】dìngjiàn〔名〕明確而肯定的主張或見解：胸無~｜他已有~。

【定金】dìngjīn〔名〕(筆)為購買貨物或保證經濟合同履行而預先付給的款項，定金具有法律效力：先交~｜退還~。

【定睛】dìngjīng〔動〕指眼珠不動，集中視綫：~細看，才發現這是他的筆跡。

【定居】dìng//jū〔動〕在某個地方長期居住下來：~北京｜回國~。

【定局】dìngjú ❶〔動〕做最後決定：事情還沒~，下次開會再議。❷〔名〕確定了的局勢或局面：中國男子羽毛球隊戰勝對手已成~。

【定禮】dìnglǐ〔名〕(份)彩禮。

【定理】dìnglǐ〔名〕(條)❶被證明可以作為原則或規律的命題或公式：基本~｜幾何~。❷〈書〉公理：天下~如此，非人力可及。

【定力】dìnglì〔名〕自我控制的能力：這孩子很有~，任憑周圍怎麼吵，看書、寫作業都不受干擾。

【定例】dìnglì〔名〕常規：每月看一次電影，差不多成了他們家的~。

【定量】dìngliàng ❶〔動〕測定物質所含各種成分的數量：~分析。❷〔名〕規定的數量：提高~｜用水超過~的加價收費。❸〔動〕規定數量：按月~補給｜~供應。

【定律】dìnglǜ ❶各種學科中已為實踐證明，反映客觀事物在一定條件下發展變化過程和關係的規律：萬有引力~。❷規則；規矩：

詩無~。

【定論】dìnglùn〔名〕確定的論斷、結論：尚無~｜早有~。

【定名】dìngmíng〔動〕確定名稱；命名：這個廠~為北京機械廠。注意"定名"不用於人，用於人說"取名"或"起名"，如不能說"該給孩子定個名兒了"，而要說"該給孩子起(取)個名兒了"。

【定盤星】dìngpánxīng〔名〕❶秤桿上標誌起算點(重量為零)的星兒。因秤錘懸在這點時，恰好和秤盤平衡，故稱定盤星。❷比喻一定的主張或確定的主意：做事要有~｜他辦事老沒個~。

【定評】dìngpíng〔名〕確定的、由來已久的評論：早有~｜這部作品，有的說好，有的說壞，一時很難得出~｜雖有~，也可討論。

【定期】dìngqī ❶〔動〕約定日期：合同~三年｜~召開職工代表大會。❷〔形〕有一定期限；有一定週期：~航班｜~儲蓄｜這些刊物有的~，有的不~。

【定錢】dìngqián(-qian)〔名〕買方或租方預先付給對方的一部分現金，作為成交的保證：交~｜你沒有留下~，房子已經租給別人了。

【定親】dìng//qīn〔動〕訂立婚約(多指由父母做主促成)：還沒~｜定了親還沒娶親。

【定情】dìngqíng〔動〕❶〈書〉舊時指結婚：與君初~，結髮恩義深。❷男女以諾言或以信物互相確認對方為情人：~之夕，釵鈿相贈。

【定然】dìngrán〔副〕必定；一定：明日~來相會｜他~是誤解了。

【定神】dìng // shén (~兒)〔動〕❶把注意力集中：~遠眺｜~一看，原來是他呀。❷使心情安定：他剛坐下來就定了定神兒，又被人叫走了｜已經沒事了，你怎麼還定不下神兒來？

【定時】dìngshí ❶〔動〕按照一定的時間：~吃飯｜~睡覺。❷〔名〕一定的時間：作息要有~。

【定時炸彈】dìngshí zhàdàn ❶(顆，枚)由計時器控制雷管使按預設時間爆炸的炸彈：排除了恐怖分子安放在飛機上的~。❷比喻隱患：他留在你們公司是顆~｜緊張的勞資關係不解決，會成為毀掉你們企業的~。

【定時鐘】dìngshízhōng〔名〕❶能按預設時間自動發出信號的鐘，用於醫療、體育、航天等。❷鬧鐘。

【定式】dìngshì〔名〕❶固定不變的方式或格式：思維~｜寫公文有一套~。❷圍棋裏指公認的穩妥的走子程序。

【定勢】dìngshì〔名〕確定的發展態勢：兩軍決戰，已成~。

【定位】dìngwèi ❶(- // -)〔動〕用儀器測量物體所在的位置：~系統｜出租車可用衛星系統~。

❷〔名〕經儀器測量後所確定的位置。❸〔動〕根據一定的標準把事物放在一定的位置：這些新產品有待～｜循名～。

【定息】dìngxī〔名〕利率固定的利息。特指1956年中國在私營工商業實行公私合營後，國家根據已核實的工商業者的資產，在一定時期內按固定利率每年付給的利息。

【定向】dìngxiàng〔動〕❶ 測定方向：～台｜～儀｜先～，後瞄準。❷ 有確定的方向或目標：～生｜～爆破｜～招生｜～培養。

【定向培養】dìngxiàng péiyǎng 根據用人單位的需要培養人才：新招的這批學生實行～。

【定銷】dìngxiāo〔動〕確定銷售額、銷售對象：以產～｜過去國家收購棉花，實行～。

【定心丸】dìngxīnwán(～兒)〔名〕比喻安定人心的政策或使人心緒安定的言論、行動：國家的富民政策讓農民吃了～｜為了給媽媽一個～，閨女定了親。

【定型】dìng//xíng〔動〕事物形成了自己的特點並固定下來：試製的新轎車尚未～｜二十幾歲的人了，該定個型啦！

【定性】dìng//xìng〔動〕❶ 測定物質所含成分及性質：～分析。❷ 確定人所犯錯誤罪行的性質：暫不～，等有了調查結果再研究｜問題很複雜，一時定不了性。

【定義】dìngyì ❶〔名〕對某事物現象的本質特徵或一個概念的內容所做的簡要確切的表述：下～｜這個～還十分不恰當。❷〔動〕下定義：可以把平行線～為無限延長而不相交的兩條直線。

【定音】dìng//yīn〔動〕比喻對某件事情做出最後的評價或處理：一錘子～。

【定語】dìngyǔ〔名〕名詞前面表示領屬、性質、數量等的修飾成分。名詞、代詞、形容詞、數量詞等都可以做定語，如"學術團體"中的"學術"（名詞），"我們校長"中的"我們"（代詞），"新鮮水果"中的"新鮮"（形容詞），"三輛汽車"中的"三輛"（數量詞）等。

【定員】dìngyuán ❶〔名〕規定編制、名額或車、船、飛機等容納乘客的數目：本部門～30人｜列車一節車廂～120人。❷〔動〕規定人數：～定崗。

【定制】dìngzhì〔名〕固定下來的活動、制度：春節長假已成～。

【定製】dìngzhì〔動〕定做：～了幾套戲裝｜沙發可以按要求～。

【定罪】dìng//zuì〔動〕審判機關根據法律給犯罪分子確定罪名：～量刑｜法院已經給他定了罪，將擇日宣判。

【定做】dìngzuò〔動〕請人專為某人或某事製作（物品）：量身～｜～皮鞋｜他睡的床是～的，比一般的床都要大。

訂（订）dìng ❶〔動〕商定；訂立：～計劃｜～章程。❷〔動〕預先約定：～貨｜～一份報。❸ 修改；訂正：修～｜校～｜增～。❹〔動〕裝訂：一年的雜誌～成一本｜把零散的紙～起來。

⎡辨析⎤ 訂、定　都有"預先約定好"的意思，在這個意義上構成的合成詞，有的可以通用，如"定購一批貨物"也可寫作"訂購一批貨物"；但"訂"還有"裝訂、修訂"的意思（如"把報紙訂起來""校訂文章"），"定"還有"決定、確定"的意思（如"開會的時間已經定了"），這時候，它們不能互換。

語彙　改訂　校訂　考訂　擬訂　簽訂　審訂　修訂　預訂　增訂　制訂　裝訂

【訂單】（訂單）dìngdān〔名〕（張）訂購貨物的單據或合同。

【訂購】dìnggòu〔動〕預先約定購買：～圖書資料｜～機器設備。也作定購。

【訂戶】（訂戶）dìnghù〔名〕預先約定並得到貨品定期供應的個人或單位：報刊～｜牛奶～｜徵求～。

【訂婚】（訂婚）dìng//hūn〔動〕訂立婚約：一年前他們就～了｜他們訂了婚並不急於結婚。

【訂貨】（訂貨）dìnghuò（-//-）〔動〕預先訂購貨物：經理親自到廠裏～去了｜他訂了一批新貨。❷〔名〕預先訂購的貨物：廠家發運的～已收到。

【訂交】dìngjiāo〔動〕彼此結為朋友：他們倆上中學的時候就已經～了。

【訂金】dìngjīn〔名〕（筆）為購買物品而預付的部分款項。

【訂立】dìnglì〔動〕把商定的條件、內容用書面形式記錄確定下來：～條約｜雙方在平等互利基礎上～了貿易協定。

【訂閱】（訂閱）dìngyuè〔動〕訂購報刊、圖書等以供參閱：～報刊。

【訂正】dìngzhèng〔動〕把文字中的錯誤改正過來：～文中錯誤｜讀者提出的問題，再版時加以～。

釘（钉）dìng〔動〕❶ 把釘子或楔子打進他物：～釘子｜～馬掌。❷ 用釘子把東西固定起來、組合起來：把碗櫃懸空～在牆上。❸ 用針線縫合：～扣子。
另見 dīng（301頁）。

釘（饤）dìng〈書〉把果品放在盤子裏供陳設：盤中不～栗與梨。

【釘餖】dìngdòu〈書〉❶〔名〕餖釘①。❷〔動〕餖釘②。

啶 dìng 見"吡啶"（69頁）。

莡 dìng 用於地名：茄～鄉（在台灣）。

腚 dìng〔名〕（北方官話）屁股：上衣太短，蓋不住～｜孩子光着～到處跑。

碇〈矴椗〉 dìng〔名〕繫船的石礅（現多用鐵錨）：啟～（開船）｜下～（停船）。

鋌（铤） dìng ❶ 未經冶煉的銅鐵礦石。❷ 金錠。
另見 tǐng（1350 頁）。

錠（锭） dìng ❶ 錠子，紡車或紡紗機繞綫的機件：紗～。❷ 金屬或藥物等製成的塊狀物：鋼～｜～劑｜紫金～（中藥名）。❸〔量〕用於成錠的東西：一～墨｜三～銀子。

語彙 鋼錠 紗錠 銀錠

diū ㄉㄧㄡ

丟（丢） diū〔動〕❶ 失掉；遺失：～了一支鉛筆｜身上的錢帶好，可別～了。❷ 扔；拋棄：果皮不要亂～｜孩子～下不管，說不過去。❸ 擱置；放下：這件事情無論如何我也～不開｜畫筆～了很多日子，現在簡直拿不起來了。

【丟醜】diū // chǒu〔動〕出醜；丟臉：當眾～｜本來想要面子，沒想到丟了醜。

【丟份】diū // fèn（～兒）〔動〕（北京話）失掉身份或面子：別在這裏～了｜說這種話，你不覺得～？

【丟荒】diūhuāng〔動〕拋荒；任土地荒蕪而不耕種：年輕人出去打工，村裏不少土地都～了。

【丟盔棄甲】diūkuī-qìjiǎ〔成〕盔甲是古代打仗時軍人戴的護頭帽和穿的護身衣。丟棄盔甲。形容吃敗仗後倉皇逃跑的狼狽相。也形容做事失敗的慘狀：敵人～，狼狽潰逃｜這場球，客隊敗得很慘，簡直是～。也說丟盔卸甲。

【丟臉】diū // liǎn〔動〕喪失體面；不光彩：他簡直給我們大家～｜千萬別丟大夥兒的臉｜我可丟不起這份兒臉。

【丟面子】diū miànzi 丟臉：有錯就改，並不～。

【丟棄】diūqì〔動〕丟掉；拋棄：不要隨意～垃圾｜～一切雜念。

【丟人】diū // rén〔動〕丟臉；喪失人格和體面：這事也太～了｜你的所作所為真丟盡了人。

【丟三落四】diūsān-làsì〔成〕形容馬虎或健忘而辦事很不周全：我近來記性很壞，總是～的。

【丟失】diūshī〔動〕遺失；失掉：～支票｜護照隨身攜帶，不可～。

【丟眼色】diū yǎnsè 使眼色：他不斷向我～，要我先把那人穩住。

【丟卒保車】diūzú-bǎojū〔成〕象棋比賽的戰術，用丟掉卒的辦法來保住車。比喻犧牲次要的，保住主要的：他這樣做是想～。**注意** 這裏的"車"不讀 chē。

銩（铥） diū〔名〕一種稀土金屬元素，符號 Tm，原子序數 69。銀白色，質軟。用作 X 射綫源等。

dōng ㄉㄨㄥ

冬 dōng〔名〕❶ 冬季：寒～｜～眠｜去年在南方住了一～。❷（Dōng）姓。
另見 dōng"鼕"（309 頁）。

語彙 立冬 隆冬 嚴冬 越冬

【冬奧會】Dōng'àohuì〔名〕冬季奧林匹克運動會的簡稱。

【冬不拉】dōngbùlā〔名〕哈薩克族撥弦樂器，箱分瓢形、扁形兩種。琴柄細而長。兩弦或四弦，用撥子彈奏。也作東不拉。

【冬菜】dōngcài〔名〕❶ 用白菜葉或芥菜葉加蒜醃製成的半乾的菜。❷ 冬季儲存並食用的蔬菜，如北方大白菜、蘿蔔等。

【冬蟲夏草】dōngchóng xiàcǎo 一種真菌，寄生在鱗翅目昆蟲的幼體中，冬季帶菌幼蟲鑽入泥土，夏季菌體的繁殖器官從蟲體一端長出，形狀像草，故稱。可入藥。簡稱蟲草。

【冬儲】dōngchǔ〔動〕在冬季把收穫、供吃用的農產品儲存起來：～大白菜｜做好～瓜果工作。

【冬耕】dōnggēng〔動〕在冬季翻耕土地，以便保墒、除蟲和培養地力：～做得好，作物會增產。

【冬菇】dōnggū〔名〕（株）冬天採集的香菇。

【冬瓜】dōngguā〔名〕❶ 一年生草本植物，果實球形或長圓柱形，是蔬菜。皮和種子可入藥。❷ 這種植物的果實。

【冬灌】dōngguàn〔動〕在冬季灌溉農田以防春旱。

【冬烘】dōnghōng〔形〕思想陳舊迂腐，學識淺陋（含貶義）：～先生｜頭腦～。

【冬季】dōngjì〔名〕一年四季中的第四季，中國習慣指立冬至立春的三個月，也指農曆十月、十一月、十二月。

【冬令】dōnglìng〔名〕❶ 冬季：時屆～。**注意** a）只用於一些固定組合中，如"～食品""～進補"。b）"不喜歡冬天"不能說成"不喜歡冬令"。❷ 冬季的氣候：春行～（春天的氣候像冬天）。

【冬眠】dōngmián〔動〕蛙、蛇、龜、蝙蝠等動物冬天在洞穴中不吃不動而呈現出休眠狀態。

【冬青】dōngqīng〔名〕(棵)常綠喬木，葉子長橢圓形，邊緣有淺鋸齒。夏季開花，果實球形，紅色。種子和樹皮可入藥，性寒，味苦澀，有止血、清熱、解毒等作用。

【冬筍】dōngsǔn〔名〕(根)冬季挖的竹筍，肉淺黃色，質嫩味美。

【冬天】dōngtiān(-tian)〔名〕冬季：寒冷的～｜今年一個～沒下雪。

【冬閒】dōngxián〔名〕冬季農事較少，空閒較多的時節：利用～積肥。

【冬小麥】dōngxiǎomài〔名〕秋季播種，越冬後到第二年夏季收穫的小麥(區別於"春小麥")。

【冬訓】dōngxùn〔動〕冬季訓練：運動員～非常重要｜制訂～計劃。

【冬蔭功】dōngyīngōng〔名〕一種內有蝦、草菇等食品的泰式酸辣湯，多以南薑、香茅、酸檸檬、辣椒、魚露等調料調味。

【冬泳】dōngyǒng〔動〕冬天在江河湖海冷水裏游泳：堅持～，鍛煉身體。

【冬月】dōngyuè〔名〕農曆十一月。也叫冬子月。

【冬運】dōngyùn〔動〕冬季運輸：繁忙的～開始了｜～煤計劃完成。

【冬運會】Dōngyùnhuì〔名〕(屆)冬季運動會的簡稱。

【冬至】dōngzhì〔名〕二十四節氣之一，在12月22日前後。這一天北半球白天最短，夜最長。冬至後白天漸長，夜漸短。

【冬貯】dōngzhù〔動〕冬季儲存：南方蔬菜大量北運，居民很少～大白菜了。

【冬裝】dōngzhuāng〔名〕(件，身，套)冬季禦寒的服裝：準備～｜時裝商店裏～上市了。

東 (东) dōng ❶〔名〕方位詞。四個主要方向之一，太陽升起的一邊(跟"西"相對)：由西向～。❷主人：房～｜店～｜～家。❸〔名〕東道：昨天請客，我做的～。❹(Dōng)〔名〕姓。

語彙 財東 丁東 房東 股東 關東 華東 近東 遼東 遠東 中東 做東

【東北】dōngběi〔名〕❶方位詞。東和北之間的方向：他家住在市內～區。❷(Dōngběi)特指中國東北部地區，包括山海關以外、大興安嶺以東的遼寧、吉林、黑龍江三省。

【東邊】dōngbian(～兒)〔名〕方位詞。東：學生宿舍在教室的～。

【東不拉】dōngbùlā 同"冬不拉"。

【東窗事發】dōngchuāng-shìfā〔成〕元朝劉一清《錢塘遺事》記載，宋朝秦檜在自己家東窗下與妻子定計殺害了岳飛。秦檜死後，其妻請方士做法事，方士說他看見秦檜正在陰間身帶鐵枷受刑，秦檜對他說："可煩傳語夫人，東窗事

發矣。"後用"東窗事發"指陰謀和罪行敗露。也說東窗事犯。

【東床】dōngchuáng〔名〕《晉書·王羲之傳》記載，東晉太尉郗鑒派人到王導家選女婿，王家別的子弟都很拘謹，只有王羲之態度泰然，敞着懷坐在東邊床上吃飯。結果恰恰是王羲之被郗鑒選中。後來人們就把"東床"用作女婿的別名。也稱東坦。

【東倒西歪】dōngdǎo-xīwāi〔成〕形容人歪斜、搖晃的樣子。也形容物體雜亂、倒下的樣子：公交司機猛一剎車，滿車乘客被弄得～｜道路兩旁的廣告牌被大風颳得～。

【東道】dōngdào〔名〕東道主：今天他做～，請大家吃飯。

【東道國】dōngdàoguó〔名〕主辦國際性會議或賽事的國家：中國、日本都曾是亞運會的～。

【東道主】dōngdàozhǔ〔名〕《左傳·僖公三十年》："若舍鄭以為東道主，行李之往來，共其乏困，君亦無所害。"行李：使者；共：同"供"。原指東邊道路上的主人，後指請客的主人。

【東東】dōngdōng〔名〕網絡詞語。指東西：這是甚麼～啊？｜她說那人可不是個好～。

【東方】dōngfāng〔名〕❶方位詞。東：～欲曉｜面向～。❷(Dōngfāng)習慣上指亞洲各國和非洲的埃及：中國屹立在世界的～。❸(Dōngfāng)複姓。

【東非】Dōngfēi〔名〕非洲東部地區，包括埃塞俄比亞、索馬里、肯尼亞、坦桑尼亞、烏干達、盧旺達、布隆迪、塞舌爾、吉布提、厄立特里亞等國。

【東風】dōngfēng〔名〕❶指春風：～送暖｜一夜放花千樹，更吹落，星如雨。❷比喻有利的形勢：借大會的～，把生產搞上去。❸比喻進步勢力：～壓倒西風。

【東風馬耳】dōngfēng-mǎ'ěr〔成〕唐朝李白《答王十二寒夜獨酌有懷》詩："世人聞此皆掉頭，有如東風吹馬耳。"比喻對別人的話無動於衷，漠不關心：我詳細地說了這件事，誰知他聽了有如～，並不關心。也說馬耳東風。

【東風壓倒西風】dōngfēng yādǎo xīfēng〔俗〕《紅樓夢》第八十二回："但凡家庭之事，不是東風壓了西風，就是西風壓了東風。"意思是指在一個家庭裏，矛盾的雙方，不是這一方壓倒那一方，就是那一方壓倒這一方。後用"東風壓倒西風"比喻進步勢力壓倒反動勢力：世界歷史的發展，～是必然趨勢。

【東宮】dōnggōng〔名〕❶古時候太子住的地方。也用作太子的別稱。❷(Dōnggōng)複姓。

【東關】Dōngguān〔名〕複姓。

【東郭】Dōngguō〔名〕複姓。

【東郭先生】Dōngguō Xiānsheng 明朝馬中錫《中

山狼傳》記載，東郭先生讓被人追逐的狼躲到自己的書袋中，狼出來後要吃他，後被設計制伏。後用"東郭先生"借指對惡人講仁慈的糊塗人：他心狠手辣，你別護他，想想～的教訓呀！

【東漢】Dōnghàn〔名〕朝代，公元 25-220 年，自光武帝劉秀建武元年起，至獻帝劉協延康元年止。建都洛陽。也叫後漢。

【東家】dōngjia〔名〕❶ 舊時受僱受聘的人稱他的僱主。❷ 舊時佃戶稱租給他土地的地主。

【東晉】Dōngjìn〔名〕朝代，公元 317-420 年，自元帝司馬睿建武元年起，至恭帝司馬德文元熙二年止。建都建康（今江蘇南京）。

【東經】dōngjīng〔名〕本初子午綫以東的經度或經綫：～120 度。

【東拉西扯】dōnglā-xīchě〔成〕東說一句，西說一句。形容說話或寫文章雜亂無章：茶後無事，我們便海闊天空、～地閒聊起來。

【東鱗西爪】dōnglín-xīzhǎo〔成〕原指龍在雲中，東露一鱗，西露一爪，看不到牠的全貌。後用來比喻不完整的、零星片段的事物：這篇遊記只是～地記述我在國外的見聞罷了。也說一鱗半爪。注意 這裏的"爪"不讀 zhuǎ。

【東門】Dōngmén〔名〕複姓。

【東盟】Dōngméng〔名〕東南亞國家聯盟的簡稱。1967 年成立，包括印度尼西亞、馬來西亞、菲律賓、新加坡、泰國、文萊、越南、老撾、緬甸、柬埔寨等十國。

【東面】dōngmiàn（～兒）〔名〕方位詞。東邊。

【東南】dōngnán〔名〕❶ 方位詞。東和南之間的方向：飛機向～方向飛去了。❷（Dōngnán）特指中國東南部地區，包括上海、江蘇、浙江、福建、台灣等省市。

【東南亞】Dōngnányà〔名〕亞洲的東南部地區，包括越南、柬埔寨、老撾、泰國、緬甸、馬來西亞、新加坡、菲律賓、印度尼西亞、東帝汶和文萊等國。

【東歐】Dōng'ōu〔名〕歐洲東部地區，包括羅馬尼亞、保加利亞、波蘭、捷克、斯洛伐克、匈牙利、愛沙尼亞、拉脫維亞、立陶宛、白俄羅斯、烏克蘭、摩爾多瓦等國和俄羅斯的歐洲部分。

【東坡話】dōngpōhuà〔名〕海南儋州流傳的一種近似四川話的話，因宋朝蘇軾（號東坡）曾謫居於此而得名。

【東三省】Dōngsānshěng〔名〕中國東北地區遼寧、吉林、黑龍江三省的總稱。

【東山再起】Dōngshān-zàiqǐ〔成〕東晉謝安退職後在東山隱居，四十歲後復出，官至司徒。後用來比喻失勢後重新得勢：他失敗後一直企圖～。

【東施效顰】Dōngshī-xiàopín〔成〕《莊子·天運》記載，越國美女西施病了皺着眉頭，按着心口。鄰家的醜女東施看見了，覺得西施那樣子很美，就去模仿，結果反而顯得更醜了。後用"東施效顰"比喻胡亂模仿，效果很壞：我們只能依據自己的情況辦事，千萬不要～。

【東魏】Dōngwèi〔名〕南北朝時北朝之一，公元 534-550 年，元善見所建，建都鄴（今河北臨漳西南）。

【東西】dōngxī〔名〕方位詞。❶ 東邊和西邊：他一出門就不分～了。❷ 從東到西之間的一段距離：這操場～長 400 米，南北寬 200 米。注意 "東……西……"表示"這裏……那裏……"的意思，如"東拉西扯""東拼西湊""東張西望""東倒西歪""東奔西跑""東一句，西一句""東一榔頭，西一棒子"（做事沒有一定目標）。

【東西】dōngxi〔名〕❶（件，樣）泛指各種具體或抽象的事物：客廳裏沒放幾件～｜語言這～不下苦功學不好｜不知道他腦子裏想些甚麼～｜今年沒寫甚麼～。❷ 特指厭惡或喜愛的人或動物：他這人真不是～（有厭惡意）｜這小～真可愛。

【東鄉】Dōngxiāng〔名〕複姓。

【東鄉族】Dōngxiāngzú〔名〕中國少數民族之一，人口約 62 萬（2010 年），主要分佈在甘肅臨夏回族自治州，少數散居在青海、寧夏和新疆等地。東鄉語是主要交際工具，沒有本民族文字。

【東亞】Dōngyà〔名〕亞洲的東部地區，包括中國、朝鮮、韓國、蒙古和日本等國：～運動會。

【東亞病夫】Dōngyà bìngfū 舊時外國人對中國人的侮辱性稱呼。

【東陽】Dōngyáng〔名〕複姓。

【東洋】Dōngyáng〔名〕指日本：留學～｜～貨。

【東野】Dōngyě〔名〕複姓。

【東瀛】Dōngyíng〔名〕〈書〉❶ 東海：～浩蕩。❷ 指日本：移居～。

【東嶽大帝】Dōngyuè Dàdì 道教所奉的泰山之神。傳說中認為，東嶽泰山之神主管人的生死。元朝尊之為東嶽天齊大生仁聖帝，簡稱東嶽大帝。

【東周】Dōngzhōu〔名〕朝代，公元前 770-前 256，從周平王遷都洛邑（今河南洛陽西）起到周赧王止。

【東主】dōngzhǔ〔名〕港澳地區用詞。指老闆、主人，多指小公司的老闆：商店門口如果貼有"～有喜"的紅色紙條，即表明公司有事臨時停業。

咚 dōng 同"鼕"。

氡 dōng〔名〕一種放射性氣體元素，符號 Rn，原子序數 86。無色惰性氣體，在真空玻璃管中能發熒光。從鐳蛻變出來的氫叫鐳射氣，醫藥上用於治療癌症。

崠（崠）dōng 用於地名：～坑（在江西）｜～莊（在河南）｜～羅（在廣西扶綏西南，今作東羅）。

蛛（蛛）dōng 見"蝀蛛"（286頁）。

鼕（冬）dōng〔擬聲〕形容敲鼓或敲門的聲音：戰鼓～～｜～～的敲門聲。
"冬"另見 dōng（306頁）。

鶇（鶇）dōng〔名〕鳥名，羽毛多淡褐色或黑色，嘴細長而側扁，叫聲很好聽。

dǒng ㄉㄨㄥˇ

董 dǒng ❶〈書〉監督管理：～理。❷匡正：～道。❸董事：校～｜李～｜常～（常務董事）。❹（Dǒng）〔名〕姓。
【董事】dǒngshì（-shi）〔名〕（位，名）董事會的成員：～長｜他是我們聯營公司的～。
【董事會】dǒngshìhuì〔名〕股份制性質的企業、學校、團體等的決策管理機構。

蕫 dǒng ❶〈書〉一種草。❷（Dǒng）〔名〕姓。

懂 dǒng ❶〔動〕明白；理解：無論誰也不可能甚麼都～｜我的老師～好幾國語言｜我的話你聽～了嗎？❷（Dǒng）〔名〕姓。

[辨析] 懂、知道　這是一對近義詞，如"這個詞的用法我懂"，也可以說成"這個詞的用法我知道"，意思相同。但也有差別，如"我知道他"不能說成"我懂他"，這裏"知道"是認識的意思，"懂"不能這樣。"他不懂甲骨文"和"他不知道甲骨文"的意思不同，前者"懂"是認識理解的意思，後者"知道"是聽說或接觸過的意思。

【懂得】dǒngde〔動〕明白；理解：道理我都～了｜寫文章要用群眾～的語言｜你怎麼不～父母的苦心呢？
【懂行】dǒngháng〔形〕熟悉某方面的業務：你不用去問他，他不～。
【懂事】dǒng // shì（～兒）〔動〕明白事理或理解人情世故：孩子～了｜小妹很～｜你怎麼這樣不～兒？

dòng ㄉㄨㄥˋ

侗 Dòng 侗族。
另見 tóng（1356頁）；tǒng（1358頁）。
【侗族】Dòngzú〔名〕中國少數民族之一，人口約287萬（2010年），主要分佈在貴州、廣西和湖南交界地區。侗語是主要交際工具，沒有本民族文字。兼通漢語。

垌 dòng 田地。多用於地名：良～（在廣東湛江北）｜麻～（在廣西玉林北）。
另見 tóng（1356頁）。

峒〈岽〉dòng 山洞；石洞。多用於地名（多見於少數民族聚居地區）：燕～（在廣西德保南）｜吉～坪（在湖南吉首西北）。
另見 tóng（1356頁）。

洞 dòng ❶〔名〕物體中縱向或平面凹陷形成的大小空間；窟窿：山～｜防空～｜老鼠～｜地上炸了一個～。❷（～兒）〔名〕物體被穿透的大小部位；孔：衣服破了一個～｜貓趴牆上的～鑽進來。❸〔數〕說數字時用來代表"0"（0的字形像洞）：他的電話號碼是五五么～三四～。❹透徹；清楚：～察｜～見｜～悉。❺（Dòng）〔名〕姓。
另見 tóng（1356頁）。

語彙　地洞　涵洞　空洞　漏洞　岩洞　窰洞　防空　無底洞

【洞察】dòngchá〔動〕非常清楚、透徹地觀察：～是非｜～秋毫｜～其奸。
【洞徹】dòngchè〔動〕透徹地了解：～其術｜～底蘊。
【洞達】dòngdá〔動〕〈書〉通曉；透徹了解：～事理｜～世情。
【洞房】dòngfáng〔名〕結婚之夜夫妻住的房間：～花燭夜（新婚之夜，洞房裏點燃花燭）｜鬧～（新婚之夜，戲耍新郎新娘取樂）｜入～（新郎新娘進入洞房，指成婚）。
【洞府】dòngfǔ〔名〕神話傳說中山中神仙所住的地方：仙山～。
【洞見】dòngjiàn〔動〕十分清楚地看到：～癥結｜～肺腑（指人坦誠）。
【洞開】dòngkāi〔動〕（門、關口等）大開；敞開：房門～｜城門～。
【洞若觀火】dòngruòguānhuǒ〔成〕形容觀察事物十分明白清楚，就像看火一樣：審時度勢，～。
【洞天】dòngtiān〔名〕道教指神仙居住的地方，意為洞中別有天地。現多指引人入勝的風光或景物：別有～。
【洞天福地】dòngtiān-fúdì 道教指神仙居住的地方，即十大洞天、三十六小洞天、七十二福地。後泛指名山勝景：廬山不愧為修煉的～。
【洞庭湖】Dòngtíng Hú〔名〕中國第二大淡水湖，位於湖南北部，長江南岸。湖內有君山，岸邊有岳陽樓等名勝古跡。
【洞悉】dòngxī〔動〕清楚透徹地知道：～內情｜明察秋毫，～一切。
【洞簫】dòngxiāo〔名〕（支）簫的一種，多以竹製成，豎着吹奏。古有排簫，以蠟封底，洞簫因中空不封底，故稱。

【洞曉】dòngxiǎo〔動〕透徹地了解；精通：～利弊所在｜繪畫、樂律，無不～。

【洞穴】dòngxué〔名〕地下或山中可以藏人、動物或東西的洞：藏入～｜躲進～｜～一片漆黑。

【洞燭其奸】dòngzhú-qíjiān〔成〕看透了對方的陰謀詭計：敵人故意拖延時間，伺機逃竄，我們早已～。也說洞察其奸、洞悉其奸。

【洞子】dòngzi〔名〕❶（間）（北京話）冬季用來培植花草、蔬菜的暖房：菜～｜花兒～｜～貨。❷〈口〉洞穴：打三個～｜這個～挖得很深。

恫 dòng〈書〉恐懼；使恐懼：～嚇｜～恐｜～怨。
另見 tōng（1351頁）。

【恫嚇】dònghè〔動〕威嚇；使害怕：面對敵人～，毫無懼色。**注意** 這裏的"嚇"不讀 xià。

胴 dòng ❶ 軀幹（gàn）：～體。❷〈書〉大腸。

【胴體】dòngtǐ〔名〕❶ 軀幹，特指牲畜屠宰後，除去頭、尾、四肢、內臟等剩下的部分。❷ 人的軀體，特指人不着衣裝的身體：黝黑的皮膚使她的～顯得更加美麗、健康。

凍（冻） dòng ❶〔動〕液體或含水分的東西遇冷凝結：天寒地～｜白菜～了｜水～成冰了。❷〔動〕低溫刺激、損傷（肌體）：手～了｜～得直打哆嗦。❸（～兒）〔名〕凝結了的湯汁：肉～兒｜魚～兒｜雞～兒。❹（Dòng）〔名〕姓。

語彙 冰凍 解凍 冷凍 霜凍

【凍瘡】dòngchuāng〔名〕局部皮膚因受低溫損傷生成的瘡。

【凍豆腐】dòngdòufu〔名〕（塊）冷凍的豆腐。

【凍害】dònghài〔名〕由於動植物受凍而造成的災害：一場雪使果樹苗受到～｜存欄牲畜冬天未受～。

【凍僵】dòngjiāng〔動〕肌體因受凍而不能靈活活動：手～了｜田裏有一條～的蛇。

【凍結】dòngjié〔動〕❶ 液體受冷而凝結：缸裏的水～成冰塊了。❷ 比喻阻止人員、資金等流動或變動（跟"解凍"相對）：人員～｜～資金｜銀行的存款～了。❸ 比喻停止執行或發展：～兩國關係。

【凍肉】dòngròu〔名〕經過冷凍的肉（多指冷庫保存的）。

【凍傷】dòngshāng ❶〔名〕有機體組織因受冰凍低溫而造成的損傷，輕則皮膚紅腫、灼痛或發癢，重則起水泡，甚至皮膚、肌肉、骨骼壞死：大面積～｜專治～。❷〔動〕因冰凍低溫而受傷：防止～｜他的腳在冰窖裏～了。

【凍土】dòngtǔ〔名〕所含水分因低溫而凍結的土壤。

【凍飲】dòngyǐn〔名〕冷飲，經過冰凍的飲料，與"熱飲"相對：腸胃不好，不要喝～｜我們咖啡廳還供應多種～，汽水、果汁、果茶都有。

【凍雨】dòngyǔ〔名〕在低溫中，一落地就凍結成冰的雨。

硐 dòng 山洞、窰洞或礦坑：礦～。

動（动） dòng ❶〔動〕事物變換位置或改變靜止狀態（跟"靜"相對）：你躺着別～｜今天大掃除，全班同學都～起來了。❷〔動〕使事物改變原來的位置或狀態：別～他的書包｜按兵不～。❸〔動〕動用；使用：這筆錢專款專用，不能隨便～｜你怎麼不～腦筋？❹〔動〕觸動：～氣｜～心｜～感情｜～了肝火。❺ 感動：～人｜不為所～。❻〔動〕開始行動：～筆｜～工｜～手工作。❼〔動〕表示活動、移動（做動詞的結果補語）：掀～｜挣扎不～｜這東西太重，一個人拿不～。❽〔動〕表示改變主意（做動詞的結果或可能補語）：用好言好語打～他｜誰都說不～他｜你去請他，看看請得～請不～。❾〔動〕（北京話）吃；喝；抽（煙）（多用於否定式）：這老人不～葷腥｜煙酒他是從來不～。❿〔副〕〈書〉每每；常常：～輒得咎｜揮霍的錢財～以萬計。⓫（Dòng）〔名〕姓。

語彙 擺動 暴動 被動 變動 波動 策動 顫動 衝動 出動 打動 帶動 調動 發動 反動 改動 感動 鼓動 活動 機動 激動 舉動 勞動 流動 能動 牽動 騷動 跳動 推動 行動 運動 主動 自動 按兵不動 蠢蠢欲動 風吹草動 輕舉妄動 文風不動 聞風而動

【動筆】dòng //bǐ〔動〕用筆開始寫或畫：他想了很久才～｜一動了筆就放不下了。

【動不動】dòngbudòng〔副〕表示每每；常常：他近來太累，～就頭暈｜她心眼太窄，～就生氣。

【動產】dòngchǎn〔名〕指金銀、器物、證券等可以移動的財產（區別於"不動產"）：老人身後留下的～值很多錢。

【動車】dòngchē〔名〕安裝有動力裝置的軌道車輛：～組｜～時刻表。

【動車組】dòngchēzǔ〔名〕由多輛帶動力的車輛與客車編成的車組。用於大城市間的快速軌道運輸及市內、市郊的運動。

【動詞】dòngcí〔名〕表示人或事物的行為、動作情況和發展變化的詞，如"打""踢""上升""消亡""起來""下去"。動詞也表示存在或關係，如"有""是""等於"。動詞能用否定詞"不"或"沒"（不包括主要動詞"沒有"及其省略的"沒"）來修飾，並且能做謂語或謂語中心詞。

【動粗】dòng //cū〔動〕以打、罵等粗野舉動對人：這人沒教養，不講理，就會～｜他對孩子從沒動過粗。

【動蕩】dòngdàng ❶〔動〕上下起伏：湖水～。❷〔形〕比喻局勢、情況不穩定；不平靜：國際局勢～｜他結束了～不安的生活。

【動感】dònggǎn〔名〕藝術作品等給人的活靈活現的感受：～圖片｜畫中的流水、飛鳥～鮮明。

【動工】dòng // gōng〔動〕開工或施工：這棟樓甚麼時候～？｜動了工不到一個月就下馬了。

【動畫片】dònghuàpiàn（口語中也讀 dònghuà-piānr）〔名〕（部）一種美術片。把許多張有連貫性動作的圖畫，一張一張拍攝下來製成，以一定速度連續放映，使人產生畫面活動的印象。也叫卡通片。

【動換】dònghuan〔動〕〈口〉活動；行動：天一冷，老人就不願意～了｜你～～，咱們把沙發搬一搬。

【動火】dòng // huǒ（～兒）〔動〕〈口〉發怒：他脾氣不好，愛～｜天大的事好商量，你動甚麼火兒！

【動機】dòngjī〔名〕推動人們行為的主觀目的、原因：～不純｜不但要考察～，還要檢查效果。

【動靜】dòngjing〔名〕❶動作或說話的聲響：屋子裏一點兒～也沒有。❷情況；信息：發現甚麼可疑～沒有？｜一有甚麼～立即報告。

【動口】dòngkǒu〔動〕❶張口吃飯：看着這種飯菜，他都不想～了。❷指說話：君子～不動手｜他指導種樹，不光～，還常常親自動手。

【動力】dònglì〔名〕❶使機械運轉做功的力，如水力、風力、電力、熱力等。❷推動事物運動和發展的力量：前進的～｜歷史發展的～。

【動量】dòngliàng〔名〕表示物體機械運動狀態的物理量。對於機械運動，動量的大小為物體質量和速度的乘積，其方向就是速度的方向：～守恆定律。

【動亂】dòngluàn〔動〕（社會、政治）騷動變亂：～年代｜平息～。

【動脈】dòngmài〔名〕❶（條）把心臟中壓出來的血液輸送到身體各部分的血管（區別於"靜脈"）。❷比喻重要的交通幹綫：京九綫是我國南北交通的大～。

【動漫】dòngmàn〔名〕動畫和漫畫，特指現代連環畫與動畫：～產業在我國方興未艾｜孩子、大人都喜歡看～。

【動能】dòngnéng〔名〕物體由於機械運動而具有的能量。動能的大小是運動物體的質量和速度乘積的二分之一。

【動怒】dòng // nù〔動〕發怒：老年人不宜～｜惹得他真動起怒來，事情就難辦了。

【動氣】dòng // qì〔動〕〈口〉生氣：別～，有話慢慢說｜這麼點兒小事不值得你動這麼大的氣。

【動遷】dòngqiān〔動〕因工程建設需要拆除原建築物而搬遷居住或工作住所：計劃～城南部分住戶｜召開～動員大會。

【動遷戶】dòngqiānhù〔名〕動遷的家庭或單位。

【動情】dòngqíng〔動〕❶產生強烈情緒反應：精彩的報告，越聽越～｜祖國大好河山令人～。❷激發起愛慕的感情：他第一次見到現在的夫人，就已經～了。

【動人】dòngrén〔形〕使人感動：～的故事｜這幾個演員的表演非常～。

【動人心弦】dòngrénxīnxián〔成〕打動人心，使產生激動的感情：歌聲悠揚，～｜他回憶起不少～的往事。

【動容】dòngróng〔動〕〈書〉感動或激動的心情表露到了面容上：聽者無不為之～。

【動身】dòng // shēn〔動〕啟程；出發：明天～｜他提前一天動了身。

【動手】dòngshǒu〔動〕❶開始進行；做：早～早完工｜同心協力齊～。❷用手接觸：參觀展覽，只許看，不許～｜愛護花木，請勿～。❸指打人：有話好好說，一動起手來就難免傷人。

【動手動腳】dòngshǒu-dòngjiǎo〔成〕❶對異性（多指對女性）做出騷擾、調戲的舉動：上司因對女士～受到控告。❷指打人：他發病時～，經常攻擊人。

【動手術】dòng shǒushù ❶給病人做手術：患者必須儘快～。❷〔慣〕比喻為解決存在問題而採取重要措施：這個廠首先對人事制度～。

【動態】dòngtài ❶〔名〕事物發展變化的情況：科技新～｜了解和掌握敵方的～。❷〔名〕藝術形象所表現出的活動狀態：～畫面｜徐悲鴻所畫的馬，～各異，栩栩如生。❸〔形〕屬性詞。處於變化狀態中的或從變化狀態中進行考察研究的（跟"靜態"相對）：～工作｜～分析。

【動彈】dòngtan〔動〕人、動物或東西活動：只見他嘴唇～了一下，想要說甚麼｜車上人太多，簡直～不得｜電動玩具怎麼不～了？

【動聽】dòngtīng〔形〕聲音好聽；言語使人感動或產生興趣：二胡演奏的《二泉映月》悅耳～｜他的演講十分～｜他把自己那一段曲折的經歷敍述得很～。

【動土】dòng // tǔ〔動〕掘土動工（多用於建築、安葬等）：大橋工程已經～｜興工～｜今日不宜～。

【動問】dòngwèn〔動〕客套話。用於詢問，前面常和"不敢"連用，相當於"請問"：不敢～，尊姓大名？

【動窩兒】dòng // wōr〔動〕〈口〉移動；挪動：他在這裏住了幾十年沒～｜他叫車撞了，一直躺在床上動不了窩兒。

【動武】dòng // wǔ〔動〕毆打；使用武力：你不該～打人｜談判破裂，必將～｜雙方一言不合，就動起武來了。

【動物】dòngwù〔名〕生物的一大類，已知的有一百多萬種。多以有機物為食料，有神經，有感覺器官，能自由行動。如原生動物、節肢動物、脊椎動物等。

【動物園】dòngwùyuán〔名〕（座）飼養多種動物供人觀賞、研究或用來進行教育的場所：新加坡的夜間～很有特色。

【動向】dòngxiàng〔名〕事情變化發展的趨勢、方向：思想～｜科技發展新～｜～不明。

【動銷】dòngxiāo〔動〕開始銷售：新型小轎車已同時在幾個城市～。

【動心】dòng // xīn〔動〕思想、感情產生波動；受到誘惑而內心慟住：一看見人家有甚麼好東西，他就～想要｜金錢祿位不能使革命者～｜好說歹說也動不了他的心。

【動刑】dòng // xíng〔動〕動用刑具；施刑：嚴禁對犯人～，逼供。

【動搖】dòngyáo ❶〔形〕不穩固；不堅定：關鍵時刻，絕不～｜堅持幹下去，不要～。❷〔動〕使動搖：挫折和失敗～不了他前進的決心｜農民戰爭～了封建王朝的統治。❸〔動〕〈書〉搖動；鬆動：吾年未四十，而視茫茫，而髮蒼蒼，而齒牙～。

【動議】dòngyì〔名〕（項）在會議進行中當場提出的建議：臨時～｜代表提出兩項～。

【動因】dòngyīn〔名〕動機，原因：改變山區的窮困面貌是他離開大城市到那裏教書的主要～｜研究歷史事件的～。

【動用】dòngyòng〔動〕使用（人員、錢物等）：～人力｜～公款｜～儲備糧食。

【動員】dòngyuán〔動〕❶把國家武裝力量及所有經濟部門由和平狀態轉入戰爭狀態。❷發動人員參加某項活動：～大會｜～機關幹部參加義務植樹。

【動輒】dòngzhé〔副〕〈書〉往往；動不動就：～得咎｜～興師動眾。

【動作】dòngzuò ❶〔名〕（個）人、動物身體的活動：舞蹈｜要掌握這幾個基本～｜貓捉老鼠的～非常敏捷。❷〔動〕行動；活動：看他下一步如何～｜他們一接到任務就～起來了。

【動作片】dòngzuòpiàn（口語中也讀 dòngzuòpiānr）〔名〕（部）以打鬥表演為主要特色的影視故事片。

棟（栋）dòng ❶房屋的正樑：雕樑畫～。❷房屋：汗牛充～。❸〔量〕用於計算房屋：一～樓房｜我住三～四門二單元。❹（Dòng）〔名〕姓。

語彙　雕樑畫棟　汗牛充棟

【棟樑】dòngliáng〔名〕❶房屋的正樑：這種木材可以做房屋的～。❷比喻擔當重任的人才：社會的～｜～之材。

【棟宇】dòngyǔ〔名〕〈書〉房屋：乃作～，以為觀遊。

腖（胨）dòng〔名〕蛋白腖的簡稱。有機化合物，醫學上用作細菌的培養基，又可治療消化道疾病。[英 peptone]

dōu ㄉㄡ

啫 dōu〔歎〕表示斥責或唾棄聲（見於早期小說、戲曲）：～，豈有此理！

都 dōu〔副〕❶表示總括全部。1）除疑問句外，總括的對象必須放在"都"前：大夥兒～同意｜他無論幹甚麼～很帶勁｜你們～走。2）在疑問句中，總括的對象（疑問代詞）充當賓語：你～上哪兒去了｜他對你～說了些甚麼？3）否定詞用於"都"後，表示否定全部，用於"都"前，表示否定一部分：全組人～沒來｜誰～不說一句話｜不～如此，有的人很客氣｜蘋果沒～壞，有的還挺好。❷跟"是"合用，表示唯一的或主要的原因理由：～是他，這場戲演砸了｜～是我一句話得得大夥兒不歡而散。❸表示"甚至"。1）單用：我～不知道你會來｜問～問不出一句話來。2）跟"連"字呼應着用：連她姐姐～看不過去了｜連封信～不回｜連疑難雜症～能治好。3）用於遞進複句的前一分句：你的話他～不聽，我更不成了｜下請帖～請不來，那還有甚麼辦法！❹表示"已經"，句末常用"了"：車～要開了，快走吧！｜我～熬了一夜，該合合眼睡一會兒了。

另見 dū（316 頁）。

辨析 都、也　"都"❸的2）項各例"都"可以換為"也"，但在1）項、3）項中，各例"都"換為"也"，則表示行為重複出現，與用"都"意思有差別。比較：（哥哥的話他不聽，）你的話他也不聽，我就更不成了。/你的話他都不聽，我就更不成了。

兜（兠）dōu ❶（～兒）〔名〕裝東西用的軟袋子：口袋；袋子：襯衫只有一個～兒｜用剩下的布做成～兒。❷〔動〕做成兜形把東西攏住：用毛巾～着幾個雞蛋。❸〔動〕招攬：～買賣｜～生意。❹〔動〕繞：～圈子。❺〔動〕全部承擔下來：別怕，有事我～着。❻〔動〕全部暴露或揭露出來：～底。❼同"荒"。❽同"篼"。

語彙　兜兜　褦兜　網兜

【兜抄】dōuchāo〔動〕從後面和兩側包圍攻擊：師部派了兩個團的兵力～敵軍。

【兜底】dōu // dǐ（～兒）〔動〕揭露全部底細：魔術一～兒就沒意思了｜人家全兜了底，你怎麼還不信？

【兜肚】dōudu〔名〕（條）用帶子束在身上護住胸部和腹部的菱形布製內衣。

【兜風】dōu // fēng〔動〕❶ 船帆、車篷等阻擋風：車篷～｜破帆兜不住風。❷ 乘車船或騎馬繞圈子遊逛：這一家人又出去～去了｜他就愛開着車～。

【兜攬】dōulǎn〔動〕❶ 招引顧客：～生意｜～顧客。❷ 把事情都拉過來自己承擔：不該他管的事，他絕不～。

【兜鍪】dōumóu〔名〕古代作戰時戴的頭盔。

【兜圈子】dōu quānzi ❶ 繞圈兒：汽車圍着廣場兜了兩個圈子就開走了。❷〔慣〕比喻說話不直截表達真意：有話直說，別跟我～。

【兜售】dōushòu〔動〕想方設法推銷自己的貨物；比喻宣揚某種觀點，要別人接受（多含貶義）：到處～｜～私貨｜～歪理邪說。

【兜頭】dōutóu〔副〕❶ 正對着腦袋：～一棍。❷ 迎面：一陣風～吹過來。

【兜銷】dōuxiāo〔動〕到各處去推銷貨物：～產品｜到外地去～。

【兜子】dōuzi ❶〔名〕〈口〉裝物品的軟袋子：網～｜褲～｜用這個～裝水果。❷〔量〕用於裝在兜兒裏的東西：一～紅棗｜兩～乾糧。

菟 dōu（西南官話）❶〔名〕某些植物的根和靠近根的莖：禾～｜～距。❷〔量〕相當於"叢"或"棵"：一～白菜｜一～草。

槐 dōu ❶〔名〕某些木本植物的根或幹（gàn）：樹～。❷〔量〕用於樹木：一～樹。

篼 dōu〔名〕一種用竹、藤、柳條等編製而成的盛東西的用具：背～。

【篼子】dōuzi〔名〕一種類似於轎子的交通工具，用竹椅子捆在兩根竹竿上做成，多用於走山路。

dǒu ㄉㄡˇ

斗 dǒu ❶〔量〕容量單位，十升等於一斗：多收了三五～｜賣了五～糧食｜麥子共收了幾～？❷〔名〕量糧食的器具，容量是一斗，多為方形木製：大～進，小～出。❸（～兒）泛指像斗的東西：熨～｜漏～｜煙～｜風～兒。❹ 古代酒具，裝酒的器皿：推杯換大～。❺ 星的通稱；也專指北斗星：滿天星～｜～轉星移。❻ 二十八宿之一。北方玄武七宿的第一宿。參見"二十八宿"（347頁）。❼〔名〕迴旋成圓形的指紋（區別於"箕"）：他手上有九個～。❽〔名〕抽斗：五～櫥｜九～桌。

明朝的斗

另見 dòu "鬥"（315頁）。

| 語彙 | 阿斗 | 笆斗 | 風斗 | 筋斗 | 漏斗 | 墨斗 | 南斗 |
| 泰斗 | 星斗 | 煙斗 | 熨斗 | 泰山北斗 |

【斗筆】dǒubǐ〔名〕（支）大型毛筆，用斗形器件連接筆桿筆頭。

【斗車】dǒuchē〔名〕（輛）工地、礦區的一種斗形運輸車，車身下面有輪，在軌道上移動。

【斗膽】dǒudǎn ❶〔名〕《三國志‧蜀書‧姜維傳》注引《魏晉世語》載，姜維死時被剖屍，其膽大如斗。後用"斗膽"指豪壯的膽氣：～豪心。❷〔副〕大膽地（多用作謙辭）：恕我～直言｜我～說一句，這件事你也有錯。

【斗方】dǒufāng（～兒）〔名〕❶ 畫畫寫字用的方形紙，也指一二尺見方的書畫。❷ 春節或新年時用來貼在門上或器物上的寫有吉祥文字的方形紅紙：要過年了，請人寫個～貼在大門上。

【斗方名士】dǒufāng-míngshì〔成〕舊時指好在斗方上寫詩或作畫的小有名氣的文人。常用來譏笑附庸風雅的文人：那一班～，寫不出甚麼好東西來。

【斗拱】（枓拱、枓栱）dǒugǒng〔名〕中國傳統木結構建築中的一種支承構件。處於柱頂、額枋與屋頂之間，主要由斗形木塊（斗）和弓形肘木（拱）縱橫交錯層疊構成，可使屋檐外伸。斗拱具有支承荷載的作用，兼有裝飾效果，是建築工程和建築藝術的一種完美結合。

【斗斛】dǒuhú〔名〕❶ 斗與斛，兩種量器。十斗為斛。泛指量器。❷ 比喻微薄的俸祿等：～之祿。

【斗箕】dǒujī〔名〕指印。指紋中圓紋為斗，斜紋為箕，所以把指印叫作斗箕。也叫斗記。

【斗笠】dǒulì〔名〕（頂）遮陽光或遮雨用的帽子，頂尖，有很寬的邊沿，用竹篾夾竹葉、油紙等製成：眼看要下雨，你戴上～吧！

【斗牛】dǒuniú〔名〕指二十八宿中的斗宿和牛宿：月出於東山之上，徘徊於～之間。

【斗篷】dǒupeng〔名〕（件）披在肩上的沒有袖子的防風雨的外衣。也叫披風。

【斗筲】dǒushāo〔名〕❶〈書〉斗和筲都是古代容量不大的容器。用來比喻狹小的氣量，短淺的見識：～之材。❷ 比喻低下的職位或微薄的俸祿：～之吏。

【斗室】dǒushì〔名〕（間）〈書〉狹小的房間：身居～。

【斗碗】dǒuwǎn〔名〕大碗。

【斗宿】dǒuxiù〔名〕南斗。

【斗轉星移】dǒuzhuǎn-xīngyí〔成〕北斗七星轉動，眾星跟着移動。比喻季節變遷，時光流逝：～，江山人物一時新。也說星移斗轉。

抖 dǒu〔動〕❶ 因寒冷或驚懼而顫動；哆嗦：凍得渾身直～｜嚇得渾身亂～。❷ 甩動；振動：～了～身上的雪。❸ 鼓起；振作：～起精神，大幹一場。❹ 全部倒出；徹底揭穿：～老底兒｜公司內部醜聞全給～了出來。❺ 譏諷人得志、得意：這幾年他有錢有勢～起來了。❻ 顯示：～威風｜～機靈兒。

語彙　顫抖　發抖　戰抖

【抖包袱】dǒu bāofu〔慣〕相聲、快書等曲藝表演中把安排的笑料在合適的時候一下子說出來引人發笑。

【抖動】dǒudòng〔動〕❶顫動；氣得嘴唇直～｜孔雀～着羽毛。❷用手使片狀物或長條狀物振動：她把洗好的床單～了幾下才晾在竹竿上。

【抖機靈兒】dǒu jīlíngr〔慣〕(北京話)❶炫耀；逞能：別在這兒～了。❷獻殷勤：他就會來事兒～。

【抖摟】dǒulou〔動〕(北京話)❶振動衣物等，使上面的附着物落下來：快把滿身的雪～乾淨｜～～衣服上的土。❷揭露：把他的老底兒～出來｜他要不說實話，就把他的事～～。❸揮霍；耗費財物：他把祖輩的遺產全～光了｜家業再大也架不住這麼～。

【抖擻】dǒusǒu〔動〕振作；奮發：～精神。

【抖威風】dǒu wēifēng〔慣〕擺闊綽，顯氣派：兒子結婚，大擺酒席，大～。

阧　dǒu〈書〉同"陡"。

枓　dǒu "枓栱""枓栱"，見"斗栱"(313頁)。

蚪　dǒu 見"蝌蚪"(753頁)。

陡　dǒu ❶〔形〕坡度很大或斜度接近於垂直：山～路險｜懸崖～壁｜斜坡很～。❷突然：形勢～變｜舊病～發。❸(Dǒu)〔名〕姓。

【陡壁】dǒubì〔名〕像牆壁似的近於垂直的堤岸或山崖：懸崖～｜河對岸是～，船不能停靠。

【陡峻】dǒujùn〔形〕(山峰或地勢)既高且陡：登山隊員越過～的北坡又向更高的山峰攀登。

【陡立】dǒulì〔動〕(山峰、建築物等)直立：山峰～｜高樓～。

【陡坡】dǒupō〔名〕傾斜度很大的坡(跟"慢坡"相對)：跨深澗，爬～｜隊伍只能繞過～行進。

【陡峭】dǒuqiào〔形〕(山崖、堤岸等)又高又陡，接近於垂直：這～的山峰行人無法翻越｜河水激烈沖盪着～的河岸。

【陡然】dǒurán〔副〕突然；驟然：血壓～下降｜～響起一聲汽笛。

斜(斜)　dǒu 用於地名：～家山(在甘肅)。

dòu ㄉㄡˋ

豆〈㊀❶❷荳〉　dòu ㊀❶古代一種盛食物的器皿，木製或銅製。器淺如盤，下有把，圈足，大多數有蓋。❷(Dòu)〔名〕姓。

㊁〔名〕❶"豆子"①：種瓜得瓜，種～得～。❷(棵，顆，粒)"豆子"②：大～｜黃～｜綠～兒｜碟子裏有幾顆～，幾顆棗。❸"豆子"③：花生～｜土～｜肩章上一槓二～兒，是個中尉。

語彙　巴豆　扁豆　蠶豆　大豆　黑豆　黃豆　豇豆　綠豆　毛豆　土豆　豌豆　小豆　四季豆　目光如豆　種瓜得瓜，種豆得豆

【豆瓣兒醬】dòubànrjiàng〔名〕將蠶豆或大豆發酵後製成的醬，裏面有豆瓣。

【豆包】dòubāo(～兒)〔名〕豆沙餡兒的包子。

【豆餅】dòubǐng〔名〕(塊)大豆榨油後剩下的渣子壓成的餅，可用作飼料或肥料，也是製造大豆膠的原料。

【豆豉】dòuchǐ〔名〕將黃豆或黑豆泡透蒸熟後經發酵製成的食品。有鹹淡兩種，皆可放在菜裏調味，淡豆豉也可入藥。

【豆腐】dòufu〔名〕(塊)一種豆製食品，將豆漿煮開後加入適量石膏或鹽鹵使凝結成塊，壓去一部分水後製成。

【豆腐乾】dòufugān(～兒)〔名〕(塊)豆製食品之一，用布包小薄塊豆腐蒸製而成。

【豆腐腦兒】dòufunǎor〔名〕一種半固體豆製食品，將豆漿煮開後加入適量石膏凝結而成。四川地區叫豆花。

【豆腐皮】dòufupí(～兒)〔名〕(張)豆製食品之一，將煮熟的豆漿表面上結成的薄皮揭起晾乾製成。

【豆腐乳】dòufurǔ〔名〕(塊)豆製食品之一，將小塊豆腐發酵、醃製而成。也叫豆乳、腐乳、醬豆腐。

【豆腐渣】dòufuzhā〔名〕❶豆漿過濾後剩下的渣滓。❷比喻又爛又糟、質量差的東西：～工程。

【豆漿】dòujiāng〔名〕豆製食品之一，黃豆浸泡加水磨成漿後去渣而成，煮開即可飲用。也叫豆腐漿、豆乳。

【豆醬】dòujiàng〔名〕將豆發酵後製成的醬，可做調味品。

【豆角兒】dòujiǎor〔名〕〈口〉豆類植物開花後結的條狀扁形果實(多指鮮嫩可做菜的)。

【豆蔻】dòukòu〔名〕❶多年生草本植物，開淡黃色花，果實扁球形，種子有香味。果實和種子可入藥，如蔻仁兒。❷唐朝杜牧《贈別》詩："娉娉裊裊十三餘，豆蔻梢頭二月初。"後來就用"豆蔻"比喻少女：～年華。

【豆綠】dòulǜ〔形〕像青豆那樣的綠色。

【豆奶】dòunǎi〔名〕用大豆加適量牛奶製成的食品，供飲用：～很受老年消費者的歡迎｜～營養好。

【豆萁】dòuqí〔名〕豆的莖稈：煮豆燃～，豆在釜中泣。

【豆青】dòuqīng〔形〕豆綠：～花瓶｜～綢料。

些節日舉行。

【豆蓉】dòuróng〔名〕將大豆、豌豆或綠豆煮熟曬乾磨成粉後加糖製成的糕點食兒：～月餅。

【豆乳】dòurǔ〔名〕❶豆漿。❷〔塊〕豆腐乳。

【豆沙】dòushā〔名〕一種食品，將紅小豆等乾磨成粉或煮爛攪成泥後加糖製成，多用作點心的餡兒：～包子｜～月餅。

【豆芽兒】dòuyár〔名〕用黃豆或綠豆等浸水發芽而長成的芽菜。也叫豆芽菜。

【豆油】dòuyóu〔名〕用大豆榨的油，主要供食用，也可用來製造肥皂、假漆、塗料等。

【豆渣】dòuzhā〔名〕豆腐渣①。

【豆汁】dòuzhī（～兒）〔名〕❶製綠豆粉時剩下來的汁，發酵後味酸，為北京特色飲料。❷豆漿。

【豆製品】dòuzhìpǐn〔名〕用大豆加工製成的各種熟食。

【豆豬】dòuzhū〔名〕（頭，隻）體內寄生着黃豆粒般大小囊蟲的豬。豆豬肉不能食用。

【豆子】dòuzi〔名〕❶（棵）豆類作物：地裏種了一大片～。❷（粒，顆）指豆類作物的種子：炒～吃。❸（粒）形狀像豆的東西：金～。

鬥 (鬥)〈鬦鬬鬭〉**dòu** ❶〔動〕對打；鬥爭：械～｜打～｜～不過地頭蛇。❷〔動〕使（某些家禽、昆蟲）爭鬥：～雞｜～蟈蟈兒。❸〔動〕爭勝；競爭：～力｜～智｜～牌｜～棋。❹〔動〕連接；湊上：榫兒｜百衲衣是用小塊布片兒一起來的。❺〔動〕湊集；聚集：大家～分子，給這對新人送賀禮。❻（Dòu）〔名〕姓。

　　"斗"另見 dǒu（313 頁）。

【鬥彩】dòucǎi〔名〕瓷器花色之一，明清瓷器上的花紋趨於艷麗，在青花瓷之上再施五彩，叫作鬥彩，含爭奇鬥艷意。

【鬥法】dòu//fǎ〔動〕迷信指用畫符、唸咒等法術相鬥。現多指暗中使用計謀爭鬥：兩教練在場外～。

【鬥雞】dòujī ❶〔動〕（-//-）一種遊戲，使公雞相鬥：大人小孩兒都喜歡看～。❷〔動〕（-//-）一種遊戲，雙人或多人各用一隻腳站立，另一條腿彎曲着，兩手扳住腳，彼此用彎着的腿的膝蓋相撞，以撞得對方撒開扳腳的手為勝。❸〔名〕（隻）專門用來相鬥的雞。

【鬥雞眼】dòujīyǎn（～兒）〔名〕〔口〕對眼。

【鬥雞走狗】dòujī-zǒugǒu〔成〕使雞相鬥，使狗賽跑，以取樂。形容嬉戲玩樂，不務正業：富家子弟，～，不會有出息。也說鬥雞走馬。

【鬥牛】dòuniú〔動〕在特建的鬥牛場中進行的人跟牛相鬥的競技活動，流行於西班牙。中國傳統民間的鬥牛娛樂活動是讓牛跟牛相鬥，在某

【鬥毆】dòu'ōu〔動〕爭鬥廝打：尋釁～｜打架～。

【鬥牌】dòupái〔動〕玩紙牌、骨牌等比輸贏：下了班，有的看電視，有的～。

【鬥氣】dòu//qì〔動〕賭氣；為意氣相爭：別跟那幫人～｜他倆幾天不說話，不知道鬥甚麼氣。

【鬥士】dòushì〔名〕（位，名）為正義、真理勇敢鬥爭的人。

【鬥心眼兒】dòu xīnyǎnr〔慣〕用心計相互作對、競爭（含貶義）：這個人愛～。

【鬥艷】dòuyàn〔動〕（鮮花、女性）比賽艷麗：爭奇～｜群芳～。

【鬥爭】dòuzhēng〔動〕❶為實現某種目標而努力奮鬥：為祖國現代化建設的早日實現而～。❷揭發批判；打擊：對壞人壞事必須堅決～。❸矛盾雙方互相衝突，力求戰勝對方：階級～｜思想～｜這是一場殘酷的～。

辨析　鬥爭、奮鬥　a）經常說"奮鬥目標"，表示目的；也可以說"鬥爭目標"，但表示的意義不是目的而是對象。b）可以說"與……做鬥爭"，不可以說"與……做奮鬥"。c）"鬥爭"常和"階級、政治、經濟"等詞組合，"奮鬥"不能這麼用，如不能說"階級奮鬥""政治奮鬥""經濟奮鬥"等。

【鬥志】dòuzhì〔名〕戰鬥的意志；工作的熱情精神：情緒高漲，～昂揚｜缺乏～｜鼓舞～。

【鬥智】dòu//zhì〔動〕用智謀爭勝負：跟對手較量，既要鬥勇，又要～｜雙方鬥了力，還得鬥一鬥智。

【鬥嘴】dòu//zuǐ（～兒）〔動〕❶爭吵；互相爭辯而不相讓：～慪氣｜鬥了半天嘴，管甚麼用？❷耍貧嘴；用言語取鬧：取笑～｜他就會～兒，不會別的。

逗 Dòu〔名〕姓。

短
逗 **dòu** ㊀❶〔動〕招引；惹：～笑｜～着孩子玩。❷〔形〕（北方官話）有趣；滑稽：他這個人說話可真～｜這個笑話～極了。❸〔動〕引人發笑；開玩笑：～樂兒｜～趣兒｜～悶子｜別～了，說正經的。❹（Dòu）〔名〕姓。
　㊁❶停留：～留。❷同"讀"（dòu）。

【逗哏】dòugén ❶（-//-）〔動〕相聲演員用詼諧有趣的話引人發笑（跟"捧哏"相對）：兩個人說相聲，一個人～，一個人捧哏。❷〔名〕指相聲表演中的主角（跟"捧哏"相對）。

【逗號】dòuhào〔名〕標點符號的一種，形式為"，"，表示句子內部的一般性停頓。也叫逗點。

【逗樂兒】dòu//lèr〔動〕引人發笑；使人高興：這段相聲挺～｜說個笑話兒，逗個樂兒。

【逗留】(逗遛)dòuliú〔動〕短暫停留：在武漢轉車時～了幾天｜此地禁止遊人～。

【逗悶子】dòu mènzi〔北京話〕開玩笑：這兩人淨愛～｜你別在這兒跟我～了。

【逗弄】dòunong〔動〕❶引逗；挑逗：她蹲在院裏～小花貓。❷耍弄；取笑：不該～人家。

【逗趣兒】(鬥趣兒)dòuqùr〔動〕用有趣的言語或行動使人發笑：他真會～｜你別～了。

【逗笑兒】dòuxiàor〔動〕(北京話)引人發笑：他說出話來老那麼～｜你真能～。

【逗引】dòuyǐn〔動〕逗弄對方藉以取樂或達到不良目的：他變着法兒小孫子玩｜用手機發假信息，～你上鈎。

脰 dòu〔書〕脖子；頸。

痘 dòu〔名〕❶天花：他長過～，落下滿臉麻子。❷牛痘，痘苗；也指種痘苗後皮膚上長出的豆狀小疱：種～｜孩子胳膊上出～了。
注意 通常說種牛痘，簡稱種痘。

語彙 牛痘 水痘 種痘

【痘瘡】dòuchuāng〔名〕天花。

【痘苗】dòumiáo〔名〕接種到人體上能預防天花的疫苗，用病牛的痘漿製成。也叫牛痘苗。

㞳 dòu 用於地名：西～(在廣西)。

餖 (饾) dòu 見下。

【餖飣】dòudìng〈書〉❶〔名〕供陳設而不即時吃的食品。❷〔動〕比喻堆砌辭藻：～成篇。以上也說飣餖。

竇 (窦) dòu ❶〈書〉孔；洞穴：逃出自～｜疑～(可疑的地方)叢生。❷人體某些器官像洞穴的部分：鼻～｜額～。❸(Dòu)〔名〕姓。

讀 (读) dòu 古代誦讀文章時，將句中較短的停頓叫作讀(後來把"讀"寫成"逗"，現代所用逗號就是取這個意義)。參見"句讀"(719頁)。
另見 dú(319頁)。

dū ㄉㄨ

丟 dū〔動〕用筆頭、指頭、棍棒等輕擊、輕點：點～｜～一個點兒。

都 dū ❶首都：建～｜定～。❷大城市：通～大邑。❸因盛產某種東西而聞名的地方：鋼～｜瓷～。❹〔副〕〈書〉表示總括：全書～五十萬言。❺(Dū)〔名〕姓。
另見 dōu(312頁)。

語彙 大都 奠都 定都 故都 國都 建都 京都 陪都 遷都 首都

【都城】dūchéng〔名〕(座)首都。

【都督】dūdu〔名〕❶中國古代軍事官名。❷民國初年省級最高軍政長官，後改稱督軍。

【都會】dūhuì〔名〕(座)都市：大～。

【都市】dūshì〔名〕(座)大城市：～風光｜～生活。

【都尉】Dūwèi〔名〕複姓。

屚 dū〔名〕(北方官話)屚子。

【屚子】dūzi〔名〕(北方官話)❶屁股：一匹赤～大白馬。❷蜂或蠍子等的尾部。

督 dū ❶察看；監～｜～察。❷指導；統率：～戰｜～師。❸(Dū)〔名〕姓。

語彙 都督 基督 監督 總督

【督辦】dūbàn ❶〔動〕監督辦理：～軍餉。❷〔名〕民國初年各省的最高行政長官。

【督察】dūchá ❶〔動〕監督察看：～稅務。❷〔名〕(位，名)指擔任督察工作的人。❸警察的一個等級。

【督促】dūcù〔動〕監督催促：下鄉～秋收秋播工作。

辨析 督促、催促 "催促"指要求加快去做。"督促"除含有"催促"的意思外，還有監督人把工作做好的意思，因此，"這孩子不愛學習，不督促不行"不能換用"不催促不行"。

【督導】dūdǎo ❶〔動〕監督指導：歡迎蒞臨～。❷〔名〕(位，名)做監督指導的人：他是學校的～。

【督撫】dūfǔ〔名〕明、清兩朝地方行政長官總督和巡撫的總稱。

【督軍】dūjūn〔名〕❶漢代監督軍隊的官員。後為統領軍隊的大將。❷民國初年各省的最高軍政長官。

【督師】dūshī〔動〕〈書〉統率軍隊作戰：親臨前線｜將軍～，決戰於湖澤之間。

【督學】dūxué〔名〕(位，名)教育行政機關中監督、視察和指導下級教育部門和學校工作的人員。

【督戰】dūzhàn〔動〕監督並指揮作戰；也指監督並領導重要工程或重要工作：親臨前線～｜親自到工地～。

【督陣】dūzhèn〔動〕在陣地上監督並指揮作戰；也指到第一綫監督指導工作：司令員在前綫～｜親自到搶險地段～。

嘟 dū ❶〔動〕鼓着(嘴)；噘着(嘴)：他氣得～着嘴，一言不發。❷〔擬聲〕形容喇叭、發動機響的聲音：汽船～～地駛過來。

【嘟嘟】dūdū〔擬聲〕形容機械轉動的聲音：拖拉機～地開着。

【嘟嚕】dūlu〈口〉❶〔量〕用於成串的東西：一～鑰匙｜一～葡萄。❷〔動〕向下垂着；耷拉着：他成天～着臉，不知道誰得罪了他｜一句話不對，他就把臉一～。❸〔名〕顫動小舌發出的聲音：說話打～。

【嘟囔】dūnāng〔動〕低聲自言自語（常指不滿或不敢）：他獨自在那兒～了半天，也不知說了些甚麼｜他爸無理訓斥他，他也只能～兩句。

【嘟噥】dūnong〔動〕嘟囔：只聽他～了一句，就再沒有說甚麼了｜有話就說，別在底下～。

闍（闍）dū〈書〉城門上的台。
另見 shé（1187頁）。

dú ㄉㄨˊ

毒 dú ❶〔名〕對生物體有害的物質：這種草有～。❷〔名〕比喻對思想意識有害的事物：小心別中了壞書的～。❸〔名〕毒品：販～｜吸～｜禁～。❹〔動〕用毒物殺害：用藥～蟑螂。❺〔形〕對生物體有害的：～蛇｜～藥｜這種草的根很～。❻〔形〕毒辣；猛烈：手段真～｜伏天的太陽很～。

語彙 病毒　惡毒　販毒　防毒　放毒　服毒　狠毒　戒毒　禁毒　流毒　梅毒　清毒　吸毒　遺毒　中毒　人莫予毒　以毒攻毒

【毒草】dúcǎo〔名〕❶（株）有毒的草。❷比喻對人民有害的文藝作品或言論（跟“香花”相對）：黃色文藝是～。

【毒打】dúdǎ〔動〕狠打；猛打：被壞人～｜～一頓。

【毒餌】dú'ěr〔名〕拌入毒藥製成的食料，用以誘殺害蟲、老鼠等。

【毒犯】dúfàn〔名〕犯有生產、運輸、販賣毒品罪的人：高利驅使，他墮落為偷運毒品的～。

【毒販】dúfàn〔名〕販賣毒品的人：～在邊境活動猖狂，要加大打擊力度。

【毒害】dúhài ❶〔動〕用有毒的東西使人受害：不許用黃色書刊～青年一代。❷〔名〕產生毒害作用的事物：清除～，保護青少年。

【毒化】dúhuà〔動〕❶用有毒的事物損害：～空氣｜淫穢讀物～人們的思想。❷使社會風氣、人際關係惡化：～雙方關係。

【毒計】dújì〔名〕（條）毒辣的計策：他施展了借刀殺人的～｜險些中了敵人的～。

【毒劑】dújì〔名〕軍事上指專門用以毒害人畜、毀壞植物的化學物質，大多數是毒氣：國際公約禁止使用～。

【毒箭】dújiàn〔名〕（支）箭頭塗有毒藥的箭。比喻惡毒的中傷、攻擊：敵人造謠言，放～，破壞我們的團結。

【毒辣】dúlà〔形〕（心腸、手段等）狠毒殘忍：陰險～｜心腸～｜手段太～了。

【毒瘤】dúliú〔名〕惡性腫瘤。

【毒品】dúpǐn〔名〕使人上癮、傷害人體的有毒嗜

好品，如鴉片、嗎啡、大麻、海洛因、杜冷丁、可卡因、冰毒、搖頭丸及其他合成製品：禁止～入境｜繳獲的～，全部焚毀。

【毒氣】dúqì〔名〕❶軍事上指氣體毒劑。舊稱毒瓦斯。❷泛指有毒的氣體：防止～泄漏。

【毒熱】dúrè〔形〕形容陽光非常猛烈：夏天的中午，太陽～。

【毒蛇】dúshé〔名〕（條）有毒的蛇，頭部多為三角形，有毒腺與毒牙相通，毒性強，被咬而中毒者危及生命。毒液可供藥用。

【毒蛇猛獸】dúshé-měngshòu〔成〕泛指對人類生命有威脅的動物。也比喻貪婪殘暴危害人民利益的人：叢林深處藏有～｜歷史上大小官吏變成～，為害社會，不是個別例子。

【毒手】dúshǒu〔名〕害人或殺人的狠毒手段：敵人下了～｜竟遭～，不幸遇害。

【毒素】dúsù〔名〕❶某些有機體產生的有毒物質：蝮蛇的毒腺中含有大量的～。❷比喻思想意識有毒害的事物：這些非法出版物中有大量麻醉人們思想的～。

【毒瓦斯】dúwǎsī〔名〕“毒氣”①的舊稱。

【毒梟】dúxiāo〔名〕經營毒品獲取暴利的集團頭目：警方追蹤數年，終於擒獲這個大～。

【毒刑】dúxíng〔名〕殘酷的肉刑：敵人對革命者常動用～。

【毒性】dúxìng〔名〕毒物所含成分的性質及其造成傷害的程度。

【毒藥】dúyào〔名〕含有毒性、能危害生物體生理機能並引起死亡的藥物。

【毒癮】dúyǐn〔名〕吸食毒品造成的難以擺脫的依賴性。

頓（顿）dú 見“冒頓”（943頁）。
另見 dùn（332頁）。

獨（独）dú ❶年老沒有子女的人：鰥寡孤～。❷單一；一個：～生子女｜～輪車｜～一無二。❸〔形〕〈口〉自私；不能同人共事相處：他這人真～。❹〔副〕獨自：～來～往｜～當一面。❺〔副〕唯獨；只：大家都贊成，～有他反對。❻（Dú）〔名〕姓。

語彙 不獨　單獨　非獨　孤獨　唯獨

【獨霸】dúbà〔動〕❶以強力獨自控制掌握：～一方。❷獨自強行佔有：幾間房子都叫他～了。

【獨白】dúbái ❶〔名〕劇中人獨自向觀眾表白自己心理活動的台詞。中國傳統戲曲的獨白有兩種，一種是定場白，一種是旁白。❷〔動〕劇中人獨自向觀眾表白：這段戲後你要向觀眾～，不容易演好。

【獨步】dúbù〔動〕〈書〉❶獨自行走：～出營。❷在某個領域中超越一般：～文壇｜～一時。

【獨裁】dúcái〔動〕獨自裁決；特指獨攬權力，實行專制統治：～統治｜～專斷。

【獨裁者】dúcáizhě〔名〕獨攬權力的統治者：大～｜歷史上的～都沒有好下場。

【獨唱】dúchàng〔動〕一個人單獨演唱歌曲（區別於“合唱”）：女高音～｜請她～一支新歌。

【獨出心裁】dúchū-xīncái〔成〕原指詩畫構思有獨到之處，與眾不同。也泛指設想和辦法獨特、與眾不同：博物館設計巧妙別緻，真可謂～。

【獨處】dúchǔ〔動〕單獨生活或活動：他愛群居，也愛～｜～一室，可以安心寫作了。

【獨創】dúchuàng〔動〕進行水平質量超出一般的創造；獨自創造：他們～一格，不落窠臼｜表現了年青一代敢於～的精神。

【獨當一面】dúdāng-yīmiàn〔成〕《史記·留侯世家》：“獨韓信可屬大事，當一面。”後用“獨當一面”指有能力獨力擔當一個方面的工作：這位年輕幹部經過幾年鍛煉，已經能夠～了。
注意 這裏的“當”不寫作“擋”。

【獨到】dúdào〔形〕技藝、學識、見解等方面與眾不同，超出常人（多指好的）：文筆流暢正是他寫作的～之處｜見解～，論證嚴密。

【獨斷獨行】dúduàn-dúxíng〔成〕辦事不考慮別人的意見，只憑個人決斷：他辦事從不跟別人商量，總是～｜～，難以成大事。也說獨斷專行。

【獨夫】dúfū〔名〕殘暴無道、人所共棄的統治者：～民賊｜～之心，日益驕固。

【獨孤】Dúgū〔名〕複姓。

【獨吉】Dújí〔名〕複姓。

【獨家】dújiā〔名〕唯一的一家（人或單位）：～報道｜～贊助。

【獨角戲】（獨腳戲）dújiǎoxì〔名〕❶只有一個角色的戲。比喻本應由幾個人做的工作而只有一個人在做，常說唱獨角戲：找不到幫手，我只能唱～。❷流行於上海、江蘇、浙江等地的一種曲藝。有以說笑話和學各地方言為主，有以唱戲曲小調、演滑稽故事為主。也叫滑稽。❸指湖南的花鼓說唱，是曲藝的一種。通常有只唱不說、以唱為主間有說白、說唱並重等三種形式。

【獨居】dújū〔動〕❶單獨居住；特指男或女未結婚而單身生活：～他鄉｜與丈夫離婚後，她多年～。❷〔動〕單獨處於某種特殊地位：～榜首。❸〔名〕（套，間）僅有一間臥室的單元套房：他在城裏買了套～。

【獨具匠心】dújù-jiàngxīn〔成〕具有獨到的靈巧心思。指在技巧和藝術構思上有創造性：博覽會上展出的這種工藝品，可算得～。也說匠心獨具。

【獨具隻眼】dújù-zhīyǎn〔成〕隻眼：佛家指慧眼，能洞察過去和未來。指具有獨特的眼光和高超的見解：先生～，發現並且培養了一個天才青年。也說獨具慧眼。

【獨攬】dúlǎn〔動〕❶獨自把持和操縱：～朝政｜大權～。❷獨自佔有；獨自承擔：奧運會上，他～三枚金牌｜通過競標，這家公司～了整個工程。

【獨力】dúlì〔副〕憑一個人或單方面的力量去做：～創辦｜～完成任務。

【獨立】dúlì ❶〔動〕獨自站立：～寒秋，湘江北去。❷〔動〕一個國家政權或組織不受外部勢力控制而自主地存在：許多國家先後擺脫殖民統治而～。❸〔動〕不依靠父母養活而能自立生活：老人的兒子已經能～了。❹〔副〕憑自身能力（去做）：～操作｜～思考。❺〔動〕軍隊中不隸屬於上一級而直接由更高一級單位領導，如直屬於軍的獨立團、直屬於師的獨立營等。❻〔動〕離開原隸屬單位而獨自成為一個單位：那所大學的附中已～，也改名了。

【獨立董事】dúlì dǒngshì〔名〕股票上市公司從公司外部聘請的具有專業知識和公信力的人員，主要職能是獨立檢查和監督本公司的各項工作及公司運作情況。簡稱獨董。

【獨立國】dúlìguó〔名〕有完整主權的國家。

【獨立王國】dúlì wángguó ❶有完整主權的君主國家。❷比喻不服從中央或上級而自搞一套、自成體系的地區或部門：要有全局觀點，不要搞～。

【獨立自主】dúlì-zìzhǔ〔成〕不依賴別人，靠自己決策行動：～，自力更生｜孩子長大後，～的精神也增強了。

【獨龍族】Dúlóngzú〔名〕中國少數民族之一，人口6930（2010年），主要分佈在雲南貢山的獨龍江兩岸。獨龍語是主要交際工具，沒有本民族文字。

【獨輪車】dúlúnchē〔名〕（輛）只有一個輪子的手推車，多用於載物。

【獨門獨院】dúmén dúyuàn 只有一戶人家居住的帶院子的房屋。

【獨苗】dúmiáo〔名〕比喻獨生子女。特指獨生子：他是家裏的～，嬌慣得厲害。也說獨苗苗。

【獨木不成林】dúmù bù chéng lín〔諺〕一棵樹成不了森林。比喻一個人的力量小辦不成大事：單絲不成綫，～，只有大家齊心協力，才能擔當這艱巨的任務。

【獨木難支】dúmù-nánzhī〔成〕一根木頭支撐不住高大的建築。比喻個人的力量單薄，維持不住全局：這項工程難度大，要他一個人負責恐怕是～。也說一木難支。

【獨木橋】dúmùqiáo〔名〕（座）用一根木頭架成的橋。比喻窄小艱險的途徑：你走你的陽關道，我走我的～｜過去考大學是千軍萬馬過～，競爭激烈。

【獨幕劇】dúmùjù〔名〕全劇故事在一幕內完成的

戲劇，情節結構緊湊，矛盾衝突發展開迅速（區別於“多幕劇”）。

【獨闢蹊徑】dúpì-xījìng〔成〕獨自開出一條道路。比喻獨創新思路、新風格或新方法：你這種畫法是～，另創新路。

【獨善其身】dúshàn-qíshēn〔成〕《孟子‧盡心上》：“窮則獨善其身，達則兼善天下。”指做不成官，就獨自修養身心。現多指只顧自己，不管他人或全局：在社會生活中，應當樹立集體主義思想，不能只是～。

【獨身】dúshēn ❶〔名〕單獨的一人：～在外十餘年｜一人漂流他鄉。❷〔動〕不結婚：她已經四十開外，依舊～。

【獨生子女】dúshēng zǐnǚ 指一對夫婦生育的唯一的兒子或女兒：～證｜～家庭。

【獨樹一幟】dúshù-yīzhì〔成〕單獨樹立一面旗幟。比喻獨特新穎，自成一家：他的學術體系與眾不同，可以說是～。

【獨特】dútè〔形〕(性質、特徵)特別，不同於一般：～的建築風格｜他的個性很～。

【獨體】dútǐ〔名〕❶漢字形體結構的一種，不能再拆分出偏旁或部件，如“人、火、而”等(區別於“合體”)。❷單獨的形體：～建築。

【獨吞】dútūn〔動〕獨自佔有：～財產。

【獨行】dúxíng〔動〕〈書〉❶獨自一人行走：孑然～。❷按自己的想法行事：專斷～。

【獨眼龍】dúyǎnlóng〔名〕指只有一隻好眼睛的人(含諧謔意或貶義)：打手中有個～，槍法極準。

【獨一無二】dúyī-wú'èr〔成〕唯一的；沒有相同或可以相比的：他是這個村子裏～的富豪｜小王的歌唱得特好，在全校是～的。

【獨有】dúyǒu ❶〔動〕獨自具有：唯我～。❷〔副〕唯有；只有：老同學聚會，～你沒來。

【獨佔鼇頭】dúzhàn-áotóu〔成〕科舉時代舊中狀元為獨佔鼇頭。據記載，皇宮石階上有鼇(大龜)頭浮雕，中了狀元的人才可以踏上迎接皇榜。後用來比喻居於首位或名列第一：在質量評比中，這種產品～。

【獨資】dúzī〔形〕屬性詞。由一個人或一方單獨拿出投資的：～經營｜～企業。

【獨子】dúzǐ〔名〕唯一的兒子。也叫獨生子。

【獨自】dúzì〔副〕就自己一個人；單獨地：～沉思｜～徘徊｜父母都出差了，只剩下他～在家。

【獨奏】dúzòu〔動〕一個人用一種樂器演奏，有時也有其他樂器伴奏：鋼琴～｜笛子～。

瀆（瀆）dú ㊀〈書〉❶溝渠；水溝：溝～。❷河川：鯀禹決～(鯀禹父子挖掘疏通河川)。

㊁〈書〉輕慢；不敬；冒犯：～犯｜褻～。

【瀆職】dúzhí〔動〕不完成應盡的責任，濫用職權：～罪｜官吏～，應予懲戒。

瓄（瓄）dú〈書〉玉名。

櫝（櫝）dú〈書〉❶櫃子；匣子：買其～而還其珠。❷棺材：將為之～(替他製造棺材)。❸用櫃子或匣子裝起來：～而藏之。

犢（犢）dú ❶“犢子”①：初生之～不畏虎。❷(Dú)〔名〕姓。

【犢子】dúzi〔名〕❶小牛：牛～。❷俗稱小兒子為犢子。

牘（牘）dú ❶古代寫字用的狹長的木片：版～｜簡～。❷書籍；文書：文～｜案～｜連篇累～。❸書信：尺～｜書～。

語彙　案牘　尺牘　文牘　連篇累牘

讀（讀）dú ❶〔動〕看着文字出聲唸：學生～了一遍課文｜請你把這封信～一～。❷〔動〕看書；閱讀：默～｜～小說｜這篇文章很值得一～。❸〔動〕攻讀；求學：～中學｜你～文科，他～理科。❹字或詞的唸法：破～｜舊～。

另見 dòu(316頁)。

語彙　工讀　攻讀　朗讀　默讀　審讀　通讀　宣讀　異讀　閱讀　走讀

【讀本】dúběn〔名〕課本；泛指供閱讀用的普及性版本：語文～｜文學～｜外國學生到中國來留學，總要先唸漢語～。

【讀卡機】dúkǎjī〔名〕(台)專門用來讀取磁卡上儲存資料的電子設備：磁卡～｜非接觸式～。

【讀秒】dúmiǎo〔動〕❶圍棋裁判在參賽選手自由支配時間用完、要求選手在規定時間完成每一步棋時(一般為60秒，快棋為30秒或10秒)報出已用秒數：比賽進入～階段，非常緊張。❷以倒計時控制重大行動開始時間，最後讀出所剩秒數：衛星馬上發射，大家靜靜聽着～的聲音。

【讀破】dúpò〔動〕傳統上指一個漢字因意義不同而有兩個或兩個以上的讀音時，不照通常的讀法來讀，以表示另外的意義，叫讀破。如“王”的通常讀音是 wáng，但在“王天下”(古代稱君主統一天下)中讀 wàng，表示一種行為。

【讀取】dúqǔ ㊀〔動〕閱讀並取得(所需要的信息)：這套系統設有多重保密功能，防止未經授權使用系統和～資料。㊁〔動〕入學就讀並取得(學位等)：～博士學位。

【讀書】dú // shū〔動〕❶朗讀或默讀書本上的課文：他在埋頭～｜孩子每天早上要讀兩遍書。❷學習功課；泛指求學：她～很用功｜他的兩個女兒都在中學～。❸泛指閱讀：讀讀書，聽聽歌，生活很自在｜近來讀甚麼書｜～破萬卷，下筆如有神。

【讀書人】dúshūrén〔名〕(位)指知識分子：～愛書如命。

【讀數】dúshù〔名〕儀表、機器中由指針或水銀柱等指出的刻度的數字：溫度計～。

【讀物】dúwù〔名〕供閱讀的書報雜誌：兒童～｜通俗～｜科普～。

【讀音】dúyīn〔名〕讀出的字音；字的讀法：統一～｜"和"字有多種～。

【讀者】dúzhě〔名〕(位)閱讀書報雜誌的人：敬告～｜～服務部。

髑 dú 見下。

【髑髏】dúlóu〔名〕〈書〉死人的頭骨；骷髏。

黷（黷） dú〈書〉❶ 污濁：先貞而後～。❷ 輕慢；褻瀆：～則不敬。❸ 濫用：窮兵～武。

【黷武】dúwǔ〔動〕〈書〉濫用武力；濫施攻伐：窮兵～｜患其～。

讟（讟） dú〈書〉怨言：民無謗～。

dǔ ㄉㄨˇ

肚 dǔ(～兒)〔名〕肚子(dǔzi)：豬～兒｜粉皮拌～片兒。
另見 dù(321 頁)。

【肚子】dǔzi〔名〕供食用的動物的胃：牛～｜羊～｜豬～。注意 "肚子"(dǔzi)與"肚子"(dùzi)大不相同，"肚子"(dùzi)指腹部。
另見 dùzi(321 頁)。

堵 dǔ ❶〔動〕阻塞；阻擋：把窟窿～上｜～漏洞｜不要～住人家的嘴，讓大家暢所欲言。❷〔動〕被阻擋：前邊一輛車，我們的車輛不過去。❸〔形〕憋悶：我心裏～得慌。注意 這種用法的"堵"有兩個意思：一個意思是因病痛而心胸堵塞；另一個意思是有話不說出來而悶在心裏不能舒暢。這要視語境而定。❹〈書〉牆：觀者如～。❺〔量〕用於牆：一～牆。❻(Dǔ)〔名〕姓。

【堵車】dǔ//chē〔動〕因車輛過多等原因造成交通堵塞：這條路常～。

【堵擊】dǔjī〔動〕攔阻並打擊：抄後路～敵人｜分兵～。

【堵截】dǔjié〔動〕正面攔截：圍追～｜～敵艦。

【堵漏】dǔlòu〔動〕❶ 堵塞管道、牆體等上面的漏洞：防水～工程。❷ 比喻防止失誤：這個虧損企業需要一個強有力的領導班子去～。

【堵塞】dǔsè〔動〕❶ 阻塞：河流～｜交通～｜鼻子～，大概是感冒了。❷ 防止：～工作中的漏洞。

【堵心】dǔxīn〔形〕心裏憋悶，不痛快：這事真～，攤誰身上都受不了。

【堵嘴】dǔ//zuǐ〔動〕比喻使人不好說話或沒法開口：他的意見還沒說完，你就堵住了他的嘴，這很不好。

睹（覩） dǔ 看見：慘不忍～｜熟視無～｜先～為快。

語彙 目睹 熟視無睹 有目共睹

【睹物思人】dǔwù-sīrén〔成〕看見去世或離別的人留下的東西就聯想起了這個人：見到遺物，～，昔日和戰友一起作戰的情景歷歷在目｜丈夫死她而去，～，悲哀難以擺脫。

賭（賭） dǔ〔動〕❶ 賭博：～錢｜～來～去總會輸。❷ 比勝負，爭輸贏：～東道。

語彙 打賭 豪賭 聚賭

【賭本】dǔběn〔名〕用於賭博的本錢。比喻藉以進行冒險活動的實力：本想扳回一～，結果越賭越輸｜消滅了這幫土匪，土匪頭目的～也就不多了。

【賭博】dǔbó〔動〕❶ 用財物作注，通過打麻將、玩紙牌、擲色子等形式比輸贏：妻子勸丈夫千萬別～了。❷ 在賭場下賭本賭輸贏：拉老虎機也是～。❸ 比喻進行冒險活動：政治～。

【賭場】dǔchǎng〔名〕(家)賭博的場所：民警查禁了幾家地下～。

【賭東道】dǔ dōngdào 用做東來打賭(輸的人請客)。也說賭東兒。

【賭風】dǔfēng〔名〕賭博的風氣。

【賭棍】dǔgùn〔名〕沉迷賭博、靠賭博為生的人：不要成天跟那些～混在一起。

【賭局】dǔjú〔名〕賭博的集會或場所：嚴禁娛樂場所開設～。

【賭具】dǔjù〔名〕(副)賭博的用具，如色子、紙牌、麻將牌等。

【賭氣】dǔ//qì〔動〕因不服氣或不滿意而放任行動：她一～連飯也不吃就走了｜這點小事不值得你賭這麼大的氣。

【賭錢】dǔ//qián〔動〕賭博。

【賭球】dǔ//qiú〔動〕以預測球賽勝負的形式賭博。

【賭徒】dǔtú〔名〕(名)沉迷於賭錢的人：一幫～｜～作弊被當場抓獲。

【賭癮】dǔyǐn〔名〕由於經常參加賭博而形成的癮。

【賭友】dǔyǒu〔名〕因賭博而結識的朋友：～不少，朋友不多。

【賭債】dǔzhài〔名〕賭博欠下的債：～如山，家破人亡｜追討～，打鬥街頭。

【賭咒】dǔ//zhòu〔動〕承諾去做某事或保證某事是真的，並發誓如果做不到或事情不是真的就遭報應：我敢～，絕對沒這回事｜賭個咒怕甚麼，到時候又算不了數。

【賭注】dǔzhù〔名〕❶賭博時所押的財物：下～。❷比喻進行冒險活動所投入的東西：不能用自己的青春做～。

篤（笃）

dǔ ❶〈書〉忠誠；厚道：君子～於親。❷〈書〉堅定；專一：～志而體（意志堅定，並努力實踐）｜情愛甚～。❸〈書〉（病勢）沉重：病～｜危～。❹〔副〕〈書〉很；甚；切實：～好藝文｜～行不倦。❺（Dǔ）〔名〕姓。

【篤定】dǔdìng（吳語）❶〔形〕形容安詳鎮定：心裏很～。❷〔副〕一定；有把握：～辦好。

【篤厚】dǔhòu〔形〕忠實厚道：百姓～，風俗淳樸。

【篤實】dǔshí〔形〕❶忠厚老實：～敦厚。❷非常實在：先生的學問很～。

【篤信】dǔxìn〔動〕深信；堅信：～不移｜～好學。

【篤學】dǔxué〔動〕〈書〉專心好學：～隱居，不與時爭。

【篤志】dǔzhì〔動〕〈書〉專心一意（去做）：～向學。

dù ㄉㄨˋ

芏

dù 見"芏芏"（650頁）。

杜

dù ㊀❶杜梨。❷（Dù）〔名〕姓。㊁堵塞：防微～漸｜～門不出。

【杜衡】dùhéng〔名〕多年生草本植物，開暗紫色小花。根莖可入藥。也作杜蘅。

【杜蘅】dùhéng 同"杜衡"。

【杜鵑】dùjuān ㊀〔名〕（隻）鳥名，黑灰色，吃毛蟲。初夏時常晝夜啼叫。也叫杜宇、子規。㊁〔名〕❶（棵）常綠或落葉灌木，葉子橢圓形，春天開紅花，供觀賞。❷這種植物的花。以上也叫映山紅。

【杜絕】dùjué〔動〕❶徹底制止；消滅（壞事）：～浪費｜～嫁女索要財禮等惡俗。❷舊時出賣田產不能贖回稱為杜絕，這種契約叫作杜絕契。

【杜康】dùkāng〔名〕傳說夏朝的帝王少康是釀酒的發明者，後來用作酒的代稱：何以解憂，唯有～。

【杜梨】dùlí〔名〕❶落葉喬木。葉子長圓形或菱形，花白色。果實小，略呈球形，有褐色斑點。❷這種植物的果實。以上也叫棠梨。

【杜門】dùmén〔動〕〈書〉關上門：～不出｜謝客。

【杜宇】dùyǔ〔名〕杜鵑鳥。相傳古代蜀國國王的名字叫杜宇，杜宇死後化為杜鵑鳥。

【杜仲】dùzhòng〔名〕落葉喬木，葉長橢圓形，樹皮和葉可提取杜仲膠，也可入藥。也叫思仲。

【杜撰】dùzhuàn〔動〕憑空編造（文字、故事）；虛構：沒有這回事，這是他～的｜彙報材料要求寫真人真事，不能～。

肚

dù〔名〕肚子（dùzi）：啤酒～。
另見 dǔ（320頁）。

> 語彙　兜肚　瀉肚　牽腸掛肚

【肚量】dùliàng ❶同"度量"。❷〔名〕飯量：他～大，一頓能吃三大碗。

【肚皮】dùpí〔名〕❶腹部表皮：人心隔～，誰也猜不透他是怎麼想的。❷（吳語）腹部；肚子（dùzi）：～痛｜～吃不飽。

【肚臍】dùqí（～兒）〔名〕腹部中間臍帶脫落的地方。通常叫肚臍眼兒。

【肚子】dùzi〔名〕❶"腹"①的通稱：吃得太多，～撐得很大。注意"她肚子大了"或"她肚子大起來了"，可以指懷孕。❷像肚子一樣圓而凸起的部分：腿～。
另見 dǔzi（320頁）。

妒〈妬〉

dù 忌妒：～人之能。

【妒忌】dùjì〔動〕怨恨別人比自己好；忌妒：不要～別人。

【妒賢嫉能】dùxián-jínéng〔成〕嫉賢妒能。

度

dù ❶量長短的標準：以尺為～，可以量長短。❷法度；常規：公室無～。❸〔名〕限度：勞累過～｜飲酒以三杯為～。❹氣度；氣量：大～｜有～。❺人的氣質和風貌：風～｜態～。❻〔名〕哲學範疇，指一定事物所保持的自己質的數量界限。在這界限內，量的變化不會引起質變；超出這個界限，就要引起質變。❼所打算或計較的範圍：生死置之～外。❽〔量〕弧或角的單位，把圓周分為360等份所成的弧為1度弧，1度弧所對的圓心角叫1度角：這個角是45～｜一～等於60分。❾〔量〕經度或緯度的單位：東經87～｜北緯43～。❿〔量〕電量單位，1千瓦小時為1度：這月用了15～電。⓫〔量〕通常指攝氏度：發燒39～｜不到100～，水就沸騰了。⓬〔量〕用於行為的次數：兩年一～｜再～訪華｜梅開二～。⓭有關事物的範圍，有關性質達到的程度：年～｜月～｜高～｜深～｜廣～｜濃～｜難～｜靈敏～｜坡～｜跨～｜傾斜～。⓮〔動〕越過（空間）；經歷（時間）：飛～天險｜關山～若飛｜險隘虛～｜歡～春節。⓯〔動〕佛教、道教指勸人脫離塵世出家：剃～｜超～。⓰（Dù）〔名〕姓。
另見 duó（335頁）。

> 語彙　長度　超度　程度　尺度　純度　大度　調度　法度　風度　幅度　高度　廣度　國度　過度　季度　角度　進度　力度　難度　年度　深度　速度　態度　溫度　限度　制度

D

【度荒】dùhuāng〔動〕度過饑荒：他曾在外～。

【度假】dùjià〔動〕過假日：去香山～。**注意** 這裏的"度"不寫作"渡"。

【度假村】dùjiàcūn〔名〕在風景優美的地方建造的旅遊或假日消閒場所。

【度量】dùliàng〔名〕對人對事忍讓、寬容的限度：他～大，不怕你提反對意見｜小華～小，你說話要掌握分寸。也作肚量。

【度量衡】dù-liàng-héng〔名〕計量物體長度、容積、輕重的標準和器具的統稱。度是計量長度，量是計量容積，衡是計量輕重：規範～單位｜秦朝統一中國，採取了統一天下～的措施。

【度命】dùmìng〔動〕在艱難中維持生活、生命：從前全家人靠賣苦力～。

【度曲】dùqǔ〔動〕〈書〉❶作曲：吹洞簫，自～。❷照曲譜歌唱：～終了。

【度日】dùrì〔動〕過日子；熬日子（多指處在困境中）：艱難～｜～如年。

【度數】dùshu〔名〕按度為單位計算的數目：看看溫度計上的～，就知道他發燒沒有。

度數含義種種
水表上的 1 度，指 1 噸水；煤氣表上的 1 度，指 1 立方米體積的煤氣；溫度計上的度，指 1 攝氏度；酒的 1 度，指所含酒精 1% 的體積百分比濃度。

渡 dù ❶〔動〕由此岸到彼岸；越過：遠～重洋｜飛～日本海。❷〔動〕用船隻等運載渡過水域：～船｜百萬大軍～長江。❸〔動〕比喻通過：～過難關。❹渡口。多用於地名：風陵～（在山西）。❺（Dù）〔名〕姓。

[辨析] **渡、度** 兩個詞在當動詞使時，"渡"用於與水有關的江河湖海，有時也用於難關、危機等；"度"在現代漢語中則多用於時間，如光陰、歲月、節日等。

語彙 擺渡　飛渡　橫渡　競渡　輪渡　強渡　汜渡　引渡

【渡槽】dùcáo〔名〕（條）一種跨越山谷、河流、道路的凌空架設的水槽，兩端與渠道相接：村民們用～把南山的水引到了北山。

【渡船】dùchuán〔名〕（條，隻，艘）載運行人、貨物橫渡江河、湖泊、海峽的船隻：乘～到對岸。

【渡客】dùkè〔名〕搭乘渡船的人。

【渡口】dùkǒu〔名〕有擺渡通過江河湖海等水域的口岸。也叫渡頭。

【渡輪】dùlún〔名〕（條，艘）載運行人、貨物橫渡江河、湖泊、海峽的輪船。

廢 dù〈書〉堵塞；關閉。

鈚（鈚）dù〔名〕一種放射性金屬元素，符號 Db，原子序數 105。

鍍（鍍）dù〔動〕用物理或化學方法使一種金屬薄層附着到別的金屬或物體表面上：～金｜～銀｜把銅壺～上鎳。

【鍍金】dù∥jīn〔動〕❶在器物表面鍍上薄薄一層金子：把這一尊小銅佛拿去鍍一層金。❷比喻到某種環境中去獲取華而不實的名分：他到外國～去了。

蠹 dù ❶"蠹蟲"①：書～。❷蛀蝕；蛀爛：流水不腐，戶樞不～。

【蠹蟲】dùchóng〔名〕❶咬木器、書籍的一小蟲：家具叫～蛀壞了。❷比喻危害公眾利益的壞人：清除偷盜國家財物的～。

【蠹魚】dùyú〔名〕❶昆蟲，蛀食衣服、書籍等：～把綫裝書都咬破了。❷比喻嗜讀古書如蛀蟲的人：讀古書不要做～。

duān　ㄉㄨㄢ

耑 duān〈書〉同"端"。多見於人名。
另見 zhuān"專"（1788頁）。

端 duān ㊀❶事物的頭兒：上～｜尖～｜繩子的兩～。❷事情的開頭兒：發～｜開～。❸事情的起因：～由｜無～生事。❹（不好的）事情：事～｜禍～｜弊～。❺項目；頭緒：舉其大～｜變化多～。❻〔量〕古代布帛長度單位，二丈為端，一說六丈為一端：有練千～。
㊁❶端正；正派：他～坐在客廳裏｜品行不～｜心術不～。❷〔動〕兩手平拿着東西：～茶｜～碗｜～盤子。❸〔動〕比喻揭露：他不說就給他～出來｜把問題都～出來吧！❹〔動〕徹底除去：一舉～掉匪巢。❺〔動〕〈口〉拿架子：你別～了｜老～着多難受。❻（Duān）〔名〕姓。

語彙 筆端　弊端　極端　尖端　開端　事端　無端　異端　好端端　首鼠兩端

【端的】duāndì ❶〔名〕底細；詳細的情況（多見於早期白話小說、戲曲）：要問你個～。❷〔副〕果然；真的：林中～有虎｜這劍～是好。❸〔副〕究竟；到底：～是禍，～是福？

【端方】duānfāng〔形〕〈書〉正派：品行～。

【端節】Duān Jié〔名〕水族的傳統節日，是水曆的新年，在農曆九月初九日。這一天舉行辭舊迎新、祭祀祖先、歡慶豐收等活動。

【端麗】duānlì〔形〕〈書〉端莊秀麗：寫一手～的小楷｜容姿～。**注意**"端麗"形容容姿只用於女性，不用於男性。

【端量】duānliang〔動〕端詳；打量：把這人渾身上下～了一番。

【端木】Duānmù〔名〕複姓。

【端倪】duānní〈書〉❶〔名〕事情的頭緒和輪

廓：～初見｜稍有～。❷〔動〕推尋事物的本末終始：變幻無窮，不可～。

【端午】(端五)Duānwǔ〔名〕端午節。相傳因唐玄宗生於八月初五日，諱"五"，故改稱端午。

【端午節】Duānwǔ Jié〔名〕中國民間傳統節日，在農曆五月初五日。相傳古代愛國詩人屈原在這天投汨羅江自沉，後世為紀念他，把這天定為節日，有吃粽子、划龍舟等風俗。也叫端陽節、五月節：～是中國的法定假日。

【端相】duānxiāng(-xiang)〔動〕仔細地看：滿院子～了一番｜是真是假，你先～～再說。

【端詳】duānxiáng ❶〔形〕端莊安詳：容止～｜威儀～。❷〔名〕詳情；事情的前後經過：讓我細說～｜請聽～。

【端詳】duānxiang〔動〕詳細審視；仔細地看：反復～｜～了半天，也沒有認出他來。

【端緒】duānxù〔名〕頭緒：籌劃多日，尚無～｜至今沒有理出～。

【端硯】duānyàn〔名〕(方)產於廣東高要端溪的硯台，以石質堅實津潤著稱。與安徽的歙硯、甘肅的洮硯齊名。

【端陽節】Duānyáng Jié〔名〕端午節。

【端由】duānyóu〔名〕事情的開頭和原因：聽我詳細說～。

【端正】duānzhèng ❶〔形〕不歪斜：五官～｜她的字寫得非常～。❷〔形〕正派；正確：品行～｜這個人的行為很不～｜對人對己都要有個～的態度。❸〔動〕使端正：～態度｜～作風。

【端莊】duānzhuāng〔形〕端正莊重(多指女性形象、舉止)：神態～｜她舉止～，給大家留下了深刻的印象。

duǎn ㄉㄨㄢˇ

短 duǎn ❶〔形〕空間的距離小(跟"長"相對)：～牆｜這塊布料太～，做上衣不夠｜～的頭髮，圓圓的臉。❷〔形〕時間短暫(跟"長"相對)：晝長夜～｜～的時間學不會。❸〔形〕淺薄：見識～。❹〔動〕缺少；不足：理～｜還～三個人。❺(～兒)〔名〕缺點：護～｜取長補～｜不要揭人家的～兒。

語彙 長短 護短 簡短 揭短 氣短 縮短 家長里短 取長補短 三長兩短 問長問短

【短兵相接】duǎnbīng-xiāngjiē〔成〕原指作戰雙方用刀劍等短兵器面對面地搏鬥。現多用來比喻面對面進行針鋒相對的鬥爭：兩軍～，戰鬥激烈｜辯論雙方唇槍舌劍，～，一時難分勝負。

【短波】duǎnbō〔名〕波長從 10 米到 100 米(頻率從 30 兆赫到 3 兆赫)的無綫電波。它能被高空電離層折射或反射而傳播到很遠的距離。適用於遠距離無綫電通信、廣播等。

【短不了】duǎnbuliǎo ❶〔動〕不可缺少；少不了：人一天也～水｜無論幹甚麼事都～他。❷〔副〕免不了：孩子嘛，～磕磕碰碰的｜生病就～吃藥。

【短程】duǎnchéng〔形〕屬性詞。距離小的：～導彈｜～航班。

【短池】duǎnchí〔名〕長度較短的游泳池，一般為 25 米長：～游泳。

【短處】duǎnchu〔名〕缺點；弱點：大家都有長處，也都有～。

【短促】duǎncù〔形〕(時間)很短；急促：時間～，來不及到府上看望｜呼吸～。

【短打】duǎndǎ ❶〔動〕傳統武戲表演中，演員着短裝穿薄底靴開打：～戲｜～武生。注意"短打武生"跟"長靠武生"相對。長靠武生主要特點是紮(zā)靠(簡單地說就是穿帶硬甲的武裝)，穿厚底靴，用長柄武器開打。演長靠武生者多兼演短打武生戲。❷〔名〕指短裝：便衣～。

【短噸】duǎndūn〔量〕美噸。

【短工】duǎngōng〔名〕(名)按日或小時付工資的臨時僱工：打～(當短工)｜請～收棉花。

【短見】duǎnjiàn〔名〕❶淺薄的見解：略陳～。❷指自殺：自尋～。

【短款】duǎnkuǎn〔形〕屬性詞。服裝款式較短的：～上衣｜～外套。

【短路】duǎnlù ❶〔名〕電源兩端不通過電器直接碰觸或被電阻非常小的導體接通時的情況。發生短路時，因電流過大，有燒壞通路或引起火災的危險。❷〔動〕攔路搶劫：賊人靠～營生。

【短命】duǎnmìng ❶〔形〕壽命不長：～鬼(短命的人)。❷〔動〕夭折：不幸～(不幸早年去世)。

【短跑】duǎnpǎo〔名〕徑賽項目之一，短距離賽跑，包括男子和女子 100 米、200 米、400 米賽跑等。

【短篇】duǎnpiān ❶〔形〕屬性詞。篇幅短的(多指詩文)：～小說。❷〔名〕(個)特指短篇小說：他寫的～很有名。

【短篇小說】duǎnpiān xiǎoshuō(篇)小說的一種，一般篇幅短小，人物不多，情節簡單。

【短平快】duǎnpíngkuài ❶〔名〕指排球比賽中快速扣球的打法，二傳手正面傳出速度快、弧度小的球，扣球手迅速起跳扣出平時、高速的球。❷〔形〕屬性詞。比喻建設項目投資少、週期短、見效快的：～技術｜～項目。

【短評】duǎnpíng〔名〕(篇)報刊上發表的簡短評論：這篇～文字不多，可是內容非常深刻。

【短期】duǎnqī〔名〕短時期(跟"長期"相對)：～輪訓｜～貸款｜～之內不會有甚麼變化。

【短期行為】duǎnqī xíngwéi 只求短時間見效而不

顧長遠利益的行為：砍木伐林是～。

【短淺】duǎnqiǎn〔形〕(見識)狹隘膚淺：眼光～｜見識～。

【短缺】duǎnquē〔動〕缺乏(人員、財物)：人才～｜資金～｜這項工程還～十幾萬元。

【短少】duǎnshǎo〔動〕不滿原有或應有的數量：這部文稿～了一頁｜今天運到的貨物一件也不～。

【短視】duǎnshì〔形〕❶ 近視。**注意** 只能說"近視眼"，不能說"短視眼"。❷ 比喻眼光短淺：這樣做未免～｜他們奉行的是一種～政策。

【短途】duǎntú〔名〕短的路程；近距離：～販運｜這種微型麵包車只能跑～，不能跑長途。

【短綫】duǎnxiàn〔形〕屬性詞。❶ 指產業、產品中急需的或社會需求量超過供應量的(跟"長綫"相對)：抓緊～產品的生產。❷ 短時間內即可產生效益的(跟"長綫"相對)：～投資。❸ 路途近的(跟"長綫"相對)：～運輸。

【短綫產品】duǎnxiàn chǎnpǐn 指貨源短缺，滿足需求量程度低，甚至供不應求的產品：生產～的廠家更要注重產品質量。

【短項】duǎnxiàng〔名〕比別人或一般水平差的項目、工作、技藝等(跟"長項"相對)：短跑原是我國田徑的～，現在已有很大提高。

【短小】duǎnxiǎo〔形〕❶ (時間)不長,(體積)不大：他們演的戲服～｜衣服過於～｜～的尾巴。❷ (身軀)矮小：身材異常～。

【短小精悍】duǎnxiǎo-jīnghàn〔成〕❶ 形容人身材短小而辦事精明果斷：這位廠長～，處理問題十分果斷。❷ 形容文章、戲劇等簡短而有力的：魯迅的雜文～，鋒利如匕首｜這個獨幕劇～，看了一遍還想看。

【短信】duǎnxìn〔名〕❶ (封)文字少的信。❷ (條)利用移動通信網傳輸的簡短文字信息：每天他都收到不少～，多數是垃圾。

【短訊】duǎnxùn〔名〕(則)報紙或廣播中的簡短報道：他愛聽～，可以一下子了解很多情況。

【短語】duǎnyǔ〔名〕詞組：名詞性～｜動詞～。

【短暫】duǎnzàn〔形〕(時間)少：時間很～,事情辦不完｜～的一生。

【短裝】duǎnzhuāng〔名〕❶ 只穿中裝上衣和褲子而不穿長衣的衣着：～打扮兒｜武術隊員全部～。❷ 短服：這種新式～很好看。

duàn ㄉㄨㄢˋ

段 duàn(～兒)❶〔量〕用於條狀物分成的部分：一～鐵路｜兩～電綫｜把木頭鋸成兩～兒。❷〔量〕用於時間、空間的一定距離：一～時間｜一～路程。❸〔量〕用於音樂、戲曲、文章、話語的一部分：這支新的歌曲有四～｜唱一～昆曲｜這篇文章的最後一～還要修改一下｜

會長的報告第一～我沒記下來。❹〔量〕用於曲藝,表示是完整的節目：他們兩個人說了一～相聲｜她唱了兩～大鼓書。❺ 相連接的事物劃分成的部分：時～｜地～｜～落｜階～。❻〔名〕某些企業中的行政單位：工～｜機務～｜這個～的工作由老王親自抓。❼〔名〕段位：圍棋的最高等級是九～。❽ (Duàn)〔名〕姓。

語彙 波段 唱段 地段 工段 階段 片段 身段 時段 手段 綫段 選段

【段干】Duàngān〔名〕複姓。

【段落】duànluò〔名〕❶ 說話或文章中相對獨立的部分：文章～清楚｜把課文的～大意寫出來。❷ 事情的一個階段：事情已告一～。

【段位】duànwèi〔名〕根據圍棋手水平高低劃分的等級,共分九段,初段(一段)最低,九段最高：～賽｜青年棋手中有高～的不少。

【段陽】Duànyáng〔名〕複姓。

【段子】duànzi〔名〕曲藝中可以一次表演完的篇幅短小曲目,如大鼓段子、評書段子、相聲段子、快板書段子等。正式節目演完外加演唱的小節目叫小段兒。

塅 duàn〔名〕❶ (湘語)面積較大的平坦地段：農民在～上種莊稼。❷ 用於地名：中～(在福建)｜大～(在江西)。

瑖 duàn〈書〉像玉的石頭。

椴 duàn〔名〕(株)椴樹,落葉喬木,種類較多。木質緻密,可供建築、造紙、製作家具等用。

煅 duàn ❶〔動〕放在火裏燒(中藥製法)：～石膏。❷ 同"鍛"。

碫 duàn〈書〉磨刀石。

緞(緞) duàn 緞子：綢～｜軟～｜錦～。

語彙 綢緞 錦緞 羽緞

【緞子】duànzi〔名〕質地厚密,一面光滑而富有光澤的絲織物,是中國特產。

鍛(鍛) duàn〔動〕鍛造：～鐵｜～工｜～接。

【鍛工】duàngōng〔名〕❶ 把金屬材料鍛造成毛坯或工件的工種。❷ (名)做鍛工的工人。

【鍛件】duànjiàn〔名〕(件)經過鍛造而製成的毛坯或工件。

【鍛接】duànjiē〔動〕一種金屬加工方法,用鍛打使金屬材料連接起來。

【鍛煉】duànliàn〔動〕❶ 鍛造或冶煉金屬使更為精純：經過～,兵器鋒利異常。❷ 通過健身活動或體育運動以增強體質：天天早上堅持～｜～身體。❸ 在實際工作或鬥爭中不斷提高認識和增長才幹：他在基層～了三年。

【鍛壓】duànyā〔動〕鍛造和衝壓：～機｜～大鋼樑。

【鍛冶】duànyě〔動〕鍛造冶煉，比喻對人的磨礪或對文章的推敲：在實際工作中～磨礪｜～文字。

【鍛造】duànzào〔動〕用錘擊等方法，使在可塑狀態下的金屬工件具有一定形狀和尺寸，並提高金屬的機械性能：壓力～｜鋼樑要經過反復～。

斷（断）duàn

⊖ ❶〔動〕截開；分開：電話綫～了｜把竹竿兒截～｜砍～了一棵樹。❷〔動〕斷絕；使不再連續：～電｜～奶｜～了關係。❸〔動〕戒除：～煙｜～酒｜～葷腥。❹〔動〕攔截。❺（Duàn）〔名〕姓。

⊜ ❶〔動〕裁斷；決定：當機立～｜獨～獨行｜清官難～家務事。❷〔副〕〈書〉絕對；一定（多用於否定式）：～無此理｜～不可行｜～難援例。

語彙　不斷　獨斷　割斷　隔斷　公斷　果斷　間斷　決斷　壟斷　論斷　判斷　片斷　武斷　診斷　中斷　專斷　當機立斷　多謀善斷　肝腸寸斷　一刀兩斷　優柔寡斷

【斷案】duàn'àn ⊖〔名〕邏輯中三段論式中的結論，即從前提論出來的判斷。⊜(-//-)〔動〕審判訴訟案件：這樁訴訟還沒～｜等斷了案再說。

【斷層】duàncéng〔名〕❶地層受力的作用發生斷裂和相對錯動並沿斷裂面有明顯相對移動的一種斷裂構造。錯開的面叫斷層面，斷層面和地面的相交綫叫斷層綫：～地震｜～帶。❷比喻相連接的事物中斷的部分：人才～｜文化～｜傳統戲曲演員老的老、小的小，中間～很大。

【斷腸】duàncháng〔動〕形容悲傷到極點：念君客遊思～｜怎不令人痛～！

【斷炊】duàn//chuī〔動〕窮得沒柴米做飯：他們家快～了｜斷了炊看你吃甚麼！

【斷代】duàndài ⊖〔動〕按歷史朝代分段：如何～，還有爭論｜中國美術史的～研究。⊜(-//-)〔動〕❶斷絕了後代：他們家想要男孩，怕斷了代。❷比喻事業後繼無人：有些民間手藝青年人不願意學，都斷了代了。

【斷代史】duàndàishǐ〔名〕(部)記載某一朝代或某一階段歷史的史書（區別於"通史"），如《漢書》《後漢書》《宋史》《元史》《明史》等。

【斷檔】duàn//dàng〔動〕指某種商品缺貨；在市場脫銷：新款大衣供不應求，幾乎～｜日用品貨存充足，不會斷了檔。

【斷定】duàndìng〔動〕決然地認定；下結論：我敢～這都不是真的｜情形複雜，誰是誰非，一時難以～。

辨析　斷定、確定　兩個詞有時可換用，如"是不是急性肺炎，醫生還沒有確定"，其中的"確定"也可以換用"斷定"。但"確定"着重指明確地肯定、決定，而"斷定"着重指由推斷而下結論。如"這項工程的負責人要儘快確定下來""我斷定敵人會從這個方向進攻"，這兩個例句中的"確定""斷定"是不能互換的。

【斷斷】duànduàn〔副〕絕對；無論如何（多用於否定式）：此事～做不得。

【斷斷續續】duànduànxùxù〔形〕狀態詞。時斷時續：～的小雨下了一整天｜～地把回憶錄寫出來了。

【斷頓】duàn//dùn（～兒）〔動〕因貧窮或供應停止而斷了飯食：從前家裏窮得很，十天總有八天～兒｜補給送不上去，山上的隊員就要～。

【斷根】duàn//gēn（～兒）❶比喻疾病得到根治：他的肺病早～兒了｜他擔心這病斷不了根。❷比喻斷絕後嗣：～絕種。

【斷航】duànháng〔動〕（江、河等）中斷航行：河流～已兩個月了。

【斷後】duàn//hòu ⊖〔動〕軍隊撤退時，派一部分人在後面掩護或阻擊敵人：連長帶領全連戰士～。⊜〔動〕斷絕子孫；沒有後代：老人無兒無女，斷了後。

【斷乎】duànhū〔副〕絕對；無論如何（多用於否定式）：～不可｜～不能前往。

【斷魂】duànhún〔動〕〈書〉魂魄離開軀體，形容非常哀傷或一往情深。

【斷簡殘編】duànjiǎn-cánbiān〔成〕古代用來寫字的竹片木片叫作簡，竹簡或木簡穿連成書叫作編。後用"斷簡殘編"指殘缺不全的書籍：近年從古墓中出土的竹簡帛書，有的是～，卻提供了考古的重要綫索。也說殘編斷簡、殘篇斷簡。

【斷交】duàn//jiāo〔動〕❶（朋友）絕交：一對好朋友忽然～了。❷特指斷絕邦交：兩國～多年以後又復交了。

【斷句】duàn//jù〔動〕中國古書無標點符號，讀書時根據文義停頓，按停頓點逗、加圈，叫作斷句：讀古書要會～｜他還斷不開句，怎麼能讀懂文章的意思呢？

【斷絕】duànjué〔動〕中斷聯繫或隔絕往來；不再連貫：～關係｜～音信｜～交通。

【斷糧】duàn//liáng〔動〕糧食斷絕；無糧供給：～已經三天了｜給養運不上去，全班已經斷了糧。

【斷流】duànliú〔動〕水流中斷：黃河出現～。

【斷路】duànlù〔動〕電的綫路斷開，電流不能通過：保險絲一壞就～了。

【斷面】duànmiàn〔名〕剖面：樹幹的～。

【斷奶】duàn//nǎi〔動〕❶嬰幼兒（或幼小的哺乳動物）不再吃母乳而改吃別的食物：孩子該～

了｜這孩子剛斷了奶。❷比喻國家或主管部門對所屬企、事業單位不再予以經費支持，而讓其自闖新路：要捨得給國企～，將國企推向市場。

【斷氣】duàn//qì（～兒）〔動〕氣絕，指死亡：還沒～兒，趕緊搶救｜他趕到家的時候，奶奶已經斷了氣。

【斷然】duànrán ❶〔形〕堅決；果決：採取～措施。❷〔副〕絕對；斷乎：～不可｜～不能參加。

【斷送】duànsòng〔動〕喪失（生命、前途）；使丟失：甚麼事也沒有做過，一生就這樣～了｜要及時努力，不要～自己的前程。

【斷頭】duàntóu ㊀〔動〕被砍下頭，泛指丟掉生命：志士仁人，為拯救祖國不怕～。㊁（～兒）〔名〕條狀物斷開的地方：注意電綫～兒，不要觸電了！

【斷頭台】duàntóutái〔名〕執行斬刑的台子，台上有裝在木架上可以升降的鍘刀。多用於比喻。

【斷弦】duàn//xián〔動〕古時以琴瑟比喻夫婦，稱死了妻子為斷弦（再娶妻為續弦）：自從～以後，他就一個人過着孤獨的生活｜他～不久，又續了弦。

【斷綫】duàn//xiàn〔動〕❶折（shé）了綫：風箏斷了綫｜這架縫紉機常常～。❷比喻連續性的事業或傳統、精神等中途停止或丟失：光榮傳統不能失傳，不能～｜培養接班人的工作不能～。

【斷綫風箏】duànxiàn-fēngzheng〔成〕比喻一去不回、中斷聯繫的人或物：他帶着資金到南方找出路，至今沒有消息，如同～。

【斷想】duànxiǎng〔名〕（篇）表述片斷想法的文章：旅遊歸來寫了一篇～｜觀劇～。

【斷言】duànyán ❶〔動〕非常肯定地說：我敢～，這事是他幹的｜可以～，他有光明的前途。❷〔名〕斷語：事情沒搞清楚，不要隨便下～。

【斷語】duànyǔ〔名〕斷定的言辭；結論：證據還不充分，怎麼能下～？

【斷獄】duànyù〔動〕〈書〉審理和判決案件：～不公｜秉公～。

【斷垣殘壁】duànyuán-cánbì〔成〕形容建築物倒塌牆體殘破的景象：圓明園被英法聯軍焚毀以後，只剩下～了。也說斷壁殘垣、殘垣斷壁。

【斷章取義】duànzhāng-qǔyì〔成〕原指選取引用詩文的某章某句表意，不問全篇原意。後用來指不顧文章或講話的整體內容和原意，只摘取其中某些語句（含有歪曲原意的意思）：批評別人的文章，如果～，定不能服人。

【斷子絕孫】duànzǐ-juésūn〔成〕斷絕了後代（常用作詈語）：他們做這種缺德事，難道不怕～？

簖（簖）duàn〔名〕插在水裏阻擋並捕捉魚、蝦、蟹的竹柵欄：蟹～。

duī ㄉㄨㄟ

堆 duī ❶小土山或土墩。多用於地名：三星～（在四川廣漢）｜馬王～（在湖南長沙）。❷〔動〕累積；堆積：～雪人｜～柴草｜糧食～滿倉。❸（～兒）〔名〕堆積在一起的東西：土～｜草～兒｜糞～。❹〔名〕比喻眾多的人或事：扎～兒｜問題成～。❺〔量〕用於成堆的物或成群的人：兩～垃圾｜一大～人｜這裏有一～問題沒法解決｜一大～工作正等着他去幹呢！❻（Duī）〔名〕姓。

【堆疊】duīdié〔動〕東西重疊累積地放在一起：桌子上～着一大批稿件。

【堆放】duīfàng〔動〕成堆地放置：書庫裏～着不少新書｜各種建築材料～了一地。

【堆肥】duīféi〔名〕把雜草、泥土、糞尿等堆積在一起發酵腐爛而成的肥料。多用作底肥。

【堆積】duījī〔動〕成堆地聚積：場上～着稻穀｜問題～如山。

【堆集】duījí〔動〕成堆地聚集：烏雲～，暴雨將至｜書桌上～着過期的雜誌。

【堆砌】duīqì〔動〕❶疊砌磚石等：他在院子裏～了一個花壇。❷比喻寫作時使用大量華麗無用的辭藻：寫文章切忌～辭藻。

【堆笑】duī//xiào〔動〕臉上顯現或裝出笑容：滿臉～｜幾個來意不善的人闖進店來，店主慌忙起身堆出笑來應付。

【堆棧】duīzhàn〔名〕供臨時堆放寄存貨物的地方：剛運到的幾批貨物都存在～裏了。

餚（餚）duī 古時的一種餅。也叫餚子。

duì ㄉㄨㄟ

兌 duì ㊀〔動〕❶互換：～換｜將美圓～成人民幣。❷匯兌：兒子按月給老母親～五百塊錢。❸指下象棋時用自己的棋子換掉對方實力相同的棋子：～車｜～卒。❹將液體相摻和：勾～｜這是瓶～水酒。㊁〔名〕❶八卦之一，卦形是"☱"，代表沼澤。參見"八卦"（17頁）。❷（Duì）姓。

語彙 折兌 摻兌 匯兌 擠兌 勾兌 折兌

【兌付】duìfù〔動〕憑票據支付現款：將支票～成現金。

【兌換】duìhuàn〔動〕將有價證券換為現金；用一種貨幣換另一種貨幣：～券｜～黃金｜外幣～人民幣。

【兌獎】duìjiǎng〔動〕將中獎的獎券或彩票換成獎

品或獎金：～時需持有效證件。

【兌現】duìxiàn〔動〕❶ 憑票據到銀行換取現金；也指結算時支付現款：開一張支票讓他去銀行～。❷ 比喻實現承諾的事：說話要～｜政策～了。

役

Duì〔名〕姓。

敦

duì 古代食器，用來盛黍、稷、稻、粱等。形狀較多，一般為三短足，圓腹，二環耳，有蓋。

另見 dūn（330 頁）。

隊（队）

duì ❶〔名〕行列：方～｜站～｜排成隊～｜成群結～。❷〔名〕集體的編制單位：球～｜馬～｜艦～｜軍樂～｜鑽井～｜向～裏請假。❸〔名〕特指少先隊：過～日｜行～禮｜升～旗。❹〔量〕用於排成隊列的人或物：一～人馬｜三～汽車。❺ 古同"墜"（zhuì）。

> **語彙** 部隊 掉隊 歸隊 艦隊 軍隊 客隊 連隊 練隊 領隊 排隊 梯隊 團隊 衛隊 樂隊 站隊 主隊 縱隊 別動隊 敢死隊 拉拉隊 少先隊 生產隊 武工隊 儀仗隊 游擊隊

【隊禮】duìlǐ〔名〕中國少年先鋒隊的舉手禮。行禮時右手五指併攏，手臂向前高舉頭上，表示人民的利益高於一切。

【隊列】duìliè〔名〕隊伍的行列：整齊的～｜～表演。

【隊日】duìrì〔名〕中國少年先鋒隊組織、安排集體活動的日子：過～｜參加～活動。

【隊伍】duìwu〔名〕(支) ❶ 軍隊：這支～紀律嚴明｜解放軍的～操練十分整齊。❷ 有組織的群眾行列：遊行～。❸ 有組織的專業群體：專業～｜理論～｜科技～｜知識分子～。

【隊形】duìxíng〔名〕按一定規則擺成的隊列形式：高空的大雁排成人字～｜～經常變換。

【隊友】duìyǒu〔名〕(位，名) 體育運動隊或考察隊等隊員之間的互稱。

【隊員】duìyuán〔名〕(位，名) 有組織的隊伍中的成員：游擊～｜消防～｜少先～。

【隊長】duìzhǎng〔名〕(位，名) 以隊為單位的單位負責人：大～｜小～｜籃球隊～。

碓

duì〔名〕❶ 舂米的用具，由石臼和杵組成：石～｜水～。❷(Duì) 姓。

【碓房】duìfáng〔名〕(座) 舂米的作坊。

對（对）

duì ❶(～兒)〔名〕對子：一幅喜～兒｜牆上掛的是七言～兒。❷(～兒)〔量〕用於按性別、左右、正反等配合的兩個人、兩個動物或事物：他倆是天生一～兒｜一～夫妻｜一～鴛鴦｜一～蝴蝶｜一～翅膀｜一～沙發｜一～兒枕頭｜一～矛盾｜兩隻鞋一大一小，配不成～兒。**注意** a) 有時只是"雙"的意

思，不含性別、左右、正反等因素，如"一對傻瓜""一對梳子"。b) 由相同的兩部分連在一起的單件物品不能用"對"，如不能說"一對剪子"，只能說"一把剪子"；不能說"一對眼鏡"，只能說"一副眼鏡"。❸〔形〕正常；符合：他的臉色不～（不正常），大概生病了｜味道～，可顏色不～（味道正常，顏色不正常）。❹〔形〕正確（跟"錯"相對）：做這種遊戲，我老錯，還沒有～過｜你這個話，～一半，錯一半。❺〔動〕對答；回答：無言以～｜你怎麼問，他怎麼～。❻〔動〕對待；對付；對抗：～事不～人｜兵～兵，將～將｜世界排球錦賽第一場是中國女排～日本女排。❼〔動〕朝着；向着；面對：窗口～着一條河｜槍口～準敵人｜我們兩家門～門。❽〔動〕配對成雙：我出個上聯兒，你～個下聯兒。❾〔動〕接觸；合攏：～個火兒｜把門～上。❿〔動〕投合；適合：真～勁兒｜～心眼兒｜這兩個人～脾氣。⓫〔動〕核對；查對：～一～筆跡｜～一下賬目｜～號入座。⓬〔動〕調整使合於一定標準：把光圈、距離～好再拍照｜掛的畫兒～歪了，快～正。⓭〔動〕摻和：酒裏別～涼水｜塗料裏～上一點綠顏色。⓮ 對半平分：～開｜一～半兒。⓯〔介〕引入動作的對象；朝；向：小王～他笑了笑｜決不～壞人手軟｜他～你說了些甚麼？⓰〔介〕引入關係對象，表示對待：大家～我很關心｜他們～你非常信任｜小張～我有意見。⓱〔介〕用在助動詞、副詞之前或之後，也可用在主語之前（有停頓），意思都表示對待：我們會～節目做出安排的｜我們～演出節目會做出安排的｜～演出節目，我們會做出安排的。⓲〔介〕構成"對……來說(說來)"的格式，表示從某人、某事的角度來看：～我們的工作來說，成績總是主要的｜～我們的青年學生說來，努力上進是主流。⓳(Duì)〔名〕姓。

> **辨析** 對、對於　作為介詞，兩個詞用法大致相同，但：a) 用"對於"的句子一般都能換用"對"，而用"對"的句子，有些不能換用"對於"，如表示人際關係的句子，就只能用"對"，不能用"對於"，不能說"大家對於我很關心"。b)"對……"可用在助動詞、副詞之後，而"對於……"不能用在助動詞、副詞之後，如不能說"全體代表都(會)對於這項決議投贊成票"，把"對於"換成"對"，就可以說了。

> **語彙** 不對 查對 敵對 反對 核對 校對 絕對 相對 針對 作對 門當戶對

【對岸】duì'àn〔名〕相對着的水域兩岸的互稱：～山坡上是一片柑橘林。

【對白】duìbái〔名〕戲劇、電影、電視劇中角色之間的對話：這場戲在大段獨白之後才是兩個人的～～。

D

【對半】duìbàn（～兒）❶〔動〕各佔一半：～兒分利。❷〔副〕平分為兩份：把月餅～兒切開｜賺了錢咱倆～分。

【對比】duìbǐ ❶〔動〕對照比較：今昔～，不勝感慨｜新舊～，天壤之別。❷〔名〕比例：考試人數和錄取人數的～是四比一。

【對比度】duìbǐdù〔名〕一般指熒光屏上圖像各部分之間明暗對比的比值。

【對不起】duìbuqǐ〔動〕❶辜負了人；對人有愧：這任務完不成，～人民｜不能幹那種～朋友的事。也說對不住。❷客套話。用於對人表示抱歉的話：～，讓您久等了｜～，請您再說一遍好嗎？

【對簿公堂】duìbù-gōngtáng 原指在官府公堂上依據訴狀核對事實。後用來指在法庭上對質打官司：夫妻離婚，因財產問題～。▶**注意** 這裏的"簿"不寫作"薄"。

【對策】duìcè ❶〔動〕古代應考的人對皇帝所問的治國方法策略做回答：賢良～。❷〔名〕應付的策略或辦法：一時想不出～。

【對唱】duìchàng〔動〕兩人或兩組對答式演唱：男女～，各抒愛慕之情。

【對稱】duìchèn〔形〕以一條無形的綫作為軸，在它的上下（或左右）兩部分的圖形、大小等排列形式相同或相像：這幅人物像眼睛畫得～，耳朵不怎麼～｜上下兩條花邊不～，恰好形成互補。

【對答】duìdá〔動〕回答：～如流｜問幾個問題，他都～上來了。

【對答如流】duìdá-rúliú〔成〕形容口才好，答話敏捷流利：考官所問，幾位選手～，難分高下。也說應對如流、應答如流。

【對待】duìdài〔動〕以某種態度或行為對人對事：他～親朋像春天般的溫暖｜要正確～群眾意見。

【對得起】duìdeqǐ〔動〕不辜負人；不愧對於人：～朋友｜～良心｜你這樣做～誰？也說對得住。

【對等】duìděng〔形〕等級、地位、條件等彼此相等：～談判｜～條約｜雙方代表級別～。

【對調】duìdiào〔動〕互相掉換（工作、任務等）：住房～一下，兩家就方便多了｜他同一個朋友～，到上海工作了。

【對方】duìfāng〔名〕同某事相關的雙方中的一方：～的意圖我們了解得很清楚｜改變計劃先要通知～｜他一直盯住～的中鋒隊員。

【對付】duìfu ❶〔動〕應付；對人對事採取一定的辦法和措施去對待：甚麼樣的人他都能～｜這匹烈馬還真難～。❷〔動〕將就；湊合：我不會做菜，今天大夥就～着吃吧｜要是缺個演員，我還能～～。❸〔形〕（北方官話）感情融洽：我倆挺～的｜結婚後兩人一直不～。

【對歌】duìgē〔名〕一種民歌歌唱形式，雙方一問一答地唱歌，一般為一男一女對唱，也有二男二女或集體對唱。流行於中國一些少數民族地區：請劉三姐來跟那個小夥子～。

【對過兒】duìguòr〔名〕在位置上同某處相對的另一邊：～有個小雜貨鋪｜河～那塊地也是咱們家的。

【對號】duìhào ㊀（～兒）〔名〕表示作業或試題做對了的符號（"√"或"○"）：孩子的作業本上幾乎全是～兒｜～打個√，錯號打個✗。㊁(-//-)（～兒）〔動〕❶查對相符合的號碼：～入座｜～兒開鎖｜這張票據對不上號兒，不能付款。❷與情況、事實相符合：他談的問題與實際情況對不上號。

【對號入座】duìhào-rùzuò〔成〕❶在影劇院、交通工具中按照票上的號碼就座：這場電影～。❷比將有關的人或事跟自己對比聯繫起來，認為自己就是人家所說的：這齣戲裏的人物和情節純屬虛構，請不要～。❸比將某人所做的事對應相應的法規：這個犯罪團夥一被抓獲，辦案人員就將他們～，進行審訊。

【對話】duìhuà ❶〔名〕(段)指小說、戲劇裏的人物之間的談話：這段～太長了。❷〔名〕雙方或多方之間的接觸、協商或談判：雙方的～很有成效。❸(-//-)〔動〕在有隔閡時或在重要事情上互相交談：請別人去說不如你們倆直接～。❹(-//-)〔動〕有關方面進行接觸、協商或談判：領導和群眾直接～｜交戰的兩個國家停戰後立即開始～。

【對換】duìhuàn〔動〕❶對調：～工作。❷互相交換（用品等）：姐兒倆的衣服經常～着穿。

【對火】duì//huǒ〔動〕借別人燃着的煙點燃自己的煙：對不起，請對個火。

【對講機】duìjiǎngjī〔名〕(部，台)近距離內所用的小型通信工具。其特點是不經過交換機，而是直接互相通話對講。分有綫電對講機和無綫電對講機兩種。

【對角】duìjiǎo〔名〕三角形兩邊所夾的角對第三邊來說，叫作這個邊的對角。

【對角綫】duìjiǎoxiàn〔名〕(條)多邊形內連接不相鄰的兩個頂點的直綫；多面體內連接不在同一平面的兩個頂點的直綫。

【對接】duìjiē〔動〕❶兩個運行中的航天器（如宇宙飛船、航天站等）在運行軌道上靠攏後接合成一體。❷泛指事物相銜接相吻合：與國際慣例～｜要把握住與市場～的時機。

【對襟】duìjīn（～兒）〔名〕中裝上衣的式樣，兩襟相對，胸前正中排列紐扣：一件～小褂兒。

【對勁】duìjìn（～兒）〔形〕❶適合心意；合適：這支筆用起來很～。❷相處和睦，情意投合：這師徒二人一向挺～兒，合作得很好｜不要老是你瞧我不順眼，我瞧你不～。

【對局】duìjú〔動〕指下棋或進行球類比賽：這兩個人～，棋藝難分高低｜兩支足球隊～，爭奪十分激烈。

【對決】duìjué〔動〕雙方一決勝負；做最後的較量：巔峰～｜本屆網球決賽，成了兩國冠軍選手的～。

【對開】duìkāi ⊖〔動〕車船等由兩個起點相向開行：北京、上海之間的火車同時～。⊜ ❶〔動〕對半平分：中外合資企業的盈利雙方～。❷〔名〕印刷上指相當於整張紙的二分之一。

【對抗】duìkàng〔動〕❶ 抗拒；抵抗：～聯軍｜武裝～。❷ 互相對立，相持不下：階級～｜兩國～。

【對抗賽】duìkàngsài〔名〕(場，次)兩個或幾個單位之間組織的單項體育比賽。

【對口】duìkǒu (～兒)〔形〕❶ 屬性詞。相聲、山歌中的一種表演形式，由兩人交替着說唱：～快板兒｜～兒山歌｜～兒相聲。❷ 工作內容和性質與相關方面一致：工作～｜專業不大～｜～支援。❸ 合口味：這幾道菜挺～。

【對口詞】duìkǒucí〔名〕曲藝的一種，由兩人交替朗誦，輔以動作表演，一般不用樂器伴奏。

【對口相聲】duìkǒu xiàngsheng 由兩個人(一個逗哏，一個捧哏)表演的相聲。參見"相聲"(1483 頁)。

【對壘】duìlěi〔動〕兩軍對抗相持；也指體育運動中進行對抗比賽：兩軍～｜賽場上兩隊～，勝負難分。

【對立】duìlì〔動〕❶ 兩種事物或一種事物的兩個方面互相矛盾、排斥、鬥爭：不要把學習和工作～起來。❷ 抵觸；敵對：～情緒｜要團結，不要鬧～。

【對立面】duìlìmiàn〔名〕哲學上指矛盾統一體中既相互依存，又相互鬥爭的兩個方面：奴隸主階級的～是奴隸階級｜不要給自己樹～。

【對聯】duìlián (～兒)〔名〕(副)由上下兩聯組成的對偶語句。一般寫在紙上供張貼，也有刻在木板竹片上供懸掛或直接刻在柱子上的。

對聯小史
對聯的前身是春聯，起源於周朝的桃符，即過年時懸掛在大門兩旁用以避邪驅鬼的長方形桃木板。從南北朝開始，桃符內容逐漸被對偶的吉祥詩句所代替。宋朝，桃符由桃木板改為紙張，叫春貼紙。同時，出現了鏤刻於木柱上的楹聯。明初，桃符改稱春聯，得到官方提倡，貼春聯遂成習俗。從此，各種類型的對聯便紛紛問世了。

【對流】duìliú〔動〕流體內部由於各部溫度不同而造成循環運動使熱量傳播：門窗統統打開讓空氣～。

【對路】duìlù〔形〕❶ 適應需要；合於要求：產品適銷～｜這些高檔商品運到我們山區來可不太～。❷ 情意投合：他倆在一塊兒很～，見了面總有說不完的話。

【對門】duìmén (～兒)❶〔動〕大門相對：～對戶｜南北兩所房子正好～。❷〔名〕大門相對的房舍：王老師就住在他家～｜我家～兒就是他家｜我們兩家住～兒。

【對面】duìmiàn (～兒)❶〔名〕對過；汽車就停在操場的～｜副食商店就在他家～兒。❷〔名〕正前方：～兒走來一個男孩兒｜過十字路口要注意～的紅綠燈。❸〔副〕當面；面對面地：他倆～一坐着｜這事還得他們本人～兒談好才成。

【對牛彈琴】duìniú-tánqín〔成〕南朝梁僧佑《弘明集》載，公明儀善彈琴，一次他看見一頭牛在吃草，就對着牛彈了一曲，可牛全不理會，照舊吃草。後用"對牛彈琴"比喻對蠢人講深奧的道理，對外行人講內行話(有看不起對方的意思)。現也用來譏笑人說話不看對象。

【對偶】duì'ǒu〔名〕一種修辭方式，指字數相等、句法結構相同、平仄(大體)相對的上下兩句，它有加強表達效果的作用。如"橫眉冷對千夫指，俯首甘為孺子牛""牆上蘆葦，頭重腳輕根底淺；山間竹筍，嘴尖皮厚腹中空"。

【對手】duìshǒu〔名〕❶ 競賽或鬥爭的對方：我們的～是上屆冠軍隊｜敵軍 54 師是我們的老～了。❷ 特指本領不相上下的人：棋逢～｜他哪兒是你的～！

【對數】duìshù〔名〕若 $a^k=b$ ($a \neq 1$)，則稱 k 為以 a 為底的 b 的對數，記作 $\log_a b=k$。而 b 稱為以 a 為底的 k 的真數。以 10 為底的對數叫常用對數，用符號 lg 表示。以 e (=2.71828……)為底的對數叫自然對數，用符號 ln 表示。常用對數和自然對數都有對數表可查。

【對台戲】duìtáixì〔名〕❶ 舊時兩個戲班子為了爭奪觀眾壓倒對方，在鄰近地點同時演出的同樣的戲。❷ 見"唱對台戲"(152 頁)。

【對頭】duìtóu ❶〔形〕正確；合適：你的做法很～｜他這樣處理不～。❷〔形〕正常(多用於否定式)：他的神色不～，一定有甚麼心事。❸〔形〕合得來(多用於否定式)：他倆脾氣不～，處不好｜過去他倆不大～，現在關係可好了。❹〔名〕對象；配偶(見於早期白話小說、戲曲)。

【對頭】duìtou〔名〕❶ 仇敵：這兩個人是死～｜好夫妻變成了冤家～。❷ 對手：他下圍棋，還找不出來～一個～。

【對味兒】duì // wèir〔動〕❶ 飲食合口味：辣椒四川人吃起來～｜蝦皮炒油菜不對自己的味兒，只吃了一筷子。❷ 比喻合乎一定的思想情趣、要求(多用於否定式)：他今天在會上的發言，大家都覺得不～｜他不對你的味兒，你也不對他的味兒，只好散夥。

【對蝦】duìxiā〔名〕（隻）節肢動物，背部青藍色，殼薄而透明，肉味鮮美。主要產於中國的黃海和渤海。過去市場上常成對出售，故稱。也叫明蝦。

【對象】duìxiàng〔名〕❶ 觀察、思考或行動時作為目標的客體：研究的～｜這本書的讀者～是中學生｜說話、寫文章、做工作都要看～。❷ 特指戀愛、結婚的對方：父母忙着給女兒找～｜他都快四十了還沒～呢。

【對眼】duìyǎn ㊀（～兒）〔名〕〈口〉一隻眼或兩眼瞳孔向中間偏斜的病。也叫鬥（dòu）眼、鬥（dòu）雞眼。㊁(-//-)〔動〕中意；看得上：別人介紹來的，沒有一個～的。

【對弈】duìyì〔動〕〈書〉下棋：與客人～。

【對應】duìyìng ❶〔動〕一個系統中某一項跟另一系統中的某一項在性質、作用、位置等方面相當：～關係｜兩種方言的語音一一～。❷〔形〕屬性記。針對或合乎某種情況要求的：～措施｜提供～服務。

【對於】duìyú〔介〕❶ 表示對待關係，引進有關係的人或物，而人或物是動作的受動者：我們～任何問題都要做具體分析｜好人好事，要及時表揚。注意 "對於" 也可以用在主語前，這時動詞後面可以用代詞複指動作的受動者，如 "對於愛國同胞，我們隨時準備歡迎他們"。❷ 引進涉及的事或物：堅持鍛煉，～身體很有好處｜～這個問題，我們還有另外的解決辦法。注意 "對於……" 可以加 "的" 做定語：～人的處理要慎重｜～未來的設想，都是非常美好的。

【對仗】duìzhàng〔名〕律詩和駢文等中按照字音平仄相對和字義虛對虛，實對實做成的對偶的語句。如唐朝杜甫的詩句 "國破山河在，城春草木深" 就是用了對仗。

【對照】duìzhào〔動〕❶ 相對比照：英語漢語～｜校勘這本書，我～了好幾種版本。❷ 相比；用對比突出對象的特點：兩相～，他的形象顯得更加高大了。

> 辨析 **對照、對比** 兩個詞都含 "比照" 的意思，在這個意義上，可以互相換用，如 "兩種結果形成了鮮明的對照" 也可以說 "兩種結果形成了鮮明的對比"。但 "對照" 還有 "參照" 的意思，如 "對照原文進行翻譯"；"對比" 還有 "比較" 的意思，如 "男生和女生對比一下，還是男生平均身材高一些"。這時 "對比" 和 "對照" 就不能互換了。

【對折】duìzhé ❶〔動〕相對摺疊：把紙～一下，裁成兩張。❷〔名〕一半的折扣：打～｜按付款就是原價的一半。

【對陣】duìzhèn〔動〕交戰雙方擺開作戰的陣勢，比喻在競技中交鋒：兩軍～，將有惡戰｜兩支

足球隊在綠茵場上～。

【對症下藥】duìzhèng-xiàyào〔成〕醫生針對病情下藥。也比喻針對具體情況採取解決問題的相應措施：解決思想問題要～。

【對證】duìzhèng〔動〕核對證實：這件事還需要找當事人～一下｜當事人都死了，案情無法～。

【對峙】duìzhì〔動〕❶（山峰等）相向聳立：峭壁挺拔，雙峰～。❷ 比喻兩種力量對立，相持不下：兩軍～，勝負難定。

【對質】duìzhì〔動〕為弄清事實真相而當面對證。特指訴訟關係人在法庭上面對面互相質問：他若不承認，我敢當面～｜讓被告跟原告～。

【對子】duìzi〔名〕❶ 對偶的語句：對～。❷（副）對聯：年前請人寫了一副～。❸ 成雙的或相對的人或物：他倆結成互幫互學的～｜雌雄鳥死一隻，配不成～了。

錞（錞）duì 古代矛、戟柄末的金屬套。
另見 chún（208 頁）。

憝 duì〈書〉❶ 怨恨。❷ 奸惡：元惡大～。

懟（懟）duì〈書〉怨恨：怨～｜～恨。

鐓（鐓）duì〈書〉同 "錞"。
另見 dūn（331 頁）。

dūn ㄉㄨㄣ

惇〈憞〉dūn〈書〉敦厚；篤厚：守學彌～｜～慤（què，誠實）純信。

敦〈❶❷敦〉dūn ❶ 厚道；誠懇：～厚｜～請｜～促｜～聘。❷ 督促；勉勵：～睦。❸（Dūn）〔名〕姓。
另見 duì（327 頁）。

【敦促】dūncù〔動〕誠懇地促請：～大駕｜～儘早達成協議。

【敦厚】dūnhòu〔形〕忠厚：～樸實｜溫柔～。

【敦煌石窟】Dūnhuáng Shíkū 中國著名古代壁畫、塑像藝術寶庫。在甘肅敦煌東南，為前秦建元二年（公元 366 年）直至元朝一千多年間陸續開鑿。至今仍保留歷代石窟四百九十多個，彩塑兩千多尊，壁畫四萬五千多平方米，以及經卷、圖書等大量珍貴歷史文物。為全國重點文物保護單位。也叫敦煌石室。

【敦煌學】Dūnhuángxué〔名〕研究敦煌石窟中古代文物、古代文書的國際性綜合學科。

【敦睦】dūnmù〔動〕〈書〉促使友好和睦：～邦交。

【敦聘】dūnpìn〔動〕誠懇地聘請：～名家講學。

【敦請】dūnqǐng〔動〕誠懇地邀請或請求：～學術界前輩為顧問｜～范會。

【敦實】dūnshi〔形〕（人或器物）短壯而結實；粗短而結實：那年輕人長得很～｜這口魚缸

真～。

墩〈墪〉dūn ❶ 土堆：土～｜沙～｜壘土為～。❷（～兒）〔名〕"墩子"①：樹～兒｜橋～兒｜門～兒｜小胖～兒。❸〔名〕"墩子"②：錦～｜坐～兒。❹ 叢生的草木：荊條～子｜草～子｜蘆葦～子。❺〔動〕用墩布擦地：地板要～乾淨了再打蠟。❻〔量〕用於叢生的或幾棵合在一起的植物：栽稻秧五萬～。❼（Dūn）〔名〕姓。

語彙　門墩　胖墩兒　橋墩　樹墩　矮墩墩

【墩布】dūnbù〔名〕拖把。
【墩子】dūnzi〔名〕❶ 大而厚的整塊木頭座兒、石頭座兒：這肉～（切肉的木砧）用了三年了｜橋～已經露出水面了。❷ 矮而圓的坐具：他們用蒲草編成～出售。

撉　dūn〔動〕（北方官話）揪住：～住他的手，別鬆開。

噸（吨）dūn / dùn ❶〔量〕質量或重量單位，符號 t。1 噸等於 1000 千克。❷〔量〕英美制質量單位。英國為英噸，美國為美噸。英制 1 噸等於 2240 磅（合 1016.05 千克）；美制 1 噸等於 2000 磅（合 907.18 千克）。[英 ton] ❸〔量〕指登記噸，為船舶登記噸位的計量單位，1 登記噸為 2.83 立方米（100 立方英尺）。❹〔量〕船舶運輸時按貨物的體積計算運輸費用的單位，不同貨物從體積換算成噸數的標準不同。❺（Dūn）〔名〕姓。

【噸公里】dūngōnglǐ〔量〕貨物運輸的計量單位，如 1 噸貨物運輸 1 公里為 1 噸公里。
【噸海里】dūnhǎilǐ〔量〕海上貨物運輸的計量單位，如 1 噸貨物在水上運輸 1 海里為 1 噸海里。
【噸位】dūnwèi〔名〕❶（個）車、船等規定的載重量單位，用以表示其容量大小或營運能力的數值。❷ 計算船舶載重量時按船的容積計算，以登記噸為一個噸位。

礅　dūn（塊）厚實粗大的整塊石頭：石～。

蹾　dūn〔動〕（北方官話）重重地用力往下放：大夥兒把它抬起來要往地下～｜這箱瓷器不小心～碎了。

蹲　dūn〔動〕❶ 兩腿彎曲似坐而臀部不着地：兩個人在地頭兒～着聊起來了。❷ 比喻閒居或待着；停留：～班｜～守｜退休後他一直～在家裏｜到老家～了半年，現在剛回來。❸ 坐牢：～監獄。
　　　　　另見 cún（222 頁）。
【蹲班】dūn // bān〔動〕留級：他學習不好，去年蹲了一班。
【蹲膘】dūn // biāo（～兒）〔動〕（北京話）多吃好的食物而待着使肥胖（多指牲畜，指人時含貶義）：催肥～兒｜再蹲幾天膘兒，我就胖得一步也走不動了！

【蹲點】dūn // diǎn（～兒）〔動〕幹部較長時間深入某一基層單位工作，調查研究和總結經驗，以指導整體工作：縣委領導每年都要去基層～｜十年前他在這裏蹲過點兒。
【蹲坑】dūnkēngr ❶〔動〕公安人員在某處隱蔽守候監控：幹警～守候，張網以待。❷〔名〕蹲着排泄糞便的便坑：裝修時把～改成了抽水馬桶。❸〔動〕蹲着排泄糞便。
【蹲苗】dūnmiáo〔動〕在育苗期內適當控制施肥和灌水，加強耕作管理，以促使根系發展、幼苗壯實。
【蹲守】dūnshǒu〔動〕長時間停在隱蔽處守候，特指公安人員隱蔽守候，以偵查或抓捕：～三天，毒梟終於出現。

鐓（镦）dūn ❶〔動〕衝壓金屬板使其變短、橫斷面增大：冷～｜熱～。❷ 同"墩"。
　　　　　另見 duì（330 頁）。

驐（骟）dūn〔動〕（北方官話）去掉牲畜的睾丸：～牛｜把公雞～了才能養肥。

dūn ㄉㄨㄣ

不　dǔn 見下。
【不子】dǔnzi〔名〕❶ "墩子"①。❷ 特指做成磚狀的瓷土塊，是製造瓷器的原料。

盹　dǔn（～兒）時間很短的睡眠：打～兒｜衝（chòng）～兒｜剛才我打了一個～兒。

蠧（趸）dǔn ❶〔副〕整批；成批：～批｜～賣｜～付｜～售。❷〔動〕為準備賣出而成批地買進：現～現賣｜這批貨是從上海～來的。
【蠧船】dǔnchuán〔名〕（隻）固定在碼頭邊上的無動力裝置的船，用以停靠船舶，上下旅客，裝卸貨物：渡輪要靠攏～了。
【蠧賣】dǔnmài〔動〕整批出售：按批發價～，按零售價零賣。
【蠧批】dǔnpī ❶〔動〕整批地買賣：～煤炭｜公司～了幾噸大豆。❷〔副〕整批：～發售｜～購進。

dùn ㄉㄨㄣ

囤　dùn〔名〕❶ 用竹篾、荊條等編成的或用席箔等圍成的貯藏糧食的器物：糧～｜米～｜大～小～都滿了。❷（Dùn）姓。
　　　　　另見 tún（1375 頁）。

沌　dùn 見"混沌"（590 頁）。
　　　　　另見 Zhuàn（1792 頁）。

砘 dùn ❶砘子：石～。❷〔動〕播種後用砘子壓實鬆土：～地｜～田。

【砘子】dùnzi〔名〕播種覆土以後用來壓地的石碌子。

盾 dùn ㊀❶盾牌：用你的矛刺你的～，結果怎麼樣？❷盾形的東西（常用作獎品或紀念品）：金～｜銀～。
㊁〔名〕越南等國的本位貨幣。

語彙　後盾　矛盾　以子之矛，攻子之盾

【盾牌】dùnpái〔名〕❶（塊）古代打仗時用來抵禦敵人兵刃矢石的兵器。❷比喻推託的藉口：他以"曾向局長彙報過"為～，逃避事故責任。

鈍（鈍） dùn ❶〔形〕不銳利；不快（跟"銳""利""快"相對）：～器｜刀子割肉——半天不見血｜刀～了，快磨一磨。❷比喻事情不順遂：成敗利～。❸〔形〕不敏捷；不靈活：愚～｜腦子很～｜這人生性～得很。❹（Dùn）〔名〕姓。

【鈍角】dùnjiǎo〔名〕大於直角（90°）而小於平角（180°）的角。

【鈍器】dùnqì〔名〕質地堅硬、沒有尖刃的器具（常指兇器）：被害人為～致死。

楯 dùn〈書〉同"盾"㊀。
另見 shǔn（1271 頁）。

頓（頓） dùn ㊀❶頭叩地：～首。❷腳踩地：～足。❸〔動〕略停；稍停。特指用毛筆寫字時使筆按紙暫不移動：他正說着，忽然～了一下｜寫三點水的前兩點都要～一下。❹安置；處理：安～｜整～。❺〔副〕立刻；忽然：～止｜～悟｜茅塞～開。❻〔量〕用於飯食：一天三～飯｜今天只吃了兩～｜～～是細糧，想吃粗糧粗～。❼〔量〕表示次數，用於打罵、勸解等動作：罵了他一～｜捱了一～好打｜～～批評，一～～教訓，他這才醒悟過來了。❽（Dùn）〔名〕姓。
㊁疲乏：勞～｜兵甲（借指軍隊）～，士民病。
另見 dú（317 頁）。

語彙　安頓　困頓　勞頓　停頓　委頓　整頓

【頓踣】dùnbó〔動〕〈書〉困頓跌倒：飢渴而～。

【頓挫】dùncuò〔動〕❶聲音語調等停頓轉折：抑揚～～。❷〈書〉人事上遭挫折：英才多～。

【頓號】dùnhào〔名〕標點符號的一種，形式為"、"，表示句子內部並列詞語之間的停頓。頓號表示的停頓比逗號小，用來隔開並列的詞語。

【頓開茅塞】dùnkāi-máosè〔成〕被茅草塞住的心竅被頓時敞開了，比喻愚昧無知或思路閉塞的人忽然理解、領會了某種事理：聽了您關於這個哲學問題的講解，我～。也說茅塞頓開。

【頓時】dùnshí〔副〕立刻（只用於敍述已出現的情況）：泄洪道一開閘，～江水如萬馬奔騰，傾瀉直下｜噩耗傳來，他～昏倒了。

【頓首】dùnshǒu〔動〕古代一種跪拜禮，雙腿跪下，叩頭至地；後多用於書信署名的後面，表示敬意：弟王中～｜張雲～再拜。

【頓悟】dùnwù〔動〕原為佛教用語，指頓然破除妄念，領悟佛理（區別於"漸悟"）。一般用來指忽然領會醒悟。

遁〈遯〉 dùn ❶逃走：敵軍夜～。❷迴避：上下相～。❸隱藏：～身於山野。

【遁詞】dùncí〔名〕故意避開正題、推卸責任或掩飾錯誤的話：這是他的～，你不要相信｜你別找～了，還是老老實實認錯吧！也作遁辭。

【遁跡】dùnjì〔動〕〈書〉隱藏行跡，指隱居：～山林。

【遁世】dùnshì〔動〕〈書〉逃離社會；隱居：～之士。

【遁隱】dùnyǐn〔動〕遁世隱居：～空門｜～林泉。

燉〈炖〉 dùn〔動〕❶將食物（多指肉類）加水用文火慢煮使熟爛：～牛肉｜清～雞。❷把酒、湯藥等盛在容器裏一起放在水裏加熱：～酒｜～藥。注意 更常說的是"燙燙酒""溫溫藥"等。

duō ㄉㄨㄛ

多 duō ㊀❶〔形〕數量大（跟"少""寡"相對）：很～朋友｜人～力量大。注意 形容詞"多"不能單獨在句中做定語，不能說"他克服了多困難"，它做定語時，須與副詞"很"組成偏正詞組。❷〔形〕充當做謂語的形容詞的補語，表示相差的程度大：好得～｜厚～了｜方便～了。❸〔形〕用在動詞前做狀語或動詞後做補語，表示數量上有所超出，數目有所增加：～喝了兩杯酒｜話說～了惹人討厭。❹表示某種行為或某種自然現象超出應有的或原有的限度或數量：～心｜～事｜～嘴。❺〔動〕超過；有餘（跟"少"相對）：～于十塊錢｜一寸布也沒～出來。❻〔數〕用在數詞（數詞為十位以上的整數）後，表示整位數以下的不確定零數：二十～幅畫｜一百～個人｜三千～輛新車。注意 a）有時候"多"後不需要量詞，如"一百多人"。b）量詞後名詞前常加"的"，如"她兒子結婚請了三十多桌的客""運來了二十多箱的啤酒"。❼〔數〕用在數量詞（數詞為個位數或帶個位數的多位數，量詞主要是表度量量衡或時間的）後，表示個位數以下的不確定零數：一斤～油｜兩丈～布｜三口袋～的土豆｜用了四年～的時間才寫成這本書。**注意** a)個體量詞只有"個"常見，限用於時間，名詞不能省，"多"與名詞之間不加"的"，如"一個多鐘頭""三個多月""兩個多星期"。如果是"年"，就只能說"一年多"，不能說"一多年"。b)數詞是"十"，量詞是表示標準單位時，"多"在量詞前或後，意思大不相同，如"十多塊錢"（十幾塊錢）、"十塊多錢"（比十塊多，但不到十一塊）。❽（Duō）〔名〕姓。

㊀〔副〕❶ 用在疑問句裏，詢問程度、數量：電視塔～高？｜他～大歲數？**注意** a)"多"前常用"有"，句末可用"嗎"或"呢"，如"你知道電視塔有多高嗎？""天安門離這裏有多遠呢？"。b)"多"所修飾的形容詞以單音節居多，而且一般是積極性的，如"高、遠、長、厚、寬、粗、大、重"等。❷ 連用"多"，表示強調一定範圍中的最大程度：有～大力出～大力｜蓋高樓，要～高就蓋～高。❸ 跟連詞"無論"、副詞"都"配合，表示任何一種程度：無論～忙，你也要抽時間去一趟｜～大的困難，他們都不在話下。❹ 用在感歎句裏，帶有誇張語氣和強烈的感情色彩：她的心～細啊！｜～沒出息！｜～不道德啊！

語彙 大多 繁多 幾多 居多 許多 至多 眾多 諸多 差不多 夜長夢多 粥少僧多

【多半】duōbàn（～兒）❶〔數〕一大半；超過半數：同意遊長城的人佔～兒｜這次運動會，一～兒職工都參加了。❷〔副〕很可能；大概：～兒又要下雨｜他今天～兒不會來了。**注意** 數詞"多半兒"，也可以說"一多半兒"；如果問"同意遊長城的人佔多少？"，可以回答"（一）多半兒"。副詞"多半（兒）"，也可以說"多一半（兒）"，如果問"他還來不來？"，只能回答"多（一）半兒不來了"，不能只回答"多（一）半兒"。

【多寶槅】duōbǎogé〔名〕（架）用來擺設工藝品、古玩等的分有許多格子的架子。也叫多寶架。

【多邊】duōbiān〔形〕屬性詞。由三個以上方面參加的；特指由三個以上國家參加的：～貿易｜～會談｜～條約。

【多邊形】duōbiānxíng〔名〕由不在同一直線上的三條或三條以上的線段在同一平面上首尾順次相連且不相交所構成的封閉圖形。

【多變】duōbiàn〔形〕時常變化；變化多端：～的氣候｜～的戰術｜形勢～。

【多辯】duōbiàn〔形〕〈書〉能言善辯：為文～，言辭犀利。

【多才多藝】duōcái-duōyì〔成〕具有多方面的才能或技藝：他～，琴棋書畫樣樣精通。

【多愁善感】duōchóu-shàngǎn〔成〕常常發愁和傷感。形容人感情脆弱：不要～，不高興就抹眼淚，傷了身體。

【多此一舉】duōcǐyījǔ〔成〕做出多餘的、沒有必要的舉動：明明知道他不會來參加今天的會，你還自跑一趟去請他，真是～。

【多動症】duōdòngzhèng〔名〕一種由輕微腦功能失調引起的兒童疾病，表現為異常好動，注意力難以集中，自我控制能力差。

【多多】duōduō ❶〔形〕很多：國家惠農政策讓農民受益～｜網絡是把雙刃劍，用好了受益～，反之則害人不淺。❷〔副〕更多地：請～指教。**注意** "多多"常單獨做謂語，不受"很"修飾，不做定語。做狀語則為副詞。

【多多益善】duōduō-yìshàn〔成〕《史記·淮陰侯列傳》記載，劉邦問韓信能帶多少兵，韓信回答說："臣多多而益善耳。"後用"多多益善"表示越多越好：積累建設資金～，｜科技創新～。

【多發】duōfā〔形〕屬性詞。發生率較高的：慢性氣管炎是比較難治的常見病、～病｜前方是事故～地段，請慢行。

【多方】duōfāng〔副〕❶ 多方面：～配合｜～想辦法。❷ 多種方法：～營救｜～進行。

【多功能】duōgōngnéng〔形〕屬性詞。具有多種功能的：～廳｜～電餅鐺｜～詞典。

【多寡】duōguǎ〔名〕指數量的多少：～懸殊｜～不等。

【多會兒】duōhuir〔代〕〈口〉疑問代詞。❶ 用於詢問時間：～動身？｜你～到的北京？❷ 用於反問，否定對方的意見：我～不是下了班就回家？❸ 用於指某一時間或任何時間：你～有空，去找老王聊聊｜～也沒聽他叫過苦，喊過累。**注意** "不多會兒"和"沒多會兒"不是代詞"多會兒"的否定形式，而是"不多＋一會兒"或"沒有多＋一會兒"的意思。

【多極】duōjí〔形〕屬性詞。多方面的；多種並存的：～化｜～世界｜～文化。

【多口相聲】duōkǒu xiàngsheng（段）群口相聲。

【多虧】duōkuī〔動〕表示因得到幫助或出現有利情況而避免損失或獲得了好處：～你提醒我，不然我又要誤大事了｜～這場大雨，地裏的莊稼得救了。

【多麼】duōme〔副〕❶ 用在感歎句裏，表示程度很高。含有誇張語氣和強烈的感情色彩：這水庫～大呀！｜這是～高尚的精神！❷ 用在陳述句中，表示程度很深：不管雨下～大，他還是要搶救莊稼｜你看辦事～不容易。❸ 用在疑問句中，詢問程度或數量：這塔有～高？｜他的傷有～嚴重？**注意** a)"多麼"主要用於感歎句，不如"多"用法普遍。b)中心語帶有狀語"多（多麼）"後，不能再帶其他表示程度的副詞狀語，如不能說"我們的生活多麼非常幸福啊！"。

【多媒體】duōméitǐ〔名〕❶指可以將文字、聲音、圖像等媒體的信息傳播方式綜合起來，使信息的傳播和交流集成化、多樣化的技術。多媒體技術用於電腦可交互地綜合處理文本、圖形、圖像、動畫、音頻、視頻等多種媒體信息，有的通過聯網，還兼具電話、傳真等多種功能，收發信息的範圍進一步擴大。❷可用多媒體技術處理的多種信息載體的統稱，包括文本、聲音、圖形、動畫、圖像等。

【多米諾骨牌】duōmǐnuò gǔpái 一種用作遊戲或賭博的長方形的骨牌。出現於18世紀的歐洲。全副原為28張，每張上刻有數目不等的黑點，後發展數為不限張數。"多米諾"原指一種帶有風帽的黑斗篷，骨牌的背面呈黑色，與黑斗篷相似，故稱。如果把許多張牌立着排成一行，中間留一定空隙，那麼只要碰倒第一張，其餘的牌也會一張張跟着倒下去。用來比喻一種連鎖反應的現象。用這個現象比擬國際政治變化，認為許多國家好像立着的骨牌，一張被碰倒，其他會跟着倒下去，形成了一種國際政治上的所謂"多米諾理論""多米諾效應"。[多米諾，英domino]

【多面手】duōmiànshǒu〔名〕(位)具有多種本領的人：要論幹莊稼活兒，他可是個～，樣樣都能拿得起來。

【多謀善斷】duōmóu-shànduàn〔成〕既富有智謀，又善於決斷：～，百戰百勝。

【多幕劇】duōmùjù〔名〕分成三幕或三幕以上的大型戲劇，情節較複雜，人物較多（區別於"獨幕劇"）：曹禺的～《雷雨》，常演不衰。

【多難興邦】duōnàn-xīngbāng〔成〕國家多難，能激發人民發憤圖強，使國家興盛起來：一百多年以來，我們的國家經受過各種災難，我們的人民深刻懂得～的道理。注意 這裏的"難"不讀nán。

【多情】duōqíng〔形〕愛動感情；重感情（多指愛情）：你太～了｜自作～｜真是個～種子。

【多少】duōshǎo ❶〔名〕指數量的多和少：～不等｜花落知～。❷〔副〕或多或少：做買賣～總能賺幾個錢｜這件事他～知道一些。❸〔副〕稍微：點上油燈，～有點亮兒就能看文件了。

【多少】duōshao〔代〕疑問代詞。❶用來詢問數量：花了～錢？｜這本書一共～字？❷表示不定的數量：要～給～，充分供應｜來～人住，準備～床位。注意 這種"多少"，有時可以表示數量少（用於否定式），如"沒有多少人來買戲票，戲只好停演了"。有時可以表示數量多（用於肯定式），如"天氣忽冷忽熱，多少人都感冒了。"

【多神教】duōshénjiào〔名〕信奉眾多神靈的宗教，如道教（區別於"一神教"）。

【多時】duōshí〔名〕很長時間：我已在此恭候～。

【多事】duō∥shì〔動〕❶做多餘的事：房間早收拾好了，你又要收拾，簡直～。❷做不應該做的事：他沒有請你幫忙，你何必～！

【多事之秋】duōshìzhīqiū〔成〕事變不斷或事故很多的不安定時期：如今世界上正是～。

【多數】duōshù〔名〕半數以上的數量；較大的數量（跟"少數"相對）：少數服從～｜微弱的～｜代表～都不同意他的提案。

【多頭】duōtóu ❶〔名〕從事股票、期貨等交易的人，預料股價將漲而買進現貨或期貨，伺機賣出，這種做法叫多頭（跟"空頭"相對）。❷〔形〕屬性詞。幾方面的；多方面的：～領導。

【多維】duōwéi ㊀〔形〕屬性詞。含多種維生素的：～葡萄糖。㊁〔形〕屬性詞。多種因素的；多方面的：～空間｜～立體交叉的數字網絡。

【多謝】duōxiè〔動〕表示感謝的客套話：～您了｜承蒙關照，～、～。注意 "多謝"可單用，如"多謝了"，也可帶名詞性賓語，如"多謝你了""多謝你幫忙"。

【多心】duō∥xīn〔動〕生疑心；產生不必要的想法：這事待事先講清楚，免得他～｜由於事先沒告訴他，讓他～了｜你何必多那個心呢？

【多選】duōxuǎn〔動〕多項選擇，即有多個正確選項的選擇（區別於"單選"）：～題。

【多樣】duōyàng〔形〕多種樣式：形式～｜多種多樣的社會實踐活動。

【多疑】duōyí ❶〔動〕過度地懷疑：善在恭謹，失在～｜對他你不必～。❷〔形〕疑慮過多：生性～｜～的性格。

【多贏】duōyíng〔動〕多方都獲益：出現～的局面｜產生～的結果｜以實現～為目標。

【多餘】duōyú ❶〔動〕多於所需要的數量：他每月都把～的錢存入銀行｜～三個人。❷〔形〕沒有用；不必要：這些～的話不應該說｜對他說這些話實在是～。

【多元】duōyuán〔形〕屬性詞。多種類的，多成分的：～論｜～文化｜～經營｜～格局｜～社會。

【多元化】duōyuánhuà ❶〔動〕由單一轉化為多樣；由集中轉化為分散：經營～。❷〔形〕分散而多樣的：世界～的格局已經形成。

【多咱】duōzan〔代〕(北方官話)多早晚；幾時：咱，"早晚"的合音。

【多嘴】duō∥zuǐ〔動〕不該說而說：大人說話，小孩兒別～｜我們兩個人的事，你去多甚麼嘴！

咄 duō / duò〈書〉❶呵斥：～斥｜嚴詞～之。❷〔歎〕表示驚詫、斥罵：～～怪事｜～，何人敢來迎敵？

【咄咄逼人】duōduō-bīrén〔成〕❶氣勢洶洶，盛氣凌人：他那～的發言，引起了與會者的不滿。❷指形勢嚴峻，促人努力：形勢～，我們必須緊緊跟上時代前進的步伐。

【咄咄怪事】duōduō-guàishì〔成〕不可思議而令人驚訝的事：這家公司生產的所謂純淨水水質還不如普通自來水，豈非～！

"咄咄怪事"的出典

《世說新語·黜免》載，中軍將軍殷浩因北伐失敗，被罷官為民，遷居信安，整天總是對空寫字。揚州的故舊因仰慕他而追隨他來到信安。他們偷偷觀察，原來只寫"咄咄怪事"四字而已。

哆 duō 見下。

【哆哆嗦嗦】duōduosuōsuō（～的）〔形〕狀態詞。形容因受驚嚇或受冷而身體顫抖的樣子：嚇得他～的，一句話也說不出來。

【哆嗦】duōsuo〔動〕因受驚嚇或受冷而身體顫動：只見他凍得全身～｜嚇得他直～，出了一身冷汗。

剟 duō ❶〔動〕（北京話）投擲；擊：別拿石頭子兒～家雀兒。❷〔動〕（北京話）扎；刺：在紙上用針～了幾個小眼兒。❸〈書〉刪削：～法令。❹〈書〉割取。

塚 duō 用於地名：塘～（在廣東）。

掇〈敠〉 duō / duó ❶ 拾取；摘取：拾～。❷〔動〕（吳語、閩南話）用手端；用雙手拿：～過一把椅子來。

【掇弄】duōnòng〔動〕（北京話）❶ 收拾；修理整治：手錶壞了，他～了一下，居然又走起來了。❷ 對付；應付：這老頭兒脾氣古怪，不好侍候，俗話就叫作難～。

裰 duō ❶〈書〉縫補：補～。❷ 見"直裰"（1748頁）。

---

duó ㄉㄨㄛˊ

度 duó〈書〉推測；估計：以己～人｜審時～勢。
　　另見 dù（321頁）。

語彙 猜度 裁度 測度 揣度 忖度 揆度 推度 臆度

【度長絜大】duócháng-xiédà〔成〕比較長短大小：～，比權量力。

【度德量力】duódé-liànglì〔成〕估量自己的品德和能力：～，實不足以當此重任。

敚 duó〈書〉同"奪"。

奪（夺） duó ㊀❶〔動〕搶；強取：～下暴徒手中的匕首｜把失去的陣地～回來。❷〔動〕爭到；率先取得：～豐收｜～冠軍｜～高產。❸ 使失去：剝～｜褫～。❹〈書〉失去：勿～農時。❺〔動〕衝過：眼淚奪眶而出｜～門而出。❻ 炫耀：光彩～目。❼ 強使改變：三軍可～帥也，匹夫不可～志。❽ 勝過；壓倒：先聲～人｜巧～天工。❾（Duó）〔名〕姓。
　　㊁決定可否或取捨：定～｜裁～。
　　㊂〈書〉文字脫漏：訛～｜此句下～十餘字。

語彙 剝奪 裁奪 褫奪 篡奪 定奪 掠奪 搶奪 爭奪 巧取豪奪 生殺予奪

【奪標】duó//biāo〔動〕❶ 奪取錦標；特指奪取冠軍：中國男子體操隊定能～。❷ 在投標競爭中中標：三位農民聯合～，承包萬畝荒山｜這家公司改善經營，一舉～。

【奪冠】duó//guàn〔動〕奪取冠軍；爭得第一名：幾次大賽，中國乒乓球隊連連～。

【奪金】duó//jīn〔動〕在比賽中奪取金牌，即獲得第一名。

【奪魁】duó//kuí〔動〕爭奪第一；奪取冠軍：服務水平創一流，這個飯店在同行業中連年～｜中國女子籃球隊在這次大賽中又一次～。

【奪目】duómù〔形〕光彩耀眼：燦爛～｜鮮艷～｜光彩～。

【奪取】duóqǔ〔動〕❶ 搶奪；強取：～敵人的陣地｜武裝～政權。❷ 努力爭取：～農業豐收｜～新的勝利。

【奪權】duó//quán〔動〕奪取權力（通常指奪取政權）。

澤（泽） duó 見"凌澤"（852頁）。

跢 duó / duò〔動〕慢慢行走：～來～去｜～着方步。

鐸（铎） duó ❶ 古代中國銅樂鐘體系中，一種有特定作用的軍旅樂鐘。考古發現的鐸，多是春秋戰國和漢朝的。❷ 大鈴，古代宣佈國家政教法令時用的木鐸，下達軍事命令時用的金鐸。❸（Duó）〔名〕姓。

---

duǒ ㄉㄨㄛˇ

朵〈朶〉 duǒ ❶〔量〕用於花朵、雲彩等：～～葵花向太陽｜幾～白雲。❷（Duǒ）〔名〕姓。

語彙 花朵 花骨朵

垛〈垜〉 duǒ 垛子：城牆～口兒。
　　另見 duò（336頁）。

【垛口】duǒkǒu〔名〕城牆上垛子間的缺口；也指城牆上凹凸形的短牆：古代士兵從～射箭，抵禦進攻。

【垛子】duǒzi〔名〕牆上向外或向上突出的部分；建築物突出的部分：城～｜門～。

哚 〈哚〉 duǒ 見"吲哚"（1623頁）。

埵 duǒ〈書〉堅硬的土：～塊。

琒 duǒ〈書〉玉名。

躱 〈躱〉 duǒ〔動〕❶ 藏起來；躱避：～一～｜雨再走｜車來了，快～開｜明槍易～，暗箭難防。❷ 避開：～債｜～晦氣。

【躱避】duǒbì〔動〕❶ 故意離開或藏匿起來，使人見不着：你不用～他，他不會找你的麻煩｜他來了，你先～一下。❷ 避開對自己不利的事物：～是非｜他從來不～困難和危險。

【躱藏】duǒcáng〔動〕把身體隱匿起來，不使人發覺：無處～｜他～在菜窖裏。

【躱躱閃閃】duǒduoshǎnshǎn〔形〕狀態詞。❶ 畏縮：不知道為甚麼，他老～不敢見人。❷ 有意避開或隱瞞真相：無論問他甚麼，他都～不敢正面回答。

【躱懶】duǒlǎn（～兒）〔動〕逃避幹活兒；偷懶：別～，把活兒幹完再歇着｜他又到地頭～兒去了。

【躱讓】duǒràng〔動〕躱閃；避讓：一輛摩托車疾駛而來，人們紛紛～。

【躱閃】duǒshǎn〔動〕迅速避開；也指迴避避問題：她～不開，只好跟那個不喜歡的人見面了｜幸虧～得快，不然就要出車禍了｜不要～，請正面回答問題。

【躱債】duǒ//zhài〔動〕為躱避債務，不同要債人見面：年關近了，他只好逃到外地去～｜躱了張家的債，躱不了王家的債。

亸 （亸） duǒ〈書〉❶ 下垂：～着兩肩。❷ 同"躱"。

嚲 （嚲） duǒ〈書〉❶ 富厚。❷ 同"亸"。

duò ㄉㄨㄛˋ

杕 duò〈書〉同"舵"。另見 dì（283頁）。

剁 〈剁〉 duò〔動〕用刀斧向下砍：～肉｜～餃子餡兒｜把樹枝～成三截。

垛 〈垛〉 duò ❶〔動〕把分散的東西整齊地堆放：把曬乾的麥秸～起來｜把打的柴火～整齊了。❷〔名〕垛成的堆兒：麥秸～｜柴火～。❸〔量〕用於成堆的東西：一～柴火｜幾～麥秸。另見 duǒ（335頁）。

柁 duò〈書〉同"舵"。另見 tuó（1379頁）。

柮 duò 見"榾柮"（469頁）。

琢 duò〈書〉玉名。

舵 〈柁〉 duò〔名〕船上或飛機上控制航行方向的裝置：掌～｜方向～｜升降～。

舵

語彙 掌舵 方向舵 看風使舵 順風轉舵

【舵手】duòshǒu〔名〕❶（位，名）掌舵的人：他是船上的老～了。❷ 比喻領袖、領導人：指引我們前進的～。

惰 duò ❶ 懶（跟"勤"相對）：逸而不～。❷ 不易變化的：～性。

語彙 怠惰 懶惰 慵惰

【惰性】duòxìng〔名〕❶ 某些物質不易跟其他元素或化合物化合的性質：～氣體｜～物質。❷ 比喻一種安於現狀、不願改變生活或工作習慣的傾向：克服～，積極進取。

馱 （馱）〈馱〉 duò 見下。另見 tuó（1379頁）。

【馱子】duòzi ❶〔名〕牲口馱（tuó）着的成捆貨物：大夥兒幫着搭～。❷〔量〕用於牲口馱（tuó）着的貨物：這次一共來了五～貨。

跥 〈跺跢〉 duò〔動〕提起腳來用力踏地：氣得他直～腳｜他把腳一～轉身就走了。

觛 （觛） duò 見"觸觛"（469頁）。

墮 （墮） duò ❶〔動〕墜；落下：～地｜～馬｜如～五里霧中。❷（Duò）〔名〕姓。

【墮落】duòluò〔動〕思想行為變壞：腐化～｜我們不能看着他～下去｜沒想到他竟～成了罪犯。

【墮入】duòrù〔動〕落入；掉進：飛機失事後～了大海｜～陷阱不能自拔｜好似～煙霧之中。

【墮胎】duò//tāi〔動〕人工流產：墮了兩次胎，她身體很不好。

E

ē ㄜ

阿 ē ❶迎合；曲從：～附｜剛正不～｜～其所好。❷〈書〉大丘陵：崇～。❸〈書〉彎轉的地方：山～。❹(Ē)〔名〕姓。
另見ā(1頁)；a(2頁)。

【阿堵物】ēdǔwù〔名〕《世說新語·規箴》說：王夷甫口裏不說"錢"字，他的妻子讓婢女把錢鋪繞床前，夷甫早起不得下，叫婢女"舉卻阿堵物"。阿堵物，原意指"這個東西"，後世用來指"錢"。

【阿房】Ēfáng（舊讀Ēpáng）〔名〕秦時宮殿名，故址在今陝西西安西郊。規模宏大，據說離宮別館彌山跨谷，綿延三百餘里。秦朝滅亡時尚未完工，後遭焚毀。

【阿附】ēfù〔動〕〈書〉逢迎附和；巴結奉承：～權貴。

【阿膠】ējiāo〔塊〕(塊)中藥上指用驢皮熬的膠，含有多種能強身治病的物質，能止血補血，提高免疫力等。山東平陰縣東阿鎮（古名阿城鎮）是著名產地，所以叫阿膠。

【阿彌陀佛】Ēmítuófó〔名〕佛教所說西方極樂世界最大的佛。也譯作無量壽佛或無量光佛。信佛的人常口頭誦唸，表示祈禱或感謝神靈。有時被借用為生活中的套語，表示祈求、慶賀等意。[梵amitābha]

【阿諛】ēyú〔動〕〈書〉迎合別人，專說好聽的話（含貶義）：～逢迎｜～奉承。

【阿諛奉承】ēyú-fèngchéng〔成〕以言語行為迎合討好別人：有些人為了個人的利益，對上級一味～。

屙 ē〔動〕（西南官話）排泄（大小便）：～屎｜～尿。

婀 ē ❶見下。❷(Ē)〔名〕姓。
〈娿〉

【婀娜】ēnuó（舊讀ěnuǒ）〔形〕姿態柔軟美好（常形容女性）：～多姿｜舞姿～。

é ㄜ

吪 é〈書〉❶行動。❷感化。

阤 é見下。

【阤子】ézi〔名〕捕鳥時用來引誘同類的鳥。也叫

鳥媒、圈子（yóuzi）。

俄 é ㊀❶〈書〉短時間；突然間：～而｜～頃。❷(É)〔名〕姓。
㊁(É)〔名〕指俄羅斯。

【俄而】é'ér〔副〕〈書〉不久；一會兒：～，風雨大作。

【俄爾】é'ěr〔副〕〈書〉俄而。

【俄羅斯族】Éluósīzú〔名〕❶中國少數民族之一，人口約1.5萬（2010年），主要分佈在新疆伊寧、塔城、阿勒泰和烏魯木齊等地，少數散居在內蒙古和黑龍江等地。有本民族語言和文字。❷俄羅斯聯邦的主體民族。

【俄頃】éqǐng〔副〕〈書〉片刻；一會兒：是非變於一～，雲散雨止。

【俄延】éyán〔動〕〈書〉拖延；耽擱：不曾～｜～時日｜～歲月。

哦 é〈書〉低聲談或唱：吟～｜詩成只獨～。
另見ó(993頁)；ò(993頁)。

峨 é ❶〈書〉高：嵯～｜巍～｜～冠
〈峩〉博帶（高的帽子和寬大的帶子，指古代士大夫的服裝）。❷(É)〔名〕姓。

【峨峨】é'é〔形〕〈書〉❶高峻：南山～。❷美好：其狀～。

【峨眉山】Éméi Shān〔名〕中國四大佛教名山之一，位於四川峨眉山市。重要景觀有清音閣（聽黑白二水天籟和鳴）、洪椿坪（有千年洪椿樹一株）、九老仙府、洗象池、金頂（看峨眉雲海）、萬年寺（有公元980年所鑄巨大青銅騎象普賢菩薩像）。舊作峨嵋山。

【峨嵋山】Éméi Shān 舊同"峨眉山"。

涐 É 古水名，即今大渡河。

娥 é ❶美女：宮～｜秦～吳娃。❷(É)〔名〕姓。

語彙 嫦娥　宮娥　姮娥

【娥眉】éméi〔名〕❶指美女細長而略彎的眉毛：～皓齒。❷泛指美貌女子：～憔悴。以上也作蛾眉。

【娥眉月】éméiyuè〔名〕農曆月初形狀像娥眉的月亮。俗語云：初三初四娥眉月。

莪 é見下。

【莪蒿】éhāo〔名〕多年生草本植物，生在水邊，莖可做蔬菜。也叫蘿蒿。

【莪朮】ézhú〔名〕多年生草本植物，葉子長橢圓形，花黃色，根狀莖可入藥。

訛 é ❶錯誤；不真實：～
（譌）〈譌譌〉舛｜～謬｜～字｜～傳｜以～傳～。❷〔動〕敲詐：～賴｜～詐｜～人錢財｜被人～了。❸(É)〔名〕姓。

【訛傳】échuán〔名〕錯誤的傳言：這個消息不一

定可靠，恐怕是～。

【訛奪】éduó〔名〕〈書〉文字方面的錯誤和脫漏；補正舊稿～。

【訛脫】étuō〔名〕〈書〉訛寫：文中～，已依據原稿訂補。

【訛誤】éwù〔名〕文字、記述等方面的錯誤：記錄稿～甚多，須一一改正。

【訛詐】ézhà〔動〕❶ 勒索；詐騙：～錢財。❷ 威脅恫嚇：核～｜戰爭～。

蛾 é〔名〕❶ 蛾子：飛～撲火。❷(É)姓。另見 yǐ(1605頁)。

【蛾眉】éméi 同"娥眉"。

【蛾子】ézi〔名〕(隻)某些昆蟲的成蟲，身體短而粗，有四個翅膀，常在夜間活動。多為農業害蟲。

鋨（锇）é〔名〕一種金屬元素，符號 Os，原子序數 76。灰藍色，有光澤，硬而脆。鋨和銥的合金硬度很大，可做鐘錶、儀器的軸承以及製鋼筆尖兒等。

鵝（鹅）〈鵞鵞〉é〔名〕(隻)家禽，比鴨子大，頸長，額部有黃色或黑色肉質突起，嘴扁平，腳有蹼，能游水。

語彙　企鵝　天鵝

【鵝蛋臉】édànliǎn(～兒)〔名〕(張)上部略圓，下部略尖，略長而豐滿的臉型：小姑娘～兒｜柳葉兒眉。

【鵝黃】éhuáng〔形〕像小鵝絨毛的顏色；淡黃色：～被面｜新顏～。

【鵝卵石】éluǎnshí〔名〕(塊)卵石的一種，形狀像鵝蛋，可用作建築材料。

【鵝毛】émáo〔名〕❶ (根，片)鵝的羽毛：～扇｜～大雪。❷ 比喻像鵝毛一樣輕微的東西：千里送～，禮輕情意重。

【鵝毛雪】émáoxuě〔名〕(場)大雪。雪片如鵝毛，故稱。也說鵝毛大雪。

【鵝絨】éróng〔名〕鵝的絨毛，細軟而保溫，可以絮被褥等：～被。

【鵝行鴨步】éxíng-yābù〔成〕像鵝和鴨子那樣走路。形容步履緩慢：你平常～，慢慢沿吞，今天怎麼走得這麼快？

【鵝掌風】ézhǎngfēng〔名〕中醫指手掌鱗屑癬，是手掌的一種皮膚病。

額（额）〈⊖❶❷⊜顀〉é ⊖ ❶〔名〕額頭：焦頭爛～｜～上有皺紋。❷ 牌匾：匾～｜橫～｜～上有字。❸(É)〔名〕姓。

⊜限定的數目：名～｜金～｜～外。

語彙　碑額　匾額　差額　超額　定額　金額　巨額　空額　滿額　面額　配額　缺額　數額　限額　餘額　總額　疾首蹙額　焦頭爛額

【額定】édìng〔形〕屬性詞。規定數目的：～人數｜～資金｜～功率。

【額度】édù〔名〕規定的數量限度：依當月生產情況確定職工獎金～。

【額手稱慶】éshǒu-chēngqìng〔成〕《宋史·司馬光傳》："帝崩，赴闕臨，衛士望見，皆以手加額曰：'此司馬相公也。'"原指雙手合掌放在額頭上表示慶倖。現泛指遇危為安的大事，做出歡快動作，表示慶倖：中國女子體操隊奪得團體冠軍的消息傳來，體育界人士無不～。

【額數】éshù〔名〕規定的數目：貸款～｜捐款～｜成交～。

【額頭】étóu〔名〕眉毛之上頭髮之下的部分：那個漢子寬寬的～，高高的鼻樑。俗稱腦門兒。

【額外】éwài〔形〕❶ 屬性詞。超過規定的數量或範圍的：～負擔｜～收入｜～開支。❷ 所說範圍之外：我們不會提～的要求。

ě ㄜˇ

噁（恶）ě 見下。另見 è(340頁)；"恶"另見 è(339頁)、wū(1427頁)、wù(1441頁)。

【噁心】ěxin ❶〔形〕要嘔吐：我頭暈～，怕是要病了。❷〔動〕(令人)厭惡；使人厭惡：幹這種事，真叫人～｜滿嘴髒話多～人呀。❸〔形〕低劣；非常討厭：他的拙劣表演可真～。

è ㄜˋ

厄〈戹❶阨〉è〈書〉❶ 困苦；災難：～境｜～運｜困～～。❷ 受阻；受困：船隻～於險灘。❸ 險要的地方：～塞｜險～。

【厄爾尼諾】è'ěrnínuò〔名〕指週期性地出現在南美厄瓜多爾和秘魯沿海冷水水域海水溫度反常上升的現象。它導致天氣反常，進而造成全球性大氣環流異常，如出現大範圍的嚴寒、高溫、洪水、乾旱等。一般相隔二至七年出現一次。厄爾尼諾音譯自西班牙語，原義是"聖嬰"，因這種現象多發生在聖誕節前後，故稱。[西 El Niño]

【厄運】èyùn〔名〕困苦的遭遇：他終於擺脫了～，在科研工作中取得了很大成績。

扼〈搤〉è ❶〔動〕用力掐住；抓住：～～。❷ 把守；控制：～守｜～險。

【扼殺】èshā〔動〕❶ 掐住脖子弄死。❷ 比喻壓制、摧殘使不能存在：～新生事物｜積極性被～了。

【扼守】èshǒu〔動〕把守：～要塞｜～關口｜派兵～。

　辨析　扼守、把守　"把守"既可指守衛一般的地方，也可指守衛險要的地方，"扼守"一般只指守衛險要的地方。因此能用"扼守"的地方也可以換用"把守"，而能用"把守"的地方不一定能換用"扼守"。如"扼守重要關口"也可以說成"把守重要關口"，而"軍事機關門前都有衛兵把守"卻不能說成"軍事機關門前都有衛兵扼守"。

【扼死】èsǐ〔動〕掐死，也比喻強力壓制使不能產生或發展：銀行向高科技產業增加貸款，使一些新興產業不至於被～。

【扼腕】èwàn〔動〕〔書〕用一手握住另一手腕，表示振奮、痛苦或惋惜：～歎息｜球隊又失利了，球迷莫不為之～｜聽到這麼不公平的事，大家都憤然～。

【扼要】èyào〔形〕發言或寫文章能抓住要點：簡明～｜請將事情的經過～談一談｜他很～地介紹了一下情況。

【扼制】èzhì〔動〕抑制；控制：～憤怒｜～感情｜物價上漲的勢頭得到～。

呝　è〔擬聲〕打嗝兒的聲音："～，～"，老人打嗝兒的聲音很響。
另見 e（341頁）。

【呝逆】ènì〔動〕由於膈痙攣，急促吸氣而發出響聲。通稱打嗝兒。

苊　è〔名〕碳氫化合物的一類，化學式 $C_{12}H_{10}$。無色，針狀晶體，溶於熱酒精，可做媒染劑。[英 acenaphthene]

呃　è〈書〉❶ 同"呝"（è）。❷ 形容鳥的鳴叫聲。

姶　è〈書〉美好的樣子。

堊　è ❶ 白堊，用作粉刷材料。有的地區叫大白。❷〈書〉用白堊塗飾：～漫牆壁。

軛（軛）è〔名〕牲口拉東西時架在脖子上的彎曲橫木：～下。

塎　è 用於地名：富～（在安徽）。

惡（恶）è ❶ 惡劣；不好（跟"善"相對）：～習｜～行｜～意｜～果｜語中傷｜窮山～水。❷〔形〕兇狠；兇猛：～霸｜～狗｜～魔｜～神｜～煞｜一場～戰｜這人太～了。❸ 犯罪的事；壞的行為（跟"善"相對）：無～不作｜十～不赦｜罪大～極。❹ 壞人；惡勢力：除～務盡。
另見 wū（1427頁）；wù（1441頁）；"惡"另見 ě"噁"（338頁）。

（語彙）醜惡　腐惡　首惡　萬惡　險惡　邪惡　兇惡
罪惡　作惡　窮兇極惡　彰善癉惡

【惡霸】èbà〔名〕依仗權勢和錢財獨霸一方，欺壓民眾的人：地主～｜～一方。

【惡報】èbào〔名〕佛教指種下惡因而得的惡果，泛指壞的報應（跟"善報"相對）：善有善報，惡有～。

【惡補】èbǔ〔動〕短時間內突擊進補或補習：為應付考試～英語。

【惡炒】èchǎo〔動〕大肆炒作；惡意炒作：這套紀念郵票一問世即遭～，一個月漲了十倍｜部分媒體～該賽場醜聞。

【惡毒】èdú〔形〕陰險狠毒：～的語言｜～的行為｜這種手段太～了。

【惡感】ègǎn〔名〕不好或不滿的情感（跟"好感"相對）：心存～｜他對你並無～。

【惡搞】ègǎo〔動〕通過幽默、誇張、搞笑等方式挖苦和嘲弄，使出醜：～視頻｜這部影片剛剛拍完就遭～。

【惡貫滿盈】èguàn-mǎnyíng〔成〕貫：古時穿錢的繩子。盈：滿。罪惡多得繩子已穿不下了。形容作惡多端，末日已到：～，罪不容誅。

【惡棍】ègùn〔名〕為非作歹危害社會的人：打擊流氓～。

【惡果】èguǒ〔名〕❶ 佛教指自惡事之因而產生的苦果。佛經上說："是故善果從善因生；是故惡果從惡因生。"❷ 壞的後果或下場：自食～｜酒後駕車必然帶來～。

【惡狠狠】èhěnhěn（～的）〔形〕狀態詞。形容非常兇狠：～的樣子｜～地瞪了他一眼。

【惡化】èhuà〔動〕❶ 向壞的方面變化：情況進一步～｜病情～了。❷ 使情況變壞：希望你們立即停止～雙方關係的活動。

【惡疾】èjí〔名〕令人痛苦的、不易治好的疾病：身染～。

【惡浪】èlàng〔名〕❶ 來勢兇猛的波濤：～滔天｜狂風～。❷ 比喻對社會、集體有危害的勢力或潮流：一時邪說橫行，～滾滾。

【惡劣】èliè〔形〕很壞：行為～｜態度～｜手段～｜氣候～。

【惡名】èmíng〔名〕不好的名聲：～遠聞。

【惡魔】èmó〔名〕❶ 佛教稱阻礙佛道及一切善事的惡煞兇神。❷ 比喻非常兇惡的人（常用作詈語）：這群～欠下的債是要加倍償還的。

【惡人】èrén〔名〕壞人：～先告狀｜～必有惡報。

【惡少】èshào〔名〕品行惡劣的年輕人：幾個～把三街兩巷鬧得烏煙瘴氣。

【惡聲】èshēng〔名〕〈書〉❶ 辱罵的話：～～氣｜古之君子，交絕不出～。❷ 壞名聲：不留～。

【惡聲惡氣】èshēng-èqì 形容說話的聲音、態度兇狠：看門的～地呵斥孩子們，不讓在這兒玩。

【惡事】èshì〔名〕(件)壞事或醜事：好事不出門，～行千里。

【惡俗】èsú ❶〔名〕不良風俗：陳規～。❷〔形〕極其庸俗：禁止在電視上發佈～廣告。

【惡習】èxí〔名〕壞習慣：染上～｜～難改｜改掉賭博～。

【惡性】èxìng〔形〕屬性詞。能產生嚴重後果和影響的：～腫瘤｜～交通事故｜～通貨膨脹。

【惡性循環】èxìng xúnhuán 事物互為因果，循環不止，使情況越變越壞。如為了提高單產而大量使用化肥，化肥雖能增產，但長期大量使用卻會使土壤板結，導致減產，為了增產又大量使用化肥。

【惡性腫瘤】èxìng zhǒngliú 腫瘤的一種，周圍沒有包膜，細胞無限制增生，導致對鄰近正常組織的壓擠、侵犯和破壞，並能在體內轉移。

【惡意】èyì〔名〕不良的用心；傷害人的用意：他的話並無～｜不要把別人的好心當成～。

【惡意透支】èyì tòuzhī 通常指信用卡持卡人以非法佔有為目的，故意超過規定限額或規定期限透支，並經發卡銀行催收後仍不歸還：這位持卡人～十幾萬元，被起訴。

【惡語中傷】èyǔ-zhòngshāng〔成〕用惡毒的語言侮辱傷害別人：對於少數媒體的～，她表示要通過法律途徑維護自己的權益。

【惡戰】èzhàn ❶〔動〕進行激烈的戰鬥：敵我雙方將要～一場。❷〔名〕(場)激烈的戰鬥，也比喻激烈的競爭：兩軍相遇，難免一場～｜這兩個足球隊勢均力敵，決賽定是一場～。

【惡作劇】èzuòjù ❶〔動〕開玩笑戲弄人：不要｜你這樣～，人家受不了。❷〔名〕戲弄人的行為：他的～，弄得大家很難堪。

鄂 È〔名〕❶ 湖北的別稱。❷姓。

【鄂倫春族】Èlúnchūnzú〔名〕中國少數民族之一，人口 8659（2010 年），主要分佈在內蒙古和黑龍江。鄂倫春語是主要交際工具，沒有本民族文字。兼通漢語。

【鄂溫克族】Èwēnkèzú〔名〕中國少數民族之一，人口約 3 萬（2010 年），主要分佈在內蒙古和黑龍江。鄂溫克語是主要交際工具，沒有本民族文字。兼通漢語。

崿 è〈書〉山崖。

愕 è 驚訝；驚駭：驚～｜群僚皆～。

【愕然】èrán〔形〕〈書〉吃驚的樣子：大家聽了他的話，為之～｜他～四顧，不知這可怕的聲音從何處傳來。

蕚〈蕚〉 è〔名〕花蕚。

【蕚片】èpiàn〔名〕(瓣，枚)組成花蕚的綠色葉狀薄片，在花芽期有保護功用。

遏 è ❶ 阻止；抑制：～止｜阻～｜怒不可～｜響～行雲。❷(È)〔名〕姓。

【遏止】èzhǐ〔動〕阻止：～通貨膨脹｜時代潮流不可～。

【遏制】èzhì〔動〕制止；阻止：～漲價風｜～暴亂｜他～不住胸中的怒火。

【辨析】遏制、遏止 都有用力量使不再發展、使停止義。"遏止"重在使停止，"遏制"重在控制住，使不再繼續。二者搭配對象也有不同。"遏止（遏制）通貨膨脹""遏止（遏制）投資過熱"都可以說，但"遏制不住的感情""遏制新生力量"，不能換為"遏止"。

碣 è 用於地名：～嘉街（在雲南）。

噁 è 見"二噁英"（346 頁）。另見 ě（338 頁）。

餓（餓）è ❶〔形〕肚子裏沒有食物（跟"飽"相對）：飢～｜～虎撲食｜我很～｜～極了。❷〔動〕使捱餓：別～着小花貓｜我身體好，～一頓沒關係。

語彙 捱餓 飢餓 解餓

【餓飯】èfàn〔動〕捱餓：長期在野外作業，～捱凍是常有的事。

【餓虎撲食】èhǔ-pūshí〔成〕像飢餓的老虎撲向食物。比喻動作迅速而猛烈，也比喻極度貪婪：為了不讓罪犯逃跑，他一般地衝了進去｜那個歹徒一般搶劫遊客的財物。

【餓殍】èpiǎo〔名〕〈書〉餓死的人：～載道｜途有～。注意"殍"不讀 fú 或 piáo。

頞（頞）è〈書〉鼻樑：疾首蹙～（疾首：頭疼。蹙：皺。語出《孟子·梁惠王下》，後來一般作疾首蹙額，形容厭惡痛恨）。

噩 è ❶ 令人驚恐的：～夢。❷ 不吉利的；不祥的：～運｜～音。

【噩耗】èhào〔名〕指親友或敬重的人死亡的消息：～傳來，不勝悲痛。

【噩夢】èmèng〔名〕(場)可怕的夢：昨天夜裏做了一個～。

【噩運】èyùn〔名〕壞運氣：～降臨｜誰能想到會遇上這樣的～呢！

【噩兆】èzhào〔名〕不好的兆頭；發生壞事的兆頭：大地震之前，沒有發現任何～。

鬩（鬩）è ❶〔動〕阻塞：～塞。❷ 閘板。另見 yān（1554 頁）。

諤（諤）è ❶〈書〉直言：謇～之節（忠直敢言的節操）。❷(È)〔名〕姓。

鍔（鍔）è〈書〉刀劍的刃：劍～｜刺破青天～未殘。

顎（顎）è ❶〔名〕某些節肢動物攝取食物的器官：上～｜下～。❷ 同"齶"。

鶚（鹗）è〔名〕(隻)鳥名，頭頂、後頸和腹部白色，背褐色。性兇猛，常在水面上飛翔，捕食魚類。通稱魚鷹。

齶（腭）è〔名〕口腔的上壁，分為兩部分，前面叫硬齶，後面叫軟齶。

鱷（鳄）〈鰐〉è〔名〕(條)爬行動物，全身有灰褐色硬皮和角質鱗，性兇猛，捕食動物。多產於熱帶、亞熱帶，如美國西部的密西西比鱷和中國的揚子鱷。俗稱鱷魚。

【鱷魚的眼淚】èyú de yǎnlèi〔俗〕西方古代傳說，鱷魚吞食人畜時，一邊吃一邊掉眼淚。後用來比喻壞人的假慈悲：他這是～，騙不了人。

【鱷魚潭】èyútán〔名〕喻指股票市場。股票和期貨市場波動很大，投資者隨時可能血本無歸，像掉入鱷魚潭中被鱷魚吃掉，故得名：小股民投資股票要千萬小心，防止掉入～。

e ·ㄜ

呃 e〔助〕語氣助詞。表示讚歎或驚異：真是一塊美玉～！
另見è(339頁)。

ê̄ ㄝ

欸 ê̄，又讀ēi，同"誒"(ê̄)。
另見āi(4頁)；ǎi(4頁)；é(341頁)；ě(341頁)；è(341頁)。

誒（诶）ê̄，又讀ēi〔歎〕表示招呼：～，你快點兒來！
另見é(341頁)；ě(341頁)；è(341頁)。

ế ㄝ

欸 é，又讀éi，同"誒"(é)。
另見āi(4頁)；ǎi(4頁)；ê̄(341頁)；ě(341頁)；è(341頁)。

誒（诶）é，又讀éi〔歎〕表示詫異：～，剛送來的報紙怎麼不見了！
另見ê̄(341頁)；ě(341頁)；è(341頁)。

ě̌ ㄝ

欸 ě，又讀ěi，同"誒"(ě)。
另見āi(4頁)；ǎi(4頁)；ê̄(341頁)；é(341頁)；è(341頁)。

誒（诶）ě，又讀ěi〔歎〕表示不以為然：～，不讓他去可不合適！
另見ê̄(341頁)；é(341頁)；è(341頁)。

è̀ ㄝ

欸 è，又讀èi，同"誒"(è)。
另見āi(4頁)；ǎi(4頁)；ê̄(341頁)；é(341頁)；ě(341頁)。

誒（诶）è，又讀èi〔歎〕表示答應或同意：～，我留下來不走｜～，就照你說的辦！
另見ê̄(341頁)；é(341頁)；ě(341頁)。

ēn ㄣ

恩〈恩〉ēn〔名〕❶恩惠（跟"仇"相對）：～情｜謝～｜養育之～｜～將仇報｜小～小惠｜不能忘了人家對你的～呀。❷(Ēn)姓。

語彙　報恩　感恩　開恩　謝恩

【恩愛】ēn'ài〔形〕(夫妻)感情好：他們是一對～夫妻｜小兩口兒十分～。

【恩賜】ēncì ❶〔動〕舊指帝王對臣民的恩遇賞賜，今指因憐憫而施捨(多含貶義)：好的生活應該靠自己去創造，不能靠別人～。❷〔名〕恩賜的東西：我不需要你的～｜這是大家的勞動果實，不是誰的～。

【恩德】ēndé〔名〕恩惠：永遠不忘先輩的～。
注意 "恩德"多用於指祖先、長輩或組織所給予的好處、情義，如"祖先的恩德""師傅的恩德""黨的恩德"。感情色彩比"恩惠"更莊重一些。

【恩典】ēndiǎn ❶〔名〕恩惠：感激老前輩的～｜這是莫大的～。❷〔動〕給予恩惠：求您～，讓我有個存身之處！

【恩格爾係數】Ēngé'ěr xìshù 指家庭食品開支與家庭整個消費開支的比值，比值小表示生活水平高，比值大表示生活水平低。由德國經濟學家恩格爾提出，故稱。

【恩公】ēngōng〔名〕(位)對恩人的敬稱(多見於傳統戲曲)。

【恩惠】ēnhuì〔名〕稱他人給予的實際好處：你的～我永遠忘不了。

【恩將仇報】ēnjiāngchóubào〔成〕受人恩惠反而用仇恨報答：他事業成功後～，將在困難中幫助過他的人趕出了公司。

【恩情】ēnqíng〔名〕恩惠和情義：祖國人民的～比山高，比海深。

【恩人】ēnrén〔名〕(位)對人有恩的人：救命～。

【恩師】ēnshī〔名〕(位)敬稱對自己有恩澤的老師：自己在學術上有一點成績，主要是由於～的教導。

【恩威並用】ēnwēi-bìngyòng〔成〕用恩惠進行籠絡，用威勢進行震懾，兩種手段一起使用。

E

【恩遇】ēnyù〔名〕〈書〉別人的恩惠和知遇：～
豐厚。

【恩怨】ēnyuàn〔名〕❶ 恩惠和仇怨：～分明。
❷ 偏義複詞，指怨恨、仇恨：即使反對過他的
人，他也注意團結，不計個人～。

【恩澤】ēnzé〔名〕封建社會稱統治者給予臣民的恩
惠。意思是恩德施與人像雨露對草木的滋潤。
現也用於敬稱尊長對自己的恩惠：永記師長～。

蔥 ēn〔名〕有機化合物，化學式 $C_{14}H_{10}$。無色
晶體，不溶於水，易溶於熱本。可用於製
作染料。

èn ㄣ

摁 èn〔動〕❶用手按壓：～門鈴｜～開關｜～
電鈕。❷比喻扣留或壓下來：這件事多虧
你～下來才沒有鬧大。

【摁釘兒】èndīngr〔名〕〈口〉圖釘。

【摁扣兒】ènkòur〔名〕(對)〈口〉子母扣兒。

ēng ㄥ

鞥 ēng〈書〉馬韁。

ér ㄦ

而 ér❶〔連〕連接意思相反的詞語(不連接名
詞詞語)，表示轉折：肥～不膩｜清～不
淡｜使用改進過的工具費力小～效率高｜大雪有
利於莊稼生長，～不利於羊羔過冬。❷〔連〕連接
意思相承的詞語(不連接名詞詞語)，表示互相補
充：光榮～艱巨的任務｜要竭盡全力～始終不懈
地對待這項工作｜成績是可貴的，～成績的取得
是要付出代價的。注意 連接單音節形容詞時，必
須用"而"，如"多而雜""少而精""美而艷"；連
接雙音節形容詞時，"而"字有時可不用，如"嚴
肅(而)認真""莊嚴(而)肅穆"。❸〔連〕把狀
語連接到動詞上：順流～下｜匆匆～來｜因人～
異。❹〔連〕表示從一個階段過渡到另一階段：由
上～下｜由南～北｜由春～夏｜由壯年～老年。
❺〔連〕插在主語謂語之間，有"如果"的意思：
人民戰爭～不依靠群眾，那是不可能取得勝利
的。❻(Ér)〔名〕姓。

辨析 而、但 a)在表示轉折關係時，兩個詞
的用法基本相同，但"而"多用於書面語。語
氣停頓有時也不相同，如"這肉肥而不膩"，若
改用"但"，則應讀成"這肉肥，但不膩"。b)
"而"連接的前後兩個形容詞修飾語，前面一個
不能帶"的"，如"這是一項艱巨而光榮的任務"
不能說成"這是一項艱巨的而光榮的任務"，但
是可以說"這是一項艱巨的但很光榮的任務"。

語彙 從而 反而 忽而 既而 繼而 進而
然而 甚而 時而 幸而 因而

【而後】érhòu〔連〕然後；以後：先調查研究～提
出方案。

【而今】érjīn〔名〕現在；如今：過去這裏很
窮，～家家都住上瓦房了｜～的情景跟過去大
不一樣了。

【而況】érkuàng〔連〕表示在原有條件上又有新條
件，情況會越發嚴重，又用於連接比說過的更
輕一點的情況，表示反問：任務本來就重，～
人手又少，當然困難就更大了｜這麼重的擔子
小夥子都挑不動，～老人！

辨析 而況、何況 a)二者的意思和用法基
本相同，用"而況"的地方都可以用"何況"來
替換，如"他本來就不愛應酬，而況今天又
大多是不熟悉的人，怎麼會接受我們的邀請
呢？"，其中的"而況"就可以用"何況"來替
換。b)"何況"前可加"更、又"，如"這個問
題他都不能回答，更何況我們"；"而況"前不
能加"更、又"，不能說"這個問題他都不能回
答，更而況我們"，去掉"更"字就可以說了。

【而立】érlì〔名〕〈書〉《論語·為政》："吾十有
五而志於學，三十而立。"指人到了三十
歲，學有所成。後用"而立"指人三十歲：年
近～｜～之年。

【而且】érqiě〔連〕表示更進一層的意思，前面往
往有"不但""不僅"等與之呼應：這些活兒我
們都會幹，～會幹得很好｜這台機器不但外觀
好看，～性能優良。

辨析 而且、而 a)連接並列的形容詞，二者
用法基本相同，如"少而精"也可以說成"少而
且精"，"簡練而生動"也可以說成"簡練而且
生動"。b)在一些固定組合中，"而"連接動詞
詞語，表示有承接或遞進關係，"而"不能換成
"而且"，如"戰而勝之""取而代之"，不能說
成"戰而且勝之""取而且代之"。c)要注意的
是兩個單音節形容詞之間的"而"字必須用，如
"少而精"，不能說"少精"，兩個雙音節形容
詞之間的"而"或"而且"都可以不用，如"嚴
肅而認真"或"嚴肅而且認真"，說成"嚴肅認
真"，不僅意思不變，而且更合習慣。d)"而
且"可以連接分句，前面用"不但""不僅"呼
應，表示更進一層，"而"沒有這種用法。"而"
連接分句可表示轉折，如"我們要去上海，而
他們要去南京"，"而且"沒有這種用法。

【而已】éryǐ〔助〕語氣助詞。罷了：他只不過說
說～，並不一定會來｜我只希望有一個安靜的
環境，可以專心做研究，如此～，別無所求。

【而已矣】éryǐyǐ〔助〕〈書〉語氣助詞。強調僅止於
此，相當於"就是了""罷了"：快意當前，適
觀～｜嗚呼，其亦不思～！

兒（儿）ér ㈠❶ 小孩子：～童｜幼～｜嬰～。❷ 年輕的人（多指青年男子）：健～｜男～｜英雄～女。❸〔名〕兒子：～孫｜～女｜生～育女｜無～無女｜他是我的～。❹ 雄性的：～馬。注意 不能類推，如不能說"兒牛""兒豬"等。❺（Ér）〔名〕姓。

㈡〔後綴〕❶ 加在名詞性成分後：1）加"兒"構成名詞：紅花兒｜香味兒｜瓜子兒。2）加"兒"後表小：魚兒｜盆兒｜刀兒（上面例詞"兒"前成分能單說，單說則失去表小義）｜筆帽兒｜白兔兒｜麥穗兒（上面例詞"兒"前成分不能單說）。3）加"兒"成為另一個名詞，有新義：皮兒（某些東西的薄片）｜頭兒（為首的人，也指事物的起點、終點）｜白麵兒（海洛因，不是麵粉）｜老家兒（父母和家中的長輩，不是指原籍或家鄉）。❷ 加在動詞性成分、形容詞性成分、量詞性成分後，構成名詞：吃兒｜喝兒｜尖兒｜亮兒｜塊兒｜個兒（但有少數動詞加"兒"後仍是動詞，如"顛兒""玩兒"等）。注意 "兒"㈡的注音一律在前一字的韻母後加"r"。

"兒"另見 Ní（970 頁）。

語彙　鴇兒 寵兒 孤兒 孩兒 女兒 胎兒 安琪兒 低能兒 混血兒 寧馨兒 黃口小兒

【兒不嫌母醜】ér bùxián mǔ chǒu〔俗〕常跟"狗不嫌家貧"連說，意謂自家人不會嫌棄自家人。

【兒歌】érgē〔名〕（首，支）反映兒童思想生活的、適合兒童唱的歌謠。

【兒化】érhuà〔動〕漢語北京話和其他某些方言中的一種語音現象。兒化現象各地方言很不一致，以北京一般的口語為準，音節加"兒"後"兒"字不自成音節，跟前面的音節合成一個，使前一音節的韻母成為捲舌韻母，韻母讀音也發生變化。拼寫只在原音節上加"r"，如刀（dāo）→刀兒（dāor），詞（cí）→詞兒（cír）。

【兒皇帝】érhuángdì〔名〕五代時，石敬瑭勾結契丹建立後晉，為諂媚契丹主，尊契丹主為父，自稱兒皇帝。後來泛指依靠外國或外族勢力取得首腦地位的人。

【兒科】érkē〔名〕醫院中的一科，專門負責給兒童診治疾病。

【兒馬】érmǎ〔名〕（匹）〈口〉公馬。

【兒女】érnǚ〔名〕❶ 子女：他們身邊有～。❷（國家民族）成員的親密稱呼：中華～｜祖國的優秀～。❸ 男女：～私情｜～情長。

【兒女情長】érnǚ-qíngcháng〔成〕指青年男女戀情纏綿難分離。也形容父母對兒女親情深厚：他這一走就得三年，他愛人都哭了好幾回了，畢竟是～｜雖是父親，也不免～，常常惦記外地的大女兒。

【兒時】érshí〔名〕小時候；童年：這次回故鄉，見到了不少～的朋友。

【兒孫】érsūn〔名〕兒子和孫子，泛指後代：～滿堂｜～自有～福。

辨析　兒孫、子孫　都可泛指後代，但"兒孫"泛指某個人或某個家族的後代，如"他家的兒孫個個爭氣""高氏家族兒孫眾多"，"子孫"也可以這樣用。"子孫"可以指某個國家或某個民族的後代，如"子孫萬代""炎黃子孫"，其中的"子孫"不能換用"兒孫"。

【兒孫自有兒孫福】érsūn zìyǒu érsūn fú〔諺〕常跟"莫為兒孫作遠憂"連說，意謂後輩人自有他們自己的福氣，當長輩的不必替他們考慮太多。

【兒童】értóng〔名〕較幼小的未成年人：～節｜～文學｜少年～。注意 "兒童"年紀比少年小，按現代習慣，十四歲（含十四歲）以下稱兒童；十五歲（含十五歲）以上至十七歲稱少年；十八歲（含十八歲）以上稱成年人。

【兒童節】Értóng Jié〔名〕專門為兒童規定的節日。中國的兒童節在 6 月 1 日，同國際兒童節。參見"六一兒童節"（864 頁）。

【兒媳婦】érxífur〔名〕兒子的妻子：有個這麼孝順的～，真是您老人家的造化。

【兒戲】érxì〔名〕兒童遊戲，比喻無需重視或認真對待的小事情：視同～｜不能拿別人的生命當～｜工作不是～，要嚴肅認真。

【兒子】érzi〔名〕❶ 男孩子（對父母而言）：我的～在工廠工作。❷ 稱國家或民族中優秀的人：他是中國人民的～。

髵 ér ❶〈書〉面頰上的鬚毛。❷（Ér）〔名〕姓。

呴 ér ❶〈書〉嘴唇。❷〔歎〕表示提醒：～，完了。

洏 ér 見"漣洏"（833 頁）。

陑 ér 用於地名：雷～（在福建）。

胹 ér〈書〉煮：宰夫～熊蹯不熟。

輀（輀）ér〈書〉喪車：靈～。

鴯（鴯）ér 見下。

【鴯鶓】érmiáo〔名〕（隻）鳥名，生活在大洋洲森林中。形狀像鴕鳥，嘴短而扁，羽毛灰色或褐色，腿長，善跑，不能飛。[英 emu]

鮞（鮞）ér〈書〉魚苗：魚禁鯤～。

ěr ㄦ

耳 ěr ❶〔名〕耳朵：～目口鼻｜～聰目明｜～聞目睹｜掩～盜鈴。❷ 形狀像耳朵的東西：木～｜銀～。❸ 位置在兩旁的：～房｜～門。❹〔助〕〈書〉語氣助詞。而已，跟白話的

"罷了"相當〡想當然～〡口耳之間，則四寸～。❺〔助〕〈書〉語氣助詞。表示肯定，一般跟白話的"呢"相當：且吾所為者極難～。❻(Ěr)〔名〕姓。

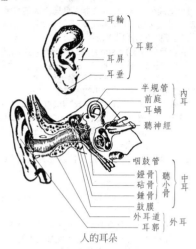

人的耳朵

耳輪 耳郭
耳屏
耳垂

半規管
前庭　內耳
耳蝸
聽神經

咽鼓管
鐙骨
砧骨　聽小骨　中耳
錘骨
鼓膜
外耳道　外耳
耳郭

語彙 蒼耳 刺耳 附耳 聒耳 焦耳 逆耳 牛耳 入耳 順耳 悅耳 順風耳 俯首帖耳 交頭接耳 如雷貫耳 言猶在耳 忠言逆耳 迅雷不及掩耳

【耳報神】ěrbàoshén〔名〕(北方官話)指暗中通風報信的人（多含貶義）：他在外邊的一舉一動，早有～給他的夫人通了消息。

【耳背】ěrbèi〔形〕〈婉〉聽覺不靈：他～，你說話時聲音大一點。

┌辨析┐耳背、聾　"耳背"指聽覺不靈，但還能聽見聲音，程度較輕；"聾"指根本聽不到聲音，程度較重。當然，通常把聽覺遲鈍也叫聾，這就與"耳背"同義了，但根本聽不到聲音的那種"聾"，則不能叫"耳背"。

【耳邊風】ěrbiānfēng〔名〕比喻聽了卻不重視的話（多指別人的囑咐、勸告）：我的話你都當成了～。也說耳旁風。

【耳鬢廝磨】ěrbìn-sīmó〔成〕耳朵鬢角相擦。形容相處親密（多指兒時夥伴）：他倆是鄰居，從小～，現在成了夫妻。

【耳垂】ěrchuí(～兒)〔名〕外耳耳郭下面沒有軟骨的部分：小姑娘的～上扎了一個耳朵眼兒，好戴耳環。

【耳聰目明】ěrcōng-mùmíng〔成〕聰：聽覺敏銳。聽得清，看得明。形容感覺靈敏：他雖然已年過八十，可還是～，行動敏捷。

【耳朵】ěrduo〔名〕(隻)聽覺器官。人和哺乳動物的耳朵分為外耳、中耳、內耳三部分，外耳接受聲波，中耳傳導聲音，內耳管聽覺和身體的平衡。注意"耳朵"跟形容詞組合而成的短

語，大多是比喻用法，如"耳朵尖"不光指聽覺敏銳，主要指會探聽秘密；"耳朵長"多指慣會探聽各方面的消息。

【耳朵軟】ěrduo ruǎn〔慣〕形容容易聽信別人的話，缺乏主見：他這人～，只要別人說上幾句好聽的話，就甚麼要求都答應下來了。也說耳根軟。

【耳朵眼兒】ěrduoyǎnr〔名〕〈口〉❶耳孔，即外耳門。❷(個)刺穿耳垂以戴耳環、耳釘、耳墜兒的孔。

【耳房】ěrfáng〔名〕(間)正房兩旁的小屋。

【耳根】ěrgēn〔名〕❶耳朵的根部：她的短髮齊到～。也叫耳朵根子。❷指耳朵邊：孩子們一上學，老人～清淨了，又覺得有點寂寞。

【耳垢】ěrgòu〔名〕外耳道內皮脂腺分泌出的黃色蠟狀物，起濕潤耳毛和防止昆蟲進入的作用。俗稱耳屎，也叫耵聹(dīngníng)。

【耳刮子】ěrguāzi〔名〕〈口〉耳光：打～。

【耳光】ěrguāng〔名〕❶(記)用手打耳朵附近部位的動作叫打耳光。也說耳光子。❷比喻受到的沉重打擊：事實給了幻想一個～。

【耳郭】ěrguō〔名〕外耳的一部分，主要由軟骨構成，有收集聲波的作用。也叫耳廓。

【耳環】ěrhuán〔名〕(隻，副，對)戴在耳垂上的裝飾品，多用金、銀、玉石、翡翠等製成：她戴了一副鑲金的翡翠～。

【耳機】ěrjī〔名〕❶(部，副)小型受話器，可以塞在耳孔裏。❷(部)電話機的受話器。

【耳麥】ěrmài〔名〕(隻)兼有耳機(受話器)和麥克風(傳聲器)兩種功能的電子裝置：高音質～〡通過攝像頭和～可在網上視頻聊天。

【耳帽】ěrmào〔名〕(副)耳套。

【耳門】ěrmén〔名〕❶耳孔。❷(個)大門兩旁的小門。

【耳鳴】ěrmíng〔動〕外界並無聲音而患者自己覺得耳朵裏有聲音，多由中耳、內耳器官疾病或神經系統疾病引起。

【耳目】ěrmù〔名〕❶耳朵和眼睛：～殊司〡掩人～。❷指見聞：～不廣〡一～一新。❸指聽的人跟看的人：這兒～眾多，咱們的事不好談。❹(個)指替人刺探消息的人：安插～。

【耳目一新】ěrmù-yīxīn〔成〕聽到的看到的一下子變得很新鮮。形容感覺跟以往大不相同：新廠長上任以後，進行了很多改革，使人～。

【耳旁風】ěrpángfēng〔名〕耳邊風。

【耳熱】ěrrè〔形〕耳部發熱，形容興奮或害羞：酒酣～〡提起那件出醜的事，他不禁～起來。

【耳濡目染】ěrrú -mùrǎn〔成〕濡：沾染。形容因經常看到和聽到而在無形中受到影響：這孩子的父母都是音樂家，他從小～，有很好的音樂素質。

【耳生】ěrshēng〔形〕聽着生疏（跟"耳熟"相

對）：屋裏那說話的聲音聽着～。**注意**"耳生"可直接做謂語、補語，如"這個曲子～""這個名字～得很""這個名字覺着～"。不能直接做定語，如做定語，後邊需加"的"。

【耳食】érshí〔動〕〈書〉指聽來的話不加分析就信以為真：此猶～不能知味也｜要下去調查，風聞～都要不得。

【耳屎】érshǐ〔名〕耳垢的俗稱。

【耳熟】érshú〔形〕聽着熟悉（跟"耳生"相對）：～能詳｜這個名字很～｜這幾部電影我好像看過，一聽片名就覺着～。**注意**"耳熟"和"耳生"一樣，可直接做謂語、補語，不能直接做定語。如做定語，後邊需加"的"。

【耳順】ěrshùn ❶〔名〕〈書〉《論語·為政》："六十而耳順。"指人到了六十歲，聽到別人的話就能理解其意旨用心。後用"耳順"指人六十歲：年近～｜～之年。❷〔形〕順耳；聽着舒服：這段唱詞聽着倒還～。

【耳套】ěrtào〔名〕（副）保護耳朵使不受凍的用品，多用毛皮、毛綫製成。也叫耳帽、耳朵帽。

【耳提面命】ěrtí-miànmìng〔成〕《詩經·大雅·抑》："匪面命之，言提其耳。"意思是不僅當面告訴他，而且還揪着耳朵對他講。後用"耳提面命"形容對人當面懇切地教誨：雖說孩子已經長大成人，可父母有時還得對他～。

【耳聽是虛，眼見為實】ěrtīng-shìxū，yǎnjiàn-wéishí〔諺〕聽到的並不確實，眼見的才真實，表示只相信自己所看到的：～，不要別人說甚麼你就信甚麼。

【耳挖勺兒】ěrwāsháor〔名〕（北方官話）耳挖子的小勺兒。

【耳挖子】ěrwāzi〔名〕掏耳垢用的小勺兒。

【耳聞】ěrwén〔動〕聽說：你的事，我早有～｜眼見是實，～為虛｜～貴公司已投資地產。

【耳聞目睹】ěrwén-mùdǔ〔成〕親自聽到和看到：一年來～的新鮮事兒多了去了。

【耳性】ěrxìng（-xing）〔名〕（北方官話）❶聽覺能力：我～不濟，聽不見。❷記性：這孩子，沒一點兒。**注意**受了告誡之後，沒記住，又犯同樣的毛病，叫作沒耳性。多指小孩兒。但有記性，不說"有耳性"。

【耳語】ěryǔ〔動〕咬耳朵，即湊近耳朵小聲說話：他們坐在一個角落裏～｜兩個人～了一陣就各自走開了。

【耳墜子】ěrzhuìzi〔名〕（隻，副，對）〈口〉耳環（多指帶墜兒的）。也叫耳墜兒。

【耳子】ěrzi〔名〕器物兩旁凸出供人拿的部分：砂鍋～。

洱 Ěr ❶洱海。❷〔名〕姓。

【洱海】Ěr Hǎi〔名〕湖名，位於雲南大理和洱源之間。形如耳朵，故稱。也叫昆明池。

珥 ěr ❶〈書〉用珠玉做的耳環：簪～。❷太陽側面的紅色火焰狀的熾熱氣體；也指月亮兩旁的光暈：日～｜單～風，雙～雨｜月暈有兩～。

爾（尔）〈尓〉ěr ❶〔代〕〈書〉人稱代詞。你：～詐我虞。❷〔代〕〈書〉指示代詞。這樣；如此；不～恐事難成｜果～｜不過～～。❸〔代〕〈書〉指示代詞。這；那：～時｜～日｜～後。❹〔助〕語氣助詞：不知老之將至云～｜何疾～？惡疾也。❺〔後綴〕加在形容詞、副詞後：率～而對（不加思索地回答）｜莞～而笑（微微地笑）。❻（Ěr）〔名〕姓。

語彙 乃爾　偶爾　率爾　莞爾　出爾反爾

【爾曹】ěrcáo〔名〕〈書〉你們這些人：～身與名俱滅，不廢江河萬古流。

【爾後】ěrhòu〔連〕〈書〉從此以後：～不知去向。

【爾許】ěrxǔ〔代〕指示代詞。如此：～彈丸之地｜～閒暇。

【爾虞我詐】ěryú-wǒzhà〔成〕你欺騙我，我欺騙你。指互相猜疑，互相欺騙：同事之間應該團結，不要鈎心鬥角，～。也說爾詐我虞。

【爾朱】Ěrzhū〔名〕複姓。

鉺（铒）ěr〔名〕一種金屬元素，符號 Er，原子序數 68。屬稀土元素。深灰色，質軟，有超導性。可用來製磁性材料等。

餌（饵）ěr ❶糕餅：果～｜餅～。❷〔名〕釣魚時引魚上鈎的食物，也泛指引誘的東西：魚～｜釣～｜大魚把～吞了。❸〈書〉用東西引誘：～以金帛。

【餌料】ěrliào〔名〕❶魚類的食物；"餌"②：湖內水草肥美，～充足。❷拌有毒藥，誘殺害蟲的食物。

邇（迩）ěr ❶〈書〉近：名聞遐～｜行遠自～。❷（Ěr）〔名〕姓。

【邇來】ěrlái〔名〕〈書〉近來：～天氣晴好。

èr 儿

二 èr ❶〔數〕數目，一加一後所得：～乘～等於四。❷兩樣；變樣：不～價｜誓死不～。❸（Èr）〔名〕姓。

辨析 二、兩　a）"二"可以單說，如"一、二、三、四……"；"兩"不能。b）多位數中的個位數用"二"不用"兩"，如"十二、一百零二"。但部分吳語說一百零兩。c）"二"可以放在親屬稱呼的前面，如"二哥、二姐、二叔、二伯"；"兩"不能。d）"百、千、萬、億"前用"二"用"兩"都可以，但"十"前必須用"二"，不能用"兩"。e）"二"只能放在度量衡單位之前，可以說"二斤、二兩、二尺"，但不能用在一般個體量詞前，如不能說"二個、二隻、二條"；"兩"可以放在所有的度量衡單位之前，但度量衡單位的"兩"前用"二"。f）在表示基數時，"二"一般不直接放在名詞前，偶爾只說"二人"；"兩"可以直接放在某些名詞或臨時量詞之前，如"兩國、兩校、兩廠、兩家、兩手、兩腳、兩杯、兩碗、兩瓶子"等。

語彙 獨一無二 略知一二 數一數二 說一不二 三下五除二

【二把刀】èrbǎdāo（北京話）❶〔形〕對某項工作一知半解，技術水平不高：我的英文可是～哇。❷〔名〕對某項工作一知半解、技術水平不高的人：要物色技術過硬的人，可不能要個～。

【二把手】èrbǎshǒu〔名〕〈口〉指單位、部門裏的第二負責人。

【二百五】èrbǎiwǔ〔名〕❶〈口〉過去銀子五百兩為一封，二百五十兩為半封，諧音"半瘋"，借指有些傻氣、做事魯莽的人。❷（北方官話）"二百五"只有"五百"（即"一封"）的一半，有不滿、不足的意思。借指對某種知識或技術只知道一些皮毛的人：放着那麼多名手不求，偏找他們這些～幹甚麼？

【二重唱】èrchóngchàng〔名〕兩人或兩組人按各自擔任的聲部唱一首歌曲的演唱形式。

【二重性】èrchóngxìng〔名〕指事物本身固有的矛盾性，即一種事物同時具有兩種相互對立的性質。如商品，一方面它有使用價值，另一方面它有價值。也說兩重性。

【二傳手】èrchuánshǒu〔名〕（名）排球賽中負責第二次傳球並組織進攻的隊員。也比喻工作中起中介或協調作用的人。

【二次能源】èrcì néngyuán 從自然界的一次能源轉換成的能源，如用煤、風力、水力產生的電能，就是二次能源。

【二次污染】èrcì wūrǎn 因對污染物處置不當，原污染物轉化為新污染物，對環境造成再次污染：應及時做好垃圾處理工作，盡量避免～。

【二道販子】èrdào fànzi 指轉手倒賣商品，從中牟利的人。

【二噁英】èr'èyīng〔名〕一類含氯有機化合物。有很強的致畸、致癌作用。

【二房】èrfáng〔名〕❶家族中排行第二的一支，如長子的一支稱大房或長房，次子的一支稱二房，三子的一支稱三房。❷舊時男子在正妻以外娶的第二位女子：娶～。

【二房東】èrfángdōng〔名〕指把租來的房屋轉租給別人後從中取利的人。

【二伏】èrfú〔名〕中伏。參見"伏天"（397頁）。

【二副】èrfù〔名〕（名）輪船船員的職務名稱，職位次於大副。大副負責駕駛，二副協助大副。

【二鍋頭】èrguōtóu〔名〕一種北京出產的白酒。酒精含量高。因蒸餾時，將最先出和最後出的酒排除不取，故稱。

【二乎】èrhu〔形〕（北京話）❶畏縮：困難面前我決不～！❷猶猶豫豫，不能確定：跟小張比賽，能不能取勝我還真有點～。❸仿佛；依稀：我二乎乎聽他這麼說過。也說耳乎。❹指望不大：從目前的情況看，恐怕這事～了。也作二忽。**注意**"二乎"雖屬形容詞，但一般只做謂語，不做定語，也不加"很"。

【二胡】èrhú〔名〕（把）弦樂器，胡琴的一種，比京胡大，聲音低沉柔婉：拉～｜演奏～｜～名家。也叫南胡。

【二花臉】èrhuāliǎn〔名〕架子花。

【二話】èrhuà〔名〕❶別的話；不同的意見（多用於否定式）：他～沒說，拿起提包就走了｜只要為集體辦事，我決無～。❷抱怨的話；反對的話：他淨打小算盤，不能怪人家說～。

【二黃】（二簧）èrhuáng〔名〕戲曲聲腔之一，板式有導板（倒板）、慢板、原板、垛板、散板等。曲調深沉穩重、凝練肅穆。一般適合表現沉鬱的情緒。跟西皮聲腔並用，合稱皮黃。

【二婚】èrhūn〔動〕第二次結婚；再婚：男女雙方都是～｜她初婚～我都不在乎，只要人好就行。**注意**"二婚"雖屬動詞，但不能加"不""沒有"等否定副詞。

【二婚頭】èrhūntóu〔名〕指再嫁的婦女（含輕視意）。

【二進宮】èrjìngōng ❶（Èrjìngōng）〔名〕京劇劇目。寫的是明朝故事：穆宗崩，太子年幼，李艷妃垂簾聽政。妃父李良企圖篡位，封鎖昭陽院。定國公徐延昭、兵部侍郎楊波兩次進宮，李妃以國事相託，楊波率兵誅殺李良。❷〔名〕喻指第二次被拘留或判刑：他這是～了，父母對他也沒有辦法。

【二郎腿】èrlángtuǐ〔名〕（北方官話）坐時一條腿擱在另一條腿上的姿勢：蹺着～｜他把～一蹺，悠然自得地閉目養神。

【二老】èrlǎo〔名〕❶指父母：他一直跟～住在一起。❷尊稱齊名的兩位老者：～能出席我們的學術會議，是大家的榮幸。

【二愣子】èrlèngzi〔名〕〈口〉行動莽撞、性情憨直的人：這個～，也不問明情況就往上衝。

【二流子】èrliúzi（口語中也讀èrliūzi）〔名〕指遊手好閒、不務正業的人：為了不讓兒子染上～習氣，他把治安不好的那條胡同裏搬走了。

【二六板】èrliùbǎn（～兒）〔名〕戲曲唱腔板式，節奏較一板一眼的原板稍快，字多腔少，上下句中間一般只有一兩拍小過門，輕重拍對比很明顯。多用於表現說理或抒情的對唱。

【二人世界】èrrén shìjiè 指只有夫妻兩人在一起的生活（多指青年夫妻）：結婚以後，～沒過多久，孩子就降生了。

【二人台】èrréntái〔名〕流行於內蒙古、山西、河北張家口一帶的曲藝形式，是在蒙、漢民歌的基礎上，吸收河北「絲弦坐腔」以及山西民間歌舞發展而成的。起初只有一丑一旦，分飾多種角色，後來進一步形成扮演固定人物的民間小戲。

【二人轉】èrrénzhuàn〔名〕流行於黑龍江、吉林、遼寧一帶的曲藝形式，是在當地民歌、大秧歌的基礎上吸收河北蓮花落等發展而成的。由二人演出，一男一女，又唱又說又做又舞。也有一人演唱的，稱單出頭；兩人以上以戲曲形式表演的，稱拉場戲。曲藝二人轉也叫蹦蹦、雙玩意兒。

【二十八宿】èrshíbāxiù〔名〕中國古代天文學家把黃道赤道附近的星空劃分為二十八個區域，每個區域叫一宿，東西南北四方各七宿。東方蒼龍七宿是角、亢、氐(dī)、房、心、尾、箕；北方玄武七宿是斗、牛、女、虛、危、室、壁；西方白虎七宿是奎、婁、胃、昴(mǎo)、畢、觜(zī)、參(shēn)；南方朱雀七宿是井、鬼、柳、星、張、翼、軫(zhěn)。二十八宿主要用於測量太陽、月亮的位置從而測定季節，制定曆法等。

【二十六史】èrshíliùshǐ〔名〕二十四史加上《新元史》《清史稿》的合稱。《新元史》，清朝柯劭忞撰，257卷。《清史稿》，清朝趙爾巽主編，529卷。

【二十四節氣】èrshísì jiéqì 古人根據太陽在黃道上的位置，將全年分為二十四個段落，即立春、雨水、驚蟄、春分、清明、穀雨、立夏、小滿、芒種、夏至、小暑、大暑、立秋、處暑、白露、秋分、寒露、霜降、立冬、小雪、大雪、冬至、小寒、大寒，稱為二十四節氣。二十四節氣表明氣候變化和農事季節，中國在公元前2世紀已用來指導農業生產。

二十四節氣歌
春雨驚春清穀天，夏滿芒夏暑相連，
秋處露秋寒霜降，冬雪雪冬小大寒。
每月兩節不變更，最多相差一兩天，
上半年來六、廿一，下半年是八、廿三。

【二十四史】èrshísìshǐ〔名〕從漢朝到清朝陸續編寫的二十四部紀傳體史書，即《史記》《漢書》《後漢書》《三國志》《晉書》《宋書》《南齊書》《梁書》《陳書》《魏書》《北齊書》《周書》《隋書》《南史》《北史》《舊唐書》《新唐書》《舊五代史》《新五代史》《宋史》《遼史》《金史》《元史》《明史》。共三千多卷，近四千萬字。

二十四史簡表

《史記》	西漢	司馬遷	130 卷
《漢書》	東漢	班固	100 卷
《後漢書》	南朝宋	范曄	120 卷
《三國志》	晉	陳壽	65 卷
《晉書》	唐	房玄齡等	130 卷
《宋書》	南朝梁	沈約	100 卷
《南齊書》	南朝梁	蕭子顯	59 卷
《梁書》	唐	姚思廉	56 卷
《陳書》	唐	姚思廉	36 卷
《魏書》	北齊	魏收	130 卷
《北齊書》	唐	李百藥	50 卷
《周書》	唐	令狐德棻等	50 卷
《隋書》	唐	魏徵等	85 卷
《南史》	唐	李延壽	80 卷
《北史》	唐	李延壽	100 卷
《舊唐書》	後晉	劉昫等	200 卷
《新唐書》	宋	宋祁、歐陽修等	225 卷
《舊五代史》	宋	薛居正等	150 卷
《新五代史》	宋	歐陽修	74 卷
《宋史》	元	脫脫等	496 卷
《遼史》	元	脫脫等	116 卷
《金史》	元	脫脫等	135 卷
《元史》	明	宋濂等	210 卷
《明史》	清	張廷玉等	332 卷

【二十五史】èrshíwǔshǐ〔名〕❶二十四史加上《新元史》的合稱。《新元史》，清朝柯劭忞撰，257卷。❷二十四史加上《清史稿》的合稱。《清史稿》，清朝趙爾巽主編，529卷。

【二世祖】èrshìzǔ〔名〕港澳地區用詞。原指三國時期蜀國皇帝劉備的兒子劉禪，後泛指富家子弟中的花花公子：中國有句俗話，"富不過三代"，一些大家族都敗在～手裏。

【二手】èrshǒu〔形〕屬性詞。❶指間接的或輾轉得來的：～資料｜～貨。❷已經有人用過的：這是人家淘汰下來的～汽車。

【二手房】èrshǒufáng〔名〕(套)購買後再賣出的房子。

【二手煙】èrshǒuyān〔名〕被迫吸入的由吸煙者吐出的有害煙霧。

【二踢腳】èrtījiǎo〔名〕〈口〉一種爆竹，即雙響兒：放～。

【二五眼】èrwǔyǎn ❶〔名〕指能力差的人：事情雖然簡單，可是～也辦不了。❷〔形〕能力差；(事物)質量不怎麼樣：這個人真～｜他那～的學問不值得一提。❸〔形〕次要；不重要：有了這件大事兒，別的全～。

【二綫】èrxiàn〔名〕❶第二條防綫。❷比喻不負責具體工作和不擔任直接領導的地位：退居～。

【二心】(貳心)èrxīn〔名〕❶不忠實的想法：我對你決無～。❷別的追求：要想學習好，就不能有～。

【二一添作五】èr yī tiānzuò wǔ〔俗〕原是珠算除

法的一句口訣，意思是一被二除時，在算盤橫樑之下去掉一，在橫樑之上添上五，即得商零點五。借指雙方平分：這些錢咱們來個～，行嗎？

【二戰】Èrzhàn〔名〕第二次世界大戰的簡稱。

刵 èr 古代割下耳朵的酷刑。

佴 èr〈書〉隨後；居次。
另見 Nài（957 頁）。

咡 èr 用於地名：咪～（在雲南）。

貳（贰）èr ❶〔數〕"二"的大寫。多用於票據、賬目。❷〈書〉變節：～臣。❸（Èr）〔名〕姓。**注意** "貳" 不寫作 "貮"。1962 年人民幣上 "貳圓""貳角" 的 "貳" 字是錯的，1980 年起已改正為 "貳"。

【貳臣】èrchén〔名〕指前朝大臣投降了新朝又當了官的人：逆子～。**注意** "貳臣" 乃變節之臣，不是兩個臣子，故不寫作 "二臣"。

【貳心】èrxīn 同 "二心"。

F

fā ㄈㄚ

發（发） fā ❶〔動〕送出；交付（跟“收”相對）：～行｜頒～｜～貨｜～獎金｜你去～請帖｜每人～一套工作服｜上課以前先把講義～給大家。❷〔動〕發射：～炮｜百～百中｜箭在弦上，不得不～。❸〔動〕產生；發生：～電｜～水災｜種子～了芽。❹〔動〕發作：～病｜舊病複～｜他的老毛病又～了｜他從來沒有～過脾氣。**注意**“發病”不由自主（只有“發”或“不發”），所以動詞“發”不能重疊；“發脾氣”是自主的（能“發了又發”），所以動詞“發”可以重疊，如“發發脾氣也不要緊”。❺〔動〕發佈；表達（多用於抽象事物）：～話｜抒～｜～命令｜～議論｜～言。❻〔動〕興旺；發達：～家致富｜做買賣～了。**注意**有人喜歡“8”這個數字，是因為“8”與“發”諧音。❼〔動〕發酵；使膨脹：用鮮酵母～麵｜麵～好了｜香菇先要用温水～～。❽〔動〕起程：出～｜朝～夕至｜剛～了一班車。❾〔動〕呈現（情態）：～笑｜～怒｜～愣｜～瘋｜氣得渾身～顫｜凍得直～抖。❿〔動〕感覺到：嘴裏～苦｜頭～暈｜手腳～麻。⓫〔動〕顯現出：樹葉～黃｜柳條～綠。**注意**感覺和自然變化都不由自主，所以這樣用的“發”都不能重疊。⓬〔動〕散；散發：～蒸｜用藥～汗。⓭〔動〕揭開；打開：～掘｜～明｜揭～｜舉～。⓮〔量〕用於槍彈、炮彈等：兩～子彈｜一～炮彈｜三～信號彈。⓯（Fā）〔名〕姓。

“发”另見 fà“髮”（356頁）。

語彙 頒發 爆發 迸發 併發 播發 闡發 出發 打發 分發 奮發 告發 煥發 揮發 激發 揭發 進發 開發 萌發 派發 噴發 啟發 群發 散發 收發 抒發 印發 誘發 蒸發 自發 一觸即發 意氣風發 整裝待發

【發榜】fā // bǎng〔動〕考試後公佈考試成績的名次或錄取名單：考完要一個月後才能～｜一發了榜，大夥兒都搶着去看。也說放榜。

【發報】fā // bào〔動〕通過有綫或無綫專用設備發出信號：～機｜～員。

【發表】fābiǎo〔動〕❶口頭或書面向集體或社會公眾表達、宣佈：～意見｜～演說｜～聲明｜～宣言｜～看法。❷公開出版或在報刊上刊登：去年他～了兩部作品｜～社論。

【發病】fā // bìng〔動〕❶生病：～率｜突然～。❷舊病復發：他有哮喘，天氣一冷就又～了。

【發佈】fābù〔動〕宣佈；展示：～命令｜～消息｜～公告｜新聞～會。

【發財】fā // cái〔動〕❶獲得大量錢物：恭喜～｜經營小本生意發不了財。❷客套話。同“哪裏”“何處”等搭配，詢問對方在哪裏做事：先生在哪裏～？

【發潮】fācháo〔動〕衣物等因受濕或濕度高而含較多水分：黃梅天一到，衣物都～了。

【發愁】fā // chóu〔動〕因困難難於解決而擔心：不要～，問題總是可以解決的｜他老是樂呵呵的，從來沒有發過愁。**注意**“發愁”是動賓結構，仍可帶各種賓語，如，帶名詞性賓語：“發愁柴米油鹽”，帶動詞性賓語：“發愁吃穿”，帶主謂結構式的賓語：“發愁兒子娶不上媳婦”。

【發出】fāchū〔動〕❶傳出；散發：～聲響｜水仙花～陣陣幽香。❷送出：～函件｜～急電｜稿件已經～付印。❸發佈；傳播：～指示｜～警報｜～通報。

【發怵】fāchù〔動〕（北京話）畏縮；膽怯：他今天第一次獨自去見客戶，心裏有些～。

【發達】fādá ❶〔形〕充分發展；興盛：肌肉～｜工商業非常～｜～國家。❷〔動〕使充分發展；使興旺：～經濟｜～對外貿易。

【發達國家】fādá guójiā 指人均國民生產總值高（1992年世界銀行年標準為高於1.2萬美圓），工業化完成，教育、衛生和文化事業發達，基礎設施良好的市場經濟國家。

【發呆】fā // dāi〔動〕神情呆板，不關注外界變化：他話也不說，老坐在那兒～。

【發電】fā // diàn〔動〕❶產生電力：火力～｜水力～。❷打電報：～致賀｜～弔唁｜向國外發了電。

【發電機】fādiànjī〔名〕（台）將機械能、熱能、核能等轉換為電能的電機設備。

【發電站】fādiànzhàn〔名〕（座）電站。

【發動】fādòng〔動〕❶使機器開動運轉：～機器｜汽車已～。❷使行動起來；動員：～群眾｜～全班同學｜～各級組織。❸使開始：～進攻｜～罷工｜～戰爭。

辨析 發動、動員 “發動”主要意思是使動起來，對象可以是人也可以是事物，如“發動群眾”“發動機器”“發動戰爭”；“動員”主要意思是宣傳調動人員去做某事，如“動員大家義務獻血”。“動員”有特指“將國家由和平狀態轉入戰爭狀態”的意思，如“動員令”“總動員”的“動員”，“發動”不能這樣用。

【發動機】fādòngjī〔名〕（台）將電能、熱能等轉換為機械能的機器，如電動機、蒸汽機、內燃機等。

【發抖】fādǒu〔動〕身體因恐懼、氣惱或寒冷而顫動：嚇得～｜氣得～｜凍得～。

【發端】fāduān〔動〕開始產生：兩家公司的矛盾～於一份合同糾紛｜事情的～有待調查。注意"發端"做謂語一般要帶"於"組成的補語。

【發凡】fāfán〈書〉❶〔名〕全書的要旨或學科的大意：修辭學～。❷〔動〕闡發全書的要旨或學科的大意：～以言例。

【發放】fāfàng〔動〕❶（政府或機關團體）分發財物：～救濟物資｜～農業貸款｜～藥品。❷處分；發落（見於早期白話小說、戲曲）：聽候老爺～。

【發憤】fāfèn〔動〕下定決心努力；自覺不滿足而奮力追求：～讀書｜～忘食｜～圖強。也作發奮。

【發憤圖強】fāfèn-túqiáng〔成〕下定決心，刻苦努力，謀求自身的強大：中國人民～，建設自己的國家。

【發奮】fāfèn ❶〔動〕精神振奮起來：～有為。也說奮發。❷同"發憤"。

【發瘋】fā//fēng〔動〕❶指產生精神不正常的疾病狀態：酒一喝多，他就胡言亂語，像發了瘋。❷比喻超出常情，越出常軌：你～了！怎麼一夜都不睡覺？

【發福】fā//fú〔動〕客套話。稱人發胖：一年不見，你就～了｜沒到中年他就發了福了！注意多用於中老年人，若用於青少年，則帶有詼諧意味。

【發紺】fāgàn〔動〕皮膚或黏膜呈紫藍色，原因是呼吸或循環系統發生障礙，血液氧化不足，血紅蛋白增多。也叫紫紺。

【發糕】fāgāo〔名〕(塊)用米粉、玉米麵、麵粉等發酵蒸成的糕。

【發稿】fā//gǎo（～兒）〔動〕❶通訊社、記者把電訊稿發給報社、廣播電台、電視台。❷編輯部把稿件交給出版部門排印：上半年～五十六件。

【發光】fā//guāng〔動〕發出光亮；散發光輝：繁星閃閃～。

【發汗】fā//hàn〔動〕為治療用藥物或其他方法使患者身體出汗：這病一～就好｜發發汗病準能好。

【發號施令】fāhào-shīlìng〔成〕發佈命令，下達指示（多含貶義）：這個人專會～，不幹實事。

【發狠】fā//hěn〔動〕❶下狠心；下大決心：他一～，連夜就把文章寫成了。❷氣惱；發怒：你再～，也沒人怕你。

【發花】fāhuā〔動〕眼睛昏花，看不清外界：我的眼睛直～，書上的字都看不清了。

【發話器】fāhuàqì〔名〕電話機中把聲音信號變成強弱不同的電流的部件。

【發還】fāhuán〔動〕（管理者、組織）把收來或收繳的東西發回去：把作業～給學生｜從竊賊那

裏收繳的電視機、攝像機，統統～原主。

【發慌】fā//huāng〔動〕心神慌亂：不管出了甚麼事，他都不～｜一聽說叫我上台講話，我就發了慌。

【發揮】fāhuī〔動〕❶表現（能力），產生（作用）：～特長｜～集體智慧｜～先進人物的模範作用｜想象力得到充分～。❷把思想、道理充分表述出來：～題意｜借題～｜辯論雙方充分～各自的觀點。

【發昏】fā//hūn〔動〕❶神志昏迷：電視看久了，頭就～｜高燒燒得他發了一陣兒昏。❷糊塗；失去理智：你不要～，千萬不能只圖一時痛快！

【發火】fā//huǒ〔動〕❶開始燃燒：輪船已經～，馬上就要開行了。❷槍彈、炮彈底火經撞擊後火藥爆發：他開了一炮，可是沒有～。❸（～兒）動怒；發脾氣：他動不動就～兒｜發過火兒又後悔了｜發發火兒，出出氣，就沒事兒了。

【發貨】fā//huò〔動〕發送貨物：～單｜收到匯款，立即～｜上個月已經發了兩批貨。

【發急】fā//jí〔動〕着急：叫人等得～｜時間還早，你發甚麼急？

【發跡】fā//jì〔動〕得志；顯達：此人～甚早｜他自從發了跡，就不認老鄉親了。

【發家】fā//jiā〔動〕使家庭富裕起來：～致富｜老王這兩年發了家了。

【發酵】(醱酵)fā//jiào〔動〕指用微生物、酶等將糖類分解成乳酸、酒精或二氧化碳等小分子物質，用於工業生產和加工食品：～粉｜等麵發了酵，就蒸饅頭。

【發掘】fājué〔動〕❶把埋藏的東西挖掘出來：～陵墓｜～地下宮殿｜考古～。❷比喻把潛在、埋沒的東西挖掘出來：～傳統劇目｜～潛力。

【發覺】fājué〔動〕開始察覺、發現：他低着頭看書，有人進來，他都沒有～｜他～那個人老盯着他。

辨析 發覺、發現 兩個詞都有"覺察"的意思，在這個意義上，兩個詞可互換，如"發現敵人已經撤退"也可以說"發覺敵人已經撤退"。但"發現"的使用範圍比"發覺"廣，"發現"有"首先見到或找到前人沒有看到的事物或規律"的意思，如"發現問題""發現新的油田"，而且還可以用作名詞，如"這是一個重大的發現"，其中的"發現"不能換用"發覺"。

【發刊詞】fākāncí〔名〕(篇)報刊創刊號上闡明創刊宗旨的文章：這篇～寫得好。

【發狂】fā//kuáng〔動〕發瘋，也指受到強烈刺激而極度高興或悲傷：他的作品發表了，就高興得～。

【發睏】fākùn〔動〕〈口〉感到睏倦想睡覺：夜裏睡不好，白天容易～。也說犯睏。

【發懶】fālǎn〔動〕因身心疲憊而不想做事：我怎麼也打不起精神來，老～｜別～了，快點兒幹活兒吧。

【發冷】fā // lěng〔動〕疾病或心情作用使身體感覺寒冷：渾身～，大概是要感冒了｜剛才發了一陣冷，這會兒好了。

【發愣】fā // lèng〔動〕〈口〉發呆：他誰也不理，坐在那兒直～。

【發力】fālì〔動〕使出全力：快到終點了，運動員們開始～。

【發亮】fāliàng〔動〕發出光亮：玻璃擦得～｜東方～，公雞叫了三遍了。

【發令槍】fālìngqiāng〔名〕（支）體育比賽中，用來發出聲響、命令開始動作的信號槍。

【發落】fāluò〔動〕❶處理；處置：從輕～。❷派遣：聽候～。注意多見於早期小說、戲曲；現在一般不用，僅偶爾用作詼諧語。

【發毛】fā // máo〔動〕❶〈口〉害怕，驚慌：周圍一片漆黑，她一個人走在路上，真有些～。❷（西南官話）發脾氣：莫惹他～。

【發霉】fā // méi〔動〕有機物質滋生黴菌而變質；東西受潮，表面生出黑綠色毛狀物：食物一～，就不能吃了。

【發蒙】fāmēng〔動〕〈口〉弄不清楚，不知所措：剛一聽到這個消息，我可真有點兒～。
另見 fāméng（351頁）。

【發蒙】fāméng〔動〕舊時指教師教兒童開始讀書識字、啟發心智：我六歲～，在私塾讀書。
另見 fāmēng（351頁）。

【發麵】fāmiàn ❶（-//-）〔動〕讓麵發酵：用鮮酵母～｜發上麵，蒸點兒饅頭。❷〔名〕發好的麵：～餅。

【發明】fāmíng ❶〔動〕創造（前所未有的事物）：～權｜我們的祖先～了指南針。❷〔動〕〈書〉闡明（前所未知的義理）：深文奧義，轉相～。❸〔名〕（項）創造的新事物：一項最新～。

【發難】fānàn〔動〕❶首先起事：廣州起義，葉挺領導的隊伍首先～。❷發動叛亂：叛軍在撤退途中～。❸〈書〉質疑問難：～如叩鐘。

【發排】fāpái〔動〕把文稿交付排印部門，排版印刷：你的文稿已經～，不久就可出版。

【發胖】fāpàng〔動〕身體變胖：我從去年起就～了。

【發脾氣】fā píqi 發怒：有話慢慢兒說，不要～｜一不順心，他就惹我～。

【發票】fāpiào〔名〕（張）商品交易中開給顧客的單據，列有貨物名稱、數量、價目以及出售日期等；一種支出後的報銷憑證：開～。

【發起】fāqǐ〔動〕❶創議（從事某種工作或事業）：語言學界的幾位前輩～組織語言學會。❷發動（攻擊等）：～進攻｜～反擊。

【發起人】fāqǐrén〔名〕（位）首先建議創辦某種事業、某團體的人。

【發情】fāqíng〔動〕雌性動物卵子成熟期要求交配：～期｜母牛～了。

【發球】fā // qiú〔動〕球類比賽時，一方將球發出，使比賽得以進行：～區｜～直接得分。

【發熱】fā // rè〔動〕❶溫度升高，產生熱量：恒星自身發光～。❷體溫超出正常範圍（37.5℃）：～門診。也說發燒。❸比喻不理智，不冷靜：頭腦～。

【發人深省】（發人深醒）fārénshēnxǐng〔成〕啟發人深思醒悟：老師的話，語重心長，～。注意這裏的"省"不讀 shěng。

【發軔】fārèn〔動〕〈書〉❶去掉止住車輪的橫木，啟動車子前進：朝～於蒼梧（蒼梧：地名）。❷比喻事業開始進行：～之初，不可不慎。

【發散】fāsàn〔動〕❶光線由一點向周圍散開：～度｜～透鏡。❷中醫指把內熱散發出去，以治療疾病：出點兒汗～一下｜吃兩劑藥～～。

【發喪】fāsāng〔動〕❶死者家屬向親友等告知喪事。❷辦理喪事。

古代的發喪
據《禮記·喪大記》記載，古人發喪的一套程序頗為繁複，如：先把新絮放在臨終人的口鼻上，試看是否斷氣；人初死，要上屋頂面向北方為其招魂，招不醒，然後辦理喪事。過程主要包括沐浴、入殮、出殯、送葬等。死者地位越高，葬禮越隆重。國君之死，涉及政權移交，常常發生密不發喪之事。

【發燒】fā // shāo ❶〔動〕"發熱"②：頭疼，～，準是感冒了｜發高燒。❷〔形〕屬性詞。痴迷的：～友｜～音響。

【發燒友】fāshāoyǒu〔名〕（位）痴迷於某項事業或活動的人；狂熱的愛好者：兩年一度的國際音樂音像製品展銷會，～蜂擁而至。

【發射】fāshè〔動〕射出：～場｜～台｜把炮彈～出去｜～一枚火箭｜通信衛星～成功了。

【發身】fāshēn〔動〕男女青春期生殖器官發育成熟，身體內外各部分都產生變化，成長為成年人：孩子正在～，要注意營養。

【發生】fāshēng〔動〕❶原來沒有的事出現了：～問題｜～事故｜這種情況以前也～過｜～關係。注意在一定的語境中，"發生關係"是指男女發生性的關係。❷帶動詞賓語，表示某種行為出現了：～衝突｜～摩擦｜～爭吵。❸產生：他對唱京戲～了濃厚的興趣｜大家勸他的話沒有～一點兒作用。

辨析 發生、產生 是一對同義詞，可以互相換用，如"他對唱京戲發生了濃厚的興趣"，也可以說成"他對唱京戲產生了濃厚的興趣"。但二者仍有差異，"發生"指沒有的事出現了，"產生"指已有的事物中生出了新的事物,這就不能互相換用。如"發生意外事故"不能說"產生意外事故","產生新的領導班子"不能說"發生新的領導班子"。

【發聲】fā // shēng〔動〕發出聲音:這種玩具能～。

【發市】fāshì〔動〕一天中商店第一筆買賣成交:剛開市就～了。

【發誓】fā // shì〔動〕表示決心或提出保證的誓言:我們～堅守陣地 | 你既然發過誓,就不應當再變心。

【發售】fāshòu〔動〕出售:～新書 | 國債 | 新的紀念郵票將在明天～。

【發抒】fāshū〔動〕表達(感情);發揮(意見):～思鄉之情 | ～己見。

【發水】fā // shuǐ〔動〕發生水災:家鄉～了,整個村子都淹了 | 今年南方又發大水了。

【發送】fāsòng〔動〕❶ 發射傳送(無綫電信號):～傳真電報。❷ 發出;送出:～錄取通知書 | ～列車 | ～旅客。

【發送】fāsong〔動〕辦理喪事:孤寡老人去世以後,由村民委員會～。

【發酸】fāsuān〔動〕❶(食物)變質有酸味:豆腐都～了,不能吃了。❷ 肢體產生疲勞不適感覺:上到山頂,腿～,腰也～。❸ 傷心時鼻子、眼睛因為要流淚而感到不舒服:講起過去的傷心事,鼻子就～。

【發條】fātiáo〔名〕(根)用來推動機器儀表等轉動的彈性鋼條,捲起的發條能產生動力。

【發文】fāwén ❶(-//-)〔動〕發出公文:已～給各部門 | 聯合～。❷〔名〕發出的公文(跟"收文"相對):～簿。

【發問】fāwèn〔動〕口頭當場提問題:主席請聽眾向報告人～。

【發物】fāwù(-wu)〔名〕中醫指易於引發或加重某些病狀的食物,如羊肉、魚蝦等。

【發現】fāxiàn ❶〔動〕找到;發覺:周圍沒有～甚麼情況 | 我～他近來沉默了。❷〔動〕找到或發覺前人未知的事物:地質學家～一處新金礦 | 雲南省又～了一種罕見的植物。❸〔名〕找到或發覺的前人未知的事物:一項重大～ | 考古新～。

【發祥地】fāxiángdì〔名〕從前指帝王生長和興起的地方,後來指民族、事業的發源地:黃河是中華民族的～ | 中國是人類古代文明的～之一。

【發餉】fā // xiǎng〔動〕舊時指發工資,特指給士兵和警察發工資:每月十號～。通常說關餉。

【發笑】fāxiào〔動〕產生笑的行為;笑起來:這話使人～。

【發泄】fāxiè〔動〕盡量傾泄出來:～不滿情緒 | 獸欲 | 心裏苦悶,喊兩聲～～。

【發行】fāxíng〔動〕發出或售出貨幣、印刷品、音像製品等:～百元大鈔 | 報刊向全國～ | 這雜誌內部～ | ～紀念郵票 | 這部新電影要～多種語言的拷貝。

【發芽】fā // yá〔動〕植物種子開始萌發出芽、葉來:種子種下去了,還沒有～ | 種的花剛發了芽。

【發言】fāyán ❶(-//-)〔動〕(在會上)發表意見:會上大家爭相～ | 他剛發過言。❷〔名〕發表的意見:他的～有代表性 | 一份兒書面～。

【發言權】fāyánquán〔名〕發表意見的權利:關於這個問題,大家都有～ | 沒有調查,就沒有～。

【發言人】fāyánrén〔名〕(位,名)代表某一政府、軍隊、機關團體向公眾發表意見的人:外交部～ | 中國紅十字會～。

【發炎】fāyán〔動〕身體的某個器官或組織產生炎症:傷口～了。

【發揚】fāyáng〔動〕❶ 發展並宣揚:～民主 | ～艱苦樸素的作風 | ～助人為樂的高尚風格。❷〈書〉奮起:～蹈厲。

> [辨析] 發揚、發揮　"發揚"是使好的、進步的事物在原有基礎上進一步擴大、加強,對象多是優點、傳統、作風、精神等;"發揮"是把事物的內在潛力充分表現出來,對象多是才能、作用、特長、威力、積極性等。

【發揚光大】fāyáng-guāngdà〔成〕發展加強,使盛大起來:理論聯繫實際的好學風,要～。

【發痦子】fā yàozi〈口〉患瘧(nüè)疾:去年夏天,他得過一次病,～了。

【發音】fāyīn ❶(-//-)〔動〕發出聲音,特指發出語音或樂音:他～清晰。❷〔名〕發出來的語音或樂音:她的～很悅耳。

【發育】fāyù〔動〕生物生長趨向健全成熟:～不全 | 他～得很壯實 | 蟲卵～成幼蟲。

【發源】fāyuán〔動〕河流起源;比喻事情發端:～地 | 黃河、長江都～於青海 | 一切真知都從實踐～。

【發暈】fā // yūn〔動〕頭腦昏迷,感到眩暈:屋子裏太熱,叫人～。

【發運】fāyùn〔動〕(貨物)裝上車、船等運出去:因遇颱風,貨物未能按時～。

【發展】fāzhǎn〔動〕❶ 使事業、力量壯大、強大:～經濟 | ～革命勢力 | ～大好形勢。❷ 擴充:～組織 | ～新會員。

【發展商】fāzhǎnshāng〔名〕港澳地區用詞。也稱開發商、地產商。他們一般向政府或私人購買土地,投資興建商場、辦公樓或住宅樓宇,用於出租或出售:小業主控告～,指居所所面積貨不對辦。

【發展中國家】fāzhǎnzhōng guójiā 指人均國民生產總值低(1992年世界銀行年標準為低於7510

美圓），處於工業化過程中，教育、衛生和文化事業較落後，基礎設施不完備，正在謀求發達的國家。

【發脹】fāzhàng〔動〕感到膨脹：我這幾天一到下午肚子就～。

【發作】fāzuò〔動〕❶ 潛在事物突然暴發或發生作用：冠心病～｜酒性～。❷ 動怒；發脾氣：在會場上他就～起來了。

醱（酸）fā "醱酵"，見"發酵"（350頁）。
另見 pō（1037頁）。

fá ㄈㄚˊ

乏 fá ❶ 缺少；沒有：～味｜～力｜匱～｜不～其事｜回天～術｜～人問津。❷〔形〕疲倦：解～｜走～了｜人困馬～。❸〔形〕（北京話）已使用過，不再起作用：～煤｜火～了｜膏藥貼～了。

語彙 不乏 承乏 道乏 解乏 空乏 匱乏 困乏 睏乏 勞乏 疲乏 貧乏 缺乏 人困馬乏

【乏力】fálì ❶〔形〕疲倦，沒力氣：渾身～。❷〔動〕沒有能力：回天～。

【乏煤】fáméi〔名〕（塊）燒過而沒有燒透的煤：燒～不起火。

【乏味】fáwèi〔形〕沒有趣味：語言～｜這個故事真～｜他這個話說得太～了。

伐 fá / fā ❶〔動〕砍伐：～了幾棵樹｜禁止亂砍濫～。❷ 攻打，比喻排除或攻擊：征～｜討～｜黨同～異｜口誅筆～。❸〈書〉誇耀：～善｜自～其功｜不矜不～。❹（Fá）〔名〕姓。

語彙 北伐 步伐 採伐 討伐 征伐 作伐 大張撻伐 口誅筆伐

【伐木】fámù〔動〕採伐林木：～區｜～工人｜進山～。

垡 fá（北方官話）❶〔動〕耕地翻土：耕～｜～地。❷〔名〕耕地時翻起的大土塊：打～。❸ 用於地名：榆～（在北京）｜落～（在河北）。

筏〈栰〉fá ❶ 筏子：竹～｜木～｜橡皮～｜乘～過河。❷〔名〕（Fá）姓。

【筏子】fázi〔名〕（隻）用竹子、木材等編成，在水上行駛的工具：竹～｜橡膠～｜羊皮～。

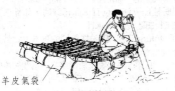

羊皮氣袋

羊皮筏子

閥（阀）fá ㊀ 指在某一方面有特殊勢力的個人或集團：財～｜黨～｜軍～｜門～｜學～。

㊁〔名〕在機器中控制流體的流量、壓力和流動方向的裝置。有氣閥、水閥、油閥等多種。也叫閥門。[英 valve]

語彙 財閥 黨閥 軍閥 門閥 氣閥 水閥 學閥 油閥 安全閥

【閥閱】fáyuè〔名〕〈書〉❶ "閥"也作伐，功勞，閱，經歷。泛指功勳。❷ 指世家門第。

罰（罚）〈罸〉fá ❶〔動〕處罰（跟"賞"相對）：～錢｜～任意球｜～站｜～得太重了｜3號隊員被～出場。❷（Fá）〔名〕姓。

語彙 懲罰 處罰 賞罰 體罰 刑罰 責罰 信賞必罰

【罰單】fádān〔名〕（張）罰款通知單。

【罰金】fájīn ❶〔動〕按刑法規定強制被判刑人在一定時間內繳付一定數額金錢的刑罰，是附加刑之一，也可單獨執行。❷〔名〕（筆）罰款❷❸。

【罰酒】fá//jiǔ ❶〔動〕強制飲酒（作為懲罰）：你遲到了，～！｜罰你（喝）三杯酒。注意 "罰你三杯酒"，口語習慣說"罰酒三杯"。❷〔名〕所罰的強制飲的酒，也比喻惹來的麻煩：敬酒不吃吃～。

【罰款】fákuǎn ❶（-//-//-）〔動〕處罰違反法規者繳納一定數量的金錢：隨地吐痰要～｜小王違反交通規則被罰了款。❷〔名〕（筆）違反法規被罰時所交的錢。❸〔名〕（筆）經濟合同法規定違反經濟合同的一方應擔負的一種責任，指當事人一方違反經濟合同時，應向對方支付違約金以至賠償金，法律用語的違約金和賠償金，通俗的說法叫罰款。

【罰沒】fámò〔動〕罰款並沒收非法所得財物：法院～了這些人的不義之財。

【罰球】fá//qiú〔動〕足球、籃球等球類比賽時，一方隊員犯規，由對方隊員實行射門、投籃等處罰：罰中兩個球。

fǎ ㄈㄚˇ

法〈㊀灋㊁法〉fǎ ㊀ 仿效：效～｜不必～古。❷〔名〕由國家制定或認可，並由國家強制力保證實施的行為規則的總稱：憲～｜民～｜婚姻～｜無論誰犯了～，都要受法律制裁。❸〔名〕方法：技～｜手～｜用兵之～｜無～應付。❹ 標準；模範：～書｜～帖｜～禮。❺ 佛教的義理：佛～｜弘～。❻ 法術；技藝：魔～｜戲～｜二仙鬥～。

㊀〔量〕法拉的簡稱。一個電容器，充以 1 庫電量時，電勢升高 1 伏，電容就是 1 法。

㊁（Fǎ/Fà）〔名〕❶ 指法國：～語。❷ 姓。

語彙				
辦法	筆法	變法	兵法	不法	大法	得法
鬥法	犯法	方法	非法	伏法	國法	合法	活法
技法	家法	軍法	看法	禮法	曆法	立法	民法
槍法	取法	設法	師法	手法	守法	說法	司法
土法	王法	違法	憲法	想法	消法	效法	寫法
刑法	語法	約法	章法	正法	政法	執法	宗法
作法	變戲法	辯證法	障眼法	奉公守法
貪贓枉法	現身說法	知法犯法

【法案】fǎ'àn〔名〕(項) 提交國家立法機關審查的法律問題的議案，法案通過，就成為法律、法令。

【法辦】fǎbàn〔動〕依照法律懲辦違法犯罪的人：犯罪分子已被逮捕～。

【法寶】fǎbǎo〔名〕(件) ❶ 佛教用語。指佛所說的法，佛家視法如世之財寶，故稱。也指僧家所用的衣鉢、錫杖等。❷ 神奇的寶物，比喻有奇效的工具、方法或經驗：防身～｜依靠人民是戰勝一切困難的～。

【法場】fǎchǎng ㊀〔名〕依法執行死刑的地方；刑場：劫～｜大鬧～。㊁〔名〕佛教用語。行佛法的場所。

【法槌】fǎchuí〔名〕法官審判時使用的小槌子，用時敲擊槌墊，作用是引起注意，或表示審判程序中斷、結束。

【法典】fǎdiǎn〔名〕(部) 集合一個法律領域的全面系統的法律文件，如民法典、刑法典、商法典等。

最早的法典

世界現存最早的法典是古巴比倫的漢穆拉比法典，共有 282 條法律條款，全部用楔形文字刻在一黑色玄武岩圓柱上，現收藏於巴黎盧浮宮博物館。中國現存最早的成文法典是唐朝的《唐六典》，係唐玄宗於開元十年（公元 722 年）命令大臣以當時的國家行政體制為基礎，依照《周官》一書體例編纂的，至開元二十六年（公元 738 年）完成。

【法定】fǎdìng〔形〕屬性詞。依照法律、法令所規定的：～手續｜～程序｜～繼承｜～代理人｜～結婚年齡。

【法定代表人】fǎdìng dàibiǎorén 法律或法人組織章程規定代表法人行使職權的代表人，由組織的主要負責人充當。

【法定計量單位】fǎdìng jìliàng dānwèi 由國家以法令形式規定的、強制或允許使用的計量單位。中國的法定計量單位是以國際單位制為基礎，加上國家選定的 15 個非國際單位構成，由國務院於 1984 年公佈施行。

【法定假日】fǎdìng jiàrì 法律或法令規定的給公民放假的日子。

中國的法定假日

中國的法定假日包括三類。第一類是全體公民放假的節日，包括：新年（1 月 1 日放假 1 天）、春節（農曆除夕、正月初一、初二放假 3 天）、勞動節（5 月 1 日放假 1 天）、國慶節（10 月 1 日、2 日、3 日放假 3 天）、清明節（放假 1 天）、端午節（放假 1 天）、中秋節（放假 1 天）。第二類是部分公民放假的節日及紀念日，包括：婦女節（3 月 8 日，婦女放假半天）、青年節（5 月 4 日，14 周歲以上的青年放假半天）、兒童節（6 月 1 日，14 周歲以下的少年兒童放假 1 天）、中國人民解放軍建軍紀念日（8 月 1 日，現役軍人放假半天）。第三類是少數民族習慣的節日，具體節日由各少數民族聚居地區的地方人民政府，按照該民族習慣規定放假日期。

【法定人數】fǎdìng rénshù 正式規定的為召開會議或通過決議所必要的人數。

【法度】fǎdù〔名〕❶ 法律和制度：～嚴整。❷ 行為的規範、準則：所為皆遵～｜合～。❸〈書〉長度標準：謹權量，審～。

【法官】fǎguān〔名〕(位，名) 依法行使審判權的審判人員的通稱。中國法官等級分為首席大法官、大法官、高級法官、法官四等共十二級。其中最高人民法院院長為首席大法官。❷ 道教指做法事的道士。

【法規】fǎguī〔名〕(條，項) ❶ 法律、規章的總稱：健全相關～。❷ 在憲法和法律之下的規範性文件：國務院制定行政～｜出台一項地方性～。

【法紀】fǎjì〔名〕法律和紀律：遵守～｜嚴肅～｜目無～。

【法家】Fǎjiā〔名〕先秦時期的一個學派，以申不害、商鞅、韓非為代表，崇尚法治，反對禮治。

【法警】fǎjǐng〔名〕(名) 司法警察。通常指國家審判機關中執行特定任務的警察。

【法拉】fǎlā〔量〕電容單位，符號 F。為紀念英國物理學家法拉第（Michael Faraday, 1791–1867）而定名。簡稱法。

【法蘭絨】fǎlánróng〔名〕一種用羊毛織成的平紋或斜紋織物，通常用粗梳紗製成，雙面起絨。保暖性能良好。也有單面起絨的，如棉法蘭絨。[法蘭，英 flannel]

【法郎】fǎláng〔名〕❶ 法國等國的舊本位貨幣。❷ 瑞士等國的本位貨幣。[法 franc]

【法理】fǎlǐ〔名〕決定國家法律或某一部門法律的基本精神和學理。法理可彌補法律的不足。

【法力】fǎlì〔名〕❶ 佛法的力量，佛教認為佛法之力能除災伏惡，超度眾生：～無邊｜～不容。

❷泛指神奇的力量：能否扭虧為盈，就看新任總經理的～了。

【法令】**fǎlìng**〔名〕(項，條) 政府所頒佈的法規、命令的總稱。有時單指政令，不包括法律。

【法律】**fǎlǜ**〔名〕(條，項) 由立法機關制定，國家政權保證執行的各方面行為規則的總和。有憲法、普通法律(如民法、刑法等)之分。有時法律同憲法相對，單指普通法律。

【法律援助】**fǎlǜ yuánzhù** 國家通過法律服務機構實施的、對無力支付法律費用的當事人或特殊案件的當事人減免費用提供的法律幫助。援助範圍包括依法請求國家賠償、請求給予最低生活保障、請求給付贍養費和撫養費、請求發給撫恤金等。也叫法律救助。

【法螺】**fǎluó**〔名〕❶一種生活在海洋中的軟體動物，殼長約三四十厘米，圓錐形，可以用作號角，古代軍隊用來指示進退。❷佛教用語。指佛所說的法。佛教認為螺貝之聲遠聞，以喻佛說法廣被大眾；螺聲勇猛，以表佛法雄偉；吹螺而號令三軍，以譬說法降魔。"吹大法螺"原指佛說法，後成語"大吹法螺"，意思是說大話、吹牛。

【法盲】**fǎmáng**〔名〕無法律知識、法律觀念的人。

【法門】**fǎmén**〔名〕❶佛教用語。指引俗眾修行入佛的門徑。❷泛指做事、治學的途徑：大師治學之道，啟後人以無數～。

【法名】**fǎmíng**〔名〕出家當僧尼或道士後由師父另起的名字(跟"俗名"相對)。

【法器】**fǎqì**〔名〕❶佛教用語。指能夠弘揚佛道的人。❷(件) 和尚、道士在舉行宗教儀式時所用的樂器，如鐃鈸之類。

【法人】**fǎrén**〔名〕法律上指具有民事權利能力和民事行為能力，依法獨立享有民事權利和承擔民事義務的組織(區別於"自然人")。這個組織是民事權利的主體。法人應具備四個條件：1) 法人成立，即開辦的企業或者成立的機關、事業單位和社會團體符合法律規定，在法律所允許。2) 有必要的財產或者經費。3) 有自己的名稱、組織機構和場所。4) 能夠獨立承擔民事責任。**注意**"法人"指某些依法享有民事權利和承擔民事義務的組織機構，而不是指某"個人"，因此不能說"這裏的法人是誰""誰是法人"或"他不是法人"。一個單位的行政負責人，通常即為該單位的"法定代表人"或"法人代表"。

【法師】**fǎshī**〔名〕(位) ❶佛教用語。精通佛法，能為人師，講說佛法並致力修行的人。❷對僧尼、道士的尊稱。

【法式】**fǎshì** ㊀〔名〕〈書〉❶標準的格式：《營造～》。❷楷模：先生人格足為千秋～。㊁〔形〕屬性詞。法國式(具有法國樣式或風格、

特點的)：～麵包｜～風格｜～大餐。

【法事】**fǎshì**〔名〕❶佛教徒唸經、禮佛等活動。❷指和尚或道士超度亡魂等的活動：做～。

【法書】**fǎshū**〔名〕❶可作為書法典範的字。❷〈敬〉稱他人寫的字，意思是可以為典範。

【法術】**fǎshù**〔名〕❶古代法家以法治國的學術：～之學。❷指道士、巫婆等用的畫符唸咒等驅鬼除病的騙人手法。

【法庭】**fǎtíng**〔名〕法院所設審理刑事案件、民事案件的機構或地方：民事～｜刑事～｜軍事～。

【法統】**fǎtǒng**〔名〕憲法和法律的傳統，是統治權力的法律依據。

【法網】**fǎwǎng**〔名〕比喻如羅網般嚴密的法律制度和措施：落入～｜犯罪分子難逃～｜～恢恢，疏而不漏。

【法西斯】**fǎxīsī**〔名〕❶原指羅馬長官出巡所執的"束棒"(棒中插有斧頭)，是權力的標誌。1921年意大利獨裁者墨索里尼用來命名自己的黨，並用作黨徽。[拉丁 fasces] ❷指專制野蠻的法西斯主義或它的傾向、體制等。也用來稱專橫的行為：～暴行｜不許搞～。

【法學】**fǎxué**〔名〕以法律為主要研究對象的學科：～家。

【法衣】**fǎyī**〔名〕(件) ❶和尚做法事時穿的衣服。❷道士舉行宗教儀式時穿的衣服。

【法醫】**fǎyī**〔名〕(名，位) 用法醫學和藥物學等知識技術來勘查、鑒定，協助案件調查、審判的醫生。

【法院】**fǎyuàn**〔名〕國家的審判機關。中華人民共和國設立最高人民法院、地方各級人民法院和軍事法院等專門法院。

【法則】**fǎzé** ❶〔名〕(項，條) 規律：自然～｜運算～｜市場競爭的～是優勝劣汰。❷〔動〕〈書〉效法；奉以為法：～先王。

【法制】**fǎzhì**〔名〕法律制度和秩序，包括法律的制定、執行和遵守等：加強～觀念｜建立社會主義～｜逐步完善～。

【法治】**fǎzhì**❶古代法家的政治主張，倡導以法為規範治理國家。❷依據法律治理國家的觀念和制度：實行民主和～。

【法子】**fǎzi**〔名〕方法：這個～好！｜快想個好～吧！

砝 **fá** 見下。

【砝碼】**fǎmǎ**〔名〕天平上作為質量標準的塊狀或片狀物，用金屬製成，可以表示精確的質量。

fà ㄈㄚˋ

琺 (琺) **fà** 見下。

【琺瑯】fàláng〔名〕塗在金屬器物上的某些礦物質，經過燒製形成的有各種色彩的釉質表面，供裝飾和防鏽之用。景泰藍是中國著名的琺瑯製品。

髮（发）fà / fǎ ❶ 頭髮：黑～｜短～｜理～。❷〔名〕(Fà) 姓。

"发"另見 fā "發"（349頁）。

語彙 鬢髮 毫髮 華髮 落髮 毛髮 鬍髮 間不容髮 披頭散髮 千鈞一髮 童顏鶴髮

【髮夾】fàjiā〔名〕(隻) 婦女用來夾住頭髮使定型整齊的夾子。

【髮膠】fàjiāo〔名〕用來固定髮型的化妝品。

【髮蠟】fàlà〔名〕凡士林摻進香料製成的美髮化妝品，能使頭髮滑潤而有光澤。

【髮廊】fàláng〔名〕(間) 小型的理髮、美髮店。

【髮妻】fàqī〔名〕髮，指結髮，即成年。結髮時結合的妻子，泛指元配妻子。

【髮卡】fàqiǎ〔名〕(隻) 髮夾。

【髮乳】fàrǔ〔名〕一種使頭髮柔軟光澤的乳膠狀化妝品。

【髮式】fàshì〔名〕頭髮的式樣，即髮型：新潮～｜～各異。

【髮刷】fàshuā〔名〕(把) 梳理頭髮的刷子。

【髮網】fàwǎng〔名〕罩住頭髮的網子，多為婦女所用。

【髮屋】fàwū〔名〕(粵語) 髮廊。

【髮型】fàxíng〔名〕頭髮的各種樣式：～設計｜新潮～｜晚妝～。

【髮指】fàzhǐ〔動〕古人形容人憤怒時"髮上指冠"（頭髮竪立支起帽子），後即以頭髮上指形容盛怒：敵人的殘暴令人～。

fa　·ㄈㄚ

哦 fa〔助〕(吳語) 語氣助詞。相當於"嗎"：黃包車要～？

fān　ㄈㄢ

帆〈帆颿〉fān / fán ❶〔名〕(張) 張在船桅杆上的布篷，用它承受風力使船前進：一～風順｜把～張起來。❷〈書〉指帆船：孤～遠去｜過盡千～皆不是。

語彙 風帆 揚帆 征帆

【帆板】fānbǎn〔名〕❶ 水上運動項目之一。兼有帆船和衝浪運動的特點。1984年洛杉磯奧運會正式列入比賽項目。❷ 水上運動使用的器材，由板體、帆杆、三角帆等組成，沒有舵和座艙。

【帆布】fānbù〔名〕用棉麻織成的一種粗厚的布，堅固耐用，可以用來做船帆、帳篷以及各種衣物：～床｜～鞋。

【帆船】fānchuán〔名〕(條、隻) 張帆利用風力推進的船。

番 fān ㊀❶ 指外國或外族：～菜｜～茄｜～客（閩語"華僑"）。❷ 指番餅：身上帶着二百～。

㊁❶ 變換：更～｜輪～。❷〔量〕表示種類。數詞限於"一"：另有一～滋味｜別有一～天地。❸〔量〕用於心思、言辭、過程等。表示次數，數詞限於"一、幾"：花了一～心血｜費了一～唇舌｜做過一～勸解｜見過一～世面｜經過幾～風雨｜幾～較量以後，他才心服口服了。❹〔量〕用於費力較多，用力較大或過程較長的動作。表示"回"或"遍"：把他教訓了一～｜三～五次打電報催他回來。❺〔量〕打麻將或鬥紙牌牌和（hú）時的計算單位：一～｜兩～｜三～｜清一色十～。❻〔量〕用在動詞"翻"後，表示將該數目累計乘以二：糧食產量再次翻～。

另見 pān（1002頁）。

語彙 更番 今番 輪番 生番 屢次三番

【番號】fānhào（～兒）〔名〕軍隊及其附屬機構編製的數字代號，如"4587部隊""503醫院"，其中的4587和503即番號。

【番茄】fānqié〔名〕❶ 一年生草本植物，枝葉有軟毛，味濃烈，花黃色。果實圓形或扁圓形，紅色或黃色，是普通蔬菜。❷ 這種植物的果實。以上也叫西紅柿。

番茄栽培小史

番茄的祖先是生長在以秘魯為中心的南美洲安第斯高原上的野生櫻桃番茄，被人或鳥帶到墨西哥後才開始被栽培食用。番茄在16世紀傳入歐洲，起初被當作庭園觀賞植物，直到17世紀才作為蔬菜種植。17世紀末到18世紀初，番茄經由傳教士、商人或華僑從東南亞引入中國南方沿海地區，至20世紀30年代，中國東北、華北地區開始種植番茄。

番茄　　　　　　番薯

【番薯】fānshǔ〔名〕(閩語、粵語) 甘薯。

幡 fān〔名〕(條) ❶ 一種竪直懸掛的狹長旗子。❷（～兒）舊時出殯時舉起的狹長像旗子樣的紙製品：引魂～｜打～兒。

【幡然】fānrán〔副〕迅速而徹底的樣子：～醒悟｜～改。也作翻然。

【幡然醒悟】fānrán-xǐngwù〔成〕指很快認識到錯

F

誤，徹底悔悟：經過大家幫助，他～，決心改正錯誤。也作翻然醒悟。

蕃 fān 同“番”㊀①。
另見 bō（99頁）；fán（359頁）；Pí（1021頁）。

翻〈飜❼繙〉 fān〔動〕❶ 物體上下或內外變動位置：～身｜～車｜船～在江心了｜他～～身又睡了。❷ 為了尋找而移轉物體的位置：～箱倒櫃｜把抽屜都～遍也沒找到那張相片｜鑰匙不會丟，你～～口袋看。❸ 否定原來的（證詞、判決等）：～口供｜冤案～過來。❹ 爬過；越過：～山越嶺｜賊是夜裏～牆進來的。❺ 數量成倍增加：這個啤酒廠的產量連續三年往上～。❻ 掀動，指瀏覽：～看｜一～書｜～～報紙。❼ 翻譯：～文學作品比較難｜把英文～成中文。❽（～兒）〈口〉翻臉：他倆昨天鬧～了｜不要把他惹～兒了。
“繙”另見 fán（359頁）。

語彙 滾翻　推翻　地覆天翻　人仰馬翻

【翻案】fān//àn〔動〕推翻原定的判決；泛指推翻原來的處分、評價等：敢為錯案～｜不要翻歷史的案了。

【翻版】fānbǎn〔名〕❶ 翻印的版本：～書｜這本名著已經有好幾種～。❷ 比喻生硬模仿的行為或照搬、照抄的文字：文藝源於生活，高於生活，不是生活的～｜他的理論只是前代某人思想的～。

【翻唱】fānchàng〔動〕模仿演唱他人的原唱歌曲（區別於“原唱”）：～老歌。

【翻地】fān//dì〔動〕用犁、鍬等農具翻鬆田地：春天一到，該～播種了｜一頭牛一天翻不了多少地。

【翻番】fānfān〔動〕翻一番；數量增加一倍：企業總產值一年～｜十年來經濟實現了四次～。注意“翻番”是兩倍兩倍地增加。如果基數是3，翻一番就是 6，翻兩番就是 12，翻 5 番就是 96。

【翻飛】fānfēi〔動〕上下翻動飛舞：海鳥在浪尖上～。

【翻蓋】fāngài〔動〕翻修（房屋）：那三間屋子再不～，一下雨就要塌了。

【翻供】fān//gòng〔動〕推翻原來所供認的話：他翻了三次供。

【翻滾】fāngǔn〔動〕上下翻轉滾動；轉動：白浪～｜肚子疼得他在床上～。

【翻悔】fānhuǐ〔動〕反悔以前的承諾：你既然答應下來了就不該～。

【翻檢】fānjiǎn〔動〕翻動查看：箱子、櫃子都～過了｜～工具書。

【翻建】fānjiàn〔動〕翻蓋：這片危房即將動工～｜我區兩年來～了不少中小學校舍。

【翻江倒海】fānjiāng-dǎohǎi〔成〕形容波浪翻滾，水勢浩大。多用來形容力量大或聲勢猛。也說倒海翻江。

【翻來覆去】fānlái-fùqù〔成〕❶ 來回翻動身體：我在床上～，一夜也沒睡好。❷ 一次又一次地重複：他～老說那件事，人都聽煩了。

【翻老賬】fān lǎozhàng〔慣〕比喻重提以前的缺失：如今時過境遷，不要再～了。

【翻臉】fān//liǎn〔動〕對人的態度突然變壞：～無情｜～不認人｜他跟誰都沒翻過臉。

【翻錄】fānlù〔動〕照原版磁帶、光盤複製音像製品：要制止和打擊違章～、銷售音像製品活動。

【翻拍】fānpāi〔動〕對原有的影視作品、圖片等進行再拍攝：～老照片｜《西遊記》又～了。

【翻然】fānrán 同“幡然”。

【翻砂】fānshā〔名〕“鑄工”①。

【翻山越嶺】fānshān-yuèlǐng〔成〕翻過山岡，越過山嶺。形容行程艱辛：搞地質工作經常要～，沒有好身體不行。

【翻身】fān//shēn〔動〕❶ 躺着轉動身體：他躺在床上來回～睡不着。❷ 泛指轉動身體：～下馬。❸ 比喻從受壓迫的情況下解放出來：～做主人。❹ 比喻改變落後面貌或狀況：改革使企業大～｜打一個～仗。

【翻騰】fānténg〔動〕❶（波浪）翻滾；比喻形勢動盪：海浪～｜四海～，風雷激蕩。❷ 跳水運動員入水前在空中做翻轉身體的動作：向內～兩周半。

【翻騰】fānteng〔動〕❶ 上下滾動；比喻思潮起伏：新老問題在他腦子裏像滾了鍋一樣～起來。❷ 翻動（衣物）；比喻觸動問題或事情：箱子都～遍了也沒找着｜算了，過去的事兒，不去～它了。

【翻天】fān//tiān〔動〕❶ 激烈地衝突吵鬧，像要把天掀開：吵～了｜簡直鬧翻了天。❷ 比喻造反：那夥人蠢蠢欲動，妄想～。

【翻天覆地】fāntiān-fùdì〔成〕天翻開了，地倒過來了。形容變化巨大而徹底：中國農村這些年發生了～的變化。

【翻箱倒櫃】fānxiāng-dǎoguì〔成〕把箱子、櫃子全部翻倒過來。形容徹底翻檢：～也沒找出那件東西。

【翻新】fānxīn〔動〕❶ 把舊的東西翻改成新的：舊大衣～照樣穿｜三間瓦房一～，真像個樣兒了。❷ 從舊的變化出新的：花樣～｜唱腔～｜手法～。

【翻修】fānxiū〔動〕把舊的房屋、道路等重新修建改造：～教室｜這條馬路經過～，寬多了。

【翻譯】fānyì ❶〔動〕把一種語言文字用另一種語言文字表達出來；把符號或數碼用語言文字表示出來：～小說｜密電碼得請他～。❷〔名〕

（位，名）從事翻譯工作的人：當～｜聘請一位日語～。

【翻印】fānyìn〔動〕（非原出版者）照原樣重印別家出版物（書、畫、圖像等）：本書未經許可，不許～。

【翻越】fānyuè〔動〕邁步越過：～高山｜～欄杆。

【翻閱】fānyuè〔動〕翻開書報而閱讀：～報章雜誌｜要借書先～目錄卡片。

【翻雲覆雨】fānyún-fùyǔ〔成〕翻手為雲，覆手為雨。比喻反復無常或玩弄手段。也說覆雨翻雲。

藩 fān / fán ❶ 籬笆：～籬｜羝羊觸～。❷古代王朝的附屬地區或附屬國家：～國｜外～。❸〈書〉屏障：屏～。❹（Fān）〔名〕姓。

【藩籬】fānlí〔名〕（道）籬笆。比喻門戶、屏障或圍牆：突破～。

【藩屬】fānshǔ〔名〕指舊時王朝附屬的地區或國家。

【藩鎮】fānzhèn〔名〕唐朝中期在邊境和重鎮設節度使形成的割據勢力，節度使掌管當地的軍政大權，後又兼管民政、財政，歷史上稱之為藩鎮。

fán ㄈㄢˊ

凡〈凢〉fán ㊀❶平庸；平常：～夫｜～品｜～人。❷人世間；塵世間：思～｜仙女下～｜仙～殊路。❸（Fán）〔名〕姓。
㊁❶〈書〉要旨；概略：發～。❷〔副〕凡是：～具有中華人民共和國國籍的人都是中華人民共和國公民。❸〔副〕〈書〉總共：本學會創辦至今～四十年。
㊂〔名〕中國民族音樂簡音階上的一級，樂譜上用作記音符號，相當於簡譜的"4"。參見"工尺"（447頁）。

語彙　不凡　超凡　大凡　但凡　非凡　平凡

【凡例】fánlì〔名〕（篇）書前說明著書內容主旨與編寫體例的文字。

【凡人】fánrén〔名〕（個）❶平常的人：～小事。❷指區別於天上神仙的塵世間人：只有神仙能洞察，～哪裏看得見？

【凡士林】fánshìlín〔名〕石油產品，是淡黃色半透明的油膏，精煉後成純白色。可用來製造藥膏、潤滑劑、防鏽劑、化妝品等。[英vaseline]

【凡事】fánshì〔名〕❶（件）平常的事。❷與幻想中仙界不同的塵世間事。

【凡是】fánshì〔副〕全部都是，表示總括一定範圍裏的一切，與"都"配合使用：～到北京來遊覽的人都想去參觀故宮。

【凡庸】fányōng〔形〕（資質、才能）普普通通；平

平常常：才能～｜～之輩。

氾 Fán〔名〕姓。
另見fàn（363頁）；fàn"泛"（363頁）。

枫 fán 用於地名：～香（在重慶）。

釩（钒）fán〔名〕一種金屬元素，符號V，原子序數23。銀白色，常溫下不易氧化，工業用途很廣。

煩（烦）fán ❶〔形〕煩悶；煩躁：心～意亂｜這幾天我～得很。❷繁雜；煩亂：要言不～。❸〔動〕煩擾；使煩惱～你～甚麼？｜這件事真～人。❹〔動〕厭煩；厭惡：孩子哪有不鬧的，你可別～他們｜這些話都叫人聽了～。❺〔動〕煩勞：有事相～｜～您給捎個信兒。❻（Fán）〔名〕姓。

語彙　麻煩　耐煩　膩煩　心煩　絮煩　厭煩　要言不煩

【煩勞】fánláo〔動〕〈敬〉請求、託付別人幫助辦事：～您把這本書帶給他。

【煩悶】fánmèn〔形〕心情鬱悶不舒暢：這兩天他很～，見了誰都不理。

【煩難】fánnán 同"繁難"。

【煩惱】fánnǎo〔形〕煩悶苦惱：不要～了，問題總會解決的｜千萬不可自尋～。

【煩擾】fánrǎo❶〔動〕攪擾：不可一再～別人。❷〔形〕因受攪擾而心煩：～無盡｜徒添～。

【煩冗】fánrǒng〔形〕❶（事務）煩瑣忙碌：瑣事纏身，～不堪。❷（文章）煩瑣冗長：這篇論文立意尚好，可惜失於～。以上也作繁冗。

【煩瑣】fánsuǒ〔形〕繁雜瑣碎：～的考證｜手續十分～。也作繁瑣。

【煩瑣哲學】fánsuǒ zhéxué ❶歐洲中世紀經院哲學，因採用煩瑣的抽象推理方法，推導出空泛的結論，所以把煩瑣哲學當作經院哲學的別名。❷泛指脫離實際、玩弄概念的思想作風：一天到晚開會分析討論，不解決實際問題，完全是搞～。

【煩囂】fánxiāo〔形〕〈書〉聲音嘈雜擾人：～之聲不絕於耳，令人難得寧靜。

【煩雜】fánzá 同"繁雜"。

【煩躁】fánzào〔形〕煩悶急躁：～不安｜他近來心情～，動不動就發脾氣。

墦 fán〈書〉墳墓：郭外～間。

樊 fán ❶〈書〉籬笆：竹～。❷（Fán）〔名〕姓。

【樊籬】fánlí〔名〕〈書〉❶（道）籬笆。❷像籬笆一樣的限制：衝破～。

【樊籠】fánlóng〔名〕〈書〉❶鳥籠。❷比喻不自由的境地：衝破～，追求自由｜久在～裏，復得返自然。

璠　fán ❶〈書〉美玉。❷（Fán）〔名〕姓。

蕃　fán〈書〉❶（草木）茂盛：～茂。❷繁殖；滋生：～息｜以阜人民，以～鳥獸。
　另見 bō（99頁）；fān（357頁）；Pí（1021頁）。

膰　fán 古代祭祀時用的烤肉；祭肉，熟曰～。

燔　fán〈書〉❶焚燒：～柴。❷烤：～肉。

繁　〈緐〉fán ❶〔形〕繁多；繁雜（跟“簡”相對）：刪～就簡｜手續太～。❷繁殖（牲畜）：～殖｜自～自養。
　另見 pó（1038頁）。

語彙　紛繁　浩繁　頻繁

【繁多】fánduō〔形〕多種多樣：花樣～｜名目～。

【繁複】fánfù〔形〕繁多複雜：手續～｜～的接待工作。

【繁華】fánhuá〔形〕城鎮、街市繁榮熱鬧：這幾條大街是城裏最～的地區。

【繁忙】fánmáng〔形〕事情多而忙碌：～的收穫季節｜公務～｜工作～。

【繁茂】fánmào〔形〕草木繁密茂盛：公園中花木～｜小河邊有一片～的竹林。

【繁密】fánmì〔形〕又多又密：～的叢林。

【繁難】fánnán〔形〕複雜而困難：事務～，不勝其苦。也作煩難。

【繁榮】fánróng ❶〔形〕繁茂：百花盛開，萬卉～。❷〔形〕各種事業蓬勃發展、興旺：國家～昌盛｜～的市場｜經濟～。❸〔動〕使繁榮：～經濟｜～兒童文學創作。

辨析　**繁榮、繁華**　是近義詞，意義和用法有差別。a）“繁華”形容城鎮、街市的熱鬧，人群的眾多，商業的興旺。“繁榮”形容經濟、科學、文化等事業的蓬勃發展。b）“繁華”只是形容詞，而“繁榮”既是形容詞，又有使動用法的動詞。

【繁榮昌盛】fánróng-chāngshèng〔成〕蓬勃發展，興旺發達，欣欣向榮：～的國家｜祝願祖國～，人民幸福。

【繁冗】fánrǒng 同“煩冗”。

【繁縟】fánrù〔形〕〈書〉（禮節、儀式）繁多而瑣碎：～的禮儀。

【繁盛】fánshèng〔形〕❶繁榮興盛：商業～｜百業～的小鎮。❷繁密茂盛：花草樹木～。

【繁瑣】fánsuǒ 同“煩瑣”。

【繁體字】fántǐzì〔名〕已用簡化字代替的筆畫繁多的漢字，如“漢”是“汉”的繁體字（跟“簡體字”相對）。

【繁文縟節】fánwén-rùjié〔成〕煩瑣而不必要的儀式或禮節。也比喻煩瑣而多餘的手續：小時見到大戶人家祭祀祠堂，又跪又拜，～很多｜以

前申請辦一個廠要蓋幾十個公章，現在這些～都取消了。注意 這裏的“縟”不寫作“褥”，不讀 rù。

【繁蕪】fánwú〈書〉❶〔形〕文字繁多雜亂：立意平平，文也～。❷〔名〕指繁多雜亂的文字：翦其～｜刪汰～。

【繁細】fánxì〔形〕繁雜細碎：文章太長，討論的問題也太～了｜當了辦公室主任，才知道管的事～得很。

【繁星】fánxīng〔名〕又多又密的星星：～滿天。

【繁衍】（蕃衍）fányǎn〔動〕滋生增多：族類～｜～後代。

【繁育】fányù〔動〕繁殖培育：～優良品種｜～良種肉牛。

【繁雜】fánzá〔形〕繁多而雜亂：事務～。也作煩雜。

【繁殖】fánzhí〔動〕生殖、滋生出後代：～率｜牲畜～很快｜新稻種。

【繁重】fánzhòng〔形〕事情、工作多而且重：～的工作壓得他喘不過氣來｜任務十分～。

辨析　**繁重、沉重**　a）“沉重”表示分量大、負擔重；“繁重”除表示分量大、負擔重外，還兼有頭緒多的意思。b）“沉重”可以形容具體物品的重量，也可以比喻情況嚴重或精神、心情等不舒暢、不輕鬆，如“沉重的擔子”“沉重的打擊”“心情沉重”；“繁重”不能這樣用。

緐（緐）fán 見下。
另見 fān“翻”（357頁）。

【緐帶】fányuān〈書〉❶〔動〕亂取。❷〔名〕一種旗子。

蹯　fán〈書〉獸足：熊～（即熊掌）。

礬　（矾）fán〔名〕一種含水金屬硫酸鹽，多是半透明晶體，如明礬、膽礬、綠礬　綠礬。

鐇　（镭）fán〈書〉鏟子，也指鏟除。

蘩　fán 古書上指白蒿（一種草本植物）。

鷭　（鷭）fán〔名〕鳥名，生活在沼澤地帶，形狀像雞，黑灰色或黑褐色。捕食昆蟲、小魚等。

fǎn ㄈㄢˇ

反　fǎn ❶〔形〕位置顛倒的；方向相背的（跟“正”相對）：～面｜相～｜相成｜對聯貼～了｜毛衣穿～了。❷〔動〕翻轉：～客為主｜易如～掌｜我隊踢進一球，球場形勢～過來了。❸〔動〕反抗；反對：～霸｜～侵略｜～壓迫。❹〔動〕背叛：～叛｜官逼民～。❺類推：舉一～三。❻用兩個漢字拼出另一字的音，叫“反切”，

表示兩字相切時稱"反"，用在兩字後：麗，郎計～。**❼**指反革命、反動派：肅～｜有～必肅。**❽**〔副〕反而：一片好心～被當成惡意｜他自己糊塗，～說別人不明白。**❾**回返：～光｜～應｜～照｜～射。

> **語彙**　策反　謀反　逆反　平反　肅反　違反
> 相反　造反　適得其反　物極必反　一隅三反

【反比】fǎnbǐ〔名〕**❶**兩個相關事物或同一事物的兩個方面，一方發生變化，另一方隨之起相應的變化，這種現象叫反比（跟"正比"相對）：持續工作時間越長，工作效率就越低，二者成～。**❷**反比例的簡稱。

【反比例】fǎnbǐlì〔名〕a 和 b 兩個量，a 擴大到若干倍，b 反而縮小到原來的若干分之一，或者 a 縮小到原來的若干分之一，b 反而擴大到若干倍，這兩個量的變化關係叫作反比例（跟"正比例"相對）。簡稱反比。

【反駁】fǎnbó〔動〕用自己的理由否定別人的看法：寫文章～他的論點｜～別人的錯誤。

> 辨析　反駁、駁斥　"反駁"多用於一般爭論，着重在用自己的理由否定別人的意見，語義較輕；"駁斥"多用於非一般性質的爭論，着重在反駁的同時加以責備，語義較重。

【反哺】fǎnbǔ〔動〕**❶**比喻子女長大成人後奉養父母。**❷**比喻發展壯大後反過來給基礎事業以經濟回報：支持農業、～農業，是鄉鎮企業義不容辭的責任。

【反差】fǎnchā〔名〕**❶**照片或底片上色調明暗對比的差別。**❷**尖銳的對比差別：昨天酷熱，今天又冷颼颼的，氣溫～真大。

【反常】fǎncháng〔形〕跟正常情況不同；異常（跟"正常"相對）：這兩天忽熱忽冷，氣候很～｜他一向好說好笑，近來沉默寡言，真有點兒～。

【反超】fǎnchāo〔動〕成績由落後轉為領先，數量上由少轉多：他在第一局比賽中落後，第二局～領先。

【反襯】fǎnchèn〔動〕從反面或以一般的情況來襯托：鳥的鳴叫～出山裏更幽靜。

【反芻】fǎnchú〔動〕偶蹄類動物如牛、羊把粗嚼後咽到胃裏的食物再反回到口腔細嚼嚥下。

【反串】fǎnchuàn〔動〕戲曲演員偶爾扮演所屬行當以外的角色，如生行扮演青衣戲，青衣扮演老生戲等。

【反唇相譏】fǎnchún-xiāngjī〔成〕《漢書·賈誼傳》："婦姑不相說，則反唇而相稽。"說：通"悅"；稽：計較。意思是"不服而計較"。後又作"反唇相譏"，指受到指責不服氣，反過來諷刺對方：討論問題應當心平氣和，不要～。

【反倒】fǎndào〔副〕反而；表示跟情理相反或出乎意料：中國女排一上來先輸了兩場，最後～以三比二戰勝了對方｜宴會的主人～來得晚了。

【反動】fǎndòng**❶**〔形〕逆歷史潮流而動，指思想或行動上反對新生的，維護垂死的；反對革命力量，維護舊制度。**❷**〔名〕相反的作用：她離家出走，是對買賣婚姻的一個反動。

【反對】fǎnduì〔動〕不贊成；不同意：投～票｜遭到強烈～｜～官僚主義｜～鋪張浪費。

【反而】fǎn'ér〔副〕表示出乎意料或跟前文意思相反，在句中起轉折作用：雨不但沒停，～越來越大了｜老李年紀最大，～比年輕人幹得更歡｜工作正需要人的時候，他～辭職不幹了。
注意"反而"能用來連接分句，如上面所舉的前三個例句；也能用在單句中做狀語修飾動詞，如上面所舉的最後一個例句，再如"藥吃了反而胃疼，不舒服"。

【反方】fǎnfāng〔名〕辯論中對某命題持否定意見的一方（跟"正方"相對）。

【反腐】fǎnfǔ〔動〕反對、查辦國家工作人員等的腐敗行為：～倡廉｜～題材的電視劇很受歡迎。

【反復】（反覆）fǎnfù**❶**〔動〕一再變更：～無常｜已經決定的事，就別再～了。**❷**〔名〕前面的過程重複出現的情況：要是不注意，你這個病還會有～。**❸**〔副〕重複多次；一次又一次：～考慮｜～協商｜這篇文章經過～修改才最後定稿。

【反復無常】fǎnfù-wúcháng〔成〕顛來倒去，沒有常態。形容忽此忽彼，變化不定：這個人～，不大好相處｜最近天氣忽冷忽熱，～，要注意預防感冒。

【反感】fǎngǎn**❶**〔形〕不滿：他動不動就教訓人，讓人非常～｜大家對他的講話都很～。**❷**〔名〕反對或不滿的情緒（跟"好感"相對）：這樣不通情理，無論誰都會有～｜態度傲慢最容易使人產生～。

【反戈一擊】fǎngē-yìjī〔成〕戈：古代一種兵器。掉轉兵器進行攻擊。比喻反對自己原來所屬的營壘或原來支持過的人：經過做工作，他～，使案件真相大白。

【反攻】fǎngōng〔動〕防禦一方結束防禦實行進攻；也比喻球類比賽中從防守轉入進攻：敵人發動了～｜對方將要射門，我方後衛將球搶到，馬上帶球～。

【反躬自問】fǎngōng-zìwèn〔成〕躬：自身。反過來問問自己如何：不要苛求人家，要時常～。也說撫躬自問。

【反顧】fǎngù〔動〕**❶**回顧：漂泊遊子，～鄉關，能不動情？**❷**退縮；翻悔：義無～。

【反光】fǎnguāng**❶**〔動〕使光線反射：～鏡｜你戴的眼鏡～，正對着太陽照相，效果肯定不太好。**❷**〔名〕（束）反射的光線：玻璃窗上的～照得我睜不開眼睛。

【反光鏡】fǎnguāngjìng〔名〕（面）一般指汽車、摩托車等前部安裝的可以看見後面事物的鏡子。

【反過來】fǎnguòlai ❶〔副〕顛倒過來：～這事攤在你身上也受不了。❷〔連〕反轉過來：物質決定意識，～意識也影響物質｜經濟基礎決定上層建築，上層建築又～作用於經濟基礎。

【反話】fǎnhuà〔名〕（句）故意說的跟真意相反的話：他說的是～，你怎麼就聽不出來？

【反悔】fǎnhuǐ〔動〕翻悔：既然約定，決不～｜他剛答應下來，不一會兒又～了。

【反擊】fǎnjī〔動〕向進攻的一方回擊：自衞～｜侵略者｜對敵人的挑釁給予有力～。

【反季節】fǎnjìjié〔形〕屬性詞。不合某地當前季節的：～蔬菜｜～栽培。

【反剪】fǎnjiǎn〔動〕❶ 兩手交叉地放在背後：他～着雙手走來走去。❷ 兩手交叉地綁在背後：警察把小偷的雙手～起來帶走了。

【反間】fǎnjiàn〔動〕原指利用敵人的間諜傳遞假情報，也指用計使敵人內訌：～計｜派人到敵軍內部～策應。

【反詰】fǎnjié〔動〕反問：～句｜被告可以向原告～。

【反抗】fǎnkàng〔動〕同侵害者抗爭；抵抗：～侵略｜歹徒搶她錢包，她奮力～｜哪裏有壓迫，哪裏就有～。

【反客為主】fǎnkèwéizhǔ〔成〕客人反過來變成主人。比喻變被動為主動。

【反恐】fǎnkǒng〔動〕反對、打擊恐怖主義活動和恐怖主義勢力：加強世界各國～鬥爭的合作。

【反饋】fǎnkuì〔動〕❶ 把放大器的輸出電路中的一部分能量送回輸入電路中，以增強或減弱輸入信號的效應。❷ 醫學上指某些生理的或病理的效應反過來影響引起這種效應的原因。❸ 泛指信息返回：市場銷售情況的信息～要及時。

【反面】fǎnmiàn ❶（～兒）〔名〕物體上跟正面相反的一面：窗簾的正面兒衝裏，～兒衝外。❷〔名〕事情、問題等的另一面：看問題不能只看正面，還得看～。❸〔形〕屬性詞。壞的、消極的一面（跟“正面”相對）：～教材｜～人物。

【反目】fǎnmù〔動〕翻臉；變得不和睦（多指夫妻）：夫妻～｜好朋友也～了。

【反扒】fǎnpá〔動〕打擊扒竊行為和活動：～鬥爭｜他成了～英雄。

【反派】fǎnpài〔名〕戲劇、電影、小說裏的壞人：～角色｜那個演員專演～。

【反叛】fǎnpàn ❶〔動〕叛變；也指反對：～舊禮教。❷〔名〕〈口〉叛變的人（多指匪霸）：討伐～。

【反撲】fǎnpū〔動〕被打退的人或獸又撲打過來：猛虎向武松～過來｜我軍佔領了高地，敵人瘋狂～。

【反切】fǎnqiè〔名〕中國傳統的一種拼音方法，用兩個字來切出（即拼出）一個字的音，如“麗，郎計切”。被切字的聲母跟反切上字相同，即“麗”字聲母跟“郎”相同，都是“l”；被切字的韻母和聲調跟反切下字相同，即“麗”字的韻母和聲調跟“計”相同，都是“ì”，都是去聲。

【反傾銷】fǎnqīngxiāo〔動〕因廉價進口商品大量湧入，傷害了本國工商業者利益，進口國為保護本國工商業者利益，對此類商品實行高額徵稅，進行制止。

【反求諸己】fǎnqiúzhūjǐ〔成〕反過來要求自己：工作出了問題，不要老指責別人，還是應當～，多做檢查。

【反射】fǎnshè〔動〕❶ 聲波或光波在傳播過程中遇到障礙或不同的介質面而返回。電磁波雖在同介質中，但因介質本身不均勻也發生這種現象。❷ 人或動物機體通過神經系統，對於刺激所發生的規律性反應。有條件反射和非條件反射的不同，如瞳孔隨受光刺激的強弱而改變大小，吃東西時分泌唾液，膝腱撞碰時彈跳等屬後者，動物聽到扣食盤的聲響而流口水屬前者。

【反水】fǎnshuǐ〔動〕（粵語、湘語、贛語）反變。

【反思】fǎnsī〔動〕對過去的事情進行再思考，從中吸取經驗教訓：事故發生後他們認真～工作中的漏洞。

【反訴】fǎnsù〔名〕法律用語。在法院審理程序尚未結束時，原訴中的被告基於原訴的同一糾紛對原告提出訴訟。

【反鎖】fǎnsuǒ〔動〕人在屋裏，從外面把門鎖上：不能把小孩兒～在家裏。

【反貪】fǎntān〔動〕打擊貪污行為：～局｜～肅賄｜～是一項長期任務。

【反彈】fǎntán〔動〕❶ 彈性物體受外力變形後恢復原狀：彈簧～可以產生動力。❷ 因受阻而斜向或反向彈回。也比喻價格由跌落而回升：市場原油價格～｜股市觸底～。

【反胃】fǎnwèi〔動〕吃下食物後，胃裏難受，噁心嘔吐：吃了早飯就～，一天都不舒服。也說翻胃。

【反問】fǎnwèn〔動〕❶ 向提問的人發問：他說了一大堆理由，人家只～了一句，他就答不上來了。❷ 用疑問語氣表達跟字面相反的意思，是一種修辭方法。如：“這話是你說的？”（形式肯定，意思否定：不是你說的。）“這話不是你說的？”（形式否定，意思肯定：是你說的。）

【反響】fǎnxiǎng〔名〕❶ 反應：保護環境的倡議引起強烈的～。❷ 聲波遇障礙反射回來的聲音。

【反向】fǎnxiàng〔動〕逆向：～行駛｜～思考。

【反省】fǎnxǐng〔動〕回想工作生活情況，檢查缺點錯誤：停職～。

F

【辨析】**反省、反思** 都有思考、省察過去的意思。"反思"着重指總結經驗教訓,以勵未來,如"反思近百年歷史""進行深刻反思"。"反省"着重指認識個人錯誤,以求改正,如"深刻反省自己的錯誤言行""反省並寫出檢查"。

【反咬一口】**fǎnyǎo-yīkǒu** 被指責、被控告的人反過來誣賴指責、控告的人:在法庭辯論中,被告對原告～。

【反義詞】**fǎnyìcí**〔名〕意義相反的詞,如"黑"和"白","好"和"壞"。

【反映】**fǎnyìng** ❶〔動〕物體形象在光潔表面上呈現出來:萬壽山的倒影、～在昆明湖水中。❷〔動〕比喻把客觀事物的實質顯示出來:政府制定的政策～了人民的要求和願望。❸〔動〕把情況和意見等告訴上級或有關部門:人民代表應該把人民的意見～到人民代表大會上來。❹〔名〕指反映的意見(多是批評的):你們這麼做,就不怕大夥兒有～?❺〔動〕哲學上指客觀事物作用於人的感官引起感覺、知覺、表像,並在此基礎上產生思維認識的過程:主觀～客觀。❻〔名〕心理學上指機體接受和回答客觀事物影響的機能。

【反應】**fǎnyìng** ❶〔動〕由刺激引起的一切活動,都叫作反應,如化學上的"鹼性反應",物理上的"鏈式反應",醫療上的"過敏反應"等。❷〔名〕事情或行為引起的意見、態度或行動:對他的學術報告～良好。

【辨析】**反映、反應** a)作為動詞,"反映"指映照,如"湖面如鏡,反映着天上的雲,岸邊的樹";又指把文藝作品把客觀事物面貌、實質表現出來,如"這部小說反映了抗日時期的社會生活",其中的"反映"都不能換用"反應"。b)作為動詞,"反應"指肌體對刺激、外界作用引起的活動,如"在球場上他反應靈敏""病人吃藥後腹痙嘔吐,反應激烈";又指物質相互作用發生變化,如"化學反應""核反應",其中的"反應"都不能換用"反映"。

【反語】**fǎnyǔ**〔名〕反話。

【反照】**fǎnzhào**〔動〕光綫影像反射:夕陽～|月光～在湖面上,一片銀白。也作返照。

【反正】**fǎnzhèng**〔動〕❶敵軍的隊伍或個人投到我方:一個獨立團～了。❷〔書〕復歸於正:撥亂～。

【反正】**fǎnzheng**〔副〕❶表示強調在任何情況下結果並無不同:～說不說都一樣|信不信由你,～我不信|不管你怎麼說,～他不答應。❷表示堅決肯定的語氣:你不要催,～跑不了|你儘量吃,～有的是。❸表示情況如此,不會有任何變化:～沒有外人,大家想說甚麼就說甚麼吧。

【反證】**fǎnzhèng** ❶〔名〕證明原論證不能成立的證據:被告對原告所述事實沒有提供～。❷〔動〕通過證明反面論題的不真實性,來證明其正面論題的真實性,是一種間接論證。

【反之】**fǎnzhī**〔連〕從相反的方面說,用在句與句、段落與段落之間,連接相對立的意思:認為物質是第一性、精神是第二性的,是唯物論;～,認為精神是第一性、物質是第二性的,是唯心論。

【反作用】**fǎnzuòyòng**〔名〕相反的作用:把孩子管得太死,可能會起～。

【反作用力】**fǎnzuòyònglì**〔名〕承受作用力的物體對於施力的物體的作用。反作用力和作用力的大小相等,方向相反,並在同一直綫上。

返

fǎn〔動〕回來:～京|往～|樂而忘～|一去不復～。

【語彙】遣返 往返 折返 積重難返 流連忘返

【返潮】**fǎn // cháo**〔動〕由於空氣濕度很大,地面和衣物等變得潮濕,或因地下水分上升,地面和牆根變得潮濕:地面～|陰雨天～,衣服都發霉了。

【返程】**fǎnchéng**〔名〕回程:～票。

【返崗】**fǎn // gǎng**〔動〕下崗人員重新返回原來的工作崗位:～工人。

【返工】**fǎn // gōng**〔動〕❶因為質量不合要求而再加工或重新製作:這項工程必須～|返了兩次工,大衣還是不合適。❷港澳地區用詞。上班:他從家裏到公司～,需要一小時。

【返觀】**fǎnguān**〔動〕回過頭來看:～歷史。

【返歸】**fǎnguī**〔動〕回到出來或產生的地方:～故里|～大自然。

【返航】**fǎnháng**〔動〕輪船、飛機等返回出發的地點:這艘輪船明天～。

【返回】**fǎnhuí**〔動〕回去;回來(到原出發的地方):～原地|人造地球衛星～地面。

【返老還童】**fǎnlǎo-huántóng**〔成〕由衰老恢復青春。形容老年人重新充滿活力,精力充沛:他雖年過花甲,可精力不減當年,真可以說是～。

【返里】**fǎnlǐ**〔動〕回故鄉:～探親。

【返聘】**fǎnpìn**〔動〕原單位聘請離休或退休人員回來繼續工作:化學系～了三位退休教授。

【返璞歸真】**fǎnpú-guīzhēn**〔成〕去掉外表的裝飾,返回到純真的狀態:在文學語言方面,他主張～,反對雕琢藻飾。也說歸真返璞。

【返青】**fǎnqīng**〔動〕植物(特指作物)越冬或移植後,恢復生長,枝葉轉綠:小麥～,需要澆水。

【返任】**fǎnrèn**〔動〕因故離開工作崗位的人重新回到原工作崗位上來。

【返銷】**fǎnxiāo**〔動〕運出的物品返回原地銷售;特指把加工的產品運回某國原料供應地銷

售：～糧｜與國外企業簽訂了設備進口和產品～合同。

【返校】fǎnxiào〔動〕返回學校：實習一結束，我們就～了｜每年校慶我們都～。

【返修】fǎnxiū〔動〕退回原生產者或修理者修理：～率｜空調售出後有毛病可以～。

【返祖現象】fǎnzǔ xiànxiàng 生物體已退化的器官或組織再次出現在後代生物機體上的現象。如個別人體上有尾巴或耳朵會動等就是返祖現象。

fàn ㄈㄢˋ

犯 fàn ❶〔動〕違反；觸犯：～法｜～規｜～忌諱。❷〔動〕進攻；侵犯：～界｜進～｜人不～我，我不～人。❸〔動〕發作：～病｜他又～了煙癮｜～了脾氣。❹〔動〕發生（多指錯誤）：～案｜～錯誤｜～官僚主義。❺犯罪的人：人～｜主～｜從～。❻（Fàn）〔名〕姓。

語彙 衝犯 觸犯 毒犯 干犯 慣犯 進犯 冒犯 侵犯 囚犯 人犯 逃犯 違犯 嫌犯 兇犯 要犯 戰犯 罪犯 教唆犯 嫌疑犯 刑事犯 明知故犯 秋毫無犯

【犯案】fàn∥àn〔動〕作案後被發現或被偵破：這個歹徒又～了｜抓獲的三個兇犯，都犯過案。

【犯病】fàn∥bìng〔動〕舊病復發；舊有的惡習重又出現：他患有哮喘，一到冬天就要～｜他又犯了病，賭博去了。

【犯不上】fànbushàng〔動〕不值得：～跟他生氣｜買這點東西，～走遠路上大商場。

【犯不着】fànbuzháo〔動〕犯不上：為了一點小事～生這麼大的氣。

【犯愁】fàn∥chóu〔動〕發愁：他正～沒人幫忙，幸虧你來了｜犯了一天愁也想不出辦法來。

【犯得上】fàndeshàng〔動〕值得（多用於反問）：買張戲票還～求人嗎？｜～生那麼大的氣嗎？｜就這麼點東西，～租一輛車來搬嗎？

【犯得着】fàndezháo〔動〕犯得上。

【犯法】fàn∥fǎ〔動〕觸犯法律或法令：不管誰犯了法，都要依法制裁。

【犯規】fàn∥guī〔動〕違犯規則、規定：球雖然踢進了門，但裁判判他犯了規。

【犯忌】fàn∥jì〔動〕觸犯禁忌：遇到喜慶事不要說喪氣話｜入鄉隨俗，不可～。

【犯節氣】fàn jiéqì（北方官話）一些慢性病在季節轉換或天氣驟然變化時發作：年紀大了，天一涼就～，身體不舒服。

【犯禁】fàn∥jìn〔動〕違犯禁令或嚴厲的規定：明令禁毒，犯了禁就要嚴懲。

【犯人】fànrén（-ren）〔名〕被依法判處刑罰的人（多指服刑的）。

【犯傻】fàn∥shǎ〔動〕（北京話）❶幹傻事：別～，那是騙人的。❷發呆：他一直站在那兒～，難道有甚麼心事？

【犯上】fànshàng〔動〕觸犯長輩或上級：～作亂｜他有能力，但好～，官場上並不得意。

【犯嫌疑】fàn xiányí 因與某人或某事有關（不一定參與），惹起別人猜疑：上邊追查這件事，他躲得遠遠的，免得～。

【犯疑】fàn∥yí〔動〕產生疑心；懷有疑心：這事跟你沒關係，你不要～｜聽了這句話，他又開始犯起疑來了。

【犯罪】fàn∥zuì〔動〕做出犯法獲罪的事情：犯了罪，就要治罪。

【犯罪嫌疑人】fànzuì xiányírén 在案件偵查階段，被偵查的對象，法律上稱之為犯罪嫌疑人。至被判決有罪時，才稱為罪犯。

氾（泛） fàn 氾濫：黃～區（黃河水氾濫過的地區）。
另見 Fán（358頁）；fàn "泛"（363頁）；"泛" 另見 fàn（363頁）。

【氾濫】fànlàn〔動〕❶ 江河等水溢出堤岸，四處流淌：河水～。❷ 比喻某種有害的事物廣泛傳播：不能讓黃色書刊～｜垃圾郵件～，民眾反映強烈。

汎 Fàn〔名〕姓。
另見 fàn "泛"（363頁）。

泛〈汎○氾〉 fàn ㊀❶〈書〉漂浮：～舟南湖。❷〔動〕浮現；冒出：臉上～起紅暈｜煮肉～出香味兒。❸ 浮淺；不切實際：空～｜～～之交。
㊁普通；一般：～指｜～稱。
另見 fàn "氾"（363頁）；"氾" 另見 Fán（358頁）、fàn（363頁）；"汎" 另見 Fàn（363頁）。

語彙 膚泛 浮泛 廣泛 活泛 空泛 寬泛

【泛稱】fànchēng ❶〔動〕一般稱作：鳥獸蟲魚～動物。❷〔名〕一般的名稱。

【泛讀】fàndú〔動〕一般地閱讀（跟 "精讀" 相對）。

【泛泛】fànfàn〔形〕膚淺；不深入：～之言｜～之交。

【泛化】fànhuà〔動〕擴大；推廣到一般：這些有確定內涵和外延的概念不能隨意～。

【泛神論】fànshénlùn〔名〕主張神即自然界的哲學學說。認為自然界是萬物之神，神存在於一切事物之中，並沒有超自然的主宰世界的精神力量。

【泛音】fànyīn〔名〕組成一個樂音的若干音中，除基音（頻率最低的純音）外的其餘純音。也叫陪音。

范 Fàn〔名〕姓。
另見 fàn "範"（364頁）。

畈 fàn ❶ 田地：田～｜秋收滿～稻穀香。❷ 用於地名：馬～(在河南)｜餘～(在安徽)｜白水～(在湖北)。❸〔量〕用於大片土地：一～田。

梵 fàn ❶ 有關印度的事物：～土(印度別名)｜～語(一般指公元前 4 世紀印度的古典語)｜～本(梵語文經典)。❷ 關於佛教的：～字(佛寺)｜～典(佛教經典)。[梵 brahma]❸(Fàn)〔名〕姓。

【梵唄】fànbài〔名〕佛教徒在進行佛事活動時吟誦經文的聲音。

【梵蒂岡】Fàndìgāng〔名〕天主教的世界中心，羅馬教廷的所在地，在意大利首都羅馬城的西北角。[意 Vatican]

【梵文】fànwén〔名〕古代印度的語言文字。書體右行，是古今印度文字的本源。也叫梵字、梵書。

販(販) fàn ❶〔動〕商人買來貨物(出賣)：～馬｜～布匹｜～毒｜從南方～來一批貨。❷(～兒)做買賣的人：小～兒｜攤～。

語彙 毒販 商販 攤販 小販 行販

【販毒】fàndú〔動〕販賣毒品：～團夥｜打擊～活動。

【販賣】fànmài〔動〕❶ 買進貨物再賣出，從中獲取利潤：～蔬菜。❷ 比喻傳播邪說謬論：某些人打着治病的幌子～偽科學。

【販私】fànsī〔動〕販賣私貨；走私：～團夥｜打擊走私～。

【販運】fànyùn〔動〕商人從某地買進貨物運到另一地(出售)：長途～。

【販子】fànzi〔名〕❶ 往來各地以販賣盈利的人：票～｜牲口～｜二道～。❷ 比喻煽動製造禍害的人：戰爭～。

飯(飯) fàn ❶〔名〕五穀熟食：大米～｜小米～｜乾～。❷〔名〕指大米乾飯：蛋炒～｜我喜歡吃～，不喜歡吃烙餅。注意大米乾飯可以說成"飯"，也可以說成"米飯"，但"小米飯""秫米飯"必須說全稱。❸〔名〕(頓)每日定時的進食；每餐所吃的食物(包括飯和菜)：一天吃三頓～｜吃～時間到了。❹ 吃飯：～前便後要洗手。

語彙 便飯 茶飯 吃飯 餓飯 開飯 噴飯 討飯 下飯 要飯 齋飯 八寶飯 大鍋飯 現成飯 粗茶淡飯 生米煮成熟飯

【飯菜】fàncài〔名〕❶ 飯和菜：～都很好。❷ 下飯的菜。注意"菜飯"跟"飯菜"不同。摻着菜煮成的大米飯叫作菜飯。

【飯店】fàndiàn〔名〕(家)❶ 規模較大、設備較好、提供住宿飲食的旅館：四星級～。❷ 飯館：小～。

【飯館】fànguǎn〔名〕(家)出售飯菜供顧客喝酒、吃飯的店鋪。也叫飯館子、館子。

辨析 飯館、飯店 二者都能為顧客提供飲食，"飯館"一般規模較小，提供的飯菜較簡單，而且不像有些飯店那樣，還能為顧客提供住宿休閒服務。

【飯含】fànhán〔動〕古代殯殮時，把米放在死者口中叫"飯"，把玉放在死者口中叫"含"：生則不得事養，死則不得～。

【飯盒兒】fànhér〔名〕盛飯裝菜的盒子，用鋁、不鏽鋼或塑料等製成。

【飯局】fànjú〔名〕宴會或聚餐：晚上我有個～。

【飯來張口，衣來伸手】fànlái-zhāngkǒu，yīlái-shēnshǒu〔俗〕指吃現成飯，穿現成衣，不勞而獲，坐享其成。也說"衣來伸手，飯來張口"。

【飯量】fànliàng(-liang)(～兒)〔名〕一個人一頓飯能吃的食物量：～小｜他～大。也說食量。

【飯鋪】fànpù(～兒)〔名〕(家)小飯館兒。

【飯食】fànshi〔名〕指飯和菜等食物：那家飯館～不錯。

【飯廳】fàntīng〔名〕專供吃飯用的廳堂：大～｜小～。注意 有些飯館的名稱可以叫作餐廳，但不叫飯廳。

辨析 飯廳、食堂 "食堂"是某個單位內部飲食服務單位，也指供應本單位人員用餐的地方。"飯廳"指專供用飯的較寬敞的房間。"食堂"必是公共單位或設施。"飯廳"可以是公共的，也可以是家庭的。可以說"吃食堂"(意思是在食堂就餐)，不能說"吃飯廳"。

【飯桶】fàntǒng〔名〕❶ 盛飯用的桶。❷ 比喻食量大的人(含戲謔意)。❸ 比喻無用的人(諷刺這種人只會吃飯，不會做事)。

【飯碗】fànwǎn〔名〕❶ 盛飯用的碗。❷ 比喻職業：鐵～｜金～｜找～(找職業)｜～砸了(失業)。

【飯莊】fànzhuāng〔名〕(家)規模較大的飯館。

【飯桌】fànzhuō(～兒)〔名〕(張)吃飯用的桌子。

範(范) fàn ❶〈書〉模型；模子：錢～。❷ 模範：示～。❸ 範圍：就～。❹ 不使越軌：防～。❺(Fàn)〔名〕姓。注意 古代有范、範二姓，作為姓氏，二者不能混用，"範"不能簡化為"范"。"范"另見 Fàn(363 頁)。

語彙 垂範 典範 防範 風範 規範 就範 模範 失範 師範 示範

【範本】fànběn〔名〕可用來做模仿標準的本子(多指書法繪畫方面的)：習字～｜圖畫～。

【範疇】fànchóu〔名〕❶ 人的思維對客觀事物的普遍本質的概括和反映。各門科學都有自己特有

F

的範疇。如化學中的化合、分解；政治經濟學中的商品、價值等。哲學範疇是對自然和社會現象最一般的概括，如本質和現象、對立和統一等。❷類型；範圍。

【範例】fànlì〔名〕可以當作榜樣仿照的事例：心臟移植手術成功的～很多。

【範式】fànshì〔名〕可以作為標準或典範的形式：科學～。

【範圍】fànwéi ❶〔名〕四周界限：管轄～｜活動～｜職權～｜他寫作的～很廣，有詩歌、散文、小說、劇本等。❷〔動〕〈書〉概括；限制：天地之大，豈可～！

[辨析] 範圍、範疇　"範疇"是哲學名詞，"範圍"不具有"範疇"的術語義。"範疇"有時可以當類型、範圍講，如"漢字是屬於表意文字範疇的"，但能組合的詞語較窄。"範圍"可以組合的詞語寬得多，如"考試的範圍""清查戶口的範圍""核對眼目的範圍"，其中的"範圍"都不能換成"範疇"。

【範文】fànwén〔名〕(篇)可做學習榜樣的文章：講解～。

斄 fàn〔動〕(北方官話)禽類生蛋：老母雞天天～蛋。

fāng ㄈㄤ

方 fāng ㊀❶〔形〕四個角都是 90° 的四邊形或六個面都是方形的六面體：～桌｜～糖｜廣場是～的。❷〔名〕一個數自乘的積；乘方：平～｜立～｜3 的二次～是 9。❸〔量〕用於方形的東西：一～手帕｜一～端硯｜三～臘肉。❹〔量〕平方或立方的簡稱：這間屋子有 15～｜兩～木材。❺誠實正直；方正：為人外圓內～。❻(Fāng)〔名〕姓。
㊁❶〔名〕方向：東～｜前～｜四面八～。❷〔名〕方面：我～｜雙～｜官～｜被告～。❸地方：～言｜～志｜天各一～。
㊂❶方法：想～設法｜千～百計｜教導有～｜(～兒)〔名〕藥方：單～兒｜秘～｜偏～兒｜請大夫開個～兒。
㊃〔副〕❶正在；正當：～興未艾｜來日～長。❷才；剛：如夢～醒｜年～二八｜當家～知柴米貴。

[語彙] 處方　大方　單方　地方　斗方　端方　對方　多方　買方　賣方　秘方　配方　前方　四方　塌方　西方　驗方　遊方　有方　遠方　外圓內方　儀態萬方　貽笑大方

【方案】fāng'àn〔名〕❶做好的設計；工作的計劃(多指比較重大的)：提出整頓的初步～。❷制定的規則或法式：《漢語拼音～》｜《國家公務員制度實施～》。

【方便】fāngbiàn ❶〔形〕辦事易實現；便利：交通～｜住在商店附近，買東西很～。❷〔形〕適宜；合適：這裏人多，談問題不～。❸〔形〕〈婉〉指有餘錢：這些日子我手頭也不大～。❹〔動〕〈婉〉指拉屎或撒尿：你要不要～一下？❺〔動〕使方便：～顧客。❻〔名〕指某種便利條件：請您行個～吧！

【方便麵】fāngbiànmiàn〔名〕一種便於攜帶和食用的麵條。用麵粉、植物油等烘乾製成，外帶調料。可用開水沖泡食用，也可乾吃。

┌──────────────────────┐
方便麵的不同說法
在華語區，中國大陸叫方便麵、即食麵或泡麵，港澳地區叫公仔麵或即食麵，台灣地區叫泡麵或速食麵，新加坡、馬來西亞、泰國則叫快熟麵。
└──────────────────────┘

【方便食品】fāngbiàn shípǐn 便於攜帶，食用方便的食品：～大受上班族的青睞。

【方才】fāngcái ❶〔名〕不久以前；剛過去不久的時間；剛才：～的情況，我們都知道了｜他～還在這兒，現在不知到哪兒去了。❷〔副〕表示事情發生得晚或結束得晚：怎麼天這麼黑了你～回來？｜快散場了，他～來到劇場。❸〔副〕前面用"必須""應當"呼應，表示在一定條件下實現結果：必須加大資金投入，～有農業的大發展。

【方程】fāngchéng〔名〕含有未知數的等式，如 x+1=3。也叫方程式。

【方程式】fāngchéngshì〔名〕方程。

【方程式賽車】fāngchéngshì sàichē 一種汽車比賽，因對賽車的長、寬、重及輪胎的直徑等都有嚴格的數據規定，如同數學方程式一樣，故稱。

【方尺】fāngchǐ ❶〔名〕邊長一尺的正方形。❷〔量〕平方尺。

【方寸】fāngcùn ❶〔名〕邊長一寸的正方形：～之木。❷〔量〕平方寸。❸〔名〕〈書〉指人的心：亂了～。

【方法】fāngfǎ〔名〕解決問題、達到某種目的的門路、措施、程序等：工作～｜想盡各種～｜採用一種新～。

【方法論】fāngfǎlùn〔名〕❶關於認識世界和改造世界的根本方法的學問。❷進行科學研究的程序、方式、做法等的學問。

【方方面面】fāngfāngmiànmiàn〔名〕每個方面；各個方面：當上了律師，不免要和～的人打交道。

【方格】fānggé(～兒)〔名〕正方形的格子：～紙｜～桌布。

【方根】fānggēn〔名〕一個數的 n 次冪等於 a 時，這個數就叫作 a 的 n 次方根，記作 $\sqrt[n]{a}$(n 為大於 1 的整數)。如 $(+2)^4=16$，$(-2)^4=16$，說明

+2 和 -2 是 16 的兩個四次方根。簡稱根。

【方劑】fāngjì〔名〕中醫指正規藥方。

【方家】fāngjiā〔名〕〈書〉❶ 原謂道術修養很深的人；後稱飽學之士或有一技之專的人：論述不當之處，請～不吝指教。也說大方之家。❷ 醫生以方劑治病，故也稱方家。

【方塊字】fāngkuàizì〔名〕指漢字，因為每一個漢字佔一個方塊兒。

【方略】fānglüè〔名〕通盤的方針大計和謀略：建國～。

【方面】fāngmiàn〔名〕（個）相對的人或事物的一方；事情或事物的一面：我們這～我們負責｜矛盾的主要～。

【方面軍】fāngmiànjūn〔名〕擔負一個方面作戰任務的軍隊，下轄集團軍或軍，如中國工農紅軍第一方面軍、第二方面軍、第四方面軍。

【方枘圓鑿】fāngruì-yuánzáo〔成〕枘：榫子；鑿：卯眼。方形榫子和圓形卯眼合不起來，形容格格不入：兩人對這件事的看法完全對立，～，談不到一塊兒。也說圓鑿方枘。注意"枘"不讀 nèi。

【方勝】fāngshèng〔名〕古代一種彩綢做的頭上飾物。由兩個斜方形一部分重疊相連而成。

【方士】fāngshì〔名〕（名）古代稱求仙、煉丹的人：秦始皇派～求長生之藥。

【方式】fāngshì〔名〕方法和形式：生活～｜工作～｜談話要講究～。

【方糖】fāngtáng〔名〕（塊）製成小方塊兒狀的白砂糖，多用來放在咖啡等飲料中。

【方位】fāngwèi〔名〕物體在空間所處的方向、位置，如東、南、西、北、上、下、左、右等：雷達已測定出飛機的～。

【方位詞】fāngwèicí〔名〕名詞的附類。分為單純的和合成的兩類，單純的如：上、下、前、後、裏、外、左、右、東、西、南、北，合成的如：上面兒、上頭、前邊兒、後邊兒、以上、之前等。

【方向】fāngxiàng〔名〕❶（個）以面向太陽確定的空間走向，面向朝陽為東，其對面為西，其右為北，其右為南，等等：小分隊在沙漠中迷失了～。❷ 通向目標的方位；目標：朝敵軍的～發起攻擊。

【方向盤】fāngxiàngpán〔名〕車、船等控制方向的圓盤狀裝置。

【方興未艾】fāngxīng-wèi'ài〔成〕正在興起、發展，一時不會終止。形容新生事物或有利形勢正在發展：電子政務～。

【方形】fāngxíng〔名〕四角都是直角的四邊形。其中四邊相等的叫正方形，四邊不等、兩對邊相等的叫長方形。

【方言】fāngyán〔名〕一種語言中跟標準語有區別的，只通行於一個地區的話，如漢語的贛方言、湘方言等。

【方圓】fāngyuán〔名〕❶ 周圍：～左近的人沒有不知道他的。❷ 指周圍的長度：這個水庫～足有四十里。

【方丈】fāngzhàng ❶〔名〕邊長一丈的正方形。❷〔量〕平方丈：大廳前的庭院有十～。

【方丈】fāngzhang〔名〕❶ 寺院或道觀中住持的住所。❷（位）寺院或道觀的住持。

【方針】fāngzhēn〔名〕指導事業前進方向的指針：～政策｜文藝～｜教育～。

【方陣】fāngzhèn〔名〕❶ 古代打仗時軍隊排列的方形陣勢：騎兵～。❷ 方形隊列：工人～｜汽車～。❸（物品等）按一定方式或內在聯繫組合的系列：中國期刊～。

【方正】fāngzhèng〔形〕❶ 又方又正，成正方形：她字寫得很～｜匾額上方方正正地寫着"天下為公"四個大字。❷ 指人的品行正直不阿：為人清廉～。

【方誌】fāngzhì〔名〕（本，部）地方誌。

【方舟】fāngzhōu〔名〕指諾亞方舟。《聖經》中義士諾亞為躲避洪水而製造的長方形木船。

【方子】fāngzi ㊀〔名〕❶（張）藥方：開個～。❷（種）配方：這是一種製造肥皂的～。㊁〔名〕方柱形的木材。也作枋子。

坊 fāng ❶ 街巷，多用於城市街巷的名稱：白紙～｜錦什～街（均在北京）｜嘉會～｜永平～｜長壽～（均為唐代長安城的街巷）｜大紙～街｜小紙～街（均在河南開封）。❷ 店鋪：茶～酒店。❸ 牌坊：忠孝～｜節義～。
另見 fáng（367 頁）。

語彙　街坊　牌坊　書坊

【坊本】fāngběn〔名〕舊時書坊刻印的書。也叫坊刻本、書棚本。

【坊間】fāngjiān〔名〕❶ 街市上。❷ 書坊：書架上的書多購自～。

邡 fāng ❶ 用於地名：什（shí）～（在四川成都北）。❷（Fāng）〔名〕姓。

芳 fāng ❶ 花草；香草：眾～｜群～譜。❷ 花草發出的香氣：～香｜蘭有秀兮菊有～。❸ 值得模仿和稱道的品德、名聲：流～百世｜萬古流～。❹ 美好的：～名｜～鄰｜～年。注意這個意義的合成詞多用於女性，如芳名、芳齡、芳姿、芳澤等，也有不限於稱女性的，如芳鄰。❺（Fāng）〔名〕姓。

語彙　芬芳　流芳　群芳

【芳鄰】fānglín〔名〕〈書〉❶ 好鄰居。❷〈敬〉稱別人的鄰居。

【芳齡】fānglíng〔名〕女子的年齡（用於年輕女子）：～二八（16 歲）。

【芳名】fāngmíng〔名〕❶ 美好的名聲：～遠播。

❷〈敬〉稱人的姓名（多用於年輕女子）：請問～｜願聞～。

【芳香】fāngxiāng〔形〕（花草的）香：～襲人｜氣味～。

【芳澤】fāngzé〔名〕〈書〉❶ 古代婦女用來潤髮的香脂。❷ 借指年輕女子的儀容。

【芳札】fāngzhá〔名〕〈敬〉稱別人的來信。

枋 fāng ❶ 古書上說的一種樹，木材可以做車。❷ 方柱形的木材。

【枋子】fāngzi ❶ 同 "方子" ㊀。❷〔名〕棺材。

牪 fāng 傳說中一種能在沙漠中遠行的牛。

蚄 fāng 用於地名：好（zǐ）～口（在河北）。

鈁（钫） fāng ㊀ ❶ 古代盛器，青銅製成，口方腹大，壺形，漢朝稱鈁。❷ 鍋一類的器皿。

㊁〔名〕一種放射性金屬元素，符號 Fr，原子序數 87。最穩定的同位素半衰期為 22 分鐘。

fáng ㄈㄤ

坊 fáng ❶ 手工業者的工作場所：染～｜油～｜粉～｜麵～｜碾～｜磨～｜作～｜豆腐～｜麵包～。❷（Fáng）〔名〕姓。
另見 fāng（366 頁）。

妨 fáng ❶ 妨害；妨礙：不～｜何～｜久雨～農。❷（舊讀 fāng）〔動〕指迷信的人相信的某種事物現象會產生壞事。如丈夫死了，便說是妻子 "妨" 的，原因是妻子的長相（顴骨高）不好；又如學生甲考試成績不理想，便說是學生乙 "妨" 的，原因是學生乙曾說過某句不吉利的話。

語彙 不妨　何妨　無妨

【妨礙】fáng'ài〔動〕干擾阻礙：鬧矛盾～團結｜馬路邊擺攤兒，～交通。

【妨害】fánghài〔動〕造成損害：～健康｜～聲譽｜～治安。

┌─辨析─ **妨害、妨礙** "妨害" 着重指損害，程度較重，對象除 "工作、學習" 之外，常是 "健康、利益" 等；"妨礙" 着重指造成障礙，使不能順利進行，程度較輕，對象常是 "工作、學習、交通、進步、活動" 等。

防 fáng ❶〔動〕對意外侵害的事先準備和守衞：～旱｜～火｜～盜｜～患未然｜害人之心不可有，～人之心不可無。❷ 防禦的設施：城～｜布了一道～。❸ 防洪的建築物：堤～｜以～止水。❹（Fáng）〔名〕姓。

語彙 邊防　佈防　城防　堤防　提防　調防　返防
國防　海防　換防　謹防　空防　聯防　設防　消防
嚴防　駐防　冷不防　猝不及防　防不勝防

【防暴】fángbào〔動〕防止暴力或暴亂犯罪：～警察｜～演習｜這些新式裝備是用來～的。

【防備】fángbèi〔動〕預防戒備：～敵人攻擊｜眼看要下雨，出門帶上傘｜揰淋。

【防不勝防】fángbùshèngfáng〔成〕勝：盡。防備不過來：他的球路多變，對手～。

【防潮】fángcháo〔動〕❶ 防禦潮水：築好堤壩，才能～。❷ 防止潮濕：～布｜火藥｜牆角撒些白灰可以～。

【防塵】fángchén〔動〕防禦並清除灰塵：～圈｜罩｜～設備。

【防除】fángchú〔動〕預防並消除（昆蟲、污染物等）：～病蟲害。

【防彈】fángdàn〔動〕防止子彈射入：～玻璃｜～背心。

【防盜】fángdào〔動〕防禦盜賊：～門｜～裝置｜注意～。

【防盜門】fángdàomén〔名〕（扇，道）防備盜賊破門而入的金屬門，多加在原房門之外。

【防地】fángdì〔名〕軍隊防守的地段或地區：三團的～在郊區。

【防凍】fángdòng〔動〕防止凍傷或霜凍：～藥品｜注意做好農作物～工作。

【防毒】fángdú〔動〕防止毒氣、毒物傷害：～面具｜～器材｜在化工廠工作不能忽視～、防腐蝕。

【防範】fángfàn〔動〕防備；警戒：小心～，免生意外｜提高對詐騙分子的～意識。

【防風】fángfēng〔名〕多年生草本植物，複葉羽狀分裂，夏秋開白色小花。根含揮發油，可入中藥，有祛痰、鎮痛等功用。

【防風林】fángfēnglín〔名〕在乾旱多風地區，為調節氣候，防止風沙侵襲而培育起來的防護林帶。

【防腐】fángfǔ〔動〕❶ 用藥物等抑制微生物的生長、繁殖，以防止機體或食物等的腐敗：～劑｜罐頭的果肉要經過清洗、消毒、～等加工環節。❷ 防止腐敗行為。

【防寒】fánghán〔動〕防備寒冷：～衣物｜為了～，他又加了一層窗玻璃。

【防洪】fánghóng〔動〕防備洪水氾濫成災：排澇｜汛期即將來臨，加強戒備，注意～。

【防護】fánghù〔動〕防備並保護：高溫作業，要注意～｜感冒多發季，對老人和兒童更要加強～。

【防護林】fánghùlín〔名〕為防禦水、旱、風、沙等自然災害，調節氣候而營造的森林：西北～｜～體系。

┌──────────────┐
三北防護林工程
從新疆到黑龍江，分佈着總面積達 149 萬平方千米的沙漠、戈壁和沙漠化土地，形成長達萬餘里的風沙綫，常年遭受風沙危害的農田、牧場達兩億多畝。1978 年 11 月，中國決定在東北西部、華北北部和西北大部分地區，包括北方 13 個省（自治區、直轄市）的 551 個縣，建設總面積 406.9 萬平方千米，佔國土面積 42.4% 的"三北"防護林體系。該項工程分三個階段、八期工程、七十三年來完成，共需造林 3560 萬公頃，使三北地區的森林覆蓋率由 5.05% 提高到 14.95%，沙漠化土地得到有效治理，水土流失得到基本控制，生態環境和人民群眾的生產生活條件從根本上得到改善。

【防患未然】fánghuàn-wèirán〔成〕禍患發生之前採取措施加以防備：雨季到來之前要築壩培堤，～。也說防患於未然。

【防火】fánghuǒ〔動〕預防火災發生：～帶｜～器材｜注意～。

【防火牆】fánghuǒqiáng〔名〕❶ 在建築物之間或其中的各部分之間築起的防止火災蔓延的牆。❷ 指互聯網中用的防止計算機病毒進入或破壞性訪問的安全設施。

【防己】fángjǐ〔名〕落葉藤本植物，葉子闊卵形，開綠色小花，果實黑色。根可入藥，有鎮痛、利尿、祛風濕、消水腫等功用。

【防空】fángkōng〔動〕為防備空襲而採取各種防衛措施：～洞｜～演習。

【防空洞】fángkōngdòng〔名〕❶ 空襲時可供人躲避的洞穴或地下設施。❷ 比喻隱藏壞人的處所：他們家成了壞人的～。

【防空識別區】fángkōng shíbiéqū 一國基於空防需要所劃定的空域，目的在於為軍方及早發現、識別和實施空軍攔截行動提供條件。

防空識別區
2013 年 11 月 23 日，中華人民共和國政府根據 1997 年 3 月 14 日《中華人民共和國國防法》、1995 年 10 月 30 日《中華人民共和國民用航空法》和 2001 年 7 月 27 日《中華人民共和國飛行基本原則》，宣佈劃設東海防空識別區。現在，世界上二十多個國家均設有防空識別區。

【防澇】fánglào〔動〕防止農作物遭受洪水、雨水浸泡：既要防旱，又要～。

【防區】fángqū〔名〕防護的地區：這一帶是友軍的～。

【防身】fángshēn〔動〕防護自身，使不受暴力侵害：～術｜你帶上這根木棍，既可當拐杖，還能～。

【防守】fángshǒu〔動〕❶ 防護守衛（跟"進攻"相對）：～江堤。❷ 在鬥爭或競賽中防範和抵禦對方攻勢（跟"進攻"相對）：我方～出現漏洞，輸了球。

【防暑】fángshǔ〔動〕防止中暑：～降溫｜夏天出門要防曬～。

【防水】fángshuǐ〔動〕採取措施防止水的滲透或浸入：煤礦作業，要防瓦斯，又要注意～｜～材料｜這種手錶又防震又～。

【防微杜漸】fángwēi-dùjiàn〔成〕漸：指逐漸變化。在壞事剛露苗頭時就加以制止，不讓它發展：對青年學生要加強道德教育，～，儘可能避免他們犯大錯。

【防偽】fángwěi〔動〕防止偽造：～標誌｜～技術。

【防衛】fángwèi〔動〕防禦並保衛：正當～｜～過當｜運鈔車有足夠的警力～。

> **辨析 防衛、防護** 兩個詞都有防備的意思；但"防衛"重在使不受侵犯，使用範圍較小，"防護"重在使不受各種損害，使用範圍較廣，如"這種植物怕冷，寒流來時要加強防護""烈日下要注意皮膚防護"等，其中的"防護"不能換用"防衛"。

【防衛過當】fángwèi guòdàng 正當防衛明顯超過必要限度而造成重大損害的行為。相關地區刑法規定，防衛過當應負刑事責任，但可減輕或免除處罰。

【防務】fángwù〔名〕國家安全防禦方面的事務：做好海疆～工作｜整頓～，鞏固國防。

【防綫】fángxiàn〔名〕(道)❶ 軍隊防守的一帶地方，築有抗擊進攻的工事：城市外圍設下兩道～。❷ 球類（如足球）比賽中由後衛組成的一條防禦綫：把～推進到中場附近。❸ 比喻人的戒備意識：心理～｜這番談話，衝破了她內心的～。

【防鏽】fángxiù〔動〕防止生鏽：～劑｜～脂｜機器要經常維護，注意～防塵。

【防汛】fángxùn〔動〕在江河水位上漲時，採取措施，防止洪水成災：～指揮部｜動員全省人民～。

【防疫】fángyì〔動〕預防傳染疫病：～注射｜水災過後，還要注意～。

【防禦】fángyù〔動〕抵禦遏止敵人的進攻：～戰｜加固工事，～敵軍來犯。

【防災】fángzāi〔動〕預防災害：～演習｜～意識｜～措施要得力。

【防長】fángzhǎng〔名〕(位)國防部長的簡稱。

【防震】fángzhèn〔動〕❶ 預防地震。包括對地震的監測預報、應急措施、災情調查、損失評估等。❷ 採取措施或安裝某種裝置，使建築物、機器、儀表、易碎物品等免受震動：～手錶｜瓷器的運輸包裝一定要～。

【防止】fángzhǐ〔動〕事先想辦法制止：～傳染病流行｜～浪費人力、物力。

【防治】fángzhì〔動〕預防並治理、治療：～環境污染｜加強急性傳染病的～。

防 fáng 見"脂肪"（1747 頁）。

F

房 fáng 〇❶〔名〕房子：樓～｜建～｜買～｜二手～。❷房間：臥～｜客～｜書～。❸形狀和作用像房的東西：蜂～｜蓮～｜乳～｜心～。❹家族中的一支：長～｜二～｜遠～｜他們是三～的子孫。❺〔量〕用於妻、妾、兒媳婦等：三～兒媳婦兒都很賢惠。❻二十八宿之一，東方蒼龍七宿的第四宿。參見"二十八宿"（347頁）。❼（Fáng）〔名〕姓。
〇同"坊"（fáng）。

語彙 班房 病房 捕房 倉房 茶房 禪房 廠房 廚房 洞房 閨房 庫房 牢房 樓房 茅房 門房 暖房 偏房 票房 平房 期房 乳房 私房 填房 同房 尾房 現房 廂房 心房 新房 刑房 行房 藥房 營房 圓房 棧房 賬房 正房 子房

【房艙】fángcāng〔名〕輪船上乘客住的較小房間（區別於"統艙"）。
【房產】fángchǎn〔名〕個人或團體享有所有權的房屋：老人遺留下的～，捐獻給幼兒園了。
【房貸】fángdài〔名〕住房貸款：還～｜～政策。
【房地產】fángdìchǎn〔名〕房產和地產的合稱：～市場。
【房頂】fángdǐng〔名〕房子的頂部。
【房東】fángdōng〔名〕出租房屋的人（跟"房客"相對）：我們的～是一位老先生。
【房改】fánggǎi〔動〕住房制度改革：～方案｜配套措施即將出台。
【房管】fángguǎn〔名〕房屋管理：～系統｜～部門。
【房基】fángjī〔名〕房子的地基：大雨沖壞了～。
【房間】fángjiān〔名〕房子內隔開成間的部分：這個套房有三個～｜小旅館的～不大。
【房卡】fángkǎ〔名〕電子鑰匙卡片，主要用於開啟房門。
【房客】fángkè〔名〕（位）租房住的人（跟"房東"相對）：～按月向房東交納房租。
【房奴】fángnú〔名〕因貸款購買房產而承受巨大經濟壓力的人。
【房契】fángqì〔名〕（張）房產買賣時立的契約，用來證明對房屋的所有權。房契須經過房產管理行政部門驗證，並經公證機關公證後始能生效。
【房錢】fángqián（-qian）〔名〕〈口〉租賃房屋的租金：按月交～。
【房事】fángshì〔名〕男女性交的事。
【房貼】fángtiē〔名〕住房補貼。
【房屋】fángwū〔名〕（間，座，所）統指房子的全部或一間：～維修｜～改造工程。
【房檐】fángyán（～兒）〔名〕房頂突出門牆外的部分。
【房展】fángzhǎn〔名〕為出售房屋舉辦的展覽（多是模型、圖片等）：乘車去看～。

【房主】fángzhǔ〔名〕（位）房子的所有者。
【房子】fángzi〔名〕❶（間，所，棟，幢）供人居住或做其他用途的建築物，有牆、頂、門、窗等：村裏蓋了很多兩層樓的～。❷（間）房間：向南的～做臥室。**注意** 整片高層建築可以統稱房子，如"那片地蓋了房子，都是高層建築"。單座高樓不叫房子，叫塔樓、大廈等。裏面的單間、套間也可以稱房子，如"他買的房子有 200 平米，在十層""他在大廈中租了幾間房子做辦公室"。

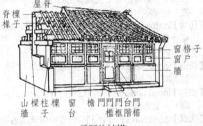

脊檁 屋脊
檁子 椽子
窗格子
窗戶
牆
山檁柱檁　窗　檐門門門台門
牆　子　台　　檻框階楣

房屋的結構

【房租】fángzū〔名〕房錢：交～。

魴（鲂） fáng〔名〕❶魚名，生活在淡水中，體形側扁，似鯿而略寬，銀灰色，口尖，胸部略平，腹部中央隆起。❷（Fáng）姓。

fǎng ㄈㄤˇ

仿 〈❶-❸倣 〇彷〉 fǎng 〇❶〔動〕效法；模仿：～古｜～造｜效～｜～品。❷〔名〕照字帖寫的字：我小時候每天都寫一張～。❸相像；類似：相～｜外甥～舅舅。❹（Fǎng）〔名〕姓。
〇見"仿佛"（369頁）。

語彙 模仿 相仿 效仿

【仿單】fǎngdān〔名〕（張）介紹商品性質、規格、用途、用法的說明書。一般放在包裝內，帶有廣告性質。
【仿佛】（彷彿、髣髴）fǎngfú ❶〔動〕像；類似：這兩個人的模樣相～。❷〔副〕似乎；好像：我～認識這個人。

┌─────────────────────────────┐
│ **辨析** 仿佛、好像 兩個詞都有表示"類似"的副詞義。a）"仿佛"多用於書面語；"好像"書面語、口語都常用。b）"仿佛"還有表"類似"的動詞義，如"這個案子跟去年那個案子相仿佛"，"好像"不能這麼用。
└─────────────────────────────┘

【仿古】fǎnggǔ〔動〕模倣古代藝術品、藝術創作等：～紋樣｜～瓷器｜藝術創作不能只是～，要有創新。

【仿冒】fǎngmào〔動〕仿製冒充：～產品｜不法商販～名牌產品商標，在市場上造成混亂。

【仿生學】fǎngshēngxué〔名〕生物學的一個分支，模仿生物的某種結構和功能來製造或改進技術設備，使其具有類似某一生物特徵的學科。如模仿狗的嗅覺功能研製成電子警犬，用於偵緝。

【仿宋】fǎngsòng〔名〕漢字印刷字體，仿照宋版書設計的字體，筆畫粗細勻整，細分有宋體（字形方正）、仿宋體（字形較宋體長）和長仿宋體（字形較仿宋體更瘦長一些）。也叫仿宋字體、仿宋字。

【仿效】fǎngxiào〔動〕照着樣子去做：～國外訓練運動員的先進方法｜發展經濟不能機械～，要因地制宜。

【仿造】fǎngzào〔動〕照着現成的樣子製造：博物館裏的工藝師會～古器物。

【仿照】fǎngzhào〔動〕依照已有的樣式或方法去做：～這條裙子再做一條。

【仿真】fǎngzhēn ❶〔動〕利用模型模仿實際系統進行實驗或研究：系統～｜～比例。❷〔形〕屬性詞。模仿逼真的：～武器。

【仿製】fǎngzhì〔動〕仿造：～明清家具｜～出一批唐三彩駱駝。

彷 fǎng "彷彿"，見"仿佛"（369頁）。
另見 páng（1005頁）。

昉 fǎng〈書〉天放明；引申為開始。

舫 fǎng〈書〉船：畫～｜石～｜遊～。

紡（纺） fǎng ❶〔動〕把絲、麻、棉、毛、化纖等纖維抽成紗，捻成綫：～紗｜～棉花｜把紗～成綫。❷指紡綢：杭～。

語彙　粗紡　混紡　毛紡　棉紡　細紡　小紡

【紡車】fǎngchē〔名〕（架）舊式紡紗、紡綫用的工具，裝有紡輪，有手搖和腳踏兩種。

【紡綢】fǎngchóu〔名〕（塊，匹）一種平紋絲織品，用生絲織成，質地輕而薄，細緻柔軟：～襯衫。

【紡錘】fǎngchuí〔名〕紡紗、紡綫用的工具，是一個中間粗兩頭細的小圓棒，把棉絮或棉紗的一端固定在上面，紡錘旋轉就把棉絮紡成紗或把紗紡成綫。

【紡織】fǎngzhī〔動〕把絲、麻、棉、毛、化纖等纖維紡成紗或綫並織成絲綢、布匹、呢絨等：～廠｜～品｜～業。

【紡織娘】fǎngzhīniáng〔名〕（隻）昆蟲，生活在草地裏，綠色或黃褐色，頭部較小，觸角較長，善於跳躍，雄性前翅部有發聲器官，能發出像紡車轉動的聲音，故稱。

【紡織品】fǎngzhīpǐn〔名〕絲、麻、棉、毛、化纖等纖維經紡織加工而成的產品，如單紗、毛綫、衣料、地毯等：中國～大量出口，為國家換取外匯。

訪（访） fǎng ❶訪問：來～｜探親～友。❷詢問調查：南下～書｜搜奇～古（探訪古跡）。❸〔動〕特指國與國之間高層領導人的訪問：俄羅斯總統～華。❹（Fǎng）〔名〕姓。

語彙　拜訪　採訪　查訪　出訪　到訪　回訪　家訪　上訪　探訪　尋訪　造訪　專訪　走訪　明察暗訪　微服私訪

【訪談】fǎngtán〔動〕訪問交談：科學家～錄｜記者來對當年那場災難的倖存者進行了～。**注意**"訪談"不直接帶賓語，多同介賓結構"對……"搭配使用，如"他對幾位探險者做了訪談"，不說"他訪談了幾位探險者"。

【訪談錄】fǎngtánlù〔名〕訪問談話的記錄，可以是文字記錄，也可以是錄音錄像。

【訪問】fǎngwèn〔動〕❶拜會親友；有目的地看望（人或地方）：～親友｜～魯迅故居｜記者～了這位英雄的母親。❷進入網站查找、瀏覽：網站～量激增｜～本網站的累計為三十萬人次。

【訪問學者】fǎngwèn xuézhě 應邀到國外或外單位進行一段時間的學術交流或研究的專家、學者：他作為～，將到美國工作一年。

【訪學】fǎngxué〔動〕為了交流和提高，在校大學生被派到別的大學進行短期學習：今年可望有500名大學生外出～。

【訪員】fǎngyuán〔名〕（位，名）舊時報館中專事採訪新聞的人員。有普通訪員和特別訪員，承擔性質不同的採訪任務。現在通稱新聞記者。

fàng ㄈㄤˋ

放 fàng ❶〔動〕解脫約束，使得自由：～行｜不～他走｜把俘虜～了。❷〔動〕一段時間的工作或學習結束，回家休息：～工｜～學｜～暑假。❸〔動〕發出；散發：～槍｜～冷箭｜～風箏｜大～異彩。❹縱情去做：～達｜～蕩｜大～厥詞。❺〔動〕放牧：～牛｜～羊｜～豬。❻〔動〕從上面派到下面去：下～｜把青年學生～到農村去鍛煉。❼流放：～逐。❽〔動〕放送：放映：～音樂｜～電影。❾〔動〕為取利息，將錢借給別人：～債｜～高利貸。❿〔動〕使寬大；擴展：～寬｜～大｜褲腿～長一寸。⓫〔動〕點燃：～花｜～爆竹｜～火。⓬開：含苞待～｜百花齊～｜心花怒～。⓭〔動〕暫時擱置：事情先～一～再看。⓮〔動〕伐樹：上山～樹。⓯〔動〕將東西擺在一定的地方：把書～在書架上｜把衣服～到衣櫃裏。⓰〔動〕添加進去：菜裏別～太多鹽｜你喝咖啡～不～糖？⓱〔動〕使行動、態度保持適當的分寸：～明白點兒｜～尊重些｜速度～慢點兒｜腳步～輕些。⓳〔動〕丟開：～着大路不走，走小路｜～着戲不看，悶在家裏。⓲（Fàng）〔名〕姓。

語彙 安放　擺放　奔放　播放　粗放　存放　發放　豪放　回放　寄放　解放　開放　狂放　流放　排放　燃放　施放　釋放　疏放　停放　投放　頹放　下放　綻放　百花齊放　含苞待放　心花怒放

【放長綫，釣大魚】fàng chángxiàn，diào dàyú〔諺〕比喻為了將來的利益或事情的成功而做出安排，等待最有利的時機解決：這兩個人是幫兇，不要急於逮捕，要～，等主犯出現時再動手。

【放大】fàngdà〔動〕使圖像、聲音、功能等擴大、提高或增強（跟"縮小"相對）：～鏡｜～器｜～效應｜把照片送到照相館去。

【放貸】fàngdài〔動〕發放貸款。

【放膽】fàng // dǎn〔動〕拿出勇氣，無所顧忌：你儘管～去做，出了問題我負責。**注意**"放膽"在句中多構成連謂結構，"放膽"充當第一個謂語。

【放誕】fàngdàn〔形〕〈書〉（行為言語）不受常規情理拘束：～不羈｜負才～。

【放蕩】fàngdàng〔形〕行為任性，不受約束；特指生活作風不檢點：～不羈｜～生活。

【放刁】fàng // diāo〔動〕用撒潑、耍賴手段難為人：這個人慣會～｜別惹他，他放起刁來你招架不住。

【放毒】fàng // dú〔動〕❶ 投放毒藥或施放毒氣。❷ 比喻散佈、宣揚反動的、有害的言論。

【放飛】fàngfēi〔動〕❶（機場指揮機構）准許飛機飛行：天氣轉晴，班機都～了。❷ 把鳥、風箏等放出去使高飛：～信鴿｜～風箏。

【放飛機】fàng fēijī〔動〕港澳地區用詞。台灣地區稱"放鴿子"。答應赴約後故意失約：他在公園門口等了一個小時，不見人來，才知道被～了。

【放風】fàng // fēng〔動〕❶ 開窗讓空氣流通：屋裏悶熱，開開窗子放放風。❷ 監獄裏定時讓囚犯在屋外散步或上廁所：防止犯人在～時爭鬥。❸ 透露或散播消息：有人～，說是要裁員。

【放工】fàng // gōng〔動〕工人下班：～以後去打球｜放了工就回家。

【放過】fàngguò〔動〕❶ 放走；饒恕：我們決不冤枉一個好人，也決不～一個壞人。❷ 錯過：這是個好機會不要～。

【放虎歸山】fànghǔguīshān〔成〕把老虎放回山林。比喻放走對自身安全、利益有威脅的人，留下禍根：～，必有後患。也說縱虎歸山。

【放火】fàng // huǒ〔動〕❶ 蓄意引火燒毀國家或別人的財產（如房屋、森林等）：有人～燒了倉庫。❷ 比喻煽起騷亂：他一～，果然就把一些不明真相的人激怒了。

【放假】fàng // jià〔動〕按規定停止工作或學習：五一節～一天｜放了七天假。

【放開】fàng // kāi〔動〕❶ 解除束縛或取消限制：招待費用不能～｜～思想，大膽嘗試。❷ 由計劃經濟向市場經濟轉變中讓部分商品的價格受價值規律支配：～肉、禽、蛋、菜的購銷價格。

【放空】fàng // kōng〔動〕開空車：出租車去機場，擔心回程～。

【放空炮】fàng kōngpào〔慣〕比喻說空話、大話，只說不做：廠家對公益事業，不要～，要多拿出點行動來。

【放寬】fàngkuān〔動〕使尺寸變大；使要求、標準等由嚴變寬，由緊變鬆：～尺度｜期限｜～條件｜政策～了。

【放款】fàng // kuǎn〔動〕（金融機構）把錢借給用戶，按期計息收回：短期｜放了一筆款。

【放浪】fànglàng〔形〕〈書〉（行為、精神）放任不受約束：行為～。

【放量】fàng // liàng〔動〕敞開飯量或酒量：大家～暢飲｜放開量吃，飯有的是。

【放療】fàngliáo〔動〕放射治療，利用放射綫對腫瘤細胞等進行破壞或抑制：他最近正在醫院接受～｜～病人要保證足夠的營養。

【放料】fàngliào〔動〕港澳地區用詞。口頭或書面發佈消息、資料、信息：房屋署根據知情者的～，查明一些住宅的僭建物（非法建築物）。

【放牧】fàngmù〔動〕將成群牲畜放出尋食：～牛羊｜草原是～的好地方。

【放盤】fàngpán（～兒）〔動〕發佈房屋或某種商品的定價，公開出售或租賃：靠海的別墅群剛～，便銷售一空。

【放炮】fàng // pào〔動〕❶ 發射炮彈。❷ 放鞭炮：隔壁人家～，是娶親呢！❸ 用火藥爆破岩石、礦石：前面山頭～，在修公路呢。❹ 密閉的物體因温度升高使內部裝的液體或氣體膨脹，引起爆裂：車胎～了。❺ 比喻發表猛烈抨擊、令人震驚的言論：他在討論會上放了一炮。

【放屁】fàng // pì〔動〕❶ 從肛門排放出臭氣。❷ 罵別人說話荒謬無理或毫無用處。

【放棄】fàngqì〔動〕不再採用；拋棄：～原來的計劃｜～表決權｜原則決不能～。

【放青】fàngqīng〔動〕將牲畜放到青草地上吃草。

【放晴】fàngqíng〔動〕雨雪後天晴：一連下了十來天雨，今天才～。

【放權】fàngquán〔動〕把權力交給下級：簡政～｜只有大膽～，才能增強基層的活力。

【放任】fàngrèn〔動〕聽任不管：～自流｜對孩子的壞習慣不能～不管。

【放哨】fàng // shào〔動〕派出哨兵，警戒巡邏：今夜歸二班～。

【放蛇】fàngshé〔動〕港澳地區用詞。警方或政府其他執法機構派人假扮為一般市民或顧客,到懷疑有犯罪活動的地方進行調查,了解內情或掌握犯罪證據:警方接獲舉報,～到某建築工地,不久便拘捕多名非法入境的黑工。

【放射】fàngshè〔動〕由一點或一處向周圍射出:初升的太陽～出萬道金光│核廢料有～污染。

【放射性】fàngshèxìng〔名〕❶ 鐳、鈾等元素的原子核自動放射出射綫而衰變成另外的元素的性質。❷ 醫學上指由一個痛點向周圍擴散的現象。

【放生】fàng // shēng〔動〕❶ 把捉獲的小動物放掉。❷ 信佛的人買回別人捕獲的魚、鳥等動物釋放:～池│～會。

【放聲】fàngshēng〔副〕放開喉嚨;大聲:～歌唱│～大哭。

【放手】fàng // shǒu〔動〕❶ 鬆開握住東西的手:你要接住,我可～了。❷ 罷休;不管:得～時且～,得饒人處且饒人。❸ 放膽;打消顧慮,解除不必要的約束:～發動群眾│放開手讓年輕人去鍛煉。

【放水】fàng // shuǐ〔動〕❶ 讓水庫、儲水設備等的水流出:水庫～│～洗澡。❷ 體育比賽中,一方被貫通後,故意輸給另一方,使其得利,叫放水。引申為私下給人方便,串通作弊:他多次走私成功,分明是內部有人～。❸(粵語)指給錢:先～,再辦事。

【放肆】fàngsì〔形〕任意妄為,毫無顧忌:言行極為～│張口罵人,太～了!

【放鬆】fàngsōng〔動〕❶(肌體、精神)由緊張變鬆弛:～肌肉│加班加點幹了好幾個月,該～～了。❷(要求、控制)由嚴格變寬鬆:～警惕│工作要抓緊,千萬不能～。

【放送】fàngsòng〔動〕播放:～全國運動會開幕式實況錄音│科教台～科普電影。

【放下屠刀,立地成佛】fàngxià-túdāo,lìdì-chéngfó〔諺〕原為佛教用語,指有殺生行為的人只要放下屠刀,就能修成正果。原意以改過為善極其迅速勸誡人。後用來指行兇作惡的人,只要決心悔改,仍能變成好人。

【放血】fàng // xiě〔動〕❶ 一種醫療方法。用針刺破人體,讓少量血液流出或將水蛭放在耳部吸血。舊時用來治中暑、高血壓等症。❷ 使流血受傷。❸ 商家指降價甩賣商品;～大甩賣。

【放心】fàngxīn ❶〔名〕〈書〉放逸的心;放縱不羈的心:學問之道無他,求其～而已矣。❷(-//-)〔動〕安心;沒有憂慮和牽掛:你～養病,家中會有人照顧的│接到電話,我才放了心。注意 a)動詞"放心"是表心理活動的,可以受程度副詞修飾,如"很放心""十分放心""非常放心""更加放心"。b)"放心"中間可以插入其他成分,如"接到信,我才放了

一點兒心""你出去的這一周,我沒有放過一天心"。c)"放心"後可以帶補語,如"放心得下""放心不下"。"放"後也可以帶補語,"心"在補語後是賓語,如"放下心了""放不下心""這才放下了心來""放得下心來嗎?"。

【放行】fàngxíng〔動〕崗哨、關卡、道路等准許通過:無包裹客可免檢～│紅燈一亮,不能～。

【放學】fàng // xué〔動〕❶ 學校裏課業結束,學生回家:下午五點～│放了學為甚麼還不回家?❷ 學校裏放寒暑假或規定的假:期考結束就～了。

【放眼】fàngyǎn〔動〕放開視野;放開眼界:～望去│～未來,無限美好。

【放養】fàngyǎng〔動〕❶ 把禽、畜等動物放到圈(juàn)外飼養:把雞撒出～│～大熊貓。❷ 把魚類、紅萍等有經濟價值的動植物放到合適的地方使其繁殖生長:～魚苗│～柞蠶。

【放映】fàngyìng〔動〕用強光裝置把底片上的圖像和文字放大照射到銀幕上:～機│～隊│～電影│～幻燈。

【放債】fàng // zhài〔動〕借錢給人收取高利息。也說放賬。

【放賑】fàngzhèn〔動〕舊時指發放財物賑濟災民:開倉～。

【放置】fàngzhì〔動〕〈書〉安放;存放:東西～的位置不好│買了家具～不用,豈不可惜?

【放逐】fàngzhú〔動〕古時把犯罪的人驅逐到邊遠地區去。

【放縱】fàngzòng ❶〔動〕放任縱容,不加管束:這樣～孩子,無異於害他們。❷〔形〕〈書〉不遵循規則禮節:權臣～。

fēi ㄈㄟ

妃 fēi ❶ 配偶,後來專指皇帝的妾,太子、王、侯的妻:后～│嬪～│貴～│王～│皇太子納～。❷ 女神:靈～│湘～。

【妃嬪】fēipín〔名〕帝王的侍妾:古代帝王～眾多。

【妃色】fēisè〔名〕淡紅色。也叫楊妃色。

【妃子】fēizi〔名〕皇帝的妾。

非 fēi ㊀ ❶ 錯誤(跟"是"相對):是～曲直│閒談莫論人～。❷〔動〕不是:答～所問│～親～故│此即彼│似懂～懂│～言語所能形容。❸ 責備;反對;不以為然:未可厚～。❹〔副〕跟"不"呼應,表示必定:～如此不足以平眾怒│這件事～你辦不成。❺〔副〕跟"才"呼應,表示只有、除非:～把作業做完才出去玩│～領導出面才成。❻〔副〕〈口〉必須;一定要:不讓我看,我～看!❼(Fēi)〔名〕姓。

㊁(Fēi)〔名〕指非洲。

語彙 除非 打非 莫非 若非 是非 無非 拒諫飾非 口是心非 面目全非 惹是生非 似是而非 啼笑皆非 文過飾非 無可厚非 想入非非

【非常】fēicháng ❶〔形〕(事情、境況)不同尋常；不一般：～時期｜～措施｜人來人往，熱鬧～。❷〔副〕表示程度非常高；十分：～重視｜～抱歉｜～清楚｜～必要。

〔辨析〕**非常、十分** 意義相同，而用法略有差異。a)"非常"可以重疊起來用，"十分"不能。如可以說"非常非常美"，但不能說"十分十分美"。b)"十分"前可以用"不"表示程度低，"非常"不能。如可以說"不十分壞"，但不能說"不非常壞"。

【非處方藥】fēichǔfāngyào〔名〕不需要憑醫師處方就可購買的藥品。一般療效確切，副作用小，可據藥品說明書使用(區別於"處方藥")。

【非但】fēidàn〔連〕不但(常跟"而且""還"連用)：他～精通專業，而且知識廣博｜她～青衣唱得好，還能反串老生。

【非得】fēiděi〔副〕表示必須(常跟"不"相呼應)：這病～馬上手術不可｜幹這種活兒～仔細不行。**注意** 口語中可以不用"不可""不行"等詞做呼應，只說"非得"。

【非典】fēidiǎn〔名〕非典型肺炎的簡稱。特指由冠狀病毒引起的嚴重急性呼吸綜合徵，可經空氣、接觸傳染，患者發熱(高於38℃)，乾咳，呼吸困難，死亡率較高。醫學上將雙球菌引起的肺炎稱為典型肺炎，其他統稱非典型肺炎。

【非獨】fēidú ❶〔副〕不單：支持他的～我一人。❷〔連〕〈書〉不但(常跟"而且"連用)：～害人，而且害己｜～不學無術，而且誤人子弟。

【非法】fēifǎ〔形〕屬性詞。(行為、活動)違法；不合法：～經營｜～集會｜～入境。

【非凡】fēifán〔形〕不同尋常；不平凡：～的技能｜～的成就｜相貌～｜業績～。

【非分】fēifèn〔形〕屬性詞。非本分應得的；不守本分的：～之財｜～之想｜～的要求。

【非公有制經濟】fēigōngyǒuzhì jīngjì 各種社會經濟成分中公有制經濟以外的成分。在中國的非公有制經濟有個體經濟、私營經濟、外資經濟、中外合資經濟等多種形式。

【非官方】fēiguānfāng〔形〕屬性詞。不屬於政府方面的：～消息。

【非婚生子女】fēihūnshēng zǐnǚ 不具有婚姻關係的男女所生的子女。

【非金屬】fēijīnshǔ〔名〕沒有金屬光澤，缺乏延展性，屬於電和熱的不良導體的單質，如氧、氫、硫、磷、溴等：～材料｜～元素。

【非禮】fēilǐ〔動〕原指不禮貌，現指調戲、猥褻婦女：～少女｜他因～年輕女子而被拘留。

【非驢非馬】fēilǘ-fēimǎ〔成〕驢不像驢，馬不像馬。比喻甚麼也不像，不成樣子(含貶義)：他的畫兒～，既不是中國畫，也不是西洋畫，喜歡的人不多。

> **"非驢非馬"趣事**
> 《漢書·西域傳下》載，西域開通後，龜茲王多次到長安來朝賀，非常喜好漢朝的服飾衣着、禮儀制度。回國後，就修建宮室，衣食住行，一切都仿效漢朝。西域其他國家的人就說："驢非驢，馬非馬，若龜茲王，所謂騾也。"

【非賣品】fēimàipǐn〔名〕只用於展示或饋贈而不售賣的產品。

【非命】fēimìng〔名〕命：壽命。突遭災禍的死亡：死於～。

【非牟利團體】fēimóulì tuántǐ〔名〕港澳地區用詞。"非牟利註冊團體"的簡稱，也稱"非牟利機構"。不以牟利為目的，目標是支持、資助個人或公眾關注的諸多社會事業，如慈善、教育、學術、宗教等。經費主要來自公營、私營機構和個人的捐贈：～須向警方機構註冊，資格審批十分嚴格。

【非難】fēinàn〔動〕〈書〉責問(別人的過失)：無可～｜群起～。**注意** 這裏的"難"不讀 nán。

【非人】fēirén ❶〔名〕〈書〉不適當的人；不可信賴的人：所用～｜所賴～。❷〔形〕屬性詞。不人道的；無人性的：～的待遇｜～的生活。

【非同小可】fēitóng-xiǎokě〔成〕小可：平常。不同於尋常；不同於一般。形容事情重大或事態嚴重，不可輕視：這是機密要事，～。

【非物質文化遺產】fēiwùzhì wénhuà yíchǎn 指世代相傳、與人類生活密切相關的各種民間傳統文化表現形式、知識體系和技能及其有關的工具、實物、工藝品和文化場所。包括口頭傳統和表述，表演藝術，社會風俗、禮儀、節慶等。中國的昆曲、竹火節、古琴藝術、維吾爾族木卡姆藝術、蒙古族長調民歌等已被列為世界非物質文化遺產。

【非刑】fēixíng〔名〕酷刑：～拷問｜私用～，害人致死。

【非議】fēiyì〔動〕責難：無可～｜把兒子調到公司來，難免招致～。

【非政府組織】fēizhèngfǔ zǔzhī 除了政府和企業以外的其他非營利性的社會組織。主要從事扶貧濟困、環境保護、社區發展等公益事業。

【非正式】fēizhèngshì〔形〕屬性詞。不合乎一定標準或程序的；尚未確定下來的：～會議｜～協議。

【非洲】Fēizhōu〔名〕阿非利加洲的簡稱。位於東半球的最西部，歐亞大陸的西南面。面積約3020萬平方千米，是地球上第二大洲。人口約10億(2010年)。

F

飛（飞）fēi ❶〔動〕鳥蟲類動物鼓動翅膀在空中活動：小鳥～了｜～來一隻蜻蜓。❷〔動〕機械利用動力在空中行動：飛機從北京～廣州。❸〔動〕在空中遊動飄揚：外面～着雪花兒｜柳絮在空中～。❹〔動〕〈口〉揮發：別讓香味兒～了。❺意外發生的：～災｜～禍。❻沒有根據的：流言～語。❼疾速地：～奔｜～跑｜～漲。❽〔Fēi〕〔名〕姓。

語彙 紛飛 起飛 試飛 騰飛 停飛 直飛 笨鳥先飛 不翼而飛 勞燕分飛 遠走高飛

【飛白】fēibái〔名〕❶起源於漢朝末年的一種漢字書法形體，筆畫露出白地，有些像古代的鳥蟲書。有所謂飛白篆書、飛白草書。直到宋代，飛白還很流行。❷用白字（別字）達到某種表達效果的修辭手法。

【飛奔】fēibēn〔動〕（人、獸）飛快地跑，也比喻物體迅速運動：策馬～｜汽車在高速公路上～。

【飛播】fēibō〔動〕用飛機播撒種子：～造林。

【飛車】fēichē ❶〔動〕飛快地開車或騎車：～走壁｜～上路。❷〔名〕飛快行駛的車：開～。

【飛馳】fēichí〔動〕（車、馬）快速奔跑，也比喻物體快速運動：～的列車｜三匹馬駕着車在路上～。

【飛蟲】fēichóng〔名〕❶（隻）有翅膀能在空中活動的昆蟲，如蒼蠅、蚊子、蜜蜂等。❷古代指飛鳥。

【飛船】fēichuán〔名〕（艘，隻）指宇宙飛船。

【飛彈】fēidàn〔名〕❶（顆，枚）裝有自動飛行設備（通常指用推進器推進）的炸彈，如導彈。❷（顆）流彈：為～所傷。

【飛抵】fēidǐ〔動〕乘飛機到達：代表團於今天中午～上海。

【飛地】fēidì〔名〕❶位於某省（縣）而行政管轄隸屬於另一省（縣）的地區。❷位於某國境內而隸屬於另一國的領土。

【飛碟】fēidié〔名〕（隻）❶一種尚未查明真相的碟形空中飛行物。❷射擊運動用的一種碟形靶，由拋靶機拋射到空中，彈丸擊中即碎。

【飛短流長】fēiduǎn-liúcháng〔成〕短、長：指各種是非。指說長道短，散佈是非：是非之地，不可久留，免得～。也作蜚短流長。

【飛蛾投火】fēi'é-tóuhuǒ〔成〕飛蛾投入火中。比喻自取滅亡：敵軍兵力不足，此次來犯，是～。也說飛蛾撲火。

【飛鴻】fēihóng〔名〕〈書〉❶鴻雁。❷比喻書信：～傳情。

【飛黃騰達】fēihuáng-téngdá〔成〕唐朝韓愈《符讀書城南》詩：「飛黃騰踏去，不能顧蟾蜍。」飛黃：神馬名；騰踏：形容神馬騰空奔馳。後用「飛黃騰達」比喻官職、地位迅速升遷：當

年的窮書生現在～了。

【飛蝗】fēihuáng〔名〕（隻）蝗蟲。

【飛機】fēijī〔名〕（架）航空器的一種，由機翼、機身、發動機等部件構成。種類很多，按用途有民用、軍用之分。

【飛機場】fēijīchǎng〔名〕（座）機場。

【飛濺】fēijiàn〔動〕（液體、粒狀物）向四外迸濺：浪花～到甲板上｜火星～｜說話時唾沫星～。

【飛快】fēikuài〔形〕屬性詞。❶異常迅速：炮艇以～的速度前進｜他跑得～。❷十分鋒利：刀刃～。

【飛毛腿】fēimáotuǐ〔名〕❶跑得特別快的腿：小夥子長了～。❷借指跑得特別快的人：他是個～，被田徑隊選上了。

【飛蓬】fēipéng〔名〕多年生草本植物，葉子邊緣有鋸齒，形狀像柳葉，秋天開花。枯後根斷，可隨風飛散，故稱。

【飛禽走獸】fēiqín-zǒushòu〔成〕能飛的鳥類和會跑的野獸。泛指鳥獸：山林中有～。

【飛泉】fēiquán〔名〕（股，道）從峭壁上的泉口噴流而下的泉水；噴泉。

【飛速】fēisù〔副〕速度極快地；十分迅速地：列車在～前進｜工農業正在～發展｜社會～進步。

【飛騰】fēiténg〔動〕❶飛升向上；往高處升騰：群鶴｜烈焰～。❷高漲：物價～。

【飛天】fēitiān〔名〕飛舞的天神。佛教壁畫有飛天（如敦煌壁畫），佛教寺院建築也有飛天（如福建泉州的開元寺，斗拱有飛天形狀）。

【飛艇】fēitǐng〔名〕（隻，艘）航空器的一種，無翼，利用裝着氫氣或氦氣的氣囊產生的浮力上升，靠螺旋槳推進，憑藉空氣浮力在空中飛行。可以載人載物。

【飛吻】fēiwěn〔動〕先用手指觸及自己嘴唇再向對方揚起以示親吻的動作：小張坐上車還笑着朝送別的人～。

【飛舞】fēiwǔ〔動〕❶像跳舞一樣在空中飄蕩：柳絮～｜彩旗～。❷比喻（筆勢、形象）生動活潑：筆勢～｜圖上雙燕。

【飛翔】fēixiáng〔動〕在空中迴旋地飛，也指飛：雄鷹～｜鴿子在藍天～。

【飛行】fēixíng〔動〕飛起來前進；在空中往來航行：候鳥遷徙要～很長的距離｜特技～｜他駕機～在蔚藍的天空。

【飛行器】fēixíngqì〔名〕能在空中飛行的機器或裝置，如飛機、火箭、人造衛星等。

【飛行員】fēixíngyuán〔名〕（位，名）飛機等的駕駛員。

【飛檐】fēiyán〔名〕中國傳統建築的一種房檐，屋角向上翹起的部分有飛舉之勢：～凌空，使大殿更顯得氣勢非凡。

【飛檐走壁】fēiyán-zǒubì〔成〕在房檐和牆壁上行

走如飛。形容身體輕捷，技藝高超：此人武藝高強，練就～功夫。

【飛眼】fēi//yǎn（～兒）〔動〕用眼神傳情。

【飛揚】（飛颺）fēiyáng〔動〕（粒狀、片狀物）向上飄飛；也指聲音傳播：煙塵～｜柳絮～｜歌聲～。

【飛揚跋扈】fēiyáng-báhù〔成〕飛揚：指行為放縱；跋扈：狂妄專橫。形容胡作非為，狂妄專橫：這個～的地方一霸，終於受到法律的嚴懲。

【飛魚】fēiyú〔名〕（條）魚名，生活在温帶和亞熱帶海中，身體長筒形，稍側扁，胸鰭特別發達，有如翅膀，躍出水面，可滑翔百米以上。

【飛越】fēiyuè〔動〕飛行中越過：～北極｜～海峽地帶。

【飛躍】fēiyuè〔動〕❶（飛禽）飛騰跳躍。❷比喻（事業、社會發展等）突飛猛進：中國經濟～進步。❸指事物有質的變化，突破性的發展：從感性認識到理性認識是一次～。

【飛賊】fēizéi〔名〕❶能飛檐走壁的賊；泛指手腳麻利、作案難覓痕跡的賊：小區幾家連續被盜，不知道哪方～作的案。❷指空中進犯的敵人：～敢來侵犯，就在空中消滅他。

【飛站】fēizhàn〔動〕港澳地區用詞。指甩站。公共交通車輛無故到站不停車：一名巴士司機多次～，被公司停職。

【飛漲】fēizhǎng〔動〕（水）迅速上漲；也比喻價格迅速上升：江河水位～｜物價～。

【飛針走綫】fēizhēn-zǒuxiàn〔成〕形容熟練快速地做針綫活兒：她們～，繡出了黃山美景。

啡　fēi 見「咖啡」（734 頁）、「嗎啡」（891 頁）。

菲　fēi ㊀形容花草芳香：芳～。
㊁〔名〕有機化合物，化學式 $C_{14}H_{10}$。是蒽的同分異構體，為無色而有光澤的晶體。從煤焦油中提取。[英 phenanthrene]
另見 fěi（376 頁）。

【菲菲】fēifēi〔形〕〈書〉❶花草茂盛美麗：曄兮～（光輝而美麗）。❷形容花草芳香：芳～兮滿堂。

【菲傭】Fēi yōng〔名〕港澳地區用詞。「菲律賓籍家庭傭工」的簡稱，俗稱「賓妹」。她們根據香港外勞法的規定進入香港，為香港市民家庭提供服務：一般～照顧老人、病人及幼兒、幼童，接送學童上學放學，文化程度高的還要輔導學生英文。

扉　fēi ❶〈書〉門扇：柴～｜門～。❷像門一樣的東西：～頁｜心～。❸（Fēi）〔名〕姓。

【扉頁】fēiyè〔名〕書籍刊物封面後印有書名、作者、出版單位、出版年月等的一頁。封面後或封底前跟書皮相連的空白頁，一般稱為襯頁，也可稱為扉頁。

蜚　fēi〈書〉同「飛」。
另見 fěi（377 頁）。

【蜚短流長】fēiduǎn-liúcháng 同「飛短流長」。

【蜚聲】fēishēng〔動〕〈書〉聲名傳播：～藝林｜～中外。

緋（绯）　fēi 紅色的：～紗。

【緋紅】fēihóng〔形〕狀態詞。鮮紅：兩頰～｜羞得滿面～｜～的衣裙。

【緋聞】fēiwén〔名〕（則、條）桃色新聞：娛樂界常傳出～，記者也樂意炒作。

霏　fēi〈書〉❶雨雪很密的樣子：雨雪其～。❷飄蕩：煙～霧結。

【霏霏】fēifēi〔形〕〈書〉雨雪或煙雲盛密的樣子：淫雨～｜～雲氣重。

騑（骓）　fēi 古時指在轅兩旁駕車的馬。

鯡（鲱）　fēi〔名〕一種魚，身體長而側扁，背部青黑色，腹部銀白色。生活在海洋上層。

féi ㄈㄟˊ

肥　féi ❶〔形〕（動物）脂肪多（跟「瘦」相對）：～豬｜這肉太～。注意 普通話不用「肥」來形容人（古代漢語無此限制，如「曹嵩妾肥」），但「減肥」這個複合詞卻是指人而言的。❷〔形〕（衣服、鞋襪等）寬鬆肥大（跟「瘦」相對）：袖子太～了。❸〔形〕肥沃（跟「瘠」相對）；也比喻物質利益多：～田｜～缺｜～差｜這塊地很～。❹〔動〕使肥沃；也比喻人變富或不正當獲利：草灰可以～田｜倒賣了幾年服裝，她～起來了。❺〔名〕肥料：積～｜施～。❻借指利益、利潤：分～。❼（Féi）〔名〕姓。

語彙　痴肥　底肥　化肥　減肥　綠肥　漚肥　增肥　追肥　自肥　有機肥　食言而肥

【肥腸】féicháng（～兒）〔名〕用來做肉食的豬大腸。

【肥嘟嘟】féidādā〔形〕狀態詞。形容肥胖的樣子。

【肥大】féidà〔形〕❶（身體、衣服等）寬而大：這身衣服太～，我穿着不合適。❷（生物體或生物體的一部分）粗大壯實：～的波斯貓｜我的腳比較～。❸醫學上指組織或器官體因病變而增大：心室～。

【肥厚】féihòu〔形〕豐滿多肉：果肉～｜豬後臀的肉～。

【肥料】féiliào〔名〕能供給植物養分，使植物生長發育的養料。種類很多，主要分為有機肥料、無機肥料、細菌肥料等；果樹將開花時，應多施些含磷的~。

【肥美】féiměi〔形〕❶肥沃：土地～。❷豐茂：

牧草～。❸含脂肪多而味道好：～的烤鴨。

【肥胖】féipàng〔形〕體內脂肪異常發達以致體形粗大：～症｜身體～。

【肥缺】féiquē〔名〕缺：指官職的缺額。舊指收入（主要是非法收入）多的職位。

【肥實】féishi〔形〕❶肥壯：這匹馬很～。❷脂肪多：這塊豬肉可真夠～的。❸財富多：村裏～的人家都買了汽車。

【肥瘦兒】féishòur〔名〕❶周身尺寸大小：這套衣服～正合身。❷（塊）（北京話）半肥半瘦的豬肉：來二斤～。注意"肥瘦兒"指連肥帶瘦的豬肉，不能指牛羊肉、雞鴨肉等。如你去買牛羊肉，就不能說"我要二斤肥瘦兒"，只能說"連肥帶瘦的給我來二斤"。

【肥水】féishuǐ〔名〕含有養分的水。比喻好處、豐厚的利益：～不流外人田。

【肥碩】féishuò〔形〕〈書〉❶果實大而飽滿：園裏架上吊着～的冬瓜。❷肢體肥大而豐滿：圈（juàn）裏有一頭～的母豬。

【肥田】féitián ❶〔名〕（塊）肥沃的田地。❷（-//-）〔動〕使土地肥沃：～粉（硫酸銨）｜草木灰可以～。

【肥沃】féiwò〔形〕（土壤）含有足夠的養分和水分，宜於作物生長：土地～，物產豐富｜～的東北大平原是中國的糧倉。

【肥效】féixiào〔名〕肥料產生的效力：尿素的～很好。

【肥育】féiyù〔動〕宰殺前一段時期，用大量精飼料餵豬、鴨、雞等家畜家禽，使迅速長肥：～期。也叫育肥。

【肥源】féiyuán〔名〕肥料的來源，如人畜的糞尿，動物的骨頭，草灰、綠肥、榨油後的豆餅，以及某些灰土、礦物質等。

【肥皂】féizào〔名〕（塊，條）洗滌去污用的化學製品，通常製成塊狀或粉狀（肥皂粉），一般用油脂和氫氧化鈉製成；工業上用重金屬或鹼土金屬鹽的肥皂做潤滑劑。北方官話舊時叫胰子。

【肥皂劇】féizàojù〔名〕（部）某些國家稱一種題材輕鬆的電視連續劇。因最初常在中間插播肥皂之類的生活用品廣告，故稱。多以日常生活為題材，情節風趣，主要觀眾是家庭婦女。

【肥壯】féizhuàng〔形〕（動物、幼苗）粗大健壯：牛羊～｜～的稻秧。注意"肥壯"不能用來形容人、樹木、果實。

沘 Féi ❶沘河，在安徽北部。也叫沘水。❷〔名〕姓。

腓 féi〔名〕腿肚子：～大於股，難以趨走。

【腓骨】féigǔ〔名〕小腿外側的長形骨，有三個棱，較內側的脛骨細而短。

【腓腨發】féishuànfā〔名〕中醫指生在小腿肚上的癰疽。也叫腓腨發疽。

蜚 féi 臭蟲。

fěi ㄈㄟˇ

朏 fěi〈書〉新月初發光。

匪 fěi ㊀盜賊：剿～。㊁〈書〉❶不是：我心～石，不可轉也。❷〔副〕非；不：獲益～淺｜夙夜～懈。

語彙 白匪 盜匪 慣匪 土匪

【匪幫】fěibāng〔名〕盜匪組織；行為如同盜匪的政治集團。

【匪巢】fěicháo〔名〕盜匪盤踞藏身的地方：直搗～。

【匪患】fěihuàn〔名〕盜匪燒殺搶掠造成的禍患：清除～。

【匪軍】fěijūn〔名〕行為如同盜匪的軍隊，對敵人軍隊的蔑稱：小股～流竄，已被清剿。

【匪窟】fěikū〔名〕盜匪的窟穴，泛指盜匪的隱秘藏身處：武警攻入～，抓住了匪首。

【匪首】fěishǒu〔名〕（名）盜匪的頭子：～已經落網。

【匪徒】fěitú〔名〕❶盜匪。❷危害人民的反動集團或為非作歹的壞分子：法西斯～。

【匪夷所思】fěiyísuǒsī〔成〕夷：平常。言行稀奇或錯亂，不是一般人依據常情所能想象得到的：行乞興學的武訓是個複雜的人物，其生平、行狀～｜晚會上的魔術表演～，令觀眾大開眼界。

悱 fěi〈書〉想說而又不知道怎麼說的樣子：不憤不啟，不～不發。

【悱惻】fěicè〔形〕〈書〉形容悲哀傷心：纏綿～｜詩文～動人。

棐 fěi〈書〉輔助。

菲 fěi ❶古代指蘿蔔一類的蔬菜：采葑采～。❷〈書〉微薄：～儀｜價值不～｜這份兒禮不～。

另見 fēi（375 頁）。

【菲薄】fěibó〈書〉❶〔形〕微薄（物品量少、價值低）：～的禮品｜待遇～。❷〔動〕輕視：不可妄自～。

【菲儀】fěiyí〔名〕〈書〉〈謙〉菲薄的禮物：～仍守舊規｜敬備～，以申衷慕。

斐 fěi ❶〈書〉有文采的樣子：文辭～～。❷（Fěi）〔名〕姓。

【斐然】fěirán〔形〕〈書〉❶有文采的樣子：～成章。❷顯著：成績～。

榿 fèi〔名〕榿子樹，常綠喬木，樹皮灰綠色，葉子針形，種子有硬殼，仁可以吃，又可製成藥物，用於驅除鈎蟲、絛蟲和蛔蟲。木質堅硬、耐濕，可做建築材料和造船。因有香氣，故稱香榿。

【榿子】fèizi〔名〕❶榿子樹。❷榿子樹的種子。❸見"打榿子"(229頁)。

蜚 fèi昆蟲。體小如蚊，吃稻花，是害蟲。另見fēi(375頁)。

【蜚蠊】fèilián〔名〕蟑螂。

翡 fèi❶見下。❷(Fèi)〔名〕姓。

【翡翠】fèicuì〔名〕❶(隻)鳥名，嘴長而直。有藍色和綠色的羽毛，翼下有白色帶紋。羽毛可做裝飾品。❷(塊)一種綠色、藍綠色的玉石，質地堅硬。有光澤，佳品透亮，其主要礦物成分是硬玉，可做裝飾品。也叫翠玉。

誹(诽) fèi〔書〕譏謗：不恐於～。

【誹謗】fèibàng〔動〕說別人壞話，敗壞別人名譽：～罪｜遭人～。

篚 fèi古代盛物的圓形竹器。

fèi ㄈㄟˋ

吠 fèi(狗)叫：蜀犬～日｜～形～聲。

【吠形吠聲】fèixíng-fèishēng〔成〕東漢王符《潛夫論·賢難》："一犬吠形，百犬吠聲。"意思是一條狗看見形影叫起來，許多狗也隨聲跟着叫。後用"吠形吠聲"比喻不明真相，盲目地隨聲附和：除極少數人相信傳言，跟着～，多數人都很清醒，沒有發表看法。也說吠影吠聲。

芾 fèi見"蔽芾"(75頁)。注意 作家巴金原名李堯棠，字芾甘，早年曾以"李芾甘""佩竿""P.K"為筆名。
另見fú(398頁)。

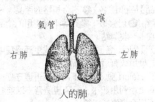

氣管 — 喉
右肺 — 左肺
人的肺

肺 fèi〔名〕(葉)人和高等動物的呼吸器官。人的肺位在胸腔中，左、右各一，各與支氣管相連。血液從心臟進入肺部進行氣體交換，放出二氧化碳排出體外，補充氧氣流回心臟。也叫肺臟。注意 "肺"字的右邊從"巿(fú)"，不從"市(shì)"。

語彙 塵肺 綠肺 矽肺 狼心狗肺

【肺病】fèibìng〔名〕肺結核的通稱。

【肺腑】fèifǔ〔名〕肺臟，借指内心：～之言｜感人～。

【肺活量】fèihuóliàng〔名〕一次盡力吸氣後再盡力呼出的氣體量。成年男子正常的肺活量約為3500毫升、成年女子約為2500毫升。

【肺結核】fèijiéhé〔名〕肺部慢性傳染病，由結核桿菌引起，通過呼吸道傳染，有發熱、無力、盜汗、食欲不振、咳嗽、多痰、咯血等症狀。幼兒接種卡介苗可預防。通稱肺病。

【肺癆】fèiláo〔名〕中醫指肺結核。

【肺氣腫】fèiqìzhǒng〔名〕肺部慢性病，肺内含氣量過度增加，肺泡過度膨脹而不能收縮到正常狀態的疾病。多由長期患慢性支氣管炎、支氣管哮喘、矽肺或肺結核等引起，患者咳嗽、多痰、氣喘等。阻塞性肺氣腫可導致肺原性心臟病。

【肺炎】fèiyán〔名〕肺部發炎的疾病，由細菌或病毒引起，主要症狀有突發高熱、咳嗽、胸痛、呼吸困難等。由於發病部位及病因的不同，肺炎有多種。

【肺葉】fèiyè〔名〕肺的表面深而長的裂溝把肺分成五個部分，每一部分叫一個肺葉。左肺有兩葉，右肺有三葉。

【肺魚】fèiyú〔名〕魚名，體形像泥鰍，全身有鱗，在水中用鰓呼吸，乾旱的時候用鰾呼吸。吃青蛙、小魚和昆蟲。產於南美洲、大洋洲和非洲。

【肺臟】fèizàng〔名〕肺。

狒 fèi見下。

【狒狒】fèifèi〔名〕(隻)哺乳動物，形狀像猴子，口吻突出像狗，毛粗，灰褐色，尾細長，常成群覓食，多產在非洲。俗稱狗頭猴。

沸 fèi〔動〕沸騰：～水(滾水)｜～油(滾燙的油)｜～泉(溫泉)。

語彙 鼎沸 抽薪止沸 揚湯止沸

【沸點】fèidiǎn〔名〕液體開始沸騰的温度。沸點隨外界壓強而改變，壓強低，沸點也低，水在一個大氣壓(101325帕)下的沸點為100℃，在兩個大氣壓下的沸點為120℃。

【沸沸揚揚】fèifèiyángyáng〔形〕狀態詞。形容議論喧鬧不休，像水沸騰後氣泡翻滾一樣：消息一地傳開了。

【沸騰】fèiténg〔動〕❶液體達到沸點時，急劇化為氣體而翻滾。❷比喻情緒高漲或喧鬧：熱血～｜人聲～｜民怨～｜～的工地。

郫 Fèi〔名〕姓。
另見Fú(399頁)。

荆 fèi古代砍去腳的酷刑。

費（费）

fèi ❶〔動〕花費；消耗：～錢｜～心｜～力｜～了很大勁兒才找到。**❷**〔動〕消耗過度；消費過多過快（跟"省"相對）：這種鍋爐～煤。**❸**〔名〕費用：水～｜電～｜醫藥～｜這～那～，加起來可不少啊！**❹**（Fèi）〔名〕姓。

> **語彙** 白費　稿費　公費　耗費　花費　話費　會費　經費　軍費　曠費　浪費　路費　旅費　靡費　免費　盤費　破費　枉費　消費　小費　學費　用費　運費　雜費　資費　自費

【**費唇舌**】fèi chúnshé 耗費話語：到此為止，別多～了｜要他們兩個人消除誤會，恐怕得費些唇舌。

【**費工**】fèi // gōng〔動〕消耗過多的工作量：這種房子使用成批生產的建築材料，蓋起來不～｜因為看錯圖紙，白白費了好幾個工。

【**費工夫**】fèi gōngfu 需要時間和精力：做工藝品很～。

【**費話**】fèi // huà〔動〕耗費過多的話語：就這麼決定，別再～了。

【**費解**】fèijiě〔形〕（詞句、文意）不易理解：這篇文章實在～｜有的新詩比舊詩還～｜他說的那些話～得很。

【**費盡心機**】fèijìn-xīnjī〔成〕用盡心思，想盡辦法：為了孩子的前途，父母～｜動機不純，縱然～也不能達到目的的。

【**費勁**】fèi // jìn（～兒）〔動〕費力：安裝這台機器真～｜費了很大勁兒才爬到山頂。

【**費力**】fèi // lì〔動〕耗費體力或精力：～不討好｜有了插秧機，插秧就不～了｜不費吹灰之力（形容極其容易）。

【**費率**】fèilǜ〔名〕交納費用的比率，多用於保險業和證券業。如保險費率，指保險公司收取的保費同保險金額的比率。

【**費錢**】fèiqián **❶**（-//-）〔動〕花錢：多謝您～買禮物｜費幾個錢也值得。**❷**〔形〕耗費的錢多：辦這樣的婚禮太～。

【**費神**】fèishén **❶**〔形〕耗費精神多：這事可～了。**❷**（-//-）〔動〕客套話。勞神；受累（用於請託人或謝人幫忙）：這篇論文請～評審｜照料孩子吃飯睡覺，您～了。

【**費時**】fèishí **❶**〔形〕耗費時間多：用珠算計算～費事，比計算器差多了。**❷**〔動〕用去時間：～兩年，把大橋建成了。

【**費事**】fèishì **❶**〔形〕事情複雜、繁難，不容易辦：快別準備飯了，太～。**❷**（-//-）〔動〕花時間精力解決各種麻煩：他費了很多事，才把材料找齊。

【**費心**】fèixīn **❶**〔形〕耗費心力多：帶孩子真讓人～。**❷**（-//-）〔動〕客套話。耗費心力；勞神（用於請託人或謝人幫忙）：您見到他時，請～把這本書交給他。

【**費用**】fèiyong〔名〕（筆）花費的錢；開銷：生產～｜生活～｜這筆～由我們負擔。

> **辨析** **費用、經費** "經費"指機關、團體等單位的支出；"費用"用法較廣，既可指單位的支出，也可指家庭、個人的支出。"家庭的生活費用"，不能說成"家庭的生活經費"。

痱〈疿〉

fèi 痱子。

【**痱子**】fèizi〔名〕一種暑天的皮膚病，皮膚上起的成片紅色或白色疹粒，很癢，多由於不清潔、汗堵塞毛孔引起。

【**痱子粉**】fèizifěn〔名〕撒在皮膚上治療和預防痱子的粉狀藥物。用滑石粉、氧化鋅、水楊酸、薄荷腦等加香料製成。

廢（废）〈❹癈〉

fèi ❶〔動〕放棄；不再使用：不以人～言｜半途而～｜這個礦～了。**❷**〔形〕無效的；無用的；不用的：～票｜～話｜～荒｜～物利用。**❸**〔動〕取消世襲地位：王位被～｜～了太子，又立新儲。**❹**〔動〕（身體）殘缺：～疾（殘疾）｜殘～｜車禍之後，一條腿～了。

> **語彙** 報廢　殘廢　荒廢　曠廢　偏廢　三廢　頹廢　作廢　窩囊廢　半途而廢　修舊利廢

【**廢弛**】fèichí〔動〕〈書〉**❶**（政令、禮儀等）因不執行、不重視而失去約束力：雖有明令，久已～。**❷**（約束、精神）鬆弛：紀律～。

【**廢除**】fèichú〔動〕取消；不再遵守執行：～一切不平等條約｜～繁文縟節。

【**廢黜**】fèichù〔動〕革除官職；現多指取消王位或廢除特權地位：～王室｜～皇族特權。

【**廢話**】fèihuà **❶**〔名〕（句）毫無意義的話：～連篇。**❷**〔動〕說廢話：痛快點，少～！

【**廢料**】fèiliào〔名〕生產過程中剩下的對本產品生產不再有用的材料：木廠的～可以製成壓縮板。

【**廢票**】fèipiào〔名〕（張）**❶**無效的或用過的票證（車船票、戲票等）。**❷**無效的選票。

【**廢品**】fèipǐn〔名〕**❶**不合規格的產品：～不能出廠。**❷**已殘破、變質等不堪使用的物品：～回收｜～收購站。

【**廢氣**】fèiqì〔名〕在工業生產或生活過程中所產生的無用或有污染的氣體。

【**廢棄**】fèiqì〔動〕捨棄不用；不再遵守實行：把～的土地利用起來｜～陳規陋習｜以前訂的計劃不切合實際，已經～了。

【**廢寢忘食**】fèiqǐn-wàngshí〔成〕顧不上睡覺，忘了吃飯。形容非常勤奮努力：他責任心強，工作起來～。也說廢寢忘飧。

【**廢熱**】fèirè〔名〕在工業生產過程中所產生的對生產本身沒有用的熱氣、熱水等：～取暖。

【**廢人**】fèirén〔名〕無用的人；因殘疾而喪失工作

能力的人，也喻指工作能力和生活能力低下的人：庸才～｜出車禍以後，他成了～，心情很壞。

【廢水】fèishuǐ〔名〕在工業生產或生活過程中所產生的無用或有污染的水：～處理。

【廢銅爛鐵】fèitóng-làntiě〔成〕破損無用的銅鐵或金屬製品。也比喻可鄙棄之物：後院有一堆～｜這些所謂文物其實都是～。

【廢物】fèiwù〔名〕(件)失去原有用途的東西，廢棄無用的東西：～利用。

【廢物】fèiwu〔名〕(片)城市、村莊、名勝古跡等因遭受破壞或因自然災害而變成的殘破荒涼的地方：當地人民在地震後的～上建起了更加美麗的現代化城市。

【廢渣】fèizhā〔名〕在工業生產過程中所產生的無用的固體物質，如煤燃燒後的爐渣、開採和冶煉礦石後產生的殘餘物等。

【廢止】fèizhǐ〔動〕取消；不再使用(法令、制度、方法等)：～注入式教學法｜新標準公佈以後，舊的即行～。

【廢紙】fèizhǐ〔名〕(張)廢棄無用的紙。借指不生效的契約或通貨膨脹後不值錢的紙幣。

【廢置】fèizhì〔動〕放着不使用：花了那麼多錢買來的機器，不要～不用。

鑽（镄）fèi〔名〕一種放射性金屬元素，符號Fm，原子序數100。是人工製造的元素，最穩定同位素的半衰期約為三天。

籨（籨）fèi〔書〕竹席。

fēn ㄈㄣ

分 fēn ❶〔動〕使整體變成部分或使連在一起的事物離散(跟"合"相對)：～家｜難捨難～｜一～為二｜一學年～兩學期。❷〔動〕分發；分配：電影票都已經～完了｜把這個工作～給你們班吧。❸〔動〕分別；分辨：五穀不～｜不～是非｜～清敵我。❹ 分設的；部分的：～局｜～公司｜～支｜～社。❺ "分數"①：約～｜～母｜二～之一｜百～之十。❻〔量〕表示事物或行為的程度的等級或成數：九～收成｜十～年景。❼〔量〕時間單位，60秒為1分，60分為1小時。❽〔量〕角或弧的單位，60秒為1分，60分為1度。❾〔量〕經度、緯度單位，60秒等於1分，60分等於1度。❿〔量〕中國輔幣單位，10分等於1角。⓫〔量〕長度單位，10釐等於1分，10分等於1寸。⓬〔量〕地積單位，10釐等於1分，10分等於1畝。⓭〔量〕質量或重量單位，10釐等於1分，10分等於1錢。⓮〔量〕評定成績或勝負的記數單位：他考了一百～｜這場籃球賽雙方只差幾～。⓯〔量〕利率

單位，年利一分按十分之一計算，月利一分按百分之一計算。⓰ 在十進制的法定單位中表十分之一：～米｜～升｜～克。
　　另見 fèn（384頁）。

語彙 拆分 春分 等分 工分 瓜分 劃分 記分 均分 亮分 平分 評分 秋分 區分 十分 通分 萬分 學分 約分 難解難分 入木三分 有口難分

【分貝】fēnbèi〔量〕計量聲強、電壓或功率等相對大小的單位，符號dB。人聽到的最小聲音為1分貝，130分貝以上的聲音會使人的耳朵有痛感。

【分崩離析】fēnbēng-líxī〔成〕崩：倒塌；析：裂開。形容國家或集團四分五裂，徹底解體：由於護國戰爭勝利，北洋軍閥內部～了。

【分辨】fēnbiàn〔動〕區分：～黑白｜～指紋。

【分辯】fēnbiàn〔動〕辯白；說清是非曲直：～是非｜他說的不對，我～了幾句。

【分別】fēnbié ㊀❶〔名〕不同的地方；二者之間有點～｜注意己 jǐ、已 yǐ、巳 sì 的～。❷〔動〕區分；辨別：～美醜｜～輕重緩急。❸〔副〕表示採取不一樣的方式：～對待｜根據情節輕重～處理。❹〔副〕表示分頭；各自：他～向五個部門的主任佈置了工作｜老張和老李～當了主任和副主任。㊁〔動〕離別；彼此分手：他們～以後一直沒有再見面。

辨析 分別、分辨　a)"分別"的對象多是有明顯區別的兩類以上事物，如"分別黑白""分別輕重緩急"；"分辨"的對象多是容易混淆、不易區別的事物，如"哪幅是原作，哪幅是臨摹，極難分辨""連書上的字跡也分辨不清了"。b)"分別"還可用作副詞，如"分別討論""分別對待"，"分辨"不能。c)"分別"有名詞義，如"他看不出這兩種顏色的分別"；"分辨"不能這樣用。

【分兵】fēnbīng〔動〕根據形勢變化，把兵力分成幾股或分出部分兵力完成某種任務：～把守｜～出擊。

【分佈】fēnbù〔動〕❶ 散佈(在某些地區)：中國少數民族除集中在幾個自治區外，還～在全國各地。❷ 語言學上指某一語言要素，如一個語音或一個詞可能在某種語言環境或上下文中出現。

【分成】fēnchéng（～兒）〔動〕按一定比例分錢財、物品等：四六～｜公司自去年起實行超額利潤～的辦法。

【分寸】fēncun〔名〕待人處事中言行的恰當限度：他說話很有～｜開玩笑要掌握～｜對長者直呼其名，這樣太沒有～了。

【分擔】fēndān〔動〕分出一部分來擔負；擔負一部分：～費用｜～責任｜家務勞動不能全推給妻子，丈夫也應當～一部分。

【分道揚鑣】fēndào-yángbiāo〔成〕鑣：馬嚼子；揚鑣：驅馬前進。指分路而行。也比喻志趣各異，目標不同，各走各的路：我倆走到村前岔路口，就～了｜兄弟二人成年以後志趣不同，～了。

【分店】fēndiàn〔名〕(家)商業公司、商店分設的店：總店設在各地的～有幾十家之多。

【分隊】fēnduì〔名〕(支)❶ 指軍隊中相當於營到班一級的組織。❷ 業務部門派出的從事一定工作的組織：宣傳～｜地質小～。

【分發】fēnfā〔動〕逐個發給：～學習材料｜給成績優良的學生～獎品。

【分肥】fēnféi〔動〕分取利益：公家財物，理應上繳國庫，不能少數經手人～｜四馬～(一種比喻說法，指利益由相關四方分配)。

【分割】fēngē〔動〕將整體或有聯繫的事物分開：～圍殲入侵之敵｜祖國的領土一寸也不能～出去｜民主與法制密切聯繫，不可～。

【分隔】fēngé〔動〕❶ 將一定空間隔開成幾部分：把客廳～成兩間。❷ 分開：一家人～各地。

【分工】fēn//gōng〔動〕為共同完成某事，分別從事不同而又互相補充的工作：～合作｜咱們分了工以後還得定出一個共同的行動準則。

【分管】fēnguǎn〔動〕分擔管理：市裏有專人～文化教育工作。

【分行】fēnháng〔名〕(家)銀行總行的分支機構：～經理｜中國銀行北京～。

【分毫】fēnháo〔名〕分、毫都是很小的計量單位，借指很小的量：不差～｜～之差。

【分號】fēnhào ㊀〔名〕(家)商店開設的分店：只此一家，別無～。㊁〔名〕標點符號的一種，形式為"；"，表示複句內並列分句之間的停頓。分號表示的停頓比逗號大，主要用來隔開並列的分句。有時，在非並列的各分句之間也用分號。在分行列舉的各項(以詞組表示的)之間，也可以用分號。

【分紅】fēn//hóng〔動〕❶ 工商企業年終給職工、股東分配紅利：春節前一分了紅，大家就趕着去辦年貨。❷ 生產單位按勞動分配盈餘。

【分洪】fēnhóng〔動〕在適宜地點將洪水疏導到低處以減少洪水災害：～工程｜～區｜～閘｜截流～。

【分化】fēnhuà〔動〕❶ 相同性質的事物向不同的方向發展、變化；統一的事物變化為多個不同的事物：貧富兩極～｜漢語有些詞本來是形容詞，後來有了動詞的性質和用法，就～出動詞來了。❷ 使分化：～敵人｜～瓦解。❸ 生物個體發育過程中，細胞向不同的方向發展，各自在構造和功能上，由一般變為特殊的現象。如胚胎時期的某些細胞分化成為肌細胞，另一些細胞分化成為結締組織。

【分會】fēnhuì〔名〕以會為名的機構或團體的分支

機構：中國紅十字會上海～。

【分機】fēnjī〔名〕(部)通過總機轉撥才能接通的電話機：我辦公室的電話是～。

【分級】fēn//jí〔動〕分出質量、數量的等第次序：教師的工資一共分多少級？

【分家】fēn//jiā〔動〕❶ 家庭成員各自成家獨立生活：兄弟倆已經～了｜兒子結婚後同父母分了家。❷ 比喻某單位從原部門中獨立出來：這個大學的總校跟附屬學校～了。

【分揀】fēnjiǎn〔動〕按類分開送出(信函)：她存郵局～信函。

【分解】fēnjiě〔動〕❶ 整體分成部分，如物理學上力的分解，數學中的因式分解。❷ 一種化合物由於化學反應而分化成兩種或多種較簡單的化合物或單質，如氯酸鉀加熱，分解成氯化鉀和氧。❸ 排解；調解：他們兩人的矛盾很難～。❹ 解說；述說(章回小說每回之末或說書人說完一段書的結束語)：欲知後事如何，且聽下回～。❺ 分化瓦解：最好促使敵人內部～。

【分界】fēnjiè ❶ (-//-)〔動〕劃分界綫：河北省與山西省以太行山～。❷ 〔名〕分界綫；劃分的界綫：兩國邊境的～。

【分居】fēnjū〔動〕❶ 夫妻或一家人分開生活：夫妻兩地～。❷ 夫妻不合，仍未離婚，分開生活：這對夫妻離婚以前已經～兩年了。

【分句】fēnjù〔名〕組成複句的各個單句叫分句，如"你唱歌，我彈琴"這個複句是由"你唱歌"和"我彈琴"兩個分句組成的。分句和分句之間有停頓，書寫下來用逗號或分號表示，有時用副詞、連詞充當關聯詞語。

【分開】fēn//kāi〔動〕❶ 聚在一起或有聯繫的人或事物各自分散開：夫妻二人～已經八年了。❷ 使分開；區別：這兩件事要～來談｜好的和壞的分得開分不開？

【分類】fēn//lèi〔動〕根據事物的性質特點分門別類：～索引｜把這些參考材料分分類。

【分離】fēnlí〔動〕❶ 分開：理論與實踐不可～｜從血液中～出病毒來。❷ 分別；離散：～多年以後，老朋友又重逢了｜戰禍連年，骨肉～。

【分裂】fēnliè〔動〕❶ 一個整體分成兩個或多個部分：細胞～｜原子～。❷ 使分裂：妄圖～國家。

【分流】fēnliú〔動〕❶ 將河水或洪水的一部分引向另外的地方。❷ 分散、調整交通運輸流量：實行客運～措施，緩解鐵路春節客運緊張狀況。❸ 分散、調整安排機關幹部：機構精簡，人員～。

【分袂】fēnmèi〔動〕〈書〉離別：～十載。

【分門別類】fēnmén-biélèi〔成〕根據事物的特點，劃分成各種門類：圖書要～編目｜會議討論的問題很多，得～安排議程。

【分米】fēnmǐ〔量〕長度單位，1分米等於1米的1/10。

【分泌】fēnmì〔動〕從生物體某些細胞、組織或器官裏產生、釋放出某種物質。如胃分泌胃液，唾液腺分泌唾液，病菌分泌毒素等。

【分娩】fēnmiǎn〔動〕❶生小孩兒：妻子將要～，他請假去照料了。❷生牲畜。

【分秒必爭】fēnmiǎo-bìzhēng〔成〕一分一秒也要爭取。形容抓緊時間：學習時間實貴，我們要～。

【分明】fēnmíng ❶〔形〕清楚；不含糊：愛憎～｜是非～。❷〔副〕顯然；明白無誤：我～看見他到你這裏來了，為甚麼你說他沒來？

【分母】fēnmǔ〔名〕分數式中寫在橫綫下面或斜綫右邊的數，如 $\frac{1}{2}$、3/4，其中的 2、4 是分母。

【分蘖】fēnniè〔動〕稻、麥等農作物在地下或近地面的莖基處生出分枝。能抽穗結實的叫有效分蘖，不能的叫無效分蘖。

【分派】fēnpài〔動〕❶安排；分別指定：～專人輔導｜班長給各實習小組都下了任務。❷指定分擔；攤派：演出費用～給五個贊助單位。

【分配】fēnpèi〔動〕❶照定下來的標準或規定分別配給：～宿舍｜～辦公用具。❷部署安排：服從組織～｜～她到學校工作。❸把生產資料分給生產者或把生活資料分給消費者：～制度。

〔辨析〕分配、分派 a)"分配"着重指按計劃安排，按標準分開，不一定是上級對下級或帶有命令性，如"合理分配時間""按班級分配宿舍"；"分派"着重指分別指定或派人去幹，一般是上級對下級或帶有命令性，如"校長分派我當班主任"。b)"分配"用於"按勞分配""按需分配"時，是不能換成"分派"的。

【分批】fēn//pī〔動〕分成幾撥兒：新錄用的工作人員～報到｜大學畢業生～實習｜這些貨物分三批裝車運輸。

【分期】fēn//qī〔動〕❶把一個連續的過程分成若干時期或階段：給漢語的歷史～。❷分成若干時間進行：～付款｜～培訓。

【分歧】fēnqí ❶〔名〕思想、意見、記錄等存在的不同地方：大家的看法還存在～｜在這一點上我跟你有嚴重的～。❷〔形〕不一致：意見很～。

【分清】fēn//qīng〔動〕辨別清楚：～是非｜這幅無款山水畫，即使是鑒賞專家也分不清真假。

【分散】fēnsàn ❶〔形〕散在各處；不集中（跟"集中"相對）：大家住處太～，只好用電話聯絡｜意見很～，不容易集中。❷〔動〕使分散（跟"集中"相對）：～精力｜不要～他的注意力。❸〔動〕分別離散：戰亂時期，親人～，流離失所。

【分身】fēn//shēn〔動〕神話中有分身術，指一個人變成兩個人。現指一個人同時兼顧多方面的

事：他實在太忙，不能～｜你自己看着辦吧，我實在分不開身去管。

【分神】fēn//shén〔動〕❶分出些精神；費心：務請～照顧一下朋友的孩子｜請您～把這本書帶給他。❷分心；注意力分散：校對書稿一～就會出差錯。

【分手】fēn//shǒu〔動〕❶同朋友、家人分開到別處：～之後，我就回家去了｜這一對朋友自從那年分了手，以後就再也沒有見過面。❷停止夫妻、戀人關係：做了三年夫妻，還是～了。

【分數】fēnshù〔名〕❶把一個單位的數分成若干等份，表示其中一份或幾份的數叫作分數。如把一個單位的數分成 7 等份，表示其中 5 等份的數就是 $\frac{5}{7}$，讀作七分之五。5 叫分子，7 叫分母，"—"叫分數綫。❷評定成績或勝負時所記的得分兒數字：物理考試得的～是 95 分｜統計比賽～。

【分數綫】fēnshùxiàn〔名〕❶見"分數"①。❷錄取應試者的最低分數標準：本市重點高校錄取～已定。

【分水嶺】fēnshuǐlǐng〔名〕（條）❶江河流域的分界，多在山脊上或地勢較高的地帶，這裏的水分別流向不同的方向。❷比喻區分的標誌：五四時期提倡的民主與科學，是新舊兩個時代的～。

【分說】fēnshuō〔動〕❶分開說：先要總說一下，然後再～。❷分辯；辯白（多用於否定式）：不容～｜不由～。

【分送】fēnsòng〔動〕分發；分別送交：把學習材料～到各班｜過春節向老同志～禮品。

【分攤】fēntān〔動〕分別負擔（費用）：聚餐的費用，由參加的人～。

【分體】fēntǐ❶〔形〕屬性詞。機件可以分開來安放的：～式空調｜～坐便器。❷〔動〕把連在一起的身體分開：連體嬰兒要做～手術。

【分庭抗禮】fēntíng-kànglǐ〔成〕原指賓主相見，站在庭院兩邊，相對行禮，平等相待。現比喻平起平坐或互相對立。

【分頭】fēntóu ㊀〔名〕短頭髮向兩邊分梳的一種髮型。㊁〔副〕分別；各自：需要的東西我們～去取｜這件事咱們～去做。

【分文】fēnwén〔名〕一文錢，指極少的錢：身無～｜～不取。

【分析】fēnxī(-xi)〔動〕把事物分解成幾個部分，考察各部分的性質、屬性及彼此之間的聯繫（跟"綜合"相對）：～問題｜善於～形勢｜他們反映的情況，你要～～。

【分享】fēnxiǎng〔動〕和別人分着享受（權利、利益、幸福、快樂等）：～勞動果實｜～勝利的喜悅。

【分曉】fēnxiǎo ❶〔名〕事情的原委或結果：這件事等他回來就見～。❷〔名〕道理（多用於否

定式）：你怎麼說出這樣沒～的話來。❸〔形〕明白；清楚：問個～。

【分心】fēn∥xīn〔動〕❶ 分散精力；注意力不集中：畫家作畫的時候，不要闖進畫室，免得他～。❷ 分神；費心：請～照顧一下我的弟弟。

【分野】fēnyě〔名〕❶ 古人把天上的星宿分別指配到地上的州郡和邦國，使二者互相對應。天上的叫分星，地上的叫分野。❷ 指區分事物的界限：黃河這一段是山西、陝西兩個省的～｜思想～。❸ 領域；範圍：湖的南邊，山的北邊，大體是這個縣的～。

【分憂】fēnyōu〔動〕❶ 主動承擔社會、家庭責任：為國～｜為父母～。❷ 減輕別人的憂愁；解決別人的困難：要不是同事們～，我哪有這麼多錢給女兒治病？

【分贓】fēn∥zāng〔動〕分取贓物等：坐地～｜這夥強盜～不均，爭吵起來｜幾個小偷分了贓以後就溜走了。

【分針】fēnzhēn〔名〕鐘錶上指示 "分" 的指針。一般鐘錶有秒針、分針、時針三種。分針一般比時針長，因此也叫長針。

【分支】fēnzhī〔名〕由一個主幹生出的旁支或主體分出來的部分：血管有很多～｜公司的～機構。

【分子】fēnzǐ〔名〕❶ 分數式中寫在橫綫上面或斜綫左邊的數，如 $\frac{2}{5}$、4/5，其中的 2、4 是分子。❷ 物質中保持原物質的性質、能獨立存在的最小微粒。分子是由原子組成的。
　另見 fènzǐ（384 頁）。

【分子式】fēnzǐshì〔名〕用元素符號表示物質分子組成的式子，如水的分子式是 H₂O。

【分組】fēn∥zǔ〔動〕把參加的人分成幾個小部分：～乘車｜下午的討論會分四個組進行。

吩　fēn 見下。

【吩咐】（分付）fēnfu〔動〕〈口〉指派；叮囑：張大爺～我看好小馬駒｜我已經～他去辦這件事了。

玢　fēn 見 "賽璐玢"（1153 頁）。
　另見 bīn（90 頁）。

芬　fēn ❶ 香氣：蘭蕙含～。❷ 比喻美好的名聲：揚～千載之上。❸（Fēn）〔名〕姓。

【芬芳】fēnfāng〔形〕芳香：～的蘭花｜桃李～（常比喻所教的學生都有所成就）｜氣味～。

盼　Fēn〔名〕姓。

氛〈雰〉fēn 情景；景象：氣～｜～圍｜戰～｜妖～。
　"雰" 另見 fēn（382 頁）。

【氛圍】（雰圍）fēnwéi〔名〕四周的氣氛情調和環境：在緊張、歡快的～中迎來了初戰告捷的消息｜人們在恐怖的～中度過一夜。

> **辨析** 氛圍、氣氛　二者都指周圍環境的景象、情緒。"氛圍" 所指範圍較大，偏指周圍的環境，"氣氛" 偏指情緒情調。"在嚴寒的氛圍中""在滿園果香的氛圍中"，其中的 "氛圍" 不能換成 "氣氛"。二者都可以同 "創造""營造" 搭配。"氣氛" 可以同 "洋溢""飄蕩" 搭配，"氛圍" 不能。

紛　fēn 見下。

【紛紛】fēnfēn〔形〕〈書〉鳥飛的樣子。

紛（纷）fēn ❶ 糾紛：排難解～。❷ 雜亂：～亂｜～至沓來。❸（Fēn）〔名〕姓。

> **語彙**　繽紛　糾紛　亂紛紛　排難解紛

【紛繁】fēnfán〔形〕複雜繁多：思緒～｜～的事務。

【紛飛】fēnfēi〔動〕多而亂地在空中飛舞。也比喻事情頻繁發生出現：大雪～｜戰火～。

【紛紛】fēnfēn ❶〔形〕雜亂；繁多：秋風乍起，落葉～｜議論～｜清明時節雨～。❷〔副〕一個挨一個；接二連三連續不斷：大家～要求參加志願服務｜經濟技術開發區～興建。

【紛亂】fēnluàn〔形〕繁雜；雜亂：群言～｜～的局面｜～不堪。

【紛綸】fēnlún〔動〕〈書〉忙碌：每～於折獄（折獄：審理案件）。

【紛擾】fēnrǎo〔形〕混亂：心事～，難以入夢｜繁雜的事務～不已。

【紛紜】fēnyún〔形〕〈書〉（言論、事情等）多而雜：眾說～，莫衷一是｜諸事～，一時不能安排就緒。

【紛爭】fēnzhēng ❶〔動〕爭執：眾人為此～不已。❷〔名〕糾紛：消除～｜一件小事引起～。

【紛至沓來】fēnzhì-tàlái〔成〕接連不斷地到來：觀眾～，劇場頓時客滿。

酚　fēn〔名〕有機化合物的一類，羥基直接與苯環的碳原子相連接。特指苯酚。[英 phenol]

萘　fēn〈書〉香木。

雰　fēn 霧氣；氣：寒～結為霜雪。
　另見 fēn "氛"（382 頁）。

【雰雰】fēnfēn〔形〕〈書〉雪下得很大的樣子：雨雪～（雨雪：下雪）。

饙　fēn〔副〕（吳語）未曾：～說過。

fén ㄈㄣˊ

汾　Fén 汾河，水名。在山西，發源於呂梁山，流入黃河。

【汾酒】fénjiǔ〔名〕山西汾陽出產的白酒，酒質醇美，為白酒中的上品。

枌 fén ❶古指白榆樹。❷（Fén）〔名〕姓。

蚡 fén〈書〉同"鼢"。

棼 fén〈書〉紛亂：治絲益～。

焚 fén ❶燒：～香｜玩火自～｜憂心如～。❷（Fén）〔名〕姓。

語彙 自焚 玉石俱焚

【焚膏繼晷】féngāo-jìguǐ〔成〕膏：油脂，指燈燭；晷：日影，指白天。夜裏點上油燈繼續白天的事情。形容讀書用功或工作勤奮，夜以繼日：他以～的精神，只用三年時間就完成了數學和經濟兩個專業的全部課程，取得雙學士學位。

【焚化】fénhuà〔動〕燒掉（屍骨、紙錢、神像等）：遺體～了。

【焚毀】fénhuǐ〔動〕焚燒毀壞：圓明園於 1860 年被英、法侵略軍～。

【焚燒】fénshāo〔動〕燒；燒掉：～偽劣產品。

墳（坟）fén〔名〕❶（座）墳墓：祖～｜清明節去上～。❷（Fén）姓。

【墳地】féndì〔名〕（塊）埋葬死人的地方；墳墓所在的地方。

【墳墓】fénmù〔名〕（座）埋葬死人的墓穴和上面堆起的墳頭。

【墳起】fénqǐ〔動〕凸起；高出：山丘～。

【墳頭】féntóu（～兒）〔名〕墓上堆起的土堆，也有用磚石和水泥砌成的。

【墳塋】fényíng〔名〕❶墳地：小樹林圍着～。❷墳墓：在～前邊樹一塊墓碑。

濆（渍）fén〈書〉水邊；水邊高地。

鼢 fén 見下。

【鼢鼠】fénshǔ〔名〕（隻）哺乳動物，生活在田野裏，體形粗圓，尾短，眼小爪利。在地下打洞，以植物的根及地下莖為食，也吃牧草，危害農牧業。也叫盲鼠、地羊。

豶（豮）fén〈書〉❶閹割的豬。❷公豬。

fěn ㄈㄣˇ

粉 fěn ❶〔名〕細末兒：奶～｜麪～｜痱子～｜爽身～。❷〔名〕特指婦女或演員用的粉末兒狀化妝品：搽～｜塗脂抹～。❸〔名〕澱粉製成的食品，特指粉條或粉絲：涼～｜豆芽兒炒～。山東地區叫細粉。❹〔動〕（北京話）變成粉末：石灰已經～了。❺〔動〕（北京話）粉刷：～牆。**注意** 這裏的"粉牆"是述賓結構，"粉牆"又可以指白色的牆，是偏正結構。❻帶着白粉的；白色的：～蝶｜～底皂靴。❼〔形〕粉紅：～色｜～牡丹｜紗窗簾兒是～的。❽〔形〕（北方官話）色情的；淫穢的（戲曲、小說等）：不要唱～戲｜這本小說太～了。❾（Fěn）〔名〕姓。

語彙 澱粉 乾粉 花粉 涼粉 米粉 麪粉 奶粉 撲粉 芡粉 授粉 水粉 香粉 脂粉 洗衣粉 塗脂抹粉

【粉本】fěnběn〔名〕中國畫的畫稿。

【粉筆】fěnbǐ〔名〕（支，根）用來在黑板上書寫的細條狀教學用品，用熟石膏製成。

【粉塵】fěnchén〔名〕在燃燒或工業生產等過程中產生的粉末狀的固體顆粒，是重要的大氣污染物。生產作業場所空氣中含有大量粉塵，可引發多種職業病，可燃性粉塵還可能造成爆炸事故。

【粉刺】fěncì〔名〕痤瘡的通稱：他長了一臉～。

【粉底】fěndǐ〔名〕化妝時敷在最底層的粉。

【粉紅】fěnhóng〔形〕淺紅：～小襖｜臉色～。

【粉領】fěnlǐng〔名〕（位，名）指從事秘書、會計、打字員等工作的職業女性，也指從事某些服務性職業的女性。

【粉末兒】fěnmòr〔名〕碎末狀物：把藥研成～。

【粉墨登場】fěnmò-dēngchǎng〔成〕粉墨：化裝物品，這裏指化裝；場：指舞台。化裝登台演戲。多比喻壞人改換身份登上政治舞台：票友今晚～｜淪陷時的北京群魔亂舞，一些漢奸爭相～。

【粉皮】fěnpí（～兒）〔名〕（張）用綠豆、白薯等的澱粉製成的片狀食物，供做菜用：～兒拌黃瓜。

【粉撲兒】fěnpūr〔名〕在臉上或身上撲粉的用具，多用棉質物或氄（rǒng）毛製成。

【粉牆】fěnqiáng〔名〕（道，堵）粉刷過的白色牆壁。

【粉身碎骨】fěnshēn-suìgǔ〔成〕全身粉碎而死。多指甘願犧牲。

【粉飾】fěnshì〔動〕❶粉刷修飾：門面～一新。❷比喻塗飾外表，掩蓋缺點：～太平。

【粉刷】fěnshuā ❶〔動〕用白堊或其他塗料刷新裝飾牆壁：～牆壁｜把這間屋子～～。❷〔名〕（塊）板擦兒。

【粉絲】fěnsī ㊀〔名〕用綠豆等的澱粉製成的細長的絲狀食品。㊁〔名〕（名）崇拜者；狂熱的擁護者：當年許多小讀者都是女作家冰心的～｜有自己的～是開心的，所以那位歌星的心情可以理解。［英 fans］

【粉碎】fěnsuì ❶〔形〕狀態詞。破碎得像粉末一樣（含誇張意）：把個花瓶摔得～。❷〔動〕使破碎成粉狀：～機｜～石塊。❸〔動〕比喻使

F

徹底失敗或垮台：～敵人的瘋狂進攻。

【粉條】fěntiáo（～兒）〔名〕❶用綠豆等的澱粉製成的條狀食品。❷（西南官話）粉筆。

【粉綫】fěnxiàn〔名〕沾着白、黃等顏色粉末的綫。用來在衣料上打上綫條，以便剪裁。

fèn ㄈㄣˋ

分 fèn ㊀❶含有的成分：水～｜鹽～｜糖～。❷職責權利的限度：安～｜過～｜恰如其～。❸名譽；資格；地位：名～｜輩～。❹〔名〕情感；情義：情～｜緣～｜看在老同學的～上，就別跟他計較了。❺舊同"份"。

㊁〔書〕料想：自～不如。

另見 fēn（379 頁）。

[辨析] **分**（fèn）、**份** 主要區別：a）"分"指情分、情義，如"看在老朋友的分上，就原諒他吧"，這個"分"不能換為"份"。"份"可以做量詞，如"一份雜誌""兩份文件""送一份禮"，這個"份"不能換為"分"。b）"分"可指成分，此義構成的詞語有"水分""鹽分""養分"等，不能換為"份"；"分"又可指職責權利的限度，構成的詞語有"本分""過分""非分之想"等，不能換為"份"。c）"份"可指整體裏的部分，構成的詞語如"股份""等份"等，不能換為"分"；"份"可表示劃分的單位，構成的詞語如"省份""月份""年份"等，不能換為"分"。

【語彙】安分 輩分 本分 部分 成分 充分 處分 非分 福分 過分 名分 情分 生分 水分 天分 養分 應分 緣分 職分 自分 恰如其分

【分量】(分量)fènliàng（-liang）〔名〕重量；也比喻事情或話語的重要：這貨～不夠｜這副擔子～不輕｜他這番話說得很有～。

【分內】(分內)fènnèi〔形〕屬性詞。本分以內：～的工作｜～也好，分外也好，只要是我能幹的，我都盡力去幹。

【分外】(分外)fènwài ❶〔形〕屬性詞。本分以外：～的事。❷〔副〕格外；不同一般：～親切｜～妖嬈。

【分子】(份子)fènzǐ〔名〕一定社會群體中的成員或具有某種特點的人：知識～｜投機～｜積極～。

另見 fēnzǐ（382 頁）。

份 fèn（～兒）❶整體中的一部分：全～｜雙～｜股～｜額～。❷〔量〕用於整體分成的部分：分成五～｜年終獎金有你一～兒。❸〔量〕用於搭配成組的事物：一～工作｜一～兒禮物。❹〔量〕用於報刊、文件等：一～兒雜誌｜本判決書一式兩～。❺〔量〕用於某些抽象事物：盡一～兒力量｜你看他那～兒高興。

我可沒這～兒開心。❻用在"省、縣、年、月"後面，表示分界的單位：九月～。❼〔名〕派頭或地位：他的～兒可不小。❽〔名〕發展到的狀況、境地或程度：窮到家徒四壁的～兒上了｜她如今只有哭的～兒了。❾（北京話）臉面；面子：丟～兒｜跌～兒。❿〔形〕（神氣或派頭）足；帥：小夥子長得真～兒｜打扮得挺夠～兒。⓫〔形〕精彩；嫻熟：唱得真～兒｜字寫得不～兒。

【語彙】備份 等份 公份 股份 年份 人份 身份 省份 月份

【份額】fèn'é〔名〕在整體中按規定、協議分出的部分數額：要引利潤中的一定～留作公積金。

【份飯】fènrfàn〔名〕主食、菜、湯搭配在一起，供一人食用的飯：中午就在公司吃～吧。

【份子】fènzi〔名〕❶集體送禮物時各人分攤的錢：出～。❷（北京話）泛指做禮物的現金：這個月，光～就一千多塊錢。

坋 fèn〈書〉❶塵土。❷大堤。❸塗抹：以丹朱～身。

忿 fèn 同"憤"①。注意 北京話的"不忿兒"或"氣不忿兒"是"不服氣"的意思。

債（债）fèn ❶〈書〉敗壞，傾覆：～事。❷〈書〉激奮：～興。❸（Fèn）〔名〕姓。

憤（愤）fèn ❶因不滿而激動；發怒：公～｜氣～｜義～填膺。❷（Fèn）〔名〕姓。

【語彙】悲憤 發憤 感憤 公憤 激憤 民憤 氣憤 私憤 泄憤 羞憤 義憤 幽憤 怨憤

【憤憤】(忿忿)fènfèn〔形〕心中不平而生氣的樣子：常懷～｜～不平。

【憤恨】fènhèn〔動〕氣憤惱恨：貪污腐化行為令人～。

【憤激】fènjī〔形〕氣憤激動：看到這種不公平的事，～的心情很難平靜下來。

【憤慨】fènkǎi〔形〕氣憤不平：貪污腐化行為激起民眾極大～。

【憤懣】fènmèn〔形〕〈書〉憤怒；抑鬱不平：一舒～。注意 "懣"不讀 mǎn。

【憤怒】fènnù〔形〕非常生氣：群眾對以權謀私的行為異常～｜人群～，一聲討侵略者。

【憤青】fènqīng〔名〕憤世嫉俗的青年，多指思想偏激、常通過網絡等媒體表達各種不滿意見的青年。

【憤世嫉俗】fènshì-jísú〔成〕對不合理的社會狀況、不良的社會習俗極端憤恨和憎惡：歷代詩文中多有～之作。

奮（奋）fèn ❶鳥張開翅膀：～翼高飛。❷振作；鼓勁：振～｜興～。❸舉起；揮動：～筆直書｜～臂高呼。❹（Fèn）

〔名〕姓。

語彙　發奮　感奮　激奮　亢奮　勤奮　興奮　振奮

【奮不顧身】fènbùgùshēn〔成〕奮勇向前，不顧個人安危：他～衝入火海，搶救人民的生命財產。

【奮鬥】fèndòu〔動〕為達到一定目的而努力去幹：為實現祖國的繁榮富強而～終生。

【奮發】fènfā〔動〕精神激奮，情緒高昂：～有為｜精神～。

辨析　奮發、發憤　a）"奮發"着重指精神振作，情緒高昂；"發憤"着重指內心立下大志，決定盡一切努力改變現狀。b）"奮發"常和"圖強、努力、有為"等詞連用；"發憤"除常與"圖強"連用外，還可單用，如"從那以後，小趙真的發憤了"，單用的"發憤"是不能換成"奮發"的。

【奮發圖強】fènfā-túqiáng〔成〕振作精神，鼓足幹勁，謀求自身強大：發揚自力更生、～的精神。

【奮力】fènlì〔副〕竭盡全力：～拚搏｜～搶救傷病員。

【奮勉】fènmiǎn〔動〕〈書〉振作勉力：望各自～，勿自貽後悔。

【奮起】fènqǐ〔動〕❶奮力振作起來：～抗敵｜自衛｜～直追。❷奮力舉起：金猴～千鈞棒。

【奮勇】fènyǒng〔動〕振作精神，鼓起勇氣：～禦侮｜～直前｜自告～。

【奮戰】fènzhàn〔動〕奮勇作戰；也指竭盡全力工作：～到底｜經過三天～，他們終於鑿通了隧道。

糞（粪）fèn ❶〔名〕從肛門排出的廢料。❷〈書〉施肥：～田疇。❸〈書〉掃除：～除。❹（Fèn）〔名〕姓。

語彙　大糞　倒糞　佛頭着糞

【糞便】fènbiàn〔名〕屎和尿。

【糞池】fènchí〔名〕儲存屎和尿的坑。

【糞堆】fènduī〔名〕作為肥料堆積起來的乾糞；成堆的糞。

【糞肥】fènféi〔名〕用作肥料的糞便。

【糞箕子】fènjīzi〔名〕用荊條、竹篾等編成的有提樑的盛糞的用具，形狀像簸箕。

【糞坑】fènkēng〔名〕積糞的坑。北方農家的院子裏多有一個糞坑，用來積存糞肥。也指茅廁坑。

【糞筐】fènkuāng〔名〕❶盛糞的筐。❷糞箕子。

【糞門】fènmén〔名〕肛門。

【糞土】fèntǔ ❶〔名〕糞便和泥土；比喻沒有價值，不值得羨慕的東西：視金錢如～。❷〔動〕〈書〉鄙薄：～王侯。

瀵　fèn〈書〉水從地下噴湧而出。

鱝（鲼）fèn〔名〕魚名，生活在熱帶和亞熱帶海洋中，身體扁平，尾細長。

fēng ㄈㄥ

丰（丰）fēng 容貌、姿態美好動人：～韻｜～姿綽約。

"丰"另見fēng "豐"（392頁）。

【丰采】fēngcǎi 同"風采"①。

【丰韻】fēngyùn 同"風韻"①。

【丰姿】fēngzī 同"風姿"。

封　fēng ㊀❶〔動〕古時帝王把爵位、稱號等賜給臣子：～官｜分～諸侯。❷〔動〕稱許：英雄的稱號豈能自～？❸（Fēng）〔名〕姓。

㊁❶〔動〕封閉；不許打開、動用：～關｜彌～｜～山育林。❷〔動〕水面冰凍，不能行船：～河。❸限制：故步自～。❹〔動〕比喻壓制言論：要讓大夥講話，不要～住人家的嘴。❺〔動〕查封：這家商店出售假冒偽劣產品，讓工商局～了。❻（～兒）紙袋：套～｜信～兒。❼〔量〕用於裝封套的東西：一～信｜幾～書（書信）。

語彙　彩封　查封　塵封　護封　加封　彌封　密封　塑封　信封　原封　故步自封

【封筆】fēngbǐ〔動〕作家、書畫家停止創作：老先生已～多年，無畫可贈了。

【封閉】fēngbì ❶〔動〕關閉或隔斷，使不得打開或通行：～宮門｜機場和高速公路都因大霧而～了。❷〔動〕查封：～非法營利的商店。❸〔形〕與外部不聯繫，處於隔絕狀態：他的思想很～。

【封存】fēngcún〔動〕封閉起來加以保存：把所有試卷先行～。

【封底】fēngdǐ〔名〕書刊的背面，即跟封面相對的一面。也叫封四。

【封地】fēngdì〔名〕中國古代君主封給諸侯、諸侯封給卿大夫的土地。也指君主賞賜給親信、貴族或功臣的土地。

【封頂】fēngdǐng〔動〕❶建築物頂部工程完工：這座高樓已經～。❷比喻限定上限數額：職工獎金上不～，下不保底。

【封堵】fēngdǔ〔動〕❶封閉，堵塞：～施工道路｜～閘口。❷球類運動中防守對方進攻，使不能通過：～傳球線路。

【封二】fēng'èr〔名〕書刊封面的內面。

【封官許願】fēngguān-xǔyuàn〔成〕為了拉攏他人為自己賣力而答應給以官職或某種好處（含貶義）。

【封航】fēngháng〔動〕由於某種原因船隻、飛機臨時停止通航：河道在枯水期間～｜大霧使機場～。

【封火】fēng // huǒ〔動〕蓋住爐火,不讓它燃旺,也不使熄滅:先封上火再去睡覺。

【封建】fēngjiàn ❶〔名〕一種社會政治制度,君主把土地分給宗室和功臣,讓他們建立諸侯國。中國周代開始有這種制度。歐洲中世紀,君主把領地分給親信,形式與中國古代很相似。❷〔名〕封建主義:反~是民主革命的重要任務。❸〔形〕(思想)充滿封建意識或帶封建色彩:思想~|頭腦很~。

【封建社會】fēngjiàn shèhuì 階級社會中的一種社會形態,地主階級佔有土地,農民只有很少或沒有土地,被迫租種地主的土地,受地主剝削。地主階級掌握國家政權。

【封鏡】fēngjìng〔動〕電影、電視片完成拍攝工作:新影片已於近日~,不久將與觀眾見面。

【封口】fēngkǒu(~兒)❶(-//-)〔動〕將器物、盒、袋開口處封閉起來:函件既然封了口,就別再拆開了。❷(-//-)〔動〕傷口癒合:手上外傷已經~兒了。❸(-//-)〔動〕話已說死,不容更改:談妥的事已經~,不必再提了。❹〔名〕信封等有口的東西可以封起來的地方。

【封裏】fēnglǐ〔名〕❶封面的內面,即封二。❷封底的內面,即封三。

【封面】fēngmiàn〔名〕❶綫裝書書皮內印有書名、刻書者名稱、刻印年月等的一頁。❷新式裝訂的書刊的外皮。也叫封皮。❸書刊中印有書刊名稱等的第一面。也叫封一。

【封面女郎】fēngmiàn nǚláng 以自己面容、身體照片為刊物封面的女子。

【封泥】fēngní〔名〕中國古代簡札在結繩開啟處用泥封緊後蓋上的印章。封泥可以用來研究古代文字、官爵、地名等。

【封皮】fēngpí〔名〕❶封條。❷"封面"②。❸包裝東西用的紙或布等。❹信封。

【封三】fēngsān〔名〕書刊封底的內面。

【封殺】fēngshā〔動〕用查封、禁止的辦法使不能存在或流行:那部電視劇已被~|~垃圾短信。

【封山】fēng // shān〔動〕❶封閉進山的通道:大雪~。❷禁止進山採伐、放牧,以保證林木成長(跟"開山"相對):~育林|~護林。

【封山育林】fēngshān-yùlín 在一定時間內不准進入幼林或殘林界內放牧、砍伐,以育成森林。

【封禪】fēngshàn〔動〕古代帝王到泰山祭祀天地(祭天叫"封",祭地叫"禪")。

【封四】fēngsì〔名〕封底。

【封鎖】fēngsuǒ〔動〕❶用強制手段使跟外界交流往來中斷:~消息|經濟~。❷用軍事力量使某一地區或國家與外界不能通行或斷絕聯繫:~邊境|~港口|空中~。❸封閉並加鎖(多見於古小說、戲曲):~門戶。

【封鎖綫】fēngsuǒxiàn〔名〕(條,道)軍事上指一方為遏制另一方而在戰綫上部署的軍事力量。也指外交、貿易上的制裁措施。

【封套】fēngtào〔名〕裝文件、書刊用的厚紙套子。

【封條】fēngtiáo〔名〕❶(張)(行政部門)依法粘貼在門戶啟閉處和器物開口處的紙條,上有封閉日期並蓋有公章,以示一時不能開啟或動用。❷(條)為保存或保護而粘貼在器物開口處的條子。

【封網】fēngwǎng〔動〕排球、羽毛球、網球等球類比賽中迅速在網前伸出手或球拍,使對方擊出的球剛過網就被阻截回去。

【封一】fēngyī〔名〕"封面"③。

風(风)

fēng ❶〔名〕(陣,股)空氣流動的現象。由於氣壓不均而產生。根據風力大小,一般分零到十二級。在西太平洋和南海,十二級及以上叫颱風,十三級到十四級叫強颱風,十六級及以上叫超強颱風。❷風氣;風俗:移~易俗|蔚然成~|不正之~。❸景色;景致;景象:~景|~光。❹風格:作~|學~|文~。❺(~兒)〔名〕風聲;消息:聞~而動|先給大家吹~點~。❻民歌,《詩經》裏有《國風》):採~。❼中醫指某些疾病:~疹|羊癇~。❽〔動〕借風力吹:~乾|曬乾~淨。❾晾乾的:~雞。❿傳說的;沒有確實根據的:~聞|~言~語。⓫(Fēng)〔名〕姓。

語彙 把風 抽風 吹風 春風 黨風 東風 兜風 放風 罡風 古風 寒風 行風 和風 疾風 李風 接風 驚風 颶風 口風 狂風 冷風 臨風 漏風 麻風 門風 逆風 披風 屏風 清風 秋風 傷風 上風 世風 順風 颱風 通風 透風 望風 威風 文風 西風 下風 校風 旋風 學風 巡風 妖風 遺風 陰風 餘風 招風 整風 中風 走風 作風 吹冷風 耳邊風 龍捲風 麥克風 喝西北風 空穴來風 兩袖清風 弱不禁風

【風暴】fēngbào〔名〕❶(場)大風伴有暴雨的現象:海上~。❷比喻規模大而氣勢猛烈的現象或事變:反腐~|革命~。

【風波】fēngbō〔名〕(場)比喻挫折、紛爭或騷亂:政治~|平地起~。

【風采】fēngcǎi〔名〕❶(美好的)舉止神態:一瞻~。也作丰采。❷〈書〉文采:筆力爽到,~不凡。

【風餐露宿】fēngcān-lùsù〔成〕在風中飲食,露天住宿。形容旅途或野外生活的艱辛:他一路~,備嘗艱辛。也說露宿風餐、餐風宿露。

【風潮】fēngcháo〔名〕(場,股)比喻群眾性的反抗運動或事件:鬧~|~平息了。

【風車】fēngchē〔名〕❶(架)利用風力做動力的機械,可以帶動其他機器發電、汲水、磨麵、榨油等。❷(台)一種農具,以木箱為外殼,箱內裝有帶葉片的軸,轉動軸柄,葉片可以扇風,用來吹掉穀物中的雜質。❸兒童玩具,用紙做的葉輪附在長柄上,葉輪迎風轉動並發出響聲。

【風塵】fēngchén〔名〕❶濁風塵土。借指旅途的辛苦:～僕僕。❷〈書〉指戰亂:海內～,兄弟遠隔。❸比喻娼妓的生活:誤落～。

【風塵僕僕】fēngchén-púpú〔成〕形容旅途奔波勞累的樣子:他只停留一夜,就又～登上征程了。注意 這裏的"僕"不讀pū。

【風馳電掣】fēngchí-diànchè〔成〕形容像颳風閃電似的非常迅速:火車一般地奔馳在原野上。

【風傳】fēngchuán〔動〕消息在眾人中流傳:～他將移居國外 | ～之辭,不可輕信。

【風吹草動】fēngchuī-cǎodòng〔成〕比喻輕微的驚擾或變故:那時連年戰亂,一有～,老百姓難免驚慌失措。

【風斗】fēngdǒu(～兒)〔名〕冬季安放在窗戶上通氣擋風的用具,斗狀,多用紙糊成,中國北方民居多用。

【風度】fēngdù〔名〕美好的儀容、姿態;言談舉止:～翩翩 | 大方灑脫的～ | 有～。

【風乾】fēnggān〔動〕借風力吹乾:～栗子 | ～臘肉 | 放在房簷下～～。

【風格】fēnggé〔名〕❶作風;品格:～高尚 | 助人為樂的～。❷時代、民族、流派或個人文藝作品中所表現出來的特色:民族～ | 散文的～ | 藝術～。

【風骨】fēnggǔ〔名〕❶〈書〉剛強不屈的品格:面對侵略者的威逼利誘,這幾個人表現得很有～。❷指詩文書畫雄健有力的藝術風格和氣派:詩文必須有～才能有激發人心的魅力 | 文學藝術作品,一個時代有一個時代的～。

> **"風骨"的源流**
> "風骨"一詞,起源於漢魏以來對人物的品評;作為文學理論方面的專門術語,則始自劉勰,他所著《文心雕龍》中有《風骨》篇。"風",指思想感情;"骨",指事理內容和文章的結構條理。劉勰的風骨論是曹丕《典論·論文》文氣說的發展。

【風光】fēngguāng〔名〕景色;景象:山清水秀好～ | 北國～ | 塞上～。

【風光】fēngguang〔形〕體面;榮耀:將來你有了作為,也叫父母～～。

【風寒】fēnghán〔名〕冷風和寒氣。借指受冷引起的疾病:偶感～ | 受了點～ | 經常洗冷水澡可以抵禦～。

【風和日麗】fēnghé-rìlì〔成〕形容天氣晴朗暖和:～,春天今悄悄地來到人間。

【風花雪月】fēng-huā-xuě-yuè〔成〕❶原指四時的自然景色。後用來指堆砌辭藻、內容空洞的詩文。❷指男女情愛的事:年輕時不免有些～的故事。

【風華】fēnghuá〔名〕〈書〉風采和才華:～正茂。

【風化】fēnghuà ㊀〔名〕風俗教化:～大行 | 有傷～。㊁〔動〕❶含結晶水的化合物因失去結晶水而使結晶破壞。如純鹼塊兒放在乾燥空氣中就會變成粉末狀。❷由於長期風吹日曬、雨水沖刷、生物破壞等物理、化學的作用,地殼表面的岩石受到破壞或發生變化:山石～鬆動,禁止攀登。

【風化區】fēnghuàqū〔名〕港澳地區用詞。指紅燈區,城市中色情場所集中的地區:警方加強～的巡邏,防止罪案發生。

【風級】fēngjí〔名〕風力的等級。常用的風級是英國人蒲福(Francis Beaufort, 1774-1857)於1805年擬定的,以後又做了某些修改。從零到十二共分為十三級,速度每秒 0.2 米以下的風是零級風,32.6 米以上的風是十二級風。

【風紀】fēngjì〔名〕❶作風和紀律:～嚴整。❷特指軍隊中的作風和紀律:～扣 | 軍容。

【風紀扣】fēngjìkòu〔名〕制服、中山裝等的領扣。

【風景】fēngjǐng〔名〕可供觀賞的山河、草木、建築、四時風光等景觀:欣賞～ | ～如畫 | ～不殊,山河依舊。

> **辨析 風景、景色、景致** "景色""景致"在句子中一般多用作主語和賓語,而"風景"除了用作主語、賓語外,還可以用作定語,如"風景區""風景畫""風景照片"等,這些定語都不能換用"景色""景致"。另外"風景"還有比喻用法,如"殺風景"(比喻在美好的環境中出現了令人掃興的事),"景色""景致"沒有這樣的用法。

【風景線】fēngjǐngxiàn〔名〕(道)❶接連不斷的自然、街市等景觀:綠樹長廊是這條路亮麗的～。❷比喻引人注目的社會景觀:世博志願者成為上海世博會一道亮麗的～ | 春節前後農民工大量流動是多年就有的～。

【風鏡】fēngjìng〔名〕(副)有罩子遮擋風沙的眼鏡。

【風捲殘雲】fēngjuǎn-cányún〔成〕大風吹走殘雲。比喻一下子把殘餘的東西消滅或處理乾淨:我軍乘勝殺敵,有如～ | 一桌飯菜被他們一掃而光。

【風口】fēngkǒu〔名〕❶因兩旁高起而使風速比附近大的地方,如山口、樓口、胡同口等。❷冶煉爐的鼓風口,一般指鼓風口上的一段管道或噴嘴。

【風口浪尖】fēngkǒu-làngjiān〔成〕比喻鬥爭激烈、尖銳的地方。

【風浪】fēnglàng〔名〕❶水面上的大風和波浪:～太大,不能開船。❷比喻艱難險阻:久經～ | 人生旅途上總會有～。

【風雷】fēngléi〔名〕狂風和霹靂,比喻巨大猛烈的衝擊力:群雄蜂起,～激蕩。

【風力】fēnglì〔名〕❶風的力量，風力大小與風速大小成正比：帆船靠～行駛｜～發電。❷風的強度：～三四級。

風級表

風力等級	風速（米/秒）	海面情況	地面情況
0	0-0.2	靜	靜，煙直上
1	0.3-1.5	漁船略覺搖動	煙能表示風向，樹梢略有搖動
2	1.6-3.3	漁船張帆時，可以隨風移動，每小時2-3千米	人的臉感覺有風，樹葉有微響，旗子開始飄動
3	3.4-5.4	漁船漸覺簸動，隨風移動，每小時5-6千米	樹葉和很細的樹枝搖動不息，旗子展開
4	5.5-7.9	漁船滿帆時，船身向一側傾斜	能吹起地面上的灰塵和紙張，小樹枝搖動
5	8.0-10.7	漁船須縮帆（即收去帆的一部分）	有葉的小樹搖擺，內陸的水面有小波
6	10.8-13.8	漁船須加倍縮帆，並注意風險	大樹枝搖動，電綫呼呼有聲，舉傘困難
7	13.9-17.1	漁船停留港中，在海面上的漁船應下錨	全樹搖動，迎風步行感覺不便
8	17.2-20.7	近海的漁船都停靠在港內不出來	折毀小樹枝，迎風步行感到阻力很大
9	20.8-24.4	機帆船航行困難	煙囱頂部和平瓦移動，小房子被破壞
10	24.5-28.4	機帆船航行很危險	陸地上少見，能把樹木拔起或把建築物摧毀
11	28.5-32.6	機帆船遇到這種風極危險	陸地上很少見，有則必有嚴重災害
12	＞32.6	海浪滔天	陸地上絕少見，摧毀力極大

【風涼】fēngliáng〔形〕有風而涼爽：找個～的地方休息一下。

【風涼話】fēngliánghuà（～兒）〔名〕〔句〕有嘲笑、諷刺意味的話：他有錯誤，你應該熱情幫助，不能說～。

【風鈴】fēnglíng〔名〕（隻）廟宇或寶塔等建築物屋檐下懸掛的鈴，有風吹動就發出聲響。

【風流】fēngliú ❶〔形〕傑出，有才華的：數～人物，還看今朝。❷〔形〕有才學而不拘世俗禮法：～才子｜～倜儻｜名士～。❸〔形〕男女間行為開放浪漫：～韻事。❹〔名〕指文學藝術作品的難以言狀的高妙：不著一字，盡得～。

【風流雲散】fēngliú-yúnsàn〔成〕像風一樣流失，像雲一樣散開。比喻原聚在一起的親友飄零分散：大學時期的同窗好友，曾幾何時～，各奔前程。也說雲散風流。

【風馬牛不相及】fēng mǎ niú bù xiāng jí〔成〕《左傳·僖公四年》：“君處北海，寡人處南海，唯是風馬牛不相及也。”風：雌雄相誘。馬和牛不同類，不會相誘。比喻彼此毫不相干：科技的發展，把衛星與考古這兩件～的事情連在了一起。

【風帽】fēngmào〔名〕❶（頂）遮住頸部和耳朵，可以禦寒擋風的帽子。❷連在皮夾克、棉大衣上擋風的帽子。

【風貌】fēngmào〔名〕❶風格面貌：中國民間文學的～。❷風光景象：改革開放後農村的新～。❸風采容貌：兄弟二人各有～。

【風媒花】fēngméihuā〔名〕藉助風傳播花粉的花，這種花顏色不鮮艷，花小，花粉乾燥而輕，如稻、麥等的花。

【風門】fēngmén〔名〕（扇）冬天在門外加裝的擋風的門。也叫風門子。

【風靡一時】fēngmǐ-yishí〔成〕靡：倒伏。形容事物在一個時期裏很流行，好像風吹草伏一樣。**注意** 這裏的“靡”不寫作“糜”。

【風能】fēngnéng〔名〕可以利用的風的能量：利用～發電。

【風鳥】fēngniǎo〔名〕（隻）一種體態和羽毛都很美麗的鳥。雄的翼下兩側有很長的絨毛，尾部中央有一對長羽。鳴聲悅耳，可供觀賞。產於熱帶。也叫極樂鳥。

【風派】fēngpài〔名〕指慣於窺測政治氣候，順風轉舵、以謀私利的人：～人物。

【風平浪靜】fēngpíng-làngjìng〔成〕風浪平息。也比喻已歸平靜。

【風起雲湧】fēngqǐ-yúnyǒng〔成〕大風勁吹，濃雲湧動。比喻事態發展迅猛，聲勢浩大：盧溝橋事變後，人民抗日鬥爭～。

【風氣】fēngqì(-qi)〔名〕社會或集體中流行的作風和愛好：～未開｜得～之先｜社會～。

【風琴】fēngqín〔名〕（架）鍵盤樂器，外形是一個長方木箱，裏面裝有銅簧片和風箱。演奏時手按簧片的鍵盤，腳踏風箱的踏板，借風力使簧片發音。

【風情】fēngqíng〔名〕❶ 有關風向、風力的信息。❷〈書〉儀態舉止；神情：舉筆凝思的～。❸〈書〉情懷；風雅：文章絕美，～所寄｜別有一番～。❹ 男女之間的情事（多含貶義）：賣弄～。❺ 風土人情：山村～｜故鄉～｜少數民族地區的～。

【風趣】fēngqù ❶〔名〕風味情緒（多指人品、語言等）：饒有～｜他是一個很有～的人。❷〔形〕幽默有趣：他說話十分～｜這個人很～。

【風圈】fēngquān〔名〕日暈或月暈。日暈或月暈現象常常預兆颶風，故稱。

【風騷】fēngsāo㊀〔名〕❶〈書〉指《詩經》的《國風》和屈原的《離騷》。後用來泛指文學：點評～，頗有見地。❷ 文壇或政壇的領袖人物的領先作用：各領～數十載。㊁〔形〕指婦女舉止輕佻，有時偏指俏麗：賣弄～｜顧盼多情，天然～，全在眉眼之間。

【風色】fēngsè〔名〕❶ 颳風的情勢：～忽然變了，本來從南往北颳，這會兒卻是北往南颳了。❷ 比喻形勢：他是專門看～行事的人｜一看～不對，他扭頭就走。

【風沙】fēngshā〔名〕風和被風揚起的塵沙：～漫天。

【風扇】fēngshàn〔名〕❶（台）電扇。❷（台）通風用具：散熱～｜換氣～。❸ 舊時用布幅製成，懸掛高處，由人搖動以取風涼的用具。

【風尚】fēngshàng〔名〕某一地域、某一時期流行的風氣、時尚：社會～｜習俗不同，～各異。

【風生水起】fēngshēng-shuǐqǐ〔成〕（事業、生意等）做得特別好，發展特別快，生機勃勃，興旺發達：出道數年，她的演藝事業～，還成立了自己的製作公司｜有地產大王的加入，該區域的房地產市場如虎添翼，～。

【風聲】fēngshēng〔名〕❶ 風的聲音：～雨聲，響成一片。❷ 透露出來的消息：不要走漏了～。❸ 不好或不利的消息：這幾天～很緊。

【風聲鶴唳】fēngshēng-hèlì〔成〕《晉書·謝玄傳》載，前秦苻堅領兵進攻東晉，戰敗而逃，"餘眾棄甲宵遁，聞風聲鶴唳，皆以為王師已至"。後用"風聲鶴唳"形容極度疑懼，自相驚擾：他投資被騙後，誰也不信任了，～，輕易不簽訂合同。

【風濕病】fēngshībìng〔名〕心臟、關節和神經系統的一種病，常見於氣候較冷而潮濕的地區。一般與溶血性鏈球菌感染有關，有發熱、關節發炎、紅腫、劇痛等症狀，可引起心臟病變。

【風霜】fēngshuāng〔名〕風和霜。比喻生活中或旅途上所經歷的艱難困苦：飽受～之苦｜一路～，幾經周折才回到老家。

【風水】fēngshuǐ(-shui)❶〔名〕指宅地、墓地的

地理形勢，如地脈、山水走向等。民間認為風水好壞可以影響家族、子孫的盛衰吉凶：看～｜～先生（替人勘察風水的人）。❷〔形〕屬性詞。自然社會條件優越的：他看中了這塊～寶地。

【風俗】fēngsú〔名〕社會上長期形成的、相沿成習的風尚、習慣和禮節：～淳樸｜～習慣，各地差異很大。

┌─────
│**辨析 風俗、風氣** "風俗"着重指風尚、禮節、習慣等，是社會長期形成的；"風氣"着重指某種愛好時尚，是社會或某個集體正在流行的。因此，"風俗習慣" "划龍舟的風俗" "帶有封建迷信色彩的舊風俗"等例中的"風俗"不能換用"風氣"；而"風氣未開" "社會風氣正在逐步好轉" "這個班風氣不錯"，其中的"風氣"也不能換用"風俗"。
─────┘

【風速】fēngsù〔名〕單位時間內空氣向水平方向流動的距離，以米/秒、千米/秒、千米/小時或海里/小時計算。可用風速器測定。

【風癱】(瘋癱)fēngtān〔動〕癱瘓。

【風調雨順】fēngtiáo-yǔshùn〔成〕原指風雨均勻適度。後用來指雨雨適時，有利於農作物生長：今年～，收成不會錯。

【風頭】fēngtóu〔名〕風的來頭；風向：船老大仔細觀察～和水勢。

【風頭】fēngtou〔名〕❶ 事情發展的勢頭或與個人利害有關係的情勢：避～｜不要着急，看看～再說。❷（當眾做出的）表現自己以惹人注意的樣子：～頗健｜出～。

【風土】fēngtǔ〔名〕一個地方的人情風俗、自然條件和地理環境：初到一個地方應當先了解當地的～人情。

【風味】fēngwèi〔名〕❶（～兒）事物的地方特色：家鄉～兒｜～小吃｜這兩首新詩很有民謠～。❷ 比喻（詩文等）獨特、深長的意味：這篇散文別具一～。

【風聞】fēngwén〔動〕傳聞；聽說：～又要調整工資了｜你說的這件事，我們早已～。

【風物】fēngwù〔名〕風光景物；也指世界上各種事物：南國～｜～志。

【風險】fēngxiǎn〔名〕難以預計而又可能遇到的危險；危機：冒～｜大家都替你擔～｜從事股票投資，會有很大～。

【風箱】fēngxiāng〔名〕扇動空氣的箱形器物，用以鼓風使爐火旺盛：拉～。

【風向】fēngxiàng〔名〕❶ 風吹來的方向，風由哪方吹來就叫哪方的風，如由北方吹來的風叫北風。四季的氣候及所處地區不同，風向也不同，如北京地區，春天多颳南風，秋季多颳西風，冬季多颳北風。❷ 比喻政治、經濟、社會方面的形勢：買賣股票要看準～。

【風信子】fēngxìnzǐ〔名〕多年生草本植物，鱗莖

球形，葉片厚，披針形，總狀花序，花有藍、紫、紅、黃、白等顏色。可供觀賞。產於南歐各地。因略似水仙，故也叫洋水仙。

【風行】fēngxíng〔動〕像風一樣迅速流行：～一時｜～各地。

【風雅】fēngyǎ ❶〔名〕原指《詩經》的《國風》《大雅》《小雅》，後用來泛指詩文等：～所詠，存於聖世。❷〔形〕文雅：舉止～。

【風言風語】fēngyán-fēngyǔ〔成〕指沒有根據的傳聞。也指私下裏議論或暗中傳播：要相信事實，不要聽信｜做事光明，不怕別人～。

【風衣】fēngyī〔名〕(件)春秋穿着可擋風寒的輕便大衣。

【風雨】fēngyǔ〔名〕❶ 風和雨：～交加。❷ 比喻艱難險阻：經～，見世面｜～同舟，患難與共。

【風雨飄搖】fēngyǔ-piāoyáo〔成〕在風雨中飄浮搖蕩。形容局勢動蕩，地位不穩：19 世紀末，清王朝已處在～之中了。

【風雨如晦】fēngyǔ-rúhuì〔成〕《詩經·鄭風·風雨》："風雨如晦，雞鳴不已。"原指白天風雨交加，天色昏暗，雞叫不止。後用來形容社會黑暗，局勢不安定。

【風雨同舟】fēngyǔ-tóngzhōu〔成〕暴風雨裏同乘一條船。比喻在艱難困苦的條件下，團結一心戰勝困難：與災區人民～。

【風雨無阻】fēngyǔ-wúzǔ〔成〕颳風下雨也阻擋不住，照常進行。

【風雨衣】fēngyǔyī〔名〕(件)擋風雨的外衣。

【風月】fēngyuè〔名〕❶ 清風明月，指景色宜人：～閒適。❷ 指男女戀情：言情小說以談～見長。

【風雲】fēngyún〔名〕風和雲，比喻變幻莫測的局勢：天有不測～｜～變幻。

【風雲榜】fēngyúnbǎng〔名〕排行榜：流行音樂～｜這部新作已躋身圖書年度。

【風雲人物】fēngyún rénwù 在社會上或某一領域中十分活躍，有重大影響的人：年度～｜她是戲劇界的一位～。

【風韻】fēngyùn〔名〕❶ 美好的風姿和神態(多用於女子)：～不減當年｜～猶存。也作丰韻。❷ 指詩文、書畫的風格、韻味：他的創作有唐代詩歌的～。

【風災】fēngzāi〔名〕(場)由大風(如颱風、颶風)造成的災害：今年～頻發，損失嚴重。

【風箏】fēngzheng〔名〕(隻)一種繫以長線迎風升空的玩具，有人物、鳥獸蟲魚等多種造型，以竹、紙絹等製成。放風箏原是中國民間娛樂，現已成為世界性文體活動。風箏造型也日益精進，有的成為工藝美術品。也叫紙鳶。

【風燭殘年】fēngzhú-cánnián〔成〕像在風中燃燒、容易熄滅的蠟燭一樣的年月。指隨時可能死亡的晚年：他已經是～，但好勝之心不減。也說風燭之年。

【風姿】fēngzī〔名〕風采姿態(多用於女子)：～綽約｜～秀麗。也作丰姿。

【風鑽】fēngzuàn〔名〕❶ (把，台)在岩石上開鑿炮眼用的風動工具。❷ (台，隻)用壓縮空氣做動力的金屬加工工具，用以鑽孔。

峰〈峯〉

fēng ❶ 高而尖的山頭：巫山十二～｜～迴路轉。❷ 像山峰高起的事物：洪～｜波～｜駝～。❸〔量〕用於駱駝：十～駱駝。❹ (Fēng)〔名〕姓。

語彙　冰峰　波峰　巔峰　頂峰　洪峰　山鋒　上峰　駝峰　險峰　主峰

【峰會】fēnghuì〔名〕(次)高峰會議的簡稱：兩國～｜舉行～。

【峰巒】fēngluán〔名〕連綿不斷的山峰：～疊嶂｜～起伏。

【峰年】fēngnián〔名〕自然界某類活動達到高峰的年份：林木鼠害～。

【峰值】fēngzhí〔名〕最高點的數值：用電量已接近～。

烽

fēng 烽火。

【烽火】fēnghuǒ〔名〕❶ 古代邊塞上的報警煙火(白日點燃的叫燧，夜晚點燃的叫烽)：白日登山望～｜隔河見～，驕虜夜臨關。❷ 借指戰火、戰亂：～連天｜～連三月，家書抵萬金。

烽火台

烽火報警
燃起烽火報警的高台叫烽火台，據說在邊疆及通往邊疆的道路上，每隔一定距離就築起一座，遙遙相望，連接萬里。此外，舉放煙火的數量也有講究，舉放一道表示敵人在五百以下，舉放兩道表示敵人在五百以上。這種報警方法，是中國軍事通信史上的一項重大發明，早在 2700 年前的周幽王"烽火戲諸侯"的故事中就有記載。

【烽煙】fēngyān〔名〕烽火：～迭起，一夜數驚。

夆

fēng 用於地名：～源莊(在河北)。

渢〈渢〉

fēng〈書〉❶ 水聲；洪大的聲音。❷ 形容美妙的樂聲：美哉，～～乎！

葑

fēng〈書〉蕪菁；蔓菁：采～采菲。另見 fèng(394 頁)。

楓（枫）fēng〔名〕❶ 落葉喬木，葉互生，掌狀，三裂，邊緣有細鋸齒，秋季顏色變成艷紅。翅果，果實球形。樹脂可供藥用。也叫楓香樹。❷（Fēng）姓。

楓香樹

蜂〈蠭蠭〉fēng ❶〔名〕昆蟲，膜翅類，種類很多，尾有毒刺，能蜇人。有的成群生活，如蜜蜂、胡蜂；有的單獨或成對生活，捕食小蟲，如蜾蠃（guǒluǒ）、金蜂；有的寄生生活，如寄生蜂。❷〔名〕特指蜜蜂：養～｜～箱｜～蜜。❸ 比喻成群的：～起｜～聚｜～擁而來。

細腰蜂

熊蜂

語彙　工蜂　黃蜂　馬蜂　土蜂　一窩蜂

【蜂巢】fēngcháo〔名〕蜂類昆蟲的窩；特指蜜蜂的窩。

【蜂房】fēngfáng〔名〕❶ 蜜蜂窩的各個組成部分，多是六角形，小孔，是產卵和貯蜜的地方。❷ 比喻密集的房子：～各自開戶牖。

【蜂糕】fēnggāo〔名〕（塊）一種糕點，麵粉發酵後加糖蒸成，加上桂花、青紅絲等。因切開後有蜂房狀的小孔，故稱。

【蜂聚】fēngjù〔動〕像蜂一樣聚集：匪徒～。

【蜂蠟】fēnglà〔名〕工蜂腹部蠟腺分泌的蠟，是造蜂房的主要材料。也叫黃蠟。

【蜂蜜】fēngmì〔名〕蜜蜂採集花粉所釀成的濃液，含有大量葡萄糖和果糖，可以食用或藥用。也叫蜂糖。

【蜂鳴器】fēngmíngqì〔名〕一種能發出類似蜂鳴聲的電磁器件，常用以代替電鈴。

【蜂鳥】fēngniǎo〔名〕（隻）鳥類中最小的一種，大的像燕子，小的比黃蜂還小。羽毛極細，在日光中呈現不同顏色，嘴細長，吃花蜜和小昆蟲。產於南美洲和中美洲。

【蜂起】fēngqǐ〔動〕像蜂群飛起一樣出現：群雄～｜豪傑～。

【蜂王】fēngwáng〔名〕（隻）蜂群中能產卵的雌蜂，體大，腹部長，翅短，連續產卵以維持蜂群的發展。在正常情況下，每一個蜂巢只有一隻蜂王。

【蜂王漿】fēngwángjiāng〔名〕工蜂分泌的一種餵養蜂王的乳狀液體，含有多種氨基酸和維生素，有很高的營養價值。簡稱王漿。

【蜂窩】fēngwō〔名〕❶ 蜂巢。❷ 形狀像蜂窩一樣的多孔形狀：～煤。

【蜂箱】fēngxiāng〔名〕（隻）養蜜蜂用的箱子。

【蜂擁】fēngyōng〔動〕像蜂群一樣擁擠：～而至｜～而來。

碸（砜）fēng〔名〕硫醯基（＞SO₂）與烴結合而成的有機化合物，通式R₂SO₂。用於製塑料、製藥等。［英 sulfone］

瘋（疯）fēng ❶〔動〕神經錯亂：～子｜～人｜發～｜又～了。❷〔形〕精神亢奮；不受約束：人來～｜這丫頭一～了｜孩子們喜歡～鬧。❸〔動〕花、草等旺盛而不美；作物、果樹等只長枝葉，不結果實：～枝｜這塊地裏的棉花～了。

語彙　發瘋　雞爪瘋　撒酒瘋

【瘋癲】（瘋顛）fēngdiān〔動〕發瘋：喪子的打擊，使她～了。

【瘋瘋癲癲】fēngfengdiāndiān（～的）〔形〕狀態詞。精神失常的樣子。也用來形容人舉止輕狂，不夠穩重：你看她～的，也不知道要幹甚麼｜～說了些莫名其妙的話。

【瘋狂】fēngkuáng〔形〕發瘋的樣子；猖狂：～咒罵｜～掠奪｜～叫囂｜敵人的反撲很～。

【瘋牛病】fēngniúbìng〔名〕一種由類病毒引起的牛的傳染病，病牛狂躁不安，心跳遲緩，極度消瘦，最終死亡。一般認為因飼料中添加了受污染的動物骨粉所致。食用病牛製品會受到傳染。

瘋牛病的不同說法

在華語區，中國大陸叫瘋牛病，台灣地區叫狂牛症，港澳地區、新加坡、馬來西亞和印度尼西亞則叫瘋牛症。

【瘋人院】fēngrényuàn〔名〕（所，家）俗稱專門收容治療精神病患者的醫院。現稱精神病院。

【瘋長】fēngzhǎng〔動〕作物、花卉莖葉發育過旺，但不開花結果：千萬別叫莊稼～。

【瘋子】fēngzi〔名〕❶ 患有嚴重精神病的人。❷ 言行極端，給社會造成嚴重破壞的人：戰爭～。

鋒（锋）fēng ❶ 刀劍或器物的銳利部分：刀～｜劍～｜針～相對。❷ 帶頭在前列的人或力量：先～｜前～。❸ 比喻尖銳、犀利的話語：筆～｜詞～｜話～。❹ 鋒面：暖～｜冷～。

語彙　筆鋒　衝鋒　機鋒　交鋒　口鋒　偏鋒　八面鋒　急先鋒

【鋒利】fēnglì〔形〕❶ 工具、兵器尖銳犀利，易於刺入或切割：～的鋼刀。❷ 言論、文章尖銳有力：筆調～｜談吐～。

【鋒芒】（鋒鋩）fēngmáng〔名〕❶ 刀劍的尖端，比喻鬥爭的矛頭：～所向｜鬥爭的～指向封建主義。❷表露出來的銳氣和才幹：初露～｜～太露，容易招妒忌。

【鋒芒畢露】fēngmáng-bìlù〔成〕刀劍的尖和刃完全露出。比喻銳氣和才幹顯露無遺：他當主管後～，做成了幾件大事，是個人才。注意"鋒芒畢露"有時形容好(hào)表現自己才能，略含貶義。如：他雖然有才幹，但鋒芒畢露，得罪了一些人。

【鋒面】fēngmiàn〔名〕指溫度和密度差異大的兩個氣團之間的界面。鋒面是傾斜的，且暖氣團在上，冷氣團在下。鋒面範圍很廣，水平範圍可達數千千米，垂直範圍可達十幾千米。按氣團移動方向分類，鋒面可分為冷鋒、暖鋒。

豐（丰） fēng ❶茂盛：～茂｜～美。❷豐富；富饒(跟"歉"相對)：～衣足食｜人壽年～。❸大：～碩｜～碑｜～功偉績。❹(Fēng)〔名〕姓。

"丰"另見 fēng "丰"(385 頁)。

語彙 打抽豐 人壽年豐 羽毛未豐

【豐碑】fēngbēi〔名〕(座)高大的石碑，比喻偉大的功績，巨大的貢獻：革命烈士的光輝業績在人民心中立下了不朽的～。

【豐產】fēngchǎn〔動〕獲得高產(多指農業)：～田｜～經驗｜今年是個大年，水果～。

【豐登】fēngdēng〔動〕豐收：五穀～。

【豐富】fēngfù ❶〔形〕充足；種類多，數量大：物產～｜經驗～｜～的內容｜～多彩。❷〔動〕使增加：多看書可以～我們的詞彙｜通過社會實踐～大學生的知識。

【豐富多彩】(豐富多采)fēngfù-duōcǎi〔成〕內容豐富，形式多樣：演出了～的文藝節目｜出口商品～。

【豐功偉績】fēnggōng-wěijì〔成〕偉大的功績：為祖國的繁榮富強建立～。

【豐厚】fēnghòu〔形〕❶多而密：絨毛～。❷豐富；多：～的禮物｜報酬～。

【豐滿】fēngmǎn〔形〕❶充足：糧倉～。❷肌體飽滿勻稱(多形容女性)：體形～。❸羽翼長成，比喻變得強大成熟：他如今羽毛～，不甘屈居人下了。注意 此義一般只同"羽毛""羽翼"組合。

【豐茂】fēngmào〔形〕(植物)豐美茂盛：林木～｜山丘上遮蓋着～的植被。

【豐美】fēngměi〔形〕(草、食物等)又多又好：這裏水草～，氣候溫和，是一個理想的牧場｜享受一頓～的晚餐。

【豐年】fēngnián〔名〕豐收的年份(跟"歉年"相對)：瑞雪兆～｜～不忘歉年。

【豐沛】fēngpèi〔形〕(雨水)多而充分：雨水～，莊稼長勢喜人。

【豐饒】fēngráo〔形〕(物產、財物)豐富而充足：～的草原｜南海有～的水產品｜祖父留下了～的家產。

【豐乳】fēngrǔ〔動〕用服藥或動手術等方法使女性乳房變得豐滿：～霜｜～手術。

【豐潤】fēngrùn〔形〕肌肉豐滿，皮膚潤澤：肌膚～｜～的臉龐。

【豐盛】fēngshèng〔形〕(食物等)品種、數量多而好：～的晚餐。

辨析 豐盛、豐富 "豐盛"只限於形容物品(特別是食物)的又多又好，如"豐盛的午餐""豐盛的宴席""豐盛的菜餚"；"豐富"使用範圍比"豐盛"廣，能形容物質也能形容精神，如"物產豐富""感情豐富""經驗豐富"。這些例句中，除"物產豐富"也可說成"物產豐盛"外，其餘例句中的"豐富"都不能換用"豐盛"。

【豐實】fēngshí〔形〕(經驗、知識)豐富厚實：～的生活積累。

【豐收】fēngshōu〔動〕獲得豐富的收成(跟"歉收"相對)：連年～｜大白菜～了｜～在望。

【豐碩】fēngshuò〔形〕(果實)多而大，也比喻成果多而大：～的果實｜取得～的成果。

【豐胸】fēngxiōng〔動〕豐乳：～整形。

【豐衣足食】fēngyī-zúshí〔成〕吃穿都很富足。形容生活富裕：自己動手，～｜大力發展經濟，使人民過上～的生活。

【豐盈】fēngyíng〔形〕❶(肌體)豐滿：體貌～。❷富裕：米麥～，百姓康樂。

【豐腴】fēngyú〔形〕❶(肌體)豐滿潤澤。❷土地豐美肥沃：在～的草地上放牧。❸(飲食)豐盛：～的酒宴。

【豐裕】fēngyù〔形〕(生活、財物)富足充裕：生活一年比一年～。

【豐致】fēngzhì〔名〕〈書〉❶風采，景致：名花皓月多～。❷指詩文的情趣、韻味。

【豐足】fēngzú〔形〕富裕充足：衣食～。

酆 Fēng〔名〕姓。

【酆都】Fēngdū〔名〕❶地名，在重慶。今已改為豐都。❷迷信傳說中指陰間。也叫酆都城、鬼城。

灃（沣） Fēng ❶灃水，水名。在陝西西安西。❷〔名〕姓。

féng ㄈㄥˊ

浲 féng 用於地名：楊家～(在湖北)。

逢 féng ❶〔動〕遇到；碰見：～人便問｜酒～知己千杯少｜～山開路，遇水搭橋｜每～星期日他都去看電影。❷(Féng)〔名〕姓。

【語彙】重逢　相逢　遭逢　萍水相逢　千載難逢　狹路相逢

【逢場作戲】féngchǎng-zuòxì〔成〕原指江湖藝人遇到適合場所就進行表演。現泛指為應酬而娛樂，並不認真：他打麻將，不過是～罷了。

【逢集】féngjí〔動〕輪到有集市的日子：每隔五天～，村裏人都趕去做點小買賣。

【逢年過節】féngnián-guòjié〔成〕每到過新年和其他重要節日：～，他總是去看望老師。

【逢凶化吉】féngxiōng-huàjí〔成〕遇到兇險或不幸，從中解脫，轉變為吉祥、順利：旅遊途中翻了車，他卻～，沒受一點傷。

【逢迎】féngyíng〔動〕言語、舉動有意迎合討好別人（含貶義）：阿諛～。

馮（冯）　Féng〔名〕姓。
另見 píng（1035 頁）。

【馮婦】Féngfù〔名〕《孟子》裏的人物，善搏虎，後來不再殺生，一次他又準備再搏虎，遭士人譏笑。後用來指重操舊業的人：重作～。

縫（缝）　féng ❶〔動〕用針綫將物體連在一起：～被子｜～釦子｜這兒開綫了，趕快～上｜開過刀，～上傷口，手術才算完畢。❷（Féng）〔名〕姓。
另見 fèng（394 頁）。

【語彙】裁縫　彌縫

【縫補】féngbǔ〔動〕縫合補綴：～衣服。

【縫縫補補】féngféngbǔbǔ〔動〕指多次縫補：～，一件衣服穿好幾年。

【縫合】fénghé〔動〕外科手術指將傷口縫上：～傷口。

【縫紉】féngrèn〔動〕泛指剪裁製作衣服、各種布料製品等工作：～車間｜她學會了～、烹調。

【縫紉機】féngrènjī〔名〕（架，台）縫紉用的機器，有腳踏、手搖和電動等類型。

【縫綫】féngxiàn〔名〕（根，條）❶ 縫衣物用的綫。❷ 外科手術縫合傷口用的特製的綫：羊腸～。

唪　fěng 高聲唸誦（經文）：～經。

諷（讽）　fěng / fèng ❶〔動〕用含蓄的話勸諫或指責：譏～｜～諫｜冷嘲熱～。❷〈書〉誦讀：～誦。

【諷刺】fěngcì〔動〕用誇張、比喻、影射的言辭或繪畫、表演等手段對不良或愚蠢醜惡現象進行揭露嘲笑：用漫畫～腐敗現象｜魯迅的雜文對舊社會的醜惡有深刻～。

【諷誦】fěngsòng〔動〕〈書〉❶ 朗讀；朗誦：～長詩。❷ 背誦：他憑記憶～幾首唐詩。

【諷喻】fěngyù〔動〕一種修辭手法，用比喻、寓言等含蓄的方式說明道理：～詩（諷刺政治或社會，使當權者覺悟的詩歌）。

奉　fèng ❶〔動〕恭敬地獻上：雙手～上｜現～拙作一冊。❷〔動〕接到；接受：～行｜～上級命令，即日開拔。❸ 信仰：信～｜崇～。❹ 尊崇；尊重：～為領袖｜～為典範。❺ 贍養；侍候：～養｜侍～。❻〈敬〉用於自己涉及對方的舉動：～送｜～求｜～訪未晤，恨甚。❼（Fèng）〔名〕姓。

【語彙】朝奉　崇奉　供奉　敬奉　侍奉　信奉

【奉承】fèngcheng〔動〕說好話討好別人（含貶義）：人貴有自知之明，不要別人～兩句就得意忘形｜他秉性耿直，向來不願意～人。

【奉告】fènggào〔動〕〈敬〉告訴：詳情容後～｜無可～（常用作外交辭令）。

【奉公守法】fènggōng-shǒufǎ〔成〕奉行公事，遵守法令：人民公僕，應當～，全心全意為人民服務。

【奉還】fènghuán〔動〕〈敬〉歸還：所借之書，當即～。

【奉命】fèng // mìng〔動〕接受命令：～行事｜向前方挺進｜奉父命謝絕邀請。

【奉陪】fèngpéi〔動〕〈敬〉陪伴，陪同做某件事：恕不～｜～張司令前往。**注意**"奉陪"是敬辭，但有時故意用在不值得尊敬的人身上，則含有一種義正詞嚴的諷刺意味，如："你們名為考察，實為遊山玩水，對不起，恕不奉陪！""他們不是揚言要打官司嗎？我們願意奉陪到底！"

【奉勸】fèngquàn〔動〕〈敬〉勸告：～世人，多做善事｜～你還是尊重大家的意見為好。**注意**"奉勸"有時用在固執、不守規矩的人身上，並非敬辭，而是表示某種警告，如"奉勸你還是按合同付款的好，否則後果會更加嚴重"。

【奉若神明】fèngruòshénmíng〔成〕信奉某種事物或某人就像崇拜神靈一樣。形容極端崇拜（多含貶義）。

【奉送】fèngsòng〔動〕〈敬〉贈送：如您需要，本人作品可以～。

【奉獻】fèngxiàn〔動〕❶ 恭敬地交付；呈獻：遣使～。❷ 做出貢獻，不要報償：～精神｜多～，少索取｜只講～，不知其他。

【奉行】fèngxíng〔動〕遵照實行：終身～｜～不結盟政策。

【奉養】fèngyǎng〔動〕侍奉贍養：子女應當～父母。

【奉趙】fèngzhào〔動〕〈書〉〈敬〉奉還;原物歸還本人。語本戰國藺相如完璧歸趙故事。參見"完璧歸趙"(1388頁)。

甮 fèng〔副〕(吳語)不用。

俸 fèng ❶ 俸祿:薪～｜年～｜增～。❷(Fèng)〔名〕姓。

【俸祿】fènglù〔名〕指舊時官員的薪水;俗話說"不吃～不擔驚"。

葑 fèng〈書〉菰的根。
另見 fēng(390頁)。

鳳(凤)fèng〔名〕❶ 鳳凰:石刻上一邊是～,一邊是龍｜百鳥朝～｜龍生龍,～生～。❷(Fèng)姓。

語彙 鸞鳳 百鳥朝鳳 攀龍附鳳

【鳳冠】fèngguān〔名〕(頂)古代皇后和嬪妃的禮冠,帽子上有用黃金、白銀和珠寶等做的鳳形裝飾。後代婦女出嫁也可以戴鳳冠:～霞帔(霞帔:有霞彩的披肩)。

【鳳凰】fènghuáng〔名〕(隻)傳說中象徵祥瑞的鳥,雄的叫鳳,雌的叫凰,相傳是百鳥之王。

【鳳鱭】fèngjì〔名〕(條)鱭的一種,主要吃小的魚蝦等。通稱鳳尾魚。

【鳳梨】fènglí〔名〕菠蘿。

【鳳毛麟角】fèngmáo-línjiǎo〔成〕鳳凰的毛,麒麟的角。比喻稀少而珍貴的人或物:像他那樣的大科學家現在真可謂是～｜這首詩在一般作品中也算得上是～。注意 這裏的"麟"不寫作"鱗"。

【鳳尾魚】fèngwěiyú〔名〕(條)鳳鱭的通稱。

【鳳尾竹】fèngwěizhú〔名〕(棵)竹的一種,稈叢生,枝細而柔軟,葉子披針形,梢像鳳尾。供觀賞,稈可做造紙原料。

【鳳仙花】fèngxiānhuā〔名〕❶(棵)一年生草本植物,葉子披針形,莖有淺紅和淺綠兩色,花有白、紅、粉紅、淡黃等顏色,供觀賞。紅色的花瓣可用來染指甲。花及種子可入藥,有活血消腫作用。❷(朵)這種植物的花。以上俗稱指甲花、指甲草。

賵(賵)fèng〈書〉❶ 用車馬束帛等財物幫助對方辦喪事。❷ 送給辦喪事人家的財物。

縫(缝)fèng(～兒)〔名〕❶ 接合的地方:天衣無～｜把衣服的～兒縫上。❷ 間隙;空際:門～兒｜山牆裂了一道～｜見縫插針。
另見 féng(393頁)。

語彙 夾縫 裂縫 中縫 嚴絲合縫

【縫隙】fèngxì〔名〕❶(條,道)狹長的縫兒:用密封條把門窗糊起來,不留～,免得進風。❷ 比喻破綻;事前要周密考慮,不能留下～,免得將來引出大問題。

【縫子】fèngzi〔名〕(條,道)〈口〉縫隙;裂口:好好的一個花瓶裂了道～。

fó ㄈㄛˊ

佛 fó〔名〕❶ 佛陀的簡稱。❷ 佛教徒稱修行圓滿的人:放下屠刀,立地成～。❸ 佛教:～家｜信～。❹(尊)佛像:玉～｜石～｜大殿正中是一尊千手千眼～。❺ 佛教或佛經:吃齋唸～。❻(Fó)姓。
另見 Bì(73頁);fú(398頁)。

語彙 活佛 唸佛 阿彌陀佛 借花獻佛

【佛典】fódiǎn〔名〕佛教經典。

【佛法】fófǎ〔名〕❶ 佛教:東漢初年,～始入中國。❷ 佛教的教義:弘揚～。❸ 佛的法力:～無邊。

【佛號】fóhào〔名〕佛的名號。特指信佛的人常唸的"阿彌陀佛"的名號。

【佛教】Fójiào〔名〕世界三大宗教之一,相傳是公元前6至前5世紀古印度的迦毗羅衞國(今尼泊爾境內)王子釋迦牟尼所創。西漢末年(一說東漢明帝時)傳入中國,廣泛流傳於亞洲各國。對東方世界的宗教、文化和社會生活有巨大影響。

中國佛教四大名山
山西五台山,文殊菩薩道場;
浙江普陀山,觀世音菩薩道場;
四川峨眉山,普賢菩薩道場;
安徽九華山,地藏菩薩道場。

【佛經】fójīng〔名〕(部)佛教的經典,一般分為經(佛陀的訓教)、律(有關戒律)、論(經義哲學)等三類。也叫釋典。

佛經的種類
佛經共有"三藏十二部經":"三藏"指經藏、律藏、論藏,分別是佛陀的教法、佛教的教義和佛教徒修行的指南;"十二部經"是將佛陀教法按敍述形式與內容分成的十二種類,包括契經、應頌、記別、諷頌、自說、因緣、譬喻、本事、本生、方廣、希法、論議。

【佛龕】fókān〔名〕(座)❶ 佛寺。❷ 用木頭或金屬做成的供奉佛像的小閣子。

【佛門】fómén〔名〕佛教(含親切義):～弟子｜皈依。

【佛事】fóshì〔名〕❶ 佛教化眾生、救度眾生的事。❷ 指佛教徒誦經、拜懺、祈禱等活動。

【佛手】fóshǒu〔名〕❶常綠小喬木或灌木，初夏開花，花白色，葉子長橢圓形。果實冬季成熟，鮮黃色，下端有裂缺，上部像半握着的手，有芳香，可供觀賞，也可入藥。❷這種植物的果實。

佛手果

【佛塔】fótǎ〔名〕（座）佛佛用以藏舍利和經卷的建築。起源於印度。也叫寶塔。

【佛堂】fótáng〔名〕（間，座）信佛的人家供奉佛像以供膜拜的廳堂。

【佛頭着糞】fótóu-zhuófèn〔成〕佛像的頭上被鳥拉上糞便。比喻好東西上加了不好的東西，把好東西給糟蹋了：名畫上添上附庸風雅的題識，真有點～。

【佛陀】Fótuó〔名〕佛教徒稱釋迦牟尼。簡稱佛。〔梵 buddha〕

【佛像】fóxiàng〔名〕（尊）佛陀或菩薩的畫像或塑像。

【佛學】fóxué〔名〕佛教經典中的一切學問，特指佛教哲學，是中國哲學史上中古時期的主要思潮，對宋、明理學有直接影響。

【佛牙】fóyá〔名〕（顆）佛教徒指釋迦牟尼遺體火化後所留下的牙齒。佛牙常被迎奉到塔中，尊崇為聖物。

【佛爺】fóye〔名〕❶佛教徒對釋迦牟尼的尊稱。❷清朝內臣對皇帝的尊稱。對慈禧太后則尊稱為老佛爺。

【佛珠】fózhū〔名〕唸珠。

【佛祖】fózǔ〔名〕佛教徒稱開創佛教宗派的祖師，也專指佛教創立人釋迦牟尼。

fōu ㄈㄡ

不 Fōu〔名〕姓。
另見 bù（105 頁）。

【不第】Fōudì〔名〕複姓。

fǒu ㄈㄡˇ

缶 fǒu ❶古代盛水或盛酒的器皿。圓腹，有蓋，肩上有環耳，也有方形的。盛行於春秋戰國。❷古代一種打擊樂器：擊～｜叩～。

否 fǒu ❶表示否定（只構成合成詞、固定語）：～認｜～決。❷〔副〕〈書〉表示否定，做應答副詞，相當於"不"：這是妥當的辦法嗎？～。❸構成"是否、可否、能否"，表示"是不是、可不可、能不能"：人家遠道而來，是～應接待一下｜究應如何辦理，他竟不置可～。明日能～出發，需視天氣而定。❹〔助〕〈書〉語氣助詞。用在句尾，表詢問：知其事～？｜梨花開～？

另見 pǐ（1022 頁）。

【否定】fǒudìng ❶〔動〕不承認；對事物的存在和真實性加以否認（跟"肯定"相對）：事實～了他的看法｜採取～一切的態度是錯誤的。❷〔形〕屬性詞。表示否認的；反面的（跟"肯定"相對）：～命題｜～答復｜得出的結論完全是～的。

【否決】fǒujué〔動〕否定（決議）：～權｜大會～了他的提案。

【否認】fǒurèn〔動〕不承認：不能～，造成這樣大的損失，他應負主要責任｜我們斷然～這種無中生有的誣衊之詞。

【否則】fǒuzé〔連〕用在假設分句中，表示假設條件的否定，意為"如果不是這樣"：走快點兒，～就遲到了。注意 a）連接分句，必用在後一分句的頭上。b）後句指出在否定前句條件產生的結果，或提出另外的選擇，如"領導要深入群眾，否則難免出現官僚主義""最好大家一塊去，否則就只有請組長代表我們去"。c）後句可以用反問的形式，如："他們全家一定都出門了，否則為甚麼沒有人接電話？"d）前句中可用"除非"跟"否則"呼應，如"除非出現特殊情況，否則原計劃不會改變"。e）"否則"後面可以帶"的話"，以加強語氣，有停頓，如："他大概不喜歡聽流行歌曲，否則的話，為甚麼今晚不來聽演唱會？"

fū ㄈㄨ

夫 fū ❶女子的配偶（跟"妻"相對）：～妻。❷舊時指成年男子：一～授田百畝。❸稱從事某種體力勞動維持生活的人：船～｜車～｜樵～｜農～。❹稱服勞役的人，特指被有權勢的人強迫做勞役的人：～役｜拉～。❺（Fū）〔名〕姓。

另見 fú（397 頁）。

語彙						
病夫	車夫	船夫	獨夫	更夫	工夫	姑夫
鰥夫	伙夫	腳夫	姐夫	老夫	馬夫	妹夫	民夫
農夫	懦夫	匹夫	千夫	縴夫	樵夫	情夫	屠夫
漁夫	丈夫	未婚夫				

【夫唱婦隨】fūchàng-fùsuí〔成〕丈夫說甚麼妻子就附和甚麼。形容夫妻行動一致，互相配合。也形容夫妻和睦，感情融洽。也作夫倡婦隨。

【夫婦】fūfù〔名〕（對）丈夫和妻子：～和諧｜老年～。

【夫妻】fūqī〔名〕（對）夫婦：～恩愛。

【夫妻店】fūqīdiàn〔名〕（家）夫妻共同經營的小商店，一般不用店員。

【夫權】fūquán〔名〕丈夫支配、役使妻子的權力：～是封建宗法制度束縛婦女的一條繩索。

【夫人】fūrén〔名〕古代諸侯的妻子或皇帝的妾，

明、清兩朝一、二品官的妻子封夫人，後用來
尊稱一般人的妻子，現多用於社交或外交場
合：教授～｜各國使節和～出席了宴會。**注意**
"夫人"用於尊稱別人的妻子，而不用於稱自己
的妻子：久未晤面，問候嫂～。

【夫子】fūzǐ〔名〕❶古時對學者的尊稱：孔～。
❷古時弟子對老師的稱呼。❸舊時妻子稱丈
夫：無違～。❹指讀古書食而不化、思想陳
腐、行為守舊的人（含諷刺意）：村～｜老～｜
迂～｜～氣。❺（江淮官話）挑夫。

【夫子自道】fūzǐ-zìdào〔成〕指談論的別人的情況
卻正表現在自己身上：他常說人家幹活不要
命，其實這何嘗不是～呢！

伕 fū ❶同"夫"④。❷（Fū）〔名〕姓。

吷 fū 見下。

【吷喃】fūnán〔名〕有機化合物，化學式 C4H4O。
無色液體，供製藥品，也是重要的化工原料。
［英 furan］

玞 fū〈書〉次於玉的美石：～石｜斌（wǔ）～。

柎 fū〈書〉❶花萼的底部。❷懸掛鐘鼓的木
架的腳。

砆 fū〈書〉次於玉的美石：～石｜碔（wǔ）～。

趺 fū〈書〉❶同"跗"。❷碑的底座：龜～｜
有碑無～。

跗 fū ❶腳背。❷毛筆桿下端栽毛的部分。

【跗骨】fūgǔ〔名〕蹠骨和脛骨之間的骨，構成腳
後跟和腳面的一部分，由七塊短骨組成。

【跗面】fūmiàn〔名〕腳面。也指鞋的挨着腳面的
部分。

稃 fū 稻麥等植物子實外面包着的硬殼。

鈇（铁） fū〈書〉鍘刀。

孵 fū〔動〕孵育；孵化：～小雞｜還得等兩
天，小海龜才能～出來。

【孵化】fūhuà〔動〕昆蟲、魚類、鳥類或爬行動物
的卵在一定的溫度下，發育到一定階段變成幼
蟲或小動物：～期｜人工～。

【孵卵】fūluǎn〔動〕使卵孵出（幼蟲、小動物）：
雞｜～器｜野鴨正在～。

【孵育】fūyù〔動〕用身體覆蓋或其他方法維持恆定
的溫度和濕度使卵發育出後代。所有的鳥（包
括家禽）、蟒蛇等，都是將身體伏在卵上來維
持卵的溫度；也有一些動物是用腐爛的植物、
日光等來維持溫度的；人工孵育多是用電力來
產生和維持所需溫度。

酃 Fū ❶酃縣，舊地名。在陝西。今改稱富
縣。❷〔名〕姓。

麩（麸）〈稃麷〉 fū 麩子。

【麩皮】fūpí〔名〕小麥磨成麵以後剩下的麥皮和
碎屑。

【麩子】fūzi〔名〕麩皮。

敷 fū ❶〔動〕塗抹；搽：～藥｜～粉。❷鋪
展；擺開：～設｜～陳。❸夠；足：入
不～出。❹（Fū）〔名〕姓。

語彙　冷敷　熱敷　外敷

【敷料】fūliào〔名〕外科手術用來清潔、包紮傷口
的藥棉、紗布等。

【敷設】fūshè〔動〕將器物向四周或呈綫狀展開設
置：～鐵路｜～光纜｜～輸油管道｜～地雷。

【敷衍】fūyǎn〔動〕〈書〉根據已有的材料加以敍
述、擴展、發揮：～成文。也作敷演。

【敷衍】fūyan〔動〕❶辦事不認真、不負責或待人
不懇切，只是表面應付：～了事｜～塞責｜辦
不到就說辦不到，～別人反而不好。❷勉強維
持：目前的日子尚能～，再往後可就難過了。

【敷演】fūyǎn 同"敷衍"（fūyǎn）。

膚（肤） fū ❶皮膚：～如凝脂｜衣不暖～｜
切～之痛。❷表面的；浮淺的：～
淺｜～泛。

語彙　肌膚　皮膚　體無完膚

【膚泛】fūfàn〔形〕不深刻；空泛：認識～｜他提
出的一些意見～得很。

【膚皮潦草】fūpí-liáocǎo〔成〕膚皮：指表面化。
潦草：草率。形容不認真、不仔細，敷衍了
事：無論做甚麼事都得嚴肅認真，不可～。也
說浮皮潦草。

【膚淺】fūqiǎn〔形〕淺薄；不深不透：我對這個問
題的認識非常～｜他的見解～得很。

辨析 膚淺、浮淺　"膚淺"側重指不深入，止
於表面，多形容認識、理解；"浮淺"側重指
淺薄、輕浮，多形容缺乏知識修養，也可形容
人的認識。"這看法很膚淺（浮淺）""我的體會
很膚淺（浮淺）"都可以說，但"這些人沒啥學
問，高談闊論，浮淺得很""他的那套理論，
不過是多用了一些新名詞術語，其實浮淺得
很"，其中的"浮淺"不能換用"膚淺"。

【膚色】fūsè〔名〕皮膚的顏色：～較白｜不同～的
留學生。

fú ㄈㄨˊ

市 fú〈書〉同"韍"。**注意**"市"與"市"不同，
"市"字四畫，"市"字五畫。

夫 fú〈書〉❶〔代〕指示代詞。這個；那個：~人不言，言必有中(zhòng)(這個人不開口說，一開口說必定中肯)。❷〔助〕語氣助詞。用於議論的開頭：~人必自侮，然後人侮之｜~泰山不讓土壤，故能成其大；河海不擇細流，故能就其深。❸〔助〕語氣助詞。用於句末，表示感歎：逝者如斯~！｜可慨也~！

另見 fū(395頁)。

弗 fú❶〔副〕〈書〉表示否定，相當於"不"：自愧~如｜諸公莫~稱之(各位先生沒有人不稱讚他)。❷(Fú)〔名〕姓。

伏 fú ㊀❶〔動〕身體前傾向下靠在物體上；臥倒，趴下：~案｜戰士都~在地上，等待攻擊。❷低下去：起~不定｜此起彼~。❸隱藏：晝~夜出。❹屈服：~誅。❺降服：~妖｜降龍~虎。❻〔名〕伏天：入~｜初~。❼(Fú)〔名〕姓。

㊁〔量〕伏特的簡稱。1 安的電流通過電阻為 1 歐的導綫時，導綫兩端的電壓是 1 伏。

語彙　出伏　倒伏　俯伏　埋伏　匿伏　潛伏　蟄伏　三伏　設伏　數伏　降伏　隱伏　蟄伏　危機四伏

【伏案】fú'àn〔動〕(上身)靠着書案，指讀書、寫作以及處理文件等：~著述。

【伏筆】fúbǐ〔名〕作品、文章中為後面內容預先安排的情節、綫索等：這段對話是後面主人公雜家出走的~。

【伏辯】fúbiàn〔名〕舊時指悔過認罪書。也作服辯。

【伏兵】fúbīng〔名〕預先部署某處伺機襲擊的軍隊：遇到敵人的~｜路上有~。

【伏地】fúdì〔形〕(北方官話)本地出產或土法製造的：~小米兒｜~麵。

【伏法】fúfǎ〔動〕罪犯被處決：四名罪犯已~。

【伏擊】fújī〔動〕埋伏下兵力待敵方出現時襲擊：~來犯之敵｜遭~。

【伏臘】fúlà〔名〕〈書〉泛指節日(夏至後為"伏"，冬至後為"臘")：歲時~。

【伏暑】fúshǔ〔名〕酷熱的伏天。

【伏特】fútè〔量〕電壓單位，符號 V。為紀念意大利物理學家伏特(Conte Alessandro Volta，1745-1827)而定名。簡稱伏。

【伏特加】fútèjiā〔名〕俄羅斯一種烈性酒，酒精含量 36%-60%。[俄 водка]

【伏天】fútiān〔名〕指三伏天，是中國夏季最炎熱的季節。從夏至後的第三個庚日起，開始進入伏天。初伏十天，中伏十天或二十天，末伏十天，共三十天或四十天。

【伏帖】fútiē ❶〔形〕安穩；舒適：我住在這裏很~。❷同"服帖"①。

【伏貼】fútiē〔動〕緊貼在上面：~在地上｜把狗皮膏藥~在背上。

【伏羲】Fúxī〔名〕傳說中的中國古代帝王，曾教民結網，從事漁獵畜牧活動。也叫庖犧。

【伏汛】fúxùn〔名〕伏天發生的河水暴漲現象。

【伏誅】fúzhū〔動〕〈書〉伏法。

扶 fú ❶〔動〕扶持；攙~｜~老攜幼｜~着老太太上車。❷〔動〕用手幫助使立起來：~病人起來吃藥｜葡萄架倒了，快~起來。❸〔動〕把着：~犁｜~杖而行｜~着欄杆。❹幫助：救死~傷｜~貧。❺(Fú)〔名〕姓。

語彙　幫扶　攙扶　匡扶

【扶病】fúbìng〔動〕〈書〉帶着病(做事)：~出席｜演員~上場。

【扶殘】fúcán〔動〕扶助殘疾人：~助殘。

【扶持】fúchí〔動〕❶攙扶：老先生自己能走，不用人~。❷扶助：我能在這裏站穩腳跟，多虧你~｜紅花雖好，也要綠葉~。

【扶乩】fú//jī 同"扶箕"。

【扶箕】fú//jī〔動〕一種迷信活動。由二人扶一丁字形木架，使下垂一端在沙盤上畫字，假託為神的指示。也作扶乩，也說扶鸞。

【扶老攜幼】fúlǎo-xiéyòu〔成〕攙扶着老人，領着小孩。形容百姓成群結隊，全體出動：端午節期間，人們~，到江邊觀看龍舟比賽。

【扶犁】fúlí〔動〕手把着犁柄(前面有牛拉着犁)，指耕種：~耕地｜春日~盼豐收。

【扶貧】fúpín〔動〕幫助支持貧困戶、貧困地區發展經濟：做好~工作。

【扶桑】fúsāng ㊀〔名〕❶古代神話中的海外大樹，據傳是日出的地方：總余轡乎~(把我的馬韁繩繫在扶桑樹上)。❷泛指東方：~引朝暉。❸(Fúsāng)傳說東海的古國，舊時為日本的代稱：幡然鼓棹來~｜~正是秋光好。以上也作榑桑。㊁〔名〕(棵)落葉灌木，葉卵形，花紅色。著名觀賞植物。

【扶手】fúshǒu〔名〕❶欄杆、樓梯等處能讓手扶住的東西。❷椅子、沙發兩旁供手扶住的部分：~椅。

【扶疏】fúshū〔形〕〈書〉枝葉繁茂，疏密有致：花木~｜枝葉~。

【扶梯】fútī〔名〕❶有扶手的樓梯。❷(吳語)梯子，特指樓梯。

【扶養】fúyǎng〔動〕養育孩子：~成人｜把幾個孩子~大，自己也老了。

【扶搖直上】fúyáo-zhíshàng〔成〕《莊子·逍遙遊》："鵬之徙於南冥也，水擊三千里，摶(tuán)扶搖而上者九萬里。"扶搖：盤旋而上的旋風。意思是大鵬拍打着旋風直升到九萬里高空。後用"扶搖直上"比喻地位、價值等直綫上升，十分迅速：他官運亨通，~。

【扶正】fúzhèng〔動〕❶扶持正氣或正道：~祛

邪。❷舊指妻死後將妾提為正妻。❸副職提為正職：當了七年副處長，一直沒有～。

【扶正祛邪】fúzhèng-qūxié ❶〔成〕扶持正氣，去除不正當的風氣或作風：領導幹部身體力行，帶頭～，是實現黨風好轉的關鍵。❷中醫指增強體質，去除內外病因侵襲。

【扶植】fúzhí〔動〕支持培植：～青年作家｜～親信｜～傀儡政權。

【扶助】fúzhù〔動〕扶植幫助：～老幼｜～貧困戶。

辨析 扶助、扶植　"扶助"的對象多是具體的人或處於成長階段的集體，意在幫助；"扶植"的對象可以是植物，意在培植，也可以是人或抽象的事物，如親信、傀儡、新生事物等，意在支持。

佛〈㊀佛㊁髴〉㊁見"仿佛"（369頁）。
fú〈書〉同"拂"。
另見 Bì（73頁）；fó（394頁）。

孚　fú ❶〈書〉使人信任；為人所信服：深～眾望｜小信未～。❷（Fú）〔名〕姓。

刜　fú〈書〉砍；擊。

芙　fú 見下。
【芙蕖】fúqú〔名〕蓮。
【芙蓉】fúróng〔名〕❶（株）木芙蓉。❷蓮：出水～。

苻　fú〈書〉❶草木茂盛。❷同"莩"。注意 宋朝書法家米苻的"苻"，音 fú，不讀 fèi。
另見 fèi（377頁）。

茯　fú 見下。
【茯苓】fúyǐ〔名〕〈書〉車前草。

拂　fú ❶〔動〕揮去或擦掉：～拭｜～去塵土。❷〔動〕輕輕擦過：吹～｜春風～面。❸抖；甩動：～袖而去。❹〈書〉違背；不順從：不忍～其意。❺古同"弼"（bì）①：匡～天子。❻（Fú）〔名〕姓。

語彙　吹拂　披拂　飄拂　照拂

【拂塵】fúchén〔名〕（把）用馬尾拴在木棍一端，用以撣掉塵土或驅逐蚊蠅的用具。

【拂拭】fúshì〔動〕輕輕撣或擦去（塵埃）：～桌椅｜時時勤～，何處染塵埃。

【拂曉】fúxiǎo〔名〕天快亮的時候：～發起進攻｜～時分，雞鳴四起。

【拂袖而去】fúxiù'érqù〔成〕一甩袖子就走了。形容因生氣而離去：他聽了這番不負責任的話，很不高興，～。

咈　Fú〔名〕姓。

服　fú ❶衣服；服裝：西～｜制～｜禮～。❷喪衣；也指喪事：有～在身｜持～三

年。❸穿（衣）：～喪｜～五彩之衣。❹〔動〕承當（勞役、刑罰等）：～罪｜～刑｜～兵役。❺〔動〕聽從；信服：心悅誠～｜你～不～？❻〔動〕使信服：他說的道理不能～人。❼〔動〕吃（藥）：～藥｜～毒｜內～。❽〔動〕適應；習慣：水土不～。❾（Fú）〔名〕姓。
另見 fù（406頁）。

語彙　拜服　被服　賓服　朝服　臣服　沖服　軍服　克服　口服　禮服　佩服　平服　屈服　懾服　盛服　收服　舒服　順服　說服　素服　馴服　推服　微服　降服　心服　信服　馴服　壓服　洋服　衣服　悅服　折服　征服　制服　中服　工作服　燕尾服　奇裝異服　心悅誠服

【服辯】fúbiàn 同"伏辯"。

【服從】fúcóng〔動〕做事按照命令、規則進行：～命令聽指揮｜少數～多數，下級～上級｜眼前利益～長遠利益。

【服毒】fú//dú〔動〕吃毒物（自殺）：～身亡｜他服了毒，幸虧及早發現，才搶救過來。

【服老】fúlǎo〔動〕承認自己年紀大，精力不如人（多用於否定式）：爺爺年過七十，還不～，照樣幹活。

【服氣】fú//qì〔動〕從心眼裏信服：你說的話句句在理，我很～｜他這樣做，大家～不～？

【服勤員】fúqínyuán〔名〕台灣地區用詞。服務員，後勤服務人員。源自軍事詞語。

【服軟】fúruǎn〔動〕認錯或認輸兒：這孩子生就的強脾氣，不肯～兒。

【服喪】fúsāng〔動〕長輩或平輩親屬死亡後，在一定時期內戴孝，表示哀悼。

【服色】fúsè〔名〕❶車服的樣式、顏色。❷古時每個王朝所定的車馬祭牲的顏色。後也指各級官員品服和民眾衣着的顏色。

【服侍】（伏侍、服事）fúshi〔動〕照料；伺候：～父母｜孤寡老人，需人～｜她很會～人。

【服飾】fúshì〔名〕衣着和裝飾：～一新｜樸素大方的～。

【服輸】（伏輸）fú//shū〔動〕認輸；承認失敗：在事實面前不～不行｜他真有高招兒，我算認了輸了。

【服帖】fútiē〔形〕❶服從；順從：這幾個奴才對主子都很～。也作伏帖。❷舒適；踏實：聽了這番好話，她心裏～得很。❸妥當；得宜：事情都辦得服服帖帖。

【服務】fúwù〔動〕為一定的對象或事業工作：為人民～｜他會計在這家公司已經～了十年｜後勤工作要為生產第一線～。

【服務生】fúwùshēng〔名〕旅館、飯店等服務場所招待顧客的工作人員。

【服務式住宅】fúwùshì zhùzhái〔名〕港澳地區用詞。提供酒店式服務的出租住宅。住宅內配置

全套家具、電器、廚具等：~的優點是既有家庭式居住環境，又享受酒店相應的服務，且價格比酒店便宜，近年大受顧客歡迎。

【服務員】fúwùyuán〔名〕(位，名) 機關、團體中的勤雜人員；旅館、飯店等服務行業中招待顧客的工作人員。

【服刑】fú//xíng〔動〕承擔徒刑：~期滿｜服了三年刑。

【服役】fú//yì〔動〕❶服兵役：他在軍隊~期滿，光榮退伍。❷舊指服勞役：他曾被抓服役。

【服膺】fúyīng〔動〕〈書〉❶牢記在心：~弗失（牢記不忘）。❷衷心信服；信奉：~真理。

【服用】fúyòng〔動〕吃（藥）：~人參蜂王漿。

【服裝】fúzhuāng〔名〕❶穿着的總稱；專指衣服：~整齊｜民族~｜~設計。❷特指演員演出時穿的衣服：不要~，也不用勾臉兒，清唱一段就行。

【服罪】（伏罪）fú//zuì〔動〕承認罪過：悔過~｜他已服了罪。

佛 fú〈書〉憤怒的樣子：~然作色。

【佛鬱】fúyù〔形〕〈書〉憂鬱的樣子：內心~。

郙 Fú〔名〕姓。
另見 Fèi（377 頁）。

苻 fú ❶〈書〉同“莩”。❷（Fú）〔名〕姓。

茀 fú〈書〉❶草多：道~不可行（草多塞路不可行）。❷除治：~厥豐草。❸福氣。
另見 Bì（73 頁）。

罘 fú〈書〉捕兔的獵具（一般為網），泛指狩獵用的網。

【罘罳】fúsī〔名〕〈書〉❶設在門外的屏風。❷屋檐下防鳥雀的網。以上也作罦罳。

氟 fú〔名〕一種氣體元素，符號 F，原子序數 9。淡黃綠色，有刺激性氣味。有毒，腐蝕性很強。化學性質很活潑，與氫直接化合能發生爆炸，許多金屬都能在氟氣裏燃燒。是製造特種塑料、橡膠和冷凍劑的原料。

【氟利昂】fúlì'áng〔名〕一種含氟和氯的有機化合物，是無色、無毒、無味、沒有腐蝕性、易液化的氣體。常用作冷凍劑等。氟利昂能破壞臭氧層，現在已經研製出氟利昂的替代品。也叫氟氯烷。[英 freon]

俘 fú ❶“俘虜”①：敵師長被~｜~敵師長一名。❷“俘虜”②：遣~三千人。

【俘獲】fúhuò〔動〕抓住（敵人）和繳獲（武器等）：~甚夥（huǒ）｜~輜重。

【俘虜】fúlǔ ❶〔動〕打仗時捉住（敵人）：~敵兵一個團。❷〔名〕(名) 打仗時被捉住的敵人：對~要執行寬大政策。

> **辨析** **俘虜、俘獲** a）“俘虜”，名詞兼動詞；“俘獲”只是動詞。b）“俘虜”做動詞時專指捉住敵人；“俘獲”則既指捉住敵人也指繳獲物資，一般不單用來指捉住敵人。

洑 fú ❶〈書〉水流迴旋的樣子。❷〈書〉漩渦。❸（Fú）〔名〕姓。
另見 fù（407 頁）。

祓 fú 古代為了除災求福而舉行的一種祭祀活動：~除不祥。

【祓除】fúchú〔動〕〈書〉掃除。

茯 fú ❶見下。❷（Fú）〔名〕姓。

【茯苓】fúlíng〔名〕一種真菌，菌體塊狀，外皮薄，黑褐色，裏面白色或粉紅色。中醫入藥，有安神、利尿、消腫等功用。

【茯苓餅】fúlíngbǐng〔名〕一種薄餅，形狀像中藥的雲茯苓片，中間夾有核桃仁、蜂蜜等，顏色雪白。

垺 fú 用於地名：南仁~（在天津）。

棴 fú〈書〉房樑。

蚨 fú 見“青蚨”（1090 頁）。

郛 fú 古代在城的外圍加築的城牆。

浮 fú ❶〔動〕物體受浮力影響，上升或漂在液體表面不下沉（跟“沉”相對）：菜湯表面~着幾滴油｜潛水員~上來了。❷〔動〕比喻不深入進行：幹部要深入基層，不能~在上面。❸超過；多出：~員｜人~於事。❹〔動〕泛起；呈現：她臉上~起了笑容。❺〔動〕〈口〉游泳：她一口氣~到了對岸。❻〈書〉罰飲（酒）；飲（酒）：~以大白｜~一大白（“浮白”意為滿飲，即乾杯）。❼在表面上的：~土｜~塵｜~雕。❽暫時的；可移動的：~財。❾〔形〕輕浮；不踏實：他這人太~，辦事不踏實，難讓人放心。❿虛空；不切實際：~名｜~文。⓫（Fú）〔名〕姓。

語彙 沉浮 漂浮 飄浮 輕浮 上浮 懸浮

【浮報】fúbào〔動〕虛報；所報數量超過實際：~名額。

【浮標】fúbiāo〔名〕設置在水面上的標誌物，用以指示航道、障礙物和危險地區（如礁石、險灘等）。

【浮財】fúcái〔名〕手邊可以運用的財物，如金錢、糧食、衣物等：撈~｜查處逆產~。

【浮塵】fúchén〔名〕❶飛揚或落於器物表面的灰塵：拿雞毛撣子來撣一撣桌子上的~。❷飄浮空中的沙塵，因沙塵暴或揚沙天氣而引起：沙塵暴將~帶到北京。

F

【浮塵子】fúchénzǐ〔名〕(隻)昆蟲,形狀像蟬而較小,黃綠色或黃褐色,前翅厚,後翅呈膜狀,吸食水稻、小麥等莖葉中的汁液,是農業害蟲。

【浮沉】fúchén〔動〕在水中時上時下,漂浮不定。舊時以喻官職升降,也比喻順應世俗變化:宦海～|與世～。

【浮出水面】fúchū shuǐmiàn〔慣〕比喻事物真相顯露出來:球隊主力陣容終於～。

【浮蕩】fúdàng ❶〔動〕飄浮蕩漾:歌聲四起,～空中。❷〔形〕輕浮放蕩:～子弟|生性～。

【浮雕】fúdiāo〔名〕(座)在平面材料上雕塑出的凸起形象,呈半立體狀態:人民英雄紀念碑底座周圍是一圈～|～帶(帶子形的浮雕)。

【浮吊】fúdiào〔名〕能在水上活動,進行起重作業的船。也叫起重船。

【浮動】fúdòng〔動〕❶(物體)漂浮移動:紙糊的小船在水面上～。❷動蕩不安;不穩定:人心～。❸比喻可變動:工資可以～|～匯率(兌換比例不予固定,根據外匯市場的供求關係隨時加以調整的匯率)。

【浮泛】fúfàn ❶〔動〕〈書〉漂流:一葉扁舟在水上～|～江湖。❷〔動〕顯露出:她的臉上～着歡快的神情。❸〔形〕膚淺;停留在表面而不切實際:內容～|文意～。

【浮光掠影】fúguāng-lüèyǐng〔成〕水面形成的反光和一掠而過的影子。比喻粗略觀察,印象不深。也比喻學習或辦事不認真、不細緻:他雖然歷盡艱辛,但對世態人情總是～,不假深思|這本書我以前看過,～,沒有甚麼心得。

【浮華】fúhuá〔形〕表面華美,而實質空虛:生活～|文章空洞無物,僅有～之辭。

【浮滑】fúhuá〔形〕輕浮油滑:品性～。

【浮誇】fúkuā〔形〕不切實際,虛假誇張:語言～|～的作風。

【浮力】fúlì〔名〕物體在流體(液體或氣體)中所受到的向上托的力。浮力的大小等於被物體所排開的流體的重量。物體的重量若小於浮力,則上浮。

【浮面】fúmiàn(～兒)〔名〕表面:鏟掉～的一層土,下面就是石板|他～上裝得沒事人似的,其實就是他出的壞。

【浮皮】fúpí〔名〕〈口〉(植物、食品等的)表皮:用簸箕把小米的～簸(bǒ)乾淨。

【浮皮潦草】fúpí-liáocǎo〔成〕膚皮潦草。

【浮萍】fúpíng〔名〕一年生草本植物。浮生在水面,葉子扁平,形似倒卵,表面綠色,背面紫紅色,根垂在水,夏天開白色小花。可入藥,有發汗、利尿作用。也可做豬飼料。也叫水萍、紫萍。

【浮籤】fúqiān(～兒)〔名〕(張)為便於識記而附着在書冊、文稿上,可揭下的紙條:每部書都貼着一張～兒,上面寫着書名、卷數。

【浮淺】fúqiǎn〔形〕知識少,見解不深:學識～|內容～得很。

【浮橋】fúqiáo〔名〕(座)並排的船、筏子、浮箱等加上平板搭成的橋。

【浮丘】Fúqiū〔名〕複姓。

【浮石】fúshí〔名〕岩漿凝結成的海綿狀岩石,質輕多孔,可做建築材料和研磨劑,能浮於水,故稱。

【浮水】fúshuǐ〔動〕❶浮在水面:小船～行進。❷游水:他會～。

【浮筒】fútǒng〔名〕漂浮在水面上的密閉金屬筒,下部以錨固定,可用來繫船,或用以導航、照明或設置儀器。

【浮屠】fútú〔名〕❶佛陀。❷古稱佛教徒。❸佛塔。以上也作浮圖、伏屠等。❹(Fútú)複姓。

【浮土】fútǔ〔名〕❶(層)地面表層的鬆土。❷附着在衣物、器具上的灰塵:用撣子撣掉布鞋上的～|風沙過後,桌面上滿是～。

【浮文】fúwén〔名〕華麗冗長而無實際內容的詞語、文章:～妨要(華而不實文章妨礙重要的公務)。

【浮現】fúxiàn〔動〕❶舊有的印象或經歷過的事情再次在腦子裏顯現:往事又在我的腦海裏～。❷流露;顯露:嘴角～出一絲笑意。

> 辨析 浮現、呈現 "浮現"一般只用於舊印象顯現在腦子裏或某種感情不自覺地流露在臉上,使用範圍較窄;"呈現"使用範圍較寬,對象可以是景象、情況和人的神情、狀態等,如"一片綠油油的田野呈現在眼前",其中的"呈現"不能換用"浮現"。

【浮想】fúxiǎng ❶〔名〕頭腦裏湧現的形象、感想:～聯翩。❷〔動〕回想:～往事|這張相片使你～起當年朋友相聚的時刻。

【浮游生物】fúyóu shēngwù 浮游植物和動物的總稱,生活在海洋或湖沼中,行動能力微弱,全憑水的移動而漂流,但繁殖能力極強,如變形蟲、水母、藻類等。

【浮員】fúyuán〔名〕多餘人員:裁減～。

【浮雲】fúyún〔名〕(朵)飄浮的雲彩:富貴於我如～|莫道～能蔽日。

【浮躁】fúzào〔形〕輕浮躁動;沒有耐性:輕狂～|他是一個性情～的人,做研究工作,恐怕不能勝任。

【浮腫】fúzhǒng ❶〔動〕水腫的通稱:面部～。❷〔名〕中醫指因營養不良、飲食失調引起的肢體腫脹:當年災區的老百姓很多人都患有～。

【浮子】fúzi〔名〕❶魚漂兒。❷汽車汽化器上有規律地啟閉的活瓣。

珤 fú〈書〉玉的色彩。

莩 fú〈書〉蘆葦莖裏的薄膜。另見 piǎo（1027頁）。

桴 fú ㊀〔名〕❶房屋大樑上的小樑。也叫二樑、桴子。❷〈書〉竹木筏子：乘～浮於海。
㊁〈書〉鼓槌：君若～，臣若鼓。

虙 Fú〔名〕姓。

符 fú ❶相合：相～｜～合｜與事實不～。❷古代傳達命令或調兵遣將用作憑證的東西，用竹、木、玉石、金屬等製成，分成兩半，各執一半，使用時將兩半對合，以驗真偽：兵～｜虎～（虎形兵符）。也叫符節。❸符號；標記：音～｜義～。❹〔名〕舊時道士用朱筆或墨筆在紙或布上畫的似字非字的圖形，即符籙，說它有驅使鬼神、給人帶來幸福或卻病延年的作用：鬼畫～（胡亂畫的符）。❺（Fú）〔名〕姓。

語彙 兵符 不符 虎符 畫符 桃符 音符 護身符 休止符 名實不符

【符號】fúhào〔名〕❶記號；標記：注音～｜標點～｜化學～。❷佩戴在身上表示職別、身份等的標誌：少年先鋒隊的幹部都要佩戴～。

【符合】fúhé〔動〕沒有差異，完全相合：～要求｜～兩國人民的願望｜同實際情況相～。

【符瑞】fúruì〔名〕古代指象徵吉祥的事物，如麒麟、鳳凰等：～迭見｜建封禪。

【符咒】fúzhòu〔名〕道士所畫的符和所唸的咒語。

冨 fú 見“匍匐”（1041頁）。

涪 Fú ❶涪江，水名。發源於四川北部，流經重慶，入嘉陵江。❷指涪陵，位於重慶東部，因涪陵江（今黔江）得名。❸〔名〕姓。

袱 fú 包裹或覆蓋用的布單子：小～｜包～。

紱 fú ❶古代繫印章或佩玉用的絲帶。紱的顏色依官位品級而有所不同：朱～皆大夫，紫綬悉將軍。❷〈書〉同“黻”。

緋（絏） fú〈書〉大的繩索，特指牽引靈柩的繩子：執～送葬。

菔 fú 見“萊菔”（796頁）。

幅 fú ❶（～兒）〔名〕布帛、綢緞等的寬度：～面｜單～兒｜寬～｜這種緞子的～兒有多寬？❷書畫或標語的軸幅、布幅：橫～｜條～。❸泛指寬度或尺寸：～度｜大～照片。❹幅度：增～｜振～。❺〔量〕用於布匹、綢緞、呢絨、圖畫等：一～畫｜三～布。

語彙 邊幅 波幅 播幅 跌幅 橫幅 畫幅 篇幅 條幅 增幅 漲幅 振幅

【幅度】fúdù〔名〕物體振動或擺動所展開的寬度，比喻事物發展變化的大小程度：物價上漲的～不大｜糧食單位面積產量大～增長。

【幅面】fúmiàn〔名〕布帛等織物類的寬窄：這種布～很寬，做床單兒合適。

【幅員】fúyuán〔名〕寬窄叫幅，周圍叫員。指疆域的面積：～廣大｜～遼闊的國家。

罦 fú〈書〉捕鳥的網。

【罦罳】fúsī〔書〉同“罘罳”。

蜉 fú 見下。

【蜉蝣】fúyóu〔名〕昆蟲，幼蟲生活在水中一年至六年。成蟲體纖弱，有翅兩對，常在水面飛行，壽命很短，僅數小時至一星期。

鳧（凫）〈鳬〉 fú ❶〔名〕鳥名，常群居湖沼中，形狀像鴨子而略大，嘴扁，腳短，趾間有蹼，能飛翔。俗稱野鴨。❷同“浮”⑤。❸（Fú）〔名〕姓。

【鳧茈】fúcí〔名〕〈書〉荸薺（bíqi）。

福 fú ❶〔名〕幸福；福氣（跟“禍”相對）：有～同享｜造～人類｜是～不是禍，是禍躲不過。❷（Fú）〔名〕指福建：～橘。❸〔動〕舊指婦女行“萬福”禮（兩手放在同一側腰部，略為屈膝）：她向長輩～了幾～。❹（Fú）〔名〕姓。

語彙 發福 洪福 後福 口福 納福 託福 萬福 享福 幸福 眼福 艷福 造福 祝福 全家福 作威作福

【福彩】fúcǎi〔名〕福利彩票的簡稱。為籌集社會福利事業發展資金而發行的彩票。

【福爾馬林】fú'ěrmǎlín〔名〕40%甲醛的水溶液。用作消毒藥或殺蟲劑。［德 Formalin］

【福分】fúfen〔名〕〈口〉福氣：孩子那麼有出息，你真是好～。

【福橘】fújú〔名〕福建產的橘子，是有名的水果。

【福利】fúlì ❶〔名〕利益，特指對於生活方面的照顧：～費｜～國家｜～設施｜為人民謀～｜發展集體～事業。❷〔動〕使生活上得到利益：修橋鋪路，～鄉民。

【福利院】fúlìyuàn〔名〕（所，家）收養孤寡老人、孤殘兒童的處所。

【福氣】fúqi〔名〕過好生活、遇上好機會的運氣（舊指命運）：你有這樣孝順的兒子和媳婦，～不小。

【福無雙至】fúwúshuāngzhì〔諺〕常跟“禍不單行”連說，意思是幸運的事不會接連而來，倒霉的事常常一塊兒發生。

【福相】fúxiàng〔名〕（副）看上去有福氣的相貌：這位老人長着一副～。

【福星】fúxīng〔名〕古稱木星為歲星，認為它所在的地方有福，故又名福星。比喻能帶來幸福和希望的人（跟"災星"相對）：～高照｜張教授幫我們引進新技術，使窮山溝脫貧致富，他可真是我們的～啊！

【福音】fúyīn〔名〕❶基督教指耶穌的言行及其門徒所傳佈的教義：～書｜牧師傳播～。❷泛指好消息：這種激光療法，為結石症患者帶來了～。

【福祉】fúzhǐ〔名〕〈書〉幸福；福氣：老中醫已行醫五十年，為眾多患者帶來～｜發展經濟是為了人民的～。

榑 Fú〔名〕姓。

【榑桑】fúsāng 同"扶桑"㊀。

箙 fú 古代盛箭的袋子。

韍（韨）fú ❶古代的一種祭服。❷古代一種繫印章的絲帶：奉上璽～。

蝠 fú 見"蝙蝠"（78頁）。

幞 fú ❶古代男子用的一種頭巾。也叫幞頭。❷〈書〉同"袱"。

澓 fú ❶〈書〉（水）回流。❷（Fú）〔名〕姓。

輻（辐）fú〔名〕（條，根）車輪上連接車轂和輪圈的木條或鋼條。

【輻輳】fúcòu〔動〕人或物從四面八方聚集到一起，就像車輻的一頭聚集於車轂一樣：人煙～。也作輻湊。

【輻射】fúshè ❶〔名〕電磁波或微觀粒子流（如電子、質子流等）從它們的發射體出發，沿直綫直接向各個方向傳播的過程。如太陽輻射、熱輻射等。❷〔動〕從中心向四周伸展出去；也比喻從某處施放影響力：公路從省會向各縣鄉～｜人類高貴精神的～，填補了自然界的貧乏。

【輻照】fúzhào〔動〕用放射性元素或快速粒子的輻射照射。物質經輻照後在結構和性能方面所引起的變化叫輻照效應。

黼 fú ❶古代禮服上繡的青黑相間的花紋。❷同"韍"。

襆 fú〈書〉❶被單。❷同"袱"。❸用包袱皮兒包裹：～被（用包袱皮兒包裹衣被，準備行裝）。

鵩（鵩）fú 古書上說的一種不祥之鳥。西漢賈誼有《鵩鳥賦》。

fǔ ㄈㄨˇ

父 fǔ ❶古代對老年男子的尊稱。❷〈書〉同"甫"㊀①：尚～｜尼～。❸稱某行業的人：漁～｜田～。❹（Fǔ）〔名〕姓。

另見 fù（405頁）。

甫 fǔ ㊀❶古代加在男子名字下的美稱，後用以尊稱人的表字：台～。❷（Fǔ）〔名〕姓。
㊁〔副〕〈書〉剛剛；才：喘息～定｜行裝～卸。

攽 fǔ 見下。

【攽咀】fǔjǔ〔動〕中醫指把藥物弄碎，以便煎服。

拊 fǔ〈書〉拍；敲：～手歡笑｜揚枹兮～鼓。

斧 fǔ ❶斧子：石～｜鐵～｜班門弄～。❷古代的一種兵器：～鉞。

語彙 板斧　資斧　班門弄斧　大刀闊斧

【斧頭】fǔtóu（-tou）〔名〕（把）斧子。

斧

【斧削】fǔxuē〔動〕〈書〉〈敬〉斧正：奉上文稿，敬請～。

【斧鉞】fǔyuè〔名〕❶斧和鉞（形狀像大斧），兩種兵器，也用作斬刑的工具。❷指刑戮的事情：不避～之誅。

【斧正】fǔzhèng〔動〕〈書〉〈敬〉請人改正文章。也作斧政。

"斧正"的出典

有個楚國人，粉刷牆壁時鼻尖濺上一塊泥，他請匠石幫他除去。匠石揮動利斧，迅猛如風，一劈之後，鼻尖上的泥污削得乾乾淨淨，而鼻子秋毫不損。宋元古怎說："我自信用斧本領仍有，只是那位能跟我配合，肯讓我削去鼻上泥污的楚國人早死了！"這則故事是莊子為亡友惠子送葬時講的，講完歎道："自惠子死後，也就沒有和我談論道理的人了。"這就是後來"斧正"的出典。

【斧政】fǔzhèng 同"斧正"。

【斧子】fǔzi〔名〕（把）砍削竹、木等用的工具。頭為寬弧形，薄刃；另一端方柱形，有孔，可裝柄。

府 fǔ ❶官署；國家或地方政權機關：執政～｜政～｜華～。❷首腦的辦事機構：總統～｜元首～｜大元帥～。❸舊時官家收藏財物或文書的地方：～庫。❹王公貴族的住宅：王～。❺人事彙集的地方：學～｜城～｜怨～。❻〈敬〉稱對方的家：貴～｜尊～｜～上。❼中國自唐朝至清朝的行政區劃名，高於縣一級：京兆～｜開封～。❽(Fǔ)〔名〕姓。

【府綢】fǔchóu〔名〕一種平紋棉織品，平滑細密，有光澤，質地似紡綢。因為以前多為府第（貴族）人家穿用，故稱：～褂衣｜～褲褂兒。

【府邸】fǔdǐ〔名〕(座，處)府第。

【府第】fǔdì〔名〕(座)貴族、高官的住宅：狀元～。

【府君】fǔjūn〔名〕❶古代對太守的稱呼。❷〈敬〉古時稱別人的父親。❸〈敬〉古時子孫稱其男性祖先：皇曾祖～｜皇祖～。

【府庫】fǔkù〔名〕舊時稱國家、公家儲藏文書、財物的地方：～充實｜～空虛。

【府上】fǔshàng(-shang)〔名〕〈敬〉稱對方的家或老家：～有幾位公子？｜～何處？

郫 Fǔ 古亭名。在今河南上蔡。

俯〈俛頫〉fǔ ❶〔動〕低頭（跟"仰"相對）：～首甘為孺子牛｜進退～仰。❷蟄伏；潛伏：蟄蟲咸～｜冬、夏遊～。❸〈敬〉用於對方的動作：～允｜～念｜～就。
"俛"另見 miǎn（924 頁）；"頫"另見 fǔ（405 頁）。

【俯衝】fǔchōng〔動〕(飛機等)以高速度猛飛下來：～轟炸｜老鷹看見兔子，就～下來。

【俯伏】fǔfú〔動〕❶屈身向前趴在物體上：在床上｜地上～着一個人。❷表示屈服或崇敬：～聽命｜～學術權威。

【俯就】fǔjiù〔動〕❶遷就；順從：他本不願這樣做，壓力很大，只好～。❷〈敬〉用於請人出任某種職務，意思是屈尊就任某職務。

【俯瞰】fǔkàn〔動〕〈書〉俯視：～全城｜～江流如帶，景物如畫。

【俯身】fǔshēn〔動〕彎腰：～行禮｜～撿起帽子。

【俯拾即是】fǔshí-jíshì〔成〕一彎腰撿到的都是（某物）。形容到處都是，不難找到：類似的例子很多，～｜這種草藥在我們家鄉～。也說俯拾皆是。

【俯視】fǔshì〔動〕從高處向下看：站在山上～山下，高樓林立，公路蜿蜒。

【俯首】fǔshǒu〔動〕❶低頭：～流涕。❷比喻順從；服氣：～就範｜～甘為孺子牛。

【俯首帖耳】fǔshǒu-tiēěr〔成〕低着頭，耷拉着耳朵。形容非常馴服恭順(含貶義)：他要的是事～的人｜不當～的奴才。

【俯臥撐】fǔwòchēng〔名〕一種鍛煉臂力的體育運動。身體直身俯臥，兩手掌和兩腳尖着地，用力撐起身體，後放下，連續進行。

【俯仰】fǔyǎng〔動〕〈書〉低頭和抬頭；泛指一舉一動：隨人～｜～思之。

【俯仰由人】fǔyǎng-yóurén〔成〕一舉一動都順着別人。形容一切不能自主，要聽從別人支配：做事要有主見，不能～。

【俯仰之間】fǔyǎngzhījiān〔成〕一低頭一抬頭之間。形容時間極短：～，已成陳跡。

【俯允】fǔyǔn〔動〕〈敬〉稱上級或對方允許：承蒙～，不勝感激。也說俯准。

釜 fǔ ❶古代的一種炊具，相當於今天的鍋，下面無足：～底抽薪｜破～沉舟。❷〔名〕春秋時齊國的一種官定量器，容量約當今20.58 升。

【釜底抽薪】fǔdǐ-chōuxīn〔成〕從鍋底下抽掉燃燒的柴草（以制止水的沸騰）。比喻從根本上解決問題：銀行停止了對他們公司的貸款，無異於～，公司面臨倒閉。

【釜底游魚】fǔdǐ-yóuyú〔成〕在鍋底游動的魚（隨時可能被煮）。比喻處在極端危險境地的人：這些被重重圍困的匪徒，上天無路，入地無門，真成了～！

脯 fǔ ❶乾肉：鹿～｜牛肉～。❷經過蜜餞又晾乾的果肉：桃～｜杏～｜梨～｜果～。
另見 pú（1041 頁）。

【脯醢】fǔhǎi〔名〕古代的兩種酷刑（把人做成肉乾叫"脯"，把人剁成肉醬叫"醢"），泛指酷刑。

腑 fǔ 中醫總稱人體內部主管飲食消化和吸收、傳送的器官：臟～｜五臟六～。參見"臟腑"（1694 頁）。

滏 Fǔ 古水名，即今滏陽河。在河北南部，向北流入子牙河。

輔（辅）fǔ ❶輔助：相～相成｜以文會友，以友～仁。❷(Fǔ)〔名〕姓。

【輔幣】fǔbì〔名〕輔助貨幣的簡稱（跟"主幣"相對）。

【輔導】fǔdǎo〔動〕幫助並指導：～員｜～課｜加強～｜老師正在～學生。

【輔導級】fǔdǎojí〔名〕台灣地區用詞。電影分級制度的一個等級。凡有不雅鏡頭的影視，12-18 歲少年需由父母或教師輔導觀看，故稱：～影視在廣告、碟片上都必須標明，否則屬違法。

【輔導員】fǔdǎoyuán〔名〕(位，名)對學員或學生從學習上、思想上進行輔導的人員：課外～｜校外～。

【輔警】fǔjǐng〔名〕港澳地區用詞。"香港皇家輔助警察"（香港回歸前）和"香港輔助警察"（香港回歸後）的簡稱，編制及職級與正式警察完全相同，上崗時享有相應職銜的權利，領取相應的報酬：～由警方領導，由社會各界志願人士組成，經嚴格考核方被錄取。

【輔料】fǔliào〔名〕生產或製作過程中所需的輔助性材料：這些名菜館所需的原料和～要求都比較高｜做一套裙裝的費用包括手工費、～費。

【輔路】fǔlù〔名〕主路兩旁輔助性的道路。

【輔食】fǔshí〔名〕輔助性的食物；及時增加～，對嬰兒的成長至關重要。

【輔修】fǔxiū〔動〕大學生在學習本專業課程的同時，利用課餘時間學習另一專業的課程。

【輔音】fǔyīn〔名〕語音學上指發音時口腔氣流通路有阻礙所產生的音，如普通話語音中的 b、p、m、f 等（區別於"元音"）。也叫子音。

【輔助】fǔzhù ❶〔動〕協助主要責任人去做：多虧副手～｜你～他完成這項任務。❷〔形〕屬性詞。輔助性的；協助主要的：～材料｜～人員。

【輔助貨幣】fǔzhù huòbì 在本位貨幣之外發行的小幣值輔助性貨幣。如人民幣的圓是本位貨幣單位，角和分（紙幣或鎳幣）是輔助貨幣單位。簡稱輔幣。

【輔佐】fǔzuǒ〔動〕協助；從旁幫助（多指政治上）：～國君｜～朝政。

腐 fǔ ❶ 腐爛；變質：～朽｜防～｜流水不～。❷ 腐化；腐敗：反～倡廉。❸ 思想言行陳舊，不切合實際：～儒｜～見。❹ 豆腐：～乳｜～竹。

語彙　陳腐　反腐　防腐　拒腐　迂腐

【腐敗】fǔbài ❶〔動〕（食品、生物體）變爛；變質：魚肉已經～，只好扔掉｜～的食物，不可入口。❷〔形〕（領導、公務人員）行為墮落：～分子｜～現象。❸〔形〕混亂，黑暗：政治～。

【腐化】fǔhuà ❶〔形〕思想行為腐敗，沉迷於物質享受：～墮落｜生活～，道德敗壞。❷〔動〕機體由於微生物滋生而破壞：屍體已經～。❸〔動〕使腐化墮落：黃色網站～了這個青年的心。

【腐爛】fǔlàn ❶〔動〕生物體由於微生物的滋生而潰爛：一籃子蘋果全～了。❷〔形〕腐朽②：生活～。

辨析　腐爛、腐化　都有變壞的意思，如"生活腐化""生活、思想都已經腐爛透頂"。但"腐化"有使動用法，可以帶賓語，如"封建餘毒腐化了這些人的心"；"腐爛"沒有這樣的用法，不能帶賓語。

【腐儒】fǔrú〔名〕思想守舊、不通當今事務道理的書生：一介～，難委重任。

【腐乳】fǔrǔ〔名〕（塊）豆腐乳。

【腐蝕】fǔshí ❶〔動〕物質的表面與周圍的介質發生化學反應而受到破壞：金屬～後會生鏽。❷ 比喻壞的思想、環境逐漸使人腐化、墮落：拒～，永不沾｜警惕幹部被金錢～。

【腐蝕劑】fǔshíjì〔名〕引起腐蝕的化學製劑，如鹽酸、硝酸等。

【腐刑】fǔxíng〔名〕宮刑。

【腐朽】fǔxiǔ ❶〔動〕腐敗朽爛：這堆木材已經～了。❷〔形〕比喻思想陳舊、行為墮落、制度敗壞：～的生活方式。

辨析　腐朽、腐敗　這兩個詞都表示由好變壞，但有不同。a）在用於具體事物時，"腐朽"偏重指朽壞無用，如"木料腐朽，已經無用"，不能把"腐朽"換成"腐敗"；"腐敗"多用於生物體變壞，如"腐敗的食物"，其中的"腐敗"不能換成"腐朽"。b）在形容政治、社會等方面的情況時，"腐朽"偏指落後於時代，陳舊而無活力；"腐敗"偏指變壞墮落。c）"腐朽"可以形容思想、觀念，如"腐朽的封建思想"，意為大大落後於社會的進步；"腐敗"不能這樣用。

【腐殖質】fǔzhízhì〔名〕動植物殘體在土壤中經微生物分解轉化而形成的有機物質。含有多種養分，能改善土壤，增加肥力。

【腐竹】fǔzhú〔名〕一種乾豆腐皮，捲緊成竹節狀。

撫（抚）fǔ ❶ 安慰：安～｜～恤。❷ 照管；保護：～孤｜～養｜～育。❸ 調奏：～琴。❹ 輕輕地按；握：～摩｜～劍怒視。❺ 同"拊"：～掌大笑。

語彙　愛撫　安撫　收撫　巡撫　優撫　招撫

【撫愛】fǔ'ài〔動〕撫慰愛護：～嬰幼｜有丈夫的～，她心情好多了。

【撫躬自問】fǔgōng-zìwèn〔成〕反躬自問。

【撫今追昔】fǔjīn-zhuīxī〔成〕感受當前事物，回想從前的景象。用於感慨今昔變化大：一別五十年，回到母校，～，無限感慨。

【撫摩】fǔmó〔動〕用手輕輕按着來回移動，表示愛撫的情感：爺爺～着孫子的頭，說："又長高了。"

【撫弄】fǔnòng〔動〕來回撫摩玩弄：她～着孩子胖乎乎的小手｜小張取出琴來～了一曲。

【撫琴】fǔqín〔動〕〈書〉撫弄琴弦以彈奏樂曲：夜不能寐，獨坐～。

【撫慰】fǔwèi〔動〕慰問，妥善安置：～災區人民。

【撫恤】fǔxù〔動〕（國家、組織）對因公傷殘的人員或因公犧牲及病故人員的家屬進行慰問，並給予物質上的幫助照顧：對為救火而犧牲的烈士的家屬要從優～。

【撫恤金】fǔxùjīn〔名〕（筆）國家或組織按有關規定發給受撫恤者的暫時性或永久性費用，包括因公傷殘的人員，以及因公犧牲或病故人員的家屬。

【撫養】fǔyǎng〔動〕養育培養：把子女～成人。

【撫育】fǔyù〔動〕照料培育，使成長：～烈士子女｜～孤兒｜～森林。

頖（頖）fǔ 見於人名：趙孟～（元朝書畫家）。

"頖"另見 fǔ "俯"（403頁）。

黼 fǔ〈書〉同"釜"①。

簠 fǔ 古代用來盛穀物（黍、稷、稻、粱等）的器皿。長方形，有足。蓋與器的形狀、大小相同，合起來成為一器，打開來則成為相同的兩個器皿。簠在西周時期出現，流行到戰國末年。早期的簠足短，口向外張。春秋戰國時期的簠足變高，口不向外張，器變深。簠即文獻裏的"胡"或"瑚"。

黻 fǔ 古代禮服上像斧形的黑白相間的花紋。

【黻黻】fǔfú〔名〕古代禮服上所繡的花紋（黑白相間叫"黻"，青黑相間叫"黻"）：火龍～，昭其文也。

fù ㄈㄨˋ

父 fù ❶ 父親：～母｜子不教，～之過。❷ 家族或親戚中的男性長輩：祖～｜伯～｜叔～｜舅～｜姑～｜姨～。❸(Fù)〔名〕姓。

另見 fǔ（402頁）。

語彙　伯父　姑父　國父　繼父　家父　教父　舅父　師父　叔父　姨父　岳父　主父　祖父　認賊作父

【父愛】fù'ài〔名〕父親所特有的愛護兒女的感情：～如山。

【父輩】fùbèi〔名〕父親同輩的親友：他們的～多是教育工作者。

【父本】fùběn〔名〕參與雜交的雄性個體或產生雄性生殖細胞的個體（區別於"母本"）：～植株｜～個體。也叫父株。

【父老】fùlǎo〔名〕稱鄉里故舊中的老年人：～兄弟｜～鄉親｜鄉鄰～。

【父母】fùmǔ〔名〕父親和母親：～健在。

【父親】fùqīn(-qin)〔名〕有子女的男子。**注意**"父親"多用於書信或敍事語言；當面時多稱呼為"爹爹""爸爸"或"老爹""老爸"等，極少稱呼為"父親"的。

【父親節】Fùqīn Jié〔名〕為感念父親的養育之恩而設立的節日，在6月的第三個星期日，由美國人約翰·布魯斯·杜德於1910年倡議設立。

【父系】fùxì〔形〕屬性詞。❶ 屬於父親一方的血緣關係的（區別於"母系"）：～親族，從前叫作父黨。❷ 按父子世代相傳的（區別於"母系"）：～氏族制就是父權制。

【父兄】fùxiōng〔名〕❶ 父親和哥哥。❷ 泛指家長：徵詢他家～的意見。

【父執】fùzhí〔名〕〈書〉父親的朋友。

付 fù ❶ 提交；交給：～表決｜～之一笑｜～諸實施。❷〔動〕給予：～錢｜～款｜～賬（結賬付錢）。❸(Fù)〔名〕姓。

語彙　撥付　償付　墊付　對付　兌付　發付　過付　交付　繳付　賠付　首付　託付　應付　預付　支付

【付丙】fùbǐng〔動〕〈書〉把書信、文稿等燒掉。古代以天干配五行，丙丁屬火，後以火稱丙丁，把付諸焚燒叫作付丙丁，或省作付丙。

【付出】fùchū〔動〕交出：～現款｜～代價｜～辛勤勞動｜他為了搶救落水的孩子～了寶貴的生命。

【付方】fùfāng〔名〕❶ 貸方。❷ 指交易中承擔費用的一方。

【付款】fùkuǎn ❶(-//-)〔動〕交付現款或支票：貨到～｜憑票～｜付了三筆款。❷〔名〕交付的現款。

【付排】fùpái〔動〕稿件送交排版：稿子已～。

【付訖】fùqì〔動〕交清（款項等）：貨款～。

【付清】fùqīng〔動〕交清（款項、貨物）：～欠款｜一次～｜款項全部～。

【付託】fùtuō〔動〕託付。

【付息】fùxī〔動〕付給利息：還本～。

【付現】fùxiàn〔動〕付給現錢：概不拖欠，一律～。

【付型】fùxíng〔動〕印刷過程中把排好校對過的版製成紙型：這部著作已完成排版，改正錯字後即可～。

【付印】fùyìn〔動〕❶ 稿件交給出版部門出版。❷ 稿件經過排版校對後，交付印刷。

【付郵】fùyóu〔動〕交給郵局寄送：包裹上個月已經～。

【付與】fùyǔ〔動〕交給：把貨款～供貨商。

【付賬】fù//zhàng〔動〕付給應付的酒飯錢、服務費等：這桌飯菜由我～｜他替大夥兒付了賬了。

【付之一炬】fùzhī-yījù〔成〕給一把火燒光。指全部燒掉。也形容損失慘重：失戀後他把對方的來信都～｜工廠失火，多年經營，～。

【付之一笑】fùzhī-yīxiào〔成〕用一笑來回答。表示不值得理睬或計較：對那些無理取鬧的行為，他～。

【付諸東流】fùzhū-dōngliú〔成〕給東去的流水沖走。比喻前功盡棄，希望落空：戰爭發生後，他經營的事業都～了。

【付梓】fùzǐ〔動〕(將書稿)交付刻版或排印。古代雕版印書以梓木為上，故稱。**注意**"梓"不讀 xīn。

汃 fù 用於地名：湖～（在江蘇）。

咐 fù 見"吩咐"（382頁）、"囑咐"（1783頁）。

阜 fù ❶〈書〉土山：丘～｜高～。❷〈書〉富裕；充足：物～民豐｜政平民～。❸（Fù）〔名〕姓。

服 fù〔量〕"劑"⑤：一～藥｜這藥吃了三～，病就好了。

另見 fú（398頁）。

附〈坿〉fù ❶〔動〕另外增加：你寫信請代我～上一筆，問他好｜～寄一張照片。❷〔動〕靠近：～耳交談。❸依從；依附：～議｜皮之不存，毛將焉～。❹（Fù）〔名〕姓。

語彙　比附　阿附　歸附　黏附　攀附　趨附　吸附　依附

【附帶】fùdài ❶〔動〕附加：我們提供的援助不～任何條件。❷〔形〕屬性詞。輔助性的：從事～勞動｜～的圖表。❸〔副〕順便；對主要事物加以補充：～說明如下｜～寄上學會章程一份。

【附耳】fù'ěr〔動〕（說話時）嘴靠近別人的耳朵：～密談。

【附和】fùhè〔動〕自己無定見，應和（hè）別人主意（多含貶義）：隨聲～｜～別人的意見。

【附會】(傅會)fùhuì〔動〕把本來沒有關聯的事勉強拉到一起；把本來沒有的意義牽強湊合，說成有某種意義：牽強～｜穿鑿～。

【附驥尾】fù jìwěi〈書〉附在好馬的尾上，比喻追隨賢者之後：願～｜～而行益顯。

【附加】fùjiā ❶〔動〕增加；在原有的基礎上加上：文後～譯文。❷〔形〕屬性詞。附帶加上的：～稅｜～刑｜～款項｜～條件。

【附加刑】fùjiāxíng〔名〕隨主刑而附加的刑罰，包括罰金、剝奪政治權利和沒收財產三種。這幾種刑罰也可單獨施用（區別於"主刑"）。也叫從刑。

【附件】fùjiàn〔名〕❶配合主要文件而發出的有關文字材料。❷隨文件發出的物品。❸組成機器、機械的某些部件、零件；機器、機械成品附帶的零件、部件：電視機有個～是遙控器。❹指婦女內生殖器子宮以外的部分，如卵巢、輸卵管等。

【附近】fùjìn ❶〔形〕屬性詞。相近的；靠近某處的：～地段｜～的鄉鎮。❷〔名〕指離某地不遠的地方：住在公園～。

【附錄】fùlù〔名〕附在書刊正文後面的有關資料。

【附設】fùshè〔動〕附帶開設：這個大學～有一所中學｜這個商店～了一個夜間服務部。

【附屬】fùshǔ ❶〔形〕屬性詞。隸屬某一機構的；為某一主要機構所管轄的：醫學院～醫院｜師範大學～中學｜～農場。❷〔動〕依附；隸屬：這個研究所～於北京大學。

【附圖】fùtú〔名〕書刊中為幫助文字解說或補充參考的圖像、圖形。

【附小】fùxiǎo〔名〕（所）附屬小學的簡稱：師大～（師範大學附屬小學）。

【附言】fùyán〔名〕寫在書信、文稿後的補充性說明，多為定稿後才想到的内容。

【附議】fùyì〔動〕對別人的提議或意見表示同意、支持：我～｜他～我們的提案。

【附庸】fùyōng〔名〕❶古指附屬於大國的小國，今借指為大國所操縱的國家。❷指依附於其他機構、學科而存在的單位、學術研究：音韻、訓詁、文字之學從前只不過是經學的～而已。

【附庸風雅】fùyōng-fēngyǎ〔成〕指缺乏文化修養的人為了裝點門面而結交文人雅士，參加文學藝術等活動。

【附則】fùzé〔名〕附在法規或條約、章程等後面的補充性條文。一般是說明由何部門負責解釋，修改程序等。

【附識】fùzhì〔名〕(作者、編者、收藏者)附在書刊、文章、書畫等上面或後面的說明。**注意** 這裏的"識"不讀 shí。

【附中】fùzhōng〔名〕（所）附屬中學的簡稱：師大～（師範大學附屬中學）。

【附注】fùzhù〔名〕(條)附在書刊或文章後面有關材料出處、内容的說明。一般放在篇後或一頁末了，或插在正文中間。

【附着】fùzhuó〔動〕依附；黏着：～物｜這種病菌～在病人的衣物上。

赴 fù ❶〔動〕去；到：～宴｜～約｜～會。❷〔動〕浮水：～水。❸（勁勇）幹；投身進去：～湯蹈火｜全力以～｜共～國難。❹〈書〉同"訃"。❺（Fù）〔名〕姓。

語彙　奔赴　開赴

【赴敵】fùdí〔動〕〈書〉前往抗擊敵人：國難當頭，並肩～。

【赴難】fùnàn〔動〕趕去拯救國家民族危難：民族危難深重，唯有慷慨～。

【赴任】fùrèn〔動〕官員到派往的所在任職：新省長將在北京出發～。

【赴湯蹈火】fùtāng-dǎohuǒ〔成〕投入沸水，踏進烈火。比喻不避艱險，奮不顧身：為了解救地震災區的人民，～也在所不辭。

【赴約】fù // yuē〔動〕按約定同人會面或參加活動：因故未能～，深表歉意。

負（負）fù ❶用脊背馱物：～重｜～荊｜～石自投於河。❷〔動〕承擔；擔當：～責任｜肩～｜忍辱～重。❸ 背靠；依靠：～山面海｜～險固守。❹〔動〕遭受；受：～傷｜少～不羈之名。❺具有；享有：久～盛譽。❻〔動〕虧欠：～債累累。❼背棄：～約｜～心｜忘恩～義。❽〔動〕失敗（跟"勝"相對）：一比二～於對方｜不分勝～。❾〔形〕屬性詞。小於零的（跟"正"相對）：～數｜～項｜～一點五

（-1.5）。❿〔形〕屬性詞。物理學上指帶有或得到電子的（跟"正"相對）：～極（陰極）｜～電（陰電）。⓫（Fù）〔名〕姓。

語彙　抱負　背負　擔負　告負　辜負　肩負　減負　虧負　欺負　勝負　自負　如釋重負

【負擔】fùdān ❶〔動〕承受；擔當：旅費由本單位～｜～教育子女的責任。❷〔名〕承受的壓力：家庭～｜思想～｜減輕學生～｜～太重。

┌─────────────────────────┐
│ **辨析** **負擔、擔負** a）兩個詞的動詞意義基本相同，只是在用法上"負擔"更多地與"費用"一類詞搭配。b）"負擔"還有名詞用法，"擔負"沒有。如可以說"有不少負擔""加重你的負擔"，但不能說"有不少擔負""加重你的擔負"。
└─────────────────────────┘

【負電】fùdiàn〔名〕電子所帶的電，物體得到多餘的電子時帶負電（跟"正電"相對）。如用絨布或毛皮擦過的火漆棒所帶的電即負電。也叫陰電。

【負號】fùhào（～兒）〔名〕數學上表示負數的符號，用"-"表示。

【負荷】fùhè ❶〔動〕〈書〉擔負；擔任：不勝～｜～重任。❷〔名〕負荷量。動力機械設備以及生理組織等在單位時間內所擔受的工作量：電機滿～運轉。❸〔名〕指建築構件（如承重牆）承受的重量：橋樑～已做精密計算。

【負極】fùjí〔名〕陰極。

【負荊請罪】fùjīng-qǐngzuì〔成〕《史記·廉頗藺相如列傳》記載，戰國時期，趙國藺相如功勞大，拜為上卿（丞相），大將廉頗不服，一心要侮辱藺相如，因而將相不和。藺相如為了國家利益，一再忍讓。後來廉頗知道自己錯了，羞愧交加，於是光着膀子，背着荊條到藺相如家請他責罰。後用"負荊請罪"表示主動認錯和請罪。省作負荊。

【負疚】fùjiù〔形〕心中不安；抱歉：孩子沒照顧好，她很～｜應允之事未能辦到，深感～。

【負面】fùmiàn〔形〕屬性詞。消極方面；反面：～效應｜～影響不小。

【負片】fùpiàn〔名〕攝影用的感光片，分黑白、彩色兩種。負片經曝光、顯影、定影等處理後即成與原景物明暗相反或顏色互補的負底片，用來印製正片。

【負氣】fùqì〔動〕賭氣：～離家。**注意**"負氣"一般做連謂結構的第一個謂語，如"負氣出走""負氣退學"，不能單獨做謂語。

【負傷】fù // shāng〔動〕受傷：因公～｜他為了救人而自己負了傷。

【負數】fùshù〔名〕數學上指比零小的數（跟"正數"相對）。前加負號來表示，如 -2、-3、-3.5。

【負隅頑抗】（負嵎頑抗）fùyú-wánkàng〔成〕《孟子·盡心下》："有眾逐虎，虎負嵎，莫之敢攖。"意思是，許多人追逐老虎，老虎背靠着山角，沒人敢迫近牠。後用"負隅頑抗"指壞人憑藉險要，頑強對抗：匪幫縱然～，最終還是被消滅乾淨了。

【負約】fù // yuē〔動〕背棄諾言；失約：已經約定的事，就不該～。

【負載】fùzài〔名〕"負荷"②。

【負責】fùzé ❶〔動〕承擔責任：～教學工作。❷〔形〕認真踏實；盡職：～態度｜她對工作很～｜他怎麼樣不～？

【負增長】fùzēngzhǎng〔動〕指在原有基數上下降：對國家限制發展或淘汰的產業、產品，可以通過～來調節其生產能力。

【負債】fùzhài ❶（-//-）〔動〕欠人錢財：～太多｜負了兩百萬元的債。❷〔名〕在以貨幣形式反映企業資金來源及運用的報表中，表示資金來源的一方（跟"資產"相對）。

【負資產】fùzīchǎn〔名〕負債額度大於資產總額的部分。

【負重】fùzhòng〔動〕❶背着重物：～泅渡｜～行軍。❷比喻擔負重任：忍辱～。

訃（讣）

fù 報喪：～告。

【訃告】fùgào ❶〔動〕報喪：～諸親友。❷〔名〕（張）報喪的通知文書：～已經擬好，可以發送了。

【訃聞】fùwén〔名〕（篇，則）報喪的通知，多附有死者生平經歷：～已刊登在本市各大報上。也作訃文。

泭

fù〔動〕浮水：～水｜你～過來。
另見 fú（399頁）。

袝

fù ❶古代一種祭名。新死者與祖先合享的一種祭祀。❷〈書〉合葬。

副

fù ❶〔形〕屬性詞。輔助的；第二位的；次級的（區別於"正"）：～部長｜～教授｜～司令員｜～食品。❷附加的：～業｜～作用。❸輔助職務；擔任輔助職務的人：隊～｜大～｜二～。❹符合；相稱：名實相～｜盛名之下，其實難～。❺〔量〕用於成對或配套的東西：一～對聯｜兩～手套兒｜三～耳環｜四～撲克。❻〔量〕用於面部表情：一～笑臉｜一～可憐相｜一～虛情假意的樣子。**注意** a）量詞後，名詞前，一般要有修飾語，表示不平常的面部表情，如"一副慈眉善目的面孔"。b）數詞限於"一"。❼（Fù）〔名〕姓。**注意**以上的"副"，都不能錯寫為"付"。

【副本】fùběn〔名〕❶依書籍或文件的正本而謄錄的本子。❷國際交往，特別是國際貿易等活動中，在交給對方的文件、單據等正本以外，同正本式樣內容相同的本子。❸藏書中正本外其餘備用的書。

【副標題】fùbiāotí〔名〕（個）用來進一步解釋說明文章標題或書名的簡短語句，一般在標題之下，用破折號引出。也叫副題。

【副產品】fùchǎnpǐn〔名〕❶生產某種物品時附帶產生的具有一定價值的物品。參見"副產物"（408頁）。❷比喻創作主要作品以外附帶完成的作品：這幾篇短文是作者寫成那部書以後的～。

【副產物】fùchǎnwù〔名〕生產某種物品時附帶產生的物質。如採煤時產生大量副產物煤矸石，後者加工成副產品水泥。

【副詞】fùcí〔名〕用來修飾、限制動詞、形容詞或其他副詞的詞。一般只能用在動詞、形容詞或其他副詞前做狀語，如"先走"的"先"，"最美"的"最"，"不一定"的"不"。一般不能用來修飾名詞。

【副官】fùguān〔名〕（位，名）舊時軍隊中高級軍官的隨身助理軍官，協助處理行政事務。

【副刊】fùkān〔名〕報紙上刊登新聞消息、時事專論以外的固定版面，如文藝作品、戲劇影視、學術論文等副頁或專欄：文藝～｜文史～｜圖書評論～。

【副科】fùkē〔名〕學習的次要科目：學習不能偏科，重主科，輕～不好。

【副牌】fùpái（～兒）〔名〕（塊）事業或企業單位正式名牌以外的名牌（名稱）：文藝出版社是這家出版社的～兒。

【副品】fùpǐn〔名〕質量不夠規定要求的工業產品（區別於"正品"）。也叫二等品、等外品。

【副食】fùshí〔名〕伴同主食食用的魚、肉、蔬菜等（跟"主食"相對）：～商店｜搞好居民的～供應。注意 只有"副食品"的說法，沒有"主食品"的說法。

【副手】fùshǒu（～兒）〔名〕（位，名）助手；第二把手：當～｜他有兩個～幫助處理日常事務。

【副署】fùshǔ〔動〕國家元首簽署的文件上再由主管部門的首長簽署，如國書由國家元首簽署，外交部長副署。又如民國初年總統任命大學校長，教育總長副署。

【副學士】fùxuéshì〔名〕港澳地區用詞。指低於學士學位的一級學位。香港特區政府教育部門規定，具有中六、中七學歷未能考取大學者，在大學附設的該學位課程修讀兩年，成績合格，可直接入讀香港各大學二年級或者海外大學相應課程：～學位課程給予多年輕人入讀大學的希望｜香港上～課程的學生多達幾萬人。

【副業】fùyè〔名〕在主要經營的生產業務以外附帶經營的事業，如農民在生產農作物以外從事的竹編織、飼養、燒製等生產活動。

【副職】fùzhí〔名〕部門中協助主要負責人的領導職位（區別於"正職"）。

【副作用】fùzuòyòng〔名〕伴隨主要作用而生的不良作用：中藥～相對小一些｜他剛有一點兒成績，就被捧上天，這樣做會產生～。

婦（妇）〈媍〉 fù ❶婦女：～科｜～孺皆知。❷已婚女子：少～｜棄～。❸妻：夫～｜夫唱～隨。❹(Fù)〔名〕姓。

語彙 產婦 娼婦 寡婦 媭婦 農婦 潑婦 僕婦 棄婦 情婦 媳婦 新婦 孕婦 主婦

【婦產科】fùchǎnkē〔名〕婦科和產科，婦科專門治療婦女病，產科負責孕婦的孕期保健、輔助產婦分娩等。

【婦道】fùdao〔名〕〔口〕婦女：～人家。

【婦姑】fùgū〔名〕〔書〕❶媳婦和婆婆：～勃谿（婆媳吵架）。❷嫂嫂和小姑：～相喚浴蠶去（浴蠶：浸洗蠶子），閒着中庭梔子花。

【婦聯】fùlián〔名〕婦女聯合會的簡稱，是婦女的群眾性組織：全國～｜～主任｜在～任職。

【婦女】fùnǚ〔名〕成年女子：中國～｜～能頂半邊天。

【婦女病】fùnǚbìng〔名〕婦女特有的病症，如月經不調、附件炎等。

【婦女節】Fùnǚ Jié〔名〕三八婦女節的簡稱。

【婦人】fùrén〔名〕（位）已婚的女子。

【婦孺】fùrú〔名〕婦幼：老弱～｜～皆知。

【婦幼】fùyòu〔名〕婦女和幼兒：～保健站。

傅 fù ㊀❶〔書〕輔助；教導：～我公子。❷擔負教導和傳授技藝的人：師～｜出就外～。❸(Fù)〔名〕姓。

㊁〔書〕附着；附加：～粉（搽粉）｜～彩（塗上色彩）｜皮之不存，毛將安～？

復（复） fù ❶反復：往～｜翻來～去｜循環往～。❷回答；答復：～信｜謹～｜敬請～示。❸恢復：～婚｜官～原職｜光～舊物。❹報復：～仇雪恥。❺再；又：死灰～燃｜失而～得｜去而～返。❻(Fù)〔名〕姓。

"复"另見 fù "複"（410頁）。

語彙 報復 答復 反復 光復 函復 恢復 回復 康復 剋復 批復 平復 收復 往復 修復 萬劫不復

【復辟】fùbì〔動〕❶辟：君主。失位的君主復位：被推翻的皇室企圖～。❷泛指被推翻的統治者恢復統治或被推翻的舊制度復活。

【復查】fùchá〔動〕再一次檢查核對：一個月後到醫院～｜～賬目。

【復仇】fùchóu〔動〕報仇：～心切。

【復出】fùchū〔動〕脫離某工作一段時間後再次任職或重操舊業：～後，他仍然擔任副局長｜影十年後，她又～拍片了。

【復發】fùfā〔動〕再一次發生；重犯（舊病）：舊病～。注意"舊病復發"可以指生理上的病，如"他的氣喘舊病復發了"，也可以指惡習或缺點錯誤，如"他舊病復發，又去賭博了"。

【復工】fù∥gōng〔動〕停工或罷工後恢復工作：勞資雙方達成協議，即日～｜剛復了三天工又罷工了。

【復古】fùgǔ〔動〕恢復古代的制度或習俗風尚：尊重傳統並非～。

【復核】fùhé〔動〕❶ 審查核對：把文章中引文的出處再一一遍。❷ 指死刑復核。中華人民共和國刑事訴訟法規定，最高人民法院復核死刑案件，高級人民法院復核死刑緩期執行的案件。

【復婚】fù // hūn〔動〕離婚後恢復婚姻關係：他倆一年前又～了。

【復活】fùhuó〔動〕❶ 死而復生，比喻消失的事物重新出現：不加強科學知識教育，封建迷信就會～。❷ 使復活：～舊宗法｜～迷信活動。

【復活節】Fùhuó Jié〔名〕基督教紀念耶穌復活的節日，在春分後第一次月圓之後的第一個星期日。據說耶穌被釘死在十字架上，三天後復活，復活後四十天升天：在香港，～是法定假期。

【復舊】fùjiù〔動〕恢復從前的觀念、習慣、制度、式樣等：堅持革新，反對～｜奶奶一回來，就把屋裏的擺設復了舊。

【復刊】fùkān〔動〕已停刊的報刊恢復發行。

【復課】fùkè〔動〕罷課或停課後恢復上課：復了課以後，不久就進入學期考試階段。

【復賽】fùsài ❶〔名〕(場) 體育競賽中，初賽後決賽前進行的比賽。❷〔動〕體育競賽中，進行初賽後決賽前的比賽。

【復審】fùshěn〔動〕復核審查：代表名單請選舉委員會～一遍。

【復蘇】fùsū〔動〕❶ (生物體) 重新獲得生命力；指生物體或離體器官、組織、細胞等在生理機能極度減緩後恢復正常的活動。如人假死後恢復知覺，昆蟲經乾旱寒冷停止活動後，隨着外界條件的改善恢復活動：死而～｜嚴冬過去，萬物～。❷ 比喻生產或經濟蕭條之後又重新恢復和發展：經濟～。

【復位】fùwèi〔動〕❶ 脫位的骨關節回復原位：因治療及時，扭傷的肘關節很快就～了。❷ 失去統治地位的君主重新掌權。

【復信】(覆信) fùxìn ❶ (-//-)〔動〕答覆來信：盡快～｜編輯要及時復讀者的信。❷〔名〕(封) 答覆的信：今天收到了您的～。

【復興】fùxīng〔動〕❶ (國家、事業) 衰敗之後重新興盛：民族～｜文藝～。❷ 使興盛：～國家｜～民族文化。

【復姓】fùxìng〔動〕(改姓後) 恢復姓原來的姓。

【復學】fù // xué〔動〕(休學後) 恢復上學：他病好以後很快～了｜復了學，你可要加緊補習功課。

【復議】fùyì〔動〕對已決或擱置的議案、決定、措施等再提出來討論：這個方案交特別委員會～｜任免名單還要～。

【復音】fùyīn〔名〕〈書〉指回復信：靜候～。

【復員】fù // yuán〔動〕❶ 軍人因服役期滿或戰爭結束而退役：他已經～回到了農村。❷ 武裝力量和其他部門由戰時狀態轉入平時狀態。戰爭開始時，軍人動員，以至全民總動員；戰後，軍人轉業，全民恢復正常生活。

【復原】fù // yuán〔動〕❶ 病人恢復健康：他病了一場，現在已經～了。也作復元。❷ 恢復原狀：地震破壞嚴重，要使這個小城一時不能～。

【復照】fùzhào〔名〕答復別國照會的照會。

【復診】fùzhěn〔動〕(病人初診後) 再檢查、治療：他星期二還得去醫院～。

【復職】fù // zhí〔動〕(離職、解職後) 恢復原來職位：問題已經查清，他是冤枉的，應該馬上讓他～｜復了職以後，他工作更加努力了。

富 fù ❶〔形〕物資多；財產多 (跟"貧""窮"相對)：他們家很～｜過上～日子，不要忘了窮日子。❷ 資源；財產：～源｜財～。❸ 充足：～於養分｜～餘｜年～力強｜春秋正～。❹〔動〕使富足：～國強兵｜～民政策。❺ (Fù)〔名〕姓。

┃語彙┃ 財富 豐富 豪富 宏富 露富 首富

【富產】fùchǎn〔動〕大量出產：中國新疆的吐魯番～葡萄。

【富富有餘】fùfù-yǒuyú〔成〕非常充裕，還有富餘：他的年薪用來買一輛普通汽車～。

【富貴】fùguì〔形〕又有錢又有地位：榮華～｜～人家｜～一生。

【富貴病】fùguìbìng〔名〕❶ 稱不能繼續工作，需要長期休養或滋補的病，如肺結核、肝炎等。❷ 稱因為生活富裕而引起的疾病，如心血管疾病、糖尿病等：受到飲食精緻化的影響，現代人因營養過剩而患了～。

【富國】fùguó ❶〔名〕富有的國家；發達國家：～窮國，大國小國，應當一律平等。❷〔動〕使國家富有：～富民｜～利民｜～強兵。

【富國強兵】fùguó-qiángbīng〔成〕使國家富足，兵力強大：～才能立於不敗之地。

【富含】fùhán〔動〕大量含有：橘子～維生素C。

【富豪】fùháo〔名〕錢財多而兼有權勢的人。

【富礦】fùkuàng〔名〕有用成分含量高的礦石 (跟"貧礦"相對)。

【富麗堂皇】fùlì-tánghuáng〔成〕華麗而又宏大：人民大會堂～。

【富民】fùmín〔動〕使人民富裕起來：科技～｜～政策｜實行改革開放，目的是富國～。

【富農】fùnóng〔名〕農村中以剝削僱傭勞動 (兼放高利貸或出租部分土地) 為主要經濟收入的人。一般佔有土地和比較優良的生產工具以及活動資本。自己參加勞動，但收入主要是由剝削而來。

【富強】fùqiáng〔形〕(國家) 富足而強盛：繁榮～

的祖國。

【富饒】fùráo〔形〕(國家、地區)物產豐富,財源充足:～的祖國大地丨我的家鄉～美麗。

【富庶】fùshù〔形〕(國家、地區)物產豐富充足,人口眾多:江南一帶非常～,歷來是魚米之鄉。

【富態】fùtai〔形〕〈婉〉體形豐滿,胖:她長得很～。

【富翁】fùwēng〔名〕財產很多的人:百萬～。

【富營養化】fùyíngyǎnghuà〔動〕江河、湖泊和近海等緩流水體中,因氮、氧等營養物質過量積累,造成藻類及其他浮游生物異常繁殖和生長,水質惡化,水體變色,魚蝦死亡等。

【富有】fùyǒu ❶〔形〕富足;有錢:他很～。❷〔動〕充分具有:～成果丨～生命力丨～象徵性。

【富裕】fùyù(-yu)〔形〕(財物)富足充裕:他日子過得很～丨家境～。

【富餘】fùyu〔動〕足夠而有剩餘:手裏有幾個～的錢丨資金～,可以投資別的產業丨我們還～兩張戲票。

【富源】fùyuán〔名〕財富來源;自然資源,如土地、森林、礦藏等。

【富足】fùzú〔形〕(財物)豐富充足:他們家很～。

腹 fù（dùzi）

❶〔名〕軀幹居中的部分。通稱肚子(dùzi):大～便便丨～部丨收～。❷指心中;內心:～誹丨～議丨以小人之心,度君子之～。❸瓶、罐等凸出而中空的部分:瓶～。❹位置居中的部分:山～丨～地。❺(Fù)〔名〕姓。

語彙 空腹 口腹 捧腹 小腹 心腹 韜腹 錦心繡腹 食不果腹 推心置腹

【腹背受敵】fùbèi-shòudí〔成〕腹:指正面或前面;背:指背面或後面。受到敵人前後夾攻。形容形勢、地位不利:我軍迅速轉移,擺脫～的險境。

【腹地】fùdì〔名〕內地;靠近中心的地區:～物產豐富丨孤軍不可深入敵人～。

【腹誹】fùfěi〔動〕〈書〉嘴上不說而心中認為不對:～心謗。也說腹非。

【腹稿】fùgǎo(～兒)〔名〕❶構思成熟但未寫出來的文稿:他早就有了～,一寫起來很就完成了。❷已經胸有成竹的畫稿:中國畫總是先有個～,然後才勾畫點染。

打腹稿的故事

"腹稿"一詞最早見於唐朝段成式《酉陽雜俎》卷十二,事亦見《新唐書·王勃傳》,大意是:王勃每次寫碑頌,並不深思熟慮,只是先磨好許多墨,然後拉開被子蒙頭大睡。忽然睡醒,拿起筆,一揮成篇,一個字也不改動。當時人們稱之為"腹稿"。

【腹腔】fùqiāng〔名〕腹部的空腔,裏面有胃、腸、肝、胰、脾、腎、泌尿及內生殖器官等。

【腹水】fùshuǐ〔名〕腹腔內由疾病產生而蓄積的液體。肝硬化、心臟病、腎炎、癌症等都能產生腹水。

【腹痛】fùtòng〔名〕❶腹部疼痛的感覺,是一種常見症狀。原因很多,常見於腹內病變,如闌尾炎、膽囊炎、腹膜炎、胰腺炎、腎結石、肝腫大、婦科病等;亦見於腹外病變,如心臟病、肺炎等。❷中醫指脘腹或臍腹部疼痛。大致分為寒、熱、虛、實四類。

【腹瀉】fùxiè〔動〕大便次數增多,稀薄,有時帶膿血,常兼有腹痛。由於腸道感染,消化機能障礙而引起。

【腹心】fùxīn〔名〕〈書〉❶比喻要害或根本:～之患(比喻根本的禍患)。❷比喻真誠的心意:互通～。❸比喻親信。

【腹議】fùyì〔動〕〈書〉腹誹。

複（复）fù

❶重複;重疊:～述丨～製丨～本丨山重水～疑無路。❷複雜的:～句丨～分數丨～衣(夾衣)。

"复"另見 fù "復"(408 頁)。

語彙 重複 繁複

【複本】fùběn〔名〕收藏的同一書刊不止一部時,第一部以外的本子。也叫複本書。

【複道】fùdào〔名〕古代指樓閣之間的空中通道:～行空,不霽何虹?

【複讀】fùdú〔動〕學生因未能考上高一級的學校而回校重讀學過的課程,準備再考。多就未考取大學的高中畢業生而言:～生丨該校每年有一些學生返校～。

【複方】fùfāng〔形〕屬性詞。一種藥物製劑中含有其他藥物以加強藥效的叫複方:～丹參片丨～阿司匹林。

【複合】fùhé ❶〔動〕兩種以上的東西結合:兩個語言成分～在一起,構成了新詞。❷〔形〕屬性詞。合在一起的;結合起來的:～材料丨～電路。

【複合詞】fùhécí〔名〕見"合成詞"(524 頁)。

【複句】fùjù〔名〕語法上指由兩個或兩個以上相當於單句的分句組成的、只有一個句子終語調的句子(跟"單句"相對)。分句之間往往用關聯詞連接,表示因果、並列、假設、條件、選擇、轉折、遞進、取捨等各種關係,如"烏雲散去,太陽又露出笑臉""如果下雨,春遊暫停"。有兩個以上層次的複句叫多重複句。也叫複合句。

【複利】fùlì〔名〕計算利息的一種方法,把上一期的利息和本金加在一起算作本金,再生利息。這樣計算的利息就叫作複利(區別於"單利")。也叫累利。

【複式教學】fùshì jiàoxué 教師在一個教室內用不同的教材對兩個或兩個以上年級的學生進行教學。教師對一個年級的學生講課，同時組織其他年級的學生自學或做作業，並有計劃地交替進行。採用此種教學方式，多是因為師資或教室不足。

【複式住宅】fùshì zhùzhái 一種層高比較高，可在局部空間分出上下兩層的住宅。複式住宅的下層多供起居用，上層多供休息和儲藏用。

【複述】fùshù〔動〕❶ 把別人或自己的話重說一遍：～命令。❷ 語文教學上指讓學生把讀物的內容用自己的話說出來：～課文大意。

【複數】fùshù〔名〕❶ 某些語言中由詞的形態變化等表示的屬於兩個或兩個以上的數量（區別於"單數"），如英語名詞的複數一般是在該詞後面加 s 或 es。❷ 含有實數和虛數兩部分的數，用 a+bi 來表示，其中 a 和 b 是實數，i 是虛數單位，$i^2 = -1$。

【複習】fùxí〔動〕學生再次學習已經講授的功課，使鞏固（跟"預習"相對）：考試前要好好～。

【複綫】fùxiàn〔名〕有兩組或多組綫路、使相對方向可以同時行車的鐵道或電車道（區別於"單綫"）。

【複寫】fùxiě〔動〕把複寫紙墊在紙張與紙張之間書寫，或在塗有特殊顏料的紙上書寫，使一次寫出多份材料：這個文件請你～五份兒。

【複寫紙】fùxiězhǐ〔名〕（張）塗有紅色或藍色蠟質顏料供複寫或打字用的紙。

【複姓】fùxìng〔名〕多於一個字的姓，如令狐（Línghú）、澹台（Tántái）、端木（區別於"單姓"）。

【複音】fùyīn〔名〕❶ 由許多純音組成的聲音，如樂器發出的聲音。❷ 指多個音節：～詞。

【複音詞】fùyīncí〔名〕有兩個或兩個以上音節的詞，如"玻璃""原始""薩其馬"。

【複印】fùyìn〔動〕❶ 翻印：把學習材料～給大家。❷ 特指用複印機翻印：～身份證。

【複雜】fùzá〔形〕❶ 事物層次雜亂，頭緒紛繁：問題很～｜事情的經過十分～｜～的案情｜～的感情。❷（思想、經歷、成員）不單純；不純潔：這個組織的成員非常～。

【複製】fùzhì〔動〕模仿原件製造或依照原樣翻印：～品｜古代的青銅器可以～，只是銘文很難恢復原樣。

駙（驸）
fù 古代幾匹馬同拉一輛車時，在轅外拉的馬。

【駙馬】fùmǎ〔名〕（位）古稱公主的丈夫。漢朝有"駙馬都尉"的官職，魏、晉以後皇帝的女婿常做這個官，故稱。

賦（赋）
fù ㊀〔動〕交給：出倉儲之糧以～民。
㊁❶〔書〕徵收；斂取：歲～其二。❷ 稅：田～。

㊂❶ 中國古代的一種文體，漢魏六朝時盛行，是散文和韻文的綜合體，用來寫景、敍事，也有以較短篇幅抒情說理的：楚辭漢～。❷〔動〕朗誦或創作（詩詞）：～詩一首｜屈原放逐，乃～《離騷》。

> **語彙** 稟賦　辭賦　貢賦　天賦　田賦

【賦稅】fùshuì〔名〕田賦和各種捐稅的總稱：～繁多。

【賦閑】fùxián〔動〕晉朝潘岳辭官回家閑居作《閑居賦》，後借指沒有職業在家閑住。

【賦役】fùyì〔名〕賦稅和徭役：舊時代老百姓的～很重。

【賦有】fùyǒu〔動〕具有（某種性格、氣質等）：中華民族～勤勞勇敢、吃苦耐勞的優秀品格。

【賦予】fùyǔ〔動〕交給：振興中華是歷史～我們的任務。

> **辨析** 賦予、付與　"賦予"指授以使命或榮譽，賦予者是時代、憲法、集體等重大的主體，如"歷史賦予的重任""憲法賦予的權利""國家賦予的光榮"。"付與"指人與人之間交付物品的行為，如"把貨款付與對方""將所借物品付與來取的人"。二者不能換用。

蝮
fù 蝮蛇。

【蝮蛇】fùshé〔名〕（條）毒蛇的一種，生活在山野和島上，頭部三角形，有管狀毒牙，身體灰褐色而有斑紋。捕食鼠、鳥、蛙等。

蝜（蝂）
fù 見下。

【蝜蝂】fùbǎn〔名〕古代寓言中說的一種好負重物的小蟲。唐朝柳宗元有《蝜蝂傳》。

鮒（鲋）
fù ❶ 古指井中蛤蟆。❷ 古指鯽魚：涸轍之～。

縛（缚）
fù / fú ❶ 捆綁：～囚｜手無～雞之力｜何時～住蒼龍。❷（Fù）〔名〕姓。

> **語彙** 束縛　繫縛　作繭自縛

賻（赙）
fù〔書〕送給喪家幫助辦喪事的財物：～布（送給喪家的錢帛）。

覆
fù ❶〔書〕遮蓋：～蓋｜天～地載｜芙蓉～水。❷〔書〕傾倒；翻：～沒｜～傾｜水能載舟，亦能～舟。❸ 舊同"復"①②。

> **語彙** 被覆　顛覆　翻覆　傾覆　天翻地覆

【覆被】fùbèi ❶〔名〕地面上植物的遮蓋面：森林～率。❷〔動〕（草木等）遮蓋：荒林～整個地區。

【覆巢無完卵】fùcháo wú wánluǎn〔諺〕《世說新語·言語》："豈見覆巢之下復有完卵乎？"意思是翻倒的鳥巢之下能有完整的鳥蛋嗎？後用"覆巢無完卵"比喻大禍來臨，無一倖免。也比喻整體毀滅了，個體也不能倖存：城被攻破了，～，老百姓也就遭殃了。

【覆蓋】fùgài ❶〔動〕遮蓋：藍天～着原野。❷〔名〕借指覆蓋植物，因地面上的植物對土壤有遮蓋保護作用，故稱：土地裸露，沒有一點兒～。

【覆蓋面】fùgàimiàn〔名〕(～兒) ❶ 覆蓋的範圍：這次豪雨，～很廣。❷ 事物影響、傳播、涉及的範圍：擴大素質教育的～。

【覆滅】fùmiè〔動〕徹底潰敗；完全被消滅：全軍～。

【覆沒】fùmò〔動〕〈書〉❶ 傾覆沉沒（多用於船艦）：風急浪高，船艦～。❷ 完全被消滅：敵人全軍～。

【覆盆之冤】fùpénzhīyuān〔成〕覆盆：翻過來扣着的盆子，陽光照不到裏面。指無從申訴的冤枉：～，何日始能昭雪？省作覆盆。

【覆亡】fùwáng〔動〕滅亡：封建王朝倒行逆施，終至～。

【覆轍】(復轍) fùzhé〔名〕〈書〉前車翻倒過的軌跡；比喻招致失敗的做法、措施：重蹈～｜無～之敗。

馥

fù〈書〉香氣：百花散～（散播香氣）。

【馥郁】fùyù〔形〕〈書〉香氣濃厚：芬芳～｜～的花香。

鰒（鰒）

fù 見下。

【鰒魚】fùyú〔名〕鮑魚。

G

gā 《Ｙ

旮 gā 見下。

【旮旯兒】gālár〔名〕❶（北方官話）角落：炕～｜屋子～｜不要躲在～裏。❷偏僻的地方：山～裏出狀元。**注意**"旮旯兒"的重疊形式是"旮旮旯旯兒"（gāgalálár），泛指各個角落、冷僻的角落，如"旮旮旯旯兒都找了，也沒找着"。

夾（夹）gā 見下。
另見 jiā（626 頁）；jiá（631 頁）。

【夾肢窩】gāzhiwō〔名〕〈口〉指人腋下呈窩狀的地方。也作胳肢窩。

伽 gā 見下。
另見 jiā（627 頁）；qié（1083 頁）。

【伽馬刀】gāmǎdāo〔名〕利用伽馬射線代替手術刀進行手術的醫療設備的通稱。主要用於腦血管畸形和顱內腫瘤等外科手術。[伽馬，希臘字母 γ 的音譯]

【伽馬射線】gāmǎ shèxiàn 鐳和其他一些放射性元素的原子放出的射線。是波長極短的電磁波，穿透力比 X 射線更強。工業上用來探礦，醫學上常用來切除、治療腫瘤等。通常寫作 γ 射線。[伽馬，希臘字母 γ 的音譯]

呷 gā 見下。
另見 xiā（1457 頁）。

【呷呷】gāgā 同"嘎嘎"。

咖 gā 見下。
另見 kā（734 頁）。

【咖喱】gālí〔名〕一種以胡椒、茴香、薑黃、鬱金根粉等製成的調味品，色黃，味香辣：～牛肉｜～粉。[英 curry]

耷 Gā（舊讀 Shà）〔名〕姓。

胳 gā 見下。
另見 gē（436 頁）；gé（439 頁）。

【胳肢窩】gāzhiwō 同"夾肢窩"。**注意** 這裏的"胳"不讀 gē。

嘎〈嘠〉gā / gé ❶〔擬聲〕形容短促而響亮的聲音。❷（Gā）〔名〕姓。
另見 gá（413 頁）；gǎ（414 頁）。

【嘎巴】gābā〔擬聲〕形容物體斷裂的聲音：～一聲，樹枝斷了｜地震震得房檁～～直響。

【嘎巴】gāba〔動〕（北京話）❶黏的東西乾後牢牢地附着在器物上面：粥～鍋了。❷待在一個地方長時間不離開：別整天老～在家裏。

【嘎巴兒】gābar〔名〕（塊）（北京話）濕的或黏的東西乾燥後附着在別的東西上形成的凝結物：血～｜鼻涕～｜衣服上有塊飯～。

【嘎嘎】gāgā〔擬聲〕❶形容水禽、大雁等的叫聲：水鴨子～叫個不停。❷形容人穿着皮鞋走路時發出的響聲：大皮鞋～的響聲把他驚醒了。以上也作呷呷。
另見 gága（413 頁）。

【嘎渣兒】gāzhar〔名〕（北方官話）❶痂：瘡口結～了。❷烤得焦黃色的食物的脆皮：烤饅頭外面有一層～。

【嘎吱】gāzhī〔擬聲〕形容物體受壓發出的聲音：床板被壓得～～直響。

gá 《Ｙ́

軋（轧）gá〔動〕（吳語）❶擠擁。❷結交：～朋友。❸核算；查對：～賬。❹估計；揣測：～苗頭。
另見 yà（1551 頁）；zhá（1704 頁）。

朵 gá 見下。

【朵朵】gága〔名〕❶（～兒）一種兒童玩具，中間大，兩頭尖。流行於中國北方廣大地區。❷一種用玉米麵做的食品：～湯｜炒一份～。以上也作嘎嘎。

釓（钆）gá〔名〕一種金屬元素，符號 Gd，原子序數 64。屬稀土元素。可用於微波技術和做原子反應堆的結構材料等。

嘎〈嘠〉gá 見下。
另見 gā（413 頁）；gǎ（414 頁）。

【嘎嘎】gága 同"朵朵"。
另見 gāgā（413 頁）。

噶 gá / gé ❶見下。❷（Gá）〔名〕姓。

【噶倫】gálún〔名〕原西藏地方政府主管官員的稱呼。

【噶廈】gáxià〔名〕原西藏地方政府的稱呼。

gǎ 《Ｙ̌

尜 gǎ〔形〕❶（北京話、東北話）性情乖僻：這人很～，特愛挑剔兒。❷（北京話）調皮：沒想到路上碰着一個～小子。

【尜古】gǎgu〔形〕（北京話、東北話）乖僻而古怪：脾氣～｜他向來～，不愛理人｜穿衣服別那麼～，挑三揀四的。

【尜雜子】gǎzázi（北京話）❶〔形〕奸詐：這傢伙辦事真～～。❷〔名〕奸詐的人：不要理那些～。❸〔名〕奸計：他滿肚子～～。

G

尕嘎
gǎ ❶〔形〕(西北官話)小(含親愛意):~娃|~事。❷(Gǎ)〔名〕姓。
〈嘎〉gǎ 同"尜"。**注意** 北方給男孩子取名常用"嘎"字,如"二嘎子""小兵張嘎"(影片名)。
另見 gā(413頁);gá(413頁)。

gà 《ㄚ

尬
gà 見"尷尬"(421頁)。

gāi 《ㄞ

侅 Gāi〔名〕姓。

垓
gāi ❶〔數〕古代以萬萬為垓。❷〈書〉台階的層級:三~。❸用於地名:~下(古地名,在今安徽靈璧東南。公元前202年,項羽在這裏被劉邦的軍隊圍困,突圍至烏江(今安徽和縣)自殺)。

陔
gāi〈書〉❶高台的層級:一壇三~。❷田間的土埂:循彼南~,言采其蘭。

荄
gāi〈書〉草根;韭根。

晐
gāi〈書〉包容;具備。

賅(賅)
gāi〈書〉❶包括:以偏~全|以一~百。❷完備:言簡意~。
【賅博】gāibó〔形〕〈書〉淵博:學識~。也作該博。

該(该)
gāi ㊀〔動〕❶應該是:十五間房子分三套,每套~五間|論資排輩,~老王第一。❷輪到:今天打掃衛生~他|現在就~你發表意見了。❸活該(限於單用):~!~!誰叫你不聽話呢!❹助動詞。應該:辛苦一年,~休息幾天了|~批評,就批評;~表揚,就表揚|~今天做的事,不要等到明天。❺助動詞。估計情況應該如此:起風了,~不會下雨了吧|再不用功,又~考不及格了。❻助動詞。用在感歎句中表示推測兼有加強語氣的作用:春天郊遊~多好玩哇|新書一出版就寄給我們,那~多美呀!
㊁〔動〕欠:他~我一百塊錢。
㊂❶〔代〕指示代詞。指上文提到的人或事(多用於公文函件):~校長已經辭職|~縣計劃尚未報來。**注意** a)"該"多用於職稱之前,不大用於別的名詞之前。b)"該"只用於上對下,不能用於下對上。如省裏對縣裏行文可以稱"該縣",倒過來不行;中央對省裏行文才可以稱"該省",倒過來也不行。❷(Gāi)〔名〕姓。
㊃同"賅"。

語彙 合該 活該 理該 應該

【該博】gāibó 同"賅博"。
【該當】gāidāng〔動〕❶〈書〉應該承當:~何罪?❷助動詞。應當:國家的事,大家都~關心|他十八歲了,~有選舉權了。
【該死】gāisǐ〔動〕〈口〉表示氣憤或厭惡,也用於做錯了事自責:~的,怎麼往人腳上踩|真~,我又忘記給你借書了|我~,我~,是我騙了你們。
【該着】gāizháo〔動〕〈口〉注定應該如此:上街把錢包丟了,~我破財。

gǎi 《ㄞˇ

改
gǎi ❶〔動〕改變;更改:火車~點了|朝令夕~。❷〔動〕改換:~行(háng)|今天晚上~戲了,不演老戲演新編的戲。❸〔動〕改正:悔~|~錯字|屢教不~|有錯誤~了就好。❹〔動〕修改:刪~|~文章|衣裳肥了,~瘦一點兒。❺改造:勞~。❻(Gǎi)〔名〕姓。

語彙 竄改 篡改 房改 更改 悔改 校改 勞改 批改 刪改 體改 塗改 土改 修改 整改 屢教不改 朝令夕改

【改編】gǎibiān〔動〕❶改變原編制而重新編制(軍隊、財政等):把一個大隊~為一個獨立團|~下一個財政年度的預算。❷依據原作重新編寫:這部影片是根據魯迅小說~成的。
【改變】gǎibiàn〔動〕❶發生顯著變化:中國農村面貌正在迅速~|風氣~了|你的主意~得真快!❷使發生變化,改動:~計劃|~作風|~辦法。
【改朝換代】gǎicháo-huàndài〔成〕舊的朝代被新的朝代替代。泛指政權更替:中國歷史上封建社會不斷~,然而政權的性質並沒有改變。
【改訂】gǎidìng〔動〕修改訂正:~計劃|~方案|~相關的規章制度|規則已~過多次。
【改動】gǎidòng〔動〕更改變動:~時間|~地點|他只~了文章中的幾處標點|這個名單的次序不必再做~了。
【改革】gǎigé ❶〔動〕改進革新:體制~|~教育制度|~企業管理|~開放。❷〔名〕(項)改進革新的舉動:這是一項偉大的~。

辨析 改革、改造 a)這一對同義詞都是指把原有的事物加以更新或以適合需要,但有差別,如"改造工廠"是從物質方面說,"工廠改革"是從制度方面說。語義的不同帶來語法構造的不同,"改造工廠""工廠改造"都可以說,而"工廠改革"卻不能說成"改革工廠",正像"土地改革"不能說成"改革土地"一樣。b)"改造"是從根本上改變,如"改造鹽鹼地"是把鹽鹼地改造成良田。而"改革"是改掉不合理的部分，保留合理的部分，比如"文字改革"是把不適合需要的部分加以簡化或改變文字的形式，不是另造一套從來沒有的文字，所以不能說"文字改造"或"改造文字"。

【改觀】gǎiguān〔動〕改變舊貌，面目一新：經過幾年建設，這個城市的面貌已大大～了。

【改過】gǎiguò〔動〕改正過失：勇於前進的人，必能勇於～。

【改過自新】gǎiguò-zìxīn〔成〕改正錯誤，重新做人：失足青年表示，一定要～，做一個有益於社會的人。

【改行】gǎi//háng〔動〕放棄原來的行業或行當，從事新的行業或行當：他原來是教師，～做出版工作了｜他過去是學物理的，自從改了行就一天到晚專心畫畫兒了。

【改換】gǎihuàn〔動〕改變，更換：～題目｜～商標｜～門庭。

【改悔】gǎihuǐ〔動〕有所悔悟，並能加以改正：他的錯誤很嚴重，但決心～｜死不～。

【改嫁】gǎi//jià〔動〕女子喪夫或離婚後再次嫁人。

【改建】gǎijiàn〔動〕在原有基礎上對建築物等進行改造、修建：三個～項目｜博物館正在進行～。

【改進】gǎijìn〔動〕改變原有情況，使進一步提高：～工作｜～服務態度｜教學方法應該～。

【改口】gǎi//kǒu〔動〕❶改變原來的說法或語氣：他很固執，讓他～不容易｜你只要改了口，人家也就不會揪住不放了。❷改換稱呼：叫慣了他的小名，一時還改不過口來。以上也說改嘴。

【改良】gǎiliáng〔動〕去掉事物的局部缺點，使變為良好：～品種｜～農具｜～耕作技術。

［辨析］改良、改進　二者是同義詞，都指改變原有情況，使之良好，如"改進耕作技術"也可以說成"改良耕作技術"。但二者也有差別："改進"着重指把不夠進步的改成進步的，對象一般是工作、作風、態度和方法等，如"改進工作"不能說成"改良工作"；"改良"着重指把不夠良好的、尚有缺點的，改成良好的、沒有缺點的，對象一般是政治、土壤、品種和農具等，如"改良土壤"不能說成"改進土壤"。

【改名】gǎimíng〔名〕港澳地區用詞。來自粵語。起名字：孩子剛生下來，請爺爺～。

【改期】gǎi//qī〔動〕更改原定的日期：演出～了｜會議～舉行｜考試已經～。注意"改期"一般用於集體的、正式的活動，不用於個人的、日常的活動。如可以說"宴會改期了"，但是不能說"吃飯改期了"；可以說"選舉改期了"，但是不能說"他到商店選衣料改期了"。

【改日】gǎirì〔副〕改天：～見｜咱們～再談。

【改善】gǎishàn〔動〕改變原來的情況使好起來：逐步～人民生活｜～投資環境｜工作條件日益～。

【改水】gǎishuǐ〔動〕改善水質，使符合衛生標準：打井～。

【改天】gǎitiān〔副〕指說話以後不久的某一天：～見｜～再談｜～我去看你。

【改天換地】gǎitiān-huàndì〔成〕徹底改變自然面貌。也比喻徹底改造社會：一定要有～的精神和幹勁，才能改變家鄉的面貌。

【改頭換面】gǎitóu-huànmiàn〔成〕改換了一副面孔。比喻只改變形式，沒有改變實質：～，換湯不換藥，還是老一套。

【改弦更張】gǎixián-gēngzhāng〔成〕換掉舊琴弦，安上新琴弦，使琴聲和諧。比喻改革制度或改變方法：領導決心～，撤銷原設計方案，重新加以規劃。注意　這裏的"張"不寫作"章"。

【改綫】gǎi//xiàn〔動〕公共交通、電話等改變綫路：～工程｜前方施工，車已～。

【改邪歸正】gǎixié-guīzhèng〔成〕從邪路上回到正路上來，不再為非作歹：他已經～，就不要再算舊賬了。

【改寫】gǎixiě〔動〕❶修改重寫：論文已～多次，終於發表了。❷根據他人作品改編：這部劇本是由小說～而成。

【改選】gǎixuǎn〔動〕當選人任期屆滿重新選舉：人民代表每屆任期五年，期滿換屆。

【改元】gǎiyuán〔動〕新君主繼承舊君主而改換年號，或同一君主不再用舊年號而用新年號，都叫改元。改元後的第一年稱"元年"，如唐太宗貞觀元年。

【改造】gǎizào〔動〕❶進行修改或變更，使原事物適合需要：～舊企業｜～鹽鹼地。❷從根本上改革，除舊立新，使適應新的形勢和需要：～舊體制｜勞動～世界。

【改正】gǎizhèng〔動〕修改錯誤，使成為正確的：～錯別字｜有了錯誤要及時～。

［辨析］改正、糾正　這是一對同義詞，如"改正錯誤"和"糾正錯誤"都可以說。但是仍有差別，如"糾正偏向"不能說成"改正偏向"。由此可見：a）"改正"的對象，偏重錯誤、缺點等方面，"糾正"的對象，偏重風氣、方向等方面。b）"改正"帶有自覺意味，"糾正"帶有強制意味。

【改制】gǎizhì〔動〕改變政治、經濟方面的體制或制度：企業在～後經濟效益明顯提高。

【改裝】gǎizhuāng〔動〕❶改變裝束；改換裝扮：～上場｜這齣戲裏他演兩個角色，先是青衣，後來～小生。也常說改扮。❷（商品）改換包裝：這不是原裝，已經～了。❸改換裝置：樓裏住戶的電表都～到戶外了。

【改錐】gǎizhuī〔名〕（把）前端呈扁平或十字狀的用來擰鬆或擰緊螺絲釘的工具。也叫螺絲刀、起子。

【改組】gǎizǔ〔動〕變更原來的組織或更換原有的人員：～政府｜領導班子～了。

胲 gǎi〈書〉臉頰下邊的肉。
另見 hǎi（505 頁）。

gài ㄍㄞˋ

丐 〈匄丏〉 gài ❶〈書〉乞求：不強～。❷〈書〉給；施與：沾～後人。❸乞丐。注意 "丐" 字和 "丏"（miǎn）字都是四畫，但筆形和筆順都有所不同。❹（Gài）〔名〕姓。

芥 gài 見下。
另見 jiè（679 頁）。

【芥菜】gàicài 同 "蓋菜"。
另見 jiècài（680 頁）。

鈣（钙）gài〔名〕一種金屬元素，符號 Ca，原子序數 20。銀白色。鈣的化合物在工業、建築工程和醫藥上有廣泛用途。人的血液和骨骼中都含有鈣，缺鈣會引起佝僂病等。

【鈣化】gàihuà〔動〕有機組織由於鈣鹽沉着而逐漸變硬：～點｜他的肺結核病早ώ了。

溉 gài〈書〉澆；灌：灌～。

概〈槩〉gài ㊀❶大略：～況｜梗～。❷概括；類推：以此一端，可～其餘。❸〔副〕一律：～莫能外｜貨物出門，～不退換。㊁❶狀況；景象：勝～。❷神情；氣度：氣～。❸（Gài）〔名〕姓。

語彙 大概 梗概 節概 氣概 勝概 一概

【概況】gàikuàng〔名〕大略的情況：中國農業～｜請你介紹一下工廠的～。

【概括】gàikuò ❶〔動〕歸結事物的共同點；總括：我們的意見～起來就是兩點｜搞調查研究，既要分析，又要～。❷〔形〕簡單扼要：～介紹｜他把這裏的情況談得相當～。

【概率】gàilǜ〔名〕某種事物在同一條件下發生的可能性大小的量。舊稱幾率（jīlǜ）、或然率。

【概略】gàilüè ❶〔名〕大概情況：這是工作總結的～，要了解詳細情況，可以看總結的全文。❷〔形〕大概；大略：～介紹。

【概論】gàilùn〔名〕概括的旨意和大要（常用於書名）：文學～｜語言學～｜敦煌學～。

【概貌】gàimào〔名〕大概的狀況：北京歷史～。

【概莫能外】gàimònéngwài〔成〕一概不能除外，都在所指範圍之內：人活着總要吃飯穿衣，～。

【概念】gàiniàn〔名〕（個）反映客觀事物本質屬性的思維形式。人類在認識過程中，把感覺到的事物的共同點抽象出來，加以概括，就形成概念：～、判斷、推理，都是思維的基本形式｜看問題要從實際出發，不能以～出發。

【概念化】gàiniànhuà〔動〕文藝創作中的不良傾向之一。指用抽象概念圖解人物，缺乏個性描寫和典型形象的創造：寫小說不能～｜～的作品缺乏感人的力量。

【概述】gàishù ❶〔動〕概括地敘述：老師～了這一章的基本內容。❷〔名〕概括性的敘述（多用於篇章標題或書名）：第一章是～，第二章才是分論｜歷代筆記～｜當代中國美學研究～。

【概數】gàishù〔名〕大概的數目。可以用幾、多、來、把、左右、上下等來表示，如幾天、五斤多魚、十來年、千把人、三十里左右、六十歲上下；也可以用相鄰的兩個數詞來表示，如一兩天、四五個、六七十人。不相鄰數詞連用，限於三五，如三五天。

【概說】gàishuō〔名〕重要內容的概括論說（多用於書名）：古音～。

【概算】gàisuàn ❶〔動〕大致計算：～一下，大約有一百多人。❷〔名〕編制預算以前對收支指標所提出的大概數字，在這個數字的基礎上經過詳細計算即可編制出預算。政府財政收支預算在完成法律程序以前稱為概算。

【概要】gàiyào〔名〕重要內容的概略（多用於書名）：中國歷史～｜漢語方言～｜古漢語詞彙～｜西方文學～。

戤 gài ❶〔動〕抵押：情願將女兒～在官人那裏。❷倚靠：～米囤餓殺（倚着米囤捱餓，比喻守着錢財受苦）。❸舊時稱冒牌圖利為戤。

隑（陪）gài〔動〕（吳語）❶斜靠：東立立，西～～。❷倚仗。

蓋（盖）gài ㊀❶（～兒）〔名〕遮住器物開口處的東西：缸～｜鍋～｜壺～兒｜瓶～兒。❷（～兒）〔名〕動物背部的甲殼：甲蟲～兒｜螃蟹～兒。❸〈書〉車蓋：擁大～，策駟馬。❹古代稱傘為蓋：雨而無～。❺〔動〕蒙上；覆蓋（跟 "揭" 相對）：～被子｜～上鍋｜栽樹苗先澆水，後～土。❻〔動〕遮掩；掩飾：遮～｜醜事～不住｜欲～彌彰。❼〔動〕打上（印）：～戳兒｜～公章。❽〔動〕壓倒；超出：英雄～世｜他的聲音～過了所有的人。❾〔動〕建造（房屋）：～大樓｜～了三間平房｜～新宿舍。❿〔形〕（北京話）特別好；超乎尋常的好：他的畫兒～了。⓫（Gài）〔名〕姓。
㊁〈書〉❶〔副〕大概：出席者～千人。❷〔連〕承接上文，申說理由或原因，含有不十分確定的語氣：遲遲不作復，～絕之也｜孔子罕言命，～難言之也。
另見 Gě（440 頁）。

語彙 覆蓋 冠蓋 涵蓋 華蓋 籠蓋 蒙蓋 鋪蓋 傾蓋 修蓋 掩蓋 遮蓋 天靈蓋

【蓋菜】gàicài〔名〕一年生草本植物，葉子大，葉脈顯著，是普通蔬菜。也作芥菜（gàicài）。

【蓋棺論定】gàiguān-lùndìng〔成〕蓋棺：蓋上棺材，指人死後。論定：下結論。人死後善惡功過才能做出結論：他一生勤勤懇懇為人民服務，雖然工作中也犯過錯誤，～，還是功大於過。

【蓋澆飯】gàijiāofàn〔名〕一種論份兒出售的飯食。用碗、盤子或塑料盒等盛米飯，上面蓋着菜餚：吃一碗～，經濟實惠。也叫蓋飯。

【蓋帽兒】gàimàor ❶〔動〕體育運動用語。籃球比賽時，防守隊員跳起攔下進攻隊員投向籃筐的球，稱為蓋帽兒。 ❷(-//-)〔形〕（北京話）形容極好，超過其他：他的手藝真是蓋了帽兒了。

【蓋世】gàishì〔動〕才能、功績等超出當世：～無雙｜力拔山兮氣～。也說蓋代。

【蓋世太保】Gàishìtàibǎo〔名〕德國法西斯1933年成立的國家秘密警察組織。也指秘密警察：希特勒曾用～對德國及佔領區人民進行恐怖統治｜一群～搜查了他的家。[德 Gestapo，是 Geheime Staatspolizei（國家秘密警察）的縮寫]

【蓋頭】gàitou〔名〕（塊，條）舊式婚禮新娘蒙頭蓋臉的紅綢巾：揭開～一看，新娘長得真俊。

【蓋碗】gàiwǎn（～兒）〔名〕一種帶蓋兒的茶碗，多用陶瓷製成：～茶｜好茶要用～沏。

【蓋子】gàizi〔名〕❶ 器物上起遮蔽作用的東西：鍋～｜拿個～來蓋上水缸。 ❷ 比喻掩蓋事物真相的東西：揭開～，真相大白。 ❸ 動物背部的甲殼：烏龜爬上岸來曬～。

gān ㄍㄢ

干 gān ㊀ ❶〈書〉盾牌：執～戈以衛社稷。 ❷(Gān)〔名〕姓。
㊁ ❶〈書〉冒犯，衝犯：～犯｜哭聲直上～雲霄。 ❷ 牽連，涉及：～你何事！｜此事與你無～。 ❸〈書〉追求（祿位）：～祿。
㊂〈書〉岸，水邊：江～｜河之～，山之巔。
㊃ 天干。古代以甲、乙、丙、丁、戊、己、庚、辛、壬、癸為十～。
另見 gān "乾"（419頁）；gàn "幹"（424頁）。

語彙 何干　闌干　若干　天干　無干　相干

【干城】gānchéng〔名〕〈書〉盾牌和城牆，比喻抵禦敵人、捍衛國土的將士：國之～。

【干犯】gānfàn〔動〕〈書〉冒犯；侵犯；觸犯：～法紀。也說干冒。

【干戈】gāngē〔名〕干和戈，泛指武器，比喻戰爭或戰亂：大動～｜～又起｜化～為玉帛。

【干將莫邪】gānjiāng mòyé 古代寶劍名。傳說戰國時吳人干將善鑄劍，他為吳王鑄了一對寶劍，雄劍名干將，雌劍名莫邪（干將妻子名），十分鋒利。後用 "干將莫邪" 泛指寶劍。

【干擾】gānrǎo ❶〔動〕攪擾；擾亂：不要～別人的正常工作｜你們為甚麼老～他？ ❷〔動〕妨礙無綫電設備（廣播、電視、通信等）正常接收信號的電磁振蕩。主要由接收設備附近的電器裝置引起，天文、氣象變化也會引起干擾。可分為人工干擾、工業干擾、宇宙干擾等。 ❸〔名〕指干擾信號。

【干涉】gānshè ❶〔動〕強行過問或制止：不許～內政｜對於損害公益的行為，應該加以～。 ❷〔名〕關係；關涉；牽連：彼此全無～。

【干係】gānxì〔名〕涉及責任或糾紛的關係：此事與他毫無～｜～重大。

【干謁】gānyè〈書〉〔動〕有所企圖或要求而求見（顯達的人）。

【干預】（干與）gānyù〔動〕干涉；參與；過問：～政治｜這是家事，外人不便～。

【干支】gānzhī〔名〕天干和地支的合稱。用十干和十二支相配，組成甲子、乙丑、丙寅等六十組，稱六十甲子。用來表示年、月、日的次序，週而復始，循環使用。干支最早是用來紀日的，後多用來紀年。現農曆的年份仍用干支表示。

日時干支表					
日 時	甲 己	乙 庚	丙 辛	丁 壬	戊 癸
子 23-1	甲子	丙子	戊子	庚子	壬子
丑 1-3	乙丑	丁丑	己丑	辛丑	癸丑
寅 3-5	丙寅	戊寅	庚寅	壬寅	甲寅
卯 5-7	丁卯	己卯	辛卯	癸卯	乙卯
辰 7-9	戊辰	庚辰	壬辰	甲辰	丙辰
巳 9-11	己巳	辛巳	癸巳	乙巳	丁巳
午 11-13	庚午	壬午	甲午	丙午	戊午
未 13-15	辛未	癸未	乙未	丁未	己未
申 15-17	壬申	甲申	丙申	戊申	庚申
酉 17-19	癸酉	乙酉	丁酉	己酉	辛酉
戌 19-21	甲戌	丙戌	戊戌	庚戌	壬戌
亥 21-23	乙亥	丁亥	己亥	辛亥	癸亥

G

甘 gān ❶ 甜（跟“苦”相對）：～泉｜～露。❷ 美好；幸福（跟“苦”相對）：苦盡～來｜同～共苦。❸〔動〕樂意；自願：～當小學生｜～拜下風｜自～墮落。❹（Gān）〔名〕甘肅的簡稱。❺（Gān）〔名〕姓。**注意**“甘”字的筆順為：一十廿廿甘，共五筆。

語彙 不甘 心甘

【甘拜下風】gānbài-xiàfēng〔成〕下風：風向的下方，比喻劣勢地位。自認不如，真心佩服：他爬山的本領，誰也比不上，我～。**注意** 這裏的“拜”不寫作“敗”。

【甘草】gāncǎo〔名〕多年生草本植物，根和根狀莖有甜味，可入藥，有潤肺、止咳、解毒和調和諸藥的作用。

【甘草演員】gāncǎo yǎnyuán〔名〕指演藝界的資深配角演員。由於甘草性温和，易配藥，以甘草喻可飾演不同配角的演員：粵語片時代有不少著名的～，演技高超。此詞港澳台、新馬泰均使用。

【甘結】gānjié ❶〔動〕舊時指向官府寫保證書：一干人等連名～。❷〔名〕舊時寫給官府的保證書。表示願意謹遵官命，否則甘願受罰。

【甘苦】gānkǔ〔名〕❶ 歡樂和苦難，順境和逆境：備嘗～｜～與共。❷ 指親身經歷而體會到的苦樂（常指“苦”的一面）：八年才編成這部詞典，此中～，自不必說。

【甘藍】gānlán〔名〕❶ 一年生或二年生草本植物，葉子寬而厚，一般藍綠色，花黃白色。❷ 特指結球甘藍。

【甘霖】gānlín〔名〕〈書〉久旱以後所下的雨：～普降。

【甘露】gānlù〔名〕甘美的露水：時雨～｜～滋潤萬物。

【甘美】gānměi〔形〕香甜；甜美：味道～。

【甘泉】gānquán〔名〕（眼）甜美的泉水：～雨露。

【甘薯】gānshǔ〔名〕❶ 一年生或多年生草本植物，莖蔓生。塊根白色、紅色或黃色，可食用，還可作為製糖和酒精的原料。❷ 這種植物的塊根。以上通稱白薯、紅薯，有的地區也叫山芋、紅苕、番薯、地瓜等。

【甘甜】gāntián〔形〕甜：味道～｜～可口。

【甘心】gānxīn〔動〕❶ 願意；本心所願：～做無名英雄｜～當人梯。❷ 滿意；快意（多用於否定式）：不達目的，決不～！

【甘心情願】gānxīn-qíngyuàn〔成〕心甘情願。

【甘油】gānyóu〔名〕有機化合物，是一種無色、無臭、有甜味、高沸點的黏稠狀液體。用於製作硝化甘油、酯膠、抗凍劑和化妝品等。

【甘於】gānyú〔動〕情願（去做某件事）：～承受委屈｜～犧牲個人利益。

【甘願】gānyuàn〔動〕心甘情願：～受苦。

【甘蔗】gānzhe〔名〕❶（棵）生長在熱帶和亞熱帶的經濟作物，是製糖的主要原料，蔗渣可造紙或做肥料，莖可以生吃，甘蔗汁可入藥。分為糖蔗和果蔗兩種，糖蔗用來榨糖，果蔗是水果。❷ 這種植物的莖。

【甘之如飴】gānzhī-rúyí〔成〕認為如同吃糖一樣甜美。多比喻樂於承受艱苦困難或做出犧牲，以苦為樂。

【甘旨】gānzhǐ〔名〕〈書〉有營養而味美的食物：飢之於食，不待～。

忓 gān〈書〉觸犯；干擾：懼～季孫之怒。

玕 gān 見“琅玕”（801 頁）。

杆 gān〔名〕杆子：旗～｜電綫～。
另見 gǎn “桿”（421 頁）。

語彙 標杆 拉杆 欄杆 桅杆

【杆子】gānzi〔名〕（根）有一定用途的細長而直的木製的、水泥製的或竹子製的東西：木頭～｜電綫～｜他正拿根～打棗呢。

肝 gān〔名〕❶ 人和脊椎動物的消化器官之一，主要功能是分泌膽汁，儲存動物澱粉，調節蛋白質、脂肪、碳水化合物的新陳代謝以及解毒、造血等。也叫肝臟。❷（～兒）（塊）指食用的豬、羊以及雞、鴨等的肝臟：豬～兒｜羊～兒｜雞～兒｜鴨～兒。

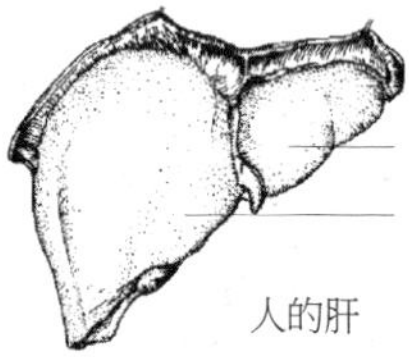

人的肝

語彙 丙肝 甲肝 心肝 乙肝 脂肪肝

【肝腸寸斷】gāncháng-cùnduàn〔成〕肝和腸一寸寸地斷開。形容悲痛到了極點：目睹此情此景，令人～。

> **肝腸寸斷的故事**
> 《世說新語・黜免》載，桓温率軍進入巴蜀，走到三峽之中，軍隊中有人捉到一隻小猿，那母猿沿着江岸悲哀地號叫，跟着船走了一百多里不肯離去，最後跳到船上來，一到船上立刻就死了。剖開母猿的肚子一看，腸子全一寸一寸地斷了。桓温聽說後很憤怒，命令罷免捕猿人的職務。

【肝膽】gāndǎn〔名〕❶ 肝和膽：～心肺。❷ 比喻坦誠的心：～相見｜推心置腹，披瀝～。❸ 比喻血性、勇氣：～過人｜此人甚有～。

【肝膽相照】gāndǎn-xiāngzhào〔成〕比喻真誠相

待：～，榮辱與共。

【肝火】gānhuǒ〔名〕❶中醫指由於肝的機能亢盛而出現的眩暈、易怒等症狀。❷指容易出現的急躁情緒；怒氣：～太旺｜大動～。

【肝腦塗地】gānnǎo-túdì〔成〕原指人慘死的情景。後用來表示盡心竭力，不惜犧牲生命。省作塗腦。

【肝氣】gānqì〔名〕❶中醫指兩肋脹滿、嘔吐、打嗝等症狀。❷容易生氣的不良情緒：老王～太旺。

【肝炎】gānyán〔名〕肝臟發炎的病變，由病毒、細菌、阿米巴等感染或藥物中毒引起。

肝炎病的類型
肝炎以病毒性肝炎最為常見，分為甲、乙、丙、丁、戊五種類型。其中，甲肝病主要由於吃了不乾淨的食物而引起；甲型肝炎發病突然，傳染面廣，但易於治好，且可獲得免疫力。乙肝病主要由血液、母嬰、性接觸等傳播而引起；乙型肝炎不容易治癒，有的慢性乙肝有可能轉為肝癌。丙肝病也由血液途徑引起；有的丙型肝炎可發展為肝硬化。

【肝臟】gānzàng〔名〕肝。

坩　gān〈書〉盛物的陶器。

【坩堝】gānguō〔名〕熔化金屬或其他物料的器皿，一般用陶土、石墨或白金製成，耐高溫。

矸　gān 見下。

【矸石】gānshí〔名〕（塊）煤裏含的石塊，不易燃燒：煤～。通稱矸子石。

泔　gān 泔水。

【泔水】gānshuǐ(-shui)〔名〕倒掉的剩飯菜、殘湯和淘米、刷鍋、洗碗等用過的水：把這些～拿去餵豬吧。

玵　gān〈書〉美玉。

苷　gān ❶甘草。❷〔名〕糖苷的簡稱。

柑　gān〔名〕❶常綠灌木或小喬木，果實橙黃色，多汁味甜，可食用，果皮、種子等可入藥。❷這種植物的果實。以上也叫柑子。❸(Gān)姓。

語彙　廣柑　蘆柑　招柑

【柑橘】gānjú〔名〕一類果木的總稱，包括柑、橘、柚、橙等。

衧　gān〈書〉冒犯；觸犯。
另見 hán（510 頁）。

竿　gān〔名〕❶（～兒）竿子：竹～｜釣～兒｜立～見影。❷(Gān)姓。

語彙　釣竿　滑竿　竹竿　日上三竿

【竿子】gānzi〔名〕（根）竹竿，截取竹子主幹而成：一根竹～｜釣～魚。

酐　gān〔名〕酸酐的簡稱。

疳　gān〔名〕中醫指小兒消化不良、營養失調的慢性病，病兒面黃肌瘦，肚腹膨大。也叫疳積。

乾（干）〈軋乾〉　gān ❶〔形〕沒有水分或水分很少（跟"濕"相對）：～燥｜～旱｜～柴烈火｜衣服晾～了｜口～舌燥。❷〔形〕乾涸枯竭：一直不下雨，稻田都～了。❸〔形〕淨盡；空虛：錢花～了｜酒喝～了｜外強中～。❹〔形〕屬性詞。拜認的（親屬）：～親｜～爹～媽｜～姐妹。❺〔形〕（北京話）形容言語生硬：這話說得太～，人家受不了。❻〔動〕（北京話）說話使人難堪：我又～了他幾句。❼〔動〕（北京話）慢待；冷淡：別～着人家｜不理不睬，把他們～起來了。❽徒具形式的，不真實的：～笑｜～哭。❾〔副〕徒然；白白地：～着急沒有用｜～打雷不下雨。❿（～兒）〔名〕加工製成的乾的食品：餅｜葡萄～｜豆腐～｜牛肉～兒。**注意**"乾"(gān)字在舊時為了與"乾"(qián)字相區別，在字形上多作"亁"，或作"軋"。

另見 qián（1070 頁）；"干"另見 gān（417頁）、gàn"幹"（424 頁）。

語彙　包乾　風乾　枯乾　陰乾　口血未乾　乳臭未乾　唾面自乾　外強中乾

辨析　乾、渴　都表示缺乏水分，但詞義範圍不同：a)"渴"只限於口裏缺乏水分，"乾"則指任何處所或物體沒有水分或水分很少。b)"渴"的詞義中有"想喝水"的意思，"乾"不一定含有這個意思。"口很渴""口渴了"都包含有"要喝水"的意思，"口很乾""口乾了"不一定含有這個意思，如"吃了這種藥，覺得口很乾"。

【乾巴】gānba〔形〕〈口〉❶失去水分而凝縮變硬：蘋果放太久，都～了。❷缺少脂肪，肌膚乾瘦：人一老，皮膚也～了｜鄰居是一個～老頭兒。

【乾巴巴】gānbābā(～的)〔形〕狀態詞。❶乾枯而硬（含厭惡意）：～的土地甚麼莊稼也不能種。❷語言不生動，內容不豐富：文章寫得～的｜講話～的，誰愛聽？

【乾巴呲咧】gānbacīliē(～的)〔形〕（北京話）狀態詞。❶失去水分變硬：烙餅～的，嚥不下去。❷乾燥粗糙：天一冷，皮膚～的，真難受。❸內容空洞，語言不生動：那篇文章寫得～，沒人愛讀。

【乾白】gānbái〔名〕不含糖分的原汁無色葡萄酒：

G

買一瓶～。

【乾杯】gān // bēi〔動〕把杯中的酒喝乾(用於勸酒或表示祝賀)：為大家的健康～。**注意**"乾杯"可以用於正式場合，如招待貴賓；也可以用於一般場合，如親朋聚會。"乾杯"拆開用時，多表示為喜慶事喝酒(用於向人表示親近、親熱的場合)，如"哥兒幾個乾一杯""大家一定要多乾他幾杯"。

【乾貝】gānbèi〔名〕一種名貴的海味。用扇貝等的閉殼肌(肉柱)乾製而成，白色透黃，富含蛋白質。

【乾癟】gānbiě〔形〕❶ 乾而收縮，枯瘦：這些棗曬～了｜～的嘴唇。❷ 講話或文章内容空洞，語言不生動：他寫的文章～得很，誰都不愛看。

【乾菜】gāncài〔名〕曬乾儲存的蔬菜。

【乾草】gāncǎo〔名〕曬乾的牧草，特指曬乾的用作飼料的穀草：内蒙古的～質量好｜把鍘好的～放到餵牲口的槽裏。

【乾柴烈火】gānchái-lièhuǒ〔成〕乾柴遇上烈火，馬上就會燃燒起來。常用來比喻情欲旺盛的男女。

【乾脆】gāncuì ❶〔形〕(說話辦事)直截了當；爽快：他辦事很～｜你怎麼想就怎麼說，～點兒。❷〔副〕索性：別遮遮掩掩的，～把實話告訴他。

【乾打雷，不下雨】gān dǎléi, bù xiàyǔ〔俗〕只聽到雷聲，不見下雨。比喻只見聲勢而不見行動。有時也指人乾哭不掉眼淚。

【乾瞪眼】gāndèngyǎn 形容只是看着着急或生氣，而沒有辦法表示：他們兩個人一唱一和，光說風涼話，氣得老王～。

【乾飯】gānfàn〔名〕煮熟後不帶湯的米飯(區別於"稀飯")：大米～｜小米～｜吃～(指光吃飯不幹活兒)。

【乾粉】gānfěn〔名〕乾的粉條或粉絲，多用綠豆粉製成。

【乾股】gāngǔ〔名〕公司贈送的股份；不投入資金而免費獲得的股份：這家飯店老闆為留住人才，決定給大廚師點兒～。

【乾果】gānguǒ〔名〕❶ 外面有硬殼，水分少的果實，如板栗、榛子等。❷ 曬乾的水果，如葡萄乾、柿餅等。

【乾旱】gānhàn〔形〕久不下雨而土壤乾裂，氣候乾燥：天氣～，影響農作物生長。

【乾號】gānháo〔動〕不落淚地大聲哭叫。

【乾涸】gānhé〔形〕水乾竭：久旱無雨，河道～。**注意**"涸"不讀 gù。

【乾紅】gānhóng〔名〕不含糖分的原汁紅葡萄酒：一杯～。

【乾花】gānhuā(～兒)〔名〕(枝)一種將鮮花經過脫水處理製成的花。這種花能較長時間保持鮮花的色澤和形態。

【乾貨】gānhuò〔名〕指曬乾、風乾的果品：賣～的攤位｜花生、瓜子都是～。

【乾淨】gānjìng(-jing)〔形〕❶ 沒有塵土、污垢、雜質等：把衣服洗～｜房間打掃得乾乾淨淨。❷ 卷面整潔，沒有甚麼塗改：答卷很～。**注意** a)"乾淨"的否定形式是"不乾淨""不乾不淨"。b)"不乾淨""不乾不淨"都另有引申意義，指人有不廉潔的行為，如"手腳不乾淨""他在公司任職時，手腳不乾不淨，丟了飯碗"。❸ 指做事、寫文章利落、不拖泥帶水：這人辦事～利落｜他筆下挺～。❹ 無餘；一點不剩：把敵人消滅～｜飯要吃～｜忘得乾乾淨淨。

【乾咳】gānké〔動〕只咳嗽而沒有痰：孩子一個勁兒地～｜老人～了兩聲，沒有說甚麼。

【乾渴】gānkě〔形〕口乾，非常想喝水：嘴裏～得難受。

【乾枯】gānkū〔形〕❶ 缺乏水分，失去生機：～的禾苗｜樹葉～了。❷ 缺少脂肪，肌膚乾燥：一雙～的手。❸ 乾涸：小溪～也～了。

【乾哭】gānkū〔動〕沒有眼淚不動情地假哭：她～了兩聲，一滴淚也沒掉。

【乾酪】gānlào〔名〕(塊)牛奶等發酵、凝固製成的食品。

【乾糧】gānliáng(-liang)〔名〕供外出時吃的乾的主食，如饅頭、烙餅、炒米、炒麵、窩頭等：媽媽叫兒子帶些～在路上吃。

【乾裂】gānliè〔動〕皮膚或物體等因乾燥而裂開：田地～｜兩隻手～得出血了。

【乾餾】gānliú〔動〕讓固體燃料和空氣隔絕，加熱後使分解。如煤乾餾後即分解為焦炭、煤焦油和煤氣。

【乾啤】gānpí〔名〕一種低糖、低熱量的清爽型啤酒。

【乾親】gānqīn〔名〕(門)沒有血緣或婚姻關係而結成的親屬，如乾爹(爸)、乾娘(媽)、乾哥哥、乾妹妹等：他們兩家是～。

【乾澀】gānsè〔形〕❶ 又乾又澀：沒漤(lǎn)過的柿子～難吃。❷ 因發乾而滯澀或聲音沙啞不圓潤：～的嘴唇都起皮了｜～的雙眼｜聲音～。❸ 表情動作生硬不自然：他衝大家～地笑了笑。❹ 文筆不流暢：文筆～，才思不暢。

【乾瘦】gānshòu〔形〕狀態詞。又瘦又乾瘦：老太太雖說～，可是沒有病。

【乾鬆】gānsong〔形〕(北方官話)❶ 乾燥鬆軟：這種花喜歡～的沙質土。❷ 乾燥蓬鬆：把濕頭髮用吹風機吹～～。

【乾洗】gānxǐ〔動〕用揮發油劑、溶劑擦洗衣物(區別"水洗")：這兩套衣服送到洗染店～～。

【乾笑】gānxiào〔動〕不情願笑而勉強裝笑：他～了一下，顯得很不自然。

【乾薪】gānxīn〔名〕只掛名不做事而領取的薪水：拿～｜他父親有個掛名差事，每月領～。

【乾噦】gānyue〔動〕想吐而吐不出；一股腥臭氣嗆得他直～。

【乾燥】gānzào〔形〕❶ 沒有水分或缺少水分：～的沙漠地區｜氣候很～。❷ 枯燥無味：他講課不生動，～乏味。

【乾租】gānzū〔動〕一種租賃方式，租賃設備、交通工具等時，不配備操縱、維修人員（跟"濕租"相對）。

漧 gān〈書〉乾燥。

尷（尴）gān 見下。

【尷尬】gāngà〔形〕❶ 感到為難，不好處理：這件事情使他進退兩難，十分～。❷（吳語）神態不自然：她表情～，說不出話。**注意** a)"尷尬"一般不用"不"否定，"好不尷尬"是很尷尬的意思，是"好不"修飾"尷尬"。但"尷尬"有時可以拆開，說成"不尷不尬"，意思也還是尷尬，而不是否定。b)"尷尬"的複雜形式有"尷尷尷尬"和"尷裏勿尷尬"兩種，這是吳語用法。

gǎn 《ㄢˇ

桿（杆）gǎn ❶（～兒）〔名〕器物上細長棍狀的部分（包括中空的）：槍～｜秤～｜筆～兒｜煙袋～兒。❷（～兒）人體的腰部或腿部：腰～兒硬（有時含比喻義）｜腳～（西南官話指腿）。❸〔量〕用於有桿兒的器物：一～秤｜兩～槍。

"杆"另見 gān（418頁）。

語彙　筆桿　槓桿　光桿兒　槍桿　鐵桿　腰桿

【桿秤】gǎnchèng〔名〕一種秤，秤桿用木頭製成，桿上有秤星。稱量物品時先移動秤錘，秤桿平衡後從秤星上可知物體的重量。

【桿菌】gǎnjūn〔名〕細菌的一類，形狀像小圓木棒，有很多種，如大腸桿菌、痢疾桿菌。

笴 gǎn〈書〉箭桿（gǎn）。

敢 gǎn ㊀ ❶〔動〕助動詞。有膽量做某種事情：～做～當｜～想～說｜他下命令，誰～不服從？❷〔動〕助動詞。表示有把握做某種判斷：我～說他一定會來參加選舉｜他應聘不應聘，我可不～肯定。**注意** a)"不敢不"表示肯定，有被迫、不得不如此的意思，不等於"敢"。如"你說的話，他們不敢不聽"。b)"敢"前還可以用"沒"。如"我沒敢說他兒子的情況"。❸ 無畏；有膽量：勇～｜果～。❹〈書〉〈謙〉自言冒昧：～問｜～請。**注意** 古漢語中"敢"有時用作

反語，表示"不敢""豈敢"，如"敢辱高位"。

㊁〔副〕莫非；大約：你～是不肯，故意說此話哄我。

語彙　膽敢　果敢　豈敢　勇敢

【敢情】gǎnqing〔副〕（北京話）❶ 原來（含有剛剛領悟的意思）：～我說了半天你還是不同意｜～你才十八歲！❷ 當然（表示滿意或在意料之中）：聽說要改造舊房，那～好｜人家～有錢！**注意** 在一定的語言環境中，單說"敢情"或把"敢情"用作答話，表示贊同對方意見，如："你愛跳舞嗎？——敢情！"

【敢是】gǎnshi〔副〕〈口〉大概；或許是：都晚上十點多了，～他不來了吧。

【敢死隊】gǎnsǐduì〔名〕（支）為了完成艱巨的戰鬥任務，軍隊中由不怕死的人組成的小股精幹隊伍。

【敢於】gǎnyú〔動〕有勇氣去做：～拚搏｜～擔當重大責任｜無論誰來挑戰，我們都～應戰。**注意** a)"敢於"多用於書面語，而且一般不用在單音節動詞前。b)"敢於"的否定式是"不敢"，不是"不敢於"。

秆（秆）gǎn（～兒）〔名〕某些植物的莖：麥～兒｜高粱～兒｜玉米～兒。也說秆子。

感 gǎn ❶〔動〕感覺；覺得：甚～不快｜頗～溫暖。❷ 感受；受到：～應｜～光｜偶～風寒。❸ 感動：情景～人｜～人至深。❹ 感謝別人給予的恩惠或同情：～激｜～恩戴德。❺ 感情；情意：好～｜美～｜自卑～｜光榮～｜責任～｜百～交集。❻（Gǎn）〔名〕姓。

語彙　動感　惡感　反感　骨感　觀感　好感　快感　靈感　流感　美感　敏感　銘感　情感　肉感　善感　傷感　實感　手感　隨感　同感　痛感　味感　遙感　預感　雜感　直感　質感　禽流感　多愁善感

【感觸】gǎnchù〔名〕接觸外界事物而引起的情感：舊地重遊，頗有～｜看到家鄉的變化，～很多。

【感戴】gǎndài〔動〕感激而擁護（用於所尊崇的人或組織）：政府一心為民，群眾～政府。

【感到】gǎndào〔動〕❶ 覺得：～身上不舒服｜心裏～很高興。❷ 認為（語意較輕）：我～這裏面有問題｜他～自己不能勝任這項工作。❸ 感受到：他～時代不同了。**注意** "感到"帶形容詞賓語時，這個形容詞通常是表示身心感受的，如"我們感到高興""老人感到十分寂寞"。

【感動】gǎndòng ❶〔形〕思想感情因外界影響而激動：他捨己為人的英雄行為，令人～｜看了這個電影，觀眾都很～。❷〔動〕使感動：他為救落水兒童而犧牲了，這崇高的精神～了全村的人。

【感恩】gǎn'ēn〔動〕對別人所給的恩惠表示感激:~不盡|~戴德|~圖報。

【感恩戴德】gǎn'ēn-dàidé〔成〕感激崇敬別人對自己的恩德:災區人民對各界的救濟~。

【感恩節】Gǎn'ēn Jié〔名〕美國等國習俗,農民經過辛勤勞動,獲得豐收,聚餐慶祝,感謝上帝。後成為全國性節日。各國感恩節的具體時間不同。如美國定為 11 月的第四個星期四,加拿大定為 10 月的第二個星期一。

【感恩圖報】gǎn'ēn-túbào〔成〕感謝別人對自己的恩德,設法謀求報答:他對前輩的提攜銘記在心,~不已。

【感奮】gǎnfèn〔動〕〈書〉因受感動而振奮:大獲全勝,令人~。

【感官】gǎnguān〔名〕感覺器官,指皮膚、眼睛、耳朵、鼻子、舌頭等。人首先通過自己的感官感知世界。注意 "感官刺激" 含貶義,如 "他追求感官刺激,竟墮落到吸毒的地步"。

【感光】gǎnguāng〔動〕照相膠片或曬圖紙等受光照射而起化學變化:~藥膜(塗在感光片或感光紙表面的一層感光材料)。

【感化】gǎnhuà〔動〕通過行動或善意勸導,使人的思想和行為逐漸向好的方面變化:工讀學校~了很多失足青少年|在勞教期間他受到~,決心改惡從善。

【感懷】gǎnhuái〔動〕❶ 有感於懷(多用作舊體詩的題目):去國~|中秋~。❷ 感傷地懷念:~身世|~往昔。

【感激】gǎnjī〔動〕❶ 因對方的好意或幫助而對方產生感謝之意:~你給我的幫助|~不盡。❷〈書〉因感動而奮發:由是~,遂許先帝以驅馳。

【感激涕零】gǎnjī-tìlíng〔成〕感激得流下眼淚。形容對別人的恩德、好處十分感激的樣子:老師的恩德使我~。

【感覺】gǎnjué ❶〔名〕客觀事物的個別特性在人腦中引起的反應。感覺是最簡單的心理過程,是形成各種複雜心理過程的基礎。❷〔動〕感到;覺得:~有點冷|~不舒服。❸〔動〕認為(語氣不太肯定):我~這裏面好像有點兒問題|大夥兒都~不是滋味兒。

皮膚的感覺
溫覺感受的是獲得熱量的速度,皮膚傳熱越快,則感覺越熱;冷覺感受的是失去熱量的速度,皮膚失熱越快,則感覺越冷;觸壓覺是皮膚與物體接觸時產生的感覺,嘴唇和指尖的觸壓覺最敏感;痛覺由任何一種過量的物理或化學的刺激而引起,是一種保護性的感覺。

【感慨】gǎnkǎi〔動〕因感觸而慨歎:~萬千|~繫之。

【感慨繫之】gǎnkǎi-xìzhī〔成〕感慨之情同所見所聞聯繫在一起。多指因物生情,引發感歎:情隨事遷,~。

【感冒】gǎnmào ❶〔名〕由病毒引起的呼吸道傳染病,患者鼻塞、流鼻涕、咳嗽、頭痛、發熱等。❷〔動〕患這種傳染病:她~了,不能上班。以上也叫傷風。❸〔動〕感興趣(俏皮話,多用於否定式):經理對他有點不~|他對足球並不~。注意 這是一種故意不合語法規則、不合語言規範的用法,只用於開玩笑,一般情況下不能用。

【感念】gǎnniàn〔動〕❶ 因感激或感動而思念:~他的恩情。❷ 感傷懷念:~疇昔|回憶往日憂苦,~不已。

【感佩】gǎnpèi〔動〕感激佩服:甚為~|他對我的熱情幫助令人~。

【感情】gǎnqíng〔名〕❶ 對外界刺激的一種強烈心理反應或受外界影響而產生的情緒:觸動~|~脆弱。❷ 對人或對事物關切、喜愛的心情:~投資|他們兩個人的~很好|我對故鄉的人、故鄉的山水懷有很深的~。

【感情投資】gǎnqíng tóuzī ❶ 為改善關係、增進感情而付出代價:為了留住這批大學生,縣裏採取了不少優惠措施進行~。❷ 為增進感情而付出的努力和資財:增大~,吸引更多人才|這可是一筆不小的~啊!

【感情用事】gǎnqíng-yòngshì〔成〕用事:辦事,做事。憑一時感情衝動或個人好惡處理事情:處理問題要冷靜,不能~。

【感染】gǎnrǎn〔動〕❶ 受到傳染:~了流行病|手劃破了,注意別~。❷ 通過語言或行為引起別人相同的思想感情:小說裏的悲歡離合~了讀者。❸ 影響:妹妹受姐姐~,也愛好音樂。

【感染力】gǎnrǎnlì〔名〕能引起別人產生相同思想感情的力量:這部小說具有很強的~|他的演說乾巴巴的,缺乏~。

【感人肺腑】gǎnrénfèifǔ〔成〕肺腑:指人內心深處。使人內心深受感動:老師的諄諄教導,~。

【感傷】gǎnshāng〔形〕有所感觸而哀傷:人去樓空,見此情景~不已|月缺花殘,令人觸目~。

【感受】gǎnshòu ❶〔動〕接受;受到:~風寒|~到巨大壓力|~到的東西不一定能夠理解,理解了的東西才能夠更好地~。❷〔名〕生活經歷中得到的感想、體會:有不少~|不同的經歷,不同的~。

【感歎】gǎntàn〔動〕因有感觸而喟歎:~身世。

【感歎詞】gǎntàncí〔名〕歎詞。

【感歎號】gǎntànhào〔名〕歎號的舊稱。

【感歎句】gǎntànjù〔名〕抒發某種強烈感情的句子,如 "好熱的天哪!" "真是蠻不講理!" "簡直胡說八道!"。書面上,感歎句末尾一般用歡號。

【感同身受】gǎntóngshēnshòu〔成〕❶ 感激的心情就像親身受到（恩惠）一樣。代親友懇請別人幫助時用來表示謝意：舍親承蒙貴公司錄用，～，謹表謝忱。❷ 指雖未親身經歷，但感受就同親身經歷一樣：此時此刻，災區人民的心情我們～。

【感悟】gǎnwù〔動〕心有所感而醒悟：有所～｜年歲與時俱增，方始～，努力向學。

【感想】gǎnxiǎng〔名〕接觸外界事物引起的想法：談一點兒～｜沒有甚麼～｜初到國外，～很多。

【感謝】gǎnxiè〔動〕受到對方的恩惠或幫助，向對方表示謝意：～您對我的幫助｜十分～。

〔辨析〕感謝、感激　都是指得到對方的好處或幫助以後，向對方表示謝意。但"感激"的語意較重，"感謝"的語意較輕。用法也略有不同，"感謝"可以重疊來用，如"感謝，感謝"，而"感激"一般不能重複。

【感性】gǎnxìng〔形〕屬性詞。指屬於感覺、知覺等心理活動的（跟"理性"相對）：～認識｜～知識｜由～向理性飛躍。

【感言】gǎnyán〔名〕（篇）敘述感想的話（多用於文章標題）：校慶五十週年紀念～｜給校刊寫了一篇新年～。

【感應】gǎnyìng〔動〕❶ 指某些物體或電磁裝置受到電磁力作用而發生電磁狀態的變化：～電流｜電磁～。❷ 因受外界影響或刺激而引起相應的感情或動作：～靈敏。❸ 宗教用語，人以其精誠感動神靈而神靈自然回應：天人～｜心靈～。

【感召】gǎnzhào〔動〕感化並召喚：～力｜在政府～下，犯罪分子自首的。

【感知】gǎnzhī〔動〕❶ 客觀事物通過感覺器官在人腦中得到反映：因為有外界事物存在，人才可以～外界事物。❷ 感覺②：對她內心深處的複雜情感已逐步有所～。

趕(赶) gǎn ❶〔動〕追：追～｜你追我～｜～時髦｜～浪潮。❷〔動〕加快行動，使不誤得時間：～任務｜天不早了，我們還要加緊～路｜～前～後｜大步流星向前～。❸〔動〕前去參加：～集｜～廟會。❹〔動〕驅逐：驅～｜～出家門｜把蒼蠅一～一～。❺〔動〕駕馭（車馬）：～大車｜～牲口｜～驢｜～馬。❻〔動〕遇上，碰上：～上下雨｜正～他們吃飯。❼〔介〕〈口〉表示等到將來某個時候：～下月再說｜～暑假你們再去海濱｜～明兒咱們倆一塊兒去。❽（Gǎn）〔名〕姓。

語彙　轟趕　驅趕　追趕

【趕不上】gǎnbushàng〔動〕❶ 追趕不上；跟不上（多指程度不如）：隊伍一早出發了，～了｜他

的功課學得很棒，我可～。❷ 來不及搭乘：～這班火車了。❸ 碰不上；遇不着（所希望的事物）：怎麼我休息時就～個好天氣？

【趕場】gǎn // chǎng〔動〕❶ 演員在後台趕忙裝扮，匆促登場。❷ 演員在一處演完後趕到另一處演出。❸ 指人從一個地方應酬、開會後趕往另一個地方應酬、開會：最近幾年他頻頻～開會。

【趕超】gǎnchāo〔動〕趕上並超過：～世界先進水平。

【趕潮】gǎncháo〔動〕追隨時新的潮流。也說趕潮流。

【趕車】gǎn // chē〔動〕駕馭牲畜拉的車：他會～｜你趕這輛車，他趕那輛車。

【趕得上】gǎndeshàng〔動〕❶ 追趕得上；跟得上（多指程度差不多）：無論你走多快，我都～｜他的水平～一個大學畢業生了。❷ 來得及搭乘：別着急，這班車我們～。❸ 碰得上；遇得着（所希望的事物）：我們都希望旅遊期間能～好天氣。

【趕赴】gǎnfù〔動〕趕快奔赴，在較短時間內到達：～前綫｜調查組～現場｜～北京參加緊急會議。

【趕集】gǎn // jí〔動〕在規定的日期到集市上買賣貨物：明天一早～｜趕了一趟集回來。有的地區叫趕場（gǎncháng）、趕街或趕圩。

【趕腳】gǎnjiǎo〔動〕趕着驢或騾子供人僱用：她丈夫一年到頭在外面～，難得回家。注意 趕着驢或騾子供人僱用的人叫趕腳的。

【趕緊】gǎnjǐn〔副〕趕快；從速：～辦｜時間不早了，～上路｜有老人上車，他～站起來讓座兒。

【趕盡殺絕】gǎnjìn-shājué〔成〕全部趕跑，斬殺乾淨。指殘忍狠毒，不留餘地：侵略者每到一處，就把那裏的老百姓～，十分兇殘。

【趕考】gǎnkǎo〔動〕趕去參加科舉考試，也泛指去參加其他各種考試：進京～。

【趕快】gǎnkuài〔副〕抓緊時間，加快進行：人都到齊了，～開會吧｜飯做好了，～趁熱吃吧。

【趕浪頭】gǎn làngtou〔慣〕比喻追隨大家做當前時興的事情（多含貶義）：遇事～，往往一無所獲。

【趕路】gǎn // lù〔動〕加緊走路，以期及早到達：快去睡覺，明天一早兒還要～｜趕了一段路，才在天黑前到了村頭兒上。

【趕忙】gǎnmáng〔副〕趕緊；連忙：一看時間快到了，孩子～背上書包上學去了｜眼看冬天到了，～把棉衣備好。

【趕巧】gǎnqiǎo ❶(-//-)〔動〕適逢其時；正好發生：大家正要找你，沒想到你來了，可真趕得巧。❷〔副〕湊巧：我剛要到他家找他去，～他到我家找我來了｜飯剛做熟他～就來了。

〖辨析〗**趕巧、湊巧** "湊巧"的否定式是"不湊巧","趕巧"的否定說法是"趕不巧",如"去他家,不湊巧(趕不巧)他不在家"。不能說"湊不巧",也不能說"不趕巧"。如果用"沒",兩者就可以說,既可以說"沒湊巧",也可以說"沒趕巧"。

【趕任務】gǎn rènwu 加緊行動完成任務(有時含有只顧按時完成工作而不顧質量的意思):要保證產品質量,不能只是~。

【趕上】gǎnshàng〔動〕❶ 追上:~前面的車 | ~發達國家。❷ 碰上或遇到(某種情況或時機):正~他不在家 | ~了好年景。

【趕時髦】gǎn shímáo 追隨當時社會上最流行的風尚:姑娘們穿戴愛~。

【趕趟兒】gǎn//tàngr〔動〕〈口〉追得上;趕得及:現在就走還能~ | 無論如何今天趕不上趟兒。

【趕鴨子上架】gǎn yāzi shàngjià〔俗〕比喻迫使別人做不會或不善於做的事情:叫我唱京戲,這不是~嗎?也說打鴨子上架。

澉 gǎn ❶ 味淡。❷(Gǎn)〔名〕姓。

撖 gǎn〔動〕❶ 用棍狀工具來回碾,使東西延展變平、變薄或變得細碎:~麵條 | 餃子皮兒 | 把花生~成末兒 | 花椒~碎了。❷(北京話)細綢地擦:擦玻璃時先用濕布擦一遍,再用乾布~一遍。

橄 gǎn ❶ 見下。❷(Gǎn)〔名〕姓。

【橄欖】gǎnlǎn〔名〕❶(棵)常綠喬木,果實長橢圓形,可食,可入藥。❷ 這種樹的果實。也叫青果。❸ 油橄欖的通稱。

【橄欖綠】gǎnlǎnlù ❶〔形〕像橄欖果實那樣的青綠色。❷〔名〕借指這種顏色的警服、軍服:在任何情況下,我們都要捍衛法律的尊嚴,無愧於這身~。

【橄欖球】gǎnlǎnqiú〔名〕❶ 球類運動項目之一。比賽分兩隊,英式每隊 15 人,美式每隊 11 人。可足踢、手傳或抱球奔跑,美式和英式玩法略有不同。❷ 橄欖球運動使用的球,因球形像橄欖而得名。

【橄欖枝】gǎnlǎnzhī〔名〕據《聖經·創世記》載,大地曾被洪水淹沒,留在方舟裏的諾亞放出了鴿子,當鴿子回來時,嘴裏銜着新的橄欖枝葉子,諾亞於是知道洪水退了。後來人們就把鴿子和橄欖枝當作和平的象徵。

鱤(鱤) gǎn〔名〕魚名,體長,圓筒形,青黃色。性兇猛,捕食其他魚類,對淡水養殖業有害。也叫黃鑽(zuàn)。

gàn ㄍㄢˋ

旰 gàn〈書〉日落時;天色晚;晚上:日~(天晚)| ~宵。

淦 Gàn ❶ 淦水,水名。在江西。新淦(今作新幹)因此得名。❷〔名〕姓。

紺(绀) gàn 黑裏透紅的顏色:發~ | ~青 | ~紫。

幹(干)〈⊝❶❷幹〉 gàn ⊜ ❶ 樹幹:枝不得大於~。❷ 事物的主體:基~ | 骨~ | ~綫。❸ 指幹部:提~ | 群關係 | 以工代~。

⊜ ❶〔動〕做:苦~ | 巧~ | ~活兒 | 工作。~多一少一個樣,是大鍋飯的弊端 | 多~實事,少說空話。❷〔動〕擔任;從事:~過局長 | ~革命。❸ 能力強的:~才 | 將~練。❹〔動〕(北京話)事情變壞;糟糕:這事怕要~ | ~了,飯煳了!

"干"另見 gān(417 頁);gān "乾"(419 頁)。

語彙 才幹 單幹 公幹 骨幹 貴幹 基幹 精幹 蠻幹 盲幹 能幹 軀幹 實幹 提幹 主幹 精明強幹

【幹部】gànbù(-bu)〔名〕(位,名)❶ 政府機關、軍隊、人民團體等單位的公職人員:機關 | ~行政。❷ 特指擔任一定領導工作的各級管理人員:村~ | 省級~ | ~工會。

【幹才】gàncái〔名〕❶ 做事的才能:此人頗具~。❷(位)很有做事才能的人:公司需要這樣的~。

【幹道】gàndào〔名〕(條)主要的交通道路:機動車~。

【幹掉】gàn//diào〔動〕〈口〉除掉;消滅:把他~ | 敵人被我們~了 | 幹得掉,幹不掉?

【幹活兒】gàn//huór〔動〕做事;勞動:光拿錢,不~ | 他們在廠裏~呢 | 幹了一輩子力氣活兒。

【幹將】gànjiàng〔名〕(員,位)能幹、敢幹的人:一員~ | 手下沒有幾個~,這種局面靠誰撐?

【幹勁】gànjìn(~兒)〔名〕(股)做事的勁頭(指精力和熱情):有股~兒 | ~十足 | 拿出~兒來。

【幹警】gànjǐng〔名〕(名)公檢法部門中幹部和警察的合稱:出動公安~500 名。注意"幹警"常和"公安"或"交通"等連用,如"公安幹警""交通幹警"。

【幹練】gànliàn〔形〕有才能而且辦事有經驗:他是一個~的辦事人員 | 這個人做事很精明、很~,處長的助理十分合~。

【幹流】gànliú〔名〕(條)河流的幹綫;同一水系的全部支流所流注的河流(區別於"支流")。

【幹嗎】gànmá〔代〕〈口〉疑問代詞。❶ 幹甚麼,做甚麼:你在那兒~? ❷ 為甚麼(用於問原因）：你～不去？｜孩子～老哭？**注意**"幹"可單用表示詢問，如"幹嗎？"（意思是問對方"幹甚麼？"）。

【幹群】gànqún〔名〕幹部和群眾的合稱：～關係｜～之間｜～一條心。

【幹事】gànshi〔名〕（名，位）在一些部門中辦事人員的職務稱謂：宣傳～｜人事～｜生活～。**注意**"總幹事"多指某些單位或團體的行政事務負責人。

【幹細胞】gànxìbāo〔名〕❶ 動物生殖細胞發生過程中具有自我更新能力的精原細胞或卵原細胞。❷ 最原始的血細胞。除少量存於脾內外，主要分佈在骨髓內。其中一部分在一定的激素刺激下，可分裂、分化為某種血細胞。**注意** 這裏的"幹"不讀 gān。

【幹綫】gànxiàn〔名〕（條）交通綫路、通信綫路或地下管道的主要路綫（區別於"支綫"）：交通～。

【幹校】gànxiào〔名〕❶（所）培訓幹部的學校。❷ 特指"文化大革命"時期的"五七幹校"（下放幹部集中勞動和生活的處所）：下～。

【幹休所】gànxiūsuǒ〔名〕幹部（常指高級幹部）休養所。

骭 gàn〈書〉❶ 小腿：短布單衣適至～。❷ 肋骨：顳顬（傳說古代帝王名）骭（pián，連並）～。

湪 gàn 用於地名：～井溝（在重慶。這一地區保存有從新石器時代至唐宋時期豐富的古遺址和古墓葬）。

贛（贛）〈贑灨〉 Gàn ❶ 贛江，水名。在江西。❷〔名〕江西的別稱。❸〔名〕姓。

gāng ㄍㄤ

江 Gāng〔名〕姓。

扛〈摃〉 gāng ❶ 用兩手舉（重物）：力能～鼎。❷〔動〕（吳語）抬東西：～木板｜這隻箱子讓兩個人～。
另見 káng（747 頁）。

杠 gāng ❶〈書〉小橋：～橋。❷〈書〉旗杆：竹～｜長～。❸（Gāng）〔名〕姓。
另見 gàng（槓）（428 頁）。

肛〈疘〉 gāng〔名〕肛門和肛道（直腸末端通肛門的部分）的統稱：脫～｜～裂｜～管｜～腸疾病。

【肛門】gāngmén〔名〕直腸末端排出糞便的口兒。

矼 gāng〈書〉石橋。

岡（岡） gāng ❶ 山脊：山～｜高～。❷（Gāng）〔名〕姓。

【岡巒】gāngluán〔名〕連綿的山岡：～疊起。

缸 gāng ❶（～兒）〔名〕（口）用陶瓷、搪瓷、玻璃等製成的容器，大多底小口寬肚大：水～｜酒～｜米～｜玻璃魚～。❷ 缸瓦：～盆｜～磚。❸〔名〕像缸的器物：汽～｜四～發動機。❹（Gāng）〔名〕姓。

語彙 頂缸　酒缸　汽缸　染缸　水缸　魚缸

【缸瓦】gāngwǎ〔名〕用砂子、陶土混合而成的一種質料，用來製作缸器等。

【缸子】gāngzi〔名〕盛水等的器物：茶～｜漱口～。

罡 gāng ❶ 見下。❷（Gāng）〔名〕姓。

【罡風】gāngfēng〔名〕道家指天空中極高處的風。現在有時用來指強烈的風：～突起。也作剛風。

剛（剛） gāng ㊀ ❶〔形〕硬（跟"柔"相對）：～毛（硬毛）。❷〔形〕堅強（跟"柔"相對）：～強｜血氣方～｜這小夥子的性情太～。❸（Gāng）〔名〕姓。

㊁〔副〕❶ 表示動作、情況或狀態在說話前不久發生：～開學｜～散會｜他今天早晨～走｜心情～平靜下來。❷ 後面常用"就、又"跟"剛"呼應，表示兩個動作或情況接連發生：學校～放暑假，小王就坐火車回老家了｜客人～喝完一盅酒，主人又給他斟上了一盅｜他～一到北京，就給家裏打了一個電話。❸ 恰好；正好（不大不小、不多不少、不早不晚、不前不後）：這頂帽子不大不小，～合適｜行李整二十公斤，～在規定綫上｜三張稿紙寫了一千二百字，～好。❹ 表示勉強達到某種程度：能見度很低，～看見飛機跑道｜聲音非常小，～能聽到｜一頓飯兩個饅頭～夠吃。

語彙 剛剛　金剛　血氣方剛　以柔剋剛

【剛愎自用】gāngbì-zìyòng〔成〕愎：任性；固執。固執任性，自以為是，不接受別人的意見：那個人獨斷專行，～，很難合作。

【剛才】gāngcái〔名〕指剛過去不久的時間：～那個人是新同學｜他把～的事給忘了｜～有人找你｜～天還亮着，現在黑了（等於說"天剛才還亮着，現在黑了"）。

┌─────────────────────────────┐
│ 辨析 剛才、剛（剛剛） a）"剛才"跟"剛（剛
│ 剛）"的意思相近，但詞類不同，"剛（剛剛）"
│ 是副詞，"剛才"是名詞。b）用"剛（剛剛）"的
│ 句子，動詞後面可以用表示時量的詞語，"剛
│ 才"不行。如可以說"他剛走一會兒"，但是不
│ 能說"他剛才走一會兒"，又如可以說"我剛到
│ 這裏一個多星期"，但是不能說"我剛才到這
│ 裏一個多星期"。c）"剛才"後面可以用否定
│ 詞，"剛（剛剛）"不行。如可以說"你剛才不舉
│ 手，等於表示棄權"，但是不能說"你剛不舉
│ 手，等於表示棄權"。
└─────────────────────────────┘

【剛風】gāngfēng 同"罡風"。

【剛剛】gānggāng〔副〕同副詞"剛"，但語氣較重：～散會｜我～回來，還沒吃飯｜行李～二十公斤｜字寫得很小，～可以看出來。

【剛好】gānghǎo ❶〔形〕正好，正合適：顏色濃淡～｜這件衣服不肥不瘦，他穿着～。❷〔副〕恰好；正巧：我們去他家的時候，他～在家｜今天是國慶節，～是他生日。

【剛健】gāngjiàn〔形〕形容性格、風格、姿態等堅強有力：他的作品清新～，有濃厚的鄉土氣息｜這套體操動作～有力。

【剛勁】gāngjìng〔形〕形容風格、姿態等挺拔有力：他的書法～有力。注意 這裏的"勁"不讀 jìn。

【剛口】gāngkou（～兒）〔名〕（北京話）❶口才，特指說書賣藝或賣東西做宣傳的口才：賣的是貨，不是～｜真是個好～兒。❷指有力而關鍵的話語：人家輕易不說，要說準在～兒上。

【剛烈】gāngliè〔形〕剛直而有氣節：女英雄性情～，誓死不屈。

【剛強】gāngqiáng〔形〕性情、意志堅強，不怕困難，不屈服於壓力：小王是個～的人｜意志～，信念堅定。

【剛巧】gāngqiǎo〔副〕❶恰巧；適時：我們正要去找他，～他來了。❷恰好：給她買的這套衣服～合身。

【剛柔相濟】gāngróu-xiāngjì〔成〕剛強與柔和兩種手法相互補充，配合得當：他的草書～，很見功力。

【剛性】gāngxìng ❶〔名〕剛強的性格：這個人有～，不會輕易屈服。❷〔形〕屬性詞。不可改變的；不能變通的（跟"柔性"相對）：～工資｜～政策｜～需求。

【剛毅】gāngyì〔形〕（意志、性格）剛強堅毅：～勇猛｜～果敢｜秉性～。

【剛玉】gāngyù〔名〕礦物名，成分是 Al_2O_3，硬度僅次於金剛石。純淨的可以作為寶石，可以製作首飾或精密儀器的軸承等。

【剛正】gāngzhèng〔形〕剛強正直：～不阿（ē）｜廉潔～。

【剛直】gāngzhí〔形〕剛正：他為人～，不好

（hào）奉承。

崗（崗）
gāng ❶ 同"岡"❶。❷（Gāng）〔名〕姓。
另見 gǎng（427頁）；gàng（428頁）。

釭（釭）
gāng〈書〉油燈：銀～｜蘭～。

槓（槓）
gāng ❶〈書〉橫牆木。❷青槓，落葉喬木。也叫青岡、槲櫟（húlì）。

堽
gāng ❶〈書〉山脊。❷用於地名：～城鎮（在山東）。

綱（綱）
gāng ❶ 提網的粗繩（多用作比喻）：若網在～｜提～挈領｜～舉目張｜～目不清。❷ 比喻事物的主要部分：大～｜提～｜～領｜～要。❸〔名〕生物分類系統的第三級，在門之下，目之上：鳥～｜雙子葉植物～。❹ 舊時結幫運貨的組織：茶～｜鹽～｜花石～。❺（Gāng）〔名〕姓。

┌─────────────────────────────┐
│ 語彙 超綱 朝綱 大綱 擔綱 黨綱 紀綱 考綱
│ 上綱 提綱 王綱 政綱 總綱
└─────────────────────────────┘

【綱常】gāngcháng〔名〕三綱五常，中國封建社會所提倡的道德標準。參見"三綱五常"（1154頁）。

【綱紀】gāngjì〔名〕〈書〉社會秩序和國家法紀：～廢弛｜～有序。

【綱舉目張】gāngjǔ-mùzhāng〔成〕提起粗網繩，所有的網眼就都張開了。比喻抓住事物的主要環節，就可以帶動其他次要環節。也比喻條理分明：新市長有魄力，他上任後，全市工作～，很有起色。

【綱領】gānglǐng〔名〕❶ 總綱要領，多指政黨、政府根據一定時期內的任務而制定的奮鬥目標和行動方針：共同～｜政治～｜行動～。❷ 泛指起指導作用的原則：～性文件。

【綱目】gāngmù〔名〕大綱和細目：～不清｜《本草～》｜《資治通鑒～》。

【綱要】gāngyào〔名〕❶ 提綱；要點：他在大會上發言的～已經寫好了。❷ 概要（多用於書名或文件名）：語法～｜輕工業發展～。

鋼（鋼）
gāng〔名〕❶ 鐵和碳的合金，含碳量在 2% 以下，常含有錳、硅、磷、硫等元素，堅硬耐磨：煉～｜～花四濺｜～是工業上非常重要的材料。❷（Gāng）姓。
另見 gàng（428頁）。

【鋼板】gāngbǎn〔名〕（塊）❶ 板狀的鋼材：一塊～｜軋製各種～。❷ 刻蠟紙的鋼製長方形板狀工具，表面有細點紋，把蠟紙放在上面，用針樣鋼筆刻寫，則現出透明的筆跡，用來油印：刻～。

【鋼鏰兒】gāngbèngr〔名〕（枚）〈口〉輔幣。面額較小的金屬硬幣：幾個五分～。

鋼鈪兒的不同説法

在華語區，中國大陸叫鋼鈪兒，港澳地區叫散銀、碎銀或神砂，新加坡和馬來西亞則叫銀角。

【鋼筆】gāngbǐ〔名〕(支，管)用墨水書寫的一種筆，筆頭用金屬製成。用筆尖蘸墨水寫字的是蘸水鋼筆。筆桿內有吸入並儲存墨水的管囊，寫字時墨水流向筆尖的叫自來水鋼筆，也叫自來水筆。

【鋼材】gāngcái〔名〕鋼坯經軋製後的成品，有鋼板、鋼管、型鋼和特種鋼材等。

【鋼窗】gāngchuāng〔名〕(扇)用金屬製作框架的窗子：安裝了玻璃～｜生產～的工廠。

【鋼刀】gāngdāo〔名〕(把)❶用鋼鐵打造的刀，是一種兵器：一把～｜手持～。❷用鋼鐵製作的一種工具，可用來切割削劈等。

【鋼錠】gāngdìng〔名〕(塊)用鋼水澆鑄成型的鋼塊，是軋製鋼材的原料。

【鋼管】gāngguǎn〔名〕(根)管狀的鋼材：無縫～兒｜大型～。

【鋼軌】gāngguǐ〔名〕(根)鋪設軌道用的鋼條，橫斷面呈工字形。也叫鐵軌。

【鋼化玻璃】gānghuà bōli一種經過淬火或化學處理，硬度較高，破碎後碎片無尖銳棱角而不易傷人的玻璃。

【鋼婚】gānghūn〔名〕西方風俗稱結婚十一週年為鋼婚。

【鋼筋】gāngjīn〔名〕(根)混凝土建築中做骨架用的長條鋼材，有圓鋼筋、方鋼筋等，可增強混凝土的抗壓抗拉能力：竹節～｜螺紋～｜～混凝土。也叫鋼骨。

【鋼精】gāngjīng〔名〕鋼種(gāngzhǒng)。

【鋼盔】gāngkuī〔名〕(頂)軍隊官兵或消防隊員等戴的用來保護頭部的金屬帽子：兩頂～｜頭戴～，手持自動步槍。

【鋼釬】gāngqiān〔名〕(把，根)在岩石上鑿孔或撬物用的工具，用圓形或角形鋼棍製成。

【鋼槍】gāngqiāng〔名〕(桿，支)泛指步槍，有時也指衝鋒槍：一桿～｜手持～｜緊握～。

【鋼琴】gāngqín〔名〕(架)鍵盤樂器，琴體木製，內有鋼絲弦和小木槌，按動鍵盤上的琴鍵，即可帶動木槌擊打鋼絲弦，發出聲音：彈～｜伴奏。

【鋼水】gāngshuǐ〔名〕在高溫下熔成液體狀態的鋼：一爐～。

【鋼絲】gāngsī〔名〕(根)用鋼拉製成的線狀成品，可用來製造彈簧、琴弦、鋼索、鋼絲網等：走～｜～鋸。

【鋼絲床】gāngsīchuáng〔名〕(張)屜子上裝有鋼絲彈簧的一種床，柔軟有彈性，是一種舒適的臥具。

【鋼絲繩】gāngsīshéng〔名〕(條，根)由多股鋼絲絞擰而成的繩子，強度大，多用於牽引、起重等。

【鋼鐵】gāngtiě❶〔名〕鋼和鐵的合稱，也專指鋼。❷〔形〕屬性詞。比喻堅固或堅強：～長城｜～戰士｜～意志。

【鋼鐵長城】gāngtiě chángchéng(座)比喻保衛國家的強大雄厚的軍事力量。

【鋼印】gāngyìn〔名〕❶(枚)機關、團體等單位使用的金屬硬印，蓋在公文、證件上面，可使印文在紙面上凸起：蓋～｜打～。❷指用鋼印蓋出來的印痕：護照的相片上蓋有～。

【鋼直】Gāngzhí〔名〕複姓。

【鋼紙】gāngzhǐ〔名〕用濃氯化鋅溶液處理過的一種加工紙，機械強度極高。用途很廣，可做絕緣材料、隔熱材料以及工業墊襯等。

【鋼種】gāngzhǒng〔名〕製造日用器皿的鋁：～鍋｜～壺｜～盆兒。也叫鋼精。

gǎng 《ㄤˇ

昄 gǎng ❶〔名〕雲南省傣族地區的農村行政單位，相當於"鄉"，其下轄若干村寨。過去也指鄉一級的"頭人"。❷同"崗"。

崗(岗) gǎng〔名〕❶(～兒)不高的山或高起的土坡：黃土～兒｜亂葬～。❷(～兒)(道)平面上突起的長道：平地拱起了一道～｜背上腫起一道～兒。❸(班)崗位；崗哨：站～｜換～｜上～｜門～。❹職位：～位｜下～｜在～。❺(Gǎng)姓。

另見gāng(426頁)；gàng(428頁)。

語彙　查崗　待崗　換崗　競崗　門崗　上崗　下崗　在崗　站崗

【崗警】gǎngjǐng〔名〕(位，名)站在崗位上執行任務的警察。

【崗樓】gǎnglóu〔名〕(座)一種碉堡，上有孔眼，哨兵可以居高臨下，自內向外瞭望或射擊：這一帶有好幾個～｜炸毀了敵人的～。

【崗哨】gǎngshào〔名〕❶站崗放哨的地方：這個山口設置了兩個～。❷站崗放哨的人：～增加了｜活捉了兩名敵軍。

【崗亭】gǎngtíng〔名〕(座)為軍警值勤而設置的亭子：前面交通路口有個～。

【崗位】gǎngwèi〔名〕❶指軍警守衛的處所。❷泛指職位：走上領導～｜堅守工作～。

【崗位津貼】gǎngwèi jīntiē ❶對從事某些重體力勞動或在有毒害條件下工作的職工，在工資之外發給的勞動報酬。如井下津貼、高溫津貼、保護津貼等。❷某些工作崗位按照規定發放的補助金。

港 gǎng ❶〔名〕港灣；機場：軍～｜商～｜不凍～｜航空～。❷(Gǎng)〔名〕指香港：～台｜～澳同胞｜～幣｜～商。❸〔形〕具有香港特色的：她穿戴得真夠～的。❹（Gǎng）〔名〕姓。

語彙 海港 河港 軍港 領港 入港 商港 引港 漁港 避風港 不凍港 信息港 自由港

【港幣】gǎngbì〔名〕香港地區流通的貨幣，以圓為單位。

【港警】gǎngjǐng〔名〕（位，名）港口上設置的警察。

【港客】gǎngkè〔名〕（名）指來到大陸的香港同胞（有時含有不夠莊重的意思）。

【港口】gǎngkǒu〔名〕（座）在江河、海洋等的岸邊設有碼頭，便於船隻停泊、客貨運輸和旅客出入的地方：～城市｜開放的～越來越多。也叫口岸。

【港式】gǎngshì〔形〕屬性詞。香港式樣的：～服裝。

【港式中文】gǎngshì zhōngwén 香港地區廣泛流通的一種書面中文形式，行文中在詞彙和語法上受到粵語和英語的影響，並保留了一些古漢語的詞彙和表達形式。常見於香港的報刊雜誌。

【港灣】gǎngwān〔名〕便於船隻停泊或臨時躲避風浪的海灣。

𩉏（𬨎）gǎng〈書〉鹽澤。

G

gàng ㄍㄤˋ

埄 gàng ❶山岡。多用於地名：浮亭～（在浙江）。❷狹長的高地；土崗子。多用於地名：大～｜吊～（均在福建）。

崗（岗）gàng 見下。
另見 gāng（426 頁）；gǎng（427 頁）。

【崗尖】gàngjiān（～兒）〔形〕（北京話）狀態詞。形容極滿：～的一碗飯。

【崗口兒甜】gàngkǒurtián〔形〕（北京話）狀態詞。形容極甜：～的西瓜。

筻 gàng 用於地名：～口（在湖南岳陽）。

槓（杠）gàng ❶粗棍子，如木槓、鐵槓等。❷指一類體操器械，如單槓、雙槓、高低槓。❸機床上的棍狀零件：螺絲～。❹舊時抬送靈柩的工具：～房｜～夫｜抬～。❺（～兒）〔名〕（條，道）粗的直綫，多指閱讀或批改文章時所畫的做標記用的粗綫：他是兩道～的中隊長｜他在書上畫了不少～兒。❻〔動〕用直綫劃去或標出不通的語句或錯字：老師在學生的作文簿子裏～了許多紅槓兒。❼（～兒）〔名〕比喻界限、標準：休假按工齡分三條～兒，15 年以上 15 天，10 年以上 10 天，5 年以上 5 天。
"杠" 另見 gāng（425 頁）。

語彙 單槓 雙槓 抬槓 高低槓 敲竹槓

【槓房】gàngfáng〔名〕舊時指出租殯葬用具、代喪家備辦儀仗的店鋪。

【槓桿】gànggǎn〔名〕❶一種簡單機械，是在力的作用下能繞固定點（支點）轉動的桿。利用槓桿原理可以做成鍘刀、剪子等多種器具。❷比喻起調控或平衡作用的事物或力量：運用經濟～，搞活商品生產。

【槓槓兒】gànggangr〔名〕（條，道）❶粗綫：筆記本上劃了些～，標出重點。❷界綫，也比喻各種限制：你最好先給幾道～，他們才好辦事｜～太多，不利管理和搞活。

【槓鈴】gànglíng〔名〕（副）舉重器械，由橫槓、卡箍、鈴片組成。練習或比賽時，可根據需要調節鈴片的數量。

【槓頭】gàngtóu〔名〕（北方官話）稱喜歡抬槓（爭辯）的人：他是個出了名兒的～。

【槓子】gàngzi〔名〕❶（根）粗棍子。❷用來鍛煉身體、進行體育運動的一種器械：盤～。❸（條，道）粗綫：他看書看得很仔細，重要的語句都畫上了紅～。

鋼（钢）gàng〔動〕❶把刀放在皮子、石頭等上面磨，使變鋒利：把菜刀在水缸沿兒上～一～。❷加工刀具時在刀刃上加鋼打造，使更鋒利：這些切紙刀片該～了。
另見 gāng（426 頁）。

戇（戆）gàng〔形〕（吳語）愣；傻；魯莽：～頭～腦｜這個人老～。
另見 zhuàng（1797 頁）。

gāo ㄍㄠ

皋〈臯皐〉gāo ❶〈書〉水邊的平地：江～。❷〈書〉泛指田野或高地：登東～以舒嘯。❸（Gāo）〔名〕姓。

高 gāo ❶〔形〕離地面遠；上下距離大（跟"低"相對）：～空｜～樓大廈｜山～水深｜這座塔很～｜飛機飛得真～。❷〔形〕在一般標準或程度之上的（跟"低"相對）：～速度｜身量不～｜曲～和寡｜水平比別人～。❸〔形〕等級在上的（跟"低"相對）：～等學校｜～級工程師｜他工資比我～三級。❹〔形〕聲音激越：嗓門兒～。❺〔形〕指年老：～齡｜年事已～。❻〔形〕價錢昂貴：索價太～。❼〔形〕優異（用於稱頌別人）：～見｜～才｜～風亮節｜德～望重｜見解真～。❽〔名〕高低的程度；高度：城牆有好幾丈～｜身～兩米。❾〈書〉敬慕：獨～其義。❿（Gāo）〔名〕姓。

語彙 拔高 崇高 登高 孤高 攀高 清高 趨高 提高 跳高 新高 眼高 增高 走高 勞苦功高 水漲船高 這山望着那山高

【高矮】gāo'ǎi〔名〕高低的程度：倆人～一樣。

【高昂】gāo'áng ❶〔動〕高高地揚起：受閱士兵們～着頭，步伐整齊地通過了廣場。❷〔形〕聲音、情緒等高：歌聲愈來愈～｜情緒很～｜士氣～。❸〔形〕昂貴：付出了～的代價｜房租～。

【高傲】gāo'ào〔形〕❶ 驕傲自大：他神氣十足，非常～｜這位先生～極了，目空一切。❷ 倔強不屈；自豪：～的眼光｜一個～的女人。

【高保真】gāobǎozhēn〔形〕屬性詞。(聲音)高度保持清晰逼真的：～音響。

【高倍】gāobèi〔形〕屬性詞。倍數大的：～望遠鏡｜～顯微鏡。

【高不成，低不就】gāo bù chéng，dī bù jiù〔俗〕高的合意的做不了或得不到，做得了能得到的又認為不合意而不願意去做或不肯要。多指人選擇工作或選擇配偶時，條件不切合實際，挑來挑去，難以成功：他家的大姑娘，～，都快四十了還沒有結婚。

【高不可攀】gāobùkěpān〔成〕形容難以企及或難以達到：世界最新科學技術並非～。

【高才生】gāocáishēng〔名〕(位，名)成績優異的學生：他是物理系的～。也作高材生。

【高參】gāocān〔名〕(位，名)❶ 指軍隊中的高級參謀。❷ 泛指善於為人出謀劃策的人：這是哪位～給您出的主意呀？

【高層】gāocéng ❶〔名〕(樓房等)高的層次：他住～，我住低層。❷〔形〕屬性詞。(樓房等)層數多的：～建築｜～住宅。❸〔形〕屬性詞。級別高的：～領導｜～管理人員。❹〔名〕級別高的人(多指領導人)：兩國～進行互訪｜公司～。

【高產】gāochǎn ❶〔名〕高的產量：奪～，慶豐收。❷〔形〕屬性詞。產量高的(跟"低產"相對)：～作家｜玉米是～作物。

【高唱】gāochàng〔動〕❶ 大聲歌唱：～革命歌曲。❷ 用動聽的言辭說給別人聽，多指欺騙宣傳：他們～和平，實際上是在準備戰爭。

【高超】gāochāo〔形〕(水平、技術等)好得超過一般水平：演技～｜球藝～。

【高潮】gāocháo〔名〕❶ 在潮的一個漲落週期內最高的海潮水位(跟"低潮"相對)：～綫。❷ 比喻事物高度發展的階段(跟"低潮"相對)：建設～｜比賽進入～。❸ 小說、戲劇、影視情節中矛盾鬥爭的頂點：這個電視劇平平淡淡，沒有～｜戲的～過去以後就接近尾聲了。

【高大】gāodà〔形〕❶ 又高又大：小夥子身材～，體格健壯｜那裏聳立着一座～的建築。❷ 偉大；不平凡：抗日英雄～的形象永遠留在人民的心中。

【高蛋白】gāodànbái〔形〕屬性詞。蛋白質含量高的。大豆、牛奶、雞蛋、瘦肉等都屬於高蛋白食品。

【高檔】gāodàng〔形〕屬性詞。等級高、質量好、價格昂貴的：～商品｜～服裝｜～家具｜～賓館｜～消費。注意 這裏的"檔"不讀 dǎng。

【高等】gāoděng〔形〕屬性詞。❶ 高深的：～數學。❷ 高級的：～學校｜～教育｜～法院。❸ 物體組織複雜的；等級高的：脊椎動物是～動物｜～植物通常指的是被子植物。

【高等動物】gāoděng dòngwù 一般指脊椎動物，其特點是身體構造複雜、組織及器官分化顯著(跟"低等動物"相對)。

【高等教育】gāoděng jiàoyù 培養具備專門知識或專門技能人才的教育。簡稱高教。

【高等學校】gāoděng xuéxiào (所)大學、專門學院、高等專科學校等實施高等教育的學校。簡稱高校。

【高等植物】gāoděng zhíwù 指個體發育過程中有胚胎期的植物，包括苔蘚類、蕨類和種子植物。一般有莖、葉分化，生殖器官為多細胞的結構(跟"低等植物"相對)。

【高低】gāodī ❶〔名〕高低的程度：測量山坡的～。❷〔名〕好壞，優劣，高下(多用於比較雙方水平)：我看兩個人的水平差不多，難分～｜爭勝負，見～。❸〔名〕深淺輕重(用於說話、做事方面)：他太不懂事，說話不知～。❹〔形〕高高低低的：這條小路～不平。❺〔副〕(北方官話)無論如何：無論怎麼勸說，他～不幹｜大夥兒推選他沒用，他～不當頭兒。❻〔副〕(北京話)到底，終於：這場官司～打贏了｜那個人～還是回家去了。

【高低槓】gāodīgàng〔名〕❶ 女子體操項目之一，運動員在高低槓上做各種動作，動作難度越大得分越高。❷ 體操器械之一，用兩根木槓一高一低平行地裝置在由四根柱子組成的架子上構成。

【高地】gāodì〔名〕❶ 地勢高的地方：在那塊～上蓋房子。❷ 軍事上指地勢高能俯視控制四周的地方：堅守無名～。

【高第】gāodì〔名〕舊時指考試成績或官吏考績優等：以～拔擢。

【高調】gāodiào (～兒) ❶〔名〕很高的調門兒，比喻脫離實際的議論或難以實行的主張：別老唱～，辦幾件實事吧。❷〔形〕形容為人處事張揚(跟"低調"相對)：～亮相｜他行事一向很～，不懂得謙虛、避讓。

【高度】gāodù ❶〔名〕高低的程度；從地面或測量時的基準面向上到某處的距離；物體從底部到頂端的距離：這座樓的～比不上那座樓。❷〔形〕屬性詞。表示程度很高的：～機密｜～警惕｜～的愛國熱情。

【高端】gāoduān ❶〔形〕屬性詞。同類事物中檔次、等級、價位等較高的：～產品｜～技術｜～商務人士。❷〔名〕指高層領導人或負責人：～互訪｜～會議。

【高額】gāo'é〔形〕屬性詞。數額特別大的：～利潤｜～利息。

【高爾夫球】gāo'ěrfūqiú〔名〕❶ 本是一種娛樂活動，現為一種體育運動項目。用木製或金屬曲棍擊球，使通過障礙進入小圓洞。❷（隻）高爾夫球運動使用的球，用橡皮製成。[高爾夫，英 golf]

【高發】gāofā〔形〕屬性詞。發病率或發生率高的：胃癌～地區｜車禍～地段。

【高風亮節】gāofēng-liàngjié〔成〕高尚的品格，堅貞的節操：～，堪稱楷模。

【高峰】gāofēng〔名〕❶（座）高的山峰：珠穆朗瑪峰是世界第一～。❷ 比喻事物發展的最高點或最高階段：車流～期｜攀登科學～。❸ 比喻高層領導人：舉行～會議｜～論壇。

【高峰會議】gāofēng huìyì（政界、軍界等）最高級別領導人舉行的會議。簡稱峰會。

【高幹】gāogàn〔名〕高級幹部的簡稱：～病房｜～子弟。

【高高在上】gāogāo-zàishàng〔成〕原指所處位置極高。後用來形容領導者脫離實際，脫離群眾：這個人當了官，～，當然就不了解下情了。

【高歌】gāogē〔動〕高聲歌唱：～一曲｜縱情～｜放聲～。

【高歌猛進】gāogē-měngjìn〔成〕高聲歌唱，勇猛前進。形容情緒高漲，勇往直前：那是一個～的時代，讓人永難忘懷。

【高閣】gāogé〔名〕❶ 高大的樓閣：寺院裏大殿的後面是～。❷ 放置書籍、器物的高架子：束之～。

【高跟兒鞋】gāogēnrxié〔名〕（雙，隻）後跟部分高起的女鞋：穿上～，人立刻顯得挺拔起來。

【高工】gāogōng〔名〕高級工程師的簡稱。

【高官厚祿】gāoguān-hòulù〔成〕顯貴的官職，豐厚的俸祿：敵人許以～，他絲毫不為所動。

【高管】gāoguǎn〔名〕級別較高的管理人員，通常指參與決策的企業管理者。

【高貴】gāoguì〔形〕❶ 高雅尊貴的：～大方｜品質～。❷ 貴重的；珍貴的：～的服飾。❸ 指人的地位高、生活優越（跟"卑賤""卑下"相對）：～的身世｜門第～。

【高呼】gāohū〔動〕❶ 大聲呼喊：遊行隊伍～口號。❷ 強烈呼籲：他到處講演，不斷～："救救孩子！"

【高級】gāojí〔形〕❶ 屬性詞。階段、級別等達到一定高度的：～中學｜～幹部｜～知識分子。❷ 質量、水平等超過一般的：～化妝品｜房子很～｜這衣服料子一點兒也不～。

【高價】gāojià〔名〕高出一般的價格：他想賣個～｜～油｜～商品｜～收購古舊圖書。

【高架橋】gāojiàqiáo〔名〕（座）在交通擁擠的路口上空修建的形狀像橋的路段，橋上橋下可同時交叉通行。

【高見】gāojiàn〔名〕高明的見解（用於尊稱別人的意見）：願聞～｜請各位發表～。

【高教】gāojiào〔名〕高等教育的簡稱：～工作。

【高潔】gāojié〔形〕高尚純潔（跟"卑污"相對）：品行～｜～的情操。

【高精尖】gāo-jīng-jiān 高級、精密、尖端：～產品｜～技術。

【高就】gāojiù〔動〕〈敬〉指人離開原來的職位就任較高的職位：另謀～。

【高踞】gāojù〔動〕高高地坐在上面（多指高高在上，不接近群眾）：領導幹部不要～於群眾之上，要經常深入群眾，跟群眾打成一片。

【高峻】gāojùn〔形〕〈書〉（山勢、地勢等）高而陡：～的山峰｜地勢～。

【高亢】gāokàng〔形〕❶（聲音）高而洪亮：歌聲～。❷（性情、神態）倔強高傲。

【高考】gāokǎo〔名〕高等學校招收新生的考試：參加～｜一年一度的～又快到了｜他的～分數恰好達到錄取標準。

【高科技】gāokējì〔名〕指高新技術。

【高空】gāokōng〔名〕距離地面較高的天空：～作業｜～跳傘｜在～偵察。

【高空作業】gāokōng zuòyè 利用架子、杆子或其他工具在高處進行操作。按照規定，在 4 米以上操作的都屬於高空作業：～要注意安全｜架設電線的工程需要～。

【高麗】Gāolí〔名〕朝鮮半島歷史上的一個王朝（公元 918-1392）。中國習慣上用來指稱朝鮮或有關朝鮮的：～參｜～紙。

【高麗參】gāolíshēn〔名〕（筆）朝鮮半島出產的人參。

【高利貸】gāolìdài〔名〕收取高額利息的貸款，是盤剝他人的一種手段：放～｜～的形式很多。俗稱閻王債、閻王賬。

【高粱】gāoliang〔名〕❶（棵）一年生草本植物，是中國北方主要糧食作物。子實除食用外，還可釀酒、製澱粉，稈可用來編席、造紙：種了兩畝～。❷（粒，顆）這種植物的子實：兩斗紅～｜磨成麪蒸窩窩頭。

【高齡】gāolíng ❶〔名〕〈敬〉稱老人的年齡，多指六十歲以上者（跟"低齡"相對）：他已經是八十多歲的～了，可身子骨兒還挺硬朗。❷〔形〕屬性詞。在某個年齡層內年齡偏高的（跟"低齡"相對）：～考生｜～產婦。

【高爐】gāolú〔名〕（座）從鐵礦石提煉生鐵的熔煉爐：一座～｜～煉鐵，平爐煉鋼。也叫煉鐵爐。

【高論】gāolùn ❶〔名〕見解高明的言論（用於尊稱別人的言論）：請發表～｜願聞～。❷〔動〕

【高邁】gāomài〔形〕《書》〈年紀〉大：年已～，步履蹣跚。

【高帽子】gāomàozi〔名〕(頂)❶比喻恭維、奉承的話：人家給他戴～，他覺得心裏美滋滋的。也說高帽兒。❷指紙糊的、很高的帽子：化裝舞會上，有人戴上五顏六色的～，非常顯眼。注意 這裏的"高帽子"，不能說高帽兒。

【高錳酸鉀】gāoměngsuānjiǎ〔名〕無機化合物，深紫色晶體，可溶於水。有較強的消毒、殺菌和防腐作用。

【高買】gāomǎi〔動〕港澳地區用詞。特指在商店裏偷竊貨物，屬於犯罪行為，可被拘捕，被留案底：父母要教育孩子不可在超級市場～，否則留案底影響一生聲譽。

【高妙】gāomiào〔形〕高明巧妙；精湛神妙：技法～｜議論～｜醫術～。

【高明】gāomíng ❶〔形〕(見解、技能等)高超：～的見解｜手法並不～｜群眾往往比我們～。❷〔名〕指高明的人：借重～｜另請～｜有待～。

【高難】gāonán〔形〕屬性詞。難度很高的（多指體育、雜技等技巧）：～動作。

【高攀】gāopān〔動〕跟身份地位比自己高的人結交或結親：不敢～｜跟王家結親可～不上。

【高朋滿座】gāopéng-mǎnzuò〔成〕高貴的賓客坐滿了席位。形容賓客多：客廳裏～，熱鬧非常。

【高票】gāopiào〔名〕在選舉或表決時獲得的絕對多的票數：～當選｜～通過。

【高頻】gāopín ❶〔形〕屬性詞。頻率高的：～詞。❷〔名〕指 3-30 兆赫的頻率。

【高企】gāoqǐ〔動〕價格、數值等居高不下：貿易順差持續～｜物價指數～。

【高強】gāoqiáng〔形〕高超：本領～｜武藝～。

【高蹺】gāoqiāo〔名〕❶一種民間舞蹈。表演者兩腳踩着有踏腳裝置的長木棍，邊走邊表演，叫作踩高蹺。❷〔副〕指踩高蹺用的木棍。

【高熱】gāorè〔名〕指人體溫度在 39℃ 以上的狀態：～不退。也叫高燒。

【高人】gāorén〔名〕❶品德高尚的人，超脫世俗的人：～雅士。❷學術、技能或社會地位高的人：請～指點。

【高人一籌】gāorényīchóu〔成〕勝過別人；比一般人高出一等：他的技藝～，難怪比賽中奪得了冠軍。

【高人一等】gāorényīděng〔成〕比別人高出一等。形容超過一般人（多用於貶義）：他自以為～，說話總是盛氣凌人的。

【高山病】gāoshānbìng〔名〕由高山地區缺氧而引起的病，患者有頭暈、頭痛、心悸、乏力、呼吸困難等症狀，嚴重的出現心力衰竭，甚至昏迷。也叫高山反應。

【高山景行】gāoshān-jǐngxíng〔成〕《詩經·小雅·車舝》："高山仰止，景行行止。"意思是品德像巍巍高山一樣崇高的人就會有人敬仰，行為像寬闊大道一樣光明正大的人就會有人效仿。後多用"高山景行"比喻崇高的道德品行。

【高山流水】gāoshān-liúshuǐ〔成〕《列子·湯問》："伯牙善鼓琴，鍾子期善聽。伯牙鼓琴，志在高山，鍾子期曰：'善哉，峨峨兮若泰山！'志在流水，鍾子期曰：'善哉，洋洋兮若江河！'伯牙所念，鍾子期必得之。"後用"高山流水"比喻知音難得或樂曲高妙。

【高山族】gāoshānzú〔名〕中國少數民族之一，人口約 40 萬(2010年)，主要分佈在台灣，其餘 4500 多人(2000年)散居大陸福建、浙江等地。有泰雅語、曹語、排灣語等 15 種語言，沒有本民族文字。兼通漢語。

【高尚】gāoshàng〔形〕❶品德高(跟"卑鄙""卑劣""卑下"相對)：～的人｜～的行為｜人格～｜品德～。❷脫離低級趣味的：～的娛樂｜他的情趣很～。

【高燒】gāoshāo〔名〕高熱。

【高射炮】gāoshèpào〔名〕(門，尊)防空火炮，用於射擊飛機等空中目標。

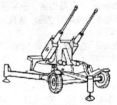

雙管高射炮

【高深】gāoshēn〔形〕高超精深（多指學識）：～的理論｜王先生的學問很～。

【高深莫測】gāoshēn-mòcè〔成〕高深的程度沒法測度，多指學問、技術、行為等使人難以了解或理解。有時用於諷刺故弄玄虛的人。也說莫測高深。

【高升】gāoshēng〔動〕職務由低向高提升：步步～｜不斷～。

【高師】gāoshī〔名〕(所)高等師範學校的簡稱。

【高士】gāoshì〔名〕志趣、品行高潔的人（多指隱居不仕者）：古代的詩人畫家不少是山林～。

【高視闊步】gāoshì-kuòbù〔成〕走路時眼睛向上看，步子邁得很大。原指氣概不凡，神氣十足，現多形容傲慢自大的神態：他～，旁若無人。

【高手】gāoshǒu(～兒)〔名〕(位)能力或技巧特別高超的人：藝壇～｜文章～｜武林～｜打橋牌他可真是一把～兒。

【高壽】gāoshòu〔名〕❶長壽：皆享~。❷〈敬〉

用於問老人年齡：老大爺，您～？

【高聳】gāosǒng〔動〕❶ 高而直立：摩天大樓～入雲。❷ 比喻如小山峰一樣隆起：～雙肩。

【高速】gāosù〔形〕屬性詞。速度高的：～火車｜～發展｜～前進｜～公路。

【高速公路】gāosù gōnglù 供汽車高速行駛的公路。道路平順，全綫封閉，中間設有隔離帶，雙向有四條或六條車道，十字路口採用立體交叉，一般適應每小時 120 千米或更高的車速。

【高抬貴手】gāotái-guìshǒu〔成〕請求對方寬恕或通融：請您～，就原諒我們這一次吧！

【高談闊論】gāotán-kuòlùn〔成〕原形容談吐高雅廣博，現多指大發漫無邊際的空洞議論：這個人就喜歡～，不解決任何實際問題。

【高湯】gāotāng〔名〕❶ 用排骨或鴨架等燉成的湯：用～煮麪。❷ 一般的清湯：來一碗～。

【高堂】gāotáng〔名〕❶ 高大的廳堂；正房的廳堂：置酒～，以迎嘉賓。❷〈書〉指父母：～雙親｜辭別～。❸（Gāotáng）複姓。

【高挑】gāotiǎo（～兒）〔形〕（身材）瘦高：～的身材｜她是細～兒。

【高徒】gāotú〔名〕水平高的徒弟，泛指門下成績特別優秀的學生：他是王師傅的～｜名師出～。

【高危】gāowēi〔形〕屬性詞。患某種疾病或可能發生某種不良後果的危險性高的：結核病～人群｜～職業。

【高位】gāowèi〔名〕❶ 肢體靠上的部位：～截癱。❷ 顯貴的職位：他家世居～｜身在～，儉素如常。

【高温】gāowēn〔名〕較高的温度。在不同情況下，所指數值不同。在一般工作場所，指 32℃ 以上；在某些技術上可以指幾百度甚至幾千度以上：戰～奪高產｜～天氣，半日工作｜宇宙飛船使用了耐～陶瓷材料。

【高屋建瓴】gāowū-jiànlíng〔成〕《史記・高祖本紀》："（秦中）地勢便利，其以下兵於諸侯，譬猶居高屋之上建瓴水也。"建：通"灌"，倒水；瓴：盛水的瓶子。意思是地勢好，從那裏出兵征伐諸侯，就像從高屋頂上用瓶子往下倒水，水往下直流。形容居高臨下，很有氣勢：他分析問題～，非常深刻。

【高下】gāoxià〔名〕高低；優劣：兩位拳師武藝終近，難分～。

【高消費】gāoxiāofèi〔動〕為滿足高水平的生活需要而消耗大量物質財富：根據我國國情，目前還不宜提倡～。

【高小】gāoxiǎo〔名〕高級小學的簡稱。

【高校】gāoxiào〔名〕（所）高等學校的簡稱：她在～任教｜～學生人數不斷增加。

【高效】gāoxiào〔形〕屬性詞。效率高的；效能高的；效益高的：～驅蟲劑｜～農業。

【高新技術】gāoxīn jìshù 指處於當代科學技術前沿、具有知識密集型特點的新興技術。如電子技術、信息技術、海洋技術、新材料技術、新能源技術、航天技術和生物工程技術等。也叫高科技、高技術。

【高新技術區】gāoxīn jìshùqū〔名〕中國改革開放後，在大中城市設置的高新技術產業集中的地區：政府對入駐～的企業有優惠政策。

【高薪】gāoxīn〔名〕高額的薪金：～階層｜～聘用｜我們經理拿～。

【高興】gāoxìng ❶〔動〕感到愉快而興奮：～了一陣子，這會兒又不～了｜說給我聽聽，也讓我～～。❷〔動〕喜歡、樂意（做某事）：他不～看電影｜我～做甚麼就做甚麼，誰也管不着。注意 用在別的動詞前，就這一點說類似助動詞。這樣用有以下兩個特點：a）多用於否定式，如"我不高興去""他不高興玩兒牌"。b）肯定式常用於反問句或連鎖句，如"誰高興看這種無聊的把戲呢？""你高興去你就去"。❸〔形〕愉快而興奮：這幾天他一直不太～｜高高興興上班去，平平安安回家來。注意 a）可以做謂語，如"大家都很高興"。b）修飾名詞時一般要帶"的"，如"高興的時候喝上兩盅酒""遇上高興的事兒，笑起來沒完"。c）修飾動詞時常用重疊的形式，如"我們高高興興地來了"。d）可以做補語，如"大夥玩兒得很高興"。

【高血壓】gāoxuèyā〔名〕成人動脈血壓超過正常值，即用血壓計測量時持續超過 140/90 毫米汞柱。常伴有頭痛、頭暈、耳鳴、心悸等，嚴重時可引起心腦血管病。

【高壓】gāoyā ❶〔名〕高氣壓或高氣壓區：在三千米高空有個～槽。❷〔名〕高的電壓：～輸電綫。❸〔名〕醫學上指心臟收縮時血液對血管的壓力：他的血壓高，～已到 180 了。❹〔形〕殘酷迫害的；極度壓制的：～政策｜～手段。

【高壓鍋】gāoyāguō〔名〕（口）由鋁合金或不鏽鋼製成的密封鍋。加熱時鍋內氣壓升高，食物可以快速煮熟。也叫壓力鍋。

【高壓綫】gāoyāxiàn〔名〕（條）輸送高壓電流的導綫。

【高雅】gāoyǎ〔形〕高尚文雅；不粗俗：舉止～｜格調～｜～的氣質。

【高揚】gāoyáng〔動〕❶ 高高升起或舉起：塵土～｜手臂～｜士氣～。❷ 大力發揚：～求真務實精神。

【高誼】gāoyì〔名〕崇高的情誼。多用於敬稱別人的行為：隆情～｜～難卻。也說厚誼。

【高原】gāoyuán〔名〕海拔高、地形起伏平緩的廣闊地區，一般海拔在 500 米以上：黃土～｜～氣候。

中國四大高原

青藏高原：平均海拔 4000 米以上；
內蒙古高原：海拔 1000-1500 米；
黃土高原：海拔 1000-2000 米；
雲貴高原：海拔 800-2500 米。

【高遠】gāoyuǎn〔形〕高尚深遠：～的旨趣｜志在～。

【高瞻遠矚】gāozhān-yuǎnzhǔ〔成〕站得高，望得遠。形容目光遠大：開拓型人物需要有～的視野。

【高漲】gāozhǎng ❶〔動〕(價格、水位等)急劇上升(跟"低落"相對)：物價～｜水位～。❷〔形〕(情緒等)旺盛；飽滿(跟"低落"相對)：群眾熱情～｜工人的生產積極性空前～。

【高招】gāozhāor〔名〕好主意；好辦法：他會出～｜有甚麼～全拿出來吧！也作高着兒。

【高枕無憂】gāozhěn-wúyōu〔成〕把枕頭墊得高高的睡覺，無憂無慮。比喻平安無事，甚麼都不用擔憂：今年汛期還沒有過去，不要以為修了大堤就可以～了。

【高枝兒】gāozhīr〔名〕高處的樹枝兒；比喻職位高的人或條件優越的職位：攀～。

【高職】gāozhí〔名〕❶高級職稱或高級職位的簡稱：他評上了～。❷高等職業技術學校的簡稱：他是～畢業的。

【高中】gāozhōng〔名〕(所)高級中學的簡稱：這所學校有～和初中兩部分。
另見 gāozhòng(433 頁)。

【高中】gāozhòng〔動〕舊時指科舉考試中選：～魁首。
另見 gāozhōng(433 頁)。

【高姿態】gāozītài〔名〕對別人寬容、諒解、不計較的態度：雙方的～，使問題得以順利解決。

【高足】gāozú〔名〕〈敬〉稱呼別人的學生：他是王教授的～。

【高祖】gāozǔ〔名〕❶曾祖的父親。也叫高祖父。❷開國的帝王，子孫因其功高，故稱高祖。如創建漢朝的劉邦，稱為漢高祖。❸〈書〉始祖；遠祖：昔～始立。

【高祖母】gāozǔmǔ〔名〕曾祖的母親。

羔 gāo (～兒)"羔子"①②：羊～｜～兒皮｜羊圈裏有幾隻小～兒。

【羔羊】gāoyáng〔名〕(隻，頭)小羊。比喻純真或弱小者：無罪的～｜迷途的～。

【羔子】gāozi〔名〕❶(隻)小羊：羊～｜這隻母羊一次產下五隻～。❷(隻)指某些動物的崽子：母狗下了一窩～。

槔 gāo 見"桔槔"(671 頁)。

睾 gāo 睾丸：附～。

【睾丸】gāowán〔名〕男人和雄性脊椎動物生殖器官的一部分，在陰囊內，橢圓形，能產生精子和分泌雄性激素。人的睾丸也叫外腎。

膏 gāo ❶油脂；脂肪：～油｜～脂｜春雨如～。❷濃稠的糊狀物：藥～｜牙～｜雪花～｜桂圓～。❸肥肉：～粱。❹〈書〉肥沃：田沃野｜～壤千里。
另見 gào(435 頁)。

語彙　牙膏　藥膏　脂膏　民脂民膏

【膏肓】gāohuāng〔名〕中國古代醫學稱心尖脂肪為膏，心臟與膈膜之間為肓(舊說藥效無法達到的地方)：病人～｜～之疾。

【膏粱】gāoliáng〔名〕❶肥肉和細糧。泛指美味飯菜。❷借指富貴人家：～子弟多紈絝。

【膏藥】gāoyao〔名〕(貼)中藥外用藥的一種，貼於患處，作用時間較長：狗皮～｜貼了五貼～關節痛就好了。

【膏腴】gāoyú〔形〕〈書〉肥沃：～之地｜土壤～｜田園～。

篙 gāo〔名〕❶撐船的竹竿或木杆：～工(操篙的船工)。❷(Gāo)姓。

糕 〈❶餻〉gāo〔名〕❶(塊)用米粉、麵粉等添加其他輔料製成的塊狀食品，種類很多，如年糕、蛋糕、棗糕、蘿蔔絲糕等。"糕"字大約出現於六朝末年(六朝以前作"餻")。❷(Gāo)姓。

語彙　蛋糕　發糕　蜂糕　年糕　絲糕　碗糕　糟糕　綠豆糕

【糕餅】gāobǐng〔名〕(吳語)糕點。

【糕點】gāodiǎn〔名〕糕和點心的總稱：西式～。

【糕乾】gāogan〔名〕用米粉和糖焙熟製成的一種代乳品：～粉。

囊 gāo〈書〉❶收藏盔甲或弓箭的器具。❷收藏(盔甲或弓箭)。

gǎo ㄍㄠˇ

杲 gǎo ❶〈書〉明亮：～日。❷(Gǎo)〔名〕姓。

【杲杲】gǎogǎo〔形〕〈書〉形容太陽明亮：～出日。

搞 gǎo ❶〔動〕做；幹；辦：～調查｜～農業｜～衛生｜把事情～糟了。注意"搞"的意義隨着組合的賓語、意義上的受事對象不同而表示不同的動作行為，如"搞商業(從事商業)""搞對象(找結婚對象)""搞關係(處理、建立關係)""方案搞出來了(制訂方案)""把經濟搞上去(發展經濟)"等。有時表意籠統，如"情況沒搞清楚"，"搞"可以指調查，也可以指了解，運用時應注意。❷〔動〕設法獲得；弄：1)"搞"的受事是數量詞加表示具體事物的名詞：～點兒吃的來｜～幾張戲票｜～兩間房子住。2）"搞"的補語是"到""着""回"等：～到了汽油｜～着戲票了｜～回了鋼材。❸（Gǎo）〔名〕姓。

【搞定】gǎodìng〔動〕辦妥；解決：事情很快就這麼～了｜～這筆交易可真不容易。

【搞鬼】gǎo//guǐ〔動〕暗中使用詭計或玩花招兒：不怕他｜這個人不老實，專門～｜不知道他又在搞甚麼鬼。

【搞活】gǎohuó〔動〕採取措施使具有活力：～經濟｜～市場。

【搞笑】gǎoxiào〔動〕故意製造笑料，引人發笑：這位演員很會～｜利用角色～，還比較自然。

槁〈槀〉gǎo（草木）乾枯：枯～｜～木。

【槁木死灰】gǎomù-sǐhuī〔成〕《莊子·齊物論》："形固可使如槁木，而心固可使如死灰乎？"枯死的樹木和燃燒後的冷灰。比喻心灰意冷，對一切無動於衷：他的心早已如～，對生活中的一切都不感興趣了。

暠 gǎo〈書〉❶明亮。❷潔白。

另見hào "皓"（522頁）。

稿〈稾〉gǎo ㊀〈書〉穀類植物的莖：無有實穗，但見空～。

㊁〔名〕❶（～兒）（篇，部）稿子，詩文、圖畫等的草稿。也指寫成的詩文、圖畫等：寫～｜定～｜起個～兒｜審～｜投～給報社。❷（～兒）心裏的計劃；譜兒：心裏沒個準～兒（胸中無數）。❸（～兒）外發公文草稿：擬～｜核～兒。❹（Gǎo）姓。

> 語彙　草稿　初稿　底稿　發稿　腹稿　畫稿　講稿　擬稿　起稿　清稿　手稿　書稿　投稿　脫稿　完稿　文稿　遺稿　譯稿　原稿　徵稿　撰稿　組稿

【稿本】gǎoběn〔名〕著作的底稿：作者死後～才被人們發現｜現代文學館藏有很多作家的～。

【稿酬】gǎochóu〔名〕（筆）稿費：～從優｜支付～｜～標準。

【稿費】gǎofèi〔名〕（筆）著作、譯文、繪畫、曲譜等發表後，出版機構付給作者的報酬：一筆～｜靠掙～維持生活。

【稿件】gǎojiàn〔名〕（份）文稿或書稿：處理～｜刊登～｜這一期學報的～共有十六篇。

【稿約】gǎoyuē〔名〕刊物編輯部向投稿人約稿的通告，內容一般是說明刊物的性質，歡迎甚麼稿件，字數多少，以及對來稿的體例要求等。

【稿紙】gǎozhǐ〔名〕（張）專供寫稿用的紙，多印有橫行（或豎行）直線或小方格。

【稿子】gǎozi〔名〕❶（篇，部）詩文、圖畫等的草稿。也指寫成的詩文、圖畫等：給報社寫～｜這篇～不能用。❷心裏的計劃，譜兒：心裏還沒個準～。

縞（缟）gǎo ❶古代白絹：～衣｜女善織～。❷白色的：～羽。

【縞素】gǎosù〔名〕〈書〉白色衣服，指喪服：全軍～｜一身～。

藁 gǎo 用於地名：～城（在河北石家莊東）。

鎬（镐）gǎo〔名〕（把）刨土用的工具：一把～｜大鐵～。

另見Hào（523頁）。

【鎬頭】gǎotou〔名〕（把）鎬。

gào ㄍㄠˋ

告 gào ❶向人陳述事情、解說原因：～訴｜～白｜報～｜忠～｜電～。❷〔動〕向行政機關或司法機關舉報：～發｜～狀｜已經～到法院去了。❸為某事而請求：～假｜～貸｜～饒。❹表明：～退｜～老還鄉｜自～奮勇。❺〔動〕宣示某種結果或情況：大功～成｜儲備～罄｜前方～急｜事情已～結束。❻機關、團體或個人發表的聲明、啟事、文件等：公～｜通～｜廣～｜文～。❼訴訟的雙方：原～｜被～。❽（Gào）〔名〕姓。

> 語彙　哀告　報告　被告　稟告　佈告　禱告　電告　奉告　訃告　公告　廣告　警告　控告　求告　勸告　上告　通告　文告　誣告　宣告　央告　預告　原告　詔告　正告　忠告

【告白】gàobái ❶〔名〕對公眾的聲明或通告：刊物上的～登在第一頁，以引起讀者的注意。❷〔動〕說明；表明心跡：向親人～｜～於天下。

【告便】gào//biàn（～兒）〔動〕❶與人辦事或談話時，因別的事離開一會兒的套語：我告個便兒，馬上就回來。❷戲電演員在表演打背躬時說的話：老丈，小的告個便兒。❸〈婉〉要上廁所時的說法。

【告別】gàobié〔動〕❶離別；分手：在火車站我們匆匆～｜～了故鄉，離開了母親。❷辭行：臨行前，他特地跑來～｜我們向老師～來了。❸和死者訣別，表示哀悼：向烈士遺體～。

【告成】gàochéng〔動〕〈書〉完成；結束（用於事業或重要工程、任務等）：大功～｜這幾棟高層建築將於年內～｜原定的引水計劃已提前～。

【告吹】gàochuī〔動〕〈口〉（關係、事情等）宣告破裂或失敗：倆人吵過一架，戀愛關係～了｜買賣～了。

【告辭】gàocí〔動〕告別；辭別：起身～｜宴會一結束，他就向主人～了。

【告貸無門】gàodài-wúmén〔成〕想向別人借錢

卻連個借錢的門路都沒有。形容生活窮困，無人幫助：身在他鄉，一無親，二無友，真是～。

【告發】gàofā〔動〕向公、檢、法機關或政府舉報揭發：他以權謀私，貪污受賄，如今已被人～。

【告負】gàofù〔動〕（體育比賽等）宣告失敗：球隊首戰～。

【告急】gàojí〔動〕遇到緊急情況時向上級或有關部門報告並請求援救：前綫～｜災區已向中央～。

【告假】gào//jià〔動〕請假：小李～了｜向公司～三天。**注意** 舊時辭職的婉辭是"告長假"或"請長假"。

【告捷】gàojié〔動〕❶（作戰或比賽）取得勝利：前方～｜復賽～｜再次～。❷ 報告得勝的消息：派人向司令部～。

【告誡】（告戒）gàojiè〔動〕警告勸誡。多用於上級對下級或長輩對晚輩：領導多次～他們要遵紀守法｜不要把父母的～當作耳邊風。

【告警】gàojǐng〔動〕報告發生緊急情況，請求援助或加強戒備：礦井下突然～，請急速派人營救。

【告竣】gàojùn〔動〕〈書〉宣告完成（多指建築工程）：大橋工程已於昨日～。

【告老】gàolǎo〔動〕原指官吏年老辭官，後泛指年老退休：～歸田。

【告密】gào//mì〔動〕向有關方面告發旁人的秘密活動：由於叛徒～，這個區的地下黨組織全部被破壞了｜不料他竟向敵人告了密。**注意**"告密"一般是指壞人告發從事正義事業的好人。

【告破】gàopò〔動〕（案件等）宣告偵破：詐騙案昨日～。

【告罄】gàoqìng〔動〕〈書〉指財物用盡或貨物售完：米麵～，無糧可售｜儲備～，無力償付債款。**注意** 這裏的"罄"不寫作"馨"。

【告缺】gàoquē〔動〕宣告短缺：救災物資～。

【告饒】gào//ráo〔動〕求饒；請求饒恕：他既然已經～，就原諒他吧！

【告示】gàoshi〔名〕佈告：安民～｜出個～｜牆上貼着～。

【告訴】gàosù〔動〕受害人向司法部門提出訴訟。

【告訴】gàosu〔動〕把意思向人陳述，讓人知道：請你～他，明天上午開會｜事實～我們，農業一定要抓緊｜這是最新的消息，你趕快～給大家吧！

【告退】gàotuì〔動〕❶ 在聚會時要求先離開：今天家中有點小事，我要先～了。❷ 舊時自請辭去職務。現多指辭去領導職務：年老～｜他已～回家養老｜老局長堅決表示，年底一定要從領導崗位上～。

【告慰】gàowèi〔動〕向上級或有關方面報告情況

處於危險狀態：災情嚴重，已向主管部門～｜患者病情～，應立即通知家屬。

【告慰】gàowèi〔動〕〈書〉使感到有所安慰：～雙親｜～烈士英靈。

【告知】gàozhī〔動〕告訴使知道、了解：暫勿～他人｜此事已～有關領導。

【告終】gàozhōng〔動〕宣告終結；結束：敵人以失敗而～｜這場持續數年之久的侵權糾紛案以乙方敗訴而～。

【告狀】gào//zhuàng〔動〕〈口〉❶ 當事人向司法機關請求審理某一案件：她上法院去～｜你就是告他的狀，他也不怕。❷ 向上級或長輩訴說自己或別人受到的欺負或不公正的待遇：他向處長～，說科長故意跟他為難｜小弟弟在媽媽面前告了姐姐一狀。

郜 Gào〔名〕姓。

笞 gào 用於地名：～杯（在福建）。

誥（诰）gào ❶〈書〉告訴（用於上告下）。❷ 帝王給臣子的命令：～授｜～贈｜～命。❸ 古代一種勸誡性文體：酒～｜典～之體。

膏 gào〔動〕❶ 給車子或機器加潤滑油：～車｜在軸上～點油。❷ 毛筆蘸上墨，在硯台上搽：～墨｜～～筆。
另見gāo（433頁）。

鋯（锆）gào〔名〕一種金屬元素，符號Zr，原子序數40。銀灰色，熔點高，耐腐蝕，質地堅硬。鋯、釷、鎂的合金輕而耐高溫，多用作飛行器外殼。

gē ㄍㄜ

戈 gē ❶ 古代兵器的一種，用於鈎殺。由金屬製的戈頭和竹、木的柄構成。地下出土的有商、周、春秋戰國等各個時期的戈：枕～待旦。❷（Gē）〔名〕姓。

語彙 兵戈　倒戈　干戈　同室操戈

【戈比】gēbǐ〔名〕俄羅斯等國的輔幣，100 戈比等於 1 盧布。［俄 копейка］

【戈壁】gēbì〔名〕表面為礫石、粗砂覆蓋的荒漠地區：穿過大～。［蒙］

仡 gē 見下。
另見yì（1606頁）。

【仡佬族】Gēlǎozú〔名〕中國少數民族之一，人口約 55 萬（2010 年），主要分佈在貴州，少數散居在廣西、雲南等地。仡佬語是主要交際工具，沒有本民族文字。兼通漢語。

圪 gē 見下。

【圪垯】gēda〔名〕❶疙瘩。❷小土丘。

【圪節】gējie ❶〔名〕稻、麥、玉米、高粱、竹子等莖上分枝長葉的地方：這根竹子有十個～。❷〔名〕兩個圪節間的一段：麥子的～有兩寸多長。❸〔量〕指長形東西的一段：一～甘蔗｜一～醬黃瓜。

【圪蹴】gējiu〔動〕（西北官話）蹲着：～在土堆上拉話。也作圪就、圪鳩。

【圪塮】gēláo〔名〕角落。多用於地名：周家～（在陝西）。

屹　gē　見下。
　　另見 yì（1606頁）。

【屹嶝】gēda〔名〕小山丘：張家～（地名）。

疙　gē　見下。

【疙疸】gēda 同"疙瘩"。

【疙瘩】gēda ❶〔名〕皮膚上突起的顆粒或肌肉上結成的硬塊。❷〔名〕比喻思想不通或解決不了的問題：思想上的～老解不開｜他們倆之間有了～。❸〔名〕圓形或塊狀的東西，多用於紗、綫、繩、織物等：綫～｜別把～繫死。也作紇縫。❹〔名〕一種圓形塊狀的麵食：炒～。❺〔名〕芥菜頭。❻〔量〕用於成塊的東西：一～饅頭｜兩～麵。❼〔名〕（東北話）指地方、區域：俺那～出人參。以上也作疙疸。

【疙瘩湯】gēdatāng〔名〕一種帶湯的麵食。用水把麵粉拌成疙瘩，下鍋煮熟後加作料連湯吃。河南叫甜湯（不加作料）。也可以用玉米麵和成糰，切成小方塊，然後下鍋煮熟，連湯吃。兩種食物都流行於北方各地。

【疙疙瘩瘩】gēgedādā（～的）〔形〕狀態詞。❶棘手；不順利：案子～的，很難辦。❷因不消化而感到難受：吃點兒硬東西，胃裏頭就～的。

【疙疙棱棱】gēgelēnglēng（～的）〔形〕狀態詞。不平坦；不平整：碎石子鋪路～的，真難走。

【疙疙渣渣】gēgezhāzhā（～的）〔形〕狀態詞。形容渣滓很多的樣子：米沒淘淨，～的直硌牙。

咼　Gē〔名〕姓。
（咼）另見 Guō（493頁）。

咯　gē　見下。
　　另見 kǎ（735頁）；lo（864頁）；luò（885頁）。

【咯噔】gēdēng〔擬聲〕❶形容皮鞋落地或物體撞擊的聲音：大皮靴走起路來～～直響。❷形容心跳的聲響：聽到這不幸的消息，她心裏～一下。

【咯咯】gēgē（～的）〔擬聲〕❶形容笑聲：孩子～地笑了｜他笑得～的。❷形容機關槍的射擊聲：～的槍聲響個不停。❸形容鳥的叫聲：水鳥～叫着掠過湖面。以上也作格格。

【咯吱】gēzhī〔擬聲〕❶形容物體受壓發出的聲音：扁擔一上肩就壓得～～地響起來了。❷形容老鼠咬東西的聲音：夜裏老鼠～～地咬個不停。

絡（絡）gē　見下。
　　另見 hé（529頁）。

【絡縫】gēda 同"疙瘩"③。

格　gē　見下。
　　另見 gé（438頁）。

【格格】gēgē 同"咯咯"。
　　另見 gége（438頁）。

哥　gē〔名〕❶哥哥。❷親戚中同輩而年齡比自己大的男子：堂～｜表～。❸尊稱年齡跟自己差不多的男子：張大～｜楊二～。❹年輕女子稱自己的情人（多見於民間歌謠）：～呀慢些走，妹子有話要開口。❺（Gē）姓。

【哥哥】gege〔名〕❶同父母或只同父、只同母而年齡比自己大的男子：他有兩個～。❷同族同輩而年齡比自己大的男子（前面加定語）：堂房～｜本家～。❸"哥"④：～走西口，妹妹淚長流。

【哥們兒】gēmenr〔名〕〈口〉❶弟兄們：兄弟六人，～挺和睦。❷講義氣的朋友之間相稱（口氣親呢）：～義氣｜～有交情｜咱～還客氣甚麼！

【哥兒】gēr〔名〕❶哥哥和弟弟（包括本人）：～倆都是個體戶｜你們～幾個？我們～仨。❷稱呼年齡跟自己差不多的男子：咱老～倆。❸稱呼富貴人家的男孩子：公子～。

【哥舒】Gēshū〔名〕複姓。

胳（肐）gē　見下。
　　另見 gā（413頁）；gé（439頁）。

【胳臂】gēbei〔名〕胳膊。

【胳膊】gēbo〔名〕（隻、條）肩膀以下、手腕以上的部分：兩隻～又粗又壯｜左～殘廢了。也叫胳臂（gēbei）。

【胳膊擰不過大腿】gēbo nǐngbùguò dàtuǐ〈俗〉胳膊細弱，大腿粗壯。比喻弱小的抗不過強大的。也說胳膊扭不過大腿。

【胳膊腕子】gēbo wànzi〈口〉胳膊下端和手掌連接可以活動的部分：小夥子～真粗｜～挺有勁。也叫胳膊腕兒。

【胳膊肘子】gēbo zhǒuzi〈口〉上臂和前臂相接處向外突出的部分：人家說他～向外拐（比喻偏向外人）。也叫胳膊肘兒。

【胳棱瓣兒】gēlengbànr〔名〕〈口〉膝蓋：～擦破一塊皮。

袼　gē　見下。

【袼褙】gēbei〔名〕（張）用碎布墊襯紙裱成的片狀物，用來製作布鞋或書套等：打一張～。

割　gē ❶〔動〕用刀截斷：～稻子。❷〔動〕切開（多用於肉類，有的地區說"割肉"，指"買肉"，如"割了三斤牛肉"是"買了三斤牛肉"的意思）。❸分割；捨棄：～讓｜～愛｜～地。

語彙 分割 交割 收割 閹割 宰割 心如刀割

【割愛】gē'ài〔動〕把心愛的東西讓給別人或放棄不用：忍痛～｜這篇文章不錯，但限於篇幅，編輯部也只得～了。

【割除】gēchú〔動〕割掉；除去：～闌尾｜～贅疣。

【割地】gē∥dì〔動〕割讓領土：～賠款｜割了一大片地。

【割斷】gēduàn〔動〕截斷；切斷：～繩索｜～歷史｜～聯繫。

【割喉戰】gēhóuzhàn〔名〕台灣地區用詞。生死戰，比喻非常激烈的競爭：市場不景氣，各百貨商店大幅減價展開～。

【割雞焉用牛刀】gējī yānyòng niúdāo〔俗〕《論語·陽貨》："夫子莞爾而笑，曰：割雞焉用牛刀？"殺雞何必用宰牛的刀。比喻做小事不必用大力氣。通常也說殺雞焉用牛刀。

【割接】gējiē〔動〕（電話升位前）將線路進行轉換。

【割據】gējù〔動〕在一國之內用武力佔據一方，形成分裂對抗的局面：群雄～｜武裝～｜軍閥擁兵～。注意"割據"後面多帶處所賓語，如"割據一方""割據兩廣"（廣東、廣西）。

【割裂】gēliè〔動〕把本來統一或相互聯繫的事物人為地分割開：事物之間總是互相聯繫着的，～不開。

【割讓】gēràng〔動〕割一部分讓給人家，多指被迫把部分領土讓給別國：～領土｜～一個島。

【割捨】gēshě〔動〕捨去；拋棄：舊情難以～｜親生子女，他怎麼能～！

【割席】gēxí〔動〕《世說新語·德行》載，三國時管寧、華歆本是同坐一張席上讀書的同學，因為管寧鄙視華歆的人品，就同他割席分坐，表示不相為友。後來用"割席"比喻絕交。

【割治】gēzhì〔動〕割除以進行治療：～痔瘡｜對白內障進行了～。

歌

〈詞〉gē ❶（～兒）〔名〕（支，首）歌曲：唱支～兒給大夥兒聽。 ❷ 唱：～唱｜～舞｜高～一曲｜引吭高～。 ❸ 頌揚：～功頌德。

語彙 悲歌 點歌 對歌 兒歌 放歌 高歌 國歌 紅歌 歡歌 凱歌 戀歌 民歌 牧歌 謳歌 情歌 山歌 笙歌 詩歌 頌歌 徒歌 輓歌 校歌 秧歌 漁歌 樂歌 讚歌 戰歌 組歌 四面楚歌

【歌本】gēběn（～兒）〔名〕印有歌曲的書或專門用來抄錄歌曲的本子：上音樂課別忘了帶～兒｜他有一個～兒，抄的都是新歌曲。

【歌唱】gēchàng〔動〕❶唱歌：放聲～｜盡情～。 ❷指用唱歌、朗誦等形式頌揚：～祖國。

【歌吹】gēchuī（舊讀gēchuì）〔名〕歌唱和吹打樂器的聲音：船在行進中，似乎聽到～了。

【歌詞】gēcí（～兒）〔名〕（句）歌曲中的詞句：～作者｜～大意。

【歌帶】gēdài〔名〕錄有歌曲的磁帶。

【歌功頌德】gēgōng-sòngdé〔成〕歌頌功績和德行（多用於貶義）。

【歌喉】gēhóu〔名〕❶歌唱者的嗓子：初試～。 ❷指唱的聲音：～婉轉。

【歌會】gēhuì〔名〕（場）表演唱歌的集會：舉行～｜週末有～。

【歌伎】gējì〔名〕（名）舊時以唱歌為生的女子。

【歌劇】gējù〔名〕綜合詩歌、音樂、舞蹈等藝術而以歌唱為主的戲劇形式：～院｜西洋～｜中國新～｜《白毛女》。

【歌訣】gējué〔名〕把事物的內容或解決問題的方法編成簡短的、便於記誦的韻文或整齊的語句：游擊戰有十六字～｜湯頭～（用湯藥成方中的藥名編成的口訣）。

【歌迷】gēmí〔名〕聽歌或唱歌入了迷的人：演唱比賽會吸引了很多～｜他是～，又是舞迷。

【歌女】gēnǚ〔名〕（名）以歌為生的女子。

【歌篇兒】gēpiānr〔名〕（張，頁）印有歌曲的單頁：拿着～練唱歌｜這張～上有五首歌曲。

【歌譜】gēpǔ〔名〕歌曲的譜子（有簡譜、五綫譜和傳統的工尺譜等）：他能唱歌，但不識～。

【歌曲】gēqǔ〔名〕（首，支）供人歌唱的曲子：流行～｜西洋～｜民間～。

【歌聲】gēshēng〔名〕唱歌的聲音：夜半～｜～嘹亮｜優美動人的～。

【歌手】gēshǒu〔名〕（位，名）歌歌的能手：著名～｜演唱會上～雲集。

【歌頌】gēsòng〔動〕寫作詩歌來頌揚，泛指讚美：～祖國，～人民｜小說～了主人公的愛國主義行為。

【歌壇】gētán〔名〕歌唱界：～新秀｜獨步～｜她在～嶄露頭角。

【歌廳】gētīng〔名〕（家）演唱歌曲的營業性場所。

【歌王】gēwáng〔名〕（位）歌歌大王；最優秀的歌手。

【歌舞】gēwǔ❶〔動〕唱歌跳舞：群起～｜～升平。 ❷〔名〕唱歌和舞蹈的合稱：～晚會｜～節目。

【歌舞劇】gēwǔjù〔名〕（台，場）一種兼有歌唱和舞蹈的戲劇。

【歌舞升平】（歌舞昇平）gēwǔ-shēngpíng〔成〕唱歌跳舞，慶祝太平。指太平盛世景象，也指粉飾太平：國泰民安，～｜醉生夢死，～。

【歌星】gēxīng〔名〕（名）著名的歌手：當紅～｜登台演唱的是幾位女～。

【歌謠】gēyáo〔名〕（首）可以隨口唱出的韻語（有音樂伴奏的稱歌，沒音樂伴奏的稱謠）：革命～｜民間～｜兒童～。

【歌詠】gēyǒng〔動〕歌唱，吟誦：作詩以～之｜～隊｜～晚會。

餎（餎） gē 見下。
另見 le（813 頁）。

【餎餷】gēzha（～兒）〔名〕北方的一種風味食品，用綠豆麵做成餅，成方形或圓形，切成塊油炸或炒菜吃：炸～｜炒～。

擱（擱） gē ❶〔動〕安放；放置：把書～在桌子上｜自行車～哪兒了？❷〔動〕存放：把錢～在銀行裏｜心裏～不住事。❸〔動〕加進：咖啡裏～點兒糖｜涼拌菜裏～點兒香油。❹〔動〕擱置：這件子先～一下再處理。❺（Gē）〔名〕姓。
另見 gé（440 頁）。

【擱筆】gēbǐ〔動〕❶ 停筆；放下筆：他伏案寫了一上午才～。❷ 今後不再寫作：年老多病只好～了。

【擱放】gēfàng〔動〕放置：箱子小，這麼多衣服～不下。

【擱淺】gēqiǎn〔動〕❶ 船隻進入水淺的地方，不能行駛：大船～了。❷ 比喻做事受阻而中途停頓：建新廠房的事已經～｜雙方的貿易談判～了。

【擱心】gēxīn〔動〕（北京話）留心；在意：老朋友的事，我一定～｜他對大夥兒的事比對自家的事還～。

【擱置】gēzhì〔動〕把事情放下不辦：此事早已～｜事情很緊急，不能～。

鴿（鴿） gē〔名〕鴿子：家～｜野～｜信～｜和平～。

【鴿派】gēpài〔名〕比喻溫和、開明的政治派別，多主張用和平或民主的手段解決爭端（區別於"鷹派"）：議會中～人物佔了上風。

【鴿哨】gēshào〔名〕裝在鴿子尾部的一種特殊的哨子，鴿子飛翔時能發出悅耳的響聲。

【鴿子】gēzi〔名〕（隻，羽）鳥名，翅膀大，善於飛行。有家鴿、野鴿之分。家鴿經過訓練，可以用來傳遞書信。常用來象徵和平。

gé ㄍㄜˊ

革 gé ❶〔名〕去了毛經過加工的獸皮：皮～｜製～。❷〔名〕皮革的仿製品：人造～｜地板～。❸ 改變：變～｜～新｜洗心～面。❹ 開除；撤銷：～職留任。❺ 除去：～故鼎新｜應興應～之事甚多。❻（Gé）〔名〕姓。
另見 jí（611 頁）。

語彙			
變革	兵革	鼎革	改革
開革	皮革	興革	沿革
因革	製革		

【革除】géchú〔動〕❶ 鏟除；除去：～舊習。

❷ 開除；撤除：～公職，永不錄用。

【革故鼎新】gégù-dǐngxīn〔成〕《周易·雜卦》："革，去故也；鼎，取新也。"去掉舊的，建立新的。泛指除舊佈新。

【革面洗心】gémiàn-xǐxīn〔成〕洗心革面。

【革命】gémìng ❶〔-//-）〔動〕用暴力奪取政權，摧毀舊的社會制度，建立新的社會制度：被壓迫的人民起來～了。❷〔形〕有革命意識的：他很～｜不要以為人家不～，自己最～。❸〔動〕根本改革：思想～｜要進行技術～。❹〔名〕（場，次）徹底的變革：這是一場偉大的～｜推翻封建王朝的～。

【革命家】gémìngjiā〔名〕（位）具有革命思想，從事革命活動，並對革命有重大貢獻的人：孫中山是偉大的～。

【革新】géxīn〔動〕除舊創新：技術～｜力圖～｜變法～。

【革職】gé//zhí〔動〕撤職：～查處｜他已被革了職。

莕 gé 見下。

【莕葱】gécōng〔名〕多年生草本植物，野生，花白色，莖細，葉子橢圓形，可食，中醫入藥。也叫山葱、冬葱。

格 gé ㊀ ❶（～兒）〔名〕格子：表～｜這張稿紙有四百個兒｜窗戶～兒。❷（～兒）〔名〕架子上的空格：多寶槅上的～兒很多。❸（～兒）〔名〕長條紋形成的空欄：寒暑表上一個～兒代表一度｜藥瓶上標着～兒｜現在信紙上只有橫～兒，沒有豎～兒（中國傳統信紙上是豎格兒）。❹ 規格；法式：合～｜及～｜不拘一～。❺ 品質；風度：人～｜品～｜風～。❻（Gé）〔名〕姓。

㊁ ❶〔名〕語法範疇。即用詞尾變化表示的詞與詞之間的語法關係。如俄語名詞、代詞、形容詞都有六個格。❷ 修辭的方式叫作格，如譬喻格、誇張格。❸ 謎語謎底的構成方式叫作格，如捲簾格。

㊂《書》推究：～物致知｜～古通今。

㊃ ❶ 打；殺：～鬥｜手～此獸。❷《書》阻止；限制：～於成規。
另見 gē（436 頁）。

語彙				
標格	表格	出格	風格	規格
國格	扞格	合格	及格	價格
降格	品格	破格	人格	潤格
賞格	升格	體格	性格	嚴格
資格	別具一格	不拘一格	聊備一格	

【格調】gédiào〔名〕❶ 文藝作品的風格情調：低下｜他的作品～很高｜這篇散文的～清新高雅。❷《書》指人的風度品格：心地玲瓏～高。

【格鬥】gédòu〔動〕激烈地搏鬥：徒手～｜～致死。

【格格】gége〔名〕滿族對公主和親王女兒的稱

呼：大～｜二～。〔滿〕
另見 gēgē（436頁）。

【格格不入】gégé-bùrù〔成〕格格：阻隔。相互抵觸，各不容納：他性情古怪，跟大夥相處～。

【格局】géjú〔名〕格式和結構佈局：文章的～｜工業的～｜居民小區的～十分諧調。

【格律】gélǜ〔名〕詩、詞、曲、賦等的字數、句數、對偶、平仄、押韻等方面的形式：～詩｜詩詞｜作舊體詩要合乎～。

【格殺勿論】géshā-wùlùn〔成〕指把行兇作惡、拒捕或違抗禁令的人當場打死，打死人者不以殺人論罪。也說格殺不論。

【格式】géshi〔名〕規格式樣：公文～｜書信～｜按～書寫。

【格外】géwài❶〔副〕❶額外；另外：～獎賞｜～增加一筆經費。❷表示程度超過一般；更加：天空～晴朗｜他顯得～高興｜這個人～靠不住。

【格物致知】géwù-zhìzhī〔成〕《禮記·大學》："致知在格物，物格而後知至。"格：推究；致：得到。推究事物的道理，從而獲得有關的知識。

【格西】géxī〔名〕藏傳佛教中僧人所能取得的最高學位（相當於博士）。

【格言】géyán〔名〕（句）含有勸誡意義的固定簡短語句，如"少壯不努力，老大徒傷悲""一寸光陰一寸金，寸金難買寸光陰"。

【格子】gézi〔名〕方形或長方形的空欄或框子：～襯衣｜四方～｜在紙上打～。

鬲 gé ❶鬲津（Géjīn），水名。發源於河北，流入山東。❷見於人名：膠～（商周時人）。❸（Gé）〔名〕姓。
另見 lì（828頁）。

胳 gé 見下。
另見 gā（413頁）；gē（436頁）。

【胳肢】gézhi〔動〕（北方官話）撓人癢處使發笑：兩個人你～我，我～你，大笑不止｜這孩子一～就笑得咯咯的。

蛤 gé 見下。
另見 há（503頁）。

【蛤蚧】géjiè〔名〕（隻）爬行動物，似壁虎而大，背面紫灰色而有紅色斑點。可入藥。

【蛤蜊】gélí(-li)〔名〕（隻）軟體動物，生活在淺海泥沙中，有兩扇卵圓形貝殼。

文蛤

塥 gé 沙石地。多用於地名：青草～（在安徽安慶西北）。

葛 gé〔名〕❶多年生草本植物。根可入藥，莖皮可製葛布或做造紙原料。❷表面有花紋的絲織物，用絲做經，棉綫或毛綫做緯：華絲～。

另見 Gě（440頁）。

語彙 杯葛 瓜葛 糾葛

【葛布】gébù〔名〕（塊）用葛的纖維織成的布，可製夏衣，也可製蚊帳等。

【葛根】gégēn〔名〕葛的塊根，可製作澱粉，也可入中藥，能發汗、解熱、止瀉等。

【葛巾】géjīn〔名〕（塊）葛布做的頭巾，也稱隱士所戴的頭巾。

【葛藤】géténg〔名〕葛和藤的長莖交互纏繞；比喻糾纏不清、牽連不斷的關係：為了爭奪遺產，兄弟之間已生～。

嗝 gé(～兒)〔名〕❶因為吃得太飽，胃裏的氣從嘴裏發出來時發出的聲音：打了一個飽～兒。❷膈痙攣，噎氣後突然從喉嚨裏發出來的一種聲音：他直打～兒，很不舒服。

漍 Gé 漍湖，湖名，在江蘇武進西南。

隔 gé〔動〕❶遮斷；阻隔：～離｜～絕｜院子中間～着一堵牆｜把這間屋子一～就成兩間了｜～河相望。❷間隔；距離：～夜茶｜～一天一次｜已經～了一年，就不要舊事重提了｜兩地相～不遠。

語彙 分隔 間隔 相隔 懸隔 阻隔

【隔岸觀火】gé'àn-guānhuǒ〔成〕對岸觀火，隔着河看。比喻對別人的痛癢或危難漠不關心，袖手旁觀：按兵不動，～。

【隔壁】gébì〔名〕相毗鄰的建築或人家：小雲住在～｜院子裏擺着很多盆景｜我們兩家是～，相處得很好。

【隔斷】géduàn〔動〕阻隔；使斷絕：時間和空間都不能～兩個民族的傳統友誼。

【隔斷】géduan〔名〕把一間屋子隔成幾間的起遮擋作用的板壁、隔扇、屏風等：在屋子中間打了一個～。

【隔行如隔山】géháng rú géshān〔諺〕不同行業的人互不了解，就像隔着一座山：真是～，醫生哪裏懂小麥雜交？

【隔閡】géhé〔名〕情意不通、產生距離的狀態：消除～｜兩個人的思想有～｜他長年一人在外，跟自己的兒子產生了～。

【隔絕】géjué〔動〕隔斷；互不相通：人分兩地，音信～｜燃氣熱水器應與浴室～，以免煤氣中毒。

【隔離】gélí〔動〕❶使分隔開：～墩｜～牆｜與世～｜把房間一～開來。❷人或動物（牲畜）受感染期間避免與未受感染的人或動物（牲畜）接觸：～病房｜病人需要～。

【隔膜】gémó❶〔名〕情意不相通、意見不相合的狀態：消除內心的～｜他們分手的原因是感情有～。❷〔形〕不通曉；不在行；不熟悉：我對音韻學實在～｜我對那裏的情況已經很～了。

【隔年的皇曆——不管用】génián de huáng-lì——bùguǎnyòng〔歇〕指已經無效，失去作用：前些年，女婿給丈母娘送節禮，帶上兩隻燒雞、兩瓶酒，外加幾斤水果和糖就行了。如今，這規矩早就～了。

【隔牆有耳】géqiáng-yǒu'ěr〔成〕牆內人說話，牆外有人聽。指秘密可能泄露：～，說話可得小心。

【隔熱】gé // rè〔動〕隔絕熱的傳導：這種材料能～｜房頂太薄，隔不住熱。

【隔日】gérì〔動〕❶相隔一日：班車～發一次。❷經過一日：這飯菜已經～，不能再吃了。

【隔三岔五】gésān-chàwǔ〔成〕隔不多久；時常：～去一趟。也作隔三差五。

【隔山】géshān〔形〕屬性詞。指同父異母所生兄弟姐妹間的關係：～姐妹。

【隔扇】géshan〔名〕（面）房屋內用來隔開房間的一扇扇木板牆。

【隔世】géshì〔動〕相隔一世，多形容人事、自然或社會變化巨大：久別重逢，恍如～｜經此大難，頗有～之感。

【隔靴搔癢】géxuē-sāoyǎng〔成〕隔着靴子撓癢癢。比喻說話、作文或做事沒有抓住要領，不能解決問題：文章寫得雖長卻沒有抓住關鍵，只是～罷了。

【隔夜】géyè〔動〕相隔一夜：家無～糧｜最好不喝～的茶。也說隔宿（xiǔ）。

【隔音】gé // yīn〔動〕隔絕聲音傳播：語音實驗室必須～｜這種牆壁隔得了了音嗎？

【隔音符號】géyīn fúhào 漢語拼音方案所規定的一種符號，為使音節界限清楚不致混淆，當 a，o，e 開頭的音節連接在其他音節後面時，中間用隔音符號"'"隔開，如：皮襖 pí'ǎo，長安 Cháng'ān，名額 míng'é 等。

【隔着門縫吹喇叭——名（鳴）聲在外】gézhe ménfèng chuī lǎba——míngshēng-zài wài〔歇〕指人物或事情有影響，有一定知名度：經過三年的發展，他的海帶養殖已經是～了。

槅 gé ❶窗格。❷ 多層架子的一層：～子｜上面一～有封信。

閣（阁） gé ❶〈書〉小門：開東～以延賢人。❷（Gé）〔名〕姓。
另見 hé（530 頁）；gé"閣"（440 頁）。

閣（阁） gé〈❶-❺閣〉❶ 一種樓房式的建築物，四周開窗，便於遠望：滕王～｜亭台樓～｜五步一樓，十步一～。❷女子的居室：繡～｜出～（出嫁）。❸指內閣：組～。❹ 儲藏圖書的地方：海源～（清代嘉慶、道光年間山東聊城楊以增藏書閣名）｜天一～（明朝嘉靖年間鄞縣范欽藏書閣名）。❺〈書〉

放東西的架子：束之高～。❻（Gé）〔名〕姓。
"閣"另見 gé（440 頁）；hé（530 頁）。

【閣揆】gékuí〔名〕內閣管揆，即內閣總理。

【閣樓】gélóu〔名〕在較高的房屋裏的頂部再架起的一層矮屋：～裏住着兩個單身漢。

【閣下】géxià〔名〕〈敬〉稱對方。現廣泛用於外交場合：親王～｜大使～｜～來訪，熱烈歡迎。

【閣員】géyuán〔名〕（位，名）組成內閣的人員。

【閣子】gézi〔名〕小房子：一南一北兩個～。

搿 gé〔動〕（吳語）雙臂合抱：搿腰～住。

膈 gé〔名〕人和哺乳動物體腔中分隔胸腔和腹腔的膜狀肌肉。舊稱膈膜、橫膈膜。

【膈膜】gémó〔名〕膈的舊稱。

頜（颌） gé〈書〉口。
另見 hé（530 頁）。

骼 gé 見"骨骼"（467 頁）。

擱（搁） gé 禁受；承受：人造纖維的衣服～不住熱水燙｜他臉皮薄，～不住你這通罵｜這麼單薄的書架，～得住壓嗎？
另見 gē（438 頁）。

鎘（镉） gé〔名〕一種金屬元素，符號 Cd，原子序數 48。銀白色，延展性強。和鉛、錫等製成的易熔合金，可用作電路中的保險絲。由於它易吸收中子，還可用於核反應堆中做控制棒。

轄（辖） gé 見"轇轕"（659 頁）。

gě 《ㄜˇ

合 gě ❶〔名〕舊時量糧食的器具。❷〔量〕容量單位，10 勺等於 1 合，10 合等於 1 升。
另見 hé（523 頁）。

各 gě〔形〕（北京話）特別；（性情）古怪：這人脾氣特～｜那家伙別提多～了。
另見 gè（441 頁）。

個（个） gě 見"自個兒"（1809 頁）。
另見 gè（441 頁）。

舸 gě〈書〉可意；歡樂。

舸 gě〈書〉大船：百～爭流。

葛 Gě〔名〕姓。
另見 gé（439 頁）。

蓋（盖） Gě〔名〕姓。
另見 gài（416 頁）。

瑻 gě〈書〉似玉的石頭。

各 gè 《さ

各 gè ❶〔代〕指示代詞。指某個範圍內的所有個體。用在名詞或量詞前：～人有～人的事｜～家輪流做｜～門功課成績都是優等。❷〔副〕表示分別做某事或分別具有某種屬性：雙方～執一詞｜～有優點｜他們幾個人～訂一份報紙。❸（Gè）〔名〕姓。

另見 gě（440頁）。

> [辨析] 各、每　a）指示代詞"各"和"每"都指所有的個體，但意義上有差別。"每"着重單指，"各"着重遍指。如"每四年是一屆"，不能說成"各四年是一屆"；"各家自掃門前雪，莫管他人瓦上霜"，不能說成"每家自掃門前雪，莫管他人瓦上霜"。副詞"各"表示分別具有；"每"表示重複出現。如"各有各的困難"不能說成"每有每的困難"；"每逢佳節倍思親"不能說成"各逢佳節倍思親"。b）"各"可以直接放在名詞前，如"各學校""各書店""各團體"；而"每"除了加在"家、戶、年、月、日、時"這樣一些名詞前，一般要跟量詞或數量詞結合後才能加在名詞前，如"每座樓""每個院子""每一場球賽""每兩個班組"。c）"各"後只能用少數量詞，如"各個、各級、各種、各項、各條"等，而"每"後可以用各種量詞。"每"可以和數量詞結合；而"各"不能和數量詞結合。d）"各家各戶"可以說，"每家每戶"也可以說；"每時每刻"可以說，"各時各刻"不能說。"各"可構成"各+動詞+各（的）"格式，如"各吃各的"，"每"不能。

【各奔前程】gèbèn-qiánchéng〔成〕各走各的路。比喻各人按不同志向，走自己的路，尋找自己的發展前途：分家以後，兄弟姐妹～。

【各別】gèbié〔形〕❶各不相同；互有分別：電視機種類很多，需～論價｜對不同的人要～對待，不要千篇一律。❷（北京話）別緻；新奇：這盞枱燈的式樣很～。❸特別。指人的性格不合群（含貶義）：他可太～了，動不動就跟人吵架。

【各持己見】gèchí-jǐjiàn〔成〕各人堅持各人的意見。形容意見不一致，互不讓步：大家～，誰也不能說服誰，會議不歡而散。也說各執己見。

【各打五十大板】gè dǎ wǔshí dàbǎn〔俗〕不分是非曲直，給當事雙方同樣的懲罰：雖說一個巴掌拍不響，但也不能不分青紅皂白，～。

【各得其所】gèdé-qísuǒ〔成〕每個人或每件事都得到了適當的安排：人盡其才，～。

【各個】gègè ❶〔代〕指示代詞。每個；所有的那些個：～單位｜～方面。❷〔副〕逐個：～擊破｜～解決。

【各行各業】gèháng-gèyè〔成〕各種行業：改革開放以來，～興旺發達。

【各色】gèsè〔形〕❶屬性詞。各種各樣的：～花布，應有盡有。❷各行各業、各種類型的（人）（多見於近代小說、戲曲）：～人等。❸（北京話）怪僻；孤僻：這個人很～，不跟人合群。

【各式各樣】gèshì-gèyàng〔成〕各種不同的樣式：商場裏～的電視機，價錢差別很大｜展覽館裏陳列的工藝美術品～。

【各抒己見】gèshū-jǐjiàn〔成〕各人都充分發表自己的意見：座談會上～，氣氛十分熱烈。

【各行其是】gèxíng-qíshì〔成〕各人按照自己認為對的去做。多指思想、行動不一致，不統一：這是一項集體性工作，～怎麼能完成啊！

【各異】gèyì〔形〕各不相同：姿態～｜姐妹三人性格～。

【各有千秋】gèyǒu-qiānqiū〔成〕各自都有可以長久流傳下去的東西。比喻各有優點，各有特色：這兩位畫家的作品都非常出色，畫法～。

【各自】gèzì〔代〕指示代詞。各人自己：～為政｜做好～的工作｜散會後，～回家｜兄弟二人分家以後，～過活，不相往來。

【各自為政】gèzì-wéizhèng〔成〕各人按照自己的主張辦事，不相配合，各搞一套。

虼 gè 見下。

【虼蚤】gèzao〔名〕〈口〉跳蚤。

個（个）〈箇〉 gè（除疊用"個個"外，"個"在語句中一般輕讀）

㊀❶〔量〕通用個體量詞，可用於沒有專用個體量詞的名詞：一～人｜四～橘子｜一～辦法。❷〔量〕有專用量詞的名詞，在不強調意義上的變化時也可以用"個"。如"一扇門"（指門本身）、"一道門"（指通道），也能說"一個門"（兩種意思都可以）；"一塊手巾"（指手絹兒）、"一條手巾"（指毛巾），也能說"一個手巾"（兩種意思可以）。❸〔量〕用於動詞和約數之間，主要是使語氣顯得輕快、隨便些：差～一兩歲沒關係｜要唸～三遍五遍才能背誦。❹〔量〕用於動詞和賓語之間，有時表示動量，有時含有輕快、隨便的意思：見～面兒（見一次面）｜上了～大當（上了一次大當）｜他就愛畫～畫兒，寫～字甚麼的。❺〔量〕用於動詞和補語之間，"個"的作用類似"得"：說～痛快｜笑～不停｜看～仔細｜打他～落花流水。注意"得""個"可同時連用，其作用是引出補語，如"鬧得個滿城風雨""累得個四腳朝天"。❻〔量〕和"沒"或"有"連用，構成"沒個""有個"格式，表示否定或肯定：挺大的人

沒～正經勁兒｜你有～完沒～完？｜大門兒空了，球沒～踢不進去的。❼ 單獨的：～人｜逐～。

㊀〔後綴〕❶ 附在量詞"些"後面：買了些～書｜這麼些～稿件一天怎麼能審讀完？❷ 附在某些時間詞後面：今兒～｜明兒～。

另見 gě〔440 頁〕。

語彙　按個　單個　各個　哪個　那個　這個　整個　逐個

【個案】gè'àn〔名〕單獨的、特殊的案件或事例：他的問題可以按照～處理｜處理～更要具體問題具體分析。

【個別】gèbié〔形〕❶ 單個，各個：～輔導｜～談話｜有的問題～解決吧。❷ 極少數，特殊的：～情況難以預料｜總有～人不自覺。❸〈口〉特別，不合群：這個人很～，一向獨來獨往。

【個唱】gèchàng〔名〕個人演唱會。

【個股】gègǔ〔名〕指某一上市公司的股票。

【個例】gèlì〔名〕個別的事例：這只是～，應該看作特殊情況。

【個人】gèrén〔名〕❶ 一個人（跟"集體"相對）：～利益｜先進～。❷ 用於自稱，等於"我"：～認為這樣處理不妥當。**注意**"個人"前還可以用"我"，這時"個人"的作用是強調自己一個人，如"我個人認為這樣處理很不妥當"。

【個稅】gèshuì〔名〕個人所得稅的簡稱。就個人的勞動、經營或財產所得而徵收的稅。徵稅對象包括工資、薪金所得；個體工商戶的生產、經營所得；勞動報酬所得；稿酬所得；利息、股息、紅利所得；財產租賃或轉讓所得；偶然所得等。

【個體】gètǐ〔名〕❶ 單個的人：～戶｜～經營｜集體由～組成。❷ 指個體戶：幹～。❸ 單個的生物：生物～與環境之間的關係。

【個體戶】gètǐhù〔名〕從事個體生產或經營的家庭或個人。

【個體經濟】gètǐ jīngjì 以生產資料私有制和個人勞動為基礎的經濟形式。

【個兒】gèr〔名〕❶ 指身材或物體的大小：要人有人，要～有～｜他是個小～｜西瓜～不小。❷ 指單個的人或物：挨～檢查｜逐～說服｜買西瓜論斤也行，論～也行。❸（北方官話）有能力較量的人：要論下棋，他可不是～。

【個頭兒】gètóur〔名〕指身材或物體的大小：那人～不小｜論～小王比不過老張｜這種螃蟹～大。

【個位】gèwèi〔名〕十進制計數的基礎的一位。個位以上有十位、百位等，個位以下有十分位、百分位等：～數｜多位數減法從～減起。

【個性】gèxìng〔名〕❶ 個人特有的氣質、興趣、性格等心理特性的總和：他很有～｜小王的～非常強。❷ 哲學上指事物的特性（跟"共性"相對）。

【個性化】gèxìnghuà〔動〕使具有跟同類事物不同的特色：～服務｜產品最好具有～的特點。

【個展】gèzhǎn〔名〕個人作品展覽（多指美術展覽）：這位青年畫家的～獲得了好評。

【個中】（箇中）gèzhōng〔名〕〈書〉此中；其中：～緣由｜～曲直｜～甘苦，一言難盡。

【個中人】gèzhōngrén〔名〕參與其事的人：局外人哪裏知道～的難言之隱！

【個子】gèzi〔名〕❶ 指人的身材或動物形體的大小：高～｜小～｜剛出生的小象～也不小。❷ 指稻、麥等打成的捆：麥～｜穀～。

硌　gè〔動〕〈口〉觸及凸起的硬東西，感到不舒服甚至受到損傷：飯裏有沙子，～牙｜沙發的彈簧壞了，坐下去～得慌。

另見 luò（885 頁）。

鉻（铬）gè〔名〕一種金屬元素，符號 Cr，原子序數 24。硬度高，質脆，抗腐蝕。可用於電鍍和製不鏽鋼。工業上稱鐵、鉻、錳為黑色金屬。

gěi ㄍㄟˇ

給（给）gěi ❶〔動〕使對方得到或遭受（可帶雙賓語，也可只帶其中之一）：～補貼｜～他一張票｜把字典～我｜～他一頓臭罵。**注意**"給"有時可以代替某些動作動詞，如"給他兩個耳光"（打他兩個耳光）、"給他幾句難聽的"（說他幾句難聽的話）。❷〔動〕致使；容許：～我累得腰酸腿疼｜畫兒收起來～別人看｜他休息幾天也好。❸〔介〕引出動作的對象或相關人物：～妻子打電話｜～老師行禮｜你～我找一張戲票｜我～他們當翻譯。❹〔介〕〈口〉表示被動，相當於"被"：羊～狼吃了｜衣服～雨淋濕了｜電視機～孩子弄壞了。**注意** 介詞結構"給"用在動詞前，有時會產生歧義，在一定的語境中歧義就消失了。如"你給他打個電報，說他在這兒病倒了"（你替他打個電報通知別人），"你給他打個電報，叫他快點兒寄一筆錢來"（打電報給他本人）。❺〔助〕〈口〉直接用在動詞前，以加強語氣，多用於"把"字句或被動句，以加強語氣：把書一捆好了｜地震把房子～震塌了｜屋子都讓姑娘們～收拾得乾乾淨淨｜玻璃杯叫孩子～打碎了。❻（Gěi）〔名〕姓。

另見 jǐ（616 頁）。

【給以】gěiyǐ〔動〕〈書〉給。必帶雙音節動詞做賓語，前邊常用助動詞或副詞：生活上有困難，應當～幫助｜工作上有成績，要～獎勵｜兩個縣的人民遭受水災，必須～救濟。**注意**"給以"後面只說所給的事物，不說接受該事物的人。

如果要說出接受該事物的人，就要改用"給"或用"給……以"格式。如"給她獎勵""老師給我們以極大的支持"。

gēn ㄍㄣ

根 gēn ❶（～兒）〔名〕高等植物的營養器官，能夠把植物固定在土地上，吸收土壤裏的水分和養分。分為直根和鬚根兩大類：樹～｜草～兒｜這棵大樹～很深。❷（～兒）〔名〕物體的基部：牆～兒｜牙～兒｜大腿～。❸（～兒）〔名〕比喻子孫後代：這孩子就是李家的～兒。❹（～兒）〔名〕事物的本源：禍～｜刨～問底兒。❺ 根本地；徹底：～治｜～除｜～絕。❻ 依據：～據｜無～之談。❼〔量〕（個）方根的簡稱。❽〔名〕一元方程的解。❾〔名〕化學上指帶電的基：硫酸～。❿〔量〕用於條形物：一～兒棍子｜兩～柱子。⓫（Gēn）〔名〕姓。

語彙 本根 病根 城根 除根 存根 斷根 耳根 歸根 禍根 苦根 命根 年根 刨根 票根 牆根 窮根 山根 生根 尋根 壓根 銀根 扎根 追根 葉落歸根 斬草除根

【根本】gēnběn ❶〔名〕事物的根源；最重要的部分：水、土是農業的～｜從～上改變束縛生產力發展的管理體制。❷〔形〕屬性詞。最重要的，起決定作用的：事物發展的～原因｜～利益｜～問題是要把經濟搞上去。❸〔副〕徹底：問題已經～解決了｜要～改變社會不良風氣。❹〔副〕從頭至尾；始終；完全（多用於否定式）：這件事我～就不知道｜我～不認識她｜天氣～不熱｜車子開得～不快。

【根除】gēnchú〔動〕徹底鏟除：～官僚作風｜天花已經～。

【根底】gēndǐ〔名〕❶ 基礎；底子：他的外語很有～｜牆上蘆葦，頭重腳輕～淺。❷ 事情的究竟；底細：追問～｜盤查～。

【根雕】gēndiāo〔名〕在樹根上進行雕刻的藝術，也指用樹根雕刻成的藝術品：～展覽｜買兩個～小玩意兒，還挺貴！

【根基】gēnjī〔名〕❶ 基礎：任何建築都要打好～｜學外語要把～打牢。❷ 比喻家底：他家～深，光房產就有好幾處｜廠小～差，比不上大廠。

【根莖】gēnjīng〔名〕某些植物的一種地下莖，外形像根，有節，如藕、薑等的地下莖。也叫根狀莖。

【根究】gēnjiū〔動〕徹底查究：～底蘊｜～事情的原委。

【根據】gēnjù ❶〔名〕作為論斷前提和言行基礎的事物：理論～｜科學～｜～不足，不好下結論。注意 在"有"後面，"根據"可以拆開，說成"有根有據"，如"他的話有根有據，令人信服。❷〔動〕以某種事物或動作為基礎：財政支出要～節約原則。❸〔介〕以某事作為依據：～同名小說改編｜～調查，情況不是這樣的。

【根據地】gēnjùdì〔名〕❶ 長期進行武裝鬥爭的基地：革命～｜武裝鬥爭沒有～一定不能長久。❷ 比喻長期進行活動或工作的地方或單位：他幹過多年教育工作，學校是他的～｜從事文藝創作，應當有一個體驗生活的～。

【根絕】gēnjué〔動〕徹底消滅、斷絕：～事故，保證安全生產。

【根苗】gēnmiáo〔名〕❶ 植物最初生長的部分：保護玉米的～，消滅害蟲。❷ 比喻事情發生的苗頭和根由：遊手好閒，不務正業是他走向墮落的～。❸ 比喻傳宗接代的子孫：這孩子是趙家的～。

【根器】gēnqì〔名〕佛家指人的稟賦、器質、宗教覺悟；也泛指知識、修養：好～｜～淺｜～特異。

【根深蒂固】gēnshēn-dìgù〔成〕《老子·五十九章》："有國之母，可以長久，是謂深根固柢（dǐ，樹根），長生久視之道。"後用"根深蒂固"比喻基礎牢固，不易動搖或改變：長期以來，在他腦子裏男尊女卑思想～。

【根深葉茂】gēnshēn-yèmào〔成〕根扎得深，枝葉長得茂盛。比喻事業根基深厚，興旺發達。

【根由】gēnyóu〔名〕來歷；緣故：說一說事情的～｜無論甚麼事他都喜歡問個～。

【根源】gēnyuán〔名〕草木的根和水的源頭；比喻事物產生的根本原因：思想～｜歷史～｜實踐是一切科學知識的～。

【根治】gēnzhì〔動〕徹底治理；從病根兒入手治好：～乾旱，興修水利｜～病蟲害｜病要～才能斷根兒。

【根子】gēnzi〔名〕❶"根"①：這棵大樹的～很深。❷"根"④：挖出～，事情才能真相大白。

跟 gēn ❶（～兒）〔名〕腳或鞋襪的後部：腳後～兒｜鞋後～兒｜高～兒鞋｜這鞋的～折了。❷〔動〕緊隨在後面：你走得太快，孩子們都～不上｜您在前邊走，我在後邊～着｜他一貫緊～潮流。❸〔動〕委身於人；嫁給某人：那女人～了一個做生意的｜要～就～一個好男人。❹〔介〕引進動作對象；和；同：有事多～群眾商量｜別～他開玩笑。❺〔介〕引進與動作有關的一方；對；向：～敵人做鬥爭｜～爸爸說心裏話｜～公司訂合同。❻〔介〕引進用來比較的對象；和；同：～廣州比，北京夏天涼快多了｜她待我～待親生兒子一樣｜我的看法～你差不多。❼〔介〕引進有聯繫或無聯繫的對象：我～他常來往｜這案子～他沒有關係。❽〔連〕表示平等的聯合關係；和：小王～我都是北京人｜支票～介紹信都開好了｜你～他倆人都想去嗎？**注意**"你跟他一塊兒去"的"跟"可以是介詞，意思是"你跟着他一塊兒去"；也可以是連詞，意思是"你和他一塊兒去"。

> ［辨析］**跟、同、和、與、及** a）當介詞用時，口語多用"跟"，書面語常用"同"，也用"和"。b）當連詞用時，口語多用"跟"，書面語多用"和"，少用"同"。c）連詞"與"多用於書面語，尤其多用於書名、標題，如《戰爭與和平》。d）連詞"及"也多用於書面語，尤其多用於書名、標題，如魯迅有一篇文章的標題是《魏晉風度及文章與藥及酒之關係》。"及"連接的成分有時前重後輕，如《略論文學的作用及其他》。

語彙 高跟 腳跟 鞋跟

【跟班】gēnbān ㊀（-//-）〔動〕隨同某個集體（一起勞動或學習）：～勞動｜一直跟着那班學習。㊁〔名〕舊時官員的隨從：這個～伺候老爺伺候了一輩子。也叫跟班兒的。

【跟包】gēnbāo〔名〕舊戲班子裏主要演員的隨從人員。專管主要演員自備的行頭以及着裝和卸裝等工作。也叫跟包的。

【跟從】gēncóng〔動〕跟隨：～師傅多年｜你帶領大家創業，我們～你。

【跟風】gēnfēng〔動〕盲目跟隨某種潮流或時尚。

【跟腳】gēnjiǎo（～兒）（北京話）❶〔動〕孩子跟隨在大人後面，不肯離開：這孩子愛～。❷〔形〕鞋正好適合腳的大小，便於走路：這鞋子挺～｜穿了不～的鞋子才受罪呢。❸〔副〕隨即：你剛到，他～兒就來了。

【跟進】gēnjìn〔動〕❶跟隨前進；緊跟：尖刀營突破封鎖，大部隊源源～。❷緊隨着做同樣的事或採取相關的後續措施：做完體檢後，醫院會～復診。

【跟前】gēnqián（～兒）〔名〕❶身邊；旁邊：小孫子到爺爺～去了｜沙發～放着一個茶几。❷膝下（專指父母有無子女）：老人～兒無兒無女。

【跟隨】gēnsuí ❶〔動〕緊隨在後面：～首長下基層檢查工作｜從小～爸爸走南闖北。❷〔名〕舊指隨從人員：有兩名～外帶護兵馬弁。

【跟帖】gēntiě〔動〕在互聯網即時交流平台裏緊跟上一發帖人發表自己的看法或評論等。

【跟頭】gēntou〔名〕因失去平衡而摔倒或向下彎曲而翻轉的動作：翻～｜栽～（多比喻遭受挫折或失敗）。也叫筋斗、斤斗（jīndǒu）。

【跟頭蟲】gēntouchóng〔名〕（隻）孑孓的俗稱。因孑孓游水中常翻跟頭，故稱。

【跟着】gēnzhe ❶〔動〕隨着：～爸爸上山砍柴｜想～姐姐去旅遊。❷〔副〕緊接着：剛看完電影，～又去打球｜看完電影～就評論起來了。

【跟蹤】gēnzōng〔動〕緊緊跟在後面（工作、盯梢、監視等）：～調查｜～採訪｜發現有特務～｜家具銷售以後～服務。

gén ㄍㄣˊ

哏 gén（天津話）❶（～兒）〔形〕滑稽；有趣：他說話真～兒。❷〔名〕引人發笑的語言或動作：說相聲得會逗～、抓～、捧～。

gěn ㄍㄣˇ

艮 gěn〔形〕（北方官話）❶（瓜、果、蘿蔔等）不脆：～蘿蔔辣葱｜夏天的伏蘋果太～，不好吃。❷（性子）執拗：這個人有點兒～。❸生硬；不自然：這人辦事太～｜他說北京話總帶點兒～。
另見 gèn（444頁）。

gèn ㄍㄣˋ

亙（亘） gèn ❶〔書〕時間或空間上延續不斷：橫～｜綿～｜連～。❷（Gèn）〔名〕姓。

語彙 橫亙 連亙 綿亙 盤亙

【亙古】gèngǔ〔名〕自古以來；整個古代：～未有｜～通今。

艮 gèn〔名〕❶八卦之一，卦形是"☶"，代表山。參見"八卦"（17頁）。❷（Gèn）姓。
另見 gěn（444頁）。

莨 gèn 見"毛茛"（902頁）。

gēng ㄍㄥ

更 gēng ㊀ ❶改變；變換：～動｜變～｜萬象～新。❷代替；替換：～換。❸〔書〕經歷；閱歷：少不～事。
㊁ ❶〔量〕夜裏的計時單位。舊時一夜分為五更，每更約兩小時：打～｜半夜三～｜五～寒。❷（Gēng）〔名〕姓。
另見 gèng（446頁）。

語彙 變更 殘更 打更 定更 起更 三更 五更 巡更 值更

【更次】gēngcì〔名〕指夜裏一更的時間：只睡了一個～，就再也睡不着了。

【更迭】gēngdié〔動〕〈書〉輪流交替：朝代～｜人事上的～是常事。

【更動】gēngdòng〔動〕改變；變更：人員～｜要～幾個字｜已經商定的協議，不能輕易～。

【更番】gēngfān〔副〕輪流掉換：～守護病人｜敵

軍～入侵邊境｜空襲警報發出以後，飛機～
轟炸。

【更夫】gēngfū〔名〕打更巡夜的人。

【更改】gēnggǎi〔動〕改換；改動：～日期｜～地
點｜內容沒有變動，只是～一下標題而已。

【更鼓】gēnggǔ〔名〕夜裏報更的鼓：～又響了。

【更換】gēnghuàn〔動〕更改；掉換：～領導｜～
名稱｜衣服要經常～｜你們兩個人的座位～一
下好嗎？

【更名】gēngmíng〔動〕改換名字：好漢做事好漢
當，既不～，也不改姓。

【更年期】gēngniánqī〔名〕人由中年期向老年期
過渡的時期。這個時期生理上有變化。女子更
年期一般在 45 歲至 55 歲之間，月經終止；男
子更年期一般在 55 歲至 65 歲之間，精子生成
減少。

【更始】gēngshǐ〔動〕〈書〉除去舊的，建立新的；
重新起始：與天下～。

【更替】gēngtì〔動〕更換；替換：人員～｜新
舊～。

【更相】gēngxiāng〔副〕〈書〉互相；交相：～讚
美｜～謙讓。

【更新】gēngxīn〔動〕除去舊的，換成新的：萬
象～｜設備～｜～家具｜～觀念。

【更新換代】gēngxīn-huàndài〔成〕用新的代替舊
的、過時的：產品要～｜車間的機器該～了。

【更衣】gēngyī〔動〕❶ 換衣服：他正在屋裏～
呢。❷〈書〉〈婉〉上廁所：客人要去～。

【更正】gēngzhèng〔動〕改正（已發表的談話或文
章中的有關內容或語言文字的錯誤）：為了對
讀者負責，即使是很小的錯誤也要及時～。

庚 gēng ❶〔名〕天干的第七位。也用來表示
順序的第七。❷ 年齡：年～｜我與陳先
生同～｜貴～（詢問人年齡的敬辭）。❸（Gēng）
〔名〕姓。

語彙　長庚　貴庚　紅庚　老庚　年庚　同庚

【庚日】gēngrì〔名〕用干支紀日時，有天干"庚"
字的日子叫庚日。如夏至三庚數（shǔ）伏，即
指夏至後第三個庚日開始數伏。

【庚桑】Gēngsāng〔名〕複姓。

【庚帖】gēngtiě〔名〕（張）舊式婚姻男女雙方訂婚
時互換的帖子。上面寫有姓名、籍貫、生辰八
字、祖宗三代等。因記載有雙方的年庚，故
稱。也叫八字帖。

耕〈畊〉 gēng ❶〔動〕用犁或機器翻鬆土
地：春～｜機～｜～地｜精～細
作。❷ 比喻致力於某一工作：筆～。❸（Gēng）
〔名〕姓。

語彙　備耕　筆耕　春耕　歸耕　夥耕　舌耕　退耕
休耕　中耕

【耕畜】gēngchù〔名〕（頭）耕作田地的牲畜，主
要有牛、馬、驢、騾等：保護～。

【耕地】gēngdì ❶〔名〕種植農作物的土地：建築
用地不要佔用農田～。❷（-//-）〔動〕耕作田
地；翻鬆田土：一天耕多少地？

【耕具】gēngjù〔名〕耕種田地的農具，如犁、耙
等：春耕前修理好～｜農業機械化以後有了新
的～。

【耕桑】gēngsāng〔動〕〈書〉耕田和種桑：勤力～。

【耕耘】gēngyún〔動〕❶ 耕田與除草；泛指農田
耕作：～已畢，只待秋收。❷ 比喻辛勤勞動：
只問～，不問收穫｜他在科研領域勤勤懇懇
地～了數十年。

【耕種】gēngzhòng〔動〕耕田和種植：～土地｜
多～多收穫。

【耕作】gēngzuò〔動〕用犁、耙、鋤等農具或用機
器處理土壤表層，使適於農作物發育成長：精
心～｜辛勤～｜用機器～。

浭 Gēng 浭水，水名。薊運河的上游，在
河北。

賡（賡）gēng ❶〈書〉繼續；連續：～
續｜～其韻以和之（照其人詩詞的
用韻和詩）。❷（Gēng）〔名〕姓。

【賡續】gēngxù〔動〕〈書〉繼續：～其作。

緪（絚）gēng〈書〉粗繩：引竹～為橋。

鶊（鶊）gēng 見"鶬鶊"（131 頁）。

羹 gēng〔名〕用蒸煮等方法做成的汁狀或糊
狀的食物：菜～｜魚～｜雞蛋～。

語彙　沸羹　閉門羹　塵飯塗羹

【羹匙】gēngchí〔名〕（把）調羹；湯匙：用～
喝湯。

【羹湯】gēngtāng〔名〕用肉、菜做成的湯：～味
美｜三日入廚下，洗手作～。

gěng ㄍㄥˇ

埂 gěng ❶（～兒）〔名〕田地裏稍稍高起的
分界小路：田～兒。❷ 地勢凸起的長條地
方：過了一道土～兒又是一道山～兒。❸ 土堤：～
堰｜堤～。

【埂子】gěngzi〔名〕（條，道）"埂"①：田～｜
地～。

耿 gěng ❶〈書〉光明：～光｜～暉。❷ 正
直：～介｜～直。❸（Gěng）〔名〕姓。

語彙　耿耿　忠耿

【耿耿】gěnggěng〔形〕❶ 微明的樣子：～星
河｜～殘燈。❷ 忠誠的樣子：忠心～｜～為
國。❸ 心中不安的樣子：～不寐，如有隱
憂｜～於懷。

【耿介】gěngjiè〔形〕〈書〉正直不阿：為人～｜～
拔俗。

【耿直】(梗直、鯁直)gěngzhí〔形〕正直；直率：
秉性～｜老王為人～｜他是一個～的人，不會
隨聲附和。

哽 gěng〔動〕❶ 喉嚨堵塞無法下嚥：吃得太
快，～着了。❷ 因激動或悲傷而喉嚨阻
塞，發不出聲：悲～｜她一激動，喉嚨～住，半
天說不出話來。

【哽噎】gěngyē〔動〕❶ 食物堵住食管，難以下
嚥：喉嚨～。❷ 悲傷過甚，哭時泣不成聲：很
想放聲大哭一場，可又～得哭不出聲來。

【哽咽】gěngyè〔動〕壓抑着不能痛快出聲地哭：
她～着說不出話來。也作梗咽。

梗 gěng ❶(～兒)〔名〕植物的枝或莖：
花～兒｜茶葉～兒｜扁豆～兒。❷〔動〕
挺直：他～着脖子就是不認賬。❸ 阻礙，妨
礙：～塞｜作～。❹ 剛正；正直：風骨～正。
❺(Gěng)〔名〕姓。

語彙 橫梗 萍梗 頑梗 阻梗 作梗

【梗概】gěnggài〔名〕大略的內容或情節：劇
情～｜只粗略地知道這本書的～。

【梗塞】gěngsè〔動〕❶ 阻塞：地下管道～。❷ 局
部血管阻塞，血流停止：心肌～。

【梗死】gěngsǐ〔動〕血流循環堵塞，以致血流停
止，人體組織因缺血而壞死。多發生於心、
腎、肺、腦等器官：心肌～｜腦血管～。

【梗咽】gěngyè 同“哽咽”。

【梗滯】gěngzhì〔動〕阻塞不通：路窄車多，交
通～。

【梗子】gěngzi〔名〕“梗”①：茶葉～｜豇豆～。

【梗阻】gěngzǔ〔動〕❶ 阻塞：腸～｜公路～，
車輛繞道行駛。❷ 攔阻；擋住不讓通行：橫
施～。

硬 gěng 用於地名：石～(在廣東)。

緪 (緪) gěng〈書〉井繩：短～不可以汲深
井之泉。

【緪短汲深】gěngduǎn-jíshēn〔成〕《莊子·至
樂》：“緪短者不可以汲深。”井繩短的水桶不
能從深井中打水。多比喻力量薄弱而任務重
大，不能勝任：智小謀大，～。

頸 (颈) gěng 見“脖頸兒”(100 頁)。
另見 jǐng(702 頁)。

鯁 (鯁)〈骾〉gěng ❶〈書〉魚骨；魚
刺：如～在喉，不吐不
快。❷〔動〕魚刺卡在喉嚨裏：吃魚可得小心，別
叫魚刺～住。

gèng 《ㄥ

更 gèng〔副〕❶ 表示程度或數量上又進了一
步：～多｜～少｜～幸福｜～困難｜穿上新
衣服就～漂亮了｜比以前～懂道理｜倆人～合得
來了。❷〈書〉再；又；復：欲窮千里目，～上一
層樓。注意 a)原來已經達到一定程度，“更”用於
比較，表示程度增強，如“孩子更懂事了”。b)跟
相反的方面比較，如“這樣一來，對我們反而有
利了”，即原來不一定有利，甚至可能不利。
c)表示跟同類事情比較更為突出，跟“尤其”“特
別”相似，如“他不愛玩牌，更不愛打麻將”。
另見 gēng(444 頁)。

【更加】gèngjiā〔副〕“更”①：～不容易｜～清
潔｜～聽不進群眾意見｜～能夠說明問題｜氣
溫～升高。注意“更加”和“更”在意義和用法
上基本相同，但“更加”多用在雙音節形容詞
和動詞前，一般不用在單音節形容詞前。如果
用了單音節形容詞，後面得有個助詞“了”，
如“這更加好了”。

【更其】gèngqí〔副〕〈書〉更加：～如此｜～難
辦｜～不幸。

【更上層樓】gèngshàng-cénglóu〔成〕唐朝王之渙
《登鸛雀樓》詩有“欲窮千里目，更上一層樓”
之句，意思是，要想看得更遠，就要登得更
高。後用“更上層樓”比喻再提高一步或取得
更好成績：我國體育健兒在奧運會上取得了可
喜的成績，希望他們～。

【更為】gèngwéi〔副〕更加：色調～鮮艷｜～引人
注目｜他比以往～謙虛謹慎。

堩 gèng〈書〉道路：止柩於～。

暅 gèng〈書〉暴曬。多見於人名。
另見 xuǎn(1535 頁)。

gōng 《ㄨㄥ

工 gōng ㊀ ❶ 工人：礦～｜徒～｜女～｜臨
時～｜合同～。❷ 工人階級：～農聯盟。
❸〔名〕工作；生產勞動：上～｜罷～｜～具｜
傷｜同～同酬。❹ 工程：動～｜施～｜竣～。
❺ 工業：～化｜～商管理。❻ 指工程師：高～｜
李～。❼〔名〕(個)一個工人或農民一個勞動
日的工作量：修房需要五個～｜一個～給多少
錢｜價廉而～省。❽(戲曲表演的)技術修養：
唱～兒｜做～。❾ 擅長：～詩善畫｜～於心計。
❿ 精巧；精緻：～巧｜～整｜～細｜異曲同～。
㊁〔名〕❶ 中國民族音樂音階上的一級，樂
譜上用作記音符號，相當於簡譜的“3”。參見“工
尺”(447 頁)。❷(Gōng)姓。

務。**❷**〔名〕這一兵種的士兵：派～去排除地雷。以上舊稱工兵。

【工程師】gōngchéngshī〔位，名〕技術幹部的職稱之一。能獨立完成某一專業技術任務的設計和施工工作的專業人員，有總工程師、副總工程師（以上為行政職務）、高級工程師、工程師、助理工程師（以上為專業技術職稱）等。**❷**比喻能教育熏陶人們思想的人。多指教師、作家等：人類靈魂的～。

【工程師節】Gōngchéngshī Jié〔名〕舊時以 6 月 3 日（傳說是大禹生日）為工程師節。

【工程院】gōngchéngyuàn〔名〕工程技術界最高榮譽性、諮詢性的學術機構，由院士組成，下分若干學部：～院士。

【工地】gōngdì〔名〕進行建築、開發等的施工現場：建築～。

【工讀】gōngdú **❶**〔動〕用本人勞動的收入來供自己讀書；半工半讀：他在國外上大學的幾年一直是～。**❷**〔名〕指對有違法和輕微犯罪行為的青少年進行改造、挽救的教育：進～學校｜～生。

【工讀生】gōngdúshēng〔名〕（名）原指用本人做工勞動收入供自己上學讀書的學生。現多指在工讀學校邊勞動、邊學習的失足青少年。

【工讀學校】gōngdú xuéxiào〔所〕專門對有違法和輕微犯罪行為而又不夠法律處罰的青少年進行教育的學校。對學生學習、勞動和生活集中管理，帶有一定的強制性，學生改正錯誤、完成學業後，同樣可以升學和就業：他被送進了～｜～是教育、挽救失足青少年的地方。

【工段】gōngduàn〔名〕**❶**某些工程部門劃分的施工組織。**❷**工廠車間裏劃分的生產組織，大於班和組。

【工分】gōngfēn〔名〕中國農村農業生產合作社、人民公社時期計算社員工作量和勞動報酬的單位：掙～｜記～｜～值。

【工蜂】gōngfēng〔名〕（隻）蜜蜂中生殖器官發育不完全的雌蜂，體小善飛，擔任築巢、採集花粉、花蜜和哺養幼蜂等工作。

【工夫】gōngfu〔名〕**❶**（～兒）時間：四年～讀完了大學｜三天～兒就學會了游泳。**❷**（～兒）空閒時間：有～再來玩｜沒～兒去逛街。**❸**（～兒）（北京話）時候：我當兵那～你怎還穿開襠褲呢！**❹**本領；造詣：這個人在這方面很有～。注意 這個意義現在一般寫作功夫。

【工會】gōnghuì〔名〕工人階級的群眾性組織：總～｜部門～｜～主席｜～幹部。

【工價】gōngjià〔名〕指營建或製造產品時用在人工上的費用。多用於制訂計劃或計算成本：印刷廠的排印～不斷上漲。

【工架】gōngjià 同“功架”。

【工間】gōngjiān〔名〕工作的間隙，規定的休息時

語彙　罷工　幫工　包工　長工　出工　打工　怠工　刀工　底工　動工　短工　返工　放工　分工　復工　趕工　僱工　河工　護工　華工　化工　換工　記工　技工　加工　監工　交工　精工　軍工　竣工　開工　苦工　礦工　勞工　零工　領工　美工　民工　女工　評工　青工　人工　日工　散工　上工　施工　試工　收工　手工　特工　替工　停工　童工　徒工　土工　完工　尾工　窩工　武工　誤工　下工　校工　歇工　興工　夜工　義工　員工　月工　招工　職工　壯工　做工　合同工　臨時工　磨洋工　農民工　小時工　鐘點工　鬼斧神工　巧奪天工　異曲同工　磨刀不誤砍柴工

【工本】gōngběn〔名〕製造物品所費的工夫和所用的成本：不惜～｜～一高，售價當然也高了。

【工筆】gōngbǐ〔名〕中國畫的一種畫法。用筆工整、細密，注重細部的描繪（跟“寫意”相對）：～花卉｜牆上掛着兩幅畫：一幅～，一幅寫意。

【工兵】gōngbīng〔名〕工程兵的舊稱：～連｜派～修橋。

【工部】gōngbù〔名〕古代官制六部之一，主管全國工程、交通、水利和屯田等事。

【工場】gōngchǎng〔名〕（家）手工業工人進行生產、製造產品的場所：豆腐～｜製鞋～。手工業工場也叫作坊。

【工廠】gōngchǎng〔名〕（座，家）直接進行生產活動的單位，有機器設備、車間和工人，把原材料製成產品，或把半成品加工為產品。通常包括生產、業務、經營管理等部門：在～勞動｜五家～生產同一產品。注意 香港、台灣等地，“工廠”的量詞用“間”。

【工潮】gōngcháo〔名〕工人為實現政治、經濟要求或表示某種抗議而掀起的風潮：鬧～｜引起一場～。

【工尺】gōngchě〔名〕中國民族音樂音階上各個音的總稱，也是樂譜上各個記音符號的總稱。通用符號為上、尺、工、凡、六、五、乙，相當於簡譜的“1、2、3、4、5、6、7”。高八度音加“亻”旁，如“仩、伬”等，低八度音除六、五、乙分別改用合、四、一外，其餘均以末一筆撇為別，如“上、尺、工”等。以工尺記的譜叫作工尺譜。注意 這裏的“尺”不讀 chǐ。

【工程】gōngchéng〔名〕**❶**（項）需要用大而複雜的設備來進行的土木建築或其他工作：土木～｜電力～｜航天～｜水利～｜～建設｜～期限。**❷**泛指某些由多方合作、需投入大量財力、人力、物力的工作：菜籃子～（解決城鎮居民蔬菜、副食品供應的措施）。

【工程兵】gōngchéngbīng〔名〕**❶**擔任複雜的工程保障任務的兵種。執行構築工事、架設橋樑、築路、偽裝、設置或排除障礙等工程任

間：～操｜～休息。

【工間操】gōngjiāncāo〔名〕(套)機關和企事業單位的工作人員每天在工作間隙集體做的一種健身體操：每天堅持做～。

【工匠】gōngjiàng〔名〕(名)手藝工人：他是一名裝裱書畫的好～。

【工具】gōngjù〔名〕❶進行生產勞動所使用的器具：勞動～｜～箱。❷比喻賴以達到目的的事物：語言是人們交流思想感情的～｜他充當了壞人的～。

【工具書】gōngjùshū〔名〕專門為讀者查考字義、詞義、語句出處和各種資料而編纂的書籍。如字典、詞典、索引、歷史年表、年鑒、百科全書、類書、圖書目錄等。

【工卡】gōngkǎ〔名〕工作時佩戴的表明身份的硬卡。

【工楷】gōngkǎi ❶〔名〕工整的楷書。❷〔動〕擅長楷書。

【工科】gōngkē〔名〕工程技術學科的統稱：～大學｜他學的是～。

【工礦】gōngkuàng〔名〕工業和礦業的合稱：～企業。

【工力】gōnglì〔名〕❶本領和力量。❷指完成一項工作所需要的人力：～不足｜這項工程大約需要多少～？

【工力悉敵】gōnglì-xīdí〔成〕(彼此)水平或程度完全相當，不分上下：兄弟二人作畫，～。

【工料】gōngliào〔名〕❶人工和材料。多用於制訂計劃或計算成本時：～漲價，提高了書籍印製成本。❷指工程所需用的材料：購買～，建造廠房。

【工齡】gōnglíng〔名〕職工的工作年數：～工資｜～很短｜他已經有三十年～了。

【工農】gōngnóng〔名〕❶工人和農民：～一家。❷工人階級和農民階級：～聯盟。❸指工業和農業：～並舉。

【工農兵】gōngnóngbīng〔名〕工人、農民和士兵：～人口基數大。

【工棚】gōngpéng〔名〕(間)工地上臨時搭建的簡易房屋，供工作或住宿之用。

【工期】gōngqī〔名〕工程的期限：～很短｜～三年｜不要誤了～。

【工錢】gōngqian〔名〕❶做零活兒的報酬：打掃房間衛生，一小時～多少？❷〈口〉工資：保姆一個月掙多少～｜他每月的～足夠維持生活。

【工人】gōngrén〔名〕(名)依靠工資收入為生的體力勞動者：～做工，農民種田｜你們廠有多少～？

【工日】gōngrì〔名〕(個)勞動計量單位，一個勞動者工作一天為一個工日：完成這項工作需要五百個～。

【工傷】gōngshāng〔名〕在生產勞動中受到的意外傷害：～事故｜盡量減少～｜他因～住進了醫院。

【工商】gōngshāng〔名〕工業和商業：～界｜～業｜～銀行｜～管理所。

【工時】gōngshí〔名〕(個)勞動計量單位，工人工作一小時為一個工時：按～計算報酬。

【工事】gōngshì〔名〕保障軍隊發揮火力和安全隱蔽的建築物，如地堡、塹壕、交通壕、掩蔽部等：修築～｜防禦～｜～堅固。

【工頭】gōngtóu(～兒)〔名〕(名)工人的領班；也指舊時資本家僱用來監督工人勞動的人：他是包工隊的～兒｜從前工廠裏的～兒又叫拿摩溫(英語 number one 的音譯)，是廠主的手下。

【工穩】gōngwěn〔形〕(詩文書畫)工整和諧：書法～｜立意新奇，對仗～。

【工細】gōngxì〔形〕精巧細緻：織物～｜製作～的手工藝品。

【工效】gōngxiào〔名〕工作效率：～低｜提高～。

【工薪】gōngxīn〔名〕工資：～收入｜～階層｜靠～生活。

【工薪階層】gōngxīn jiēcéng 指以有限的工資為主要生活來源，沒有其他經濟收入的社會階層。

工薪階層的不同說法

在華語區，中國大陸叫工薪階層，港澳地區叫受薪階層，台灣地區和新加坡、泰國則叫受薪階級，泰國還叫領薪階級。

【工休】gōngxiū〔動〕❶指工作一段時間後的休息：～日。❷指機關和企業每天的工間休息：上午～做廣播操。

【工序】gōngxù〔名〕(道)產品或零件在生產過程中分段加工的程序，也指各段加工的次序：十五道～｜嚴格按～加工｜這個產品生產～很複雜。

【工業】gōngyè〔名〕利用自然資源製造生產資料和生活資料，以及對農副產品進行加工的生產事業：重～｜輕～｜～國｜～生產。

【工業化】gōngyèhuà〔動〕使現代工業在國民經濟中佔主要地位：實現～。

【工藝】gōngyì〔名〕❶把原材料或半成品加工為產品的方法、技術等：生產～｜改進～。❷手工藝：～品｜～美術｜民間～。

【工藝美術】gōngyì měishù 指工藝品的造型設計及各種用於裝飾的美術。工藝美術的內容很廣，有實用美術、手工藝、民間工藝、民族工藝、現代工藝美術設計、商業美術、書籍裝幀等。每一個方面又包括了很多內容，如實用美術與人民生活中的衣、食、住、行、用等各方面都有關係。

【工藝品】gōngyìpǐn〔名〕(件)工藝美術製品：～生產｜各種～琳瑯滿目。

【工尹】Gōngyǐn〔名〕複姓。

【工友】gōngyǒu〔名〕(位，名)❶機關、學校的勤雜人員：機關裏每天有兩名～打掃衛生。❷舊稱工人。

【工於】gōngyú〔動〕擅長於：～山水畫｜～戲曲唱腔設計。

【工餘】gōngyú〔名〕正式工作時間以外：～時間｜～活動。

【工欲善其事，必先利其器】gōng yù shàn qí shì, bì xiān lì qí qì〔諺〕語出《論語·衛靈公》。意思是工匠想要做好活兒，一定要先使他的工具精良。

【工運】gōngyùn〔名〕工人運動的簡稱：～領袖｜開展～。

【工賊】gōngzéi〔名〕指工人運動中被對方收買、出賣工人階級利益、破壞工人運動的人，多指其中領頭人物。

【工整】gōngzhěng〔形〕精細整齊：字跡～｜抄寫得工工整整。

【工質】gōngzhì〔名〕工作介質的簡稱。在各種機器和設備中藉以完成能量轉化的媒介物質，如汽輪機中的蒸汽、製冷機中的氨等。

【工種】gōngzhǒng〔名〕按生產勞動的性質和擔負的任務而劃分的工作種類，如鉗工、車工、鑄工等。

【工裝】gōngzhuāng〔名〕(套)工人穿的工作服：每人發一套～｜一到車間就換上～了。

【工拙】gōngzhuō〔形〕精緻和拙劣：衣服的縫製確有～之分。

【工資】gōngzī〔名〕定期發給勞動者的勞動報酬(多為現金)：低～｜高～｜浮動～｜固定～｜～改革｜～調整。

【工作】gōngzuò❶〔動〕從事體力或腦力勞動：積極～｜開始～｜他在上海～過｜你在哪裏～？❷〔動〕泛指機器、工具在人的控制或操縱下運轉：機器正在～。❸〔名〕(份)職業：找到～｜介紹～。❹〔名〕(項)業務；任務：科研～｜分配～。❺主動要求～。

【工作餐】gōngzuòcān〔名〕(頓)一些單位為上班職工或外來工作人員提供的比較簡便的飯食：我們中午不回家，在單位吃～｜到下級單位，一律吃～，標準要嚴格按規定執行。

【工作訪問】gōngzuò fǎngwèn 國家領導人為磋商重大問題而前往他國，並與他國領導人舉行會晤。級別比國事訪問低，不需要煩瑣的儀式。

【工作服】gōngzuòfú〔名〕(套，件)某些行業為適應工作需要而特製的服裝：藍色～。

【工作日】gōngzuòrì〔名〕(個)❶按規定一天中工作的時間：按～計算勞動報酬。❷按規定一個月或一年中應該工作的日子：一個月有 22 個或 23 個～。

【工作室】gōngzuòshì〔名〕小型的設計、創作機構或表演團體等：攝影～｜婚禮策劃～｜翻譯～｜街頭舞蹈～。

弓　gōng ❶〔名〕(張)射箭或發彈丸的器械，由近似弧形的有彈性的條狀物和繫緊兩端的堅韌的弦組成：一張～｜拉～射箭｜左右開～。❷(～兒)像弓的工具、器械：胡琴～子｜繃～兒。❸〔名〕舊時丈量地畝的工具，用木頭製成，形狀略像弓，兩端的距離是 5 尺。也叫步弓。❹〔量〕舊時丈量地畝的單位，五尺為一弓。❺〔動〕彎曲；使彎曲：～腰駝背｜～着兩條腿。❻(Gōng)〔名〕姓。

弦
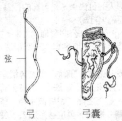
弓　　弓囊

語彙　弩弓　神弓　盤馬彎弓　左右開弓

【弓背】gōngbèi ❶(～兒)〔名〕指弓上的弧形背。❷〔名〕駝背。❸〔名〕比喻彎曲的路(區別於"弓弦")：走～遠好幾里。❹(-//-)〔動〕背像弓一樣彎起來：下到坑道裏要弓着背，彎着腰才成。

【弓弦】gōngxián〔名〕(～兒)❶指弓上的弦。❷比喻直的路(區別於"弓背")：走～兒，近多了。

【弓子】gōngzi〔名〕形狀或作用像弓的東西：小提琴～。

公　gōng ㊀❶屬於國家或集體，而非個人私有的(跟"私"相對)：～物｜～款｜～費｜～充。❷共同的；公認的：～議｜～約｜～論｜～理。❸屬於國際間的：～海｜～斤｜～里。❹公平；公正：～道｜買～賣｜辦事不～。❺使公開：～告｜～之於眾。❻公事；公務：辦～時間｜～餘。

㊁❶古代公、侯、伯、子、男五等爵位的第一等：～爵。❷對上年紀男子的尊稱：李～｜～等一心為國。❸丈夫的父親：～婆。❹〔形〕屬性詞。雄性的(跟"母"相對)：～雞｜這頭牛是～的。❺(Gōng)〔名〕姓。

語彙　辦公　秉公　不公　充公　歸公　明公　師公　叔公　天公　王公　相公　寓公　諸公　主人公　開誠佈公　克己奉公　捨己為公　枵(xiāo)腹從公

【公安】gōng'ān〔名〕❶社會治安：～局｜～人員｜～幹警｜～學校。❷指公安人員：他是個老～了。

【公案】gōng'àn〔名〕❶舊時官吏審理案件用的

桌子。❷（件，椿，起）情節複雜的案件，也指社會上有糾紛的或離奇的事件：這椿～何時了結？

【公辦】gōngbàn〔形〕屬性詞。由國家創辦的（區別於"民辦"）：～學校｜～民助。

【公報】gōngbào〔名〕❶ 國家、政黨、領袖人物就重要會議內容、國際談判進展或條約簽訂等公開發表的正式文告：新聞～｜聯合～。❷ 政府編印的一種刊物，專門刊登法律、法令、決議、命令、條約、協議及其他文件等。

【公報私仇】gōngbàosīchóu〔成〕借公事發泄私憤，報個人的仇恨：～是可鄙的行為｜這些人總是想要趁火打劫，～！

【公佈】gōngbù〔動〕公開發佈（法令、文告、注意事項等）：～錄取名單｜～新憲法｜選舉結果已經～。

> 辨析 公佈、頒佈 "頒佈"指領導機關向下發佈，發佈的常是命令、法令等；"公佈"指向公眾發佈，發佈者除了領導機關外，還可以是一般的機關、團體、單位甚至個人，發佈的也不限於法令、命令，還可以是方案、草案、計劃、名單、賬目、數字、成績、結果等。"大會公佈選舉結果""學校公佈錄取名單"中的"公佈"不能換成"頒佈"。

【公廁】gōngcè〔名〕公共廁所。

【公差】gōngchāi〔名〕❶ 臨時赴外完成的公務：出了一趟～。❷ 舊指差役：帶上兩名～。

【公產】gōngchǎn〔名〕公共財產，國家財產（跟"私產"相對）：這所房子是～，任何個人不得佔用。

【公車】gōngchē〔名〕（輛）屬於公家的汽車（跟"私車"相對）：不准乘～辦私事。

【公尺】gōngchǐ〔量〕公制長度單位，米的舊稱。

【公出】gōngchū〔動〕因公事出差：小王～去天津。

【公道】gōngdào〔名〕公正的道理：主持～。

【公道】gōngdao〔形〕公平：價格～｜這麼做對他很不～。

【公德】gōngdé〔名〕公共道德（跟"私德"相對）：社會～｜違反～。

【公敵】gōngdí〔名〕公眾的敵人：人民～。

【公斷】gōngduàn〔動〕❶ 由公家裁斷：此事不能私了，只能～。❷ 由非當事人居中裁斷：聽候眾人～。❸ 秉公裁斷：是非曲直，敬請～。

【公法】gōngfǎ〔名〕❶ 指與國家利益有關的法律，如憲法、刑法等（區別於"私法"）。❷ 指國際上制定的調整國際關係的法律準則：國際～。

【公房】gōngfáng〔名〕（套）所有權屬於公家的房屋（區別於"私房"）：他現在住的還是20年前分的～。

【公費】gōngfèi〔名〕公家提供的費用：～醫療｜嚴禁～旅遊。

【公費生】gōngfèishēng〔名〕（名）由公家出錢派赴國外學習的留學生（區別於"自費生"）。

【公分】gōngfēn〔量〕❶ 公制長度單位，厘米的舊稱。❷ 公制質量或重量單位，克的舊稱。

【公憤】gōngfèn〔名〕群眾共同的憤怒：激起～｜引起～｜～難平。

【公幹】gōnggàn ❶〔動〕辦理公事：外出～。❷〔名〕（項）公事：有何～？

【公告】gōnggào〔名〕（張，則）政府、機關團體等向公眾發佈的通告：發表～｜禁止燃放煙花爆竹的～。

【公公】gōnggong〔名〕❶ 丈夫的父親：你～多大年紀了？❷（婆婆都健在。❸（吳語）外祖父。❹ 尊稱老年男子：老～。❺ 稱呼太監（多見於舊小說、戲曲）。

【公共】gōnggòng〔形〕屬性詞。公眾共同的；眾人所有所用的：～交通｜～秩序｜～設施｜～衛生。

【公共關係】gōnggòng guānxì（-xi）團體或個人在社會活動中的相互關係：加強對外的～工作，提高企業知名度。簡稱公關。

【公共汽車】gōnggòng qìchē（輛）供乘客買票乘坐的汽車，有固定的行車路線和停車站，是現代交通工具之一。

【公關】gōngguān〔名〕公共關係的簡稱：～人才｜～意識｜重視～效用｜加強～活動。

【公館】gōngguǎn〔名〕❶（家，所，座）舊指官員或富人的豪華住宅：這條街上有好幾家～。❷ 對住宅兼辦公處所的敬稱：周～（抗戰時期周恩來的住宅兼中國共產黨駐重慶的辦事處）。

【公海】gōnghǎi〔名〕沿海國家領域範圍以外的，不屬於任何國家主權所有的廣大海域。原則上屬於世界各國共有，共同管理，合理使用。

【公害】gōnghài〔名〕各種污染源對社會公共環境、社會生活以至人們的思想意識造成的污染和危害：空氣污染，造成～｜毒品已成為一種社會～。

【公函】gōnghán〔名〕（封）同級機關或不相隸屬的單位之間來往的公文信函（區別於"便函"）：一封～｜～往來。

【公積金】gōngjījīn〔名〕（筆）❶ 工商企業、生產單位從收益中提取的用作擴大再生產等方面的資金。❷ 為公共福利事業繳存的專項資金，如住房公積金。

【公祭】gōngjì ❶〔動〕機關單位、群眾團體、社會人士為向死者表示哀悼而舉行祭奠。❷〔名〕上文所述的祭奠儀式。

【公家】gōngjia〔名〕〈口〉指國家、機關、團體、企業：～的財物，私人不能據為己有。

【公檢法】gōngjiǎnfǎ〔名〕公安局、檢察院、法院的合稱。

【公交】gōngjiāo〔名〕公共交通：～系統｜～人員｜發展～事業。

【公交車】gōngjiāochē〔名〕(輛)公共汽車：他每天坐～上班。

公交車的不同説法
在華語區，中國大陸叫公交車或公交，新加坡、馬來西亞和港澳地區叫公交巴士，泰國叫公路車或公車，台灣地區也叫公車。

【公斤】gōngjīn〔量〕千克。

【公決】gōngjué〔動〕共同決定：全民～｜大家投票、｜由理事會～。

【公開】gōngkāi ❶〔形〕不隱蔽；不秘密（跟"秘密"相對）：財務～｜獎懲～｜～審判。❷〔動〕揭露；使秘密成為公開：～這個小集團的內幕｜～他們的秘密活動。

【公開信】gōngkāixìn〔名〕(封)寫給個人或團體，有必要使公眾知道而公開發表的信。

【公筷】gōngkuài〔名〕(雙)集體就餐時餐桌上另配的公用筷子，供人們將菜從盤中夾到自己的碗碟裏：每張桌都配備了公勺、～。

【公款】gōngkuǎn〔名〕(筆)屬於國家、企業、機關、團體的錢：挪用～｜貪污～｜攜～潛逃。

【公厘】gōnglí〔量〕公制長度單位，毫米的舊稱。

【公里】gōnglǐ〔量〕公制長度單位，1公里等於1000米，合2市里。

【公理】gōnglǐ〔名〕❶生活實踐中無需再加證明的命題，如等量減等量其差相等，兩點之間的距離直綫最短。❷社會上公認的正確道理：～戰勝強權。

【公立】gōnglì〔形〕屬性詞。政府設立的（區別於"私立"）：～學校｜～醫院｜那所大學是～的。

【公曆】gōnglì〔名〕國際通用的曆法，是陽曆的一種。一年365天，分為十二個月，一、三、五、七、八、十、十二月為大月，每月31天，四、六、九、十一月為小月，每月30天，二月是28天。每400年有97個閏年，閏年在二月末加一天，全年366天。紀元是從傳說的耶穌生年算起。舊稱西曆。

【公良】Gōngliáng〔名〕複姓。

【公糧】gōngliáng〔名〕農業生產者每年向國家交納的作為農業稅的糧食。中國2005年取消農業稅，農民不再交公糧。

【公了】gōngliǎo〔動〕發生爭端後，通過法律手段或有關組織出面來解決（區別於"私了"）：胡某害怕～，寧願多出點錢私了此事。

【公路】gōnglù〔名〕(條)主要供汽車通行的寬闊道路，多在市區外面：高速～｜～幹綫｜修～。

【公論】gōnglùn〔名〕公眾的評論；公正的評論：是非曲直全憑～｜群眾自有～。

【公孟】Gōngmèng〔名〕複姓。

【公民】gōngmín〔名〕取得國籍並根據該國憲法和法律規定享有權利和承擔義務的人：～權｜中華人民共和國～。

【公墓】gōngmù〔名〕(座)有人管理的公共墳地：革命～。

【公募】gōngmù〔動〕以公開方式向社會公眾發售證券等募集資金：～基金。

【公派】gōngpài〔動〕由國家或集體派遣：～出國留學。

【公判】gōngpàn〔動〕❶公開宣判；法院對案件的判決在群眾大會上向當事人及公眾公開宣佈。❷公眾評判：鄰里爭端，可由群眾～。

【公平】gōngpíng〔形〕公正而不偏袒：～合理｜～交易｜～競爭｜辦事很～。

【公平秤】gōngpíngchèng〔名〕(桿，台)為保護消費者利益，監督商業活動，在商店、市場等場所設置的公用標準秤。

【公婆】gōngpó〔名〕❶公公和婆婆，即丈夫的父親和母親：醜媳婦總要見～。❷(吳語)指夫妻，夫妻二人叫兩公婆：兩～蠻好。

【公僕】gōngpú〔名〕為公眾服務的人，多指政府官員：人民～。

【公卿】gōngqīng〔名〕原指三公九卿，後泛指朝廷中身居高位的官員。

【公頃】gōngqǐng〔量〕公制地積單位，1公頃等於10000平方米，合15市畝。

【公然】gōngrán〔副〕無所隱蔽、無所顧忌地：～對抗｜～入侵｜～作弊｜～動手打傷執法人員。

【公認】gōngrèn〔動〕眾人一致認為：全廠～他是個好員工。

【公傷】gōngshāng〔名〕因公受的傷：他出了～住進醫院。

【公社】gōngshè〔名〕中國農村人民公社（1958-1983）的簡稱。歷史上使用"公社"名稱的有巴黎公社（1871年）、廣州公社（1927年），是無產階級政權的一種形式。

【公審】gōngshěn〔動〕公開審判；在群眾參加下審判某些重大案件：對重大貪污案件進行～。

【公使】gōngshǐ〔名〕一國派駐另一國的僅次於大使級的外交官。現在各國間一般都是互派大使。也有在駐外大使館中設公使的，是介於大使和參贊之間的外交官。全稱是特命全權公使。

【公示】gōngshì〔動〕把有關情況公佈出來，讓大家知道並徵求意見：很多單位職稱評定實行～制度。

【公式】gōngshì〔名〕❶指用數學符號或文字表示各個量之間關係的式子。它必須具有普遍性，適合於同類關係的所有問題：要牢記數學～。❷泛指可以應用於同類事物的方式、方法：生活－寫作－生活，是他的創作～。

【公式化】gōngshìhuà〔動〕❶ 文藝創作中套用某種固定格式去描寫人物和事件：這個劇本裏的幾個主要人物都有點兒～、概念化。❷ 不根據具體情況而是用固定不變的方式去處理不同的問題。

【公事】gōngshì〔名〕❶（件）公家的事務（區別於"私事"）：出差辦～｜他最近～很忙。❷〈口〉指公文：～包｜看～。

【公事公辦】gōngshì-gōngbàn〔成〕公家的事公家的制度辦：咱們～，不講私人情面。

【公輸】Gōngshū〔名〕複姓。

【公署】gōngshǔ〔名〕❶ 官員辦公的處所：專員～。❷ 地區一級行政機構的名稱。

【公司】gōngsī〔名〕（家）依法設立，以營利為目的，從事產品的生產、商品的流通或某些建設事業的工商業組織。公司分為無限責任公司、有限責任公司、股份有限公司等：合資～｜開了一家～。

【公私】gōngsī〔名〕公家和私人：～兼顧｜～雙方｜～兩利｜～合營。

【公訴】gōngsù〔名〕法律用語。中華人民共和國刑事訴訟法規定，人民檢察院認為被告的犯罪事實已經查清，證據確實、充分，依法應當追究刑事責任的，應當做出起訴決定，向人民法院提起公訴。

【公孫】Gōngsūn〔名〕複姓。

"公"字領頭的複姓舉例

公賓	公伯	公疇	公德	公戶	公堅
公肩	公斂	公良	公孟	公明	公綦
公冉	公沙	公山	公上	公乘（shèng）	
公師	公叔	公輸	公孫	公檮（táo）	
公西	公晳	公夏	公襄	公緒	公羊
公冶	公儀	公玉	公仲	公族	公祖

【公攤】gōngtān〔動〕（費用、資金等）由大家平均分擔：籌措資金，不能採用各戶～的辦法。

【公攤面積】gōngtān miànjī 指商品住宅樓內直接為居住服務的共有建築面積。主要包括樓梯、電梯、過道、公共門廳等。因這部分面積要分攤到每套住房的面積中，由業主共同承擔費用，故稱：減少～，提高房屋使用率｜開發商常常在～上做手腳，商品房縮水嚴重。

【公堂】gōngtáng〔名〕❶ 法庭：對簿～｜私設～。❷（所，座）祠堂。

【公帑】gōngtǎng〔名〕〈書〉公款。

【公推】gōngtuī〔動〕共同推舉：大家～他做會議主席。

【公文】gōngwén〔名〕（份）機關單位處理公務的文件：一紙～｜收發～｜～已下達各省區。

【公文旅行】gōngwén lǚxíng 指公文層層審批，長時間往來傳遞。是辦事拖拉、效率低下的一種表現。

【公務】gōngwù〔名〕公事；公家的事務：處理～｜～在身。

【公務員】gōngwùyuán〔名〕（位，名）各級國家行政機關中除工勤人員以外的工作人員。國家公務員的職務分為領導職務和非領導職務。

【公物】gōngwù〔名〕（件）公家的東西：愛護～。

【公西】Gōngxī〔名〕複姓。

【公心】gōngxīn〔名〕❶ 公正之心：出以～，而不是私心。❷ 個人利益服從公眾利益、為公眾利益着想的心意：一心為民，一片～。

【公信力】gōngxìnlì〔名〕使公眾信任的力量：那位候選人在選民中具有很高的～。

【公行】gōngxíng〔動〕無所顧忌，公然行動：盜賊～｜賄賂～。

【公休】gōngxiū〔動〕在星期日、節日、紀念日等國家規定的日子集體休假：明天星期天，我們～。

【公選】gōngxuǎn〔動〕公開選拔：～校長｜～幹部。

【公演】gōngyǎn〔動〕公開演出：這齣戲即將～。

【公羊】Gōngyáng〔名〕複姓。

【公冶】Gōngyě〔名〕複姓。

【公益】gōngyì〔名〕公共的利益：～金｜～事業｜熱心～。

【公益廣告】gōngyì guǎnggào 企業為擴大影響、樹立自身形象而為公共事業做的非營利性廣告。

【公益金】gōngyìjīn〔名〕（筆）企業單位從總收入中提取的專門用於本單位職工的社會保險和福利事業的資金。

【公議】gōngyì〔動〕公眾商議或評議：此事需經～後方能決定。

【公營事業】gōngyíng shìyè〔名〕台灣地區用詞。由政府機構經營的企業和事業。

【公映】gōngyìng〔動〕公開放映（多指電影）：這兩部新片定於下月～。

【公用】gōngyòng〔動〕公共使用；共同使用：～電話｜大客廳兩家～。

【公用事業】gōngyòng shìyè 城市中為滿足公眾生活需要而經營的各種事業。如自來水、電力、煤氣供應，交通、道路、通信設施等。

【公有】gōngyǒu〔動〕公家所有（區別於"私有"）：～財產｜城鄉園林均屬～。

【公有制】gōngyǒuzhì〔名〕生產資料歸公共所有的制度。

【公餘】gōngyú〔名〕公務以外的空餘時間：利用～寫詩作畫。

【公玉】Gōngyù〔名〕複姓。

【公寓】gōngyù〔名〕❶（所，座，棟）舊時租期較長的宿舍，多供膳食，房租膳費按月計算。❷（所，座，棟）房間成套、設備較好、能容納許多人家居住的建築（多為樓房）：老年～｜

外交～。❸由專人管理、設備條件較好的集體宿舍(多為樓房):學生～。

【公元】gōngyuán〔名〕公曆的紀元,世界各國大多採用。據說,耶穌誕生之年為公元開始之年。

【公園】gōngyuán(～兒)〔名〕(座)供公眾遊覽休息的場所,有花木以至山水等。

【公約】gōngyuē〔名〕❶指三個或三個以上國家共同訂立的條約,如《日內瓦公約》:國際～｜訂立～。❷集體訂立的共同遵守的規章:市民～｜服務～。

【公允】gōngyǔn〔形〕公平恰當:辦事～｜態度～｜立論～。

【公債】gōngzhài〔名〕國家向國內公民或外國借的債:發行～｜買～是存款的一種形式。

【公章】gōngzhāng〔名〕(枚)公家使用的印章:蓋～。

【公正】gōngzhèng〔形〕公平正確,沒有偏私:案子判得很～｜問題這樣處理再～不過了。

【公證】gōngzhèng〔動〕根據當事人的申請,國家有關部門依法證明具有法律意義的文件和事實(如合同、畢業證書、結婚證書、親屬關係、遺囑等)的合法性、真實性的一種活動。

【公之於世】gōngzhīyúshì〔成〕向社會公開出來:由於案情複雜,審理終結方能～。

【公職】gōngzhí〔名〕國家機關、企事業單位中的正式職務:～人員｜擔任～｜開除～。

【公制】gōngzhì〔名〕國際公制(一種計量制度)的簡稱:～重量｜～長度單位｜～面積單位｜～與市制。

【公眾】gōngzhòng〔名〕大眾;社會上的大多數人:～輿論｜～利益｜～代表。

【公眾人物】gōngzhòng rénwù 知名度高、為大眾所關注的人物:影視明星、體育明星都是當大的～。

【公諸同好】gōngzhū-tónghào〔成〕把自己喜愛珍藏的東西向有相同愛好的人公開,共同欣賞,共同享受:他把幾代珍藏的名人書畫～。

【公主】gōngzhǔ〔名〕(位)帝王的女兒。

【公助】gōngzhù〔動〕國家或社會資助:民辦～｜～資金佔一半。

【公轉】gōngzhuàn〔動〕一個天體繞着另一個天體轉動叫公轉(區別於"自轉"),如太陽系的行星繞太陽轉動,行星的衞星繞着行星轉動。

【公子】gōngzǐ〔名〕(位)古代稱諸侯的兒子,後來稱有權勢、有地位人家的兒子,也用來尊稱別人的兒子。

【公子哥兒】gōngzǐgēr〔名〕(位)原稱官僚或富貴人家不知人情世故的子弟,後泛指嬌生慣養的子弟。

功 gōng ❶〔名〕功勞;業績:戰～｜表～｜立～｜一等～｜～高蓋世。❷成效:～效｜徒勞無～。❸技術和技術修養:唱～｜基本～｜氣～｜練～。❹〔名〕物理學名詞,指能量轉換的一種量度。一個力使物體沿力的方向移動一段距離,這個力就對物做了功。❺(Gōng)〔名〕姓。

> **語彙** 表功 成功 寸功 歸功 火功 記功 見功 居功 軍功 苦功 立功 練功 賣功 內功 評功 氣功 請功 事功 外功 武功 絞功 動功 邀功 陰功 用功 幼功 戰功 奏功 做功 基本功 好大喜功 計日程功 貪天之功 徒勞無功 一得之功

【功敗垂成】gōngbài-chuíchéng〔成〕事情快要成功的時候遭到失敗(含遺憾、惋惜意):英年早逝,～,睹物思人,倍感傷情。

【功臣】gōngchén〔名〕(位)❶君主時代稱有功之臣:岳飛是忠臣,也是～。❷泛指對國家或對某項事業有特殊功勞的人:他是航天事業的～。

【功成不居】gōngchéng-bùjū〔成〕立了功但不把功勞歸於自己:他雖然做出了很大貢獻,卻～,仍然把自己看成是集體中的普通一員。

【功成名就】gōngchéng-míngjiù〔成〕功業完成了,名聲也有了:過去普通一兵,今日～。

【功成身退】gōngchéng-shēntuì〔成〕指建立功業後就辭去官職,歸隱民間。

【功到自然成】gōng dào zìrán chéng〔諺〕功夫到了家,事情自然就會成功。常用來勸說人做事不要急於求成,而應認真踏實地去做:常言說得好,～,只要多下工夫,終歸會取得成功的。

【功德】gōngdé〔名〕❶功勞和德行:歌頌人民的～｜他的～人民不會忘記。❷佛教用語,指善行。

【功德無量】gōngdé-wúliàng〔成〕功德,佛教用語,指善行。無量,沒有限量。指功勞和恩德極大。現多用來稱頌做了非常好的事情。

【功底】gōngdǐ〔名〕基本功的底子:～扎實｜～很厚｜缺乏～｜他的外語很有～。

【功伐】gōngfá〔名〕〈書〉功勞:自矜～。

【功夫】gōngfu〔名〕❶本領;能耐:他的書法頗見～。❷特指武藝、武術:～片｜中國～｜苦練～。**注意** 指時間的"工夫"也寫作"功夫"。但現在"功夫"多專指花費精力和時間獲得的某方面的本領、造詣、素養。

【功夫茶】gōngfuchá〔名〕廣東、福建一帶的飲茶風尚。"功夫"的意思是指泡製功夫茶包含很多技藝,講究很多。茶葉、茶葉罐、爐火、烤料、水質、茶壺、茶杯等都要精心挑選。茶葉一般喜歡用鐵觀音。茶具用紅泥小壺,夏天用白瓷薄杯，冬天用紫砂杯和紅陶杯。泡功夫茶，壺底用大塊茶葉，中加少量茶末再加上大葉，泡出來才有足夠的色、香、味。功夫茶可提神醒腦，潤喉止渴，幫助消化，但易傷腸胃，不可空腹飲用。

【功夫片】gōngfupiàn（口語中也讀 gōngfu-piānr）〔名〕（部）以武打為主要內容的故事片。

【功過】gōngguò〔名〕功勞和過錯：分清～｜～三七開，即七分功勞，三分過錯。

【功績】gōngjì〔名〕功勞和業績：他的～銘記在人民心中。

【功架】gōngjià〔名〕戲曲演員演時的動作和姿態。也作工架。

【功課】gōngkè〔名〕❶（門）學生的課程：有幾門｜每門～都很好。❷指作業、練習等：課下留的～太多｜他正在做～。

【功虧一簣】gōngkuī-yīkuì〔成〕《尚書·旅獒》："為山九仞，功虧一簣。"堆九仞高的土山，因差一筐土而沒有完成。比喻一件事只差最後一點兒沒有做而未能成功（多含惋惜意）。注意這裏的"簣"不寫作"匱"。

【功勞】gōngláo〔名〕對事業、工作的貢獻：～簿｜他的～很大，應當受到人們的尊敬。

【功力】gōnglì〔名〕❶功效；效能：民間驗方的～不可輕視。❷功夫和能力：頗見～｜～很深。

【功利】gōnglì〔名〕❶效能和利益：重視～。❷指名利和地位：～主義｜追逐個人～。

【功烈】gōngliè〔名〕〈書〉功業；功績；功勳：～卓著。

【功令】gōnglìng〔名〕舊指規章法令：朝廷～｜～嚴整。

【功率】gōnglǜ〔名〕單位時間內所做的功：大～發動機｜這台機器的～是 2000 馬力。

【功名】gōngmíng〔名〕❶ 功業和名聲：求取～｜～已就。❷封建時代指科舉稱號或官職名位：～利祿｜他苦讀十年，終於得了～。

【功能】gōngnéng〔名〕事物或方法的功用和效能：肝～｜消化～｜～明顯｜～紊亂。

【功效】gōngxiào〔名〕功能；效果：何首烏具有補肝腎、益精血等～。

【功勳】gōngxūn〔名〕指為國家為人民建立的巨大功績：～顯赫｜～演員｜為人民立下了不朽～。

【功業】gōngyè〔名〕功績事業：建立～。

【功用】gōngyòng〔名〕功能；用處：人的器官各有各的～。

【功罪】gōngzuì〔名〕功勞和罪過：千秋～，誰人曾與評說。

共 gōng ❶古同"恭"①：～承嘉惠。❷（Gōng）古地名。在今河南輝縣。❸（Gòng）〔名〕姓。另見 gòng（457頁）。

攻 gōng ❶〔動〕進攻；攻打（跟"守"相對）：反～｜圍～｜～城掠地｜～其不

備｜～下敵人據點。❷〔動〕指責別人的錯誤、過失，駁斥他人的議論：～其一點，不及其餘｜群起而～之。❸〔動〕致力研究；學習：～讀｜專～語言學。❹（Gōng）〔名〕姓。

語彙 反攻 會攻 火攻 夾攻 進攻 猛攻 強攻 圍攻 佯攻 主攻 助攻 專攻 總攻 遠交近攻

【攻錯】gōngcuò〔動〕〈書〉《詩經·小雅·鶴鳴》："他山之石，可以為錯……他山之石，可以攻玉。"攻：治；錯：磨刀石。本指雕琢玉石，後比喻用別人的長處彌補自己的短處。

【攻打】gōngdǎ〔動〕攻擊；進攻：出兵～敵人｜～無名高地。

【攻讀】gōngdú〔動〕專心致志讀書與研究：～歷史｜認真～｜他正在～博士學位。

【攻防】gōngfáng〔動〕進攻和防守：從實踐中學會～戰術。

【攻關】gōngguān〔動〕❶ 攻打關口：～失敗｜調集人馬～。❷比喻突破難關：科研人員協作～。

【攻擊】gōngjī〔動〕❶ 進攻。多用於軍事方面：～敵人｜發動～。❷惡意地指斥：惡毒～｜別～人家。

【攻堅】gōngjiān〔動〕❶ 攻打強敵及其堅固的防禦工事：調集兵力～，打開突破口。❷比喻突破難點，解決最關鍵的問題：幾位科技人員決心～｜青年人承擔了～任務。

【攻堅戰】gōngjiānzhàn〔名〕（場）❶ 攻擊敵人堅固陣地或防禦工事的戰鬥：打一場～。❷比喻艱苦卓絕的奮戰：修路任務十分艱巨，要進行好幾場～。

【攻訐】gōngjié〔動〕〈書〉揭發別人的過失或不可告人的事情並加以攻擊：二人相互～｜大肆～對方。

【攻剋】gōngkè〔動〕❶ 攻下（敵人據點等）：～敵方陣地｜～數城｜難以～。❷比喻戰勝或剋服（困難、障礙等）：～難點｜前進的障礙已逐一～。

【攻略】gōnglüè〔名〕攻守的策略、戰略；取勝之道：網絡遊戲～｜自助遊～｜本公司將提供投資安全～服務。

【攻其不備】gōngqíbùbèi〔成〕乘敵人沒有防備時進攻：出其不意，～。也說攻其無備。

【攻取】gōngqǔ〔動〕攻打並奪取：～高地｜前方重鎮已被我軍～。

【攻勢】gōngshì〔名〕（場）❶ 進攻敵人的行動或形勢：～凌厲｜頻頻發動～。❷體育比賽，特別是球類比賽的進攻態勢：比賽中，中國隊的～十分猛烈。

【攻守】gōngshǒu〔動〕進攻和防守：～得宜。

【攻守同盟】gōngshǒu-tóngméng〔成〕❶ 兩個或兩個以上國家在戰爭時為了對其他國家採取聯

合進攻或聯合防禦而結成的同盟。❷共同作案的人為了對付追查或審訊而事先達成的拒不交代的默契：兩個貪污分子企圖訂立～，拒不坦白。

【攻無不剋】gōngwúbùkè〔成〕只要進攻，就沒有不能攻下的。形容所向無敵：戰無不勝，～。

【攻陷】gōngxiàn〔動〕攻剋；攻下：～軍守城。

【攻心】gōngxīn〔動〕❶用心理戰術從思想上進攻：～為上，攻城為下。❷毒氣、邪氣等侵襲身體致使生命危險：毒氣～｜火氣～｜邪氣～。

【攻佔】gōngzhàn〔動〕攻打並佔領：～敵人據點｜～兩個山頭｜敵人陣地已被我～。

供 gōng ❶〔動〕供給；供應：～暖｜～水｜～電｜～不應求。❷〔動〕提供條件給人使用：～他上學｜～患者諮詢｜騰出一間房子～他們辦公。❸〔動〕(粵語)以分期付款的方式購買商品：～房｜為了～樓，他必須同時做三份工作。❹〔名〕(粵語)分期付款的款項：月～。❺(Gōng)〔名〕姓。

另見 gòng（457頁）。

【供不應求】gōngbùyìngqiú〔成〕供應不能滿足需求：新產品大受歡迎，市場上～。也說供不敷求。

【供房】gōngfáng〔動〕購房者在獲得銀行貸款並支付首付款後，分期償還貸款本息的行為。

【供給】gōngjǐ〔動〕把物資錢財等給予需求的人：～費用｜～糧食｜～設備｜免費～｜大量～｜～不足｜發展經濟，保障～。

【供求】gōngqiú〔名〕供給和需求：～關係｜～平衡。

【供銷】gōngxiāo〔名〕供應和銷售：～業務｜～兩旺｜～商品。

【供需】gōngxū〔名〕供應和需求：解決～矛盾｜防止～脫節。

【供養】gōngyǎng〔動〕供給養活(長輩或年老的人)；贍養：～父母｜～孤寡老人。

另見 gòngyǎng（458頁）。

【供應】gōngyìng〔動〕用物資滿足需要：～糧食｜大量～｜保證～。

肱 gōng〈書〉胳膊從肘到肩的部分；泛指手臂：曲～而枕。

邽 Gōng〔名〕姓。

紅(红) gōng 見"女紅"（989頁）。
另見 hóng（540頁）。

恭 gōng ❶恭敬：謙～｜～順｜卻之不～｜洗耳～聽｜前倨後～。❷向人表示尊敬的用語：～賀｜～候｜～請。❸(Gōng)〔名〕姓。

【恭賀】gōnghè〔動〕恭敬地祝賀：～新春｜～喬遷之喜。

【恭候】gōnghòu〔動〕恭敬地等候：～光臨｜～已久｜～多時。

【恭謹】gōngjǐn〔形〕恭敬謹慎：他為人處世一向十分～。

【恭敬】gōngjìng〔形〕對尊長、賓客謙恭而有禮貌：對老年人很～｜～不如從命｜他恭恭敬敬地鞠了個躬。

【恭敬不如從命】gōngjìng bùrú cóngmìng〔諺〕態度恭敬不如遵從對方的意願。多為接受別人饋贈或款待時的恭謙之辭。

【恭請】gōngqǐng〔動〕恭敬地邀請：～參加｜略備便酌，～光臨。

【恭順】gōngshùn〔形〕恭敬順從：態度～｜十分～｜他對長輩從來都很～。

【恭維】(恭惟)gōngwéi(-wei)〔動〕為了討好而說別人愛聽的話：～話｜他好～人｜這個時候總要～人家兩句。

【恭喜】gōngxǐ〔動〕祝賀別人的喜事：買賣興隆，～發財｜您高升了，～！～！

【恭祝】gōngzhù〔動〕恭敬地祝願：～健康｜～生意興隆。

蚣 gōng 見"蜈蚣"（1434頁）。

躬〈躳〉 gōng ❶自身：反～自問。❷親自：～行｜～耕｜～逢盛世。❸彎曲身體：～身施禮。❹(Gōng)〔名〕姓。

【躬逢其盛】gōngféng-qíshèng〔成〕親自參加了那個盛會；親身經歷了盛世。

【躬親】gōngqīn〔動〕(書)親自去做：事必～。

宮 gōng ㊀❶先秦"宮""室"同義，無論貴賤的居室都叫宮。❷〔名〕宮殿：故～｜東～｜皇～｜回～｜太子住在～裏。❸神話中的仙居：龍～｜月～。❹廟宇：布達拉～｜雍和～。❺某些文化娛樂場所的名稱：民族～｜少年～｜友誼～。❻某些國家元首居住、辦公的建築：白～｜冬～｜白金漢～。❼指子宮：～頸｜刮～。

㊁❶古代五音之一，相當於簡譜的"1"。參見"五音"（1437頁）。❷(Gōng)〔名〕姓。

【宮詞】gōngcí〔名〕(首)中國文學史上把專寫宮廷瑣事的詩稱為宮詞。

【宮燈】gōngdēng〔名〕(盞)一種糊有彩絹或鑲有玻璃的六角或八角形的吊燈。原為宮廷使用，故稱：公園門口有兩盞～。

【宮殿】gōngdiàn〔名〕(座)帝王居住的高大而華麗的建築。

【宮調】gōngdiào〔名〕中國古代以宮、商、角、變徵、徵、羽、變宮為七聲(七個音階)，以其中任何一聲都可以構成一種調式。以宮為主音的調式稱為宮，以其他各聲為主音的調式稱為調，合稱宮調。

【宮禁】gōngjìn〔名〕❶宮門的禁令。❷帝王居住的地方，禁衛森嚴，臣下不得隨意出入，故稱：～要地｜～嚴密。

【宮女】gōngnǚ〔名〕(名)宮中服役的女子。也稱宮娥、宮娃。

【宮闕】gōngquè〔名〕宮殿，因宮殿門外有兩闕，故稱：～宏偉。

【宮扇】gōngshàn〔名〕❶宮廷儀仗用的扇子。❷(照宮中式樣製成的)團扇。

【宮體】gōngtǐ〔名〕中國文學史上指一種描寫宮廷生活的詩體。內容多為宮廷生活、男女私情，辭藻華麗輕艷，講求音律，後來多把艷情詩稱為宮體詩。

【宮廷】gōngtíng〔名〕❶帝王居住和處理政事的地方。❷指以君主為中心的統治集團：～政變。

【宮廷政變】gōngtíng zhèngbiàn❶帝王宮廷內發生的篡奪王位的重大事件。❷現多指某個國家統治集團內部發生的奪取國家政權的重大事件。

【宮闈】gōngwéi〔名〕后妃居住的地方。有時也指后妃。

【宮刑】gōngxíng〔名〕古代毀壞生殖器(男子閹割，女子幽閉)的酷刑。也叫腐刑。

塨　gōng 見於人名：李～(清朝學者)。

觥　gōng 古代盛酒器或飲酒器，起初用角製成，後來也用木或青銅製作，橢圓形腹或方形腹，圈足或四足。有蓋，蓋做成帶角的獸頭形，或做成長鼻的象頭形。主要盛行於商代和西周前期。注意"觥"不讀 guāng。

【觥籌交錯】gōngchóu-jiāocuò〔成〕酒器、酒籌(喝酒時行酒令用的籌碼)交相錯雜。形容許多人相聚宴飲的熱烈場面：笑語喧嘩、～，宴會直開到深夜。

鵊(鵊)　gōng〔名〕鳥名，外形像鴕鳥，羽毛灰褐色，頭頂黑色，胸部棕色，背部有黑白相間的橫斑紋。棲息山林地面或叢草間，雜食植物的根、種子以及蜘蛛、昆蟲等。產於南美洲。

龔(龔)　Gōng〔名〕姓。

gǒng　ㄍㄨㄥˇ

汞　gǒng〔名〕❶一種金屬元素，符號 Hg，原子序數 80。銀白色液體，有毒，可用來製溫度計、血壓計、藥品等。通稱水銀。❷(Gǒng)姓。

【汞柱】gǒngzhù〔名〕溫度計、體溫計或血壓計內的水銀柱，隨溫度或血壓的變化而升降，在刻度上顯示數值。

拱　gǒng ㊀❶兩手在胸前相合，表示恭敬：～手聽命。❷環繞：～衛｜～抱｜眾星～北辰(北極星)。❸〔動〕腰、背等彎曲成弧形：～背｜～腰。❹成弧形的：～門｜～橋｜～壩。❺兩手合圍而成的周長：墓木已～。❻(Gǒng)〔名〕姓。

㊁〔動〕❶用身體或只用嘴撞動或撥開：用勁一～，門就開了｜小豬用嘴把地～了一個坑。❷植物生長，從土裏往外鑽：種的花～出芽兒來了。

語彙　斗拱　環拱　橋拱

【拱抱】gǒngbào〔動〕(自然景物)圍繞：群山｜四周～着蒼松翠柏。

【拱璧】gǒngbì〔名〕〈書〉大璧；泛指珍貴之物：珍若～。

【拱火兒】gǒng // huǒr〔動〕(北京話)用帶刺激性的話語或動作惹人發火或使人的火氣更大：你這麼說不是有意拱他的火兒嗎？

【拱門】gǒngmén〔名〕(扇，道)頂端是弧形的門。

【拱橋】gǒngqiáo〔名〕(座)橋洞成弧形、橋身中部高起的橋：石～。

【拱讓】gǒngràng〔動〕拱手相讓(常用於反問)：祖傳家業，豈可平白～於人？

【拱手】gǒng // shǒu〔動〕兩手在胸前相抱，表示恭敬：～而別｜～相讓｜拱着手站在一邊。

【拱衛】gǒngwèi〔動〕環繞在周圍護衛着：張家口、保定、天津等地，對北京形成～之勢。

【拱券】gǒngxuàn〔名〕橋樑、門窗等建築物上築成弧形的部分。

珙　gǒng〈書〉一種玉。

栱　gǒng "科栱"，見"斗拱"(313 頁)。

蛬　gǒng 古指蟋蟀：～穴｜～聲。

鞏(鞏)　gǒng❶堅固；鞏固：無不克～。❷(Gǒng)〔名〕姓。

【鞏固】gǒnggù❶〔形〕堅固；穩固：政權～｜基礎～。❷〔動〕使堅固：～國防｜～陣地｜～兩國友好關係｜～所學的知識。

gòng ㄍㄨㄥˋ

共 gòng ❶ 共同的;相同的:~性|~識。❷ 共同具有;共同承受:同甘~苦|禍福與~。❸〔副〕在一起;共同:~事|~鳴|和平~處|國際~管|朋友~勉|雅俗~賞。❹〔副〕一共;總計:總~|合~|前後~收到人民幣 5000 元|全書~150 卷|全校師生人數~有 8000 人。❺〔介〕〈書〉跟;同:秋水~長天一色。❻ 指共產黨:中~|俄~。

另見 gōng(454 頁)。

語彙 公共　合共　攏共　通共　一共　總共

【共變】gòngbiàn〔動〕指一種現象有變動,另一種現象也隨之而變動。

【共處】gòngchǔ〔動〕一起相處;共同存在:和平~|這人個性很強,很難~。

【共存】gòngcún〔動〕共同存在:長期~,互相監督。

【共度】gòngdù〔動〕一起度過;共同度過:~佳節|~美好時光。

【共工】Gònggōng〔名〕中國神話傳說中的人物。《淮南子·天文》說他和顓頊(Zhuānxū)爭奪帝位,怒而觸不周山,竟使天地崩裂。

共工的傳說

《淮南子·天文》:"昔者共工與顓頊爭為帝,怒而觸不周之山,天柱折,地維絕。"《國語·周語》韋昭註:"顓頊氏衰,共工氏侵凌諸侯,與高辛氏爭而王也。"《史記》司馬貞補《三皇本紀》:"諸侯有共工氏,任智刑以強霸而不王;以水乘木,乃與祝融戰。不勝而怒,乃頭觸不周山崩,天柱折,地維缺。"

【共管】gòngguǎn〔動〕❶ 共同管理:這塊地方由兩家~|綜合治理,齊抓~。❷ 指國際共管。即由兩個或兩個以上國家共同統治或管理某一國家或某一國家的部分地區。

【共和】gònghé〔名〕政治制度的一種,國家元首和權力機構定期由選舉產生:~國|~制|推翻帝制,實行~。

【共和國】gònghéguó〔名〕實行共和政體的國家。

【共話】gònghuà〔動〕在一起談說:老朋友相聚,~家常。

【共計】gòngjì〔動〕❶ 總共;總計:這次大會收到捐款~200 萬元|~有 500 人參加。❷ 共同計議:~大事。

【共建】gòngjiàn〔動〕兩個或兩個以上的機構或團體共同建設:軍民~文明社區。

【共勉】gòngmiǎn〔動〕相互勉勵;共同努力:把我的想法寫出來,與大家~。

【共鳴】gòngmíng〔動〕❶ 物體因共振而發聲的物理現象。❷ 比喻由別人的某種思想情緒引起相同的

思想情緒:產生了思想~|引起了讀者的~。

【共謀】gòngmóu〔動〕共同謀求;共同謀劃:~發展|~經營大計。

【共商】gòngshāng〔動〕共同商議:~國是|~建設大計。

【共生】gòngshēng〔動〕兩種生物共同生活在一起,對彼此都有利,這種生存方式叫作共生,如根瘤菌和豆科植物、白蟻和牠腸內的鞭毛蟲都是不能獨立生存的共生生物。

【共時】gòngshí〔形〕屬性詞。歷史發展中屬於同一時間層面的(跟"歷時"相對):~語言學|對這一問題進行~研究。

【共識】gòngshí〔名〕共同的認識:雙方就共同關心的問題交換了意見,取得了廣泛的~|經過談判,已達成~。

【共事】gòngshì〔動〕在一起工作、做事:我們~多年|此人很難~。

【共通】gòngtōng〔形〕屬性詞。❶ 適宜於各方面的;通行於各方面的:~的道理。❷ 彼此相通的:~的情感。

【共同】gòngtóng ❶〔形〕屬性詞。屬於大家的,彼此都具有的:~的生活|~的理想|彼此具有~語言。❷〔副〕大家一起(從事):~努力|~開發|~策劃。

【共同市場】gòngtóng shìchǎng 貿易國之間為了共同的政治、經濟利益而組成的相互合作的統一市場。

【共同體】gòngtóngtǐ〔名〕❶ 共同條件下結成的集合體:生物~|雌雄~|連體嬰兒的~。❷ 由若干國家在政治、經濟或軍事等方面組成的集體組織:政治經濟~。

【共同語言】gòngtóng yǔyán 指一致的思想觀念、生活情趣等:我和他缺乏~|相處了十幾年,還င一點兒~都沒有?

【共享】gòngxiǎng〔動〕❶ 共同享用:信息~|資源~。❷ 共同享受:~晚年幸福生活。

【共性】gòngxìng〔名〕哲學上指事物所具有的共同性質(跟"個性"相對):認識事物的~|既要研究語言的~,也要研究語言的個性。

【共議】gòngyì〔動〕共同商議:眾人~|~國家的發展規劃。

【共贏】gòngyíng〔動〕各方都得到好處:實施~戰略|加強多國合作,尋求~。

【共振】gòngzhèn〔動〕兩個振動頻率相同的物體,其中一個發生振動,也引起另一個物體振動。

【共總】gòngzǒng〔副〕總共;一共:今天來的~百十來人|~花了 5 萬元。

供 gòng ㊀ ❶〔動〕供奉;擺設祭品奉獻(祖先或神佛):~佛|~神|~着祖宗牌位。❷ 供品;供物:上~。❸ 擔任:~職。

㈢ ❶〔動〕受審者陳述案情：～出了同夥兒｜審案不能搞逼、～、信。❷〔名〕供詞；口供：筆～｜串～。

另見 gōng（455 頁）。

語彙 逼供 筆供 串供 翻供 畫供 口供 錄供 蜜供 攀供 清供 上供 誘供 招供 自供

【供稱】gòngchēng〔動〕受審陳述；犯罪嫌疑人～，同夥已潛逃出境。

【供詞】gòngcí〔名〕受審者說的或寫的關於案情的話：～與案情不符。

【供奉】gòngfèng ❶〔動〕敬奉；供養：～神佛｜～父母｜～老人。❷〔名〕指以某種技藝侍奉帝王的人，特指被召在宮內演唱的伶人：升平署的～（升平署是清代掌管宮廷演戲的機構）。

【供品】gòngpǐn〔名〕供奉神佛、祖宗或死者用的瓜果酒食等物品：桌上～滿滿的｜墳前擺着一些～。

【供認】gòngrèn〔動〕被審訊的人招認（所做的事情）：～不諱｜他～參與了這次搶劫活動。

【供述】gòngshù〔動〕被審訊的人陳述（犯罪事實等）。

【供養】gòngyǎng〔動〕用供品祭祀（祖先或神佛）。

另見 gōngyǎng（455 頁）。

【供職】gòng//zhí〔動〕〈書〉擔任職務：他在民政部供職。

【供狀】gòngzhuàng〔名〕書面供詞：出具～｜這是他的～。

貢（贡）

gòng ❶ 把物品獻給皇帝：～奉｜各方諸侯來～方物。❷ 選拔；舉薦：～院｜舉賢～士。❸ 進獻的物品：入～｜進～。❹（Gòng）〔名〕姓。

語彙 朝貢 進貢 納貢

【貢賦】gòngfù〔名〕臣民向皇家交納的錢財、實物等。也叫貢稅。

【貢米】gòngmǐ〔名〕進獻給皇帝享用的米。

【貢品】gòngpǐn〔名〕進獻給皇帝的物品。

【貢生】gòngshēng〔名〕明清科舉時代，由府、州、縣推薦到京城國子監學習的人，有副貢、拔貢、歲貢、恩貢等，統稱貢生。

【貢獻】gòngxiàn ❶〔動〕拿出財物、知識、力量甚至生命獻給國家、社會或群眾：～錢財｜～秘方｜積極～聰明才智。❷〔名〕對國家、社會或群眾所做的有益的事情：巨大的～｜為國家多做～。

【貢院】gòngyuàn〔名〕科舉時代舉行鄉試或會試的場所。

嗊（嗊）

gòng 見下。
另見 hǒng（543 頁）。

【嗊吥】Gòngbù〔名〕柬埔寨南方地名。現作貢布。

gōu ㄍㄡ

勾

gōu ㈠ ❶〔動〕用筆畫出鉤形符號（√），表示刪除或提取：～銷｜～掉｜在名字上用紅筆一～｜把要抄的詞語～出來。❷〔動〕畫出綫條；描畫：～畫｜畫家～了幾筆，輪廓就出來了。❸〔動〕用灰漿等塗抹建築物上磚或石間的縫隙：～牆縫｜～一條邊兒。❹〔動〕做菜時用芡粉調和使黏稠：～芡。❺〔動〕招引：～引｜～魂｜這件事～起了她的傷心回憶｜一句話～出了他一腔怒氣。❻ 結合：～結。❼（Gōu）〔名〕姓。

㈡ 中國古代稱不等腰直角三角形中較短的直角邊。

另見 gòu（461 頁）。

【勾除】gōuchú〔動〕刪掉；取消：從名單上～他的名字｜運動會因故～了其中一個比賽項目。

【勾搭】gōuda〔動〕❶ 引誘別人或互相串通（做不正當的事）：兩個人勾勾搭搭，行動頗為可疑。❷ 特指男女相誘私通：～成奸。

【勾兌】gōuduì〔動〕把不同的酒、果汁等按比例調製成口味不同的酒：～工藝。

【勾畫】（勾劃）gōuhuà〔動〕勾勒描畫；用簡短而精練的文字描寫：～出一幅動人的圖畫｜小說作者較好地～了書中的主人公。

【勾魂】gōu//hún（～兒）〔動〕❶ 迷信指招引靈魂離開肉體。❷ 比喻事物極具吸引力，蕩人心神：這齣戲～攝魄，十分感人。

【勾結】gōujié〔動〕為了進行某種不正當的活動，暗中串通、結合：～敵人｜暗中～｜相互～｜～在一起幹壞事。

【勾欄】gōulán〔名〕宋、元時代的遊藝場所，後泛指劇場。也指妓院。也作勾闌。

【勾勒】gōulè〔動〕❶ 用綫條描出輪廓：～了一幅仕女圖。❷ 用簡短的文字描寫事物的大致情況：他在方案中為大家～出令人神往的美好遠景。

【勾連】（勾聯）gōulián〔動〕❶ 勾結：和壞人～，擾亂社會治安。❷ 牽連；關聯：沒想到他也受到了～｜這件案子同他有沒有～？

【勾留】gōuliú〔動〕逗留；停留：在南方～數日，印象很深｜在此～，實非所願。

【勾芡】gōu//qiàn〔動〕做菜做湯時，加上芡粉，使汁變成黏稠的：北方人做湯喜歡～｜蘑菇炒肉稍微勾點兒芡味道更好。

【勾通】gōutōng〔動〕串通；勾結：～土匪，擾亂地方。

【勾銷】gōuxiāo〔動〕勾除；取消；抹掉：一筆～｜～了舊債｜連最後的一點怨恨也～了。

【勾心鬥角】gōuxīn-dòujiǎo 同“鈎心鬥角”。

【勾乙】gōuyǐ〔動〕在書籍報刊的某些詞句兩端，畫上形像“乙”的記號（「」），表示要摘錄或剪貼作為資料：～例句｜請研究人員～，然後交資料人員抄錄。

【勾引】gōuyǐn〔動〕❶ 勾結串通：～敵人來犯｜～惡勢力。❷ 引誘（別人做不正當的事）：～無知少年。❸ 俗多用於男女互相引誘。❹ 招來：他的話～出我的許多煩惱。

句

gōu ❶ 見於人名：～踐（春秋時越國國王）。❷（Gōu）〔名〕姓。
另見 jù（719頁）。

【句龍】Gōulóng〔名〕複姓。

佝

gōu/kòu 見下。

【佝僂】gōulóu（-lou）〔動〕〈口〉脊背向前彎曲：老人～着背。

【佝僂病】gōulóubìng〔名〕由於缺乏維生素 D 而引起的鈣、磷代謝障礙病。多見於嬰幼兒。常有枕骨軟化、胸廓向前凸出、下肢彎曲畸形、頭大、發育遲緩等症狀。也叫軟骨病。

枸

gōu 見下。
另見 gǒu（460頁）；jǔ（717頁）。

【枸橘】gōujú〔名〕（棵）枳（zhǐ）。

鈎

（钩）〈鉤〉gōu ❶（～兒）〔名〕鈎子：衣～｜掛～｜釣～兒｜秤～兒。❷（～兒）〔名〕漢字的筆畫，附在橫、豎等筆畫的末端，成鈎形，形狀是"亅、乛、乚、乙"。❸（～兒）〔名〕指鈎形符號，形狀是"✓"，表示某段文字重要或有關答案正確。舊時也用作勾乙或刪除等符號。❹〔動〕用鈎子或類似鈎子的東西搭掛、探取：～住樹枝兒｜把落在深溝中的東西～上來。❺〔動〕用鈎針編織：～毛衣袖口。❻〔動〕一種縫紉方法，用針粗縫：～貼邊。❼ 探求：～沉｜～深致遠。❽〔數〕說數字時用來代表"9"：洞～（09）。❾（Gōu）〔名〕姓。
"鉤"另見 Gōu（459頁）。

語彙　掛鈎　拉鈎　上鈎　雙鈎　鐵畫銀鈎

【鈎沉】gōuchén〔動〕❶ 探求幽深的道理。❷ 搜尋、輯錄散失的資料（多用於書名）：《古小說～》。

【鈎蟲病】gōuchóngbìng〔名〕由鈎蟲寄生在小腸引起的寄生蟲病，患者全身蠟黃，有貧血、腹瀉等症狀，嚴重的會引起全身水腫和心力衰竭。

【鈎心鬥角】gōuxīn-dòujiǎo〔成〕唐朝杜牧《阿房宮賦》："各抱地勢，鈎心鬥角。"心：宮室的中心；角：檐角。原指宮殿建築的結構交錯精緻、和諧對稱，後用來比喻各用心計，明爭暗鬥：他們～，互相爭奪。也作勾心鬥角。

【鈎針】gōuzhēn（～兒）〔名〕（支）帶鈎的針，用來鈎織花邊等。

【鈎子】gōuzi ❶ 懸掛或探取東西的用具，形狀彎曲，頂端尖細：火～｜爐～。❷ 形狀像鈎子的東西：蠍子用～蜇人。

鉤

（钩）Gōu〔名〕姓。
另見 gōu"鈎"（459頁）。

溝

（沟）gōu ❶（～兒）〔名〕（條，道）小水道：明～｜陰～｜一條小～兒。❷〔名〕（條，道）類似溝的窪處；淺槽：推車軋了一道～。❸〔名〕工事：深～高壘｜交通～。❹ 山間的窪處：在山～裏生活了多年。❺ 比喻差別和隔膜：代～｜鴻～。❻（Gōu）〔名〕姓。

語彙　暗溝　代溝　壕溝　河溝　鴻溝　明溝　山溝　滲溝　陽溝　陰溝

【溝溝坎坎】gōugōukǎnkǎn〔名〕無數的水溝和土坎。多比喻生活、事業等方面遇到的種種困難和阻礙。

【溝壑】gōuhè〔名〕（條，道）山溝；溪谷：～縱橫。

【溝塹】gōuqiàn〔名〕（道）壕溝，也喻指艱難阻礙：經過了許多道山岡～，他們才到達營地。

【溝渠】gōuqú〔名〕（條，道）通水、排水的水道，可供灌溉使用：疏通～｜大小～，星羅棋佈。

【溝通】gōutōng〔動〕使彼此連通，相通：情況｜～思想｜～兩國文化｜～兩岸關係的橋樑。

【溝沿兒】gōuyánr〔名〕溝渠的兩邊：～住着幾十戶人家。

【溝子】gōuzi〔名〕（條，道）（北方官話）溝：山～｜河～｜身上劃了一道～。

緱

（缑）gōu ❶〈書〉刀劍柄上所纏的絲繩。❷（Gōu）〔名〕姓。

篝

gōu〈書〉竹籠：～燈（燈籠）。

【篝火】gōuhuǒ〔名〕原指用籠子罩着的火，後泛指在空曠地方或野外架木柴燃燒的火堆：～熊熊｜～晚會。

【篝火狐鳴】gōuhuǒ-húmíng〔成〕《史記·陳涉世家》："（陳勝）又間令吳廣之次所旁叢祠中，夜篝火，狐鳴呼曰：'大楚興，陳勝王。'"意思是用籠子罩着火，隱隱約約發出磷火的光，還學着狐狸的叫聲。指假託鬼狐的動作和叫聲，惑眾起事。後用"篝火狐鳴"指密謀惑眾舉事。

鞲

gōu〈書〉古代一種革製袖套，打獵時供獵鷹停立或射箭操作時用。

【鞲鞴】gōubèi〔名〕活塞的舊稱。

gǒu ㄍㄡˇ

岣

gǒu 見下。

【岣嶁】Gǒulǒu〔名〕湖南衡山的主峰。

狗

gǒu〔名〕（隻，條）哺乳動物，聽覺、嗅覺靈敏。可用來看家守戶或幫助打獵、牧羊，有的可訓練成警犬。

語彙 走狗　哈巴狗　落水狗

【狗寶】gǒubǎo〔名〕(塊)中藥指狗的膽囊、腎臟或膀胱內的結石，可用來治癰瘡、噎嗝等病。

【狗場】gǒuchǎng〔名〕澳門地區用詞。賽狗的專用場地：～維修，今日停賽。

【狗膽包天】gǒudǎn-bāotiān〔成〕〈詈〉包天：可以把天包容下來。指人膽大妄為。

【狗房】gǒufáng〔名〕澳門地區用詞。訓練賽狗或者養狗的房間：賽狗會擴建，修建了不少高大舒適的～。

【狗急跳牆】gǒují-tiàoqiáng〔成〕比喻走投無路時不顧一切地搗亂或蠻幹（含貶義）：人急造反，～｜我們要提高警惕，防備敵人～。

【狗經】gǒujīng〔名〕澳門地區用詞。報刊上刊登的有關賽狗的消息及資料，供投注賽狗的人參考：他喜歡投注賽狗，天天看～。

【狗拿耗子——多管閒事】gǒu ná hàozi——duō guǎn xiánshì〔歇〕指無端過問跟自己沒關係的事。

【狗攆鴨子——呱呱叫】gǒu niǎn yāzi——guā-guājiào〔歇〕形容非常好：那個青年京劇演員唱、唸、做、打都是～。

【狗刨兒】gǒupáor〔名〕指一種不正規的游泳姿勢。與狗游水的姿勢相似：他不會蛙泳，就會～。

【狗皮膏藥】gǒupí gāoyao ❶中藥名。藥膏塗在小塊狗皮上的一種膏藥，療效很好。❷比喻騙人的貨色。舊時走江湖的人常假造狗皮膏藥騙取錢財，因此有這樣的比喻：他說氣功能包醫百病，純屬賣～。

【狗屁】gǒupì〔名〕〈詈〉指荒謬的毫無可取之處的話或文章：老師傅聽了氣憤地說："～！他懂甚麼？"｜文章～不通，怎麼能發表！

【狗師】gǒushī〔名〕澳門地區用詞。練狗師。專門負責賽狗的管理、訓練以及比賽的專業人員，需領取牌照：他從國外聘請～訓練參賽狗。

【狗頭軍師】gǒutóu jūnshī 指愛出主意而主意並不高明的人（含貶義）：在那個私集團裏，他可算是一名～。

【狗腿子】gǒutuǐzi〔名〕〈口〉〈詈〉比喻為有勢力的壞人奔走效力並且充當幫兇的人。

【狗尾草】gǒuwěicǎo〔名〕一年生草本植物，形狀像禾，是常見的田間雜草。花序密集而呈圓柱形，像狗尾巴，故稱。也叫莠(yǒu)。

【狗尾續貂】gǒuwěi-xùdiāo〔成〕《晉書·趙王倫傳》引當時諺語說："貂不足，狗尾續。"意思是諷刺封官太濫，貂尾不夠，就拿狗尾來頂替充數。後比喻用不好的東西補接在好東西後頭，前後兩部分極不相稱（多指文學作品，有時用作謙辭）。

【狗熊】gǒuxióng〔名〕❶(隻，頭)黑熊。❷比喻懦夫、膽小鬼：還沒交手就先認輸了，真是～！

【狗血噴頭】gǒuxuè-pēntóu〔成〕古時據說把狗血噴到妖人頭上，他的妖術就會失靈。後用來形容罵人罵得非常兇，其厲害程度就像把狗血噴到對方頭上一樣：他把那個人罵得～。

【狗仔隊】gǒuzǎiduì〔名〕利用各種公開或隱蔽的手段追訪或偷拍社會知名人士，特別是名藝人、富豪隱私的記者。

【狗仗人勢】gǒuzhàng-rénshì〔成〕〈詈〉比喻借勢欺人：他有主子撐腰，～，大耍威風。

【狗彘不若】gǒuzhì-bùruò〔成〕彘：豬。連狗和豬都不如。形容人品極為卑鄙惡劣。也說狗彘不如。

【狗嘴吐不出象牙】gǒuzuǐ tǔbuchū xiàngyá〔俗〕比喻壞心眼兒的人嘴裏說不出好話來。常用於罵人、諷刺或開玩笑。

苟

苟 gǒu ㊀ ❶姑且；暫且：～安｜～延殘喘。❷隨便：一絲不～｜不～言笑。❸(Gǒu)〔名〕姓。

㊁〔連〕〈書〉如果；假使：～可以利民，不循其禮。

【苟安】gǒu'ān〔動〕苟且偷安：～一時｜～一隅。

【苟得】gǒudé〔動〕非義而取；不當得而得：不巧取，不～｜臨財毋～。

【苟合】gǒuhé〔動〕❶不能堅持己見，隨便附和或迎合他人：為人正直，不～。❷指男女間不正當地結合；特指非合法婚姻的性交。

【苟活】gǒuhuó〔動〕苟且偷生：～偷安｜忍辱～。

【苟簡】gǒujiǎn〔形〕〈書〉苟且簡略；草率粗略：行文～。

【苟免】gǒumiǎn〔動〕〈書〉苟且免於損害或災禍：臨難勿～｜～非幸事。

【苟且】gǒuqiě〔形〕❶只顧眼前，得過且過：～偷生｜無～之心。❷敷衍了事，不認真：辦事仔細，從不～。❸不正當的（多指男女關係）：一對～男女。

【苟且偷安】gǒuqiě-tōu'ān〔成〕只顧眼前安逸，得過且過：怠惰成性，～。

【苟全】gǒuquán〔動〕苟且保全：～性命於亂世。

【苟同】gǒutóng〔動〕〈書〉不嚴肅認真，隨便同意：足下所論，不敢～。

【苟延殘喘】gǒuyán-cánchuǎn〔成〕勉強延續臨死前的一口氣。比喻勉強維持殘局：南逃的敵人已是～，終將滅亡。

耇

耇 gǒu〈書〉老；年紀大：歲月其徂，年其逮～(言歲月驟往，年歲忽忽已老)。

枸

枸 gǒu 見下。
另見 gōu(459頁)；jǔ(717頁)。

【枸杞】gǒuqǐ〔名〕❶落葉小灌木，漿果小，卵圓形，紅色，叫枸杞子，中醫入藥，有滋補安神作用，也可以泡酒飲用。寧夏產的最有名。❷ 這種植物的果實。

筍 gǒu〔名〕一種竹條編製的捕魚用具，魚進去後就出不來了。

gòu《ㄡˋ

勾 gòu 見下。
另見 gōu（458 頁）。

【勾當】gòudàng（-dang）〔名〕❶ 原指事情：這是先前做下的~。❷ 現多指壞事：那人幹了些不可告人的~。

垢 gòu ❶〈書〉污穢，骯髒：蓬首~面。❷ 髒東西：塵~｜油~｜污~。❸〈書〉恥辱：忍辱含~。❹（Gòu）〔名〕姓。

語彙　塵垢　積垢　蒙垢　泥垢　忍垢　污垢　無垢
牙垢　油垢　藏污納垢

【垢污】gòuwū〔名〕污垢：渾身~。

姤 gòu〈書〉❶ 同"遘"。❷ 美好；善良。

冓 gòu〈書〉中冓，指宮室深處。

夠（够）gòu ❶〔動〕（數量上）能滿足需要：時間不~｜人手不~｜帶去的錢~不~？❷〔動〕達到（某種程度或要求）：~本｜~格｜~分量｜~條件。❸〔動〕用手或工具伸向不易達到的地方觸摸或拿取：~不着｜一伸手就~得着天花板｜把落在房頂上的東西~下來。❹〔副〕修飾形容詞，表示達到或超過標準、限度：客廳裏的燈已經~亮了｜窗子開得~大了。**注意** 這種用法中的形容詞可以是積極意義的，也可以是相應的反義詞，由主觀感受而定。如能說"燈已經夠亮了"或"窗子開得夠大了"，也能說"燈已經夠暗了"或"窗子開得夠小了"。❺〔副〕修飾形容詞，表示程度很高：孩子真~聰明｜菜~鹹的，別再加鹽了。

【夠本兒】gòu // běnr〔動〕❶ 買賣沒賠也沒賺，賭博沒輸也沒贏：一車西瓜賣到現在剛~｜輸了兩盤，又贏回兩盤，夠了本兒了。❷ 比喻得失相當：打死一個~，打死兩個賺一個。

【夠哥們兒】gòu gēmenr（北京話）朋友間重情誼，講義氣，甚至能為對方犧牲個人利益。

【夠格兒】gòu // gér〔動〕符合條件或標準：他當教師~。

【夠交情】gòu jiāoqing ❶ 交情深；有足夠的交情：我跟你~才把這件事託給你｜哥兒倆~，有難同當，有福同享。❷ 夠朋友：小王真~，託的事都給辦了。

【夠勁兒】gòujìnr〔形〕〈口〉❶ 擔負的任務或分量極重：一人要做倆人的活兒，真~。❷ 形容程度高：今天天氣熱得~｜車裏人太多，擠得~。

【夠朋友】gòu péngyou 能盡朋友的情義：李先生~，在關鍵時刻肯幫忙｜那小子真不~，認錢不認人！

【夠嗆】gòuqiàng〔形〕（北方官話）非常厲害，強調程度高，難以應付：凍得~｜屋子不通風，真~。也作夠戧。

【夠瞧的】gòuqiáode〔形〕〈口〉強調達到非常高的程度：東西倒不壞，就是價碼兒~｜成心跟人過不去，他可真~！

【夠受的】gòushòude〔形〕〈口〉形容受到了難以忍受的程度：活兒太重，把人累得~。

【夠味兒】gòu // wèir〔形〕（北方官話）❶ 味道純正，令人滿意：是真正的川菜，~！❷ 有韻味；有水平，耐人尋味：京劇唱得~。

【夠意思】gòu yìsi（北方官話）❶ 稱讚別人或事物達到相當高的水平：發言很有深度，~｜這桌飯菜相當豐盛，~！❷ 夠朋友；講信義；對同事肯幫忙，~｜有約在前，中途反悔太不~！

彀 gòu〈書〉把弓拉滿：~弩而射。

【彀中】gòuzhōng〔名〕〈書〉射出的箭所能及的範圍。比喻牢籠、圈套：天下英雄入我~。

雊 gòu〈書〉雄雉鳴叫：雉之朝~，尚求其雌。

詬（詬）gòu〈書〉❶ 恥辱：~莫大於宮刑。❷ 辱罵；責難：~罵｜人所~病。

【詬病】gòubìng〔動〕〈書〉指責：為人~｜競相~。

【詬罵】gòumà〔動〕〈書〉辱罵：互相~。

媾 gòu ❶〈書〉結親；結為婚姻：婚~。❷〈書〉交好，講和：~和。❸〈書〉交配：交~｜~合。❹（Gòu）〔名〕姓。

【媾和】gòuhé〔動〕交戰雙方講和，或達成協議，結束戰爭狀態：~協定｜兩個國家進行了多年戰爭，未分勝敗，最後終於~了。

遘 gòu〈書〉遇；遭遇：~疾｜~難。

構（构）〈㊀搆〉gòu ㊀ ❶ 製作；構築：~屋舍會｜~木為巢。❷ 組合：~圖｜~詞。❸ 結成；構成：~怨｜虛~。❹ 構成的事物，多指文藝作品：佳~｜妙~。

㊁〔名〕❶ 構樹，落葉喬木。雌雄異株，雄花序下垂，雌花序球形。木材可做家具、薪炭等。皮為桑皮紙原料。也叫楮（chǔ）、榖（gǔ）。❷（Gòu）姓。

語彙　重構　機構　架構　建構　結構　虛構

【構成】gòuchéng ❶〔動〕造成；組成：~威脅｜~犯罪｜~一幅美麗圖畫｜這個故事由十幾個動人情節~。❷〔名〕"結構"①：研究部門的~要適應社會發展的需要。

G

【構詞法】gòucífǎ〔名〕詞素構成詞的方法。

【構架】gòujià ❶〔名〕建築物的框架,也比喻事物的總體結構:鋼筋水泥~|藝術~。❷〔動〕構建:~一個新的詞彙系統。

【構件】gòujiàn(~兒)〔名〕❶ 機械或建築物的組成部件:~廠|機械~|建築~|橋樑~。❷ 票證上面組成的部件,如人民幣票面上的基本構件除了主景、圖飾、面值之外,還有盲文點、行長圖章、少數民族文字、漢語拼音、國徽圖案、冠字號碼等。

【構建】gòujiàn〔動〕構思和建立:有些學者開始~中西融合的哲學體系。

【構擬】gòunǐ〔動〕構思並擬定:~規劃|~作戰方案。

【構思】gòusī ❶〔動〕思考並逐步形成,多指寫文章或進行藝術創作中的思維活動:他寫這部長篇小說~十載。❷〔名〕指構思的結果:這幅畫兒的~很成功|真是巧妙的~。

[辨析] **構思、構想** 二者都有"開動腦筋,運用思想"的意思。有時可以互換,如"構思奇妙""構思宏偉",說成"構想奇妙""構想宏偉"也是一樣的。但"構思"多用於文藝創作,如"老作家正在構思一部長篇小說""去年夏天他就構思了這一畫作"。做名詞時,"構想"多用於嚴肅的大事,如"一國兩制的偉大構想""和平統一的構想必將成為現實"。

【構圖】gòutú〔動〕在繪畫創作中,對圖形結構的設計安排:這兩幅畫~巧妙|一邊思索,一邊~。

【構陷】gòuxiàn〔動〕設計陷害,使人獲罪:~忠良|好人遭奸人~。

【構想】gòuxiǎng ❶〔動〕"構思"①。❷〔名〕形成的想法:對如何寫這部小說,他已有初步的~|探討教育改革的各種~|這個總體~不是憑空而來,而是從實踐中得來的。

【構怨】gòuyuàn〔動〕結怨:~於四方。

【構造】gòuzào ❶〔名〕事物各組成部分的安排、組織和相互關係:人體的~|岩層~|中國建築的斗拱~。❷〔動〕建造:~房屋。

【構築】gòuzhù〔動〕❶ 修建;修築(多用於軍事工程):~工事|~碉堡|~防綫。❷ 構建:~市場經濟體制的框架。

[辨析] **構築、建築** 二者做動詞時都可以指建造、修建、修築。"構築橋樑"和"建築橋樑",都可以說,沒有甚麼區別。但"構築"可用於比喻,如"構築兩國特別是兩國年輕人之間的橋樑""構築漢語語法框架""構築中國繪畫的美學體系"。"建築"不能這樣用。"建築"還可以做名詞,指建築物,如"故宮是明清兩代的建築""北京有十大建築"。"建築"的名詞義可以用於比喻,如"上層建築"。"構築"只是動詞,沒有名詞用法。

覯(覯) gòu〔書〕遇見;遭遇。

購(购) gòu ❶〔書〕懸賞徵求:吾聞漢~我頭千金,邑萬戶。❷〔動〕買:~買|函~|搶~|~物。

語彙 採購 導購 訂購 函購 搶購 求購 認購 收購 套購 統購 網購 選購 郵購 預購 徵購

【購併】gòubìng〔動〕以購買的方式進行兼併:他們廠已被一個企業集團~。

【購價】gòujià〔名〕收購價格;購貨價格:~太高|壓低~。

【購買】gòumǎi〔動〕買:~圖書|~武器|大量~|想~的東西很多。

【購買力】gòumǎilì〔名〕❶ 個人或社會集團在一定時期內購買商品和支付生活費用的能力:社會~|~很高|限制集團~。❷ 指單位貨幣購買商品的能力。

【購物】gòuwù〔動〕購買物品:去超市~|安排大家~。

【購物中心】gòuwù zhōngxīn 大型綜合性商場,一種集中的商業設施形式,大多坐落在城市繁華地區或交通便利之處。

【購銷】gòuxiāo〔動〕購進和銷售:~兩旺|~差價。

【購置】gòuzhì〔動〕購買(長期使用的東西):~家具|~房產|~大型設備。

gū ㄍㄨ

估 gū〔動〕估計;忖度:評~|~算|~一~分量|這樓房的造價你~得出來嗎?
另見 gù(469頁)。

語彙 低估 毛估 評估

【估測】gūcè〔動〕估算;推測:~房屋面積|後果實在難以~。

【估分】gū//fēn〔動〕指在考試之後、成績公佈之前估計自己考出的分數:根據~情況填報志願|考生參考給出的試卷答案,在老師的指導下~。

【估計】gūjì〔動〕根據某些情況做出推斷:個人的作用不可~太高|我~明天他準會來|完成這個任務~還得幾天。

【估價】gūjià〔動〕❶(-//-)估計商品的價格:這批貨~十萬元|不買沒關係,你估個價看看。❷ 對人或事物進行評價:要正確~歷史人物的作用|對自己的成績~要適當。

【估量】gūliáng(-liang)〔動〕估計:這件事的影響難以~|損失無法~。

【估摸】gūmo〔動〕〈口〉大致估計或推測:我~着事情可以成功。

【估算】gūsuàn〔動〕大概推算：～年收入｜成本～。

咕 gū〔擬聲〕形容母雞、斑鳩等的叫聲：母雞～～地叫着，用翅膀護着小雞｜小杜鵑叫～～。

語彙 叨咕 嘀咕 咕咕 嘰咕 捅咕

【咕咚】gūdōng〔擬聲〕❶形容重物落下着地的聲音：她～一聲摔倒了。❷形容大口喝水的聲音：小張渴急了，見到水～～喝個不停。

【咕嘟】gūdū〔擬聲〕❶形容液體沸騰或湧出的聲音：開水～～地翻滾着｜血～～直往外流。❷形容大口喝水的聲音：～～地喝了幾大口。

【咕嘟】gūdu〔動〕（北方官話）❶煮：把菜～爛點兒｜放在鍋裏再～～。❷嘴撅着；鼓起：她～着嘴不說話，是不是生氣了？

【咕嘰】gūjī〔擬聲〕形容水受壓力而向外排出的聲音：他的鞋裏灌滿了水，走起路來～～直響。

【咕嘰】gūji〔動〕小聲交談或自言自語：兩人～了好一陣子，誰也不知道他們說了些甚麼。

【咕隆】gūlōng〔擬聲〕形容雷聲、車輪滾動聲等：傳來一陣～～的雷聲。

【咕嚕】gūlū〔擬聲〕形容物體滾動聲、大口喝水聲等：車夫趕着大車～～地輾過來了｜一大杯水～～幾口就喝了下去｜肚子餓得～～直響。

【咕噥】gūnong〔動〕小聲說話（多指含混不清的自言自語，並帶不滿情緒）：他嘴裏～着，不知又抱怨些甚麼。

【咕容】gūrong〔動〕（北方官話）蠕動；慢慢移動：有條蛇在草叢裏～着｜孩子直在媽媽懷裏～～。

呱 gū 見下。
另見 guā（472頁）；guǎ（473頁）。

【呱呱】gūgū〔擬聲〕〈書〉形容小兒哭聲（多疊用）：～～而泣。
另見 guāguā（473頁）。

【呱呱墜地】gūgū zhuìdì 指嬰兒出生。

沽 gū ㊀〈書〉❶買：～酒。❷賣：求善價而～。
㊁（Gū）天津的別稱。

【沽名釣譽】gūmíng-diàoyù〔成〕故意做作或施展手段謀取好名聲：他哪裏是真想為人民做事，只不過是～而已。

孤 gū ❶〔形〕孤獨；孤單：～雁｜～身｜他一個人生活，感到有點～。❷幼年喪父，後亦指父母雙亡：少～｜幼～。❸孤兒：遺～。❹封建時代王侯自稱：稱～道寡｜～家寡人。❺舊戲舞台上泛指官員：淨扮～上｜～雲。

語彙 撫孤 救孤 託孤 遺孤

【孤哀子】gū'āizǐ〔名〕父親死了，兒子稱孤子；母親死了，兒子稱哀子；父母都死了，兒子稱孤哀子。

【孤傲】gū'ào〔形〕孤僻高傲：～不群｜性情～。

【孤本】gūběn〔名〕在世間流傳的罕見的、僅有一份的版本，也指僅存的一份未刊手稿或拓本：海內～。

【孤殘】gūcán〔形〕屬性詞。失去親人且殘疾的：收養災區～兒童。

【孤單】gūdān〔形〕❶單身一人無依無靠：老伴死了，又無子女，感到十分～｜她孤孤單單一個人過日子。❷單薄：力量很～。

【孤島】gūdǎo〔名〕❶（座）遠離大陸或其他島嶼的單獨的島：大洋中的～｜～上沒有人居住。❷比喻範圍狹小，孤立存在的事物或地區：方言～。

【孤獨】gūdú〔形〕"孤單"①：他一個人在外地感到很～｜老人非常～地度過了晚年。

【孤兒】gū'ér〔名〕❶死了父親或父母雙亡的兒童：～寡母｜父母先後去世，她們姐妹倆成了～。❷失去父母的兒童：這孩子是被父母遺棄的～。

【孤兒院】gū'éryuàn〔名〕（所，家）收養孤兒的社會福利機構。

【孤芳自賞】gūfāng-zìshǎng〔成〕把自己看成獨放的香花，自我欣賞。比喻自命清高，目中無人：有了成就不可故步自封，～。

【孤寡】gūguǎ ❶〔名〕孤兒寡婦：～老弱｜不欺～。❷〔形〕孤單；孤獨：她是一個～老人。

【孤寒】gūhán〔形〕港澳地區用詞。來自粵語，小器，吝嗇：他太～了，只吃請，不請人。

【孤寂】gūjì〔形〕孤獨而寂寞：一位～的老人｜他無兒無女，晚年生活十分～。

【孤家寡人】gūjiā-guǎrén〔成〕古代王侯自稱孤或寡人。後用"孤家寡人"比喻脫離群眾、孤立無助的人（多用於掌權者）：由於他驕傲自滿，聽不得不同的意見，結果成了～。

【孤軍】gūjūn〔名〕（支）孤立無援的軍隊：～深入｜～奮戰。

【孤苦】gūkǔ〔形〕無依無靠，孤單困苦：～伶仃｜生活～。

【孤苦伶仃】（孤苦零丁）gūkǔ-língdīng〔成〕形容生活孤單困苦，無依無靠：老人獨自一人，～，生活十分清苦。

【孤老】gūlǎo〔名〕孤獨的老人，也指沒有子女獨自生活的老人。

【孤立】gūlì ❶〔形〕與其他事物不相聯繫：事情的發生絕不是～的｜不要去～地看待和分析問題。❷〔形〕孤獨，得不到同情和援助：處於～無援的地位｜他在群眾中感到很～。❸〔動〕使孤獨，使得不到同情和援助：～敵人｜不要～自己。

【孤立無援】gūlì-wúyuán〔成〕單獨行事，得不到別人援助：敵軍～，終歸失敗。

【孤零零】gūlínglíng(～的)〔形〕狀態詞。❶孤單；無依無靠：老太婆～一個人，怪可憐的。❷沒有陪襯的；單獨的：山溝裏有一個～的小村莊。

【孤陋寡聞】gūlòu-guǎwén〔成〕學識淺薄，見聞狹窄：獨學無友，～。

【孤男寡女】gūnán-guǎnǚ〔成〕單身男女。多指單獨相處的一對男女：～住在一個屋檐下，難免招人閒話。

【孤女】gūnǚ〔名〕死了父母或失去父母的女孩。

【孤僻】gūpì〔形〕(性情)孤獨古怪：他性情～，不願與人交往。

【孤身】gūshēn〔名〕指沒有親屬或親屬不在身邊的孤單一人：～一人│這十多年他～漂泊在外。

【孤孀】gūshuāng〔名〕❶孤兒和寡婦。❷專指寡婦。

【孤掌難鳴】gūzhǎng-nánmíng〔成〕一個巴掌拍不響。比喻勢單力孤，難以成事：小王雖然獨得兩分，無奈～，團體比賽還是輸了。

【孤證】gūzhèng〔名〕唯一的證據：～不足以下結論。

【孤注一擲】gūzhù-yīzhì〔成〕把所有的錢拿來做賭注，以圖僥倖取勝。比喻在危急時投入全部力量進行一次冒險活動：敵軍～，投入了全部預備隊，妄圖挽回敗局。

姑 gū ㊀❶〔名〕姑母：大～│二～。❷丈夫的姐妹：～嫂之間│大～子│小～子。❸〈書〉丈夫的母親：翁～。❹少女：村～。❺出家修行或從事迷信活動的婦女：尼～│三～六婆。❻(Gū)〔名〕姓。
　　㊁〔副〕姑且；暫且：～妄言之│子～待之(你姑且等着吧)。

語彙　村姑　婦姑　尼姑　翁姑

【姑表】gūbiǎo〔形〕屬性詞。一家的父親和另一家的母親是兄妹或姐弟的親戚關係(區別於"姨表")：～親│～兄弟。

【姑布】Gūbù〔名〕複姓。

【姑夫】gūfu〔名〕姑父。

【姑父】gūfu〔名〕姑母的丈夫。

【姑姑】gūgu〔名〕〈口〉姑母。

【姑老爺】gūlǎoye〔名〕〈敬〉岳家對女婿的稱呼。

【姑媽】gūmā〔名〕〈口〉姑母(指已婚的)。

【姑母】gūmǔ〔名〕父親的姐妹。

【姑奶奶】gūnǎinai〔名〕〈口〉❶父親的姑母。❷娘家尊稱已出嫁的女兒。❸對潑辣、厲害的女子的戲稱，也用於自稱：～，您饒了我吧│今天叫你知道～的厲害。

【姑娘】gūniang〔名〕(西南官話、江淮官話)姑母。

【姑娘】gūniang〔名〕❶(位)未出嫁的女子：美麗的～│～和小夥子們。❷(個)女兒：～長

得像媽媽│大～二～都出嫁了。❸港澳地區用詞。指女護士：醫院的～都受過嚴格訓練。❹港澳地區用詞。與姓氏連用，專稱某些職業的女辦事員：社區中心的王～對組織老人活動很熱心。❺(～兒)稱妓女。

【姑且】gūqiě〔副〕暫且；暫時。多含有在不得已的情況下先將就一番，以後再說的意思：～答應下來，看看情況再做決定。│～試一試，有了效果再繼續服用。

【姑嫂】gūsǎo〔名〕女子和她兄弟的妻子的合稱：～之間相處很好。

【姑妄言之】gūwàngyánzhī〔成〕姑且隨便說說。指自己所說的不一定正確，僅供參考(常用作客套話)：我～，諸位姑妄聽之(姑且隨便聽聽，含有不必過於認真的意思)。

【姑息】gūxī〔動〕過於寬容，不講原則：～養奸│～遷就│對下屬的錯誤不能～。

【姑息養奸】gūxī-yǎngjiān〔成〕遷就寬容而助長壞人作惡：對壞人要嚴懲，不能～│～，貽害無窮。

【姑爺】gūye〔名〕〈口〉岳家稱女婿。

【姑丈】gūzhàng〔名〕姑夫。

【姑子】gūzi〔名〕〈口〉尼姑。**注意**"姑子"(尼姑)前面不能加"大"或"小"，而"尼姑"前卻可以加"小"或"老"，如"小尼姑""老尼姑"。

骨 gū 見下。
另見 gǔ(467頁)。

【骨朵兒】gūduor〔名〕〈口〉未開放的花：花～│～很多的一枝花。

【骨碌】gūlu〔動〕滾動；翻滾：球在地上～來～去│身子一～就爬起來了。**注意**液體滾動不能說"骨碌"，如水珠在荷葉上滾動，不能說成"水珠在荷葉上骨碌"。

罛 gū〈書〉大漁網。

蛄 gū 見"螻蛄"(587頁)、"蟪蛄"(868頁)。
另見 gǔ(468頁)。

菰 gū❶〔名〕多年生草本植物。莖(茭白)和果實(菰米)均可食。❷舊同"菇"①。

菇 gū❶蘑菇：冬～│草～。❷(Gū)〔名〕姓。

辜 gū❶罪：無～│死有餘～。❷虧負：～負。❸(Gū)〔名〕姓。

【辜負】(孤負)gūfù〔動〕對不起(別人的好心、期望或幫助)：～了他的一片好心│不～人民的期望。

【辜高】Gūgāo〔名〕複姓。

軲(軲) gū 見下。

【軲轆】gūlu 同"軲轆"①。

【軲轆】gūlu〈口〉❶〔名〕車輪子：汽車～│自行車後～撒氣了。也作軲轆、轂轆。❷〔動〕滾

動：彈子（枱球）～到袋子裏頭了｜大石頭從山坡上～下來。

軱（軱）　gū〈書〉大骨。

酤　gū〈書〉❶薄酒：清～。❷買酒：～而留飲。❸賣酒：買一酒沽～酒。

觚　gū❶古代飲酒器，大致相當於後世的酒杯。長身，大口，口和底部都呈喇叭狀。主要盛行於商和西周。❷古代寫字用的木簡：操～（寫文章）。❸（Gū）〔名〕姓。

莕　gū見下。

【莕葵】gūtū〔名〕骨朵兒。

【莕葵果】gūtūguǒ〔名〕果實的一種，由單心皮構成，子房只有一個室，成熟時，果皮僅在一面裂開。芍藥、八角等植物的果實就是莕葵果。

箍　gū❶〔動〕捆緊；裹緊：～木桶｜衣服太瘦，身子～得慌。❷（～兒）〔名〕緊緊裹在東西外面的圈兒：藤～兒｜鐵～兒｜紅～兒｜黑～兒。

鴣（鴣）　gū見“鷓鴣”（102頁）、“鶻鴣”（1728頁）。

穀（穀）　gū見下。另見gǔ（469頁）。

【穀轆】gūlu同“軲轆”。

gǔ ㄍㄨˇ

古　gǔ❶〔形〕經歷年月很久的：～瓷｜～樹｜這個地名很～。❷古代（跟“今”相對）：上～｜仿～｜厚～薄今｜～往今來｜～今中外｜說～道今。❸具有古代風格的：～拙｜～樸。❹淳樸：～道熱腸。❺古體詩：五～｜七～。❻（Gǔ）〔名〕姓。

語彙	博古	蒼古	陳古	淳古	仿古	訪古	復古
	高古	亙古	懷古	荒古	積古	近古	考古	曠古
	擬古	泥古	盤古	七古	千古	上古	太古	萬古
	往古	五古	先古	遠古	執古	中古	終古	自古
	作古	厚今薄古						

【古奧】gǔ'ào〔形〕〈書〉古老深奧，難以理解：他的文章艱深～，太難懂了。

【古板】gǔbǎn❶〔形〕刻板守舊，不合時宜：作風～｜脾氣～。❷〔名〕指固執守舊的人（跟“老”配合使用）：他真是個老～。

【古代】gǔdài〔名〕❶過去距離現代較遠的時代。在中國歷史分期中，多指19世紀以前的時代：～漢語｜～社會｜～、近代和現代。❷特指奴隸社會時代或原始公社時代。

【古道】gǔdào❶〔名〕古代的道理、思想、方法等：～不存。❷〔名〕（條）古老的道路：茶馬～｜～西風瘦馬｜探險隊找到了一條沒有人煙的～。❸〔形〕古樸厚道：～熱腸，肝膽照人。

【古道熱腸】gǔdào-rècháng〔成〕指淳樸厚道，有一副熾熱的心腸：幾個人當中，數這位老先生～。

【古典】gǔdiǎn❶〔形〕屬性詞。古代流傳下來的被公認為是傳統的、正宗的、典範的（風格）：～音樂｜～文學｜～的與浪漫的，他都喜歡。❷〔名〕典故：誰知道這句話裏還有個～呢！

【古董】（骨董）gǔdǒng〔名〕❶（件）古代留傳下來的珍貴稀罕器物：買賣～的商人｜家裏收藏着不少～。❷比喻陳舊而不合時宜的東西或頑固守舊的人：他用的那塊懷錶是爺爺傳下來的，快成～了｜老頭兒完全與時代隔絕，人家都叫他老～。

【古都】gǔdū〔名〕（座）古代的都城：西安是文化～｜～新貌。

> **中國七大古都**
> 西安：西周的豐、鎬，秦的咸陽，西漢、北朝和隋、唐的長安；
> 北京：燕國的薊，遼的南京幽都，金的中都大興府，元的大都，明、清的北京；
> 洛陽：西周的洛邑，東周的成周，漢魏、隋、唐的洛陽；
> 南京：六朝的建業、建康，五代的金陵和江寧，明的應天府和南京，太平天國的天京；
> 開封：戰國魏的大梁，北朝的梁州和汴州，五代（後梁、後晉）的開封府，北宋的開封或汴京、汴梁；
> 安陽：商朝的殷，曹魏、後趙、前燕、東魏、北齊的鄴都，北周的相州，隋的安陽城；
> 杭州：五代吳越的西府，南宋的杭州。

【古爾邦節】Gǔ'ěrbāng Jié〔名〕伊斯蘭教重要節日之一，為伊斯蘭教曆12月10日。這一天信徒要宰牛羊駱駝等牲畜獻禮，故也稱宰牲節。

【古風】gǔfēng〔名〕❶古代的風俗習尚：這偏僻的鄉村小鎮還保留着一些～。❷（首）古體詩。

【古怪】gǔguài〔形〕❶與一般情況不同，稀奇少有的：脾氣～｜樣子～｜～的相貌。❷奇怪；使人詫異的：好～呀，剛剛放在這兒的東西怎麼轉眼就沒了？

【古國】gǔguó〔名〕古老的、歷史悠久的國家：文明～｜～風貌。

【古籍】gǔjí〔名〕古書：整理～｜～文獻。

【古跡】gǔjì〔名〕古代的遺跡，多指古代建築等：西安的名勝～很多｜尋訪～｜保護文物～。

【古今】gǔjīn〔名〕古代和現代；古代和現代的人和事：時有～，地有南北｜～未有｜陳說～。

G

【古今中外】gǔjīn-zhōngwài〔成〕從古代到現代，從中國到外國：～前所未有｜學識淵博，貫通～。

【古舊】gǔjiù〔形〕古老陳舊的：～書籍｜陳設～。

【古來】gǔlái〔副〕自古以來：～如此，不必奇怪。

【古蘭經】Gǔlánjīng〔名〕（部）伊斯蘭教的經典。[古蘭，也譯作可蘭，阿拉伯 Qur'ān]

【古老】gǔlǎo〔形〕經歷了久遠年代的：～的國家｜～的民族｜這個傳說很～。

【古樸】gǔpǔ〔形〕具有古代樸素風格的：服飾～｜～典雅的家具。

【古錢】gǔqián〔名〕（枚）古代的錢幣：一枚～｜研究～的專家｜中國～大詞典。

【古琴】gǔqín〔名〕（張）弦樂器，用梧桐木製成，有五弦，後增至七弦。也叫七弦琴。

【古人】gǔrén〔名〕（位）古代的人：～有～的哲學，今人有今人的哲學｜前無～，後無來者。

【古色古香】gǔsè-gǔxiāng〔成〕富於古樸典雅的色彩、情調、意趣：客廳裏那些硬木家具真可真是～。

【古生物】gǔshēngwù〔名〕古代的生物，現已大部分滅絕。如恐龍、三葉蟲、蘆木等。

【古詩】gǔshī〔名〕❶（首）古體詩。❷泛指古代詩歌：他喜歡讀～。

【古書】gǔshū〔名〕（部，本）古代的書籍：家裏有不少～｜～要是沒有註解，就不容易看懂。

【古體詩】gǔtǐshī〔名〕（首）唐朝以後指區別於近體詩（律詩、絕句）的一種詩體，有四言、五言、六言、七言等形式，句數沒有限制，每句字數可以不同，平仄和用韻比較自由。也叫古詩、古風。

【古銅色】gǔtóngsè〔名〕像古代銅器的顏色；深褐色：～的皮膚｜穿着一件～的上衣。

【古玩】gǔwán〔名〕（件）可供玩賞的古代器物：～店｜多寶槅擺滿了～。

【古往今來】gǔwǎng-jīnlái〔成〕從古到今：～多少興亡事。

【古為今用】gǔwéijīnyòng〔成〕批判地吸收、繼承古代文化遺產，為今天的文化建設服務：～，洋為中用。

【古文】gǔwén〔名〕❶（篇）指中國五四以前的文言文（一般指散文，區別於"駢文"）：閱讀～｜講解～｜～翻譯。❷漢朝通行隸書，因此把秦以前的字體叫作古文（跟"今文"相對）。

【古文字】gǔwénzì〔名〕古代的文字。中國的古文字指秦以前的甲骨文、金文、戰國文字等。

【古物】gǔwù〔名〕（件）古代的器物：收藏～｜～鑒定。

【古稀】gǔxī〔名〕唐朝杜甫《曲江》詩："人生七十古來稀。"後用"古稀"指人七十歲：～之年｜～老人｜年近～。

【古訓】gǔxùn〔名〕（則，條）古代流傳下來具有教導意義的話。

【古雅】gǔyǎ〔形〕古樸雅致：為文～｜格調～｜陳設～｜給人一種～的感覺。

【古諺】gǔyàn〔名〕（句）古代的諺語：他勤於搜集～｜～云：只要功夫深，鐵杵磨成針。

【古音】gǔyīn〔名〕❶泛指古代的語音（跟"今音"相對）。❷特指以《詩經》為代表的周秦時代的語音，跟以《切韻》《廣韻》等韻書為代表的隋唐時期的"今音"相對。

【古遠】gǔyuǎn〔形〕古老久遠：～的傳說。

【古箏】gǔzhēng〔名〕箏。

【古裝】gǔzhuāng〔名〕古代式樣的服裝（區別於"時裝"）：～戲｜～照｜身着～。

【古拙】gǔzhuō〔形〕古樸而不加修飾：書法～｜形式～。

谷 gǔ ❶兩山中間狹長而有出口的低地或水道：山～｜河～｜峽～｜深～｜幽～｜虛懷若～。❷比喻困境：進退維～。❸（Gǔ）〔名〕姓。

另見 yù（1662頁）；gǔ "穀"（469頁）。

> **語彙**　河谷　陵谷　山谷　峽谷　幽谷　進退維谷　滿坑滿谷　虛懷若谷

【谷底】gǔdǐ〔名〕山谷或河谷的底部。比喻事物所處的低潮或衰落時期：產品銷量已逐漸走出～。

汨 gǔ 見下。

【汨汨】gǔgǔ ❶〔擬聲〕形容水向外湧流的聲音：泉水～地向外流着｜水流湧出，～有聲。❷〔形〕〈書〉比喻文思暢通：筆下～而出。

【汨沒】gǔmò〔動〕〈書〉埋沒；湮滅：～性靈｜～人性。

股 gǔ ㊀❶〔名〕大腿（胯到膝蓋部分）：～肱。❷〔名〕行政上按工作性質不同設置的組織單位，一般比科小：總務～｜人事～｜宣教～。❸（～兒）〔名〕繩線等的組成部分：搓成～兒。❹（～兒）〔名〕合營企業中資金的一份或一筆財物平均分配的一份：入～｜按～分紅｜每～兒1000元。❺〔量〕用於條狀的事物：一～清涼的泉水｜兩～道上跑的車。❻〔量〕用於氣體、氣味、力氣等：一～臭氣｜一～濃煙｜一～香味兒｜攢足一～勁兒。❼〔量〕用於成批的人，多指敵人或壞人：一～敗兵｜一～匪徒。
㊁中國古代稱不等腰直角三角形中較長的直角邊。

> **語彙**　八股　炒股　乾股　公股　合股　屁股　入股　私股　退股　旺股　招股　概念股

【股東】gǔdōng〔名〕(位)股份公司中持有股票並享受股權的人。

【股份】(股分)gǔfèn〔名〕股份制企業中，資本的基本單位。股份有限公司的資本總額平分為金額相等的份額就是股份。

【股肱】gǔgōng〔名〕〈書〉大腿和胳膊。比喻輔佐君主的大臣：～之臣｜君之～。

【股價】gǔjià〔名〕股票價格：～下跌｜～上漲｜穩定～。

【股金】gǔjīn〔名〕投入股份制企業中的股份資金：抽回～｜～份額。

【股慄】gǔlì〔動〕〈書〉腿發抖。形容恐懼的樣子：君主發威，群臣～。

【股民】gǔmín〔名〕進入股票市場，進行股票買賣交易的人：股市的變化使～們神情緊張｜不少～幻想着一夜之間成為富翁。

【股票】gǔpiào〔名〕(張)股東對公司出資的權利憑證。由公司簽發，可以證明股東所持股份和股權。分記名股票和無記名股票。

【股評】gǔpíng ❶〔動〕對股市行情進行分析、評論和預測。❷〔名〕有關股評的文章。

【股權】gǔquán〔名〕股東在所投資的股份公司內享有的權益。權益大小與投資數額直接相關。

【股市】gǔshì〔名〕❶ 股票市場：～動盪｜進入～。❷ 指股票行情：～暴跌。

【股息】gǔxī〔名〕(筆)股票持有者所得到的股份利潤：股東們都得到了～｜～很可觀。

【股災】gǔzāi〔名〕(場)股市災害或災難。指股市內在矛盾積累到一定程度時，由於受某個偶然因素影響，突然爆發股價暴跌，進而引起社會經濟巨大動盪，並造成巨大損失的異常經濟現象。

【股指】gǔzhǐ〔名〕股票價格指數，是反映股市價格變動方向和幅度的綜合性指標。

牯 gǔ 牯牛。

【牯嶺】Gǔlǐng〔名〕江西廬山上的牯嶺鎮，海拔1167 米，有"雲中山城"之稱。

【牯牛】gǔniú〔名〕(頭)公牛：一頭～。

牿 gǔ 用於地名：宋～(在山西)。

眢 gǔ〔動〕(西南官話)瞪大眼睛(表示不滿)。

骨 gǔ ❶〔名〕骨頭：筋～｜屍～｜粉身碎～。❷ 物體內起支撑作用的架子：傘～｜鋼～水泥。❸ 比喻人的品德、氣概：傲～｜風～｜俠～｜奴顏媚～。❹(Gǔ)〔名〕姓。
另見 gū(464 頁)。

語彙　傲骨　徹骨　刺骨　風骨　骸骨　筋骨　刻骨　露骨　切骨　入骨　屍骨　俠骨　銷骨　遺骨　皮包骨　身子骨　主心骨　粉身碎骨　鋼筋鐵骨　銘肌鏤骨　奴顏媚骨　脫胎換骨

【骨刺】gǔcì〔名〕骨頭上增生的針狀物，能引起疼痛等症狀，多出現於中老年人身上。

【骨感】gǔgǎn〔形〕指人很瘦，骨頭突出而清晰，給人以棱角分明的感覺：時裝界流行～美人。

【骨幹】gǔgàn〔名〕❶ 長骨中的中央部分。❷ 比喻發揮主要作用的人或事物：～企業｜～力量｜中年～｜技術～。

【骨骼】gǔgé〔名〕人和動物體內的堅硬組織，由多塊骨頭組成。人的骨骼主要起支撐人體和保護內部器官的作用。

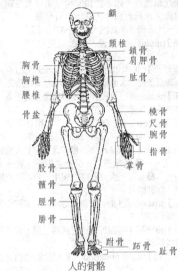

人的骨骼

【骨鯁】gǔgěng〈書〉❶〔名〕魚骨頭：～在喉。❷〔形〕耿直：～之臣｜秉性～。

【骨鯁在喉】gǔgěng-zàihóu〔成〕魚刺卡在喉嚨裏。比喻心中有話，憋得難受，不說出來不痛快：想說的話如～，不吐不快。

【骨灰】gǔhuī〔名〕❶ 人的遺體焚化後所剩的灰：～堂｜～盒｜將～撒向大海。❷ 動物骨頭燒成的灰，可製磷，也可直接用為肥料。

【骨節】gǔjié〔名〕骨頭和骨頭連接的地方：渾身～痛｜～格巴格巴直響。

【骨立】gǔlì〔形〕像骨頭似的站立着，形容人極度消瘦：軀體～｜憔悴～。

【骨齡】gǔlíng〔名〕骨骼年齡，指人體生長發育中主要骨骼的骨化癒合年齡。通過骨齡能夠推測人的生理年齡。

【骨牌】gǔpái〔名〕(副)娛樂用品，用骨頭、象牙或竹木等製成，每副三十二張，每張牌上刻着多少不等的點子(從兩個點子到十二個點子)。

【骨牌效應】gǔpái xiàoyìng 指連鎖反應。參見"多米諾骨牌"(334 頁)。

【骨盆】gǔpén〔名〕人和哺乳動物骨骼的一部分。

人的骨盆由髖骨、骶骨和尾骨組成，有支撐脊椎和保護膀胱等臟器的作用。因形狀像盆，故稱。

【骨氣】gǔqì〔名〕❶剛強不屈的氣概：中國人民有～｜他是個有～的人。❷比喻書法強勁、雄健的氣勢：他的楷書很有～。

【骨肉】gǔròu〔名〕❶指血統關係親近的人；至親（父母、兄弟、子女等）：～團聚｜親生～。❷比喻緊密而不可分離的關係：情同～。

【骨肉相連】gǔròu-xiānglián〔成〕像骨頭和肉一樣互相連在一起。比喻父母子弟子女等親人關係。也形容關係密切，不可分離：父子之間～｜人民子弟兵跟人民是～的魚水關係。

【骨殖】gǔshi〔名〕屍骨。注意 這裏的"殖"不讀zhí。

【骨瘦如柴】（骨瘦如豺）gǔshòurúchái〔成〕形容人異常消瘦：久臥病榻，～，精力消耗殆盡。

【骨髓】gǔsuǐ〔名〕骨頭腔腔中柔軟像膠的物質，具有造血功能：～移植。

【骨頭】gǔtou〔名〕❶（塊，根）人和脊椎動物體內支持身體、保護內臟的堅硬組織：～架子｜節兒｜渾身～疼。❷"骨氣"①：這個人有～。❸泛指行為、品行：軟～｜硬～｜懶～。❹（北京話）跟"要"連用，表示調皮搗蛋：你別跟我耍～。

【骨血】gǔxuè〔名〕指子女後代等親人：這孩子是他倆留下的～。

【骨折】gǔzhé〔動〕因外傷或骨組織受損，骨頭斷或碎裂：左腿～。

【骨質疏鬆】gǔzhì shūsōng 人體單位體積內骨量減少的一種現象。表現為骨頭疼痛，有時併發骨折。與年齡、內分泌和鈣攝入量等因素有關。

【骨子】gǔzi〔名〕支撐物體的架子：扇～｜傘～｜鋼筋～。

【骨子裏】gǔzilǐ〔名〕內心裏；實質上：他表面上點頭同意，～卻另有打算。也說骨子裏頭。

罟 gǔ〈書〉❶漁網：網～。❷捕魚。

羖 gǔ〈書〉公羊。

蛄 gǔ 見"螻蛄"（793頁）、"蟪蛄蟪蛄"（793頁）。
另見 gū（464頁）。

詁（詁）gǔ 對古代語言文字的解釋：訓～｜解～｜字～｜確～｜詩無達～。

鼓〈皷〉gǔ ❶〔名〕（面）一種打擊樂器：花～｜手～｜銅～｜腰～｜打～。❷形狀、作用像鼓的東西：耳～｜石～。❸演奏、敲擊（樂器）：～琴｜～瑟吹笙。❹使振動發聲：搖唇～舌｜～了幾下掌。❺用風箱等扇（shān）：～風。❻〔動〕煽動情緒，使振奮：～勁｜～氣。❼〔動〕凸起，漲大：～起了一個包｜肚子～起來了｜着嘴不說話。❽〔形〕飽滿：麥粒～～的｜籃球的氣打得真～｜輪胎太～了。❾（Gǔ）〔名〕姓。

語彙 打鼓 搗鼓 更鼓 五鼓 腰鼓 戰鼓 敲邊鼓 晨鐘暮鼓 重整旗鼓 緊鑼密鼓 開台鑼鼓 偃旗息鼓

【鼓包】gǔbāo ❶(-//-)〔動〕物體或身體上鼓起疙瘩：撞得頭上鼓起個包。❷〔名〕身上或物體上凸起的疙瘩：頭上起了個～｜牆上有個小～。

【鼓吹】gǔchuī〔動〕❶宣傳提倡：～革命｜～自由、平等、博愛。❷宣揚；吹噓：大肆～｜自我～｜別替那些人～。

【鼓搗】gǔdao〔動〕（北方官話）❶擺弄；做：他哪裏會裝收音機呀，瞎～甚麼呢？❷支使；慫恿：這事都是他在背後～的。

【鼓動】gǔdòng〔動〕用書面或口頭的方式激發使之行動起來：～工人罷工｜做宣傳～工作｜群眾的情緒被他～起來了。

【鼓鼓囊囊】gǔgunāngnāng（～的）〔形〕狀態詞。形容包裹、口袋等被塞得凸起來的樣子：口袋裝得～｜書包裏全塞滿了，～的。

【鼓角】gǔjiǎo〔名〕軍中用來發號施令的戰鼓和號角：山頭～相聞。

【鼓勁】gǔ//jìn（～兒）〔動〕鼓動情緒，使振作起來：給孩子～｜大家互相～｜拉拉隊快給運動員鼓一鼓勁兒。

【鼓勵】gǔlì〔動〕激勵；勉勵：～孩子好好學習｜多～少批評。

【鼓樓】gǔlóu〔名〕（座）❶舊時城區內設置報時大鼓的樓：～後邊是鐘樓。❷一種民居，貴州、湖南、廣西等地可見的帶民族色彩的獨特建築。外形為多層寶塔形，下面為方形，一般高四五丈，有數層塔式房屋，層層有飛檐，輕巧若飛。

【鼓弄】gǔnong〔動〕（北方官話）❶"鼓搗"①：這相機是誰給～壞的？❷"鼓搗"②：他自己不說，卻一別人去說。

【鼓手】gǔshǒu〔名〕（位，名）樂隊中打鼓的人。

【鼓舞】gǔwǔ〔動〕❶使人振奮：～人心｜～士氣｜～鬥志。❷興奮；振作：好消息令人～｜眾人無不歡欣。

【鼓藏節】Gǔzàng Jié〔名〕苗族最古老、最盛大的節日，大多每隔十一年或十三年一次，一般在農曆九月下旬（丑日）至十一月上旬，節日期間舉行門牛、宰牛祭祖、祭鼓、跳蘆笙舞等活動。也叫鼓社節、拉鼓節、祭鼓節。

【鼓噪】gǔzào〔動〕原指作戰時擊鼓吶喊。現泛指亂哄哄地喧嚷：敵軍～不已。

【鼓掌】gǔ//zhǎng〔動〕拍手，表示高興、贊同或歡迎：代表們熱烈～｜～歡迎參觀團｜一連鼓了好幾次掌。

【鼓詞】gǔcí〔名〕宋代說唱藝術，以同一詞調重複演唱多遍，或間以說白，用來敘事寫景。說唱時以鼓為節拍。現存鼓子詞有北宋歐陽修詠西湖景物的《采桑子》，為唱詞，前有《西湖念語》為說白。

賈（賈）gǔ ❶商人：富商大～｜行商坐～。 ❷做買賣：多財善～。 ❸〈書〉買：～馬。 ❹〈書〉賣：餘勇可～。 ❺〈書〉招致；招引：～禍。
　　另見 Jiǎ（633 頁）。

語彙　大賈　商賈　坐賈　餘勇可賈

鈷（鈷）gǔ/gū〔名〕 ❶一種金屬元素，符號 Co，原子序數 27。銀白色，有延展性，可磁化，是製造超硬耐熱合金和磁性合金的重要原料。醫學上用於放射性鈷（鈷 -60）治療癌症。 ❷（Gǔ）姓。
【鈷鉧】gǔmǔ〔名〕〈書〉熨斗。

穀 gǔ〔名〕"構" ㊀①。
【穀樹皮】gǔshùpí〔名〕穀樹的皮，粗糙斑駁。形容皺紋多、不光滑的皮膚：三寸丁～（又矮又顯老，《水滸傳》中武大郎的諢號）。注意 "穀"字左下從"一"從"木"，與從"一"從"禾"的"穀"字不同。

蝦 gǔ，又讀 jiǎ〈書〉福：祝～〈祝壽〉。

榾 gǔ ❶木名。 ❷截斷的木頭。
【榾柮】gǔduò〔名〕木塊，樹疙瘩。

穀（㊀谷）gǔ ㊀ ❶穀類作物：四體不勤，五～不分｜播種百～。 ❷穀子，即粟：打～｜～草｜沉甸甸的～穗兒。 ❸〔名〕南方稱稻子或稻的子實：稻～｜一擔～。　㊁ ❶〈書〉善；好：～旦（吉日良辰）。 ❷〈書〉俸祿。古時以穀米為俸祿，所以把俸祿叫作穀。 ❸（Gǔ）〔名〕姓。注意 古代"穀"和"谷"是兩個不同的姓。
　　"谷"另見 gǔ（466 頁）；yù（1662 頁）。

語彙　錢穀　五穀

【穀草】gǔcǎo〔名〕 ❶穀子脫粒後的稈兒：一捆～｜冬天拿～做牛馬飼料。 ❷南方指稻草：～編織的草簾子｜床席下墊着～。
【穀梁】Gǔliáng〔名〕複姓。
【穀物】gǔwù〔名〕 ❶穀類作物的通稱：這種害蟲專吃～。 ❷穀類作物的子實：倉裏～發霉了。
【穀雨】gǔyǔ〔名〕二十四節氣之一，在 4 月 20 日前後。穀雨時節，雨量增加，中國北方地區開始播種。農諺：穀雨前後，栽花種豆。

【穀子】gǔzi〔名〕 ❶一年生草本植物，是中國北方一種糧食作物，子實脫殼後叫小米。 ❷中國南方稱稻子未去殼的子實。

盬 gǔ 見下。
【盬子】gǔzi〔名〕烹飪用具，一種周圍陡直的深鍋：沙～燉雞｜鐵～熬粥。

轂（轂）gǔ〔名〕車輪中心的圓木，有孔可以插軸：肩摩～擊｜車錯～，短兵接。
　　另見 gū（465 頁）。

語彙　錯轂　推轂　縮轂

臌 gǔ 中醫指腹部膨脹的病：水～｜氣～。

瞽 gǔ〈書〉 ❶眼瞎：～者。 ❷樂官的代稱：～史誦詩（史：史官）。 ❸沒有見識或沒有觀察能力的：不觀氣色而言謂之～。

鹽 gǔ〈書〉 ❶鹽池。 ❷不堅實。 ❸止息。

鵠（鵠）gǔ〈書〉箭靶子；目標：中～。
　　另見 hú（553 頁）。
【鵠的】gǔdì〔名〕〈書〉 ❶射箭時箭靶子的中心；也指練習射擊的目標：一箭發出，正中～。 ❷目的：精誠團結，得達～。

餶（餶）gǔ 見下。
【餶飿】gǔduò〔名〕古代一種麵食品。

澉 Gǔ 澉水，地名。在湖南婁底東北，今作谷水。

鶻（鶻）gǔ 見下。
　　另見 hú（553 頁）。
【鶻鵃】gǔzhōu〔名〕古書上說的一種似山鵲而小的鳥，尾短，善鳴。

蠱（蠱）gǔ ❶古代傳說中的毒蟲，用來放在食物裏害人。 ❷（Gǔ）〔名〕姓。
【蠱惑】gǔhuò〔動〕毒害；迷惑；使人心志迷亂：～人心｜受人～。

gù ㄍㄨˋ

估 gù 見下。
　　另見 gū（462 頁）。
【估衣】gùyi〔名〕出售的舊衣服：～店｜賣～的商販。

固 gù ㊀ ❶堅固；牢固：～體｜加～｜鞏～｜池深城～｜～若金湯。 ❷使堅固：～本｜防風～沙。 ❸堅決地；堅定地：～守｜～辭｜～執己見。 ❹（Gù）〔名〕姓。
　　㊁〈書〉 ❶〔副〕原本；本來：人～有一死｜～當如此。 ❷〔連〕固然：繼續升學～好，及早就業亦可。

語彙 鞏固 加固 堅固 牢固 凝固 強固 頑固 穩固 險固 根深蒂固

【固步自封】gùbù-zìfēng 同"故步自封"。

【固定】gùdìng ❶〔形〕不變動的;不移動的(跟"流動"相對):～工作｜～職業｜～聯繫｜收入不太～。❷〔動〕使固定:把位置～下來。

【固定電話】gùdìng diànhuà 現代重要的通訊手段之一,通過光纜傳送訊號,因為通常固定在一定位置,故稱(區別於"移動電話")。簡稱固話。

【固話】gùhuà〔名〕固定電話的簡稱。

【固陋】gùlòu〔書〕❶〔形〕知識淺陋,見聞不廣。❷〔名〕閉塞淺陋的意見(多用作謙辭):略陳～。

【固然】gùrán〔連〕❶ 表示承認某一事實,引起下文轉折,前後意思有矛盾:這家工廠設備～先進,但是經濟效益並不好｜這樣做～好,只是太費時間了。❷ 表示承認某一事實,下文有較輕轉折,前後意思不矛盾:考上公費留學～好,考不上也還可以自費留學｜他～是有名的小說作家,可散文也寫得很好。

辨析 固然、雖然 a)"固然"側重於承認某種事實,"雖然"側重於讓步。如"上大學固然好,就業也不錯",就不能說成"上大學雖然好,就業也不錯"。b)"雖然"用在主語前後比較自由,"固然"卻很少用在主語前。

【固若金湯】gùruòjīntāng〔成〕金:指金城,用金屬鑄成的城牆;湯:指湯池,蓄滿沸水的護城河。形容防守非常嚴密,工事極為堅固:敵人自吹防禦工事～,但抵不住我軍的強大攻勢。

【固沙林】gùshālín〔名〕在沙荒和沙漠地帶為固定流沙而營造的防護林。

【固守】gùshǒu〔動〕❶ 堅持守衛:～陣地｜～孤城｜防地陷於孤立,已難～。❷ 固執地遵守:～成法｜～陳規。

【固態】gùtài〔名〕物質的固體形態:～、氣態、液態是物質存在的三種形態。

【固體】gùtǐ〔名〕有一定體積和形狀、質地比較堅硬的物體:～燃料｜～力學｜木材、岩石、鋼鐵都是～。

【固有】gùyǒu〔形〕屬性詞。本來就有的:～特點｜～文化｜中國～的傳統道德。

【固執】gùzhí(-zhi)❶〔形〕頑固堅持,不肯改變:這人很～,不好商量。❷〔動〕堅持不變:～己見,不知變通。

【固執己見】gùzhí-jǐjiàn〔成〕頑固堅持自己的意見,不肯改變:他一貫～,不肯聽從別人的勸告。

故 gù ❶ 事;事故:變～｜鄉里多～。❷ 原因;緣故:無緣無～｜不知何～。❸ 根據:言之成理,持之有～。❹〔副〕故意:

明知～犯｜～弄玄虛｜～作鎮靜。❺〔連〕因此;所以:大霧瀰漫,～班機推遲起飛。

㊁ ❶ 老朋友:沾親帶～。❷ 往事:歡然道～。❸〔動〕死;已經死亡:病～｜父母已～。❹ 舊有的;原來的:～居｜～地重遊｜～土難離。❺(Gù)〔名〕姓。

語彙 變故 病故 大故 典故 國故 何故 借故 舊故 如故 身故 世故 事故 推故 託故 亡故 無故 物故 細故 緣故 掌故 持之有故 蹈常襲故 非親非故 三親六故 喜新厭故 沾親帶故 自我作故

【故步自封】gùbù-zìfēng〔成〕走原來的老步子,自己限制自己。比喻因循守舊,不求進取:要勇於進取,敢於創造,不可墨守成規,～。也作固步自封。

【故此】gùcǐ〔連〕〈書〉因此:颱風將至,本次航班～取消。

【故地】gùdì〔名〕曾經居住和生活過的地方:～重遊｜千里來尋～。

【故都】gùdū〔名〕過去的國都:遊覽～西安。

【故而】gù'ér〔連〕〈書〉因而:前鋒連連發起進攻,無奈技術不過硬,～未能奏效。

【故宮】gùgōng〔名〕舊王朝的宮殿。特指北京明、清王朝留存下來的宮殿:～博物院。

故宮概述
故宮是東方最大的宮殿,舊稱紫禁城,位於皇城之中。東西 753 米,南北 961 米。故宮有四個門,午門是故宮的南門,也是正門,其他三個門是:東華門、西華門和神武門。故宮內部有東、中、西三路,中路為主。中路以乾清門為界,分為外朝和內廷兩個區。外朝以太和殿、中和殿、保和殿為主體,內廷以乾清宮、交泰殿和坤寧宮為主體。最北是御花園。故宮內藏有大量珍貴文物,是全國重點文物保護單位,1987 年被聯合國教科文組織列為世界文化遺產保護項目。

【故伎】gùjì〔名〕舊伎倆;老手段:施展～｜～重演。也作故技。

【故伎重演】gùjì-chóngyǎn〔成〕舊花招、老手段再次要弄:對方又～,以斷絕經濟支持相要挾。

【故交】gùjiāo〔名〕(位)〈書〉老朋友:新知～｜他是我多年～。

【故舊】gùjiù〔名〕(位)故交舊友:親朋～｜不忘～｜他是父親的～。

【故居】gùjū〔名〕(所)指從前居住過的房屋:流連～｜魯迅～。

【故里】gùlǐ〔名〕家鄉;故鄉:榮歸～｜那山區是英雄的～。

【故弄玄虛】gùnòng-xuánxū〔成〕故意要弄手段,

隱蔽真情，使人莫測高深：這個人一貫缺少求實作風，好～，嘩眾取寵。

【故去】gùqù〔動〕死去（多用於長輩）：父母先後～｜家裏老人都～了。

【故人】gùrén〔名〕❶〈書〉舊友；老朋友：～重逢。❷指前妻：只見新人笑，不見～哭。

【故實】gùshí〔名〕有意義的歷史事實；典故：熟悉～｜徵引～。

【故事】gùshì〔名〕〈書〉❶往事；舊事：～重提。❷舊日的制度；例行的事：虛應～｜奉行～｜沿襲～。

【故事】gùshi〔名〕❶前後連貫、有吸引力、能感染人、可用作講述對象的事情：革命～｜民間～｜講～｜～大王。❷指文藝作品中體現主題思想的情節。

【故事片】gùshìpiàn（口語中也讀gùshipiānr）〔名〕（部）以表演故事為主要內容的影片。

【故態】gùtài〔名〕舊日的脾氣、態度、狀況等：不改～｜一復萌｜一如～。

【故態復萌】gùtài-fùméng〔成〕萌：發作，滋長。老樣子又恢復了。形容老毛病重犯，不良行為再度出現：檢查團一走，這個廠便～，又開始向河道排污。

【故土】gùtǔ〔名〕故鄉：留戀～｜熱愛～｜～難離。

【故土難離】gùtǔ-nánlí〔成〕留戀故鄉，捨不得離開：他早就想離開這窮山溝，可今天真的要走了，又不免有～之情。

【故我】gùwǒ〔名〕舊日的我；過去的我：依然～。

【故鄉】gùxiāng〔名〕家鄉；自己出生或長期居住過的地方：熱愛～｜思念～｜這裏是我的第二～。

【故意】gùyì❶〔形〕有意識的；存心：～破壞｜～裝出一副可憐的樣子｜我不是～的，對不起。❷〔名〕法律上指有意侵犯他人權益或放任危害發生的犯法行為（區別於"過失"）。

【故友】gùyǒu〔名〕（位）❶死去的朋友；亡友：探尋～長眠之處。❷舊友：～重逢｜訪問～。

【故園】gùyuán〔名〕❶舊家園；家鄉：～情｜重返～。❷指祖國：風雨如磐憶～。

【故宅】gùzhái〔名〕（座，所）舊宅；從前居住過的地方：遷回～｜那所～早已破敗不堪。

【故障】gùzhàng〔名〕❶機器、儀表等發生的毛病：汽車出～了｜排除～。❷使事情不能順利進行的阻礙：談判出～了｜究竟發生了甚麼～？

【故知】gùzhī〔名〕〈書〉老朋友：他鄉遇～。

【故址】gùzhǐ〔名〕舊址：沙攤紅樓是北京大學～。

【故紙堆】gùzhǐduī〔名〕指大量陳舊的書籍和資料（含貶義）：不要讓青年人鑽～。

【故智】gùzhì〔名〕〈書〉自己或別人曾經用過的計謀或辦法：招數並不高明，乃襲用前人～。

堌 gù 堤。多用於地名：龍～集（在山東巨野）。

梏 gù 古代木製的手銬：桎～。

峇 gù 頂部較平、四周陡峭的山。多用於地名：孟良～｜抱犢～（都在山東南部）。

牿 gù〈書〉❶牛馬圈（juàn）：～毀牛逸。❷綁在牛角上以防牛觸人的橫木。

雇 Gù〔名〕姓。另見gù"僱"（471頁）。

痼 gù ❶長久不易治癒的：～疾。❷長期養成不易克服的：～習｜～癖。

【痼疾】gùjí〔名〕久治不癒的病：身有～。

【痼癖】gùpǐ〔名〕長期養成不易改變的不良嗜好：抽煙雖是一種～，但他還是戒掉了。

【痼習】gùxí〔名〕長期養成不易改變的惡習：～難改｜痛改～。

僱（雇） gù〔動〕❶出錢讓人做事：～用｜～解｜～人｜～保姆。❷出錢租用（車、船等）：～車｜～船｜～了一條小毛驢騎着上山。"雇"另見Gù（471頁）。

【僱工】gùgōng ❶(-//-)〔動〕僱用工人：飯館老闆僱了幾個工。❷〔名〕（名）受僱的工人。

【僱請】gùqǐng〔動〕出錢請人（為自己做事）：～保姆｜～家庭教師。

【僱傭】gùyōng〔動〕拿錢僱用：老人年輕時當過～兵。

【僱傭軍】gùyōngjūn〔名〕用錢招募士兵組成的軍隊。

【僱員】gùyuán〔名〕（名）機關、團體、企事業中受僱用的人員：政府～｜公司～｜有些～已被解僱。

【僱主】gùzhǔ〔名〕❶僱用工人或職員的人：他被～解僱了｜這些～破產了。❷僱用車、船的人：船家歡迎～光顧。

錮（錮） gù ❶熔化金屬堵住空隙：熔金～漏。❷禁閉：禁～。

鯝（鯝） gù〔名〕魚名，生活在淡水中，體側扁，口小，吃藻類和其他水生植物。

顧（顾） gù ⊖ ❶回頭看；看：回～｜瞻前～後｜義無反～。❷〔動〕關心；照顧：兼～｜～家｜～戀｜奮不～身｜～此失彼｜只～自己，不～別人。❸拜訪；探望：三～茅廬。❹商店或服務行業稱前來買東西或要求服務：～客｜惠～｜光～。❺（Gù）〔名〕姓。

⊜〈書〉❶〔副〕表示前後兩種情況相反，反而：足反居上，首～居下。❷〔連〕表示轉折，只是；不過：此在兵法，～諸君不察耳。

語彙 不顧 賜顧 反顧 關顧 光顧 後顧 環顧 回顧 惠顧 兼顧 眷顧 看顧 狼顧 內顧 枉顧 相顧 瞻顧 照顧 只顧 指顧 主顧 自顧 義無反顧

【顧此失彼】gùcǐ-shībǐ〔成〕顧了這邊，丟了那邊。形容事物眾多，頭緒紛繁，不能全面顧及：一個人開兩個商店，～，難於應付。

【顧及】gùjí〔動〕照顧到；注意到：無法～｜出外旅遊，要～安全。

【顧忌】gùjì〔動〕（思想上）有顧慮：毫無～｜無所～｜還～甚麼呀｜不要～這一那的。

【顧家】gù//jiā〔動〕顧及、顧念個人家庭：忘我工作，不～｜這人家庭觀念重，太～了｜單位的事很忙，顧不上家。

【顧客】gùkè〔名〕（位）商店、銀行或服務行業稱來買東西的人或服務對象：～盈門｜～是上帝。

【顧憐】gùlián〔動〕顧念憐愛：～妻兒｜～一家老小。

【顧戀】gùliàn〔動〕關心掛念；眷戀：～家庭｜～父母和子女。

【顧慮】gùlǜ❶〔動〕擔心有不利後果而顧忌憂慮：～完不成任務｜這件事你不必。❷〔名〕指因擔心有不利後果而產生的顧忌憂慮：思想～｜打消～｜～重重。

【顧名思義】gùmíng-sīyì〔成〕見到名稱，就聯想到它的含義：木炭畫，～，就是用木炭條畫的畫兒。

【顧念】gùniàn〔動〕關懷惦記：～父母｜你放心走吧，不用～家裏。

【顧盼】gùpàn〔動〕向兩旁或周圍來回看：～生姿｜～左右。

【顧全】gùquán〔動〕顧及保全：～面子｜～大局｜要～整體利益。

【顧問】gùwèn〔名〕（名，位）有專門的知識或經驗，可供個人或部門諮詢的人：總統～｜軍事～｜聘為特邀～。

【顧惜】gùxī〔動〕顧及愛惜：～臉面｜～名譽。

【顧恤】gùxù〔動〕關心憐憫：～百姓｜～老弱病殘。

【顧影自憐】gùyǐng-zìlián〔成〕望着身影，自己愛憐自己。形容孤獨失意的樣子，有時也用來表示自我欣賞：～，不禁悲從中來。

【顧主】gùzhǔ〔名〕（位）顧客：商店～｜喜迎～。

【顧左右而言他】gù zuǒyòu ér yán tā〔成〕不正面回答問題，而扯別的話題：他不是笑而不答，就是～，讓你沒辦法。

guā 〈ㄨㄚ〉

瓜 guā ❶〔名〕蔓生植物，果實可以吃，種類很多，如西瓜、黃瓜、苦瓜、倭瓜等。❷〔名〕這種植物的果實。❸（～兒）形狀像瓜的東西：腦～兒。❹（Guā）〔名〕姓。

語彙 腦瓜 傻瓜 順藤摸瓜 種瓜得瓜

【瓜菜代】guācàidài〔俗〕用瓜和菜代替糧食。是荒年或困難時期糧食不夠吃時採用的一種度荒辦法：戰亂時許多農民過着～的苦日子。

【瓜代】guādài〔動〕《左傳‧莊公八年》記載，春秋時齊襄公派連稱和管至父兩個人去戍衛葵丘地方，當時正值瓜熟，於是對他們說，明年瓜熟的時候再派人去接替（"及瓜而代"）。後來就把任職期滿換人接替叫作瓜代。

【瓜分】guāfēn〔動〕像切瓜那樣進行割裂或分配：～領土｜列強們曾想～這個弱小國家｜財物被～光了。

【瓜葛】guāgé〔名〕瓜和葛是兩種蔓生植物，能纏繞或攀附在別的物體上。比喻輾轉相連的關係。後泛指兩件事情的牽連糾纏：他與這一案件有些～｜兩事雖然相似，但中間毫無～。

【瓜農】guānóng〔名〕（位）以種瓜為主業的農民。

【瓜皮帽】guāpímào（～兒）〔名〕（頂）一種舊式便帽，像半個西瓜皮形狀，用數塊料子（一般是六塊）連綴而成。

【瓜片】guāpiàn〔名〕一種綠茶，產於安徽六安、霍山一帶，葉片形狀像瓜子殼，所以叫瓜片，是中國名茶之一：六安～。

【瓜熟蒂落】guāshú-dìluò〔成〕瓜熟了，瓜蒂自然會脫落。比喻條件、時機成熟了，事情自然成功：到了～、水到渠成之時，事情就辦好了。

【瓜田】Guātián〔名〕複姓。

【瓜田李下】guātián-lǐxià〔成〕古樂府《君子行》："君子防未然，不處嫌疑間。瓜田不納履，李下不正冠。"意思是經過瓜田時，不要彎下身提鞋子，走過李樹下，不要舉手整帽子，避免偷瓜或偷李子的嫌疑。後用"瓜田李下"比喻容易引起嫌疑的場合。

【瓜條】guātiáo（～兒）〔名〕一種糖醃食品，用冬瓜肉切成條狀醃製而成。北京果脯食品中多有瓜條。也叫冬瓜條。

【瓜蔓抄】guāwànchāo〔動〕古代對"罪人"進行無限制的迫害，順藤摸瓜，輾轉牽連，陷多人於罪，故稱。

【瓜子】guāzǐ（～兒）〔名〕（粒，顆）指炒熟做食品吃的葵花子、西瓜子、南瓜子等：嗑～｜～臉（像瓜子的臉形）。

呱 guā 見下。
另見 gū（463頁）；guǎ（473頁）。

【呱嗒】guādā〔擬聲〕形容硬板碰地或相互碰撞的聲音：竹板一打～響｜她穿着木屐，走起路來～～直響。

【呱嗒】guāda〔動〕（北京話）❶因不高興而沉下臉來：臉一～，可夠難看的。❷滔滔不絕地說（含貶義）：老太婆～起來沒個完。

【呱嗒板兒】guādábǎnr〔名〕❶ 演唱快板兒打拍子的用具，由兩塊大竹板或多塊小竹板用繩子串聯而成。❷（雙，隻）(北京話)跟拉板兒。

【呱呱】guāguā〔擬聲〕形容鴨子等的響亮叫聲：趕得鴨子～亂叫｜青蛙～叫個不停。

【呱呱叫】guāguājiào〔形〕〔口〕狀態詞。形容極好：他的字寫得～｜這個南方人北京話說得～。

【呱唧】guāji ❶〔擬聲〕形容鼓掌聲：掌聲～～響個不停。❷〔動〕指鼓掌：聽眾只稀稀拉拉地～了幾下，就逐漸散開了。

刮 guā〔動〕❶ 用刀具等去掉物體表面的某些東西：～平｜～淨｜～鬍子｜～臉｜～骨療毒｜壺裏的水鹼。❷ 搜刮榨取：～地皮｜～錢財。

另見 guā "颳"（473 頁）。

【刮刀】guādāo〔名〕(把)加工金屬的工具，長條形，橫截面有三角、扁平、半圓等不同形狀。用來手工刮光工件表面。

【刮地皮】guā dìpí〔慣〕比喻極力搜刮民財：這些錢財都是貪官污吏從老百姓那裏～得來的。

【刮宮】guāgōng〔動〕用醫療器械刮去子宮中的胚胎或子宮內膜。多用於人工流產，也用於診斷或治療子宮的某些疾病。

【刮垢磨光】guāgòu-móguāng〔成〕刮去污垢，磨出光澤。比喻磨礪和造就人才。也比喻對詩文學術精益求精：爬羅剔抉｜～。

【刮獎】guā // jiǎng〔動〕刮掉獎券設獎區上的塗層，了解中獎信息。

【刮臉】guā // liǎn〔動〕用剃刀刮去臉上的鬍鬚和汗毛：你鬍子太長了，該～了｜光理髮不～｜每天早晨都刮一刮臉。

【刮目相看】guāmù-xiāngkàn〔成〕《三國志·吳書·呂蒙傳》註引《江表傳》："士別三日，即更刮目相待。"意思是跟人離別三天，就應當用新的眼光看待他。指他人有明顯進步，不能再用老眼光看待。

【刮痧】guā // shā〔動〕民間的簡易治療方法，多用銅錢、牛角板等蘸上香油或水刮頸部或胸背等處，使局部皮膚充血，用於治療中暑、腸胃炎等病症：他有點感冒，刮了個痧，覺得好多了。

胍 guā〔名〕有機化合物，化學式 CH_5N_3。無色結晶體，非常容易潮解，是重要的製藥原料。[英 guanidine]

苦 guā 見下。

【苦蔞】guālóu 同 "栝樓"。

栝 guā〈書〉❶ 檜（guì）樹。❷ 箭末扣弦處：機～。

另見 kuò（788 頁）。

【栝樓】guālóu〔名〕多年生草本植物，果實卵圓形，黃褐色，可入藥，叫全栝樓。有潤膽寬胸、清熱通便的功效。也作苦蔞。

劀（刮） guā〈書〉刮去：～殺（治惡瘡時，刮去膿血，用藥物清除腐肉）。

颳（刮） guā〔動〕(風)吹動：～大風｜風～得天昏地暗。

"刮" 另見 guā（473 頁）。

綱（纲） guā ❶〈書〉紫青色的絲帶：佩青～。❷〔量〕古代女子頭髮一束為一綱：雲一～，玉一梭，淡淡衫兒薄薄羅。

鸹（鸹） guā 見 "老鸹"（806 頁）。

騧（䯄） guā 古代指身黃嘴黑的馬：～騮（良馬名）。

guǎ 《ㄨㄚˇ

呱 guǎ 見 "拉呱兒"（790 頁）。

另見 gū（463 頁）；guā（472 頁）。

剐（剐） guǎ〔動〕❶ 中國古代的一種酷刑，把人的肉一塊一塊割下來而致死：千刀萬～。❷ 鋒利或尖銳的東西將物體表面劃破：碎玻璃碴兒～破了手指頭｜胳膊被刀尖～了一下。

寡 guǎ ❶ 少；缺少（跟 "多" "眾" 相對）：～言｜～情｜多～不等｜～不敵眾｜沉默～言｜優柔～斷。❷ 淡薄，淡而無味：索然～味｜清湯～水。❸ 婦女死了丈夫：～婦｜新～（剛剛死了丈夫）｜守～｜～居。❹ 老而無夫：鰥～孤獨。❺ 國君的謙稱：稱孤道～。

| 語彙 | 多寡　孤寡　守寡　新寡　稱孤道寡　曲高和寡 |

【寡不敵眾】guǎbùdízhòng〔成〕雙方較量時，人數少的敵不過人數多的：士兵們雖然英勇善戰，但終因～，敗下陣來。

【寡婦】guǎfu〔名〕稱死了丈夫的婦女。

【寡佬證】guǎlǎozhèng〔名〕港澳地區用詞。無結婚記錄證明者的俗稱，即單身證明書。"寡佬" 來自粵語：香港人士與內地人士結婚，須先到政府婚姻註冊處辦理～，證明單身身分。

【寡廉鮮恥】guǎlián-xiǎnchǐ〔成〕不廉潔，不知恥。指人沒有操守，毫無廉恥：這是一幫～的小人，趨炎附勢，貪得無厭。

【寡人】guǎrén〔名〕寡德之人。古代君主用於自稱。

【寡頭】guǎtóu〔名〕獨攬政治或經濟大權的極少數巨頭：金融～｜～政治。

【寡味】guǎwèi〔形〕沒有滋味，缺乏意味。

【寡言】guǎyán〔形〕不愛說話：沉默～｜～少語。

guà ㄍㄨㄚ

卦 guà〔名〕❶ 古代占卜用的符號，以陽爻（—）和陰爻（--）相配合而成，基本的有乾、坤、震、巽、坎、離、艮、兌八卦。❷ 泛指各種預測吉凶的行為：占～｜算了一個～。參見"八卦"（17頁）。

〔語彙〕 八卦 變卦 卜卦 打卦 算卦 占卦

呱 guà〈書〉土堆。
另見 wā（1381頁）。

掛（挂）〈⑥窐〉guà ❶〔動〕懸掛；吊起：～衣服｜～牌子｜牆上～着畫兒｜一輪明月～在天空。❷〔動〕暫時擱置：問題複雜，先～起來吧。❸〔動〕給別人打電話：給公司～個電話｜給在外地的老張～長途。❹〔動〕放下耳機，切斷通話：她一氣之下把電話～了｜電話請先別～。❺〔動〕鈎住；牽連：衣服被樹枝～破了。❻〔動〕牽掛，掛念：記～｜住在醫院，心裏總～着家裏的事。❼〔動〕登記：支票～失｜醫院～號。❽〔動〕帶：他臉上～着不高興｜他才不願意～上個虛名呢！❾〔量〕用於成串的東西：十～鞭炮｜一～乾辣椒。

〔語彙〕 記掛 披掛 牽掛 樹掛 懸掛 張掛 一絲不掛

【掛礙】guà'ài〔動〕牽掛；牽掣：心裏無所～｜心有～，一時不能入睡。

【掛不住】guàbuzhù〔動〕〈口〉面子上受不了：她自尊心太強，剛說她兩句就～了。

【掛彩】guà//cǎi〔動〕作戰負傷流血：在戰鬥中他～了｜班長掛了彩還是不下火綫。

【掛齒】guàchǐ〔動〕說起；提起（多表示客套）：區區小事，何足～。

【掛鋤】guà//chú〔動〕指鋤地的活兒結束了：掛了鋤以後，農民有一段時間休閒。

【掛鈎】guàgōu ❶（～兒）〔名〕懸掛東西或用來連接的鈎子：車廂～｜衣帽～。❷（-//-）〔動〕把兩節車廂用鈎掛起來：火車正在～呢！❸（-//-）〔動〕比喻直接聯繫：產銷～｜廠校～｜雙方已經掛上了鈎。

【掛冠】guàguān〔動〕〈書〉辭去官職：～歸隱。

【掛果】guà//guǒ〔動〕（果樹）結果子：果樹開始～了｜林檎樹掛滿了果。

【掛號】guà//hào〔動〕❶ 醫院為按順序看病而進行編號登記：看病先～｜掛專家的號。❷ 郵局為了滿足顧客某些特殊要求，對郵件進行編號登記，並給開收據。掛號郵件如有遺失，由郵局負責追查賠償：這封信要～嗎？

【掛號信】guàhàoxìn〔名〕（封）在郵局辦理了編號登記手續的信件：寄～更安全，一般不會遺失。

【掛花】guà//huā〔動〕作戰負傷：戰鬥中連長

右側

也～了｜～的戰士也不下火綫｜排長掛了花仍舊指揮戰士向敵人陣地衝去。

【掛懷】guàhuái〔動〕惦念；掛心：親人在外，家人～。

【掛火】guàhuǒ（～兒）〔動〕（北京話）發火；生氣：這孩子太淘氣了，真讓人～！

【掛機】guà//jī〔動〕把話筒放回電話機上，結束通話：話還沒說完，對方就"啪"的～了。

【掛件】guàjiànr〔名〕掛在頸項、器物等上面的裝飾品：黃金小～｜汽車～。

【掛靠】guàkào〔動〕某一機構或團體在名義或組織關係上隸屬於另一個較大的部門：～單位｜新組建的工程隊～在區勞動服務公司。

【掛累】guàlěi(-lei)〔動〕❶ 牽掛；掛念：他心裏常～着老家的事。❷ 連累；拖累：這事可不能～別人。

【掛曆】guàlì〔名〕（張，本）掛在牆上的月曆或年曆。

【掛鐮】guà//lián〔動〕收割工作結束，特指一年中最後的收割工作結束（跟"開鐮"相對）：農村一掛了鐮，就開展文娛活動了。

【掛零】guàlíng（～兒）〔動〕整數之後帶有零數：五十歲～｜花去一千～。

【掛漏】guàlòu〔動〕挂一漏萬：倉促發言，難免～。

【掛麵】guàmiàn〔名〕一種特製乾麵條，製作時需懸掛晾乾，故稱。注意 絲狀的掛麵叫龍鬚麵，有的地區叫綫麵或麵綫。

【掛名】guà//míng〔動〕❶ 列上名字：他在聲援書上掛了個名兒。❷ 擔當空頭名義，不做實際工作或不掌握實權：～顧問｜～主編｜他不掌握實權，只是掛個虛名罷了。

【掛念】guàniàn〔動〕記掛惦念：心裏老是～着孩子｜放心吧，不必～家裏。

【掛拍】guà//pāi〔動〕指網球、羽毛球、乒乓球等運動員結束運動生涯，不再參加正式比賽：這次大賽結束後，她決定～。

【掛牌】guà//pái〔動〕❶ 機關、企業等為單位成立，掛出寫有正式名稱的牌子：新成立的公司已經掛了牌。❷（～兒）醫生、律師等正式開業：～行醫。❸（～兒）工作時戴上有文字標誌的小牌，以表示身份：百貨商店營業員全部～服務。❹ 指公司在股票市場上市。

【掛失】guàshī〔動〕遺失票據或證件，登記備案，聲明作廢（有時報聲明）：丟了支票趕快去銀行～。

【掛帥】guàshuài〔動〕❶ 掌帥印；當統兵元帥：穆桂英～。❷ 比喻擔任領導工作，或居於統帥、主導地位：你是頭兒，你～，我們跟着幹｜今年的工作，糧食～。

【掛毯】guàtǎn〔名〕（張，塊）壁毯。

【掛圖】guàtú〔名〕（張，幅）懸掛的大幅地圖或

圖表：黑板上有一張～｜老師講課常用～配合演示。

【掛心】guàxīn〔動〕心裏牽掛着：孩子出遠門，父母～｜這裏一切都好，不勞～。

【掛靴】guà//xuē〔動〕指足球、田徑、溜冰等運動員結束運動生涯，不再參加正式比賽：這位短跑運動員～後就去留學深造了。

【掛羊頭，賣狗肉】guà yángtóu，mài gǒuròu〔俗〕店門前掛着羊頭，裏面賣的卻是狗肉。諷刺名不副實的欺騙行為：那一夥人～，千萬不要上當受騙。

【掛一漏萬】guàyī-lòuwàn〔成〕舉出一個，卻漏掉一萬個。指列舉不全，遺漏很多：研究不深，材料又掌握得少，難免～。

【掛職】guà//zhí〔動〕保留原單位職務，到下屬單位短期工作或鍛煉；也指以某種職務的身份到一個單位去從事短期工作或實習：選拔青年幹部～下放｜他在區屬單位掛了個職。

【掛鐘】guàzhōng〔名〕（座）掛在牆壁上的時鐘。

絓（絓）guà〈書〉絆住；受阻。

詿（诖）guà〈書〉欺騙；貽誤。

【詿誤】guàwù〔動〕〈書〉被別人牽連而遭受處罰或損害。

褂 guà（～兒）褂子：短～兒｜長～兒｜大～兒｜小～兒｜馬～兒｜綢～兒。

語彙　長褂　短褂　馬褂

【褂子】guàzi〔名〕（件）中式單上衣：包袱中有兩件～｜穿上～再出去。

guāi 《ㄨㄞ

乖 guāi ㊀〈書〉❶違反：～背｜致～理法｜有～人情。❷不正常；反常：～謬｜～僻。
㊁〔形〕❶指小孩順服；聽話：孩子真～，誰見了誰愛。❷乖巧；機靈：小姑娘嘴可～了｜小哥兒倆都學～了。

語彙　乖乖　賣乖　學乖　嘴乖

【乖舛】guāichuǎn〔形〕〈書〉❶謬誤：言辭～。❷不順利；時運～。

【乖乖】guāiguāi（-guai）〔名〕對小孩兒的愛稱：好～，真聽話｜小～，到這裏來。

【乖乖兒】guāiguāir〔副〕❶多指小孩兒安穩聽話的樣子：寶寶～睡吧，媽媽看着你呢！❷馴服的樣子：甭費話，快給我～地拿回來。

【乖覺】guāijué〔形〕機警；聰敏：～可喜｜這孩子十分～。

【乖離】guāilí〔動〕〈書〉❶違背；背離：上下～，人心浮動｜大臣～，不忠於王室。❷分離；離

別：父子～｜骨肉～。

【乖戾】guāilì〔形〕〈書〉反常，彆扭；不合情理：性情～｜揆情度理，殊為～。

【乖僻】guāipì〔形〕古怪孤僻：生性～。

【乖巧】guāiqiǎo〔形〕❶聰明伶俐：姑娘生性～，又極能幹。❷合人心意；討人喜愛：姐妹兩人十分～。

【乖張】guāizhāng〔形〕偏執怪僻，不通情理：性情～，獨來獨往｜為人～，不可理喻。

摑（掴）guāi/guó〔動〕扇（shān）；用巴掌打：～了他一巴掌。

guǎi 《ㄨㄞˇ

拐〈㊀❹枴〉guǎi ㊀❶〔動〕轉彎；改變方向：～彎｜往左～｜～到哪兒去了｜再～回來吧。❷〔動〕跛；瘸：走路一～一～的｜～着腳向前走。❸〔數〕說數字時用來代表"7"：么～洞～(1707)。❹〔名〕拐杖（殘疾人用的）：拄着～來了｜架着雙～前去迎接親人。❺(Guǎi)〔名〕姓。
㊁〔動〕拐騙；詐騙：誘～｜人販子～了一個女孩去賣｜行李讓人～走了。

【拐棒兒】guǎibàngr〔名〕（北京話）❶踝骨。❷一種食品，剔除了肉的牛、羊、豬的腿骨：買個～下酒。❸彎曲的棍棒。

【拐帶】guǎidài〔動〕拐騙並帶走：～婦女｜～三個小孩搭火車跑了。

【拐點】guǎidiǎn〔名〕❶改變曲綫走向的點。❷喻指事物發生變化的轉折點。

【拐棍】guǎigùn（～兒）〔名〕（根）走路拄的棍子：手拄着～。

【拐角】guǎijiǎo（～兒）〔名〕（個）轉彎之處：大樓～｜高牆～｜胡同～。

【拐賣】guǎimài〔動〕騙走賣掉：～人口｜被～的兒童｜～婦女。

【拐騙】guǎipiàn〔動〕用欺哄手段騙走（人或財物）：坑蒙～｜～錢財｜～良家婦女。

【拐彎兒】guǎi//wānr〔動〕❶行走時改變方向：前邊向右～｜不要～，一直走。❷比喻思想或言談改變方向：思想～｜拐了一個彎兒才說到正題。

【拐彎抹角】guǎiwān-mòjiǎo〔成〕❶沿着彎彎曲曲的路走。❷比喻說話、寫文章不直截了當，而是迂迴曲折地表達：她說話總是～，不肯直說。以上也說轉彎抹角。

【拐杖】guǎizhàng〔名〕（根）拐棍。

【拐子】guǎizi ㊀〔名〕〈口〉瘸子（不尊敬的說法）。㊁〔名〕拐騙人口、財物的人：這種～專

拐年輕婦女。㊂〔名〕桃子，見"桃"②（487頁）。

guài ㄍㄨㄞˋ

夬 guài〔名〕卦名，《周易》六十四卦之一，為兌（☱）、乾（☰）上下搭配而成。

怪〈恠〉 guài ㊀ ❶〔名〕怪物，妖怪：妖魔鬼～。❷〔形〕奇怪；覺得奇怪：古～｜～事｜～人｜性情很～｜簡直～得很，一轉眼東西就不見了。❸〔副〕〈口〉表示程度高；很；非常：～可憐的｜～討人喜歡的｜～拿不出手的一件小禮物。❹（Guài）〔名〕姓。
㊁〔動〕責怪；埋怨：這事不要～別人。

語彙 嗔怪 錯怪 古怪 鬼怪 駭怪 見怪 驚怪 精怪 靈怪 魔怪 難怪 奇怪 神怪 無怪 妖怪 責怪 誌怪 作怪 大驚小怪 千奇百怪 興妖作怪

【怪不得】guàibude ❶〔動〕不能責怪：這件事由廠長負責，～他。❷〔副〕表示明白了原因，對發生的事不再覺得奇怪：～他那麼高興，原來兒子考上大學了｜又颳風，又下雨，～這麼冷。

【怪誕不經】guàidàn-bùjīng〔成〕離奇荒誕，不合常理：～，難以置信。

【怪話】guàihuà〔名〕❶（～兒）發牢騷的話：連篇｜有意見可以提，少說～。❷怪誕的話：這些～，誰也不信。

【怪裏怪氣】guàiliguàiqì〔形〕狀態詞。古怪特別，不同於一般（多含貶義）：他說話總是那麼～的｜打扮得～。

【怪模怪樣】guàimú-guàiyàng（～兒）〔形〕形容模樣、形態奇怪：他穿得～的，引得許多人好奇地看他。

【怪癖】guàipǐ〔名〕稀奇古怪的癖好：過分愛好清潔也算是一種～。

【怪僻】guàipì〔形〕古怪孤僻：性格～｜～的脾氣。

【怪圈】guàiquān（～兒）〔名〕比喻難以擺脫的某種惡性循環：片面追求升學率的～，造成了教育目標的偏移。

【怪聲怪氣】guàishēng-guàiqì〔形〕形容聲音、語氣、腔調等滑稽古怪，刺耳難聽：他說話老是～，讓人厭煩｜小王故意～地唱了一段京戲，引人發笑。

【怪事】guàishì（～兒）〔名〕（樁，件）奇怪的事情：咄咄～｜放在桌子上的字典轉眼就不見了，真是～兒。

【怪胎】guàitāi〔名〕❶形狀異常的胎兒。❷比喻人為製造出的怪異醜惡現象等。

【怪物】guàiwu〔名〕❶形狀奇怪的東西；妖魔鬼怪：傳說島上有～。❷稱性情古怪的人：那個老太婆一天到晚裝神弄鬼，真是個～。

【怪異】guàiyì ❶〔形〕奇異，不同一般的：洞裏發出了～的聲音。❷〔名〕指某種奇異反常的現象：頗多～｜天降～以警民，這是迷信說法。

【怪罪】guàizuì〔動〕責怪加罪：上邊要是～下來，我們可擔當不起。

guān ㄍㄨㄢ

官 guān ㊀ ❶（～兒）〔名〕官吏；官員：法～｜軍～｜～兵一致｜大～兒、小～兒都應當為老百姓辦事。❷屬於政府或公家的：～辦｜～派｜～方。❸公共的；公用的：～道｜～廁。❹（Guān）〔名〕姓。
㊁器官：五～｜～感｜心之～則思。

語彙 罷官 稗官 村官 達官 法官 感官 宦官 將官 教官 軍官 看官 考官 判官 器官 清官 升官 史官 士官 貪官 外官 尉官 文官 武官 校官 贓官 長官 職官 父母官 先行官

【官本位】guānběnwèi〔名〕指以職位高低、權力大小來衡量個人或單位社會地位的價值觀念：～是一種陳腐觀念。

【官場】guānchǎng〔名〕政界；從政人員所活動的範圍（多用於貶義）：～上的事變化莫測｜多年的～生活，使他變得更加圓滑。

【官倒】guāndǎo〔動〕政府機構及其工作人員從事倒買倒賣活動。

【官邸】guāndǐ〔名〕公家提供的高級官員的住宅（區別於"私邸"）：首相～｜大使～。

【官邸制】guāndǐzhì〔名〕公務人員的一種住房的制度。官邸是政府為一定級別的官員提供在任期間居住的住所，官員本身對此只有居住權，沒有產權。

【官方】guānfāng〔名〕指政府方面（區別於"民間"）：～消息｜～人士｜～出面干涉。

【官府】guānfǔ〔名〕舊稱官吏辦公機關。也指舊時官員。

【官官相護】guānguān-xiānghù〔成〕當官的向着當官的。指官員之間相互包庇、袒護。也說官官相衛。

【官話】guānhuà〔名〕❶普通話的舊稱：學說～｜不諳～不得為官。❷統指北方話諸方言。《中國方言地圖集》把漢語方言分為十區，官話大區的人數最多。官話大區大致又可分為西南官話、西北官話、北方官話、江淮官話等。❸官腔：滿口～。

【官家】guānjiā〔名〕❶官府或官員：～不為民辦事，百姓就不會擁護。❷舊指天子。

【官架子】guānjiàzi〔名〕當官的派頭（含貶義）：擺出一副十足的～｜這人官不大，～可不小。

【官吏】guānlì〔名〕舊時政府官員的總稱。

【官僚】guānliáo〔名〕❶官員；官吏：封建~｜~和軍閥相勾結欺壓百姓。❷指官僚主義：~習氣｜對群眾不可耍~。

【官僚主義】guānliáo zhǔyì 領導幹部脫離群眾，脫離實際，只知發號施令而不進行調查研究的工作作風：反對~｜~害死人。

【官迷】guānmí〔名〕(個)一心想當官的人。

【官能】guānnéng〔名〕器官感覺的功能。

【官氣】guānqì〔名〕官僚的作風和派頭：打掉~｜為官不可有~。

【官腔】guānqiāng〔名〕官場中的門面話。現指利用規章制度進行推託的冠冕堂皇的話：辦事別打~。

【官人】guānrén〔名〕❶原指有官職的人，後用於對男子的尊稱。❷妻子對丈夫的稱呼(多用於近代白話)。

【官商】guānshāng〔名〕❶舊時政府開辦和經營的商業，也指經營這種商業的人。❷指從事國有商業而經營作風不好的人：~作風｜一副~面孔。

【官紳】guānshēn〔名〕舊指官僚、鄉紳。

【官署】guānshǔ〔名〕官府；官廳：~衙門｜~辦公。

【官司】guānsi〔名〕❶(場)訴訟：人命~｜打了一場~。❷比喻不同意見的爭執、辯論：打筆墨~。

【官銜】guānxián〔名〕官員職位等級的頭銜：他的~很高｜不知他是甚麼~。

【官樣文章】guānyàng-wénzhāng〔成〕指只注重形式、照例敷衍的虛文或空話：要認真解決實際問題，不能再做~了。

【官癮】guānyǐn〔名〕當官的興趣和欲望：他的~很大｜過足了~。

【官員】guānyuán〔名〕(位，名)有一定級別的政府工作人員(現多用於外交場合)：一位政府~｜有外交~在場｜聯合國~出面調解。

【官運】guānyùn〔名〕當官的運氣：~亨通。

【官職】guānzhí〔名〕官吏的職位：~不高。

冠 guān ❶帽子：王~｜掛~｜衣~｜怒髮衝~｜彈~相慶。❷形狀像帽子的東西：雞~｜花~｜樹~。❸(Guān)〔名〕姓。
　　另見guàn(482頁)。

語彙　鳳冠　掛冠　桂冠　免冠　升冠　彈冠　衣冠　彈冠相慶　怒髮衝冠

【冠蓋】guāngài〔名〕❶古代指官吏的冠服和車乘的篷蓋：~相望｜~如雲。❷借指做官的人：~滿京華。

【冠冕堂皇】guānmiǎn-tánghuáng〔成〕冠：帽子的總稱；冕：帝王、諸侯、卿、大夫戴的禮帽；堂皇：極有氣派的樣子。形容表面上莊嚴

體面或光明正大的樣子(多含諷刺意)：說~的話，做見不得人的事｜理由~，實際完全不是那麼回事。

【冠心病】guānxīnbìng〔名〕由冠狀動脈硬化、供血不足引起的心臟病。患者有心絞痛、心律失常、胸悶憋氣等症狀，嚴重時發生心肌梗死。**注意** 這裏的"冠"不讀guàn。

【冠子】guānzi〔名〕雞頭上突起的紅色肉塊或鳥類頭頂上的毛飾：雞~｜孔雀~。

矜 guān〈書〉❶同"鰥"①：不侮~寡。❷同"瘝"：何人不~！
　　另見jīn(685頁)；qín(1087頁)。

倌 guān(~兒)❶農村裏專管飼養某些家畜的人：牛~｜羊~兒。❷舊稱茶館、酒館、飯館、磨坊等行業被僱用的人：堂~｜磨~兒。

莞 guān〈書〉蒲草。
　　另見guǎn(480頁)；wǎn(1390頁)。

棺 guān 棺材：~木｜~槨｜~蓋｜~論定。

【棺材】guāncai〔名〕(口，副，具)裝殮死人的器具，多用木材製成(也有用銅或水晶製成的)：不見~不落淚。

【棺材本】guāncáiběn〔名〕港澳地區用詞。指老年人窮其一生積攢下來、用於晚年生活和辦理身後事的錢財：一位75歲老翁被少妾捲走全部~，人財兩空。

【棺材瓤子】guāncai rángzi 蔑稱老人或多病的人(詛咒的話)。

【棺木】guānmù〔名〕(具，副)棺材：一具~。

蔻 guān 冠苯，指化學式為$C_{24}H_{12}$的碳氫化合物或相應母體結構。

綸（纶）guān ❶見下。❷(Guān)〔名〕姓。
　　另見lún(881頁)。

【綸巾】guānjīn〔名〕古代男子戴的一種配有青絲帶的頭巾：羽扇~｜頭戴~，身披鶴氅。

瘝 guān〈書〉病，病痛：恫(tōng)~乃身(對民間的疾苦，要好像病在自己身上一樣)。

關（关）guān ❶〔動〕關閉；閉合：~機｜~燈｜~門｜~窗戶｜~抽屜｜~水龍頭。❷〔動〕禁閉；放在裏面不讓出來：~押｜~監獄｜把他~起來｜鳥兒~在籠子裏。❸〔動〕倒閉或歇業：~張｜~停並轉｜那家小商店已經~了。❹〔動〕牽連：~涉｜有~｜無~｜~事重大｜不~他們的事。❺〔動〕發放或領取：~餉。❻門門：斬~而出。❼〔名〕(道)邊界或交通要道設立的關口：~外｜友誼~｜西出陽~無故人。❽〔名〕比喻嚴格的標準：主編要把好~，不能發不合格的文章。❾〔名〕進出口檢查或收稅的地方：~稅｜海~。❿城門以外的附近地區：城~｜~廂。⓫〔名〕比喻重要階段或轉折點：~鍵｜難~｜人口突破十三億大~。⓬(Guān)〔名〕姓。

G

語彙 把關 報關 邊關 城關 攻關 過關 海關 機關 交關 開關 叩關 難關 年關 入關 雙關 無關 相關 雄關 牙關 有關 打通關 生死攸關

中國九大名關

山海關（在河北秦皇島） 居庸關（在北京昌平）
紫荊關（在河北易縣） 娘子關（在山西平定）
平型關（在山西繁峙） 雁門關（在山西代縣）
嘉峪關（在甘肅嘉峪關） 武勝關（在河南信陽）
友誼關（在廣西憑祥）

【關愛】guān'ài〔動〕關心愛護：～他人｜這些家境貧困的學生，得到了社會各界的～。

【關隘】guān'ài〔名〕險要的關口：攻陷～｜固守～。

【關閉】guānbì〔動〕❶使開着的物體合上：～門窗。❷比喻停止活動、使用、通行：～領事館｜～機場｜～公路。❸倒閉；歇業：工廠～了。

【關東】Guāndōng〔名〕指山海關以東地區，泛指東北各省：闖～｜～地區｜～人。也叫關外。

【關東糖】guāndōngtáng〔名〕一種用麥芽和糯米製成的糖，有黏性，黃白色，有塊狀、柱狀、瓜狀等。

【關公】Guāngōng〔名〕指三國時蜀漢大將關羽，他輔佐劉備，以忠義著稱：寧做紅臉～，不做白臉曹操｜～門前耍大刀。

【關顧】guāngù〔動〕關懷照顧：請多～｜謝謝～。

【關乎】guānhū〔動〕關係到；涉及：環境問題～地球上人類的命運｜此事～全局。

【關懷】guānhuái〔動〕關心（含愛護、照顧之意；多用於上對下、老對小、集體對個人）：得到領導～｜父母時刻～兒女的成長。

辨析 關懷、關心、關注 動詞。掛在心上。"關懷"，關愛之情，常在心懷（多用於上對下，也可用於對國家民族的大事，如"關懷青少年的成長""全國人民時刻關懷着抗洪鬥爭的勝利""關懷備至"。"關心"，常放在心上，惦記、愛護，如"關心兒童教育""小區的環境衛生，大家都要關心"。"關注"，關心注意，重視，如"他肩負的使命如此重大，國際輿論對他的外交活動十分關注"。"關懷""關注"多用於書面語；"關心"是口語。

【關鍵】guānjiàn ❶〔名〕鎖門的工具，門閂。比喻緊要部分，起決定作用的因素：問題的～就在這裏。❷〔形〕最關緊要的：這一步非常～｜～問題是打消顧慮。

【關鍵詞】guānjiàncí〔名〕❶指能體現論文、報告、著作等主題內容的詞語。❷指網絡用戶在使用搜索引擎時輸入的、能夠最大程度概括所要查找的信息內容的詞語：選擇正確的～可增加網站流量及提升排名。

【關節】guānjié〔名〕❶骨頭相連接的地方：膝～｜肩～｜肘～｜～疼痛。❷比喻起關鍵作用的環節：找出問題的～。❸指托人情、走後門、行賄串通官吏的事：疏通～｜～打通了。

【關口】guānkǒu〔名〕❶（道）在邊境或險要地方所設的出入必經之處：守衞～｜長城綫上有許多～。❷關頭：這可是要緊的～，千萬當心。

【關裏】Guānlǐ〔名〕關內。

【關聯】（關連）guānlián〔動〕事物之間相互聯繫和影響：此案與諸多事件有～｜互不～。

【關聯詞語】guānlián cíyǔ 語句中起聯繫作用的詞語，如"雖然……但是……""既然……就……""又……又……""總而言之""另一方面"等。

【關貿總協定】Guānmào Zǒngxiédìng 關稅與貿易總協定的簡稱，是一套綜合的雙邊貿易條約，其目的在於使簽約國之間取消限額制並降低關稅。1947年10月，美、英、法、中等23個國家在日內瓦簽署成立關貿總協定。世界貿易組織的前身。

【關門】guānmén ❶（-//-）〔動〕把門關上（跟"開門"相對）：風太大了，趕緊～｜太晚了，關上門休息吧。❷（-//-）〔動〕停業；歇業（跟"開門"相對）：太晚了，商店～了。❸（-//-）〔動〕倒閉：工廠～了。❹（-//-）〔動〕比喻把話說死，沒有商量餘地：在談判中，對方並沒有關上門。❺（-//-）〔動〕比喻不願接納或不願合作（跟"開門"相對）：對方已經關上了門，不必再去談了。❻〔形〕屬性詞。指最後的：～弟子。

【關門打狗】guānmén-dǎgǒu〔成〕比喻把敵人包圍起來痛擊或消滅：敵人已被我軍裝入口袋，這次可以～了。

【關門大吉】guānmén-dàjí〔成〕指商店或工廠企業倒閉停業（含譏誚、譏諷意）：商店經營不善，老是虧本，最後只好～。

【關內】Guānnèi〔名〕指山海關以西和嘉峪關以東一帶地區：～氣候比關外暖和。

【關卡】guānqiǎ〔名〕（道）❶為了警備或收稅目的而在交通要道上設立的崗哨、檢查站：路上設有許多道～｜～查得很嚴。❷比喻不易克服的困難或阻礙：要辦成這件事，需要經過重重～。

【關切】guānqiè〔動〕深切地關心：對環境嚴重污染，大家極為～｜政府～人民的生活。

【關塞】guānsài〔名〕邊境上的要塞：防守～。

【關山】guānshān〔名〕關隘和山嶽：～難越｜～萬里（比喻路途遙遠，交通不便）。

【關涉】guānshè〔動〕關聯；涉及：這項改革～到每一個人｜此事與他毫無～。

【關稅】guānshuì〔名〕海關對進出口商品所徵收的稅：～是國家一項重要的財政收入｜減免～。

【關稅壁壘】guānshuì bìlěi 為阻止或限制外國某些商品輸入而採取的徵收高額進口關稅的措施。

【關頭】guāntóu〔名〕起決定性作用的時機或轉折點：生死～｜緊要～｜歷史～｜戰爭正處於轉折～。

【關外】Guānwài〔名〕指山海關以東或嘉峪關以西一帶地區：～氣候寒冷。

【關係】guānxi ❶〔名〕人或事物之間的相互聯繫：政治和經濟的～｜軍民～｜同事～。❷〔名〕對事物的影響或重要性：沒～，我不計較｜有很大～。❸〔名〕表示原因或條件：由於篇幅～，我不多寫了。❹〔名〕表明組織關係的證件：辦理組織～｜轉黨的～。❺〔動〕涉及；影響：改革～到國家的未來。注意 有"拉關係"的說法，意思是為個人或本單位的利益而去拉攏、聯絡（含貶義），如"這個人到處拉關係，想買一批便宜貨"。

【關係戶】guānxihù〔名〕工作或經濟上有聯繫、相互給予照顧或好處的單位或個人：他是咱們的～，應該照顧｜逢年過節，對一些老～，廠家總得酬酬一下。

【關係企業】guānxì qǐyè〔名〕台灣地區用詞。母公司控股的公司；母公司控制的公司，包括分公司、子公司、連鎖店、加盟店等等相關聯的有股份關係的公司：大企業往往有幾十個～。

【關係網】guānxiwǎng〔名〕（張）利用工作之便，相互提供好處、謀取私利的若干單位或個人所形成的人際和社會關係網絡：精心編織～｜衝破～。

【關係學】guānxixué〔名〕稱拉關係、走後門等的手段和訣竅（含諷刺意）：在生意場上混了幾年，他如今也學會～了。

【關廂】guānxiāng〔名〕靠近城外的地方，包括城門外大街和附近地區。

【關心】guānxīn〔動〕（對人或事物）愛護、重視，放在心上：互相～，互相幫助｜孩子的生活｜～國家大事。

【關押】guānyā〔動〕把犯罪的人關起來：～了一批罪犯｜犯人～在甚麼地方？

【關於】guānyú〔介〕❶ 引進行為動作的關係者：～調查研究，上級已經做出了規定｜～興修水利，國家正在全面規劃。❷ 涉及某一事物的關係者：讀了幾本～戰爭的小說｜～進一步推進改革開放的問題｜～幹部下基層的決定｜～升學考試的消息。

辨析 關於、對於　二者都是介詞，但用法有別。a）表示關聯、涉及的事物，用"關於"；指出對象，用"對於"。如"關於她的年齡，我們也搞不清楚""對於他的錯誤，我們不能姑息"。既表示關涉，又指出對象，兩種意思都有的，"關於""對於"都可以用，如"關於（對於）兒童入託問題，我們正在設法解決"。

b）"關於"組成的介詞短語做狀語，只用在主語前，"對於……"做狀語，可用在主語前，也可用在主語後。如"關於音韻學，我知道得很少"，不能說成"我關於音韻學知道得很少"；而"對於他的死，我感到很悲痛"，也可以說成"我對於他的死感到很悲痛"。c）"關於"有提示作用，"關於"組成的介詞短語，可單獨做文章的標題。"對於"則不能，需要在後邊加上名詞。如"關於改革開放""關於普及義務教育"；"對於改革開放的看法""對於普及義務教育的措施"。

【關張】guān // zhāng〔動〕商店等停止營業或倒閉（跟"開張"相對）：那個商店經營不好，早就～了。

【關照】guānzhào〔動〕❶ 關心照顧：請多～｜互相～。❷ 告訴；口頭通知：你～一下秘書，讓她記錄電話。

【關中】Guānzhōng〔名〕指陝西關中平原。東起潼關，西至寶雞，南接秦嶺，北抵陝北。土地肥沃，物產豐富，有八百里秦川之稱。

【關注】guānzhù〔動〕關心重視：教育問題已引起社會各界人士～｜社會學家要～社會問題。

鰥（鰥） guān ❶ 男子無妻或喪妻：～居。❷ 鰥夫：哀此～寡。

【鰥夫】guānfū〔名〕無妻或喪妻的人：～獨居。

【鰥寡孤獨】guān-guǎ-gū-dú〔成〕老而無妻曰鰥，老而無夫曰寡，幼而無父曰孤，老而無子曰獨。後用"鰥寡孤獨"泛指社會上沒有勞動力而又無人供養的人。

觀（观） guān ❶ 看；審視：參～｜～察｜坐山～虎鬥｜走馬～花｜冷眼旁～。❷ 對事物的認識、看法：樂～｜人生～｜世界～。❸ 景象或樣子：景～｜奇～｜外～｜壯～。

另見 guàn（483 頁）。

語彙 悲觀 參觀 傳觀 達觀 大觀 反觀 改觀 概觀 宏觀 景觀 靜觀 舊觀 可觀 客觀 樂觀 美觀 旁觀 奇觀 通觀 外觀 微觀 圍觀 雅觀 直觀 主觀 壯觀 綜觀 縱觀 人生觀 世界觀 宇宙觀 等量齊觀 作壁上觀

【觀測】guāncè〔動〕❶ 觀察測量：～天文｜氣象～｜～地形。❷ 觀察測度：在前沿陣地～敵情。

【觀察】guānchá〔動〕仔細察看（客觀事物和各種現象）：～形勢｜～氣候變化｜對病情發展進行～。

【觀察家】guānchájiā〔名〕（位）對政治形勢、國際問題等提出看法、表明態度的政治評論家。也常做報刊上發表重要政治評論文章的一種署名。

【觀察員】guāncháyuán〔名〕（位，名）某一國家派往國際會議或國際組織參加其部分活動的代表。觀察員一般有發言權，沒有表決權，主要目的是加強聯繫、了解情況和發表意見等。

【觀潮派】guāncháopài〔名〕比喻冷眼旁觀、不參加社會變革實踐的人（含貶義）：要做革命派，不做～。

【觀點】guāndiǎn〔名〕❶觀察事物的角度、所處的位置、採取的態度：純技術～｜群眾～｜從歷史學～出發。❷特指對政治所持的看法：～正確，立場鮮明｜政治家不應當隱瞞自己的～。

【觀感】guāngǎn〔名〕參觀訪問後所產生的印象、感想、看法：訪日～｜談談自己的～｜憑一時～下結論，往往不夠準確。

【觀光】guānguāng〔動〕到外地或國外參觀遊覽：～旅遊｜出國～｜到西北各地～。

【觀光電梯】guānguāng diàntī 井道和轎廂壁至少有一側透明，便於乘坐時觀賞外面景物的電梯。多安裝於賓館、商場、高層辦公樓等：～造型別緻，拓展了電梯的視覺空間，使狹窄的電梯空間得到了延伸。

【觀光客】guānguāngkè〔名〕（位，名）到別的國家或地區旅遊、參觀的人。

【觀光農業】guānguāng nóngyè 一種將農業經營與參觀旅遊相結合的產業。也叫旅遊農業。

【觀光團】guānguāngtuán〔名〕為到別的國家或地區旅遊、參觀而組織的團體。

【觀後感】guānhòugǎn〔名〕（篇）參觀或觀賞後發表的感想、體會等：為刊物寫一篇電影～。

【觀看】guānkàn〔動〕看，參觀（多用於較為正式或嚴肅的場合）：～飛行表演｜～體育比賽｜～油畫展覽。

【觀禮】guānlǐ〔動〕參觀典禮：他被邀請參加國慶～｜到首都來～的有很多英雄模範人物。

【觀禮台】guānlǐtái〔名〕（座）供參觀典禮用的敞開式建築（多呈階梯狀，底座高於地面）：登上～。

【觀摩】guānmó〔動〕觀看學習，交流經驗：～演出｜～教學｜相互～，取長補短。

【觀念】guānniàn〔名〕❶思想意識：新～｜家庭～｜傳統～｜陳舊～｜～更新。❷客觀事物的外部特徵在人腦中留下的概括形象：～清晰。

【觀賞】guānshǎng〔動〕觀看欣賞：～魚（供觀賞的魚）｜～植物（供觀賞的植物）｜～焰火｜～藝術體操表演。

【觀世音】Guānshìyīn〔名〕見"觀音"（480頁）。

【觀望】guānwàng〔動〕❶觀看；張望：站在高處向遠方～｜四下～。❷懷着猶豫的心情觀看形勢的發展變化（再決定行動）：採取～態度｜快下決心，不要～。

【觀象台】guānxiàngtái〔名〕原只指觀察天文氣象的建築物（天文台）。現在把觀察天文（天文

台）、氣象（氣象台）、地磁（地磁台）、地震（地震台）等物理現象的機構統稱為觀象台。

【觀音】Guānyīn〔名〕佛教的菩薩之一。佛教認為苦惱眾生，菩薩即時觀其音聲，皆得解脫，故稱觀世音。唐人避唐太宗李世民諱，簡稱觀音。觀音菩薩的形象，佛經中原屬男相，宋、元以後才逐漸變為女相。

【觀音菩薩】Guānyīn púsà 見"觀音"（480頁）。

【觀音土】guānyīntǔ〔名〕一種白色黏土。也叫觀音粉。

【觀瞻】guānzhān ❶〔動〕〈書〉觀看：緩步登高，～方位｜景象萬千，駐足～。❷〔名〕具體的景象及其給人的印象：衣着不整、有礙～。

【觀戰】guānzhàn〔動〕觀看交戰或體育競賽等：站在城樓～｜今天足球決賽，～助威者很多。

【觀照】guānzhào〔動〕觀察、審視：心靈的～｜用當代意識～古代社會。

【觀者如堵】guānzhě-rúdǔ〔成〕觀看的人密密層層像圍牆一樣。形容觀看的人極多：廣場上正在演活報劇，一時～。

【觀止】guānzhǐ〔動〕〈書〉到此為止，可以不再看了；讚美所看到的東西好到極點：歎為～｜古文～。

【觀眾】guānzhòng〔名〕（位，名）觀看表演、比賽或影視節目的人：廣大的～｜一個電視～的來信｜這場比賽～超過七萬人。

guǎn ㄍㄨㄢˇ

莞 guǎn ❶用於地名：東～（在廣東）。❷（Guǎn）〔名〕姓。
　　另見 guān（477頁）；wǎn（1390頁）。

琯 guǎn 古代用玉製成的管樂器。六孔，像笛子。

筦 Guǎn〔名〕姓。
　　另見 guǎn "管"（480頁）。

痯 guǎn〈書〉疲勞的樣子。

管 〈㊀❶-❻㊁❶-❽筦〉guǎn㊀❶（～兒）〔名〕竹管；管子：～中窺豹｜～道｜水～｜喉～兒。❷吹奏的樂器：銅～｜～弦樂。❸〈書〉鑰匙：掌北門之～。❹（～兒）形狀像管子的電器件：電子～｜彩～（彩色顯像管）。❺〈書〉筆管，指筆：握～。❻〔量〕用於管狀物：一～毛筆。❼（Guǎn）〔名〕姓。

㊁❶〔動〕管理：主～｜～轄｜～片兒｜這事兒歸班經理～。❷〔動〕管教：～～你們的孩子吧！❸〔動〕擔任（工作）：他～出納｜小王～記錄｜大夥兒～清潔衛生。❹〔動〕過問；干預：這人好～閒事｜這事不用別人～。❺〔動〕保

證；負責：～保｜中午公司一頓飯｜西瓜不熟～換。❻〔介〕〈口〉作用跟"把"相當，構成"管……叫……"的格式，用來稱說人或物：大夥兒～他叫小諸葛｜我們老家～餃子叫扁食。❼〔介〕〈口〉作用跟"向"相當：他～我借了1000元錢。❽〔連〕不管；無論：～你要不要，都給你準備一份｜～他是誰，該批評的就得批評。

"筦"另見 Guǎn（480頁）。

語彙　包管　保管　別管　城管　監管　交管　教管　接管　儘管　經管　拘管　看管　窺管　統管　託管　掌管　照管　只管　主管　自管　三不管

【管保】guǎnbǎo〔動〕保證：～你滿意｜聽我的勸告，～你不會後悔｜好好學習，～能考上大學。

【管道】guǎndào〔名〕❶（條）用鋼鐵或其他材料製成的管子，在工業、建築等方面用來輸送或排除液體、氣體等：石油～｜煤氣～｜天然氣～。❷渠道；途徑：通過不同～接觸到第一綫新聞。

【管燈】guǎndēng〔名〕管狀熒光燈的俗稱。

【管護】guǎnhù〔動〕管理保護（多用於植物）：～樹苗｜～林木。

【管家】guǎnjiā(-jia)〔名〕(名)❶舊時為官僚、富戶掌管家業和日常事務的高等僕人：大～和二～｜他是王老爺府上的老～。❷比喻為集體管理財務或日常事務的人：會計小楊是我們廠子的～｜他愛廠如家，大事小事都要管，群眾稱他是好～。

【管家婆】guǎnjiāpó〔名〕❶舊時為官僚、有錢人家管理家務的高等女僕。❷戲稱為集體管理財務或日常雜務的婦女：女會計是我們局裏的～。❸指家庭主婦：女主人是～，家裏事她全操辦了。

【管見】guǎnjiàn〔名〕〈書〉〈謙〉從管子裏看東西，所見範圍甚小。比喻狹小的見識或淺陋的見解：略陳～｜個人～如下。

【管教】guǎnjiào〔動〕❶管束教育：嚴加～。❷管制並勞動教養：解除～。❸管保：～順利過關｜～你一切滿意。

【管界】guǎnjiè〔名〕管轄的地區：今年以來，本市南城區～內的交通事故明顯減少。

【管控】guǎnkòng〔動〕管理控制：對交通進行～。

【管窺蠡測】guǎnkuī-lícè〔成〕《漢書·東方朔傳》："語曰以筳（管）闚（窺）天，以蠡（貝殼做的瓢）測海，以莛（tíng）撞鐘，豈能通其條貫，考其文理，發其音聲哉！"意思是從管子裏看天，用瓢量海，拿麥稈兒撞鐘，是根本不可能有效的。比喻對事物的觀察和了解很狹窄、很片面：此次調查所得，限於時間很短，範圍甚小，可謂～，僅供參考。

【管理】guǎnlǐ〔動〕❶主管某項工作，使正常運作：～學校｜經濟～｜經營～｜加強市場～。❷保管料理：～檔案｜～圖書期刊。❸照管；管束：～牲畜。

【管片兒】guǎnpiànr〔名〕分片兒管理的地段，用於房管、治安等方面：～戶籍警同意遷入｜這個～有住戶200家。

【管區】guǎnqū〔名〕管轄的區域：該公司～內的房屋維修工作已全部完成。

【管事】guǎnshì❶(-//-)〔動〕管理事務：～人｜你們那裏誰～？❷(～兒)〔形〕(-//-)管用；有效：吃藥～嗎｜你的辦法挺～，一試就靈。❸〔名〕舊時在企業單位或富人家裏管事的人，地位高於一般僕人。也叫管事的。

【管束】guǎnshù〔動〕管教約束：嚴加～｜～自己的孩子。

【管轄】guǎnxiá〔動〕管理統轄：這片地區歸北京市～。

【管弦】guǎnxián〔名〕管樂器和弦樂器；也泛指音樂：絲竹～。

【管弦樂】guǎnxiányuè〔名〕用管樂器、弦樂器和打擊樂器配合演奏的音樂。

【管押】guǎnyā〔動〕臨時拘押：先把他～起來｜拘留所裏～着幾個小偷兒。

【管湧】guǎnyǒng〔名〕堤壩出現空洞而發生大量湧水的現象。管湧會造成堤壩下陷、決口，嚴重時出現洪水氾濫。

【管用】guǎn//yòng〔形〕有效；起作用：這藥治感冒真～｜學外語只講語法不～。

【管樂】guǎnyuè〔名〕管樂器演奏出的音樂。

【管樂器】guǎnyuèqì〔名〕利用管中空氣振動而發聲的一類樂器，如笛、簫、嗩吶、號等。也叫吹奏樂器。

【管制】guǎnzhì❶〔動〕強制性管理：～燈火｜～槍支｜軍事～｜交通～。❷〔名〕中國刑法中規定的一種最輕的主刑。對於犯罪分子管制由人民法院判決，由公安機關執行。管制期限為三個月以上二年以下。

【管中窺豹】guǎnzhōng-kuībào〔成〕《世說新語·方正》："此郎亦管中窺豹，時見一斑。"意思是從竹管中看豹子，只看到豹身上的斑紋。比喻只看到事物的一部分，沒看到全貌。有時與"略見一斑"或"可見一斑"連用，比喻從所看到的一部分，可以推測出事物的概貌：即使～也好，總算看到了一部分，就怕一點兒也沒看，就大發議論。

【管子】guǎnzi〔名〕(根)細長中空的圓柱形物：水～｜橡皮～｜～工｜～堵住了。

輨（輨）guǎn〈書〉大車轂頭上包的鐵。

館（馆）〈舘〉guǎn ❶供賓客或旅客居住的屋舍：賓～｜旅～。❷外交人員辦公常駐的處所：使～｜領事～。

❸（～兒）一些服務性商店的名稱：茶～兒｜酒～兒｜飯～兒｜理髮～｜照相～。❹收藏、陳列文物或進行文化活動的場所：博物～｜天文～｜文化～｜圖書～｜美術～｜展覽～。❺編輯印刷出版機構：譯學～｜編審～｜商務印書～。❻舊時的私塾（或在學童家裏教書的地方）：家～｜蒙～｜坐～。

語彙　賓館　茶館　飯館　公館　會館　旅館　史館　使館　書館　坐館　博物館　理髮館　領事館　美術館　天文館　　圖書館　文化館　展覽館　照相館

【館藏】guǎncáng ❶〔動〕圖書館、博物館等收藏：～圖書｜～大量文物。❷〔名〕圖書館、博物館等收藏的圖書、物品等：～豐富。

【館子】guǎnzi〔名〕❶（家）飯館：下～｜吃～｜在～裏請客。❷舊稱戲園子：去～裏聽戲。

鳕（鳕）guǎn〔名〕一種淡水魚，體管形，鱗細，銀白色。吃小魚和浮游生物。

guàn 《ㄨㄢˋ

丱 guàn ❶〈書〉同"貫"。❷（Guàn）〔名〕姓。

【丱將】Guànjiāng〔名〕複姓。

【丱丘】Guànqiū〔名〕複姓。

丱 guàn〈書〉兒童束髮成兩角的樣子：總角～兮。

冠 guàn ❶〈書〉把帽子戴在頭上：～儒｜～高冠。❷〔動〕在人或名物前加上某種名號：～名｜～以顧問的頭銜。❸排在第一，居第一位：位～群臣｜勇～三軍。❹冠軍；第一位：奪～｜全球之～。❺（Guàn）〔名〕姓。

另見 guān（477 頁）。

語彙　及冠　女冠　弱冠　沐猴而冠

【冠軍】guànjūn〔名〕體育、遊藝等競賽的第一名：射擊～｜游泳～｜榮獲數學競賽～。

【冠禮】guànlǐ〔名〕古代貴族男子 20 歲舉行的加冠儀式，表示已經成年。

古代的冠禮
冠禮是古代貴族男子成年時舉行的加冠儀式。事先由占卜選定吉日，聘請負責加冠的大賓。冠禮儀式在宗廟中進行，由父兄主持。大賓給受冠者加冠三次，先緇布冠，次皮弁，最後爵弁，並致祝詞。然後宴請賓贊，叫"禮賓"。接着受冠者拜見母親，大賓為他取字。再拜兄弟姑姨，以至國君、鄉賢。最後，主人向大賓敬酒、贈禮，冠禮結束。

【冠名權】guànmíngquán〔名〕企業等以贊助方式獲得在某項比賽活動或其他事物前面加上自己名稱的權利。

涫 guàn〈書〉沸騰：～沸｜～湯（沸騰的水）。

貫（贯）guàn ❶通過；貫通：～穿｜橫～｜如雷～耳｜學～中西｜一以～之。❷連貫；連接：一～｜魚～而行。❸〔量〕古代用繩子穿在一起的一千個錢稱一貫：十五～｜一～銅錢｜腰纏萬～。❹原籍，出生地：籍～。❺〈書〉事例：仍舊～。❻（Guàn）〔名〕姓。

語彙　本貫　籍貫　連貫　滿貫　條貫　萬貫　鄉貫　一貫　魚貫　縱貫　一仍舊貫

【貫徹】guànchè〔動〕貫通；徹底實現或體現（已有的方針、政策、精神等）：～始終｜～上級指示精神｜～大會決議。

【貫穿】guànchuān〔動〕❶穿過；連通：京九鐵路～好幾個省。❷從頭至尾體現：奮發向上的精神～於整本文集之中。

【貫串】guànchuàn〔動〕從頭到尾地穿過，自始至終地體現：這齣戲從頭到尾～着一個善有善報、惡有惡報的主題。

〔辨析〕貫串、貫穿　二者都可指穿過、連通。a）用於具體事物時，"貫串"可指把多個小物體連起來，如"用絲線將顆顆珍珠貫串起來，做成項鏈"；"貫穿"多指連通不同的地方，如"這條公路貫穿十幾個縣"。b）用於抽象事物時，有時可互換，如"團結協作精神貫穿（貫串）於工作整個過程"。"貫串"有時指連貫，如"文章前後的意思貫串不起來"，不能換用"貫穿"。

【貫通】guàntōng〔動〕❶全部透徹地理解領悟：融會～｜豁然～。❷連貫暢通：全綫～｜南北～。

【貫注】guànzhù〔動〕❶（精神或精力）集中：全神～｜全部精力都～在事業上了。❷（說話或行文）語言連貫：一氣呵成，前後～。

祼 guàn 古代帝王以酒灌地來祭奠祖先或賜飲賓客之禮。

摜（掼）guàn ❶披戴：頂盔～甲。❷〔動〕扔；擲：脫下鞋朝地板～去。❸〔動〕（吳語）摔；使摔倒：～了一跤｜連～了他兩個跟頭。

慣（惯）guàn〔動〕❶習以為常：習～｜一～｜犯～｜早起～了，不願睡懶覺｜到別人家吃飯總是不～。❷放任；縱容：把孩子～壞了｜嬌生～養。

語彙　嬌慣　習慣　司空見慣

【慣常】guàncháng ❶〔形〕屬性詞。習以為常的：這是他～的作風。❷〔名〕平常；平時：～他愛吃辣椒。❸〔副〕經常：他一着急，說話～結結巴巴。

【慣犯】guànfàn〔名〕(名)經常犯罪、屢教不改的刑事犯罪分子：他是一個多次作案的～｜嚴懲～、要犯。

【慣匪】guànfěi〔名〕(名)屢屢搶劫作案的匪徒：一夥～｜打擊～。

【慣伎】guànjì〔名〕經常使用的手段、手法(含貶義)：死不認賬是他的～。

【慣例】guànlì〔名〕一貫的做法；常規：按～，吃完晚飯他總要去散步｜根據國際～，外交人員有豁免權。

【慣竊】guànqiè〔名〕(名)多次作案、屢教不改的盜竊犯：他抓住的是一個～。

【慣性】guànxìng〔名〕物體所具有的保持自身原有運動或靜止狀態的性質。如汽車開動時，乘客會向車後方向倒，急剎車時，乘客又會向車前方向倒，就是因為物體具有慣性。

【慣用】guànyòng〔動〕慣常使用；習慣運用：～的手法｜～的伎倆｜～左手做事寫字｜～聲東擊西的戰法。

【慣用語】guànyòngyǔ〔名〕由定型詞組構成的一種熟語，大多已超越字面含義，而具有一種獨特的深刻表現力，如"半瓶醋""喝西北風"等。

【慣於】guànyú〔動〕習慣於：～說謊｜～深夜寫作。

【慣賊】guànzéi〔名〕(名)經常偷盜、屢教不改的竊賊。

盥 guàn〈書〉❶洗手，洗臉：～漱｜～洗。❷洗手洗臉用的器皿。

【盥漱】guànshù〔動〕洗臉漱口：晨起～。

【盥洗】guànxǐ〔動〕洗手洗臉：～用具｜～完畢。

【盥洗室】guànxǐshì〔名〕(間)專供洗手洗臉的房間。有時也指廁所。

灌 guàn ❶〔動〕澆灌；灌溉：冬～｜引水～田。❷〔動〕注入(多指液體、氣體)：～注｜～了一肚子涼水｜破屋子直～風｜耳朵裏滿了流言蜚語。❸〔動〕強制性喝：給孩子～藥｜不會喝酒，叫人～～醉了。❹〔動〕指錄音：～製｜～唱片。❺〔動〕痛快地投入或踢入：～籃｜一連～進射方球門四個球。❻(Guàn)〔名〕姓。

▌語彙　澆灌　漫灌　排灌　提灌

【灌腸】guàncháng ㊀(-//-)〔動〕為清洗腸道或治療疾病，把水、藥液等從肛門灌入腸內：鏡檢前，先灌了腸，再去拍片。㊁(-chang)〔名〕(根)食品名稱。用腸衣塞肉末和澱粉製成，現則用澱粉直接製作。吃時切片煎熟，是北京風味小吃。

【灌溉】guàngài〔動〕把水輸送到田裏澆灌土地：～渠｜用黃河水～｜～面積不斷擴大。

【灌漿】guàn//jiāng〔動〕❶施工時，為使建築物堅固，把灰漿澆灌到磚塊或沙石空隙中：建築工人們正在～。❷糧食作物快成熟時，子粒中

營養物質積累成漿：～期｜麥子～時雨太多了不好。❸(～兒)指皰疹中的液體變成膿，多見於天花或接種的牛痘。

【灌米湯】guàn mǐtāng〔慣〕為達到某種目的，故意用甜言蜜語奉承人，令人心神迷醉：這人又在給經理～，想從經理那裏多撈點好處。

【灌木】guànmù〔名〕(叢)低矮叢生的木本植物，如紫荊、酸棗等(區別於"喬木")：～叢｜小～。

【灌渠】guànqú〔名〕(條)澆灌農田的人工渠道。

【灌輸】guànshū〔動〕向人們輸送傾注，多指知識、思想：～進步思想｜～科學知識。

【灌水】guàn//shuǐ〔動〕在網絡論壇上發表一些無關主題、毫無實際意義的文字。

【灌製】guànzhì〔動〕錄音製作(唱片、磁帶等)。

【灌注】guànzhù〔動〕❶澆進；注入：～混凝土。❷比喻輸入(思想、知識)：～知識｜～新思想。

【灌裝】guànzhuāng〔動〕將液體或氣體注或倒進容器中裝存：～醬油｜～煤氣。

瓘 guàn〈書〉玉名。

爟 guàn 古代祭祀時舉火，以祛除不祥。

罐〈鑵〉guàn〔名〕❶(～兒)罐子：茶葉～｜煤氣～｜易拉～兒。❷煤礦中裝運煤用的一種斗車：煤裝～｜用～運走。

▌語彙　湯罐　藥罐　易拉罐

【罐車】guànchē〔名〕(列)鐵路上的一種筒形車體的封閉式貨車，用於裝運油、酸等液體或散裝粉狀貨物：～裝滿了原油。

【罐籠】guànlóng〔名〕礦井中運送人員、礦石、材料等的籠狀升降裝置，一般可載重數噸：礦工們乘坐～下井作業。

【罐頭】guàntou〔名〕(聽)加工後裝在密封的鐵皮罐裏或玻璃瓶裏的食品，一段時間內可以保持不壞：魚肉～｜水果～｜～食品。

【罐裝】guànzhuāng〔形〕屬性詞。用鐵皮罐或玻璃瓶密封包裝的：～食品。

【罐子】guànzi〔名〕盛東西的一種器皿，或大口，或封口。多用陶瓷或金屬等製成：藥～｜糖～｜瓦～。

觀(观) guàn〔名〕❶道教的廟宇：寺～｜道～。❷(Guàn)姓。
另見 guān(479頁)。

鸛(鹳) guàn〔名〕(隻)鳥名，形狀像鶴，嘴長直，尾圓而短，羽毛灰色、白色或黑色。生活在近水區，吃魚、蝦等。種類很多，如白鸛、黑鸛。

guāng ㄍㄨㄤ

光 guāng ❶〔名〕（束，道）光芒；光亮：陽～｜月～｜反～｜～照人間｜沒有～，屋裏一片漆黑。❷明亮：～明｜～輝。❸光彩；榮譽：兒子成績優秀，媽媽也覺得臉上有～｜為祖國爭～。❹比喻好處：沾～｜借～。❺〈敬〉表示光榮，用於指對方來臨：賞～｜～臨｜～顧。❻景物；光景：春～｜觀～。❼〔形〕光滑；滑溜：磨～｜表面很～。❽光大；使榮耀：～前裕後｜～宗耀祖。❾〔動〕赤裸，露出：～着身子｜～腳｜～頭｜～膀子幹活兒。❿〔形〕一點不剩，盡：精～｜殺～｜賣～｜消滅～｜一掃而～。⓫〔副〕只：～說不練｜～哭沒用，還要想個辦法｜不～我批評你，別人對你也有意見。⓬（Guāng）〔名〕姓。

語彙 曝光 背光 波光 採光 蟾光 辰光 晨光 春光 燈光 電光 耳光 反光 風光 觀光 寒光 輝光 火光 借光 精光 開光 亮光 靈光 溜光 流光 漏光 目光 年光 日光 榮光 容光 閃光 賞光 韶光 聲光 時光 曙光 叨光 天光 霞光 眼光 陽光 油光 月光 增光 沾光 爭光 滿面紅光 鼠目寸光 一掃而光 鑿壁偷光

【光板兒】guāngbǎnr〔名〕磨掉了毛的皮衣服等：穿着～羊皮襖。

【光標】guāngbiāo〔名〕電子計算機顯示屏上的小型圖形符號，由若干閃爍光點組成，藉以指示當前操作的位置。

【光彩】（光采）guāngcǎi ❶〔名〕光澤和顏色：～奪目｜～照人。❷〔名〕光輝：晚霞放～。❸〔形〕光榮：兒子考上了名牌大學，他也覺得很～。

【光彩奪目】guāngcǎi-duómù〔成〕形容光澤顏色耀眼，引人注目：各種玉器珍寶、金銀首飾，色澤鮮艷，～。

【光燦燦】guāngcàncàn（～的）〔形〕狀態詞。形容光亮耀眼：一輪～的紅日已經升出海面。

【光赤】guāngchì〔動〕裸露：～着身子。

【光大】guāngdà〔動〕使更加發展興盛：～門楣｜讓中華民族的優秀文化發揚～。

【光導纖維】guāngdǎo xiānwéi 用玻璃或塑料等在高溫下拉製而成的纖維，能夠導光，在醫療器械、電子光學儀器、光通信綫路及光電控制系統等方面有重要應用價值。簡稱光纖，也叫光學纖維。

【光電池】guāngdiànchí〔名〕一種能在光照射下產生電能的半導體器件，多用於儀表和自動化技術等方面。

【光碟】guāngdié〔名〕（張）光盤。

【光復】guāngfù〔動〕收復（失去的國土），恢復（已滅亡的國家或舊典章、舊文物）：～國土｜～舊物。

【光復舊物】guāngfù-jiùwù〔成〕收復國土，恢復國家原有的一切：還我河山，～。

【光桿兒】guānggǎnr〔名〕❶指花葉落盡的草木或失去葉子襯托的花：棗樹的棗兒和葉子全被打光，成了～。❷比喻單獨的、孤零零的人或事物，多指沒有家屬、孤獨的人或失去群眾、沒有助手的領導：～一人｜～司令｜～動詞。

【光顧】guānggù〔動〕❶〈敬〉商店、服務業用以歡迎顧客，意為"賞光照顧"：歡迎～｜如蒙～，不勝歡迎。❷到來：運氣不佳，財神爺不肯～。

【光怪陸離】guāngguài-lùlí〔成〕形容形狀奇異，色彩繁多。有時也形容事物離奇多變：珠寶店裏的商品琳琅滿目，～。

【光棍】guānggùn〔名〕❶地痞流氓。❷指識時務的人；聰明人：～劈竹不傷筍，凡事留個餘地｜～不吃眼前虧。

【光棍兒】guānggùnr〔名〕沒有結婚的男子；也指妻子不在身邊的男子、妻子已經去世或者離異的男子：他想一輩子打～。**注意** a）"打光棍兒"的意思是採取光棍兒的生活方式，即不結婚或年齡偏大而尚未結婚。b）沒有丈夫的成年女子，有時也稱"女光棍兒"，是一種不莊重的說法。

【光合作用】guānghé zuòyòng 綠色植物在日光作用下把水和二氧化碳合成有機物質並釋放氧氣的過程。

【光滑】guānghuá（-hua）〔形〕（物體表面）光溜平滑：～的皮膚｜冰面很～，注意別摔跤。

【光輝】guānghuī ❶〔名〕閃爍耀眼的光：太陽的～。❷〔形〕光明燦爛：～的一生｜～的榜樣。

【光火】guāng//huǒ〔動〕惱火；發怒：這孩子真叫人～｜老張大光其火，發了一陣脾氣。

【光潔】guāngjié〔形〕光滑潔淨：客廳裝修一新，木地板、木牆裙分外～｜用這種洗衣粉洗的衣服才真正～。

【光景】guāngjǐng〔名〕❶風光景物：流連～｜無邊～一時新。❷景象；情景：一片太平～｜來年好～。❸生活：他的錢不少，可～過得極仔細，從不亂花一分錢。❹對時間或數量的估計：半夜兩點～，急促的敲門聲把大家都驚醒了｜七八歲～那孩子就會對對子了。

【光纜】guānglǎn〔名〕（條，根）用光導纖維組成、用來傳輸光信號的纜綫。

【光亮】guāngliàng ❶〔形〕明亮：玻璃擦得十分～｜～的漆器。❷（～兒）〔名〕亮光：從牆縫透進一絲～兒。

【光臨】guānglín〔動〕〈敬〉稱對方到來：敬請～｜～寒舍｜歡迎顧客～百貨商場。

【光溜】guāngliu〔形〕❶光滑；滑溜：水磨石的

地面很～｜這種裝皮摸上去挺～。❷潔淨：臉刮得很～。

【光溜溜】guāngliūliū（～的）〔形〕狀態詞。❶形容十分光滑：大石頭被水冲刷得～的。❷形容身體赤裸或物體沒有遮蓋的樣子：脱得～的一絲不掛｜～的一根樹木。

【光芒】guāngmáng〔名〕向外四射的強烈光綫，常用於比喻：～四射｜祖國前途～萬丈。

【光麪】guāngmiàn〔名〕不加澆蓋、沒有菜餚的湯麪：吃一碗～。

【光面兒】guāngmiànr〔名〕平滑的表面：～玻璃｜紙的正面兒是～，背面兒是糙面兒。

【光明】guāngmíng❶〔名〕亮光：重見～｜從石縫透進一絲～。❷〔形〕明亮：彩燈萬盞，～如同白晝。❸〔形〕比喻正義的、有希望的（跟"黑暗"相對）：一邊是～大道，一邊是死路一條｜困難不少，前途～。❹〔形〕坦白無私：心地～｜磊落｜～正大。

【光明磊落】guāngmíng-lěiluò〔成〕形容胸懷坦蕩，光明正大：他是一個頂天立地的男子漢，為人～。

【光明正大】guāngmíng-zhèngdà〔成〕胸懷坦蕩，言行正派：我們的所作所為～，從不玩弄計謀。也說正大光明。

【光年】guāngnián〔量〕計量天體距離的一種單位。光在真空中 1 年時間走的距離叫 1 光年。1 光年將近 10 萬億千米。

【光盤】[1] guāngpán〔名〕（張）一種用複合材料製成的、能儲存大容量信息並由激光束檢索的圓形薄片，可在計算機、激光唱機、激光放像機等設備上播放。也叫光碟、碟片。

光盤的不同說法

在華語區，一般都叫光碟，中國大陸多叫光盤，也叫碟片；新加坡、馬來西亞還叫激光影碟，泰國叫影碟片。

【光盤】[2] guāngpán 吃光盤中飯菜的簡稱：我們提倡"～"行動，反對浪費。

【光驅】guāngqū〔名〕光盤驅動器的簡稱，能使光盤勻速轉動，以讀取上面存儲的信息的一種裝置。

【光圈】guāngquān〔名〕攝影機、照相機鏡頭內調節光孔大小的裝置：調節～｜把～放大點。

【光榮】guāngróng❶〔名〕榮譽：～屬於祖國和人民。❷〔形〕被人們公認為值得尊敬和稱頌的（跟"可恥"相對）：～的一生｜～之家。

【光榮榜】guāngróngbǎng〔名〕貼在公開場合、表揚先進人物的名單，有時上邊還有照片、先進事跡介紹等：女兒上了廠裏的～。

【光潤】guāngrùn〔形〕光潔潤滑：面色～｜～的皮膚。

【光束】guāngshù〔名〕束狀光綫，如手電筒的光即呈光束狀。

【光速】guāngsù〔名〕光波傳播的速度，光速在真空中每秒約 30 萬千米：測量～｜所得的～是近似值。

【光天化日】guāngtiān-huàrì〔成〕光天：德光普照之天；化日：教育感化之時。原形容壞人壞事得不到包庇的太平盛世。現多比喻在大家看得清楚的地方：～之下，竟敢行兇搶劫。

【光頭】guāngtóu❶〔名〕剃光或推光的頭：大哥不喜歡留頭髮，剃了個～。❷(-//-)〔動〕頭上不戴帽子：他習慣冬天也光着頭。

【光禿禿】guāngtūtū（～的）〔形〕狀態詞。形容沒有草木或頭髮覆蓋的樣子：山上～的，甚麼都不長｜～的腦袋上沒一根頭髮。

【光污染】guāngwūrǎn〔名〕指對視覺或人體有害的光所造成的環境污染。強烈的陽光照射建築物牆面所反射出的炫目光綫，霓虹燈射出的令人眼花繚亂的閃爍彩光等，都屬於光污染。

【光纖】guāngxiān〔名〕光導纖維的簡稱：～通信｜～傳輸。

【光綫】guāngxiàn〔名〕（道）指沿直綫傳播的光：屋子裏～很暗｜微弱的～。

【光緒】Guāngxù〔名〕清德宗愛新覺羅·載湉年號（1875-1908），也指光緒皇帝。

【光學】guāngxué〔名〕物理學的一個分支，研究光的本質、傳播以及光與其他物質相互作用的學科。

【光焰】guāngyàn〔名〕❶光芒：～萬丈。❷火苗兒：風把蠟燭的～吹得搖搖晃晃。

【光洋】guāngyáng〔名〕（塊）（吳語）銀圓。

【光陰】guāngyīn〔名〕時間：珍惜～｜一寸～一寸金，寸金難買寸～。

【光陰似箭】guāngyīn-sìjiàn〔成〕形容時間過得極快：～，轉眼之間大學畢業了。

【光源】guāngyuán〔名〕物理學上指能發出電磁波的物體。一般指能夠發光的物體。光源主要有太陽、燈、火等。

【光澤】guāngzé〔名〕❶礦物表面的反光現象，由光在礦物表面反射所引起。通常指物體表面反射出來的亮光。❷〈書〉明亮潤澤：面有～。

【光照】guāngzhào〔動〕❶光綫照射，一般指陽光照射。光照是植物生長、發育的必要條件之一。❷照耀：～人世。

【光子】guāngzǐ〔名〕組成光的粒子。穩定，不帶電。它的能量隨波長而變化，波長越短，能量越大。也叫光量子。

【光宗耀祖】guāngzōng-yàozǔ〔成〕為宗族增光，使祖先顯耀。舊時代很多人希望子孫做官：～。

㧑 guāng 用於地名：上～（在北京）。

咣 guāng〔擬聲〕形容撞擊振動的聲音：～的一聲，他用上門走了。

洸　guāng 用於地名：洸～（在廣東）。

姱　guāng〈書〉女子容顏美麗。

珖　guāng〈書〉一種玉：～琯（一種玉製的笛）。

桄　guāng 見下。
另見 guàng（487 頁）。

【桄榔】guāngláng〔名〕一種棕櫚科常綠喬木。莖髓可製澱粉，名桄榔粉，花序的汁可以製糖，葉柄纖維可製繩子。也叫砂糖椰子。

胱　guāng 見"膀胱"（1006 頁）。

軦（軦）　guāng〈書〉車下橫木。

guǎng ㄍㄨㄤˇ

廣（广）　guǎng ㊀ ❶〔形〕寬闊（跟"狹"相對）：～闊｜寬～｜～場｜見識不～。❷〔形〕廣泛：這首歌曲流傳很～。❸ 多：～交朋友｜大庭～眾｜兵多將～。❹ 擴大：增～｜以～流傳｜推而～之。
㊁（Guǎng）❶ 指廣東或廣州：～貨｜京～（北京－廣州）鐵路。**注意** 廣西別稱"桂"，稱"廣"僅限於"兩廣"（廣東、廣西）一詞。
❷〔名〕姓。
　"广"另見 ān（7 頁）。

語彙 湖廣　寬廣　兩廣　深廣　推廣　增廣　見多識廣

【廣播】guǎngbō ❶〔動〕利用有綫電或無綫電向聽眾播送：現在開始～｜～新聞和文藝節目。❷〔名〕指廣播電台播送的節目：聽～。

【廣播電台】guǎngbō diàntái 利用無綫電波向外播送新聞和其他節目的機構：～開始廣播了｜中央人民～。

【廣播劇】guǎngbōjù〔名〕專供廣播電台播送的戲劇，是通過對白、音樂等手段達到藝術效果的聽覺藝術：她愛聽～。

【廣播體操】guǎngbō tǐcāo 用廣播樂曲伴奏的群眾健身體操，學校、工廠、機關等多在早晨、課間、工間時做廣播體操。簡稱廣播操。

【廣博】guǎngbó〔形〕形容人的知識、學問範圍廣、方面多：學問～｜～的知識。

【廣場】guǎngchǎng〔名〕❶ 面積大的場地：村外有一片～。❷（座）特指城市中的廣闊場地：天安門～｜人民～｜五一～｜解放～。❸ 指大型商場、商務中心：時代～｜東方～。

【廣大】guǎngdà〔形〕❶ 空間寬闊的：農村～地區｜黃河下游～流域。❷ 範圍或規模巨大的：建立～的敵後根據地｜群眾運動有～的基礎。

❸ 人數眾多的：～群眾｜～讀者｜～學生。

【廣東音樂】Guǎngdōng yīnyuè 流行於廣東一帶的民間音樂，演奏時以高胡、揚琴等弦樂器為主，輔以洞簫、笛子等。

【廣度】guǎngdù〔名〕指思想、知識、生產等的廣狹程度：思想的深度和～｜知識的～不夠。

【廣泛】guǎngfàn〔形〕範圍大、涉及面廣的：～研究｜～的代表性｜涉獵的知識十分～。

【廣柑】guǎnggān〔名〕橙類水果，圓形，多汁，味酸甜，產於中國廣東、四川、台灣等省。

【廣告】guǎnggào〔名〕（張，份）通過報紙、廣播、電視、招貼等介紹商品、服務項目、文體活動或企業信息的一種宣傳形式：登～｜插播～｜虛假～誤導觀眾｜現在電視節目中～太多。

【廣告衫】guǎnggàoshān〔名〕（件）印有企業、產品名稱或廣告宣傳的衣衫。

【廣寒宮】Guǎnghángōng〔名〕神話傳說中的月中仙宮。也叫月宮。

【廣貨】guǎnghuò〔名〕稱廣東省出產的貨物。

【廣角鏡頭】guǎngjiǎo jìngtóu 視角比一般鏡頭廣而焦距比較短的鏡頭，用於近距離拍攝廣闊範圍的景物。

【廣開言路】guǎngkāi-yánlù〔成〕廣泛打開進言的途徑。指儘可能地創造條件讓大家多發表不同意見：～，發揚民主。

【廣闊】guǎngkuò〔形〕廣大寬闊：國土～｜視野～｜～的天地。

【廣袤】guǎngmào〈書〉❶〔名〕指土地面積的大小。東西的長度叫廣，南北的長度叫袤：～千里。❷〔形〕廣闊：國土～｜土地～。

【廣漠】guǎngmò〔形〕遼闊空曠：～的荒原。

【廣土眾民】guǎngtǔ-zhòngmín〔成〕土地廣闊，人口眾多：～，泱泱大國。

【廣為】guǎngwéi〔副〕廣泛而普遍地（後面要求跟雙音節動詞）：～流傳｜～收集｜～介紹。

【廣義】guǎngyì〔名〕一般指範圍較廣的或寬泛的定義（跟"狹義"相對）：～相對論、狹義相對論是物理學上的專門用語。

【廣域網】guǎngyùwǎng〔名〕由眾多局域網連接而成的計算機通信網絡。覆蓋面寬，可廣佈方圓數十千米至數千千米的區域。

【廣種薄收】guǎngzhòng-bóshōu〔成〕種植的面積大而單位面積的收成少。也比喻廣泛地實施，收穫卻不多。

獷（犷）　guǎng〈書〉粗野：粗～｜～悍。

【獷悍】guǎnghàn〔形〕〈書〉蠻橫粗野：其地人物～，風俗荒怪。

【獷俗】guǎngsú〔名〕獷悍的民俗。

guàng ㄍㄨㄤ

桄 guàng ❶橫木。如梯子上的橫木。❷桄子,用竹木製成的繞綫工具。❸〔動〕把綫繞在桄子上:快把毛綫～上。❹(～兒)繞好後從桄子上取下來的成圈的綫:這幾個綫～兒不一樣大。❺(～兒)〔量〕用於綫:兩～兒綫。

另見 guǎng(486頁)。

逛 guàng〔動〕❶散步;閒走:飯後出去～～｜～大街。❷遊逛;遊覽:～北京｜～長城｜暑假到頤和園～～。

語彙 瞎逛　閒逛　遊逛

【逛蕩】guàngdang〔動〕閒逛;遊蕩:在街上～｜～一圈又回來了。

【逛燈】guàng // dēng〔動〕農曆正月十五日稱燈節,夜晚街市皆懸掛花燈,人們到街上遊覽叫逛燈。也引申為閒逛:咱們上街～去吧。

【逛遊】guàngyou〔動〕閒逛:別沒事瞎～。

guī ㄍㄨㄟ

圭 guī ㊀❶古代諸侯大夫在朝會和祭祀時所執的一種尖頂的長條形玉器。❷古代測日影的器具:～臬。❸(Guī)〔名〕姓。

㊁〔量〕古代容量單位,一升的十萬分之一。

圭

【圭表】guībiǎo〔名〕❶古代測量日影的儀器,由圭和表兩部分構成。圭是平放在石座上的一根尺,表是分立在圭的南端和北端的標杆。根據日影的長短可以測定節氣和時刻。❷比喻表率:居為～。

【圭臬】guīniè〔名〕❶古代測日影的儀器,即圭表。❷比喻法度或典範:奉為～。

邽 Guī ❶古縣名。在今甘肅天水。❷〔名〕姓。

皈 guī 見下。

【皈依】guīyī〔動〕原指佛教信仰者的入教儀式,表示對佛教的歸順依附。後泛指信奉佛教或參加其他宗教組織:～佛門。也作歸依。

珪 guī〈書〉瑞玉。

規(规)〈❶-❹槼〉guī❶畫圓形的器具:圓～｜兩腳～。❷規則;規矩:法～｜校～｜常～｜國法家～｜墨守成～｜陳～陋習｜犯～五次,被罰下場。❸勸告:～勸｜～諫｜～過勸善。❹謀劃;打主意:～劃｜聞之,欣然～往。❺(Guī)〔名〕姓。

語彙 常規　陳規　成規　定規　法規　犯規　家規　交規　教規　例規　陋規　清規　校規　圓規　正規

【規避】guībì〔動〕設法躲開;迴避:不可～的責任｜～要害問題。

【規程】guīchéng〔名〕規則程式;為進行操作或執行某種制度而做的具體規定:操作～｜公司營業～。

【規定】guīdìng ❶〔動〕對事物在數量、質量及進行的方式、方法等方面提出要求、做出決定:～任務和指標｜章程明確～了會員的權利和義務。❷〔名〕(條,項)指所規定的內容:這條～不合理｜無論誰都不能違反～。

【規範】guīfàn ❶〔名〕標準;準則:語言～｜道德～｜不合～。❷〔形〕合乎標準的:動作不～｜發音很～。❸〔動〕使合乎標準:～期貨交易｜～字音字形。

【規範化】guīfànhuà〔動〕使合乎所規定的標準:語言～｜操作應該～。

【規格】guīgé〔名〕規定的要求和標準:產品符合～｜接待～很高。

【規劃】guīhuà ❶〔名〕關於某項事業長遠發展的較全面的計劃:十年科研～｜治理黃河～。❷〔動〕做規劃:周密～｜進行全面～｜～城市交通管理。

【規諫】guījiàn〔動〕〈書〉舊指下對上以忠言勸誡。

【規誡】(規戒)guījiè〔動〕〈書〉規勸告誡:屢加～｜對他長期吸煙反復進行～。

【規矩】guīju ❶〔名〕規和矩,校正方圓形狀的兩種器具:不以～,不能成方圓。❷〔名〕一定的標準、法則或習慣規定:比賽的～｜學生要遵守學校的～。❸〔形〕言行正派老實:這孩子很～｜放～點兒,別動手動腳的。

【規律】guīlǜ ❶〔名〕指事物發展中本質的、必然的聯繫。具有必然性、普遍性和穩定性。規律的存在和作用都是客觀的,人們只能認識它、運用它,不能創造、改變或消滅它:客觀～｜科學～。❷〔形〕合乎規律的:他的生活很不～。

【規模】guīmó〔名〕事物的範圍和格局:初具～｜這次紀念活動的～很大。

【規模效益】guīmó xiàoyì 生產經營、事業建設等形成較大規模時產生的系統效益:先進的生產技術和合理的經營方式相結合,產生了明顯的～。

【規勸】guīquàn〔動〕告誡勸說:時常～丈夫｜不聽～,結果犯了錯誤。

【規行矩步】guīxíng-jǔbù〔成〕按規矩走路。比喻舉動合乎規矩、準則,毫不草率、敷衍。後引申指人言行拘謹,墨守成規,不知變通:他是一個～的小職員,做事從不敢違背上級的旨意。

G

【規則】guīzé ❶〔名〕共同遵守的某一方面的具體規定：交通～｜體育比賽～。❷〔形〕指形狀、結構等整齊、對稱，合乎一定方式的：公路旁～地種着兩排梧桐樹｜巨石的紋路很不～。

【規章】guīzhāng〔名〕規則章程：～制度｜法令～。

【規整】guīzhěng ❶〔形〕合於規則，整齊：～的小院｜他總是把字寫得規規整整。❷〔動〕整理；收拾：把自己的床鋪～。

硅 guī〔名〕一種非金屬元素，符號 Si，原子序數 14。是自然界最豐富的元素之一，石英、砂子是硅的化合物。硅有廣泛的用途，高純度單晶硅是半導體材料，硅鋼是製造電機、變壓器等的重要材料。舊稱矽（xī）。

【硅肺】guīfèi〔名〕一種職業病，由長期吸入大量含游離二氧化硅的粉塵而引起，患者有咳痰、胸痛、氣急等症狀。舊稱矽肺。

【硅谷】guīgǔ〔名〕美國尖端工業的中心，位於加利福尼亞州北部聖克拉拉谷，是美國新型電子產品和技術的誕生地，也是電子工業最集中的地方。因電子工業的基本材料是硅片，又地處谷地，故稱。也常借用來指高技術中心之地。

傀 guī〈書〉❶奇異；怪異：～奇｜～異。❷獨立之狀：～然獨立。
另見 kuǐ（785 頁）。

媯（媯）〈嬀〉 Guī ❶媯水河，水名。源出北京延慶東北，西南流經河北懷來（古媯州）入桑干河。❷〔名〕姓。

魃 Guī 魃山，古山名。在今河南洛陽西南。
另見 wěi（1409 頁）。

瑰〈瓌〉 guī〈書〉❶次於玉的美石：瓊～（美玉美石）。❷奇異；珍奇：～寶｜～麗｜～怪。

【瑰寶】guībǎo〔名〕稀有珍奇的寶物。泛指特別珍貴的東西：故宮是中國建築藝術的～。

【瑰麗】guīlì〔形〕極其美麗；華麗美好：節日的夜晚，天安門廣場雄偉而～｜畫幅～，悅人心目。

嫢（嫢） guī〈書〉腰細而美。

閨（闺） guī ❶〈書〉上圓下方的小門：小～。❷內室。特指女子居住的內室：～房｜～門｜～深。

【閨範】guīfàn〔名〕❶舊指婦女應遵守的道德規範：謹守～。❷指女子的風範：大家～。

【閨房】guīfáng〔名〕❶內室：～之樂（比喻夫婦間的生活樂趣）。❷特指女子居住的內室：～之內｜坐守～。

【閨閣】guīgé〔名〕❶女子居住的內室：～幼女。❷宮中小門，借指宮禁：～之臣。

【閨門旦】guīméndàn〔名〕傳統戲曲中旦行的一種，昆曲的小旦和京劇的花旦都是閨門旦。主要扮演閨閣小姐和天真活潑的年輕小姑娘。唸白以京白為主，也有韻白。

【閨女】guīnǚ〔名〕❶未嫁的女子。❷〈口〉女兒：二～｜生～生小子都一樣｜三個～都出嫁了。

【閨秀】guīxiù〔名〕稱賢淑有才的大戶人家的女兒：大家～｜名門～。

鮭（鮭） guī〔名〕❶魚名，種類很多，常見的有大麻哈魚。❷（Guī）姓。
另見 xié（1499 頁）。

歸（归） guī ❶返回：～來｜～期｜～國｜榮～故里｜無家可～。❷還給；歸還：～公｜物～原主。❸〔動〕趨向；歸向：殊途同～｜眾望所～｜水流千里～大海。❹〔動〕歸併；合併：～總｜～結｜把兩支隊伍～在一起｜把大家的錢都～到一塊兒。❺〔動〕歸於；屬於：～屬｜這事～他管｜你們～誰領導｜這筆錢就～你吧。❻〔連〕用在相同的動詞之間，表示讓步，相當於"儘管"：批評～批評，重擔子還是要你們承擔的。❼珠算中稱一位除數的除法：九～。❽（Guī）〔名〕姓。

〔語彙〕 回歸 九歸 來歸 榮歸 同歸 依歸 於歸 終歸 總歸 賓至如歸 久假不歸 滿載而歸 責有攸歸 眾望所歸

【歸案】guī//àn〔動〕隱藏或逃跑的嫌疑犯被捕，送司法機關審理結案：逮捕～｜幾個涉嫌人員統統歸了案。

【歸併】guībìng〔動〕❶把甲併入乙：這個單位現在～到文化部了。❷合在一起：把幾筆錢～起來。

【歸程】guīchéng〔名〕❶回來的路程：～五百里。❷回去的道路：何處是～？

【歸除】guīchú〔名〕珠算中指除數是兩位或兩位以上的除法：他已學會～。

【歸檔】guī//dàng〔動〕把文件、材料等放進檔案分類保存：學生高考試卷均已～封存｜來往公文歸了檔以後，還可以調出供查閱。

【歸隊】guī//duì〔動〕❶回到原來所在的部隊或隊伍：在醫院養好傷，他立即～上前綫了｜比賽前夜，教練把他叫出來囑咐了好久才讓他～。❷比喻回到原來從事的行業或專業：做了多年行政工作後，他又歸了隊，搞起建築老本行來了。

【歸附】guīfù〔動〕投奔依附：～朝廷｜敵軍紛紛前來～。

【歸根結底】（歸根結柢）guīgēn-jiédǐ〔成〕歸結到根本上：～，致富要靠智慧和辛勤的勞動，而不是歪門邪道。也說歸根到底。

【歸公】guī//gōng〔動〕交給公家：一切繳獲要～。

【歸功】guīgōng〔動〕把功勞歸於（某人或集體）：

獎項和榮譽～於教練和隊友。

【歸還】guīhuán〔動〕❶將所借或所拾錢物還給原主：～圖書｜將物品～失主。❷〈書〉回來：主人為何還不～呀？

【歸結】guījié ❶〔動〕歸納並得出結論：這次武裝起義，失敗的原因很多，～到一點，就是敵強我弱，力量懸殊。❷〔名〕結局；歸宿：這是一齣以失敗為～的悲劇｜她迷茫、悵惘，不知人生的～在哪裏。

【歸咎】guījiù〔動〕歸罪；諉過於：歷史上亡國敗家的原因，每每被～於女子，這既非歷史事實，也有失公平。

【歸口】guī//kǒu（～兒）〔動〕❶按照性質集中或統一到某個系統：～管理｜～審批｜化學試劑的研製、生產～在化工部系統。❷回到本行業或本專業領域工作：由於工作需要，目前我還歸不了口。

【歸來】guīlái〔動〕回來，回到原來的地方：勝利～｜從國外～｜他鄉～尋故人。

【歸類】guīlèi〔動〕把具體事物按性質歸入已有類別中：動物～｜詞性～｜圖書館新到的書還沒有歸完類，暫時不能出借。

【歸裏包堆】guīlibāoduī〔口〕總共；共計：我～就帶了三十多元錢，恐怕不夠買那本詞典的。

【歸攏】guīlǒng（-long）〔動〕把分散的東西聚集到一起：他正～東西呢｜把曬乾的衣服～起來。

【歸納】guīnà ❶〔名〕一種從具體事實概括出一般原理的邏輯推理方法（跟"演繹"相對）。❷〔動〕用歸納方法運作；歸總：對語言事實進行分析｜大家的發言，～起來有三點。

【歸寧】guīníng〔動〕〈書〉出嫁女子回娘家看望父母：～省親。

【歸僑】guīqiáo〔名〕歸國僑民；特指歸國華僑：海外～｜～投資建廠。

【歸屬】guīshǔ ❶〔動〕屬於：無所～｜你們～於哪個單位？❷〔名〕指從屬關係：～未定。

【歸順】guīshùn〔動〕歸附順從：起義軍～了朝廷｜儘管軟硬兼施，但他們始終不肯投降。

【歸宿】guīsù〔名〕最終的着落；結局：他覺得人生有了～｜為事業獻身，這是他盼望已久的～。

【歸天】guī//tiān〔婉〕指人死亡：病情日益惡化，沒幾天，老太太就歸了天了。

【歸田】guītián〔動〕〈書〉辭官回鄉：～耕種｜～鄉居｜解甲～。

【歸西】guī//xī〔動〕〈婉〉上西天，指人死亡：老人～之日，兒孫悲痛欲絕。

【歸降】guīxiáng〔動〕歸順投降：被迫～｜～官府。

【歸向】guīxiàng〔動〕投向（好的方面）：人心～於經濟發展。

【歸心】guīxīn ❶〔名〕盼望回家的心情：～似箭｜

遊子～。❷〔動〕心悅誠服而歸附：天下～｜四海～。

【歸心似箭】guīxīn-sìjiàn〔成〕形容想要回家的心情非常急切：兄弟二人～，恨不得插上翅膀，立刻飛回家去。

【歸省】guīxǐng〔動〕〈書〉回家探望父母：近來常有～之心｜今朝～得見雙親。**注意** 這裏的"省"不讀 shěng。

【歸依】guīyī ❶同"皈依"。❷〔動〕〈書〉投靠；依附：～無處｜～門下。

【歸隱】guīyǐn〔動〕舊指辭官返回家鄉或在民間隱居：～山林。

【歸於】guīyú〔動〕❶屬於，多用於抽象事物：功勞～集體｜光榮～祖國。❷趨向：國家～一統｜意見～一致。

【歸真返璞】guīzhēn-fǎnpú〔成〕返璞歸真。

【歸置】guīzhi〔動〕〈口〉整理收拾（東西）：他在屋裏～東西呢｜快把房間～～，有客人要來｜家裏太亂，～一下吧！

【歸總】guīzǒng ❶〔動〕歸併；歸結：大家的發言，～到一點，就是要儘快行動。❷〔副〕總共：～就這麼點錢，不能大操大辦。

【歸罪】guīzuì〔動〕把罪過或錯誤歸於（別人）：工廠虧損，廠長反把經營不好的責任全～於下屬。

龜（龟）guī〔名〕（隻）爬行動物，多生活在水邊，腹背有甲殼，頭、尾、四肢可縮入甲殼內，壽命長，有烏龜、海龜等種類。另見 jūn（732 頁）；qiū（1103 頁）。

語彙 海龜　金龜　烏龜

【龜甲】guījiǎ〔名〕烏龜的甲殼，古人用它來占卜吉凶。上面刻有占卜結果的文字，即卜辭。

【龜鑒】guījiàn〔名〕龜可以卜吉凶，鑒（鏡）能知美醜，比喻可供借鑒的經驗教訓：以歷史為～。也說龜鏡。

【龜齡】guīlíng〔名〕像龜那樣長的壽命，比喻長壽。也說龜鶴。

【龜年鶴壽】guīnián-hèshòu〔成〕像烏龜和仙鶴那樣長壽。常用作老人生日祝詞。

【龜縮】guīsuō〔動〕像烏龜那樣把頭、尾、四肢都縮入甲殼內藏起來。形容膽怯退縮：敵人～在城堡內，不敢出來應戰。

【龜頭】guītóu〔名〕陰莖的前端部分。

鬹（鬶）guī 古代陶製炊具，有三空心足，略呈鼎狀。

guǐ ㄍㄨㄟˇ

氿　guǐ 水邊乾土。另見 Jiǔ（709 頁）。

【氿泉】guǐquán〔名〕從側面噴出的泉。

宄 guǐ〈書〉犯法作亂的人：奸～｜逃竄。**注意** "宄" 不讀jiù。

庋 guǐ〈書〉❶ 置放；收存：～之以閣。❷ 置放器物的架子。

【庋架】guǐjià〈書〉❶〔名〕藏書架：秦漢以來，史冊繁重，～盈壁，浩如煙海。❷〔動〕置放在架子上：督視官吏題簽。。

【庋置】guǐzhì〔動〕〈書〉擱置；收藏：其中至理名言，未可～而不談也｜積書數千卷，～其中，以資講誦，博聞見。

佹 guǐ〈書〉❶ 乖戾。❷ 詭異：～詞｜～詩（言辭激切內容詭異的詩）。❸ 出於偶然的：～得～失（偶然得之，偶然失之）。

垝 guǐ〈書〉❶ 毀壞的；坍塌的：～垣｜～牆。❷ 敗牆；壞牆：水深滅～。❸ 高而險要的處所：有玄鶴集於郎門之～。❹ 室內放食物器皿的土台子。

軌（軌）guǐ ❶ 車子兩輪之間的距離：車同～。❷ 軌道，一定的路線：出～｜路～｜無～電車｜循～而行。❸ 鋪設軌道的鋼軌：鐵～。❹ 規則、規範，秩序等：越～｜常～｜接～｜步入正～。❺（Guǐ）〔名〕姓。

【軌道】guǐdào〔名〕❶ 用鋼軌鋪成的供火車、電車等運行的道路：～已經鋪設好了。❷ 天體在宇宙間運行的路線。也叫軌跡。❸ 物體運行的路線，多指有一定規則的：衞星在～上運行。❹ 行動應遵循的規範、程序：步入新生活的～。

【軌範】guǐfàn〔名〕標準；楷模：已成世人～。

【軌跡】guǐjì〔名〕❶ 同"軌道"②。❷ 在一定條件下，動點通過的路徑所描出的圖形。如平面上離某定點有固定距離的動點的運動軌跡是圓。❸ 車的轍跡，比喻人生經歷或事物發展變化的路徑：作家一生的～｜社會發展變化的～。

【軌轍】guǐzhé〔名〕車輪行過的痕跡。比喻前人走過的道路或做過的事情：循其～前進。

媯 guǐ 見下。

【媯嫿】guǐhuà〔形〕〈書〉形容女子嫻靜美好：～於幽靜，婆娑人間。

癸 guǐ〔名〕❶ 天干的第十位。也用來表示順序的第十。❷（Guǐ）姓。

鬼 guǐ ❶〔名〕迷信的人認為人死後有靈魂，叫鬼：～神｜魔～｜～是不存在的。❷ 指有不良嗜好的人：酒～｜色～｜大煙～。❸ 指有某種不好行為的人：冒失～｜膽小～｜吝嗇～。❹ 指某種惡人：吸血～｜討債～。❺ 對人（多指聰明的孩子）的愛稱：機靈～｜紅小～（紅軍中的少年）。❻〔名〕不可告人的勾當：搗～｜心

裏有～。❼ 二十八宿之一，南方朱雀七宿的第二宿。參見"二十八宿"（347頁）。❽ 不光明，不正當：～～祟祟｜～頭～腦｜～混。❾〔形〕屬性詞。壞的；惡劣的（有厭惡色彩）：～點子｜～把戲｜～天氣｜～地方。❿〔形〕機靈：這小子真～｜那孩子～得很。⓫（Guǐ）〔名〕姓。

【鬼把戲】guǐbǎxì〔名〕❶ 壞主意；陰險的手段：那傢伙～多，要提防着點。❷ 暗中捉弄人的手法：深更半夜把我們叫來，你玩的是甚麼～？

【鬼才】guǐcái〔名〕❶ 某方面的奇特才能：這人有點～。❷ 某方面有奇特才能的人：棋壇～。

【鬼打牆】guǐdǎqiáng〔慣〕迷信稱夜間迷失方向，在原處轉來轉去找不到路。也比喻無形的障礙。

【鬼點子】guǐdiǎnzi〔名〕❶ 壞主意：淨出～｜很多｜一肚子～。❷ 奇妙的主意：虧得這小子～多，事情才辦成了。

【鬼斧神工】guǐfǔ-shéngōng〔成〕形容建築、雕塑等藝術技巧極其高超、精巧，不似人力所為。也說神工鬼斧。

【鬼怪】guǐguài〔名〕惡鬼和妖怪。比喻邪惡勢力：妖魔～。

【鬼鬼祟祟】guǐgui-suìsuì〔成〕形容行動詭祕，偷偷摸摸，怕被人發現：你們～躲在這裏幹甚麼？**注意** 這裏的"祟"不能誤寫作"崇"。

【鬼畫符】guǐhuàfú〔名〕❶ 比喻騙人的伎倆或虛偽的話：你別聽他胡言亂語，他講的那些話都是～。❷ 指潦草、令人難以辨認的拙劣筆跡：他這～，沒人能認得。

【鬼話】guǐhuà〔名〕謊話；不可信的話：～連篇｜滿嘴～。

【鬼魂】guǐhún〔名〕迷信的人指人死後的靈魂。

【鬼混】guǐhùn〔動〕❶ 糊裏糊塗地混日子：他不願再這麼～下去。❷ 過不正當的生活，特指男女之間的胡混：他的孩子竟然跟那些小流氓在一起了｜那對男女～了一年，最後翻臉了。

【鬼火】guǐhuǒ（～兒）〔名〕磷火的俗稱：墓地上真有～嗎？

【鬼哭狼嚎】（鬼哭狼嗥）guǐkū-lánghào〔成〕形容大聲哭叫，聲音淒厲：敵人被炸得～，一片混亂。也說狼嚎鬼哭。

【鬼臉】guǐliǎn（～兒）〔名〕❶ 嬉戲、跳舞時戴的一種假面具，多按戲曲中的臉譜製作。❷ 指故意做出來的滑稽可笑的面部表情：兒子向父親做了個～兒，背着書包跑了。

【鬼魅】guǐmèi〔名〕〈書〉鬼怪：畫～易，畫狗馬難。

【鬼門關】guǐménguān〔名〕迷信傳說中指陰陽交界的關口。比喻兇險、難於通過的地方：這裏

山勢極為險惡，從這兒翻越，就像過～。

【鬼迷心竅】guǐmíxīnqiào〔成〕比喻被迷惑而失去理智，做出糊塗、愚蠢的事；為甚麼不肯離開那個是非之地呢，真是～了！

【鬼神】guǐshén〔名〕鬼怪神靈：驚天地，泣～。

【鬼使神差】guǐshǐ-shénchāi〔成〕好像鬼神在暗中支配指使。多比喻事情的發生完全不由自主或出乎意料：他當初一聽信別人的意見，放棄公職下海經商，結果甚麼都沒做成，還賠了不少錢。也說神差鬼使。

【鬼祟】guǐsuì ❶〔形〕行為詭秘，不光明正大：行為～。❷〔名〕鬼怪。

【鬼胎】guǐtāi〔名〕指不可告人的打算、念頭：二人各懷～，貌合神離。

【鬼剃頭】guǐtìtóu〔名〕斑禿的俗稱。

【鬼頭鬼腦】guǐtóu-guǐnǎo〔成〕形容行為鬼祟，不正派：有個人東張西望，～，不知想要幹甚麼。

【鬼物】guǐwù〔名〕鬼；鬼怪。

【鬼蜮】guǐyù〔名〕鬼和蜮（傳說中在水裏能含沙射人使人發病的怪物），比喻用心險惡、暗中害人的壞人：～伎倆。

【鬼蜮伎倆】guǐyù-jìliǎng〔成〕比喻用心險惡、暗中害人的卑劣手段。

【鬼子】guǐzi〔名〕對外國侵略者的憎稱：洋～｜兵｜大刀向～們的頭上砍去。

甌（甌）guǐ〈書〉匣子，小箱子：票～｜置～之於～。

毀　guǐ同"簋"。見於銅器銘文。

晷　guǐ ❶〈書〉日影，比喻時光：寸～惟寶。❷古代觀測日影以定時刻的儀器：立～測影。

語彙　日晷　焚膏繼晷

詭（詭）guǐ ❶欺詐：～言（欺詐的言語）｜～計｜～詐｜～誕。❷〈書〉怪異：～怪｜～奇｜～異｜～譎。

語彙　奇詭　波譎雲詭

【詭辯】guǐbiàn ❶〔名〕邏輯學指故意歪曲事實，違反邏輯規律，用混淆概念、以偏概全或似是而非的推論為荒謬言行辯解的一種方法。❷〔動〕無理狡辯；強詞奪理，進行～。

【詭計】guǐjì〔名〕狡詐的計謀：陰謀～｜多端｜慣用～。

【詭計多端】guǐjì-duōduān〔成〕形容某人壞主意很多：敵軍營長～，我們差點兒上了他的當。

【詭譎】guǐjué〔形〕〈書〉❶奇異而變化多：國際風雲～多變。❷奇特；怪誕：言語～。

【詭秘】guǐmì〔形〕行為隱秘，不易捉摸：行蹤～。

【詭異】guǐyì〔形〕奇異；怪異：言辭～。

【詭詐】guǐzhà〔形〕狡詐；欺詐：他十分～｜～難測｜為人～。

簋　guǐ商周時期的青銅器。由陶簋發展而來。相當於現在的大碗，用來盛黍、稷、稻、粱等。造型特點是，一般大口，圓腹，圈足。商代多無蓋，無耳或僅有雙耳。西周春秋時期常帶蓋，有二耳、四耳。有的圈足下加方座，或附有三足。簋是貴族禮器，多呈偶數出現，如四簋五鼎，六簋七鼎，八簋九鼎。

guì 《ㄨㄟˋ

炅　Guì〔名〕姓。
另見 jiǒng（707頁）。

香　Guì〔名〕姓。

炔　Guì〔名〕姓。
另見 quē（1117頁）。

桂　guì ㊀ ❶桂花：金～｜銀～。❷肉桂樹，常綠喬木，樹皮有香味，可入藥，又可做調料：～皮｜肉～。❸月桂樹，常綠喬木，葉清香，花黃色：～冠。
㊁（Guì）❶桂江，水名。在廣西東部。❷〔名〕廣西的別稱：～劇｜湘～鐵路。❸〔名〕姓。

語彙　蟾桂　金桂　肉桂　折桂　米珠薪桂

【桂冠】guìguān〔名〕用桂樹葉編成的帽子。古代希臘人把它授予傑出的詩人或競技的優勝者。後常以桂冠為光榮稱號或指比賽的冠軍：奪得香港小姐～。

【桂花】guìhuā〔名〕木樨。

【桂皮】guìpí〔名〕❶桂皮樹，常綠喬木，樹皮可供藥用或做香料。❷桂皮樹的皮。❸肉桂樹的皮，可入藥，用來驅風、祛寒、止痛，也可做香料或製桂油。

【桂圓】guìyuán〔名〕龍眼。

硊　guì用於地名：石～（在安徽蕪湖南）。

貴（貴）guì ❶〔形〕價格高（跟"賤"相對）：昂～｜賤買～賣｜書賣得太～｜今年東西比去年～。❷珍貴；寶貴：名～｜～重｜春雨～如油｜自強不息的精神十分可～。❸〔動〕以某種情況為可貴：人～有自知之明｜兵～神速。❹ 地位顯要（跟"賤"相對）：～族｜～婦人｜母以子～。❺〈敬〉稱與對方有關的事物：～校｜～公司｜～姓｜～國。❻ 享有特殊利益和優越地位的人：權～｜新～。❼（Guì）〔名〕指貴州：雲～高原。❽（Guì）〔名〕姓。

語彙 昂貴 寶貴 富貴 高貴 華貴 嬌貴 可貴 名貴 親貴 權貴 騰貴 顯貴 新貴 珍貴 尊貴 洛陽紙貴

【貴賓】guìbīn〔名〕(位) 尊貴的客人：～席｜這幾位客人是我們邀請來的～。

【貴耳賤目】guì'ěr-jiànmù〔成〕指相信傳聞，卻不相信親眼見到的事實：～常常導致判斷錯誤。

【貴妃】guìfēi〔名〕妃嬪中地位較高但次於皇后的妃子。

【貴幹】guìgàn〔名〕〈敬〉詢問對方要做甚麼事情：來此有何～？

【貴庚】guìgēng〔名〕〈敬〉問人的年齡：請問～？**注意**"貴庚"用於詢問中青年的年齡。詢問老年人要用"高壽"不能用"貴庚"。

【貴賤】guìjiàn ❶〔名〕價格多少：既然喜歡，何論～。❷〔名〕地位高低：不分～，一視同仁。❸〔副〕(北京話) 反正；高低；無論如何：死說活說，～不去｜～不肯幫忙｜明天開會，您～都得出席。

【貴金屬】guìjīnshǔ〔名〕指地殼中儲量很少、開採和提取較困難、價格昂貴的金屬。一般具有良好的化學穩定性、延展性、耐熔性等，如金、銀和鉑等。

【貴客】guìkè〔名〕(位) 尊貴的客人：～臨門。

【貴戚】guìqī〔名〕指皇帝的親屬：～專權｜寵信～。

【貴人】guìrén〔名〕❶ 地位尊貴的人：達官～。❷ 妃嬪的稱號。

【貴人多忘事】guìrén duō wàngshì〔俗〕地位高的人容易忘事。現用來形容人健忘（含嘲諷或戲謔意）：～，您剛才說過的話，怎麼轉眼就忘了呢？

【貴人眼高】guìrén-yǎngāo〔成〕地位高的人看不起普通人。現多指人傲慢，不愛同別人打招呼或裝作不認得曾經熟悉的人（含譏諷意）：他可真是～，連老熟人都裝作不認識了。

【貴體】guìtǐ〔名〕〈敬〉稱對方的身體：～康泰｜～違和：因有失調和而致病）。

【貴姓】guìxìng〔名〕〈敬〉用於問人姓氏：～？——賤姓張（也可以說"敝姓張"或"免貴，姓張"）。

【貴恙】guìyàng〔名〕〈敬〉稱對方的病：～痊癒否？

【貴重】guìzhòng〔形〕價值高；值得珍視、重視：～物品｜送的禮品很～。

【貴胄】guìzhòu〔名〕貴族的後代；貴族子弟。

【貴子】guìzǐ〔名〕〈敬〉稱別人的兒子（多用於祝福）：喜得～。

【貴族】guìzú〔名〕❶ 奴隸社會、封建社會以及當代君主國家中享有世襲等特權的統治階級上層。❷ 比喻享有特權或在某一方面十分富有的人：工人～｜精神～。

笙 guì 古代稱一種葉細節稀、可以做篾絲的竹子。

跪 guì ❶〔動〕兩膝彎曲，使單膝或雙膝着地的動作：下～｜～拜｜～在地上起不來。❷（Guì）〔名〕姓。

【跪拜】guìbài〔動〕跪在地上磕頭：現在不行～大禮了。

古代的九拜禮

中國古代有九種跪拜禮：稽首，頓首，空首，振動，吉拜，凶拜，奇拜，褒拜，肅拜。前四種是平常交往時的拜禮，後五種是特殊情況下的拜禮。

楒（椢）guì〈書〉器物的內腔。也指箱子、筐子。

劌（剐）guì〈書〉傷；割傷：廉而不～（側邊有棱角但不至於把人割傷）。

劊（刽）guì/kuài〈書〉砍斷。

【劊子手】guìzishǒu〔名〕❶（名）舊時執行斬刑的人。❷ 比喻鎮壓、屠殺百姓的人：屠殺百姓的～｜手上沾滿人民鮮血的～。

檜（桧）guì 常綠喬木，葉鱗形或刺形。木材堅實細緻，有香氣。也叫刺柏、圓柏。

另見 huì（587 頁）。

櫃（柜）guì〔名〕❶（～兒）櫃子：衣～｜碗～｜書～｜文件～｜床頭～。❷ 櫃枱；櫃房：～上正賣貨呢｜支票存～。

"柜"另見 jǔ（717 頁）。

語彙 掌櫃 翻箱倒櫃

【櫃櫥】guìchú（～兒）〔名〕盛放餐具的小櫃子。

【櫃房】guìfáng〔名〕商店的賬房：～結賬。

【櫃上】guìshang〔名〕櫃房；也指商店。

【櫃枱】guìtái〔名〕商店的售貨台；金融機構或服務部門的業務台：站～｜專營服飾商品的～。

【櫃員】guìyuán〔名〕❶ 商業櫃枱的營業人員。❷ 金融等機構的櫃枱工作人員。

【櫃員機】guìyuánjī〔名〕(台) 實現金融交易自助服務的電子機械裝置。也叫自動櫃員機（ATM）。因大多用於取款，所以也叫自動取款機。

【櫃子】guìzi〔名〕收藏衣服、文件等的器具，一般有門，多為長方形：木～｜鐵～｜文件～。

鱖（鳜）guì〔名〕魚名，黃綠色，口大鱗細，全身有鮮明的黑斑。性兇猛，是中國的特產。俗稱花鯽魚。

鱥（鲹）guì〔名〕魚名，生活在溪流中，身體側扁，銀灰色，有黑色斑點，口大，嘴尖。

gǔn ㄍㄨㄣˇ

袞（衮）gǔn 古代帝王或上公（三公）的禮服：～服｜服～而朝。

【袞服】gǔnfú〔名〕天子或上公的禮服。

【袞袞】gǔngǔn〔形〕〈書〉眾多；連續不斷：諸公～登台省。

【袞袞諸公】gǔngǔn-zhūgōng〔成〕原指諸公相繼做了高官，後轉指佔有權位而無所作為的官僚。

滾（滚）gǔn ❶〔動〕旋轉着移動：～動｜翻～｜圓球在地上～着｜眼裏～出淚珠｜抱着敵人～下懸崖。❷〔動〕〈罵〉要人立刻走開或離去：～開｜～蛋｜給我～！❸〔動〕液體加熱沸騰翻滾：水～了｜猛火煮～。❹〔動〕泄；流淌：屁～尿流｜水向船內直～。❺〔動〕比喻使在滾動中變大：利息～雪球似的越～越多。❻同"緄"③。❼（Gǔn）〔名〕姓。

【滾蛋】gǔn // dàn〔動〕〈罵〉叫人走開或離開：快～｜叫他～。

【滾刀肉】gǔndāoròu〔名〕比喻糾纏搗亂、軟硬不吃、難於對付的人。

【滾動】gǔndòng〔動〕❶一物體不斷翻滾着在另一物體的表面移動（區別於"滑動"）：車輪～了。❷在原有基礎上不斷擴大或不斷周轉：～發展｜～投資。❸一輪接一輪連續地進行：～播出。

【滾動軸承】gǔndòng zhóuchéng 在做相對運動的兩個零件間的滾動體，使零件間發生滾動摩擦。滾動體可以是球、圓柱、圓錐或針。

【滾翻】gǔnfān〔動〕全身向前、向後或向側翻轉，是一種體操動作：前～｜後～。

【滾瓜爛熟】gǔnguā-lànshú〔成〕形容讀書或背誦極為流利純熟：過去私塾裏的學童，四書五經能背得～。

【滾瓜溜圓】gǔnguāliūyuán〔形〕狀態詞。非常圓。多用來形容牲畜肥壯。

【滾滾】gǔngǔn〔形〕❶形容急速地翻騰或轉動：不盡長江～來｜車輪～向前。❷形容連續不斷：財源～｜～的雷聲。

【滾落】gǔnluò〔動〕滾動着落下：淚珠一串串～下來。

【滾熱】gǔnrè〔形〕狀態詞。極熱（用於形容飲食、體溫等）：油燒得～｜一鍋～～的湯｜身上～，準是發燒了。

【滾燙】gǔntàng〔形〕狀態詞。非常燙。用法相當於"滾熱"，但更強調說話人的主觀感覺：～的湯｜額頭～。

【滾梯】gǔntī〔名〕自動扶梯。

【滾雪球】gǔn xuěqiú ❶一種遊戲，在雪地上聚雪成球，越滾越大。❷〔慣〕喻指越來越發展壯大：廠子的利潤～，三年翻了三番。

【滾圓】gǔnyuán〔形〕狀態詞。非常圓；極圓：眼睛瞪得～｜挺着～的大肚子｜小馬肥壯，屁股～。

【滾珠】gǔnzhū（～兒）〔名〕用鋼製成的圓珠形或長圓形的零件：給自行車換了新～兒。

緄（绲）gǔn ❶〔書〕編成的帶子：～帶。❷〔名〕繩子：麻～｜～縢。❸〔動〕鑲邊。是一種縫紉方法，即沿着衣服、布鞋邊緣縫上布條、帶子等：鞋口上用漂亮的布條～上一道邊兒。

輥（辊）gǔn〔名〕機器上能轉動的圓筒形器件：～軸。

碾（磙）gǔn ❶ 碾子，石頭製成的圓柱形碾軋器具，裝在軸架上，拖動或推動，用來軋地或修路等：石～。❷〔動〕用碾子軋：～地｜～兩遍。

鯀（鲧）Gǔn 古代人名，傳說是夏禹的父親。

gùn ㄍㄨㄣˋ

棍 gùn ㊀（～兒）〔名〕棍子：木～｜竹～兒｜鐵～｜拐～｜小～兒。
㊁指某類性質的壞人：賭～｜訟～｜惡～。

【棍棒】gùnbàng〔名〕❶棍子、棒子，都是圓形的長條器物：用～打人｜一頓～打得他半死。❷器械體操的用具：～操｜用～操練。

【棍子】gùnzi〔名〕❶（根）圓形的長條物件，用竹、木或金屬製成：木～｜鐵～｜大～。❷在政治上借以打擊人的東西：不抓辮子，不打～。❸比喻充當打擊別人的人：被別人當～使。

guō ㄍㄨㄛ

咼（呙）Guō〔名〕姓。
另見 Ge（436頁）。

崞 guō 用於地名：～縣（舊縣名，在山西）｜～陽（在山西）。

郭 guō ❶ 古代在城的外圍加築的城牆，外城：出～相迎｜三里之城，七里之～。❷（Guō）〔名〕姓。

語彙　城郭　出郭

堝（埚） guō 見"坩堝"（419頁）。

聒 guō/guā 喧叫；聲音嘈雜：鳴聲～耳。

語彙　強聒　絮聒　喧聒　噪聒

【聒耳】guō'ěr〔動〕聲音雜亂刺耳：喊叫之聲～。
【聒噪】guōzào〔動〕喧擾；吵鬧：～不止｜耳邊～。

渦（涡） Guō 渦河，水名。發源於河南，流入安徽，入淮河。
另見 wō（1423頁）。

過（过） Guō〔名〕姓。
另見 guò（499頁）。

塳 guō ❶〔動〕在墓穴四周砌磚：棺材埋葬入穴後，外面用磚～。❷〔名〕砌在墓穴四周的磚牆。

蟈（蝈） guō ❶ 見下。❷（Guō）〔名〕姓。

【蟈蟈兒】guōguor〔名〕（隻）昆蟲，翅短腹大，善於跳躍。雄的前翅有發音器，能發出清脆的"咯咯"聲。

鍋（锅） guō ❶〔名〕（口）燒水、煮飯、炒菜等用的炊事器具，圓形中凹，用鐵、鋁、鋼等製成：鐵～｜沙～｜飯～｜鋼精～。注意"鍋"的量詞"口"用時有限制，可以說"一口鍋"或"一口鐵鍋"，不能說"一口菜鍋""一口平底鍋"等。❷ 某些裝液體加熱的器具：火～｜爐～。❸（～兒）形狀像鍋的東西：煙袋～兒。❹（Guō）〔名〕姓。

語彙　開鍋　羅鍋　燒鍋　砸鍋　炸鍋　背黑鍋　等米下鍋

【鍋巴】guōbā(-ba)〔名〕（塊）燜飯時貼着鍋的一層焦飯：油炸～。
【鍋餅】guōbǐng(-bing)〔名〕（張）用較稠的麵糊在鍋中攤成的餅，一般比較厚大。
【鍋盔】guōkuī〔名〕（張）一種又硬又厚的烙餅，山東話叫壯饃。
【鍋爐】guōlú〔名〕（座）產生水蒸氣或燒熱水的裝置，由盛水的容器和燒火加熱的爐子兩部分構成：～房｜修～｜燒～的工人。
【鍋台】guōtái〔名〕土灶上放東西的平台：～上放着碗｜一輩子圍着～轉。
【鍋貼兒】guōtiēr〔名〕在鐺（chēng）上用少量油和水煎熟的一面焦的餃子。
【鍋子】guōzi〔名〕❶ 形狀像鍋的東西：煙袋～。

❷ 火鍋：涮～｜吃～。

彉（弲） guō〈書〉拉開弓弦。

guó ㄍㄨㄛˊ

國（国） guó ❶〔名〕國家：出～｜救～｜愛～｜立～之本，建～之路｜～不分大小，都應受到尊重。❷ 代表國家的，屬於本國的：～宴｜～旗｜～寶。❸ 指中國的：～學｜～劇｜～貨。❹ 周代諸侯國以及漢代以後侯王的封地。❺ 地方：南～佳人｜北～風光。❻（Guó）〔名〕姓。

語彙　愛國　報國　北國　出國　島國　敵國　帝國　公國　古國　故國　監國　建國　舊國　救國　舉國　開國　立國　列國　鄰國　賣國　盟國　南國　叛國　竊國　去國　三國　屬國　鎖國　天國　通國　外國　亡國　王國　誤國　享國　殉國　異國　澤國　戰國　治國　祖國　共和國　君子國　聯合國　閉關鎖國　傾城傾國　喪權辱國　天府之國　相忍為國

【國寶】guóbǎo〔名〕❶（件）國家的寶物，特指國家級的文物。❷（位）比喻對國家有特殊貢獻的寶貴人才：這位九十高齡的昆曲藝術大師是我們的～。
【國標】guóbiāo〔名〕❶ 國家標準的簡稱，有時也指國際標準。❷ 指國際標準交際舞。
【國別】guóbié〔名〕所屬國家的類別（即名稱）：登記表上有～、姓名、年齡等項，都要填寫清楚。
【國賓】guóbīn〔名〕（位）應本國政府邀請來訪的外國元首或政府首腦：～館｜迎接～。
【國策】guócè〔名〕（項）國家的基本方針、政策：計劃生育是我國既定的～。
【國產】guóchǎn〔形〕屬性詞。本國生產的：～影片｜～電視機｜交易會上展出的商品都是～的。
【國恥】guóchǐ〔名〕國家被侵略而蒙受的恥辱，如割地、賠款、簽訂不平等條約或協定等。
【國粹】guócuì〔名〕指國家文化中的精華（一國獨有、他國所無的事物）：京劇、中醫和國畫是中國的三大～。
【國道】guódào〔名〕（條）由國家規劃修建和管轄的幹線公路：301～｜京張～北京段。
【國都】guódū〔名〕首都。
【國度】guódù〔名〕國家（多着重指領域和歷史）：偉大的～｜他們來自不同的～。
【國法】guófǎ〔名〕國家的法紀：國有～，家有家規｜目無～｜遵守～。
【國防】guófáng〔名〕一個國家為防備外來侵略，捍衛領土、主權完整而擁有的一切安全保障設施。如國家武裝力量和邊防、海防、空防等。

【國防綠】guófánglǜ ❶〔形〕像軍服那樣的綠色。❷〔名〕借指這種顏色的軍服：身穿～。

【國防生】guófángshēng〔名〕(名)中國根據部隊建設需要，由軍隊依託地方普通高校從參加全國高校統一招生考試的應屆高中畢業生（含符合條件的保送生）中招收的或在大學生中選拔培養的後備軍官。國防生在校期間享受國防獎學金，完成規定的學業和軍事訓練任務，達到培養目標，並取得畢業資格和相應學位後，按協議辦理入伍手續並被任命為軍隊幹部。

【國父】guófù〔名〕在創建國家的偉大事業中功勞最高的領袖，如孫中山；再比如美國第一任總統喬治·華盛頓即被尊稱為美國國父。

【國歌】guógē〔名〕國家正式規定的代表本國的歌曲。《義勇軍進行曲》（田漢作詞、聶耳作曲）是中華人民共和國國歌。

國歌一瞥

荷蘭國歌《威廉·凡·拿騷進行曲》，始於1568年，是世界上最早出現的國歌；英國國歌《上帝保佑女王》，其歌詞出於《聖經》；法國國歌本於《萊茵河軍團戰歌》，1792年取名《馬賽曲》，1795年定為國歌；美國國歌《星條旗永不落》，採用了《安納克利翁在天宮》一曲的旋律；中國國歌《義勇軍進行曲》，原是聶耳為影片《風雲兒女》所譜的主題歌，1982年12月4日第五屆全國人大第五次會議正式決議，以該歌為國歌。

【國格】guógé〔名〕指國家的體面和尊嚴，用於涉外活動：不做有損～的事｜在對外交往中，不能喪失～、人格。

【國故】guógù ㊀〔名〕指中國固有的學術文化，如語言文字、文學、歷史、哲學等：整理～｜研究～。㊁〔書〕〔名〕國家的事故、變故。

【國號】guóhào〔名〕國家的稱號，中國歷代王朝更易都改定國號，如漢、唐、宋、元、明、清等。

【國花】guóhuā〔名〕國家把本國人民喜愛的花作為國家的象徵，這種花叫國花，如中國的牡丹、日本的櫻花、英國的薔薇、法國的百合等。

【國畫】guóhuà〔名〕(張，幅)中國傳統的繪畫（區別於"西洋畫"）：～大師。也叫中國畫。

國畫的特色

國畫以綫條為主，有明暗而無陰影；國畫在"寫實"的基礎上強調"傳神"，不僅形似，而且更要神似；國畫講究"意境"，講在畫上題詩題字，詩書畫互補，使意境更為深遠，並且加蓋印章，以加強藝術效果。國畫使用特製的工具、材料，如筆、墨、硯、紙、絹等。

【國徽】guóhuī〔名〕由國家正式規定的代表本國的標誌。中華人民共和國的國徽，中間是五星照耀下的天安門，周圍是穀穗和齒輪。

【國會】guóhuì〔名〕議會：～議員｜由～審議通過。

【國魂】guóhún〔名〕國家的靈魂，即一個國家特有的值得發揚的高尚精神。

【國貨】guóhuò〔名〕指本國自己生產的物品：提倡～｜與洋貨競爭。

【國籍】guójí〔名〕❶ 指一個人所具有的屬於某個國家的法定公民身份：具有中國～｜他加入美國～了。❷ 指航空器、船隻等隸屬於某個國家的關係：發現一架～不明的飛機｜一艘巴拿馬～的油輪駛入港口。

【國計民生】guójì-mínshēng〔成〕國家經濟和人民生活：搞好農業生產是關係～的大事。

【國際】guójì ❶〔形〕屬性詞。國與國之間，世界各國之間：～公約｜～關係｜～交往。❷〔形〕屬性詞。與世界各國有關的；世界各國通用的：～公制｜～象棋｜～音標。❸〔名〕指世界或世界各國：與～接軌。

【國際單位制】guójì dānwèizhì 1960年國際計量大會通過的計量制度。由米（長度）、千克（質量）、安培（電流強度）、秒（時間）、開爾文（熱力學溫度）、摩爾（物質的量）、坎德拉（發光強度）七個基本單位及其導出單位構成。

【國際法】guójìfǎ〔名〕指適用於主權國家之間以及其他具有國際人格的實體之間的法律規則的總稱。《國際法院規約》第38條將國際法的造法方式歸結為三，即條約、國際習慣法和為各文明國承認的一般法律原則。現代國際法的基本原則是：相互尊重主權和領土完整、互不侵犯、互不干涉內政、平等互利和和平共處。

【國際歌】Guójìgē〔名〕國際無產階級的革命歌曲，法國歐仁·鮑狄埃（Eugène Pottier, 1816–1888）在1871年作詞，後由皮埃爾·狄蓋特（Pierre Degeyter, 1848–1932）在1888年譜曲，至今流傳一百多年。

【國際慣例】guójì guànlì 國際習慣和國際通例的總稱。即指世界通行的做法，在效力上是任意性和准強制性的結合，是在國際交往中逐漸形成的不成文的行為規則。可以分為國際外交慣例和國際商業（貿易）慣例。在對外開放中按國際慣例辦事，主要指的是國際商業（貿易）慣例。它具有五個特點：一是通用性，即在國際上大多數國家地區通用；二是穩定性，不受政策調整和經濟波動的影響；三是效益性，被國際交往活動驗證是成功的；四是重複性，具有重複多次的運行作用；五是准強制性，雖不是法律，但受到各國法律的保護，具有一定的法律約束力。

【國際化】guójìhuà〔動〕使具有國際性質或能與國際接軌：～大都市｜力求各項標準逐漸達到～。

【國際日期變更綫】guójì rìqī biàngēngxiàn 日界綫

的舊稱。

【國際象棋】guójì xiàngqí 棋類運動之一。棋盤正方形，縱橫 8 格，共有 64 個黑白相間的方格。黑白雙方各有一王、一后、雙車、雙馬、雙象和八兵。比賽時以把對方的王將死為勝。

【國際音標】guójì yīnbiāo 國際語音協會制定的標音符號，可以用來標記各種語言的語音。以拉丁字母的小楷形式為基礎，補充各種附加符號或增訂字母。漢語普通話的兩個舌尖元音 [ɿ] 和 [ʅ]，就是後來增訂的。主要特點是一個符號只表示一個音素，一個音素只用一個符號表示。1888 年發表初稿，以後經過不斷的修改補充，至今一百多年，已逐漸完備。是各種音標中通行範圍較廣的一種。

【國家】guójiā〔名〕❶ 統治階級實施統治的工具，同時具有社會管理的職能。由軍隊、警察、法庭、監獄等組成。❷ 指國家政權領有的整個區域：中國是一個地大物博、人口眾多的～。❸ 指公家：～的錢絕不能浪費。

【國家大劇院】Guójiā Dàjùyuàn 中國目前規模最大、配套設施最齊全的劇院。位於北京西長安街以南，人民大會堂西側，佔地面積 11.89 萬平方米，主體建築的地面部分為 46 米高的半橢圓殼體造型，四周環繞人工湖。由法國建築師保羅·安德魯設計，工程歷時 8 年，2007 年竣工。

【國家隊】guójiāduì〔名〕❶ 由國家組建的體育運動隊伍：中國男籃～｜他 7 歲開始打球，後進入省隊，15 歲入選～。❷ 借指在某一領域代表國家水平的機構或組織：中國社會科學院是哲學社會科學研究的～。

【國家機關】guójiā jīguān ❶ 行使國家權力、管理國家事務的機關。包括國家的權力機關、行政機關、審判機關、檢察機關以及軍隊、警察等。❷ 特指中央一級的機關。

【國家賠償】guójiā péicháng 由國家對於行使公權利的侵權行為造成的損害後果承擔賠償責任的制度。也指國家作為賠償主體所進行的侵權損害賠償活動。中國的《國家賠償法》規定了行政賠償和刑事賠償兩種國家賠償。

【國家元首】guójiā yuánshǒu 指國家的最高領導人。不同類型國家的國家元首名稱不同，如皇帝、國王、總統、主席等，其職權也不完全相同。

【國腳】guójiǎo〔名〕(位，名) 稱球藝高超的國家足球隊運動員：～大顯威風，五比零勝了客隊。

【國教】guójiào〔名〕一些國家明文規定的本國所信仰的宗教：佛教是一些國家的～。

【國界】guójiè〔名〕國家之間的領土分界線，國家的疆界：劃分～｜解決～爭端。

【國境】guójìng〔名〕❶ 一個國家行使主權的領土範圍。❷ 國界；邊境：～綫｜偷越～。

【國劇】guójù〔名〕一個國家傳統的戲劇。在中國指京劇。

【國君】guójūn〔名〕(位) 一國的君主，君主國家的最高統治者。

【國庫】guókù〔名〕國家金庫的通稱。

【國庫券】guókùquàn〔名〕由國家銀行發行的一種債券，定期還本付息。可以作為國內支付手段，也可以在政府指定的場所進行買賣，但不能直接用來購買商品。

【國力】guólì〔名〕國家所具有的各個方面的實力：綜合～｜增強～。

【國門】guómén〔名〕❶ 國都的城門：啟閉～｜不入～。❷ 國家的大門，指邊境：走出～｜海外華僑初抵～，就會覺得好像回到了母親的懷抱。

【國民】guómín〔名〕具有某國國籍的人即為該國國民。

【國民待遇】guómín dàiyù 指一個國家給予外國公民、企業和商船以本國公民、企業和商船所享有的同等待遇。對外國投資者來說，就是同國內其他企業在稅收、銷售、運輸、購買、分配、經營等方面一視同仁。

【國民經濟】guómín jīngjì 指一個國家生產、流通、分配和消費的總體，包括工業、農業、建築、運輸、郵電、商業、信貸、文教、科研、醫藥衛生等行業和部門：～總產值｜～實力｜增加～收入。

【國民生產總值】guómín shēngchǎn zǒngzhí 國民經濟核算體系中的一個指標，指一個國家在一定時期內生產的產品和純收入的總和。計算國民經濟生產成果時，不論本國居民住在哪裏，其經濟活動的全部成果都包括在內。

【國民收入】guómín shōurù 一個國家國民經濟各個生產部門，在一定時期（例如一年）內新創造的全部產品或價值中扣除已消耗掉的生產資料或其價值的剩餘部分，就是國民收入。

【國民住宅】guómín zhùzhái〔名〕台灣地區用詞。簡稱"國宅"。由政府出資興建，供低收入家庭租住：建築商要保證～的品質。

【國母】guómǔ〔名〕❶ 帝王的母親。❷ 在創建國家的偉大事業中，功勳最高的女性領袖。

【國難】guónàn〔名〕國家的危難，特指由外國侵略造成的災難：～當頭，我們要團結一心，共同抗敵。

【國內生產總值】guónèi shēngchǎn zǒngzhí 綜合反映一國或地區生產水平的最基本的總量指標。不論經濟活動參與者是否本國居民，只要是在本國領土上的經濟活動成果都包含在內。本國居民在外國居住，其經濟成果不計入本國產品總量。

【國破家亡】guópò-jiāwáng〔成〕國家破敗，家庭毀滅。形容戰亂或亡國的慘景。

【國戚】guóqī〔名〕皇帝的親戚，多指后妃的家屬：皇親～。

【國旗】guóqí〔名〕(面)代表一個國家的旗幟。憲法規定中華人民共和國國旗是五星紅旗。

【國企】guóqǐ〔名〕(家)國有企業：～改革。

【國企股】guóqǐgǔ〔名〕港澳地區用詞。股票市場用語。"中國企業股"的簡稱，又稱"H股"。中國內地國有企業在香港股票市場掛牌上市的股份：1993年7月15日第一家～在香港上市。

【國情】guóqíng〔名〕指一個國家的文化歷史傳統、自然地理環境、社會經濟發展狀況以及國際關係等各方面的總和，也指某一國家某個時期的基本情況。一個國家國情的綜合表現基本反映了這個國家的社會發展階段。

【國慶】guóqìng〔名〕開國紀念日。中國國慶是10月1日，是中華人民共和國成立的紀念日。也叫國慶日、國慶節。

【國人】guórén〔名〕本國的人；全國的人。

【國色】guósè〔名〕〈書〉❶一國之內容貌最美麗的女子：天姿～。❷指牡丹花：～天香。

【國色天香】guósè-tiānxiāng〔成〕本指牡丹花開，色香俱佳。後用來形容女子容貌美麗，姿色超群：金杯瀲灩曉妝寒，～勝牡丹。

【國殤】guóshāng〔名〕〈書〉指在保衛國家的戰爭中犧牲的人。

【國史】guóshǐ〔名〕❶一國或一個朝代的歷史：～館｜博採舊聞，綴述～。❷古代的史官。

【國士】guóshì〔名〕〈書〉舉國推重景仰的傑出之士：～無雙｜～之風｜以～待之。

【國事】guóshì〔名〕國家的大事：關心～｜進行～訪問。

【國事訪問】guóshì fǎngwèn 指國家元首或政府首腦應邀對另一國家的正式訪問。

【國是】guóshì〔名〕〈書〉國家的根本大計；大政方針：共商～。

> 辨析 國是、國事 兩個詞有共同點，都是有關國家的事務。但"國事"所指多為具體的事務，如"國事訪問""關心國事"，其中的"國事"不能換用"國是"；"國是"指國家大政方針，根本大計，如"共商國是"。"國事"帶口語色彩；"國是"多莊重意味。

【國勢】guóshì〔名〕國家的形勢；國家在各方面顯示出的力量：～強大｜～昌盛｜～日衰。

【國手】guóshǒu〔名〕❶(位)稱技藝高超的醫生：王大夫醫術高明，堪稱～。❷(位，名)國家級選手，指能代表一個國家運動水平的優秀運動員：體操～｜這次比賽，勁旅爭雄，～雲集。

【國書】guóshū〔名〕(份)一國派遣或召回大使時，國家元首寫給駐在國元首的文書。按照國際慣例，大使或公使只有在向駐在國遞交國書後，才具有國際法所賦予的地位。召回國書一般在新任大使或公使遞交派遣國書時一併遞交。

【國術】guóshù〔名〕指中國的傳統武術：～表演｜～比賽。

【國稅】guóshuì〔名〕❶國家的稅收。❷國家稅，由中央財政支配和使用的稅(區別於"地稅")。

【國泰民安】guótài-mín'ān〔成〕國家太平，人民安樂。形容社會安定的太平時代：戰亂之後，人民企盼～時代的到來｜～享太平。

【國帑】guótǎng〔名〕〈書〉國家的公款：～充裕｜～不可靡費。

【國體】guótǐ〔名〕❶國家的體面：有傷～。❷一個國家的政治體制，是由社會各階級在國家中的地位決定的，表明國家的根本性質。中國的國體是工人階級領導的、以工農聯盟為基礎的人民民主專政的社會主義國家。

【國統區】guótǒngqū〔名〕指抗日戰爭、解放戰爭時期國民黨政權統治的地區。

【國土】guótǔ〔名〕國家的領土：保衛～｜～淪喪。

【國王】guówáng〔名〕❶古代君主國家的最高統治者。❷現代君主制國家的元首。

【國威】guówēi〔名〕國家的威力：大顯～。

【國文】guówén〔名〕❶本國的語言文字，舊指漢語言文字，中文：從前的大學有～系。❷舊指中小學等的語文課：過去中學學習～、數學和外語。

【國務】guówù〔名〕國家的事務：～活動家｜～會議｜～委員。

【國務卿】guówùqīng〔名〕❶民國初年所設官職，是協助大總統處理國務的人。袁世凱當總統的時候，設有國務卿的職位。❷美國國務院領導人，主管外交的首長。

【國務院】guówùyuàn〔名〕❶中國最高國家行政機關，由總理、副總理、國務委員、各部部長、各委員會主任等人員組成。❷民國初年的內閣，以國務總理為首。❸美國聯邦政府中主管外交的部門，由國務卿、副國務卿、助理國務卿等組成。

【國學】guóxué〔名〕研究中國傳統哲學、歷史、考古、文學、語言文字等方面的學問：研究～｜～大師｜～季刊。注意 這裏僅指中國人自己對這些學問的研究；若是外國人對這些學問的研究，則稱為"漢學"或"國際漢學"。

【國宴】guóyàn〔名〕國家元首或政府首腦為招待國賓或慶祝節日而舉行的隆重宴會。

【國藥】guóyào〔名〕指中藥：國醫～。

【國醫】guóyī〔名〕指中醫：～聖手。

【國音】guóyīn〔名〕舊指國家審定的漢語標準音：～字典｜～統一會。

【國營】guóyíng〔形〕屬性詞。國家投資直接經營的：～企業。

【國優】guóyōu〔形〕屬性詞。國家級優質的：該廠產品獲得了～、部優、省優稱號。

【國有】guóyǒu〔動〕國家所有：～經濟｜～企業｜～資產｜土地～｜收歸～。

【國有化】guóyǒuhuà〔動〕使歸國家所有：土地～。

【國語】guóyǔ〔名〕❶漢語普通話的舊稱：學～｜推廣～｜～運動。❷舊指中小學等的語文課。

【國樂】guóyuè〔名〕指中國傳統的民族音樂：～演奏。

【國運】guóyùn〔名〕國家的命運：～昌隆。

【國葬】guózàng〔名〕以國家名義為有特殊功勳的人舉行的葬禮：舉行～。

【國賊】guózéi〔名〕危害國家或出賣國家主權的壞人：共討～。

【國債】guózhài〔名〕國家所欠的內外債務，多採取借款或發行債券等方式：憑證式～｜記賬式～｜發行～｜控制～規模。

【國子監】guózǐjiàn〔名〕中國封建時代最高的教育管理機關，也兼指最高學府。

摑（摑）guó "摑"guāi 的又讀。

幗（幗）guó ❶古代婦女覆蓋在頭髮上的飾物：巾～。❷(Guó)〔名〕姓。

漍（漍）guó 用於地名：北～(在江蘇江陰東南)。

虢 Guó ❶周朝國名。有西虢和東虢。西虢在今陝西寶雞，後遷至河南陝縣。東虢在今河南鄭州西北。❷〔名〕姓。

膕（膕）guó〔名〕腿中間與膝蓋相對的部分：～窩(腿彎曲時，膕部形成的窩)。

聝 guó ❶古代戰爭中割取的敵人的左耳，用以計數報功：獻俘授～。❷割左耳：～百人。

漍 guó〔擬聲〕〈書〉形容水流聲：古驛灘聲～～流。

guǒ ㄍㄨㄛˇ

果〈㊀❶菓〉guǒ ㊀❶(～兒)〔名〕果實：水～兒｜～品｜～園｜鮮～｜樹上掛～了。❷結果；事情的結局(跟"因"相對)：成～｜戰～｜惡～｜前因後～｜自食其～。❸〈書〉實現；成為事實：欲出遊，天雨未～。❹飽；充實：食不～腹。❺(Guǒ)〔名〕姓。

㊁堅決：～敢｜～斷。

㊂〔副〕果然：～真｜～為所害｜事情的發展～如他所預料。

語彙 成果　惡果　掛果　後果　結果　苦果　如果　碩果　糖果　鮮果　效果　因果　戰果　正果　自食其果

【果報】guǒbào〔名〕因果報應。佛教用

認為，人們今生種了甚麼因，來世就結甚麼果，即所謂善有善報，惡有惡報。

【果不其然】guǒbuqírán 果然(強調結果不出所料)：公安人員估計，犯罪分子並未逃遠，～在郊區捉到了。也說果不然。

【果茶】guǒchá〔名〕一種含有果肉的果汁飲料。

【果斷】guǒduàn〔形〕果敢決斷，毫不猶豫：～地處理問題｜他做事很～。

【果脯】guǒfǔ〔名〕將桃、杏、梨、棗等水果用糖或蜜浸漬而成的食品，是北京地區的特產。

【果腹】guǒfù〔動〕〈書〉吃飽肚子：昔日食不～，今天溫飽有餘。

【果敢】guǒgǎn〔形〕果斷而敢於作為：英勇～｜性格～｜這名戰士作戰十分～。

【果醬】guǒjiàng〔名〕用水果(如蘋果、桃、梨、山楂、草莓等)加糖、果膠等製成的濃糊狀食品：～包｜～麵包。也叫子醬。

【果酒】guǒjiǔ〔名〕用鮮水果發酵製成的酒：不喝白酒，喝點～吧。也叫子酒。

【果料】guǒliào(～兒)〔名〕點心的佐味輔料，如青絲、紅絲、松仁、桃仁、杏仁、瓜子仁、葡萄乾等，多加在點心上面或裏面：～麵包。

【果木】guǒmù〔名〕(株、棵)果樹：～園｜北京郊區種的～很多。注意"果木"即果樹，但"果木"後還可加"樹"說成"果木樹"。

【果農】guǒnóng〔名〕(位)以種植果樹、從事果品生產為主業的農民。

【果盤】guǒpán(～兒)〔名〕盛水果用的盤子；盛滿水果的盤子：飯後服務員又送上了一個～兒。

【果品】guǒpǐn〔名〕水果和乾果的總稱：～店｜乾鮮～｜～公司｜～保鮮技術。

【果然】guǒrán ❶〔副〕表示事情的結果和所料相符：更新了設備，產量～大增｜事情～不出所料。❷〔連〕假設事實和所料相符，用於假設分句。相當於"果真""如果"：你～願意參加，我們非常歡迎。

【果仁】guǒrén(～兒)〔名〕果核中的仁兒，去殼可食：～兒茶｜～蛋糕。

【果肉】guǒròu〔名〕水果外皮和內核之間可以食用的部分。

【果實】guǒshí〔名〕❶植物體的一部分，花受精後，子房逐漸長大而成為果實。外有果皮，內有種子。❷比喻勝利成果或收穫：勝利的～｜豐碩的勞動～。

外果皮
中果皮
種子
內果皮
果柄

果實的構造

【果蔬】guǒshū〔名〕水果和蔬菜的統稱：～飲料。

【果樹】guǒshù〔名〕(棵，株)結出食用果實的樹木，如桃樹、杏樹、梨樹、蘋果樹、核桃樹等：山坡上種了很多～。

【果糖】guǒtáng〔名〕糖的一種，甜度最高，果汁和蜂蜜中含量多。可供食用和藥用。

【果園】guǒyuán〔名〕種植果木的園子：～裏的果樹遭了蟲災｜～承包給個人了。也叫果木園。

【果真】guǒzhēn ❶〔副〕果然：我猜得不錯吧，～是他！❷〔連〕表示假設。如果真的，常和"就"配合使用：～你想幹，咱們就合作。

【果汁】guǒzhī(～兒)〔名〕鮮果的汁水。也指用鮮果的汁水製成的飲料：喝一杯～兒，再吃麵包。

【果子】guǒzi ❶〔名〕可吃的果實：今年果樹結的～真多！❷同"餜子"。

【果子醬】guǒzijiàng〔名〕果醬。

【果子狸】guǒzilí〔名〕(隻)哺乳動物，生活在山林中，比家貓稍長，四肢略短，體背灰棕色，鼻端和眼上下各有一條白紋。善攀緣。也叫花面狸。

【果子露】guǒzilù〔名〕用果汁、蒸餾水等製成的飲料。

槨（椁）guǒ 古人葬制，槨是套在棺材外面的大棺：棺｜石～。注意"棺槨"在現代漢語中已是一個複合詞，指棺材，並無"棺""槨"之別，古代則可說"有棺無槨"。

蜾　guǒ 見下。

【蜾蠃】guǒluǒ〔名〕(隻)寄生蜂的一種。能捕食螟蛉，用來防治農業害蟲。

裹　guǒ ❶〔動〕包紮；纏繞：包～｜～不住｜用紗布～傷口｜大衣把身子～得緊緊的。❷〔動〕夾帶；裹挾：土匪從村裏～走了好幾個人。❸(Guǒ)〔名〕姓。

語彙　包裹　澆裹　裝裹

【裹腳】guǒ//jiǎo〔動〕舊社會摧殘婦女的一種陋習。即使女孩子的腳用長布條緊緊地纏住，使腳變小、變尖，造成畸形。

【裹腳】guǒjiao〔名〕(副)舊時婦女裹腳用的長布條：懶婆娘的～又臭又長(有比喻義)。也叫裹腳布。

【裹腿】guǒ//tuǐ〔動〕褲子太瘦或腿上有汗水，褲子纏在腿上，行走不便：褲管又肥瘦不合適，一走路就裹住腿。

【裹腿】guǒtui〔名〕(副)纏在褲子外邊小腿部分的布條，從前軍人行軍時常用：一副～｜綁上～。

【裹挾】guǒxié〔動〕❶(大風、大水等)捲着別的東西一起移動：狂風～着樹葉、紙片、塑料袋等漫天飛舞。❷人被形勢或潮流捲進去，並被迫採取某種態度或行動：一股無形的力量～着

人們，把人推向新的時尚。

【裹脅】guǒxié〔動〕用脅迫手段逼人跟從做壞事：屢遭～，始終不屈。

【裹足不前】guǒzú-bùqián〔成〕腳被纏住，不能前進。比喻由於害怕或有顧慮而停止不前：我們不能遇上困難就～。

粿　guǒ〔名〕一種用米粉、麵粉、薯粉等加工製成的食品。

餜（餜）guǒ 餜子。

【餜子】guǒzi〔名〕一種油炸的麵食，如油條、焦圈兒等。北方常作為早點。也作果子。

guò ㄍㄨㄛˋ

過（过）guò ㊀ ❶〔動〕渡過；經過(處所)：～河｜～橋｜～草地｜大街上正～着隊伍呢。❷〔動〕經歷；經過(時間)：～節｜～年｜～冬｜～日子｜～了半輩子窮日子。❸〔動〕從甲方轉移到乙方：～賬｜房子已經～了戶。❹〔動〕使經過；做某種處理：～羅｜～秤｜～油｜～～篩子。❺〔動〕用眼看或用腦子回憶：～目｜他把今天學的數學公式在腦子裏～了一遍。❻〔動〕超過(某種範圍或限度)：～期作廢｜年～半百。❼〔動〕去世。❽〔量〕用於動作的次數：麵粉已經篩了兩～。❾〔副〕太；表示程度過分：～大｜～小｜～長｜～累｜～熱。❿〔副〕非常：～細｜～硬。⓫〔名〕錯誤；過失：功～｜記～｜改～自新。

㊁〔動〕趨向動詞。❶用在動詞後，表示經過或從一處到另一處：千軍萬馬從大橋上走～｜他遞～一本詞典給我。❷用在動詞後，表示物體隨動作改變方向：車掉～頭來開走了｜他轉～臉對着大夥兒。❸用在動詞後，表示超過一定界限：明天要早起，別睡～了｜錢不能花～了。❹用在動詞後，表示勝過，可以加"得、不"：蘿蔔賽～鴨梨｜論喝酒，我可喝不～他｜誰能說得～他呢。❺用在動詞後，表示超過合適的處所：坐～了站，只好往回走｜也不看看，已經走～百貨大樓了。❻用在形容詞後，表示超過：弟弟長得很快，已經高～哥哥的肩膀了｜技術革新的競賽，一浪高～一浪｜新一代電子計算機比起以前的，不知要強～多少倍。注意 趨向動詞"過"在動詞、形容詞後做補語，讀輕聲。在動詞、形容詞和"過"之間插入"得""不"，則"得""不"讀輕聲，"過"不讀輕聲。如"說不過(buguò)他""強得過(deguò)他們"。

㊂〔助〕時態助詞。❶用在動詞後，表示動作完畢。1)用於已完成的動作：我吃～飯了｜他洗～澡了。2)用於將進行的動作：吃～飯再聊天｜玩～球就去洗澡了｜等讀～文件大家再發表意見。❷用在動詞後，表示事情曾經發生：這幅山

水畫我收藏～｜我去～他那兒好幾次｜這種事我也聽說～。**注意** 動作性不強的一些動詞，很少帶"過"，如不能說"他知道過這件事"，也不能說"我以為過應當如此"。❸ 用在形容詞後，表示把情況同現在相比：我們小時候苦～｜前幾天牙疼～一陣子，現在治好了｜我從來沒看見他這麼高興～。**注意**"過"做助詞時一般讀輕聲。

另見 Guō（494頁）。

語彙 補過 不過 超過 錯過 掉過 對過 放過 改過 功過 好過 悔過 記過 經過 路過 難過 受過 思過 通過 諉過 越過 罪過 不貳過 得過且過

【過半】guòbàn〔動〕超過全數或全部的一半：出席人數～，投票有效（正式的說法是"過半數"）｜時間～，任務～。

【過磅】guò//bàng〔動〕用磅秤稱量：～一稱，200公斤｜過一過磅吧｜過完了磅快搬走。

【過不去】guòbuqù〔動〕❶ 不能通過：前邊修路，～｜前面有條河，沒船～。❷ 作難；為難：為甚麼要跟人～呀｜別跟自己～。❸ 心不安；抱歉：事情已經發生很久了，他心裏還一直感到～。

【過場】guòchǎng ❶〔動〕戲曲舞台的調度手法。一個或幾個角色從舞台一端出場，行走至另一端進場，表示人物在行路中。一般無唱無白，但有的戲中，突破程式，也會在過場中加唱：走～。❷〔名〕戲劇中用來貫穿前後情節的過渡場次，有簡短表演：～戲。

【過程】guòchéng〔名〕事物發展或事情進行所經歷的步驟程序：發展～｜～複雜｜認識事物往往有一個～。

【過秤】guò//chèng〔動〕用秤稱量：拿來～｜過過秤｜過完秤算算總數。

【過從】guòcóng〔動〕〈書〉來往；交往：朝夕～｜～甚密。

【過錯】guòcuò〔名〕❶ 過失；錯誤：改正～｜強不知以為知，不能不說是一種～。❷ 法律上指因故意或過失損害他人的犯法行為。

【過當】guòdàng〔動〕（言行、數量等）超過了適當的程度：～防衛｜言行～｜批評～｜用量～。

【過道】guòdào（～兒）〔名〕（條）房子之間或大門與房子之間的人行通路，也特指舊式宅院大門所在的屋子：～很窄｜～上淨是泥｜他在大門～等了許久。

【過得去】guòdeqù〔動〕❶ 能夠過去；能通過：人～，車子過不去。❷ 不太困難；還可以：生活還～｜～就行了，不必要求太高。❸ 不算失禮；說得過去：客人是我的老同學，接待～就行了。❹ 心安；過意得去（多用於反問）：知恩不報，我心裏哪能～？

【過度】guòdù〔形〕超過一定的限度：～勞累｜～

緊張｜傷心～｜飲酒不可～。

【過渡】guòdù〔動〕❶ 乘船渡河。❷ 事物由一個階段或狀態逐漸發展轉入另一個階段或狀態：～政府｜～時期｜逐漸～｜～到一個新的發展階段。

【過訪】guòfǎng〔動〕〈書〉訪問；拜望：～師友。

【過分】（過份）guòfèn〔形〕說話或做事超過一定的限度或分寸：說話～誇張｜做事～小心｜他這麼不客氣，實在太～了。

【過關】guò//guān〔動〕❶ 通過關口：～斬將。❷ 比喻通過檢查，被認為符合某種要求或達到了一定的標準：產品質量過不了關，廠領導十分焦急｜外語考試～了。

【過關斬將】guòguān-zhǎnjiàng〔成〕即"過五關斬六將"的縮略，出自《三國演義》二十七回敘述關羽逃離曹營過關斬將的故事。現多用來比喻前進中闖過重重難關，克服艱難險阻。

【過河拆橋】guòhé-chāiqiáo〔成〕比喻依靠別人的幫助達到目的之後，就把幫助過自己的人一腳踢開：事情一辦成就～，這種忘恩負義的人，千萬要提防。

【過河卒子——有進無退】guò hé zúzi——yǒu jìn wú tuì〔歇〕中國象棋規則規定，卒子過河後可以前行橫走，不能後退。借指事情只能堅持做下去，沒有退路。

【過後】guòhòu〔名〕❶ 事情完了之後；後來：當時並未發覺，～才感到這樣做不妥當。❷ 往後：現在先這麼辦，有問題～再說。

【過戶】guò//hù〔動〕財產所有權轉移時，按照法定手續更換物主姓名：自行車～需交一定的手續費｜老人的遺產贈給朋友，已經過了戶。

【過活】guòhuó〔動〕生活；過日子：他們全家靠父親一個人打工～｜沒有經濟來源，一家人怎麼～？

【過火】guò//huǒ（～兒）〔形〕超過了適當的分寸：～行為｜開玩笑開得太～了｜說話過了火就會傷人。

【過激】guòjī〔形〕過於激烈或激進：～的言論｜思想～｜行為～。

【過季】guò//jì〔動〕（商品等）過了適用的時節：～服裝。

【過繼】guòjì〔動〕把自己的兒子給兄弟或親戚做兒子；沒有兒子的人讓兄弟或親戚的兒子做自己的兒子：他的兒子是～來的｜老大不願把兒子～給別人。

【過家家】guòjiājiā〔名〕小孩子扮演各種家庭角色、模仿大人過日子的遊戲：四五歲的孩子都喜歡玩～，在遊戲裏邊充當某一角色。

【過獎】guòjiǎng〔動〕〈謙〉對方過分地表揚或誇讚，含有自己不敢承受的意思：您～了，實在不敢當。

【過街老鼠】guòjiē-lǎoshǔ〔成〕比喻眾人痛恨的

人：～，人人喊打。

【過街樓】guòjiēlóu〔名〕(座)跨越街道、連接對面兩處的樓，樓下可通行。

【過街天橋】guòjiē tiānqiáo (座)為行人橫過馬路而凌空架設的橋。

【過節】guò // jié〔動〕度過節日，指在節日時舉行慶祝活動等：大家好好～｜我們要過一個快樂、團圓的節。

【過節兒】guòjiér (-jier)〔名〕(北京話)❶待人接物的規矩、禮節：生怕錯了～。❷細節：他不大注意那些小～。❸嫌隙：二人不合，早有～。

【過境】guò // jìng〔動〕❶穿越國境綫：火車～後，進入鄰國｜加緊追捕，不要讓罪犯過了境。❷要到甲國去需經乙國，通過乙國就叫過境：～簽證。❸通過地區管界。

【過客】guòkè〔名〕(位)過往的客人；旅客：一個來去匆匆的～｜光陰者，百代之～｜這家飯店接待了不少去南方旅遊的～。

【過來】guò // lái (-lai)〔動〕❶人或物向說話人所在位置運動：你～｜車子～了，閃開點。❷表示通過了某個時期或某種考驗(後面必帶"了")：大風大浪都～了，還怕這點兒小風波？

【過來】// guò // lái (guolai)〔動〕趨向動詞。❶用在動詞後，表示人或物隨動作到說話人處：走～｜游～｜端～一杯水。❷用在動詞後，表示人或物隨動作改變方向，面向自己：請把臉轉～｜把頭扭～｜把身子側～｜把餅翻～。❸用在動詞後，表示回到原來的、正常的狀態：醒～了｜恢復～了｜救～了｜覺悟～了。❹用在帶"得"或"不"的動詞後，表示能夠或不能夠充分周到地完成：幹得～｜看得～｜忙不～｜照顧不～。

【過來人】guòlái (-lai) rén〔名〕對某些事情有過親身經歷或體驗的人：咱們都是～，這種事兒還能不明白？

【過勞死】guòláosǐ〔動〕因工作時間過長、身體過度勞累或精神、心理壓力過重而引起突然死亡。

【過量】guò // liàng〔動〕超過了適當的限度：飲酒～不好｜已經過了量，不能再喝了｜飯量不大，再吃就～了。

【過淋】guòlìn〔動〕過濾：醋裏頭長了白醭兒，用紗布～一下。

【過路】guòlù〔動〕路途中經過某個地段：前方施工，～的車輛只能繞道走了。

【過路財神】guòlù-cáishén〔成〕比喻雖然經手大量錢財卻沒有權利使用的人：我這出納員不過是個～，錢經手不少，可都不是我的。

【過錄】guòlù〔動〕把一個地方的文字或音像抄寫或轉錄到另一個地方：作者修改的地方要～到校樣上。

【過慮】guòlǜ〔動〕過分地憂慮：事情容易辦，不必～｜您太～了，他不會有甚麼事的。

【過濾】guòlǜ〔動〕使液體或氣體通過濾紙、濾布、金屬網、泡沫塑料等，把所含固體顆粒或有害成分分離出去：中藥煎好要～一下再服用｜帶嘴兒的香煙對有害物質真能～嗎？

【過濾嘴兒】guòlǜzuǐr〔名〕指香煙尾部有過濾棉的部分，也指帶過濾嘴兒的香煙：抽煙要抽帶～的｜人家遞給他～他也不抽。

【過門】guò // mén (～兒)〔動〕女子出嫁到男家：剛～才一天就下廚了｜過了門到婆家跟在娘家可不一樣了。

【過門兒】guòménr〔名〕指戲曲唱段或歌曲唱詞前後、中間由樂器單獨演奏的部分：拉完～，她就唱了起來。

【過敏】guòmǐn ❶〔動〕指有機體對某些藥物或外界刺激產生異常反應：藥物～｜～反應｜～性鼻炎｜防止～｜她對花粉～。❷〔形〕指人對某些事情過於敏感，多疑：神經～｜你也太～了，人家又沒說你，何必緊張呢？

【過目】guò // mù〔動〕看一遍；看過：報告已寫好，請～｜你也過過目｜他的記憶力極好，能～不忘。

【過目不忘】guòmù-bùwàng〔成〕看一遍就能記住不忘。形容記憶力強：他的記性真好，看書～。

【過目成誦】guòmù-chéngsòng〔成〕看過或讀過一遍就能背誦出來。形容記憶力特強：王君年少聰穎，讀書～。

【過牧】guòmù〔動〕過度放牧，指超過牧草供應或超過牧場容納限度進行放牧：～是破壞生態環境的重要原因之一。

【過年】guò // nián〔動〕在新年或春節期間舉行聚會、宴飲、娛樂等慶祝活動：孩子們都喜歡～｜咱們大夥兒聚在一塊兒過個開心年。

【過年】guònián (-nian)〔名〕〈口〉明年：～再蓋新房子。

【過期】guò // qī〔動〕超過規定期限：～作廢｜過了期的食品可別吃。

【過氣】guò // qì〔動〕失去往日風光，不再有人氣：～的電影明星。

【過謙】guòqiān〔形〕過分地謙虛：您是最合適的人選，請不必～。

【過去】guòqù〔名〕現在以前的時間(區別於"現在""將來")：～的成績不必再提，現在一切從零開始。

【過去】guò // qù (-qu)〔動〕❶人或物離開或經過說話人所在位置向另一地點運動：我～，你留在這兒｜火車剛～。❷表示經歷完了某段時間：好幾個月～了，還是音信全無。❸表示某種情況、狀態已經結束或消失：戰爭已經～｜

危險期是～了，但病情仍很嚴重。❹〈婉〉後面常帶"了"，指人死亡：他父親昨天剛剛～｜人～了，就別太傷心了。

【過去】// guò // qù（guoqu）〔動〕趨向動詞。❶用在動詞後，表示人或物隨着動作而向另一處所運動：走～｜跑～｜游～｜扔了～｜飛得～｜滑不～。❷用在動詞後，表示人或物隨動作改變方向，背向自己：把身子轉～｜把頭扭～｜把這一頁翻～。❸用在動詞後，表示失去原來的、正常的狀態：病人暈～了｜哭得死～了｜熱得昏～了。❹用在動詞後，表示事情或動作結束：這回他蒙混不～了｜記性不好，事情說～就忘。

【過熱】guòrè〔形〕比喻發展勢頭過猛，增長過快：經濟發展～｜房市投資～。

【過人】guòrén〔動〕超過別人：～之處｜聰明～｜才智～｜有～的本領。

【過日子】guò rìzi 度日；過活：小兩口很會～｜～要注意勤儉持家。

【過山車】guòshānchē〔名〕遊樂場中的一種大型娛樂設施。遊客乘坐一組電動車在起伏很大的環形軌道上急速行駛，感覺十分驚險、刺激。

【過甚其詞】guòshèn-qící〔成〕說話過分或誇大，超過了實際情況：說話不可～，還是實事求是為好。

【過剩】guòshèng ❶〔動〕產品供給超過實際需要：生產～，市場滯銷。❷〔動〕數量太多；剩餘太多：精力～｜～的人口。

【過失】guòshī〔名〕❶無意中或因疏忽而造成的錯誤：小的～雖可原諒，但也要吸取教訓｜個人的～，給集體帶來了損害。❷法律上指由於疏忽大意而導致犯法的行為（區別於"故意"）。

【過時】guòshí ❶〔動〕過了規定的時間：～不候｜～很久還未開演。❷〔形〕不時髦；不流行；不合時宜：這種式樣早已～｜牛仔褲沒有～｜誰說我的思想過了時？

【過世】guò // shì〔動〕指人死亡；去世：祖父～已經三年｜他剛生下來，父親就因意外過了世。

【過手】guò // shǒu〔動〕經手辦理：這事好幾個人～，不會出差錯的｜錢過了手，賬也就清了。

【過數】guò // shù（～兒）〔動〕清點數目：先～，後包裝｜咱倆都過一過數兒，免得出差錯。

【過水】guò // shuǐ〔動〕用水浸泡或沖洗：新買的內衣得過過水再穿｜父親是北方人，一到夏天就愛吃～麵，圖個清涼爽口。

【過堂】guò // táng〔動〕舊指在公堂受審問：官司既然過了堂，定案就快了。

【過廳】guòtīng〔名〕（間）房屋中前後開門，可由中間通過的廳堂。

【過頭】guò // tóu（～兒）〔形〕超過限度和分寸：你們走～了，快回來｜他話說得過了頭，引起了很多人的反感。

【過屠門而大嚼】guò túmén ér dàjué〔諺〕三國魏曹植《與吳質書》："過屠門而大嚼，雖不得肉，貴且快意。"意思是經過肉鋪門前，嘴裏就空嚼一陣，雖未吃到肉，心裏也感到痛快。比喻心中羨慕而得不到手，只好用不切實際的辦法來安慰自己。省作屠門大嚼。注意 這裏的"嚼"不讀 jiáo。

【過往】guòwǎng ❶〔動〕來往；經過：～客商｜～行人｜有多少商販在此～？❷〔動〕過從；交往：二人～甚密。❸〔名〕以往：～的青春歲月。

【過望】guòwàng〔動〕超過自己的希望：大喜｜所獲～。

【過問】guòwèn〔動〕❶了解並干預：請領導～一下這件事情。❷參加意見：她的事情，我從不～｜你～人家的事幹甚麼？

【過細】guòxì〔形〕十分細緻；仔細：工作要～，不可粗枝大葉。

【過眼雲煙】guòyǎn-yúnyān〔成〕如同眼前飄過的浮雲和煙霧。比喻存在不久、很快就要消失的事物：名與利不過是～，人生最有價值的東西是創造和奉獻。也說過眼煙雲。

【過夜】guò // yè〔動〕❶夜裏住下；留宿：你今晚就在這兒～吧｜他沒在外邊過過夜。❷隔夜：～的茶不能再喝了。

【過意不去】guòyìbùqù 心裏不安（表示抱歉）：這件事沒辦好，他感到很～，對不住朋友。

【過癮】guò // yǐn〔動〕❶滿足某種嗜好：酒隨便喝，你過足了癮吧！❷泛指某種愛好得到滿足：今天看了好幾部電影，真～｜你的新車借我用一下，讓我過一下癮。

【過硬】guòyìng〔形〕功夫高深，本領好，經受得起嚴格考驗：～的本領｜他的外語聽和說都很～。

【過猶不及】guòyóubùjí〔成〕《論語·先進》："子曰：過猶不及。"意思是事情要做得恰如其分，做過了頭如同做得不夠一樣，都是不當的。

【過於】guòyú〔副〕過分；太：～謹慎｜～馬虎｜內容不要～龐雜。

【過逾】guòyu〔形〕（北京話）太甚；過分：說話做事要掌握分寸，凡事不要太～。

【過譽】guòyù〔動〕〈謙〉對方過分稱讚，含有自己不敢承受的意思：老師～了，學生實不敢當。

【過載】guòzài〔動〕超載：運輸時嚴禁車輛～。

【過招】guò // zhāo（～兒）〔動〕（在武藝、技藝上）進行較量：與高手～｜兩人過了招兒。

H

hā ㄏㄚ

哈 hā ㊀ ❶〔動〕張大着口呼氣：冷得直往手心裏～氣｜擦窗玻璃時，先向玻璃上～口氣。❷〔歎〕用在句子開頭（大多疊用），表示滿意、驚喜等：～！他評上"三好學生"了｜～～，我們終於勝利了！｜～～，他一個人就投進了二十個球！❸〔擬聲〕模擬笑的聲音（大多疊用）：～～地笑｜今天天氣太好了，～～～！
㊀彎（腰）：～着腰。
另見 hǎ（503頁）；hà（503頁）。

語彙　馬大哈　笑哈哈　不哼不哈　嘻嘻哈哈

【哈哈大笑】hāhā dàxiào 大聲地笑：忍不住～。
【哈哈鏡】hāhājìng〔名〕（面）表面凹凸不平的玻璃鏡，照出的影像奇形怪狀，能引人哈哈大笑，故稱。
【哈哈笑】hāhaxiào〔名〕（北京話）指笑話兒、熱鬧兒：大哥是在故意看我的～｜快去幫忙，別光站在一邊看～。也說哈哈兒（hāhar）。
【哈節】Hā Jié〔名〕京族的傳統節日，在農曆六月初十。舉行祭祀神靈、歌舞表演等活動。也叫唱哈節。
【哈雷彗星】Hāléi Huìxīng（顆）著名的週期性彗星。中國最早的記載見於《淮南子·兵略》："武王伐紂……彗星出而授殷人其柄。"時為公元前1057年。以後歷代史書多有記載。1705年，英國天文學家哈雷（Edmund Halley, 1656–1742）首次計算出它的軌道是一扁長的橢圓形，以大約76年的週期繞太陽運行。所以後人將此星命名為哈雷彗星。
【哈里發】hālǐfā〔名〕❶中世紀伊斯蘭教國家政教合一的領袖的稱號。❷稱在中國清真寺中學習伊斯蘭經典的學員。[阿拉伯 khalīfah]
【哈密瓜】hāmìguā〔名〕❶中國新疆哈密一帶栽培的一種甜瓜，果實較大，果肉香甜可口，品種多樣。❷這種植物的果實。**注意** 這裏的"密"不寫作"蜜"。
【哈尼族】Hānízú〔名〕中國少數民族之一，人口約166萬（2010年），主要分佈在雲南紅河、西雙版納等地區。哈尼語是主要交際工具。沒有本民族文字。
【哈氣】hāqì〔名〕❶張口呼出來的氣：他喝酒了，連～都有酒味兒。❷物體表面凝結的水蒸氣：玻璃上的～結冰了。

【哈欠】hāqian〔名〕（個）一種因疲倦引起的生理現象，嘴巴大張，深深吸氣，仍從口部呼出：打了好幾個～｜當着人打～，不禮貌。
【哈薩克族】Hāsàkèzú〔名〕❶中國少數民族之一，人口約146萬（2010年），主要分佈在新疆北部，少數散居在甘肅和青海等地。哈薩克語是主要交際工具，有本民族文字。❷哈薩克斯坦的主體民族。
【哈腰】hā//yāo〔動〕（口）❶彎腰：我一～把帽子掉了｜他哈着腰，怪難受的。❷稍微彎腰向人行禮：點頭～。

鉿（铪）hā〔名〕一種金屬元素，符號 Hf，原子序數72。熔點高，可用作 X 射綫管的陰極。

há ㄏㄚˊ

蛤 há 見下。
另見 gé（439頁）。

【蛤蟆】（蝦蟆）háma(-ma)〔名〕（隻）青蛙和蟾蜍的統稱：井裏的～，碗大的天（比喻見識太少）｜～跳三跳，還要歇一歇（比喻應有適當的休息）。
【蛤蟆鏡】hámajìng〔名〕（副）式樣像蛤蟆眼的大鏡片眼鏡；特指這種式樣的墨鏡。

蝦（虾）há "蝦蟆"，見"蛤蟆"（503頁）。
另見 xiā（1457頁）。

hǎ ㄏㄚˇ

哈 hǎ ❶〔動〕（北京話）呵斥；責怪：～了他一頓。❷〔形〕（西南官話）傻：那個人好～的。❸（Hǎ）〔名〕姓。
另見 hā（503頁）；hà（503頁）。

【哈巴狗】hǎbagǒu〔名〕（隻、條）❶一種供玩賞的狗，體小腿短而毛長。也叫巴兒狗。❷比喻專討主人歡喜的馴順的奴才。
【哈達】hǎdá〔名〕（條）藏族和部分蒙古族人在迎送、饋贈、敬神及日常交往中用來表示敬意或祝賀的一種長條絲巾，以白色為主，也有黃、藍等色：獻～｜～獻給親人。

奤 hǎ 用於地名：～奤屯（在北京）。
另見 tǎi "呔"（1306頁）。

hà ㄏㄚˋ

哈 hà 見下。
另見 hā（503頁）；hǎ（503頁）。

【哈巴】hàba〔動〕（北京話）站立或走路時兩腿向外彎曲：～着腿兒朝前走。
【哈士蟆】hàshimá〔名〕（隻）蛙的一種，主要產於中國吉林，雌性的腹內有保護卵子的膠質

塊，叫哈士蟆油，可入藥。也叫中國林蛙、哈什螞。〔滿〕

hāi ㄏㄞ

哈 hāi〈書〉笑；譏笑。

咳 hāi〔歎〕❶ 表示惋惜、後悔或驚異：～，剛買的一本新書給丟了｜～，我不該讓他去的｜，真是太奇怪了！❷ 表示憤慨、蔑視或制止：～，他怎能見死不救｜～，他能有多大本事｜～，快停車！

另見 ké（753 頁）。

嗨 hāi〔歎〕表示驚異或不滿：～，挺貴的東西你怎麼扔了？｜～！別把車停在馬路中間呀！

另見 hēi（534 頁）。

【嗨喲】hāiyō〔歎〕集體從事重體力勞動時，用來協同動作的呼應聲：團結緊呀，～！用力幹吶，～！加把勁呀，～！注意 此類歎詞還有"杭育"(hángyō)、"哼唷"(hēngyō)等，它們可隨時變換着用，意思不變。

hái ㄏㄞ

孩 hái 孩子：男～兒｜嬰～兒。

【孩提】háití〔名〕〈書〉幼兒；兒童。幼兒時期，孩子年齡小需要有大人抱着、牽着走，故稱：～時代。

【孩子】háizi〔名〕❶ 幼兒；兒童：三個～、一個大人｜要好好教育～。❷ 稱呼青年人：男～一組，女～一組。❸ 子女：提倡一對夫婦只生一個～。

【孩子氣】háiziqì ❶〔名〕孩子特有的天真幼稚、不大懂事的氣質：十六歲的人了，還一臉的～！❷〔形〕像孩子那樣的天真幼稚、不大懂事；成年人未脫稚氣：你怎麼越來越～了？｜二十幾歲的人還這麼～！

【孩子頭】háizitóu（～兒）〔名〕❶ 在一群孩子中當頭兒的孩子。❷ 戲稱愛跟孩子們玩的成年人。

【孩子王】háiziwáng〔名〕❶ 孩子頭。❷ 稱天天跟孩子們在一起的幼兒園及小學的教師（含戲謔意）。

骸 hái ❶ 骸骨：百～九竅。❷ 借指人體：形～｜遺～。

【骸骨】háigǔ〔名〕❶（具）屍骨（多指比較完整的）。❷ 比喻古董：迷戀～。

還（还）hái〔副〕❶ 表示動作或狀態持續進行或情況維持不變：雨下了一天了，這會兒～下呢！｜他昨兒～好好兒的，怎麼今兒就病了？❷ 表示情況早已發生或存在（常和

"就"呼應）：～在三十年前，這裏就有大學了｜我～上小學的時候，就聽說過這件事。❸ 表示程度的加深；更加：昨兒風大，今兒風比昨兒～大｜他好，你比他～好。❹ 表示範圍的擴大和數量的增加：舊的矛盾解決了，新的矛盾～要產生｜請你把我的鋼筆、～有筆記本，都給我帶來｜我～要一杯茶。❺ 表示進一層的意思；而且（常和"不但、不光、不僅"等呼應）：他不但會開車，～會修車｜我們不僅要認識世界，～要改造世界｜不光一個人幹，～得大夥都幹才成。❻ 表示情況比較讓人滿意，含評價的意味：～好｜～不錯｜～比較牢靠｜～算結實｜這兒離商店不遠，買東西～挺方便。❼ 用在上句裏，帶出已有根據，下句做出推論，說明情況不可能發生；尚且；都：這個問題您～解決不了，何況我呢！｜我連造句～不會，不用說寫文章了｜這些菜你～吃不起呢，我就更不行了。❽ 表示出乎預料，含讚歎的語氣：他～真有兩下子｜你～幹得真棒｜～虧了你多了個心眼兒，要不然準上當！❾ 表示應該這樣而不怎樣，名不副實，含譏諷的語氣：虧你～是老師呢，怎麼跟學生吵起來了｜虧你～當過主任呢，這個小問題都解決不了。❿ 表示反問的語氣：這～少嗎？｜這～能騙人！｜都大年三十啦，你～往後推！｜太陽老高了，～不起床？⓫ 表示限於某種範圍；僅；只：他參軍的時候，年齡～不過十七歲｜～有十分鐘的路了，堅持一會兒就到了。

另見 huán（569 頁）。

辨析 還、又 都可以表示動作再一次出現，但"還"表示的動作主要是未實現的，如"他今天來過，明天還來""我唱了一遍，還想再唱一遍"；"又"表示的動作主要是已實現的，如"他昨天來過，今天又來了""我唱了一遍，又唱了一遍"。

【還好】háihǎo〔形〕❶ 中等程度；基本夠格；勉強過得去（多用於答語）：工作很忙吧？——～（不太忙，也不太閒）｜近來身體怎麼樣？——～（沒有生病）。注意 有時為了加重語氣，"還好"可以重疊使用，如"這種酒好喝嗎？——還好，還好"。❷ 比較幸運；總算僥倖（多用於不像預料的那麼壞的事）：～，堤壩沒有被洪水沖壞｜～，病人終於搶救過來了。

【還是】háishi ❶〔副〕表示行為、動作或狀態繼續保持不變：明天咱們～開小組會｜多年不見，她～那麼年輕｜儘管車子拋了錨，我們～按時到達了。❷〔副〕表示行為、動作或狀態出乎意外：他最後～來了。❸〔副〕表示經過比較和考慮，希望這麼辦比較好：你身體弱，～少勞累一點吧｜～我去吧，你在家等我｜～讓他親自來面談一下的好的。❹〔連〕連接可供選擇的若干項事：是坐火車去、～坐

飛機去，要商量一下｜你是上大學，～就業？總得有個計劃。❺〔連〕連接無須選擇的若干事項（跟"無論""不管"等連用）：無論星期天，～節假日，他都一心撲在工作上｜不管颳風～下雨，嚴寒季節～烈日當空，他從不遲到早退｜不管是我去，你去，～他去，都要先把情況了解清楚。注意 a）用在動詞、形容詞前的副詞"還是"可以省作"還"；而主語前的"還是"不能省作"還"。b）用連詞"還是"的句子，除疑問句外，"還是"都可以換成"或者"，意思不變。c）"還是"後可以帶"的"說成"還是的"，表示認同，如"穿少了要着涼，你看不是着涼了嗎？——還是的，得聽話才成"。

hǎi ㄏㄞˇ

胲 hǎi〔名〕有機化合物的一類，是羥胺的烴基衍生物。

另見 gǎi（416頁）。

浬 hǎilǐ，又讀 lǐ〔量〕海里舊也作浬。

海 hǎi ❶〔名〕大洋邊緣臨近陸地的水域：～角天涯｜山南～北｜百川歸～｜四～之內皆兄弟。❷〔名〕稱某些大湖或人工湖，如青海、裏海，北京的北海、中南海（中海和南海的合稱）。❸數量多、範圍廣的某類事物：林～｜雲～｜人山人～｜刀山火～。❹容量大的東西：墨～｜腦～。❺巨大的（含誇張意）：～量｜～碗｜誇～口。❻〔形〕（北京話）極多：賺的錢可～啦｜人～了去了。❼〔副〕（北京話）海闊天空，漫無邊際地：～聊一氣｜除了～說，就是～罵。❽〔副〕（北京話）胡亂地；毫無節制地：胡吃～塞（亂吃）。❾（Hǎi）〔名〕姓。

語彙 滄海　航海　苦海　腦海　內海　外海
刀山火海　瞞天過海　泥牛入海　人山人海
五湖四海

【海岸】hǎi'àn〔名〕鄰接海洋邊緣的陸地：～哨兵｜～綫。

【海拔】hǎibá〔名〕（地面某處）從平均海平面起算的垂直高度：珠穆朗瑪峰～8844.43 米。

【海報】hǎibào〔名〕（張，份）文藝演出或球賽等活動的招貼：牆上貼着一張新戲演出的～。

【海濱】hǎibīn〔名〕海邊：～療養院｜到～散步。

【海產】hǎichǎn ❶〔名〕海洋裏的產品：這是我從青島帶回來的一些～。❷〔形〕屬性詞。海洋裏出產的：～動物｜～植物。

【海潮】hǎicháo〔名〕海洋潮汐，指海洋水面因受月球和太陽引潮力的作用而發生的定時漲落的現象。

【海帶】hǎidài〔名〕海藻的一種，生長於水溫較低的海中，褐色，扁平呈帶狀，含碘量高，可供食用及藥用。中醫入藥叫昆布。

【海帶草房】hǎidài cǎofáng 中國民居之一。山東沿海漢族漁民住的草房。漁民將海帶曬乾蓋在屋頂上，既圓渾厚實，又防腐，防寒，隔熱，耐用，四五十年不塌。

【海島】hǎidǎo〔名〕（座）海洋裏的島嶼：中國沿海有很多～。

【海盜】hǎidào〔名〕出沒在海洋上、以過往船隻為搶劫對象的強盜：～船｜～行徑。

【海底】hǎidǐ〔名〕海洋深處；海洋底部：～勘探｜～電纜｜～光纜通信系統。

【海底撈月】hǎidǐ-lāoyuè〔成〕到海底撈取月亮的倒影。比喻白費力氣，根本達不到目的：～一場空｜～——看得見，摸不着。也說水中撈月。

【海底撈針】hǎidǐ-lāozhēn〔成〕在大海裏撈針。比喻極難找到：你要到人群裏去找他，怕是～。也說大海撈針。

【海防】hǎifáng〔名〕為保衛國家的領土主權，防備外來侵略，在沿海地區和領海內佈置的防務：加強～｜～前綫。

【海港】hǎigǎng〔名〕（座）沿海停泊船隻的港口，因用途不同而有漁港、商港、軍港等。

【海溝】hǎigōu〔名〕（條，道）深度超過六千米的狹長海底凹地，寬百十千米，長可達數千米，如太平洋西部的馬里亞納海溝，大西洋西部的波多黎各海溝。

【海關】hǎiguān〔名〕對出入國境的商品、物品、貨幣和運輸工具等進行監督檢查並徵收關稅的國家機關，多設於對外開放的港口、車站和機場等處：中國～｜～人員｜～檢查。

【海歸】hǎiguī ❶〔動〕從海外留學歸來，多指回國創業，參加建設：～派｜國家為～人士回國創業制訂了多項優惠政策。❷〔名〕指海外留學回國人員：在同等條件下，將優先考慮～。

【海涵】hǎihán〔動〕〈敬〉像大海那樣能容納包涵，用於請人原諒或寬容：不到之處，望乞～｜招待不周，尚祈～。

【海基會】Hǎijīhuì〔名〕台灣於 1990 年 11 月 21 日成立的財團法人海峽交流基金會的簡稱，專司處理兩岸交流事務。

【海疆】hǎijiāng〔名〕沿海一帶的邊疆：萬里～。

【海角天涯】hǎijiǎo-tiānyá〔成〕天涯海角。

【海警】hǎijǐng〔名〕（名，位）指在近海擔當邊防保衛任務的海上警察，主要負責海上緝毒，反偷渡、反走私，保護航船安全，維護領海主權等。

【海軍】hǎijūn〔名〕（支）在海上作戰的軍隊，通常由水面艦艇、潛艇、海軍航空兵、海軍陸戰隊等兵種及各種專業部隊組成，具有在水面、水中、空中作戰的能力（區別於"陸軍""空軍")。

【海口】hǎikǒu〔名〕❶ 河流入海的地方。❷ 海灣內的港口。❸ 漫無邊際的大話：他誇下～，可是又辦不到。

【海枯石爛】hǎikū-shílàn〔成〕海水乾涸了，山石風化了。形容經歷極長的時間（多用於起誓，表示意志堅定，永不變心）：～不變心｜～，此志不渝。

【海況】hǎikuàng〔名〕海洋氣象及海浪等情況：～預報｜加強～研究。

【海闊天空】hǎikuò-tiānkōng〔成〕形容大自然寬廣遼闊。也比喻思想活動、談話或寫文章無拘無束，漫無邊際：～地窮聊。

【海藍】hǎilán〔形〕像海洋那樣的藍顏色：～布｜～毛綫。

【海里】hǎilǐ〔量〕計量海上距離的長度單位，符號 n mile。1 海里等於 1852 米。舊也作浬。

【海量】hǎiliàng〔名〕❶〔敬〕大海般的寬宏度量：演得不好的地方，請大家～包涵。❷ 很大的酒量（用於恭維別人，勸人飲酒）：您是～，我們每人敬您一杯。❸ 泛指極大的數量：～信息｜～數據。

【海流】hǎiliú〔名〕（股）洋流。

【海路】hǎilù〔名〕海上的交通綫：走～｜天津到上海從～走得兩天｜～暢通。

【海洛因】hǎiluòyīn〔名〕有機化合物，白色，晶體狀，味苦有毒。醫藥上用作鎮靜、麻醉藥。作為毒品時，俗稱白麪兒。[英 heroin]

【海米】hǎimǐ〔名〕一種鮮美的食品，由海產小蝦去頭去殼後加工而成。

【海綿】hǎimián〔名〕❶ 一種海生無脊椎動物，附着在海底岩石上，身體柔軟，靠體壁上的許多小孔從水中取得氧和小食物顆粒為生。❷ 指海綿的角質骨骼。❸（塊）一種用橡膠或塑料製成的多孔材料，有彈性，像海綿：～墊｜底拖鞋｜～球拍。

【海面】hǎimiàn〔名〕海水表面：～上升起一輪紅日。

【海難】hǎinàn〔名〕（起、次）海上航行過程中因天災或人為因素而造成的危難和不幸，如船舶遇險觸礁、碰撞或下沉等。

【海內】hǎinèi〔名〕四海之內。古代傳說中國四面臨海，故稱中國國內為海內：威加～｜～存知己，天涯若比鄰。

【海鷗】hǎiōu〔名〕（隻）鳥名，上體多為蒼灰色，下體白色，常成群在海上或江河上飛翔，食小魚及其他水生動物。

【海派】hǎipài〔名〕❶ 京劇藝術的一個流派，以上海的表演風格為代表（跟"京派"相對）。❷ 泛指具有上海地域文化的風格和特色：～小說｜～文人。

【海平面】hǎipíngmiàn〔名〕經過對海水水位的長期觀測而確定的海水水面平均位置，是計算海拔的基準面。

【海區】hǎiqū〔名〕海洋上人為劃定的一定區域。根據軍事等需要而劃分的海區，一般用坐標標明。

【海撒】hǎisǎ〔動〕喪葬方式的一種，把骨灰撒入大海。

【海上】hǎishàng〔名〕❶ 海洋上面；海中：～運輸｜～風暴｜～霸權｜忽聞～有仙山，山在虛無飄渺間。❷ 指上海，猶"滬上"。

【海參】hǎishēn〔名〕棘皮動物，生活在海底，身體略呈圓柱狀，種類很多。有的是名貴的海味。

【海市蜃樓】hǎishì-shènlóu〔成〕指大氣中的光綫經過不同密度的空氣層時，發生顯著折射或全反射現象，把遠處景物顯示在空中或地面以下的奇異景象。這種奇景多在夏天出現在海邊或沙漠地帶。古人誤認為這些奇景中的樓台城郭是由蜃（蛤蜊）吐氣而成，所以叫海市蜃樓。常用來比喻虛幻的事物。

【海事】hǎishì〔名〕❶ 一切有關海上的事務，如航海、造船、驗船、海運權利、海連法規、海上公約、海損事故處理等。❷ 航海發生的事故，如觸礁、擱淺、碰撞、失火、機件失靈、沉沒或失蹤等：～法庭。

【海誓山盟】hǎishì-shānméng〔成〕男女相愛時立下的誓言，表示愛情要像山和海一樣永恆不變：早已～，有情人終成眷屬。也說山盟海誓。

【海水】hǎishuǐ〔名〕海洋中的水：～浴｜～淡化｜喝了幾口～，又苦又澀，真不是滋味。

【海損】hǎisǔn〔名〕指海上航程中船舶、貨物和其他財產遭遇危險而造成的損失。

【海灘】hǎitān〔名〕由泥沙或礫石堆積而成的海邊灘地，地面向海平緩地傾斜，分礫灘、沙灘、泥灘。

【海棠】hǎitáng〔名〕❶（棵，株）薔薇科落葉喬木，葉子卵形或長橢圓形。花未開放時深紅色，開後淡紅色。果實球形，直徑約二厘米。❷ 這種植物的果實。

【海豚】hǎitún〔名〕（隻）哺乳動物，生活在海洋中，體形似魚，鼻孔長在頭頂上，背部青黑色，腹部白色，前肢變為鰭，上下頜有許多尖細的牙，以魚、蝦、烏賊等為食。

【海外】hǎiwài〔名〕國外：～僑胞｜～版（專向海外發行的出版物）｜流亡～｜～關係（住在國

外的親友）。

【海外兵團】hǎiwài bīngtuán 指代表外國或港澳台地區參賽的原中國大陸運動員、教練員及其所形成的隊伍：～的阻擊，讓中國乒乓球女將的奪金之路起了波折。

【海外奇談】hǎiwài-qítán〔成〕外國的奇異傳說。也指沒有根據的、稀奇古怪的言談議論：無中生有，天花亂墜，這不是～嗎？

【海灣】hǎiwān〔名〕❶ 海洋伸入陸地的部分，如中國的渤海灣、日本的仙台灣。❷ 指波斯灣：～地區｜～國家。

【海碗】hǎiwǎn〔名〕（隻）指特別大的碗：一隻大～｜飯菜都是～盛（chéng）。

【海王星】hǎiwángxīng〔名〕太陽系八大行星之一，按距離太陽由近及遠的次序計為第八顆。公轉一周的時間約 164.8 年，自轉一周的時間約 19.2 小時。已確認的衛星有 13 顆，周圍有光環。

【海味】hǎiwèi〔名〕可供人們食用的海產品（多指珍貴的），如海參、魚翅等。

【海峽】hǎixiá〔名〕❶ 兩塊陸地之間連接兩片海域的較狹窄水道。❷ 特指台灣海峽：～兩岸交往頻密。

【海鮮】hǎixiān〔名〕供食用的新鮮海生動物：生猛～｜喜歡吃～。

【海嘯】hǎixiào〔名〕由於海底地震或海上風暴而造成的海水劇烈波動或驟落的現象：山崩～｜風暴～｜地震引起～。

【海協會】Hǎixiéhuì〔名〕大陸於 1991 年 12 月 16 日成立的海峽兩岸關係協會的簡稱，接受有關方面委託，與台灣有關部門和授權團體、人士商談海峽兩岸交往中的有關問題，並可簽訂協議性文件。

【海選】hǎixuǎn〔動〕由選民自主提名候選人並直接投票選舉。

【海鹽】hǎiyán〔名〕食鹽的一種，用海水曬乾或熬乾而成。

【海燕】hǎiyàn〔名〕（隻）鳥名，體形像燕子，嘴端鈎狀，羽毛黑褐色，趾有蹼，腳黑色，以小魚、蝦為食。

【海洋】hǎiyáng〔名〕海和洋的統稱：～生物學｜～性氣候｜～是藍色國土。

【海洋性氣候】hǎiyángxìng qìhòu 受海洋影響明顯的氣候。一年和一天內氣溫變化不大，全年雨量較大，分佈均勻，空氣濕潤，雲霧較多。

【海域】hǎiyù〔名〕（片）指海洋一定範圍的區域（包括水上和水下）：南海～｜太平洋～。

【海員】hǎiyuán〔名〕（位，名）在海洋輪船上工作的人員。

【海運】hǎiyùn〔動〕用船舶在海洋上運輸。

【海葬】hǎizàng〔動〕喪葬方式的一種，將屍體投入海洋。也指海撒。

【海藻】hǎizǎo〔名〕海洋中生長的藻類植物，如海帶、紫菜等，有的可食用或入藥。

【海戰】hǎizhàn〔名〕（場，次）敵對雙方海軍在海上進行的交戰：甲午～｜應付海上局部戰爭和衝突是未來～的主要作戰形式。

【海蜇】hǎizhé〔名〕腔腸動物，身體半球形，半透明，上呈傘狀，下有口腕，在海面浮動。口腕即海蜇頭，傘狀部即海蜇皮。

醢 hǎi ❶〔書〕肉醬。據說古人先把肉曝乾，再剁碎，雜以粱麴及鹽，漬以美酒，置瓶中，百日則成。❷ 古代把人殺死後剁成肉醬的酷刑：宋人皆～之。

hài　ㄏㄞˋ

亥 hài〔名〕地支的第十二位。

【亥時】hàishí〔名〕用十二時辰記時指夜間九時至十一時。

氦 hài〔名〕一種氣體元素，符號 He，原子序數 2。無色無臭。可用於填充燈泡、飛艇和電子管等。

害 hài ❶〔名〕禍患；壞處（跟“利”“益”相對）：興利除～｜有益無～｜貽～無窮｜打蛇不死，反受其～｜冬雪是麥被，春雪是麥～。❷〔動〕殺害：被～｜遇～｜圖財～命。❸〔動〕損害；傷害；坑害：～人就是～己｜傷天～理｜～人之心不可有，防人之心不可無。❹〔動〕得；患；染（多用於疾病）：～病｜他經常～眼｜～了一年多的病。❺ 產生（不安的情緒）：～臊（sào）｜又～起羞來了｜從來沒有～過怕。❻〔動〕（北方官話）感覺：～飢餓｜～乏｜前天擦傷了手，現在還～疼。❼ 有害的（跟“益”相對）：～蟲｜～鳥。❽ 古同“曷”（hé）。

【害蟲】hàichóng〔名〕（條，隻）對人類有害的昆蟲，如傳染疾病的蚊子、蒼蠅，危害農作物的螟蟲、蝗蟲等（跟“益蟲”相對）。

【害處】hàichu〔名〕壞處；不利的因素（跟“益處”相對）：抽煙的～很多｜這樣做，對完成任務並沒有甚麼～。

【害口】hài//kǒu〔動〕（北京話）因懷孕而感覺胃口異常，如噁心、嘔吐、喜食酸味等：～害得很厲害｜自從害了口，她就愛吃酸的了。也叫害喜。

【害怕】hài//pà〔動〕在困難或危險面前，心裏發慌，情緒不安，感到恐懼：他很～｜我們反對戰爭，但決不～戰爭｜你要是害了怕，他們更會欺負你。

【辨析】害怕、畏懼　是同義詞，但前者多用於口語，後者多用於書面語。"害怕"有時可拆用，如"你害了怕，他們更欺負你"，"畏懼"不能這樣用。"畏懼"有固定的組合，如"無所畏懼"，不能換成"害怕"。

【害群之馬】hàiqúnzhīmǎ〔成〕危害馬群的馬。比喻危害集體的人：去掉～，大家才能團結一致｜～，不可不除。

【害人蟲】hàirénchóng〔名〕比喻危害別人的人：人民群眾對這夥～恨之入骨｜掃除一切～！

【害臊】hài∥sào〔動〕〔口〕害羞；難為情：也不～｜我都替你～｜真不知道～｜有點兒～｜平常挺大方，怎麼這會兒倒害起臊來了？

【害羞】hài∥xiū〔動〕因膽怯、怕見生人或做錯了事擔心被嘲笑而感到不安；難為情：新娘子～，躲在屋裏不出來｜又沒生人，你～甚麼？｜他從來沒有害過羞。

【害眼】hài∥yǎn〔動〕患眼病：怎麼老～哪？｜他經常～｜前幾天害了眼，現在好了。

嘻 hài〔歎〕❶ 表示不滿或感歎：～，他太不懂事了｜～！他的本事才大呢。❷ 表示傷感、惋惜、悔恨：～！想不到好端端一個家敗落到這般地步！

骇（駭）hài 使震驚；使驚嚇：～人聽聞｜驚世～俗。

【骇客】hàikè〔名〕也稱黑客。非法破解商業軟件、惡意入侵他人計算機系統並造成損失的計算機高手。[英 cracker]

【骇然】hàirán〔形〕震驚的樣子：～失色｜消息傳來，大家為之～｜～不知所措。

【骇人聽聞】hàirén-tīngwén〔成〕使人聽了非常吃驚（多指社會上發生的壞事）：～的暴行｜勒取財物，數十百萬。～。

【辨析】骇人聽聞、聳人聽聞　都有"使人聽了感到吃驚"的意思，但"聳人聽聞"多指故意誇大或有意編造，如"有人更加聳人聽聞，說這是一場新的世界大戰""他們妄圖用一些聳人聽聞的語言，把人們的注意力轉移到邪路上去"。"骇人聽聞"指真實的、使人震驚的事情，而且多是壞事，如"歹徒的罪惡骇人聽聞""骇人聽聞的一場騙局"。以上兩例裏的"骇人聽聞"不能換成"聳人聽聞"。

hān ㄏㄢ

犴 hān〔名〕駝鹿。
另見 àn（10頁）。

猂 hān 同"犴"。

蚶 hān〔名〕蚶子。

【蚶子】hānzi〔名〕（隻）軟體動物，生活在淺海泥沙或岩礁縫隙中，殼厚而堅，縱紋突起如瓦壟。肉可以吃，殼可供藥用。

頇（頇）hān ❶〔形〕（北方官話）粗：這根針太～了，換根細的吧！｜挺～的一棵樹。❷（Hān）〔名〕姓。

酣 hān ❶ 酒喝得很痛快，泛指盡興、痛快等：酒～耳熱｜～歌一曲。❷ 盛；濃：雨～｜～戰。

【酣暢】hānchàng〔形〕暢快：～盡興｜睡眠｜筆墨｜～淋漓（形容非常暢快）。

【酣夢】hānmèng〔名〕酣適的睡夢；深沉的夢境：攪亂了他的～｜一聲響雷把我從～中驚醒。

【酣睡】hānshuì〔動〕熟睡；沉睡：臥榻之旁，豈容他人～！

【酣戰】hānzhàn〔動〕激烈地戰鬥（指軍事或賽事）：兩軍｜～多時，不分勝負｜比賽十分激烈，將近結束猶在～。

憨 hān ❶〔形〕痴呆（dāi）；傻：～笑｜～氣十足｜人有點～｜～頭～腦。❷ 樸實；天真：～厚｜～態可掬。❸（Hān）〔名〕姓。

【憨厚】hānhòu〔形〕樸實厚道：為人～｜～可愛的小夥子。

【憨態】hāntài〔名〕憨厚而天真的神情：～可掬｜顯出一副～。

【憨笑】hānxiào〔動〕傻乎乎地笑；天真地笑：見了人就會～，甚麼話也不會說。

【憨直】hānzhí〔形〕樸實直爽：性格～｜我就愛他那～的模樣兒。

鼾 hān 熟睡時粗重的鼻息聲：打～。

【鼾聲】hānshēng〔名〕睡着時打鼾的聲音：～大作｜一陣陣～把同屋的人都吵醒了。

【鼾睡】hānshuì〔動〕熟睡而且打呼嚕：～別忘了槽上的馬（比喻應時刻警惕）。

【辨析】鼾睡、酣睡　"鼾睡"表示睡得很熟，而且有鼾聲；"酣睡"只表示睡得很熟。

hán ㄏㄢˊ

邗 hán ❶（Hán）古國名，在今江蘇揚州東北。❷ 用於地名：～江（在江蘇揚州南）。

汗 hán〔名〕可汗（kèhán）的簡稱。
另見 hàn（511頁）。

含 hán〔動〕❶ 嘴裏放着東西，不吞下去也不吐出來：～英咀華｜～着一顆酸梅｜～着骨頭露着肉（比喻說話吞吞吐吐）。❷ 包含；包藏；包容：～淚不語｜～苞欲放｜～冤負屈｜～

垢忍辱｜空氣中～水分。❸（思想、感情等）懷而未露：～悲｜～憤｜～情｜～怒｜～恨｜～羞｜臉上～着微笑｜話裏～帶諷刺。

語彙　暗含　包含

【含苞】hánbāo〔動〕〈書〉花沒開時，花蕾包着花蕾：花正～｜～未放。

【含苞欲放】hánbāo-yùfàng〔成〕花苞裏着花蕾正待開放。多用來比喻少女美麗的青春時期：十幾年前，她還是一個～的小姑娘。也說含苞待放、含苞未放。

【含服】hánfú〔動〕（藥片等）含在嘴裏，待溶化後嚥下。

【含垢忍辱】hángòu-rěnrǔ〔成〕忍受恥辱。也說忍辱含垢。

【含恨】hán//hèn〔動〕❶心中存有仇恨：～終生｜～離去。❷心中存有憾事未能實現：大業未成，九泉～。

【含糊】（含胡）hánhu〔形〕❶模糊；不明確：～不清｜話說得太～。❷敷衍馬虎；漫不經心：一點都不～得｜老師對我們的缺點、錯誤，從來不～。❸畏懼（多用於否定式）：說幹就幹，決不～｜你說上法院就上法院，我也不～！**注意**"不含糊"常用作讚美的話，意思是"有能耐"或"能幹"，如："幹啥像啥，這小夥子還真不含糊！"

【含糊其詞】hánhu-qící〔成〕故意把話說得不清楚、不明確：在節骨眼上，他總是～，敷衍別人。

【含混】hánhùn〔形〕❶語言含糊；混淆；不明確：話說得十分～｜～不清。❷做事馬虎；不求甚解（多用於否定式）：不能這麼～下去｜千萬不可～了（liǎo）事。

【含金量】hánjīnliàng〔名〕❶礦物或金屬內所含黃金的數量。❷喻指事物真正具有的價值；實際的意義：這張證書，比那些濫發的獎牌～要高得多。❸比喻實惠：局長工資雖不多，但～高呀。

【含量】hánliàng〔名〕（物質中）含有某種成分的數量：啤酒的酒精～很少｜濕沙的水分～高。

【含怒】hán//nù〔動〕懷着怒氣，隱忍未發：～而去｜忍羞～｜含着怒說話，態度當然不會好。

【含片】hánpiàn〔名〕服用時含在嘴裏溶化的藥片。

【含情脈脈】hánqíng-mòmò〔成〕形容滿含深情的樣子：～的微笑｜～，欲言又止。**注意**這裏的"脈"不讀 mài。也說脈脈含情。

【含沙射影】hánshā-shèyǐng〔成〕傳說水中有一種叫蜮的怪物，常將含着的沙噴射人的影子，使人得病。比喻用影射的手法暗中攻擊或陷害別人：～，惡語中傷。

【含笑】hán//xiào〔動〕面帶笑容；含着笑意：～

致意｜～九泉（意謂死後也感到欣慰）｜她總是含着笑對待顧客。

【含辛茹苦】hánxīn-rúkǔ〔成〕茹：吃。忍受種種辛苦：～地把孩子撫養成人｜～，一言難盡。也說茹苦含辛。

【含羞】hánxiū〔動〕面帶羞澀：新娘～不語｜嬌態～。

【含蓄】（涵蓄）hánxù ❶〔動〕包含；蘊蓄：他這話裏～着某種意味｜～在內心的情感與日俱增。❷〔形〕（說話或寫文章）不把意思全部表露出來；耐人尋味：他講了幾句～的話｜這篇文章很～｜他有啥說啥，不懂得甚麼～。❸〔形〕懷有某種思想感情而不完全表露：他人很～｜性格～內向。

【含血噴人】hánxuè-pēnrén〔成〕口含污血，噴射到別人身上。比喻捏造罪名，誣衊別人：他完全是信口胡說，～。

【含義】hányì〔名〕（詞、語）所包含的意義：一個詞可能有幾個～｜這句話的～很深刻。也作涵義。

【含英咀華】hányīng-jǔhuá〔成〕唐朝韓愈《進學解》："沉浸濃郁，含英咀華。"嘴裏含着花兒，慢慢品味咀嚼。比喻琢磨、玩味詩文的精華。

【含冤】hán//yuān〔動〕忍受冤枉（尚未申雪）：～負屈｜～而死｜三十載～｜～抱恨有誰知。

【含怨】hán//yuàn〔動〕懷着怨氣：～而死｜～銜恨。

邯　Hán 古水名，在今青海化隆西。

【邯鄲】Hándān〔名〕❶地名。在河北南部。❷複姓。

【邯鄲學步】Hándān-xuébù〔成〕《莊子·秋水》載，有一個燕國人到趙國都城邯鄲，瞧那裏人走路的姿勢很好看，就跟着學起來。結果不但沒有學好，反而"失其故步"，遂"匍匐而歸"。後用"邯鄲學步"譏諷人只知機械模仿，不但沒模仿到家，反而連自己的特點也丟掉了。

函〈圅〉hán〔名〕❶〈書〉匣子：鏡～｜劍～｜印～。❷封套；套子：這部綫裝書三十六冊，每六冊為一～，共六～。❸書信；信件：復～｜～電。

語彙　便函　公函　來函　書函　唁函

【函大】hándà〔名〕（所）函授大學的簡稱：參加～學習。

【函電】hándiàn〔名〕指信件和電報：～往來。

【函調】hándiào〔動〕用通信方式進行外調：我們可以通過～對他的情況做一些了解。

【函復】hánfù〔動〕用書信方式回復：我方已～對方。

【函告】hángào〔動〕用書信方式告知：收到郵件

望～｜～對方。

【函購】hángòu〔動〕用書信方式向生產或經營單位購買：歡迎～｜～圖書｜～部（接受函購業務的部門）。

【函件】hánjiàn〔名〕(件，份)信件：～須有專人收發｜每日經手～不下千數。

【函授】hánshòu〔動〕以通信傳授為主、面授為輔進行教學（區別於"面授"）：～生｜～教材｜～大學。

【函數】hánshù〔名〕若有兩個變量 x 和 y，變量 y 隨着變量 x 的變化而相應變化，y 就是 x 的函數。如當圓的半徑 r 確定後，圓的面積 a 也相應確定，a=πr²，而圓面積也就是半徑的函數。

【函套】hántào〔名〕書函的套子，是書籍的外包裝，對書起保護作用。

虷 hán 見下。
另見 gān（419 頁）。

【虷蟹】hánxiè〔名〕〈書〉孑孓，蚊子的幼蟲。

洤 hán 用於地名：～洸（在廣東）。

琀 hán 古代塞在死者口中的珠玉或貝璧。

晗 hán〈書〉天將明。

嵑 hán 見於人名。

焓 hán〔名〕熱學中表示物質系統能量狀態的一個參數。舊稱熱函。

涵 hán ❶ 包含；包容：～容｜～養｜內～｜蘊～。❷ 涵洞：橋～（橋和涵洞）。

語彙 包涵　海涵　內涵　蘊涵

【涵洞】hándòng〔名〕修築在公路或鐵路下面讓水流過的管道：公路～｜鐵路～。

【涵蓋】hángài〔動〕包括；覆蓋：～面｜小說通過描寫各階層人物的心態，～了現代城市生活的各個方面。

【涵養】hányǎng ❶〔名〕自我控制的功夫；身心方面的修養：真有～｜～很深｜一點兒～都沒有｜～功夫太差，幾句話不對頭就暴跳起來。❷〔動〕蓄積並保持（水分）：植樹造林能有效地～水分，不使泥土流失。

【涵義】hányì 同"含義"。

崡 hán 用於地名：～村（在廣西）。

寒 hán ❶ 冷（跟"暑"相對）：受～｜～冬臘月｜～風刺骨｜不～而慄。❷〈書〉冷卻：一暴（pù）十～。❸ 冬季：～假｜～來暑往。❹ 窮苦；貧困：家境清～｜出身～微｜～門｜～舍。❺ 害怕：～心｜令人膽～。❻〔名〕中醫指一種來自體外的致病因素：風～｜～從腳下起。❼（Hán）〔名〕姓。

語彙 膽寒　風寒　飢寒　貧寒　清寒　傷寒　心寒　嚴寒　唇亡齒寒　啼飢號寒　一暴十寒

【寒潮】háncháo〔名〕(股)從極地或寒帶向較低緯度地帶大量襲來的強烈冷空氣，是一種可能造成災害的天氣，中國大部分地區自晚秋至早春經常有寒潮侵襲。

【寒磣】(寒傖)hánchen ❶〔形〕醜陋；難看；模樣兒長得挺～。❷〔形〕丟臉；不體面：老是學不會，多～。❸〔形〕話說得難聽，不文明：倆人罵得～極了。❹〔動〕恥笑；揭短；使丟臉：沒想到叫他～了一頓。

【寒窗】hánchuāng〔名〕比喻艱辛的讀書生活：～苦讀｜十年～。

【寒帶】hándài〔名〕指地球上緯度高於 66°33′ 的地域，即南極圈和北極圈以內的地帶，氣候嚴寒。

【寒冬臘月】hándōng làyuè 寒冷的冬季，尤指農曆十二月天氣最冷的時候：愈是～，愈要堅持鍛煉｜～喝涼水——點點滴滴在心頭（比喻遺憾的事情將永遠不忘）。

【寒風】hánfēng〔名〕(股)寒冷的風：～凜冽｜刺骨的～。

【寒假】hánjià〔名〕學校冬季酷寒時節的假期，多在一、二月間（中國春節前後）：放～｜～作業｜～補習班。

【寒噤】hánjìn〔名〕因突然受冷或驟然受驚而引起的身體顫動（多用作"打"的賓語）：連打了幾個～｜凍得直打～。

【寒苦】hánkǔ〔形〕家世微賤貧苦：出身～｜少年有志，～自立。

【寒來暑往】hánlái-shǔwǎng〔成〕炎夏過去，寒冬到來。形容四季更替，歲月流逝：～又幾時｜～，冬去春回，平平常常過了幾十年。

【寒冷】hánlěng〔形〕溫度很低：氣候～｜天氣實在～，幾乎滴水成冰。

【寒流】hánliú〔名〕(股)❶ 水溫低於流經海域的洋流，一般從高緯度流向低緯度，對所經之處有降溫、減濕的作用。❷ 寒潮：來～了｜近日將有～到來。

【寒露】hánlù〔名〕二十四節氣之一，在 10 月 8 日前後。寒露時節，氣溫下降，天氣涼爽，夜間露水很涼。中國大部分地區開始秋收秋種。農諺：寒露雜糧收得多。寒露不算冷，霜降變了天。

【寒毛】hánmáo〔名〕(根)汗毛。

【寒門】hánmén〔名〕❶ 舊時指貧寒微賤的家庭：～出才子，高山出俊鳥。❷〈謙〉對人稱自己的家庭。

【寒熱】hánrè〔名〕中醫指病人時冷時熱的症狀。

【寒舍】hánshè〔名〕〈謙〉對別人稱自己的家：歡迎到～喝茶。

【寒食】Hánshí〔名〕節令名，在清明前一日或二日。相傳春秋時晉國隱士介之推，因不願做官躲進山中，寧可被燒死也不出來。古人為了紀念他，從這天起，禁火三日，不燒飯，吃冷食，所以叫寒食節。山東地區清明就叫作寒食。

【寒暑表】hánshǔbiǎo〔名〕測量氣溫的溫度表，表上通常有攝氏、華氏兩種刻度。

【寒酸】hánsuān〔形〕❶ 形容窮苦讀書人窘迫的樣子：～氣十足｜你看他那個～相。❷ 不大方；不體面；小家子氣：這點東西送人拿不出手，太～。

【寒微】hánwēi〔形〕家境貧寒，出身微賤：～之士｜起於～。

【寒心】hán // xīn〔動〕❶ 灰心失望：令人～｜不要寒了人家的心。❷ 恐懼；害怕：江湖越老越～(舊時指閱歷越多，越感到人心險惡可怕)。

【寒暄】hánxuān〔動〕談論天氣寒暖一類的話(用來應酬或見面打招呼)：同客人～了幾句｜先～了一番，才把話轉入正題｜互道～之後，竟至於無話可說｜他親熱地拉住我的手，和我～起來。

【寒衣】hányī〔名〕(件)禦寒的衣服；冬天穿的服裝：為前方將士縫製～｜給遠方親人寄～。

【寒意】hányì〔名〕寒冷的徵候；寒冷的感覺：一絲～｜早春二月，～未消。

【寒戰】hánzhàn(-zhan)〔名〕寒噤：朔風吹來，冷得他直打～｜一想起那張兇惡可怕的臉，就禁不住要打幾個～。也作寒顫。

韓（韓）Hán ❶ 周朝諸侯國名，在今河南中部和山西東南部。❷〔名〕指韓國：中～文化交流。❸〔名〕姓。

【韓湘子】Hán Xiāngzǐ〔名〕傳說中的八仙之一。又名韓湘，相傳為韓愈姪孫。少時喜宋性而行，不好讀書，後跟呂洞賓和漢鍾離學道，並得其真傳，有點化之功，能預知未來。眉清目秀，常手持花籃，口吹笛簫。

【韓信將兵 ── 多多益善】Hánxìn-jiàngbīng ── duōduō-yìshàn〔歇〕見"多多益善"(333頁)。

罕 hǎn ㄏㄢˇ

罕 hǎn ❶ 稀少：世間～事｜以～物相贈｜世所～見｜人跡～至。❷(Hàn)〔名〕姓。

【罕見】hǎnjiàn〔形〕少見；很少見到：一場～的大雪。

喊 hǎn〔動〕❶ 高聲叫：～口號｜～救命｜嗓子都～啞了。❷ 叫；呼喚：大聲～人｜老王接電話｜快～住那個賣菜的｜交警把那個違規司機～過去了。

語彙 高喊 呼喊 叫喊 空喊 吶喊

【喊話】hǎn // huà〔動〕在前沿陣地上大聲勸敵人投降或進行政治宣傳；也指交警向行人大聲呼喊遵守交通規則：現在開始向敵軍～｜交警對騎自行車的人喊了一陣話。

【喊叫】hǎnjiào〔動〕❶ 高聲叫：她突然大聲～起來。❷ 叫；呼喚：你～誰呢？

辨析 喊叫、叫喊　a)都有"高聲叫"的意思，多數情況下可以互換。b)"叫喊"更突出"嚷"的意思；"喊叫"更突出"呼喚"的意思，如"他喊叫誰呢？"不宜換為"叫喊"。c)"喊叫"和"叫喊"都很少帶賓語，可帶疑問代詞充當的賓語，如"喊叫誰？""叫喊甚麼？"。

【喊冤叫屈】hǎnyuān-jiàoqū〔成〕為自己或別人遭受冤屈而呼喊或申訴：多虧您為我～，我的問題才最終解決。也說嗚冤叫屈。

薾 hǎn "薾" hàn 的又音。

闞（闞）hǎn〈書〉同"嘝"。另見 Kàn(746頁)。

嘝（嘝）hǎn〈書〉虎怒吼的樣子：～如猛虎。

hàn ㄏㄢˋ

扞 hàn〈書〉觸犯：～當世之文網。另見 hàn "捍"(512頁)。

【扞格】hàngé〔動〕〈書〉相互抵觸：～不入(格格不入)｜詞義～難通。

汗 hàn〔名〕❶ 人或高等動物從汗腺分泌出來的液體：～流浹背｜捏了一把～。❷(Hàn)姓。另見 hán(508頁)。

語彙 盜汗 冷汗 虛汗 血汗

【汗背心】hànbèixīn(～兒)〔名〕(件)不帶袖子和領子、貼身穿的上衣，質料較薄，便於吸汗散熱，多用棉紗或絲等織成。

【汗臭】hànchòu〔名〕汗液散發出的難聞氣味：他總不洗澡，身上～熏人。

【汗腳】hànjiǎo〔名〕經常出汗的腳：一雙～｜一家人都是～。

【汗津津】hànjīnjīn(～的)〔形〕狀態詞。形容微微出汗的樣子：身上～的，得趕快去洗個澡。

【汗流浹背】hànliú-jiābèi〔成〕汗水濕遍了脊背。形容汗出得很多。也形容極度惶恐或慚愧。

【汗馬功勞】hànmǎ-gōngláo〔成〕作戰時把戰馬累得出汗，從而在戰爭中立下的功勞。泛指在開創性的工作中做出的重大貢獻：他為公司的發展立下了～｜大旱獲豐收，打井隊有一份～。

【汗毛】hànmáo〔名〕(根)人體皮膚上面的細毛：你敢動我一根～(表示不可侵犯)！也叫寒毛。

【汗牛充棟】hànniú-chōngdòng〔成〕書籍多得能

堆滿屋子，搬運起來能把拉車的牛累得出汗。形容藏書特別多。

【汗青】hànqīng ❶〔動〕古時在竹簡上書寫，先要用火烤炙竹青，使冒出水分（像出汗），以便於書寫，因此把著作完成叫汗青：～有日。❷〔名〕借指史冊：人生自古誰無死，留取丹心照～。

【汗衫】hànshān〔名〕(件)用棉紗等織成的夏天穿的薄上衣。

【汗水】hànshuǐ〔名〕(滴)大量淌出來的汗：～直淌｜～和豐收是最忠實的夥伴。

【汗腺】hànxiàn〔名〕皮膚中分泌汗液的腺體，汗腺一端分泌汗液，另一端為汗孔，排出汗液有調節體溫和清除廢物的作用。

【汗顏】hànyán〔動〕〈書〉心裏感覺羞愧而臉上冒汗，形容十分慚愧：～無地(無地自容)｜言念及此，能不～？

【汗珠子】hànzhūzi〔名〕(顆，滴)凝聚成珠、即將或正在滴下的汗：～掉地捽八瓣兒(形容體力勞動的艱苦勞累)。也叫汗珠兒。

旱　hàn ❶〔形〕長久缺少雨水：～季｜～情｜～象｜大～｜抗～｜～不死的芝麻｜修好塘和壩，～澇保收。❷跟水無關的：～煙｜～傘。❸缺少或沒有水的：～地｜～船。❹指陸路交通：起～(走陸路)｜～路。

語彙　大旱　乾旱　亢旱　抗旱

【旱魃】hànbá〔名〕傳說中的怪物，眼在頭頂，行走如風，能招致旱災。

【旱冰】hànbīng〔名〕一種體育運動。穿着特製的帶小輪子的運動鞋在水泥、水磨石或木板製成的光滑地面上滑行，因像冰而無冰，故曰旱冰：～鞋｜～場｜滑～。

【旱船】hànchuán〔名〕漢族傳統文化娛樂活動“跑旱船”所用的船形道具，用木或竹篾紮成船形，蒙上彩幔，上面有彩色圖案等裝飾。表演時人站在旱船中，露出上半身，手舞布船，在地上走動，做遊湖採蓮的姿態。今民間逢節日喜慶仍有“跑旱船”的習俗。

【旱地】hàndì〔名〕旱田。

【旱季】hànjì〔名〕無雨或少雨的季節(跟“雨季”相對)：利用～，抓緊建橋。

【旱井】hànjǐng〔名〕❶(口，眼)乾旱地區為蓄積雨雪而挖的井，腹大口小，利於儲存而不易蒸發。❷形狀像井的地窖，下面容積很大，冬天

儲存蔬菜等，可免於凍壞。

【旱澇保收】hànlào-bǎoshōu〔成〕無論是正常年景或遭遇旱澇災害，都能保證農作物有較好的收成。多用來比喻職業收入有保障，不因主客觀條件變化而有所減少：加強水利建設，擴大～田面積｜他每個月都有固定收入，～，日子過得很舒適。

【旱路】hànlù〔名〕(條)陸地上的交通綫：水路不通就走～。

【旱橋】hànqiáo〔名〕下面沒有水的橋，如跨越寬谷、深溝等的高架橋或城市交通要道上空的立交橋。

【旱情】hànqíng〔名〕(農作物)遭受乾旱的情況：～急如火｜下了一場雨，～有所緩解。

【旱傘】hànsǎn〔名〕(把)陽傘。

【旱獺】hàntǎ〔名〕(隻)哺乳動物，體背土黃色，腹面黃褐色，四肢短小強勁，前爪特別發達，善於掘土：四川～｜長尾～。也叫土撥鼠。

【旱田】hàntián〔名〕(塊)❶地面不能蓄水的田地，多用來種植小麥、雜糧、花生等(區別於“水田”)：～改水田，一年頂三年。❷無水源、澆不上水的耕地。以上也叫旱地。

【旱象】hànxiàng〔名〕乾旱的徵兆、跡象和現狀：已呈～｜～嚴重｜注意～，加強抗旱措施。

【旱鴨子】hànyāzi〔名〕〈口〉比喻不會游泳的人(含詼諧語意)：他是～，怕水。

【旱煙】hànyān〔名〕用旱煙袋吸的煙絲或煙末(區別於“水煙”)：吸袋～再幹活兒｜這個老農平常抽～，抽不慣紙煙。

【旱煙袋】hànyāndài〔名〕吸旱煙用的工具，在細管的一端安着煙袋鍋兒，用來裝煙，另一端安着銅、玉石或翡翠等製成的煙袋嘴兒，用來銜在嘴裏吸(區別於“水煙袋”)。

【旱災】hànzāi〔名〕(場)因長期缺雨或少雨，致使農作物枯死或大量減產的災害：百年不遇的～，戰勝～。

埄　hàn 小堤。多用於地名：中～(在安徽)。

捍〈扞〉hàn 防衛；抵禦：～禦｜～拒。
“扞”另見 hàn(511頁)。

【捍衛】hànwèi〔動〕保衛：～祖國的領土完整｜國家的尊嚴。

〖辨析〗捍衛、保衛　a)“保衛”着重於防護，使不受侵犯，如“保衛祖國萬里海疆”；“捍衛”着重於抵禦、抗擊各種外來侵犯，確保安全，如“捍衛國家主權領土的完整”。b)“保衛”的對象除了“國家、民族、主權、思想、主義”外，還可以是人，如“保衛祖國的下一代”“保衛首長”等；“捍衛”的對象不能是人。

悍〈猂〉hàn ❶勇敢；強勁：短小精～｜～員～將。❷兇暴；蠻橫：刁～｜

兒～。

語彙　刁悍　精悍　剽悍　強悍　兇悍

【悍然】hànrán〔形〕兇暴蠻橫，不由分說：～入侵｜～撕毀協議｜～發動戰爭。

閈（闬）hàn ❶〈書〉里巷的門。❷〈書〉牆垣。❸（Hàn）〔名〕姓。

焊〈銲釬〉hàn〔動〕用熔化特製的金屬絲來連接金屬零件或修補破損的金屬器物：鐵壺的把兒掉了，快找人給～上。

語彙　點焊　電焊　冷焊　氣焊　燒焊

【焊工】hàngōng〔名〕❶焊接金屬的工種或工作。❷（名，個）做這種工作的工人。

【焊接】hànjiē〔動〕用加熱熔化或加壓（或兩者並用）的方法把金屬或非金屬零件連接成整體：～鋼管｜激光｜電弧～。

【焊錫】hànxī〔名〕一種用來焊接金屬的鉛錫合金，很像白銀。

菡hàn 見下。

【菡萏】hàndàn〔名〕〈書〉荷花的別稱。

睅hàn〈書〉眼睛瞪大，眼珠突出：～其目。

漢（汉）hàn ❶（Hàn）漢江，水名。發源於陝西，經湖北流入長江。❷銀漢；天河：雲～｜天～｜天兵怒氣衝霄～。❸（Hàn）〔名〕朝代，公元前206-公元220年，分為西漢和東漢。劉邦所建，建都長安（今陝西西安），史稱前漢或西漢。公元25年，劉秀重建漢朝，建都洛陽，史稱後漢或東漢。❹（Hàn）〔名〕三國之一，公元221–263年，劉備所建，建都成都，國號漢，史稱蜀漢或蜀。❺（Hàn）〔名〕五代之一，公元947–950年，劉知遠所建，建都汴（今河南開封），史稱後漢。❻（Hàn）漢族：～人｜～字｜～文。❼（Hàn）漢語：英～詞典｜～日詞典。❽男子：硬～｜鐵～｜醉～｜懶～｜窮～｜一文錢難倒英雄～（感慨沒有錢辦不了事）｜光腳不怕穿鞋的～（比喻一無所有就毫無顧慮）。❾（Hàn）〔名〕姓。

語彙　大漢　好漢　河漢　懶漢　老漢　羅漢　莽漢　鐵漢　霄漢　硬漢　醉漢　單身漢　門外漢　男子漢　莊稼漢

【漢白玉】hànbáiyù〔名〕顏色潔白似玉的大理石，是上等的建築和雕刻材料：～欄杆｜天安門前的華表是～的。

【漢堡包】hànbǎobāo〔名〕夾有煎牛肉、奶酪、生菜、黃瓜、西紅柿或洋蔥等的特製圓麵包，為快餐食品之一。因起源於德國北部海港漢堡而得名。[漢堡，英 hamburger]

【漢話】Hànhuà〔名〕漢語：那位藏族朋友會說一口流利的～。

【漢奸】hànjiān〔名〕原指漢族中的敗類，現泛指中華民族中投靠侵略者、出賣國家民族利益的人。

【漢考】hànkǎo〔名〕漢語水平考試的簡稱。

【漢人】Hànrén〔名〕❶漢族人：在少數民族地區，～是少數。❷指漢代人：～司馬相如。

【漢顯】hànxiǎn〔形〕屬性詞。能顯示漢字的：～BP機。

【漢學】hànxué〔名〕❶清初以來反對宋儒空談義理，推崇漢儒樸實學風，稱漢儒用於治經的考據訓詁之學為漢學（區別於"宋學"）。❷國際上稱關於中國的文化、文學、歷史、語言等方面的學問、研究為漢學：～家（研究漢學的外籍專家）｜國際～年會。

【漢語】Hànyǔ〔名〕漢族的語言，中國的通用語言，是世界上使用人數最多的一種語言，普通話是現代漢語的標準語：古代～｜現代～｜～規範化｜～拼音方案｜學好～。**注意**作為中華民族共同語的漢語，大陸叫"普通話"，台灣地區叫"國語"，新加坡及海外華人則多稱它為"華語"。

【漢語拼音方案】Hànyǔ Pīnyīn Fāng'àn 給漢字注音和幫助推廣普通話的方案，它採用國際通用的拉丁字母，加上表示聲調的符號及其他附加符號制定而成，1958年2月11日經第一屆全國人民代表大會第五次會議討論批准後公佈。內容分字母表、聲母表、韻母表、聲調符號、隔音符號等五個部分。（見附錄）

【漢語水平考試】Hànyǔ Shuǐpíng Kǎoshì 為測試母語為非漢語者的漢語水平而設立的國際性標準化考試。每年定期在中國和海外舉行，考試分筆試和口試兩部分，筆試分1–6級，口試分初、中、高三級。簡稱漢考。

【漢鍾離】Hàn Zhōnglí〔名〕傳說中的八仙之一。複姓鍾離名權，因自稱"天下都散漢鍾離"，後人稱漢鍾離。曾任諫議大夫，奉詔北征失利，受李鐵拐點化而上山學道，有點石成金之術。常手持蒲扇，袒胸露乳，一派散仙之風。

【漢子】hànzi〔名〕❶（條）男人：鐵～（比喻堅強不屈的男子）。❷〈口〉丈夫：忙婆娘嫁不到好～（比喻性急成不了事）。

【漢字】Hànzì〔名〕記錄漢語的文字，有久遠的歷史，為世界最古老的文字之一。由甲骨文、金文發展而成的現在使用的漢字，絕大多數是形聲字，常用漢字約五千左右。

漢字知多少

漢字隨着社會的發展，不斷有新字出現，它究竟有多少呢？
商：甲骨文約4500字；**西漢**：揚雄《訓纂編》收5340字；**東漢**：許慎《說文解字》收9353字；**三國魏**：李登《聲類》收11520字；**三國魏**：張揖《廣雅》收18150字；**南朝梁**：顧野王《玉

H

H

篇》收16917字；**宋**：陳彭年等《廣韻》收26194字；**宋**：司馬光等《類篇》收31319字；**明**：梅膺祚《字彙》收33179字；**清**：張玉書等《康熙字典》收47035字；**民國**：歐陽溥存《中華大字典》收48000多字；**今**：徐中舒等《漢語大字典》收56000多字。

【漢族】Hànzú〔名〕中國人數最多的民族，約12億2千萬（2010年），遍佈全國各地，也有不少僑居海外。說漢語，使用漢字，有着五千年以上有文字可考的歷史。

撖 Hàn〔名〕姓。

薍 hàn，又讀 hǎn 見下。

【薍菜】hàncài〔名〕一年生或二年生草本植物。葉長橢圓形，花小，黃色。莖葉可食用或做飼料，全草入藥。

暵 hàn〈書〉❶乾旱；乾枯：～～（烈日暴曬的樣子）｜維時清秋～。❷曬乾。

熯 hàn〔動〕以火烘乾。

撖 hàn 搖撖；搖動：～山易，～人民軍隊難｜蚍蜉～大樹，可笑不自量。

【撖動】hàndòng〔動〕搖撖；觸動：有些舊事物根深蒂固，不易～｜～人心的消息。

翰 hàn ❶〈書〉鳥的羽毛。❷〈書〉毛筆；筆：～墨（筆墨）｜揮～。❸〈書〉文章；書信（古代用羽毛做書寫工具，故用筆書寫的東西都可稱為翰）：華～｜惠～。❹(Hàn)〔名〕姓。

【翰林】hànlín〔名〕唐開元（713-741）以來的文學侍從官，是皇帝的近侍。明朝翰林可升任內閣首輔（宰相）；清朝入閣拜相的人，絕大多數由翰林出身。翰林從進士中選拔，是尖子中的尖子。

【翰墨】hànmò〔名〕〈書〉筆墨，借指詩文書畫等：寄情於～｜以～自娛。

頷（頷）hàn〈書〉❶下巴頦：滿～髭須。❷點頭：～首｜～之而已。

【頷聯】hànlián〔名〕律詩中的第二聯，即三、四兩句，要求對仗。

【頷首】hànshǒu〔動〕〈書〉點頭：～微笑｜～而已。

憾 hàn 不稱心；不滿意：缺～｜遺～｜死而無～。

【憾事】hànshì〔名〕（件）不稱心、不滿意的事；令人遺憾的事（跟"快事"相對）：失之交臂不能不說是一件～。

瀚 hàn〈書〉廣大的樣子：浩～。

【瀚海】hànhǎi〔名〕指沙漠。因風沙如海浪、人馬失迷像沉入大海，故稱：～戈壁。

hāng ㄏㄤ

夯 hāng ❶〔名〕眾人齊舉齊放以築實地基的工具：木～｜石～｜鐵～｜～砣（打夯機底部與地面接觸的部分）｜要砌牆，先打～。❷〔動〕用夯將地基砸實：～土｜地基～得很結實。❸〔動〕（北京話）用力打：～了他一拳。❹〔形〕台灣地區用詞。流行、熱門、當紅：這部電視劇現在正～。

另見 bèn（65頁）。

打夯　夯

語彙 打夯　蛤蟆夯

【夯歌】hānggē〔名〕（支）集體打夯時唱的歌，大多由一人領唱，眾人應和，可起到協調勞動節奏的作用。

【夯實】hāngshí〔動〕❶用夯砸實：～樓基。❷打牢（基礎）：～專業基礎。

háng ㄏㄤ

行 háng ❶〔名〕組合而成的行列：十二人站一～｜～距｜字裏～間。❷〔動〕排行：你～幾？｜我～二。❸〔名〕行業；社會職業的類別：當～出色｜幹一～，愛一～｜隔～如隔山。❹某些買賣、交易的營業處：電器電料～｜商～。❺〔量〕用於排列整齊的人或物：按八～站好隊｜另起一～寫｜馬路兩旁各有兩～泡桐樹。

另見 hàng（516頁）；héng（536頁）；xíng（1514頁）。

語彙 本行　懂行　改行　內行　商行　同行　外行　洋行　銀行　在行　一目十行

【行幫】hángbāng〔名〕舊時城市中按行業或按地區組合而成的行會組織，前者如商幫、手工幫、苦力幫，後者如廣東幫、福建幫、山西幫等。

【行輩】hángbèi〔名〕輩分：論～，他是我師叔。

【行當】hángdang〔名〕❶（～兒）〔口〕行業；職業：三百六十個～，各有各的能手｜熱愛自己的～。❷傳統戲曲演員根據所演角色的特點來劃分的專業類別。如京劇有生、旦、淨、丑四個總的行當；旦

戲曲演員

角這個行當，又有正旦（青衣）、花旦（閨門旦）、武旦、刀馬旦、老旦等之分。

【行道】hángdao〔名〕行業；職業：這可是個來錢的～。

【行風】hángfēng〔名〕行業風氣。

【行規】hángguī〔名〕行業裏制定的共同遵守的各種規章：家有家法，行有～。

【行行出狀元】háng háng chū zhuàngyuan〔諺〕比喻各行各業都有專家、能手等出類拔萃的人物：三百六十行，～。

【行話】hánghuà〔名〕❶（句）行業的專用語。❷內行人說的話。

【行會】hánghuì〔名〕舊指城市中的商人或手工業者，為限制競爭、規定經營範圍和維護業主利益而按照行業結成的小團體。每個行會都有共同遵守的行規等。

【行家】hángjia ❶〔名〕（位）能熟練掌握某項技術的人；精通某類事情的人：～裏手｜你是～｜～瞧門道，力巴（lìba，指外行）看熱鬧。❷〔形〕（北京話）在行（用於肯定形式）：您修車挺～呀！

【行距】hángjù〔名〕相鄰的兩行之間的距離，通常指農作物每兩行之間的距離（區別於"株距"）。印刷物上面相鄰的兩行字之間的距離也叫行距。

【行款】hángkuǎn〔名〕文字的行列款式：～格式｜書寫要注意～。

【行列】hángliè〔名〕❶由人或物排成的縱行和橫行的總稱：樹木～整齊｜威武雄壯的～。❷指有共同性質和共同目標的社會群體：加入人民教師的光榮～。

【行情】hángqíng〔名〕商品或股票的價格；利率或匯率的情況：～看漲｜～下跌｜～大起大落。

【行市】hángshi〔名〕在一定地區和一定時間內各種商品的一般價格：先看看～再說吧｜蔬菜～波動大。

【行伍】hángwǔ〔名〕古代軍隊編制，五人為伍，二十五人為行，故後用行伍指軍隊：～出身｜投身～。注意 這裏的"行"不讀 xíng。

【行業】hángyè〔名〕社會職業的類別；指個人從事的職業：建築～｜餐飲～｜你們倆不是一個～｜允許跨～經營。

【行院】hángyuàn〔名〕❶指妓院，也借指妓女。❷金元時代指優伶的住所，也借指優伶。也作衕衕。

吭

吭 háng 喉嚨；嗓子：引～高歌。
另見 kēng（762 頁）。

杭

杭 Háng ❶杭州：滬～鐵路｜京～大運河。❷〔名〕姓。

【杭育】hángyō〔歎〕集體從事重體力勞動時，用來協同動作的呼喊聲。

【杭州】Hángzhōu〔名〕位於浙江東北部，中國歷史文化名城。五代時吳越國和南宋均建都於此。杭州景色秀麗，有諸多名勝，如西北區的靈隱寺、飛來峰、黃龍洞、保俶塔、玉泉、岳墳，西南區的六和塔、錢塘江、虎跑、九溪十八澗，西湖景的平湖秋月、三潭印月、柳浪聞鶯、花港觀魚、蘇堤、白堤、孤山、斷橋等。

远

远 háng〈書〉❶獸跡；車跡。❷道路：～躐寨。

衕

衕 háng 見下。

【衕衕】hángyuàn 同"行院"。

航

航 háng ❶〈書〉船：譬臨河而無～。❷船、飛機行駛或飛行：～空｜～天｜～海｜～向｜～運｜～行｜遠～｜首～｜夜～。❸（Háng）〔名〕姓。

| 語彙 | 出航 | 導航 | 返航 | 護航 | 開航 | 領航 | 迷航 |
| 民航 | 起航 | 停航 | 通航 | 續航 | 巡航 | 引航 | 宇航 |

【航班】hángbān〔名〕（個）❶飛機定時從甲地飛往乙地的班次。也指某一班次的飛機：增加一｜北京南昌每週有幾次～｜您是問從東京來的～嗎？❷輪船航行的班次。也指某一班次的輪船：上海到天津的～｜每個～有上千人次的旅客。

【航標】hángbiāo〔名〕為指示船舶安全航行而長年設在水上或岸上的標誌，如燈塔、燈柱、燈船、浮標、燈浮等。

【航程】hángchéng〔名〕指飛機、船隻航行的路程：17 小時的～｜～一千餘公里。

【航船】hángchuán〔名〕❶指在江河湖海中航行的船隻。❷指江浙一帶定時航行於內河、沿途停靠以便於搭客載貨的木船。

【航次】hángcì〔名〕❶船舶或飛機按出航時間和起迄地點所編排的次第。❷船舶或飛機在一定時間內向某一目的地出航的次數。

【航道】hángdào〔名〕❶（條）可供船舶在江河湖泊等水域內安全航行的通道，沿途多設有航標等導航設備：主～｜國際～｜～勘測。❷比喻前進的方向和道路：～已經開通，道路已經指明。

【航海】hánghǎi〔動〕駕駛船隻在海洋上航行。

【航空】hángkōng ❶〔動〕飛機在空中飛行：民用～｜～事業｜～公司。❷〔形〕屬性詞。跟飛行有關的：～信｜～港｜～母艦。

【航空兵】hángkōngbīng〔名〕❶裝備有各種軍用飛機、在空中執行任務的部隊，是空軍的主要組成部分。陸軍、海軍也編有航空兵。❷（名）這一兵種的士兵。

【航空港】hángkōnggǎng〔名〕（座）固定航線上的較大的機場：現代化大型～。簡稱空港。

【航空母艦】hángkōng mǔjiàn（艘）作為海軍飛機

海上作戰活動基地的大型軍艦。可運載飛機數十架至百餘架，能遠離海岸機動作戰。按任務和所載飛機性能的不同，分為攻擊航空母艦、反潛航空母艦等。簡稱航母。

【航空器】hángkōngqì〔名〕能在大氣層中飛行的飛行器，如飛機、飛艇、氣球等。

【航路】hánglù〔名〕（條）飛機、船舶航行至各地的路綫：開闢新的～。

【航模】hángmó〔名〕飛機或船隻模型：～小組｜～比賽。

【航母】hángmǔ〔名〕（艘）航空母艦的簡稱。常用作比喻義，指規模大、力量強、實力雄厚的大型企業、集團等：京城旅遊～今天浮出水面。

【航拍】hángpāi〔動〕利用飛機、氣球等航空器從空中對地面進行拍攝：直升機在黃河上游進行～。

【航速】hángsù〔名〕飛機、船隻等的航行速度：該艦最大～為 32 節。

【航天】hángtiān〔動〕在地球大氣層外的空間或太陽系内部行星之間的空間航行：～飛機｜～計劃｜～技術。

【航天飛機】hángtiān fēijī 一種新型的可以重複使用的載人航天器。其中心部分是一個帶翼的軌道飛行器，它垂直發射，依靠主發動機和助推火箭起飛，進入近地軌道運行；在重返地球大氣層後，又能像飛機那樣操縱並下滑着陸，是火箭和飛機技術的綜合產物。

航天飛機的不同說法
在華語區，中國大陸、新加坡、馬來西亞和泰國均叫航天飛機，港澳地區叫太空穿梭機，台灣地區則叫太空梭。

【航天器】hángtiānqì〔名〕在地球外層空間按一定軌道運行的物體，如人造地球衛星、宇宙飛船、空間站等。

【航天員】hángtiānyuán〔名〕駕駛航天器進入太空並在飛行中從事科學研究或軍事活動的人員。也叫宇航員。

【航天站】hángtiānzhàn〔名〕空間站。

【航務】hángwù〔名〕與航行有關的業務。

【航綫】hángxiàn〔名〕（條）船舶或飛機航行的路綫：内河～｜沿海～｜空中～｜開闢新～。

【航向】hángxiàng〔名〕❶飛機或船舶航行的方向：改變～｜指示～。❷比喻人或事業前進的方向：一生的～｜掌握革命的～。

【航行】hángxíng〔動〕船艦在水面或水下行駛；飛機或其他航空器在大氣層中或大氣層以外的宇宙空間飛行：在海上～｜在空中～｜～了五天五夜。

【航運】hángyùn〔名〕内河、沿海和遠洋等水上運輸事業的統稱：内河～｜遠洋～｜～事業。

紵（紵）háng〔動〕粗粗地縫，多用於固定服裝被褥的面子和裏子以及所絮的棉花等：～棉被｜多～上幾針。

頏（頏）háng 見"頡頏"（1499 頁）。

hàng ㄏㄤˋ

行 hàng 見"樹行子"（1260 頁）。
另見 háng（514 頁）；héng（536 頁）；xíng（1514 頁）。

沆 hàng〈書〉水流的樣子。

【沆漭】hàngmǎng〔形〕廣闊無邊的樣子。

【沆瀣】hàngxiè〔名〕夜間的水汽：夏飲～。

【沆瀣一氣】hàngxiè-yīqì〔成〕宋朝錢易《南部新書·戊集》載，唐乾符二年（公元 875 年）科舉考試的主考官叫崔沆，有一個被錄取的考生叫崔瀣，當時有人說他們"座主門生，沆瀣一氣"。後用"沆瀣一氣"指臭味相投，互相勾結：幾個人～，湊成一夥兒。

巷 hàng 見下。
另見 xiàng（1482 頁）。

【巷道】hàngdào〔名〕（條）採礦或探礦時在地下所挖的通道，供運輸、通風、行人和排水之用，巷道的橫斷面多呈梯形或拱形。

hāo ㄏㄠ

蒿 hāo ❶蒿子：青～｜白～｜艾～。❷（Hāo）〔名〕姓。

【蒿子】hāozi〔名〕（棵）指某些開小花、羽狀複葉、莖葉有某種特殊氣味的草本植物。

【蒿子稈兒】hāozigǎnr〔名〕茼（tóng）蒿的嫩莖（帶少許嫩葉），是一種蔬菜。

薅 hāo〔動〕❶用手拔草：～草｜九～棉花十～瓜（指瓜地棉花地必須經常薅草）。❷揪：～下幾根鬍鬚。

【薅草】hāo∥cǎo〔動〕拔除（農作物周圍的）雜草：在院子裏～｜你去薅薅草，我去平平地。

嚆 hāo 見下。

【嚆矢】hāoshǐ〔名〕〈書〉帶響聲的箭。比喻事情的開端或先聲：古代表意的圖畫，實為後世文字的～。

háo ㄏㄠˊ

毫 háo ❶細毛：～毛｜明察秋～。❷比喻細小的東西：合抱之木，生於～末。❸指毛筆：對客揮～。❹〔名〕秤或戥子上的提紐，分為頭毫、二毫和三毫。❺〔量〕計量單位名稱。

長度，10 絲等於 1 毫，10 毫等於 1 釐；質量或重量，10 絲等於 1 毫，10 毫等於 1 釐。❻〔量〕（粵語）貨幣單位，即角。❼〔副〕同"不"連用，表示"一點兒也不"：～不動搖｜～不灰心｜～不留情｜～不客氣。❽〔副〕同"無""沒"連用，表示"一點兒也沒有"：～無人性｜～無辦法｜～無意見｜～無思想準備｜～無技術含量。❾（Háo）〔名〕姓。

語彙　分毫　絲毫　明察秋毫　一絲一毫

【毫安】háo'ān〔量〕電流強度單位，1 安培的千分之一。[英 milliampere]

【毫巴】háobā〔量〕大氣的壓強單位，1 巴的千分之一。[英 millibar]

【毫髮】háofà〔名〕〈書〉毫毛和頭髮，比喻極微小的數量（多用於否定式）：～無損｜～不差。

【毫釐】háolí〔名〕一毫或一釐，形容極微小的數量：～不爽｜～失～（一點兒也不差）｜差之～，謬以千里。

【毫釐不爽】háolí-bùshuǎng〔成〕一點兒誤差都沒有。比喻絲毫不差：這個結果完全是我們所預料的，～。

【毫毛】háomáo〔名〕（根）人或鳥獸身上的細毛，比喻極微小的部分：牯牛身上拔根～｜你敢動我一根～！

【毫米】háomǐ〔量〕長度單位，1 毫米等於 1 米的千分之一。公制長度單位的毫米舊稱公厘。

【毫米汞柱】háomǐ gǒngzhù 壓力、壓強的非法定計量單位。測量血壓時，汞在標有刻度的玻璃管內上升或下降，形成汞柱，它的端面在多少毫米刻度時，就叫多少毫米汞柱。1 毫米汞柱等於 133.322 帕。

【毫升】háoshēng〔量〕公制容量單位，1 升的千分之一。舊稱西西（符號 c.c.）。

【毫無二致】háowú-èrzhì〔成〕完全一樣，沒有絲毫不同：他們兩個人說的話雖然不一樣，可是骨子裏卻～。

【毫針】háozhēn〔名〕（根）中醫針灸用的特製金屬細針。

【毫子】háozi〔名〕舊時廣東、廣西等地區使用的 1 角、2 角、5 角的銀幣：銅子（銅圓）換～、～換大洋（銀圓）。

號（号）　háo ❶ 大聲呼喊；叫喚：一聲長～。❷ 比喻呼號：北風怒～。❸ 大聲哭：悲～｜啼飢～寒。
　　另見 hào（522 頁）。

【號叫】háojiào〔動〕拖長聲音大聲叫喚：大聲～｜誰在外面～？

【號哭】háokū〔動〕連喊帶叫地大哭：大聲～｜～不止｜為何～？

【號啕】háotáo〔動〕形容大聲哭：痛哭～｜～大哭。也作嚎啕。

【號啕大哭】háotáo-dàkū〔成〕盡情地大聲地哭：她聽了這話，不禁～起來｜從來沒有見過像她那樣～的。

嗥〈嘷獋〉　háo〔動〕❶ 野獸吼叫：～叫。❷ 比喻人咆哮：敵營長惡狠狠地～道："燒！全村的房子都燒掉！"

貉　háo〈口〉義同"貉"（hé）：～絨｜～子。
　　另見 hé（530 頁）。

【貉子】háozi〔名〕（隻）貉（hé）的通稱。

豪　háo ❶ 指有才德、有威望的人：英～｜文～｜～傑。❷ 指有權、有錢或有勢的人：土～｜富～。❸ 氣魄宏大；性情爽快；行為不受常規約束：～情滿懷｜～言壯語｜～舉｜～飲。❹ 比喻來勢猛而數量大：一場～雨。❺ 強橫（hèng）：巧取～奪。

語彙　富豪　土豪　文豪　英豪　自豪

【豪賭】háodǔ〔動〕用巨款下大賭注進行賭博：聚眾～。

【豪放】háofàng〔形〕氣魄大而無拘束：生性～｜舉止～｜～不羈。

【豪橫】háohèng〔形〕兇暴蠻橫；仗勢欺人：權門多～｜不畏～之家。

【豪華】háohuá〔形〕❶ 鋪張；奢侈：一擲千金，極盡～之能事。❷ 堂皇；華麗：～賓館｜～轎車｜～住宅。

【豪傑】háojié〔名〕才德出眾的人：英雄～｜結交四方～｜～之士望風來歸。

【豪邁】háomài〔形〕氣勢宏大；一往無前：～的誓言｜氣概～｜以～的步伐踏上新的征程。

【豪門】háomén〔名〕舊時指有錢、有勢的人家：～大族｜～子弟｜出身～｜誓不為～所屈。

【豪氣】háoqì〔名〕無所畏懼的氣概：很有幾分～｜～過人。

【豪強】háoqiáng ❶〔形〕強橫（hèng）無理：～之輩。❷〔名〕舊時指倚仗權勢欺壓百姓的人：抑制～｜鏟除～。

【豪情】háoqíng〔名〕豪邁的情懷；盡情奔放的感情：壯志～｜～滿懷。

【豪紳】háoshēn〔名〕舊時指地方上憑藉自己權勢欺壓百姓的紳士：地主～｜打擊～。

【豪爽】háoshuǎng〔形〕豪放而爽快：為人～，不拘小節｜～的性格。

【豪俠】háoxiá ❶〔形〕勇敢而講義氣：～之氣｜～之士。❷〔名〕勇敢而有義氣的人：綠林～｜幸有～搭救。

【豪興】háoxìng〔名〕極好的興致：飲酒賦詩的～｜再也沒有當年的～了。

【豪言壯語】háoyán-zhuàngyǔ〔成〕豪邁雄壯的言語；充滿英雄氣概的話：那個時代曾經有過許多～。

【豪宅】háozhái〔名〕（所）豪華闊氣的住宅。

H

【豪豬】háozhū〔名〕(頭，隻)哺乳動物，全身黑色或褐色，自肩部至尾部長着許多長而硬的刺。穴居，夜間活動，以植物為食。

【豪壯】háozhuàng〔形〕豪邁雄壯：聲音~｜異常~的事業｜~之心永不衰竭。

壕 háo ❶護城河：城~。❷壕溝：交通~｜挖戰~｜溝滿~平。

【壕溝】háogōu〔名〕❶(條)人工挖掘的小型水道，多用於灌溉、排水。❷(條，道)人工挖掘的條形工事，戰時起掩護作用。

【壕塹】háoqiàn〔名〕塹壕。

嚎 háo ❶〔動〕大聲叫：長~｜虎嘯狼~。❷同"號"(háo)③：鬼哭神~。

【嚎啕】háotáo 同"號啕"。

濠 háo ❶護城河：飲馬出城~。❷(Háo)濠河，水名。在安徽鳳陽東北，注入淮河。

【濠上】háoshàng〔名〕《莊子·秋水》載，莊子和惠施一起在濠水圍堰上遊覽，看見鰷魚從容游動，於是兩人就是否知魚之樂展開辯論。後用來比喻自得其樂的境地。

蠔(蚝) háo〔名〕牡蠣：~白(蠔肉)｜~油。

【蠔油】háoyóu〔名〕用牡蠣肉煮汁濃縮後製成的一種調味品，味道鮮美濃郁，為廣東一帶特產：~豆腐｜~生菜。

hǎo ㄏㄠˇ

好 hǎo ❶〔形〕優點多的；使人滿意的(跟"壞"相對)：~人｜~事｜~書｜~戲｜~青年｜~~的人家給拆散了｜這個話說得~｜他的這幅畫畫得~極了｜這本書很~｜成績~起來了｜質量從來沒有這麼~過。❷令人滿意的(用在少數幾個動詞前，組成合成詞或緊密結合單位)：~看｜~聽(悅耳)｜~吃(味道美)｜~聞(氣味美)｜這支筆~使｜我身上不大~受｜這個地方~玩兒。注意 以上各詞語的反義詞法，是將"好"換成"難"，"難看、難聽、難吃、難聞、難使、難受"；但"好玩兒"的否定式是"不好玩兒"，"難玩兒"的意思是"不容易玩兒"，如"這種紙牌難玩兒"。❸〔形〕容易：這篇文章~做｜這人不~對付｜那事~辦。❹〔形〕友愛；關係親密：~朋友｜他跟我~｜校長待學生很~｜小兩口兒~得很｜他倆~過一陣子，忽然又不~了。❺〔形〕健康；病癒：他的病很快就~了｜昨天還~~的，今天就進醫院了｜去年一年他的身體都沒有~過。❻〔形〕用疑問形式表示徵求意見，帶有商量或不耐煩的語氣：請你明天來取稿費，~嗎？｜咱們開個會討論一下，~不~？｜你們別鬧了~不~？｜你離我遠點兒~不~？❼〔形〕用疑問或驚歎形式表示問候：你近來~嗎？｜您~！(常常用在書信正文的開頭兒)

❽〔形〕用在動詞後做補語，表示完成或目標實現：飯做~了｜手錶修~了，你拿走吧｜方案還沒有定~。注意 有時動詞可以省略，如問"飯做好了嗎？"，也可以是"飯好了嗎？"；回答可以是"做好了""沒做好"，也可以是"好了"或"還沒好呢！"。❾〔形〕表示讚許、答應、允許、結束等語氣(多用在句首，其後停頓)：~，大夥兒都聽你的｜~，就照你說的辦｜~了，今天就談到這兒。❿〔形〕反語。表示不滿、蔑視、諷刺等語氣：~，這下全演砸了！｜~啊！糟蹋了吧？誰叫你買這麼多的！｜~個講交情的朋友！｜~一個"下不為例"！⓫〔動〕使有利：只要~了大家，我自己吃點兒虧也是心甘情願的。⓬〔動〕助動詞。以便；便於：把鉛筆削削，上課~用｜多去幾個人，遇見事~商量｜你留個地址，我~給你寄信。⓭〔動〕(吳語)助動詞。可以；應該：我~進來嗎？｜時間不早了，~休息了。⓮〔副〕修飾數量詞"一、幾"，時間詞或形容詞"多、久"，強調數量多或時間長：小李在大門口兒轉了~一陣兒｜一筐雞蛋壞了~幾個｜你這麼晚才到，叫我們等了~半天｜~多人都去了｜過了~久~久，他才來。注意 古白話小說中，還可以修飾數詞"兩"，如"孫小官不離左右的，竟了好兩次"。⓯〔副〕用在動詞或形容詞前，表示程度深，多含感歎意味：你到哪兒去了，讓我們~找｜去年年底，~忙了一陣子｜天氣~熱｜~大的口氣｜媽媽你~糊塗！｜到王莊還要走~遠~遠的路。⓰〔副〕用在某些表示積極意義的形容詞前表示詢問，相當於"多"：這位老先生~大年紀？｜北京到天津有~遠？

另見hào(521頁)。

語彙 安好 剛好 和好 交好 良好 美好 恰好 上好 討好 完好 相好 幸好 要好 友好 正好 只好 言歸於好

【好兒】hǎor〔名〕❶恩惠；好處：他對咱家有過~，咱不能忘記｜事情搞砸了，對你有甚麼~！❷讚許的話或喝彩聲：本想討個~，沒想到捱了頓臭罵｜他剛一挑簾兒亮相兒，觀眾就大聲叫了個~。❸問候的話：你見到老李，給我帶個~。❹反話，指不好的結果：那小子絕對搞不成，你就等着瞧~吧！

【好比】hǎobǐ〔動〕好像；如同：人離不開土地，~魚離不開水｜他低下頭，心上~懸着十五個吊桶，七上八下｜他最愛唱"我~淺水龍困在沙灘"這句戲詞兒。

【好不】hǎobù〔副〕用在某些雙音節形容詞前表示程度深(帶有主觀評價色彩和感歎語氣)：她~傷心｜大街上~熱鬧。注意 a)這樣用的"好不"都可以換用"好"，意思不變。b)跟上面表示肯定的意思相反，若是用在"容易"前面，用"好"或"好不"都表示否定的意思，"好容易"等於"好不容易"，意思都是"很不容易"。

【好不容易】hǎobùróngyì 很不容易（才做到某事）：～才說服了她｜～找到這裏。

【好吃】hǎochī〔形〕味美；吃到嘴裏感覺舒服、好受：這柚子～不～？｜餃子很～。

【好處】hǎochu〔名〕❶ 對人或事物有利的方面；好的方面（跟"壞處"相對）：這樣對工作有～｜我經常想到他的～｜發揚民主～多｜從壞處着想，朝～努力。❷（別人給予的）金錢、物質利益或名譽、地位、方便條件等：他給了我很多～｜我甚麼～也不想撈｜他給你～是為了拉你下水。

【好處費】hǎochùfèi〔名〕（筆）為感謝幫忙辦事的人而付給的額外酬金：如果成交還要付～｜他拿了人家的～。

【好歹】hǎodǎi ❶〔名〕好和壞：～不分｜不知～。❷〔名〕偏指壞的方面（"好"字意義失落），特指生命危險：他要是有個～，我們可怎麼辦？❸〔副〕不講究條件好壞，湊合着（進行某事），相當於"隨便""馬馬虎虎"：要開車了，～吃一點再走｜這衣服破了一點，補一下還可以穿。❹〔副〕無論情況好壞，都必然（發生某事），相當於"無論如何""不管怎樣"：答應了的事，～也要辦到｜大夥兒信得過你，～也得答應下來呀。

辨析 好歹、好賴 在指"好與壞"的意思時兩個詞用法基本相同，如"不分好賴"也可說"不分好歹"。但特指"生命危險"時，用"好歹"，不用"好賴"，如"他要是有個好歹，咱們可怎麼辦"，不能說成"他要是有個好賴，咱們可怎麼辦"。

【好的】hǎode〔歎〕多用在句子前，表示同意或表示告一段落：～，就這樣定了｜我請一會兒假出去辦點兒事好嗎？——～，你去吧｜～，今天就說到這兒｜～，沒甚麼說的了。

【好端端】hǎoduānduān（～的）〔形〕狀態詞。形容狀態好；情況正常（用在句子中，多含惋惜意）：昨天還～的，怎麼今天就病了｜不到兩年，一個～的企業就被他們搞垮了。

【好多】hǎoduō〔數〕數量多；許多：～同學｜～書｜～架飛機｜這些人有～我還是第一次見面｜這問題講了～遍了｜我上過～次黃山｜逛廟會的人來了～～｜我還有～事沒有處理呢！｜～～看熱鬧的人湧進了廣場。注意"他的病好多了"，這句話裏的"好多"不是數詞，是"形＋形"。說"他的病好多了"，等於說"他的病好得多了"。凡是這樣用的"好多"，都等於"好得多"。

【好感】hǎogǎn〔名〕滿意的感覺；喜歡的情緒（跟"惡感""反感"相對）：頗有～｜參觀過後，我對這所學校產生了～｜對這個地方談不上甚麼～。

【好過】hǎoguò〔形〕❶ 生活比較富裕，日子容易過；處境過得去（跟"難過"相對）：生活～｜他們家的日子越來越～了｜這家工廠連年虧損，負債累累，日子很不～。❷ 好受；感到舒服：看着他們家生活困難，我心裏會～嗎？｜您哪兒不～？｜我剛才心口有點兒難受，吃完藥～多了。

【好漢】hǎohàn〔名〕（條）好樣兒的男子漢；～做事～當｜～不提當年勇｜一個籬笆三個樁，一個～三個幫｜不到長城非～。

【好漢不吃眼前虧】hǎohàn bùchī yǎnqián kuī〔俗〕聰明人能見機而行，避開對己不利的事，以免遭受眼前的損失：俗話說～，他們人多勢眾，動起手來，對咱們不利，還是先避一避吧！

【好好兒】hǎohǎor（口語中讀 hǎohāor）❶（～的）〔形〕狀態詞。形容情況正常；很好：車子剛才還～的，怎麼一下子就壞了？｜他今年九十歲了，視力和聽力還都～的｜放着～的日子不過，非要去吃那個苦幹甚麼？❷〔副〕用心盡力；盡最大限度：把文章～修改修改｜我得～回憶這件事｜過幾天，咱倆～地聊一聊。❸〔副〕規規矩矩：你～地待在家裏，別出去惹事兒｜有話～說。

【好好先生】hǎohǎo-xiānsheng〔成〕明朝馮夢龍《古今譚概》記載，後漢司馬徽不談別人的短處，與人談話時，不論美醜善惡，都說"好，好"，因此被稱為"好好先生"。現指一團和氣、與世無爭、不問是非曲直而只求相安無事的人：他是位～｜～也有面紅耳赤的時候。

【好話】hǎohuà〔名〕❶ 出於善意而說的有益的話：我這是～｜當作耳旁風，～不背人，背人沒～。❷ 表示祝願和讚揚的話：不要光聽～｜專會在你面前說～的人，要警惕。❸ 有所請求而說的話：～說了一大摞，他就是不鬆口｜請你在他面前替我多說幾句～。

【好傢伙】hǎojiāhuo〔歎〕〈口〉表示驚訝或讚歎：～，這瓜怎麼這麼大！｜他一口氣翻了十八個跟頭。

【好景不長】hǎojǐng-bùcháng〔成〕好光景不會長久：～，盛筵難再。

【好久】hǎojiǔ〔形〕很久：我們～沒有見面了｜在車站等了她～。

【好看】hǎokàn ❶〔形〕美；美麗；漂亮：這件衣服真～｜兩姐妹都很～。❷〔形〕精彩；美妙：這齣戲太～了。❸〔形〕光彩；體面：學生成材的多，老師臉上也～。❹〔名〕洋相；難堪：你叫我當眾表演，這不是要我的～嗎？

辨析 好看、漂亮、美麗 a)"美麗"多用於書面語，"好看"和"漂亮"多用於口語。b)"漂亮"可以重疊成"漂漂亮亮"，"好看"和"美麗"不能重疊。c)三個詞在意義和修飾對象方面也各有不同，如"學生成材的多，老師臉上也好

看"中的"好看"是"體面"的意思，不能換成
"美麗"或"漂亮"；"這個進球兒踢得真漂亮"中
的"漂亮"是"出色"的意思，不能換成"美麗"
或"好看"；"美麗的幻想"中的"美麗"是"美
好"的意思，不能換成"好看"或"漂亮"。

【好萊塢】Hǎoláiwù〔名〕美國著名電影城市。位
於美國加利福尼亞州洛杉磯市西北部：～大
片。[英 Hollywood]

【好賴】hǎolài ❶〔名〕好和壞：誰知他根本不懂
得～。❷〔副〕將就着，湊合着：天黑了，～
住下來就行啦。❸〔副〕無論如何；不管怎
樣：～總得給我一個回信吧！

【好馬不吃回頭草】hǎomǎ bùchī huítóu cǎo〔俗〕
比喻有志氣的人做出決定後不後悔，不走回頭
路：大家應該摒棄～的陳腐觀念，歡迎跳槽的
優秀人才重返公司工作。

【好評】hǎopíng〔名〕好的評價；較高的評價：獲
得～｜給予一的～｜讀者的～是對作者的極
大鼓舞。

【好人】hǎorén〔名〕❶ 優點較多的人；品質好的
人：～好事｜～不嫌多，惡人怕一個。❷ 老
好人；誰也不得罪的人：不能拋掉原則，只顧
當～。❸ 健康狀況正常的人：煙霧騰騰的，～
都受不了，何況是病人呢！

【好日子】hǎorìzi〔名〕❶ 吉利的日子：查查皇
曆，揀個～動身。❷ 喜慶的日子；辦婚事的日
子：你倆的～定在哪一天？❸ 温飽的日子；幸
福美好的生活：從前哪有這樣的～！｜總算盼
來了～。

【好容易】hǎoróngyì〔形〕很不容易(才做到某
事)。用在動詞前：～才找到這個地方｜～才
買到這本書。參見"好不"(518頁)。

【好生】hǎoshēng〔副〕❶ 表示程度深，相當
於"多麼""十分"(多見於早期白話和傳統戲
曲)：～面熟｜～奇怪｜～勇猛。❷ 用積極的
態度(處理某事)，相當於"好好兒地"：～將
養｜～看待這孩子｜有話～說嘛。

【好聲好氣】hǎoshēng-hǎoqì〔成〕輕言細語，和
顏悅色：主任同人談話，總是那麼～的。

【好使】hǎoshǐ〔形〕便於使用；使用效果好：這
支筆挺～｜這把刀子不～｜年輕人腦子～。

【好事】hǎoshì〔名〕❶ (件，椿)有益的事情；
使人滿意的事情(跟"壞事"相對)：好人～很
多｜做～，不留名。❷ 特指慈善的事情(多需
付出一定的資財)：但知行～，不必問前程。
❸ 喜慶的事；男女相愛的事：看你喜氣洋洋
的，一定有甚麼～？❹ 反語。指壞事，表示諷
刺挖苦：你幹的～，把我的買賣全攪了。
另見 hàoshì(521頁)。

【好事多磨】hǎoshì-duōmó〔成〕實現美好的事
情，往往要費許多周折：又誰知～，平地起風
波｜這叫作佳期難得，～。

【好手】hǎoshǒu〔名〕(把)❶ 精於某種技藝的
人：～難繡沒綾花。❷ 泛指很能幹的人：當經
理，管企業，他可是一把～。

【好受】hǎoshòu〔形〕身心愉快；舒服；適意(跟
"難受"相對)：服了藥以後，～多了｜心裏老
悶着，不大～｜微風一吹，十分～。

【好說】hǎoshuō〔動〕❶ 多用於答話。用在別人對
自己致謝時，表示不必客氣，相當於"不謝"；
用在別人稱讚或恭維自己時，表示不敢當，承
受不起：～，您太客氣了！｜～，～，您過獎
了。❷ 用於別人對自己有所請求時，表示不難
滿足或好商量：關於集資入股的事，～｜你要
留下這件東西，價錢～。

【好說歹說】hǎoshuō-dǎishuō〔成〕從各方面反復
說；用各種方式勸說：我～，他才答應去做｜
任憑你～，他還是紋絲不動。

【好似】hǎosì〔動〕好像：防沙林～一堵牆，頂住
了風沙的衝擊｜她們倆處得～親姐妹一樣。
注意 "好似"的後面不跟"是"連用，如"好似
是親姐妹""好似是多年的老朋友""這孩子說
起話來好似是個大人"等，都得去掉"是"字
才能說；或者把"好似是"改為"好像是"也
可以。

【好聽】hǎotīng〔形〕❶ (聲音)聽起來舒服；悅
耳：這支歌兒很～｜金絲雀的叫聲比麻雀～。
❷ (言語)聽起來滿意；順耳：他光說～的，
就是不辦實事｜～的話要聽，難聽的話也
要聽。

【好玩兒】hǎowánr〔形〕有趣；有意思：公園裏
很～｜這孩子真～｜這可不是～的！

【好戲】hǎoxì〔名〕❶ (齣)內容和形式好的戲
劇：寫～，演～｜一齣～｜～連台，豐富多
彩。❷ 比喻熱鬧的景象(反話，含諷刺意)，
常與動詞"看"搭配使用：這回可有～看
了｜～還在後頭呢｜等着看他的～吧。

【好像】hǎoxiàng ❶〔動〕好像；有些像：她～我
的妹妹。❷〔副〕似乎；大概。表示推測或感
覺，不十分肯定：他～只來過一次｜～是真
的，又～是假的｜～他不喜歡吃蒜｜這位同志
我～在哪兒見過似的｜他說得有聲有色，～事
情就發生在眼前一樣。**注意** a)用副詞"好像"
的句子，句末可以加"似的、一樣"。b)副詞
"好像"可以用在動詞或形容詞前，也可以用
在主語前。c)副詞"好像"有時可以說成"好
像是"。d)"他倆好像啊！"這句話裏的"好
像"不是副詞，是"副＋動"，意思是很像，
非常像。這個"好像"可以單獨成句，可以單
獨用來回答問題。如"你看那朵雲像不像隻綿
羊？──好像！好像呀！"，而副詞"好像"沒
有這些功能。

【好笑】hǎoxiào〔形〕❶ 引人發笑；有趣；滑稽：
故事情節真～｜這相聲說得太～了｜他說的笑

話一點兒也不～。❷可笑；令人嗤笑：蚍蜉撼樹不自量力，太～了。

【好些】hǎoxiē〔數〕好多：～人｜～東西｜來參觀的人～我都認識｜這類書我家也有～。**注意** a)"好些"，也可以說成"好些個"。b)"他的病好些了"，這句話裏的"好些"不是數詞，是"好+(一)些"（形+(數)量）。說"他的病好些了"，等於說"他的病好一些了"。凡是這樣用的"好些"，都等於"好一些"。

【好心】hǎoxīn〔名〕好意：辜負了你的一片～｜～有好報｜他是～做壞事。

〔辨析〕**好心、好意** a)含義相同，多數情況下可以互換，如"你是一片好心(好意)"。b)習慣上的組合有些不同，如"好心不得好報""好心好意""一番好意"等語句中，它們都不能互換。

【好樣兒的】hǎoyàngrde〔名〕〈口〉有骨氣、有勇氣或有出息的人（多用於當面對話）：是～，就站出來吧！｜我倒要看看究竟誰是～，誰是窩囊廢。

【好意】hǎoyì〔名〕善良而美好的心意：謝謝你的～｜想不到一番～被人誤解了。

【好意思】hǎoyìsi〔動〕不害臊；不怕情面上過不去（多用於反詰句，含責備意）：怎麼～去幹這種事？｜對老朋友這麼冷淡，難道你～？

【好在】hǎozài〔副〕指出某一事實，表示這是一種不利情況下的有利條件：～他是本地人，哪條路都熟｜書找不到就算了，～我家裏還有。

【好轉】hǎozhuǎn〔動〕向好的方面轉化；由壞變好：經濟形勢～｜病情開始～了｜企業的經營情況有所～。

【好自為之】hǎozìwéizhī〔成〕自己妥善從事，好好去做。多用於勸人自勉：你隻身在外，要～｜事已至此，你就～吧。

郝 Hǎo〔名〕姓。

hào ㄏㄠˋ

好 hào〔動〕❶喜歡；愛（跟"惡 wù"相對）：葉公～龍｜投其所～｜潔身自～｜～逸惡勞｜～聽恭維話｜～清靜｜～表現。❷容易；易於（發生某種事情，多是人們不情願的事情）：～暈車｜～生病｜孩子才學走路，～摔跤｜她感情脆弱，從小～哭。

另見 hǎo（518頁）。

語彙 愛好 癖好 嗜好 喜好 潔身自好 投其所好

【好吃懶做】hàochī-lǎnzuò〔成〕貪圖吃喝享受，不願費氣力工作或幹活：一味～，哪有不敗家的？｜勤儉持家是正道，～害死人。

【好大喜功】hàodà-xǐgōng〔成〕原指封建帝王喜歡用兵以顯示威力。現指喜歡辦大事，立大功。多用來指不顧條件限制，做事重虛榮，鋪張浮誇。

【好鬥】hàodòu〔動〕喜歡爭鬥：他生性～，一點小事都要理論一番。

【好高鶩遠】hàogāo-wùyuǎn〔成〕鶩：追求。熱衷於往高處攀登，向遠處奔馳，而不從低處、近處開始。比喻不切實際地追求過高目標：做事一定要腳踏實地，～不可能獲得成功｜不要～，應當循序漸進。**注意** "好高鶩遠"的"鶩"字下面從"馬"，"趨之若鶩"的"鶩"字下面從"鳥"。

【好客】hàokè〔形〕對客人熱情；熱心於接待客人：主人非常～｜～是我們的傳統。

【好奇】hàoqí〔形〕對陌生的人或事物感到新奇：～心很強｜～的目光｜他這個人甚麼事都很～。

【好強】hàoqiáng〔形〕喜歡自己比別人強，不甘示弱：～的性格｜他很～，從來不認輸｜也別太～了，得（děi）實事求是，量力而行。

【好色】hàosè〔形〕指男子貪愛女色：～之徒｜他非常～。

【好善樂施】hàoshàn-lèshī〔成〕喜歡做善事，樂於施捨錢財。

【好勝】hàoshèng〔形〕喜歡超過或勝過別人，不喜歡別人超過或勝過自己：有～心｜爭強～｜對～的人用激將法最靈。

【好事】hàoshì〔形〕喜歡多事；好管閒事：他一向安分守己，從不～。
　　另見 hǎoshì（520頁）。

【好為人師】hàowéirénshī〔成〕不謙虛，喜歡教育別人：他雖然比別人早幹了幾年營銷，但處處～，也很讓同事反感。

【好問】hàowèn〔動〕樂於向別人請求指教：做學問，既要好學又要～｜他～一些奇怪的問題。

【好惡】hàowù〔名〕喜愛和厭惡的情感：各人的～不同｜人們當然會根據自己的～來選擇穿衣戴帽。

【好逸惡勞】hàoyì-wùláo〔成〕喜歡安逸，厭惡勞動：～，甚麼事也做不成｜誰～，誰就沒有收穫。**注意** 這裏的"惡"不讀 è。

【好戰】hàozhàn〔形〕喜歡挑起或介入戰爭：～分子｜這些人野心勃勃，十分～。

【好整以暇】hàozhěng-yǐxiá〔成〕形容在緊張忙亂的情況下，仍能嚴整有序，從容不迫。

昊 Hào〔名〕姓。

姄 hào〈書〉❶廣闊無邊：～天｜～空。❷天：蒼～。

耗 hào ㊀❶〔動〕減損；消耗：～電太多了｜蠟～下去一大截｜這菜～不了多少油。❷〔動〕(北京話)拖；拖延：～時間｜把我的時間都～沒了｜別～了，再～一會兒就要耽誤事兒了。❸（Hào）〔名〕姓。

㊀〔書〕（不好的）音信或消息：凶～｜噩～｜音～全無。

語彙 噩耗 空耗 虧耗 磨耗 內耗 傷耗 損耗 消耗 凶耗 音耗

【耗材】hàocái ❶〔動〕耗費材料：新造機床～近三噸。❷〔名〕在使用過程中消耗的材料：辦公～。

【耗電】hào // diàn〔動〕消耗電力：～大戶｜量低的電冰箱普遍受歡迎。

【耗費】hàofèi ❶〔動〕消耗；花費：～不少精力｜～了無數個日日夜夜｜白白～了公家的錢｜原材料～得太多了。❷〔名〕指耗費的錢或物：這次出差，～太大｜減少～，降低成本。

【耗竭】hàojié〔動〕〈書〉消耗淨盡：人力～｜燃料殆將～。

【耗盡】hàojìn〔動〕用完；全部消耗：他～了畢生精力｜燈油～了。

【耗損】hàosǔn ❶〔動〕消耗；損失：這種運動太～體力了。❷〔名〕指由於某種原因造成的消耗或損失：～太大｜減少水果在運輸中的～。

【耗資】hàozī〔動〕耗費資金：該部影片～巨大。

【耗子】hàozi〔名〕（隻）（北方官話、西南官話）老鼠。

浩 hào ❶大：～漫｜～如江河。❷多：～博｜～如煙海。

【浩大】hàodà〔形〕（聲勢、規模等）盛大；極大：～的聲勢｜建設規模～。

【浩蕩】hàodàng〔形〕❶原指水勢大。現泛指場面壯闊，氣勢雄偉：江水～｜奔騰～的江流｜～的東風｜浩浩蕩蕩的遊行隊伍。❷形容遍佈廣大：皇恩～。

【浩繁】hàofán〔形〕形容極大極多：開支～｜卷帙～｜～的經濟負擔。

【浩瀚】hàohàn〔形〕〈書〉原指水勢盛大，現形容廣大；繁多：～的海洋｜～的沙漠｜典籍～。

【浩劫】hàojié〔名〕（場）借佛教用語"劫"泛指深重的災難：空前的～｜這一場～，歷時十年。

【浩渺】（浩淼）hàomiǎo〔形〕廣闊遼遠（多形容水面）：煙波～｜～的雲海中湧出一輪紅日。

【浩氣】hàoqì〔名〕正氣；剛正的精神：～凜然｜～永存。

【浩然】hàorán〔形〕❶盛大而壯闊：飛流～直下。❷正大剛直：～正氣。

【浩如煙海】hàorúyānhǎi〔成〕廣博繁多，有如海上迷蒙的煙霧。多用來形容文獻資料等數量極多：中國的古籍～｜切實整理和研究～的歷代文獻。

【浩歎】hàotàn〔動〕〈書〉長聲歎息；大聲歎息：

徒增～｜～無已。

淏 hào〈書〉水清的樣子。

皓〈皜暠〉 hào ❶白；潔白：～首窮經｜明眸～齒。❷明亮：～月千里。"暠"另見 gǎo（434頁）。

【皓首】hàoshǒu〔名〕〈書〉白頭；年老：青春作賦，～窮經｜畢生勞頓，～無成。

【皓首窮經】hàoshǒu-qióngjīng〔成〕皓：白。窮經：徹底鑽研經書。鑽研經書直到人老頭白。

【皓月】hàoyuè〔名〕明亮的月亮：～當空。

號（号） hào ㊀ ❶ 名稱：國～｜年～。❷〔名〕別號；別名：孫中山名文，字德明，～逸仙，又～中山｜李白字太白，～青蓮居士。❸舊時指商店：本～｜總～｜只此一家，別無分～。❹ 指牲口圈：馬～。❺〔名〕標誌；記號：乘～｜除～｜等～｜槍響為～。❻〔名〕次第；等級：～碼｜編～｜型～｜頭～。❼〔名〕多放在數詞或數碼之後，表示一般的順序、陽曆某月的某個日子、報刊出版的序列：中山路152～｜六～門｜十月一～是國慶節｜本月二十～以後，準備開個會｜《光明日報》第12193～｜創刊～｜～外。❽〔量〕用於人數或買賣成交的次數：幾十～人吃飯｜我們班才三十幾～人｜一天能做幾百～生意？❾〔量〕種，類（用在指示代詞後邊，多含貶義）：誰跟他那～一般見識！❿〔動〕標上記號或號碼：～房子（在房子門口寫上字，標明用途）｜把這些課桌和椅子都～一～（編上號碼，登記在冊）。⓫〔動〕診（脈）：～了脈沒有？

㊁ ❶ 命令：發～施令。❷〔名〕（把）軍隊或樂隊所用的喇叭：吹～起床｜我們村的銅管樂隊又購置了三把～。❸〔名〕用號吹出的表示某種意義的聲音：起床～｜熄燈～｜集結～｜衝鋒～。另見 háo（517頁）。

語彙 暗號 病號 綽號 符號 記號 年號 外號 信號 字號

【號稱】hàochēng〔動〕❶因某方面很出名而被稱為：景德鎮～瓷都｜廣東台山～排球之鄉。❷名義上稱作；自我宣稱：曹操率83萬大軍南下，～百萬｜～強大的未必就強大。

【號角】hàojiǎo〔名〕❶古時軍中傳達號令的管樂器，初用獸角或竹、木製成，後多用金屬製成。❷比喻有所號召的聲音：戰鬥的～已經吹響｜耳邊響起了向高科技進軍的～。

【號令】hàolìng ❶〔動〕軍隊中用口說或用軍號、信號等下達命令：～三軍，開展冬季大練兵｜～第九連斷後，掩護全團轉移。❷〔名〕下達的命令（多指軍隊中或比賽時）：這是軍長的～｜一聲～，競賽開始。

【號碼】hàomǎ（～兒）〔名〕作為標誌的數目字：

表示次第的順序號：電話～｜門牌～｜～機（能自動轉換號碼的打號機）。

【號脈】hào // mài〔動〕診脈：大夫～——對症下藥｜中醫看病總要先號一號脈。

【號手】hàoshǒu〔名〕(位，名)(在軍隊或其他集體中)擔當吹號任務的人：16名～走在全校隊伍的前列。

【號外】hàowài〔名〕(張)報社為爭取時間報道重大消息而臨時增出的不加編號的報紙，一般篇幅較小而字體較大：報童大聲叫賣剛剛出版的～。

【號衣】hàoyī〔名〕(件)舊時普通士兵或衙門的差役等所穿的、前胸後背都帶有明顯標誌的衣服。

【號召】hàozhào ❶〔動〕(上級)公開召喚(群眾共同去做某事)：國家～青年到艱苦的地方去鍛煉｜～晚婚晚育。❷〔名〕對群眾的公開召喚：積極響應政府的～。

辨析 號召、號令　"號召"是召喚人們去做某事，"號令"是下命令要人們去做某事，前者是非強制性的，後者具有強制性。

【號子】hàozi ❶〔名〕拉縴、打夯等集體勞動中所唱的歌或發出的吆喝聲，大多由一人領唱，眾人應和，有協同用力、減輕疲勞的作用：川江～｜一聲此起彼落。❷台灣地區用詞。"證券經紀商"的俗稱。依據在證券管理部門登記的順序，每家證券經紀商都有一個號碼，故得名：股市長期不振，股民失去信心，導致多家小～倒閉。

鄗 Hào ❶ 古地名。在今河北柏鄉北。❷ 同"鎬"(Hào)。❸〔名〕姓。

滈 Hào 滈河，水名。在陝西。

皋 hào〈書〉❶ 白；明亮。❷ 同"昊"：～天(蒼天)。

虢 Hào〔名〕姓。

滈 hào〈書〉同"浩"：～盱(色彩繁盛的樣子)。

鎬(鎬) Hào 古地名。西周初年的國都，在今陝西西安西南。
另見gǎo(434頁)。

顥(顥) hào〈書〉白而發亮的樣子：～氣(白色的雲氣)。

灝(灝) hào〈書〉浩大；遠：～氣(瀰漫於天地之間的大氣)。

hē　ㄏㄜ

呵 hē ❶〔動〕張口呼(氣)；哈(氣)：演魔術的人～口氣，就能變出東西來｜天寒地凍，～氣成霜｜筆凍住了，得～～它才能寫字

。❷大聲呵斥：誹謗譏｜～責。❸同"呵"。
另見ā(1頁)；á(2頁)；ǎ(2頁)；à(2頁)；a(2頁)；kē(751頁)。

【呵斥】hēchì〔動〕大聲斥責；申斥：～了他一頓｜把他～得夠受的。也作呵叱。

【呵呵】hēhē〔擬聲〕形容笑的聲音：笑～｜～地笑｜～，這回你服了吧！

【呵護】hēhù〔動〕保護；愛護：～我們的生存環境｜動物也知道～下一代。

喝 hē ㊀〔動〕❶ 嚥下(液體或流食)：～開水｜～咖啡｜沏杯茶～｜把藥全都～下去吧｜那孩子把肚子～得鼓鼓的｜這飲料味兒很不錯，你～～看。❷ 特指喝酒：就愛～兩杯｜我沒～醉｜好吃好～。
㊁ 同"呵"。
另見hè(531頁)。

語彙　吃喝　好喝　大吃大喝

【喝西北風】hē xīběifēng〔慣〕比喻沒有飯吃；忍飢捱餓：難道叫我一家～？｜你再不幹活兒，咱娘倆可得～啦！

訶(訶) hē ❶ 見下。❷ (Hē)〔名〕姓。

【訶子】hēzi〔名〕❶ 常綠喬木，葉子卵形，果實似橄欖，可入藥，有止瀉、止咳作用。❷ 這種植物的果實。

嗬 hē〔歎〕表示驚訝或讚賞：～！你也來了｜～！真不得了｜～！來了這麼多人｜～，這小孩真行！｜～，演得真棒！

螫 hē〔動〕蟲類咬或蜇(zhē)。

hé　ㄏㄜˊ

禾 hé ❶ 禾苗，特指水稻的植株：人怕肺癆病，～怕鑽心蟲。❷ 古書上指粟；穀子：～麻菽麥，不可須臾離。❸ 泛指莊稼：田～秀穗了。❹ (Hé)〔名〕姓。

【禾苗】hémiáo〔名〕穀類植物的苗：返青的～｜～茂盛｜雨露滋潤～壯。

合 hé ㊀ ❶〔動〕閉上；合攏：笑得～不上嘴｜他忙得兩天兩夜都沒有～眼｜把書～上。❷ 配合：裏應外～。❸〔動〕協同；共同(跟"分"相對)：～力齊心｜中外～辦｜兩家～着買一所房子。❹〔動〕會集；彙聚：～資經營｜烏～之眾｜兩好～一好。❺ 投合；融洽：情投意合｜貌～神離｜落落寡～。❻〔動〕符合；合乎：～理～法｜正～我心｜不謀而～｜不～時宜｜這個菜不～我的胃口｜這麼做不～規格。❼〔動〕折合；等於：一米～三市尺｜一個工作日～多少錢？❽〔動〕總計：連吃帶住～多少錢？❾〈書〉應該；應當：文章～為時而著，歌詩～為事而作。❿〈書〉匹配；配偶：天作之～｜百年好～

（上二例均為祝賀新婚用語）。❶〔名〕在太陽系中，當行星運行到與太陽、地球成一直綫，且地球不在二者中間時，這種現象叫作"合"。❷（Hé）〔名〕姓。

（二）〔名〕中國民族音樂音階上的一級，樂譜上用來記音符號，相當於簡譜的"5"。參見"工尺"（447頁）。

另見 gě（440頁）；hé "閤"（530頁）。

語彙 場合 重合 湊合 撮合 符合 苟合 化合 回合 匯合 會合 混合 集合 結合 聚合 聯合 磨合 偶合 配合 巧合 切合 融合 適合 投合 吻合 迎合 整合 組合 悲歡離合 不謀而合 裏應外合 前仰後合 情投意合 志同道合 珠聯璧合

【合抱】hébào〔動〕伸出兩臂圍攏（表示樹木、柱子等的粗大）：～之木，生於毫末｜柱子粗到一個人～不過來。

【合璧】hébì〔動〕璧指圓形有孔的玉，它的一半叫半璧，兩個半璧合成一個圓形，叫合璧。比喻兩種不同的有關事物配在一起，可互相參照，顯得非常適宜：中西～（中文外文對照，或中式西式相結合等）｜詩畫～（畫與詩相配，詩情畫意相結合）。

【合併】hébìng〔動〕❶結合；歸併；合而為一：幾家小廠～為一個大廠｜這兩段話可以～在一起說｜我們學校是由三所技校、一所中專～而成的。❷正在患甲種病時，又患上了乙種病：（多種病）同時發作：風濕病～心肌炎｜～症。

【合併症】hébìngzhèng〔名〕併發症。

【合不來】hébulái〔動〕彼此不能融洽相處；彼此性格、興趣等不同，合不到一處：我們倆怎麼也～｜他脾氣古怪，跟誰都～。

【合唱】héchàng〔動〕由兩組以上的歌唱者各自按不同的聲部來演唱同一樂曲；由兩人或兩人以上共同演唱同一樂曲（區別於"獨唱"）：～隊｜大～｜混唱～｜夫妻～一支歌｜咱們一塊兒～吧。

【合成】héchéng〔動〕❶合併而成；組合而成：派生詞由詞根和詞綴～｜～詞。❷通過化學反應使成分較簡單的物質集成為成分較複雜的新物質：人工～｜樹脂～｜～染料。

【合成詞】héchéngcí〔名〕由兩個或兩個以上的詞素構成的詞（區別於"單純詞"），包括複合詞（由兩個或兩個以上詞根合成，如"潛伏""事態"）和派生詞（由詞根加詞綴構成，如"阿婆""窗子"）兩類。

【合成纖維】héchéng xiānwéi 用煤、石油、天然氣等做原料合成的纖維，強度高，耐磨，可製紡織品、繩索等。

【合得來】hédelái〔動〕彼此相處融洽；彼此能和諧地在一起：我們倆非常～｜他跟誰都～。

【合法】héfǎ〔形〕符合法律規定；合乎法律要求：～收入｜～繼承人｜唯一一個政府｜合理～｜我哪一點不～？

【合法化】héfǎhuà〔動〕使符合法律規定和要求：組織活動～｜安樂死還沒有～。

【合該】hégāi〔動〕〈口〉注定；理應如此：～你這病要好了｜也是～我與你有緣！

【合格】hégé〔形〕合乎規格；合乎規定的標準：～證書｜～產品｜質量～｜體檢～｜勉強～｜你說～，我說不～。**注意** 問"合不合格"，回答時一般不能簡單地說"合"或"不合"，而要說"合格"或"不合格"。

【合股】hégǔ〔動〕❶把兩股以上的纖維合到一起（使比較結實）：～綫。❷由兩人以上把股份資金聚集在一處（來經營企業）：～經營｜這個廠是多人～興辦的｜我寧可獨資興辦，也不願與人～。

【合乎】héhū〔動〕符合；與……相符合：～實際｜～道理｜我的心意｜～群眾的利益｜建設事業的需要｜你這個動作不～要領。

【合歡】héhuān ❶〔動〕聚在一起歡樂，指相愛的男女歡聚。❷〔名〕（棵）落葉喬木，羽狀複葉，小葉對生，夜間成對相合，白天張開。夏季開粉紅色花，是一種綠化樹。也叫馬纓花。

【合夥】héhuǒ（～兒）〔動〕結成夥伴關係（合力做某事）：～開發新技術｜～辦企業｜～經營｜他們～幹壞事。

【合擊】héjī〔動〕（幾部分軍隊）協同一致，向同一目標進攻或圍殲：分進～固守待援之敵。

【合計】héjì〔動〕加起來計算（後面多與數量詞連用）：本月支出～927元｜三次購進蘋果～5432斤。

〔辨析〕合計、總計、小計 這是三個不同的層次。只有一個層次時，用"合計"或"總計"均可；兩個層次時，先"小計"，再"合計"或"總計"，或者先"合計"，再"總計"；三個層次時，先"小計"，再"合計"，最後"總計"。如月份為"小計"，則季度為"合計"，年度為"總計"，依次類推。

【合計】héji〔動〕❶一塊兒商量：大夥兒～～這事辦得成辦不成。❷考慮；盤算：～了半天，還是想不出個好主意。

【合腳】héjiǎo〔形〕鞋襪等穿在腳上，大小鬆緊都合適：這雙鞋子～｜這雙襪子不大～｜我給您買的皮鞋～不～？

【合金】héjīn〔名〕由一種金屬元素與他種金屬或非金屬元素熔合而成的具有金屬特性的物質，其機械、物理和化學性能都優於純金屬。

【合口】hékǒu（一）（-//-）〔動〕瘡口或傷口癒合：腿上受的傷～了嗎？｜瘡子早都合了口了。（二）〔形〕（味道）適合口味；可口：今天這些菜都不～。**注意** "合口"和"可口"是近義詞。最常用的是"可口"，如"這幾個菜很可口"。"合口"修飾名詞時，一定得帶"的"，如"合口的菜就多吃"。而"可口"修飾名詞則不一定帶"的"，如"可口菜有一盤就行了"。

【合理】hélǐ〔形〕(做法、說法等)合乎情理、事理或道理：～要求｜～分工｜～安排時間｜解決國際爭端｜他提的方案不夠～｜這些意見都很～｜改革不～的規章制度。

【合理化】hélǐhuà〔動〕進行調整、改進或改革，使趨於合理：分工～｜生產流程～｜～建議。

【合力】hélì ❶〔動〕通力合作：同心～搞建設｜～抗擊侵略者。❷〔名〕如果一個力單獨作用跟另外若干個力共同作用而產生的效果相同，那麼這一個力就是另外若干個力的合力。

【合流】héliú〔動〕❶(水流)匯合：長江和嘉陵江在重慶～。❷比喻原來有差別的思想、勢力、行動趨於一致：兩股勢力終於～了。❸不同的流派由互相滲透而融為一體：漢劇、徽劇～，產生了京劇。

【合龍】hélóng〔動〕❶修築堤壩或圍堰從兩端相向施工，最後剩下的缺口叫龍口，截流封口叫合龍。❷挖掘隧道或修建橋樑等，兩頭施工，最後在中間接合叫合龍。

【合攏】(闔攏)hé//lǒng〔動〕❶閉合：兩眼一夜沒～｜老人笑得合不攏嘴。❷收攏，合在一起：兩臂～，緊緊抱住｜大家～一點，別太分散。

【合謀】hémóu〔動〕共同謀劃(進行某種活動)：～行竊｜～發難。

【合拍】hépāi ㊀❶(-//-)〔動〕合得上節拍：這孩子樂感好，舉手投足，無不～｜他的舞步一點也合不上拍。❷〔形〕比喻彼此的思想、行動一致：他們倆見解相仿，做起事來十分～。㊁〔動〕❶共同拍攝(影片)：北京電影製片廠和上海電影製片廠～了一部新片子｜這部賀歲片是內地和香港～的。❷一起拍照：二人～一張照片。

【合情合理】héqíng-hélǐ〔成〕合乎人之常情和一般事理：這事辦得～｜～的解決辦法｜沒有比這更～的了。注意"合情合理"的否定式是"不合情理"，不是"不合情不合理"；但是可以說成"(既)不合情也不合理"或"又不合情又不合理"。

【合群】héqún(～兒)〔形〕同大家合得來；能融合到群體中：他這人最～了，在哪兒都受歡迎｜這匹馬剛買來，很不～。

【合身】hé//shēn(～兒)〔形〕(衣褲等的大小長短)與身材相稱(chèn)：試試這件大衣，看看～不～｜爸爸的衣服，孩子穿不～｜買來的成衣，穿起來這麼～，還真不容易。

【合十】héshí〔動〕佛家敬禮方式，兩掌十指對合，放在胸前，表示誠心專一。一般人也用來表示虔誠或恭敬。

【合適】héshì〔形〕符合要求；適宜：這頂帽子你戴着正～｜這番話說得不～。

〔辨析〕合適、適合　"合適"是形容詞，不能帶賓語；"適合"是動詞，可以帶賓語；如果"這雙鞋很適合你穿"中的"適合"換用"合適"，那麼就得說成"這雙鞋你穿很合適"。

【合算】hésuàn ❶〔動〕綜合計算；盤算：把各項支出～一下，看至少要花多少錢｜～來～去，還是定不下來。❷〔形〕所得大於所失；付出較少而收效較大：同樣的錢，買兩頭牛比買一匹馬～多了。

【合體】hétǐ ㊀(-//-)〔形〕合身。㊁〔名〕漢字形體結構的一種，由兩個或更多的獨體合成，如"肋"由"月、力"合成，"贏"由"亡、口、月、貝、凡"合成(區別於"獨體")。

【合同】hétong〔名〕(份)雙方或數方商議同意一致遵行以利辦事的文書，條款內容主要是確定各方的權利和義務等：簽訂～｜撕毀～｜一經簽訂，即具有法律效力。

【合同工】hétonggōng〔名〕(名)用人單位通過簽訂勞動合同招收的工人。

【合圍】héwéi〔動〕❶(軍力或火力)從不同方向(將敵人或野獸)包圍：迅速進行～｜避免敵兵～｜實現～，以孤立、全殲被圍之敵。❷〈書〉合抱：～的大樹｜此樹需四人始能～。

【合眼】(闔眼)hé//yǎn〔動〕❶合攏眼皮。❷指睡覺：一宿沒～，睏死了｜趁火車還沒到站，抓緊時間合合眼。❸〈婉〉指死亡。

【合意】hé//yì〔動〕符合心意；中意：正合我意｜眾口難調，合你的意，不合他的意。

【合營】héyíng〔動〕(兩方或數方)合起來經營：～企業｜與外商～。

【合影】héyǐng ❶(-//-)〔動〕(兩個人或更多的人)合在一塊兒照相：讓我們合個影，留個紀念吧｜人太多了～不方便｜參加～的請登記。❷〔名〕(張)(兩個人或更多的人)合在一塊照的相片：這是我們全班同學的～｜寄上～一張。

【合轍】hézhé(～兒)〔動〕❶兩輛以上的車留下的車輪印跡彼此相合；比喻想法一致，合得來：兩個人想到一塊兒去了，一說就～兒。❷(戲曲、曲藝)唱詞押韻：～押韻｜數來寶、順口溜也得～兒。

【合着】hézhe〔副〕〈口〉表示終於發現了真實情況：～你是裝病啊｜說了半天，～興出這規矩就是為了訛錢呀！

【合資】hézī〔動〕雙方或多方聯合共同投資：～生產｜中外～企業。

【合縱】hézòng〔動〕戰國時蘇秦遊說六國聯合起來對抗秦國。秦國居西，六國土地縱貫南北，所以六國聯合起來稱合縱(跟"連橫"相對)。

後泛指為對抗另一方而結盟。也作合從。

【合奏】hézòu〔動〕用兩種以上樂器共同演奏同一樂曲：你們倆～一支曲子。

【合作】hézuò〔動〕為了共同的目的一起工作；共同完成某項任務：彼此～｜她倆密切～，獲得了女子雙打冠軍｜兄弟單位應該分工～｜這支曲子係兩位已故音樂家～。

何 hé ❶〔代〕疑問代詞。甚麼：～人｜～物｜～時｜～地｜有～表示？❷〔代〕疑問代詞。哪裏：～去～從｜一部十七史從～說起？❸〔代〕〈書〉疑問代詞。為甚麼：夫子～曬由也？❹〔代〕疑問代詞。表示反問，相當於"豈、怎麼"：～足掛齒？｜～濟於事？｜～竟日默默無言？❺〔副〕表示感歎，相當於"多麼"：五城～迢迢，迢迢隔河水。❻(Hé)〔名〕姓。

【何必】hébì〔副〕用反問語氣表示沒有必要（那樣做）：早知今日，～當初？｜咱們是老朋友，～客氣？｜為一點兒小事生氣，～呢？

【何不】hébù〔副〕用反問語氣表示事情該怎麼樣，相當於"為甚麼不"，帶有勸告或建議的意思：既然有病，～求治？｜你有時間，～去看看他？｜既然大夥兒都樂意，你～順水推舟呢？

【何嘗】hécháng〔副〕用反問語氣表示委婉的否定，相當於"不曾""並不是"或"難道"：我～見過他們的面？｜他～不想用功，只是身體太差了｜你的意見，我～沒有考慮。**注意**"何嘗"用在肯定形式前面，表示否定；用在否定形式前面，表示肯定。

【何等】héděng ❶〔代〕疑問代詞。甚麼，甚麼樣的。放在名詞前表示疑問或讚歎：～人物｜～態度！這是～天才！又是～學力！❷〔副〕多麼，放在形容詞前表示程度深，多用於感歎語氣：～聰明｜～可愛｜～感人～不已。

【何妨】héfáng〔副〕用反問語氣表示不妨（這樣做）：沒做過的事，～試一試？｜沒有把握，～先搞個試點？**注意**"又何妨"也可以說成"又有何妨"。

【何苦】hékǔ〔副〕用反問語氣表示不值得（這樣做）：你打個電話來就行了，～自己跑一趟？｜～為這點小事跟人家賭氣？｜明知不行還要幹，你這是～呢？

> **辨析 何苦、何必** "何苦"比"何必"語氣更重些，不僅表示沒有必要，還包含有不值得的意思。上面各例也可以換用"何必"；但"何必"不一定能換用"何苦"，如"何必客氣？""何必多嘴？"這兩句話裏的"何必"就都不能換用"何苦"。

【何況】hékuàng〔連〕❶用反問語氣表示兩相對比中更深一層的意思：行行出狀元，古代已經如此，～我們這個時代！｜學好本國語言尚且要花很大力氣，～學習外語呢？❷用於申明更進一步的理由，相當於"況且"：小船是逆水而

上，～又頂風冒雨，因此走得非常慢｜他太高興了，因為他第一次有了職業，～這個工作又那麼合乎理想。

【何樂不為】hélèbùwéi〔成〕為甚麼不樂於去做呢？用反問語氣表示可以去做、願意去做或樂意去做：惠而不費的事，我～呢｜改用新品種，產量高，費用省，～｜對各方都有利，又～？也說何樂而不為。

【何其】héqí〔副〕怎麼這麼：～毒也？｜～速也！｜～險惡！｜～相似乃爾！

【何去何從】héqù-hécóng〔成〕離開誰，跟從誰。指面臨重要問題，要做出選擇：大是大非面前，～，馬虎不得。

【何如】hérú〈書〉❶〔代〕疑問代詞。怎麼樣；行不行：明天你來找我，～？｜地點就定在我家，～？❷〔代〕疑問代詞。怎麼樣的；甚麼樣的：張某～人也？❸〔連〕不如，用反問語氣表示比不上後面所說的事：你工作忙難抽身，～讓小張替你去一趟｜與其寫信通知他，～打個電話？｜現在天寒地凍，～天暖了再動身？

【何首烏】héshǒuwū〔名〕多年生草本植物，地上莖細長，能纏繞物體，叫首烏藤或夜交藤。根塊狀。藤和根可入中藥，有滋補肝腎、養心安神等功用。又據說何首烏有使白頭髮變黑的作用。也叫首烏。

【何謂】héwèi〔動〕〈書〉❶甚麼叫做；甚麼是。多用在句首，表疑問：～自由？｜～對外開放？｜～百花齊放，百家爭鳴？❷指的是甚麼；說的是甚麼意思。後邊多帶"也"字，表疑問：敢問～也？｜心照不宣，此～也？

【何仙姑】Hé Xiāngū〔名〕傳說中的八仙之一。何氏之女，生時頭頂有六根頭髮，十六歲時夢中受仙人指點吃雲母而成仙，能預知禍福。常手持荷花，健行如飛。

【何許】héxǔ〔代〕〈書〉疑問代詞。甚麼地方；甚麼樣的：良辰在～？｜某君～人也？

【何以】héyǐ〔副〕〈書〉❶用甚麼；靠甚麼。多用於詢問行為所憑藉的方式方法：～報我（用甚麼報答我）？｜～戰（靠甚麼打仗）？｜～知其然也（怎麼知道它是這樣的）？❷為甚麼；由於甚麼。多用於詢問原因：～見得（為甚麼能確認）？｜～至今未能成行（甚麼原因到現在還不能上路）？

【何在】hézài〔動〕〈書〉在甚麼地方；在哪兒。多用於問句：困難～？｜左右～（隨從人員在哪兒）？

【何止】hézhǐ〔動〕不止；不只；不僅僅。用反詰或感慨的語氣表示實際上多於、重於、大於等：例子～這些｜這擔水果～100公斤｜～有些不同，簡直是天壤之別！

和〈⊖龢⊖咊〉hé ⊖ ❶和順；温和：～藹可親｜心平氣～。❷（氣候）暖和；和暖：～風細雨｜風～日麗。❸〔形〕和諧；和睦：天時地利人～｜兄弟失～。❹〔動〕結束戰爭或平息爭端：媾～｜講～｜將相～。❺〔動〕（下棋或賽球）不分勝負：這盤棋～了。❻和平：維～｜～約。注意 人名還是要寫作"龢"，如"翁同龢""羅旭龢"。

⊖ ❶連帶；連同：～盤托出｜～衣而卧。❷〔介〕表示相關的人和事引進比較的對象：有事looks～群衆商量｜他把情況～大夥兒講了｜我～這件事沒關係｜他的手藝～師傅還差得遠。❸〔連〕表示聯合：工人～農民｜繪畫、雕塑～建築都是造型藝術。注意 a）引進動作或比較對象的介詞"和"前後的名詞性詞語是不能互換的，如"我很願意和她保持聯繫"，如果換成"她很願意和我保持聯繫"，意思正好相反。而連詞"和"前後的詞語是聯合關係，可以互換，如"屋裏只有我和她"換成"屋裏只有她和我"，意思基本不變。b）介詞"和"前面可以加狀語，如"我和她聯繫"可以說"我經常和她聯繫""我很高興經常和她聯繫"；而連詞前面不能加狀語。c）介詞和連詞有時不易區分，如"今天和昨天一樣熱"裏的"和"，可以理解成介詞，也可以理解成連詞，只有通過上下文才可以區分開來。如果是說"今天和昨天一樣熱，和前天不一樣熱"，由於"今天"是主語，"和"引進比較對象，自然是介詞。要是說"今天和昨天一樣熱，都是38度高温天氣"，"今天和昨天"是聯合關係，換成"昨天和今天"，意思基本不變，"和"自然是連詞。❹〔名〕兩個以上的數加起來的和數：23加27的～是50。

⊜（Hé）〔名〕❶指日本：～服。❷姓。
另見 hè（531頁）；hú（550頁）；huó（591頁）；huò（597頁）；"龢"另見 hé（530頁）。

語彙 飽和 媾和 緩和 平和 謙和 柔和 失和 說和 隨和 調和 温和 諧和 議和 地利人和 心平氣和

【和藹】hé'ǎi〔形〕和善；温和：態度～｜～可親。
【和菜】hécài〔名〕餐館裏根據一定的價錢（較低廉），事先配成的固定菜色。
【和暢】héchàng〔形〕（風）温和順暢：惠風～。
【和風】héfēng〔名〕和緩的風；温和的風：～麗日｜～細雨。
【和風細雨】héfēng-xìyǔ〔成〕温和的風，細小的雨。比喻對人進行批評教育時方式和緩：老師剛才的一番話雖是～，給同學們的震動卻很大。
【和服】héfú〔名〕（件，身，套）日本的民族服裝；日本式的服裝。
【和好】héhǎo ❶〔形〕和睦；友好；融洽：關係～｜一向～。❷〔動〕和解；恢復和睦：他們過去不和，現在～了｜終於～如初。
【和緩】héhuǎn ❶〔形〕平和；態度～｜語氣～。❷〔動〕使和緩：～一下空氣。
【和會】héhuì〔名〕旨在結束戰爭、恢復和平的會議，一般有兩國或兩國以上的代表參加，多在休戰後舉行。
【和解】héjiě〔動〕講和；歸於和好：兩國打了十年仗，終於～了｜雙方都希望～。
【和局】héjú〔名〕❶不分勝負的結局（多指下棋、賽球等）：力爭～｜最後一盤棋哪怕是～，她也能衞冕。❷議和的局勢：交戰雙方已經停戰，出現了～。
【和美】héměi〔形〕和睦美滿：～的家庭｜小日子過得和和美美。
【和睦】hémù〔形〕相處得好，關係融洽：～相處｜夫妻～｜民族～。
【和盤托出】hépán-tuōchū〔成〕端東西時連盤子一起端了出來。比喻毫無隱瞞地全部說出來或拿出來；等到他把情況原原本本地～，大家才恍然大悟。注意 這裏的"和"不寫作"合"。
【和平】hépíng ❶〔名〕指沒有戰爭或沒有爭執的局面（跟"戰爭"相對）：戰爭與～｜～環境｜～時期｜保衞世界～。❷〔形〕（藥物等）作用温和；不猛烈：這種藥的藥性很～｜藥性～的藥也不宜過量服用。多說平和。
【和平共處】hépíng-gòngchǔ〔成〕指不同社會制度的國家用和平方式來解決爭端，並在平等互利基礎上發展彼此間經濟和文化聯繫。
【和棋】héqí〔名〕（盤）不分勝負的棋局：看來是～，同學下不了了。
【和氣】héqi ❶〔形〕待人温和友善：她對人總是那樣～｜他現在比過去～多了。❷〔形〕關係和諧；感情融洽：一家人和和氣氣過日子｜同學們互相都很～。❸〔名〕和諧的氣氛；融洽的感情：可別傷了彼此的～。

辨析 和氣、和藹　"和氣"着重指說話和表情上平和客氣，通用於口語、書面語；"和藹"着重指下級對上級、晚輩對長輩在長相、態度、性情等方面感覺温和可親，多用於書面語。

【和親】héqīn〔動〕指封建王朝用結親的辦法來與邊疆各族統治集團和好：與匈奴～｜實行～政策。
【和善】héshàn〔形〕和藹友善：態度～｜說話～｜樣子很～｜他是一位～的老人。
【和尚】héshang〔名〕（位）出家修行的男佛教徒：～頭（指光頭）｜出家當～｜跑了～跑不了廟（比喻逃脫不過去）｜一個～挑水吃，兩個～抬水吃，三個～沒水吃（比喻人多了互相推諉）。
【和聲】héshēng〔名〕按一定規律同時發聲的兩個以上的樂音的協調配合：～學（研究和聲規律的科學，學習作曲的必修課）。

H

【和事老】héshìlǎo（～兒）〔名〕指調解糾紛的人，特指無原則進行調解的人：為顧全大局，他願意去做個～｜你不能和稀泥，當～兒。也作和佬。

【和談】hétán〔動〕和平談判；交戰雙方為結束戰爭而進行談判：開始～｜進行～｜恢復～｜～的大門始終是敞開的。

【和諧】héxié〔形〕配合得適當而協調，比喻感情融洽，氣氛良好：琴瑟～（比喻夫妻情篤）｜這幅畫的色調搭配很～｜談話的氣氛十分～。

【和煦】héxù〔形〕和暢；溫暖：～的春風｜～的陽光｜春光～。

【和顏悅色】héyán-yuèsè〔成〕溫和的面容，喜悅的表情。形容人態度和藹可親：她對老人總是～，周到服侍。

【和約】héyuē〔名〕交戰國間關於正式結束戰爭狀態、全面恢復和平局面的條約：巴黎～｜簽訂～｜～在各方簽字後立即生效。

【和衷共濟】hézhōng-gòngjì〔成〕團結一心，相互協助。比喻同心協力：各族人民～，抗擊外侮。

劾 hé 檢舉（官吏的）不法行為，揭發罪狀：彈(tán)～｜糾～。

河 hé ❶〔名〕(條，道)泛指天然的或人工的水道：～流｜護城～｜過～拆橋。❷(Hé)特指黃河：～套｜江淮～漢｜～清海晏。❸指銀河：～漢｜～外星系。❹(Hé)〔名〕姓。

語彙 拔河 冰河 內河 山河 天河 先河 星河 銀河 運河 口若懸河 氣壯山河 信口開河

【河岸】hé'àn〔名〕河流兩側的陸地；臨近河水的陸地：～上看賽龍舟的人多極了。

【河北梆子】Héběi bāngzi 梆子腔的一種，流行於北京、天津、河北全省及東北部分地區。由山西梆子、陝西梆子傳入河北，與當地老調結合演變而成。

【河床】héchuáng〔名〕河流兩岸之間承受流水的部分，其寬度隨季節變化、水位高低而有所不同。也叫河槽、河身。

【河道】hédào〔名〕江、河流水所經的路綫，通常指能通航的江、河等：疏浚～｜～暢通無阻。

【河防】héfáng〔名〕❶特指對黃河水患的防治工作（歷代都設有專門機構負責此事）：～工程。❷以黃河為防綫的軍事防禦：～部隊｜～司令。

【河谷】hégǔ〔名〕河流兩岸之間的長條形凹地，包括河床及其兩側的漫灘、坡地等：～地帶｜跨越～的橋樑。

【河漢】héhàn〈書〉❶〔名〕天河；銀河。❷〔名〕像銀河一樣漫無邊際的言語。❸〔動〕比喻忽視或不相信（別人的話）：慎勿～斯言。

【河狸】hélí〔名〕(隻)哺乳動物，形狀像老鼠，後肢有蹼，尾巴扁平。穴居於森林地區的河邊，善游泳，以樹皮及睡蓮等為食。雄的能分泌河狸香，可入藥。舊稱海狸。

【河流】héliú〔名〕(條)地球表面江、河等天然水流的統稱，一般可分為上游、中游和下游。

【河馬】hémǎ〔名〕(隻，頭)哺乳動物，經常生活在水中，體態肥重，頭大，嘴闊，耳小，四肢稍短而有蹼，黑褐色。產於非洲。

【河南梆子】Hénán bāngzi 豫劇。

【河曲】héqū〔名〕水流走向迂迴曲折的河段，多見於江河中下游。

【河渠】héqú〔名〕〈書〉自然形成的和人工挖成的大小水道的總稱：～縱橫｜八方新貨溢～。

【河山】héshān〔名〕河流和山脈，指國土、疆域：驅除敵寇，還我～｜大好～。

> **辨析** 河山、山河　二者都指國家的疆土，可以互相替換用，如「錦繡河山」，也可以說成「錦繡山河」。但意義和用法仍有差別，「山河」還指具體的大山、大河，如「改造山河」，不能說成「改造河山」；「山河易改，稟性難移」，也不能說成「河山易改，稟性難移」。這是因為「河山」只是指疆土，而「山河」除了指疆土，還可以指具體的山和河。

【河套】hétào〔名〕❶形如套子一樣環狀彎曲的河道，也指這樣的河道圍着的地方。❷(Hétào)黃河自寧夏青銅峽到陝西府谷一段，流成一個套形的大彎曲，故稱。河套地區土地肥沃，灌溉農業發達，歷來有「黃河百害，獨富一套」的說法。

【河豚】hétún〔名〕(隻)魚名，生活在海中，有些也進入江河，肉味鮮美，有劇毒：拚死吃～（比喻決心冒很大風險去做某事）｜吃了～，百樣無味（比喻有了最好的，其他一切都不稀罕了）。也叫鲀(tún)。

【河外星系】héwài xīngxì 銀河系以外的恆星系統，約有十億個，每個系統由幾萬顆以至幾百上千億顆恆星及星際物質組成，離地球都在數百萬光年以上。舊稱河外星雲。

【河蟹】héxiè〔名〕(隻)生活在淡水裏的螃蟹，比海蟹小；頭胸甲呈方圓形，褐綠色，螯足強大，密生絨毛。

【河沿】héyán〔名〕沿(yán)河岸一帶。**注意**「南河沿兒」「北河沿兒」，既可以是普通名詞，也可以是專有名詞，如北京市有兩個道街的名稱就是南河沿兒、北河沿兒（舊讀 Nánhéyànr、Běihéyànr）。

【河源】héyuán〔名〕河流的源頭，通常為溪澗、泉水、冰川、融雪、沼澤或湖泊等。

【河運】héyùn〔動〕由河道運輸。通常指內河運輸。

曷 hé〔代〕〈書〉疑問代詞。❶為甚麼：～為久居此而不去？❷何時：吾子其～歸？

部 hé ❶(Hé)古水名,在今陝西。❷用於地名：邸～(在河南)｜～陽(在陝西,1964年改作合陽)。❸(Hé)〔名〕姓。

紇(纥) hé ❶〈書〉下等的絲。❷見於人名：叔梁～(孔子的父親,字叔梁,名紇)。❸見"回紇"(581頁)。
另見 gē (436頁)。

hé〔副〕〈書〉何不：～各言爾志。

盍〈盇〉

核〈⊖覈〉 hé ㊀❶〔名〕果實中間的堅硬部分,裏面包着果仁(即種子)：棗～｜酸梅～｜請勿亂扔果～｜那猴子吃了杏把～吐了。❷物質中間像核的部分：細胞～｜地～(地球的中心部分)。❸指原子核：～能｜～武器｜～反應｜～醫學｜～爆炸觀測儀。
㊁❶仔細認真地考察：～準｜～減｜～定。❷〈書〉真實；確實：詞～而理暢。
另見 hú (552頁)。

語彙 復核 稽核 結核 考核 審核 原子核

【核查】héchá〔動〕審核查對：～賬目｜～資產｜認真～｜～出來不少錯誤。
【核彈】hédàn〔名〕(顆,枚)指原子彈、氫彈等。
【核彈頭】hédàntóu〔名〕(顆,枚)裝有核材料的導彈彈頭,包括原子彈頭和氫彈頭。
【核電站】hédiànzhàn〔名〕(座)以核能為動力發電的機構,如廣東大亞灣核電站。
【核定】hédìng〔動〕審核確定：共同～｜報上級～｜～招生名額。
【核動力】hédònglì〔名〕以核反應堆中核燃料裂變反應產生的熱能為動力的：～航空母艦。
【核對】héduì〔動〕比照查對：～人數｜～賬目｜這麼多名詞術語,我一個人～不過來。
【核發】héfā〔動〕審核批准後發給：～營業執照。
【核輻射】héfúshè ❶〔動〕放射性原子核放射阿爾法射綫、貝塔射綫、伽馬射綫或中子。❷〔名〕指放射性原子核釋放出的輻射綫,包括阿爾法射綫、貝塔射綫、伽馬射綫或中子。
【核計】héjì〔動〕審核並計算：～成本｜～運費｜單據不齊,無法～。
【核擴散】hékuòsàn〔動〕核武器及核技術、核資料的擴大分散：防止～。
【核能】hénéng〔名〕指原子核在裂變或聚變過程中所釋放的巨大能量：和平利用～。也叫原子能。
【核潛艇】héqiántǐng〔名〕(艘)以核動力推進的潛艇,能長時間連續在水中潛行和戰鬥。
【核實】héshí〔動〕仔細核查是否跟事實相符合：～材料｜～產量｜把賬目～一下｜全部～完畢。

【核試驗】héshìyàn〔動〕為研製、改進核武器或研究、驗證核武器效應而進行的核爆炸：地下～。
【核數師】héshùshī〔名〕港澳地區用詞。指會計師。經過考試取得會計師資格,負責處理會計方面事務的專業人員：他是一位有數十年經驗的～,長期在上市公司工作。
【核算】hésuàn〔動〕審核並計算：～生產費用｜進行成本～｜把全年盈虧認真～一下。
【核桃】hétao〔名〕❶(棵,株)落葉喬木,小葉橢圓形,夏開花,單性,雌雄同株。核果桃形,外果皮為肉質,內果皮為大而堅硬的殼,果仁味美,可供食用、榨油或入藥。❷這種植物的果實。以上也叫胡桃。
【核威懾】héwēishè〔動〕利用核武器恐嚇威脅別國：～戰略。
【核武器】héwǔqì〔名〕(件)利用核反應所釋放的巨大能量起殺傷、破壞作用的武器,包括原子彈、氫彈等。也叫原子武器。
【核心】héxīn〔名〕中心;事物中起主導作用的部分;同類事物中的主要部分:辯證法的～｜領導～｜～力量｜～刊物｜～人物。

辨析 核心、中心 在指事物主要部分的意義上,"核心"的意思比"中心"更進一層,是指其中更加主要的部分,如"以客座教授為核心的科研團隊",其中的"核心"不能換用"中心"。"中心"還可以指中央位置,如"市中心""廣場中心",可以指有重要地位的機構,如"科研中心""技術信息開發中心","核心"沒有這些意義和用法。

【核心家庭】héxīn jiātíng 一對夫妻和未婚子女組成的家庭,是現代家庭的主要形式。
【核心期刊】héxīn qīkān 刊登本學科的高水平論文,能夠反映本學科前沿研究狀況及發展趨勢的期刊:申請高級職稱,需要在～上發表若干篇論文。
【核戰爭】hézhànzhēng〔名〕使用核武器作為打擊手段的戰爭:反對～｜～是世界人民的災難。
【核裝置】hézhuāngzhì〔名〕能發生原子核反應的裝置,如原子彈、氫彈、原子反應堆等。
【核准】hézhǔn〔動〕審查核實後批准:計劃需經有關部門～。
【核子】hézǐ〔名〕組成原子核的粒子;質子和中子統稱核子。

頜 hé 上下牙咬合。

盉 hé 古代銅製的盛酒器,或說古人調和酒、水的器具。形狀較多,一般是深腹,下有三足或四足。商代的盉多空心足。春秋戰國出現了圓腹、有提樑的盉。

荷

hé〔名〕❶蓮。❷（Hé）指荷蘭（西歐的一個國家）：中～友好。❸（Hé）姓。
另見 hè（531 頁）。

語彙 薄荷 藕荷 襄荷

【荷包】hébāo（-bao）〔名〕隨身佩帶的小包、錢包，一般製作精美，繡有花鳥圖案。也叫荷包袋。**注意** 隨身攜帶的小包、錢包，或肩上挎的掛包，都不能叫作荷包。

【荷包蛋】hébāodàn〔名〕（隻）去殼煮熟或煎熟的整個的蛋（多為雞蛋，也可以是鴨蛋），蛋白包着蛋黃，形似荷包，所以叫荷包蛋：煎兩個～｜湯麵裏臥兩個～。**注意** 在沸水裏煮熟的荷包蛋，北京話叫臥果兒。

【荷爾蒙】hé'ěrméng〔名〕激素的舊稱。[英 hormone]

【荷官】héguān〔名〕澳門地區用詞。賭場內在賭台上代表賭場作莊家與賭客對賭或負責賭台運作的工作人員：賭場～不足，擬請外勞。

【荷花】héhuā〔名〕❶蓮。❷（朵，枝）蓮的花：荷塘裏開滿了～。

【荷蘭豆】hélándòu〔名〕豌豆的一個變種，原產歐洲。嫩莢是常見蔬菜。

【荷塘】hétáng〔名〕種蓮的池塘：～月色。

【荷葉】héyè〔名〕蓮的葉子，較大，略呈圓形。

【荷葉餅】héyèbǐng〔名〕（張）夾層薄餅，因揭開後形狀像荷葉，故稱。

盒

hé（～兒）〔名〕❶"盒子"①：墨～兒｜印～兒｜火柴～兒｜～裝食品｜包裝用的～。❷"盒子"②：花～。

語彙 飯盒 墨盒 提盒 煙盒 印盒 閘盒 八音盒 火柴盒 鉛筆盒

【盒帶】hédài〔名〕（盤）盒式錄音帶或錄像帶：教材配有～兩盤。

【盒飯】héfàn〔名〕（份）用盒子盛飯菜、論份出售的飯食：供應～。

盒飯的不同説法
在華語區，中國大陸叫盒飯，港澳地區叫飯盒，新加坡、馬來西亞、泰國和台灣地區叫飯盒或便當，日本的華人社區也叫便當。

【盒子】hézi〔名〕❶（隻）帶蓋兒的盛東西的器物，多用硬紙或木片、塑料、金屬等製成，一般比較輕便：香煙～｜火柴～｜鞋～｜鋁～（鋁製的盒子）。❷一種小型的像盒子的煙火。

辨析 盒子、匣子、箱子 a）三者都是盛東西的器物。b）"箱子"體積比較大，主要用來裝衣物；"盒子"和"匣子"的體積一般都比較小，只能裝些小物品。c）"盒子"的用途比較廣泛，多用來盛放小商品；"匣子"的用途很窄，多帶有專用的性質。d）"匣子"在北方官話中還可以指"裝有糕點的禮盒"或"小棺材"等。

【盒子槍】héziqiāng〔名〕（把，支）（北方官話）駁殼槍。

涸

hé（水）枯；（水）乾：乾～｜～池。**注意** 不要受偏旁"固"的誤導，將"涸"字唸成 gù（固）。

【涸轍之鮒】hézhézhīfù〔成〕《莊子·外物》："周顧視車轍中有鮒魚焉。"指被困在已經乾涸的車溝裏的一條鯽魚。比喻處於困境亟待援救的人：～，急謀升斗之水。省作涸轍、涸鮒，也說涸轍之魚。

菏

hé ❶（Hé）古水名，在今山東。❷用於地名：～澤（在山東）。

詠（咏）

hé〔書〕同"和"㊀③。多見於人名。

貉

hé〔名〕哺乳動物，形似狐，兩耳短圓，兩頰有長毛，體色棕灰。穴居。雜食性。通稱貉子（háozi）。
另見 háo（517 頁）。

閤（合）

hé ❶同"合"㊀①。❷全；滿：～家平安｜～村同慶。
另見 gé（440 頁）；"合"另見 hé（523 頁）。

【閤家】héjiā〔名〕全家（含吉祥意味）：～歡喜｜～安好（書信用語）。也作闔家。

【閤家歡】héjiāhuān〔名〕全家老少在一起的合影。

閡（阂）

hé 阻隔不通：隔～。

餄（饸）

hé 見下。

【餄餎】héle〔名〕北方一種用蕎麥麵或高粱麵等軋成的長條形食品，煮着吃：～床子（做餄餎的工具，底有漏孔）。也作合餎，也叫河漏。

頜（颌）

hé 構成口腔上下部的骨頭和肌肉組織：上～｜下～｜～下腺（下頜左右後的唾液腺）。
另見 gé（440 頁）。

翮

hé〔書〕原指鳥羽的莖的下段中空透明的部分，其下端位於皮膚內；引申指鳥類的雙翅：奮～高飛。

鞨

hé 見"靺鞨"（Mòhé）（944 頁）。

齕（龁）

hé〔書〕咬：食其肉～其骨。

闔（阖）

hé ❶合；全：～第｜～府｜～家｜～村｜～城。❷關閉；合攏：～門（關門）｜縱橫捭～。❸（Hé）〔名〕姓。

鶻（鹘）

hé 古書上所說的一種鳥，似雉而大，青色有毛，勇猛好鬥。也叫鶻雞。

龢

hé 見於人名：翁同～（清末官員）｜羅旭～（前香港立法局首席華人非官守議員）。

另見 hé "和"（527頁）。

hè ㄏㄜˋ

和 hè〔動〕❶依樣跟着唱或跟着說：曲高～寡｜隨聲附～。❷依照別人詩詞的內容或格律來寫作詩詞：唱～｜～詩｜～韻（依照所和詩中的原韻來作詩）。

另見 hé（527頁）；hú（550頁）；huó（591頁）；huò（597頁）。

語彙　唱和　酬和　附和　應和　一倡百和

佮 Hè〔名〕姓。

珞 hè〈書〉土乾燥堅硬。用於地名：～塔埠（在山東）。

寉 hè〈書〉鳥往高處飛。

荷 hè〈書〉❶扛（káng）在肩上：～鋤戴月｜～槍實彈（槍在肩，彈上膛）。❷擔（dān）負；承受：難（nán）～重任｜～重（建築物承受重量）。❸承受恩惠（多用於書信中表示禮貌）；敬請示復為～｜感～盛情｜無任感～。

另見 hé（530頁）。

【荷載】hèzài ❶〔動〕擔（dān）負；承受：乏力～｜無法～。❷〔名〕載荷：超～｜合理～。

喝 hè〔動〕大聲呼喊：吆～｜～問。

另見 hē（523頁）。

語彙　叱喝　斷喝　吆喝　當頭棒喝

【喝彩】（喝采）hè//cǎi〔動〕原指賭博時呼喊骰子的點數，後泛指十分讚賞而大聲叫好：齊聲～｜博得了全場～｜情不自禁地喝起彩來。

注意　"喝彩"這個動賓式動詞，不能再帶賓語，因此不能說"喝彩你"，但是可以說成"為你喝彩"。

【喝倒彩】（喝倒采）hè dàocǎi 為了表示不滿或嘲諷，故意大聲叫好。也說喊倒好兒。

【喝道】hèdào〔動〕封建時代官員出行時，有專門差役在前面吆喝，驅趕行人迴避，制止閒人喧嘩，以顯示威風，並廓清道路：鳴鑼～（通常說"鳴鑼開道"）。

【喝令】hèlìng〔動〕大聲命令：～閒人讓開｜～超載車輛停車接受檢查。

賀（贺）hè ❶慶祝；道喜：～喜｜慶～｜電～｜恭～新禧。❷（Hè）〔名〕姓。

語彙　道賀　電賀　恭賀　慶賀　祝賀

【賀詞】hècí〔名〕表示祝賀的話，用在喜慶場合上，多指成篇的，有口頭、書面兩種形式：來賓致～｜司儀宣讀～。也作賀辭。

【賀電】hèdiàn〔名〕（封）表示祝賀的電報（文字多比較簡練）：宣讀～｜發來～。

【賀卡】hèkǎ〔名〕（張）印有祝詞、圖畫等，寄送別人以表示對節日、生日等祝賀的卡片：新年～｜互贈～。

【賀禮】hèlǐ〔名〕（份）表示祝賀而送的禮品或禮金：合送一份～｜謝絕～。

【賀年】hè//nián〔動〕過年時向人表示良好祝願，慶賀新年有口頭致意或書面表達兩種形式：我們一塊兒去給老師賀個年。

【賀年片】hèniánpiàn〔名〕（張）過年時寄送給親友表示良好祝願的紙片，印有慶賀新年的文字和精美圖畫。也說賀年卡。

【賀若】Hèruò〔名〕複姓。

【賀歲】hèsuì〔動〕賀年：～片｜～演出。

【賀歲劇】hèsuìjù〔名〕（部）為慶賀新年而攝製的電視劇：十多部～年末集中播放。

【賀歲片】hèsuìpiàn（口語中也讀 hèsuìpiānr）〔名〕（部）元旦、春節期間上映的電影，風格輕鬆、幽默，多具有觀賞性和娛樂性，適合闔家觀賞。

【賀喜】hè//xǐ〔動〕對（親友等的）喜慶事，表示祝賀：向您～來了｜～的人絡繹不絕｜大夥兒向新郎新娘賀了喜才入席。

【賀信】hèxìn〔名〕（封）表示祝賀的信：大會宣讀幾封～｜給大會發來～賀電的共有一百多個兄弟單位。也叫賀函。

赫 hè ㊀ ❶顯著；顯耀；盛大：聲勢顯～｜～然在目｜～～有名。❷（Hè）〔名〕姓。

㊁〔量〕赫茲的簡稱。1秒鐘振動一次是1赫。

【赫赫】hèhè〔形〕顯著盛大的樣子：戰功～｜～有名（名聲非常顯赫）。

【赫連】Hèlián〔名〕複姓。

【赫然】hèrán〔形〕❶出人意料地；觸目驚心地：險象～出現｜慘狀～在目。❷形容大怒：～震怒。

【赫哲族】Hèzhézú〔名〕中國少數民族之一，人口約 5354（2010 年），主要分佈在黑龍江的同江、饒河、撫遠等地。赫哲語是主要交際工具，沒有本民族文字。兼通漢語。

【赫茲】hèzī〔量〕頻率單位，符號 Hz。為紀念德國物理學家赫茲（Heinrich Rudolph Hertz，1857-1894）而定名。簡稱赫。

熇 hè〈書〉火熱；熾盛。

褐 hè ❶〈書〉粗布或粗麻製成的衣服（古代多為老百姓所穿）：～夫｜衣～不完｜無衣無～。❷黃黑（色）：～色｜～煤｜～土。

【褐夫】hèfū〔名〕穿粗布衣服的人，指貧苦人。

翯 hè〈書〉鳥羽光澤潔白的樣子（多疊用）：白鳥～～。

壑 hè/huò 山溝；深谷；深坑：丘～｜溝～｜千山萬～｜以鄰為～(比喻把災禍推給別人)｜欲～難填(比喻貪得無厭)。

嚇(吓) hè ❶ 用言語、行為使人感到害怕或恐懼：威～｜恐～｜恫(dòng)～。❷〔歎〕表示不滿：～，你幹嗎說這種話！
　　另見 xià(1463頁)。

鶴(鶴) hè〔名〕❶(隻) 鳥類的一屬，頸、嘴、腳細長。叫聲高而清脆，生活在平原水際或沼澤地帶，食各種小動物和植物。有灰鶴、白鶴、丹頂鶴等。❷(Hè)姓。

語彙　白鶴　仙鶴　孤雲野鶴　杳如黃鶴

【鶴髮童顏】hèfà-tóngyán〔成〕像鶴的羽毛那樣雪白的頭髮，像兒童那樣紅潤的臉色。形容老年人氣色好，身體健康。也說童顏鶴髮。

【鶴立雞群】hèlìjīqún〔成〕《世說新語·容止》載，嵇康的兒子嵇紹"卓卓如野鶴之在雞群"，氣概不凡，超出眾人之上。後用"鶴立雞群"比喻人的才能突出或儀表出眾。

【鶴嘴鎬】hèzuǐgǎo〔名〕(把) 挖掘硬土或石塊的工具。鎬頭細長像鶴嘴，故稱。通稱洋鎬、十字鎬。

hēi ㄏㄟ

黑 hēi ❶〔形〕像煤或墨的顏色(跟"白"相對)：～板｜烏～｜～頭髮｜～白分明｜天下烏鴉一般～｜近朱者赤，近墨者～。❷〔形〕(天色)黑暗；光綫昏暗：昏～｜天快～了｜地下室裏～得伸手不見五指。❸ 秘密的；非法的：～幕｜～名單｜～市交易。❹〔形〕邪惡；狠毒：～心腸｜心太～了。❺象徵反動：～幫｜～手｜～社會。❻〔形〕形容狠敲竹槓：一盤菜百十來塊錢，這家飯館真～！❼〔動〕(臉色)陰沉、難看：他～着臉走進屋裏。❽〔動〕用不正當手段欺騙、訛詐：讓這傢伙～了一遭｜一次就～去我五萬多塊。❾(Hēi)〔名〕指黑龍江省。❿(Hēi)〔名〕姓。

語彙　昏黑　焦黑　黧黑　摸黑　抹黑　漆黑　烏黑　黝黑　起早貪黑　天下烏鴉一般黑

【黑暗】hēi'àn〔形〕❶ 沒有光：突然停電了，劇場裏一片～｜夜間巡邏，要特別注意某些～的角落。❷ 比喻非正義的；腐敗、落後的(跟"光明"相對)：～的舊社會｜～統治｜揭露～面｜打擊～勢力。

【黑白】hēibái〔名〕❶ 黑色和白色：～片｜～電

視機。❷ 比喻是非、真假、善惡、美醜：～分明｜～不容顛倒｜顛倒是非，混淆～。**注意** "黑白"中的"白"象徵純潔，表示"是、真、善、美"等；"黑"象徵骯髒，表示"非、假、惡、醜"等，並且不受副詞"很、不"等修飾，這都是名詞所具有的性質和特點。

【黑白片】hēibáipiàn(口語中也讀 hēibáipiānr)〔名〕(部) 放映出來的圖像只有黑白兩色的影片(區別於"彩色片")。

【黑板】hēibǎn〔名〕(塊) 教學、宣傳用具，可以用粉筆在上面寫字的平板，一般為黑色或綠色：～報｜～擦｜～上寫字｜教室裏有一塊大～。

【黑板報】hēibǎnbào〔名〕工廠、機關、學校等辦的報，通常寫在黑板上。

【黑幫】hēibāng〔名〕指社會上秘密活動的反動組織、犯罪團夥、黑社會幫派或其成員：～頭目｜～爪牙｜～分子｜結говэ～。

【黑不溜秋】hēibuliūqiū(～的)〔形〕〈口〉狀態詞。形容臉、肌膚或物體顏色等黑得難看：瞧他那臉，～的｜那頂帽子，～的，怪難看的。

【黑茶】hēichá〔名〕茶葉的一大類，一般以較粗而老的茶為原料。由於製作過程中要在潮濕環境下長時間堆積、發酵，所以葉色呈黑褐色，如普洱茶。

【黑車】hēichē〔名〕(輛)指沒有辦理營運執照而非法從事經營活動的車輛：查處宰客～｜～擾亂了正常的運營秩序。

【黑沉沉】hēichénchén(～的)〔形〕狀態詞。形容黑暗(多指天色)：～的夜，沒有月光｜天空～的，要下大雨了。

【黑道】hēidào〔名〕❶ 沒有亮光的夜路：一個人走～，怪嚇人的。❷ 非法的、不正當的途徑(跟"白道"相對)：～買賣是萬萬不能做的。❸ 指黑社會組織：～人物。

【黑燈瞎火】hēidēng-xiāhuǒ(～的)〔成〕〈口〉形容漆黑一片，沒有一點光亮：～的，我送你回去吧。也說黑燈下火。

【黑店】hēidiàn〔名〕(家)❶ 指殺人劫貨的旅店：開～｜路上小心，不要誤投了～！❷ 現常指非法經營或對顧客敲竹槓的商店或旅店。

【黑洞】hēidòng〔名〕❶ 科學預言存在的一種天體，是演變到最後階段的恆星。它有巨大的引力場，其物質和輻射都只能進入而不能向外傳出，變成為看不見的孤立天體。人們只能通過引力作用確定它的存在，所以叫黑洞。❷ 比喻深深隱藏的黑暗勢力或巨大的社會陷阱。

【黑洞洞】hēidòngdòng(口語中也讀 hēidōngdōng)(～的)〔形〕〈口〉狀態詞。形容黑暗：井很深，～的，望不到底。

【黑豆】hēidòu〔名〕大豆的一種，子實表皮呈黑色。

【黑惡】hēi'è〔形〕屬性詞。具有黑社會性質的；兇惡的：嚴厲打擊～勢力。

【黑風暴】hēifēngbào〔名〕(場)沙塵暴。

【黑鈣土】hēigàitǔ〔名〕含有深厚的黑色腐殖質層的土壤，有的還含有鈣質層，肥力很高，宜於耕作。在中國主要分佈在東北、西北地區。也叫黑土。

【黑更半夜】hēigēng-bànyè（～的）指深夜：～的，上哪兒去呀？｜幹嗎非得～去呢？

【黑咕隆咚】hēigulōngdōng（～的）〔形〕〈口〉狀態詞。形容很黑，沒有一絲光亮：地窖裏面～的，伸手不見五指｜外面還～的，他就爬起來去地裏幹活了。

【黑管】hēiguǎn〔名〕(支)單簧管：吹～｜～獨奏。

【黑海】Hēi Hǎi〔名〕歐洲東南部和小亞細亞之間的內海。因水流不暢，含有硫化氫，海水呈深黑色，故稱。氣候夏涼秋暖，冬短春長，沿岸多旅遊中心和療養勝地。四周為烏克蘭、俄羅斯、格魯吉亞、羅馬尼亞、保加利亞和土耳其等國。

【黑乎乎】hēihūhū（～的）〔形〕狀態詞。❶ 顏色黑（略含厭惡意）：牆上熏得～的｜伸出一雙～的手｜這副撲克牌～的，換一副新的吧！❷ 光綫暗（感到不方便）：門外～一片｜車廂裏頭～的。❸ 形容人或物體因距離太遠或數量太多看上去相連成片，分不清楚：只見遠處～的一片叢林｜湖面～一片，都是野鴨。也作黑糊糊、黑呼呼、黑忽忽。

【黑戶】hēihù〔名〕❶ 沒有取得合法經營權的商號。❷ 黑戶口，指沒有在戶政管理機關正式登記的住戶。

【黑話】hēihuà〔名〕❶ 幫會、流氓、盜匪及無業遊民等為隱蔽自己的特殊活動習用的秘密話，比如舊時東北土匪稱眼睛為"招子"，稱吸大煙為"噴海草"。❷ 指含義隱晦而反動的話。

【黑貨】hēihuò〔名〕❶ 指偷稅漏稅的貨物或非法販運的貨物：緝獲了一批～。❷ 比喻反動的言論或著作：販賣～，毒害讀者。

【黑客】hēikè〔名〕原指非專業且精通電腦技術，能發現互聯網漏洞並提出改進的人。現指以其技術非法侵入他人計算機系統竊取數據或進行惡意破壞的人。[英 hacker]

【黑馬】hēimǎ〔名〕(匹)原指實力不為人所知卻意外獲勝的賽馬或參賽者，後比喻在比賽、選舉等方面出人意料取勝的競爭者。

"黑馬"的來源

黑馬一詞源於 19 世紀英國政治家本傑明·迪斯雷利的小說《年輕的公爵》。書中有一處對賽馬的描寫，一匹不起眼的黑馬在比賽的最後關頭超過兩匹奪冠呼聲最高的良種馬，出人意料地贏得了比賽。

【黑麥】hēimài〔名〕一年生或二年生草本植物，穗呈四棱狀，較長，耐寒抗旱力極強。子實供食用，用黑麥粉製成的麵包叫黑麵包，用黑麥釀成的酒叫黑麥酒。

【黑名單】hēimíngdān〔名〕(張)❶ 反動勢力為迫害進步勢力而開列的革命者或進步人士的秘密名單。❷ 主管部門對違規經營或缺乏誠信的企業、商品經營者及質量差的商品開列的名單。這種名單擬定後，通過一定途徑向社會公佈，起警示監督作用：公佈食品安全～｜有四家服裝企業登上本週～。

【黑幕】hēimù〔名〕黑暗的內幕；不可告人的醜惡內情：揭穿～｜～重重(chóngchóng)。

【黑漆板凳】hēiqībǎndèng〔名〕對丈夫的戲稱。[英 husband]

【黑黢黢】hēiqūqū（～的）〔形〕狀態詞。形容很黑：天空～的｜～的地下室。也說黑漆漆。

【黑人】hēirén ㊀〔名〕❶ 沒有戶籍的人；未能取得正式的居民身份的人。❷ 稱因犯罪或其他事故而不敢公開露面的人：自從犯了事，他就藏起來做～了。㊁〔名〕(Hēirén)黑色人種；屬於黑色人種的人：～解放運動｜他有幾個～朋友。

【黑色】hēisè ❶〔名〕黑的顏色：～素（皮膚、毛髮和眼球的虹膜所含的一種色素）｜～金屬｜～火藥（含有硝酸鉀的火藥的統稱）｜～路面（用各種瀝青修築的路面的統稱）。❷〔形〕屬性詞。比喻不合法的：～收入。

【黑色金屬】hēisè jīnshǔ 指鐵、錳、鉻三種金屬，主要包括鋼及其他鐵合金。

【黑色食品】hēisè shípǐn 含有天然黑色素，呈黑、紫、褐等顏色的食品。如黑魚、甲魚、青魚、烏骨雞、黑米、黑豆、紫菜、香菇、海帶、髮菜、黑木耳、黑芝麻、黑棗等。富含多種人體必需氨基酸，對人體有較好的保健作用。

【黑色收入】hēisè shōurù 指通過貪污受賄等手段所得的非法收入（區別於"白色收入""灰色收入"）：獲取～，必將受到懲罰。

【黑色幽默】hēisè yōumò 20 世紀 60 年代美國興起的一個文學流派。作家以一種無可奈何的冷嘲熱諷去表現矛盾、荒謬、可怕的社會現實，通過滑稽與嚴肅、喜劇與悲劇的強烈對照，使人感到沉重和苦悶。也指這種藝術表現風格。

【黑紗】hēishā〔名〕(塊)為哀悼死者而使用的黑布：死者棺框上纏着～。

【黑哨】hēishào〔名〕指球類比賽中裁判員裁決不公正，吹哨時偏袒某一方的行為：吹～｜～事件。

【黑社會】hēishèhuì〔名〕指社會上從事敲詐、走私、販毒、盜竊等犯罪活動的各種有組織的黑暗勢力。

【黑市】hēishì〔名〕暗中進行非法買賣的市場；取締～交易｜這東西，～上是多少錢？

【黑手】hēishǒu〔名〕❶比喻暗中活動的罪惡勢力：斬斷～。❷比喻在幕後策劃操縱進行陰謀活動的人：揪出～。❸比喻害人的毒辣手段：下～。

【黑手黨】hēishǒudǎng〔名〕從事全球性詐騙、販毒、走私等非法活動的秘密犯罪組織。13世紀產生於意大利西西里島，19世紀由意大利移民傳入美國，後散佈到世界許多國家。因曾在行動後留下黑手印而得名。

【黑死病】hēisǐ bìng〔名〕鼠疫。

【黑糖】hēitáng〔名〕（北方官話）紅糖：北方農村婦女坐月子喝小米粥，還放上點兒～。

【黑體】hēitǐ〔名〕物理學上指能全部吸收外來電磁輻射而毫無反射和透射的理想物體（真正的黑體事實上不存在）。例如一個不透明而中空的物體，表面上開一小孔，光綫進入小孔，便很難透出，這一小孔就十分近似於黑體的表面。也叫絕對黑體。◯〔名〕印刷字體，筆畫粗重，起、落筆方正而不露鋒芒（區別於“白體”）：～字｜一號～。

【黑頭】hēitóu〔名〕傳統戲曲角色花臉的一種，臉譜勾黑色，重唱功。

【黑土】hēitǔ〔名〕黑鈣土。

【黑窩】hēiwō〔名〕指暗中從事非法活動的地方：製假～｜搗毀～。

【黑瞎子】hēixiāzi〔名〕（隻）（東北話）黑熊。

【黑匣子】hēixiázi〔名〕飛行參數記錄器的俗稱。用來記錄飛機的飛行資料，可用以分析判斷飛機失事的原因。主要由兩部分構成。一部分是語音記錄器，從起飛到降落的全過程中，飛行員與地面指揮人員之間的問詢、指示、回答、報告等全部對話內容都自動記錄下來；另一部分是專門記錄器，以編碼的形式，自動地將飛行過程中飛機各主要系統的飛行參數記錄下來，有發動機的工作狀態，飛行高度、速度、操縱舵位置等。該記錄儀裝在一個防水、耐高溫、耐腐蝕、經得起強力衝擊、燃燒的黑色金屬盒子裏。為便於尋找，它自身裝有超聲波信號發生器。現代飛機的黑匣子外殼是鮮艷的橙色，但仍俗稱黑匣子。

黑匣子的不同説法

在華語區，中國大陸、新加坡、馬來西亞和泰國均叫黑匣子或黑匣，新、馬、泰三國還叫黑盒子、黑盒或黑箱，港澳地區叫黑盒，台灣地區叫黑盒子。

【黑箱操作】hēixiāng cāozuò 暗箱操作：必須推行陽光行政，避免幹部選拔任用中的～。

【黑心】hēixīn〔名〕陰險狠毒的心腸；壞心眼：識破了他的～｜他這個人慣會使～，暗中陷害人

家。也說黑心肝、黑心腸。

【黑信】hēixìn〔名〕（封）〈口〉匿名信（含鄙視意）：一封～｜寫～｜～哪能嚇倒人！

【黑猩猩】hēixīngxing〔名〕（隻，頭）哺乳動物，和人類最近似，身高可達1.5米。毛黑色，面部灰褐色，頭圓耳大，眉骨較高，前肢長過膝部。生活在非洲熱帶森林中，善於在樹上築巢，喜群居。

【黑熊】hēixióng〔名〕（隻，頭）哺乳動物，體形肥大，色黑，胸部有半月形白紋。會游泳，善爬樹，能直立行走。也叫狗熊，東北地區叫黑瞎子。

【黑壓壓】hēiyāyā（～的）〔形〕狀態詞。烏黑烏黑，多用於形容大雨欲來的情景、萬頭攢動的場面或大片密集的東西：～的陰雲密佈｜碼頭上～地擠滿了人｜蝗蟲飛過來了，～的一大片。

【黑夜】hēiyè〔名〕從天黑到天亮前的一段時間；沒有燈光、星月的夜晚（跟“白天”相對）：度過～的人，才知道白天的可愛（比喻經過對比，才懂得珍惜光明和幸福）。

【黑油油】hēiyóuyóu（口語中也讀 hēiyōuyōu）（～的）〔形〕狀態詞。黑得發亮：～的辮子｜她的頭髮總是那麼～的。

【黑黝黝】hēiyǒuyǒu（口語中也讀 hēiyōuyōu）（～的）〔形〕狀態詞。❶黑得發亮；黑油油：～的臉｜皮膚曬得～的。❷暗得發黑，看不清楚：大門外～的，甚麼也看不見｜～的遠山。

【黑棗】hēizǎo〔名〕❶（棵，株）落葉喬木，花暗紅色或綠白色。結黃色核果，儲藏後轉為黑褐色，故稱。❷（顆，枚）這種植物的果實。❸（顆）比喻子彈：吃～（比喻被槍殺）。

【黑賬】hēizhàng〔名〕（本）暗中記下的、不公開的賬目：他還囑咐會計另設一本～。

【黑子】hēizǐ〔名〕❶〈書〉黑色的痣：左股有七十二～。❷指太陽黑子。

嗨　hēi 同“嘿”（hēi）。
另見 hāi（504頁）。

嘿　hēi〔歎〕❶表示打招呼或引起對方注意：～，小李，咱們一塊走走走走走走走兒走！｜～，你聽我說呀！❷表示讚歎：～，咱棒球隊又勝啦！❸表示出乎意外：～，下雨了！｜～，怎麼這樣糊塗！注意“嘿”在實際使用中，可隨感情的變化而讀出不同聲調。
另見 mò（944頁）。

【嘿嘿】hēihēi〔擬聲〕形容笑聲（多指冷笑）：～，這回我算是贏定了！

鑲（鑲）hēi〔名〕一種放射性金屬元素，符號 Hs，原子序數108。

hén ㄏㄣˊ

痕 hén 痕跡：淚～｜傷～｜刀～｜血～｜屨～處處。

語彙　斑痕　創痕　淚痕　裂痕　傷痕　印痕

【痕跡】hénjì〔名〕❶ 東西離開原處後留下的印兒：不留～｜車輪的～。❷ 時隔多年後留下來的跡象：半個世紀前的那座祠堂，如今一點兒～都沒有了。

【痕量】hénliàng〔名〕化學上極微小的量，微小到只有一點兒痕跡：～元素｜～分析（物質中被測成分在百分之一以下的化學分析）。也叫痕跡量。

hěn ㄏㄣˇ

很 hěn〔副〕❶ 用在形容詞前，表示程度高：～好｜～舒服｜～早～早以前。注意 a）有些形容詞不受"很"修飾，如可以說"很對"，但不能說"很錯"；可以說"很紅"，但不能說"很紫"；可以說"很短暫"，但不能說"很永久"。b）形容詞的生動形式（也稱狀態詞）不受"很"修飾，如"很火紅""很綠油油""很灰不溜秋"等一概不能說。❷ 用在助動詞或動詞短語前，表示程度高：～應當｜～應該｜～可能｜～該去｜～敢說｜～肯幹｜～會演｜～能寫｜～可以試試。注意 a）有些助動詞必須構成動詞短語才能受"很"修飾，如可以說"很肯幹"，但不能光說"很肯"；可以說"很能夠說服人"，但不能光說"很能夠"。b）有些助動詞構成動詞短語以後仍然不受"很"修飾，如"很要去""很得得說"等都不能說。❸ 用在一部分表現心理、情緒、評價的動詞前，表示程度高：～願意｜～喜歡｜～高興｜～支持｜～擁護｜～了解。注意 a）"很"修飾動詞極受限制，不是表示心理、情緒、態度、理解、評價的動詞，不受"很"修飾，如"很來、很唱、很有、很走"等都不能說。b）某些不受"很"修飾的動詞帶上賓語以後，整個動賓短語又可以受"很"修飾，如"很有味道""很講道理""很感興趣""很受歡迎""很有些錢"。❹ 用在"得"後，表示程度高：好得～｜舒服得～｜感動得～。注意 "不很……"表示程度減弱，如"不很好"（有點兒不好，但還可以）、"不很舒服"（有點不舒服）；"很不……"表示徹底否定，如"很不好""很不舒服"。

狠 hěn ㊀❶〔形〕兇惡；殘忍；狠毒：兇～｜心～手辣。❷〔形〕堅決；嚴厲：～抓學習｜～～打擊刑事犯罪分子。❸〔動〕極力控制自己的情感，做出決定：～着心不去看他｜～了心，放개孩子走了。

㊁同"很"（見於近代漢語）。

語彙　發狠　兇狠　惡狠狠

【狠毒】hěndú〔形〕（對待人）兇狠毒辣：～的心腸｜用心～｜手段太～｜沒有比他更～的了。

【狠命】hěnmìng〔副〕用盡全力；拚命使勁（做某事）：咬緊牙關，～一推｜～鑽研業務。

【狠心】hěnxīn ❶〔形〕心地殘忍：他這樣做太～｜你怎麼這麼～？❷（-//-）〔動〕下定決心：我們狠了心要大幹它一場。❸〔名〕非常大的決心：下～抓好工作。

【狠抓】hěnzhuā〔動〕全力以赴地指導；集中精力地進行（某事）：～農業｜～重點｜～企業管理｜～外語學習｜～基本功。

詪（詪） hěn〈書〉（言語）古怪，不合情理。

hèn ㄏㄣˋ

恨 hèn ❶〔動〕仇視；怨恨：～之入骨｜～鐵不成鋼。❷ 遺憾；不滿：相見～晚｜書到用時方～少。❸〈書〉仇恨；悔恨：舊～新仇｜報仇雪～｜抱～終天。

語彙　抱恨　仇恨　憤恨　悔恨　嫉恨　解恨　可恨　惱恨　痛恨　怨恨　憎恨　深仇大恨

【恨不得】hènbude〔動〕急切地盼望做成某事（多指實際上做不到的事）：～插上翅膀飛上天｜～一口吃成個胖子｜對朋友他～把心都掏出來。

辨析 **恨不得、巴不得** 都表示"急切盼望"，主要區別為：a）"恨不得"所盼望的多是做不到的事，如"恨不得長出翅膀來飛上天"，"巴不得"所盼望的是做得到的事，如"他正巴不得有人來幫忙"。b）"恨不得"之後不能用否定式，"巴不得"可以用。如可以說"我巴不得他不來"，但是不能說"我恨不得他不來"。c）"巴不得"可以加"的"修飾名詞，"恨不得"不能。如可以說"這真是一件巴不得的事"，但是不能說"這真是一件恨不得的事"。

【恨鐵不成鋼】hèn tiě bù chéng gāng〔諺〕比喻對人要求嚴格，迫切希望他好：大凡父母對子女都是～｜我經常說他、罵他，也不過是～的意思。

hēng ㄏㄥ

亨 hēng ㊀❶ 順利；通達：萬事咸～。❷ 古同"烹"（pēng）：～葵及菽。❸（Hēng）〔名〕姓。

㊁〔量〕亨利的簡稱。電路中電流強度在 1 秒鐘內的變化為 1 安，產生的電動勢為 1 伏時，電感就是 1 亨。

【亨利】hēnglì〔量〕電感單位，符號 H。為紀念美國物理學家亨利（Joseph Henry, 1797–1878）而定名。簡稱亨。

【亨通】hēngtōng〔形〕順利通達：萬事～｜官運～。

哼 hēng〔動〕❶鼻子發出聲音（一般是因為痛苦）：小豬餓得直～～｜那麼疼，他連一聲都沒～。❷低聲發出（樂音）：小聲吟詠：～着小調兒｜這首詩是早晨散步時～出來的。
　　　另見 hng（501 頁）。

【哼哧】hēngchī〔擬聲〕粗重急促的喘氣聲：～～地直喘氣｜他爬上六樓，已經累得～～的了。

【哼哈二將】hēnghā-èrjiàng〔成〕比喻有權勢者手下的兩個得力幫兇或兩個狼狽為奸的人：這兄弟倆是那個大惡霸的～，誰敢惹他們！

【哼兒哈兒】hēngrhār〔擬聲〕由鼻腔和口腔發出的含混不清的聲音（多表示不經意、敷衍）：那位經理說話老是這麼～的，一點兒都不痛快｜幾次請他們上門維修一下，他們總是～地應付。

天神哼哈
佛教裏守護廟門的兩個天神，手執金剛杵，形象威武兇惡。《封神演義》第七十四回 "哼哈二將顯神通"，說車中哼出白氣的一將叫鄭倫，口中哈出黃氣的一將叫陳奇。

【哼哼】hēngheng〔動〕❶痛苦呻吟：這次他摔得夠嗆，躺在地上～了半天也沒爬起來。❷低聲說話或吟唱：只聽到他～了兩句，沒聽清他說的是甚麼｜他忍不住～起家鄉的小曲。

【哼唷】hēngyō〔歎〕集體從事重體力勞動時，用來協同動作的呼應聲。參見 "嗨喲"（504 頁）。

啈 hēng〔歎〕表示禁止：～！不能私自亂動別人的東西！
　　　另見 hèng（538 頁）。

脖 hēng 見 "膨脝"（1015 頁）。

héng ㄏㄥˊ

行 héng 見 "道行"（dàoheng）（264 頁）。
　　　另見 háng（514 頁）；hàng（516 頁）；xíng（1514 頁）。

恆（恒）héng ❶長久；持久不變：～產（不動產）｜～齒｜～溫｜～心。❷經常；平常；普通：～量｜～言｜～情。❸〔書〕恆心：學貴有～｜持之以～。❹（Héng）〔名〕姓。

語彙　永恆　有恆　持之以恆

【恆河沙數】Hénghé-shāshù〔成〕恆河是流經印度和孟加拉國的大河，以河裏富有細沙而著稱。恆河裏的沙無法計算，以此來形容數量極多。簡稱恆沙，也說恆河沙。

【恆久】héngjiǔ〔形〕長久；永久：～不變｜如日

月～｜為世界～的和平而努力。

【恆量】héngliàng〔名〕常量。在某一過程中，數值固定不變的量。

【恆山】Héng Shān〔名〕五嶽中的北嶽，位於山西渾源南。山上蒼松翠柏，古跡很多。最著名的勝景是懸空寺，於懸崖峭壁之上，僅用數根木柱支撐住數層高閣，令人歎為觀止。

【恆溫】héngwēn〔名〕在一定的時間和空間範圍內保持基本不變的一定溫度：～器（可達到恆溫要求的裝置）｜～動物。

【恆溫動物】héngwēn dòngwù 能自動調節體溫、保持體溫相對穩定的動物，如鳥類和哺乳類。俗稱溫血動物。

【恆心】héngxīn〔名〕始終如一長久不變的意志：有決心，還要有～｜事情無論大小，如果沒有～，都做不好。

【恆星】héngxīng〔名〕（顆）由熾熱的氣體組成、能不斷發出光和熱的天體，如太陽。恆星實際上也在運動，但不易觀測到，古人認為其位置固定不變，故稱。

【恆牙】héngyá〔名〕（顆）人和哺乳動物的乳牙逐漸脫落後，再一次長出的永久性牙齒。人的恆牙全部出齊通常是 32 顆。

姮 héng 見下。

【姮娥】Héng'é〔名〕嫦娥。

珩 héng 古代佩玉上面形似磬而小的橫玉。

桁 héng〔名〕檁（lǐn）：～架（房屋、橋樑上的骨架式承重結構）。

橫 héng ❶〔形〕跟地面平行的（跟 "豎" "直" 相對）：～幅｜～披｜～匾｜～樑。❷〔形〕地理上東西向的（跟 "縱" 相對）：連～｜山脈～貫兩省。❸〔形〕空間上從左到右或從右到左的（跟 "豎" "直" "縱" 相對）：～行（háng）書寫｜用簡化字～排。❹〔形〕跟物體的短的一邊平行的（跟 "豎" "直" "縱" 相對）：～剖面｜人行～道。❺〔形〕內外之間或平級之間的（跟 "縱" 相對）：～向聯繫。❻〔動〕把物體橫向擺放或把持：～刀立馬｜～槊賦詩｜把車子～過來。❼〔動〕橫着（阻斷）：一條小溪～在面前｜被狂風吹倒的大樹～着～在馬路上。❽充滿；充溢：怨怒～世｜老氣～秋。❾紛雜；交錯：～生枝節｜妙趣～生｜血肉～飛。❿蠻橫；蠻不講理地：～行不法｜～徵暴斂｜～加指責。⓫〔副〕（北京話）橫豎；反正（表示在任何情況下都不可否認）：當初，我～勸過你吧？你偏不聽｜是她自己鬧着離婚的，這～賴不得別人！⓬〔副〕（北京話）可能（表示揣測）：今天星期日，他～不在家。⓭〔名〕漢字的筆畫，平着從左到右，形狀是 "一"：一～一豎是個 "十" 字。⓮（Héng）〔名〕姓。
　　　另見 hèng（538 頁）。

H

語彙 打橫　連橫　縱橫

【橫標】héngbiāo〔名〕橫幅的標語、標牌（企事業單位名稱、牌號等）。

【橫波】héngbō ㊀❶〔動〕〈書〉比喻女子眼神横轉，像水一樣橫流：～一笑｜春嬌入眼～溜。❷〔名〕借指女子的眼睛：～嗔怪。㊁〔名〕物理學上指振動方向與傳播方向垂直的一種波（區別於"縱波"）。

【橫衝直撞】héngchōng-zhízhuàng〔成〕亂衝亂撞，毫無顧忌。也說橫行直撞、直衝橫撞。

【橫刀立馬】héngdāo-lìmǎ〔成〕手持兵器，縱馬馳騁。形容將士臨戰時的威武姿態：誰敢～，唯我彭大將軍。也說橫槍躍馬、橫戈躍馬。

【橫笛】héngdí〔名〕（支）笛子。笛子橫吹，故稱。

【橫渡】héngdù〔動〕從江河湖海等水域的這一邊過到對岸，常指沿與水流垂直的方向渡過：～長江｜～大西洋。

【橫斷面】héngduànmiàn〔名〕橫剖面。

【橫額】héng'é〔名〕❶橫寫書寫的匾額：亭子裏懸着～，上書"蓬萊閣"。❷橫幅。

【橫幅】héngfú〔名〕❶布匹等的寬度：這布的～很寬。❷（條，張）幅面左右寬、上下窄的標語、書畫、錦旗、會議標誌等。

【橫膈膜】hénggémó〔名〕膈的舊稱。

【橫亙】hénggèn〔動〕❶橫向延伸；橫臥：兩軍對陣，敵軍～六七里｜新疆和西藏之間～着崑崙山。❷橫跨：鐵索橋～在寬闊的江面上。

【橫貫】héngguàn〔動〕橫向貫穿；橫着通過：這條鐵路～東西。

【橫加】héngjiā〔動〕強行加以：～干涉｜～指責。

【橫跨】héngkuà〔動〕跨越：一道彩虹～天際。

【橫眉】héngméi〔動〕聳起眉毛，形容怒目相視的樣子：～怒目｜～立目｜～冷對千夫指。

【橫眉怒目】héngméi-nùmù〔成〕向人瞪眼怒視的樣子。形容發怒或強橫的神情：廟裏的金剛一個個～，令人望而生畏。也說橫眉努目、橫眉立目。

【橫批】héngpī〔名〕與對聯相配的橫幅，起畫龍點睛或深化主題等作用，一般由四個字組成，貼在上下聯之間的正上方略高處。

【橫披】héngpī〔名〕（幅）橫幅的書畫，左右兩邊多有軸，以便於橫掛（條幅和屏條都是直掛）。

【橫剖面】héngpōumiàn〔名〕把長形的物體橫着截短後所呈現的平面（區別於"縱剖面"）：根據樹幹的～上的同心輪紋，可以知道樹齡。也叫橫斷面、橫切面。

【橫七豎八】héngqī-shùbā 形容縱橫雜亂，沒有順序的樣子：夏夜的廣場上，～地睡滿了人｜書架上放得～的圖書都整理好了。

【橫肉】héngròu〔名〕指臉上長的讓人覺得兇惡的肌肉：生就一臉～。

【橫掃】héngsǎo〔動〕❶掃蕩；掃除：～千軍如捲席｜一切妖魔鬼怪。❷目光掃視：她聽了心裏很不高興，不由得～了他們一眼。❸迅猛掠過，多用於勢力強勁的風雨、氣流等：西伯利亞寒流～華北地區，氣溫驟降。

【橫生】héngshēng〔動〕❶縱橫雜亂地生長：雜草～。❷出乎意外地發生：～枝節｜～事端。❸不斷出現：百弊～｜妙趣～。

【橫生枝節】héngshēng-zhījié〔成〕意外地生出一些枝節問題，使主要問題不能順利解決：雙方本已達成協議，今日對方卻又～，提出了一些所謂的附加條款。

【橫是】héngshi〔副〕（北京話）表示推測，相當於"大概、可能、恐怕"：這事～有40年了｜他～不會來了｜～要下雪了。

【橫豎】héngshù(-shu)〔副〕〈口〉表示在任何情況下都一樣，不管怎樣，無論如何；相當於"反正"：我～要進城，這封信就讓我帶去吧｜～時間還早，我們再坐一會兒吧。

【橫挑鼻子豎挑眼】héngtiāo bízi shùtiāo yǎn〔俗〕形容故意苛求，多方挑錯：他這麼認真地幹活兒，你就別～了。

【橫向】héngxiàng〔形〕屬性詞。❶平行的；非上下之間的（跟"縱向"相對）：～比較｜～交流。❷東西方向的（跟"縱向"相對）：中國～的鐵路較少。

【橫心】héng//xīn〔動〕狠下決心，不顧及後果；下狠心：～不回頭｜橫下一條心要大幹一場。**注意**"橫心"這個動賓式，可以用"把"字將"心"提到前面去，讓它做"把"的賓語，在動詞"橫"前頭加上個副詞"一"，成為"把心一橫"。

【橫行】héngxíng〔動〕❶橫着行走：螃蟹～。❷做事蠻橫，毫無顧忌；仗勢作惡，任意胡為：～無忌｜～鄉里｜看你能～幾時。

【橫行霸道】héngxíng-bàdào〔成〕肆意妄為，強橫不講理：他在這一帶，胡作非為，～。

【橫許】héngxǔ〔副〕（北京話）或許；興許（表示可能的揣測）：～有｜～能行｜～靠不住｜～要下大雪了。

【橫痃】héngxuán〔名〕腹股溝淋巴結腫大的一種性病。

【橫遭】héngzāo〔動〕突然意外地遭受到；平白無故地遭受到：～不幸｜～陷害｜～囚禁迫害。

【橫徵暴斂】héngzhēng-bàoliǎn〔成〕強行徵收捐稅，搜刮百姓錢財：反動統治者～，大肆搜刮。

【橫坐標】héngzuòbiāo〔名〕平面上某一點到縱坐標軸的距離叫作這個點的橫坐標（區別於"縱坐標"）。參見"坐標"（1832頁）。

衡　héng ❶秤桿，泛指稱重量的器具，如秤、天平等：懸～而量。❷衡量：權～利害得失｜～情度理。❸使平均：均～｜平～。❹稱重量：～器。❺（Héng）〔名〕姓。

語彙　均衡　抗衡　平衡　權衡　爭衡

【衡量】héngliáng(-liang)〔動〕❶用秤（chèng）稱一下輕重，比喻對事物進行比較或評定：～是非得失｜用甚麼標準來～？❷斟酌；思量：這件事大家再～一下，看怎麼辦好。

辨析　衡量、權衡　"權衡"的使用範圍較窄，多用於對較重大事件的裁定，常和"利弊、輕重、得失"搭配；"衡量"使用範圍較寬，對象可以是具體的也可以是抽象的，如"我們應該以先進人物為榜樣，衡量一下自己的言行"，其中的"衡量"不能換用"權衡"。

【衡器】héngqì〔名〕稱重量的器具。

【衡山】Héng Shān〔名〕五嶽中的南嶽，位於湖南衡山縣西。山有72峰，其中祝融峰最高。祝融峰之高、水簾洞之奇、方廣寺之深、藏經殿之秀，是衡山四絕。

鴴（鴴）héng〔名〕鳥名，體形較小，嘴短而直，多生活在水邊。

蘅 héng 見"杜蘅"（321頁）。

hèng ㄏㄥˋ

啈 hèng〔歎〕表示惱怒或發狠心：～！這樣的壞人不除，天理難容！
另見hēng（536頁）。

堼 hèng 用於地名：～店（在湖南）｜大～上（在天津）。

橫 hèng ❶〔形〕蠻橫；霸道：～暴｜驕橫｜專～｜他態度挺～。❷不吉利的；不正常的；意料之外的：～事｜～財｜～死｜飛來～禍。
另見héng（536頁）。

語彙　豪橫　驕橫　蠻橫　強橫　兇橫　專橫

【橫暴】hèngbào〔形〕橫蠻兇暴：～恣肆，不可一世。

【橫財】hèngcái〔名〕（筆）非正常途徑得來的錢財，常指不義之財：發～｜～不可貪。**注意**這裏的"橫"不讀héng。

【橫禍】hènghuò〔名〕出乎意料的災禍：飛來～｜慘遭～｜～之來，雖屬意外，亦在意料之中。

【橫蠻】hèngmán〔形〕粗暴不講理：行事～，無視法紀。常說蠻橫。

【橫逆】hèngnì〔名〕〈書〉橫暴的行為。

【橫事】hèngshì〔名〕凶事；意外的災禍。

【橫死】hèngsǐ〔動〕指非正常死亡，如自殺、遭遇禍事而死；死於非命：無端～｜街頭～。

hm ㄏㄇ

嚜 hm（是h跟單純的雙唇鼻音相拼合的音）〔歎〕表示斥責、輕視、不滿：～，他這是得了便宜還賣乖！

hng ㄏㄫ

哼 hng（是h跟單純的舌根鼻音相拼合的音）〔歎〕表示不滿或懷疑：～，這叫甚麼平等！｜～，他能行嗎？
另見hēng（536頁）。

hōng ㄏㄨㄥ

吽 hōng 佛教咒語用字。

哄 hōng ❶〔擬聲〕形容許多人同時大笑或喧嘩的聲音：～的一聲，大家都笑了｜會場裏～～的，喧嘩不止。❷許多人一起發出聲音：～笑不止｜～抬物價｜～傳（chuán）。
另見hǒng（543頁）；hòng（544頁）。

【哄搶】hōngqiǎng〔動〕聚眾哄（hòng）並爭搶（財物）：～物資｜謹防歹徒攔路～。

【哄然】hōngrán〔形〕許多人一起發出聲音的樣子；紛亂喧鬧的樣子：～大笑｜舉座～。

辨析　哄然、轟然　都是形容詞，但"哄然"是形容人發出的紛亂的聲音，如"哄然大笑"。"轟然"是形容物體倒塌或突然爆出的聲音。如"大樓轟然倒塌"。二者不能換用。

【哄抬】hōngtái〔動〕紛紛抬高（物價）：～糧食價格｜嚴禁～物價。

【哄堂大笑】hōngtáng-dàxiào〔成〕形容滿屋的人同時大聲笑：眾人聽了這個笑話，忍不住～。

【哄笑】hōngxiào〔動〕很多人同時大笑：眾人～了一陣，會場才安靜了下來。

訇 hōng ❶〔擬聲〕表示很大的聲音：～的一聲牆倒了。❷形容大聲：～然震動如雷霆。❸見"阿訇"（1頁）。❹（Hōng）〔名〕姓。

烘 hōng ❶〔動〕用火烤乾，或靠近火取暖。現多泛指加熱烤乾或取暖：～腳｜～麵包｜衣服濕了，等～乾了再穿｜～～火，暖暖身子。❷陪襯；渲染：～雲托月。

【烘焙】hōngbèi〔動〕用微火烤乾（茶葉、煙葉、藥材、食品等）：～茶葉｜～餅乾。

【烘乾】hōnggān〔動〕（用火、電能或蒸汽等）烤乾（衣物、食品等），使不含水分或水分極少：～機｜用火把煙葉～｜濕衣服早都～了。

【烘烤】hōngkǎo〔動〕用火或電熱烤，使變熱或變乾燥：～白薯｜～食品｜～衣服｜旱煙的葉子要經過～加工。

【烘托】hōngtuō〔動〕❶中國畫在畫景物時，不直接畫出某物象，而用水墨或淡彩在物象外圍渲染，從而使物象鮮明：他畫的雪景，用淡墨～出亭台樓閣。❷寫作詩文時不從正面刻畫，而是從側面描寫，從而使主體鮮明突出：先寫一些次要人物來～主要人物。❸泛指從側面襯托，使更加明顯突出：紅牆與綠瓦互相～，使得古建築更加壯美厚重。

【烘箱】hōngxiāng〔名〕一種箱形加熱裝置，用來把潮濕物品中的水分去掉。

【烘雲托月】hōngyún-tuōyuè〔成〕用雲彩烘托出月亮的皎潔形象。比喻從側面着意染染使主要的人和物鮮明突出：《三國演義》在寫諸葛亮以前，先寫了幾個隱士，真有～之妙。

薨
hōng 古代稱諸侯或大官等的死亡：～逝。

轟（轰）
hōng ❶〔擬聲〕表示巨大的響聲：如打雷、放炮、爆炸等聲音：～的雷聲｜～的一聲巨響，房子塌了。❷〔動〕通過爆炸來破壞、破壞：～擊｜～炸 聽到這消息，好比五雷～頂｜大炮猛～敵艦。❸〔動〕驅趕：～雞｜～牲口｜～出家門。

【轟動】(哄動)hōngdòng〔動〕(事情或消息等)引起人們普遍注意和震驚：～全縣｜～了世界｜這部影片曾經～一時｜引起了～。

【轟動效應】hōngdòng xiàoyìng 引起社會各方面關注和震驚的效果：文學作品還是雅俗共賞的好，不能光圖一時的～。

【轟轟烈烈】hōnghōng-lièliè〔成〕形容聲勢浩大，不同凡響：幹一番～的事業｜～地幹它一場。

【轟擊】hōngjī〔動〕❶開炮攻擊：～敵人陣地｜暫停～｜選準～目標｜～不止。❷原子核物理學上稱高能粒子(α粒子、γ光子、中子、質子等)對原子核的撞擊為轟擊。

【轟隆】hōnglōng〔擬聲〕形容巨大的聲音：～一聲巨響｜～～的雷聲｜車間裏～～的，震耳欲聾。

【轟鳴】hōngmíng〔動〕發出巨響：車間裏馬達～｜雷聲～，不絕於耳｜一列客車～着奔馳而過。

【轟然】hōngrán〔形〕形容聲音很大：～作響｜～一聲，火藥爆炸，小山頭削平了。

【轟炸】hōngzhà〔動〕從空中往下扔炸彈，破壞下面的目標：輪番～｜地毯式～｜疲勞～(超長時間的連續轟炸，有比喻義)。

弘
hóng ㄏㄨㄥˊ

hóng ❶大；廣大：～願｜大展～圖。也作宏。❷擴大；使盛大：思～祖業｜人能～道，非道～人。❸(Hóng)〔名〕姓。

【弘揚】(宏揚)hóngyáng〔動〕〈書〉發揚光大：～國光｜～中華文化。

辨析　**弘揚、發揚**　"弘揚"着重指擴展使光大，多用於精神、文化等，如"弘揚中華文化""弘揚社會主義道德"，這裏的"弘揚"不能換成"發揚"。"發揚"着重指發展提倡，多用於作風、傳統等，如"發揚民主""發揚優良傳統"，這裏的"發揚"不能換成"弘揚"。

玒
hóng〈書〉玉名。

吰
hóng 見"嚝吰"(165頁)。

宏
hóng ❶大；廣博：～大｜～觀｜～圖｜寬～大量。❷(Hóng)〔名〕姓。

語彙　恢宏　寬宏　取精用宏

【宏大】hóngdà〔形〕(規模、計劃、數量等)巨大：～的構想｜～的建築｜一支～的科技隊伍｜規模～的墾殖場｜氣勢～的場面。

【宏觀】hóngguān〔形〕屬性詞。❶物理學上指不涉及分子、原子、電子等內部構造領域的(跟"微觀"相對)：～世界｜～結構。❷泛指一般學科中着眼於大的方面的(跟"微觀"相對)：～調控｜～經濟｜～經濟學。

【宏觀調控】hóngguān tiáokòng 從總體和全局上對事物的進行和發展加以調節、控制：～政策｜對國民經濟的運行實行～。

【宏論】(弘論)hónglùn〔名〕〈書〉目光遠大、見識廣博的言論：親聆～，獲益良多。

【宏圖】(弘圖、鴻圖)hóngtú〔名〕宏偉遠大的計劃、理想或打算：發展國民經濟的～｜大展～。

【宏偉】hóngwěi〔形〕氣勢雄壯，規模盛大：～的計劃｜天安門廣場氣象～。

辨析　**宏偉、雄偉**　兩個詞在指氣勢雄壯盛大時可以互相換用，如"宏偉的人民英雄紀念碑"也可以說"雄偉的人民英雄紀念碑"。但仍有差別，"宏偉"的意思側重於"偉大"，可以修飾具體的事物，如"宏偉的工程"，也可以形容理想、謀劃，如"宏偉的規劃"；"雄偉"的意思側重於"雄壯"，可以修飾具體的事物，如山峰、歌聲、建築物等。但不能形容理想、謀劃等，如不能說"雄偉的規劃"。"雄偉"指"魁偉"時可以形容人，如"身材雄偉"，"宏偉"不能這樣用。

【宏願】(弘願)hóngyuàn〔名〕宏偉遠大的志願：立下～｜～必將實現。

【宏旨】(弘旨)hóngzhǐ〔名〕主要的宗旨、內容：～要義｜無關～。

泓
hóng〈書〉❶深而廣的水：～下龍吟。❷〔量〕清水一道或一片叫一泓(數詞只限於"一")：清泉一～｜一～碧水。

虹
hóng〔名〕❶陽光照射天空中的小水珠，經一次折射和兩次反射，分解成紅、橙、黃、綠、藍、靛、紫七色，在空中形成的弧形彩帶：長～。也叫彩虹。❷（Hóng）姓。

另見 jiàng（653頁）。

【虹吸管】hóngxīguǎn〔名〕（根）使液體出現虹吸現象的曲形管子或管道裝置，可用來輸送液體。

【虹吸現象】hóngxī xiànxiàng 依靠大氣壓強和重力，液體通過一條呈∩形的管子，先向上再向下流到較低處的現象。

竑 hóng〔書〕❶度量：故～其輻廣（測量車輪輻條的長短）。❷廣大：正言～議。

洪 hóng ❶大：～水｜～福｜～流｜～恩｜聲如～鐘。❷洪水：山～｜泄～｜抗～｜防～｜蓄～。❸（Hóng）姓。

【洪幫】Hóngbāng〔名〕清朝初年由天地會（以"反清復明"為宗旨的明朝遺民組織）發展出來的一個幫會。主要分佈在長江、珠江、黃河流域以及西南、西北邊疆一帶。清末曾參加過反壓迫及帝國主義侵略的鬥爭。後因組成成員複雜，其中有些人為反動勢力所利用。也作紅幫，也叫洪門。

【洪大】hóngdà〔形〕（聲音等）很大：聲音～｜～的回音｜～的濤聲。

> **辨析 洪大、宏大** 二者都含巨大、盛大的意思，主要是形容的對象不同。"洪大"多形容聲音，也可形容水勢，如"鐘聲洪大""洪大的回音""水勢洪大"。"宏大"形容的對象比較廣泛，可形容事物的規模、氣勢、計劃等，如"宏大的建築""宏大的隊伍""宏大的志願"，在這些組合中二者不能換用。

【洪峰】hóngfēng〔名〕洪水在汛期達到最高點的水位，也指漲到最高水位的洪水：第二次～到來之前｜河堤經住了多次～的考驗。

【洪福】（鴻福）hóngfú〔名〕大的福氣：～齊天（極大的福氣）｜安享～。

【洪澇】hónglào〔名〕洪水氾濫、莊稼農田被淹的現象：遭遇～災害。

【洪亮】hóngliàng〔形〕聲音大；響亮：他的聲音～清晰｜他年齡最小，嗓音卻最～。

【洪量】hóngliàng〔名〕❶大的度量：老師～，何所不容？｜虧他～，一點責怪我的意思也沒有。❷大的酒量：您是～，請開懷暢飲。

【洪流】hóngliú〔名〕❶（股）巨大的水流：～不斷衝擊着新修的堤岸。❷比喻像洪流一樣的事物：鋼鐵的～｜革命的～｜時代的～不可阻擋。

【洪爐】hónglú〔名〕巨大的爐子，比喻鍛煉人才的場所或環境：音樂學院是音樂家的～｜在時代的～裏鍛煉成長。

【洪水】hóngshuǐ〔名〕江河因降雨或冰雪融化造成暴漲的水流：～橫流，氾濫成災｜戰勝～。

【洪水猛獸】hóngshuǐ-měngshòu〔成〕暴漲的水流，兇猛的野獸。比喻極端兇惡的事物或極大的禍害：淫穢書刊對青年的毒害超過～｜反動統治者把人民革命看成是～。

【洪澤湖】Hóngzé Hú〔名〕中國第四大淡水湖，位於江蘇洪澤縣西部。由淮河下游河道淤高、宣泄不暢、河水匯聚而成。湖水經高郵湖至江都縣注入長江。

【洪鐘】hóngzhōng〔名〕（座）大鐘：聲若～。

陔 Hóng〔名〕姓。

紅（红）hóng ❶〔形〕像鮮血的顏色：～旗｜鮮～｜～牆綠瓦｜燈～酒綠。❷象徵革命或進步（跟"白"相對）：～軍｜～心｜～五月。❸〔形〕象徵順利、成功或出名、受寵等：當～｜走～｜～運當頭｜開門～｜他唱戲唱～了｜他倒成了你眼前的大～人。❹象徵喜慶的（跟"白"相對）：～白事｜～白喜事。❺〔動〕變成紅色：她害羞的時候，臉就～了｜眼看西邊的彩霞～遍了天。❻指表示喜慶的紅布或紅綢：披～｜掛～。❼紅利：分～。❽（Hóng）〔名〕姓。

另見 gōng（455頁）。

> **語彙** 潮紅　當紅　分紅　粉紅　花紅　火紅　橘紅　口紅　描紅　桃紅　通紅　鮮紅　血紅　殷紅　眼紅　棗紅　走紅　開門紅　滿堂紅　姹紫嫣紅　萬紫千紅

【紅案】hóng'àn（～兒）〔名〕指炊事人員做菜的工作（區別於"白案"）。

【紅白喜事】hóngbái xǐshì 締結婚姻是喜事，高壽老人的喪事叫喜喪，也是喜事，統稱紅白喜事。泛指嫁娶喪葬之類的事。也說紅白事。

【紅榜】hóngbǎng〔名〕（張）光榮榜，因多用大紅紙書寫，故稱：名列～｜～上有車間勞模的名字。

【紅包兒】hóngbāor〔名〕❶喜慶時贈送的禮金，多用紅紙或紅布包裝，故稱。❷春節的壓歲錢，多用紅紙或紅布包裝，故稱。❸指用於獎勵的額外酬金，一般不公開數額：企業部門常採用～的形式激勵員工。❹為換取好處而支付給服務人員的超出規定的禮金：趙大夫給病人治病從來不收～。

【紅不棱登】hóngbulēngdēng（～的）〔形〕〈口〉狀態詞。似紅非紅；紅得不好看：這面牆怎麼刷得～的？｜好好的一條褲子叫你染得～，還怎麼穿呢？注意 "紅不棱登"之外，還有"紅不吣咧""紅了巴嘰"，"不棱登""不吣咧""了巴嘰"等是後綴，加在某些單音節形容性語素後，表示厭惡色彩。

【紅茶】hóngchá〔名〕❶茶葉的一大類，是全發酵的茶葉，由鮮茶葉精製而成，有紅碎茶、工夫紅茶、小種紅茶等。與產地連稱時簡作"紅"，如川紅（四川紅茶）、閩紅（福建紅

茶)、滇紅(雲南紅茶)、祁紅(安徽祁門紅茶)等。❷用紅茶沏出的茶水,色紅味香,飲用時可以加糖:冰～|來一杯～|您要咖啡,還是要～?

【紅潮】hóngcháo〔名〕❶臉上因害羞而呈現的紅色:說得她兩頰泛起了～。❷指婦女的月經,如同潮水漲落一樣有規律,故稱。

【紅塵】hóngchén〔名〕鬧市的飛塵,泛指世俗的社會,紛紛擾擾的世間:看破～|身墮～。

【紅籌股】hóngchóugǔ〔名〕港澳地區用詞。股票市場用語。"恆生香港中資企業股"的俗稱。中資企業股是中國國有企業直接控制或持三成半以上股權的股份,在香港註冊,在香港上市。國企股則是在國內註冊,在香港上市:～與國企股的區別,主要是註冊地不同。

【紅燈】hóngdēng〔名〕❶紅色燈籠,多用竹木做骨架,外包紅綢、紅布或紅紙,用以照明。節日懸掛或玩式,增加喜慶氣氛。❷設在城市交叉路口的紅色交通信號燈,紅燈亮表示禁止車輛、人員通行:行車不要闖～。❸比喻起阻止或警告作用的措施、禁令等:要給違規排污的企業亮～。

【紅燈區】hóngdēngqū〔名〕指某些國家的城市中色情場所集中的街區。

【紅點頦】hóngdiǎnké〔名〕一種鳥,羽毛褐色,雄鳥喉部鮮紅色,鳴聲悅耳。通稱紅靛頦兒。

【紅豆】hóngdòu〔名〕❶紅豆樹,常綠或落葉喬木,羽狀複葉。春季開花,圓錐花序,白色或淡紅色。莢果長橢圓形,種子鮮紅色,有光澤。❷紅豆樹的種子,文學作品中常用作相思的象徵:～生南國,春來發幾枝。願君多採擷,此物最相思。也叫相思子。

【紅汞】hónggǒng〔名〕汞溴紅溶液的簡稱。是常用的創傷消毒藥,呈紅色。通稱紅藥水。

【紅光滿面】hóngguāng-mǎnmiàn〔成〕形容健康紅潤的臉色和容光煥發的神情:方老師～,神采奕奕。也說滿面紅光。

【紅果兒】hóngguǒr〔名〕山楂。

【紅花】hónghuā〔名〕❶紅色的花朵:～還得綠葉扶(比喻一個人本領再高,也離不開大家的幫助)。❷一年生草本植物,葉廣披針形,邊緣有尖刺,夏季開橘紅色管狀花,可入藥。西藏紅花是珍貴藥材。又叫紅藍花、草紅花。

【紅花草】hónghuācǎo〔名〕紫雲英的通稱。

【紅火】hónghuo〔形〕(長勢)茂盛;(事業)興旺;(氣氛)熱烈:桃花開得正～|日子越過越～|汽車市場真～|賽會辦得紅紅火火,盛況空前。

【紅軍】Hóngjūn〔名〕❶成立於1928年的中國工農紅軍的簡稱,是第二次國內革命戰爭時期中國共產黨領導的人民軍隊。❷紅軍戰士:小～|女～|送郎當～。❸指1946年以前的

蘇聯軍隊。

【紅利】hónglì〔名〕(筆)企業分給股東的除股息、稅款和各種雜費以外的利潤;企業以現金形式發給職工個人的額外報酬。舊時常用紅紙、紅布包裹現金,故稱。

【紅臉】hóngliǎn ❶〔名〕戲曲中人物臉譜,多象徵忠直。比喻忠誠直爽的人(跟"白臉"相對):一個唱～,一個唱白臉,裝好做歹的|不怕～關公,就怕抿嘴菩薩(像關羽那樣有話直說的人,不需提防;像菩薩那樣一聲不吭的人,最難對付)。❷(-//-)〔動〕臉色轉紅,指怕難為情;害羞:她一上台就～。❸(-//-)〔動〕臉色變紅,指發怒,發脾氣:有話好好說,何必～呢!|我從來沒跟誰紅過臉!

【紅領巾】hónglǐngjīn〔名〕❶(條)紅色的領巾,中國少年先鋒隊隊員的標誌,呈直角等腰三角形,代表紅旗的一角。❷借指少先隊員:～們舉手向國旗敬禮。

【紅綠燈】hónglǜdēng〔名〕設在城市交叉路口的交通信號燈,用來指揮車輛和行人。紅燈亮表示禁行(右轉彎的車輛除外),綠燈亮表示通行。

【紅馬甲】hóngmǎjiǎ〔名〕交易所的證券經紀人穿紅色馬甲,故也借指證券經紀人。據說自來水筆發明以前,經紀人使用鵝毛筆填寫各種憑據,交易內擁擠不堪,墨水常常會弄髒經紀人潔白的襯衣。有人因此別出心裁地穿上了紅色馬甲。

【紅帽子】hóngmàozi〔名〕❶進步人士在白色恐怖時期被反動派指為共產黨或赤色分子,叫作戴紅帽子。❷指車站、碼頭上的搬運工人,他們勞動時戴着紅色帽子,故稱。

【紅模子】hóngmúzi〔名〕(張)供兒童練習毛筆字的習字紙。印有紅色楷體字,用墨筆描摹,舊時常用的一種印有"上大人,孔乙己,化三千,七十士,爾小生,八九子,佳作仁,可知禮"等字樣。也叫描紅紙。

【紅男綠女】hóngnán-lǜnǚ〔成〕指穿着艷麗服裝的青年男女:燈會上,但見～,攜手同行。

【紅娘】Hóngniáng〔名〕中國古典文學名著《西廂記》中一個婢女的名字,她為崔鶯鶯和張生牽線搭橋,使兩人結成良緣。後用來指熱心促成別人婚姻的人(不分男女),現也泛指從中介紹、促成雙方建立合作關係的單位或個人:她是我們倆的～|電視～|工商所主動給這兩家企業當起了～。

【紅牌】hóngpái〔名〕❶(張)指某些體育比賽中,裁判員對嚴重犯規的運動員、教練員出示的紅色警示牌。受紅牌處罰的運動員、教練員不得繼續參加本場比賽,須立即退出賽場(區別於表示一般警告的"黃牌"):亮～|得了一張～。❷比喻對違法、違章的個人或單位發出的禁令:這幾家小造紙廠因污染嚴重,目前被

環保部門出示了～。

【紅撲撲】hóngpūpū（～的）〔形〕狀態詞。形容臉色紅而可愛：～的小臉兒｜他剛喝了幾杯酒，臉上～的。

【紅旗】hóngqí〔名〕❶（面）紅色的旗幟，常用作革命的標誌：風展～如畫｜～呼啦啦飄。❷（面）紅色的錦旗，多用來獎給競賽中的優勝者：流動～。❸比喻先進的集體或個人：～手｜～單位｜財貿戰綫上的一面～。

【紅旗手】hóngqíshǒu〔名〕先進工作者的一種光榮稱號：三八～｜人人爭當～。**注意**"紅旗手"多指婦女中的先進人物。有時也用於男性，如"他是我們突擊隊的紅旗手"。

【紅人】hóngrén（～兒）〔名〕受寵信、重用的人：他是老闆的～｜他是個大～，誰都讓他三分。

【紅肉】hóngròu〔名〕營養學上指豬牛羊等的肉。纖維粗硬，脂肪含量較高。因這幾種肉是紅顏色的，故稱（跟"白肉"相對）：～、白肉都是膳食結構中不可缺少的。

【紅潤】hóngrùn〔形〕紅而細膩滑潤（多指皮膚）：臉色～｜～的膚色。

【紅色】hóngsè ❶〔名〕紅的顏色：～粉筆｜～細陶器｜～外衣。❷〔形〕屬性詞。象徵革命或進步（跟"白色"相對）：～中華（早期報刊名）｜～根據地｜～的種（zhǒng）子。

【紅色預警】hóngsè yùjǐng 氣象災害或其他突發事件預報警四個級別（其他三個級別為橙色預警、黃色預警和藍色預警）中的第一級，危害程度為特別嚴重。

【紅燒】hóngshāo〔動〕一種烹調方法。用油、糖把肉、魚等炒上顏色，加醬油等作料燜熟，使成棕紅色：～肉｜～雞翅｜～鯉魚。

【紅十字會】Hóngshízìhuì〔名〕一種國際性的志願救護、救濟團體。戰時從事救護，平時從事自然災害救護以及社會救濟、社會福利等工作。1864年在日內瓦召開國際會議，簽訂了《萬國紅十字會公約》。該會以白地紅字為標誌。在伊斯蘭國家稱紅新月會。

十字的標誌

"綠十字"是中國藥品零售企業的標誌；"藍十字"是中國畜醫獸藥的標誌；"白十字紅心"是中國醫療衛生機構的統一標誌，白色十字襯以四顆心形紅底，表示愛心、責任心、耐心和細心。

【紅薯】hóngshǔ〔名〕甘薯的通稱。

【紅絲帶】hóngsīdài〔名〕倡導尊重艾滋病患者人權，致力於預防艾滋病的社會公益活動組織的標誌。20世紀80年代起源於美國。

【紅松】hóngsōng〔名〕（棵、株）常綠喬木，葉形如針，五針一束；種子粒大，可供食用及榨油。木材輕軟細緻，為建築、橋樑、家具等優良用材。也叫海松、果松。

【紅糖】hóngtáng〔名〕糖的一種。用甘蔗的糖漿熬製而成，棕紅色，有的呈黃色或黑色，含有砂糖和糖蜜，有特殊香味，供食用。有的地區叫黑糖或黃糖。

【紅彤彤】（紅通通）hóngtōngtōng（～的）〔形〕狀態詞。形容很紅（含喜愛意）：～的太陽｜晚霞～的｜滿山都是～的楓葉。

【紅頭文件】hóngtóu wénjiàn 指黨政機關下發的正式文件。因文件前頭名稱用套紅字體而得名（多用於口語）：沒有～我們不能辦。

【紅外綫】hóngwàixiàn〔名〕波長比可見光綫長的電磁波，在光譜上位於紅色光的外側。肉眼看不見，有顯著的熱效應和較強的穿透雲霧的能力，可用來焙製食品、烘乾取暖等，也用於診斷治療、遙感探測和通信、攝影等。

【紅衞兵】hóngwèibīng〔名〕❶"文化大革命"（1966-1976）期間以青年學生為主體的群眾性組織。❷（名）指參加紅衞兵組織的人：～都有紅色袖標。

【紅細胞】hóngxìbāo〔名〕血細胞的一種，內含血紅蛋白。作用是把氧氣輸送到各組織，並把二氧化碳帶到肺泡內。又稱紅血球。

【紅綫】hóngxiàn〔名〕❶（條）紅色的綫，比喻貫串於著作或文學作品中的鮮明的綫索：全書貫串着一條～。❷舊時俗謂男女婚姻，認為男女婚姻是命中注定，好像冥冥之中有一條紅綫牽連着。

【紅小豆】hóngxiǎodòu〔名〕赤豆。

【紅星】hóngxīng〔名〕（顆）紅色的五角星，中國工農紅軍曾以此為帽徽：閃閃的～。

【紅學】hóngxué〔名〕研究中國古典小說《紅樓夢》的學問：～家｜他是研究～的。

【紅血球】hóngxuèqiú〔名〕也稱紅細胞。

【紅顏】hóngyán〔名〕指美女：衝冠一怒為～｜誰說～多薄命。

【紅眼】hóngyǎn ❶〔名〕紅眼病的俗稱。❷（-//-）〔動〕發怒；着急：這群傢伙輸紅了眼。❸（-//-）〔動〕（北方官話）由羨慕而忌妒：看到那麼多錢，他～了。

【紅眼病】hóngyǎnbìng〔名〕❶急性結膜炎，患者眼白發紅。俗稱紅眼。❷謔稱羨慕別人名利而心生忌妒的毛病。

【紅眼航班】hóngyǎn hángbān 指夜間飛行的航班。

【紅艷艷】hóngyànyàn（～的）〔形〕狀態詞。紅得鮮艷奪目：石榴花開～｜～的太陽。

【紅藥水】hóngyàoshuǐ（～兒）〔名〕紅汞的通稱。

【紅葉】hóngyè〔名〕（片）楓樹、槭樹及黃櫨等的葉子，入秋轉紅後叫紅葉，可供觀賞：香山～。

【紅衣主教】hóngyī zhǔjiào 樞機主教。天主教羅馬教廷中最高一級主教。由教宗任命，分掌教廷各部門和世界主要教區。因穿紅色禮服，故稱。

【紅纓槍】hóngyīngqiāng〔名〕(桿)中國舊式兵器，在長柄和槍尖之間飾有紅穗。

【紅運】hóngyùn〔名〕好的運氣(含喜悅意)：走~｜交上~了。

【紅暈】hóngyùn〔名〕中間較濃而周圍漸淡的一團紅色：兩頰泛起了~｜臉上~消退。

【紅腫】hóngzhǒng〔形〕充血而腫脹：~的眼睛｜眼睛｜眼睛哭得都~了。

【紅裝】hóngzhuāng〔名〕❶(身)鮮紅艷麗的裝飾或裝束(多用於青年女性)：當戶理~｜不愛~愛武裝。❷借指青年婦女。以上也作紅妝。

翃 hóng〈書〉飛。

紘(纮) hóng ❶古代冠冕上的帶子，用來繫在頭上。❷〈書〉包舉：橫四維而含陰陽，~宇宙而章三光。

硔 hóng 用於地名：~池(在山西)。

閎(闳) hóng ❶〈書〉門：乘輦而入於~。❷〈書〉(器物中心)寬敞：其物圓以~。❸〈書〉高，大：~大廣博｜~言崇議。❹(Hóng)〔名〕姓。

鈜(鈜) hóng〔擬聲〕〈書〉形容金屬碰撞發出的聲音。

洚 hóng〔擬聲〕〈書〉水聲。

溝 hóng/hòng ❶同"荭"。❷〔名〕(閩語)蔬菜名。即蕹(wèng)菜，因莖中空，也叫空心菜。

荭(荭) hóng〔名〕一年生草本植物，莖高可達3米，葉子卵形，花紅色或白色。可觀賞，花和果實也可入藥。

骱 hóng ❶〈書〉深溝。❷〈書〉橋下通水道。❸用於地名：魯~(在安徽)。

鍠(鍠) hóng〈書〉弩上控制發射的裝置。

釭(釭) hóng〔名〕魚名，生活在近海，身體扁平，略呈方形或圓形，尾呈鞭狀，一般具尾刺，有毒。食無脊椎動物和小魚。

篊 hóng〈書〉用竹篾編製的捕魚器具。

鈜(鈜) hóng〈書〉(聲容)洪大。

蕻 hóng 見"雪裏蕻"(1540頁)。另見hòng(544頁)。

鴻(鸿) hóng ❶大：~文｜~儒。❷"鴻雁"①：~毛｜哀~遍野｜雪泥~爪(含比喻義，往事留下的痕跡)。❸〈書〉借指書信：來~｜~鱗~(指魚和雁，書信的代稱)。

❹(Hóng)〔名〕姓。

【鴻溝】Hónggōu〔條〕(道)原為秦末楚漢兩軍對峙時作為臨時分界綫的一條運河(故道在今河南滎陽)，後用來比喻明顯的界限或距離：判若一｜不可逾越的~。

【鴻鵠】hónghú〔名〕〈書〉天鵝。因飛得高，常用來比喻有遠大志向的人：燕雀安知~之志。
注意 這裏的"鵠"不讀wù或gǔ。

【鴻毛】hóngmáo〔名〕鴻雁的羽毛，比喻極輕或微不足道的事物：人固有一死，或重於泰山，或輕於~。

【鴻門宴】Hóngményàn〔名〕《史記·項羽本紀》載，項羽宴請劉邦於鴻門(今陝西臨潼東)，項羽的謀士范增密謀讓項莊以舞劍為名，乘機刺殺劉邦，未成功。後指專門設計威脅對方或加害客人的宴會：擺下~，想制伏對方。

【鴻篇巨製】hóngpiān-jùzhì〔成〕指篇幅長、規模大的著作：潛心於~｜十年辛勤筆耕，終成~。

【鴻儒】hóngrú〔名〕〈書〉大儒，指學識淵博的學者：談笑有~，往來無白丁。

【鴻雁】hóngyàn〔名〕❶(隻)鳥名，群居於河邊或沼澤地帶，羽毛棕灰色，腹部白色，在北方繁殖，在南方越冬，遷徙飛行時多排成人字或一字隊形。也叫大雁。❷借指書信：~往來。

黌(黉) hóng 古代學校：~宮｜~學。

hǒng ㄏㄨㄥˇ

哄 hǒng〔動〕❶哄騙：不要~人上當｜你~地、地~你、~來~去—自己(指不能在施肥、澆水、平整土地等農活上馬虎應付，否則不會有好收成)。❷用語言或動作使人高興；特指逗引、照看小孩兒：~孩子玩兒｜孩子哭了，快~一~他吧｜她的工作是給人家~孩子。
另見hōng(538頁)；hòng(544頁)。

辨析 哄、逗　a)"哄"指"用語言動作使人高興"時意義用法和"逗"相同。但"哄"用於人(多用於小孩兒)；"逗"可用於人，也可以用於動物。b)"哄"含親切含，"逗"指一般的招引。c)"逗哏、逗引、逗趣兒"中的"逗"，都不能換成"哄"。

語彙　誆哄　瞞哄　蒙哄　欺哄

【哄騙】hǒngpiàn〔動〕說假話或耍花招來欺騙別人：採用~的手段｜只能~一時，不能~長久。

嗊(嗊) hǒng 見"囉嗊曲"(883頁)。另見gòng(458頁)。

hòng ㄏㄨㄥˋ

哄〈閧鬨〉hòng〔動〕故意搗亂；開玩笑：起～｜一～而散。

另見 hōng（538頁）；hǒng（543頁）。

訌（讧）hòng/hóng 爭吵；潰亂：內～。

澒（澒）hòng ❶〈書〉水銀。❷見下。

【澒洞】hòngdòng〔形〕〈書〉相連不斷，瀰漫無際。

蕻hòng ❶〈書〉茂盛。❷〔名〕某些蔬菜的長莖：菜～。

另見 hóng（543頁）。

hōu ㄏㄡ

齁hōu ㊀〈書〉鼾聲：～如雷吼。

㊁❶〔動〕因食物過鹹或過甜，入口時引起喉嚨不舒服的感覺：～得難受｜真～人。❷〔副〕（北方官話）非常；太；過分（fèn）：～酸｜～苦｜～鹹｜東西～貴｜天氣～冷的，別往外跑了。

【齁聲】hōushēng〔名〕熟睡時發出的粗重呼吸聲：～如雷。

hóu ㄏㄡˊ

侯hóu ❶古代公、侯、伯、子、男五等爵位的第二等：～爵｜公～。❷秦代以後次於王的爵位：王～將相。❸(Hóu)〔名〕姓。

另見 hòu（545頁）。

喉hóu〔名〕呼吸道上端的部分，上通咽，下接氣管，兼有通氣和發音的功能。也叫喉頭。

【喉結】hóujié〔名〕男子頸前部由甲狀軟骨構成的隆起物。

【喉嚨】hóulóng(-long)〔名〕咽喉的俗稱。

【喉舌】hóushé〔名〕喉嚨和舌頭，指發音的器官；比喻代表某方面說話的人或輿論工具：人民代表是人民的～｜報紙應成為人民的～。

【喉頭】hóutóu〔名〕喉。

猴hóu ❶〔名〕(隻)哺乳動物，形狀略像人，身上有灰色或褐色毛，有尾巴，兩頰有囊，可儲存食物，行動敏捷。通稱猴子。❷(～兒)〔動〕（北方官話）像猴子似的蹲着：他～在那裏好像是在找東西。❸(Hóu)〔名〕姓。

語彙　棉猴　金絲猴　殺雞警猴

【猴兒精】hóurjīng ❶〔形〕狀態詞。像猴子那樣機靈。形容人精明：這個人～，你別想佔他便宜。❷〔名〕比喻過分精明的人：那小子是個～。

【猴年馬月】hóunián-mǎyuè〔成〕比喻遙遙無期或不可知的年月：一個月一兩千元的工資，要攢錢買房買汽車，待到～呀！

【猴皮筋兒】hóupíjīnr〔名〕(根)〈口〉橡皮筋：用～紮住兩根小辮子。

【猴市】hóushì〔名〕股市中有大批投機者快速買進又賣出股票，使股指在某一範圍跳躍浮動的股市動態。這種股市動態像猴子一樣上躥下跳，無章可循，故稱。香港稱為「魚市」。

【猴頭】hóutóu〔名〕猴頭蕈的簡稱，生於林間樹木上，形似猴頭，故稱。可供食用，也可供藥用。

【猴戲】hóuxì〔名〕❶(齣)猴子經過訓練後耍的把戲。讓猴子穿上衣服，戴上帽子，模仿人的某些動作。❷以孫悟空為主要人物的戲，如《大鬧天宮》等。

【猴子】hóuzi〔名〕(隻)猴的通稱：小～｜山中無老虎，～稱大王。注意「小猴子」除指小的猴子外，還可用於對頑皮小孩兒或年輕人的戲稱。

瘊hóu 瘊子。

【瘊子】hóuzi〔名〕疣(yóu)的通稱：他的脖子上長了一個～。

篌hóu 見"箜篌"(766頁)。

餱hóu〈書〉乾糧。

骺hóu〔名〕長骨兩端的部分。也叫骨骺。

鍭（镞）hóu 古代一種箭。

hǒu ㄏㄡˇ

吼hǒu ❶〔動〕(猛獸)號叫：獅子～。❷〔動〕大聲呼喊(多指發怒)：怒～｜你～甚麼！❸〔動〕(風、汽笛等)發出猛獸咆哮般的聲響：風在～，馬在叫｜火車～而過。❹(Hǒu)〔名〕姓。

【吼叫】hǒujiào〔動〕大聲叫：人群憤怒地～着｜老虎～一聲，撲過去。

【吼聲】hǒushēng〔名〕❶人或猛獸大的叫聲：人們被迫發出最後的～｜在野生動物園裏聽到了獅子的～。❷巨大的響聲：遠處傳來大炮的～。

犼hǒu 古代傳說中的一種野獸，像狗，吃人。

hòu ㄏㄡˋ

后hòu ❶君主；帝王：～羿｜三～(禹、湯、文王)。❷君主、君王的妻子：皇～｜王～。❸(Hòu)〔名〕姓。

另見 hòu "後"（545 頁）。

厚 hòu ❶〔形〕扁平狀物體上下兩面的距離較大（跟"薄"相對）：～玻璃｜一本～書｜地上的雪很～。❷〔形〕深，重（多用於感情，跟"薄"相對）：深情～誼｜寄予～望。❸厚道；不刻薄：寬～｜仁～｜忠～｜渾～｜溫柔敦～。❹〔形〕厚重；豐盛：～禮｜～利｜高官～祿｜家底很～。❺〔形〕濃厚（多用於味道，跟"薄"相對）：酒味很～。❻看重；重視（跟"薄"相對）：～此薄彼｜～古薄今。❼〔名〕扁平狀物體上下兩面薄的程度；厚度：三尺～的冰｜這城牆大概有幾丈～。❽（Hòu）〔名〕姓。

語彙 淳厚　醇厚　篤厚　敦厚　豐厚　憨厚　渾厚　寬厚　濃厚　仁厚　深厚　雄厚　優厚　忠厚　得天獨厚　天高地厚

【厚愛】hòu'ài〔名〕稱對方給予自己的愛：承蒙～｜一份～。

【厚此薄彼】hòucǐ-bóbǐ〔成〕重視這個，輕視那個。指對人對事不能同等對待：兩個勘探隊都對國家有貢獻，對待他們，不可～。

【厚道】hòudao〔形〕寬厚；誠懇；度量大：～人｜山裏人～｜為人～｜張先生一向很～。

【厚度】hòudù〔名〕扁平狀物體上下兩面厚薄的程度：沒甚麼～（極薄）｜～正合適（不厚不薄）｜天空雲層的～不斷增加。**注意** "厚"和"薄"是一對反義詞，但是只有"厚度"沒有"薄度"，比如可以說"這張紙簡直沒有甚麼厚度"，不能說"這張紙沒有甚麼薄度"。

【厚墩墩】hòudūndūn（～的）〔形〕狀態詞。形容很厚實：～的一雙棉鞋。

【厚古薄今】hòugǔ-bójīn〔成〕重視古代，輕視現代：在學術研究上，不要～。

【厚今薄古】hòujīn-bógǔ〔成〕重視現代，輕視古代：在研究方法上，總是～也不妥當。

【厚禮】hòulǐ〔名〕(份)豐厚或貴重的禮物（跟"薄禮"相對）：贈以～｜一份～。

【厚利】hòulì〔名〕巨大的利潤，高額的利息：追逐～｜賺取～。

【厚臉皮】hòuliǎnpí〔形〕〈口〉臉皮厚，不知道羞恥：誰像他那樣～｜沒見過這麼～的人。**注意** 只能說"厚臉皮"，不能說"薄臉皮"，但可以說"臉皮薄"。"臉皮薄"和"臉皮厚"都能說。

【厚樸】hòupò〔名〕落葉喬木，花大色白。樹皮厚，紫褐色，樹皮和花均可入藥，有溫中、下氣、燥濕等功用。

【厚實】hòushi〔形〕❶〈口〉厚：我握着他～的大手感到很溫暖｜這種布很～，做工作服正合適。❷寬闊結實：他自信地拍了拍～的胸膛。❸根底扎實：他基本功～。❹經濟條件寬裕：家底～。

【厚望】hòuwàng〔名〕深切的期望：寄予～｜不

負老師的～。

【厚顏無恥】hòuyán-wúchǐ〔成〕厚着臉皮，不顧羞恥：～之輩｜太～了｜他自吹自擂，～。

【厚意】hòuyì〔名〕深厚的情意；盛意：多謝～｜深情～｜～可感。

【厚葬】hòuzàng〔動〕用隆重儀式或花費大量錢財辦理喪事（跟"薄葬"相對）：～有功之臣。

【厚重】hòuzhòng〔形〕❶厚而重：～的棉大衣。❷豐富，有分量：～的禮物。❸〈書〉厚道持重：我大哥一向為人～。

侯 hòu 用於地名：閩～（在福建）。另見 hóu（544 頁）。

垕 hòu 用於地名：神～（在河南）。

邱 Hòu〔名〕姓。

後 hòu（后）❶〔名〕方位詞。人或事物背面或反面的一邊（跟"前"相對）：～門｜幕～｜前不着村，～不巴店。❷〔名〕方位詞。表示時間較晚的（跟"前""先"相對）：午飯～｜～上船的先上岸｜前因～果｜～起之秀。**注意** a)"要向前看，不要向後看"，這裏的"後"，是就空間說的；"往後咱們會越來越好"，這裏的"後"，是就時間說的。b)"三十年後，社會將更加進步"，這裏的"三十年後"是從現在算起；"他三十年前還是個小學生，三十年後已是個海內知名的科學家了"，這裏的"三十年後"，是從"三十年前"算起。❸〔名〕方位詞。次序居於末尾的（跟"前""先"相對）：他站在～一排｜～十名將被淘汰。❹指子孫後代：有～｜無～。❺〈書〉落後：不甘～人。

　　"后"另見 hòu（544 頁）。

語彙 背後　殿後　斷後　而後　過後　今後　落後　末後　幕後　前後　然後　日後　善後　稍後　身後　事後　隨後　往後　先後　以後　之後　最後　茶餘飯後　承前啟後　懲前毖後　空前絕後　瞻前顧後　爭先恐後

【後半天】hòubàntiān（～兒）〔名〕下午：～兒大家都沒事，咱們去喝茶聊天。也說下半天。

【後半夜】hòubànyè〔名〕從夜裏十二點到天亮的一段時間：～醒來就再也睡不着了。也說下半夜。

【後備】hòubèi ❶〔形〕屬性詞。備用的；準備在必要時補充的（人或財物）：～部隊｜～物資。❷〔名〕為補充而事先準備的人員或物資：這些錢留作～。

【後備軍】hòubèijūn〔名〕(支)❶指戰時可以徵集到軍隊中服兵役的人員，包括已復員退伍的軍人和適合服役而尚未入伍的公民。❷指可以從事某職業的補充力量：技術～｜產業～。

【後備箱】hòubèixiāng〔名〕小轎車車身後部放行

H

李、雜物的車廂：停車時一定要鎖好～。

【後輩】hòubèi〔名〕❶子孫後代：對～負責｜造福～｜～有～的打算。❷同道中年齡較輕或資歷較淺的人：～勝過前賢屢見不鮮｜～是可以後來居上的。

【後邊】hòubian（～兒）〔名〕方位詞。後面：前邊的人倒下了，～的人跟上去。

【後步】hòubù〔名〕後退的地步；迴旋的餘地：不要把話說死，要留點～｜總得留個～，把事情做絕不好。

【後塵】hòuchén〔名〕〈書〉走路時後面揚起的塵土，比喻前人的後面：步人～｜步前賢。

【後代】hòudài〔名〕❶某一時代以後的時代：～學者可以對古代的神話傳說做出科學的解釋。❷未來的時代：民主協商的辦法，為～開創了良好風氣。❸下一代以至若干代的人；也指個人的子孫：為子孫～造福｜～有～的想法。

【後爹】hòudiē〔名〕〈口〉繼父：他是孩子的～。注意 只用於敍述，不做稱呼之用。

【後盾】hòudùn〔名〕背後可以依靠的援助力量：全國人民是邊防戰士的堅強～。

【後發制人】hòufā-zhìrén〔成〕讓對方先動手，待對方暴露弱點後，自己再採取行動，制伏對方：那歹徒惡狠狠逼過來，小王倒退幾步，～，看準對方的破綻，一陣拳腳，把他打倒。

【後方】hòufāng〔名〕❶方位詞。後面；後邊；背後的方向：院子的～有幾棵白楊樹。❷距離戰場較遠的地區（跟“前方”“前綫”相對）：大～｜～醫院｜鞏固～｜把傷員運回～。

【後跟兒】hòugēnr〔名〕襪底或鞋底的後部（承受腳跟的部分）：鞋～。

【後顧】hòugù❶〔動〕回頭看，指擔心某些事情而分心去照管：無暇～｜～之憂。❷〔名〕對過去情況的回憶，回顧：～與前瞻（對過去的反思與對未來的展望）。

【後顧之憂】hòugùzhīyōu〔成〕指來自後方或未來的憂患。現也常指來自家中令人憂慮的事：學校辦起了幼兒園，幫助年輕教師解除了孩子入託的～。

【後果】hòuguǒ〔名〕結果；將來的結局（多用於消極方面）：嚴重的～｜～不堪設想｜產生了不良～｜由此引起的一切～，概由你方負責。

辨析 後果、結果、成果 a）感情色彩不同，“後果”含貶義，如“後果嚴重”；“結果”屬中性，如“結果如何？”“沒有結果”；“成果”含褒義，多用在好的方面，如“科研成果”“成果纍纍”。b）“後果”和“成果”只有名詞義，“結果”除有名詞義外，在早期白話中還有動詞義，指將人殺死。

【後漢】Hòuhàn〔名〕❶東漢。❷五代之一，公元947-950年，劉知遠所建，建都汴（今河南開

封）。參見“五代”（1435頁）。

【後話】hòuhuà〔名〕指留待以後再說的事情：此是～，按下不表。

【後患】hòuhuàn〔名〕日後的禍患：～無窮｜根除～｜縱虎歸山，必有～。

【後悔】hòuhuǐ〔動〕事後追悔：很～｜他～了｜從來沒有～過｜～自己太莽撞｜事後想起來挺～。注意 “後悔”不能帶體詞賓語，如不能說“後悔小王”“後悔他”“後悔一本書”等。

【後會有期】hòuhuì-yǒuqī〔成〕以後還有再見面的機會：你我～，珍重珍重！注意 現在一般多說“再見”，除非特別強調時，才說“後會有期”。

【後記】hòujì〔名〕(篇)附在書籍、文章等後面的文字，多用於介紹寫作始末、成書經過或評論內容等。也叫書後。

【後繼】hòujì〔動〕後一輩的人繼續幹下去；後面的人接着跟上去：～有人｜前仆～。

【後腳】hòujiǎo❶〔名〕走路時在後面的那隻腳：前腳站穩了，再移～。❷〔副〕與“前腳”連說，表示在前者後面（兩種動作時間連接較緊）：你前腳剛走，他～也走了。

【後進】hòujìn❶〔形〕屬性詞。水平較低，進步不快：～班｜～隊。❷〔名〕水平較低、進步不快的人或集體：學先進，幫～。❸〔名〕〈書〉年齡較輕、學識或資歷較淺的人：提攜～。

【後勁】hòujìn（～兒）〔名〕❶(股)緩慢發生的作用或持續時間較長的力量：～足｜他愛喝～大的酒。❷用在後一段的力量：他幹活有～｜留有～，生產才能持續增長。

【後晉】Hòujìn〔名〕五代之一，公元936-947年，石敬瑭（táng）所建，建都汴（今河南開封）。參見“五代”（1435頁）。

【後來】hòulái〔名〕指某一時間之後的時間：我跟他只見過一面，～他給我來過許多信｜他們鬧了一次分手，不知道～怎麼樣了｜～的事，我也說不清了。

辨析 後來、以後 a）“後來”，不能做後置成分，如“三月後來”“見面後來”“吵鬧後來”都不能成立，除非把“後來”換成“以後”。b）“後來”只能指過去，如“等了很久，後來他到了”，不能指將來，不能說“後來你再來”，把“後來”換成“以後”就可以說了，如“以後你再來”。

【後來居上】hòulái-jūshàng〔成〕《史記·汲鄭列傳》載，漢武帝重用汲黯時，公孫弘、張湯還是小官；後來汲黯因孤傲率直被疏遠了，公孫弘卻成為丞相，張湯也做了御史大夫，汲黯的部下有的已和他並列，有的還超過了他。於是汲黯對漢武帝說：“陛下用群臣如積薪耳，後來者居上。”原義指用人不公。現用來表示後人超過前人，新事物勝過舊事物。

【後浪推前浪】hòulàng tuī qiánlàng〔諺〕後起的浪頭推動前面的浪頭，前面的浪頭又推動更前

面的浪頭，迭相推動，不斷前進。比喻新陳代謝，代代相傳：長江～，世上新人換舊人。

【後梁】Hòuliáng〔名〕五代之一，公元 907－923 年，朱温（後改名全忠）所建，建都汴（今河南開封）。參見"五代"（1435 頁）。

【後路】hòulù〔名〕❶軍隊背後的通路或退路：抄～｜出奇兵｜背（bèi）水作戰，不留～。❷（條）比喻說話、做事留有的迴旋餘地：給自己留個～，以免把事情鬧僵｜怎麼連個～也不留？

【後媽】hòumā〔名〕〈口〉繼母：～待他很好。注意 只用於敍述，不做稱呼之用。

【後門】hòumén（～兒）〔名〕❶房子、院子和汽車等後面或側面的門：前門趕走了狼，～進來了虎。❷比喻不合乎規定的手段或途徑：開～兒｜走～兒。

【後面】hòumian（～兒）〔方位詞〕❶位置靠後的部分：衣服的～弄髒了｜樓～是一片草坪｜排隊買票，來晚了只好排在～兒。❷次序靠後的部分；文章或講話中後於現在敍述的部分：這個問題～還要講到。

【後腦勺兒】hòunǎosháor〔名〕（北方官話）腦袋的後部，呈半球形，似勺子，故稱。

【後年】hòunián〔名〕明年的明年：今年不成，就明年辦；明年辦不成，就～再辦。

【後娘】hòuniáng〔名〕〈口〉繼母：有～就有後爹（俗語認為有了後娘，爹對着前妻的兒女也不愛了）。注意 只用於敍述，不做稱呼之用。

【後怕】hòupà〔動〕（當時不覺得）事後回想起來才感覺到害怕：直到現在，我一想起來就～｜地震過後，我倒～起來了。

【後妻】hòuqī〔名〕男子再娶的妻子。

【後期】hòuqī〔名〕某一時期的後一階段；某一過程的後一階段：八十年代～｜封建社會～｜影片進入～製作｜病到了～難康復。

【後起】hòuqǐ〔形〕屬性詞。後來興起的；最近出現的（多指人才）：～之秀｜～的青年作家。

【後起之秀】hòuqǐzhīxiù〔成〕後來出現的或新成長起來的優秀人物：他是語法研究的～。

【後勤】hòuqín〔名〕指保障軍隊建設和作戰的供應工作；也指機關、企業、學校等單位內部的總務工作：～部門｜～人員｜做好～工作。

【後人】hòurén〔名〕❶子孫後代：杜甫是杜預的～。❷泛指後代的人：前人種樹，～乘涼。

【後任】hòurèn〔名〕繼前任擔任某一職務的人（跟"前任"相對）：～董事長｜～比前任幹得更好。

【後生】hòushēng（-sheng）〔名〕後輩青年（多指男的）：老人不講古，～會失譜（老人經驗多，有指導作用）｜～可畏。

【後生可畏】hòushēng-kěwèi〔成〕後輩年輕人富有朝氣，成就很容易超過前輩人，值得敬畏：這個小選手才 17 歲就得了世界冠軍，真

是～啊！

【後世】hòushì〔名〕處於某一時代以後的時代：～的文學不能離開對古代文學的繼承｜生命短促，只有美德才能流傳到～。

【後事】hòushì〔名〕❶後來發生的事情：前事不忘，～之師｜欲知～如何，且聽下回分解（多見於章回小說每回的末尾）。❷喪事：安排～｜處理～。

【後手】hòushǒu〔名〕❶舊時指接替職務或工作的人：有些事儘（jǐn）可留給～去辦理。❷舊時指接受支票、期票等票據的人：我這些票據都是有了～的。❸下棋時遇到的被動不利的形勢（跟"先手"相對）：先手棋變成了～棋。❹指好的結束：辦事要有始有終，不允許有前手沒～。❺餘地；退路：事情不能做絕，總要留～｜你們要多做點兒好事，也好給自己留～。

【後嗣】hòusì〔名〕指子孫：老人無～。

【後台】hòutái〔名〕❶舞台後面供演員化裝和休息的地方：～工作。❷比喻在背後操縱、支持的人或集團：～老闆｜～很硬｜沒有～，他不敢這樣放肆。

【後台老闆】hòutái lǎobǎn 原指戲班子的班主。比喻在背後進行操縱、支持的人物或集團。

【後唐】Hòutáng〔名〕五代之一，公元 923－936 年，李存勖（xù）所建，建都洛陽。參見"五代"（1435 頁）。

【後天】hòutiān（-tian）㊀〔名〕明天的明天：今天星期三，～星期五｜明天沒有時間，等～再說吧。㊁〔名〕指人或動物出生以後的時期（跟"先天"相對）：先天不足，～失調｜本能是先天形成的，知識是～獲得的。

【後頭】hòutou〔名〕方位詞。❶空間靠後的部分：村子～有座山。❷時間靠後的部分：吃苦在別人前頭，享受在別人～。

【後退】hòutuì〔動〕向後移動；向後退卻；退回（後面的地方或以往的發展階段）：只許前進，不許～｜命令二連～50 里待命｜我們好像～到了中學時代。

【後衞】hòuwèi〔名〕❶行軍時在後面擔任掩護、保衞或警戒的部隊：第三營擔任～｜～的任務交給你們了。❷某些球類比賽中以防禦為主要任務的隊員：～有時也參加全隊進攻｜籃球的～是全隊的核心隊員，除防衞外，還起着組織進攻的作用。

【後續】hòuxù〔形〕屬性詞。後邊接上來的：～部隊｜～力量｜～課程。

【後學】hòuxué〔名〕晚輩學者或讀書人（多用作謙辭）：他自稱～。

【後遺症】hòuyízhèng〔名〕❶病癒後或主要症狀消失後遺留下來的功能障礙或器官缺損等症候：小兒麻痹～。❷比喻事件發生後或問題

處理不善而留下來的消極影響：消除十年動亂
的～。

【後裔】hòuyì〔名〕後代子孫：他是華人～。

【後援】hòuyuán❶〔形〕屬性詞。在後面增援
的：～部隊不斷增加。❷〔名〕泛指支援的力
量：公司是我們的強大～。

【後院】hòuyuàn〔名〕❶房子後面的院子：～種了
很多果樹｜我們家有一個寬闊清靜的～。❷比
喻一個部門、一個地區或一個國家所擁有或控
制的範圍中比較穩定的部分：～起火了（形容
不安定）。

【後者】hòuzhě〔代〕指示代詞。上文提到過兩項
中的後項（跟"前者"相對）：高尚的品德和
勝任工作的能力，這兩個條件，前者是主要
的，～是次要的。

【後周】Hòuzhōu〔名〕五代之一，公元 951-960
年，郭威所建，建都汴（今河南開封）。參見
"五代"（1435 頁）。

【後綴】hòuzhuì〔名〕附加在詞根後面的構詞成
分，如"孩子"的"子"、"木頭"的"頭"。也
叫詞尾。

候 hòu ㊀❶〔動〕等候，等待：～機室｜靜～
佳音｜請稍～。❷問安；致意：問～｜
致～｜敬～時綏（書信用語）。❸〔動〕（北方官
話）將錢付清：老王請客，這桌菜錢他～了。
㊁❶時令：季～｜～鳥。❷中國古代按
相應的物候現象將一年分為四季，二十四節氣，
七十二候，每五天為一候，現在氣象學上仍然
沿用：～溫。❸泛指氣象情況：氣～｜全天
飛行。❹（～兒）情狀：火～兒｜徵～｜症
～。❺(Hòu)〔名〕姓。

語彙 伺候 等候 恭候 火候 季候 氣候 時候
侍候 守候 天候 聽候 問候 迎候 徵候 症候

【候補】hòubǔ〔形〕屬性詞。等候遞補出缺名額的
或預備取得某種資格的：～委員｜～書記。

【候車】hòuchē〔動〕等候乘車：～室（設在火車站
或長途汽車站內供旅客等候乘車的休息室）｜
你在這裏～嗎？

【候光】hòuguāng〔動〕〈書〉〈敬〉等候光臨（多用
於請柬或書信）：潔樽（洗淨酒具）～｜謹備菲
酌（自謙之辭，菲薄的酒飯）～。

【候機】hòujī〔動〕等候上飛機：～室（設在飛機
場內供旅客等候登機的休息室）｜～用了三個
小時。

【候教】hòujiào〔動〕〈敬〉等候指教：明日上午
在舍間～。注意"候教"有時用作反語，表面
是說等候指教，實際是指等對方來了再教訓
對方。

【候鳥】hòuniǎo〔名〕（隻）隨季節氣候變化做定時
遷徙而變更棲居地區的鳥（區別於"留鳥"）：
夏～（如家燕、黃鸝、杜鵑等）｜冬～（如野

鴨、大雁等）。

【候任】hòurèn〔動〕在選舉中勝出或已獲任命而
等候就任（某一職位）。

【候審】hòushěn〔動〕（原告、被告）等候法庭審
訊：出庭～｜取保～。

【候選人】hòuxuǎnrén〔名〕（位，名）選舉前按
法定手續確定的供選舉人選舉的人員：總
統～｜～名單｜建議增加兩名～。

【候診】hòuzhěn〔動〕（病人）等候（醫生）給看
病：～室｜儘量縮短病人～的時間｜請按先後
順序～。

逅 hòu 見"邂逅"（1502 頁）。

堠 hòu ❶古代瞭望敵情的土堡：烽～（即烽火
台）。❷記里程的土堆。

鮜 hòu 用於地名：～門（在廣東）。（鮜）

鱟 hòu ㊀〔名〕節肢動物，生活在淺
（鱟）海底，頭胸甲為半月形，腹甲略呈
六角形，尾呈劍狀。也叫鱟魚、中國鱟、東方鱟。
㊁〔名〕（吳語）虹：東～晴，西～雨。

hū ㄏㄨ

乎 hū ㊀〔助〕〈書〉語氣助詞。❶用在句末，
表示疑問，相當於"嗎"：汝識字～（你認識
字嗎）？｜白珩（héng）猶在～（美玉還在嗎）？
❷用在句末，表示選擇的疑問，相當於"呢"：
自欺～？欺人～？｜然～（對呢）？否～（還是不
對呢）？❸用在句末，表示反詰，相當於"嗎、
呢、哪"等：有朋自遠方來，不亦樂～（不也快樂
嗎）？｜可以人而不如鳥～？❹用在句末，表示
推測，相當於"吧、呢"：意者其天～（大概這是
天意吧）？｜其皆出於此～（看來都是由於這個原
因吧）？｜其然～（估計是這樣呢）？其不然～（或
者是不是這樣呢）？❺用在句末，表示祈使，相當
於"吧"：長鋏歸來～！出無車（長鋏啊，我們回
去吧！這是出門沒有車坐）。❻表示停頓以舒緩
語氣或"呼而告之"：事之成敗於天命～何關？｜
天～，吾無罪。❼用在形容詞或副詞之後表示
停頓或強調：神～其技｜煥～其有文章｜確～如
此｜於是～學習小組就成立了。
㊁〔介〕〈書〉用在動詞後，引出時間、處
所、對象、原因等，作用跟"於"相當：瞠～其
後｜出～意料｜合～事實｜忘～所以｜運用之
妙，存～一心。
㊂〔助〕〈書〉語氣助詞。表示感歎，跟
"啊"相當：天～！予之無罪也｜惜～！子不遇
時！注意"乎"通常只用在前句的結尾。只說"惜
乎！子不遇時！"，不說"子不遇時！惜乎！"。

語彙 合乎 幾乎 近乎 似乎 不亦樂乎 滿不在乎

吻 hū〈書〉天將亮未亮的時候。

呼〈㊀❶-❸嘑㊁❷❸謼〉hū ㊀❶〔動〕生物體往外吐氣（跟"吸"相對）：～吸｜～氣｜用口～。❷〔動〕發出大的聲音，大聲喊：～號｜大聲疾～。❸〔動〕呼喚；招呼：～之欲出｜～風喚雨｜千～萬喚｜～朋引類｜一～百應｜登高一～，應者雲集。❹(Hū)〔名〕姓。
㊁〔擬聲〕形容風聲或像風的聲音：北風～～地吹個不停｜風箱～～的吹火聲從廚房裏傳出來。

語彙 稱呼　歡呼　驚呼　招呼　一命嗚呼

【呼哧】hūchī〔擬聲〕形容喘息聲：累得～～直喘氣。也作呼蚩。

【呼風喚雨】hūfēng-huànyǔ〔成〕呼風就颳風，喚雨就下雨，原是形容神仙道士神通廣大。現在比喻能支配或左右某種局面。有時也比喻活動猖獗（含貶義）。

【呼喊】hūhǎn〔動〕大聲叫喊：河邊有人～救命｜～得嗓子都啞了｜許多人～着口號。

　辨析 呼喊、呼、喊　三個詞在指"大聲叫"的意義上有時可以替換使用，而意思不變，如"許多人呼喊着口號"，也可以說成"許多人喊着口號"或"許多人呼着口號"。但從語氣上看，用"呼喊"最強，"喊"弱些，"呼"更弱。在這個意義上，組合也有不同，如"喊救命""嗓子喊啞了"，其中的"喊"不能換成"呼""呼喊"。

【呼號】hūháo〔動〕❶因悲痛而大聲哭叫：痛失至愛，晝夜～。❷為尋求支持或喚醒人們而呼籲：奔走～。
　另見hūhào(549頁)。

【呼號】hūhào〔名〕❶用來呼叫的代號，如無綫電通信中有關人員或單位的代號，廣播電視事業中某些台站名稱的字母代號、尋呼機號碼等，如"黃河，黃河，我是長江，長江"。❷富於特色的簡明扼要的口號，如"更快、更高、更強"是奧林匹克的呼號。
　另見hūháo(549頁)。

【呼喚】hūhuàn〔動〕❶呼叫；叫喚：邊走邊～着孩子的名字｜他們在海邊～我。❷召喚；號召：祖國在～我們前進｜偉大的事業在～着年青一代。

【呼叫】hūjiào〔動〕❶電台或電話用呼號叫喚或招呼對方，進行聯繫：營長對着步話機不停地～："海燕，海燕，你在哪裏？我是雄鷹，我是雄鷹"｜對方～中斷了，沒有辦法再聯繫。❷呼喊；喊叫：大聲～。

【呼救】hūjiù〔動〕呼喊求救：有人在～｜海船遇難，發出～信號。

【呼拉圈】hūlāquān(～兒)〔名〕用塑料等輕質材料製成的一種圓圈形的健身器械，套在腰部、腿部等處，通過有節奏地擺動身體使圍着身體轉，以鍛煉肌肉、關節。

【呼啦】hūlā〔擬聲〕形容某些張開着的片狀物被風吹動的聲音：紅旗～～地飄｜窗戶紙～～地響。也作呼喇，也說呼啦啦。

【呼喇】hūlā 同"呼啦"。

【呼嚕】hūlū〔擬聲〕形容少量液體在小範圍內震動或翻滾的聲音：喉嚨裏一口痰吐不出來，～～直響｜老人～～地抽起大煙來。也說呼嚕嚕。

【呼嚕】hūlu〔名〕〈口〉睡覺時發出的粗重的呼吸聲：打～的聲音太大了｜打起～來沒完沒了｜一聽到他的～聲，我就再也睡不着了。

【呼哨】hūshào〔名〕(聲)❶用嘴吹出的像哨子的聲音；物體迅速運動時發出的尖銳的聲音：一聲～引起了大家的注意｜～聲越來越響，是鴿子飛回來了。也作唿哨。

【呼聲】hūshēng〔名〕呼喊的聲音；借指呼籲的內容，公開提出的意見和要求：他一登台，引來台下歌迷一片～｜群眾的～｜要多聽聽下面的～。

【呼天搶地】hūtiān-qiāngdì〔成〕仰首叫天，低頭撞地。形容極度悲痛或哭訴無門：婆婆見媳婦已死，～，哭得死去活來。**注意** 這裏的"搶"不讀qiǎng。

【呼吸】hūxī〔動〕機體與外界環境進行氣體交換：～新鮮空氣｜深～了一下｜病人急促地～着｜老人～起來很平穩。

【呼嘯】hūxiào〔動〕(人、大風、運動中的物體等)發出又尖又長的聲音：狂風～不止｜大海在～｜飛機～着衝向藍天｜火車鳴着汽笛～而過。

【呼延】Hūyán〔名〕複姓。

【呼應】hūyìng〔動〕❶有呼有應，互相聯繫，聲氣相通：遙相～｜八方～。❷文章內容或戲劇情節等前後互為照應，形成一個有機的整體：首尾～，結構謹嚴。

【呼籲】hūyù〔動〕公開申述，以請求支持、同情或引起重視：～書(進行呼籲的文字材料)｜～一致～｜～停止戰爭。

【呼之欲出】hūzhī-yùchū〔成〕叫他一聲，他就會真的走出來。多用於形容畫像的逼真傳神或文學作品中人物形象的真實生動，現也用於指某項政策、措施馬上就要開始實行：畫中人～｜有關部門正加緊工作，新的住房改革措施～。

忽 hū ㊀❶粗心；不注意：疏～｜略～｜～視｜玩～職守。❷(Hū)〔名〕姓。
㊁〔副〕❶忽而：天氣～冷～熱｜聲音～高～低。**注意** "忽……忽……"，前後用兩個意思相反的形容詞，表示一會兒這樣，一會兒那樣，如"忽明忽暗、忽冷忽熱"等。"忽"後的形容詞，限用單音節。❷忽然：～發奇想｜～令返航。

〔量〕❶與某些計量單位的詞連用，表示十萬分之一：～米。❷舊時最小的長度和重量單位名，十忽為一絲，十絲為一毫，十毫為一釐，十釐為一分，十分為市制一寸（3.333厘米）或市制一錢（五克）。注意　說市制一錢等於五克，是就十進制衡器而言；實際上舊時的一市斤合十六兩，即一百六十錢，則一錢只有3.125克。歷朝衡制重量不一，長度單位古今差異也很大。

語彙　飄忽　輕忽　倏忽　疏忽

【忽而】hū'ér〔副〕忽然：～唱，～跳｜天氣～冷，～熱｜觀眾的情緒～緊張，～平靜。注意　"忽而……忽而……"用在前後兩個意思相反或相近的動詞、形容詞的前頭，表示一會兒這樣，一會兒那樣。

【忽略】hūlüè〔動〕❶粗心大意；沒有注意到：這幾個錯字是我校（jiào）對時～了｜不～任何細節。❷認為不重要而有意省去不計或不去考慮：小問題有時也可以～。

【忽然】hūrán〔副〕表示情況迅速出現，出人意料：演出剛開始，～停電了｜天氣～冷起來了｜胡同裏～跑出一群小孩來｜～，車子拋錨了。注意　"忽然"常與"間""之間"搭配使用，意義同"忽然"，語氣較舒緩。如"忽然間想起那樁事情來了""忽然之間，風雨交加，電閃雷鳴"。

【忽閃】hūshǎn〔動〕形容亮光迅速閃耀：曳（yè）光彈～～的，使黑夜如同白晝。

【忽閃】hūshan〔動〕（目光）閃動；閃耀：一雙大眼睛不停地～着｜燈光太強，照得眼睛直～。

【忽視】hūshì〔動〕不重視：它的重要性不容～｜～教育是缺乏遠見的。

辨析　忽視、忽略　"忽視"着重指主觀注意不夠。"忽略"着重指疏忽不細心。有時可替換，如"不能忽視（忽略）細節"。"忽視教育會帶來嚴重後果"，其中的"忽視"不能換為"忽略"。"他忽略了核對統計的數字"，其中的"忽略"不宜換為"忽視"。

【忽悠】hūyou〔動〕❶（北方官話）搖晃；擺動：小船被浪頭打得直～｜那燭光在微風中～～的。❷（東北話）吹牛；編瞎話使人上當：別瞎～，說點兒正經的｜他被小販～了，買了堆假藥材。

烀　hū〔動〕〈口〉半蒸半煮，把食物弄熟：～一鍋白薯。

唿　hū見下。

【唿哨】hūshào 同"呼哨"。

惚　hū見下。

【惚律】hūlù〔名〕鱷魚（見於《水滸傳》，梁山好漢之一朱貴的綽號叫"旱地惚律"）。也作忽律。

忽　hū見下。

【忽泱】hūyāng〔形〕〈口〉形容人聚在一起，多而湧動的樣子：街上那人哪，～～的。

【忽浴】hūyù〔動〕（吳語）洗澡。

惚　hū見"恍惚"（578頁）。

轷（轷）　Hū〔名〕姓。

滹　hū❶見下。❷（Hū）〔名〕姓。

【滹沱河】Hūtuó Hé〔名〕水名。在河北。

幠（帪）　hū〔動〕（北京話）覆蓋：別讓草把苗～住！｜你的頭髮太長，快～住臉了，還不去理一理？

糊　hū〔動〕用稠的糊（hú）狀物塗抹物體的縫隙、洞眼或表面使封閉：冬天來了，快把窗戶縫兒～上｜一層白水泥，窟窿都～嚴實了沒有？

另見 hú（552頁）；hù（555頁）。

戲（戲）〈戱〉　hū見"於戲"（1426頁）、"於乎"（1426頁）。

另見 xì（1456頁）。

hú　ㄏㄨˊ

囫　hú見下。

【囫圇】húlún〔形〕整個；沒有破損的：睡個～覺｜藥片很苦，～吞下去，別咬碎了。

【囫圇吞棗】húlún-tūnzǎo〔成〕不加咀嚼，不吐棗核，把棗兒整個吞下去。比喻籠統地接受，不做分析和辨別：讀書要認真，不能～。

和　hú〔動〕打麻將或鬥紙牌時，某一家的牌滿足了取勝條件，就稱"和了"：連～三把滿貫。

另見 hé（527頁）；hè（531頁）；huó（591頁）；huò（597頁）。

狐　hú〔名〕❶哺乳動物，體大狗而瘦小，毛赤褐、黃褐等色，性狡猾多疑，能分泌惡臭。常見的是草狐和赤狐：～假虎威｜～朋狗友｜兔死～悲。通稱狐狸。❷（Hú）姓。

【狐臭】（胡臭）húchòu〔名〕通常指人的腋窩等部位因汗腺分泌異常而發出的刺鼻難聞的氣味。也叫狐臊（sāo）。

【狐假虎威】hújiǎhǔwēi〔成〕假：假借。《戰國策·楚策一》記載，老虎抓到一隻狐狸，狐狸說："你不敢吃我的。天帝讓我當獸王,你如果吃我,就違抗了天帝的命令。你要是不信,我走在你前面,你跟在我後頭,看看百獸見了我有沒有敢不逃的?"老虎信以為真,於是跟在狐狸後頭走,百獸見了都跑開了。老虎不知道百獸是怕牠,還以為是怕狐狸呢。比喻仗別人的勢力來欺壓人。

【狐狸】húli〔名〕(隻) ❶ 狐的通稱。❷ 比喻奸詐狡猾的人:豺狼當道,安問～。

【狐狸精】húlijīng〔名〕(罵)傳說狐狸精靈常變成美女迷惑人,後用狐狸精指妖媚迷人的女子(常用作罵語)。

【狐狸尾巴】húli wěiba 傳說狐狸變成人形後,尾巴還是經常露出來。後用"狐狸尾巴"比喻壞人終究要暴露出來的壞主意或壞行為:～是藏不住的。

【狐媚】húmèi〔動〕民間認為狐狸狡猾妖媚,善用媚態魅人,借指人用諂媚的手段迷惑人。

【狐朋狗友】húpéng-gǒuyǒu〔成〕比喻不正經或品行不端的朋友:跟一群～整天吃吃喝喝。

【狐裘】húqiú〔名〕(件)用狐皮做的衣服;狐皮袍子。

【狐群狗黨】húqún-gǒudǎng〔成〕黨:這裏指由於私人利害關係而結成的小集團。比喻勾結起來的一夥壞人:一幫～趁機鬧事,善良百姓無不痛恨。也說狐朋狗黨。

【狐疑】húyí〔動〕像狐狸一樣多疑。指人遇事猶豫、猜疑:滿腹～|遇事～不決。

弧 hú ❶〔名〕圓周的任何一段叫作弧。❷〈書〉木製的弓:弦木為～。❸ (Hú)〔名〕姓。

語彙 電弧 括弧 劣弧 優弧

【弧度】húdù〔量〕一種計量角度的單位。當圓周上某段圓弧的長度等於該圓的半徑時,這個圓弧所對的圓心角就是一弧度。舊稱弳(jìng)。

【弧光】húguāng〔名〕(道)電弧所發的強光,帶有藍紫色:～燈|～照相。

【弧綫球】húxiànqiú〔名〕足球運動中指呈弧綫路徑的傳球或射門。俗稱香蕉球。

【弧形】húxíng〔名〕圓周上任何一段的形狀;像弧的形狀:用圓規畫一個～|虹是一條～的彩帶|拱橋是指中部高起、橋洞呈～的橋|拱門上端的形狀是～。

胡〈❸鬍〉 hú ㊀ ❶ (Hú)中國古代對北方和西方各族的泛稱:～人|～姬。❷ 借指來自北方和西方民族的(東西),也泛指來自其他民族和國家的(東西):～麻|～笳|～蘿蔔。❸ 指胡琴:京～|二～。❹〔副〕表示任意亂來:～言亂語|～作非為|～編亂造|他連題目都沒聽清就開始～答一氣。❺ (Hú)〔名〕姓。

㊁〔代〕〈書〉疑問代詞。為甚麼:～禁不止(為甚麼有禁令而禁不住)?|～為若此(為甚麼像這樣)?

㊂ 見"胡同"(552頁)。

另見 hú"鬍"(553頁)。

語彙 板胡 柴胡 二胡 京胡

【胡扯】húchě〔動〕瞎說:你別～了,咱們還是談正經的|淨～些甚麼呀?

【胡蜂】húfēng〔名〕昆蟲,體黃色及紅黑色,有黑色及褐色斑點及條帶。尾部有毒刺,能蜇人。以花蜜和蟲類為食物。通稱馬蜂。

【胡搞】húgǎo〔動〕❶ 亂做;蠻幹:別～了,好好幹吧。❷ 指亂搞男女關係:他從來不在外面。

【胡話】húhuà〔名〕神志不清時說的話:他發燒燒得直說～。

【胡笳】hújiā〔名〕中國古代北方民族的一種管樂器,類似笛子。

【胡椒】hújiāo〔名〕❶ 多年生藤本植物,夏季開黃色小花,漿果球形。果實研成粉末,做香辛調味品,也可入藥。原產印度,唐朝傳入中國。有黑胡椒、白胡椒等。❷ 這種植物的果實。

【胡攪】hújiǎo〔動〕❶ 搗亂;亂攪:～蠻纏。❷ 狡辯;強詞奪理:要擺事實,講道理,不要～|不以理服人不行,～沒用。

【胡攪蠻纏】hújiǎo-mánchán〔成〕蠻不講理,糾纏不休:有理好好說,別～好不好?

【胡來】húlái〔動〕❶ 不依規範,隨便亂做:蓋房不打地基,這不是～嗎?❷ 胡鬧;胡亂搞:這是公共場所,不許～。

【胡嚕】húlu〔動〕❶ (北京話)輕輕地撫摩:媽媽～了一下兒子的頭。❷ 拂拭以及用拂拭的動作把東西除去或聚攏在一起:把剝好的豆子～到一堆兒|地上不太髒,用笤帚～幾下就行了。

【胡亂】húluàn〔副〕❶ 將就;草率:～吃了些東西|～寫了兩行字。❷ 主觀隨意;沒有根據:～猜測人家可不好|問題已經解決,還～懷疑,這就不對了。

【胡蘿蔔】húluóbo〔名〕❶ 二年生草本植物,花小,白色。根圓錐或圓柱形,呈紫紅、橘紅等色,肉質緻密有香味,可做蔬菜、飼料等。原產地中海地區,中國各地多有栽培。❷ 這種植物的根。❸ 比喻侵略者的和平諾言和金錢誘餌:～加大棒。

【胡鬧】húnào〔動〕無理取鬧:瞎～|一味～|不能～下去了。

【胡琴】húqin(～兒)〔名〕(把)絃樂器的總稱,包括二胡、四胡、板胡、京胡等。用竹弓繫馬尾毛,在弦間拉動發聲。

【胡說】húshuō ❶〔動〕不憑事實、不講道理或不顧影響地胡說:不許～!❷〔名〕沒有根據、沒有道理的話：這類～以前也有過。

【胡說八道】húshuō-bādào〔成〕沒有根據地說；亂說：別～！也說胡說白道、瞎說八道。注意 "胡說八道" 在早期白話小說中本多作 "胡說白道"，"白" 有 "沒有根據、不講信用、不負責任" 等意思。

> 辨析 胡說八道、胡言亂語　"胡說八道" 的口語色彩較濃，多用在對話裏；"胡言亂語" 則多用於書面語。人神經系統有病而不能正常表述，宜用 "胡言亂語"，不用 "胡說八道"。

【胡思亂想】húsī-luànxiǎng〔成〕不切實際或憑空瞎想：想當作家也得一步一步來，不要～了｜領導還是相信你的，別～。

【胡同】(衚衕) hútòng (-tong)(～兒)〔名〕〔條〕巷；里弄：前頭是一條小～兒，汽車開不進去｜原先北京的～可多了，真是賽過牛毛。注意 a)用作巷名時，"同" 字輕聲但不兒化。b)"胡同" 這個詞最早見於元代，當係借自蒙古語(原為 "水井" 的意思)。

【胡言】húyán ❶〔動〕瞎說：～亂語｜不許～。❷〔名〕沒有根據的話；毫無道理的話：簡直是一派～。

【胡言亂語】húyán-luànyǔ〔成〕❶ 沒有根據，毫無道理地隨意亂說：痴人說夢，～！❷ 沒有根據、毫無道理的話：對方的聲明是一派～，不值一駁。

【胡謅】húzhōu〔動〕隨意瞎編亂造：這都是他～出來的｜瞎～可不行！

【胡作非為】húzuò-fēiwéi〔成〕任意幹非法的或損害別人利益的事：依仗權勢，～。

核 hú 見下。
另見 hé(529 頁)。

【核兒】húr〔名〕〈口〉❶ 果實當中的堅硬部分：杏～｜桃～｜李～｜棗～。❷ 某些像核兒的東西：煤～｜冰～。

斛 hú〔名〕❶ 舊量器，方形或圓形，口小，底大，容量原為十斗，後改為五斗。❷(Hú)姓。

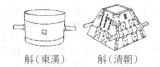

斛(東漢)　　　斛(清朝)

【斛律】Húlǜ〔名〕複姓。

壺 (壺) hú〔名〕❶(把)盛液體的容器，深腹斂口，有蓋、有嘴、有把兒(bàr)或提樑：紫砂～｜一把～｜哪～不開提哪～(哪壺水沒燒開偏提哪壺，比喻使人為難)。❷(Hú)姓。

猢 hú 見下。

【猢猻】húsūn〔名〕猴子，特指獼猴：樹倒～散。

湖 hú〔名〕❶ 陸地上聚積的成片水域。❷(Hú)指湖南、湖北：兩～｜～廣。❸(Hú)姓。

> 語彙 江湖 兩湖 瀉湖 鹽湖

【湖筆】húbǐ〔名〕(支，管)浙江湖州出產的毛筆，品質優良，久負盛名：～徽墨。

【湖濱】húbīn〔名〕湖的岸邊：～路｜～公園｜視野開闊，空氣清新。

【湖光山色】húguāng-shānsè〔成〕湖水和山景相互映襯，形成秀麗景色：那裏～實在美麗，令人難忘。

【湖廣】Húguǎng〔名〕元朝的湖廣，相當於今湖北、湖南、廣東、廣西；明清的湖廣，指今湖北、湖南：～熟，天下足。

【湖泊】húpō〔名〕湖盆的蓄水部分；湖的總稱。

【湖色】húsè〔名〕淡綠色：～綢紗｜～旗袍兒。

【湖沼】húzhǎo〔名〕湖泊和沼澤：～地區。

瑚 hú 見 "珊瑚"(1170 頁)。

葫 hú ❶ 見下。❷(Hú)〔名〕姓。

【葫蘆】húlu〔名〕❶(棵)一年生草本植物，莖蔓生，葉互生，心臟形，夏秋開花，花白色。雌雄同株。果實中間細，如兩球連在一起，表面光滑，可食用或藥用，可做盛器，或供賞玩。❷ 這種植物的果實：誰知道他的～裏賣的甚麼藥。

搰 hú〈書〉掘出：諺曰 "狐埋之而狐～之"，是以無成功。

煳 hú〔動〕食品或衣物被燒後變焦發黑：飯～了｜衣服烤～了。

槲 hú〔名〕落葉喬木，果實圓形，中醫用來治佝僂病；葉子略呈倒卵形，醫書稱槲若，可用來治淋病或養肥豬。樹皮可做黑色染料。

【槲寄生】hújìshēng〔名〕寄生在槲、楊、柳、榆等樹枝上的常綠小灌木，莖柔軟，有節。葉子倒披針形，對生。可入藥，有降低血壓的作用。

蝴 hú 見下。

【蝴蝶】(胡蝶) húdié〔名〕(隻)昆蟲，腹部瘦長，翅膀闊大，顏色美麗，靜止時兩對翅膀豎立於背部，喜歡吸花蜜。簡稱蝶。

糊 hú ㊀ ❶〔名〕有黏性〈㊀餬㊀粘〉的粥狀物：麥～｜黑芝麻～。❷ 以粥充飢：～口。

㊁〔動〕用黏性物把東西連接起來：裱～｜～窗戶。

㊂ 同 "煳"。

另見 hū(550 頁)；hù(555 頁)。

【糊口】húkǒu〔動〕勉強維持生活：靠手藝養家～。

【糊塗】(胡塗)hútu〔形〕❶ 不清醒；不明事理；認識模糊：明白人不辦～事｜聰明一世，～一時。❷ 混亂；沒有條理；糾纏不清：一筆～賬。

【糊塗蟲】hútuchóng〔名〕〈罵〉指不通事理、不辨是非的人。

【糊塗賬】hútuzhàng〔名〕(筆)混亂不清的賬目；比喻難以搞清楚的事情：那是一筆～。

縠 hú〈書〉縐紗：～紋(縐紋，多用以比喻水的波紋)。

醐 hú 見"醍醐"(1329頁)。

觳 hú 見下。

【觳觫】húsù〈書〉❶〔形〕形容牛羊等因恐懼而發抖的樣子：不忍其～，若無罪而就死地。❷〔名〕引申指老牛：阿童三尺箠，御此老～。

鵠(鵠) hú〈書〉天鵝。另見 gǔ(469頁)。

【鵠候】húhòu〔動〕〈書〉恭候：～駕臨。

【鵠望】húwàng〔動〕〈書〉直立翹望，形容企望：延頸～｜四海～。

鬍(胡) hú 鬍子①：～鬚｜八字～｜山羊～｜絡腮～。
"胡"另見 hú(551頁)。

【鬍鬚】húxū〔名〕(根，把)嘴周圍和連着鬢角長的鬍子。

【鬍子】húzi〔名〕❶(根，把)嘴周圍和兩鬢、兩頰一帶的毛：絡腮～｜吹～瞪眼(形容耍脾氣，擺威風)｜眉毛～一把抓(比喻辦事不分主次輕重)。注意 a)"鬍子"的量詞，最小的單位用"根"，左右分開的可用"一撇"或"兩撇"，密集於人中一處的可用"一撮"，較長而非全部的可說"幾綹"，統而言之為"一把"。b)"戴鬍子"，戲曲行話說"掛髯口"。❷(東北話)土匪。

【鬍子工程】húzi gōngchéng 比喻中途停建、遲遲不能完工的工程。

【鬍子拉碴】húzilāchā(～的)〔形〕狀態詞。鬍子凌亂，長短不齊，未加修飾的樣子：瞧他～的｜～的，怎麼去會客呢？

鶻(鶻) hú 見"鶻鵃"(1329頁)。

鶻(鶻) hú〔名〕隼(sǔn)的舊稱。唐朝宮廷有鶻坊，是馴養獵鶻的場所。另見 gǔ(469頁)。

【鶻突】hútu〔形〕〈書〉糊塗。

---

hǔ　ㄏㄨˇ

虎 hǔ ㊀❶〔名〕(隻)哺乳動物，毛黃褐色，有黑色斑紋，性兇猛，夜出捕食動物，有時傷人。通稱老虎。❷ 比喻不平凡的人物：藏龍臥～。❸ 比喻敵對一方的人：調～離山｜為～作倀。❹ 像虎的東西：～符｜～頭牌(古代在衙門前掛的繪有虎頭的木牌，用以表示威嚴)。❺ 比喻威武勇猛：～將｜～勁。❻(Hǔ)〔名〕姓。㊁同"唬"(hǔ)。

語彙　壁虎　老虎　馬虎　攔路虎　爬山虎　笑面虎　藏龍臥虎　生龍活虎　降龍伏虎　照貓畫虎

【虎賁】hǔbēn〔名〕古指勇士。

【虎符】hǔfú〔名〕古代調兵的憑證。用銅鑄成虎狀，分為兩半，右半留存朝廷，左半給統兵將帥。調遣軍隊時，須由使臣持符驗合，方才有效。

【虎將】hǔjiàng〔名〕(員)勇猛善戰的將領。

【虎勁】hǔjìn(～兒)〔名〕(股)像老虎那樣勇猛的勁頭兒：～上來了。

【虎踞龍盤】hǔjù-lóngpán〔成〕像虎一樣蹲着，像龍一樣盤着。形容地勢雄壯險要。

【虎口】hǔkǒu ㊀〔名〕比喻十分危險的境地：～拔牙(比喻冒着生命危險去做某事)。㊁〔名〕拇指和食指之間的連接部分：右手～撕裂。

【虎口餘生】hǔkǒu-yúshēng〔成〕比喻從極大的危險中逃脫，僥倖活下來。

【虎狼】hǔláng〔名〕比喻兇殘狠毒的人：～之心｜～之輩。

【虎鉗】hǔqián〔名〕(把)老虎鉗。

【虎市】hǔshì〔名〕股票價格震蕩起伏，變化莫測，有極大風險的股市行情。人們視此種股市如虎，故稱。

【虎視眈眈】hǔshì-dāndān〔成〕像老虎那樣目不轉睛地看着。形容貪婪而兇狠地注視：他們～，專等機會下手。

【虎頭虎腦】hǔtóu-hǔnǎo〔成〕形容人長得健壯、憨厚可愛的樣子(多指男孩兒)：這孩子長得～的，真壯實。

【虎頭蛇尾】hǔtóu-shéwěi〔成〕虎頭大，蛇尾細。比喻做事或學習開始時勁頭很大，後來勁頭變小，有始無終：他做事熱情高，但不能持久，往往～。

【虎穴】hǔxué〔名〕老虎的巢穴，比喻危險的境地：龍潭～(比喻兇險的去處)｜不探～，安得虎子。

【虎牙】hǔyá〔名〕(顆)人比較突出的尖齒。

唬 hǔ〔動〕〈口〉虛張聲勢、誇大事實來嚇唬人或蒙混人：別～人｜她沒被～住。
另見 xià（1463 頁）。

琥 hǔ 雕刻成虎形的玉器。
【琥珀】(虎魄)hǔpò〔名〕(塊)古代松柏等樹的樹脂經過石化的產物，產於煤層中。多紅、黃、褐色，透明或半透明，摩擦帶電。可用作裝飾品，或製造琥珀酸、黑色假漆等。

滸 (滸) hǔ〈書〉水邊：在河之～。
另見 xǔ（1529 頁）。

hù ㄏㄨˋ

互 hù ❶〔副〕互相；表示甲對乙和乙對甲進行相同的動作或有相同的關係：～助｜～敬～愛｜～為因果｜平等～利｜～不侵犯｜～不干涉內政。❷(Hù)〔名〕姓。

語彙　交互　相互

【互補】hùbǔ〔動〕彼此互相補充：～互利｜優勢～｜魚、肉、蛋、蔬菜和豆腐要搭配吃，使營養～。
【互動】hùdòng〔動〕共同參與、即時交流、相互作用：師生在教學中～｜本報開通兩會～平台。
【互訪】hùfǎng〔動〕互相訪問（多指國際間的）：兩國藝術代表團進行～｜學者～，有利於文化交流。
【互換】hùhuàn〔動〕互相交換：～批准文書｜這兩個詞含義不同，不能～。
【互惠】hùhuì〔動〕締結貿易協定，有關方互相給予優惠：～互利｜貿易～｜～條約｜～關稅。
【互見】hùjiàn〔動〕❶ 在文章或書籍中兩處或多處文字相互說明補充。❷ 兩者都有，同時存在：瑕瑜～，褒貶不一。
【互利】hùlì〔動〕互相得到好處：平等～。
【互聯網】hùliánwǎng〔名〕指由多個計算機網絡相互連接而成的大型網絡。
【互通有無】hùtōng-yǒuwú〔成〕我有你無的事物和我無你有的事物進行交換，彼此溝通，互相填補：彼此～，共求發展。
【互相】hùxiāng〔副〕表示兩相對待的關係，你這樣對待我，我也這樣對待你：～依存｜～學習｜～勉勵。
【互助】hùzhù〔動〕互相幫助：城鄉～｜這兩個廠是～協作的好榜樣。
辨析　互助、幫助　"互助"是你幫我，我幫你，雙方都得到好處；"幫助"是由一方出力，使另一方受益。

戶 hù ❶ 單扇的門為戶，泛指門：關門閉～｜路不拾遺，夜不閉～。❷ 住戶；人家：

家家～～｜家喻～曉｜村看村，～看～，群眾看幹部。❸ 門第；家族的社會地位：門～相當｜門當～對。❹ 賬冊登記的戶頭：立～｜訂～｜過～｜開個～。❺(Hù)〔名〕姓。

語彙　儲戶　窗戶　大戶　佃戶　訂戶　絕戶　開戶　客戶　落戶　門戶　農戶　用戶　賬戶　住戶　暴發戶　單幹戶　個體戶　專業戶　安家落戶　蓬門蓽戶　夜不閉戶

【戶部】hùbù〔名〕古代官制六部之一，主管全國土地、戶籍、賦稅、財政等事。
【戶籍】hùjí〔名〕❶ 屬於某地區居民的身份：小孩出生以後不報戶口就還沒有～。❷ 以戶為單位登記當地居民戶口的冊子：～警。
【戶均】hùjūn〔動〕每戶平均：去年全村～收入5000元｜這個縣去年～售豬八頭以上。
【戶口】hùkǒu〔名〕❶ 住戶和人口：～稠密｜～稀少｜～銳減｜～陡增。❷ 戶籍：～簿｜臨時～｜查～｜報～｜遷～｜銷～。
【戶口簿】hùkǒubù〔名〕公安部門頒發的記載住戶成員情況的冊子，內容包括姓名、籍貫、年齡、職業、民族等。也叫戶口本。
【戶樞不蠹】hùshū-bùdù〔成〕經常轉動的門軸不會被蛀蟲咬壞。比喻經常活動的東西，不會腐朽：流水不腐，～。
【戶頭】hùtóu〔名〕銀行或郵局等存款開戶、會計部門賬冊上有賬務關係的個人或團體，稱為戶頭：到銀行去開個～。
【戶限】hùxiàn〔名〕〈書〉門檻（kǎn）：～為穿（門檻都被踏破了，說明來訪者極多）。
【戶型】hùxíng〔名〕指住房內部格局的類型（多指樓房），如兩室一廳、三室兩廳等：小～｜～設計科學｜二維平面～。
【戶主】hùzhǔ〔名〕戶口冊上稱一戶人家的負責人（通常即為家長）：～是誰？｜這事需～簽字。

冱 hù〈書〉❶ 寒氣凝結：清泉～而不流。❷ 閉塞：深山窮谷，固陰～寒（嚴寒封凍的景象）。

楛 hù 見"楛楛"（73 頁）。

旴 hù〈書〉有文采的樣子。

岵 hù〈書〉樹多草密的山。多用於地名：～山鎮（在福建）。

怙 hù ❶ 依靠；憑藉：～惡不悛｜無所依～。❷ 指稱父親：失～（死了父親）。
【怙惡不悛】hù'è-bùquān〔成〕悛：悔改。堅持作惡，不肯悔改：～的罪犯。注意 這裏的"惡"不讀 wù，"悛"不讀 jùn 或 qūn。

戽 hù〔動〕用戽斗或水車汲水：～水灌田。
【戽斗】hùdǒu〔名〕汲水灌田的舊式農具，形狀像斗，兩邊有繩，兩人引繩提斗，自低處往高處戽水。

祜 hù〈書〉福：受天之～。

笏 hù 古代大臣朝見君主時手執的板子，狹長，用玉、象牙或竹製成，上面可以記事。

瓠 hù〔名〕瓠子。

【瓠子】hùzi〔名〕❶（棵）一年生草本植物，莖蔓生，花白色，果實呈圓筒形，嫩時可做蔬菜。❷這種植物的果實。

扈 hù ❶〈書〉隨從；侍從：～從｜～駕（隨從帝王的車駕）。❷（Hù）〔名〕姓。

【扈從】hùcóng〔名〕〈書〉帝王或官吏的隨從人員。

楛 hù 古指荊類植物，莖可用來製作箭桿等器物。
另見 kǔ（775 頁）。

鄠 Hù 鄠縣，地名。在陝西。秦時為鄠邑，漢初置縣。1964 年改作戶縣。

滬 Hù〔名〕❶ 上海的別稱：～深指數｜京～鐵路。❷姓。

【滬劇】hùjù〔名〕地方戲曲劇種，由清末的上海灘簧（地方小戲）發展而成，擅長表現現代生活，流行於上海及江蘇、浙江的部分地區。

嫭 hù〈書〉美好，也指美女。

糊 hù 較稠的液態食物：玉米～｜辣椒～。
另見 hū（550 頁）；hú（552 頁）。

【糊弄】hùnong〔動〕（北方方言）❶欺騙；蒙混：別～人了。❷將就：得好好幹，可別｜咱們不能～事。

護（护）hù ❶ 保護；保衛：愛～｜～航｜～林。❷〔動〕庇護；包庇：～短｜官官相～｜不分是非地～着他就是害他。

語彙 愛護　保護　庇護　辯護　防護　呵護　迴護　監護　救護　看護　守護　袒護　維護　衛護　掩護　養護　擁護　照護　官官相護

【護岸】hù'àn ❶〔動〕保護海岸、河岸、江岸：～林。❷〔名〕使海岸、河岸、江岸等不受波浪沖擊的建築，多用石塊或混凝土築成：鋼筋混凝土～。

【護兵】hùbīng〔名〕舊時保護官長的衛兵：～馬弁。

【護城河】hùchénghé〔名〕（條）環繞城牆外圍，對城牆及城內起保護作用的河道，古代為防守用，多為人工開鑿。

【護持】hùchí〔動〕〈書〉保護並維持：家中老小，多蒙～｜～一方治安。

【護短】hù // duǎn〔動〕袒護自己或跟自己有關的人的缺點和錯誤，為缺點或錯誤辯護：別給自己～了｜護他的短，有害無益。

【護耳】hù'ěr〔名〕（副）戴在耳朵上起防風禦寒作用的耳套，多用毛皮或棉、布製成。

【護髮】hùfà〔動〕養護頭髮：～用品。

【護封】hùfēng〔名〕包在書冊外面起保護兼裝飾作用的紙。也叫包封。

【護膚】hùfū〔動〕養護皮膚：～佳品。

【護工】hùgōng〔名〕（名）指醫院裏受僱陪護病人的人：住院病人可請～護理。

【護航】hùháng〔動〕保護並陪伴船隻或飛機航行：～艦｜～飛機｜派軍艦～｜有戰鬥機為專機～。

【護駕】hùjià〔動〕舊指保衛皇帝出行，現泛指隨行保護：老人外出，派個年輕人～吧！

【護欄】hùlán〔名〕❶ 設置在場地周邊或房屋窗外起保護作用的柵欄：你家的窗戶安～了嗎？❷ 設置在路邊或車道之間起隔離作用的欄杆：行人過馬路不可跨越～。

【護理】hùlǐ〔動〕❶（對病人）進行看護和料理，以配合醫生治療：～工作｜～人員｜精心～｜對重症病人給予特別～。❷保護和管理，使不受損害：由專人～園林。

【護林】hùlín〔動〕保護森林：～工人｜防火｜封山～。

【護路】hùlù〔動〕養護鐵路或公路，使道路暢通：加強～｜～林（道路兩旁的林木）。

【護綠】hùlǜ〔動〕保護樹木和綠化區：十年來，已有數百萬人參加義務植樹和～活動。

【護身符】hùshēnfú〔名〕❶（道）寺廟中和尚、道士或巫師用朱筆在黃表紙上所畫的似字非字的圖形，讓人帶在身邊，說是可以驅鬼消災、保全性命。❷指舊時官府為免除和尚、尼姑的賦稅和勞役所發給的度牒。❸ 比喻藉以避免災難、保護自己的人或事物：誰能當他的～｜這個證章成了他的～。

【護士】hùshi〔名〕（位，名）醫療機構中專門從事護理工作的人員：～長｜～節｜～學校｜培訓～，加強護理工作。

國際護士節

國際護士會於 1912 年將南丁格爾的生日（5 月 12 日）定為國際護士節，以紀念這位護理學先驅、護士職業的創始人。南丁格爾 1820 年生於意大利佛羅倫薩，曾在巴黎大學學習，後去德國學習護理，並開始對英、法、德等國的護理工作進行考察研究。特別是在英、法、土聯軍與沙皇俄國交戰於克里米亞時期（1854–1856），她率領 38 名護士奔赴戰地醫院，通過健全醫院管理制度，提高護理質量，在短短數月內把死亡率由 42% 降至 2.2%。她於 1860 年在倫敦創辦了第一所護士學校，推動了西歐乃至世界的護理工作和護理教育的發展，使護理學成為一門科學。

H

【護送】hùsòng〔動〕保護並陪同前往，使保全到達目的地：～傷病員｜～救災物資｜派專人～。

【護腿】hùtuǐ〔名〕(副)保護小腿的用品。

【護衛】hùwèi ❶〔動〕保護；保衛：～隊｜～艦｜～人員｜在安全人員～下出訪。❷〔名〕(名)擔任護衛任務的人。

【護衛員】hùwèiyuán〔名〕港澳地區用詞。簡稱"護衛"，也稱"保安員""保安"。從事安全保衛工作的人員，一般受僱於護衛公司，由公司委派到商業大廈、工廠大廈、住宅樓宇等處負責安全保衛工作。或派去押款車押運錢款：香港的住宅樓宇每座樓的大堂均有～24小時值班。

【護膝】hùxī〔名〕(副)保護膝蓋的用品。

【護校】hùxiào〔名〕護士學校的簡稱：上～。

【護胸】hùxiōng〔名〕運動時保護胸部、防止受傷的用具。

【護養】hùyǎng〔動〕❶護理培養：～仔豬｜～花木｜精心～。❷維護保養：～公路｜～機電設備。

【護照】hùzhào〔名〕❶(本)由國家主管機關發給，用來證明出國人員身份的證件，有外交護照、公務護照、普通護照三種。❷舊時因出差、旅行或運輸貨物由官署發給的憑證。

鱯(鱯) hù〔名〕鳥名，生活在海邊，體形較大，嘴尖而略彎，趾間有蹼，會游泳能潛水。

鱯(鱯) hù〔名〕魚名，生活在淡水中，身體細長，灰褐色帶黑色小點，無鱗，口部有鬚。

huā ㄏㄨㄚ

化 huā 同"花"㊀。
另見 huà（562頁）。

【化子】huāzi 同"花子"。

花〈㊀❶-❽苍㊀❶-❽蘤〉 huā㊀❶(～兒)〔名〕(朵，枝)種子植物的繁殖器官。由花托、花萼、花冠、雌蕊群和雄蕊群組成，有各種形狀和顏色：開～｜結果。❷(～兒)〔名〕可供觀賞的植物：奇～異卉｜～前月下｜鳥語～香｜有意栽～～不發，無心插柳柳成陰。❸〔名〕棉花：軋（yà）～｜彈（tán）～。❹(～兒)形狀像花的東西：浪～｜鋼～｜燭～｜火樹銀～。❺指某些幼嫩的小生物：魚～｜蠶～。❻(～兒)〔名〕痘；天花：出～｜出過～兒了。❼〔名〕供觀賞的煙火：放～｜～禮。❽(～兒)〔名〕裝飾性的像花的圖形：～飾｜窗～｜尾～｜挑～｜錦上添～(比喻讓好的更好)｜藍地白～兒｜這衣服上的～兒太碎了些。❾〔名〕作戰時受的外傷：班長掛～了。

❿比喻美貌的女子：校～｜姐妹～。⓫指妓女或跟妓女有關的：～魁｜～煙｜～巷｜尋～問柳。⓬有花紋的；花樣裝飾的：～布｜～車｜～轎｜～燈。⓭繁多而有變化的：～樣｜～招。⓮〔形〕(視力)模糊不清：眼睛～了。⓯虛假，不真實：～賬｜～架子｜～言巧語。⓰(Huā)〔名〕姓。
㊁〔動〕耗費；用：～工夫｜～了不少錢。

柱頭 — 花藥
花柱 — 花絲
子房 — 花瓣
花托 — 花萼
— 胚珠

花的結構

辨析 花、費、花費 a)在指"用去"的意義上，三者有時可換用，如"買房子花（費）（花費）了不少錢"。b)"花"指一般地用去；"費"還有"耗費"、"浪費"的意思，如"這種車費油""走山路費鞋"，這個"費"不能換為"花""花費"；"花費"包含有"有目的地用去"的意義，如"計劃花費三年時間完成"。

語彙 刨花 菜花 插花 茶花 窗花 葱花 燈花 雕花 鋼花 掛花 桂花 國花 荷花 紅花 火花 酒花 菊花 葵花 蘭花 浪花 淚花 禮花 梅花 棉花 天花 鮮花 獻花 香花 雪花 交際花 筆下生花 火樹銀花 錦上添花 明日黃花 走馬看花

【花白】huābái〔形〕狀態詞。(頭髮、鬍子)黑白相間：頭髮已經～｜他長着～鬍子。

【花瓣】huābàn(～兒)〔名〕組成花冠的葉狀體，花瓣的數量、大小和顏色各種花有所不同：～兒紛紛落了｜西番蓮的～有各種顏色。

【花被】huābèi〔名〕花冠與花萼的總稱，位於雌蕊和雄蕊的外圍，起保護作用，兼有招引昆蟲前來傳粉的功能：冠狀～｜萼狀～。

【花邊】huābiān(～兒)〔名〕❶(條，道)繪在器物邊沿、起裝飾作用的花紋：罎子口上有一道～兒｜～的圖案很美。❷(條)鑲在衣物邊沿、起裝飾作用的長條形織品：窗簾上鑲一條～。❸報刊上文章四周圍着的引人注意的花紋邊框：～文學(魯迅一本雜文集的名字，自謙集子裏的文章並不重要，含有諷刺意味)。

【花布】huābù〔名〕(塊)有花紋或圖案的布：五尺～。

【花茶】huāchá〔名〕用茉莉等鮮花熏製的綠茶：茉莉～｜北京人喜歡喝～。也叫香片。

【花車】huāchē〔名〕(輛)用花或彩綢等裝飾的車輛，用於婚禮等喜慶活動或迎接貴賓：開着～接新娘｜樂隊奏着歡樂的樂曲，迎接～的到來。

【花叢】huācóng〔名〕聚集在一起生長的很多花：蝴蝶在～中飛舞｜那一片～引來無數的蜂蝶。

【花搭着】huādā(da)zhe〔副〕(口)不同品種或不同質量的東西互相搭配：衣服～穿｜粗糧細糧～吃。

【花旦】huādàn〔名〕傳統戲曲中旦行的一種，扮演天真活潑或放浪潑辣的青年婦女。有時也叫花衫。

【花燈】huādēng〔名〕(盞)各種設計精巧、裝飾華麗的燈的總稱；特指農曆元宵節集中展示、供大家觀賞的各式彩燈：正月十五鬧～(將花燈集中展示出來)。

【花雕】huādiāo〔名〕上等的紹興黃酒。因裝在雕花的罈子裏，故稱。

【花朵】huāduǒ ❶ 花的總稱：春天的公園裏到處是芬芳的～。❷ 比喻小孩兒：兒童是祖國的～(含愛護意)。

【花萼】huā'è〔名〕花的組成部分之一，由若干枚萼片構成；多呈綠色，位於花的外輪，花開時托着花冠。

【花兒】huā'ér〔名〕流行於甘肅、寧夏、青海一帶的民歌，曲調豐富，有集體、單人、對唱等形式。

【花房】huāfáng〔名〕(間)養護花草的溫室：公園的～裏養了很多花。

【花費】huāfèi〔動〕為某項目的而用去(時間、金錢、精力等)：～工夫｜～金錢｜～了不少心血。

【花費】huāfei〔名〕(項)為實現某項目的而用去的錢：～增加了｜～太大了｜旅遊要用去不少～呀。

【花粉】huāfěn〔名〕❶ 長在雄蕊花絲頂端小囊裏的粉粒，多呈黃色，每個粉粒均含有一個生殖細胞：工蜂能採～釀蜜。❷ 中藥，指栝樓根製成的澱粉。

【花崗岩】huāgāngyán〔名〕❶ 火成岩的一種，質地堅硬，色澤美觀，是優質建築材料。❷ 像花崗岩那麼堅硬的(東西)：～腦袋(比喻頑固不化的腦筋或思想)。

【花骨朵】huāgūduo〔名〕花蕾的通稱：水仙花長滿了～，快開花了。

【花鼓】huāgǔ〔名〕❶ (面)有彩飾的鼓：打～。❷ 一種民間舞蹈，多以鑼鼓伴奏，由男女二人對舞：鳳陽～。

【花鼓戲】huāgǔxì〔名〕地方戲曲劇種，由民間歌舞花鼓發展而成，流行於湖南、湖北、安徽等省。

【花冠】huāguān ㊀〔名〕花的組成部分，由若干片花瓣構成；色彩豐富，形態多樣，氣味芳香。㊁〔名〕裝飾華麗的帽子，舊時多為女子出嫁時所戴。

【花好月圓】huāhǎo-yuèyuán〔成〕花開正盛，月亮正圓。比喻美好、圓滿和幸福(多用作新婚頌詞)：夫妻恩愛，～｜～，吉日良辰。

【花和尚】huāhéshang〔名〕指喝酒、吃肉等不守戒律的和尚，如《水滸傳》有花和尚魯智深。

【花紅】huāhóng ㊀〔名〕沙果。㊁〔名〕❶ 舊時指有關婚姻或其他喜慶事的禮物：～彩禮。❷ 企業分給其成員的紅利。

【花紅柳綠】huāhóng-liǔlǜ〔成〕❶ 形容花木繁茂、艷麗多彩的景色：春天的景色明媚迷人，令人陶醉。❷ 形容事物的顏色鮮艷多彩：他手裏提着一個～的禮物籃子｜姑娘們穿得～的，無比鮮艷。

【花花公子】huāhuā-gōngzǐ 指出身於有錢有勢人家、養尊處優、不務正業、只知吃喝玩樂的子弟。

【花花綠綠】huāhuālǜlǜ〔形〕狀態詞。形容顏色鮮艷多彩：穿得～的｜只見招貼欄內、～一大片。

【花花世界】huāhuā-shìjiè〔成〕❶ 繁華熱鬧的地區。也指花天酒地、尋歡作樂的場所(含貶義)。❷ 泛指人世間(含貶義)。

【花環】huāhuán〔名〕❶ 用花枝編成的圓環，迎送親友或貴賓時把它套在他們的脖子上以示歡迎或歡送之意。❷ 花圈：基碑前擺着一個小小的～。

【花卉】huāhuì〔名〕❶ 各種花草的總稱：四時～｜名貴～。❷ 以花卉為題材的中國畫：擅長～｜他專畫～。

中國十大名花

梅花(早春開花)、牡丹(初夏開花)、菊花(秋冬季開花)、蘭花(種類多，花期各不相同)、月季(春、夏、秋、冬都能開花)、杜鵑花(春夏之交開花)、茶花(冬季開花)、荷花(夏季開花)、桂花(秋季開花)、水仙花(冬季開花)。

【花會】huāhuì〔名〕❶ 一種民間體育和文藝活動，多在春節或廟會期間舉行，節目有秧歌、舞獅、高蹺、龍燈、旱船等。也叫走會。❷ 花卉的展銷會，多在春天舉行。

【花季】huājì〔名〕開花的季節。喻指十五六歲的少女階段；也泛指人的少年時期：美好的～｜～少女｜～少年。

【花甲】huājiǎ〔名〕(年齡)六十歲(舊用干支記年，六十年一循環，週而復始)：～之年已屆｜年近～。

【花架子】huājiàzi〔名〕❶ 指好看而不實用的武術動作。❷ 比喻虛有其表、內容貧乏而毫無實用價值的東西：工作不要搞～，華而不實｜檢查工作時要抓住實質，不要光看～。

【花匠】huājiàng〔名〕(位)園丁，從事園藝工作的人。

H

【花椒】huājiāo〔名〕❶ 落葉灌木或小喬木，枝上有刺，果實暗紅色，種子黑色，味辛，可用作調味作料和藥材。❷ 這種植物的果實或種子。

【花轎】huājiào〔名〕（頂，乘）中國傳統結婚時用來迎娶新娘的裝飾華麗的轎子：一頂～四個人抬。

【花街柳巷】huājiē-liǔxiàng〔成〕舊指妓院集中的場所。

【花鏡】huājìng〔名〕（副）矯正老花眼的眼鏡，鏡片用凸透鏡製成。

【花捲】huājuǎn（～兒）〔名〕一種麵食。用發麵擀成薄片，抹上油，加葱、鹽或芝麻醬等，捲起來切成段，翻捲或壓成花形，蒸熟即成。

【花魁】huākuí〔名〕❶ 花中居首位的花，多指梅花。❷ 舊時指有名的妓女：賣油郎獨佔～。

【花籃】huālán（～兒）〔名〕裝有鮮花的籃子，用作禮物或祭品：敬獻～。

【花蕾】huālěi〔名〕含苞未放的花。通稱花骨朵（huāgūduo）。

【花裏胡哨】huālihúshào（～的）〔形〕〔口〕❶ 狀態詞。❶ 形容顏色過於艷麗繁雜（含厭惡意）：滿屋子裝點得～的，有甚麼好看！｜～的衣服我不喜歡。❷ 比喻作風矯揉造作，華而不實：一是一，二是二，別那麼～的。

【花臉】huāliǎn〔名〕❶ 傳統戲曲角色淨的通稱。因需勾畫臉譜，故稱。有正淨（大花臉、銅錘花臉）、副淨（二花臉、架子花臉）、武淨（武花臉）等。也叫花面。❷ 比喻醜惡的相貌：打～（醜化某人就說打某人的花臉）。

【花翎】huālíng〔名〕一種孔雀翎毛，清朝官員作為帽飾，插在帽子後，表示官階高低，有單眼、雙眼、三眼之別，三眼品級最高：摘去頂戴～｜賞三眼～。

【花柳病】huāliǔbìng〔名〕性病。舊時以"花柳"喻指娼妓，故稱。

【花露】huālù〔名〕用金銀花或荷葉等蒸餾而成的液體，可以入藥治病。

【花露水】huālùshuǐ（～兒）〔名〕（滴）化妝品，用稀酒精添加香料製成的香水。

【花櫚木】huālǘmù〔名〕常綠喬木，木材紅紫色，類似紫檀，有花紋，質地堅硬，可製家具，也可製扇骨。也叫花梨木。

【花名冊】huāmíngcè〔名〕（本）包括全體成員的名冊。

【花木】huāmù〔名〕泛稱供觀賞的花草樹木。

【花木蘭】Huā Mùlán〔名〕古樂府《木蘭詩》中的人物。她因父老弟幼，家無丁男，毅然女扮男裝，代父從軍，保家衛國，征戰十餘年，是一個人民喜愛的女英雄形象。

【花鳥】huāniǎo〔名〕以花卉、鳥類為題材的中國畫。**注意** 中國畫中，單純以花卉為題材的叫"花卉"，單純以鳥類為題材的叫"翎毛"。

【花農】huānóng〔名〕（位）以種花為主業的農民。

【花炮】huāpào〔名〕煙花炮仗：小孩喜歡放～｜禁止燃放～。

【花盆兒】huāpénr〔名〕用來養花的、底部有孔的器皿（瓦盆、瓷盆等）。

【花瓶】huāpíng（～兒）〔名〕❶ （隻）放在室內做擺設的插花用的瓶子。❷ 比喻僅供玩賞、形同花瓶一樣做擺設的女人；也比喻形同虛設的職位：她不過是個～罷了｜當這個官有名無實，是個～。

【花圃】huāpǔ〔名〕種植花草或培育幼苗的園地。

【花旗】huāqí〔名〕指美國國旗，借指美國：～銀行。

【花腔】huāqiāng〔名〕❶ 歌曲、戲曲中曲折、顫動的複雜腔調：～女高音。❷ 比喻花言巧語：耍～（用花言巧語欺騙人）。

【花槍】huāqiāng〔名〕❶ 一種像矛而較精巧的舊式兵器。❷ 比喻欺詐狡猾的手法：掉～｜警告他們，甚麼～也別要了！

【花圈】huāquān〔名〕用鮮花或紙花等紮成的環形祭品，用於對逝者的悼念：獻～｜清明節，烈士墓前擺滿了～。

【花容月貌】huāróng-yuèmào〔成〕形容女子容貌清秀美麗：姑娘的～，讓小夥子們傾倒。

【花蕊】huāruǐ〔名〕花的生殖器官，有雄、雌之分。

【花色】huāsè〔名〕❶ 紡織品上花紋的式樣和顏色：這塊布的～分外好看。❷ 物品的種類、形式、型號等：百貨公司的商品～齊全。

【花哨】huāshao〔形〕❶ （服飾的）顏色鮮艷：～的衣服穿不出去｜那個女孩子服飾太～。❷ 比喻變化多樣：這鑼鼓敲打得真～。

【花生】huāshēng〔名〕❶ （棵，株）一年生草本植物，羽狀複葉，莖葡匐或直立，花黃色，子房柄伸入土中，結繭狀莢果。果仁可榨油或食用。❷ （顆、粒）這種植物的果實。以上也叫落花生、長生果。

【花生米】huāshēngmǐ〔名〕（顆，粒）花生果實去殼後的種子，供食用或榨油。也叫花生仁、花生豆兒。

【花束】huāshù〔名〕成束的花。

【花壇】huātán〔名〕（座）用磚石砌成的高於地面的土台子，裏面種植花卉供觀賞：石橋後面有一溜～。

【花天酒地】huātiān-jiǔdì〔成〕原指在美好的環境中飲酒作樂。後多形容沉迷於酒色的奢侈荒淫的生活：～的奢靡之風必須制止。

【花團錦簇】huātuán-jǐncù〔成〕花成團，錦成堆。形容五色紛呈、繁華艷麗的景象：迎新會的會場佈置得～。

【花王】huāwáng〔名〕港澳地區用詞。花匠：他是培植桃花的～。

【花紋】huāwén（～兒）〔名〕(道，條)各種紋樣及圖形：彩色～｜這些瓷器的～樸素而美觀｜各種～的窗簾都有｜帶～的玻璃。

【花銷】huāxiao〈口〉❶〔動〕花費(錢)：這點錢根本不夠他～。❷〔名〕(筆，項)用出的錢(跟"進項"相對)：這個月的～不少｜有些～是無法預料的。以上也作花消。

【花心】huāxīn ❶〔形〕指對愛情不專一，移情別戀(多指男子)：～男子。❷〔名〕指對愛情不專一的思想情感：丈夫有～，讓她傷透了心。

【花序】huāxù〔名〕花在花軸上的序列，分有限花序(花軸不能繼續伸長，如聚傘花序)和無限花序(花軸能繼續伸長，如總狀花序、穗狀花序、傘形花序)。

聚傘　　總狀　　穗狀　　傘狀　　頭狀

【花絮】huāxù〔名〕比喻有趣的點滴新聞(多用於標題)：奧運會～｜片場～。

【花言巧語】huāyán-qiǎoyǔ〔成〕❶巧妙迷人的謊話：～只能迷惑人一時。❷用巧妙的謊話迷惑人：別～了｜不是我～，我說的句句是實。

【花眼】huāyǎn ❶〔名〕老花眼。❷〔動〕眼睛發花：看書看久了會～。

【花樣】huāyàng（～兒）❶〔名〕繡花用的底樣：剪個～繡花用。❷〔名〕花紋的式樣：床單～很美。❸〔名〕花色品種；款式：～繁多。❹〔形〕屬性詞。帶舞蹈動作的(體育項目)：～滑冰｜～游泳。❺〔名〕花招：玩～｜誰知道他耍甚麼鬼～。

【花樣滑冰】huāyàng huábīng 冰上運動項目之一。在音樂伴奏下，運動員在冰上滑行，表演跳躍、旋轉等各種優美動作(規定動作和自選動作)，是音樂舞蹈和滑冰運動的結合。分單人滑、雙人滑等類別。

【花樣游泳】huāyàng yóuyǒng 游泳運動項目之一。在音樂伴奏下，運動員在水中表演種種優美的動作，是音樂舞蹈和游泳運動的結合。從1984年起，正式列入奧運會比賽項目。也叫水上芭蕾。

【花藝】huāyì〔名〕插花的技藝：大型～作品｜～高手。

【花園】huāyuán（～兒）〔名〕❶(座)種植花木供人們遊玩休息的園地：住着～洋房｜老北京的王府宅院都有～。❷城市中某些住宅小區的名稱：臥龍～。

【花展】huāzhǎn〔名〕花卉展覽。

【花招】(花着)huāzhāo（～兒）〔名〕❶武術中變化靈巧、姿勢好看而不切實用的招數：淨練些～，中看不中用。❷比喻欺騙人的計謀或手段：耍～｜玩甚麼～｜他甚麼～都使出來了。

【花枝招展】huāzhī-zhāozhǎn〔成〕盛開的鮮花迎風擺動。比喻女性打扮得十分艷麗，引人注目：女孩子們一個個打扮得～。

【花軸】huāzhóu〔名〕生長花的莖。也叫花莖。

【花燭】huāzhú〔名〕舊式結婚新房裏點的蠟燭，上面多用龍鳳圖案等做裝飾。

【花柱】huāzhù〔名〕雌性花蕊中間的部分，形狀是細長的柱。也叫蕊柱。

【花子兒】huāzǐr〔名〕❶花的種子。❷(北方官話)棉花的種子：～可以榨油。

【花子】huāzi〔名〕乞丐。也作化子。

眚　huā〔擬聲〕形容飛速動作的聲音；樹上的鳥兒～的一聲全飛跑了。
另見 xū(1526頁)。

嘩（譁）　huā〔擬聲〕形容比較響亮而有所延長的聲音：水～～直流。
另見 huá(562頁)。

【嘩啦】huālā〔擬聲〕形容比較響亮而有所間歇的聲音：牆～一聲倒了｜～～地下起雨來了｜風吹樹葉～～地響。也說嘩啦啦。

huá ㄏㄨㄚˊ

划　huá ㊀〔動〕撥水前進：～槳｜～船｜小船從對岸～過來了｜我們～了三個多小時的船。

㊁ 合算；划算：為買一包紙巾跑一趟超市，真～不來｜花幾塊錢保險費，使財產得到保障，還是～得來的｜撿了芝麻，丟了西瓜，～不來啊！
另見 huá"劃"(561頁)；huà"劃"(565頁)。

【划不來】huábulái〔形〕不合算；不上算；得不償失：上網玩遊戲耽誤了學習，未免太～了｜～的事何必去幹？

【划船】huá∥chuán〔動〕用槳划水，使船前進：～比賽｜划着船走了。

【划得來】huádelái〔形〕合算；上算：只要能學到知識，交點錢也～。

【划拳】(豁拳、搳拳)huá∥quán〔動〕飲酒時為了助興取樂，兩人同時出拳，先喊一聲"全福壽哇"以統一動作；再伸手指若干(或不伸出手指)，各自喊出一句帶數字的話(如三星、四喜、五魁首之類)，說的數字為兩人伸出的手指之和者為勝，負者飲酒。兩人都說對了為和局；兩人都沒有說對，繼續再划再猜：咱倆划上幾拳。也叫猜拳。

H

划拳吉語

數目	吉祥話舉例	數目	吉祥話舉例
零	寶一對	六	六六順
一	獨佔一	七	七個巧
二	哥兒倆好	八	八匹馬
三	三星照	九	九連燈
四	四喜財	十	全福壽
五	五魁首		

【划算】huásuàn ❶〔動〕盤算；計算：得～一下生產費用｜～來～去，日子還是不好過。❷〔形〕划得來；上算：十塊錢買這麼多水果真～｜吃新鮮水果比喝水果飲料～。

【划子】huázi〔名〕(隻)靠用槳划水前進的小船，速度比機動船要慢。

華（华）huá ㊀ ❶ 光彩；光輝：～美｜～麗｜光～。❷ 出現在太陽或月亮周圍的帶彩色的光環，由光綫通過雲中的小水滴或水粒時發生衍射而形成。❸ 繁榮；繁盛：繁～｜榮～。❹ 精華：英～｜才～橫溢。❺ 奢侈：豪～｜浮～｜陳設奢～。❻ 時光：年～｜歲～｜韶～。❼ (頭髮)花白：～首。❽〈書〉〈敬〉用於稱跟對方有關的事物：～誕(稱人生日)｜～章(稱人詩文)｜～翰(稱人書信)｜～宗(稱人同姓)。❾ 文飾：樸實無～。❿ 文章的辭藻：含英咀～。⓫ 古同"花"(huā)。

㊁(Huá)❶〔名〕指中國：～東｜～語｜駐～大使。❷ 漢(語)：英～大辭典。

另見 Huà（563頁）。

語彙 才華　繁華　風華　浮華　光華　豪華　菁華　精華　年華　榮華　奢華　升華　月華　中華　含英咀華　踵事增華

【華北】Huáběi〔名〕特指中國北部地區，包括河北、山西、北京、天津和內蒙古中部：～地區｜～平原。

【華表】huábiǎo〔名〕(座)宮殿、陵墓等前面做裝飾用的大石柱，柱身刻有龍鳳流雲等圖案，上部橫插着一塊雲形長石板，頂端有一隻石刻的蹲獸。在封建社會，它是皇家建築的一種特殊標誌；在今天，華表已成為中華悠久文化的象徵。

【華誕】huádàn〔名〕〈書〉尊稱人的生日或機構的成立日：恭祝大師九十～｜北京大學百年～。

【華燈】huádēng〔名〕裝飾華美、光華燦爛的燈：～初上。

【華東】Huádōng〔名〕指中國東部的山東、江蘇、浙江、安徽、江西、福建、台灣七省和上海市。

【華而不實】huá'érbùshí〔成〕只開花，不結果。比喻外表華美而內容空虛：～，脆而不堅｜我們無論做甚麼工作都要踏踏實實，講求效益，不要～，誇誇其談。

【華爾街】Huá'ěrjiē〔名〕美國紐約曼哈頓地區的一條街，為美國主要金融機構的總部所在地，是金融和投資高度集中的象徵。常用作美國金融界或大財閥的代稱：～財閥｜～老闆。[華爾，英 Wall]

【華爾茲】huá'ěrzī〔名〕一種交際舞，原為奧地利的民間舞蹈，節奏為 3／4 拍，有快慢之分。[英 waltz]

【華髮】huáfà〔名〕〈書〉指花白的頭髮：早生～。

【華府】Huáfǔ〔名〕美國首都華盛頓的代稱。

【華蓋】huágài〔名〕❶ 古代帝王所乘車子上的傘蓋，泛指高貴者所乘的車。❷ 古代星名。迷信者認為，華蓋星犯命，運氣不好，叫交華蓋運；但據說和尚華蓋罩頂是走好運。

【華貴】huáguì〔形〕❶ 華麗貴重：～的頭飾。❷ 豪華富貴：不以～驕人｜那婦人雍容～，珠圍翠繞。

【華翰】huáhàn〔名〕〈敬〉華美的文字，用於稱頌對方的書信。翰，指書信。

【華里】huálǐ〔量〕市里的別稱，1 華里合 1／2 公里。

【華麗】huálì〔形〕光華艷麗：辭藻～｜裝束～｜宏偉～的建築群。

【華美】huáměi〔形〕光華美麗：～的服飾｜文辭～。

【華南】Huánán〔名〕指中國南部的廣東、廣西和海南。

【華僑】huáqiáo〔名〕(位)僑居國外的中國人：海外～｜愛國～｜～領袖｜～事務。

【華人】huárén〔名〕中國人。多用來指已取得所在國國籍的中國血統的外國公民：美籍～｜～社區。

【華氏度】huáshìdù〔量〕溫度的非法定計量單位，符號°F。參見"華氏溫標"(560頁)。

【華氏溫標】Huáshì wēnbiāo 英語國家常用的溫標。由德國人華蘭海特(Gabriel Daniel Fahrenheit, 1686-1736)所創製，純水的冰點為 32 度，沸點為 212 度，32 度和 212 度之間均勻分成 180 份，每份表示 1 度。

【華文】Huáwén〔名〕指中文：～報紙。

【華夏】Huáxià〔名〕中國的古稱：～子孫｜～之光｜功在～。

【華裔】huáyì〔名〕華僑在僑居國所生並取得該國國籍的後代：～學者｜～作家。

【華語】Huáyǔ〔名〕指漢語。海外多用此說法：～教學｜～是聯合國的正式工作語言之一。

【華章】huázhāng〔名〕〈敬〉華美的詩文，多用於稱頌別人的作品：落花時節讀～。

【華中】Huázhōng〔名〕指中國長江中游湖北、湖南一帶地區。

【華胄】huázhòu ㊀〔名〕〈書〉華夏的後代：神州~。㊁〔名〕〈書〉貴族的後代：衣冠~，貴而不驕。

搳 huá “搳拳”，見“划拳”（559頁）。

猾 huá ❶ 狡猾；奸詐：~商 | ~吏 | 奸~。❷ 指奸惡的人：大~。

滑 huá ❶〔形〕物體表面光滑；滑溜（摩擦力小）：河床裏的鵝卵石又圓又~ | 剛下過雨，路~得很。❷〔動〕在物體表面滑行移動；滑動：~冰 | 小孩兒都喜歡~滑梯 | 不小心~了一跤 | ~雪運動員從山頂~下去了。❸〔動〕設法蒙混過去：對犯罪事實，他一口抵賴，總想~過去。❹〔形〕油滑；狡詐：刁~ | 耍~ | 油頭~腦 | 油腔~調 | 油嘴~舌 | 這個人太~了。❺（Huá）〔名〕姓。

語彙 打滑 刁滑 光滑 平滑 潤滑 耍滑 油滑 圓滑

【滑板】huábǎn〔名〕❶ 運動器械，呈平板狀，板下裝有一排滑輪，人可踩在板上滑行。❷ 指滑板運動：~已發展為一項刺激而時尚的街頭運動。

【滑冰】huá//bīng ❶〔名〕冰上運動項目之一。穿着冰鞋在冰上滑行，比賽分速度滑冰和花樣滑冰：~場 | ~選手。❷〔動〕泛指在冰上滑行：寒假裏，我滑了三次冰。

【滑車】huáchē〔名〕原指繩索依次繞過若干滑輪所組成的簡單起重牽引裝置。現泛指簡單的吊掛式起重機械。

【滑動】huádòng〔動〕一個物體在另一個物體上溜過去，不改變接觸面，如小孩從滑梯上溜下來（區別於“滾動”）。

【滑竿】huágān（~兒）〔名〕（架）一種交通工具，兩根竹竿中間架一個竹編的躺椅式兜子，由兩人抬着走，形似轎子而無頂，多用於南方山區：老人在山區旅行可以坐~。

【滑稽】huájī(-jī)（古讀 gǔjī）❶〔形〕（言語、動作）逗人發笑：~動作 | 他說的話很~ | 這孩子真~極了。❷〔名〕“獨角戲”②。

辨析 滑稽、詼諧、幽默　“滑稽”多用來形容引人發笑的言語或行為，引人發笑的原因有時是由於愚蠢或自相矛盾，因而帶有諷刺意味，是中性詞；“詼諧”僅指言行富於風趣，多用於書面語，常含褒義；“幽默”是英語 humour 的音譯，指言行有趣而意味深長，有時還可形容人的性情或作品的風格，是褒義詞。

【滑溜】huáliu〔形〕〈口〉光滑：這衣服摸着挺~ | 麵條吃着很~，口感不錯。

【滑溜】huáliū〔動〕一種烹調方法，把切好的肉或魚用芡粉拌勻，放入滾油中烹炒，再加葱、蒜

等作料，勾芡炒熟：~魚片 | ~裏脊。

【滑輪】huálún〔名〕一種簡單的起重裝置，由若干周緣有槽的輪子組成，安上繩子或鏈條，即可繞各自的中心軸轉動，以達到起重牽引的目的。

【滑落】huáluò〔動〕物體在滑動中迅速落下：一不留神，杯子從手中~ | 巨石從山坡上~下來。

【滑膩】huánì〔形〕（皮膚）光滑而細膩：肌膚~。

【滑坡】huápō〔動〕❶ 地表斜坡上大量的土石整體地向下滑動傾覆；山體~對房屋、農田、道路等危害嚴重。❷ 比喻下降、衰頹：有的地方財政收入連年大幅度~ | 防止生產~。

【滑潤】huárùn〔形〕光滑而潤澤：用了護膚霜，肌膚更~ | 地板打上蠟，顯得~多了。

【滑沙】huáshā〔名〕一種體育運動項目。模仿滑雪乘坐滑板從沙山頂上自然下滑：~場 | ~是一項時興的戶外休閒運動。

【滑石】huáshí〔名〕硬度最小的礦物，成分為含水的硅酸鎂，有白、淡粉、淡黃及淡綠等色，具有油脂光澤及滑潤感：~粉（爽身粉、痱子粉的主要成分）。

【滑水】huáshuǐ〔名〕水上運動項目之一。運動員腳踏滑水板、手牽繩索，由汽艇拖着，在快速滑行中做各種動作：~板 | ~運動員。

【滑梯】huátī〔名〕（架）一種供兒童遊戲和鍛煉身體的設備，高台居中，可從一側的梯子上去，從另一側的斜板滑向地面：孩子們爭着上~，又爭着從~上滑下來。

【滑頭】huátóu ❶〔形〕圓滑；油滑；不老實：~滑腦 | 耍~（施展兩面手法以逃避責任或減輕負擔）| 到節骨眼兒上，他溜了，真~。❷〔名〕慣於耍滑的人：老~ | 他這個人是~。

【滑頭滑腦】huátóu-huánǎo〔成〕形容人油滑，不老實：這個人~，幹活從不賣力氣。

【滑翔】huáxiáng〔動〕不依靠動力，只憑藉空氣的浮力在空中飄行：~機 | ~訓練 | 這架飛機模型能遠距離~。

【滑翔機】huáxiángjī〔名〕（架）一種自身沒有動力的飛行器，外形與飛機相似，起飛時用別的機器牽引，上升後利用氣流在空中飛行升降。

【滑行】huáxíng〔動〕❶ 滑動前進：滑冰運動員在冰上~。❷ 機車、汽車或飛機在熄火以後，利用衝力，在跑道或地面靠慣性向前滑動：飛機已經降落，正在跑道上~。

【滑雪】huáxuě〔名〕冬季體育運動項目之一。運動員兩腳固定在滑雪板（一種特製的前端稍微翹起的長形木板）上，手持滑雪杖在雪地上飛速滑行前進：~運動 | ~比賽 | 高山~ | 競技~。

劃（划）huá〔動〕❶（用尖銳的東西）割開或在表面上刻過去：別用刀子~桌子 | 新刷的牆上~了許多指甲印兒 | 手叫碗碴兒~

破了｜幾道閃電～破了天空。❷ 擦；摩擦：火柴～着(zháo)了嗎？｜火柴濕了，～不着了。

另見 huà(565頁)；huai(567頁)；"划"另見 huá(559頁)。

【劃拉】huála〔北京話〕❶ 用快速拂拭的動作把東西除去或歸攏：把垃圾～到簸箕裏｜把撒在地上的糧食～到一塊兒｜把院子～～。❷ 馬虎潦草地塗寫：他只～幾筆，竟成了一張畫｜卷子～完就交給老師了，根本沒檢查。

嘩（嘩）〈譁〉huá(人聲)嘈雜；喧鬧：喧～｜～變｜～然。

另見 huā(559頁)。

【嘩變】huábiàn〔動〕軍隊叛變：敵人一個師～了。

【嘩然】huárán〔形〕(許多人同時)大聲喧嚷的樣子：一時輿論～｜此語既出，一片～。

【嘩笑】huáxiào〔動〕(許多人)喧鬧譏笑：哄堂大笑：他的醜態，惹起一陣～。

【嘩眾取寵】huázhòng-qǔchǒng〔成〕用浮誇的言辭或出奇的舉動討好大家，以博取眾人的歡心和支持：無實事求是之意，有～之心。

鏵（铧）huá〔名〕用來掘土、翻地的安裝在犁上的鐵器農具：～子｜犁～｜雙輪雙～犁。

豁 huá "豁拳"，見"划拳"(559頁)。

另見 huō(591頁)；huò(599頁)。

鰷（鲦）huá〔名〕一種淡水魚，身體側扁，頭部略尖，有鬚一對，尾鰭分叉。

驊（骅）huá 見下。

【驊騮】huáliú〔名〕〈書〉赤色駿馬：～一日行千里。

huà ㄏㄨㄚˋ

化 huà ❶〔動〕變化，改變：～膿｜～合｜進～｜頑固不～｜～為烏有｜～險為夷。❷ 感化；教化：潛移默～｜～民成俗。❸〔動〕融解；溶化；熔化：～凍｜太陽一出，冰雪都～了。❹〔動〕消除；消化：止咳～痰。❺ 燒掉：火～｜焚～。❻(僧道)死亡：坐～｜羽～。❼〔動〕(僧道)募集、求討：～緣｜～齋。❽ 指化學：數理～｜～工原料。❾〔後綴〕放在名詞、形容詞或動詞之後，構成帶"化"的動詞，表示轉變成某種性質或狀態：歐～｜大眾～｜現代～｜淨～｜美～｜自動～。❿(Huà)〔名〕姓。

另見 huā(556頁)。

【化凍】huà//dòng〔動〕解凍；冰凍的東西因溫度升高而融化：河～了｜化了凍，就該春耕了。

【化肥】huàféi〔名〕化學肥料。用化學方法和機械加工製成的肥料，如硫酸銨、硝酸銨、碳酸氫銨等，多用作追肥。

【化干戈為玉帛】huà gāngē wéi yùbó〔成〕干戈：古代兵器。玉帛：美玉和絲織品。比喻使戰爭變為和平，使爭鬥變為友好：他善於調解鄰里爭端，常常能使矛盾雙方～，歸於和好。

【化工】huàgōng〔名〕化學工業。用化學方法進行生產的工業，產品有酸、鹼、鹽、塑料、染料、合成纖維等：～廠｜～原料。

【化合】huàhé〔動〕指兩種或兩種以上的物質經過化學反應而生成另一種成分較複雜的物質，如鐵與硫化合而成硫化鐵。

【化合價】huàhéjià〔名〕表示一個原子(或原子團)能和其他原子(或原子團)相結合的數目。以氫元素的化合價定為 +1 作標準。如一個氧原子能跟兩個氫原子化合，氧元素的化合價就是 -2。簡稱價，也叫原子價。

【化合物】huàhéwù〔名〕由兩種或兩種以上元素的原子或離子組合而成的物質。

【化解】huàjiě〔動〕消除：～矛盾｜她的一席話～了我心中的苦悶。

【化境】huàjìng〔名〕出神入化的境界(多指藝術造詣)：這幅山水畫已臻～。

【化療】huàliáo〔動〕化學療法的簡稱。指用化學藥物治療疾病(主要是惡性腫瘤)：一週內需兩次～｜～和放療。

【化名】huàmíng ❶(-//-)〔動〕隱藏真姓名，改用假姓名：張龍～李得功。❷〔名〕所改用的假名字：這不像真名字，顯然是個～。

【化膿】huà//nóng〔動〕人或動物體的組織因細菌感染等而生膿：瘡口～了｜不要讓傷口化了膿｜手碰破了一點兒，不感染就不會～。

【化身】huàshēn〔名〕❶ 佛家指佛的變化身，即為眾生變化成與眾生相似的身相。❷ 指文藝作品中有生活原型的人物形象：劇本中的王連長就是我的一位老戰友的～。❸ 指某種抽象觀念的具體形象：母親是愛的～｜這尊塑像是智慧和勇敢的～。

【化石】huàshí〔名〕(塊)由埋藏在地下的古生物遺體或遺跡變化而成的同石頭一樣的物質，可用來鑒定地層年代和了解生物的演化：恐龍～｜～是古生物學的主要研究對象。

【化纖】huàxiān〔名〕化學纖維的簡稱：～工廠。

【化險為夷】huàxiǎn-wéiyí〔成〕化險阻為平坦，變危險為平安：我們繞過暗礁，～。

【化學】huàxué〔名〕❶ 研究物質的組成、結構、性質等規律及其應用的科學：無機～｜有機～｜物理～｜生物～｜地球～｜理論～｜應用～｜～成分｜～試劑｜～武器。❷〈口〉指賽璐珞（塑料的一種）：～肥皂盒。

【化學變化】huàxué biànhuà 物質的化學組成、性質和特徵等方面發生的變化，是物質變化的一種類型，如銅表面生成綠鏽、木頭燒成灰燼（區別於"物理變化"）。

【化學反應】huàxué fǎnyìng 物質發生化學變化而形成與原物質的化學組成、性質和特徵不相同的新物質的過程。在這一過程中，常伴有變色、發光、熱量變化或放出氣體等現象。

【化學武器】huàxué wǔqì 利用毒劑的毒害作用大規模殺傷有生力量的武器，包括各種毒劑和施放毒劑的武器等。國際有關公約規定，禁止使用化學武器。

【化學纖維】huàxué xiānwéi 以天然的或人工合成的高分子化合物為原料加工製成的纖維。分人造纖維和合成纖維兩大類。性能優越，用途廣泛。簡稱化纖。

【化學性質】huàxué xìngzhì 物質在發生化學反應時才表現出來的性質，如酸性和鹼性（區別於"物理性質"）。

【化學元素】huàxué yuánsù 具有相同核電荷數的同一類原子的總稱。如氧氣、氧化碳、氧化鐵中都含有核電荷數為 8 的氧原子，氧就是一種化學元素。碳和鐵等都是化學元素。現在所知道的化學元素有一百一十多種。

【化驗】huàyàn〔動〕用物理的或化學的方法檢驗物品的成分、性質和結構等：～室｜～員｜～單｜經過～，發現這杯水裏有大腸桿菌。

【化驗單】huàyàndān〔名〕（張）由化驗員把化驗結果填寫在上面的單子。

【化緣】huà // yuán〔動〕僧尼或道士向人乞求佈施：有個和尚來～｜要修廟，先～。

【化整為零】huàzhěng-wéilíng〔成〕把一個整體轉化為許多零散部分；把一個大的整數分化為許多零星小數：部隊轉移後分～，繼續堅持戰鬥｜戰士們把炮拆開，～，用肩膀扛着上山｜盜竊團夥早已把贓物、贓款分～，分散轉移了。

【化妝】huà // zhuāng〔動〕用化妝品美容：～品｜～師｜她很會～｜讓她化化妝再出門。

【化妝間】huàzhuāngjiān〔名〕台灣地區用詞。廁所的委婉語。因大部分廁所內安裝有鏡子，女士們可在鏡前補妝，故得名：去台灣旅遊時想上廁所就要問"～在哪兒？"

【化妝品】huàzhuāngpǐn〔名〕修飾容貌的物品，如潤膚霜、脂粉、唇膏、香水、護髮素等，種類繁多。注意 這裏的"妝"不寫作"裝"。

【化裝】huà // zhuāng〔動〕❶ 為了適合演出或娛樂的需要，對容貌、形體加以修飾：～舞會｜～遊行｜～照相｜演員正在～｜化了裝，馬上登台演出。❷ 裝扮，假扮：游擊隊員～成小販混進了敵人的據點。

【辨析】化裝、化妝 "化裝"可以帶賓語，適用於男女，如"老李化裝成農民模樣""姐姐化裝成白雪公主"；"化妝"不能再帶賓語，專指用化妝品等修飾容貌，使美麗，多用於女性。

華（华）Huá ❶ 華山。❷〔名〕姓。另見 huá（560 頁）。

【華山】Huà Shān〔名〕五嶽中的西嶽，位於陝西華陰南。主要包括雲台（北峰）、玉女（中峰）、朝陽（東峰）、蓮花（西峰）、落雁（南峰）等五座高峰。高峰間往往由兩側是萬丈深塹的一線險徑或長空棧道相通，故而華山自古以其險著稱於世。

畫（画）huà ㊀ ❶〔動〕用筆或類似筆的東西製作圖形：～像｜～畫兒｜～龍點睛｜～餅充飢｜他～山水，我～花鳥。❷（～兒）〔名〕（張，幅）畫成的美術品：水彩～｜連環～｜畫一張～｜裱一幅～｜買一軸～。❸ 用畫兒裝飾的：～戟｜～舫｜雕樑～棟。❹（Huà）〔名〕姓。
㊁ ❶〔動〕用筆或類似筆的東西製作綫條或某種標誌：～到（簽到）｜～押（簽名認可）｜～供（在供詞記錄後簽名）｜～直綫｜～圈兒。❷〔動〕像畫綫的動作；用手腳比劃：指手～腳｜在胸前～十字。❸〔量〕寫漢字楷書時，從落筆到收筆叫一畫：一筆一～｜"一"字只有一～。❹〔名〕（北方官話）指漢字的一橫：您貴姓？——敝姓王，三～一竪。

語彙 版畫 壁畫 帛畫 春畫 國畫 繪畫 漫畫 年畫 書畫 圖畫 西畫 洋畫 油畫 字畫 風景畫 肖像畫 宣傳畫 中國畫

【畫報】huàbào〔名〕（本）以照片和圖畫為主的報刊：石印～｜《人民～》。

【畫筆】huàbǐ〔名〕（支，管）用於繪畫的筆：幾支～｜顏料和～。

【畫餅充飢】huàbǐng-chōngjī〔成〕《三國志·魏書·盧毓傳》："選舉莫取有名，名如畫地作餅，不可啖也。"原指推薦人不可單憑名聲，名聲好像畫在地上的餅，中看不中吃。後用"畫餅充飢"比喻借空想來安慰自己。

【畫布】huàbù〔名〕（塊）畫油畫用的布，多為麻布：你把～釘在木框上吧！｜油畫可以畫在～上，也可以畫在木板或厚紙板上。

【畫冊】huàcè〔名〕（本）❶ 裝裱成冊的繪畫作品。❷ 裝訂成冊的圖片：大型～。

【畫地為牢】huàdì-wéiláo〔成〕在地上畫一個圈兒當作監牢。漢朝司馬遷《報任安書》："故有畫地為牢，勢不可入，削木為吏，議不可對，定計於鮮也。"比喻只允許在指定範圍內活動。

【畫舫】huàfǎng〔名〕（隻，條）供遊人乘坐的裝飾華美的船：乘～遊覽｜湖上有許多～。

【畫符】huà // fú〔動〕道教徒用朱筆在黃表紙上畫

些圖形或綫條，他們認為可藉以降福消災：道士～。

【畫幅】huàfú〔名〕❶圖畫的總稱：精美的～｜展廳裏的～美不勝收。❷比喻如同畫幅一般的景物：湖光山色形成天然～。❸畫的尺寸：～不大｜不受～大小的限制。

【畫稿】huàgǎo〔名〕（張，幅，份）❶繪畫的草稿或底稿：打～｜起～｜許多～還沒有來得及修改和加工。❷作為稿件的繪畫（區別於"文稿"）：歡迎～｜本刊不接受～。

【畫供】huà//gòng〔動〕犯人在供詞上簽字畫押，表示承認供詞屬實：～之後，他哭了｜犯人拿起筆來畫了供。

【畫虎類犬】huàhǔ-lèiquǎn〔成〕《後漢書·馬援傳》："效季良不得，陷為天下輕薄子，所謂畫虎不成反類狗者也。"比喻模仿得不到家，反而弄得不倫不類。也說畫虎類狗、畫虎不成反類犬。

【畫家】huàjiā〔名〕（名，位）從事繪畫創作卓然成家的人：一位著名～｜如果心裏老想着錢，那頂多是個畫匠，不是～。

【畫匠】huàjiàng〔名〕（名，位）繪畫的工匠；也指缺乏藝術創造性的以繪畫為業的人：～的畫跟畫家的畫完全不同。

【畫境】huàjìng〔名〕畫中的境界：這幅山水～高遠。

【畫句號】huà jùhào〔慣〕比喻事情結束或有了某種結果：他們用一場勝利為本次奧運會預選賽征程畫上了完滿的句號。

【畫具】huàjù〔名〕（套）畫畫的用具，如畫筆、畫板等：給幼兒園的孩子買些～送去。

【畫卷】huàjuàn〔名〕（幅）❶繪畫長卷：打開～鑒賞。❷比喻雄偉壯麗的景象或激動人心的場面：歷史的～令人神往。

【畫刊】huàkān〔名〕❶報紙上的圖畫副刊：星期～。❷（份，期）以刊登繪畫和圖片為主的刊物的總稱：《人民畫報》是影響最大的～之一。

【畫框框】huà kuàngkuang 事先劃定範圍，不允許有所突破：今天不～，不定調子，請大家暢所欲言｜凡事從實際出發，不要定條條，～。

【畫廊】huàláng〔名〕❶（條，座）用彩繪裝飾的走廊：頤和園長廊是世界著名的～。❷專供展覽繪畫作品或圖片的長廊。

【畫龍點睛】huàlóng-diǎnjīng〔成〕唐朝張彥遠《歷代名記》載，南朝梁代畫家張僧繇（yóu）在金陵安樂寺牆上畫了四條龍，不點眼睛，說點了就會飛走。人們不信，偏要他點。他剛點了兩條龍的眼睛，就雷電大作，震破牆壁。兩條龍騰雲上天，只剩下兩條尚未點睛的龍在。後用"畫龍點睛"比喻作文或說話時，在關鍵的地方加上一兩句精闢的話，使內容更加生動有

力：這篇文章末了的兩句有～之妙。

【畫卯】huàmǎo〔動〕舊時官署吏役卯時（凌晨 5 時至 7 時）簽到辦公，聽候差使，叫作畫卯。後用來譏諷上班簽到並不辦事或無事可辦。

【畫眉】huàméi〔名〕（隻）鳥名，身體上部綠褐色，眼圈白色，向後延伸，呈蛾眉狀，叫聲婉轉動聽，雄鳥喜鬥。

【畫面】huàmiàn〔名〕❶畫幅上展現的形象：整個～顯得很調和。❷電影銀幕上或電視熒光屏上展現的形象：寧靜的～｜剪掉了一些～。

【畫派】huàpài〔名〕由於繪畫理論和實踐的差異而形成的不同繪畫流派。

【畫皮】huàpí〔名〕傳說中女妖所畫的用來披在身上的人皮（見於《聊齋志異·畫皮》），比喻掩蓋猙獰面目或醜惡本質的美麗外表：剝去～，就會原形畢露。

【畫片】huàpiàn（口語中也讀 huàpiānr）〔名〕（張）印製的小幅圖畫：風景～｜文物～｜人物～。

【畫屏】huàpíng〔名〕（扇）用彩畫裝飾的屏風：～後面擺着一張書桌。

【畫譜】huàpǔ〔名〕❶（本）著錄名畫鑒賞或評論畫法的書。❷畫帖。

【畫圈兒】huà//quānr〔動〕領導人閱讀文件後在自己的名字上畫個圈兒，表示同意或已經批閱過：決議文件領導都～了，他們還不執行嗎？

【畫蛇添足】huàshé-tiānzú〔成〕《戰國策·齊策二》載，有幾個楚國人得到一壺酒，約定在地上畫蛇，誰先畫好誰喝酒。一個人畫了蛇，一面拿起酒壺來要喝，一面又給蛇添足。蛇足沒有添成，另一個人也畫好了蛇，奪過酒去說："蛇本來沒有足，你怎麼能給牠添上！"於是把酒喝了。為蛇添足的人，竟沒有喝成酒。後用"畫蛇添足"比喻做多餘的、不恰當的事：事情既已辦成，就不要～了。

【畫師】huàshī〔名〕（名，位）❶畫家：中國畫院的～｜他是一位有名望的～。❷以繪畫為職業的人：裝飾畫是請了幾位～畫的。

【畫帖】huàtiè〔名〕（張）供臨摹用的圖畫範本（區別於"字帖"）：學中國畫總要先臨摹～。

【畫圖】huàtú ❶〔名〕（幅，張）圖畫：一張白紙可以畫最新最美的～。❷(-//-)〔動〕繪製各種圖樣：～人員｜精心～。

【畫外音】huàwàiyīn〔名〕電影、電視等畫面以外的人物的聲音，畫外音是影片內容的有機組成部分。

【畫像】huàxiàng ❶〔名〕（張，幅，幀）畫成的人像：教室裏掛着六幅世界名人的～。**注意** 說"這是他的畫像"，意思是"這是他的被畫成的像"；而不是說"這是他畫成的人像"。要表達後一個意思，避免歧義，得說"這是他畫的像"或"這像是他畫的"。❷(-//-)〔動〕畫人物的形象：給名人～｜給我畫個像好嗎？

【畫行】huà//xíng〔動〕舊時機關首長在發文的稿上寫個"行"字，表示同意，可以行文。

【畫押】huà//yā〔動〕舊時指在公文上、契約上或供詞上按手印或寫"押"字、"十"字，表示負責或認可：簽字～｜畫個押吧｜畫了押沒有？

【畫頁】huàyè〔名〕書刊或報紙中印有圖畫或照片的版面：這部書有彩色～｜今天的報紙有世界杯球星的～。

【畫院】huàyuàn〔名〕古代指為供奉宮廷而設的繪畫機構；現代某些專門畫畫的機構也叫畫院：～派（特指始於 12 世紀初宋徽宗時，畫院以畫風工細著稱）｜浙江～。

【畫展】huàzhǎn〔名〕（次）繪畫展覽：辦～｜看～｜個人～｜水墨～。

【畫軸】huàzhóu〔名〕經過裝裱並帶有軸子的圖畫（便於收藏或懸掛）：人物～｜花鳥～｜大大小小的～堆了一屋子。

【畫作】huàzuò〔名〕（幅）繪畫作品：畫展上展出的大都是他近年的新～｜捐獻了自己的～。

觟 huà〈書〉有角的母羊。

話（话）〈語〉 huà ❶（～兒）〔名〕〔句〕人的發音器官發出來的有意義的一連串聲音，以及代表這種聲音的文字：一句～｜這番～說得太好了｜聽君一席～，勝讀十年書｜把這段～刪去，文章就簡潔了｜打開天窗說亮～｜一家人不說兩家～｜不投機半句多。❷〔動〕說；談；講：～舊｜～別｜～家常。

語彙　粗話　大話　電話　對話　二話　反話　怪話　官話　鬼話　行話　黑話　謊話　會話　佳話　講話　空話　老話　夢話　情話　神話　私話　俗話　談話　聽話　童話　土話　瞎話　閒話　笑話　訓話　風涼話　客套話　普通話　俏皮話　車軲轆話

【話把兒】huàbàr〔名〕話柄：別抓人家的～。

【話本】huàběn〔名〕宋代民間藝人說唱的底本。宋代盛行說書，開始有刻本流傳，如《五代史平話》、《全相平話》。明人模仿宋元話本而做的短篇白話小說，稱為擬話本。

【話別】huà//bié〔動〕離別前的聚談：握手～。

【話柄】huàbǐng〔名〕原指談話的資料，現在指被人拿來做談笑資料的言論或行為：他們幹的這些事，都成了～。

【話不投機】huàbùtóujī 話說不到一起。指意見不一或見解不同。

【話糙理不糙】huà cāo lǐ bù cāo〔俗〕話雖粗野但道理是正確的。

【話茬兒】huàchár〔名〕（北京話）❶話頭；接着他的～說｜對不起，打斷了您的～。❷口氣；話音：聽他的～，好像還有點兒希望。

【話費】huàfèi〔名〕電話費，即電話的使用費：去銀行交～｜每月～數百元｜您別心疼，想孩

子了就打電話。

【話鋒】huàfēng〔名〕話頭；談話內容的焦點：故意把～一轉｜避開他的～，說起其他事來。

【話機】huàjī〔名〕電話機，主要由發話器、受話器和綫路等部分組成。

【話舊】huàjiù〔動〕（跟久別重逢的親友）互相敍談往事：我們剛見面，還來不及～｜一去四十年，他回到家鄉以後連日跟親友～。

【話劇】huàjù〔名〕（台，場）以對話和動作作為主要表現手段的戲劇。中國早期話劇於 1907 年在日本新派劇的直接影響下產生，當時稱為新劇，也叫文明戲（但以後的話劇跟文明戲有了明顯的區別）。中國現代話劇興起於五四運動以後歐洲戲劇傳入中國之時，當時稱為愛美劇或白話劇。20 世紀 20 年代末開始稱話劇。

【話裏有話】huàlǐ-yǒuhuà〔成〕所說出來的話，除表面意思外，還含有別的意思；話裏隱含着沒有明白說出來的話，有言外之意：我聽他～，也就不便再問了。

【話梅】huàméi〔名〕（顆）用梅子醃製成的味酸而又帶甜、鹹的小食品。

【話說】huàshuō〔動〕❶舊時章回小說開頭常用的發端語，如《三國演義》第一回第一句話就是"話說天下大勢，分久必合，合久必分"。❷講述；述說：～長江。

【話題】huàtí〔名〕（個）談話的主題：轉移～｜長篇大論，偏離～。

【話筒】huàtǒng〔名〕❶電話機上的發話器。❷一種將聲音轉為相應的電信號的器件，廣泛用於廣播、錄音和擴音設備中：與會者有人搶～，要求發言。也叫麥克風。❸（隻）類似圓錐形的手提式擴音喇叭：導演手持～，指揮群眾演員按位置站好。

【話頭】huàtóu（～兒）〔名〕❶說話的頭緒：別打斷他的～｜又重新拾起那個～兒。❷（西南官話）話語：他喝了酒，～特別多。

【話務員】huàwùyuán〔名〕（位，名）使用電話交換機為用戶接通綫路的人員。

【話匣子】huàxiázi〔名〕（北方官話）❶原指留聲機，後來也指收音機。❷比喻話多的人；話多的人開始說話叫打開話匣子：老吳是個～｜～一打開，就沒完沒了。

【話音】huàyīn（～兒）〔名〕❶語音；口音：～不清｜～太低。❷口氣；言外之意：聽他這～兒，就知道問題嚴重。

【話語】huàyǔ〔名〕說的話：～不多，情意深｜感人的～，給人留下深刻印象。

【話語權】huàyǔquán〔名〕強勢人物通過語言對他人進行支配的權力，也泛指人們所享有的發表見解的權利：爭奪～｜掌握～。

劃（划） huà ㊀ ❶〔動〕分；區分：～清界限｜村邊～了地界｜禁獵區～在

哪兒｜邊界～得很精確｜把職權範圍～清楚｜應該把那幾個人從貧困戶中～出去。❷〔動〕劃撥（錢物等）：款子已經～付｜由銀行～賬（不收付現金）｜～出一部分電動機供應農村。❸計劃；謀劃：規～｜謀～。❹(Huà)〔名〕姓。

㊁舊同"畫"㊁①③。

另見 huá（561頁）；huai（567頁）；"划"另見 huá（559頁）。

語彙　比劃　策劃　籌劃　規劃　計劃　謀劃　企劃　區劃

【劃撥】huàbō〔動〕❶ 通過轉賬手續，將款項或賬目從這個戶頭轉到另一個戶頭：異地～｜由銀行統一～。❷ 分配並撥給（財物等）：把這批化肥迅速～到各鄉。

【劃定】huàdìng〔動〕劃分並確定（空間範圍）：～捕撈作業區｜重新～邊界｜在～的區域內作業。

【劃分】huàfēn〔動〕❶ 把整體分成若干部分：～施工地段｜～勢力範圍｜把這個工程的各項工作重新～一下。❷ 區別：～重點項目和非重點項目｜把產品～一下等級。

【劃歸】huàguī〔動〕劃分出來轉歸於：中央決定將一部分企業～地方管理｜這幾個縣已經～另一個省了。

【劃價】huà // jià〔動〕醫院裏藥房給就診者計算醫藥費，並把款額寫在處方單子上：～處｜先～，後交費。

【劃界】huàjiè〔動〕❶ 區分事物的界限：給動詞和形容詞～。❷ 劃分邊界或地界：雙方都很重視這次～工作。

【劃清】huà // qīng〔動〕區別清楚；清楚地劃分：～是非｜劃得清楚不清界限？

【劃時代】huàshídài（～的）〔形〕屬性詞。開闢新時代的：～的作品｜～的壯舉｜～的科技成就。

【劃一】huàyī ❶〔形〕統一；一致：整齊～的佈置｜服裝整齊，動作～。❷〔動〕使統一；使一致：集體編的書首先要～體例。**注意** 這裏的"劃"不寫作"畫"。

【劃一不二】huàyī-bù'èr〔成〕❶ 不二價；照定價不打折扣（表示價格已經很公道）：價錢～｜～，老少無欺。❷ 一律，刻板：文章的寫法，不可能～。

【劃轉】huàzhuǎn〔動〕❶ 劃撥轉賬：～國有資產。❷ 劃分轉移：兩家公司最終確認～員工名單。

嫿（姵）huà〈書〉女子容貌美麗。

嬅（嫿）huà 見"媱嬅"（490頁）。

樺（桦）huà〔名〕落葉喬木或灌木，樹皮光滑，多呈薄片狀剝落，木材緻密，可做建築、傢具等用材。

huái ㄏㄨㄞˊ

徊 huái 見"徘徊"（1000頁）。

淮 Huái ❶ 淮河，水名。中國大河之一。發源於河南桐柏山，東流經安徽，入江蘇洪澤湖：江～｜治～工程。❷〔名〕姓。

【淮劇】huáijù〔名〕地方戲曲劇種，流行於江蘇北部、上海及安徽部分地區，因起源於淮陰、阜寧、鹽城一帶而得名。也叫江淮戲。

槐 huái〔名〕❶ 槐樹，落葉喬木，夏季開黃白色蝶形花，木材緻密，可供建築及製器之用。❷ (Huái)姓。

踝 huái〔名〕小腿和腳相連處左右兩側突起的圓骨。

【踝子骨】huáizigǔ〔名〕〈口〉踝。

懷（怀）huái ❶〔名〕胸前；胸部：敞胸露～｜小孩兒吃着奶就在媽媽～裏睡着了。❷ 心胸；胸懷：忘～｜虛～若谷｜耿耿於～｜寬大為～。❸ 心意，心願：抒～｜詠～｜正中下～。❹ 懷念；想念：～人｜～舊｜～鄉。❺〔動〕腹中有（胎）：～孕｜十月～胎。❻〔動〕（心中）存有；包藏：胸～壯志｜～恨在心｜心～叵(pǒ)測｜不～好意。❼ (Huái)〔名〕姓。

語彙　感懷　關懷　襟懷　開懷　緬懷　情懷　忘懷　心懷　胸懷　追懷　正中下懷

【懷抱】huáibào ❶〔動〕抱在懷裏：～着孩子趕路。❷〔動〕心裏懷着；胸中存有：～着雄心壯志。❸〔名〕胸前兩臂合圍處：撲向媽媽的～。❹〔名〕比喻投向的處所：回到了祖國的～。❺〔名〕〈書〉抱負；打算：別有～｜一展～。

【懷錶】huáibiǎo〔名〕(塊，隻) 裝在衣袋裏隨身備用的錶，一般比手錶大，多為男子所用。

【懷才不遇】huáicái-bùyù〔成〕指人有才能而得不到重用，沒有施展的機會。

【懷古】huáigǔ〔動〕追懷古人古事（多用作詩詞標題）：～之情｜西山～。

【懷恨】huáihèn〔動〕懷着怨恨；記恨在心：～在心｜～九泉。

【懷舊】huáijiù〔動〕懷念往事或故人（多用作詩文標題）：～之情｜慨然～而賦詩一首。

【懷戀】huáiliàn〔動〕深情地懷念：～之心｜～家鄉的一草一木｜不必老～過去的日子。

【懷念】huáiniàn〔動〕長久地思念：～親人｜～家鄉｜～祖國。

辨析 懷念、想念　a)"懷念"表現的感情較深沉，語含尊敬並帶莊重色彩，對於故去的師長、摯友，多用於"懷念"；"想念"語意較單純，沒有這種感情色彩。b)"想念"既可用於書面也可用於口頭；"懷念"一般只用於書面語。

【懷柔】huáiróu〔動〕〈書〉用温和的手段籠絡對方，使歸附自己：～政策（古代王朝對地方勢力或少數民族的一項政策）。

【懷胎】huái//tāi〔動〕懷孕：十月～，一朝分娩｜那匹母馬又懷上胎了。

【懷想】huáixiǎng〔動〕長久地想着：～往事｜～遠方的親人。

【懷疑】huáiyí〔動〕❶ 存有疑惑（跟"相信"相對）：不必～｜他很～這件事｜他的動機值得～。❷ 猜度，猜測：我～他今年夏天不會去海濱了。**注意** 表示疑惑意義，"懷疑"前面可以加否定副詞"不"，如"我不懷疑這件事"。表示猜想意義，"懷疑"後面常帶否定形式，如"我懷疑沒有這件事"。但二者所表示的意思都是肯定的。

【懷孕】huái//yùn〔動〕指婦女或雌性哺乳動物有了胎：結婚十年了，妻子終於～了｜她懷了孕｜我家的一隻花貓～了。

穰

穰 huái 見下。

【穰耙】huáibà〔名〕東北地區使用的一種翻土並播種的農具。

huài ㄏㄨㄞˋ

壞（坏）huài ❶〔形〕不好的；使人不滿意的（跟"好"相對）：～毛病｜習慣～得很｜這個主意不～。❷〔形〕品質惡劣的，起破壞作用的：～人｜～事。❸〔形〕受到破壞的；變了質的：～蘋果｜蛋糕有點兒～了。❹〔形〕表示後果不好：腿摔～了｜這小孩給慣～了。❺〔形〕用在某些形容詞和動詞後，表示程度深：樂～了｜急～了｜你老不來，可把我想～了。❻〔動〕使變壞：～肚子｜省了鹽｜～了醬｜一個爛桃～滿筐。❼〔名〕壞主意；壞手法：使～｜一肚子～。

語彙 毀壞　破壞　使壞　損壞　氣急敗壞

【壞包兒】huàibāor〔名〕〈口〉壞蛋；搞惡作劇或出壞主意的人（常帶有親昵色彩）：小～｜除了他個～，別人幹不出這樣的事來，得想個辦法來治治他。

【壞處】huàichu〔名〕對人或事物不利的方面；壞的方面（跟"好處"相對）：這樣做～很多｜不要老記着人家的～｜把困難估計得多些，只有好處，沒有～。

辨析 壞處、害處　a)二者有同義的一面，如"抽煙的害處很多"，這裏的"害處"也可以換成"壞處"。b)"壞處"還可以指人的缺點或事物不好的方面，如"不要老想着別人的壞處""辦事要多從壞處着想"。c)"害處"跟"益處"為反義詞，"壞處"跟"好處"為反義詞。

【壞蛋】huàidàn〔名〕〈罵〉壞人：抓～｜那傢伙是個大～。**注意**"小壞蛋"多用於對小孩兒的昵稱。

【壞東西】huàidōngxi〔名〕❶ 有毛病的物品：你怎麼盡買些～來？❷ 變了質的食物：～別吃！❸〈罵〉壞人：對這樣的～，絕不手軟。

【壞話】huàihuà〔名〕❶ 存心害人的話：這是～，千萬別聽｜背後說～的要提防。❷ 尖銳批評或罵人的話：好話～都要聽。

【壞人】huàirén〔名〕品質惡劣、有害於社會的人：能人不怕多，～怕一個（有一個也不好）｜世上還是好人多，～少。

【壞事】huàishì ❶〔名〕（件，樁）不好的事情；對社會有害的事情（跟"好事"相對）：向壞人～做鬥爭｜～也可以變成好事。❷(-//-)〔動〕弄壞事情；把事情搞壞：急於求成，反而～｜壞了事，那也沒有辦法。❸〔動〕出了差錯；出了不好的事：～了，趕不上火車了。

【壞水兒】huàishuǐr〔名〕〈口〉壞主意；壞心眼兒：這個人一肚子～。

【壞死】huàisǐ〔動〕因局部血液循環斷絕或化學藥品對局部組織的破壞，而使身體的局部組織或細胞死亡，並喪失原有功能：局部～｜牙～。

【壞血病】huàixuèbìng〔名〕一種由於長期缺乏維生素C而引起的營養缺乏症，症狀為牙齦腫脹出血、全身軟弱無力、肌肉和關節疼痛等。也叫維生素C缺乏症。

【壞賬】huàizhàng〔名〕指本應收回但確定無法收回的款項。又叫呆賬。

huai ·ㄏㄨㄞ

劃（划）huai 見"刮劃"（24頁）。另見 huá（561頁）；huà（565頁）；"划"另見 huá（559頁）。

huān ㄏㄨㄢ

獾〈貛貛〉huān〔名〕（隻）哺乳動物。頭尖，吻長，體毛灰色，頭部有三條白紋，胸腹和四肢黑色。穴居山野，喜夜出活動覓食。

歡（欢）〈❶-❺懽❶-❺讙❶-❺驩〉

huān ❶ 快樂；高興（跟"悲"相對）：～樂｜～呼｜～天喜地｜悲～離合｜人～馬叫。❷ 和美；和好：不～而散｜握手言～。❸〔形〕（北京話）活躍；起勁：鞭炮響得真～｜水流得挺～｜小夥子們鬧得正～｜幹起活來更～了。❹ 喜愛：博取～心｜失父母之～。❺ 指所喜愛的人，情人：另有新～。❻（Huān）〔名〕姓。

語彙 合歡 狂歡 聯歡 喜歡 合家歡

【歡蹦亂跳】huānbèng-luàntiào〔成〕形容健康、活潑、生命力旺盛。也形容歡樂到了極點：孩子們～地簇擁着老師｜小夥子們直喜得～。

【歡暢】huānchàng〔形〕歡樂舒暢：～的心情｜內心感到特別～。

【歡度】huāndù〔動〕歡樂地度過：～春節｜～晚年。注意 這裏的"度"不寫作"渡"。

【歡呼】huānhū〔動〕歡樂地呼喊：全場～｜齊聲～｜～萬歲。

【歡聚】huānjù〔動〕歡樂地聚會：哪年哪月才能～一堂？

【歡快】huānkuài〔形〕歡樂而輕快：～的歌聲｜老友重逢，特別～。

【歡樂】huānlè〔形〕快樂：～的氣氛｜～的歌聲。

【歡慶】huānqìng〔動〕歡樂地慶祝：舉行～大會｜～勝利｜～五一｜～九十大壽。

【歡聲雷動】huānshēng-léidòng〔成〕歡呼的聲音像打雷一樣。形容熱烈歡呼的場面：全場～。

【歡送】huānsòng〔動〕高興地送別：～畢業生｜～代表團出國訪問。

【歡騰】huānténg〔動〕歡喜得呼喊跳躍：～的人群｜喜訊傳來，全場一片～。

【歡天喜地】huāntiān-xǐdì〔成〕形容非常歡喜，特別高興：聽了總經理這番話，大家都～｜兒子考上大學，全家～。

【歡喜】huānxǐ ❶〔形〕高興；愉快：～的心情｜很～｜異常～｜皆大～｜歡歡喜喜過個年。❷〔動〕喜好（hào）；喜愛：他～一個人靜心看書｜他～跟朋友聊天。

辨析 **歡喜、喜歡** 在多數情形下，雖然"歡喜"和"喜歡"可以互換，但書面語則多用"喜歡"。在少數格式中，只能用"歡喜"，如"皆大歡喜""滿心歡喜""在一陣歡喜聲中"。

【歡笑】huānxiào〔動〕快活地笑：～聲｜到處是～的人群｜何必強顏～呢。

【歡心】huānxīn〔名〕喜愛或賞識的心情：他是最能博得父母～的孩子｜慣會博取上司的～。

【歡欣鼓舞】huānxīn-gǔwǔ〔成〕形容非常快活而興奮：捷報傳來，無不～。

【歡迎】huānyíng〔動〕❶ 高興地迎接（剛剛來到本處的人）：～外賓｜～光臨｜～遠方的客人。❷ 指樂於接受：～大家提意見｜這種款式的衣服在市場上很受～。

❷ Huān〔名〕姓。

曤

huán ㄏㄨㄢˊ

峘

huán〈書〉高過大山的小山。

郇

Huán〔名〕姓。
另見 Xún（1543 頁）。

洹

Huán ❶ 洹水，水名。即安陽河，在河南。❷〔名〕姓。

萑

Huán〔名〕多年生草本植物。地下莖粗壯，葉子心形，花淡紫色，果實橢圓形。全草入藥。

桓

Huán〔名〕姓。

萑

huán 古指蘆荻類植物：～葦。

狟

huán ❶〈書〉貉類。❷〈書〉豪豬：不狩不獵，胡瞻爾庭有縣～兮？❸ 古同"獾"（huān）。

綄（绘）

huán 古代一種測風儀。

圜

huán〈書〉圍繞：～流九十里。
另見 yuán（1673 頁）。

澴

huán ❶ 水迴旋的樣子：漩～。❷（Huán）澴河，水名。在湖北。

寰

huán 廣大的地域：～區｜～宇｜人～。

【寰內】huánnèi〔名〕〈書〉國都周圍的地方：～諸侯。

【寰球】huánqiú〔名〕整個地球；全世界：名聲遠播～｜～戰略。也作環球。

辨析 **寰球、環球** 在名詞用法上，寰球即環球，意思是"整個地球；全世界"。但"寰球"比較文，多用於書面語，"環球"是一般通用詞語。"環球"還有動詞用法，如"環球飛行""環球一周"，"寰球"沒有這種意義和用法。

【寰中】huánzhōng〔名〕〈書〉宇內；天下。

嬛

huán 見〔琅嬛〕（801 頁）。
另見 xuān（1533 頁）。

環（环）

huán ❶（～兒）〔名〕形狀像圓圈的東西：指～｜耳～｜門～｜吊～｜花～｜窗簾上綴一些～兒才好掛起來。❷〔名〕環節：認真備課是搞好教學的重要一～｜運動會的整個安排都是一～扣一～的。❸〔量〕指射擊、射箭比賽中射中環靶的環數。射中最大的圓得一分，叫一環；射中最小的圓形得十分，叫十環：命中（zhòng）九～。❹ 指城市環行公路：北京市新建了五～、六～路。❺〔動〕圍着；圍繞：

三面～山，一面臨海｜～城馬路｜～球旅行。❻〔副〕圍繞四周地：～顧｜～行一圈｜～遊世界。❼（Huán）〔名〕姓。

語彙 吊環 耳環 光環 迴環 連環 鐵環 循環 指環

【環靶】huánbǎ〔名〕射箭或射擊用靶的一種。靶分十環，各環從內到外，標以 10 到 1 的數字；射中某環，即得相應分數。

【環保】huánbǎo ❶〔名〕環境保護：～部門｜城市～要以防治煙塵污染為突破口。❷〔形〕屬性詞。符合環保要求的；具有環保性質的：～產業｜～建材。

【環抱】huánbào〔動〕圍繞：峰巒～｜四圍青山，～潭水。

【環比】huánbǐ〔動〕指本統計週期與上一個統計週期比較：12 月份全國大中城市房屋銷售價格同比上漲 5.4%，～上漲 0.6%，漲幅比上月高 0.1 個百分點。

【環城】huánchéng〔動〕圍繞着城：～賽跑｜～一周。

【環島】huándǎo〔名〕建在交叉路口的環形設施，像島一樣，一般中間闢有綠地：～工程｜大型～。

【環顧】huángù〔動〕《書》向四周看：～四周｜～全場｜～國際風雲。

【環節】huánjié〔名〕❶動物學上指蚯蚓、蜈蚣等低等動物的環狀結構的每一體節。❷比喻互相關聯着的許多事物中的一個：中心～｜重要～｜薄弱～｜生產～。

【環境】huánjìng〔名〕❶周圍的處所及相關景物：生態～｜～保護。❷周圍的條件或情況：惡劣的～｜改善投資～。

> **世界環境日**
> 1972 年聯合國人類環境會議在瑞典斯德哥爾摩舉行，113 個國家的一千三百多名代表出席大會。這是世界各國政府共同討論當代人類環境問題、探討保護地球環境的第一次國際會議。會議通過了《人類環境宣言》，並建議將這次會議開幕日 6 月 5 日定為世界環境日。同年 10 月，第 27 屆聯合國大會接受並通過了這項決議。

【環境保護】huánjìng bǎohù 遵循生態規律，防止水、空氣、土壤等自然環境受到污染和破壞，以更好地適合人類勞動、生活和自然界生物生存、發展。

【環境標誌】huánjìng biāozhì 產品的證明性商標。標明產品從原材料的開發、利用、生產、使用，到回收或廢棄的整個過程符合一定的環境保護要求，對生態環境無害或污染很小，並有利於資源的再生和回收。中國環境標誌圖形，

由青山、綠水、太陽及 10 個環緊密結合，環環緊扣，表示公眾參與，共同保護。也叫生態標誌、綠色標誌。

【環境難民】huánjìng nànmín 由於氣候惡化、生態破壞、資源匱乏等原因無法在原居住地居住生存的人。這些人被迫遷徙，生活艱難，故稱：環境逐步惡化將迫使眾多人背井離鄉，成為～。

【環境污染】huánjìng wūrǎn 由於人類在生產、生活的活動中，排放大量廢棄物，使環境受到有害物質的污染和破壞，從而影響到動植物的生長繁殖和人類的健康。

【環路】huánlù〔名〕圍繞城區修建的環形道路：～建設｜三～。

【環幕電影】huánmù diànyǐng 一種銀幕呈 360° 的新型電影。由於觀眾置身於環繞畫幅的包圍中，視野開闊，又有多路立體聲效果，故有身臨其境的感覺。也叫球幕電影、全景電影。

【環球】huánqiú ❶〔動〕環繞着地球：～飛行。❷同"寰球"。

【環繞】huánrào〔動〕圍繞：綠樹～着荷塘｜月亮～着地球運行｜～着中心任務來安排工作。

【環生】huánshēng〔動〕接連不斷地發生：險象～。

【環視】huánshì〔動〕向周圍看：～左右｜～全場。

【環衛】huánwèi〔形〕屬性詞。有關環境衛生的：～工人冒着酷暑，清除垃圾。

【環綫】huánxiàn〔名〕環形路綫：地鐵～。

【環行】huánxíng〔動〕繞圈行走：～馬路｜運動員繞場～一周。

【環形】huánxíng〔名〕圓圈形、方框形、中空三角形等的總稱：～山（月球、火星等表面上四周高起中間略平的山）｜～天綫（由一匝或多匝同心綫圈組成的天綫）｜～交叉（多條道路相交處的一種行車佈置方式）｜通花園的是個～月亮門。

【環誌】huánzhì〔名〕為研究候鳥遷徙規律而給鳥戴的一種環形標誌，上面有國名、單位、編碼等標記。

【環子】huánzi〔名〕圓圈形的小件東西：耳～｜九連環有九個～。

還（还） huán ❶ 返回（原來的處所）；恢復（原來的狀態）：夫妻雙雙把家～｜衣錦～鄉｜和尚～俗｜借屍～魂｜返老～童。❷〔動〕償還；歸還：～債｜～賬｜～錢｜～東西｜買櫝～珠｜～本付息。❸ 酬答；回報（別人對自己的言行）：～席（回請對方吃飯）｜～禮｜～價｜打～～手，罵不～～口｜即以其人之道，～治其人之身。❹（Huán）〔名〕姓。
另見 hái（504 頁）。

語彙 償還 奉還 歸還 交還 生還 退還

【還本】huán//běn〔動〕歸還本金：三年期國債今年開始～付息。

【還魂】huán//hún〔動〕一些人認為，人死了靈魂還能回到軀體，死而復活，比喻已經消亡的事物又重新出現：借屍～。

【還擊】huánjī〔動〕回擊：自衛～｜奉命～｜堅決～敵人的挑釁。

【還價】huán//jià(～兒)〔動〕買方向賣方要求將價格降到某個限度：不～｜討價～｜你真想買就還個價兒。

【還口】huán//kǒu〔動〕受到指責時進行辯白；受到責罵時予以回駡：打不還手，駡不～｜他要是還了口，就不好辦了。

【還禮】huán//lǐ〔動〕❶回答別人的敬禮：舉手～｜老師還了一個禮。❷回贈禮品：受了禮就該～｜還了他一份厚禮。

【還遷】huánqiān〔動〕回遷。

【還情】huán//qíng〔動〕回報別人的恩惠或情誼：欠了人家的情就得還，不～心不安｜我替你還這個情。

【還手】huán//shǒu〔動〕(受到毆打或襲擊後)回擊對方：打不～｜無～之力｜他還了手沒有？

【還俗】huán//sú〔動〕僧尼道士等恢復出家前的普通人身份(跟"出家"相對)：僧尼～了｜他還了俗，又參加了工作。

【還鄉】huánxiāng〔動〕回到家鄉：告老｜～紀行。

【還原】huán//yuán〔動〕❶恢復原狀：珠算減法可以用加法～，除法可以用乘法～｜鐘錶拆洗後可以～。❷使化合物回復為原物，也就是物質與氫化合或失去氧原子的過程，如氧化鐵經過冶煉，失去氧而回復為鐵。還原是和氧化完全相反的化學反應，但還原和氧化是伴同發生的。

【還願】huán//yuàn〔動〕❶(求神保佑並得遂所願後)實踐原先對神許下的酬報(跟"許願"相對)：她沒有忘記～｜你還了願沒有？❷比喻實踐諾言：既然許了願，總得還這個願。

【還債】huán//zhài〔動〕歸還欠債：借債～，理當如此｜終於還清了積欠多年的債。

【還嘴】huánzuǐ〔動〕〈口〉頂撞或受到指責時，用言語回擊或進行辯駁：不許他～。

鍰（鍰）huán〔量〕古代重量單位，一鍰等於六兩：其罰百～。

繯（繯）huán〈書〉❶繩套子：投～(自縊)｜縊。❷絞殺：～首。

轘（轘）huán 見下。
huàn 另見 huàn(573 頁)。

【轘轅】Huányuán〔名〕關名。在河南省轘轅山。

闠（闠）huán〈書〉街市：廓開九市，通～帶闤(huì)。

鐶（鐶）huán〈書〉泛指圓圈形的東西。

鬟 huán ❶舊時婦女梳的環形髮髻：雲～｜香～。❷丫鬟；丫頭；婢女：小～。

瓛（瓛）huán〈書〉一種玉圭。瓛圭，也作桓圭。

鸛（鸛）huán〔名〕鳥名，生活在水邊，身體大，嘴細長而彎曲，腿長。種類較多，如朱鸛、白鸛。

huǎn ㄏㄨㄢˇ

緩（緩）huǎn ❶(速度)慢：～慢｜遲～｜車馬～行｜～不濟急。❷緩和；平緩：～解｜～衝。❸〔動〕延遲；推後：～期｜～兵之計｜刻不容～｜幾天再說。❹〔動〕蘇醒；恢復到正常的生理狀態：他終於～過來了｜孩子給嚇暈了，一時～不過來｜～口氣再幹｜他的病好了，氣色也～過來了｜這場病不輕，要好好一一｜花蔫了，澆了水，又～上來了。❺(Huǎn)〔名〕姓。

語彙 遲緩 和緩 減緩 平緩 輕緩 舒緩 死緩 徐緩 延緩 暫緩

【緩兵之計】huǎnbīngzhījì〔成〕推遲敵人進攻的計謀。比喻延緩事態發展以爭取充裕時間來從容應付的策略：別中(zhòng)了敵人的～。

【緩衝】huǎnchōng〔動〕使矛盾衝突緩和：～區｜～作用｜採取措施先～一下吧｜沒有～的餘地。

【緩和】huǎnhé ❶〔形〕和緩；平和：藥性～｜用～的辦法因勢利導。❷〔動〕(局勢、氣氛、情況、口氣、情緒、關係等)變得不緊張，不激烈：局勢開始～了｜會場上緊張的空氣～多了｜老頭子氣消了，口氣也變得～了｜群眾的情緒～下來了｜兩國間敵對的關係日趨～。❸〔動〕使變得不緊張、不激烈：～國際緊張局勢｜～一下緊張的空氣｜這場雨可以～部分地區的旱情。

辨析 緩和、和緩 兩個詞的意義和用法基本相同，如"和緩一下空氣"跟"緩和一下空氣"，意思一樣。但組合有一定差別，如"這場大雨緩和了旱情""緩和市場供求關係"，其中的"緩和"都不宜換用"和緩"。

【緩急】huǎnjí〔名〕❶從容和緊急：分清事情的輕重～｜不要～不分。❷偏指危急，緊急的事：困難的事：誰也有個～｜朋友貴～相助。

【緩頰】huǎnjiá〔動〕〈書〉緩和一下面子，指代人求情：熱心～｜頗能～盡心。

【緩解】huǎnjiě〔動〕❶緊張程度減輕；嚴重的狀況好轉：服藥後症狀有所～｜小區建成後住房緊張狀況得到～。❷使減輕、好轉：～國家財政壓力｜～交通擁堵狀況。

【緩慢】huǎnmàn〔形〕慢；不快；不迅速（跟"迅速"相對）：動作～｜進展～｜汽車～地向山上行駛｜事情進行得很～。

【緩期】huǎnqī〔動〕把預定的時間往後推延：～實行｜～歸還｜～執行。

【緩氣】huǎn//qì〔動〕使急促的呼吸平緩下來，恢復正常：讓他緩口氣再說｜連續加班，哪有～的時間？

【緩刑】huǎnxíng〔動〕對判處一定刑期的犯罪分子，有條件地暫緩執行原判刑罰叫緩刑。緩刑考驗期間，如沒有再犯新罪或被發現漏罪，原判刑罰就不再執行；否則，撤銷緩刑，按數罪並罰原則合併執行。

【緩役】huǎnyì〔動〕緩期服兵役：准予～。

【緩徵】huǎnzhēng〔動〕❶ 緩期徵集（兵員等）：人口稀少地區酌予～。❷ 緩期徵收（稅款等）：貧困地區~稅款。

huàn ㄏㄨㄢˋ

幻 huàn ❶ 虛幻的；不真實的；毫無事實根據的：～景｜～象｜～影。❷ 奇異地變化：～化｜~術｜變～莫測｜風雲變~。

語彙　變幻　科幻　夢幻　虛幻

【幻燈】huàndēng〔名〕❶ 利用強光和透鏡射在白牆壁或白幕布上的圖畫或文字：～片｜用～輔助美術史教學。❷（台）幻燈機。

【幻化】huànhuà〔動〕奇異地變化。

【幻景】huànjǐng〔名〕虛幻不實的景物：海市蜃樓是一種～｜~當不得真實。

【幻境】huànjìng〔名〕虛空奇異的境地：太虛｜童話般的～。

【幻覺】huànjué〔名〕沒有外界刺激而憑空出現的虛幻的感覺，如無人講話而聽到人聲、眼前無某人某物而看到某人某物、身邊無某人而與某人接觸等。患有精神病或在催眠狀態中的人時常有幻覺。

【幻夢】huànmèng〔名〕虛幻的夢，比喻不能實現的幻想：不要把~當成現實。

【幻滅】huànmiè〔動〕（理想、希望等）像幻夢一樣地破滅：他的理想～了。

【幻術】huànshù〔名〕❶ 古代方士用來迷惑人的法術。❷ 魔術。因變幻莫測，故稱。

【幻想】huànxiǎng ❶〔動〕對尚未實現（或根本實現不了）的事物有所想象：人類早就～飛向太空｜軍國主義者曾～以武力征服世界。❷〔名〕對尚未實現（或根本實現不了）的事物的想象：~代替不了現實｜丟掉~，努力工作！｜美麗的~破滅了。

辨析　幻想、妄想　"幻想"可以是好的，也可以是壞的；"妄想"含有貶義，肯定是不能實現或不應該、不允許實現的。

【幻象】huànxiàng〔名〕由幻想或幻覺產生的景象。

【幻影】huànyǐng〔名〕幻想中的景象或形象。

奐（奐）huàn〈書〉盛大而文采鮮明：美哉~焉｜~～新宮。

宦 huàn ❶ 古代指宦官：豎～充朝｜～人專權。❷ 官吏：名～｜鄉～。❸〈書〉做官；當官：年三十始～｜~三年矣。❹（Huàn）〔名〕姓。

【宦官】huànguān〔名〕❶ 封建時代在皇宮裏侍候皇帝及其家屬的人員，由經過閹割的男子充任。也叫太監。❷〈書〉官吏的通稱。

【宦海】huànhǎi〔名〕比喻官吏爭名逐利的場所；官場：～風波｜~浮沉。

【宦途】huàntú〔名〕〈書〉指做官、升官的歷程：~險惡。

【宦遊】huànyóu〔動〕〈書〉出外求官：~三十載。

浣〈澣〉huàn ❶〈書〉洗，洗滌：~衣｜～紗。❷ 唐朝制度，官吏十天一次休息沐浴，每月三次，分為上浣、中浣、下浣，後來用作上旬、中旬、下旬的別稱。❸（Huàn）〔名〕姓。

患 huàn ❶ 禍患，災難：心腹之～｜有備無～｜防～未然。❷ 憂慮，擔心：~得~失｜欲加之罪，何～無辭！❸〔動〕生病，害病：忽~重病。

語彙　後患　禍患　疾患　水患　外患　隱患　憂患　災患

【患得患失】huàndé-huànshī〔成〕尚未得到時，擔心得不到；得到了以後，又擔心會失掉。形容過分計較個人得失：～，自尋煩惱。

【患難】huànnàn〔名〕災禍與困難；遇有災禍或困難的處境：～與共｜~見朋友｜~之交（共過患難的朋友）｜共~易，共歡樂難。

【患者】huànzhě〔名〕（位，名）患某種疾病的人；病人：熱忱為~服務｜癌症～的福音｜為艾滋病～提供救治。

換（換）huàn ❶〔動〕交換：調～｜取～｜用煤炭~工業品｜鮮血~來的教訓｜浪子回頭金不~。❷〔動〕變換，更換（以甲替換乙，以這替換那）：～班｜~崗｜~防｜脫胎~骨｜改天~地｜偷樑~柱｜湯不~藥｜長江後浪推前浪，世上新人~舊人。❸〔動〕兌換（貨幣）：整錢~零錢｜外幣~成人民幣。❹（Huàn）〔名〕姓。

語彙　變換　撤換　串換　倒換　掉換　對換　改換　更換　交換　輪換　替換　退換　置換

【換班】huàn//bān〔動〕（工作人員）按時輪換上

H

班：該～了｜幾小時換一次班？

【換筆】huàn//bǐ〔動〕更換書寫工具。特指人們由用鋼筆、圓珠筆等寫作改為計算機錄入：電腦普及後，作家們紛紛～，極大地提高了寫作效率。

【換車】huàn//chē〔動〕❶ 因線路不同或其他原因，中途換乘車輛（繼續前進）：中途換～，不能直達｜這輛車拋錨了，換那一輛車吧。❷ 再買輛新車：車子太舊，該～了。

【換乘】huànchéng〔動〕❶ 換坐車次、路線不同的車：到東單下，～一路汽車｜從南昌到西安，得在鄭州～隴海綫的車。❷ 中途換一種交通工具換到另一種交通工具上（繼續前進）：坐火車到上海，～飛機｜飛抵武漢後，再～火車或輪船。

【換代】huàndài〔動〕❶ 舊的朝代為新的朝代所代替：改朝～。❷ 舊產品為設計合理的新產品所代替：～產品｜設備要更新，產品要～。

【換擋】huàn//dǎng〔動〕機動車輛變換擋位，以便調整行車速度：該～了｜加快速度，換最高擋。

【換防】huàn//fáng〔動〕❶（在同一處所）由原駐防的部隊把防務移交給新調來的部隊：兩個部隊正在～。❷（同一個部隊）由原駐防地掉換到另一駐防地：到部隊三年，換了兩次防。

【換崗】huàn//gǎng〔動〕（在同一哨位上）按時輪換站崗：門衛～了｜一天要換幾次崗？

【換工】huàn//gōng〔動〕農民在自願基礎上互相換着幹活，以調劑人力和畜力的使用。有人工換人工、畜工換畜工、人工換畜工等方式：這幾戶經常～｜～是個好辦法。也叫變工。

【換購】huàngòu〔動〕以貨物折價購買對方的貨物：用生產資料向農民～糧食。

【換季】huàn//jì〔動〕❶ 變換季節：快立秋了，要～了。❷ 隨着季節的變化而更換（所穿的服裝）：別人早都～了，他怎麼還穿着棉襖？

【換屆】huànjiè〔動〕領導機構屆滿，改選下一屆：～選舉｜這次人民代表大會該～了。

【換句話說】huànjùhuàshuō 表示要改換另外一種說法，是句中插入成分，常插在談話、議論或行文中使用。

【換腦】huàn//nǎo〔動〕改變思想，更新觀念：重返校園是為了～，注入活力，接受前沿知識｜通過～工程，把商品觀念、市場意識、科學知識輸送到廣大農民頭腦中。

【換氣】huàn//qì〔動〕❶（在賽跑、游泳或歌唱等過程中）週期性地用口鼻大量吸氣：學游泳要注意～。❷（購買液化石油氣時）用空罐子換回灌了氣的罐子：煤氣罐剛換了氣，火苗很旺。❸ 排除室內污濁氣體，保持空氣新鮮：～扇｜打開窗戶換換氣。

【換錢】huàn//qián〔動〕❶ 把整錢換成零錢；把一種貨幣換成另一種貨幣。❷ 出賣物品或勞動力以得到錢：這些廢報紙可以拿去～｜每天幹零活兒，也能換到一些錢。

【換取】huànqǔ〔動〕❶ 用交換的方法取得：～外匯｜用山貨～日用工業品。❷ 以某種代價取得某種收穫：用勞動～報酬｜以空間～時間。

【換算】huànsuàn〔動〕單位變換時的數量折算，即把某種單位的數量折合成另一種單位的數量：美圓～成人民幣｜經過～，5公畝為0.75市畝。

【換湯不換藥】huàn tāng bù huàn yào〔俗〕換了熬中藥的水，但是沒換藥（一服中藥照例熬兩遍，第一遍熬好以後，將藥汁濾出；再倒入清水，就原藥熬第二遍）。比喻只改變形式，內容還是老一套（含貶義）：飯店換了招牌，可一切照舊，～。

【換帖】huàn//tiě〔動〕舊時交換記載有姓名、年齡、籍貫、家世的帖子，結拜為異姓兄弟：拜把子～。

【換位思考】huànwèi sīkǎo 指從對方的立場和角度來考慮問題：常碰到司機嫌騎車人擋道的事，其實不妨～，司機如果是騎車人呢？

【換文】huànwén ❶〔名〕（份，本）國與國之間交換的內容相同的文書，其內容一般是對正式條約或已達成的協議進行的補充或確定：處理邊界問題的～｜關於互派留學生的～。❷（-//-）〔動〕國與國之間互換外交文書：～儀式｜簽字～。

【換洗】huànxǐ〔動〕更換並洗乾淨：天熱了，衣服要經常～。

【換血】huàn//xiě〔動〕比喻對人員組成、事物結構等進行較大的更新、替換或調整：球隊自建隊以來已進行了兩次～。

【換牙】huàn//yá〔動〕小孩自六七歲開始，乳牙逐漸脫落，換成恆牙，至十三四歲全部換齊：孩子開始～了｜剛換了幾顆牙。

皖 huàn〈書〉❶ 明亮。❷ 美好。

喚（喚） huàn〔動〕❶ 呼喊：徒～奈何。❷ 發出大聲，使對方隨聲而來或引起注意：～醒｜～他來｜呼風～雨｜千呼萬～始出來。

語彙 傳喚 呼喚 叫喚 使喚 召喚

【喚起】huànqǐ〔動〕❶ 召喚使奮起：～全國民眾｜～百姓，保衛家園。❷ 引發；引起（情緒、注意、回憶等）：這篇抒情散文～了她的熱情｜眼前的景象～了她童年的回憶。

【喚醒】huànxǐng〔動〕❶ 叫醒；比喻有成效地讓人清醒或覺悟：爸爸睡得正甜，被小弟～了｜"七七事變"～了中國人民。

這 huàn〈書〉逃避：天作孽，猶可違；自作孽，不可～。

渙（渙）huàn 離散，消散：～然｜～散｜～散～無力。

【渙然冰釋】huànrán-bīngshì〔成〕像冰塊遇熱一樣隨即消融。比喻疑慮、誤會等很快消除：有先生的指教，學生的疑難已～。

【渙散】huànsàn ❶〔形〕鬆懈，散漫：紀律～｜組織～｜精神～，必然導致意志消沉。❷〔動〕使渙散：～人心｜～鬥志。

曼 Huàn〔名〕姓。

豢 huàn 餵養，飼養。

【豢養】huànyǎng〔動〕餵養（牲畜）；比喻收買、培植並利用（奴才、走狗等）：～牛羊｜黑社會團夥～了一批打手，專幹壞事。注意"豢"不讀juàn。

煥（煥）huàn ❶ 光明；光亮：青春～發｜～然一新。❷（Huàn）〔名〕姓。

【煥發】huànfā〔動〕❶ 光彩四射：英姿～｜神采～｜精神～。❷ 顯現，迸發：他重新～了青春｜年輕人的臉上～着光彩。

【煥然一新】huànrán-yīxīn〔成〕形容人或事物出現了嶄新的面貌或全新的氣象：房子經過裝修，已經～｜這家報紙復刊後面貌～。注意 這裏的"煥"不寫作"渙"。

癱 huàn 見"癱瘓"（1310頁）。

漶 huàn 見"漫漶"（898頁）。

攌 huàn〈書〉貫，穿：躬～甲冑，跋履山川。

鯇（鯇）huàn〔名〕草魚。

轘（轘）huàn 古代的車裂酷刑。另見 huán（570頁）。

huāng ㄏㄨㄤ

育 huāng ❶ 心臟和膈膜之間。參見"病入膏肓"（97頁）。❷（Huāng）〔名〕姓。

荒 huāng ❶〔形〕荒蕪：～山｜～地｜花怕霜，地怕～。❷（某種物資）嚴重缺乏：糧～｜房～。❸ 荒涼，偏僻：～無人煙。❹ 莊稼收成不好：～年｜備～｜逃～。❺ 不確實的，不可靠的：～數兒｜～信兒。❻ 不合情理：～唐｜～謬（miù）｜～誕不經。❼ 逸樂過度；放縱：～淫。❽〔動〕荒疏；廢置：功課不能～｜別把手藝～了。❾〔動〕（北京話）虛耗；浪費：幹嗎～着爐子不用？｜不修龍頭，水都流～了。❿ 荒地：拓～｜開～｜墾～。⓫（Huāng）〔名〕姓。

語彙 備荒 饑荒 救荒 墾荒 落荒 沙荒 燒荒 拾荒 逃荒 拓荒 災荒 破天荒

【荒誕】huāngdàn〔形〕不真實，不近情理：～的想法｜情節很～｜～不經（荒唐虛妄，不合情理）｜～無稽（荒唐虛妄、沒有根據，無從查考）｜～小說。

辨析 荒誕、荒謬 兩個詞都有"不合情理"的意思，但荒誕側重指荒唐，不真實；荒謬則側重指言論或觀點錯誤，不合事理。如"描寫的情景，荒誕不可信""提出的根據，荒謬無理"，其中的"荒誕""荒謬"不可互換。

【荒地】huāngdì〔名〕（塊）沒有開墾或沒有耕種、沒有利用的土地：開墾～。

【荒廢】huāngfèi〔動〕❶ 無人耕種；不耕種：土地～了｜沒有一塊地是～的。❷ 不利用，浪費：一座公園～了｜青春追悔莫及。❸ 不經常練習，荒疏：不要～了學業｜早年的手藝，現在～了。

【荒涼】huāngliáng〔形〕人煙稀少，冷冷清清：～的景色｜這裏已經不是～的窮山溝了。

【荒亂】huāngluàn〔形〕饑荒兵亂，形容社會秩序極不安定：幼遭～｜～年代。

【荒謬】huāngmiù〔形〕極端錯誤，極不合理：～的說法｜～絕倫（荒唐錯誤，到了無與倫比的程度）。

【荒漠】huāngmò ❶〔形〕荒涼而無邊際：～的山野。❷〔名〕荒涼的沙漠或曠野：千里～無人煙｜～變糧田。

【荒漠化】huāngmòhuà〔動〕指包括氣候變異和人類活動在內的種種因素造成的乾旱地區的土地退化，如過度耕種土地造成土地貧瘠，牧區放牧過多毀壞草場，濫伐森林造成水土流失，以及缺乏完善的排灌系統導致土地鹽鹼化等。荒漠化是全球性的嚴重環境問題之一。

《防治荒漠化公約》
聯合國於 1994 年制定了《防治荒漠化公約》，並確定每年的 6 月 17 日為"世界防治荒漠化和乾旱日"。包括中國在內的一百多個國家在公約上簽字。這個公約是防治荒漠化的第一個全球性公約，也是國際社會落實 1992 年聯合國環境與發展大會所通過的《21 世紀工程》的第一個步驟。

【荒年】huāngnián〔名〕（糧食作物等）歉收或絕收的年頭：度～｜搞好了多種經營，遇上～也不怕。

【荒僻】huāngpì〔形〕荒涼偏僻：山間～，人跡罕至｜他住在～山區。

【荒歉】huāngqiàn〔形〕農作物收成不好或極壞：～之年｜連年～｜救濟～地區。

H

【荒沙】huāngshā〔名〕荒涼的沙漠：那裏是一片～，沒有人煙。

【荒山】huāngshān〔名〕(座)沒有開發利用的山：～造林｜綠化～。

【荒時暴月】huāngshí-bàoyuè〔成〕指年成很壞或青黃不接的時候：～，最需要幫助。

【荒疏】huāngshū〔動〕(學業、技藝等)長期不練習而生疏：學業～已久｜圍棋技藝，我已～多年｜"拳不離手，曲不離口"，千萬不要～業務了。

【荒唐】huāngtáng(-tang)❶〔形〕思想、言行錯誤到使人不可思議的程度：這也夠～了｜幹出這樣的事來，簡直是～透頂！❷〔動〕行為放蕩，沒有節制：年紀這麼大了，還是一天到晚在外頭～。

【荒無人煙】huāngwúrényān〔成〕荒涼偏僻，見不到一戶人家：探險隊進入了～的沙漠地帶｜這裏重巒疊嶂，～。

【荒蕪】huāngwú〔形〕土地廢棄不用，雜草叢生：一片～的景象｜田園日漸～。

【荒野】huāngyě〔名〕荒涼的野外：鐵路兩旁的～，一望無際。

【荒淫】huāngyín〔形〕貪戀酒色：～無恥｜～無度。

【荒淫無恥】huāngyín-wúchǐ〔成〕酗酒淫亂，不知羞恥：～之徒｜生活～。

【荒原】huāngyuán〔名〕荒涼的原野：野獸出沒的～｜一望無際的千里～。

塃 huāng〔名〕開採出來的礦石。

慌 huāng ❶〔形〕慌張：心裏很～｜手中有糧，心裏不～｜做事不要太～。❷〔動〕由慌亂而形成某種狀態：～了神兒｜一下子～了手腳(手腳忙亂不迭)。❸〔形〕〈口〉用在動詞或形容詞後做補語(前面加"得"字)，讀輕聲，表示情態已達到很高的程度：鬧得～｜渴得～｜亂得～｜熱得～｜難受得～｜憋悶得～。

語彙　發慌　驚慌　恐慌　心慌　着慌

【慌促】huāngcù〔形〕慌張急促：臨行～，忘記了帶手機。

【慌亂】huāngluàn〔形〕由於不安定而慌張混亂：全城陷於～之中｜地震謠言引起了人們的～不安。

【慌忙】huāngmáng〔形〕慌張；急忙：～上馬而去｜走得～，連衣服扣兒都沒扣好｜慌慌忙忙地往學校跑。注意 對"慌忙"的否定不是"不慌忙"，而是"不慌不忙"。

【慌神兒】huāng//shénr〔動〕〈口〉心神慌亂不安，沒了主意：火車票丟了，這下他可慌了神兒。

【慌手慌腳】huāngshǒu-huāngjiǎo〔成〕心裏發慌，手忙腳亂：你做事別這麼～的行不行？

【慌張】huāngzhāng(-zhang)〔形〕思想緊張，動作忙亂(跟"沉着"相對)：把舵的不～，乘船的才穩當｜他慌裏慌張地跑進來了｜你做事為甚麼這樣慌慌張張的？

huáng　ㄏㄨㄤˊ

皇 huáng ❶〈書〉大；盛大：～矣上帝。❷〈書〉對已故前代的敬稱：～考｜～祖。❸ 君主，皇帝：天～｜三～五帝｜秦～漢武。❹ (Huáng)〔名〕姓。

語彙　教皇　女皇　沙皇　天皇　張皇　太上皇　冠冕堂皇

【皇儲】huángchǔ〔名〕已確定的皇位繼承人：～殿下觀看了足球賽。

【皇帝】huángdì〔名〕(位)公元前221年，秦王嬴政統一了六國，自以為"德兼三皇，功高五帝"，號稱為"皇帝"。此後即成為歷代封建君主的稱號：～也有窮親戚(說明富人的親戚並不都是富人)｜捨得一身剮，敢把～拉下馬(比喻只要不怕死，甚麼人都能戰勝)。

【皇甫】Huángfǔ〔名〕複姓。

【皇宮】huánggōng〔名〕(座)皇帝居住的地方：故宮博物院原先是明清兩代的～。

【皇冠】huángguān〔名〕(頂)皇帝所戴的帽子。常借指皇權：～落地。

皇冠

【皇后】huánghòu〔名〕(位)皇帝的正妻(區別於"妃""嬪"等)。注意 不可寫成"皇後"。

【皇皇】huánghuáng〔形〕〈書〉形容氣勢盛大：～巨著｜～華夏。

【皇家】huángjiā〔名〕皇帝家庭；屬於皇帝家族的：～海軍｜～樂隊。

【皇曆】huánglì〔名〕(本)〈口〉曆書：老～。也作黃曆。

> **皇曆的名源**
>
> 在中國長期的封建社會裏，曆書由朝廷逐年頒發全國，故口頭多稱"皇曆"。中國長期使用的夏曆，因為大月、小月和閏月都不固定，二十四節氣的時間也每年不同，所以一本曆書只能用一年，過時便不適用了。

【皇糧】huángliáng〔名〕❶ 舊指官府的糧食。❷ 借指國家供給的資金、物資等：吃～。

【皇親國戚】huángqīn-guóqī〔成〕皇帝的親屬和親戚。指皇帝家族和皇后家族的成員。

【皇權】huángquán〔名〕皇帝的權力：封建社會裏～至上。

【皇上】huángshang〔名〕〈口〉中國封建時代對皇

帝的直接或間接稱呼。

【皇室】huángshì〔名〕❶皇帝的家族：～成員。❷指朝廷：效忠～｜～衰落。

【皇太后】huángtàihòu〔名〕(位)皇帝的母親。**注意**"皇太后"之稱，始於秦漢，歷代沿用。"太后"之稱，周代指諸侯王之母；秦漢以後多指皇帝之母。

【皇太子】huángtàizǐ〔名〕(位)皇帝的兒子中被確定繼承帝位的(一般為嫡長子)。

【皇族】huángzú〔名〕皇帝的家族：～貴戚。

凰
huáng 見"鳳凰"(394頁)。

黃（黄）
huáng ㊀❶〔形〕像黃金或向日葵花的顏色：～花｜～米｜～緞子｜馬褂兒｜面～肌瘦。❷成熟的糧食：青～不接。❸指黃金：鑄～｜白～。❹〔名〕指蛋黃：雙～蛋｜他吃蛋不吃～。❺〔形〕指色情：這本書太～了。❻〔名〕指有色情的書刊、音像製品等：～毒氾濫｜掃～打非。❼(Huáng)指黃河：～氾區｜～治～工程。❽(Huáng)指黃帝：炎～子孫。❾(Huáng)〔名〕姓。
㊁〔動〕〈口〉事情失敗或計劃不能實現：這筆買賣～了｜開辦公司的計劃～了。

語彙　焦黃　金黃　韭黃　枯黃　蠟黃　米黃　嫩黃　牛黃　皮黃　藤黃　土黃　杏黃　雄黃　人老珠黃　信口雌黃

【黃柏】huángbò 同"黃檗"。

【黃檗】huángbò〔名〕落葉喬木，淡灰色樹皮，羽狀複葉，黑色果實。木材堅硬，莖可製染料，樹皮可入藥。也作黃柏。

【黃燦燦】huángcàncàn(～的)〔形〕狀態詞。形容金黃耀眼：～的稻子｜金戒指～的｜秧苗綠油油，菜花～。

【黃疸】huángdǎn〔名〕病人眼球的鞏膜、皮膚、黏膜等發黃的症狀，由血液中膽紅素增高引起。某些肝炎有這種症狀：～性肝炎。也叫黃病。

【黃道】huángdào〔名〕地球一年繞太陽轉一周，人們從地球上看成太陽一年在天空中移動一圈，太陽這樣移動的路綫叫作黃道。它是天球上假設的一個大圓圈，即地球軌道在天球上的投影。

【黃道吉日】huángdào-jírì〔成〕俗稱宜於辦事的好日子：挑一個～辦喜事。也叫黃道日。

【黃澄澄】huángdēngdēng(口語中讀 huángdēngdēng)(～的)〔形〕狀態詞。金黃鮮明的樣子：～的穀穗兒｜金牌～的。

【黃帝】Huángdì〔名〕又稱軒轅氏、有熊氏。中國古代傳說中的帝王，與炎帝同為中華民族的祖先，合稱炎黃，是中國文明初創時期的代表人物。

【黃帝陵】Huángdì Líng〔名〕黃帝的陵墓，在今陝西黃陵城北的橋山上，有公路可通山頂。也叫黃陵。

【黃豆】huángdòu〔名〕(粒，顆)大豆的一種，表皮呈黃色，是做豆漿、豆腐的原料。

【黃毒】huángdú〔名〕指有淫穢色情內容的書刊、音像製品、電子出版物等，因對人們的思想毒害極大，故稱：青少年是～的最大受害者｜防止青少年在網吧中涉獵～。

【黃瓜】huángguā(～gua)〔名〕❶(棵)一年生草本植物，莖蔓生，花黃色，果實呈棒形，上面常有刺，是蔬菜。❷(條，根)這種植物的果實。

【黃河】Huáng Hé〔名〕中國第二大河。因含沙量大，水色濁黃得名。發源於青海巴顏喀喇山北麓，流經青海、四川、甘肅、寧夏、內蒙古、陝西、山西、河南、山東九省區，注入渤海。全長 5464 千米。黃河流域是中華民族的搖籃，是中國古代文明發源地之一。

【黃花】huánghuā ❶〔名〕稱菊花：留得～晚節香｜明日～｜人比～瘦。❷(～兒)〔名〕金針菜的通稱。❸〔形〕〈口〉屬性詞。指沒有性交過的(青年男女)：～閨女｜～後生。

【黃花閨女】huánghuā guīnǚ 處女。也說黃花女兒。

【黃花魚】huánghuāyú〔名〕(條)黃魚。

【黃昏】huánghūn〔名〕日落以後星出以前的一段時間：～時分｜已近～。

【黃昏戀】huánghūnliàn〔名〕指老年男女的婚戀。

【黃昏市場】huánghūn shìchǎng〔名〕台灣地區用詞。傍晚營業的市場，不僅銷售食品和蔬菜，也出售日用品：她去～買青菜，比較便宜。

【黃金】huángjīn ❶〔名〕金屬元素金的通稱：～白銀｜～儲備｜～市場。❷〔形〕屬性詞。比喻寶貴：～地段｜～時間｜～季節｜旅遊～週｜～時代。

【黃金儲備】huángjīn chǔbèi 指國家所儲存的金塊和金幣的總額。國家的黃金儲備，有維持貨幣信譽的作用，也是作為國際支付的準備金。

【黃金地段】huángjīn dìduàn 指交通方便、繁華熱鬧、容易取得經濟效益的地區：王府井大街是北京的～。

【黃金分割】huángjīn fēngē 把一條長為 l 的綫段分成甲乙兩部分，使甲與乙的比等於 l 與乙(或甲)的比，比值為 0.618……(實際是取 2：3，3：5，5：8，8：13 等比值作為近似值)。從古希臘到 19 世紀都有人認為這種比例在造型藝術中有美學價值，故把按這種比例分割稱為黃金分割。也叫黃金律、中外比。

【黃金時代】huángjīn shídài ❶指政治、經濟或文化高度繁榮昌盛的時期。❷指人一生中最寶貴或最有作為的一段時期：青年人要珍惜自己的～。

H

【黃金時間】huángjīn shíjiān 電視或廣播等節目收聽、收看人數最多的時間。在中國內地,一般指晚上七時到九時這段時間。

【黃金週】huángjīnzhōu〔名〕中國內地的春節、國慶節各有七天長假,是人們探親、旅遊、購物集中活動的時間,被商家、旅遊界看作賺錢的好機會,稱為黃金週。

【黃酒】huángjiǔ〔名〕一種用糯米(或大米、黃米)釀成的酒,呈黃色,酒精含量較低。以產於浙江紹興的為最佳。

【黃口小兒】huángkǒu xiǎo'ér 黃口:指雛鳥的嘴。"黃口小兒"指嬰兒。多用於譏諷無知的年輕人:～竟敢指責前輩大師。

【黃鸝】huánglí〔名〕(隻)鳥名,身體黃色,自眼部至頭後部黑色,嘴淡紅色。叫聲好聽。也叫鶬鶊、黃鶯。

【黃曆】huángli 同"皇曆"。

【黃連】huánglián〔名〕多年生草本植物,根莖含小蘗鹼、黃連鹼,味極苦,可入藥。俗名土黃連。

【黃粱夢】huángliángmèng〔名〕黃粱:黃米。唐朝沈既濟《枕中記》載,盧生途經邯鄲,在客店中遇見道士呂翁,盧生自歎窮困。道士借給他一個枕頭,要他枕着睡覺。這時店家正煮黃米飯。盧生夢中享盡榮華富貴,一覺醒來,店家的黃米飯尚未煮熟。比喻必然破滅的美夢或根本不能實現的夢想。也說黃粱美夢。

【黃櫨】huánglú〔名〕落葉灌木,葉子卵形,秋季變紅。木材黃色,可製染料。

【黃馬褂】huángmǎguà〔名〕(件)黃布或黃色絲綢做的短外衣,本是清朝侍衛大臣、護軍統領穿用的服裝,後常用來賞賜有功之臣。賞穿黃馬褂是一種榮寵待遇。

【黃毛丫頭】huángmáo yātou 年幼的女孩子(含戲謔或輕視意):～,你哪兒看得懂這本書?|那個～惹你生氣了吧?

【黃梅季】huángméijì〔名〕中國淮河、長江流域一帶春末夏初梅子黃熟的一段時期,這段時期多連續陰雨,空氣潮濕,衣物易發霉。也叫黃梅天。

【黃梅戲】huángméixì〔名〕地方戲曲劇種,流行於安徽中部,主要曲調由湖北黃梅採茶調發展而成,傳統劇目《天仙配》《女駙馬》等較著名。

【黃梅雨】huángméiyǔ〔名〕梅雨。

【黃牛】huángniú〔名〕❶(頭)牛的一種,角短,皮毛黃褐色、黑色或雜色,毛短。能耕地,拉車,肉供食用,皮可製革。❷(吳語)指套購物資或車票、門票等轉手以黑市價格倒賣獲利的人:～攪和上,節日火車票緊張|免費的會刊,～賣高價。

【黃牌】huángpái〔名〕❶(張)指某些體育比賽中,裁判員對犯規的運動員、教練出示的、表

示一般警告的黃色警示牌(區別於表示嚴重警告的"紅牌"):裁判亮出～|吃了一張～|～警告。❷比喻對違反法紀、章程、規定等行為的單位或個人所做出的警告或提醒:這家工廠被市政當局出示～。

【黃袍加身】huángpáo-jiāshēn〔成〕五代後周時,掌握兵權的趙匡胤,借率兵北征機會,在陳橋驛發動兵變,部下給他披上黃袍,擁戴為皇帝,就是歷史上的宋太祖。後用"黃袍加身"指政變成功,奪得政權。

【黃芪】huángqí〔名〕多年生草本植物,羽狀複葉,小葉長圓形,有毛茸,花淡黃色,根圓柱形,可入藥。

【黃泉】huángquán〔名〕地下深處的泉水;指人死後埋葬的地方,迷信指陰間:命歸～|～之下。

【黃色】huángsè ❶〔名〕黃的顏色:～炸藥|人種|～封面。❷〔形〕屬性詞。象徵腐化墮落,色情淫穢:～書刊|～歌曲|～錄像|新聞|～網站。

> **"黃色"的義變**
> 按中國傳統,黃色獨尊,為何把色情淫穢同"黃色"掛上鈎呢?原來,"黃色書刊"一詞是外來的。19世紀末,美國紐約《世界報》為了取悅讀者,擴大銷路,以黃色為版面,大量印刷一些低級趣味的漫畫,四處發行。從此,"黃色書刊"成了色情、淫穢出版物的同義語。

【黃色預警】huángsè yùjǐng 氣象災害或其他突發事件預先報警四個級別(其他三個級別為紅色預警、橙色預警和藍色預警)中的第三級,危害程度為較嚴重。

【黃沙】huángshā〔名〕黃色沙土;沙土:沙塵暴來時,～滿天。

【黃山】Huáng Shān〔名〕山名,位於安徽南部。主峰光明頂,最高點蓮花峰。黃山以奇松、怪石、雲海、溫泉四絕聞名於世。置身其間,如畫中遊。自古就有"五嶽歸來不看山,黃山歸來不看嶽"之說。

【黃鱔】huángshàn〔名〕(條)魚名,身體像鰻,無鱗,黃褐色,有暗色斑點。

【黃鼠狼】huángshǔláng〔名〕(隻)黃鼬的通稱。

【黃鼠狼給雞拜年——沒安好心】huángshǔláng gěi jī bàinián——méi ān hǎoxīn〔歇〕指虛情假意套近乎,實際上在打壞主意。

【黃絲帶】huángsīdài〔名〕親人離散後的求助標誌,也是為親人祈禱、祝福的標誌。20世紀70年代起源於美國。

【黃銅】huángtóng〔名〕銅和鋅的合金,適於鑄造,有延展性,可製成銅絲、銅片、銅管及各種機械零件、日用器皿等。

【黃土】huángtǔ〔名〕由粉粒、黏土和少量方解石

構成的土壤，淡黃或黃褐色，較肥沃，中國西北和部分華北地區是世界上著名的黃土地帶：～地｜～高原｜三人一條心，～變成金。

【黃頁】huángyè〔名〕電話簿中登錄企事業單位電話號碼的部分。因這一部分用黃色的紙張印刷，故稱（區別於"白頁"）。也泛指電話號碼簿：電話～｜北京大～改名為北京市電話號碼簿。

【黃油】huángyóu〔名〕❶從牛乳或奶油中提製的脂肪，淡黃色半固體，可供塗抹麵包食用，或用來配製糕點等：餐桌上有～、果子醬｜～麵包｜～月餅。❷從石油中分餾出來的膏狀油脂，黃色或褐色，黏度大，多用作潤滑劑。

【黃鼬】huángyòu〔名〕（隻）哺乳動物，身體細長，四肢短小，背部赤褐色，胸腹淡黃褐色，尾部有臭腺一對，能放出臭氣。晝伏夜出，捕食鼠類、昆蟲等，也襲擊家禽。通稱黃鼠狼。

【黃魚】huángyú〔名〕❶（條）魚名，生活在海洋中，體側扁，尾小，鱗較大，側綫以下呈黃色。在深海處越冬，春季向沿岸洄游。也叫黃花魚。❷金條的俗稱。

喤 huáng 見下。

【喤喤】huánghuáng〔擬聲〕〈書〉❶形容大而和諧的鐘鼓聲。❷形容洪亮的兒啼聲。

徨 huáng 見"彷徨"（1005頁）。

湟 Huáng 湟水，水名。源於青海，流經甘肅入黃河。

惶 huáng 恐懼，驚慌：～恐｜～駭｜～悚｜驚～。

語彙　驚惶　恓惶　人心惶惶

【惶惶】huánghuáng〔形〕恐懼不安的樣子：人心～｜～不安｜～不可終日（因恐懼而心慌意亂，一天也過不安生）。

【惶惑】huánghuò〔形〕心中疑懼：～不安｜心中～，不知所措。

【惶遽】huángjù〔形〕〈書〉驚慌，急遽：神色～｜聞有變，～而歸。

【惶恐】huángkǒng〔形〕驚慌恐懼：～不安｜～萬狀。

媓 Huáng 傳說中舜妻的名字。

隍 huáng〈書〉沒有水的護城壕溝：城～。

瑝 huáng〔擬聲〕〈書〉玉的撞擊聲。

遑 huáng〔形〕〈書〉閒暇：莫敢或～｜不～假寐。

【遑遑】huánghuáng〈書〉匆忙的樣子：曷不委心任去留，胡為乎～欲何之？

煌 huáng 明亮；光亮：燈火輝～｜明星～～。

蝗 huáng〔名〕蝗蟲：～災（大量蝗蟲齧食農作物所造成的災害）｜用飛機滅～。

【蝗蟲】huángchóng〔名〕（隻）昆蟲，體細長，口器堅硬，後翅寬大，後肢發達，善於飛行和跳躍，綠色或黃褐色，是農業害蟲。北方地區叫螞蚱。

篁 huáng〈書〉❶竹子：修～（長竹子）。❷竹林：幽～。

艎 huáng 見"艅艎"（1656頁）。

潢 huáng❶〈書〉積水池：～污（池中死水）。❷〈書〉染紙：凡～紙，滅白便是，不宜太深。

璜 huáng〈書〉一種半璧形的玉。弧長多在圓周長的1/3弱到1/4之間，中有凹槽璜體分作兩部分，各部常飾以勾雲紋組成的變形蟠螭。

磺 huáng❶見下。❷見"硫磺"（862頁）。

【磺胺】huáng'àn〔名〕一種抗菌性藥物，現僅用作外敷消炎藥和獸用藥。其衍生的藥物有磺胺嘧啶、磺胺噻唑等，能抑制侵入體內的微生物的生長。

鍠（锽）huáng 一種似鈸的古兵器，漢唐用作儀仗。

【鍠鍠】huánghuáng〔擬聲〕〈書〉鐘鼓聲。

餭（餭）huáng 見"餦餭"（1715頁）。

癀 huáng 癀病。

【癀病】huángbìng〔名〕有些地區稱牛、馬、豬等家畜的炭疽病。

蟥 huáng 見"螞蟥"（892頁）。

簧 huáng〔名〕❶樂器裏用銅或其他質料製成的發聲小薄片：巧舌如～｜如～之舌。❷器物中裝有彈力的機件：這把鎖的～失靈不管用了。

鐄（鐄）huáng〈書〉大鐘。

鰉（鳇）huáng〔名〕魚名，體長可達五米，有五行硬鱗，嘴突出，半月形，兩旁有鬚。夏季在江河中產卵，後回到海洋中生活。

huǎng　ㄏㄨㄤˇ

恍〈怳〉huǎng❶模糊不清：～兮惚兮，其中有物。❷忽然明白：～然｜～悟。❸〈書〉失意的樣子：惝（chǎng）～｜望美人兮未來，臨風～兮浩歌。❹〔副〕仿佛；好像：～如夢境｜～同隔世｜～若置身仙境。

【恍惚】(恍忽)huǎnghū (-hu)〔形〕❶神志不清；精神不集中：精神～｜恍恍惚惚，不知道該幹甚麼。❷仿佛，好像：我～看見她進去了｜五十年前的事還～記得一些。

【恍然大悟】huǎngrán-dàwù〔成〕忽然醒悟：沉思良久，～｜經你這麼一指點，我～，原來如此。

【恍如隔世】huǎngrú-géshì〔成〕仿佛隔了一世。形容因時事、景物變化很大而發的感慨：少年好友，異國重逢，～。

晃 huǎng ❶明亮：～光內照。❷〔動〕光芒閃爍：～眼｜不要用鏡子～人。❸〔動〕很快地閃過：有個人在門口晃～了一下就不見了｜一～就是十年｜車窗外景物一～而過。❹(Huǎng)〔名〕姓。
　　　另見 huàng（578 頁）。

幌 huǎng〔書〕帷幔：何時倚虛～，雙照淚痕乾。

【幌子】huǎngzi〔名〕❶舊時商店門口懸掛的一種標明經營內容以招徠顧客的標誌；鋪戶都掛着～。❷比喻為了掩蓋真相而假借的名義或做出的樣子：打着慈善的～，幹着害人的勾當｜這不過是騙人的～罷了。

謊(谎) huǎng ❶〔名〕謊話：說～｜彌天大～｜撒～｜騙人。❷〔名〕商人賣貨開的大價錢（超過實價）：那個鋪子的～大着呢！❸不真實；虛假：～報成績｜～稱是警察。

語彙　扯謊　撒謊　說謊　圓謊　彌天大謊

【謊報】huǎngbào〔動〕虛假不實地報告（某種情況）：～軍情｜～年齡｜～人數。

【謊稱】huǎngchēng〔動〕不真實地聲稱：他～生病，沒有去開會。

【謊話】huǎnghuà〔名〕(句)〈口〉騙人的話；假話（跟"實話"相對）：說～｜～連篇。

【謊言】huǎngyán〔名〕(句)謊話：墨寫的～掩蓋不了(liǎo)血寫的事實。

辨析　謊言、謊話　a)"謊言"多用於指有關社會各方面活動、問題的假話，"謊話"泛指假話，多用於指一般的假話。"別教孩子說謊話"，其中的"謊話"不宜換成"謊言"。b)"謊言"多用於書面語，"謊話"多用於口語。

huàng ㄏㄨㄤˋ

晃〈㊀搖〉huàng ㊀〔動〕搖動；擺動；搖擺：搖頭～腦｜人站在汽車裏來回～｜老李喝醉了，走起路來直～。
㊁(Huàng)晃縣，舊縣名（今屬新晃侗族自治縣），在湖南西部。

另見 huǎng（578 頁）。

【晃蕩】huàngdang〔動〕反復擺動或震蕩：小船在湖面上～｜一瓶子不滿，半瓶子～（比喻本領不高而自以為是）。

【晃動】huàngdòng〔動〕搖晃；擺動：有個黑影在窗子外面～｜探照燈在夜空中～着。

【晃悠】huàngyou〔動〕〈口〉❶晃蕩：他喝醉了，身子直～｜擔子兩頭的煤筐來回～。❷閒逛，不幹事：他一天到晚四處～，無所事事（比喻遊手好閒）。

㿠 huàng 中醫學用字。臉色蒼白。

滉 huàng〔書〕水深廣的樣子：～瀁｜～漾。

榥 huàng〔書〕窗格。也泛指欄架、帷幕之類。

覜 huàng 見於人名：慕容～（東晉初年鮮卑族的首領，曾建立前燕國）。

huī ㄏㄨㄟ

灰 huī ❶〔名〕物質燃燒後剩下的粉末：爐～｜那幾封信早燒成了～｜冷～裏爆出火來（比喻過去的事件重新發作）。❷〔名〕灰肥；可做肥料的灰：～滿寨，谷滿倉｜～要陳，糞要新。❸〔名〕(把，層)塵土：～塵｜不費吹灰～之力。❹〔名〕指石灰：～頂棚｜抹～。❺〔形〕灰色；介於黑白之間的顏色：～客｜～不溜秋｜一身～制服｜大～狼。❻〔動〕消沉；失望：已經～了心｜心～意冷｜萬念俱～。

語彙　白灰　骨灰　爐灰　抹灰　炮灰　石灰　死灰　瓦灰　煙灰　洋灰　銀灰　萬念俱灰

【灰暗】huī'àn〔形〕昏暗；暗淡：～的天空｜他的臉色有點～。

【灰白】huībái〔形〕狀態詞。淺灰；灰而帶白：～的頭髮｜臉色～。

【灰塵】huīchén〔名〕塵土：桌子上積滿了～｜房屋不掃～滿｜臉不洗就會～滿面。

【灰燼】huījìn〔名〕物品燃燒後的灰和剩下的東西：化為～｜燒成～｜大廈焚為～。

【灰領】huīlǐng〔名〕原指電器、機械等行業的技術人員，他們工作時多穿灰色工作服，故稱。

【灰溜溜】huīliūliū(～的)〔形〕狀態詞。❶形容顏色暗淡（含厭惡義）：牆上～的，該粉刷粉刷了。❷形容情緒懊喪或消沉：別那麼～的｜不要把人家搞得～的。

【灰濛濛】huīméngméng(～的)〔形〕狀態詞。（天色、景色等）暗淡而模糊不清的樣子：大霧瀰漫，天空～的｜塵土飛揚，只見～的一片。

【灰色】huīsè ❶〔名〕介於黑白兩色之間的顏色：～西服｜～轎車｜我喜歡～。❷〔形〕比喻頹廢、失望或停滯不前：～的人生｜～的心情｜理論是～的，而生活之樹是常青的！❸〔形〕比喻態度曖昧：參加會議的人分兩派，一派態度鮮明，一派態度～。❹〔形〕屬性詞。比喻來路不明的：～收入。

【灰色收入】huīsè shōurù〔筆〕指工資以外、通過其他途徑獲得的半隱蔽的收入。這類收入不很公開，也不很隱秘，故稱（區別於"白色收入""黑色收入"）：在職工的總收入中，～已佔有愈來愈大的比重。

【灰心】huī // xīn〔動〕因遭到失敗或挫折而意志消沉：永不～｜怎麼能遇到一點挫折就灰了心呢？

【灰心喪氣】huīxīn-sàngqì〔成〕因失敗或挫折而氣餒，喪失了應有的意志和氣概：跌倒了，爬起來，不要～｜實驗多次不成功，但誰也沒有～。

虺 huī 見下。
另見 huǐ（583頁）。

【虺隤】huītuí〔動〕〈書〉馬疲病：陟彼崔嵬，我馬～。也作虺穨、虺頹。

吚 huī 見下。

【吚兒吚兒】huīrhuīr〔擬聲〕形容馬、騾等的叫聲：一群馬～亂叫。

恢 huī〈書〉❶ 寬廣，廣大：～弘。❷ 擴大：～我疆宇。

【恢復】huīfù〔動〕❶ 回到原來的樣子：～健康｜～正常。❷ 使回到原來的樣子：～名譽｜～疲勞｜～舊觀。❸ 把失去的收回來：～失地。

【恢弘】huīhóng〈書〉❶〔形〕廣大；寬闊：氣度～。❷〔動〕發揚：～士氣。以上也作恢宏。

【恢恢】huīhuī〔形〕〈書〉形容寬闊廣大：～有餘｜天網～，疏而不漏（天道之網寬廣，網眼稀疏，卻不會放過一個壞人）。

豗 huī 見"喧豗"（1533頁）。

撝（撝）〈撝〉 huī〈書〉❶ 指揮。❷ 裂破開。❸ 謙遜：～謙｜～默自處。

揮（挥） huī ❶〔動〕揮舞；揮動：～手｜～扇｜～拳｜～刀｜當眾｜～毫｜大筆一～｜一～而就。❷ 用手把眼淚、汗珠兒等抹掉：～淚率將｜～汗如雨。❸ 指揮：～師北上。❹ 散出；散發：～發｜～金如土。❺（Huī）〔名〕姓。

語彙 發揮　指揮

【揮動】huīdòng〔動〕揮舞：～拳頭｜～鞭兒響四方｜歡迎的人群～花束。

【揮發】huīfā〔動〕（液體或固體物質）在常温下逐漸轉化成氣體狀態向四周散佈：汽油、酒精、樟腦等，在空氣中都很容易～。

【揮汗如雨】huīhàn-rúyǔ〔成〕人們灑下的汗水就像下雨一樣。形容出汗多：數萬勞動大軍～，搶修百里江堤。也說揮汗成雨。

【揮毫】huīháo〔動〕〈書〉運用毛筆寫字畫畫兒：當眾～｜～作畫｜～落紙如雲煙。

【揮霍】huīhuò〔動〕無節制地任意花錢：花天酒地，～無度｜～浪費，毫無節制｜一旦手裏有錢，便大手大腳地～起來。

【揮金如土】huījīn-rútǔ〔成〕揮霍錢財像傾倒泥土一樣。形容毫無節制地任意花錢：有錢人～，未必是福。

【揮灑】huīsǎ〔動〕❶ 使淚、血等灑落：～淚水｜～熱血。❷ 比喻寫文章、畫畫兒技藝高超，運筆自如：大師作畫兒，隨意～。**注意** 這裏的"灑"不寫作"撒"。

【揮師】huīshī〔動〕指揮軍隊：～南下｜～北上｜～東進｜～千里。

【揮手】huī // shǒu〔動〕舉手擺動（一種示意動作）：～告別｜～致意｜他向我揮了一下手，轉身就進了機艙。

【揮舞】huīwǔ〔動〕舉起手臂（連同拿着的東西）用力舞動：孩子們～着花束歡呼｜手中～着大棒。

琿（珲） huī 見"璦琿"（6頁）。
另見 hún（590頁）。

暉（晖） huī 日光，陽光：春～｜斜～｜餘～｜朝（zhāo）～。

詼（诙） huī〈書〉戲謔，嘲笑：出語善～｜～笑。

【詼諧】huīxié〔形〕（說話）幽默，富有風趣：～的言語｜他說話很～。

褘（袆） huī ❶ 褘衣，古時王后的祭服。❷ 古時女子出嫁時繫的佩巾。

輝（辉）〈煇〉 huī ㊀ ❶ 光，光彩：虹霓揚～。❷ 照耀，映射：星月交～｜與日月同～。
㊁（Huī）〔名〕姓。

語彙 光輝　清輝　夕輝　蓬蓽增輝

【輝煌】huīhuáng〔形〕❶ 光彩奪目：金碧～。❷ 比喻成果等極其顯著：戰果～｜～的成就｜再創～。

【輝映】（暉映）huīyìng〔動〕光輝照耀；映射（相互襯托、對照）：霞光萬道，交相～。

麾 huī ❶ 古代用來指揮軍隊的旗幟：旌～｜南指｜望～而進。❷〈書〉指揮（軍隊）：～師南下。

【麾下】huīxià〔名〕❶〈書〉（將帥的）部下：～壯士千人。❷〈敬〉稱將帥：願在～帳前聽命。

翬（翚） huī〈書〉❶ 振翅疾飛的樣子。❷ 五彩羽毛的野雞。

【翬飛】huīfēi〔形〕〈書〉形容宮室建築壯麗。

徽〈㊀微〉huī ㊀ ❶ 標誌，符號：國～｜軍～｜帽～｜校～｜～章。❷美好的：～號｜～猷。

㊀（Huī）徽州（舊府名，府治在今安徽歙縣）：湖筆～墨（浙江湖州產的筆和安徽徽州產的墨）。

【徽班】huībān（～兒）〔名〕安徽的徽劇戲曲班子。徽劇先後形成吹腔、高撥子、二黃等新腔。清朝乾隆、嘉慶年間有三慶、四喜、春台、和春四大徽班先後進入北京，逐漸演變成京劇。從那時至今已有二百餘年。

【徽號】huīhào〔名〕（個）美好的稱號：“軍師”是朋友送給他的～。

【徽墨】huīmò〔名〕（塊）中國名墨。產於安徽省徽州（舊府名，今歙縣）。

【徽章】huīzhāng〔名〕（枚）佩戴在胸前用來表示身份、職業等的標誌（多為金屬製成的小牌子）。

【徽誌】huīzhì〔名〕圖案做成的標誌。如雙翼五星徽誌代表中國民航總局。

隳 huī〈書〉毀壞：～人之城郭。

huí ㄏㄨㄟˊ

回 huí ❶〔動〕從別處到原來的地方；還，返：～家｜～校｜～單位｜妙手～春｜起死～生。❷〔動〕掉轉，迴轉：～首｜～頭是岸｜我～過身來跟他招了招手。❸〔動〕放在另一動詞後做補語，表示從不利狀態到有利狀態；挽回：總算救～了一條命｜我們連輸兩局，接着又扳～兩局。❹〔動〕回報，答復：～訪｜～信｜～電。❺〔動〕回稟，稟告：～老爺的話（多見於舊小說、戲曲）。❻〔動〕退掉，辭去：快把車夫～了。❼〔量〕用於行為動作，相當於“次”：投過一兩～稿子｜去過一～雜誌社｜上過一～當。❽〔量〕用於事情，相當於“件”：沒有這一事｜我說的跟你說的是兩～事｜這是怎麼～事呢？❾〔量〕用於小說、評書等，相當於“章”：《紅樓夢》一共有一百二十～｜欲知後事如何，且聽下～分解｜這一～評書說的是草船借箭。❿（Huí）回族：～民。⓫（Huí）〔名〕姓。

另見 huí“迴”（583 頁）。

另見 huí“迴”（583 頁）。

語彙 駁回　撤回　低回　返回　來回　收回　贖回　退回　挽回　百折不回

【回拜】huíbài〔動〕回訪（正式而恭敬的說法）：專誠～。

【回報】huíbào〔動〕❶任務、使命等執行後，向上級報告執行情況：及時～｜據實～。❷（用行動或財物）報答：盛情難以～｜大恩大德，

定當～。❸商業、服務業對顧客酬謝：以熱情周到的服務～消費者｜真情～讀者。❹報復：傷害別人，也會遭人家～的。

【回駁】huíbó〔動〕對別人提出的意見或道理予以否定或反駁：據實～｜～有理。

【回潮】huí // cháo〔動〕❶已經曬乾或烤乾的東西因空氣濕度大而重新受濕：衣服～了｜筍乾回了潮就變軟了。❷已經消失了的舊事物重新出現：占卜算命、扶箕測字等活動在一些地方又有所～。

【回車】huíchē ❶〔動〕掉轉車頭往回走。❷〔名〕指電子計算機上的回車鍵（Enter 鍵）：敲～轉行。❸〔動〕敲擊電子計算機上的回車鍵：轉行時～。

【回程】huíchéng〔名〕返回的行程、路程：～可請人陪同｜預售～票。

【回春】huíchūn〔動〕❶冬去春來：大地～。❷比喻把垂危的病人治癒：妙手～（稱讚醫生醫術高明）｜～乏術（醫生已無能為力）。

【回答】huídá〔動〕❶對提問或要求做出必要的反應：～老師的提問｜這個問題不必～｜～得很正確。❷〔名〕對提問或要求所做出的反應：這就是我給你的～｜他的這個～不能令群眾滿意。

【回電】huídiàn ❶〔名〕（封）回復的電報：昨天已經接到～｜共收到各方～二十餘封。❷（-//-）〔動〕拍電報進行答復：請即～｜火速～。

【回訪】huífǎng〔動〕（在對方來拜訪以後）去拜訪對方：總統～。

辨析 回訪、回拜　對個人來說，一般用“回拜”不用“回訪”。對國際間的外事訪問只說“回訪”，不說“回拜”。

【回放】huífàng〔動〕重新播放影片中或錄像中的某一片斷或某些鏡頭：通過～鏡頭，可以肯定這張黃牌是誤判。

【回復】huífù〔動〕❶（用書信）回答；答復：一忙可就忘了～｜那封信，我看不必～了。❷回到原來的樣子；恢復原狀：神色～正常。

【回購】huígòu〔動〕商業銀行進行短期融資的一種方式，指出售證券等金融資產時簽訂協議，約定在一定期限內按照已商定的價格購回所賣證券，藉以獲得即時可用的資金。

【回顧】huígù〔動〕❶回過頭來看：頻頻～送別的人群。❷回想（過去的人和事）（跟“展望”相對）：～了一年來的成就｜～四十年的戰鬥歷程｜～以往，展望將來。

【回顧展】huígùzhǎn〔名〕（屆，次）為展示過去的成績而舉辦的展覽：新時期以來優秀影片～。

【回光返照】huíguāng-fǎnzhào〔成〕❶日落時光綫反射，使天空短時發亮。比喻人在臨死前精神短暫興奮或舊事物在滅亡前出現短時興旺：病人昏迷多時，忽然清醒過來，是～的現象｜

這群歹徒豪賭狂飲，不過是滅亡前的～。❷佛教指回顧自己本來的面目，對自己做一番反省，以增進修道的境界。

【回歸】huíguī〔動〕回到；返回：～故鄉｜～大自然｜香港～祖國。

【回歸年】huíguīnián〔名〕地球由春分點出發繞太陽公轉一周回至原點的時間。一回歸年等於 365 日 5 時 48 分 46 秒。也叫太陽年。

【回歸綫】huíguīxiàn〔名〕南、北回歸綫的統稱。夏至時，太陽直射在地球上北緯 23°26' 處的緯度圈叫北回歸綫；冬至時，太陽直射在南緯 23°26' 處的緯度圈叫南回歸綫。太陽直射的範圍限於這兩條緯綫之間，在兩條緯綫內來回移動，故稱。

【回鍋】huí//guō〔動〕（對已熟的食品）重新烹調，重新加熱：～肉（一種四川風味菜餚）｜這個菜要再回一次鍋。

【回合】huíhé〔名〕（個）❶古典小說或戲曲表演中稱武將交鋒時一方用兵器攻擊一次，另一方用兵器招架一次為一個回合：大戰五十個～｜雙方交手三十個～，不分勝負。❷借指體育競技中雙方較量的階段：第一個～的勝利｜這場拳擊賽要進行十二～。

【回紇】Huíhé〔名〕中國古代民族，遊牧生活於今鄂爾渾河流域。也叫回鶻（hú）。

【回話】huíhuà ❶（～兒）〔名〕回答的話（多指經由別人轉告的）：請你給他帶個～兒｜這麼久了，連個～兒都沒有。❷（-//-）〔動〕回答別人的問話（舊時多用於下對上）：叫他｜回大人話。❸（-//-）〔動〕對別人的要求做出口頭答復：事情辦得成辦不成，你總得回個話呀！

【回擊】huíjī〔動〕❶遭到攻擊後，反過來攻擊對方：倘有來犯之敵，堅決予以～｜為誘敵深入，可暫時不予～。❷受到無理指摘後，反過來指斥對方：這場爭辯，我們要全力～｜～對方的無理指責。

【回見】huíjiàn〔動〕客套話。回頭再見；過些時候再會（多用於分手時）：～，～！注意 "回見" 前面不能帶時間詞，不能說 "明天回見" 或 "待會兒回見"，只能說 "明天再見" 或 "待會兒再見" 等。

【回敬】huíjìng〔動〕❶回報別人的敬意或饋贈：～一杯（酒）｜應該～～主人了。❷針鋒相對地採取某種報復行動；回擊：別人老挖苦她，她當然要～｜用炮擊來～敵人的武裝挑釁。

【回絕】huíjué〔動〕答復對方，表示拒絕：一口～｜遭到～以後，他的心情很沉重。

【回扣】huíkòu〔名〕（筆）在完成某項交易後，賣主付給經手採購者、中介人的酬金，這種酬金實際上是從買主支付的價款中扣出的，所以叫回扣：～數量可觀｜不准索取～｜這次交易，他得到了百分之一的～。

【回饋】huíkuì〔動〕❶回贈；回報：情感～｜真誠～消費者。❷信息、意見等返回：有數千人～了知識競賽的答卷。

【回來】huí//lái(-lai)〔動〕從別處回到原處或說話人身邊：從廣州～｜從國外～了一些人｜他今天回得來回不來？

【回來】huí//lái(huilai)〔動〕趨向動詞。用在動詞後，表示動作使人或事物回到原處或說話人身邊：他從對岸游～了｜把失去的時間奪～｜你們到北京打個電話～｜把那本書帶回宿舍來。

【回禮】huílǐ ❶（-//-）〔動〕回答別人的敬禮：老師和藹地～｜舉手～｜將軍向戰士回了一個禮。❷（-//-）〔動〕向別人回贈禮品：概不～｜回一份厚禮。❸〔名〕回贈的禮品：收到一份～。

【回籠】huí//lóng〔動〕❶把已熟而冷了的食物重新放回籠屜中蒸熱：這些饅頭快拿去～｜包子冷了，得回回籠。❷使流通中的貨幣重新回到銀行：貨幣～。

【回爐】huí//lú〔動〕❶把金屬重新熔化：廢鐵～。❷把烤熟已久的食品重新烘烤：燒餅一涼就變硬了，拿去回一回爐吧。❸學校把已畢業離校的學生重新招回進行補課，使達到畢業生要求：～生｜～兩年。

【回落】huíluò〔動〕上升後又下降：水位已逐漸～｜物價～了。

【回馬槍】huímǎqiāng〔名〕❶古代兩人交鋒時的一種招數，指騎馬退走時突然回頭給追擊者的一刺。❷比喻作戰轉移時，突然掉轉頭給敵人的沉重打擊：冷不防給敵人一個～。❸比喻對同夥的罪惡內幕給予的揭發：爭取立功，殺～。

【回民】Huímín〔名〕指回族人。

【回眸】huímóu〔動〕❶回頭看（多用於女子）：～一笑。❷回顧：世紀的～與展望｜～往昔風雲，評說眼下風景。

【回暖】huínuǎn〔動〕天氣由寒冷轉和暖：氣候～了。

【回聘】huípìn〔動〕對離退休的人員再聘用。

【回遷】huíqiān〔動〕原住地拆建，居民暫時搬遷，建成後再搬回原住地的新住宅：～戶｜新樓建成，居民可以～了。

【回請】huíqǐng〔動〕接受別人請（吃飯）後還請對方：已經還過禮，不必～了｜改日一定～。

【回去】huí//qù(-qu)〔動〕從別處到原來的地方去或離開說話人身邊：離開家以後還沒有～過｜已經～了兩批人。

【回去】huí//qù(huiqu)〔動〕趨向動詞。用在動詞後，表示動作使人或事物去往原處或離開說話人身邊：我今天可以跑～｜老李把旅費領～了｜請你給我帶～一封信｜錢，你寄回家去吧。

【回升】huíshēng〔動〕下降後重新上升：氣溫～｜價格～｜產量開始～。

【回生】huíshēng ㊀〔動〕死後再活過來：起死～｜～乏術。㊁〔動〕已經學會的東西又生疏起來：幾個月不用，我的英語又～了。

【回聲】huíshēng〔名〕聲波遇到阻礙後被反射或散射回來的聲音，是山谷中或大廳內常有的現象：山谷～｜～測深儀（利用聲波或超聲波測量水深的儀器）。

【回師】huíshī〔動〕〈書〉作戰時指揮官把軍隊往回調動：～東征。

【回收】huíshōu〔動〕❶（把廢品、舊物、剩餘物資等）收回利用：～廢鋼鐵｜在～的廢品裏發現了有價值的文物。❷把貸款、貨款等收回來：～貨款。❸特指把發射出去的人造衛星等航天器收回來：人造衛星按照預定時間地點～。

【回手】huíshǒu〔動〕❶轉回身去伸手（做某事）：請～把門關上。❷還手，還擊：打不～｜他～是為了自衛。

【回首】huíshǒu〔動〕❶回過頭去；把頭轉向後面：～遠望｜驀然～。❷〈書〉回憶，回想：往事不堪～｜人事萬端，哪堪～。

【回溯】huísù〔動〕回顧，回憶：～過去有助於開拓將來｜～中華民族發展的歷程。

【回天之力】huítiānzhīlì〔成〕比喻能扭轉整個局勢或戰勝特殊困難的巨大力量和非凡能力：大廈將傾，誰也沒有～了。

【回條】huítiáo（～兒）〔名〕（張）收件人收到信件或物品後，交送件人帶回的收據：你把這書送給他，別忘了向他要個～兒。

【回頭】huítóu ❶（-//-）〔動〕把頭轉向後邊；轉身：一步一～｜請你回一下頭｜救了落水狗，回過頭來咬一口。❷〔動〕往回走：不到黃河心不死，不到烏江不～。❸〔動〕悔悟；回到正路上來：浪子～金不換｜一失足成千古恨，再～已百年身。❹〔副〕等一會兒；過一段時間：你先處理急件，～再研究這個問題。

【回頭見】huítóu jiàn 客套話。回見，相當於"一會兒見""等會兒見"（多用於分手時）：～，我先走了。

【回頭客】huítóukè〔名〕因滿意商店、飯店、旅館等的商品、服務而再次光顧的顧客：優質服務，招徠～｜飯館客源小，～不少。

【回頭率】huítóulǜ〔名〕❶餐飲、旅館等服務行業指回頭客所佔的比率。❷在街上或公共場所受到人們關注而回頭看的比率。常用來指女子相貌出眾或穿着新奇漂亮的程度：試試享受～，學着自己欣賞自己｜穿着民族服裝的年輕姑娘，在大街上有很高的～。

【回頭是岸】huítóu-shì'àn〔成〕佛教語有"苦海無邊，回頭是岸"，是說有罪的人痛苦如大海一樣

沒有邊際，佛可以濟眾生，使他們回心轉意，痛改前非，登上幸福的"彼岸"。比喻雖有罪過，只要悔悟，就有出路。

【回味】huíwèi ❶〔名〕吃過東西以後留在口中尚未消失的味道：青橄欖的～清香、怡人｜吃了這種魚，很久都有～。❷〔動〕從回憶中細心體會：他喜歡～那些有趣的事｜這個相聲段子值得～。

【回戲】huíxì〔動〕戲曲用語。由於特殊事故，劇場臨時停止演出，叫作回戲：今天晚上～了。

【回鄉】huí//xiāng〔動〕（離鄉在外若干年後）又回到鄉下生活或勞動：～知識青年｜～定居｜離開老家三十年，還沒有回過一次鄉。

【回想】huíxiǎng〔動〕想到過去的事情：～過去｜～起來｜讓我再～～。

【回心轉意】huíxīn-zhuǎnyì〔成〕改變原來的態度和想法（多指捐棄前嫌，恢復感情）：等他～了，再做考慮。

【回信】huíxìn ❶〔名〕（封）對來信做出答復的信：給他寫了封～｜～收到了。❷（～兒）〔名〕以口頭做出的答復：行不行，給我個～兒。❸（-//-）〔動〕（接到對方來信後）寫信做出回答：切盼～｜立即～｜他回過一封信。

【回憶】huíyì ❶〔動〕回想：～往事。❷〔名〕（段）回想的往事：大海喚起了我童年的～｜～錄。

⎡辨析⎤**回憶、回顧**　"回憶"泛指回想，內容一般只是自己經歷的事情；"回顧"是回頭看，比喻回想過去，內容可以是自己較重大的經歷，也可以是部門、學科以至國家社會的歷史，帶有小結或總結的意味，常用於書面語。

【回憶錄】huíyìlù〔名〕（本，部，篇）一種文體，記述自己或所熟悉的人物的生活和社會活動。

【回音】huíyīn〔名〕❶回聲：～壁（北京天壇的一處名勝）。❷回信；答復的信息：是否可行，請給我一個～｜一連去了三封信詢問，直到今天也沒有～。

【回應】huíyìng〔動〕應答；回答：拍了半天門，裏邊還有人～｜面對種種疑問，他並沒有做出更多的～。

【回贈】huízèng〔動〕接受別人贈禮後，還贈對方禮物：～了一對小花瓶兒。

【回執】huízhí〔名〕（張）回條。

【回族】Huízú〔名〕中國少數民族之一，人口約1058萬（2010年），主要分佈在寧夏，其餘散居在甘肅、新疆、青海、河北、河南、雲南、山東、遼寧、北京等地。使用漢語文。

洄　huí〈書〉水逆流或迴旋：溯～｜～游。

茴　huí 見下。

【茴香】huíxiāng〔名〕❶（棵，株）多年生草本植物，嫩莖和嫩葉可做蔬菜，果實可做調味香

料，又可供藥用。通稱小茴香。❷八角茴香，常綠小喬木，葉子橢圓形，花紅色，果實八角形。通稱大茴香。

迴（回）〈迴迴〉 huí ❶旋轉，環繞：巡～｜峰～路轉。❷繞開；避開：～避。

"回"另見 huí（580頁）。

語彙　輪迴　巡迴　迂迴　縈迴

【迴避】huíbì〔動〕❶想辦法讓開；迂迴着躲開：～重大問題｜不要～困難。❷法律用語。指審判、檢察、偵查人員因與案件有直接或間接的利害關係或其他牽連而不參與該案的偵查、審判等活動。

【迴腸】huícháng ㊀〔名〕小腸的下段，形狀彎曲迴環，故稱。㊁〔動〕形容内心焦慮，好像腸子在旋轉：～九轉（腸子旋轉很多次，形容内心極度焦慮不安）。

【迴腸蕩氣】huícháng-dàngqì〔成〕使人腸子旋轉，心氣激蕩。形容文章、樂曲婉轉動人：樂曲感情深沉，旋律優美，令人～。也說蕩氣迴腸。

【迴蕩】huídàng〔動〕迴旋蕩漾：歌聲～｜叫賣聲又在深巷～。

【迴翔】huíxiáng〔動〕盤旋地飛翔：群鳥不斷～｜老鷹在空中～，尋覓着獵物。

【迴響】huíxiǎng ❶〔名〕回聲；比喻響應：呼喚的聲音在山谷中激起了巨大的～｜他的倡議沒有一點兒～。❷〔動〕發出回聲，迴環往復地響：歌聲在山谷中～｜猛虎的吼聲在山間～。

【迴旋】huíxuán〔動〕❶盤旋，轉着圈地活動：飛機在空中～。❷可以商量，可以改變：一點兒～的餘地都沒有。

焖 huí〈書〉光；光輝。

蛔〈蚘蛕痐蛕〉 huí 蛔蟲：驅～糖。

【蛔蟲】huíchóng〔名〕（條）寄生蟲，形似蚯蚓而無環節，白色或米黃色，成蟲長約30厘米，寄生於人的小腸内（多寄生於兒童體内），能引起腸阻塞、吐瀉等疾病。

huǐ ㄏㄨㄟˇ

虺 huǐ 古書上說的一種毒蛇。

另見 huī（579頁）。

【虺虺】huǐhuǐ〔擬聲〕〈書〉雷聲。

悔 huǐ 懊悔；後悔：～恨交加｜～不該如此魯莽。

語彙　懊悔　懺悔　翻悔　反悔　改悔　後悔　愧悔失悔　痛悔　追悔

【悔不當初】huǐbùdāngchū〔成〕因事情的結局與願望相違，而悔恨當初不該這麼做或沒有那樣做：早知今日，～。

【悔改】huǐgǎi〔動〕認識自己犯了錯誤並加以改正：毫無～之心｜能～就還有希望。

【悔過】huǐguò〔動〕承認自己的過錯並感到後悔：寫～書｜有～表示｜～自新（認識並改正過錯，使自己成為新人）｜真誠～。

【悔恨】huǐhèn〔動〕因後悔而痛恨自己：聽了老師的話，我又羞愧，又～｜無限～｜～不已。

【悔悟】huǐwù〔動〕認識到自己的錯誤後而悔恨醒悟：翻然～。

【悔約】huǐyuē〔動〕因後悔而不承認、不執行已簽訂的條約、協議或合同等：～行為｜剛剛在合同上簽了字又～。

【悔之晚矣】huǐzhī-wǎnyǐ〔成〕後悔也來不及了，太晚了：防火是大事，一定要重視，一旦真發生火災，～。

【悔之無及】huǐzhī-wújí〔成〕後悔也來不及了：時間白白浪費過去，如今已是～。

【悔罪】huǐzuì〔動〕悔恨自己所犯的罪行：尚有～表現｜至今尚不知～。

毀〈❷燬❸譭〉 huǐ ❶〔動〕破壞；毀壞：～於一旦｜自～前途｜洪水把莊稼都～了。❷〔動〕燒掉，焚燒：燒～｜焚～｜大火～了一片森林｜宅景～於火。❸誹謗；講別人壞話（跟"譽"相對）：詆～｜～譽參半。❹〔動〕（北方官話）把成形的東西改成別的東西（多指衣服或食品）：把這件西服上衣給孩子～件小外套｜把包餃子的麵～了烙餅吧！❺〔動〕（北方官話）侮弄：哄着弟弟玩兒，別～他。❻（Huǐ）〔名〕姓。

語彙　摧毀　搗毀　詆毀　焚毀　擊毀　燒毀　撕毀銷毀　墜毀

【毀謗】huǐbàng〔動〕詆毀；用言語攻擊：肆意～｜純屬～。

【毀壞】huǐhuài〔動〕損壞；破壞：嚴禁～莊稼｜樹苗給～了｜～老店名聲。

【毀滅】huǐmiè〔動〕摧毀消滅：～性打擊｜～罪證｜遭到徹底～。

【毀棄】huǐqì〔動〕毀壞拋棄：～檔案｜國家文物遭～。

【毀容】huǐ//róng〔動〕毀壞面容：小夥子救火時毀了容。

【毀傷】huǐshāng〔動〕毀壞損傷：園中花木，不得～｜身體髮膚，豈能～。

【毀損】huǐsǔn〔動〕毀壞，損壞：這幾間舊屋～得不成樣子了。

【毀於一旦】huǐyú-yīdàn〔成〕一旦：一天，指時間短。（長期的勞動成果或得來不易的東西）在極短的時間裏就毀掉了：一場山洪，使辛辛苦苦修成的數百畝梯田～。

【毀譽】huǐyù ❶〔名〕毀謗和稱譽；加以否定和予以肯定：～參半（批評和表揚各約佔一半）｜～無加於身。❷〔動〕毀壞名譽：此是～之舉。

【毀約】huǐyuē〔動〕單方面廢除雙方或多方共同簽訂的合同、協議、條約等：擅自～。

huì ㄏㄨㄟˋ

卉 huì 草的總稱：花～｜奇花異～。

恚 huì〈書〉恨，怒：～恨｜恣。

彗 huì（舊讀 suì）〈書〉掃帚：擁～先驅。

【彗星】huìxīng〔名〕（顆）繞着太陽運行的一種星體，當接近太陽時，背着太陽的一面常帶有一條像掃帚的長光。中國史書上多有記載，從商到清末，關於彗星的記錄多達三百六十次。民間俗稱掃帚星。

晦 huì ❶ 夏曆每月的最末一天（三十日或二十九日）：～朔。❷〈書〉日暮，夜晚：自明及～｜風雨如～。❸ 昏暗：幽～｜～暗｜～暝。❹ 隱晦，不明顯：～澀｜隱～。❺〈書〉掩蔽，隱藏：～跡｜～藏。

語彙 韜晦 隱晦 風雨如晦 韜光養晦

【晦暗】huìàn〔形〕❶ 昏暗；不光明：天色～｜色彩～，不鮮明。❷ 心情不好：心情～。

【晦氣】huìqì(-qi) ❶〔形〕不順利，不吉利，倒霉：真～｜自認～。❷〔名〕（不吉利、不順利時出現的）難看的氣色：一臉的～。

【晦澀】huìsè〔形〕（詩文、樂曲等的含義）不鮮明，難把握（跟"明快"相對）：文字～｜他的詩～難懂。

【晦朔】huìshuò〔名〕〈書〉❶ 指夏曆每月的末一天和次月的第一天（初一）。❷ 指天黑到天明的時間。

惠 huì ❶ 給人好處：互～互利｜～而不費｜口～而實不至。❷〈敬〉用於對方對待自己的行動：～寄｜～鑒｜～示｜～臨｜～顧｜～允｜～贈。❸ 所給的或所受到的好處：恩～｜實～｜小恩小～｜施～｜受～。❹ 柔順，柔和：終溫且～｜～風和暢。❺ 古同"慧"①。❻（Huì）〔名〕姓。

語彙 恩惠 互惠 口惠 實惠 賢惠 優惠 小恩小惠

【惠存】huìcún〔動〕〈敬〉請人保存，用於贈人相片、書籍等紀念品時所題的上款。

【惠顧】huìgù〔動〕〈敬〉請光臨，用於商店或服務行業對顧客：歡迎～｜如蒙～，無任歡迎。

【惠及】huìjí〔動〕給某人或某地帶來好處：健康工程～百姓｜三農政策～農民｜治理環境，～子孫後代。

【惠臨】huìlín〔動〕〈敬〉請對方到自己這一方來，用於主人對客人：敬候～｜恭請～指導。

喙 huì〈書〉❶ 鳥獸的嘴：鷸啄其肉，蚌合而鉗其～。❷ 借指人的嘴：百～莫辯（縱然有一百張嘴也分辯不清）｜不容置～（不允許別人插嘴）。

匯（汇）〈滙〉huì ❶〔動〕（水流）匯合：百川～海｜眾多支流～入長江。❷〔動〕通過郵電局、銀行等由甲地將款項劃撥到乙地：電～｜給家～錢｜～款購書。❸ 指外匯：創～｜套～｜炒～｜切～。

另見 huì "彙"（586 頁）；"汇"另見 huì "彙"（586 頁）。

語彙 炒匯 創匯 電匯 交匯 僑匯 切匯 融匯 套匯 外匯 郵匯

【匯兌】huìduì〔動〕銀行或郵局受匯款人委託，把款項匯交指定的收款人，有信匯、票匯、電匯等形式：國內～｜～管理｜開辦～業務。

【匯費】huìfèi〔名〕（筆）匯款人按匯款金額付給銀行或郵局的手續費：免收～。

【匯合】huìhé〔動〕❶（水流）會聚在一起：這兩條河在哪兒～？❷ 比喻人群、意志、力量等聚集在一處：遊行的隊伍在廣場～｜保衛世界和平的力量～在一起。注意 "匯合"一般不用於規模較小的場合，如"我們幾人約好了，在校門口會合"，就只能用"會合"，不能用"匯合"。

【匯款】huìkuǎn ❶〔名〕（筆）匯出或匯入的款項：～單｜收到一筆～｜～的數額不小。❷(-//-)〔動〕把款項通過銀行或郵局匯出：下午去～｜單位早匯了款去了。

【匯攏】huìlǒng〔動〕使分散的人或事物聚合在一起：各校的代表～在一起｜～大家提出的意見。

【匯率】huìlǜ〔名〕外匯交易按一定價格進行，這種價格叫作匯率，指的是兩國貨幣的兌換比率。也叫匯價、外匯行市。

【匯票】huìpiào〔名〕（張）支取匯款的票據：銀行～｜郵局～。

【匯市】huìshì〔名〕外匯買賣的市場，也指外匯買賣的行情：近期～變動很大。

【匯演】huìyǎn〔動〕把若干文藝團體各自的節目集中起來，單獨或同台演出，具有展示成績、交流經驗的作用：全國戲曲～｜北京將舉行話劇～。

【匯映】huìyìng〔動〕把若干有聯繫或屬於某一類的影片在一段時間內集中上映：偵探片大～｜法國電影～。

【匯展】huìzhǎn〔動〕把商品等彙集在一起展覽：全國綠色農業產品～。

賄（贿）huì ❶〈書〉財物：貨～。❷賄賂：行～｜受～｜索～。

【賄賂】huìlù ❶〔動〕用財物買通別人（多指官員）：大肆～｜誰也～不了他。❷〔名〕用來買通別人或接受別人買通的財物：拒收～｜收了人家的～，就嘴軟手軟了。

【賄賂公行】huìlù-gōngxíng〔成〕行賄受賄行為公開地進行。多形容吏制腐敗，賄賂猖獗。

【賄買】huìmǎi〔動〕賄賂收買：～選票。

【賄選】huìxuǎn〔動〕用財物賄賂選舉人，使選舉自己或同夥兒：～議員｜～總統｜～醜聞。

會（会）huì ㊀❶〔動〕聚合；會合：～師｜～診｜～演｜聚精～神｜融～貫通｜兩支隊伍～在一起了。❷〔動〕見面；會見：～面｜～客｜以文～友｜這個人我要～～他。❸〔名〕有一定目的的集會；會議：開～｜休～｜明天有一個重要的～，我要去參加。❹為一定目的而成立的團體：中國語言學～｜學生聯合～。❺定期舉行的廟會：趕～（趕來參加或逛廟會）。❻舊時民間集體舉行的某種迷信活動：香～（朝山進香的會）｜迎神賽～（酬拜神明的化裝遊行）。❼〔名〕群眾自發成立的經濟上實行互助的臨時性組織，由會員分期交款，輪流歸一人使用：互助～｜邀～｜小張帶頭～（第一輪使用大家所交的錢）。❽指大中城市：都（dū）～｜省～。❾時機：適逢其～。❿(Huì)〔名〕姓。

㊁〔動〕❶理解；懂得：心領神～｜老師一講，他就～了。❷熟悉；通曉：他～日文｜我～武術｜你～甚麼？❸助動詞。懂得怎樣做或有能力做（多指需要學習的事）：我不～騎馬｜孩子剛～走路｜你～不～唱歌？(回答可以單說"會"，否定用"不會")❹助動詞。善於做某事（前面可以加副詞"很、最、真"等）：這個人真～說｜他愛人很～過日子。❺助動詞。有可能實現：今天晚上他一定～來｜這件事他不～不知道（一定知道）｜你～不～去？(回答可以單說"會"，否定用"不會")

㊂〔動〕付賬（結算認可並支付）：～賬｜～鈔｜～了酒錢｜飯錢我～過了。

另見 kuài（778頁）。

語彙 拜會 幫會 閉會 茶會 常會 大會 都會 附會 工會 國會 行會 和會 花會 機會 集會 教會 酒會 聚會 開會 理會 例會 領會 廟會 年會 融會 賽會 商會 社會 省會 盛會 堂會 體會 晚會 舞會 誤會 協會 幸會 學會 宴會 議會 意會 幽會 約會 再會 博覽會 茶話會 董事會 碰頭會 群英會 夜總會 遊園會 運動會 牽強附會 適逢其會 心領神會

【會標】huìbiāo〔名〕❶某些團體組織或集會、會議的標誌：奧運會的～｜本屆大學生運動會～徵集工作正在進行。❷寫有會議名稱的橫幅：

會場正中懸掛着會議～。

【會餐】huìcān〔動〕聚餐：中午～。

【會場】huìchǎng〔名〕❶開會的場所：佈置～｜～內嚴禁吸煙。❷會議的場面；正在開會的場合：掌握～｜不許擾亂～｜維持好～秩序。

【會費】huìfèi〔名〕(筆)會員向所屬的團體（一次或分期）繳納的錢：工會～｜學會～｜交～｜收～。

【會否】huìfǒu〔副〕會不會（常見於港式中文）：主席尚未決定～出席晚宴。

【會館】huìguǎn〔名〕(座)舊時以縣、府、省或行業為單位，在京城、省城或著名城市所建的館舍和機構，是同鄉或同業聚會和寄寓的場所（設在京城或省城的會館又是專供同鄉的讀書人前來參加科舉考試時居住用功的地方）：廣東～｜紹興～｜舊時北京～林立。

【會合】huìhé〔動〕(人或人群)聚集到一起：我們約好在車站～。

辨析 會合、匯合 二者的適用對象有所不同，"會合"多用於指人或人群，"匯合"多用於指江河、水流。另外，"會合"含有"相見"的意思，如"明天我們在中山公園門口會合"，是指在那裏碰面、相見，不能換成"匯合"。

【會話】huìhuà〔動〕當面交談（多用於學習別種語言時）：日語～｜他能用外語跟外賓～。

【會徽】huìhuī〔名〕社會團體、體育組織、大型集會活動等設的標誌：奧運會～。

北京奧運會會徽　　北京殘奧會會徽

【會見】huìjiàn〔動〕跟別人相見（多含莊重意）：～朋友｜國務院總理～各國駐華使節。

辨析 會見、接見 "接見"一般用於上對下；"會見"一般用於國與國之間級別較高而且地位相等的雙方人員，如"兩國總理在聯合國親切會見"。

【會聚】huìjù〔動〕(人)聚集：老同事～在一起｜遊園群眾～在草坪前面。

【會考】huìkǎo〔動〕(在一定範圍內)統一試題，並在同一時間進行考試：高二語文～｜～成績出來了。

【會客】huì//kè〔動〕會見客人；與來訪者見面：～室｜～時間｜現在開會，不～。

【會盟】huìméng〔動〕古代國君與國君相會而結盟。

【會面】huì // miàn〔動〕雙方見面：他倆多年沒有～了｜好不容易才會一次面。

【會簽】huìqiān〔動〕雙方或多方共同簽署：本協議由雙方～後正式生效。

【會商】huìshāng〔動〕雙方或多方在一起商量：～解決辦法｜經過多次～才達成共識。

【會審】huìshěn〔動〕❶各有關方面會同審理：三堂～。❷各有關方面會同審查：～施工方案｜～全年度賬目。

【會師】huì // shī〔動〕❶幾支作戰部隊在戰地會合在一起：井岡山～｜易北河～。❷幾部分從事同一活動的人們在某處會合在一起：南北兩端的隧道掘進隊勝利～了。

【會試】huìshì〔名〕明清兩代每三年在京城舉行的科舉考試，考中的人稱貢士，第一名稱會元。貢士取得參加殿試的資格。

【會所】huìsuǒ〔名〕❶住宅小區內設立的以本小區業主為主要服務對象的健身、娛樂、休閒處所。❷同業、同鄉或愛好相同者等共同聚餐、娛樂、休閒的處所。需交會費成為會員才可享用：香港～｜馬車～｜北京香港～。

【會談】huìtán〔動〕雙方或多方在一起商談（含莊重意，多用於國際場合）：～紀要｜雙邊～｜大使級～｜兩國總統舉行了～。

【會堂】huìtáng〔名〕（座）供開會用的大型建築：人民大～｜文學～｜科學～。

【會同】huìtóng〔動〕跟有關方面會合起來（去做）：學校～用人單位共同做好今年畢業生的就業工作｜此案已交工商局～有關部門辦理。

【會晤】huìwù〔動〕會面（含莊重意）：兩國外長定期～｜何時～由雙方商定。

【會務】huìwù〔名〕有關會議或集會的事務：～組｜做好～工作。

【會心】huìxīn〔動〕領悟到了別人沒有明白說出的意思：～的微笑｜露出～的表情｜多有～處。

【會演】huìyǎn〔動〕匯演。

【會議】huìyì〔名〕❶（次，屆）有組織有領導有目的地討論問題的集會：經濟工作～｜主席團～｜～記錄。❷一種經常商討或處理國家或國際重要事務的常設機構：中國人民政治協商～｜部長～｜金磚國家～。

【會意】huìyì ㊀〔名〕六書之一，是合兩個字為一新字，合兩個義為一新義的造字法，如合"爪、木"二字為"采"，有"採取"的意思；合"日、月"二字為"明"，是"光明"的意思。㊁〔動〕領會別人沒有明說的意思：讀書貴在～。

【會元】huìyuán〔名〕明清時代，會試考取第一名的人稱會元。參見"三元"（1157頁）。

【會員】huìyuán〔名〕（位，名）某些組織的成員：工會～｜協會～｜研究會～｜正式～｜～國（某些國際組織的成員國）｜發展～。

【會展】huìzhǎn〔名〕會議和展覽：～中心｜～經濟。

【會展經濟】huìzhǎn jīngjì 通過舉辦各種形式的會議和展覽、展銷，帶來經濟效益、社會效益的經濟現象和經濟行為：～市場效應明顯，舉辦大型會展，能給酒店、餐飲、旅遊等相關產業帶來顯著的效益。

【會戰】huìzhàn〔動〕❶作戰雙方的主力在某處和某時集中在一起進行決戰：中原～。❷比喻集中各方面力量，短期內完成某項重大任務：石油大～｜水利工程大～。

【會賬】huìzhàng〔動〕（在飯館、酒館、茶館等處）一總付款（多指為親友付款）。也叫會鈔。

【會診】huìzhěn〔動〕由各有所長的醫生共同診斷和治療疑難病症：兒科醫生～｜腫瘤專家～。

【會址】huìzhǐ〔名〕❶開會的地址：這次討論會的～在本校。❷協會、學會、聯合會等組織機構的所在地：哲學研究會～設在北京。

彙（汇）〈匯滙〉huì

❶聚集，聚合，彙總：～編成冊｜～報情況。❷聚集而成的事物：字～｜詞～｜語～。❸類，同類：物繼其～。

"汇"另見 huì "匯"（584頁）；"滙"另見 huì（584頁）。

語彙　詞彙　語彙　字彙　總彙

【彙報】huìbào ❶〔動〕綜合有關材料向上級或向群眾報告：～情況｜～工作｜口頭～｜書面～｜向全廠～生產情況。❷〔名〕用口頭或書面形式向上級或群眾所做的報告：做工作光靠聽～不行｜看到了你們寫的～。

【彙編】huìbiān ❶〔動〕把文章、文件、資料等彙總編排在一起：～成冊｜把資料～起來。❷〔名〕（本）彙集起來按一定體例編排的文章、文件、資料等（多用作書名）：條約～｜異形詞～｜中國文學史資料～。

【彙集】huìjí〔動〕彙總集中，聚集：等全部資料～以後，再共同研究｜～了眾多高科技人才｜遊行隊伍從四面八方～到廣場上來了。

【彙聚】huìjù〔動〕匯合聚集（多用於貨物）：這裏～了各地的小商品｜省內的糧油產品～到這裏。

【彙總】huìzǒng〔動〕（資料、款項、單據、賬目等）彙集到一起：把有關材料～上報。

嘒 huì〈書〉形容星光微小而明亮：～彼小星，三五在東。

【嘒嘒】huìhuì〔擬聲〕〈書〉蟬鳴聲：鳴蜩～。

誨（诲）huì

❶教導：教～｜訓～｜～人不倦。❷教唆，引誘：～淫～盜。

【誨人不倦】huìrén-bùjuàn〔成〕教導人特別耐心，

從不倦怠：學而不厭，～。

【誨淫誨盜】huìyín-huìdào〔成〕教唆引誘人去幹奸淫、盜竊等事。

慧 huì ❶聰明：智～｜聰～｜秀外～中（外表秀美，心性聰敏）。❷(Huì)〔名〕姓。

語彙　聰慧　明慧　穎慧　智慧　拾人牙慧

【慧根】huìgēn〔名〕佛教用語，指能透徹領悟佛理的天資。泛指人的天賦智慧：少具～｜這娃娃天生有～啊！

【慧黠】huìxiá〔形〕〈書〉聰敏而機警：～多才｜自幼～。

【慧心】huìxīn〔名〕佛教用語，心體明瞭，能達觀事理，深知一切事象的空寂本性，叫作慧心。泛指智慧：這個小姑娘是個～人。

【慧眼】huìyǎn〔名〕〈書〉佛教用語，佛經說慧眼能觀照諸法皆空而見真理。泛指敏銳的眼力：～獨具｜～識英雄。

蟪 huì（舊讀 suì）見 "王蟪"（1395頁）。

槥 huì〈書〉粗陋而薄的小棺材。

暳 huì〈書〉小而明亮的小星。

憓 huì〈書〉同 "惠"④。

潓 Huì ❶古水名。廬江支流。❷泉名。在湖南。

潰（潰）huì（瘡或傷口）潰（kuì）爛：～膿。另見 kuì（786頁）。

【潰膿】（殨膿）huìnóng〔動〕潰（kuì）爛化膿。

蕙 huì ❶香草，秋初開紅花，很香。古時認為，佩戴蕙草可以避瘟疫。湖南零陵產的最有名，故又叫零陵香。❷指蕙蘭，多年生草本植物。葉似草蘭而瘦長，初夏開黃綠色花，一莖可達八九朵，味芳香，供觀賞。❸(Huì)〔名〕姓。

橞 huì〈書〉樹名。

殨（殨）huì "殨膿"，見 "潰膿"（587頁）。

噦（哕）huì〈書〉鳥鳴聲。另見 yuě（1676頁）。

【噦噦】huìhuì〔擬聲〕〈書〉鑾鈴聲。

諱（讳）huì ❶因有顧慮而不願說或不敢說：隱瞞；掩蓋：～言｜～莫如深｜供認不～。❷因風俗習慣或個人理由而不宜有的言行：你這是故意犯他的～。❸舊時指帝王或尊長的名字：避～｜～史。❹(Huì)〔名〕姓。

語彙　避諱　忌諱　名諱　隱諱　直言不諱

【諱疾忌醫】huìjí-jìyī〔成〕怕別人知道自己有病，不肯讓醫生給自己治病。比喻隱瞞自己的缺點錯誤，不願意改正：既然犯了錯誤，就不要～。

【諱莫如深】huìmòrúshēn〔成〕隱瞞得再沒有像它那樣深的。指緊緊隱瞞，唯恐別人知道：怕家醜外揚，因而～。

【諱言】huìyán〔動〕有所忌諱而不敢或不願明說：毋庸～｜不必～。

澮（浍）Huì 澮河，水名。發源於河南，流入安徽。另見 kuài（779頁）。

薈（荟）huì〈書〉❶草木繁盛：幽陰～鬱。❷彙聚：～集｜～蔃。

【薈萃】huìcuì〔動〕（美好的人或事物）會集；聚集：～眾說｜人才～之地｜戲劇節～了話劇、戲曲以及各種地方戲的精華。

檜（桧）huì 見於人名：秦～（南宋奸臣）。另見 guì（492頁）。

燴（烩）huì〔動〕❶烹飪方法。炒菜將熟時加水勾芡粉而成：～蝦仁｜～什錦｜冬菇～豆腐。❷烹飪方法。把飯和菜混在一起煮：～飯｜～餅。

語彙　雜燴　一鍋燴

蟪 huì 見下。

【蟪蛄】huìgū〔名〕（隻）蟬的一種，體短小，黃綠色，有黑色絞紋，翅膀有黑斑，雄性能鳴叫。

穢（秽）huì ❶骯髒：污～｜蕪～｜～水｜～土｜～物。❷醜惡的：～行｜～跡｜～聞｜自慚形～。❸下流的：～言～語。❹淫亂：～亂｜～淫。

語彙　污穢　蕪穢　淫穢　自慚形穢

【穢聞】huìwén〔名〕〈書〉醜惡的名聲（多指淫亂的名聲）：～遠播（壞名聲傳得很遠）。

【穢行】huìxíng〔名〕醜惡不堪的行為（多指淫亂）：～無法遮掩｜此等～為人所不齒。

繢（缋）huì〈書〉❶布帛的頭尾。❷同 "繪"。

翽（翙）huì〈書〉鳥飛聲。

【翽翽】huìhuì〔擬聲〕〈書〉鳥振動羽毛的聲音：鳳凰于飛，～其羽。

譓（谫）huì〈書〉辨察；分辨清楚。

繪（绘）huì ❶〔動〕用筆或類似筆的東西製出圖形：～畫｜～圖｜～人像。❷描寫：～聲～色｜～影～聲。

語彙　彩繪　測繪　描繪　摹繪

【繪畫】huìhuà〔名〕一種造型藝術，用綫條、色彩把實有的或想象中的人和事物的形體描畫在

H

紙、布、木板或牆壁等平面上。有木炭畫、油畫、水墨畫、水彩畫、水粉畫等，而素描是一切繪畫的基礎。

【繪聲繪色】huìshēng-huìsè〔成〕形容敍述或描寫生動逼真，連聲音和表情都描畫出來了：探險故事他講得～，聽的人都着了迷。也說繪聲繪影、繪影繪聲。

【繪事】huìshì〔名〕泛指作畫的事。

【繪圖】huìtú〔動〕繪製圖樣、圖形；製圖：～儀｜～員。

【繪製】huìzhì〔動〕❶ 用繪圖工具畫（圖表）：～地圖｜～了物候現象變化的曲線圖。❷ 形象地設想（未來的情景）：為新農村～了宏偉的遠景。

闠（闠）huì 街市的外門或中隔門：闠～（街市）。

殨（殨）huì〈書〉洗臉：～面｜～粱（古代用粱米的湯汁洗臉）。

hūn ㄏㄨㄣ

昏〈昏〉hūn ❶ 天剛黑的時候：晨～｜黃～｜定晨省（xǐng）。❷ 昏暗；模糊：天～地暗｜～天黑地｜老眼～花。❸ 昏聵；糊塗：～頭～腦｜頭～眼花｜利令智～。❹〔動〕昏迷；失去知覺：～厥｜～迷｜他～過去了。❺ 古同"婚"：男女有～。

語彙 晨昏 發昏 黃昏 利令智昏

【昏暗】hūnàn〔形〕光綫不足，可見度低（跟"明亮"相對）：～的燈光｜天色慢慢～下來。

【昏沉】hūnchén〔形〕❶ 昏暗；暗淡：～的天色。❷ 迷糊不清；昏亂：頭腦～｜夜裏沒有睡好，整天都昏昏沉沉的。

【昏黑】hūnhēi〔形〕昏暗；黑暗：天色已經～了｜～的屋子。

【昏花】hūnhuā〔形〕眼睛發花，視覺模糊：老眼～。

【昏黃】hūnhuáng〔形〕光色朦朧暗淡；黃而模糊不清：窗外月色～｜～而慘淡的燈光。

【昏昏欲睡】hūnhūn-yùshuì〔成〕（頭腦）昏昏沉沉，想睡覺。形容非常疲倦或精神萎靡不振：講話的人沒精打采，聽講的人～。

【昏厥】hūnjué〔動〕突然昏倒，失去知覺：～狀態｜爺爺一時～，經大夫搶救才又蘇醒過來了。

【昏君】hūnjūn〔名〕昏庸的君主。

【昏聵】hūnkuì〔形〕眼花耳聾。形容頭腦昏亂，不明事理：～糊塗｜～不明｜～無能。

【昏亂】hūnluàn〔形〕❶ 頭腦迷糊，神志不清：～之中不知所措。❷〈書〉政治黑暗，社會秩序混亂：國家～有忠臣。

【昏迷】hūnmí〔動〕因大腦功能嚴重紊亂而長時間失去知覺：病人已經～了兩天兩夜｜～不省（xǐng）。

辨析 昏迷、昏厥 二者都指人失去知覺，但"昏迷"是長時間的神志不清，"昏厥"是短時間的失去知覺。

【昏睡】hūnshuì〔動〕昏昏沉沉地睡：他喝醉了，一直～不醒。

【昏天黑地】hūntiān-hēidì〔成〕❶ 形容天色昏暗不明：忽然路燈全滅了，一片～｜霎時間狂風大作，飛沙走石，～，日月無光。❷ 形容神志不清，昏亂糊塗：她當時被擠得～，也不知道是怎麼走出來的。❸ 形容生活荒唐，行為放蕩：一天到晚的～，在社會上胡鬧。❹ 形容打得或吵得厲害：夫妻倆吵得個～。❺ 形容社會黑暗，秩序混亂：軍閥混戰、官僚爭權奪利，國家被搞得～。

【昏頭昏腦】hūntóu-hūnnǎo〔成〕❶ 頭腦發昏：這一跤直跌得他～，爬不起來。❷ 頭腦糊塗，不明事理：成天～的，怎麼能把事情辦好？

【昏庸】hūnyōng〔形〕糊塗；平庸愚蠢：～無能｜～無道。

【昏着】hūnzhāo〔名〕❶（下棋、比武等）拙劣的着數。❷ 不高明的手段、計策等：緊要關頭，指揮者連出～，導致搶險工作極度被動。

惛hūn〈書〉❶ 糊塗：～於教。❷ 神志不清：～然若亡。

婚hūn ❶ 結婚：新～｜男大當～，女大當嫁。❷ 婚姻：結了～，又離～了。

語彙 成婚 重婚 初婚 訂婚 二婚 結婚 金婚 離婚 求婚 通婚 退婚 完婚 晚婚 新婚 銀婚 再婚 早婚 主婚

【婚變】hūnbiàn〔名〕婚姻關係發生的變故，多指夫妻離異：那次～給她打擊很大。

【婚車】hūnchē〔名〕結婚時用來迎娶新娘的車。

【婚典】hūndiǎn〔名〕結婚典禮。

【婚假】hūnjià〔名〕結婚時享受的假期：～期間，他們到國外旅遊去了。

【婚嫁】hūnjià〔名〕舊稱男性結婚為"婚"，女性結婚為"嫁"。今統指男女婚事：～之事。

【婚檢】hūnjiǎn〔動〕婚前健康檢查：～報告｜～是健康婚姻的重要步驟。

【婚介】hūnjiè〔名〕婚姻介紹：～工作｜～所（婚姻介紹所）。

【婚禮】hūnlǐ〔名〕結婚典禮，結婚儀式：舉行～｜老同學都來參加～了。

古代的婚禮
中國古代的婚姻，要經過六道手續，叫六禮。一是納彩，男家向女家送一點小禮物（一隻雁），表示求親；二是問名，男家問清女子的姓名與生日時辰，以便回家占卜吉凶；三是納吉，在祖廟卜得吉兆後，到女家報喜，在問名名、納吉時也要送禮；四是納徵，這等於宣佈訂婚，所以要送較重的聘禮，即致送幣帛；五是請期，這是擇定完婚吉日，向女家徵求同意；六是親迎，新郎親自到女家迎娶。六禮中，納徵和親迎最為重要。

【婚戀】hūnliàn〔名〕戀愛和婚姻：～對象｜老年～。

【婚齡】hūnlíng〔名〕❶ 結婚的年齡，特指法定的結婚年齡。中華人民共和國婚姻法規定，結婚年齡，男不得早於 22 週歲，女不得早於 20 週歲。❷ 結婚的年數。

【婚配】hūnpèi〔動〕結婚（多見於古白話）：獨有一女，尚未～｜男女～之事是終身大事。

【婚期】hūnqī〔名〕結婚日期：～一再推遲｜他們把～定在 2 月 14 日。

【婚慶】hūnqìng〔名〕結婚慶典：舉行～儀式｜～公司生意紅火。

【婚紗】hūnshā〔名〕（套）結婚時新娘穿的禮服，多用白紗羅製作，輕柔飄逸，白色象徵愛情純潔：～攝影｜～照。

【婚事】hūnshì〔名〕有關結婚的事情：自己的～自己辦｜～一完就回到工作單位了。

【婚俗】hūnsú〔名〕婚姻方面的習俗：民間～｜他們依當地少數民族的～舉辦了婚禮。

【婚外戀】hūnwàiliàn〔名〕指已婚者與配偶以外的異性發生的戀情：搞～｜他沒有否認自己的那段～。也說婚外情。

【婚宴】hūnyàn〔名〕為慶祝結婚而擺設的宴席：舉辦了規模盛大的～。

【婚姻】hūnyīn〔名〕結婚的事，結婚形成的夫妻關係：包辦～不幸福｜～與家庭｜美滿～。

【婚姻法】hūnyīnfǎ〔名〕規定婚姻和家庭關係的法律。《中華人民共和國婚姻法》於 1950 年 5 月 1 日公佈施行。1980 年 9 月 10 日修訂，2001 年 4 月 28 日再次修訂。

【婚約】hūnyuē〔名〕男女雙方確立婚姻關係的約定：締結～｜解除～。

葷（葷）hūn ❶〔名〕佛教徒稱葱韭蒜等有特殊氣味的食品，後指雞鴨魚肉等血腥氣味的食品，現代專指雞鴨魚肉等食物（跟“素”相對）：開～（含比喻義）｜他從小不吃～。❷〔形〕（說話或表演內容）低級、粗俗而且黃色：這麼～的戲怎麼能上演｜～笑話。

另見 xūn（1542 頁）。

語彙　大葷　開葷　冷葷　五葷　洋葷

【葷菜】hūncài〔名〕用雞鴨魚肉等做的菜餚：每餐都有～，也有素菜。

【葷食】hūnshí ❶〔名〕有肉的飯食：出家人一向不吃～｜我～素食都可以。❷〔動〕吃葷食：

近來內火太大，不宜～。

【葷腥】hūnxīng〔名〕指雞鴨魚肉等食物（區別於“素食”）：老人長期吃素，不沾～。

【葷油】hūnyóu〔名〕供食用的豬油（區別於“素油”）：上了年紀的人少吃～。

闇（阍）hūn〈書〉❶ 看門的人。❷ 宮門，門：叩～｜帝～九重。

hún ㄏㄨㄣˊ

偉（㑥）Hún〔名〕姓。

混 hún 同“渾”①②。
另見 hùn（590 頁）。

【㨤蛋】húndàn 同“渾蛋”。

渾（浑）hún ❶〔形〕水不清；渾濁：把水攪～｜～水摸魚。❷〔形〕糊塗，不懂事理：這個人挺～｜～蛋｜～頭～腦。❸ 天然；自然：～樸｜～厚｜雄～。❹ 滿；全：～然｜～身是膽｜死了張屠夫，不吃～毛豬（比喻少了某人，照樣能夠辦事）。❺（Hún）〔名〕姓。

語彙　雄渾　圓渾　吐谷渾

【渾蛋】húndàn〔名〕（個，群）〈詈〉不懂事理的人。也作混蛋。

【渾厚】húnhòu〔形〕❶ 淳樸厚道：生性～｜為人～。❷ 形容詩文、書畫等風格樸質雄厚：～的筆力｜筆法蒼勁。❸ 形容說話、唱歌、朗誦等聲音低沉有力：聲音～悅耳。

【渾渾噩噩】húnhún'è'è〔形〕狀態詞。渾然無知，迷糊不明事理：一群～、無知無識的人。

【渾金璞玉】húnjīn-púyù〔成〕璞玉運金：德行如～｜其詩似～，不假雕琢而自然純美。

【渾然一體】húnrán-yītǐ〔成〕天然融合成一個完美的整體，不可分割：這篇文章結構嚴密，前後呼應，～，天衣無縫。也說渾然天成。

【渾身】húnshēn〔名〕全身：～酸痛｜～不舒服｜～是勁｜～是膽（形容膽量極大）。

【渾身解數】húnshēn-xièshù〔成〕解數：武術的套路、架勢，泛指本事。全身的本事，所有的本領：使出～。注意 這裏的“解”不讀 jiě。

【渾水摸魚】húnshuǐ-mōyú〔成〕（混水摸魚）在渾濁不清的水裏摸魚。比喻趁混亂之機撈取利益：有的人表面上來湊熱鬧，實際上是想～。

【渾象】húnxiàng〔名〕中國古代的一種天文儀器，類似現代的天球儀。

【渾儀】húnyí〔名〕中國古代用來測定天體位置的一種儀器。也叫渾天儀。

【渾圓】húnyuán〔形〕滾圓；很圓：月亮～，像一面白玉盤｜從大蚌裏剖出一粒晶瑩～的珍珠。

【渾濁】húnzhuó〔形〕❶ 混濁；污濁（跟“明澈”相對）：河水～不清｜屋裏的空氣很～｜老人

眼珠～，目光呆滯。❷愚魯：資質～。

琿（珲）hún ❶〈書〉一種美玉。❷用於地名：～春（在吉林）。
另見 huī（579頁）。

魂（蒐）hún ❶（～兒）〔名〕魂靈：神～顛倒｜～都嚇掉了。❷指人的精神或情緒：喪～落魄。❸特指崇高的精神：國～｜民族～。❹指物的精靈：柳～｜花～｜鳥～。❺（Hún）〔名〕姓。

<u>語彙</u>　鬼魂　靈魂　神魂　亡魂　銷魂　陰魂　幽魂　冤魂　借屍還魂　揚幡招魂

【魂不附體】húnbùfùtǐ〔成〕靈魂不再附在軀體內；靈魂脫離了軀體。形容人因為受到驚嚇而恐懼萬分：嚇得～｜一聽到甚麼風吹草動就～。

【魂不守舍】húnbùshǒushè〔成〕靈魂離開了軀體。形容精神恍惚，心神不定：昨日一面，小夥子早已～，時時想着她。

【魂飛魄散】húnfēi-pòsàn〔成〕魂魄都飛散了。形容極其驚恐：萬炮轟鳴，島上的敵人早已嚇得～。

【魂靈】húnlíng〔名〕魂魄，靈魂：死～。

【魂魄】húnpò〔名〕俗指能附在人體內也能離開人體而存在的精神或靈氣，並認為人共有三魂七魄，總稱魂魄：他就像失了～，坐在那裏一動不動。

【魂牽夢縈】húnqiān-mèngyíng〔成〕在夢中還牽掛着、縈繞着。形容思念深切：故鄉總讓他～。

餛（馄）hún 見下。

【餛飩】húntun〔名〕一種麵食，用薄麵片包肉餡兒製成，煮熟後帶湯吃。江西叫"清湯"，廣東叫"雲吞"，四川叫"抄手"。

hún ㄏㄨㄣ

圂hùn〈書〉❶豬圈。❷廁所。

混hùn ❶〔動〕（把不同的事物）摻雜在一起：～雜｜～紡｜兩種花兒～在一起了｜不要把兩件事～為一談。❷〔動〕蒙混，冒充：～充｜～入｜魚目～珠｜～進會場。❸〔動〕苟且地活着；馬馬虎虎地取得；敷衍了事地幹：鬼～｜睉胡～｜～文憑｜～飯吃｜～了一輩子，一事無成。❹〔動〕與他人共事，交往：接觸久了，～熟了｜與他～得很好。❺〔副〕胡亂，任意：～出壞點子｜又～鬧了｜藥也有～吃的？
另見 hún（589頁）。

<u>語彙</u>　鬼混　含混　蒙混

【混充】hùnchōng〔動〕蒙混冒充：～內行｜土匪～

正規軍。

【混沌】hùndùn ❶〔名〕傳說中指天地開闢以前陰陽未分的一團模糊景象：～初開。❷〔形〕模糊：～的學說。❸〔形〕糊塗：這孩子很懂事，一點兒也不～。

【混紡】hùnfǎng ❶〔動〕（用兩種或兩種以上不同的纖維）混合在一起紡織：用化學纖維和天然纖維～。❷〔名〕混紡織物：～染料｜～料子。

【混合】hùnhé〔動〕❶摻雜在一起：別把水跟酒～在一起｜乒乓球男女～雙打｜明天出發要～編隊｜客貨～列車（一部分客車和一部分貨車組合而成的列車）。❷把兩種或兩種以上相互間不起化學反應的物質摻和在一處：～物｜～色。

【混合物】hùnhéwù〔名〕由兩種或兩種以上的單質或化合物混合而成的物質，各成分仍保持各自原有的性質。

【混跡】hùnjì〔動〕〈書〉隱身其間；將自己本來面目隱蔽起來混入到（某種處所或場合）：～於鬧市之中｜～江湖｜有些～於文藝界的人實際上是空頭文學家。

【混亂】hùnluàn〔形〕❶沒有秩序：街上秩序～｜～的局面已經結束了｜突然間一聲槍響，引起了一陣～。❷沒條理：思緒～｜這篇文章層次不清，條理～｜名詞術語的使用十分～。

【混凝土】hùnníngtǔ〔名〕用一定比例的水泥、沙子、石子加水攪拌而成的建築材料，凝固後有良好的抗壓強度和耐久性：～攪拌機｜鋼筋～結構。

【混日子】hùn rìzi ❶無所事事地打發時光。常用於批評沒有生活目標的人：有的人在崗位上不好好幹，一天天只是～。❷湊合着生活：打工賺點錢，只夠～。

【混世魔王】hùnshì-mówáng ❶比喻擾亂社會、危害人民的兇惡人物：這個～終於倒台了。❷戲稱某些驕縱頑皮、不服管教的孩子：我家有一個小～。

【混事】hùn//shì（～兒）〔動〕〈口〉戲稱從事某種工作或在某單位任職（含詼諧意）；謀生：他在一家大公司裏～。

【混雙】hùnshuāng〔名〕乒乓球、羽毛球、網球等男女混合雙打的簡稱。

【混同】hùntóng〔動〕把本質不同的人或事物混在一起，同等看待：不要把畫家和畫匠～起來。

【混為一談】hùnwéi-yìtán〔成〕把本來不同的事物混在一起，說成是同樣的事物：不應該把正當的個人利益與個人主義～｜生造詞語不能跟新詞語～。

【混淆】hùnxiáo〔動〕混雜；使界限模糊（多用於抽象事物）：～是非｜～視聽（用假象或謊言造成人們認識上的混亂）｜不要～兩類不同性質的矛盾｜黑白分明，不容～。注意"淆"不讀 yáo。

H

辨析 混淆、混同　都指把有區別的人或事物混而為一，劃分不清。"混同"強調等同，同樣對待，如"把美與醜混同起來""不要把保健品混同於藥品進行宣傳"。"混淆"強調使界限模糊，分不清楚，多用於抽象事物，如"混淆是非""混淆視聽""混淆黑白""概念混淆"。

【混血兒】hùnxuè'ér〔名〕不同種族的父母所生的子女。

【混雜】hùnzá〔動〕混合摻雜：男女～｜泥沙俱下，魚龍～。

【混戰】hùnzhàn〔動〕（在陣綫不分明、敵友我關係多變的局面中）各方胡亂交戰：軍閥連年～｜～的局面終於結束了。

【混賬】hùnzhàng〔形〕〈詈〉（言語和行為）無理，令人氣憤：～傢伙｜～話｜太～了！

【混濁】hùnzhuó〔形〕（水、空氣等）含有雜質，不清潔（跟"明淨"相對）：～的河水｜酒店裏充滿了～的空氣｜老年人的眼睛生了白內障，晶體～不清。

溷　hùn〈書〉❶混亂：邪穢濁～之氣。❷豬圈：豬～。❸廁所：～廁。

圂　hùn〈書〉❶打擾；使擔憂：～瀆。❷煩勞；使受累。❸混雜；紊亂：煩而不～者，事理明也。

諢（诨）　hùn 詼諧逗趣的話；戲謔的言辭：插科打～。

【諢號】hùnhào〔名〕諢名：山上的土匪頭子個個都有～。

【諢名】hùnmíng〔名〕別人給起的含有戲謔意味的名字：土匪頭子的～叫坐山雕。也叫諢號。

huō　ㄏㄨㄛ

耠　huō〔動〕用耠子（一種比犁輕巧的翻鬆土地的農具）翻鬆土壤：～了三畝地。

劐　huō ❶〔動〕用刀、剪等將物體劃開：～開魚肚子｜～開封套取出寄來的新書。❷舊同"耠"。

鍃（锪）　huō〔動〕用專門刀具對工件上已有的孔進行刮、切的金屬加工方法。

嚄　huō〔歎〕表示驚訝：～！好大的一個花園！｜～，你回來了！
另見 huò（598 頁）；ǒ（993 頁）。

騞（𬴂）　huō〔擬聲〕〈書〉破裂聲：奏刀～然。

攉　huō〔動〕把堆積的東西倒（dǎo）向另一個地方：～土｜～煤｜把石頭～到那邊去。

豁　huō / huò〔動〕❶裂開：～口｜～子｜圍牆～了一個大口子｜制服上衣的口袋～了。❷下決心付出代價；捨棄：～出一夜不睡覺，也要把這篇文章趕完｜～上一條命，也得去救那個人｜這回～出去了，一定要幹到底。

另見 huá（562 頁）；huò（599 頁）。

【豁出去】huō∥chuqu〔動〕決心不惜付出任何代價或做出任何犧牲：我們～了，花多少錢也要治好他的病｜辦這種事就得豁得出去，豁不出去不行。

【豁口】huōkǒu（～兒）〔名〕缺口：城牆～（為了出入方便，把一小段城牆拆除而成的口子）｜這兒正對着山的～。

huó　ㄏㄨㄛˊ

和　huó / huò〔動〕在粉狀物中加液體攪拌或揉弄使團在一起：～泥｜～麵｜～點兒石灰把牆縫兒堵嚴。
另見 hé（527 頁）；hè（531 頁）；hú（550 頁）；huò（597 頁）。

【和麵】huó∥miàn〔動〕在麵粉中加水或油等攪拌並揉搓使團在一起，以便加工成麵食：～蒸饅頭｜包餃子先要和好麵｜做月餅要用油～。

佸　huó〈書〉相會；聚會。

活　huó ㊀ ❶〔動〕生存；有生命（跟"死"相對）：死去～來｜你死我～｜飯後百步走，～到九十九｜有志不在年高，無志空～百歲。❷〔動〕使生存；救活：養家～口｜～人濟世。❸〔形〕屬性詞。有生命的（只修飾名詞）：～人｜～雞｜～魚。❹〔形〕屬性詞。酷似真的：這個京戲演員人稱～曹操｜～樣板。❺〔形〕活動的，可變動的：～期｜～扣兒｜～火山。❻〔形〕生動活潑；靈活：他這個人心眼兒很～，遇事好商量｜話說得比較～。❼ 在活的狀態下：～埋｜～捉｜～受罪。❽〔副〕非常，簡直：小孩～像他爸爸。

㊁（～兒）〔名〕❶ 工作（一般指體力勞動、家務勞動，或修理服務工作）：粗～兒｜針綫～兒｜莊稼～兒｜幹起～兒來不惜力。❷ 做出來的東西；產品：一天能出多少～兒？｜～兒得保證質量｜這一批～兒不如上一批。

語彙　成活　粗活　復活　苟活　扛活　快活　靈活　忙活　農活　輕活　生活　死活　養活　重活　大路活　私生活　莊稼活　耳軟心活　你死我活　尋死覓活

【活靶子】huóbǎzi〔名〕比喻供別人批判或攻擊的對象：不要讓人家當～。

【活寶】huóbǎo〔名〕指滑稽可笑的人（多含貶義）：他是一個大～。注意"活寶"指滑稽可笑的人，"耍活寶"則指滑稽可笑的表演。

【活報劇】huóbàojù〔名〕能迅速反映時事，形式短小活潑，便於在劇場或街頭演出的戲劇。活報的意思就是"活的報紙"：演出～｜編了一個～。

【活蹦亂跳】huóbèng-luàntiào〔成〕形容活潑歡

樂、極有生命力的樣子：～的一個胖小子，真招人喜歡。

【活標本】huóbiāoběn〔名〕比喻可以作為典型來說明某一問題的現實事物。

【活茬】huóchá(～兒)〔名〕〈口〉農業生產中的具體勞動項目，如耕地、播種、施肥、收割、打場等：樣樣～兒都在行(háng)。

【活動】huódòng(-dong)❶〔動〕搖動；搖晃：人一老，牙也～了｜沙發的扶手有點兒～。❷〔動〕運動：～了一下四肢｜出去～～，別老待在屋子裏｜驚蟄過後，各種昆蟲又～起來了。❸〔動〕進行有目的的社會交往：工會小組今天晚上～｜語言學會已～多次。❹〔動〕鑽營，賄賂，走後門：為了謀到這份差事，他四處～。❺〔形〕不固定；靈活：～房屋｜～目標｜這樣說比較～一些。❻〔名〕為達到某種目的而採取的行動：社會～｜文娛～｜普及法律知識的～。

【活泛】huófan〔形〕〈口〉❶機敏靈活；能隨機應變：這小夥子心眼挺～｜遇事～點，別太教條了。❷指經濟上寬裕：業餘時間也做點活兒，掙點錢，手頭～點。

【活佛】huófó〔名〕❶(位)喇嘛教中用轉世制度繼位的高級僧侶。❷舊小說中對濟世救人的高僧的敬稱：濟公～。

【活該】huógāi〔動〕〈口〉❶應該，表示說話人認為不算委屈；不值得同情或憐惜：～出錯兒。❷該當如此：平時不用功，考試成績這麼差，～！

【活化石】huóhuàshí〔名〕指曾繁盛於某一地質時期，現只在局部地區殘存的某些生物，如大熊貓、銀杏、水杉等，它們能夠幫助人們認識古生物的演化過程。也可用作比喻：語言是～，它記載着人類歷史的變化。

【活話兒】huóhuàr〔名〕還不能確定或不很肯定的話：他留了個～，說這件事也許能辦成。

【活活】huóhuó(～兒)〔副〕❶在活着的狀態下(使受到損害或死亡)：～燒死｜～兒把人氣死。❷簡直；完全：瞧他那狂妄的樣子，自稱大師，～是個瘋子！

【活火山】huóhuǒshān〔名〕(座)仍在經常或週期性噴發的火山。

【活計】huóji〔名〕❶(工業、農業、手工業方面的)勞動：車間裏～忙不忙？｜冬天，地裏～不多。❷待加工的或已做成的手工製品：你們看這～做得多好。

【活見鬼】huójiànguǐ〔慣〕形容離奇或不可能出現：門窗關得挺嚴實，小花貓怎麼就跑出去了，真是～！

【活結】huójié〔名〕一拉就開的繩結(區別於"死結")：打個～。

【活口】huókǒu❶〔名〕命案發生時身在現場而

沒有被殺死，可以為案件提供情況或綫索的人。❷〔名〕可以提供情況或綫索的俘虜、罪犯等：留着這幾名～，可別讓他們死了。❸〔名〕活話：對方走時留了～，說可以再商量。❹〔動〕使人生存：他從早忙到晚，還不是為了養家～！

【活扣】huókòu(～兒)〔名〕〈口〉活結；一解就開的扣子(區別於"死扣")：拴馬要結～兒｜他會打～兒。

【活力】huólì〔名〕❶旺盛的生命力：充滿青春的～。❷生機、潛力：企業有～，就能不斷發展。

【活靈活現】huólíng-huóxiàn〔成〕形容敍述或描繪得生動逼真，使人感到就像親眼看到一樣：故事說得～｜花繡得跟真的一樣，～。也說活龍活現。

【活路】huólù(～兒)〔名〕❶(條)可通行的道路：這是一條～。❷行得通的方法或途徑：這件事還有沒有～可走？❸(條)維持生活的門路、辦法：山上的土匪把村民逼得沒有～。

【活絡】huóluò(北方官話)❶〔動〕(筋骨、器物的零件等)活動：有一顆牙齒～了｜鬧鐘的底座有點兒～。❷〔形〕(言語)不肯定或不確定：話說得很～，猜不透他究竟是甚麼意思。❸〔形〕靈活：辦事～｜頭腦～。

【活埋】huómái〔動〕把活人埋起來使窒息而死：慘遭～。

【活命】huómìng❶〔動〕維持生命：靠勞動～。❷〔動〕救活性命：～之恩，永世不忘。❸〔名〕生命，性命：放了他，給他留條～｜小貓也是條～，哪能隨便遺棄？

【活潑】huópō(-po)〔形〕❶靈活；生動自然：孩子們天真～｜這篇訪問記，文字～｜生動～的政治局面。❷化學上指某些單質或化合物性質活躍，容易與其他單質或化合物起化學變化。

【活菩薩】huópúsà〔名〕比喻心腸慈善、樂於救助人的人。

【活期】huóqī〔形〕存戶隨時可以存入或提取的：～存款｜～儲蓄｜你存定期，還是存～？

【活錢】huóqián(～兒)〔名〕〈口〉固定工資收入以外的錢：掙點～兒｜每月有工資，還有～兒。

【活塞】huósāi〔名〕❶氣缸裏或泵裏藉助或對抗流體的壓力而往復運動的機件，一般為圓盤形或圓柱形。舊稱鞲鞴(gōubèi)。❷銅管樂器上能改變空氣柱的長度的器件，它能使演奏者吹出原空氣柱泛音列以外的音。

【活神仙】huóshénxiān(-xian)〔名〕喻指逍遙自在、無憂無慮的人：人家如今告老還鄉了，讀讀閒書、遊遊山水，日子過得賽過～。

【活生生】huóshēngshēng(～的)❶〔形〕狀態詞。現實生活中的；發生在眼前的：～的教訓｜～的事例｜小說塑造了許多～的人物。

❷〔副〕"活活"①〔語意較重〕：他被敵人抓了去，～地給打死了！

【活受罪】huóshòuzuì〔動〕〈口〉活活地遭受苦難或折磨，表示抱怨或憐憫：讓我登台演出，這不是～嗎？｜我最怕見生人，你硬要我接待客人，簡直～！

【活水】huóshuǐ〔名〕有源頭而經常流動的水：花園裏的這條小溪是～。

【活體】huótǐ〔名〕具有生命的物體；活的生命體：～組織｜～檢驗。

【活脫脫】huótuōtuō〔副〕十分相似；非常像：～一幅民族民俗的風情畫卷。

【活現】huóxiàn〔動〕生動逼真地顯現：活靈～｜神氣～｜畫中人物，～在眼前。

【活像】huóxiàng〔動〕極像；非常像：這孩子～個小天使｜那雲彩～一群雪白的綿羊。

【活性】huóxìng〔形〕屬性詞。具有較強吸附能力或反應能力的：～炭｜～染料。

【活血】huóxuè〔動〕中醫指加強血液循環，使血脈暢通：舒筋～｜～化瘀。

【活閻王】huóyánwang〔名〕比喻極其兇惡殘忍的人：那惡霸簡直就是個～。

【活頁】huóyè〔名〕便於隨時合訂或拆開的書頁、冊頁等：～紙｜～夾｜～文選｜～材料。

【活躍】huóyuè ❶〔形〕活潑積極，蓬勃有生氣：市場～｜人是生產力中最～的因素｜會場氣氛非常～｜～一線。❷〔動〕積極活動或行動：～在農業第一綫｜天氣暖和了，昆蟲也開始～起來。❸〔動〕使活躍：～城鄉市場｜先唱唱歌，～一下氣氛｜～職工文化生活。

【活捉】huózhuō〔動〕抓獲活的敵人、罪犯或禽獸等，使失去自由：要～，不要擊斃｜～了全部逃犯｜～了一隻野兔。

【活字】huózì〔名〕印刷版上的金屬或木質的小方柱形物體，一端鑄有或刻有單個反着的漢字或符號，排版時可以自由組合、靈活運用：～版（用活字排版印刷的書本）｜～印刷。

【活字典】huózìdiǎn〔名〕指在文字、詞語或其他某些方面知識特別豐富、特別熟悉的人，能隨時提供情況、數據等。

【活字印刷】huózì yìnshuā 採用活字排版的印刷。膠泥活字印刷是中國宋代慶歷年間（1041-1048）畢昇（？-1051）發明的；木活字始於元朝；銅活字印刷盛行於明清兩代。

huǒ ㄏㄨㄛˇ

火 huǒ ❶〔名〕（團，把）物體燃燒時發出的光和熱：爐～純青｜水～不相容｜真金不怕～煉｜刀山～海也敢闖｜人要實心，～要空心（燃料架空了燒，火才旺）。❷〔名〕火災：救～｜撲～隊｜遠水救不了近～。❸槍炮彈藥：軍～｜

交～｜停～。❹火炬：聖～（運動會上的火炬）。❺〔名〕中醫指引起發炎、紅腫或煩躁等的病因：上～｜去～。❻〔名〕（兒）比喻暴躁或發怒：你先別～｜他～了。❼形容紅色：～腿｜～玉。❽〔形〕紅火；興旺：生意很～｜房地產業可～了。❾比喻緊急：～速｜十萬～急。❿〈書〉同"夥"㊀、"伙"①。⓫（Huǒ）〔名〕姓。

語彙 燈火　烽火　篝火　光火　過火　紅火　救火　烤火　烈火　惱火　怒火　炮火　熱火　聖火　失火　停火　文火　窩火　武火　香火　煙火　戰火　抱薪救火　洞若觀火　飛蛾投火　風風火火　赴湯蹈火　隔岸觀火　黑燈瞎火　煽風點火

【火把】huǒbǎ〔名〕上端點燃、下端拿在手中，夜間行路用來照明的東西，多用松木或竹篾等製成：燈籠～都點上｜打着～走夜路。

【火把節】Huǒbǎ Jié〔名〕中國彝族、白族、傈僳族、納西族、拉祜族等民族的傳統節日，大多在農曆六月二十四日。舉行鬥牛、賽馬、摔跤、歌舞表演等活動，入夜點燃火把，奔跑在田間，表示驅除蟲害。被稱為"東方的狂歡節"。

【火暴】huǒbào〔形〕❶急躁；暴躁；暴烈：～脾氣｜～性子｜脾氣～，一點就着。❷興旺；旺盛；熱烈：牡丹開得～｜春節晚會的演出很～｜年輕人幹起活兒來多麼～！以上也作火爆。

【火爆】huǒbào 同"火暴"。

【火併】huǒbìng〔動〕同夥之間因利益衝突而自相殘殺或吞併：黑社會內部發生～。

【火柴】huǒchái〔名〕（根）取火之物，用細小木條蘸上磷或硫的化合物製成。分普通火柴和安全火柴兩種，現在常用的是安全火柴。舊稱洋火。

【火場】huǒchǎng〔名〕發生火災的現場：前往～指揮滅火｜～離這兒很近。

【火車】huǒchē〔名〕（列）由機車牽引若干節車廂在鐵路上行駛的車輛，是一種重要的陸路交通運輸工具：一列～長嘯而過｜～跑得快，全靠車頭帶。

【火車頭】huǒchētóu〔名〕❶機車的通稱。❷比喻起帶頭作用或推動作用的人或事物：革命是歷史的～。

【火成岩】huǒchéngyán〔名〕由地殼內的岩漿在地表或地下凝固形成的岩石。常見的有花崗岩、玄武岩等。

【火夫】huǒfū〔名〕❶（名）舊稱在鍋爐房燒火的工人。❷同"伙夫"。

【火攻】huǒgōng〔動〕用縱火戰法向敵方進攻。

【火罐兒】huǒguànr〔名〕拔罐子所用的小罐兒（可以是陶罐、瓷罐，也可以是玻璃器皿或一端有節的竹筒）：拔了拔～，身上感覺輕鬆多了。

【火光】huǒguāng〔名〕(道,片)火的光亮：～衝天｜～在前｜刺眼的～。

【火鍋兒】huǒguōr〔名〕一種鍋與爐合為一體的烹飪器具,用金屬或陶瓷製成,爐中置炭火,使鍋內的菜保持相當熱度,或使鍋內的湯經常沸騰,把肉片或蔬菜放在湯裏,隨煮隨吃。現在也有電火鍋、燃氣火鍋。

【火海】huǒhǎi〔名〕(片)火的海洋,形容大片的火;比喻危險、艱難的處境：那片林子燒成了一片～｜上刀山,下～｜刀山敢上,～敢闖！

【火海刀山】huǒhǎi-dāoshān〔成〕刀山火海。

【火紅】huǒhóng〔形〕狀態詞。❶像火那樣紅：楓樹一片～｜～的花叢｜～～的晚霞。❷形容旺盛、熱烈：美好的年華,～的青春｜～的年代。

辨析 火紅、紅火 a)"火"字在"火紅"中讀第三聲,在"紅火"中讀輕聲。b)"火紅"多用來形容"太陽、雲霞、旗幟、楓樹、高粱、花叢、青春"等,"紅火"多用來形容"日子(生活)、幹活、晚會、群眾活動"等。c)"火紅"多見於書面語,"紅火"多用於口語。

【火候】huǒhou(～兒)〔名〕❶(燒火時)大小合適的火力和長短合適的時間：打鐵看～｜～不到不揭鍋。❷比喻造詣高低深淺的程度,特指造詣達到很高的程度：不是長期苦練,畫兒到不了這～兒。❸比喻緊要的時機,關鍵的時刻：談判已到～兒。

【火花】huǒhuā ㊀〔名〕❶迸發出來的火焰或火星：～四濺｜閃爍的～。❷比喻思想或生命的閃光點：智慧的～｜思想的～｜生命的～。㊁〔名〕貼在火柴盒上的印有圖案的花紙：有人喜歡收集郵票,有人喜歡收集～。

【火化】huǒhuà〔動〕用火焚化屍體;火葬：遺體～。

【火雞】huǒjī〔名〕(隻)家禽,體高大,頭部有肉瘤,喉下有肉垂。胸、腿肌肉發達。因頭部肉瘤的顏色像火一樣紅,故稱。今北美洲南部尚有野生品種。也叫吐綬雞。

【火急】huǒjí〔形〕非常緊急(多用於函電)：萬分｜十萬～(十萬分緊急)。

【火急火燎】huǒjí-huǒliǎo〔成〕形容十分焦急：他牽掛着母親的病情,心裏～的。

【火鹼】huǒjiǎn〔名〕燒鹼。

【火箭】huǒjiàn〔名〕(枚,支)借推進劑燃燒產生推力而飛行的運載工具,可用來發送彈頭、人造衛星、宇宙飛船和高空探測儀器等：～部隊｜運載～｜～技術｜發射了一枚～。

【火警】huǒjǐng〔名〕發生失火事件的警報(成災或未成災)：報～｜～電話｜上月共發生～25起,其中16起幸未成災。

【火炬】huǒjù〔名〕(隻)火把(多用於正式場合)。新式火炬用金屬製成,內裝燃料,可手舉行進：高擎～｜～遊行｜～賽跑｜奧運～在五大洲傳遞。

【火炕】huǒkàng〔名〕可以燒火取暖的炕。用土坯或磚砌成,內有排煙傳熱的通道。中國北方農村多用這種炕。

遠古的火炕
在西安半坡遺址發掘中,有一鋪九層紅燒土構成的平台,是經過9次把泥巴抹平後再在上面燒烤所成。這就是中國北方最早的火炕。火炕是先人們為驅潮、取暖、療疾的需要而在生活實踐中創造出來的。

【火坑】huǒkēng〔名〕比喻極端悲慘痛苦的處境：掉進～｜救她出～。

【火辣辣】huǒlàlà(～的)〔形〕狀態詞。❶形容陽光強烈、天氣酷熱：晴空萬里,太陽～的。❷形容刺痛、發熱的感覺：那隻被燙傷的腳總是～地痛。❸形容激動的情緒：心裏～的,難以平靜｜臉上～的,羞愧難當。❹形容性格活潑、言辭尖銳、幹事有激情：喜歡她那～的性格｜教練～的批評讓球員們振奮｜年輕人有活力,幹起事來～的！

【火力】huǒlì〔名〕❶燃料燃燒時所產生的動力：～發電。❷戰場上彈藥發射或投擲後所形成的殺傷力和破壞力：～點｜～偵察｜～加強,壓制住敵人。❸指人體的抗寒能力：身體壯,有～｜老年人～不及年輕人。

【火鐮】huǒlián〔名〕鋼製的取火用具,形狀像鐮刀,用來打擊火石,發出火星,點燃火絨：老頭兒一邊打～,一邊把煙袋鍋兒湊上去吸煙。

【火龍】huǒlóng〔名〕❶(條)像一條遊動的長龍似的燈火：對岸的火炬遊行,像一條巨大的～。❷用磚砌成的從爐灶通向煙囪的傾斜而上的孔道。

【火爐】huǒlú(～兒)〔名〕生活用具,生火取暖、燒飯用的爐子：小～兒燒得很旺｜生起～。也叫火爐子。

【火冒三丈】huǒmào-sānzhàng〔成〕形容十分生氣的樣子：經理聽了～,嚴厲批評他不該那樣做。

【火苗】huǒmiáo〔名〕〈口〉火焰的通稱：煙大～低｜一尺多高的～。

【火盆】huǒpén〔名〕盛炭火以取暖的盆子,多用金屬或陶瓷製成：堂屋中間放着一個～。

【火漆】huǒqī〔名〕用松脂和石蠟加顏料製成的物質,熔化後有黏性,多用來封瓶口、信件等。

【火氣】huǒqì〔名〕❶比喻怒氣、暴躁的脾氣：先壓壓～｜他～也太大了,一觸即發。❷指人體中的熱量：年輕人有～,不

北京奧運會
火炬

怕冷。❸ 中醫指引起發炎、煩躁等症狀的原因。❹ 匠氣；指器物或藝術品不夠火候，粗俗：這個花瓶雖說是名窰產品，可也透着幾分～。

【火器】huǒqì〔名〕(件)利用火藥等爆炸或燃燒性能起破壞作用的武器，是槍、炮、火箭、手榴彈等武器的總稱。

【火熱】huǒrè〔形〕❶ 像火那樣熱：～的太陽｜曬得身上～。❷ 形容感情熱烈：年輕人，～的心｜～的話語。❸ 親熱：他倆打得～。❹ 緊張激烈：～的鬥爭｜球賽正在進行中，場面～。

【火山】huǒshān〔名〕(座)因地熱作用噴出岩漿、岩塊的高地，有活火山(經常或週期性噴發的火山)、死火山(不再噴發的火山)和休眠火山(處於暫時靜止狀態的火山)。

【火上澆油】huǒshàng-jiāoyóu〔成〕比喻使人更加生氣或使事態更加嚴重：你該勸勸他們，不應當～｜聽了這話，猶如～，益發怒不可遏。也說火上加油。

【火燒】huǒshao〔名〕烘烤熟的小麪餅，用發麪或半發麪做成，表面沒有芝麻：小食店賣的早點有燒餅、～、油條跟豆漿。

【火燒火燎】huǒshāo-huǒliǎo〔成〕❶ 身上熱得或痛得像被火燒烤似的難受：夏天頂着烈日跑在柏油馬路上，全身都～的｜他的傷口～地疼。❷ 比喻心中非常焦急：開賽十分鐘就輸了一個球，教練心裏～的，坐不住了｜打從他一走，我心裏就～的，不是滋味。

【火燒眉毛】huǒshāo-méimao〔慣〕比喻情勢十分急迫：～，顧不了那麼多了，就先顧眼前吧｜如今都～了，還按常規行事，那怎麼行！

【火舌】huǒshé〔名〕猛烈的火苗。

【火速】huǒsù〔副〕用最快的速度(去做緊急的事)：～動身｜～前進｜～處理｜～完成。

【火頭】huǒtóu〔名〕❶(～兒)火苗：把煤油燈的～兒捻大一點兒。❷ 火的苗頭：火區的七個～正向東蔓延。❸ 火主；發生火災時首先起火的禍首。❹(～兒)火候；火力大小的程度；火力持續的時間：炒菜要看～兒｜～不到不開窰。❺(～兒)怒氣的高峰；火氣正旺的時候：他正在～上｜等他～過去了再說。

【火頭軍】huǒtóujūn〔名〕小說、戲曲中稱軍隊中的伙夫，現在是對軍中炊事員的戲稱。

【火腿】huǒtuǐ〔名〕(塊，隻)經過醃製、晾曬的豬腿，暗紅色，味道香美，便於保藏：金華～(產於浙江金華地區)｜宣威～(產於雲南宣威一帶，簡稱雲腿)。

【火網】huǒwǎng〔名〕由彈道縱橫交織而形成的密集火力，有較大的殺傷力，多用以阻止敵人前進。也叫火力網。

【火險】huǒxiǎn〔名〕❶ 失火的危險：水災、～全遇上了。❷ 火災的保險。

【火綫】huǒxiàn〔名〕❶ 交戰雙方對峙的(槍炮子彈所射及的)前沿地帶：輕傷不下～。❷(根，條)電路中輸送電的電源綫。❸ 大火延燒形成的狹長地帶：西部火區的～長達 22 公里。

【火星】huǒxīng〔名〕太陽系八大行星之一，按距離太陽由近及遠的次序計為第四顆。公轉一周的時間約 687 天，自轉一周的時間約 24 小時 37 分。因其表面呈紅色，熒熒如火，亮度常有變化，故稱。它有兩顆小衞星。中國古代把火星叫作熒惑、法星。

【火星兒】huǒxīngr〔名〕❶(顆)極小的火：火鐮敲打着火石，迸出一些～｜煙囱裏，時不時有～冒出來。❷ 比喻極大的怒氣：眼裏迸發着～｜頭上～直冒。❸ 比喻不滅的火種：常言道星星之火，可以燎原，就要當這樣的～。

【火星文】huǒxīngwén〔名〕戲稱網絡上使用的一種文字表達形式。多用同音字、拼音字母、音近的英語、數字或奇怪的符號來代替通行漢字寫成。因看起來很奇怪，難以理解，故稱。

"火星文"的起源

據考證，火星文最先起源於台灣，因倉頡、注音等繁體輸入法出現，網友在打字時會頻繁出現一些錯別字，久而久之，大家都能明白其中的意思，就默認使用了。此後，為了縮短打字時間，網友在網上非正式場合就使用更方便的符號、方言和更多的錯別字來進行交流。比如"勞工"(老公)、"男盆友"(男朋友)、"粉可愛"(很可愛)、"你素誰"(你是誰)。

【火性】huǒxìng〔名〕(北方官話)火暴性子；急躁易怒的脾性：他是個～人。

【火眼金睛】huǒyǎn-jīnjīng〔成〕《西遊記》載，孫悟空被放在八卦爐中煉，眼被熏紅，煉成火眼金睛。這雙眼能識別各種妖魔鬼怪。後用"火眼金睛"借指能洞察一切的眼力：刑偵人員～，識破了犯罪分子的偽裝。

【火焰】huǒyàn〔名〕(團)物質燃燒時發出的閃爍升騰的熱和光：～噴射器｜眾人拾柴～高。通稱火苗。

【火藥】huǒyào〔名〕炸藥的一類，受衝擊或熱燃燒時放出大量氣體和熱量：～庫｜～味。

中國發明火藥

火藥是炸藥的一種，俗稱黑火藥，是中國古代四大發明之一，距今已有一千多年歷史。主要用硝酸鉀、硫黃、木炭三種原料研製成的粉末狀物。早在三國時期就以黑火藥作為火攻武器，宋真宗時，在開封創辦了中國第一個兵工廠——"廣備攻城作"，下轄的"火藥窰子作"專門製造黑火藥。大約在 12-13 世紀，黑火藥首先傳入阿拉伯國家，然後傳至歐洲國家，得到廣泛應用。

H

【火藥味】huǒyàowèi（～兒）〔名〕硝煙的氣味，比喻挑戰或敵對的氣氛：這是一篇～兒很濃的文章｜他的這番話充滿了～。

【火災】huǒzāi〔名〕（場）因失火造成的災害：預防～發生。

【火葬】huǒzàng〔動〕喪葬方式的一種，人死後將遺體用火焚化，骨灰裝入容器，然後保存、埋葬或拋灑：～場｜提倡～，節約土地。

【火中取栗】huǒzhōng-qǔlì〔成〕法國作家拉·封登的寓言詩《猴子和貓》記載，猴子叫貓去取在爐火中烤着的栗子，栗子讓猴子吃了，貓卻被燒掉了腳上的毛。後用"火中取栗"比喻受別人利用冒險去幹，付出了代價而一無所獲：～這樣的傻事，他可不幹。

【火種】huǒzhǒng〔名〕供引火用的火。比喻能引起事物不斷發生和發展的根源：借個～引火｜革命的～。

【火燭】huǒzhú〔名〕泛指可以引起失火的東西：小心～！

【火主】huǒzhǔ〔名〕發生火災的人家：消防人員向～調查失火原因。

伙 huǒ ❶ 伙食，集體飯食：～房｜開～｜起～｜搭～｜退～。❷（Huǒ）〔名〕姓。
"夥"另見 huǒ（596 頁）。

【伙房】huǒfáng〔名〕（間）機關團體中的廚房：～重地，閒人免進。

【伙夫】huǒfū〔名〕（名）以前稱在軍隊、機關、學校的廚房中挑水、做飯的人：無論軍長還是～，都吃一樣的伙食。也作火夫。

【伙食】huǒshí（-shi）〔名〕飯食；指部隊、企事業單位等集體中所供應的飯食：～賬｜～補助｜改善～｜學校裏的～搞得怎麼樣？

鈥（钬）huǒ〔名〕一種金屬元素，符號 Ho，原子序數 67。屬稀土元素。

夥（㊀伙）huǒ ㊀ ❶ 夥伴，同伴：～計｜同～。❷ 由同伴結成的集體：入～｜散～｜搭幫結～。❸〔量〕用於聚合的人群：接連來了好幾～學生｜一大～人來了又去了。也說夥子。❹〔副〕共同；聯合：～同｜～耕～種｜兩個人～着用。
㊁〈書〉多：受益良～｜地狹人～。
"伙"另見 huǒ（596 頁）。

語彙 包夥　拆夥　搭夥　大夥　合夥　開夥　入夥　散夥　同夥　退夥

【夥伴】（伙伴、火伴）huǒbàn（～兒）〔名〕❶ 同伴；共同加入某組織或共同從事某種活動的人（含親昵意）：小～兒。❷ 國際上兩國或多國結成的友好關係：兩國結成～關係。

辨析 **夥伴、同伴**　指人時，二者有的可以互相換用，如"旅遊夥伴"或"旅遊同伴"，意思都是一樣，但後者更合於習慣。有的不能換用，如"寫作夥伴"，不能說成"寫作同伴"。指國家時，只能用"夥伴"，不能用"同伴"。如"全面發展兩國夥伴關係""他們是與中國貿易額最多的貿易夥伴"。

【夥計】huǒji〔名〕❶（位）合作共事的人（含親切意）：他真是咱們的好～｜～們，別泄氣。❷ 指受僱於地主或商店老闆的人，多指男性：店裏～一天忙到晚｜東家跟～想不到一塊兒。

【夥同】huǒtóng〔動〕跟別人合在一起或若干人合在一起（多含貶義）：～數人一起作案｜這件事是幾個人～一氣幹的。

漷 huǒ 用於地名：～縣（在北京通州）。

huò　ㄏㄨㄛˋ

或 huò ❶〔代〕〈書〉指示代詞。有的人（表示泛指）：人固有一死，～重於泰山，～輕於鴻毛。❷〔副〕〈書〉也許；或許（表示不很肯定）：這一番話，對你～能有所幫助。❸〔副〕〈書〉稍為；略微：不可～遲｜不可～缺。❹〔連〕或者（表示選擇）：今年～明年｜你去～我去｜～快～慢。❺〔連〕或者（表示不加選擇，義同"還是"）：不管天冷～天熱，從來不遲到早退｜中國～外國，都沒有例外。❻〔連〕有時（表示情況交錯發生）：他長年堅持鍛煉，～登山，～跑步，～舉重，～打太極拳。❼〔連〕即；也就是（表示等同）：辯證唯物主義的世界觀～宇宙觀。

語彙 即或　間或　容或　設或　甚或　倘或

【或然】huòrán〔形〕屬性詞。有可能但不一定：～性｜～率｜～判斷｜～誤差。**注意**"或然"的結合面很窄，只是有限的幾個，如"或然誤差"。

【或許】huòxǔ〔副〕表示對情況的估計不十分肯定，相當於"也許"：會議～會推遲｜這個學期的成績～比上學期好一點。

【或者】huòzhě ❶〔副〕或許；也許：如果順利，明天早上～可以到達｜這個方案對於改革教學～有點好處。❷〔連〕表示選擇關係：我打算明天～後天動身｜這個門向裏推～向外拉都可以｜～參軍，～升學，全由你自己決定。**注意** 連接兩個單音節賓語時，必須重複動詞，如"找他或者找我都行"，不能說"找他或者我都行"。❸〔連〕表示各有選擇，相當於"有的"：同學們積極參加各項活動，～打球，～下棋，～練武術。❹〔連〕表示無需選擇：不管是下雨～颳風，他從不遲到。❺〔連〕表示等同：人類對世界的總看法叫作世界觀，～宇宙觀。**注意** 在某些情況下，特別是書面語中，只能用"或"，不能用"或者"。如"或上或下、或前或後、或多或少""或重於泰山，或輕於鴻毛"。

和 huò ㊀〔動〕❶ 把粉狀物或粒狀物摻和在一起：攪~｜豆沙裏~點兒糖｜水泥和沙子~起來用。❷ 加水攪拌：把泥~稀點｜~點麻醬。

㊁〔量〕指洗東西時換水的次數，或一劑藥（中藥）煎的次數：衣服洗了三~了｜頭~藥，二~藥。

另見 hé（527 頁）；hè（531 頁）；hú（550 頁）；huó（591 頁）。

【和稀泥】huò xīní〔慣〕（北方官話）在泥裏摻水，進行攪拌，使變稀。比喻無原則地調和折中，沖淡或掩蓋矛盾：問題要談清楚，不要~。也說抹稀泥。

貨（货）huò ❶ 貨幣；錢幣；錢財：通~｜殺人越~。❷〔名〕貨物；商品：退~｜一分價錢一分~｜一手交錢，一手交~｜不怕不識~，就怕~比~。❸〔名〕〈口〉指稱對方或別人（罵人的話，前邊必有定語）：笨~｜賤~。

語彙	百貨	炒貨	蠢貨	存貨	訂貨	乾貨	國貨
	南貨	年貨	盤貨	皮貨	期貨	起貨	山貨	水貨
	私貨	通貨	土貨	鮮貨	現貨	雜貨	大路貨
	下腳貨	殺人越貨					

【貨辦】huòbàn〔名〕港澳地區用詞。也稱貨版、貨板。指貨物的樣品、樣本。交易中供買方提供給購貨方的樣本；交貨後買方以樣本為標準驗貨；賣方所交貨物與~不符，稱貨不對辦。

【貨幣】huòbì〔名〕固定充當一切商品的等價物的特殊商品，是價值的一般代表，可以用來交換任何別的商品：~發行｜~回籠｜~貶值｜~流通量｜自由兌換~。

中國古代的貨幣

貝是中國最早的貨幣，漢字中凡與價值有關的字，大都從"貝"。商朝開始用銅仿製海貝，從此自然貨幣退出中國貨幣舞台。戰國時期，各國貨幣自鑄貨幣，形制、重量各不相同。秦始皇統一中國，規定以圓形方孔的半兩銅錢為通用貨幣。漢武帝時，加強了中央政府對貨幣的鑄造和管理，五銖錢成為唯一合法的貨幣。唐朝廢除輕重不一的古錢，錢文不書重量，而改為"開元通寶"錢。北宋時，因原料緊缺，而鐵錢笨重不便，開始創印紙幣"交子"，實現了由金屬貨幣向紙幣的轉變。"交子"不但是中國最早的紙幣，也是世界上最早的紙幣。

【貨艙】huòcāng〔名〕船或飛機上用於裝載貨物的艙：~的門打開了。

【貨車】huòchē〔名〕（列、輛）裝運貨物用的車輛（區別於"客車"）：早晨從山區發了三輛~。

【貨船】huòchuán〔名〕（艘，隻，條）運載貨物用的船隻：定期~。

【貨單】huòdān〔名〕託運貨物等的清單（憑貨單可以向到達的車站、港口等的貨房提取所運貨物）。

【貨櫃】huòguì〔名〕❶ 商店裏擺放貨物的櫃子。❷（港台地區）指集裝箱。

【貨賄公行】huòhuì-gōngxíng〔成〕用財物收買別人的事公開進行。形容社會腐敗，明目張膽地行賄受賄。

【貨機】huòjī〔名〕（架）運載貨物的飛機：大型~降落。

【貨架子】huòjiàzi〔名〕❶ 倉庫裏放置貨物的架子：有兩排~倒塌。❷ 商店裏陳列商品的架子：~保持常滿。❸ 自行車座子後面用來載物的架子：這兩包書捆在自行車後面的~上吧！

【貨款】huòkuǎn〔名〕（筆，宗）購買貨物或售出貨物所得的錢款：~由銀行匯出｜拖欠~｜~交清。

【貨郎】huòláng〔名〕流動經營的小商販。串行於城市街巷，巡迴於鄉鎮山區，沿途零售日用小百貨，有的附帶收購：~擔｜~鼓。

【貨郎鼓】huòlánggǔ〔名〕（隻）貨郎用的小皮鼓（有的附綴小銅鑼），下端有柄，兩側有短繩繫着小鼓槌兒，手持長柄搖動發響，以招徠顧客。

【貨流】huòliú〔名〕貨物運輸的流動過程：~量｜合理規劃~綫路。

【貨輪】huòlún〔名〕（艘，條）運載貨物用的輪船：海上~。

【貨品】huòpǐn〔名〕貨物；貨物的品種：~充足｜~繁多，琳瑯滿目。

【貨色】huòsè〔名〕❶ 商品的品種或質量：上等~｜~齊全｜先看看~吧。❷ 比喻人品或人的思想、觀點、言論、作品等（多含貶義）：他倆是一路~。

【貨攤】huòtān（~兒）〔名〕設在廣場或路邊的露天售貨處：擺~兒｜此處禁設~｜~兒集中在廣場南側。

【貨物】huòwù〔名〕可供買賣的物品：倉庫裏堆滿~｜降低~損耗率。

【貨源】huòyuán〔名〕貨物的來源：精心組織~｜保證~充足｜多方面擴大~。

【貨運】huòyùn〔名〕（運輸部門承辦的）貨物的運輸（區別於"客運"）：~費｜~量｜~列車｜長江~｜汽車~｜擴大~業務｜代辦~。

【貨棧】huòzhàn〔名〕（家）專門用來堆放貨物的倉庫或場地（多屬營業性質的）：~重地，小心火燭｜去~取貨。

【貨真價實】huòzhēn-jiàshí〔成〕❶ 貨物質量可靠，價錢公平實在（多用於商業宣傳）：~，童叟無欺。❷ 泛指實實在在，一點兒不摻假：一個~的騙子。

【貨殖】huòzhí〔書〕❶〔動〕古代指經營商業或工礦業以增加財富：~聚斂。❷〔名〕古代指商人或財貨、商品。

【貨主】huòzhǔ〔名〕所運貨物的主人：～憑貨單取貨。

惑　huò ❶ 疑惑；迷亂：大～不解｜四十而不～。❷ 蠱惑；使迷亂：～人耳目｜造謠～眾。

禍（禍）〈舊〉huò ❶〔名〕災禍；災難（跟"福"相對）：～從天降｜嫁～於人｜幸災樂～｜他就好惹～｜你可別闖～｜有福同享，有～同當。❷ 損害；危害：～國殃民。

語彙　車禍　闖禍　橫禍　惹禍　遭禍　災禍　戰禍　肇禍　天災人禍　幸災樂禍

【禍不單行】huòbùdānxíng〔成〕禍患接二連三地發生：福無雙至，～｜屋漏偏逢連陰雨，真是～。

【禍從天降】huòcóngtiānjiàng〔成〕災禍好像從天上降下來。形容災禍來得突然。

【禍端】huòduān〔名〕〈書〉禍事的開始：聞～而不備，必亡｜放縱邪惡，必成～。

【禍福】huòfú〔名〕災禍與幸福：～無門｜～相依。

【禍根】huògēn〔名〕（條）災禍的根芽，比喻能引起禍患的人或事物：不要留下～｜～不除，後患無窮。

【禍國殃民】huòguó-yāngmín〔成〕使國家受害，使人民遭殃：那群軍閥混戰，～。

【禍害】huòhai ❶〔名〕禍患：消除～｜造成～。❷〔名〕（個）帶來禍害的人或事物：流氓地痞是地方上的～｜蝗蟲是農業一大～。❸〔動〕嚴重損害：黑熊～莊稼。

【禍患】huòhuàn〔名〕禍事；災禍：招來～｜根除～。

【禍亂】huòluàn〔名〕災禍與變亂：～接連發生｜～不斷。

【禍起蕭牆】huòqǐ-xiāoqiáng〔成〕蕭牆：照壁。禍患起源於門口的牆壁以內。比喻禍亂產生於內部（而不在外部）：內部紛爭，～。也說蕭牆禍起。

【禍事】huòshì〔名〕能造成災禍的事：～臨頭尚不知｜你的～到了。

【禍首】huòshǒu〔名〕引起禍亂造成禍事的首要分子：嚴懲罪魁～。

【禍水】huòshuǐ〔名〕舊多用來誣指女人；現用來比喻引起禍亂的社會勢力。

語彙　蠱惑　惶惑　困惑　迷惑　煽惑　疑惑　熒惑　誘惑

【惑亂】huòluàn〔動〕使人陷於迷亂：～百姓｜～人心。

雍　huò〈書〉同"腘"。

霍　huò ❶ 忽然；迅速：～然｜～地站起來。❷（Huò）〔名〕姓。

語彙　揮霍　霍霍

【霍地】huòdì〔副〕表示動作突然發生：～一躍而起｜～轉過身來。

【霍霍】huòhuò ❶〔擬聲〕形容磨刀的聲音：～的磨刀聲｜磨刀～。❷〔形〕形容閃耀的樣子：電光～｜～閃電。

【霍亂】huòluàn〔名〕❶ 由霍亂弧菌引起的急性腸道傳染病，多由不潔的食物傳染，患者上吐下瀉，手腳冰涼，嚴重失水及虛脫，死亡率很高。❷ 中醫泛指劇烈吐瀉、腹痛等症，包括現代所稱的霍亂及急性腸胃炎等。

【霍然】huòrán ❶〔副〕忽然；突然：手電筒一亮，～雲消霧散。❷〔形〕〈書〉指疾病迅速痊癒：病體～不日或可～。

嚯　huò〈書〉❶ 大呼小叫，高聲說笑。❷〔擬聲〕形容人的歡息聲或動物叫聲：～～（豬叫聲）｜～咋（猿猴啼叫聲）。

另見 huō（591 頁）；ō（993 頁）。

獲（獲）huò ❶ 捉住；擒住：獵～｜擒～｜俘～｜拿～｜截～｜破～。❷ 得到；獲得：～救｜～釋｜～獎｜～罪｜～勝｜如～至寶｜不勞而～。❸〈書〉能夠做到：不～前來｜不～面辭。

"獲"另見 huò"穫"（599 頁）。

語彙　捕獲　創獲　俘獲　繳獲　截獲　虜獲　拿獲　破獲　擒獲　不勞而獲

【獲得】huòdé〔動〕（經過努力）取得；得到（今人滿意的事物）：～豐收｜～好成績｜～新經驗｜～金質獎章｜～極高評價｜～冠軍。

【獲獎】huò // jiǎng〔動〕得到獎勵：～作品｜在國際大賽中～。

【獲救】huòjiù〔動〕得到救助：海上～｜遇難遊客均已～。

【獲利】huòlì〔動〕獲得利潤；得到利益：廠家～，百姓受益｜投資者要從中～。

【獲取】huòqǔ〔動〕得到；取得：～情報｜～食物和水｜～高額利潤。

【獲勝】huò // shèng〔動〕得到勝利：必將～｜三比一～。

【獲釋】huòshì〔動〕得到釋放：在押人員均已～｜～出獄。

【獲悉】huòxī〔動〕〈書〉得知（信息）：～足下學成歸國｜～貴國總統將來華訪問。

【獲選】huòxuǎn〔動〕在選舉中取勝；被選上：～名單｜我校有二十篇優秀論文～。

【獲益匪淺】huòyì-fěiqiǎn〔成〕獲得很大益處：拜讀大作，～。也說受益匪淺。注意 這裏的"匪"不寫作"非"。

【獲知】huòzhī〔動〕獲悉；得知：～你已取得博
　士學位，為你高興。

【獲准】huòzhǔn〔動〕獲得准許：經過交涉，～
　入境。

【獲罪】huòzuì〔動〕被加上某種罪名；被判有某種
　罪行。

濩　huò ❶〈書〉雨水從屋檐下流的樣子。
　❷（Huò）〔名〕姓。

嚄　huò ❶〔歎〕表示讚歎或驚訝：～，這西
　紅柿個兒真大！❷〔擬聲〕形容笑聲：～～
　一笑。

穫（获）　huò 收割莊稼：十月～稻｜收～。
　"获"另見 huò "獲"（598頁）。

鱯（鲩）　huò〔名〕魚名，生活在海裏，體形
　長而側扁，頭上鱗圓形，其他部位
　的鱗呈櫛狀，牙齒像絨毛。

玃　huò 見下。

【玃㺄㺭】huòjiāpí〔名〕（隻）哺乳動物。毛赤褐
　色，臀部和四肢有黑白相間的橫紋。形似長頸
　鹿而體小。頸短，身有條斑。生活在中非森
　林。[英 okapi]

蒦　huò〈書〉豆類作物的葉子：秋風吹飛～。

【蒦香】huòxiāng〔名〕（棵，株）多年生草本植
　物，葉子心臟形，花藍紫色，瘦果倒卵形。
　莖和葉有香味，可入藥，有清涼解熱、健胃止

吐的作用。

蠖　huò ❶見"尺蠖"（176頁）。❷（Huò）
　〔名〕姓。

臛　huò〈書〉肉羹。

爦　huò〈書〉形容火光閃爍。

豁　huò ❶ 開闊；通達：～亮｜顯～｜～達
　大度。❷ 免除；取消：～免。❸（Huò）
　〔名〕姓。
　另見 huá（562頁）；huō（591頁）。

語彙　開豁　顯豁　醒豁

【豁達】huòdá〔形〕胸襟開闊，性格開朗：為人聰
　明～｜～大度。

【豁亮】huòliàng（-liang）〔形〕❶ 寬敞明亮；敞
　亮：書房裏又～又整潔｜對問題鑽研得越深，
　心裏就越～。❷ 洪大響亮：嗓音～。

【豁免】huòmiǎn〔動〕取消；免除（捐稅、勞役
　等）：～捐稅｜外交～權。

【豁然開朗】huòrán-kāilǎng〔成〕忽然出現開闊明
　朗的境界。比喻突然領悟了某個道理：經老師
　點撥後，他心裏～，連連稱是。

鑊（镬）　huò ❶〔名〕（吳語、客家話）鍋：
　飯～。❷ 古代的一種大鍋；也做烹
　人的刑具：嘗一臠肉，知一～之味｜臣請就湯～。

J

jī ㄐㄧ

几 jī ❶（～兒）矮小的桌子：茶～兒｜條～｜～案｜窗明～淨｜～而寐。❷（Jī）〔名〕姓。

另見 jī"幾"（602 頁）；jǐ"幾"（616 頁）。

【几案】jǐ'àn〔名〕長條桌子，泛指桌子。

乩 jī 見"扶乩"（397 頁）。

肌 jī ❶肌肉：面黃～瘦。❷皮膚：～如白雪。

【肌膚】jīfū〔名〕皮膚：～白嫩。

【肌腱】jījiàn〔名〕腱。

【肌理】jīlǐ〔名〕〈書〉皮膚的紋理：～細膩，骨肉勻稱。

【肌肉】jīròu〔名〕（塊）人體和動物體的一種組織，由許多肌纖維集合組成，可以分為骨骼肌、平滑肌、心肌三種。也叫筋肉。

辨析　肌肉、瘦肉　"肌肉"可用於動物和人體，"瘦肉"專指不帶脂肪的食用肉，人體的肌肉不能稱為瘦肉。如"買一斤瘦肉"不能說"買一斤肌肉"，"他腿部肌肉發達"不能說"他腿部瘦肉發達"。

【肌體】jītǐ〔名〕❶指身體：健全的～。❷比喻組織機構：防止腐敗侵蝕政府的～。

圾 jī 見"垃圾"（790 頁）。

芨 jī 見下。

【芨芨草】jījīcǎo〔名〕多年生草本植物，葉狹長，花淡綠色，生長在鹼性土壤草灘上，固沙耐鹼，也可做飼料或編織用。

其 jī 見於人名：酈食（yì）～（漢朝人）。

另見 qí（1048 頁）。

枎 jī〈書〉柱上方木。

奇 jī ❶單的；不成對的（跟"偶"相對）：～數｜～偶。❷〈書〉零數：年八十有～。

另見 qí（1049 頁）。

【奇零】jīlíng〔名〕〈書〉零數，整數以外的零頭：～之款。也作畸零。

【奇數】jīshù〔名〕不能被 2 整除的整數，如 1，3，5，7，9，-1，-3，-5，-7，-9 等（跟"偶數"相對）。正奇數也叫單數。

【奇蹄】jītí〔名〕哺乳動物前後肢單數着地的蹄，

一般由一指（趾）或三指（趾）構成。如馬的前後肢都只有一蹄，第三指（趾）的蹄最發達，直接接觸地面。

㞢 jī 見下。

【㞢奸】jījiān 同"雞奸"。

咭 jī 見下。

剞 jī 見下。

【剞劂】jījué〈書〉❶〔名〕雕刻用的彎刀。❷〔動〕雕版；刻書：即付～。

唧 jī/jí〔動〕噴射（液體）：～筒｜～了一身水。

【唧咕】jīgu 同"嘰咕"。

【唧唧】jījī〔擬聲〕形容蟲叫聲：秋蟲～地叫個不停。

【唧唧喳喳】jījizhāzhā〔擬聲〕形容雜亂細碎的聲音：麻雀～地叫個不停｜一群人～，在院子裏吵嚷了多半天。也作嘰嘰喳喳。

笄 jī 古代盤束頭髮用的簪子：年將及～（女子到了可以插笄的年齡，即成年）。

【笄禮】jīlǐ〔名〕古代貴族女子十五歲舉行的加笄儀式，表示已經成年。

古代的笄禮
古代貴族女子十五歲時要舉行加笄儀式。儀式大體與男子的冠禮相同，但較為簡單。主持者是女性家長，負責加笄的是女賓。行笄禮時，先改變髮式，將原來的垂髮綰成一個髻，用塊黑布包住，再用笄固定髮髻；然後女賓為女子取字，笄禮結束。笄禮前，女子是"待字閨中"，笄禮後，即被視為成人，可以論婚許嫁了。

飢（饥）jī 餓：如～似渴｜～寒交迫｜畫餅充～｜飽漢不知餓漢～。

"饥"另見 jī"饑"（609 頁）。

語彙　充飢　療飢

【飢不擇食】jībùzéshí〔成〕飢餓的時候不挑選食物。比喻急切需要的時候顧不得選擇：經濟開發區引進項目時切莫～。

【飢腸】jīcháng〔名〕飢餓的肚子：～雷鳴｜～轆轆（飢餓時腹中轆轆作響，形容非常餓）。

【飢餓】jī'è〔形〕餓：～難忍。

辨析　飢餓、餓　"飢餓"是形容詞；"餓"既是形容詞，又是動詞。因此像"餓你一頓""餓肚子""餓餓"裏的"餓"都不能換用"飢餓"。另外，"飢餓"的一些固定搭配如"飢餓綫""飢餓療法"，也不能說成"餓綫""餓療法"。

【飢寒交迫】jīhán-jiāopò〔成〕飢餓和寒冷交相逼迫。形容處境非常困難：國家緊急調運物資，救濟～的災民。

【飢渴】jīkě〔形〕❶ 又餓又渴：～難耐。❷ 形容需要得很迫切：知識～｜感情～。

【飢色】jīsè〔名〕受飢捱餓而呈現出來的營養不良的臉色：面有～。

屐 jī ❶ 一種木底鞋：木～。❷ 泛指鞋：草～｜～履。

姬 jī ❶ 古代對婦女的美稱：吳～（吳地的美女）。❷ 古代稱妾：～妾｜侍～｜寵～。❸ 舊時稱以歌舞為業的女子：名～｜歌～。❹（Jī）〔名〕姓。

【姬妾】jīqiè〔名〕妾。

基 jī ❶ 建築物的根基：奠～｜路～。❷〔名〕化合物的分子中所含的一部分原子被看成是一個單位時就叫基：氨～｜羥～｜鹽～。❸ 開始的；底層的：～數｜～層｜～價｜～肥。❹ 根本的；主要的：～調｜～業｜～幹｜～本。❺（Jī）〔名〕姓。

語彙 登基 地基 房基 根基 路基 牆基

【基本】jīběn ❶〔形〕屬性詞。根本的：～知識｜～觀點｜～矛盾｜為人民服務是我們最～的原則。❷〔形〕屬性詞。主要的：～群眾｜～條件｜～的生活用品必須保證供應。❸〔副〕大體上：任務已～完成｜你的意見我～同意。

【基本詞彙】jīběn cíhuì 詞彙中最主要的部分，它們使用最廣，歷史最長，構詞能力最強，如"水、火、人、手、新、舊、上、下、左、右、來、去"等。

【基本法】jīběnfǎ〔名〕❶ 某些國家指憲法。❷ 某些特定地區的憲制性文件，如《中華人民共和國香港特別行政區基本法》。

【基本功】jīběngōng〔名〕從事某種工作所必須掌握的最主要的知識和技能：～扎實｜演員要練～｜樂理、指法是彈鋼琴的～。

【基本建設】jīběn jiànshè 國民經濟各部門增添固定資產的建設。有生產性基本建設，如廠房、礦井、鐵路、水利等的建設；有非生產性基本建設，如學校、醫院、住宅等的建設。簡稱基建。

【基本上】jīběnshang〔副〕❶ 主要地：掃尾工作～由教育部門派人完成。❷ 大體上：今年的生產任務已經～完成了。

【基層】jīcéng〔名〕❶ 各種組織中直接聯繫群眾的最低的一層：～組織｜～領導｜深入～｜領導幹部經常下～。❷ 社會階層中的最低層：～人士。

【基礎】jīchǔ〔名〕❶ 建築物的根基：修建高層樓房必須打好～。❷ 事物發展的根本或起點：知識～｜～理論｜農業是國民經濟的～｜在原有的～上再上一個新台階。

【基礎科學】jīchǔ kēxué 研究自然現象和物質運動基本規律的科學。一般分為數學、物理學、化

學、生物學、地學、天文學六大學科。是應用科學的理論基礎。

【基礎課】jīchǔkè〔名〕（門）使學生獲得有關學科的基本知識、基本概念、基本規律和基本技能的課程，是進一步學習專門知識的基礎。

【基地】jīdì〔名〕❶ 作為某種事業基礎的地區：工業～｜石油～｜鋼鐵～。❷ 作為開展某項事業的活動中心或專用場所：海軍～｜軍事～｜導彈～｜登山隊員當天返回了～｜排球訓練～。

【基點】jīdiǎn〔名〕❶ 中心；立足點：科研～｜農業～。❷ 根本或起點：調查研究是做好工作的～｜我們的方針應該放在自力更生的～上。

【基調】jīdiào〔名〕❶ 音樂作品中主要的曲調：這首曲子的～高亢，感情激昂。❷ 主要精神或思想；基本風格：這部小說的～稍顯低沉。

【基督】Jīdū〔名〕基督教稱救世主。基督教認為耶穌是救世主，故稱耶穌為基督。[希臘Christos]

【基督教】Jīdūjiào〔名〕世界三大宗教之一，公元 1 世紀產生於亞洲西部地區，奉耶穌為救世主。流傳到羅馬帝國，4 世紀被定為該國國教，後又傳到歐洲各國。隨着歐洲國家向外進行殖民擴張，傳到亞洲、美洲。基督教於公元 11 世紀分裂為天主教和東正教。公元 16 世紀宗教改革以後，又陸續從天主教分裂出許多新的教派，合稱新教。中國所稱基督教，多指新教。

【基肥】jīféi〔名〕播種或移栽前施在田裏的肥料。也叫底肥。

【基幹】jīgàn〔名〕基礎；骨幹：～民兵｜～隊伍。

【基建】jījiàn〔名〕基本建設的簡稱：～隊伍｜～工程｜～規模。

【基金】jījīn〔名〕❶ 為開展某項活動或興辦、發展某種事業而設立的資金：生產～｜教育～｜兒童福利～｜殘疾人福利～。❷ 指證券市場上的投資基金。

【基尼係數】Jīní xìshù 經濟學中指衡量人們收入差異狀況的指標。係數數值為 0-1。0 為收入絕對平均，1 為收入絕對不平均。通常認為數值超過 0.4 為國際警戒綫水平，表明貧富差距很大。因意大利統計學家基尼（Corrado Gini）首先提出而得名。

【基諾族】Jīnuòzú〔名〕中國少數民族之一，人口約 2.3 萬人（2010 年），主要分佈在雲南西雙版納的景洪。基諾語是主要交際工具，沒有本民族文字。

【基色】jīsè〔名〕基本顏色。參見"原色"（1670頁）。

【基石】jīshí〔名〕❶ 構成建築物基礎的石頭。❷ 比喻事物的根本或做一件事的必要條件：和平共處五項原則是中國外交政策的～。

【基數】jīshù〔名〕❶ 表示數量多少的普通整數，

如 1、2、3、4……100、1000 等（區別於“序數”）。❷ 統計中作為計算標準或起點的數：工資～｜養老保險～。

【基圍蝦】jīwéixiā〔名〕蝦的一種，生活在鹹水和淡水交界處，喜隨海潮游到基圍（在近海灘塗修築的圍堤）下水流平緩區域產卵，故稱。可人工養殖。也叫基尾蝦。

【基綫】jīxiàn〔名〕一個國家內水和領海的分界綫，也是劃定領海、專屬經濟區、大陸架的起算綫，又稱領海基綫。

基綫的重要性

基綫的確定對於沿海國家的領海主張具有重要的意義。基綫向陸地一側的水域稱為內水，向海的一側依次是領海、專屬經濟區、大陸架等管轄海域。2012 年 9 月 10 日，中華人民共和國政府根據 1992 年 2 月 25 日《中華人民共和國領海及毗連區法》宣佈了中華人民共和國釣魚島及其附屬島嶼的領海基綫。

【基業】jīyè〔名〕❶ 事業發展的基礎：創立～｜穩固的政權是國家發展的～。❷ 指家產；產業：祖父留下的～。

【基因】jīyīn〔名〕控制生物性狀傳遞、變化、發育的遺傳單位，主要存在於細胞核內的染色體上。[英 gene]

【基於】jīyú〔介〕依據；根據：～以上原因，建新廠的計劃不得不取消｜～我剛才所說的情況，以往簽訂的合同必須重新審定。

【基站】jīzhàn〔名〕無綫通信基地站。無綫通信系統的一個組成部分，裝有信號接收機、發射機、天綫等設備。

【基準】jīzhǔn〔名〕測量時的起算標準，也常指標準或基本條件：環境～｜～地價。

期〈朞〉jī〈書〉一週年或一整月：～年｜～月。
另見 qī（1046 頁）。

犄 jī〈書〉❶ 牽制；擊其左，～其右。❷ 兩角相對的樣子：大牛前行角雙～。注意“犄”不讀 jǐ。

【犄角】jījiǎo（～兒）〔名〕〈口〉❶ 物體邊沿相接的地方：牆～｜桌子～。❷ 角落：把衣裳架在屋子～。

【犄角】jījiao〔名〕（隻，對）〈口〉獸類的角：牛～｜羊～｜鹿～。

嵇 Jī〔名〕姓。

幾〈几〉jī〔副〕〈書〉幾乎；接近於：與會者～千人。
另見 jǐ（616 頁）；“几”另見 jī（600 頁）。

【幾乎】jīhū〔副〕❶ 差不多；非常接近：大家的看法～完全一致｜～有三千人報名｜他的頭髮～全白了。❷ 表示眼看就要發生而結果並未發

生：他感到一陣頭暈，～栽倒在地｜因為車票不好買，我～沒走成。注意 否定用“沒”“沒有”時，如果指不希望發生的事，意思跟肯定式一樣，如“幾乎沒掉下去”跟“幾乎掉下去”的意思相同，都表示沒有掉下去。如果指希望發生的事，意思跟肯定式相反，如“幾乎沒走成”意思是“走成了”，而“幾乎走成了”意思是“沒走成”

┌─ **辨析** 幾乎、簡直　“幾乎”只表示“接近”，是對實際情況的客觀估計；“簡直”的意思是“接近完全”，近乎“等於”，含有誇張語氣，帶有主觀色彩。如“公司幾乎辦不下去了”（客觀說明）、“公司簡直辦不下去了”（強調嚴重程度）；“眼睛幾乎不行了”（實際情況多半很差）、“眼睛簡直不行了”（帶誇張語氣，實際情況可能很差，也可能不那麼差）。

【幾近】jījìn〔動〕幾乎到了；接近於：～崩潰｜～謊言的話。

【幾率】jīlǜ〔名〕概率的舊稱。

畸 jī ❶ 不正常的；不規則的：～形。❷ 偏：～輕～重。❸〈書〉數的零頭：～零。注意“畸”不讀 qí。

【畸變】jībiàn〔動〕不正常變化：圖像～｜染色體～的遺傳病。

【畸零】jīlíng ❶ 同“奇零”。❷〔形〕〈書〉孤零零的：～無侶。

【畸輕畸重】jīqīng-jīzhòng〔成〕偏輕偏重。形容事物發展不均衡，或對人對事的態度有所偏向：這本書對發展過程寫得太多，對歷史背景寫得太少，使人有～之感。

【畸人】jīrén〔名〕❶ 不合世俗的人。❷ 奇特的人。

【畸形】jīxíng〔形〕❶ 生物體某部分發育不正常：肢體～｜先天～｜～胎兒。❷ 事物發展情況不正常、不均衡：～發展｜～繁榮｜經濟～。

箕 jī ❶ 簸箕：糞～。❷ 簸箕形的指紋（區別於“斗”）：斗～｜你有幾個～幾個斗。❸ 二十八宿之一，東方蒼龍七宿的第七宿。參見“二十八宿”（347 頁）。❹（Jī）〔名〕姓。

【箕踞】jījù〔動〕〈書〉古人席地而坐，坐時臀部緊挨腳後跟。如果兩腿向前隨意伸開，像個簸箕，就叫箕踞，是一種不拘禮節的坐態。

鎶（鈺）jī〈書〉金圭。

賫（赍）〈賫齎〉jī〈書〉❶ 懷着：～恨｜～志以歿（mò）。❷ 將東西送給人：～發｜借寇兵而～盜糧（把兵器獻給匪徒，把糧食送給盜賊）。

嘰（叽）jī〔擬聲〕形容小鳥、小雞等的叫聲：小鳥～～叫。

【嘰咕】jīgu〔動〕小聲說話：你們兩個躲在一邊～些甚麼？也作唧咕。

【嘰嘰嘎嘎】jījigāgā〔擬聲〕形容說笑聲等：他們～

地又說又笑。

【嘰嘰喳喳】jījizhāzhā 同"唧唧喳喳"。

【嘰裏旮旯兒】jīligālár〔名〕(北京話)各個角落：～全找遍了，也沒有找到那塊錶。

【嘰裏咕嚕】jīligūlū〔擬聲〕❶形容聽不明白或聽不清楚的說話聲：他～說了半天，我一句也沒聽懂。❷形容物體滾動的聲音：石頭～往山下滾。

【嘰裏呱啦】jīligūalā〔擬聲〕形容大聲說話的聲音：～說個沒完，吵死人了！

稽 jī ❶ 查考：有案可～｜無～之談。❷〈書〉計較：反唇相～(現多作反唇相譏)。❸〈書〉停留；拖延：～延時日｜來信～復，請原諒。❹ (Jī)〔名〕姓。

另見 qǐ (1058頁)。

【稽查】jīchá ❶〔動〕檢查(違法、違禁等活動)：～工作｜～處｜～戶口。❷〔名〕(名，個)擔任稽查工作的人。

【稽核】jīhé〔動〕檢查審核(賬目等)：內部～制度｜～報告。

【稽考】jīkǎo〔動〕〈書〉查考：無可～｜～歷代典章制度。

【稽留】jīliú〔動〕〈書〉停留：早去早回，且莫在外～｜在京～一月有餘。

觭 jī〈書〉同"奇"(jī)①。

緝 (缉) jī / qì 搜捕；捉拿：～查｜～毒｜通～｜偵～。

另見 qī (1048頁)。

語彙 通緝 偵緝

【緝捕】jībǔ〔動〕緝拿：～逃犯。

【緝查】jīchá〔動〕搜查：～隊｜走私貨物｜進行拉網式～。

【緝毒】jīdú〔動〕檢查走私毒品行為，緝捕販毒的人：～鬥爭｜～人員。

【緝獲】jīhuò〔動〕捕獲；查獲：～毒品｜逃犯已～。

【緝拿】jīná〔動〕搜查捉拿：～歸案｜～兇手。

【緝私】jīsī〔動〕檢查走私行為，捉拿走私的人：～船｜～大隊｜～人員｜進行海上～。

【緝兇】jīxiōng〔動〕緝拿兇手：懸賞～｜迅速派出警力～。

畿 jī ❶ 古代稱京城附近的地方：京～｜近～｜邦～千里。❷ (Jī)〔名〕姓。

【畿輔】jīfǔ〔名〕〈書〉古代指京城附近地區：～重地。

璣 (玑) jī ❶〈書〉不圓的珠子：珠～。❷ 古代一種天文儀器：璿～。

機 (机) jī ❶〔名〕機器：電視～｜收音～｜攝影～｜計算～｜拖拉～｜內燃～。❷ 飛機：客～｜專～｜僚～｜長～｜敵～｜轟炸～｜戰鬥～｜運輸～｜～群｜～場。❸ 事物變化的關鍵或有重要關係的環節：生～｜危～｜轉～。❹ 機會：當～立斷｜有～可乘｜隨～應變。❺ 重要的事情：軍～｜日理萬～。❻ 生活機能：無～物｜有～化學。❼ 念頭；心思：靈～｜殺～｜動～。❽ 秘密：～密｜～要。❾ 靈活；靈巧：～智｜～警｜～巧｜～敏。❿ (Jī)〔名〕姓。

語彙 班機 禪機 唱機 乘機 待機 耳機 軍機 良機 契機 殺機 商機 時機 司機 伺機 天機 停機 投機 危機 相機 心機 樣機 戰機 計算機 日理萬機 坐失良機

【機變】jībiàn〔動〕〈書〉隨機應變：善於～。

【機不可失】jībùkěshī〔成〕機會不能錯過：～，時不再來，要珍惜這難得的學習機會。

【機艙】jīcāng〔名〕❶ 輪船上裝置機器的地方。❷ 飛機內載客或裝貨的地方。

【機場】jīchǎng〔名〕(座)供飛機升降、停放的場地：軍用～｜民用～｜國際～。

【機車】jīchē〔名〕(輛，台)用來牽引若干節列車車廂的動力車。有蒸汽機車、內燃機車、電力機車等。通稱火車頭。

【機床】jīchuáng〔名〕(台)對金屬或非金屬材料進行機械加工的機器。一般指金屬切削機床。也叫母機、工作母機。

【機電】jīdiàn〔名〕機械和電力設備的總稱：～產品｜～設備。

【機頂盒】jīdǐnghé〔名〕數字視頻解碼接收器的俗稱。是放置在電視機頂部、形狀像盒子的裝置，可以使現有模擬電視的用戶觀看數字電視節目，也可以進行交互式數字化娛樂、教育等活動：高清～｜數字電視～。

【機動】jīdòng ㊀〔形〕屬性詞。利用機器開動的：～裝置｜～車｜～三輪車。㊁〔形〕❶ 根據實際情況及時做靈活變動的：～靈活｜～處置｜～安排。❷ 屬性詞。準備靈活使用的：～糧｜～力量｜～時間｜～資金｜～人員。

【機動車】jīdòngchē〔名〕(輛)利用機器開動的車(區別於"人力車")：～駕駛證。

【機帆船】jīfānchuán〔名〕(艘)裝有發動機的帆船。

【機房】jīfáng〔名〕(間)❶ 裝置電話總機或電報機、放映機、電子計算機等設備的地方。❷ 輪船上裝置機器的地方。

【機鋒】jīfēng〔名〕原為佛教用語，指問答迅捷、含意深刻的語句；也指話裏的才思和鋒芒：語多～｜～過人。

【機耕】jīgēng〔動〕用農業機器耕種：大面積實施～｜～地｜～面積。

【機構】jīgòu〔名〕❶ 機械的內部構造或機械內部的一個單元：傳動～｜液壓～。❷ 指機關、團體等工作單位，也指其內部組織：文教～｜宣傳～｜政府～｜調整～｜精簡～。

J

【機關】jīguān ❶〔名〕機械運行的控制部分：起動～｜～失靈。❷〔形〕屬性詞。由機械控制的：～佈景｜～槍。❸〔名〕辦理事務的部門：政府～｜領導～｜公安～｜～幹部｜～工作｜改進～作風。❹〔名〕機巧的計謀：他識破了敵人的～｜～算盡。

〔辨析〕機關、機構 都可以指"辦理事務的部門"，但用法和搭配不一樣：a）"機關工作""機關幹部""機關報"裏的"機關"都不能換用"機構"；b）有些政府部門只能說"機關"，不能說"機構"，如"公安機關""稅務機關"等；c）指"機關、團體等內部組織"時，也不能換用"機關"，如不能說"各級機關都應當精簡機關"（後一個"機關"須改為"機構"）。

【機關報】jīguānbào〔名〕黨政機關或社會團體編輯出版的報紙。代表該機關、團體發表言論，宣傳自己的觀點和主張：中華全國總工會的～是《工人日報》。

【機關刊物】jīguān kānwù 黨政機關或社會團體編輯出版的刊物：《中國青年》是中國共產主義青年團中央的～。

【機關槍】jīguānqiāng〔名〕（挺，架）機槍的舊稱。

【機灌】jīguàn〔動〕用機器灌溉（農田）：～站｜～設備｜已完成～120萬畝農田的任務。

【機會】jīhuì(-hui)〔名〕恰當的時候；時機：要抓住～｜別錯過～｜這是一個難得的～。

〔辨析〕機會、時機 a）"機會"着重指時間，"時機"則指包含時間在內的客觀條件。如"不能給敵人喘息的機會"不能說成"不能給敵人喘息的時機"，而"目前時機還不成熟"不能說成"目前機會還不成熟"。b）有時搭配也不一樣，如可以說"不失時機"，不宜說"不失機會"，而"得到機會"不能說"得到時機"。

【機件】jījiàn〔名〕機器的各個零件和部件：紡織～｜～故障。

【機降】jījiàng〔動〕用飛機或直升機運載人員、裝備和物資直接降落在地面：～作戰｜～救護。

【機井】jījǐng〔名〕（口，眼）用機械開鑿並用水泵汲水的深水井：今年這個村共打～五眼。

【機警】jījǐng〔形〕機智敏銳；警覺性高：偵察員個個都很～｜獵物難逃～的獵犬。

【機具】jījù〔名〕機械和工具的合稱：農用～｜大型運輸～。

【機考】jīkǎo〔動〕應考者在計算機上答題考試：託福～｜網絡～。

【機靈】（㊀機伶）jīling ㊀〔形〕伶俐；機智：這孩子很～｜你辦事應該～一點兒。㊁同"激靈"。

【機靈鬼兒】jīlingguǐr〔名〕非常伶俐乖巧的人（含喜愛意）：這孩子可真是個～。

【機米】jīmǐ〔名〕用機器碾出的大米，現在一般指秈稻加工成的米，黏性較小。

【機密】jīmì ❶〔形〕重要而秘密：～工作｜～文件｜～檔案。❷〔名〕重要而秘密的事：國家～｜保守～｜泄露～。

【機敏】jīmǐn〔形〕機警靈敏：沉着～｜～過人。

【機謀】jīmóu〔書〕計謀：暗設～｜～用盡。

【機能】jīnéng〔名〕生物器官或細胞組織所起的作用和活動能力：運動～｜骨髓的造血～｜心臟具有推動血液循環的～。

【機器】jīqì(-qi)〔名〕❶（台，部）用來產生、轉換或利用機械能的裝置，通常由動力部分、傳動部分、工作部分組成：安裝～｜保養～｜～運轉正常｜～能夠減輕人的勞動強度，提高生產率。❷指政權組織：國家～。

【機器翻譯】jīqì(-qi) fānyì 利用電子計算機等裝置，按一定的程序把一種語言文字翻譯成另一種語言文字。也叫自動化翻譯。

【機器人】jīqì(-qi)rén〔名〕一種由電子計算機控制的自動機械，能代替人做某些工作。有的能模擬人說話。

【機槍】jīqiāng〔名〕（挺，架）能自動連續發射並有槍架、腳架或其他固定裝置的槍，有輕機槍、重機槍、高射機槍等。舊稱機關槍。

【機巧】jīqiǎo〔形〕機智巧妙：～靈活｜言辭～｜應對～。

【機群】jīqún〔名〕一群編隊飛行的飛機：高射炮向敵人的～猛烈射擊。

【機體】jītǐ〔名〕指自然界中一切有生命的生物體，包括植物、動物和人：構成～的物質基礎是蛋白質｜增強～免疫力。也叫有機體。

【機務】jīwù〔名〕機器或機車操縱、維修、保養等方面的事務：～段｜～人員。

【機械】jīxiè ❶〔名〕利用力學原理組成的各種裝置的總稱，如槓桿、滑輪、機床、槍炮等。❷〔形〕呆板；不靈活：理解問題太～｜學習借鑒別人經驗不應～地模仿。注意"械"不讀jiè。

【機械化】jīxièhuà〔動〕廣泛利用機器裝備進行生產或活動：農業～｜工地施工已全部～了。

【機械手】jīxièshǒu〔名〕能代替人手從事某些勞動的機械裝置。多用於高溫、接觸放射性物質等不適於人體直接操作的場合。

【機械運動】jīxiè yùndòng 物體之間或物體內部各點之間相對位置發生改變的運動。如車輛行駛、機械運轉、彈簧的伸縮等。

【機心】jīxīn〔名〕〈書〉狡猾詭詐的用心：互相欺騙，各存～。

【機芯】jīxīn〔名〕鐘錶、電視機等內部的機件：全鋼～｜原裝～。

【機型】jīxíng〔名〕❶機器型號：彩電～繁多。❷飛機型號：先進～。

【機修】jīxiū〔動〕機器維修：～工｜～車間｜全廠正在～。

【機要】jīyào ❶〔形〕屬性詞。機密而重要的：～工作｜～部門｜～秘書｜～室。❷〔名〕機密而重要的工作或機關：位居～｜執掌～。

【機宜】jīyí〔名〕針對具體情況採取的相應策略和辦法：面授～。

【機翼】jīyì〔名〕飛機機身兩側、能產生動力使飛機升空的鳥翼狀部分。

【機油】jīyóu〔名〕機器油，特指潤滑油。作用是減少機器摩擦發熱，便於運轉。

【機遇】jīyù〔名〕好的機會；時機：千載難逢的～｜抓住～，力爭再上一個台階。

【機緣】jīyuán〔名〕原為佛教用語，指時機和因緣；泛指機會和緣分：～巧合｜等待～｜沒有～相見。

【機運】jīyùn〔名〕機會；運氣：全靠～｜～不佳｜～成熟了。

【機織】jīzhī〔形〕屬性詞。用機器編織的：～毛衣｜～地毯。

【機制】jīzhì ㊀〔形〕屬性詞。用機器製造的（區別於手工製造的）：～紙｜～糖｜～水餃。㊁〔名〕❶機械的構造和工作原理：計算機的～。❷有機體的構造、功能及相互關係：動脈硬化的～。❸事物的工作系統和有機聯繫：經營～｜獎勵～｜把競爭～引入人事制度。

【機智】jīzhì〔形〕頭腦靈活，善於隨機應變：～勇敢的公安人員｜～的語言｜辯論會上，反方同學表現得十分～。

【機杼】jīzhù〔名〕〈書〉❶指織布機：不聞～聲，惟聞女歎息。❷借指詩文的構思、佈局：文章自出～，成一家風骨。

【機子】jīzi〔名〕（台）〈口〉指某些機械或裝置，如織布機、電話機、計算機等。

【機組】jīzǔ〔名〕❶為共同完成一項工作而組成的一組機器：發電～。❷一架飛機上的全體工作人員：～人員。

壑 jī 坯子：土～｜炭～。

積（积） jī ❶〔動〕積累：～善行好｜～勞成疾｜日～月累｜出了幾天差，信箱裏～了一堆報紙。❷長期形成的：～習｜～弊｜～怨｜～雪｜～水。❸〔名〕乘積的簡稱。❹〔名〕中醫指兒童消化不良的病：捏～｜孩子一有～就不愛吃東西了。

語彙　沉積　乘積　沖積　地積　堆積　寒積　聚積　累積　面積　容積　山積　食積　痰積　體積　囤積　蓄積　淤積　鬱積

【積案】jī'àn〔名〕（宗、樁）長期積壓下來沒有得到處理的案件：～如山｜清理了一個個的～。

【積弊】jībì〔名〕長時間形成並沿襲下來的弊病：除～，樹新風｜藥價虛高，暴露市場～。

【積不相能】jībùxiāngnéng〔成〕能：親善。一向不和睦：老張、老王雖是同學，現在又是同事，但兩人～，互不來往。

【積存】jīcún〔動〕積聚儲存：～餘錢｜庫內～了大批轉運物資。

【積德】jī//dé〔動〕積累恩德，指做好事：行善～｜積點兒德，救救孩子吧！

【積澱】jīdiàn ❶〔動〕積累沉澱。多指某種思想、文化、習俗、經驗等在漫長過程中積累而形成：幾千年～的習俗。❷〔名〕積累沉澱形成的思想、文化、習俗、經驗等：歷史的～｜在讀書中豐富自己的文化～。

【積犯】jīfàn〔名〕港澳地區用詞。曾犯罪後再犯案者：一名出獄不久的～，不知悔改，繼續從事非法活動，已被警方拘捕。

【積非成是】jīfēi-chéngshì〔成〕錯誤的東西流傳久了，也會被認為是正確的：人們常常不假思索地相信一些～的道理。

【積肥】jī//féi〔動〕收集貯存肥料：動員全村老少～｜積有機肥｜積農家肥。

【積分】jīfēn ㊀❶〔名〕積累的分數：在參加比賽的球隊中，中國隊～最高。❷(-//-)〔動〕積累分數：中國隊二勝一平積五分。㊁〔名〕數學的分支學科微積分中的研究和運算方法，區別於微分方法。

【積憤】jīfèn〔名〕積存已久的憤慨：～難消｜宣洩心頭～。

【積垢】jīgòu〔名〕❶積存的污垢：清除～｜厚厚一層～。❷比喻腐朽、落後的事物：掃除封建～。

【積毀銷骨】jīhuǐ-xiāogǔ〔成〕指誣蔑不實之辭多了，也能使受毀者消亡：眾口鑠金，～，閒言碎語，畢竟還是夠讓人害怕的。

【積極】jījí〔形〕❶正面的；肯定的；起促進作用的（跟"消極"相對）：調動一切～因素｜採取～措施｜秦始皇統一全中國在歷史上有～意義。❷熱心、努力的；進取的（跟"消極"相對）：～分子｜工作～｜他對學生會的工作十分～｜～開展活動。

【積極分子】jījí fènzǐ〔名〕❶政治上要求進步，工作上認真負責的人：環保～。❷在體育、文娛等某一方面比較熱心的人：文娛～｜體育～。

【積極性】jījíxìng〔名〕進取、主動的思想和表現：工作～｜學習～｜發揮員工的～。

【積聚】jījù〔動〕積累：～力量｜～資金。

【積勞成疾】jīláo-chéngjí〔成〕因長期勞累而得病：父親因成年累月為全家生活奔忙，終於～，臥床不起。

【積累】jīlěi ❶〔動〕逐漸聚集：～經驗｜～資金｜建設資金主要靠發展生產來～。❷〔名〕逐漸聚集起來的東西：這些資料卡片是他多年的～｜錢雖不多，但那是母親一生的～。❸〔名〕國民收入中用於擴大再生產的部分：

這個鄉辦企業的公共～逐年增長。

【積木】jīmù〔名〕(塊)一種兒童玩具，由大小和形狀不同的彩色木塊組成，可以搭成各種模型。

【積年】jīnián〔動〕〈書〉積累多年：～舊案｜累月(形容歷時很長)。

【積貧積弱】jīpín-jīruò(國家、民族)長期貧窮和衰弱：～的舊中國。也說積弱積貧。

【積欠】jīqiàn ❶〔動〕一次一次地欠下：～稅款多達百萬元。❷〔名〕長時間積累下來的欠賬：清理～｜償還～。

【積善】jīshàn〔動〕積累善行，指不斷地做好事：～行德｜向陽門第春常在，～人家慶有餘。

【積少成多】jīshǎo-chéngduō〔成〕一點一滴地積累，由少成多：今天節約一點兒，明天節約一點兒，～，一年下來，數量就很可觀了。

【積食】jīshí ❶〔動〕食物積存在胃裏難以消化(多指兒童)：這孩子近來不想吃東西，大概～了。❷〔名〕積存在胃裏的沒有消化的食物：孩子胃裏有～，當然吃不下飯了。

【積微成著】jīwēi-chéngzhù 微小的事物經過長期積累，會變得顯著。

【積溫】jīwēn〔名〕一定時期內，每日的平均溫度或符合特定要求的日平均溫度累積的值。主要用於農業氣象預報和農業氣候分析。

【積習】jīxí〔名〕長時期形成的習慣(多指不好的)：他終於改了飯後一支煙的～。

【積蓄】jīxù ❶〔動〕積攢儲存：～力量｜～物資｜～錢財。❷〔名〕積攢儲存下來的錢財：月月有～｜老人把一生的～都捐獻給家鄉興辦教育事業了。

【積壓】jīyā〔動〕❶長期積存未加使用或處理：～物資｜～商品｜～資金｜倉庫裏～着很多鋼材。❷比喻一直控制着，未表露：～多年的疑團｜～在心頭的怒火一下子爆發了。

【積餘】jīyú〔名〕積攢下來財物：李教授夫婦把一生～都用來購買金石書畫了。

【積羽沉舟】jīyǔ-chénzhōu〔成〕羽毛雖然很輕，但堆積多了也能把船壓沉。比喻微小的事物積累多了也可產生巨大的作用：～，小患是可以釀成大禍的呀！

【積鬱】jīyù〔動〕積聚在心難以發泄：～成疾｜說出了～已久的不滿。

【積怨】jīyuàn ❶(-//-)〔動〕積存怨恨：雙方～多年｜積下了怨就很難化解。❷〔名〕積存已久的怨恨：～甚深｜化解～。

【積攢】jīzǎn ❶〔動〕一點一點地聚集：這個裁縫～了很多布頭兒｜這些錢是一家人省吃節用一點一點～起來的。❷〔名〕一點一點聚集起來的東西：辛辛苦苦幾年，也只有這點｜這幾大本郵票是哥哥多年的～。

【積重難返】jīzhòng-nánfǎn〔成〕積習深重。指長期存在的問題不易解決，或長期形成的不良習俗不易改變：由於管理不善，致使工廠多年來紀律鬆弛，～。

【積銖累寸】jīzhū-lěicùn〔成〕銖：古代重量單位，二十四銖為一兩。形容一點一滴地積累：資金要～地增加，才能擴大再生產。也說銖積寸累。

鏗（鏗）jī 見"鎗鏗"（1805頁）。

激 jī ❶〔動〕水受到阻塞或震蕩而湧起或濺起：～起浪花。❷〔動〕引起：～起公憤｜～起風波。❸〔動〕身體突然受到冷水刺激：他被雨水～病了。❹〔動〕使激動；使發作：用話～他｜勸將不如～將。❺劇烈；強烈：～流｜～戰｜～情。❻急速地：～增。❼(Jī)〔名〕姓。

語彙 刺激 憤激 感激 過激 偏激

【激昂】jī'áng〔形〕激動高昂：觀眾情緒～｜《義勇軍進行曲》的曲調雄壯～。

【激蕩】jīdàng〔動〕❶受沖擊而動蕩：海水～｜心潮～｜愛國熱情在胸中～。❷沖擊使動蕩：巨浪～着航船。

【激動】jīdòng ❶〔形〕感情因受刺激而衝動：老人～得兩手發抖｜令人～｜不要太～。❷〔動〕使感情衝動：捷報頻傳，～人心。

辨析 激動、感動 a) 引起"激動"的可以是正面的、積極的事物，也可以是反面的、消極的事物；而引起"感動"的一般只能是正面的、積極的事物。如"在場的人都很激動，因為他們的預訂金全被這個騙子捲走了"，其中的"激動"不能換用"感動"。b)"激動"的主語或賓語可以是人，也可以是和人的思想感情有關的詞語；"感動"的主語或賓語一般只能是人。如"心情激動""情緒激動""激動人心"，這三個短語的"激動"都不能換用"感動"。c)"感動"常做"受"的賓語，如"(很)受感動"，而"激動"不能做"受"的賓語，不能說"(很)受激動"。

【激發】jīfā〔動〕激勵使奮起：～學生的學習熱情｜新公佈的改革措施把大家的信心～起來了。

【激奮】jīfèn ❶〔形〕激動振奮：群情～。❷〔動〕使激動振奮：～人心的比賽。

【激憤】(激忿)jīfèn〔形〕激動而憤慨：情緒非常～。

【激光】jīguāng〔名〕(束)一種顏色很純、能量高度集中並朝着單一方向發射的光。和通常的發光不同。可用於材料的打孔、切割以及導向、探測、通信、醫療、科研等方面。舊稱萊塞、鐳射。

【激光唱片】jīguāng chàngpiàn 存放數字音頻信號的光盤。

【激光刀】jīguāngdāo〔名〕一種能夠進行手術的激光醫療裝置，因作用同手術刀而得名。手術切口平滑，出血少，不易感染。常用的有二氧化碳激光刀、氬激光刀等。

【激光視盤】jīguāng shìpán 影碟。

【激光照排】jīguāng zhàopái 利用激光掃描成像技術進行照相排版。激光照排系統由輸入部分、計算機信息處理部分和激光掃描記錄部分組成：彩色～｜高精度～機。

激光照排
早期，報紙、圖書都是用鉛字印刷，用火熔鑄鉛字。隨着計算機技術的發展，電子激光技術逐步取代了"鉛"與"火"。1975年5月北京大學開始研製照排系統，由王選教授等主持；1979年7月27日首次用激光照排機輸出中文報紙版面；1981年7月中國第一台計算機激光漢字照排系統原理性樣機"華光I型"通過國家計算機工業總局和教育部的鑒定。

【激化】jīhuà〔動〕❶向激烈的方面變化、發展：雙方的衝突～了。❷使變得激烈：不要～內部矛盾。

【激活】jīhuó〔動〕❶刺激機體內某種物質，使更好發揮作用：～細胞免疫功能。❷比喻促使事物發揮作用或提高活力：～市場｜～高效工作系統。

【激將】jījiàng〔動〕用刺激性的話或反話鼓動激發人去做原來不願或不敢做的事：～法｜請將不如～。

【激將法】jījiàngfǎ〔名〕用刺激性的話或反話鼓動別人去幹某件事的方法：是用～把他推上了第一綫。

【激進】jījìn〔形〕急進（跟"保守"相對）：～派｜～分子｜～思想。

【激劇】jījù〔形〕❶激烈：內心～地進行着鬥爭。❷急劇：貸款數額～增加。

【激勵】jīlì〔動〕激發鼓勵：～機制｜半決賽的勝利～着全體隊員。

〖辨析〗**激勵、鼓勵** a）"激勵"的施動者可以是人和組織，也可以是某些思想和行為；"鼓勵"的施動者一般只限於人和組織。如"崇高的理想激勵着廣大青年"不能說成"崇高的理想鼓勵着廣大青年"。b）"激勵"多限於精神方面，"鼓勵"既有精神方面的，也有物質方面的。如"對優勝者發給獎品，以資鼓勵""國家在高校設立獎學金，鼓勵學生努力學習"，上述兩例裏的"鼓勵"都不能換成"激勵"。c）"鼓勵"還有支持、提倡的意思，如"我們不鼓勵帶病堅持工作"；"激勵"沒有這樣的意思，也不能這樣用。

【激烈】jīliè〔形〕❶劇烈：～的辯論｜～的比賽｜～的搏鬥｜競爭很～｜兩個人爭吵得十分～。❷激奮：壯懷～。

【激靈】jīling〔動〕（北方官話）因突然受驚或受到寒冷的刺激而猛地抖動：他嚇得一～就醒了｜刺骨的冷風吹進來，讓人一～。也作激凌。

【激流】jīliú〔名〕❶湍急的水流：～險灘。❷比喻強勁的時代發展趨勢：生活的～｜投身到改革的～中。

【激怒】jīnù〔動〕刺激使發怒：在場的人都被他的狂妄行為～了。

【激起】jīqǐ〔動〕刺激使發生：～公憤｜一石～千層浪。

【激情】jīqíng〔名〕強烈的情感：火熱的鬥爭生活喚起了他的創作｜這些詩充滿了～。

【激情戲】jīqíngxì〔名〕（段，場）指影視、戲劇中表現男女情愛的片段：～鏡頭｜對片中的一段～，社會評價褒貶不一。

【激賞】jīshǎng〔動〕〈書〉極為讚賞：～不已｜大加～。

【激素】jīsù〔名〕內分泌腺分泌的物質，對調節新陳代謝、維持正常生理活動非常重要。甲狀腺素、腎上腺素、胰島素等都是激素。舊稱荷爾蒙。

【激揚】jīyáng ❶〔動〕激濁揚清：～文字。❷〔動〕激勵使振作：～鬥志｜～士氣。❸〔形〕激昂：～的歡呼聲。

【激越】jīyuè〔形〕（聲音、情緒等）高亢激昂：～的《義勇軍進行曲》｜群情～。

【激增】jīzēng〔動〕急劇增長：產量～｜開支～｜近年城市流動人口～。

【激戰】jīzhàn ❶〔動〕激烈地戰鬥或競爭：雙方～了四個小時。❷〔名〕（場，次）激烈的戰鬥或競爭：新秀杯歌手大～｜在這場抗洪～中湧現出不少英雄人物。

【激濁揚清】jīzhuó-yángqīng〔成〕沖去污水，使清水上揚。比喻抨擊壞的，表揚好的：我們必須～，提倡社會公德。也說揚清激濁。

禥（禥）jī〈書〉衣裙的褶兒。

擊（击）jī／jí ❶敲；打：叩～｜～鼓鳴金｜～掌為號｜旁敲側～｜一拳把對方～倒。❷射擊：～中目標。❸攻打：不堪一～｜反戈一～｜迎頭痛～｜各個～破｜聲東～西。❹碰撞；接觸：撞～｜拍～｜目～者（比喻親眼所見者）。

〖語彙〗搏擊　衝擊　出擊　打擊　點擊　反擊　伏擊　攻擊　合擊　轟擊　還擊　回擊　夾擊　殲擊　截擊　進擊　狙擊　抗擊　目擊　炮擊　抨擊　拳擊　痛擊　突擊　襲擊　迎擊　游擊　追擊　阻擊　不堪一擊　反戈一擊　旁敲側擊

【擊敗】jībài〔動〕打敗：～來犯之敵｜我隊以三比○～了對手。

【擊斃】jībì〔動〕打死（多指用槍、炮）：不法分子拒捕，被當場～｜這次戰鬥～敵人數千。

【擊打】jīdǎ〔動〕拍打；打：海浪～着礁石｜傷者頭部受到～。

【擊毀】jīhuǐ〔動〕擊中並摧毀：～敵人大炮五門。

【擊劍】jījiàn〔名〕體育運動項目。運動員身着保護服裝，用劍互刺，以擊中對方次數多者為勝。

【擊節】jījié〔動〕〈書〉打拍子（表示得意或讚賞）：～歎賞｜～唱和。

【擊潰】jīkuì〔動〕打垮；打散：～戰｜～敵軍。

【擊落】jīluò〔動〕擊中使墜落：～敵機三架。

【擊柝】jītuò〔動〕〈巡夜〉敲梆子。

【擊破】jīpò〔動〕打敗；攻破：各個～｜防綫被～。

【擊賞】jīshǎng〔動〕〈書〉擊節稱賞；極其讚賞：他的攝影作品深得行家～。

【擊退】jītuì〔動〕打退：～了敵人的三次進攻。

【擊掌】jīzhǎng〔動〕❶ 拍手：～稱快｜～為號。❷ 相互拍擊手掌，表示遵守誓言、鼓勵、慶賀等：～為誓｜為勝利而～歡呼。

【擊中】jīzhòng〔動〕❶ 打中：～目標｜～敵艦。❷ 比喻有力地觸到：你的發言～了問題的要害。

磯（矶）jī 水邊突出的岩石或石灘。多用於地名：燕子～（在江蘇南京）｜採石～（在安徽馬鞍山）。

襪（祎）jī〈書〉福；祥。

隮（隮）jī〈書〉登；上升。

雞（鸡）〈鷄〉jī〔名〕❶（隻）家禽，嘴短，頭部有冠，翅膀短，不能高飛，品種很多：殺～取卵｜鶴立～群。❷（Jī）姓。

語彙 草雞 柴雞 雛雞 鬥雞 公雞 火雞 鹵雞 母雞 山雞 燒雞 田雞 秧雞 野雞 子雞 落湯雞 鐵公雞 呆若木雞

【雞巴】jība〔名〕〈口〉陰莖的俗稱。

【雞雛】jīchú〔名〕剛孵出不久的小雞。

【雞蛋】jīdàn〔名〕（隻，枚）雞產的卵。

【雞蛋裏挑骨頭】jīdànli tiāo gǔtou〔俗〕比喻故意找茬兒、挑毛病：你一會兒說菜淡了，一會兒說菜鹹了，這明明是～。

【雞飛蛋打】jīfēi-dàndǎ〔成〕雞飛走了，蛋也打破了。比喻兩頭落空，一無所得：想名利雙收，結果落得個～。

【雞奸】jījiān〔動〕指男人與男人發生性行為。也作雞（jī）奸。

【雞口牛後】jīkǒu-niúhòu〔成〕《戰國策·韓策一》："寧為雞口，無為牛後。"雞口：雞嘴；牛後：牛屁股。比喻寧願在小的地方自己做主，不願在大的地方受人支配。也說雞尸牛從

（尸：主）。

【雞肋】jīlèi〔名〕〈書〉雞的肋骨，吃起來沒味道，扔了又可惜。比喻沒有甚麼價值但又不忍捨棄的事物：火暴一時的小靈通漸成電信市場的～。

【雞零狗碎】jīlíng-gǒusuì〔成〕比喻零碎的或不完整、不全面的事物：這些～的材料，不能說明問題。

【雞毛】jīmáo〔名〕（根）雞的羽毛：～撣子｜～毽子｜～飛上天（比喻奇跡出現，也比喻小人物幹出了大事業）｜～當令箭（比喻以假充真，並欺壓別人）。

【雞毛蒜皮】jīmáo-suànpí〔成〕比喻沒有價值的東西或無關緊要的小事：這些～的事，不值得大驚小怪。

【雞毛信】jīmáoxìn〔名〕（封）舊時在緊急信件上插上雞毛，表示須火速傳遞，這樣的信件叫雞毛信。也叫雞毛文書。

【雞鳴狗盜】jīmíng-gǒudào〔成〕《史記·孟嘗君列傳》記載，戰國時齊國的孟嘗君被秦王扣留，幸虧他手下一個會學狗叫的門客潛入秦宮偷出一件狐白裘，獻給秦王的愛姬而獲釋；又靠一個會學公雞叫的門客騙開城門，才逃回齊國。後用"雞鳴狗盜"比喻微不足道的技能：～之徒｜～之技，偶爾也能派上用場。

【雞內金】jīnèijīn〔名〕雞肫（zhūn）的內皮，中醫用來治消化不良、嘔吐等。

【雞皮疙瘩】jīpí gēda 因受寒冷或驚嚇、厭惡等的刺激，皮膚表面出現的小疙瘩，與去了毛的雞皮相似：今天突然變冷，凍得我直起～｜你這番話嚇我一身～。

【雞犬不留】jīquǎn-bùliú〔成〕連雞狗都不留下。形容斬盡殺絕：敵人所到之處，～。

【雞犬不寧】jīquǎn-bùníng〔成〕連雞狗都不得安寧。形容騷擾鬧騰得很厲害：那時山區常有土匪出沒，把整個村莊鬧得～。

【雞犬升天】jīquǎn-shēngtiān〔成〕《論衡·道虛》載，傳說漢淮南王劉安修煉成仙，他家雞狗吃了他剩下的仙藥也都升了天。後用"雞犬升天"比喻一人得勢，同他有關係的人也跟着沾光（含貶義）：一人得道，～。

【雞尸牛從】jīshī-niúcóng〔成〕雞口牛後。

【雞頭米】jītóumǐ〔名〕芡實的俗稱。

【雞尾酒】jīwěijiǔ〔名〕把不同種類的酒加上果汁、香料等按比例混合調製而成的飲料。

【雞瘟】jīwēn〔名〕雞的各種急性傳染病，特指雞新城疫（一種由病毒引起的急性傳染病）。

【雞胸】jīxiōng〔名〕因佝僂病等形成的胸骨像雞胸脯一樣突出的畸形。

【雞眼】jīyǎn〔名〕一種皮膚病，腳掌或腳趾上因角質層增生而形成小圓硬塊，樣子像雞的眼睛。

【雞雜兒】jīzár〔名〕用作食物的雞的肫、肝、心等：炒一盤～。

【雞子兒】jīzǐr〔名〕〈口〉雞蛋。

譏（讥）jī ❶ 諷刺；挖苦：～笑｜～嘲｜～諷｜冷～熱嘲｜反唇相～。❷〈書〉指責；非難：～其失教｜憂讒畏～。

【譏嘲】jīcháo〔動〕譏諷嘲笑：言辭～｜大加～。

【譏刺】jīcì〔動〕譏諷：～時政｜不可～別人。

【譏諷】jīfěng〔動〕用含蓄尖刻的話挖苦、指責：你別～人｜～時弊｜語含～。

【譏誚】jīqiào〔動〕〈書〉譏諷責備：冷言冷語，百般～。

【譏彈】jītán〔動〕〈書〉指責或抨擊：～其文｜～弊政。

【譏笑】jīxiào〔動〕譏諷嘲笑：咱們不要怕人家～，要堅持做下去。

辨析 譏笑、嘲笑　"嘲笑"泛指笑話對方；"譏笑"比"嘲笑"語義重，帶有明顯的諷刺意味。

饑（饥）jī ❶ 農作物收成不好或沒有收成：～饉｜大～之年。❷（Jī）〔名〕姓。

　"饥"另見 jī "飢"（600頁）。

語彙　積穀防饑

【饑荒】jīhuang〔名〕❶ 農作物歉收的情況：當年正遇上鬧～。❷〈口〉經濟困難的情況：那時候家裏過天鬧～。❸〈口〉指債務：拉～。

【饑饉】jījǐn〔名〕〈書〉荒年五穀不收的情況：雖有～，必有豐年｜外無戰爭，內無～，人民安居樂業。

【饑民】jīmín〔名〕因遭受饑荒而捱餓的人：賑濟～｜～遍野。

犍（靮）jī〈書〉馬韁繩：～羈。

躋（跻）jī〈書〉登上：～身｜～於世界藝術家行列。

【躋身】jīshēn〔動〕使自身上升到某個位置；進入某一行列：～前三名｜中國～世界十大信息產業國之列。

齏（齑）jī〈書〉❶ 用作調味的薑、蒜、韭菜等的碎末兒。❷ 細碎：～粉。

【齏粉】jīfěn〔名〕〈書〉粉末；碎屑：變為～（常用來比喻粉身碎骨）。

羈（羁）〈覊〉jī ❶〈書〉馬籠頭：無～之馬。❷〈書〉束縛；拘束：～牽｜放蕩不～。❸〈書〉停留；使羈留：～旅｜～留｜不能久～故鄉。❹〈書〉拘禁：～押。❺（Jī）〔名〕姓。

【羈絆】jībàn〔動〕馬籠頭和絆索，比喻牽制束縛：擺脫名利思想的～｜衝破習慣勢力的～。

【羈客】jīkè〔名〕在他鄉作客的人：天涯～｜異

鄉～。

【羈留】jīliú〔動〕❶ 停留：在津～數日，然後去滬。❷ 拘押：三名犯罪嫌疑人已被公安機關～。

【羈旅】jīlǚ〈書〉❶〔動〕長期寄居他鄉：～異域。❷〔名〕寄居他鄉的人：～幽燕｜江南～。

【羈押】jīyā〔動〕〈書〉拘留；拘押：～候審。

【羈滯】jīzhì〔動〕〈書〉在他鄉滯留：～海外。

jí　ㄐㄧˊ

及jí ❶ 達到：涉～｜～格｜由表～裏｜力所能～｜望塵莫～。❷ 趁着；趕上：～早｜～時。❸〔動〕比得上（只用於否定式）：說英語我不～他。❹〔連〕連接並列的名詞或名詞性詞組：內陸～沿海地區｜今年糧食、棉花、油料作物～其他農產品獲得了全面豐收。注意 a）"及"用於書面語（口語裏用"跟"或"和"）。b）連接的成分如果有主次之分，主要成分要放在"及"的前面。c）連接三項以上時，"及"要放在最後一項前面。❺（Jí）〔名〕姓。

語彙　比及　遍及　波及　不及　觸及　顧及　惠及　禍及　累及　料及　旁及　普及　企及　涉及　提及　推及　危及　殃及　以及　又及　鞭長莫及　力所能及

【及第】jídì〔動〕科舉時代考試中選，特指在會試中考取進士，明清兩代只用於殿試前三名：進士～｜狀元～。

【及格】jí//gé〔動〕考試成績達到規定的最低標準：考試～｜不～｜外語及了格，但成績不理想。

【及冠】jíguàn〔動〕〈書〉古代男子年滿二十歲時舉行加冠禮，戴上成年人戴的帽子。表示男子進入成年。

【及笄】jíjī〔動〕〈書〉古代女子年滿十五歲時結髮戴笄（束髮用的簪子）。表示女子到了可以婚配的年齡。

【及齡】jílíng〔動〕達到某一規定年齡：保證～兒童全部入學。

【及時】jíshí ❶〔形〕正趕上需要的時候：～雨｜幸虧搶救～，否則非死不可｜解決問題很～。❷〔副〕立刻；馬上：有病要～治｜發現問題要～解決。

【及時雨】jíshíyǔ〔名〕❶（場）適合農時需要的雨：一場～救了這幾百畝麥苗。❷ 比喻正在需要時候出現的人或事：銀行的這筆貸款真是～，幫助我們解決了大問題。

【及早】jízǎo〔副〕趁早：發現問題要～解決。

吉jí ❶ 吉利；吉祥（跟"凶"相對）：～言｜～日良辰｜開市大～｜凶多～少。❷（Jí）〔名〕指吉林：～劇。❸（Jí）〔名〕姓。

語彙　擇吉　逢凶化吉　關門大吉　萬事大吉

【吉卜賽人】Jíbǔsàirén〔名〕以過遊蕩生活為特點的一個民族。原住在印度西北部，10 世紀時開始外遷，流浪在西亞、北非、歐洲、美洲等地，共約 200 萬人，大多靠占卜、歌舞等為生。也叫茨岡人。[吉卜賽，英 Gypsy]

【吉旦】jídàn〔名〕〈書〉(農曆某月)初一日：正月〜｜菊月〜(九月初一)。

【吉光片羽】jíguāng-piànyǔ〔成〕吉光：古代傳說中的神獸名；片羽：一小塊毛皮。傳說用神獸吉光的毛皮製成的裘入水不沉，入火不焦。後用"吉光片羽"比喻殘存的藝術珍品：先人手澤，〜，異常寶貴。

【吉劇】jíjù〔名〕地方戲曲劇種，流行於吉林全省及遼寧、黑龍江部分地區。在曲藝"二人轉"的基礎上吸收東北其他民間歌舞和地方戲曲逐步發展而成。

【吉利】jílì〔形〕吉祥順利：〜日子｜〜話｜有人說碰上 4 的數字不〜，真是毫無依據。

【吉尼斯紀錄】Jínísī jìlù 領先世界的紀錄。由英國吉尼斯啤酒公司發起，孿生的麥克沃特兄弟主編，於 1955 年出版了《吉尼斯世界紀錄大全》，以後每年都進行增訂。該書包括體育運動、科學、商業、建築、自然界等 12 個方面的世界之最。

【吉普車】jípǔchē〔名〕(輛)一種前後輪都能驅動的中小型越野汽車，輕便而堅固，能適應高低不平的道路。也叫吉普。[吉普，英 jeep]

【吉期】jíqī〔名〕佳期，指結婚的日子：〜已定。

【吉慶】jíqìng〔形〕吉祥喜慶：〜有餘｜平安〜。

【吉人天相】jírén-tiānxiàng〔成〕相：保佑。好人一定有上天保佑(多用於人危難之時的安慰)：〜，令尊不日即可恢復健康。

【吉日】jírì〔名〕(個)吉利的日子：黃道〜｜〜良辰。

【吉他】jítā〔名〕(把)六弦琴。[英 guitar]

【吉祥】jíxiáng〔形〕吉利；幸運：〜如意｜〜話｜〜物。

【吉祥物】jíxiángwù〔名〕某些大型活動，如運動會、世界錦標賽等用來象徵吉祥的某種動物模型或圖案。活動主辦國(或地區)選用的吉祥物一般是該國(或地區)最有代表性的動物，如熊貓曾是 1990 年在中國北京舉辦的第十一屆亞運會的吉祥物，福娃曾是 2008 年在中國北京舉辦的第二十九屆奧運會的吉祥物。

貝貝　晶晶　歡歡　迎迎　妮妮
北京奧運會吉祥物福娃

【吉星高照】jíxīng-gāozhào〔成〕傳說中認為福、祿、壽三星為吉星，此三星高照是吉祥的徵兆。多用來形容人交了好運。

【吉凶】jíxiōng〔名〕好運氣和壞運氣：〜未卜｜〜參半。

【吉言】jíyán〔名〕吉利的話：託您的〜，這事一定能成。

【吉兆】jízhào〔名〕吉祥的預兆(跟"凶兆"相對)：一聽見喜鵲叫，大家說這是〜，一定有貴客臨門。

【及至】jízhì〔連〕表示等到出現某種情況(常與"才"搭配使用)：這個廠一直不景氣，〜去年新廠長上任，生產才有所好轉。

伋 jí ❶ 見於人名：孔〜(字子思，孔子的孫子)。❷(Jí)〔名〕姓。

岌 jí〈書〉山勢高峻的樣子。

【岌岌】jíjí〔形〕❶〈書〉形容很高的樣子：高餘冠之〜。❷形容十分危險的樣子：〜可危｜〜乎殆哉！

汲 jí(舊讀 jī)❶〔動〕從下往上取水：從井中〜水。❷(Jí)〔名〕姓。

【汲汲】jíjí〔形〕〈書〉❶形容急切的樣子：〜競進｜〜以求。❷形容急切地追求：不戚戚於貧賤，不〜於富貴。

【汲取】jíqǔ〔動〕吸取：樹根從泥土中〜營養｜從失敗中〜教訓｜從書本中〜智慧和力量。

佴 jí 同"急"①—⑦。

即 jí ㊀ ❶ 靠近：不〜不離｜若〜若離｜可望而不可〜。❷ 登上：〜位｜〜皇帝位。❸ 就著：〜景生情｜〜席賦詩。❹ 表示當時；目前：〜日｜〜夜｜〜時｜〜刻｜〜期 成功在〜。❺(Jí)〔名〕姓。
㊁〈書〉❶ 就是：神州〜中國｜非此〜彼｜恢復高考那年，〜1977 年，我考上了大學。❷〔副〕就；便：俯拾〜是｜稍縱〜逝｜一觸〜發｜一拍〜合｜知錯〜改｜召之〜來，揮之〜去。❸〔副〕立即；馬上：請〜派人前來｜徵稅辦法應〜公佈。❹〔連〕即使：〜無支援，也能完成任務。

語彙 當即 立即 瞬即 隨即 旋即 迅即 在即 可望而不可即

【即便】jíbiàn〔連〕即使：〜下雨我們也要去。

【即或】jíhuò〔連〕即使：他〜有錯，你也不應該又打又罵｜〜各自去，也解決不了問題。

【即即】jíjí〔擬聲〕雄性鳳凰的鳴聲。

【即將】jíjiāng〔副〕將要；就要：新的學期〜開始｜任務〜完成｜大會〜閉幕。

【即景】jíjǐng〔動〕〈書〉就眼前的景物(寫、畫或攝影)：〜詩｜〜生情｜街頭〜｜黃山〜。

【即景生情】jíjǐng-shēngqíng〔成〕被眼前景物所觸動而產生某種感情：詩人舊地重遊，～，寫下了膾炙人口的詩篇。

【即刻】jíkè〔副〕立刻；馬上：～啟程｜～開工。

【即令】jílìng〔連〕即使：～三伏天，這裏的温度也不會太高。

【即墨】Jímò〔名〕❶地名。在山東。❷複姓。

【即日】jírì〔名〕❶當天：《城市建設法》自～起生效。❷最近幾天內：代表團～啟程。

【即時】jíshí〔副〕立即：～動身｜～發貨。

【即時貼】jíshítiē〔名〕一種便條紙。紙的背面附有不乾膠類物質，可根據需要貼上。撕下不留痕跡：一些考生將複習計劃寫在黃色～上，貼到書桌上，完成一項就撕一條，效果很好。

【即食】jíshí〔動〕立即就可以食用：～麵（方便麵）｜這種麥片一沖～。

【即使】jíshǐ〔連〕❶ 表示假設兼讓步：～條件再好，自己不努力也不行｜我真想睡一會兒，～睡十分鐘也好｜你說錯了，也沒有甚麼關係。❷ 表示一種極端的情況：～住一夜也好｜～幼年的情景，我現在仍然記得很清楚。

辨析 **即使、哪怕** 用法基本相同，"哪怕"是口語，"即使"多用於書面語。在假設以實現的積極光明的前景時，宜用"即使"，如"即使富了也要勤儉節約""即使國力強盛了也不稱霸"。

【即位】jí // wèi〔動〕〈書〉❶ 登上座位，特指開始做君主：漢文帝死，景帝｜劉邦即皇帝位。❷就位；入席。

皇帝即位的不同説法
登大寶、登基、登極、登龍位、登祚（zuò）、即位、踐祚、莅（lì）祚、御極、御宇、坐龍庭。

【即席】jíxí〔動〕〈書〉❶ 事先未做準備，臨時在宴席或集會上（講話、作詩等）：～賦詩｜～講話。❷入席；就位。

【即興】jíxìng〔動〕事先未經考慮或準備，只是因對某事有所感觸，臨時發生興致而創作、表演：～賦詩｜～演唱｜～之作。

亟 jí〔副〕〈書〉迫切地：～望接濟｜以上問題～待解決。
另見 qì（1058頁）。

【亟待】jídài〔動〕迫切需要：事情～處理｜環境污染～治理。

【亟亟】jíjí〔形〕〈書〉急迫：～奔走｜～等待。

佶 jí〈書〉健壯的樣子。

【佶屈聱牙】jíqū-áoyá〔成〕佶屈：曲折；聱牙：拗口。形容文章讀起來不順口。也作詰屈聱牙。

辰 jí〈書〉門閂（shuān）。

革 jí〈書〉病情危急：病～。
另見 gé（438頁）。

急 jí ❶ 趕快幫助別人解決困難：～公好義｜～人之難（nàn）｜～群眾之所急。❷〔動〕着急：～於求成｜他～着去看戲｜你先別～，有話慢慢說。❸〔動〕使着急：就出發了，他還不來，真～人。❹〔形〕急躁：～脾氣｜他的性子很～。❺〔形〕急促；猛烈：～雨｜～病｜～風暴雨｜話說得太～。❻〔形〕緊急：～事兒｜～電｜～件。❼ 急迫要緊的事情：告～｜救～｜當務之～。❽（Jí）〔名〕姓。

語彙 告急 火急 焦急 緊急 救急 氣急 情急 特急 湍急 危急 性急 應急 着急 當務之急 輕重緩急 燃眉之急 十萬火急

【急巴巴】jíbābā（～的）〔形〕狀態詞。形容急迫的樣子：他～地趕到車站，還是沒接到要接的人。

【急變】jíbiàn ❶〔動〕突然變化：風雲～｜戰況～｜肝病惡化～。❷〔名〕緊急的事變：做好充分準備以應～。

【急不可待】jíbùkědài〔成〕急得不能再等待。形容心情急切：大家剛坐下來，他就～地說出了這個好消息。也說急不可耐。

【急茬兒】jíchár〔名〕（北方官話）催得很急的事：這是～，明天一早得交活。

【急赤白臉】jíchibáiliǎn（～的）〔形〕（北方官話）狀態詞。心裏着急，沒好臉色。形容非常焦急煩躁的神情：她～地朝孩子嚷起來。

【急匆匆】jícōngcōng（～的）〔形〕狀態詞。形容非常匆忙的樣子：～趕到現場｜你剛進門就要走，幹嗎這麼～的？

【急促】jícù〔形〕❶ 快而短促：～的敲門聲｜～的腳步聲｜～的槍聲｜呼吸～。❷時間很短；匆忙：時間～｜準備工作不能太～。

【急風暴雨】jífēng-bàoyǔ〔成〕迅猛的風雨。多形容聲勢浩大的革命運動：民族解放運動有如～，勢不可遏。

【急公好義】jígōng-hàoyì〔成〕熱心公益，好做義舉：海外華僑捐資辦學的～行為，令人欽佩。

【急功近利】jígōng-jìnlì〔成〕近利：追求眼前的利益。急於求成，貪圖眼前利益：這次制訂規劃要多從長遠考慮，不能～。**注意** 這裏的"近"不寫作"進"。

【急火】jíhuǒ ㊀〔名〕指烹調時的猛火：用～快炒。㊁〔名〕心急而生的火氣：～攻心。

【急件】jíjiàn〔名〕（份）需要很快傳遞或處理的文件、信件或物件。

【急進】jíjìn〔形〕急於變革或進取（多指政治態度）：～派｜～思想。

【急救】jíjiù〔動〕緊急救治：～室｜～站｜派醫療隊前往地震災區～傷員。

J

【急就章】jíjiùzhāng〔名〕❶ 漢朝史游編的識字課本，原名《急就篇》。❷ 比喻為了應付急需而匆忙完成的作品或事情：我這篇論文是為參加研討會而做的～。

【急劇】jíjù〔副〕迅速而劇烈：血壓～上升｜氣溫～下降｜病情～惡化。注意 多用於人們不希望發生的情況，不用於人們希望發生的情況，如不說"病情急劇好轉"。

【急遽】jíjù〔副〕急快地：價格～上升｜情勢～轉化。

【急來抱佛腳】jílái bào fójiǎo〔俗〕俗語"平時不燒香，急來抱佛腳"的省略說法。指遇到急難時才去求佛保佑。比喻不早做準備，事到臨頭才慌忙應付。

【急流】jíliú〔名〕急速的水流：～滾滾｜～飛瀑｜被一股～沖走。

【急流勇退】jíliú-yǒngtuì〔成〕在急流中果斷回舟退出。比喻官場得意或事業順利時為避禍或保持成績而及時引退：幸虧他的祖父～，才沒捲進那場政治鬥爭的漩渦。

【急忙】jímáng〔副〕因為着急而行動匆忙：一聽說是急診病人，大夫～進行搶救｜旅客們急急忙忙湧進車站。

【急難】jínàn ㊀(-//-)〔動〕〈書〉熱心幫助擺脫危難：扶危～｜急人之難。㊁〔名〕危急的事；患難：無論誰有～，他都願意幫助解救。

【急迫】jípò〔形〕緊急迫切：情況很～，應立即研究對策｜電話裏傳來～的求救聲。

【急起直追】jíqǐ-zhíchuī〔成〕即刻奮發起來，趕快追上去：要改變落後的局面，只有～。

【急切】jíqiè〔形〕❶ 心情非常急，立刻就想做或馬上需要：大家～盼望試驗成功。❷ 時間倉促：啟程～，未能向親友辭行。

【急如星火】jírúxīnghuǒ〔成〕星火：流星的光。像流星的光從空中閃過。形容十分急迫：調查組～地趕到出事地點。

【急剎車】jíshāchē ❶〔動〕指緊急剎閘使轉動的機器或行進的車輛迅速停止。❷〔慣〕比喻使正在進行的事情立即停止：銀行股票質押貸款業務"～"。

【急速】jísù〔副〕非常快：汽車在高速公路上～地奔馳｜病情～惡化。

【急務】jíwù〔名〕緊急的事務或任務：～在身｜當前～。

【急先鋒】jíxiānfēng〔名〕比喻積極帶頭的人：民主革命運動的～。

【急行軍】jíxíngjūn〔動〕為執行緊急任務而快速行軍：連隊～，只用兩天的時間就到達了目的地。

【急性】jíxìng ❶〔形〕屬性詞。發病急、變化快的（跟"慢性"相對）：～肺炎｜～傳染病。❷〔名〕急性子，遇事急躁的性情：他是個

人，幹甚麼都一陣風似的。❸(～兒)〔名〕急性子的人：小王是個～兒，說幹就幹，誰也攔不住。

【急性病】jíxìngbìng〔名〕❶ 突然發作、變化快、症狀較重的疾病。❷ 比喻不顧客觀條件和實際情況、急於求成的毛病。

【急性子】jíxìngzi〔名〕❶ 遇事急躁的性情：～人。❷ 指性情急躁的人：這哥兒倆挺有意思，哥哥是個～，弟弟是個慢性子。

【急需】jíxū〔動〕緊急需要：農村～科技人員｜很多殘疾人～幫助｜外出時帶些藥品，以備～。

【急用】jíyòng〔動〕急需時使用（多指金錢方面）：節約儲蓄，以備～。

【急於】jíyú〔動〕想要立即實現：～求成｜～完成任務｜沒有想好就不要～表態。

【急於求成】jíyú-qiúchéng〔成〕不顧客觀條件，想很快達到目的或取得成就。

【急躁】jízào〔形〕❶ 遇事容易着急，不冷靜：～不安｜心情～｜一聽說孩子沒考好，他就特別～。❷ 急於求成，不做好準備就開始行動：～冒進｜還沒討論就決定了，處理得～了一點兒。

【辨析】急躁、暴躁 "暴躁"着重在"粗暴"，容易衝動發脾氣，如"他性情暴躁，常打孩子"，也可以形容動物，如"他養的那條狗，性情暴躁"；"急躁"着重形容人性急，沒有耐心，程度比"暴躁"輕，如"犯急躁病""急躁冒進"，不能說成"犯暴躁病""暴躁冒進"。"急躁"不能形容動物。

【急診】jízhěn ❶〔動〕病情緊急，需要儘快治療：～室｜病人肚子疼得厲害，需要～。❷〔名〕醫院裏進行緊急治療的部門：掛～｜看～。

【急症】jízhèng〔名〕突然發作、來勢兇猛的病症：內科～｜～處理。

【急中生智】jízhōng-shēngzhì〔成〕情急中猛然想出了好的應付辦法：敵人來搜查，他～，想出了一條脫身的妙計。

【急驟】jízhòu〔形〕急速而猛烈：～的敲門聲｜～的暴風雨。

【急轉直下】jízhuǎn-zhíxià〔成〕突然轉變，並順着勢頭迅速發展下去：下半場，形勢～，客隊連進三球，反以三比二領先。

姞 Jí〔名〕姓。

笈 jí〈書〉❶ 書箱：負～遊學｜負～從師，不遠千里。❷ 書籍：秘～。

疾 jí ㊀❶ 疾病：癬疥之～｜積勞成～｜諱～忌醫。❷ 痛苦：～苦｜訪貧問～。❸ 痛恨：～惡如仇。

㊁❶ 快速；急速：手～眼快｜～馳而過。❷ 猛烈：～風｜～雷｜大聲～呼。❸ 急躁：～言

屬色。❹(Jí)〔名〕姓。

語彙　暗疾　殘疾　惡疾　痼疾　宿疾　隱疾　積勞成疾
　　　癬疥之疾

【疾病】jíbìng〔名〕病的總稱：傳染性～｜防治～。

【疾步】jíbù〔名〕快步：～如飛｜～前行。

【疾馳】jíchí〔動〕(車、馬等)飛快地行駛：車輛在高速公路上～｜火車～而過｜馬隊～而去。

【疾惡如仇】jí'è-rúchóu〔成〕痛恨壞人壞事就像痛恨仇敵一樣：他為人剛正不阿，～。也作嫉惡如仇。

【疾風】jífēng〔名〕(陣)猛烈的風：～驟雨｜～知勁草，路遙知馬力。

【疾風勁草】jífēng-jìngcǎo〔成〕在猛烈的大風中，只有堅韌的草才能挺立不倒。比喻在危難時刻只有意志堅強的人才能經得起考驗。也說疾風知勁草。注意　這裏的"疾"不寫作"急"，"勁"不讀 jìn。

【疾患】jíhuàn〔名〕〈書〉疾病：解除～｜胃腸～｜精神～。

【疾苦】jíkǔ〔名〕指生活上的困苦：了解民間～｜他把群眾的～時時放在心上。

【疾駛】jíshǐ〔動〕(車輛等)急速行駛：列車～而過。

【疾首蹙額】jíshǒu-cù'é〔成〕疾首：頭痛；蹙額：皺眉頭。形容厭惡或痛恨的樣子：他為甚麼對舊事物愛如珍寶，對新事物卻那樣～呢？

【疾書】jíshū〔動〕很快地寫：奮筆～｜伏案～。

【疾言厲色】jíyán-lìsè〔成〕說話急躁，臉色嚴厲。形容發怒時的神情：張老師很和氣，對同學從來不～。

聖　jí〈書〉燒土為磚。

級（级）jí ❶〔名〕等級：各～政府｜上～｜下～｜省～｜縣～｜部長～｜高～。❷〔名〕年級：留～｜上一～的同學。❸ 台階兒：石～｜拾(shè)～而上。❹〔量〕用於台階、樓梯等：十七～台階。❺〔量〕用於等級：八～工｜工資從一～到六～｜十二～颱風。❻(Jí)〔名〕姓。

辨析　級、等級　a)"級"雖然有時與"等級"同義，但組合不同，如"各級政府""部長級談判""等級觀念""等級制度"，其中的"級"和"等級"不能互換。b)"等級"不能充當量詞，"級"可以，如可以說"二級品""三級工"，不能說"二等級品""三等級工"。

語彙　班級　超級　等級　高級　降級　階級　晉級　考級　年級　升級　市級　首級　特級　提級　跳級　越級

【級別】jíbié〔名〕等級的類別：工資～｜這位老幹部的～很高。

【級差】jíchā〔名〕等級之間的差距：工資～不等。

【級任】jírèn〔名〕中小學校設置的管理一個班級的教師(現稱班主任)：～老師。

極（极）jí ❶ 頂端；盡頭：登峰造～｜無恥之～。❷ 地球的南北兩端或磁體、電路的正負兩端：南～｜北～｜陰～｜陽～｜電池都有正～和負～兩個。❸ 使達到最大限度：～力吹噓｜～目遠望。❹ 最終的；最高的：～度｜～限｜罪大惡～。❺〔副〕用在形容詞前，表示最高的程度：～好｜～慢｜～普通｜～重要。注意　a)有些形容詞不受"極"修飾，如不能說"極直、極斜、極親愛、極永遠"。b)形容詞的生動形式不受"極"修飾，如不能說"極紅紅的、極乾乾淨淨的、極酸不溜兒的"。c)"極"加上形容詞修飾名詞時一般要帶"的"，如"極熱的暑天、極薄的一層絲綿、極伶俐的一個小姑娘、極光滑的地面"。❻〔副〕用在動詞性詞語前，表示最高的程度：～有收穫｜～能吃苦｜～願意學京戲｜～不贊成。❼〔副〕用作動詞或形容詞的補語，表示最高的程度：表演好～了｜對他佩服～了。❽(Jí)〔名〕姓。

語彙　北極　登極　地極　積極　兩極　南極　太極　無極　消極　終極　登峰造極　罪大惡極

【極地】jídì〔名〕指北極或南極極圈以內的地區：～氣候｜～考察。

【極點】jídiǎn〔名〕程度上的最高限度：興奮到了～｜疲乏到了～。注意　"極點"多用作"到""達到""至"等動詞的賓語，一般不充當句子的其他成分。

【極頂】jídǐng ❶〔名〕山的最高處：泰山～。❷〔副〕表示程度極高：～聰明｜～可惡。

【極度】jídù ❶〔名〕極點：疲倦已達～。❷〔副〕程度極深或極高：～興奮｜～緊張｜～傲慢。

【極端】jíduān ❶〔名〕事物達到的頂點：這個人做事喜歡走～。❷〔副〕程度極深：～貧困｜～腐敗｜～仇視。❸〔形〕絕對的；不受任何限制的：～自由｜採取～行動｜這種說法過於～。

【極光】jíguāng〔名〕出現在高緯度地區高空的一種彩色景象，一般呈弧狀、帶狀、幕狀或放射狀。通常認為，極光是由太陽輻射出來的帶電粒子由於受到地球磁場的影響而折向地球高緯度地區的上空，激發了大氣中的原子和分子而造成的發光現象。

【極口】jíkǒu〔副〕在言談中極力(稱讚或抨擊)：～褒揚｜～否認。

【極樂世界】jílè shìjiè 佛經中指阿彌陀佛所居住的國土。認為那裏沒有苦惱，只有光明、清淨和快樂，所以叫極樂世界。又認為那裏無污濁穢垢，所以也叫淨土、佛土。

【極力】jílì〔副〕用盡一切力量和辦法：～縮小差距｜～搶救危重病人。

【極目】jímù〔動〕〈書〉用盡目力(向遠處看)：～遠望｜楚天～｜登高～。

【極品】jípǐn〔名〕❶最上等的物品：蘇杭絲綢堪稱～｜～蟲草。❷最高的官階：官居～。

【極其】jíqí〔副〕非常：～重要｜～平常｜～重視｜～感動｜他的工作態度～嚴肅認真。注意"極其"只修飾多音節形容詞和動詞。

【極圈】jíquān〔名〕地球上66°34'的緯綫所形成的圈，在北半球的叫北極圈，在南半球的叫南極圈。

【極權】jíquán〔名〕獨裁政權；統治者依靠暴力行使的統治權力：～統治｜～主義國家。

【極為】jíwéi〔副〕非常(語氣較正式)：～深遠｜～重要｜父母對你～關心｜學校對此事～重視。

【極限】jíxiàn〔名〕最大的限度：車輛載重不得超過～｜我的忍耐到了～。

【極限運動】jíxiàn yùndòng 最大限度地發揮自身潛能的娛樂體育運動，帶有冒險性和刺激性。如蹦極、攀岩、高山滑翔、激流皮划艇、水上摩托、衝浪等。

【極刑】jíxíng〔名〕最重的刑罰，指死刑，古時也指宮刑：處以～。

【極夜】jíyè〔名〕極圈內的地區每年都有一段時期太陽終日在地平綫以下，一天24小時都是黑夜，這種現象叫作極夜。

【極之】jízhī〔副〕表示最高的程度(常見於港式中文)：政制發展是～複雜的課題｜妹妹考上大學，全家～興奮！

【極致】jízhì〔名〕最高境界；極點：追求～｜美的～｜我這人簡直糊塗到～了，戴着眼鏡還在四處找眼鏡。

【極晝】jízhòu〔名〕極圈內的地區每年都有一段時期太陽終日在地平綫以上，一天24小時都是白天，這種現象叫作極晝。

棘 jí ❶〔名〕酸棗樹。❷泛指帶刺的草木：披荊斬～。❸(Jí)〔名〕姓。

【棘手】jíshǒu〔形〕形容問題不好解決或事情很難辦，像荊棘刺手：～問題｜這個案子很～。

殛 jí〈書〉殺死：雷～。

戢 jí ❶〈書〉收斂：～羽。❷〈書〉收藏：載～干戈。❸(Jí)〔名〕姓。

集 jí ❶聚合；會合：～思廣益｜～腋成裘｜群賢畢至，少長咸～。❷〈書〉成就：大業未～。❸〔名〕集市：趕個～｜逢五逢十才有～。❹集子：詩～｜文～｜全～｜選～｜別～｜總～。❺〔名〕分成若干部分的書籍、影視片等的一部分：上～｜下～。❻〔量〕用於書籍或影視：這套叢書一共五十～｜十四～電視劇。❼〔名〕"集合"③的簡稱。❽(Jí)〔名〕姓。

語彙 別集 採集 籌集 湊集 調集 趕集 彙集 會集 積集 交集 結集 糾集 聚集 密集 募集 全集 麇集 收集 文集 續集 選集 邀集 影集 雲集 召集 百感交集

【集部】jíbù〔名〕中國古代圖書四大分類的一大分類，包括各種體裁的文學著作。也叫丁部。參見"四部"(1282頁)。

【集藏】jícáng〔動〕收集；收藏：～品｜～照相機｜～小人書｜軍旅紀念品～展。

【集成】jíchéng〔動〕❶同類著作彙集在一起(多用於書名)：《叢書～》｜《古今圖書～》。❷指集大成：～之作。

【集成電路】jíchéng diànlù 在一塊連續的襯底材料上同時做出大量的晶體管、電阻和二極管等電路元件，並把它們連成超小型電路，這種電路叫集成電路。集成電路具有體積小、耐震、耐潮、穩定性高等特點，廣泛應用於電子計算機、測量儀器或其他方面。

【集萃】jícuì〔動〕薈萃：信息～｜民歌～｜內蒙古草原民族文化～。

【集大成】jí // dàchéng 集中某類事物的各個方面或前人的成就而達到完備的程度：這部詞典可謂～之作｜集中國繪畫之大成。

【集合】jíhé ❶〔動〕分散的聚到一起(跟"解散"相對)：緊急～｜全體～。❷〔動〕使分散的聚到一起：～隊伍｜～各方面的意見。❸〔名〕數學上指若干具有共性的事物的總體。簡稱集。

【集會】jíhuì ❶〔動〕集合在一起開會：遊行～｜～結社。❷〔名〕集合在一起開的會議：舉行～｜～結束時通過了一項決議｜群眾性～。

【集結】jíjié〔動〕聚集，特指軍隊集合到某處：～待命｜～兵力｜上級命令我部在黃河以北～。

【集錦】jíjǐn〔名〕編輯在一起的精彩書畫、圖片、詩文、影視鏡頭等(多用於標題)：紀念郵票～｜古代詩詞～｜山水畫～｜精彩灌籃～。

【集聚】jíjù〔動〕集合；聚集：～力量｜～資金。

【集刊】jíkān〔名〕定期或不定期出版的、成系列的學術論文集(多用於書名)：《紅樓夢研究～》。

【集錄】jílù〔動〕(把資料)收集、抄錄在一起或編輯成書：～三代金石遺文｜《四書要言～》。

【集貿市場】jímào shìchǎng 集市貿易的場所，主要銷售城鄉人民日常生活所需要的農副產品和小商品。

【集權】jíquán〔動〕政治、經濟、軍事大權集中於中央：～政治｜秦始皇建立了中央～的封建王朝。

【集日】jírì〔名〕有集市的日子：每月逢五是～｜一到～，村民們就要去趕集。

【集散地】jísàndì〔名〕各地貨物在此集中並由此再分散運到其他各地去的地方：中藥材～｜武漢是長江中下游地區各種貨物的～。

【集市】jíshì〔名〕定期買賣貨物的市場：農村～｜～貿易。

【集思廣益】jísī-guǎngyì〔成〕集中大家的智慧，廣泛吸收有益的意見：要圓滿完成任務，必須～，群策群力，把大家的積極性都調動起來。

【集體】jítǐ〔名〕❶許多人在一起工作、學習或生活的有組織的整體（跟"個人"相對）：先進～｜領導～｜～生活｜～宿舍｜我生活在一個溫暖的～裏。❷指集體所有制：～經濟｜這家工廠是～辦的。

【集體經濟】jítǐ jīngjì 以生產資料集體所有制和共同勞動為基礎的經濟形式。

【集體所有制】jítǐ suǒyǒuzhì 生產資料歸生產者集體所有的一種社會主義公有制經濟形式。

【集體舞】jítǐwǔ〔名〕❶由多人表演的舞蹈。也叫群舞。❷一種動作比較簡單、形式比較自由的群眾性舞蹈。

【集團】jítuán〔名〕為了共同目的和利益而組織起來的團體：軍事～｜統治～｜報業～｜小～（多含貶義）。

【集團軍】jítuánjūn〔名〕軍隊的編制單位，轄若干個軍或師：第八～｜～司令。

【集訓】jíxùn〔動〕集中訓練：輪流～｜冬季～｜～班。

【集腋成裘】jíyè-chéngqiú〔成〕腋：指狐狸腋下的毛皮。把很多塊狐狸腋下的毛皮聚集起來可以縫成一件皮袍。比喻積少成多：一個人捐一塊錢，全國人民都來捐，～，數目就很可觀了。

【集郵】jí // yóu〔動〕收集和保存郵票等各類郵品：～冊｜他從十歲就開始～｜我小時候集過郵。

【集約經營】jíyuē jīngyíng 農業上指精耕細作，在同一土地上投入較多的生產資料和勞動，用提高單位面積產量的方法來提高總產量的經營方式。也指應用現代化管理和先進科學技術以提高產品數量和質量的經營方式（跟"粗放經營"相對）。

【集鎮】jízhèn〔名〕非農業人口佔人口大多數、規模比城市小的居民區：他住在一個小～裏。

【集中】jízhōng ❶〔動〕把分散的聚集在一起（跟"分散"相對）：～優勢兵力｜～注意力｜把閒散資金～起來。❷〔形〕不分散；專注（跟"分散"相對）：精神不～｜認真考慮問題的時候他的思想非常～。

【集中營】jízhōngyíng〔名〕帝國主義國家和反動政權集中監禁、迫害和殘殺革命者、戰俘與無辜平民的地方。

【集注】jízhù〔動〕思想、精神、眼光等集中：觀

眾的目光全～在演員的精彩表演上。

【集註】jízhù〔動〕彙集前人關於某部書的註釋再加上自己的見解加以註釋，多用於書名。也叫集解、集釋。

【集裝箱】jízhuāngxiāng〔名〕一種具有統一規格、可以反復使用的、裝運大宗貨物的大型貨箱：～碼頭｜～運輸。

【集資】jízī〔動〕聚集資金：～辦企業｜向社會各界～。

【集子】jízi〔名〕（本，部）彙集單篇著作而成的書：這位作家一生出版了十幾個～。

楫〈檝〉jí〈書〉船槳：舟～｜刻（yǎn，削）

嶯 jí〈書〉山樑；山脊。

詰（诘）jí 見下。　另見 jié（675頁）。

【詰屈聱牙】jíqū-áoyá 同"佶屈聱牙"。

嫉 jí ❶忌妒：妒賢～能。❷憎恨：憤世～俗。

【嫉妒】jídù〔動〕忌妒：心懷～｜不要～別人。

【嫉惡如仇】jí'è-rúchóu 同"疾惡如仇"。

【嫉恨】jíhèn〔動〕因忌妒而憤恨：自己不努力，反而～別人｜他的才能和成就，竟引起了某些人的～。

【嫉賢妒能】jíxián-dùnéng〔成〕嫉妒品德、才能比自己強的人。也說妒賢嫉能。

耤 jí ❶古代天子親自耕種的田地。❷用於地名：～口（在甘肅）。

蒺 jí 見下。

【蒺藜】jíli(-li)〔名〕❶一年生草本植物，莖橫生在地面，開小黃花。果實表面有尖刺。種子可入藥：種牡丹者得花，種～者得刺（比喻善行有好報，惡行得惡果）。❷這種植物的果實。

踖 jí 見"蹐踖"（218頁）。

瘠 jí〈書〉❶瘦弱：～瘦｜～弱。❷瘠薄（跟"肥"相對）：～土｜～田。

【瘠薄】jíbó〔形〕（土地）不肥沃：土地～｜耐～樹種。

【瘠田】jítián〔名〕〈書〉不肥沃的田地：貧土～｜一畝二分～。

戢 jí 見戢菜。

【戢菜】jícài〔名〕多年生草本植物，可入中藥，有散熱、消腫等作用。也叫魚腥草。

輯（辑）jí ❶編輯；輯錄：～要｜纂～｜剪～。❷整套書籍或連續出版物的一部分：特～｜專～。❸〔量〕用於書刊或影視片：中國近代史資料共有十五～，每～二十冊｜《大好河山》電視系列第一～是《泰山》。

語彙 編輯 勾輯 剪輯 邏輯 特輯 專輯 纂輯

【輯錄】jílù〔動〕收集有關資料、作品編成書：古今文學史料～｜這套叢書～了許多珍貴的歷史資料。

【輯要】jíyào〔動〕輯錄重要的內容（多用於書名）：《書評～》｜《中國畫論～》。

【輯佚】jíyì ❶〔動〕輯錄散失在文集之外的文章或作品。❷〔名〕輯佚而編成的書或文章（多用於書名）：《唐人傳奇～》。

藉 jí ❶〈書〉踐踏；欲使馬～殺之。❷〈書〉欺凌：人皆～吾弟。❸ 見"狼藉"（801頁）。❹（Jí）〔名〕姓。
　　另見 jiè（682頁）。

蹐 jí〈書〉小步走。

籍 jí ❶ 書籍；冊子：書～｜典～｜古～｜史～｜簿～｜戶～。❷ 籍貫：原～｜祖～｜客～｜寄～。❸ 代表個人對國家或組織的隸屬關係：國～｜黨～｜學～。❹（Jí）〔名〕姓。

語彙 簿籍 黨籍 典籍 古籍 國籍 戶籍 寄籍 經籍 軍籍 客籍 史籍 書籍 圖籍 外籍 學籍 原籍 珍籍 祖籍

【籍貫】jíguàn〔名〕祖居或個人出生的地方：我的～是北京。

鶺（鹡） jí 見下。

【鶺鴒】jílíng〔名〕鳥名，生活在水邊，頭黑額白，背黑腹白，嘴細長，尾和翅膀也很長。捕食昆蟲、小魚等。俗稱張飛鳥。

jǐ ㄐㄧˇ

己 jǐ ❶ 自己，指本身或本身所屬的一方：捨～為人｜各持～見｜據為～有｜身不由～｜知～知彼。❷〔名〕天干的第六位。也用來表示順序的第六。❸（Jǐ）〔名〕姓。

語彙 克己 利己 切己 體己 貼己 異己 知己 自己 身不由己 損人利己 知彼知己

【己出】jǐchū〔名〕自己所生的：視如～。

【己方】jǐfāng〔名〕自己這一方面：堅持～主張｜～在整個事件中並無過錯。

【己見】jǐjiàn〔名〕自己的意見；個人的見解：各抒～｜不可固執～。

【己任】jǐrèn〔名〕自己的責任：該網站以傳播民族音樂為～。

紀（纪） Jǐ〔名〕姓。
　　另見 jì（620頁）。

脊 jǐ ❶ 人或動物背部中間的骨頭：～樑｜～椎｜～髓。❷ 物體上形狀像脊的部分：書～｜屋～｜山～。❸（Jǐ）〔名〕姓。

語彙 背脊 山脊 書脊 屋脊

【脊背】jǐbèi〔名〕軀幹的一部分，跟胸和腹相對。

【脊樑】jǐliang〔名〕❶ 脊背：光着～不雅觀。❷ 比喻支撐事物的中堅力量：民族的～｜人民是歷史的～｜企業。

【脊樑骨】jǐlianggǔ〔名〕❶ 脊樑。❷ 比喻中堅力量：中國經濟的～。❸ 比喻骨氣：這人真沒～！

【脊髓】jǐsuǐ〔名〕人和脊椎動物中樞神經系統的一部分，在椎管裏面，上端連接延髓，兩旁發出成對的神經，分佈到四肢、體腔和內臟，是許多簡單反射的中樞。

【脊柱】jǐzhù〔名〕人和脊椎動物背部的主要支架，由椎骨組成，形狀像柱子，中間為椎管，內有脊髓，分為頸、胸、腰、骶、尾五個部分。也叫脊樑骨。

【脊椎】jǐzhuī〔名〕❶ 脊柱：～動物。❷ 椎骨。

【脊椎動物】jǐzhuī dòngwù 有脊椎骨的動物，包括魚類、兩棲動物、爬行動物、鳥類和哺乳動物五大類。是脊索動物門（包括原索動物和脊椎動物）的亞門。

掎 jǐ〈書〉牽住；拖住：～角｜～其後。

【掎角之勢】jǐjiǎozhīshì〔成〕比喻作戰時彼此配合，分兵牽制或合兵夾擊敵人的態勢。

戟 jǐ ❶ 古代兵器，長柄頭上裝有金屬的槍尖，旁邊附有月牙形鋒刃：刀槍劍～樣樣精通。❷〈書〉刺激：～喉癢肺。

給（给） jǐ ❶ 供給（jǐ）；供應：～水｜補～｜配～。❷ 富裕；充足：家～人足｜日不暇～。
　　另見 gěi（442頁）。

語彙 補給 供給 配給 取給 薪給 仰給 自給 目不暇給 日不暇給

【給付】jǐfù〔動〕按規定付給（gěi）（款項等）：～保險金｜～金額不等。

【給水】jǐshuǐ〔動〕供應生產或生活用水：～排水系統｜～工程。

【給養】jǐyǎng〔名〕軍隊所需食物、燃料、牲畜飼料等物資供應的統稱：補充～｜～不足｜提高～供應。

【給予】jǐyǔ〔動〕〈書〉給（gěi）：～幫助｜～同情｜～鼓勵｜～處分｜觀眾對我們的表演～了高度的評價。**注意** 這裏的"給"不讀 gěi。也作給與。

幾（几） jǐ〔數〕❶ 詢問數目（所指數目限於二至九，但可以用在"十、百、千、萬、億"等的前後）：二加四等於～？｜個人沒來？｜這塊地有～百畝？｜這次花了一千～？｜孫中山先生生於一八～～年？**注意** 在口語中"幾"兒化後可用於詢問日期，如"明兒是幾兒啊？"。❷表示不定數目：昨天買了～本書｜這種報紙每天都得印～萬份｜他不算小了，已經三十好～了。注意 a)"好幾、幾十幾百、幾千幾萬……"強調數量大，如"他好幾天沒到這裏來了""信訪組每天都能收到幾十幾百封信""參加遊園活動的大概有幾千幾萬人"。b)"沒有（不）＋幾＋量"，表示數量不大，如"沒有幾個人支持他""用不了幾天，西瓜就可以上市了"。❸在某一語境中，表示確定的數目：那天只有老李、小張、小王跟我～個人去了｜老師在作業上批了"字跡工整"～個字。

另見 jī（602頁）；"几"另見 jī（600頁）。

辨析 幾、多少 a)在詢問數目或表示不定數目時，常通用。如"印度有幾億人？"也可以說"印度有多少億人？"，"他幹了沒幾年"也可以說"他幹了沒多少年"。"多少"是代詞，可充當賓語，如"知道多少說多少"，"幾"不能這樣用。b)"幾"除了用於"十、百、千、萬、億"之前，一般表示十以內的數目；"多少"可以表示較小的數目，也可以表示較大的數目。c)"幾"後面很少直接跟量詞，一般都有量詞；"多少"後面可以直接跟名詞，量詞可有可無。如"來了多少客人？"可以說"來了多少位客人？"，也可以說"來了幾位客人？"，但不能說"來了幾客人？"。

語彙 大幾 好幾 老幾 無幾 不知凡幾

【幾曾】jǐcéng〔副〕〈書〉用反問語氣表示不曾；何嘗：幾曾曾經：她～受過如此冷遇？（從來沒受過如此冷遇）｜～無牽無掛（總是有牽有掛）。

【幾次三番】jǐcì-sānfān〔成〕一次又一次；多次：朋友們～地提醒他不要酒後駕車，他就是不聽。

【幾度】jǐdù 數量詞。幾次：日期～更改｜～談判都未能定案｜～風雨，～春秋。

【幾多】jǐduō ❶〔代〕（西南官話、贛、閩、粵、客家方言）疑問代詞。詢問數量：你帶了～錢？｜來了～人？❷〔副〕多麼：天氣～熱！

【幾何】jǐhé ㊀〔代〕〈書〉疑問代詞。多少：價值～？｜區區薄禮，能值～？｜人生～？㊁〔名〕幾何學的簡稱。

【幾何體】jǐhétǐ〔名〕"立體"②。

【幾何學】jǐhéxué〔名〕數學的一門分科。研究空間圖形的形狀、大小和位置的相互關係的科學。簡稱幾何。

【幾經】jǐjīng〔動〕經過多次：～周折｜～更換｜～考慮。

【幾兒】jǐr〔代〕〈口〉疑問代詞。哪一天：今兒是～？｜你～走？也說幾兒個。

【幾時】jǐshí〔代〕❶疑問代詞。甚麼時候：他

們～來的？｜我～說過這個話？❷任何時候：我～也沒說過可以在病房抽煙！

【幾許】jǐxǔ〔代〕〈書〉疑問代詞。多少：不知林深～｜相思～？

麂 jǐ〔名〕（隻）哺乳動物，是小型鹿類，雄性有長牙和短角，毛黃黑色。善跳躍。通稱麂子。

【麂子】jǐzi〔名〕（隻）麂的通稱。

魮（鮎）jǐ〔名〕魚類的一種，身體側扁，呈橢圓形，頭和口較小。生活在海底岩石間。

擠（挤）jǐ ❶〔動〕（人或物）緊挨着，（事情）集中在同一時間內：驚慌的人們～成一團｜客廳裏～滿了人｜要辦的事都～在一塊了。❷〔動〕用身體排擠緊挨在一塊兒的人或物：～進會場｜～出人群｜別～着小孩兒。❸〔動〕用壓力使排出：～奶｜～牙膏｜～出兩滴眼淚。❹〔動〕比喻盡最大努力留出空餘：每天都～出點兒時間學外語｜這點錢可是母親從牙縫裏～出來的啊！❺〔動〕排擠：～掉了別人的名額。❻〔形〕（人或物）挨得很緊，空隙很少：擁～｜公共汽車上太～。

【擠兌】jǐduì〔動〕許多人到銀行擠着兌換現金：該國銀行近期出現～風潮。也說擠提。

【擠對】jǐdui〔動〕（北京話）排擠；故意讓人難受：一塊兒幹活，你別～人家｜我一個鄉下人，剛進城的時候可受～了。

【擠咕】jǐgu〔動〕（北京話）擠（眼）：他～了一陣兒，也沒～出眼淚來｜他朝我直～眼兒，意思是讓我別說話。

【擠擠插插】jǐjichāchā（～的）〔形〕（北京話）狀態兒。形容擁擠的樣子：辦公室裏～堆了不少書｜屋子又小，東西又多，難怪～的。

【擠眉弄眼】jǐméi-nòngyǎn〔成〕❶以眉眼示意：那兩個人在一旁～，大概有背着人的事兒。❷眉眼亂動（不好的毛病）：他老愛～的，讓人看着怪不舒服。

【擠壓】jǐyā〔動〕❶擠和壓：～變形｜內裝玻璃器皿，防止～。❷比喻排擠、壓制：國貨受到某些進口貨的～。

【擠牙膏】jǐ yágāo〔慣〕比喻說話不痛快，經一再追問，才一點兒一點兒地說出來：犯罪嫌疑人交代問題，往往是～。

【擠佔】jǐzhàn〔動〕強行擠入並佔用：～公房｜竟敢～挪用社保基金。

濟（济）Jǐ ❶濟水，古水名。發源於今河南，經山東流入渤海。河南濟源縣、山東濟南市、濟寧市、濟陽縣，都因濟水得名。❷〔名〕姓。

另見 jì（624頁）。

【濟濟】jǐjǐ〔形〕〈書〉形容人多且陣容強大的樣子：人才～｜名師～｜～一堂。

【濟濟一堂】jǐjǐ-yītáng〔成〕形容許多有才能的人聚集在一起。

蟣（虮）jǐ 蟣子：～蟲。

【蟣子】jǐzi〔名〕蝨子的卵。

jì ㄐㄧ

伎 jì ❶技巧；本領（現多用於含貶義色彩的詞語中）：～倆｜故～重演｜少習武～。❷同"妓"②：歌～｜名姝異～（有名的美女、卓越的歌女）。

【伎倆】jìliǎng〔名〕花招；手段（含貶義）：鬼蜮～｜慣用的～。

技 jì ❶技能；本領：一～之長｜雕蟲小～｜黔驢～窮。❷雜技：蹬～｜車～。❸(Jì)〔名〕姓。

語彙 車技 方技 競技 絕技 科技 口技 球技 特技 演技 雜技 雕蟲小技

【技法】jìfǎ〔名〕技巧和方法：文章～｜國畫～｜傳統～｜～高超｜～新奇。

【技工】jìgōng〔名〕(名)有專門技術的工人：～學校。

【技能】jìnéng〔名〕專業技術和能力：生產～｜他掌握了多種～。

【技巧】jìqiǎo〔名〕❶在文藝、工藝、體育等方面所表現的巧思和技能：寫作～｜表演～｜繪畫～｜～純熟｜這些工藝品的製作～很高超。

【技巧運動】jìqiǎo yùndòng 體操運動項目之一。由滾翻、倒立、跳躍、平衡、拋接等動作組成。有單人、雙人、多人等項。

【技窮】jìqióng〔動〕所有的本領都使出來了，再沒別的辦法：黔驢～｜自感～。

【技師】jìshī〔名〕(位,名)技術人員的初級職稱，在工程師之下。

【技術】jìshù(-shu)〔名〕❶進行生產活動所憑藉的方法或能力：工業～｜農業～｜科學～｜水平｜～人員｜～力量。❷(項,門)專門的技能；特殊的本領：有～｜沒～｜他的攝影～很高明。❸(套)指技術裝備：引進最先進的～。

【技術含量】jìshù hánliàng 指產品中所含的技術價值：單位產品的～高，附加值就高。

【技術員】jìshùyuán〔名〕(位,名)技術人員的初級職稱，在助理工程師或技師之下。

【技校】jìxiào〔名〕(所)❶技工學校的簡稱。培養專業技術工人的中等學校。❷中等技術職業學校的簡稱。培養技術人員的中等學校。

【技癢】jìyǎng〔形〕有某種技能的人遇有適當機會時很想施展：～難耐｜他一見人下棋就～。

【技藝】jìyì〔名〕❶技巧性的表演藝術：～高超｜～

精妙。❷手藝：工藝美術師的～精湛。

忌 jì ❶忌妒：猜～｜妒～｜疑～。❷害怕：顧～｜畏～｜肆無～憚。❸〔動〕因不宜而避免：～嘴｜～油膩｜～生冷。❹〔動〕戒除：～煙｜～酒｜～賭。❺(Jì)〔名〕姓。

語彙 避忌 猜忌 妒忌 犯忌 顧忌 戒忌 禁忌 拘忌 切忌 生忌 畏忌 嫌忌 疑忌 百無禁忌 忌行無忌

【忌辰】jìchén〔名〕先輩去世的日子，也指此後每滿週年的紀念日。傳統習俗這一天忌舉行宴會和娛樂活動，所以叫作忌辰：三月十二日是孫中山先生的～。也叫忌日。

【忌憚】jìdàn〔動〕〈書〉顧慮；害怕：肆無～｜無所～｜有所～。

【忌妒】jìdu〔動〕對比自己強的人心懷怨恨：～心｜～別人｜心懷～。

【忌恨】jìhèn〔動〕憎恨；怨恨：心懷～｜～他人。

【忌諱】jìhuì(-hui)❶〔動〕由於風俗習慣或個人方面的顧忌，言談舉止有所避忌。如舊時屠戶忌說"舌頭"，因"舌"與"折(shé)本"的"折"同音，改稱"口條"；船家忌說"沉"，"東西沉"只能說"東西重"。又如民間忌說"死"，"人死了"要說"老了""走了""去了"等：他最～別人叫他禿子。❷〔動〕盡力避免某些能產生不利後果的事：新聞報道最～說假話、空話。❸〔名〕由於風俗習慣或個人的原因而形成的禁忌：犯～｜這是最大的～。

【忌口】jì//kǒu〔動〕由於有病或其他原因忌吃不適宜的食物：有胃病的人應該～，不吃生冷｜吃這藥還忌哪些口？也說忌嘴。

【忌日】jìrì〔名〕❶忌辰。❷迷信的人指不適宜做某種事的日子。

【忌食】jìshí〔動〕❶由於有病或其他原因不吃(某種食物)：～葷腥｜～生冷。❷某些宗教徒遵循教規不吃(某種食物)。

【忌語】jìyǔ〔名〕因不適宜而避免說的話：行業～｜服務～。

【忌嘴】jì//zuǐ〔動〕忌口。

妓 jì ❶妓女：～院｜娼～｜狎～｜嫖～。❷古代稱以歌舞為業的女子。也作伎。

【妓女】jìnǚ〔名〕(名)以賣淫為生的女子。

【妓院】jìyuàn〔名〕(家)舊時妓女賣淫的地方。也叫妓館。

芰 jì 古書上指菱。

季 jì ❶〔名〕三個月為一季，一年分春、夏、秋、冬四季。❷〔名〕季節：雨～｜旱～｜旺～｜淡～｜西瓜～兒｜螃蟹～兒。❸指一個時期的末了：明～清初｜～世｜～葉(末世)。❹指農曆每季的第三個月：～春｜～夏。❺兄弟排行裏的老四或最小的：伯仲叔～｜～弟。❻(Jì)

〔名〕姓。

| 語彙 | 春季 淡季 冬季 旱季 花季 換季 秋季 賽季 四季 旺季 夏季 雨季 月季 |

【季春】jìchūn〔名〕春季的最末一個月，即農曆三月。

【季冬】jìdōng〔名〕冬季的最末一個月，即農曆十二月。

【季度】jìdù〔名〕(個)以一季為計時單位時稱為季度：～報表｜～獎｜每一～都要有工作計劃。

【季風】jìfēng〔名〕風向隨季節變換而發生明顯改變的風，冬季多由大陸吹向海洋，夏季多由海洋吹向大陸。海洋和陸地之間溫度差異是造成季風的主要原因。也叫季候風。

【季父】jìfù〔名〕〈書〉叔父；最小的叔父。

【季節】jìjié〔名〕(個)一年裏某一段有明顯氣候和風物特點的時期：隆冬～｜農忙～｜收穫～｜梅雨～｜～變換。

【季軍】jìjūn〔名〕體育、遊藝等競賽的第三名。

【季刊】jìkān〔名〕每季出版一次的刊物。

【季母】jìmǔ〔名〕〈書〉叔母。

【季女】jìnǚ〔名〕〈書〉少女。

【季秋】jìqiū〔名〕秋季最末的一個月，即農曆九月。

【季世】jìshì〔名〕〈書〉末世；末葉：秦朝～｜東漢～。

【季夏】jìxià〔名〕夏季最末的一個月，即農曆六月。

【季子】jìzǐ〔名〕〈書〉少子；年齡最小的兒子。

埘 jì〈書〉堅硬的土。

計(计) jì ❶〔動〕計算：～件｜～時｜審～｜按勞～酬｜數以萬～｜每投進一個球～兩分。❷〔動〕總計：捐助災民的衣服，～棉衣一百件，單衣二百件｜購進的圖書，～中文五百種，日文三百種，英文二百種。❸比較；考慮(多用於否定式)：不～報酬，只問奉獻。❹〔動〕計劃；計算：為國家民族利益～，為個人前途～，必須努力工作。❺用於計算或測量的儀器：電壓～｜體溫～｜溫度～｜血壓～。❻〔名〕(條)主意；策略：妙～｜獻～｜三十六～，走為上～｜眉頭一皺，～上心來。❼經濟：國～民生。❽(Jì)〔名〕姓。

| 語彙 | 暗計 定計 毒計 估計 詭計 合計 核計 活計 夥計 奸計 會計 累計 妙計 奇計 巧計 設計 生計 算計 統計 獻計 心計 用計 預計 總計 空城計 苦肉計 錦囊妙計 數以萬計 陰謀詭計 |

【計策】jìcè〔名〕(條)計謀策略：巧妙的～｜識破了對方的～。

【計程車】jìchéngchē〔名〕(輛，部)我國台灣地區稱出租汽車。

【計酬】jìchóu〔動〕計算勞動報酬：按小時～｜～方式。

【計劃】(計畫)jìhuà ❶〔名〕(項)預先擬定的工作內容和行動步驟：五年～｜行動～｜生產～｜制訂～。❷〔動〕打算，做出計劃：學校～建一座新的教學大樓｜請你先～一下，應該置辦哪些東西。

辨析 計劃、規劃 a)"計劃"一般比較具體，"規劃"一般比較全面概括。b)"計劃"的時間可以是較長的，也可以是較短的，"規劃"的時間多半是較長的，是從發展的遠景着眼。c)作為名詞，"計劃"多做"完成"的賓語，"規劃"多做"落實"的賓語。d)作為動詞，"計劃"可以用於大事，也可以用於小事，而"規劃"一般指大事。如"今天上街都買些甚麼東西，你先計劃一下""今後五年的科研項目，要通盤考慮，全面規劃"。

【計劃單列市】jìhuà dānlièshì 行政上保持由省管轄的隸屬關係，但在經濟體制和管理權限上相當於省級，經濟計劃單列，直接向中央政府負責的城市。如大連、寧波、廈門、青島、深圳等。

【計劃經濟】jìhuà jīngjì 按照國家制定的統一計劃並通過行政手段控制和管理的國民經濟。

【計劃生育】jìhuà shēngyù 為使人口增長同經濟和社會發展相適應而制定政策和措施，對公民的生育加以規定和限制：實行～是中國的一項基本國策。簡稱計生。

【計價】jìjià〔動〕計算價錢：～器｜合理～。

【計件工資】jìjiàn gōngzī 按照生產的產品合格件數或完成的作業量來計算的工資(區別於"計時工資")。

【計較】jìjiào〔動〕❶計算比較：斤斤～｜不要過於～個人得失。❷爭論：我不願意跟他～。❸打算：先把東西運回去再做～。

【計量】jìliàng〔動〕❶用一個標準的已知量，與同一類型的未知量加以測定，如用尺量布、用秤稱物等。❷計算：影響之大，無法～。注意 這裏的"量"不讀liáng。

【計謀】jìmóu〔名〕策略；謀略：～深遠｜運用～，剋敵制勝。

【計日程功】jìrì-chénggōng〔成〕程：估量；計算。功：成效。可以按日子來計算功效。形容進展非常快，短時間內就可以成功：南水北調可以～。

【計生】jìshēng〔名〕計劃生育的簡稱：～工作｜～委(計劃生育委員會)。

【計時】jìshí〔動〕計算時間：～器｜～跑｜倒～｜～收費。

【計時工資】jìshí gōngzī 按照勞動時間多少和技術熟練程度來計算的工資(區別於"計件工資")。

【計數】jìshǔ〔動〕計算：不可～｜難以～｜一天

一天地～着親人的歸期。

【計數】jì∥shù〔動〕數(shǔ)事物的個數；統計數目：～器｜～單位。

【計算】jìsuàn〔動〕❶ 通過數學方法根據已知求得未知數：～成本｜～利潤。❷ 考慮；籌劃：日常開銷要先～～，不能心中無數。❸ 暗中謀劃，損害別人：他老在背後～人。注意 這個意義的"計算"，更常說成"算計"，如"他老計算別人"，常說成"他老算計別人"。

【計算尺】jìsuànchǐ〔名〕(把)利用對數性質製成的一種計算工具，由尺身、滑尺和指示滑標三部分組成，可以用來進行乘、除、乘方、開方、求三角函數值等運算。也叫算尺。

【計算機】jìsuànjī〔名〕(台)能進行數學運算的機器。老式計算機為機械裝置，有手搖和電動兩類。新式計算機由電子元器件組裝而成，叫電子計算機。

【計算機病毒】jìsuànjī bìngdú 一種人為的在計算機網絡系統中傳播蔓延、破壞計算機儲存數據的程序。也叫電腦病毒。

【計算機程序】jìsuànjī chéngxù 為使電子計算機執行某項任務而按次序編排的電子計算機指令的集合。

【計算器】jìsuànqì〔名〕指用來進行計算、統計的電子器具，體積較小。

【計議】jìyì〔動〕合計；商議：從長～｜眾人～已定，便分頭行動去了。

洎 jì〈書〉到；及：自古～今｜澤～幽荒(恩澤及於邊遠之地)。

既 jì❶〈書〉完了；盡：食～而主人獻茶｜言未～，聽眾哄然大笑。❷〔副〕已經(用於固定格式)：～成事實｜～得利益｜～往不咎。❸〔連〕既然：～來之，則安之｜～要學，就要學好。❹〔副〕與副詞"且、又、也"等相呼應，表示兩種情況兼而有之：～亂且髒｜他～會唱歌，也會跳舞。注意 主語不同而謂語相同的句子，不能用"既……又(且，也)"，如不能說"你既辭職了，他也辭職了"。❺ (Jì)〔名〕姓。

> **辨析 既、既然** 作為連詞，兩個詞意義用法相同，但"既"只能用在主語後，不能用在主語前，如不能說"既你跟他約好了，就該時去"。"既然"可以用在主語前，也可用在主語後，如可以說"既然你跟他約好了，就該時前去"，也可以將"既然"挪到"你"之後。

【既成事實】jìchéng shìshí 已經形成的事實：被迫接受這一～。

【既定】jìdìng〔形〕屬性詞。已經確定的：～方針｜～目標。

【既而】jì'ér〔連〕〈書〉表示上文所說情況或動作發生後不久：～雲散雨收，天氣晴朗｜他開始時反對，～又表示同意。

【既來之，則安之】jì lái zhī, zé ān zhī〔成〕《論語·季氏》："故遠人不服，則修文德以來之，既來之，則安之。"原意是既然使遠方的人來歸順了，就該使他們生活安定。現多指(意外的事態)既然來了，就應該安下心來面對現實：～，你就安心養病吧！

【既然】jìrán〔連〕用於上半句，提出已成為現實的或已肯定的前提，下半句根據這個前提提出結論，常用"就、也、還"跟它呼應：～問題已經產生了，就應該設法解決｜你～反對，我還說甚麼。

【既是】jìshì〔連〕既然：～下雨，就改天再去吧。

【既往】jìwǎng〔名〕❶ 過去：一如～。❷ 指過去的事情(多為錯誤或罪責)：～不咎。

【既往不咎】jìwǎng-bùjiù〔成〕對過去的錯誤不再責備｜幹過壞事的人只要改過自新，就～。注意 這裏的"咎"不寫作"究"，不讀jiū。也說不咎既往。

紀 (纪) jì ㊀ ❶ 紀律：遵～守法｜國法黨～。❷ 法度：綱～。

㊁ ❶ 古代以十二年為一紀，公曆以一百年為一世紀。也泛指較長的時間：世～｜中世～。❷〔名〕地質年代分期的第三級。根據生物在地球上出現和進化的順序劃分。紀以上為代，跟紀相應的地層系統分類單位叫系(xì)。❸ 年齡：年～。❹ 義同"記"，主要用於"紀元、紀年、紀要、紀傳、紀念"等詞。

㊂〈書〉料理；經營：經～。

另見Jǐ(616頁)。

語彙 本紀 黨紀 法紀 風紀 綱紀 軍紀 年紀 世紀

【紀綱】jìgāng〔名〕〈書〉法度：不可亂其～。

【紀檢】jìjiǎn〔動〕紀律檢查：加強～｜～工作｜～幹部｜～部門。

【紀錄】jìlù ❶〔名〕(項)在一定時期和範圍內記載下來的最好成績：全國～｜奧運會～｜保持～｜刷新～。❷ 同"記錄"①-③。

【紀錄片】jìlùpiàn(口語中也讀jìlùpiānr)〔名〕(部)專門紀錄和報道時事或某一事件的影片：新聞～｜專題～。也作記錄片。

【紀律】jìlǜ〔名〕(條，項)某些機構、組織要求成員必須共同遵守的規則：勞動～｜課堂～｜遵守～｜違反～｜～嚴明｜給予～處分｜～檢查委員會。

【紀律部隊】jìlǜ bùduì〔名〕港澳地區用詞。受紀律約束的部隊或部門。香港的紀律部隊包括香港警務處、香港海關、廉政公署等。

> **香港的紀律部隊**
> 紀律部隊翻譯自英文 Disciplined Services，香港共有九支紀律部隊，包括警務處、消防處、入境事務處、海關、懲教署、政府飛行服務隊、民眾安全服務隊、醫療輔助隊和廉政公署。

【紀年】jìnián ❶〔動〕記年代，如中國過去用干支紀年，用皇帝年號紀年，現用公曆紀年。❷〔名〕中國傳統史書的一種體裁，依照年月先後順序排列歷史事實，如《竹書紀年》。

【紀念】(記念) jìniàn ❶〔動〕用一定的方式表示對人或事物的懷念：～碑｜～館｜～品｜～塔｜～堂｜～郵票｜舉行各種活動～五一勞動節。❷〔名〕用來表示紀念的物品：這幾樣東西你留作～吧｜這隻戒指是母親留給她的～。

【紀念碑】jìniànbēi〔名〕(塊，座)為紀念重大事件或有功績的人而修建的石碑：八一起義～｜人民英雄～。

【紀念冊】jìniàncè〔名〕(本，套)表示紀念的冊子，多有相關照片或題字：畢業～｜金婚～。

【紀念日】jìniànrì〔名〕發生過重大事情值得紀念的日子："七七事變"～｜結婚～｜孫中山先生誕辰～。

【紀念章】jìniànzhāng〔名〕(枚)表示紀念的徽章。

【紀實】jìshí ❶〔動〕記述真實情況：～文學。❷〔名〕記述真實情況的文字、影像等(多用於作品名或標題)：《南美洲～》｜"上海兒女在雲南"～攝影展。

【紀實文學】jìshí wénxué 一種寫實性的文學體裁，以現實生活中的真人真事為依據。

【紀事】jìshì ❶〔動〕記載人物事跡、歷史事實：～體長詩。❷〔名〕(篇)記載人物事跡、歷史事實的文字(多用於書名)：《詞林～》｜《唐詩～》。

【紀行】jìxíng〔名〕記載旅途見聞的文字、繪畫、影像等(多用於作品名或標題)：《海南～》｜《南美洲～》。

【紀要】jìyào〔名〕記錄會議或會談要點的文件：會議～｜會談～｜座談會～。也作記要。

【紀元】jìyuán〔名〕紀年的起始年。中國紀元始於西周共和元年(公元前841年)，自漢武帝以建元為年號後，歷代皇帝都以年號紀元，即以皇帝即位或中途改換年號的第一年為元年。民國成立，以成立之年(1912年)為元年。中華人民共和國成立，即採用公元紀年。現在世界多數國家採用公元紀年，以傳說的耶穌誕生那一年為元年。

【紀傳體】jìzhuàntǐ〔名〕中國史書的體裁之一，以人物傳記為中心記載史實。主要內容是本紀和列傳，本紀記帝王，列傳記其他人物，故稱紀傳體。紀傳體始創於司馬遷的《史記》，歷代史書多沿用。

記 (记) jì ❶〔動〕在腦子裏保留印象：～仇｜～憶｜～性｜～不清｜～得住｜死～硬背｜博聞強～｜你的這些話我要一輩子～。❷〔動〕記錄；登記：～賬｜～功｜～過｜～在登記簿上。❸ 記載事物的書冊、文章或文藝作品：簿～｜筆～｜後～｜日～｜散～｜

遊～｜雜～｜札～｜傳～｜大事～｜《西游～》｜《紅燈～》。❹ 記號；標誌：暗～｜標～｜戳～｜鈐～。❺〔名〕生下來皮膚上就有的色斑：胎～｜他胳膊上有塊～。❻〔量〕用於動作的次數：打了他一～響亮的耳光｜一～勁射，球進了。❼(Jì)〔名〕姓。

語彙 碑記 筆記 標記 補記 登記 惦記 後記 牢記 銘記 切記 日記 散記 書記 速記 胎記 忘記 遊記 雜記 摘記 傳記 追記 大事記 博聞強記

【記仇】jì // chóu〔動〕心裏老是記着對別人的仇恨：他是個從不～的人｜我說了他幾句，他就記了仇。

【記得】jìde〔動〕想得起來；沒忘掉：當時的情景我還～｜我不～那個人的名字了。

【記功】jì // gōng〔動〕記錄功績，表示獎勵：上級決定給參加搶險的有關人員～｜記一等功。

【記掛】jìguà〔動〕(吳語)掛念；惦記：請不要～我｜這樁事他一直～在心間。

【記過】jì // guò〔動〕記錄過失，表示處分：給予～處分｜記大過。

【記號】jìhao (～兒)〔名〕為幫助識別、記憶或引起注意而做的標誌：做～兒｜凡是重版書，書目上都有～。

【記恨】jìhèn (-hen)〔動〕心裏老是記着對別人的怨恨：互相～｜他不是有意的，你就別～他了。

【記錄】jìlù ❶〔動〕把聽到、看到的或發生的事用文字、聲音、影像等形式保留下來：～報告的內容｜黑匣子自動～了飛行員的對話｜短片～下運動員的歡笑和淚水。❷〔名〕(份)記錄下來的材料：會議～｜現場～｜新聞～。❸〔名〕做記錄的人：大家推舉小張當～。以上也作紀錄。❹ 同"紀錄"①。

【記錄片】jìlùpiàn 同"紀錄片"。

【記名】jìmíng〔動〕為了表明權利或責任的所在而記載姓名：～支票｜無～投票。

【記取】jìqǔ〔動〕記住(教訓、囑咐等)：這個慘痛教訓應當終生～｜我有一言，請君～。

【記認】jìrèn〔動〕辨認記住：他絡腮鬍子，好～｜這三個字形體相似，很難～。

【記事】jìshì〔動〕❶ 把事情記錄下來：～冊｜～牌｜結繩～。❷ 記述歷史經過：中國歷書的體裁有一種叫～本末體。

【記事兒】jìshìr〔動〕指小孩兒已經有辨別和記憶事物的能力：你那時四歲，剛～。

【記述】jìshù〔動〕用文字敍述：～先賢事跡。

【記誦】jìsòng〔動〕默記和背誦：～詩詞｜～珠算口訣。

【記性】jìxing〔名〕記憶力：好～｜～差｜你這個人太沒～，好了傷疤忘了疼。

【記敍】jìxù〔動〕記載敍述：～體｜～文｜該書～了五四運動始末。

【記敍文】jìxùwén〔名〕以記敍為主要表達方法的寫人寫事、繪景狀物的文體。通常要求具備六要素：時間、地點、人物、事件（經過）、原因、結果。消息、通訊、遊記、人物特寫、回憶錄等都屬於記敍文。

【記要】jìyào 同"紀要"。

【記憶】jìyì ❶〔動〕記住或憶起：往事已不復～。❷〔名〕過去事物保持在腦子裏的印象：這次南方之行將永遠留在我的～中。❸〔名〕記憶力：醫生幫他恢復了～。

【記憶力】jìyìlì〔名〕記住事物的能力：驚人的～｜～強｜～弱｜衰退。

【記憶猶新】jìyì-yóuxīn〔成〕過去的事記得很清楚，就像新近發生的一樣：告別故鄉時的情景，我直到現在仍然～。

【記載】jìzǎi ❶〔動〕把事情寫下來：這篇報道真實地～了事情的經過｜刻在龜甲和獸骨上的甲骨文～了當時占卜的結果。❷〔名〕記載事情的文章或文字材料：他廣泛查閱了地方誌中有關風土人情的～。

【記者】jìzhě〔名〕（名，位）通訊社、報社、雜誌社、廣播、電台、電視電台等負責採訪新聞、撰寫通訊報道的人員：～站｜～證｜新聞～｜隨軍～｜～招待會。

偈 jì〔名〕佛經中的頌詞，三言、四言乃至多言，多以四句為一偈：諷經頌～。[偈陀的省略，梵 gāthā]
另見 jié（672頁）。

【偈語】jìyǔ〔名〕偈：佛門～｜妙文～。

徛 jì〔動〕（吳語）站立：～有～相（站有站相）。

祭 jì〔動〕❶祭祀：～天｜～神。❷祭奠：掃｜公～｜～先烈。❸使用（法寶）：那個老道士～起了一個寶葫蘆。
另見 Zhài（1707頁）。

語彙 哀祭 拜祭 公祭 陪祭 遙祭 主祭 打牙祭

【祭拜】jìbài〔動〕祭祀：～祖先｜～黃帝陵。

【祭奠】jìdiàn〔動〕為死去的人舉行追念儀式：～亡靈｜～革命先烈。

【祭酒】jìjiǔ〔名〕❶古代宴飲時先由尊長以酒澆地祭神，後尊稱年長有德者為祭酒。❷官名。漢設博士祭酒，為博士之首。隋唐後稱國子監祭酒，為國子監主管官。

【祭禮】jìlǐ〔名〕❶祭祀或祭奠儀式：參加～｜舉行～。❷祭祀或祭奠的禮品：敬獻～。

【祭品】jìpǐn〔名〕祭祀或祭奠時用的供品：～豐潔。

【祭掃】jìsǎo〔動〕在墓前祭奠打掃：～祖墳｜～烈士陵園。

【祭祀】jìsì(-si)〔動〕在一定時節向神佛或祖先奉獻祭品，舉行致敬的儀式並求保佑：～天地｜～祖先｜～神祇（qí）｜～活動。

【祭壇】jìtán〔名〕祭祀用的台子。

【祭文】jìwén〔名〕（篇）祭祀神佛、祖先或祭奠死者時朗讀稱頌的文章。如唐朝韓愈《祭十二郎文》是著名的文學作品。

【祭灶】jìzào〔動〕祭祀灶神，舊俗臘月（農曆十二月）二十三日或二十四日祭灶神，以求灶神在玉帝面前說好話，保家人平安。

悸 jì〈書〉因害怕而心跳加劇：驚～｜猶有餘～。

語彙 寒悸 驚悸 心悸 餘悸

【悸動】jìdòng〔動〕因恐懼而心跳加劇：～不安｜一顆～的心。

寄 jì ❶〔動〕託人傳送，現特指通過郵局遞送：～信｜～錢｜～書｜～包裹｜快件剛剛～走。❷〔動〕託付；寄託：～存｜～售｜希望於未來。❸ 依附；依靠：～食｜～生｜宿｜人籬下。❹ 認的（親屬）：～父｜～母｜女。❺（Jì）〔名〕姓。

語彙 附寄 函寄 匯寄 遙寄 郵寄

【寄存】jìcún〔動〕把物品暫時存放託付保管：東西先～在你們家。

【寄放】jìfàng〔動〕寄存（多用於物品，有時也可以用於人）：～行李｜我把孩子暫時～在親戚家。

【寄父】jìfù〔名〕義父。

【寄懷】jìhuái〔動〕〈書〉寄託情懷（多用於作品名）：託物～｜激水瀉飛瀑，～良在茲。

【寄籍】jìjí〔名〕某人長期寄居某地就稱某地為他的寄籍（區別於"原籍"）。

【寄跡】jìjì〔動〕〈書〉暫時寄託其形跡，指在某地臨時停留或暫住：～他鄉｜～海外。也說寄身。

【寄居】jìjū〔動〕時間較長地住在他鄉或別人家裏：～香港｜他從小就～在舅舅家。

【寄賣】jìmài〔動〕❶委託他人代為出賣：把這件古玩放在信託商店裏～。❷受他人之託代為出賣：～商店｜～商行。以上也說寄售。

【寄母】jìmǔ〔名〕義母。也叫寄娘。

【寄情】jìqíng〔動〕寄託情懷：～山水。

【寄人籬下】jìrénlíxià〔成〕比喻依附別人生活：此人生性高傲，不願～｜他從小就住在親戚家，過着～的生活。

【寄身】jìshēn〔動〕〈書〉寄跡：～異域｜～梨園。

【寄生】jìshēng〔動〕❶一種生物依附在另一種生物的體內或體表，從中吸取養分以維持生命，動物如蛔蟲、蟯蟲、蝨子，植物如菟絲子都是以寄生方式生活的。❷借指（消極事物）完全依賴其他事物發展：堅決打擊～在娛樂場所的販毒分子。❸指自己不勞動而靠剝削他人生活：～生活。

【寄生蟲】jìshēngchóng〔名〕❶ 寄生在別的動物或植物體內或體表的蟲類，如蛔蟲、蝨子、血吸蟲等。❷ 比喻能勞動而不勞動，靠剝削或依賴他人為生的人：年青人應該積極進取，不能作～。

【寄食】jìshí〔動〕依附他人過活：暫～於親友。

【寄售】jìshòu〔動〕寄賣。

【寄宿】jìsù〔動〕❶ 借住：他到北京以後，暫時～在親戚家裏。❷ 學生在校住宿（區別於"走讀"）：～學校｜～生｜大學生一般都在學校～。

【寄託】jìtuō ❶〔動〕託付：把孩子～在朋友家裏。❷〔動〕把希望、理想、感情等放在某人身上或某種事物上：父母把希望～在孩子身上｜人死了開個追悼會，以～我們的哀思。❸〔名〕〈書〉指文人的寄情託興：老師晚年所作詩詞均有～。

【寄養】jìyǎng〔動〕❶ 把子女託付給別人撫養：我們工作太忙，孩子就～在外祖父家裏。❷ 暫託別人飼養照料：出差這幾天，小貓～在同事家了｜幾盆花在鄰居家～。

【寄予】(寄與)jìyǔ〔動〕❶ "寄託"②：祖國和人民對青年一代～了極大的希望。❷ 給予（同情、關懷等）：～切實的同情。

【寄語】jìyǔ ❶〔動〕〈書〉轉告；把話帶給別人：～遠方友人｜～故人報平安。❷〔名〕所帶的話，多指寄託感情、希望的話語：新春～｜父母～。

【寄寓】jìyù〔動〕❶〈書〉寄居：～他鄉。❷ "寄託"②：人們希望通過新春祈福～對和平的渴望。

寂 jì/jí ❶ 寂靜：～無聲響｜萬籟俱～。❷ 寂寞：冷～｜枯～。❸ 佛教用語。滅；涅槃：入～。❹(Jì)〔名〕姓。

語彙　岑寂　沉寂　孤寂　荒寂　靜寂　枯寂　死寂　幽寂　圓寂

【寂靜】jìjìng〔形〕安靜；沒有聲響：～的夜晚｜台下一片～｜深夜異常～。

【寂寥】jìliáo〔形〕〈書〉❶ 寂靜；空曠：淡月疏星，～夜晚｜天地紛紜，宇宙～。❷ 冷清；蕭條：～的心情無所寄託｜秋風漸起，北方的海濱頗顯～。

【寂寞】jìmò〔形〕❶ 孤獨冷清：獨自一個人深感～｜這裏有很多朋友，我一點也不～。❷ 寂靜：～的荒原。

【寂然】jìrán〔形〕〈書〉寂靜的樣子：～無聲｜～不動。

琇 jì〈書〉玉名。

綦 jì〈書〉❶ 怨恨；忌恨。❷ 教導；指點。

塈 jì〈書〉❶ 用泥塗抹屋頂。❷ 休息。❸ 取：摽有梅，頃筐～之（梅子掉在地上，用斜口筐裝取）。

勣(勣)jì 見於人名：李～（唐初大將，本名徐世勣）。
另見 jī "績"（624頁）。

跡(迹)〈蹟〉jì/jī ❶ 留下的印痕：足～｜蹤～｜血～｜筆～｜墨～｜手～。❷ 前人留下的建築、器物等：古～｜陳～｜遺～。❸ 行為；活動：功～｜事～｜奇～｜劣～｜銷聲匿～。❹ 跡象；形跡：～近詐騙。

語彙　筆跡　陳跡　古跡　軌跡　痕跡　腳跡　絕跡　浪跡　劣跡　墨跡　匿跡　奇跡　人跡　史跡　事跡　手跡　行跡　形跡　血跡　遺跡　真跡　字跡　蹤跡　足跡　罪跡　毀屍滅跡　來蹤去跡　渺無人跡　名山勝跡　蛛絲馬跡

【跡象】jìxiàng〔名〕可據以推斷過去和將來的痕跡和現象：種種～表明，事情跟他有關。

跽 jì〈書〉兩膝着地，挺直上身。古人坐時臀挨腳後跟，臀部離開腳後跟，伸直腰，就是跽：長～｜按劍而～。

概 jì〈書〉稠密：深耕～種。

齊(齐)jì〈書〉❶ 調味品。❷ 合金（今多讀 qí）。
另見 qí（1052頁）。

漈 jì〈書〉水邊。多用於地名：百丈～（在浙江）｜九龍～（在福建）。

暨 jì ❶〔連〕〈書〉和；及；與：北京大學校慶～五四青年節紀念活動將在五月四日上午舉行。❷〈書〉至；到：東～於海｜今～。❸(Jì)〔名〕姓。

際(际)jì ❶ 交界或靠邊的地方：邊～｜一望無～。❷ 裏邊；中間：空～｜腦～｜胸～。❸ 彼此之間：國～｜星～｜人～｜廠～。❹〈書〉時候：在春節到來之～，特向你們表示問候。❺〈書〉遭遇：遭～｜～會｜～遇。❻〈書〉逢；正當：～此良宵｜～此盛會。❼ 交往；接觸：交～。

語彙　邊際　代際　分際　國際　交際　腦際　人際　省際　實際　天際　無際　心際　星際　遭際　無邊無際

【際遇】jìyù〔名〕〈書〉機緣；境遇：悲慘的～｜李先生晚年～堪憂｜這次你被選中，真是千載難逢的～。

稷 jì ❶ 古代稱一種糧食作物，一說為黍類，一說為穀子：黍～｜菽～。❷ 穀神。古代以稷為百穀之長，因此帝王奉稷為穀神：社～。

❸（Jì）〔名〕姓。

髻 jì 梳在頭上或腦後的髮結：高～｜椎～｜墮馬～｜腦後梳着個～。

冀 jì **❶**〈書〉希望：希～｜～願｜～求｜～其成功｜～甘霖降降。**❷**（Jì）〔名〕河北的別稱：～中平原。**❸**（Jì）〔名〕姓。

【冀求】jìqiú〔動〕希望得到：～自由｜她把愛心無私地獻給學生，從不～回報。

【冀圖】jìtú〔動〕希望，企圖：～東山再起｜～轉嫁責任。

【冀望】jìwàng〔動〕〈書〉希望：行善而得惡，非所～。

稷 jì 稷子。

【稷子】jìzi〔名〕**❶** 一年生草本植物，形狀像黍子。是耐寒、耐鹼的穀類作物。**❷** 這種植物的子實，沒有黏性。以上也叫穈子（méizi）。

劑（剂）jì **❶** 配製成的藥物：針～｜湯～｜感冒沖～。**❷** 指某些起化學作用或物理作用的物質：熔～｜焊～｜除草～｜殺蟲～｜黏合～｜消毒～。**❸**（～兒）〔名〕劑子：做～兒｜餃子～兒。**❹** 調節；調和：調～。**❺**〔量〕用於湯藥：每日服一～。也說服（fù）。

語彙 沖劑 方劑 溶劑 散劑 試劑 湯劑 調劑 丸劑 藥劑 催化劑 冷凍劑 麻醉劑

【劑量】jìliàng〔名〕藥物的使用分量。也指化學試劑和用於治療的放射綫等的用量：小～｜服這種藥～不能太大。

【劑型】jìxíng〔名〕藥物製成後的類型，如片狀、丸狀、膏狀、液狀等。

【劑子】jìzi〔名〕做饅頭、餃子等麵食的時候，從揉好的長條形的麵上分出來的均匀小塊兒：麵～。

薊（薊）jì **❶**〔名〕多年生草本植物，莖葉多刺，花紫色，可入藥，有止血、涼血作用。**❷**（Jì）古地名，春秋戰國時燕國都城，在今北京城西南。**❸**（Jì）用於地名：～縣（在天津）。**❹**（Jì）〔名〕姓。

嚌 jì〈書〉品嘗滋味。

【嚌嚌嘈嘈】jìjìcáocáo〔擬聲〕形容說話聲急促而雜亂：會議室裏～，好像在爭論甚麼問題。

覬（覬）jì〈書〉希望得到；希圖獲得：～幸｜～利。

【覬幸】jìxìng〔動〕〈書〉希圖獲得：～名位｜～之心。

【覬覦】jìyú〔動〕〈書〉希望獲得不應該得到的東西：～非分（fèn）｜心存～｜對手～此塊金牌已久。

罽 jì〈書〉用毛做成的氈子一類的東西：～帳。

濟（济）jì **❶** 渡；過河：同舟共～。**❷** 救；扶助：～貧｜扶危～困｜緩不～急。**❸** 補益：無～於事｜寬猛相～｜假公～私。**❹**（Jì）〔名〕姓。

另見 Jǐ（617頁）。

語彙 補濟 不濟 接濟 經濟 救濟 匡濟 調濟 賑濟 周濟 剛柔相濟 和衷共濟

【濟貧】jìpín〔動〕救助貧苦的人：劫富～｜扶弱～｜賑災～。

【濟世】jìshì〔動〕救濟世人：靖亂～｜～安民｜活人～（使人活，使世人得救）｜懸壺～（治病救人）。

【濟事】jìshì〔形〕有益於事；做得成；中用（多用於否定式）：就這幾個人不～，還得多調些來｜空談不～，必須實幹｜不管用甚麼藥也不～了。

績（绩）〈㊀勣〉jì / jī ㊀〔動〕把麻分成細縷搓捻成綫或繩子：紡～｜～麻。
㊁ 功業；成果：戰～｜業～｜勞～｜功～｜成～。
"勣"另見 jì（623頁）。

語彙 敗績 成績 功績 考績 勞績 勝績 偉績 勳績 業績 戰績 政績

【績差股】jìchàgǔ〔名〕指業績差的上市公司的股票。投資價值較低（跟"績優股"相對）：～的投資者應把握每次反彈的機會果斷拋出。

【績效】jìxiào〔名〕〈書〉業績，成效：～顯著｜強化～考核。

【績優股】jìyōugǔ〔名〕指業績優良的上市公司的股票。投資價值較高（跟"績差股"相對）：～的股價一般相對穩定且呈長期上升趨勢，受到投資者的青睞。

薺（荠）jì **❶** 薺菜。**❷**（Jì）〔名〕姓。
另見 qí（1053頁）。

【薺菜】jìcài〔名〕（棵，株）一年或多年生草本植物，花白色，嫩葉可吃。全草入藥，有利尿、解熱、止血作用。

櫅 jì〔名〕櫅木，常綠灌木或小喬木，枝葉可提製栲膠，種子可榨油，花和莖、葉可入藥。

鯽（鲫）jì〔名〕魚名，生活在淡水中，形似鯉魚，背脊隆起，頭小，無觸鬚：過江之～。

繫（系）jì〔動〕打結；扣：～鞋帶｜請～好安全帶｜一個活扣兒容易解開。
另見 xì（1456頁）；"系"另見 xì（1454

頁）、xì "係"（1454 頁）。

瀱 jì〈書〉泉水湧出的樣子。

鱀（**鱀**） jì 見"白鱀豚"（26 頁）。

繼（**继**） jì ❶ 接着；接續：～往開來｜後～無人｜夜以～日｜前僕後～。❷〔連〕〈書〉繼而：初覺目眩，～又耳鳴。❸（Jì）〔名〕姓。

> **語彙** 承繼　過繼　相繼　難以為繼　前赴後繼

【繼承】jìchéng〔動〕❶ 繼續做前人的事業：～先烈的遺志。❷ 接續前人的傳統、作風等：～光榮傳統｜～優良作風。❸ 依法承受死者的遺產或權利等：～人｜～權｜～遺產｜～王位｜～爵位｜～封號。

【繼而】jì'ér〔連〕表示緊隨某一情況或動作之後：先是烏雲密佈，～雷雨大作。

【繼父】jìfù〔名〕母親改嫁後，子女稱母親再嫁的丈夫為繼父。

【繼母】jìmǔ〔名〕父親續娶後，子女稱父親續娶的妻子為繼母。

【繼配】jìpèi〔名〕在元配死後男子續娶的妻子。也叫繼室。

【繼任】jìrèn〔動〕接替前任職務：～者｜～人選｜原來的局長已經調走，由老張～。

【繼室】jìshì〔名〕繼配。

【繼嗣】jìsì〈書〉❶〔動〕繼承；傳宗接代。❷〔名〕繼承者：未立～。

【繼往開來】jìwǎng-kāilái〔成〕繼承前人的事業，開闢未來的道路：這是一次展示成就、～的盛會。

【繼位】jì//wèi〔動〕繼承皇位或王位：～人｜～典禮。

【繼續】jìxù ❶〔動〕接連下去，不間斷：～工作｜原油價格～回落｜搜救工作還在～。❷〔名〕跟某一事有連續關係的另一件事：馬克思的《資本論》是其更早時期著作《政治經濟學批判》的～。

【繼續教育】jìxù jiàoyù 對專業技術人員進行的補充、提高、更新知識和技能的教育。

霽（**霁**） jì ❶〈書〉雨、雪停止，天轉晴：大雪初～｜淫雨未～。❷〈書〉怒氣消除：色～｜～威（息怒）。❸（Jì）〔名〕姓。

鰶（**鲚**） jì〔名〕魚名，身體側扁，生活在沿海，背部灰綠色，兩側銀白色，長約20厘米。

鰿（**鲫**） jì〔名〕魚名，生活在海洋中，長約10厘米，身體側扁，頭小而尖，尾尖而細。種類較多，常見的有鳳鱭、刀鱭等。

驥（**骥**） jì〈書〉❶ 好馬；千里馬：駑～｜老～伏櫪，志在千里。❷ 比喻賢

才：世不乏～，求則可致。

jiā ㄐㄧㄚ

加 jiā ❶〔動〕把幾個數目或事物合在一起（跟"減"相對）：五～三等於八｜棉衣～單衣｜舊友～新知。❷〔動〕使數量增大或程度提高：～速｜～強｜添磚～瓦｜好上～好｜這個組～兩個人。❸〔動〕把本來沒有的添上去；給原有的、消耗的再補充：～註解｜古書～了標點，就好讀了｜湯裏頭～點兒味精｜油箱該～點兒油了｜壺裏快乾了，再～點兒水吧！❹〔動〕加以；施以：大～讚揚｜多～小心｜嚴～防範｜風雨交～｜強～於人。❺〈書〉更；更加：變本～厲｜鄰國之民不～少，寡人之民不～多。❻（Jiā）〔名〕姓。

> **語彙** 倍加　參加　遞加　疊加　附加　更加　強加　施加　添加　外加　愈加　增加　追加　風雪交加　厚愛有加

【加班】jiā//bān〔動〕❶ 增加工作時間：～加點｜昨天我加了兩個小時的班。❷ 車、船、飛機等增加班次：春運期間，公路客運也～搶客｜開往北京的飛機要加一班。

【加倍】jiābèi ❶（-//-）〔動〕按原有數量增加相等的數：產量～｜獎金～｜～賠償。❷〔副〕表示程度比原來深得多：～努力｜～提高警惕。

【加餐】jiācān ❶（-//-）〔動〕每日常規餐飯之外再加吃餐點。也特指某些中小學校課間給學生吃一次點心。❷〔名〕（頓，份）指加餐吃的餐點：吃～｜學生～的質量有明顯提高。

【加車】jiāchē ❶（-//-）〔動〕在原有的班次之外加開車輛：乘客太多，一定要～｜加了一班車還是運不完等車的人。❷〔名〕（輛，列，班）在規定的班次之外加開的車輛：有一輛～開過來了。

【加法】jiāfǎ〔名〕數學運算方法的一種，最簡單的是把兩個或兩個以上的數合成一個數的運算，如 3+2=5，讀為三加二等於五。

【加封】jiāfēng ㊀〔動〕封建帝王給大臣增加官爵、土地等：～官職｜～爵位。㊁（-//-）〔動〕將物體開口的部分密閉起來；加上封條：瓶口用蠟～｜文件櫃都加了封。

【加工】jiā//gōng〔動〕❶ 按規定把原材料或半成品製作成成品或使合乎要求：服裝～｜食品～｜機械～｜茶葉～｜中草藥｜加過工的蔬菜。❷ 為使成品更精緻、更完美而加以修飾：～潤色｜這篇文章還需要加加工。

【加固】jiāgù〔動〕使建築物等堅固：～堤防｜～工事。

【加官進爵】jiāguān-jìnjué〔成〕爵：爵位。指升官晉級。

【加害】jiāhài〔動〕故意損害或傷害；使人受害：

案件～人｜他為何平白無故～於你？

【加急】jiājí〔形〕屬性詞。特別緊急的；需快速處理的：～郵件｜～書稿。

【加價】jiā∥jià〔動〕提價：不得任意～｜加過一次價。

【加緊】jiājǐn〔動〕加快速度，增大強度，使緊張進行：～疾病防治工作｜～籌備｜～訓練｜～生產｜～施工。

【加勁】jiā∥jìn（～兒）〔動〕〈口〉加大幹勁：～生產｜～工作｜再加一把勁。

【加劇】jiājù〔動〕嚴重的程度加深：災情～｜病勢～｜矛盾～｜～緊張局勢。

【加快】jiākuài〔動〕使更快；增加速度：～步伐｜～速度｜進程～了。

【加料】jiāliào ❶（-∥-）〔動〕把原料加進操作的容器中：自動～｜加多少料？❷〔形〕屬性詞。為使質量比一般的好而加入更多原料的：～果汁｜～汽水｜～藥酒。

【加侖】jiālún〔量〕英美制容量單位，英制 1 加侖等於 4.546 升，美制 1 加侖等於 3.785 升。[英 gallon]

【加碼】jiā∥mǎ（～兒）〔動〕❶ 指提高商品價格。表示數目的符號稱碼子，所以叫加碼：層層～兒。❷ 提高數量指標：今年的勞動定額又加了碼兒。❸ 指增加賭注。

【加盟】jiāméng〔動〕指參加某一組織或團體：該隊有外籍球員～。

【加密】jiā∥mì〔動〕給計算機、電話、存摺等的有關信息編製密碼，使信息安全保密：每人的電腦都加了密。

【加冕】jiāmiǎn〔動〕某些國家君主即位時舉行的為君主戴上皇冠的儀式：～禮。

【加強】jiāqiáng〔動〕使更堅強或更有力：～團結｜～教育｜～管理｜～領導｜～法制觀念｜～組織紀律性｜這個廠的安全工作～了。

【加熱】jiā∥rè〔動〕使溫度升高：～爐｜～器｜把飯菜加一下熱。

【加入】jiārù〔動〕❶ 添加進去；摻進去：～調料｜藥酒是酒裏～藥材浸泡而成的。❷ 參加進去：～工會｜～聯合國。

【加塞兒】jiā∥sāir〔動〕〈口〉為了取巧而插進已經排好的隊伍中去：請守秩序，別～｜加了個塞兒才買到。

【加深】jiāshēn〔動〕加大深度；使更深：～理解｜～印象｜～友誼｜矛盾不斷～｜彼此之間的感情～了。

【加時賽】jiāshísài〔名〕體育比賽到了終場時雙方打成平局，按規定增加時間進行的比賽。不同項目加時賽的時間不同，如足球賽是 30 分鐘，到時仍為平局則罰點球決定勝負；籃球賽是 5 分鐘，到時仍為平局可連續加時，直至分出勝負。

【加試】jiāshì〔動〕在統一考試之外再另加考試項目：～題｜考生除參加普通高校招生考試外，還～體育。

【加速】jiāsù〔動〕加快速度：～前進｜～發展｜汽車駛入高速公路開始～。

【加薪】jiā∥xīn〔動〕增加工資：～晉級｜今年全體職工都加了薪。

【加以】jiāyǐ ❶〔動〕用在多音節動詞前面，表示對某一事物施加某種行為：對情況要～分析｜這些問題必須一個一個～解決｜選擇優秀人才～提拔。注意 a）"加以"是形式動詞，不能單獨做謂語。b）"加以"後面動詞的受事只能在謂語之前，如不能說"加以解決問題"，可以說"這個問題必須加以解決"。c）"加以"後面不能帶單音節動詞。d）"加以"前面如果用副詞，必須是雙音節的；單音節副詞後面不用"加以"，要用"加"，如"不加考慮""嚴加管教"。❷〔連〕表示進一步的條件或原因，相當於"加上"：由於天氣炎熱，～長期乾旱無雨，很多莊稼都枯死了。

【加意】jiāyì〔副〕特別注意：～保護｜～培植｜～提防｜～調理。

【加油】jiā∥yóu〔動〕❶ 添加燃料油、潤滑油等：不用中途～，可以直飛巴黎｜汽車該加點兒油了。❷（～兒）〈口〉比喻加一把勁兒，進一步努力：～幹｜請拉拉隊給乒乓球運動員加加油兒吧。

【加之】jiāzhī〔連〕加上，表示還有進一步的原因或條件：下雪路滑，～不斷堵車，竟用了兩個小時才到家。

【加重】jiāzhòng〔動〕❶ 增加分量：～負擔｜～語氣｜任務～了。❷ 加深程度：病情～了。

夾（夹）jiā / jiá

夾（夹）jiā / jiá ❶〔動〕從相對的方向用力，使物體固定不動：用筷子～菜｜書裏頭～着一張書籤兒。❷〔動〕東西放在腋下，使不掉下來：～着公文包。❸〔動〕兩旁有東西，處在中間：～道｜～縫｜～岸｜我～在他們兩個的中間。❹〔動〕摻雜：狂風～着暴雨｜方言～着普通話。❺ 夾子：講義～｜文件～。

另見 gā（413 頁）；jiá（631 頁）。

【夾板】jiābǎn〔名〕（副）用來夾牢物體的板子：大夫給骨折的病人上～。

【夾板氣】jiābǎnqì〔名〕指來自對立雙方的指責和欺負：受～。

【夾層】jiācéng〔名〕中間有空隙的雙層：～牆｜～玻璃｜走私犯將手錶放在箱子的～裏。

【夾帶】jiādài ❶〔動〕藏在身上或混在其他物品中秘密攜帶：行李中不得～易燃易爆物品｜～紙條進考場。❷〔動〕夾雜：食品裏～玩具極不安全｜一封～子彈的恐嚇信。❸〔名〕考試時暗中攜帶的作弊材料：傳遞～。

【夾道】jiādào ❶（～兒）〔名〕（條）兩旁夾有牆

壁、樹木等的狹窄道路。北京多指狹窄的胡同，並常用作胡同名，如北海夾道。❷〔動〕排列在道路的兩旁：～歡迎｜梧桐～。

【夾縫】ｊｉāｆèｎｇ〔名〕❶物體之間的狹窄空隙：圖紙大概掉進書櫃的～裏了。❷比喻備受限制或排擠的艱難處境：在～中求生存。

【夾攻】ｊｉāｇōｎｇ〔動〕從兩面一起攻擊：前後～｜內外～｜左右～。

【夾擊】ｊｉāｊī〔動〕從兩面同時進擊：兩面～｜受到敵人左右～。

【夾角】ｊｉāｊｉǎｏ〔名〕兩條直綫之間、兩個平面之間或直綫與平面之間所夾的角。

【夾克】（茄克）ｊｉāｋè〔名〕（件）一種長及腰部，袖口和下口部束緊的短外套：～衫｜皮～｜～式。［英 ｊａｃｋｅｔ］

【夾克衫】ｊｉāｋèｓｈāｎ〔名〕（件）夾克。

【夾批】ｊｉāｐī〔名〕夾在書籍、文稿文字中間的批註。

【夾七夾八】ｊｉāｑī-ｊｉāｂā〔成〕形容言語混亂不清，沒有條理：他～地說了一大堆，誰也沒聽懂。

【夾生】ｊｉāｓｈēｎｇ〔形〕❶食物沒有熟透：～飯｜包子沒蒸熟，有點兒～。❷比喻沒懂透徹，沒做徹底：說着～的英語｜如果一年級學的功課不是～的，到了二、三年級就很困難了。

【夾生飯】ｊｉāｓｈēｎｇｆàｎ〔名〕❶沒有熟透的飯。❷比喻做事不徹底遺留下來難解決的問題：詞典的體例不確定，大家就開始編寫起來，到最後豈不成了～｜假期上新課上成了～。

【夾餡】ｊｉāｘｉàｎ（～兒）〔形〕屬性詞。裏面加進餡兒的：～兒燒餅｜～兒麵包。

【夾心】ｊｉāｘīｎ（～兒）〔形〕屬性詞。夾餡：～糖｜～餅乾｜～兒巧克力。

【夾心階層】ｊｉāｘīｎ ｊｉéｃéｎｇ〔名〕港澳地區用詞。中等收入的階層。因其夾在高收入與低收入者之間，故稱。

> **香港的夾心階層**
>
> 夾心階層的英文是 Ｓａｎｄｗｉｃｈ Ｃｌａｓｓ，夾心階層有時與中產（ｍｉｄｄｌｅ ｃｌａｓｓ）同義，但更一般的理解是夾心階層屬於中產當中的中下層。根據 1997 香港政府"夾心階層住屋計劃"的界定，家庭月收入在 30001－60000 港元之間的人士屬於夾心階層。

【夾雜】ｊｉāｚá〔動〕摻雜；混雜：文白～｜風聲和雨聲～在一起｜他說的普通話～着不少方音。

【夾竹桃】ｊｉāｚｈúｔáｏ〔名〕（棵，株）常綠灌木或小喬木，葉子像竹葉而較厚，花白色或桃紅色，供觀賞。莖、葉、花有毒，可入藥。

【夾註】ｊｉāｚｈù〔名〕夾在正文中間的註釋文字。

【夾子】ｊｉāｚｉ〔名〕夾東西的器具：頭髮～｜衣服～｜皮～｜講義～｜文件～。

伽

ｊｉā　用於譯音：～利略｜～琴。
另見 ｇā（413 頁）；ｑｉé（1083 頁）。

【伽倻琴】ｊｉāｙēｑíｎ〔名〕朝鮮族的撥弦樂器，外形像箏。演奏時右手撥彈，左手按弦。

佳

ｊｉā　❶〔形〕美；好：～音｜最～方案｜美酒～餚｜十～運動員（十個最好的運動員）｜狀態不～。❷（Ｊｉā）〔名〕姓。

【佳話】ｊｉāｈｕà〔名〕（段）流傳並成為談話資料的好事或趣事：一時傳為～｜文壇～。

【佳惠】ｊｉāｈｕì〔名〕〈敬〉稱別人所施予的恩惠：承蒙～，不勝感激。

【佳績】ｊｉāｊì〔名〕（項）好成績；卓著的業績：連創～｜～頻傳。

【佳節】ｊｉāｊｉé〔名〕美好的節日：元宵～｜中秋～｜每逢～倍思親。

【佳境】ｊｉāｊìｎｇ〔名〕❶美好的境界：漸入～。❷景色優美的地方：幽獨移～｜清深隔遠關｜黃山～。

【佳句】ｊｉāｊù〔名〕詩文中優美的語句：千古～｜名言～。

【佳麗】ｊｉāｌì〈書〉❶〔形〕美麗；美好：容顏～｜江南～地。❷〔名〕指美女：燕趙～｜絕色～｜白領～｜中華小姐環球大賽，五十～齊聚北京。

【佳釀】ｊｉāｎｉàｎｇ〔名〕美酒；好酒：陳年～｜葡萄～。

【佳偶】ｊｉā'ǒｕ〔名〕❶理想的配偶：得一～｜另擇～。❷（對）感情融洽、生活幸福的夫妻：百年～｜銀幕～｜～天成。

【佳品】ｊｉāｐǐｎ〔名〕優良的物品：消暑～｜調味～｜荔枝是果類～。

【佳期】ｊｉāｑī〔名〕❶結婚的日期：擇定～｜花月～｜隨着～的臨近，籌辦婚事的人越來越忙碌了。❷戀人幽會的日期、時間：～如夢。❸泛指最好時期：旅遊～｜教育～｜生兒育女有～｜黃金買賣漸入～。

【佳人】ｊｉāｒéｎ〔名〕〈書〉美人：才子～｜絕代～｜南國～。

【佳言】ｊｉāｙáｎ〔名〕有教益的話：～善行｜～懿行。

【佳餚】ｊｉāｙáｏ〔名〕好的菜餚：美酒～｜美味～｜珍饈～。

【佳音】ｊｉāｙīｎ〔名〕好消息：盼望～｜靜候～｜正當他焦急萬分的時候，傳來了～。

【佳作】ｊｉāｚｕò〔名〕（部，篇，幅）優秀的作品：傳世～｜～欣賞｜攝影～｜今年發表的短篇小說中有不少～。

狔

ｊｉā　見"玃狔狨"（599 頁）。

泇

Ｊｉā　泇河，水名。有東泇、西泇兩支，發源於山東，流到江蘇匯合。

珈

ｊｉā　古代婦女戴在簪子兩頭的玉飾。

ｊｉā　Ｊ

茄　jiā ❶〔名〕古代指荷花的莖。❷用於譯音：雪～。

另見 qié（1083 頁）。

枷　jiā〔名〕舊時套在罪犯脖子上的刑具：戴～｜披～帶鎖。

【枷鎖】jiāsuǒ〔名〕❶（副）古代的刑具。指枷和鎖鏈。❷比喻所受的束縛和迫害：精神～｜封建婚姻的～｜殖民地人民掙脫殖民主義的～，取得了獨立。

迦　jiā 見"釋迦牟尼"（1237 頁）。

挟（挟）　jiā 同"夾"（jiā）①②。

另見 xié（1498 頁）。

痂　jiā〔名〕傷口或瘡口由血液、淋巴液等凝結成的塊狀物：結了～就快好了｜嗜～成癖。

浹（浹）　jiā / jiá〈書〉濕透；遍及：汗流～背。

家　jiā ㊀ ❶〔名〕家庭；人家：四海為～｜勤儉持～｜張～。❷〔名〕家庭住所：回～｜搬～｜我的～在西城。❸〔名〕借指共同工作的處所；駐地（相對於外勤的情況而言）：機關幹部都要到救災第一線去，～裏只留一兩個人處理日常工作。❹指經營某種行業的人家或有某種身份的人：廠～｜船～｜店～｜東～｜行（háng）～｜酒～｜農～｜漁～。❺有某種專長或專門活動能力的人：畫～｜專～｜作～｜科學～｜軍事～｜藝術～｜音樂～｜政治～｜空談～。❻學術流派：道～｜法～｜名～｜墨～｜儒～｜百～爭鳴｜自成一～｜一～之言。❼〈謙〉加在單音節稱謂前，對別人稱自己輩分高或年紀大的親屬：～父｜～母｜～兄。❽飼養的：～畜｜～禽｜～雞｜～兔。注意 飼養的馬、牛、驢等，不說"家馬""家牛""家驢"，只說"馬""牛""驢"，野生的則要說"野馬""野牛""野驢"。❾〔量〕用來計算家庭、企業等：兩～人家｜三～商店｜五～飯館。❿（Jiā）〔名〕姓。

㊁（jia）〔後綴〕❶〈口〉用在某些名詞後面，表示屬於那一類人：姑娘～｜女人～｜孩子～｜學生～。❷用在男人的名字或排行後面，指他的妻子：潤土～｜水生～｜老四～。

另見 jie（682 頁）；jiā"傢"（630 頁）。

語彙	安家	搬家	本家	抄家	成家	持家	出家
大家	當家	東家	發家	方家	公家	管家	國家
行家	畫家	皇家	居家	老家	娘家	奴家	婆家
親家	儒家	世家	冤家	岳家	雜家	治家	專家
自家	作家	科學家	文學家	哲學家	白手起家
書香世家	四海為家	小康人家	自成一家

【家財】jiācái〔名〕家庭財產：～保險｜萬貫～。

【家產】jiāchǎn〔名〕家庭的產業和錢財：揮霍～｜這塊地最初是他的～。

【家常】jiācháng〔名〕家庭日常生活：～話｜～便飯｜拉～｜老太太愛找鄰居閒話～。

【家常便飯】jiācháng-biànfàn〔成〕❶家庭日常吃的飯食。❷比喻很平常的事：對我來說，夜裏一兩點睡覺簡直是～。

【家醜】jiāchǒu〔名〕家庭內發生的不光彩的事；泛指內部發生的醜事：～不可外揚。

【家畜】jiāchù〔名〕經人類長期馴養的獸類，如牛、羊、馬、豬、狗等。

【家傳】jiāchuán ❶〔動〕家庭世代相傳：這件珍品已～三代｜～絕技｜～秘方。❷〔名〕家庭世代相傳的技藝或物品：醫術高明，深得～｜這件寶物是他們的～。

【家慈】jiācí〔名〕〈書〉〈謙〉對人稱自己的母親。

【家當】jiādàng（-dang）（～兒）〔名〕〈口〉泛指家庭的或集體共有的財產：變賣～｜數十萬元的～｜這幾櫃子書就是我的全部～｜這家工廠沒有多少～。

【家道】jiādào〔名〕家境：～小康｜～貧寒｜～中落。

【家底】jiādǐ（～兒）〔名〕〈口〉家庭長期積累起來的財物，也指集體共有的資產：～薄｜～厚｜清理～｜僅有的一點～兒也被這些敗家子折騰光了。

【家電】jiādiàn〔名〕家用電器的簡稱：～產品｜～小。

【家法】jiāfǎ〔名〕❶古代師徒相傳自成派別的學術理論和治學方法：各以～傳授。❷封建家長或族長統治本家或本族成員的法規：～不容觸犯。❸封建家長責打家人、奴婢的用具：以～處置。

【家訪】jiāfǎng〔動〕到人家裏訪問。多指教師到學生家裏了解情況，與家長溝通：做好～工作｜班主任經常～｜王主任常常到青年職工家裏去進行～。

【家父】jiāfù〔名〕〈謙〉對人稱自己的父親。

【家規】jiāguī〔名〕家庭的規矩：犯～｜國有國法，家有～。

【家給人足】jiājǐ-rénzú〔成〕給：富裕。家家充裕，人人富足：過上～的生活就可以說是小康了。也說人給家足。

【家計】jiājì〔名〕〈書〉家庭生計：幫補～｜維持～｜～艱難。

【家祭】jiājì〔動〕在家裏祭祀祖先：王師北定中原日，～無忘告乃翁。

【家家戶戶】jiājiā-hùhù〔成〕每家每戶：～張燈結彩，喜迎新春。

【家教】jiājiào〔名〕❶家長在禮節儀表、道德規範等方面對子弟進行的教育：有～｜缺乏～｜他們家的～很嚴｜一點兒～沒有。❷（名，位）家庭教師的簡稱：請～｜當～。

【家境】jiājìng〔名〕家庭的經濟狀況：～很好｜～不好｜～貧寒｜～富裕。

【家居】jiājū ㊀〔動〕閒在家裏，沒有工作：～無事，種花養鳥自娛自樂。㊁〔名〕家庭居室：～佈置｜裝點～。

【家具】jiājù〔名〕（件，套，組）家庭用具，主要指桌子、椅子、沙發、櫃子、床等：中式～｜西式～｜硬木～｜置辦一套新～。

【家眷】jiājuàn〔名〕❶指妻子兒女等：攜帶｜先把工作安排好，再回來接～。❷特指妻子：住在那棟樓裏的都是沒有～的單身漢。

【家君】jiājūn〔名〕〈謙〉對人稱自己的父親：我有白玉駑鴦扇墜一枚，原是～所賜。

【家口】jiākǒu〔名〕家裏的人口；家人：養活～｜～多。

【家累】jiālěi〔名〕家庭負擔：～重｜單身一人，沒有～。

【家門】jiāmén〔名〕❶家庭住所的大門，借指家：三過～而不入｜連日雨雪，老人很少走出～。❷〈書〉稱自己的家族：～舊風｜～不幸｜～榮譽。❸指個人的經歷、家世等：自報～。

【家母】jiāmǔ〔名〕〈謙〉對人稱自己的母親。

【家奴】jiānú〔名〕封建社會被迫賣到達官貴人或富豪家中當奴隸的人。

【家破人亡】jiāpò-rénwáng〔成〕家庭毀滅，親人亡故。形容家庭慘遭不幸：一場飛來的橫禍，弄得他，妻離子散。也說家敗人亡。

【家譜】jiāpǔ〔名〕（本，部）某一家族記載本族世系及重要人物事跡的簿冊：王氏～｜續～｜重修～。

【家雀兒】jiāqiǎor〔名〕（隻）（北方官話）麻雀。

【家禽】jiāqín〔名〕經人類長期馴養的鳥類，如雞、鴨、鵝等：飼養～｜～業｜～市場。

【家聲】jiāshēng〔名〕〈書〉家族、家門世傳的名聲：煊赫～｜有辱～｜遠振～。

【家什】jiāshi〔名〕（件）用具；家具；家器：古董～｜木工～｜屋裏堆放着亂七八糟的～｜戲班的～有專人負責保管。

【家世】jiāshì〔名〕〈書〉家族的世系、地位等：～顯赫｜貴族～｜曹雪芹的～。

【家事】jiāshì〔名〕家庭內部的事情：紛繁的～｜凡人～｜處理～｜國事天下事，事事關心。

【家室】jiāshì〔名〕❶〈書〉房屋；住宅。❷家庭；家屬。有時專指妻子：～之累｜尚無～。

【家書】jiāshū〔名〕（封）家信：～抵萬金｜兩岸～｜珍貴的～｜寄～。

【家屬】jiāshǔ〔名〕戶主以外的家庭成員，也指當事人本人以外的家庭成員：軍人～｜患者～｜犯人～｜～宿舍｜這次春遊可以帶～。

【家私】jiāsī〔名〕❶家產：他有萬貫～｜將一半～捐給國家。❷（傢私/傢俬）（粵語、閩語）

家具：他的房子剛裝修過，～都換新的。

【家庭】jiātíng〔名〕由父母、子女和其他共同生活的家屬組成的，以婚姻和血緣關係為基礎的社會單位：～成員｜～出身｜～副業｜～教育｜～組織～。

【家庭暴力】jiātíng bàolì 指以暴力嚴重摧殘自己家庭成員身心健康的行為。包括毆打、捆綁、殘害或強行限制人身自由等行為：～事件｜遭遇～後，受害女性應該站出來為自己維權。

【家庭病床】jiātíng bìngchuáng 醫院在患者家中設立的病床。醫院派醫生定期前往巡查診治。也指這種醫療服務方式。

【家庭婦女】jiātíng fùnǚ 沒有職業，只在家裏做家務的婦女。有時指見識少的女人。

【家庭崗位】jiātíng gǎngwèi〔名〕港澳地區用詞。每個人照顧直系家庭成員的責任：根據香港法例，歧視有～的人即屬違法。

【家庭教師】jiātíng jiàoshī 受僱到家裏為學生授課或輔導的人。簡稱家教。

【家徒四壁】jiātú-sìbì〔成〕徒：只，僅僅。家裏只有四面牆壁。形容一無所有，非常貧窮。也說家徒壁立。

【家務】jiāwù〔名〕❶家庭事務：操持～｜～勞動｜做～｜她整天忙於～。❷家庭中的糾紛：清官難斷～事｜他們兄弟姐妹幾個正在鬧～呢！

【家鄉】jiāxiāng〔名〕家庭世代居住的地方：～話｜～風味｜～口音｜我的～在湖北。

> **辨析** 家鄉、故鄉 a)"故鄉"多指自己出生或長期居住過的地方，而現在已經不住在那裏；"家鄉"多指家庭世代居住的地方，自己可能出生在那裏，也可能不出生在那裏，可能住在那裏，也可能不住在那裏。b)"家鄉菜""家鄉話""家鄉風味""家鄉口音"等固定詞組裏，"家鄉"不能換用"故鄉"；而"親不親故鄉人""第二故鄉"等裏的"故鄉"，不能換用"家鄉"。

【家小】jiāxiǎo〔名〕〈口〉妻子兒女。有時專指妻子：養活～｜王廠長調來了三年，～還在外地｜直到四十歲，他才有了～。

【家信】jiāxìn〔名〕（封）家庭成員間互相來往的信件：平安～｜～不斷｜考查隊員們天天盼望～。

【家兄】jiāxiōng〔名〕〈謙〉對人稱自己的哥哥。

【家學】jiāxué〔名〕❶〈書〉家庭裏一代一代傳下來的學問：他家世代書香，～淵源｜中國是一個重～的國度。❷家塾，舊時指聘請教師到家裏來教授自己子弟的私塾。

【家訓】jiāxùn〔名〕〈書〉教導、勸誡子孫後代怎樣持家立業、立身處世的話：《顏氏～》｜傳統～。也叫家誡。

【家嚴】jiāyán〔名〕〈書〉〈謙〉對人稱自己的父親。

【家宴】jiāyàn〔名〕❶ 在家裏舉行的宴會：舉行～｜總統夫婦設～招待客人。❷ 家人聚會的酒宴：中秋～｜在飯店預訂了新年～。

【家燕】jiāyàn〔名〕燕的一種，體形小，背黑腹白，頸部有深紫色圓斑，多在屋檐下築巢。通稱燕子。

【家業】jiāyè〔名〕❶ 家產；也指公家（國家或集體）的財產：先輩積攢下的～｜百萬～｜這家工廠～不大，經不起折騰。❷〈書〉家傳的學問。

【家用】jiāyòng ❶〔名〕家庭的生活費用：～開銷｜哥哥在外做工，每月寄回幾百塊錢，補貼～。❷〔形〕屬性詞。供家庭使用的：～電器。

【家用電器】jiāyòng diànqì 家庭使用的各種電氣器具，如電視機、電冰箱、微波爐、空調、洗衣機等。簡稱家電。

【家喻戶曉】jiāyù-hùxiǎo〔成〕每家每戶都知道：這次預防宣傳要深入開展，務必做到～。

【家園】jiāyuán〔名〕❶ 舊指私家的園林：用心攻讀，五年不窺～。❷ 泛指家鄉或家庭：重返～｜重建～｜地球是人類共同的～。

【家運】jiāyùn〔名〕家庭的運氣：～隆昌｜興旺｜～不佳｜～甚好。

【家賊】jiāzéi〔名〕指偷盜自己家或內部財物的人；多用來比喻內部的壞人：～難防。

【家長】jiāzhǎng〔名〕(名，位)❶ 家庭中為首的人，一家之主。❷ 指孩子的父母或其他監護人：～會｜要跟老師加強聯繫。❸ 比喻獨斷專行、要求下屬絕對服從的領導者：～作風｜～式統治。

【家長學校】jiāzhǎng xuéxiào（所）以幼兒、中小學生家長為對象，講授家庭教育知識和教育方法的業餘學校。

【家長制】jiāzhǎngzhì〔名〕❶ 指在私有制社會中，作為家長的男子擁有經濟等支配權，其他成員服從他的支配的家庭制度。❷ 借指不民主的、獨斷專行的領導作風：～作風｜搞～｜打破～管理。

【家政】jiāzhèng〔名〕家庭事務的管理工作：主持～｜～服務｜～技能。

【家裝】jiāzhuāng〔名〕指家庭居室裝修：～公司｜～設計。

【家資】jiāzī〔名〕家產：變賣～｜～萬貫。

【家族】jiāzú〔名〕以婚姻和血緣關係為基礎形成的社會組織：大～｜王氏～。

梜（梜）jiā〈書〉保護書籍的夾板。

笳 jiā 胡笳。

袈 jiā 見下。

【袈裟】jiāshā〔名〕(件) 佛教僧尼披在外面的一種法衣。［梵 kaṣāya］

跏 jiā 見下。

【跏趺】jiāfū〔動〕盤腿而坐，佛教徒修行的一種坐法：一老僧～座上。

傢（家）jiā 見 "傢伙"（630 頁）、"傢具"（630 頁）、"傢什"（630 頁）。
"家" 另見 jiā（628 頁）；jie（682 頁）。

【傢伙】jiāhuo〔名〕〈口〉❶ 指物，有時特指工具或武器：這～真沉，四個人都搬不動｜這～挺好使的｜為了防備萬一，去的人都帶了～。❷ 指人（帶有親切、輕視或厭惡等意味）：這小～真可愛｜你這～太懶了｜那個～非常狡猾｜你這卑鄙的～！❸ 指牲畜（帶有親切的意味）：那一頭人性，誰對牠好，牠就跟誰親。

【傢具】jiājù〔名〕同 "家具"。

【傢什】jiāshi〔名〕同 "家什"。

葭 jiā ❶〈書〉初生的蘆葦。❷ (Jiā)〔名〕姓。

【葭莩】jiāfú〔名〕〈書〉葦子莖裏的薄膜，比喻關係很疏遠的親戚：～之親。

筴（筴）jiā 古代指筷子。
"筴" 另見 cè "策"（134 頁）。

嘉 jiā ❶ 美好：～賓｜～禮（婚禮）｜～言懿行。❷ 稱讚；誇獎：～獎｜～勉｜～許｜精神可～。❸ (Jiā)〔名〕姓。

【嘉賓】(佳賓)jiābīn〔名〕(位)❶ 尊貴的客人：我有旨酒，以待～。❷ 特指某些媒體邀請來參與主持節目或參加某個欄目活動的人：～席｜～訪談｜特約～｜今晚請來的～是一位著名的演員。

【嘉獎】jiājiǎng ❶〔動〕稱讚和獎勵：～令｜傳令～｜～奧運健兒。❷〔名〕稱讚的言辭或獎勵的物品：首長的表揚是對我們最高的～。

【嘉勉】jiāmiǎn〔動〕〈書〉嘉獎勉勵：通電～｜全體救災官兵。

【嘉年華】jiāniánhuá〔名〕狂歡節；群眾性的大型遊藝會：～活動｜環球～是世界上最大的巡迴式移動遊樂場。［英 carnival］

【嘉許】jiāxǔ〔動〕〈書〉誇獎；稱讚：練功刻苦，深得教練～。

【嘉言懿行】jiāyán-yìxíng〔成〕美好的話，高尚的行為。指能給人教益的言論和行為：教師要用愛心和～影響學生。

麚 jiā〈書〉雄鹿。

鎵（鎵）jiā〔名〕一種金屬元素，符號 Ga，原子序數 31。為銀白色的結晶體，質地柔軟，熔點低，可以製合金和半導體材料，也可做高溫溫度計的液柱等。

jiá ㄐㄧㄚˊ

夾(夹)〈裌袷〉jiá〔形〕屬性詞。雙層的：～褲｜～被｜該換～衣裳了。

另見 gā（413頁）；jiā（626頁）。"袷"另見 qiā（1062頁）。

【夾谷】Jiágǔ〔名〕複姓。

挓 jiá〈書〉不經心：～然置之（置之不理）｜～置不顧。

郟(郟) Jiá ❶ 郟縣，地名。在河南中部。❷〔名〕姓。

莢(荚) jiá〔名〕❶ 豆類植物長形的果實：～果｜豆～｜皂～｜槐樹～。❷（Jiá）姓。

【莢果】jiáguǒ〔名〕乾果的一種，由一個心皮構成，成熟時沿背腹兩縫開裂，如豆類的果實。

戛〈戞〉jiá ❶ 古代戟一類的兵器。❷〈書〉敲擊：～劍｜～擊鳴球｜萬籟寥寂，酸風～窗。

【戛戛】jiájiá〔形〕〈書〉❶ 費力的樣子：～乎其難哉！❷ 形容獨創：～獨造。

【戛然】jiárán〔形〕〈書〉❶ 形容鳥鳴叫的聲音響亮：軒然將飛，～欲鳴。❷ 形容聲音等突然中止：談笑之聲，～而止｜鬧得沸沸揚揚的三折機票已在本月下旬～而止。

跲 jiá〈書〉絆倒。

蛺(蛱) jiá 見下。

【蛺蝶】jiádié〔名〕蝴蝶的一類，成蟲赤黃色，翅有鮮艷花斑。有的對農作物有害。

鋏(铗) jiá〈書〉❶ 冶鑄用的鉗子：火～｜鐵～。❷ 劍柄：彈（tán）～無魚（指處境窘困，有求於人）。❸ 劍：帶長～之陸離。

頰(颊) jiá〔名〕臉的兩側，顴骨以下的部分：面～｜兩～緋紅｜曲眉豐～。

jiǎ ㄐㄧㄚˇ

甲 jiǎ ㊀ ❶〔名〕天干的第一位。也用來表示順序的第一：～等｜～級。❷ 居第一位：富～天下｜桂林山水～天下。❸（Jiǎ）〔名〕姓。

㊁ ❶ 動物身上有保護功能的硬殼：～蟲｜～殼｜龜～｜～鱗～。❷ 手指、腳趾上的角質硬殼：指～｜趾～。❸ 古代士兵打仗時穿的用金屬或皮革製成的護身服：盔～｜～鎧｜解～歸田｜棄～曳兵｜丟盔卸～。❹ 現代用金屬做的對物體或人員起保

鐵甲

護作用的裝備：裝～車。

㊂〔名〕舊時一種戶口編制，若干戶為一甲，若干甲為一保：～長｜保～。

語彙 掛甲 龜甲 花甲 鎧甲 盔甲 披甲 鐵甲 裝甲 丟盔棄甲 身懷六甲

【甲板】jiǎbǎn〔名〕輪船上將船體分隔成上下各層的板，多指最上面的一層。

【甲兵】jiǎbīng〔名〕〈書〉❶ 鎧甲和兵器，泛指軍事或武備：繕～。❷ 穿着鎧甲拿着武器的士兵：～百萬。

【甲部】jiǎbù〔名〕中國古代把圖書分為甲、乙、丙、丁四部，甲部即後來的經部。

【甲蟲】jiǎchóng〔名〕昆蟲有硬翅的一類，身體外部有硬殼，前翅是角質，厚而硬，後翅是膜質，如瓢蟲、天牛、金龜子等。

【甲骨文】jiǎgǔwén〔名〕商周時代刻在龜甲和獸骨上的文字，記錄的內容大多跟占卜有關。19世紀末甲骨文出土於河南安陽的殷墟，後陸續有出土，是目前發現的最早的成系統的漢字。

【甲殼】jiǎqiào〔名〕蝦、蟹等動物的外殼，質地堅硬，有保護身體的作用。

【甲醛】jiǎquán〔名〕有機化合物，化學式 HCHO。無色氣體，有毒，有刺激性氣味。用來製造樹脂、炸藥、染料等。

【甲夜】jiǎyè〔名〕古代指一更時，即晚上七時至九時。

【甲魚】jiǎyú〔名〕(隻) 鱉。

【甲胄】jiǎzhòu〔名〕〈書〉鎧甲和頭盔：披～｜躬擐～，跋履山川。

【甲狀腺】jiǎzhuàngxiàn〔名〕位於頸前部甲狀軟骨下面兩側分泌甲狀腺素的腺體，甲狀腺素能調節機體新陳代謝和生長發育。

【甲子】jiǎzǐ〔名〕❶ 古人用十天干與十二地支相配，輪一遍共得六十組，叫一個甲子。週而復始，先是用來紀日，後用來紀年。❷ 指時光；歲月：別來頻～，倏忽又春華。

岬 jiǎ ❶ 岬角。多用於地名：野柳～（在台灣）｜老鐵山～（在遼東半島）。❷ 兩山之間。

【岬角】jiǎjiǎo〔名〕陸地伸向海中的尖的部分。如中國山東部的成山角、非洲西南的好望角。

胛 jiǎ〔名〕背上兩臂之間的部分：肩～。

假〈❷叚〉jiǎ ❶〔形〕不真實；不是本來的（跟"真"相對）：～花兒｜～畫兒｜～髮｜～牙｜～鈔｜～嗓子｜～情～義。❷〈書〉借用：古音通～｜～手於人｜～公濟私｜狐～虎威｜不～思索。❸ 假定：～設｜～說。❹ 假如：～若｜～使。❺（Jiǎ）〔名〕姓。

另見 jià（634頁）；"叚"另見 Xiá（1458頁）。

J

語彙　摻假　打假　販假　售假　通假　虛假　製假
裝假　摻雜使假　弄虛作假

【假扮】jiǎbàn〔動〕裝扮成另外的模樣：偵察員～
成乞丐，暗中緊跟着他｜女駙馬是女人～成的
男人。

【假唱】jiǎchàng〔動〕演唱者在台上只做出歌唱的
口形卻不發聲，而用以前的或事先錄好的歌聲
放送替代，是欺騙觀眾的行為。

> **假唱的不同説法**
> 在華語區，一般都叫假唱，台灣地區還叫對
> 嘴，港澳地區還叫咪嘴或夾口型。

【假鈔】jiǎchāo〔名〕偽造的紙幣。

【假充】jiǎchōng〔動〕❶ 裝出某種樣子：～正
經｜～豪爽。❷ 假的冒充真的：～內行｜次
品～正品。

【假傳聖旨】jiǎchuán-shèngzhǐ〔慣〕偽造皇帝的
旨意向下傳達。比喻偽造權威性指示以達到某
種目的：這件事上級領導根本不知道，你這
是～！

【假大空】jiǎ-dà-kōng 虛假、誇大、空洞的：新聞
報道要實事求是，不能搞～那一套。

【假道學】jiǎdàoxué〔名〕指表面上一本正經或滿
口仁義道德的偽君子：看起來他文質彬彬，像
個正人君子，實際上是個～，背後幹了不少
壞事。

【假定】jiǎdìng ❶〔動〕姑且認定：～這場球能
贏，出綫就有希望了｜～有這麼一回事，也影
響不了大局。❷〔名〕科學上的假設。

【假公濟私】jiǎgōng-jìsī〔成〕假借公事的名義謀取
私利：打着調查研究的旗號，到處遊山玩水，
這完全是～！

【假借】jiǎjiè ❶〔動〕借用某種名義、力量來達到
目的：～名義｜～外力｜他～親戚的權勢和
地位謀私利。❷〔名〕六書之一，即借用已
有的字形來表示語言中同音而不同義的詞，
如借當大斧（兵器）講的「戚」，作「親戚」的
「戚」；借當「簸箕」講的「其」，作代詞（各得
其所）用等。

【假冒】jiǎmào ❶〔動〕冒充；以假充真；以次充
好：注意商標，謹防～｜～名牌商品。❷〔形〕
屬性詞。假的；偽造的：～產品｜清理～中
成藥。

【假寐】jiǎmèi〔動〕〈書〉不脱衣服而睡；小睡；伏
幾～｜～片刻。

【假面具】jiǎmiànjù〔名〕（副）❶ 演員表演時戴的
用厚紙或塑料等做成的人物或獸類的臉形。後
多用作玩具。❷ 比喻虛偽的外表：撕下他們
「人權衛士」的～。

【假名】jiǎmíng〔名〕❶ 日文所用的字母，大多借
自漢字偏旁和草書字形。楷體字母叫片假名，
草體字母叫平假名。❷ 不真實的名字：他用的
是～。

【假球】jiǎqiú〔名〕球類比賽中，弄虛作假，人為
地控制或改變比賽結果，以牟取不正當利益的
行為：打～｜踢～。

【假仁假義】jiǎrén-jiǎyì〔成〕虛偽的善心，虛偽的
仁義道德：你不用～地來看我｜那些暴發戶裝
出一副～的模樣，實在可惡。

【假如】jiǎrú〔連〕❶"如果"①：～有假期，我想
回一趟家。❷"如果"②：～素描是造型藝術
的基礎，那麼數學就是一切科學的根本形式。

【假若】jiǎruò〔連〕〈書〉❶"如果"①：～方便的
話，請你明天再來。❷"如果"②：～愛神需
要期待，我會無怨無悔等你到石頭花開。

【假嗓子】jiǎsǎngzi〔名〕說話、歌唱時使用的非
自然的嗓音（跟「本嗓」相對）：京劇裏的青衣
用～唱戲。

【假山】jiǎshān〔名〕（座）園林中由人工將石塊堆
砌成的供觀賞用的小山。

【假設】jiǎshè ❶〔動〕姑且認定：中國有十幾
億人，～每人每月節約一斤糧食，就是十幾
億斤。❷〔動〕虛構：～了一個故事情節。
❸〔名〕科學研究上對客觀事物的解釋，尚未
經證明是正確的，叫作假設，經證明是正確
的，就是理論：偉大的天文學家哥白尼最早提
出了太陽中心的～。也叫假說。

【假使】jiǎshǐ〔連〕❶"如果"①：～價錢便宜，當
然多買一些。❷"如果"②：～內部的專職人
員是這個研發基地的脊樑，那麼外聘的專家就
為這副脊樑插上了翅膀。

【假釋】jiǎshì〔動〕法律用語。指把刑期未滿的犯
人在規定條件下暫時釋放。被判處有期徒刑的
犯罪分子，執行原判刑期二分之一以上，無期
徒刑實際執行十年以上，如果確有悔改表現，
不致再危害社會，可以假釋。如果有特殊情
節，可以不受上述執行期的限制。

【假手】jiǎshǒu〔動〕借用別人來做某種事來達到自
己的目的：～於人｜此項制度應讓市場去調
節，而不應～於行政干預。

【假摔】jiǎshuāi〔動〕足球比賽中，一方球員假裝
受到對方隊員的侵犯而摔倒，以騙取裁判員做
出有利於己方的判罰：靠～得來的點球很不光
彩｜裁判向在對方禁區裏～的球員出示黃牌。

【假說】jiǎshuō〔名〕"假設"③。

【假死】jiǎsǐ〔動〕❶ 由於溺水、中毒、觸電、癲
癇等原因引起呼吸停止、四肢冰冷、心臟跳動
微弱；或者初生嬰兒由於肺未張開，不會啼
哭、也不呼吸，這些現象叫假死。如果及時搶
救，還可以救活。❷ 某些動物受驚或受襲擊
時，靜伏不動或跌落地面，如同死物，以避敵
害，叫作假死。動物學上也叫擬死。

【假託】jiǎtuō〔動〕❶ 推脱：他～有病，沒有來。

❷冒用別人的名義：這本書是別人～他的名義出版的。❸憑藉：古人常常～寓言和故事來說明深刻的道理。

【假想】jiǎxiǎng〔動〕想象；"假定"①：～敵｜幼兒一個人玩的時候，常常會～出一個遊戲夥伴。

【假想敵】jiǎxiǎngdí〔名〕❶軍事演習中所設想的敵人。❷為推行自己的決策，而在心目中設想的敵對勢力。

【假象】jiǎxiàng〔名〕跟事物本質不符的表面現象（跟"真相"相對）：罪犯為了迷惑人，在作案現場製造了很多～｜很多問題被～掩蓋着，必須認真分析。也作假相。

【假小子】jiǎxiǎozi〔名〕〈口〉性格舉止像男孩或打扮成男孩的女孩：這姑娘特別潑辣，人家都稱她～｜她原來是個～。

【假惺惺】jiǎxīngxīng（～的）〔形〕狀態詞。裝模作樣，虛情假意：別～地把別人的缺點說成優點了。

【假牙】jiǎyá〔名〕（顆）人工鑲上的牙，多用塑料或瓷等製成：鑲～｜滿口～。也叫義齒。

【假意】jiǎyì ❶〔名〕不是發自內心的情意（跟"真情""真心"相對）：虛情｜他是一片真心，絕非～。❷〔副〕故意；虛假地：他～裝作不認識自己的老同學。

【假造】jiǎzào〔動〕❶偽造：～證件｜～文憑｜～鈔票｜～車禍欲騙取保金。❷捏造：～理由｜～藉口。

【假肢】jiǎzhī〔名〕為肢體有殘疾的人裝配的上肢或下肢：～廠｜研究～製造。

【假裝】jiǎzhuāng〔動〕故意表現出某種姿態以掩蓋真相：～正經｜～積極｜～進步｜他進來的時候，我～睡着了。

斝 jiǎ 古代溫酒器。有三足，兩柱，圓口，平底。也有少數體方而四角圓，下有四足，帶蓋。主要盛行於商代。也用作祭祀時盛酒灌地降神的禮器。

賈（賈）Jiǎ〔名〕姓　另見 gǔ（469 頁）。

鉀（鉀）jiǎ〔名〕一種金屬元素，符號 K，原子序數 19。銀白色，質軟。是植物生長必需的重要元素之一，其化合物在工農業上用途很廣：～肥｜～鹽｜硝酸～。

【鉀肥】jiǎféi〔名〕含鉀較多的肥料。能促進作物莖稈粗壯，增加抗旱、抗寒能力。常見的有氯化鉀、硫酸鉀、草木灰等。

瘕 jiǎ "瘕" gǔ 的又讀。

痕 jiǎ〈書〉肚子裏結塊的病：肉～｜石～｜化～回生丹。

檟（檟）jiǎ 古書上指楸樹或茶樹。

jià ㄐㄧㄚˋ

架 jià ❶（～兒）〔名〕放置或支撐物體的東西：衣～兒｜書～兒｜筆～兒｜畫～兒｜腳手～｜葡萄～。❷〔名〕互毆打或爭吵的行為：打～｜吵～｜勸～｜跟人幹了一架｜兩隻公雞又掐起～來了。❸〔量〕用於支起來的某些東西：一～扁豆｜一～絲瓜｜兩～梯子。❹〔量〕用於有支架的某些機械、樂器等：一～顯微鏡｜三～照相機｜四～鋼琴｜好幾～飛機。❺〔動〕支撐；搭設：～橋｜～電綫｜～起機槍｜梯子～在牆上｜疊床～屋。❻〔動〕抵住：抬手一～住他揮起的拳頭｜刺刀～在脖子上。❼〔動〕攙扶：護士一～着傷員進了病房。❽〔動〕綁架：她被土匪～走了。

> **語彙** 綁架　吵架　功架　構架　骨架　間架　絞架　開架　框架　罵架　鬧架　勸架　散架　招架　打群架　十字架

【架不住】jiàbuzhù〔動〕❶受不住；禁不起：～他軟磨硬泡，我只好答應了｜他抽煙、喝酒，又常常通宵玩兒牌，再好的身體也～這麼折騰。❷抵不上：你雖然能力強，但～問題複雜，時間緊，做起來依舊困難重重。

【架次】jiàcì〔量〕複合量詞。表示飛機出動若干次架數的總和。一架飛機出動一次叫一架次。如五架飛機各出動一次就是五架次，一架飛機出動五次也是五架次。

【架構】jiàgòu ❶〔名〕框架結構：房屋的主體～。❷〔名〕比喻事物的組織、結構、格局：法律～｜影片基本～是兩條綫索。❸〔動〕建造；構築：～起平等交流的渠道。

【架空】jiàkōng〔動〕❶用柱子支撐建築物、器物等使離開地面：這些房子離地八尺，～在上頭。❷比喻沒有基本的保證：應該抓緊落實，不然規劃難免～。❸比喻表面尊重而暗中致使喪失實權：他們暗地裏在各處安插親信，處心積慮要把局長～。

【架設】jiàshè〔動〕支起並安裝：～橋樑｜～電話綫｜～空中纜車。

【架勢】（架式）jiàshi〔名〕〈口〉❶姿態：擺出一副要打人的～｜看這～，他們是不會善罷甘休的。❷（北方官話）"勢頭"①：看這～是要下場大雨了。

【架子】jiàzi〔名〕❶"架"①：花盆～｜自行車～｜骨頭～｜剃鬚刀～。❷比喻事物的結構：這份總結我只搭了個～，詳細內容由你來充實。❸裝腔作勢的樣子；高傲的態度：擺～｜放下～｜新來的領導一點兒～都沒有。❹架勢①：一看那打筆的～，就知道他是個書法家。

【架子車】jiàzichē〔名〕（輛）一種由人力推拉的兩輪車。

【架子工】jiàzigōng〔名〕(名)專門搭、拆腳手架的建築工人。

【架子花】jiàzihuā〔名〕傳統戲曲中花臉的一種，大都扮演性格粗獷豪放的人物，表演重功架、唸白和做功，如《群英會》的曹操、《野豬林》的魯智深等。

假 jià〔名〕❶ 按照規定暫時停止工作或學習的時間：暑～｜寒～｜國慶節放三天～。❷ 請求並經過批准的暫停工作或學習的時間：請～｜准～｜病～｜事～。
另見 jiǎ（631頁）。

語彙　病假　產假　長假　超假　度假　放假　告假　公假　寒假　婚假　例假　年假　請假　事假　暑假　銷假　休假　續假　准假

【假期】jiàqī〔名〕放假、請假或休假的時期。

【假日】jiàrì〔名〕按規定放假或休假的日子：～旅行｜～經濟。

【假條】jiàtiáo（～兒）〔名〕(張)寫明請假原因及期限的紙條：寫～｜批～｜開～。

嫁 jià ❶〔動〕指女子結婚(跟"娶"相對)：～人｜～女兒｜男婚女～。❷ 把災禍、罪名、損失等轉移到別人身上：～禍於人｜轉～。❸（Jià）〔名〕姓。

語彙　出嫁　改嫁　婚嫁　陪嫁　再嫁　轉嫁　為人作嫁

【嫁禍於人】jiàhuòyúrén〔成〕把災禍轉移到別人身上：這夥人幹了壞事還耍花招，企圖～。

【嫁雞隨雞】jiàjī-suíjī〔成〕俗諺有"嫁雞隨雞，嫁狗隨狗"，比喻婦女出嫁後，不論丈夫好壞，都要和他生活一輩子，不得有非分之想：封建社會的婦女受包辦婚姻之苦，～，嫁狗隨狗。

【嫁接】jiàjiē〔動〕❶ 把一種植物的枝或芽接到另一種植物體上，使它們結合成獨立生長的植株。嫁接是常用的改良品種的方法。❷ 比喻建立合作，共同發展：不同行業進行優勢～｜一流技術～傳統產業。

【嫁娶】jiàqǔ〔動〕出嫁和娶妻：男女～，不問門第。

男女結婚的不同説法
男子結婚叫娶親、成家、娶妻、討老婆。
女子結婚叫出嫁、嫁人、出閣、出聘、于歸。

【嫁人】jià // rén〔動〕〈口〉出嫁：閨女長大總要～｜她三年前就嫁了人。

【嫁妝】(嫁裝)jiàzhuang〔名〕女子出嫁時，隨帶的衣被、首飾、用具等物品：操辦～｜豐厚的～。

稼 jià ❶〈書〉種植穀物：耕～｜學～。❷ 穀物：莊～｜禾～。❸（Jià）〔名〕姓。

【稼穡】jiàsè〔動〕〈書〉種植穀物與收割穀物，泛指從事農業勞動：不事～｜不知～艱難。

價（价） jià ❶（～兒）〔名〕價格：物美～廉｜貨真～實｜討～還～｜～您出個～兒。❷ 價值：等～交換。❸〔名〕化合價的簡稱：氧是二～元素。❹（Jià）〔名〕姓。
另見 jie（682頁）；"价"另見 jiè（679頁）。

語彙　半價　報價　比價　標價　差價　代價　單價　底價　定價　高價　估價　還價　計價　講價　廉價　賣價　牌價　平價　身價　時價　市價　售價　討價　提價　調價　物價　壓價　議價　漲價　折價　作價

【價格】jiàgé〔名〕用貨幣表現出的商品價值：批發～｜零售～｜商品都標了～｜～合理。

【價廉物美】jiàlián-wùměi〔成〕價格便宜，質量也好：～的商品很受顧客歡迎。也說物美價廉。

【價碼】jiàmǎ（～兒）〔名〕〈口〉價目；價錢：商品都標了～兒｜開個～｜～真高。

【價目】jiàmù〔名〕標示出來的商品價格：～一覽表｜新到的商品還沒有定出～來。

【價錢】jiàqian〔名〕價格：～便宜｜大～｜賣了好～。

【價位】jiàwèi〔名〕商品價格的等級：中等～｜～合理。

【價值】jiàzhí〔名〕❶ 體現在商品中的生產者的社會必要勞動。價值通過商品的交換價值體現出來：剩餘～｜～規律。❷ 效用或積極作用：觀賞～｜收藏～｜這些材料很有～。

【價值觀】jiàzhíguān〔名〕對人和事物在社會上的作用和地位的總的認識。不同的價值觀決定人不同的評價標準、行為取向等。

【價值連城】jiàzhí-liánchéng〔成〕《史記・廉頗藺相如列傳》載，戰國時，秦昭王想騙取趙國的和氏璧，假稱願以秦國十五城對換。後用"價值連城"形容東西十分貴重：這些珠寶～。
注意 "價值連城"的"價"和"值"在古代漢語裏是兩個詞，"價"是"價錢"，"值"是"值多少錢"的動詞"值"，跟現代漢語中的複合詞"價值"意思不一樣。

駕（驾） jià ❶〔動〕(把車、農具)套在牲口上使牠拉：～着牲口耕地｜這是得用兩匹馬～着的車。❷〔動〕駕駛：～車｜～飛機｜～船。❸ 騎；乘坐：騰雲～霧｜仙人～鶴而去。❹ 車的總稱；借為敬辭，稱對方：大～｜勞～｜枉～｜屈～｜～臨。❺ 特指帝王的車；借指帝王：御～親征｜保～｜～崩。❻（Jià）〔名〕姓。

語彙　保駕　車駕　大駕　擋駕　接駕　救駕　勞駕　凌駕　命駕　陪駕　起駕　屈駕　勸駕　枉駕　晏駕　御駕

【駕崩】jiàbēng〔動〕〈婉〉指帝王去世。

【駕臨】jiàlín〔動〕〈書〉〈敬〉稱對方到來：恭候～｜～寒舍，蓬蓽生輝。

【駕輕就熟】jiàqīng-jiùshú〔成〕駕着輕車走着熟路。比喻熟悉情況，做起來輕而易舉：他開車二十多年了，修這點小毛病對他來說是～。

【駕駛】jiàshǐ〔動〕操縱（車、船、飛機等）使行駛：安全～｜～執照｜～汽艇｜他～着一輛越野車。

【駕駛員】jiàshǐyuán〔名〕（位，名）駕駛車、船、飛機等的人員：汽車～｜電車～｜飛機～。

【駕校】jiàxiào〔名〕（所）汽車駕駛技術學校。

【駕馭】（駕御）jiàyù〔動〕❶ 驅使車馬等使行進：～牲口｜～車輛｜這匹馬不好～。❷ 控制；支配：提高～股市的能力｜他有很強的～語言的能力。

【駕轅】jiàyuán〔動〕套在車轅上拉車：騾子～｜驢拉套。

【駕照】jiàzhào〔名〕指駕駛證，即機動車輛駕駛許可證：考～。也叫本本。

jiān ㄐㄧㄢ

尖 jiān ❶〔形〕末端細小或銳利：十指～～｜～嘴鉗｜把鉛筆削～。❷〔形〕尖刻：～酸刻薄｜說話嘴太～。❸〔形〕聲音高而細：～嗓門兒｜他唱歌的聲音太～了。❹〔形〕感覺靈敏：眼～｜耳朵～｜鼻子～。❺〔動〕使嗓音高而細：他～着嗓子叫起來。❻（～兒）〔名〕物體銳利或細小的末端：筆～兒｜刀～兒｜針～兒｜塔～兒｜鑽牛角～兒。❼（～兒）〔名〕借指突出的人或物：冒～兒｜拔～兒｜這一班同學裏頭他是個～兒。❽（Jiān）〔名〕姓。

語彙 拔尖 打尖 頂尖 耳尖 冒尖 心尖 眼尖 嘴尖 高精尖 牛角尖 風口浪尖

【尖兵】jiānbīng〔名〕❶ 行軍時擔任警戒任務的分隊：～班｜～連｜兩棲作戰～。❷ 比喻各行各業中走在前面、成績突出的人或集體：他們是石油戰綫上的～｜短道速滑隊是這次奪金的～。

【尖刀】jiāndāo〔名〕❶（把）銳利的刀。❷ 比喻作戰時最攻入敵人陣地的兵力：～班｜紅色～連｜～排已插入了敵人的心臟。

【尖端】jiānduān ❶〔名〕物體尖銳部分的末梢；頂點：標槍的～｜發射塔的～。❷〔形〕發展水平最高：～科學｜～產品｜～人才｜新技術很～。

【尖叫】jiānjiào ❶〔動〕尖聲喊叫：嚇得她～一聲。❷〔名〕尖屬的喊叫聲：場上熱情激動的觀眾發出陣陣～。

【尖刻】jiānkè〔形〕尖酸刻薄，多指說話：言語～｜～的批評｜他說話太～，很難跟別人談得攏。

【尖厲】jiānlì〔形〕形容聲音很高很細，非常刺耳：～的哨聲。也作尖利。

【尖利】jiānlì ❶〔形〕物體末銳鋒利：～的匕首｜～的牙齒。❷〔形〕敏銳：他的眼光非常～，一眼就能看出哪一個是走私的。❸ 同"尖屬"。

【尖銳】jiānruì〔形〕❶ 物體末端尖而鋒利：鞋匠的錐子十分～。❷ 激烈：～的鬥爭｜～對立。❸ 敏銳而深刻：眼光～｜他的問題提得非常～。❹ 聲音高而刺耳：急救車發出陣陣～的鳴叫聲。

【尖酸】jiānsuān〔形〕形容說話帶刺，聽着讓人難受：～刻薄｜言語～。

【尖團字】jiāntuánzì〔名〕尖音字和團音字的合稱。聲母 z、c、s 拼韻母 i、ü 或 i、ü 起頭的韻母，叫作尖音字，聲母 j、q、x 拼韻母 i、ü 或 i、ü 起頭的韻母叫作團音字。例如有的方言"將"讀 ziāng 是尖音字，"薑"讀 jiāng 是團音字，有分別。普通話都讀成 jiāng，尖團不分。京劇、昆曲等都要求區分尖團。

【尖細】jiānxì〔形〕❶（末端）細小：鉛筆削得過於～容易斷。❷（聲音）高而細：他用～的假嗓唱了一段京戲。

【尖牙】jiānyá〔名〕（顆，枚）牙的一種，在門牙的兩側，上下頜各有兩枚，牙冠銳利。通稱犬牙，也叫犬齒。

【尖音】jiānyīn〔名〕見"尖團字"（635 頁）。

【尖子】jiānzi〔名〕❶ 物體銳利或細小的末端：槍～｜筆～。❷ 比喻突出的人：小王是這個班的～｜～生｜～班。

【尖嘴薄舌】jiānzuǐ-bóshé〔成〕形容說話尖酸刻薄：他總這麼～，真叫人受不了。

【尖嘴猴腮】jiānzuǐ-hóusāi〔成〕形容人臉頰瘦削，相貌不好看：他～的，就怕人家姑娘看不上啊。

奸〈㊀姦〉jiān ㊀❶ 狡詐；虛偽：～商｜～徒｜～賊｜～計｜～笑｜～險。❷ 不忠：～臣｜～佞。❸〔形〕自私；狡猾：藏～耍猾｜這人太～了，沒法合作。❹ 出賣國家、民族或階級利益的人：漢～｜內～｜除～。❺ 壞人壞事：姑息養～｜朋比為～。

㊁ 奸淫：強～｜通～｜誘～｜～污。

語彙 藏奸 鋤奸 漢奸 雞奸 輪奸 內奸 強奸 耍奸 通奸 誘奸 捉奸 洞察其奸 姑息養奸 狼狽為奸 朋比為奸

【奸臣】jiānchén〔名〕舊時指不忠於君主或殘害忠良的臣子（跟"忠臣"相對）：他把大～和珅的形象塑造得栩栩如生。

【奸夫】jiānfū〔名〕男女通奸，男方為奸夫。

【奸婦】jiānfù〔名〕男女通奸，女方為奸婦。

【奸宄】jiānguǐ〔名〕〈書〉犯法作亂的壞人（內起為奸，外起為宄）：寇賊～｜卑鄙～。

【奸猾】jiānhuá〔形〕詭詐狡猾：生性～｜～之徒｜那人很～，不能共事。也作奸滑。

【奸計】jiānjì〔名〕(條)奸詐的計謀：不要中了敵人的～｜識破～。

【奸佞】jiānnìng〈書〉❶〔形〕奸邪諂媚：～小人。❷〔名〕(個)奸邪諂媚的人：鏟除～。

【奸情】jiānqíng〔名〕指男女通奸的事：～敗露。

【奸商】jiānshāng〔名〕用違法手段牟取暴利的商人：打擊不法～。

【奸污】jiānwū〔動〕用暴力或誘騙手段與女子發生性行為：～婦女。

【奸細】jiānxì〔名〕為敵人刺探情報的人：內藏～。

【奸險】jiānxiǎn〔形〕奸詐陰險：為人～｜內心～。

【奸笑】jiānxiào〔動〕陰險地笑：一臉～｜他～了一陣就板起臉來。

【奸邪】jiānxié〈書〉❶〔形〕奸詐邪惡：～嘴臉｜～之人。❷〔名〕奸詐邪惡的人：～當道，必誤國害民。

【奸兇】jiānxiōng〔名〕奸險兇惡的人：鏟除～。

【奸雄】jiānxióng〔名〕用奸詐的手段取得高位和權力的人：亂世～。

【奸淫】jiānyín〔動〕❶男女間發生不正當的性行為。❷奸污：～燒殺｜侵略軍～婦女，無惡不作。

【奸賊】jiānzéi〔名〕禍國殃民的壞人；奸臣：賣國～。

【奸詐】jiānzhà〔形〕虛偽狡詐：心存～｜一臉～｜～之徒。

戔（戋）jiān 見下。

【戔戔】jiānjiān〔形〕〈書〉數量少；細微：～小數｜微物～何足道。

肩 jiān ❶〔名〕肩膀：雙～｜並～｜比～繼踵｜人拉～扛｜他～上的擔子很重。❷擔負：身～重任。

語彙　比肩　並肩　披肩　身肩　息肩　歇肩

【肩膀】jiānbǎng(～兒)〔名〕(隻，雙)人的脖子旁邊上臂與身體相連的部位；動物前肢與軀幹相連的部位。

【肩負】jiānfù〔動〕擔負：～重任｜青年們～着實現祖國現代化的光榮任務。

【肩胛】jiānjiǎ〔名〕❶肩膀。❷醫學上指肩膀的後部。

【肩摩轂擊】jiānmó-gǔjī〔成〕轂：車輪中心的圓木，借指車輪。形容行人車馬很多，非常擁擠：大街上熙來攘往，～～，熱鬧非凡。也說轂擊肩摩。

【肩章】jiānzhāng〔名〕(副)佩戴在制服的兩肩上代表行業、職銜、級別等的標誌：佩戴～。

兼 jiān ❶加倍；兩份並在一起：～程｜～旬(兩旬，二十天)｜～道(加倍地趕路)。

❷〔動〕同時涉及幾個方面或具有幾種品性：～收並蓄｜德才～備｜品學～優｜統籌～顧｜軟硬～施｜～聽則明，偏聽則暗。❸〔動〕兼任：～兩門課｜他身～數職｜外交部長的職務由副總理～着。❹〔連〕表示更進一層的意思(常見於港式中文)：去年舉辦的紅酒博覽會，參展商與人氣齊升，旺丁～旺財。❺(Jiān)〔名〕姓。

【兼備】jiānbèi〔動〕同時具備兩個或幾個方面：德才～｜～眾長。

【兼併】jiānbìng〔動〕❶吞併：～國土｜～他人產業。❷通過換股或現金購買等形式把對方資產和負債併入己方：企業～。

【兼程】jiānchéng〔動〕用加倍的速度趕路：一天走兩天的路：日夜～｜～前進｜風雨～。

【兼而有之】jiān'éryǒuzhī〔成〕同時具有：文武才德，他～。

【兼顧】jiāngù〔動〕同時對幾個方面都顧及：統籌～｜調薪時要～老員工的利益｜讓他一個人管這麼多事，實難～。

【兼任】jiānrèn ❶〔動〕同時擔任兩個或兩個以上的職務：副局長～辦公室主任｜組長的職務暫時由他～。❷〔形〕屬性詞。附帶擔任的：～教師。

【兼容】jiānróng〔動〕同時接受、容納不同的事物或方面。特指不同品牌的電子產品可以組裝起來，不會產生排斥或出現故障：～並包｜真假不可～｜～機。

【兼容並包】jiānróng-bìngbāo〔成〕同時接受和容納各個方面：對不同的學派，必須採取～的方針。

【兼收並蓄】jiānshōu-bìngxù〔成〕把不同內容、不同性質的東西都加以吸收並保存下來：古代的或外國的東西，只要對我們有用，都應該～。

【兼聽則明】jiāntīngzémíng〔成〕廣泛聽取各方面意見才能明辨是非。常與"偏聽則暗"搭配使用。

【兼職】jiānzhí ❶(-//-)〔動〕在本職之外兼任其他職務：老戰士～校外輔導員｜他身兼三職。❷〔名〕在本職之外兼任的職務：他的～太多｜辭去一個～。❸〔形〕屬性詞。兼任某種職務的(區別於"專職")：～教師。

堅（坚）jiān ❶堅固：～冰｜～不可摧｜～如磐石。❷堅強：窮且益～，老當益壯。❸堅固的甲胄、車乘、陣地等：披～執銳｜乘～策肥(堅指堅車；肥指肥馬)｜無～不摧，無險不陷。❹堅決；不動搖：～信｜～守。❺(Jiān)〔名〕姓。

語彙　攻堅　中堅　窮且益堅

【堅壁】jiānbì〔動〕戰爭時期，把東西藏起來使不落入敵手：～槍枝彈藥｜把物資都～起來。

【堅壁清野】jiānbì-qīngyě〔成〕壁：壁壘，營壘；

野：指四野的人、畜、物資等。加固防禦工
事，轉移周圍群眾和物資，清理收藏四野莊
稼，使敵人既攻不下據點，又搶不到物資。是
對付來犯之敵的一種策略。

【堅不可摧】jiānbùkěcuī〔成〕非常堅固，無法摧
毀：人民的軍隊宛如鋼鐵長城，～。

【堅持】jiānchí〔動〕❶堅決保持，不妥協，不放
棄：～原則｜～自己的看法｜他～不坐車，
和大夥一塊兒步行｜如果大家都不同意這個方
案，我也不～。❷堅決維持，繼續進行：～工
作｜留在敵佔區，～地下鬥爭｜太睏了，～不
住了。

【堅持不懈】jiānchí-bùxiè〔成〕堅持到底，毫不鬆
懈：學習外語要～，長期努力，才能學好。

【堅定】jiāndìng❶〔形〕堅強穩定，不動搖：立
場～｜意志～｜邁開～的步伐。❷〔動〕使堅
定：～立場｜～信念｜～信心。

【堅定不移】jiāndìng-bùyí〔成〕移：改變，動搖。
絲毫不動搖：這件事必須～地幹下去，不能有
絲毫動搖。

【堅固】jiāngù〔形〕結實牢固，不易破壞：硬木家
具～耐用｜那座橋造得很～。

【堅果】jiānguǒ〔名〕乾果的一種，皮殼堅硬，如
核桃、榛子、板栗等。

【堅決】jiānjué〔形〕確定不移；不猶豫：態度～｜
行動～｜語氣～｜～完成任務｜～改正錯誤｜
王大夫～地主張開刀治療。

【堅苦】jiānkǔ〔形〕堅忍刻苦：～的努力｜～經
營｜～卓絕。

【堅苦卓絕】jiānkǔ-zhuójué〔成〕卓絕：程度達到
極點。堅忍刻苦的精神超越尋常，無可比擬：
沒有這幾年～的基本功訓練，球隊出不了今天
這樣好的成績。

【堅強】jiānqiáng〔形〕強固有力，不可動搖或
摧毀：～的集體｜～的組織｜～的核心｜
性格～｜意志～｜雖受百般折磨，她依然非
常～。

【堅忍】jiānrěn〔形〕不畏艱苦，堅持而不動搖：～
不拔的意志｜～的性格。

【堅忍不拔】jiānrěn-bùbá〔成〕形容在艱難困苦中
堅定不移，不可動搖：～，迎難而上。

【堅韌】jiānrèn〔形〕❶堅固而有韌性，不易折斷：
質地～｜橡膠製品～耐磨。❷堅定而頑強：～
不拔的毅力。

【堅韌不拔】jiānrèn-bùbá〔成〕形容意志堅定頑強，不
可動搖：～的創業精神。

【堅如磐石】jiānrúpánshí〔成〕像大石頭一樣堅
固。形容不可動搖：人民軍隊～。

【堅實】jiānshí〔形〕堅固結實：～的基礎｜～的土
質｜邁出～的一步。

【堅守】jiānshǒu〔動〕❶堅決守住；不離開：～陣
地｜～在施工第一綫。❷堅定信守；保持：～

信仰｜～諾言。

【堅挺】jiāntǐng〔形〕❶硬而直；挺拔有力：～的
身架｜～的樹幹。❷指行情、價格上漲或貨幣
匯率呈上升趨勢（跟"疲軟"相對）：美元～，
日元疲軟｜價格繼續保持～。

【堅信】jiānxìn〔動〕堅定地相信：～正義的事業必
定勝利｜～不疑。

【堅毅】jiānyì〔形〕堅定而有毅力：～果敢｜性
格～。

【堅硬】jiānyìng〔形〕又結實又硬：～的花崗岩｜
核桃的果皮很～。

【堅貞】jiānzhēn〔形〕堅守節操而不改變：～的愛
情｜節操～。

【堅貞不屈】jiānzhēn-bùqū〔成〕堅守節操，不屈
服：他在敵人面前～，慷慨就義。

猏　jiān　古書上指一種猛獸：一搏～而再搏虎。

淺（浅）　jiān　見下。
　　另見qiǎn（1072頁）。

【淺淺】jiānjiān〔擬聲〕〈書〉流水聲：流水～。

菅　jiān〔名〕❶多年生草本植物，葉子細
長，根很堅韌，可做炊帚、刷子等。
❷（Jiān）姓。

間（间）　jiān❶〔名〕方位詞。中間：夫妻
之～｜朋友之～｜山～。❷〔名〕
方位詞。指一定的時間或空間：民～｜世～｜
鄉～｜字裏行～｜工～｜課～操。❸房間：
裏～｜外～｜套～｜衣帽～｜盥洗～｜太平
～。❹〔量〕房屋的最小單位：三～北房｜一～臥室｜
廣廈千萬～。❺（Jiān）〔名〕姓。
　　另見jiàn（647頁）。

語彙　標間　坊間　居間　空間　民間　期間　其間
人間　時間　世間　瞬間　套間　午間　夜間　陽間
陰間　標準間　衞生間　洗手間　彈指之間　字裏行間

【間不容髮】jiānbùróngfà〔成〕中間容不下一根
頭髮。比喻情況緊迫或非常危急：山洪暴
發，～，得馬上組織搶救災民。

【間架】jiānjià〔名〕❶房屋的結構形式。❷借指
漢字的筆畫結構或文章的佈局：學習書法要注
意每個字的～｜這篇文章～不錯，可惜論證沒
有說服力。

【間距】jiānjù〔名〕兩者之間的距離：這兩棟建
築～太小｜保持行車～。

湔　jiān〈書〉❶洗滌：～洗｜～浣。❷洗
雪：～雪｜以～國恥。

【湔雪】jiānxuě〔動〕〈書〉洗雪：多年沉冤，一
朝～。

瑊　jiān　見下。

【瑊玏】jiānlè〔名〕〈書〉像玉的美石。

搛 jiān〔動〕〈口〉用筷子夾：～菜｜把菜～到他碗裏｜甭客氣，自己～。

犍 jiān 犍牛：老～。
另見 qián（1070頁）。

【犍牛】jiānniú〔名〕閹割過的公牛。

煎 jiān ❶〔動〕把食物放在少量熱油裏使熱或使熟：～豆腐｜～雞蛋｜～餃子。❷〔動〕用水煮：～茶｜～藥。❸〔量〕煎者中藥的次數；頭～｜二～｜兩～藥就見效。

【煎熬】jiān'áo〔動〕比喻折磨：受～｜擺脫偏頭疼的～。

【煎餅】jiānbing〔名〕（張）一種攤得很薄的餅，用調成糊狀的高粱粉、麵粉或小米粉等為原料製成：攤～｜～餜子。

蒹 jiān 古書上指蘆葦一類的草：～葭蒼蒼，白露為霜。

監（监） jiān ❶ 從旁察看；督察：～督｜～票｜～場。❷ 牢獄：～獄｜收～｜探～。
另見 jiàn（647頁）。

語彙 牢監 女監 收監 探監 學監 總監 坐監

【監測】jiāncè〔動〕監視和檢測：～水情｜及時～市場價格｜環境質量～。

【監察】jiānchá〔動〕❶ 監督和糾察。❷ 特指對國家機關和政府工作人員進行監督，對違法失職行為進行糾察：做～工作｜～部。

【監場】jiānchǎng(-//-)〔動〕監視考場，負責維持考場紀律：抽調各系教師～｜兩位老師同監一個場。

【監督】jiāndū ❶〔動〕監察督促：領導人必須接受群眾～｜互相～。❷〔名〕（位，名）負責監督工作的人：舞台～｜他是大橋工程的～。

【監督電話】jiāndū diànhuà 一些行業、部門為便於接受社會監督而設立的專綫電話，電話號碼向社會公佈。

【監工】jiāngōng ❶(-//-)〔動〕在生產或工作現場監督工作：工地上有負責人～｜大夥都自覺幹活兒，你還監他們的工？❷〔名〕（位，名）監督工作的人：他在建築工地當～。

【監管】jiānguǎn〔動〕監督管理：加強對國有土地使用的～｜依法對電價進行～。

【監護】jiānhù〔動〕❶ 監視看護：醫療～｜對重症患者進行適時～。❷ 法律上特指對未成年人、精神病患者等的人身、財產及其他一切合法權益進行監督與保護：～權｜～能力｜防止未成年人無人～現象的發生。

【監護人】jiānhùrén〔名〕法律上指對未成年人、精神病人等的人身、財產以及其他一切合法權益依法進行監督和保護的人。

【監禁】jiānjìn〔動〕把人關起來，限制其自由：把犯人～起來｜他被非法～了三天。

【監考】jiānkǎo ❶(-//-)〔動〕監視考試，負責維持考場紀律：年輕的講師、助教都去～｜監完考之後，就閱卷評分。❷〔名〕（位，名）監考的人：每個考場設兩名～。

【監控】jiānkòng〔動〕❶ 監測、控制（機器、儀表等的工作情況）：數字～系統｜全廠的儀表由專人～。❷ 監視控制；監督控制：暫不逮捕，實行～｜實行物價～｜對容易欠薪的企業勞動保障機構將實施專人～。

【監牢】jiānláo〔名〕監獄。

【監理】jiānlǐ ❶〔動〕對工程項目等進行監督管理：完善工程～制度。❷〔名〕（名，位）做監理工作的人：項目～。

【監票】jiānpiào〔動〕監督投票和計票，防止錯漏或舞弊：～人｜投票站應有選民推薦的人公開～。

【監審】jiānshěn〔動〕監測審核；監督審查：對居民基本生活必需品和服務價格進行～｜歌手大賽～組。

【監視】jiānshì〔動〕從旁察看、注視：～器｜時刻～着敵人的活動｜新的電腦病毒開始蔓延，專家小組正在進行縝密～。

【監守自盜】jiānshǒu-zìdào〔成〕盜竊自己負責看管的財物：銀行職員～，應當嚴懲。

【監聽】jiāntīng〔動〕❶ 利用無綫電等設備收聽別人的談話或發出的無綫電信號，以獲取有用信息：～器｜～設備｜通話內容全被～。❷ 錄製聲音時通過有關設備收聽監測聲音質量、效果等：拍攝中應使用耳機～。

【監獄】jiānyù〔名〕（座，所）關押犯人的地方。

> **監獄的不同叫法**
> 近現代：牢、大牢、監牢、監獄、牢房、牢獄、班房。
> 古代：犴（àn）獄、狴（bì）犴、囹圄、保宮、居室、清室（囚禁有罪官吏的地方）、永巷（皇宮中囚禁妃嬪、宮女的地方）。

【監製】jiānzhì ❶〔動〕監督某一產品的製造：這幾種成藥由著名的藥廠～。❷〔動〕監督影片、電視片等的製作：這部得獎影片是一位老藝術家～的。❸〔名〕（位，名）監督影片、電視片等製作的人：總～｜音樂～。

箋（笺）〈❷牋❷椾〉 jiān ㊀ ❶ 註解：詩～（《詩經》的註解）。❷（Jiān）〔名〕姓。
㊁ ❶ 小幅的紙（用來寫信或題詞）：便～｜信～｜公司用～。❷ 信札：華～｜大～。❸ 一種古代文體，下級給上級的書信，如三國魏吳質《答魏太子箋》。

【箋註】jiānzhù〔名〕古書的註釋：～紛繁｜～本（常用於書名）。

jiān

漸（渐）jiān〈書〉❶ 浸：～染｜～漬。❷ 流入：長江東～於海。
另見 jiàn（647頁）。

【漸染】jiānrǎn〔動〕〈書〉長時間接觸而漸漸受到影響：他出身音樂世家，～彈唱，兼通樂理。

緘（缄）〈❸械〉jiān ❶〈書〉閉上：～口｜～舌閉口。❷〔動〕封閉（常用在信封上寄信人姓名後，表示由誰寄出）：北京李～。• 注意 如果寄的是無須封口的明信片或賀年卡，那就不能寫"某緘"，而應寫"某寄"。❸〈書〉書信：上月末，獲讀兩～。❹（Jiān）〔名〕姓。

【緘口】jiānkǒu〔動〕〈書〉閉上嘴（不說話）：～如瓶｜～不言。

【緘默】jiānmò〔動〕閉口不說話：～不語｜保持～｜不再～。

【緘札】jiānzhá〔名〕〈書〉書信。

熸jiān〈書〉❶ 火熄滅：太陽出而熸火（火把）～。❷ 覆滅：楚師～。

縑（缣）jiān〈書〉細絹。

【縑帛】jiānbó〔名〕古代的一種絲織品，質地細薄。古人在紙發明以前，常用來寫字、畫畫。

艱（艰）jiān ❶ 困難：～苦｜～險｜步履維～｜哀民生之多～。❷〈書〉指父母的喪事：丁～（遭遇父母之喪）｜以居母～去官。

【艱巨】jiānjù〔形〕困難而繁重：～的任務｜付出～的勞動｜工程非常～。

【艱苦】jiānkǔ〔形〕艱難困苦：～樸素｜～生活｜～環境｜～的歲月｜山區條件很～。

【艱苦樸素】jiānkǔ-pǔsù〔成〕吃苦耐勞，勤儉節約：繼承～的光榮傳統。

【艱苦卓絕】jiānkǔ-zhuójué〔成〕形容艱難困苦，超乎尋常：中國人民為了抵抗外侮，進行了～的鬥爭。

【艱難】jiānnán〔形〕困難：行動～｜生活～｜度日～｜～困苦。

【艱難險阻】jiānnán-xiǎnzǔ〔成〕指前進中遇到的困難挫折：勘探隊員歷盡～，終於在祖國的大西北找到了石油。

【艱澀】jiānsè〔形〕文辭不流暢，難懂：文章～｜語句～。

【艱深】jiānshēn〔形〕深奧難懂：道理～｜文字～｜～的古文｜這本書內容～。

【艱險】jiānxiǎn〔形〕艱難和危險：路途～｜不避～｜歷盡～｜越是～越向前。

【艱辛】jiānxīn〔形〕艱難辛苦：十分～的勞動｜飽嘗生活的～。

韉jiān〈書〉馬上盛弓箭的器具：橐～。

濺（溅）jiān 見下。
另見 jiàn（649頁）。

【濺濺】jiānjiān〈書〉❶〔擬聲〕流水聲：不聞爺娘喚女聲，但聞黃河流水鳴～。❷〔形〕形容水流急速的樣子：瀑流～。

櫼jiān〈書〉木片楔子。

殲（歼）jiān 殲滅：～敵數百｜聚而～之｜圍而不～｜全～。• 注意 "殲"不讀 qiān。

【殲擊】jiānjī〔動〕攻擊並殲滅：～敵人主力部隊。

【殲滅】jiānmiè〔動〕消滅（敵人）：～戰｜～敵人有生力量。

辨析　殲滅、消滅　a）"殲滅"一般只用於軍事，如"殲滅敵人一個師"；"消滅"既可用於軍事，也可用於別的方面，如"消滅蚊蠅，講求衛生"。b）"殲滅"的對象只限於敵人；"消滅"的對象廣泛得多，可以是敵人，也可以是其他有害的東西，如"消滅害蟲""消滅隱患""消滅貧困"等。c）"殲滅"只用於一群而不是一個；"消滅"可以是一群，也可以是一個，如"敵人來一個消滅一個"。

鰜（鳒）jiān〔名〕魚名，生活在海洋中，身體側扁，兩眼在身體一側，有眼的一面黃褐色，無眼的一面白色。

鶼（鹣）jiān 鶼鶼，古代傳說中的比翼鳥。

【鶼鰈】jiāndié〔名〕〈書〉鶼為比翼鳥，鰈為比目魚。比喻感情很好的夫妻：～情深｜～同心。

籛（篯）Jiān〔名〕姓。

鰹（鲣）jiān〔名〕魚名，生活在熱帶海洋中，身體紡錘形，側扁，嘴尖。

韉（鞯）jiān〈書〉墊馬鞍的東西：鞍～。

jiǎn ㄐㄧㄢˇ

囝jiǎn〔名〕（吳語）❶ 兒子。❷ 兒女。

柬jiǎn 信件、名片、帖子等的統稱：～帖｜請～｜～札。

【柬帖】jiǎntiě〔名〕（張，份）寫有通知、啟事之類的紙片。也叫字帖兒。

梘（枧）jiǎn ㊀（粵語、客家話）肥皂：香～。
㊁同"筧"。

趼jiǎn 趼子：重～｜老～｜手上磨出了～。

【趼子】jiǎnzi〔名〕手上或腳上因長期摩擦而成的

硬皮：兩手起了厚厚的～｜不要再說了，我耳朵聽得都起～了。也作繭子，也叫老趼。

剪 jiǎn ❶ 剪刀：刀～俱全。❷ 形狀像剪刀的用具：火～｜夾～。❸〔動〕用剪刀鉸：～開｜～不斷｜～頭髮｜～指甲｜～羊毛。❹ 除去：～除｜～滅。❺（Jiǎn）〔名〕姓。

語彙　背剪　裁剪　反剪　修剪　理髮剪

【剪裁】jiǎncái〔動〕❶ 將衣料按照做衣服的尺寸剪斷裁開：～衣料｜她最會～。❷ 比喻寫文章時取捨安排材料：～加工｜～不好就成了材料堆砌。

【剪彩】jiǎn//cǎi〔動〕在慶祝儀式上剪斷彩帶，多在新造車船出廠、建築物落成、商店開張或展覽會開幕時舉行：輪船下水前請船長～｜市長出席了開幕式並剪了彩。

【剪除】jiǎnchú〔動〕鏟除；消滅：～流氓集團｜～惡勢力。

【剪刀】jiǎndāo〔名〕（把）一種兩刃交錯、可以開合的鐵製工具，可用來斷開布、紙、繩等物。

【剪刀差】jiǎndāochā〔名〕指在工農業產品交換中，工業產品價格走向偏高，農業產品價格走向偏低所形成的差額。用圖表示，形狀像張開的剪刀口，故稱。

【剪伐】jiǎnfá〔動〕〈書〉剪除雜草，除去殘枝敗葉：栽培～須勤力，花易凋零草易生。

【剪輯】jiǎnjí ❶〔動〕電影、電視製片工序之一。把拍攝好的鏡頭，按照創作構思的要求加以選擇、刪剪、整理，編排成結構完整的影片、電視片。❷〔動〕經過選擇、剪裁，加以重新編排：～照片｜美術師～畫幅｜錄音師～電影錄音。❸〔名〕經剪輯而成的作品：電影錄音～｜圖片～。

【剪徑】jiǎnjìng〔動〕攔路搶劫（多見於早期白話）：走小路，怕遇上賊人～。

【剪滅】jiǎnmiè〔動〕剪除消滅：～群雄。

【剪貼】jiǎntiē ❶〔動〕把書報上的有關資料剪下來，貼在卡片或本子上：～報紙｜～資料。❷〔動〕用彩色紙剪成人或物的形象，貼在別的紙或東西上，是一種手工工藝：～畫。❸〔名〕剪貼成的作品。

【剪影】jiǎnyǐng ❶〔動〕照人或物的輪廓（多為側面）剪製成形：王奶奶會～，剪出的人形真是惟妙惟肖。❷〔名〕（張）剪影作品：人物～｜動物～。❸〔名〕比喻對事物概貌的描寫：社會～。

【剪紙】jiǎnzhǐ ❶〔動〕用紙剪出或刻出各種人物、鳥獸、花草等形象，是一種民間工藝。❷〔名〕（張，幅）剪紙作品：窗花～。

【剪子】jiǎnzi〔名〕（把）剪刀。

揀（拣） jiǎn ㊀〔動〕挑選：分～｜挑～｜揀肥～瘦｜披沙～金｜擔子～重的挑。
㊁ 同 "撿"。

【揀選】jiǎnxuǎn〔動〕選擇：～優質產品｜經過一番～，剩下來的都是沒人要的劣質貨。

揃 jiǎn〈書〉剪斷；分割。

減（减） jiǎn ❶〔動〕從一定數量中去掉一部分（跟 "加" 相對）：三～二等於一｜～價｜～員｜～免｜偷工～料。❷〔動〕降低程度；衰退（跟 "增" 相對）：衰～｜～速｜工作熱情不～當年｜您這幽默大師不來參加，使我們的聯歡會～色不少。❸（Jiǎn）〔名〕姓。

語彙　裁減　遞減　節減　銳減　衰減　縮減　削減　增減　酌減　有增無減

【減半】jiǎnbàn〔動〕減去一半：任務～｜劑量～。

【減產】jiǎn//chǎn〔動〕產量減少：糧食～｜煤炭產量從上個月開始就減了產。

【減低】jiǎndī〔動〕降低：～消耗｜～速度｜商品損耗率～了百分之十。

【減法】jiǎnfǎ〔名〕數學運算方法的一種，最簡單的是從一個數減去另一個數的運算，如 5−3=2，讀為五減三等於二。

【減肥】jiǎn//féi〔動〕❶ 用節制飲食、增加運動或服用藥物等方法降低過胖體重：～茶｜我太胖了，需要～｜參加體育運動可以～。❷ 比喻縮減規模、人員編制等：過快增長的房地產行業需要～。

🔲**辨析　減肥、瘦身**　"減肥" 與 "瘦身" 存在一些差異：a）"減肥" 的目的是讓肥胖者減去身上多餘脂肪，減輕體重；"瘦身" 的目的是使身材健美、勻稱和有力量，群體主要是女性。b）"減肥" 的手段可以是控制飲食、多運動，甚至採用藥物或外科手術；"瘦身" 的手段主要是通過各種運動或適量節食，更注重對皮膚和肌肉的護理。c）在色彩上，"瘦身" 比 "減肥" 婉轉，比較迎合某些人心理，"減肥" 比 "瘦身" 直白。

【減幅】jiǎnfú〔名〕減少或降低的幅度：生豬數量～明顯。

【減負】jiǎnfù〔動〕減輕過重的、不合理的負擔：為納稅人～｜做好中小學生～工作。

【減緩】jiǎnhuǎn〔動〕程度減輕；速度放慢：～進程｜～車速｜新陳代謝～。

【減價】jiǎn//jià〔動〕降低售價：清倉大～｜劣質商品減了價也沒有人買。

【減免】jiǎnmiǎn〔動〕減輕或免除（費用、稅賦、刑罰等）：～所得稅｜～學雜費｜～刑罰。

【減排】jiǎnpái〔動〕減少廢氣、廢水等污染物的排放：節能～｜～二氧化碳。

【減輕】jiǎnqīng〔動〕減少重量或數量；降低程度：～負擔｜～重量｜～處分｜病情日見～。

【減弱】jiǎnruò〔動〕❶變弱：火勢～｜體力～｜心臟跳動～。❷使變弱：大雨～了火勢。

【減色】jiǎnsè〔動〕精彩程度降低：由於雙方的主力隊員沒有出場，今天的比賽～不少。

【減少】jiǎnshǎo〔動〕❶數量變少：天氣漸涼，遊客明顯～。❷去掉一部分：～開支｜～人員。

【減速】jiǎn // sù〔動〕降低速度：～運行｜車輛通過彎道必須～｜天黑路滑，減減速吧。

【減速帶】jiǎnsùdài〔名〕橫貫道路，使經行車輛減速的專用交通設施。因一般呈條狀，故稱。有的用混凝土做成，有的用橡膠或金屬做成，黃黑兩色相間以引起駕車人注意。多設置在公路道口，或停車場、工礦企業、學校、住宅小區的出入口，或容易引發交通事故的路段。

減速帶的不同說法
在華語區，中國大陸叫減速帶或減速條，港澳地區、台灣地區和馬來西亞叫路拱，馬來西亞又叫路墩，新加坡則叫路隆。

【減縮】jiǎnsuō〔動〕減少，縮小：～開支｜～人員。

【減退】jiǎntuì〔動〕程度下降：記憶力～｜吃藥後，病人的熱度～了不少。

【減薪】jiǎn // xīn〔動〕減少薪金：裁員～｜減了薪，日子就難過了。

【減刑】jiǎn // xíng〔動〕法院根據犯人在服刑期間的積極表現，依法減輕原來判處的刑罰：減了三年刑。

【減壓】jiǎn // yā〔動〕減輕壓力：～裝置｜組織些娛樂活動給畢業班學生減減壓。

【減員】jiǎnyuán〔動〕❶部隊中因病傷、病、死亡等原因而人員減少：部隊～。❷裁減多餘的在編人員：～增效｜公司大幅度～。

【減災】jiǎnzāi〔動〕採取措施減輕自然災害造成的損失：防震～｜～戰略。

暕 jiǎn〈書〉明亮。

筧（筧）jiǎn〈書〉安在檐下或田間的引水長竹管。

戩（戩）jiǎn〈書〉❶剪除；消滅。❷福；吉祥：人生大～。

儉（儉）jiǎn ❶節省；不奢侈（跟"奢"相對）：節～｜勤～｜克勤克～｜省吃～用。❷(Jiǎn)〔名〕姓。

語彙 節儉　勤儉　省儉　克勤克儉

【儉樸】jiǎnpǔ〔形〕儉省樸素：衣着～｜陳設～｜他居家過日子很～。

【減省】jiǎnshěng〔形〕節省；不浪費：花錢～｜吃飯～｜他用電很～。

翦 jiǎn ❶舊同"剪"①-④。❷(Jiǎn)〔名〕姓。

墢（垼）jiǎn〈西北官話〉空地；地塊：～上｜～畔｜東～｜西～。

撿（揀）jiǎn〔動〕❶拾取：～柴｜～糞｜～了一個錢包｜～了個便宜。❷（北方官話）從蒸籠裏取出（蒸食）：～十個饅頭。

【撿了芝麻，丟了西瓜】jiǎn le zhīma，diū le xīguā〔諺〕為了撿一粒芝麻而丟掉一個西瓜。比喻小失大：工作中首要抓大事，不要～。

【撿漏】jiǎnlòu〔動〕檢查修理房頂漏雨的部分：雨季之前，要對危舊房屋進行～。

【撿漏兒】jiǎn // lòur〔動〕（北方官話）利用對方疏漏，僥倖得到便宜：開賽剛剛五分鐘，他就撿了一個漏兒，射進一球。

【撿破爛兒】jiǎn pòlànr〔動〕撿取別人扔掉的廢品。也比喻拾取人家不要的東西：咱們的刊物要不斷推出新人新作，不能靠～過日子。

【撿拾】jiǎnshí〔動〕拾取：～垃圾｜～麥穗。

檢（檢）jiǎn ❶查：～察｜～修｜～驗｜～閱｜體～。❷約束：檢點：行為不～｜言語失～。❸(Jiǎn)〔名〕姓。

語彙 安檢　抽檢　翻檢　紀檢　拘檢　年檢　尿檢　商檢　搜檢　體檢　血檢　藥檢

【檢測】jiǎncè〔動〕檢查測試；檢驗測定：產品～｜～機器性能｜～化學成分。

【檢查】jiǎnchá ❶〔動〕認真查看：～工作｜～身體｜～質量｜～衛生｜～作業｜～護照｜做～。❷〔動〕檢討：～錯誤｜～思想根源。❸〔名〕(份)口頭或書面形式的檢討：寫～。

【檢察】jiǎnchá〔動〕❶審核；考察。❷特指法機關依法審查被檢舉的犯罪事實：立案～。

【檢察官】jiǎncháguān〔名〕依法行使國家檢察權，進行法律監督、代表國家進行公訴、對犯罪案件進行偵查的人員的通稱。中國檢察官分為首席大檢察官、大檢察官、高級檢察官、檢察官四等共十二級。其中最高人民檢察院檢察長為首席大檢察官。

【檢察院】jiǎncháyuàn〔名〕國家法律監督機關，行使審查批准逮捕、審查決定起訴、出席法庭支持公訴的職責。在中國，人民檢察院依照法律規定獨立行使檢察權，不受行政機關、社會團體和個人的干涉。

【檢場】jiǎnchǎng ❶〔動〕舊時戲曲演出時，服務人員在不閉幕的情況下搬置道具，幫助演員更換服裝，並給演員遞送茶水、毛巾等。❷〔名〕(位，名)做檢場事務的人。

【檢點】jiǎndiǎn〔動〕❶仔細察看；查點：～行李｜～舊藏。❷注意約束（自己的言行）：有失～｜行為不～，表現太輕浮｜患者飲食要多加～。

【檢舉】jiǎnjǔ〔動〕向司法機關或其他有關機構組織揭發違法犯罪行為：～壞人｜～犯罪事實｜～信。

【檢票】jiǎn // piào〔動〕檢驗車船票、選票等：～口｜順序～進站。

【檢索】jiǎnsuǒ〔動〕查找（圖書、資料等）：～資料｜按音序編排的目錄～起來很方便。

【檢討】jiǎntǎo ❶〔動〕找出缺點、錯誤並追究根源：～自己的錯誤｜在總結工作的會上進行～。❷〔名〕（份）找出缺點、錯誤並追究根源的口頭表述或書寫的文字：做了個｜寫～。❸〔動〕〈書〉總結；研討：年度工作～會｜～得失。

【檢修】jiǎnxiū〔動〕檢查修理：～機器｜～設備｜～電器｜～房屋｜～橋樑。

【檢驗】jiǎnyàn〔動〕檢查驗證：～產品質量｜實踐是～真理的唯一標準。

【檢疫】jiǎnyì〔動〕對國外或傳染病區來的人或貨物、船隻等進行檢查和消毒，或採取隔離措施，以防止傳染病傳入本國或本地：食品～｜進行～。

【檢閱】jiǎnyuè〔動〕❶〈書〉翻檢查看：～資料。❷首長或外賓親臨軍隊或群眾隊伍前，舉行檢驗儀式：～群眾隊伍｜～儀仗隊｜接受首長～。

【檢字法】jiǎnzìfǎ〔名〕字典、詞典或其他工具書為便於編排、查閱條目所採用的排列方法。查檢漢字常用的有部首、筆畫、音序和四角號碼等檢字法。也叫查字法。

蹇 jiǎn ❶〈書〉跛，行動不便。❷〈書〉不順利；遲鈍：～澀｜～滯。❸〈書〉指跛驢，也指駑馬。❹(Jiǎn)〔名〕姓。

語彙 乖蹇 驕蹇 時乖命蹇

【蹇澀】jiǎnsè〔形〕〈書〉❶不順利；遲鈍：命運～。❷不流暢：語言～｜文筆～。

謇 jiǎn ❶〈書〉說話結巴；言辭不順暢：因跛而緩步，因～而徐言。❷〈書〉正直：～正｜～諤。❸(Jiǎn)〔名〕姓。

【謇諤】jiǎn'è〔形〕〈書〉正直敢言。

襇（裥） jiǎn〔名〕(吳語)衣服上打的褶子：打～。

瞼（脸） jiǎn〈書〉眼皮：眼～。

簡（简） jiǎn㊀❶古人用來寫字的竹片：～牘｜竹～｜雲夢秦～｜郭店楚～｜殘篇斷～。❷信件：書～｜頃奉來～。

㊁❶簡單（跟"繁"相對）：～便｜～易｜～陋｜～體字。❷使簡單：精兵～政。❸少：言～意賅｜刪繁就～｜輕裝～從｜深居～出。❹〈書〉怠慢；草率：～慢｜苟～。❺(Jiǎn)〔名〕姓。

㊂〈書〉選拔：～拔｜～選。

語彙 尺簡 從簡 苟簡 精簡 書簡 竹簡 殘篇斷簡 斷編殘簡 因陋就簡

【簡傲】jiǎn'ào〔形〕〈書〉傲慢：性情～｜～絕俗。

【簡拔】jiǎnbá〔動〕〈書〉選拔：～賢才｜擇優～。

【簡報】jiǎnbào〔名〕(份)內容簡明扼要的書面彙報：工作～｜新聞～｜每天一份會議～。

【簡本】jiǎnběn〔名〕內容、文字較原著簡略的版本：這本書是《中國文學史》的～。

【簡編】jiǎnbiān〔名〕內容比較簡略的著作，也指同一著作的內容比較簡略的版本（多用於書名）：《中國通史～》。

【簡便】jiǎnbiàn〔形〕簡單方便：方法～｜手續～｜操作～｜～易行。

【簡冊】jiǎncè〔名〕〈書〉編串在一起的竹簡，也借指史籍；史冊：著在～｜照耀～。也作簡策。

【簡稱】jiǎnchēng ❶〔名〕複雜名稱的簡化形式，如"作協"（中國作家協會）。❷〔動〕簡單地稱為：政治協商會議～政協。

【簡單】jiǎndān〔形〕❶結構或內容單純，易於操作、使用或理解：構造～｜情節～｜內容～｜早飯吃得很～｜請～說明幾句。❷平凡（多用於否定式）：這個小夥子會五門外語，真不～。❸草率；不周到：～從事｜思想問題不能用～粗暴的方法去解決。

【簡牘】jiǎndú〔名〕古代（戰國至魏晉）書寫用的竹片和木片。

【簡短】jiǎnduǎn〔形〕文章或言辭不長：他在會上做了～的發言｜篇幅～，內容深刻。

【簡古】jiǎngǔ〔形〕〈書〉❶簡約古樸：明代犀角雕刻～模拙｜清麗的語言～。❷簡略而古奧難懂：文字～。

【簡化】jiǎnhuà〔動〕變複雜為簡單：～程序｜～手續｜～禮儀。

【簡化漢字】jiǎnhuà hànzì ❶使漢字簡化，包括減少漢字的筆畫（如"雙"簡化為"双"，"聽"簡化為"听"）和精簡漢字的數目（用同音替代的辦法歸併一些同音字，如"乾""幹"併入"干"，"後"併入"后"；同時，在異體字裏選定一個，不用其餘的，如"杯、盃、桮"只選用"杯"，"暖、煖、晅、煗"只選用"暖"）。❷經過簡化並由國家正式公佈使用的漢字，如"阴""阳""与""专"等。

【簡化字】jiǎnhuàzì〔名〕指以國家公佈的《簡化字總表》的字形為規範的漢字。

【簡捷】jiǎnjié〔形〕❶直截了當：～了當｜多麼輕鬆～呀。也作簡截。❷簡便快捷：手續～｜經濟～的消毒方法。

【簡潔】jiǎnjié〔形〕簡明扼要；不複雜：語言～｜內容～｜這幾款女裝設計得～大方。

【簡介】jiǎnjiè ❶〔名〕(份，張)簡要介紹的文字：內容～｜影片～。❷〔動〕簡單扼要地介紹：請～一下書稿內容。

【簡況】jiǎnkuàng〔名〕簡要的情況：個人～｜公司～。

【簡括】jiǎnkuò〔形〕簡單而概括：～的介紹｜～的說明｜文筆～｜論述～。

【簡歷】jiǎnlì〔名〕（份）簡單扼要的履歷：個人～｜工作～。

【簡練】（簡煉）jiǎnliàn〔形〕（表達）簡要而精練：文字～｜語言～｜詞句～。

【簡陋】jiǎnlòu〔形〕（房屋、設施等）簡單粗陋；不完備：設備～｜～的廠房｜～的校舍。

【簡略】jiǎnlüè〔形〕簡單；不詳細：內容～｜語言～｜～地說說事情的經過。

【簡慢】jiǎnmàn〔動〕❶怠慢：不要～了客人。❷〈謙〉表示招待不周：～了，請多包涵。

【簡明】jiǎnmíng〔形〕簡要明白：～新聞｜內容～｜論述～｜～有力。

【簡樸】jiǎnpǔ〔形〕簡單樸素：生活～｜作風～｜陳設～｜～的語言｜～的文筆｜～的風格。

【簡譜】jiǎnpǔ〔名〕用阿拉伯數字1、2、3、4、5、6、7及附加符號做音符的樂譜（區別於“五綫譜”“工尺譜”）。

【簡省】jiǎnshěng〔動〕簡化；節省：～手續｜～開支。

【簡述】jiǎnshù ❶〔動〕簡要地敍述：內容～｜個人經歷。❷〔名〕簡要敍述的文字：股市行情～｜中國古代科學技術史～。

【簡縮】jiǎnsuō〔動〕簡化，壓縮：～手續｜“糾正行業不正之風”這個短語可以～為“糾風”。

【簡體】jiǎntǐ ❶〔形〕屬性詞。形體簡化的：～漢字｜～寫法。❷〔名〕指簡體字：寫｜“乱”是“亂”的～。

【簡體字】jiǎntǐzì〔名〕用簡便寫法寫出的漢字，如“語”的簡體字是“语”（跟“繁體字”相對）。俗稱簡筆字。

【簡寫】jiǎnxiě ❶〔名〕指漢字的簡體寫法，如“门”是“門”的簡寫。❷〔動〕用簡體寫法書寫：“門”可以～為“门”。

【簡訊】jiǎnxùn〔名〕（則，條）簡短的消息：新華社～｜校園～｜科技～。

【簡要】jiǎnyào〔形〕簡單扼要：～的介紹｜～說明｜內容很～｜敍述十分～。

【簡易】jiǎnyì〔形〕❶簡便而容易：～的辦法｜～的步驟。❷設施不完備：～公路｜～機場｜～樓房｜～倉庫。

【簡約】jiǎnyuē〔形〕❶簡略概括：文字～｜造型設計～。❷儉省節約：生活～。

【簡札】jiǎnzhá〔名〕〈書〉書信：往來～。

【簡章】jiǎnzhāng〔名〕簡要的章程：招生～｜招工～。

【簡直】jiǎnzhí〔副〕強調差不多如此或近於完全如此（含誇張語氣）：這幅山水畫～跟真的一樣｜這還了得，～是胡鬧｜我忙得～透不過氣來。注意副詞一般不修飾名詞，但是名詞做謂語的時候，副詞就可以修飾它了，如“對這個工作我簡直外行”“他這個傢伙簡直渾蛋”。

【簡裝】jiǎnzhuāng〔形〕屬性詞。包裝簡單的（區別於“精裝”）：～香煙｜～奶粉。

髯 jiǎn〈書〉❶下垂的鬢髮：豐容盛～。❷剪鬢髮。

繭（蠒）〈㊀蠒〉jiǎn ㊀〔名〕某些昆蟲的幼蟲在變成蛹之前吐絲做成的裹住自身的囊狀保護物，一般是白色或黃色的。特指蠶繭，是繅絲的原料：蠶～｜～子｜～綢｜作～自縛。
　　㊁❶同“趼”。❷(Jiǎn)〔名〕姓。

【繭綢】jiǎnchóu〔名〕柞絲綢，是用柞蠶絲織成的平紋紡織品，有光澤。也叫山東綢。

【繭子】jiǎnzi ㊀〔名〕(吳語)蠶繭。㊁同“趼子”。

鐗（锏）jiǎn 古代兵器，金屬製成，長條形，像鞭，有四棱。
　　另見 jiàn（649頁）。

濺 jiǎn〔動〕(西南官話)潑水或傾倒液體。

劗（剗）jiǎn〈書〉同“剪”①—④。

譾（谫）jiǎn〈書〉淺薄：～陋。

鹻（碱）〈堿鹼〉jiǎn ❶〔名〕化學上對含氫氧根的化合物的統稱：～性反應。❷〔名〕含有10個分子結晶水的碳酸鈉，性滑，味澀，可用作洗滌劑，也用於中和發麵中的酸味。❸〔動〕被鹽鹼侵蝕：這塊地全～了。

【鹻化】jiǎnhuà〔動〕(耕地、草原)被鹽鹼侵蝕而變成鹽鹼地。

【鹻性】jiǎnxìng〔名〕含氫氧根的化合物所具有的能使石蕊試紙變藍，能跟酸中和成鹽的性質：～反應｜～礦泉水。

jiàn ㄐㄧㄢˋ

件 jiàn ❶文件；文稿：來～｜急～｜密～｜稿～｜抄～｜函～。注意“來件、密件、稿件、函件”這一類名詞裏頭已經有“件”字，前面不能再用量詞“件”。❷(～兒)指某些可以論件計算的事物：案～｜部～｜零～兒｜配～｜軟～｜證～｜物～兒。❸(～兒)〔量〕用於個體事物：一～事｜兩～兒襯衫｜三～行李。注意可以說“一件襯衫”，但是不能說“一件褲子”（只能說“一條褲子”）；可以說“三件行李”，但是不能說“三件箱子”（只能說“三口箱子”或“三個箱子”）。❹(Jiàn)〔名〕姓。

【語彙】案件　備件　部件　抄件　附件　稿件　掛件
函件　急件　快件　零件　慢件　密件　配件　器件
軟件　事件　條件　文件　物件　信件　硬件　郵件
元件　原件　證件

見（见） jiàn 〔一〕❶〔動〕看見；看到：～物
不～人｜這幅畫我以前～過｜這種
事你還～得少嗎？❷〔動〕會見；見面：好幾個
人要～局長｜你不願意～就別～｜大家在一塊兒
聚一聚，～一～。❸〔動〕接觸；遇到：糖～熱
就化了｜晴天把發霉的衣服拿出去～～太陽吧！
❹〔動〕顯現出；看得出：～效｜日久～人心｜舊
家具油漆一下～～新。❺〔動〕（文字、材料）等
出現在某處；可參看某處：參～｜這句話～《魯
迅全集·吶喊》｜生長過程～圖 1。**注意** 這裏的
"見"是"見於"的意思，是被動意義，不是主動
意義，因此不能說"請見《魯迅全集·吶喊》"。
❻〔動〕用在某些單音節動詞後，表示感覺到（多
和視覺、聽覺、嗅覺等有關，中間可插入"得"
或"不"）：看～｜聽得～｜聞不～｜夢～死去的
兒子。❼知識；意見：淺～｜高～｜偏～｜真知
灼～。❽（Jiàn）〔名〕姓。
〔二〕〔助〕〈書〉結構助詞。❶用在動詞前表示
被動：～笑於大方之家｜～重於時。❷用在動詞
前表示對我怎麼樣：～教｜～諒｜～告｜～示。
　　　另見 xiàn（1471 頁）。

【語彙】拜見　鄙見　參見　常見　朝見　成見　創見
定見　短見　高見　管見　會見　接見　進見　晉見
看見　窺見　另見　陋見　夢見　碰見　偏見　淺見
求見　少見　聽見　望見　習見　相見　想見　引見
預見　遠見　再見　召見　政見　主見　卓見　固執己見
門戶之見　視而不見　喜聞樂見　真知灼見

【見愛】jiàn'ài〔動〕〈書〉被人喜愛；受人器重：承
蒙～。
【見報】jiàn // bào〔動〕刊登在報紙上：文章～後
引起了有關部門的高度重視。
【見背】jiànbèi〔動〕〈書〉〈婉〉指長輩逝世：慈
父～。
【見不得】jiànbudé〔動〕❶不能接觸：汽油～火｜
雪～太陽｜鈉～空氣。❷不願看到；反感：
我～他裝腔作勢的樣子。❸不敢看到；看了受
不了：我最～血｜他～老人流淚。
【見不得人】jiànbudérén 因不光彩而不能讓人看
到或知道；不敢公開：我又沒做甚麼～的事，
怕甚麼｜幹這種事～，丟臉！
【見長】jiàncháng〔動〕在某方面的特長：她在
繪畫方面～｜這孩子學習好，尤以外語～。
　　　另見 jiànzhǎng（645 頁）。
【見得】jiàndé（-de）〔動〕看得出；能確認（只用
於否定式或疑問式）：我看這衣服的顏色她
不～喜歡｜怎～？（多見於戲曲對白）｜怎麼～

他不同意？
【見底】jiàndǐ〔動〕❶看得到底部：小溪清澈～。
❷港澳地區用詞。股票市場用語。價格或經
濟走勢等跌至最低：房價趨於～｜黃金價格～
反彈。
【見地】jiàndì〔名〕認識；見解：中肯的～｜這篇
文章很有～。
【見頂】jiàndǐng〔動〕港澳地區用詞。股票市場
用語。價格或經濟走勢等漲到最高：車價已
經～｜股市～。
【見多識廣】jiànduō-shíguǎng〔成〕見識廣博：他
經常在外面跑，～，不妨聽聽他的意見。
【見方】jiànfāng〔名〕〈口〉用在表示長度的數量詞
後，指邊長為該長度的正方形：這間教室大約
十米～。
【見風使舵】jiànfēng-shǐduò〔成〕看風向改變舵的
方向。比喻跟着局勢變化而行動或看人眼色行
事（多含貶義）：這人一看形勢不妙，就～，溜
走了。也說看風使舵。
【見縫插針】jiànfèng-chāzhēn〔成〕看見縫隙就把
針插進去。比喻儘量利用一切可供利用的時
間、空間或機會：她很能～學外語，把零碎時
間全利用起來了。
【見告】jiàngào〔動〕〈書〉〈謙〉告訴我：事情進展
如何？望來信～｜會期確定後，請速～。
【見怪】jiànguài〔動〕責怪（多指對自己）：若有不
妥之處，請勿～。
【見鬼】jiàn // guǐ〔動〕❶指死亡或毀滅：讓舊制
度～去吧！❷表示對某些事物的鄙棄：甚麼升
官發財統統～去吧，我不稀罕這些！❸比喻事
情離奇古怪：真見了鬼了，明明放在桌上的書
怎麼不見了！
【見好】jiànhǎo〔動〕❶病勢轉輕：感冒已～
了。❷（～兒）出現有利的情況：這批貨～就
賣｜～兒就收，別再蘑菇下去了！
【見惠】jiànhuì〔動〕〈書〉〈謙〉指對方送東西給自
己：昨蒙先生以北京特產～，十分感謝。
【見機】jiànjī〔動〕看機會或形勢：～行事｜～
進言。
【見教】jiànjiào〔動〕〈書〉〈謙〉指教自己：請隨
時～｜敬請～。
【見解】jiànjiě〔名〕對於事物的看法：～高明｜獨
到的～｜這篇論文沒有新～。
【見老】jiànlǎo〔動〕看上去顯出比以前老：他一
點兒不～，還那麼年輕｜父親這兩年真～了。
【見利忘義】jiànlì-wàngyì〔成〕看到有利可圖就忘
掉了道義：不法商販～，竟銷售假嬰兒奶粉。
【見諒】jiànliàng〔動〕〈書〉〈謙〉原諒自己：招待
不周，請～。
【見獵心喜】jiànliè-xīnxǐ〔成〕喜歡打獵的人看見別
人打獵就不禁激動起來。比喻看到某種事物，
觸動舊日的愛好而心動，也想試一試：小時候

學對子，現在看到春聯，～，就想寫幾副貼在門上。

【見面】jiàn // miàn〔動〕❶彼此相見：同鄉～｜分外高興｜分別多年的老同學終於在北京見了面。❷比喻公開出來：思想～｜工作計劃草案要跟員工～。

【見面禮】jiànmiànlǐ〔名〕初次見面時贈送給人的禮物。

【見錢眼開】jiànqián-yǎnkāi〔成〕見到錢財，眼睛就睜得大大的。形容非常貪財：旅遊景區不能～，遊客超量應當分流。

【見俏】jiànqiào〔形〕（商品等）出現銷路好、受歡迎的勢頭：竹藤製品海外市場～｜春節將近，家政保潔員～。

【見仁見智】jiànrén-jiànzhì〔成〕《周易‧繫辭上》："仁者見之謂之仁，知者見之謂之知。"知：同"智"。指對同一個問題各人有各人的看法，都有道理：這部電影的說好有的說壞，～，各不相同。

【見世面】jiàn shìmiàn〔慣〕指到社會上去經歷各種事情，熟悉各種情況：經風雨，～｜我這次到外地出差，的確見了不少世面｜我可是個沒有見過大世面的人。

【見識】jiànshi ❶〔動〕觀察或接觸人或事物以增長見聞：聽說你們這裏的企業搞得不錯，我想～～。❷〔動〕看待和認識問題：你不要跟他一般～。❸〔名〕見聞；知識：從事這項科研工作真長～｜這只是個人淺薄的～。

【見所未見】jiànsuǒwèijiàn〔成〕見到從來沒有見過的事物。形容非常稀奇：這裏有很多新鮮事，簡直是聞所未聞，～。

【見天】jiàntiān（～兒）〔副〕〔口〕每天：他～兒去公園練太極拳。也說見天見。

【見兔顧犬】jiàntù-gùquǎn〔成〕發現了野兔，才回頭喚狗去咬。比喻情況雖然緊急，及時想辦法還來得及。

【見外】jiànwài〔形〕把自己當外人看待；客氣：請大家不要～｜若不收下這點兒薄禮，倒有點兒～了。

【見微知著】jiànwēi-zhīzhù〔成〕看到事情的一點苗頭，就能知道它的實質和發展趨勢：如果能～，也就能避禍遠害，立於不敗之地。

【見聞】jiànwén〔名〕看到和聽到的事（可用於書名）：增長～｜廣博《東京～》。

【見習】jiànxí〔動〕剛參加工作的人在現場實習：～大夫｜～教師｜～期｜這些剛分配來的大學畢業生將～一年。

【見笑】jiànxiào〔動〕〔謙〕❶被人笑話：唱得不好，～～。❷指別人笑話自己：禮物菲薄，實在拿不出手，請別～。注意"見笑"總用作被動式，不能用作主動式，如不能說"我見笑你，唱得不好"。

【見笑大方】jiànxiào-dàfāng〔成〕被內行人笑話：不是我不願意寫，而是怕寫錯了～。

【見效】jiànxiào〔動〕發生效力：～快｜這藥吃下去很～｜給他做了許多工作也不～。

【見義勇為】jiànyì-yǒngwéi〔成〕看到合乎正義的事情就勇敢地去做：他～，巧妙配合警察捉住了兩個劫犯。

【見異思遷】jiànyì-sīqiān〔成〕指意志不堅定，喜好不專一，見到了不同的事物就改變主意：搞研究工作要專心致志，不能三心二意，～｜，總不安於本職的人難於成事。

【見長】jiànzhǎng〔動〕看着比以前高或大：一年不見，小妹妹也～了｜這小樹苗剛栽上，還沒～呢。

另見 jiàncháng（644 頁）。

【見證】jiànzhèng ❶〔動〕當場看見可以作證：～人｜老人～了當年的那場大屠殺。❷〔名〕指作證的人或物：圓明園裏的殘垣斷壁，就是當年侵略者暴行的～。

牮 jiàn ❶〔動〕用木柱支撐傾斜的房屋：～一下北屋的山牆。❷〈書〉用土石擋水。

洤 jiàn 用於地名：北～（在越南北太省）。

建 jiàn ❶〔動〕建築：～橋｜～樓房｜學校在那塊空地上～了一個實驗室。❷〔動〕建設：重～家園。❸〔動〕設立；建立：～國｜～都｜～廠｜～檔｜～交｜～校｜～功立業｜～新組織。❹提出：～議｜～言。❺（Jiàn）指福建：～蘭（原產於福建的蘭花）｜～蓮（福建建寧出產的蓮）。❻（Jiàn）〔名〕姓。

語彙 重建 籌建 創建 封建 改建 共建 構建 古建 基建 擴建 興建 修建 營建 援建 在建

【建材】jiàncái〔名〕建築材料：～工業｜～商店出售。

【建都】jiàndū〔動〕建立國都；把首都設在某地：北京是中國著名的古城，先後有金、元、明、清等朝代在這裏｜唐代～長安。

【建工】jiàngōng〔名〕建築工程。

【建功】jiàn // gōng〔動〕立功：～立業｜他為我們建了大功。

【建構】jiàngòu〔動〕建立（多用於抽象事物）：本網站正在～中｜～起自己的精神家園。

【建交】jiàn // jiāo〔動〕建立外交關係：中美～｜早在 1949 年，兩國就建了交。

【建立】jiànlì〔動〕❶創設，使存在：～醫院｜～學校｜～工廠｜～新的工業基地｜～工會組織｜～老年活動中心。❷產生並形成：～友誼｜～感情｜～功勳｜～統一戰線｜～外交關係。❸訂立：～規章制度。

【建設】jiànshè ❶〔動〕創立新事業，增加新設施：～祖國｜～家鄉｜～新農村。❷〔動〕採取措施，使完善和發展：～精神文明。❸〔名〕新創立的事業，新增加的設施：壓縮廠館～｜這幾年，首都北京的～發展迅速。❹〔名〕使完善和發展的工作和措施：抓好精神文明～。

【建設性】jiànshèxìng〔名〕對事物發展有積極促進作用的性質；創新的性質：他提出了不少～的意見｜這次討論富有～。

【建樹】jiànshù ❶〔動〕建立功績：他們對發展文教事業有所～。❷〔名〕(項)建立的功績：他在文學史研究方面屢有～｜中國的四大發明，是人類文明史上了不起的～。

【建言】jiànyán〔動〕通過言辭或文章提出建議或主張：～獻策｜大膽～｜專家～。

【建議】jiànyì ❶〔動〕向有關人員提出自己的主張：～領導親自過問此事｜觀眾～增加演出場次｜代表向大會～延長會期一天。❷〔名〕(條，項)向有關人員提出的主張：提出～｜接受～｜大家的～很好，我們將仔細研究。

【建元】jiànyuán〔動〕〈書〉皇帝開國後第一次建立年號，也泛指建國。

【建造】jiànzào〔動〕❶建築；修建：～廠房｜～橋樑｜～鐵路。❷製造：～大型戰艦｜～一艘航母。

【建制】jiànzhì〔名〕組織編制和行政區劃等制度的總稱：機關～｜部隊～。

【建築】jiànzhù ❶〔動〕興建土木工程：～鐵路｜～水電站｜～工廠｜～職工宿舍。❷〔動〕比喻建立某種感情：不能把自己的幸福～在別人的痛苦之上。❸〔名〕(座，幢)建築物：傳統風格的～｜大雁塔是唐朝的～。❹〔名〕建築學：他是學～的。

〔辨析〕建築、建設、建造　a)"建設"的對象比較廣泛，除房屋、道路、橋樑等土木工程外，還可以是國家、社會、國防、家鄉、組織、思想等，如"建設國家""建設家鄉""建設精神文明"，這些都不能換用"建造"或"建築"。"建造"的對象，除了土木工程外，還可以是船舶等。"建築"的對象一般只限於土木工程，不能說"建築機器""建築船舶"。b)"建築"還有比喻的用法，如"把幸福建築在別人的痛苦之上""上層建築"；"建設"和"建造"沒有這種用法。

健 jiàn ❶強健：～康｜～美｜～壯｜康～。❷某一方面表現得程度超出尋常；善於：～談｜～忘。❸使強健：～身｜～胃｜～脾。❹(Jiàn)〔名〕姓。

語彙　保健　剛健　矯健　康健　強健　輕健　穩健　雄健　壯健

【健步】jiànbù〔名〕快而有力的腳步：～如飛｜～走上主席台。

【健兒】jiàn'ér〔名〕強健而動作敏捷的人，現多指英勇的戰士或矯健的運動員：游擊～｜體操～｜奧運～｜中國～。

【健將】jiànjiàng〔名〕❶(名，位，員)某一種活動中的能手：足球～｜運動～。❷運動健將的簡稱，是國家授予運動員等級中最高一級的稱號。

【健康】jiànkāng〔形〕❶人的身體、心理等狀態良好：老人身體很～。❷事物的情況正常，沒有問題或欠缺：思想感情不～｜開展～有益的文體活動。

健康標準

世界衛生組織認為：一個人只有在軀體健康、心理健康、社會適應能力良好和道德健康四方面都健全，才算是完全健康的人。並提出了健康的十條標準：

a) 精力充沛，能從容不迫地應付日常生活和工作的壓力而不感到過分緊張；

b) 處事樂觀，態度積極，樂於承擔責任，事無巨細不挑剔；

c) 善於休息，睡眠良好；

d) 應變能力強，能適應環境的各種變化；

e) 能夠抵抗一般性感冒和傳染病；

f) 體重適當，身材均勻，站立時頭、肩、臂位置協調；

g) 眼睛明亮，反應敏銳，眼瞼不發炎；

h) 牙齒清潔，無空洞，無痛感，齒齦顏色正常，不出血；

i) 頭髮有光澤，無頭屑；

j) 肌肉、皮膚富有彈性，走路輕鬆有力。

【健美】jiànměi ❶〔形〕健康而優美：體格～。❷〔名〕使身體健美的運動：～體操｜～運動｜～比賽。

【健美操】jiànměicāo〔名〕(套)結合體操動作和舞蹈動作編成的體操。能使身體強健，體形優美。一般在音樂伴奏下進行：～比賽｜女子～。

【健全】jiànquán ❶〔形〕強健而沒有疾病或傷殘：身心～｜頭腦～｜四肢～｜心臟功能～。❷〔形〕完善，沒有欠缺：機構～｜制度～｜手續～｜～的人格。❸〔動〕使完備：～規章制度｜～組織機構。

【健身】jiànshēn〔動〕使身體強健：～運動｜～器材｜冷水浴是一種～的好方法。

【健身房】jiànshēnfáng〔名〕(家，座，間)為體育鍛煉而修建、裝備的房間或場所，裏邊設備有各種體育鍛煉器材。

【健談】jiàntán〔形〕善於言談，能經久不知疲倦：這個人很～，一講就是三個多小時。

【健忘】jiànwàng〔形〕容易忘事：～症｜你真～，昨天剛做過的事今天就不記得了？

【健旺】jiànwàng〔形〕身體健康，精力充沛：祖父精神～，很少生病。

【健在】jiànzài〔動〕健康地活着（多指老年人）：雙親～｜學術老前輩還～，我們要多請教。

【健壯】jiànzhuàng〔形〕健康強壯：體格～｜戰士們都十分～。

間（间） jiàn ❶（～兒）空隙：乘～｜當～兒。❷隔閡：親密無～。❸隔開；不連接：黑白相～｜晴～多雲。❹ 使疏遠；挑撥：疏不～親｜挑撥離～。❺〔動〕除去（多餘的幼苗）：～苗｜一～豆苗兒。

另見 jiān（637 頁）。

語彙　反間　離間　相間　親密無間

【間諜】jiàndié〔名〕（名）潛入敵方或別國進行刺探情報、竊取機密或進行顛覆活動的人：國際～｜～飛機。

【間斷】jiànduàn〔動〕中間隔斷；不再連續：他每天聽外語廣播，從來沒有～過｜這種藥要連續吃三天，不能～。

【間隔】jiàngé ❶〔名〕事物相隔的距離：幼苗～一尺｜站崗的戰士每一小時換一次班，～時間不長。❷〔動〕相距隔開：兩次代表大會之間～一年。❸〔動〕〈書〉隔絕：內外消息～。

【間隔號】jiàngéhào〔名〕標點符號的一種，形式為上下居中的小圓點（·），表示外國人名中或中國某些少數民族人名中各部分的分界，也用來表示書名與篇章、卷次之間的分界及事件名稱中月份和日期之間的分界，如諾爾曼·白求恩、《三國志·蜀書·諸葛亮傳》、"一二·九"運動等。

【間或】jiànhuò〔副〕偶爾；有時：他主要寫小說，～也寫寫詩｜遠處～傳來一兩聲狗叫。

【間接】jiànjiē〔形〕屬性詞。通過中間環節發生關係的（跟"直接"相對）：～關係｜～經驗｜～賓語｜～傳染｜～選舉｜～貿易｜我～了解到他的一些情況。

【間苗】jiàn // miáo〔動〕拔去過密的幼苗，使作物植株有合適的營養面積，以利生長。

【間隙】jiànxì〔名〕空隙：利用工作～開展文體活動｜利用房前房後的～種植花草樹木。

【間歇】jiànxiē ❶〔動〕（連續的動作或變化等）每隔一定的時間停頓一會兒：～脈搏｜～熱｜～噴泉｜～性痙攣｜大強度的訓練後，最好～兩天，以保證體力恢復。❷〔名〕間歇的時間：唱這兩句時，中間要有個～。

【間雜】jiànzá〔動〕兩種以上的東西夾雜在一起：黑白～｜好壞～。

【間作】jiànzuò〔動〕在同一季節、同一塊耕地上間隔地種植兩種或兩種以上作物，以充分利用土地。如在兩行玉米之間種一行或兩行綠豆。

寋 Jiàn〔名〕姓。

楗 jiàn〈書〉❶ 插門的木棍子：菩閉，無關～而不可開。❷ 堵塞河堤決口所用的竹木土石等材料。

毽 jiàn（～兒）〔名〕毽子：踢～兒。

【毽子】jiànzi〔名〕（隻）一種用腳踢的玩具。用布等包紮銅錢或鐵片，然後裝上雞毛等製成。玩時連續上踢使不落地。也用於健身：雞毛～｜踢～。

腱 jiàn〔名〕連接肌肉與骨骼的結締組織，白色，質地堅韌。也叫肌腱。

【腱子】jiànzi〔名〕人身上或牛羊等小腿上特別發達的肌肉：～肉｜牛～。

監（监） jiàn ❶ 古代官署名：國子～｜欽天～。❷（Jiàn）〔名〕姓。

另見 jiān（638 頁）。

【監本】jiànběn〔名〕國子監刻印的書。

【監生】jiànshēng〔名〕明清兩代取得入國子監讀書資格的人稱國子監生員，簡稱監生。清代乾隆以後可以用捐資取得這一名義，不一定入監讀書。

僭 jiàn〈書〉超越本分。古代指地位在下者冒用地位在上者的名義、禮儀、器物等：～號（冒用帝王的尊號）｜～妄（超越本分，大膽妄為）｜～越。

【僭建】jiàn jiàn ❶〔名〕港澳地區用詞。指違例建築工程，包括未經政府屋宇管理部門批准而加裝的檐篷、天台搭建物、挖掘的地下室等。❷〔動〕進行違例建築工程。

【僭越】jiànyuè〔動〕〈書〉超越本分，冒用地位在上者的名義或物品：從不存～之心。

漸（渐） jiàn ❶〈書〉逐漸發展：西學東～。❷〔副〕逐步：天色～明｜腳步聲～遠｜～入佳境。❸（Jiàn）〔名〕姓。

另見 jiān（639 頁）。

語彙　積漸　漸漸　日漸　逐漸　防微杜漸

【漸變】jiànbiàn〔動〕逐漸變化：顏色～｜事物的發展都有一個由～到突變的過程。

【漸次】jiàncì〔副〕〈書〉漸漸：雨聲～停息｜草地上各種野花～開放。

【漸漸】jiànjiàn〔副〕表示程度或數量隨時間的推移而逐漸地變化：歌聲～停止了｜跑在後面的運動員～追上來了｜天氣～冷了｜雨～大起來了｜～地，月亮從雲層裏鑽出來了。注意"漸漸"有時可用於主語前，但後面必帶"地"且有停頓。

【漸進】jiànjìn〔動〕一步一步地前進、發展：循序～｜改革應走～道路。

【漸入佳境】jiànrù-jiājìng〔成〕《晉書·顧愷之傳》："愷之每食甘蔗，恆自尾至本。人或怪之。云：'漸入佳境。'"意思是說吃甘蔗從梢部往根部吃，會越吃越甜。後用來比喻情況越來越令人滿意或興味越來越濃。

【漸悟】jiànwù〔動〕原為佛教用語，指長期修習，不斷排除障礙，漸漸覺悟"真理"（區別於"頓悟"）。泛指逐漸領悟。

賤（贱）jiàn ❶〔形〕價錢低廉（跟"貴"相對）：～價出售｜穀～傷農｜這裏的菜賤～。❷ 地位低下（跟"貴"相對）：卑～｜貧～｜微～。❸〔形〕卑鄙；下賤：～骨頭｜～貨。❹〈謙〉稱與自己有關的事物：貴姓？——～姓張｜～恙（自己的病）｜～內。❺（Jiàn）〔名〕姓。

語彙　卑賤　低賤　貴賤　貧賤　輕賤　微賤　下賤　自輕自賤

【賤骨頭】jiàngǔtou〔名〕❶〈詈〉指不自重或不知好歹的人。❷ 指甘願受累、不會享福的人（含戲謔意或自嘲意）：我就是個～，放着洗衣機不用，偏偏要用手洗。

【賤貨】jiànhuò〔名〕❶ 便宜的貨物：商店來了一批～。❷〈詈〉指下賤的人（多用來辱罵女性）。

【賤民】jiànmín〔名〕舊時指社會地位低下，不能自由選擇職業的人（區別於"良民"）。

【賤內】jiànnèi〔名〕〈謙〉對別人稱自己的妻子。也說賤室。

【賤人】jiànrén〔名〕〈詈〉下賤的人（舊小說、戲曲中多用來辱罵女性）。

踐（践）jiàn ❶ 踩：～踏。❷ 毀壞；浪費：糟～｜作～。❸ 履行；實行：～約｜～言｜實～｜以～前誓。

【踐諾】jiànnuò〔動〕〈書〉履行諾言：誠信～｜承諾容易～難。

【踐踏】jiàntà〔動〕❶ 踩：請勿～綠地。❷ 比喻摧殘；不容侵略者肆意～別國主權｜襲擊使館是～國際法的暴行。

辨析　踐踏、蹂躪　a）"踐踏"的本義、比喻義都常用；"蹂躪"多用於比喻義。b）"蹂躪"意義較"踐踏"重，而且兩者的搭配詞語不完全相同，如"婦女遭受蹂躪"，不能換用"踐踏"；"踐踏法制""踐踏民主"，不能換用"蹂躪"。

【踐行】jiànxíng〔動〕實踐；實行：～諾言｜～救死扶傷的人道主義。

【踐約】jiànyuē〔動〕履行約定的事情：自覺～還貸｜～赴會｜身體不爽，不能～。

【踐祚】jiànzuò〔動〕〈書〉即位；登基：新君～。

箭 jiàn ❶〔名〕（支）古代用弓弩發射的兵器，在長的細桿上裝有尖頭，桿的末梢附有羽毛：弓～｜神～｜擋～牌｜～在弦上　暗～傷人｜一～雙雕。❷ 形狀像箭的東西：令～｜火～。❸ 借指一箭射出去的距離：一～之遙｜半～路。

語彙　暗箭　弓箭　火箭　冷箭　令箭　亂箭　射箭　神箭　響箭　歸心似箭　明槍暗箭

【箭步】jiànbù〔名〕一下子跨得很遠的腳步，形容迅捷：他一個～躥上前去將逃犯抓住。

【箭樓】jiànlóu〔名〕（座）城牆上的樓，周圍有供瞭望和射箭用的小窗。

【箭頭】jiàntóu（～兒）〔名〕❶ 箭前端的尖頭。❷ 箭頭形符號：牌子上畫着～指示方向。

【箭在弦上】jiànzài-xiánshàng〔成〕箭已安放在弓弦上，馬上要射出。比喻事情已經到了不得不做的地步：醫療制度改革已經是～｜升息措施已～，不得不發。注意 "箭在弦上"常跟"不發"連用。"箭在弦上"原作"矢在弦上"。

【箭鏃】jiànzú〔名〕箭前端金屬的尖頭。

劍（剑）〈劎〉jiàn〔名〕❶（把，口）古代兵器，細長形，有柄。劍身頂端尖，兩邊都有刃，中間稍突起。現在擊劍運動用的劍，劍身為彈性鋼條，無刃，頂端為一小圓球。❷（Jiàn）姓。

語彙　寶劍　擊劍　利劍　亮劍　舞劍　雙刃劍　唇槍舌劍　風刀霜劍　華山論劍　刻舟求劍　口蜜腹劍　上方寶劍

【劍拔弩張】jiànbá-nǔzhāng〔成〕弩：古代一種用機械力量射箭的弓。劍已拔出鞘，弩弓已拉開。形容形勢非常緊張，有一觸即發之勢：雙方～，準備決一死戰。注意 這裏的"劍"不寫作"箭"。

【劍客】jiànkè〔名〕（名，位）舊指精於劍術的人。也指俠客。

【劍麻】jiànmá〔名〕多年生草本植物，葉像劍。葉內纖維是製造繩子、牽引帶、防水布等的重要原料，也可供藥用。

【劍眉】jiànméi〔名〕細長而直、眉梢翹起的眉毛：小夥子天生兩道～，英氣十足。

【劍俠】jiànxiá〔名〕（位，名）舊稱精於劍術而行俠仗義的人。

諓（诓）jiàn 見下。

【諓諓】jiànjiàn〔形〕〈書〉善於言辭：諓人～。

澗（涧）jiàn 夾在兩山間的水溝：山～｜～深難測｜～邊野草叢生。

蹧 jiàn〈書〉踐踏：蹄～而跼。

【蹧子】jiànzi〔名〕體操或武術運動中一種翻身動作：～後手翻。

餞（饯）jiàn ❶〈書〉餞行：～送｜～別。❷〔動〕（用糖或蜜）浸漬果品：把梅子曬乾了用糖～。❸ 餞製的果品：蜜～。

【餞別】jiànbié〔動〕餞行：長亭～｜～塞上。

【餞行】jiànxíng〔動〕用酒食送行：～酒｜明天為

出國留學的同學～。

諫（谏） jiàn ❶〈書〉規勸君主、尊長或朋友，使改正錯誤：進～｜死～｜納～｜直言敢～。❷（Jiàn）〔名〕姓。

【諫官】jiànguān〔名〕君主時代職司諫諍的官員。

【諫諍】jiànzhèng〔動〕〈書〉對尊長、朋友直接指出過錯，規勸改正：直言～｜拚死～。

薦（荐） jiàn ㊀推舉；介紹：推～｜引～｜俗話說～賢不～醫｜我向你～一個人。

㊁ ❶〈書〉（動物所吃的）草：麋鹿食～。❷〈書〉草席；草墊子：草～。❸（Jiàn）〔名〕姓。

語彙 保薦 草薦 舉薦 力薦 推薦 引薦 毛遂自薦

【薦舉】jiànjǔ〔動〕推舉；介紹：～賢良｜根據～任用。

【薦頭】jiàntou〔名〕（吳語）舊時以介紹傭工為業從中牟利的人：～行｜～店。

瞷（睊） jiàn〈書〉窺視：～其動靜。另見 xián（1469頁）。

鍵（键） jiàn ❶〔名〕使軸與齒輪、皮帶輪等連接並固定在一起的零件。❷〔名〕管住車輪不脫離車軸的鐵棍。也叫轄。❸〈書〉插門的金屬棍子。❹〔名〕鋼琴、風琴、電子琴等鍵盤樂器上用手按動發聲的長方形小板，有白鍵和黑鍵。❺〔名〕打字機、計算機或其他機器上，操作時按動的部分。❻〔名〕在化學結構式中表示元素原子價的短橫綫，如

$$\underset{\substack{H \\ |}}{} \overset{\substack{H \\ |}}{C} {=} \overset{\substack{H \\ |}}{C} \underset{\substack{H \\ |}}{}$$

（其中的單綫表示兩個原子之間的單鍵，雙綫表示兩個原子之間的雙鍵）。

語彙 按鍵 電鍵 關鍵 琴鍵 熱鍵 字鍵 重撥鍵 回車鍵 快捷鍵

【鍵盤】jiànpán〔名〕❶鋼琴、風琴、電子琴上排列黑白鍵的部分。❷打字機、電話機、計算機上排列字鍵或按鍵的部分。

【鍵入】jiànrù〔動〕按動計算機鍵盤上的鍵輸入信息：～命令｜～網址。

檻（槛） jiàn ❶欄杆：～外長江日夜流。❷關野獸的柵欄或籠子；囚籠：獸～｜～車（古代押送犯人的囚車）。另見 kǎn（744頁）。

濺（溅） jiàn〔動〕液體受衝擊向周圍飛射：飛～｜噴～｜水花四～｜鍋裏的熱油一見水，都～出來了。另見 jiān（639頁）。

覵（𥇒） jiàn〈書〉❶錯雜。❷同"瞷"。

艦（舰） jiàn〔名〕戰船；大型軍用船隻：軍～｜炮～｜旗～｜運輸～｜巡洋～｜驅逐～｜航空母～。

語彙 兵艦 軍艦 旗艦 戰艦 航空母艦

【艦隊】jiànduì〔名〕（支）❶擔負某一海域防務或作戰任務的海軍兵力，通常由艦艇、潛艇、飛機、海軍航空兵、海軍陸戰隊等部隊組成：東海～｜南海～｜～司令。❷根據某種任務的需要，以多艘艦艇臨時組成的編隊。

【艦艇】jiàntǐng〔名〕（艘、隻）各種軍用船隻的統稱。

【艦隻】jiànzhī〔名〕艦的總稱：海軍～｜140艘水面～。

鐧（锏） jiàn〔名〕嵌在車軸上起保護作用的鐵條。另見 jiǎn（643頁）。

鑒（鉴）〈㊀鑑㊁鑒〉jiàn ㊀ ❶照影：光可～人｜水清可～人莫～於流水，而～於止水。❷觀察；審察：～定｜～賞｜～別。❸舊式書信用語，用在開頭的稱呼之後，表示請人看信：惠～｜鈞～｜台～。❹鏡子。古代用銅製成，照臉的一面磨光發亮：以銅為～，可以正衣冠｜波平如～。❺可引以為警戒或教訓的事：引以為～｜前車之覆，後車之～。

㊁（Jiàn）〔名〕姓。

語彙 洞鑒 龜鑒 惠鑒 借鑒 鈞鑒 年鑒 賞鑒 台鑒 殷鑒 印鑒 前車之鑒

【鑒別】jiànbié〔動〕通過仔細觀察加以辨別：～文物｜～真假｜～好壞。

【鑒定】jiàndìng ❶〔動〕辨別並確定事物的真偽、優劣等：～書畫｜～出土文物｜～產品質量｜他是文物～方面的專家。❷〔動〕對人的優缺點做出評定：～會｜自我～｜做～。❸〔名〕（份）對人的優缺點做出的評定文字：畢業～｜寫～。

【鑒戒】jiànjiè〔名〕可以使人借鑒和警惕的事情：總結事故的教訓，並引為～。

【鑒諒】jiànliàng〔動〕〈書〉請人體察原諒：招待不周，務乞～。也說鑒原。

【鑒賞】jiànshǎng〔動〕鑒定和欣賞：～書畫｜～文物｜～音樂｜詩詞｜～水平很高。

【鑒於】jiànyú ❶〔介〕表示以某種情況為前提加以考慮：～上述情況，我們建議會議提前召開。❷〔連〕用在表示因果關係的複句中前一分句句首，指出後一分句行為的依據、原因或理由：～形勢已經發生了變化，我們制定了新的方針。以上也說有鑒於。

jiāng ㄐㄧㄤ

江 jiāng ❶〔名〕(條)大河：湘～｜珠～｜松花～｜綠～。❷(Jiāng)特指長江：～漢｜～南。❸(Jiāng)〔名〕姓。

> **語彙** 兩江 領江 外江 下江 香江 沿江 倒海翻江 陸海潘江 猛龍過江

【江東】Jiāngdōng〔名〕古時指長江下游蕪湖、南京以下的南岸地區，也指三國時吳國的全部地區：～父老｜～獨步。

【江皋】jiānggāo〔名〕〈書〉江邊的平地：佇立～｜～已仲春。

【江河日下】jiānghé-rìxià〔成〕江河的水一天天往下流淌。比喻事物日漸衰落或情況一天天壞下去：鴉片戰爭以後，中國國力～｜主力相繼退役，球隊實力～。

【江湖】jiānghú ㊀〔名〕❶泛指古代文人士大夫隱居之處：人在～，心存魏闕。❷指四方各地：走～(到四方各地謀取衣食)｜闖蕩～｜流落～。㊁(-hu)〔名〕舊時指四處流浪賣藥、算命、賣藝等為生的人。也指這種人所從事的行業：～術士｜～騙子｜～騙術。

【江郎才盡】Jiāngláng-cáijìn〔成〕南朝江淹，年少時以文章著稱，晚年才思衰退，傳說江淹夢五彩筆被人索走以後詩文無佳句，人稱"江郎才盡"。後用來比喻人才思枯竭：這位作家晚年再也沒有好作品問世，他已～了。

【江蘺】jiānglí〔名〕❶藻類植物的一種，暗紅色，細圓柱形，有不規則的分枝。生在海灣淺水中。可用來製造瓊脂。❷古代香草名。

【江米】jiāngmǐ〔名〕糯米：～麵｜～糰子｜～酒(糯米加酒釀造的食品，酒味淡而甘甜)。

【江南】Jiāngnán〔名〕❶長江下游以南的地區，即江蘇、安徽兩省南部及浙江北部。❷泛指長江以南：～風光｜北國～。

【江山】jiāngshān〔名〕❶江河和山嶺，泛指大自然：～如畫｜～易改，稟性難移。❷指國家的疆土或國家政權：打～｜坐～。

【江洋大盜】jiāngyáng dàdào 在江河湖海上進行搶劫活動的強盜。

【江右】Jiāngyòu〔名〕❶舊時江西省的別稱。❷東晉以後，隋唐以前，稱長江下游北岸淮水中下游以南地區。

【江葬】jiāngzàng〔動〕喪葬方式的一種，把骨灰撒入江中：舉行～｜～儀式。

【江左】Jiāngzuǒ〔名〕古時指長江下游南岸地區，也指東晉、宋齊梁陳各朝統治的地區：偏安～。

姜 Jiāng〔名〕姓。
另見 jiāng "薑"(651頁)。

【姜太公釣魚——願者上鈎】Jiāng tàigōng diàoyú—yuànzhě shànggōu〔歇〕姜太公：姓姜，名尚，字子牙，小說《封神演義》中人物。傳說他曾在崑崙山學道，後奉師傅之命下山，於渭水邊用無餌的直鈎，在離水面三尺之上釣魚，說："負命者上鈎來！"八十歲時被周文王拜為丞相，後輔助周武王起兵伐紂滅商，建立了周朝。後用來比喻心甘情願做某事。也比喻自願上當受騙：股市大跌，股民要怪就怪自己，因為不少股民進股市都抱着投機和僥倖的心理，正好比～。

茳 jiāng 見下。

【茳芏】jiāngdù〔名〕多年生草本植物，莖呈三棱形，質柔韌，可用來織席。

豇 jiāng 見下。

【豇豆】jiāngdòu〔名〕❶一年生草本植物，果實為長莢，嫩莢和種子都可食用，是日常蔬菜。❷這種植物的嫩莢或種子。

將(将) jiāng ❶〈書〉帶領；攙扶：挈婦～雛｜出郭相扶～。❷〔動〕(山東話)帶；攜：老頭兒～着小豬兒｜兩人～着手走。❸保養：～養｜～息。❹〔動〕(山東話)繁殖；生(多用於牲畜)：～了一窩小豬兒。❺做；慎重～事。❻〔動〕下象棋時攻擊對方的"將"或"帥"：那盤棋下不到半盤時，他就被對方～死了。❼〔動〕用言語刺激：把他～急了。❽〔副〕將要；快要：天～明｜飛機～起飛｜你的建議我們～認真研究。❾〔副〕表示對未來的判斷，含有"肯定""一定"的意思：隨着生產的發展，人民的生活水平～進一步提高｜如果不依靠群眾，則～一事無成。❿〔副〕剛剛：這些錢～夠數｜這間房子～夠住十個人。⓫〔副〕又；且：～信～疑。⓬〔介〕拿；用(多用於成語)：～錯就錯｜～功折罪｜～心比心｜恩～仇報。⓭〔介〕把：～門窗關好｜～客人請到家裏來｜～革命進行到底。⓮〔助〕結構助詞。用在動詞和"出來""起來""上去"等趨向補語中間：喊～起來｜打～進去。⓯(Jiāng)〔名〕姓。

另見 jiàng（654頁）；qiāng（1074頁）。

必將 方將 即將 將帥 相將 行將 日就月將

【將錯就錯】jiāngcuò-jiùcuò〔成〕事情已經錯了，乾脆順着錯誤做下去：有了錯誤要立即改正，如果～，那後果就嚴重了。

【將功折罪】jiānggōng-zhézuì〔成〕用立功來抵消罪過：應該給他一個～的機會，不能就這樣撑他走。也說將功贖罪。

【將計就計】jiāngjì-jiùjì〔成〕利用對方所使用的計策巧妙應對對方：硬拼傷亡太大，不如～，先跟敵人周旋，再伺機突圍。

【將將】jiāngjiāng〔副〕剛剛，表示勉強達到一定數量或程度：這塊花布～夠做一條裙子｜他的入學考試成績～達到錄取的標準。注意 "將將" 的用法跟 "將"（剛剛義）相同，用 "將將" 的地方，都可以換用 "將" 替換。

【將近】jiāngjìn〔動〕快要接近或達到：出席大會的人～一千｜不到一小時，汽車已跑了～一半路程。

【將就】jiāngjiu〔動〕勉強適應不很滿意的環境；勉強接受或使用不很滿意的事物：這樣的條件，別人沒法忍受，他卻～了二十年｜這裏的水質差，沏出來的茶不好喝，你～～吧。

【將軍】jiāngjūn ⊖〔名〕（位）❶將（jiàng）級軍官。❷泛指高級將領。⊜(-//-)〔動〕❶下象棋時攻擊對方的 "將" 或 "帥"：當心我要將你的軍了。❷比喻使人為難：我將了他一軍，請他去給大夥唱一段京戲。

【將軍肚】jiāngjūndù 指男子因發胖而腆起的肚子（含戲謔意）。

【將來】jiānglái〔名〕現在以後的時間（區別於 "過去" "現在"）：你們的理想，～一定會實現｜在不遠的～，這裏就是一所新的學校了。

【將息】jiāngxī〔動〕將養：在家～數月｜天氣忽冷忽熱，最難～。

【將心比心】jiāngxīn-bǐxīn〔成〕以自己的心去比照別人的心。指設身處地為別人考慮：領導幹部應該深入了解民間疾苦，～，多為群眾着想。

【將信將疑】jiāngxìn-jiāngyí〔成〕又相信，又懷疑；半信半疑：大家聽到了這個消息，～，七嘴八舌議論起來。

【將養】jiāngyǎng〔動〕休息調養：～身體｜大夫說你這個病～兩個月準能好。

【將要】jiāngyào〔副〕表示很快就要發生某些事情或行為：這兩天～有一股冷空氣到來｜他們～結婚了。

僵〈❶❸殭〉 jiāng ❶〔書〕倒下：～柳復起｜百足之蟲，死而不～。❷〔書〕死：李代桃～。❸〔形〕僵硬：凍～｜～屍。❹〔形〕相持不下；不能調和；難於進展：～持｜～局｜雙方老～着也不是辦法｜他們兩個人

鬧～了｜大家都不說話，局面非常～。

【僵持】jiāngchí〔動〕相持不下：雙方各執己見，～不下｜～了四個小時。

【僵化】jiānghuà〔動〕變僵硬；停滯不前或不再發展：思想～｜頭腦～。

【僵局】jiāngjú〔名〕僵持不下的局面：形成～｜談判陷入～｜打破～。

【僵屍】jiāngshī〔名〕（具）死屍，常用來比喻行將滅亡的腐朽事物：政治～。

【僵死】jiāngsǐ ❶〔動〕死亡而僵硬：一條蛇～在路旁了。❷〔形〕屬性詞。不靈活；缺乏生機的：～的教條｜～的生活。

【僵臥】jiāngwò〔動〕僵直地躺着：一條死狗～在路邊。

【僵硬】jiāngyìng〔形〕❶（肢體）不能活動：四肢～。❷不靈活；死板：表情～｜態度～｜方法～｜～的語言。

【僵直】jiāngzhí〔形〕僵硬不能彎曲：兩腿～｜十指～。

漿（浆） jiāng ❶〔名〕比較濃的液體：豆～｜糖～｜灰～｜泥～｜血～｜紙～。❷〈書〉水、酒、湯等：簞食壺～。❸〔動〕用米湯或粉漿等浸潤紗、布、衣服等，使乾後平整硬實：～衣裳｜～床單｜硬領兒要～一～。

另見 jiàng（654頁）。

翻漿 灌漿 腦漿 瓊漿 簞食壺漿

【漿果】jiāngguǒ〔名〕肉果的一種，中果皮和內果皮都是肉質，水分多，如葡萄、番茄的果實等。

【漿洗】jiāngxǐ〔動〕洗滌後用米漿等浸潤，也泛指洗衣服：～床單兒｜縫補～不停手。

薑（姜） jiāng〔名〕❶多年生草本植物，根狀莖黃色，味辣，可做調味品，也可入藥。❷（塊）這種植物的根狀莖：～糖水｜～還是老的辣（比喻年長者處理事情經驗多）。
"姜" 另見 Jiāng（650頁）。

【薑黃】jiānghuáng ❶〔名〕多年生草本植物，根狀莖黃色，可入藥，也可做黃色染料。❷〔形〕狀態詞。形容像薑似的黃：他骨瘦如柴，臉色～。

【薑糖水】jiāngtángshuǐ〔名〕用薑末和糖加開水沖成的湯，民間多用以治療傷風感冒等病。

螀（螿） jiāng 寒螀，古書上說的一種蟬。

礓 jiāng〈書〉小石頭：～礫｜砂～。

【礓礤兒】jiāngcār〔名〕（北京話）台階。

疆 jiāng ❶邊界；疆界：～域｜～邊｜～海～。❷極限；止境：萬壽無～。❸（Jiāng）〔名〕指新疆：南～。❹（Jiāng）〔名〕姓。

【疆場】jiāngchǎng〔名〕戰場：馳騁～｜無數烈士戰死在～。

【疆界】jiāngjiè〔名〕國家或地域之間的界限：劃分～｜超越～。

【疆土】jiāngtǔ〔名〕領土：保衛～｜藍色～｜南沙群島從來都是中國的～。

【疆場】jiāngyì〔名〕〈書〉❶田界：～有瓜。❷邊境；國境：擾犯～｜～有事，增加防務。注意 這裏的"場"不寫作"場"，不讀 chǎng；"疆場"和"疆場"是兩個不同的詞。

【疆域】jiāngyù〔名〕領土；國土面積：～遼闊｜～圖。

韁（繮）〈繮〉 jiāng ❶〔名〕韁繩：馬～｜脫～野馬。❷〈書〉比喻束縛：名～利鎖｜身去～鎖累，耳辭朝市喧。

【韁繩】jiāngshéng（-sheng）〔名〕（條，根）拴牲口的繩子：拽（zhuài）緊～。

鰮（鰮） jiāng〔名〕魚名，生活在淡水中，頭扁平，口小，腹部突出。

jiǎng ㄐㄧㄤˇ

蔣（蔣）Jiǎng〔名〕姓。

膙 jiǎng 膙子：手起～，腳打泡。

【膙子】jiǎngzi〔名〕（北方官話）趼子：腳上起了～。

獎（奖）〈奬〉 jiǎng ❶〔動〕獎勵；表揚：嘉～｜～勤罰懶｜～給他一千元｜有功者～。❷〔名〕（項）為了表揚或鼓勵而給予的榮譽或財物等：發～｜特殊貢獻～｜二等～。❸〔名〕（筆）博彩或遊戲中贏得的錢物；彩金：中了～。

語彙 頒獎 褒獎 抽獎 過獎 嘉獎 巨獎 誇獎 領獎 摸獎 評獎 受獎 授獎 搖獎 中獎 重獎

【獎杯】jiǎngbēi〔名〕（座）發給競賽或評比優勝者的杯狀獎品：獲得～。

【獎懲】jiǎngchéng〔動〕獎勵和懲罰：～條例｜～制度｜根據所創效益進行～。

【獎額】jiǎng'é〔名〕獎金的數額：最高～為 20 萬元。

【獎金】jiǎngjīn〔名〕（筆）❶獎勵用的錢：年終～。❷博彩或遊戲中贏得的錢：兌付～。

【獎勵】jiǎnglì〔動〕給予榮譽或財物以資鼓勵：～先進工作者｜～發明創造｜見義勇為的人應該給予～。

【獎牌】jiǎngpái〔名〕（枚，塊）發給競賽或評比優勝者的金屬牌，有金牌、銀牌、銅牌等。

【獎品】jiǎngpǐn〔名〕（件，份）❶獎勵的物品：姐姐學習成績非常好，得了不少～。❷博彩或

遊戲中贏得的物品：兌付～。

【獎旗】jiǎngqí〔名〕（面）獎勵的錦旗。

【獎勤罰懶】jiǎngqín-fálǎn〔成〕獎勵工作勤奮的，懲罰消極偷懶的：～可以有效地調動員工的工作積極性。

【獎券】jiǎngquàn〔名〕（張）金融、福利等機關發售的一種證券，券面編有號碼，按票面價格出售。發售者從中提取若干作為獎金，分成若干等級，定期開獎，中獎者按等級兌獎。

【獎賞】jiǎngshǎng❶〔動〕對有功者或競賽中的優勝者給予獎勵：～有功人員。❷〔名〕獎勵的財物：由於立功，他獲得了～。

【獎項】jiǎngxiàng〔名〕（個）指某一名目或類別的獎：最高～｜她的表演贏得了評委的好評，一舉獲得了兩個～。

【獎學金】jiǎngxuéjīn〔名〕（筆）學校、團體或個人獎勵成績優良學生的獎金：學校實行～制度。

【獎掖】jiǎngyè〔動〕〈書〉獎勵提拔：～後學。

【獎章】jiǎngzhāng〔名〕（枚）發給榮譽者佩戴的徽章：五一勞動～｜三八紅旗手～。

【獎狀】jiǎngzhuàng〔名〕（張）發給榮譽者、寫明獎勵緣由的證書：頒發～。

槳（桨）jiǎng〔名〕（支，根）划船的用具，多為木製，上半部圓柱形，下半部扁而略寬，可裝置在船的兩旁：船～｜～櫓｜搖～｜蕩起雙～。

耩 jiǎng〔動〕用耬播種：～麥子｜～了二畝地。

講（讲）jiǎng ❶〔動〕說：～故事｜這裏的情況他都對我～了｜心裏明白，嘴上～不出來。❷〔動〕解釋；說明：～題｜～了一堂課｜把道理～清楚。❸〔動〕商量；商議：～和｜～價兒｜～條件。❹〔動〕講求；追求：～文明｜～禮貌｜～效率｜～排場｜～面子。❺〔介〕根據某方面來談論：～幹活兒，他數第一｜～硬件，沒有哪個學校比這裏好。❻〔動〕較量：咱們～數量還是～質量？❼（Jiǎng）〔名〕姓。

語彙 播講 串講 精講 開講 聽講 宣講 選講 巡講 演講 主講

【講稿】jiǎnggǎo（～兒）〔名〕（份）為講演、報告或講課而寫的內容稿。

【講古】jiǎnggǔ〔動〕講述過去的傳說：～藝人｜品茶～｜我小時候最愛聽外婆～。

【講和】jiǎnghé〔動〕敵對或對立的雙方結束戰爭或糾紛，彼此和解：兩國～，停止交戰｜每次吵架都是他主動跟妻子～。

【講話】jiǎnghuà❶（-//-）〔動〕說話；發言：他平時不愛～｜我不會～，一講就緊張｜參加會議的人都講了一番話。❷（-//-）〔動〕議論；指責：天天上班遲到，別人要～的。❸〔名〕講演時說的話：這個～很重要｜他的～不斷被掌

聲打斷。❹〔名〕一種普及性讀物的體裁（多用於書名）：《漢語基本知識～》。

【講價】jiǎng // jià（～兒）〔動〕❶討價還價：她買東西挺會～兒，很少上當｜跟小販講了半天價兒。❷計較條件；提過分要求：他這個人做工作從不～。

【講價錢】jiǎng jiàqian ❶討價還價：這小菜本來就利薄，您就別跟我～了。❷〔慣〕比喻接受任務或商談事情時計較條件或提過分要求：他工作上從不～，不計較得失。

【講解】jiǎngjiě〔動〕說明；解釋：～員｜～課文｜老師仔細～了那幾道題的做法。

【講究】jiǎngjiu ❶〔動〕講求；重視：～衛生｜質量｜～效果｜做工作要～實事求是。❷〔形〕精緻；完美：客廳佈置得很～｜這段唱腔設計得極為～。❸（～兒）〔名〕特定的方法或道理：寫舊體詩大有～兒｜這穿衣戴帽的搭配，～也不少。

【講理】jiǎnglǐ ❶(-//-)〔動〕評判是非：我跟他～去｜咱們得跟他講講這個理。❷〔形〕尊重道理：他是個很～的人｜你怎麼胡攪蠻纏，橫不～？

【講評】jiǎngpíng〔動〕講述和評論：～作業｜試卷｜新教師上課要定期～。

【講情】jiǎng // qíng〔動〕替別人請求寬恕或幫助：犯了錯誤就得嚴肅處理，誰～也沒有用｜你去替他講講情，幫他這一回。

【講求】jiǎngqiú〔動〕重視並設法實現；追求：工作要～實效｜～質量的商品才能站穩市場。

【講師】jiǎngshī〔名〕(位，名)❶高等學校中教師的中級職務，高於助教，低於副教授。❷泛指教師：培訓～｜～團｜建立高素質的～隊伍。

【講授】jiǎngshòu〔動〕講解傳授：～方法｜～提綱｜他爸爸在大學～古代文學。

【講述】jiǎngshù〔動〕敍述；說出來：他～了事情的全部經過｜～老百姓自己的故事。

【講台】jiǎngtái〔名〕在教室或會場的前端建造的供講課或講演用的高台子：大學一畢業就上～了（“上講台”指當教師講課）。

【講壇】jiǎngtán〔名〕❶講台：民間藝人登上了大學～。❷借指演講、討論或宣傳的場所或形式：百家～｜名家法學～｜婦女運動～。

辨析 講壇、講台 兩個詞都可以指講課或講演的台子，“講壇”還可借指討論場所、宣傳陣地等，“講台”沒有這樣的意思和用法。

【講堂】jiǎngtáng〔名〕❶學校的教室。❷借指講演、討論或宣傳的場所或形式：名人～｜健康大～｜中小企業發展～。❸寺院中講經說法的場所。

【講習】jiǎngxí〔動〕講授和學習：～班｜～所。

【講學】jiǎng // xué〔動〕向聽眾講述自己的學術理論：出國～｜邀請專家來校～｜他在這裏講

過學。

【講演】jiǎngyǎn ❶〔動〕對聽眾講述有關的道理或發表見解：專題～｜請專家給聽眾～。❷〔名〕(次)講演的活動或內容：經常舉辦學術～｜我們都喜歡聽他的～。

【講義】jiǎngyì〔名〕(份)為教學而編寫的教材：發～｜《語音學～》。

【講座】jiǎngzuò〔名〕❶(次)為某一學術專題設立的定期或不定期的、臨時性或永久性講座形式：後現代藝術～。❷利用報告會、廣播電視、刊物連載等方式進行的某一學科的教學形式：動物保護法知識～。❸舊時大學教師的一級職稱，地位在教授之上。

jiàng ㄐㄧㄤˋ

匠 jiàng ❶有手藝的人：木～｜石～｜鐵～｜銅～｜花～｜泥瓦～｜油漆～｜能工巧～。❷尊稱文學藝術有高深造詣的人：文壇巨～｜畫壇宗～。❸稱從事某種職業只擅操作而缺乏深入研究的人：他哪裏能稱得上畫家，充其量不過是個畫～｜當了十年的教書～（多為自謙）。❹（Jiàng）〔名〕姓。

語彙 工匠 巨匠 神匠 宗匠 能工巧匠

【匠氣】jiàngqì〔名〕工匠習氣，指所做的繪畫、雕塑等缺乏創造性，拙笨而呆滯的狀況：這算甚麼雕塑，～十足｜多一點靈氣，少一點～。

【匠人】jiàngrén〔名〕(名)舊稱手藝工人：裱糊～。

【匠心】jiàngxīn〔名〕〈書〉巧妙的藝術構思：獨具～｜～之作。也說匠意。

【匠心獨運】jiàngxīn-dúyùn〔成〕創造性地運用巧妙的藝術構思。多指文學、藝術方面：這些～的冰雕，真可稱得上藝術創作的奇葩。

虹 jiàng〈口〉義同虹（hóng），用於單說：剛下完雨，西邊天上就出了一道～。
另見hóng（539頁）。

洚 jiàng〈書〉大水氾濫：～水（洪水）。

降 jiàng ❶〔動〕往下落（跟“升”相對）：～雨｜～福｜水位～到警戒綫以下。❷〔動〕使往下落（跟“升”相對）：～級｜～價｜～旗｜～壓（血壓）。❸（Jiàng）〔名〕姓。
另見xiáng（1479頁）。

語彙 塵降 遞降 光降 空降 迫降 升降 霜降 下降 驟降 從天而降 喜從天降

【降半旗】jiàng bànqí 下半旗。

【降低】jiàngdī〔動〕❶下降：氣溫～了｜水平～了。❷使下降（跟“提高”相對）：～物價｜～要求｜～成本｜～消耗。

【降幅】jiàngfú〔名〕(價格、利潤、收入等)降低的幅度:水產品價格明顯下降,最高～達到3元。

【降格】jiàng // gé〔動〕降低標準、等級、身份等:～以求|主動道個歉,難道會降了你的格?

【降耗】jiànghào〔動〕降低能源消耗:節能～|全力抓好耗能大戶的～工作。

【降級】jiàng // jí〔動〕從較高的級別或班級降到較低的級別或班級(跟"升級"相對):連降三級,給予處分|成績太差,只好～蹲班。

【降價】jiàng // jià〔動〕降低原來的定價:～處理|已經降了兩回價。

【降臨】jiànglín〔動〕來到:大駕～|夜色～|災難～。

【降落】jiàngluò〔動〕落下;下降着陸:飛機～了|大幕徐徐～|垂直～。

【降落傘】jiàngluòsǎn〔名〕(頂,隻)利用空氣阻力使人或物體從空中緩慢降落着陸的傘狀器具。用於飛行人員救生,還可用於空降人員、空投物資、跳傘運動等。

【降旗】jiàng // qí〔動〕把旗子降下。

【降生】jiàngshēng〔動〕出世;出生(含有莊重意):耶穌～|戰後不久,他～人世|孫中山～在廣東省中山縣翠亨村。也說降世。

【降水】jiàngshuǐ ❶〔動〕指雨、雪、冰雹等從大氣中落到地面:今年的～量較往年偏低。❷〔名〕指雨、雪、冰雹等:～充沛。

【降溫】jiàng // wēn〔動〕❶ 使溫度降低:防暑～|用冰袋給發高燒的病人降降溫。❷ 氣溫下降:受寒潮影響,本市將於今夜開始～。❸ 對某事物的熱情降低或勢態緩和下來:火爆的樓市開始～|這場爭論應該～了。

【降職】jiàng // zhí〔動〕從較高的職位降到較低的職位:給予～處分|降職後另做安排。

弶　jiàng〈書〉❶ 捕捉老鼠鳥雀等的工具。❷ 用弶捕捉。

強(强)〈強〉　jiàng 強硬不屈。另見 qiáng(1075頁);qiǎng(1077頁)。

【強嘴】jiàngzuǐ 同"犟嘴"。

將(将)　jiàng ❶ 將官:上～|中～。❷ 泛指軍官:殘兵敗～|調兵遣～|蝦兵蟹～。❸ 骨幹人物:幹～|老～|闖～。❹〈書〉率領:韓信～兵,多多益善。另見 jiàng(650頁);qiāng(1074頁)。

語彙　敗將 闖將 大將 點將 幹將 虎將 激將 健將 老將 良將 猛將 強將 小將 調兵遣將 過關斬將 走馬換將

【將才】jiàngcái〔名〕❶ 領導、統率的才能:此人頗具～。❷(位)富有領導、統率才能的人:

難得的一位～!

【將官】jiàngguān〔名〕(位,名)軍銜,將級軍官,高於校官,低於元帥。一般包括大將、上將、中將、少將、準將等。

【將領】jiànglǐng〔名〕(位,員)高級軍官:海軍～|高級～。

【將令】jiànglìng〔名〕軍令(多見於舊小說、戲曲):遵從～|違抗～。

【將門】jiàngmén〔名〕將帥之家:～出虎子。

【將士】jiàngshì〔名〕將領和士兵的統稱:全軍～|慰問邊防前綫～。

【將帥】jiàngshuài〔名〕泛指軍隊的高級指揮官:開國～|～之才。

【將指】jiàngzhǐ〔名〕〈書〉手的中指;腳的大趾。

【將佐】jiàngzuǒ〔名〕〈書〉泛指高級軍官。

絳(绛)　❶ 深紅:玉貌～唇。❷(Jiàng)〔名〕姓。

【絳紫】jiàngzǐ〔形〕暗紫中略帶紅的顏色:～的窗簾。也作醬紫。

犟　jiàng〔形〕固執己見,不服勸導:倔～|～脾氣|這個人很～|天生的一種～。

【犟嘴】jiàng // zuǐ〔動〕頂嘴;強辯:還敢～?|犟了幾句嘴。也作強嘴。

漿(浆)　jiàng 見下。另見 jiāng(651頁)。

【漿糊】jiànghu 同"糨糊"。

糨　jiàng〔形〕稠;濃:粥熬得這麼～,不好喝了。

【糨糊】jiànghu〔名〕用麵粉等做成用來粘貼東西的糊狀物:打～|一瓶～。也作漿糊。

【糨子】jiàngzi〔名〕〈口〉糨糊。

醬(酱)　jiàng ❶〔名〕用發酵後的豆、麥等加鹽製成的一種糊狀調味品:豆瓣兒～|甜麵～|黃～。❷ 像醬的糊狀食品:果～|肉～|蝦～|番茄～。❸〔形〕屬性詞。用醬或醬油醃漬的;加醬油烹煮的:～黃瓜|～蘿蔔|～菜|～肉。❹〔動〕用醬或醬油醃:把黃瓜～一～。

【醬菜】jiàngcài〔名〕用醬或醬油醃製的菜蔬,如醬黃瓜、小醬蘿蔔等。

【醬豆腐】jiàngdòufu〔名〕(塊)豆腐乳。

【醬色】jiàngsè〔形〕深赭色。

【醬油】jiàngyóu〔名〕用豆、麥等加鹽釀製成的紅褐色液體調味品。

【醬園】jiàngyuán〔名〕(家)製造並出售醬、醬菜等的作坊、商店。也叫醬坊。

【醬紫】jiàngzǐ 同"絳紫"。

jiāo　ㄐㄧㄠ

艽　jiāo 見"秦艽"(1088頁)。

交 jiāo ㊀ ❶〔動〕付給；託付：～費｜～稅｜～卷兒｜一手～錢，一手～貨｜這件事～給我辦｜～有關部門處理。**注意** "交" 後面帶 "給" 時常帶雙賓語，如 "他交給我一封信"；也可以只帶指人賓語，如 "戲票交給他吧"，但不能只帶指物賓語，如不能說 "你交給戲票吧"。❷〔動〕到（某一時辰或季節）：～夜半子時｜時令已～夏至。❸〔動〕連接；交叉：目不～睫｜失之～臂｜兩綫相～。❹〔動〕結交：一個好朋友｜遠～近攻。**注意** "交" 後面可帶趨向補語，再帶賓語，如 "交上了兩個闊朋友"。❺性交；交配：～媾｜～雜。❻同時；一齊：百感～集｜貧病迫｜內外～困｜心力～瘁。❼相交結的時間或地方：春夏之～｜井岡山位於四縣之～。❽友誼；交情：一面之～｜忘年之～｜君子之～淡如水。❾〔名〕外交關係：建～｜斷～｜邦～。❿（Jiāo）〔名〕姓。

㊁同 "跤"。

> **語彙** 邦交 遞交 訂交 公交 故交 建交 結交 舊交 絕交 面交 社交 世交 私交 提交 外交 相交 性交 移交 雜交 知交 至交 轉交 忘年交 八拜之交 患難之交 莫逆之交

【交白卷】jiāo báijuàn（～兒）❶考生沒有回答問題，把空白試卷交出去：這次數學考試，他交了白卷。❷〔慣〕比喻任務一點也沒有完成：我重感冒一個星期沒上班，你交辦的事只好～兒了。

【交拜】jiāobài〔動〕舊俗舉行婚禮時新郎新娘相對行禮：～之儀｜新郎新娘～。

【交班】jiāo // bān〔動〕❶把工作任務交給下一班（跟 "接班" 相對）：我每天下午五點鐘～｜任務沒完成，交不了班。❷借指離休或退休：我在這裏幹了一輩子，眼看就要～了。

【交辦】jiāobàn〔動〕交給某人、某機構辦理（多指上級對下級）：完成領導～的任務。

【交保】jiāo // bǎo〔動〕在擔保人保證犯罪嫌疑人不逃避偵查和審判、隨傳隨到的條件下，司法機關將其交付給擔保人：～釋放｜～候審。

【交杯酒】jiāobēijiǔ〔名〕舉行婚禮時新郎新娘喝的酒，把兩個酒杯用彩帶繫在一起，新郎新娘交換着喝兩個酒杯裏的酒。新郎新娘手臂相交飲的酒也叫交杯酒：喝～。

【交臂】jiāobì〔動〕❶拱手，表示恭敬：～而立。❷走路彼此靠得很近，胳膊碰着胳膊：～而過｜失之～。

【交兵】jiāobīng〔動〕〈書〉交戰：兩國～，不斬來使。

【交叉】jiāochā〔動〕❶方向不同的綫條或條狀物互相穿過：兩條路在這裏～。❷間隔穿插：～進行｜～作業。❸有相同有不同；有重合：～的意見｜～科學（涉及兩門以上學科的科學）。

【交差】jiāo // chāi〔動〕完成任務後向上級報告情

況或結果：空手而歸，我怎麼向領導～？｜沒有結果，回去交不了差。

【交瘁】jiāocuì〔動〕〈書〉幾方面都過度勞累：心力～｜神形～。

【交錯】jiāocuò〔動〕〈書〉交相錯雜：觥籌～｜縱橫～｜阡陌～。

【交代】jiāodài〔動〕❶把經管的事移交給接替的人：～工作｜你把手頭的工作～一下，馬上出發。❷囑咐：媽媽一再～孩子出門要注意安全。❸吩咐；說明：～任務｜～政策｜小說主人公的結局，作者未做進一步～。也作交待。❹坦白錯誤或罪行：～問題｜～罪行｜你必須老實～。也作交待。

【交待】jiāodài ❶同 "交代" ③。❷同 "交代" ④。❸〔動〕了結（含詼諧意）：我開車，可不敢喝酒，否則這條命都～了。

【交道】jiāodào(-dao)〔名〕（次，回）交際；往來：這個人很難打～｜和他打過多次～｜多年前和他有過～｜他平時跟女孩子沒～。

【交底】jiāo // dǐ（～兒）〔動〕明確說出底細：他知道該怎麼幹，因為處長已經向他交了底｜你先給大夥交個底兒吧！

【交電】jiāodiàn〔名〕交通器材和電器產品的統稱：～公司｜～器材｜五金～門市部。

【交鋒】jiāo // fēng〔動〕❶雙方作戰：正面～。❷比喻雙方比賽或爭論：各球隊已經雲集北京，將於明日正式～｜兩人唇槍舌劍，激烈～。

【交付】jiāofù〔動〕交給；付給：～租金｜～稅款｜～大會表決｜～使用。

【交割】jiāogē〔動〕❶雙方辦理交付和收受手續（多用於商業和金融交易）：貨款已經～清楚｜股票成交以後定期～。❷移交和接手：把任務～一下再走。

【交媾】jiāogòu〔動〕〈書〉性交。

【交關】jiāoguān ❶〔動〕相關聯；有重大關係：性命～。❷〔形〕（吳語）很多：馬路上行人～。❸〔副〕（吳語）非常：～中意｜今天～冷。

【交管】jiāoguǎn〔名〕交通管理：～部門｜～信息。

【交好】jiāohǎo〔動〕結成朋友；友好往來：兩國～已有一百餘年。

【交互】jiāohù ❶〔動〕交替：陰陽～。❷〔副〕互相：～使用｜～檢查。❸〔副〕替換着：兩名主攻手～上場｜他兩手～抓住繩索往上爬。

【交歡】jiāohuān〔動〕❶彼此結交，互得歡心：握手～。❷指性交。

【交還】jiāohuán〔動〕歸還；還給：將失物～失主。

【交換】jiāohuàn〔動〕❶各自拿出自己的給對方：～禮物｜～紀念品｜～意見。❷互相掉換：～位置｜足球比賽賽完半場後兩隊～場

J

地。❸以物易物；買賣商品：用鋼鐵~小麥｜商品~｜貨幣~。

【交匯】jiāohuì〔動〕（水流、氣流等）會合；聚集到一起：長江與漢水在武漢~｜冷暖氣流~導致氣溫反常｜東西方文化不斷~。

【交會】jiāohuì〔動〕會合；相交：~點｜這裏是兩條鐵路~的地方。

【交火】jiāo//huǒ〔動〕互相開火；交戰：兩軍~｜我軍與敵軍遭遇，交了火。

【交貨】jiāo//huò〔動〕賣方向買方交付貨物：按期~｜分批~｜昨天交了第一批貨。

【交集】jiāojí〔動〕聚集到一起；同時出現：悲喜~｜百感~｜雨雪~。

【交際】jiāojì〔動〕往來應酬：~工具｜~能力｜她整天忙於~｜不善~。

【交際花】jiāojìhuā（~兒）〔名〕稱在社交場中以活躍、貌美而出名的女子（有時含輕蔑意）。

【交際舞】jiāojìwǔ〔名〕社交場合由男女兩人合跳的一種舞蹈，一般伴有音樂。也叫交誼舞。

【交加】jiāojiā〔動〕❶兩種事物同時出現：風雨~｜雷電~。❷兩種事物同時加在一個人身上：貧病~｜拳腳~。

【交接】jiāojiē〔動〕❶移交和接收；移交和接替：這家商店併入那家公司須於月底~完畢。❷結交；交往：他~了一些不三不四的朋友｜久了，就發現他有很多長處。❸相連：秋冬~的時候容易生病｜這是兩省的~處。

【交界】jiāojiè〔動〕兩地邊界相連：中國西藏與印度、尼泊爾等國~｜山東、河南兩省在這一帶~。

【交警】jiāojǐng〔名〕（位，名）交通警察的簡稱。負責維護交通秩序的警察：~大隊｜~指揮交通。

【交卷】jiāo//juàn（~兒）〔動〕❶應考人考完後交出試卷：提前~兒了。❷比喻完成交辦的任務：這項任務我們一定能按時~｜限期已過，怎麼還交不了卷兒？

【交口稱譽】jiāokǒu-chēngyù〔成〕交口：大家一齊說。眾口同聲稱讚：他克己奉公，不謀私利，群眾~。也說交口稱頌、交口稱讚。

【交困】jiāokùn〔動〕同時受到各種困擾：內外~｜上下~。

【交流】jiāoliú〔動〕❶把自己所有的提供給對方；互相溝通：~思想｜~經驗｜~心得體會｜~學術觀點｜國際文化~｜城鄉物資~。❷同時流出：涕淚~。

【交流道】jiāoliúdào〔名〕台灣地區用詞。立交橋、匝道。

【交流電】jiāoliúdiàn〔名〕在電路中強度和方向隨時間做週期性變化的電流，日常照明用電都是交流電（區別於"直流電"）。

【交納】jiāonà〔動〕向有關部門交付規定數額的錢或物：~會費｜~稅金｜農民不再~公糧。

【交配】jiāopèi〔動〕雌雄動物性交；植物的雌雄生殖細胞相結合：騾子是驢和馬~所生的。

【交迫】jiāopò〔動〕多方面同時逼迫：飢寒~｜貧病~。

【交情】jiāoqing〔名〕❶因相互交往而產生的感情：我們兩個人~很好｜我跟他雖說很熟，可是沒有~。❷情面：小夥子很講~｜別怪我不顧~。

【交融】jiāoróng〔動〕互相融合在一起：水乳~｜情景~。

【交涉】jiāoshè〔動〕跟有關方面商量解決問題：與對方~產權問題｜經多次~，問題終於得到解決。

【交手】jiāo//shǒu〔動〕對立雙方相遇；交戰：兩隊將在下一輪比賽中再度~｜他倆交手過三次手，都不分高下。

【交售】jiāoshòu〔動〕把產品賣給國家：棉花~量大幅增加｜農民向國家踴躍~餘糧。

【交談】jiāotán〔動〕接觸時互相談話：親切地~｜他們邊吃飯邊~。

【交替】jiāotì〔動〕❶接替；接續：新舊~｜冬春~。❷替換着；輪換｜雙方的比分~上升｜中西兩種治療方法可以~進行。

【交通】jiāotōng ❶〔動〕〈書〉往來通達：阡陌~，雞犬相聞。❷〔動〕〈書〉結交；勾結：~權貴｜~王侯。❸〔名〕鐵路、公路、郵電、航空、航海等事業的總稱：~運輸｜這裏的~很方便。❹〔名〕抗日戰爭和解放戰爭時期指通信聯絡工作，也指擔任這種工作的人。

【交通車】jiāotōngchē〔名〕（輛）機關、團體、企業、學校等為辦理公務或接送員工、學生而定點、定時開行的車輛。

【交通島】jiāotōngdǎo〔名〕設置在道路中央像島一樣的交通設施，用以引導行車方向、保障行人和行車的安全。如交叉路口供交警指揮來往車輛的圓形小平台（中心島）。

【交通綫】jiāotōngxiàn〔名〕（條）鐵路、公路、航空等運輸綫路的總稱：京廣鐵路是中國陸上運輸的重要~。

【交頭接耳】jiāotóu-jiē'ěr〔成〕彼此湊在耳邊低聲說話：考場內不許~。

【交往】jiāowǎng〔動〕互相往來：自由~｜畢業以後大家~就少了｜兩國~頻繁。

【交尾】jiāowěi〔動〕動物雌雄交配。

【交相輝映】jiāoxiāng-huīyìng〔成〕（光綫、色彩等）相互映照：湖光山色~。

【交響樂】jiāoxiǎngyuè〔名〕由管弦樂隊演奏的大型樂曲，通常包括四個樂章，有時還加進聲樂。適於表現變化多樣的內容和宏偉意境。也叫交響曲。

【交心】jiāo // xīn〔動〕無保留地說出心裏的想法：互相～｜有空咱們交交心。

【交學費】jiāo xuéfèi〔慣〕比喻以遭受損失為代價取得經驗教訓：這次失敗算是～吧。

【交椅】jiāoyǐ〔名〕❶古代椅子，腿交叉，能摺疊。❷(把)(吳語)椅子(多指有扶手的)。❸借指地位，古時常根據人的地位排列坐交椅的位次，首領坐第一把交椅，後用"第一把交椅"指最高地位：第一把～竟讓老王坐了。

【交易】jiāoyì ❶〔動〕買賣商品：進行～｜有價證券陸續上市～。❷〔名〕(筆，宗)買賣或交換的活動：～額｜這裏只做現金～。❸〔動〕指為換取不正當的利益而出賣道德、原則等：政治～｜骯髒的～｜決不能拿原則做～。

【交易會】jiāoyìhuì〔名〕為進行商品交易而定期舉行的集會：出口商品～。

【交易所】jiāoyìsuǒ〔名〕(家)進行證券和大宗商品交易的場所。以股票、債券為交易對象的是證券交易所，以大宗商品為交易對象的是商品交易所。

【交誼】jiāoyì〔名〕〈書〉交情；友誼：～舞｜二人～甚好。

【交遊】jiāoyóu〔動〕〈書〉交際；結交朋友：廣～｜喜歡～。

【交友】jiāoyǒu〔動〕結交朋友：慎重～｜他一向～廣泛。

【交戰】jiāo // zhàn〔動〕雙方作戰：～國｜激烈～後，雙方都有較大傷亡。

【交賬】jiāo // zhàng〔動〕❶移交賬務：年終須向財務部門～。❷向有關的人或組織報告自己完成承擔的事務：這篇報道今天一定要寫出來，不然我可交不了賬。

【交織】jiāozhī〔動〕❶錯綜複雜地組合在一起：激動與興奮的感情～在一起｜各種不同顏色的晚霞～成了一幅絢麗的圖畫。❷用不同的經綫、緯綫交錯織造：絲麻～｜～紗。

峧 jiāo 用於地名：～頭(在浙江)｜西～(在河北)。

郊 jiāo ❶城市周圍的地區：城～｜荒～｜近～｜市～｜四～｜遠～｜～區｜～外｜野。❷(Jiāo)〔名〕姓。

【郊區】jiāoqū〔名〕在行政上屬於某個城市管轄的周圍地區：遠～｜～綫路。

【郊外】jiāowài〔名〕遠離城市的地方：～踏青｜頤和園在北京～。

〖辨析〗郊外、郊區　"郊區"是就行政隸屬關係而言，"郊外"是就地理位置而言。"遠郊區""郊區縣"不能說成是"遠郊外""郊外縣"。

【郊縣】jiāoxiàn〔名〕位於某城市郊區，屬該城市管轄的縣。

【郊野】jiāoyě〔名〕郊外曠野：春天到～踏青。

【郊遊】jiāoyóu〔動〕到郊外遊覽：每逢春假，我

們單位都要組織職工～。

姣 jiāo / jiáo ❶〈書〉形貌美好：～美｜～好。❷(Jiāo)〔名〕姓。

【姣好】jiāohǎo〔形〕形貌美麗：體態～｜～的面容。

【姣美】jiāoměi〔形〕姣好；俊美：～的身材｜容貌～。

茭 jiāo〈書〉餵牲口的乾草。

【茭白】jiāobái〔名〕菰經黑粉菌寄生後膨大的嫩莖，可以做蔬菜吃。也叫菰筍、茭白筍。

教 jiāo〔動〕傳授知識或技能(跟"學"相對)：～化學｜～畫畫兒｜～他們打拳｜別讓這夥人把孩子～壞了｜請你～～他們吧！
另見 jiào(664頁)。

【教課】jiāo // kè〔動〕給學生講授課程：他又當校長又～｜她教過一段時間的課。

【教書】jiāo // shū〔動〕教學生學習文化科學知識；做教師：～育人｜他教了一輩子書。

【教學】jiāo // xué〔動〕教書：他在山村教了十年學。
另見 jiàoxué(666頁)。

椒 jiāo ❶指果實或種子有刺激性味道的某些植物：花～｜辣～｜秦～｜胡～。❷(Jiāo)〔名〕姓。

【椒鹽】jiāoyán(～兒)〔名〕把焙過的花椒和鹽碾碎製成的調味品：～兒月餅｜～花生仁兒。

蛟 jiāo 蛟龍。

【蛟龍】jiāolóng〔名〕❶(條)古代傳說中極為兇猛的能興雲雨、發大水的龍。❷比喻有才能的人：～得水。

焦 jiāo ㊀❶〔形〕因火候過大或熱力過猛而使物體變硬變脆，呈黃黑色：～糊｜～黑｜飯燒～了｜不小心，頭髮給燎～了一綹。❷比喻乾枯：～渴｜枯～｜唇～口燥。❸着急；煩躁：心～｜～灼｜～急｜～燥。❹〔形〕酥；脆：外～裏嫩｜麻花炸得真～。❺〔名〕焦炭：煉～｜煤～。❻(Jiāo)〔名〕姓。
㊁〔量〕焦耳的簡稱。1牛(牛頓)的力使其作用點在力的方向上移動1米所做的功是1焦。

【焦點】jiāodiǎn〔名〕❶與橢圓、雙曲綫或拋物綫有特殊關係的點。❷平行於球面鏡主軸或透鏡主軸射來的各條光綫經反射或折射後在主軸上會聚的交點。❸比喻事物、道理的關鍵或引人注意的集中點：問題的～｜矛盾的～｜爭論的～｜～問題。

【焦耳】jiāo'ěr〔量〕功、能量和熱的單位，符號J。為紀念英國物理學家焦耳(James Prescott Joule, 1818–1889)而定名。簡稱焦。

【焦煳】jiāohú〔形〕燒焦發黑：一股～味兒｜火太大，餅都～了。

J

【焦黃】jiāohuáng〔形〕狀態詞。烤得發黃；黃而乾枯：饅頭片煎得～｜面色～。

【焦急】jiāojí〔形〕着急；內心非常急迫：心裏很～｜萬分～。

【焦距】jiāojù〔名〕拋物面鏡的頂點或薄透鏡的中心到主焦點的距離。

【焦渴】jiāokě〔形〕❶ 嘴裏乾渴得很：斷水三日，～難耐。❷ 形容心情急切：殷盼佳音，以慰～。

【焦慮】jiāolǜ〔形〕着急憂慮：～心理｜有好幾個月沒接到兒子的信了，老兩口兒心中非常～。

【焦炭】jiāotàn〔名〕煙煤經過隔絕空氣加熱而得到的固體物質，是一種固體燃料。堅硬多孔，發熱量高。多用於冶煉。

【焦頭爛額】jiāotóu-làn'é〔成〕《漢書·霍光傳》："今論功而請賓，曲突徙薪亡恩澤，焦頭爛額為上客耶！"本指頭部燒傷嚴重。後比喻處境十分狼狽：工作繁忙而雜亂，弄得我筋疲力盡，～。

【焦土】jiāotǔ〔名〕烈火燒焦的土地，多指建築物、莊稼等被戰火毀壞的情景：～政策｜滿目｜圓明園被英法聯軍燒成了一片～。

【焦心】jiāoxīn〔形〕心裏着急：天都黑了，孩子還不回來，真叫人～。

【焦油】jiāoyóu〔名〕一種黑褐色黏稠液體，由煤、木材等含碳物質乾餾生成，分煤焦油、木焦油等。舊稱溚(tǎ)。

【焦躁】jiāozào〔形〕着急煩躁：～不安｜克服～情緒。注意 這裏的"躁"不寫作"燥"。

【焦灼】jiāozhuó〔形〕〈書〉心急火燎(liǎo)；特別着急：憂怖～，無心握管。

跤 jiāo 跟頭：一～跌到溝裏去了｜被門檻絆了一～。

僬 jiāo 見下。

【僬僥】jiāoyáo〔名〕古代傳說中的矮人：～國。

噍 jiāo 見下。

【噍嶢】jiāoyáo〔形〕〈書〉形容高聳的樣子：崖石～。

膠（胶） jiāo ❶〔名〕有黏性的物質，用動物的皮、角等熬成，也有植物分泌的或人工合成的。通常用來粘東西，有些可食用或入藥：鰾～｜桃～｜骨～｜蜂～｜如～似漆。❷ 橡膠：～皮｜～鞋｜～布｜～紙。❸ 像膠一樣黏的：～泥。❹〔動〕用膠粘：～柱鼓瑟｜硬木家具壞了，可以～上。❺（Jiāo）〔名〕姓。

語彙　鰾膠　阿膠　髮膠　蜂膠　割膠　果膠　乳膠　樹膠　橡膠　魚膠　防水膠

【膠布】jiāobù〔名〕❶ 塗有黏性橡膠的布，用於包紮電綫接頭，有絕緣性。❷〈口〉橡皮膏：傷

口包紮完，用～固定一下。

【膠帶】jiāodài〔名〕一面有黏性的塑料帶子，製成捲狀，用來粘東西：透明～｜～紙。

【膠合】jiāohé〔動〕用膠把東西粘在一起：～板。

【膠捲】jiāojuǎn（膠卷）（～兒）〔名〕（捲）捲在軸上的照相膠片：黑白～｜彩色～兒。

【膠木】jiāomù〔名〕一種在橡膠中加入多量硫黃而製成的硬質材料，多用作電器的絕緣材料。

【膠囊】jiāonáng〔名〕（顆）醫藥上指膠質的囊狀物，一般為圓柱形，內裝藥粉或顆粒，也指這種藥物製劑，便於吞服：速效感冒～。

【膠泥】jiāoní〔名〕（塊）含水分的黏土，黏性很大：～塑像。

【膠皮】jiāopí〔名〕（塊）指硫化橡膠，即經過高溫處理的橡膠，彈性好，耐熱，不易折斷。

【膠片】jiāopiàn〔名〕塗有感光藥膜的塑料片，用於照相、拍電影等，有黑白和彩色兩種。也叫軟片。

【膠水】jiāoshuǐ（～兒）〔名〕粘東西用的液體膠。

【膠鞋】jiāoxié〔名〕（雙，隻）❶ 用橡膠製成的防水鞋。❷ 指橡膠底布面的鞋。

【膠印】jiāoyìn〔動〕膠版印刷。用金屬平版把圖文上的油墨先印在膠布包的滾筒上，再轉印到紙上。

【膠柱鼓瑟】jiāozhù-gǔsè〔成〕柱：瑟上調弦的短木；膠柱：將柱粘住。鼓：敲，彈。瑟上的柱被粘住不能移動，無法調弦。比喻拘泥而不知變通：應該針對變化了的情況採取相應措施解決問題，不能～。

【膠着】jiāozhuó〔動〕像膠黏結，比喻相持不下，難以解決：談判陷入～狀態。

澆（浇） jiāo ㊀〔動〕❶ 淋：～了一身水｜大雨把行李全～濕了｜火上～油｜～汁魚。❷ 灌溉；灑水：～地｜～花｜天旱，挑水往稻田裏～。❸ "澆灌"①：～版｜～鉛字。
㊁〈書〉刻薄；輕浮：～俗｜～薄｜～風日長。

另見 ào(16頁)。

【澆灌】jiāoguàn〔動〕❶ 把流體灌注到模子裏使之成形：～混凝土｜～鐵水。❷ 澆水灌溉：～麥地｜～菜園。

【澆冷水】jiāo lěngshuǐ〔慣〕潑冷水：人家忙活半天，你不說幾句鼓勵的話，反倒～，真不像話。

【澆注】jiāozhù〔動〕把熔融金屬、混凝土等注入模型。

【澆鑄】jiāozhù〔動〕把熔化了的金屬等注入模型，鑄成物件：～鋼坯。

【澆築】jiāozhù〔動〕土木建築工程中把混凝土灌入模子裏製成預定形體：建築主體已經～完畢。

嬌（娇） jiāo ❶ 美好可愛：～美｜～嬈｜撒～｜含～帶嗔｜江山多～。❷〔形〕嬌氣：這孩子太～，一點苦受不得｜這魚挺～，水溫稍不合適就會死。❸〔動〕過分愛護；溺愛：～生慣養｜別～壞了孩子。❹（Jiāo）〔名〕姓。

【嬌嗔】jiāochēn〔動〕故意做出生氣的樣子，使人憐愛（多用來說年輕女子）：她～地噘起嘴不理他了。

【嬌寵】jiāochǒng〔動〕嬌慣寵愛：不能太～孩子。**注意** 這裏的"嬌"不寫作"驕"。

【嬌滴滴】jiāodīdī（～的）〔形〕狀態詞。❶ 形容嬌媚的樣子：一聽那～的聲音就知道是她。❷ 形容過分嬌氣的樣子：瞧她怕曬怕風～的樣子。

【嬌兒】jiāo'ér〔名〕心愛的兒子，泛指疼愛的幼小兒女：～繞膝｜家有～。

【嬌慣】jiāoguàn〔動〕過分疼愛，縱容：不要～孩子｜別把孩子～壞了。

【嬌貴】jiāoguì〔形〕❶ 因覺得貴重而愛護過度：天一冷就不敢出門，未免太～了一點。❷ 物品容易損壞；動植物不好伺候：這些儀器都是～的東西，搬運時要特別小心｜牡丹花～難養。

【嬌憨】jiāohān〔形〕不大懂事、稚氣可愛的樣子：～可愛的大熊貓寶寶。

【嬌媚】jiāomèi〔形〕❶ 嫵媚：～動人。❷ 形容撒嬌獻媚的樣子：那副～的樣子並不令人喜歡。

【嬌嫩】jiāonèn〔形〕❶ 柔嫩：～的肌膚。❷ 柔弱；脆弱：你養的這種花兒十分～｜這孩子從小～，動不動就生病。

【嬌娘】jiāoniáng〔名〕美麗的女孩子；美女（多見於舊小說、戲曲）：東鄰～，西鄰美少。

【嬌妻】jiāoqī〔名〕年輕心愛的妻子。

【嬌氣】jiāoqì(-qi)❶〔形〕脆弱，經受不住困難、艱苦：這孩子的身體太～了，吹了點涼風就生病。❷〔形〕物品、花鳥等容易損壞；不好伺候：液晶顯示屏有點～｜這種鳥很～，你得小心餵養。❸〔名〕意志脆弱，不能吃苦，慣於享受的作風：一身～｜～十足｜去掉～｜克服～。

【嬌嬈】jiāoráo〔形〕〈書〉嫵媚妖嬈：江山如畫，分外～。

【嬌柔】jiāoróu〔形〕柔媚：體態～。

【嬌弱】jiāoruò〔形〕嬌嫩柔弱：～的幼苗｜身體～｜剛出生的寶寶非常～，容易受涼。

【嬌生慣養】jiāoshēng-guànyǎng〔成〕從小被寵愛、縱容：她～，從來沒有幹過這些家務兒。

【嬌小玲瓏】jiāoxiǎo-línglóng〔成〕小巧靈活：妹妹長得～。

【嬌羞】jiāoxiū〔形〕形容少女含羞的樣子：不勝～。

【嬌艷】jiāoyàn〔形〕嬌嫩艷麗：～的玫瑰｜她穿上了結婚禮服，顯得無比～。

【嬌養】jiāoyǎng〔動〕寵愛，縱容：不可～孩子｜他們家～着一隻虎皮鸚鵡，誰也不許碰。

【嬌縱】jiāozòng〔動〕嬌養放縱：這孩子讓父母～壞了。

蕉 jiāo ❶ 葉子很大的多年生草本植物：香～｜芭～｜美人～。❷（Jiāo）〔名〕姓。另見 qiáo（1080頁）。

【蕉農】jiāonóng〔名〕（位）以種植香蕉為主業的農民。

燋 jiāo〈書〉用作引火的柴。

礁 jiāo ❶ 礁石：觸～｜暗～。❷ 珊瑚蟲的遺骸長期堆積而成的岩石形狀的東西：珊瑚～。❸（Jiāo）〔名〕姓。

【礁石】jiāoshí〔名〕（塊，座）海洋、江河中隱於水下或現於水面的岩石。

鮫（鲛） jiāo〔名〕鯊魚。

鶄（鶄） jiāo 見下。

【鶄鶄】jiāojīng〔名〕古書上指一種水鳥。

轇（轇） jiāo 見下。

【轇轕】jiāogé〔動〕〈書〉交錯：縱橫～。

驕（骄） jiāo ❶ 驕傲①：不～不躁｜戒～戒躁｜勝不～，敗不餒。❷〈書〉猛烈：～陽似火。❸〈書〉傲慢：矜～｜～且吝｜富而無～。

【驕傲】jiāo'ào ❶〔形〕自高自大，看不起人：虛心使人進步，～使人落後｜工作有了成績也不能～｜這個人太～了，誰也瞧不起。❷〔形〕自豪：父母為有這樣的好兒子而～｜我們為祖國的壯麗河山感到～。❸〔名〕值得自豪的事物或人：萬里長城是中華民族的～。

【驕兵必敗】jiāobīng-bìbài〔成〕驕傲輕敵的軍隊必定失敗。

【驕橫】jiāohèng〔形〕驕傲蠻橫：作風～｜態度～。

【驕矜】jiāojīn〔形〕〈書〉驕傲自負：他為人～而專橫｜面帶～之色。

【驕氣】jiāoqì(-qi)〔名〕驕傲自滿的習氣：克服～｜有些人工作有成績就滋長了～。

【驕人】jiāorén ❶〔動〕傲視別人：勿以此～｜～者必敗。❷〔形〕引為自豪；值得驕傲：取得～成績｜業績～。

【驕奢淫逸（驕奢淫佚）】jiāoshē-yínyì〔成〕驕橫奢侈，荒淫放縱：隨着財富的迅速積累，一些富豪們的生活開始變得～。

【驕陽】jiāoyáng〔名〕〈書〉夏天熾熱的陽光：～似火。

【驕躁】jiāozào〔形〕驕傲浮躁：情緒～｜力戒～。

【驕子】jiāozǐ〔名〕❶ 特別受寵愛的兒子；愛子。

J

❷比喻深得愛護、非常幸運的人：天之～｜時代的～。

【驕縱】jiāozòng〔形〕驕傲放縱：～無度｜他從小～慣了，誰也管不了。

[辨析] 驕縱、嬌縱　"驕縱"指驕傲放縱，是形容詞，不能帶賓語，常見的組合如"驕縱任性""驕縱不軌"。"嬌縱"指嬌養放縱，是動詞，對象一般是孩子，可帶賓語或補語，如"小時候父母嬌縱他，誰的話也不聽""母親把孩子嬌縱壞了"。二者不能換用。

鷦（鷦） jiāo 見下。

【鷦鷯】jiāoliáo〔名〕(隻)鳥名，身體較小，頭部淺棕色，有黃色眉紋，尾短，略向上翹。多在低矮陰濕的灌木叢中活動，以昆蟲為主要食物。善築巢，故也叫巧婦鳥。

jiáo ㄐㄧㄠˊ

矯（矯） jiáo 見下。另見 jiǎo（662 頁）。

【矯情】jiáoqing(北京話)❶〔形〕強詞奪理，無理糾纏：世上真有這麼～的人！｜這麼說就顯得太～了。❷〔動〕小孩鬧脾氣纏磨人：一睡醒就～｜淨～人可不行。另見 jiáoqíng（662 頁）。

嚼 jiáo〔動〕上下牙齒反复咬合磨碎食物；上下牙齒反复咬合：～碎了再嚥｜～口香糖。另見 jiào（667 頁）；jué（729 頁）。

【嚼舌】jiáoshé〔動〕❶信口瞎說；挑撥是非：有話當面說，別在背後～。❷指多說；說沒用的：不和他～了，不願意去就算了。也說嚼舌頭。

【嚼子】jiáozi〔名〕(副)橫放在牲口嘴裏的小鐵鏈，兩端連在韁繩上，以便於駕馭：馬～。

jiǎo ㄐㄧㄠˇ

角 jiǎo ㊀❶〔名〕(隻，對) 某些動物頭上長出的堅硬的東西，一般細長而彎曲，上端較尖：牛～｜羊～｜鹿～｜鳳毛麟～。❷形狀像角的東西：皂～｜菱～。❸古代軍中吹的樂器：號～｜鼓～。❹突入海中的尖形陸地。多用於地名：屺峿～(在山東龍口)｜三貂～(在台灣基隆東南)。❺偏僻遙遠的地方：天涯海～。❻(～兒)〔名〕物體兩個邊沿相接的地方：牆～兒｜桌子～兒｜西北～兒｜拐彎抹～兒。❼(～兒)眼、嘴等器官兩部分的接合處：眼～兒｜嘴～兒。❽角度：視～。❾〔名〕幾何學上稱自一點引出兩條直線所成的形態：直～｜鈍～｜銳～｜夾～。❿二十八宿之一，東方蒼龍七宿的第一宿。參見"二十八宿"(347 頁)。⓫〔量〕用於從整塊中劃

分出的角形：一～月餅。

㊁〔量〕中國貨幣的一種輔幣，一角等於一圓(元)的十分之一。注意 口語中，"角"也說"毛"。

㊂同"餃"：糖三～。另見 jué（725 頁）。

[語彙] 鬢角　觸角　額角　號角　口角　棱角　牆角　三角　視角　死角　頭角　冰山一角　鳳毛麟角　鈎心鬥角　天涯海角　轉彎抹角

【角尺】jiǎochǐ〔名〕(把)一種檢驗或畫線用的工具，兩邊互成直角。也指木工用的曲尺。

【角度】jiǎodù〔名〕❶角的大小，通常用度或弧度來表示：射球的～很好，守門員難以應付｜這張照片取景的～差點兒。❷看問題的出發點：看問題的～不同就會得出不同的結論。

【角鋼】jiǎogāng〔名〕指斷面呈"L"型的鋼材，分為等邊的和不等邊的兩種。大量應用於橋樑、建築等工業部門。俗稱三角鐵。

【角樓】jiǎolóu〔名〕(座)建在城牆角上的樓，供瞭望和防守用。

【角落】jiǎoluò〔名〕(個)❶建築物的牆、籬笆等相接處的凹角；院子的～堆放着雜物。❷隱蔽、偏僻的地方：被人們遺忘的～｜勝利的消息傳遍了山城的每一個～。

【角門】jiǎomén〔名〕(腳門)整個建築物的靠近角上的小門。也泛指小的旁門。

【角膜】jiǎomó〔名〕(隻)眼球表面的透明薄膜，有很多神經纖維，感覺靈敏：～移植｜捐獻～。

【角球】jiǎoqiú〔名〕❶足球比賽守方隊員將球踢出本方底綫時，判罰角球，由攻方隊員在離球出界處較近的角球區內將球踢出。❷水球比賽守方隊員觸球使球越出球門綫時，判罰角球，由離綫最近的攻方隊員在兩米禁綫標誌處擲球入場。

佼 jiǎo ❶〔書〕美好：體態～好。❷(Jiǎo)〔名〕姓。

【佼佼】jiǎojiǎo〔形〕〔書〕超出一般水平的：～領先｜～高手｜他是畢業生中的～者。

佼 jiǎo〔書〕聰明。

狡 jiǎo 狡猾：奸～｜～賴｜～詐。

【狡辯】jiǎobiàn〔動〕強詞奪理地辯解：無理～｜他不但不接受批評，還一再～。

【狡猾】(狡滑)jiǎohuá〔形〕詭計多端，極不老實：～的狐狸｜敵人變得越來越～了。

【狡譎】jiǎojué〔形〕〔書〕狡猾奸詐；為人～｜處事～｜多變。

【狡賴】jiǎolài〔動〕狡辯抵賴：鐵證如山，豈容～。

【狡兔三窟】jiǎotù-sānkū〔成〕《戰國策·齊策四》："狡兔有三窟，僅得免其死耳。"狡猾的

兔子有三個窩，比喻藏身的地方多。也指計謀
周密。

【狡黠】jiǎoxiá〔形〕〈書〉狡詐：～多變｜逆賊～。
注意 "黠" 不讀 jié。

【狡詐】jiǎozhà〔形〕狡猾奸詐：陰險～｜～的陰
謀｜那個人詭計多端，十分～，跟他打交道要
小心。

皎 jiǎo ❶ 潔白而明亮：～月｜～如星月。
❷（Jiǎo）〔名〕姓。

【皎皎】jiǎojiǎo〔形〕潔白光亮：明月～。

【皎潔】jiǎojié〔形〕明亮潔白：～的星星｜～的玉
石｜月色～。

浗 jiǎo ❶〈書〉低窪。❷（Jiǎo）〔名〕姓。
另見 qiū（1103 頁）。

【浗隘】jiǎo'ài〔形〕低窪狹小：街道～。

絞（绞）jiǎo ❶〔動〕把多股條狀物扭在一
起：用細綫～成繩索。❷〔動〕糾
纏：很多事～在一起，不好辦。❸〔動〕擰；扭
緊：把濕衣服～乾｜他頭髮的汗都能～出水來。
❹〔動〕比喻耗費：寫這篇文章，真～盡腦汁了。
❺〔動〕用繩索把人勒死的一種刑罰：～架｜～
死。❻〔動〕轉動輪軸，繞起輪上的繩索，拉動
繫在另一端的物體移動：～車｜～着滑車吊上
水泥來。❼〔動〕用裝有刀具的機械切削：心如
刀～｜～肉餡兒。❽ 同 "鉸" ❷。❾〔量〕用於紗
或毛綫等：一～毛綫。❿（Jiǎo）〔名〕姓。

【絞架】jiǎojià〔名〕執行絞刑的刑具，在架子上繫
着絞索。

【絞盡腦汁】jiǎojìn-nǎozhī〔成〕費盡心思：他寫這
份工作總結，可～了。

【絞臉】jiǎo // liǎn〔動〕舊時新婚婦女修飾容貌
時，用細綫交互扭結，一會兒拉緊，一會兒放
鬆，以去除臉上的汗毛：姑娘出了嫁才能～。

【絞殺】jiǎoshā〔動〕❶ 用繩索勒死。❷ 比喻通過
壓迫、摧殘等手段使不能存在：敵人妄想把新
生的人民政權～在搖籃裏。

【絞索】jiǎosuǒ〔名〕（根）絞刑用的繩索。

【絞痛】jiǎotòng〔動〕某些病變引起的內臟的劇烈
疼痛：腹部～｜心裏一陣～。

【絞刑】jiǎoxíng〔名〕在絞架上用繩子把人勒死的
刑罰：處以～。也叫絞決。

敿 Jiǎo〔名〕姓。

腳（脚）jiǎo ❶〔名〕（隻，雙）人或動物
腿的最下端接觸地面的部分：～
心｜～步｜鞋小了，穿起來～疼。❷ 物體的最下
部：山～｜桌子的四隻～要擺平。❸ 正文後面
添註的文字或詩詞中一些句子的末一字押的韻：
註～｜韻～。❹ 借指足球運動員：國～。❺ 與體
力搬運有關的：～夫｜～行（háng）。❻ 原料加
工後剩餘的零碎：下～料。
另見 jué（729 頁）。

【腳板】jiǎobǎn〔名〕（副）（西南官話）腳掌：～都
走痛了｜鐵～。

【腳本】jiǎoběn〔名〕戲劇表演、影視拍攝等所依
據的底本，裏面記載人物對話、唱詞以及舞台
指示等：電影～。

【腳步】jiǎobù〔名〕❶ 走路時兩腳間的距離：～
太小。❷ 走路時腿腳跨出的動作：邁開～｜放
輕～。❸ 比喻前人給後人留下的規範：踏着烈
士的～向前邁進。

【腳踩兩隻船】jiǎo cǎi liǎng zhī chuán〔俗〕比喻因
對事物認識不清而猶豫不定。也比喻存心投機
取巧須兩方面都保持關係。也說腳踏兩隻船。

【腳程】jiǎochéng〔名〕人（一般指成年人）步行的
路程。通常與時間連說，表示距離的遠近：走
路也不過十五分鐘的～，開車竟然堵了半個多
小時。

【腳燈】jiǎodēng〔名〕（盞，隻）安裝在舞台外邊
緣或底部向台上照射的燈。

【腳底板兒】jiǎodǐbǎnr〔名〕腳掌：～起了泡。

【腳法】jiǎofǎ〔名〕指踢球等技巧：～細膩。

【腳夫】jiǎofū〔名〕❶ 搬運工人的舊稱。❷ 舊稱趕
着牲口供人僱用的人。也叫趕腳的。

【腳感】jiǎogǎn〔名〕腳接觸物體時的感覺：這種
地板，～好，不變形｜這球踢起來～不錯。

【腳跟】（腳根）jiǎogēn〔名〕❶ 腳的後部。❷ 比喻
立場：站穩～｜立定～。

【腳行】jiǎoháng〔名〕舊稱搬運行業或搬運工人。

【腳力】jiǎolì〔名〕❶ 兩腿的力氣；走路的能力：
他是山區的孩子，～很好。❷ 舊稱搬運貨物的
人。❸ 腳錢。❹ 舊稱送禮人的賞錢。

【腳鏈】jiǎoliàn〔名〕（條）戴在腳腕上的鏈形飾
物，多用金、銀製成。

【腳鐐】jiǎoliào〔名〕（副）一種刑具，由一條鐵鏈
連着兩個鐵箍做成，套在犯人腳腕子上使不能
快走。

【腳面】jiǎomiàn〔名〕腳的背部：癩蛤蟆蹦到～
上——不咬人也嚇人一跳。

【腳氣】jiǎoqì〔名〕❶ 由於缺乏維生素 B_1 而引起
的疾病，症狀有小腿沉重，下肢肌肉疼痛麻
木，水腫或心跳氣喘等。❷ 腳癬的通稱。

【腳錢】jiǎoqian〔名〕指付給腳夫的工錢。

【腳手架】jiǎoshǒujià〔名〕（副）為建築工人在高
處施工時進行操作或放置工具材料等而臨時搭
的架子。

【腳踏車】jiǎotàchē〔名〕（輛）自行車。

【腳踏實地】jiǎotà-shídì〔成〕形容做事不浮躁，踏
實認真：他幹工作～，從不浮誇。

J

【腳腕子】jiǎowànzi〔名〕小腿和腳連接的部分。也叫腳腕兒、腳脖子。

【腳心】jiǎoxīn〔名〕腳掌的中央部分。

【腳癬】jiǎoxuǎn〔名〕一種由真菌引起的皮膚病，多發生在腳趾之間，症狀為起水泡、奇癢，嚴重時潰爛。通稱腳氣。

【腳丫子】jiǎoyāzi〔名〕(隻)(北方官話)腳：光着兩隻～。也作腳鴨子。

【腳印】jiǎoyìn(～兒)〔名〕❶腳踏過的痕跡：雪地裏有他留下的一溜～。❷比喻切實的步驟：做工作要一步一個～。

【腳掌】jiǎozhǎng〔名〕(雙, 副)腳接觸地面的部分。

【腳趾】jiǎozhǐ〔名〕腳指頭。

【腳註】jiǎozhù〔名〕(條)放在一頁末了的註釋當頁正文的文字。

剿〈勦剿〉jiǎo 討伐；剿滅：～匪｜清～。另見 chāo(155頁)。

另見 chāo(155頁)。

語彙 清剿 搜剿 圍剿 征剿 追剿

【剿除】jiǎochú〔動〕剿滅：～頑匪｜合力～網絡黃毒。

【剿滅】jiǎomiè〔動〕用武力消滅：～盜匪。

僥(僥)〈儌〉jiǎo 見下。另見 yáo(1574頁)。

另見 yáo(1574頁)。

【僥倖】(儌倖、徼倖)jiǎoxìng〔形〕偶然得到成功或意外地避免了不幸：～通過了考試｜做工作應腳踏實地，不能存有～心理。

鉸(铰)jiǎo〔動〕❶用剪刀等把東西斷開：～成兩半｜把這張紅紙～個窗花。❷用鉸刀切削：～兩個孔。

餃(饺)jiǎo(～兒)餃子：水～｜蒸～｜燙～麵～兒。

【餃子】jiǎozi〔名〕一種包成半圓形的有餡的麵食(有用水煮的，也有用籠蒸的，還有在鐺上煎熟的)：包～｜捏～｜～餡兒。

撟(挢)jiǎo〈書〉❶舉；抬：～首。❷同"矯"㊀。

徼jiǎo〈書〉求。另見 jiào(667頁)。

另見 jiào(667頁)。

璬jiǎo〈書〉玉佩。

矯(矫)jiǎo㊀❶把彎曲的弄直，把錯的改成對的；矯正：～枉過正｜痛～前非。❷(Jiǎo)〔名〕姓。
㊁假託：～命｜～詔｜～託。
㊂❶〈書〉高舉；抬起：～首。❷強壯；勇武：游泳運動員在水中劈波斬浪，～若游龍。另見 jiáo(660頁)。

另見 jiáo(660頁)。

【矯健】jiǎojiàn〔形〕強壯有力：～的步伐｜身軀～。

【矯捷】jiǎojié〔形〕矯健敏捷：動作～｜武術運動員的姿勢優美而～｜他飛快地向山頂攀登，像～的猿猴。

【矯情】jiǎoqíng〔動〕〈書〉故意違反常情，表示與眾不同：～自飾。另見 jiáoqing(660頁)。

另見 jiáoqing(660頁)。

【矯情自飾】jiǎoqíng-zìshì〔成〕故意違反常情，粉飾自己：他雖然善於～，別人對他還是沒有好感。

【矯揉造作】jiǎoróu-zàozuò〔成〕矯：把曲變直。揉：使直變曲。形容過分做作，裝腔作勢：他的憨厚出於天性，並非～。

【矯若游龍】jiǎoruòyóulóng〔成〕矯健得像游動的龍。形容既勇猛又靈活：球員拚搶積極，在場上不停地奔跑，～。

【矯飾】jiǎoshì〔動〕故意做作，以圖掩飾：～外貌，面目全非｜她的作品自然清新，毫無～。

【矯首】jiǎoshǒu〔動〕〈書〉舉頭；抬頭：～遙望｜～昂視。

【矯枉過正】jiǎowǎng-guòzhèng〔成〕枉：彎曲，不直。改正彎曲的東西超過了限度。比喻糾正偏差過了頭：加強管理是必要的，但不能～，干涉學生的正常社交活動。

【矯形】jiǎoxíng〔動〕用外科手術把人體上的畸形或缺陷矯治成常態：～外科｜兔唇可～。

【矯正】jiǎozhèng〔動〕糾正；改正：～發音｜～姿勢｜～偏差。

［辨析］**矯正、糾正** "矯正"一般指改正事物某個部位的歪、斜等，含義比較具體；"糾正"了上述用法外，還可用於"思想""作風""政策"等，如"糾正錯誤思想""糾正不良作風"，其中的"糾正"不能換用"矯正"。

【矯治】jiǎozhì〔動〕糾正；醫治：～口吃｜通過鍛煉可以～青少年駝背。

蟜(蟜)Jiǎo〔名〕姓。

皦jiǎo❶〈書〉明亮；潔白：～日。❷〈書〉清白；清晰：～然。❸(Jiǎo)〔名〕姓。

【皦皦】jiǎojiǎo〔形〕〈書〉潔白的樣子：～者易污。

繳(缴)jiǎo❶〔動〕交付；交納：～上～｜～費｜～租金｜～公糧。❷〔動〕把東西歸還原主：借閱期滿，把書～還圖書館。❸〔動〕迫使對方交出；收繳：～欠稅｜～敵人的槍。❹(Jiǎo)〔名〕姓。另見 zhuó(1803頁)。

另見 zhuó(1803頁)。

［辨析］**繳、交** "交"用法較廣，所有"交付"義都可用"交"，"繳"的"交付"義只存在於一些固定的組合中，如"上繳""繳費"。"繳"單用多用於履行義務或被迫交出的場合，如"繳租金""繳槍不殺"。"把這本書交給他""工廠提前交貨"等，其中的"交"不能換用"繳"。

語彙 上繳 收繳 追繳

【繳獲】jiǎohuò ❶〔動〕用武力從敵人或罪犯等那裏取得：～敵人機槍十挺、大炮五門｜～贓款｜～毒品。❷〔名〕指繳獲的東西：全部～要歸公。

【繳納】jiǎonà〔動〕交納：～房租｜～學費。

【繳銷】jiǎoxiāo〔動〕繳回註銷：～牌照｜～執照｜凡調離本公司的職工必須～工作證。

【繳械】jiǎo//xiè〔動〕❶ 被迫交出武器：～投降。❷ 迫使敵人交出武器：繳了敵人的械。

攪（攪）jiǎo〔動〕❶ 攪拌：把灰漿～勻｜咖啡裏放了兩塊方糖，～一～再喝。❷ 擾亂：～擾｜打～｜你｜得我們全家不得安寧｜胡～蠻纏。❸ 混雜：這是兩碼事，別～在一塊兒。

【攪拌】jiǎobàn〔動〕用棍子、筷子等在混合物中和（huò）弄，或將混合物放進封閉的機械中轉動使均勻：～飼料｜～種子｜餃子餡兒裏加了點兒鹽，再用筷子～一下｜～混凝土。

【攪動】jiǎodòng〔動〕用棍子、筷子等在液體中和（huò）弄：用調羹～牛奶｜用鏟子在灰漿裏～。

【攪渾】jiǎohún〔動〕攪動使渾濁，多比喻故意製造混亂局面：他想把水～，好渾水摸魚。

【攪混】jiǎohun〔動〕〈口〉混合；摻雜：你別跟那幫人～在一起｜笑聲和掌聲～成一片。

【攪和】jiǎohuo〔動〕〈口〉❶ 混合；摻雜：這是性質完全不同的兩個問題，別～在一起｜這夥人～在一塊兒幹不出甚麼好事。❷ 擾亂：別在這兒～，我正忙着呢。

【攪局】jiǎo//jú〔動〕把別人安排好的事情擾亂。

【攪亂】jiǎoluàn〔動〕弄亂：一封來信～了他的心｜新添的項目把原有的工作進程全～了。

【攪擾】jiǎorǎo〔動〕擾亂，使不安寧：裏面正在開會，不要去～｜請勿高聲喧嘩，以免～別人。

jiào ㄐㄧㄠˋ

叫（呌）jiào ㊀❶〔動〕人或動物用發音器官發出較大聲音：又喊又～｜疼得直～｜雞～三遍了｜汽笛～起來了。❸〔動〕召喚；呼喚：老師～你｜～大家到禮堂開會｜電話～不通。❹〔動〕僱（車）；讓商店送所買的（煤、炭等）；讓服務員送指定的（飯、菜等）：～出租車｜～一百塊蜂窩煤｜今天多～幾個菜，讓大家痛痛快快吃一頓。注意"僱車"可以說"叫車"，但僱船不能說"叫船"；購買煤炭以外的東西讓商店往家裏送也不能用"叫"，如不能說"叫一匹布"。❺〔動〕（名字、名稱）是；稱為：你～甚麼？——我～張偉｜我們都～她大姐｜這種東西～玻璃鋼｜我們這叟管妻子～老婆。❻〔動〕算得：西湖的風景可真～美！｜

這～甚麼團結友愛？簡直是互相拆台！❼（北方官話）雄性的（某些家畜、家禽）：～驢｜～雞。

㊁❶〔動〕令；致使：真～人不敢相信｜你們都不管，～我怎麼辦？｜不要～國家的錢財白白浪費掉。❷〔動〕聽任；容許：為甚麼～這些人胡作非為？❸〔介〕被；引進動作的施動者，表示句子的主語是受事：晾在陽台上的衣服～風颳跑了｜臉上～蚊子叮了好幾個包｜媽媽的手錶～小強給弄壞了。注意 表被動的介詞"叫"同"被"一樣在一些句子中可以省去其後的施動者，如"樹苗都叫（大風）颳倒了"；有些句子中其後的施動者不能省去，如"臉上叫蚊子叮了好幾個包"不能說成"臉上叫叮了好幾個包"。

> **辨析 叫、喊** a）"叫"既可以用於人，也可以用於動物；"喊"只能用於人，不能用於動物，不能說"雞喊""貓喊"等。b）用於人時，由"叫""喊"各自組成某些複合詞、固定詞組、成語等，不能換用，如"叫賣""叫嚷""吼叫""叫苦連天""拍案叫絕"等，不能換用"喊"；"喊話""喊口號""賊喊捉賊"等不能用"叫"。

> **語彙** 喊叫　號叫　吼叫　呼叫　驚叫　哭叫　鳴叫　嘶叫　啼叫　嘯叫　呱呱叫　大喊大叫

【叫板】jiàobǎn〔動〕❶ 戲曲中演員在說白後、起唱前對鼓師做暗示。有各種方式，或把說白的末一字字音拖長，或用一感歎詞如"哦"，或用哭、笑、身段等。叫板的唸、做要充滿感情，跟下面的詞句和情境相適應。❷（北京話）挑戰；尋釁：怎麼着，敢跟我～？我就露兩手兒讓你開開眼。

【叫春】jiàochūn〔動〕指貓發情時發出叫聲。

【叫喊】jiàohǎn〔動〕大聲叫：高聲～。

【叫好】jiào // hǎo（～兒）〔動〕❶ 對精彩表演等大聲喊"好"，表示讚賞：大家為她的演唱一再～兒。❷ 泛指對某些行為舉措表示歡迎：政府這項規定讓老百姓～。

【叫號】jiào // hào（～兒）〔動〕❶ 呼喚表示先後次序的號：病人都坐在外面，等候～｜剛叫到10號，我是78號，還早着哩！❷ 指名道姓地挑戰：幾個小夥子叫着號兒幹起來，幾十畝麥子一上午就收完了。

【叫花子】（叫化子）jiàohuāzi〔名〕〈口〉乞丐。

【叫喚】jiàohuan〔動〕❶ 大聲叫喊：牙疼得直～。❷（動物）鳴叫；吼叫：樹林裏頭有小鳥～｜驢～起來聲音很大。

【叫魂】jiào // hún（～兒）〔動〕一種迷信活動。人患病時，呼喚病人名字說"某某跟我回來"。認為這樣可以把病人的魂兒招回來，使身體痊癒。

【叫勁】jiàojìn 同"較勁"。

【叫絕】jiàojué〔動〕稱讚事物好極了：拍案～。

【叫苦】jiào//kǔ〔動〕訴說苦處：他工作任勞任怨，從不～｜他叫了半天苦，結果毫無用處。

【叫苦連天】jiàokǔ-liántiān〔成〕不停地連聲叫苦。形容感到十分痛苦或煩惱：現在條件比過去強多了，你還～，處處不滿意。

【叫驢】jiàolú〔名〕〈口〉公驢（跟"草驢"相對）。

【叫罵】jiàomà〔動〕大聲罵人：高聲～｜～不止。**注意** "叫罵" 不能帶賓語。

【叫賣】jiàomài〔動〕吆喝着賣東西：小販沿街～。

【叫名】jiàomíng ❶（～兒）〔名〕名稱：青蛙通常的～是田雞。❷〔動〕（吳語）名義上叫：這個小女孩今年～三歲，其實還不到兩歲半。

【叫屈】jiào//qū〔動〕訴說冤屈：鳴冤～｜我就是要替你叫幾句屈。

【叫嚷】jiàorǎng〔動〕叫喊：大聲～｜不要在教室裏～。

【叫停】jiàotíng〔動〕❶ 某些球類在比賽進行中教練員等要求暫停。❷ 比喻有關部門命令停止某種活動或做法：對春運期間鐵路票價上浮堅決～｜違法開工項目被～。

【叫囂】jiàoxiāo〔動〕大聲叫嚷：大肆～｜瘋狂～。

【叫陣】jiào//zhèn〔動〕在陣前叫喊，促使對方出戰；挑戰：敵人膽敢～，我方堅決迎戰｜對方居然叫上陣了，我們絕對不能示弱！

【叫作】jiàozuò〔動〕名稱是；稱為：帶異性電荷的兩極接近時，能發出火花，我們把這種現象～放電｜當地人管自行車～單車｜你越想快就越快不了，這～"欲速則不達"。

【叫座】jiàozuò（～兒）〔形〕戲劇、影片或演員能吸引觀眾，看的人多；演講、講課能吸引聽眾或學生，聽的人多：這齣戲很～兒｜他講課非常～，教室裏總是坐得滿滿的。

玹 jiào〈書〉占卜用具，用蚌殼、竹片等製成。也叫杯玹。

校 jiào ❶〔動〕訂正；核對：～對｜～樣｜～死｜作者親自～一遍稿子。❷ 比較；較量：～場。

另見 xiào（1494 頁）。

語彙 編校　參校　讎校　活校　勘校　考校　審校　死校　犯而不校

【校本】jiàoběn〔名〕參照各種本子（特別是參照善本）校定的本子：《廣韻～》。也叫校定本。

【校補】jiàobǔ〔動〕校訂並補正（多用於書名）：《楚辭～》。

【校場】jiàochǎng〔名〕舊時操練或比武的地方：～點兵｜～比武。也作較場。

【校讎】jiàochóu〔動〕〈書〉校勘：～學。

【校次】jiàocì〔名〕（個）書刊等付印前校對的次數：一本書稿一般有三個～。

【校點】jiàodiǎn〔動〕對古籍校訂並加標點：～二十四史。

【校訂】jiàodìng〔動〕對照可靠材料或原文改正書稿或譯文的錯誤：～譯文。

【校對】jiàoduì ❶〔動〕按原稿核對抄件或校樣並改正抄寫或排版的錯誤：每本書稿要～多次。❷〔名〕（位，名）做校對工作的人：他在出版社當～｜～責任。

【校改】jiàogǎi〔動〕校對並改正錯誤：細心～書中的錯誤｜本書～之處均經作者審閱過。

【校記】jiàojì〔名〕校訂的文字記述：這本書每篇之後都有～｜只訂正文字不出～。

【校勘】jiàokān〔動〕用同一部書的不同版本和有關資料加以比較、考證，對文字進行訂正：此書經著名學者～，可以信賴。

【校釋】jiàoshì〔動〕校訂並註釋（多用於書名）：《莊子～》。

【校驗】jiàoyàn〔動〕核查檢驗：自動～系統。

【校樣】jiàoyàng〔名〕（份）書刊報紙等付印前供校對用的樣張：長條～（拼版前用長條紙排印的）｜～看後要趕快退還印刷廠。

【校閱】jiàoyuè〔動〕❶ 校訂審閱：譯文經作者～無誤。❷〈書〉檢閱：～新軍｜～典禮。

【校正】jiàozhèng〔動〕校對並改正：～錯字｜～引文｜～坐標。

【校註】jiàozhù〔動〕校訂並註解（多用於書名）：《戰國策～》｜《敦煌變文～》。

窌 jiào〈書〉同"窖"。

教 jiào ㊀ ❶ 教誨；教育：屢～不改｜言傳身～。❷ 指教育事業：小～｜高～｜從～。❸〔名〕宗教：佛～｜天主～｜基督～｜信～自由。❹（Jiào）〔名〕姓。

㊁〔動〕使；讓；令：這個問題～人沒法回答｜敢～日月換新天。

另見 jiāo（657 頁）。

語彙 罷教　成教　傳教　賜教　電教　管教　家教　見教　就教　科教　禮教　聆教　領教　請教　求教　任教　身教　失教　特教　調教　外教　網教　職教　孺子可教　因材施教

【教安】jiào'ān〔形〕〈敬〉向從事教育工作的人問安的用語，常用在書信末尾：即頌～。

【教案】jiào'àn〔名〕❶（份）教師準備的授課方案，內容包括教學目的、方法、環節、步驟、時間分配等：寫～｜準備～。❷（件）清朝末年指與外國教會有關的訴訟案件和外交事件：天津～｜山東～。

【教鞭】jiàobiān〔名〕（根）教師講課時用以指示板書、圖表等用的細長棍兒。

【教材】jiàocái〔名〕（部，本）根據各科教學要求而編寫或選定的教科書、講義、講授提綱或參考資料的總稱：編寫～｜文科～。

J

【教參】jiàocān〔名〕教學參考資料：編～｜中學～。

【教程】jiàochéng〔名〕專門學科的課程（多用於書名）：《中國文學史～》｜《現代漢語～》。

【教導】jiàodǎo ❶〔動〕教育指導：老師常～我們要謙虛謹慎。❷〔名〕教導的話：我們牢記師長的～。

【教導員】jiàodǎoyuán〔名〕（位，名）政治教導員的簡稱。中國人民解放軍中營一級的政治工作幹部。

【教輔】jiàofǔ ❶〔形〕屬性詞。對教學起輔導或輔助作用的：～資料｜～讀物｜～人員。❷〔名〕做教輔工作的人：實驗室裏兩名～正在準備教學實驗儀器。

【教父】jiàofù〔名〕（位，名）❶ 基督教指公元2–12 世紀間在制定或闡述教義方面有權威的神學家。❷ 基督教新入教者接受洗禮時的男性監護人。教父有責任監督保護受洗者的宗教信仰和行為，如同父親對於兒女，故稱。

【教改】jiàogǎi〔動〕❶ 教育改革：各類學校正在進行～。❷ 教學改革：下學期，我們學校將開始～。

【教工】jiàogōng〔名〕學校裏的教員、職員、工人的統稱：～宿舍｜～食堂｜學校有～500 多人。

【教官】jiàoguān〔名〕（位，名）在軍隊、軍事院校中擔任軍事和文化教育的軍官。

【教化】jiàohuà〔動〕〈書〉教育感化：施以～。

【教皇】jiàohuáng〔名〕（位）又稱教宗，天主教會的最高首領，由樞機主教選舉產生，任期終身，駐在梵蒂岡。也叫羅馬教皇。

【教會】jiàohuì〔名〕天主教、東正教、新教等基督教各派管理信徒、進行傳教活動的組織（其他宗教也有稱其組織為教會的）：基督教～｜～學校。

【教誨】jiàohuì〔動〕〈書〉教育勸導：諄諄～。

【教具】jiàojù〔名〕（件，套）供教學用的器具，如掛圖、標本、模型、儀器、幻燈、錄音機、錄像機等。

【教科書】jiàokēshū〔名〕❶（本，套）根據學科教學要求專門編寫的供教師講授和學生學習的正式課本：編寫～｜歷史～。❷ 比喻具有典型意義或帶有指導性的事物：豐富多彩的諺語堪稱生活的～。

> 辨析 教科書、教材 "教科書"指正式出版的課本；"教材"既包括正式出版的教科書，也包括未正式出版的講義等。

【教科文組織】Jiàokēwén Zǔzhī 聯合國教育、科學及文化組織的簡稱。

【教練】jiàoliàn ❶〔動〕訓練別人掌握某種技術或技巧（如體育運動、駕駛汽車等）：請技術人員來～機器操作｜～車。❷〔名〕（位，名）從事教練工作的人：兵乓球～｜體操～｜總～｜主～。

【教齡】jiàolíng〔名〕擔任教學工作的年數：這三位老教授都有五十年以上～。

【教母】jiàomǔ〔名〕（位，名）基督教新入教者接受洗禮時的女性監護人。教母有責任監督保護受洗者的宗教信仰和行為，如同母親對於兒女，故稱。

【教派】jiàopài〔名〕某一宗教內部的派別，如基督教主要包括天主教、東正教、新教三大派別。

【教師】jiàoshī〔名〕（位，名）履行教育、教學職責的專業人員：人民～｜～隊伍。

【教師節】Jiàoshī Jié〔名〕教師的紀念性節日。1985 年 1 月中國第六屆全國人民代表大會第九次會議確定 9 月 10 日為中國教師節。

【教師爺】jiàoshīyé〔名〕（位）舊指在地主莊園裏傳授武藝、看家護院的人。

【教士】jiàoshì〔名〕基督教傳教的神職人員。

【教室】jiàoshì〔名〕（間）學校裏進行教學活動的房間：音樂～｜階梯～。

> 辨析 教室、課堂 "教室"主要指上課的房間；"課堂"除了指上課的房間外，還可泛指進行各種教學活動的場所，如"野外是學習生物的課堂"。有些固定搭配，不能互換，如"課堂教學""課堂紀律""課堂講授""課堂提問"等不能換用"教室"，"打掃教室""佈置教室"等不能換用"課堂"。

【教授】jiàoshòu ❶〔動〕講解傳授知識技能：他在一所大學～生物學。❷〔名〕（位，名）高等學校教師的高級職稱，分正、副兩級，特指正教授：他是中文系～｜客座～｜兼職～｜名譽～｜講座～。

【教唆】jiàosuō〔動〕引誘、慫恿、指使他人做壞事：這些孩子在公共汽車上行竊是受人～的。

【教唆犯】jiàosuōfàn〔名〕（名）引誘、慫恿、指使他人犯罪的罪犯。教唆不滿十八歲的人犯罪的，會從重處罰。

【教壇】jiàotán〔名〕教育界：～新秀｜蜚聲～。

【教堂】jiàotáng〔名〕（座）基督教教徒進行宗教活動的場所：～音樂。

【教條】jiàotiáo ❶〔名〕宗教上要求教徒信從的、不容許懷疑批評的信條。❷〔名〕指被看成僵死的、凝固不變的某種抽象定義、公式；也指盲目接受、引用的原則、原理：具體問題要具體對待，不能死搬。❸〔形〕接受或引用某些原則、原理盲目而不切實際；也指做事機械、不靈活，生搬硬套：做工作不能太～，要多一點兒靈活性。

【教廷】jiàotíng〔名〕天主教會的最高統治機構，設在梵蒂岡。

【教頭】jiàotóu〔名〕（位，名）❶ 宋代軍中訓練士兵習武的人，後泛指一般傳授技藝的教師：八十萬禁軍～。❷ 對體育運動教練的謔稱：足球隊請來一位洋～。

【教徒】jiàotú〔名〕(位，名)信仰某一種宗教的人：佛～｜天主～。

【教務】jiàowù〔名〕學校裏有關教學管理方面的事務：～處｜～會議。

【教學】jiàoxué〔名〕教師把知識、技能傳授給學生的工作，是教師教(jiāo)、學生學的共同活動：～計劃｜～方法｜課堂～｜搞好～。
另見 jiāo∥xué(657 頁)。

【教學相長】jiàoxué-xiāngzhǎng〔成〕《禮記‧學記》："是故學然後知不足，教然後知困。知不足，然後能自反也；知困，然後能自強也。故曰教學相長也。"原意是學的人通過學習知道自己有不夠之處，教的人通過教別人知道自己有搞不懂之處，因此教和學是互相推進的。現指通過教學，不但學生得到進步，教師自己也得到提高。注意 這裏的"教"不讀 jiāo，"長"不讀 cháng。

【教訓】jiàoxun ❶〔動〕教育，訓誡：～孩子｜這幾個違反校規的學生被校長～了一頓。❷〔動〕〈口〉揍；打：你再罵，我就狠狠～～你。❸〔名〕從錯誤和失敗中取得的經驗：總結～｜吸取～｜這個血的～要牢牢記取。

【教養】jiàoyǎng ❶〔動〕教育和培養：～子女｜恩師把我這孤兒～成人。❷〔名〕指文化和品德方面的修養：有～｜簡直缺乏～。

【教益】jiàoyì〔名〕受教育後得到的好處：通過這次參觀學習，我們獲得不少～。

【教義】jiàoyì〔名〕某一種宗教所信奉的道理、義理：佛教的～很深奧。

【教友】jiàoyǒu〔名〕(位，名)基督教徒之間的互相稱呼。

【教育】jiàoyù ❶〔名〕按一定要求培養人的事業，主要指各級學校的工作：辦好～｜高等～｜成人～｜～方針｜～改革。❷〔動〕通過講授知識、傳授技能等進行培養：教師的責任是～下一代成為有用的人才｜我們幾個都是這所學校培養～出來的。❸〔動〕說服人使明白道理及懂得如何做：說服～｜母親用她的行動～我們要勤儉持家。

【教員】jiàoyuán〔名〕(位，名)擔任教學工作的人員；教師。

辨析 教員、教師　"教員"不帶甚麼色彩而且運用範圍較廣，如"學校教員""語文教員""部隊文化教員"等；"教師"帶有尊敬的色彩，如"人民教師""光榮的教師""教師是人類靈魂的工程師"等。

【教正】jiàozhèng〔動〕〈書〉〈敬〉指教改正(用於把自己的作品送給人看時)：奉寄拙著一本，敬請～。

【教主】jiàozhǔ〔名〕(位，名) ❶某一宗教的創始人：穆罕默德是伊斯蘭教～。❷泛指某些宗教

團體的首領。

【教宗】jiàozōng〔名〕(位)羅馬主教，天主教教會領袖，又稱教皇。

窖 jiào ❶〔名〕人工挖掘的、用以儲藏東西的地洞或坑：菜～｜地～｜挖了一個～。❷〔動〕把東西儲藏在窖裏：～冰｜～白薯｜把白菜～好，以免受凍。

【窖藏】jiàocáng〔動〕用地窖儲藏：～蘿蔔｜這酒已～多年。

較(较) jiào ㊀ ❶ 相比：比～｜～一～勁兒｜兩者相～，優劣昭然。❷〔介〕用於比較性狀、程度：他的表現～前有所進步。❸〈書〉計較：錙銖必～。❹〔副〕表示具有一定程度：最近情況～好｜今天天氣～冷｜這裏的生活水平～高。❺〔介〕引入比較性狀和程度的對象(常見於港式中文)：這款手機供不應求，其零售價～建議售價高｜本月的營業額～上個月為多。
㊁〈書〉明顯；彰明～著｜兩者～然不同。

【較比】jiàobǐ〔副〕(北京話)比較，表示具有一定程度：這個農貿市場～大｜這個地區的經濟～繁榮｜上菜市場打這兒去～方便。

【較勁】jiàojìn(～兒)〔動〕❶(-//-)比高低：他兩人正較着勁哩，一定要比出輸贏。❷跟人作對：你別勸了，你越勸，他越～｜這裏的天氣可真～，天天下雨。❸指起關鍵作用：你這幾句話真～，一說出來，他就老實多了。以上也作叫勁。

【較量】jiàoliàng〔動〕比較高低：～棋藝｜～武術｜你要是不服氣，咱們～～看。

【較為】jiàowéi〔副〕表示具有一定程度(多用於同類事物相比較)：這樣處理～妥當｜從陸路走～安全｜郊區的環境～幽靜。

辨析 較為、較比　"較為"和"較比"的意思一樣，不同的是：a)"較為"用於書面，而"較比"是方言口語。b)"較比"既能修飾單音節形容詞，如"這個法子較比好"，也可以修飾雙音節形容詞，如"這個辦法較比穩妥"；"較為"只能修飾雙音節形容詞，如"他的看法較為全面"。

【較真】jiào∥zhēn(～兒)〔動〕(北京話)認真：早知道你這麼～，我們就不開玩笑了｜您還真和我較起真兒來了？

滘 jiào(粵語)河道相通處。多用於地名：北～鎮(在廣東順德)。

斛 jiào ❶古代量穀物時丰斗斛的器具。❷〈書〉校正：《說文解字‧證》。

酵 jiào/xiào 發酵：～母｜～素。

【酵母】jiàomǔ〔名〕酵母菌的簡稱。真菌的一種，黃白色，圓形或卵形，可用來釀酒、製藥、發麵等。

【酵子】jiàozi〔名〕(北方官話)含有酵母菌的麵糰：沒有～怎麼發麵？也叫引酵、麵肥。

嘦 jiào〔連〕(吳語)只要。

滶 jiào 同"滘"。用於地名：東～(在廣東)。

嘄 jiào〔書〕嚼；吃東西。

【嘄類】jiàolèi〔名〕〈書〉能吃東西的動物，特指活着的人：圍城之內無～。

嶠(峤) jiào〈書〉山道。另見 qiáo(1080頁)。

嗷 jiào〈書〉同"叫"。

徼 jiào ❶〈書〉邊界。❷〈書〉巡查。❸(Jiào)〔名〕姓。
另見 jiǎo(662頁)。

蕉 jiào 見下。

【蕉頭】jiàotou〔名〕薤(xiè)。

轎(轿) jiào〔名〕(頂、乘)轎子：花～│抬～│坐～│八抬大～。

【轎車】jiàochē〔名〕❶(輛)舊時供人乘坐的兩輪兒車，形似轎子，由騾、馬等拉着走。❷(輛、部、台)供人乘坐的，較為舒適的，有固定車頂和固定座位的汽車：大～│小～。

【轎夫】jiàofū〔名〕(名)指以抬轎為職業的人。

【轎子】jiàozi〔名〕(頂、抬、乘)舊時交通工具(現時供人乘坐遊玩)，木製或竹製，方形，外罩帷子，兩邊各有一根杆子，由轎夫抬着走：抬～│新郎騎馬，新娘坐～。

醮 jiào ❶古代結婚時用酒祭神：再～(舊指女子再嫁)。❷祭神：～祭│～神。❸和尚道士設壇做法事：～壇│打～。

嚼 jiào 見"倒嚼"(259頁)。
另見 jiáo(660頁)；jué(729頁)。

覺(觉) jiào〔名〕睡眠：睡了一～│一～睡到大天亮。**注意** a)它一般只做動詞"睡"的賓語。b)它指的是從睡着到睡醒的一個單元過程，因此"睡覺"中間可以不加量詞直接加個"一"字；若加量詞，可以加"個"或其他表示時間的量詞，如"睡個好覺""睡兩小時覺"。有時也可以說"沒覺""無覺"，是"沒有睡意"的意思。
另見 jué(729頁)。

語彙 懶覺 睡覺 囫圇覺 回籠覺 睡大覺

皭 jiào〈書〉潔白；乾淨。

---

jiē ㄐㄧㄝ

皆 jiē〔副〕都；全是：啼笑～非│盡人～知│全民～兵│放之四海而～准。

【皆大歡喜】jiēdà-huānxǐ〔成〕全都滿意，大家都歡歡喜喜：商場裏的抽獎活動熱烈地進行着，商家和消費者～。

接 jiē ❶挨近；接觸：～近│短兵相～。❷〔動〕連接：～水管│移花～木│青黃不～│兩條鐵路在這裏～軌│上句不～下句。❸〔動〕繼續；接着：～着說│～着演│我抄了一小部分，你～下去抄。❹〔動〕接替：小王～你的班。❺〔動〕托住；承受：～球│用桶～水。❻〔動〕收取；接受：～到一封信│～電話。❼交往：待人～物。❽〔動〕迎接：到車站～人│回老家～家眷。❾(Jiē)〔名〕姓。

語彙 承接 對接 焊接 嫁接 剪接 間接 交接 緊接 連接 鏈接 銜接 迎接 直接 短兵相接 目不暇接 青黃不接

【接班】jiē//bān(～兒)〔動〕❶接替上一個班次的人交代的工作(跟"交班"相對)：我明早八點～│接晚班。❷接替前輩或前任的工作、事業：～的人局裏已安排好了。

【接班人】jiēbānrén〔名〕接替上一班工作的人，多指接替前輩或前任工作任務或職務的人：培養合格的～│局長馬上要離休了，正在物色～。

【接駁】jiēbó〔動〕❶駁運：～船。❷港澳地區用詞。特指公共交通綫路相連接，便於換乘：地鐵～巴士。

【接觸】jiēchù〔動〕❶挨上；碰到：不要～病菌│鈉一～氧氣，就要燃燒│我從來沒有～過這方面的業務。❷接近並進行交往：代表團與各界人士廣泛～。❸接近並發生衝突：軍事上指交戰：尖兵班已經跟敵人先頭部隊～│雙方嚴陣以待，尚未～。

【接待】jiēdài〔動〕招待：～來賓│～參觀群眾│～外國朋友。

辨析 接待、招待　用法基本一樣，但對老朋友、親戚等一般用"招待"，不用"接待"。"招待"含有給以一定的禮遇的內容，如"多年不見，得好好招待他"，"接待"不含有這個意思。另外，某些固定搭配不能互換。如"接待室""接待站"等不能換成"招待室""招待站"；"招待會""招待所"等不能換成"接待會""接待所"。"招待"還有名詞的用法，如"這次茶會需要十名招待"，還可以組成"女招待"，這些都是"接待"所沒有的。

【接二連三】jiē'èr-liánsān〔成〕一個接着一個：～的失誤，使他失去了奪取冠軍的機會。

【接防】jiē//fáng〔動〕接替原駐守部隊的防務：一

團立即開赴西綫，這一帶由三團～｜二營接一營的防。

【接訪】jiēfǎng〔動〕（領導或上級部門）接待群眾來訪：公開～｜局領導按已公佈的時間～。

【接風】jiēfēng〔動〕宴請剛從遠方來的人：～洗塵｜今晚設宴為南極考察隊員～。

【接管】jiēguǎn〔動〕接收並負責管理：工作組～了這家公司的全部業務。

【接軌】jiē//guǐ〔動〕❶連接鐵路路軌：這條新建的鐵路全綫～通車。❷比喻兩種體制或做法銜接起來：我們的經濟要與國際經濟～。

【接合】jiēhé〔動〕連接起來，使合到一起：城鄉～部｜這套家具木料～巧妙，渾然一體。

【接活兒】jiē//huór〔動〕（修理、加工等部門）接收顧客要求的加工或修理的活計：今天接的活兒太多，恐怕幹不完。

【接火】jiē//huǒ（～兒）〔動〕〈口〉❶戰鬥的雙方開始互相射擊：三連已經跟敵人接上火兒了。❷內外電綫接通，開始供電：照明設備全部裝修完畢，只等～兒。

【接機】jiējī〔動〕到飛機場去接人：下午3點要去～。

【接濟】jiējì〔動〕❶從物質上幫助：～糧食｜～物資｜他經常慷慨解囊，～生活有困難的學生。❷接續：有時糧食～不上，戰士們只好剁野菜充飢。

【接駕】jiējià〔動〕❶舊指迎接皇帝。❷泛指迎接客人（含詼諧意）：老兄光臨，特來～。

【接見】jiējiàn〔動〕跟前來做客、訪問或開會的人見面：國家領導人～了參加會議的全體代表｜總統～來訪的各國外交部長。

【接界】jiējiè〔動〕交界：湖北西部與重慶～。

【接近】jiējìn ❶〔動〕靠近：領導要～群眾｜問題已～解決｜時間已～半夜。❷〔形〕相差不遠：我跟你的看法非常～，幾乎沒有甚麼分歧。

【接客】jiē//kè〔動〕接待客人，特指妓女接待嫖客：這夥歹徒逼迫拐騙來的婦女～。

【接力】jiēlì〔動〕一個接替一個地進行：～棒｜火炬～｜～運輸｜～賽跑｜4x100米混合泳～賽。

【接力賽跑】jiēlì sàipǎo 徑賽項目之一，每隊由4人組成，每人承擔四分之一賽程，依次傳遞接力棒跑完全程。包括4x100米、4x200米、4x400米等。

【接連】jiēlián〔副〕連續不斷地：為了搞清情況，他～訪問了五六個知情人｜大雨～下了好幾天。

【接納】jiēnà〔動〕接受（參加組織、活動等）：他被～為學會會員｜上海車展預計～50萬觀眾。

【接氣】jiē//qì〔動〕前後貫通（多指文章的內容）：這一段文章跟下一段不～｜這兩段文字接不

上氣。

【接洽】jiēqià〔動〕為解決某個問題跟有關方面進行聯繫：～工作｜～生意｜有關業務請與徐助理進行～。

【接親】jiēqīn〔動〕男方到女方家中迎娶新娘。

【接壤】jiērǎng〔動〕交界；邊境相連：雲南東部與貴州、廣西～。

【接任】jiērèn〔動〕接替職務：老李將～經理職務｜主任一職已由老王～。

【接生】jiē//shēng〔動〕幫助產婦生孩子：是林大夫為她接的生。

【接收】jiēshōu〔動〕❶收受：～無綫電信號｜電波｜～情報。❷根據法令把機構、財產、人員等接過來管理：～敵人的武器裝備。❸接納：這個小學～了一批智障兒童入學。

〔辨析〕接收、接納 在指"允許參加、加入"的意義上，"接收"運用的範圍較廣，可以是加入某種組織，也可以是安排入學、就業等等；"接納"的範圍較窄，只限於加入某種組織。

【接手】jiēshǒu〔動〕接替：他～副刊的編輯工作｜小王調走後，這一攤工作由你～。

【接受】jiēshòu〔動〕收下來；容納而不拒絕：～禮物｜～教育｜～幫助｜～意見｜處理太重，恐怕他～不了。

〔辨析〕接受、接收 a）"接收"的對象一般是具體的，或者是人員，如"接收新會員"；或者是財物、機關、企業等，例如"接收公司和公司的財產"；或者是信息，如"接收廣播、電視、無綫電信號"等。"接受"的對象可以是具體的，也可以是抽象的，如"接受教育""接受經驗教訓""接受考驗""接受任務""接受批評"等。b）對象如果是具體的，有時二者可以換用，如"接受禮品"也可以說成"接收禮品"，意思略有不同。對象如果是抽象的，二者不能換用，如"接受教育"，不能說成"接收教育"，"接受批評"不能說成"接收批評"。c）"接受"可以帶動詞賓語，如"接受訪問""接受表揚"等，而"接收"不能帶動詞賓語。

【接替】jiētì〔動〕代替；把別人的工作接過來繼續做下去：老王退休後，由小李～了他的工作｜這人決定接替經理職務。

【接聽】jiētīng〔動〕接（打來的電話）：～電話。

【接通】jiētōng〔動〕使連接暢通：～電話｜～電源。

【接頭】jiē//tóu〔動〕〈口〉❶（～兒）接洽，聯繫：他約我明天上午八時在辦事處～｜剛到此地還沒跟他接上頭。❷熟悉某事的情況：這事他不～，要找就找我吧！

【接頭兒】jiētóur〔名〕物體的連接處：這根繩子有好多個～。

【接吻】jiē//wěn〔動〕兩人嘴唇相接觸，表示親愛。

【接下來】jiēxiàlái〈口〉緊跟前面的項目、節目等而進行下一個：～，請欣賞一組民族舞蹈｜～，我們討論第二個問題。

【接續】jiēxù〔動〕跟前面的相接；繼續：首尾～｜～香煙（延續後代）｜～昨天的話題往下講。

【接應】jiēyìng〔動〕❶ 戰鬥或比賽時配合自己一方的人行動：一團擔任主攻，二團三團在兩側～｜中鋒直插禁區，邊鋒隨後～。❷ 接續；供應：原料～不上，趕快想辦法。

【接站】jiēzhàn〔動〕到車站去接人：會務組已派人去～了。

【接着】jiēzhe ❶〔動〕連着：一個勝利～一個勝利。❷〔副〕緊跟着：按報名順序發言，他說完你～說｜大會一閉幕～就開始歌舞表演了。

【接診】jiēzhěn〔動〕接收診治（病人）：24 小時～｜最近一的食物中毒患者增多。

【接踵】jiēzhǒng〔動〕〈書〉後面人的腳尖挨着前面人的腳後跟，形容人很多：摩肩～｜～而來。

【接種】jiēzhòng〔動〕為預防疾病把疫苗注射到人或動物體內：～牛痘｜～卡介苗｜～傷寒疫苗。

秸〈稭〉jiē ❶ 農作物脫粒後剩下的莖：麥～｜麻～｜玉米～｜～稈。❷（Jiē）〔名〕姓。

揭 jiē ❶〔動〕把粘在物體上的東西取下（跟"貼"相對）：～膏藥｜把牆上的招貼畫～下來｜這張郵票粘得太緊，～不下來。❷〔動〕把蓋在上面的東西拿起來（跟"蓋"相對）：～幕｜～面紗｜～簾子｜不到火候不～鍋（蓋）。❸〔動〕揭露：～老底｜～隱私｜～內幕｜～短兒。❹〈書〉舉：高～義旗｜～竿而起｜昭然若～。❺（Jiē）〔名〕姓。

【揭榜】jiē//bǎng〔動〕❶ 考試後發榜。❷ 舊時指揭下為招賢、求醫等貼出的榜文，表示應徵：眾人佇立，看究竟誰來～。

【揭不開鍋】jiēbùkāiguō〔慣〕比喻斷糧捱餓，極端貧困：家裏都～了，你還不快去想想辦法？

【揭醜】jiē//chǒu〔動〕把缺點、錯誤擺出來：敢於～不護短。

【揭穿】jiēchuān〔動〕徹底揭露：～騙局｜～花招兒｜敵人的伎倆被～了。

【揭穿西洋景】jiēchuān xīyángjǐng〔慣〕比喻揭穿故弄玄虛藉以騙人的事物或手法：街頭算命的人，生怕人家～。也說拆穿西洋景。

【揭瘡疤】jiē chuāngbā〔慣〕比喻揭露別人的隱私或短處：人家已經改邪歸正了，何必老～呢！

【揭底】jiē//dǐ（～兒）〔動〕揭露底細：動不動就～兒｜他怕有人揭他的底。

【揭短】jiē//duǎn（～兒）〔動〕揭露人的短處：他平日喜歡揭人家的短兒，得罪了不少人。

【揭發】jiēfā〔動〕揭露或檢舉壞人壞事：～問題｜～信｜～貪污分子。

辨析 揭發、揭露 "揭發"的對象是壞人、壞事；"揭露"的對象較廣，可以是壞人壞事，也可以是一般的事物。"揭露矛盾""揭露事物的本質""揭露真相"等中的"揭露"都不能換用"揭發"。另外，"揭發批判""檢舉揭發""揭發貪污分子"等固定組合，其中的"揭發"都不能換用"揭露"。

【揭竿而起】jiēgān'érqǐ〔成〕揭：高舉；竿：竹竿，這裏指代旗幟。漢朝賈誼《過秦論》："斬木為兵，揭竿為旗。"原形容秦末陳勝、吳廣發動農民武裝起義的情況，後用"揭竿而起"指武裝起義：人民紛紛～，推翻了封建王朝的統治。注意 這裏的"竿"不寫作"杆"。

【揭開】jiēkāi〔動〕❶ 把蓋着的東西拿掉：～鍋蓋｜～面紗。❷ 使新的局面開始：～技術革命的新篇章｜～新長征的序幕。❸ 使隱蔽的東西顯露出來：～宇宙奧秘。

【揭露】jiēlù〔動〕使隱蔽的事物暴露出來：～真相｜～秘密｜～隱情｜～侵略者的罪行。

辨析 揭露、暴露 "暴露"可以是無意地顯露，也可以是有意地顯露或揭露，如"自我暴露""把騙子的嘴臉暴露在光天化日之下"；而"揭露"都是有意的。"暴露"的對象可以是自身的，也可以是自身以外的；"揭露"的對象多是自身以外的，"他從來不暴露思想"不能說成"他從來不揭露思想"。

【揭秘】jiēmì〔動〕揭開秘密（多用於文章標題或書名）：《情報戰～》。

【揭幕】jiēmù〔動〕❶ 在紀念碑、雕像、建築等落成典禮的儀式上，把蒙在上面的布揭開：中國美術館落成～。❷ 比喻較大的事件或活動開始：地方戲會演於昨日～｜上海國資改革～。

【揭牌】jiēpái〔動〕揭開蒙在題有機構、企業等名稱的牌匾上的綢布，表示成立或開業：～儀式｜該研究中心於去年 1 月正式～成立。

【揭批】jiēpī〔動〕揭露批判：～壞人壞事。

【揭破】jiēpò〔動〕使掩飾着的真相完全暴露：～謊言｜敵人的陰謀被～了。

【揭示】jiēshì〔動〕❶ 公佈（文告等）：商品明碼標價的通告早已～，為甚麼不照辦？❷ 把不容易看清的事理指出來：～真理｜～本質｜這段描寫深刻～了人物的內心世界｜科學家～了水同生命的關係。

【揭曉】jiēxiǎo〔動〕公佈事情的結果：比賽結果即將～｜電影百花獎評選結果已經～｜今年高考的錄取名單還沒有～。

【揭櫫】jiēzhū〔動〕〈書〉標明；揭示：～民主與科學的大旗。也說楬（jié）櫫。

嗜 jiē 見下。

【喈喈】jiējiē〈書〉❶〔形〕形容聲音和諧：鐘鼓～。❷〔擬聲〕鳥鳴聲：雞鳴～。

街 jiē〔名〕❶（條）街道；街市：～談巷議｜～頭巷尾｜上～。❷（西南官話）集市：趕～。❸(Jiē)姓。

語彙 大街 逛街 金街 臨街 罵街 跑街 上街 沿街 遊街 步行街

【街道】jiēdào〔名〕❶（條）兩邊有房屋或其他建築的比較寬闊的道路：打掃～。❷跟街巷居民有關的事務或辦事機構：～工廠｜～幹部｜～辦事處｜張大媽在～上工作。

【街坊】jiēfang〔名〕（位）〈口〉鄰居：～四鄰｜這次回來，看望了很多老～。

【街景】jiējǐng〔名〕街頭景觀：小鎮～。

【街門】jiēmén〔名〕（扇）院子或房屋臨街的門：把～關好｜白天敞着一扇～。

【街面兒上】jiēmiànrshang〔名〕〈口〉❶市面：一到夏天，～就擺滿了西瓜攤兒｜這是商業區，～很熱鬧。❷附近街巷：～誰都知道這個張老三｜他在～頗有些名氣。

【街球】jiēqiú〔名〕街頭籃球。一種流行於城市的籃球比賽形式。一般在廣場或街邊開闊地進行：打～｜～巨星｜～講求體現個人表演風格，因而對個人技術要求比較高。

【街區】jiēqū〔名〕城市中根據街道或某種特徵劃分的區域：使館路～｜王府井商業～。

【街市】jiēshì〔名〕❶商店較集中的街道：古玩～｜繁華的～｜～上人很多。❷港澳地區用詞。菜市場。

【街談巷議】jiētán-xiàngyì〔成〕人們在大街小巷的談話和議論：這份材料雖然多來自～，但可以作為制定政策的參考。

【街頭】jiētóu〔名〕街口兒，泛指街上：～劇（在街頭演出的戲劇，又叫活報劇）｜人們紛紛湧上～，歡迎航天英雄凱旋。

【街舞】jiēwǔ〔名〕一種源於美國街頭的舞蹈。舞蹈動作由走、跑、跳及頭、頸、肩、四肢的屈伸和旋轉等連貫而成。有健身街舞、流行街舞等。

【街巷】jiēxiàng〔名〕（條）大街小巷：傳統～｜老～｜信步～。

【街心】jiēxīn〔名〕街道的中央部分：～公園｜～廣場。

【街友】jiēyǒu〔名〕港澳地區用詞。對露宿者和流浪漢的一種禮貌稱呼：冬季降溫時，慈善團體都會派人給～送上被子、毛毯。

湝 jiē見下。

【湝湝】jiējiē〔形〕〈書〉河水流動的樣子：淮水～｜水流～。

階（阶）〈❶堦〉 jiē ❶ 台階：～梯｜石～｜～下囚。❷ 等級：官～｜軍～｜音～。❸〈書〉憑藉；進身之～。❹(Jiē)〔名〕姓。

語彙 官階 進階 軍階 台階 音階

【階層】jiēcéng〔名〕❶在同一階級中，因社會經濟地位和政治態度不同而分成的若干層次，如農民階級中有中農、貧農等。❷指有共同經濟狀況或具有某種共同特徵的社會群體：工薪～｜草根～。

【階段】jiēduàn〔名〕事物發展進程中按照不同特點分成的段落：初級～｜高中～｜會議分三個～，選舉將在第三～進行｜樓房工程已進入內部裝修～。

【階級】jiējí〔名〕❶〈書〉台階。❷ 舊指官階。❸ 在一定社會經濟結構中處於不同地位的社會集團：工人～｜資產～。

【階級性】jiējíxìng〔名〕階級屬性和性質。是在有階級的社會裏反映一定階級的利益和要求的最本質的社會特性。人的階級性是由人們不同的階級地位決定的。

【階梯】jiētī〔名〕❶台階和梯子：～教室｜這裏的土地都呈～狀。❷比喻向上或前進的憑藉或途徑：進身之～｜奮鬥是實現理想的～。

【階下囚】jiēxiàqiú〔名〕原指在公堂台階下面受審的囚犯，後泛指在押或被俘的人：昔為座上客，今作～。

結（结） jiē〔動〕植物長出果實：這根蔓兒上～了不少瓜｜這種花～的籽兒又大又圓。

　　另見 jié（672頁）。

【結巴】jiēba ❶〔形〕口吃：說話～｜他結結巴巴說了半天，誰也聽不清他說的是甚麼意思。❷〔名〕稱口吃的人。

【結果】jiē//guǒ〔動〕長出果實：開花～｜結了滿樹的果。

　　另見 jiéguǒ（672頁）。

【結實】jiēshi〔形〕❶堅固耐用：這家具很～｜把行李捆得結結實實。❷健康壯實：這孩子長得真～。

楷 jiē〔名〕即黃連木，落葉喬木，果實長圓形，紫色。木材可製器具。

　　另見 kǎi（742頁）。

嗟 jiē〈書〉❶歎息：怨～｜長～。❷讚歎：莫不～歎。❸〔歎〕表示招呼：～！來食！

【嗟來之食】jiēláizhīshí〔成〕嗟：招呼聲。《禮記·檀弓下》載，春秋時齊國發生饑荒，黔敖在路上施捨食物，對一個饑民喊道：“嗟！來食！”那個饑民生氣地說，我正因為不吃“嗟來之食”，才餓成這個樣子。儘管黔敖向他道歉，那饑民始終不吃，最後餓死了。後用“嗟來之食"表示侮辱性的或不懷好意的施捨：朱自清先生寧願餓死，也不吃～。

【嗟歎】jiētàn〔動〕〈書〉感歎；讚歎：～不已。

節（节）^{jiē} 見下。
另見 jié（674 頁）。

【節骨眼】jiēguyǎn（～兒）〔名〕（北方官話）比喻重要的時機和緊要的關頭：就在這～上，他動搖了｜新廠長一上任就抓住～，生產很快就發展起來了。

癤（疖）^{jiē/jié}〔名〕癤子。

【癤子】jiēzi〔名〕一種由細菌侵入毛囊而引起的皮膚病，症狀為局部出現硬塊，紅腫，化膿，有疼痛感：臉上長了個～，怪疼的。

鎈（镵）^{jiē}〔名〕〈書〉割稻用的鐮刀，刃有細齒。

jié ㄐㄧㄝˊ

子 jié
❶〈書〉單獨的；孤單的：～然｜～身。❷（Jié）〔名〕姓。

【子孓】jiéjué〔名〕蚊子的幼蟲，生長在污水中，游動時身體一屈一伸。俗稱跟斗蟲。

【子立】jiélì〔動〕孤立無依：煢煢～，形影相弔。

【子然】jiérán〔形〕〈書〉孤獨的樣子：～獨處｜～一身｜～無所仰賴。

【子身】jiéshēn〔名〕〈書〉單獨一個人：～一人。

【子遺】jiéyí〔名〕〈書〉遺留；剩餘。多指遭受大災難後遺留下來的少數人：靡有～。

【子遺生物】jiéyí shēngwù 指某些較早地質年代曾種類多、分佈廣，後來大為衰退，只少量生存於個別地區，並可能滅絕的動物和植物，如中國的大熊貓、水杉和美國的北美紅杉等。

劫〈刼刦刧〉^{jié}㊀❶〔動〕搶奪；強取：趁火打～｜打家～舍｜～富濟貧｜他昨晚劫人～了。❷威逼；挾制：～眾（威逼眾人）｜～持。

㊁❶ 原為佛教用語，意思是久長的時間。古印度傳說世界經歷若干萬年遭一次劫，劫後出現劫火，焚毀一切，然後重新創建一切。引申為災難：浩～｜～後餘生｜在～難逃｜萬～不復｜很多村民在洪水中喪生，我和妹妹卻躲過了那一～。[劫波之省，梵 kalpa] ❷（Jié）〔名〕姓。

語彙 打劫　浩劫　搶劫　剽劫　洗劫　遭劫

【劫案】jié'àn〔名〕（起）搶劫案件：發生了一起銀行～。

【劫持】jiéchí〔動〕用暴力脅迫：～飛機｜～汽車｜旅遊團中有兩人突遭歹徒～。

【劫道】jiédào〔動〕攔路搶劫：路上碰上～的了。

【劫奪】jiéduó〔動〕用武力搶奪：隨身所帶財物被匪徒～一空。

【劫匪】jiéfěi〔名〕（名）搶劫或劫持他人的匪徒：勇鬥～。

【劫後餘生】jiéhòu-yúshēng〔成〕大的災難後倖存下來的生命。

【劫機】jié//jī〔動〕劫持飛機：～犯。

【劫掠】jiélüè〔動〕搶劫掠奪：～財物｜近期增大了打擊車匪路霸～客車的力度。

【劫難】jiénàn〔名〕（場）災難；災禍：歷經～｜圓明園被燒毀是中國歷史上的一場巨大～。

【劫數】jiéshù〔名〕佛教用語，指注定的災難：難逃～。

【劫獄】jié//yù〔動〕用武力從監獄中把被拘押的人搶出來：地下組織劫了獄，把被敵人逮捕的進步人士救了出來。也說劫牢。

岊 jié 山的轉彎處。多用於地名：白～（在陝西）。

劼 jié〈書〉❶謹慎。❷努力。

疌 jié〈書〉同"捷"㊀①。

絜 jié〈書〉清白；貞潔。

拮 jié 見下。

【拮据】jiéjū〔形〕經濟境況不好，缺少錢（跟"寬綽""寬餘"相對）：手頭～。**注意** 這裏的"据"不讀 jù。

桔 jié〈書〉直木。

【桔槔】jiégāo〔名〕一種提水的設備。架起一根橫杆，一端繫水桶，另一端繫石頭，利用槓桿原理，使提水省力。

【桔梗】jiégěng〔名〕（棵，株）多年生草本植物，葉卵形，花藍紫色。根可入藥，性平和，味苦辛，有止咳祛痰的作用。

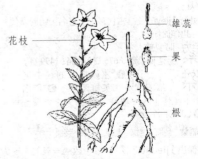

花枝

雄蕊

果

根

偮 jié〈書〉❶同"捷"㊀①。❷同"婕"。

【偮伃】jiéyú 同"婕妤"。

桀 jié ❶（Jié）夏朝末代君主，相傳是暴君；由此也成為暴君的代稱。❷古同"杰（傑）"。❸（Jié）〔名〕姓。

【桀驁不馴】jié'ào-bùxùn〔成〕性情倔強兇悍，不馴服：他從小就～，常惹父母生氣。

【桀犬吠堯】jiéquǎn-fèiyáo〔成〕桀：夏朝末代暴君；堯：唐堯，傳說中上古的賢君。《史記‧鄒陽魯仲連列傳》："則桀之犬可使吠堯。"桀的狗向堯狂吠，比喻走狗一心為其主子效勞。也比喻壞人的爪牙攻擊好人。

【桀紂】Jié-Zhòu〔名〕相傳桀為夏朝末代暴君，紂為商朝末代暴君。泛指暴君。

訐（讦）jié〈書〉揭發別人的陰私：攻～｜～揚幽昧之過（揭發張揚別人不知道的過錯）。

捷〈捷〉jié ㊀❶快速：輕～｜敏～｜迅～｜～足先登。❷（Jié）〔名〕姓。
㊁戰勝：我軍大～｜首戰告～｜連戰皆～。

語彙 報捷 便捷 大捷 告捷 簡捷 快捷 敏捷 輕捷 迅捷

【捷報】jiébào〔名〕勝利的消息：～頻傳｜奧運會不斷傳來～。

【捷徑】jiéjìng〔名〕（條）近路，比喻較快達到目的的手段：做學問不能走～｜另覓～。

【捷音】jiéyīn〔名〕勝利的音訊：靜候～。

【捷運】jiéyùn〔名〕台灣地區用詞。地鐵、城市鐵路。

【捷足先登】jiézú-xiāndēng〔成〕捷足：走得快的腳步。比喻行動敏捷，首先達到目的：小張～，趕上了出國進修的好機會。

偈 jié〈書〉❶勇武的樣子。❷跑得快的樣子。
另見 jì（622頁）。

祛 jié〈書〉用衣襟兜着。

婕 jié 見下。

【婕妤】jiéyú〔名〕古代宮中女官名，始於漢代。也作倢伃。

絜 jié 見於人名。
另見 jié "潔"（676頁）；xié（1499頁）。

傑（杰）jié ❶才能出眾的人：俊～｜人～｜英雄豪～。❷傑出：～士｜～作｜人～地靈。❸高大：崇樓～台。❹（Jié）〔名〕姓。

語彙 豪傑 俊傑 人傑 雄傑 英傑

【傑出】jiéchū〔形〕出眾；超過一般的：～人才｜～思想｜做出了～貢獻。

【傑作】jiézuò〔名〕超出同類一般水平的優秀作品：這部小說堪稱當代～｜古代文學家留了不少傳誦不衰的～。

結（结）jié ❶〔動〕在繩、綫、布條等條狀物上面打疙瘩或用這種方法編織物品：～網｜～繩記事｜張燈～彩。❷〔動〕發生某種關係；組合：集會～社｜～黨營私｜冤家宜解不宜～。❸〔動〕凝聚，變硬：～冰｜凍～｜凝～。❹〔動〕了結；結束：～案｜歸根～底｜這不～了嗎？❺〔名〕繩、綫、布條等條狀物打成的疙瘩：打一個～｜活～｜死～。❻一種保證負責的字據：甘～｜具～｜保～。❼（Jié）〔名〕姓。
另見 jiē（670頁）。

語彙 板結 保結 締結 凍結 勾結 歸結 集結 具結 聯結 了結 凝結 盤結 情結 團結 完結 小結 鬱結 癥結 終結 總結 中國結

【結案】jié // àn〔動〕對案件進行最後處理，使其了結：對這起民憤極大的案件要迅速審理、迅速～｜因案情複雜，一時還結不了案。

【結拜】jiébài〔動〕舊時指通過一定的儀式相互約定為異姓兄弟或姐妹：他倆～成了把兄弟。

【結伴】jié // bàn（～兒）〔動〕跟人結為同伴；搭伴兒：～而行｜明天趕集我，我跟你結個伴兒。

【結腸】jiécháng〔名〕大腸的中段。上接盲腸，下連直腸。有分泌黏液、吸收水分、形成糞便的作用。

【結仇】jié // chóu〔動〕結下仇怨：兩家因產權糾紛打官司，結下了仇。

【結存】jiécún ❶〔動〕結算後餘下（款項、貨物）：～五千餘元｜～商品。❷〔名〕結算後餘下的款項、貨物：這個月的～大大超過上月。

【結黨營私】jiédǎng-yíngsī〔成〕勾結成一夥兒以謀取私利：那一夥人～，排斥異己，影響很壞。

【結髮夫妻】jiéfà fūqī 指初成年結婚的夫妻。泛指第一次結婚的夫妻。舊稱元配夫妻。

> **結髮之禮**
> 據《禮記‧曲禮》和《儀禮‧士昏禮》記載，古代女子訂婚時，在頭上紮一撮纓，結婚時，由新郎親手解開。後來演變為訂婚時兩人各剪下一綹頭髮，綰在一起，作為信物，象徵從此結下不解之緣。

【結構】jiégòu〔名〕❶構成一個整體的各個組成部分及其搭配和結合的方式：經濟～｜知識～｜這台機器的～並不複雜。❷建築物上承受重量或外力的部分及其構造：木～｜鋼～｜磚石～｜體育館採用了新型的薄殼～。❸文藝作品的內部構造：篇章～｜語言生動，～謹嚴。❹句法的構造：主謂（主語謂語）～｜述賓（述語賓語）～。

【結果】jiéguǒ ㊀❶〔名〕事物發展的最後狀態：談判進行了三個月，但毫無～｜比賽的～出人意料。❷〔連〕用在後半句，表示在某種條件下出現某種最後情況：他親自出馬，～事情還是沒有辦成。㊂〔動〕殺死（多見於早期小說、戲曲）：武松一頓好打，～了那隻猛虎。

另見 jiē//guǒ（670頁）。

【結合】jiéhé〔動〕❶彼此間發生密切聯繫：土洋～｜勞逸～｜老中青三～｜理論和實際相～。❷指結為夫妻：這對戀人經過了重重磨難，終於～了。

辨析 結合、接合　a）"接合"指不同的部分連接在一起，行為比較具體，如"文章兩部分接合巧妙""兩根鋼軌接得天衣無縫"。"結合"指不同方面發生密切關係，行為比較抽象，如"理論同實際結合"。上述句子中的"接合""結合"不能換用。b）"結合"可以特指結為夫妻，如"相愛三年，他倆終於結合了"，"接合"不能這樣用。

【結核】jiéhé〔名〕❶身體上的某些組織由於結核桿菌的侵入而形成的病變。❷指結核病。❸可以溶解的礦物凝結在一塊固體核的周圍形成的球狀物。

【結核病】jiéhébìng〔名〕由結核桿菌引起的慢性傳染病，常見的有肺結核，此外還有腸結核、骨結核、淋巴結核、胸膜結核等。

【結婚】jié//hūn〔動〕男子和女子合法地結為夫妻：～儀式｜他們一結了婚就蜜月旅行去了。

歐美結婚紀念日的名稱

紙　婚（一週年）	花邊婚（十三週年）
棉　婚（二週年）	象牙婚（十四週年）
皮革婚（三週年）	水晶婚（十五週年）
絲　婚（四週年）	搪瓷婚（二十週年）
木　婚（五週年）	銀　婚（二十五週年）
鐵　婚（六週年）	珍珠婚（三十週年）
銅　婚（七週年）	珊瑚婚（三十五週年）
陶器婚（八週年）	紅寶石婚（四十週年）
柳　婚（九週年）	藍寶石婚（四十五週年）
錫　婚（十週年）	金　婚（五十週年）
鋼　婚（十一週年）	翡翠婚（五十五週年）
亞麻婚（十二週年）	鑽石婚（六十週年）

【結集】jiéjí㊀〔動〕把單篇的文章編成集子：～刊印。㊁〔動〕（軍隊）調動到某地聚集：～兵力｜～隊伍｜我部奉命明日凌晨到城北～。

【結交】jiéjiāo〔動〕跟人交往：～朋友｜～名流。

【結節】jiéjié〔名〕長在皮內或皮下的圓形小硬塊，黃豆至胡桃大小。通常由感染、過敏、代謝物沉積引起。

【結晶】jiéjīng ❶〔動〕物質從液態或氣態形成晶體：海鹽由海水～而成。❷〔名〕指晶體物質：糖精為無色～。❸〔名〕比喻珍貴的成

果：故宮建築是勞動人民智慧的～｜這部長篇小說是他多年心血的～｜可愛的小寶寶是他倆愛情的～。

【結局】jiéjú〔名〕最終的結果或局面（跟"開端"相對）：美滿的～｜～悲慘｜很多人看戲都喜歡大團圓的～。

【結縭】jiélí〔動〕〈書〉❶出嫁。古代女子出嫁，母親給女兒繫上佩巾，叫結縭。❷泛指結婚。

【結論】jiélùn〔名〕❶從前提推論出的判斷。❷指對人或事所做的論斷：他的歷史已經調查清楚，可以做～了｜他們兩人用不同的方法進行研究，得出了完全一致的～。

【結盟】jiéméng〔動〕結成同盟：兩國～以後共同防禦外來勢力。

【結膜】jiémó〔名〕從上下眼瞼內面到角膜邊緣的透明薄膜。結膜可分泌黏液，有保護眼球和便於眼球轉動的作用：～炎。

【結納】jiénà〔動〕結交：深相～｜廣泛～海內名士。

【結親】jié//qīn〔動〕❶〈口〉結婚：～剛三天，丈夫就參軍了。❷兩家因結婚而結成親戚：張王兩家結了親以後，來往更加密切了。

【結清】jiéqīng〔動〕結算清楚：～賬目｜～欠款。

【結球甘藍】jiéqiú gānlán 二年生草本植物，葉子大，層層重疊包裹成球狀，花白色。為常見蔬菜。通稱洋白菜、圓白菜。

【結社】jiéshè〔動〕組織團體：集會～｜～自由。

【結繩】jiéshéng〔動〕在文字產生以前，古人在繩子上打結來記事：遠古～記事。

【結石】jiéshí〔名〕（塊）某些器官的空腔及其導管內，由於有機物和無機鹽類沉積而形成的堅硬物質，如膽結石、腎結石、膀胱結石等。

【結識】jiéshí〔動〕跟人相識並交往：會見老朋友，～新朋友｜兩人是在火車上～的。

【結束】jiéshù〔動〕❶讓事物停止進行；事物發展或進行到最後階段，不再繼續（跟"開始"相對）：～工作｜～學業｜～了動盪不安的生活｜聯歡會到此～。❷裝束打扮（多見於早期小說、戲曲）：他們～停當，立即登程。

辨析 結束、停止　a）"結束"指完畢，不再進行；"停止"可以指永久終止，也可以指暫時中止。如"比賽結束了""比賽停止了"，前者指比賽已經完成，不再繼續；後者指比賽由於某種原因暫時中止，之後可能還要進行。b）"結束"使用的範圍較廣，可以是工作、活動、會議、文章、語言等，"停止"一般只用於具體的行動或事物。如"停止出售""停止跳動""結束生命""結束大學學業"，其中的"停止""結束"都不能互換。

【結算】jiésuàn〔動〕對各項經濟收支進行結賬清算。分現金結算和非現金結算兩種：對外貿易～一般使用美圓｜這次出口的機電產品用人

民幣～。

【結尾】jiéwěi ❶〔動〕結束事情的最後階段：故事已經～。❷〔名〕結束的階段或部分（跟"開頭"相對）：文章的～｜小說的～｜一個大團圓的～｜～階段｜～工程。

【結業】jiéyè〔動〕學習期滿，結束學業：經過短期培訓，學員已經～了｜～典禮｜～證書｜～式。

【結義】jiéyì〔動〕結拜為異姓兄弟姐妹：劉備、關羽、張飛桃園三～｜～姊妹。

【結餘】jiéyú ❶〔動〕結算以後剩餘：本月～千餘元。❷〔名〕結算後，剩餘的錢：收支相抵，略有～｜他的工資除養活全家外，尚有～。

【結緣】jié // yuán〔動〕結下緣分：我上中學的時候就跟文學結了緣｜他們～於那個戰火紛飛的年代。

【結怨】jié // yuàn〔動〕結下仇怨：他倆～甚深｜一旦結下了怨，就很難再和好了。

【結紮】jiézā〔動〕醫療上指把血管紮住，制止出血。也指把輸精管、輸卵管等紮住，使管腔不通，以避孕：輸卵管已經～了｜～手術。

【結賬】jié // zhàng〔動〕結算賬目：明天一早動身，今天晚上就得到服務台～｜已經結完賬，可以離開了。

【結子】jiézi〔名〕條狀物如綫、繩等打成的疙瘩：在褲腰帶上打個～。

楬

jié〈書〉做標誌用的小木樁。

【楬櫫】jiézhū〔動〕〈書〉揭櫫。

睫

jié 睫毛：目不交～｜迫在眉～。

【睫毛】jiémáo〔名〕（根）眼瞼上下邊緣生出的細毛，有防止塵埃等侵入眼內及遮蔽強烈光綫等作用：眼～｜她的～長長的，很美。

蛣

jié 見"石蛣"（1218頁）。

節

（节）〈節〉 jié ㊀ ❶〔名〕物體段和段之間相連接的地方：～外生枝｜盤根錯～｜這根竹子有好幾個～。❷ 段落：音～｜章～｜逐～講解。❸ 節拍；節奏：擊～。❹〔名〕節日；紀念日；節氣：中秋佳～｜教師～｜清明～｜這件事過了～再說吧。❺ 事項：小～｜細～｜情～。❻ 禮節：繁文縟～。❼ 節操：卑躬屈～｜高風亮～。❽ 古代出使外國所持的憑證，後指外交官：～印｜外交使～。❾〔量〕用於分段的事物或詩文：兩～甘蔗｜三～車皮｜四～課｜第一章第二～。❿ 刪節：～選｜～錄。⓫〔動〕節約；節制：～能｜～育｜衣縮食｜開源～流。⓬（Jié）〔名〕姓。

㊁〔量〕航海速度單位，符號 Kn。每小時航行 1 海里的速度為 1 節。

另見 jiē（671頁）。

語彙	拜節	變節	春節	符節	關節	環節	季節
	佳節	禮節	年節	氣節	情節	冊節	失節	時節
	使節	守節	調節	晚節	細節	殉節	章節	貞節
	枝節	電影節	端午節	聖誕節	卑躬屈節	不拘小節
	繁文縟節	高風亮節	盤根錯節

【節哀】jié'āi〔動〕〈書〉抑制悲哀，多用於對親人去世的人的勸慰：～順變｜～珍重｜望～為國，化悲痛為力量。

【節本】jiéběn〔名〕書經過刪節的版本：《金瓶梅》～｜《三國演義》～。

【節操】jiécāo〔名〕〈書〉正義不屈的品格和行為：高尚的～｜寡廉鮮恥，全無～。

【節電】jié // diàn〔動〕節約用電：～裝置｜這種電冰箱性能優良，比一般電冰箱～三分之一。

【節婦】jiéfù〔名〕舊時指丈夫死後，堅守貞節不再嫁人的婦女：～牌坊。

【節候】jiéhòu〔名〕季節；氣候：正值隆冬～。

【節假日】jiéjiàrì〔名〕節日和假日的合稱：每逢～，他都要去看望在第一綫堅持生產的工人。

【節減】jiéjiǎn〔動〕節省減少：～經費｜～開支。

【節儉】jiéjiǎn〔形〕用錢用物等有節制；儉省（跟"浪費"相對）：生活～｜提倡～，反對浪費。

【節節】jiéjié〔副〕一段一段地；逐步：敵軍～敗退｜產量～上升｜芝麻開花～高。

【節禮】jiélǐ〔名〕（份）指在春節、端午、中秋等節日時送的禮品：備辦～｜豐厚的～。

【節令】jiélìng〔名〕一個節氣的氣候和物候：今年夏季～不正，久旱無雨｜趕緊播種，～不等人。

【節流】jiéliú〔動〕節減支出：開源～。

【節錄】jiélù ❶〔動〕摘取整篇文章中的重要部分：這本參考資料是～各大報有關文章的材料編輯而成的。❷〔名〕從整篇文章中摘取下來的部分：這裏發表的是～，不是全文。

【節律】jiélǜ〔名〕❶ 某些物質運動的節奏：富於～的搖槳聲。❷ 詩文等的節奏和韻律：～優美。

【節略】jiélüè ❶〔名〕概要：大會發言的～｜年終工作總結～。❷〔名〕外交文書的一種，用來略敍事情的概要，重要次性於照會。❸〔動〕〈書〉節減省略。

【節目】jiémù〔名〕❶（套，台）文藝演出或電台、電視台播送的項目：～單｜～主持人｜今年春節聯歡晚會的～非常精彩。❷ 泛指事項或細節：她到拜祖先看成過年的重要～｜在小～上也許有些出入，可是無關宏旨。

【節能】jiénéng〔動〕節約能源：～燈｜～意識｜降耗。

【節拍】jiépāi〔名〕音樂中按一定時間重複出現的一系列拍子，這些拍子有一定強弱的分別，是衡量節奏的單位。如四分之二拍、四分之四拍等。

【節氣】jiéqì〔名〕中國古代把寒暑變化和農事安排與太陽在黃道上的位置聯繫起來，並用黃經來表示太陽在黃道上的位置，規定太陽黃經每變化 15 度叫作一氣。共十二中氣，十二節氣，二者通稱二十四節氣。參見 "二十四節氣"（347 頁）。

【節慶】jiéqìng〔名〕節日和慶典：～活動。

【節日】jiérì〔名〕(個)紀念日或值得慶祝的日子：春節是中國人民的傳統～｜今年國慶節的～氣氛很濃｜值此新年到來之際，謹致～的祝賀。

中國傳統節日		
名稱	時間	習俗
春　節	農曆正月初一	拜年、祭祖
元宵節	農曆正月十五	吃元宵、張燈觀燈
寒食節	清明節前一日	古人從這天起，三天不生火做飯
清明節	公曆四月四、五日或六日	掃墓、踏青
端午節	農曆五月初五	吃粽子、舉行龍舟競賽
七夕節	農曆七月初七	古代婦女結彩穿七孔針以乞巧
中秋節	農曆八月十五	吃月餅、賞月
重陽節	農曆九月初九	古人登高、飲酒、賞菊
除　夕	農曆十二月最後一日的晚上	守歲

【節省】jiéshěng ❶〔動〕把可以不耗費的省下來(跟 "浪費" 相對)：～原料｜～資金｜～人力｜～篇幅。❷〔形〕節儉；不浪費(跟 "浪費" 相對)：媽媽過日子十分～｜他收入少，花錢很～。

【節食】jiéshí〔動〕減少食量；控制飲食：～計劃｜過度～損害健康｜要減肥就必須～。

【節外生枝】jiéwài-shēngzhī〔成〕枝節上又長出枝節。比喻在問題之外又生出了事端：此事趕快辦理，時間長了可能～，增加麻煩｜你昨天答應得好好的，今天怎麼又～，提出許多條件？

【節下】jiéxia〔名〕〈口〉指節日或臨近節日的日子：我～很忙，不能去｜大～的，怎麼還病了？

【節選】jiéxuǎn〔動〕從整篇文章或整本著作中選取某些部分：本文～自《新人新事》一書。

【節衣縮食】jiéyī-suōshí〔成〕省穿省吃。泛指生活非常節儉：這對老夫婦～，把省下來的錢供子女上大學。也說縮衣節食。

【節用】jiéyòng〔動〕節省費用：興利～。

【節餘】jiéyú ❶〔動〕因節省而剩下：這個廠今年～鋼材三萬噸。❷〔名〕指節餘的錢或物：奔波了幾年，他有了幾萬元～｜把每月的～存入銀行。

【節育】jiéyù〔動〕節制生育：已生育有一個孩子的育齡夫婦應當～｜～手術。

【節約】jiéyuē ❶〔動〕節省(跟 "浪費" 相對)：～資金｜～原料｜～人力｜勤儉～。❷〔形〕節儉；不浪費(跟 "浪費" 相對)：他平常很～。

〖辨析〗節約、節省　a) "節約" 主要指不浪費，該用的才用，不該用的就省下來； "節省" 重在 "省"，即使該用的，也要少用和不用。b) "節省" 多用於一般場合； "節約" 使用範圍廣，可指重要的措施辦法，如 "厲行節約" "勤儉節約" "增產節約" "節約型社會" 等，其中的 "節約"，一般不用 "節省" 來替換。

【節支】jiézhī〔動〕節約開支：增收～，扭虧為盈。

【節制】jiézhì〔動〕❶ 管轄指揮：這個師直接由兵團司令～。❷ 限制，控制使不過分：～生育｜～飲食｜～勞動｜他也能喝點酒，但很有～。

【節奏】jiézòu〔名〕❶ 音樂中音的強弱、長短有規律地交替出現的現象：～快｜～強｜～歡快｜他們隨着音樂的～翩翩起舞。❷ 比喻均勻的、有規律的動作或生活、工作進程：大海傳來有～的濤聲｜安排工作有～，有條理。

詰 (诘) jié〈書〉詰問：～難｜反～｜究～｜盤～。
另見 jí(615 頁)。

〖語彙〗駁詰　反詰　究詰　盤詰

【詰難】jiénàn〔動〕〈書〉詰問責難：屢遭～。

【詰問】jiéwèn〔動〕〈書〉追問；質問：～再三，不得詳情｜若家母～，何以對答？

截 jié ❶〔動〕割斷；弄斷：把鋼材～開｜～長補短｜～頭去尾｜斬釘～鐵。❷〔動〕阻攔：～獲｜～留｜他在半路上～了一輛車，及時趕到車站｜大夥兒一齊上前，～住了狂奔的驚馬。❸ 截止：～至十一月底完成了全年的生產任務。❹(～兒)〔量〕段：他只說了半～兒話，沒說完｜斷成了好幾～兒。❺(Jié)〔名〕姓。

〖語彙〗堵截　攔截　邀截　直截　阻截

【截長補短】jiécháng-bǔduǎn〔成〕比喻移多補少或用長處補短處：這塊地～，大約有三百畝｜姐妹倆總能～，功課學得都不錯。

【截斷】jié∥duàn〔動〕❶ 切斷：一條大壩攔腰把河水～｜我們的部隊～了敵軍的退路。❷ 打斷；攔住：他的話被群眾的怒吼聲～了。

【截稿】jiégǎo〔動〕截止收稿：注意～日期。

【截獲】jiéhuò〔動〕中途奪取或抓獲：我軍～了敵

軍的大批武器彈藥｜古董販子企圖走私的文物被海關～。

【截擊】jiéjī〔動〕在半路上攔住打擊：～敵人｜～敵機｜敵人的增援部隊遭到游擊隊～。

【截留】jiéliú〔動〕把應交送出去的物品、款項等扣留下來，挪作他用：～教育經費｜～上繳利潤｜～稅款｜～支農物資。

【截流】jiéliú〔動〕截斷水流，以提高其水位或改變其流向：成功～｜大型～工程｜新建的水庫，塘壩～多處。

【截門】jiémén〔名〕閥的一種，一般安在管道的中間，多通過環狀把手控制管道開關：水管～｜煤氣～｜關上～｜打開～。

【截面】jiémiàn〔名〕剖面圖：橫～｜正～。

【截取】jiéqǔ〔動〕從中取一段或一部分：～三分之一｜～部分利潤。

【截然】jiérán〔副〕界限分明、顯著的樣子：兩種產品的質量～不同｜他的態度前後～相反｜預防與治療不能～分開。

【截癱】jiétān〔動〕因脊髓疾病或外傷而造成下肢喪失運動功能：高位～。

【截肢】jiézhī〔動〕醫學上指切除四肢中發生病變或受到創傷而無法治療的某一部分：施行～手術。

【截止】jiézhǐ〔動〕(到一定期限)停止：報名已經～了｜徵文的寄交日期到 12 月 31 日～｜明天～登記。注意"截止"只能用在表示時間的詞語之後，不能用在之前，不能說"截止 12 月31 日"。

【截至】jiézhì〔動〕到某個時候截止：報到日期～9 月 1 日。注意"截至"要用在表示時間的詞語之前，不能用在之後，不能說"9 月 1 日截至"。

【辨析】截至、截止　都有到某一期限的意思。"截止"指到期停止，是某一過程的終止，後面可以加"到"，如"報名到今天截止""報名截止到今天"，意思是"今天"是報名的最後一天。"截至"指到某個時候告一段落，但整個過程並未結束或停止，後面不能加"到"，如"截至今天，報名人數已達五百，以後還會增加一些"，意思是"今天"不是報名的最後一天，只是一個階段。

【截子】jiézi〔量〕段：你別老講半～話｜我跟你比，還差一大～呢！

榤 jié〈書〉雞棲息的木樁：雞棲於～。

碣 jié 圓頂的石碑：殘碑斷～｜碑～｜墓～。

竭 jié ❶盡；用盡：聲嘶力～｜取之不盡，用之不～。❷〈書〉乾涸：江河可～｜枯～。❸(Jié)〔名〕姓。

語彙 耗竭 涸竭 枯竭 疲竭 窮竭 衰竭 精疲力竭源源不竭 再衰三竭

【竭誠】jiéchéng〔副〕竭盡忠誠；非常誠懇：～擁護｜～歡迎｜～幫助。

【竭盡】jiéjìn〔動〕用盡：～全力｜他～聰明才智，為發展家鄉經濟而努力。

【竭力】jiélì〔動〕用盡一切力量：盡心～｜～辯解｜～反對｜在生產中要～避免一切事故｜我們一定～完成任務。

【竭澤而漁】jiézé'éryú〔成〕《呂氏春秋·義賞》："竭澤而漁，豈不獲得，而明年無魚。"排盡湖澤中的水捉魚。比喻索取不留餘地，貪圖眼前利益，不顧長遠利益。

頡 (頡) jié ❶見於人名：倉～(傳說中漢字的創造者)。❷(Jié)〔名〕姓。
另見 xié(1499 頁)。

羯 jié ㊀〈書〉被閹割的公羊：～羊。
㊁(Jié)中國古代北方的民族，是匈奴的一個別支。東晉時在黃河流域建立後趙。

【羯鼓】jiégǔ〔名〕中國古代的一種兩面蒙皮、腰部細小的鼓，據說來源於羯族。

潔 (潔)〈㊀絜〉jié ㊀ ❶沒有雜質，乾淨：～淨｜清～｜光～｜皎～｜玉～冰清。❷比喻沒有雜念、私心：純～｜聖～。❸比喻廉潔，不貪：高～。
㊁(Jié)〔名〕姓。
"絜"另見 jié(672 頁)；xié(1499 頁)。

語彙 保潔 純潔 高潔 光潔 簡潔 皎潔 廉潔清潔 聖潔 貞潔 整潔 冰清玉潔

【潔白】jiébái〔形〕❶沒有混雜其他顏色或被其他顏色污染的白色：～的牙齒｜～的牆壁｜～無瑕。❷比喻純潔無私：心靈～。

【潔淨】jiéjìng〔形〕沒有雜質、塵土(跟"骯髒"相對)：～水｜屋子裏一塵不染，異常～。

【潔具】jiéjù〔名〕指衛生設備，如洗臉池、浴缸、坐便器等。

【潔癖】jiépǐ〔名〕過分講究清潔的癖性：她有～，我們最好別動她的東西。

【潔身自好】jiéshēn-zìhào〔成〕好：愛。保持自身清白，不同流合污。也指怕招惹是非，只顧惜自己，不關心公眾的事情：導遊多次提醒大家，街頭的許多按摩服務都是騙局，請遊客～｜這些人只知道～，看見損壞公物的事也不管不問。

鮚 (鮚) jié 古書上說的一種蚌。

蠞 (蚏) jié〔名〕節肢動物，體長一寸左右，胸部都有足七對。生活在海藻上。也叫竹節蟲、麥稈蟲、海藻蟲。

jiě ㄐㄧㄝˇ

姐 jiě〔名〕❶ 姐姐：大～｜二～。注意 兄弟姐妹之間稱呼時，常常就只稱"姐"。❷ 親戚中同輩而年齡比自己大的女子：表～｜堂～。❸ 尊稱比自己年齡大的女子：鄧大～｜江～。❹ 泛稱年輕的女子：劉三～｜漂亮～兒。❺ 小姐，稱某種職業的青年女子：空～｜的～。注意 "空姐、的姐"等不用作面稱。❻（Jiě）姓。

【姐夫】jiěfu〔名〕姐姐的丈夫：大～｜二～｜表～。有的地區也叫姐丈。

【姐姐】jiějie〔名〕❶ 同父母或只同父、只同母而年齡比自己大的女子。注意 按排行稱呼時，一般不說"大姐姐""二姐姐"，而說"大姐""二姐"。對年齡最小的姐姐稱作"小姐姐"（或稱"老姐"）。❷ 同族而同輩而年齡比自己大的女子：叔伯～。注意 一般不說"表姐姐""堂姐姐"，而說"表姐""堂姐"。

【姐妹】jiěmèi〔名〕❶ 姐姐和妹妹：她是獨生女，沒有～，也沒有兄弟（不包括本人）｜她們倆是孿生～（包括本人）。❷ 弟兄姐妹；同胞：你們～幾個就數她淘氣。❸ 比喻如同姐妹的密切關係：～篇｜～城市。也說姊妹。

【姐妹篇】jiěmèipiān〔名〕聯繫密切如姐妹的文章或著作：她寫的這兩本書是～。也說姊妹篇。

【姐兒】jiěmenr〔名〕〈口〉❶ 姐妹們，也指妯娌們：～幾個都是大學生｜大兒媳婦二兒媳婦～很和睦。❷ 女性朋友之間的互稱：咱～是老街坊，彼此多照應吧。

【姐兒】jiěr〔名〕〈北方官話〉❶ 姐姐和妹妹：人家～倆多親熱｜你們～幾個？❷ 兄弟姐妹：～仁就數她能幹。

毑 jiě 見"娭毑"（4頁）。

解 jiě ❶ 分開；剖開：土崩瓦～｜難～難分｜庖丁～牛。❷〔動〕把扣或結打開；鬆開：～扣兒｜～衣服｜～繩子。❸ 消除；廢除：～渴｜～毒｜～乏｜～悶兒｜～僱｜～聘｜～嚴。❹ 解釋：～答｜圖～｜註～。❺ 明白；了解：不求甚～｜大惑不～｜通俗易～。❻ 解手：大～｜小～。❼〔動〕演算：～方程式｜～數學題。❽〔名〕代數方程中未知數的值：求這個方程的～。

另見 jiè（681頁）；xiè（1501頁）。

語彙					
辯解	潮解	大解	電解	費解	分解	和解
見解	講解	理解	諒解	了解	排解	破解	曲解
勸解	溶解	題解	調解	通解	圖解	瓦解	誤解
詳解	消解	小解	肢解	註解	不求甚解	一知半解
迎刃而解					

【解飽】jiěbǎo〔形〕吃了之後肚子不容易餓：吃饅頭比吃麵條兒～｜大餅很～｜光喝粥不～。

【解饞】jiě//chán〔動〕滿足特別想吃某種東西的欲望：這一頓餃子真～｜搞點好吃的讓大夥兒解解饞吧｜今天吃到鰣魚，可解了饞。

【解嘲】jiě//cháo〔動〕因被人嘲笑而故意說點或做點甚麼加以掩飾或解脫：自我～｜聊以～｜話這樣一說總算解了嘲。

【解愁】jiě//chóu〔動〕消除愁悶：排憂～｜無論怎麼勸，也解不了他的愁。

【解除】jiěchú〔動〕去掉；消除：～警報｜～武裝｜～職務｜～憂慮｜～合同。

【解答】jiědá〔動〕解釋回答：～問題｜～疑難。

【解凍】jiě//dòng〔動〕❶ 冰凍的江河或土地變暖融化：這裏要到農曆三月，河水才開始～｜農民忙着翻耕解了凍的土地。❷ 比喻原來受到限制或緊張的狀態開始鬆動，緩解：東西方關係開始～。❸ 解除對資金等的凍結（跟"凍結"相對）：銀行宣佈，凍結的資金自即日起～。

【解毒】jiě//dú〔動〕❶ 中和機體內的有害物質：快給病人～｜大夫給服毒的人洗了腸解了毒。❷ 中醫指解除上火、發熱等症狀：清熱～。

【解讀】jiědú〔動〕❶ 解釋：～信息｜～古籍。❷ 分析研究；理解領會：～歷史｜～人生。

【解餓】jiě//è〔動〕消除飢餓感：飯還沒熟，你先點補點兒補解解餓吧！

【解乏】jiě//fá〔動〕消除疲乏，恢復體力：勞動以後，洗了一個熱水澡，可～了｜我喜歡睡硬板床，睡軟床不～｜睡一覺，解了乏，起來再幹。

【解放】jiěfàng〔動〕❶ 解除束縛，使得到自由和發展（跟"束縛"相對）：～思想｜～生產力。❷ 在中國特指1949年推翻國民黨統治：民族～｜～戰爭｜他是～以後參加工作的。

【解放軍】jiěfàngjūn〔名〕中國人民解放軍的簡稱，中國共產黨領導的人民軍隊，中華人民共和國的武裝力量。始建於1927年8月1日，1928年稱中國工農紅軍，1937年改編為國民革命軍第八路軍和新四軍，1946年改今名。

【解紛】jiěfēn〔動〕〈書〉排解紛爭：排難～｜談言微中，亦可以～。

【解疙瘩】jiě gēda〔慣〕比喻消除困擾或解決矛盾、問題：他始終沒有解開心裏的疙瘩。

【解構】jiěgòu〔動〕剖析：～資本市場｜自我～。

【解詁】jiěgǔ〔動〕註釋（多用於書名）：《楚辭～》｜《論語～》。

【解僱】jiěgù〔動〕停止僱用：不許老闆隨便～工人｜他被老闆～了。

【解恨】jiě//hèn〔動〕消除心中的怨恨：我只有把這個壞蛋痛打一頓才～｜他親手槍斃了叛徒，報了仇，解了恨。

【解惑】jiěhuò〔動〕解除疑惑：～釋疑｜師者，所以傳道、授業、～也。

【解甲歸田】jiějiǎ-guītián〔成〕脫掉鎧甲，回家種田。指軍人退伍或被免去軍職：老將軍現在已經～了。

【解禁】jiě // jìn〔動〕解除禁令：廣州宣佈～小排量車。

【解酒】jiě // jiǔ〔動〕吃或喝點東西，使喝下去的過多的酒得到中和，減輕危害；醒酒：喝點茶解解酒。

【解救】jiějiù〔動〕設法使避開危險或脫離困境：～遇險的登山隊員｜～災區的災民｜廠長正在向銀行申請緊急貸款以～目前的危機。

【解決】jiějué〔動〕❶ 使問題得到處理、獲得結果：～困難｜～爭端。❷ 消滅或除去：這一仗～了敵人一個團｜一夜之間就把那股土匪徹底～了。

【解渴】jiě // kě〔動〕❶ 消除口渴的感覺：還是茶水～｜先喝點飲料解解渴｜吃了兩塊西瓜馬上解了渴。❷ 比喻能滿足求知欲望或能解決問題：老王做的報告生動、具體，針對性強，真～。

【解扣兒】jiě // kòur〔動〕❶ 比喻解決思想上的矛盾：我解不開這個扣兒。❷ 比喻解除嫌隙怨恨：雙方都有意解開那個扣兒。

【解困】jiěkùn〔動〕解決困難；從困境中解脫出來：為民～｜幫助企業～。

【解鈴繫鈴】jiělíng-xìlíng〔成〕從老虎的頸項上解鈴，只有原來繫鈴的人能夠做到。後用"解鈴繫鈴"比喻由誰惹出來的問題還得由誰去解決：～，是你一句話惹得她傷心落淚，還得你去勸。也說解鈴還須繫鈴人。

【解碼】jiěmǎ〔動〕把數碼還原成它所代表的信息或把電脈衝信號轉換成它所表示的信息、數據等。

【解悶】jiě // mèn（～兒）〔動〕找點事做，不致無聊煩悶：他退休以後，在家餵鳥、養花～｜咱們下盤棋解解悶兒吧！

【解密】jiě // mì〔動〕❶ 解除有關保密規定：經批准，該項國防科技成果宣佈～。❷ 計算機操作中給加密過的信息解除密碼，使可以讀取信息：對文件夾進行～｜～技術。

【解囊】jiěnáng〔動〕解開口袋，指拿出財物來：～相助｜慷慨～。

【解聘】jiě // pìn〔動〕解除聘約，不再聘用：凡不稱職的人員一律～｜他在那個學校教了一個學期的書就被解了聘。

【解剖】jiěpōu〔動〕❶ 為了研究各種器官的組織構造，將人體或動植物體剖開：活體～｜～屍體。❷ 比喻對事物進行深入的分析研究：要嚴於～自己｜作者深入細緻地～了人物的內心世界。注意"剖"不讀 pāo。

【解剖麻雀】jiěpōu máquè〔慣〕比喻通過典型分析以獲得全面的認識：典型調查，～，是對待問題的正確態度。

【解氣】jiě // qì〔動〕❶ 消除心中的氣憤：不揍他一頓不～｜她把那人罵了一頓才算解了氣。❷ 比喻感到痛快：大熱天兒，來個西瓜吃可～了。

【解勸】jiěquàn〔動〕勸解；勸慰：經過～，這對夫妻又和好了｜兄弟姐妹為爭遺產吵鬧不休，請親友來～～吧！

【解熱】jiě // rè〔動〕消除內熱：去暑～｜盛夏喝酸梅湯可以～｜不打針解不了熱。

【解散】jiěsàn〔動〕❶ 集合在一起的人分散開（跟"集合"相對）：到了宿營地，連長命令隊伍～。❷ 取消（團體或組織）：～國會｜～非法組織。

【解釋】jiěshì〔動〕❶ 對含義、原因等加以分析說明：～詞句｜～原因｜用科學方法～潮汐現象。❷ 說明理由；辯解：誰也沒有誤會，你不用～了。

【解手】jiě // shǒu（～兒）〔動〕排泄大便或小便，多指排泄小便：解大手｜解小手｜～後要洗手。

【解說】jiěshuō〔動〕講解說明：～詞｜他將現場～火箭隊的最後四場球。

【解套】jiětào〔動〕❶ 指因價格下跌而被套牢的股票又回升到最初買入的價格，不再蝕本：補倉～｜如何～，是諸多股友們最渴求獲得解答的問題。❷ 特指從某種困境中解脫，不再受牽制、束縛：他不斷為自己辯駁，企圖從這個糾紛中～。參見"套牢"（1322 頁）。

【解題】jiě // tí〔動〕❶ 演算、解答習題或試題：數學學習離不開～｜～技巧。❷ 解釋說明詩文的題意、作者、卷次等：～要簡明扼要。

【解體】jiětǐ〔動〕❶ 整體結構呈分解狀態：南極冰層已經大規模～。❷ 瓦解；崩潰：奴隸社會～｜封建經濟～。

【解脫】jiětuō〔動〕❶ 解，意為離縛；脫，意為自在。佛教指擺脫煩惱，得到自由：進入極樂世界，才真正～了。❷ 擺脫：機械化使農民從繁重的體力勞動中～出來。

> **辨析** 解脫、擺脫　"解脫"着重指從長時間的束縛中脫開，是不及物動詞，不能帶賓語；"擺脫"着重指從外部的干擾中脫開，是及物動詞，可以帶賓語。如可以說"擺脫對方的糾纏"，"解脫"不能用在這裏；可以說"擺脫困境"，但是不能說"解脫困境"，得說"從困境中解脫"。

【解圍】jiě // wéi〔動〕❶ 解除敵軍的包圍：急速派兵～。❷ 幫助人擺脫不利或難堪的處境：那天要不是你出來解了圍，他肯定會吃大虧。

【解悟】jiěwù〔動〕理解領悟：他邊聽邊點頭，似乎有所～。

【解析】jiěxī〔動〕解釋分析：深入～｜案例～。

【解嚴】jiěyán〔動〕解除戒嚴措施（跟"戒嚴"相對）：政治～｜～令。

【解衣推食】jiěyī-tuīshí〔成〕脫下自己的衣服給別人穿，把自己的食物給別人吃。形容慷慨地給人以幫助；雖然自家也不富裕，但母親對窮親戚總是～，從不吝惜。

【解頤】jiěyí〔動〕〈書〉頤：面頰。臉上露出笑容：這本書很有趣，可供人～。

【解憂】jiě//yōu〔動〕排除心中的憂愁：為孤寡老人排難～。

【解約】jiě//yuē〔動〕取消原來的約定：雙方同意～，另謀良策｜我們跟對方解了約，可以自由經營了。

【解職】jiě//zhí〔動〕解除職務：他由於犯錯誤被解了職。

榍

jiè〈書〉一種木質像松的樹，樹心微赤。

jiè　ㄐㄧㄝˋ

介

jiè ⊖ ❶ 在兩者中間：～於兩省之間｜～入。❷ 使雙方發生關係：媒～｜～紹｜～詞。❸ 放在心上：～意｜～懷。❹（Jiè）〔名〕姓。

⊖ ❶〔量〕〈書〉用於人，相當於"個"，表示微賤：一～書生｜一～武夫。❷〈書〉耿直不屈：一生耿～。

⊜〈書〉護甲；甲殼：～胄｜～蟲。

⊕ 古戲曲劇本裏關於角色動作、表情以及效果等舞台指示：坐～｜飲酒～｜犬吠～。

語彙　耿介　孤介　婚介　簡介　狷介　媒介　評介　推介　纖介　職介　中介

【介詞】jiècí〔名〕用在名詞、代詞或名詞性詞組前，引出與動作相關的對象、處所、時間等的詞，如：被、叫、讓、由（引出施事），把（引出受事），在、到、自、從、於（引出處所或時間），用、以（引出工具），比、跟、同（引出比較的對象）。

【介殼】jièqiào〔名〕蛤、螺等軟體動物的堅硬外殼，可以保護身體。

【介入】jièrù〔動〕參與其間，干預其事：不可～他們之間的紛爭。

【介紹】jièshào〔動〕❶ 從中引見，使雙方相識或發生關係：～對象｜～信｜～人｜讓我給你們兩位～～。❷ 引進；帶入（新的人或事物）：～加入組織｜～入會｜很多先進技術被～到我國。❸ 說明情況使人了解或熟悉：～情況｜～經驗｜～事情處理經過。

【介意】jièyì〔動〕放在心上；在意（多指令人不愉快的事）：我是跟你開玩笑，請別～｜待遇高低，他從來就不～｜你這麼不客氣，難怪人家

會～｜你太～人家對你的態度了。

【介音】jièyīn〔名〕韻頭的通稱。

【介質】jièzhì〔名〕一種物質存在於另一種物質內部時，後者就是前者的介質。如空氣、水等能傳播聲波、光波或其他電磁波，是聲波、光波或其他電磁波的介質。舊稱媒質。

【介胄】jièzhòu〔名〕〈書〉甲胄：～之士。

价

jiè 舊時稱被使喚送東西或傳話的人：小～。

另見 jià "價"（634 頁）；jie "價"（682 頁）。

戒

jiè ❶ 防備；警惕：～驕～躁｜～備。❷ 舊同"誡"①。❸〔動〕戒除：～酒｜～賭｜煙我早就～了。❹ 指禁戒做的事情：破～｜開～｜酒～。❺ 佛教用語。約束教徒的戒律：～條｜受～｜殺～。❻ 戒指：鑽～｜翡翠～。❼（Jiè）〔名〕姓。

語彙　懲戒　鑒戒　警戒　開戒　力戒　破戒　殺戒　受戒　齋戒　引以為戒

【戒備】jièbèi〔動〕❶ 警戒防備：加強～｜～森嚴。❷ 對人存有防範之心：她這人比較單純，對人往往無所～。

【戒尺】jièchǐ〔名〕舊時老師打學生手心以示懲戒所用的木尺。

【戒除】jièchú〔動〕改掉（不良嗜好）：～惡習｜～不良嗜好。注意"戒煙""戒酒"不能說成"戒除煙""戒除酒"。"戒賭"也不能說成"戒除賭博"，而要說成"戒除賭博惡習"。

【戒毒】jiè//dú〔動〕戒除毒癮：～所｜一日吸毒，終生～。

【戒驕戒躁】jièjiāo-jièzào〔成〕時時警惕，防止產生驕傲和急躁情緒：我們應當謙虛謹慎，～。

【戒懼】jièjù〔動〕警惕和畏懼：心存～。

【戒律】jièlǜ〔名〕❶ 宗教徒必須遵守的準則。特指佛教戒律。佛教有五戒十善乃至二百五十戒等。也叫戒條。❷ 比喻限制、束縛人的規矩：清規～。

【戒條】jiètiáo〔名〕戒律：保守秘密是他們的～。

【戒心】jièxīn〔名〕警惕、防備他人之心：對那麼狡猾的人，確實要有點～｜～太重。

【戒嚴】jiè//yán〔動〕國家遇到戰爭或特殊情況時，在全國或局部地區採取增設警戒、組織搜查、限制交通等非常措施（跟"解嚴"相對）：宣佈～｜解除～｜～令。

【戒指】jièzhi〔名〕（枚）戴在手指上的環形飾物，用金屬、玉石等製成：訂婚～｜鑽石～｜在結婚典禮時，新郎新娘交換了～。也叫指環。

玠

jiè〈書〉大的圭。

芥

jiè ❶ 芥菜：～末｜～子。❷〈書〉小草：覆杯水於坳堂之上，則～為之舟。❸ 比喻細小的東西：纖～｜草～。❹（Jiè）〔名〕姓。

J

另見 gài（416 頁）。

【芥菜】jiècài〔名〕一年生或二年生草本植物，莖葉及塊根可吃。種子味辛辣，研成細末可作芥末，可調味。芥菜種類很多，葉子供食用的是雪裏紅，莖供食用的是榨菜，根供食用的是大頭菜。

另見 gàicài（416 頁）。

【芥蒂】jièdì〔名〕細小的堵塞的東西，比喻心裏的猜忌或不快：心存～｜胸無～。

【芥末】jièmo〔名〕一種調味品，是用芥菜種子研成的粉末，味辣：拌涼菜要擱一點～。

【芥末墩兒】jièmodūnr〔名〕把近根處的一段白菜去根洗淨，用開水燙一下，上面虛切幾刀，加上芥末成為帶辣味兒的涼菜：北京人冬天愛吃～。

屆（屆）

jiè ❶ 到（時候）：～時｜～期。注意 不說"屆某某日""屆某年"。❷〔量〕次；期：歷～｜首～｜上～｜換～｜應～｜年會已召開了五～｜他是本校第一～畢業生。❸（Jiè）〔名〕姓。

【屆滿】jièmǎn〔動〕規定的任職期限已滿：他當學會會長的任期已經～了。

【屆時】jièshí〔副〕到時候：～務請撥冗出席｜新教學樓定於三月開工，～將舉行奠基典禮。

界

jiè ❶〔名〕相交的地方，界限：省～｜國～｜地～｜交～｜以河為～｜球出了～。❷ 範圍：眼～｜境～｜管～｜租～｜外～。❸ 按職業或性別等劃分的社會成員的總體：文學～｜美術～｜科技～｜婦女～｜出版～｜商～｜社會各～。❹〔名〕生物分類系統的最高一級，在門之上：自然～｜生物～｜有機～｜無機～。❺〔名〕地層系統分類的第二級。界以上為字，界以下為系，與地質年代分期中的代相對應。❻（Jiè）〔名〕姓。

語彙 邊界 出界 地界 分界 各界 國界 疆界 交界 接界 境界 軍界 臨界 商界 上界 世界 外界 下界 仙界 眼界 業界 政界 租界 自然界 大千世界

【界碑】jièbēi〔名〕（塊，座）用作分界標誌的石碑：兩國交界處立着一塊～。

【界標】jièbiāo〔名〕分界的標誌，如界碑、界石、界樁等。

【界別】jièbié〔名〕社會成員按行業劃分的類別：文藝團體和演藝團體按兩個～產生代表。

【界尺】jièchǐ〔名〕（把，根）畫直線用的沒有刻度的木條。

【界定】jièdìng〔動〕❶ 規定界限；劃定：對產權應及時進行～。❷ 下定義；給界說：討論文化，必須先對文化加以～。

【界河】jièhé〔名〕（條）兩國或兩地區分界的河：鴨綠江是中國和朝鮮的～。

【界面】jièmiàn〔名〕❶ 物體與物體的接觸面。❷ 用戶界面的簡稱。指計算機系統中實現用戶與計算機信息交換的軟件和硬件。

【界山】jièshān〔名〕（座）兩國或兩地區分界的山：珠穆朗瑪峰是中國與尼泊爾的～。

【界石】jièshí〔名〕（塊）標誌地界的石碑或石塊：烈士陵園四周都樹立有～。

【界說】jièshuō〔名〕定義的舊稱。

【界外】jièwài〔名〕界綫以外，如球類比賽中攔界外球。

【界限】jièxiàn〔名〕❶ 不同性質或類型的事物的分界：劃清新舊思想的～｜打破行業～，實行大協作。❷ 盡頭；限度：浩瀚的沙漠似乎沒有～｜侵略者的野心簡直沒有～。

【界綫】jièxiàn〔名〕❶（條）兩個地區分界的綫：這條河歷來就是兩國的～。❷ 不同事物的分界：劃清是非～｜～分明。❸ 某些事物的邊緣：他們的關係還沒有超出普通朋友的～。

> 辨析 界綫、界限　a）二者在指某些事物的分界時意義相同，如"認清是非界限（界綫）""敵友界限（界綫）分明"。b）"界綫"可以指地區的分界綫，如"兩國邊境界綫上都有界碑""跨越地區界綫，組織商品流通"，"界限"不能這樣用。c）"界限"可以指盡頭處，如"浩瀚的沙漠，看不到它的界限""侵略者的野心沒有界限"，"界綫"不能這樣用。

【界樁】jièzhuāng〔名〕用來標誌分界的樁子。

疥

jiè〔名〕疥瘡：癬～之疾｜生了一手的～。

【疥蟲】jièchóng〔名〕寄生蟲，體很小，橢圓扁平，身上有毛，有四對腳，腳上有吸盤。寄生在人的皮膚下，能引起疥瘡。也叫疥蟎。

【疥瘡】jièchuāng〔名〕由疥蟲引起的傳染性皮膚病，多見於指縫、手腕、肘窩、腋窩、腹股溝等褶皺部位，生出針頭狀的丘疹和水皰，異常刺癢。

【疥蛤蟆】jièháma〔名〕蟾蜍的俗稱。

蚧

jiè 見"蛤蚧"（439 頁）。

借

jiè ❶〔動〕得到同意後暫時把別人的財物等拿來使用；借進：我～了他一百塊錢｜向圖書館～過三本書｜～你車用用。❷〔動〕應要求暫時把財物等交別人使用；借出：學校圖書館星期天不～書｜他～給我一百塊錢。❸（Jiè）〔名〕姓。

另見 jiè"藉"（682 頁）。

語彙 籌借 出借 假借 舉借 求借 轉借 租借

【借詞】jiècí〔名〕從另外一種語言中吸收過來的詞。如漢語中從英語吸收過來的"三明治"，從法語吸收過來的"沙龍"，從日語吸收過來的"道具"等。

【借代】jièdài〔名〕修辭方式之一，即不直接說出事物的名稱，而是用相關的另一事物來稱代。如傳說中太陽中有三足烏，便以"金烏"代太陽；月亮中有兔，便以"玉兔"代月亮。

【借貸】jièdài❶〔動〕向人借錢或借給人錢：規範企業～行為｜向銀行～500 萬元。❷〔名〕指簿記或資產表上的借方與貸方。

【借刀殺人】jièdāo-shārén〔成〕借別人的刀去殺人。比喻自己不露面，利用別人去害人：他自己躲在背後，讓別人出面除掉對手，豈不是～？

【借調】jièdiào〔動〕❶ 隸屬關係不變，將一個單位的人員暫時借到另一個單位去工作：從大學～一批教師來整理古籍。❷ 將一個單位的物資暫時借到另一個單位使用：～一批攝影器材供新聞中心記者租用。

【借東風】jiè dōngfēng〔慣〕原為《三國演義》中諸葛亮借東風火燒曹營的故事。喻指憑藉、利用大好形勢：借代表大會的東風把各項工作做好。

【借讀】jièdú〔動〕❶ 沒有本地區正式戶口的中、小學生在本地區中、小學就讀：～生｜～費｜把孩子送到附近的小學～。❷ 指沒有某校學籍的學生因故在某校就讀：他本來是上海的大學生，後來在西南聯合大學～。

【借方】jièfāng〔名〕會計簿記賬戶上左邊的一欄，記載資產的增加，負債的減少和收入的減少（跟"貸方"相對）。

【借風使船】jièfēng-shǐchuán〔成〕比喻憑藉別人的力量達到自己的目的：他見老王對此事很熱心，便慫恿他出面交涉，自己樂得～，從中撈取好處。

【借古諷今】jiègǔ-fěngjīn〔成〕藉評論古代的人和事來影射諷刺現實：抗戰時期，有不少～的歷史劇，郭沫若的《屈原》便是其中之一。

【借光】jiè//guāng〔動〕〈敬〉❶ 客套話。用於請別人給自己方便或向別人詢問：～～，請讓一讓｜～，去天安門怎麼走？❷ 比喻分沾利益或光榮：等你出了國，我也借你的光出去看看。

【借花獻佛】jièhuā-xiànfó〔成〕比喻把別人的東西拿來做禮物送人：請不要客氣，這些東西都是朋友送的，我只不過～罷了。

【借鑒】jièjiàn〔動〕鑒：鏡子。拿別的人或事對照，以便從中吸取經驗教訓：這個設計方案吸收了不少國內同行的建議，同時也～了國外的經驗。也說借鏡。

【借景】jièjǐng〔動〕園內藉助園外，此景襯托彼景的園林設計：北京的皇城根遺址公園，是典型的～藝術之作。

【借據】jièjù〔名〕（張）借他人的錢或物品時所立的字據，由出借的人保存：寫個～。

【借考】jièkǎo〔動〕經招生部門批准，到非戶籍所在地參加全國高等學校招生考試：～生。

【借款】jièkuǎn❶(-//-)〔動〕向人借錢或借錢給人：～買房｜他從不～給人。❷〔名〕（筆）向人借用或借給人的錢：償還～｜追討～。

辨析 借款、貸款　"借款"可指單位、個人之間，有時也可指銀行、信用社等與單位、個人之間；"貸款"只限於銀行、信用社等。

【借聘】jièpìn〔動〕以借調的方式聘用：旅行社如需～導遊，須經有關部門批准。

【借屍還魂】jièshī-huánhún〔成〕迷信的人認為人死後靈魂能借別人的屍體復活。比喻已經消滅或沒落的事物又假託別的名義或以另一種形式重新出現：裝神弄鬼等迷信活動在一些地方又～了。

【借宿】jièsù〔動〕暫時在別人那裏住宿：～一夜｜天晚了，才爬到半山腰，只好去寺院裏～。

【借題發揮】jiètí-fāhuī〔成〕借某事為題來表達自己另外的意思或達到自己真正的目的：為了一件小事大發雷霆，還能說這不是～！

【借條】jiètiáo（～兒）〔名〕（張）便條式的借據：打個～。

【借問】jièwèn〔動〕〈敬〉用於向人詢問事情：～哪兒有郵電局？｜～酒家何處有？｜～客從何處來？

【借用】jièyòng〔動〕❶ 把別人的東西借來暫時使用：～一下你的字典。❷ 把具有某種用途的事物暫時另作別用：～這組書櫃把一間大屋隔成了兩間。

【借喻】jièyù〔名〕比喻的一種，直接借比喻的事物來代替被比喻的事物，被比喻的事物和比喻詞都不出現。如"不要隨便給人扣帽子"，"帽子"比喻罪名或壞名聲（區別於"明喻""暗喻"）。

【借閱】jièyuè〔動〕借圖書、資料等來閱覽：～資料｜～圖書｜檔案一般不能～。

【借債】jiè//zhài〔動〕借錢：向親戚借了一筆債。

【借支】jièzhī〔動〕提前支用（工資）：～半年工資。

【借重】jièzhòng〔動〕❶〈敬〉用於請別人支持和幫助：今後～先生的地方還很多，請多多關照。❷ 借別人的名聲、地位和實力以抬高或加強自己：我們的學會請您當顧問，確實是想～您的名望。

【借住】jièzhù〔動〕借別人的地方暫時居住：在朋友家～｜你那兒能讓我～幾天嗎？

愬　jiè〈書〉警戒。

解　jiè〔動〕解送：把犯人從外縣～回來審判。另見 jiě（677 頁）；xiè（1501 頁）。

語彙　遞解　起解　押解

【解送】jièsòng〔動〕押送犯人或財物到某處：～犯人｜～黃金｜～古物。

【解元】jièyuán〔名〕明清兩代，鄉試考取第一名的人稱解元。參見"三元"（1157頁）。

骱 jiè〔名〕骨節與骨節相接的地方：脫～（脫臼）。

誡（诚）jiè ❶警告；勸告：告～｜規～｜勸～｜訓～。❷用於規勸、訓誡的文字；格言。如漢朝有班昭的《女誡》。

褯 jiè 包裹嬰兒用的衣被。

【褯子】jièzi〔名〕（塊）（北方官話）尿布。

藉 1 jiè〈書〉❶墊在下面的東西：以草為～。❷墊；襯：枕～。❸撫慰：慰～。❹包含；蘊積：蘊～。

藉 2（借）jiè ❶假託：～端｜～故｜～古諷今。❷憑藉；利用：～助｜～手（假手）。❸〔介〕引進動作、行為所利用或憑藉的時機、事物等：～題發揮｜此機會向與會者表示感謝｜大火～着風勢，越燒越旺。

另見 jí（616頁）；"借"另見 jiè（680頁）。

【藉端】jièduān〔副〕藉口某件事：～生事｜～行兇｜～尋釁。

【藉故】jiègù〔副〕假借某種原因：～推辭｜～離開｜他不願意談自己的看法，～先走了。

辨析 藉故、藉口　都有假託某種原因的意思，但"藉故"並不一定說出這個"故"的內容，"藉口"則往往要說出其所"藉"的理由。"他藉故身體不舒服，提前告辭了"這句話中，"藉故"應改為"藉口"，或刪去"身體不舒服"。

【藉口】jièkǒu ❶〔動〕假託某事當作理由：他～身體不舒服，提前離開了會場｜不能～工作忙而放棄對孩子的教育。❷〔名〕藉以推託的理由：找～｜不能以缺乏經驗為～，推脫自己的責任。

【藉以】jièyǐ〔連〕把……作為憑藉來做某事：他見人就說自己是名牌大學的高才生，～提高自己的身價｜不打擊別人，～抬高自己。

【藉助】jièzhù〔動〕依靠別的人或事物的幫助：這種氣球～風力可以飛行很遠｜～電子顯微鏡可以看清細小的物質構造。

jie ·ㄐㄧㄝ

家 jie 同"價"（jie）②。

另見 jiā（628頁）；jiā "傢"（630頁）。

價（价）jie〔助〕❶（北方官話）語氣助詞。用在否定副詞後，單獨成句，加強語氣：甭～｜別～｜不～。❷結構助詞。用在某些狀語後：成天～忙｜震天～響。

另見 jià（634頁）；"价"另見 jiè（679頁）。

jīn ㄐㄧㄣ

巾 jīn 擦拭、包裹或覆蓋東西的紡織品：餐～｜毛～｜手～｜圍～｜浴～｜枕～｜頭～｜紅領～。

語彙 餐巾　領巾　毛巾　手巾　頭巾　網巾　圍巾　枕巾　紙巾　綠頭巾　衞生巾

【巾幗】jīnguó〔名〕巾和幗是古代婦女戴的頭巾，借指婦女：～英雄｜～不讓鬚眉。

【巾幘】jīnzé〔名〕古代男子戴的頭巾。

斤〈一〉jīn 〈一〉〔量〕質量或重量單位。舊制 1 斤等於 16 兩，市制 1 斤後改 10 兩，合 500 克。

〈二〉❶古代砍伐樹木用的工具，與斧子相似：斧～｜運～成風。❷(Jīn)〔名〕姓。

【斤斤】jīnjīn ❶〔形〕拘謹的樣子：～自守。❷〔動〕過分計較：～於表面形式。

【斤斤計較】jīnjīn-jìjiào〔成〕一絲一毫的利益或微不足道的小事都要計較：大家一起共事，怎麼好～呢？

【斤兩】jīnliǎng〔名〕分量，常比喻重要性：～不足｜他說的話很有～。

今 jīn ❶現在；現代（跟"古""昔"相對）：借古鑒～｜古往～來｜撫～追昔。❷今天；當前：～晨｜～晚｜～冬明春。❸〔代〕指示代詞。此；這：～番｜～生。❹(Jīn)〔名〕姓。

語彙 當今　而今　古今　迄今　如今　現今　於今　至今　博比通今　厚薄薄今　借古諷今　學貫古今　以古況今

【今草】jīncǎo〔名〕草書的一種，由章草結合楷書發展而成。相傳始於東漢的張芝，六朝時為與章草區別，故稱。

【今番】jīnfān〔名〕這次；這回：～重來尋訪舊跡。

【今非昔比】jīnfēixībǐ〔成〕現在不是過去可以比的。形容變化很大：～，鳥槍換炮了｜這個小山村～，家家都看上電視了。

【今個】jīngè〔代〕指示代詞，這個（常見於港式中文）：～除夕夜，維多利亞港有煙花匯演。

【今後】jīnhòu〔名〕從現今以後：～要注意鍛煉身體。

【今年】jīnnián〔名〕說話時的這一年：～又是豐收年。

【今日】jīnrì〔名〕❶今天：去西安的航班～準點起飛。❷現在；目前：～中國｜～世界。

【今生】jīnshēng〔名〕這一輩子（跟"來生"相對）：～今世｜你我～無緣啊！

【今世】jīnshì〔名〕❶當代：～賢士。❷今生（跟"來世"相對）：～虛度，更枉來世。

【今歲】jīnsuì〔名〕今年：～乾旱少雨。

【今天】jīntiān〔名〕❶說話時的這一天：～是星期三。❷現在；目前：過去的窮鄉僻壤，～完變了樣｜～的中國人再也不是東亞病夫了。

〖辨析〗**今天、今日** 意思上並無不同，但"今天"多用於口語，"今日"多用於書面語。用作書名或標題之類的"今日中國""今日世界"等，不能換用"今天"；日常對話中的"今天"，一般也不宜換用"今日"，如"你今天為甚麼起得這麼早？""今天的天氣真好"等。但像習慣的說法"今日事今日畢"，其中的"今日"也不宜換用"今天"。

【今文】jīnwén〔名〕漢朝稱當時通行的隸書（跟"古文"相對）。漢朝把口傳的經書用隸書記錄下來，被後人叫作今文經。

【今昔】jīnxī〔名〕現在和過去：草堂～｜～變遷｜人情不相遠，～多相同。

【今譯】jīnyì〔名〕古代文獻的現代語譯文：古詩～。

【今音】jīnyīn〔名〕❶現代語音（跟"古音"相對）。❷特指以《切韻》《廣韻》等韻書為代表的隋唐時期的語音，跟以《詩經》為代表的周秦時期的"古音"相對。

【今雨】jīnyǔ〔名〕〈書〉比喻新朋友（跟"舊雨"相對）：人情舊雨非～。參見"舊雨"（714頁）。

【今朝】jīnzhāo〔名〕❶（吳語、贛語、客家話）今天：～起，練拳術。❷現在：不能～有酒～醉｜為國爭光在～。

金 jīn ㊀❶金屬的總稱：合～｜冶～。❷〔名〕一種金屬元素，符號Au，原子序數79。赤黃色，有光澤，質軟，是一種貴金屬，常用來製造貨幣、裝飾品等：點石成～｜披沙揀～。通稱金子、黃金。❸金錢：獎～｜薪～｜資～。❹古時指鑼等金屬製的打擊樂器：～鼓齊鳴｜鳴～收兵。❺比喻像金子一樣貴重：～科玉律｜～玉良言｜～枝玉葉｜～口玉言｜烏～墨（指煤）。❻像金子一樣的顏色：～色｜～髮女郎。❼（Jīn）〔名〕姓。
㊁（Jīn）〔名〕朝代，1115-1234，北宋末女真族完顏部領袖阿骨打所建，建都會寧（今黑龍江省阿城南），國號金。

〔語彙〕本金 赤金 衝金 酬金 純金 鍍金 奪金 罰金 股金 合金 黑金 黃金 基金 獎金 禮金 燙金 淘金 貼金 五金 現金 薪金 押金 冶金 佣金 摘金 重金 資金 租金 養老金 助學金 點石成金 沙裏淘金 惜墨如金 一諾千金 眾口鑠金

【金榜】jīnbǎng〔名〕❶科舉時代稱殿試錄取的榜：～題名。❷指金字或金漆的匾額。

【金杯】jīnbēi〔名〕❶金質酒杯或茶杯。❷（座）獎給比賽第一名的金質獎杯。

【金本位】jīnběnwèi〔名〕一種貨幣制度，用一定成色和重量的黃金作為本位貨幣（區別於"銀本位"）。

【金幣】jīnbì〔名〕（枚）用黃金做主要成分鑄造的貨幣或紀念幣。

【金碧輝煌】jīnbì-huīhuáng〔成〕形容建築物、陳設品等華麗精緻、光彩奪目：故宮的建築～、氣勢雄偉。

【金箔】jīnbó〔名〕用黃金捶成的薄片或塗上金粉的紙片，多包在佛像、器物等的表面做裝飾。也叫金葉子。

【金不換】jīnbuhuàn 用金子都換不來，形容十分可貴：浪子回頭～。

【金燦燦】jīncàncàn（～的）〔形〕狀態詞。形容金光耀眼：～的麥穗兒｜～的陽光。

【金蟬脫殼】jīnchán-tuōqiào〔成〕蟬變為成蟲時脫出硬殼。比喻用計謀脫身溜走：他用～之計，逃出了歹徒的虎口。

【金城湯池】jīnchéng-tāngchí〔成〕金屬築就的城牆，沸水灌成的護城河。形容城池或陣地堅固，不易攻破：敵人在這裏搞了立體防綫，吹噓為～，可是很快就被我軍攻破了。

【金瘡】jīnchuāng〔名〕中醫指刀、劍、槍等金屬兵器所造成的創傷。

【金達萊】jīndálái〔名〕杜鵑花。[朝鮮]

【金丹】jīndān〔名〕古代方士用朱砂等煉成的丹藥，認為服用之後能長生不老。

【金額】jīn'é〔名〕金錢的數額：賬面上的～為三十萬｜所欠～必須在一年內還清。

【金飯碗】jīnfànwǎn〔名〕比喻待遇優厚、非常穩定的職業：過去在銀行、郵局、海關做事，就算是有了～。

【金風】jīnfēng〔名〕〈書〉古代以"金"為五行之一，與西方、秋季相配，故稱秋風為金風：～送爽。

【金剛】jīngāng ㊀〔名〕❶佛教稱保衛佛的侍從力士，因手持金剛杵（原為印度兵器，用金石或木材製成，可以斷煩惱，伏惡魔）而得名。❷比喻得力的幹將：八大～。㊁〔名〕（北京話）某些昆蟲的蛹。

【金剛怒目】jīngāng-nùmù〔成〕金剛：佛教稱衛佛的侍從力士，他手執金剛杵，現出憤怒形狀。形容面目威猛逼人：你看他那～、咄咄逼人的樣子。也說金剛努目。

【金剛石】jīngāngshí〔名〕（顆，粒）礦物名，已知最硬的物質，是碳的一種結晶體。純淨的無色透明，有耀眼的光澤。經過琢磨的叫鑽石，可做首飾用。也可以人工法製成。工業上用作高級的切削和耐磨材料。也叫金剛鑽。

【金剛鑽】jīngāngzuàn〔名〕金剛石：沒有～，就別攬瓷器活兒（比喻沒有過硬的本領就不要搶着承擔艱巨的任務）。

【金糕】jīngāo〔名〕（塊）山楂糕。山楂煮熟加糖等製成的凝凍食品。

【金戈鐵馬】jīngē-tiěmǎ〔成〕指戰爭或戎馬生涯。

也形容軍隊的雄壯威武：在那～的歲月裏，他們都是英雄｜想當年，～～，氣吞萬里如虎。

【金工】jīngōng〔名〕金屬的各種加工工藝的總稱：～車間｜～學。

【金貴】jīnguì(-gui)〔形〕〈口〉珍貴；貴重：這裏是沙漠地帶，水非常～｜別把錢看得太～了。

【金黃】jīnhuáng〔形〕狀態詞。顏色像金子那樣黃而帶紅的顏色：～的頭髮｜～的柑橘｜～～的大片麥田。

【金煌煌】jīnhuánghuáng(～的)〔形〕狀態詞。形容顏色像黃金一樣閃閃發亮：～的琉璃瓦｜～的獎杯。

【金婚】jīnhūn〔名〕西方風俗稱結婚五十週年為金婚。

【金雞獨立】jīnjī-dúlì〔成〕指一條腿站立的姿勢。

【金雞納霜】jīnjīnàshuāng〔名〕奎寧。[金雞納，西 quinquina]

【金獎】jīnjiǎng〔名〕指一等獎；最高獎。

【金科玉律】jīnkē-yùlǜ〔成〕原指法律條文盡善盡美。後比喻不可變更的法令或信條：過去定的規章制度不是～，不適合新的情況就得改。

【金口玉言】jīnkǒu-yùyán〔成〕封建時代稱皇帝說的話。現泛指不可改變的話：你的話難道是甚麼～不成，為甚麼非要別人聽從？

【金庫】jīnkù〔名〕保管和出納國家預算資金的機關。通稱國庫。

【金蘭】jīnlán〔名〕《周易‧繫辭上》：“二人同心，其利斷金；同心之言，其臭如蘭。”“金蘭”原指牢固而融洽的交情，後用作結拜兄弟或姐妹的代稱：～譜｜～之交。

【金蓮】jīnlián(～兒)〔名〕舊時指纏足女子的腳：三寸～兒。

【金領】jīnlǐng〔名〕指收入較高的高級科學技術人員，如軟件設計工程師等：～階層。

【金縷玉衣】jīnlǚyùyī〔名〕(件)漢代以金絲連綴玉片製成的貴族葬服。1968 年，中國文物考古部門在河北滿城發掘的漢武帝異母兄中山靖王劉勝夫婦兩座墓葬，各有金縷玉衣一件，每件用金絲把兩千多塊玉片串起來製成。是珍貴文物。

【金鑾殿】jīnluándiàn〔名〕(座)原為唐朝的宮殿名，後來泛指皇帝受朝見的正殿(多見於舊小說、戲曲)。

【金迷紙醉】jīnmí-zhǐzuì〔成〕紙醉金迷。

【金甌】jīn'ōu〔名〕〈書〉金屬盆子，比喻完整的疆土。泛指國土：～無缺(國土完整)。

【金牌】jīnpái〔名〕(枚，塊)金質獎牌，獎給比賽或其他評比活動的第一名，也泛指第一或最高的榮譽：榮獲國家質量～｜～企業｜～服務員。

【金錢】jīnqián〔名〕錢：有許多東西是～買不到的。

辨析 金錢、錢 a)“金錢”多用於書面語，“錢”多用於口語。b)有些習慣用法不能互換，如“這件衣服要賣多少錢？”“請借給我十塊錢”“工廠賺了不少錢”等日常用語，不能換用“金錢”；雙音節詞的組合如“金錢誘餌”“金錢萬能”等，不能換用“錢”，而“錢能通神”“有錢能使鬼推磨”等俗語中的“錢”，則又不能換用“金錢”。

【金錢豹】jīnqiánbào〔名〕(頭，隻)豹的一種，毛黃色，身上的花紋像圓形的古錢。

【金秋】jīnqiū〔名〕指秋季：～十月｜～菊展。

【金曲】jīnqǔ〔名〕特別好聽、廣受歡迎的歌曲：電影～｜懷舊～。

【金融】jīnróng〔名〕貨幣資金的融通。一般指貨幣流通與銀行信用有關的一切經濟活動，如貨幣的發行、流通和回籠，貸款的發放和收回，存款的存入和提取，國內外匯兌的往來以及證券市場的交易等：～市場｜～機構｜～中心。

【金嗓子】jīnsǎngzi〔名〕❶(副)圓潤動聽的嗓音：這位歌星天生一副～。❷對嗓音動聽的歌唱者的譽稱：藏族～｜帕瓦羅蒂。

【金色】jīnsè ❶〔名〕像金子一樣的顏色：～鯉魚｜～的朝陽。❷〔形〕屬性詞。比喻十分美好，寶貴：～的童年｜～時光。

【金閃閃】jīnshǎnshǎn(～的)〔形〕狀態詞。形容金光閃爍：～的獎杯｜一條～的項鏈。

【金石】jīnshí〔名〕❶〈書〉金屬和石頭，比喻堅硬的東西：～之交｜心如～｜精誠所至，～為開。❷金指銅器，包括鐘、鼎、兵器、用具等，石指石碑等，合稱金石，上面多鐫刻文字。古代把研究金石上文字及有關資料的學問叫作金石學。一般篆刻印章常取法金石上的文字形體，也有金石雅稱，如“金石書畫”。❸鐘、磬之類的樂器：～之無聲，或擊之鳴。

【金屬】jīnshǔ〔名〕具有光澤但不透明，富有延展性、傳熱性和導電性的物質。除汞外，在常溫下都是固體。一般分為黑色金屬和有色金屬兩大類。黑色金屬如鐵、錳，有色金屬中重金屬如銅、錫，輕金屬如鋁、鎂，稀有金屬如鎢、鈦，貴金屬如金、銀等。

【金絲猴】jīnsīhóu〔名〕(隻)猴的一種，身體瘦長，尾巴與體長相當，毛灰黃色，背部有閃亮的長毛。面孔藍色，鼻孔向上。生活在高山的大樹上，是中國特產的一種珍貴動物。也叫仰鼻猴。

【金湯】jīntāng〔名〕“金城湯池”的縮略：固若～。

【金條】jīntiáo〔名〕(根)條狀的金子。

【金童玉女】jīntóng-yùnǚ〔成〕道教指在神仙左

右侍候的童男童女。現泛指才貌相配的青年男女。

【金文】jīnwén〔名〕指商、周、戰國和秦漢時代青銅器上鑄或刻的文字。也叫鐘鼎文。

【金烏】jīnwū〔名〕〈書〉太陽的代稱。古代傳說太陽中有三足烏，故稱太陽為金烏：～墜，玉兔升（玉兔指月亮）。

【金星】jīnxīng ㊀〔名〕太陽系八大行星之一，按距離太陽由近及遠的次序計為第二顆，也是各大行星中離地球最近的一顆。公轉一周的時間約 225 天，自轉一周的時間約 243 天。中國古代把金星叫作太白星，傍晚出現在西方叫長庚或長庚星，早晨出現在東方叫啟明或啟明星。㊁〔名〕❶（顆）金黃色的五角星：～勳章 | 英雄（獲得了金星勳章的英雄）。❷頭暈眼花時感覺到眼前出現像星的金色小光點：他一陣頭暈，只覺得眼前直冒～。

【金鑰匙】jīnyàoshi〔名〕（把）比喻解決問題的最好方法：工具書是打開知識寶庫的～。

【金銀花】jīnyínhuā〔名〕忍冬。

【金魚】jīnyú〔名〕（條，尾）鯽魚的變種，經人工長期培養而成，身體以紅色為多，也有黑、藍、橙、白等色，是著名的觀賞魚。

【金魚缸】jīnyúgāng〔名〕港澳地區用詞。香港聯合交易所的謔稱，因交易所大廳為玻璃屋，穿紅馬甲的交易員走動時像魚缸裏游動的金魚，故得名。

【金玉】jīnyù〔名〕〈書〉❶泛指珍寶：～錦繡。❷比喻寶貴的東西：～良言。❸比喻美好的東西：～其外，敗絮其中（比喻外表華美，裏頭破敗）。

【金玉良言】jīnyù-liángyán〔成〕比喻像黃金和美玉一樣寶貴的話語。多指朋友、長輩等人的忠告或教誨。

【金元】jīnyuán〔名〕指美圓：～帝國 | ～外交。

【金圓券】jīnyuánquàn〔名〕國民黨政府在 1948 年 8 月開始發行的一種紙幣（在那以前紙幣叫“法幣”）。

【金針菜】jīnzhēncài〔名〕❶多年生草本植物，葉子叢生。花筒長而大，黃色，有香味，花蕾加工後可以做蔬菜。❷這種植物的花。通稱黃花、黃花菜。

【金枝玉葉】jīnzhī-yùyè〔成〕舊指皇族後代。現也泛指出身高貴的公子小姐。

【金子】jīnzi〔名〕（塊，錠）“金”②的通稱。

辨析　金子、金、黃金　習慣搭配不同，如“金首飾”“金項鏈”等，不用“黃金”或“金子”；“黃金儲量”“黃金市場”“黃金生產”“黃金工業”等，不用“金子”，更不用“金”；“金子”多指用於口語。它們有不同的比喻義。“金子”比喻真誠純潔，如“他有一顆金子般的心”；“黃金”比喻價值高，如“黃金地段”“黃金時間”；“金”則比喻貴重，如“點石成金”。都不能互相換用。

【金字塔】jīnzìtǎ〔名〕（座）古代埃及、美洲的一種用石磚砌成的三面或多面的角錐體建築物，遠看像漢字的“金”字。埃及的金字塔是古代國王的陵墓。

【金字招牌】jīnzì zhāopái（塊）商店用金粉塗字的招牌。借指店家雄厚的資金、卓著的信譽。也比喻可抬高身價、值得炫耀的名義或稱號：這家商行是～，誰也不會相信他們的貨物有假 | 不要以為留學就是鍍金，“留洋生”已不是甚麼～。

津 jīn ❶唾液：生～止渴。❷汗液：遍體生～。❸滋潤；潤澤：～貼 | 潤葉～莖。
㊀❶〈書〉渡口：古～ | ～渡。❷（Jīn）〔名〕指天津：京～地區。❸（Jīn）〔名〕姓。

語彙　渡津　迷津　問津　要津　汗津津　甜津津　遍體生津　位居要津　指點迷津

【津渡】jīndù〔名〕〈書〉渡口；關卡～。

【津津】jīnjīn〔形〕❶形容有滋味，有興味：～有味 | ～樂道。❷形容（汗、水）滲出的樣子：汗～ | ～。

【津津樂道】jīnjīn-lèdào〔成〕有興趣地談論：直到現在，還有人對十年前的那件事～。

【津津有味】jīnjīn-yǒuwèi〔成〕形容特別有滋味或特別有興趣：兩碟小菜，一壺熱酒，兩人吃得～ | 這些鄉土文學作品我讀起來～。

【津梁】jīnliáng〔名〕〈書〉渡口和橋樑，比喻起引導作用的事物或手段：先生宏論，真乃強國富民之～。

【津貼】jīntiē ❶〔名〕工資以外的補助：車票～（簡稱“車貼”） | 發～。❷〔名〕給供給制人員的日常零用錢：戰士把每月的～都存入銀行了。❸〔動〕用財物補助人：每月～他 200 元。

【津要】jīnyào〔名〕〈書〉❶水、陸的要衝：列艦～。❷比喻顯赫而重要的地位：位居～。

【津液】jīnyè〔名〕中醫指人體內的各種液體，包括血液、唾液、淚液、汗液等，通常專指唾液：～不足。

衿 jīn ❶舊同“襟”。❷〈書〉繫（jì）衣襟的帶子。

矜 jīn〈書〉❶憐憫；憐惜：哀～ | ～老恤貧。❷自大；自誇：驕～ | 自～其功。❸莊重；拘謹：～持 | ～重。

另見 guān（477頁）；qín（1087頁）。

【矜持】jīnchí〔形〕保持莊重嚴肅，現多指過分拘謹而顯得不自然：～不苟｜態度～｜他在眾人面前顯得很～。

【矜誇】jīnkuā〔動〕驕傲自滿；自我誇耀：～自大｜不可～。

【矜恤】jīnxù〔動〕憐憫撫恤：～老弱病殘。

【矜重】jīnzhòng〔形〕莊重自持；拘謹：他為人～。

肆 jīn〈書〉玉名。

紟 jīn〈書〉繫衣襟的帶子。

筋 jīn ❶ 肌肉：～肉｜～骨｜～疲力盡。❷（～兒）〔名〕〈口〉肌腱或骨頭上的韌帶：抽～兒｜牛蹄～兒｜腿肚子轉（zhuàn）～了。❸〔名〕（根、條）〈口〉皮下可以看得見的靜脈管：青～暴起。❹（～兒）像筋一樣具有彈性的東西：鋼～｜面～｜橡皮～兒。

【筋道】jīndao〔形〕（北方官話）❶ 指食物有韌性，耐咀嚼：這種米煮的飯吃起來真～｜老人牙口兒好，愛吃～麪條兒。❷ 身體結實，硬朗（多形容老人）：九十多歲了，老人身子骨還很～。

【筋斗】jīndǒu〔名〕跟頭：連翻了幾個～。

【筋骨】jīngǔ〔名〕肌肉和骨頭，泛指身體、體格：～疲憊｜鍛煉～｜～硬朗｜幹重活兒時要注意，別傷了～。

【筋節】jīnjié〔名〕❶ 肌肉與骨節：～畢露。❷ 比喻文章或言辭的轉折連接處：文章～清楚，脈絡分明。

【筋脈】jīnmài〔名〕❶ 指可以看得見的皮下靜脈管。❷ 比喻文章的綫索、條理：文章～清晰。

【筋疲力盡】jīnpí-lìjìn〔成〕力氣都用盡了。形容非常疲勞：一天工作下來，已經是～了。

【筋肉】jīnròu〔名〕肌肉。

釿（斤） jīn ❶〈書〉同"斤"㊀①。❷ 古代金屬重量單位，也是貨幣名。

禁 jīn ❶〔動〕受得住；耐：～用｜～穿｜～得起考驗｜弱不～風。❷ 忍住：情不自～｜忍俊不～。

另見 jìn（692頁）。

【禁不起】jīnbuqǐ〔動〕承受不住（跟"禁得起"相對）：～誘惑｜我們這個廠再也～折騰了。

【禁不住】jīnbuzhù〔動〕❶ 承受不住（跟"禁得住"相對）：這根繩子太細，怕～那麼大分量｜他～兩位親人相繼去世的打擊，一病不起了。❷ 抑制不住：～哭了起來｜～歎了一口氣｜老朋友意外相見，～高興得叫了起來。

【禁得起】jīndeqǐ〔動〕承受得住（跟"禁不起"相對）：我們要～困難的考驗｜這個飽受戰爭之苦的國家還～變亂嗎？

【禁得住】jīndezhù〔動〕承受得住（跟"禁不住"相對）：困難再大我們也～｜這座橋～載重汽車通過。

【禁受】jīnshòu〔動〕受；忍受：～磨煉｜他～不了打擊｜有些人～不住金錢的誘惑，犯了罪。

襟 jīn ❶ 衣服胸前的部分：大～｜小～。❷ 指胸懷：～懷｜胸～。❸ 女婿之間的關係稱連襟：～兄｜～弟。

語彙　大襟　底襟　對襟　後襟　連襟　前襟　胸襟　衣襟

【襟抱】jīnbào〔名〕〈書〉胸襟；抱負：寬闊的～｜滿懷救國～。

【襟懷】jīnhuái〔名〕胸懷：～坦白｜～坦蕩｜他具有革命者的博大～。

> **辨析** **襟懷、胸懷**　"襟懷"是褒義詞，"胸懷"是中性詞。有時可換用，如"襟懷（胸懷）坦白""博大的胸懷（襟懷）"。"襟懷坦蕩"是固定組合，不宜換用"胸懷"。有些用"胸懷"的組合不能換用"襟懷"，如"胸懷狹窄"。

jǐn ㄐㄧㄣˇ

叠 jǐn 瓟，古代舉行婚禮時新婚夫婦用來飲交杯酒的酒器。舊稱結婚為合叠。

堇 jǐn 見下。

【堇菜】jǐncài〔名〕多年生草本植物，開紫花，果實橢圓形，全草可入藥。

【堇色】jǐnsè〔名〕淺紫色。

僅（仅） jǐn ❶〔副〕僅僅：不～如此｜絕無～有｜碩果～存｜走了兩個小時，路～走了一半。❷（Jǐn）〔名〕姓。

另見 jìn（693頁）。

【僅僅】jǐnjǐn〔副〕只，表示限於某一範圍：你看到的材料～是一部分｜從搜集材料到完稿，～用了一年時間。

【僅只】jǐnzhǐ〔副〕僅僅；不過：～託兒費，就把半個月工資交出去了。

緊（紧）〈緊緊〉 jǐn ❶〔形〕物體因受強拉力的作用而產生的狀態（跟"鬆"相對）：弦不要繃得太～｜鋼絲繩拉得很～。❷〔形〕在外力作用下物體變得更固定（跟"鬆"相對）：捏～筆桿｜把螺絲釘擰～。❸〔形〕比喻不放鬆：眼睛～盯着前方｜～記着別忘了。❹〔形〕空隙小，非常接近（跟"鬆"相對）：這雙鞋太～，有點夾腳｜櫃子門很～，拉不開｜他坐在我～前面｜～～團結在一起。❺〔形〕事情密切連接着；時間急促沒有空隙（跟"鬆"相對）：工作抓～一點｜功課很～｜一個任務～接着一個任務。❻〔形〕急迫；嚴重：前方吃～｜風聲很～。❼〔形〕不寬裕；拮据（跟"鬆"相對）：銀根～｜手頭～｜家裏日子過得很～。❸〔動〕使緊（跟"鬆"相對）：～一下腰帶｜把琴弦～一～｜一～螺絲。❾〔動〕加以限制或控制（跟"鬆"相對）：這個月開銷大，手應該～一點。

語彙 吃緊 打緊 趕緊 加緊 口緊 手緊 鬆緊
嚴緊 要緊 抓緊 嘴緊

【緊巴巴】jǐnbābā（～的）〔形〕狀態詞。❶形容物體表面因受拉力的作用而形成的緊張狀態：衣服太小，～地蒙在身上｜沒洗澡，渾身～，怪難受的。❷形容經濟很不寬裕：收入不算多，可是日子還是過得～的。

【緊綁綁】jǐnbāngbāng（～的）〔形〕狀態詞。❶形容緊密嚴實：繩子捆得～的。❷形容經濟不寬裕：他家的生活～的，不敢亂花一分錢。

【緊繃繃】jǐnbēngbēng（～的）〔形〕狀態詞。❶形容捆得或拉得很緊：行李捆得～的｜～的琴弦。❷形容心情過於緊張或表情過於嚴肅：孩子參加統考的那幾天，他的心一直～的｜王主任的臉～的，好像在跟誰生氣。

【緊湊】jǐncòu〔形〕銜接緊密（跟"鬆散"相對）：活動安排得很～｜電視劇結構～，情節曲折。

【緊促】jǐncù〔形〕急促；急迫：呼吸～。

【緊箍咒】jǐngūzhòu〔名〕（道）小說《西遊記》裏唐僧唸的一種咒語，能使孫悟空頭上戴的金箍縮緊，頭疼難忍，用以管束和制伏他。後用來比喻約束人的東西：常唸安全～。

【緊急】jǐnjí〔形〕需要馬上行動、不容拖延的：情況～｜事情～｜～命令｜～警報。

【緊鄰】jǐnlín〔名〕緊緊挨着的鄰居：我們兩家是～。

【緊鑼密鼓】jǐnluó-mìgǔ〔成〕鑼鼓點敲得很密，常為戲曲演出重要情節開始的前奏。比喻為某人上台或某事出台營造聲勢、氣氛，進行緊張準備：在方案出台前，～地進行了一番宣傳｜在準備開戰的同時，也展開了～的外交活動。

【緊忙】jǐnmáng〔副〕趕緊；趕忙：突然下起雨來，我～把窗戶關上｜看見一位老人上車他～起身讓座。

【緊密】jǐnmì〔形〕❶密切而不可分割：把理論與實踐～結合起來｜個人利益與國家利益～相聯。❷多而連續不斷：～的鑼鼓聲｜～的雪花滿天飛舞。

【緊迫】jǐnpò〔形〕非常緊急，一刻不容拖延：時間很～｜形勢～｜～的任務。

【緊俏】jǐnqiào〔形〕銷路好，供不應求：～貨｜～商品｜商品越～，售後服務越要跟上。

【緊缺】jǐnquē〔形〕非常少；供不應求：～的貨物｜～商品｜物資～｜人才～。

【緊身兒】jǐnshēnr〔名〕（件）貼身的上衣。

【緊縮】jǐnsuō〔動〕縮小；減少：～開支｜～經費｜～編制。

【緊要】jǐnyào〔形〕緊急重要：～關頭｜無關～。

【緊張】jǐnzhāng〔形〕❶精神高度興奮，不能安定（跟"輕鬆"相對）：精神～｜心情～｜由於過分～，有幾道本來會做的題都做錯了。❷激烈緊迫，毫不鬆懈（跟"鬆懈"相對）：團結、～、嚴肅、活潑｜～的學習生活｜工程已進入了～的收尾階段。❸因數量不足而難以滿足需求：供應～｜住房～｜原材料～。

廑 jǐn〈書〉同"僅"（jǐn）①。
另見 qín（1089頁）。

嫤 jǐn〈書〉美好的樣子。

瑾 jǐn〈書〉美玉。

槿 jǐn 見"木槿"（948頁）。

儘（盡）jǐn ❶〔動〕爭取最大可能：～早出發｜～可能讓大夥兒都去旅遊。❷〔動〕表示有極限，不得超過（常跟"着"連用）：～一百塊錢花，多了沒有｜～着兩天完成任務。❸〔介〕放在最先（常跟"着"連用）：這些房子先～着困難戶住｜經費不多，先～最需要的儀器購買。❹〔副〕用在方位詞前，最：～上邊兒｜～裏頭。❺〔副〕（北方官話）老是；總是：這些天～下雨。

"盡"另見 jìn"盡"（693頁）。

【儘管】jǐnguǎn ❶〔副〕表示不必顧慮其他，放心去做：有話～說，不要有顧慮｜你～拿去吧，我這裏有的是。❷〔連〕雖然；即使。表示讓步：～困難很多，我還是要幹下去｜這部電視劇～有一些小毛病，仍然很受觀眾歡迎｜他準時來到會場，～雨下得很大。

辨析 儘管、雖然、即使 a）"儘管""雖然"是表示一種事實，如"儘管時間很緊，我們還是如期完成了任務""雖然他沒來參加，我們的學會仍然成立起來了"；"即使"是表示一種假設，如"即使時間很緊，我們也要如期完成任務"。b）"儘管""雖然"的後面可以用"但是""可是""然而"等連詞相呼應，"即使"不能，如不能說"即使下雨，可是我們也要去"，只能說"即使下雨，我們還是要去"。c）"儘管"還有副詞用法，如"有甚麼話，儘管說，不要有顧慮"；"雖然"和"即使"只能用作連詞。

【儘可能】jǐnkěnéng〔副〕表示盡量實現某種可能性：～參加｜～滿足大家的要求。

【儘快】jǐnkuài〔副〕盡量加快：～做好準備工作｜我們要爭取～完成這個項目。

【儘量】jǐnliàng〔副〕力求達到最大限度：我一定～抽時間去看他｜查資料的工作請您～幫忙｜明天～早一些動身。
另見 jìnliàng"盡量"（693頁）。

【儘先】jǐnxiān〔副〕力求或盡量放在優先地位：

這些營養品～照顧老人｜要～組織名優產品上市。

【儘早】jǐnzǎo〔副〕儘量早一些：～返回｜路上堵車，我們還是～出發吧。

【儘自】jǐnzì〔副〕（北方官話）老是；總是：～抱怨又有甚麼用？

錦（锦）jǐn ❶ 有彩色花紋的絲織品：蜀～｜雲～｜衣～還鄉｜如花似～。❷ 比喻花樣繁多而美好的東西：集～｜什～。❸ 色彩艷麗：～霞｜～雲｜～匣｜～雞。❹（Jǐn）〔名〕姓。

【錦標】jǐnbiāo〔名〕頒發給競賽優勝者的獎品，如獎杯、錦旗等：比賽獲得了優勝的～。

【錦標賽】jǐnbiāosài〔名〕（場，次）體育比賽的一種，奪得冠軍的團體或個人獲得錦標，如世界乒乓球錦標賽。

【錦城】Jǐnchéng〔名〕四川成都的別稱。主管織錦的官叫錦官，成都有一部分城區是錦官城，簡稱錦城，因此又成了成都的別稱。

【錦緞】jǐnduàn〔名〕（塊）有彩色花紋的絲織物，可做服裝和裝飾品：～旗袍｜～被面。

【錦雞】jǐnjī〔名〕（隻）鳥名，頭頸羽毛金色，周身羽毛濃綠。雌鳥羽色有斑彩，但以黑褐為主，雄鳥尾巴很長。常棲息在多岩坡地或矮樹、竹林中。是中國西南地區特有的動物。

【錦綸】jǐnlún〔名〕一種合成纖維，強度高，耐磨、耐腐蝕，彈性大，可用來製衣物、繩子、漁網、降落傘等。舊稱尼龍。

【錦囊妙計】jǐnnáng-miàojì〔成〕錦囊：用錦做成的袋子。舊小說中常描寫足智多謀的人，把應付突發事變的辦法用紙條寫好，裝在錦囊裏，囑咐執事的人在遇到危難時拆開來看，按照預定的辦法解救。後用"錦囊妙計"比喻能及時解救危難的好辦法：解決問題還靠大家想辦法，我沒有甚麼～。

【錦旗】jǐnqí〔名〕（面）用彩綢製成的旗子，授給競賽或生產勞動中的優勝者，或送給團體或個人表示敬意、謝意等。

【錦上添花】jǐnshàng-tiānhuā〔成〕在織錦上再繡上花。比喻好上加好：扶貧工作是雪中送炭，不是～。

【錦心繡口】jǐnxīn-xiùkǒu〔成〕形容才思巧妙，文辭優美：詩文俱佳，他果然～。也說錦心繡腹。

【錦繡】jǐnxiù ❶〔名〕美麗鮮艷的絲織物：美衣～。❷〔形〕屬性詞。比喻美好：～河山｜～前程。

【錦衣玉食】jǐnyī-yùshí〔成〕華麗的衣服，珍貴的食品。形容生活奢侈、豪華：末代皇帝退位以後，依然住在宮中，過着～的生活。

謹（谨）jǐn ❶ 慎重；小心：～言慎行。❷〔副〕鄭重地；恭敬地：～復

（復信用語）｜～致謝意｜～代表全體演員向觀眾問好。

　語彙　恭謹　拘謹　勤謹　嚴謹

【謹防】jǐnfáng〔動〕謹慎地防備：～假冒｜～上當｜～小偷。

【謹慎】jǐnshèn〔形〕小心慎重，以免發生不利或不幸：謙虛，戒驕戒躁｜～從事｜他辦事十分～，從來不出差錯。

【謹小慎微】jǐnxiǎo-shènwēi〔成〕對小事也採取謹慎小心的態度。形容待人處世過於矜慎，生怕不妥：要放手讓大家去幹，不能弄得人人～，甚麼成績也沒有。

【謹嚴】jǐnyán〔形〕❶ 謹慎嚴密：治學～｜文章結構～。❷ 謹慎嚴肅：作風～｜學風～。

饉（馑）jǐn〈書〉原指蔬菜歉收，後指荒年：饑～｜年～｜災～。

jìn　ㄐㄧㄣˋ

妗jìn 見下。

【妗子】jìnzi〔名〕（北方官話）〈口〉舅母：在姥姥（外祖母）家看到了～。

近jìn ❶〔動〕接近：年～半百｜平易～人｜夕陽無限好，只是～黃昏。❷〔形〕空間或時間距離短（跟"遠"相對）：我們兩家住得～，是鄰居｜現在離春節很～了｜這段路可不～。❸〔形〕親密：～親｜～臣｜親～。❹〈書〉淺顯，容易懂：淺～｜言～旨遠。❺（Jìn）〔名〕姓。

　語彙　挨近　逼近　湊近　附近　幾近　將近　接近　就近　鄰近　臨近　迫近　淺近　親近　貼近　相近　新近　遠近　最近　左近

【近便】jìnbian〔形〕路近，走起來方便：走胡同比較～｜幸虧走了一條～的路，不然八點鐘趕不到。

【近臣】jìnchén〔名〕舊時指君主左右的親近大臣。

【近處】jìnchù〔名〕附近的地方（跟"遠處"相對）：～有沒有郵局？

【近代】jìndài〔名〕❶ 距離現代較近的過去的時代，在中國歷史分期上多指19世紀中葉到五四運動之間的時期。❷ 歷史學上通常指資本主義時代。

【近道】jìndào〔名〕（條）距離短的路：走～｜抄～。

【近古】jìngǔ〔名〕最近的古代，在中國歷史分期上多指宋元明清（到19世紀中葉）這個時期。

【近海】jìnhǎi〔名〕靠近陸地的海域：～捕撈｜～養殖。

【近乎】jìnhū〔動〕接近於：他竟然聽信了一些～荒唐的言論。

【近乎】jìnhu（～兒）〔形〕（北方官話）關係親密：別跟我套～｜他跟老張越來越～了。

【近郊】jìnjiāo〔名〕城市附近的郊區（區別於"遠郊"）：北京～｜～農民｜～有個植物園。

【近景】jìnjǐng〔名〕❶ 近距離的景物（跟"遠景"相對）：～拍攝｜遠景是山，～是人。❷ 不久以後的景象（跟"遠景"相對）：～規劃。

【近況】jìnkuàng〔名〕最近的狀況：久未聯繫，不知～如何？｜～尚好｜～不佳。

【近來】jìnlái〔名〕指當前以至現在的一段時間：他～工作一直順手｜～身體可好？

【近鄰】jìnlín〔名〕住得很近的鄰居：我們兩家是～｜遠親不如～。

【近年】jìnnián〔名〕最近幾年：～收成不錯｜～來孩子們學習進步很快。

【近旁】jìnpáng〔名〕附近；旁邊：學校～有好幾家書店。

【近期】jìnqī〔名〕最近的一段時期：本產品將於～投放市場｜影片～上映。注意"近來、近年、近日"等都是指過去，而"近期"指將來。因此可以說"近來我讀了兩本小說"，不能說"近期我讀了兩本小說"。

【近前】jìnqián〔名〕跟前：走到～才看出原來是一束絹花。

【近親】jìnqīn〔名〕血緣關係較近的親戚：～繁殖｜禁止～結婚。

【近親繁殖】jìnqīn fánzhí 親緣關係較近的物種之間的繁衍。也比喻在人員培養或使用中，有親屬關係或師承關係的人集中在一起：為防止～，有些高校不允許本校畢業生留校。

【近情】jìnqíng〔形〕合乎人情常理：～近理｜這樣斷然拒絕＝人家太不～了。

【近人】jìnrén〔名〕❶ 近代的或現代的人：中國文學史～著作很多。❷ 跟自己關係比較近的人：～不說遠話｜遠在異鄉，身邊連一個～也沒有。

【近日】jìnrì〔名〕近來；最近這幾天：錄取工作即於～開始｜我～不會出差。

【近視】jìnshì〔形〕❶ 由眼球前後直徑過長或晶狀體折光力過強而造成的視力缺陷，能看清近處的東西，看不清遠處的東西（跟"遠視"相對）：～眼｜～眼鏡｜他的眼睛很～。❷ 比喻目光短淺：這種急功近利的認識未免太～。

【近水樓台】jìnshuǐ-lóutái〔成〕宋朝俞文豹《清夜錄》引宋人蘇麟詩："近水樓台先得月，向陽花木易為春。"後用"近水樓台"比喻因與某人或某事關係近而獲得優先的機會：到底是～，甚麼好處都撇不下他這幾個手下呢？

【近似】jìnsì〔動〕相像但不相同：兄弟二人相貌～｜他說話的腔調～北京土話。

【近體詩】jìntǐshī〔名〕（首）唐朝形成的律詩和絕句的通稱（區別於"古體詩"），句數、字數、對仗、平仄、用韻等都比較嚴格。

【近義詞】jìnyìcí〔名〕意義相近的詞，如"寬容"和"大度"、"公道"和"公平"。

【近因】jìnyīn〔名〕導致某種結果的直接原因（區別於"遠因"）：本案的～就是手槍走火。

【近影】jìnyǐng〔名〕（張）近照。

【近於】jìnyú〔動〕接近於；跟……差不多：此說～編造｜楓樹的葉子～手掌形。

【近戰】jìnzhàn ❶〔動〕指以近距離射擊、投手榴彈、白刃格鬥等方式與敵人進行戰鬥：善於～｜訓練部隊掌握～、夜戰的本領。❷〔名〕（場）以上方式的近距離的戰鬥。

【近照】jìnzhào〔名〕（張，幅）近期拍攝的照片。也說近影。

【近朱者赤，近墨者黑】jìnzhūzhěchì，jìnmòzhěhēi〔成〕晉朝傅玄《太子少傅箴》："夫金木無常，方圓應形，亦冶鑄括，習以性成，故近朱者赤，近墨者黑。"靠近朱砂會染成紅色，靠近墨就會變黑。後用來比喻環境的影響能改變人的習性，跟好人在一起會使人變好，跟壞人在一起會使人變壞：～，他跟這些人混在一起，還能學出甚麼好來！

勁（劲）jìn〔名〕❶（～兒）（把，股）力氣；力量：用～兒｜手～｜他渾身有使不完的～兒｜這藥～兒真大。❷（～兒）（股）精神；情緒：幹～兒｜鬆～。❸（～兒）（股）神情；態度：傲慢～兒｜窮酸～兒。❹ 興趣；趣味：來～｜沒～。

另見 jìng（703 頁）。

語彙　標勁　差勁　吃勁　衝勁　闖勁　帶勁　對勁　費勁　幹勁　鼓勁　過勁　後勁　加勁　賣勁　牛勁　起勁　巧勁　使勁　手勁　鬆勁　泄勁　心勁　虛勁　用勁　不得勁

【勁頭】jìntóu（～兒）〔名〕〈口〉❶ 力量；力氣：你別看他個子小，～兒倒挺大。❷（股）情緒；態度：～兒十足｜大夥兒越幹～兒越大｜一看那個～兒，就知道他不同意。

晉（晋）jìn ㊀ ❶ 進；向前：～見｜～謁。❷ 提升：～級｜加官～爵。

㊁（Jìn）❶ 周朝諸侯國名，在今山西、河北南部、河南西北部及陝西東南部。❷〔名〕朝代，公元 265-317 年，司馬炎所建，建都洛陽，史稱西晉。公元 317-420 年，司馬睿重建晉朝，建都建康（今江蘇南京），史稱東晉。❸〔名〕五代之一，公元 936-947 年，石敬瑭所建，建都汴（今河南開封），國號晉，史稱後晉。❹〔名〕山西的別稱：～劇｜～語。❺〔名〕姓。

【晉級】jìn // jí〔動〕從較低的等級升到較高的等級：加官～｜～為中將｜他在今天的比賽中連晉兩級。

【晉見】jìnjiàn〔動〕前去會見；進見：～總理｜安

排～時間。

【晉劇】jìnjù〔名〕地方戲曲劇種，由蒲劇派生而成，主要流行於山西中部以及內蒙古、河北部分地區。也叫山西梆子、中路梆子。

【晉升】jìnshēng〔動〕提高級別和職位：凡有功人員，每人～一級｜～兩級工資。

【晉謁】jìnyè〔動〕〈書〉進見；謁見：～國家元首。

【晉職】jìnzhí〔動〕〈書〉從較低的職位升到較高的職位：給立功人員以～獎勵。

浸 jìn ❶〔動〕泡在液體裏：沉～｜～種｜衣服先～一～才洗得乾淨。❷〔動〕液體滲入：汗水～濕了衣服。❸〔副〕〈書〉逐漸：儒學～衰｜友誼～厚。

【浸沒】jìnmò〔動〕淹沒；沒（mò）過去：山洪突發，莊稼很快～在水裏。

【浸泡】jìnpào〔動〕長時間在液體中泡：～豆種｜～兩天。

【浸染】jìnrǎn〔動〕❶滲入使染上：有一種翡翠由於受到鐵質的～，會形成鮮艷的五彩色。❷由於長期接觸而逐漸沾染形成影響：深受儒家文化～｜～日久，已經上了癮。

【浸潤】jìnrùn〔動〕❶液體漸漸滲入：河水通過大小水渠流入田裏，～着乾旱的土地。❷〈書〉像水一樣逐漸滲透，飽含着：現代體育歷經奧林匹克精神的～，已成為聯結全世界人民友誼的橋樑。❸醫學上指由於細菌等侵入或外物刺激，有機體的正常組織發生白細胞等細胞聚集的現象。

【浸透】jìntòu〔動〕❶由於浸泡而濕透：他不小心跌進了水溝，衣服都讓水～了。❷液體徹底滲入：汗水～了內衣。❸比喻飽含某種思想感情：這個人腦袋裏～了升官發財的念頭｜這封～着無限關懷和深情的信，給了他很大的鼓舞。

【浸種】jìn//zhǒng〔動〕用清水或各種溶液浸泡種子以達到促使種子發芽、幼苗健壯生長和預防病蟲害的目的：春播以前先浸一浸種。

【浸漬】jìnzì〔動〕❶把東西放在液體裏泡：～蠶繭｜～亞麻。❷〈書〉逐漸滲透、影響：優遊～。

唫 jìn〈書〉閉口不言。
另見 yín "吟"（1620 頁）。

祲 jìn 古人稱不祥之氣。

進（进） jìn ❶〔動〕向前移動（跟"退"相對）：～退維谷｜高歌猛～｜向前～一步｜只能～，不能退。❷〔動〕從外面到裏面去（跟"出"相對）：閒人免～｜～工廠（做工）｜～學校（學習）。❸〔動〕收入或買入：～貨｜日～鬥金｜商場～了不少土特產。❹〔動〕招收；接納：公司又～了一批新員工｜這個部門好幾年沒有～過人了。❺吃；喝：～餐｜～食｜

滴水不～。**注意** 不說"進飯""進菜""進湯""進魚""進肉"等。❻呈上；奉上：～獻｜～奉｜～貢｜～言。❼進步：～益｜～步｜先～。❽〔動〕(jin)趨向動詞。用在動詞後，表示由外到內：走～教室｜住～樓房｜放～櫃子｜買一批器材｜引～彩電生產線｜聽得～不同意見。❾〔量〕舊式平房院落分前後幾層的，一層院落叫一進：我家住的是兩～院子。❿(Jìn)〔名〕姓。

語彙				
並進	促進	遞進	奮進	改進	跟進	後進
激進	漸進	捲進	跨進	買進	邁進	冒進	前進
上進	挺進	推進	先進	行進	演進	增進	長進
高歌猛進		突飛猛進		循序漸進		與時俱進
知難而進					

【進逼】jìnbī〔動〕向前推進並逼近：向敵人的前沿陣地～｜前鋒隊員～球門。

【進兵】jìnbīng〔動〕執行戰鬥任務的軍隊向目的地行進：向敵人駐守的城鎮～。

【進補】jìnbǔ〔動〕吃有滋補作用的食物、藥物：適量～｜冬季～。

【進步】jìnbù ❶〔動〕比原來有所提高、有所發展（跟"退步"相對）：人類在不斷地～｜孩子的學習近來～了不少｜虛心使人～，驕傲使人落後。❷〔形〕合乎時代要求，促進社會發展的（跟"落後"相對）：～人士｜～力量｜他的思想很～。

【進餐】jìncān〔動〕指吃飯：按時～｜病人剛做了手術，還無法～。

【進程】jìnchéng〔名〕事物變化或行動進行的過程：歷史～｜工作～｜縮短變革的～。

【進出】jìnchū ❶〔動〕進入和出去：閒人不得～｜辦公大樓｜顧客由前門～，職工由側門～。❷〔動〕收入和支出：小店每日～千把元。❸〔名〕收入和支出的錢：商場每天有幾百萬元的～。

【進度】jìndù〔名〕❶工作、學習等進行的速度：加快～。❷工作學習等進行的計劃：上個月的～提前完成。

【進而】jìn'ér〔連〕表示在現有的基礎上繼續往前；進一步：作者進行了深入的分析研究，～得出了正確的結論｜新的操作法先在你們這裏進行試驗，～在全廠推廣。

【辨析】**進而、從而** "進而"着重表示進一步的行動，如"先學好基礎課，進而再學習專業課程"；"從而"除表示進一步行動，還跟上文有條件或因果關係，如"我們制定了新的規劃，從而擴展了科學研究的領域"。

【進發】jìnfā〔動〕出發前進：登山隊員向宿營地～｜向預定的目標～。

【進犯】jìnfàn〔動〕(敵軍)向某處侵犯：敵軍～我根據地｜我邊防軍擊退～之敵。

【進攻】jìngōng〔動〕❶接近敵人並發動攻擊（跟

"防守"相對):地面~│~敵防守陣地。❷在門爭或競賽中主動向對方發動攻勢(跟"防守"相對):籃下~│主隊向客隊展開~,先進一球。

【進貢】jìngòng〔動〕❶封建時代藩屬對宗主國或臣民對君主進獻禮品。❷比喻有求於人而向有關人送禮或行賄(含貶義):這個部門歪風邪氣非常嚴重,不~就辦不成事。

【進化】jìnhuà〔動〕事物從簡單到複雜,從低級到高級逐步發展變化:人類是動物長期~的產物。

【進貨】jìn∥huò〔動〕購進貨物以備銷售:及時~│從廣州進了一批貨。

【進價】jìnjià〔名〕商店或小販購進貨物時的價格。

【進見】jìnjiàn〔動〕前去會見(多用於下對上):他帶未婚妻去~了母親。

【進諫】jìnjiàn〔動〕〈書〉忠言規勸(君主、尊長等):忠言~│大膽~。

【進京】jìnjīng〔動〕入京;到首都去:~趕考│上訪│~列車。

【進軍】jìnjūn〔動〕❶軍隊向目的地進發:向敵人的巢穴~。❷比喻向着某個方向奮鬥:向荒山~│向沙漠~│向科學~。

【進口】jìnkǒu ㊀〔動〕❶(船隻)駛進港口:外輪已經進了口。也叫入港。❷從國外或地區外購買的商品運銷本國或本地區(跟"出口"相對):~機型│原裝~│~成套設備。㊁(~兒)〔名〕進入建築物或場地的門或口兒(跟"出口"相對)。

【進來】jìn∥lái(-lai)〔動〕從外面到裏面來(跟"出去"相對):讓他們~│從外邊一個小夥子~│外邊冷,你們進屋裏來吧│院門太小,車進得來進不來?

【進來】∥jìn∥lái(jinlai)〔動〕趨向動詞。用在動詞後面,表示到裏面來(動作朝着說話人所在地):把家具搬~│從外邊走進一個姑娘來│車開得~開不~?注意 a)"進來"合用做補語,"進來"都輕讀,如"搬進來(jinlai)""抬進來(jinlai)";b)動詞和作為補語的"進來"之間插入"得""不",則"進來"二字都重讀,如"搬得進來(de jìn lái)""搬不進來(bu jìn lái)";c)"進來"中間加上賓語,"進""來"分開用,則"進"重讀,"來"輕讀,如"搬進(jìn)一個箱子來(lai)"。

【進取】jìnqǔ〔動〕努力向上,以求有所作為:~心│有~精神│貪圖享樂,不思~。

【進去】jìn∥qù(-qu)〔動〕從外面到裏面去(跟"出來"相對):快~吧!他等你很久了│大家都進屋去,不要在外邊站着│門這麼小,車進得去進不去?注意 a)"進去"合用做謂語,"進"重讀,"去"輕讀,如"大家都進(jìn)去(qu)了";b)"進去"中間插入"得""不"做謂

語,"進去"都重讀,如"門太小,車肯定進不去(jìn bú qù)","門不小,車肯定進得去(jìn de qù)";c)"進去"中間插入賓語,"進"重讀,"去"輕讀如"大家都進(jìn)屋去(qu)"。

【進去】∥jìn∥qù(jinqu)〔動〕趨向動詞。用在動詞後,表示從外面到裏面去(動作離開說話人所在地):把衣櫃抬~│工人把機器運進廠房去了│胡同這麼窄,汽車開得~開不~?注意 a)"聽進去"引申的意思是願意聽從,如"你的話他能聽進去",這裏"進去"是結果補語。絕大部分結果補語又可以轉換為可能補語,如"你的話他聽得進去"(肯定形式)"別人的話他聽不進去"(否定形式)。b)"進去"合用做補語,"進去"都輕讀,如"搬進去(jinqu)""抬進去(jinqu)";動詞和作為補語的"進去"之間插入"得""不",則"進""去"二字都重讀,如"搬得進去(de jìnqù)""搬不進去(bu jìnqù)";"進去"中間加上賓語,"進""去"分開用,則"進"重讀,"去"輕讀,如"抬進(jìn)一個箱子去(qu)"。

【進入】jìnrù〔動〕❶進到某個範圍或到了某個階段:代表們~會場│門爭~決定性階段│比賽~高潮。❷有了某種狀態:演員~角色了。

【進深】jìnshēn(-shen)〔名〕房屋、院落等從前到後的距離:這間房子的~大約五米。

【進食】jìnshí〔動〕吃飯:按時~│尚未~│拒絕~。

【進士】jìnshì〔名〕科舉時代稱殿試考取的人:~及第。

【進退】jìntuì〔動〕❶前進和後退:~自如│~無門│~維谷。❷該進則進,該退則退,泛指言行恰如其分:不知~。

【進退兩難】jìntuì-liǎngnán〔成〕進退都不好。形容處境困難:近來房市動蕩,手中的幾套房是賣還是不賣,他~,不知如何是好。

【進退失據】jìntuì-shījù〔成〕前進和後退都失去依據。比喻進退兩難或驚慌失措:事先充分準備,設想周到,與對方談判時才不致~。

【進退維谷】jìntuì-wéigǔ〔成〕谷:窮盡,比喻困境;維:句中語氣助詞。進退都處於困難境地。比喻進退兩難:幹下去缺乏資金,不幹又不好交代,真是~。

【進香】jìn∥xiāng〔動〕某些宗教的教徒到聖地或名山中的廟宇去燒香朝拜(特指從遠道去的):朝山~│到峨眉山~│老太太進罷香才覺得安心了。

【進項】jìnxiang〔名〕(筆)收入的錢(跟"花銷"相對):他除了退休金,沒有別的~│花銷大,~少,入不敷出。

【進行】jìnxíng〔動〕❶從事持續性的某種活動:~研究│討論會正在~│工作~得非常順利。注意 a)"進行"的賓語不能是單音節詞,如不

能說"進行談""進行查"等。b）用作賓語的動詞一般不能再帶賓語。如果在語義上要求受事，表受事的名詞可以用介詞"對"引進。如"對問題進行研究"，不能說成"進行研究問題"。c）"進行"只用於正式的、莊重的行為，不用於非正式或短暫的日常生活行為。如可以說"進行休整"，但不能說"進行睡覺"；可以說"進行談判"，但不能說"進行說話"。❷向前行走：～曲。

【進行曲】jìnxíngqǔ〔名〕適合於隊伍行進時演奏或歌唱的樂曲。節奏鮮明，常用 2／4 拍或 4／4 拍：義勇軍～｜輕騎兵～。

【進學】jìnxué〔動〕進入"秀才"的行列。明清兩代科舉制：童生經過縣考初試、府考復試，再參加由學政主持的院試，考取者列名府、縣學成為秀才，叫進學。

【進修】jìnxiū〔動〕為提高學業水平進一步學習，一般指在一定的教學形式下進行的學習活動：～班｜～生｜他畢業以後又到北京大學～了兩年｜我在外國語大學～英語。

【進言】jìn∥yán〔動〕向人提出意見或建議（含委婉、尊重意）：放膽～｜向人民代表大會進一言。

【進一步】jìnyībù〔副〕表示在進行的程度上比以前提高：～健全法制｜相處了一段，我們互相都有了～的了解。

【進展】jìnzhǎn〔動〕向前推進和發展：～緩慢｜～神速｜兩國之間的經濟合作～得很順利。

【進佔】jìnzhàn〔動〕進逼並佔領：我軍已～被敵人盤踞的縣城。

【進賬】jìnzhàng ❶〔動〕收進來；得到（款項）：本月共～十餘萬元。❷〔名〕收入的款項：～不多，花銷卻不小。

【進駐】jìnzhù〔動〕（軍隊、組織等）進入某地或某單位，駐紮下來：三團二營～出事地點｜派調查組～這家企業。

搢（搢）jìn〈書〉插：～笏（把笏板插在腰帶上）。

【搢紳】jìnshēn 同"縉紳"。

靳 jìn ❶〈書〉吝惜；捨不得：悔不小～（稍稍吝惜一些），可至千萬。❷（Jìn）〔名〕姓。

禁 jìn ❶〔動〕禁止：嚴～煙火｜～放鞭炮｜這地方賭博猖獗，很難～。❷拘押：囚～｜拘～｜軟～｜幽～。❸法令或習俗不允許做的事：入國問～｜犯～。❹舊時稱皇帝居住的地方：～中｜宮～｜紫～。❺（Jìn）〔名〕姓。
另見 jīn（686頁）。

語彙 查禁 黨禁 犯禁 海禁 監禁 解禁 拘禁 開禁 囚禁 軟禁 失禁 違禁 宵禁 嚴禁 幽禁 形格勢禁

【禁閉】jìnbì〔動〕一種處罰，即把犯錯誤的人關在屋子裏進行反省：關～｜～三天。

【禁地】jìndì〔名〕禁止一般人進入的地方：軍事～。

【禁毒】jìndú〔動〕禁止製造、販賣和吸食毒品：大力開展～宣傳｜～大隊｜～日。

【禁放】jìnfàng〔動〕在規定區域禁止燃放煙花爆竹：～措施｜堅持～，清潔城市。

【禁錮】jìngù〔動〕❶封建統治者不許異己的人做官或禁止他們參加政治活動：免官～。❷關押；監禁：無數革命者曾經被～在這座地牢內。❸封閉束縛；極大地限制：封建倫理道德～了人們的思想。

【禁果】jìnguǒ〔名〕《聖經》中上帝禁止亞當和夏娃採食的"知善惡樹"的果子。兩人因偷食了樹上的果子而懂得了羞恥，於是被逐出伊甸園。後多比喻被禁止卻想觸及的事物：偷食～。

【禁忌】jìnjì ❶〔名〕犯忌諱的言行：百無～。❷〔動〕不許做或不能做，多指醫藥上對某類食物或藥物應加以避免：～辛辣｜患心臟病的人～煙酒。

【禁絕】jìnjué〔動〕徹底禁止：～販毒吸毒｜～聚眾賭博｜～賣淫嫖娼。

【禁軍】jìnjūn〔名〕古代稱保衛京城或宮廷的軍隊：八十萬～教頭。

【禁獵】jìnliè〔動〕禁止捕獵或獵殺：～措施。

【禁令】jìnlìng〔名〕（條，道，項）禁止進行某項活動的法令：頒佈～｜違反～｜下了一道～。

【禁臠】jìnluán〔名〕〈書〉臠：切成小塊的肉。比喻獨自佔有，別人不得染指的東西：莫近～。

【禁牧】jìnmù〔動〕為使牧草恢復生長，在一定時間內禁止放牧：圍欄～｜～區。

【禁區】jìnqū〔名〕❶非有關人員不得進入的地區：空中～｜軍事～。❷比喻某些不能觸動的領域：思想～｜理論～｜科學研究無～。❸在某些球類比賽中，發球區以內的地方：前衛隊員在～內犯規，被判罰點球。❹醫療上指某些容易發生危險而禁止做手術或針灸的部位。

【禁賽】jìn∥sài〔動〕因違反有關競賽規定而禁止參加比賽：遭～處罰｜因服用興奮劑，他被～三年。

【禁書】jìnshū〔名〕（本，部，套）禁止出版發行或閱讀的書籍。

【禁煙】jìnyān〔動〕❶古時寒食節，三天不得生火做飯，叫禁煙。也叫禁火。❷禁止種植罌粟，禁止販賣、吸食鴉片，現多指在規定區域內禁止吸煙：拒絕鴉片，實行～｜中小學校為～區。

【禁漁】jìnyú〔動〕為保證魚蝦繁殖，在一定季節或一定水域內禁止捕撈：～期｜通過～來積極保護水產資源。

【禁欲】jìnyù〔動〕禁止性欲或一般享受的欲望：～主義。

【禁運】jìnyùn〔動〕經濟封鎖或經濟制裁的一種手段。一國或數國共同禁止向某國輸出或從某國輸入商品等：武器～｜～石油。

【禁止】jìnzhǐ〔動〕不許可：～喧嘩｜～擴散核武器｜～機動車輛通行。

【禁制令】jìnzhìlìng〔名〕港澳地區用詞。由訴訟一方提出，由法院發出的禁止訴訟另一方某種行為的強制性命令。

僅（仅） jìn〔副〕〈書〉將近；幾乎（多見於唐宋詩文）：山城～百層｜士卒～萬人。
　　另見 jǐn（686頁）。

浸 jìn〈書〉逐漸：家道～豐。

溍（溍） jìn〈書〉水流動的樣子。

瑨（瑨） jìn〈書〉像玉的石頭。

墐 jìn〈書〉❶ 用泥塗塞：塞向～戶。❷ 同"殣"①。

盡（尽） jìn ❶〔動〕完：彈～糧絕｜苦～甘來｜取之不～。❷〔動〕全部用出；竭力做到：～心～力｜～職～責｜人～其才，物～其用｜在母親身邊～孝心。❸〔副〕全；都：人皆知｜～如人意｜～數收回｜今天來的～是年輕人。❹ 極；十分：～善｜～美。❺〈書〉死：自～｜同歸於～。
　　"尽"另見 jǐn（687頁）。

語彙　殆盡 費盡 耗盡 竭盡 歷盡 窮盡 詳盡 自盡 除惡務盡 筋疲力盡 民窮財盡 取之不盡 仁至義盡 山窮水盡 同歸於盡 一網打盡

【盡力】jìn//lì〔動〕使出一切力量：～而為｜～幫忙｜醫生已經盡了力，但仍然無法挽回他的生命。

【盡量】jìnliàng〔動〕達到極限：他今天喝酒尚未～。
　　另見 jǐnliàng "儘量"（687頁）。

【盡情】jìnqíng〔副〕不受約束地由着自己的感情（行事）：～歌唱｜～歡樂｜～暢談。

【盡然】jìnrán〔形〕完全如此（多用於否定式）：未必～｜以為問題全都解決了，其實也不～。

【盡人皆知】jìnrén-jiēzhī〔成〕所有的人都知道：這是～的事實，不容抵賴。

【盡如人意】jìnrú-rényì〔成〕完全合乎人的心願（多用於疑問式或否定式）：安得～？｜挑來選去，幾套家具都不能～，只好先不買。**注意** "盡如人意"的否定說法應該是"不能盡如人意""不如人意"等，而不是"不盡如人意"。

【盡善盡美】jìnshàn-jìnměi〔成〕《論語·八佾》："子謂《韶》盡美矣，又盡善也。"意思是形式很完美，内容也很好。後用"盡善盡美"形容

事物完美無缺：任何人都不可能是～的。

【盡數】jìnshù〔副〕全部；一點兒不差：欠款～歸還｜歹徒被～抓獲。

【盡頭】jìntóu〔名〕末端；終點：這條馬路的～有一個街心公園｜苦日子總算熬到了～。

【盡孝】jìn//xiào〔動〕對父母努力履行孝道：他在母親身邊整整盡了三年孝。

【盡心】jìn//xīn〔動〕（為別人）用盡心思：～竭力｜～照顧病人｜為了這台晚會，大夥都盡了一份心。

【盡興】jìnxìng〔動〕興致得到充分的滿足：乘興而往，～而返｜玩了一整天，還覺得沒～。

【盡責】jìnzé〔動〕努力盡到自己的責任：盡職～。

【盡職】jìnzhí〔動〕盡力做好本職工作：他作風正派，工作～。

【盡忠】jìnzhōng〔動〕❶ 全部獻出忠誠：～報國。❷ 指為盡忠而犧牲生命：為國～，雖死猶生。

殣 jìn〈書〉❶ 掩埋。❷ 餓死。

璡（珒） jìn〈書〉同"瑨"。多見於人名。

噤 jìn ❶〈書〉閉口不作聲：～聲｜～若寒蟬｜口～閉而不言。❷ 因寒冷而發生的哆嗦：冷～｜打了一個寒～。

【噤若寒蟬】jìnruòhánchán〔成〕寒蟬：晚秋的蟬，寒冷時不鳴叫。形容不敢說話：他膽子小，有意見也不敢提，～。

【噤聲】jìnshēng〔動〕閉口不作聲；小聲：～不語。

縉（缙） jìn〈書〉赤色的帛。

【縉紳】jìnshēn〔名〕古代有官職或做過官的人才能插笏垂紳，因此把縉紳當作官吏的代稱。也作搢紳。

瀡（浕） Jìn 瀡水，古水名。即今沙河，在湖北襄陽一帶。

藎（荩） jìn ㊀ 藎草。
㊁〈書〉忠誠：忠～｜～臣。

【藎草】jìncǎo〔名〕一年生草本植物，莖和葉可做黃色染料，纖維可以造紙。全草可入藥。

【藎臣】jìnchén〔名〕忠誠的臣子：王之～。

觀（觐） jìn 臣民朝見天子；宗教徒朝拜聖地：～見｜朝～。

【觀見】jìnjiàn〔動〕〈書〉進見天子，泛指進見帝王：諸侯～天子｜群臣～君主。

燼（烬） jìn 物體燃燒後剩下的炭狀物或灰狀物：餘～｜灰～。

【燼餘】jìnyú〔名〕〈書〉❶ 火燒後剩下的東西：餘燼。❷ 劫後剩餘的事物。

贐（赆） jìn〈書〉❶ 臨行時贈送的路費或禮物：餽～｜～儀。❷ 外國進貢的財物：納～。

jīng ㄐㄧㄥ

巠（巠）jīng〈書〉水脈。

京 jīng ⊖ ❶ 首都：～城｜～師｜～華。❷（Jīng）〔名〕指北京：～滬鐵路｜～劇。❸（Jīng）〔名〕姓。

⊜〔數〕古代數目名，一千萬。古代以十萬為億，十億為兆，十兆為京。一說以萬萬兆為京。

【京白】jīngbái〔名〕京劇中指用北京話唸的一種道白形式，接近生活語言。

【京城】jīngchéng〔名〕國都：久居～｜他是第一次到～。

【京都】jīngdū〔名〕❶ 國都：王莽於～。❷（Jīngdū）日本城市名，位於本州島中西部，為日本故都。

【京官】jīngguān〔名〕（名）舊指在京城供職的官員。**注意** 現在有時故作詼諧，也可以把在中央工作的人叫作京官。

【京胡】jīnghú〔名〕（把）弦樂器，胡琴的一種，形似二胡而較小，琴筒用竹子做成，一端蒙上蛇皮，聲音剛勁嘹亮，主要用於京劇的伴奏。

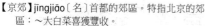
琴軫／內弦／外弦／琴桿／弓桿／千斤／弓毛／琴筒／蛇皮碼

【京華】jīnghuá〔名〕首都。首都為人物、文化薈萃之地，因此叫京華：蟄居～。

【京畿】jīngjī〔名〕〈書〉國都及其附近地區：～重地。

【京郊】jīngjiāo〔名〕首都的郊區。特指北京的郊區：～大白菜喜獲豐收。

【京劇】jīngjù〔名〕中國戲曲的主要劇種之一。清朝中葉以來，徽調、漢調相繼進入北京，又接受了昆曲、秦腔的演唱方法，逐漸融合、演變而成。唱腔以西皮、二黃為主，故又稱皮黃戲。也叫京戲。

【京派】jīngpài〔名〕❶ 京劇藝術的一個流派，以北京的表演風格為代表（跟"海派"相對）。❷ 泛指具有北京地域文化的風格和特色：～小說。

【京片子】jīngpiànzi〔名〕〈口〉地道北京人所說的北京話（含詼諧意）：講的是一口～。

【京腔】jīngqiāng〔名〕❶ 指北京語音：他才離開家鄉幾天就撇起～來了（"撇京腔"，含貶義）。❷ 京調，即北京戲曲的唱腔：～京調自多情。

【京師】jīngshī〔名〕〈書〉首都：～大學堂。

【京味兒】jīngwèir〔名〕北京地方特色；北京風味：～食品｜～小說｜這齣戲～很濃。

【京戲】jīngxì〔名〕〈口〉京劇。

【京油子】jīngyóuzi〔名〕稱某些久居北京，輕浮油滑、不務正業的人：要是遇上個～，可就不好對付了。

【京韻大鼓】jīngyùn dàgǔ 曲藝的一種，形成於北京，流行於東北、華北部分地區。一人演唱，演員自打鼓板，伴奏樂器有三弦、四胡、琵琶等。

【京族】Jīngzú〔名〕❶ 中國少數民族之一，人口約 2.8 萬人（2010 年），主要分佈在廣西防城。京語是主要交際工具。在歷史上曾經使用字喃，現在已不使用。❷ 越南的主體民族。

荊 jīng ❶〔名〕落葉灌木，葉子掌狀分裂，有長柄，枝條柔軟，可用來編筐、籃。❷ 古代用荊條做的鞭子，用為刑具：負～請罪。❸〈書〉〈謙〉稱自己的妻子：寒～｜拙～。❹（Jīng）〈書〉春秋時楚國的別稱：～王｜～楚。❺（Jīng）〔名〕姓。

【荊釵布裙】jīngchāi-bùqún〔成〕以荊枝為釵，以粗布為裙。形容女子樸素的服飾，多用來指貧家婦女。**注意** "釵"不讀 chā。簡稱荊布。

【荊棘】jīngjí〔名〕❶ 叢生多刺的灌木：～叢生。❷ 比喻困難、障礙、紛亂：～滿地｜～載途。❸ 比喻壞人：剪除～。

【荊棘載途】jīngjí-zàitú〔成〕沿路滿是荊棘。形容路途荒涼。也比喻環境艱難，障礙很多。也說荊棘塞（sè）途。

【荊芥】jīngjiè〔名〕一年生草本植物，葉羽狀分裂，裂片近針形，開淡紅色小花。可入藥。

【荊條】jīngtiáo〔名〕荊的枝條，有韌性，可編製筐、籃、紮籬笆等。

涇（泾）Jīng ❶ 涇河，源出寧夏，經甘肅，到陝西流入渭河。❷ 涇縣，在安徽，以出產宣紙聞名。❸〔名〕姓。

【涇渭不分】jīngwèi-bùfēn〔成〕比喻是非不明，忠奸不辨：他這個人缺乏原則性，處理事情常常～。也說不分涇渭。參見"涇渭分明"（694頁）。

【涇渭分明】jīngwèi-fēnmíng〔成〕涇河水清，渭河水濁，涇河水流入渭河時，清濁不混。比喻界限清楚，是非分明：步入社會以後，他心中漸漸～，覺得過去的許多事，需要重新認識。

莖（茎）jīng ❶〔名〕植物體的一部分，常指植物的主幹。起支撐作用，又是運送養料和水分的通道，並有貯存養料和支持枝、葉、花、果實等生長的作用。莖一般生在地上，也有生在地下的：根～｜塊～｜地上～。❷ 像莖一樣的東西：陰～。❸〔量〕用於細長條的東西：數～鬍鬚｜數～小草｜千～修竹。❹（Jīng）〔名〕姓。

　根莖　塊莖　鱗莖　球莖　纏繞莖　攀緣莖　匍匐莖　直立莖

猄　jīng　某些小型的麅類。也叫黃猄。

旌　jīng　❶古代用五彩羽毛裝飾的旗子，也泛指一般的旗子：～旗｜建～。❷〈書〉表彰：德以～賢｜以～其美。
【旌表】jīngbiǎo〔動〕封建統治者用立牌坊或掛匾額等方式表揚他們認為忠孝節義的人：～門閭。
【旌旗】jīngqí〔名〕各種旗子：～招展｜～蔽日。

菁　jīng〈書〉韭菜的花；泛指花。
【菁華】jīnghuá〔名〕精華（常用於書名）：～已竭｜《古文～》。

晶　jīng　❶光亮：～瑩｜亮～～。❷水晶：茶～｜墨～。❸晶體：結～。
【晶體】jīngtǐ〔名〕原子、離子或分子有規律地按一定的空間次序排列而形成的、具有規則外形的固體，如食鹽、明礬、雲母等都可以形成晶體。也叫結晶體、結晶。
【晶瑩】jīngyíng〔形〕光亮透明：～的露珠｜～的淚花｜寶石～發亮。
【晶瑩剔透】jīngyíng-tītòu〔成〕形容非常光亮明澈：一隻～的水晶花瓶。

腈　jīng〔名〕含有氰基的有機化合物，為無色液體或固體，有特殊氣味，是中性的物質，遇酸或鹼就會分解。
【腈綸】jīnglún〔名〕一種合成纖維，耐光，耐腐蝕，可用來紡製毛線（或與羊毛混紡）、製造人造毛皮和經常接觸陽光的紡織品，如窗簾、帳篷布等織物。

睛　jīng　眼珠兒：目不轉～｜畫龍點～｜火眼金～。

　定睛　眼睛　畫龍點睛　火眼金睛　目不轉睛

粳〈秔稉〉jīng/gēng　粳稻。稻的一種，葉子較窄，深綠色，莖稈較矮，耐肥，耐寒，不易倒伏。米粒叫粳米，短而圓，黏性較強。

經（经）jīng ㊀❶（舊讀 jìng）經綫，織物上的縱綫（跟"緯"相對）：～綫｜～紗。❷經度（跟"緯"相對）：～度｜東～20°。❸中醫指人體內氣血運行通路的主幹：～絡｜～脈。❹經典，也特指儒家經典：讀～｜引～據典。❺宗教的典籍；也特指佛經：聖～｜佛～｜古蘭～｜西天取～｜和尚唸～。❻比喻成功的經驗：傳～送寶｜到先進單位取～。❼月經：行～｜～血不調。❽治理；經營：～軍武｜～邦國｜～商。❾常有的；正常的：正

常｜荒誕不～。❿（Jīng）〔名〕姓。
㊁〔動〕❶經歷：飽～風霜｜～風雨，見世面｜～一事長一智｜身～百戰｜曾～滄海難為水。❷經過：非～允許，不得入內｜客人途～上海回國。❸經受：～不起推敲｜～住了考驗。
另見 jìng（705頁）。

　財經　曾經　佛經　歷經　唸經　取經　神經　聖經　誦經　痛經　五經　行經　已經　月經　正經　生意經　荒誕不經　一本正經

【經辦】jīngbàn〔動〕經手辦理：工作調動由人事處～｜這批進貨是小張～的。
【經部】jīngbù〔名〕中國古代圖書四大分類的一大部類，包括儒家經典及文字、音韻、訓詁等方面的著作。也叫甲部。參見"四部"（1282頁）。
【經常】jīngcháng ❶〔形〕屬性詞。平常的；日常的：～工作｜～費用｜一天工作十幾個小時是～的事。❷〔副〕時常；常常：～保持聯繫｜老同學～聚會｜～忘帶鑰匙。

⎡**辨析**　經常、常常、時常　a）"經常"強調屢次發生，帶有一貫性；"常常"表示發生的次數多，但不像"經常"那樣有一貫性；"時常"表示時有發生。b）"經常"有形容詞的用法，如"經常的工作"，"常常""時常"沒有。c）"經常"做狀語時可帶"地"，"常常""時常"做狀語時不必帶"地"。d）"經常"的否定式是"不經常"，"常常""時常"的否定式是"不常"，因此不能直接加"不"構成否定式，一般不說"不常常""不時常"。⎦

【經幢】jīngchuáng〔名〕刻有佛號、佛像或經文的石柱子，柱身多為六角形或圓形。是中國佛教石刻的一種。
【經典】jīngdiǎn ❶〔名〕傳統的、最有權威性的著作：奉為～。❷〔名〕特指典範的儒家著作：閱讀～。❸〔名〕宗教徒用宣傳各種宗教教義的經書。❹〔形〕著作具有權威性的：～著作｜～樂曲｜～戲劇大家。❺〔形〕具有典型性、影響大的：～戰役｜此次奧運會四強之戰堪稱近年難得一見的～對決。
【經度】jīngdù〔名〕地理坐標之一，即地球表面東西距離的度數，以本初子午綫為0°，以東為東經，以西為西經，東西各180°。某地的經度即該地經綫與本初子午綫相距的度數（跟"緯度"相對）。
【經費】jīngfèi〔名〕（筆）機關、團體、部門等經常支出的費用：教育～｜行政～｜活動～。
【經風雨，見世面】jīng fēngyǔ，jiàn shìmiàn〔諺〕比喻經歷艱難困苦，在社會實踐中受鍛煉，增長才幹：青年人應到實際鬥爭中去～。
【經管】jīngguǎn〔動〕❶經手管理：～採購｜～財務｜～人。❷指經營管理：他在大學學～。
【經過】jīngguò ❶〔動〕從某處通過：這趟列車

沿途要～很多名勝古跡｜他們去機場必定打這兒～。❷〔動〕延續：整整～了三年時間，試驗才取得成功｜～漫長的歲月，這塊石碑上的文字已經漫漶不清了。❸〔動〕經歷（動作、事件等）：～討論，大家統一了認識｜～這件事，大家長了不少見識｜～老師細心的幫助和指導，這些學生的學習成績提高得很快。❹〔名〕過程；經歷的事：他向大家介紹了事情的～｜請新郎新娘談談戀愛的～。

【辨析】**經過、經歷** a）作為名詞，"經過"指事情進行、發展的過程，如"談判的經過""籌備的經過"，其中的"經過"不能換用"經歷"；"經歷"則指人親眼目睹、親身經過的事，如"他有一段不平凡的經歷""一個老工人的經歷"，其中的"經歷"不能換用"經過"。b）作為動詞，"經過"指經歷某種活動或事件，如"經過討論，大家取得了共識""經過這次會議，問題徹底解決了"，其中的"經過"不能換用"經歷"。而"經歷"指親身感受，如"他經歷了無數艱難險阻，才獲得了這些成績"，不能說成"他經過無數艱難險阻，才獲得了這些成績"。

【經籍】jīngjí〔名〕❶〈書〉經書。❷泛指古代的圖書：博覽～。

【經紀】jīngjì ❶〔動〕經營管理（企業）：他善於～，公司的業務發展很快。❷〔動〕〈書〉料理；安排：父母死後，家裏的一切由舅父代為～。❸〔名〕（位，名）經紀人。

【經紀人】jīngjìrén〔名〕（位，名）撮合各種買賣或在交易所代他人進行買賣，從中取得佣金的中間人。

【經濟】jīngjì ❶〔名〕社會生產關係的總和，是政治和意識形態等上層建築賴以存在的基礎。❷〔名〕指社會生產，包括生產、流通、分配、消費以及相關的金融、保險等活動。❸〔名〕指生活費用：他們家的～並不寬裕。❹〔形〕屬性詞。對國民經濟有價值或影響的：棉花、煙草是～作物｜防治有害的～昆蟲。❺〔形〕耗費較少而收穫較大；實惠：這項工程投入這麼多人力和財力，很不～｜～實惠｜～快餐。❻〔動〕〈書〉經世濟民，治理國家：以～為己任。

【經濟基礎】jīngjì jīchǔ 指社會一定歷史發展階段上的生產關係的總和，是上層建築的基礎（跟"上層建築"相對）。

【經濟開發區】jīngjì kāifāqū 經濟技術開發區的簡稱，中國為吸收外資、引進先進技術和管理經驗而在一些大中城市劃出的特定區域。在區域內開辦合資或獨資企業，實行一系列優惠政策。

【經濟適用房】jīngjì shìyòngfáng 指具有社會保障性質、向城鎮的中低收入家庭出售的普通住房。因減免了工程報建中的部分費用，成本略低於普通商品房，故稱：他們符合條件，正在申購～。

【經濟效益】jīngjì xiàoyì 經濟活動中勞動耗費和勞動成果的對比，反映社會生產各個環節對人力、物力、財力的利用效果：提高～。

【經濟學】jīngjìxué〔名〕研究國民經濟各方面關係和經濟活動規律的學科，包括理論經濟學、部門經濟學、應用經濟學等。

【經濟作物】jīngjì zuòwù 指主要作為工業原料的一類作物，如棉、麻、甘蔗、烤煙、茶葉、藥材等。也叫工業原料作物。

【經久】jīngjiǔ ❶〔動〕經過很長時間：～不息的掌聲。❷〔形〕持久；耐久：～耐用。

【經卷】jīngjuàn〔名〕指佛教經書，如《金剛經》《百喻經》。

【經理】jīnglǐ ❶〔動〕經營管理：～境內各項事務。❷〔名〕（位，名）企業負責經營管理的人，由董事會聘任。經理對董事會負責。❸〔名〕（位，名）某些企業的部門負責人：前廳～｜營業部～｜客房～。

【經歷】jīnglì ❶〔動〕親眼目睹，親身感受：他一生～過兩次地震｜戰士們又～了一次生與死的考驗。❷〔名〕（段）親眼目睹、親身經受過的事：生活～｜革命～｜他的～可不簡單。

【辨析】**經歷、閱歷** 在名詞的意義上："經歷"指親身經受、親眼目睹的事，"閱歷"可以指經歷過的事，主要指從親身經受、親眼目睹的事中得到的知識、經驗、教訓等。"閱歷豐富""兩代人有不同的閱歷"，不宜換成"經歷"。

【經綸】jīnglún ❶〔動〕〈書〉整理蠶絲，比喻治理國家大事：～江南｜～天下之大業。❷〔名〕經過整理的蠶絲，比喻政治才能：滿腹～。

【經絡】jīngluò〔名〕中醫指經脈和絡脈，即人體內氣血運行的主幹和分支。經脈為縱行的幹綫，絡脈為橫行的分支。

【經脈】jīngmài〔名〕中醫指人體內氣血運行的通路：～不活。

【經貿】jīngmào〔名〕經濟和貿易的合稱：～部門｜～大學。

【經年累月】jīngnián-lěiyuè〔成〕長年累月。

【經期】jīngqī〔名〕婦女來月經的時間，每次約為三到五天。

【經商】jīngshāng〔動〕經營商業；做生意：他也學會～了｜～之道。

【經史子集】jīng-shǐ-zǐ-jí 中國古代的圖書分類法，把圖書分為甲、乙、丙、丁四部，即經、史、子、集四大類。經部包括儒家經籍和語言文字方面的書；史部包括歷史書和地理書；子部包括諸子百家著的書；集部包括詩、文、詞、曲、賦等文學作品。

【經手】jīng//shǒu〔動〕經過親自處理或操辦：調動手續由他～辦理｜貸款都要經他的手。

【經受】jīngshòu〔動〕承受；禁受：～考驗｜～鍛煉｜～住折磨｜～不住打擊。

【經售】jīngshòu〔動〕經手出售：新華書店～所有出版社的書。

【經書】jīngshū〔名〕(部)指儒家經典著作，如《易》《書》《詩》等。

【經天緯地】jīngtiān-wěidì〔成〕以天為經，以地為緯，指謀劃天下之事。多用來形容人有治國的才能：～之才。

【經緯度】jīngwěidù〔名〕指地球的經度和緯度。經緯度可以表示某地點的地理坐標。

【經綫】jīngxiàn〔名〕❶（根）織物上的縱綫（跟"緯綫"相對）。❷（條）為劃分經度而假定的沿地球表面連接南北兩極而跟赤道垂直的綫（跟"緯綫"相對）。也叫子午綫。

【經銷】jīngxiāo〔動〕經手銷售：產品由百貨大樓～｜本店～各種名優煙酒。

【經心】jīngxīn〔動〕在意；留心：漫不～｜這孩子要是～讀書，沒有學不會的，可就是貪玩。

【經學】jīngxué〔名〕解釋、研究儒家經典的學問，包括史學、哲學、語言文字學等。漢武帝"罷黜百家，獨尊儒術"，經學成為中國封建社會文化的正統。

【經驗】jīngyàn ❶〔名〕從實踐中獲得的知識和技能：交流～｜介紹～｜總結～｜學習先進～｜這位老大夫有三十多年的臨床～。❷〔動〕經歷；體驗：失火的事我可從來沒有～過。

【經意】jīngyì〔動〕在意；留心：不～間傷害了她｜他這些不～的動作，使人看了發笑。

【經營】jīngyíng〔動〕❶籌劃並管理：～製造業｜兄弟倆～着一家工廠｜慘淡～。❷計劃和組織：這個畫展經過苦心～，終於辦成了。❸組織商品進行銷售：本店～各種照相器材。

【經由】jīngyóu〔介〕從某地經過（前往某處）：從北京出發～成都到拉薩。

【經院哲學】jīngyuàn zhéxué 西歐中世紀佔統治地位的哲學思想的總稱，因為在教會學院裏講授，往往墨守經文，強為詮釋。由於研究的都是脫離實際的抽象概念，討論方法又極端煩瑣，因此也泛指一切煩瑣的哲學或理論。也叫煩瑣哲學。

【經傳】jīngzhuàn〔名〕古代把儒家的經典稱經，解釋經文的書稱傳，合稱經傳。後泛指比較重要的古籍：誦習～｜這幾個名不見～的小人物居然把事情辦成了。

兢 jīng 見下。

【兢兢業業】jīngjīng-yèyè〔成〕小心謹慎，勤勤懇懇：老馬做事一向～，從不看事大事小。

精 jīng ❶ 經過挑選或提煉的：～礦｜～鹽｜～金。❷〔形〕細密（跟"粗"相對）：～打細算｜～雕細刻｜～耕細作。❸ 完美：～品｜～益求～。❹〔形〕熟練；精通：業～於勤｜博而不～。❺〔形〕機靈；聰明：～明｜這孩子真～。❻〔形〕赤裸：～着身子。❼〔副〕（北京話）很；極；十分：～濕｜～瘦｜～光。❽ 提煉出來的精華；品質精純的東西：酒～｜糖～｜味～｜香～。❾ 精神；精力：無～打采｜～疲力盡｜聚～會神｜養～蓄銳。❿ 精液；精子：遺～｜泄～｜受～。⓫〔名〕妖精：狐狸～｜耗成～了。⓬（Jīng）〔名〕姓。

語彙 成精 鋼精 雞精 人精 日精 味精 妖精 白骨精 害人精 精益求精 體大思精

【精白】jīngbái〔形〕屬性詞。品質好而且顏色白的：～米｜～麵。

【精兵】jīngbīng〔名〕經過嚴格訓練、戰鬥力強的士兵：～強將｜以～禦強敵。

【精兵簡政】jīngbīng-jiǎnzhèng〔成〕精簡人員，縮小編制和機構：為了減輕人民的負擔，必須貫徹執行～的方針。

【精彩】（精采）jīngcǎi〔形〕完美；出色：～絕倫｜這齣新編的戲很～｜今天晚上有～的籃球比賽。

【精誠】jīngchéng〔形〕〈書〉至誠；真心誠意：～團結｜～所至，金石為開。

【精粹】jīngcuì〔形〕❶精湛純粹；品質～｜技藝～。❷〔名〕事物最精美的部分：植物～｜東方哲學思想～｜教書育人、尊師重道是教育的～。

【精打細算】jīngdǎ-xìsuàn〔成〕使用人力、物力時仔細計算：過日子要～，為長遠着想。

【精當】jīngdàng〔形〕精確恰當；十分得體：論述～｜選例～｜用詞～。

【精到】jīngdào〔形〕精細周到；精心獨到：設想～｜他的考慮十分～｜～的創意｜棋路～。

【精雕細刻】jīngdiāo-xìkè〔成〕精心細緻地雕刻。形容對藝術品的創作十分細緻。也比喻辦事認真細心：玉石經過這位雕刻師～，成了一件十分精美的藝術品｜這只是個初稿，還要～。也說精雕細琢、精雕細鏤。

【精讀】jīngdú〔動〕仔細、深入地閱讀（跟"泛讀"相對）：這三篇文章很重要，要求大家～。

【精度】jīngdù〔名〕精密的程度：高～望遠鏡｜這些儀表的～已達到國際標準。

【精幹】jīnggàn〔形〕❶精明強幹：小王年紀不大，可很～｜突擊隊由十五名～的青壯年組成。❷（單位、組織等）人數少但很幹練：工作小組很～，幾個成員配合默契，效率極高。

【精耕細作】jīnggēng-xìzuò〔成〕細緻地耕種，精心地管理：這裏地少人多，要～，努力提高糧食產量。

【精怪】jīngguài〔名〕迷信傳說指鳥獸草木等變成的妖怪：傳說老槐樹成了～。

【精光】jīngguāng〔形〕狀態詞。❶一點兒不剩：餃子剛端上來，就被大家吃個～。❷潔淨光亮：～明亮的一架新鋼琴。

【精悍】jīnghàn〔形〕❶精明強幹：這個青年人很～。❷文筆等精練犀利：筆力～｜文章短小～，語言雋永。

【精華】jīnghuá〔名〕❶事物最好、最純粹的部分（跟"精粕"相對）：京劇是中國傳統文化的～｜這些為國犧牲的烈士，都是我們民族的～｜取其～，棄其糟粕。❷〈書〉光輝；光華：日月～。

【精減】jīngjiǎn〔動〕挑選後減去不必要的：～人員｜～開支。

【精簡】jīngjiǎn〔動〕除去多餘的，留下所需的：～機構｜～人員。

【精進】jīngjìn〔動〕❶〈書〉積極進取；一心上進：～不懈。❷向精深的方向前進；長進：演技日漸～｜這幾年他的學問做得越發～了。

【精力】jīnglì〔名〕精神體力：～過人｜～有限｜他把畢生～獻給了教育事業。

【精煉】jīngliàn ❶〔動〕提取精華，去掉雜質：～原油。❷〔形〕精練。

【精練】jīngliàn〔形〕❶文章、講話等簡明扼要，沒有多餘的詞句：文章～｜語言～｜表達～。❷精幹：她在劇中飾演一位～的現代女強人｜建立一支～的科研隊伍。

【精良】jīngliáng〔形〕精緻優良；十分完善：製作～｜武器～｜裝備～。**注意**"精良"只能用於物，不能用於人，不能說"人員精良""幹部精良"等。

【精靈】jīnglíng ❶〔名〕鬼怪；神仙：山中～。❷〔形〕機警聰明：真是個～的小傢伙，一點就通。

【精美】jīngměi〔形〕精緻美好：裝幀～｜～的工藝品｜～絕倫。

【精密】jīngmì〔形〕精確細密：工藝～｜分析～｜～儀器。

【精妙】jīngmiào〔形〕精緻巧妙：～的技藝｜山水畫的筆法十分～。

【精明】jīngmíng〔形〕機靈聰明：這個人～得很｜～能幹。

【精明強幹】jīngmíng-qiánggàn〔成〕形容人機靈聰明，辦事能力強。

【精疲力竭】jīngpí-lìjié〔成〕疲倦到極點，一點精力也沒有了：一天工作下來，累得我～。也說精疲力盡。

【精闢】jīngpì〔形〕深刻；透徹：～的論斷｜論述～｜他對問題的分析很～。

【精品】jīngpǐn〔名〕精心製作的上乘物品或作品：工藝～｜～店｜用心打造辭書～｜近幾屆奧運會的開幕式表演都堪稱現代奧運史上的～。

【精巧】jīngqiǎo〔形〕精細巧妙：製作～｜裝幀～｜構思～｜～的工藝。

【精確】jīngquè〔形〕十分準確：計算～｜數據～｜這次人口普查對全國人口進行了～的統計。

【精銳】jīngruì ❶〔形〕（軍隊）裝備優良，訓練有素，戰鬥力強：～部隊｜～之師。❷〔名〕裝備優良、訓練有素、戰鬥力強的軍隊：敵人已派出～封鎖了沿江一帶｜該旅是英軍的～。

【精深】jīngshēn〔形〕（學問、理論、思想等）精密深奧：學識～｜老師的學問博大～。

【精神】jīngshén〔名〕❶人的主觀世界，包括思維活動、心理狀態、思想作風等：～狀態｜～面貌｜身體健康了，也要～健康。❷實質的內容，意義或宗旨：傳達貫徹大會的～｜領會文件～。❸主張；意識：科學～｜民主～。

【精神病】jīngshénbìng〔名〕由大腦功能紊亂，精神活動障礙引起精神失常的病，患者言語、動作、情緒明顯異常。常見的為精神分裂症。俗稱神經病。

【精神文明】jīngshén wénmíng 指人類在社會實踐過程中創造和積累的精神成果，包括思想、道德、文化、教育、科學、藝術等（跟"物質文明"相對）：在抓好物質文明建設的同時，也要抓好～建設。

【精神】jīngshen ❶〔名〕人表現出來的活力：～旺盛｜～煥發｜這孩子有點感冒，這兩天不大有～。❷〔形〕有生氣；顯得漂亮：你穿上這身衣服很～｜小夥子自打談上戀愛，人就越來越～了。

【精算】jīngsuàn〔動〕精確計算。特指運用數學、統計、會計等方面的知識和多種金融工具對經濟活動進行計算、分析和預測：保險～。

【精算師】jīngsuànshī〔名〕（位，名）從事精算工作的職業人員。其基本職能是計算保險費率，評估公司每年的責任準備金，協助政府預算保險公司，對政府、保險公司和保戶三方面都負有責任。精算師資格須經過嚴格的專業精算考試方可取得。

【精髓】jīngsuǐ〔名〕比喻精華：儒家思想是中國傳統文化的～。

【精通】jīngtōng〔動〕對某種學問、技術或業務有深入的研究或熟練的掌握：～業務｜～技術｜～多種語言。

【精衛填海】jīngwèi-tiánhǎi〔成〕《山海經·北山經》記載，炎帝的女兒在東海淹死，靈魂化為精衛鳥，每天銜西山的小石頭和樹枝去填海。後用"精衛填海"比喻有深仇大恨，立志必報。也比喻意志堅決，不畏艱險。

【精細】jīngxì〔形〕❶精緻細密（跟"粗糙"相

對）：他考慮問題十分～｜這個人又～又大膽，能力很強｜這套家具做工～。❷精明心細：他從小就～，你們誰都比不上。

┌─[辨析]　**精細、精密**　"精細"着重在細緻、細膩，常用以形容辦事、思考、製作等；"精密"着重在精確，常用以形容有精密度要求的儀器、機床等。因此"這件工藝品做得很精細""問題考慮得很精細"，其中的"精細"不能換用"精密"；"精密儀器""精密機床"等，其中的"精密"不能換用"精細"。─┘

【精心】jīngxīn〔形〕特別用心；仔細周密：～設計｜～施工｜～培養｜他養花餵魚特別～。

【精選】jīngxuǎn〔動〕精心挑選：～良種｜編者從幾位作家的文稿中～了一部分輯入這本書。

【精鹽】jīngyán〔名〕經過加工，質地較純的食鹽。

【精液】jīngyè〔名〕男子或雄性動物生殖腺分泌的含有精子的液體。

【精益求精】jīngyìqiújīng〔成〕力求好上加好：他對工作總是～，爭取好成績。

【精英】jīngyīng〔名〕❶精華：中國畫是我們的藝術～。❷（位）傑出的人物（跟"草根"相對）：革命～｜體壇～｜那些獻身航天科學事業的人，不愧為社會的～。

【精於】jīngyú〔動〕在某方面擅長或精通：～棋藝｜～音樂。

【精湛】jīngzhàn〔形〕湛：深。精深：技藝～｜～的論述｜～的分析。

【精製】jīngzhì〔形〕屬性詞。加工較精細、工序較多的：～品｜～鹽｜～麵粉。

【精緻】jīngzhì〔形〕精巧細緻（跟"粗劣"相對）：～的花紋｜～的工藝品｜包裝～｜這本書的裝幀非常～。

┌─[辨析]　**精緻、精細**　"精緻"着重於造型的精巧，一般只用於物，較少用於人和事，如"精緻的工藝品""裝幀精緻"，不宜換用"精細"。"精細"着重於細膩，多用於人，如"他考慮問題很精細""他是一個非常精細的人"，其中的"精細"都不能換用"精緻"。─┘

【精忠報國】jīngzhōng-bàoguó〔成〕無限忠誠地報效國家：岳飛是中國歷史上～的民族英雄。

【精裝】jīngzhuāng〔形〕屬性詞。❶書籍裝幀精美的（一般指硬封皮、布包書脊，區別於"平裝"）：～本。❷包裝精緻的（區別於"簡裝"）：～香煙｜～茶葉。

【精壯】jīngzhuàng〔形〕精悍強壯：～漢子｜～的小夥子。

【精子】jīngzǐ〔名〕雄性生殖細胞，與卵子結合，形成受精卵。

鶄（鶄）jīng見"鵁鶄"（659頁）。

鯨（鯨）jīng〔名〕（頭、條）哺乳動物，生活在海裏，形狀像魚，胎生，用肺呼吸，最大的體長可達30多米，為現在世界上最大的動物。主要以魚類、軟體動物為食。俗稱鯨魚。

長鬚鯨

【鯨吞】jīngtūn〔動〕像鯨魚一樣地吞食，多比喻吞併土地或貪污盜竊大量財物：蠶食～｜～國家財產｜～他國領土。

【鯨魚】jīngyú〔名〕（頭、條）鯨的俗稱。

麖jīng〔名〕水鹿，鹿的一種。身體較大，性機警，善奔跑。全身深棕色帶灰色。產於中國四川、雲南、廣東等地。也叫馬鹿。

鼱jīng見"鼩鼱"（1109頁）。

驚（惊）jīng〔動〕❶騾、馬等因為害怕而狂奔不受控制：馬～了｜火車的汽笛聲～了羊群。❷突然受到刺激感到緊張、害怕：～恐｜～心動魄｜膽戰心～｜受寵若～。❸驚動；使人震動：打草～蛇｜～天動地｜一鳴～人｜鞭炮聲這麼大，可別～着孩子。

┌─[語彙]　吃驚　擔驚　受驚　虛驚　壓驚　震驚　處變不驚　膽戰心驚　石破天驚　受寵若驚─┘

【驚詫】jīngchà〔形〕驚訝詫異：這樣不近情理，實在令人～｜六月天居然下起了雪，人們無不感到～。

【驚呆】jīngdāi〔動〕因受驚嚇而愣住：目睹慘狀，大夥兒都～了。

【驚動】jīngdòng〔動〕❶行為動作影響別人，引起驚擾震動：他剛睡着，別～他｜這個消息，～了全村的人。❷煩擾；打擾：母親生日來不～親戚朋友｜您事務繁忙，就不～您了。

【驚愕】jīng'è〔形〕〈書〉突然吃驚發愣：群僚～｜爭論間雙方突然動起手來，在場的人無不～。

【驚風】jīngfēng〔名〕驚厥。中醫病症。

【驚弓之鳥】jīnggōngzhīniǎo〔成〕《晉書·王鑒傳》："驚弓之鳥難安。"意思是被弓箭嚇怕了的鳥不得安寧。比喻經歷過災禍，遇事心有餘悸的人：敵人如漏網之魚、～，慌慌張張逃竄。

J

驚弓之鳥的故事

《戰國策·楚策四》載，更嬴與魏王站在京台之下，抬頭看見飛鳥，就對魏王說："我可以不發箭，只要虛拉弓弦，鳥就能跌落下來。"魏王不信。過了一會兒，有隻雁從東方飛來，更嬴果然引弓虛發雁就掉下。魏王驚問其故，更嬴回答說："這是隻受傷的雁，飛得慢而且悲鳴。飛得慢是因為瘡傷作痛，悲鳴是因為離群悲苦。牠瘡傷未癒，驚魂不定，聽到弓弦聲驚恐高飛，由於急拍雙翅，用力過猛，導致舊傷迸裂，所以跌落下來了。"

【驚駭】jīnghài〔形〕〈書〉驚恐懼怕：～萬狀｜火災現場火勢兇猛，令人～。

【驚呼】jīnghū〔動〕驚叫：大聲～。

【驚慌】jīnghuāng〔形〕害怕慌張：～失措｜聽到急促的敲門聲，他的臉上露出了～的神色。

> [辨析] 驚慌、慌張、恐慌　a)"慌張"只表示不沉着而慌亂；"驚慌"表示因受驚而不安，程度較"慌張"重；"恐慌"表示恐懼，甚至有性命之憂，程度最重。b)"慌張"有完全重疊式"慌慌張張"，或不完全重疊式"慌裏慌張"，"驚慌""恐慌"都沒有這種形式。c)"恐慌"有名詞義，指"危機"，如"經濟恐慌"，"驚慌""慌張"無名詞義。

【驚惶】jīnghuáng〔形〕受驚害怕：～失措｜～不安。

【驚魂】jīnghún〔名〕驚恐的内心和神態：～未定｜初定。

【驚叫】jīngjiào〔動〕吃驚地喊叫：孩子在睡夢中被一聲悶雷嚇得～起來。

【驚厥】jīngjué〔動〕❶因受驚嚇而昏厥。❷一種醫學症狀，肌肉抽搐，眼球上翻，神志不清甚至呼吸暫停。多見於幼兒、癲癇病人。

【驚恐】jīngkǒng〔形〕驚慌恐懼：～不安｜～變色｜～萬狀。

【驚雷】jīngléi〔名〕(聲)使人震驚的雷聲，也比喻振聾發聵的事件：五四運動一聲～，人們開始覺悟。

【驚奇】jīngqí〔形〕驚訝奇怪：孩子進步這麼快，連父母也十分～｜聽了這個消息，大家感到很～。

【驚擾】jīngrǎo〔動〕驚動煩擾：自相～｜部隊紀律嚴明，從不～百姓｜遊客請勿～欄内動物。

【驚人】jīngrén〔形〕令人驚奇：～的毅力｜～的變化｜這個單位的浪費現象實在～。

【驚世駭俗】jīngshì-hàisú〔成〕因言行不同尋常而使人震驚：～之舉。

【驚悚】jīngsǒng〔形〕驚慌恐懼：叫聲令人～。

【驚悚片】jīngsǒngpiàn（口語中也讀 jīngsǒng-piānr)〔名〕(部)恐怖片：這部～懸疑迭出，險象環生。

【驚歎】jīngtàn〔動〕驚訝讚歎：取得的成績令人～｜展出的文物精美無比，令人～不已。

【驚歎號】jīngtànhào〔名〕歎號的舊稱。

【驚堂木】jīngtángmù〔名〕(塊)舊時官吏審案時用來拍打桌案以警戒、威嚇受審者的長方形木塊。也叫驚堂、驚堂板。

【驚濤駭浪】jīngtāo-hàilàng〔成〕洶湧可怕的浪濤。比喻險惡的環境或激烈的鬥爭：在～中成長｜經歷過～，還有甚麼可怕的呢？

【驚天動地】jīngtiān-dòngdì〔成〕❶形容聲響巨大：～的雷聲。❷形容聲勢極大或事業成就巨大，使人震驚：經過幾年的奮鬥，沙漠變良田，這成就真是～！

【驚悉】jīngxī〔動〕〈書〉震驚地獲悉(某種不幸的消息)：～先生辭世，不勝悲慟。

【驚喜】jīngxǐ〔形〕又驚又喜：～萬分｜～若狂｜親人歸來，母親～不已。

【驚嚇】jīngxià〔動〕因受到意外的刺激而害怕：夜裏打雷，孩子受了～。

【驚險】jīngxiǎn〔形〕情景危險，使人驚恐緊張：～動作｜這部電影有不少追擊鏡頭非常～。

【驚羨】jīngxiàn〔動〕驚歎羡慕：她的美麗令人～。

【驚心】jīngxīn〔動〕内心感到吃驚或震動：觸目～｜感時花濺淚，恨別鳥～。

【驚心動魄】jīngxīn-dòngpò〔成〕形容使人十分驚駭緊張，震動極大：我們正在經歷一場偉大的、～的變革。

【驚醒】jīngxǐng〔動〕❶受驚動而醒來：一聲炸雷，將他從夢中～。❷使驚醒：病人剛剛入睡，別～了他。❸比喻從迷茫中覺悟過來：聽了大家的批評，他才～過來。

【驚醒】jīngxing〔形〕(北京話)睡眠時容易醒來：我睡覺很～，哪怕有一點兒響聲我也聽得見。

【驚訝】jīngyà〔形〕感到很意外，驚奇：～的神情｜～的口氣｜大家聽說他突然辭職了，都十分～。

【驚疑】jīngyí〔形〕吃驚疑惑：～的神色｜聽到這消息，大家也互相看着。

【驚異】jīngyì〔形〕驚奇詫異：他臉上露出了～的神色｜他忽然離家出走，令人很～。

【驚蟄】jīngzhé〔名〕二十四節氣之一，在 3 月 6 日前後。驚蟄時節，冬眠的動物開始活動，漸有春雷。

jǐng　ㄐㄧㄥˇ

井 jǐng ㊀❶〔名〕(口、眼)從地面向下挖成的能取水的深洞：挖～｜～水｜～底之蛙｜臨渴掘～。❷〔名〕(口)形狀跟井相似的東西：油～｜鹽～｜天～｜礦～｜下～挖煤。❸古時曾以八家為一井，後借指鄉里，家鄉：背～離鄉。❹二十八宿之一，南方朱雀七宿的第一宿。參見"二十八宿"(347頁)。❺(Jǐng)〔名〕姓。

㊂整齊：～然有序｜～～有條。

語彙 機井　枯井　市井　水井　天井　投井　鄉井　藻井　離鄉背井　臨渴掘井

【井底之蛙】jǐngdǐzhīwā〔成〕井底下的青蛙只能看到井口那麼大的一塊天。比喻見識淺陋的人：先生江海之學，弟子～，豈敢班門弄斧。

【井井有條】jǐngjǐng-yǒutiáo〔成〕井：整齊不亂的樣子。形容整齊而有條理：女主人把家安排得～。

【井臼】jǐngjiù〔名〕〈書〉打水、舂米一類事情，泛指家務勞動：親操～。

【井噴】jǐngpēn〔動〕❶油氣井在鑽井或生產過程中，地下的高壓原油、天然氣突然大量從井口噴出：完善～應急預案。❷比喻某種事物或現象突然大量、迅速出現：經歷～後的中國汽車市場，成為全球最大的汽車消費市場。

【井然】jǐngrán〔形〕〈書〉形容整齊的樣子：～有序｜～不紊｜～條理。

【井水不犯河水】jǐngshuǐ bùfàn héshuǐ〔諺〕比喻各有界限，互不相犯：以前業務有交叉的兩家公司現在分工明確了，相互可做到～了。

【井台】jǐngtái（～兒）〔名〕井口周圍用磚、石等砌成的高出地面的台子。

【井田制】jǐngtiánzhì〔名〕相傳商周時代的一種土地制度，將土地劃為許多方塊，像"井"字形，故稱。

【井鹽】jǐngyán〔名〕食鹽的一種，打井汲出含有鹽鹵的地下水，加工後製成。中國四川、雲南等地都有鹽井出產井鹽。

洴

洴 jǐng 用於地名：～洲（在廣東東部）。

阱

阱〈穽〉jǐng 為捕捉野獸而設的陷坑：陷～。

肼

肼 jǐng〔名〕有機化合物，無色油狀液體，有刺激性氣味，有劇毒。可用來製藥，也可用作火箭燃料。[英 hydrazine]

剄

剄（剄）jǐng〈書〉用刀割脖子：自～。

景

景 jǐng ㊀❶（～兒）〔名〕風景：～點｜勝～｜良辰美～｜這地方～兒不錯。❷情況；境遇：家～｜晚～｜好～不長。❸戲劇、電影的佈景：內～｜外～｜近～｜遠～。❹〔量〕戲劇一幕之中的不同場景：第四幕第二～。❺古同"影"（yǐng）：～從（像影子一樣跟從）｜～印書籍。❻（Jǐng）〔名〕姓。
㊁敬佩；仰慕：～慕｜～仰。

語彙 背景　佈景　場景　風景　觀景　光景　幻景　街景　近景　美景　年景　盆景　前景　情景　取景　全景　勝景　水景　外景　晚景　寫景　夜景　應景　遠景　桑榆暮景

【景點】jǐngdiǎn〔名〕景物佈局集中的風景點：旅遊～｜開闢新～｜西湖有許多遊艇，來往穿梭於各個～之間。

【景觀】jǐngguān〔名〕自然景色或人文景物：自然～｜森林～｜草原～｜開發旅遊資源，開發風景名勝和人文～。

【景況】jǐngkuàng〔名〕情況，多指生活狀況：我們家的～一天比一天好。

辨析 **景況、情況** "景況"一般只指生活或經濟方面的狀況，用法較窄；"情況"可指事物各方面的狀況，用法較寬，如"工作情況""學習情況""思想情況"等，其中的"情況"不能換用"景況"。

【景慕】jǐngmù〔動〕〈書〉景仰：～已久｜很～他的為人。

【景頗族】Jǐngpōzú〔名〕中國少數民族之一，人口約 14.7 萬（2010 年），主要分佈在雲南德宏、怒江、臨滄等地。景頗語和載瓦語是主要交際工具，有本民族文字。

【景氣】jǐngqì❶〔名〕指社會、經濟繁榮的現象，常表現為生產增長、失業減少、信用活躍等：～指數提高｜～度｜～變化。❷〔形〕興旺（多用於否定式）：經濟不～｜市場不～｜國有文藝團體並不是很～。

【景區】jǐngqū〔名〕風景區，依據不同的景物特點和佈局劃分的供觀光旅遊的地區：香山～｜世界公園共分十幾個～。

【景色】jǐngsè〔名〕風景：～宜人｜～優美｜西湖的～四季各不相同。

【景深】jǐngshēn〔名〕攝影時，在照片上所顯示的清晰景物的縱深範圍。清晰範圍大的叫景深大，清晰範圍小的叫景深小。

【景泰藍】jǐngtàilán〔名〕中國特種工藝美術品之一，用銅胎嵌絲後填以琺瑯彩釉，經燒製磨光鍍金或銀而成。有各種器皿的造型。明代景泰（明代宗朱祁鈺年號，1450—1456）年間開始製作，琺瑯彩釉多用藍色，故稱。

【景物】jǐngwù〔名〕可供觀賞的景致與事物：～宜人｜～依舊｜家鄉處處有我熟悉的～。

辨析 **景物、景色** "景物"指山水、樹木、花草、建築物等具體的景致和事物；"景色"泛指由花草、樹木、山水等構成的大自然的風景。兩個詞常見的組合如"景物依舊""景物全非""景色宜人""落日景色"等，不宜互換。

【景象】jǐngxiàng〔名〕現象；情形：太平～｜欣欣向榮的～｜破敗～｜金秋時節，豐收～喜人。

【景仰】jǐngyǎng〔動〕敬佩；仰慕：先生品德令人～｜中外人士都十分～孫中山先生。

【景致】jǐngzhì〔名〕風景：好～｜迷人的～｜黃山的～，前山好，後山更好。

儆

儆 jǐng 使人警醒，不犯過錯：懲一～百｜以～效尤。

【儆戒】jǐngjiè 同"警戒"①。

憬
jǐng〈書〉醒悟：～然｜～悟。

【憬悟】jǐngwù〔動〕〈書〉醒悟：豁然～。

璟
jǐng〈書〉玉的光彩。

頸（颈）
jǐng ❶〔名〕脖子。也特指脖子的前部，與指脖子後部的"項"相對：～項｜脖～｜燕頷虎～｜長～鹿｜刎～之交。❷ 器物像頸的部分：瓶～｜曲～瓶。
另見 gěng（446 頁）。

【頸聯】jǐnglián〔名〕律詩的第三聯，即五、六兩句，要求對仗。也叫腹聯。

【頸項】jǐngxiàng〔名〕脖子。

【頸椎】jǐngzhuī〔名〕頸部的椎骨，共有七塊：～病。

暻
jǐng〈書〉光明。

璥
jǐng〈書〉玉名。

憼
Jǐng〔名〕姓。

警
jǐng ❶ 戒備：～戒｜～惕｜～衛。❷ 使人注意可能發生嚴重情況或危險：～報｜～告。❸ 感覺敏銳：～覺｜機～。❹ 危急的情況：報～｜火～｜匪～｜示～｜告～。❺ 警察的簡稱：乘～｜交通～｜戶籍～｜～民聯歡會。❻ 警察專用的：～犬｜～車｜～服｜～棍。❼（Jǐng）〔名〕姓。

語彙　報警　法警　告警　火警　機警　交警　經警　空警　路警　門警　民警　片警　騎警　示警　特警　網警　武警　刑警　巡警　預警

【警報】jǐngbào〔名〕報告危急情況即將到來的通知或信號，常用汽笛、喇叭等發出的聲音作為警報：空襲～｜颱風～｜～解除了。

【警備】jǐngbèi〔動〕軍隊警戒守備：～森嚴｜加強～。

【警察】jǐngchá〔名〕❶ 國家維護社會治安的武裝力量，是國家機器的重要組成部分。❷（名）指參加警察隊伍的成員：戶籍～｜交通～｜武裝～。

【警車】jǐngchē〔名〕（輛）警察執行公務的專用車輛：出動了幾十輛～。

【警笛】jǐngdí〔名〕❶ 警察用以示警或報告事故發生的哨子。❷ 發警報的汽笛。

【警方】jǐngfāng〔名〕警察方面，指公安機關：～正在調查此案。

【警服】jǐngfú〔名〕（套，件）警察穿的制服。

【警告】jǐnggào〔動〕❶ 提醒注意；使警惕：老師再三～同學們過馬路不要猛跑｜臨出發的時候我還～過他們要注意安全。❷ 嚴正告誡，使

認識應負的責任：我海軍嚴正～對方，必須馬上離開中國領海。❸ 對犯有錯誤者給予的一種處分：黃牌～｜校方分別給他倆～、嚴重～處分。

[辨析] **警告、勸告**　a）"勸告"着重在勸說、開導，語意較輕；"警告"着重在告誡，語意較重。b）"勸告"只用於人民內部，"警告"既可用於人民內部，又可用於敵人。c）"勸告"一般用於人與人之間，"警告"既可用於人與人之間，也可用於國家與國家、團體與團體之間。

【警官】jǐngguān〔名〕（位，名）警察官員：高層～｜資深～｜李～。參見"警銜"（703 頁）。

【警棍】jǐnggùn〔名〕（支）警察專用的特製小電棍。

【警號】jǐnghào〔名〕❶ 報警的信號：他敲響大鐘向村民發出洪峰到來的～。❷ 警察佩戴在警服上的符號。表明身份、類別、編號，便於公眾識別與監督。

【警花】jǐnghuā〔名〕對年輕女警察的美稱：首都～風采。

【警戒】jǐngjiè〔動〕❶ 告誡別人，使引起注意：公開銷毀盜版圖書，以示～｜～司機開車慢行。也作警誡、儆戒。❷ 為防備敵人而採取安全保障措施：加強～｜嚴密～｜～綫。

【警戒水位】jǐngjiè shuǐwèi 江河、湖泊、水庫水位允許達到的最高限度，警告情況危險，需要加強防汛。

【警句】jǐngjù〔名〕語言精練、寓意深刻的句子，如"少壯不努力，老大徒傷悲"。

【警覺】jǐngjué ❶〔名〕對可能發生的危險或事變所具有的敏銳感覺：～性｜政治～｜這幾天他總是夜裏一兩點才回來，引起同宿舍人的～。❷〔動〕敏銳地覺悟到：他看到有可疑情況，馬上～起來。

【警力】jǐnglì〔名〕警察的人員、裝備等力量：部署～｜～不足。

【警犬】jǐngquǎn〔名〕（條，隻）受過特別訓練的狗，能幫助人做偵查、搜捕、巡邏、警戒、鑒別等工作。注意 不能說"警狗"。

【警容】jǐngróng〔名〕指警察的外表、威儀等：～嚴整。

【警示】jǐngshì〔動〕警告；提示注意安全：該案例具有～意義｜有關部門～消費者，慎用空氣淨化器。

【警世】jǐngshì〔動〕警戒世人：～之作｜～名言。

【警惕】jǐngtì〔動〕對可能發生的危險、意外或錯誤傾向保持警覺：提高～，保衛祖國｜要～壞人進行破壞。

[辨析] **警惕、警戒**　"警惕"一般指保持敏銳感覺，注意提防，在思想或心理上有所戒備；"警戒"一般指採取防備、保障措施，在實際行動上加以戒備。

J

【警備】jǐngbèi ❶〔動〕武裝警戒和保衞：派人在機場～｜加強～。❷〔名〕(名)指執行警備任務的人：首長身邊沒帶｜門前有～。

【警銜】jǐngxián〔名〕區別警察等級的稱號。中國警銜等級設總警監、警監、警督、警司、警員五等十三級。

【警械】jǐngxiè〔名〕警察執行任務時使用的器械，如警棍、手銬等。

【警醒】jǐngxǐng ❶〔形〕睡着後易醒：我睡覺很～，有甚麼動靜都知道。❷〔動〕警戒醒悟：從交通事故的沉痛教訓中～過來｜此案再次～我們，反腐倡廉一刻也不能放鬆。也作警省。

【警鐘】jǐngzhōng〔名〕報告意外事故或危險情況時敲響的鐘。比喻值得警惕的事情：大火又一次敲響消防～｜～長鳴，常抓不懈。

【警種】jǐngzhǒng〔名〕警察的類別。按其任務分為戶籍、交通、消防、治安、刑事、司法、鐵道、邊防、外事、經濟、武裝等警種。

jìng ㄐㄧㄥˋ

勁（劲） jìng 堅強有力：蒼～｜剛～｜強～｜雄～｜～風。
另見 jìn（689頁）。

語彙　蒼勁　剛勁　強勁　遒勁　雄勁

【勁爆】jìngbào〔形〕熱烈火暴：場面～｜～金曲

【勁敵】jìngdí〔名〕強有力的敵人，也喻指厲害的對手：這次比賽，先鋒隊是我們的～，必須認真對付。

【勁旅】jìnglǚ〔名〕(支)實力強大的隊伍(跟“弱旅”相對)：足球～｜亞洲～｜中國跳水隊可算是奧運會上的一支～。

【勁射】jìngshè〔動〕非常有力的射門：一記～，球進了。

惊 jìng〈書〉強：秉心無～。
另見 liàng（842頁）。

徑（径）〈⊖逕〉 jìng ⊖ 直徑的簡稱：圓～｜半～｜周三～一。
⊖ ❶ 狹窄的小道：山～｜小～｜曲～通幽。❷ 比喻達到目的的方法：門～｜途～｜捷～｜獨闢蹊～。❸〔副〕徑直：～行辦理｜會後～回北京。
“逕”另見 jìng（703頁）。

語彙　半徑　荒徑　捷徑　口徑　路徑　門徑　曲徑　山徑　途徑　蹊徑　小徑　行徑　直徑

【徑賽】jìngsài〔名〕各種賽跑和競走項目的總稱：～項目。

【徑庭】jìngtíng（舊讀 jìngtìng）〔名〕〈書〉相差很遠：大有～｜大相～。

【徑直】jìngzhí〔副〕❶ 表示不繞道，不在中途停留，直接向某處前進：我這次～前往昆明，不在中途逗留。❷ 表示不在事前費周折，直接做某件事：考察工作你～進行下去，別的問題以後再研究｜如有困難可～提出，不必客氣。

【徑自】jìngzì〔副〕表示獨自直接行動：一到北京，他～會親訪友，沒有參加會議。

弪（弢） jìng ❶〔量〕弧度的舊稱。❷〈書〉一種捕鳥的器械：裝～捉鳥。

逕（迳） jìng 用於地名：～頭(在廣東)。
另見 jìng“徑”（703頁）。

脛（胫）〈踁〉 jìng〔名〕小腿：～不生毛｜不～而走。

【脛骨】jìnggǔ〔名〕小腿內側的長形骨。

竟 jìng ❶ 完畢：讀～｜未～的事業。❷ 整個；全：～夕｜～日。❸〔副〕到底；終於：畢～｜究～｜有志者事～成。❹〔副〕居然，表示出乎意料：他～敢如此放肆，實在出乎意料｜沒想到答案～如此簡單。❺（Jìng）〔名〕姓。

【竟然】jìngrán〔副〕居然，表示出乎意料：這部電視連續劇～只用兩個月時間就拍完了｜多年的夢想～短時間就變成了現實｜她一打扮～如此漂亮。

辨析 竟然、居然　“竟然”只用於主語後面，“居然”有時可用在主語前面，如“居然所有的問題都解決了”“這麼大聲音，居然你沒有聽見”，如果用“竟然”，就得說“所有的問題竟然都解決了”“這麼大聲音，你竟然沒有聽見”。

【竟日】jìngrì〔名〕〈書〉終日；整天：歡樂～｜～之遊。

【竟至】jìngzhì〔動〕竟然到了（某種程度）：兩年不見，他何以～如此憔悴｜為了達到目的，～以動武相威脅。

淨（净） jìng ⊖ ❶〔形〕清潔；潔淨：～水｜窗明几～｜把碗洗～了。❷ 純～重｜～利。❸〔形〕沒有剩餘：喝～｜吃～｜用～。❹〔動〕擦洗使乾淨：～手｜～一～桌面。❺〔副〕全部：秋風一颭，地上～是樹葉子。❻〔副〕只；僅僅：口袋裏～剩一塊錢了。❼（Jìng）〔名〕姓。
⊖〔名〕傳統戲曲中的角色行當，大多扮演性格勇猛、剛直的人物，如京劇裏有正淨（大花臉）、副淨（二花臉、架子花臉）、武淨（武花臉）等。通稱花臉。

語彙　白淨　純淨　乾淨　潔淨　明淨　清淨　素淨　勻淨　窗明几淨　一乾二淨

【淨本】jìngběn〔名〕指謄寫清楚的定本。

【淨場】jìng//chǎng〔動〕劇院、電影院等演出結束後，觀眾全部退出演場所：散戲以後很快就淨了場。

【淨化】jìnghuà〔動〕❶ 除去雜質，使物體、環境等潔淨：～水源｜～環境｜～空氣。❷比喻清除雜念私心，使內心明淨純潔：優秀的文學藝術可以～人的心靈。

【淨盡】jìngjìn〔形〕一點兒不剩：消滅～｜都市的喧囂和煩躁被海風滌蕩～。

【淨利】jìnglì〔名〕企業總收入中除去一切開銷後所剩下的利潤（區別於"毛利"）。

【淨面】jìngmiàn〔動〕〈書〉洗臉：～以後去用餐。

【淨身】jìng//shēn〔動〕封建社會對進入皇宮當太監的男子施術為淨身：他很小就淨了身，到宮裏當太監去了。

【淨手】jìng//shǒu〔動〕❶洗手：淨一淨手。❷〈婉〉指排泄大小便：他站起來說要去～。

排泄大小便的委婉語
出恭，古舊用語；
更衣，古舊用語；
洗手，如"等我去洗洗手"；
方便，如"對不起，我先去方便方便"

【淨水】jìngshuǐ ❶〔名〕乾淨的水；經過處理合乎飲水水質標準的水：降低～消耗量｜污水變～。❷〔動〕處理使水潔淨：～設備｜～器。

【淨桶】jìngtǒng〔名〕〈婉〉馬桶。

【淨土】jìngtǔ〔名〕❶佛教用語。佛教徒心目中的西方極樂世界，那裏是天堂，是樂園，是沒有污穢醜陋的清淨樂土。❷比喻沒有污染的清淨純潔的地方：南極是人們心目中的一塊～｜有良知的學人有責任為學術界保留一塊～。

【淨園】jìng//yuán〔動〕在規定停止遊覽的時間，遊人全部退出公園：要～了，請遊人不要在園內逗留｜已經淨了園了。也作靜園。

【淨重】jìngzhòng〔名〕❶指商品除去包裝材料後的重量（區別於"皮重"）：這箱冰箱～50公斤。❷牲畜、家禽除去毛、皮以外的重量（區別於"毛重"）：這隻雞～5斤。

婧 jìng〈書〉女子有才。

痙（痙） jìng 見下。

【痙攣】jìngluán〔動〕肌肉不自主地收縮，多由中樞神經系統受刺激引起：胃～。

敬 jìng ❶〔動〕尊重，有禮貌地對待：～而遠之｜～老尊賢｜李嫂雖不識字，脾氣也不大好，但我們都～她幾分。❷〔動〕有禮貌地送上：～煙｜～茶｜～酒｜～您一杯。**注意**"敬"在這個意義上的搭配是有限的，不能類推。如不說"敬飯""敬禮物""敬你一本書"等。❸恭敬：～請指教｜～謝不敏｜畢恭畢～。❹〈書〉表示敬意的禮物：喜～｜節～｜年～。❺（Jìng）〔名〕姓。

語彙 崇敬 恭敬 回敬 失敬 孝敬 致敬 尊敬 畢恭畢敬 可親可敬 肅然起敬

【敬愛】jìng'ài〔動〕尊敬熱愛：孩子～父母｜～的王老師。

[辨析] **敬愛、愛戴** a）"敬愛"只表示尊敬熱愛；"愛戴"除尊敬熱愛之外，還有一層"擁護"的意思。"兄弟之間應該相互敬愛"不能說成"兄弟之間應該相互愛戴"。b）"敬愛"可以單獨做定語，"愛戴"不能，如可以說"敬愛的老師"，不能說"愛戴的老師"。c）"愛戴"可充當賓語，如"得到人民的愛戴"，"敬愛"則不能。

【敬稱】jìngchēng ❶〔動〕尊敬地稱呼：鄰居們都～她"吳先生"。❷〔名〕對人表示敬意的稱呼："吳先生"是鄰居們對她的～。

【敬辭】jìngcí〔名〕含有恭敬口氣的用語。

敬辭種種
a）用於與對方有關的事物：大作、貴庚、貴國、貴體、貴姓、令堂、令尊、玉音、玉照、尊兄等；
b）用於對方待對自己的行為：賜教、斧正、海涵、候教、惠顧、惠臨、惠贈、教正、玉成等；
c）用於自己的舉動涉及對方：拜辭、拜訪、拜託、璧還、璧謝、奉告、奉還、奉勸、奉送、奉託等；
d）用於稱對方到來：光顧、光臨、駕臨等；
e）用於請求對方：俯就、俯允、借光、借問、勞駕、請問等；
f）用於書信結尾：編安、大安、冬祺、教安、敬禮、著安、著祺、撰安等。

【敬而遠之】jìng'éryuǎnzhī〔成〕尊敬但遠離他，有表面上尊敬，實際上不願意接近的意思：他對大家的要求十分苛刻，大家對他都～。

【敬奉】jìngfèng〔動〕❶〈敬〉贈物給人：～薄禮一份。❷虔誠地供奉：～神佛。

【敬告】jìnggào〔動〕〈敬〉告訴：～讀者｜～家長。

【敬賀】jìnghè〔動〕〈敬〉祝賀：新婚幸福，白頭偕老——編輯部全體同志～。

【敬候】jìnghòu〔動〕❶〈敬〉等候：～光臨。❷恭敬地問候：～起居。

【敬酒】jìng//jiǔ〔動〕宴席間舉起酒杯表示敬意並有禮貌地請人喝他自己杯中的酒：大會主席向全體客人～了｜給老人敬三杯酒。

【敬酒不吃吃罰酒】jìngjiǔ bùchī chī fájiǔ〔俗〕客客氣氣去請，倒不乾，直到威逼或受罰時方才去乾。比喻不識抬舉：不要～，咱倆快給大夥表演個節目吧。

【敬老院】jìnglǎoyuàn〔名〕(所，家)由國家或集體辦的收養、照顧老人的機構。港澳地區稱作安老院。也叫養老院。

【敬禮】jìng//lǐ〔動〕❶以立正、舉手、注目、鞠躬等方式行禮，表示敬意：向國旗～｜同學們都給老師敬了個禮。❷〈敬〉用在書信結尾：此致～。

【敬慕】jìngmù〔動〕敬重仰慕：大家～他的為人。

【敬佩】jìngpèi〔動〕尊敬佩服：他勇救落水兒童的英雄行為實在令人～｜大家都～老王同志忘我工作的精神。

【敬輓】jìngwǎn〔動〕〈敬〉向死者表示哀悼（多用於輓聯落款）："x 先生千古。xx～"。

【敬畏】jìngwèi〔動〕敬重而畏懼：王老師待人和藹，但從不姑息我們的錯誤，我們都～他。

【敬悉】jìngxī〔動〕〈敬〉詳細地得知：大札～。

【敬羨】jìngxiàn〔動〕尊敬羨慕：他的學問、人品都令人～｜人們向成功者投去～的目光。

【敬獻】jìngxiàn〔動〕〈敬〉恭恭敬敬地獻上：向人民英雄紀念碑～花圈｜全體同學～。

【敬謝不敏】jìngxiè-bùmǐn〔成〕謝：辭謝；不敏：不聰明，沒有才能。表示推辭，不願做某事的客套話：出出主意還可以，要是叫我擔當重任，那可就～了。

【敬仰】jìngyǎng〔動〕尊敬仰慕：他德高望重，深受大家～。

【敬業】jìngyè〔形〕對所從事的專業、工作全心全意：～精神｜他很～｜他是一位勤奮的～的好醫生。

【敬意】jìngyì〔名〕尊敬的心意：聊表～｜對那些為國捐軀的人，我總是懷着深深的～。

【敬贈】jìngzèng〔動〕〈敬〉贈送（多用於贈禮的落款）："與學兄共勉。學弟～"。

【敬重】jìngzhòng〔動〕恭敬尊重：他三十年默默獻身於山區教育事業，鄉親們都十分～他。

【敬祝】jìngzhù〔動〕〈敬〉祝願，常用於書信結尾，表示祝頌：～健康長壽｜～全家幸福。

靖 jìng ❶ 安定；沒有動亂或變故：平～｜安～。❷ 平定；使秩序安定：～邊｜～亂｜～難。❸ （Jìng）〔名〕姓。

語彙 安靖　寧靖　平靖　綏靖

【靖邊】jìngbiān〔動〕安定守邊：選將～。

【靖亂】jìngluàn〔動〕平定叛亂：～建功。

【靖難】jìngnàn〔動〕平定變亂；解救危難：～為國。

諍（诤） jìng〈書〉靜；安靜。

經（经） jìng〔動〕織布前把紡好的紗或綫密密地繃起來，來回梳整，使成為經紗或經綫：～紗。
另見 jīng（695 頁）。

境 jìng ❶ 疆界：～外｜出～｜入～｜大兵壓～。❷ 地方；區域：身臨其～｜漸入佳～｜如入無人之～。❸ 境況；境地：處～很難｜事過～遷｜學無止～。

語彙 邊境　慘境　出境　處境　國境　過境　畫境　環境　幻境　佳境　家境　窘境　絕境　苦境　困境　離境　夢境　逆境　入境　勝境　順境　仙境　心境　壓境　意境　學無止境

【境地】jìngdì〔名〕情況；地步：敵人陷入了孤立無援的～｜我現在是處於狼狽的～。**注意**"境地"一般用於消極方面，如不說"幸福的境地""美好的境地"等。

【境界】jìngjiè〔名〕❶ 土地的界限。❷ 事物達到的程度或表現的狀況，也指藝術創作表現出的意境：思想～｜理想～｜音樂把我帶入了的～｜他的表演已經達到了出神入化的～｜中國畫除了寫實和傳神，還要創造一種引人入勝的～。

【境況】jìngkuàng〔名〕狀況（多指生活方面和經濟方面）：他們家的～一天一天好起來了｜我們廠今年～不佳。

【境域】jìngyù〔名〕〈書〉疆界之內的地域：棄其～。

【境遇】jìngyù〔名〕境況和遭遇：惡劣的～｜不幸的～｜窘迫的～｜一場大火把他們一家拋入了悲慘的～。**注意**"境遇"一般用於消極方面，如不說"美好的境遇""幸福的境遇"等。

獍 jìng 古指一種像虎豹的野獸，生下來就吃生牠的母獸。

靚（靓） jìng〈書〉妝飾；打扮：～飾。另見 liàng（842 頁）。

【靚妝】jìngzhuāng〔名〕〈書〉美麗的裝飾：繁花對～。

靜（静） jìng ❶〔形〕安定不動（跟"動"相對）：～止｜風平浪～｜樹欲～而風不止｜湖面很～。❷〔形〕沒有聲響（跟"鬧"相對）：寂～｜夜深人～｜閱覽室裏很～｜冬天的夜晚，周圍～極了。❸〔動〕使平靜或安靜：～下心來｜請大家一一～。❹ （Jìng）〔名〕姓。

語彙 安靜　沉靜　沉靜　動靜　冷靜　寧靜　僻靜　平靜　清靜　肅靜　恬靜　文靜　嫻靜　雅靜　幽靜　鎮靜　風平浪靜　夜深人靜

【靜場】jìng // chǎng〔動〕劇場、電影院等演出結束，觀眾退場。

【靜電】jìngdiàn〔名〕不流動的電荷，如摩擦所產生的電荷：～感應｜～除塵器。

【靜觀】jìngguān〔動〕冷靜地觀察：～局勢的發展｜採取～態度｜～自得｜～默察。

【靜候】jìnghòu〔動〕安靜而耐心地等待：～佳音｜～處理。

【靜脈】jìngmài〔名〕（條）把身體各部分的血液輸送回心臟的血管（區別於"動脈"）。

【靜謐】jìngmì〔形〕〈書〉安靜：～的夜晚｜～的山莊。

J

【靜默】jìngmò〔動〕❶ 沉默；不出聲：嚷嚷了一陣，都～下來了。❷ 用肅立不出聲的方式表示悼念：～一分鐘｜全體起立，向犧牲的烈士～致哀。

【靜穆】jìngmù〔形〕安靜而嚴肅：～的氣氛｜弔唁大廳莊嚴～。

【靜悄悄】jìngqiāoqiāo（～的）〔形〕狀態詞。形容非常安靜：周圍～的，一點兒聲音也沒有｜在～的閱覽室裏，同學們正在埋頭學習。

【靜態】jìngtài ❶〔名〕相對靜止狀態或非工作狀態：～工作點｜～電流。❷〔形〕屬性詞。從靜態來考察研究的（跟「動態」相對）：～分析｜～描寫｜對語法不僅做～研究，還要做動態研究。

【靜物】jìngwù〔名〕靜止的繪畫、攝影對象，一般指水果、瓶花、器物等：～畫｜～攝影。

【靜心】jìng∥xīn〔動〕使心神安定；心思不亂：～養病｜靜下心來讀書寫作。

【靜養】jìngyǎng〔動〕安靜地休養：～幾日就好了｜希望你安心～。

【靜園】jìngyuán 同「淨園」。

【靜止】jìngzhǐ ❶〔動〕物體不運動：相對～｜～狀態｜～不動。❷〔名〕哲學範疇。事物處於不顯著的量變或平衡狀態，是物質運動的特殊形式。

【靜坐】jìngzuò〔動〕❶ 氣功療法的一種，即安坐不動，閉目運氣，摒除雜念。❷ 為了表示抗議或達到某種要求而一直坐着，是一種請願或示威的方式：～示威｜請願者在辦公樓前～。

皦
jìng〈書〉日光明亮。

鏡（镜）
jìng ❶「鏡子」①：銅～｜明～｜穿衣～｜哈哈～｜波平如～。❷ 利用光學原理製成的器具，用於改善視力、光學實驗或醫療檢查：眼～｜老花～｜凸～｜凹～｜望遠～｜顯微～。❸ 比喻作為借鑒的事物：以前代之事為～。❹（Jìng）〔名〕姓。

語彙　腸鏡　出鏡　借鏡　門鏡　明鏡　墨鏡　搶鏡　入鏡　上鏡　試鏡　胃鏡　眼鏡　泳鏡　哈哈鏡　角膜鏡　西洋鏡　照妖鏡

【鏡花水月】jìnghuā-shuǐyuè〔成〕鏡中的花，水裏的月。比喻虛幻不實的景象：他雙目失明以後，自己覺得所有的幸福憧憬都成了～。

【鏡框】jìngkuàng（～兒）〔名〕❶ 在用木頭、金屬等做成的框架中鑲上玻璃而製成的東西，用來裝照片或字畫等。❷（副）眼鏡的框架。

【鏡頭】jìngtóu〔名〕❶ 攝影機或放映機上由透鏡組成的光學裝置：照相機～｜長焦距～。❷ 照相的一個畫面：搶～。❸ 電影攝影機每拍攝一次所拍下的一系列畫面：慢～｜特技～｜特寫～｜驚險～。

【鏡像】jìngxiàng〔名〕計算機系統中，為了精確保存文件、數據和圖像而採用的一種複製拷貝或映射的操作。

【鏡子】jìngzi〔名〕❶（面，塊）能照見形象的器具，古代用銅磨製而成，現代用玻璃鍍銀或鍍鋁製成：照～。❷（副）〈口〉眼鏡：配～｜戴～。

競（竞）
jìng ❶ 競爭；競賽：～選｜～技｜～走｜～渡｜物～天擇。**注意**「競」用於文娛體育方面只有「競走」「競渡」等少數搭配，「賽跑」「賽球」「賽馬」等不能說成「競跑」「競球」「競馬」。❷〈書〉強勁：南風不～。❸（Jìng）〔名〕姓。

【競標】jìng∥biāo〔動〕參加投標競爭以爭取中標：公開～｜該公司在兩輪～之後宣告勝出。

【競猜】jìngcāi〔動〕比賽誰能又快又準地猜出答案或結果：有獎～｜燈謎～。

【競渡】jìngdù〔動〕❶ 划船比賽：龍舟～。❷ 渡過江河湖面的游泳比賽：游泳健兒～長江。

【競崗】jìnggǎng〔動〕通過考核、選拔等競爭方式得到工作崗位。

【競技】jìngjì〔動〕比賽技藝，多指體育比賽：同台～｜～場｜～體操｜～狀態良好。

【競價】jìngjià〔動〕在拍賣等活動中競相開價以爭取成交：舉牌～｜公開向社會～拍賣。

【競拍】jìngpāi〔動〕❶ 指拍賣：～活動。❷ 在拍賣中競相報價（爭取成交）：～激烈｜價格不斷上升。

【競聘】jìngpìn〔動〕通過考核、競選等方式競爭，爭取得到聘任：～上崗｜足球隊教練～。

【競賽】jìngsài〔動〕❶ 互相為爭取優勝而比賽：勞動～｜生產～｜學習～。❷ 競爭：軍備～。

【競相】jìngxiāng〔副〕互相爭着（做某事）：～購買｜～發表意見｜花兒～開放。

【競選】jìngxuǎn〔動〕在選舉前積極進行活動，力爭當選：～議員｜～總統｜～代表｜他這次也參加了學生會主席～。

【競爭】jìngzhēng〔動〕為了獲利而跟人爭勝：自由～｜這個廠的產品質量低劣，～不過對手，終於倒閉了｜市場～激烈。

【競走】jìngzǒu〔名〕徑賽項目之一。規定兩腳不得同時離地，腳着地時膝關節不得彎曲。

jiōng ㄐㄩㄥ

坰
jiōng〈書〉郊野：郊～｜～外。

扃
jiōng〈書〉❶ 從外面關住門的門閂、門環等：門戶無～。❷ 泛指門：掩～閉戶。❸ 關門；上門：～戶閉門。

駉（驹）
jiōng ❶〈書〉馬肥壯：～～牡馬。❷（Jiōng）〔名〕姓。

jiǒng ㄐㄩㄥˇ

囧
冏 jiǒng ㊀〈書〉❶窗口透明。❷明亮。
㊁網絡詞語。鬱悶；尷尬；無奈。因字形像表情憂鬱的臉而被借用：～人｜～事｜～樣。

昋 jiǒng〈書〉明亮：～若金玉｜～～明月。

泂 jiǒng〈書〉明亮。
另見 Guì（491 頁）。

迥 jiǒng〈書〉遠。

迥〈逈〉jiǒng〈書〉❶遠：天高地～。❷相差很遠：風格～異｜～若兩人｜～不相同。

【迥然】jiǒngrán〔形〕❶截然；差得很遠的樣子：兩地風光～不同。❷〈書〉高遠的樣子：～聳立。

【迥異】jiǒngyì〔形〕大不相同：雖然是孿生姐妹，可兩人的性格～。

炯〈烱〉jiǒng ❶〈書〉明亮：醉眼～如電。❷（Jiǒng）〔名〕姓。

【炯炯】jiǒngjiǒng〔形〕〈書〉明亮：目光～｜兩眼～有神。

絅（絅）jiǒng 古代稱罩在外面的單衣。

暻 jiǒng〈書〉日光。

窘 jiǒng ❶〔形〕窮困：手裏沒錢，真～｜他家人口多，生活很～。❷〔形〕為難：謊言當場戳穿，他感到無地自容，非常～。❸〔動〕使為難：受～｜大家你一言我一語，～得她滿臉通紅。

語彙 發窘 枯窘 困窘 受窘

【窘乏】jiǒngfá〔形〕（經濟）困難：最近手頭比較～。

【窘境】jiǒngjìng〔名〕很為難的處境：陷於～｜他埋頭苦幹了好幾年，終於擺脫了～。

【窘況】jiǒngkuàng〔名〕無法擺脫的困難境況：～難言｜家中～你是知道的。

【窘困】jiǒngkùn〔形〕❶窮困：家庭～。❷處境困難；為難：這話讓人十分～。

【窘迫】jiǒngpò〔形〕❶非常窮困：生活～｜景況～。❷非常為難而急迫：敵人圍城，處境～。

【窘態】jiǒngtài〔名〕（副）受窘為難的神態：他在台上站也不是，坐也不是，一副～。

【窘相】jiǒngxiàng〔名〕（副）困窘為難的樣子：～畢露。

颎（颎）jiǒng〈書〉火光。

jiū ㄐㄧㄡ

勼 jiū〈書〉聚集。

甃 Jiū〔名〕姓。

究 jiū / jiù ❶仔細思考探求：研～｜深～｜推～。❷追查；追究；追根～底｜窮～底蘊。❸〔副〕〈書〉到底；究竟：勤學好問～有益處｜～當如何對待？

語彙 查究 根究 講究 考究 窮究 深究 探究 推究 細究 學究 尋究 研究 終究 追究

【究辦】jiūbàn〔動〕盤查懲辦：交司法部門～｜將歹徒逮捕並～。

【究竟】jiūjìng ❶〔名〕起因和結果：問了半天他也說不出個～｜問題要查個～，查個水落石出。❷〔副〕表示進一步追究，有加強語氣的作用：～毛病出在哪裏？｜產品的質量～好不好？｜～誰去？**注意** 帶「嗎」的是非問句，不能用「究竟」。如「你同意嗎？」不能說成「你究竟同意嗎？」。❸〔副〕畢竟；歸根到底：他～年紀大了，稍一緊張就受不了｜老師傅是老師傅，幹出來的活就是不一樣。**注意** 副詞「究竟」多用於書面語，口語多用「到底」。

糾（糾）〈糺〉jiū ㊀❶纏繞：～纏｜～結｜～合。❷集合：～集。❸（Jiū）〔名〕姓。
㊁❶矯正：～正｜～偏｜～謬。❷督察：～察。

【糾察】jiūchá ❶〔動〕維持公眾秩序：～隊｜今天召開群眾大會，派一班人到會場～。❷〔名〕（名）負責糾察工作的人：選身強力壯的青年當～。

【糾纏】jiūchán〔動〕❶交相纏繞：一團亂麻～在一起了｜事情一多就～不清。❷攪擾；找麻煩：他又去～人家了｜對方老是在枝節問題上～不休。

【糾錯】jiūcuò〔動〕糾正錯誤：自覺～。

【糾紛】jiūfēn〔名〕（場）爭執的問題或事件：一場～｜家庭～｜國際～｜不要鬧無原則的～。

【糾風】jiūfēng〔動〕糾正行業不正之風：～工作｜認真開展～。

【糾葛】jiūgé〔名〕糾纏不清的問題或事情：愛情～｜感情上的～｜最近我們之間發生了一點～。

【糾合】（鳩合）jiūhé〔動〕聚集（含貶義）：～一些無業遊民，擾亂社會治安。

【糾集】（鳩集）jiūjí〔動〕收集；集合（含貶義）：敵人～殘部，妄圖東山再起｜他～一些社會渣滓，幹盡了壞事。

【糾結】jiūjié〔動〕纏繞聯結：思緒～｜內心～｜

J

這件事讓她～了好一陣子。

【糾偏】jiūpiān〔動〕糾正偏向或偏差：搞過了頭就得～，不要留下後遺症｜對不合理的收費制度加以～。

【糾正】jiūzhèng〔動〕把錯誤或偏差改正過來：～錯誤｜～偏向｜壞習慣～起來不很容易。

赳 jiū 見下。

【赳赳】jiūjiū〔形〕威武雄壯的樣子：～武夫｜雄～，氣昂昂。

揪〈揫〉 jiū〔動〕抓住；抓住並用力拉：～住繩子往上爬｜他～住小偷的領子往派出所送。

【揪辮子】jiū biànzi〔慣〕比喻抓住缺點或錯誤作為把柄：誰都有出錯的時候，糾正過來就行了，不要～，打棍子。也說抓辮子。

【揪心】jiū // xīn〔動〕❶（北方官話）擔心；提心吊膽：這麼晚還不回來，真讓人～｜他一到外頭就惹事，怎麼能不讓人揪心！❷形容疼痛難忍：傷心痛得～。

啾 jiū 鳥雀鳴叫的聲音：喞～。

【啾啾】jiūjiū〔擬聲〕❶形容許多小鳥一起叫的聲音：小鳥～叫個不停。❷馬嘶聲：胡馬聲～。❸鈴聲：鑾鈴～。❹悽切的叫聲：新鬼煩冤舊鬼哭，天陰雨濕聲～。

鳩（鳩） jiū〔名〕斑鳩、雉鳩等的統稱：～形鵠面｜鵲巢～佔。

【鳩形鵠面】jiūxíng-húmiàn〔成〕鳩形：腹部低陷，胸骨突出；鵠面：臉上乾瘦無肉。形容人身體瘦弱，面容憔悴：被圍困在山上的敵人，一個個～。

樛 jiū ❶〈書〉樹木向下彎曲：～木。❷（Jiū）〔名〕姓。

鬏 jiū（～兒）〔名〕頭髮盤成的結：盤個～。

鬮（閹） jiū（～兒）〔名〕有記號的紙片，一般搓成捲或揉成團，供抓鬮時用：拈～兒。

jiǔ ㄐㄧㄡˇ

九 jiǔ ❶〔數〕數目，八加一後所得。❷表示多數或多次：～牛一毛｜～死一生。❸〔名〕從冬至日起的八十一天，每九天為一單位，叫"九"，從一"九"數起，一直數到九"九"：數～｜三～天。❹（Jiǔ）〔名〕姓。

語彙　重九　三九　數九　小九九

【九重霄】jiǔchóngxiāo〔名〕指極高的天空。古代傳說天有九重：彩球騰空而起，直上～。也叫重霄。

【九鼎】jiǔdǐng〔名〕❶古代傳說夏禹鑄造了九個鼎，成為夏、商、周三代傳國的寶物。後也借指政權。❷比喻非常重的分量：一言～。

【九方】Jiǔfāng〔名〕複姓。

【九宮格】jiǔgōnggé〔名〕練習漢字書法用的方格紙，每格再用"井"字形分成九個小方格，便於習字時掌握字形筆畫位置。

【九歸】jiǔguī〔名〕珠算中用九個"個位數"（1-9）為除數的除法。

【九華山】Jiǔhuá Shān〔名〕中國四大佛教名山之一，位於安徽青陽西南。山有九峰，狀如蓮花，故稱。

【九九歌】jiǔjiǔgē〔名〕乘法口訣，從"一一得一、一二得二"至"九九八十一"。也叫小九九。

【九九歸一】jiǔjiǔ-guīyī〔成〕原是珠算中歸除和還原的口訣。現比喻轉來轉去最後又還了原。也說九九歸原。

【九牛二虎之力】jiǔniú èrhǔ zhī lì〔成〕比喻很大的力量：他費了～才把這本書找到。

【九牛一毛】jiǔniú-yīmáo〔成〕許多條牛身上的一根毛。比喻多數中的極小一部分，微不足道：花上千兒八百，對你來說還不是～？

【九派】jiǔpài〔名〕派：水的支流。長江流到湖北和江西九江一帶有很多支流，因以九派指這一帶的長江。也泛指整個長江：荊門～通｜茫茫～流中國。

【九泉】jiǔquán〔名〕指人死後埋葬的地下深處，借指陰間：～之下｜無恨於～。

【九死一生】jiǔsǐ-yīshēng〔成〕形容多次經歷極大危險而倖存下來：探險隊～，終於安全歸來了。

【九天】jiǔtiān〔名〕傳說天有九重，極言非常高的天空：翱翔～之上。

【九頭鳥】jiǔtóuniǎo〔名〕（隻）傳說中有九個頭的不祥之鳥。比喻奸詐的人。

【九五】jiǔwǔ〔名〕《周易·乾》："九五，飛龍在天，利見大人。"術數家認為是人君的象徵，因以"九五"指皇位：～之尊。

【九霄雲外】jiǔxiāo-yúnwài〔成〕九霄：天的極高處。形容極其高遠的地方。比喻無影無蹤的去處：這些日子老劉常常爬山，打球，甚麼哀愁，甚麼鬱悶，都飛到～去了。

【九州】jiǔzhōu〔名〕❶傳說中國上古分天下為九州，州名說法不一。據《尚書·禹貢》為冀、豫、雍、揚、兗、徐、梁、青、荊。後用來做中國的代稱。❷（Jiǔzhōu）日本的第三大島。

【九族】jiǔzú〔名〕九代直系親屬，包括高祖、曾祖、祖父、父親、自己、兒子、孫子、曾孫、玄孫。另一說也包括異姓親屬，以父族四代、母族三代、妻族兩代為九族。

久 jiǔ ❶〔形〕時間長（跟"暫"相對）：～留｜～假不歸｜曠日持～｜天長地～｜他

離開這裏已經很～了。❷〔名〕經歷的時間；時間的長短：建一座橋需要多～？｜他一去就是三年之～。❸（Jiǔ）〔名〕姓。

> **語彙**　長久　持久　好久　恒久　經久　久久　良久　耐久　年久　許久　永久　悠久　終久　年深日久　天長地久　蓄謀已久

【久別】jiǔbié〔動〕長久地分別：～重逢。

【久病成醫】jiǔbìng-chéngyī〔俗〕長時間生病，藥吃得多，對病情及用藥都有所了解，也像是醫生了：她自己配了點草藥吃下，病竟然好了，真是～了。

【久而久之】jiǔ'érjiǔzhī〔成〕經過了很長的一段時間：長期工作在農村，～就習慣了農村的生活。

【久旱逢甘雨】jiǔhàn féng gānyǔ〔諺〕旱了很久，忽然遇到了一場好雨。比喻急切的希望一下子得到了滿足：～，他鄉遇故知，真叫人喜出望外。

【久假不歸】jiǔjiǎ-bùguī〔成〕假：借。長期借用不歸還：圖書館的書是給大家看的，怎麼好～，成了自己的呢？

【久經】jiǔjīng〔動〕長時間經過：～考驗｜～艱苦工作的磨煉。

【久經沙場】jiǔjīng-shāchǎng〔成〕沙場：戰場。經歷過長期的戰爭考驗。比喻具有豐富的閱歷和實踐經驗。

【久久】jiǔjiǔ〔副〕很久；許久：我看完這篇報道，心情～不能平靜｜他們把我送到車站，～不肯離去。

【久留】jiǔliú〔動〕長時間地停留：這次出差，快去快回，不要在外地～。

【久慕】jiǔmù〔動〕客套話。久仰：～先生大名。

【久違】jiǔwéi〔動〕客套話。好久沒見（用於久別後相見或用在書信中）：～了，你甚麼時候回到北京的？｜雅教。

【久仰】jiǔyǎng〔動〕客套話。仰慕很久了（用於初次見面時）：讓我介紹一下，這位是張先生。——～！～！也說久慕。

【久已】jiǔyǐ〔副〕很久以前已經：寄來的包裹～接到，卻一直沒有寫信告知。

【久遠】jiǔyuǎn〔形〕長遠；離現在時間很長久：年代～｜時間～，記不太清了。

氿　jiǔ 東氿，西氿，湖名。都在江蘇宜興。另見 guǐ（489頁）。

玖　jiǔ ㊀ ❶〈書〉似玉的黑色石頭：瓊～。❷（Jiǔ）〔名〕姓。
㊁〔數〕"九"的大寫。多用於票據、賬目。

灸　jiǔ〔動〕灼；燒。中醫的一種治病方法，用燃燒的艾條等熏烤穴位或患部：針～｜艾～｜急脈緩～。

韭　〈韮〉jiǔ ❶ 韭菜：青～。❷（Jiǔ）〔名〕姓。

【韭菜】jiǔcài〔名〕（棵）多年生草本植物，葉子細長扁平，花小色白，是普通蔬菜。

【韭黃】jiǔhuáng〔名〕（棵）採用遮光等方法培育的韭菜，顏色淺黃：～炒肉絲。

酒　jiǔ〔名〕❶ 用糧食（如米、麥、高粱、白薯等）、水果（如葡萄、蘋果等）發酵製成的含酒精的飲料，如高粱酒、葡萄酒等。❷（Jiǔ）姓。

> **語彙**　案酒　把酒　白酒　薄酒　陳酒　罰酒　黃酒　忌酒　敬酒　老酒　烈酒　露酒　美酒　米酒　名酒　釀酒　品酒　勸酒　喜酒　下酒　醒酒　酗酒　藥酒　飲酒　斟酒　祝酒　醉酒　雞尾酒　舊瓶新酒　醉翁之意不在酒

【酒吧】jiǔbā〔名〕（間，家）帶有西式風味的酒店、西餐館或飯店中賣酒、飲酒的地方。也指單獨開設的賣酒、飲酒的地方。[吧，英 bar]

【酒保】jiǔbǎo〔名〕舊指賣酒的人或酒店夥計（見於戲曲和古白話小說）：～，拿酒來！

【酒菜】jiǔcài〔名〕❶ 下酒的菜：松花蛋、花生仁是最好的～，不要再炒菜了。❷ 酒和菜。

【酒店】jiǔdiàn〔名〕（家）❶ 賣酒的鋪子；酒館：胡同口有家小～，通宵營業。❷ 規模較大的旅館、飯店：華僑大～｜五洲大～。

【酒飯】jiǔfàn〔名〕酒和飯食：今天開座談會，只備茶點，不供～。

【酒館】jiǔguǎn（～兒）〔名〕（家）以賣酒為主兼賣飯菜的鋪子。

【酒鬼】jiǔguǐ〔名〕〈罵〉好酒成癮的人。

【酒櫃】jiǔguì〔名〕放酒和酒具的櫃子。

【酒酣耳熱】jiǔhān-ěrrè〔成〕形容酒興正濃：他借～之際將心事和盤托出。

【酒會】jiǔhuì〔名〕不備飯食，只用酒和點心招待客人的宴會。酒會上不排席次，客人或站或坐，自由飲酒和取用點心，彼此自由交談，氣氛輕鬆。常見的有雞尾酒會。

【酒家】jiǔjiā〔名〕酒店，現多用於飯館名稱。

【酒駕】jiǔjià〔動〕酒後駕駛汽車：他因～導致意外事故。

【酒窖】jiǔjiào〔名〕（座）貯藏酒類的地下室。窖中保持較低的恒溫，使酒醇化。

【酒精】jiǔjīng〔名〕乙醇的通稱。

【酒具】jiǔjù〔名〕（套）飲酒的用具，如酒壺、酒杯等：銀製～｜玻璃～。

【酒力】jiǔlì〔名〕喝下去的酒對人的刺激：不勝～｜～發作。

【酒簾】jiǔlián〔名〕酒望：～高懸。

【酒量】jiǔliàng〔名〕一個人一次能喝下的酒的量：你的～很大｜我沒有～，不能喝。

【酒令】jiǔlìng（～兒）〔名〕飲酒時所做的一種助興

遊戲，由一個人做令官，同席的人都聽令官的號令，輸了的被罰飲酒：行～｜出個～兒。

【酒樓】jiǔlóu〔名〕(家)酒店。**注意** 有樓的酒店固然可以叫酒樓，沒有樓的酒店也可以叫酒樓，如老北京的飯館東興樓、萃華樓只是平房，並沒有樓。"樓"和"店"一樣，是一個普通名詞，用於店鋪名稱。

【酒母】jiǔmǔ〔名〕酒麴。

【酒囊飯袋】jiǔnáng-fàndài〔成〕囊：口袋。裝酒、飯的口袋。比喻無能而只會吃喝的人(含譏諷意)：他手下那些～，除了吃喝，甚麼事也不會辦。

【酒釀】jiǔniàng〔名〕江米酒。糯米蒸至半熟後，加入酒麴，置於密閉的罐子或罈子裏發酵而成。酒味淡，比較甜。也叫酒娘(jiǔniáng)。

【酒牌】jiǔpái〔名〕港澳地區用詞。酒店、會所、酒吧、娛樂場所、餐廳等銷售酒精飲品的牌照：根據香港法例，食肆須領有～，方可售賣酒類飲品。

【酒器】jiǔqì〔名〕(件)盛酒和飲酒用的器皿。

【酒麴】jiǔqū〔名〕釀酒用的麴。

【酒肉朋友】jiǔròu-péngyou〔成〕只能在一起吃喝玩樂而不能幹正事、共患難的朋友(含貶義)：他結交的都是一些～，有害無益。

【酒色】jiǔsè〔名〕酒和女色：沉湎～｜～之徒。

【酒食】jiǔshí〔名〕酒和飯菜：～征逐(酒肉朋友互相邀請吃喝玩樂)。

【酒水】jiǔshuǐ〔名〕❶ 就餐時用的酒和汽水等飲料：每桌 800 元，不算～。❷ (桌)(吳語)指酒席：吃了幾桌～。

【酒肆】jiǔsì〔名〕〈書〉酒店：茶樓～。

【酒徒】jiǔtú〔名〕嗜酒貪杯的人：市井～。

【酒望】jiǔwàng〔名〕舊時酒店懸在門前用布做的幌子。也叫酒望子、酒簾。

【酒窩兒】jiǔwōr〔名〕(個、對)笑時臉頰上出現的小圓窩：這孩子真好看，一笑臉上有倆～。也作酒渦兒。

【酒席】jiǔxí〔名〕(桌)酒菜齊全的筵席；整桌的酒菜：擺一桌～｜內設雅座，承辦～。

【酒興】jiǔxìng〔名〕飲酒的興致：～正濃｜大夥兒乘着～又唱又跳。

【酒宴】jiǔyàn〔名〕酒席：大擺～｜豐盛的～。

【酒釅】jiǔyè〔名〕(吳語)酒窩。

【酒意】jiǔyì〔名〕醉意：面帶～｜他只喝了一杯酒，就已經有幾分～了。

【酒糟】jiǔzāo〔名〕釀酒剩下的渣滓：～可以餵豬。

【酒糟鼻】jiǔzāobí〔名〕一種慢性皮膚病，鼻尖出現鮮紅色斑點，逐漸變成暗紅色，鼻部結締組織增長，皮脂腺擴大，成小硬結。也叫酒渣鼻。

【酒盅】jiǔzhōng(～兒)〔名〕(隻)小的酒杯。也作酒鐘。

【酒足飯飽】jiǔzú-fànbǎo〔成〕酒也喝夠了，飯也吃飽了。形容吃喝暢快滿足：今天真是～，多謝主人的盛情招待。

【酒醉】jiǔzuì〔動〕因飲酒過量而神志不清：～如泥｜～不醒。

jiù　ㄐㄧㄡˋ

臼 jiù ❶〔名〕舂米的器具，用石頭、木頭或陶土製成，中間凹下，用杵搗米。也泛指搗物的容器：蒜～｜藥～。❷ 中間凹下形狀像臼的東西：～齒｜脫～。❸ (Jiù)〔名〕姓。

【臼齒】jiùchǐ〔名〕(顆)磨牙的通稱。因形狀像臼，故稱。

咎 jiù ❶〔書〕災禍：天降之～｜君必有～。❷ 過失；罪過：動輒得～｜～有應得｜引～辭職。❸ 責備；追究：既往不～。❹ (Jiù)〔名〕姓。

【咎由自取】jiùyóuzìqǔ〔成〕罪過或災禍是自己招致的：他們一再製假售假坑害消費者，這次被查封是～。

疚 jiù〈書〉對自己的錯誤內心感到慚愧而痛苦：負～｜內～｜愧～｜～歉。

柩 jiù 裝着屍體的棺材：棺～｜靈～。

柏 jiù 柏樹，落葉喬木。葉子互生，呈菱形，秋天變紅，可做黑色染料。種子外有白蠟層，可製蠟燭、肥皂等。樹皮可入藥。也叫烏柏。

救 〈○捄〉jiù ㊀❶〔動〕援助使脫離災難：急～｜～人要緊｜見死不～｜消防隊員把孩子從火海裏～了出來。❷ 援助使免於災難：～荒｜～急｜～災。
㊁(Jiù)〔名〕姓。

語彙 補救　搭救　呼救　獲救　急救　解救　撲救　搶救　求救　挽救　營救　援救　拯救　自救　坐視不救

【救兵】jiùbīng〔名〕❶ 在危急時前來援助的軍隊：搬～｜既無糧草，又無～。**注意** 不能說成"救軍"。❷ 比喻緊急或尷尬時刻能及時給予幫助的人：我們的車在荒郊野外突然熄火，前無援手後無～｜學生在校一有事老師就搬家長當～。

【救場】jiù//chǎng〔動〕戲曲演出中，演員由於意外原因而無法上場由另一演員臨時頂替誤場的演員上場，叫作救場：～如救火｜你快裝扮一下救一救場吧！

【救國】jiùguó〔動〕拯救面臨危亡的祖國：抗日～運動。

【救護】jiùhù〔動〕救治和護理傷病人員，泛指救治有生命危險的人：～傷員｜緊急～｜～車。

救護車的不同説法
在華語區，一般都叫救護車，港澳地區還叫白車、十字車或救傷車，新加坡和馬來西亞也叫救傷車。

【救荒】jiùhuāng〔動〕採取應急措施以度過災荒：～運動｜生產～。

【救火】jiù//huǒ〔動〕滅火並進行救護工作：消防隊員正在～｜命令速去救這場大火。

【救急】jiù//jí〔動〕幫助解決急難：上級又給這個工地調撥了 50 噸水泥～｜請電匯 2000 元，以救一時之急。

【救濟】jiùjì〔動〕用財物援助遭受災害或生活困難的人：～災民｜～失業者｜～站。

〖辨析〗**救濟、接濟** “接濟”指給以暫時援助，一般用於個人對個人；“救濟”指國家、集體提供較大規模的急救援助。因此“救濟金”“救濟糧”不能說成“接濟金”“接濟糧”；“他按月接濟他的姐姐”不能說“他按月救濟他的姐姐”。

【救濟金】jiùjìjīn〔名〕(筆)援救急難的錢：發放～｜領到一筆數目可觀的～。

【救駕】jiù//jià〔動〕❶ 舊指救助危難中的皇帝。❷ 比喻幫助人擺脱困境(含詼諧意)：那天要不是你救了駕，他一定會當眾出醜。

【救苦救難】jiùkǔ-jiùnàn〔成〕拯救在苦難中的人：你真是～的活菩薩(佛教認為菩薩可免除災難)。

【救命】jiù//mìng〔動〕援救有生命危險的人：落水的人高喊“～”｜救人一命勝造七級浮屠(救人性命功德大)。

【救命鐘】jiùmìngzhōng〔名〕港澳地區用詞。醫院內病床邊安裝的連接病人與病房護士值班崗位的裝置，病人需要時可按下裝置按鈕，召喚護士。

【救生】jiùshēng〔動〕救護生命有危險的人：水上～｜～員。

【救生船】jiùshēngchuán〔名〕(條、隻、艘)用於救援海上遇險船隻和傷員的船。

【救生圈】jiùshēngquān〔名〕(隻)水上常備的一種救生用具，以軟木、泡沫塑料等輕質材料製成，外裹帆布，繫在腰間，可使落水者頭部露出水面。供練習游泳用的救生圈，是橡皮圈，內充空氣，游泳的人套在腰間，即使發生危險也不致下沉。

【救生衣】jiùshēngyī〔名〕(件)飛機上或輪船上為防備遇險而配置的救生設備，通常是用軟木、泡沫塑料等輕質材料製成的背心。也叫救生服。

【救世主】jiùshìzhǔ〔名〕❶ 基督教認為耶穌是上帝的兒子，降生為人，是為了拯救世人，所以尊稱耶穌為救世主。❷ 比喻救人急難或扭轉他人困境的關鍵人物：第三節比賽他被當作～派上場，但他的表現卻讓人失望。

【救市】jiùshì〔動〕通過某種方式對市場施加影響，使其擺脱困境：大幅降價成了～的法寶。

【救贖】jiùshú〔動〕宗教指靈魂上的拯救。泛指挽救，補救：寫作令她獲得了精神上的～，重新建立起信心｜虧損企業常以裁員的方式實現自我～。

【救死扶傷】jiùsǐ-fúshāng〔成〕搶救將死的，扶助受傷的：～，實行革命的人道主義｜～是醫務工作者的責任。

【救亡】jiùwáng〔動〕拯救國家的危亡：～圖存｜抗戰～。

【救險】jiùxiǎn〔動〕出現險情時緊急救助：～人員｜上級已及時派人趕來～。

【救星】jiùxīng〔名〕比喻把人從災難或痛苦中解救出來的人：大～｜人民的～。

【救援】jiùyuán〔動〕援救：～人員｜～隊｜緊急～｜派醫療隊前往疫區～。

【救災】jiùzāi〔動〕❶ 救濟受災的人民：開倉～。❷ 消除災害：抗旱～｜抗洪～。

【救治】jiùzhì〔動〕搶救醫治，使脱離危險：全力～｜重傷員因～不及時而死亡。

【救助】jiùzhù〔動〕拯救和援助：醫療～｜被大水圍困的群眾。

就 jiù (一)❶ 靠近；湊近：避重～輕｜駕輕～熟。❷ 開始從事；參加到：～職｜～業。❸ 完成；成功：造～｜功成名～｜一揮而～。❹ 順便；趁着：～近不～遠｜將錯～錯｜因陋～簡。❺〔動〕搭配着吃下去：小米粥～鹹菜｜涼拌菜～酒。❻〔介〕引進動作的對象或範圍：～事論事｜會議～大家感興趣的問題展開討論｜～工作能力來說，老張不如老王。❼〔介〕挨近；接近：～近｜～地｜～着燭光寫信。**注意**“就”後面是單音節詞的時候，常構成固定的詞語；“就”後面是多音節詞時，“就”後常帶“着”。❽〔介〕趁着；借着(“就”後面常帶“着”)：～着今天的全體大會，向大家宣佈改革計劃｜～着論文答辯，提幾個啟發性的問題。❾ 被；受：～擒｜～殲。❿ (Jiù)〔名〕姓。

(二)〔副〕❶ 表示很短時間內即將發生：飯菜馬上～得｜調查組明天～出發｜天氣很快～冷了，要多帶衣服。❷ 表示事情很早以前已經發生或結束：他五歲時～會彈鋼琴｜我們三年前～認識了｜問題早～清楚了。❸ 表示兩件事緊接着發生：說了～幹｜吃了～走｜想起來～難過。❹ 承接上文，引出結論；表示在某種條件或情況下會怎麼樣(前面常用“如果”“只要”“要是”“既然”等詞語)：如果事太多走不開，我～不參加了｜只要認真幹，～一定能幹好｜你要是不去，他～會來｜經理既然親自出馬，問題～好辦決了。❺ 加強肯定，表示事實正是如此或意志堅決，不容改變：他～是你要找的張大哥｜我～不去，你能怎麼樣？❻ 表示確定範圍，或強調數量少，有“僅僅”“只”等意思：他們家～住兩間房子｜我～買一件，多了不買｜這次聚會都參加了，～你一人沒去｜我們的報紙～一份，別拿走｜他家我～去過一次，記不清怎麼走。❼表示說話人認為數量多：我兩天才寫了三千字，你一天～寫了五千字｜一共去十個人，我們組～佔了八個｜不寫則已，一寫～幾萬字。❽放在兩個表示不良情況的相同的詞語之間，表示容忍：摔了～摔了，心疼也沒有用｜大～大點兒，湊合着用吧。❾表示原來或早已這樣：你們家條件本來～不錯｜你還沒開口我～知道你要說甚麼。❿承接對方的話，表示同意：～這樣定了吧！大家分頭去辦｜你們～起草吧，我沒有別的意見。

㊂〔連〕表示假定的讓步；即使；就是：你～趕到了那裏也見不着他。

語彙 成就 俯就 高就 將就 遷就 屈就 生就 造就 半推半就 功成名就 一蹴而就 一揮而就

【就伴】jiù // bàn（～兒）〔動〕搭伴；做伴：有他～，方便多了｜這次出差，我跟你做個伴兒。

【就便】jiù // biàn（～兒）〔動〕順便：你下班回家的時候，～帶一份晚報｜就個便兒，請把這封信捎給他吧。

【就菜】jiù // cài〔動〕吃飯時搭配着菜吃：就着菜吃饅頭｜你光吃白飯，為甚麼不～？

【就餐】jiùcān〔動〕吃飯：正在～｜會議代表請到第三食堂～。

【就此】jiùcǐ〔副〕就在此地或此時；就這樣：會議～結束｜他絕不會～罷休｜我雖然有了一些進步，但不會～鬆懈下來。

【就地】jiùdì〔副〕在原處：～取材｜今年的畢業生～分配｜～挖個坑，栽上一棵樹。

【就讀】jiùdú〔動〕進學校讀書：暑假後入清華大學～。

【就範】jiùfàn〔動〕聽從支配和控制；使順從、聽從：迫使～｜強制～｜不肯～。

【就合】jiùhe〔動〕(北方官話)湊合；遷就：吃個麵包～一頓算了｜時間由你定，我～你。

【就教】jiùjiào〔動〕〈敬〉向對方求教；請教：移樽～｜向前輩學者～。

【就近】jiùjìn〔副〕在附近：～入學｜所需原料可～籌措｜～隨便買點兒菜吧！

【就裏】jiùlǐ〔名〕內部詳情；底細（多用於否定式）：不知～｜不明～，不要隨口亂說。

【就擒】jiùqín〔動〕被捉拿：束手～。

【就寢】jiùqǐn〔動〕上床睡覺：按時～｜晚上十點鐘～。

【就任】jiùrèn〔動〕到職；擔任（某種職務）：市長～｜～國家主席。**注意** 有時候“就任”也可以說“上任”，如“市長就任”跟“市長上任”的意思一樣。但是“就任國家主席”卻不能說成“上任國家主席”。“就任”的一個意思是“到

職”，即“到了任上”，還有一個意思是“擔任（某種職務）”。要注意這些細微的區別。

【就勢】jiùshì〔副〕❶趁勢；順勢：他打開水龍頭喝了一通涼水，～洗了洗臉。❷順便：你要上街～給我帶一包茶葉來。

【就事論事】jiùshì-lùnshì〔成〕根據某一具體事情本身來談論是非，不涉及其他，不全面展開：夫妻爭吵只可～，不要算老賬，揭傷疤。

【就是】jiùshì ㊀❶〔副〕單用，表示同意、對：～，～，你說得完全對｜～嘛，我也認為這樣做不妥。❷〔副〕表示堅決，不可更改：無論怎麼動員，他～不去｜我說了無數遍了，你～不聽｜他～這樣，誰也管不着。❸〔副〕強調肯定某種性質和狀態，含有反駁意味：你寫的文章～不如人家好｜張老師講得～好。❹〔副〕強調動作迅速果斷：伸手～一巴掌｜抓起饅頭來～一口。❺〔副〕確定範圍，排除其他：這個人倒不錯，～不愛說話｜～這樣，他出國留學去了。❻〔助〕用在句末，表示不用猶豫、懷疑（多加“了”）：我不會說出去的，你放心～了｜你們的事誰不知道，只是誰也不願意說它～了。㊁〔連〕表示假定的讓步；即使（後面用“也”呼應）：～小事，也應該認真對待｜任務太重了，～三個月也難完成｜這件事～跳進黃河也洗不清了。

【就手】jiùshǒu（～兒）〔副〕順手：～兒把燈關了｜請你～遞給我一支鉛筆。

【就算】jiùsuàn〔連〕〈口〉即使：～你有理由，也不該發脾氣｜～沒有功勞，也有苦勞。

【就位】jiù // wèi〔動〕走到自己的位置上：來賓～｜各就各位。

【就緒】jiùxù〔動〕事情安排妥當：一切安排～｜會議的準備工作大致～。

【就學】jiùxué〔動〕到求學的地方學習：他曾在北京大學～｜保證適齡兒童全部～。

【就要】jiùyào〔副〕將要；快要：演出～開始了｜再過幾天～立秋了。

【就業】jiù // yè〔動〕得到職業；走上工作崗位（跟“待業”“失業”相對）：～率｜大學畢業後就～了｜廣開～門路｜不少人到服務行業就了業。

【就醫】jiù // yī〔動〕到醫院或請醫生看病治病：到北京～｜及時～。

【就義】jiùyì〔動〕為正義事業遭敵人殺害：英勇～｜從容～｜慷慨～。

【就診】jiù // zhěn〔動〕就醫：去醫院～｜病人都想找這位名醫～。

【就正】jiùzhèng〔動〕〈敬〉向人請教；請求指正（語出《論語·學而》“就有道而正焉”）：～於專家學者｜～於讀者。

【就職】jiù // zhí〔動〕正式擔任某個職務（多指較高的職務）：宣佈～｜～演說｜新當選的國家元首將於明年一月～。

【就座】(就坐)jiù//zuò〔動〕入座；坐到座位上：各位嘉賓請到前排～｜外賓都在貴賓席～。

厩(廄)〈厩〉jiù ❶ 馬圈(juàn)，泛指牲口圈：～肥｜馬～｜乘馬在～(乘馬：拉車的四匹馬)。❷ (Jiù)〔名〕姓。

【厩肥】jiùféi〔名〕家畜的糞尿和墊圈的土以及飼料殘餘的混合物漚成的有機肥。也叫圈肥。

舅jiù ❶〔名〕舅父，一般稱舅舅。❷妻的弟兄：妻～｜小～子。❸〈書〉丈夫的父親：～姑(公公和婆婆)。❹(Jiù)〔名〕姓。

語彙 國舅 郎舅 母舅 娘舅 妻舅

【舅父】jiùfù〔名〕母親的弟兄。注意"舅父"一般用於書面語中，口語稱舅舅或舅爺。

【舅舅】jiùjiu〔名〕〈口〉舅父。注意"舅舅"前若加上表示排行的數目字，一般省去一個"舅"字，稱大舅、二舅、三舅。

【舅媽】jiùmā〔名〕〈口〉舅母。

【舅母】jiùmu〔名〕舅父的妻子。

傲jiù ❶〈書〉租賃：～屋｜～居(租房屋居住)。❷(Jiù)〔名〕姓。

崷jiù 用於地名：～峪(在陝西)。

舊(旧)jiù ❶〔形〕過去的；過時的(跟"新"相對)：～習慣｜～觀念｜不要用～眼光看新時代。❷〔形〕因時間長或使用過而變色變形或質量下降(跟"新"相對)：～衣服｜～家具｜這頂帽子太～了，買頂新的吧。❸〔形〕原先的；從前有過的：～居｜～址。❹舊時的人和事：懷～｜～話｜～紓。❺老交情；老朋友：念～｜訪～｜親戚故～。❻(Jiù)〔名〕姓。

語彙 陳舊 訪舊 廢舊 復舊 古舊 故舊 懷舊 念舊 棄舊 守舊 紓舊 依舊 照舊 折舊 半新半舊 喜新厭舊

【舊案】jiù'àn〔名〕❶(椿，件)積壓時間較久的案件：清理～。❷過去的條例或事例：一切援引～。

【舊病】jiùbìng〔名〕❶歷時較久、時犯時好的病；老病：胃疼是她的～了。❷比喻過去存在的缺點或常犯的錯誤：～復發｜他又犯了。

【舊部】jiùbù〔名〕舊日的部下。

【舊地】jiùdì〔名〕曾經居住過或去過的地方：～重遊。

【舊調重彈】jiùdiào-chóngtán〔成〕老的曲調又重新彈奏。比喻把老一套理論、主張等重新搬出來：他今天的發言，簡直是～，沒有甚麼新東西。也說老調重彈。

【舊都】jiùdū〔名〕過去的國都；從前的首都：西安是漢唐～。

【舊惡】jiù'è〔名〕〈書〉已往的過失或罪責：不念～。

【舊觀】jiùguān〔名〕原來的樣子：迥非～｜一改～｜恢復～。

【舊國】jiùguó〔名〕古稱都城為國，舊國即舊都：懷念～。

【舊好】jiùhǎo〔名〕〈書〉❶指過去的交誼；舊情：重修～。❷(位)指舊交；老朋友。

【舊皇曆】jiùhuángli〔慣〕老皇曆：不能再用～看今天的世界了。

【舊貨】jiùhuò〔名〕存放時間較久或使用過的貨物：～商店｜這一帶小攤兒專賣～。

【舊交】jiùjiāo〔名〕(位)舊友；老朋友：在北京他有不少～｜我們是～，可以無話不談。

【舊居】jiùjū〔名〕從前曾經住過的地方：這裏就是你叔父的～。

[辨析] 舊居、故居 "舊居"用法較寬，既可指普通人的，也可指名人的；"故居"習慣上只指名人的，如"魯迅故居"。

【舊例】jiùlì〔名〕過去的事例或條例：沿用～｜按～辦理｜無～可循。

【舊曆】jiùlì〔名〕指農曆，中國傳統的曆法：～年(春節)。

【舊貌】jiùmào〔名〕過去的面貌或樣子：～變新顏｜保存古跡，恢復歷史～。

【舊年】jiùnián〔名〕❶(吳語)去年。❷指農曆新年，現在稱為春節：農村過～非常熱鬧。

【舊瓶裝新酒】jiùpíng zhuāng xīnjiǔ〔俗〕比喻用舊形式表現新內容：這部～的翻拍劇雖然主角依然是原劇中的一對情侶，但故事情節已是面目全非。

【舊情】jiùqíng〔名〕往日的情誼：～難忘｜重溫～｜暢敘～。

【舊日】jiùrì〔名〕過去的日子：～的恩怨｜怎能忘記～的朋友。

【舊詩】jiùshī〔名〕(首)指用文言和傳統格律寫的詩，包括古體詩和近體詩(區別於用白話寫的"新詩")。也叫舊體詩。

【舊時】jiùshí〔名〕從前；過去的時候：～相好｜～北京人管火柴叫取燈兒。

【舊式】jiùshì〔形〕屬性詞。老式；過去或過時的樣式或形式(跟"新式"相對)：～鐘錶｜～汽車｜～婚姻。

【舊事】jiùshì〔名〕(件，椿)過去的事；已往的事：～重提｜～已成陳跡。

【舊書】jiùshū〔名〕(本)❶破舊的書：這幾本～沒用了。❷古書：要弄懂中國的學問，得讀一些～才行。

【舊俗】jiùsú〔名〕舊時的或流傳已久的風俗習慣：按照～，除夕夜晚要全家守歲｜這個小鎮還保存着不少婚姻～。

【舊聞】jiùwén〔名〕(則)指社會上過去發生的事情，特指掌故傳說、逸聞瑣事等(跟"新聞"相對)：他收集了不少老北京的～。

J

【舊物】jiùwù〔名〕❶舊日的典章文物：不廢～。❷特指國家原有的疆土：光復～。

【舊習】jiùxí〔名〕舊的習慣或習俗（多指不好的）：不改～｜陳規～。

【舊學】jiùxué〔名〕指中國接受近代西方文化影響前的傳統學術（跟"新學"相對）：這位老師～底子很深。

【舊業】jiùyè〔名〕❶舊日從事的行業；前人的事業：重操～｜不廢～。❷從前的或先輩留下的產業：祖輩留下的～已蕩然無存。

【舊雨】jiùyǔ〔名〕比喻故人、舊友（跟"今雨"相對）。杜甫《秋述》："臥病長安旅次，多雨生魚，青苔及榻，常時車馬之客，舊，雨來；今，雨不來。"意思是舊時客著人遇雨也來，而今遇雨不來。後人就把"舊雨"連用比作故人、舊友：新知～｜～重聚。

【舊賬】jiùzhàng〔名〕（筆）過去欠下的債，比以前的錯誤或怨恨：不要算～｜新賬、～一起算。

【舊址】jiùzhǐ〔名〕❶已搬遷或已不存在的機構、建築物的舊時地址：紅樓是北京大學～｜圓明園～。❷歷史上曾發生過重要事件的地方：遵義會議～。

鷲（鷲）jiù〔名〕禿鷲、兀鷲等的統稱。

jiu　·ㄐㄧㄡ

蹴　jiu 見"𧻗蹴"（436頁）。
另見 cù（218頁）。

jū　ㄐㄩ

且
jū ❶〔助〕〔書〕語氣助詞，相當於"啊"：匪我思～（不是我想念的啊）。❷ 見於人名，如范雎、唐雎也作范且、唐且（都是戰國時人）。
另見 qiě（1083頁）。

車（车）jū〔名〕象棋棋子之一：～馬炮｜捨～保帥。
另見 chē（157頁）。

拘
jū ❶〔動〕逮捕或扣押：～捕｜～留｜～押｜～了十幾天。❷〔動〕限制：不～多寡｜來稿請不要超過3000字，形式不～。❸拘泥：不～小節。❹拘束：無～無束。

【拘捕】jūbǔ〔動〕逮捕；捉拿：～逃犯｜～歸案。

【拘傳】jūchuán〔動〕公檢法機關對未經逮捕和拘留的被告人強制其到案的一種措施。刑事案件的被告人可以根據需要隨時拘傳。民事案件的被告人經兩次合法傳喚，無正當理由拒不到庭的，可以拘傳。

【拘管】jūguǎn〔動〕管束；限制：對這些小流氓

應嚴加～。

【拘謹】jūjǐn〔形〕言談舉止過於謹慎；放不開：為人｜初次見面，雙方都顯得有些～。

【拘禁】jūjìn〔動〕把抓獲的人暫時關押起來：他涉嫌販毒，已被警方～。

【拘禮】jūlǐ〔動〕拘泥禮節：請大家隨意，不必～｜過於～。

【拘留】jūliú〔動〕一種強制措施或處罰。公安機關在緊急情況下對現行犯或犯罪嫌疑人採取臨時限制其人身自由的措施。包括刑事拘留、司法拘留和行政拘留。

【拘攣】jūluán〔動〕因肌肉收縮而不能伸展自如：四肢～。

【拘攣兒】jūluanr（北京話）❶〔動〕手腳凍僵，難於屈伸：手都凍～了。❷〔形〕蜷曲：頭髮～不用燙。

【拘拿】jūná〔動〕拘捕：～罪犯。

【拘泥】jūnì ❶〔動〕不知變通；固守：對詞義的解釋不能～於字形｜他大膽發表自己的意見，不～成說。❷〔形〕拘束；不自然：都不是外人，不要～｜很～地笑笑。

【拘束】jūshù ❶〔動〕對人的言語行動加以過分的限制或管束：不要～青年人的正當活動。❷〔形〕拘謹；不自然；不自在：今天她顯得很～｜請各位不要～，隨意用點點心。

> 辨析 拘束、拘謹 a）"拘束"多用於口語，程度較輕；"拘謹"多用於書面語，程度較重。b）"拘束"還有動詞用法，如"清規戒律還在拘束着一些人"；"拘謹"不能這樣用，如不能說"清規戒律還在拘謹着一些人"。

【拘押】jūyā〔動〕拘禁。

【拘役】jūyì〔名〕對犯罪分子實行短時期的監禁，剝奪其人身自由的一種較輕的刑罰。期限為十五日以上，六個月以下。

狙
jū ❶〔名〕古書上指彌猴：～成群。❷〈書〉窺伺：～擊。

【狙擊】jūjī〔動〕埋伏在隱蔽處，乘敵人不備而伺機襲擊：～敵人｜～手。

沮
Jū〔名〕姓。
另見 jǔ（717頁）；jù（720頁）。

【沮渠】Jūqú〔名〕複姓。

洶
Jū 洶河，水名。發源於河北東北部，經北京流往天津。

居
jū ❶ 住：深～簡出｜穴～野處｜離群索～。❷ 處於；在（某種位置）：～高臨下｜～安思危。❸ 當；任：～功自傲｜以專家自～。❹ 積蓄；存：囤積～奇｜奇貨可～。❺ 佔據；佔有：二者必～其一｜天下不如意事恆十八九。❻ 安；存：～心叵測。❼ 停留：歲月不～｜變動不～。❽ 住的地方：故～｜舊～｜新～｜蝸～。❾ 用於某些商店的名稱，多為飯館：六必～｜同和～。❿（Jū）〔名〕姓。

語彙 安居　定居　分居　故居　寄居　家居　舊居
聚居　客居　鄰居　旅居　民居　起居　遷居　僑居
群居　人居　散居　同居　退居　蝸居　閒居　新居
穴居　移居　隱居　雜居　離群索居　奇貨可居

【居安思危】jū'ān-sīwēi〔成〕處在安定平穩的環境
而想到可能產生的艱難和危險：這家企業在產
品暢銷的時候能～，不斷開發新產品。

【居多】jūduō〔動〕佔多數：文科班女生～。

【居高臨下】jūgāo-línxià〔成〕處在高處，面向下
方。形容處於有利的地位。也形容人的態度高
傲，放不下架子：我軍～，敵人屢次進攻均被
擊退｜父母管教孩子應以尊重平等為前提，不
可～進行指責。

【居功】jūgōng〔動〕自以為有功勞：～自傲｜縱
然有功也不可～。

【居功自傲】jūgōng-zì'ào〔成〕認為自己有功勞而
驕傲自大。

【居官】jūguān〔動〕〈書〉擔任官職：～自守｜
廉潔奉公。

【居家】jūjiā〔動〕在家裏生活：～過日子｜～休閒。

【居間】jūjiān〔副〕在雙方中間：～調停｜～說合。

【居留】jūliú〔動〕停留居住：～證｜他在外國長
期～。

【居民】jūmín〔名〕在某一個地方固定居住的人：
城鎮～｜～小區｜～委員會｜～身份證。

【居奇】jūqí〔動〕留着稀少的東西，等待高價出
售：囤積～。

【居然】jūrán〔副〕表示出乎意料，有不應該或不
可能發生而發生的意思：這個會是他提議召開
的，他～沒有出席｜你們～自己動手把房子蓋
起來了。

【居喪】jūsāng〔動〕〈書〉父母或祖父母去世後的
一段時間在家守孝。

【居士】jūshì〔名〕❶不出家的佛教信徒。❷〈書〉
隱居起來決意不做官的人。

【居室】jūshì〔名〕❶住房：～狹小。❷居住的房
間：這次分配的單元房有兩～一套的，也有
三～一套的。

【居孀】jūshuāng〔動〕〈書〉守寡：她三十歲就～。

【居所】jūsuǒ〔名〕居住的地方：他在外打工，沒
有固定的～。

【居委會】jūwěihuì〔名〕居民委員會的簡稱，是
在街道辦事處領導下的群眾自治性的居民組
織。一般在一百戶到六百戶範圍內設立居民委
員會。

【居屋】jūwū〔名〕港澳地區用詞。香港的一種公
營房屋，主要由政府投資興建，並以廉價售予
低收入市民：～的建造，體現居者有其屋的
政策。

【居心】jūxīn〔動〕存心；懷着某種想法（含貶
義）：～不良｜～叵測。

【居心叵測】jūxīn-pǒcè〔成〕叵："不可"的合音。
存心險惡，讓人難以推測。

【居於】jūyú〔動〕處在（某個地位或崗位）：我國
女子排球隊在團體賽中～領先地位｜～下游。

【居中】jūzhōng ❶〔副〕從中；在中間：～斡
旋｜～調停。❷〔動〕放在中間：標題～｜圓
點～｜窗台上一盆君子蘭～，四盆仙人掌分列
兩旁。

【居住】jūzhù〔動〕較長時間住在某一個地方：我
們一直～在城南。

辨析 居住、住 a)"住"既可指較長時間，也
可以指較短時間；"居住"只能指較長時間，不能
指較短時間。因此可以說"我在北京已經居住
了三十年"，但是不能說"昨晚我在朋友家居住
了一夜"。b)"住"後可帶表人、地方的賓語，
如"住人""住樓房""住旅館"；也可帶數量詞
加名詞的賓語，如"剛好住一個月"。"居住"
不能帶表人、地方的賓語，只能帶準賓語，如
"居住一個月以上"。

苴 jū ❶苴麻：～布之衣。❷（Jū）〔名〕姓。

【苴麻】jūmá〔名〕（棵，株）大麻的雌株，所生的
花都是雌花，開花後結實。

挶 jū〈書〉❶抬土的器具。❷握；持。

砠 jū 表層有薄土的石山。用於地名：留～（在
湖北）。

罝 jū〈書〉捕兔的網，泛指捕鳥獸的網。

俱 Jū〔名〕姓。
另見 jù（720頁）。

疽 jū〔名〕中醫指一種毒瘡：癰～。

掬 jū ❶〈書〉用兩手捧物：珠玉可以手～。
❷〈書〉比喻可以用手捧住：笑容可～｜憨
態可～。❸（Jū）〔名〕姓。

据 jū 見"拮据"（671頁）。
另見 jù"據"（722頁）。

崌 jū 見"嵋崌"（830頁）。

娵 Jū〔名〕姓。

琚 jū ❶〈書〉一種佩玉：瓊～。❷（Jū）
〔名〕姓。

趄 jū 見"趙趄"（1804頁）。
另見 qiè（1084頁）。

椐 jū 古書上說的一種帶腫節的小樹，可以做
拐杖。

跔 jū〈書〉手足關節因寒冷不能屈伸：天寒
足～。

腒 jū〈書〉乾鳥肉，泛指乾肉。

雎

jū 見下。

【雎鳩】jūjiū〔名〕古指一種水鳥:關關~,在河之洲(關關:雌雄二鳥互相應和的叫聲)。

裾

jū〈書〉衣服的前襟,即大襟。也泛指衣服的前後部分:~長曳地 | 裙~。

駒(驹)

jū ❶ 少壯的馬;駿馬:千里~。❷(~兒)〔名〕初生的或不滿一歲的馬、驢、騾:馬~兒 | 驢~兒。❸(Jū)〔名〕姓。

鋦(锔)

jū ❶〔動〕用鋦子把破裂的器物連合起來:~碗 | ~盆 | ~鍋 | ~缸。❷(Jū)〔名〕姓。

另見 jú(717頁)。

【鋦子】jūzi〔名〕(顆)用銅、鐵等製成的兩頭有鉤可以連合器物裂縫的兩腳釘。

鮈(𫚈)

jū〔名〕魚名,生活在淡水中,側扁或圓筒形,體小。

鞠

jū/jú ❶〈書〉撫養:~養 | ~育 | 父兮生我,母兮~我。❷〈書〉彎曲;彎腰:~躬。❸(Jū)〔名〕姓。

㈠ 古代一種可供踢打戲耍的球:蹴~ | 擊~之戲。

【鞠躬】jūgōng ❶(jū//gōng)〔動〕彎腰行禮:~致謝 | 向遺像三~ | 深深地鞠了一個躬。❷〔形〕〈書〉小心謹慎的樣子:~盡瘁,死而後已。

【鞠躬盡瘁】jūgōng-jìncuì〔成〕三國蜀諸葛亮《後出師表》:"臣鞠躬盡力,死而後已。"後用"鞠躬盡瘁"指小心謹慎,貢獻出全部力量:他雖然老了,但表示要繼續為國家教育事業做貢獻,~,死而後已。

䱷

jū〈書〉用斗、勺舀取。

鞫

jū〈書〉審問;窮究:推~ | ~訊 | ~問 | 不經~實,不宜用刑(不經審問屬實,不宜輕易用刑)。

䳀

jū〈書〉同"鞫"。見於人名。

jú ㄐㄩˊ

局

〈㈢❶❷跼㈢❷侷〉

jú ㈠ ❶ 棋盤:棋~ | 殘~。❷ 棋賽或其他比賽的結局:和~ | 平~。❸ 形勢;情況:大~ | 僵~ | 戰~ | 時~ | 當~者迷。❹ 人的度量、器量:~量 | 智~。❺ 稱某些聚會:飯~ | 牌~。❻ 圈套:騙~。❼〔量〕下棋或其他比賽一個階段叫一局:下了一~棋 | 三~兩勝 | 第二~比賽開始了。❽(Jú)〔名〕姓。

㈡ ❶ 部分:~部。❷〔名〕機關組織系統中按工作性質劃分的單位,一般比部小,比處大,

跟廳或司平行:教育~ | 文化~ | 公安~ | 商業~。❸〔名〕辦理某些業務的機構:郵電~ | 電信~ | 民航~。❹ 某些商店的名稱:藥材~。

㈢ ❶〈書〉曲身彎腰:~蹐。❷ 拘謹;拘束:~促 | ~限 | ~於一隅。

語彙 敗局 佈局 殘局 出局 大局 當局 定局 賭局 對局 飯局 格局 和局 僵局 結局 騙局 平局 棋局 全局 時局 書局 郵局 戰局 政局 終局 顧全大局

【局部】júbù〔名〕整體的一部分(跟"整體"相對):~利益 | ~戰爭 | ~必須服從整體。

【局促】(侷促、跼促)júcù〔形〕❶ 狹小:場地太~,活動不開。❷(吳語)(時間)短促:時間太~,恐怕完不成任務。❸ 拘謹;不自然:~不安。

【局面】júmiàn〔名〕❶ 形勢;情勢:生動活潑的政治~ | 要發展經濟,就必須有一個穩定的~ | 他上任剛一年,工作就打開了~。❷(北方官話)規模;範圍:小~,大買賣 | 這個新機構的~雖說不大,但擔當的任務卻非常重要。

【局內人】júnèirén〔名〕下棋的人,泛指參與某事的人(跟"局外人"相對):這消息可是~告訴我的。

【局勢】júshì〔名〕情勢;情況:~緊張 | ~緩和 | ~不利 | 要穩定~。

【局外人】júwàirén〔名〕在一旁觀棋的人,泛指與某事沒有關係的人(跟"局內人"相對):其中的奧妙,~不得而知 | 當局者迷,~卻分外清醒。

【局限】júxiàn〔動〕限制在一定的範圍裏:~性 | 這次會議的內容不要~在教學問題上 | 不受~,自由發表意見。

【局限性】júxiànxìng〔名〕受到局限的性質:從事現代的科學研究,如果不懂外語就有很大的~ | 無論誰的著作都不能不帶~。

【局子】júzi〔名〕〈口〉❶ 舊時指警察局:在~裏當差。❷ 指鏢局。

焗

jú(粵語)❶〔動〕把食物放在密閉容器中用蒸汽使變熟:鹽~雞。❷〔形〕因氣溫高、濕度大或空氣不流通而感到憋悶。

【焗油】jú//yóu〔動〕一種染髮或護髮的方法,在頭髮上塗上染髮、護髮膏,經過加溫,使顏色、油質等滲入頭髮:頭髮太乾,焗一焗油吧 | 焗彩色的油。

菊

jú〔名〕❶ 菊花:梅蘭竹~ | 賞~。❷(Jú)姓。

語彙 翠菊 墨菊 秋菊 賞菊 春蘭秋菊 梅蘭竹菊

【菊部】júbù〔名〕南宋周密《齊東野語·菊花新曲破》載,宋高宗時內宮有菊夫人,善歌舞,精

音律，宮中稱"菊部頭"。後用"菊部"作為戲班或戲曲界的雅稱。

【菊花】júhuā〔名〕❶（棵，株）多年生草本植物，葉卵圓形，邊緣有鋸齒，秋季開花，花的顏色和形狀因品種而異。種類很多，是觀賞植物。有的品種可入藥，也可做飲料。❷（朵）這種植物的花。

【菊月】júyuè〔名〕農曆九月的別稱。本月菊花開放，故稱：～吉旦（九月初一）。

郹 Jú〔名〕姓。

淏 Jú 淏水，水名。在河南西北部。

錭（锔） jú〔名〕一種放射性金屬元素，符號為 Cm，原子序數 96。人造衛星和宇宙飛船上用作熱電源。
　　另見 jū（716頁）。

橘 jú〔名〕❶橘子樹，常綠小喬木，初夏開白花，果實扁圓形，果皮紅色或橙黃色，果汁味酸甜，果皮、核、葉等可入藥。❷這種植物的果實。❸（Jú）姓。

【橘紅】júhóng ❶〔名〕中醫指乾燥的柑橘的外果皮，有理氣化痰的功效：～丸。❷〔形〕像紅色橘子皮那樣的顏色：～色｜～的火焰。

【橘黃】júhuáng〔形〕像橘子皮那樣的深黃色。

【橘子】júzi〔名〕❶（棵，株）橘子樹：屋前屋後種了不少果樹，有海棠、蘋果、～。❷橘子樹的果實。

鶪（䴗） jú 古指伯勞。

jǔ ㄐㄩˇ

弆 jǔ〈書〉收藏：藏～。

柜 jǔ 見下。
　　另見 guì "櫃"（492頁）。

【柜柳】jǔliǔ〔名〕（棵，株）落葉喬木，性耐濕、耐鹼，可固沙，木材可製家具，樹皮有韌性，可用來編筐。也叫元寶楓。

咀 jǔ 嚼：含英～華（比喻玩味詩文的精義）。
　　另見 zuǐ（1825頁）。

【咀嚼】jǔjué〔動〕❶用牙齒磨碎食物：牲口～草料。❷比喻對事物仔細研究，反復體會：～文義｜他把信中的每一句話、每一個字都細細～一番。

沮 jǔ〈書〉❶阻止：勸善～惡。❷使人恐懼：～之以兵。❸（氣色）頹喪：～喪｜神辱志～。
　　另見 Jū（714頁）；jù（720頁）。

【沮喪】jǔsàng〔形〕灰心失望：神情～。

枸 jǔ 見下。
　　另見 gōu（459頁）；gǒu（460頁）。

【枸櫞】jǔyuán〔名〕（棵，株）常綠小喬木或大灌木，葉長圓形，邊緣有鋸齒，一年多次開花，花白帶紫色，果實卵形，有芳香，味酸苦。供觀賞，果實、種子、根和葉都可入藥。也叫香櫞。

矩 jǔ〈❶❷榘〉❶畫直角或方形的工具：～尺｜不以規～不能成方圓。❷規則；法則：循規蹈～｜七十而從心所欲不逾～。❸（Jǔ）〔名〕姓。

語彙 規矩　逾矩　循規蹈矩　中規中矩

【矩尺】jǔchǐ〔名〕（把）曲尺，木工用來求直角的尺。

【矩形】jǔxíng〔名〕長和寬不相等，四個角都是直角的四邊形。也叫長方形。

【矩矱】jǔyuē〔名〕〈書〉規則；法度：不逾～。

莒 Jǔ ❶莒縣，地名。在山東東南部。❷〔名〕姓。

筥 jǔ 用於地名：～鎮（在山東）。

鉏（鉏） jǔ 見下。
　　另見 chú "鋤"（193頁）。

【鉏鋙】jǔyǔ 同"齟齬"。

蒟 jǔ 見下。

【蒟醬】jǔjiàng〔名〕❶蔓生木本植物，夏天開花，綠色，果實像桑葚，可以吃。也叫蔞葉。❷用這種植物的果實做成的醬，有辣味和香味，供食用。

踽 jǔ 見下。

【踽踽】jǔjǔ〔形〕〈書〉形容沒有伴侶獨自走路的樣子：獨行～｜～徘徊。注意 "踽"不讀 yǔ。

舉（举）〈舉〉jǔ ❶〔動〕向上伸或托：～杯｜～綱～目張｜～案齊眉｜儀仗隊高～彩旗率先進入會場。❷發起；興起：～事｜輕～妄動｜百端待～｜大小並～。❸〔動〕提出：～例｜～一反三｜不勝枚～｜～不勝～｜他～出的事實誰也駁不倒。❹〔動〕推選；選舉：大家～他做代表｜你們～一個人來參加小組會。❺〈書〉生育：～一男。❻〈書〉全：～國歡騰｜～世公認。❼舉動：義～｜善～｜一～一動｜多此一～。❽舉人的簡稱：中～。❾（Jǔ）〔名〕姓。

J

【語彙】保舉　並舉　創舉　高舉　檢舉　薦舉　科舉　列舉　善舉　盛舉　抬舉　提舉　挺舉　推舉　選舉　義舉　抓舉　壯舉　百廢待舉　不勝枚舉　多此一舉　輕而易舉　在此一舉

【舉哀】jǔ'āi〔動〕❶舉辦喪事。❷在喪禮中高聲號哭示哀。

【舉案齊眉】jǔ'àn-qíméi〔成〕《後漢書‧梁鴻傳》載，梁鴻的妻子孟光給丈夫送飯時，總是把端飯的盤子舉得高高的，跟眉毛一般齊。後用"舉案齊眉"形容夫妻互敬互愛：～，白頭偕老。

【舉辦】jǔbàn〔動〕舉行並辦理：～運動會｜～美術展覽｜～時事講座｜～學習班｜～夏令營。

【舉報】jǔbào〔動〕檢舉報告：～壞人壞事｜可隨時打電話～。

【舉不勝舉】jǔbùshèngjǔ〔成〕勝：盡；完。形容多得列舉不完：類似的情況很多，～。

【舉步】jǔbù〔動〕〈書〉邁步：～維艱。

【舉措】jǔcuò〔名〕(項)舉動，措施：為市民辦實事，市政府有新的～。

【舉動】jǔdòng〔名〕動作；行動：～遲緩｜輕率的～｜沒發現敵人有甚麼異常～。

辨析　舉動、行動、動作　a)"舉動"一般是指人的動作，"行動"不限於指人，如"北極熊行動遲緩""金錢豹行動敏捷"，其中的"行動"不能換用"舉動"。b)"舉動"一般指整個身體的活動，"動作"除了指整個身體的活動外，還可指身體某個部位的活動，如"手的動作""腳的動作""頭部動作"等，其中的"動作"不能換用"舉動"。c)"行動""動作"還有動詞的意義，如"腿傷了，不能行動""且看他們如何動作"，"舉動"無動詞的意義。

【舉發】jǔfā〔動〕檢舉揭發：特大貪污受賄案已經被～。

【舉凡】jǔfán〔副〕〈書〉凡是：老百姓～知道岳飛的，無不為其愛國精神所感動｜～假冒偽劣產品，一概不准進貨。

【舉國】jǔguó〔名〕全國：～上下｜～一致｜～同心。

【舉火】jǔhuǒ〔動〕〈書〉❶點火：～為號。❷指生火做飯：清明節前一天為寒食節，古人從這一天起，三日不得～，故稱寒食。

【舉家】jǔjiā〔名〕全家：～南遷｜～前往。

【舉薦】jǔjiàn〔動〕推舉；推薦：～賢才｜我這裏有幾個人，想～給你。

【舉目】jǔmù〔動〕〈書〉抬起眼睛看：～遠望｜～無親｜～荒涼。

【舉棋不定】jǔqí-bùdìng〔成〕拿起棋子不能決定往哪兒下。比喻做事猶豫，不果斷：在這關鍵時刻，應該果斷做出決定，不能再～了。

【舉人】jǔrén〔名〕明清兩代稱鄉試考取的人。

【舉世】jǔshì〔名〕全社會；全世界：～公認｜～矚目｜～無敵。

【舉事】jǔshì〔動〕〈書〉❶做事：凡～必循法以動。❷起事；發動武裝暴動：陳勝吳廣在大澤鄉～。

【舉手】jǔ//shǒu〔動〕向上抬起手：～表決｜～通過｜要發言的請舉起手來。

【舉手投足】jǔshǒu-tóuzú〔成〕一抬手一邁步。泛指一舉一動：芭蕾舞演員平時～也顯得那麼優雅。也說一舉手一投足。

【舉手之勞】jǔshǒuzhīláo〔成〕形容事情很容易做到；一點兒不費事：把翻閱過的書放回原位是～，可有的人偏偏亂放。

【舉行】jǔxíng〔動〕進行（某種儀式、集會、比賽等）：～晚會｜～畢業典禮｜～歡迎儀式｜～文藝表演｜代表大會在北京～。注意"舉行"可帶名詞賓語，如"舉行晚會"，也可帶動詞賓語，如"舉行會談"。

辨析　舉行、舉辦　a)"舉行"着重在進行，"舉辦"着重在辦理。因此有些固定搭配不能互換，如"舉行談判""舉行典禮""代表大會在北京舉行"等，其中的"舉行"不能換用"舉辦"；"舉辦訓練班""舉辦福利事業"等，其中的"舉辦"不能換用"舉行"。b)有些活動既可說"舉行"，也可說"舉辦"，但含義不一樣，如"舉辦舞會""舉行舞會"，前者指籌備、組織；後者指活動得以實行或進行，如"禮堂正在舉行舞會"裏的"舉行"，不能換用"舉辦"。

【舉一反三】jǔyī-fǎnsān〔成〕《論語‧述而》："舉一隅不以三隅反，則不復也。"意思是教人認識一個四方的東西，指出一個角，讓他類推其他三個角，如果不能類推，就不再教他了。比喻從一件事就可類推出其他許多同類事理：善於學習的人，對於所學的知識往往能～，觸類旁通。

【舉義】jǔyì〔動〕〈書〉起義：武昌～｜率先～。

【舉債】jǔzhài〔動〕〈書〉借債：一再～｜～度日。

【舉證】jǔzhèng〔動〕提供證據：出庭～｜雙方當事人均負有～責任。

【舉止】jǔzhǐ〔名〕指動作和姿態：～文雅｜～大方｜言談～，不同流俗。

【舉重】jǔzhòng〔名〕體育運動項目之一。運動員以抓舉、挺舉兩種舉法舉起槓鈴。根據運動員體重分為輕量、次輕量、重量等級別。

【舉重若輕】jǔzhòng-ruòqīng〔成〕舉重東西好像舉輕的一樣。比喻解決繁難問題或擔當重任時，顯得輕鬆，應付裕如：《江山如此多嬌》的大壁畫，他畫起來竟是～。

【舉足輕重】jǔzú-qīngzhòng〔成〕《後漢書‧竇融傳》："舉足左右，便有輕重。"意思是一個實力雄厚的人，在兩個強者之間，只要稍稍偏向一方，就可以打破均勢。比喻所處地位十分重要，一舉一動都會影響全局：他在我們單位是一位～的人物。

欅（欅）jǔ〔名〕欅樹，落葉喬木，和榆相近。木材耐水，可造船。

齟（齟）jǔ 見下。

【齟齬】jǔyǔ〔動〕〈書〉上下牙齒對不齊，比喻彼此不合：朋友之間不可產生～。**注意**"齟齬"不讀 zǔwǔ。也作鉏鋙。

jù ㄐㄩˋ

巨〈❶鉅〉jù ❶大；很大：～幅畫像｜老奸～猾｜數額甚～｜～著｜～匠。❷（Jù）〔名〕姓。
　　"鉅"另見 jù（721 頁）。

【巨變】jùbiàn〔名〕特大的變化：山鄉～。

【巨擘】jùbò〔名〕〈書〉大拇指，比喻在某一方面居於首位的人物：商界～｜學界～。

【巨大】jùdà〔形〕非常大：～的勝利｜～的收穫｜規模～｜影響～。

[辨析]**巨大、宏大、龐大**　"巨大"是中性詞，泛指非常大，如"巨大的輪船"；"宏大"是褒義詞，帶有稱讚的感情色彩，如"宏大的建築"；"龐大"是中性詞，在一定的語言環境裏帶貶義，如"機構臃腫，組織龐大"。

【巨額】jù'é〔形〕屬性詞。數量很大的（多指錢財）：～存款｜～財富｜這項工程需要一筆～費用。

【巨幅】jùfú〔形〕屬性詞。寬度很大的；畫面很大的：～油畫｜～廣告牌。

【巨富】jùfù ❶〔形〕非常富有：～人家。❷〔名〕非常富有的人：他的祖父原先是當地的～。

【巨匠】jùjiàng〔名〕〈書〉泛指在科技、文學藝術等方面有巨大成就的人：藝術～｜文壇～｜科學～。

【巨款】jùkuǎn〔名〕〔筆〕數目很大的錢。

【巨流】jùliú〔名〕❶洪流：～沖毀了千餘所房屋。❷比喻巨大的社會變動或發展：時代的～滾滾向前。

【巨輪】jùlún〔名〕❶巨大的車輪，多用於比喻：歷史的～不可阻擋。❷（艘）載重量很大的輪船：遠洋～｜萬噸～。

【巨人】jùrén〔名〕❶與普通人相比，身材異常高大的人：國家籃球隊裏有好幾位～。❷偉大的人物：孔子是歷史上的～。❸童話裏所寫的異常高大而有神力的人。

【巨商】jùshāng〔名〕大商人：海外～。

【巨頭】jùtóu〔名〕政治、經濟、產業界的領袖人物或有較大勢力的頭目：金融～｜三～會議。

【巨萬】jùwàn〔形〕〈書〉形容錢財數目極大：耗資～｜錢財累～。

【巨無霸】jùwúbà〔名〕原指龐然大物，現多指某一領域和範圍內規模大、實力強或技術領先的事物：這家公司曾是汽車製造業的～。

【巨毋】Jùwú〔名〕複姓。

【巨細】jùxì〔名〕〈書〉大事和小事：事無～，他都要過問。

【巨星】jùxīng〔名〕❶亮度中等的恆星。❷比喻有巨大成就而且非常有名氣的人物：影視～｜～隕落。

【巨型】jùxíng〔形〕屬性詞。體積特別大的：～飛機｜～天文望遠鏡。

【巨眼】jùyǎn〔名〕識見高超的眼力：～善辨真偽。

【巨製】jùzhì〔名〕指偉大的作品，或規模大的作品：長篇～｜鴻篇～。

【巨著】jùzhù〔名〕（部）篇幅長、內容豐富、思想深刻的著作：文學～｜歷史～｜哲學～。

【巨資】jùzī〔名〕巨額資金：耗費～。

【巨子】jùzǐ〔名〕在某領域中具有巨大影響的人物：工商界～｜金融界～。

句jù ❶句子：造～｜字斟～酌｜尋章摘～。❷〔量〕用於語言：兩～戲詞兒｜老師今天講的，～～都打動了我的心。
　　另見 gōu（459 頁）。

語彙　病句　詞句　單句　斷句　複句　佳句　警句　絕句　例句　名句　破句　詩句　文句　語句　造句　章句　字句　冗詞贅句　尋章摘句

【句讀】jùdòu〔名〕古人稱文辭停頓的地方為句或讀。句指語意已盡的地方；讀指語意未完，語氣可能停頓的地方：讀古書必須先明～。

【句法】jùfǎ〔名〕❶句子的結構方式，如偏正結構（定語或狀語跟中心語）、動賓結構（動詞跟賓語）、主謂結構（主語跟謂語）等。❷語法學中研究詞組和句子的組織及句法成分之間各種關係的部分。

【句號】jùhào〔名〕❶標點符號的一種，形式為"。"。❷見"畫句號"（564 頁）。

【句型】jùxíng〔名〕❶指由於說話的目的不同而形成的句子類型，如敘述句、疑問句、祈使句、感歎句等。❷指一種語言裏典型句子的結構格式，如"主動賓"（SVO）是一種句型，"主賓動"（SOV）又是一種句型。

【句子】jùzi〔名〕前後都有停頓並帶有一定的語調，表示完整意義的語言單位。

拒jù ❶抵抗：～敵於國門之外｜～腐蝕，永不沾。❷拒絕：～不執行｜～諫飾非｜來者不～。

【拒捕】jùbǔ〔動〕抗拒逮捕：罪犯～，被警察當場擊斃。

【拒毒】jùdú〔動〕指禁絕鴉片等毒品：構築～心理防綫｜號召民眾自覺～。

【拒付】jùfù〔動〕拒絕支付：出租車故意繞行，乘客～里程費。

【拒諫飾非】jùjiàn-shìfēi〔成〕拒絕規勸，掩蓋錯誤：上司應該善於聽取不同意見，不能～，一意孤行。

【拒絕】jùjué〔動〕不接受：～談判｜～吃請｜～參加｜既然大家推舉你，你就別再～啦！

【拒聘】jùpìn〔動〕拒絕接受聘請或聘用：因公司條件苛刻，他已決定～。

【拒簽】jùqiān〔動〕❶ 拒絕簽字（多指重大事件）：交戰一方代表竟然～和平協議。❷ 特指一國主管機關拒絕在本國或外國公民的護照等證件上簽字蓋章，不准其出入本國國境。

【拒人於千里之外】jù rén yú qiānlǐ zhī wài〔俗〕《孟子·告子下》："詍詍之聲音顏色，距人於千里之外。"距：同"拒"。後用"拒人於千里之外"形容態度傲慢，使人不能接近：要與人為善，不可～。

【拒守】jùshǒu〔動〕〈書〉抵禦防守：派重兵～關隘。

【拒載】jùzài〔動〕（出租汽車司機）拒絕載客：狠剎～風｜他因多次～被乘客舉報。

【岠】jù 用於地名：東～島（在浙江舟山）。

【苣】jù ❶ 見"萵苣"（1423 頁）。❷（Jù）〔名〕姓。
另見 qǔ（1109 頁）。

【坥】jù 堤。用於地名：東～坡（在河北）。

【具】jù ㊀ ❶ 器物；用具：器～｜茶～｜炊～｜賭～｜工～｜教～｜玩～｜刑～。❷〔量〕用於屍體或某些器物：一～屍體｜穿衣鏡一～。❸（Jù）〔名〕姓。
㊁ ❶ 具有：別～一格｜獨～匠心｜這項工程已初～規模。❷〈書〉準備；備辦：～結｜謹～薄禮。❸〈書〉陳述：寫上：條～風俗之弊｜～名。

語彙 才具 餐具 茶具 炊具 道具 燈具 工具 家具 教具 潔具 酒具 量具 面具 農具 皮具 器具 文具 臥具 刑具 用具 漁具 雨具 坐具 假面具

【具保】jùbǎo〔動〕找人擔保。如對於被判徒刑或拘役的罪犯，有嚴重疾病需要就醫的，可找人擔保，暫予監外執行：～就醫。

【具備】jùbèi〔動〕具有；齊備：～競選資格｜各項條件～｜在這裏工作的人都～大專學歷。

【具結】jùjié〔動〕舊時指寫上事由、自己的姓名提交官署以表示自負其責：～完案｜～擔保｜～後領回失物。

【具領】jùlǐng〔動〕領取：～失物｜～伙食費三百元整。

【具名】jù//míng〔動〕在文件上簽名：請在申請書上～｜這項建議案須待提案人具了名，才能納入議程。

【具體】jùtǐ〔形〕❶ 不籠統的；不空洞的；明確的（跟"抽象"相對）：計劃訂得很～｜開會的～時間和地點還沒有通知｜請～地介紹一下事情的經過。❷ 屬性詞。特定的：～工作｜～單位｜評價文學作品不能離開當時的社會狀況和～的歷史條件。

【具體到】jùtǐdào 落實到、聯繫到（特定的人或事物上）：貫徹執行十年規劃，～每個部門就是要把工作做好。注意 "具體到"沒有否定形式，不能說"具體不到"。但是可以把否定副詞"不"加在"具體到"的前面，如"教學改革方案雖然很好，但如果不具體到每一個班級就還是一紙空文"。

【具體而微】jùtǐ'érwēi〔成〕《孟子·公孫丑上》："子夏、子游、子張皆有聖人之一體，冉牛、閔子、顏淵則具體而微。"意思是子夏等三人各有孔子的一部分長處，冉牛等三人大體近似孔子，卻不如他博大精深。後用"具體而微"形容事物內容大體具備，而規模、形狀較小：這麼多少還～地保存着一些古都風貌。

【具文】jùwén〔名〕空有形式而實際無用的規章制度：～而已｜形同～｜一紙～。

【具有】jùyǒu〔動〕有；存在（多用於抽象事物）：～英雄氣概｜～藝術魅力｜～說服力｜～欺騙性｜我很喜歡看～江南風情的電視劇。

辨析 具備、具有 有時可換用，如"具備（具有）大專學歷"，但"具備"含有完備的意思，如"一切條件具備，近日即可開工"，其中的"具備"不能換用"具有"；"具有"表示存在，可用於抽象事物，如"具有濃厚興趣""具有特殊風味""具有較高水平"等，其中的"具有"都不能換用"具備"。

【炬】jù 火把：火～｜蠟～｜目光如～｜付之一～。

【沮】jù〈書〉濕潤：～澤（低窪潮濕的沼澤地帶）。
另見 Jū（714 頁）；jǔ（717 頁）。

【沮洳】jùrù〔名〕由腐爛植物埋在地下而形成的泥沼。

【秬】jù〈書〉一種黑黍。

【俱】jù〔副〕〈書〉全；都：兩敗～傷｜萬籟～寂｜與日～增。
另見 Jū（715 頁）。

【俱樂部】jùlèbù〔名〕（家）進行社會、體育、文藝、娛樂等活動的團體和場所：工人～｜健身～。[日，從英 club]

【俱全】jùquán〔形〕齊全；該有的全都有：樣樣～｜麻雀雖小，五臟～。

倨 jù〈書〉傲慢：～傲｜前～後恭｜為人性～少禮。

粔 jù見下。

【粔籹】jùnǚ〔名〕古代一種環形的餅。

距 jù ㊀〔名〕公雞、雉等爪後面突出像腳趾的部分，也泛指雞爪：金～。㊁ ❶ 相隔的長度、距離：差～｜行（háng）～｜間～｜株～。❷〔動〕相隔：北京～上海 1400 多公里｜這座古墓～今已 500 多年。

【距離】jùlí ❶〔動〕在空間或時間上相隔：我們家～天安門不遠｜現在～漢朝已有 2000 多年了｜我的工作～要求還差得遠。❷〔名〕相隔的長度；差距：拉開～｜保持～｜我們的看法跟你有很大的～。

詎（讵）jù〔副〕〈書〉豈；難道；哪裏；表示反問：主人盛情邀請，～能卻之？｜～料事與願違。

【詎料】jùliào〔副〕表示轉折，出乎意料（常見於港式中文）：～一波未平一波又起。

犋 jù〔量〕畜力單位，能拉動車、耙、犁等一種農具的畜力叫一犋，有時是一頭牲口，有時是兩頭或兩頭以上。

鉅（鉅）jù ❶〈書〉堅硬的鐵：～鐵。❷〈書〉鈎子：網～。❸（Jù）〔名〕姓。
　　另見 jù "巨"（719 頁）。

聚 jù ❶〔動〕彙聚到一起；會合（跟 "散" 相對）：～會｜～精會神在北京的老同學應該找個時間～一～｜～在一起討論問題。❷〔動〕積累：錢越～越多｜把落葉～成一堆兒。❸（Jù）〔名〕姓。

> **語彙** 攢聚　共聚　歡聚　彙聚　積聚　集聚　類聚　凝聚　團聚　完聚　相聚　物以類聚

【聚寶盆】jùbǎopén〔名〕傳說中裝滿金銀珠寶而且取之不盡的盆，常用來比喻資源豐富的地方或能提供錢財的單位、個人：柴達木盆地就是國家的～，礦藏資源十分豐富｜你們別把我當成了搖錢樹，～，我真沒有多少錢。

【聚財】jùcái〔動〕積聚錢財：～為國｜他是個善於～的人。

【聚餐】jù//cān〔動〕聚在一起吃飯聯歡或表示慶賀：中午十二時，應屆畢業生在食堂～｜大家節前聚一次餐。

【聚賭】jùdǔ〔動〕聚眾賭博：嚴禁～｜這些人經常～。

【聚會】jùhuì ❶〔動〕（親朋等熟悉的人）會合到一起：每年暑假我們幾個老朋友都要～｜這週五同學～。❷〔名〕指聚會活動：下午有一個～，我要去參加。

【聚積】jùjī〔動〕積累；湊集：～零散資金。

【聚集】jùjí〔動〕彙聚；集中在一起：夜晚廣場上～了不少人，觀看焰火｜～各方力量，共同興修水利。

【聚殲】jùjiān〔動〕包圍並消滅：～頑抗之敵。

【聚焦】jùjiāo〔動〕❶ 使一束光聚於一點。例如凸透鏡使平行光綫聚於透鏡的焦點，在電子光束中使電子射綫形成焦點。❷ 比喻把注意力或觀察角度集中於某一問題：～冬奧會｜新聞報道～食品安全。

【聚精會神】jùjīng-huìshén〔成〕精神專注，注意力集中：在閱覽室裏，每個人都在～地看書｜同學們～地聽老師講課。

【聚居】jùjū〔動〕集中居住：內蒙古是蒙古族～區｜美麗的西雙版納～着傣族、哈尼族、布朗族、基諾族等十多個少數民族。

【聚斂】jùliǎn〔動〕重稅搜刮民間財貨：～財物。

【聚攏】jùlǒng〔動〕聚集到一起：體育館門前～了不少球迷｜人群漸漸～，自然地形成一個圓圈，把他們圍在中間。

【聚齊】jù//qí〔動〕全部到指定地點集合：參加春遊的職工明天上午九時在公司門前～。

【聚散】jùsàn〔動〕聚合與離散，泛指人生的團聚、離別等種種遭遇：～無常。

【聚沙成塔】jùshā-chéngtǎ〔成〕《妙法蓮花經·方便品》："乃至童子戲，聚沙為佛塔。" 意思是把細沙堆成佛塔。後用來比喻積少成多。也說積沙成塔。

【聚首】jùshǒu〔動〕〈書〉會面；聚會：～一堂｜三十年再～。

【聚訟】jùsòng〔動〕許多人爭論，得不到一致的認識：～紛紜，是非難定。

【聚義】jùyì〔動〕舊指起義者為反對反動統治而聚集到一起：～廳。

【聚眾】jùzhòng〔動〕糾集很多人：～鬧事｜～賭博。

虡 jù古代懸掛編鐘的架子兩旁起支撐作用的柱子。

劇（剧）jù ㊀ ❶〔名〕戲劇：悲～｜喜～｜話～｜京～｜再編一個新的～。❷ 比喻戲劇性的事件：醜～｜慘～｜鬧～｜惡作～。❸（Jù）〔名〕姓。
　　㊁ 猛烈，嚴重：～增｜加～｜～痛｜～變。

> **語彙** 悲劇　編劇　慘劇　醜劇　歌劇　話劇　急劇　加劇　鬧劇　舞劇　喜劇　戲劇　笑劇　啞劇　雜劇　正劇　電視劇　獨幕劇　惡作劇　廣播劇　賀歲劇　連續劇　室內劇　舞台劇　秧歌劇　音樂劇

【劇本】jùběn〔名〕戲劇作品，是戲劇上演的基礎。由人物對話、唱詞和舞台指示組成。

【劇變】jùbiàn〔動〕劇烈變化：山村～｜這幾年情況～，再用老眼光看事物已經不行了。

【劇場】jùchǎng〔名〕（座）演出戲劇、歌舞、曲藝

J

等的場所。

【劇毒】jùdú〔名〕猛烈的毒性：砒霜是一種有～的無機化合物。

【劇烈】jùliè〔形〕猛烈：～的鬥爭｜柔軟體操不是～運動｜他感到一陣～疼痛，便昏了過去｜家電市場競爭～。

【劇目】jùmù〔名〕戲劇的名目：傳統～｜新編～｜《茶館》是北京人民藝術劇院的保留～。

【劇評】jùpíng〔名〕（篇）戲劇評論：～家｜寫一篇～。

【劇情】jùqíng〔名〕戲劇的故事情節：～簡介｜～曲折動人。

【劇人】jùrén〔名〕從事戲劇工作的人；特指戲劇演員：中外～十月滬上大唱對台戲｜愛國～。

【劇團】jùtuán〔名〕由演員、導演、舞台工作人員等組成的戲劇表演團體。

【劇務】jùwù〔名〕❶劇團裏有關排練和演出的各種事務。❷〔名〕擔任劇務工作的人。

【劇院】jùyuàn〔名〕❶（家）劇場。❷戲劇表演和研究的團體（多作名稱用）：北京人民藝術～｜中國青年藝術～。

【劇增】jùzēng〔動〕急劇增加：市場銷量～｜報名人數～｜旅客運輸量～。

【劇照】jùzhào〔名〕（張，幅）戲劇中某個場面，電影、電視劇中某個鏡頭或演員着戲裝拍攝的照片：大幅～｜這期畫報上有不少著名京劇演員的～。

【劇中人】jùzhōngrén〔名〕演員在戲劇中所扮演的人物。

【劇種】jùzhǒng〔名〕（個）戲劇的種類。以藝術形式劃分有話劇、戲曲、歌劇、舞劇、音樂劇等；以表現手段劃分有木偶劇、皮影劇等；以地區劃分的地方戲有越劇、川劇、秦腔、豫劇、花鼓戲等；以民族劃分的民族戲曲有藏劇、壯劇等。

【劇組】jùzǔ〔名〕為演出或拍攝某一戲劇、電影或電視劇而由編劇、導演、演職人員組成的集體：成立～｜～成員。

【劇作】jùzuò〔名〕（部）戲劇作品：他一生～頗豐｜近幾年出版了不少優秀～。

【劇作家】jùzuòjiā〔名〕（位，名）從事戲劇創作的人：關漢卿是中國元朝的偉大～。

踞 jù〈書〉❶蹲或坐：龍盤虎～。❷佔據：盤～｜久～邊寨。❸倚憑；倚靠：下馬～鞍而立。

語彙 箕踞 盤踞 龍盤虎踞

據（据）〈據〉jù ❶佔據；佔有：先～南山者勝｜～為己有。❷依靠；憑藉：～點｜～城池之堅固。❸依憑；根據：引經～典。❹〔介〕按照；依據：～險固守｜～理力爭｜～實報告｜本片～同名小說改編。❺憑證：言必有～｜事出有因，查無實～。❻（Jù）〔名〕姓。

"据"另見 jū（715頁）。

[辨析] 據、根據　兩個詞的介詞用法基本相同，略有區別。a)"據"可以跟單音節詞組合，如"據實、據說、據傳"等，"根據"不能。b)"據"常跟"某人說""某人看來"之類的小句組合；而用"根據"時，則常要把這種小句改為名詞性短語，如"根據他的說法""根據我的看法"。

語彙 單據 割據 根據 拮据 借據 考據 理據 論據 票據 憑據 契據 竊據 實據 收據 數據 信據 依據 佔據 證據 字據 不足為據 出言無據 真憑實據 鑿鑿有據

【據稱】jùchēng〔動〕據說：～，此案已移交法庭審理。注意"據稱"本身不能有主語。多用於句首。

【據傳】jùchuán〔動〕據傳聞；據別人傳說：～，新局長將於近期到任。注意"據傳"本身不能有主語。多用於句首。

【據點】jùdiǎn〔名〕軍隊戰鬥行動憑藉的地點。一般有堅固工事，備有作戰物資，能獨立守：摧毀了敵人的～｜把守～。

【據理力爭】jùlǐ-lìzhēng〔成〕依據道理，盡力爭辯，以維護自己的權益或觀點。

【據守】jùshǒu〔動〕佔據防守：分兵～各交通要道｜這些戰略要地必須派兵～。

[辨析] 據守、防守　"據守"只限於軍事行動；"防守"除用於軍事行動外，還可用於體育比賽等，如"守門員防守嚴密，救出多個險球""隊員一齊退至禁區，加強防守"，其中的"防守"都不能換用"據守"。

【據說】jùshuō〔動〕據別人說：～大會開得很成功｜這部電影～得了個金獎。注意"據說"本身不能有主語。多用於句首。在句中多用作插入語。

【據悉】jùxī〔動〕〈書〉根據（某方面提供的情況）得知：～，雙方代表已於昨日抵達談判地點。

【據有】jùyǒu〔動〕佔據；控制：～江南一帶地區。

鋸（鋸）jù ❶〔名〕（把）用薄鋼片製成的有許多尖齒的工具，可以用來切割木料、石料、鋼材等：一條～｜電～｜他們兩個在拉～。❷〔動〕用鋸切割：～木頭｜～樹｜把鋼材～開。

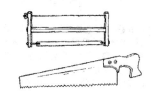

【鋸齒兒】jùchǐr〔名〕❶鋸上的尖齒。❷像鋸齒一樣的形狀：葉子的邊緣有～｜一圈～花邊。

【鋸末】jùmò（～兒）〔名〕鋸木頭等掉下來的細末。

寠（窭）jù〈書〉貧寒：貧～｜～而不能葬。

濾Jù濾水，水名。在陝西韓城一帶。

遽jù ❶急迫；匆忙：急～｜匆～。❷〈書〉驚慌；恐懼：諸人面色並～。❸〔副〕〈書〉就；立即：公聞客至，～出見之｜須經深入調查，不敢～下斷語。❹（Jù）〔名〕姓。

語彙　匆遽　駭遽　惶遽　急遽

【遽然】jùrán〔副〕〈書〉突然；忽然：～離去｜～流涕啜泣。

颶（飓）〈颶〉jù海上強烈的風暴。

【颶風】jùfēng〔名〕發生在北太平洋東部、大西洋西部和西印度群島一帶熱帶海上風力在十二級或以上的強烈風暴。

屨（屦）jù古時的一種鞋，多用麻、葛等製成：織～｜脫～戶外｜～賤踴貴（踴，斷足者穿的鞋。形容統治者的刑罰重而且濫）。

瞿jù〈書〉❶（鷹隼）看。❷驚恐四顧。❸驚懼。
另見 Qú（1109頁）。

【瞿然】jùrán〔形〕〈書〉吃驚的樣子。

醵jù〈書〉湊集（金錢）：～金｜～資｜～款。

【醵資】jùzī〔動〕湊集大家的錢：～營商。

鐻（鐻）jù ❶一種古樂器，形狀像鐘。❷同"虡"。

懼（惧）jù〔動〕害怕：勇者不～｜毫無所～｜你怎麼那麼～他？

語彙　惶懼　戒懼　驚懼　恐懼　危懼　畏懼　疑懼　憂懼　臨危不懼

【懼內】jùnèi〔動〕〈書〉怕老婆：此人～。

【懼怕】jùpà〔動〕害怕：不要～困難｜無論多兇惡的敵人，他都不～。

辨析　懼怕、害怕　a）"懼怕"程度較重，多用於書面語；"害怕"程度較輕，通用於書面語和口語。b）"懼怕"的意義和使用範圍較窄；"害怕"則較寬，它除了"怕"的意思外，還有"顧慮、擔心"的意思，如"我們都害怕他路上發生甚麼意外"，句中的"害怕"不能換用"懼怕"。

【懼色】jùsè〔名〕害怕的神色：毫無～｜很多人面帶～，原來路上出了嚴重車禍。

juān ㄐㄩㄢ

捐juān ❶捨棄：為國～軀｜細大不～。❷〔動〕捐助：～獻｜～錢｜～棉衣｜他向兒童基金會～了十萬元人民幣。❸捐助的錢和物：募～。❹〔名〕賦稅的一種：車～｜房～｜苛～雜稅｜你上了～沒有？

語彙　抗捐　募捐　受捐　稅捐　義捐　細大不捐

【捐款】juānkuǎn ❶(-//-)〔動〕捐助款項：踴躍向災區人民～｜老華僑為家鄉的建設捐了不少款。❷〔名〕（筆）捐助的款項：基金會收到社會各界的～近億元｜把～直接送到災區。

【捐棄】juānqì〔動〕〈書〉拋棄：～紙筆｜～前嫌。

【捐軀】juānqū〔動〕獻出生命：為國～。

【捐生】juānshēng〔動〕捨棄生命：甘願～。

【捐輸】juānshū〔動〕〈書〉捐獻：民眾踴躍～。

【捐稅】juānshuì〔名〕各種捐和稅的總稱：地方性～｜依法繳納～是每個公民應盡的義務。

【捐獻】juānxiàn〔動〕獻出錢物：～棉衣｜～圖書｜～巨款｜他把自己收藏的珍貴文物～給了國家。

【捐贈】juānzèng〔動〕捐獻贈送：～錢物｜～價值1000萬元人民幣的食物、藥品及醫療器械。

【捐助】juānzhù ❶〔動〕拿出錢物來幫助：～糧食｜～款項｜～受災群眾。❷〔名〕拿出來幫助他人的錢物：他在得到這筆～的同時也得到了一份愛心。

【捐資】juān//zī〔動〕捐助資財：～助學｜踴躍～｜有錢的捐了資，有房的捐了房，幼兒園就辦成了。

涓juān ❶〈書〉細流：～滴。❷〈書〉細小；細微：～微｜～流。❸（Juān）〔名〕姓。

【涓埃】juān'āi〔名〕〈書〉細水和輕塵，比喻微小：為國奉獻～之力。

【涓滴】juāndī〔名〕〈書〉極少量的水，比喻極少量的錢物：～歸公｜～不漏。

【涓涓】juānjuān〔形〕〈書〉細水慢流的樣子：～小溪｜～水流｜木欣欣以向榮，泉～而始流。

娟juān ❶〈書〉美麗；美好：～～｜～秀｜～美｜嬋～。❷（Juān）〔名〕姓。

【娟娟】juānjuān〔形〕明媚美好的樣子：～明月。

【娟秀】juānxiù〔形〕〈書〉秀麗美好：字跡～｜容貌～｜～的文竹｜一款～小巧的數碼相機。

圈juān〔動〕❶用籠子、柵欄、圍牆等把家禽、家畜關起來：把豬～起來｜這個農場把鹿～起來餵養，收到了很好的經濟效益。❷〈口〉把犯人關押起來：他因為打架鬥毆被派出所～了好幾天。❸限制在一定範圍裏：關：在家裏～兩天，收收心｜天天～在房子裏不出門，真受不了。
另見 juàn（725頁）；quān（1112頁）。

J

朘 juān〈書〉縮減：日削月～。
另見 zuī（1825 頁）。

焆 juān〈書〉明亮。

鵑（鹃） juān 見"杜鵑"（321 頁）。

鐫（镌） juān〈書〉❶ 雕刻：～刻｜～碑｜雕～。❷ 官吏降級或免職：～罰｜～黜。

【鐫黜】juānchù〔動〕〈書〉革除官職：有犯則～。

【鐫罰】juānfá〔動〕〈書〉官職降級以示懲罰：擾民不實（虛報或謊報情況）者～。

【鐫刻】juānkè〔動〕雕刻：～印章｜～花紋｜山石上～着"天下第一泉"五個大字。

躙 juān〈書〉免除：～除｜～免。

【躙除】juānchú〔動〕〈書〉免除：～酷刑。

【躙免】juānmiǎn〔動〕〈書〉免除（苛捐雜稅、勞役等）：～徭役｜～租稅。

juǎn ㄐㄩㄢˇ

希 juǎn〈書〉捲衣袖。
另見 juàn（724 頁）。

捲（卷） juǎn ❶〔動〕把東西彎曲裹成圓筒形：～簾子｜～袖子｜烙餅～大葱｜把字畫～起來收好。❷〔動〕東西被外力撮起來：北風～着雪花｜馬隊～起塵土，疾馳而去。❸〔動〕比喻被牽涉到某個事件中：他被～進了一場政治鬥爭｜一場感情糾葛把她也～進去了。❹（～兒）〔名〕裹成圓筒形的東西：鋪蓋～兒｜煙～兒｜膠～兒｜把毛衣捲成～兒存放。❺（～兒）捲子：花～兒｜金絲～兒。❻〔量〕用於成捲的東西：一～宣紙｜一～彩色膠卷兒｜一萬～油氈。
"卷"另見 juàn（724 頁）。

語彙　春捲　蛋捲　翻捲　花捲　漫捲　舒捲　席捲　鋪蓋捲　行李捲

【捲尺】juǎnchǐ〔名〕可以捲起來的軟尺（用布、鋼片或皮子做成的）：鋼～｜皮～。

【捲簾】juǎnlián〔名〕可以由下往上捲起來的簾子。

【捲簾格】juǎnliángé〔名〕謎板要倒過來讀的一種謎語。例如"五戒"，打一京劇名。正讀為"寺門法"，反讀為"法門寺"。

【捲簾門】juǎnliánmén〔名〕由許多條形鋁合金材料連接在一起，可以上下捲動而啟閉的金屬門。

【捲鋪蓋】juǎn pūgai〔慣〕比喻被解僱或辭職：他玩忽職守，險些出了事故，廠方叫他～走人。

【捲曲】juǎnqū〔形〕彎曲：～的頭髮｜樹葉子都～着。

【捲入】juǎnrù〔動〕被牽涉進去：～政治漩渦｜～

鄰里糾紛｜～桃色事件。

【捲逃】juǎntáo〔動〕（內部的人）挾帶全部錢物潛逃：公司裏的一個管理員昨夜～了。

【捲土重來】juǎntǔ-chónglái〔成〕唐朝杜牧《題烏江亭》詩："江東子弟多才俊，捲土重來未可知。"捲土：捲起塵土，形容人馬奔跑。比喻失敗之後重新組織力量再來：敵人利用談判拖延時間，企圖蓄積力量，～。

【捲煙】juǎnyān〔名〕（根，支）❶ 香煙：～廠。❷ 雪茄。

【捲揚機】juǎnyángjī〔名〕（台）一種用於起重的機械，由捲筒、鋼絲繩等構成，用於建築工地和採礦業。也叫絞車。

【捲子】juǎnzi〔名〕一種麵食品，將和（huò）好的麵擀成薄片，塗上油，撒上鹽或糖或麻醬等，再捲起來放在籠裏蒸熟。
另見 juànzi "卷子"（724 頁）。

銠（锩） juǎn〔動〕刀劍的刃受挫捲曲：菜刀的刃～了。

juàn ㄐㄩㄢˋ

卷 juàn ❶ 書本：手不釋～｜開～有益。❷ 可以舒捲的書畫：畫～｜長～｜手～。❸（～兒）〔名〕卷子：試卷：考～｜答～｜白～兒｜交了～兒。❹ 機關裏分類匯存的檔案、文件：案～｜調～｜查～。❺〔量〕用於一部或一套書的若干組成部分：冊｜本；編：第一～｜上～｜下～｜這本書共有三～。❻（Juàn）〔名〕姓。
另見 juǎn "捲"（724 頁）。

語彙　案卷　白卷　閉卷　寶卷　畫卷　交卷　經卷　開卷　考卷　判卷　書卷　文卷　壓卷　掩卷　樣卷　閱卷　手不釋卷

【卷次】juàncì ❶〔名〕書刊、檔案等分卷的次序：按～裝訂成冊。❷〔量〕複合量詞。表示查閱書刊等若干卷數的總和：查閱檔案 600 餘～。

【卷帙】juànzhì〔名〕〈書〉書籍（指數量）：～浩繁。

【卷軸】juànzhóu〔名〕〈書〉指經過裝裱的帶軸的書畫等。

【卷子】juànzi〔名〕❶（張，份）考試時寫有試題以備答題的紙；試卷：改～｜判～。❷ 指可以捲起來的古抄本。
另見 juǎnzi "捲子"（724 頁）。

【卷宗】juànzōng〔名〕❶ 機關裏分類歸檔保存的文件。❷ 保存文件的紙夾子。

希 juàn〈書〉口袋；有底的囊：文錦～。
另見 juǎn（724 頁）。

倦（勌） juàn ❶〔形〕疲乏：睏～｜疲～｜～容｜～鳥歸巢。❷ 厭倦：誨人不～｜孜孜不～。

【語彙】睏倦　勞倦　疲倦　厭倦　慵倦

【倦怠】juàndài〔形〕疲乏睏倦：～無力｜他～地靠在沙發上睡着了。

【倦乏】juànfá〔形〕疲倦乏力：渾身～。

【倦容】juànróng〔名〕疲乏的神色：面帶～。

【倦意】juànyì〔名〕疲乏的感覺：雖然忙了一天，但大家毫無～。

【倦遊】juànyóu〔動〕〈書〉❶遊興已盡：～歸來。❷厭倦了在外做官：宦海～。

狷〈獧〉juàn〈書〉❶狷急；性情急躁：狂～。❷狷介；拘謹：～直｜～者有所不為。

【狷急】juànjí〔形〕〈書〉性情急躁；不能受委屈：為人～不能從俗。

【狷介】juànjiè〔形〕〈書〉介：耿直不屈。正直孤傲；潔身自好：～之士。

桊juàn（～兒）〔名〕穿在牛鼻子上的小鐵環或小木棍兒：牛鼻～兒。

圈juàn〔名〕❶飼養家畜的有棚有欄的簡易建築：豬～｜羊～｜弄點土墊一墊～。❷（Juàn）姓。

另見 juān（723頁）；quān（1112頁）。

【語彙】出圈　鬧圈　棚圈　起圈

【圈肥】juànféi〔名〕廄肥。

【圈養】juànyǎng〔動〕圍在圈裏飼養：～牲畜。

眷〈❷睠〉juàn❶親屬：～屬｜家～｜僑～。❷〈書〉關心，懷戀：～注｜～愛｜～念故土｜～顧。❸（Juàn）〔名〕姓。

【語彙】寶眷　芳眷　家眷　眷眷　美眷　女眷　僑眷　親眷

【眷顧】juàngù〔動〕〈書〉關心顧念：她從小寄居舅父家，但處處受到長輩們～｜～百姓。

【眷眷】juànjuàn〔形〕〈書〉念念不忘：～之情｜情～而懷歸。

【眷戀】juànliàn〔動〕〈書〉非常想念；深切留戀：～祖國｜～親人。

【眷念】juànniàn〔動〕〈書〉想念：～故鄉｜～親人。

【眷屬】juànshǔ〔名〕❶家眷；親屬：他的～還在老家。❷指夫妻：有情人終成～。

鄄juàn❶用於地名：～城（在山東西南部）。❷（Juàn）〔名〕姓。

睊juàn見下。

【睊睊】juànjuàn〔形〕〈書〉側目而相視的樣子。

罥juàn〈書〉掛；纏繞。

絹（绢）juàn〔名〕一種薄而密的絲織物，也指厚而疏的生絲織物：～花｜

手～｜這是一幅用～畫的畫。**注意**"絹"不讀juān。

【絹本】juànběn〔名〕寫在絹上或畫在絹上的書畫：～花卉｜這幾幅人物畫都是～。

【絹花】juànhuā（～兒）〔名〕用絹做的假花，是一種工藝品。

雋（隽）juàn❶〈書〉味道好，比喻意味深長：名言～語。❷（Juàn）〔名〕姓。

另見jùn（733頁）。

【雋永】juànyǒng〔形〕〈書〉❶意趣深長，耐人尋味：語言～｜文辭～｜語約意豐，餘味～。❷事物富有情趣，引人入勝：山水～。

【雋語】juànyǔ〔名〕〈書〉有深刻寓意、值得人深思的話語：名言～｜人生～。

jūe ㄐㄩㄝ

撅jūe ㊀〔動〕❶翹起：～起尾巴｜～着兩根小辮。❷〈口〉用語言使人難堪；頂撞：～人｜你的話～得人難受。

㊁〔動〕〈口〉弄斷：～斷｜把一根柳條～成兩截兒。

辨析 撅、翹　a）"撅"運用範圍比較窄，一般只限於"撅尾巴""小辮子撅着"等；"翹"運用範圍比較寬，除了"嘴""尾巴""辮子"外，還可以說"翹起大拇指""棍子的一頭往上翹"等，其中的"翹"都不能換用"撅"。b）有些習慣用法不能隨便互換，如表示驕傲自大用"翹尾巴"，不說"撅尾巴"；表示死用"翹辮子"，不說"撅辮子"。

噘jūe〔動〕（嘴唇）翹起：～嘴。

屩（屩）jūe〈書〉草鞋。

蹻（跻）jūe〈書〉同"屩"。

另見qiāo"蹺"（1079頁）。

jué ㄐㄩㄝ

孑jué見"孑孑"（671頁）。

抉jué〈書〉剔出；挖出：～剔｜～摘。

【抉擇】juézé〔動〕選擇；做出重大～｜人生道路，及早～｜是去還是留？你必須立即～。

【抉摘】juézhāi〔動〕〈書〉❶選取；選擇：～要旨。❷挑剔；指摘：～細故｜～瑕疵｜～過失｜～積弊。

角jué ㊀競賽；較量：～鬥｜～逐｜口～。

㊁古代飲酒器，形狀像爵，前後都是尾，沒有兩根小柱子。

㊂古代五音之一，相當於簡譜的"3"。參見"五音"(1437頁)。

㊃❶(～兒)〔名〕角色：主～｜配～｜您在戲裏扮甚麼～兒？❷(～兒)戲曲演員專業分工的類別：旦～｜生～。❸(～兒)〔名〕演員：名～｜坤～(女演員)｜捧～兒。❹(Jué)〔名〕姓。

另見 jiǎo(660頁)。

> **語彙** 丑角 旦角 紅角 淨角 口角 坤角 配角 主角

【角鬥】juédòu〔動〕搏鬥比賽；格鬥：兩個人～了一場，最後還是不分勝負。

【角力】juélì〔動〕❶比賽力氣大小；摔跤比賽：他喜歡跟人～。❷泛指鬥爭，力求戰勝對方：官場～｜外交～｜中外品牌在電視機市場的～在進一步升級。

【角色】(腳色)juésè〔名〕❶演員扮演的劇中人物：正面～｜反面～｜重要～。❷比喻生活中某種類型的人物：老李總是充當和事老的～｜他在這件事中扮演了不光彩的～。

【角逐】juézhú〔動〕❶以武力相競爭：群雄～。❷泛指競爭或競賽：歌手大賽進入最後一輪｜空調市場～加劇。**注意** 這裏的"角"不讀 jiǎo。

決(决)jué ㊀〔動〕水沖破堤岸；決口：堤潰河～｜大壩～了一個口子。

㊁❶決斷；決定：一～雌雄｜猶豫不～｜懸而未～。❷〔動〕決定最後勝負：～賽｜～戰｜速戰速～｜～出前三名。❸執行死刑：槍～｜處～｜斬～。❹堅定：果敢｜～然｜心～｜果～｜勇～。❺〔副〕一定(用在否定詞前面)：～不讓步｜～不罷休｜～無此理。

> **語彙** 表決 裁決 處決 對決 否決 公決 果決 堅決 解決 潰決 立決 判決 票決 槍決 先決 議決 斬決 自決 速戰速決 懸而未決 猶豫不決

【決策】juécè ❶〔動〕決定計劃或策略：～人｜運籌｜機不可失，望盡快～。❷〔名〕決定的計劃或策略：重大～｜戰略～。

【決雌雄】jué cíxióng〔慣〕比喻決定高低、勝負：這兩名短跑健將將於明天｜他們在賽場上一決雌雄。

【決堤】jué // dī〔動〕(洪水)沖潰堤岸：洪水～｜眼淚像決了堤似的止也止不住。

【決定】juédìng ❶〔動〕對進行某件事的時間、地點、方式等做出主張：～日期｜～人選｜～政策｜～撤兵｜去還是不去，你自己～。❷〔動〕某一事物成為另一事物的先決條件：存在意識｜物質～精神｜專業的選擇可能～一個人的前途。❸〔名〕(項)決定的事項：職工代表大會通過了加強安全生產的～｜我的～不會改變。

【決鬥】juédòu〔動〕❶過去歐洲流行的一種解決私人之間爭端的方式。爭執的雙方約定時間、地點，並邀請證人，彼此用武器格鬥，以決勝負。❷泛指進行殊死的鬥爭，以定勝負：戰爭進入生死～｜手機市場各大廠商殊死～。

【決斷】juéduàn ❶〔動〕做決定：這件事辦不辦，最後得由他～。❷〔名〕決定事情的果斷作風：他辦事向來有～。❸〔名〕做出的決定：正確的～。

【決計】juéjì ❶〔動〕打定主意；決定：不管有多大困難，他～繼續幹下去。❷〔副〕表示必定如此；肯定：沿着這條路走，～能走到｜這話只要是他說的，～沒錯兒。

【決絕】juéjué ❶〔動〕堅決斷絕關係：三十年前，他跟家庭～，獨自出走。❷〔形〕非常堅決：態度～。

【決口】jué // kǒu〔動〕堤壩被水沖出缺口：預防黃河～｜大堤東段決了口。

【決裂】juéliè〔動〕(感情、關係等)破裂：談判～｜結婚不到一年，這對夫妻竟～了。

【決明】juémíng〔名〕一年生草本植物，偶數卵狀複葉，夏秋開黃色花。莢果角狀有四棱。嫩苗嫩果可食。種子即為"決明子"。中醫入藥，有清肝明目作用，可治大便秘結等症。近來也用來治療高血壓。

【決然】juérán〔副〕〈書〉❶很堅決：毅然～。❷斷然；必定：搞陰謀詭計的人～沒有好下場｜這樣混下去，是～學不好的。

【決賽】juésài〔動〕體育運動等比賽中決定名次的最後一次或最後一輪比賽：～圈｜半～｜四分之一～｜法律知識大獎賽的～｜大學生辯論～｜民歌演唱～。

【決勝】juéshèng〔動〕決定最後的勝負：運籌帷幄之中，～千里之外｜～局(決定最終勝負的一局比賽)。

【決死】juésǐ〔動〕敵我雙方決定生死：～而戰｜～一拚｜我空軍與敵機～長空。

【決算】juésuàn〔名〕年度會計報告，根據年度預算執行結果，按法定程序編制、審核和批准：～報告。

【決心】juéxīn ❶〔名〕堅定的、不動搖的意志：有～｜表～｜他去西北支教的～很大。❷〔動〕拿定主意：他～自謀生路，不要家裏一分錢｜我～改正錯誤。

【決心書】juéxīnshū〔名〕(份)表示決心的書面文字：為了迎接新的戰鬥，大家都寫了～。

【決一死戰】juéyī-sǐzhàn〔成〕拚死做最後的戰鬥，以決定勝敗：誓與敵人～｜兩支足球勁旅今晚將～。

【決疑】juéyí〔動〕解決疑慮：有些人用占卜～。

【決議】juéyì〔名〕(項)經過會議討論通過的決定：大會通過～｜～必須貫徹執行。

【決意】juéyì〔動〕拿定主意：他～回家鄉工作｜既然～要走，我也不好留你了。

【決戰】juézhàn ❶〔動〕雙方進行決定最後勝負的戰鬥：經過～，勝負已見分曉｜點球～｜女子百米～。❷〔名〕（場）雙方決定最後勝負的戰鬥：大～｜一場生死～。

玦 jué 古代的玉器，環形而留有缺口。古人常佩帶在身，並用以向人表示決斷、決絕。西周晚期和春秋的墓葬中多有發現。

珏 jué〈書〉合在一起的兩塊玉；雙玉。

砄 jué〈書〉石頭。多用於地名：石～（在吉林）。

倔 jué ❶ 固執；倔(juè)。只用於"倔強"。❷(Jué)〔名〕姓。
另見 juè(730 頁)。

【倔強】juéjiàng〔形〕(性情)剛強；不屈從，不隨和：性情～｜性格～｜待人接物不可這麼～。也作倔犟。

掘 jué〔動〕挖：～個坑｜自～墳墓｜臨渴～井。

語彙　採掘　發掘　開掘　羅掘　挖掘

【掘進】juéjìn〔動〕在採礦等工程中，用鑿岩爆破或機械等方法開鑿地下巷道：日～三十米。

【掘墓人】juémùrén〔名〕為死者挖墓穴的人，常用來比喻消滅舊事物、舊制度的新生力量：革命青年是舊制度的～。

桷 jué〈書〉方形的房屋椽子。

崛 jué〈書〉突起；高起：～起｜奇～。

【崛起】juéqǐ〔動〕〈書〉❶ 突起；聳立：一座座高樓平地～。❷ 比喻興起：這個古老的民族正在東方～。❸ 比喻出現並引人關注：這位青年作家發表了兩部堅實的作品，～於文壇。

觖 jué〈書〉不滿足；不自滿：自視猶～如也(審視自己時，不自滿)。

【觖望】juéwàng〔動〕〈書〉因不滿而生怨恨：群臣～。

訣(诀) jué ㊀ ❶ 依據某種事物要點或某種方法編成的韻語或無韻而便於記憶的語句：口～｜歌～。❷ 方法；訣竅：秘～妙～｜長生之～。
㊁ 辭別；分別(多指永別)：～別。

語彙　法訣　歌訣　口訣　秘訣　妙訣　掐訣　要訣　永訣

【訣別】juébié〔動〕分別；永別：與親人～｜與故鄉～。

【訣竅】juéqiào(～兒)〔名〕起決定作用的、特別有效的方法：你近來學習進步很快，一定有

甚麼～｜無論幹甚麼都有～兒，就看你能不能找到。

厥 jué ㊀ ❶ 短暫失去知覺；昏倒：暈～｜驚～｜痰～｜氣～。❷(Jué)〔名〕姓。
㊁〈書〉❶〔代〕指示代詞。那；那些：播～百穀。❷〔代〕指示代詞。其；他的：大放～詞｜允執～中。❸〔副〕乃；就；才：左丘失明，～有《國語》。

語彙　昏厥　驚厥　氣厥　痰厥　暈厥

催 jué 見於人名：李～(東漢末人)。

絕(绝) jué ❶〔動〕斷絕：不要～了人家的生路｜不～如縷｜絡繹不～｜讚不～口｜斷子～孫。❷〔動〕完了；窮盡：彈盡糧～｜斬盡殺～｜辦法都想～了。❸ 斷氣；死亡：悲慟欲～。❹ 走不通的；沒有出路的：～地｜～境｜～路｜～處逢生。❺ 極遠的：～國｜～域。❻〔形〕高超，獨一無二：～唱｜～技｜～活兒｜～招兒｜他的京戲唱得真是～了。❼〔副〕極；最：～密｜～妙｜～早｜～大多數。❽〔副〕絕對；肯定(用在否定詞前)：～不讓步｜～不允許｜～無此意。❾ 絕句：五～(五言絕句)｜七～(七言絕句)。

語彙　超絕　杜絕　斷絕　告絕　隔絕　根絕　回絕　叫絕　禁絕　拒絕　決絕　滅絕　謝絕　卓絕　自絕　彈盡糧絕　趕盡殺絕　堪稱一絕　絡繹不絕　深惡痛絕　滔滔不絕　韋編三絕

【絕版】juébǎn ❶(-//-)〔動〕書籍等出版物出版後，毀版不再印行：～書｜這些書早已絕了版，無處可買。❷〔名〕不再印行的版本；獨一無二、不會再有的事物或人：此書為～｜世界～名車｜古曲《高山流水》美妙無比，堪稱古琴曲的～。

【絕筆】juébǐ〔名〕❶ 生前最後的筆跡、文字、書畫等：這是他留下的～。❷ 極好的詩文書畫：世間～｜堪稱～。

【絕壁】juébì〔名〕極陡峭的山崖：懸崖～｜～天成｜攀緣～。

【絕唱】juéchàng〔名〕❶ 生前最後的歌唱：這台演唱會成了他的～。❷ 指具有最高水平的詩文創作：古今～｜千古～。

【絕塵】juéchén〔動〕〈書〉高出於人世間：超逸～。

【絕代】juédài〔動〕舉世無雙：才華～｜～佳人。

【絕倒】juédǎo〔動〕〈書〉❶ 笑得前仰後合：喜劇演員的滑稽表演，令觀眾～。❷ 傾倒；極其佩服：音樂家的精彩演奏，令聽者～。

【絕頂】juédǐng ❶〔名〕〈書〉最高峰：泰山～｜會當凌～，一覽眾山小。❷〔副〕非常：這孩子聰明～｜他是一個～聰明的人｜這是一個巧

妙的辦法。

【絕對】juéduì ❶〔形〕無條件的;不受任何限制的(跟"相對"相對):～真理|～平均主義|～服從。❷〔形〕屬性詞。只以某一條件為依據的:～值|～溫度|～高度。❸〔副〕完全;一定:這樣做～正確|我對你～放心|那件事～沒問題。

【絕後】juéhòu〔動〕❶(jué//hòu)沒有後代:他們家一脈單傳,到他這一代絕了後。❷以後不會再有:空前～的壯舉。

【絕戶】juéhu ❶〔動〕沒有後代:這一家只傳了一代就～了。❷〔名〕指沒有後代的人或家庭:他經常照顧對門兒住着的老～。

【絕活兒】juéhuór〔名〕(手)指獨特的技藝:玩～|空竹比賽競亮～|張師傅專攻食雕,一塊普通的蘿蔔能變成造型獨特的藝術品,這手～,遠近聞名。

【絕技】juéjì〔名〕獨特的、無人能及的高超技藝:身懷～|傳授～。

【絕跡】jué//jì〔動〕斷絕了蹤跡;徹底沒有了:天花在中國已經～|恐龍這種動物早就絕了跡。

【絕佳】juéjiā〔形〕極好:效果～|此處風景～。

【絕交】jué//jiāo〔動〕斷絕友誼和交往關係:這樣的人不值得來往,只好跟他～了|絕了交又復交是國際上常見的情況。

【絕經】juéjīng〔動〕因卵巢衰退或遭受破壞而停止月經。女子生理性絕經一般發生在45-50歲之間。

【絕境】juéjìng〔名〕❶〈書〉與外界隔絕的地方:率妻子來此～。❷找不到出路的境地:陷於貧病交加的～|自然環境被破壞,東北虎已瀕臨～。

【絕句】juéjù〔名〕(首)中國傳統格律詩體裁的一種,每首四句。每句五字的稱五言絕句,每句七字的叫七言絕句。有一定的平仄和押韻的限制。

【絕口】juékǒu ❶〔動〕住口(只用於否定式):讚不～|罵不～。❷〔副〕為迴避而不開口:～不提|～不道。

【絕路】juélù ❶〔名〕(條)死路:他不聽勸告,終於走上了一條～|不要把人家逼上～。❷(-//-)〔動〕斷絕出路:如果銀行不貸款,我們廠可就絕了路了。

【絕倫】juélún〔動〕〈書〉倫:同類。超出同類;沒有可以與之相比的:荒誕～|機敏～|～超群。

【絕密】juémì〔形〕絕對機密、不得有絲毫泄露的:～文件|～情報|～消息。

【絕妙】juémiào〔形〕好到極點;極其巧妙:～好詞|～的表演|～的反面教材。

【絕滅】juémiè〔動〕徹底消失;滅絕:瀕於～|一個物種一旦～就不可能再現。

【絕命書】juémìngshū〔名〕(封,份)指自殺前寫下的遺書。

【絕情】juéqíng〔形〕完全不顧情義;極傷感情的:朋友之間不要說這～的話|離家出走,這話太～。

【絕然】juérán〔副〕絕對:這個做法他～不會同意|他們竟～中止了合同。

【絕色】juésè〔名〕(女子)絕頂美麗的容貌,也指姿色極美的女子:驚人～|～女子|～佳人。

【絕食】jué//shí〔動〕為了表示抗議或自殺而拒絕進食:～鬥爭|他們已經絕了兩天的食了。

【絕世】juéshì〔動〕絕代:～奇才|～佳作。

【絕收】juéshōu〔動〕完全沒有收成:小麥～|由於遭受雹災,今年夏糧～。

【絕俗】juésú〔動〕超脫世俗:一場曠世～的愛情|她人淡如菊,清麗～。

【絕望】juéwàng ❶〔動〕絲毫希望都沒有:面對困難不應該有～的情緒|他到處碰壁,最後竟～了。❷〔形〕因毫無希望而頹喪到極點:看着親人病重又無錢醫治,她很～。

【絕無僅有】juéwú-jǐnyǒu〔成〕形容極其少有:大熊貓是世界上～的珍奇動物。

【絕響】juéxiǎng〔名〕〈書〉本指失傳的音樂,後泛指失傳的技藝等:那位小提琴家的演奏已成～|廟會上看到的那些表演有很多幾近～。

【絕續】juéxù〔動〕〈書〉斷絕與延續:存亡～之秋|事在國家安危～。

【絕學】juéxué〔名〕(門)❶失傳的或極難掌握的學問:有人把音韻學稱為～。❷成就獨到的學問:相面術,有人說是迷信,可也說是一門～。

【絕藝】juéyì〔名〕非同尋常的技藝;絕技:民間～|老魔術師的戲法兒已經是沒有人會玩的～了。

【絕育】juéyù〔動〕採取某種辦法使男子或女子失去生育能力。常用的方法是結紮男子的輸精管或女子的輸卵管:～手術。

【絕域】juéyù〔名〕〈書〉極遠的地方,多指他國異域:～殊方|立功～。

【絕緣】juéyuán〔動〕❶跟外界或某一事物隔絕:七十歲以後,他就跟酒～了。❷隔絕電流,使不能通過:～材料。

【絕緣體】juéyuántǐ〔名〕極不容易傳熱或導電的物體,分為熱的絕緣體(如泥土、氣體、橡膠)和電的絕緣體(如陶瓷、雲母、橡皮)。

【絕早】juézǎo〔名〕清晨極早的時候:起了個～,趕了個晚集。

【絕招】juézhāo(～兒)〔名〕❶(手)特別的技藝;絕技:雜技演員都有一手～兒。❷絕妙的手段、計策:他想出了一個讓敵人自投羅網的～。以上也作絕着。

【絕症】juézhèng〔名〕不治之症；現代醫療無法治癒的病症：身患～。

【絕種】jué // zhǒng〔動〕某種生物因不能適應環境或其他原因而逐漸消亡滅絕：很多珍奇野生動物面臨～的危險｜恐龍早就絕了種了。

駃（駃）jué 見下。

【駃騠】juétí〔名〕❶公馬和母驢交配所生的雜種。也叫驢騾。❷〈書〉良馬。

腳（腳）jué 舊同“角”（jué）四①-③。另見 jiǎo（661頁）。

劂 jué 見“剞劂”（600頁）。

鴃（鴃）jué〈書〉伯勞。

【鴃舌】juéshé〔名〕伯勞鳥語，比喻難懂的語言：南蠻～之人｜～鳥音之地。

獗 jué 見“猖獗”（147頁）。

潏 Jué 潏水，水名。在湖北，發源於桐柏山，流入溳水。

潏 jué〈書〉水湧流的樣子：～波｜江水蕩～。

鳺（鳺）jué 見“鶗鳺”（1329頁）。

蕨 jué〔名〕多年生草本植物，用孢（bāo）子繁殖。嫩葉可吃，叫蕨菜，地下莖可製澱粉，叫蕨粉。全株入藥，有解熱、利尿等效用。

橛〈橜〉jué（～兒）〔名〕橛子：土牆上揳個小木～兒。

【橛子】juézi〔名〕❶（根）短木樁：木頭～｜地上有個～，可以拴牲口。❷〈口〉像橛子的東西：屎～。

噱 jué〈書〉大笑：可發一～｜談笑大～。另見 xué（1538頁）。

爵 jué ㊀古代用青銅製成的飲酒器，相當於後世的酒杯。圓腹，旁邊有把手，口上有小柱或無柱，下有三個尖高足。盛行於商朝和西周。
㊁❶爵位：封～｜公、侯、伯、子、男，凡五等～。❷（Jué）〔名〕姓。

語彙　拜爵　伯爵　公爵　官爵　侯爵　晉爵　男爵　勳爵　子爵　加官晉爵　賣官鬻爵

【爵祿】juélù〔名〕〈書〉爵位和俸祿：保其～。

【爵士】juéshì〔名〕歐洲君主國（如英國）最低的封號，不能世襲，不在貴族之列。

【爵士舞】juéshìwǔ〔名〕原為美國黑人的一種舞蹈，軀幹動作大而活潑，用爵士樂伴奏，現已演變成為一種舞台表演的藝術。[爵士，英

jazz]

【爵士樂】juéshìyuè〔名〕19世紀末產生於美國的一種流行音樂，起源於美國黑人的勞動歌曲，現流行於世界各地。

【爵位】juéwèi〔名〕君主國家貴族封號的等級：中國古代～有公、侯、伯、子、男五等。

蹶 jué ❶〈書〉跌倒；比喻遭受挫折或失敗：形勞而不休則～｜一～不振。❷（Jué）〔名〕姓。
另見 juě（730頁）。

譎（譎）jué〈書〉❶欺詐：其為人也，正而不～。❷怪異：～怪｜～詭。注意“譎”不讀 jú。

語彙　怪譎　詭譎　狡譎　奇譎　險譎

【譎詐】juézhà〔形〕〈書〉奸詐：為人～多謀。

矍 jué ❶〈書〉驚慌四顧的樣子：～然而起。❷（Jué）〔名〕姓。

【矍鑠】juéshuò〔形〕〈書〉形容老年人身體狀態好，精神飽滿：老先生年近八十，仍然精神～。

嚼 jué 義同“嚼（jiáo）”：咀～｜過屠門而大～。
另見 jiáo（660頁）；jiào（667頁）。

覺（覺）jué ❶感覺器官對刺激的感受和辨別能力：視～｜聽～｜觸～｜味～｜嗅～。❷〔動〕感覺出：感受到：蹲久了，一覺腿麻來了｜車開得飛快，不知不～到了。❸〈書〉睡醒：大夢始～。❹醒悟；覺悟：～醒｜～今是而昨非。❺（Jué）〔名〕姓。
另見 jiào（667頁）。

語彙　察覺　觸覺　錯覺　發覺　感覺　幻覺　警覺　視覺　聽覺　先覺　嗅覺　知覺　直覺　自覺　不知不覺

【覺察】juéchá〔動〕發覺；看出：他一走進會場，就～出氣氛有些緊張｜從臉色上可～到他今天有些不高興。

【覺得】juéde〔動〕❶產生某種感覺：雖然是盛夏，但在山洞裏一點也不～熱｜我今天起得太早，現在～有點疲乏。❷認為（語氣較輕，不十分肯定）：我～你還是去一下好｜大家都～這樣做不合適。

【覺悟】juéwù ❶〔動〕醒悟；由迷惑模糊變得明白清醒：這些不守交通規則的人總有一天會～過來｜他終於～到只有齊心協力才能把工作做好。❷〔名〕正確認識並實現某種理想的自覺性和奮鬥意志：政治～｜思想～｜提高～。

【覺醒】juéxǐng〔動〕醒悟；覺悟：從錯誤中～過來｜要對失足青少年進行教育，促使他們～。

鐍（鐍）jué 同“钁”。

鐍（鐍）jué〈書〉箱子上安鎖的紐：固局～

爝 jué〈書〉小火：～火（火把）不熄。

攫 jué 抓取；奪取：～為己有。

【攫取】juéqǔ〔動〕掠奪；強取：囤積居奇，～暴利｜侵略者妄圖通過戰爭～別國資源。

玃 jué〈書〉大獼猴。也泛指猿猴。

钁（钁）jué ❶〔名〕钁頭。❷〔動〕用钁頭刨地。

【钁頭】juétou〔名〕(把)(北方官話)一種刨土用的農具，跟鎬類似。

juě ㄐㄩㄝˇ

蹶 juě 見下。
另見 jué（729頁）。

【蹶子】juězi〔名〕馬、驢、騾等用後腿向後踢叫尥(liào)蹶子：那匹馬尥起～來踢傷了人。

juè ㄐㄩㄝˋ

倔 juè〔形〕性情耿直，言語粗率：～脾氣｜這老頭子真～。
另見 jué（727頁）。

【倔喪】juèsang〔形〕(北京話)語氣粗直：他一說話就是那麼個～勁兒。

【倔頭倔腦】juètóu-juènǎo〔成〕形容態度、言行生硬：你別看他總是～的，可心眼特別好。

jūn ㄐㄩㄣ

均 jūn ❶〔形〕均勻：勢～力敵｜貧富不～｜～分｜～攤。❷〔副〕〈書〉全；都：全家老小～安，請勿念｜今年各項任務～已完成。❸古同"韻"(yùn)：音～不恆，曲無定制。❹(Jūn)〔名〕姓。

語彙 不均 戶均 年均 平均 人均 日均 月均

【均等】jūnděng〔形〕平均；相等：機會～｜力量～。

【均分】jūnfēn〔動〕平均分配：所得收益雙方～。

【均衡】jūnhéng〔形〕均勻平衡：水資源分佈不～｜孩子的各門功課要～發展。

【均價】jūnjià〔名〕平均價格：新樓每平米～10000元。

【均勢】jūnshì〔名〕彼此相等的勢力或力量均等的形勢：兩隊旗鼓相當，形成～｜保持兩國之間的～。

【均攤】jūntān〔動〕平均分擔：清潔衛生費按戶～。

【均勻】jūnyún〔形〕各部分數量或時間間隔相等：種子撒得很～｜不久她發出了～的呼吸聲｜今年的雨水分佈很不～。

【均沾】jūnzhān〔動〕利益平均分享；同樣得到：利益～。

君 jūn ❶君主：～臣｜封建時代要求臣子忠～愛國。❷對人的尊稱：張～｜諸～。❸(Jūn)〔名〕姓。

語彙 暴君 帝君 夫君 國君 昏君 郎君 明君

【君權】jūnquán〔名〕君主的權力。

【君王】jūnwáng〔名〕君主；帝王。

【君主】jūnzhǔ〔名〕古代國家的最高統治者；現代某些國家的元首：～立憲｜～國家。

【君子】jūnzǐ〔名〕(位) ❶古代指地位高的人。❷指品德高尚的人（跟"小人"相對）：正人～｜坦蕩蕩，小人常戚戚。

【君子蘭】jūnzǐlán〔名〕(棵，株)多年生草本植物，葉子長寬帶形，傘形花序，花漏斗形，紅黃色。

【君子協定】jūnzǐ xiédìng ❶國際間不經書面共同簽字而以口頭或交換函件形式訂立的協定。❷借指相互信任的口頭承諾。

軍（军）jūn ❶〔名〕軍隊：陸～｜參～｜我～｜裁～｜擴～｜擁～優屬。❷〔名〕泛指有組織的集體：勞動大～｜娘子～。❸〔名〕軍隊編制單位，在師或旅之上：這次戰鬥消滅了敵人兩個～。❹與軍事或軍隊有關的：～費｜～籍｜～紀｜～旗｜～屬｜～樂｜～醫。❺(Jūn)〔名〕姓。

語彙 白軍 裁軍 參軍 充軍 從軍 敵軍 殿軍 督軍 冠軍 海軍 季軍 將軍 進軍 禁軍 犒軍 空軍 擴軍 勞軍 聯軍 領軍 陸軍 叛軍 全軍 榮軍 三軍 守軍 水軍 隨軍 偽軍 行軍 亞軍 友軍 援軍 火頭軍 集團軍 近衛軍 娘子軍 生力軍 同盟軍 童子軍 義勇軍 志願軍 主力軍 潰不成軍

【軍備】jūnbèi〔名〕軍事上的編制、設施和裝備：～競賽｜擴充～｜削減～。

【軍車】jūnchē〔名〕(輛，列)軍用機動車輛。

【軍刀】jūndāo〔名〕❶軍人用的長刀。❷可隨身攜帶，主要用於野戰露營及兵器保養維修的多功能軍用小刀，也用於旅行、運動、日常生活：瑞士～。

【軍地】jūndì〔名〕軍隊、地方的合稱：～共建｜培養～兩用人才。

【軍隊】jūnduì〔名〕(支)正規武裝組織，是國家政權的重要部分：人民的～｜～建設。

【軍閥】jūnfá〔名〕舊時擁有武裝，把持政權，自成派系並割據一方的人：北洋～｜～混戰｜～割據。

【軍法】jūnfǎ〔名〕軍隊中的刑法；專對軍人治罪的法律：～從事｜以～論處。

【軍費】jūnfèi〔名〕國家用於軍事方面的經費：～開支｜縮減～。

【軍風】jūnfēng〔名〕軍隊的作風：整頓～｜良好～。

【軍港】jūngǎng〔名〕(座)專門用於停靠軍用艦船並設有各種防禦措施的港口。

【軍歌】jūngē〔名〕(支，首，曲)❶代表一國或一支軍隊的歌曲。《中國人民解放軍進行曲》是中國軍隊的軍歌。❷軍旅歌曲；為軍人創作的歌曲：為現代士兵創作新～｜影視～。

【軍工】jūngōng〔名〕❶軍事工業：～生產｜～產品。❷軍事工程，指用於軍事目的的各種工程建築和工程設施：～防護｜新式武器挑戰現代～。

【軍功】jūngōng〔名〕戰功：～章｜榮立～｜赫赫～。

【軍官】jūnguān〔名〕(位，名)被授予尉官以上軍銜的軍人：～學校｜高級～。

【軍管】jūnguǎn〔動〕軍事管制的簡縮：實行～。

【軍棍】jūngùn〔名〕舊軍隊中對軍人進行體罰的刑具。

【軍國主義】jūnguó zhǔyì 使國家的政治、經濟、文化都為侵略和戰爭服務的思想和政策。在國內，把國家置於軍事控制之下，實行法西斯獨裁統治，強迫人民接受軍事訓練，向人民灌輸侵略思想；在國外，進行掠奪、干涉、顛覆，以至公開發動戰爭。

【軍號】jūnhào〔名〕用來傳達號令、發警報的軍用喇叭：吹響了總攻的～｜～嘹亮。

【軍徽】jūnhuī〔名〕(枚)軍隊的標誌。中國人民解放軍的軍徽是紅五角星鑲金黃色邊，當中嵌金黃色的“八一”兩字。

【軍婚】jūnhūn〔名〕中國指夫妻一方為現役軍人的婚姻。

【軍火】jūnhuǒ〔名〕軍用武器和彈藥的總稱：～庫｜～商｜販賣～｜走私～。

【軍機】jūnjī〔名〕❶有關軍事行動的策略方針等：～大臣｜貽誤～。❷軍事機密：洩露～。

【軍機處】jūnjīchù〔名〕清朝輔佐皇帝處理軍政機要事宜的機構，置高級官員軍機大臣。

【軍籍】jūnjí〔名〕❶登記軍人姓名的簿冊：名列～。❷軍人的身份、資格：開除～｜取消～｜保留～。

【軍紀】jūnjì〔名〕軍隊的紀律：～嚴明｜渙散｜遵守～。

【軍艦】jūnjiàn〔名〕(艘，隻，條)有武器裝備，在海上執行作戰任務的大型軍用船隻。主要有戰列艦、巡洋艦、驅逐艦、航空母艦、潛艇、魚雷艇等。也叫兵艦。

【軍階】jūnjiē〔名〕軍銜的等級。

【軍界】jūnjiè〔名〕軍事領域；軍事部門：～要人｜他父親在～服務多年。

【軍墾】jūnkěn〔動〕軍隊從事開荒種田等農業生產活動：～農場。

【軍禮】jūnlǐ〔名〕軍人的禮節，有注目、立正、舉手、舉槍、鳴炮等形式。

【軍糧】jūnliáng〔名〕供應軍隊食用的糧食：運輸～刻不容緩。

【軍列】jūnliè〔名〕(輛)軍用列車的簡稱。

【軍齡】jūnlíng〔名〕軍人在軍中已服役的年數：這位退役軍人已有幾十年的～。

【軍令】jūnlìng〔名〕(道)軍事命令：執行～｜～不可違｜～如山(軍事命令像山一樣不可動搖，必須堅決執行)。

【軍令狀】jūnlìngzhuàng〔名〕❶戲曲和舊小說中所說的在領受軍令時的保證文書，表示如有違反，願受軍法處置：立下了～。❷借指接受任務時向上級做出的堅決完成任務的保證。

【軍旅】jūnlǚ〔名〕〈書〉軍隊：～生涯｜～歌曲。

【軍綠】jūnlǜ〔形〕像軍裝那樣的草綠色：～挎包｜～布料。

【軍民】jūnmín〔名〕軍隊和人民：～關係｜～魚水情｜～聯防｜～共建｜～團結如一人。

【軍品】jūnpǐn〔名〕軍用產品(區別於“民品”)。

【軍棋】jūnqí〔名〕(盤)一種棋類遊戲。有陸軍棋和陸海空軍棋兩種。棋子按軍職和軍械定名。兩人對下，另一人做裁判，以奪得對方軍旗者為勝。

【軍旗】jūnqí〔名〕(面)軍隊的旗幟。中國人民解放軍軍旗為紅地，上綴金黃色五角星和“八一”兩字。

【軍情】jūnqíng〔名〕軍事情況：刺探～｜～緊急｜商討～。

【軍區】jūnqū〔名〕根據戰略需要劃分的軍事區域。所設領導機構統一領導該區域內軍隊的作戰、訓練、政治、後勤以及衛戍、兵役等工作：北京～｜廣州～｜～司令。

【軍權】jūnquán〔名〕指揮、調遣軍隊的權力：掌握～。

【軍犬】jūnquǎn〔名〕(條，隻)軍隊用的警犬，經過訓練，能擔任巡邏、守衛、偵察、通信等工作。

【軍人】jūnrén〔名〕(位，名)有軍籍的人，一般指服現役的軍官和士兵。中國人民解放軍軍人還包括服現役的文職幹部和軍隊院校的學員：～家屬｜革命～｜現役～。

【軍容】jūnróng〔名〕軍隊和軍人的紀律、儀表等：整飭～｜～代表軍人的精神狀態。

【軍嫂】jūnsǎo〔名〕(位，名)對軍人妻子的一種尊稱：～的風采｜全國百名優秀～表彰大會。注意“軍嫂”並不用於面稱。當面只能根據具體情況稱呼“嫂子”等。

【軍師】jūnshī〔名〕(位，名)❶古代官名，掌監察軍務。東漢、三國、晉均設。❷舊小說、戲曲中稱在軍中為主帥謀劃的人：以足智多謀的人為～。❸比喻慣於出謀劃策的人：你上場，我當～│這盤棋你來下，我當你的～。

【軍士】jūnshì〔名〕軍銜，高於兵，低於士官。軍士有三級：上士、中士、下士。

【軍事】jūnshì〔名〕軍隊中的事務或與戰爭、軍隊有關的事情：～管制│～訓練│～院校│～科學。

【軍事法庭】jūnshì fǎtíng 軍隊中的法庭；由軍事部門組織的審判案件的法庭。

【軍事基地】jūnshì jīdì 為軍事上的需要而駐紮軍隊並儲備軍用物資的地區。

【軍售】jūnshòu〔動〕出售軍火：對外～│限制～。

【軍屬】jūnshǔ〔名〕現役軍人的家屬：優待～。

【軍團】jūntuán〔名〕中國紅軍時期相當於集團軍的編制單位。某些國家的軍團相當於中國的軍的編制：炮兵～│～病。

【軍威】jūnwēi〔名〕軍隊的聲威：～大振│揚我～。

【軍務】jūnwù〔名〕軍隊的事務；軍事任務：～繁忙│～倥傯│～在身，不敢停留。

【軍銜】jūnxián〔名〕區別軍人等級的稱號。中國人民解放軍現行軍官軍銜設將官、校官、尉官三等共十級；士兵軍銜設士官、軍士、兵三等共九級。中國20世紀五六十年代實行的軍銜制曾設元帥銜。

【軍餉】jūnxiǎng〔名〕軍人的生活費用所得：發放～│籌措～│剋扣～。

【軍校】jūnxiào〔名〕(所)專門培養軍官和士官的學校；軍隊高等院校：黃埔～│～畢業│報考～。

【軍械】jūnxiè〔名〕軍用器械，槍炮、彈藥及其備件、附件的統稱：～庫│～精良。

【軍心】jūnxīn〔名〕軍隊的心態和戰鬥意志：動搖～│～大振│～渙散。

【軍需】jūnxū〔名〕❶軍隊所需的裝備、物資、給養、被服等：～用品│保障～供應。❷舊時軍隊中辦理軍需業務的人員。也叫軍需官。

【軍訓】jūnxùn〔動〕❶部隊的軍事訓練。❷指對學生等進行的短期軍事化訓練：對大學生進行～。

【軍演】jūnyǎn〔動〕軍事演習：～部隊│反恐～│海陸空聯合～。

【軍醫】jūnyī〔名〕(位，名)軍隊中有軍籍的醫生。

【軍營】jūnyíng〔名〕(座)軍隊居住的營房。也叫兵營。

【軍用】jūnyòng〔形〕屬性詞。供軍事上使用的(區別於"民用")：～車輛│～地圖│～飛機│～列車│～物資。

【軍郵】jūnyóu〔名〕軍隊內部的郵政。

【軍援】jūnyuán ❶〔動〕對別國進行軍事援助：對外～│啟動～應急機制。❷〔名〕對別國提供的軍事援助：大批～運往盟國前綫。

【軍樂】jūnyuè〔名〕用管樂器和打擊樂器演奏的音樂，常用於軍隊，故稱：～團│～隊│雄壯的～聲。

【軍政】jūnzhèng〔名〕❶軍事和政治：搞好～大事。❷軍事上的行政工作：～幹部。❸軍隊和政府：～當局│～首腦。

【軍職】jūnzhí〔名〕❶軍中的職務：擔任～│免去～。❷武職：～人員。

【軍種】jūnzhǒng〔名〕軍隊的基本類別，一般分為陸軍、海軍、空軍三個軍種。每一軍種又包括若干兵種。

【軍裝】jūnzhuāng〔名〕(件，套)軍人穿的服裝。

莙
jūn 見下。

【莙薘菜】jūndácài〔名〕一年生或二年生草本植物，葉有長柄，花綠色。嫩葉可食用。

菌
jūn〔名〕低等生物的一大類，不開花，沒有莖、葉，不含葉綠素，不能自己製造養料，以寄生或腐生方式攝取營養。種類很多，如細菌、真菌等。特指能使人生病的病原細菌。另見jùn(733頁)。

語彙 病菌 黴菌 黏菌 細菌 真菌

【菌肥】jūnféi〔名〕用有益微生物製成的菌類肥料，可增強土壤生物活力，改善作物營養條件。也叫生物肥料。

【菌苗】jūnmiáo〔名〕用細菌培養成的能使機體產生免疫力的疫苗，如傷寒菌苗、霍亂菌苗等。

鈞
(钧) jūn ❶〔量〕古代的重量單位，合三十斤：雷霆萬～│一髮千～。❷〈書〉製陶器所用的轉輪：～陶│猶泥之在～。❸〈書〉〈敬〉用於與尊長或上級有關的事物或行為：～安│～命│～諭│～座。❹(Jūn)〔名〕姓。

語彙 秉鈞 陶鈞 雷霆萬鈞 一髮千鈞

筠
jūn 用於地名：～連(在四川宜賓以南)。另見yún(1682頁)。

皸
(皲) jūn 皸裂：～手龜足。

【皸裂】jūnliè〔動〕皮膚因寒冷或過分乾燥而開裂。也作龜裂。

皲
jūn 見於人名。另見yún(1682頁)。

麇
jūn〈書〉獐子：野有死～(郊野有死的獐子)。另見qún(1120頁)。

龜
(龟) jūn 見下。另見guī(489頁)；qiū(1103頁)。

【龜裂】jūnliè ❶同"皸裂"。❷〔動〕土地等因久旱而裂開很多縫；出現裂紋：～的土地｜久旱不雨，田地～。**注意**這裏的"龜"不讀 guī。

鯤（鯤）jūn〔名〕魚名，生活在海中，體長而側扁，口大而斜，尾鰭呈圓形。

jùn ㄐㄩㄣ

俊〈❷儁❷雋〉jùn ❶〔形〕容貌秀美：～秀｜姑娘真～｜小夥子長得挺～的。❷才智過人的人：英～｜才～｜～傑。❸(Jùn)〔名〕姓。

【俊才】jùncái〔名〕傑出的人才：音樂～｜商界～。

【俊傑】jùnjié〔名〕知識才能出眾的人；豪傑：識時務者為～。

【俊美】jùnměi〔形〕秀美：相貌～。

【俊俏】jùnqiào〔形〕〈口〉(相貌)漂亮可愛：～的姑娘｜小夥子真～。

【俊秀】jùnxiù ❶〔形〕相貌美麗清秀：容貌～｜風姿～。❷〔名〕〈書〉才智傑出的人：延攬～。

【俊逸】jùnyì〔形〕俊美瀟灑，不同凡響：才思～｜風韻～。

捃jùn〈書〉拾取：～摭(採取、採集)。

峻jùn ❶高而陡：～壁｜崇山～嶺。❷嚴厲；苛刻：嚴刑～法。❸(Jùn)〔名〕姓。

語彙 陡峻 高峻 冷峻 清峻 險峻 嚴峻

【峻拔】jùnbá〔形〕❶高而陡；高而挺拔：山勢～｜～挺立的千年古松。❷形容文章、書畫筆法挺拔有力：文筆～。

【峻峭】jùnqiào〔形〕形容山高而陡：華山～難登｜海灣多姿，山谷～。

浚〈濬〉jùn ❶疏通水道；挖深：開～｜疏～｜～河｜～井。❷(Jùn)〔名〕姓。

另見 Xùn(1546頁)。

郡jùn ❶古代行政區劃，秦以前郡比縣小，秦漢以後，郡比縣大：秦分天下為三十六～｜～縣制。❷(Jùn)〔名〕姓。

珺jùn〈書〉一種美玉。

晙jùn〈書〉光明；明亮。

焌jùn〈書〉點火；燒。
另見 qū(1107頁)。

琄jùn〈書〉赤色的玉。

菌jùn ❶即"蕈"(xùn)。❷(Jùn)〔名〕姓。
另見 jūn(732頁)。

【菌子】jùnzi〔名〕(西南官話)蕈(xùn)。

畯jùn古代管農事的官：田～。

腒jùn〈書〉❶隆起的肌肉。❷腹部積聚的脂肪。

竣jùn完畢：～工｜～事｜告～｜完～。

【竣工】jùngōng〔動〕工程完結(跟"開工"相對)：大樓提前～｜體育場館全部～｜工地舉行了～典禮。

葰jùn〈書〉大。

雋（隽）jùn〈書〉同"俊"②。
另見 juàn(725頁)。

餕（馂）jùn〈書〉吃剩下的食物：分其～。

寯jùn〈書〉同"俊"②。

駿（骏）jùn ❶良馬：神～｜八～圖｜昭陵六～。❷(Jùn)〔名〕姓。

【駿馬】jùnmǎ〔名〕(匹)跑得快的馬；良馬：～奔馳｜手持鋼槍跨～。

J

K

kā ㄎㄚ

咔 kā〔擬聲〕形容破裂、撞擊等聲音：竹篙～地從中間折斷｜～的一聲，把槍栓卸下來了。
　　另見 kǎ（735 頁）。

【咔吧】kābā〔擬聲〕形容斷裂、撞擊等聲音：棍子～一聲斷了｜兩手骨節捏得～～響。也作喀吧。

【咔嚓】kāchā〔擬聲〕形容折斷、砍斷或破裂等聲音：那樹枝～一聲斷了｜他揮舞柴刀，～～地只顧砍。也作喀嚓。

【咔噠】kādā〔擬聲〕形容輕微擊擊的聲音：～一聲，他按照相機的快門。也作咔嗒、喀嗒。

咖 kā 見下。
　　另見 gā（413 頁）。

【咖啡】kāfēi〔名〕❶（棵，株）常綠小喬木或灌木，結深紅色漿果。種子炒熟後碾成粉末，可製飲料，有使人興奮和健胃作用。❷用咖啡種子製成的粉末或塊狀物。❸用咖啡粉末或塊狀物製成的飲料：～廳｜來一杯～。[英 coffee]

【咖啡色】kāfēisè〔名〕像咖啡粉末那樣的顏色；深棕色：他穿一條～褲子。

【咖啡因】kāfēiyīn〔名〕有機化合物，白色晶體，有苦味，多含在咖啡、可可和茶葉中，有興奮神經的作用。醫藥上用作強心劑和興奮劑等。也叫咖啡鹼、咖啡素、茶素。[英 caffeine]

喀 kā〔擬聲〕❶形容嘔吐、咳嗽等聲音。❷形容破裂或撞擊的聲音。

【喀吧】kābā 同"咔吧"。

【喀嚓】kāchā 同"咔嚓"。

【喀嗒】kādā 同"咔噠"。

【喀秋莎】kāqiūshā〔名〕第二次世界大戰時蘇聯使用的一種成排發射的火箭炮，威力猛。戰士們以姑娘常用名"卡佳"的愛稱"喀秋莎"稱呼它，故稱。[俄 Катюша]

【喀斯特】kāsītè〔名〕石灰岩等可溶性岩石受地表水或地下水的溶蝕而形成的岩溶，可形成有洞穴也有峭壁等地貌。中國桂林山水、雲南石林等自然奇觀，即屬喀斯特現象。喀斯特原為亞得里亞海一高地名稱，此地多岩溶地貌，後用來指岩溶。[英 Karst]

搉 kā〔動〕〈口〉用刀子等片狀物刮：把皮上的細毛～掉。

kǎ ㄎㄚˇ

卡 kǎ ❶〔量〕卡路里的簡稱。❷〔名〕（張）卡片；硬質片狀物，用作出入、交通、交易等的憑證：進門要驗～｜綠～｜信用～。[英 card] ❸ 錄音機或單放機上面放置盒式磁帶的倉式裝置：錄放機有雙～的，也有單～的。[英 cassette] ❹ 卡車：十輪大～。[英 car]
　　另見 qiǎ（1062 頁）。

【卡賓槍】kǎbīnqiāng〔名〕（支）一種騎兵使用的短柄槍，能自動退殼並連續射擊。[卡賓，英 carbine]

【卡車】kǎchē〔名〕（輛）用於載重的汽車。[卡，英 car]

【卡尺】kǎchǐ〔名〕遊標卡尺的簡稱，是測量工件、零件內外直徑、厚度等的量具，尺上有小零件可活動指示數字。

【卡丁車】kǎdīngchē〔名〕（輛）一種四輪單座位小汽車，無車體外殼，易於駕駛。有娛樂型、競賽型兩種。卡丁車比賽 20 世紀 50 年代興起於美國，是賽車運動中最初級的一種。[卡丁，英 karting]

> **卡、卡賓和卡丁**
> 卡、卡賓、卡丁分別是英語 car、carbine、karting 的音譯，而車、槍是漢語的類名，一半音一半義，二者合在一起，成為一個新的結合體，這是漢語吸收外來詞的一種方法。類似的例子不少，如咔嘰布、坦克車等。

【卡介苗】kǎjièmiáo〔名〕一種可預防結核病的疫苗，也可防治麻風病。法國細菌學家卡爾梅特（Albert Calmette）和介林（Camille Guérin）最先培育而成，故稱。

【卡拉 OK】kǎlā-OK〔名〕一種音像設備，可供人在該裝置播放的音像伴同下演唱，也可供人欣賞。故也指這種娛樂形式。20 世紀 70 年代中期由日本人發明，日語是"無人樂隊"的意思。[卡拉，日 から；OK，英 orchestra]

【卡路里】kǎlùlǐ〔量〕熱量單位，1 克水溫度升高 1℃所需要的熱量。簡稱卡。[法 calorie]

【卡片】kǎpiàn〔名〕（張）用來摘錄資料或記載各種事項，以便於排比、歸類、查考的硬紙片：做～（把有關事項記在卡片上）｜～櫃｜～錄。[卡，英 card]

【卡特爾】kǎtè'ěr〔名〕資本主義壟斷組織的形式之一，生產同類商品的企業，通過在商品價格、產量和銷售方面的協定而形成聯盟，參加者在生產、商業、法律等方面仍保持其獨立性。[法 cartel]

【卡通】kǎtōng〔名〕❶動畫片。❷漫畫。[英 cartoon]

佧 kǎ 見下。

【佧佤族】Kǎwǎzú〔名〕佤族的舊稱。

咔 kǎ 見下。
另見 kā（734頁）。

【咔嘰】kǎjī〔名〕（匹、幅）一種棉織品。經緯紗密度大，布面有明顯斜紋。也譯作卡其。[英 khaki]

【咔唑】kǎzuò〔名〕有機化合物，化學式(C₆H₄)₂NH。無色晶體，易於升華，難溶於水及其他溶劑，供製合成染料及塑料等用。[英 carbazole]

咯 kǎ〔動〕用力把堵在咽頭或氣管裏的東西咳出來：～痰｜～血｜瓜子皮貼在喉嚨裏～不出來了。
另見 gē（436頁）；lo（864頁）；luò（885頁）。

【咯血】kǎ//xiě〔動〕由於胸外傷或患肺結核、肺炎、肺癌等疾病，喉部或呼吸道出血並經口腔排出：～不止｜咯了幾口血。

胩 kǎ〔名〕異腈的舊稱。[英 carbylamine]

kāi ㄎㄞ

揩 kāi〔動〕擦拭；抹：～桌子｜～～汗｜～乾淨身上的血跡｜把鼻涕一一～。

【揩油】kāi//yóu〔動〕❶ 比喻從公家或別人那裏佔公家或別人的便宜（piányi）：不能揩公家的油｜冒名頂替，從中～。❷（吳語）佔便宜；也比喻男性對女性輕佻地動手動腳。

開（开）kāi ❶〔動〕把關閉着的東西打開：～了門｜一直沒～過窗戶｜抽屜～不開了，你幫我～～看｜一把鑰匙～一把鎖（比喻用不同方式解決不同的問題）。注意“開開”可以是動詞重疊使用，中間能插進“一”，如“這把鎖你開一開看”；也可以是動補結構，如“他把鎖開開了”。❷〔動〕打通；開闢：路～通了｜窗口～在南牆上｜一共～了兩千畝梯田｜在村東～一條水渠。❸〔動〕（合攏的東西）舒張；（連接的東西）分離：花～花謝｜衣服～了綫｜信封剛粘好，又一～口兒了。❹〔動〕（凍結的河流、土地）融化：～凍｜七九河～，八九雁來（七九、八九，指二月底、三月初的時候）｜現在正是嚴冬，土地一時還～不了凍。❺〔動〕解除（封鎖、禁令、限制等）：～戒｜～禁｜咱們也該一一～了。❻〔動〕開除；革除：老闆把他～了。❼〔動〕發動（機件）或使（車、船、飛機等）運行：～炮｜～電視｜～汽車｜～輪船｜～飛機｜把機器～起來。❽〔動〕（隊伍）開拔：～來了一個民兵師｜部隊已經～走了。❾〔動〕開辦；建立：～了一個鋸木廠｜珠寶店～在鬧市區。❿〔動〕開設；設置：～了兩門專業課｜請老教授～講座｜到銀行～個戶頭。⓫〔動〕開始：～學｜～業｜

這個先例不能～。⓬〔動〕舉行（會議等）：先～個預備會｜運動會～得很成功。⓭〔動〕寫出（單據、清單、信件等）：～收據｜～藥方｜～假條｜～介紹信。⓮〔動〕發付（工資、車費等）：～工資｜～車錢。⓯〔動〕（液體）受熱而沸騰：水燒～了｜哪壺不～提哪壺（比喻故意難為人）。⓰〔動〕（飯菜等）擺出來（供人吃）：～飯｜宴會打算～幾桌。⓱〔動〕〈口〉大吃；敞開吃：一頓～了三碗飯｜他把包子全～了。⓲〔動〕按某種比例分配或評價（兩個比數之和必須等於十）：每年盈利按三七～分紅｜給他的評價是四六～（四分錯誤，六分成績）。⓳（Kāi）〔名〕姓。

㊁(//kāi)〔動〕趨向動詞。❶ 用在動詞後做補語，表示離開或分開：請站～一些｜請勿隨便走～｜這鎖怎麼打不～？❷ 用在動詞後做補語，表示展開或擴大：邁不～步子｜很快就打了局面｜消息一下就傳～了。❸ 用在動詞後做補語，比喻開闊或清楚：你要想～些才是｜我乾脆把事情說～了吧。❹ 用在動詞後做補語，表示開始並繼續下去：相聲演員一上場，大家就笑～了｜凍得他哆嗦～了｜一進教室，我心裏便打～了鼓。❺ 用在動詞後做補語，表示能容納得下，而且不太擁擠：大會議室裏，50個人也坐～了｜把展品全部擺～，不必堆着放。

㊂〔量〕❶ 印刷上表示整張紙的若干分之一：這是一份4～的小報。❷ 黃金成色的單位（純金的標準為24 開）：這表殼兒是18～金的。[英 karat] ❸ 開爾文的簡稱。1開是水的三相熱力學溫度的 1/273.16。

辨析　得（不）開、得（不）下　“得（不）開”或“得（不）下”用在動詞後，都可以表示能（不能）容納一定數量的人或事物。“得下”表示剛夠能容納，沒有甚麼空隙；“得開”則表示通常能容納，並不顯得擁擠。如“這車坐得開五個人”“擠一擠，六個人也坐得下”。

語彙　敞開　打開　對開　分開　公開　離開　盛開　展開　召開　茅塞頓開　情竇初開　喜笑顏開　笑逐顏開　異想天開

【開拔】kāibá〔動〕（隊伍）離開駐地前往他處：明天拂曉，～｜～到哪兒去？

【開辦】kāibàn〔動〕建立；創辦（企業、事業等）：～學校｜～工廠｜計算機訓練班還沒有～。

【開本】kāiběn〔名〕印刷上指書刊幅面的大小，整張印刷紙的多少分之一即為多少開本：《人民畫報》是8～｜期刊以16～居多｜我喜歡大32～的書。

【開標】kāi//biāo〔動〕招標機構向所有投標人啟封公佈所有投標報價：他們心情不安地等着～｜～的日子未定。也說揭標。

【開播】kāibō ㊀〔動〕廣播電台、電視台開始播音或播放某一節目：新聞聯播每天定時～。㊁〔動〕開始播種。

【開採】kāicǎi〔動〕開發；採掘（礦物等）：～石油｜～天然氣｜～煤炭｜提高～的能力。

【開衩】kāi//chà〔動〕在衣裙下部邊緣開口兒：西裝上衣後面～｜你的裙子開不開衩？

【開衩兒】kāichàr〔名〕衣裙下部邊緣開的口兒（多見於女裝）：高～是新潮裙子的特點｜新做的旗袍都是大～。

【開場】kāichǎng〔動〕❶戲劇或其他文藝演出、體育活動等開始（跟"終場"相對）：剛到劇院就～了｜～戲（演出的第一齣戲，比喻某活動的開頭部分）｜～鑼鼓（戲曲開場前敲的鑼鼓聲，比喻某種活動前所做的準備工作）｜農民運動會明天就～了。❷會議或某種活動開始（跟"收場"相對）：事情一～就很順利｜競選活動已經～了。

【開場白】kāichǎngbái〔名〕❶（段）戲劇或某些文藝演出開始時引入正題的道白：簡短有力的～立刻調動起觀眾的注意。❷（段）比喻文章或講話開頭引入正題的一段話：文章的～寫得很吸引人｜他引用了一段新聞當作～。❸（篇）比喻書、報、雜誌的發刊或引言、緒論等：這家報紙創刊號上的第一篇文章的題目就叫～。

【開車】kāi//chē〔動〕❶駕駛車輛：嚴禁酒後～｜他已經學會～｜他開了好幾年的車。❷車輛開始運行；發車：時間到了，怎麼還不～呢？｜準時～。❸指工廠開動機器：一上班車間主任就叫他去～了。

【開誠佈公】kāichéng-bùgōng〔成〕《三國志·蜀書·諸葛亮傳》："諸葛亮心，佈公道。"表示對人待以誠心，告以正道。後用"開誠佈公"指誠懇待人，坦白無私：讓我們～地談一談。

【開誠相見】kāichéng-xiāngjiàn〔成〕對人敞開內心，誠懇相待：大家～，通力合作｜我們應當～，談談心裏話。

【開秤】kāi//chèng〔動〕用秤等計量器開始進行買賣：糧站～收購秋糧｜冬貯大白菜～了｜開了秤，買賣就不能停。

【開除】kāichú〔動〕將不合格的成員除名，使離開（原學校、機關、部隊、黨團組織等）：～學籍｜～公職｜～黨籍｜他被～了。

【開鋤】kāi//chú〔動〕一年中開始（用鋤）鬆土耕地；開始鋤地：立春一過就要～了｜一開了鋤，農活就多了。

【開船】kāi//chuán〔動〕❶駕駛船隻：你會～嗎？❷船隻開始航行：甚麼時候～？

【開創】kāichuàng〔動〕創建；開拓：～新事業｜～新風尚｜～一個新局面。

【開春】kāichūn ❶〔動〕（-//-）開始進入春天：～了｜開了春兒農村就要大忙了。❷〔名〕

春天開始的一段日子；初春：農民從～一直要忙到秋後｜我準備～到外地走一走。

【開打】kāidǎ〔動〕戲曲中武打或戰鬥場面開始：小丑跟老生就要～了。也叫起打。

【開襠褲】kāidāngkù〔名〕（條）嬰幼兒穿的敞開褲襠的褲子。

【開刀】kāi//dāo〔動〕❶進行手術治療：醫生給病人～｜你這病需要～｜已經開過兩次刀了。❷比喻先從某個人或某件事下手來解決問題：拿老張～｜就從這件事～。❸執行斬刑（多見於戲曲、小說）：～問斬。

【開導】kāidǎo〔動〕啟發勸導，使對方明白過來：耐心～｜他一時想不通，你去～～他好嗎？

【開倒車】kāi dàochē〔慣〕比喻行事違背社會、事物前進的方向，保守復舊：歷史上凡是～的行為都不得人心。

【開道】kāidào〔動〕❶在前引路，使行人向兩側閃開：鳴鑼～（封建官吏出行時，隊伍的前面有人敲鑼，警示行人讓路躲避；比喻為某事物的出現而創造條件）｜外國貴賓車隊前面都有警車～。❷讓開道路：喝令三山五嶽～，我來了！

【開道車】kāidàochē〔名〕（輛）用於引路並警示行人車輛讓路的警車。

【開弔】kāidiào〔動〕舊時喪家在死者入殮以後，出殯以前，接待親友來弔唁：～三天。

【開動】kāidòng〔動〕❶（-//-）（車輛）開始運行；（機器）開始運轉：汽車～了｜車間的車床全都生鏽，開不動了｜～腦筋（比喻打開思路）。❷（部隊）開拔前進：隊伍一大早就～了。

【開端】kāiduān〔名〕（事情的）開頭；發端（跟"結局"相對）：故事的～｜一個良好的～。

【開恩】kāi//ēn〔動〕給予寬恕；施給恩惠（舊時多用於請求，今多含戲謔意）：求老爺～，饒了他這一遭吧｜這件事不知道誰會不～｜請管家開個恩，多給點兒賞錢。

【開爾文】kāi'ěrwén〔量〕熱力學溫度單位，符號是 K。為紀念英國物理學家湯姆森（被封為開爾文男爵，William Thomson，Lord Kelvin，1824-1907）而定名。簡稱開。

【開發】kāifā〔動〕❶開採；發掘（資源等）：～礦山｜～石油｜把地下的礦藏～出來。❷開墾；發展：～荒山｜～邊疆。❸發現並利用（人才、技術等）：人才～中心｜～新技術。❹啟發；引導：～民智。❺開闢；發明（使發揮作用）：～新的旅遊點｜～新產品。

【開飯】kāi//fàn〔動〕把飯菜等擺出來（供人吃）；（公共食堂）開始供應飯菜：～時間到了｜快～了｜開幾桌飯？

【開方】kāi//fāng ㊀（～兒）〔動〕醫生為患者開出用藥的名稱、劑量等的單子：李大夫正在～

呢｜快去找醫生開個方兒。也說開方子。㊁〔動〕求解、運算一個數的方根：～術（求方根式解二次以上方程的方法）｜開平方（求二次方根）｜開立方（求三次方根）｜開四方方。

【開放】kāifàng ❶〔動〕（花）展開：曇花在夜裏～｜各種花卉相繼～。❷〔動〕解除封鎖、禁令、限制等：改革｜對外～｜～農貿市場。❸〔動〕（機場、港口等）允許出入；（道路）允許通行：機場關閉了三天，今天～了｜新建港口已向外輪～｜登山公路維修期間，暫不～。❹〔動〕（公共場所）接待遊人、讀者等：節日各公園一律免費～｜星期日圖書館照常～｜游泳池～了。❺〔形〕行為不拘束，性格開朗：為人很～｜性格～。

【開封】Kāifēng〔名〕中國歷史文化名城。位於河南東北部。後梁、後晉、後漢、後周、北宋、金朝都曾在這裏建都，北宋時稱作東京或汴京。城北的鐵塔（初建於北宋皇祐元年，八角十三層琉璃塔，因顏色似鐵，故稱）、龍亭（清雍正年間在宋、金故宮遺址上修建，又擴大為“萬壽宮”），城東南的禹王台，都是著名的古跡。

【開赴】kāifù〔動〕開拔前往（後面必帶表目的地的名詞賓語）：～前線｜～生產第一線｜勞動大軍已～建設工地。

【開工】kāi // gōng〔動〕❶（建築工程）開始修建（跟“竣工”相對）：提前～｜尚未～｜水庫工程如期～了。❷（工廠建成後）開始生產：這家飲料廠年初～｜機器都安裝好了，甚麼時候能～？❸開始進行生產性勞動（跟“收工”相對）：天不亮就～｜過完春節，很快就要～，恢復正常。❹（人員、設備等）全部投入生產活動（跟“停工”相對）：因為缺乏原料，經常～不足｜千方百計提高～率。

【開關】kāiguān㊀〔名〕❶電器設備上用來接通或截斷電路的裝置：閘刀｜拉綫。通稱電門。❷管道上用來控制液體氣體流量的裝置：油門～｜氣門～。㊁〔動〕關口、海關開通，讓人員貨物進出：這個口岸實行 24 小時～。

【開光】kāi // guāng〔動〕為新設置的神佛塑像，擇吉日舉行儀式，畫眼點睛（後多為除去蓋在頭部的紅綢），接受朝拜。

【開鍋】kāi // guō〔動〕❶〈口〉（液體）在鍋中沸騰：水～了｜怎麼煮了半天還沒有～？❷比喻吵鬧得很兒：他們突然吵～了。

【開國】kāiguó〔動〕建立國家（含莊重意）：～功臣｜～大典｜～以來，百業興旺。

【開航】kāiháng〔動〕❶（新航綫）開始運行：又一條新航綫正式～了｜兩地～｜爭取早日～。❷（剛解凍的河道）開始行船：松花江～了｜水上有冰，暫時還不能～。❸（船隻或飛機）開始航行：班機中午十二點～｜就要～了，快

上船吧！

【開合】kāihé〔動〕張開或合攏：門～自如。

【開河】kāihé㊀〔動〕冰封的河水因天暖而解凍：黃河～了｜～的時候快到了｜等開了河再去。㊁〔動〕開闢河道（供航行或灌溉）：～的工程很大｜計劃開一條河來引水。

【開後門】kāi hòumén〔慣〕比喻利用職權給關係戶以方便和利益：端正經營作風，杜絕～現象｜辦事要公正，後門不能開。

【開戶】kāi // hù〔動〕單位或個人在銀行開立賬戶以辦理信貸、儲蓄資金流轉等業務：～銀行（開立了賬戶的銀行）｜為方便這筆買賣，在銀行新開了一個戶。

【開花】kāi // huā（～兒）〔動〕❶（植物）花朵綻開：桃樹～了｜光～不結果（比喻有名無實或辦事無結果）。❷比喻像花朵那樣綻開：～兒饅頭｜棉襖袖口～兒｜摔下來準得腦袋～兒。❸比喻心裏高興或滿面笑容：口中不說，心裏可樂～兒｜只見她臉上樂開了花。❹比喻事業興起或經驗廣泛傳開：她的先進經驗在全國推廣，現在已經是遍地～了｜水利工程全面～。

【開化】kāihuà㊀〔動〕（人類）由蒙昧狀態進入有文化的狀態：中國是世界上～最早的文明古國之一。❷〔形〕文明；不封閉，不守舊：世界上個別地區至今還很不～。❸〔動〕開導，說服教育（使明白事理）：他一時想不通，你去～～他｜花崗岩的腦袋——死不～（頑固不接受開導）。㊁（北方官話）❶〔動〕開始解凍；逐漸融化：春天，江河～了｜拖拉機翻耕剛～的土地。❷〔動〕消化：老人吃硬麵饅頭～不了。❸〔形〕心情舒暢：他心裏頭一直不～。

【開懷】kāihuái㊀〔動〕敞開胸懷；比喻心情十分暢快，沒有任何掛礙：～痛飲｜～高歌｜老朋友重逢～暢敍離情別緒｜樂～｜笑～（笑得十分開心）。㊁（-/-）〔動〕〈口〉婦女生第一個孩子：她妹妹二十歲就～了｜結婚十年，她還沒開過懷呢。

【開荒】kāi // huāng〔動〕開墾荒地：組織農民～｜多～，多打糧｜今年能開多少荒？

【開會】kāi // huì〔動〕多人聚在一起，討論事情、聽取報告等：委員～做了決定｜開不～？｜開完會再說｜一天開了兩次會。

【開葷】kāi // hūn〔動〕❶（信奉宗教的人）解除戒律或吃齋期滿，開始吃葷：今天～，不再吃素了｜從明天起～。❷比喻第一次接觸某種生活享受：鄉下人進遊樂園，可真是～了。

【開火】kāi // huǒ（～兒）〔動〕❶用槍炮射擊對方；開始打仗（跟“停火”相對）：雙方～了｜前綫已經開了火。❷比喻對某人某事進行指責、批評或抨擊：幾個人你一言我一語，疾言

屬色地向他～。

【開伙】kāi // huǒ〔動〕❶ 辦理伙食：下個月起我們自己～。❷ 供應伙食：按時～｜春節期間食堂不～。

【開豁】kāihuò〔形〕❶ 寬闊；爽朗：周圍的環境十分～｜屋前顯得很～。❷（思想、胸懷）開朗、開闊；聽完老師的話，心裏更加～了。

【開機】kāi // jī〔動〕❶ 打開或開動機器：手機沒～｜通電後～生產。❷ 指開始拍攝（影視片）：影片將近日～。

【開架】kāijià〔動〕敞開書架或貨架，讓讀者或顧客自行選擇貨物或書籍：～售書｜～售貨。

【開價】kāijià〔動〕開出價錢；賣東西要價：這輛二手車～十萬｜～太高，賣不出去。

【開獎】kāijiǎng〔動〕通過一定的程序舉行抽獎活動，以確定中獎的號碼、等次或人員：有獎賀年片 3 月 2 日～。

【開講】kāijiǎng〔動〕開始講課或做報告：上課鈴一響，老師準時～。

【開交】kāijiāo〔動〕解決；收場（多用於否定式）：鬧得不可～｜整天忙得不可～。

【開戒】kāi // jiè〔動〕❶ 宗教徒、某些會黨成員解除戒律：寺規甚嚴，不准和尚～｜他已經開了戒。❷ 指一般人停止戒煙、戒酒等：戒了三年的煙，一旦～，未免可惜｜戒酒已經好幾年了，從來沒有開過戒。

【開禁】kāi // jìn〔動〕解除禁令：賭博絕不～。

【開局】kāijú ❶〔動〕比賽開始：這盤棋～五分鐘了。❷〔名〕比賽的開始階段：～中國隊打得很好，後來又逐漸敗了下來。

【開具】kāijù〔動〕按要求寫（證件、單據等）：購進的儀器都有供應商～的發票｜～貨單，派員採購。

【開卷】kāijuàn〔動〕❶ 打開書本讀：～有益｜～有得（讀書有心得）。❷（～兒）一種考試形式，答題時允許自由查閱資料（區別於"閉卷"）：考試可以～，也可以閉卷。

【開卷有益】kāijuàn-yǒuyì〔成〕打開書本讀就有好處，能受益：～也不能一概而論，得看你讀的是甚麼書。

【開掘】kāijué〔動〕❶ 挖掘；開鑿：～運河｜～新的油井。❷ 文藝創作中指對人物思想、社會生活等進行深入的探索：主題～得深深｜深入到群眾中去，～生活的寶藏。

【開課】kāi // kè〔動〕❶（學校）開始上課：下個星期一就～了。❷（高等學校的教師）承擔講授某課程；也指教學單位設置課程：給研究生～｜開專業基礎課｜同時開了三門課。

【開墾】kāikěn〔動〕把未耕地開發成可以種植的土地：～荒山｜一片不曾～的處女地。

【開口】kāi // kǒu ㊀〔動〕❶ 張開嘴說話或發聲：一～就罵人｜～就笑｜小組會上大家都說了

話，你為甚麼不～？❷ 提出某種請求：難以～｜不便貿然～｜實在開不了這個口。㊁〔動〕搶（qiǎng）、磨尚未使用的刀、剪等，使鋒利；開刃兒：這把刀還沒～呢。㊂〔動〕（～兒）指破裂：一雙鞋孩子沒穿幾天就～兒了。

【開口閉口】kāikǒu-bìkǒu 指每次開口說話：～都是你那個寶貝兒子｜～喊困難。

【開口子】kāi kǒuzi ❶ 堤岸被洪水沖破；河堤潰決：暴雨使河堤開了口子。❷〔慣〕（領導）違反常規或政策，為某事或某種行為放鬆限制、提供方便：誰也不許在這個問題上～｜凡是開了口子的，應主動檢查糾正。

【開快車】kāi kuàichē〔慣〕比喻加快學習或工作的進展：從現在起咱們得～，否則完不成任務。

【開礦】kāikuàng〔動〕開採礦物；開發礦產：下井～｜那裏要～了。

【開闊】kāikuò ❶〔形〕廣大寬闊：～的天空｜地帶｜這裏的江面～多了｜前額～，目光炯炯。❷〔形〕開朗博大：思想～，性格豪爽｜到了很多地方，眼界更加～了。❸〔動〕擴大；使開闊：～視野｜多方面及取知識，以～自己的眼界｜多找人談談，～～思想。

【開來】kāilai〔動〕趨向動詞。❶ 用在動詞後做趨向補語，表示離開或分開：把門打～｜原則問題和非原則問題要區別～處理。❷ 用在動詞後做趨向補語，表示展開或擴大：請大家分散～，自由活動｜嘹亮的歌聲在曠野中飄蕩～。❸ 用在動詞後做趨向補語，形容開闊或清楚：天漸漸地亮～｜那光似乎擴大～，籠罩着茫茫四野｜有問題敞～說。

> **辨析　開來、開**　"開來"和"開"都可做補語，但有不同：a)"開"的適用範圍比"開來"要大一些，如"打開門""揭開鍋"中的"開"不能換成"開來"。b)"動＋開"後仍可帶賓語，而"動＋開來"不能，如"打開門"，不說"打開來門"，而說"把門打開來"。

【開朗】kāilǎng〔形〕❶（空間）開闊而明朗：眼前豁然～，露出一片大草原｜早晨天空烏雲密佈，午後才逐漸～起來。❷〔形〕樂觀；爽朗：心胸～｜性格非常～｜她是個堅強而～的人。

【開犁】kāi // lí〔動〕❶（一年中）首次用耕地犁：該～了｜開了犁就得忙一陣。❷（耕地時）用犁先開出一道溝，以便順次犁過去：得學會～。也叫開墒（shāng）。

【開例】kāi // lì〔動〕第一次做尚無規定或違背規定的事情（讓別人以此為先例）：不能開這個例｜你一～，以後就難以控制了。

【開鐮】kāi // lián〔動〕（農作物成熟季節）開始用鐮刀收割（跟"掛鐮"相對）：～收割｜夏收即將～｜咱們村也開了鐮。

【開臉】kāi // liǎn〔動〕❶ 舊時習俗指女子臨出嫁時用綫絞淨面部寒毛，修齊鬢角，並改變髮式。❷雕塑工藝指悉心加工人物的臉部：佛像～得請老師傅動手。

【開列】kāiliè〔動〕逐項逐條地寫出來：將有關事項～如下│這是他～的清單。

【開溜】kāiliū〔動〕〈口〉偷偷地走開；溜走：會還沒開完，就有幾個人～了。

【開路】kāilù〔動〕❶在沒有道路的地方開闢出路來：逢山～，遇水搭橋。❷在前面引導：～先鋒（比喻帶頭前進的人）│儀仗隊在前頭～。

【開綠燈】kāi lùdēng〔慣〕比喻提供方便，准許做某事：為好書的出版～│絕對不允許給假冒產品～。

【開鑼】kāiluó〔動〕❶開演某些戲曲時，先打一通鑼鼓：晚上七點鐘～│準時～。❷比喻事情的開始：興辦小水電的事已經～了。

【開鑼戲】kāiluóxì〔名〕一次戲曲演出的第一個劇目。以前一次戲曲演出開始後，各個劇目連貫而下，鑼鼓聲音不斷。因從第一齣戲開動鑼鼓，故稱開鑼戲。京劇開鑼戲大都是情節簡單、內容象徵吉祥的文戲，如《百壽圖》《天官賜福》。

【開門】kāi // mén〔動〕❶把門打開（跟"關門"相對）：有人來了，快～去│開了一扇門。❷早晨起來，開始生活：～七件事，柴米油鹽醬醋茶。❸開始營業（跟"關門"相對）：商店八點鐘～│銀行開了門沒有？❹（單位）提供方便，讓進來：學校向工農子弟～。❺敞開門，比喻公開進行某事（跟"關門"相對）：～辦學。

【開門紅】kāiménhóng〔慣〕比喻在一年的開頭或在某項工作的開始就獲得顯著成績：人們期待着年終的捷報和新年的～│爭取來個～。

【開門見山】kāimén-jiànshān〔成〕打開門就看見山。比喻說話或寫文章直截了當，不轉彎抹角：他～地說明了來意│這篇文章～，一上來就揭露矛盾，點明主題。

【開門揖盜】kāimén-yīdào〔成〕打開大門，向強盜拱手行禮，請他進來。比喻引進壞人，造成禍害：面對侵略，只有賣國賊才做得出～的事。注意"揖"不讀 jī。

【開蒙】kāi // méng〔動〕脫離蒙昧狀態，指舊童開始學識字讀書，也指教兒童開始識字和學習：七歲～│他是我的～老師│年齡太小，開不了蒙。

【開明】kāimíng〔形〕開通明達：～士紳│～人士│政治～│他思想比較～。

【開幕】kāi // mù〔動〕❶演出開始時拉開舞台前面的幕布（跟"閉幕"相對）：戲已經～了。❷會議、展覽或比賽正式開始（跟"閉幕"相對）：～詞│～式│～典禮隆重│暫時還開不了幕。注意會期不超過一天或人數偏少的會，只能說"開始"，不能說"開幕"。如"下午的小組會開始了"，其中的"開始"不能換用

"開幕"。能用"開幕"的地方，可以用"開始"替換。如"全體大會開幕了"也可以說成"全體大會開始了"，意義基本相同。

【開幕式】kāimùshì〔名〕開幕時舉行的儀式。

【開拍】kāipāi ㊀〔動〕（電影、電視劇等）開始拍攝：這部大型電視連續劇將在廈門～。㊁〔動〕（乒乓球、羽毛球等）開始比賽：世界乒乓球錦標賽已經～。

【開盤】kāi // pán（～兒）〔動〕指證券、黃金等交易市場中每天開始營業時，第一次報告當天行情（跟"收盤"相對）：～價│～匯率│今天證券開的盤兒太低了。

【開炮】kāi // pào〔動〕❶發射炮彈：向敵軍猛烈～！❷比喻提出嚴厲的批評：我錯誤嚴重，請大家向我～│在會上對領導開了一炮。

【開闢】kāipì〔動〕❶開通通路；打開新局面：～了幾條航綫│～了歷史的新紀元│～新財源。❷開發：把這些荒地～成米糧川│這果園是我們親手～出來的。❸開天闢地的簡縮，借指宇宙開始：～之初。

【開篇】kāipiān〔名〕❶蘇州彈詞及某些地方戲曲演出前，先演唱的一段與要演出的節目無關的唱詞：彈詞～│滬劇～│越劇～。❷用蘇州彈詞曲調獨立演出的短篇唱詞：對口～│群唱～。❸借指著作開頭的篇章：～寫得很精彩。

【開瓢兒】kāi // piáor〔動〕（北京話）將匏瓜對半開成瓢狀，比喻砍開或擊破腦袋（多含戲謔意）：大哥動手這一打，還不把你開了瓢兒呀！

【開票】kāi // piào〔動〕❶寫某種憑證或單據：先～，後付錢，再取貨│開個票好不好。❷打開票箱，統計選舉結果：當眾～│由專人負責～。

【開屏】kāi // píng〔動〕（孔雀）張開、豎起尾部的全部扇狀羽毛：遊人趕來看孔雀～│開了屏的孔雀分外美麗。

【開啟】kāiqǐ〔動〕❶打開；啟動：～閘門。❷開創：～歷史新紀元。

【開腔】kāi // qiāng〔動〕〈口〉開口說話或發表意見：他老半天沒～│這回他先開了腔。

【開槍】kāi // qiāng〔動〕扣動槍的扳機，使子彈射出：～射擊│不准隨便～│開了兩槍。

【開竅】kāi // qiào（～兒）〔動〕❶開通心靈的孔道；比喻想通：經你這麼一說，我也～了。❷（兒童）智力開通：這孩子～很早。

【開球】kāiqiú〔動〕足球比賽開始時或進行中，由指定隊員在固定地點把球踢出去（有時候也請名人）；發球：現在由甲隊～│今天請足協主席～。

【開缺】kāi // quē〔動〕舊時官員去職或死亡而空出職位，等待選人充任：縣知事調走以後就開了缺，至今沒有派人補缺。

【開賽】kāisài〔動〕比賽正式開始：～才五分鐘，乙隊就強攻破門。

【開山】kāi∥shān〔動〕❶ 把山挖開或炸開：～築路｜～採石。❷ 在一定時期內允許人們入山採伐、放牧等（跟"封山"相對）：～期間，可以打獵｜開了山再去砍柴。❸ 佛教用語。指最初在某個名山開闢地基、建立寺院：這是當初～的遺址。

【開山祖師】kāishān zǔshī ❶ 佛教用語。佛教多選擇名山建寺院，開始創業者叫開山祖師，後來首創一宗派者也叫開山祖師。❷ 指首創某一事業或開創某一學派的人（多用於學術、技藝方面）：孔子是儒家的～。也叫開山祖。

【開哨】kāishào〔動〕指某些以哨聲為信號的體育比賽開始。也說鳴哨。

【開設】kāishè〔動〕❶ 開辦設立：～工廠｜～商店｜居民小區～了銀行。❷ 設置（課程等）：～專業課程｜～一門選修課｜～科普講座。

【開始】kāishǐ ❶〔動〕以時間、空間的某一點作為起始（跟"結束"相對）：新階段～了｜～了一個嶄新的起點｜從第九頁～。❷〔動〕着手進行（跟"結束"相對）：一切準備就緒，可以～了｜文娛晚會現在～｜這項工程，下個月～得了嗎？｜～討論實質性問題。❸〔名〕開頭的階段；開初：～的印象｜～是由我領唱｜這是一個好的～，要堅持下去。

【開市】kāi∥shì〔動〕❶（商店等休息、停業後）開始交易或營業：～大吉｜定在正月初八日～｜早就開了市。❷（商店每天營業後）第一次成交：今天到現在才～｜早晨一開門就開了市。

【開釋】kāishì〔動〕解除拘禁；釋放（被拘禁的人）：准予～｜～出獄｜～回鄉。

【開水】kāishuǐ〔名〕煮沸的水（跟"生水"相對）：燒～｜死豬不怕～燙（比喻不在乎，反正都一樣）。

【開司米】kāisīmǐ〔名〕❶ 原指克什米爾地區所產的山羊絨毛，泛指作為高級毛紡原料的山羊絨毛。❷ 用這種絨毛製成的毛綫或織品：～衫｜～圍巾｜他穿着一件～。[英 cashmere]

【開台】kāitái〔動〕戲曲等開始演出：～鑼鼓（為準備開台而敲擊鑼鼓以製造氣氛）｜戲怎麼還不～？

【開膛】kāi∥táng〔動〕剖開（家禽、家畜等的）胸腔和腹腔：～破肚｜雞開了膛，掏出來雞心、雞胗肝兒。

【開天窗】kāi tiānchuāng〔慣〕比喻報紙上留下了成塊空白（舊時報紙排版後，臨時被當局抽去部分內容所造成）：那時報紙～是常有的事｜社論的位置一片空白，又～了。

【開天闢地】kāitiān-pìdì〔成〕❶ 開創世界。古代神話說，起初天地混沌一氣，像一隻雞蛋，盤古氏生在裏面，開闢天地，經一萬八千年，才有人類世界。❷ 借指宇宙開始：這件事在我國還是～第一回。

【開庭】kāi∥tíng〔動〕審判人員在法庭上審理案件，對原告、被告等進行訊問和審問：法官宣佈～｜明天～審理這起離婚案件。

【開通】kāitōng〔動〕❶ 開掘；使通暢：～河道｜～山路｜航道已經～。❷ 使綫路暢通：這個區的電話已經～了｜大水沖壞的鐵路正加緊搶修，近日就可～。❸ 開導；使轉變：～風氣｜使民智～。

【開通】kāitong〔形〕❶ 開明；通達：思想～｜老人家經常外出，腦子十分～。❷ 做事大方：他很～，給慈善事業捐獻了不少錢。

【開頭】kāitóu ❶（-∥-）〔動〕（事情、行動、現象等）最初發生：事情一～就很順利｜會議剛～，還早着呢。❷（-∥-）〔動〕着手進行（某事的）起頭部分（跟"收尾"相對）：萬事～難｜請您先開個頭兒，讓大家跟着幹。❸〔名〕開始的階段或部分（跟"結尾"相對）：～兒他贏了，後來他又輸了｜文章的～和結尾很重要，一定要寫好。

【開脫】kāituō〔動〕解脫（罪名）；解除（對過失應負的責任）：想～他的罪責，這辦不到｜他為親人～責任｜不要再替他～了！

【開拓】kāituò〔動〕❶ 開闢；擴展：～海內外新的市場｜～我國科學發展的道路。❷ 使開闊：～眼界｜～讀者的心胸。❸（開採礦物前）開掘井筒，修建巷道或溝道等：～巷道。

［辨析］開拓、開闢 a）"開拓"一般是從小到大的擴展過程，如"農墾戰士在北大荒已開拓出萬頃良田"；"開闢"一般是從無到有的創建過程，如"開闢一條新航綫"。b）"開拓"的對象一般在範圍和意義上都比較大，而"開闢"則可大可小；如"開闢一塊試驗田"就不能說成"開拓一塊試驗田"。c）"開拓"用於比喻義時，對象多是學術領域或心胸、胸懷等，如"海闊天空，真可開拓人心胸"；"開闢"用於比喻義時，對象多是工作、事業等，如"三里灣這個村，工作開闢得早"。

【開外】kāiwài〔名〕方位詞。用在數詞或數量詞後，表示實際數量比這要大（多用於年齡或距離）：老者的年紀總有七十～了｜兩地相距六十里～｜大霧瀰漫，五步～，就甚麼也看不清了。注意 a）表示年齡，"開外"限於用在二十以上的成十的數後，如不說"十歲開外"或"三十五歲開外"。b）表示距離，"開外"限於用在成十的數後，如不說"七里開外"或"十五米開外"。

【開玩笑】kāi wánxiào ❶ 用言語或行動逗人以取樂：他最喜歡～｜倆人開了幾句玩笑。❷ 隨隨便便對待、處理；當作無關緊要的事：事關重大,可不能～│交通安全可不是～的事情。

【開胃】kāiwèi〔動〕❶ 使胃口舒張,借指使產生食欲:吃辣椒可以～│服點藥開開胃吧!❷ 取笑;戲弄:你別拿他～│這個人好拿人家～。注意"開胃" ②義做謂語要帶"拿……""借……"等介賓結構做狀語。

【開戲】kāi // xì〔動〕戲劇開始演出:劇場快要～了│禮堂開了戲沒有?

【開銷】kāixiāo ❶〔動〕支付(費用):錢帶少了,路上不夠│光伙食費每月就得～好幾百元。❷〔名〕(項,筆)支付的費用:這個月的～不算大│這筆～還沒有着落。❸〔動〕開除(人員):老闆把他～了。

【開小差】kāi xiǎochāi(～兒)❶ 士兵私自脫離軍隊逃跑:戰鬥中～,會受到嚴懲。❷〔慣〕比喻心思不集中,做某事時心裏卻想着別的事:剛才思想～,沒聽清您說的話。

【開小會】kāi xiǎohuì〔慣〕(上課、開會時)不專心聽講而互相小聲說話:講演平泛,會場中有人～│請自覺,不要～。注意 召開人數較少或時間較短的會議,也叫開小會,這個"開小會"是自由詞組,意義為構成成分的組合,同作為慣用語的"開小會"有所不同。

【開小灶】kāi xiǎozào〔慣〕小灶指集體伙食標準中最高的一級,後用"開小灶"比喻為少數人提供最好的待遇或條件:這個運動員反應靈敏,素質又好,值得給他～│他總是利用星期天,給學習成績差的學生～。

【開心】kāixīn ❶〔形〕心裏高興舒暢:孩子們玩得十分～│大夥兒一塊玩了一天,你～不～?❷〔動〕為了自己開心而逗弄別人;尋開心:別拿老人家～了。

【開學】kāi // xué〔動〕學期開始:～典禮│哪一天～?│等開了學再補考。

【開顏】kāiyán〔動〕臉上露出高興的表情:男女老少盡～│孫子長得又白又胖,奶奶笑～。

【開眼】kāi // yǎn〔動〕開闊眼界,增加見識:這次博覽會真叫人～│多組織些人來看,讓大家也開開眼│這一趟沒白跑,可開了眼了。

【開演】kāiyǎn〔動〕文娛節目開始演出(跟"停演"相對):雜技準時～│晚上七點三十分～。注意 電影開始放映叫開映,也叫開演,如"早場電影幾點鐘開演?"。

【開洋葷】kāi yánghūn〔慣〕比喻初到外國或初次接觸外來的事物;泛指第一次吃到、看到或接觸到某種稀罕物:我不想去開那個洋葷│甚麼時候開個洋葷,到國外旅遊一次?

【開夜車】kāi yèchē〔慣〕比喻為了趕任務,在夜間繼續學習或工作:我從來不～│平時要好好學習,不要臨考前～。

【開業】kāi // yè〔動〕❶ 商店、企業等開張營業(跟"停業"相對):新建的百貨大樓快～了│

商店前天就開了業。❷ 診所、事務所等對外營業(跟"停業"相對):允許私人醫師～│本律師事務所定於元月一日～。

【開源節流】kāiyuán-jiéliú〔成〕開闢水源,節制水流。比喻在財政經濟上增加收入,節約支出:經理向大家講明了～的措施│經濟情況好轉了,也要～。

【開運】kāiyùn〔動〕帶來好運氣;開創好新機遇:她到廟裏求了一個護身符,期盼～。

【開鑿】kāizáo〔動〕開闢挖掘:～一口新井│～隧道,讓火車通過崇山峻嶺。

【開齋】kāi // zhāi〔動〕❶ 吃素的人恢復肉食:他有三年不吃肉,最近～了。❷ 伊斯蘭教徒結束齋戒:～節│～捐(伊斯蘭教徒在開齋節前的一種自願施捨)。

【開齋節】Kāizhāi Jié〔名〕伊斯蘭教節日之一,教徒封齋期滿,慶祝齋功勝利。按伊斯蘭教規定,伊斯蘭教曆九月份為齋戒月,白天不進食,月末尋看新月,見月的次日即為開齋節;如未見月,則順延一天至三天。這天穆斯林須沐浴盛裝,去清真寺舉行會禮,並互致節日問候。中國新疆地區稱肉孜節。

【開展】kāizhǎn ❶〔動〕使某項工作從小到大、由淺入深地發展:～愛國主義教育│大力～文娛體育活動。注意 單音節的詞不能做"開展"的賓語。❷〔動〕某項工作從小向大、由淺入深地發展:勞動競賽已在全廠～。❸〔形〕開朗;開豁:他的思想太不～。

> 辨析 開展、展開 a)兩個詞雖然由相同的語素構成,但意義差異明顯。"展開"的意思是伸展、鋪開,如"展開翅膀","開展"的意思是使逐步發展,如"開展工作"。b)"開展"還有"開始展出"的意思,如"建設成就展覽會於昨日上午隆重開展","展開"無此用法。c)"開展"有形容詞用法,如"思想比較開展","展開"不能這樣用。d)"展開"可以擴展成"展得開""展不開","開展"不能擴展。

【開綻】kāizhàn〔動〕皮、布製品原來縫好的地方開裂開:這種鞋不會～。

【開戰】kāi // zhàn〔動〕❶ 交戰雙方開始作戰(跟"停戰"相對):邊境衝突導致雙方又～了│一旦開了戰,就不易停戰。❷ 比喻發起某種克服困難、制伏強大力量的行動:向封建觀念～│向貧困～。

【開張】kāizhāng〔動〕❶ 商店等設立或休整後開始營業(跟"關張"相對):百貨商場定於元旦～│正月初三一過,商店都陸續～了。❷ 商店每天營業後第一次成交:開門老半天了,還沒～呢。❸ 比喻開始從事某事業:重打鑼鼓另～。

【開賬】kāi // zhàng〔動〕❶ 開列賬目:請他快～來好報銷│開甚麼賬付甚麼錢。❷ 支付賬款

（多用於吃飯）：這一桌飯，小王～。

【開支】kāizhī ❶〔動〕付出（錢、款額）：這筆錢不能－｜按月～。❷〔名〕（項，筆）開支的費用：節約～｜壓縮～｜這筆～不小。❸〔動〕（北方官話）發工資，領工資：我們廠每月20號～｜～沒幾天，錢就花光了。

【開宗明義】kāizōng-míngyì〔成〕開宗：闡發宗旨；明義：說明含義。原為《孝經》第一章篇名，後用來指說話、寫文章一開頭就說明主旨：論文～，讓人一下子了解了寫作意圖和主要觀點。

【開罪】kāizuì〔動〕〈書〉言語行為冒犯而使人生恨：從不曾～於人。

鐦（锎）kāi〔名〕一種放射性金屬元素，符號 Cf，原子序數 98。

kǎi ㄎㄞ

劌（刽）kǎi ❶ 古指大鐮刀。❷〈書〉中肯：～切。

【劌切】kǎiqiè〔形〕〈書〉❶ 切中事理：～中理｜詳明。❷ 懇切：～教導｜～陳詞｜～之情，溢於言表。

凱（凯）kǎi ❶ 勝利；勝利之歌：～旋｜～歌｜奏～。❷（Kǎi）〔名〕姓。

【凱歌】kǎigē〔名〕（首，支）勝利的樂曲；借指勝利成功：高奏～｜完成抗洪任務，高唱～歸來。

【凱旋】kǎixuán〔動〕勝利歸來：～門｜大軍～｜歡迎～的健兒。注意 說“勝利歸來”可以，說“凱旋歸來”“勝利凱旋”就顯得重複了。

慨〈㊀嘅〉kǎi ㊀❶ 激憤：憤～｜慷～陳囊｜～允｜～諾。❷ 豪爽；大方：慷～解囊｜～允｜～諾。
㊁〈書〉感慨：～其歎矣｜～然久之。

【慨然】kǎirán〈書〉❶〔形〕感慨的樣子：～長歎｜能不～！❷〔副〕慷慨地；大方地：～相贈｜～允諾。

【慨歎】kǎitàn〔動〕〈書〉因有所感慨而歎息：不勝～｜良用～｜～無已｜～久之。

菾kǎi〔名〕有機化合物，化學式 C₁₀H₁₈。是菾（kǎn）的同分異構體，天然的菾尚未發現：～酮（菾的重要衍生物）。[英 carane]

塏（垲）kǎi〈書〉地勢高而乾燥：爽～。

楷kǎi ❶ 法式；典範：～模｜～範。❷ 楷書：正～｜大～｜寸～｜小～｜～體｜～法｜～隸相參。❸（Kǎi）〔名〕姓。
另見 jiē（670頁）。

【楷模】kǎimó〔名〕榜樣；模範：眾人學習的～｜光明廠是治理污水的～。

【楷書】kǎishū〔名〕漢字的一種字體，形體方正，橫平豎直，可做楷模，故稱。楷書由隸書演變而成，是介於隸書與行書之間的一種字體。進入南北朝，楷書就成了主要的字體。漢字進入楷書階段之後，字形還在繼續簡化，而字體就沒有多大變化了。也叫真書。

【楷體】kǎitǐ〔名〕❶ 楷書。❷ 印刷的漢字正體字。❸ 印刷的漢語拼音字母的正體字。

愷（恺）kǎi〈書〉快樂；和樂：～悌｜黎庶～以鼓舞（老百姓快樂而振奮）。

【愷悌】kǎitì〔形〕〈書〉和藹平易：君子～｜性～，多智思。

鍇（锴）kǎi〈書〉精鐵；好鐵。

闓（闿）kǎi〈書〉開；開啟：～門｜～導。

鎧（铠）kǎi 鎧甲：鐵～。

【鎧甲】kǎijiǎ〔名〕（副）古代戰士穿的護身服，用金屬片連綴而成：～生蟣蝨（蟣：蝨子的卵。形容戰士長期征戰的痛苦）。

kài ㄎㄞ

炌kài〈書〉明火。

欬kài〈書〉咳嗽：聲（qǐng）～（借指談笑）。
另見 ké“咳”（753頁）。

愒kài〈書〉曠廢：～日。

愾（忾）kài〈書〉憤怒；憤恨：敵～（對敵人憤恨）｜同仇敵～（大家一致痛恨敵人）。

kān ㄎㄢ

刊〈栞〉kān ❶〈書〉在石、木上刻字：封山～石｜～版流傳。❷ 排印出版：～行｜創～｜發～｜停～｜復～。❸ 刊登：～載｜～登。❹ 修訂；刪改：～正｜～謬補缺｜不～之論。❺ 刊物；報紙上的專欄；某些組合起來的出版物：報～｜季～｜月～｜週～｜雙月～｜副～｜專～｜特～｜增～｜叢～。

語彙 創刊 發刊 復刊 集刊 季刊 期刊 書刊 特刊 校刊 旬刊 月刊 週刊 專刊

【刊登】kāndēng〔動〕刊載：～啟事｜～消息｜重要聲明請予～｜來稿本報不擬～｜這首小詩在校刊上了。

【刊落】kānluò〔動〕〈書〉刪除；刪掉：～陳言｜不盡｜原文多被～。

【刊授】kānshòu〔動〕通過刊物輔導來進行教學：～大學｜課程通過～進行。

【刊頭】kāntóu〔名〕報紙、牆報、黑板報等標示名稱、期數等項目的地方，大都配有圖畫、圖片或圖案等：設計～｜請幫我畫個～｜這～美觀大方。

【刊物】kānwù〔名〕(份，期)刊登若干作者的作品(包含文章、圖片、歌譜等)的定期或不定期的出版物：辦～｜內部～｜學術～｜這份～已經出滿一百期了。

【刊誤】kānwù ❶〔動〕更正書刊上的排印錯誤：～表｜重要～｜認真～。❷〔名〕書籍報刊上的印刷錯誤："十年餘"可能是"十年許"的筆誤或～｜本期有～多處，竟然沒有被發現。也說刊謬。

【刊行】kānxíng〔動〕將報刊書籍等排印出版並加以發行：此書～於八十年前｜小說～以來，頗得各界好評。

【刊印】kānyìn〔動〕刻板、排版或製版印刷：～問世｜～發行。

【刊載】kānzǎi〔動〕(文章、消息等)在報刊上登載；公開發表：報紙上～了你的文章｜他的論文將在學報上～。

看 kān〔動〕❶ 守護；照料：～牛｜～孩子｜病人得有人～着｜一個人～三台機器｜別把行李～丟了｜她在大街旁～起自行車來了｜我～不了這麼大的倉庫。❷ 看押；看管：～犯人｜～住他，別讓他跑了｜家裏把她～得很嚴｜把這幾個肇事者先～起來。

　另見 kàn(744頁)。

【看財奴】kāncáinú〔名〕守財奴：富人有的是～，有的是慈善家。

【看場】kānchǎng〔動〕看守收割後堆放在場上的穀物，免遭意外損失：今兒晚上我～｜～特別要注意防火。

【看管】kānguǎn〔動〕❶ 監視並管理：～犯人｜嚴加～。❷ 照管；照料：我來～行李｜在家～孩子。

【看護】kānhù ❶〔動〕護理(傷病人員等)：～病人｜晝夜～｜幾個人輪流～｜～的人手不夠。❷〔名〕(名)舊時稱擔任護理工作的人員，現在叫護士：病房裏有好幾位～。

【看家】kān∥jiā ❶〔動〕看守門戶，照顧安全：要留人～｜你要看好家｜～狗(喻指受人豢養、幫人管家或作惡的奴才)。❷〔形〕屬性詞。獨有的、維護自己優勢的：這是他留着～的絕活兒｜～本領｜～武藝。

【看家本領】kānjiā-běnlǐng〔成〕別人沒有而自己特有的本領(多指技藝)：為了達到目的，連～也使出來了。

【看家戲】kānjiāxì〔名〕劇團或演員個人獨自擅長的拿手好戲：一個劇團沒有幾齣～怎麼行｜《茶館》是北京人民藝術劇院的～｜快板書是他的～。

【看門】kān∥mén(～兒)〔動〕看守門戶，保衛安全：幫人家～｜看好門戶｜～的人有三個。

【看青】kān∥qīng〔動〕看守、保護快要成熟即將收割的莊稼，以防盜竊或受損：派人～｜一個人能看十畝青。

【看守】kānshǒu ❶〔動〕守護；照料：～門戶｜～倉庫｜～在病人身旁。❷〔動〕監視並管理：～所｜～俘虜｜把嫌疑犯～起來。❸〔名〕(名)舊時稱監獄裏看守犯人的人；他當過十年～。

【看守內閣】kānshǒu nèigé 實行內閣制國家的原內閣因遭議會投不信任票而必須更換或改組時，暫時留任或臨時組織以維持日常工作的班子。某些國家的總統行使憲法賦予的權力，可以宣佈解散議會，解散內閣，解除內閣總理的職務，同時任命看守內閣總理。也叫看守政府、過渡內閣、過渡政府。

【看守所】kānshǒusuǒ〔名〕臨時拘押犯罪嫌疑人的機構和處所。

【看押】kānyā〔動〕拘禁：～肇事者｜把壞人先～起來｜小偷被～在派出所。

勘 kān ❶ 校對；核訂：校～｜磨～｜～正｜～誤。❷ 實地查看：探測：查～｜踏～｜推～｜～測｜～探｜～察。❸ (Kān)〔名〕姓。

【勘測】kāncè〔動〕勘察並測量：～地形｜～綫路。

【勘察】kānchá〔動〕實地調查或察看(多用於採礦設計或工程建築方面)：～礦井｜實地～。

【勘探】kāntàn〔動〕查明礦藏分佈、地質構造等情況：石油～｜我們那兒～出來一個大鐵礦｜橋墩定位，要經過周密的～。

【勘誤】kānwù〔動〕發現並更正書刊報紙上排印的失誤：～表｜報紙在開印前要認真～。

【勘驗】kānyàn〔動〕司法人員對案件的處所、物證等實地勘察和檢驗：～現場｜～屍體｜仔細地進行現場～。

【勘正】kānzhèng〔動〕校勘改正(文字)：仔細～文稿，連標點也不放過。

堪 kān ❶ 忍受；能支持：難～｜不～一擊｜狼狽不～。❷ 可以；能：不～造就｜不～入目｜苦不～言。❸ (Kān)〔名〕姓。

【堪布】kānbù〔名〕(位)❶ 喇嘛教中主持受戒的上層喇嘛。❷ 喇嘛寺的主持人，類似佛教寺院的方丈。❸ 原西藏地方政府的僧官，為達賴、班禪的高級侍從，握有政治、經濟大權。

【堪稱】kānchēng〔動〕可以稱為；稱得上：～一絕｜～神奇。

【堪虞】kānyú〔動〕令人憂慮：前途～｜後果～。

【堪輿】kānyú〔名〕〈書〉風水。

嵁 kān〈書〉不平的山岩。

戡 kān 用武力平定：～平｜～亂。

【戡亂】kānluàn〔動〕平定叛亂：及時～，社會秩序得以恢復｜軍隊開赴當地～。

龕（龕）kān 被人用來供奉神位、佛像等的石室或小閣子：神～｜佛～｜石～。

kǎn ㄎㄢˇ

坎〈四埳〉kǎn ㊀〔名〕❶八卦之一，卦形是"☵"，代表水。參見"八卦"（17頁）。❷(Kǎn)〔名〕姓。

㊁(～兒)〔名〕(條)田野中高出地面，呈條、塊狀的部分：東一溝，西一～兒。

㊂〔量〕坎德拉的簡稱。一個光源發出頻率為540×10^{12}赫的單色輻射，並且在這個方向上的輻射強度為1/683瓦每球面度時，發光強度為1坎。

㊃地面窪陷處；坑：～坷。

語彙 溝坎　號坎　石坎　心坎

【坎德拉】kǎndélā〔量〕發光強度單位，符號cd。簡稱坎。[英candela]

【坎肩兒】kǎnjiānr〔名〕(件)無袖的上衣（有棉的、夾的或毛綫織的等）。

【坎坷】kǎnkě〔形〕❶（道路）坑坑窪窪，高低不平（跟"平坦"相對）：山間小路，～難行。❷〈書〉比喻艱難困頓；不順利；不得志：一生～｜商海打拚，～不得志。

【坎壈】kǎnlǎn〔形〕〈書〉困頓；不得志：一生～｜以～終。

【坎兒】kǎnr ㊀〔名〕❶(個)當口；最緊要、最關鍵的地方：過了這個～，你就越來越順了。❷比喻不順利的遭遇或挫折：我這輩子遇到的～不少，都過來了。㊁同"侃兒"。

【坎兒井】kǎnrjǐng〔名〕新疆維吾爾等族人民引山上雪水或地下水以灌溉農田的水利設施，從高處到低處挖成一連串的井，井底貫通，連成地下暗溝，使水流最後流入田間。

侃〈㊀偘〉kǎn ㊀〈書〉❶耿直。❷温和快樂的樣子：～爾。

㊁〔動〕（北京話）閒聊：～爺｜～大山｜～了半天。

【侃大山】kǎn dàshān〔慣〕（北京話）閒聊天：哥兒們沒事就湊在一起～。也作砍大山。

【侃價】kǎn//jià 同"砍價"。

【侃侃】kǎnkǎn〔形〕直抒己見，從容不迫的樣子：～而談。注意"侃侃"在現代很少單用，最常見的組合是"～而談"。

【侃兒】kǎnr〔名〕隱語；行（háng）話：我不懂他們的～。也作坎兒。

砍kǎn ❶〔動〕用刀、斧等猛力使勁，把東西斷開或使受傷：～樹｜～木頭｜歹徒在他肩上～了一刀。❷〔動〕比喻大量地除去：這篇文章太長了，至少得（děi）～去一半兒｜實行精兵簡政，把所屬機構～掉三分之二。❸〔動〕（北方官話）把東西扔出擊打：別拿石頭髣～｜磚頭～碎窗戶玻璃了。❹(Kǎn)〔名〕姓。

> **辨析** 砍、剁、割、切、片、拉(lá)、剪、鋸　這些動詞都可以指用工具把東西斷開，但方式有所不同：a)"砍"和"剁"以使用刀、斧為主；"砍"是斜着或橫着猛力使勁；"剁"是上下揮動用力，在砧板上把東西弄斷或弄碎。b)"割、切、片、拉"主要都是用刀子："割"是讓刀刃接着物體進入，把它弄斷或弄開；"切"是讓刀刃接着物體豎着用力，把它弄成塊狀、片狀、條狀等；"片"是讓刀刃沿水平方向用力，把厚的東西弄成薄片狀；"拉"是讓刀刃沿物體表面做直綫移動，使它破裂或斷開。c)"剪"是用剪刀把片狀或條狀的東西斷開。d)"鋸"是用鋸子緊挨物體或直或橫來回運動，把它分成若干段、塊、片、條等。

【砍大山】kǎn dàshān 同"侃大山"。

【砍刀】kǎndāo〔名〕(把)砍柴用的刀。

【砍伐】kǎnfá〔動〕用鋸、斧、刀等把樹木或竹子劈下來或弄倒，作為材料或燃料：有計劃地～｜嚴禁隨意～樹木｜濫施～，將自食惡果。

【砍價】kǎn//jià〔動〕討價還價：買東西要學會～｜跟他砍了半天價，總算便宜了點兒。也作侃價。

莰kǎn〔名〕有機化合物，化學式C_{10}H_{18}。白色晶體，用於醫藥，也可做樟腦的代用品。[英camphane]

欿kǎn〈書〉❶不自滿：自視～然。❷愁苦：～然於心。

槛（檻）kǎn(～兒)在門底部緊貼地面的低矮條狀物，一般以木料、石料製成：坐在房門～兒上。

另見jiàn（649頁）。

顑（顑）kǎn 見下。

【顑頷】kǎnhàn〔形〕〈書〉因飢餓而面色枯槁的樣子：長～亦何傷（長久地面黃肌瘦又有何悲傷）。

轗（轗）kǎn 見下。

【轗軻】kǎnkě〈書〉同"坎坷"。

kàn ㄎㄢˋ

看kàn ❶〔動〕使視綫接觸人、物或朝着某方向：～戲｜～電視｜往西～｜～在眼裏，記在心裏｜～花了眼。❷〔動〕閱覽；閱讀：～報｜～雜誌｜～書。❸〔動〕觀察：～問題要全面｜～人要～本質｜～錯了方向｜～～情況再定吧｜他那套手法讓人～破了。❹〔動〕觀察並做出判斷；認為：我～應該這麼辦｜你～他這個人可靠嗎？｜別把甚麼事情都～得那麼簡單｜也許你～對了｜我～不會下雨，你～呢？｜把自己～成一朵花，把別人～成豆腐渣｜照我～，第二種方案可行。注意　這種用法主語多不用第三人稱，除非說"在他看來"。❺〔動〕指具有某種趨勢（多用於經濟領域）：（價格）～跌｜（生產形勢）～好｜（銷路）～旺。❻〔動〕訪問；看望：～老師｜回家～母親去了｜順便去～～朋友｜現在～不了病人｜～了～老戰友｜～過他好幾次｜傷員太多，～不過來。❼〔動〕對待；看待：刮目相～｜另眼相～｜大娘把我當親人～｜別人有缺點錯誤，你怎麼～？❽〔動〕醫生診治病人；病人讓醫生診治：李大夫把我的病～好了｜急診～五官科｜中醫｜我這病～了好幾年都沒～好｜孩子發燒，快去～吧。❾〔動〕決定於；取決於：這件事全～你了｜能否奪魁，就～這場比賽了｜學習成績的好壞，就～你用功不用功。❿〔動〕注意；小心（多用於命令句）：別跑｜，～摔着！｜過馬路時，～着點兒！｜～車來了，別碰着！⓫〔助〕結構助詞。用在重疊式或帶動量、時量的動詞後邊，表示嘗試：讓他想想～｜大家再動動腦筋～｜沒有把握，你就試試～吧｜先做幾天～。

另見 kān（743 頁）。

〖辨析〗**看、看見**　a）"看"表示注視，可以感受到事物，也可以感受不到事物；"看見"指眼睛感受到事物。如"我看了很久，可是甚麼也沒有看見"。b）"看"是持續性動詞，可以說"他在看""他正在看""他還在看"；"看見"是非持續性動詞，只能說"他已經看見了"。

〖語彙〗參看　查看　觀看　好看　難看　試看　收看　小看　眼看　照看　中看　刮目相看

【看扁】**kànbiǎn**〔動〕扁：指委曲；貶低。把人看成無能或低能：別把人～了｜你可真是門縫裏看人，把人家給～了。

【看病】**kàn // bìng**〔動〕❶（醫生）給病人治病：專家也在門診～｜他就是給我看過病的王大夫。❷（病人）找醫生治病；就診：我請個假去～｜我頭疼，得～去｜看完病還去上班。注意　"看病"①義做謂語中心詞要有"在……""給……"等介賓結構做狀語。②義做謂語中心詞不帶這樣的介賓結構。

【看不慣】**kànbuguàn**〔動〕看着不舒服，不滿意；厭惡：以大欺小的事我～｜他～這種勢利小人。

【看不過】**kànbuguò**〔動〕看着感到不好受；不忍心再看下去：動不動就吵嘴，我實在～｜因為太～了，才不得不說出來幾句。也說看不過去。

【看不起】**kànbuqǐ**〔動〕過低估計人、事物的地位、作用：別～人｜他誰也～｜不要～這本小小的字典，外國人初學漢語都用它。

【看菜吃飯，量體裁衣】**kàncài-chīfàn, liángtǐ-cáiyī**〔諺〕按菜的多少來就着吃飯，照身材大小來裁製衣服。比喻根據實際情況來辦事和解決問題：在農村和城市做領導工作就是不同，要～。

【看成】**kànchéng**〔動〕以某種態度、認識來對待：把集體的事～自己的事｜你把我～甚麼人了？

【看穿】**kàn // chuān**〔動〕通過觀察了解、感覺到（某種不好的真相）：～了他的陰謀詭計｜從字裏行間不難～他的心思｜這種把戲，誰都看得穿，你怎麼看不穿？

【看待】**kàndài**〔動〕以某態度對待人或事物：同等～｜兩樣～｜另眼～｜把我當親人～。

【看得起】**kàndeqǐ**〔動〕重視；看重：他很～你｜我是～他，才讓他去的。

【看點】**kàndiǎn**〔名〕值得觀看、欣賞、期待的地方：世博會十大～｜大量使用高新技術是這部影片的新～。

【看跌】**kàndiē**〔動〕（市場行情）出現下跌的趨勢：油價～。

【看法】**kànfǎ**（-fa）〔名〕對人或事物所持的見解：談兩點～｜這種～很普遍｜大夥兒的～是一致的｜你有甚麼～？注意　"看法"是個中性詞，"有看法"就帶上了貶義，如"她對你有看法""難怪人家有看法"。但"你有甚麼看法？""我有一個看法"等跟固定語"有看法"不一樣，不含貶義。

〖辨析〗**看法、想法、意見**　含義基本相同，其差別在於：a）"想法"是初步思索的結果，有時把自己的看法或意見叫作"想法"，是表示謙虛。b）"看法"可以是綜合思索的結果，如"形成了看法"，不能說"形成了想法"；有時可以把自己的意見，謙稱為"看法"。c）"意見"可以是初步或綜合思索的結果，還可以是深入研究的結果，如《關於經濟工作的幾點意見》，這裏的"意見"不能換成"想法"或"看法"。d）"意見"組合的動詞較廣泛，如可同"徵求、徵集、接受、拒絕"等搭配，"想法"和"看法"不能。

【看風使舵】**kànfēng-shǐduò**〔成〕見風使舵。

【看好】**kànhǎo**〔動〕❶（- // -）辨認清楚：～了再買，貨物出門不管退換｜這東西的真假，我一時還看不好。❷認為事情將向好的方向發展，將出現好的勢頭：市場銷售～｜足球世界杯我～巴西隊。

【看見】**kàn // jiàn**（-jian）〔動〕看到：我沒～過她｜他～屋裏有人在開會｜探險隊航行了一個月，終於～陸地了｜他的眼睛瞎了，甚麼也看不見。

[辨析]看見、看到 a）兩個詞都有“視綫接觸到”的意義，有時可以互換，如“看見（看到）大海了”“看見（看到）老虎了”。b）看到有“覺察到”的意義，對象多是抽象的，如“看到兩人關係在改善”“看到生意越來越火”，這種用法不宜換成“看見”。

【看來】kànlái〔動〕根據某些情況，做出大概的推斷：這活兒～今天做不完｜～他還沒拿定主意。

【看破】kàn//pò〔動〕看透、識破（不好的、虛假的真相）：～紅塵（把世間的榮辱盛衰看得很空）｜遇事他總看不破，怎麼能不苦惱呢！

【看齊】kànqí〔動〕❶ 操練隊列時，以排頭或排尾的人為基準，使隊列看齊（多用於口令）：向右～｜向前～！❷ 比喻以某人或某種人為榜樣，向他學習：向李老師～｜向英雄人物～。

【看輕】kànqīng〔動〕看得無關緊要；輕視（跟“看重”相對）：不要～事務性工作｜你未免對他過於～了吧！

【看上】kàn//shàng(-shang)〔動〕〈口〉觀察某人或事物後滿意（希望得到）：～了一位姑娘｜他～這項工作了｜我誰也看不上！

【看死】kànsǐ〔動〕認為某人或事物已固定，無法轉變或改變：不要～目前的不利形勢｜不能把對方的態度～了，還要再做工作。

【看台】kàntái〔名〕比賽或表演場地旁邊或周圍建起的供觀眾觀看的台，有的帶有梯級（多指體育場、館的觀眾席）：觀眾在～上井然就座。

【看透】kàn//tòu〔動〕徹底看清楚；深刻認識到（對方的計謀、缺點、本質等）：這一着棋能～｜他把一切世都看～了｜我對他這個人始終看不透。

【看頭兒】kàntour〔名〕〈口〉觀看的價值：這齣戲很有～｜這樣的展覽會沒有甚麼～｜有～的書不多。注意“看頭兒”雖然是名詞，但很少做主語，一般做“有”“沒有”的賓語。

【看望】kànwàng〔動〕到長輩或親友處問候致意：～老師｜～病人｜他是專程來～你的｜甚麼時候去～～老戰友？

【看相】kànxiàng〔動〕（迷信的人）根據人的五官、氣色、骨骼、指紋或形體，來推斷其壽命、吉凶等。

【看笑話】kàn xiàohua 把別人的挫折、失敗或不好的事當笑料：你們要爭氣，不要給人家～｜他老是把這個字讀錯，你要告訴他，不要看他的笑話。

【看樣子】kàn yàngzi 根據某種現象做預測或猜測：～馬上就要下大雨｜～你這次考得不錯。

【看醫生】kàn yīshēng 找醫生看病：你發燒了，趕快去～吧！注意“看醫生”不能理解為“看望醫生”。

【看漲】kànzhǎng〔動〕（市場行情）出現上漲的趨勢：房價～｜網絡營銷人才需求～。

【看中】kàn//zhòng〔動〕看着合意；看上：他還沒有畢業，就被用人單位～了｜她～了這件衣服｜可能有人看不中。注意“看中”中間只能插入“不”，不能插入“得”，可以說“看不中這件衣服”，不能說“看得中這件衣服”。

【看重】kànzhòng〔動〕看得很要緊；重視（跟“看輕”相對）：～知識｜～人才｜不要只～他的外貌｜大家都很～他。

【看作】kànzuò〔動〕看成；當（dàng）作：把部隊～自己的家｜他把廣大人民群眾的困難～是自己的困難。

衎 kàn〈書〉快樂；剛直。

埳 kàn/kǎn 見於地名：赤～（在台灣）。

墈 kàn 高的堤岸。多用於地名：～上（在江西）。

磡 kàn 山崖。多用於地名：槐花～（在浙江）｜朱～（在廣東）｜紅～（在香港）。

瞰〈矙〉kàn〈書〉❶ 眺望；遠望：東～目盡。❷ 從高處往下看：俯～｜鳥～。❸ 窺視；看望：～瑕伺隙（窺伺對方空隙）。

闞（闞）Kàn〔名〕姓。另見 hǎn（511頁）。

kāng 丂尢

康 kāng ㊀❶ 無病；強健：～強｜～健｜復～｜健～。❷ 安樂；豐盛：～寧｜～樂｜安～｜小～。❸（Kāng）〔名〕姓。
㊁〈書〉同“糠”。

【康拜因】kāngbàiyīn〔名〕〔台〕能一次完成幾種作業的組合式採收機器的統稱，特指聯合收割機。[英 combine]

【康復】kāngfù〔動〕恢復健康：～有日｜祝您早日～｜繼續治療，直至～。

【康健】kāngjiàn〔形〕（身體）健康：祝您～｜他的身體不很～。

【康樂】kānglè〔形〕健康快樂；安樂：祝君～｜富強～的國家。

【康樂球】kānglèqiú〔名〕克郎球。

【康乃馨】kāngnǎixīn〔名〕❶（棵，株）多年生草本植物，叢生，葉子條形，花朵大，有芳香。花瓣有單有雙，顏色有紅、黃、白等。原產歐洲南部。花形典雅，常用作禮品花。也叫香石竹。❷（朵）這種植物的花。[英 carnation]

【康寧】kāngníng〔形〕〈書〉健康安寧：全家～｜四季～｜福壽～。

【康熙】Kāngxī〔名〕❶ 清聖祖年號（1662－1722）。❷ 指清聖祖愛新覺羅·玄燁（1654－1722），在位時平定多次內亂，鞏固了多民族的國家統一，注重發展生產和文化建設，是康乾盛世的主要創造者之一。

【康熙字典】Kāngxī Zìdiǎn〔名〕(部，本)清朝康熙皇帝命張玉書等人編纂的一部大型字典，共收 47035 字，源流並重，1716 年印行，流行很廣，影響較大。

【康莊大道】kāngzhuāng-dàdào〔成〕(條)寬闊平坦、四通八達的道路。也比喻美好而廣大的前程：這是一條～｜經過崎嶇小路走上～。

閌（閌）kāng 見下。另見 kàng（748 頁）。

【閌閬】kānglàng〔名〕建築物中空廓的地方。

塃 kāng 用於地名：盛～(在湖北)。

慷 kāng 見下。

【慷慨】kāngkǎi ❶〔動〕〈書〉感歎；慨歎：一彈再三歎，～有餘哀。❷〔形〕情緒激動；意氣昂揚：為人～｜陳詞～｜捐生。❸〔形〕大方(多用於經濟方面，跟"吝嗇"相對)：為人～好施｜～無私的援助｜幫助別人，他一向很～。

【慷慨激昂】kāngkǎi-jī'áng〔成〕情緒激動，語氣昂揚，充滿着凜然正氣：他～地宣傳着自己的信仰。也說激昂慷慨。

【慷慨解囊】kāngkǎi-jiěnáng〔成〕豪爽大方地解開錢袋。形容毫不吝嗇地在經濟上給人幫助：為興建山區小學，他多次～。

【慷他人之慨】kāng tārén zhī kǎi〔俗〕隨便揮霍別人的財物做人情：招待費應節約使用，不能是老闆的錢就～呀。

楻 kāng 見"榔楻"(801 頁)。

穅〈穅粇〉kāng ❶〔名〕稻、麥、穀子等子粒上脫下來的皮殼：吃～嚥菜｜飢時～如蜜，飽時蜜不甜。❷〔形〕中空；不結實：～心兒｜～蘿蔔，不能吃了。

語彙 秕糠 稻糠 礱糠 米糠 糟糠

【糠秕】kāngbǐ〔名〕秕糠。

鱇（鱇）kāng 見"鮟鱇"(10 頁)。

---

káng ㄎㄤ

扛 káng〔動〕❶用肩膀(不藉助其他工具)承擔物體：～行李｜～着鐵鍬｜～了捆柴火｜～過槍桿子｜幫我～～背包｜他～來兩袋糧食。❷獨立承擔：～大樑(比喻承擔主要任務)。❸支撐；忍耐：冷得～不住了。
另見 gāng（425 頁）。

辨析 扛、背、舉、挑、抬、搬　都有要使東西離開地面的意思，離開的方式各有不同：a)"扛(káng)"是把東西擱在肩膀上；"背(bèi)"是把東西駄在脊背(bèi)上；"舉"是手把東西往上托高出頭部，但"舉鼎"通常說"(力能)扛(gāng)鼎"。三者都無須藉助於工具。b)"挑(tiāo)"需藉助於扁擔，由一人用肩膀支撐着走；"抬"需藉助於槓子、擔架等(有時也可不使用工具)由兩人或多人共同用手攥着或肩膀支撐着走，南方有的地區管"抬"叫"扛(gāng)"。c)"搬"是要使東西從原地移向另一處所；可以用手抱着，也可以用工具。

【扛長活】káng chánghuó 舊時指給地主或富農家當長工：到地主家～掙碗飯吃。也說扛大活、扛長工、打長工。

【扛活】káng // huó〔動〕舊時指在地主或富農家幹活(出賣勞力)：在地主家扛了三年活。

---

kàng ㄎㄤ

亢 kàng ❶高：高～。❷〈書〉高傲(跟"卑"相對)：不～不卑。❸過甚；極：～奮｜～進。❹二十八宿之一。東方蒼龍七宿的第二宿。參見"二十八宿"(347 頁)。❺(Kàng)〔名〕姓。

語彙 高亢 甲亢 陽亢 不卑不亢

【亢奮】kàngfèn〔形〕精神極度振奮激動：這種藥會使病人～｜臉上泛出～的紅光。

【亢旱】kànghàn〔形〕因長期不下雨而嚴重乾旱：～成災｜一連數月～，顆粒無收｜～之年奪豐收。

【亢進】kàngjìn〔動〕❶生理機能超出常態：甲狀腺機能～。❷急劇增加：病人焦躁～。

【亢直】kàngzhí〔形〕〈書〉剛強正直：秉性～｜論議～｜～之氣溢於言表。

伉 kàng ❶〈書〉(配偶)對等；相當：～儷。❷〈書〉抵敵：天下莫之能～。❸〈書〉剛直：～直。❹(Kàng)〔名〕姓。

【伉儷】kànglì〔名〕〈書〉配偶；夫妻：賢～｜結為～｜～情深。

抗 kàng ❶〔動〕抵禦；抵擋：～敵｜～旱｜～腐蝕｜喝杯酒～～風寒。❷不接受；拒絕：～命｜～租｜～婚。❸匹敵；對等：對～｜分庭～禮。❹(Kàng)〔名〕姓。

語彙 抵抗 對抗 反抗 頑抗 違抗

【抗暴】kàngbào〔動〕抗擊暴力的欺壓和逼迫：當地群眾自發組織起來～。

【抗辯】kàngbiàn〔動〕(審判中)因不接受責難而辯護：當場～｜不容～｜對不實的指責他一再～。

【抗法】kàngfǎ〔動〕拒絕執行法院裁決，抗拒行政管理部門依法的管理：自恃後台強大，裁決後該集團公然～。

【抗旱】kànghàn〔動〕❶天旱時用各種辦法取水澆灌田地，使作物不受損害：組織群眾～｜～奪豐收。❷具有抵禦乾旱的性能：這個新品種能～。

【抗衡】kànghéng〔動〕對抗；互相較量高下：兩大公司互相～｜沒有誰能與之～。

【抗洪】kànghóng〔動〕洪水氾濫時，採取抵禦措施，努力減少損失：防洪～｜～排澇｜～救災。

【抗擊】kàngjī〔動〕抵抗和反擊：～侵略者｜一切敢於來犯之敵。

【抗拒】kàngjù〔動〕抵制（某種力量）；拒絕接受（某種要求）：～錯誤的領導｜改革的潮流不可～。

【抗菌素】kàngjūnsù〔名〕抗生素的舊稱。

【抗澇】kànglào〔動〕雨水過多時採取措施，使農作物儘量不受損害：防汛～。

【抗命】kàngmìng〔動〕〈書〉拒絕接受命令；違抗命令，拒不執行（跟"遵命"相對）：上令棄城不守，將士～不遵。

【抗日戰爭】Kàngrì Zhànzhēng 中國人民抗擊日本帝國主義侵略的民族解放戰爭，是世界反法西斯戰爭的重要組成部分。1931 年九一八事變後開始局部抗日戰爭，1937 年七七事變開始全面抗日戰爭，到 1945 年 8 月 15 日日本宣佈無條件投降為止。簡稱抗戰。

【抗生素】kàngshēngsù〔名〕從某些微生物或動植物提取的能抑制另一些微生物繁殖的化學物質，如青黴素、鏈黴素、金黴素等。多用來治療人或禽畜的傳染病。舊稱抗菌素。

【抗稅】kàng//shuì〔動〕（納稅人）拒絕繳納捐稅。

【抗訴】kàngsù〔動〕檢察院認為法院一審判決、裁定有錯誤而向上一級法院提出申訴。

【抗體】kàngtǐ〔名〕由病菌或病毒侵入血清中而產生的，可以抵抗或殺死病毒、病菌的蛋白質。免疫基本上是由於抗體的作用。

【抗藥性】kàngyàoxìng〔名〕某些病菌或病毒在含有藥物的人或動物體內逐漸產生的抵禦藥物的能力，能使藥失去應有的效力。

【抗議】kàngyì〔動〕以口頭或書面的形式強烈反對某人、某團體、某國家的言論、行為、措施等：～侵略者的野蠻暴行｜提出強烈～｜退出會場，以示～。

【抗禦】kàngyù〔動〕抵抗和防禦：～外來侵略｜～自然災害｜傳染病的擴散並非不能～。

【抗原】kàngyuán〔名〕（種，類）能進入人或動物體的血液中，使血清產生抗體並與之發生化學反應的有機物質，如某些蛋白質、微生物及其產生的毒素等。

【抗災】kàngzāi〔動〕採取措施，戰勝或抵禦自然

災害等：～奪豐收｜組織～自救。

【抗戰】kàngzhàn❶〔名〕反抗外國侵略的戰爭：英勇～。❷（kàngzhàn）〔名〕特指抗日戰爭。❸〔動〕抗爭；戰鬥：與黑暗勢力～。

【抗震】kàngzhèn〔動〕❶（機器、儀表、建築物等）具有不怕震動的性能：這個廠生產的手錶防水、～。❷對破壞性地震採取各種防禦或善後措施，努力減少損失：～救災｜～工作要落實。

【抗爭】kàngzhēng〔動〕❶對抗和鬥爭：英勇～｜同反動勢力進行頑強的～｜經過了多次～。❷據理力爭：幾經～，終於說服了對方。

囥 kàng〔動〕（吳語）藏：把鈔票～起來了。

炕 〈匟〉 kàng❶〔名〕（鋪）中國北方用土坯或磚砌成的一種床，上面鋪席，下有孔道跟爐子的煙囪相通，爐子生火後炕體受熱變暖：土～｜睡在～上，冬暖夏涼。❷〔動〕（北方官話）烤：把濕麥子攤在炕上～一～。❸（Kàng）〔名〕姓。

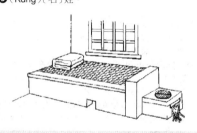

語彙　火炕　落炕　尿炕　鋪炕　土炕

【炕頭】kàngtóu（～兒）〔名〕炕（靠近灶）的一頭：請在～上坐｜三十畝地一頭牛，老婆孩子熱～兒（一種傳統的農民意識；借指生活安定，不思進取）。

【炕席】kàngxí〔名〕（領，張）鋪在炕上的席子：換上新～｜～該換一換了。

【炕桌兒】kàngzhuōr〔名〕（張）放在炕上的比較矮小的桌子：大夥圍着～喝茶。

閌（閌） kàng〈書〉高大：高門有～。另見 kāng（747 頁）。

鈧（鈧） kàng〔名〕一種金屬元素，符號 Sc，原子序數 21。屬稀土元素。銀白色，質軟，可用來製特種玻璃和耐高溫合金等。

kāo　ㄎㄠ

尻 kāo 脊椎骨的末端；臀部：～骨｜～尾（屁股和尾巴）｜～子（臀部）。

kǎo ㄎㄠˇ

考〈⊖攷〉 kǎo ⊖❶〔動〕考試：～語文｜
聽寫｜～打算盤｜～了個滿
分｜～上了大學｜這下把他～住了。**注意**"考學
生"和"考研究生"形式相同而語義可能不同。"考
學生"是對學生進行考試；"考研究生"既可以是
為了成為研究生而參加考試，也可以是對研究生
進行考試。須有一定的語境，歧義才能消失，如
"他大學畢業以後接著就考研究生""教授出題目
要考研究生"。❷ 檢查：～查｜～問｜～核｜～
績｜～勤。❸ 推求；研究：～證｜～據｜～
釋｜～慮｜思｜備｜待。
⊜❶〈書〉老；長壽（活的歲數很大）：富貴
壽。❷〈書〉死去的父親；父親：先～｜～妣。
❸（Kǎo）〔名〕姓。

語彙 報考 備考 補考 參考 查考 待考 監考
科考 投考 應考 招考 主考

【考妣】kǎobǐ〔名〕〈書〉已去世的父親（考）和母
親（妣）：噩耗傳來，失聲痛哭，如喪～。
【考博】kǎobó〔動〕報考博士學位研究生。
【考查】kǎochá〔動〕❶ 調查考證，以深入了解：
據～，人類的語言多遠兩三千年｜嚴格的結
果表明，鳥類的鳴聲不能算作語言。❷ 用一定
的標準來檢查和衡量工作或學習情況等：～學
生成績｜對教學進度定期進行～。
【考察】kǎochá〔動〕❶ 實地觀察和調查：～團｜
出國～｜～地形｜～礦藏資源｜～南極的氣
候｜他剛從山區～回來。❷ 反復檢驗、考驗和
觀察：～和識別幹部。

> **辨析** 考察、考查　"考察"着重指觀察、研
> 究，目的是通過實地深入的調查，取得材料，
> 掌握事物的真相或問題的本質，如"老工程師
> 親自上山考察，取得許多與修路有關的第一手
> 資料"；"考查"着重指依據一定的標準檢查、
> 衡量，目的是進行評定或審核，有時詞義更接
> 近於"考核""考證"，如"此事由於年深日久，
> 已無法考查"。

【考場】kǎochǎng〔名〕舉行考試的地方。
【考點】kǎodiǎn〔名〕為考生設立的各個考試地
點：今年全市共設 123 個～｜為方便考生，～
分佈比較均勻。
【考訂】kǎodìng〔動〕考查和訂正：根據原始資
料，認真加以～｜書中所有數據都經過～。
【考分】kǎofēn（～兒）〔名〕考試（多指統一考試）
評定的分數：統計～｜公佈～｜查看～｜～達
到了錄取線。
【考古】kǎogǔ❶〔動〕研究古代的遺跡、遺物，
結合文獻資料，去研究古代社會：～新發現。
❷〔名〕考古學者：他不學經濟，而學～。
【考官】kǎoguān〔名〕舊指主持考試（包括出題、

監考、閱卷等）的官員，現泛指負責招生、招
幹、招工考試工作的人員。
【考核】kǎohé〔動〕考查並審核：定期～幹部｜～
駕駛人員｜公司對屬員進行了全面～。
【考級】kǎojí〔動〕專業或技能的定級，晉級考
試：英語～｜鋼琴～｜藝術水平～管理辦法。
【考紀】kǎojì〔名〕考試紀律：嚴肅～｜違反～。
【考績】kǎojì❶〔動〕（上級）檢查和評定所屬人
員的工作成績：建立～檔案｜定期進行～。
❷〔名〕考評的成績：～平平。**注意**"考績"①
義做謂語動詞不能直接帶名詞賓語，不能說
"定期考績全體工作人員"，而說"對全體工作
人員定期考績"。
【考究】kǎojiu❶〔動〕考查；研究：得～一下，
問題到底在哪裏｜～下來並沒有結果。❷〔動〕
重視；講求：穿衣服何必過於～｜他從不～
吃穿。❸〔形〕精美；華麗：這本畫冊裝訂得
很～｜客機上的座位和設備都很～｜給孩子一
份非常～的禮物。❹〔名〕學問；訣竅：別看
這活兒簡單，其實很有～｜何時施肥，何時澆
水，何時除治病蟲害，都大有～。
【考據】kǎojù〔動〕對古籍的文字、音義及古代的
名物、典章制度等進行考核、辯證：～學｜文
獻不全，難以深入～｜不要去～那些已有定論
的問題。
【考卷】kǎojuàn〔名〕（份）考試的卷子。
【考量】kǎoliáng〔動〕考慮衡量：城市交通規劃要
重新～｜～再三，他最終決定棄權。
【考慮】kǎolǜ〔動〕思考謀劃：慎重～｜重
新～｜～問題很全面｜～不周｜不～個人得
失｜讓我先～一下。
【考評】kǎopíng〔動〕考核評定：升級～｜學
術～｜～學生的英文能力。
【考勤】kǎoqín〔動〕考查和記錄有關人員工作或
學習的出勤情況：～簿｜～員｜加強～｜嚴
格～｜所有人員都要～，領導人員也要～。
【考求】kǎoqiú〔動〕探索；研究：細心～｜～文
字意蘊。
【考區】kǎoqū〔名〕統一考試時，設置考場的地
區：派專人前往邊遠縣城～主持考試事宜｜～
分佈比較合理。
【考取】kǎo // qǔ〔動〕參加（招生、招工或招幹等）
考試被錄取：～了大學本科｜考不取明年再考。
【考生】kǎoshēng〔名〕（名）報名並參加招生、招
工或招幹等考試的人。
【考試】kǎoshì❶〔動〕用一定的標準和方式來檢
查衡量知識或技能掌握的程度：考場裏正在
進行～，禁止喧嘩｜他這次～，成績很好。
❷〔名〕知識和技能的測驗：～制度｜～委員
會｜他通過了嚴格的～。
【考釋】kǎoshì〔動〕考證語詞、器物等的源流並
加以解釋：成語～｜～字義｜金文～。

【考題】kǎotí〔名〕(道)考試的題目：～出得太偏｜～彙編。

【考問】kǎowèn〔動〕提問以進行考查：你這是在～我呀｜我來～～你，是不是真懂了｜爸爸真被兒子～住了。

【考學】kǎo // xué〔動〕報考學校：他孩子今年要～。

【考研】kǎoyán〔動〕報考研究生，特指報考碩士學位研究生：今年～急劇升溫｜他不準備～。

【考驗】kǎoyàn〔動〕通過困難環境或激烈鬥爭來考察檢驗人的品格或對事業的忠誠：久經～｜在危難中～自己｜～我們的時候到了。

【考語】kǎoyǔ〔名〕考查下屬人員的工作、品行等的簡短評語(舊時多用於各級官吏)。

【考證】kǎozhèng〔動〕考查歷史材料，分辨證明語詞、事物的源流、真實情況：認真～字的本義｜無從～作者身世。

拷 kǎo ㊀ 打：～問｜嚴刑～打。㊁〔動〕"拷貝" ③：請你幫我把這幾張照片～到硬盤上。

【拷貝】kǎobèi ❶〔名〕(份)複製本；複印件：～紙(一種很薄的複寫用紙)｜一份鑒定書的～。❷〔名〕用拍攝成的電影底片洗印出來供放映用的膠片，物像的明暗跟實物一致。也叫正片。❸〔動〕複製(音像製品、計算機文件等)：先把這個文件夾～下來再說。[英 copy]

【拷綢】kǎochóu〔名〕(匹)一種平紋絲織品，質地細滑平挺，表面烏黑發亮，像塗了漆，穿着輕快涼爽。也叫拷紗、黑膠綢。

【拷打】kǎodǎ〔動〕(用棍棒一類刑具)打：嚴刑～｜非法～｜～致死。

【拷問】kǎowèn〔動〕拷打審問：～逼供｜嚴刑～｜敵人～他多次，結果一無所獲。

涍 kǎo 用於地名：～溪(在廣東)。

栲 kǎo ❶〔名〕栲樹，常綠喬木，木材堅硬緻密，可做支柱、船櫓、輪軸等。樹皮含單寧，可提製染料和栲膠。❷栲膠：～底皮鞋。

【栲膠】kǎojiāo〔名〕鞣革用的原料，主要成分為單寧(一種有機物質，帶有酸性和澀味)，從栲樹或櫟樹中提取加工而成。

【栲栳】kǎolǎo〔名〕用柳條或竹篾編成的容器，用來打水或裝東西，形狀像斗。也作筹筹，也叫笆斗。

烤 kǎo〔動〕❶使東西向着或挨近火源，使變熟或變乾：～肉｜～饅頭｜白薯～好了｜衣服～乾了｜毛料衣服～不得。❷人體向着火取暖：～火｜～得全身都暖和。

語彙 烘烤 燒烤 熏烤 炙烤

【烤電】kǎo // diàn〔動〕利用醫療裝置中高頻電流的作用，使患者體內某一部位受熱而得到治療：每天到醫院～二十分鐘｜烤了電感覺舒服一些。

【烤火】kǎo // huǒ〔動〕靠近爐火或火堆取暖：大家圍着火盆～｜外頭很冷，快進來烤烤火吧！

【烤爐】kǎolú〔名〕(隻)烤熟雞鴨、點心等食品的爐子：～燒餅(用烤爐烤熟的燒餅，也叫吊爐燒餅)。

【烤箱】kǎoxiāng〔名〕(台，隻)烤製食品或烘乾衣物的箱形裝置：家裏新買了一台～｜帶～的爐灶。

【烤鴨】kǎoyā〔名〕(隻)一種食品，將去內臟的填鴨掛在特製的爐子裏烤成：北京～｜～店｜吃一頓～。

【烤煙】kǎoyān〔名〕一種金黃色、略有彈性的煙葉，在特設的烤房中烤乾製成，是捲煙的主要原料。製造烤煙的煙草也叫烤煙。

筹 kǎo 見下。

【筹筹】kǎolǎo 同"栲栳"。

kào ㄎㄠˋ

犒 kào 犒勞：～軍｜～師｜～賞。

【犒勞】kàoláo(-lao) ❶〔動〕用酒食等慰勞(有功的人)：～全軍將士｜晚上媽媽請我們吃豬排，說是要～～我們。❷〔名〕用於慰勞的酒食等：吃～｜老鄉們送～來了。

【犒賞】kàoshǎng〔動〕用酒、食、錢物等慰勞和賞賜：殺豬宰羊，～三軍。

銬 (铐) kào ❶ 手銬。❷〔動〕用手銬鎖住：把殺人犯給～上。

靠 kào ㊀ ❶〔動〕人或物憑藉別的人或物支持着：兩人背～背坐着｜樹下～着一個人｜往我這邊～～｜一根大木頭斜着～在牆上。❷〔動〕接近；挨近：船～碼頭｜車到站｜把五斗櫃～過來一點兒｜行人～邊兒走。❸〔動〕(位置)鄰近；臨近：療養院～海｜～着大河有水吃，～着大樹有柴燒｜他坐在～講台的位子上。❹〔動〕依靠；指靠：學習主要～勤奮｜不能只～一時的熱情｜家裏就～他維持生活｜～天～地，不如～自己。❺ 信賴：可～｜這個人～得住。

㊁〔名〕傳統戲曲中武將的服裝，上身分前後兩塊，滿繡魚鱗等紋樣，圓領，緊袖；腿部有護腿兩塊，稱靠腿；背間有一虎頭形的硬皮殼，上面可插三角形的靠旗；插靠旗的叫硬靠，不插靠旗的叫軟靠。根據劇中人物的年齡、性格、臉譜而區分服裝的顏色。女將所穿的叫女靠。

語彙 掛靠 可靠 牢靠 求靠 停靠 投靠 妥靠 依靠 倚靠 指靠

【靠背】kàobèi〔名〕沙發、椅子上可供背部倚靠的部分：～椅（有靠背的椅子）｜身子離開～，站起來。

【靠邊】kào // biān（～兒）〔動〕❶靠近邊緣；沿着旁邊兒：行人～兒走，車輛靠右行。❷比喻幹部被迫停止原來的職務，反省或改做次要工作：那時領導都～了｜他早已～不管事了。❸（北京話）近情理；接近實情：這話不能說不～，可是不解決實際問題｜他說的靠了點兒邊，不過還沒說到點子上。

【靠邊兒站】kàobiānrzhàn〔慣〕"靠邊"②。

【靠不住】kàobuzhù〔形〕不可靠；不能相信：這個人心眼兒太活，～｜道聽途說的消息～。

【靠得住】kàodezhù〔形〕可靠；可以相信：那個人實誠，～｜這消息哪兒來的？～嗎？

【靠墊】kàodiàn〔名〕（隻）用在床、沙發、椅子上，供人腰部或背部倚靠的墊子：沙發～。

【靠近】kàojìn〔動〕❶彼此空間距離近：他家～地鐵站，上下班很方便。❷向目標運動，使距離縮短：部隊悄悄～了攻擊目標｜我們有強大的火力，敵人～不了我們。

【靠攏】kào // lǒng〔動〕❶向某處挨近；靠近：輪船向碼頭～｜命令部隊向中間地帶～｜費了挺大勁，還是靠不攏。❷從思想上靠近；親近：跟群眾～。

【靠譜】kào // pǔ（～兒）〔形〕比喻比較符合常理或情理：他現在說話越來越不～，沒人信他的｜你的答案還靠點兒譜。

【靠旗】kàoqí〔名〕（面）戲曲舞台上紮靠（身穿鎧甲）的武將斜插在背後的三角形繡旗，通常為四面。

【靠山】kàoshān〔名〕比喻可以倚仗的有實力的個人或集體：我沒有～，也不需要～｜祖國是華僑強大的～。

【靠山吃山】kàoshān-chīshān〔諺〕靠近山，就依靠山來生活。比喻利用地區本身的客觀條件來求得發展：～，靠海吃海｜這裏山清水秀，可以發展旅遊業，這叫～吃山。

【靠手】kàoshǒu〔名〕椅子兩側讓手扶住或擱住的部分：～椅｜這種椅子沒有～。

【靠頭】kàotour〔名〕可供依靠的人或條件：得找個～靠一靠｜他沒有靠山沒甚麼～。

燺 kào〔動〕用貝熬煮帶湯的魚、肉等，使湯汁變濃、變乾。

kē ㄎㄜ

叺 kē 見下。

【叺呰】kēlā(-la)同"坷垃"。

坷 kē 見下。
另見 kě（756頁）。

【坷垃】kēlā(-la)〔名〕（北方官話）土塊；類似土塊的東西：砸～（把土塊敲碎）。也作坷拉。

匼 kē ❶用於地名：～河（在山西）。❷見下。

【匼匝】kēzā〔動〕〈書〉周圍環繞；匝屏～。

呵 kē 用於地名：～叨（在泰國）。
另見 ā（1頁）；á（2頁）；ǎ（2頁）；à（2頁）；a（2頁）；hē（523頁）。

珂 kē ❶〈書〉一種像玉的美石：～佩。❷〈書〉馬籠頭上的裝飾：乘馬鳴玉～。❸(Kē)〔名〕姓。

【珂羅版】kēluóbǎn〔名〕印刷上用的一種照相版，用照相的方法將圖、文曬製在塗有感光膠層的玻璃版上做成，多用於複製精緻的藝術品。也作珂瓓版。[英 collotype]

> **珂羅版小史**
> 珂羅版19世紀發明於法國、德國。清光緒初年傳入中國，先有上海徐家匯天主教堂用於印製聖母像，後廣泛用於複製古代書畫。珂羅版最適合複製水墨畫。

【珂瓓版】kēluóbǎn同"珂羅版"。

苛 kē ❶瑣碎；繁重：～捐雜稅。❷〔形〕刻薄；狠毒：待人很～｜他們提出的條件未免太～了。❸(Kē)〔名〕姓。

【苛捐雜稅】kējuān-záshuì〔成〕又重又多的捐稅：封建社會～多如牛毛｜徹底廢除～。

【苛刻】kēkè〔形〕（要求）過分嚴厲；（條件）過高，刻薄：～的條件｜對人不要太～。

【苛求】kēqiú〔動〕過分嚴厲地要求：對前人不要～｜～人家不好。

【苛責】kēzé〔動〕過分嚴厲地責備：不要這樣～她了｜雙方都有責任，不能只～一方。

【苛政】kēzhèng〔名〕殘暴壓迫、搜刮人民的政治：～猛於虎。

柯 kē ❶〈書〉斧子的柄：伐～｜斧～。❷〈書〉樹枝：～葉綿密｜交～錯葉。❸(Kē)〔名〕姓。

【柯爾克孜族】Kē'ěrkèzīzú〔名〕中國少數民族之一，人口約18.6萬（2010年），主要分佈在新疆西部，少數散居在黑龍江。柯爾克孜語是主要交際工具，有本民族文字。

科 kē ㊀❶〔名〕學術、課程或業務的類別：文～｜理工～｜掛哪一～的號？❷〔名〕機關企業按工作性質分別設置的辦事單位：財務～｜人事～｜機關中～室眾多。❸〔名〕生物分類系統的第五級，在目之下，屬之上：貓～｜桑～｜豆～｜這種植物屬甚麼～？❹指科舉或科舉考試所分的科目等：開～取士｜五子登～｜父子同～。❺(Kē)〔名〕姓。
㊁〈書〉❶法律；法規：金～玉律｜作奸犯～。❷判處：～以罰金。

K

㊂❶ 戲曲裏的滑稽動作和表演：插～打諢。❷ 舊時訓練戲曲藝徒的組織：坐～｜出～｜～班出身。❸ 古典戲曲劇本中指示角色做出某種表情或某種動作的用語：笑～｜歎～｜飲酒～。

語彙 本科 預科 專科 轉科 照本宣科

【科白】kēbái〔名〕古典戲曲劇本中稱角色的動作和道白。科是動作，白是道白。

【科班】kēbān(～兒)〔名〕❶ 舊時從幼兒開始，培養成專業戲曲演員的民間專業培訓組織（培訓期限一般七年到十年）：北京有幾個有名的京戲～兒。❷ 比喻學校或專門機構正規嚴格的教育訓練：繪畫，你是～出身，我只是半路出家｜從事醫務工作之前，應該接受～訓練。

【科第】kēdì〔名〕古代科舉取士，分科排列等第；借指科舉考試或錄取名榜：不務～｜名登～。

【科幻】kēhuàn〔名〕科學幻想：～小說｜～影片｜這種武器，只存在於～當中。

【科技】kējì〔名〕科學技術：～界｜～術語｜糧食產量又創新高，～是關鍵｜發展～事業。

【科教】kējiào〔名〕科學教育：～興國｜～戰綫。

【科教片】kējiàopiàn（口語中也讀 kējiàopiānr）〔名〕(部)科學教育影片的簡稱，通過形象化的手段介紹各種科學技術知識的影片。

【科舉】kējǔ〔名〕中國封建時代通過分科考試來選拔文武官吏的制度。始於隋朝，唐朝分秀才、明經、進士等科，宋以後考試專用儒家經義，明、清兩代文科只考八股文，武科考騎射、舉重等武藝。1905 年廢止。

最後的科舉考試

清朝科舉分童試、鄉試、會試和殿試，考取者分別為秀才、舉人、貢士和進士。光緒三十年（1904 年），是甲辰正科之年，因時逢慈禧七旬壽辰，改稱甲辰恩科，經過禮部會試後，譚延闓等 273 名貢士於七月初四日參加殿試。第二年，慈禧假意維新，推行新政，下詔廢停科舉。這樣，這次甲辰恩科殿試便成了中國歷史上最後一次科舉考試。

【科考】kēkǎo〔名〕科學考察：南極～｜參加野外～。

【科盲】kēmáng〔名〕缺乏科學常識的成年人：掃除～｜早日摘掉～的帽子。

【科目】kēmù〔名〕學科、賬目中對事物劃分的類別：研究～｜會計～｜醫學的～繁多。

【科普】kēpǔ〔形〕屬性詞。科學普及方面的：～作家｜～工作｜～影片。

【科室】kēshì〔名〕機關企業等設置的業務部門（科、室）的總稱：～人員｜精簡～。

【科壇】kētán〔名〕科學技術界：～新秀｜～明星。

【科頭】kētóu〔名〕光頭，不戴帽子。也指禿頭：～失帽遇狂風｜～跣足（不戴帽子，不穿鞋子，形容生活困苦或窘迫）。

【科學】kēxué ❶〔名〕關於自然界、社會和思維的客觀規律的分科的知識體系或綜合體系，是人們在社會實踐的基礎上產生和發展而成的經驗總結：自然～｜社會～｜～工作者｜～家｜～技術是第一生產力。❷〔形〕合乎科學的：～態度｜～地總結幾十年來的經驗｜這樣的分類不～。

【科學發展觀】kēxué fāzhǎnguān 以人為本，促進經濟社會和人的全面發展的理論。

【科學家】kēxuéjiā〔名〕(位，名)在科學研究上有較大成就的人；有時偏指自然科學的專家學者：著名～｜～訪談錄。

【科學性】kēxuéxìng〔名〕符合科學要求的性質：～強｜缺乏～｜本書～、趣味性結合得很好。

【科學學】kēxuéxué〔名〕把科學本身當作一種社會現象來研究的學科，從整體上研究科學的本質、體系結構、發展規律、社會功能以及促進科學發展的一般原理和方法等，包括科學情報學、科學經濟學、科學預測學等。

【科學院】kēxuéyuàn〔名〕(所)國家或地區級別最高、規模最大的，專門從事科學研究的機構，有綜合性的和專門性的：中國～｜社會～｜農業～｜軍事～。

【科研】kēyán〔名〕科學研究：～經費｜～項目｜～成果｜～人員｜搞～。

【科員】kēyuán〔名〕(位，名)國家公務員的一種非領導職務名稱，在科長之下，辦事員之上。

珂 kē ❶ 繫船的木椿。❷ 見 "玡珂"（1693 頁）。

棵 kē〔量〕多用於植物：一～秧苗｜一～草｜三～樹｜五～大白菜｜多種幾～葡萄。

【棵兒】kēr〔名〕❶ 植物的體積：這塊地裏的棉花～大。❷ 植株：老鼠鑽到豆～裏（豆棵之間）去了。

軻（軻）kē ❶ 古代指車軸用兩木接合的車子。❷（Kē）〔名〕姓。
另見 kě（756 頁）。

搕 kē〔動〕向別的物體上碰，震落附着物：～了～煙袋鍋兒｜在石頭上～掉了鞋上的土。

嗑 kē(～兒)〔名〕（東北話）話語：嘮～（閒談）｜歪理斜～｜嘮不完的～。
另見 kè（760 頁）。

稞 kē 大麥的一種：～麥｜青～。

痾（疴）kē / ē ❶〈書〉病：染～｜養～｜沉～不起（沉痾：重病）。❷（Kē）〔名〕姓。

窠 kē〔名〕鳥獸、昆蟲居住的巢穴：狗～｜蜂～｜鳥雀爭～｜～宿異禽。

【窠臼】kējiù〔名〕〈書〉一般文章或藝術作品所

墨守的老格式、舊套子：不落～（比喻風格獨創，不落俗套）｜敢於擺脫前人～，形成自己的風格。

榼 kē 古代盛酒的器具：小～｜執～承飲（拿着酒杯倒上酒）。

磕 kē〔動〕❶ 碰撞在堅硬物體上：不小心｜腿一石頭上了｜摔了一跤，把門牙～掉了｜碟大碗小，～着碰着（比喻常在一處的人容易發生爭吵）。❷ 有目的地磕打（使破或去掉污物）：～雞蛋｜～鞋子～下不少塵土來。

【磕巴】kēba ❶〔動〕〈口〉結巴；口吃：說話～。
❷〔名〕（個）說話結巴的人：他是個～。

【磕打】kēda〔動〕把器物向地上或硬物上碰，震落附着物：在鞋底子上～煙袋鍋兒｜～掉笸箕上的米粒｜把鞋拿到外面去～～。

【磕磕絆絆】kēkēbànbàn（～的）〔形〕狀態詞。
❶ 因道路不平坦或腿腳不靈便而費力行走：～地跑去找醫生｜他走起路來總是那樣～的。
❷ 比喻工作上有障礙，生活中有矛盾：現在不談妥，日後～的不好相處。

【磕磕碰碰】kēkēpèngpèng（～的）〔形〕狀態詞。
❶ 走道不穩，東歪西倒的樣子：那人神情恍惚，～地在林間亂撞。❷ 互相碰撞的樣子：臉盆太大，～的，不好往窗口裏送。❸ 比喻工作或生活上有衝突，不順利：共同生活久了，彼此間～的事越來越多，關係也隨之惡化。

【磕碰】kēpèng ❶〔動〕（東西與東西）互相碰撞：凍得牙齒直～｜瓷器經不起～。❷〔動〕（人與人）互相碰撞：鄰里相處很好，一次～也沒出現過｜夫妻之間磕磕碰碰，不順心的事常有發生。❸（～兒）〔名〕器皿碰撞留下的傷痕：會議室裏的茶杯，沒有一個完好，都有～兒。❹（～兒）〔名〕比喻打擊或挫折：遇到點～兒也是對你的鍛煉。

【磕頭】kē//tóu〔動〕一種行禮的方式，雙膝跪在地上，雙手扶地，前額着地或近地：下跪～｜快來給你爹～｜磕了三個頭。

【磕膝蓋】kēxīgài（～兒）〔名〕（北京話）膝蓋：超短裙當將蓋不住～。

瞌 kē 因睏倦想睡覺的樣子。

【瞌睡】kēshuì ❶〔動〕由於睏倦而不自覺地進入睡眠或半睡眠狀態：我都～了｜白天太累了，一吃過晚飯就～極了。❷〔名〕由於睏倦而進入的睡眠或半睡眠狀態：睡意：打～｜打了一會兒～｜一點兒～沒有｜～蟲（謔稱經常打瞌睡的人）。

蝌 kē 蝌下。

【蝌蚪】kēdǒu〔名〕（隻、條）蛙或蟾蜍的幼體，小圓頭帶細尾巴，生活

在水裏：青蛙常常忘記它曾經是～（比喻人忘了自己經歷過的幼稚無知的階段）。

【蝌蚪文】kēdǒuwén〔名〕古代一種書體，筆畫頭粗尾細，形似蝌蚪，故稱。

頦（颏）kē（～兒）臉的最下部分，在嘴和兩腮的下邊：下巴～兒。
另見 ké（753 頁）。

顆（颗）kē〔量〕用於顆粒狀的東西：一～星星｜一～～牙齒｜一～種子｜一～圖章｜一～手榴彈。

辨析 顆、棵　形近易誤，用於植物時：「棵」用於植物本身，如「一棵葡萄（荔枝、花生）」；「顆」用於植物的珠狀果實，有時相當於「粒」，如「一顆葡萄（荔枝、花生仁兒）」。

【顆粒】kēlì〔名〕❶ 指某些小而圓的東西：～肥料｜呈～狀｜小麥～飽滿｜這些珍珠的～大小很整齊。❷（糧食的）每一顆，每一粒：洪澇災害，～無收｜精打細收，～不丟。

髁 kē〔名〕骨頭兩端圓而突起的部分：股骨～。

ké 丂ㄜˊ

咳〈欬〉ké〔動〕咳嗽：～了幾聲｜把痰～出來。
另見 hāi（504 頁）；"欬" 另見 kài（742 頁）。

【咳嗽】késou〔動〕喉部或氣管裏的黏膜受刺激而引起反射，把吸入的氣猛烈呼出，聲帶也振動發聲：突然～了一聲｜這幾天老～｜不抽煙就不～了。

揢 ké〔動〕（北京話）❶ 卡（qiǎ）住：這扇門開不開，大概叫甚麼東西～住了｜鞋小了～腳。❷ 刁難；為難：～人｜你別拿這事來～我。❸ 暗中扣取：他～了我們一筆錢。

殼（壳）〈殼〉ké（～兒）〔名〕〈口〉某些物體較堅硬的外皮：核桃～兒｜烏龜～。注意 "殼" 的不同讀音是同一義，在口語、書面語中，在不同組合中的變異。《異讀詞審音表》（1985 年）說明："ké" 多用於口語的單音詞及少數日常生活事物的複音詞，如殼兒、貝殼兒、腦殼；"qiào" 多用於書面語言的複音詞，如地殼、甲殼、軀殼。
另見 qiào（1082 頁）。

語彙　貝殼　彈殼　蛋殼　卡殼　腦殼

【殼股】kégǔ〔名〕港澳地區用詞。股票市場用語。上市公司股份中已沒有實際資產或資產很少、只剩下空殼（公司名稱）的股份：他們公司想盡快上市，買了一個～，借殼上市了。

頦（颏）ké 見 "紅點頦"（541 頁）、"藍點頦"（797 頁）。
另見 kē（753 頁）。

kě ㄎㄜˇ

可 kě ㊀〔動〕❶ 表示同意；可以：模棱兩～｜不置～否｜無～無不可。❷ 助動詞。表示許可或可能（用於口語或正反對舉）：牢不～破｜～望而不～即｜～有～無｜～買～不買。注意 緊跟在助動詞後面的也可以是形容詞，如"可長可短、可大可小、可胖可瘦、可寬可窄"等。

㊁❶〔動〕適合：～人心意｜不知道能不能～你的意？❷〔動〕助動詞。表示值得：～歌～泣｜～看的東西很多｜～遊覽的地方不少｜我沒甚麼～彙報的了。❸（Kě）〔名〕姓。

㊂❶〔副〕〈書〉大約：潭中魚～百許頭｜階前寬～數丈｜年～二十上下。❷〔副〕〈口〉表示強調語氣。用於一般陳述句：這一問～把我給問住了｜小兩口的感情～好了｜他特聰明，辦法～多了｜外面雨～不小，等會兒再走吧｜你～真愛管閒事！❸〔連〕表示轉折語氣：都這麼說，～沒人見過｜要這麼大的鑽石，～哪兒有呢？❹〔副〕用於祈使句，表示必得如此方好：咱們～不能反悔！｜你～不能打退堂鼓！❺〔副〕用於感歎句，表示驚異：你～承認了！｜這～是競技場上零的突破啊！｜這一下大夥～放心了！❻〔副〕表示疑問：一向～好？｜跟他一起去你～同意？

另見 kè（757 頁）。

語彙 不可 兩可 猛可 寧可 認可 許可 非同小可 缺一不可

【可愛】kě'ài〔形〕值得喜歡；令人喜愛（跟"可憎""可惡""可恨"相對）：～的祖國｜這孩子真～｜湖水清得很～。注意 "可愛"做修飾語，一定得帶"的"，才能置於中心語之前，如"可愛的家鄉""可愛的小朋友""可愛的小鴿子"等。

【可悲】kěbēi〔形〕令人悲痛；使人悲哀（跟"可喜"相對）：～的結局｜處境～｜這實在很～。注意 "可悲"做修飾語，一般帶"的"，如"可悲的結局""可悲的境況"等。

【可鄙】kěbǐ〔形〕令人鄙視：指出他～可笑的地方｜我覺得他很～｜自暴自棄是最～的。

【可變】kěbiàn〔形〕屬性詞。可以或可能發生變化的：～容器｜～資本。注意 "可變電容器""可變資本"已經凝固為複合詞，"可變"後面一定不能帶"的"。

【可不是】kěbushì〔副〕表示肯定或贊同，意為"怎麼不是""哪能不是"：～，我也這麼想來着｜您是東北人吧？——～，我是哈爾濱人。也說可不。

【可操左券】kěcāo-zuǒquàn〔成〕比喻有成功的把握：這事情我看～。也說左券可操。參見"左券"（1829 頁）。

【可乘之機】kěchéngzhījī〔成〕可供利用的時機：不給敵人以～｜只要有～，他從不放過。

【可持續發展】kěchíxù fāzhǎn 一種指導社會經濟發展的科學思想，指通過合理利用資源，保護生態環境，兼顧眼前和長遠利益，使社會經濟能長期不斷地前進。20 世紀 70 年代提出後對各國有廣泛的影響。

【可恥】kěchǐ〔形〕被認為羞恥（跟"光榮"相對）：臨陣退縮～｜淪為～的叛徒｜沒有比虛偽更～的了｜極為～的一頁。

【可倒】kědào〔副〕表示轉折或出乎意外，意思跟"可"或"倒是"相同：別看他年紀小，懂的～不少｜你～好，把我們撇一邊兒，自己吃館子去了！

【可讀性】kědúxìng〔名〕文章、書籍等具有的吸引人、使人願意閱讀下去的特性：～強｜缺乏～｜這雖說是一部工具書，卻有很強的～。

【可歌可泣】kěgē-kěqì〔成〕值得歌頌讚美，使人感動得流淚。指悲壯的事跡非常令人感動：～的英雄事跡｜無數抗日將士，英勇悲壯地鬥爭～。

【可耕地】kěgēngdì〔名〕經過開墾適於種植農作物的土地。

【可觀】kěguān〔形〕❶ 值得看；好看：花團錦簇，着實～｜新開闢的旅遊景點大為～。❷（數目）多；程度高：質量改進後，該產品收益很～｜這次考試取得了～的成績。

【可貴】kěguì〔形〕值得珍視；珍貴：難能～｜時間最～｜這是她的～之處｜他對真理的執着追求尤為～。

【可好】kěhǎo〔副〕正好；恰巧：我正想找你，～你來了。

【可恨】kěhèn ❶〔形〕令人憤恨；使人痛恨（跟"可愛"相對）：這班人實在～｜～的歹徒。❷〔動〕加在某件不願發生的事情前，表示遺憾：～時間不夠，很多好書都無法細讀。

【可嘉】kějiā〔形〕值得嘉獎：精神～｜志向～。

【可見】kějiàn ❶〔動〕可以看見：～度（物體能被看見的清晰程度）｜～光｜池中游魚，清晰～。❷〔連〕連接語句，表示可以做出推論：公司連夜召開會議，～情況十分緊急｜我最近時常發病，～身體不如以前了。注意 承接長句或段落，常用"由此可見"，以加強語氣。

【可見光】kějiànguāng〔名〕（束）人的眼睛能感受到的光波，其波長範圍是 390-770 納米。

【可見一斑】kějiàn-yībān〔成〕（從竹管裏看豹子）能見到豹身上的一塊斑紋。比喻可以從部分推知全體：管中窺豹，～，看一下交易會上的出口商品，就可以了解到中國經濟發展的概貌了。通常跟"管中窺豹"連用。

【可腳】kějiǎo（～兒）〔形〕（鞋、襪等）適合於腳的大小肥瘦：試試這雙鞋～不～｜這雙襪子很～兒，穿起來挺舒適的。

【可敬】kějìng〔形〕值得尊敬：一位～的老人｜公而忘私，可欽～！

【可卡因】kěkǎyīn〔名〕從古柯葉中提取的一種藥物，白色結晶狀粉末。有局部麻醉作用，能使中樞神經興奮，毒性大，慢性中毒較嗎啡嚴重。[英 cocaine]

【可靠】kěkào〔形〕❶可以信賴和依靠：他是個很～的人｜招來的人都～嗎？❷真實可信：材料～｜據～消息｜～性（真實可信的程度）｜你聽來的話～不～？

【可可】kěkě〔名〕❶（棵，株）常綠喬木，葉子和果實均為卵形，其種子經過焙炒、粉碎後製成可可粉，可做飲料或供藥用。❷用可可樹種子製成的粉末。❸用可可粉加糖和牛奶等製成的飲料。以上也叫蔻蔻（kòukòu）。[英 cocoa]

【可口】kěkǒu（～兒）〔形〕（食品、飲料等）味道好；合乎口味：味美～｜飯菜十分～｜不怎麼～兒。

【可蘭經】Kělánjīng〔名〕（部）古蘭經。

【可樂】kělè ㊀〔形〕令人發笑：這孩子裝扮成老頭兒，真～｜他講的笑話太～了。㊁〔名〕❶小喬木。產於非洲西部熱帶地區，全年兩次開花，兩次結果。種子含有可可鹼和咖啡鹼，可供藥用，或用來製作飲料。❷一種用可樂的子實為原料加工配製而成的碳酸飲料：可口～｜百事～｜天然～｜～瓶。[英 cola]
注意 這個“可樂”用的是“可口可樂”的後兩個音節（cola），因“可口可樂”是一種大眾飲料，故可用“可樂”泛指類似的一般飲料。

【可憐】kělián ❶〔形〕值得憐憫；樣子相當～｜多～的孩子｜～身上衣正單，心憂炭賤願天寒。❷〔形〕〈書〉可愛：自名秦羅敷，～體無比。❸〔形〕〈書〉可惜：～無補費精神。❹〔形〕形容很少、很差，不值得一提：這一帶雨水少得～｜一點～的家產。❺〔動〕憐憫；同情：村裏人很～這個孤寡老人｜他自作自受，沒人～他｜我只～他的無知。

【可憐蟲】kěliánchóng〔名〕比喻可憐而又可鄙的人：誰阻擋歷史車輪前進，誰就將變為向隅而泣的～！

【可惱】kěnǎo〔形〕使人惱恨：來信～已極。

【可能】kěnéng ❶〔形〕（情況）可以成為事實：在～的條件下給予照顧｜團結一切～團結的力量｜這是唯一～的辦法｜不偏不倚，事實上不～。❷〔名〕可能性：需要和～常常不一致｜變化有多種～。❸〔副〕表示估計；或許：建議～會被採納｜他還不知道現在的情況。

【可能性】kěnéngxìng〔名〕事物在發展過程中的有成為事實的屬性或趨勢：據我看來，贏得這場比賽的～很大。

【可逆反應】kěnì fǎnyìng 在一定條件下，可向生成物方向進行又可向反應物方向進行的化學反應（區別於“不可逆反應”）。

【可怕】kěpà〔形〕令人害怕：真～｜十分～｜洞裏陰森森的，～得很｜～的事情終於發生了｜那些壞人虛張聲勢，這並不～。

【可欺】kěqī〔形〕可以欺負：不要認為我軟弱～。
注意“可欺”一般不單獨做謂語，常同“軟弱”“年幼”“年老”等組合。

【可氣】kěqì〔形〕令人氣惱；使人生氣：剛換的衣服就弄髒了，真～！｜怎麼說也說不通，你說～不～！

【可巧】kěqiǎo〔副〕恰好；湊巧：去找他時，～他不在家｜今天倉庫起火，～有人發現了，才沒有釀成大禍。

【可親】kěqīn〔形〕值得親近：使人願意親近：～可敬｜和藹～。

【可取】kěqǔ〔形〕值得贊許；值得仿效、汲取：肯刻苦學習，這很～｜他身上的～之處不少｜這個方案據我看無一～。

【可圈可點】kěquān-kědiǎn〔成〕文章寫得好，值得加以圈點。現多用來形容表現出色，值得肯定或讚揚：在北京奧運會上，中國隊的表現～。

【可燃冰】kěránbīng〔名〕一種存在海底沉積物中的可以燃燒的白色冰狀物，是在低溫高壓條件下水與天然氣作用形成的。20世紀70年代美國學者首次發現。

【可人】kěrén〈書〉❶〔名〕值得肯定的人；適合心意的人：此君定是～｜為甚麼不道出～名姓？❷〔形〕適合人意；使人滿意：風姿～｜溫柔～的姑娘。

【可身】kěshēn（～兒）〔形〕〈口〉可體：這件衣服穿着真～｜我其實沒有幾套～兒的衣服。

【可視電話】kěshì diànhuà 一種利用攝像機和光纖傳輸設備等傳遞圖像和聲音的通信裝置：～可以讓通話人耳聞其聲，眼見其形。

【可是】kěshì ❶〔副〕實在是；真是（含強調意）：說話～要算數｜論人品，他～百裏挑一｜她登台演唱～不尋常。❷〔連〕表示轉折（用在主語前或主語後）：這文章雖然不長，～內容很豐富｜今天風真大，～不怎麼冷｜嘴裏不說，心裏～想着呢！

辨析 可是、但、但是、然而、不過 都是表示轉折關係的連詞，但略有區別：a）“但”“但是”“然而”表示轉折的程度較重；“可是”表示轉折的程度較輕；“不過”則更輕一些，且多帶委婉色彩。b）“可是”多用於口語；“但”“但是”“不過”兼用於口語和書面語；“然而”多用於書面語。c）“可是”“但”“但是”可與“雖然”呼應着用，“然而”“不過”極少這樣用。

【可塑性】kěsùxìng〔名〕❶膠泥、塑料、大部分金屬等所具有的在外力或高溫條件下變形，並保持其所變成的形狀的性能。❷生物體的某些性質在不同生活環境的影響下，能發生某種變化的特性。❸比喻人的思想、才能、性格等能在外界影響下發生一定變化的特性：青年人思想活躍，～強｜年齡一大，～就不大了。

【可體】kětǐ〔形〕衣服適合身材的大小肥瘦；合身：她裁剪的衣服都很～。

【可望而不可即】kě wàng ér bùkě jí〔成〕只能從遠處望着，而不能接近或企及。比喻一時難以實現或達到：～的海上仙山｜科學頂峰不容易攀登，但絕不是～的。

【可謂】kěwèi〔動〕〈書〉可以說是；可以算是：老師對他的教育和挽救～仁至義盡｜這傢伙真～死心塌地，死不悔改了。

【可惡】kěwù〔形〕令人厭惡；使人痛恨（跟"可愛"相對）：這些害蟲真～｜他連小孩子也欺負，太～了。**注意**這裏的"惡"不讀 è。

【可吸入顆粒物】kěxīrù kēlìwù 長時間飄浮在大氣中，可進入呼吸道的微小顆粒物（直徑小於10微米），其污染程度是大氣質量評價的重要指標。

【可惜】kěxī〔形〕使人惋惜；令人惋惜：這些書都是有益的，賣了未免～｜毫不～地把多餘的字、句、段刪去｜我今天遲到了，沒趕上合影｜你要買的戲票，～賣完了。

【可喜】kěxǐ〔形〕令人高興；值得欣喜（跟"可悲"相對）：取得了～的成績｜你考取了大學，～可賀！｜尤為～的是，今年效益特別好。

【可笑】kěxiào〔形〕❶令人恥笑：說這種話也太幼稚～了｜無知到這種地步，真是又～又憐。❷引人發笑：那樣子滑稽～｜你這個笑話一點兒也不～｜說到～的地方，滿屋子都是笑聲。

【可心】kě//xīn〔形〕稱心；合意：買了一頭～的牲口｜這事兒總算～如意了｜住這樣的房子，他一點也不～。

【可信】kěxìn〔形〕值得信賴；可以相信：～度｜此人不～｜他的話～嗎？

【可行】kěxíng〔形〕可以實行；行得通：～性｜方案訂得切實｜你看這個建議～不～？

【可行性】kěxíngxìng〔名〕（意見、方案、計劃等所具備的）有可能付諸實施的屬性：訂計劃要考慮～｜這個方案的～如何？

【可疑】kěyí〔形〕值得懷疑；令人懷疑：發現了～的人｜發現了一條～的綫索｜這人形跡～，大家應提高警惕。

【可以】kěyǐ ㊀〔動〕助動詞。❶表示主觀能力可做得到：人類～征服自然｜問題會搞清楚，你～放心｜兩個人抬不動，～三個人抬。❷表示有某種作用：棉花～紡紗｜棉紗～織布｜廢物完全～利用起來。❸表示環境或情理上許可：你們先去參觀再來開會也～｜誰都～提意見｜我～進來嗎？——。❹表示值得（做某事）：這個問題～大力研究｜這本書～看看。㊁〔形〕❶差強人意：這篇文章寫得還～｜這套衣服還～吧？❷厲害；夠分量：你這兩句話說得真～｜這幾天實在忙得～。❸說（說話人不樂意的意思）：不管不顧，把菜都吃光了，你真～！**注意**㊁的①②③三項用法都沒有否定式。

> **辨析** **可以、會**　都表示可能或能夠，但有不同：a）"可以"往往是表示對於通常不容易做到的事有力量做到；"會"多半用來說明經過學習或練習後具有了某種技能。如"病人可以走路了"是說終於恢復了走路的能力，而"會走路了"是說在經過學習、練習後，初次獲得某種技能，如"孩子會走路了"。"會走路"還可以是"走路的技術好、善於走"的意思，如"他很會走路，一天能走一百多里"。b）"可以"的否定式是"不能"或"不可以""不值得"；"會"的否定式是"不會"或"不能"。c）"會"可以表示情勢上有可能，"可以"沒有這種用法，如"這麼大雨，他還會來嗎？"，不能說成"這麼大雨，他還可以來嗎？"

【可意】kě//yì〔形〕適合心意；稱心如意：她們對這兒的一切都很～｜老人不願看到那不～的媳婦｜他介紹的對象你～不～？

【可有可無】kěyǒu-kěwú〔成〕有也行，沒有也行。形容無關緊要，無足輕重：文章寫完後至少看兩遍，儘量將～的字、句、段刪去｜這門課很重要，不是～的。

【可憎】kězēng〔形〕❶令人厭惡；可恨（跟"可愛"相對）：語言無味，面目～｜既可憐，又～｜～可恨的敵人。❷可愛（表示男女極度相愛的反話，多見於舊小說、戲曲）：看你那～模樣。**注意**"憎"不讀 zèng。

【可着】kězhe〔介〕〈口〉表示就着某個範圍不增不減，緊扣某種需要保持不大不小或不多不少：做衣服時就～這塊料子裁吧｜～勁兒幹｜買多少你就～錢花吧。

坷　kě 見"坎坷"（744 頁）。
另見 kē（751 頁）。

岢　kě 用於地名：～嵐（在山西西部）。

炣　kě〈書〉火。

軻（轲）　kě 見"轗軻"（744 頁）。
另見 kē（752 頁）。

渴　kě ❶〔形〕口乾想喝水：我～了｜口很～｜～極了。❷迫切地：～慕｜～求｜～望｜～想｜～仰。❸（Kě）〔名〕姓。

語彙 乾渴 焦渴 解渴 消渴 如飢似渴 望梅止渴
飲鴆止渴

【渴慕】kěmù〔動〕非常仰慕；十分羨慕：懷着～
的心情參觀了魯迅故居｜～上北京讀大學。

【渴念】kěniàn〔動〕十分想念：～遠方的朋友｜他
一直～故鄉。

【渴求】kěqiú〔動〕迫切要求或追求：～上進｜～
知識｜這是我～已久的一部書。

【渴望】kěwàng〔動〕迫切希望或盼望：～着能上
大學｜我們都～媽媽及早回來。

【渴想】kěxiǎng〔動〕❶十分想念：切盼回音，慰
我～。❷迫切盼望：～着試驗成功的一天。

kè ㄎㄜˋ

可 kè 見下。
另見 kě（754頁）。

【可汗】kèhán〔名〕古代鮮卑、柔然、突厥、回
紇、蒙古等族稱最高統治者為"可汗"，意為
"王"：昨夜見軍帖，～大點兵。**注意** "可汗"
不讀 kěhàn。簡稱汗。

克 kè ㊀❶能夠：～勤於邦，～儉於家｜不～
分身前往。❷克制：～己奉公｜柔能～
剛。❸同"剋"①。❹（Kè）〔名〕姓。
㊁〔量〕❶質量或重量單位，符號 g。1 克
等於 1 千克（公斤）的千分之一：這顆寶石重
3～｜一封平信不得超過 20～。舊稱公分、克蘭
姆。[法 gramme] ❷藏族地區的容量單位，1 克
青稞約重 12.5 千克。❸藏族地區的地積單位，播
種 1 克種子的土地，約合 1 市畝。
另見 kè "剋"（758頁）。

語彙 毫克 夾克 撲克 坦克 休克 馬賽克
羅曼蒂克

【克敵制勝】kèdí-zhìshèng〔成〕同"剋敵制勝"

【克服】kèfú〔動〕❶戰勝；制伏：～缺點和錯誤｜
沒有～不了的困難。❷〈口〉盡力承受；忍
受：這個條件比較差，咱們～一下吧｜一點小
病小痛，我能～。也作剋服。

【克格勃】Kègébó〔名〕指原蘇聯的"國家安全
委員會"。也指克格勃人員。[俄 Комитет
Государ-ственной Безопасности，縮寫作 КГБ]

【克己】kèjǐ ❶〔動〕克制自己的私欲：～奉公。
❷〔形〕舊時商人稱公平交易，價錢公道：賣
這個價錢，我們很～了。❸〔形〕節省；不隨
便花錢：他一向很～，生活儉樸。

【克己奉公】kèjǐ-fènggōng〔成〕嚴格約束自己，
忠實執行公務：為人謙虛謹慎，～。

【克拉】kèlā〔量〕用於計量寶石、鑽石、珍珠等的
重量單位，1 克拉等於 200 毫克，即五分之一
克。[法 carat]

【克郎球】kèlángqiú〔名〕一種遊藝項目，在四周
是擋板、四角有洞的盤上進行，木球為扁圓柱
形，由二至四人輪流用木棍撞擊一公用球以轉
擊己方的球，先使己方的球全部入洞者為勝。
也叫康樂球、康樂棋。[英 crown]

【克朗】kèlǎng〔名〕瑞典、挪威、丹麥、冰島等
國家的本位貨幣。[拉丁 corona]

【克里姆林宮】Kèlǐmǔlín Gōng〔名〕莫斯科市著
名宮殿。原為沙俄的皇宮，十月革命後為蘇
聯最高黨政機關所在地，現為俄羅斯中央政
府所在地。蘇聯時期常用來指蘇聯政府或蘇聯
決策機構，現常用來指俄羅斯中央政府。[英
Kremlin，從俄 Кремль]

【克隆】kèlóng〔動〕❶人工誘導的動物無性繁
殖。其特點是經過人工操作，使動物不通過生
殖細胞（精子和卵子）的結合而繁殖後代，也
可繁殖出相同的細胞或器官。1997 年英國科學
家首次利用成年動物細胞克隆出一隻名叫"多
莉"的綿羊。❷比喻照原樣複製：市場上出現
了名畫贋品，是高手～出來的。[英 clone]

【克勤克儉】kèqín-kèjiǎn〔成〕既很勤勞，又能節
儉：～地過日子｜發揚兢兢業業、～的精神。

【克山病】kèshānbìng〔名〕一種地方病，病因不
明，一說是由一氧化碳慢性中毒所引起，一說
由缺乏硒及其他微量元素引起。症狀是胸悶，
噁心，吐黃水，四肢冷，血壓低，下肢浮腫，
有時呼吸困難，嚴重的可致死亡。因最初發現
在黑龍江省克山而得名。

【克制】kèzhì〔動〕用理智抑制（自己的感情等）：
他努力～着自己，不發火｜再也～不住內心的
喜悅。也作剋制。

刻 kè ❶〔動〕用小刀子或尖的東西在竹、
木、玉、石、金屬等物品上雕成花紋、文
字等：～圖章｜～蠟紙｜～印古書｜精雕細～。
❷舊同"剋"⑤。❸經過雕刻的物品：石～｜
木～｜石～｜原～。❹〔量〕古代指計時器漏壺
立箭上一個刻度表示的時間。❺〔量〕指鐘錶計
時十五分鐘的時間：七時一～吃早餐｜十一時
三～下課。**注意** "二刻"或"兩刻"一般不說，只
說"一時半""兩點半""三點三十分"等。但可
以說"兩刻鐘"，不過不如說"半點鐘"或"半小
時"習慣。❻泛指時刻；短暫的時間：此～｜無
時無～｜～不容緩｜就是千斤大力士也有疲憊的
一～。❼表示程度深：深～｜～苦｜～意求工。
❽冷酷無情：～薄｜～毒｜忌～｜～嚴。

語彙 碑刻 即刻 尖刻 苛刻 立刻 銘刻 木刻
片刻 頃刻 鏨刻 石刻 少刻 蝕刻 原刻 篆刻
精雕細刻 千金一刻

【刻板】kèbǎn ❶〔動〕用木板或金屬板刻成印刷
用的底版：中國很早就能～印刷了。也作刻
版。❷〔名〕（塊）用木板或金屬板刻成的印刷

用的底版：～已殘缺不全。也作刻版。❸〔形〕比喻呆板；不靈活；沒變化：你也太～了｜他言談舉止都很～。

【刻本】kèběn〔名〕（部）用木刻板印成的書本：浙江～｜活字本訛誤一般多於～｜這部宋版書是杭州的～。

【刻薄】kèbó ❶〔形〕待人接物冷酷無情，苛求過分（跟“寬厚”相對）：待人～｜～無情｜做事情為甚麼要這樣～？❷〔動〕譏諷：你別～他｜他就愛～人。

【刻不容緩】kèbùrónghuǎn〔成〕片刻也不能耽誤。形容情勢很緊迫：搶險救災，～｜先辦理這件～的事。

【刻刀】kèdāo〔名〕（把）雕刻用的刀具。

【刻毒】kèdú〔形〕刻薄狠毒：言語～｜為人十分～｜不要幹這麼～的事。

【刻度】kèdù〔名〕儀表、量具等上面所刻畫的標有數碼的條紋，用來表示尺寸、電壓、溫度等的大小：～盤｜～瓶｜這把尺子～模糊。

【刻骨】kègǔ〔形〕刻在自己骨頭上，借指感念或仇恨異常強烈而深刻：～相思｜～的仇恨｜彼此仇視，簡直到了～的地步。

【刻骨銘心】kègǔ-míngxīn〔成〕銘刻在心靈深處。形容將某事牢記在心，永遠不忘：我一直～牢記您的恩德。也說鏤骨銘心。

【刻畫】（刻劃）kèhuà〔動〕❶用刀子或尖銳的東西刻寫：牆上嚴禁胡亂～。❷運用語言文字來描寫或運用繪畫、雕塑、表演等其他藝術手段來表現（人物形象、性格等）：～入微｜～英雄人物的形象｜把人物性格～得十分鮮明深刻。

【刻苦】kèkǔ〔形〕❶能吃苦，肯下苦功夫：～學習｜工作～認真｜他們練球～極了！❷儉省樸素：生活很～｜過慣了～的生活。

【刻漏】kèlòu〔名〕漏壺。

【刻錄】kèlù〔動〕運用特定設備和應用軟件把數據寫入光盤：他把婚禮錄像～到了光盤上｜他～了幾張光盤。

【刻石】kèshí〔名〕（塊）刻有文字、圖畫等的碑碣石壁等：泰山～｜秦始皇～｜～的年代已不可考。

【刻絲】kèsī 同“緙絲”。

【刻寫】kèxiě〔動〕用鐵筆在鋪有蠟紙的謄寫鋼板上書寫：～蠟紙｜連～帶油印我全包了。

【刻意】kèyì〔副〕專心着意；用盡心思：～求工｜～為詩｜她並不～修飾，卻楚楚動人。

【刻印】kèyìn〔動〕❶雕刻印章：快速～，立等可取。❷刻板印刷：古代～一部書得花很長時間。❸（思想）深刻地印上痕跡：那情形至今還～在我的腦海中｜～在心上的事情，永遠也不會忘記。

【刻舟求劍】kèzhōu-qiújiàn〔成〕《呂氏春秋·察今》載，楚國有一個乘船過江的人，劍掉在水

裏，他就在船舷上刻個記號，說：“這是劍掉下去的地方。”船停了，他就從刻有記號的地方下去找劍，但找了很久也沒有找到。後用“刻舟求劍”比喻拘泥固執，不懂得變通。

剋 （克）〈尅〉 kè ❶戰勝；攻破：戰必勝，攻必～｜～敵制勝｜連～數城｜相生相～（本自五行之說，相生指木生火，火生土，土生金，金生水，水生木；相剋指水剋火，火剋金，金剋木，木剋土，土剋水）。❷同“克”㊀②。❸消化：～食｜～化。❹減少應給的數量：～斤短兩｜～扣。❺約定或限定（時間）：～期動工｜～日興師。

另見 kēi（760頁）；“克”另見 kè（757頁）；“尅”另見 kēi“剋”（760頁）。

語彙 相生相剋

【剋敵制勝】kèdí-zhìshèng〔成〕打敗敵人，取得勝利：學習和掌握～的本領。注意 這裏的“制”不寫作“致”。也作克敵制勝。

【剋服】kèfú〔動〕同“克服”。

【剋復】kèfù〔動〕戰勝敵人後奪回（失地）：～失地｜～城池。

【剋扣】kèkòu〔動〕減少或扣下（應該發給別人的財物）：～糧餉｜～獎金｜加班費被～了。

【剋期】（刻期）kèqī〔副〕嚴格限定日期：～完成｜～動身｜～興工。

【剋日】（刻日）kèrì〔副〕剋期：～完工。

【剋食】kèshí〔動〕幫助消化食物：水果能～｜吃點～的東西。

【剋星】kèxīng〔名〕❶迷信的人認為有些人會對另一些人的命運產生不利影響（像金、木、水、火、土相生相剋一樣），這些人便是另一些人的剋星：人家說她是丈夫的～。❷比喻相剋的事物：廣告上說這種新藥是胃病的～。

【剋制】kèzhì〔動〕同“克制”。

恪 kè ❶〈書〉恭敬；謹慎：～遵｜～勤。❷（Kè）〔名〕姓。注意 “恪”客家話讀（què），某些人名就讀此音，如陳寅恪（què）。

【恪守】kèshǒu〔動〕〈書〉嚴格遵守：～諾言｜～協議｜～中立。注意 這裏的“恪”不寫“克”或“刻”。

客 kè ❶〔名〕客人（跟“主”相對）：請～｜會～｜送～｜來～了｜他是誰家的～？❷〔名〕顧客；旅客：～滿｜所有招待所都住滿了～。❸客商：珠寶～。❹奔走各地從事某種活動的人：政～｜刺～｜鏢～｜香～。❺寄居他鄉：～寓｜～居｜久～他鄉。❻寄居或遷居外地的人：獨在異鄉為異～，每逢佳節倍思親。❼非本地區、本單位、本行業的；外來的：～隊｜～座教授｜～串。❽過去的（一年）：～歲｜～冬。❾獨立於人類意識之外的：～觀｜～體。❿〔量〕（吳語）用於按每人一份兒出售的食品、飲料等：

一～燒賣｜兩～蛋炒飯｜三～冰激凌。**⑪**（Kè）
〔名〕姓。

> **語彙** 賓客 常客 乘客 房客 貴客 過客 好客
> 嬌客 旅客 門客 陪客 捐客 清客 食客 說客
> 堂客 稀客 俠客 香客 謝客 遊客 遠客 政客
> 知客 做客 座上客 不速之客

【客幫】kèbāng〔名〕統指在本地經商的外地人結
　成的團體、集團。

【客艙】kècāng〔名〕飛機或輪船上載客的部分。

【客場】kèchǎng〔名〕體育比賽中，某體育運動隊
　作為客人到對方所在地的場地進行比賽，這個
　場地對這個體育運動隊來說就是客場（跟"主
　場"相對）：該隊在～作戰，將打得很艱苦。

【客車】kèchē〔名〕（列，輛）鐵路、公路上載運
　旅客的車輛（區別於"貨車"）。**注意** 公路客車
　指汽車，鐵路客車即載客火車，包括行李車、
　餐車、郵車。

【客船】kèchuán〔名〕（隻，條，艘）泛指載運旅
　客的船：姑蘇城外寒山寺，夜半鐘聲到～。

【客串】kèchuàn（～兒）〔動〕**❶** 非梨園行的人臨時
　參加戲班演出（不但不取報酬，而且要花費不
　少）。也指非本地、本單位的演員臨時參加演
　出：票友都喜歡登台～一番。**❷** 比喻臨時做非
　本行的工作：他在學校教書，只是～一下，講
　完課還要回出版社去當編輯。

【客店】kèdiàn〔名〕（家，間）規模不大，設備普
　通的旅店：沿河一帶都是～｜到～投宿。

【客隊】kèduì〔名〕（支）應邀前來參加比賽的外
　國、外地或單位的體育代表隊（跟"主隊"相
　對）：拉拉隊給主隊鼓掌，也給～加油。

【客飯】kèfàn〔名〕（份）**❶** 企事業單位食堂裏臨
　時供給客人供應的飯。**❷** 飯館、各種公共場所論
　份兒賣的飯。

【客房】kèfáng〔名〕**❶**（間）家庭中供客人住宿的
　房間：西邊一間是～。**❷**（間，套）旅館、客
　店供旅客住宿的房間：～服務｜加強～管理。

【客觀】kèguān〔形〕**❶** 屬性詞。在意識之外，不
　依賴主觀意識而存在的（物質世界）；認識的一
　切對象（跟"主觀"相對）：～決定主觀｜現
　實｜～形勢｜他總是強調～。**❷** 按照事物的本
　來面目去考察，不帶個人偏見的（跟"主觀"相
　對）：看問題要～一些｜分析問題很～｜說他
　不～是不符合事實的。

【客戶】kèhù〔名〕**❶**（家）泛指由外地遷來不久
　的住戶：村上有幾家～。**❷**（家，位）商業部
　門、工廠企業稱前來洽談買賣的人：香港～｜
　東北～｜接待～。

【客機】kèjī〔名〕（架）載運旅客的飛機：大型～。

【客籍】kèjí〔名〕**❶** 寄居的籍貫（區別於"原
　籍"）：原籍安徽，～江西｜處理好本地人與～
　人的關係。也叫寄籍。**❷** 寄居本地的外地人：

以～相待｜～先富起來了。

【客家】Kèjiā〔名〕指從西晉末年（4 世紀初）開
　始，到宋元之際（13 世紀後葉），因躲避戰亂，
　而歷次自黃河流域大批南遷的漢人，現分佈於
　廣東、福建、四川、湖南、廣西、江西、台
　灣、海南等省區：～人｜～話（漢語方言之一）。

【客流】kèliú〔名〕運輸、商業部門指在一定時間
　內流動的旅客、顧客等：～量｜掌握～規律｜
　鐵路部門將有序疏導春節期間的～。

【客輪】kèlún〔名〕（艘，條）載運旅客的輪船：長
　江～。

【客票】kèpiào〔名〕（張）旅客乘坐車船、飛機的
　票：代售～｜～窗口。

【客氣】kèqi **❶**〔形〕謙虛而有禮貌：對人非常～｜
　盡說～話｜客客氣氣地送他們走了。**❷**〔動〕
　交往中說客氣話，做出客氣的動作：兩人～了
　一番，才開始談到正題｜咱們之間不必～。

【客卿】kèqīng〔名〕戰國時代指在本國做官的別
　國人：待以～之禮。

【客人】kèrén(-ren)〔名〕（位）**❶** 應邀來做客的
　人；有事來探訪的人（跟"主人"相對）：家裏
　來了～。**❷** 指旅客：旅社備有接送～的車。
　❸ 指客商；商販：販運瓷器的～。

【客商】kèshāng〔名〕（位，名）往來各地經商的
　人；外地來的商人：他負責接待～的工作｜
　二十多個省市的～雲集上海｜很多～來本市投
　資興辦企業。

【客水】kèshuǐ〔名〕從別處流入本境內的水：興修
　水庫以攔截上游～｜連日暴雨，附近各縣的～
　洶湧而來，造成了洪澇災害。

【客死】kèsǐ〔動〕遠離家鄉、在外地死去：～他
　鄉｜～異域。**注意** "客死"後帶表示地區的賓
　語，不能用"在……"把它提到前面做狀語，
　如"客死他鄉"，不說成"在他鄉客死"。

【客歲】kèsuì〔名〕〈書〉去年：～南行｜如彼，
　今歲如此，來歲可知。

【客套】kètào **❶**〔名〕表示客氣的程式；表示客氣
　的話、動作：我們是老朋友，不必講～｜見了
　面沒有任何～｜～話。**❷**〔動〕說客氣話：免
　不了～幾句｜他是晚輩，您跟他還～甚麼呢？

【客套話】kètàohuà〔名〕（句）表示客氣的套話，
　如"勞駕、借光、慢走、請上坐、留步、多謝
　光臨"等。

【客體】kètǐ〔名〕**❶** 哲學上指主體以外的客觀事
　物，是主體認識和實踐的對象（區別於"主
　體"）：～是不依賴於主體而存在的。**❷** 法律
　上指主體（自然人、法人等）的權利、義務所
　指向的對象，包括物品、行為等。

【客廳】kètīng〔名〕（間）專門用來會客的廳堂。

【客源】kèyuán〔名〕旅客的來源（就旅館業、旅
　遊業和交通運輸業的業務來說）：出國旅遊～
　越來越多｜尋找新的～。

K

【客運】kèyùn〔名〕(運輸部門承辦的)對旅客的運輸(區別於"貨運")：～量｜～站｜～業務｜～列車｜春節前後,～特別繁忙。

【客站】kèzhàn〔名〕客運站,經營客運業務的車站：北京西～｜在～等我。

【客棧】kèzhàn〔名〕(家)規模不大,設備普通的旅店。多兼營貨物存放和運轉業務。

【客座】kèzuò ❶〔名〕待客的座位：請來賓入～。❷〔形〕屬性詞。指應邀在外單位或外地、外國從事講學、研究或演出等活動而不在對方編制內的：～教授。

氪　kè〔名〕一種氣體元素,符號 Kr,原子序數 36。無色無臭,可做 X 射綫的屏蔽材料。

嗑　kè〔動〕用牙齒咬(帶殼兒的或硬的東西)：～瓜子兒｜老鼠把櫃子～破了。
另見 kē(752 頁)。

溘　kè〔副〕〈書〉忽然；突然：～逝(突然去世)｜朝露～至。

愙　kè〈書〉同"恪"。

課(课)　kè ㊀〔名〕❶(門)教學的科目；課程：三年級有五門主～｜選修～。❷(堂,節)教學的時間段落：每週上三十節～｜今天下午沒～｜下了這堂～才有時間。❸教材的段落：這本教材的～數太多,上不完｜預習第二冊第三～。❹舊時某些機構分設的辦事部門：秘書～｜財務～｜供銷～。
㊁❶舊指賦稅：國～｜定～。❷〔動〕徵收(賦稅)；差派(勞役)：～稅｜～以二十天拘役勞動。
㊂占卜的一種：起～(求卜)｜文王～(舊時一種用制錢或銅圓為卜具的占課法)。

語彙　罷課　備課　補課　大課　功課　兼課　講課　開課　曠課　上課　授課　占課　主課　必修課　基礎課　選修課　專業課

【課本】kèběn(～兒)〔名〕(冊,套)教科書：語文～｜數學～｜預訂～。

【課表】kèbiǎo〔名〕(張,份)學校中按週編排的各班級上課科目和時間的課程表：排～｜按～上課｜～上今天下午沒課。也叫課程表。

【課程】kèchéng〔名〕❶(門)學校教學的科目；功課：開設了三門～｜研究一下～的設置問題。❷上課的進程：～表｜～緊不緊？

【課代表】kèdàibiǎo〔名〕(位,名)在學生中推舉出來負責與某一課程任課教師聯繫的學生代表：語文～｜數學～。

【課改】kègǎi〔動〕課程改革：推行～方案｜基礎教育～｜實驗區。

【課間操】kèjiāncāo〔名〕(套)學校在課間(通常安排在上午 10 時左右)組織學生做的體操：堅持做～｜～時間。

【課件】kèjiàn〔名〕計算機用的教具,利用應用軟件將講授內容包含的文字、聲音、圖像以及視聲剪輯等製成多媒體的形式,可以在課堂或遠距離播放。

【課內】kènèi〔名〕課堂以內(區別於"課外")：～作業｜～解決問題,課外不留作業。

【課時】kèshí〔名〕(個)課堂教學的時間單位,通常以 40 至 50 分鐘為一課時：中學教師每週授課 12～｜你兼了幾個～的課？也叫課時。

【課堂】kètáng〔名〕❶正在進行教學活動的教室：～紀律｜～裏氣氛很活躍。❷泛指適於進行各種教學或研究活動的場所：第二～(指有組織的課外活動)｜社會是個大～。

【課題】kètí〔名〕❶學習、研究的重要問題：以實際問題為研究的～｜～組。❷擺在面前亟待解決的重大事項：治理城市空氣污染是個大～。

【課外】kèwài〔名〕課堂以外,上課以外的時間(區別於"課內")：～作業｜～輔導｜有些活動安排在～進行。

【課文】kèwén〔名〕(篇)教科書中的正文：請看～｜今天不講～｜每篇～有每篇～的重點。

【課業】kèyè〔名〕功課和作業：減輕～負擔｜每天的～都能完成｜不耽誤～。

【課餘】kèyú〔名〕上課以外的時間：～時間｜～愛好｜豐富學生的～生活｜利用～參加社會實踐。

【課桌】kèzhuō〔名〕(張)學生上課用的桌子：一間教室安排 50 張～。注意 可以說"課桌椅",但是不能說"課椅"。

緙(缂)　kè 見下。

【緙絲】kèsī〔名〕中國特有的一種絲織工藝,也指用這種工藝織成的衣料物品。特點是以細蠶絲為經,各種顏色的蠶絲為緯,經綫縱貫織品,而緯絲只在特定之處和經綫交織,構成文字或圖畫。這種"通經斷緯"的織造方法使畫面呈現很強的立體感,當空照視,猶如刻鏤而成,所以也作刻絲。

錁(锞)　kè〔名〕舊時作為貨幣用的小金錠或銀錠。也叫錁子。

騍(骒)　kè 雌性的(馬、騾、驢等)。

【騍馬】kèmǎ〔名〕(匹)母馬。

kēi ㄎㄟ

剋(尅)　kēi〔動〕〈口〉❶打,打架：這孩子太淘氣,氣得他媽直～他了｜沒吵兩句,兩人～起來了。❷責罵；申斥：辦錯了事,領導狠～了他一頓。
另見 kè(758 頁)。

【剋架】kēi//jià〔動〕(北京話)打架：誰再～，就把誰送到派出所去｜兩個人剋了一架。

kěn ㄎㄣ

肯〈⊖冃〉kěn ㊀❶ 附着在骨頭間的肉：中(zhòng)～｜～綮(qìng)。❷(Kěn)〔名〕姓。

　　㊀〔動〕❶ 表示同意：大家勸了半天，她才～了。❷ 助動詞。願意或樂意(怎麼樣)：～幹｜～賣力氣｜～接受批評｜不～不去｜不～來？注意 a) 單用時，"肯"前面不能加"很"，也不能說"很肯"。類似的如"會""願"，前面都不能加"很"，如不能說"很會""很願"，但"很願意"就可以說了。b) "不肯不"表示一定要，十分堅決，不等於"肯"。

語彙　寧肯　首肯　中肯

【肯定】kěndìng ❶〔動〕承認事物的存在或事物的真實性(跟"否定"相對)：成績應該～｜～我們的工作｜～一切或否定一切，都是片面的。❷〔動〕做出判斷；確定：他來不來，我不能～｜現在可以～，他不會來了。❸〔形〕屬性詞。正面的；表示承認的(跟"否定"相對)：全稱～判斷｜這件事應不應該立即去辦呢？答案是～的。❹〔形〕確切；明確：不能含糊其詞，要給一個～的回答｜他說得非常～。❺〔副〕一定；必定；無疑問：他～會來的｜勝利～是屬於我們的｜你～記錯了｜今年～能增產。

【肯幹】kěngàn〔動〕願意做(某事)：這事他未必～｜就看他～不～了｜～髒活、累活嗎？｜他一天忙到晚，非常～｜工作積極｜無論叫他幹甚麼活兒，他都很～。

【肯綮】kěnqìng〔名〕〈書〉筋骨結合的所在；比喻事物的關鍵或要害：深中～(比喻深刻地觸及了問題的核心)。

【肯於】kěnyú〔動〕願意(做某事)；樂意(做某事)：～承擔責任｜～過艱苦生活。注意 "肯於"做讚語時帶表示某種行為的動詞性賓語，如"肯於出錢""肯於與人合作"。

啃 kěn〔動〕❶ 把東西一點一點地咬下來：～桃子｜～雞腿｜老鼠把抽屜～壞了。❷ 比喻刻苦鑽研或攻剋陣地等：～書本｜抱着業務書使勁～。

辨析 啃、咬　都是指用上下牙齒使勁把東西化整為零地弄下來，但很不相同：a)"啃"是費力地咬，"咬"沒有啃那麼費力。b)"啃"是一點一點地弄下來，"咬"卻不一定把東西弄下來。c)"咬"可以是使牙齒長時間鉗在物體上，"啃"沒有這個特徵，所以可以說"咬住、咬緊"等，"啃"沒有這些用法。

【啃骨頭】kěn gǔtou〔慣〕比喻一點一點地解決難以解決的大問題：困難再大，我們也要啃下這塊骨頭。

【啃老】kěnlǎo〔動〕有謀生能力的成年人仍然依靠父母供養：～族｜在就業市場不景氣的情況下，二十多歲的人～已不足為奇。

【啃書本兒】kěn shūběnr〔慣〕一字一句、一點一點地弄懂書本上的內容：整天～，學得很苦｜別死～，得聯繫實際。

墾〈墾〉kěn ❶〔動〕翻耕土地：～地｜～田。❷ 開墾；開發：～殖｜～荒。

語彙　軍墾　開墾　農墾　屯墾　圍墾

【墾荒】kěnhuāng〔動〕開墾生熟荒地或荒山：科學～，保護生態。

【墾區】kěnqū〔名〕為便於開墾和管理而劃分的較大的農業開發區(多用於命名)：河西～｜全家移居～。

【墾殖】kěnzhí〔動〕開發荒野或水面，進行種植、養殖等生產：～場｜鼓勵農民科學～。

懇〈懇〉kěn ❶ 真誠：～請｜～切｜～摯｜誠～｜忠～。❷ 懇求：哀～｜敬～｜務～幫助｜謹～大力支援。

【懇切】kěnqiè〔形〕誠懇而殷切：～的目光｜話語～｜她說得十分～。

【懇請】kěnqǐng〔動〕懇切地邀請、請求：～專家指導｜經老王一再～，他答應留下來。

【懇求】kěnqiú〔動〕誠懇而鄭重地請求：他～媽媽允許他去｜他多次向她～。

【懇談】kěntán〔動〕懇切地交談、談心：～會｜定期～｜上次～距今已有兩個月了。

【懇託】kěntuō〔動〕懇切地託付：～您幫我代幾天課｜這件事就～您了。

【懇摯】kěnzhì〔形〕〈書〉誠懇真摯：情意～｜言辭～感人。

kèn ㄎㄣ

掯 kèn ❶ 強迫；刁難：勒～。❷〔動〕壓，按：～住他的頭。❸〔動〕眼裏含着：～着淚花。

裉 kèn〔名〕衣服腋下的接縫(fèng)部分：煞～｜抬～。

kēng ㄎㄥ

坑〈阬〉kēng ❶(～兒)〔名〕地面窪下去的地方：沙～｜創一個～｜一個蘿蔔一個～(比喻人員或財物各有專用，沒有多餘)。❷ 地洞；地道：～井｜～道｜礦～。❸ 活埋：焚書～儒。❹〔動〕坑害；陷害：奸商～人｜不允許用粗劣的節目來～觀眾！❺(Kēng)〔名〕姓。

"阬"另見 Kēng（762 頁）。

語彙 彈坑 糞坑 火坑 礦坑 茅坑 泥坑 沙坑 水坑 陷坑 窯坑

【坑道】kēngdào〔名〕(條)❶ 為採礦而建成的通道：礦井下有數條～。❷ 為作戰而建成的地下工事和通道：～爆破｜～戰。

【坑害】kēnghài〔動〕用欺騙、狠毒的手段使人受損害：這批偽劣商品把消費者都～了｜一夥歹徒到處作案，～百姓。

【坑坑窪窪】kēngkēngwāwā（～的）〔形〕狀態詞。地面或物體表面凸凹不平：一路上～，很不好走｜這黑板～的，怎麼寫字！

【坑矇拐騙】kēng-mēng-guǎi-piàn 用矇騙手段使人受到損失或傷害：不法商人銷售偽劣商品，對顧客～｜人販子～，受害的多是婦女兒童。

【坑農】kēngnóng〔動〕坑害農民：認真解決農村市場上的～問題｜保證做到種子、化肥供應不～。

【坑騙】kēngpiàn〔動〕用花言巧語或圈套使人上當受害：～顧客｜～錢財｜她被人～了｜保險公司的行為應當受到制裁。

吭 kēng〔動〕發聲（說話）：一聲不～｜到死也沒一~聲。
另見 háng（515 頁）。

【吭哧】kēngchi ❶〔擬聲〕形容因用力而發出的重濁不清的聲音：他～～地刨地｜老牛在槽頭～地嚼着乾草｜火車～～地開始移動起來。❷〔動〕吞吞吐吐地說：他～了老半天才說出一句話來。❸〔動〕比喻做事費力，動作緩慢：好容易才把這筆賬～清楚了｜這道算術題他到底也沒～出來。以上也作吭吃、吭嗤。

【吭氣】kēng // qì（～兒）〔動〕吭聲；說話：他沒～｜幾個人都不～｜你倒是吭個氣兒呀！

【吭聲】kēng // shēng（～兒）〔動〕〈口〉發出聲音；說話（多用於否定式）：老不～幹甚麼？｜幾天都沒吭一聲｜半天他才吭一聲兒，真叫人着急。

阬 Kēng〔名〕姓。
另見 kēng "坑"（761 頁）。

硜（硁）kēng〈書〉❶〔擬聲〕形容敲擊石頭的聲音：石聲～～然。❷ 淺薄固執：～～執小節（在小節上固執）｜～～自守（固執地生活在小圈子裏，以保全自己）。

鏗（铿）kēng〔擬聲〕形容響亮的撞擊聲：～的一聲｜～～有聲｜車輪～～地響着，列車進站了。

【鏗鏘】kēngqiāng〔形〕❶ 形容（聲音）響亮好聽：～悅耳｜～的鑼鼓聲。❷ 形容（語言）響亮有力：這首詩讀來～有力｜～的誓言在空中久久迴蕩。

【鏗然】kēngrán〔形〕〈書〉形容（聲音）響亮悅耳：銀鈴～作響｜這段解說詞，讀來～有聲。

kōng ㄎㄨㄥ

空 kōng ❶〔形〕裏面沒有東西：箱子裏～～的｜房子裏～無一人｜這棵樹叫螞蟻～了｜我是～着手來的。❷〔形〕裏面缺乏內容；不切實際的：這話很～｜～言無補。❸ 天空；空間：晴～｜長～｜碧～｜對～射擊。❹ 沒有：目～一切｜人財兩～。❺〔副〕沒有效果；白白地：～喜歡了一陣｜～有一身本領｜莫等閒白了少年頭，～悲切！❻（Kōng）〔名〕姓。
另見 kòng（767 頁）。

語彙 半空 當空 低空 防空 高空 航空 架空 凌空 領空 鏤空 憑空 撲空 上空 司空 太空 騰空 星空 虛空 懸空 真空 買空賣空 四大皆空 天馬行空 坐吃山空

【空靶】kōngbǎ〔名〕供訓練對空射擊用的靶子，如輕氣球、無人駕駛飛機等：打～。

【空巢】kōngcháo〔名〕女子長大後從父母家中分離出去，只有老人獨自生活的家庭：～老人｜～家庭。

【空城計】kōngchéngjì〔名〕《三國演義》第九十五回寫蜀將馬謖失守街亭，魏將司馬懿乘勝率軍直逼西城；蜀相諸葛亮無兵迎敵，卻故意打開城門，自己在城樓上彈琴；司馬懿恐有埋伏，不敢進城而引兵退去。後指在危急情況下，掩飾力量空虛，希圖騙過對方的策略：公司已負巨債，但還在唱～，招攬生意｜我無人可派，唱～了。

"空城計"城未必空
"三十六計"中關於空城計的解語是："虛者虛之，疑中生疑，剛柔之際，奇而複奇。"意思是勢虛者故意顯示其虛，使對方更加難以做決斷。在力量對比懸殊時，用此策略有其奇妙之處。

【空乘】kōngchéng〔名〕❶ 指客機上為乘客服務的各種事務：～人員｜～專業。❷（名）指客機上的乘務員：男～。

【空擋】kōngdǎng〔名〕在汽車、拖拉機等用於倒車或改變行車速度的裝置中，齒輪從動齒輪與主動齒輪分離時機器的狀態：掛～。

【空蕩蕩】kōngdàngdàng（～的）〔形〕狀態詞。空曠無物的樣子：夏天的中午，廣場上～的｜剩下我一人在家，心裏覺得～的。

【空洞】kōngdòng ❶〔名〕物體裏或物體上的窟窿：鑄件裏有～｜肺部形成了～｜牆上的～越來越大了。❷〔形〕沒有甚麼東西或內容；很不充實：～的理論｜一間～的屋子｜他心裏很～，好像甚麼也沒有｜少講些～、無物的廢話。

【空洞無物】kōngdòng-wúwù〔成〕(說話或寫文章)沒有實質性內容：有的報告～，聽着要打瞌睡｜～的八股調，誰也不喜歡。

【空對空】kōngduìkōng〔俗〕指相互用空洞的、不切實際的言語來對付：探討理論得聯繫實際，絕不能搞～｜這些老一套的空話能解決甚麼實際問題？完全是～嘛！

【空翻】kōngfān〔動〕一種體育運動的動作，人體在騰空時，向前或向後翻轉一周至幾周的動作：前～三百六十度。

【空泛】kōngfàn〔形〕(文章、演講或談話)空洞浮泛，不着邊際：這篇論文的內容～得很｜談得很～｜少發些～之論。

【空防】kōngfáng〔名〕為保衞國家的領土主權，防備外來侵略，在領空範圍內佈置的防務：鞏固～。

【空腹】kōngfù〔動〕空着肚子；胃裏沒有食物：這藥得～吃下去｜～做胃鏡檢查。

【空港】kōnggǎng〔名〕航空港的簡稱。

【空谷足音】kōnggǔ-zúyīn〔成〕《莊子·徐無鬼》："夫逃虛空者……聞人足音跫(qióng)然而喜矣。"意思是在空曠寂靜的山谷裏聽到人的腳步聲就高興。後用"空谷足音"比喻極為難得的音信、言論或事物：聽到這一消息，真是～，令人異常高興。

【空話】kōnghuà〔名〕(句)內容空洞的話；不切實際的話：少說～，多幹實事｜～連篇，沒有人相信。

【空懷】kōnghuái〔動〕畜牧業上指適齡母畜交配後或經人工授精後未能懷胎：降低～比例｜做好配種工作，不使母畜～。

【空歡喜】kōnghuānxǐ 白高興；高興的對象未出現或不存在：她以為中獎了，誰知～了一場｜畫餅充飢——～。

【空幻】kōnghuàn〔形〕空虛而不真實：情節～｜～無憑。

【空寂】kōngjì〔形〕❶空曠而寂靜：～的原野｜荒漠，闃無一人。❷空虛而寂寞：～的眼神｜與書為伴，不感到～。

【空際】kōngjì〔名〕天地之間的廣闊空間：～雪花飛舞｜歌聲、掌聲、歡呼聲，瀰漫～。

【空架子】kōngjiàzi〔名〕比喻僅有某種形式而無相應內容的事物：那個公司一無資金，二無人員，只有個～。

【空間】kōngjiān〔名〕❶運動着的物質的一種存在形式(另一種存在形式為時間)；就宇宙而言，空間是無限的、無邊無際的。❷空間裏的某一範圍，由一定的長度、寬度和高度構成：房子裏東西少，～就比較大。

【空間技術】kōngjiān jìshù 探索利用宇宙的尖端科學技術，主要包括各種航天器的設計、製造、

發射和應用等。

【空間站】kōngjiānzhàn〔名〕❶圍繞地球航行的載人航天器，設置有各種儀器設備，能進行天文、生物和空間加工等科學技術研究工作。❷(座)設置在月球、行星或宇宙飛船等上面的空間通信設施。以上也叫航天站。

【空降】kōngjiàng〔動〕利用飛機、降落傘等從空中降落於地面：～兵｜～在敵人後方陣地。

【空降兵】kōngjiàngbīng〔名〕❶(支，隊)以空降方式投入地面作戰的兵種。具有空中快速機動能力，能實施遠程奔襲，出其不意地出現在戰場上，斷敵退路，阻截增援，破壞敵導彈核武器設施、指揮機構和後方供應，控制交通樞紐，佔領機場、基地和港口。❷(位，名)這一兵種的士兵。

【空姐】kōngjiě〔名〕(位，名)空中小姐的簡稱。

【空軍】kōngjūn〔名〕(支)在空中作戰的軍隊，通常由各種航空兵和空軍地面部隊組成(區別於"海軍""陸軍")：～部隊｜～基地｜我們有一支強大的～。

【空殼】kōngké〔名〕某些物體堅硬的外皮，裏面甚麼也沒有，常用於比喻：～公司在年檢中被逐一清理。

【空空如也】kōngkōngrúyě〔成〕《論語·子罕》："有鄙夫問於我，空空如也。"原指沒有知識。後用來形容空蕩蕩，甚麼人也沒有或甚麼東西也沒有：口裏誇詩其談，肚子裏～(指沒有學問)｜到現在還沒有吃飯，肚子裏～(指沒有食物)｜大家都搶飯去了，村子裏～(指沒有人)。

【空口】kōngkǒu〔副〕❶指單純地吃飯菜或某種東西的一種：～吃飯(不吃菜)｜～喝酒(不吃菜)｜～吃菜(不吃飯或不喝酒)。❷指單憑嘴說：～無憑｜這不是～說說能夠解決問題的。

【空口說白話】kōngkǒu shuō báihuà〔俗〕形容說話缺乏依據，不留憑據或光說不做：～可不行，你須立個字據來｜把說好的錢拿出來，不能～。

【空口無憑】kōngkǒu-wúpíng〔成〕說話缺乏根據或沒有憑證：～的話就別說了｜～，立字為證(舊時契約常用語)。

【空曠】kōngkuàng〔形〕地方寬闊空蕩，沒有東西阻礙：～的原野｜江邊非常～｜大掃除過後，院子裏～了些。

【空廓】kōngkuò〔形〕〈書〉空闊：高原～｜～的藍天。

【空闊】kōngkuò〔形〕地方廣大，顯得開闊：水天～｜一片～的大草原。

【空靈】kōnglíng〔形〕〈書〉❶迷茫；有意境：～的山村景色。❷形容詩中玲瓏剔透的境界(多用於詩評)：水中之月，鏡中之花，意境～。❸形容中國畫作品中留下空白以寄情寓意(多用於畫評)：這幅畫只畫了一條魚，叫人感覺

滿紙江湖，妙在～。

【空論】kōnglùn〔名〕空洞的理論或議論：～不解決任何問題｜少發些～，多辦些實事。

【空落落】kōngluòluò（～的）〔形〕狀態詞。❶空曠冷清：假期的校園，～的沒有一個人。❷若有所失，（心裏）不踏實：剛離開母校，心裏有點兒～的。

【空門】kōngmén〔名〕指佛教。佛教認為"諸法皆空"，以悟"空"為進入"涅槃"（佛教所指最高精神理想）之門，故佛教叫空門：遁入～｜入了～。

【空濛】kōngméng〔形〕〈書〉迷茫；看不清：～如清霧｜江上一片～｜水光瀲灩晴方好，山色～雨亦奇。

【空難】kōngnàn〔名〕（起，次）飛機或其他航空器在航行中發生的災難：～事件｜飛機墜毀造成～，機上人員無一生還。

【空氣】kōngqì〔名〕❶構成地球周圍大氣的氣體；地面上的氣體：～新鮮，沁人心脾。❷一定環境中的情勢或情調；氣氛：學校裏充滿了學習的～｜政治～濃厚｜大家有說有笑，～異常活躍。❸指某種流行一時的風氣：自由主義的～很濃｜那時有一股"左"的～。❹比喻為了某種需要而故意透露或散佈出來的消息、言論等：一面進行戰爭，一面又放出和平的～｜他早就放～，說他不想幹了。

【空氣污染指數】kōngqì wūrǎn zhǐshù 表示空氣污染程度和空氣質量等級的數值。中國規定，空氣污染指數 0-50 空氣質量為優，51-100 為良，101-150 為輕微污染，151-200 為輕度污染，201-250 為中度污染，251-300 為中度重污染，301 以上為重度污染。計入指數的污染物為二氧化硫、一氧化碳、臭氧、二氧化氮、可吸入顆粒物等。

【空氣質量】kōngqì zhìliàng 一定範圍（如城市）的空氣環境適宜人類及其他生物生存和發展的程度：～監測｜～週報。

空氣質量分級表

級別	空氣污染指數	空氣質量
I	0～50	優
II	51～100	良
III₁	101～150	輕微污染
III₂	151～200	輕度污染
IV₁	201～250	中度污染
IV₂	251～300	中度重污染
V	301	以上重度污染

【空前】kōngqián〔動〕（情況）以前沒有過：盛況～｜市場～繁榮｜獲得了～的豐收。

【空前絕後】kōngqián-juéhòu〔成〕以前不曾有過，以後也不會有：這種事很少見，但不是～的。

【空勤】kōngqín〔名〕航空部門指飛行器升空或在空中要做的工作（區別於"地勤"）：～人員｜執行～。

【空嫂】kōngsǎo〔名〕（位，名）已婚的空中女乘務員：有些航空公司招聘～。

【空身】kōngshēn（～兒）〔動〕沒有財物隨身；身邊沒有攜帶物品：他出去是～兒，回來還是～兒｜我見他～兒出去了。

【空駛】kōngshǐ〔動〕運輸的機動車輛等沒有裝載客、貨而空車行駛：減少～，節約汽油｜壓縮～里程｜明天可別～回去。

【空手】kōng//shǒu（～兒）〔動〕❶手裏沒有拿任何東西；兩手空着：我今天是～來的（沒帶禮物）｜不好意思空着手去看老師｜如入寶山～回（應該有收穫而沒有收穫）。❷手邊沒有可資利用的範本、圖樣或資料等：～畫畫兒｜～紮花兒｜我們是～幹起來的。注意"空手"只能做連謂式的第一個謂語，後面要有連帶的謂語動詞，如"空手回家""空手幹起來"。

【空手道】kōngshǒudào〔名〕體育運動項目。形成於日本的一種拳術，源於中國少林寺技擊。不使用任何器械，利用身體各個部位進行徒手格鬥，踢、截、砍等動作交互使用。

【空疏】kōngshū〔形〕〈書〉空泛；疏陋：行文～｜～之論｜治學切戒～。

【空談】kōngtán ❶〔動〕不聯繫實際、不講求實效地談論；只有言論，沒有行動：不要～理論｜～大道理沒人聽｜～一陣甚麼問題也沒解決。❷〔名〕（句）不切實際、無法證實的言論：少來一些～，多辦一些實事。

【空調】kōngtiáo〔名〕（台）電動空氣調節器，用來調節室內溫度、濕度。1911 年美國 W・卡里爾發明：窗式～｜分體式～｜飯店房間裏都裝有～。

【空投】kōngtóu〔動〕（藉助於飛機、直升機等）從空中投下（人員或物品）：～救災物資｜～搶險人員及器材。

【空頭】kōngtóu ❶〔名〕從事股票、期貨等投機交易的人，預料貨價將跌而先賣出尚未買進的現貨或期貨，再伺機買進而賺取其差價，這種做法叫空頭（跟"多頭"相對）：做～｜～市場（價格看跌，宜於做空頭的市場）。❷〔形〕屬性詞。徒有其名而無其實的；不起作用的：～政治家｜送一個～人情。

【空頭支票】kōngtóu zhīpiào ❶因存款餘額不足或透支限額不夠而無法生效的支票：開～是犯法的｜用～抵償——無濟於事。❷比喻不想實現的空話或不準備實踐的許諾：別盡吹牛，～誰不會開？

【空文】kōngwén〔名〕(紙)指沒有實際內容或不起實際作用的文章；有名無實的法規、條約、協議書等：一紙～｜形同～。

【空襲】kōngxí〔動〕用飛機、導彈等從空中襲擊：～敵人的後方｜嚴防敵人～｜～警報。

【空想】kōngxiǎng ❶〔動〕憑空設想或光想不做：你～甚麼呢？｜別～了，還是從實際出發吧｜～家。❷〔名〕不切實際，難於實現的想法：你的這些建議純屬～｜有些～到時候會成為現實也說不定。

┌─────────────────────────────┐
│ 辨析 **空想、理想、幻想**　都指對不存在的事 │
│ 物的想象和希望，都可與"現實"相對，但也有 │
│ 不同：a)"空想"指憑空設想，無法實現；"理 │
│ 想"多根據事理以預想未來，在一定條件下可 │
│ 以實現；"幻想"可以指想入非非或虛構(根本 │
│ 不能實現)；也可指對於美好事物的暢想，並促 │
│ 其變為現實。b)"空想"是貶義詞，"理想"是褒 │
│ 義詞，"幻想"是中性詞。c)"空想"和"幻想" │
│ 各兼屬動詞和名詞，可以帶賓語；"理想"兼屬 │
│ 名詞和形容詞，可以受"不、很、更、太、十 │
│ 分"等副詞的修飾，如"很理想、不理想、不很 │
│ 理想、很不理想"等。 │
└─────────────────────────────┘

【空心】kōngxīn ❶(-//-)〔動〕(東西的)內部有洞，有空隙：蘿蔔空了心了｜大樹叫蟲子吃空了心了。❷(～兒)〔形〕屬性詞。物體內部沒有東西，空的：～菜｜～麵｜～磚｜～板。
　　另見 kòngxīn(767頁)。

【空心菜】kōngxīncài〔名〕(棵)蕹(wèng)菜。

【空心麵】kōngxīnmiàn〔名〕一種中空的細麵條。

【空心磚】kōngxīnzhuān〔名〕(塊)一種空心的磚，有較好的保暖、隔熱和隔音性能。

【空虛】kōngxū〔形〕(精神上或物質上)虛弱不足；沒有實在的東西或內容(跟"充實"相對)：因無知而感到～｜敵人的兵力～｜我不喜歡～的生活。

【空穴來風】kōngxué-láifēng〔成〕戰國楚宋玉《風賦》："臣聞於師，枳句(gōu)來巢，空穴來風。"枳：枳樹；句：彎曲處；空穴：門窗孔洞；來風：通風。比喻消息或傳聞不至於純屬捏造。現在多比喻消息、傳聞毫無根據：關於公司要裁員的傳聞，全係～。

【空言】kōngyán〔名〕空泛而不能實行的言談：～無補於實際｜不尚～，唯務實事。

【空有】kōngyǒu〔動〕❶僅僅具有：～其名，而無其實。❷有某種才能而未發揮作用：沒有機遇，他～過人本事，也只能窮居陋巷。

【空域】kōngyù〔名〕為航空應用而劃定的空中區域：多型號、多～的防空武器｜對 8 號～加強監視。

【空運】kōngyùn〔動〕從空中運輸(區別於"陸運""水運")：～救災物資。

【空戰】kōngzhàn〔名〕(場，次)敵對雙方空軍在空中進行的戰鬥：～訓練｜～激烈｜發生了一場～。

【空置】kōngzhì〔動〕放在一邊不利用：房屋～。

【空中】kōngzhōng ❶〔名〕天空中；離地表較高的空間：～走廊(航空通道)｜飛機在～飛行得很平穩。❷〔形〕屬性詞。用無綫電信號傳播而形成的：～信箱｜～課堂。

【空中大學】kōngzhōng dàxué 台灣地區用詞。廣播電視大學。

【空中管制】kōngzhōng guǎnzhì 空中交通的管理和控制。也稱航空管制。

【空中樓閣】kōngzhōng-lóugé〔成〕建築在空中(與地面不相連屬)的樓閣。比喻脫離實際的、虛幻的事物或構想：你的設想其實是～｜我們的計劃並非不能實現的～。

【空中小姐】kōngzhōng xiǎojiě 飛機上的女乘務員。簡稱空姐。

【空竹】kōngzhú〔名〕(隻)用竹子或木頭製成的一種玩具，中間為圓軸，兩端(或一端)安有帶若干小孔的空心輪兒，玩時用兩根小棍兒，繫上繩子，將空竹拉扯抖動，使發出嗡嗡之聲：抖～。也叫空鐘。

【空轉】kōngzhuàn〔動〕❶機器在無負荷的情況下運轉：注意不要讓馬達～。❷車輪或皮帶輪轉動時，由於摩擦力太小或轉速過大等原因而滑轉：車陷在泥裏，車輪～，開不出來了。也叫打滑。

佺 kōng 見下。
　　另見 kǒng(767頁)。

【佺侗】kōngtóng〔形〕〈書〉蒙昧無知：～不實之輩。

控 kōng 用於地名：廟～(在廣東)。

啌 kōng 見下。

【啌嚨】kōnglōng〔擬聲〕形容撞擊聲：板子在地上一放，～一聲，驚醒了老者。

崆 kōng 見下。

【崆峒】Kōngtóng〔名〕❶山名。在甘肅平涼西。❷島名。在山東煙台東。

K

悾 kōng 見下。

【悾悾】kōngkōng〔形〕〈書〉誠懇的樣子。

硿 kōng 用於地名：～尾（在廣東）。

箜 kōng 見下。

【箜篌】kōnghóu〔名〕古代撥弦樂器，小的最少有五根弦，大的最多有二十五根弦。有豎式箜篌、臥式箜篌：十五彈～，十六誦詩書。

kǒng ㄎㄨㄥˇ

孔 kǒng ❶〔名〕洞；窟窿：鼻～｜毛～｜十七～橋是有十七個～的橋｜百～千瘡｜無～不入。❷〔量〕用於帶孔道的建築或場所：三～土窯｜隧道一～。**注意**"孔"是名詞，也是量詞，如"十七孔橋是有十七個孔的一座橋"，正像"三眼兒井是有三個眼兒的一口井"。"鐵道建橋五十הח) 這是說建了五十座橋，這裏"孔"借指橋，非量詞。❸ 通：～道。❹〔副〕〈書〉很；甚：謀士～多｜需款～急。❺（Kǒng）〔名〕姓。

語彙 鼻孔 面孔 氣孔 橋孔 瞳孔

【孔道】kǒngdào〔名〕（條）通往某處必經的關口：交通～｜新橋建成後將成為溝通南北的～。

【孔方兄】kǒngfāngxiōng〔名〕錢的代稱。因舊時銅錢圓而中間有方孔，故稱（含諧謔意）：～難得來我家中為伴。省稱孔方、孔兄或孔方。

> **"孔方兄"的出典**
> 《晉書·魯褒傳》載，魯褒好學多聞，以貧素自立，因對統治者的貪婪、奢侈深惡痛絕，潛心創作了《錢神論》，對貨幣拜物教現象做了充分的揭露。文中有"錢之為體，有乾坤之象，內則其方，外則其圓，親之如兄，字曰孔方"的說法，故後世以"孔方兄"為錢的別稱。

【孔夫子搬家——淨是輸（書）】Kǒngfūzǐ bānjiā——jìng shì shū〔歇〕孔夫子：孔子。指在較量中總是失敗：人們明知中美男籃比賽的結果肯定是～，但仍舊對它期待着。

【孔家店】kǒngjiādiàn〔名〕五四運動以後對孔子學說及儒家思想文化傳統的貶稱。

【孔孟之道】Kǒng-Mèngzhīdào 指以孔子、孟子為代表的儒家思想和理論體系。

【孔廟】Kǒng Miào〔名〕（座）祭祀和紀念孔子的廟，最早、最大的一座在孔子的故鄉山東曲阜城中。魯哀公末年（公元前479-前476）始建，歷代增修，至明朝中葉（15-16世紀）擴建為現有規模。

【孔明燈】kǒngmíngdēng〔名〕（盞）一種體積較大可以升空的燈籠，上端沒有口，置於底部的燃料點燃後，熱空氣充滿其中，使燈籠冉冉上升。民間常在一些節日放孔明燈。相傳為三國時諸葛亮（字孔明）所發明，故稱。

【孔雀】kǒngquè〔名〕（隻）鳥名，生活在熱帶，體型較大，以植物果實為食。頭上有羽冠，雄的尾部羽毛很長，展開時像美麗的屏扇，有綠孔雀、白孔雀兩種，可供觀賞：～開屏。

【孔雀舞】kǒngquèwǔ〔名〕傣族民間舞蹈。傣族把孔雀當作吉祥的象徵，跳孔雀舞表達自己美好的嚮往。舞姿多模仿孔雀的形態，用象腳鼓、鋩鑼等伴奏。

【孔隙】kǒngxì〔名〕物體上透氣透光的小孔或縫隙：這段時間天氣太冷，得把窗戶周圍的～都糊上。

【孔穴】kǒngxué〔名〕動物常用以棲身的洞：山邊有些～｜牆上的～要堵死。

【孔子】Kǒngzǐ〔名〕儒家學派創始人。姓孔，名丘，字仲尼（約公元前551-前479），春秋末魯國人。自漢以後，他的學說成為傳統文化的主流，影響十分深遠，被尊為聖人。主要思想言論載於《論語》一書。

恐 kǒng ❶ 害怕：爭前～後｜誠惶誠～。❷ 使害怕：陳兵邊境以～敵國。❸〔副〕恐怕，表示推測或擔心：此話～不可信｜這個方案～未必可行。❹（Kǒng）〔名〕姓。

語彙 反恐 驚恐 生恐 唯恐 有恃無恐

【恐怖】kǒngbù ❶〔形〕因生命受到威脅而恐懼：令人～｜孩子心裏很～。❷〔形〕使人恐懼的：～活動｜～手段｜這樣的情景非常～。❸〔名〕使人恐懼的手段或氣氛：白色～｜～組織｜～分子｜粉碎敵人一手製造的～。

【恐怖片】kǒngbùpiàn（口語中也讀 kǒngbùpiānr）〔名〕（部）以恐怖情節和恐怖氣氛貫穿全片的電影類型。如包含鬼神故事、神秘事件、血腥場面、心理變態等內容。

【恐怖主義】kǒngbù zhǔyì 蓄意用暴力手段（如製造爆炸事件、劫持人質等）造成平民或非戰鬥人員的傷亡、財產損失以及精神恐慌，以達到某種政治目的的行為與主張：有效遏制～勢頭，是國際社會高度關注的一個問題。

【恐嚇】kǒnghè〔動〕用威脅的語言或手段嚇唬人：～信｜不要～孩子們｜歹徒用刀～路人，搶奪財物。**注意**"恐嚇"的"嚇"不讀 xià。

【恐慌】kǒnghuāng ❶〔形〕因恐懼而慌張：～萬狀｜十分～｜有點兒～情緒。❷〔名〕使人慌張不安的事情；危機：再也沒有失業的～｜經濟｜糧食怎麼會發生～？

【恐懼】kǒngjù〔形〕害怕；畏懼：非常～｜不必過分～｜～心理。

【辨析】**恐懼、恐怖**　a）"恐懼"是由於危險而引起的害怕，語意較輕；"恐怖"是由於生命受到威脅而引起的害怕，語意較重。b）"恐怖"有時還可做名詞用，如"白色恐怖""製造恐怖"；"恐懼"不能。

【恐龍】kǒnglóng〔名〕（隻）古爬行動物，生活於陸地或沼澤附近，體長自一米至數十米不等，繁衍於 2.5 億年前至 6650 萬年前，後全部滅絕：～化石。

恐龍的命名

"恐龍"（dinosaur，dino 恐懼，saur 蜥蜴、龍），1842 年英國古生物學家理查德·歐文提出此名。他認識到這是一種遠古的蜥蜴（龍）類動物，形狀可怖，故定名為恐龍。

【恐怕】kǒngpà ❶〔動〕擔心；憂慮：他～遲到，早早就起來了｜我～這事會被他們當作把柄。❷〔副〕表示揣度。似乎；大概：～不久新戲就要公演了。

【恐水病】kǒngshuǐbìng〔名〕狂犬病的俗稱。

倥 kǒng 見下。
另見 kōng（765 頁）。

【倥傯】kǒngzǒng〔形〕〈書〉❶（事情）急迫；急忙：戎馬～（形容軍務繁忙）｜行色～。❷困苦；窘迫：～拮据｜愁苦～。注意"倥傯"不讀 kōngcōng。

kòng ㄎㄨㄥˋ

空 kòng ❶〔動〕騰讓出來；使空（kōng）着：標題上下各～兩行｜～出兩節車廂來給代表團用。❷同"控"㊂①。❸〔形〕（空間）未被利用的：～地｜～房間｜船艙裏～位子多着哩。❹（～兒）〔名〕（片，塊）尚未利用的空間；空隙：車上沒有一點～兒了，等下一班車吧｜地上堆滿了書，連下腳的～兒都沒有。❺（～兒）〔名〕尚未佔用的時間；空隙時間：抽～兒來玩｜今天沒～兒，改天再去吧｜咱們甚麼時候有～兒開個小會。注意只在跟"有、沒、抽"連用時，"空"的含義才同"功夫""工夫""時尚"等基本相同；在其他場合，不能或極少用"空"。
另見 kōng（762 頁）。

語彙　抽空　得空　虛空　填空　偷空　閒空

【空白】kòngbái ❶〔名〕（版面、書頁、畫幅等上面）沒有被利用的地方：版面上不要留～｜報刊上用來填補～的短文叫補白｜中國畫最講究～的安排。❷〔名〕泛指尚未開發的領域或項目：這門學科在中國還是一個～｜這項試驗的成功，填補了我國污水治理方面的一個～。❸〔形〕空着的；尚未利用或開發的：～表格｜～支票｜～毛邊紙｜樓群之間有一片地

是～。❹〔名〕比喻空無所有的思想狀態：他腦子裏一片～。

【空白點】kòngbáidiǎn〔名〕空着的地方，比喻工作沒有達到的地區、方面或部分：安全防火的宣傳要消滅死角，不留～。

【空當兒】kòngdāngr〔名〕〈口〉❶（很擁擠的處所裏）可容下小物體的地方：倉庫裏塞滿了東西，連個下腳的～也沒有。❷（很繁忙的時間裏）暫不處理事情的時刻：趁這～跟你說件事兒。

【空地】kòngdì〔名〕（塊）❶尚未利用的土地：這塊～可以建一棟宿舍｜把～都利用起來。❷（～兒）空着的小塊地方：利用教室裏一小塊～兒，辦了一個"圖書角"。

【空額】kòng'é〔名〕實有人員少於規定人員的數額；空着的名額：我們這兒的學生～很多｜再過兩年，可能就沒有～了。

【空缺】kòngquē ❶〔名〕事物中缺少的部分：這項發明填補了我國信息技術的一個～。❷〔名〕空着的職位：有一個副校長的～，你願不願幹？❸〔動〕使空着：～着兩個席位。

【空隙】kòngxì〔名〕❶空着而沒有佔用的少量地方：鐵軌接頭的地方都有一定的～｜利用房前屋後的～，種些向日葵甚麼的。❷空着而沒有佔用的零碎時間：兩節課之間有十分鐘的～｜利用工作～，加緊學習。❸比喻可資利用的機會：不要給敵人留下～。

【空暇】kòngxiá〔名〕沒有事做的時候：一有～，就抓緊自學。

【空閒】kòngxián ❶〔形〕沒有事情做；東西未被利用：這一階段，也挺～｜等我～下來，非好好睡一覺不可｜這套房子一直～着沒人住。❷〔名〕沒有事做的時候：他一年到頭都沒有一刻～｜利用～出外散步。

【空心】kòngxīn（～兒）〔動〕〈口〉空着肚子：～吃藥｜～酒（沒吃東西空着肚子喝下去的酒）。
另見 kōngxīn（765 頁）。

【空餘】kòngyú ❶〔動〕空出來；剩餘：～一點時間，好做別的事情。❷〔形〕屬性詞。空着的；閒着的：～時間｜～教室。❸〔名〕空閒的時間：一天到晚忙得暈頭轉向，一點兒～也沒有。

【空子】kòngzi〔名〕〈口〉❶（在擁擠中）還沒佔滿的少量地方：行李架上滿滿的，一點兒～都沒有了｜快找個～坐下。❷（在繁忙中）還沒佔滿的零碎時間：希望抽～來一趟｜從早忙到晚，哪有甚麼～？❸可供利用的機會或漏洞：別讓人家鑽我們的～｜他們到處打聽，看看有甚麼～可鑽。

控 kòng ㊀控制；操縱：失～｜遙～。
㊁告發：～告｜～訴｜指～｜上～。
㊂〔動〕❶使身體前傾或使身體一部分失去

支撐：他在父母跟前～身賠笑回話｜沒枕頭～着頭睡覺｜坐火車腿～腫了。❷使容器的口兒朝下讓裏面的液體流出：他把酒壺～了又～，總算～乾淨了。

【控告】kònggào〔動〕向國家機關或司法機關告發失職、違法或犯罪的個人或集體：～貪污腐敗的廳長｜正式提出～。

【控股】kònggǔ〔動〕掌握能控制公司決策權的一定比例的股份：～單位｜由誰～？過一段時間才知道。

【控訴】kòngsù〔動〕受害人向司法機關或公眾陳述受害經過，請求做出法律的或輿論的制裁：～書｜～大會｜～大毒梟的罪惡。

【控制】kòngzhì〔動〕❶調節；制止；使不任意活動：～人員外流｜～住自己的感情｜～惡性腫瘤｜～作物病蟲害。❷掌握；調節；使不越出範圍：自動～｜～地面沉降｜～人口增長率｜到年底，資金要適當此～～。❸牽制佔領；使不輕易喪失：～着交通要道｜～了山頭｜把突破口～住｜電台被反對派～起來了。

鞚 kòng〈書〉馬籠頭。

kōu ㄎㄡ

苀 kōu〈書〉蔥。

【苀脈】kōumài〔名〕中醫指脈搏浮大而軟，重按時中空如蔥管的感覺，多見於大出血之後。

摳（抠） kōu ❶〔動〕用手指或細小的東西挖：在地上～個小洞兒｜把臉～破了｜猴兒手裏～不出棗兒來（多用來笑人吝嗇）。❷〔動〕雕刻（花紋）：門楣上有～成的花邊。❸〔動〕仔細琢磨，深入研究：你幫我～這道幾何題｜這本書不值得一字一句地～｜死～字眼，何必呢？❹〔動〕彎曲手指或用帶彎兒的器物扒住凹處：他死死～住一個石窩兒才止住身體下滑。❺（～兒）〔形〕〈口〉吝嗇：誰像他那麼～｜一個棗核也捨不得拿——～得要命。

【摳門兒】kōuménr〔形〕（北京話）形容小氣，吝嗇：別讓人家說咱們～｜幾塊錢都不肯出，誰像他那麼～｜該花的錢就花，別太～。

【摳搜】kōusou〈口〉❶〔動〕用手指或細小的東西挖：一邊說話，一邊用小指～着鼻孔。❷〔動〕搜尋：哪兒都～到了，也沒找着那根繡花針。❸〔動〕節省：～着過日子。❹〔形〕吝嗇：別那麼～，跟鐵公雞似的一毛不拔｜他辦事總是摳摳搜搜的，一點也不大方。❺〔形〕做事不爽快；磨蹭：不過一兩塊錢的事兒，何必跟她～老半天。以上也說摳唆。

【摳唆】kōusuo ❶〔動〕"摳搜"①②③。❷〔形〕"摳搜"④⑤。以上也作摳縮、摳搲。

【摳字眼兒】kōu zìyǎnr 在字句上深究；從遣詞造句上挑毛病：學習要領會精神實質，不要～｜他們摳了半天字眼兒，也沒找出文章的毛病。

彄（弮） kōu〈書〉弓弩兩端繫弦處：弓不受～（弓上沒有刻出繫弦的位置）。

膒（䁖） kōu〔動〕眼睛深陷在眼眶裏：他病得眼睛都～進去了。也說膒瞜（kōulou）。

kǒu ㄎㄡˇ

口 kǒu ❶〔名〕人和動物吃東西的器官；發聲器官的一部分：嘴｜張～就吃｜開～說話｜有～難言。❷指人：拖家帶～｜養家糊～。❸指口味：眾～難調。❹指輿論：眾～一詞｜眾～鑠金。❺（～兒）〔名〕容器通外面的地方：罐子一般都是～小肚大｜瓶子的～破了。❻（～兒）〔名〕供人出入通過或通氣的地方：大門～兒｜窗～兒｜港～｜胡同～兒｜十字路～兒。❼特指長城的關口。多用於地名：張家～｜～北（長城張家口以北一帶）｜～蘑（張家口一帶產的蘑）。❽〔名〕比喻有關政府的部門：財貿～｜政法～｜文教～｜歸～管理。❾（～兒）〔名〕裂口；缺失處：傷～兒｜決～｜衣服裂了個～兒。❿〔名〕（刀、剪等）銳利的部分：刀～｜剪刀還沒有開～｜刀捲～了｜劍上有缺～。⓫〔名〕騾馬等的年齡（因為可以從口中的牙齒來辨認，故稱）：六歲～｜這匹馬～還輕｜幾歲～了？⓬〔量〕用於人口：全家六～人｜五～之家｜全村有多少～人？⓭〔量〕用於牲畜：每戶養一～豬｜全村現有生豬一百五十～。⓮〔量〕用於有口或帶刃的某些東西：一～鍋｜一～棺材｜兩～箱子｜一～井｜一～刀｜一～劍。⓯〔量〕用於跟口有關的動作或事物：能講一～普通話｜喝了三～水｜叫蚊蜒咬了兩～｜一～吃不下一碗飯｜饅頭要一～一～地吃｜深深地吸了一～氣。⓰（Kǒu）〔名〕姓。

語彙　隘口　礙口　拗口　白口　插口　岔口　岔口　出口　創口　瘡口　寸口　渡口　斷口　對口　風口　封口　改口　關口　海口　合口　糊口　虎口　戶口　活口　忌口　家口　緘口　交口　藉口　進口　絕口　可口　空口　苦口　誇口　路口　門口　切口　親口　人口　髯口　山口　閂口　失口　矢口　適口　收口　爽口　順口　鬆口　隨口　胃口　心口　胸口　牙口　閘口　張口　住口　轉口　膾炙人口　拉家帶口　三緘其口　十字路口

【口岸】kǒu'àn〔名〕❶港口：通商～｜廣開～｜國際性的大～。❷海關在邊境地區設立的對過境物品和運輸工具進行監督檢查、徵收關稅、查禁走私的關卡。

【口碑】kǒubēi〔名〕指群眾口頭上稱頌的話；有時也指群眾的口頭評價：～載道（形容到處都

是群眾交口稱頌的聲音)｜～不佳｜這個人～頗好。

【口才】kǒucái〔名〕口頭表達的能力；說話的才能：他～怎麼樣？｜很有～｜我欣賞他～好。

【口吃】kǒuchī ❶〔動〕說話不正常停頓、不自主地重複、延長語詞：他從小～｜～的人不宜當教師。❷〔名〕說話有上述情況的語言缺陷：～可以慢慢治療｜矯正～。也說結巴。

【口齒】kǒuchǐ ㊀〔名〕❶ 指說話的發音吐字：～清楚｜～不清。❷ 說話的本領；口頭表達能力：那人既沒有才幹，～又不行｜他～比我強多了。❸ 言語；談吐：～鋒利｜腦筋靈敏，～流利。㊁〔名〕牲口的牙齒，借指牲口的年齡：看一下～，就知道這牛的年歲｜按～大小定價。

【口臭】kǒuchòu ❶〔動〕(呼氣或說話時)嘴裏發出臭味兒：這幾天～，得去醫院看看。❷〔名〕嘴裏發出的難聞氣味，多由口腔疾病或消化不良等引起。

【口瘡】kǒuchuāng〔名〕唇、舌、口腔等處黏膜發生潰爛的病：生～｜甚麼藥能醫治～？

【口袋】kǒudai(～兒)〔名〕❶(隻)連在衣服或褲子上的兜子，供放小件東西用：中山裝上衣有四個～｜他～裏很有錢｜褲子上縫一個小～兒。❷(條)用布、皮、塑料等製成的裝東西的用具：麪～(裝麪粉的口袋)｜多帶幾個～去。

【口袋書】kǒudàishū〔名〕(本，套)小到能放入衣服口袋的書，因價格低廉且便於攜帶而受歡迎：許多名著都印成了～｜～成了人們的新寵。

【口風】kǒufēng〔名〕言語或語氣中透露出來的某種意向或信息：他是探～來的｜一點兒～也得不到。

【口服】kǒufú ㊀〔動〕嘴上表示信服：他講的道理，大家～心服。㊁〔動〕內服：～藥｜此藥專供外用，不得～！

【口福】kǒufú〔名〕指能吃到好食物的福氣(含詼諧意)：有～｜～不淺｜他沒～，別人把好酒好菜吃完了他才來。

【口腹】kǒufù〔名〕口裏和腹中，借指美好的飲食享受：耽於～｜貪圖～｜素無～之欲。

【口感】kǒugǎn〔名〕食物吃到嘴裏的感覺：這種軟糖吃起來～特別好。

【口供】kǒugòng〔名〕受審的人口頭上對案情的陳述(區別於“筆供”)：筆錄～｜問不出甚麼～｜重證據，不輕信～。

【口含天憲】kǒuhán-tiānxiàn〔成〕《後漢書·朱穆傳》：“當今中官近習，竊持國柄，手握王爵，口含天憲……”天憲：王法。後用“口含天憲”指法律、刑賞等皆出於其口。

【口號】kǒuhào ㊀〔名〕(句)用於宣傳鼓動的帶綱領性的簡短語句：高呼～｜提出響亮的～。㊁〔名〕古體詩的一種體裁，隨口吟成(用於詩的題目)。唐朝的詩人李白、杜甫都有口號詩。

【口紅】kǒuhóng〔名〕(支，管)用於塗抹嘴唇，使唇色紅潤的化妝品：塗～｜抹～。

【口惠而實不至】kǒu huì ér shí bùzhì〔成〕口頭上答應給別人好處，而實際上並沒有兌現。

【口技】kǒujì〔名〕用嘴發聲模仿各種聲音的技藝，屬雜技的一種：擅長～｜聽～｜～演員會模仿各種鳥叫。

【口角】kǒujiǎo〔名〕嘴的一側或兩側；嘴邊：～抽搐，兩眼發直｜～春風(比喻替人吹噓或替人說好話)｜～生風(形容說話流暢利落)。

另見 kǒujué(769 頁)。

【口緊】kǒujǐn〔形〕嘴巴不隨便張開；形容說話小心謹慎，不輕易透露情況：告訴他沒關係，他可～了｜幹機要工作第一要～。

【口徑】kǒujìng〔名〕❶ 器物圓口的內徑：小～步槍｜大～機槍｜～130 毫米的折射望遠鏡。❷ 比喻想法、說法、處理問題的原則等：雙方對上了～，原來想到一塊兒去了｜兩位當事人先後說話的～不一致｜咱們做出了決定，統一了～。

【口角】kǒujué〔動〕因意見不合或利害衝突而互相吵嘴：兩人～不斷｜這點兒小事，也值得跟人發生～！

另見 kǒujiǎo(769 頁)。

【口訣】kǒujué〔名〕(句)概括操作要點便於記誦的簡短語句：珠算～｜傳授他幾句～｜四角號碼查字法～。

【口快】kǒukuài〔形〕❶ 說話不謹慎：他～，早把消息漏出去了。❷ 說話直爽：心直～。

【口口聲聲】kǒukou-shēngshēng〔副〕說了又說，一聲連一聲。形容不止一次地表白、陳說(陳說的內容未必真實)：他～說他會還錢的｜她～說要考研究生。

【口糧】kǒuliáng〔名〕按人口統計供應的日用糧食；每人維持生活所需的糧食。

【口令】kǒulìng〔名〕❶ 戰鬥、操練時指揮員發出的簡短的命令：操場上的～聲、操練聲不絕於耳｜一聲～，全連戰士迅速集合。❷ 臨時約定或規定用來辨別敵我的一種口頭暗語：問明～｜今晚的～是“海豹”，回答是“長江”。

史籍中最早的口令

據《左傳》記載，公元前 525 年，吳楚交戰，吳王乘坐的大船被楚軍繳獲，吳國千方百計要將其奪回。於是，事先派三名士兵偽裝成楚兵潛伏在那條船邊，約定以“餘皇”為口令，夜晚行動。當吳軍攻到時，彼此三呼三應，使偷襲順利成功。可見，口令在中國很早以前就用於軍隊了。

【口蜜腹劍】kǒumì-fùjiàn〔成〕《資治通鑒·唐玄

宗天寶元年》：“世謂李林甫口有蜜，腹有劍。”意思是他嘴裏說得甜美，心裏蓄意害人。後用“蜜腹劍”形容嘴甜心狠，狡詐陰險：～，笑裏藏刀｜我們不需要～的朋友。

【口蘑】kǒumó〔名〕蕈（xùn）的一種，有白色肥厚的菌蓋，供食用，味鮮美。以河北張家口一帶出產的最著名，故稱。

【口內】kǒunèi〔名〕❶（北京話）指胡同、街道裏面：烤鴨店在～二百米處。❷泛指長城關口以內的地區（跟“口外”相對）。

【口氣】kǒuqì(-qi)〔名〕❶說話的語氣、態度或感情色彩：沉着的～｜小孩兒的～｜漫不經心的～｜他的～流露出一種理想的情緒。❷說話的氣勢或氣派：～不小｜好大的～！❸言外之意；口風：聽他的～，好像不大情願｜先去探探他的～，再研究一下該怎麼辦。❹口腔的氣味；口臭（港澳地區用詞）：使用漱口水，可以消除～。

【口腔】kǒuqiāng〔名〕口部的空腔，外為雙唇兩頰，內有硬齶、軟齶、牙齒、舌頭等：～科｜～醫院｜注意～衛生。

【口琴】kǒuqín〔名〕（支，把）小型簧樂器，琴身內裝銅製小簧片，按自然音階排列供嘴吹的小孔。一琴一調，常用者有 C 調和 A 調兩種口琴，現代口琴種類已經加多：吹～｜～獨奏。

【口輕】kǒuqīng ㊀〔形〕❶菜或湯的味道清淡（跟“口重”相對）：這菜～｜給老年人做菜，～一點好。❷人的口味適合於清淡的菜、湯等（跟“口重”相對）：他～，菜裏少放食鹽。㊁〔形〕牲口年齡小：那匹騾～。也說口小。

【口若懸河】kǒuruòxuánhé〔成〕說話像瀑布下瀉。形容能說會道，滔滔不絕：這個人說起甚麼來，都是～，滔滔不絕。也說口如懸河。

【口哨兒】kǒushàor〔名〕嘴發出的類似吹哨子的聲音，方法是雙唇撮起，形成小孔（或以手指插口內），吹氣使發聲：吹～。

【口舌】kǒushé〔名〕❶和舌；借指勸說、爭辯、交涉時的言辭話語：這件事談起來很費～｜不是用～所能解決的。❷指言辭話語所引起的誤會或糾紛：搬弄～｜你少說兩句，免生～是非。

【口實】kǒushí〔名〕〈書〉假託的理由；可資利用的藉口：他是找個～，好脫身｜故意製造一些～來害人｜何必貽人～呢？

【口試】kǒushì〔動〕用當場口頭回答的形式進行考試（區別於“筆試”）：明天～｜筆試完接着就～。

【口是心非】kǒushì-xīnfēi〔成〕嘴上說的是一套，心裏想的是另一套。形容心口不一致：～的人，不可親近。

【口授】kǒushòu〔動〕❶以口頭方式傳授：許多地方戲曲，都是由民間藝人世代～而得以流傳。❷口述由別人代寫（詩文、信件等）：社長～了社論的主要內容，讓老張執筆完成。

【口述】kǒushù〔動〕口頭敍述：當事人～，調查員筆錄｜由你～，由他整理成文。

【口水】kǒushuǐ〔名〕❶唾液的通稱：流～（有時是嘴饞的表現）｜一想到梅子，就忍不住嚥（yàn）～。❷借指言語：～戰｜這種會是～會，議而不決。

【口水戰】kǒushuǐzhàn〔名〕用言語互相攻擊或進行激烈爭辯。也說口水仗、口水大戰。

【口算】kǒusuàn〔動〕一邊心想、一邊口說地進行計算（區別於“筆算”“心算”）：許多買菜的主婦都會～｜你筆算，他～，看誰快。

【口蹄疫】kǒutíyì〔名〕牛、羊、豬等偶蹄類動物的一種急性傳染病，病原體是口蹄疫病毒，通過病畜接觸和污染的飼料等傳染。主要症狀是體溫升高，口腔、舌面、蹄冠生水皰並潰爛，口流泡沫，跛行。有時人也能感染。

【口條】kǒutiáo(-tiao)〔名〕（條）作為食品的豬舌頭或牛舌頭，因“舌”與“折”（shé，虧損）諧音，故避“舌”說“條”。

【口頭】kǒutóu ❶〔名〕口邊；嘴上：～福（口福）｜他心裏想要，而～不說｜不應該只在口上支持｜～上贊成，行動上反對。❷〔形〕屬性詞。用說話的方式表達的（區別於“書面”）：～傳達｜～通知｜～文學｜～翻譯｜對外宣傳只限於～。

【口頭】kǒutou〔名〕（北京話）味道（多指瓜果）：水蜜桃的～真好。

【口頭禪】kǒutóuchán〔名〕（句）原指禪宗和尚口頭空談而不實行的禪理，也指借用來作為談話點綴的禪宗話語。今泛指常掛在口頭上的套語：“有辦法”三字成了他的～了。

【口頭語】kǒutóuyǔ(～兒)〔名〕（句）（某人）平常說話時慣用的話語：他老愛說的～是“掂量着辦吧！”

【口外】kǒuwài〔名〕泛指長城關口以外的地區，特指張家口以北一帶（含河北省北部、內蒙古自治區中南部），跟“口內”相對）：奔赴～｜～牧民｜到～做生意。也叫口北。

【口味】kǒuwèi(～兒)〔名〕❶食品的滋味：這菜的～挺好｜四川～｜怪味豆有一種特別的～。❷對食品味道的愛好：這菜很對他的～。❸比喻個人對某事物的愛好：我看歌劇有點兒不對～｜一部名著也無法投合每個人的～。

【口吻】kǒuwěn〔名〕❶說話時流露出來的感情、態度：商量的～｜嚴肅的～｜審問的～｜開玩笑的～。❷（魚、狗等動物）口、鼻向前突出的部分：那魚翕動着～，像是在訴說着甚麼。

【口誤】kǒuwù ❶〔動〕因疏忽而唸錯字或說錯話：他一時～，把音唸錯了。❷〔名〕因疏忽而唸錯的字或說錯的話：好好準備，演講時別出現～。

【口香糖】kǒuxiāngtáng〔名〕（塊）一種甜味的樹膠食品，用人心果樹幹分泌的乳汁加糖和香料製成，只供咀嚼，不宜吞嚥，用以清潔牙齒，去除口腔異味。

【口小】kǒuxiǎo〔形〕"口輕"㊀。

【口信】kǒuxìn（～兒）〔名〕（個）由口頭傳遞的信息：我爸爸讓他帶了個～給我｜你馬上捎～給他，叫他放心。

【口形】kǒuxíng〔名〕指人的口部形狀；語音學上指發元音或輔音時兩唇的形狀：發 u 音時～略扁。

【口型】kǒuxíng〔名〕說話發音時的口部形狀：影片配音要對準～。

【口血未乾】kǒuxuè-wèigān〔成〕古人訂立盟約時，要宰殺牲畜，並把牲畜的血塗在自己嘴上，以表示守約不渝。後用"口血未乾"指盟約剛訂立不久：～，不容負約！

【口譯】kǒuyì〔動〕口頭翻譯（區別於"筆譯"）：請他～很合適｜這人～能力不強。

【口音】kǒuyīn（-yin）〔名〕❶個人說話時所具有的音色、音高、音強、音調等特徵：是個小姑娘的～｜聽～，知道是爺爺回來了。❷特指個人說話時所帶的比較明顯的方音：他說話～重｜你聽我有沒有～？

【口語】kǒuyǔ〔名〕說話所用的語言（區別於"書面語"）：當代～｜日常對話是純粹的～｜～語法。

【口佔】kǒuzhàn〔動〕〈書〉❶口授內容（讓別人筆錄）：～電文｜檄文，不易一字。❷（創作詩文時）不起草稿，隨口唸成：元旦～｜～一絕（一首絕句）｜善屬（zhǔ）文，多於馬上～。

【口罩兒】kǒuzhàor〔名〕用紗布等製成的衛生用品，戴在嘴和鼻子上以防灰塵或病菌侵入。

【口重】kǒuzhòng〔形〕❶菜或湯的味道偏鹹（跟"口輕"相對）：這菜～。❷人的口味適宜於偏鹹一些的菜、湯等（跟"口輕"相對）：他～，湯裏多擱些醬油。

【口誅筆伐】kǒuzhū-bǐfá〔成〕用口譴責，用筆討伐；用語言文字揭露、聲討壞人壞事：面對這場血腥暴行，大眾紛紛～。

【口子】kǒuzi ㊀〔名〕❶（山谷、堤岸、城牆等）大的豁口：山谷的～上有一個村莊｜河堤的～決得不小｜出這～往東走就是。❷泛指裂口、傷口、空缺之處等：我們讓出了一個～，故意叫敵人突圍｜衣服後襟被扯了一個大～｜手上被拉（lá）了一道～｜～大小總要縫（比喻問題總歸要解決）。❸比喻某種特殊政策或變通做法：這個～千萬不能開｜嚴禁亂開～，大開綠燈！㊁〔量〕〈口〉用於作為家庭或家族成員的人（"人"字多省略不說）：你們家有幾～人？｜全族上下幾十～人。

kòu ㄎㄡˋ

叩〈㊀敂〉
kòu ㊀〔動〕敲（多發出響聲）：～門｜～壁｜～舷而歌。
㊁❶磕頭；拜：～頭｜～安｜～拜｜～見。❷〈書〉探問；詢問：～其兩端（探詢事物的正反兩個方面）。❸（Kòu）〔名〕姓。

【叩拜】kòubài〔動〕叩頭下拜（舊時禮節）：～祖先。

【叩首】kòushǒu〔動〕〈書〉以頭頓地；磕頭：雙膝跪地，～不已｜行三跪九～之禮。

【叩頭】kòu//tóu〔動〕以頭叩地；磕頭：～賠禮｜給你爺爺叩一個頭。

【叩問】kòuwèn〔動〕探問；詢問（含尊敬意）：親自上前～｜向老者～良久，知道不少情況。

【叩謝】kòuxiè〔動〕磕頭道謝，表示誠摯謝意：登門～。

扣
kòu ❶〔動〕套住或搭緊：把衣服扣子～好｜門先別～上｜把皮帶～緊些。❷（～兒）〔名〕紐扣：上衣的～兒掉了一個。❸〔動〕把有口的器物口朝下放置或罩在別的東西上：把盆子～在地上｜往菜碗上～一個碟子｜水桶用完了要～過來。❹〔動〕比喻硬給加上或安上（罪名或不好的名義）：抓辮子｜～帽子。❺〔動〕扣押；扣留：派出所～了幾個人｜行李還在車站～着呢。❻〔動〕敲；用力朝下打：理不說不明，鐘不～不響｜～球成功！❼〔動〕從總數中減去；扣除：～分｜～工資｜～伙食費｜沒～水電費｜不折不～｜七折八～（保留 70%-80%，減去 20%-30%）。❽（～兒）〔名〕繩、綫等條狀物打成的結：繩～兒｜活～兒｜縫（féng）完一根綫打一個～兒。❾〔名〕螺紋；也指螺紋的一個圈兒：螺絲～｜勩（yì）磨損）了｜擰三四～就行了。❿（Kòu）〔名〕姓。
另見 kòu "釦"（772 頁）。

語彙　回扣　腳扣　剋扣　紐扣　衣扣　折扣　螺絲扣　絲絲入扣

【扣除】kòuchú〔動〕從總數中減去一部分：～房租｜～水電費｜把各項開支～，每月獲利萬元。

【扣發】kòufā〔動〕❶管理部門在應發給工資獎金時不發：不能無理～工人工資｜員工違反制度就～獎金。❷管理部門不讓稿件發表或不讓文件發出：～該文是一個錯誤｜還未查清是哪一個部門～了文件。

【扣分】kòu//fēn〔動〕（評定成績時）減去一部分分數：卷面不整潔，酌予～｜扣了我多少分｜錯別字扣不扣分？

【扣留】kòuliú〔動〕（為達到某項目的）用強制手段把人或財物暫時留住不放：～人質｜所有的財物｜駕駛證被～了。

【扣帽子】kòu màozi〔慣〕比喻輕率地給人加上某種罪名或不好的名義：不要亂～，要以理服人。

【扣人心弦】kòurénxīnxián〔成〕形容詩文、繪畫、表演等很有感染力，使人心情起伏感動：一場～的比賽｜字字句句，～。

【扣殺】kòushā〔動〕（將排球、網球、羽毛球、乒乓球等）居高臨下地朝對方場地猛擊：大板～｜閃電般地～｜運動員跳起大力～。

【扣題】kòu//tí〔動〕（寫文章或講話、答卷）符合題意：命題作文需注意～｜這些話答得不怎麼～｜一定要扣緊題。

【扣押】kòuyā〔動〕❶扣留：連人帶行李都被車站～了。❷法律上指公安、檢察、司法機關因辦案需要將有關的人員、物品、文件等予以扣留：涉案人員被～在看守所｜海關～了走私船。

【扣壓】kòuyā〔動〕把有關事物留住，不做處理：～稿件｜錄取通知書被無理～了。

【扣子】kòuzi〔名〕❶繩、帶、綫等條狀物打成的結：扣～｜解～｜打一個～。❷〈口〉紐扣：把～扣上｜衣服～掉了。也作鈕子。❸（章回小說、藝人說書、電視系列片中）最扣人心弦之處的情節或細節懸念：她講評書，每回最後都有個～，讓你不得不往下聽。

釦（扣）kòu 同"扣"②。
"扣"另見 kòu（771頁）。

寇〈寇寇〉kòu ❶侵略：～邊｜入～。❷侵略者；盜匪；敵人：外～｜草～｜流～｜敵～。❸（Kòu）〔名〕姓。

語彙　草寇　敵寇　流寇　窮寇　入寇　司寇　外寇　倭寇　賊寇

【寇仇】kòuchóu〔名〕〈書〉仇敵：驅除～｜視同～。

筘 kòu〔名〕織布機上的一種機件，形狀像梳子，用來確定經綫的密度，並把緯綫推到織口。也叫杼（zhù）。

蔻 kòu 見下。

【蔻蔻】kòukòu〔名〕可可。

【蔻仁兒】kòurénr〔名〕豆蔻種子裏面的仁兒，可入藥：～可以幫助消化。

㲄（㲄）kòu〈書〉剛出生的小鳥。

kū ㄎㄨ

砒 kū/kù 見下。

【砒砒】kūkū〔形〕〈書〉勤奮或勞苦的樣子：孜孜～｜終日～｜恆～以窮年（一年到頭勤奮勞苦）。

刳 kū〈書〉剖開後挖空：～木為舟。

枯 kū ❶〔形〕（植物等）已失去水分：～草｜～葉｜～樹枝｜～木逢春。❷〔形〕（井、河流等）沒有水或水很少：～井｜海～石爛｜泉水不會～。❸（肌肉）乾癟，不滋潤：容貌已～｜身上又～又瘦。❹缺乏生趣活力：～燥｜～坐。❺油菜、芝麻、花生等油料作物的種子榨油後剩下的渣滓，多呈餅狀，可做飼料或肥料：菜～｜麻～｜～餅。❻（Kū）〔名〕姓。

語彙　凋枯　乾枯　焦枯　偏枯　榮枯

【枯腸】kūcháng〔名〕〈書〉乾枯的腸道；比喻寫作詩文時乾澀枯竭的思路：搜索～｜～搜遍。

【枯乾】kūgān〔形〕❶乾枯：井～了。❷形容人乾瘦，不豐滿：這個人長得瘦小～，但挺有精神｜～的身軀，像要被風吹倒了。

【枯槁】kūgǎo〔形〕❶（草木）乾枯；枯萎：禾苗～｜鮮花已經～了｜～已久的樹幹。❷（面容）消瘦憔悴：形容～，面目黧黑。

【枯黃】kūhuáng〔形〕乾枯發黃：～的樹葉｜大病之後，頭髮～。

【枯寂】kūjì〔形〕枯燥而寂寞：雖然住在鄉間，卻一點兒也不～｜他受不了這～的生活。

【枯竭】kūjié〔形〕❶（水源）乾涸：山間的泉水，永遠不會～｜一口～了的井。❷（財源、人力）匱乏：財源～｜人力～。❸（思考力）消退：用盡：文思～｜永不～的智慧之源。

【枯井】kūjǐng〔名〕（眼，口）乾涸的井：想辦法讓～獲得水源｜心如～。

【枯窘】kūjiǒng〔形〕〈書〉枯竭貧乏：想象力～｜思路～。

【枯木逢春】kūmù-féngchūn〔成〕枯樹遇上了春天。比喻重新獲得生機：新的環境，新的生活，使這些孤寡老人～了。

【枯木朽株】kūmù-xiǔzhū〔成〕枯朽的樹。比喻老弱病殘的人：～齊努力。

【枯澀】kūsè〔形〕❶枯燥而呆滯：～的眼睛｜～的喉嚨｜表情～。❷（文章）枯燥乏味，不流暢：語言～｜文筆～。

【枯瘦】kūshòu〔形〕乾癟消瘦：身上～如柴｜～的小腿｜花瓣兒凋落殆盡，只剩下～的花鬚在微風中抖動着。

【枯水】kūshuǐ〔動〕（河、湖）水流大量減少，處於最低水位：～年｜～期｜連年大旱，境內大小江河都～斷流。

【枯萎】kūwěi〔形〕❶乾枯萎縮：經霜的小草，不久就～了｜秋天的黃葉～凋零｜殆盡的花木。❷泛指退化：人的智慧，不用就會～｜激情已～，再也不起波瀾了。

【枯燥】kūzào〔形〕單調乏味，不生動（跟"生動"

相對）：內容～｜語言～｜公式化的作品讀起來實在～無味。

【枯坐】kūzuò〔動〕孤寂默坐：老人～終日，像有甚麼心事。

哭　kū〔動〕因悲傷痛苦或過分激動而流淚、發聲（跟"笑"相對）：號啕大～｜～笑不得｜～了三天三夜｜激動得～起來了。

語彙　號哭　啼哭　痛哭

【哭鼻子】kū bízi〈口〉哭（含詼諧意）：這麼大的人還～！

【哭哭啼啼】kūkūtítí（～的）〔形〕狀態詞。斷斷續續，沒完沒了地哭：～地訴起來沒個完。

【哭泣】kūqì〔動〕輕聲地哭：一個人躲在房間裏～｜大嫂～得十分悲切。

【哭窮】kū//qióng〔動〕口頭上向人訴苦裝窮：你家裏五穀豐登，六畜興旺，還哭甚麼窮｜你別～了，我又不向你借錢！

【哭喪棒】kūsāngbàng〔名〕（根）舊俗出殯時孝子拄的棍子，上面包着白紙。

【哭喪着臉】kūsangzheliǎn 心裏不高興而在臉上流露出沮喪、晦氣的神情：老～幹甚麼｜他～說他是受人陷害的。

【哭訴】kūsù〔動〕哭着訴說或控訴：她～着自己的不幸遭遇｜向眾人～敵人的暴行。

【哭天抹淚】kūtiān-mǒlèi〔成〕傷心啼哭的樣子（多含厭惡意）：她整天～了，別這麼～的。

【哭笑不得】kūxiào-bùdé〔成〕哭笑都不合適。形容又難受又好笑，不知道怎麼對待：看小胖子偷吃蜂蜜弄髒了衣服的樣子，真叫人～。

堀　kū〈書〉❶ 同"窟"：～穴。❷ 打洞；挖掘：～於其中。

圐　kū 見下。

【圐圙】kūlüè〔名〕見"庫倫"（775 頁）。

窟　kū ❶ 洞穴：土～｜石～｜狡兔有三～。❷ 某類人彙聚棲息的地方：匪～｜賭～｜貧民～。

語彙　盜窟　賭窟　匪窟　魔窟　山窟　蛇窟　石窟　蟻窟　貧民窟　狡兔三窟

【窟窿】kūlong〔名〕〈口〉❶ 洞；孔：牆被槍彈打了個～｜抽煙時不小心把上衣燒了個～。❷ 比喻錢財上的虧空或工作中的漏洞：這個月收入少，支出多，出現了個大～｜堵塞承包工作中的～。

【窟窿眼兒】kūlongyǎnr〔名〕〈口〉小窟窿；小孔兒：～裏淨是螞蟻｜把窗戶紙捅了個～。

【窟穴】kūxué〔名〕敵軍或盜匪藏身的處所：攻破敵軍～｜搗毀盜匪～。

【窟宅】kūzhái〔名〕指壞人藉以藏身的地方（多指盜匪等盤踞之所）：直搗敵人～。

骷　kū 見下。

【骷髏】kūlóu〔名〕（具）死人的頭骨或全副骨架。

kǔ ㄎㄨˇ

苦　kǔ ❶〔形〕像黃連一樣的味道（跟"甘""甜"相對）：～膽｜～瓜｜藥有點兒～｜酸甜～辣鹹，五味俱全。❷〔形〕痛苦；困苦；難受：豐收莫忘荒年～呢！｜一日子難熬。❸〔形〕（北京話）過分；超過適當程度：指甲別剪得太～｜襪子穿得太～了，補都沒法補了。❹〔動〕使困苦；使難受：這事可～了他了。❺ 以為苦；苦於：～熱｜～雨｜～旱。❻〔副〕耐心地；盡力地：～勸｜冥思～想｜～～哀求。❼〔名〕苦頭；磨難：要不是你，我們準會吃不少～｜不吃～中～，難得甜上甜。❽（Kǔ）〔名〕姓。

語彙　悲苦　吃苦　愁苦　甘苦　孤苦　何苦　疾苦　堅苦　艱苦　叫苦　刻苦　勞苦　貧苦　清苦　窮苦　受苦　訴苦　挖苦　含辛茹苦　同甘共苦

【苦不唧兒】kǔbujīr（～的）〔形〕狀態詞。形容略帶苦味：苦瓜吃起來～的｜這種啤酒～的，但還挺受歡迎。

【苦差】kǔchāi〔名〕（件）辛苦困難的差事；得不到多少好處的差事（跟"美差"相對）：他從不拒絕～｜也得有人幹哪。也說苦差事。

【苦楚】kǔchǔ〔名〕因受折磨而產生的痛苦：她似乎有說不盡的～｜滿腹的～還來不及向人傾訴｜你有些甚麼～，儘管跟我說。

【苦處】kǔchù〔名〕感到痛苦的地方；所受的痛苦：她有訴說不完的～｜想起早年的～，她就心酸。

【苦膽】kǔdǎn〔名〕❶ 指膽囊，因膽汁苦，故稱：～煮黃連——苦湯苦水熬苦藥。❷ 指膽汁：她嘔吐得厲害，連～都嘔出來了。

【苦迭打】kǔdiédǎ〔名〕政變。[法 coup d'état]

【苦幹】kǔgàn〔動〕盡心盡力地做事；刻苦地幹活：～加巧幹｜日夜沒夜地～。

【苦工】kǔgōng〔名〕❶ 辛苦繁重的體力勞動：做～。❷ 舊時被迫做苦工的人：當～出身。

【苦功】kǔgōng〔名〕堅忍刻苦的功夫：下～學習｜學習語言，非下一番～不可。

【苦瓜】kǔguā〔名〕❶（棵，株）一年生草本植物，花黃色，果實紡錘形或長圓筒形，果面多瘤狀突起，嫩時可做蔬菜。❷ 這種植物的果實。以上有的地區也叫癩瓜。❸ 比喻艱苦備嘗的人：咱倆從小是一根藤上的～。

【苦果】kǔguǒ〔名〕❶（顆）味苦的果實：結～。❷ 使人痛苦的結果；惡果：一顆無法吞下的～｜當初一味蠻幹，而今嘗то了～。

【苦海】kǔhǎi〔名〕佛教指塵俗紛擾的人間；泛指艱難困苦的處境：～無邊，回頭是岸。

【苦寒】kǔhán〔形〕極寒冷；嚴寒（跟"酷熱"相對）：梅花香自～來｜～地區。

【苦盡甘來】kǔjìn-gānlái〔成〕比喻苦難的遭遇結束，順心的局面到來：總算盼到了～的一天。也說苦盡甜來。

【苦酒】kǔjiǔ〔名〕味道苦澀的酒，比喻難以忍受的後果：錯誤決策，後果嚴重，這杯～不嚥也得嚥。

【苦口】kǔkǒu ❶〔副〕不辭煩勞、耐心盡力地勸說或解釋：～相勸｜～婆心。❷〔動〕吃了口裏發苦：良藥～利於病（能把病治好）。

【苦口婆心】kǔkǒu-póxīn〔成〕用老婦人一樣的慈愛心腸，不辭辛苦地耐心勸說。形容懷着好心再三懇切勸告：儘管眾人～，他仍一意孤行。

【苦勞】kǔláo〔名〕辛苦勞累：沒有功勞還有～。

【苦力】kǔlì〔名〕❶早året西方殖民者對在其奴役下賣力氣幹重活的體力勞動者的蔑稱：他十幾歲就被抓去當～。❷重體力勞動所耗的力氣，也指極大的力氣：賣～｜他下～學習外語。

【苦練】kǔliàn〔動〕刻苦練習；艱苦訓練：勤學～｜～殺敵本領｜百戰成勇士，～出精兵。

【苦悶】kǔmèn〔形〕苦惱煩悶：心情～｜內心～極了｜這些日子她很～。

【苦命】kǔmìng〔名〕痛苦的命運；迷信的人認為注定要吃苦的命：孤兒院中都是～的孩子。

【苦難】kǔnàn〔名〕痛苦和災難：戰爭的～｜她勇敢地承擔了一切～｜～家史｜多年的～生活磨煉了他的意志。

【苦惱】kǔnǎo〔形〕痛苦煩惱：令人～｜十分～｜～極了｜～了好多日子。

【苦求】kǔqiú〔動〕苦苦哀求；極力請求：不成拉倒，何必～｜母親～他戒掉網癮。

【苦肉計】kǔròujì〔名〕《三國演義》載，赤壁之戰前夕，東吳老將黃蓋甘願讓主帥周瑜當眾把自己打得皮開肉綻，然後向曹營詐降，騙取曹操信任，使火攻曹營的戰略計劃得以實現。後指故意損傷自己的肉體以騙取對方信任，從而實現自己意圖的計謀：不用～，如何能瞞過對方。

【苦澀】kǔsè〔形〕❶味道又苦又澀（跟"甜美"相對）：剛結出的李子，～得很｜柿子不漤（lǎn），～得沒法吃。❷形容內心痛苦難受（跟"甜美""甜蜜"相對）：一臉～的表情｜她～地笑了笑，沒有說一個字。

【苦水】kǔshuǐ〔名〕❶味道苦的水（跟"甜水"相對）：～井｜～中多含有硫酸鈉或硫酸鎂等礦物質。❷因某種病而從口中吐出的發苦的液體。❸指湯藥：病反正好不了，不用再喝～了。❹比喻蘊積在心中的痛苦或使人痛苦的環境（跟"甜水"相對）：她把一肚子～都吐了出

來｜老一輩人，不少是在～裏泡大的。

【苦思】kǔsī〔動〕執着而深沉地思索：～冥想｜～焦慮｜～苦想｜終日～，毫無所得。

【苦思冥想】kǔsī-míngxiǎng〔成〕形容絞盡腦汁，竭力思索：不到實際中去調查，光靠少數人～，是解決不了問題的。也說冥思苦想、冥思苦索。

【苦痛】kǔtòng ❶〔形〕痛苦：內心～得很｜忍受着～的煎熬｜～地呻吟着。❷〔名〕經歷過的痛苦事情：把一生的～都寫出來｜生活的～使她更堅強了。

【苦頭】kǔtou（～兒）〔名〕❶稍苦的味道（跟"甜頭"相對）：這種啤酒帶點～兒。❷比喻痛苦與不幸（跟"甜頭"相對）：吃了不少～｜給他點～嘗嘗。

【苦夏】kǔxià ❶〔名〕炎熱的夏天：熬過了烈日炎炎的～，迎來了涼風習習的秋天。❷〔動〕（北方官話）夏季炎熱，食量減少，身體消瘦：他～，秋涼了就會好的。

【苦相】kǔxiàng〔名〕（副）愁苦的相貌或表情：生就一副～｜露出一臉的～。

【苦笑】kǔxiào〔動〕心情痛苦而勉強裝出笑容：歡氣之後，不禁又～起來。

【苦心】kǔxīn ❶〔名〕（片）竭盡全力地用在某件事情上的心思或精力：一片～｜煞費～｜功夫不負～人。❷〔副〕費盡心思：～經營｜～孤詣。

【苦心孤詣】kǔxīn-gūyì〔成〕費盡心思鑽研或經營，務求達到別人所達不到的地境：他一直在～地研究消除水污染的問題｜半生經營祖傳藥店，可謂～。注意"詣"不讀 zhǐ。

【苦行】kǔxíng〔動〕某些宗教徒故意用常人無法忍受的各種肉體折磨來磨煉自己，作為修行手段，叫作苦行。也泛指甘願過艱苦生活的行為：～僧｜～主義。

【苦行僧】kǔxíngsēng〔名〕用苦行的手段來修行的宗教徒。借指甘願過艱苦生活的人：他不認為自己這種～的生活有甚麼不好。

【苦役】kǔyì〔名〕被迫從事的艱難繁重的體力勞動：服～｜～何時完，故鄉路忽漫漫。

【苦於】kǔyú〔動〕對於自己的某一情況感到苦惱（跟"樂於"相對）：～不識字｜～人地生疏｜幫不了你的忙。

【苦戰】kǔzhàn〔動〕艱苦作戰；比喻堅韌不拔地奮鬥：～到底，與陣地共存亡｜～三年，改變家鄉面貌。

【苦衷】kǔzhōng〔名〕蘊藏在內心的痛苦；左右為難的心情：他有難言的～｜你就不能體諒一下我的～？

【苦主】kǔzhǔ〔名〕❶（命案中）被害人的主要親屬：撫恤～｜儘量滿足～的要求。❷受害人：受投資銀行破產影響的～向法院提出訴訟，

要求賠償。❸體育比賽中，逢戰不勝的對手：這次比賽又遇～，無緣冠軍頭銜。

榰 kǔ〈書〉粗劣。
另見 hù（555頁）。

kù ㄎㄨˋ

庫（库）kù ㊀❶〔名〕儲存東西的建築物：書～｜糧～｜水～。❷泛指國家財物儲備機構：國～｜金～｜稅金已入～。❸電子計算機中保存系列資料、文字、數據的文件：語料～｜字～｜數據～。❹（Kù）〔名〕姓。
㊁〔量〕庫侖的簡稱。電流強度為1安時，1秒鐘內通過導體橫截面的電量為1庫。

語彙 寶庫 倉庫 府庫 國庫 金庫 冷庫 糧庫 書庫 水庫 文庫 武庫 血庫 字庫 材料庫 數據庫 語料庫

【庫藏】kùcáng ❶〔動〕在庫房裏儲藏：～圖書不下50萬冊。❷〔名〕庫房裏的儲藏：～豐富｜～中的珍品。
另見 kùzàng（775頁）。

【庫存】kùcún ❶〔動〕在庫房裏存放：～現金｜～物資｜收進的糧食，計劃～一半，銷售一半。❷〔名〕庫房裏實際存着的現金或物品：備有大量～｜已經不多了。

【庫房】kùfáng〔名〕（間、座）儲存財物的房子（通常比倉庫小）：這是重地，嚴禁吸煙。

【庫侖】kùlún〔量〕電量單位，符號C。為紀念法國物理學家 Charles Augustin de Coulomb（1736–1806）而定名。簡稱庫。

【庫倫】kùlún〔名〕指圍起來的草場，現多用於村鎮名稱。也譯作團圖。[蒙]

【庫區】kùqū〔名〕水庫範圍以內的地區；也泛指倉庫區域以內的地方：三峽水庫～的移民工作已經完成。

【庫容】kùróng〔名〕水庫、倉庫等的容量：這座水庫的～有九千多萬立方米。

【庫銀】kùyín〔名〕❶舊時國家作為通用貨幣的銀子，因入藏於國庫，統一以庫平（衡器，每兩合37.301克）計算其重量，故稱。❷指國庫的銀錢。

【庫藏】kùzàng〔名〕〈書〉倉庫。
另見 kùcáng（775頁）。

綺（绮）kù 古指包裹雙腿無襠的套褲。

酷 kù ㊀❶殘酷：～政｜～法｜～刑｜～吏。❷熾烈：～暑｜～日當空。❸極；很：～熱｜～愛｜～似。❹（Kù）〔名〕姓。
㊁〔形〕❶英俊；瀟灑：人長得很～。❷好；棒：棋下得很～。❸時尚；有個性：這種裙子現在是最～的。[英 cool]

語彙 殘酷 冷酷 耍酷 嚴酷

【酷愛】kù'ài〔動〕非常喜愛（比"熱愛"程度深）：～自由｜～藝術｜～中國文化。**注意**"酷愛"前面一般不再加"非常""很"等。

【酷吏】kùlì〔名〕〈書〉濫施刑法、殘酷狠毒的官吏：中國歷史上～也不少。

【酷烈】kùliè〔形〕〈書〉❶殘酷；暴烈：遭受的摧殘極為～｜～的戰火。❷強烈：～的太陽。❸（香氣）濃烈：香氣～。

【酷熱】kùrè〔形〕（天氣）極熱（比"炎熱"程度深，跟"苦寒"相對）：天氣～｜～的三伏天。**注意**"酷熱"前邊兒不能再有"很""最"等程度副詞的修飾。

【酷暑】kùshǔ〔名〕❶極熱的夏天（跟"嚴冬"相對）：不論是～還是嚴冬，他都堅持鍛煉。❷〈書〉極端的炎熱：經得起嚴寒～的考驗｜冒着39℃的～，堅持正常生產。

【酷似】kùsì〔動〕極其相似：～乃兄｜他的言行～他爺爺。

【酷肖】kùxiào〔動〕〈書〉非常像：相貌並言行舉止，無一不～其母。

【酷刑】kùxíng〔名〕殘酷的刑罰（比"嚴刑"程度深）：～逼供｜動用～。

褲（裤）〈袴〉kù 褲子：襯～｜開襠～｜喇叭～｜健美～｜牛仔～｜休閒～。

【褲衩】kùchǎ（～兒）〔名〕（條）貼身穿的短褲。

【褲裙】kùqún〔名〕（條）女性穿的外形像裙子一樣的褲子。也叫裙褲。

【褲襪】kùwà〔名〕（隻）女性穿的連着內褲的長襪。也叫襪褲。

【褲綫】kùxiàn〔名〕（條）指褲腿前後中間部分用熨斗燙成的直達褲腳的直綫褶子：～筆直。

【褲子】kùzi〔名〕（條）穿在腰部以下兩腿上的衣服，通常有褲腰、褲襠和兩條褲腿。

嚳（喾）Kù 傳說中的上古帝王。帝嚳在堯、舜之前。

kuā ㄎㄨㄚ

夸 Kuā〔名〕姓。
另見 kuā"誇"（776頁）。

【夸父逐日】Kuāfù-zhúrì〔成〕夸父：古代神話中的人物。《山海經·海外北經》載，夸父與太陽賽跑，追趕終日，渴極了，想喝水，先後喝了黃河、渭水裏的水，還不夠，又往北方一個大湖找水喝。沒走到那兒，就渴死在路上了。他丟下的拐杖，變成了一片樹林，叫鄧林。後用"夸父逐日"比喻人類征服自然的決心和勇氣。也比喻自不量力。也說夸父追日。

【夸脫】kuātuō〔量〕英美制容量單位，1夸脫等於

姱 kuā〈書〉美好：～名｜～容。

誇（夸） kuā〔動〕❶誇大；誇張：～下海口｜～了半天口，也沒辦成一件事。❷誇獎；誇耀：奶奶最愛～孫子｜大家都～他富於進取精神。

"夸"另見 Kuā（775頁）。

語彙 浮誇 矜誇 虛誇 自誇

【誇大】kuādà〔動〕把事物的程度往大處或深處說：～受災面積｜～自己的功勞｜對成績不要～，也不要縮小。

【誇大其詞】kuādà-qící〔成〕說話或寫文章，故意用誇大事物原有情況的詞句：要求如實彙報，不要～。

【誇誕】kuādàn〔形〕〈書〉虛誇不實：～之詞，不足為據。

【誇海口】kuā hǎikǒu 漫無邊際地說大話：他在這裏～，別相信他那套。

【誇獎】kuājiǎng〔動〕稱道；讚揚（別人）：領導～他辦事細心｜姥姥～了他幾句。

【誇口】kuā//kǒu〔動〕說大話：他喜歡～｜你誇甚麼口｜誇了半天口，實際做不到。

【誇誇其談】kuākuā-qítán〔成〕言辭浮誇，動聽而不切實際：～地亂說一陣｜要多幹實事，不要～。

【誇飾】kuāshì ❶〔動〕用語言誇張地描繪或修飾：如實彙報，沒有半點～。❷〔名〕一種修辭格，超過事實的誇張描寫就叫作誇飾："白髮三千丈"就是一種～。也叫誇張格、鋪張格。

【誇耀】kuāyào〔動〕向人顯示自己或自己的親屬、部下等的成績、能力：～自己能力｜～自己有本領｜奶奶～孫子聰明。

【辨析】**誇耀、誇獎** "誇耀"是炫耀、顯示自己，而且多半是過分的、不適當的；因此，常含貶義。"誇獎"的對象一般是別人，是褒義詞。

【誇讚】kuāzàn〔動〕誇獎；稱讚。

【誇張】kuāzhāng ❶〔動〕在尊重客觀事實的基礎上，對事物做誇大的描述：漫畫雖然～，卻還是要誠實｜他說的全是實話，絲毫不～。❷〔形〕誇大；說話過分，不符合實際：你這樣說，未免太～了｜芝麻說成綠豆么，這是～的說法。❸〔名〕修辭學的誇張格，即誇飾格："蜀道難，難於上青天"就是文學的～。

【誇嘴】kuā//zuǐ〔動〕〈口〉誇口：不要～｜誇甚麼嘴！

kuǎ ㄎㄨㄚˇ

侉 kuǎ〔形〕（北方官話、江淮官話）❶口音與本地語音不合：他說話有點兒～。❷粗笨；土氣：～老婆子｜身上的穿着～得要命。

【侉子】kuǎzi〔名〕（北方官話、江淮官話）口音不純正（與本地語音不合）的人：叫人家～，太不禮貌了。

垮 kuǎ〔動〕❶倒塌；坍塌：牆～了｜洪水沖～了堤岸。❷潰敗；崩潰：把土匪打～｜偽政權終於～了。❸受到傷害或破壞而支撐不住：人～了｜可別累～了身體。

【垮塌】kuǎtā〔動〕倒塌；坍塌：橋樑～｜～房屋數十間。

【垮台】kuǎ//tái〔動〕潰敗；瓦解：敵人遲早要～｜這個家不至於馬上～。

kuà ㄎㄨㄚˋ

挎 kuà〔動〕❶彎起胳膊來把東西掛住或鉤住：～着提籃｜兩個人～着胳臂散步。❷把東西掛在肩頭以下某個部位：肩上斜～着書包｜～上照相機｜腰裏～着盒子槍。

【挎包】kuàbāo（～兒）〔名〕配有帶子可以挎在肩頭上的包。

【挎斗】kuàdǒu〔名〕摩托車用的斗形裝置，一般安在車的右側，可坐人。

胯 kuà〔名〕腰的兩側和兩大腿之間的部分：～骨｜～下｜～襠。

【胯骨】kuàgǔ〔名〕髖骨的通稱。也叫胯骨軸兒。

【胯下之辱】kuàxiàzhīrǔ〔成〕《史記·淮陰侯列傳》記載，韓信微賤時，有無賴少年當眾侮辱他，叫他從自己兩腿中間鑽過去。韓信忍辱做了。後用"胯下之辱"比喻處在困境中忍受的屈辱：他發跡後返回老家，但不提當年～的事。

跨 kuà ❶〔動〕邁步；邁步越過：向右～一步｜一條小水溝，～過去就行了。❷〔動〕騎：小孩～着門檻｜～駿馬｜～着小毛驢兒。❸〔動〕（橋樑等）凌空橫架：～河的大橋｜過街天橋橫～馬路。❹〔動〕超越一定的界限：～年度開支｜～地區經營｜～行業供應。❺附着在旁邊：～院｜標題下～着一行（háng）小字。

【跨度】kuàdù〔名〕❶橋樑、屋頂、桁架等跨越空間的承重結構（如橋墩、支柱等）之間的距離：這是世界～最大的橋。❷跨越經過的時間長度：她在影片中扮演的人物年齡～很大，從十七歲一直演到七十歲。

【跨國】kuàguó〔形〕屬性詞。超越國家界限的；涉及兩國或多國的：～公司｜～經營。

【跨國公司】kuàguó gōngsī 超越國界，在若干國家或地區進行投資、技術轉讓或合資經營等活動的廣設分支機構的大型經濟組織。也叫多國公司、國際公司。

【跨欄】kuàlán〔名〕徑賽項目之一。把跨越若干欄架和跑完一定距離結合起來進行的一種賽跑。欄架有高欄、中欄和低欄。

【跨世紀】kuà shìjì 跨越世紀；從一個世紀進入下一個世紀，如從 20 世紀延續到 21 世紀就叫作跨世紀：培養～人才。

【跨院兒】kuàyuànr〔名〕（座）附建在正院旁邊或後側的院子：～住着兩家做生意的。

【跨越】kuàyuè〔動〕越過某種界限或限制：～年代｜這長江天塹，肯定～不過去｜學習中要不斷～困難，才能不斷進步。

kuǎi ㄎㄨㄞˇ

蒯 kuǎi〔名〕❶ 蒯草，多年生草本植物，叢生在水邊，莖可用來編席、製繩或造紙。❷（Kuǎi）姓。

擓（扩）kuǎi〔動〕（北方官話）❶ 用指甲輕刮；輕抓：～癢癢｜皮膚都～出血來了。❷ 挎着：～着籃子去買菜。❸ 舀：～一勺香油拌涼菜｜從桶裏～點水。

kuài ㄎㄨㄞˋ

凷 kuài〈書〉土塊。

快 kuài ❶〔形〕走路、做事等比通常花的時間短；速度高（跟“慢”相對）：他跑得可～了｜你的錶～了三分鐘｜讀書不要光圖～｜人的嘴比風還～。❷〔副〕趕快；從速（多用在祈使句中，表示催促）：～點兒回家｜隊伍走遠了，～趕上去！❸〔形〕靈敏；敏捷：眼明手～｜腦子～，理解能力強。❹〔形〕（刀、剪刀、斧子等）鋒利（跟“鈍”相對）：～刀斬亂麻｜斧子不～了，得磨一磨。❺ 直爽；爽快：心直口～｜～人～語。❻〈書〉愉快；暢快；舒服：人心大～｜親者痛，仇者～｜心中不～｜身子有些不～。❼〔副〕表示時間接近，即將出現某種情況；快要：火車～到站了｜病～好了｜他畢業～三年了｜～中秋節了。❽ 舊時州縣地方擔任緝捕的差役：捕～｜馬～。❾〔名〕快慢的程度：這款車在高速路上能跑多～？❿（Kuài）〔名〕姓。

［辨析］快、早、立刻、馬上　“快點兒回來”也可說成“早點兒回來”；還可換成“立刻”或“馬上”。但意思略有差別：a）“早點兒回來”是強調提前某時點，“快點兒回來”是強調縮短某時段。b）“立刻”和“馬上”是要求緊接着話語行動（“馬上”還可表示即將怎麼樣）；“快”則強調要抓緊時機行動，切勿拖延。

語彙　捕快　暢快　稱快　飛快　趕快　歡快　儘快　涼快　明快　勤快　輕快　爽快　鬆快　痛快　外快　愉快　拍手稱快　手疾眼快　先睹為快　心直口快

【快班】kuàibān〔名〕教學進度較快或起點較高的班（跟“慢班”相對）：這個年級分～跟慢班｜

上～。

【快板】kuàibǎn〔名〕戲曲唱腔之一，節奏快，用於劇情緊張，人物心情激動或急於辯理時，如京劇《四郎探母》中楊四郎和公主的對唱一段。

【快板兒】kuàibǎnr〔名〕（段）曲藝的一種，由“數來寶”發展演變而成，演出時自打竹板，說詞合轍押韻，節奏較快：說～｜對口～（兩人演出）｜～書（短篇說唱故事，演員自擊竹板烘托氣氛）｜天津～（在天津時調基礎上形成，有弦樂伴奏，多為短篇）。

【快報】kuàibào〔名〕（期，張，份）反映信息較快，篇幅及讀者範圍均較小的報紙或牆報：工地～｜運動會～。

【快步流星】kuàibù-liúxīng〔成〕大步流星。

【快餐】kuàicān〔名〕（份）由餐飲部門預先做好能迅速銷售的飯食：～車｜～店｜供應～｜一分～｜十塊錢。

【快餐文化】kuàicān wénhuà 指易於製作創造，只滿足一時需要，缺少積累提煉、缺乏內在價值的文藝創作和文化現象。

【快車】kuàichē〔名〕（輛，列）沿途停靠的車站較少，全程行車時間較短的火車或汽車（區別於“慢車”）：直達～｜特別～｜乘～前往。

【快當】kuàidang〔形〕（行動）迅速敏捷（跟“拖拉”相對）：辦事～。

【快刀斬亂麻】kuàidāo zhǎn luànmá〔俗〕用鋒利的刀劈開亂成一團的麻質絲縷。比喻採取果斷的措施，解決紛亂複雜的問題：這件事應該～，立即解決，不宜再拖了｜他一上任，就～，處理了幾個久拖未決的問題。

【快遞】kuàidì〔名〕特快專遞的簡稱。

【快感】kuàigǎn〔名〕暢快或舒服的感覺：好的歌曲給人們帶來～｜這低俗的表演並不能引起甚麼～。

【快攻】kuàigōng〔動〕❶（戰鬥中）組織火力快速進攻：對敵方陣地發起～。❷ 體育比賽中快速傳球連攻：打～戰術｜客隊組織～，未能奏效。

【快活】kuàihuo〔形〕快樂；歡暢：兩人在一起心裏很～｜～光陰容易過｜今兒天氣不錯，大家快快活活地去爬山。

【快貨】kuàihuò〔名〕（批）銷售快的貨物：專營～｜不允許把～按零售價批發給經營單位。

【快件】kuàijiàn〔名〕❶ 需要快速遞送的郵件：送郵電局發出的通知書都是～｜～專遞。❷ 託運速度快、收費較高的貨物（區別於“慢件”）。❸ 發印快速的稿件：用～將書稿發到印刷廠去｜請按～印裝。

【快捷】kuàijié〔形〕快速迅捷：手續要力求簡便～｜用信用卡購物方便～。

【快樂】kuàilè〔形〕感到幸福或滿意；愉快、高興（跟“痛苦”相對）：新年～｜一家人說說笑笑，多麼～｜～的小天使。

【辨析】**快樂、快活** "快樂" 只指稱心如意，愉快而歡樂；"快活" 有時帶有輕鬆、活躍的意義，如 "幾句家常話，使屋裏嚴肅的氣氛變得快活起來"，這裏的 "快活" 不能換用 "快樂"。"快樂" 有一些習慣的搭配，如 "新年快樂" "祝你生日快樂"，一般也不能換成 "快活"。

【快馬加鞭】kuàimǎ-jiābiān〔成〕給快跑的馬再抽上幾鞭，使跑得更快。形容疾馳飛奔，快上加快：只有～，才能趕上世界科技發展的新浪潮。

【快慢】kuàimàn ❶〔名〕速度：這種車子的～怎麼樣？｜這些按鈕是管～的｜～適中。❷〔形〕快和慢：～針。

【快門】kuàimén（～兒）〔名〕攝影機上用來控制曝光時間的裝置，曝光速度自數秒至數千分之一秒不等。

【快人快語】kuàirén-kuàiyǔ〔成〕痛快人說痛快話（含稱讚意）：真是～，令人心悅誠服｜多虧你～，使我沒有去做傻事。

【快事】kuàishì〔名〕(件) 令人痛快或滿意的事（跟 "憾事" 相對）：引為～｜處女作發表，為生平一大～｜快人～(痛快人辦痛快事)。

【快手】kuàishǒu（～兒）〔名〕指做事效率高的人：寫文章他可是個～兒。

【快書】kuàishū〔名〕(段) 曲藝的一種，演出時用銅板或竹板伴奏，順口押韻，故事性強，節奏較快：說～｜山東～｜竹板～。

【快速】kuàisù〔形〕速度快的；迅速：～反應部隊｜～掘進。

【快艇】kuàitǐng〔名〕(艘，隻) 汽艇：巡邏～。

【快慰】kuàiwèi〔形〕〈書〉痛快安適：心裏很～｜深感～。**注意** "快慰" 表示的程度，比 "欣慰" 要深。

【快信】kuàixìn〔名〕(封) 快速投遞的信件（區別於 "平信"）：寄～｜現在有一種特快專遞的～。

【快婿】kuàixù〔名〕稱心的女婿（含稱讚意）：喜得～｜乘龍～｜東床～。

【快訊】kuàixùn〔名〕由新聞單位快速採訪、發佈的消息：新華社～。

【快要】kuàiyào〔副〕表示時間上接近；很快就要出現（修飾謂語，句末用 "了" 字補足語氣）：火車～開動了｜病～好了｜天～黑了｜～開學的學生正忙着準備呢。

【辨析】**快要、快、就要、將要** a)"快要" 與 "快" 用法稍有不同。在數量短語前，多用 "快"，少用 "快要"，如 "快九點鐘了" "快十年了" "老大爺，您快八十了吧？"。b)"就要" 比 "快要" 表示的時間更短一些，如 "水就要開了" "錢就要用完了" "就要吃飯了"。c)"快要" 比 "將要" 表示的時間更短一些，如 "天快要下雨了" "隊伍快要出發了" "他快要大學畢業了"。

【快意】kuàiyì〔形〕心情愉快舒暢；暢快：喜訊傳來，十分～。

【快魚】kuàiyú 同 "鱠魚"。

【快照】kuàizhào〔名〕(幅，張) 快速拍攝沖洗的照片：～立等可取。

【快嘴】kuàizuǐ ❶〔形〕有話藏不住，隨時會說出來：都怪你～，弄得大家不團結｜有個消息我告訴你，千萬可別～給說出去。❷〔名〕指有話隨便說、少思考的人：～李翠蓮｜她是有名的～。

塊（块）kuài ❶（～兒）〔名〕疙瘩狀或團狀的東西；比片厚的東西：糖～兒｜～兒煤｜鐵～兒｜把蘿蔔切成～兒。❷〔量〕用於塊狀或某些片狀的東西：一～冰｜一～地｜兩～肉｜三～木板｜四～餅乾｜好幾～傷疤｜丟了～手錶。❸〔量〕〈口〉用於錢幣，同 "圓"：五～錢｜七～八(七元八角)。

【塊根】kuàigēn〔名〕某些植物的呈塊狀的根，貯有養料，可供食用，如甘薯、蘿蔔等的根。

【塊莖】kuàijīng〔名〕某些植物的地下莖，呈塊狀貯有養料，可供食用，如馬鈴薯、芋頭等的地下莖。

【塊塊】kuàikuài〔名〕比喻行政中地區性的橫向管理系統及其相關單位（區別於 "條條"）：企業的管理，要有利於解決 "條條" 與～、中央與地方的經濟關係。

【塊壘】kuàilěi〔名〕〈書〉比喻鬱積在內心的愁悶和不平之氣：借他人的酒杯，澆自己的～。

【塊兒】kuàir〔名〕❶指單個的東西：大～的白薯。❷指人的身體：那人～挺足。❸指處所或地方：這～找找，那～看看，準能買到。

【塊頭】kuàitóu〔名〕(吳語) 指人的胖瘦或骨架大小：小～(瘦子)｜大～(胖子)｜～不大。

筷kuài 筷子：擺碗～｜添～不添菜（臨時加一兩個人吃飯）。

【筷子】kuàizi〔名〕(支，根，雙) 夾取飯菜或其他東西的細長棍兒：竹～｜銀～｜木～｜火～(夾炭火所用)｜一根～容易斷，一把～擰不彎。

筷子的演變

筷子的名稱有演變，先秦時期叫 "梜"（有時作 "筴"）；秦漢時期叫 "箸"（南北朝隋唐時期寫作 "筯"）。因 "箸" 與 "住" 諧音，人們認為不吉利，希望事事一帆風順，於是反其義改 "箸"（住）為 "快"，這大約是宋朝才有的稱呼。筷子又大都用竹子製成，因此又在 "快" 字上冠以 "竹" 字頭。到了近代，牙筷、銀筷、漆筷等各類資料的筷子就多起來了。

會（会）kuài ❶ 總計；合計：～計｜財～。❷ (Kuài)〔名〕姓。**注意** 浙江會稽山的 "會"，讀 kuài，不讀 huì。

另見 huì(585 頁)。

【會計】kuàijì(-ji)〔名〕❶對某一範圍內的經濟活動或財政情況進行記錄、計算、分析和檢查的工作：～年度｜～制度｜學習～專業。❷(位，名)擔任會計工作的人員：還缺少一名～｜這位～姓張。

【會計師】kuàijìshī〔名〕(位，名)會計人員的技術職稱，有高級會計師、會計師和助理會計師。

僧（㑨）kuài ❶舊時指為人說合買賣從中牟利的人：牙～｜市～。❷(Kuài)〔名〕姓。

噲（哙）kuài〈書〉下嚥。

鄶（郐）Kuài ❶西周諸侯國名，在今河南新密。❷〔名〕姓。

獪（狯）kuài〈書〉狡詐；狡猾：黠～｜狡～。

澮（浍）kuài〈書〉田間的水溝(比一般的水溝小)：涓～。另見Huì(587頁)。

膾（脍）kuài〈書〉❶把魚或肉切成薄片：～鯉｜～肝｜任人～截。❷切得很薄或很細的魚、肉：鱸魚～｜～不厭細。

【膾炙人口】kuàizhì-rénkǒu〔成〕細切後弄熟的肉和烤熟的肉，都是人們愛吃的可口佳餚。比喻美好的詩文或事物得到廣泛傳誦或稱讚：～的名篇｜一年一度的牡丹花會，素來。注意這裏的「膾」不寫作「燴」，不讀huì。

鱠（鲙）kuài 鱠魚。

【鱠魚】kuàiyú〔名〕(條)鱴(liè)。也作快魚。

kuān ㄎㄨㄢ

寬（宽）kuān ❶〔形〕橫向距離大(跟「窄」相對)：～馬路，窄胡同｜～銀幕電影。❷〔形〕範圍廣：研究的領域比較～｜他未免管得太～了。❸〔形〕(心胸)開闊：量大心～｜眼界～。❹〔形〕寬大：抗拒從嚴，坦白從～｜政策已經放～了。❺〔形〕富裕；寬裕：這兩年手頭兒～多了。❻〔動〕放鬆；使寬鬆：～心｜給老人家～一～心。❼〔動〕放寬；延緩：～限｜希望再～幾天。❽〔名〕寬度：長方形的面積等於長乘～｜這條船的中部有十米～。❾(Kuān)〔名〕姓。

【寬敞】kuānchang〔形〕面積大，空間大；寬闊：～的院子｜客廳很～｜這房子不怎麼～。

【寬暢】kuānchàng〔形〕(心情)開闊舒暢：聽了勸慰，心中～了｜心胸很～。

【寬綽】kuānchuo〔形〕❶寬闊有餘：屋裏東西少，顯得很～｜一個人睡張雙人床，寬寬綽綽很舒服。❷(思想)開闊：讀了來信，心裏～

多了。❸(錢物等)富裕夠用(跟「拮据」相對)：手頭～｜現在的日子比以前～多了。

【寬打窄用】kuāndǎ-zhǎiyòng〔成〕計劃時留有餘地，使用時從嚴控制；用得少，計劃或準備得多：過日子要～，不能任意胡花。

【寬大】kuāndà ❶〔形〕面積、容積大：～的操場｜老人宜穿～一些的衣服。❷〔形〕對人寬容厚道：～為懷｜襟懷～。❸〔形〕(對犯錯誤或犯罪的人處理)從輕：他能主動交代問題，就～處理了。❹〔動〕(對犯錯誤或犯罪的人)從輕處理：不能～那些罪大惡極、民憤極大的罪犯。

【寬待】kuāndài〔動〕以寬大的態度對待：～俘虜｜對於放下武器的敵人，一律～。

【寬帶】kuāndài〔名〕通信中傳輸速率每秒超過1兆比特的帶寬，它傳輸圖文聲音的速度快，信號損耗少：～通信｜～傳輸。

【寬度】kuāndù〔名〕寬窄的程度橫向的距離；長方形兩條長邊之間的距離：球場的長度和～是有嚴格規定的｜國家有權根據國際法確定自己領海的～。

【寬泛】kuānfàn〔形〕涉及的方面多；聯繫的範圍大：詞義～｜閱讀的範圍不宜過於～。

【寬廣】kuānguǎng〔形〕❶面積大；寬闊：～的田野｜道路越走越～。❷範圍大；廣大：他交朋友的範圍相當～｜精神世界～。❸(心胸、思想等)開闊；廣泛：他們的胸懷是那樣～｜視野～。

【寬宏】kuānhóng〔形〕(度量)大：～大量｜度量～。也作寬洪。

【寬宏大量】kuānhóng-dàliàng〔成〕待人寬厚，度量大：～的人｜雖然是他的失誤使生意虧了本，但朋友們～，還繼續支持他。也作寬洪大量。

【寬洪】kuānhóng ❶〔形〕(嗓音)寬厚洪亮：歌喉～，聲音悅耳。❷同「寬宏」。

【寬厚】kuānhòu〔形〕❶橫豎的距離都大；又寬又厚：～的胸膛｜雙肩～。❷待人的態度寬容厚道(跟「刻薄」相對)：待人～｜心地～。❸(嗓音)寬而渾厚：這位歌手聲音～。

【寬解】kuānjiě〔動〕使煩悶的心情或緊張的氣氛得以緩和或解除：兒子的來信，～了老人的憂愁｜他一聲大笑，緊張的對峙得以～。

【寬曠】kuānkuàng〔形〕寬闊空曠，沒有高起阻攔的東西：～的原野｜庭院裏空無一物，顯得過於～。

【寬闊】kuānkuò〔形〕❶寬廣開闊；橫向距離大；面積大：～的柏油馬路｜～的前額｜江面異常～。❷(心胸等)開闊；範圍大：～的胸懷｜心胸～｜眼界～。

【辨析】**寬闊、寬廣** 兩個詞意義很相近，通常可換用，如"道路越走越寬闊"也可說成"道路越走越寬廣"，"心胸寬廣"也可說成"心胸寬闊"。但"寬闊"還可用來形容人身的某一部分，如前額、肩膀、胸背等，此時，只能說"寬闊的前額"而不能說"寬廣的前額"。

【寬讓】kuānràng〔動〕寬容忍讓；不與爭執：你要多~弟弟一點兒。

【寬容】kuānróng〔動〕待人寬大能容忍；有氣量：對敵人不能~｜做了錯事，母親還是~了他。

【寬舒】kuānshū〔形〕❶ 寬鬆舒暢：事情告一段落，心裏~多了｜這兩天心裏不大~。❷ 寬敞舒適；寬闊舒展：車上的座位很~｜平整~的街道。

【寬恕】kuānshù〔動〕寬容饒恕：妻子~他這一次｜不可~的錯誤。

【辨析】**寬恕、寬容** "寬恕"側重在主動者的實際行為，如免去對方的責備、處罰等，前面一般不加程度副詞；"寬容"側重在主動者自身的心理狀態，能對對方採取寬大、容忍的態度，可以受程度副詞修飾，如"這麼處理，簡直對他太寬容了"。

【寬鬆】kuānsōng(-song)〔形〕❶ 寬綽舒鬆：我愛穿~的衣服｜這裏的座位比較~｜字不能寫得太密集，也不能過於~。❷ 富裕：這幾年生活好了，手頭~多了｜雖然不缺錢用，可也並不~啊。❸ 輕鬆；不拘束，不緊張：~的環境｜~的氣氛｜政策~多了。

【寬慰】kuānwèi ❶〔動〕寬解安慰；給以安慰，使寬心：要緊的是讓她老人家感到~｜他自己~自己。❷〔形〕舒暢快慰：接到兒子的來信，老人心裏異常~。

【寬限】kuānxiàn〔動〕把限期放寬：一時無錢還債，請再~幾天。

【寬心】kuān/xīn〔動〕解除心中的焦急愁悶；放心：~話（開導人、寬慰人的話）｜兒子平安回來了，母親方~｜讓自己寬寬心，別愁出病來。

【寬心丸兒】kuānxīnwánr〔名〕比喻寬解別人的話：對方滿口答應了他的條件，他算是吃了~了。

【寬衣】kuānyī〔動〕〈敬〉把部分衣服脫去，讓身體寬鬆一下：屋裏熱，客人忙起身~｜請~再進客廳。

【寬餘】kuānyú〔形〕❶ 寬裕；富餘（跟"拮据"相對）：手頭還比較~｜日子過得挺~。❷〈書〉閒暇；安適：不管風吹浪打，勝似閒庭信步，今日得~。

【寬裕】kuānyù〔形〕富裕充足：~的生活｜經濟~｜考試的時間還~。

【寬窄】kuānzhǎi〔名〕寬度；面積或範圍大小的程度：這塊布做窗簾，~正合適。

【寬縱】kuānzòng〔動〕過分寬容，不加約束：對孩子不要一味~溺愛，放任自流｜故意作惡，定予嚴懲，決不~！

髖（髖） kuān 見下。

【髖骨】kuāngǔ〔名〕骨盆的組成部分，左右各一，由髂（qià）骨、坐骨和恥骨合成。通稱胯骨。

kuǎn ㄎㄨㄢˇ

款（欵）kuǎn ㊀❶〔名〕法令、規章、條約等書面文件中分條列舉的事項。通常在條下分款，款下分項：本文件共分八條二十四~｜按第四條第十一第一項處理。❷〔名〕（筆）款子；錢：巨~｜籌~｜借~｜貸~｜贓~｜一筆~。❸〔名〕古代鐘鼎上鑄刻的文字；後世書畫上的題名（含作者的姓名和贈送對象的姓名稱呼等）：~識｜落~｜題~｜上下~俱全。❹〔名〕樣式；規格：~式｜新~時裝｜各~鞋帽。❺〔量〕用於樣式種類：一~新裝｜四~西式糕點。
㊁❶〈書〉招待；款待：款待：設宴相~。❷ 誠懇；殷勤：忠~｜~語溫言。
㊂〈書〉敲；打；叩擊：~門｜~關請見。
㊃〈書〉緩慢：疲馬行~｜點水蜻蜓~~飛。

【語彙】撥款 籌款 存款 貸款 罰款 公款 行款 匯款 貨款 借款 巨款 捐款 落款 賠款 欠款 條款 現款 押款 贓款 專款

【款步】kuǎnbù〔動〕緩慢地步行：~堂前｜~湖濱｜~走上主席台。

【款待】kuǎndài〔動〕（用酒食等）招待：~貴賓｜~老朋友｜感謝主人盛情~。

【款額】kuǎné〔名〕經費或款項的數額。

【款留】kuǎnliú〔動〕〈書〉誠懇地挽留（賓客）：再三~｜主人~，難以推辭。

【款洽】kuǎnqià〔形〕〈書〉（彼此在感情上）親切融洽：會面多次，情意~。

【款曲】kuǎnqū〈書〉❶〔名〕殷切的心意：互敘~｜彼此~相通。❷〔動〕殷勤應酬：善於與人~。

【款式】kuǎnshì〔名〕樣式；格式：~新穎｜各種~齊備。

【款式】kuǎnshi〔形〕（北京話）精緻；美好：她的穿着可真~｜屋子拾掇得別提多~了。

【款項】kuǎnxiàng〔名〕❶（筆）有特定用途的數目較大的錢：大宗~｜進出~｜有一筆~尚需查明去向。❷（法令、規章、條約等）條文裏分的項目：～文字尚需進一步修改｜第三條下面還應增加一些～。

【款型】kuǎnxíng〔名〕款式和型號：現有多種手機～供你選擇。

【款識】kuǎnzhì〔名〕❶ 古代鐘鼎彝器上鑄刻的文字。❷ 書畫作品上題的姓名字號、創作年月和贈送對象等。**注意** 這裏的"識"不讀 shí。

【款子】kuǎnzi〔名〕〈筆〉〈口〉有特定用途的錢：工程～已調撥｜這筆～不經上級批准誰也不許動用。

窾 kuǎn〈書〉空。

kuāng ㄎㄨㄤ

匡 kuāng ❶〈書〉糾正：～謬正俗｜過則～之。❷〈書〉挽救；幫助：～時救世｜引手相～｜～我不逮（幫助我力所不及之處）。❸〔動〕粗略計算；大致估計：～算｜～計｜～一～看要多少獎金。❹（Kuāng）〔名〕姓。

【匡救】kuāngjiù〔動〕〈書〉匡正挽救：～之恩｜急圖～。

【匡廬】Kuānglú〔名〕指江西廬山。相傳殷周之際有匡俗兄弟結廬於此，受道於仙人，故稱。

【匡謬】kuāngmiù〔動〕〈書〉糾正錯誤（多指學術或文字方面的）：～正俗｜拙作奉上，敬請～。

【匡時】kuāngshí〔動〕〈書〉拯救危急的時局：～富國｜～濟世。

【匡算】kuāngsuàn〔動〕粗略計算；初步估計：根據～，今年可增產百分之六｜先請人～一下，主辦這次活動需要多少錢？

【匡正】kuāngzhèng〔動〕〈書〉糾正；改正：～時弊｜敬請～。

劻 kuāng 見下。

【劻勷】kuāngráng〔形〕〈書〉急促不安。

哐 kuāng〔擬聲〕形容碰撞或震動的聲音：～的一聲，把門關上了。

【哐啷】kuānglāng〔擬聲〕形容碰撞或重物滾動的聲音：門～一聲開了｜火車～～地啟動了。

洭 Kuāng 洭水，水名。在廣東北部。

恇 kuāng〈書〉恐懼。

筐 kuāng（～兒）〔名〕〔隻〕用竹篾或柳條等編成的容器：籮～｜土～｜抬～｜用竹子編一個～。

【筐子】kuāngzi〔名〕〔隻〕通指較小的筐：菜～｜編個小～。

誆（诓）kuāng〔動〕欺騙；哄騙：～人錢物｜不要～孩子。

【誆哄】kuānghǒng〔動〕哄騙：這些話連孩子

也～不了。

【誆騙】kuāngpiàn〔動〕用謊話進行欺騙：你～我可不行｜他誰也～不了｜我差點被他～了。

kuáng ㄎㄨㄤ

狂 kuáng ❶ 精神失常；瘋狂：～人｜發～｜喪心病～。❷ 氣勢猛烈；急劇：～風暴雨｜如野馬～奔｜力挽～瀾｜股票價格～跌。❸〔形〕狂妄：～言｜這個人太～了。❹ 縱情地；肆意地：～歡｜～笑不已｜～飲傷身，暴食傷胃。❺（Kuáng）〔名〕姓。

語彙 猖狂 癲狂 發狂 瘋狂 輕狂 兇狂 佯狂 張狂 喪心病狂

【狂暴】kuángbào〔形〕猛烈而急；猛烈兇暴：～的山洪｜～的敵人｜～得像一頭獅子。

【狂飆】kuángbiāo〔名〕急驟的暴風；極大的風暴。比喻猛烈強大的潮流或力量：～突進｜國際悲歌歌一曲，～為我從天落。

【狂草】kuángcǎo〔名〕草書的一種，筆勢放縱，筆畫簡約而多連筆，變化繁多。相傳始於唐朝的張旭、懷素。

【狂放】kuángfàng〔形〕縱情任性，不受任何約束：性情～｜～不羈。

【狂吠】kuángfèi〔動〕〈狗〉大聲狂叫；比喻惡毒地誹謗或瘋狂地叫囂：夜裏一進村，就聽見群狗～｜那些走狗們昏了頭，對牠的主人也～不止。

【狂風】kuángfēng〔名〕〈陣、股〉聲勢猛烈的風：～大作｜～夾着暴雨，鋪天蓋地而來。

【狂風暴雨】kuángfēng-bàoyǔ〔成〕極大的風雨。也比喻險惡的處境或猛烈的氣勢：冒着～，到城裏開會｜革命的～，掃蕩着一切殘枝敗葉。

【狂轟濫炸】kuánghōng-lànzhà〔成〕（飛機）猛烈地、大規模地對同一地點進行轟炸：白天有敵機的～，夜晚才稍微安寧些。

【狂歡】kuánghuān〔動〕縱情歡樂：他們跳舞、唱歌，～了一夜｜徹夜～｜他們～過後，又有點失落。

【狂瀾】kuánglán〔名〕巨大而猛烈的波瀾；比喻動蕩危急的局勢或急劇浩大的潮流：力挽～｜挽～於既倒｜民族自救運動，像突發的～，誰也阻擋不住。

【狂犬病】kuángquǎnbìng〔名〕一種急性傳染病，多發生於狗、貓等家畜身上。人或其他家畜被感染了狂犬病病毒的狗、貓咬傷後也會得此病。人患狂犬病時，精神失常，噁心，流涎，口渴，看到水就恐怖，全身抽搐，多於數日內死亡。俗稱恐水病。

【狂熱】kuángrè〔形〕極度熱情：～的信徒｜～地追求享受｜搶購股票的～情緒正在逐步減弱。

【狂人】kuángrén〔名〕發瘋的人；狂妄而膽大妄為的人：～囈語｜戰爭～。

【狂妄】kuángwàng〔形〕目中無人，荒誕放肆：～的野心｜～叫囂｜極端～。

【狂妄自大】kuángwàng-zìdà〔成〕形容目中無人，自以為比誰都高明：你也太～了｜學無止境，切不可～。

【狂喜】kuángxǐ〔形〕極端高興；欣喜欲狂：佳訊傳來，舉座～｜見到丟失的孩子，她～地又抱又親。

【狂想曲】kuángxiǎngqǔ〔名〕西方音樂中一種富於幻想或敘事性的器樂曲，多採用民間曲調改編而成，始於19世紀初。

【狂笑】kuángxiào〔動〕縱情大笑，無所顧忌：聽了這話，他～起來｜歹徒們～不止，其實他們滅亡的時刻已經到來。

【狂言】kuángyán〔名〕狂妄的話：口出～｜是真理，是～，歷史裁定。

诳（诳）kuáng ❶〔動〕欺騙；瞞哄：設詐～敵軍｜他在～你｜把他～去了。❷〔名〕(山東話)誑話；謊言：扯～｜他說的全是～。

【誑語】kuángyǔ〔名〕騙人的話；謊言：真話駁不倒，～難久長。也說誑話。

鵟（鵟）kuáng〔名〕鳥名，形狀像老鷹，翅膀稍寬，尾部散開呈弧形，不分叉，捕食昆蟲、鼠類等。也叫土豹。

kuǎng ㄎㄨㄤ

夼 kuǎng〔名〕(山東話)窪地；兩山之間的谷地。多用於地名：山～｜大～（在山東）｜劉家～（在山東）。

kuàng ㄎㄨㄤ

圹（圹）kuàng（舊讀gǒng）〈書〉同"礦"。

況（况）kuàng ㊀ ❶比方；比擬：以往～今｜以一～百。❷情形；狀況：情～｜病～｜近～。❸(Kuàng)〔名〕姓。
㊁〔連〕〈書〉況且；何況。表示遞進關係：準備本不足，～倉促上陣，勢難取勝。

語彙 比況 而況 概況 何況 近況 景況 境況 窘況 路況 情況 盛況 實況 戰況 狀況 自況

【況且】kuàngqiě〔連〕表示更進一層，常和"又""也""還"等配合用：天快黑了，～你又不熟前路，明天再去找吧｜這書很好，～也不貴，值得買｜路不算太遠，～還是快車，準保誤不了。

【辨析】況且、何況　連詞。表示更進一步。如"晚會一定很精彩，何況又有名角登台呢！"，這句話裏的"何況"換成"況且"，意思還是一樣。但是，"何況"在反問語氣中表示"不用說"的意思和用法，跟"況且"不同，如"本國語文他都沒學好，何況學習外國語文""老人晴天也不出門，何況雨天"。"況且"不能這樣用。"何況""況且"可只用"況"，書面語色彩更濃。

框 kuàng / kuāng ❶〔名〕嵌在牆上便於安裝門窗的架子：門～｜窗戶～｜門窗都需要一個～。❷(～兒)〔名〕器物周圍的架子：鏡～兒｜眼鏡～｜裱好的畫要加一個～。❸〔名〕在文字、圖像周圍加上的線條：標題加上～才醒目。❹〔動〕在文字、圖像周圍加上線條；加框：把需要摘抄的文字～起來。❺〔動〕限制；約束：在取材範圍方面，不要～得太死。

語彙 邊框 窗框 方框 黑框 鏡框 門框

【框定】kuàngdìng〔動〕劃定（範圍）；限定（目標）：籌備會～了本次會議的議題範圍｜環保部門～了年度治污目標。

【框架】kuàngjià〔名〕❶由樑、柱等連接而成的建築工程基本結構：～橋｜完成主體～工程。❷比喻事物的輪廓或主要部分：十年規劃已經有了個～｜議定書的初步～已經形成。

【框框】kuàngkuang〔名〕❶在文字、圖畫等周圍所加做襯托或引起重視的線條（多呈方形或長方形）：在社論的第二段畫上一個大～｜遺像四周圍着黑～。❷(條)比喻事物的固定格式、傳統的做法或束縛人的規矩、辦法等（含貶義）：條條～太多了｜突破舊～的限制。

【框子】kuàngzi〔名〕較小的框兒：眼鏡～｜塑料～｜油畫～。

眶 kuàng / kuāng 眼的周圍部分：眼眶：熱淚盈～｜眼淚禁不住奪～而出。

贶（贶）kuàng〈書〉❶賜給；贈給：～贈｜～以佳品。❷賜與或贈給的東西：厚～。

【貺贈】kuàngzèng〔動〕〈書〉饋贈，贈與：他人～，一無所受。

絋（絋）kuàng〈書〉同"纊"。

壙（圹）kuàng ❶〔名〕墓穴：～穴｜深～｜打～｜入～。❷〈書〉野地；野外空曠處：如水之就下，獸之走～。

【壙埌】kuànglàng〔形〕〈書〉原野一望無際的樣子：～之野。

酈（郦）Kuàng〔名〕姓。

曠（旷）kuàng ❶空闊；遼闊：空～｜寬～｜～野｜地～人稀。❷心情開朗：心～神怡。❸〔形〕〈口〉相互組接的兩個零件之間的空隙過大；衣着過於肥大，不合體：車軸～了（軸和孔之間的空隙大）｜這條褲子我穿着太～了。❹荒廢；耽誤：～日持久｜她從沒～過課。❺（Kuàng）〔名〕姓。

【曠達】kuàngdá〔形〕〈書〉心胸開闊通達；看得遠，想得開：時人貴其～｜性格～。

【曠代】kuàngdài〔動〕〈書〉❶當代所罕見；當代無與倫比：～奇珍｜～英豪｜功業～。❷經歷長時間：～難遇｜～未有。

【曠費】kuàngfèi〔動〕白白地浪費（時間）：～時光｜～時日。

【曠廢】kuàngfèi〔動〕〈書〉耽誤；荒廢：學業不能～｜～武功。

【曠夫】kuàngfū〔名〕〈書〉已到壯年而尚未娶妻的男子：內無怨女，外無～。

【曠工】kuàng//gōng〔動〕未經請假，擅自不上工或不上班：不得無故～｜我一輩子沒曠過工。

【曠古】kuànggǔ ❶〔動〕自古以來（所沒有的）：～奇冤｜～未聞。❷〔名〕遠古：～以前，地卑氣濕。❸〔名〕往昔；從前：～未書之事。

【曠課】kuàng//kè〔動〕（學生）未經請假，擅自不上課：無故～｜曠了八節課。

【曠日持久】kuàngrì-chíjiǔ〔成〕荒費時日，長期拖下去：～的談判｜這場戰爭，～。

【曠世】kuàngshì〔動〕〈書〉❶世所未有；舉世無雙：～奇才｜氣度～。❷歷時久遠；時間長久：～難成｜～齊歡。

【曠野】kuàngyě〔名〕空曠荒涼的原野：～荒郊｜茫茫～。

【曠遠】kuàngyuǎn〔形〕❶空闊遼遠：茫茫戈壁灘，顯得荒涼～。❷〈書〉久遠：年代～，不可考據。

【曠職】kuàngzhí〔動〕❶（工作人員）未經請假，擅自不上班：以～論處｜無故～，按一日數扣發其工資。❷〈書〉曠廢職守職務：深慚～。

礦（矿）〈鑛〉 kuàng（舊讀 gǒng）〔名〕❶礦產：探～｜～藏。❷礦石：精～｜尾～。❸開採礦產資源的場所或工廠：～區｜～山｜～井｜露天～｜我們在～上工作。❹（Kuàng）姓。

語彙 採礦　廠礦　富礦　金礦　精礦　開礦　路礦　貧礦　探礦　鐵礦　選礦　鹽礦　油礦

【礦藏】kuàngcáng〔名〕尚未開採出來的礦物資源：～量｜中國～極為豐富。

【礦層】kuàngcéng〔名〕夾在地層中做層狀分佈的礦產資源。

【礦產】kuàngchǎn〔名〕已經開採出來的礦石和尚待開發的礦藏的統稱：地質～部｜中國～志。

【礦床】kuàngchuáng〔名〕地殼裏呈固態、液態、氣態的，有開採價值的自然富集體：金屬～｜層狀～｜海底～。

【礦燈】kuàngdēng〔名〕（盞）便於礦工攜帶的、在礦井裏使用的特製的照明用具。

【礦工】kuànggōng〔名〕（名）採掘礦物的工人。

【礦井】kuàngjǐng〔名〕（座）為了便於在地底下採掘礦石而修建的通向礦床的井筒和巷道的統稱。

【礦苗】kuàngmiáo〔名〕礦床露出地面的部分，是找礦的主要標誌。

【礦難】kuàngnàn〔名〕（起，次）礦井意外事故造成人員傷亡、設備損毀等的災難，主要有坍塌、爆炸、水淹、有毒氣體外泄等：堅決遏止近年～高發的勢頭｜～給不少家庭帶來不幸。

【礦區】kuàngqū〔名〕開採礦物的地區，包括含礦地段和附屬設施所在地。

【礦泉】kuàngquán〔名〕含有一定礦物質的泉，一般為溫泉，一些礦泉有輔助治療作用，如有助於醫治關節炎、皮膚病、神經衰弱等。

【礦泉水】kuàngquánshuǐ〔名〕含有豐富的對人體有益的礦物質的地下水，特指出售的這種飲料。

【礦山】kuàngshān〔名〕（座）採掘礦產資源的處所或單位，含礦井和露天採礦場等：～機械｜～救護隊｜城西有多處～。

【礦石】kuàngshí〔名〕❶從礦床中採掘出來的，可從中提取有用物質的固體物質：鐵～。❷指方鉛礦、黃鐵礦等天然礦石，可用作無綫電收音機的檢波器。

【礦物】kuàngwù〔名〕地質作用形成的、具有相對確定的化學組成的自然單質（如金剛石等）和化合物（如石英等），呈固態，有固定的內部結構，極少數呈氣態（如氦）或液態（如自然汞）。

【礦物油】kuàngwùyóu〔名〕石油或油葉岩提取物分餾後得到的油質產品，包括汽油、煤油、柴油、潤滑油等。

【礦業】kuàngyè〔名〕發現、開採和利用礦產資源的生產活動：開發～｜～聯合公司。

【礦渣】kuàngzhā〔名〕礦山開採、選礦及加工冶煉過程中產生的固態廢物：～磚｜～水泥｜要科學處理～，保護生態環境。

【礦種】kuàngzhǒng〔名〕礦產資源的種類，包括能源礦產、金屬礦產、非金屬礦產、水氣礦產等。

纊（纩） kuàng〈書〉絲綿絮：身如挾～（身體如夾裹着絲棉絮一樣感到溫暖）。

kuī ㄎㄨㄟ

刲 kuī〈書〉割；宰殺：～羊擊豕（宰殺羊豬）。

悝　kuī〈書〉嘲笑；詼諧。見於人名：李～(戰國時魏國人)。
　　另見 lǐ(822頁)。

盔　kuī ❶〔名〕像盆而略深的器皿：瓦～｜陶～｜拿個～盛點粥。❷軍人、消防人員或施工人員等用來保護頭部的帽子，多用金屬、硬塑料製成：頭～｜鐵～｜鋼～｜丟～棄甲。❸形狀像盔的帽子：半球形便帽：遮陽帽～。

【語彙】鋼盔　鍋盔　帽盔　頭盔　瓦盔

【盔甲】kuījiǎ〔名〕(副)古代軍人作戰時穿的服裝，盔保護頭部，甲(多用金屬或皮革製成)保護身軀：一身～｜～生蟣蝨，千里無雞鳴。

【盔頭】kuītou〔名〕傳統戲曲演員扮演劇中人物所戴的帽子，有硬質冠帽、軟質帽巾。按人物的年齡、身份、性別、地位等不同而有不同種類，如帥盔、草王盔、夫子盔等。

窺　(窺)〈闚〉kuī ❶從小孔、縫隙中看：管中～豹｜鑽穴隙相～。❷從隱蔽處看：暗中察看：～測｜～視｜～伺｜～探。

【窺豹一斑】kuībào-yībān〔成〕只看到豹身上的一個斑紋，沒看到豹的全身。比喻只見到事物的一點一滴，沒看到全體。也比喻從見到的部分，可以推知全貌：以上所述，僅是～，並非全貌｜從這個統計可以～，情況還是嚴重的。

【窺測】kuīcè〔動〕窺探推測：～時機｜～形勢｜～方向，以求一逞｜他躲在暗中～了很久。

【窺見】kuījiàn〔動〕暗中觀察到；推想出：通過這些生活細節可以～他的整個思想意識｜小偷～房主出了門，就撬開了窗戶。

【窺視】kuīshì〔動〕暗中察看；偷看：間諜衛星在上空～軍事基地｜有人在倉庫附近～，伺機作案。

【窺伺】kuīsì〔動〕暗中觀察動靜，以待可乘之機(多含貶義)：～軍情｜～作案。

【窺探】kuītàn〔動〕暗中偵察：～動靜｜～軍事秘密。

【窺望】kuīwàng〔動〕暗中往遠處察看：伸着脖子往山下～｜從望遠鏡裏～敵陣地十分清楚。

虧　(亏)kuī〔動〕❶失去應得的利益；受損失：生意～了不少｜把老本都～光了｜～得太厲害了｜要扭～為盈。❷欠缺；短少：氣血兩～｜身體太～了｜自知理～。❸使吃虧；辜負：千萬不要～人家｜從來沒有～過你，今後也～不了你。❹表示幸而有：～你提醒，我差點兒忘了｜～他機靈，才躲過去了。❺"虧得"②，表示譏諷、斥責等：這話說～你說得出口｜跟小孩打鬧，～你還是大哥哥！

【語彙】吃虧　得(děi)虧　多虧　理虧　幸虧　血虧　盈虧　啞巴虧

【虧本】kuī//běn(～兒)〔動〕經營中本錢虧損或全部喪失；比喻損失：～兒的生意不能做｜虧了一些本兒。

【虧產】kuīchǎn〔動〕比原定計劃少生產；產量短欠：全年原煤～不多｜爭取超產，最低要求不～。

【虧待】kuīdài〔動〕不公平、不合理地對待：你～過他，就別怪他～你｜從來不～任何人。

【虧得】kuīde〔動〕❶幸而有；多虧：～大家幫忙，才及時完成了任務｜～搶救得早，不然就麻煩了。❷說反話，表示不怕難為情(多含譏諷、斥責意)：～你長這麼大，連這點事都不懂｜連屈原都不知道，～你還是個大學生呢。

【虧耗】kuīhào ❶〔動〕(體能、精神)損失：體力～得太多了。❷〔名〕(貨物等)由於儲存過久、轉運或折(shé)秤等原因而受到損失：水果的～率最大｜儘量降低～。

【虧空】kuīkong ❶〔動〕因支出大於收入而欠人財物：全年～了好幾萬元｜經不住長期～。❷〔名〕所欠的財物：拉下了～｜彌補不了～｜爭取明年把～補上。

【虧欠】kuīqiàn〔動〕虧空；短欠：這兩年～不少｜我還～人家一筆錢｜～親戚朋友的人情太多了。

【虧折】kuīshé〔動〕(本錢)受損失：去年～慘重｜～數十萬。

【虧蝕】kuīshí〔動〕〈書〉❶指日食或月食：上古就有日月～的記載。❷虧本：連年～。❸損耗：商品～無算｜嚴重～。

【虧損】kuīsǔn ❶〔動〕支出大於收入；虧折：去年～三萬元｜今年沒有～。❷〔動〕身體因缺乏營養或遭受摧殘而虛弱：血氣～｜病後身體～。❸〔名〕(筆)企業財產不及資本額的情況：這家公司的巨大～難以彌補，最終只好倒閉了。

【虧心】kuīxīn〔形〕(言行)違背情理；喪失良心：為人莫說～話｜不做～事，不怕鬼叫門｜你這樣無理取鬧，也不覺得～！

巋　(岿)kuī〈書〉❶小山羅列的樣子。❷高山屹立的樣子。

【巋然】kuīrán〔形〕〈書〉高大堅固而獨立的樣子：～屹立｜大殿～獨存｜敵軍圍困萬千重，我自～不動。

kuí　ㄎㄨㄟ

奎　kuí ❶二十八宿之一，西方白虎七宿的第一宿。參見"二十八宿"(347頁)。❷(Kuí)〔名〕姓。

【奎寧】kuíníng〔名〕藥名，白色粉末，有苦味，多從金雞納樹皮中提煉製成，用於治瘧疾。也叫金雞納霜。[英 quinine]

馗 kuí ❶同 "逵" ①。❷用於人名：鍾～(民間傳說中能打鬼的人物)。

逵 kuí ❶〈書〉四通八達的大路：大～。❷(Kuí)〔名〕姓。

揆 kuí〈書〉❶揣度；度量：～其用意｜～情度理｜～之是非利害。❷管理：以～百事。❸道理；準則：千載一～｜古今中外，其一也。❹事務；政事：百～(各種政務)。❺古代稱宰相，後指相當於宰相的官：首～(內閣總理)。

【揆度】kuíduó〔動〕〈書〉估量；揣測：不可～｜～情理。

喹 kuí 見下。

【喹啉】kuílín〔名〕有機化合物，化學式 $C_6H_4(CH)_3N$。無色而有特殊臭味的液體，可製藥物、染料等。也叫氮雜萘。[英 quinoline]

葵 kuí ❶指冬葵，二年生草本植物，可做蔬菜。❷指蒲葵，常綠喬木，葉子可做扇子：～扇(即蒲扇)。❸指向日葵：～花。❹(Kuí)〔名〕姓。

語彙　冬葵　龍葵　蒲葵　向日葵

【葵花】kuíhuā〔名〕❶(棵，株)向日葵。❷(朵)向日葵的花：～朵朵向太陽。

【葵花子】kuíhuāzǐ(～兒)〔名〕(顆，粒)向日葵的種子，可榨油，也可以嗑開吃仁。

【葵扇】kuíshàn〔名〕(把)用蒲葵的葉製成的扇子。俗稱芭蕉扇。

暌 kuí〈書〉隔開；分別：～別｜～隔｜～離｜～違。

【暌違】kuíwéi〔動〕〈書〉離別；分處兩地：～萬里｜～五十餘年。

戣 kuí 古代一種兵器，三鋒矛。

隗 Kuí〔名〕姓。
另見 Wěi(1409 頁)。

暌 kuí〈書〉❶同 "暌"。❷違背；乖離：～異(意見不合)。

【暌暌】kuíkuí〔形〕〈書〉注視的樣子：眾目～。

魁 kuí ❶第一名；領頭的人：～首｜奪～｜罪～禍首。❷(身材)高大：～偉｜～岸。❸ "魁星" ①。❹(Kuí)〔名〕姓。

語彙　黨魁　奪魁　花魁　元魁　罪魁

【魁首】kuíshǒu〔名〕❶第一名；首位：文章～。❷首領；頭子：斬其～。

【魁偉】kuíwěi〔形〕(身體)高大強壯：身材～｜～的身軀。

【魁梧】kuíwu〔形〕(身體)高大強壯：他長得很～｜～的身材。

【魁星】kuíxīng〔名〕❶北斗七星中天樞、天璇、天璣、天權排列如方斗的四顆星。也特指天樞星。❷中國古代道教尊魁星為主宰科名和文運興衰的神，後世各地多建魁星閣或魁星樓來祭祀它。魁星神像的頭部像鬼；一腳獨立，一腳後翹；左手捧方斗，右手執筆以點定考中者的姓名。

蛵 kuí 蛵蛇：白～｜青～。

【蛵蛇】kuíshé〔名〕(條)毒蛇的一種，生活在森林或草地裏，長約一米，有白蛵、青蛵、黑斑蛵蛇等。吃小鳥、蜥蜴、青蛙等。

櫆 kuí〈書〉北斗星。

騤(骙) kuí 見下。

【騤騤】kuíkuí〔形〕〈書〉馬強壯的樣子。

夔 kuí ❶古代傳說中一種奇異的動物，樣子像龍。❷(Kuí)夔州，舊府名，府治在今重慶奉節：初出～門。❸(Kuí)〔名〕姓。

【夔紋】kuíwén〔名〕青銅器上的一種夔形紋飾。多為一角、一足，口張開，尾上捲。常見的有身作兩歧；或身作對角綫，兩端各有一夔首。盛行於商朝和西周前期。

kuǐ ㄎㄨㄟˇ

傀 kuǐ ❶見下。❷(Kuǐ)〔名〕姓。
另見 guī(488 頁)。

【傀儡】kuǐlěi〔名〕❶用土、木製成的偶像；木偶：～戲｜牽綫～｜只見他衣着寬大，舉動呆板，沒有表情，活像一個～。❷比喻不能自主，只能聽人指揮、受人操縱的人或組織：～皇帝｜～政府｜他不過是個～罷了。

【傀儡戲】kuǐlěixì〔名〕木偶戲。

頍(颏) kuǐ 古代一種束髮(fà)固冠的髮飾。

跬 kuǐ 古代稱半步：不積～步，無以至千里。

注意 古代的 "跬"，相當於現在的一步；古代的 "步"，相當於現在的兩步。

【跬步】kuǐbù〔名〕〈書〉古代指半步：～不離｜～千里。

煃 kuǐ〈書〉火燃燒的樣子。

磈 kuǐ 見下。

【磈礧】kuǐlěi〔名〕〈書〉❶堆積不平的石塊。❷比喻鬱積在心中的不平之氣：以酒澆心中～。

K

kuì ㄎㄨㄟ

喟 kuì〈書〉歎氣；歎息：～然｜感～。

【喟然】kuìrán〔形〕〈書〉形容歎息的樣子：～太息（歎氣）。

【喟歎】kuìtàn〔動〕〈書〉因感慨而歎息：不無～｜～無已。

愧（媿）kuì〔形〕羞慚：面帶～色｜問心無～｜～不敢當｜垂老念故土，～對眾鄉親。

語彙 抱愧　慚愧　羞愧　問心無愧

【愧服】kuìfú〔動〕佩服別人而自慚不如：他的學問非常淵博，令人～。

【愧恨】kuìhèn〔動〕羞愧悔恨：心懷～｜～交集。

【愧悔】kuìhuǐ〔動〕羞愧悔恨：～之情｜～不迭。

【愧疚】kuìjiù〔形〕因慚愧而內疚：深感～｜～不安｜～不已。

【愧領】kuìlǐng〔動〕客套話。慚愧地領受（用於接受別人餽贈時）：恭敬不如從命，那我們就～啦。

【愧色】kuìsè〔名〕慚愧的面色：滿面～｜毫無～。

【愧痛】kuìtòng〔形〕〈書〉因羞愧而感到痛苦或痛心：～無及｜深自～｜臉上流露出～的神情。

【愧心】kuìxīn〔名〕〈書〉慚愧的內心：頓生～。

【愧怍】kuìzuò〔形〕〈書〉慚愧：中心～｜～萬分。

匱（匱）kuì ❶〈書〉缺乏：～乏｜窮～。❷古同櫃（guì）：石室金～之書。❸（Kuì）〔名〕姓。

【匱乏】kuìfá〔形〕〈書〉缺乏；貧乏（多指物資、人才等）：物資～｜人才～｜百姓～。

潰（潰）kuì ❶大水沖破堤防：～溢｜～決｜千里之堤，～於蟻穴。❷〈書〉突破包圍：乘勢～圍。❸敗散；逃散：～敗｜～擊｜一觸即～｜～不成軍。❹肌肉腐爛：～爛｜～瘍。

　另見 huì（587頁）。

語彙 崩潰　擊潰　一觸即潰

【潰敗】kuìbài〔動〕軍隊被打垮，逃散：敵軍～如山倒｜～的敵軍已無力組織反攻。

【潰不成軍】kuìbùchéngjūn〔成〕潰散零落，不成隊伍。形容打仗敗得很慘：敵人被打得～。

【潰決】kuìjué〔動〕大水沖垮堤壩：江河～｜～成災。

【潰爛】kuìlàn〔動〕（傷口或潰瘍）因受細菌感染而糜爛化膿：傷口～了｜凍瘡開始～。

【潰滅】kuìmiè〔動〕（政治集團）崩潰滅亡：偽政權已～｜封建王朝徹底～。

【潰散】kuìsàn〔動〕吃了敗仗後逃散或解體：倉皇～｜敵軍被打得四處奔逃～。

【潰逃】kuìtáo〔動〕（軍隊）吃了敗仗後各自逃跑：四散～，狼狽不堪｜～的敵軍都成了俘虜。

【潰退】kuìtuì〔動〕因吃了敗仗而往後撤退：敵人～，爭相逃命。

【潰圍】kuìwéi〔動〕〈書〉突破包圍：～而出｜成功～，轉入山地休整。

【潰瘍】kuìyáng〔動〕皮膚或黏膜表面組織缺損或潰爛：胃～｜十二指腸～｜多種因素引起口腔～。

憒（憒）kuì〈書〉心智昏亂不明：昏～｜～亂。

簣（簣）kuì ❶古時用草編的筐子：荷～。❷（Kuì）〔名〕姓。

襘（襘）kuì（北方官話）❶〔動〕拴；繫（jì）：把牲口～上。❷（～兒）〔名〕用繩子、帶子等拴成的結（jié）：活～兒｜死～兒｜繫（jì）個甚麼樣的～兒？

聵（聵）kuì ❶〈書〉耳聾：聾～不可使聽｜耄而～。❷不明事理；糊塗無知：昏～｜振聾發～（比喻用震撼人心的言語喚醒糊塗人）。

簣（簣）kuì〈書〉竹製的盛土器具：為山九仞，功虧一～。

饋（饋）〈餽〉kuì ❶贈送：～送｜～贈｜～以厚禮。❷輸送：反～。

【饋贈】kuìzèng〔動〕〈書〉贈送（禮物或禮金）：向參觀者～紀念品｜～錢財｜互相～。

kūn ㄎㄨㄣ

坤〈❶❷堃〉kūn ❶〔名〕八卦之一，卦形是"☷"，代表地。參見"八卦"（17頁）：乾～｜～輿（大地）｜～靈（地神）｜旋乾轉～（從根本上扭轉局勢）。❷女；女式：～式｜～伶｜～表｜～車。❸（Kūn）〔名〕姓。

　"堃"另見 kūn（787頁）。

【坤包】kūnbāo（～兒）〔名〕婦女用的較小的挎包、手袋。

【坤錶】kūnbiǎo〔名〕（塊，隻）女式手錶。

【坤車】kūnchē〔名〕（輛）女式自行車。

【坤角兒】kūnjuér〔名〕（位）舊時稱戲曲女演員。也叫坤伶。

【坤宅】kūnzhái〔名〕舊時稱締結婚姻的女家為坤宅，男家為乾（qián）宅。

昆 kūn ❶〈書〉兄：諸～。❷〈書〉後裔；子孫：垂裕後～。❸（Kūn）〔名〕姓。

　另見 kūn "崑"（787頁）。

【昆布】kūnbù〔名〕褐色海藻，草質帶狀，窄者稱為海帶，入中藥稱為昆布。也叫黑菜。

【昆蟲】kūnchóng〔名〕節肢動物的一綱，身體分頭、胸、腹三部。頭部有觸角，胸部有足三對，大多兼有翅膀兩對或一對，腹部有節。種類繁多。

【昆弟】kūndì〔名〕〈書〉兄弟：～俱已長大。

【昆劇】（崑劇）kūnjù〔名〕中國古典戲曲劇種，形成於元，盛行於明清。以演唱傳奇劇本為主，文辭典雅，曲調繁多，動作優美，舞蹈性強。伴奏樂器有笛、笙、簫、琵琶、鼓板等。昆劇因地區不同而有北昆、南昆、湘昆、川昆之別。也叫昆曲。

【昆腔】kūnqiāng〔名〕戲曲聲腔，元朝在江蘇昆山產生，原名昆山腔。明嘉靖（1522－1566）年間經戲曲音樂家魏良輔等人加以豐富和革新，曲調舒徐婉轉，有"水磨腔"之稱。昆腔對許多地方戲曲劇種的形成和發展有深遠影響。也叫昆山腔、昆曲。

【昆曲】（崑曲）kūnqǔ〔名〕❶ 昆劇。❷ 昆腔：～已被正式列入世界非物質文化遺產。

【昆仲】kūnzhòng〔名〕〈書〉對別人兄弟的雅稱：賢～某君。也說昆季。

㑩 kūn〈書〉兄：～弟。

【㑩孫】kūnsūn〔名〕從本身算起的第七代孫。參見"雲孫"（1681 頁）。

崑（昆）〈崐〉 kūn 見"崑崙"。"昆"另見 kūn（786 頁）。

【崑崙】Kūnlún〔名〕山名，在新疆、青海和西藏之間。

堃 kūn 見於人名。另見 kūn"坤"（786 頁）。

琨 kūn〈書〉像玉的美石。

焜 kūn〈書〉明亮；輝耀：～如星火。

髡 kūn〈書〉❶ 古代刑罰，剃去男子頭髮：～首｜～刑。❷ 剪光樹枝。

褌（裩）kūn〈書〉有襠的褲子：犢鼻～。

醌 kūn〔名〕芳香族有機化合物的一類，最簡單的醌為苯醌 $C_6H_4O_2$，可用於染料工業。[英 quinone]

錕（锟）kūn 見下。

【錕鋙】kūnwú〔名〕〈書〉寶劍名，傳說切玉如泥。因產於錕鋙山而得名。

鵾（鹍）kūn 鵾雞，古書上指一種鳥，形狀像鶴。

鯤（鲲）kūn 古代傳說中一種極大的魚。

魚，其名為鯤。鯤之大，不知其幾千里也。化而為鳥，其名為鵬。"鯤鵬為古書中所說的大魚和大鳥。也指由鯤化成的大鵬鳥：～展翅。

kǔn ㄎㄨㄣˇ

捆〈綑〉kǔn ❶〔動〕用繩子等綁緊並打上結：～東西｜～柴火｜把這堆書～成兩包｜～了一個人進來｜這幾件行李～結實才能託運。❷〔動〕比喻束縛：不要～住自己的手腳。❸（～兒）〔量〕用於捆起來的東西，相當於"束"：一～草｜一～行李｜兩～兒舊報紙。❹〔名〕（～兒）成捆的東西：把鋪蓋捆成～兒｜行李～兒。

〔辨析〕**捆、綁**　意義基本一樣，有時也能換用，如"把人綁起來"也可說"把人捆起來"。但二者用法並不完全相同，如"綁裹腿"不能說成"捆裹腿"，"把書捆起來"不能說成"把書綁起來"，"捆麥子"不能說成"綁麥子"。

【捆綁】kǔnbǎng〔動〕用繩子等綁住（多用於人）：把那個歹徒～起來｜～不成夫妻。

【捆綁式】kǔnbǎngshì〔形〕屬性詞。連接在一起的；配搭在一起的：～火箭｜～銷售｜四個畫展～推出。

【捆紮】kǔnzā〔動〕用繩子、帶子等捆牢（多用於物）：～行李｜把這兩件東西～成一件好了｜包裹～好，才能郵寄。

悃 kǔn〈書〉誠心誠意：愚～｜謹申謝～。

【悃忱】kǔnchén〔名〕〈書〉真摯的心意：謹佈～。

壼（壸）kǔn 古代宮中的通道。

閫（阃）kǔn ❶〈書〉門檻：居不越～。❷ 舊時指婦女居住的內室：閫～｜～闈。❸〈書〉借指妻室；也泛指婦女：令～｜～範。❹〈書〉城門的門檻：～以內者，寡人制之，～以外者，將軍制之。❺〈書〉同"壼"。❻（Kǔn）〔名〕姓。

kùn ㄎㄨㄣˋ

困 kùn ❶〔動〕陷入艱難痛苦之中，無法擺脫：內外交～｜坐～愁城｜問題成堆，可把他～住了。❷〔動〕使處於艱難環境而無法擺脫；控制在一定範圍裏：圍～｜把敵人～在城裏。❸ 疲乏；精力不濟：人～馬乏。另見 kùn"睏"（788 頁）。

語彙　貧困　窮困　圍困　坐困　內外交困

【困處】kùnchǔ〔動〕陷入困境：～海天一隅｜長期在山區～，幾乎與外界隔絕。

【困頓】kùndùn〔形〕❶ 疲乏；勞累：日夜操

勞，～極了。❷（生活）艱難；窘迫：潦倒～
終生。

【困乏】kùnfá〔形〕（生活）困難；匱乏：收入雖
少，但量入為出，倒也不顯得～｜連年戰爭，
百姓～。
　　另見 kùnfá "睏乏"（788 頁）。

【困惑】kùnhuò ❶〔形〕疑惑；左右為難：～不
解｜感到非常～｜露出一種～的神情。❷〔動〕
使困惑：有一個難題始終～着他們。

【困境】kùnjìng〔名〕困難的境地：擺脫目前
的～｜陷於～，不能自拔。

【困窘】kùnjiǒng〔形〕〈書〉（生活、境況）困難窘
迫：處境十分～｜～的日子實在難熬。

【困苦】kùnkǔ〔形〕（生活）艱難痛苦：他幼年生
活～｜戰勝一切艱難～。

【困難】kùnnan ❶〔形〕窮困，日子不好過：生
活～｜最～的日子已經過去。❷〔形〕情況複
雜，阻礙很多，難於進行：呼吸～｜行動～｜
感到十分～｜工作越～，越能鍛煉人。❸〔名〕
複雜的情況，重重的阻礙，不易解開的難
點：～重重｜克服～｜把～留給自己，把方便
讓給別人｜眼前的～算不了甚麼。

【困窮】kùnqióng ❶〔形〕困苦貧窮：從前我們
的生活非常～。❷〔名〕艱難困苦的境遇：遭
此～，甚為不幸。

【困擾】kùnrǎo〔動〕攪擾；使困惑不安，無法擺
脫：為一個難題所～｜～敵軍。

【困守】kùnshǒu〔動〕被圍困而堅守（防地）：孤
軍～｜～無名高地｜～到最後。

【困獸猶鬥】kùnshòu-yóudòu〔成〕《左傳‧定公四
年》："困獸猶鬥，況人乎？"意思是被圍困的
野獸還會拚死掙扎，何況人呢？比喻陷於絕境
的人肯定會頑強抵抗（多含貶義）：敵人～，也
只能是拖延日子罷了。

睏（困）kùn ❶〔形〕疲倦欲睡：孩子～得
眼睛都睜不開了｜我～了，你還
不～嗎？❷〔動〕（吳語）睡：～覺｜～中覺（睡
午覺）。
　　"困" 另見 kùn（787 頁）。

【睏乏】kùnfá〔形〕四肢無力，全身疲乏：大病初
癒，執筆為文，甚感～。
　　另見 kùnfá "困乏"（788 頁）。

【睏倦】kùnjuàn〔形〕睏乏疲倦欲睡：～不堪｜連
續加夜班，大家都覺得很～。

【睏意】kùnyì〔名〕疲乏想睡的感覺：都半夜了，
我卻毫無～。

kuò ㄎㄨㄛˋ

括〈❶-❸捪〉kuò ❶〔書〕結紮；捆束：～
約肌｜向也～而今也被髮
（從前束結頭髮，而今披散頭髮）。❷包羅；包

容：包～｜總～｜概～｜囊～｜簡～｜綜～｜賅
（gāi）～。❸〔動〕給字、詞、句等加上括號：把
解釋性的話～起來。❹（Kuò）〔名〕姓。

> 語彙　包括　概括　簡括　囊括　綜括　總括

【括號】kuòhào〔名〕❶ 算術式或代數式中表示結
合關係的符號，有大括號、中括號、小括號
三種，形狀分別為 {　}、[　]、(　)。❷ 標
點符號的一種，主要形式為 "(　)"，括號表
明行文中註釋性的話。括號除了最常用的圓
括號之外，還有六角括號 "〔　〕"、方頭括號
"【　】"、尖括號 "〈　〉" 等幾種。這些括號
除用作註釋外，還可以用作題解、提示和分
項等。此外還有一種國際音標專用的方括號
"[　]"。

【括弧】kuòhú〔名〕❶ 特指數學符號中的小括號。
數學符號中的大括號、中括號、小括號，有時
也叫大括弧、中括弧、小括弧。❷ 特指標點
符號中的圓括號。標點符號中的圓括號、方括
號、六角括號，有時也叫圓括弧、方括弧、六
角括弧。

【括約肌】kuòyuējī〔名〕肛門、尿道等處能收縮、
擴張的環狀肌肉。

栝 kuò 見 "檮栝"（1625 頁）。
　　另見 guā（473 頁）。

适 kuò / guā ❶ 古同 "遦"。見於人名：李～
（唐朝人）。注意 唐朝詩人高適（适）仍讀
shì。❷（Kuò）〔名〕姓。
　　另見 shì "適"（1236 頁）。

遦 kuò〈書〉疾速。多見於人名：南宮～（周
朝人）。

蛞 kuò 見下。

【蛞螻】kuòlóu〔名〕古指螻蛄。

【蛞蝓】kuòyú〔名〕軟體動物，身體像蝸牛而無
殼，吃植物的葉子，對蔬菜、果樹等有害。也
叫鼻涕蟲，有的地區叫蜒蚰（yányóu）。

筈 kuò〈書〉箭尾。

廓 kuò ❶ 物體的外沿兒：輪～｜耳～。
❷ 空闊：空～｜寥～｜～落。❸ 開拓；
擴大：～地｜～土。❹ 清除；澄清：～清。
❺（Kuò）〔名〕姓。

【廓落】kuòluò〔形〕〈書〉❶ 空闊：～宇宙。❷ 寬
宏；豁達大度：為人～有大志。

【廓清】kuòqīng〔動〕〈書〉使混亂轉為安定；肅
清：～宇內｜～天下｜異端邪說，賴以～。

鞹 kuò〈書〉去毛的獸皮；皮革：虎豹之～，
猶犬羊之～。

闊（阔）〈濶〉kuò ❶ 面積寬廣；距離
大：廣～｜海～天空｜大
刀～斧。❷ 比喻時間長：～別。❸ 不切實際：高

談~論。❹〔形〕富裕;有錢;闊氣:擺~|~少爺|他突然~起來了。❺(Kuò)〔名〕姓。

語彙 擺闊　廣闊　開闊　空闊　寬闊　遼闊　疏闊　迂闊　壯闊

【闊別】kuòbié〔動〕〔書〕長時間分別;久別:~故鄉|見到了~多年的老朋友。

【闊步】kuòbù〔動〕邁開大步:~向前|昂首~。

【闊綽】kuòchuò〔形〕闊氣;奢侈豪華:花起錢來很~|~的生活|他比你~多了。

【闊佬】(闊老)kuòlǎo〔名〕指手裏錢很多,用錢很闊氣的人(含調侃意):見到了幾位~|我不是~,買不起這種東西。

【闊氣】kuòqi〔形〕花錢大方,豪華奢侈:講排場,擺~|房子裝修擺設很~。

【闊人】kuòrén〔名〕有錢的人(跟"窮人"相對)。

> **辨析** **闊人、闊佬、富人**　"富人"是一般的可用於正式場合的基本詞,"闊人""闊佬"則帶某些附加色彩。"闊"指有錢是引申義,"佬"指人有時帶不恭敬色彩(如"鄉巴佬"),"闊人""闊佬"一般用於口語。如"每個國家都有富人、窮人""富人在社會中佔的比例不多",其中的"富人"在正式的場合中不能換為"闊人""闊佬";"到夜總會大把花錢的多是闊佬(闊人)",其中的"闊佬"如果換為"富人",則失去了口語化的調侃色彩。

【闊少】kuòshào〔名〕大筆花錢的富豪子弟:可別學那幫~的樣兒。也說闊少爺。

【闊葉樹】kuòyèshù〔名〕(棵,株)葉子形狀寬闊的樹木,如白楊、樟樹、楓樹等(區別於"針葉樹")。

擴(扩)

kuò〔動〕擴大;放大:~充|~編|~散(sàn)|~軍備戰|每個底片~三張。

【擴版】kuò//bǎn〔動〕指報刊擴大版面,增加篇幅:本刊明年~,但不加價|我們的報紙從四版擴到八版。

【擴編】kuòbiān〔動〕擴大編制(跟"縮編"相對):兩個師~成三個師。

【擴充】kuòchōng〔動〕擴大並充實;增多:~實力|把教職工隊伍~到一千人左右。

【擴大】kuòdà〔動〕使範圍、規模、數量等變大(跟"縮小"相對):~視野|~業務|~組織|~權限|把招生名額~|使勢力範圍~。

【擴大化】kuòdàhuà〔動〕使範圍、數量等擴大;特指在政治運動中擴大打擊面:糾正案件處理中~的錯誤。

【擴建】kuòjiàn〔動〕(在原有基礎上)擴大建築:~廠房|旅遊景觀正在~。

【擴軍】kuòjūn〔動〕擴大軍隊的編制或人數;擴充軍事裝備等(跟"裁軍"相對):~備戰|反對~,制止戰爭。

【擴權】kuòquán〔動〕擴大權限,特指擴大基層企事業單位的自主權:~後,基層領導的擔子也加重了|只有簡政,才能~。

【擴容】kuòróng〔動〕擴大容量:各戶電表已~|電信網~。

【擴散】kuòsàn〔動〕向四處或更大範圍擴大散佈:癌細胞~|防止核~|這個內部消息不得繼續向外~。

【擴銷】kuòxiāo〔動〕擴大銷售:鴨絨製品已逐漸~到全國各地。

【擴寫】kuòxiě〔動〕把短文擴大成較長的文章而不改變原意(跟"縮寫"相對):通過~訓練學生的想象力。

【擴音器】kuòyīnqì〔名〕擴大聲音的電子裝置。

【擴印】kuòyìn〔動〕放大和洗印(照片等):~彩照|上午~,下午就可以取相片兒。

【擴展】kuòzhǎn〔動〕❶ 向外展開;使展開擴大:波紋向四面~開來|把銷售範圍~到海外去。❷ 語法裏指在語詞中插入新的語言成分使語詞結構延展,如"火車",不能擴展為"火的車",而"鞠躬"可以擴展為"鞠個躬"。

【擴張】kuòzhāng〔動〕❶ 擴大;向外伸開:血管~|支氣管~。❷ 擴展(領土或勢力範圍):對外~|領土~|依靠軍事力量和戰爭威脅進行~。

> **辨析** **擴張、擴大**　"擴張"着重指向外伸張、放開,可用於血管、胸圍等,更經常的是用於野心、勢力範圍方面,如"經濟擴張""軍事擴張",這樣用時含貶義;"擴大"是中性詞,一般指事物範圍由小到大,對象可以是具體事物的面積、體積,也可以是市場、差別、矛盾、機構、會議、生產、建設、戰爭、影響等。

【擴招】kuòzhāo〔動〕擴大招生:~學生|不能無計劃~。

K

L

lā ㄌㄚ

旯 lā 見"旯旮"（751頁）。

垃 lā/lè 見下。

【垃圾】lājī〔名〕❶ 爐灰、髒土、扔掉的破爛東西或廢棄物：生活～｜太空～｜清除～｜～處理｜～分類。❷ 比喻危害社會的壞人壞事：社會～｜精神～。

【垃圾蟲】lājīchóng〔名〕港澳地區用詞。破壞環境衛生，不愛清潔的人：執法部門每年檢控不少～。

> **垃圾蟲的由來**
> 垃圾蟲是 20 世紀 70 年代，在香港開展的"清潔香港運動"宣傳中，為增強市民的清潔意識而創造的詞語，指不遵守公共道德，破壞公共環境衛生的人。根據香港法例，對於垃圾蟲可判處罰款、社會服務令等。

【垃圾股】lājīgǔ〔名〕指公司效益差，有風險，沒有投資價值的股票。

【垃圾時間】lājī shíjiān 足球、籃球等球類比賽臨近結束的階段。因雙方比分懸殊，所剩比賽時間對觀眾失去吸引力，故稱。

【垃圾食品】lājī shípǐn 熱量過多的、油炸的等對人體的健康有害無益的食品：要少給孩子吃～。

【垃圾郵件】lājī yóujiàn 指未經對方同意而發送的廣告、文章、資料或含有虛假信息的電子郵件。

拉 lā ㊀〔動〕❶ 拖；挽；拽：～縴｜～鋸｜～弓射箭｜～他上岸｜把他～到一邊去。❷ 用車載運：快派車去～糧食｜家具太多，一車～不了。❸ 牽引樂器的弓子或風箱使樂器發出聲響：～京胡｜～手風琴｜～一支曲子。❹ 拖長；使延伸：～長｜～開｜拖～｜小故事的材料不要～成大故事。❺ 拖欠：～饑荒｜～了一筆債。❻ 率領；組織（隊伍）：～幫結夥｜着一隊人馬起義了。❼〔動〕（北方官話）撫養：母親靠給人洗衣服才把孩子～大了。❽ 幫；幫助：他家庭經濟困難，你好好～他一把。❾ 牽扯；拖累：～了一個墊背的｜好漢做事好漢當，絕不～上別人｜咱們就事論事，一些不相干的問題幹嗎？❿ 拉攏；聯絡：～近乎｜他想跟我～關係。⓫ 招攬；延攬：～客｜～生意｜～主顧｜

買賣｜～選票｜～贊助｜他～了一大宗訂貨單。⓬（北方官話）閒聊：～家常｜兩人～起來就沒個完。⓭〈書〉摧折：摧枯～朽。
㊁〔動〕〈口〉排泄：～屎｜～稀。
另見 lá（792頁）；lǎ（792頁）；là（792頁）。

> **語彙** 扒拉 撥拉 牽拉 劃拉 趿拉 推拉 拖拉 烏拉 冬不拉 半半拉拉 稀稀拉拉

【拉幫結派】lābāng-jiépài〔成〕勾結一些人組成小集團。也說拉幫結夥。

【拉鼻兒】lā//bír〔動〕〈口〉鳴汽笛：一拉了鼻兒，輪船就離岸了。

【拉扯】lāche〔動〕〈口〉❶ 拉；拽：他要想走，誰也～不住他。❷ 撫養：一大窩這幾個兒女可真不容易。❸ 扶持；提拔：他自己富裕了，就想法～鄉親們一道致富｜經理有心～他一把。❹ 聯絡；拉攏：他～一幫人想成個氣候。❺ 牽連；牽涉：這種事你最好不要把我～進去｜還是回到正題，別～得太遠了。❻ 閒聊：東家長，西家短，～起來沒完沒了。

【拉大旗，作虎皮】lā dàqí, zuò hǔpí〔俗〕比喻打着權威的旗號嚇唬、矇騙人：～，包着自己，嚇唬別人。

【拉倒】lādǎo〔動〕〈口〉算了；停止進行：他不願去就～，不必強求｜我勸你別再糾纏了，～吧。

【拉丁美洲】Lādīng Měizhōu 指美國以南的美洲地區。因這個地區通用拉丁語系的西班牙語和葡萄牙語，故稱。簡稱拉美。

【拉丁舞】lādīngwǔ〔名〕一種體育舞蹈，包括鬥牛舞、恰恰舞、桑巴舞、倫巴舞等。

【拉丁字母】Lādīng zìmǔ 拉丁文的字母。泛指根據拉丁字母加以補充的字母，大部分西歐語言用這種字母，如意大利文、法文、英文、德文的字母。最初只有 20 個，後來增加到 26 個。是目前世界上最通行的字母。漢語拼音方案也採用拉丁字母。因拉丁文是古羅馬的文字，故也叫羅馬字母。［拉丁，英 Latin］

【拉動】lā//dòng〔動〕❶ 用力拉、拽使物體運動：～風箱。❷ 採取有力措施促使發展：改革金融制度，～市場，～消費。

【拉肚子】lā dùzi〈口〉腹瀉：這兩天～，就不去旅遊了。

【拉夫】lāfū〔動〕舊時官府、軍隊把老百姓抓去，強迫他們服役：敵軍沿途～搶糧。也作拉伕。

【拉歌】lāgē〔動〕指集會或行軍時集體之間互相邀請唱歌。

【拉呱兒】lā//guǎr〔動〕（北方官話）閒聊：晚上空閒時大夥就湊到一堆兒～｜沒事兒你就來跟我們～～吧。

【拉關係】lā guānxi 為達到某種目的而跟本來不相

識的或相交不深的人聯絡感情，建立起某種關係（多含貶義）：～，走後門｜為了承攬這項建築工程，他四處～。

【拉後腿】lā hòutuǐ〔慣〕拖後腿。

【拉祜族】Lāhùzú〔名〕中國少數民族之一，人口約 48.5 萬（2010 年），主要分佈在雲南瀾滄、雙江、孟連、西雙版納等地。拉祜語是主要交際工具，有本民族文字。

【拉花兒】lāhuār〔名〕一種可以拉成長串的、供懸掛的彩色紙花，多在歡度節日、表示喜慶時用。

【拉魂腔】lāhúnqiāng〔名〕流行於江蘇徐州、山東臨沂的地方戲曲柳琴戲，以及流行於安徽淮北的地方戲曲泗州戲，統稱拉魂腔。柳琴戲用柳葉琴伴奏，泗州戲用撥弦樂器伴奏。唱腔變化很多，女聲花腔豐富多彩。

【拉饑荒】lā jīhuang〈口〉欠債：不儉省着過日子，免不了還得～｜一年下來，不但沒賺錢，還拉了不少饑荒。

【拉家常】lā jiācháng〈口〉閒聊家裏的瑣事：每到休息的日子，常愛跟街坊拉拉家常。

【拉家帶口】lājiā-dàikǒu〔成〕❶ 帶着一家老小：過去家鄉鬧水災，他一遷到關外。❷ 指家庭拖累，生活艱難：人到中年，工作忙，又～的，生活擔子重多了。

【拉架】lā // jià〔動〕拉開打架鬥毆的人，從中勸解：他常給人～｜千萬不能拉偏架。

【拉交情】lā jiāoqing 拉攏感情；套近乎（多含貶義）：才認識幾天，他就跟人家拉上交情了。

【拉腳】lā // jiǎo（～兒）〔動〕用畜力拉車載客或替人運輸貨物。

【拉近乎】lā jìnhu〈口〉套近乎。

【拉鋸】lājù〔動〕❶ 兩個人拉動大鋸一來一往鋸東西。❷ 比喻雙方來回往復而無休止：～戰｜～談判。

【拉鋸戰】lājùzhàn〔名〕❶ 雙方為爭一地而多次變換攻守的戰鬥。❷ 比喻你爭我奪，相持不下的局面：這場筆墨官司長期分不出輸贏，一直在打～。

【拉客】lā // kè〔動〕❶（飯館、旅店等）招攬顧客或旅客：服務員站在門前為飯館～。❷（三輪車、出租汽車等）載運乘客：出車～。❸（妓女）招引嫖客。

【拉虧空】lā kuīkong 負債：這家公司已經～了｜他們家人口多，用項大，拉下了虧空。

【拉拉扯扯】lālā-chěchě〔成〕❶ 拉；拽：他們～，差點兒打起來了｜別～，把我的衣服都快撕破了。❷ 指牽手挽臂，表示親昵：校長看不慣學生在校園裏勾肩搭背，～。❸ 暗地裏拉攏不正當關係：不要跟不三不四的人～｜他們背後～，好像在搞甚麼勾當。

【拉拉隊】lālāduì〔名〕❶（支）體育比賽時，在現場為運動員吶喊助威的有組織的觀眾。❷ 比喻配角（用於非體育比賽場合）：我們不甘只做～，還要力爭唱主角。

【拉郎配】lālángpèi〔動〕比喻用行政命令強使兩種事物聯合起來：互助應該自願，不能搞～。

【拉力】lālì〔名〕❶ 拉拽的力量：測測你～的大小。❷ 物體承受的拉拽的力：檢驗黏合劑的抗～性能。

【拉力賽】lālìsài〔名〕（場，次）一種遠距離的汽車或摩托車比賽，一般為連續性地分站進行：北京 — 莫斯科汽車～。[拉力，英 rally]

【拉練】lāliàn〔動〕野營訓練。多指部隊離開營房，按戰時要求，在艱苦條件下全面鍛煉走、打、吃、住、藏的整體作戰能力。

【拉鏈】lāliàn（～兒）〔名〕❶（條）拉鎖：提包的～壞了。❷（根）繫在物品上，便於提拉的小鏈子：他那隻懷錶上的～十分美觀。

【拉攏】lālǒng（-long）〔動〕用手段使別人靠攏到自己這一邊來：～感情｜～顧客｜～一批，打擊一批。

【拉買賣】lā mǎimai 招攬生意：商販到市場～。

【拉美】Lāměi〔名〕拉丁美洲的簡稱。

【拉麪】lāmiàn〔名〕用手抻成的麪條兒：蘭州牛肉～。

【拉尼娜】lānínà〔名〕指赤道附近太平洋東部和中部冷水水域溫度大範圍持續異常降低的現象。因拉尼娜條件下海水表面降溫，厄爾尼諾條件下海水表面升溫，所以又稱拉尼娜現象為反厄爾尼諾現象。[西 la Niña]

【拉皮條】lā pítiáo 拉攏男女雙方，撮合他們發生不正當的性關係。

【拉偏架】lā piānjià〔慣〕在勸架時有意偏袒其中的一方。也說拉偏手兒。

【拉平】lā // píng〔動〕使有差距的變為一致：兩隊分逐漸～。

【拉縴】lā // qiàn〔動〕❶ 在岸上用縴繩拉着船前進：船夫～時，吃力地喊着號子。❷（～兒）為雙方牽綫，說合婚姻或買賣，自己也從中獲利：說媒～｜這筆交易也是他拉的縴兒？

【拉山頭】lā shāntóu〔慣〕拉攏一幫人結成派系：不要～，搞宗派活動。

【拉手】lā // shǒu〔動〕❶〈口〉（禮節性的）握手：他站起來與客人拉了拉手，寒暄了幾句。❷ 牽手：小朋友們拉着手跳起舞來了。

【拉手】lāshou〔名〕安裝在櫃櫥、抽屜、門窗等上面便於用手開關的把手。

【拉鎖】lāsuǒ（～兒）〔名〕（條，根）縫在衣服、口袋或皮包等的上面，可以一拉即分開或鎖合的鏈條形金屬或塑料製品。也叫拉鏈。

【拉晚兒】lāwǎnr〔動〕因某種需要而拖延下班或睡覺的時間，使比正常鐘點兒晚：這位出租車司機說，他開車不～｜小店經營，靠～多售些貨。

L

【拉網式】lāwǎngshì〔形〕屬性詞。像拉網捕魚那樣的。形容調查、搜尋等涉及面廣，沒有遺漏：對這一地區要進行～排查，不放過任何綫索。

【拉稀】lā//xī〔動〕〈口〉❶腹瀉：好漢也禁不住拉三天稀。❷比喻怯懦、退縮：在關鍵時刻他竟然～溜號。

【拉下臉】lāxià liǎn ❶指不講情面：他這個人心腸軟，總也拉不下臉來。❷指臉上露出不高興的神色：聽到這些議論，他立刻～來了。

【拉下馬】lāxià mǎ〔慣〕比喻趕某人下台：把貪官污吏～｜捨得一身剮，敢把皇帝～。

【拉下水】lāxià shuǐ〔慣〕比喻引誘別人幹壞事或參加犯罪團夥：他被壞人～，幹了不少壞事。

【拉洋片】lā yángpiān 一種民間娛樂活動，在木箱中掛着各種畫片，觀眾可通過木箱上的凸透鏡欣賞畫面。表演者一邊拉換畫片，一邊說唱畫片內容。也說拉大片。

【拉雜】lāzá〔形〕雜亂無章：這篇論文寫得過分～｜拉拉雜雜講了些瑣碎的小事，大夥聽得很不耐煩。

【拉閘】lā//zhá〔動〕關閉電閘停電：全市從現在起再也不～限電了。

【拉賬】lā//zhàng〔動〕欠債：上個月拉了不少賬。

【拉座兒】lā//zuòr〔動〕（三輪車、出租車等）拉乘客：半天都沒拉上一個座兒。

啦 lā 見“哩哩啦啦”（819頁）。
另見 la（794頁）。

喇 lā 見“呼喇”（549頁）、“哇喇”（1381頁）。
另見 lǎ（792頁）。

邋 lā 見下。

【邋裹邋遢】lālilātā〔形〕〈口〉狀態詞。不整潔、不利落的樣子：他住的房子從來不打掃，～。

【邋遢】lātā(-ta)〔形〕〈口〉不整齊、不清潔；不利落：穿着～｜做事～｜他一貫邋邋遢遢，不修邊幅。

lá ㄌㄚˊ

尿 lá 見“旮旯兒”（413頁）。

拉 lá〔動〕割破；切開：～玻璃｜～了一斤牛肉｜剛穿上的新衣服～了個大口子。
另見 lā（790頁）；lǎ（792頁）；là（792頁）。

剌 lá 舊同“拉”（lá）。
另見 là（792頁）。

砬 lá 砬子。多用於地名：紅石～（在河北灤河上游）。

【砬子】lázi〔名〕岩石。多用於地名：白石～（在黑龍江黑河北）｜紅石～（在遼寧水豐水庫以北）。

揦 lá 見下。

【揦子】lázi〔名〕（北方官話）玻璃瓶：醋～｜手裏拿個～。

lǎ ㄌㄚˇ

拉 lǎ 見“半拉”（38頁）。
另見 lā（790頁）；lá（792頁）；là（792頁）。

喇 lǎ ❶見下。❷（Lǎ）〔名〕姓。
另見 lā（792頁）。

【喇叭】lǎba〔名〕(支)❶口吹的管樂器。多為銅製，上端小，體細長漸大，下端口部圓形敞開：抬轎子，吹～。❷有擴音作用的喇叭狀器物：汽車鳴～｜導遊用～向旅遊者介紹景點。

【喇叭花】lǎbahuā(～兒)〔名〕(棵，朵)“牽牛”①的通稱。

【喇叭褲】lǎbakù〔名〕(條)一種褲腿上窄下寬呈喇叭狀的長褲。

【喇嘛】lǎma〔名〕(位，名)藏傳佛教對高級僧侶的尊稱。[藏]

là ㄌㄚˋ

拉 là 見下。
另見 lā（790頁）；lá（792頁）；lǎ（792頁）。

【拉拉蛄】làlàgū 同“蝲蝲蛄”。

剌 là〈書〉乖戾；違背：乖～（違背常情）｜～謬（違誤）。
另見 lá（792頁）。

語彙　拔剌　乖剌

落 là〔動〕❶遺漏：老同學聚會可別～下我｜這部電視連續劇我一集沒～全看了。❷忘記拿走（放在某處的東西）：丟三～四｜他心不在焉，一路老～東西。❸跟不上，被丟在後面：～下好幾米遠｜一夜急行軍，誰都沒～到後頭。
另見 lào（811頁）；luō（883頁）；luò（886頁）。

【落空】là//kòng(～兒)〔動〕（北京話）錯過時機：一吃點兒好的，他準來，從不～｜上次同學聚會，他因為出差沒來，落了空兒。
另見 luò//kōng（887頁）。

瘌 là 見下。

【瘌痢】làlì(-li)〔名〕（吳語）黃癬，一種皮膚病，頭部生黃色斑點或小膿皰，結痂後毛髮脫落，留下疤痕：～頭｜他滿頭～，不願見人。也作鬎鬁。

辣 là ❶〔形〕像薑、蒜、辣椒等有刺激性的灼熱味道的：辛～｜～乎乎｜薑還是老的～｜川菜又麻又～。❷〔形〕狠毒：老～｜毒～｜心狠手～｜口甜心～。❸〔動〕

受到辣味刺激：切洋葱～眼睛｜烈酒～嗓子｜～
得他又流眼淚又流鼻涕。❹(Là)〔名〕姓。

語彙 毒辣 老辣 麻辣 潑辣 辛辣 口甜心辣
酸甜苦辣 心狠手辣

【辣蒿蒿】làhāohāo(～的)〔形〕狀態詞。形容辣
味兒的菜，吃起來一頭汗。

【辣乎乎】làhūhū(～的)〔形〕狀態詞。形容辣
味兒較重：湯裏辣椒油放多了，吃起來～的。

【辣醬】làjiàng〔名〕以辣椒、大豆等為原料製成的
醬：四川～。

【辣椒】làjiāo〔名〕❶(棵，株)一年生草本植物，
開白花，果實青色，成熟後變紅，多有辣味，
供食用。❷ 這種植物的果實。

【辣妹子】làmèizi〔名〕戲稱四川、湖南等地性格
潑辣的年輕女子，因喜吃辣椒，故稱。

【辣手】làshǒu ❶〔名〕狠毒的手段：突施～｜他
慣用一整人。❷〔形〕(手段)狠毒：你背信棄
義，休怪我～｜這一着確實很～，擊中了他的
要害。❸〔形〕〈口〉棘手；事情難辦：～的問
題｜遇上～的官司｜案情複雜～。

【辣絲絲】làsīsī(～兒的)〔形〕狀態詞。形容略有
點兒辣味兒：水蘿蔔～兒的，甜絲絲兒的。

【辣酥酥】làsūsū(～的)〔形〕狀態詞。辣絲絲：
四川泡菜～的，挺好吃。

【辣子】làzi〔名〕❶〈口〉辣椒：～肉丁。❷比喻
潑辣的人(多指婦女)：《紅樓夢》裏的鳳姐叫
鳳～。

蝲 là 見下。

【蝲蛄】làgǔ〔名〕(隻)甲殼動物，生活在淡水
中，形狀略似龍蝦而較小，第一對腳呈螯狀。
肺吸蟲的幼蟲常寄生在牠的體內。

【蝲蝲蛄】làlàgǔ〔名〕(隻)螻蛄的通稱。也作拉
拉蛄。

鬎 là 見下。

【鬎鬁】làlì(-li)同"瘌痢"。

臘(腊)〈臈〉là ❶ 祭祀名稱。古代在
農曆十二月合祭眾神叫作
臘。❷指臘月：～七～八，凍死寒鴉｜～盡冬
殘。❸ 冬天醃製後再風乾或熏乾的(雞、鴨、
魚、肉等)：～雞｜～肉｜～味。❹(Là)〔名〕姓。
"腊"另見 xī(1448頁)。

【臘八】Làbā(～兒)〔名〕農曆十二月(臘月)初
八。按民間習俗，在這一天喝臘八粥，製臘八
醋，泡臘八蒜。

【臘八粥】làbāzhōu〔名〕在臘月初八這一天，用
米、豆等穀物和棗、栗子、杏仁、蓮子、花
生、芝麻等乾果煮成的粥。起源於佛教，相傳
釋迦牟尼在這一天得道成佛。每年逢這天，寺
院舉行祝聖法會，煮粥供佛。宋朝以後，這種

紀念方式傳入民間，相沿成俗。

【臘腸】làcháng(～兒)〔名〕(根)將瘦豬肉泥加肥
肉丁和澱粉、調料灌入腸衣，再經煮烤製成的
肉食品。

【臘梅】làméi 同"蠟梅"。

【臘肉】làròu〔名〕(塊，條)用鹽或醬浸漬後曬
乾、風乾或熏乾的豬肉。

【臘味】làwèi〔名〕臘製的雞、鴨、魚、肉等食品
的總稱：廣式～。

【臘月】làyuè〔名〕農曆十二月。

鰊(鰊)là〔名〕魚名，生活在熱帶和亞熱
帶近海，體長而側扁，銀灰色，有
黑色縱帶條紋，口小，牙細毛狀。

蠟(蜡)là〔名〕❶ 從動物、植物或石油、
煤、油頁岩等物中提煉的固態油
質，具有可塑性，可燃燒，易熔化，不溶於水：
蜂～｜石～｜髮(fà)～。❷(支，根)蠟燭：
點～｜味同嚼～｜買來幾支～。
"蜡"另見 zhà(1706頁)。

語彙 白蠟 髮蠟 石蠟 坐蠟 味同嚼蠟

【蠟版】làbǎn〔名〕用蠟紙打字或刻寫成的油印
底版。

【蠟筆】làbǐ〔名〕(支)蠟裏摻入顏料製成的各種顏
色的筆，供繪畫用：彩色～｜～畫。

【蠟花】làhuā〔名〕蠟燭點得時間稍久，燭
心灰燼凝結而形成的花一樣的東西。

【蠟黃】làhuáng〔形〕狀態詞。顏色像黃蠟一樣
(多用於形容人的面容膚色)：～色的布料｜他
嚇得臉色～～的｜長期營養不良，他膚色～。

【蠟炬】làjù〔名〕〈書〉蠟燭：～成灰淚始乾。

【蠟淚】làlèi〔名〕蠟燭點燃後像淚一樣流下的蠟
油。也叫蠟珠。

【蠟療】làliáo〔名〕一種物理療法，把石蠟加熱熔
化，敷在患處，促進血液循環，可止痛、消
炎、消腫，常用於治療關節炎、扭傷等。

【蠟梅】làméi〔名〕❶(棵，株)落葉灌木，先開
花後長葉。冬季開花，花瓣外層黃色，內層暗
紫色，香味濃郁。供觀賞。❷(朵，枝)這種
植物的花。以上也作臘梅。

【蠟扦】làqiān(～兒)〔名〕上有插籤、下有底座兒
可以插蠟的器具。

【蠟染】làrǎn〔名〕一種傳統的印染布匹的工藝。
用熔化的黃蠟在白布上繪製圖案，染色後煮掉
蠟質，呈現出白色圖案。工藝美術學院多有蠟
染專業。

【蠟人】làrén(～兒)〔名〕用蠟塑成的人像。

【蠟台】làtái〔名〕上面有槽、籤，可以用來插蠟燭
的器具，多用銅、銀等金屬製成。

【蠟丸】làwán(～兒)〔名〕❶蠟製的圓形外殼，古
人用以封存密文書，以防泄露或潮濕。❷外
面封着蠟皮的丸藥。

【蠟像】làxiàng〔名〕用蠟製成的人物塑像：～展覽。

【蠟紙】làzhǐ〔名〕❶ 表層塗蠟，用來防潮的紙：這些機器零部件都用～包裹着。❷（張）用蠟液浸過的紙，打字或刻寫後用作油印底版：～塗改液｜打字～。

【蠟燭】làzhú〔名〕（支，根）用蠟或其他油脂製成的照明物，多呈圓柱狀，當中有繩捻，可點燃：屋裏點着～。

【蠟燭包】làzhúbāo〔名〕（吳語）襁褓包。

鑞（鑞）là〔名〕錫和鉛的合金。熔點較低，用於焊接金屬器物：銀樣～槍頭。也叫焊錫、錫鑞。

啦 la ·ㄌㄚ

啦 la〔助〕語氣助詞。"了"（le）和"啊"（a）的合音。用於句尾，表示事件完成、變化或出現新的情況，兼表感歎、驚異等：快到春節～！｜他早就乘飛機走～！｜新的世界紀錄誕生～！｜事到如今，你該醒悟～！

另見 lā（792頁）。

靹 la 見"靰靹"（1442頁）。

來 lái ·ㄌㄞ

來（来）lái ㊀ ❶〔動〕從別的地方到達說話人所在的地方（跟"去""往"相對）：～往｜到～｜紛至沓～｜家裏～了客人｜去年он～過兩封信｜你～北京是遊覽觀光嗎？❷〔動〕發生；來臨：麻煩～了｜問題一～，就得設法解決｜春雨～得正是時候。❸〔動〕表示某種動作（多代替意義具體的動詞）：一～一段京劇清唱｜咱們跟他～個車輪戰｜不用你幫忙，我自己～就行｜我已經飽了，您還要再～點兒嗎？❹〔動〕趨向動詞。跟"得"或"不"連用，表示融洽（或不融洽），動詞只限於"談、合、處"等少數幾個：談得～｜我們合不～｜跟這樣的人我肯定處不～。❺〔動〕趨向動詞。跟"得"或"不"連用，表示有（或沒有）能力完成某件事：這種歌我唱不～｜連這樣的難題他也做得～。❻〔動〕趨向動詞。跟"得"或"不"連用，表示習慣（或不習慣）某種事（多用於口味或欣賞趣味）：我吃得～麻辣的四川菜｜對西洋戲劇，他聽不～｜他喜歡讀小說，但總看不～意識流之類的作品。❼〔動〕用在動詞語前面，表示要做某事：大家一起～想辦法｜我先～說幾句｜盡最大努力～完成任務。❽〔動〕用在動詞語後面，表示來的目的：他拜年～了｜我們查閱資料～了｜他上門推銷新產品～了。❾〔動〕用在動詞語之間，表示前者是方式、方向或行為，後者是目的：你

們變着法子～哄我｜他們到故宫～遊覽觀光｜根據市場變化～確定生產方向。❿〔助〕來着：我的帽子剛才還在這兒掛着～｜瞧你一身油污，今天幹甚麼～？⓫〔助〕用在數詞後、量詞前，數詞限於十或末數為十的多位數，表示概數（多表示比那個數目稍少）：十～個人｜百十～里地｜百十～噸水泥｜一年就是一千六百五十～元的車馬費。⓬〔助〕用在度量衡量詞後、相應的形容詞前，數詞不限，表示概數：二尺～寬｜十斤～重｜一丈～高｜十二米～長。**注意**"十來斤重"跟"十斤來重"意思不相同。前者可以比十斤多或少一二斤，後者只能比十斤多或少一二兩。⓭〔助〕用在"一、二、三"等數詞後面，表示列舉理由：我們這次參加博覽會，一～是展示成果，二～是開闊眼界，三～是廣交朋友。⓮〔名〕方位詞。表示從過去某時間到現在：歷～｜素～｜三天～千百年～，中國人民為爭取自由和尊嚴奮鬥不息。⓯ 未來的：～年｜～世｜～生｜～日方長。⓰（Lái）〔名〕姓。

㊁（lai）〔動〕趨向動詞。❶ 用在動詞後面，表示動作的趨向：出～｜過～｜對面走～一個人｜你把那本雜誌拿～。❷ 用在動詞後，表示動作的結果或估量：信暫寫～｜一覺醒～｜據我看～，事出有因｜算～已經是第四個年頭了。**注意**"來"用在"看、說、想、算、聽"後面，表示估計或限於某一方面，可用"起來"替換。

㊂ 用在詩歌、戲詞、熟語、叫賣聲裏，起舒緩語音的作用：三月裏～三月三｜你織布～我種田｜不愁吃～不愁穿｜磨剪子～搶（qiǎng）菜刀。

> **辨析 來、以來** 兩者用法基本相同，"來"只用在表示時段的時間詞語後面，前面不能用"從、自"等詞語。"以來"用在表示時段的時間詞語或含有時間意義的詞語後面，如"改革開放以來""開工以來""夏季以來"，前面可用"從、自"等詞語。

> **語彙** 本來 出來 從來 到來 古來 過來 後來 胡來 回來 將來 近來 進來 歷來 起來 上來 生來 素來 外來 往來 未來 下來 想來 向來 以來 由來 原來 自來 紛至沓來 古往今來 捲土重來 否極泰來 死去活來 突如其來 信手拈來

【來賓】láibīn〔名〕（位，名）應邀前來參加某項活動的客人：～席｜設宴招待～。

【來不得】láibude〔動〕不能有；不該有：醫生看病～半點馬虎｜說話不算數，這可～。

【來不及】láibují〔動〕沒有時間顧到或趕上：想都～想就給他了｜行程緊張，我們～下車遊覽｜只有十分鐘車就開了，我們肯定～了。

【來潮】lái // cháo〔動〕❶ 漲潮：一來了潮，沙灘就全淹沒了。❷ 比喻似潮水一樣洶湧：心

血～。❸女子來例假：月經～。

【來的】láide〔助〕（口）義同"來着"。用在句末，表示曾經發生過（甚麼事情）：上午他在家～｜這會兒不知上哪兒去了｜星期日你們是不是一塊玩兒～？

【來得】láide ㊀〔動〕勝任；能擔當起來：京劇、昆曲她都～｜山水畫、花鳥畫全～。㊁〔動〕顯得（多用於比較）：用大碗喝水比用小杯子～痛快｜老二的腦瓜兒比老大的腦瓜兒～快！

【來得及】láidejí〔動〕有時間顧到或趕上：抓緊時間，還～｜你這樣磨磨蹭蹭，怎麼～｜乘下一班車去也～出席開幕式。注意"來不及"和"沒來得及"都是"來得及"的否定式。指當前的情況用"來不及"，如"他已經下班回家，來不及告訴他了"。有時用"還沒來得及"，意思是這件事還可以補做，如"這件事我還沒來得及告訴他呢"。指過去的情況用"沒來得及"，但在連續敘述中也可以用"來不及"。

【來電】láidiàn ❶〔名〕打來的電報或電話：3月1日～收悉｜本月共收到～88 封。❷(-//-)〔動〕打來電報或電話：速～告知詳情｜他已經來了電，尚未復電｜各界人士～來函，詢問有關情況。❸(-//-)〔動〕恢復供電：怎麼還不～？

【來犯】láifàn〔動〕前來進犯、侵犯（說話人一方的軍隊、陣地、領土等）：堅決消滅一切敢於～之敵。

【來訪】láifǎng〔動〕前來訪問：謝絕～｜～的貴賓在機場受到熱烈歡迎。

【來稿】láigǎo ❶〔名〕報紙雜誌或出版社等指作者投來的稿件：～已經收到｜～概不退還。❷(-//-)〔動〕（作者）投來稿件。

【來歸】láiguī〔動〕❶歸來。❷歸順；投誠：歡迎起義官兵～。❸〈書〉女子出嫁（從夫家方面說）：年十八～。❹〈書〉被丈夫遺棄遣歸（從娘家方面說）。

【來函】láihán ❶〔名〕（封）〈書〉來信：～敬悉，遲復為歉。❷〔動〕〈書〉寄來信件：請～告知準確日期｜備有招生簡章，考生可～索取。

【來鴻】láihóng〔名〕〈書〉來信：海外～｜～收悉。

【來回】láihuí ❶（～兒）〔名〕（個）指往返一次的時間或距離：打個～兒得一天｜這麼近的距離，一天可跑三個～兒。❷〔動〕在一段距離或時間之內去了再回來：從家裏到醫院，我這一天～好幾趟。❸〔副〕來來去去地：織梭～飛｜在房間裏～走動｜警察騎着摩托～巡邏。❹〔副〕反反復復地：他一唸叨着那句話｜他的主意總～變。

【來回來去】láihuíláiqù 反反復復，不斷地重複：～地說些車軲轆話｜～地繞彎子，不肯直說。

【來件】láijiàn（～兒）〔名〕寄來的郵件，送來的物件或文件：～妥收無誤。

【來勁】lái//jìn（～兒）〔動〕（北方話）❶起勁；興頭起來：越幹越～｜年輕人一聽說去旅遊就來了勁兒。❷使人精神振奮：這樣的節目，看着真～兒。❸（指責別人）自以為得意：你別～，我要是好好跟你下，你一盤棋也贏不了｜人家不跟你一般見識，不理你就算了，你反倒來了勁兒了。

【來客】láikè〔名〕（位）前來的客人：海外～｜遠方～｜不願透露姓名。

【來歷】láilì〔名〕（人或事物的）經歷或背景：～不明｜～複雜｜這鼻煙壺的～可以追溯到三百年前。也說來路（láilu）。

【來臨】láilín〔動〕到來：雨季～｜汛期～｜信息時代已經～。

【來龍去脈】láilóng-qùmài〔成〕原為風水術士替人選擇葬地的用語，指山形地勢像龍一樣起伏連貫。後用來比喻人、物的來歷或事情的前因後果：你先把事情的～講一遍｜他清楚這個掌故的～。

【來路】láilù〔名〕❶通向這裏的道路：擋住他的～｜在敵人的～上設下埋伏。❷來源（多指錢財方面）：斷了他的生活～｜他錢的～多，不在乎這點兒損失。

【來路】láilu〔名〕來歷：這批貨物的～不明。

【來年】láinián〔名〕明年：～開春｜待～再說。

【來錢】láiqián〔動〕掙來錢：現在～不易｜想多就得多辛苦。

【來情緒】lái qíngxù(-xu)產生某種情緒（多指好的）：經理一說，他就～了。

【來去】láiqù〔動〕❶往返；來回：～至少要一個星期。❷到來或離去：～自由｜～匆匆。

【……來……去】……lái……qù 用在同一動詞或意義近似的動詞後，表示動作重複多次：翻～覆～｜顛～倒～｜走～走～｜研究～研究～｜說～說～，你還是老一套。

【來人】láirén ❶〔名〕前來聯繫事情或取送東西的人：東西已由～取走。❷〔動〕呼喚或命令別人前來：～，把他給我轟走｜快～呀，救救我！

【來日】láirì〔名〕未來的日子；今後：～苦短，去日苦多｜此事～再談。

【來日方長】láirì-fāngcháng〔成〕未來的日子還很長，表示從長遠考慮，還有很多機會：你不要急功近利，～，先打好基礎要緊｜～，不能受點兒挫折就灰心喪氣。

【來神】lái//shén（～兒）〔動〕有了精神或勁頭：週末組織旅遊，他一聽說就～兒了。

【來生】láishēng〔名〕（迷信）指人死後再轉生到世上來的一生，即所謂下輩子（跟"今世"相對）。

【來使】láishǐ〔名〕派來的使者：兩國交兵，不斬～｜重賞～。

【來世】láishì〔名〕後世；來生（跟"今世"相對）。

【來事】láishì ❶〔名〕將來的事；揣測～。❷〔形〕（吳語）行；可以：他能說會道蠻～｜這點兒錢辦公司，哪～？❸（～兒）〔動〕（北方官話）處事，多指言談舉止善於奉迎討好：別看年紀小，小姑娘公關方面很會～兒。

【來勢】láishì〔名〕人或事物到來的氣勢：～洶洶｜雷雨～很猛。

【來蘇】láisū〔名〕一種消毒防腐劑，由甲酚和肥皂溶液混合製成。也叫來蘇爾、來沙爾。[英 lysol]

【來頭】láitou（～兒）〔名〕❶ 來歷；背景：他後台很硬，～不小。❷ 緣由；緣故：無風不起浪，這件事很有～｜他話裏有話，不知有甚麼～。❸ 來勢；勢頭：我一見～不對，轉身就跑。❹〈口〉進行某項活動的樂趣；興頭：這遊戲太簡單，沒甚麼～。

【來往】láiwǎng〔動〕❶ 來去；往返：班車～於兩鎮之間｜湖面上遊艇來來往往。❷ 互相走動，交際往來：他們兩個人經常～｜他跟老同學～不斷。

【來文】láiwén〔名〕送來或寄來的公文或文件。

【來項】láixiàng（-xiang）〔名〕〔筆〕收入的款項：～不明｜最近家裏多了一筆～。

【來信】láixìn ❶〔名〕〔封〕寄來或送來的信件：收到～｜整理～｜～照登。❷（-//-）〔動〕寄信或送信來：到家就～｜哥哥～了｜一年了，他才來了一封信。

【來意】láiyì〔名〕來這裏的意圖：我猜不透他的～｜～不善。

【來由】láiyóu〔名〕❶ 緣由；緣故：毫無～。❷ 來歷：尋根問底，弄清～。

【來源】láiyuán ❶〔名〕事物的源頭；事物所由來的地方：這個詞語的～不很清楚｜追查偽劣產品的～。❷〔動〕起源；發生（後面跟"於"）：京劇～於徽調。

【來者】láizhě〔名〕❶ 未來將出現的人或事：前無古人，後無～｜往者不可諫，～猶可追。❷ 來到的人或事：～不拒｜善者不來，～不善。

【來着】láizhe〔助〕〈口〉用在句末，表示某一情況曾經發生過：他剛才還在這兒～｜師傅昨天誇你～｜你上回告訴我要買甚麼～？

【來之不易】láizhī-bùyì〔成〕指事情的成功或財物的取得不容易：勝利～，我們要加倍珍惜。

【來自】láizì〔動〕從（某處所、某事物或某原因）來：～上海｜靈感～豐富的生活經歷｜火災～麻痹大意。

俫（俫）lái 用於地名：大～莊（在山東）。

崍（崍）lái 見"邛崍"（1101 頁）。

徠（徠）lái 見"招徠"（1718 頁）。另見 lài（796 頁）。

淶（淶）Lái 淶水，古水名。即今拒馬河，在河北中部。

萊（萊）lái ❶〈書〉藜。❷ 古代指休耕的田地或荒蕪的土地：闢草～。

【萊菔】láifú〔名〕蘿蔔：～子。

【萊塞】láisè〔名〕激光的舊稱。[英 laser]

楝（楝）lái〔名〕楝木，即毛楝。落葉喬木，葉對生，橢圓形。核果球形，黑色。種子扁平，可榨油供食用。木材堅硬、細緻，可製車軸、農具等。也叫油楝子樹。

錸（錸）lái〔名〕一種金屬元素，符號 Re，原子序數 75。機械強度高，耐高溫，耐腐蝕。用以製造特種電燈絲、火箭和人造衛星的外殼、核反應堆的防護板等。

鶆（鶆）lái 見下。

【鶆䴈】láiǎo〔名〕美洲鴕。

lài ㄌㄞˋ

勑（勑）lài〈書〉❶ 慰勞。❷ 勤勞。"勑"另見 chì"敕"（178 頁）。

徠（徠）lài〈書〉慰勞：勞～。另見 lái（796 頁）。

睞（睞）lài〈書〉❶ 瞳人不正。❷ 看：朝旁邊看：青～｜旁～｜明眸善～。

賚（賚）lài〈書〉賞賜；賜予：賞～｜～絹三千｜～銀三百兩。

賴（賴）〈賴〉lài ㊀❶ 依賴；依靠：倚～｜信～｜百無聊～｜人類～以生存的生態環境｜持久的和平，有～於世界共同的努力。❷〔動〕設法停留，不肯離開：你別老～在我這裏｜孩子眼饞小攤上的糖人，～着不肯走。❸〔動〕推卸責任；不承認自己有過的言行：抵～｜～賬｜他休想～掉自己的責任｜他把許下的諾言～得一乾二淨。❹〔動〕誣賴：你應該自我反省，不能有錯就～別人。❺〔動〕責怪；埋怨：睡不着覺～床歪｜這次輸球全～他防守不力。❻〔形〕刁鑽潑辣，蠻不講理：～皮｜撒～｜撒潑耍～。❼（Lài）〔名〕姓。

㊁〔形〕〈口〉壞；差：不分好～｜今年收成不～｜這衣服料子不算～。

【賴婚】lài//hūn〔動〕訂婚後反悔了，不承認已訂婚約。

【賴皮】làipí ❶〔形〕無賴；不知羞恥：～鬼｜無取耍賴，死～｜他太～，打牌總作弊。❷〔名〕無賴的人：你少招惹他那樣的～｜跟一個講道理是白費口舌。❸〔名〕無賴的作風和行為：他耍起～來六親不認。

【賴以】làiyǐ〔動〕依靠某種事物或條件才可以（做到）：做小時工～維持生活。

【賴賬】lài//zhàng〔動〕❶欠了賬抵賴不還：沒賴過賬｜賴不掉賬。❷指說話不算數：咱們一言為定，可不能～。

【賴子】làizi〔名〕指刁鑽潑辣、蠻不講理的人：大～二～。

瀨（瀬）lài ❶〈書〉湍急的水流：急～。❷（Lài）瀨水，水名，即溧水。在江蘇。

癩（癩）lài ❶〔名〕麻風病。❷〔名〕（北方話）方言話）黃癬，一種皮膚病：～頭瘡｜長～。❸比喻外表像黃癬狀的：～蛤蟆。

【癩瓜】làiguā〔名〕（條，根）苦瓜。

【癩蛤蟆】làiháma〔名〕（隻）蟾蜍的俗稱。

【癩蛤蟆想吃天鵝肉】làiháma xiǎng chī tiān'éròu〔俗〕比喻不考慮自己的低劣條件而痴心妄想。多指醜漢想得嬌妻。

【癩皮狗】làipígǒu〔名〕（條，隻）比喻行為卑鄙、不知羞恥的人：那叛徒不過是一條～罷了。

【癩子】làizi〔名〕❶（北方官話）黃癬：頭上長～。❷頭上長黃癬的人：～經常戴帽子。

籟（籟）lài ❶古代一種三孔竹製管樂器，屬簫類。❷從孔穴中發出的聲音：天～｜地～。❸泛指聲音：萬～俱寂。

lán ㄌㄢ

婪〈惏〉lán 貪：貪～｜～酣（貪食）。

嵐（岚）lán〈書〉山裏的霧氣：曉～｜山～｜瘴氣｜～氣｜～岫(xiù)。

闌（阑）lán ㊀〔動〕❶同"攔"①：憑～｜倚～。❷同"攔"：有河山амиⅿ之～。
㊁〈書〉❶殘盡：歲～｜夜～｜歌～舞罷｜酒～人醉。❷衰落：春花今復～。❸擅自（出入）：～入｜～出。

語彙　光闌　歲闌　夜闌　倚闌

【闌殘】láncán〔動〕〈書〉殘盡：樓中歌管漸～。

【闌出】lánchū〔動〕〈書〉妄出；擅自出去：～財物。

【闌干】lángān〈書〉❶〔形〕縱橫錯落：寂寞淚～。❷〔名〕欄杆：倚～。

【闌入】lánrù〔動〕〈書〉❶擅自進入（禁地）：～宮門。❷摻雜進去：～一段文字。

【闌珊】lánshān〔形〕〈書〉將盡；衰落：春意～｜酒興～｜燈火～｜管弦～。

【闌尾】lánwěi〔名〕盲腸下端長約7-9厘米的蚯蚓狀小管。由於管腔狹窄，病菌容易進入而引起發炎。

藍（蓝）lán ❶〔形〕像晴空的顏色：蔚～｜碧～｜寶石～｜天和海都是～的。❷〔名〕蓼藍(liǎolán)。❸（Lán）〔名〕姓。

語彙　寶藍　碧藍　蓼藍　品藍　伽藍　天藍　蔚藍　藏藍　湛藍　景泰藍　青出於藍

【藍寶石】lánbǎoshí〔名〕（顆，粒）藍色透明的非常硬的晶體。紅色以外其他顏色的寶石也稱為藍寶石。

【藍本】lánběn〔名〕著作或繪畫所根據的底本：以同名小說為～改編成的電視劇｜這幅山水畫的立意跟～相比互有高低。

【藍采和】Lán Cǎihé〔名〕傳說中的八仙之一。身世不明，一說原名許堅。相傳受漢鍾離指點成仙。身穿破藍衣，一腳穿靴，一腳赤足，夏服絮衫，冬臥冰雪。常於鬧市行乞，乘醉而歸，雲遊天下。

【藍籌股】lánchóugǔ〔名〕有較強實力，經營穩定，並在行業中佔有支配地位的公司發行的股票。西方賭博中使用的最高籌碼稱為藍籌，故稱。

【藍點頦】lándiǎnké〔名〕一種鳥，大小跟麻雀相似。羽毛褐色，雄鳥喉部藍色，帶栗色細斑點，鳴聲悅耳。通稱藍靛頦兒，也叫藍喉歌鴝。

【藍靛】lándiàn〔名〕靛藍，天然染料。也說靛青。

【藍晶晶】lánjīngjīng（～的）〔形〕狀態詞。形容藍得發亮：～的寶石。

【藍盔】lánkuī〔名〕（頂）藍色貝雷帽（貝雷帽是一種無檐兒的扁圓帽子）。

【藍盔部隊】lánkuī bùduì（支）聯合國維和部隊，因都戴着藍盔，故稱。

【藍領】lánlǐng〔名〕某些國家指從事體力勞動的工人。他們工作時多穿藍色工作服，故稱（區別於"白領"）。

【藍青官話】lánqīng guānhuà 舊稱漢語方言地區的人說的不純正的、夾雜着方音的普通話（藍青：又藍又青，藍不藍、青不青，比喻不純粹）：一口～。

【藍色國土】lánsè guótǔ 指海洋國土，即領海：應該提醒國人關注領海，增強他們的～意識。

【藍色農業】lánsè nóngyè 利用海水和其他海洋資源開發的養殖業、種植業和捕撈業等。因海水為藍色，故稱。也叫海洋農業。

【藍色預警】lánsè yùjǐng 氣象災害或其他突發事件預先報警四個級別（其他三個級別為紅色預警、橙色預警和黃色預警）中的第四級，危害程度為一般。

【藍田生玉】Lántián-shēngyù〔成〕《三國志·吳書·諸葛恪傳》註引《江表傳》："恪少有才名……權見而奇之，謂瑾曰：'藍田生玉，真不虛也。'"古時藍田生產美玉。後用"藍田生玉"比喻名門出賢才。

L

【藍田猿人】Lántián yuánrén 中國猿人的一種，直立人，1963–1964 年在陝西藍田發現的晚期猿人化石。藍田猿人生活在距今約 65 萬 –115 萬年，較北京猿人更為原始。也叫藍田人。

【藍圖】lántú〔名〕❶（張）由原圖曬印而成的一種複製圖紙，用感光紙製成，感光後變藍，故稱。❷比喻長遠的規劃或計劃：城市發展～｜描繪經濟建設～。

【藍牙】lányá〔名〕一種短距離無綫通信技術。可以支持筆記本電腦、手機、無綫耳機等設備之間的信息交換。

【藍盈盈】lányíngyíng（～的）〔形〕狀態詞。形容藍得晶瑩奪目：～的湖水在蕩漾。也作瑩瑩。

【藍湛湛】lánzhànzhàn（～的）〔形〕狀態詞。形容深藍：～的天空｜海水～的。

襤（襤） lán 見下。

【襤褸】（藍縷）lánlǚ〔形〕（衣服）破爛：衣衫～｜篳路～。

攔（拦） lán〔動〕❶ 阻攔不讓通過；阻止：～路搶劫｜～住一輛車｜別～他說話。❷ 用東西阻擋或遮掩：馬路中間有一溜隔離墩把～着｜大壩～住了洪水。❸ 正對着（某個部位）：～腰抱住。

語彙 遮攔 阻攔

【攔擋】lándǎng〔動〕阻擋：～奔馬｜～不住。
【攔櫃】lánguì〔名〕櫃枱。也作欄櫃。
【攔洪】lánhóng〔動〕攔截洪水：修壩～。
【攔擊】lánjī〔動〕中途攔住並攻擊：對侵犯領空的敵機，我空軍進行了～｜～敵人。
【攔劫】lánjié〔動〕在中途攔住進行搶劫：匪徒～過往行人｜海盜～貨船。
【攔截】lánjié〔動〕中途攔擋，阻斷去路：三架戰鬥機起飛～不明國籍的飛機｜不准隨意設關設卡，～過往車輛。
【攔路】lán//lù〔動〕擋住前進的路：～搶劫｜前面有人攔住了路，不讓通過。
【攔路虎】lánlùhǔ〔名〕過去指攔路打劫的強盜，比喻面臨的各種障礙和困難：資金不足是經濟持續發展的～｜閱讀外語原著常會碰到一些～。
【攔網】lán//wǎng〔動〕排球比賽時，球員跳起，在網上用手把對方扣過來的球攔回去。
【攔腰】lányāo〔副〕❶ 當腰；從半中腰：～抱住了他。❷ 比喻從中間；從半中央：～截斷長江，修建水電站｜他的話被人～打斷。
【攔阻】lánzǔ〔動〕阻擋：～驚馬｜讓他走，別～。

籃（篮） lán（～兒）籃子：竹～｜花～｜菜～｜提～。❷（～兒）〔名〕籃球架上為投球用的籃筐：扣～｜投～｜球一出手就空心入～。❸ 指籃球或籃球隊：～壇｜～

【籃板球】lánbǎnqiú〔名〕籃球比賽時，投籃未中、球碰到籃板或籃筐後彈回的球：雙方爭奪～。
【籃球】lánqiú〔名〕❶ 球類運動項目之一。比賽時每隊上場 5 人，在 28 米長、15 米寬的場地上，運用技術和戰術，把球投入對方籃得分，得分多的獲勝。❷（隻）籃球運動使用的球：打～。
【籃子】lánzi〔名〕（隻）有提樑的容器，用藤、竹、柳條、塑料等編成：竹～打水一場空｜菜～工程。

瀾（澜） lán 大波浪；波浪：波～｜力挽狂～｜死水微～。

語彙 安瀾 波瀾 狂瀾 推波助瀾

蘭（兰） lán ❶〔名〕蘭花。❷〔名〕蘭草。❸ 木蘭：～槳。❹ 古同"欄"②：牛馬同～。❺（Lán）〔名〕姓。

語彙 春蘭 馬蘭 墨蘭 木蘭 山蘭 玉蘭 芝蘭 君子蘭 紫羅蘭

【蘭艾】lán'ài〔名〕蘭花和艾草；比喻君子和小人：～難分。
【蘭草】láncǎo〔名〕❶ 佩蘭。❷ 蘭花的俗稱。
【蘭花】lánhuā〔名〕（株，朵）多年生常綠草本植物，根簇生，圓柱形，葉條形。春季開花，淡綠色，清香，供觀賞。花可製香料。品種甚多，常見的有建蘭、墨蘭、素心蘭等。俗稱蘭花，也叫春蘭、山蘭。

【蘭花手】lánhuāshǒu〔名〕拇指和中指相對彎曲，其餘三個手指翹起來的姿勢，多用於傳統戲曲表演。也叫蘭花指。
【蘭譜】lánpǔ〔名〕金蘭譜的簡稱。舊時結拜為盟兄弟姐妹時，互相交換的寫有自己姓名、年齡和家世系統的帖子（取《周易·繫辭》"二人同心，其利斷金；同心之言，其臭如蘭"之意。另外，科舉時代，同時登科，也說同蘭譜。
【蘭若】lánrě〔名〕阿蘭若的簡稱，即寺廟。〔梵 aranya〕
【蘭葉描】lányèmiáo〔名〕中國畫的一種畫法，因所畫綫條形似蘭葉而得名。
【蘭月】lányuè〔名〕農曆七月的別稱。因本月許多蘭花品種開放，故稱。
【蘭芝】lánzhī〔名〕蘭草與靈芝，比喻好的子弟。

欄（栏） lán ❶ 欄杆：石～｜柵～｜雕～玉砌｜憑～遠眺。❷〔名〕養牲畜的圈：牛～｜生豬存～數。❸〔名〕書籍報刊的每頁或每版上用綫條或空白分隔開的部分，也指內

容、性質相同的版面：通～標題｜體育專～｜新書評介～｜每面可排三～。❹〔名〕專門用於張貼報紙、廣告、佈告等的方框形裝置：閱報～｜佈告～｜新產品宣傳～。❺〔名〕表格中用綫條劃分出的、供填寫不同內容的格子：履歷～｜出生年月～｜如實填寫申請表的每一～。❻〔名〕一種供跨越用的體育器材，在賽跑中起障礙作用：跨～比賽｜高～。

> **語彙** 存欄　低欄　高欄　勾欄　跨欄　通欄　柵欄　中欄　專欄

【欄杆】lángān〔名〕（道）橋、道路兩側或涼台、看台等邊上的用細長物體做成的攔擋物：橋～｜鐵～｜漢白玉～。

【欄目】lánmù〔名〕報紙、雜誌、廣播等按文章或節目的性質分成的不同部分，多標有名稱：體育～｜經濟～。

斕（斕）lán 見"斑斕"（34頁）。

襴（襕）lán ❶古時短袖單衣。❷古時上下衣相連的服裝。

籣（籣）lán 古時盛箭的袋子。

讕（讕）lán〔書〕❶誣陷：譏～｜～言｜不可推～。❷抵賴：抵～。

【讕言】lányán〔名〕誣陷的不實之詞；無恥～。

鑭（鑭）lán〔名〕一種金屬元素，符號La，原子序數57。呈灰白色，易氧化，可用於製造合金。

碄（碄）lán 用於地名：干～（在浙江）。

lǎn ㄌㄢˇ

罱 lǎn ❶〔名〕捕魚或撈水草、河泥的工具。❷〔動〕用罱撈取：～河泥。

溇 lǎn〔動〕❶用鹽或其他調味品拌漬（生的蔬菜、魚、肉等）：把鮮鯉魚宰殺後，先抹一層鹽～一下。❷把柿子放在熱水或石灰水裏泡幾天，除掉澀味：他吃了一個沒～過的柿子，澀得他直皺眉頭。

壏（壏）lǎn 見"坎壏"（744頁）。

懶（懶）lǎn〈嬾〉〔形〕❶懶惰（跟"勤"相對）：偷～｜～漢｜獎勤罰～｜口勤腿～｜那個人太～了。❷乏力；疲倦：渾身發～｜心灰意～。

> **語彙** 躲懶　疏懶　酸懶　偷懶　心灰意懶

【懶蟲】lǎnchóng〔名〕〈口〉罵人或開玩笑的話，指懶惰的人：大～，太陽老高了，快點起床吧。

【懶怠】lǎndai ❶〔形〕懶惰懈怠：幹工作不能～。❷〔動〕不願意（做某事）；心情不愉快，他話都～說。

【懶得】lǎnde〔動〕沒情緒，不願意（做某事）；（對做某事）感到厭煩：～跟他辯論｜～一個人去出差｜他～做這種瑣碎事。注意"懶得"一般不單獨做謂語，後面必帶賓語，而且賓語必須是動詞性詞語。

【懶惰】lǎnduò〔形〕不勤快；不愛勞動和工作；不肯花氣力（跟"勤快"相對）：生性～｜他太～，學習不肯動腦筋。

【懶骨頭】lǎngǔtou〔名〕〈口〉〈詈〉非常懶惰的人。注意 懶蟲、懶鬼、懶骨頭三個詞，"懶骨頭"程度最重。

【懶鬼】lǎnguǐ〔名〕〈口〉輕度責罵的話，指懶惰的人：～，自己的襪子都不洗！

【懶漢】lǎnhàn〔名〕懶惰的人：～思想（一種坐享其成、不圖進取的思想）。

【懶散】lǎnsǎn〔形〕形容人懶惰散漫，萎靡不振：神情～｜做事～｜他～慣了。

【懶鞋】lǎnxié〔名〕（雙，隻）一種沒有鞋帶兒、易於穿脫的廣口布鞋：一腳蹬上～｜趿拉着～。也叫懶漢鞋。

【懶洋洋】lǎnyángyáng（～的）〔形〕狀態詞。精神不振、懶得活動的樣子：他～地打了個哈欠｜正午的太陽曬得遊客一個個～的。

覽（览）lǎn 看：閱～｜遊～｜博～群書。

> **語彙** 便覽　博覽　瀏覽　披覽　遊覽　閱覽　展覽

【覽勝】lǎnshèng〔動〕〈書〉觀賞或遊覽勝景、勝地：長城～。

攬（揽）lǎn ❶〔動〕摟；用胳膊圍住：～着肩膀｜他把孩子～到懷裏。❷〔動〕用繩索等聚攏（鬆散的東西）：把貨物～結實點兒｜你再用粗繩～緊車上的柴火。❸〔動〕往自己這邊或自己身上拉：招～｜兜～｜推功～過｜～點活計做做｜這種閒事～起來沒完｜你不能把過錯都～到自己頭上。❹〔動〕掌握；把持：把～｜大權獨～｜總～朝政。❺ 採摘：可上九天～月。

> **語彙** 包攬　承攬　兜攬　獨攬　招攬　總攬

【攬承】lǎnchéng〔動〕拉來承擔；承攬：～工程項目。

【攬儲】lǎnchǔ〔動〕金融機構通過主動上門等形式廣泛招攬儲戶。

【攬活】lǎn//huó（～兒）〔動〕攬取活計；招攬活兒：他每天出外～。

【攬權】lǎn//quán〔動〕抓權：四處～。

【攬事】lǎn//shì（～兒）〔動〕管閒事，惹事：此人平時最愛～｜你在外邊切莫～。

L

【攬總】lǎnzǒng〔動〕總攬，全面負責、掌握：那攤工作應有一人～。

欖（榄）lǎn 見"橄欖"（424頁）。

纜（缆）lǎn ❶ 繫船用的粗繩或鐵索：解～│新船砍～下水。❷ 由許多股絞成的粗繩：鋼～│～繩。❸ 成束像纜狀的器件：電～│光～。❹〔動〕用繩索繫住（船）：～舟│～舸。

【纜車】lǎnchē〔名〕❶ 用纜繩絞車牽引車輛或小船沿着傾斜或水平軌道來回行駛的設備：電動～│香港山頂～有百年以上歷史。❷ 船舶上盤存或絞收纜繩的絞車。

【纜繩】lǎnshéng〔名〕(根、條)許多股棕、麻、金屬絲等材料擰成的粗繩：貨物太重，吊車的～都快要繃斷了。

làn ㄌㄢˋ

濫（滥）làn ❶ 大水漫出：氾～。❷〔形〕浮泛，雜亂，不切實用：～調│套子│寧缺毋～│參加的人不能太～。❸ 無限制；不加選擇地：～伐│～用│～收費。

語彙 氾濫 寧缺毋濫

【濫伐】lànfá〔動〕過度地、沒有節制地砍伐：保護生態環境，不得～森林。

【濫交】lànjiāo〔動〕不加選擇地結交（朋友）。

【濫觴】lànshāng〈書〉❶〔名〕觴：酒杯。江河發源的地方，水少只能浮起酒杯。後指事物的開始或起源：《爾雅》按類收詞的體例，實為後代類書的～。❷〔動〕起源：中國文化大抵～於殷朝。

【濫用】lànyòng〔動〕過度地、無限制地使用：～權力│～否決權│～成語典故。

【濫竽充數】lànyú-chōngshù〔成〕《韓非子·內儲說上》載，齊宣王每次用三百人吹竽，南郭先生不會吹，也混在中間湊數。後用"濫竽充數"比喻沒有真才實學，混在行家裏充數或以次充好（有時用作謙辭）：真名士自風流，～只招羞│嚴禁用偽劣產品～，坑蒙消費者│在座的都是專家學者，我是門外漢，～而已。**注意** 這裏的"竽"不寫作"芋"。

爛（烂）làn ❶〔形〕因水分多而鬆軟：～泥│稀粥～飯│用文火把牛肉燜～。❷〔形〕腐爛；潰爛：霉～│～蘋果│瓜果放～了│地下的木樁子都～了│傷口～了，開始化膿。❸〔形〕破碎；不完整：破～│砸～│海枯石～│破桌子～椅子│一個月穿～了三雙鞋。❹〔形〕頭緒混亂：收拾～攤子│理不清的一筆～賬。❺ 明亮；色彩鮮明：燦～│絢～│多彩│錦繡～然。❻ 表示程度深：～醉│書讀得～熟。

❼ 燒傷：焦頭～額。

語彙 燦爛 腐爛 潰爛 霉爛 糜爛 破爛 稀爛 絢爛 海枯石爛

【爛糊】lànhu〔形〕〈口〉形容非常爛（多指食物）：肉煮得爛爛糊糊的│老人喜歡吃～的東西。

【爛漫】(爛縵、爛熳)lànmàn〔形〕❶ 形容色彩美麗而鮮艷：山花～。❷ 形容對人對事坦率真摯，不做作：天真～。

【爛泥】lànní〔名〕稀爛的泥：一堆～│～塘。

【爛熟】lànshú〔形〕❶（肉、菜等）煮得極熟：～的紅燒肉│土豆已經～了，快出鍋吧。❷ 極熟悉；極熟練：梨園掌故他～於心│課文他背得～。

【爛攤子】làntānzi〔名〕凌亂的攤子，比喻難以收拾的混亂局面或問題很多且難於解決的單位：收拾～。

【爛尾樓】lànwěilóu〔名〕(座)指中途停建或未能按期竣工交付使用的樓房，多由於資金短缺或管理不善等原因造成。

【爛賬】lànzhàng〔名〕❶ 混亂不清的賬目。❷ 拖欠很久、難以收回的債款。

【爛醉】lànzuì〔動〕大醉：～如泥│他一見酒，就一定要喝得～才罷休。

lāng ㄌㄤ

啷 lāng 見"噹啷"（255頁）、"哐啷"（781頁）。

【啷當】lāngdāng〔助〕（北方官話）結構助詞。用在數詞（限於二十、三十）後，表示（年齡）與這個數字差不多：二十～歲的一個小夥子。

láng ㄌㄤˊ

郎 láng ❶ 對某種人的稱呼：貨～│賣油～│放牛～。❷ 對少男少女的稱呼：女～│新～│才女貌│小小兒～上學堂。❸ 舊時女子稱丈夫或情人：情～│如意～君。❹ 稱別人的兒子：令～。❺ 古代官名：侍～│員外～。❻（Láng）〔名〕姓。

另見làng（802頁）。

語彙 伴郎 大郎 兒郎 貨郎 令郎 女郎 情郎 侍郎 新郎 放牛郎 賣油郎 員外郎

【郎才女貌】lángcái-nǚmào〔成〕男子多才，女子美貌。形容男女雙方十分相配。

【郎當】lángdāng ㊀ 同"鋃鐺"。㊁〔形〕❶（衣服）寬大不合身：衣襟～│舞袖～。❷ 頹敗：屋舍～。❸ 潦倒；狼狽：三郎自日太～。

【郎舅】lángjiù〔名〕男子和他妻子的弟兄的合稱。

【郎君】lángjūn〔名〕妻對夫的稱呼（多見於古代白話小說、戲曲）。

【郎貓】lángmāo〔名〕(隻)（口）公貓。

【郎中】lángzhōng〔名〕❶古代官職名。❷舊稱中醫為郎中。

狼 láng〔名〕❶(隻)哺乳動物，形狀像狗，毛色多為黃灰，性凶狠，晝伏夜出，傷害人畜。❷(Láng)姓。

語彙　豺狼　虎狼　黃鼠狼　中山狼

【狼狽】lángbèi〔形〕傳說狽是一種前腿特別短的野獸，活動時要趴在狼身上，離開狼，便行走困難，所以用"狼狽"形容困頓窘迫的樣子：一副～相｜他顯得很～｜～不堪｜～為奸。

【狼狽為奸】lángbèi-wéijiān〔成〕比喻壞人相互勾結，胡作非為。

【狼奔豕突】lángbēn-shǐtū〔成〕狼和豬四處奔跑。多比喻壞人橫行，到處亂竄和騷擾。也比喻敵人失敗後倉皇逃竄。

【狼狗】lánggǒu〔名〕(隻、條)狗的一種，形狀像狼，性凶猛，嗅覺靈敏，多用來幫助打獵或放牧，經訓練可做偵察、探測工作。

【狼顧】lánggù〔動〕狼懼怕從後面來的襲擊，常回過頭看，比喻人有所疑懼而四顧：環視～。

【狼毫】lángháo〔名〕(支、管)指用黃鼠狼的毛做成的毛筆。

【狼藉】(狼籍)lángjí〔形〕〈書〉❶形容東西擺放得非常雜亂：杯盤～。❷形容破敗而不可收拾：聲名～。

【狼吞虎嚥】lángtūn-hǔyàn〔成〕形容吃東西又急又猛：小夥子～，一會兒工夫就吃完了飯。

【狼心狗肺】lángxīn-gǒufèi〔成〕❶比喻心腸凶狠，邪惡。❷比喻忘恩負義。

【狼牙棒】lángyábàng〔名〕(條、根)古代兵器，用堅硬的木頭製成，約四五尺長，上端長圓形，遍嵌似狼牙的鐵釘。

【狼煙】lángyān〔名〕燃燒狼糞升起的煙，古代邊疆用作報警的信號，借指戰火：～四起。

【狼主】lángzhǔ〔名〕古代北方少數民族對其君主或首領的稱呼（多見於古代白話小說、戲曲等文學作品）。

【狼子野心】lángzǐ-yěxīn〔成〕狼崽生性殘忍，難以馴服。比喻兇暴的人難改惡毒本性，心腸歹毒。

浪 láng 見"滄浪"（130 頁）。
另見 làng（802 頁）。

琅〈瑯〉 láng 見下。

語彙　玟琅　琅琅　琳琅

【琅玕】lánggān〔名〕〈書〉❶像珠子一樣的美石。❷傳說中的寶樹：崑崙山有～樹。❸美竹：青～｜十畝～。

【琅嬛】lánghuán〔名〕〈書〉神話中天帝的洞府，藏有秘籍奇書：～福地。也作嫏嬛。

【琅琅】lángláng〔擬聲〕金石相擊的聲音，響亮的讀書聲，清脆的鳥鳴聲等：書聲～。

【琅玡】Lángyá〔名〕山名，在山東膠南。

根 láng 見下。

【根根】lángláng〔擬聲〕木頭相擊的聲音：～木魚響。

硍 láng 見下。

【硍硍】lángláng〔擬聲〕水石相擊的聲音。

稂 láng ❶〈書〉有害莊稼的雜草：不～不莠。❷(Láng)〔名〕姓。

【稂莠】lángyǒu〔名〕稂、莠都是形狀像禾苗但對禾苗有害的雜草。比喻壞人。

廊 láng ❶廊子：走～｜長～｜迴～｜遊～。❷用於藝術展覽、美容理髮等處所的名稱或某些店鋪名：畫～｜髮～｜精品～。

語彙　長廊　穿廊　髮廊　畫廊　迴廊　遊廊　走廊

【廊門院】lángményuàn〔名〕中國建築的院子有正院、前後院，前院裏還套有小院，小院有個廊門，有廊門的小院就叫作廊門院。

【廊廟】lángmiào〔名〕〈書〉指朝廷：～具（指能擔當朝廷重任的人才）｜～器。

【廊檐】lángyán〔名〕房屋前檐伸出的部分。

【廊子】lángzi〔名〕❶屋檐前伸部分下面的過道，可擋風雨，遮陽光。❷園林中有頂的過道。

嫏 láng 見下。

【嫏嬛】lánghuán 同"琅嬛"。

榔 láng 見下。

語彙　檳榔　桄榔

【榔槺】lángkāng(-kang)〔形〕長大笨重，不靈巧：行李～。

【榔頭】(狼頭、鎯頭)lángtou〔名〕(把)用木頭、鐵等做成的錘子（多指比較大的）。

筤 láng〈書〉幼小的竹子，也指竹叢。

閬（閬）láng〈書〉❶門高。❷高門。
另見 làng（803 頁）。

螂〈蜋〉láng 見"螳螂"（1317 頁）、"蜣螂"（1075 頁）、"蟑螂"（1715 頁）。

銀（银）　láng 見下。

【銀鐺】lángdāng ❶〔名〕古代刑具，鎖囚犯的鐵鎖鏈：～入獄。❷〔擬聲〕形容金屬碰撞的聲音：鐵鏈～。以上也作郎當。

鄉（鄉）　láng "鄉頭"，見"榔頭"（801頁）。

lǎng ㄌㄤˇ

朗　lǎng ❶明亮；光綫足：明～｜晴～｜天～氣清。❷聲音響亮：～讀｜～誦｜～詠｜～彈數曲。❸（Lǎng）〔名〕姓。

語彙　豁朗　開朗　明朗　晴朗　爽朗　硬朗

【朗讀】lǎngdú〔動〕清楚響亮地讀（文章）：～課文。
【朗朗】lǎnglǎng〔形〕❶形容明亮清澈：～乾坤｜日月～。❷形容聲音清晰響亮：書聲～｜～聞鼓聲。
【朗朗上口】lǎnglǎng-shàngkǒu〔成〕指誦讀詩文時聲音響亮，順口而出：這些歌謠活潑自然，讀起來～。
【朗目疏眉】lǎngmù-shūméi〔成〕明亮的眼睛，稀疏的眉毛。形容眉目清秀。
【朗聲】lǎngshēng〔副〕高聲；大聲：～大笑。
【朗誦】lǎngsòng〔動〕高聲誦讀（詩、文等）：即席～｜滿懷深情地～了一首長詩。注意 這裏的"誦"不寫作"頌"。

㷟　lǎng〈書〉明朗。

塀　lǎng 用於地名：黃竹～（在廣東從化）。

塑　lǎng 用於地名：河～（在廣東）。

蓢　lǎng 沼澤地或灘塗。多用於地名：南～（在廣東）｜～南（在廣西）。

㙟　lǎng 用於地名：～梨（在湖南長沙東）。

làng ㄌㄤˋ

郎　làng 見"屎殼郎"（1226頁）。
　　　另見 láng（800頁）。

埌　làng 見"壙埌"（782頁）。

崀　làng 用於地名：～山（在湖南新寧南）。

浪　làng ㊀❶〔名〕波浪：風～｜～花｜驚濤駭～｜劈風斬～｜無風不起～。❷像波浪似的東西：氣～｜麥～｜聲～｜滾滾熱～。❸（Làng）〔名〕姓。

㊁❶放縱；放蕩：放～形骸｜錢不～用。
❷過分；徒：～費｜～得虛名。
　　　另見 láng（801頁）。

語彙　波浪　衝浪　放浪　風浪　流浪　孟浪　熱浪　聲浪　乘風破浪　大風大浪　驚濤駭浪　劈風斬浪　興風作浪　無風不起浪

【浪潮】làngcháo〔名〕❶潮水般湧動的波濤：～澎湃｜洶湧的～拍擊着海岸。❷比喻大規模的社會運動或群眾運動：罷工～｜激起反獨裁爭民主的～。❸比喻大規模的時代變革：信息時代的～。
【浪船】làngchuán〔名〕供兒童遊樂用的類似船的木製器械，掛在架子上，可以坐在上面來回搖蕩。
【浪蕩】làngdàng ❶〔動〕遊蕩；遊手好閒，不務正業：他～慣了，甚麼工作也做不了。❷〔形〕（行為）放蕩不端：～公子（貪圖吃喝玩樂、不務正業的闊少）。
【浪費】làngfèi ❶〔動〕濫用人力、財物、時間等（跟"節省""節約"相對）：～筆墨｜我一天有兩三個小時～在上下班的路上。❷〔形〕用錢用物等無節制；不節約（跟"節儉""節省"相對）：過於～｜這麼鋪張～，真叫人心疼。
【浪花】lànghuā〔名〕❶波浪激起的水花和泡沫：江中～翻滾｜驚濤拍岸，～四濺。❷比喻生活中的特殊片段：激起情感的～。
【浪跡】làngjì〔動〕行蹤不定，到處漂泊：～天涯｜～四海。
【浪漫】làngmàn〔形〕❶富有詩意，充滿幻想：～的愛情故事。❷放蕩不羈：有些青年男女非常～，老一輩人往往看不慣。[英 romantic]
【浪漫主義】làngmàn zhǔyì 文學藝術的一種創作方法，重主觀，好奇特，反因襲，尚理想，多運用想象和誇張手法塑造人物形象。
【浪木】làngmù〔名〕一種體育器械。將一根長方木的兩端用鐵鏈平懸在木架上，離地約一尺高。人站在木上，用力使它搖蕩，並順勢做各種動作。也叫浪橋。
【浪人】làngrén〔名〕❶四處漂泊流浪的人：江湖～。❷指日本舊時失去祿位的流浪武士：日本～。
【浪頭】làngtou〔名〕❶湧起的波浪：～一個接一個，打得小船搖搖晃晃。❷比喻一時的社會風氣或潮流：不要趕～。
【浪遊】làngyóu〔動〕漫遊：～歸來。
【浪子】làngzǐ〔名〕四處遊蕩、不務正業的年輕男子。
【浪子回頭】làngzǐ-huítóu〔成〕指不務正業的人改邪歸正：～金不換｜迷途知返，～。

L

莨　làng 見下。
　　另見 liáng（838 頁）。
【莨菪】làngdàng〔名〕多年生草本植物，葉互生，長橢圓形，夏初開黃褐色略帶微紫的鐘形花。有毒，可製鎮痛藥。

啷　làng〔動〕(吳語)曬；晾：～衣裳 | 一日打魚，三日～網。

蒗　làng 用於地名：寧～(在雲南北部)。

閬(阆)　làng 用於地名：～中(在四川嘉陵江上游)。
　　另見 láng（801 頁）。

lāo　ㄌㄠ

撈(捞)　lāo〔動〕❶ 從液體中把東西取出來：捕～ | 打～ | ～魚 | 水中月 | 把油鍋裏的丸子～出來。❷ 用不正當的手段謀取：～一票就走 | 渾水摸魚，～了一把。❸ 設法贏得：要把賠的錢～回來 | ～本兒。❹ (北方官話)順手拿：～起一把鐵鍬去鏟土 | ～起一根棍子就打。

語彙　捕撈　打撈　漁撈

【撈本兒】lāo//běnr〔動〕賭博時，把輸掉的本錢贏回來；泛指想辦法彌補損失，取回報償：他此時簡直像個一心要撈回老本兒的賭徒。
【撈稻草】lāo dàocǎo〔慣〕❶ 比喻在絕境中做無益的掙扎：聽到這話，他像撈到了一根救命的稻草。❷ 比喻非分撈取一些好處：他如此賣力地吹捧別人，又是想撈點兒甚麼稻草吧？
【撈飯】lāofàn〔名〕煮七八成熟撈出再上鍋蒸的米飯：他愛吃燜飯，不愛吃～。
【撈麵】lāomiàn〔名〕煮熟後過水的麵條：一碗～。
【撈摸】lāomo〔動〕在水中摸尋(東西)；泛指非分謀取(利益)：白白～了一陣子，甚麼也沒得到。
【撈取】lāoqǔ〔動〕❶ 從水中取出：桶掉進井裏，不容易～。❷ 用不正當的手段獲取：～政治資本 | 他熱衷於～外快。
【撈外快】lāo wàikuài 謀取工資以外的收入(多含貶義)：本職工作沒做好，卻一心想去～。
【撈一把】lāo yībǎ〔慣〕用不正當的手段趁機獲取私利：狠狠撈他一把 | 一遇錢財經手，他就想～。
【撈着】lāozháo〔動〕得到；獲得做某事的機會：老王摸獎摸到一台大彩電，可真是～了 | 病了一場，沒～去桂林旅遊。

láo　ㄌㄠ

牢　láo ❶〈書〉關牲畜或野獸的欄圈：豕～ | 虎～ | 亡羊補～。❷ 古代祭祀用的牲畜：太～ | 少～。❸〔名〕監禁犯人的地方：地～ | 水～ | 坐了幾年～。❹〔形〕堅固；結實；長久：把繩子繫～點兒 | 我的話你可要記～。❺〔形〕穩妥可靠：～靠 | 嘴上沒毛，辦事不～。❻(Láo)〔名〕姓。

語彙　大牢　地牢　監牢　囚牢　水牢　死牢　坐牢　畫地為牢　亡羊補牢

【牢不可破】láobùkěpò〔成〕原指因時間經久而無法破除。後指非常堅固，不可摧毀：積習既深，～ | 兩國之間的友誼～ | 憑藉天險設下～的防綫。
【牢房】láofáng〔名〕(間，座)監獄裏關押犯人的房間，也泛指監獄：因犯罪被抓進了～。
【牢固】láogù〔形〕堅固；結實：把地基打～ | 扣子釘得很～ | ～地樹立起法制觀念。
【牢記】láojì〔動〕長久地記住：～導師的教導 | 你可要把父老鄉親的囑託～在心哪！
【牢靠】láokao〔形〕❶ 堅固；穩固：把梯子放穩點兒 | 這書架不～，都快散了。❷ 穩妥；可信任依靠：派他去處理這案子比較～ | 託付個～的人去辦。
【牢籠】láolóng ❶〔名〕關鳥獸的籠檻，比喻束縛人的事物：衝破～ | 走出封建家庭的～。❷〔名〕圈套：誤入～ | 陷進～。❸〔動〕籠絡：～誘騙 | ～天下豪傑。❹〔動〕束縛：不受舊觀念～。
【牢騷】láosāo (-sao) ❶〔名〕(通)煩躁不滿的情緒：～滿腹 | 幾句話惹得他發了一通～。❷〔動〕抱怨；說不滿的話：～了幾句，他心情也就平穩下來 | 別為一點小事，就～起來沒個完。
【牢什子】láoshízi 同"勞什子"。
【牢實】láoshi〔形〕牢固結實：打下牢牢實實的基礎 | 東西摆放得不太～。
【牢頭】láotóu (～兒)〔名〕舊稱看管囚犯的獄卒。
【牢穩】láowěn〔形〕❶ 既可靠又穩妥：最好有銀行擔保，這才～ | 他是不見兔子不撒鷹，凡事講究～。❷ 穩當，不搖晃：地不平，桌椅怎麼能擺得～？
【牢獄】láoyù〔名〕(座，所)監獄。

勞(劳)　láo ❶ 勞動：多～多得 | 不～而獲。❷〔動〕耗費；煩勞(請別人做事所用的客氣話)：～神 | ～駕 | 無～遠念 | ～您幫個忙。❸ 用言語或實物慰問：酬～ | 慰～ | ～軍 | 犒～。舊讀 lào。❹ 辛苦；疲勞：～累 | ～而無功 | ～苦功高 | 積～成疾 | 以逸待～。❺ 功勞：動～ | 汗馬之～。❻ 指勞動者；

L

僱員：～資糾紛。**❼**（Láo）〔名〕姓。

語彙 伯勞 操勞 酬勞 代勞 功勞 犒勞 耐勞 疲勞 偏勞 勤勞 徒勞 慰勞 效勞 勳勞 有勞 汗馬之勞 以逸待勞

【勞保】láobǎo〔名〕**❶** 勞動保險。以保險的形式在工人、職員遇到生、老、病、死、傷、殘等特殊困難時給予物質幫助的一種制度：老張有病，三年來一直在家吃～。**❷** 勞動保護。為保護勞動者的安全和健康，在生產過程中採取的各項措施及管理制度：～服裝｜改善勞動條件，加強～措施。

【勞步】láobù〔動〕〈敬〉請人或感謝人來訪：不敢～｜昨日一～，深表謝意。

【勞瘁】láocuì〔形〕〈書〉辛勤勞苦：～終生｜不辭～。

【勞動】láodòng **❶**〔名〕人類創造財富（包括物質和精神）的活動：～創造世界。**❷**〔名〕特指體力勞動：農業～。**❸**〔動〕進行體力勞動：跟工人一起同～。

【勞動】láodong〔動〕〈敬〉煩勞：～你把這封信帶給他。

【勞動布】láodòngbù〔名〕用較粗的棉紗織成的斜紋布，質地厚實，多用來做工作服。

【勞動節】Láodòng Jié〔名〕五一國際勞動節的簡稱。

【勞動力】láodònglì〔名〕**❶** 人的勞動能力，人運用於勞動過程的體力和腦力的總和：喪失～。**❷** 相當於一個成年人所具有的勞動能力：半～｜全～。**❸** 從事勞動的人：～調配｜～不足｜他年輕力壯，是個強～。

【勞動日】láodòngrì〔名〕計算勞動時間的單位，一般以 8 小時為一個勞動日。

【勞頓】láodùn〔形〕〈書〉疲勞；勞累：鞍馬～｜旅途～。

【勞而無功】láo'érwúgōng〔成〕費了力氣卻沒有成效或功勞。

【勞乏】láofá〔形〕疲勞倦乏：～過度，反而不能入睡了。

【勞方】láofāng〔名〕指私營工商業中的職工一方（跟"資方"相對）。

【勞改】láogǎi〔動〕勞動改造。依照中國法律，對依法判處徒刑的具有勞動能力的罪犯實行強制勞動，促其改造自新。

【勞工】láogōng〔名〕**❶** 工人的舊稱：～神聖｜～運動。**❷** 做苦工的人；苦力：被人販子賣當～｜壓榨～的血汗。

【勞績】láojì〔名〕功勞成績：～頗著。

【勞駕】láo // jià〔動〕客套話。用於煩勞別人做事或讓路：～，幫我寄封信｜勞您駕，替我傳個話。

【勞教】láojiào〔動〕勞動教養。對有違法行為但不夠追究刑事責任的有勞動能力的人，強制其參加勞動，進行教育改造：～人員｜解除～。2013 年，中國的勞教制度由全國人民代表大會立法宣佈廢止。

【勞金】láojīn〔名〕酬金：義務演出，不收～。

【勞軍】láo // jūn〔動〕慰勞軍隊、軍人：上前線～。

【勞苦】láokǔ〔形〕勞累辛苦：～功高｜不避～。

【勞苦功高】láokǔ-gōnggāo〔成〕出力吃苦多，建立的功勞大：雖然他是一個～的人，但在生活上從不搞特殊化。

【勞累】láolèi〔形〕因過度辛勞而身心睏乏：異常～｜一路顛簸，他感到十分～。

【勞力】láolì **❶**〔名〕體力勞動耗費的力氣：靠出賣～掙錢。**❷**〔個〕（個）從事勞動的人：合理安排～｜～資源匱乏。**❸**〔動〕從事體力勞動（跟"勞心"相對）：有人勞心，有人～。

【勞碌】láolù〔形〕辛勞忙碌：～命｜終年～｜她長年～在外，難得回家鄉看看。

【勞民傷財】láomín-shāngcái〔成〕既使百姓勞苦，又耗費錢財：這種做法沒有取得任何效益，真是～。

【勞模】láomó〔名〕**❶** 勞動模範的簡稱。國家授予工作成就卓著或有突出貢獻的先進人物的榮譽稱號：他榮獲全國～的稱號｜新時代賦予～以新的特徵。**❷**（位，名）指獲得勞動模範稱號的人：女～｜他是 1959 年的老～。

【勞神】láo // shén〔動〕**❶** 費神；操心：～費力｜家裏很多事情都讓她～。**❷** 客套話。煩請：勞您的神，請通知他馬上來開會。

【勞師動眾】láoshī-dòngzhòng〔成〕興師動眾。

【勞什子】láoshízi〔名〕〔北方話〕指物品（含輕蔑、厭惡意）：我不要這～。也作牢什子。

【勞損】láosǔn〔動〕因過度勞累而受到損傷：腰肌～。

【勞務】láowù〔名〕以勞動形式為別人提供服務的活動：～費｜～輸出｜～市場。

【勞務費】láowùfèi〔名〕（筆）付出勞動所得到的報酬。

【勞心】láoxīn〔動〕**❶** 耗費心力：這孩子太讓人～了。**❷** 從事腦力勞動（跟"勞力"相對）。

【勞燕分飛】láoyàn-fēnfēi〔成〕古樂府《東飛伯勞歌》："東飛伯勞西飛燕。"後用"勞燕分飛"比喻夫妻或好友的離別。

【勞役】láoyì **❶**〔名〕強迫性的無償勞動：服～。**❷**〔動〕指牲畜供使用：可供～的耕牛只有二十幾頭。

【勞逸結合】láoyì-jiéhé 勞動與休息相結合：在工作緊張時，應注意～。

【勞資】láozī〔名〕**❶** 私營企事業單位中的勞方與資方：～雙方｜～糾紛。**❷** 勞動與工資：～處｜～部門。

【勞作】láozuò ❶〔名〕舊時小學的一門課程，教學生做手工或進行其他體力勞動。❷〔動〕勞動；特指體力勞動。

塝（塝）láo 見"圪塝"（436頁）。

嘮（嘮）láo 見下。
另見 lào（811頁）。

【嘮叨】láodao〔動〕說話囉唆，沒完沒了：嘮嘮叨叨｜您就別～了。

嶗（嶗）Láo 嶗山，山名。在山東青島東。也作勞山。

癆（癆）láo 癆病：肺～｜骨～。

【癆病】láobìng〔名〕中醫指結核病，特指肺結核。

醪 láo〈書〉❶ 汁渣混合的濁酒：濁～。❷ 醇酒：玉液瓊～。

【醪糟】láozāo（～兒）〔名〕酒釀；江米酒：～蛋｜～湯圓｜一碗～。

鐒（鐒）láo〔名〕一種放射性金屬元素，符號 Lr，原子序數 103。

lǎo ㄌㄠˇ

老 lǎo ❶〔形〕年歲大；年長（跟"少""幼"相對）：～齡｜～大媽｜人～心不～。❷〔形〕經歷長：～兵｜～中醫｜～幹部。❸ 經驗豐富；老練：～手｜於此道。❹〔形〕很久以前就存在的（跟"新"相對）：～區｜～主顧｜～朋友｜祖上傳下來的～古董。❺〔形〕陳舊；過時（跟"新"相對）：～式｜～機器｜～框框｜～規矩｜腦筋太～了。❻〔形〕原來的：～地方｜還是～模樣｜穿新鞋，走～路。❼〔形〕不嫩；火候過大：～茄子｜～玉米｜韭菜都長～了｜雞蛋煎得太～。❽〔形〕衰老：～朽｜相思催人～｜一夜之間，他好像～了許多。❾ 變質（指某些高分子化合物）：～化｜防～劑。❿（某些顏色）深：～藍｜～紅。⓫〔動〕使（臉皮）厚：～着臉皮。⓬〔形〕〈口〉排行在最後的：～兒子｜～兒｜～妹子。⓭〔動〕〈婉〉指老人去世：他祖父去年～了｜隔壁家裏昨天～了人了。注意 a）限用於老人。b）後面必須帶"了"。⓮〔副〕一直；經常；再三：她～愁眉苦臉的｜你～這麼讓着她可不行｜～開這種玩笑，太過分了。⓯〔副〕長時間：咱可～沒見面了｜腦子～不用，都快生鏽了。⓰〔副〕很；極：從～遠的地方來｜～早就準備好了｜他鬍子～長～長的。注意 a）"老＋形容詞＋的"的結構中的形容詞限用單音節的，不能說"河水寬廣老寬廣的"，只能說"河水寬老寬的"。b）"老＋形容詞＋的"結構表示程度高，限用表示積極意義的形容詞，不能說"山老低老低的"，只能說"山老高老高的"。⓱〔前綴〕用於稱人、排行次序、某些動植物名：～張｜～百姓｜～二｜

～鷹｜～虎｜～鼠。注意 a）"老"放在指人或動物的名詞前，構成名詞。b）"老"放在單音姓氏前，用作稱呼，語氣比直呼姓名親切。c）"老"放在某些名詞前，含有輕蔑意，如"老傢伙""老帽兒"。d）"老"放在二到十的數字前，表示兄弟的排行；在"大"前表示排行第一，在"幺"前表示排行最後。⓲ 指老年人，常用作尊稱：董～｜徐～｜上有～，下有小。⓳（Lǎo）〔名〕姓。

【老媼】lǎo'ǎo〔名〕〈書〉老年婦女。

【老八板兒】lǎobābǎnr（北京話）❶〔形〕因循守舊，不知變通：您別再～啦，時代變了，男女都一樣。❷〔名〕拘謹守舊的人：他可真是個～，凡是新潮一概看不慣。

【老百姓】lǎobǎixing〔名〕〈口〉平民；居民。也泛指人民群眾（區別於公職人員）：關心～的切身利益｜～熱愛子弟兵｜傾聽～的呼聲。

【老闆】lǎobǎn〔名〕（位）❶ 受僱工人、職員對僱主的稱呼。❷ 現也指工商企業的經理或店主：協議書需～簽字。❸ 對著名戲曲演員或組織戲班的戲曲演員的尊稱：梅～（梅蘭芳老闆）｜馬～（馬連良老闆）｜我們～待會兒就來。

【老闆娘】lǎobǎnniáng〔名〕（位）老闆的妻子，有時也指女老闆。

【老半天】lǎobàntiān〔名〕〈口〉很長的一段時間（多就說話人感覺而言）：他走了～了｜討論了～也沒個結果。

【老伴兒】lǎobànr〔名〕老年夫妻的一方（常用於互稱）。現在中年夫妻，甚至年輕的夫妻有時也互稱"老伴兒"（含詼諧意）。

【老鴇】lǎobǎo〔名〕鴇母。也叫老鴇子。

【老輩】lǎobèi〔名〕❶ 年長或輩分高的人。❷（～兒）指前代先人：人家～兒就是當官兒的。也說老輩子。

【老本】lǎoběn〔名〕❶ 最初固有的本錢：撈回～｜這宗買賣不光沒賺錢，差點把～也賠進去了。❷ 比喻原有的基礎或本領：這幾年沒學多少新知識，工作起來全靠學校那點～。❸ 比喻過去的功勞或榮譽：不能躺在功勞簿上吃～。

【老鼻子】lǎobízi〔形〕（東北話）多極了：今年蘋果大豐收，蘋果～啦！

【老表】lǎobiǎo〔名〕❶ 表兄弟：他們是我的～。❷ 俗稱江西人為老表。

【老伯】lǎobó〔名〕(位)對父輩朋友或老年男子的尊稱。

【老財】lǎocái〔名〕(北方官話)財主：地主~。

【老巢】lǎocháo〔名〕鳥的老窩；比喻匪徒或敵人盤踞的地方：海盜倉皇逃回~。

【老成】lǎochéng〔形〕形容待人接物很穩重，辦事很有經驗：少年~。

【老成持重】lǎochéng-chízhòng〔成〕老練成熟，謹慎穩重：他畢竟閱歷很深，~~，甚麼事情絕不輕舉妄動。

【老抽】lǎochōu〔名〕醬油的一種。在生抽的基礎上，經沉澱過濾而成。色澤較深，呈棕褐色且有光澤，味道濃郁微甜。適用於食品着色(跟"生抽"相對)。

【老粗】lǎocū(~兒)〔名〕指沒有文化或文化水平很低的人(有時用作謙辭)：我是個~，沒文化，請多包涵。

【老搭檔】lǎodādàng〔名〕經常合作或多年在一起共事的人：我們是~。

【老大】lǎodà ❶〔形〕年老；年紀大：少小離家~回｜~嫁作商人婦。❷〔名〕兄弟姐妹中排行第一的人：我家~當兵，老二經商。❸〔名〕木船的船主，也泛指船夫：船~｜~，你幫幫忙，把我們渡過河去。❹〔名〕幫會中幫首領。❺〔名〕指處在領先位置起帶頭作用的人或企業：我們這一課題的研究在省內可稱~｜他們公司迅速崛起，成為本行業的龍頭。❻〔副〕很；非常：~不願意｜~不高興｜~不痛快。注意後面不能跟肯定性詞語，如不能說"老大願意""老大高興""老大痛快"。

【老大不小】lǎodà-bùxiǎo〔成〕指年齡已經不小(多用於長輩對晚輩)：都~了，怎麼還那麼不懂事！

【老大難】lǎodànán〔形〕屬性詞。形容情況錯綜複雜，長期難以解決：~問題｜解決了一批~案件。

【老大娘】lǎodàniáng(-niang)〔名〕(位)〔口〕尊稱年老的婦女(多用於不相識的)：~，跟您打聽個人。注意 a)"老大娘"前不加姓。b)若是相識的，一般稱"大娘"，也可以加上姓，如"王大娘"。

【老大爺】lǎodàyé(-ye)〔名〕(位)〔口〕尊稱年老的男子(多用於不相識的)：~，去故宮怎麼走？注意 a)"老大爺"前不加姓。b)若是相識的，一般稱"大爺"，也可以加上姓，如"張大爺"。

【老旦】lǎodàn〔名〕戲曲角色行當，旦行的一支。扮演老年婦女。唱腔用本嗓，與老生相近，兼用一些青衣腔。

【老當益壯】lǎodāngyìzhuàng〔成〕《後漢書·馬援傳》："丈夫為志，窮當益堅，老當益壯。"意思是，有抱負的男子漢大丈夫立下志向，越是窮困越要堅強，越是年老越要有雄心壯志。後用來表示年紀雖然老了，但志向更高，幹勁兒更大：地質探險隊裏有風華正茂的後生，也有~的前輩。

【老到】lǎodao〔形〕(做事)穩妥周密，老練成熟：做事~。

【老道】lǎodào〔名〕(位)道士。

【老底】lǎodǐ(~兒)〔名〕❶內情；底細：兜了皮包公司的~｜派人摸清對方的~。❷指家世：左鄰右舍都清楚他們的~兒。❸祖產：他家有~兒。

【老弟】lǎodì〔名〕稱年紀比自己小的男性朋友(含親切意)。

【老調】lǎodiào〔名〕指重複多次、使人厭煩的論調：他一張口還是那些~。也說老調子。

【老調重彈】lǎodiào-chóngtán〔成〕老的曲調又重新彈奏。比喻把老一套理論、主張等重新搬出來：他~，拿不出新的論據。也說舊調重彈。

【老掉牙】lǎodiàoyá〔形〕形容非常陳舊：這輛~的汽車該進博物館了。

【老豆腐】lǎodòufu〔名〕一種北方小吃，豆漿煮開後點上鹽鹵，逐漸凝固成的比豆腐腦兒老的塊狀物。吃的時候加入調料。

【老佛爺】lǎofóye〔名〕清代對太上皇或皇太后的敬稱。後專稱慈禧太后。

【老夫】lǎofū〔名〕舊時老年男子的自稱。

【老夫子】lǎofūzǐ〔名〕❶舊時尊稱家館或私塾的教師。❷稱迂腐守舊的讀書人。❸清代稱幕僚或幕友。

【老趕】lǎogǎn〈口〉❶〔形〕沒見過世面而顯得土氣：連手機都不會用，也太~了。❷〔名〕指土氣或外行的人：別以為他是~，他很懂行。

【老幹部】lǎogànbù〔名〕(位，名)❶指年紀大或參加工作時間長的幹部：身經百戰的~。❷特指 1949 年 10 月 1 日前參加革命的幹部：離休~。❸泛指離休、退休幹部：~辦公室。

【老疙瘩】lǎogēda〔名〕(北方官話)指最小的兒女：他是家裏的~。

【老革命】lǎogémìng〔名〕(位)指從事革命時間早、工作年頭久的人：經過鬥爭考驗的~。

【老公】lǎogōng〔名〕丈夫：她~是個醫生。

【老公】lǎogong〔名〕太監。

【老公公】lǎogōnggong〔名〕❶(位，個)(吳語)小孩子尊稱年老的男子：白鬍子~。❷(北方官話)丈夫的父親。

【老姑娘】lǎogūniang〔名〕❶指沒有結婚的大齡女子。❷最小的女兒。

【老古董】lǎogǔdǒng〔名〕❶(件)古玩：變賣~｜祖上留下的~。❷陳舊過時的事物：當年時髦的東西現在變成了~。❸比喻思想守舊或言行落後於時代的人：~換上新腦筋。

【老鴰】lǎoguā(-gua)〔名〕(隻)烏鴉：樹上幾

隻～叫個不停。

【老漢】lǎohàn〔名〕❶（位）年老的男子。❷年老男子的自稱：～我今年六十八。

【老好人】lǎohǎorén（～兒）〔名〕脾氣隨和，人緣好，誰都不得罪的人。

【老狐狸】lǎohúli〔名〕比喻詭計多端、極其狡猾的人：你可鬥不過他那條～。

【老虎】lǎohǔ〔名〕❶（隻，頭）虎的通稱。❷比喻消耗能源大的單位或設備：電～｜油～。❸比喻憑藉掌管的權力損害國家或他人利益的大人物：不要只拍蒼蠅，不打～。❹比喻潑辣、兇狠的人：他老婆是有名的母～。

【老虎凳】lǎohǔdèng〔名〕舊時一種殘酷的刑具，長凳形，用刑時，將人兩腿平放在上面並綁緊膝蓋，然後在腳跟下墊磚，墊得越高，痛苦越大。

【老虎機】lǎohǔjī〔名〕（台）一種用來賭博的投幣遊戲機。根據規則，如果贏了，機器會將所儲硬幣自動吐出；如果輸了，投入的硬幣會被吞掉。舊式老虎機現多更新為電子化的老虎機。用紙幣放進入口，按遊戲規則玩耍，輸贏積分均由遊戲機上屏幕顯示，有剩餘，可隨時從取款處取出紙質代幣，代幣可再放入機內玩耍，亦可兌換現金。因玩者輸多贏少，賭本多被吃掉，如同送入虎口，故稱。

【老虎屁股摸不得】lǎohǔ pìgu mōbùde〔俗〕比喻人飛揚跋扈，別人一點都不能招惹：誰說他～，我偏要摸一摸。

【老虎鉗】lǎohǔqián〔名〕❶（台）一種夾住工件的鉗工用具，裝在案子上，利用螺絲桿或其他構件使兩鉗口夾緊。也叫台鉗、虎鉗。❷（把）一種手工工具，鉗口有刃，多用來起釘子或夾斷鐵絲等。

【老虎灶】lǎohǔzào〔名〕（吳語）❶燒開水的一種大灶：砌～｜燒～。❷指專供應熱水、開水的地方：～離此不遠，去打一壺水來。

【老花眼】lǎohuāyǎn〔名〕❶老年人由於眼球的調節能力減退而形成的視力缺陷，表現為看不清近處物體，而戴凸透鏡製成的眼鏡矯正。也叫老視、花眼。❷指有老眼花的人：他是個～。

【老化】lǎohuà〔動〕❶橡膠、化纖材料等高分子化合物，質地逐漸變硬、變脆，失去固有特性：～的塑料薄膜一碰就碎。❷生物體的組織或器官的機能逐漸衰退：延緩細胞～｜動脈血管～變硬。❸在一定範圍內老年人的比重增加：人口日益～。❹知識、設施、產品等變得陳舊落後：知識～｜城市基礎設施～。

【老話】lǎohuà〔名〕❶（句）流傳很久的話："寸金難買寸光陰"，這是一句包含真理的～。❷（～兒）（句）陳舊的話；舊詞兒：他得了個博士學位，說句～兒，就跟中進士一樣。❸（～兒）關於往事的話題：老姐兒倆在一塊兒又說起～兒來了。

【老皇曆】lǎohuánglì〔名〕比喻過時的規定或陳舊的規矩：不能按～來解決問題。也說舊皇曆。

【老黃牛】lǎohuángniú〔名〕比喻埋頭苦幹，長期老老實實、勤勤懇懇工作的人。

【老幾】lǎojǐ〔名〕❶排行的名次：他們家兄弟姐妹很多，不知道他是～。❷表示在某個行業或某個範圍內不夠資格（多用於自己謙虛或蔑視別人）：你算～？也敢教訓人｜我算～？哪兒敢班門弄斧。

【老驥伏櫪】lǎojì-fúlì〔成〕漢朝曹操《步出夏門行》："老驥伏櫪，志在千里。"驥：駿馬；櫪：馬槽。意思是，老了的良馬，雖然關在馬圈裏，仍然想着要去跑千里長途。比喻有志向的人雖然年老，仍有建功立業的雄心壯志。

【老家】lǎojiā〔名〕❶原籍：回～探親｜他～在山西。❷故鄉的家裏：～來人了。❸指陰間（含諷刺或戲謔意）：他病得很重，恐怕不久就要回～了。

【老奸巨猾】lǎojiān-jùhuá〔成〕形容老於世故，非常奸詐狡猾：任他～，也難逃法網。注意 這裏的"猾"不寫作"滑"。

【老趼】lǎojiǎn〔名〕（塊）趼子：兩手磨得都起了～。也作老繭。

【老將】lǎojiàng〔名〕❶（名，位，員）久經戰場的將領；年老的將領。❷（名，位，員）比喻長期從事某一行業，經驗豐富的人：～出馬，辦事就是不一樣。❸指象棋裏的將帥：你那個～危險了。

【老街坊】lǎojiēfang〔名〕（位）居住多年的鄰居：我們都是～，有甚麼事您儘管說。

【老景】lǎojǐng〔名〕年老時的景況：～淒涼｜～安適。

【老境】lǎojìng〔名〕❶老年時期：他已步入～。❷年老時的境況：～孤獨｜～美滿。

【老九】lǎojiǔ〔名〕指知識分子。"文化大革命"中，知識分子被排在地主、富農、反革命分子、壞分子、右派分子、叛徒、特務、走資派後面，名列第九，被蔑稱為"臭老九"，簡稱老九。

【老酒】lǎojiǔ〔名〕❶存放多年的酒。❷特指紹興黃酒。

【老辣】lǎolà〔形〕❶老練毒辣：用心狠毒，手段～。❷（運用文字）圓熟潑辣：文筆～，非一般人所能為。

【老來俏】lǎoláiqiào 指年老而喜歡打扮得很漂亮（多用於女性）。

【老老】lǎolao 同"姥姥"。

【老老少少】lǎolǎo-shàoshào〔成〕指年老的和年少的很多人：～都來了｜一群人。

【老例】lǎolì（～兒）〔名〕舊例；成例：按～兒辦理。

【老臉】lǎoliǎn〔名〕❶（張）老年人的臉面、面子：四十多歲的人了，還這麼不爭氣，叫我這張～往哪兒擺啊！❷（張）厚臉皮。❸京劇臉譜的一種。在臉上勾兩道白眉，眉梢往下勾到耳際，表示老年人的意思。

【老練】lǎoliàn〔形〕老成幹練：深沉～｜他辦事很～。

【老齡】lǎolíng〔形〕屬性詞。老年的；年紀老的：～社會｜～問題。

老齡化社會

一個地區，當 60 歲及以上人口達到或超過總人口的 10%，或者 65 歲及以上人口達到或超過總人口的 7% 時，即為老齡化社會。老齡化社會的形成，是人口出生率下降和人口平均預期壽命延長的結果。中國已經步入老齡化社會。

【老路】lǎolù〔名〕❶（條）以前走過的道路；還是從～回去。❷比喻舊的方法；舊的路子：穿新鞋，走～。

【老媽子】lǎomāzi〔名〕舊時指年長的女僕。也叫老媽兒。

【老馬識途】lǎomǎ-shítú〔成〕《韓非子·說林上》載，管仲隨齊桓公出征，回來時迷失了道路，管仲讓老馬在前面走，隊伍在後面跟着，終於找到了歸路。後用"老馬識途"比喻閱歷多的人有經驗，可起引導作用。

【老邁】lǎomài〔形〕年老（體衰）：～昏庸｜～之年。

【老帽兒】lǎomàor〔名〕（北京話）指行為土氣或在某一方面外行的人：土～。

【老謀深算】lǎomóu-shēnsuàn〔成〕老練地謀劃，深遠地盤算（有時含貶義）。

【老衲】lǎonà〔名〕❶指年老的僧人。❷老僧的自稱。

【老奶奶】lǎonǎinai〔名〕❶（位）小孩子尊稱年老的婦女。❷曾祖母。

【老蔫兒】lǎoniānr〔名〕（北方官話）性格內向，行動遲緩，不善言談交際的人。

【老年】lǎonián〔名〕多指六十歲以上的年紀。

【老年斑】lǎoniánbān〔名〕（塊）老年人皮膚上長的黑斑或褐斑。也叫壽斑。

【老年病】lǎoniánbìng〔名〕老年時期容易得的疾病，如心腦血管病、骨質疏鬆等。

【老年公寓】lǎonián gōngyù〔所，座〕專供老年人集中居住的處所。一般條件較好，符合老年人身體、心理特點，並提供餐飲、文娛和醫療保健服務等。

【老年間】lǎoniánjiān〔名〕很早以前；從前：這已是～的事了。

【老娘】lǎoniáng〔名〕❶老母親：家裏還有八十歲的～。❷已婚中老年潑辣婦女的自稱。

【老娘們兒】lǎoniángmenr〔名〕（北方官話）❶指已經結了婚的女子：在抗旱搶種期間，連～都

上了第一綫。❷指成年婦女（含輕視意）：快走吧，這裏沒有你們～甚麼事。❸指妻子：他～回娘家了。

【老牛破車】lǎoniú-pòchē〔成〕老牛拉着破車。比喻做事緩慢、拖拉。

【老牛舐犢】lǎoniú-shìdú〔成〕《後漢書·楊彪傳》："猶懷老牛舐犢之愛。"舐：舔（tiǎn）；犢：小牛。比喻父母十分疼愛子女。注意 這裏的"舐"不寫作"舔"。

【老農】lǎonóng〔名〕（位）年老有經驗的農民。也泛指農民。

【老牌】lǎopái（～兒）❶〔名〕指創製時間早，聲譽好，可信任的商標品牌："鳳凰"自行車是當年數得着的～兒｜買醬菜，他只認～的。❷〔形〕屬性詞。時間久的，資格老的：～兒特務。

【老派】lǎopài ❶〔形〕思想保守，舉止、氣派陳舊（區別於"新派"）：他這身打扮太～。❷〔名〕指思想保守，舉止、氣派陳舊的人：他們這些～看不慣現在的年輕人。

【老婆】lǎopór〔名〕年老的婦女：鄰居幾個～在樹下乘涼。

【老婆】lǎopo〔名〕〈口〉妻子。

【老婆婆】lǎopópo〔名〕❶（吳語）（位）小孩子尊稱年老的婦女。❷（北方官話）丈夫的母親。

【老婆子】lǎopózi〔名〕❶年老的婦女（含輕蔑意）：一個窮～。❷丈夫稱呼妻子（多指年老的）。

【老氣】lǎoqì（-qi）〔形〕❶年齡顯得比實際要大些：他長得～，其實還不到三十歲。❷形容服裝、家具等式樣陳舊、顏色深暗：客廳裏的家具顯得太～。

【老氣橫秋】lǎoqì-héngqiū〔成〕❶南朝齊孔稚珪《北山移文》："風情張日，霜氣橫秋。"用霜氣充滿秋空，形容豪情滿懷。後用"老氣橫秋"形容老練而自負的神態。❷形容人沒有朝氣，衰老消沉的樣子：他年紀輕輕的，說起話來卻～。

【老前輩】lǎoqiánbèi〔名〕（位）對同行裏年長者的尊稱：革命～｜學術～。

【老親】lǎoqīn〔名〕❶年老的父母：堂上～。❷多年的親戚、親眷：鄉下來了幾個～。

【老區】lǎoqū〔名〕❶老解放區的簡稱。在人民解放戰爭時期，對抗日戰爭時期解放的地區，稱老區。對 1945 年 9 月至 1947 年 8 月解放的地區，稱半老區。❷指老革命根據地：～人民。

【老拳】lǎoquán〔名〕強而有力的拳頭：對歹徒飽以～（痛打歹徒一頓）。

【老人】lǎorén〔名〕❶（位）老年人：在汽車上給～讓座兒。❷指上了年紀的父母或祖父母：～兒孫繞膝，享受着天倫之樂。❸（～兒）指在同一部門工作時間很長的人：咱們幾個都

是單位的～。

【老人家】lǎorenjia〔名〕〈口〉❶ 尊稱老年人：您～一向可好？❷ 對他人稱自己的或對方的父母：他～正在醫院打點滴｜你們～好福氣啊！

【老弱病殘】lǎo-ruò-bìng-cán ❶ 年老的、體弱的、生病的、傷殘的：～職工。❷ 老人、體弱者、病人、殘疾人的合稱：～應該得到照顧。

【老三屆】lǎosānjiè〔名〕指 1966 年、1967 年、1968 年因"文革"影響而未能受到完整教育的高中和初中畢業生：～的學生後來不少升大學了。

【老少邊窮】lǎo-shǎo-biān-qióng 指革命老區、少數民族地區、邊遠地區和貧困地區。現也泛指貧窮落後地區。

【老少】lǎoshào〔名〕年老的和年少的（人們）：～咸宜｜男女～齊出動。

【老身】lǎoshēn〔名〕老年婦女的自稱（多見於話本、戲曲）。

【老生】lǎoshēng〔名〕傳統戲曲中生角的一種，扮演中老年男子，大都是正面人物。老生一般掛鬚，鬚分黑、鬔（灰黑）、白三色，表示年齡差別。按表演藝術特點不同，分為唱功老生、做功老生和唱做唸打並重的靠把老生等。也叫鬚生。

【老生常談】lǎoshēng-chángtán〔成〕原指老書生的平凡議論。今指經常說的沒有新意的話。

【老師】lǎoshī〔名〕(位) ❶ 尊稱教師：王～教學經驗豐富。❷ 泛稱傳授文化、技藝的人或在某方面值得學習的人：拜能工巧匠為～。❸ 尊稱年齡較大的從事某一專業的人。

辨析 老師、教師 a)"教師"專指擔任教學工作的人員；"老師"除了指擔任教學工作的人員外，還可尊稱在某方面值得學習的人，如"拜能人為老師"這裏的人都比我強，都能當我的老師"。b)"教師"是個總稱，而"老師"可用來稱呼個人，如"張老師""王老師"，"教師"不能這樣用。c)"教師"的有些固定搭配，不能換用"老師"，如"人民教師""教師隊伍""教師節"等，都不能說成"人民老師""老師隊伍""老師節"等。

【老師傅】lǎoshīfu〔名〕(位) 尊稱有某種技能的中老年人。

【老實】lǎoshi〔形〕❶ 誠實：忠誠～｜不能讓～人吃虧。❷ 守規矩；不惹事：這孩子一向很～。❸〈婉〉不聰明；不機靈：他太～，容易上人家的當。

【老實巴交】lǎoshibājiāo〔形〕(北方官話) 狀態詞。形容人老實、本分：她丈夫是個～的農民。

【老式】lǎoshì〔形〕屬性詞。❶ 形式陳舊過時：～汽車｜～衣服樣子。❷（人）守舊不入時：～女子。

【老是】lǎoshì(-shi)〔副〕表示動作或狀態一直保持不變；總是：～早來晚走｜最近心情～不好。

【老手】lǎoshǒu（～兒）〔名〕(位) 精通某方面事務、辦事有經驗的人：個中～｜修電腦的～｜處理這類事情，他是個～兒。

【老鼠】lǎoshǔ〔名〕(隻) 鼠的通稱，多指家鼠：貓捉～｜～怕貓。

【老鼠倉】lǎoshǔcāng〔名〕港澳地區用詞。金融機構從業人員利用職務之便，違法將公有資產轉化為私有資產從中牟利的一種手段。

【老鼠過街 —— 人人喊打】lǎoshǔ guò jiē —— rén rén hǎn dǎ〔歇〕形容某種人或事，由於危害社會，已引起公憤：無證行醫已成～，騙錢害人的無證診所必須堅決取締！

【老帥】lǎoshuài〔名〕(位) 年老的元帥，特指新中國成立後授予元帥軍銜的高級將領。

【老死不相往來】lǎosǐ bùxiāng wǎnglái〔諺〕《老子·八十章》："鄰國相望，雞犬之聲相聞，民至老死不相往來。"到老到死，互相都不交往。形容從來不發生任何聯繫：我們不能閉關鎖國，與外界～。

【老太婆】lǎotàipó〔名〕❶ 年老的婦女（有時含厭惡意）：雙槍～｜鄰居～就知說說長道短。❷ "老婆子"②。

【老太太】lǎotàitai〔名〕❶ (位) 尊稱年老的婦女：～長得慈眉善目。❷ 對人稱自己的、對方的或別人的母親、婆婆或岳母：我們家～吩咐過，要好好兒招待你｜你家～身板挺硬朗｜他家～可熱情了。

【老太爺】lǎotàiyé〔名〕❶ (位) 尊稱年老的男子。❷ 尊稱別人的父親，或對人稱自己的父親、公公或岳父：你家～又遛鳥去了吧？｜我們～天天看報，關心國家大事。

【老態龍鍾】lǎotài-lóngzhōng〔成〕形容年老體衰、行動遲緩不靈活：舊日風華正茂的小夥子，如今已～｜他雖說已是～，但思路依然清晰。

【老饕】lǎotāo〔名〕〈書〉貪吃的人。

【老天爺】lǎotiānyé〔名〕❶ 迷信的人認為天上有主宰一切的神，尊稱其為老天爺：～有眼，善有善報。❷ 用來表示驚奇、感歎等：我的～，你嚇了我一跳｜～，我哪見過這麼高的塔呀！

【老頭兒】lǎotóur〔名〕❶ 年老的男子：白鬍子～｜這～笑瞇瞇的。❷ 稱父親（含有親昵意）：我們家～就要退休了。

【老頭子】lǎotóuzi〔名〕❶ 年老的男子（多含厭惡意）：這～頑固不化。❷ 妻子稱丈夫（多指年老的）：～，你快點兒｜回去告訴你家～，好好休息。注意 年輕的妻子也可以稱呼自己年輕的丈夫為“老頭子”，這不但沒有輕蔑意，反而帶有親昵的意思。❸幫會中的人稱他們的首領：～點頭了，還怕甚麼？

【老外】lǎowài〔名〕〈口〉❶外行：瞧他那架勢，就是～｜隔行如隔山，這方面我就是～了。❷(位)稱外國人，外國人也用於自稱（含詼諧意）：～也來中國打工了。

【老頑固】lǎowángù〔名〕指思想極為守舊，不肯接受新事物的人；也指死守老規矩，不知變通的人。

【老翁】lǎowēng〔名〕(位)老年男子。

【老撾】Lǎowō〔名〕亞洲國名。位於中南半島北部。

【老窩】lǎowō(～兒)〔名〕❶鳥獸棲息常住的地方：狐狸的～不容易找到。❷比喻壞人聚居盤踞的地方：抄了造假酒的～｜把敵人～端掉了。

【老鄉】lǎoxiāng〔名〕❶(位)同鄉：～見～，兩眼淚汪汪｜看在～的面子上，我幫你這個忙。❷稱農民：～們給你送行來了｜～，跟您打聽個道兒。

【老相識】lǎoxiāngshí〔名〕(位)相互認識很久的人：咱們都是～，就不必客氣了。

【老相】lǎoxiàng(-xiang)〔形〕相貌顯得比實際年齡大：他長得～。

【老小】lǎoxiǎo〔名〕老人和小孩兒。泛指從老到年幼的所有家屬：一家～五口人。

【老兄】lǎoxiōng〔名〕(位)男性朋友相互間的尊稱(有時含戲謔意)：那位～可糊塗了。

【老羞成怒】lǎoxiū-chéngnù〔成〕羞愧至極而發怒：這話刺到了他的痛處，他頓時～。

【老朽】lǎoxiǔ ❶〔形〕衰老陳腐。形容人老無用：昏庸～。❷〔名〕〈謙〉老年人自稱：～恕不奉陪，先告退了。

【老鴉】lǎoyā〔名〕(隻)烏鴉：天下～一般黑。

【老爺】lǎoye ❶〔名〕舊時稱官紳和權貴。今用來諷刺身居高位、養尊處優，對人民利益漠不關心的人：當官做～。❷〔名〕舊時官僚地主家的僕人等稱男主人。❸(北方官話)同“姥爺”。❹〔形〕屬性詞。陳舊過時的(東西)：～車，該進博物館了。

【老爺們兒】lǎoyémenr〔名〕(北方官話)❶指成年的男子：～都下地了。❷指丈夫：她～在鄉鎮企業做工。

【老爺爺】lǎoyéye〔名〕❶(位)小孩子尊稱年老的男子：～。❷曾祖父。

【老爺子】lǎoyézi〔名〕❶尊稱老年男子：～，跟您打聽個道兒。❷對人稱自己的、對方的或別人的父親、公公或岳父：我們～愛聽京戲｜您家～愛逛公園｜他們～發話了。

【老一輩】lǎoyībèi〔名〕輩分在前的一代人：革命～｜～科學家。

【老一套】lǎoyītào〔名〕陳舊的一套，多指一成不變的風俗、習慣、言辭或方式方法等：你那～現在不時興了。

【老鷹】lǎoyīng〔名〕(隻)鳥名，嘴像鉤，爪尖利強勁，翼大善飛，眼光敏銳，捕食蛇、鼠、魚和鳥類。也叫鳶。

【老油子】lǎoyóuzi〔名〕〈口〉老於世故、處事圓滑的人：碰上這樣的～，你可要小心。也說老油條。

【老於世故】lǎoyúshìgù〔成〕老練圓滑而富於處世經驗：他～，誰都不願得罪。

【老玉米】lǎoyùmi〔名〕(北方官話)玉米。

【老嫗】lǎoyù〔名〕〈書〉年老的婦女。

【老丈人】lǎozhàngren〔名〕〈口〉岳父。

【老賬】lǎozhàng〔名〕❶(筆)舊債：一筆～未還，又欠新債。❷指過去的事情或未了結的事情：翻～｜新賬～一起算｜這是十多年前的事，就別提～了。

【老者】lǎozhě〔名〕(位)〈書〉老年男子：有一位～在門外等候。

【老子】Lǎozǐ〔名〕即李聃(dān)，姓李名耳，道家學派創始人，楚國苦縣(今河南鹿邑東)人。曾任周朝管理藏書的史官。其主要思想保存在《老子》一書中。

【老子】lǎozi〔名〕〈口〉❶父親：～英雄兒好漢。❷驕傲自負的男子的自稱(多用於開玩笑或氣憤的場合)：～天下第一｜我才不吃這一套呢｜～走南闖北，甚麼陣勢沒見過！

【老字號】lǎozìhao〔名〕(家)創辦年代久、聲譽好的商店：很多～都恢復了青春。

【老總】lǎozǒng〔名〕❶(位)尊稱中國人民解放軍某些將帥，也稱有總工程師、總編輯、總經理等頭銜的人：各位～｜朱～。❷舊時老百姓對軍人、警察的稱呼。

佬
lǎo 對成年男子的蔑稱：闊～｜鄉巴～。

拷
lǎo〔動〕(西南官話)順手拿：～起一把鐵鍬去刨坑種樹。

姥
lǎo 見下。
另見 mǔ（948頁）。

【姥姥】lǎolao〔名〕❶(北方官話)〈口〉外祖母。❷(北京話)用來表示堅決的否定或輕視；沒門兒：給他？～！以上也作老老。

【姥爺】lǎoye〔名〕(北方官話)〈口〉外祖父。也作老爺。

荖
lǎo 用於地名：～濃溪(在台灣中南部，流入南海)。

栳
lǎo 見“栲栳”（750頁）。

笭
lǎo 見“笭笭”（750頁）。

銠（铑） lǎo〔名〕一種金屬元素，符號Rh，原子序數45。銀白色，質堅硬，常鍍在探照燈反光鏡上，合金可製化學儀器等。

潦 lǎo〔書〕❶雨水。❷路上的積水。❸雨水大：～雨｜連年災～｜水～降。
另見 liáo（843頁）。

橑 lǎo 用於地名：太平～（在福建）。

lào ㄌㄠˋ

烙 lào〔動〕❶用加熱的金屬器物熨（衣物）：～衣服。❷用燒熱的金屬器物燙出（標誌）：給戰馬～上印記｜在木器上～出花紋。❸把麵食放在熱鐺或熱鍋上烤熟：～餡兒餅｜～了幾張大餅。
另見 luò（885頁）。

【烙餅】làobǐng〔名〕（張）烙成的餅。一種麵食，內加油鹽等。

【烙鐵】làotie〔名〕❶一種底面平滑，燒熱後可以熨衣服的鐵器：電熨斗代替了～。❷熔化焊錫，焊接器物的工具。

【烙印】làoyìn〔名〕❶（道）烙在牲畜或器物上作為辨識標記的印記：戰馬身上的～｜打上深深的～。❷比喻難以磨滅的痕跡或特徵：恥辱的～｜抹不去的時代～。

絡（络） lào 義同"絡"（luò）①－④。
另見 luò（886頁）。

【絡子】làozi〔名〕❶用綫繩編結成的網袋兒。❷一種用竹條或木條交叉製成的繞綫、繞紗的器具。中有小孔，可裝在有軸的座子上，用手搖動旋轉。

落 lào 義同"落"（luò）①②⑤⑦⑧。
另見 là（792頁）；luō（883頁）；luò（886頁）。

【落包涵】lào bāohan（北京話）受埋怨或指責：幫他忙活了好幾天，到頭來還～。

【落不是】lào bùshi 被認為有錯誤而受責備：他怕～，處處小心｜沒想到這樣拚命幹，反落了一身不是。

【落汗】lào // hàn〔動〕休息一下兒使汗水消去：你落落汗再幹。

【落價】lào // jiàr〔動〕❶降價；減價：蔬菜上市一多，自然就落了價兒。❷降低身價，降低要求或條件：這回他不神氣了，自己先～了。

【落埋怨】lào mányuàn 受到埋怨：為朋友的事白忙活，累得夠嗆不說，還～。

【落忍】làorěn〔動〕（北京話）忍心（多用於否定式）：孩子沒人管，我看着不～｜把他累成那樣兒，我們心裏都怪不～的。

【落枕】lào // zhěn〔動〕睡眠時因脖子受寒或姿勢不對，造成脖子酸痛，轉動不便。**注意**這裏的"落"不讀 luò。

【落子】làozi〔名〕曲藝、戲曲的名稱。東北、華北地區曲藝蓮花落的俗稱。評劇是從蓮花落的基礎上發展形成，早期的評劇就叫落子，如唐山落子。

酪 lào / luò ❶用牛、羊等動物的乳汁製成的半凝固的食品：奶～｜乳～。❷用果子或果仁製成的糊狀食品：核桃～｜杏仁兒～｜橘～。

> **乳酪**
> 中國傳統的乳酪指乳漿，用乳漿做食品大概很早。《楚辭·大招》："鮮蠵甘雞，和楚酪只。"是用酪做調料。做食品當是漢朝以後從北方遊牧民族傳入中原的。李陵《答蘇武書》有以酪解渴，《後漢書·烏桓傳》有"食肉飲酪"的記載。到魏晉南北朝時期，北方漢族已食用乳酪，在《世說新語》中有多處記載。

語彙 乾酪 奶酪 乳酪

嫪 lào 見於人名：～毐（ǎi）（戰國末秦國人）。

嘮（唠） lào〔動〕（東北話）說；閒聊：出門就～個沒完｜甚麼時間，咱們得好好兒～。
另見 láo（805頁）。

【嘮嗑】lào // kē（～兒）〔動〕（東北話）閒聊；談天兒：晚上沒事找熟人～｜跟老朋友嘮會兒嗑再回家。

澇（涝） lào ❶〔形〕雨水過多，淹了莊稼：旱～保收｜田裏太～了。❷田間積水：排～。

【澇災】làozāi〔名〕（場）因澇害造成的災害（如糧食大量減產、房屋倒塌等）。

耮（耢） lào ❶〔名〕用藤條或荊條編成的農具，功用和耙相似，在耙過的土地上再用耮弄碎土塊，使平整：～地。❷〔動〕用耮平整（土地）：～地。

lē ㄌㄜ

肋 lē 見下。
另見 lèi（815頁）。

【肋脦】lēte，又讀 lēde〔形〕（北方官話）衣服不整潔，不利落：～兵（衣服不整潔的人）｜他這一身兒真～！｜別這麼肋肋脦脦的。

嘞 lē 見下。
另見 lei（816頁）。

【嘞嘞】lēle〔動〕（北方官話）嘮叨：瞎～｜胡～｜別～了｜你老～甚麼！

L

lè ㄌㄜˋ

仂 lè 古代稱餘數。

【仂語】lèyǔ〔名〕舊指短語，詞組。

叻 Lè 指新加坡（華僑稱新加坡為石叻、叻埠）：～幣（新加坡貨幣）｜《～報》。

【叻沙】lèshā〔名〕一種流行於馬來西亞、新加坡等地的酸辣湯麵，多以蝦米、蝦膏、辣椒、香茅、椰汁等為佐料。也作喇沙。

劼 lè 見"城劼"（637頁）。

芳 lè 見"蘿芳"（884頁）。

笏 lè ❶竹根。❷芳竹，有刺而堅韌的竹子。也叫刺竹。

泐 lè〈書〉❶石頭順着紋理裂開。❷書寫：手～。❸刻：～石。❹刻出的文字：殘～依稀可辨。

勒 lè ㊀❶帶嚼子的牲口籠頭：馬～。❷〔動〕收緊韁繩止住牲口：懸崖～馬。❸強制；強迫：～捐｜～交現款｜敲詐～索。❹〈書〉統率：～兵｜親～三軍。❺（Lè）〔名〕姓。
㊁〈書〉刻：～石｜～碑。
㊂〔量〕勒克斯的簡稱。1流（流明）的光通量均勻地照在1平方米面積上時的光照度是1勒。
另見lēi（813頁）。

語彙 勾勒 羈勒 彌勒

【勒逼】lèbī〔動〕強迫（索取）：～租稅。
【勒克斯】lèkèsī〔量〕光照度單位，符號Lx。簡稱勒。[英lux]
【勒令】lèlìng〔動〕強制命令：～退還侵吞的財產｜～停業整頓。
【勒派】lèpài〔動〕強行攤派：～苛捐雜稅。
【勒索】lèsuǒ〔動〕強行逼取財物：敲詐～｜巧立名目，～百姓。

樂（乐） lè ❶〔形〕喜悅；愉快：快～｜～歡｜助人為～｜心裏～開了花。❷樂於：～善好施｜安居～業｜～此不疲｜喜聞～見。❸〔動〕〈口〉笑：～呵呵｜～煞人｜～得合不上嘴｜把滿屋子人都逗～了。❹（Lè）〔名〕姓。**注意**"樂"（Lè）與"樂"（Yuè）是不同的姓。
另見yuè（1679頁）。

語彙 安樂 逗樂 歡樂 康樂 快樂 取樂 享樂 行樂 遊樂 娛樂 作樂 助人為樂

【樂不可支】lèbùkězhī〔成〕快樂得支撐不住。形容快樂到了極點。
【樂不思蜀】lèbùsīshǔ〔成〕《三國志·蜀書·後主傳》註引《漢晉春秋》載，三國蜀後主劉禪投降司馬昭後，舉家遷往魏國都城洛陽，仍舊沉溺於享樂。一天，司馬昭問他思念不思念蜀國，他說："此間樂，不思蜀。"後用"樂不思蜀"比喻樂而忘本，不思發憤。後來也泛指樂而忘返。

【樂此不疲】lècǐ-bùpí〔成〕樂於做某事而不知疲倦。形容人因對某件事非常喜愛而十分投入：他每天栽花、養魚，～。
【樂道】lèdào〔動〕❶樂於稱述：津津～。❷樂於奉行自己的信仰：安貧～。
【樂得】lèdé〔動〕表示出現某種情況正好與自己心意相合，因而順其自然：不讓我插手，我～清閒｜他不拒絕，我也～送個順水人情。**注意**a)"樂得"多用於複句中的後一分句，後面必須帶動詞或形容詞做賓語。b)"樂得"沒有否定式和疑問式。
【樂觀】lèguān〔形〕❶胸懷開闊，對前途充滿信心和希望（跟"悲觀"相對）：～的情緒｜～主義｜他一向十分～。❷（前景或勢頭）美好，令人高興：形勢發展很不～。
【樂觀主義】lèguān zhǔyì 指對前途、事業充滿信心和希望的積極態度：～的精神。
【樂呵呵】lèhēhē（～的）〔形〕狀態詞。形容高興、無憂無慮的樣子：他總是～的，沒有發愁的時候。
【樂和】lèhe〔形〕〈口〉快樂；高興：小兩口日子過得樂樂和和的｜週末咱們也該～～了。
【樂極生悲】lèjí-shēngbēi〔成〕《史記·滑稽列傳》："酒極則亂，樂極則悲，萬事盡然。"本指快樂到了極點就會轉化為悲痛。後指快樂過度而發生悲痛的事情：舉城狂歡，慶祝勝利，不料～，擠傷了十幾個人。
【樂趣】lèqù〔名〕快樂和趣味：尋找生活的～｜和老朋友們促膝談心，充滿～。
【樂山】Lèshān〔名〕地名，在四川。有大佛，唐朝建造，歷時90年，就山岩鑿成，高70多米，是世界上最大的石佛像。
【樂善好施】lèshàn-hàoshī〔成〕樂於行善，喜歡施捨。
【樂事】lèshì〔名〕（件，樁）讓人快樂的事：人生～。
【樂天】lètiān〔形〕安於自己的處境，無憂無慮；達觀：～思想。
【樂天知命】lètiān-zhīmìng〔成〕《周易·繫辭上》："樂天知命，故不憂。"本指順應自然之理，知曉窮通之數。後來多指聽任命運支配，安於自己的處境，無憂無慮：他歷經劫難，早已～，寵辱不驚。
【樂土】lètǔ〔名〕（方，塊）安樂的地方：人間～｜這裏是遠離塵囂的一方～。
【樂意】lèyì ❶〔動〕願意：我們～出資贊助｜要是你～入會，我來做介紹人。❷〔形〕滿意，高興：這次開會沒請他參加，他心裏有些不～。

【樂悠悠】lèyōuyōu（～的）〔形〕狀態詞。形容悠閒快樂的樣子：老太太性情隨和，每天總是～的。

【樂於】lèyú〔動〕對於做某種事感到快樂（跟"苦於"相對）：～助人｜～參加公益活動｜他們～承擔這項任務。**注意**"樂於"後面必須跟動詞詞語。

【樂園】lèyuán〔名〕❶（座）供人遊樂的園地：兒童～｜水上～。也叫遊樂園。❷基督教指天堂。❸泛指幸福快樂的地方：人間～。

【樂在其中】lèzàiqízhōng〔成〕《論語·述而》："飯疏食，飲水，曲肱而枕之，樂亦在其中矣。"後用"樂在其中"指對專心從事的事情，從中能自得其樂。

【樂滋滋】lèzīzī（～的）〔形〕〈口〉狀態詞。形容心滿意足、十分高興的樣子：孩子們捧着心愛的玩具，～的｜新郎～地給大家敬酒。

籂 lè 籂竹，一種竹子，葉披針形，背面有稀疏短毛。

【籂檔】lèdǎng〔名〕常綠灌木或喬木。枝上有刺，小葉長圓形，花淡青色，果實紫紅色，種子黑色，可提製芳香油。根可入藥。

鱳（鱳） lè〔名〕魚名，生活在海洋中，形狀像鰳魚，銀白色，頭小鱗細。叫鰳魚、白鱗魚、曹白魚。

le ·ㄌㄜ

了 le〔助〕❶時態助詞。用在動詞或形容詞後面，表示實際發生的動作或變化已經完成：我買～一些股票｜一夜之間，他頭髮白～許多。❷時態助詞。用在動詞或形容詞後面，表示預期的或假設的動作已經完成：過兩個月，我的房子裝修好～就請你們來玩玩｜過一這個村村可就沒這個店了。**注意** a）動詞不表示變化已經完成的意義時，不能加"了"，如不能說"你是了公司的功臣""希望了我能再見到你"。b）動詞表示經常性動作時，不能加"了"，如不能說"他每天吃了三個雞蛋""我週末經常看了電影"。c）賓語為動詞時，前面的動詞不能加"了"，如一般不說"我決定了參加面試""全市禁止了燃放煙花爆竹"。d）有些動詞後面的"了"表示動作結果，跟補語"掉"相似，如"擦了又寫""喝了一瓶又一瓶"。e）不獨立成句，須有後續分句時，表示動作的先後關係，或前面情況是後面情況的假設條件，如"洗了手再吃飯""完成了任務，你們再提獎金的事"。f）連動句、兼語句中的"了"，常用在後一動詞後面，如"我回家取了幾件衣服""請他給我們訂了飛機票"。❸時態助詞。用在句末，表示事態已經出現或將要出現變化：起風～｜你怎麼臉紅～｜該輪到我～｜快要散場～。❹時態助詞。用在句末，表示在某種條件下出現某種情況：早知如此，我就不來～｜再晚點送醫院，你就沒命～｜我沒找着他，就自己回家～。❺時態助詞。用在句末，表示認知、感覺、活動、行為等出現變化：我知道那個秘密～｜他們開始覺悟～｜你怎麼改行唱戲～？❻時態助詞。用在句末或句中停頓處，表示提醒、催促或勸止：吃飯～｜該走～｜時間不多～｜好～，你們別吵～！❼語氣助詞。用於感歎句末，表感歎：唱得太好～｜大夥兒的幹勁可高～。❽語氣助詞。用於列舉，表示不一足：剛搬的家，屋裏書～，包袱～，家具～，亂得很｜剛學炒股，甚麼牛市熊市～，漲停跌停～，他都認真請教。

　　另見 liǎo（844頁）。

辨析 了、過　a）"了"用在動詞後表示完成，和過去時間沒有必然的聯繫，可以用於過去，也可以用於現在和將來；"過"用在動詞後表示曾經有的經歷，與過去的時間緊密相連。b）"了"用在動詞後所表示的動作有可能延續到現在，如"在北京住了下來"；"過"用在動詞後所表示的動作不延續到現在，如"他去過北京"。c）"了"用在句末可表情態，又表語氣，如"起風了"；"過"只表情態。

餎（饹） le 見"餎餎"（530頁）。另見 gē（438頁）。

lēi ㄌㄟ

勒 lēi ❶〔動〕用繩子等捆住或套住，再拉緊繫緊：～幾道繩子｜～緊褲腰帶。❷〔動〕卡或繫得太緊，使（人）疼痛：背包的帶子太窄，～肩膀｜墊塊布再拎水桶，就不大～手了。❸強迫：～逼。

　　另見 lè（812頁）。

【勒掯】lēikèn（-ken）〔動〕強逼或故意為難：他們夠困難了｜不能～人家。

【勒口】lēikǒu〔名〕書籍的前封面和底封面或包封在翻口處向裏摺轉的延長部分，一般寬三厘米以上。多用來印刷內容提要或作者介紹。

léi ㄌㄟ

累 léi ❶見下。❷（Léi）〔名〕姓。另見 lěi（815頁）；lèi（815頁）；léi "纍"（815頁）。

【累贅】（累墜）léizhui ❶〔形〕煩瑣；多餘無用：行文～，須大加刪削。❷〔形〕負擔重，麻煩：帶兩個孩子長途旅行太～。❸〔動〕使人感到麻煩；拖累：我不想～你，還是我自己想辦法吧。❹〔名〕負擔；多餘、麻煩的事物：沉重的債務，成了甩不掉的～｜帶這麼多行李，成了～。

雷 léi ❶〔名〕帶異性電的兩塊雲層相接近時放電發出的巨響：打～｜～電交加。❷軍事上用的爆炸性武器：魚～｜佈～｜掃～｜排～。❸〔動〕網絡詞語。震驚；震撼；使大感意外，因猶如被雷擊中，故稱：～人｜～語｜你這身打扮～死我了。❹（Léi）〔名〕姓。

語彙 佈雷 春雷 地雷 風雷 悶雷 排雷 掃雷 手雷 水雷 魚雷 暴跳如雷

【雷暴】léibào〔名〕伴有雷鳴電閃的天氣現象，經常在積雨雲中產生。由於雲層放電而空氣增熱，水滴迅速汽化，發生爆炸的雷聲。有時伴有強風或冰雹。

【雷池】Léichí〔名〕古水名，在今安徽。參見"不敢越雷池一步"（108 頁）。

【雷達】léidá〔名〕（座）利用無綫電波探測目標的裝置。原理和山谷回音相似，電波遇目標即反射回來，據以測定它的形狀、位置、距離和速度等。廣泛應用於軍事、天文、氣象、航海、航空等方面。[英 radar]

【雷打不動】léidǎbùdòng 形容不可動搖，非常堅定：他早上練習書法一小時，天天如此，～。

【雷電】léidiàn〔名〕大氣中的一種放電現象，放電時發出的火光即閃電，同時發出的聲音即雷鳴，合稱雷電。

【雷動】léidòng〔動〕❶雷聲震動，即打雷。❷比喻聲音洪大，有如打雷：歡聲～。

【雷公】Léigōng〔名〕神話中掌管打雷的神。

【雷公藤】léigōngténg〔名〕落葉灌木，葉互生，橢圓卵形，邊緣有鋸齒。夏季開白色小花。有毒。根可入藥，莖纖維可用作造紙原料。

【雷管】léiguǎn（～兒）〔名〕彈藥、炸藥包的發火引信，多是將雷汞等易燃的化學藥品裝置在金屬管內製成。

【雷擊】léijī〔動〕雷鳴電閃發生時，由於強大電流通過而殺傷或破壞（人畜和建築物等）。

【雷厲風行】léilì-fēngxíng〔成〕像打雷一樣猛烈，像颳風一樣迅疾。比喻辦事嚴格果斷，行動迅速：執行命令，～。

【雷鳴】léimíng〔動〕❶雷響；電閃～。❷像打雷一樣響，形容聲音洪大：～般的掌聲｜黃鐘毀棄，瓦釜～。

【雷聲大，雨點小】léishēng dà，yǔdiǎn xiǎo〔俗〕比喻虛張聲勢。多指話說得很有氣勢而實際行動卻很少；形式主義特徵之一就是走過場，～。

【雷霆】léitíng〔名〕❶暴雷；霹靂。❷比喻聲威或盛怒：我軍以～萬鈞之勢向前推進｜他又大發～了。

【雷霆萬鈞】léitíng-wànjūn〔成〕《漢書·賈山傳》："雷霆之所擊，無不摧折者；萬鈞之所壓，無不糜滅者。"後用"雷霆萬鈞"比喻威力極大，不可阻遏：抗日大軍以～之勢橫掃殘敵，很快解放了敵佔區。

【雷同】léitóng〔動〕❶打雷時，許多東西同時迴響。❷隨聲附和：言為心聲，不能盲目～。❸比喻語言、文字等和別人的相同、重複（多指抄襲）：兩文整體構思相仿，文字也時有～｜題材～，視野狹窄。

【雷雨】léiyǔ〔名〕（場、陣）由積雨雲產生的一種天氣現象，降雨時伴隨着閃電和雷聲，有時有冰雹，常發生在夏季，經歷時間較短。

【雷陣雨】léizhènyǔ〔名〕（場、陣）伴隨雷電的陣雨：傍晚有～。

嫘 léi 見於人名：～祖（相傳是黃帝的妻子，開始教民養蠶）。

藟 léi〈書〉盛土的筐子：盈～（滿筐）。

犡 léi〈書〉公牛。

擂 léi ❶〔動〕捶打：～了他一拳｜～鼓。❷研磨：～缽（研碎物品的乳缽）。❸〔動〕（北京話）批評；訓斥：商店老闆～了售貨員一通。
另見 lèi（816 頁）。

檑 léi 滾木，古代守城用的大段圓木，從城上推下，打擊敵人。

縲（縲） léi 古時捆綁犯人的大繩。

【縲絏】léixiè〔名〕❶古時捆綁犯人的大繩。❷〈書〉監獄：身陷～｜幽於～（幽禁在監獄裏）。

礧 léi ❶古代守城用的石頭，從城上推下，打擊敵人。❷〈書〉撞擊：～擊。

蠡 léi〈書〉一種生活在海中的軟體動物。

蠃 léi ❶〈書〉瘦弱：～弱｜形～體弱。❷（Léi）〔名〕姓。注意下面中央從"羊"的"蠃"，音 léi；下面中央從"女"的"蠃"與從"貝"的"贏"，均讀 yíng。

【蠃頓】léidùn〔形〕〈書〉瘦弱困頓：～不堪。

【蠃弱】léiruò〔形〕〈書〉瘦弱：久臥病床，身體～。

罍 léi 古代一種盛酒或盛水的青銅器（最初大約是陶器）。有方形和圓形兩種。方形罍寬肩，兩耳，有蓋；圓形罍大腹，圈足，兩耳，有蓋。兩種形狀的罍一般在一側的下部都有一個穿繫用的鼻紐。罍盛行於商朝和西周。方形罍多為

商朝器，圓形曇商朝、西周都有。

纍（**累**）léi 見下。另見 léi "累"（815頁）；"累" 另見 léi（813頁）、lěi（815頁）、lèi（815頁）。

【纍纍】léiléi ㊀〔形〕〈書〉形容消瘦頹喪的樣子：～若喪家之犬。也作儽儽。㊁〔形〕〈書〉接連成串，形容多：果實～｜成果～。另見 lěilěi "累累"（815頁）。

鐳（**镭**）léi〔名〕一種放射性金屬元素，符號 Ra，原子序數 88。銀白色，質軟，有光澤，醫療上用於治療癌症等。

【鐳射】léishè〔名〕激光的舊稱。[英 laser]

儽 léi 見下。

【儽儽】léiléi 同 "纍纍" ㊀。

欙 léi 古代登山乘坐的用具：山行乘～。

lěi ㄌㄟˇ

耒 lěi ❶古代一種農具，形似木杈。❷耒耜的木把。

【耒耜】lěisì〔名〕❶古代一種像犁的農具。❷泛指農具。

累〈㊀**纍**〉lěi ㊀❶重疊；積累：～計｜～月經年｜倍賞～罰。❷同"壘"㊀。❸屢次；連續：～建軍功｜～次三番｜連篇～牘。㊁牽連；牽涉：拖～｜牽～｜連～｜～及親友｜～你捱了批評。另見 léi（813頁）；lèi（815頁）；"纍" 另見 léi（815頁）。

語彙　帶累　積累　家累　連累　牽累　受累　拖累　日積月累　銖積寸累

【累次】lěicì〔副〕一次又一次，屢次：～三番｜～獲得佳績。

【累犯】lěifàn〔名〕被判處有期徒刑以上刑罰，刑罰執行完畢或赦免以後，在一定期限內再犯應當判處有期徒刑以上刑罰的人。

【累積】lěijī〔動〕積聚；層層遞加：～財富｜～盈餘。

【累及】lěijí〔動〕〈書〉牽連到；連累到：～親友｜～良民百姓。

【累計】lěijì〔動〕一次加起來計算；總計：歷年虧損～1000萬元｜全隊～立功受獎18人次。

【累累】（纍纍）lěilěi ❶〔形〕形容積累得很多：罪惡～。❷〔副〕屢疊：他～勸誡你煙酒。另見 léiléi "纍纍"（815頁）。

【累卵】lěiluǎn〔名〕堆疊起來的蛋。比喻極其危險的形勢：～之危｜勢如～。

【累年】lěinián〔動〕連年：～虧損｜～盈餘。

【累世】lěishì〔動〕歷代；接連幾代：～宦宦。

務農。

誄（**诔**）lěi〈書〉❶敍述死者事跡表示哀悼（多用於上對下）：幼不～長。❷這類哀祭文章。

磊 lěi〈書〉石頭多的樣子：山石～～。

【磊落】lěiluò〔形〕〈書〉❶多而雜亂：～交錯。❷胸懷坦白，正大光明：為人～。

蕾 lěi ❶含苞未放的花骨朵：花～｜蓓～｜梅～。❷（Lěi）〔名〕姓。

【蕾鈴】lěilíng〔名〕棉花的花蕾和棉鈴。

【蕾絲】lěisī〔名〕鏤空花邊；飾邊：～婚紗｜～透視裝｜～內衣。[英 lace]

傫 lěi 見 "傀儡"（785頁）。

壘（**垒**）lěi ㊀〔動〕用磚石等砌築：～牆｜～高了一米。㊁❶軍中用作防守的牆或工事：堡～｜兩軍對～｜壁～森嚴。❷〔名〕棒球、壘球運動的守方據點。

語彙　堡壘　壁壘　對壘　街壘　營壘

【壘砌】lěiqì〔動〕(用磚石等)一層層砌築：～牆基｜～豬圈。

【壘球】lěiqiú〔名〕❶球類運動項目之一。由棒球運動發展而來，比賽方法及規則類似棒球，但球場較小，球、棒等也稍有不同。❷(隻)壘球運動使用的球。

瘣 lěi〔名〕中醫指皮膚上起的小疙瘩。

藟 lěi〈書〉❶蔓生的藤：葛～累之。❷同"蕾"①。

灅 Lěi 古水名，即今河北境內的永定河。

lèi ㄌㄟˋ

肋 lèi/lè〔名〕胸部的兩側：兩～｜～條。另見 lē（811頁）。

【肋骨】lèigǔ〔名〕(條，根)人或脊椎動物脊柱兩側橫向的扁長形骨，有許多對，具有支持體壁、保護胸腔內臟的作用。也叫肋巴骨、肋條。

【肋木】lèimù〔名〕體育運動輔助器械，在兩根立柱間裝置若干根平行圓形橫木。在橫木上可做各種懸垂、攀登、支撐、爬越等動作。

累 lèi ❶〔形〕疲勞：倦～｜勞～｜疲～｜忙了一整天，他覺得有點～｜髒活兒～活兒他都搶着幹。❷〔動〕使疲乏；使勞累：當心～垮了身體｜幹這活兒很～眼睛｜這事看來還得～你跑一趟。❸〔動〕操勞；辛苦：為了孩子，她～了大半輩子。

另見 léi（813 頁）；lěi（815 頁）；léi "纍"（815 頁）。

語彙　乏累　倦累　勞累　疲累　受累

【累死累活】lèisǐ-lèihuó〔口〕拚命地：我這樣～地幹，還不是為了這個家嗎？

淚（泪）　lèi ❶〔名〕（滴，行）眼淚：～水｜血～｜斑竹一枝千滴～｜～如雨下。❷像眼淚的東西：燭～｜蠟炬成灰～始乾。❸（Lèi）〔名〕姓。

語彙　揮淚　熱淚　灑淚　血淚　眼淚　燭淚　哭天抹淚

【淚痕】lèihén〔名〕流淚留下的痕跡：～未乾｜臉上還有～。

【淚花】lèihuā（～兒）〔名〕含在眼裏未落下的淚珠：噙着～｜眼裏閃爍着激動的～。

【淚漣漣】lèiliánlián〔形〕狀態詞。形容眼淚不斷流出的樣子：兩眼～。

【淚人兒】lèirénr〔名〕形容哭得非常傷心，滿臉都是淚水的人：她竟哭得像個～似的。

【淚水】lèishuǐ〔名〕淚液；眼淚：止不住的～｜～模糊了視綫。

【淚汪汪】lèiwāngwāng（～的）〔形〕狀態詞。形容淚水充滿眼眶的樣子：兩眼～的。

【淚腺】lèixiàn〔名〕位於眼眶外側上方分泌淚液的腺體。

【淚眼】lèiyǎn〔名〕含着淚水的眼睛：～模糊｜執手相看～。

【淚液】lèiyè〔名〕淚腺分泌的無色透明液體，有保持眼球濕潤，清潔眼球的作用。通稱眼淚。

【淚珠兒】lèizhūr〔名〕（串，行）一滴一滴像珠子一樣的眼淚：～成串｜灑滿～。

酹　lèi〈書〉把酒從杯中莊重地灑在地上表示祭奠：以酒～地｜一樽還～江月。

擂　lèi 擂台：打～｜攻～。
另見 léi（814 頁）。

【擂台】lèitái〔名〕（座）為比武而搭的台子（現多用於比喻）：～賽｜一拳把對手打下了～｜擺～｜打～。

【擂台賽】lèitáisài〔名〕（場，次）一種打擂台性質的比賽，失敗者被淘汰，獲勝者為擂主接受挑戰，繼續比賽：中日圍棋～。

類（类）　lèi ❶〔名〕種類；類別：異～｜副食～｜物以～聚｜分門別～｜各屬不同的～。❷〔量〕用於性質相同或相似的事物：三～人｜兩～不同性質的矛盾。❸類似；相像：～新星｜～人猿｜畫虎不成反～犬。❹（Lèi）〔名〕姓。

語彙　敗類　部類　醜類　詞類　調類　分類　譙類　門類　品類　人類　同類　異類　種類　不倫不類　呼朋引類　諸如此類

【類比】lèibǐ ❶〔動〕根據兩種事物具有某些相

似的特徵，推論出它們可能還有其他相似之處：～這兩種屬性，我們可以得出初步結論。❷〔名〕類比推理的邏輯方法：～具有或然性。

【類別】lèibié〔名〕不同的種類：果樹的～｜分成各種～。

【類乎】lèihu〔動〕〈書〉好像；近似：外表上看去，質料～真皮。

【類人猿】lèirényuán〔名〕體質特徵和外貌、舉動都像人的猿類，如猩猩、黑猩猩、大猩猩、長臂猿等。

【類書】lèishū〔名〕中國古代一種資料彙輯，摘錄多種古籍中有關的材料，按內容分類編排，以備查檢，如《藝文類聚》《永樂大典》等。

【類似】lèisì〔動〕大致相似：兩個人的經歷十分～｜～問題不要再提出來了。

【類推】lèituī〔動〕比照某一事物的道理或做法推出同類的其他事物的道理或做法：依次～｜進行～｜其他可以～。

【類型】lèixíng〔名〕具有共同性質、特點的事物所形成的類別：語言～｜～各異｜歸納成三種。

纇（纇）　lèi〈書〉❶絲上的結：如絲之有～。❷缺點毛病：若珠之有～，玉之有瑕。

lei　·ㄌㄟ

嘞　lei〔助〕語氣助詞。表示提醒、催促等，較"嘍""了"（le）語氣婉轉、輕快些：快點兒走～，堅持一下就到了｜好～，開車吧！
另見 lē（811 頁）。

lēng　ㄌㄥ

棱　lēng 見 "紅不棱登"（540 頁）。
另見 léng（816 頁）；líng（853 頁）。

語彙　刺棱　撲棱

嘞　lēng〔擬聲〕形容紡車等轉動的聲音：紡車～～齊轉動。

léng　ㄌㄥ

崚　léng 見下。

【崚嶒】léngcéng〔形〕〈書〉山高峻的樣子。

塄　léng 田地邊上的坡兒：～坎（坎：田埂子）。

棱〈稜〉　léng ❶〔名〕（條，道）物體上不同方向的兩個平面相連形成的邊：有～有角｜牆～兒。❷（～兒）〔名〕物體上凸起成條狀的部分：眉～｜瓦～兒。❸〔動〕（北京話）用棍棒打：～了他兩棍子。

　另見lēng（816頁）；líng（853頁）。

語彙　眉棱　模棱　牆棱　翹棱　瓦棱　支棱

【棱縫兒】léngfengr〔名〕（北京話）❶物體的接縫兒處，特指磚牆的接縫處。❷比喻毛病所在：一眼就看出～來了｜找不出來一點～。

【棱角】léngjiǎo〔名〕❶物體的邊角和尖角：鵝卵石沒有～｜顯微鏡下，可以看到晶體～分明。❷比喻顯露出的鋒芒，常指外露的才幹、直率不圓滑的作風、鮮明的個性等：他是個好好先生，沒有甚麼～｜一遇到原則問題，你會覺得他～畢露，判若兩人。

【棱鏡】léngjìng〔名〕用玻璃、水晶等透明物質製成的多面體光學儀器，主要用來把光分解成光譜或改變光綫的方向。

楞　léng ❶同"棱"（léng）。❷（Léng）〔名〕姓。

語彙　瓦楞　斜楞

薐　léng 見"菠薐菜"（98頁）。

lěng ㄌㄥˇ

冷　lěng ❶〔形〕溫度低或感覺溫度低（跟"熱"相對）：寒～｜清～｜～水浴｜我穿得厚，不～。❷〔形〕冷淡；不熱情：～漠｜～面孔｜～言～語｜見她這樣～～的態度，我無話可說。❸寂靜；冷清：～寂｜～落｜打入～宮。❹生僻；不常見的：～僻｜他寫文章喜歡用～字眼。❺不熱銷；不受歡迎的；沒人注意的：～貨｜～背商品｜大爆～門。❻突然；乘人不備的：～不丁｜放～箭｜打～槍。❼〔動〕使冷卻：包子剛出籠，～一下再吃。❽〔形〕比喻人熱情降低；或使人熱情降低：心灰意～｜休～了兄弟們的心。❾（Lěng）〔名〕姓。

語彙　冰冷　齒冷　乾冷　寒冷　清冷　生冷　陰冷　製冷　心灰意冷

【冷板凳】lěngbǎndèng〔名〕❶見"坐冷板凳"（1833頁）。❷舊時指私塾教師的座位。

【冷暴力】lěngbàolì〔名〕採用言語威脅、侮辱、諷刺或疏遠、冷淡等非暴力方式導致他人精神受到嚴重傷害的行為：家庭～｜職場～。

【冷背】lěngbèi〔形〕滯銷的；不熱門的：～商品。

【冷冰冰】lěngbīngbīng（～的）〔形〕狀態詞。❶形容物體冰涼：～的雙手｜在寒風裏站了一會兒渾身～的。❷形容冷淡，不熱情：～的態度｜他總是～地板着臉。

【冷不丁】lěngbudīng〔副〕（北方官話）冷不防：他～這麼一問，倒把我給問愣了。

【冷不防】lěngbufáng〔副〕突然；沒意料到：

他～嚇了一跳｜～前方有人猛撲過來。

【冷藏】lěngcáng〔動〕低溫貯存：～車｜～室｜把果品～起來｜～藥品的倉庫在哪兒？

【冷場】lěng∥chǎng〔動〕❶因演員遲到或忘記台詞而使演出推延或中斷：一台戲冷了兩次場｜背熟台詞，免得～。❷指開會、討論時冷落，無人發言：經理開場白之後，誰也不發言，冷了場｜大家都積極參與，就不會～了。

【冷嘲熱諷】lěngcháo-rèfěng〔成〕尖刻、辛辣地嘲笑和諷刺：對犯錯誤的人要熱情幫助，不要～｜魯迅雜文～、嬉笑怒罵，戰鬥性極強。

【冷處理】lěngchǔlǐ〔動〕❶工件（例如鋼）淬火後，立即放入低溫空氣中冷卻，叫作冷處理。目的在於使工件增強硬度，穩定尺寸規格。❷比喻把問題暫時放一放，等待時機適合時再進行處理：這類事需要～，不能着急。

【冷淡】lěngdàn ❶〔形〕冷清；不興旺：氣氛～｜生意～。❷〔形〕淡漠；不關心：態度～｜你對她太～了｜大家對這項建議反應～。❸〔動〕怠慢；使受到冷遇：不管怎麼樣，你也不該～老朋友｜她自己雖說富了，可也沒～過窮親戚。

【冷點】lěngdiǎn〔名〕❶不吸引人或不引人注目的地方（跟"熱點"相對）：開發旅遊～。❷不引人關注或不具有敏感性的問題（跟"熱點"相對）：對於～問題也不應忽視。

【冷凍】lěngdòng〔動〕降低溫度使食品（魚、肉等）所含水分凍結凝固：～食品｜把魚蝦～起來｜～可以防止腐爛。

【冷風】lěngfēng〔名〕❶（股）寒冷的風：喝了一肚子～。❷比喻背後散佈的帶有諷刺性的話：別吹～了。

【冷鋒】lěngfēng〔名〕冷氣團向暖氣團方向移動時的鋒面。參見"鋒面"（392頁）。

【冷敷】lěngfū〔動〕用冰袋或冷水浸濕的毛巾放在某個部位的皮膚上，以降低體溫，減輕疼痛，消炎炎症。

【冷宮】lěnggōng〔名〕❶君王安置失寵后妃的冷落宮院（多見於舊小說、戲曲中）。❷現在比喻東西棄置不用的地方：沒用的設備統統打進了～｜這些文學名著一度被打入～。

【冷汗】lěnghàn〔名〕由於恐懼、驚慌或身體虛弱、休克等原因出的汗，出汗時身體發冷、手足冰涼，故稱：他嚇得出了一身～。

【冷和平】lěnghépíng〔名〕冷戰結束對峙不復存在，但並沒有出現真正的和平，依然存在各種矛盾和衝突，是一種缺少熱度和穩定的和平，這種狀態叫冷和平。也作冷和。

【冷葷】lěnghūn〔名〕供冷吃的葷菜，如肉凍兒、臘腸兒、熏魚等。

【冷貨】lěnghuò〔名〕不受歡迎而不暢銷的貨物。也說冷門貨。

L

【冷寂】lěngjì〔形〕清冷而寂靜：荒涼的院落分外～｜～的長夜。

【冷加工】lěngjiāgōng〔動〕指對處在常溫狀態下的金屬進行加工，如冷軋、冷鍛、冷壓等，以使金屬成型，並改造其機械性能（區別於"熱加工"）。也叫常溫加工。

【冷箭】lěngjiàn〔名〕(支) (名) 乘人不備暗中射出的箭；比喻暗中加害於人的手段：施放～｜明槍易躲，～難防｜散佈謠言，用～中傷他人。

【冷噤】lěngjìn〔名〕寒戰；因受冷或吃驚而顫抖：北風吹來，他一連打了幾個～。

【冷靜】lěngjìng〔形〕❶ 人少而寂靜；不熱鬧：這裏人多，咱們找個～的地方說話｜過去這個村落十分～，現在也熱鬧起來了。❷ 情緒鎮定；不感情用事：遇事要～，不可衝動｜～地分析當前的形勢。

【冷峻】lěngjùn〔形〕冷酷而嚴峻：目光～｜態度～｜～的現實不容樂觀。

【冷庫】lěngkù〔名〕(座) 冷藏食物、藥品等的倉庫。也叫冷藏庫。

【冷酷】lěngkù〔形〕冷漠刻薄，不講情面：～無情｜性格～｜正視～的現實。

【冷臉】lěngliǎn〔名〕(副) 冷淡不熱情的面容；嚴厲的臉色：那人老是一副～。

【冷冽】lěngliè〔形〕寒冷：朔風～。

【冷落】lěngluò ❶〔形〕冷清；靜寂人少：門庭～｜市面～蕭條｜寒假裏，校園顯得～空闊。❷〔動〕怠慢；慢待：備受～｜不要～舊日的朋友。

【冷門】lěngmén(～兒)〔名〕原指賭博時很少有人下注的一門。現比喻很少有人注意的、不時興的或意料之外的事物（跟"熱門"相對）：她為了考上大學，淨揀～專業報｜去年這東西還走俏呢，今年卻成了～｜首場比賽就爆了個～。

【冷門貨】lěngménhuò〔名〕冷貨。

【冷面】lěngmiàn〔名〕不露笑容的臉：～小生｜～滑稽（能使別人發笑而自己不笑）。

【冷麵】lěngmiàn〔名〕一種涼拌麵條：延吉～｜吃不了～，吃熱的。也叫涼麵。

【冷漠】lěngmò〔形〕冷淡漠視；不關心：目光～｜備受～｜對自己的親骨肉也這樣～，讓人難以想象。

【冷暖】lěngnuǎn〔名〕❶ 寒冷和溫暖。泛指人的日常生活：注意天氣～｜把百姓的～時刻掛在心上。❷ 比喻炎涼的世態：人情～。❸ 比喻各種各樣的體驗：～自知。

【冷盤】lěngpán(～兒)〔名〕盛在盤子裏的涼菜：～熱炒，樣樣都有｜這家飯莊的～很有特色。

【冷僻】lěngpì〔形〕❶ 冷落偏僻：～的山區｜這個地方太～了，地圖上都找不到。❷ 少見的，不常用的（字、名稱、典故等）：這個字很～，一般字典不會收｜好用～典故。

【冷氣】lěngqì〔名〕❶ (股) 寒冷的空氣：雖然已是春天，外面依然～襲人。❷ 利用製冷設備冷卻的空氣：餐廳～開放。❸ 指製冷設備：影院裏新安裝了～。

【冷槍】lěngqiāng〔名〕❶ 乘人不備暗中射出的槍彈：打～｜他在家門口被刺客的～擊中。❷ 零星而突然發射的槍彈：躲避～｜激戰雖已結束，郊外仍時有～聲。

【冷峭】lěngqiào〔形〕❶ 寒風刺骨：春風～。❷ 比喻言語尖刻：他這一番話十分～。

【冷清】lěngqīng〔形〕冷落寂靜；淒涼：生意～｜路上行人稀少，格外～｜同屋的人都回家過年去了，只剩下我一個人冷冷清清。

【冷清清】lěngqīngqīng(～的)〔形〕狀態詞。形容冷落寂靜或寂寞蕭條：～的庭院｜人都走光了，會場裏～的｜他獨身一人過着～的日子。

【冷泉】lěngquán〔名〕(眼) 泉水溫度較當地年平均氣溫低的泉水（區別於"溫泉"）。

【冷卻】lěngquè〔動〕❶ 溫度逐漸降低；使溫度降低：自然～｜把出爐的鐵板～一下。❷ 使高昂的情緒平靜下來：球迷的狂熱難以～下來。

【冷熱病】lěngrèbìng〔名〕❶〈口〉瘧疾。❷ 比喻情緒忽高忽低，很不穩定的狀態：他又犯～了。

【冷若冰霜】lěngruòbīngshuāng〔成〕形容待人非常冷淡，或態度十分嚴肅冷峻：他對那女子獻盡殷勤，可那女子對他卻～。

【冷色】lěngsè〔名〕給人以涼爽感覺的顏色叫作冷色，如白、藍、綠等（跟"暖色"相對）。

【冷森森】lěngsēnsēn(～的)〔形〕狀態詞。寒氣逼人的樣子：山洞裏～的，寒氣徹骨。

【冷杉】lěngshān〔名〕(棵，株) 常綠大喬木，高可達 40 米。樹皮灰色，葉子條形。耐寒，木材可製器具。

【冷食】lěngshí〔名〕冷飲、涼食，如冰啤、雪糕、冰磚、冰激凌等。

【冷水】lěngshuǐ〔名〕❶ 涼水：～浴｜用～洗頭。❷ 生水：她喝了一口～就肚子疼了。

【冷颼颼】lěngsōusōu(～的)〔形〕狀態詞。形容風很冷：～的西北風｜風～地從門縫裏吹進來｜夜裏的江風～的。

【冷燙】lěngtàng〔動〕一種燙髮的方法。用藥水而不用熱能燙髮，故稱。

【冷天】lěngtiān〔名〕寒冷的天氣，特指冬天：大～，到哪兒去呀？

【冷銷】lěngxiāo〔動〕商品不好銷售（跟"熱銷"相對）：～商品｜羽絨服一度～。

【冷笑】lěngxiào〔動〕譏諷、輕蔑、不滿或含有怒意地笑：發出陣陣～｜他～了一聲。

【冷笑話】lěngxiàohua〔名〕不好笑的笑話；讓人笑不出來的笑話：講～｜這個～已流傳超過十

年，不新鮮了。

【冷血動物】lěngxuè dòngwù ❶ 變溫動物的俗稱，如魚類、爬蟲類等。❷ 比喻沒有感情的人。

【冷言冷語】lěngyán-lěngyǔ〔成〕含有譏諷意味的尖刻言語：只要襟懷坦蕩，就不怕那些～。

【冷眼】lěngyǎn〔名〕❶ 冷靜客觀的眼光：他～打量着來客｜只要～看去，就能明白七八分。❷ 超然旁觀的眼光：～向洋看世界｜置身事外，～觀察局勢的發展。❸ 冷淡輕視的眼光：寄人籬下，遭人～。

【冷眼旁觀】lěngyǎn-pángguān〔成〕用冷靜的眼光站在一旁觀察，自己不參與其事：她一向熱心公益，從不～。

【冷艷】lěngyàn〔形〕❶ 形容花朵素雅美好：樹下花瓣零零，～吐芳。❷ 形容女子姿容艷麗，但孤傲清高不易接近：主人是個～的少婦，年齡不到三十，卻極有心計。

【冷飲】lěngyǐn〔名〕飲食業中指清涼飲料，如冰鎮汽水、果汁、果茶等（區別於"熱飲"）。

【冷遇】lěngyù〔書〕冷淡的待遇：遭受～。

【冷戰】lěngzhàn〔名〕❶ 國際間除軍事行動以外的一切敵對活動的總稱（區別於"熱戰"）。❷ 特指第二次世界大戰後為爭奪世界霸權的超級大國之間的鬥爭：～雖已結束，世界遠未太平。

【冷戰】lěngzhan〔名〕〈口〉因害怕或受冷而顫抖：嚇得他打了個～｜凍得他直打～。

【冷字】lěngzì〔名〕冷僻的字：他寫文章好用～。

埞 lèng ㄌㄥˋ

埞 lèng 用於地名：長埞～（在江西新建）。

愣 lèng ❶〔動〕發呆；失神：他～了半天，不知道如何回答｜一見眼前的情況，他～住了。❷〔形〕〈口〉冒失，魯莽：二～子｜～幹蠻幹｜這傢伙～得很，做事從不考慮後果。❸〔副〕〈口〉偏偏；終竟：你不讓他那樣做，他～那樣做｜憑着不懈的努力，小王～取得了博士學位｜任他好話說盡，門衞～不讓他進來。

【愣漢】lènghàn〔名〕（西北官話）魯莽的男子。

【愣愣磕磕】lènglengkēkē〔形〕（北京話）狀態詞。發呆發愣，腦子不靈活的樣子：他老那麼～的，大概是受過甚麼刺激。

【愣神兒】lèng // shénr〔動〕（北方官話）發愣出神：快點兒幹，別站在那裏～｜這話嚇得他愣了神兒。

【愣是】lèngshì (-shi)〔副〕〈口〉偏偏；非這樣不可：不讓他去，他～要去｜許多人勸他，他～不同意。

【愣頭愣腦】lèngtóu-lèngnǎo〈口〉❶ 形容魯莽

冒失的樣子：他～的，怎麼做得了這種精細活兒｜他～地闖進了會場。❷ 形容反應遲鈍的樣子：他～地站在一邊，好像沒睡醒似的。

【愣怔】lèngzheng 同"睖睜"。

睖 lèng 見下。

【睖睜】lèngzheng〔動〕發愣發呆；兩眼發直：嚇得她一～。也作愣怔。

哩 ㄌㄧ

哩 li 見下。
另見 lǐ（822頁）；li（831頁）；yīnglǐ（1627頁）。

【哩哩啦啦】līlilālā〔形〕〈口〉狀態詞。形容時斷時續或零散不集中的樣子：梅雨～下了一個多月｜他做事總是～的，一點兒也不利落｜汽車油箱漏了，～灑了一路。

【哩哩囉囉】līliluōluō〔形〕〈口〉狀態詞。形容說話絮叨不清：～的，不知他說些甚麼。

厘 ㄌㄧ

厘〈釐〉lí〔量〕（某些計量單位的）百分之一：～米｜～升。
另見 lí "釐"（820頁）；"釐"另見 xī（1450頁）。

【厘米】límǐ〔量〕長度單位，1厘米等於1米的1/100。公制長度單位的厘米舊稱公分。

貍〈狸〉lí ❶ 貉（hé）。❷ 貍貓。

【貍貓】límāo〔名〕（隻）哺乳動物，形狀像家貓，毛棕黃色，有黑褐色斑紋，性兇猛，捕食鳥類和小動物。也叫豹貓、山貓、貍子。

【貍藻】lízǎo〔名〕一年生水生草本植物，莖細長，花黃色。葉成絲狀裂片，裂片基部生小囊，即捕蟲囊，水中小蟲入內化為營養。多生於水稻田、池沼、水塘中。

【貍子】lízi〔名〕（隻）貍貓。

桸 lí 古代指鍬鍤一類的器具。

梨〈棃〉lí〔名〕❶ 梨樹，落葉喬木，春天開白花，秋天結果。果實多汁，可食用，又可藥用，有降火、潤肺、消痰等作用。❷（隻）這種植物的果實。❸（Lí）姓。

語彙　白梨　杜梨　鳳梨　棠梨　鴨兒梨　香水梨

【梨膏】lígāo（～兒）〔名〕梨汁和蜜熬製成的膏，有潤肺止咳的功用。也叫秋梨膏。

【梨花大鼓】líhuā dàgǔ 曲藝的一種，即山東大鼓，起源於山東農村。樂器除大鼓外，還用兩枚農具犁鏵的碎片擊拍，後變成用兩枚鐵片或

【梨園】Líyuán〔名〕傳說唐玄宗教樂工、宮女演習音樂、歌舞的地方，為唐宮內庭園，種植很多梨樹，故稱。後泛稱戲班或戲曲界。

【梨園弟子】líyuán dìzǐ 舊時稱戲曲演員。也叫梨園子弟。

【梨園行】líyuánháng〔名〕戲曲界，舊稱伶界。

【梨園戲】líyuánxì〔名〕地方戲曲劇種，流行於福建南部和台灣，約有四五百年歷史。著名的傳統劇目有《陳三五娘》等。

【梨棗】lízǎo〔名〕舊時刻板印書多用梨木或棗木，後用「梨棗」作為書版的代稱。

犁〈犂〉（张）lí ❶〔名〕耕田的農具：扶～耕種。❷〔動〕用犁耕地：～田。❸（Lí）〔名〕姓。

> **語彙** 步犁 火犁 木犁 爬犁 套犁 鐵犁

【犁鏵】líhuá〔名〕犁的主要部件，為三角形鐵器，裝在犁的下端，用來翻土。

【犁庭掃院】lítíng-sǎoyuàn〔成〕毀壞庭院，掃地出門。

喱 lí/lǐ 見「咖喱」（413 頁）。

犛 lí〈書〉劃破：～面（用刀劃破臉。古代西北一些民族有以割面流血表示忠誠或哀痛的風俗）。

蜊 lí 見「蛤蜊」（439 頁）。

嫠 lí〈書〉寡婦：泣孤舟之～婦。

漓 lí 見「淋漓」（849 頁）。另見 Lí「灘」（821 頁）。

璃〈瓈琍〉lí 見「玻璃」（98 頁）、「琉璃」（862 頁）。

黎 lí ❶〈書〉黑中帶黃的顏色：～黑。❷〈書〉百姓；眾人：災～｜～民｜～庶。❸（Lí）黎族：～語。❹（Lí）〔名〕姓。

【黎民】límín〔名〕〈書〉民眾；百姓：～百姓｜拯～於水深火熱之中。也叫黎庶。

【黎明】límíng〔名〕天剛蒙蒙亮的時候，也比喻勝利前夕：～前的黑暗｜～時分｜這裏的～靜悄悄。

【黎族】Lízú〔名〕中國少數民族之一，人口約 146 萬（2010 年），主要分佈在海南。黎語是主要交際工具，沒有本民族的文字。

藜 Lí〔名〕姓。另見 lí「藜」（820 頁）。

罹 lí〈書〉❶遭遇（不幸）；遭受（災禍或疾病）：～難｜～禍｜～病｜～殃。❷憂患；苦難：遭此百～。

【罹難】línàn〔動〕〈書〉遭遇意外的災禍不幸死亡；被害：那次空難乘客多數不幸～｜有三十人因山體滑坡而～。

醨 lí 古指味淡的酒。

縭（縭）lí 古代女子繫在身前的佩巾：結～（繫上佩巾，指女子出嫁，後泛指結婚）。

釐（厘）lí ㊀ ❶ 長度單位，10 毫等於 1 釐，10 釐等於 1 分。❷ 重量單位，10 毫等於 1 釐，10 釐等於 1 分。❸ 地積單位，10 釐等於 1 分。❹ 貨幣單位，10 釐等於 1 分。❺ 利率單位，年利率 1 釐是本金每年的百分之一，月利率 1 釐是本金每月的千分之一。
㊁〈書〉治理；整理：～革｜～正。
另見 xī（1450 頁）；「厘」另見 lí（819 頁）。

【釐定】lídìng〔動〕〈書〉整理制定：～章程｜～稅則。

【釐清】líqīng〔動〕〈書〉整理清楚；弄明白：～關係｜～概念。

藜〈㊀藜〉lí ㊀〔名〕一年生草本植物，莖直立，葉互生，葉心紅色，卵形有鋸齒，嫩時可食，花小，黃綠色。莖老了可做藜杖（拐杖）。
㊁見「蒺藜」（615 頁）。
「藜」另見 Lí（820 頁）。

檖 lí〈書〉樹名。

麗（丽）lí ❶ 用於地名：～水（在浙江南部）。❷ 見「高麗」（430 頁）、「高麗參」（430 頁）。
另見 lì（830 頁）。

離（离）lí ㊀ ❶〔動〕離開；分離：別～｜撤～｜脫～｜～京｜～岸啟航｜少小～家老大回｜生～死別。❷〔動〕相距：我家這兒很近｜～春節只有十天了。❸〔動〕缺少：這項工程～不了他｜終年臥床，他沒～過藥。❹ 同「罹」。遭受：獨～此咎｜～此禍殃。❺（Lí）〔名〕姓。
㊁〔名〕八卦之一，卦形是「☲」，代表火。參見「八卦」（17 頁）。

> **語彙** 背離 別離 剝離 撤離 電離 分離 隔離 距離 流離 叛離 偏離 脫離 游離 支離 鍾離 差不離 不即不離 光怪陸離 貌合神離 撲朔迷離 眾叛親離

【離別】líbié〔動〕長時間分離或離開（人或地方）：～了故鄉的親人｜～祖國，遊學在外。

【離愁】líchóu〔名〕離別的哀愁：～別緒｜割捨不

斷的～。

【離島】lídǎo〔名〕大島嶼四周的小島。

【離隊】lí//duì〔動〕離開部隊或運動隊；離開工作崗位：有～思想｜想早點兒～｜這位運動員早就離了隊了。

【離崗】lígǎng〔動〕❶ 離開工作崗位：上班期間不得擅自～。❷ 離開擔任的職位：推行會計主管～審計制度。

【離格兒】lí//gér〔動〕(言行)不合乎共同認定的常規：開玩笑可以，過了火兒那就不行了。

【離宮】lígōng〔名〕(座)封建時代帝王在國都以外的宮殿，供皇帝外出巡行時居住。

【離合】líhé〔動〕❶ (人際間)分離與聚合：悲歡～。❷ (事物間)分開與結合：～詞｜～器(汽車、拖拉機等機器上連接兩個零件，使可以結合或分開的裝置)。

【離婚】lí//hūn〔動〕依照法定手續解除婚姻關係：離過兩次婚｜他～不久又結了婚。

【離間】líjiàn〔動〕從中挑撥，使相互不和：挑撥～｜～同事間的關係｜～父子骨肉之情。

注意 這裏的"間"不讀jiān。

【離經叛道】líjīng-pàndào〔成〕原指背離經書所說的道理和儒家的道德規範。後泛指背離當時佔主導地位的理論或行為準則：他的這種言行在那個時代可以算是～了。

【離開】lí//kāi〔動〕與人、物、地方等分開：～親友｜～大家的支持，我將一事無成｜～北京前往歐洲訪問｜他是個酒鬼，離不開酒。

【離亂】líluàn〔名〕變亂，常指因戰亂而離散：八年～。

【離譜兒】lí//pǔr〔動〕(言行)不合乎公認的準則：越說越～｜一件普通襯衫，張口就要天價，太～了。

【離奇】líqí〔形〕十分奇特，不同尋常：情節～｜～的言論｜這事兒有點兒～。

【離棄】líqì〔動〕離捨，拋棄：～舊居｜～子女｜～原來的工作。

【離群索居】líqún-suǒjū〔成〕離開群體，孤獨地生活：～十多年，對外部世界已非常陌生。

【離任】lí//rèn〔動〕離開所擔任的職務：縣長另有高就，已經～了。

【離散】lísàn ❶〔動〕分離；分散(多指親屬)：兄弟～｜～多年的家人終於團聚了。❷〔形〕屬性詞。分散的；不連續的：～信號。

【離題】lí//tí〔動〕指寫文章或談話離開了主題：～萬里｜你這話可就離了題了。

【離鄉背井】líxiāng-bèijǐng〔成〕背井離鄉。

【離心離德】líxīn-lídé〔成〕《尚書·泰誓中》："受有億兆夷人，離心離德。"受：商紂王名。指各懷異志，思想行動不一致。

【離心力】líxīnlì〔名〕❶ 物體沿曲線綫運動或做圓周運動時產生的離開中心的力。❷ 使脫離集體的

力量：做好團結工作，增強凝聚力，減少～。

【離休】líxiū〔動〕具有一定資歷的幹部依照國家規定離職休養：～了，他仍然發揮餘熱做貢獻。

【離異】líyì〔動〕〈書〉離婚：夫妻～有數年。

【離職】lí//zhí〔動〕❶ 暫時離開工作崗位：～進修。❷ 離開工作職位，不再回來擔任職務：他已辦了～手續。

【離子】lízǐ〔名〕失去或得到電子的原子或原子團。失去電子的帶正電，叫正離子(或陽離子)；得到電子的帶負電，叫負離子(或陰離子)。

鷺 lí〈書〉黑；黑而帶黃。

【鷺黑】(黧黑)líhēi〔形〕〈書〉黑：面目～。

蠡 lí〈書〉❶ 用瓠做的瓢。❷ 貝殼。　另見lǐ (825頁)。

【蠡測】lícè〔動〕〈書〉"以蠡測海"的縮略。用瓢測量海水，比喻用淺陋的見識揣度：管窺～。

灘 (漓) Lí 灘江，水名。在廣西東北部。"漓"另見lí (820頁)。

蘺 (蓠) lí 見"江蘺"(650頁)。

劙 lí〈書〉同"㓢"。

籬 (篱) lí ⊖ 籬笆：藩～｜竹～茅舍｜采菊東～下，悠然見南山。　⊜ 見"笊籬"(1722頁)。

語彙　笆籬　藩籬　樊籬　笊籬

【籬笆】líba〔名〕(道)用竹、葦、秫秸或樹枝等編成的遮攔物，一般環繞在房屋或場地周圍：～牆上爬滿牽牛花。

【籬落】líluò〔名〕〈書〉籬笆。

纚 (纚) lí 見"絑纚"(849頁)。　另見xǐ (1454頁)。

驪 (骊) lí〈書〉❶ 純黑的馬。❷ 黑色：～龍｜～珠(傳說中驪龍頷下的珠)。

注意"驪"不讀lì。

【驪山】Lí Shān〔名〕山名，位於陝西臨潼東南。

鸝 (鹂) lí 見"黃鸝"(576頁)。

鱺 (鲡) lí 見"鰻鱺"(896頁)。

lǐ 为ǐ

李 lǐ〔名〕❶ 李子樹，落葉小喬木，春天開白花，果實乒乓球形，呈黃或紫紅色。❷ 這種植物的果實。❸ (Lǐ) 姓。

【李代桃僵】lǐdàitáojiāng〔成〕《樂府詩集·雞鳴》："桃生露井上，李樹生桃旁。蟲來嚙桃根，李樹代桃僵。樹木身相代，兄弟還相忘。"

L

意思是桃李患難與共，蟲蛀了桃樹，李樹代桃樹而枯死。原借桃李來諷刺兄弟反目不能互愛互助，後用"李代桃僵"比喻互相頂替或代人受過。

【李逵】Lǐ Kuí〔名〕《水滸傳》中的梁山好漢之一，綽號"黑旋風"，生性淳樸豪爽，富於正義感，但易犯急躁的毛病。一般當作正直、勇猛而魯莽的人物的化身。

【李鐵拐】Lǐ Tiěguǎi〔名〕傳說中的八仙之一。身世眾說紛紜。相傳曾遇太上老君指點而得道成仙。衣衫襤褸，蓬頭垢面，袒腹跛足，常持一鐵拐杖，周遊四方，解人危難。也叫鐵拐李。

【李子】lǐzi〔名〕❶李子樹。❷李子樹的果實。

里 lǐ ㊀❶街坊：鄰～｜～弄｜～巷。❷居住的地方；家鄉：同～｜故～。❸古代一種居民組織，五家為鄰，五鄰為里。❹(Lǐ)〔名〕姓。

㊁〔量〕市制長度單位，150丈等於1里，合0.5公里：十～長街。

另見lǐ"裏"（823頁）。

方里 公里 故里 鄰里 鄉里 英里 鵬程萬里 歇斯底里 一瀉千里

【里程】lǐchéng〔名〕❶路程：兩地之間的～大概有200公里。❷指歷程：脫貧致富的奮鬥～。

【里程碑】lǐchéngbēi〔名〕❶(座)設置在路旁記載里數的石碑。❷比喻在歷史進程中可以作為標誌的重大事件：五四運動是中國人民反帝反封建鬥爭的～。

【里拉】lǐlā〔名〕意大利的舊本位貨幣。[意 lira]

【里弄】lǐlòng〔名〕(吳語)❶小巷的總稱。❷城市有關里弄住戶的基層組織：～工作。

【里巷】lǐxiàng〔名〕小街巷；胡同：～深處｜～瑣事。

俚 lǐ 民間的；不文雅：～詞｜～諺｜～歌｜～謠｜～曲｜～俗。

【俚俗】lǐsú〔形〕粗俗不雅：鄉野～言語｜文字～。

【俚語】lǐyǔ〔名〕民間粗俗的或流行範圍很窄的詞語，如"板爺""的哥""大腕兒""侃大山"等。

哩 lǐ，又讀yīnglǐ〔量〕英里舊也作哩。
另見lǐ(819頁)；li(831頁)。

浬 lǐ，又讀hǎilǐ〔量〕海里舊也作浬。

悝 lǐ〈書〉憂；悲。
另見kuī(784頁)。

娌 lǐ見"妯娌"(1774頁)。

理 lǐ ❶玉石、木頭、肌肉等物質組織的條紋：紋～｜木～｜肌～｜腠(còu)～。❷秩序；層次：文～｜條～。❸〔名〕道理；事理：原～｜推～｜合～｜通情達～｜據～力爭｜

豈有此～｜有～不在聲高。❹〔名〕自然科學，也特指物理學：～科｜文～兼通｜他數～化成績優異。❺治玉；加工玉石：玉未～者為璞。❻治理；管理；料理：護～｜解紛～亂｜當家～財｜食宿自～。❼〔動〕使整齊有序：梳～｜清～｜把桌子上的雜物～一下。❽〔動〕剃(頭)；剪(頭)：～髮。❾〔動〕理睬(多用於否定式)：答～｜愛～不～｜我不願～這種人｜他說了半天，我也沒～他那個茬兒。❿(Lǐ)〔名〕姓。

辦理 腠理 處理 答理 代理 道理 地理 定理 公理 管理 合理 護理 肌理 講理 經理 料理 倫理 清理 情理 事理 梳理 天理 條理 調理 推理 紋理 物理 心理 修理 原理 哲理 真理 整理 治理 助理 總理 慢條斯理 豈有此理 強詞奪理 傷天害理 通情達理 置之不理

【理財】lǐ // cái〔動〕管理財務；治理財政：長於～｜～之道｜幫你～。

【理睬】lǐcǎi〔動〕答理；對別人的言行予以注意，表示態度或意見(多用於否定式)：對別人的威逼利誘，他從不予～。

【理當】lǐdāng〔動〕按理應當：既然錯了，～賠禮道歉。

【理髮】lǐ // fà〔動〕用推子、剪刀等剪短並修整頭髮：一個月理了兩次髮。注意"理髮"一般用於男性；修整女性的頭髮，常用"剪髮、燙髮、美髮"等詞語。

【理合】lǐhé〔動〕依理應當，舊式公文中的通常用語：～據實具報。

【理化】lǐhuà〔名〕物理學與化學的簡縮。

【理會】lǐhuì〔動〕❶理解；領會：我～不了他的用意。❷理睬；注意(多用於否定式)：無人～他的建議｜我沒有時間～這些瑣事。❸評理；爭論是非(多見於舊小說、戲曲)：同去官府～｜休與他～是非曲直。

【理家】lǐ // jiā〔動〕料理家務：他妻子是～能手。

【理解】lǐjiě〔動〕明白；了解：深刻～文件精神｜他不～你的苦衷｜我們應該互相～｜感受到的東西不一定能夠～，～了的東西才能更好地感受。

【理據】lǐjù〔名〕理由和根據：論點～不足｜文章～充分，有說服力。

【理科】lǐkē〔名〕數學、物理、化學、生物、地質、天文等學科的統稱。

【理虧】lǐkuī〔形〕沒有道理或理由不充足：～心虛｜自知～。

【理療】lǐliáo ❶〔名〕物理療法的簡稱。利用光、電、熱泥、蠟、不同溫度的水或器械等刺激人體，通過神經反射對全身起作用，達到治療目的。❷〔動〕用物理方法治療：～半年，病好多了｜進行～。

【理路】lǐlù〔名〕思想或文章的條理：他寫的文

章～清楚｜老李考慮問題～不清。

【理論】lǐlùn〔名〕(套)❶對客觀事物的有系統的認識或結論(跟"實際""實踐"相對)：～聯繫實際｜上升到～的高度｜～一經群眾掌握，就會變成物質力量。❷〔名〕(套)〈口〉道理；理由：他這樣做，也有他自己的一套～。❸〔動〕爭論；講理；分辨是非(多見於舊小說、戲曲)：定要跟他～一番。

【理念】lǐniàn〔名〕❶思想；觀念(多指比較重要的或系統性的)：經營～｜健康生活新～。❷信念：人生～。

【理賠】lǐpéi〔動〕在交易中一方對另一方提出索賠要求時進行賠償處理：按約～｜做好～工作。

【理氣】lǐqì❶〔名〕理和氣是中國哲學史上的一對重要範疇。"理"指精神，"氣"指物質。❷(-//-)〔動〕中醫指用藥物來治療氣滯、氣虛等病症。

【理屈詞窮】lǐqū-cíqióng〔成〕爭論中因為理虧而無話可說：駁得他～，無言答對。注意 這裏的"屈"不寫作"曲"。

【理事】lǐshì〔動〕處理事務：當家～。

【理事】lǐshì〔名〕(位，名)代表團體行使職權並處理事務的人：～會｜常務～｜選舉～。

【理順】lǐ//shùn〔動〕通過治理整頓，使(不合理的關係、糾纏的問題等)理出頭緒，合乎情理：把企業的產權關係～｜理不順關係，勢必分不清責任。

【理所當然】lǐsuǒdāngrán〔成〕按道理應當這樣：這項措施利國利民，～地受到群眾歡迎。

【理想】lǐxiǎng❶〔名〕(個，種)對未來事物合理而有根據的美好設想或希望：崇高的～｜樹立了遠大～｜～實現了。❷〔形〕令人滿意的；符合希望的：效果不太～｜找不到～的扮演者。

【理性】lǐxìng❶〔名〕用理智控制行為的能力：失去～。❷〔形〕屬性詞。指屬於判斷、推理等思維活動的(跟"感性"相對)：～認識｜～思維。

【理性認識】lǐxìng rènshi 認識的高級階段，包括概念、判斷和推理。在感性認識的基礎上，把所獲得的感覺材料經過思考、分析，加以去粗取精、去偽存真、由此及彼、由表及裏的整理和改造而獲得。反映事物的本質和內部聯繫。

【理學】lǐxué〔名〕宋明時期的儒家哲學思想。由周敦頤、邵雍、張載、程顥、程頤創立，經朱熹繼承發揮，形成客觀唯心主義的程朱學派，認為"理"先於世界而存在，並派生萬物，主張"存天理，滅人欲"。至明朝，由陸九淵創立，經王守仁繼承發揮，形成與程朱學派相對的主觀唯心主義的陸王學派，認為"理"即"心"，是宇宙萬物的本原。也叫道學。

【理應】lǐyīng〔動〕依理應當：～多行善事。

【理由】lǐyóu〔名〕做事情的道理、緣由、依據：毫無～｜找～替自己辯解｜我有充分的～這樣做。

【理喻】lǐyù〔動〕從道理上解說，使之了解、明白：如此渾人，實在不可～。

【理直氣壯】lǐzhí-qìzhuàng〔成〕理由充足正當，因而言行氣勢豪壯：～，先聲奪人。

【理智】lǐzhì❶〔名〕辨別是非、利害關係和自我控制的能力：喪失～｜情感不能代替～。❷〔形〕形容思維清醒冷靜，不衝動：保持～｜一時感情衝動，很不～。

裏 (里)〈裡〉lǐ

〔名〕❶(～兒)裏子：被～｜衣服～兒｜分不清～面兒。❷方位詞。裏邊；內部(跟"外"相對)：～屋｜～院兒｜表～如一｜～～外外一把手。❸方位詞。附在名詞後，指處所、時間、範圍等：鄉～｜房間～｜保險期～｜話～有話｜論文～有這樣一種傾向。❹方位詞。附在表示機構的名詞(多為單音節)後，表示該機構或該機構所在的處所：所～｜局～｜省～｜我馬上去廠～一趟｜暫時留在機關～。❺方位詞。附在"這、那、哪"等後邊，表示地點：從這～到那～｜哪～有金礦？❻方位詞。附在某些單音節形容詞後面，表示方向、方面：朝斜～拉｜往少～說。"里"另見lǐ(822頁)。

語彙 被裏 襯裏 哪裏 那裏 頭裏 心裏 這裏 暗地裏 骨子裏 裏外裏 私下裏 鞭闢入裏

【裏邊】lǐbian(～兒)〔名〕方位詞。在(處所、時間、範圍等)一定界限以內：抽屜～｜學校～｜三年～｜他一生～遇到過幾次危險｜這份建議～很有可取之處。

辨析 裏邊、裏 兩者基本用法相同，如"抽屜裏邊""文章裏邊"也可以說成"抽屜裏""文章裏"；但"裏邊"可獨立做句子成分，如"裏邊坐""看裏邊"等；"裏"則需要黏附在其他名詞之後，而不能說成"裏坐""看裏"。

【裏帶】lǐdài〔名〕(條)內胎的通稱：自行車～應該換新的了。

【裏脊】lǐji〔名〕豬、羊等脊骨旁的嫩肉，一般叫裏脊肉，做菜用時省稱為裏脊。最嫩的部分稱作通脊：糖醋～。

【裏間】lǐjiān(～兒)〔名〕裏邊的房間，即成套的幾間房子中不直接通到門外的房間，直接通到門外的房間稱作外間。裏間跟外間合起來可以簡縮為"裏外間(兒)"。

【裏面】lǐmiàn(-mian)〔名〕方位詞。裏邊。

【裏手】lǐshǒu ㊀(～兒)〔名〕騎車、趕車或操縱器械時指車或器械靠左的一邊：把大車往～靠一靠。㊁〔名〕內行；行家：行家～。

【裏首】lǐshǒu〔名〕裏邊：請～坐。

【裏通外國】lǐtōng-wàiguó〔成〕暗中與外國勢力勾

結，進行背叛本國利益的活動。

【裏頭】lǐtou〔名〕〈口〉方位詞。裏邊：劇場～坐滿了觀眾｜這～可大有學問｜～的竅門還得慢慢揣摩。

【裏外裏】lǐwàilǐ〔副〕（北京話）❶ 表示從相對的或不同的兩個方面合計盤算：到了縣裏才發現忘帶證明，回來取一趟，～多跑了三十里路。❷ 表示不管怎麼計算（結果還是差不多）：上個月多花了，這個月就得少花，～還是一個樣。

【裏應外合】lǐyìng-wàihé〔成〕外面圍攻，裏面接應。泛指裏外互相配合響應：～，一舉破城。注意這裏的"應"不讀yìng，"合"不寫作"和"。

【裏子】lǐzi〔名〕❶ 衣服、被褥等的裏層；紡織品的反面；用這塊棉布做夾襖的～。❷ 戲曲如京劇中扮演二三路角色的演員；這些人一般會演的戲較多，戲路子較寬但不一定精，其作用好像衣服的裏子，故稱。

鋰（锂） lǐ〔名〕一種金屬元素，符號Li，原子序數3。銀白色，質軟，是比重最小的金屬，用於核工業，也可用來製造特種合金等。

澧 Lǐ 澧水，水名。在湖南北部，流入洞庭湖。

禮（礼） lǐ ❶〔名〕禮儀：～俗｜婚～｜祭～｜葬～｜典～｜觀～。❷〔名〕表示敬意的動作：敬～｜行注目～。❸〔名〕禮物：送～｜不收～｜～輕情意重。❹〈書〉尊敬；以禮相待：～賢者。❺（Lǐ）〔名〕姓。

語彙 財禮 彩禮 典禮 定禮 觀禮 賀禮 婚禮 祭禮 敬禮 賠禮 失禮 壽禮 送禮 洗禮 獻禮 行禮 巡禮 葬禮 繁文縟禮

【禮拜】lǐbài ❶〔名〕宗教徒敬神的活動：～堂｜做～。❷〔名〕〈口〉星期：花了一個～的時間｜這事推後到下～再說吧！❸〔名〕〈口〉指星期天：過兩天就是～了。❹〔名〕〈口〉跟"天（或日）、一、二、三、四、五、六"連用，表示一星期中的某一天：今天又不是～五。❺〔動〕向神佛致禮敬拜：燒香～｜～唸佛。

【禮拜寺】lǐbàisì〔名〕清真寺。

【禮拜堂】lǐbàitáng〔名〕基督教徒舉行宗教儀式的會堂。

【禮拜天】lǐbàitiān〔名〕〈口〉星期日。基督教徒多在這一天做禮拜，故稱。也叫禮拜日。

【禮賓】lǐbīn〔形〕屬性詞。按一定的禮節和儀式接待賓客的（多用於外交場合）：～員｜～車輛。

【禮兵】lǐbīng〔名〕在隆重的慶典和迎賓、葬禮等活動中接受檢閱和執行升旗、護衛靈柩等任務的士兵：八名～抬着靈柩緩緩走出告別室。

【禮部】lǐbù〔名〕古代官制六部之一，主管禮儀、祭祀、學校和貢舉。

【禮單】lǐdān〔名〕（張）送禮時開列禮品名目和數量的單子。也叫禮帖。

【禮多人不怪】lǐ duō rén bù guài〔俗〕即使過多地講究禮節，也不會受人責怪。表示禮節在人們交往中不可缺少。

【禮法】lǐfǎ〔名〕禮儀法度：崇尚～｜不守～。

【禮服】lǐfú〔名〕（件，套，身）在社交場合或舉行典禮時穿的服裝。

【禮花】lǐhuā〔名〕在盛大節日或舉行慶典時放的焰火。

【禮教】lǐjiào〔名〕禮儀教化。特指維繫中國封建社會的等級制度和宗法關係的禮法與道德。

【禮節】lǐjié〔名〕用來表示尊敬、祝賀、哀悼等的各種形式，如敬禮、握手、獻花圈等：注重～。

【禮金】lǐjīn〔名〕（筆，份）用作禮物的現金。

【禮帽】lǐmào〔名〕（頂）配合禮服戴的帽子。

【禮貌】lǐmào ❶〔名〕待人接物時，言談、舉止、神態等謙虛恭敬、講求禮節的表現：有～｜講～｜～語言。❷〔形〕講求禮貌；有禮貌：你這樣對他很不～。

【禮炮】lǐpào〔名〕（響）舉行慶典或迎接國賓的禮儀上所鳴放的炮：鳴～二十一響。

【禮品】lǐpǐn〔名〕（件，份）禮物：送來一些～。

【禮聘】lǐpìn〔動〕〈書〉以優禮相聘請：重金～高級專業人員。

【禮券】lǐquàn〔名〕（張）用作禮物的憑證，可持券到一定商店選取等價商品（多由售物的商店、公司印發）。

【禮讓】lǐràng〔動〕禮貌地謙讓：～為先｜互相～｜～老人。

【禮尚往來】lǐshàng-wǎnglái〔成〕《禮記·曲禮上》："禮尚往來，往而不來，非禮也；來而不往，亦非禮也。"指在禮節上注重有來有往。也指用相應的方式回報對方。

【禮數】lǐshù〔名〕禮節；禮貌：～周到。

【禮俗】lǐsú〔名〕禮儀習俗：不拘～。

【禮堂】lǐtáng〔名〕（座）供舉行典禮或集會用的廳堂：政協～｜裏面正在舉行慶功大會。

【禮帖】lǐtiě〔名〕（張）禮單。

【禮物】lǐwù〔名〕（件，份）贈送的物品：聖誕～｜生日～。也叫禮品。

【禮賢下士】lǐxián-xiàshì〔成〕指帝王或達官顯宦敬重有才德的人，並降低自己的身份和他們結交。現多指社會地位較高的人敬重有才有德的人。

【禮儀】lǐyí〔名〕禮節和儀式：講究～｜注重社交～。

【禮儀小姐】lǐyí xiǎojiě（名，位）在各種慶典、集會和社會活動中擔任禮儀性服務（如引導賓客、照顧老弱、遞送禮品或獎杯等）的青年女子。

【禮遇】lǐyù〔名〕尊敬而有禮貌的待遇：～日隆｜受到～｜給予對方應有的～。

【禮讚】lǐzàn〔動〕〈書〉讚美與歌頌：這首詩用熾熱的激情～了祖國的巨大成就。

【禮制】lǐzhì〔名〕舊時國家所規範的禮法。

鯉（鯉）

lǐ ❶〔名〕鯉魚。❷古代借指書信。

【鯉素】lǐsù〔名〕〈書〉書信。

【鯉魚】lǐyú〔名〕❶（條）一種淡水魚，身側扁，嘴邊有鬚一至兩對，是中國重要的養殖魚。❷〈書〉漢朝蔡邕《飲馬長城窟行》："客從遠方來，遺我雙鯉魚；呼兒烹鯉魚，中有尺素書。"後用"鯉魚"作為書信的代稱：莫遣～稀（不要寫信太少）。

【鯉魚跳龍門】lǐyú tiào lóngmén〔俗〕古代傳說黃河鯉魚跳過龍門，就會變化為龍。後用"鯉魚跳龍門"比喻中舉、升官等飛黃騰達之事。

醴

lǐ〈書〉❶甜酒。❷甘美的泉水：～泉。

蟸

lǐ ❶見於人名：范～（春秋末年人）。❷（Lǐ）蟸縣，地名。在河北保定南。另見lǐ（821頁）。

邐

lǐ見"迤邐"（1605頁）。

鱧（鱧）

lǐ〔名〕魚名，體長形圓，頭扁，細鱗黑色。肉鮮美，可入藥。

力 ㄌㄧˋ

lì ❶〔名〕氣力；體力：～氣｜暴～｜吃～｜有氣無～｜大如牛。❷能力；效能：潛～｜腦～｜聽～｜藥～｜理解～｜購買～｜～不勝任。❸〔名〕物質之間的相互作用；改變物體形態或狀態的作用：引～｜張～｜撞擊～｜摩擦～。❹努力；盡力：保護甚～｜工作不～。❺〔副〕極力：據理～爭｜排眾議｜～主出兵，戰而勝之。❻（Lì）〔名〕姓。

語彙	暴力	財力	吃力	出力	大力	得力	電力
	動力	費力	浮力	活力	極力	接力	竭力	盡力
	精力	苦力	努力	魅力	腦力	能力	努力	魄力
	氣力	潛力	權力	全力	人力	實力	勢力	體力
	聽力	威力	武力	效力	壓力	眼力	藥力	引力
	張力	重力	主力	阻力	購買力	勞動力	理解力
	摩擦力	巧克力	生產力	想象力	戰鬥力	作用力
	不遺餘力	吹灰之力	群策群力	同等學力	自食其力

【力不從心】lìbùcóngxīn〔成〕力量或能力達不到心裏所想望的。指心有餘而力不足：老王年事已高，工作有些～。

【力不勝任】lìbùshèngrèn〔成〕能力承擔不了：他從不做～的事情。

【力促】lìcù〔動〕〈書〉極力促成：～此事早日成功｜～雙方進行和平談判。

【力挫】lìcuò〔動〕〈書〉竭盡全力打敗或勝過：～群雄｜～各國選手，一舉奪冠。

【力度】lìdù〔名〕❶力量的強度：對犯罪分子要加大打擊～。❷功力的深度：這是一部有～的創新之作。❸樂曲音量的強度。

【力工】lìgōng〔名〕（名）指幹體力活的一般工人：他多年在工地上當～。

【力薦】lìjiàn〔動〕極力推薦：～他出任會長。

【力剋】lìkè〔動〕盡力克服；奮力戰勝或攻下：～積弊｜～群雄｜～戰略要地。

【力量】lìliang〔名〕❶（股）力氣：人多～大｜擊球要注意掌握～的大小。❷能力：個人的～總是有限的｜動員社會～辦學。❸作用；效力：充分發揮科技～｜知識的～充分展示出來了｜農藥過期失效，當然沒甚麼～了。

【力排眾議】lìpái-zhòngyì〔成〕竭力排除各種議論或反對意見：他～，全力支持這項研究工作。

【力氣】lìqi〔名〕（把、股）體力；氣力：人不大，～不小｜幹了一天活兒，～簡直用盡了。

【力氣活兒】lìqihuór〔名〕費勁的體力勞動：這都是～，讓我來吧。

【力求】lìqiú〔動〕竭力謀求；極力追求：～完善｜～做到公正｜～年底交工。

【力士】lìshì〔名〕力氣大的人：大～。

【力所能及】lìsuǒnéngjí〔成〕力量限度以內能夠做到的：他病快好了，可以做一些～的事了｜只要我～，一定會幫你的。

【力挺】lìtǐng〔動〕極力支持：隊員～外國教練。

【力透紙背】lìtòu-zhǐbèi〔成〕❶形容書法剛勁有力：他的書法筆墨酣暢，～。❷形容詩文立意或內容深刻精闢：文辭～，功力極深。

【力圖】lìtú〔動〕竭力謀求：～排除干擾｜～盡善盡美。

【力挽狂瀾】lìwǎn-kuánglán〔成〕比喻盡力挽救險惡的局勢。

【力爭】lìzhēng〔動〕❶盡力爭取：～年底開業｜～和平解決爭端。❷竭力爭辯：據理～｜大家雖一再～，但他仍固執己見。

【力爭上游】lìzhēng-shàngyóu〔成〕比喻努力奮進，爭取達到先進水平：我們要～，保證今年生產上一個新的台階。

【力主】lìzhǔ〔動〕極力主張：～進攻｜～和平解決。

【力作】lìzuò〔名〕（部）功力深厚的作品：這是老作家近年的一部～。

立

lì ❶〔動〕站立：起～｜～定｜亭亭玉～｜三足鼎～｜行～坐臥。❷〔動〕使豎立；

豎起：～碑｜～界樁｜靠牆～一個梯子。❸〔動〕建立；樹立：成家～業｜～志｜創～｜確～｜為國家～了大功。❹〔動〕制定；訂立：～法｜～國安邦｜～規矩｜～合同｜～案偵查。❺指君主登基：新君已～。❻〔動〕確立繼承地位；確定：～嗣｜～太子。❼存在；生存：獨～自～｜中～｜勢不兩～。❽豎立着的：～井｜～櫃｜～軸。❾〔副〕立即；馬上：當機～斷｜～見功效｜～等答復。❿(Lì)〔名〕姓。

語彙 並立 成立 創立 鼎立 訂立 獨立 對立 孤立 建立 起立 確立 設立 私立 屹立 中立 自立 家徒壁立 勢不兩立 亭亭玉立

【立案】lì//àn〔動〕❶在主管機關註冊備案，並獲得批准：申請｜這項工程已經立了案，不久即可開工。❷設立專案：責成有關部門～追查。

【立逼】lìbī〔動〕立時強制逼迫：～簽字畫押。

【立場】lìchǎng〔名〕❶觀察和處理問題時所處的地位和所持的態度：闡明自己的～｜教師有時應站在學生～來考慮問題。❷特指階級立場，政治立場：站穩～｜～堅定｜雖幾經磨難，但他的～毫不動搖。

【立春】lìchūn❶〔名〕二十四節氣之一，在2月4日前後。中國習慣上以立春作為春季的開始。❷(-//-)〔動〕交立春節氣：今天～，家裏吃春餅｜立了春，天氣可仍不暖和。

【立刀】lìdāo〔名〕漢字偏旁"刂"的稱呼。

【立等】lìděng〔動〕❶站着等候，指耗時少：～可取。❷急着等待（做某事）：～解決｜～處理｜人家～着趕飛機呢。

【立地】lìdì㊀〔動〕站立在地上：頂天～(形容形象高大，氣勢豪邁)｜～書櫥。㊁〔副〕立刻：放下屠刀，～成佛｜債主逼他～還錢。

【立定】lìdìng〔動〕❶軍事或體操的口令。命令行進中的人停步並且立正。❷站好，站穩：～了，身子不要搖晃。❸確定：～志向｜～高考志願。

【立冬】lìdōng❶〔名〕二十四節氣之一，在11月8日前後。中國習慣上以立冬作為冬季的開始。❷(-//-)〔動〕交立冬節氣：今天～｜立了冬，天氣開始變冷了。

【立法】lì//fǎ〔動〕國家權力機關按照一定程序制定、修改或廢除法律：既然立了法就應當嚴格執行。

【立方】lìfāng❶〔名〕三個等數的乘積：a的～為a³。❷〔名〕立方體的簡稱。❸〔量〕指立方米：三～木頭｜挖了十～土。簡稱方。

【立方米】lìfāngmǐ〔量〕體積單位，邊長1米的立方體的體積是1立方米，符號為m³。

【立方體】lìfāngtǐ〔名〕面積相等的六個正方形圍成的立體。簡稱立方，也叫正方體。

【立竿見影】lìgān-jiànyǐng〔成〕在陽光下豎起竹竿，立刻就可看到它的影子。比喻時間短而見效快：藥效明顯，～｜機構精簡後，辦事效率取得～的效果。**注意**這裏的"竿"不寫作"杆"。

【立功】lì//gōng〔動〕建立功績：～贖罪｜立了一大功｜立了三次功。

【立櫃】lìguì〔名〕立式的櫃子，裏面多有隔板或抽屜，用於存放衣物、文件等：大～｜鐵皮～。

【立國】lìguó〔動〕建立或建設國家：～已數百年｜發展生產為～之本。

【立候】lìhòu〔動〕立時等候：～回示。

【立戶】lì//hù〔動〕立門戶；立戶口：兄弟姐妹分了家，就要各自立個戶。❷在銀行存儲錢財時立戶頭：他在儲蓄所立了戶。

【立即】lìjí〔副〕馬上；立刻：～執行｜一經簽字，協議～生效。

【立交橋】lìjiāoqiáo〔名〕(座)架在道路交叉處的立體交叉橋樑，方向不同的車輛可以同時通行。

【立腳】lìjiǎo❶(-//-)〔動〕站住腳跟（常用於比喻）：在社會上立住了腳。❷〔名〕立腳點；立場：這兩年總算有了個～。

【立井】lìjǐng〔名〕(口)與地面垂直的礦井，即豎井。

【立刻】lìkè〔副〕馬上；隨即：～動身｜他剛下飛機，就～趕到會場來了。

【立論】lìlùn〔動〕就某個問題提出自己的見解、論點（多指新的）：～精闢｜～新穎｜這篇文章的～經不起推敲。

【立馬】lìmǎ〔副〕(北方官話)即刻：叫他～來見我｜一聽這話，～變臉。

【立秋】lìqiū❶〔名〕二十四節氣名之一，在8月8日前後。中國習慣上以立秋作為秋季的開始。❷(-//-)〔動〕交立秋節氣：後天就～了｜早一涼颼颼，晚～熱死牛。

【立身處世】lìshēn-chǔshì〔成〕指在社會上與人相處或交往的各種活動：～應當有原則，不能隨波逐流。

【立時】lìshí〔副〕立刻：一聽到這個消息，他～暈了過去｜他行裝未解，～奔向火災現場。

【立式】lìshì〔形〕屬性詞。直立式樣的（跟"臥式"相對）：～車床｜這個書櫃是～的。

【立誓】lì//shì〔動〕向人發誓；立下誓言：～不再吸煙｜你敢立個誓嗎？

【立體】lìtǐ❶〔名〕具有長、寬、厚的物體：～模型｜～感。❷〔名〕由平面和曲面圍成的有限空間部分。也叫幾何體。❸〔形〕屬性詞。多層次的；多方面的：～交叉｜～戰爭。❹〔形〕屬性詞。具有立體感的：～電影｜～聲。

【立體電影】lìtǐ diànyǐng 放映時，觀眾對銀幕上的影像有立體感的電影：看～，使人有身臨其境的感覺。

【立體聲】lìtǐshēng〔名〕使人對聲源有空間感和環境感的聲音：～音響｜層次感強烈的～。

【立體戰爭】lìtǐ zhànzhēng 指陸、海、空三軍同時行動，聯合進行的戰爭。

【立夏】lìxià ❶〔名〕二十四節氣之一，在 5 月 6 日前後。中國習慣上以立夏作為夏季的開始。❷ (-//-)〔動〕交立夏節氣：還有幾天就～了｜立了夏，天氣自然要熱起來。

【立憲】lìxiàn〔動〕制定憲法，特指君主國家制定憲法，實行議會制：君主～。

【立項】lì//xiàng〔動〕指工程、科研等經過批准而立為項目：水庫建設已～，應立即上馬。

【立言】lìyán〔動〕建立言論、學說（多指足以傳世的）。

【立業】lì//yè〔動〕❶ 做出一番事業：建功～。❷ 置備產業：成家～。

【立意】lìyì〔動〕❶ 拿定主意：～非她不娶｜要是他～做這件事，誰也攔不住。❷ 確定（文章、繪畫等的）主題：先～，再動筆｜～雖佳，可惜未能形於筆墨。

【立約】lì//yuē〔動〕訂立條約或契約：雙方停戰，簽字｜先立個約，再借錢給你。

【立正】lìzhèng〔動〕軍事或體操的口令，命令隊伍或個人在原地挺身直立：～，向右看齊！

【立志】lì//zhì〔動〕下決心；立定志向：～戒除不良習慣｜～做一名出色的軍人｜他的成功並非偶然，他早在少年時候就立下了志。

【立軸】lìzhóu〔名〕高而窄的長方形字畫，尺寸比中堂小：山水～。

【立錐之地】lìzhuīzhīdì〔成〕插立錐子的一丁點兒地方。形容極小的容身之處（多用否定式"無立錐之地"，形容十分貧窮）。

【立足】lìzú〔動〕❶ 站住腳。多比喻能安身或生存下去：～之地｜～未穩｜他在外地找到了～的地方。❷ 處於（某種情況）；基於（某種條件）：～現實，展望未來｜～現有條件，充分挖掘潛力。

【立足點】lìzúdiǎn〔名〕❶ 觀察或處理問題的立場：制定策略的～。❷ 賴以生存和發展的地方或事物：公司開展競爭有了可靠的～｜自強不息是我們追求成功的～。以上也叫立腳點。

枥　lì 用於地名：～縣（在山東）。

吏　lì ❶ 官吏：貪官污～。❷ 舊時指品級低的官：小～｜獄～。❸ (Lì)〔名〕姓。

【吏部】lìbù〔名〕古代官制六部之一，主管官吏的考核、任免、升降等事。

【吏治】lìzhì〔名〕官吏的作風與政績：～嚴明｜

得失。

利　lì ❶ 鋒利；尖利（跟"鈍"相對）：～劍｜～器傷人。❷ 語言鋒利（指能言善辯）：～口｜～舌。❸ 順當；吉利：不～｜出師失～。❹ 使有利：～國～民｜～人～己。❺ 利益；好處；特指錢財（跟"害""弊"相對）：名～｜功～｜福～｜～多弊少｜權衡～害｜爭權奪～｜見～忘義。❻〔名〕利潤；利息：純～｜年～｜股～｜暴～｜高～貸｜薄～多銷。❼ (Lì)〔名〕姓。

【利弊】lìbì〔名〕好處和害處：～得失｜權衡～｜兩種方案，各有～。

【利兵】lìbīng〔名〕鋒利的兵器：堅甲～。

【利鈍】lìdùn〔名〕❶（指兵器、工具等）鋒利與不鋒利。❷（指事業）順利與艱難：成敗～，實難逆料。

【利害】lìhài〔名〕利益和害處：～衝突｜～得失，在所不計。

【利害】lìhai 同"厲害"。

【利好】lìhǎo〔名〕指對市場行情有利、可能刺激價格上揚的信息或因素：～刺激，股市今高開｜國家出台一系列～政策｜中國家具業三大～因素。

【利己】lìjǐ〔動〕只顧自己的利益，務求有利於自己：～主義｜專門利人，毫不～。

【利空】lìkōng〔名〕可能促使股價下跌的不利信息。

【利令智昏】lìlìngzhìhūn〔成〕因貪圖私利而失去理智，頭腦發昏：～，他竟置法律於不顧｜他～，居然相信了騙子的謊言。注意 這裏的"智"不寫作"志"。

【利祿】lìlù〔名〕舊時指官吏的錢財和爵祿：功名～｜貪圖～｜～小人。

【利率】lìlǜ〔名〕利息跟本金的比率：月～｜年～｜銀行調整～。

【利落】lìluo〔形〕❶（言語、行動）反應快；敏捷：說話不～｜手腳很～。❷ 整齊；有條理：乾淨｜屋裏歸置得利利落落的。❸ 完畢；妥當：這樁事還沒辦～｜你把工作安排～了再走。❹ 省心；無牽掛：孩子都長大成人了，我們也～多了。

【利尿】lìniào〔動〕促使小便排出：～劑｜冬瓜～。

【利器】lìqì〔名〕❶ 銳利的兵器：精兵～。❷ 精良的工具：良工～。❸ 比喻英才。

【利錢】lìqian〔名〕〈口〉利息。

【利潤】lìrùn〔名〕❶ 泛指盈利：追求～。❷ 工商企業生產和銷售收入扣除成本和稅金後的餘額：銷售增加很快，但~增長有限。

【利市】lìshì ❶〔名〕利潤：~百倍。❷〔名〕好買賣；買賣順利的徵兆：發個~。❸〔形〕吉利：討~｜這幾年他家皆不~。

【利稅】lìshuì〔名〕利潤和稅款：上繳~｜~大戶。

【利索】lìsuo〔形〕利落：她唱、唸、做、打都很~｜女主人把家裏收拾得可~了。

【利息】lìxī〔名〕放款、存款所得金額扣除本金以外的餘額（區別於"本金"）。也叫利錢、息金。

【利益】lìyì〔名〕好處：既得~｜國家~｜目前~和長遠~。

【利用】lìyòng〔動〕❶使人或事物發揮作用：~水力發電｜充分~高科技成果｜他~業餘時間學開車｜廢物~。❷施展不良作用或事物為自己所用：受人~｜他~人們的善良輕信進行詐騙。❸憑藉；依靠：~職權，謀取私利｜~居高臨下的地形，打擊敵人。

【利誘】lìyòu〔動〕用好處引誘：百般~｜威脅~｜不受~。

【利於】lìyú〔動〕對某人或事物有好處：不~團結的話少說｜忠言逆耳~行。

【利欲熏心】lìyù-xūnxīn〔成〕貪圖名利的欲望迷住了心竅：奸商~，販賣假冒偽劣產品。

【利嘴】lìzuǐ〔名〕善於說話的嘴：她有一張能說會道的~。也說利口。

例 lì ❶〔名〕例子；例證：事~｜實~｜舉一個~。❷成例；慣例：照~｜破~｜援~辦理｜下不為~。❸〔名〕指合乎某種條件的事例：案~｜病~｜特~。❹規律；規則；體例：~外｜公~｜凡~｜條~。❺按條例規定的；按慣例進行的：~會｜~行公事。❻比類；比照：以古~今｜以此~彼｜以近~遠。

> **語彙** 案例 比例 病例 成例 凡例 範例 公例 慣例 舉例 破例 實例 示例 事例 特例 體例 條例 圖例 先例 援例 照例 史無前例 下不為例

【例話】lìhuà〔名〕附有實例的分析和評說（多用於書名）：《詩詞~》。

【例會】lìhuì〔名〕依照慣例定期舉行的會。

【例假】lìjià〔名〕❶依照規定放的假，如春節、國慶節、三八婦女節、五一國際勞動節等。❷〈婉〉指女子月經或月經期。

【例舉】lìjǔ〔動〕用例子舉出：~事實加以說明。

注意"例舉"和"列舉"在讀音和意義上都不相同。"例舉"的"例"可以是多個，也可以是一個；而"列舉"是逐一舉出，一定是多個。

【例句】lìjù〔名〕用作例證的句子：援引~｜~不當。

【例如】lìrú〔動〕放在所舉例子前面的用語，表示後面就是例子：加強管理，~實行責任到人｜我們承擔的任務很多，~鋪路、架橋、路面養

護等。注意 a）在句子後面的多項舉例常表示列舉。b）舉例在句子中，做插入語，如"許多危害兒童的疾病，例如脊髓灰質炎，很快就要消滅了"。

【例題】lìtí〔名〕（道）為具體說明某一原理或定理而舉的作為範例並加以解釋或證明的問題：仔細揣摩~的證明過程和方法。

【例外】lìwài ❶〔動〕在一般規定或通常的規律以外：自覺納稅，任何人不得~｜法律面前人人平等，誰也不能~。❷〔名〕一般規定或通常規律以外的情況；語言現象是複雜的，很多規則都有~｜小王家庭經濟困難，可以作為~處理。

【例行公事】lìxíng-gōngshì〔成〕按慣例辦理的公事。現多指按慣例辦理而不看實際效果的形式主義工作方法。

【例言】lìyán〔名〕放在書的正文前面說明該書內容、體例等的文字；凡例。

【例證】lìzhèng〔名〕用作證明某一事實或道理的例子：~充分｜典型~｜舉出大量~。

【例子】lìzi〔名〕〈口〉❶用作說明或證明依據的事物：我再補充幾個~。❷具有代表性的事例：深圳的改革就是成功的~。

戾 lì〔書〕❶罪過；罪惡：罪~。❷乖張；兇暴：乖~｜暴~。❸違背：言行相~。

俐 lì見"伶俐"（851頁）。

琍 lì〈書〉刀劍上的裝飾。

荔〈茘〉lì ❶"荔枝"②：~肉｜鮮~。❷（Lì）〔名〕姓。

【荔枝】lìzhī〔名〕❶（棵，株）荔枝樹，常綠喬木，羽狀複葉，果實球形，果皮有粒狀突起，果肉呈半透明凝脂狀，多汁，味甘美，可生吃或製乾。主要分佈在廣東、廣西、福建、四川、雲南、台灣等地。❷（顆）這種植物的果實。

鬲 lì 古代的炊具。形狀像鼎。新石器時代已經有陶鬲。商朝至春秋時期的銅鬲是仿照陶鬲製成的。形狀一般為侈口（口沿外傾），有三個中空的足，以便炊煮加熱。

另見 gé（439頁）。

栗 lì〔名〕❶栗樹，落葉喬木，木質堅硬。果實為堅果，可食用。❷這種植物的果實：火中取~。❸（Lì）〔名〕姓。

另見 lì"慄"（829頁）。

> **語彙** 板栗 火中取栗

【栗暴】lìbào〔名〕握拳或屈指（用指節）擊打人的額頭叫打栗暴或鑿栗暴：一連七八個~。也說栗鑿（lìzáo）。

【栗色】lìsè〔名〕像栗子皮那樣的顏色；褐色：~

駿馬 | ～皮外衣。

【栗子】lìzi〔名〕❶（棵，株）栗子樹：種幾棵～。❷（顆）這種植物的果實：糖炒～真好吃。

猁

lì 見 "猞猁"（1186 頁）。

浰

lì 用於地名：～源（在廣東）。

莉

lì 見 "茉莉"（943 頁）。

喉

lì〈書〉鳥類高聲鳴叫：風聲鶴～｜一聲歸～楚天風。

笠

lì 草或竹篾編成的帽子，用於遮陽擋雨：斗～｜草～｜竹～｜披蓑戴～｜孤舟蓑～翁。

粒

lì ❶（～兒）〔名〕成顆粒的細小東西：飯～｜沙～｜玉米～｜鹽～兒｜米～兒｜脫～機。❷〔量〕用於成顆粒狀的東西；特指米粒：幾～米｜兩～珠子｜三～藥丸｜一～子彈｜～～皆辛苦。注意 漢語的量詞，各地方言很不相同，如閩語可以說 "一粒西瓜" "一粒籃球"，而普通話卻絕對不能這麼用。

語彙 絕粒 顆粒 米粒 沙粒 脫粒 子粒

【粒子】lìzǐ〔名〕比原子核的構造更簡單的物質，如電子、介子和光子等：物理學家致力於發現新～。也叫基本粒子。

【粒子】lìzi〔名〕"粒"①：米～｜鹽～。

詈

lì〈書〉❶罵：～罵｜怨～｜恣～｜～每｜～辭。❷責備：為我～人。

【詈罵】lìmà〔動〕罵；責罵。

傈

lì 見下。

【傈僳族】Lìsùzú〔名〕中國少數民族之一，人口約70 萬（2010 年），主要分佈在雲南西北部的怒江、瀾滄江、金沙江流域，少數散居在四川等地。傈僳語是主要交際工具，有本民族文字。

溧

lì〈書〉寒冷：～冽。

痢

lì 痢疾：赤～｜白～｜菌～｜噤口～。

【痢疾】lìji〔名〕由痢疾桿菌或阿米巴原蟲引起的腸道傳染病，患者腹痛、發燒、腹瀉、便膿血等。

溧

lì ❶用於地名：～水（在江蘇）｜～陽（在江蘇）。❷（Lì）〔名〕姓。

慄（栗）lì ❶因害怕或寒冷而發抖：戰～｜不寒而～。❷〈書〉恐懼；畏懼：吾甚～之。

"栗" 另見 lì（828 頁）。

蒞（涖）〈泣〉lì〈書〉到：～臨｜～校｜～會。

【蒞會】lìhuì〔動〕〈書〉到達開會的現場：～致

辭 | ～指導工作。

【蒞臨】lìlín〔動〕〈書〉來到：～會場｜歡迎大駕。

【蒞任】lìrèn〔動〕（官員）到職：部長已於日前～。

厲（厉）lì ❶嚴格：～禁賭博｜～行節約。❷嚴肅；嚴厲：正言～色｜聲色俱～。❸猛烈：凌～｜雷～風行｜風驟停。❹磨快：～兵秣馬。❺勉勵；激勵：以～賢材｜以～三軍。❻（Lì）〔名〕姓。

語彙 凌厲 淒厲 嚴厲 變本加厲 再接再厲

【厲兵秣馬】lìbīng-mòmǎ〔成〕秣：餵養。磨快兵器，餵飽馬匹。指準備戰鬥。也指事前充分準備。也說秣馬厲兵。

【厲鬼】lìguǐ〔名〕惡鬼：夜夢～傷人。

【厲害】lìhai〔形〕❶劇烈；嚴重：他病得很～。❷程度深，令人難以忍受：天冷得～。❸嚴厲；兇猛：她那張嘴可真～｜獅子和老虎哪一個～？以上也作利害。

【厲色】lìsè〔名〕嚴厲的臉色：疾言～。

【厲聲】lìshēng〔副〕聲音大而嚴厲地：～責問｜～呵斥。

【厲行】lìxíng〔動〕嚴格實行：～節約。

歷（历）〈㊀歷㊁厤〉lì ㊀❶經歷；經過：～程｜～久不衰｜～時一載｜～盡磨難。❷過去的，經過的：～年｜～代｜～次｜～屆｜～史。❸有關某種經歷的記錄：病～｜學～｜簡～。❹〔副〕遍；逐個；依次：～覽｜～任｜～訪名賢｜～告各界。❺（Lì）〔名〕姓。

"历" 另見 lì "曆"（830 頁）。

語彙 病歷 簡歷 經歷 來歷 履歷 學歷 遊歷 閱歷 資歷

【歷朝】lìcháo〔名〕❶以往的各個朝代：～典章制度各不相同。❷指同一個朝代各個君主的統治時期。

【歷陳】lìchén〔動〕一項項地依次陳述：～各種利弊得失。

【歷程】lìchéng〔名〕經歷的過程：艱難的～｜漫長的～｜思想發展～。

【歷次】lìcì〔形〕屬性詞。以往各次的：～談判｜～合作。

【歷代】lìdài〔名〕❶以往的各個朝代：～名臣｜～文選｜～騷人墨客。❷以往的很多世代：～經商。

【歷屆】lìjiè〔形〕屬性詞。以往各屆的：～畢業生｜～大會。

【歷盡】lìjìn〔動〕經歷或遭受過無數次：～艱辛｜～人世滄桑。

【歷經】lìjīng〔動〕〈書〉多次經歷：～磨難｜～坎坷。

L

【歷來】lìlái〔副〕從來；從過去到現在：～如此｜～不掩飾個人的缺點｜他～事事認真｜我們～說話算數。

【歷歷】lìlì〔形〕清晰分明的：～在目｜～可數。

【歷練】lìliàn ❶〔形〕經歷事情多，有豐富經驗：～老成。❷〔動〕經歷世事多而受到磨煉：多年～，養成了他遇事三思的習慣。

【歷年】lìnián〔名〕過去若干年；以往各年：～慣例｜～均有增加。

【歷任】lìrèn ❶〔動〕指先後擔任（各種職務）：～局長、副市長、市長等職。❷〔形〕屬性詞。以往各任的：～校長都是著名學者。

【歷時】lìshí ❶〔動〕時間持續；經歷時間：～長達三個月的汽車拉力賽｜此次乒乓球比賽十五天。❷〔形〕屬性詞。歷史發展中屬於不同時間層面的（跟"共時"相對）：從～的角度探討語言的發展。

【歷史】lìshǐ〔名〕❶ 自然界和人類社會或某種事物的發展過程，也指個人的經歷：回顧人類～｜天體演變的～｜回憶自己的～。❷ 過去的經歷；往事：不想再提那段傷心的～｜貧窮落後的面貌已成為一去不復返的～。❸ 有關過去事實的記載：查閱～材料。❹ 歷史學：專攻～｜～研究｜我喜歡～、地理，不喜歡物理、化學。❺（部）指歷史書：每個人都應該讀點兒～。

【歷史劇】lìshǐjù〔名〕（場，幕）以歷史故事為題材的戲劇，如郭沫若的《屈原》。

【歷數】lìshǔ〔動〕逐一列舉出來：～案犯的犯罪事實。

【歷險】lìxiǎn〔動〕經歷危險：～多次｜沙漠～。

曆（历）lì ❶ 曆法：陰～｜陽～｜農～｜公～。❷ 記錄年、月、日、節氣的書、表等：日～｜年～｜掛～｜枱～。
"历"另見 lì "歷"（829 頁）。

語彙 公曆 掛曆 皇曆 年曆 農曆 日曆 枱曆 夏曆 陽曆 陰曆

【曆法】lìfǎ〔名〕用年、月、日依一定法則組合，以記錄和計算時間的方法。主要有陽曆、陰曆和陰陽曆。國際上現在通行的公曆是陽曆的一種，伊斯蘭教曆是陰曆的一種，中國的農曆是陰陽曆的一種。

【曆書】lìshū〔名〕按一定的曆法排列年、月、日、節氣等以供查考的書。

【曆象】lìxiàng〔名〕曆法。

籭lì 見"鷥籭"（76 頁）。

鬲lì 見"鬲鬲"（793 頁）。

隸（隸）〈隸隸〉lì ❶ 從屬；依附：～從｜～於門下。

❷ 奴隸的一個等級：輿臣～（輿以隸為臣，輿是一個等級，隸是輿下面的一個等級）。❸ 奴隸；僕役：僕～。❹ 衙役；差役：皁～｜～卒。❺ 隸書：～體｜漢～。

【隸書】lìshū〔名〕漢字的一種字體，由篆書簡化演變而來，筆畫平直方正，是漢字由象形轉為非象形的重要階段，創始於秦，盛行於漢。

【隸屬】lìshǔ〔動〕區域、組織機構等受管轄；從屬：這個協會～新聞出版總署。

【隸卒】lìzú〔名〕舊時指衙門裏的差役。

勵（励）lì ❶ 勸勉：勉～｜激～｜鼓～｜～志。❷（Lì）〔名〕姓。

語彙 策勵 鼓勵 激勵 獎勵 勉勵

【勵精圖治】lìjīng-túzhì〔成〕振奮精神，力圖把國家或地方治理好。注意 這裏的"勵"不寫作"力"或"歷"。

【勵志】lìzhì〔動〕激勵意志，使奮發向上：～圖強｜～叢書｜～影片｜～名言。

癘（疠）lì〈書〉❶ 瘟疫：疫～｜瘴～。❷ 惡瘡：民多疥～。

瓅（珕）lì 見"玓瓅"（283 頁）。

壢（坜）lì 用於地名：中～（在台灣台北西南）。

櫟（栎）lì〔名〕落葉喬木，果實叫橡子，為球形堅果，葉子可餵柞蠶，樹皮可做染料，木材可做枕木、家具等。也叫橡樹、麻櫟、柞樹。
另見 yuè（1679 頁）。

麗（丽）lì ㊀ ❶ 美好；美麗：華～｜秀～｜～人｜風和日～。❷（Lì）〔名〕姓。
㊁〈書〉附着：附～｜草木～乎土。
另見 lí（820 頁）。

語彙 附麗 富麗 瑰麗 華麗 佳麗 美麗 綺麗 俏麗 秀麗 絢麗 艷麗 壯麗

【麗辭】lìcí〔名〕❶ 華麗的辭藻。❷ 對偶的詞句。

【麗人】lìrén〔名〕美女；美貌的女子：白領～｜長安水邊多～。

【麗藻】lìzǎo〔名〕華麗的辭藻：～華文。

【麗質】lìzhì〔名〕美麗的姿容（指女子）：天生～。

嚦（呖）lì 見下。

【嚦嚦】lìlì〔擬聲〕〈書〉形容鳥類清脆的鳴叫聲：鶯燕～。

巁（岰）lì 見下。

【巁崌】Lìjū〔名〕山名，在江西。

瀝（沥）lì ❶ 滴下，落下：滴～｜～血。❷ 液體（多指酒）的點滴：殘～｜餘～。

【瀝瀝】lìlì〔擬聲〕形容風聲、水聲等：風聲～｜～的流水聲。

【瀝青】lìqīng〔名〕提煉石油、煤焦油剩下的黑色膠凝有機化合物，也有產自天然的。可用來鋪設路面，做防水、防腐或絕緣材料。通稱柏油。

藶（苈）lì見"葶藶"（1350頁）。

櫔（枥）lì〔書〕❶馬槽：老驥伏～，志在千里。❷同"櫟"：松～皆十圍。

礪（砺）lì〔書〕❶粗磨刀石：金就～則利。❷磨：～劍｜～器械，教士卒。

礫（砾）lì碎石；小石塊：砂～｜～石｜瓦～。

鰲lì〔書〕❶兇狠；殘暴：為人賊～。❷違背：天下乖～。

蠣（蛎）lì見"牡蠣"（948頁）。

儷（俪）lì❶成對的；成雙的：～皮（一對鹿皮，古代的一種訂婚禮物）｜～辭（對偶的文辭）。❷配偶；特指夫婦：鳥獸猶不失～｜敬祝～安（祝頌你們夫婦二人安好）。

癧（疬）lì見"瘰癧"（885頁）。

糲（粝）lì〔書〕粗糧；糙米：～飯｜～粱。

轢（轹）lì〔書〕❶車輪輾軋：車～所致，火所爍。❷欺壓；欺凌：陵～。

酈（郦）lì〔名〕姓。

躒（跞）lì〔書〕走；躍：騏驥一～，不能千里｜駑馬無極，功在不捨。另見luò（887頁）。

霳（雳）lì見"霹靂"（1018頁）。

哩lī〔助〕語氣助詞。❶表示確定，指明事實而略帶誇張：他還穿花衣裳～｜那天的雨才大～。❷表示持續的狀態，用於句末：我在吃飯～｜他正在那裏等着你～。**注意**跟普通話的"呢"用法大致相同，但只用於非疑問句。❸表示列舉：桃～，蘋果～，荔枝～，樣樣齊全。**注意**跟普通話"啦"相近。另見lǐ（819頁）；lǐ（822頁）；yīnglǐ（1627頁）。

倆（俩）liǎ〈口〉數量詞。❶兩個：咱～｜哥兒～｜姊妹～｜一頓吃～饅頭。❷不多；幾個：掙～辛苦錢｜搬這麼～磚頭，用不了幾個人。**注意**"倆"是"兩個"的合音，後面不能再接"個"或其他量詞。另見liǎng（841頁）。

lián ㄌㄧㄢˊ

帘lián 酒家或店鋪門前的望子：酒～。另見lián（"簾"）（835頁）。

連（连）lián ㊀〔動〕❶連接；貫穿在一起：接～｜心～心｜海天相～｜藕斷絲～｜共同的信念，把我們～在一起｜這兩檔事毫不相干，～不到一塊。❷〔動〕帶累；牽累：牽～｜株～｜～累｜事情敗露，把他也上了。❸〔副〕連續；一個接一個（發生同樣情況）：～選～任｜～演三十場｜他～跑了三天。**注意** a）"連"修飾單音節動詞；修飾雙音節動詞常用"一連、接連、連連"。b）"連"所修飾的動詞後面常有數量短語。❹〔介〕表示包括在內；算上：～皮吃，不用削｜～椅子一塊兒搬走。❺〔介〕"連……帶……"，表示包括前後兩項：～人帶嫁妝都過來了｜～吃飯帶住宿才花了三百元。❻〔介〕"連……帶……"，表示兩種動作同時發生，不分先後：大夥～說帶笑高興得很｜把他～推帶拉讓進了屋裏。❼〔名〕軍隊編制單位，在排之上，營之下。❽（Lián）〔名〕姓。
㊁〔介〕表示強調（下文常用"都、也、還"跟着呼應）：～小孩子都知道｜～開車都不會｜～他住在哪裏你也沒問一聲。**注意** a）"連"後面可以是名詞、數量詞、動詞等詞語。b）"連"後面的名詞，可以是主語，也可以是前置賓語，所以省略了句子的施事主語或受事賓語後，會造成歧義，如"連雞也不吃了"，可以是"連雞也不吃（某種東西）了"（省略受事賓語），也可以是"（他）連雞也不吃了"（省略主語）。c）"連"後面為數量詞時，數詞多為"一"，謂語限於否定式，表示周遍意義，如"連一個人影也沒見着""連一天都沒歡過"。d）"連"後面為動詞時，句子謂語多為否定式，如"連游泳都不會""連跳舞也沒興致"。e）"連"後面的主謂結構，限於由疑問代詞或不定數詞構成的，如"連他姓甚麼也不問""連大樓有多少級台階他都清楚"。

| 語彙 | 黃連 | 接連 | 流連 | 毗連 | 牽連 | 一連 | 粘連 |
| 株連 | 藕斷絲連 |

【連班】liánbān〔動〕連續上兩個班次，中間不休息：今天我～，不回家了。

【連璧】liánbì〔名〕並列在一起的兩塊玉。比喻兩個美好而密切相關的人或事物。也作聯璧。

【連播】liánbō〔動〕把內容較長的節目分多次連續在廣播電台或電視台播出：評書～。

【連詞】liáncí〔名〕連接詞、詞組或句子的詞，如"和、跟、或者、如果、雖然"等。

L

【連帶】liándài〔動〕❶ 互相關聯：把～在一起的幾椿案件一同處理。❷ 牽連：你們完不成任務，～我也要受批評。❸ 附帶：今天開大會，～把職工退休的事也說一下。

【連……帶……】lián……dài…… ❶ 表示前後兩項包括在一起：～本～利。❷ 表示兩個動作同時進行：～說～唱｜～蹦～跳。

【連襠褲】liándāngkù〔名〕❶（條）襠裏不開口的褲子（區別於“開襠褲”）。❷ 見“穿連襠褲”（198頁）。

【連隊】liánduì〔名〕軍隊中對連以及相當於連的單位的習慣稱呼：下～鍛煉｜深入基層～進行調查研究。

【連番】liánfān〔副〕表示在不長的時間內接連進行：～累次｜～出擊｜～射門得分。

【連根拔】liángēnbá〔慣〕比喻徹底鏟除或消滅。

【連亙】liángèn〔動〕接連不斷：群山～。

【連貫】（聯貫）liánguàn〔動〕❶ 連接貫通：東西的交通樞紐｜把事情的前因後果一起來考慮。❷ 連續：語意～｜保持政策的～。

【連冠】liánguàn〔名〕在某項體育比賽中連續獲得冠軍稱號：中國女排曾獲五～。

【連鍋端】liánguōduān〔慣〕比喻全部除掉或移走：炮樓裏的偽軍被游擊隊～了｜這個小組～，調到別的車間了。

【連橫】liánhéng〔動〕戰國時張儀遊說六國服從秦國，攻擊其他國家。秦國居西，六國居東，東西為橫，所以六國事奉秦國稱連橫（跟“合縱”相對）。後泛指結盟。也作連衡。

【連環】liánhuán ❶〔名〕套連成串的環。❷〔形〕屬性詞。比喻相續不斷、互相關聯的：～計｜～畫｜～車禍。

【連環畫】liánhuánhuà〔名〕按故事情節連續排列的多幅圖畫，一般每幅畫都配有文字說明。

【連環計】liánhuánjì〔名〕互相連貫、計中有計的一種計謀：他中了～。

【連擊】liánjī〔動〕❶ 連續打擊。❷ 排球比賽中，一人連續擊球兩次或兩次以上叫連擊，屬犯規行為。

【連及】liánjí〔動〕牽連涉及：～他人｜不必～無關瑣事。

【連枷】liánjiā〔名〕（副）打穀脫粒用的農具，由一個長木柄和一組竹條或木條構成。也作槤枷。

【連腳褲】liánjiǎokù〔名〕（條）嬰兒穿的褲腳口包住腳底的褲子。

【連接】（聯接）liánjiē〔動〕❶ 互相銜接；聯繫：兩岸群山～不斷｜共同的命運把我們～在一起。❷ 使連接：～兩地的鐵路正在加緊施工。

【連接號】liánjiēhào〔名〕標點符號的一種，形式為“—”，作用是把意義緊密相關的詞語連為一個整體。

【連襟】liánjīn（～兒）〔名〕姐姐的丈夫和妹妹的丈夫合稱或互稱連襟：他們倆是～兒｜他的～是跑生意的。俗稱一擔挑。

【連累】liánlei〔動〕牽連，使跟着受害：他不只是自作自受，還～了別人。

【連理】liánlǐ〔書〕❶〔動〕不同根的草木枝條連生在一起。古代認為是吉祥的徵兆：木～｜嘉禾～。❷〔名〕比喻恩愛的夫妻：結為～。

【連理枝】liánlǐzhī〔名〕〈書〉❶ 連生在一起的兩棵樹。❷ 比喻相愛的夫妻：在天願作比翼鳥，在地願為～。❸ 比喻兄弟：願言保令體，慰此～。

【連連】liánlián〔副〕接連不斷：～點頭稱讚｜～拍手叫好｜～出現失誤。

【連忙】liánmáng〔副〕趕緊；急忙：眼看暴風雪就要來了，他～把羊群趕回到圈裏。

【連綿】（聯綿）liánmián〔動〕❶（山脈、河流、雨雪等）連續不斷：群山～｜梅雨～。❷（某些事物）不斷出現：戰火～｜災禍～。

【連年】liánnián〔動〕連續多年：～戰亂｜災荒～｜～疾病纏身｜產量～上升。

【連篇累牘】liánpiān-lěidú〔成〕形容文字煩瑣，篇幅冗長。

【連翹】liánqiáo〔名〕（棵，株）落葉灌木，葉子對生，春季開黃花，果實和果殼入中藥，有清熱解毒、消腫散瘀的作用。本名連，又名異翹，故合稱連翹。注意 這裏的“翹”不讀 qiào。

【連任】liánrèn〔動〕連續幾屆擔任同一職務：不得超過三屆｜～部長十年｜～選。

【連日】liánrì〔動〕連續幾天：雨雪～｜～緊張工作｜～感冒。

【連聲】liánshēng〔副〕一聲緊接一聲：～呼喚｜～稱讚｜～叫好。

【連手】liánshǒu ❶〔動〕互相勾結：他與壞人～，進行犯罪活動。❷〔名〕指互相串通一氣的人：這哥倆搞投機買賣向來是～。

【連鎖】liánsuǒ ❶〔名〕鎖鏈；鏈子。❷〔形〕屬性詞。一環扣一環，連續不斷，像鎖鏈似的：～反應。

【連鎖店】liánsuǒdiàn〔名〕（家）在總店之外，又在別處設立的多家跟總店同一名稱，經營相同業務，並依照同一經營方針而受總店領導的商店。

【連鎖反應】liánsuǒ fǎnyìng ❶ 物理上的鏈式反應。❷ 比喻相關的事物中，只要一個發生變化，其他的也都跟着發生變化：原材料大幅度漲價，往往會引起～。

【連天】liántiān〔動〕❶ 連續幾天：大雨～，使不少地方發生澇災。❷ 不間斷，連續：叫苦～｜炮火～。❸（山水等望去）好像與天空連接在一起：遠山～｜眺望太湖，碧波～。

【連通】liántōng〔動〕連接相通：這幾個房間是相互～的｜樓群與大路～。

【連同】liántóng〔連〕連；和：把論文～索引一起送去｜今年～去年的盈利共計十萬元。**注意** "連同"後面的詞語常常是比較次要的。

【連寫】liánxiě〔動〕❶ 漢語拼字字母拼寫法則之一，指注音時複音詞的幾個音節連起來寫，如"fángwū（房屋）、"níngméngchá"（檸檬茶）。❷ 書寫時筆畫相連不斷：草書講究～。也說連筆。

【連續】liánxù〔動〕一個接一個；一次接一次；相繼不斷：～性｜～不斷｜～刊登｜～十年無事故｜～轟炸該地區｜～航行 40 小時。

【連續劇】liánxùjù〔名〕（部）多集連續性的戲劇（多指電視劇）：80 集｜電視～《紅樓夢》。

【連夜】liányè ❶〔副〕當天夜裏（就做某事）；一趕赴現場｜一接到訂單，他～召開會議，組織生產。❷〔動〕連續幾夜：為趕進度，他們～奮戰在工地上｜任務如此急迫，我就是～不睡覺也難以完成。

【連衣裙】liányīqún〔名〕（條，件）上衣和裙子連為一體的女裝。

【連用】liányòng〔動〕❶ 連在一起使用：這兩個詞意思相同，～顯得重複。❷ 連續使用：這牙刷～幾次就掉毛了。

【連載】liánzǎi〔動〕作品在同一報刊上分期連續刊登：～長篇報告文學｜這部長篇小說在報紙上～以後，影響很大。

【連着】liánzhe〔副〕連續；接連：～出錯｜～打了十場比賽｜看了幾場演出。

【連中三元】liánzhòng-sānyuán〔成〕❶ 科舉考試分鄉試、會試、殿試，鄉試第一名稱解元，會試第一名為會元，殿試第一名為狀元，合稱三元。舊時稱接連在鄉試、會試、殿試中獲得第一名為連中三元。❷ 指在一項競賽中接連三次取得成功或在三次競賽中連續獲勝。

【連軸轉】liánzhóuzhuàn〔慣〕比喻接連不斷、夜以繼日地幹某項工作：由於任務重，人手少，我們幾個人經常得～。

【連珠】liánzhū〔名〕❶ 穿成串的珍珠：日月如合璧，五星如～。❷ 比喻接連不斷的聲音等：～炮｜妙語～。

【連綴】（聯綴）liánzhuì〔動〕聯結；組合：～成文｜把幾塊布～起來｜如果把幾個綫索～起來看，案情就清楚多了。

【連坐】liánzuò〔動〕牽連治罪。一人犯法，親屬、親族、鄰居等連帶受罰：當今法制社會，～是不允許的。

廉〈亷廉〉lián ❶ 廉潔；不貪：～政｜清正～明｜反腐倡～。❷ 價錢便宜：低～｜價～而工省。❸（Lián）〔名〕姓。

語彙 低廉 清廉

【廉恥】liánchǐ〔名〕指廉潔的品行和羞恥之心：禮義～｜毫無～｜為了個人私利，～也不顧了。

【廉價】liánjià ❶〔名〕便宜的價格：～布料｜推銷～商品｜～購入原料。❷〔形〕比喻不值錢，無價值：～的眼淚｜～的稱讚。

【廉潔】liánjié〔形〕清廉；不貪污腐化：清正～｜～奉公｜這個地方，政府的官員都很～。

【廉明】liánmíng〔形〕〈書〉廉潔清明：公正～。

【廉正】liánzhèng〔形〕廉潔正直：～無私｜為官～。

【廉政】liánzhèng〔動〕清廉從政；使政治廉明：～愛民｜加強～建設｜建立～措施。

【廉直】liánzhí〔形〕廉潔公正：～無私｜秉性～。

【廉租房】liánzūfáng〔名〕指政府以租金補貼或實物配租的方式，向符合城鎮居民最低生活保障標準且住房困難的家庭提供的社會保障性住房：相關部門加快了對～申辦的受理速度。

奩（匲）〈匲匲籢〉lián ❶ 舊時婦女梳妝用的鏡匣或盛其他化妝品的器皿：鏡～｜妝～（陪嫁的衣物）。❷ 精巧的匣子：棋～｜印～。

漣（漣）lián ❶〈書〉水面被風吹起的波紋。❷〈書〉淚流不止的樣子：涕淚～～。❸（Lián）漣水，水名。在湖南中部。❹ 用於地名：～水（在江蘇北部）。

【漣洏】lián'ér〔形〕〈書〉涕淚交流的樣子。

【漣漣】liánlián〔形〕〈書〉形容淚流不斷的樣子：泣涕～｜淚～。

【漣漪】liányī〔名〕〈書〉水面細微的波紋：湖水被清風吹起了層層～。

蓮（莲）lián〔名〕❶ 多年生草本植物，生長在淺水中，葉子大而圓，花白色或淺紅色。地下莖叫藕，種子叫蓮子，都可以吃。也叫荷、芙蓉、芙蕖等。❷（Lián）姓。

語彙 金蓮 木蓮 睡蓮 雪蓮 並蒂蓮 穿心蓮

【蓮步】liánbù〔名〕〈書〉美女的步履：～輕移。

【蓮花落】liánhuālào〔名〕曲藝的一種，用竹板打節拍，段落間常用"蓮花落，落蓮花"之類的詞語做襯腔或煞尾。現有不少曲種，如紹興蓮花落、江西蓮花落等。

【蓮蓬】liánpeng〔名〕荷花開過後的花托，倒圓錐形，裏面有蓮子。因蓮子各孔相隔如房，故也叫蓮房。

【蓮蓬頭】liánpengtóu〔名〕噴頭，因形狀像蓮蓬，故稱。

【蓮霧】liánwù〔名〕桃金娘科熱帶水果，又名洋蒲桃、紫蒲桃、水蒲桃、水石榴等，原產印度、馬來西亞,台灣、廣東、廣西等地廣有栽植。

【蓮子】liánzǐ〔名〕(粒,顆)蓮的種子,橢圓形,肉呈乳白色,可以吃,也可入藥。蓮子中央綠色的心叫蓮心,味苦,有清心瀉火的作用。

【蓮座】liánzuò〔名〕❶ 蓮花呈倒圓錐形的底部。❷ 佛像的底座,多呈蓮花形。

槤(槤) lián 見下。

【槤枷】liánjiā 同"連枷"。

碄 lián〈書〉一種磨刀石。
另見 qiān(1066 頁)。

憐(怜) lián ❶ 愛;疼愛:愛~|~愛|我猶 ❷ 憐憫;同情:哀~|可~|搖尾乞~|顧影自~。

語彙 哀憐 愛憐 可憐 乞憐 同病相憐

【憐愛】lián'ài〔動〕疼愛:這孩子十分招人~|老祖母最~小孫子。

【憐憫】liánmǐn〔動〕對不幸的人表示同情,可憐(別人):~的目光|我不需要別人的~|他無依無靠。

【憐惜】liánxī〔動〕同情愛惜:~之情|~弱者|不要~惡人。

【憐香惜玉】liánxiāng-xīyù〔成〕香、玉:指女子。比喻男子對女子愛憐溫存,關懷體貼。

【憐恤】liánxù〔動〕〈書〉憐憫體恤:我們應當~孤苦無依的老人。

溓 Lián ❶ 溓江,水名。在江西南部,流入贛水。❷〔名〕姓。

褳(裢) lián 見"褡褳"(226 頁)。

聯(联) lián ❶ 連接;聯合:串~|~姻|~盟|~手|蟬~冠軍|珠璧合。❷(~兒)對聯:門~|楹~|輓~|這副~兒寫得不錯。❸(Lián)〔名〕姓。

語彙 邦聯 並聯 蟬聯 串聯 對聯 關聯 門聯 輓聯 楹聯

【聯邦】liánbāng〔名〕國家結構形式之一,由若干具有國家性質的行政區域(邦、州、共和國等)組成的統一國家。聯邦是國際交往中的主體,有統一的憲法、立法機關和政府。各行政區域也有各自的憲法、立法機關和政府。聯邦和各行政區域的權限由聯邦憲法規定。

【聯播】liánbō〔動〕若干廣播電台或電視台同時轉播(某家廣播電台或電視台的節目):新聞~。

【聯產承包責任制】liánchǎn chéngbāo zérènzhì 中國農村的一種有效的農業經營方式,即把產量指標落實到承包人,超產有獎,虧產受罰。

【聯唱】liánchàng〔動〕由數人連接着演唱同一類或同一主題的歌曲:中國民歌~|樂府詩詞~演出。

【聯大】liándà〔名〕❶ 聯合大學的簡稱,如西南聯大、西北聯大。❷(Liándà)聯合國大會的簡稱。

【聯動】liándòng〔動〕相互關聯的事物,其中一個發生運動或變化時,其他的也跟着發生運動或變化:~裝置|~效應|~機制。

【聯防】liánfáng〔動〕❶ 由幾個方面聯合起來共同防範、防禦:軍民~|治安~。❷ 球類比賽中聯合防守:採取~戰術,阻止對方進攻。

【聯合】liánhé ❶〔動〕為同一目標而聯繫在一起(共同行動):~起來開發新能源。❷〔形〕屬性詞。共同的;雙方或多方結合在一起的:~公報|採取~行動|中日兩國~登山隊。

【聯合國】Liánhéguó〔名〕第二次世界大戰後,於 1945 年 10 月成立的國際組織。《聯合國憲章》規定的宗旨是維護國際和平與安全、制止侵略行為、促進國際經濟文化合作等。主要機構有聯合國大會、安全理事會、經濟和社會理事會、國際法院和秘書處。秘書長為行政首長。總部設在美國紐約。

【聯歡】liánhuān〔動〕(同一集體或不同集體的成員)歡聚在一起:春節~晚會|軍民~,共慶建軍節。

【聯結】(連結)liánjié〔動〕結合(在一起):~歐亞大陸的橋樑|把兩岸~起來的海底隧道。

【聯軍】liánjūn〔名〕不同的武裝組織聯合組成的軍隊:~司令|八國~|東北抗日~。

【聯絡】liánluò〔動〕接洽;聯繫;溝通:~站|~圖|~感情|圍棋同好|切斷與外界的~|設法同他~~。

【聯絡員】liánluòyuán〔名〕(位,名)上級部門派到下級部門了解情況、溝通關係的人員。

【聯袂】(連袂)liánmèi〔動〕〈書〉攜手,比喻一同(來、去、表演等):~而來|~赴滬|~登台獻藝。

【聯盟】liánméng〔名〕❶ 國家之間訂立盟約而結成的集團:三國組成~。❷ 政黨、團體、階級、個人為一定目的組成的聯合體:在競選中兩黨結成~|他們由對手一變而成了~。

【聯綿詞】liánmiáncí〔名〕由兩個漢字連綴成的單純詞。包括:1)雙聲的,如"參差、澎湃";2)疊韻的,如"燦爛、蹉跎";3)雙聲兼疊韻的,如"輾轉、繾綣";4)非雙聲非疊韻的,如"鸚鵡、芙蓉"。也叫聯綿字。**注意** 這裏的"聯"不寫作"連"。

【聯名】liánmíng〔動〕聯合署名:~上書|一百多位知名人士~呼籲制止濫伐森林。

【聯翩】(連翩)liánpiān〔形〕❶ 形容鳥飛的樣子:歸雁~。❷ 比喻連續不斷:~而至|~起舞|浮想~。

【聯賽】liánsài〔名〕(場)三個以上同級球隊之間的比賽,一般適用於排球、足球、籃球等。參賽隊按技術水平劃分等級，按比賽成績升降等級：全國足球甲級～。

【聯手】liánshǒu〔動〕聯合在一起：～經營｜～打造新產品｜這項計劃由科研單位與廠家～制訂。

【聯署】liánshǔ〔動〕(相關部門或單位)共同簽署(公告、文件等)。

【聯網】liánwǎng〔動〕把兩個以上的供電、電訊、計算機等網絡連接起來，形成更大的網絡：～發電｜電腦～｜銀行～以後，取款就方便多了。

【聯席會議】liánxí huìyì 不同機構、團體為解決共同相關的的問題而聯合舉行的會議：部長～｜各部門派代表舉行～。

【聯繫】liánxì ❶〔動〕聯絡；接洽：我打了一整天的電話，才跟他～上了｜他去北京～工作。❷〔動〕結合；連接：理論～實際｜～具體實例講解戰術。❸〔名〕關係：這兩件事沒有任何～。

【聯想】liánxiǎng〔動〕由某人、某事物或某種想法而想起(其他有關的人、事物或想法)：他常常～起往事｜這是一種合理的～｜通過～可以更快地掌握英語單詞。

【聯銷】liánxiāo〔動〕聯合銷售：兩家公司進行～活動｜家電產品～。

【聯誼】liányì〔動〕聯絡友誼：～活動｜～地點尚未確定。

【聯誼會】liányìhuì〔名〕聯絡感情和增進友誼的社交活動：大齡青年～｜校友～｜企業家～。

【聯姻】liányīn〔動〕❶(兩家)由於婚姻關係而結成親戚：孫劉兩家～。❷比喻(雙方或多方)聯合或密切協作：企業與科研院所～，大大增強了競爭實力。

【聯營】liányíng〔動〕聯合開辦，共同經營：跨行業～辦公司｜這家商店是三家公司～的。

【聯運】liányùn〔動〕不同的交通部門或不同的交通路綫之間連續運輸，旅客或託運者只需買一次票或辦一次手續：水陸～｜海陸空國際～。

【聯展】liánzhǎn〔動〕聯合舉辦展覽或展銷活動：十省市名優產品～｜全國油畫～在中國美術館舉行。

臁 lián 小腿的兩側：～骨｜～瘡(發生在腿部的皮膚病，初起時為小膿皰，逐漸增大，形成潰瘍，流膿，疼痛，癒後留下瘢痕)。

謰(諫) lián 見下。

【謰語】liányǔ〔名〕〈書〉聯綿詞。

蠊 lián 見"蜚蠊"(377頁)。

簾(帘) lián(～兒)〔名〕簾子：湘～｜門～｜紗～｜垂～聽政｜窗上掛着～兒。

"帘"另見 lián(831頁)。

【簾子】liánzi〔名〕〔口〕遮掩門窗的東西，多用竹、葦、布、塑料等製作：草～｜珠～｜布～｜棉～｜買了幾掛～。

鬑 lián〈書〉鬚髮修長的樣子：為人潔白皙，～～頗有鬚(他的皮膚白皙，稀稀疏疏地長着幾根長鬚)。

鐮(镰)〈鎌鐮〉～ lián ❶鐮刀：開～｜掛～。❷(Lián)〔名〕姓。

語彙 掛鐮　火鐮　開鐮

【鐮刀】liándāo〔名〕(把)收割莊稼或割草的農具：下地前磨磨～。

鰱(鲢) lián〔名〕魚名，生活在淡水中，體側扁，銀灰色，鱗細，是中國重要的養殖魚。也叫鰱(xù)魚。

liǎn ㄌㄧㄢˇ

璉(琏) liǎn 古代宗廟中盛黍稷等的器皿。

斂(敛)〈歛〉 liǎn / liàn ❶〈書〉收住；收攏：～容｜～步不前。❷〈書〉約束；抑制：～跡。❸〔動〕聚集；徵收：～錢｜～齊｜聚～｜橫徵暴～。❹〈書〉整理：～衽。

語彙 聚斂　收斂　橫徵暴斂

【斂步】liǎnbù〔動〕〈書〉收攏腳步，不往前走：遲疑而～。

【斂財】liǎn//cái〔動〕搜刮錢財：貪官～｜斂了一大筆財。

【斂跡】liǎnjì〔動〕隱藏行跡，不敢公開活動：政治清明，盜匪～｜銷聲～。

【斂衽】liǎnrèn〈書〉❶〔動〕整理衣襟，表示敬意：～謝之。❷同"襝衽"。

【斂容】liǎnróng〔動〕〈書〉收起笑容，神情嚴肅起來：聞者莫不～。

臉(脸) liǎn〔名〕❶(張)面部；從額頭到下巴：洗～｜刮～｜劈頭蓋～。❷面子；情面：丟～｜賞～｜沒～見人｜～上有點磨(mò)不開。❸臉色；表情：笑～相迎｜把～一沉。❹(～兒)某些物體的前部：門～兒｜鞋～兒。

語彙 變臉　丟臉　翻臉　花臉　露臉　賞臉　笑臉　嘴臉　拉下臉　愁眉苦臉　急赤白臉　劈頭蓋臉　死皮賴臉　有頭有臉

【臉蛋兒】liǎndànr〔名〕臉；臉的兩旁部分：小～紅紅的，真好看。也說臉蛋兒。

【臉紅】liǎnhóng〔動〕臉變紅了，多指害羞：你幹這種事～不～？

【臉紅脖子粗】liǎn hóng bózi cū〔俗〕面部頸部紅漲。形容發急或發怒時的樣子：兩個人爭得～｜急得他～。

【臉頰】liǎnjiá〔名〕臉的兩側部分：～蠟黃｜～緋紅｜淚珠順着女人的～往下淌。

【臉面】liǎnmiàn〔名〕❶ 面孔：～有點兒浮腫。❷ 情面；面子：礙於～｜不顧～。

【臉嫩】liǎnnèn〔形〕指臉皮兒薄，易害羞：辦事要大膽，不要太～。

【臉盤兒】liǎnpánr〔名〕（副）〈口〉臉的形狀、輪廓：大～｜～挺漂亮。也說臉龐。

【臉龐】liǎnpáng〔名〕臉盤兒。注意"臉龐"較文，"臉盤兒"是口語。

【臉皮】liǎnpí〔名〕❶ 面部皮膚：～蠟黃。❷ 情面：拉不下～來。❸ 指羞恥的心理。易害羞叫"臉皮薄"；不易害羞或沒羞恥叫"臉皮厚"；不顧羞恥叫"厚着臉皮"。注意"臉皮薄"，說時一般兒化為"臉皮兒薄"（liǎnpír báo）；"臉皮厚"不能兒化。

【臉譜】liǎnpǔ（～兒）〔名〕傳統戲曲演員面部化裝的譜式（主要用於淨角），從面具逐漸演變而成。用各種色彩在面部勾畫成圖案，以顯示人物的性格特點。一般紅色表示忠勇，黑色表示剛直，白色表示奸邪。丑角鼻子上勾畫的白粉塊狀，也是臉譜的一種，俗稱豆腐塊兒臉。

臉譜起源於面具

上古的圖騰，春秋的儺祭，漢唐的代面，宋元的塗面，發展為明清的臉譜。今貴州的地方戲，江西和安徽等地的儺戲，西藏的藏戲，仍戴面具。

【臉譜化】liǎnpǔhuà〔動〕比喻文藝創作中按照某種固定模式刻畫人物形象：小說中的人物不能～。

【臉軟】liǎnruǎn〔形〕比喻臉皮兒薄，重情面：他～，好說話。

【臉色】liǎnsè〔名〕❶ 臉上的顏色；氣色：～紅潤｜～發青。❷ 臉上的表情；神色：看主人的～行事｜看看他的～，就能知道他在想甚麼。

【臉膛兒】liǎntángr〔名〕（北方官話）面部：紫～、黑鬍子。

【臉形】liǎnxíng〔名〕指臉的形狀：這孩子～像她爸爸｜～端正。

【臉型】liǎnxíng〔名〕臉大體上所屬的類型，如方型、圓型、長型等。

【臉硬】liǎnyìng〔形〕比喻不講情面：他～，求也沒用。

【臉子】liǎnzi〔名〕❶ 臉色；神情（多指不愉快的）：別整天給人家～看。❷ 面子：這樣不顧～的人真是少見。

襝（裣）liǎn 見下。

【襝衽】liǎnrèn〔動〕〈書〉提起衣襟夾於帶間，表示敬意。古代都指男子而言，元代以後，變為專指婦女的拜禮，常寫在書信的末尾。也作斂衽。

薟（莶）liǎn ❶ 見"白薟"（26 頁）。❷ 草名。五月開花，七月結實，球形漿果，可入藥。

liàn ㄌㄧㄢˋ

璉（琏）liàn〈書〉玉名。

楝 liàn〔名〕落葉喬木，羽狀複葉，互生，花淡紫色，果實橢圓形，黃褐色。木質堅實，可製樂器、家具等，種子、樹皮、根可入藥。

煉（炼）〈鍊〉liàn ❶〔動〕冶煉；提煉：熔～｜～鋼｜～油。❷〔動〕燒；鍛煉：千錘百～｜真金不怕火～｜在爐子裏～了七天七夜。❸ 推敲、琢磨（字詞），使精練準確：～字｜～句。❹（Liàn）〔名〕姓。

語彙　錘煉　鍛煉　熔煉　提煉　修煉　冶煉　千錘百煉　真金不怕火煉

【煉丹】liàn // dān〔動〕古代方術的一種，道教徒和方士用朱砂提煉藥物，聲稱食後能長生不老。後有內丹、外丹之分。將人體擬作爐鼎，用靜功和心法修煉精、氣、神，叫內丹；用爐火燒煉藥物，叫外丹。

【煉鋼】liàn // gāng〔動〕熔煉生鐵或廢鋼，排除雜質，降低碳素含量，得到合乎要求的鋼：煉了第一爐鋼。

【煉焦】liàn // jiāo〔動〕在隔絕空氣的條件下，把煤高溫加熱，分解為焦炭、煤氣、煤焦油等。

【煉句】liànjù〔動〕寫作時斟酌的詞句或經過加工提煉，使句子簡潔優美。

【煉乳】liànrǔ〔名〕一種乳製品，以牛奶或羊奶為原料，經消毒濃縮而成，有甜、淡之分，便於保存和運輸。

【煉鐵】liàn // tiě〔動〕從鐵礦石中提煉鐵。

【煉油】liàn // yóu〔動〕❶ 分餾石油，提取汽油、煤油等。❷ 加熱含油物質，使油從中分離出來。❸ 加熱動物油或植物油，使適於食用。

【煉獄】liànyù〔名〕❶ 天主教等指人死後暫時受苦贖罪的地方，待罪過煉盡，即可實現精神升華而步入天堂。也叫滌罪所。❷ 比喻磨煉人的艱苦環境。注意不可將"煉獄"與"地獄"混為一談。

【煉製】liànzhì〔動〕通過提煉製成：～鋼材｜～食用油。

【煉字】liànzì〔動〕寫文章時經過推敲而選用最恰當的字。

練（练）liàn ❶〔動〕把生的絲麻或布帛煮得柔軟潔白：～絲。❷〔動〕訓

練；練習：排～｜闖～｜～兵｜～球｜～字。
❸〔動〕指練武藝：光說不～，嘴把戲｜光～不說，傻把戲。❹閱歷豐富；熟練：幹～｜老～｜精～｜～達。❺〈書〉白色熟絹；也泛指絹：澄江靜如～。❻（Liàn）〔名〕姓。

> **語彙** 諳練　操練　闖練　幹練　簡練　教練　精練　拉練　老練　歷練　排練　熟練　訓練

【練筆】liàn // bǐ〔動〕❶練習寫字：～學寫字。❷練習寫作：常練一下筆可以提高寫作能力。
【練兵】liàn // bīng〔動〕❶訓練軍隊：平日練好兵，戰時少流血。❷指一般訓練工作；賽前～｜為迎接統考，咱們還要多練練兵。
【練達】liàndá〔形〕〈書〉閱歷豐富，通曉人情：老成～。
【練隊】liàn // duì〔動〕練習排列隊形、走步等。
【練功】liàn // gōng〔動〕練習功夫、技藝等，特指練習氣功或武功：堅持天天～｜我練一會兒功再回家。
【練就】liànjiù〔動〕練成功：～一身武藝｜～一手好字。
【練手】liàn // shǒu〔動〕練習做某事，以掌握技能或本領：先用這輛舊車練練手。
【練攤】liàn // tān（～兒）〔動〕〈口〉擺攤售貨：找不着合適的工作可以去～呀！
【練武】liànwǔ〔動〕❶練習武術：～賣藝｜～強身。❷進行軍事操練：～備戰。❸泛指練習各種技能：技術～。
【練習】liànxí❶〔名〕（個，項）為鞏固學習成果而設置的有針對性的作業等：～本｜～題｜多做～｜課文後面附有三個～。❷〔動〕反復學習實踐，以求熟練和提高：～英文打字｜～跳遠。

殮（殓） liàn 把人的屍體安放進棺材：入～｜裝～｜收～。

鏈（链） liàn ❶（～兒）〔名〕鏈子：項～｜鐵鎖～兒。❷〔量〕計量海上距離的長度單位。1/10 海里為 1 鏈，合 185.2 米。

> **語彙** 鉸鏈　拉鏈　鎖鏈　項鏈

【鏈黴素】liànméisù〔名〕抗生素的一種，是從灰色鏈黴素培養液中分離出來的藥物，對結核桿菌、鼠疫桿菌、大腸桿菌等有抑制作用。
【鏈球】liànqiú〔名〕❶田賽項目之一。運動員雙手握在鏈球的把手上，人和球一同旋轉，利用慣性，脫手將球擲出。投擲遠者為勝。❷鏈球運動使用的投擲器械，球由球體、鏈子和把手組成。
【鏈條】liàntiáo〔名〕❶機械傳動用的鏈子：～爐｜用～傳輸動力。❷（根）（吳語）用金屬小環連接而成的像鏈子樣的條形物：鐵～。
【鏈子】liànzi〔名〕（條，根）❶金屬小環連成的繩

子樣的東西：鐵～｜～錘。❷〈口〉自行車等傳動用的鏈條：自行車～掉了。

鍊（鍊） liàn〔名〕鯡。

瀲（潋） liàn〈書〉水邊。

【瀲灔】liànyàn〔形〕〈書〉❶形容水盈滿，水勢浩大：金樽～｜滿目～波濤。❷形容水波蕩漾：水光～｜湖光～。

戀（恋） liàn ❶〔動〕戀愛；愛慕：初～｜苦～｜單～｜熱～｜失～。❷留戀；不忍分別；不願離開：依～｜眷～｜～舊｜～家｜遊子～故鄉。

> **語彙** 愛戀　初戀　單戀　懷戀　眷戀　苦戀　留戀　迷戀　熱戀　失戀　貪戀　依戀

【戀愛】liàn'ài ❶〔動〕男女相愛：他倆正在～。❷〔名〕男女相愛的行動表現；談～｜～婚姻問題。
【戀歌】liàngē〔名〕（首，支）愛情歌曲。
【戀舊】liànjiù〔動〕留戀故土、故人：常常萌生～之情。
【戀戀不捨】liànliàn-bùshě〔成〕形容十分留戀，捨不得離開或不忍丟棄。
【戀情】liànqíng〔名〕❶對人或事物依戀的感情：對故土懷有深厚的～。❷男女雙方愛戀的感情；愛情：往日的一段～。
【戀人】liànrén〔名〕（對）戀愛中的男女或指其中一方：一對年輕的～｜她是我大學時的～。
【戀棧】liànzhàn〔動〕馬捨不得離開馬棚，比喻官吏貪戀官職祿位：他不願離開職位，內心有點～。
【戀戰】liànzhàn〔動〕為追求更多的勝利而不願停止戰鬥：敵人無心～，倉皇逃跑。

liáng　ㄌㄧㄤˊ

良 liáng ❶〔形〕良好；美好：～策｜精～｜優～｜不～｜～辰美景｜測驗成績為～。❷優秀的；賢能的：～將賢臣｜～師益友。❸天賦的；天然的：～知｜～能。❹善良的人；賢良的人：除暴安～｜陷害忠～。❺〔副〕很；甚：～久不語｜用心～苦｜獲益～多。❻（Liáng）〔名〕姓。

> **語彙** 不良　從良　改良　精良　善良　天良　馴良　賢良　優良　忠良　的確良

【良策】liángcè〔名〕好的計策和辦法：另謀～｜治國～。
【良辰】liángchén〔名〕❶好時光：～美景。❷好日子：吉日～。
【良辰美景】liángchén-měijǐng〔成〕美好的時光，

宜人的景色：～奈何天，賞心樂事誰家院？

【良方】liángfāng〔名〕療效好的藥方，多指中藥方子，比喻高明的辦法：治病～｜解決交通擁堵的～。

【良好】liánghǎo〔形〕❶好；令人滿意：～的願望｜長勢～｜氣氛～｜受過～的專業訓練｜身體恢復情況～。❷評分或考核等級的第二等，次於"優秀"，好於"及格"（合格）。

【良機】liángjī〔名〕好機會；有利時機：坐失～｜錯過～｜天賜～。

【良家】liángjiā〔名〕清白人家：～婦女。

【良久】liángjiǔ〔形〕〈書〉很久：沉思～｜勸說～，毫無效果。

【良苦】liángkǔ〔形〕〈書〉❶很辛苦：勞其～。❷很深：用心～。

【良民】liángmín〔名〕❶舊時指普通平民（區別於"賤民"）。❷舊時指規矩守法的老百姓。

【良師益友】liángshī-yìyǒu〔成〕能給人教益和幫助的好老師、好朋友：我能取得這些成績，應當感謝始終支持我的～｜願這本好書成為你的～。

【良田】liángtián〔名〕土質肥沃的田地：～百畝｜荒山變～。

【良宵】liángxiāo〔名〕〈書〉美好的夜晚：共度～｜～一刻值千金。

【良心】liángxīn(-xin)〔名〕❶善良的本性：他終於～發現｜～豈容泯滅。❷內心對是非、善惡的判斷和認識：～話｜憑～講，這是不公平的。

【良性】liángxìng〔形〕屬性詞。❶能發揮效益、產生好結果的：～循環。❷不會產生嚴重後果的：～腫瘤。

【良言】liángyán〔名〕（句）善言；好話：～相勸｜一句三冬暖｜句句是金玉～。

【良藥】liángyào〔名〕（劑，服）好藥（多用於比喻）：治療頭痛的～｜～苦口利於病｜糾正不正之風的～。

【良醫】liángyī〔名〕（位）醫道高明的醫生：～出世家｜久病成～。

【良莠不齊】liángyǒu-bùqí〔成〕莠：類似穀子的野草。比喻優劣好壞的人或物混雜在一起：未經過嚴格考試，學員難免～。注意"莠"不讀 xiù。

【良緣】liángyuán〔名〕美滿的姻緣：喜結～｜天作～。

【良知】liángzhī〔名〕❶儒家指人類不學而知的判斷是非善惡的天賦本能：有～良能｜用智慧和～判斷。❷指良心：喚起～｜～何在？❸良友；知己：結交多年，成為～。

【良種】liángzhǒng〔名〕（家畜或作物中的）優良品種：精選～｜～育苗｜～馬。

【良渚文化】Liángzhǔ wénhuà 中國新石器時代的一種文化，距今約四五千年，因 1936 年首次發現於浙江餘姚良渚鎮而得名，是早期的太湖文化。最具代表性的遺物是漆黑色的陶器。良渚文化證明，中國文化有多個源頭。

俍

liáng〈書〉完善；完美。

茛

liáng ❶指薯莨。❷（Liáng）〔名〕姓。另見 làng（803 頁）。

涼（涼）

liáng ❶〔形〕溫度低；微冷：～茶｜～風｜乘～｜受～｜天～了，加件衣服吧。❷〔形〕比喻灰心或失望：心裏～了大半截。❸悲哀；愁苦：悲～｜淒～。❹冷落；不熱鬧：荒～｜蒼～。❺（Liáng）〔名〕姓。另見 liàng（842 頁）。

語彙　悲涼　冰涼　乘涼　蒼涼　沖涼　荒涼　納涼　淒涼　清涼　受涼　歇涼　陰涼　着涼　世態炎涼

【涼拌】liángbàn〔動〕一種做菜方法，把涼的食品加調料拌和：～黃瓜｜蒜泥～白切肉。

【涼菜】liángcài〔名〕（個）涼着吃的菜，如小葱拌豆腐：先要幾個～。

【涼粉】liángfěn(～兒)〔名〕一種食品，綠豆粉等熬成稠糊，冷卻後凝成半透明塊狀，加調料後拌着吃：麻醬拌～｜來一碗～。

【涼開水】liángkāishuǐ〔名〕晾涼了的開水：愛喝～，不愛喝飲料。

【涼快】liángkuai❶〔形〕清涼爽快：樹陰底下～多了｜涼涼快快睡個好覺。❷〔動〕使涼快：～一下再走吧｜喝點酸梅湯，～～。

【涼棚】liángpéng〔名〕（座）夏季搭蓋的用來遮擋太陽的棚子。也叫天棚。❷手平放在額前的遮陽動作：手搭～遠看。

【涼薯】liángshǔ〔名〕❶（棵，株）（西南官話）藤本植物，塊根像甘薯，可以生吃。有的地方叫地瓜。❷這種植物的果實。

【涼爽】liángshuǎng〔形〕涼快清爽：公園裏很～｜秋天一到，天氣就～了。

【涼水】liángshuǐ〔名〕❶冷水：用～沖一下頭，清醒清醒。❷生水：不要喝～。

【涼絲絲】liángsīsī(～的)〔形〕狀態詞。形容微涼：有點兒小風，～的，很舒服。

【涼颼颼】liángsōusōu(～的)〔形〕狀態詞。形容微寒，涼意較重：秋風一起，覺得身上～的。

【涼台】liángtái〔名〕陽台或曬台，可供人乘涼、遠望等：～上擺着幾盆花兒。

【涼亭】liángtíng〔名〕（座）供行人乘涼、避雨或休息的亭子：咱們到～裏坐一會兒再上山。

【涼席】liángxí〔名〕（領，張）夏天鋪的席子，用竹篾、草等編成，能散熱，使人感到涼爽。

【涼鞋】liángxié〔名〕（雙，隻）夏天穿的一種鞋有空隙，能通風，使腳感到涼快的鞋：皮～｜塑料～｜夏天他愛穿～。

【涼藥】liángyào〔名〕（劑，服）指藥性涼，能敗火、解毒的中藥,如牛黃、黃連等:吃點~去去火。

【涼意】liángyì〔名〕(絲)涼爽的感覺:夜晚,江風吹過來,很有些~。

梁 Liáng〔名〕❶ 戰國時魏國遷都大梁(今河南開封)後,改稱梁。❷ 南北朝時南朝之一,公元502-557年,蕭衍所建,建都建康(今江蘇南京)。❸ 五代之一,公元907-923年,朱溫所建,建都汴(今河南開封),國號梁,史稱後梁。❹姓。
另見 liáng "椺"(839頁)。

【梁山伯】Liáng Shānbó〔名〕民間傳說中的人物,曾與女扮男裝的祝英台結為兄弟,一同讀書三年,得知祝英台已由父母做主許配馬氏後,梁山伯憂鬱成疾,抱恨而亡。在文藝作品中,梁山伯是個敦厚而不諳世故、多情而難釋情懷的書生形象。

椋 liáng〔名〕落葉喬木,葉似柿葉,果實圓形,生的時候青色,熟的時候黃色,木質堅硬。俗稱燈枱樹,也叫椋子木。

量 liáng ❶〔動〕用器具確定事物的多少、長短、輕重或其他性質:丈~|測~|車載斗~|~一下尺寸做衣服|我剛~過身高體重。❷估量;衡量:掂~|酌~|思~。
另見 liàng(842頁)。

語彙 測量 打量 掂量 端量 估量 衡量 商量 思量 丈量 酌量 車載斗量

【量杯】liángbēi〔名〕量液體容積的器具,多用玻璃製成杯子的形狀,上面有刻度。

【量度】liángdù〔動〕測定物體的各種量(如長度、重量、能量等):~儀器|精確的~。

【量角器】liángjiǎoqì〔名〕測量角度用的半圓形規,半圓形分成180個等分,每一等分為一度。

【量具】liángjù〔名〕計量和檢測用的工具,如天平、卡鉗、量角器、測緯儀、遊標卡尺等。

粱 liáng ❶〈書〉穀子的優良品種:黍稷稻~。❷〈書〉精美的細糧或膳食:~肉(精美的飯食)|膏~。❸(Liáng)〔名〕姓。

堎 liáng〔名〕(道)中國西北地區把條狀的黃土山崗稱堎:~上有人。

跟 liáng 見 "跳跟"(1343頁)。
另見 liàng(842頁)。

綡 (綡) liáng〈書〉帽子上的絲帶。

椺 (梁) liáng ❶〔名〕(根)房梁;木結構屋架中順着前後方向架在立柱上的長木:屋~|正~|大~|上~。❷橋:石~|橋~|津~。❸〔名〕物體或身體中間拱起的長條部分:山~|鼻~|脊~。❹(~兒)提包、籃子、壺等弓形的手提部分:提~兒。

"梁" 另見 Liáng(839頁)。

語彙 鼻椺 大椺 棟椺 脊椺 津椺 橋椺 提椺 跳椺 屋椺 懸椺 正椺

【椺上君子】liángshàng-jūnzǐ〔成〕《後漢書·陳寔傳》記載,有一個竊賊晚上進到陳寔家裏去偷東西,藏在屋椺上。陳寔稱他為 "椺上君子"。後用作竊賊的代稱。

輬 (輬) liáng 見 "輼輬"(1415頁)。

糧 (粮) liáng ❶ 糧食:粗~|口~|五穀雜~|寅吃卯~|買~方便|吃~不愁|手中有~心裏不慌。❷ 作為農業稅上繳的糧食:完~。❸(Liáng)〔名〕姓。

語彙 粗糧 乾糧 公糧 口糧 錢糧 細糧 餘糧 原糧 雜糧 商品糧 寅吃卯糧

【糧倉】liángcāng〔名〕❶(座)貯存糧食的倉庫。❷比喻盛產糧食的地方:東北是中國的~|北大荒已經成了大~。

【糧草】liángcǎo〔名〕供軍用的糧食和草料:兵馬未動,~先行|籌集~。

【糧店】liángdiàn〔名〕(家)銷售糧食的店鋪。

【糧荒】liánghuāng〔名〕因受災等原因而造成的糧食嚴重缺乏的現象:發生~|鬧~。

【糧庫】liángkù〔名〕(座)存放糧食的倉庫。

【糧秣】liángmò〔名〕糧草:督催~|~先行|把~儘快運過河。

【糧農】liángnóng〔名〕以種植糧食為主業的農民。

【糧食】liángshi〔名〕(顆、粒)供食用的穀類、豆類和薯類等的統稱:~是寶中寶|應該愛惜每一粒~。

【糧食作物】liángshi zuòwù 稻、麥、雜糧等農作物的統稱:華北平原是~產區。

【糧餉】liángxiǎng〔名〕舊時軍隊發給官兵的口糧和錢。

【糧站】liángzhàn〔名〕(家)收購、調撥、管理糧食的機構。

【糧棧】liángzhàn〔名〕❶(家)經營批發業務的糧店。❷存放糧食的貨棧。

兩 liǎng ㄌㄧㄤˇ

兩 (两) liǎng ㊀❶〔數〕一個加一個是兩個(一般用於量詞和 "半、百、千、萬、億" 前):~束花|~間房|提高~倍|去了~次|一年零~個月|~萬~千元。❷〔數〕表示雙方(多用於書面語或固定格式):~便|~可|~相對照|~全其美|勢不~立。❸〔數〕表示不定的數目(限於二至九,和 "幾" 相近):你說~句|讀過~本書就以為甚麼都懂了|真有~下子。❹〔數〕指稱某些成雙或被認為成雙的親

L

屬關係或事物：～夫妻｜～姐妹｜～手｜～耳｜不聞窗外事｜貧富不均，～極分化。❺（Liǎng）〔名〕姓。

㈡〔量〕質量或重量單位。10 錢等於 1 兩，舊制 16 兩等於 1 斤，市制 10 市兩等於 1 市斤。

語彙 斤兩　市兩　銀兩　半斤八兩　掂斤播兩　三三兩兩　着三不着兩　此地無銀三百兩

【兩岸】liǎng'àn〔名〕❶指江、河、海峽等兩邊的地方。❷特指中國大陸和台灣，因大陸與台灣處在台灣海峽兩岸，故稱。

【兩敗俱傷】liǎngbài-jùshāng〔成〕爭鬥的雙方都遭受損失或傷害。

【兩邊】liǎngbiān〔名〕方位詞。❶指物體的兩個邊：櫃子～不一樣高。❷指兩個地方或兩個方向：他得～照顧，非常忙｜桌子～都有抽屜。❸與某事有關的兩方面；雙方：～都不讓步，談判陷入了僵局。

【兩便】liǎngbiàn〔形〕❶客套話。雙方都方便；雙方各自就便：主客～，大家不必拘禮。❷兩種方法隨意選擇：存取自由，定活～。

【兩端】liǎngduān〔名〕❶物體的兩頭：木棒～。❷兩個方面，多形容遲疑不決的態度：首鼠～。

【兩個文明】liǎnggè wénmíng 指物質文明和精神文明：加強～建設。

【兩廣】Liǎngguǎng〔名〕廣東和廣西的合稱。

【兩湖】Liǎnghú〔名〕湖北和湖南的合稱：～熟，天下足。

【兩回事】liǎnghuíshì 兩碼事：記敍文和雜感是～，各有各的寫法。

【兩會】liǎnghuì〔名〕全國人民代表大會和中國政治協商會議的合稱。每五年為一屆，每年三月召開一次全體會議。

【兩極】liǎngjí〔名〕❶地球的南極和北極：～探險。❷電極的陰極和陽極；磁極的南極和北極：注意電源的～｜電機的～。❸比喻相反的兩個極端：貧富～｜～分化。

【兩江】Liǎngjiāng〔名〕清初江南省和江西省的合稱。康熙後江南省分為江蘇、安徽兩省，江蘇、安徽、江西三省相沿仍稱為兩江。

【兩可】liǎngkě〔動〕❶兩種選擇都可以：模棱～｜我去不去～。❷兩種選擇都可能：成不成還在～。

【兩口子】liǎngkǒuzi〔名〕〈口〉夫妻兩人：隔壁那～對人特別熱心。也說兩口兒。

【兩碼事】liǎngmǎshì 指互相之間沒有關係的兩件事：獨立自主與閉關鎖國完全是～。也說兩回事。

【兩面】liǎngmiàn〔名〕方位詞。❶正面和反面：鈔票～的圖案沒有相同的。❷兩方面；兩邊：山的左右～峭壁陡立。❸事物的兩個相對的方面：～性｜～派｜～做工作｜事情的利弊～都應該考慮到。

【兩面光】liǎngmiànguāng〔慣〕比喻兩方面討好，誰都不得罪（含貶義）：他是個～的人物，處事十分圓滑。

【兩面派】liǎngmiànpài〔名〕❶指陽奉陰違、表裏不一的人；也指向對立雙方都討好的人：個～，和他相處要特別小心。❷指兩面派的手法：耍～，不老實。

【兩面三刀】liǎngmiàn-sāndāo〔成〕比喻當面一套，背後一套，耍兩面手法。

【兩面性】liǎngmiànxìng〔名〕一種事物本身同時存在的兩種互相矛盾的性質或傾向。

【兩難】liǎngnán〔形〕（做某事）兩種選擇都有困難：進退～｜把我逼到了～境地。

【兩旁】liǎngpáng〔名〕方位詞。兩邊；兩側：道路～，綠樹成蔭。

【兩棲】liǎngqī〔動〕❶（動物或植物）既可在水中生活，也可在陸上生活：～動物｜青蛙能水陸～。❷既能在水上也能在陸上活動：～坦克。❸比喻能在兩個領域工作或活動：她可說是影視～演員。

【兩棲部隊】liǎngqī bùduì（支）在海上和陸地都能作戰的部隊，即海軍陸戰隊。

【兩棲動物】liǎngqī dòngwù 脊椎動物的一種，水陸兩居，無鱗甲，無毛，無爪，卵生，如蟾蜍、青蛙、大鯢、蠑螈等。

【兩歧】liǎngqí〔動〕〈書〉❶分成兩枝：麥秀～。❷（兩種意見、規則或方法）不相一致，有分歧：規則～，無所適從｜正副局長的意見～，一時無法決定。

【兩訖】liǎngqì〔動〕〈書〉買賣雙方款項和貨物已經結清：銀貨～。也說兩清。

【兩全】liǎngquán〔動〕兼顧兩方面：～之策｜忠孝不能～。

【兩全其美】liǎngquán-qíměi〔成〕做一件事顧全兩方面，使都能得到好處或都很圓滿。

【兩手】liǎngshǒu〔名〕❶（～兒）指本事或技能：你真有～兒｜露～給他們看看。❷指不同的兩個方面：這件事我們要做好成功和失敗的～準備。

【兩頭】liǎngtóu〔名〕（～兒）❶方位詞。事物相對的兩端；兩處（地方）：胡同的～｜穩妥點兒，別～都落空。❷雙方；兩方面：賺了錢，咱們～平分｜別讓他～為難了。

【兩下裏】liǎngxiàli〔名〕❶兩方面；雙方：～互相牽掛。❷兩個地方：父母家和自己家，～開銷很大。

【兩下子】liǎngxiàzi ❶〔名〕指辦法、本領：他真有～，甚麼都會幹。❷數量詞。表示動作進行了幾次：打了他～｜他幹了～就走了。

【兩相情願】liǎngxiāng-qíngyuàn〔成〕雙方內心裏

都願意：這椿婚姻是迫於某種壓力，並不是~的。也作兩廂情願。

【兩小無猜】liǎngxiǎo-wúcāi〔成〕男女小的時候在一起玩耍，天真無邪，彼此沒有猜疑：青梅竹馬，~。

【兩性】liǎngxìng〔名〕❶雄性和雌性；男性和女性：~花｜~人｜~關係。❷兩種性質：~化合物｜~膠體。

【兩性平權】liǎngxìng píngquán 男女平等。

【兩性人】liǎngxìngrén〔名〕具有男女兩性生殖器官的人，多由胚胎畸形發育而形成。也叫陰陽人。

【兩袖清風】liǎngxiù-qīngfēng〔成〕身上別無所有。比喻為官廉潔：他身居要職，一身正氣，~，受到百姓的擁戴。

【兩樣】liǎngyàng〔形〕不一樣；不同：她們孿生姊妹長得很像，性情卻全然~｜我看這兩種布料沒甚麼~。

【兩儀】liǎngyí〔名〕〈書〉❶指天地。❷指陰陽。❸指男女。

【兩翼】liǎngyì〔名〕❶兩隻翅膀：飛鳥振動~｜飛機的~被炮火擊中。❷軍隊作戰時，正面部隊的兩側：~包抄｜從~迂迴。❸物體主體部分的兩側：大會堂的~。

【兩用】liǎngyòng〔形〕具備兩種用途的；適合兩方面使用的：軍地~人才｜這種機器是收錄~的｜我新買的臥具可以~。

【兩造】liǎngzào〔名〕舊時指訴訟中原告和被告雙方。也說兩曹。

【兩張皮】liǎngzhāngpí〔慣〕比喻有關聯的兩事物形成互不聯繫、互不協調的現象：不能把精神文明與物質文明對立起來，搞成~。

倆（倆）liǎng 見"伎倆"（618頁）。另見 liǎ（831頁）。

唡（唡）liǎng，又讀 yīngliǎng〔量〕英兩（盎司）舊也作嗫。

蒝（蒝）liǎng 靠近水的平緩高地。多用於地名：~塘（在廣東）｜沙~圩（在廣東）。

裲（裲）liǎng 見下。

【裲襠】liǎngdāng〔名〕古代衣服名，形似現今的背心，前幅當胸，後幅當背。

蜽（蜽）liǎng 蜽蜽，見"魍魎"（1398頁）。

緉（緉）liǎng〔量〕〈書〉雙，計算鞋、襪的單位：兩~絲履。

魎（魎）liǎng 見"魍魎"（1398頁）。

---

liàng ㄌㄧㄤ

亮 liàng ❶〔形〕明亮；光亮：~度｜~晶晶｜屋子裏很~｜皮鞋擦~了。❷〔形〕（聲音）響；響亮：洪~｜嘹~｜他的嗓音又高又~。❸〔形〕開朗；明白：心裏~｜心明眼~｜打開天窗說~話。❹〔動〕發光：天剛~｜街燈~了。❺〔動〕使聲音響亮：~開嗓嚨高聲呼喊。❻〔動〕顯示；顯露；出示：~底牌｜他把證件~了一下就收起來了。❼（Liàng）〔名〕姓。

| 語彙 | 敞亮 | 發亮 | 光亮 | 洪亮 | 豁亮 | 嘹亮 | 明亮 |
| 漂亮 | 天亮 | 透亮 | 響亮 | 雪亮 | 月亮 | 蒙蒙亮 | |

【亮察】liàngchá〔動〕〈書〉明察；（請對方）高明地鑒察（舊時書函用語，表示尊敬）：惟先生~。

【亮敞】liàngchǎng（-chang）〔形〕明亮寬敞：房間很~。

【亮底】liàng//dǐ〔動〕❶公開底細讓人知道：他亮了底，大家才知道事情的真相。❷顯現出最後結果：還沒~呢，誰輸誰贏很難說。

【亮點】liàngdiǎn〔名〕❶夜晚被彩色、高強度燈光照射的建築物：北京城的~多起來了。❷比喻事物中突出的引人注目的地方：釋義精當是這部辭書的~之一。

【亮度】liàngdù〔名〕眼睛感到的明亮程度：星體的~｜調節熒光屏的~。

【亮分】liàng//fēn（~兒）〔動〕在某些競賽活動中，擔任評委的人出示所打的分數：請評委~。

【亮光】liàngguāng（~兒）〔名〕❶（道）黑暗中的光亮：借着路燈的一點~，看了這封信。❷物體表面反射出的光：玻璃擦得挺有~。

【亮光光】liàngguāngguāng（~的）〔形〕狀態詞。形容物體表面十分光亮：~的禿腦門兒｜黑皮鞋擦得~的。

【亮紅燈】liàng hóngdēng ❶紅色交通燈亮，表示禁止通行。❷〔慣〕比喻出現險情，發出警告：婚姻關係~｜食品安全問題再次亮起了紅燈。

【亮晶晶】liàngjīngjīng（~的）〔形〕狀態詞。形容物體明亮，閃爍發光：滿天繁星~的。

【亮麗】liànglì〔形〕明亮美麗：~的天空｜~的色彩｜用了這種美容護膚品會使你更加~。

【亮兒】liàngr〔名〕❶亮光：伸手不見五指，一點~都沒有。❷燈火（多指蠟燭、油燈）：快點上個~｜拿個~來照一照。

【亮色】liàngsè〔名〕明亮的色彩：~衣料｜~家具。

【亮堂】liàngtang〔形〕❶敞亮；明朗：三間~的大瓦房｜陽光照進來，窰洞變得~了。❷（心胸）開朗；（認識）清楚：聽了專家的分析，大家心裏才～了。

【亮堂堂】liàngtángtáng（口語中也讀 liàngtāng-
tāng）（～的）〔形〕狀態詞。形容十分光亮：夜
晚的廣場～的如同白晝。

【亮相】liàng // xiàng〔動〕❶ 一種戲曲表演程式。
主要角色上場時（有時也用於下場時）或一節
舞蹈動作完畢停頓時，通過雕塑式姿勢，突出
顯示人物的精神狀態。一節武打完畢時，敵對
兩方也各亮一相。❷ 比喻公開表示態度，表
明觀點：你先帶頭亮個相，大家就好暢所欲言
了。❸ 指露面：總經理上任一個多月了，還沒
見他～｜老影星深居簡出，很少～。

【亮眼人】liàngyǎnrén〔名〕盲人稱眼睛看得見的
人為亮眼人。

倞　liàng〈書〉❶ 索取。❷ 同 “亮”。
另見 jìng（703 頁）。

悢　liàng〈書〉惆悵傷感：～然。

【悢悢】liàngliàng〔形〕〈書〉❶ 惆悵：徘徊蹊路
側，～不得辭。❷ 形容眷念。

涼（涼）　liàng〔動〕把熱的東西放在通風或
涼快的地方，使溫度降低：把開
水～一～再喝｜剛出籠的熱包子，得～一會兒，
免得燙嘴。
另見 liáng（838 頁）。

量　liàng❶ 古代測量東西容積的器具，如斗、
升等。❷ 能容納的限度：膽～｜力～｜
氣～｜酒～｜雅～。❸〔名〕數量：產～｜大～｜
電～｜肺活～｜保質保～｜定～供應。❹ 衡量；
估計：依法～刑｜～力而為｜蚍蜉撼樹不自～。
另見 liáng（839 頁）。

語彙	產量	大量	膽量	當量	電量	定量	動量
	度量	飯量	分量	海量	含量	計量	劑量	較量
	儘量	酒量	力量	流量	能量	氣量	熱量	容量
	少量	身量	食量	適量	數量	限量	小量	雅量
	音量	雨量	質量	重量	不自量	充其量

【量變】liàngbiàn〔名〕事物在數量、程度上的變
化，是一種不改變事物本質的變化（區別於
“質變”）：實現從～到質變的飛躍。

【量才錄用】liàngcái-lùyòng〔成〕根據才能大小，
錄取任用：公平競爭，～。

【量詞】liàngcí〔名〕表示人、事物或動作行為單位
的詞，如頂、條、件（個體量詞），捆、雙、
串（集合量詞），卷、滴、頁（部分量詞），
盤、車、瓶（容器量詞），手、地、桌子（臨時
量詞），畝、斤、升（度量詞），國、省、星期
（自主量詞），趟、回、遍（動量詞），人次、
架次、秒立方米（複合量詞）等。一般跟數詞
或指示代詞組合使用。有些量詞可重疊，表示
“每一” 的意思，如 “粒粒飽滿”“句句是實”。

【量販店】liàngfàndiàn〔名〕以低價進行批量銷售

的商店。

【量化】liànghuà〔動〕使變為可以用數量來計算：
他們把科研工作～，用以考查每個人的工作
成績。

【量力】liànglì〔動〕衡量自己的力量和能力：～而
為｜不自～。

【量入為出】liàngrù-wéichū〔成〕根據收入的多少
來確定支出的限度：持家就應該～，不可寅吃
卯糧。

【量體裁衣】liàngtǐ-cáiyī〔成〕比照身材裁剪面料
做衣服。比喻根據實際情況辦事：～，不可把
寫新聞通訊的材料拉長為一部小說。

【量刑】liàngxíng〔動〕法院根據犯罪嫌疑人的犯
罪事實、性質、對社會的危害程度以及認罪的
表現，依法處以相應的刑罰。

【量子】liàngzǐ〔名〕❶ 微觀世界中的某些物理量
的轉變不是連續的，而是以最小的單位跳躍式
進行的，這個最小的單位叫量子。❷ 指與某些
場聯繫在一起的粒子：電磁場的～就是光子。

晾　liàng ❶〔動〕把東西放在通風處吹乾：～
乾菜｜鮮栗子放在陰涼處～乾。❷〔動〕
曬：衣服洗好了拿到院子去～吧。❸ 同 “涼”
（liàng）。❹〔動〕（北京話）擱置：很多事情～着
沒人幹。❺〔動〕（北京話）慢待；不理睬：只顧
了自己幹活兒，把客人～在一邊了。❻（Liàng）
〔名〕姓。

【晾曬】liàngshài〔動〕把東西放在通風而有陽光
的地方使乾燥：～玉米｜～被褥。

【晾台】liàngtái〔名〕樓頂上的平台，可晾曬衣物
或乘涼休息。有的地方叫曬台。

喨　liàng “嘹喨”，見 “嘹亮”（843 頁）。

跟　liàng 見下。
另見 liáng（839 頁）。

【跟蹌】（跟蹡）liàngqiàng〔動〕行走不穩，腳步歪
斜：～徐行｜跟跟蹌蹌地後退了幾步。

靚（靚）　liàng〔形〕（粵語）漂亮；好看：～
女（漂亮女子）｜她這身打扮
好～！
另見 jìng（705 頁）。

【靚麗】liànglì〔形〕漂亮；美麗：容貌清秀～｜小
姑娘十分～。

輛（輛）　liàng〔量〕用於車：兩～自行車｜
好幾～三輪｜十多～越野汽車
｜一～坦克衝在前面。

諒（諒）　liàng ㊀ 原諒：見～｜體～｜～解。
㊁〔動〕料想：～也無妨｜～他
沒這個膽兒。

語彙	見諒	體諒	原諒

【諒察】liàngchá〔動〕〈書〉（請對方）體察原諒
（書信用語）：因冗務纏身，疏於問候，尚

乞～。

【諒解】liàngjiě〔動〕體察對方的情況而予以原諒：達成～｜互相～｜～他的苦衷。

撩 liāo ㄌㄧㄠ

撩 liāo〔動〕❶掀起：～窗簾｜～開面紗｜～起長裙。❷用手舀水向外甩灑：在盆花上～點兒水。❸(北京話)略看：我只～了一眼，沒看仔細。
另見 liáo（843頁）。

蹽 liāo〔動〕(北方官話)❶跑；很快地走：他早就～了｜一氣兒～出去好幾里。❷偷偷地走開：他趁人不注意，悄悄～了。

聊 liáo ㄌㄧㄠ

聊 liáo ㊀〈書〉依靠；依賴：上下相愁，民無所～｜～賴｜～生（賴以維持生活）。
㊁〔動〕〈口〉閒談：咱們先～一會兒，等等他｜大夥聚在一塊兒～～。
㊂❶〔副〕〈書〉姑且；暫且：～以解嘲｜～以塞責｜～以自慰。❷〔副〕〈書〉略微：～表謝忱｜～勝一籌。❸(Liáo)〔名〕姓。
【聊備一格】liáobèi-yīgé〔成〕暫且算作一種規格。表示某種事物雖不理想，但也無妨佔有一席之地。
【聊且】liáoqiě〔副〕〈書〉姑且：～如此。
【聊勝於無】liáoshèngyúwú〔成〕比完全沒有略微好一點。
【聊天兒】liáo//tiānr〔動〕〈口〉閒談：愛跟人～｜工作時間別～｜他聊了會兒天兒才走的。
【聊天室】liáotiānshì〔名〕互聯網上通過輸入文本等方式進行實時聊天的地方。
【聊以卒歲】liáoyǐzúsuì〔成〕勉強地度過一年。多形容生活艱難困苦。

僚 liáo ❶官吏：臣～｜官～。❷在同一官署任職的官吏：同～｜～友。❸〈書〉奴隸的一個等級：隸臣～，～臣僕。❹(Liáo)〔名〕姓。

語彙　官僚　幕僚　同僚

【僚機】liáojī〔名〕(架)編隊飛行中跟隨長（zhǎng）機的飛機。
【僚屬】liáoshǔ〔名〕舊指下屬的官吏；屬官。
【僚婿】liáoxù〔名〕〈書〉連襟。
【僚友】liáoyǒu〔名〕舊指在一起做官的人。
【僚佐】liáozuǒ〔名〕舊時官署的輔助人員。

營 (膋) liáo 古指腸子上的脂肪；脂膏。

潦 liáo〈書〉❶流通。❷水清澈的樣子：～乎其清也。

寥 liáo ❶稀少：～若晨星。❷空虛；寂靜：～廓｜寂～。❸(Liáo)〔名〕姓。
【寥廓】liáokuò〔形〕〈書〉空曠而高遠：～的夜空。
【寥寥】liáoliáo〔形〕很少：～數語，就把問題講清楚了｜人手～｜～可數。
【寥寥無幾】liáoliáo-wújǐ〔成〕沒有幾個。形容非常少：觀眾～｜他收入雖多，但支出也大，一年下來，所剩～。
【寥落】liáoluò〔形〕❶稀疏；冷清：晨星～｜門庭～。❷寂寞：孤身在外，頗感～｜人去樓空，她不免有些～。
【寥若晨星】liáoruòchénxīng〔成〕稀少得像早晨的星星。形容數量非常少：如今，通曉吐火羅文的人可以說是～。

撩 liáo〔動〕引逗；招惹：～逗｜花香～人｜一番話語，～得他心馳神往｜不要再～他發脾氣了。
另見 liāo（843頁）。
【撩撥】liáobō〔動〕挑逗；招惹：用輕浮的言語～她｜他正專心看書，不要去～他。
【撩動】liáodòng〔動〕撥動；撩撥：～心弦｜悠揚的樂曲～了她的無盡情思｜柳枝被陣陣微風～。
【撩逗】liáodòu〔動〕逗引；招惹：他最近心煩，不要再去～他。

嘹 liáo 聲音清脆悠揚：～亮。
【嘹亮】（嘹喨）liáoliàng〔形〕(聲音)清晰響亮：軍號～｜嗓音～｜～的歌聲。

獠 liáo〈書〉❶夜間打獵。❷(面目)醜惡：～面。
【獠牙】liáoyá〔名〕露在嘴外的長牙：青面～。

潦 liáo 見下。
另見 lǎo（811頁）。
【潦草】liáocǎo〔形〕❶(字)不工整；亂：字寫得～，都認不出來了。❷(做事)草率；不認真：～敷衍｜他幹甚麼都潦潦草草，不負責任。
【潦倒】liáodǎo〔形〕失意；情緒頹喪：窮愁～｜～文人｜一生貧困～。

寮 liáo〈書〉❶窗：日照綺～。❷小屋：茶～｜茅～｜僧～。

嫽 liáo〈書〉美好：～妙。

遼 (辽) liáo ㊀❶遙遠：～遠｜～闊。❷〈書〉久遠：人生樂長久，百年自言～。
㊁(Liáo)〔名〕❶朝代，公元907-1125年，契丹族耶律阿保機所建，國號契丹，公元938年（一說947年）改國號為遼。❷指遼寧。❸姓。
【遼闊】liáokuò〔形〕曠遠廣闊：～的大草原｜土地～，資源豐富。

L

【遼落】liáoluò〔形〕曠遠空闊：江山～。

【遼遠】liáoyuǎn〔形〕遙遠：距離～｜～的北國小鎮｜～的大西洋彼岸。

燎 liáo ❶燒；延燒：星火～原。❷〔動〕燙：手上～起幾個大泡。
另見 liǎo（845頁）。

【燎泡】liáopào〔名〕燒傷或燙傷後，在皮膚或黏膜表面形成的水泡。也叫燎漿泡。

【燎原】liáoyuán〔動〕延燒原野：星星之火，可以～。

療（疗） liáo ❶醫治：～治｜～傷｜～養｜醫～｜理～｜食～｜診～。❷比喻解除痛苦：～飢｜～渴｜～貧。

語彙 電療 理療 食療 醫療 診療 治療

【療程】liáochéng〔名〕（個）對某些疾病所規定的連續治療的過程和時間：腰疼病治了兩個～。

【療法】liáofǎ〔名〕治療疾病的方法：精神～｜中醫針灸～。

【療飢】liáojī〔動〕〈書〉充飢；止飢渴：吞糠菜以～。

【療貧】liáopín〔動〕〈書〉救治窮困：半世虛名不～。

【療效】liáoxiào〔名〕治療疾病的效果：毫無～｜這種新藥～顯著｜對這種病，手術醫治～快。

【療養】liáoyǎng〔動〕❶醫治疾病，調養身體：在家～｜～身體。❷指慢性病患者或身體衰弱的人在特設的醫療機構裏進行以休養為主的治療：到海濱～了一段時間。

【療養院】liáoyǎngyuàn〔名〕（所，家，座）患有慢性病或身體衰弱的人進行以休養為主的治療的處所：工人～｜海濱～｜廬山上有不少～。

【療治】liáozhì〔動〕診療醫治：～疾病｜～心理創傷。

簝 liáo 用於地名：～箭坪（在湖北）。

繚（缭） liáo ❶纏繞；圍繞：～繞。❷〔動〕用針線縫：～縫兒｜～幾針就行了，不必太密。

【繚亂】（撩亂）liáoluàn〔形〕〈書〉紛亂：眼花～｜～的心緒｜風一吹，柳絮～，紛紛揚揚。

【繚繞】liáorào〔動〕❶迴環旋轉：青煙～｜雲霧～。❷纏繞：青藤～在籬笆牆上。

膠 liáo〔名〕中醫指骨節的空隙處，多用於穴位名，如上膠、中膠、肩膠等。

鷯（鹩） liáo 見"鷦鷯"（660頁）。

liǎo ㄌㄧㄠˇ

了1 liǎo ❶〔動〕完畢；結束：～結｜～卻｜末～｜未～｜私～｜一～百～｜～了（le）

一樁心事｜這件事拖了三年才～。**注意** a）"了"帶賓語時，限於"事情、事兒、心事、工作、活兒、差事、案子、公案、官司"等少數名詞。b）表示否定用"沒"或"未"，如"這活兒還沒了""一事未了，又生一事"，用"不"表示否定只限用於固定格式"不了了之"和"不了不行"。❷〔動〕在動詞後，跟"得""不"連用做補語，表示可能或不可能：辦不～｜賣得～｜完成不～這樣重要的任務｜這件事我們完全承擔得～。❸〔動〕在形容詞後，跟"得""不"連用做補語，表示對性狀變化或程度的估計：這錶準不～｜衣服乾得～天晴得～嗎？｜比騎車快得～多少？｜看樣子，他的行李輕不～。❹〔副〕〈書〉完全（用於否定式）：～無懼色｜～不相干。❺（Liǎo）〔名〕姓。

了2 liǎo 清楚；明白：明～｜～解｜～然於心。
另見 le（813頁）；liǎo"瞭"（845頁）。

語彙 罷了 得了 了了 臨了 末了 私了 完了 未了 終了 不得了 大不了 一了百了

【了不得】liǎobudé(-de)〔形〕❶大大超乎尋常；非常突出：～的大事｜他真～｜自以為～｜其實也沒甚麼～。❷表示情況嚴重：～啦！着火了！｜你可得多加小心，碰上小偷兒可～｜天塌了有我頂着，沒甚麼～。❸表示程度深：車擠得～｜送往迎來，接待站忙得～。

【了不起】liǎobuqǐ〔形〕非凡；突出：～的成就｜沒甚麼～｜他可真～。

【了得】liǎodé(-de)❶〔動〕了卻；了結：怎一個愁字～？❷〔形〕用在表示驚訝、反詰、責備等語氣的句子末尾，表示不允許，情況嚴重：你敢打我，這還～｜要是江堤出了險情，那還～｜你再這樣混下去，怎麼～！❸〔形〕有能耐；厲害；神通廣大：功夫～｜他巧舌如簧，十分～。

【了斷】liǎoduàn〔動〕了結：放心吧，事情已然～｜就此～。

【了結】liǎojié〔動〕解決；完結：這案子怎麼～？

【了解】（瞭解）liǎojiě〔動〕❶清楚；明白：他最～內幕｜我～你的意圖｜你該～父母的苦衷。❷調查；打聽：～事情的全過程｜深入～市場需求｜到底是怎麼回事，你去～～。

【了局】liǎojú ❶〔動〕了結；結束：這件事後來如何～？❷〔名〕解決辦法；長久之計（用於否定式）：一味拖延，終非～。

【了了】liǎoliǎo〔形〕〈書〉❶清楚；明白：不甚～｜心中～。❷聰明：小時～，大未必佳。

【了卻】liǎoquè〔動〕了結：～恩怨｜～心腹之患｜這樁心事總算～。

【了然】（瞭然）liǎorán〔形〕明白；清楚：一目～｜～於心｜事情經過，他已十分～。

【了如指掌】（瞭如指掌）liǎorúzhǐzhǎng〔成〕清楚

得好像指着自己的手掌給人看。形容對事物了解得透徹清晰：村子裏的情況，村長～。

【了事】liǎo//shì〔動〕平息糾紛或了結事端（多指不徹底或不得已）：草草～｜敷衍～｜糊裏糊塗就了了（le）事了。

【了無】liǎowú〔動〕〈書〉完全沒有：～倦意｜～長進。

【了賬】liǎo//zhàng〔動〕結清賬目，也比喻停止進行某項事情：合作之事就此～。

釘（钉） liǎo〔名〕一種金屬元素，符號Ru，原子序數44。銀灰色，硬而脆，存在於鉑礦中，量極少。可製飾品或耐磨合金。

另見 liào（845頁）。

蓼 liǎo〔名〕❶蓼屬植物的泛稱，一年或多年生草本植物，有蓼藍、水蓼、馬蓼等，多開白色或淺紅色花。❷（Liǎo）姓。

另見 lù（874頁）。

【蓼藍】liǎolán〔名〕一年生草本植物，莖紅紫色，葉子長橢圓形。葉子含藍汁，可做藍色染料，也可入藥。也叫藍。

憭 liǎo〈書〉明白；清楚：大義已～。

燎 liǎo〔動〕挨近了火而被燒焦（多用於毛髮、布片等）：火～眉毛（比喻形勢緊迫）。

另見 liáo（844頁）。

瞭（了） liǎo 清楚；明白：明～｜解～｜～然於心｜～如指掌。

另見 liào（846頁）；"了"另見 le（813頁）、liǎo（844頁）。

liào ㄌㄧㄠˋ

怓 liào 走路時兩小腿相互扭結。

【怓蹦兒】liàobèngr〔動〕（北京話）發急暴跳：先別～，聽我把話說完。

【怓蹶子】liào juězi ❶騾、馬等後腿跳起來朝後踢：別站在毛驢後面，小心牠～踢着你。❷〔慣〕比喻使性子，發脾氣：這小子今天又跟我怓起蹶子來了。

釘（钉） liào 釘下。
另見 liǎo（845頁）。

【釘鋦】liàodiàor〔名〕釘在門窗上可以把門窗扣住的鐵片。

料 liào ㊀❶〔動〕預想；估計：預～不～｜～事周全｜～不難逆～｜出乎意～｜～到如此神速。❷管理；照看：～理｜照～。

㊀❶（～兒）〔名〕有某種用途的材料；原料：毛～｜木～｜衣～｜備～｜石～｜燃～｜偷工減～｜蓋房子的～，已經準備齊了。❷〔名〕餵

牲口的穀物：草～｜添草加～。❸供調味或飲用的東西：作～｜香～｜～酒｜飲～。❹供給植物養分的物質：肥～｜養～。❺製作器物或燒料的原料：～貨。❻（～兒）〔名〕〈口〉指不成材的人；可做某種事情的人：他這塊～，真沒出息｜他根本不是搞科研的～兒。❼〔量〕用於中醫配製丸藥，處方規定劑量的全份為一料：配幾～丸藥｜吃了一～病就好了。❽〔量〕過去計算木材的單位，兩端截面是一平方尺、長是七尺的木材叫一料。❾（Liào）〔名〕姓。

語彙	備料	不料	材料	草料	大料	電料	肥料
	廢料	敷料	工料	果料	加料	毛料	木料	逆料
	配料	燃料	染料	石料	史料	雙料	飼料	塑料
	調料	塗料	香料	顏料	養料	衣料	飲料	油料
	預料	原料	照料	資料	作料	下腳料	出人意料
	偷工減料						

【料定】liàodìng〔動〕預先料想並斷定：勝負無法～｜我一票不好買。

【料豆兒】liàodòur〔名〕餵牲口的黑豆、黃豆等草料。

【料及】liàojí〔動〕〈書〉預料到：出現這麼嚴重的後果，這是原來所未～的。

【料酒】liàojiǔ〔名〕烹調時用為作料兒的黃酒。

【料理】liàolǐ ❶〔動〕辦理；處理：～後事｜～家務｜待我把手頭上的工作～一下，就跟你走。❷〔動〕照料：學會～自己的生活。❸〔動〕烹調：名廚～。❹〔名〕（某種風味的）菜餚：日本～｜韓國～。

【料器】liàoqì〔名〕（件）料製的手工藝品，以玻璃的原料添加顏料製成，呈半透明狀，常用作裝飾品。

【料峭】liàoqiào〔形〕〈書〉❶形容微寒：春寒～。❷形容寒風刺骨：～寒風。

【料事如神】liàoshì-rúshén〔成〕形容預測事情極為準確：此人廣有韜略，～。

【料想】liàoxiǎng〔動〕預測；估計：～他不至於如此魯莽｜他～的結局並沒有出現｜～不到的事情發生了。

【料子】liàozi〔名〕❶（塊）衣料：買了一身料服～。❷特指毛料：他穿上～衣服，顯得很精神。❸木料：拉一車～蓋房。❹〈口〉比喻適合做某種事情的人：搞科研，他可是塊好～，值得培養。

撂 liào〔動〕〈口〉❶放；擱置：～下工作就忙家務｜把你手頭上的活兒先～一～。❷弄倒：一鐮刀下去，～倒一片麥子｜把他～了個跟頭。❸扔；丟：孩子把玩具一～得滿地都是。❹拋棄；留下：別把我們～到野外就不管了｜他給我們～下一堆爛攤子。

【撂地】liàodì（～兒）〔動〕曲藝或雜技藝人在集市、廟會或街頭賣藝拉場子，擺地攤子表演。

L

也說撂地攤。

【撂荒】liàohuāng〔動〕土地不連續耕種，成為荒地：這幾畝地無人耕種，～了。

【撂跤】liào // jiāo〔動〕(北方官話)摔跤：～打拳、馬槍步箭，他樣樣都會。

【撂手】liào // shǒu(～兒)〔動〕放下手裏的活兒不幹了；丟開不管：沒想到他才幹了一天就撂了手兒。

【撂挑子】liào tiāozi〔慣〕比喻丟下應負擔的工作，不幹了：不能遇到困難就～｜你怎麼可以因為這點兒小事就～呀！

墶 liào 用於地名：圪～(在山西)。

廖 Liào〔名〕姓。

瞭 liào〔動〕瞭望：你在山上～着點兒。
另見 liǎo(845頁)。

【瞭望】liàowàng〔動〕❶ 在高處遠望：坐在旋轉餐廳裏，可以～城市全貌。❷ 特指從高處或遠處監視對方動向，引申為觀察分析：用高倍望遠鏡～敵軍部署｜～寰球風雲。

镣(鐐) liào / liáo 套在腳腕上的刑具：腳～｜犯人戴上了～。

【镣銬】liàokào〔名〕腳镣和手銬：～加身｜戴上～。

liē ㄌㄧㄝ

咧 liē 見下。
另見 liě(846頁)；lie(848頁)。

【咧咧】liēlie〔動〕(北方官話)❶ 瞎說；亂講：誰聽你胡～？❷ 小兒哭：這孩子一不舒服就～。

liě ㄌㄧㄝˇ

咧 liě〔動〕嘴張開，嘴角向兩邊伸展：疼得直～嘴｜孩子嘴一～，哭了起來｜～着嘴大笑。
另見 liē(846頁)；lie(848頁)。

裂 liě〔動〕〈口〉東西向兩邊分開：他叉着腰，～着懷｜皮鞋～開，幫和底分了家。
另見 liè(847頁)。

liè ㄌㄧㄝˋ

列 liè ❶〔動〕排列；羅列：陳～｜開～｜並～｜名～前茅｜一個清單～出一長串理由。❷〔動〕安排到某一範圍或某類事物中；收列：～為重點工程｜古城～入保護計劃｜～進名著叢書｜～進世界名人錄。❸ 排列的直行或橫行：行～｜報名突擊隊者請出～｜產品質量達到國際前～。❹ 類；範圍：不在考慮之～。❺ 各；諸：～星｜東周～國｜～仙傳｜～位軍師。❻〔量〕用於成行列的事物：一～隊伍｜兩～火車。❼(Liè)〔名〕姓。

【列兵】lièbīng〔名〕(名)軍銜，士兵等級最低的一級。

【列車】lièchē〔名〕(次，趟)由機車牽引客車或貨車，連掛成列的火車，具有規定的標誌和工作人員，有旅客列車、貨物列車、軍用列車、國際列車等。

【列車員】lièchēyuán〔名〕(位，名)在客運列車上服務的人員。

【列島】lièdǎo〔名〕呈綫形或弧形排列的群島：日本～｜澎湖～。

【列隊】liè // duì〔動〕排成隊：～歡迎｜全體～出發。

【列國】lièguó〔名〕某一時期並存的各國(多指春秋戰國時期各諸侯國)：～諸侯｜～爭雄｜周遊～。

【列侯】lièhóu〔名〕古代爵位名，後泛指諸侯。

【列舉】lièjǔ〔動〕逐一舉出：～事實｜恕不一一～。

【列強】lièqiáng〔名〕舊指一個時期內世界上並存的各資本主義強國。

【列土封疆】liètǔ-fēngjiāng〔成〕分封土地給大臣。

【列位】lièwèi〔代〕人稱代詞。諸位；各位：～請進｜歡迎～光臨指導。

【列席】liè // xí〔動〕非正式成員參加會議，有發言權而沒有表決權：退休的老會長～了今天的會議｜～代表。

【列支】lièzhī〔動〕在所列的某一項目中支出：招待費用不得在文具費中～。

【列傳】lièzhuàn〔名〕(篇)紀傳體史書中，記述帝王以外的歷史人物的傳記，如《史記》有七十列傳。

劣 liè ❶ 壞；不好(跟"優"相對)：～質｜粗～｜卑～｜土豪～紳｜優勝～汰｜假冒偽～商品。❷ 弱小：體格強～不一。

【劣等】lièděng〔形〕屬性詞。等級或質量低下的：～商品｜～稻種｜～成績。

【劣根性】liègēnxìng〔名〕長期形成的、難以根除的不良習性：民族～｜人類的～。

【劣弧】lièhú〔名〕小於半圓的弧(區別於"優弧")。

【劣跡】lièjì〔名〕惡劣的行徑：～昭彰，人所不齒。

【劣馬】lièmǎ〔名〕(匹)羸弱的馬。也指不易駕馭的性情暴烈的馬。

【劣紳】lièshēn〔名〕行徑惡劣的紳士：土豪～。

【劣勢】lièshì〔名〕不利的處境或形勢（跟"優勢"相對）：與對方相比，我隊實力處於～。

【劣質】lièzhì〔形〕屬性詞。質量低劣的：～產品。

【劣種】lièzhǒng〔名〕牲畜或作物中經濟效益較低的品種。

【劣株】lièzhū〔名〕（棵）生長得不健壯、長勢不好的植株。

冽 liè〈書〉寒冷：凜～。

剡 liè 用於地名：～嶼（在福建）。

洌 liè〈書〉（水、酒等）清；不濁：清～｜泉香酒～。

埒 liè〈書〉❶相等：貴～三公｜才力相～。❷矮牆：～外。❸田間的土埂。

烈 liè ❶〔形〕強烈；猛烈：熾～｜劇～｜慘～｜～焰｜愈演愈～｜興高采～｜性子～。❷剛正，有節操：剛～｜貞～｜忠～｜性男兒。❸〈書〉功績；事業：功～｜遺～｜先人餘～。❹為正義事業而犧牲的人：英～｜先～｜～士。

語彙 暴烈 慘烈 熾烈 剛烈 功烈 激烈 劇烈 酷烈 猛烈 強烈 熱烈 先烈 英烈 貞烈 忠烈 壯烈 轟轟烈烈 興高采烈

【烈度】lièdù〔名〕地震發生時，地面和建築物遭受破壞的程度。一般分為 12 度。

【烈火】lièhuǒ〔名〕❶猛烈的火勢：熊熊～｜～見真金。❷比喻火熱的鬥爭：革命的～愈燒愈旺。

【烈女】liènǚ〔名〕❶舊指行為剛正、重義輕生的女子。❷舊指不惜一死而保全貞節的女子。

【烈日】lièrì〔名〕炎熱的太陽：～當空｜～毒焰｜～炎炎似火燒。

【烈士】lièshì〔名〕❶古代指積極建功立業的人：～暮年，壯心不已。❷（位）指為正義事業而犧牲的人：革命～｜～紀念碑。

【烈屬】lièshǔ〔名〕（位，戶）烈士家屬：慰問～。

【烈性】lièxìng〔形〕屬性詞。❶性格剛強暴烈：～女子｜不畏強暴的～男兒。❷性質猛烈或效力大：～酒｜～炸藥｜～毒藥。

【烈焰】lièyàn〔名〕❶熾熱而猛烈的火焰：在這場火災中，不少房屋被～吞噬。❷比喻十分強烈的情感：胸中充滿了憤怒的～。

捩 liè〈書〉扭轉：轉～｜～手（扭轉手）。

脟 liè〈書〉禽獸肋骨上的肉。

裂 liè ❶〔動〕破開；分裂：割～｜破～｜～紋｜天崩地～｜開一條縫｜水缸凍～了。❷比喻破碎或敗壞：心膽俱～｜身敗名～。❸分割：～土分封。❹〔名〕葉子或花冠的邊緣上較大較深的缺口。

另見 liě（846 頁）。

語彙 迸裂 車裂 分裂 割裂 決裂 皸裂 破裂 身敗名裂 四分五裂 天崩地裂

【裂變】lièbiàn〔動〕❶重原子核分裂為兩個或更多個核的過程。核裂變能釋放出巨大能量，原子彈就是利用大規模的急速的裂變反應製成的。❷分裂變化：家庭發生～｜思維～。

【裂縫】lièfèng（～兒）❶(-//-)〔動〕裂開縫隙：家具～兒了｜地震過後，牆體裂了一條大縫。❷〔名〕（道，條）（物體）裂開的縫隙：牆上有一道～。❸〔名〕比喻感情上的隔閡、分歧：這樣一來，兩人誤會更深，～也更大。

【裂痕】lièhén〔名〕❶（道）物體破裂留下的痕跡：瓷缸上有一道～｜雖經修復，橋面的～仍依稀可見。❷比喻感情上的隔閡、分歧：吵過架以後，兩人之間的～更大了。

【裂化】lièhuà〔動〕石油分餾加工的一種方法，有熱裂化和催化裂化兩種。主要用於製造高質量的汽油和化工原料等。

【裂口】lièkǒu（～兒）❶(-//-)〔動〕裂成口子：冬天一到，手腳容易～兒｜石榴熟得裂了口兒。❷〔名〕（道）裂開的口子：手上的～兒還沒癒合｜從南方運到北方來的樟木箱已經有了幾個～兒。

【裂紋】lièwén〔名〕❶（條，道）裂璺：砂鍋上的～。❷燒製瓷器時有意做成的像裂璺樣的裝飾性花紋。

【裂璺】lièwèn〔名〕（條，道）器物將要裂開時現出的痕跡：好端端的瓷掛盤有一條～。

趔 liè 見下。

【趔趄】lièqie〔動〕腳步不穩，要摔倒而沒有倒下：打了個～｜像喝醉了一樣，他～着走進家門。

鴷（鴷） liè〈書〉啄木鳥。

獵（猎） liè ❶捕捉禽獸；打獵：狩～｜行～｜漁～｜～戶｜～槍。❷搜尋；獵取：～奇｜～艷。

語彙 出獵 打獵 涉獵 狩獵 田獵 漁獵

【獵捕】lièbǔ〔動〕獵取；捕捉：～珍稀動物是違法的。

【獵場】lièchǎng〔名〕被圈定的、供人打獵的地方，多在山林或草原一帶。

【獵刀】lièdāo〔名〕（把）打獵用的刀。

【獵狗】liègǒu〔名〕（隻，條）經過訓練用來獵捕的狗：買了兩隻～｜兇猛的～。也叫獵犬。

【獵戶】lièhù〔名〕靠打獵為生的人家。也指獵人：訪問了一家～｜～人家。

【獵獵】lièliè〔擬聲〕〈書〉形容風聲以及旗幟被風吹動的聲音：～晚風勁｜城頭旌旗～。

【獵奇】lièqí〔動〕追求探尋新鮮奇異的事物（多含貶義）：他無非是～，根本無意探索學術問題。

【獵槍】lièqiāng〔名〕(支，桿，條)打獵用的槍：屋角放着幾桿～。

【獵取】lièqǔ〔動〕❶打獵取得：～虎豹｜靠～野獸生活。❷追逐；奪取（名利）：～功名｜～非分之財。

【獵犬】lièquǎn〔名〕(隻，條)獵狗。

【獵人】lièrén〔名〕(位)靠打獵為生的人。

【獵殺】lièshā〔動〕捕捉並殺害：一夥～大熊貓的不法分子已被抓獲｜這種鳥由於人類的過度～早已滅絕。

【獵手】lièshǒu〔名〕(位，名)打獵的人（多指技術熟練的）：好～｜一位老～。

【獵頭】liètóu❶〔名〕為企業、公司等物色人才的工作：～公司｜～行業。❷〔名〕指從事這種工作的人或組織。

【獵物】lièwù〔名〕供獵取或獵取到的鳥獸：這一帶，野兔是最好的～｜獵人帶着～歸來。

【獵艷】lièyàn〔動〕獵取女色；追逐女人。

躐　躐　liè〈書〉❶逾越；超越：～等｜～階｜～進｜～遷。❷踩；踐踏：凌余陣兮～余行。

【躐等】lièděng〔動〕〈書〉超越等級；不按次序：～求進｜學不～。

鬣　鬛　liè❶某些獸類(如野馬、獅子等)頸上的長毛：赤馬黑～。❷魚、蝦類領旁的小鰭或長鬚：鯨～｜蝦～。❸鳥頭上的毛：翠～。

【鬣狗】liègǒu〔名〕(隻，條)哺乳動物，外形略像狗，前腿長，後腿短。生活在熱帶或亞熱帶地區，主要以動物屍體腐肉為食。

鱲（鱲）　liè〔名〕魚名，體長約十厘米，側扁，銀灰帶紅色，有藍色橫紋。雄性臀鰭鰭條延長，生殖季節色澤鮮艷。也叫桃花魚。

lie　·ㄌㄧㄝ

咧　lie〔助〕(北方官話)語氣助詞。"啦"的變體，用法跟"啦""了""哩""呢"等相同：早就去～｜先生們，勞駕～｜饅頭包子～，熱的！

另見 liě(846頁)；liè(846頁)。

līn　ㄌㄧㄣ

拎　līn/līng〔動〕用手提(東西)：～水｜～包｜～着個菜籃子去早市。

lín　ㄌㄧㄣˊ

林　lín ❶樹林或竹林：叢～｜園～｜～海｜～場｜造～｜獨木不成～。❷指林業：農～牧副漁。❸匯聚同類事物的地方；具有相同點的人或事物的群體：藝～｜碑～｜石～｜武～｜儒～｜民族之～。❹(Lín)〔名〕姓。

語彙　碑林　叢林　翰林　老林　綠林　農林　儒林　森林　山林　石林　樹林　椰林　藝林　園林　造林　竹林　防護林　穆斯林　封山育林

【林表】línbiǎo〔名〕林梢：山間廟宇，高出～。

【林場】línchǎng〔名〕❶對森林進行管理、培育、採伐等工作的單位：分配到～工作。❷(座)培育或採伐森林的地方：東北～。

【林帶】líndài〔名〕(人工培植的)防風、防沙的帶狀樹林：十里～｜防沙～。

【林黛玉】Lín Dàiyù〔名〕中國古典小說《紅樓夢》中的女主人公。她聰明美麗，性格倔強，追求愛情和自由，被封建禮教折磨而死。後常用來稱多愁善感、體弱多病的年輕女子。

【林海】línhǎi〔名〕像海洋一樣看不到邊際的森林：～雪原｜一片茫茫的～。

【林壑】línhè〔名〕山林澗谷：～幽深。

【林墾】línkěn〔動〕開墾荒山或荒地，種植樹木：～事業｜～農場。

【林立】línlì〔動〕像樹林一樣成片地豎立着，形容數目很多：工廠～｜學校～｜高樓～。

【林林總總】línlín-zǒngzǒng〔成〕繁多的樣子：～的商品，擺滿了貨架。

【林莽】línmǎng〔名〕〈書〉茂密的森林和草叢：棲身～｜～地帶。

【林木】línmù〔名〕❶樹林：一片～。❷生長在樹林中的樹木。❸木材。

【林檎】línqín〔名〕沙果。

【林區】línqū〔名〕生長大片林木的地區：嚴禁攜帶火種進入～。

【林泉】línquán〔名〕〈書〉❶樹林山泉：幽雅的～。❷指隱居的地方：終老～。

【林下】línxià〔名〕〈書〉指隱居的地方：退隱～。

【林業】línyè〔名〕培育、保護、採伐森林及採集、加工木材和其他林產品的生產事業。

【林狖】línyì〔名〕猞猁。

【林陰道】línyīndào〔名〕(條)兩旁綠樹成陰的道路。**注意** 這裏的"陰"不寫作"蔭"。

【林園】línyuán〔名〕山林田園。也指園林。

【林苑】línyuàn〔名〕專供帝王打獵遊樂的園林。

【林子】línzi〔名〕〈口〉樹林：村西有一片～｜倆人常在～裏散步。

啉　lín見"喹啉"(785頁)。

淋 lín〔動〕液體自上而下落到物體上；澆：包袱上～了雨｜把醋～上點兒。

另見 lìn（851 頁）。

【淋巴】línbā〔名〕人和動物體內各組織間的無色透明液體，由組織液滲入毛細淋巴管後形成，成分與血漿近似。淋巴在淋巴管內循環，最後流入靜脈，是組織液流入血液的媒介。也叫淋巴液。[拉 lympha]

【淋漓】línlí〔形〕❶ 形容濕透或濕得往下滴：大汗～｜墨跡～｜鮮血～。❷ 形容酣暢、盡情：痛快～｜酣暢～｜～盡致。

【淋漓盡致】línlí-jìnzhì〔成〕❶ 形容表達、刻畫得充分而透徹：～的表演｜發揮得～。❷ 形容暴露得十分徹底：一番阿諛奉承、搖尾乞憐，把他那奴才本性暴露得～。

【淋淋】línlín〔形〕水往下流的樣子：汗～｜水～｜濕～。

【淋浴】línyù〔動〕一種洗澡方式，水從上面的蓮蓬頭噴下來，人在下面沖洗：喜歡～，不願泡澡。

琳 lín〈書〉美玉。

【琳琅】línláng〔名〕美玉；比喻美好珍貴的東西：～滿目。

【琳琅滿目】línláng-mǎnmù〔成〕滿眼都是美好珍貴的東西（多指書籍或工藝美術品）：拍賣會上，精品～。

箖 lín 用於地名：白～（在廣東）。

粦 lín 見下。

【粦粦】línlín〔形〕〈書〉形容水、石等明淨閃亮的樣子：波光～｜山泉寒冽，碎石～。

綝（綝）lín 見下。另見 chēn（160 頁）。

【綝纚】línlí〔形〕〈書〉裝飾華麗的樣子：佩飾～。也作綝縭。

嶙 lín 見下。

【嶙峋】línxún〔形〕〈書〉❶ 形容山石重疊高聳的樣子：眾壑～｜亂石～。❷ 形容人十分瘦削：瘦骨～。❸ 形容人剛強正直：傲骨～。

鄰（邻）〈隣〉lín ❶ 鄰居：街坊四～｜遠親不如近～｜芳～（好鄰居）。❷ 鄰接的；靠近的：～舍｜～座｜～邦｜～國。

語彙 比鄰 芳鄰 緊鄰 近鄰 睦鄰 毗鄰 四鄰

【鄰邦】línbāng〔名〕相鄰的國家：友好～｜搞好與周邊～的關係。

【鄰接】línjiē〔動〕緊挨着：西班牙～法國西南部｜花店和禮品屋～着。

【鄰近】línjìn ❶〔動〕（所處位置）靠近：我住得遠了，快～郊區了｜這裏～漁港，可以經常吃到海鮮。❷〔名〕周圍；附近：～幾乎沒有商店｜療養院～是一片樹林｜～就有海濱浴場。

【鄰居】línjū（-ju）〔名〕〈位〉住處接近的人或人家：老～｜隔壁～｜街坊～｜我們是好～、好夥伴。

【鄰里】línlǐ〔名〕❶ 家庭所在的鄉里：回～探親。❷ 相鄰的街道：～人家。❸ 街坊；鄰居：處理好～關係。

【鄰舍】línshè〔名〕（吳語、粵語）鄰居：～之間關係處得很好。**注意** 這裏的"舍"不讀 shě（捨）。

潾 lín 山石間流出的水。

【潾潾】línlín〔形〕❶ 水清澈的樣子：泗水～｜～河水。❷ 水波蕩漾的樣子：波光～｜月隨波動碎～。

璘 lín〈書〉玉的光彩。多見於人名。

霖 lín 久雨（古人以雨連下三天以上為霖）：秋～｜久旱逢甘～。

【霖雨】línyǔ〔名〕❶ 連綿數日的大雨：～成川澤。❷ 甘霖；比喻恩澤：沐君～，感激涕零。

遴 lín 審慎選擇：～派｜～選。

【遴選】línxuǎn〔動〕慎重選拔：～德才兼備的跨世紀人才｜參加者都是從優秀學生中～的。

臨（临）lín ❶〔動〕對着；面對：面～｜～深淵｜居高～下｜東～大海｜如～大敵｜～危不懼。❷〔動〕到：降～｜來～｜駕～｜親～指導｜如～仙境。❸〔動〕比照書畫範本摹寫：～字｜～畫｜～摹｜～碑。❹〔動〕靠近：～街｜～窗而坐｜～門一腳。❺〔介〕臨到；臨近：～產｜～行｜～終｜～戰｜講演～結束時，他暈倒了。❻ (Lín)〔名〕姓。

語彙 瀕臨 登臨 光臨 駕臨 降臨 來臨 蒞臨 面臨 親臨

【臨別】línbié〔動〕將要分別：～依依｜～贈言。

【臨產】línchǎn〔動〕（孕婦）快要生小孩兒：～陣痛。也說臨盆、臨蓐。

【臨場】línchǎng〔動〕❶ 到考場參加考試：～發揮不錯，取得了好成績。❷ 親自到達現場：～指揮。

【臨池】línchí〔動〕〈書〉相傳漢代書法家張芝在池邊練習書法，因洗筆硯，池水盡黑。後人便把臨池作為練習書法的代稱（其中的"池"也轉指"硯池"了）。

【臨床】línchuáng〔動〕醫生親臨病床診斷治療，今多指醫療實踐：～講解｜～經驗｜他～多年，很有經驗。

L

【臨到】líndào〔動〕❶快要到：～機場了，他才想起沒帶機票。❷（事情）落到（身上）：下邊～他上場了｜別說風涼話了，事情還沒～你頭上呢。

【臨機】línjī〔副〕把握時機：～應變｜～做出正確決斷。

【臨街】línjiē〔動〕靠近街道；面對街道：～的房屋大多成了商店｜這座大廈～。

【臨近】línjìn〔動〕（時間、處所、範圍等）靠近；接近：～北京｜～極限｜～黎明｜春節～了。

【臨渴掘井】línkě-juéjǐng〔成〕到了口渴的時候才挖井取水。比喻事到臨頭才想辦法解決：環境保護是一項長期的工作，待環境惡化再～，就為時已晚了。

【臨客】línkè〔名〕臨時增開的旅客列車：鐵道部門加開～，以緩解春運壓力。

【臨了】línliǎo（～兒）〔副〕〈口〉到末了兒：～兒才說出實話。

【臨門】línmén〔動〕❶來到家門：雙喜～。❷指某些球類比賽時到達對方球門前：～一腳，進球得分。

【臨摹】línmó〔動〕對着書畫、碑帖等範本，模仿學習：～字帖｜學習書畫，開頭總要～。

【臨盆】línpén〔動〕臨產。

【臨蓐】línrù〔動〕臨產。

【臨時】línshí ❶〔形〕屬性詞。非正式的；短期的；暫時的：～協議｜～法庭｜雙方達成～停火協定。❷〔副〕到事情發生的時候：～變卦｜會議～取消｜平時不燒香，～抱佛腳。

【臨時抱佛腳】línshí bào fójiǎo〔俗〕比喻平時不做準備，事到臨頭才急忙應付。也說急時抱佛腳。

【臨時代辦】línshí dàibàn 大使因故不在時，臨時代理大使職務的外交官員。

【臨時工】línshígōng〔名〕（位，名）企事業單位根據需要臨時僱用的人員，多按日或按月計酬。

【臨頭】líntóu〔動〕❶落到頭上，多指不幸的事或災禍：大難～｜厄運～。❷臨近：事到～，大家都要振作精神。

【臨危】línwēi〔動〕❶（人）病重將死亡。❷面臨生命危險；面臨危難：～不懼｜～授命（在危難關頭勇於獻出生命）｜～受命（在危難關頭接受任命）。

【臨危不懼】línwēi-bùjù〔成〕遇到危難，毫不畏懼：在勁敵面前，他～，視死如歸。

【臨刑】línxíng〔動〕將要遭受死刑。

【臨淵羨魚】línyuān-xiànyú〔成〕《漢書‧董仲舒傳》：“臨淵羨魚，不如退而結網。”意思是光站在河邊想要得到魚，不如回家結網來捕捉。比喻徒有欲望而無實際行動，終不能成事。

【臨戰】línzhàn〔動〕將要進行戰鬥或參加比賽：運動員積極訓練，進入了～狀態。

【臨陣】línzhèn〔動〕❶臨近陣地或即將戰鬥的時候：～退縮｜～磨槍。❷親身參加戰鬥：～指揮。

【臨陣磨槍】línzhèn-móqiāng〔成〕到了陣前才磨槍。比喻事到臨頭倉促準備：要是平時多用功，何至於考試前～，着急上火呢！

【臨陣脫逃】línzhèn-tuōtáo〔成〕臨到上陣作戰時卻逃跑了。也比喻事到臨頭退縮逃避。

【臨終】línzhōng〔動〕人將死亡（的時候）：～遺言｜～囑託｜～關懷。

【臨終關懷】línzhōng guānhuái 對將要死亡的病人給予特殊關心和照顧，使其減輕病痛，平靜離去：本市成立了一家～醫院，受到廣大病人家屬的歡迎。

磷〈燐粦〉lín〔名〕一種非金屬元素，符號P，原子序數 15。常見的同素異形體有白磷、紅磷和黑磷。磷是維持動植物生命的重要元素之一。磷酸鹽是一種重要的肥料。

【磷肥】línféi〔名〕含磷較多的肥料。能使作物增強抗寒、抗旱能力，較早成熟，顆粒飽滿。有天然磷肥（如海鳥糞、骨粉等）和化學磷肥（如過磷酸鈣、鈣鎂磷等）兩類。

【磷光】línguāng〔名〕某些物質（如金剛石、螢石、石英、鈣、鋇等的硫化物）受摩擦、振動或光、熱、電波的作用而發出的光。

【磷火】línhuǒ〔名〕磷化氫燃燒時發出的火焰。人或動物的屍體腐爛後分解磷化氫，能自動燃燒，夜間呈白中帶藍色。俗稱鬼火。

瞵 lín〈書〉注視：虎視鷹～｜～盼（顧盼，瞻望）。

翷 lín〈書〉飛的樣子。

轔（轔）lín 見下。

【轔轔】línlín〔擬聲〕〈書〉車行走時輪子轉動的聲音：車～，馬蕭蕭。

鏻（鏻）lín〔名〕R4P+（R 為烴基或是氫原子）陽離子稱作鏻。

驎（驎）lín〈書〉身有鱗狀斑紋的馬。

鱗（鱗）lín ❶〔名〕（片）魚類、爬行動物、少數哺乳動物身體表面和鳥類局部表面的保護物，呈薄片狀，由骨質、角質等構成：魚～｜～甲。❷像魚鱗的：～波｜～葉｜遍體～傷。❸指魚：錦～游泳。

【鱗波】línbō〔名〕像魚鱗狀的水波：秋風拂過，～微微起伏。

【鱗次櫛比】líncì-zhìbǐ〔成〕次、比：排比，並列。像魚鱗和梳子齒一樣整齊而緊密地排列着，多用來形容房屋、船隻等：高樓大廈～｜魚汛一到，江面上漁船～。也說櫛比鱗次。

注意“櫛”不讀 jié。

【鱗莖】línjīng〔名〕某些植物的一種地下莖，形狀像圓盤，上有肉質鱗葉和芽，儲存營養物質，如洋葱、百合、水仙等的地下莖。

【鱗爪】línzhǎo〔名〕〈書〉鱗和爪；比喻事物的片斷或無關緊要的部分。常說一鱗半爪。

麟〈麐〉lín ❶〈書〉麒麟：～鳳龜龍｜鳳毛～角。❷(Lín)〔名〕姓。

【麟鳳龜龍】lín-fèng-guī-lóng〔成〕古代傳說中麒麟、鳳凰、龜和龍是四種靈物，象徵吉祥、高貴、長壽等。後用來比喻品德高尚的人。也比喻珍貴稀奇的事物。

lǐn ㄌㄧㄣˇ

菻 lǐn ❶ 古代指蒿類植物。❷ 用於地名：拂～(中國古代稱東羅馬帝國)。

凜(凛)lǐn〈書〉❶ 寒冷：朔風～冽｜～秋暑退｜蓬斷草枯，～若霜晨。❷ 態度嚴肅；神色嚴峻：～然｜～若冰霜｜～不可犯。❸ 畏懼：～畏。

【凜冽】lǐnliè〔形〕刺骨地寒冷：寒氣～｜朔風～。

【凜凜】lǐnlǐn〔形〕❶ 寒冷：～秋霜｜寒風～。❷ 表情嚴肅，可敬畏的樣子：威風～。❸ 恐懼的樣子：衷心常～。

【凜然】lǐnrán〔形〕表情嚴肅，令人敬畏的樣子：大義～｜～正氣｜～不可侵犯。

廩(廪)
懍(懔)lǐn〈書〉同"凜"②③。

【懍懍】lǐnlǐn〔形〕〈書〉恐懼的樣子：～奉法｜畏之｜～不敢正目而視。

檁(檩)lǐn〔名〕屋架上或山牆上托住椽子或屋面板的長條形構件，用木頭或鋼筋混凝土等做成。也叫桁條、檁條或檁子。

【檁條】lǐntiáo〔名〕(根)檁：有幾根～。

lìn ㄌㄧㄣˋ

吝〈悋〉lìn ❶ 吝惜(多用於否定式)：不～賜教｜為正義事業不～性命｜不～氣力。❷ 吝嗇：慳～。❸(Lìn)〔名〕姓。

語彙　鄙吝　不吝　慳吝

【吝色】lìnsè〔名〕捨不得的臉色神情：他立即拿出錢來，毫無～。

【吝嗇】lìnsè〔形〕過分捨不得財物，該用的卻不用(跟"慷慨"相對)：～鬼｜他很～。

【吝惜】lìnxī〔動〕異常愛惜；捨不得(拿出自己的財物或付出氣力、精力等)：～時間｜他心眼實，幹活從不～自己的體力。

淋〈㈠痳〉lìn ㈠〔動〕過濾：過～｜～鹽｜把酒糟渣子～出來。
㈡見"淋病"(851頁)。
另見 lín(849頁)；"痳"另見 má(889頁)。

【淋病】lìnbìng〔名〕由淋病雙球菌引起的性病，患者尿道發炎紅腫，尿中帶有膿血，排尿疼痛。舊稱白濁。

賃(赁)lìn ❶〔動〕租用：租～｜我～了臨街的一間鋪面房。❷〔動〕租出：出～｜把不住的房子～給了別人。❸(Lìn)〔名〕姓。

螦 lìn〔名〕有機化合物的一類，磷化氫的氫原子部分或全部被烴基取代而形成。

藺(蔺)lìn ❶ 草名，即燈芯草：～席。❷(Lìn)〔名〕姓。

躙(躏)lìn 踐踏：～躒｜踩～。

líng ㄌㄧㄥˊ

〇 líng〔數〕同"零"。數的空位，用於數字中：五○六號｜二○○八年。注意 在通信說數碼時，為使聽覺易於分辨，常把○(零)讀作洞。

令 líng 見下。
另見 lǐng(855頁)；lìng(857頁)。

【令狐】Línghú〔名〕複姓。

伶 líng 舊時稱戲曲演員：優～｜名～｜坤～｜女～｜～人。

語彙　坤伶　名伶　女伶　優伶

【伶仃】(零丁)língdīng〔形〕孤獨而沒有依靠：孤苦～。

【伶俐】línglì(-li)〔形〕聰明；機靈；敏捷：口齒～｜手腳～｜小妹妹最～。

【伶俜】língpīng〔形〕〈書〉孤獨的樣子。

【伶牙俐齒】língyá-lìchǐ〔成〕形容口齒乖巧，能說會道。

坽 líng 用於地名：～頭(在廣東)。

圇 líng 見下。

【圇圄】(囹圄)língyǔ〔名〕〈書〉監獄：身陷～。

泠 líng ❶〈書〉清涼：～風｜清～。❷(Líng)〔名〕姓。

【泠泠】línglíng〔形〕〈書〉❶ 清涼：清清～。❷ 形容聲音清脆：山泉～｜～琴弦。

姈 líng〈書〉女子聰敏伶俐。

玲 líng ❶〈書〉玉聲。❷(Líng)〔名〕姓。

語彙　玎玲　玲玲　瓏玲

【玲玲】línglíng〔擬聲〕〈書〉玉撞擊的聲音：～如振玉。

【玲瓏】línglóng〔形〕❶（器物）精巧細緻：小巧～。❷（人）靈活敏捷：～活潑｜嬌小～。❸（人）機敏圓滑：八面～。

【玲瓏剔透】línglóng-tītòu〔成〕❶形容器物精美靈巧，鮮明透亮：～象牙球｜這些展品工藝精細，一～。❷形容人心思奇巧，聰明、伶俐：她為人～，說話滴水不漏。

苓 líng ❶見"茯苓"（399頁）。❷（Líng）〔名〕姓。

枌 líng見下。

【枌木】língmù〔名〕常綠灌木或小喬木，嫩枝有棱，葉橢圓形或披針形，開白色小花，漿果球形。莖、葉、果實均可入藥。

昤 líng見下。

【昤曨】línglóng〔名〕〈書〉日光。

瓴 líng ❶古代盛水的瓶子：甕～｜高屋建～。❷〈書〉瓦溝：屋脊亭～，隱約可見。❸（Líng）〔名〕姓。

凌〈㊀凌〉líng㊀❶侵犯；欺壓：侵～｜～辱｜欺～。❷迫近：～晨。❸升高；乘：～駕｜～雲｜～波｜～風。

㊁〔名〕❶冰：冰～｜～汛｜飛機炸❷（Líng）姓。

語彙 冰凌　駕凌　欺凌

【凌晨】língchén〔名〕天將亮的時候；泛指午夜至天亮的一段時間：～四點鐘。

【凌遲】língchí〔動〕古代一種處死的酷刑，先切割肢體，再割斷咽喉：～而死。也作陵遲。

【凌澤】língduó〔名〕冰錐，滴水凝成的錐形的冰。

【凌駕】língjià〔動〕超越，壓過（別人或別的事物）：甚麼都不能～於國家的利益之上。

【凌空】língkōng〔動〕高入空中；騰空：紅旗～飄揚｜～飛越高山｜長江之上，大橋～飛架｜～一腳抽射。

【凌厲】línglì〔形〕形容氣勢迅猛：攻勢～｜乒乓球隊員抽殺～。

【凌轢】línglì〔動〕〈書〉❶欺壓：～百姓｜～邊民。❷排擠；傾軋：～於人｜～同人。以上也作陵轢。

【凌亂】língluàn〔形〕雜亂；不整齊，沒有條理：臥室內十分～｜一陣～的腳步聲。也作零亂。

【凌虐】língnüè〔動〕〈書〉欺壓，虐待：～百姓｜遭受匪徒～。

【凌辱】língrǔ〔動〕欺凌，侮辱：橫遭～。

【凌侮】língwǔ〔動〕凌辱：受盡～｜百般～｜～弱小。

【凌汛】língxùn〔名〕江河上游冰雪融化，而下游尚未解凍所造成的洪水猛漲現象。

【凌雲】língyún〔動〕直上雲霄；也比喻志向高遠：高山峻峭～｜壯志～｜久有～志。

【凌雜】língzá〔形〕錯雜凌亂。

聆 líng〈書〉細聽：～朔風而心動｜～聽｜～教｜～親。

【聆教】língjiào〔動〕〈書〉聆聽教誨或教導：虛心～｜改日趨府～。

【聆取】língqǔ〔動〕〈書〉仔細聽取：～各方意見。

【聆聽】língtīng〔動〕〈書〉細聽：～教誨。

蛉 líng見"白蛉"（26頁）、"螟蛉"（938頁）。

笭 líng〈書〉竹籠：～箵。

【笭箵】língxīng〔名〕〈書〉打魚時盛魚的竹籠：暮實～歸（晚上漁簍滿載而歸）。

徎 Líng〔名〕姓。

舲 líng〈書〉❶有窗戶的船：～船。❷泛指小船：河上～集。

翎 líng ❶〔名〕鳥翅膀或尾巴上的長而硬的羽毛：雁～｜野雞～｜鵝～扇。❷"翎子"①：花～｜藍～｜貝子戴三眼孔雀～。

【翎毛】língmáo〔名〕❶羽毛。❷指以鳥類為題材的中國畫；也指畫中的鳥類：長於～｜～花卉。

【翎子】língzi〔名〕❶清朝官員禮帽上用來區別品級的翎毛。❷傳統戲曲中某些角色頭上裝飾的雉羽。用來幫助演員各種各種優美的舞姿。加強顯示劇中人物的感情，並可加裝飾美。許多劇種中都有"雉尾生"（飾演英雄青年），要求演員有深厚的"翎子功"。

羚 líng ❶〔名〕羚羊。❷指羚羊角：～翹解毒丸。

【羚羊】língyáng〔名〕（隻，頭）哺乳動物，形似山羊，毛灰黃或褐色，生活在高山和草原地區，四肢細長，善奔跑，耐乾渴。雌、雄都有角，白色或黃白色。種類較多。也叫羚。

悢 líng〈書〉哀憐；驚恐。

陵 líng ❶大的土山：丘～｜～谷。❷陵墓：～園｜黃帝～。❸（Líng）〔名〕姓。

語彙 岡陵　丘陵　山陵

【陵遲】língchí ❶同"凌遲"。❷〔動〕衰落；衰微：位望～。

【陵墓】língmù〔名〕（座）帝王或諸侯的墳墓；領袖或烈士的墳墓。

【陵寢】língqǐn〔名〕帝王的墳墓及附近的相關建築。

【陵替】língtì〔動〕〈書〉❶ 綱紀廢弛：朝政～。❷ 零落；衰落：才俊～│家道～。

【陵夷】língyí〔動〕〈書〉衰落：枝葉～│綱紀日以～。

【陵園】língyuán〔名〕(座)以陵墓為主的園林：烈士～。

菱〈蔆〉líng〔名〕❶ 一年生草本植物，根長在泥中，葉浮在水面，呈三角形，果實有硬殼，多帶角，果肉可食用。❷ 這種植物的果實。以上通稱菱角。

【菱花】línghuā〔名〕❶ 菱角的花。❷ 古代是鏡子的代稱：沒揣～，偷人半面。

【菱角】língjiao〔名〕(隻)菱的通稱：湖中有～和蓮藕。

【菱形】língxíng〔名〕四邊相等但相鄰的角不相等的平行四邊形。

棱líng 用於地名：穆～(在黑龍江東南部穆棱河上游)。
另見 lēng(816 頁)；léng(816 頁)。

裬líng〈書〉福。多見於人名。

零líng ㊀ ❶〔形〕零碎；零散(跟"整"相對)：～件│～食│～售│～存取取│打碎敲。❷ (～兒)〔名〕零頭；整數以外的零數：找錢沒～兒就算了│老漢今年八十掛～兒。❸〔數〕表示沒有數量：一減一等於～│這是～的突破│對計算機，我的知識幾乎為～│從～開始。❹〔數〕比喻甚麼意義也沒有：我是人微言輕，說話等於～。❺〔數〕數的空位，放在多位數中間，多寫作"○"：一百○八人│公元一二○三年│五○八號。**注意** 多位數中間有幾個空位就寫幾個"○"，口語中無論空位有幾個，只讀一個"零"。但年份除外，如一九○三年、一九○○年、二○○○年。❻〔數〕放在兩個數量中間，表示較大的量後面附有零頭：八點～十分│一米～五│十個月～十天│二十五斤～八兩。**注意** a)用於時間、長度、年歲、重量等方面。b)"半"前不用"零"，如不能說"五斤零半""十年零半"。❼〔數〕某些量度的計算起點：～上八度│～點十八分。❽(Líng)〔名〕姓。
㊁ 凋落；落下：凋～│飄～│感激涕～。

語彙 打零 凋零 丁零 掛零 奇零 飄零 拾零

【零部件】língbùjiàn〔名〕零件和部件的合稱。

【零吃】língchī (～兒)〔名〕〈口〉零食：家裏～都讓孩子給吃光了。

【零蛋】língdàn〔名〕即"0"，因大致呈蛋形，故稱。多用於考試或比賽所得的分數(含諷刺或戲謔意)：這次數學考了個○。

【零的突破】língdetūpò 打破了過去沒有某種情況的局面：中國健兒在泳壇上實現了～│去年，這所中學實現了重點大學～，有四個人考上了

名牌大學。

【零點】língdiǎn〔名〕指夜裏十二點鐘：有的電視台～有新聞節目。

【零封】língfēng〔動〕體育比賽中使對手一分未得或一局未贏，以絕對優勢獲勝：～對手。

【零風險】língfēngxiǎn〔名〕指沒有風險：～投資│商業上不存在～。

【零工】línggōng〔名〕❶ 臨時的工作：打～。❷ 做臨時工作的人：招聘～。

【零花】línghuā ❶〔動〕零碎地花(錢)：這錢你拿着，路上～。❷〔名〕〈口〉零用錢：給了孩子五塊錢的～兒。❸ (～兒)〔名〕〈口〉工資以外的零碎收入：下班後賣報掙點兒～兒。

【零活兒】línghuór〔名〕零碎的工作或家務活兒：他大事做不了，～又不願做│幫爺爺奶奶做一些～。

【零件】língjiàn (～兒)〔名〕(個、種)機器、儀表和設備等的單個製件：更換～│保證～供應│小～可起大作用。

【零距離】língjùlí〔名〕指雙方密切接觸，沒有距離或距離極近：主持人和觀眾實現互動，儘量做到～接觸。

【零利率】línglìlǜ〔名〕指利息為零。

【零亂】língluàn 同"凌亂"。

【零落】língluò ❶〔動〕凋謝：草木～│花葉～，只剩枯枝。❷〔動〕衰敗：百業～。❸〔形〕零散；不集中：零零落落的山村│掌聲～。

【零配件】língpèijiàn〔名〕零件和配件的合稱。

【零七八碎】língqībāsuì ❶〔形〕零碎而散亂：每天都有些～的事要做│你把院子裏～的東西收拾一下。❷ (～兒)〔名〕零碎雜事或沒有大用的東西：她們為點點～兒吵個沒完│別小看這些～兒，說不定哪一天就用得着。

【零錢】língqián〔名〕❶ 面值小於某一整鈔數目的錢，如角、分等：錢罐裏塞滿了～│把整錢換成～。**注意** "零錢"是相對概念，如相對於整鈔 1 元，角、分是零錢；相對於整鈔 50 元，10 元以下都稱零錢。❷ 零用的錢：給孩子一些坐車的～│她勤儉持家，每月都省下不少～。❸ 工資以外的零碎收入：業餘時間他又攬活兒掙點～。

零錢的不同說法
在華語區，中國大陸和台灣地區叫零錢，港澳地區叫散紙或碎紙，泰國也叫碎紙，新加坡和馬來西亞則叫散錢。

【零敲碎打】língqiāo-suìdǎ〔成〕指事情不能完整、持續地進行或處理，而是零零碎碎、斷斷續續地進行：這本書～地用了我一年時間才寫完│機關招待所送往迎來，～的開銷也不小。

【零散】língsǎn (-san)〔形〕分散(在各處)；不集中：倉庫裏～地擺着些貨物│把～的資金集中

起來｜零零散散的漁船開始返航。

【零食】língshí〔名〕正常飯食以外的零星食品：孩子們喜歡吃～。

【零售】língshòu〔動〕零星賣出（區別於"批發"）：只批發，不～｜～商店｜～價格。

【零數】língshù〔名〕整數後邊的尾數（區別於"整數"）。如 3750 元，若以 3000 元為整數，則零數為 750 元；若以 3700 元為整數，則 50 元為零數。

【零碎】língsuì ❶〔形〕零散：～雜物｜零零碎碎的布頭兒｜還有一些～的具體問題需要解決。❷（～兒）〔名〕零碎的事物；雜物：出差不要帶那麼多～兒｜把院子裏的～兒收拾乾淨。

【零頭】língtóu（-tou）（～兒）〔名〕❶ 不夠一個整單位（如計算單位、包裝單位等）的零碎數量：不算～兒，這趟旅行花了四千元｜一百斤的袋子盛不了一百二十斤，那二十斤～兒怎麼辦？❷ 剩下的零碎部分：布｜裝修用的都是整料，剩下的是些～兒｜買東西找回了幾毛錢～兒。

【零星】língxīng〔形〕屬性詞。❶ 瑣碎；少量的：記錄身邊～小事｜菜裏只有點～肉末｜零零星星的消息。❷ 零散；稀疏：～小雨｜～戰鬥｜零零星星的槍炮聲。

【零用】língyòng ❶〔動〕零碎地花費：帶一點兒錢好路上～。❷〔名〕零碎花費的錢：這個月～太多｜我手頭上一點兒～都沒有了。

【零增長】língzēngzhǎng〔動〕保持原有數量，沒有再增加：人口～。

【零嘴】língzuǐ（～兒）〔名〕〈口〉零食：好（hào）吃點～兒｜多吃～可不是個好習慣。

鈴（铃）

líng ❶〔名〕一種響器，形狀像鐘而小，平口或凹口，上有橋形鈕。常掛在車上、旗上或牲口身上。❷（～兒）〔名〕能發聲起通知或警示作用的響器：門～｜電～｜車～｜電話～。❸ 形狀像鈴的東西：啞～｜槓～。❹〔名〕指棉花的花蕾和棉鈴：落～｜今年氣溫高，棉花結～早。❺（Líng）〔名〕姓。

語彙 串鈴 電鈴 風鈴 槓鈴 解鈴 繫鈴 棉鈴 啞鈴 掩耳盜鈴

【鈴鐺】língdang〔名〕（隻）指搖蕩而發聲的鈴，類似球形，下部或中部開口，裏面放金屬丸或小石子，供兒童玩耍、做服飾或繫在牲口脖子上等。

【鈴鐸】língduó〔名〕掛在廟宇、宮殿、樓閣等檐下的鈴，風吹時發出響聲。

【鈴鼓】línggǔ〔名〕打擊樂器，圓形，扁平木製鼓框，一面蒙獸皮，周圍嵌金屬小鈸，搖動或掌擊發聲。

綾（绫）

líng 綾子：～羅綢緞｜半匹紅紗一丈～。

【綾子】língzi〔名〕質地平滑有光澤，較緞子輕薄的絲織品。

鴒（鸰）

líng 見"鶺鴒"（616 頁）。

澪

líng 用於地名：澪～（在江蘇）。

鯪（鲮）

líng〔名〕魚名，生活在淡水中，體側扁，銀灰色，長約 30 厘米，嘴邊有兩對短鬚。是珠江一帶的重要經濟魚類。也叫土鯪魚。

【鯪鯉】línglǐ〔名〕穿山甲。

酃

Líng 酃縣，舊地名。在湖南東南部，井岡山西麓。今改稱炎陵縣。

齡（龄）

líng ❶〔名〕歲數；年齡：婚～｜適～｜大～｜高～｜正值妙～。❷ 人從事某種工作經歷的年數或物品使用的年數：藝～｜教～｜工～｜爐～。❸ 階段；時期（用於生物體生長過程）：一～蟲｜七葉～｜劃分樹木～。

靈（灵）

líng ❶〔形〕靈活；聰明；靈敏：～便｜～氣｜機～｜～機一動｜福至心～｜狗鼻子很～｜儀器失～｜指揮不～。❷〔形〕靈驗；有效：這法子～不～，先試試看｜一試果然很～｜～丹妙藥。❸〔名〕關於死人的：～幡｜～位｜～堂。❹ 精神；意識；靈魂：性～｜心～｜英～｜亡～｜～與肉在天之～。❺ 神仙；鬼怪：神～｜顯～｜乞～｜天外精～。❻〔名〕靈柩：守～｜辭～｜移～。❼（Líng）〔名〕姓。

語彙 魂靈 機靈 精靈 空靈 乞靈 神靈 生靈 失靈 守靈 水靈 亡靈 顯靈 心靈 英靈 幽靈 在天之靈

【靈便】língbian〔形〕❶（四肢）靈活；靈敏：手腳～｜行動不太～。❷（工具等）輕巧；用着順手、方便：這種小型電鑽倒很～。

【靈車】língchē〔名〕（輛）運送靈柩或死者骨灰盒的車。

【靈床】língchuáng〔名〕（張）停放死者屍體的床。

【靈丹妙藥】língdān-miàoyào〔成〕靈驗有奇效的丹藥。多比喻能解決一切疑難問題的好辦法：世上哪裏有甚麼～！也說靈丹聖藥。

【靈動】língdòng〔形〕靈活機敏，不呆板：他人挺～的｜一雙～有神的大眼睛。

【靈感】línggǎn〔名〕文學藝術創作或科學技術研究中由於學識淵博和經驗豐富而突然產生的富有創造性的思路：創作～｜～來源於生活。

【靈怪】língguài ❶〔名〕傳說裏的神靈和魔怪：小說寫了許多～故事。❷〔形〕神奇怪異。

【靈光】língguāng ❶〔名〕神異的光輝，特指畫在神像頭部四周的光暈。❷〔形〕（吳語）效果好；靈驗：這個法子蠻～。❸〔形〕（吳語）有辦法；有本事：老探長真～。

【靈魂】línghún〔名〕❶ 迷信的人指附在人體上起主宰作用的一種非物質的東西，靈魂一旦離開身軀，人就會死亡：～出竅。❷ 心靈；意識：～深處｜淨化～｜眼睛是～的窗戶。❸ 人格；良心：醜惡～｜出賣～｜塑造人類～的工程師。❹ 比喻起主導和關鍵作用的人或事物：他是我們這個球隊的～｜沒有計算機的控制，這套系統就失去了～。

【靈活】línghuó〔形〕❶ 敏捷；不呆滯：頭腦～｜動作～。❷ 不拘泥，善於變通：～掌握分寸｜經營方式～多樣｜既堅持原則，又～運用。

【靈活性】línghuóxìng〔名〕能根據具體情況適當做些變通的品性：既要有原則性，又要有～。

【靈機】língjī〔名〕機敏而靈巧的心思：～一動，計上心來。

【靈柩】língjiù〔名〕已裝入死者的棺材。

【靈貓】língmāo〔名〕(隻)哺乳動物，毛灰黃色，有黑紋白斑，囊狀腺分泌香味液體，稱靈貓香，可做香料或供藥用。產於東南亞及中國雲南、貴州、四川、陝西等省。

【靈敏】língmǐn〔形〕❶ 反應迅速，尤指對極微弱的刺激、信號、先兆等能迅速做出反應：觸覺～｜地震儀十分～，測到了震中方位｜他感覺～，察覺到將有大的人事變動。❷ 敏捷靈活：年紀大了，腿腳也不那麼～了。

【靈牌】língpái〔名〕靈位：供着祖先～。

【靈氣】língqì〔名〕悟性，靈巧機智的氣質：老大不如老二有～。

【靈巧】língqiǎo〔形〕靈活而巧妙：～的雙手｜構思～｜手藝～。

【靈寢】língqǐn〔名〕停放靈柩的地方。

【靈台】língtái〔名〕❶〈書〉指心，心靈：～無計逃神矢。❷ 停放靈柩、骨灰盒或供奉死者靈位、遺像的台子。

【靈堂】língtáng〔名〕停放靈柩、骨灰盒或懸掛遺像、設置靈位供人弔唁的廳堂。

【靈通】língtōng〔形〕❶ 指獲取消息快，渠道多：消息～｜住在偏僻小鎮，信息不～。❷ 有效，好用：這一招～滿～。

【靈童】língtóng〔名〕❶ 仙童；神童。❷ 藏傳佛教活佛圓寂後，寺院上層通過占卜等儀式，從活佛圓寂時出生的嬰兒中選定的活佛轉世承人。

【靈透】língtòu〔形〕聰明機敏：好個～的孩子。

【靈位】língwèi〔名〕為供奉死者而立的牌位。也說靈牌。

【靈犀】língxī〔名〕舊說犀是神獸，犀角有白紋，感應靈敏，因而用來比喻共鳴的情感，相通的心意：心有～一點通(比喻心領神會，相互默契)。

【靈性】língxìng〔名〕❶ 指動物經過馴養、訓練後具有的智慧和能力，比如狗通人性，就說狗有靈性。❷ 指人的天資；聰慧靈敏的天性：那孩子有～，一點就通｜他讀書向來食古不化，缺少～。

【靈秀】língxiù〔形〕機靈秀麗：眉目～｜女孩兒長得十分～。

【靈驗】língyàn〔形〕❶ 有神奇的功效：這種藥很～。❷(預言)應驗：他預測股市行情，屢屢～｜他說的話果然～。

【靈長目】língzhǎngmù〔名〕哺乳動物的一目，大腦較發達，面部短，鎖骨發育良好，四肢都有五趾，能握物，猴、類人猿屬於這一目。是最高等的哺乳動物。

【靈芝】língzhī〔名〕(棵，株)一種真菌，菌蓋腎臟形，赤褐色或暗紫色，有環紋，帶光澤，可入藥。古人以芝為瑞草，用來象徵吉祥或長壽。

櫺(棂) líng 舊式房屋的窗格；窗～。

lǐng ㄌㄧㄥˇ

令 lǐng〔量〕計算紙張的單位，原張的紙(尺幅一般為787x1092毫米或850x1168毫米)五百張為一令。[英 ream]

另見 líng(851 頁)；lìng(857 頁)。

領(领) lǐng ❶ 頸部；脖子：引～而望。❷(～兒)〔名〕衣領：翻～兒｜無～球衣｜假～兒。❸(～兒)〔名〕領口：雞心～兒｜～兒開得太小。❹ 提綱；主要內容：綱～｜要～｜提綱挈～。❺〔量〕用於長袍、上衣或席子：一～袤皮大衣｜三～竹席。❻〔動〕引導；帶領：～着～路｜～唱｜兵打仗｜我～你抄近路走。❼ 領有；管轄：佔～｜～地｜～空｜～海。❽〔動〕領取：認～｜～養｜～獎｜～賞｜～工資。❾〔動〕接受：～教｜～情｜你的好意我心～了。❿ 了解；領會：～悟｜心～神會。⓫(Lǐng)〔名〕姓。

語彙 白領 本領 帶領 粉領 綱領 將領 金領 藍領 認領 首領 率領 要領 佔領 招領 提綱挈領

【領班】lǐngbān ❶(-//-)〔動〕在廠礦、商場、飯店等單位，帶領一班人工作。❷(～兒)〔名〕(位，名)領班的人：前廳～｜客房～。

【領唱】lǐngchàng ❶〔動〕表演合唱時，由一人或幾人帶頭唱。❷〔名〕(位，名)領唱的人：由你擔任～。

【領帶】lǐngdài〔名〕(條)穿西服時繫(jì)在襯衫領子上，懸垂在胸前的帶子：打～｜一條漂亮的～。

【領導】lǐngdǎo ❶〔動〕率領；引導：～大家走共同富裕的道路。❷〔名〕(位)領導人；領導者：國家～｜各位～｜多虧咱們的好～。

【領導班子】lǐngdǎo bānzi 由若干人組成的領導集體：一個部門要有一個好的～。

【領地】lǐngdì〔名〕❶奴隸主、封建領主所佔有的土地；世襲～。❷所領有的地方；領土：中國的～不容侵犯。

【領隊】lǐngduì ❶〔動〕帶領隊伍：～出征｜～參加演出。❷〔名〕(位，名)帶領隊伍的人：他是乒乓球隊的～。

【領港】lǐnggǎng ❶〔動〕引導船舶由一定航道進出港口。❷〔名〕(位，名)擔任領港工作的人。

【領海】lǐnghǎi〔名〕沿海國主權管轄的距離岸綫一定寬度的海域，包括領海上空、海床和底土。

【領航】lǐngháng ❶〔動〕引導船舶或飛機航行：這艘船由中國領航員～。❷〔名〕(位，名)擔任領航工作的人。也叫領航員。

【領花】lǐnghuā〔名〕❶領結。❷軍人、警察等佩戴在制服領子上的標誌，用以表示軍種、警種、專業等。

【領會】lǐnghuì〔動〕理解；領悟：～意圖｜～深文奧義｜深刻～上級講話精神。

【領教】lǐngjiào〔動〕❶客套話。表示接受人家的指教或佩服人家的技藝：您一語破的，～｜～！先生武功蓋世，名不虛傳，我已經～過了。❷體驗；見識(含諷刺或詼諧意)：還有甚麼本事，讓大家～一下吧！❸請教：有個問題要向您～。

【領結】lǐngjié〔名〕穿西服時繫(jì)在襯衫領口上的結花：打個～｜不會繫～。

【領巾】lǐngjīn〔名〕(條)❶繫(jì)在脖子上的三角形的紡織品：紅～。❷婦女的披巾：絲質～。

【領軍】lǐngjūn〔動〕率領軍隊，現常比喻在某一行業或領域起統領作用：具有～之才｜她是美聲唱法的～人物｜球賽這次由她～。

【領空】lǐngkōng〔名〕一個國家的陸地、領水、領海上的空間，是一國領土的組成部分。

【領口】lǐngkǒu (～兒)〔名〕❶衣服護頸的部分或套住脖子的孔洞：～太大太小都不合適。❷領子兩頭連接處：～沒扣緊。

【領陸】lǐnglù〔名〕一國領土內的陸地部分(包含島嶼的陸地)。

【領路】lǐng // lù〔動〕❶引路；帶路：找熟悉這一帶地形的人～。❷比喻率領大家前進：我們村致富就是他領的路。

【領略】lǐnglüè〔動〕領會；感受；理解：～離愁別緒｜～一下北國風光｜初步～了古典音樂美。

【領跑】lǐngpǎo〔動〕❶跑在長跑隊伍的最前面。❷比喻處在最前列：該公司的規模目前國內～｜國產手機開始～手機消費市場。

【領情】lǐng // qíng〔動〕領受別人的情意：承蒙照拂，深深～｜他想拿公家的錢請客，誰都不領這份兒情。

【領取】lǐngqǔ〔動〕領受取得：～護照｜～證書｜～救濟金。

【領事】lǐngshì〔名〕(位，名)由一國政府派駐他國首都以外的某城市或地區的外交官員，主要職責是保護領事區內本國和僑民的法律和經濟權益，管理僑民事務，辦理護照、簽證、公證等。有總領事、領事、副領事等。

【領事館】lǐngshìguǎn〔名〕一國駐在他國首都以外的某城市或地區的領事代表機關，有總領事館、領事館、副領事館、領事代理處等。

【領受】lǐngshòu〔動〕接受：～任命｜受了他的一番情意｜這麼貴重的禮品我怎麼能夠～？

【領屬】lǐngshǔ〔動〕雙方之間存在領有和從屬的關係：在"他的書"這個詞組中，"他"和"書"之間有～關係。

【領水】lǐngshuǐ〔名〕❶一國領土內的河、湖、運河、內海、港口、港灣等。❷領海。❸(位，名)擔任領港工作的領水員。

【領頭】lǐngtóu (～兒)〈口〉❶(-//-)〔動〕帶頭；帶領他人(去做)：他～向山頂衝刺｜捐資興學，你領個頭兒。❷〔名〕領頭的人：他是維修班的～兒。

【領土】lǐngtǔ〔名〕一國主權管轄下的區域，包括領水、領海、領陸和領空。

【領位員】lǐngwèiyuán〔名〕(位，名)在餐飲、娛樂等場所引領顧客入座的服務人員。

【領味】lǐngwèi〔動〕領略體味：這種痛苦是一般人難以～的。

【領悟】lǐngwù〔動〕理解並體會到(某種含義)：～到他的真實意圖｜經他點撥，我才～出個中奧妙。

【領洗】lǐngxǐ〔動〕信奉基督教的人入教時接受洗禮：他昨天已經～。

【領先】lǐng // xiān〔動〕❶居於前列；走在前面：遙遙～｜無論幹甚麼，他都～一步｜這項工藝達到世界～水平。❷體育比賽中分數比對手高：比分從來沒有領過先｜上半場我們隊一直～。

【領銜】lǐngxián〔動〕❶在文件共同署名時，署在最前面：這份文件簽署時讓他～。❷領頭：由著名影星～主演。

【領袖】lǐngxiù〔名〕(位)國家、政黨、群眾團體等的權威領導人：學生～｜人民的～。

【領養】lǐngyǎng〔動〕❶把別人的孩子領來當自己的子女撫養：她～了一個女孩。❷接受下來，負責養護：～樹木｜～一片綠地。

【領域】lǐngyù〔名〕❶國家行使主權的區域：未經許可，不得在我～內開辦此項業務。❷範圍；方面(用於社會活動、思想意識等)：生活～｜高新技術～｜學術研究～｜意識形態～。

【領章】lǐngzhāng〔名〕(副)軍人或某些行業的工

作人員佩戴在制服領子上的標誌。

【領子】lǐngzi〔名〕衣領，衣服上圍繞脖子的部分：～太髒了｜新式～｜大衣～。

【領奏】lǐngzòu ❶〔動〕合奏時領頭演奏：這支名曲由他～。❷〔名〕(位，名)擔任領奏的人。

嶺（岭） lǐng ❶〔名〕(道)山嶺；有道路可通的山頂：崇山峻～｜一座山，兩道～。❷山脈或山脈的干係：南～｜北～｜大興安～。❸ 特指越城嶺、都龐嶺、萌渚嶺、騎田嶺、大庾嶺等五嶺：～南。❹ (Lǐng)〔名〕姓。

語彙　海嶺　山嶺　五嶺　分水嶺

【嶺南】Lǐngnán〔名〕泛稱五嶺以南的廣東、廣西一帶地區：～人。

lìng ㄌㄧㄥˋ

另 lìng ❶〔代〕指示代詞。"另外"①：～冊｜一個世界。❷〔副〕"另外"②：～立戶頭｜～想辦法｜全文～發。❸ (Lìng)〔名〕姓。

【另案】lìng'àn〔名〕另外的案件：～處理。

【另冊】lìngcè〔名〕清代造人口冊分正冊、另冊，把"良民"記在正冊，"非良民"記在另冊。後常用於比喻，指受歧視或不公正待遇的人和事所歸入的範圍：打入～。

【另當別論】lìngdāng-biélùn〔成〕當另外對待或另行處理：此事既然與你無關，那就～了。

【另類】lìnglèi ❶〔名〕指與眾不同的人或物：在文藝創作中，他屬於～。❷〔形〕與眾不同或與傳統不同：～唱法｜打扮得有點～。

【另起爐灶】lìngqǐ-lúzào〔成〕❶ 比喻重新開始做：這篇文章改來改去還是不合用，只好～了。❷ 比喻另立門戶，或改變原來的設想或局面另搞一套：公司裏有人想拉出一部分人，～，成立新公司。

【另請高明】lìngqǐng-gāomíng〔成〕另外聘請能力高強的人：你們如果不滿意，那就～吧！

【另說】lìngshuō〔動〕另外對待或處理：這件事困難重重，究竟該怎麼辦，只好～了。

【另外】lìngwài ❶〔代〕指示代詞。指所說範圍以外的：～的事情咱們會後再商量｜～的一份報紙誰拿走了｜還有～的人來過嗎？❷〔副〕指動作、行為發生在原有範圍以外：我～還有件急事要辦｜～買一份禮物｜你的問題～處理。❸〔連〕除此之外：旅行既可以開闊視野，又可以增長知識，～，還可以了解風土民情。

【另行】lìngxíng〔動〕另外進行：～傳達｜～安排。

【另眼相看】lìngyǎn-xiāngkàn〔成〕用另外一種眼光看待。指看待某人不同於一般人或不同於往日：他特別能幹，老闆對他當然～了｜他埋頭苦幹了三年，取得如此突出的成就，讓人不能不～。也說另眼相待。

令 lìng ㊀ ❶〔動〕命令；指示：明～禁止｜三～五申｜上級～你部火速趕赴前綫。❷〔動〕使：～人深思｜你這樣一來，～我左右為難。❸〔名〕命令；法令：傳～｜條～｜逐客～｜軍～如山｜發號施～｜發佈主席第四號～。❹ 酒令：行～。❺ 古代官名：縣～｜中書～。

㊁ 時令；時節：夏～｜冬～。

㊂ 詞曲小令(詞牌、曲調)：如夢～｜十六字～。

㊃ ❶〔書〕美好；善：～名｜～譽｜～德。❷〔敬〕用於對方的親友：～愛｜～尊｜～親。❸ (Lìng)〔名〕姓。

另見 líng (851 頁)；lǐng (855 頁)。

語彙　傳令　辭令　冬令　法令　號令　即令　將令　節令　禁令　酒令　軍令　口令　命令　時令　司令　條令　通令　下令　夏令　縣令　小令　月令　政令　指令　繞口令　逐客令　發號施令

【令愛】lìng'ài〔名〕尊稱對方的女兒。也作令嬡。

【令嬡】lìng'ài 同"令愛"。

【令出法隨】lìngchū-fǎsuí〔成〕法令一頒佈就要執行，違犯了就要依法懲處。

【令到】lìngdào〔動〕使；讓(常見於港式中文)：大量印鈔～資產價格不斷上升｜嚴重的旱災、水災～農作物減產。

> **令到與使、叫、讓、令**
>
> "使""叫""讓""令""令到"等動詞均可表示"致使"的意思，後面必須帶上兼語。"使"多用於書面語，"叫""讓"多用於口語，港澳地區一般少用"使""叫""讓"，而多用"令"和"令到"。

【令箭】lìngjiàn〔名〕(支)古代軍中傳令用的一種憑證，形狀像箭，有的帶箭頭的小旗：別拿雞毛當～。

【令郎】lìngláng〔名〕尊稱對方的兒子。

【令名】lìngmíng〔名〕〔書〕好聲譽；美名：少(shào)有～｜何憂～不彰？

【令親】lìngqīn〔名〕尊稱對方的親戚：～在何處高就？

【令人髮指】lìngrén-fàzhǐ〔成〕令人頭髮直竪。形容使人極為憤怒：歹徒暴行，～。**注意**這裏的"髮"不讀 fā(發)，"指"不寫作"直"。

> **"令人髮指"的出典**
>
> 《史記·項羽本紀》載，鴻門宴上，項羽的軍師范增令項莊舞劍助興，想趁機殺掉劉邦。萬分危急之時，劉邦的衛士樊噲帶劍擁盾而入，"瞋目視項王，頭髮上指，目眥盡裂"。樊噲機智、勇武地保護了劉邦，使劉邦脫險。

【令人噴飯】lìngrén-pēnfàn〔成〕使人笑得把嘴裏的飯噴了出來。形容事情十分可笑：他出的

L

洋相，說來真是～。

【令人作嘔】lìngrén-zuò'ǒu〔成〕比喻使人極端噁（ě）心、厭惡（wù）：他們庸俗低級的表演～。

【令堂】lìngtáng〔名〕尊稱對方的母親。

【令聞】lìngwén〔名〕〈書〉美好的名聲。

【令行禁止】lìngxíng-jìnzhǐ〔成〕下令行動就立即行動，下令停止就立即停止。形容法令嚴明，執法迅速：各地應～，杜絕亂收費現象。

【令尊】lìngzūn〔名〕尊稱對方的父親：～高壽？

吟 lìng 見"嘌吟"（1028 頁）。

liū ㄌㄧㄡ

溜 liū ㊀❶〔動〕滑動；順着坡往下滑：出～｜～冰｜～滑梯｜從沙丘上～下去。❷〔動〕偷偷地跑開；悄悄地進入：～之大吉｜他從後門～走了｜你～到哪裏去玩了｜～門撬鎖。❸ 光滑：滑～｜圓～｜光～。❹〔動〕順着；靠近：～邊｜別～牆根走，危險！❺〔副〕〈口〉很；非常：～圓｜～熟｜～直｜～光滾圓。注意"溜"表示程度深，用於修飾單音節的形容詞，沒有否定形式，如說"溜淨"，不說"溜不淨"；說"溜尖"，不說"溜不尖"。❻〔動〕〈口〉稍微看看：順便～了一眼。
㊁舊同"熘"。
另見 liù（864 頁）。

語彙　哧溜　出溜　光溜　滑溜　順溜　圓溜　直溜　灰溜溜　順口溜　中不溜兒　滑不嘰溜

【溜邊】liū // biān（～兒）〔動〕〈口〉❶ 靠邊：他走路總愛溜着邊兒走。❷ 比喻遇到事情躲在一旁，不願或不敢參與：他膽子小，遇事總是～兒。

【溜冰】liū // bīng〔動〕❶ 指在冰上滑行，特指穿着冰鞋在冰上滑行：孩子們在冰雪遊藝場～。❷ 指滑旱冰，即穿着帶輪子的鞋在平滑的場地上滑行：他去旱冰場溜了一會兒冰。

【溜達】（蹓躂）liūda〔動〕〈口〉散步；閒逛：吃過晚飯，咱們去公園～～。

【溜光】liūguāng〔形〕狀態詞。❶（北京話）非常光滑，光亮：秀髮梳得～｜地可平了，～～的。❷ 形容一點也不剩：一桌子菜吃得～。

【溜號】liū // hàor〔動〕（北京話）❶ 偷偷地溜走：會沒開完，他就藉故～了。❷ 比喻注意力不集中：聽着聽着，思想就～了。

【溜尖】liūjiān〔形〕（北京話）狀態詞。❶ 異常尖銳：竹籤子削得～。❷（～兒）形容堆得很多，頂部形成了尖兒：一碗飯盛得～。

【溜肩膀兒】liūjiānbǎngr〔名〕❶ 向下傾斜的雙肩：他這個人～，穿甚麼衣服也不好看。❷（北京話）比喻不負責任的人：他是有名

的～，甚麼事也幹不好。

【溜門】liū // mén（～兒）〔動〕偷偷進入別人的家門（行竊）：～撬鎖｜小偷溜進了他們家的門。

【溜門撬鎖】liūmén qiàosuǒ 撬開門鎖，偷偷進入別人家裏行竊。

【溜鬚拍馬】liūxū-pāimǎ〔俗〕比喻諂媚討好：阿諛奉承，～，是他一貫的惡劣作風。

【溜圓】liūyuán〔形〕（北京話）狀態詞。極圓：兩眼瞪得～｜～的小銀球。

【溜之大吉】liūzhī-dàjí〔成〕偷偷地跑開，以求解脫。多指擺脫自己不情願卻又無可奈何的事務或不利於自己的形勢：他看到情況不妙，就～了。

【溜之乎也】liūzhīhūyě〔成〕溜走（常含詼諧或諷刺意）：全體大會還沒有開完，他就～了。

熘 liū〔動〕烹調方法，加油炒或炸後再勾芡：～魚片｜～肝尖。

蹓
蹓 liū / liù "蹓躂"，見"溜達"（858 頁）。
另見 liù（864 頁）。

liú ㄌㄧㄡ

游 liú 古代旌旗上的飄帶或飾物。
另見 yóu（1643 頁）。

留 liú ❶〔動〕停留；不移動：逗～｜你～在原地別動｜你們在北京多～幾天｜這種印象仍然～在我的腦海裏。❷〔動〕使不離開：扣～｜挽～｜～客｜既然你不願意，我也不強～你。❸〔動〕留學：～洋｜～日｜～法｜～美。注意"留"後只能帶單音節國名。❹ 把注意力放在某方面：～心｜～意｜過馬路你可要～點神。❺〔動〕保留；收存：～退路｜～座位｜～作紀念｜原稿～檔｜我家中還～着幾件祖傳寶物。❻〔動〕收下；接受：誰的禮物我也沒～。❼〔動〕遺留；留下：～言簿｜雁過～聲，人過～名｜他給我一個便條就走了｜～在心靈上的創傷長久難以癒合。❽（Liú）〔名〕姓。

語彙　保留　殘留　逗留　久留　拘留　居留　扣留　彌留　容留　收留　停留　挽留　淹留　遺留　滯留　瀦留　片甲不留

【留別】liúbié〔動〕臨別贈物或贈詩留為紀念。

【留步】liúbù〔動〕客套話。用於客人辭別時請主人不要再送：方老師，請～。

【留成】liú // chéng（～兒）〔動〕從收穫、盈利的總數中按一定的比例留下來：利潤～。

【留傳】liúchuán〔動〕留下來傳給（後代）：先輩～下來的寶物｜長久～下去。

【留存】liúcún〔動〕❶ 保留存放：這些資料～備用。❷ 以前的事物沒有消失，繼續存在：這些遺跡一直～至今。

【留待】liúdài〔動〕暫時放下來等待（以後處理）：此事～日後再議｜這一學術上的難題只好～後

人解決了。

【留後路】liú hòulù（～兒）〔慣〕比喻為防備不測，辦事時留有迴旋餘地：他立下軍令狀，不給自己～｜話不要說得太絕，留條後路比較穩妥。

【留後手】liú hòushǒu（～兒）〔慣〕留有餘地：有些事情得給自己留個後手兒。

【留級】liú // jí〔動〕學生學年成績不及格，留在原來的年級重新學習，不能升級：他已經留過一級了｜你可要好好學習，不然就可能～。

【留蘭香】liúlánxiāng〔名〕（棵，株）多年生草本植物，有香味，莖方形，葉對生披針形，花紫色或白色。莖和葉經蒸餾可提取留蘭香油，供食品和化妝品、醫藥等工業之用。

【留戀】liúliàn〔動〕有所依戀而不忍拋棄或離開：老教授毫不～國外舒適的生活，毅然回國執教｜～故土。

【留門】liú // mén〔動〕夜裏不閂門或不鎖門以等候回來晚的人進來：今天回來晚，別忘了給我～。

【留難】liúnàn〔動〕故意阻止或刁難：來去自由，絕不～。

【留念】liúniàn〔動〕留作紀念（多用於臨別相贈）：畢業～｜贈言。

【留鳥】liúniǎo〔名〕一年四季無論寒暑變化，棲居當地而不遠去的鳥，如麻雀、畫眉等（區別於"候鳥"）。

【留情】liú // qíng〔動〕顧及情面而寬恕或原諒：手下～｜咱們是老戰友，這點兒小事你就留個情吧！

【留任】liúrèn〔動〕留下來繼續擔任職務：原公司人員全部～。

【留神】liú // shén〔動〕注意，小心（多用於防備危險或差錯）：～開水燙手｜下次你可要留點神，我一不～把杯子打碎了。

【留聲機】liúshēngjī〔名〕（台）使錄在唱片上的聲音重新放出來的一種機器。俗稱話匣子，也叫唱機。

【留守】liúshǒu〔動〕❶ 古代皇帝離開京城，命大臣駐守。❷ 部隊、機關等離開原駐地時，留下一小部分人在原地守衛、聯絡：奉命原地～。

【留守兒童】liúshǒu értóng 指父母外出務工，留在家鄉和祖父母或其他親屬一起生活的兒童："～"問題越來越引起社會的關注。

【留宿】liúsù〔動〕❶ 留外來的人住宿：學生宿舍一般不得～外人。❷ 停留並住宿：途中在客店～。

【留題】liútí〔動〕❶ 參觀遊覽時就地寫下（意見、感想或詩文）。❷（-//-）老師給學生留家庭作業的一種方式：今天老師留了不少題。

【留退步】liú tuìbù（～兒）〔慣〕留有餘地以為退身之計。也說留退身步兒。

【留尾巴】liú wěiba〔慣〕比喻事情辦得不徹底，留下了沒有解決的問題：要一抓到底，不能～。

【留心】liú // xīn〔動〕❶ 關心，注意：～時事｜他一向～商貿信息。❷ 小心（用於提醒）：～別上當｜歹徒有槍，抓捕時要留點兒心。

【留學】liú // xué〔動〕留居外國學習：～在外｜～法國｜在日本留了兩年學。

【留學生】liúxuéshēng〔名〕（位，名）留學外國的學生：～宿舍｜他是美國～｜～人數不斷增加。

【留言】liúyán ❶（-//-）〔動〕以書面方式留下要說的話：～簿｜參觀後他在～簿上留了言｜請您～。❷〔名〕指書面上留下的話：飯店經理細細研究顧客的～。

【留洋】liú // yáng〔動〕舊指留學：他早年留過洋。

【留一手】liú yīshǒu（～兒）〔慣〕不把本領全部使出來或傳授給別人：我師傅教徒授藝盡心盡力，從不～。

【留意】liú // yì〔動〕注意；小心：說話可要留點兒意｜一不～就會出錯兒。

【留影】liúyǐng ❶（-//-）〔動〕照相留念：大夥兒一塊留個影。❷〔名〕（張）為留作紀念而照的相：這是他出國前的～｜過去的～有些模糊了。

【留用】liúyòng〔動〕留下來繼續任用：～人員｜降級～｜～了幾名技術人員。

【留餘地】liú yúdì 對人或對事不超越某種限度，以留有迴旋的地步：說話不～，常常很被動。

【留職】liúzhí〔動〕保留原有的職務不動：～停薪｜～察看。

【留駐】liúzhù〔動〕留下來駐守：大使館仍有人員～。

流 liú ㊀ ❶〔動〕液體移動；淌；漂｜奔～｜～血｜～汗｜淚～滿面｜大江日夜～。❷ 像液體一樣流動：空氣對～。❸〔動〕（人口、財富等）流動、轉移：農村人口～入城市｜資金外～。❹ 流傳；傳佈：～言蜚語｜～芳百世。❺（向壞的方向）演變；（朝失掉原有實質的方向）變化：～為強盜｜～於形式。❻ 古代的一種刑罰，放逐：～放。❼ 河流；河水的主流（跟"源"相對）：水～｜激～｜湍～｜支～｜逆而上｜源遠～長。❽ 像水流一樣的東西：人～｜車～｜氣～｜寒～｜泥石～。❾ 派別；等級：一～人才｜上～社會。❿ 指某類人（多含輕蔑意）：女～｜見利忘義之～。⓫（Liú）〔名〕姓。

㊁〔量〕流明的簡稱。發光強度為 1 坎的點光源在單位立體角內發出的光通量為 1 流。

語彙 暗流 奔流 潮流 車流 電流 對流 寒流 河流 洪流 激流 急流 交流 客流 名流 逆流 女流 暖流 漂流 氣流 人流 上流 水流 外流 溪流 下流 源流 支流 中流 主流 泥石流 從善如流 放任自流 付諸東流 開源節流 窮源溯流 三教九流 細水長流

L

【流弊】liúbì〔名〕長期傳承下來的弊端：清除～。

【流標】liúbiāo〔動〕❶ 因無人投標或投標者的條件沒有達到要求而導致招標失敗。❷ 流拍。

【流別】liúbié〔名〕詩文或學術等的源流和派別：文章～。

【流佈】liúbù〔動〕流傳；傳佈：～四海｜～甚廣。

【流產】liú//chǎn〔動〕❶ 孕婦懷孕未滿 28 週就產出胎兒：人工～｜習慣性～。❷ 比喻進行的事情中途遭受挫折而未能實現：軍事政變～了｜籌措經費困難，計劃創辦刊物的事～了。

【流暢】liúchàng〔形〕流利暢達：語言～｜文筆～，一氣呵成｜舞蹈動作～優美。

【流程】liúchéng〔名〕❶ 水流的途程。❷ 指工藝流程。工廠製造產品時，從原料到製成產品各項工作安排的程序。❸ 比喻經歷的路程：短暫而光輝的生命。

【流傳】liúchuán〔動〕從過去傳下來；向周圍傳播開來：廣為～｜至今～着古人羽化成仙的故事。

【流竄】liúcuàn〔動〕流動逃竄（多指盜匪）：匪寇～｜四處～｜～作案｜消滅～的小股匪徒。

【流彈】liúdàn〔名〕不知從何處無端飛來的子彈：被～所傷｜飛來一顆～。

【流動】liúdòng〔動〕❶（液體或氣體）移動：河水～｜空氣～形成了風｜～的火山岩漿。❷ 經常變換位置或改變狀態（跟「固定」相對）：～獎杯｜～資產｜～人口。❸（商品、貨幣）流通周轉：資本雙向～。❹（人員）變動工作地點或工作單位：人才～。

【流毒】liúdú ❶〔動〕毒害散佈、流傳：～已久｜～甚廣｜～後世。❷〔名〕散佈、流傳的毒害：肅清～｜封建思想的～｜～很深。

【流芳百世】liúfāng-bǎishì〔成〕芳：比喻美名。百世：古人以三十年為一世，百世比喻時間久遠。好的名聲永遠流傳下去。

【流放】liúfàng ㊀〔動〕古代刑罰，把犯人放逐到邊遠的地方。㊁〔動〕運輸原木的一種方法，把原木放在江河裏使它順流而下。

【流風】liúfēng〔名〕〈書〉前代流傳下來的風氣，多指好的風氣：～餘韻。

【流感】liúgǎn〔名〕流行性感冒：春季注意防治～。

【流光】liúguāng〔名〕〈書〉❶ 光陰：～易逝｜～不相待。❷ 閃耀流動的光亮；月光：明月～｜～溢彩。

【流寇】liúkòu〔名〕行蹤不定、到處流竄的盜匪：～滋擾百姓｜圍剿～。

【流浪】liúlàng〔動〕漂泊在外，居無定所，生活無着落：～遠方｜到處～。

【流離】liúlí〔動〕〈書〉流轉離散：～失所｜顛沛～。

【流離失所】liúlí-shīsuǒ〔成〕（由於天災人禍使人）被迫）流浪在外，無處安身：連年戰爭，百姓～。

【流利】liúlì〔形〕❶（說話、寫文章等）通暢清楚：一口～的英語｜這幾篇散文意境清新典雅，行文～酣暢。❷ 靈活；不呆板：運筆～｜～地使用多種表現技法。

【流連】（留連）liúlián〔動〕留戀而不願離去：～山水｜～忘返。

【流連忘返】liúlián-wàngfǎn〔成〕留戀不捨，忘了回去：黃山美景如畫，令人～。

【流量】liúliàng〔名〕❶ 單位時間內通過河渠或管道某處橫斷面的流體量。通常以立方米／秒計算。流體量分別為體積流量、質量流量、重量流量。❷ 單位時間內通過一定道路的行人、車輛等的數量：交通～｜客～｜車～。

【流露】liúlù〔動〕（思想、情緒）不由自主地顯露出來：真情～｜～出思鄉情緒。

【流落】liúluò〔動〕窮困失意，流浪在外：～異鄉｜～街頭｜他～在外二十多年。

【流氓】liúmáng〔名〕❶ 原指無業遊民，後指不務正業、滋事擾民、為非作歹的人：～阿飛｜地痞～。❷ 指放刁、撒賴、調戲、施展卑劣手段等行徑：耍～｜～行為｜～作風。

【流民】liúmín〔名〕因遭受天災人禍而流轉在外，生活無着落的人：妥善安置～。

【流明】liúmíng〔量〕光通量單位。符號 Lm。簡稱流。［英 Lumen］

【流腦】liúnǎo〔名〕流行性腦膜炎。

【流年】liúnián〔名〕❶〈書〉流逝的歲月：虛擲～。❷ 算命的人稱一年的運氣：～不利。

【流拍】liúpāi〔動〕因無人競買而導致拍賣失敗。

【流派】liúpài〔名〕❶ 水的支流。❷ 指文學、藝術、學術等的派別：京劇各～唱腔｜也摒棄門戶之見，融數家～風格於一身。

【流氣】liúqì(-qi)❶〔形〕（舉止、作風）輕浮，不正派：說話挺～。❷〔名〕流氓習氣。注意 形容詞「流氣」的生動形式是流裏流氣，如「這人有點～，行為不端正」。

【流散】liúsàn〔動〕流落失散：～人口｜那幾件文物已～在民間。

【流沙】liúshā〔名〕❶ 古代指沙漠。❷ 沙漠中隨風流動轉移的散沙。❸ 堆積在河底、河口的鬆散的沙。❹ 隨地下水流動轉移的夾在地層中間的沙土。

【流失】liúshī〔動〕❶ 水、土壤、礦石、油脂等有用物質沒有被利用而流散或散失：水土～｜礦脈遭到破壞，嚴重～｜防止農田的不合理開發，減緩土地肥力～。❷ 指人員離開原來工作、學習的地方，去往別處：人才～｜科技人員～嚴重｜採取措施，防止農村學校教師不斷～。❸ 指資產被低估或所有權悄然轉移：加強管理，防止資產～｜每年有數億元的國有資產以各種形式～。

【辨析】**流失、流逝**　都有流散、消失的意思。"流失"泛指有用的東西白白失去；既可指自然界的物質，也可指社會中人才、資產、文物等，使用範圍比較廣，如"水土流失""人才流失""資金流失""文物流失"等。"流逝"僅用於時間，比喻時間像流水一樣迅速消逝，使用範圍比較窄，如"時光流逝""青春流逝""日月如水般流逝"。"流失"的事物可以放在"流失"之後，如"流失古畫""流失客戶""流失人才"，"流逝"沒有這種用法。

【流失生】liúshīshēng〔名〕中途輟學沒有完成規定學業的學生。也叫流生。

【流食】liúshí〔名〕指牛奶、果汁、稀粥等液體食物：住院時一直吃～。

【流矢】liúshǐ〔名〕〈書〉沒有目標的亂箭：不幸中～身亡。

【流逝】liúshì〔動〕像流水一樣迅速消逝：歲月～｜似水年華，倏然～。

【流水】liúshuǐ ❶〔名〕流動的水：潺潺～｜往事如～。❷〔名〕指商店的銷售額：雜貨店每日的～至少也有千元。❸〔形〕屬性詞。像流水一樣連續不斷的：～作業。❹〔名〕指流水板或流水對。

【流水板】liúshuǐbǎn〔名〕京劇板式，節奏緊促，分句之間停頓不明顯，是敘述性的曲調，適合表現輕鬆愉快或慷慨激昂的情緒。有快、慢兩種。

【流水不腐，戶樞不蠹】liúshuǐ-bùfǔ，hùshū-bùdù〔成〕《呂氏春秋·盡數》："流水不腐，戶樞不蠹，動也。""不蠹"：後作"不蠹"，指不會被蟲蛀。意思是流動的水不會發臭，經常轉動的門軸不會生蟲。比喻經常運動的東西不易受侵蝕，可以經久不壞。

【流水對】liúshuǐduì（～兒）〔名〕對偶的一種，上下兩句意思一貫，如"滄浪千萬里，日夜一孤舟"。

【流水席】liúshuǐxí〔名〕一種宴請客人的方式，陸續到來的客人隨到隨吃隨走。

【流水綫】liúshuǐxiàn〔名〕（條）依據流水作業的方式所組織的生產程序：新建一條流水汽車生產～。

【流水賬】liúshuǐzhàng〔名〕❶（本，部）逐日記載金錢或貨物出納的、不分類別的賬簿。❷比喻沒有主次、不加分析地羅列現象的記敘方式。

【流水作業】liúshuǐ zuòyè 製造產品的一種作業方式。把加工過程分為若干不同的工序，依照順序像流水一樣連續不斷地進行。

【流蘇】liúsū〔名〕用絲線或羽毛製成的穗狀懸垂飾物，裝在車馬、旗幟、樓台、帳幕、劍柄等上面：錦旗上金黃的～閃閃發光｜床帷四周垂着～。

【流俗】liúsú〔名〕流行的風俗習慣（多含貶義）：不落～｜為～所囿｜他雖生在市井，卻未染～。

【流速】liúsù〔名〕單位時間內流體運動的距離，多用米/秒表示：注意觀測河水～｜上游山洪暴發，～激增。

【流淌】liútǎng〔動〕液體向下或向外流動：～的汗水｜鮮血～｜火山爆發，熔岩～。

【流體】liútǐ〔名〕液體和氣體的總稱。因二者均易於流動，無固定形態，故稱：～力學。

【流通】liútōng〔動〕❶流動；暢通：空氣～。❷指貨幣、商品流動周轉：銀圓曾～了很長時間｜加強～領域的管理｜擴大商品～渠道。

【流亡】liúwáng〔動〕因災荒、戰亂或政治上的原因而被迫離開家鄉或祖國，流落在外：～海外｜～在異域他鄉。

【流亡政府】liúwáng zhèngfǔ 本國領土或政權被敵對勢力奪取而逃亡到國外組織的政府。

【流徙】liúxǐ〔動〕遷徙流離，不能安居樂業：戰火頻仍，難民～。

【流綫型】liúxiànxíng〔名〕略像水滴的形狀，一頭尖，一頭圓，表面光滑無棱角。具有這種形狀的物體在空氣或水中運動時所受阻力最小，汽車、飛機機身、潛水艇等的外形常做成這種形狀：～的車身｜機身呈～。

【流向】liúxiàng〔名〕❶水流的方向。❷指財物、人員等流動的去向：旅客的～｜人才的～｜資金～｜產品～趨於合理。

【流星】liúxīng ㊀〔名〕（顆）從星際空間飛入地球大氣層，跟大氣摩擦發光發熱的天體或塵粒。俗稱賊星。㊁〔名〕❶古代兵器，鐵鏈的兩端各繫一個鐵錘，叫流星。❷雜技的一種，長繩的兩端繫上水碗、火球或彩球，擺動繩子，使在空中飛舞，形似天空中的流星。

【流星雨】liúxīngyǔ〔名〕在短時間內出現大量如雨般的流星的現象。

【流行】liúxíng ❶〔動〕廣泛傳播：瘟疫～。❷〔形〕盛行一時的：～歌曲｜這種款式的服裝很～。

【流行病】liúxíngbìng〔名〕能夠在短時間內廣泛蔓延的傳染病，如流行性感冒、腦膜炎、鼠疫、霍亂、痢疾等。

【流行歌曲】liúxíng gēqǔ（首）❶在某個時期廣泛傳唱並受到群眾喜愛的歌曲。❷指通俗歌曲：唱幾首～｜～大獎賽。

【流行色】liúxíngsè〔名〕指在一定時期、一定地區內受人喜愛而盛行的顏色，多表現在時裝和紡織品上：黑色一度成為服裝的～。

【流行語】liúxíngyǔ〔名〕在一個時期內社會上廣泛流行的詞語。

【流血】liúxuè〔動〕❶血液從血管裏流出體表：～

不止｜他鼻子一碰就～。❷指受傷或死亡：～犧牲｜～案件。

【流言】liúyán〔名〕不知最初從何處傳來的話；無根據的、造謠中傷的話：不要聽信～｜背後散佈～｜～蜚語。

【流言蜚語】liúyán-fēiyǔ〔成〕到處流傳的毫無根據的話。多指背後散佈的謠言或誹謗、挑撥的言辭：用～來中傷他人，本身就是膽怯的表現。也作流言飛語。

【流域】liúyù〔名〕江、河流經的區域，通常指由幹流和支流組成的水系所流經的整個區域：黃河～｜～廣闊。

【流質】liúzhì〔名〕液體；也指液體食物：吃～。

【流轉】liúzhuǎn ❶〔動〕流動轉移：～各地。❷〔動〕指資金周轉或商品流通：加速資金～。❸〔形〕（詩文等）流暢圓轉：詩句～｜筆底～。

琉〈瑠璢〉liú 見下。

【琉璃】liúlí（-li）〔名〕塗在瓦、磚、缸、盆等的坯料外面的釉子經燒製而成的物質。起保護和裝飾作用。質地硬脆，有黃、綠、藍等顏色。

【琉璃瓦】liúliwǎ〔名〕（塊）內裏用黏土，外層敷有琉璃燒製成的瓦。多為土黃色或墨綠色，間有藍色及別樣色的，光亮鮮艷，用來覆蓋在宮殿、廟宇或高大建築上。

硫 liú〔名〕一種非金屬元素，符號 S，原子序數 16。淺黃色，質地脆硬，可製硫酸、火藥、火柴、殺蟲劑等。通稱硫黃。

【硫黃】liúhuáng〔名〕硫的通稱。舊也作硫磺。

【硫磺】liúhuáng 舊同"硫黃"。

【硫酸】liúsuān〔名〕無機化合物。化學式 H_2SO_4。無色液體，呈強酸性，能和許多金屬發生化學反應。同水混合時，放出大量的熱，是強烈的脫水劑。具有極強的腐蝕性和氧化性。可製肥料、染料、炸藥、藥物等，也用於石油工業、冶金工業。

旒 liú ❶古代旗幟邊緣上的垂飾飄帶：旒旗垂～。❷古代帝王禮帽前後懸垂的玉串：冕～。

榴 liú 見下。

【榴彈炮】liúdànpào〔名〕（門）炮身較短，初速小，彈道彎曲的火炮。最大射角約 70 度。適用於壓制、殲滅敵有生力量和技術兵器，破壞敵工程設施。

【榴火】liúhuǒ〔名〕石榴花紅似火的色彩。

【榴蓮】liúlián〔名〕❶常綠喬木，葉長橢圓形，花大，果實球形，表面有很多大木質刺，果肉白色，味美。為熱帶著名果品之一，原產馬來西亞，台灣、海南也有種植。❷這種植物的果實。以上也作榴槤。

【榴霰彈】liúxiàndàn〔名〕（顆）炮彈的一種，彈內裝炸藥和小鋼球、鋼柱、鋼箭等，彈頭裝定時引信，能在預定的目標上空或附近爆炸，殺傷暴露之敵的有生力量。簡稱霰彈，也叫子母彈。

遛 liú "逗遛"，見"逗留"（316 頁）。
另見 liù（864 頁）。

劉（刘）liú ❶〈書〉古代斧類兵器：執～而前。❷〈書〉殺：祖江見～（祖江被殺）。❸（Liú）〔名〕姓。

【劉海兒】liúhǎir〔名〕❶（Liú Hǎir）古代神話中的仙童。民間多繪作前額垂短髮，騎在蟾上，手舞錢串。❷婦女、兒童垂在前額的短髮。

瘤〈癅〉liú ❶〔名〕瘤子：肉～｜骨～｜長（zhǎng）～。❷像瘤狀的東西：～胃｜根～。

語彙 毒瘤 根瘤 樹瘤 腫瘤 贅瘤

【瘤子】liúzi〔名〕〈口〉腫瘤。

鎏 liú 古代帝王禮帽前後懸垂的玉串。

瑬 liú 用於地名：後～（在江蘇）。

鎦（镏）liú 見下。
另見 liù（864 頁）。

【鎦金】liújīn〔動〕用溶解在水銀裏的金子塗刷器物表面，晾乾後，再烘烤，軋光，所鎦金層可經久不退。是中國特有的鍍金方法。

餾（馏）liú 加熱使液體化為蒸氣，再凝成純淨的液體：蒸～。
另見 liù（864 頁）。

語彙 分餾 乾餾 精餾 蒸餾

【餾分】liúfèn〔名〕精餾或分餾過程中把蒸氣凝縮而得的餾出部分。如分餾石油，溫度不同，得到的餾分就有汽油、煤油之別。

瀏（浏）liú〈書〉❶形容水流清澈明亮：～其清矣。❷形容風颳得很緊：秋風～以蕭蕭。

【瀏覽】liúlǎn〔動〕粗略地閱讀；泛泛地看：～一下湖邊景色｜新出的雜誌很多，只能～～，沒法兒細讀。

【瀏覽器】liúlǎnqì〔名〕計算機系統中的一種應用程序，可用來查找、瀏覽或下載信息等。

鎏 liú〈書〉❶純金，成色好的金子。❷同"鎦"（liú）。

鏐（镠）liú ❶古指純金，成色好的金子。❷（Liú）〔名〕姓。

飀（飗）liú〈書〉飀飀，微風吹動的樣子：微風～～。

騮（骝）liú〈書〉黑鬣黑尾巴的紅馬：驊～。

L

鷚（鷚）

liú 見"鷚鷯"（1524頁）。

liǔ ㄌㄧㄡˇ

珋

liǔ〈書〉有光澤的石頭。

柳〈桺枊〉

liǔ ❶〔名〕柳樹，落葉喬木或灌木，葉狹長，枝細長柔韌，春季開花，種類很多，有垂柳、杞柳等。❷二十八宿之一，南方朱雀七宿的第三宿。參見"二十八宿"（347頁）。❸（Liǔ）〔名〕姓。

語彙 垂柳　旱柳　蒲柳　杞柳　水柳　雪柳　楊柳

【柳暗花明】liǔ'àn-huāmíng〔成〕宋朝陸游《遊山西村》詩："山重水複疑無路，柳暗花明又一村。"描繪柳樹濃密、鮮花燦爛的美景。後用"柳暗花明"指又是一番情景。多用來比喻困境中出現轉機或新局面：負債累累的公司在加強管理後，～，有了轉機。

【柳編】liǔbiān〔名〕用柳條編製成的各種工藝品，如花籃、筐、簍等。

【柳眉】liǔméi〔名〕美女細長秀美的眉毛，像柳葉一樣：～杏眼。也叫柳葉眉。

【柳琴】liǔqín〔名〕（把）弦樂器，形似琵琶而較小，有四根弦，聲音清亮。也叫柳月琴、柳葉琴。

【柳琴戲】liǔqínxì〔名〕地方戲曲劇種，流行於江蘇徐州地區、山東臨沂地區以及安徽部分地區。曲調粗獷質樸，用柳琴伴奏，女聲變化很多。

【柳絲】liǔsī〔名〕指柳樹纖細的枝條。

【柳體】Liǔtǐ〔名〕指唐朝書法家柳公權所寫的字體，筆畫勁拔，結構緊湊，筆力遒健。與唐朝顏真卿所寫的顏體並稱"顏柳"。

【柳條】liǔtiáo（～兒）〔名〕❶（根）柳樹的枝條。❷特指杞柳的枝條，可供編織籃、筐等：～箱｜～製品。

【柳絮】liǔxù〔名〕柳樹的種子，上有白色絨毛，隨風飛舞，形似棉絮，故稱：雪如～隨風舞｜街上～四處飛。

【柳腰】liǔyāo〔名〕形容女子的腰，像柳條一樣柔軟纖細：娉婷～。也說楊柳細腰。

【柳子腔】liǔziqiāng〔名〕地方戲曲劇種，流行於山東、江蘇和河南部分地區。主要伴奏樂器為三弦、笙、笛等。通稱柳子戲。

绺（绺）

liǔ（～兒）〔量〕用於成束的細絲狀東西，如綾、麻、頭髮、鬍鬚等：一～青絲｜三～鬍鬚｜濕漉漉的幾～頭髮貼在前額上。

窗

liǔ〈書〉捕魚的竹簍。

銃（铳）

liú〔名〕有色金屬硫化物的互熔體。是銅、鎳等冶煉過程中的中間產品。

liù ㄌㄧㄡˋ

六

liù ㊀〔數〕數目，五加一後所得。
㊁〔名〕中國民族音樂音階上的一級，樂譜上用作記音符號，相當於簡譜的"5"。參見"工尺"（447頁）。
另見 lù（872頁）。

【六部】liùbù〔名〕中國從隋唐開始中央行政機構中吏、戶、禮、兵、刑、工六個部的合稱。各部的最高長官為尚書，副職為侍郎。

【六朝】Liùcháo〔名〕❶吳、東晉和南北朝時南朝的宋、齊、梁、陳都先後建都於建康（今南京），合稱六朝。❷泛指南北朝時期：～文學｜～建築。

【六塵】liùchén〔名〕佛教指色、聲、香、味、觸、法，它們能使人產生欲望，像塵埃一樣污染淨心。

【六畜】liùchù〔名〕指牛、馬、羊、豬、狗、雞，也泛指各種家畜、家禽：～興旺。

【六腑】liùfǔ〔名〕中醫稱胃、膽、三焦、大腸、小腸、膀胱為六腑：五臟～。

【六根】liùgēn〔名〕佛教以人體的眼、耳、鼻、舌、身、意為六根；認為眼觀之成色，耳聞之成聲，所以眼、耳等是能引起人的諸種欲念的根源，故稱：～清靜。

【六合】liùhé〔名〕〈書〉指天地上下兩方和東西南北四方，泛指天下或宇宙：秦王掃～。

【六甲】liùjiǎ〔名〕❶古代用天干地支相配成六十組來計算時日，其中以"甲"起頭的有甲子、甲戌、甲申、甲午、甲辰、甲寅，叫六甲。因筆畫較簡單，多用為兒童練字：學～。❷婦女懷孕稱為身懷六甲。

【六親】liùqīn〔名〕指六種親屬。所說法不一，較普通的有兩種：1）指父、母、兄、弟、妻、子；2）指父、子、兄、弟、夫、婦。泛指親屬。

【六親不認】liùqīn-bùrèn〔成〕形容人不講情面或沒有情義：他辦起案來鐵面無私，～。

【六神無主】liùshén-wúzhǔ〔成〕六神：道家指人的肺、肝、腎、脾、膽、心等五臟的主宰之神。形容驚慌失措或心神不定：誰遭遇到這種突發事件，都難免～。

【六書】liùshū〔名〕古代學者分析歸納

月　雨　上　下
象形　　指事

明　從　江　河
會意　　形聲

六書示例

出來的六種漢字造字條例，即指事、象形、形聲、會意、轉注、假借。今人一般認為後兩種是用字方法。

【六弦琴】liùxiánqín〔名〕（架）弦樂器，有六根弦，一手按弦，一手彈撥。也叫吉他。

【六一兒童節】Liù-Yī Értóng Jié 六一國際兒童節，國際民主婦女聯合會為保障全世界兒童生存、保健和受教育的權利，1949 年 11 月在莫斯科舉行的會議上，決定 6 月 1 日為國際兒童節。也叫兒童節。

【六藝】liùyì〔名〕❶ 古代指禮（禮儀）、樂（音樂）、射（射箭）、御（駕車）、書（識字）、數（計算）等六種才能和技藝，孔子曾把它們列為教學內容。❷ 古代指《易》《禮》《樂》《詩》《書》《春秋》六種儒家經典。

【六欲】liùyù〔名〕❶ 佛教指色欲、形貌欲、威儀姿態欲、言語音聲欲、細滑欲、人想欲。❷ 泛指各種情欲：七情～。

【六指兒】liùzhǐr〔名〕❶ 長了六個指頭的手（或腳）。❷ 稱手（或腳）有六個指頭的人。

陸（陆）liù〔數〕"六"的大寫。多用於票據、賬目。
另見 lù（873 頁）。

磟〈磟〉liù 見下。
另見 lù（873 頁）。

【磟碡】liùzhou〔名〕石頭做的圓柱形農具，安上木框架，圓周面着地，多由畜力牽引，用來軋脫穀粒，碾平場地。也叫石滾。

溜liù ㊀❶〔名〕急流：大～｜江心浪大～急。❷（～兒）〔名〕（某一地點的）附近一帶：這～兒的住戶都姓張｜他就住在那一～兒，你問一下就能找到。注意"溜"只跟代詞"這、那"或數詞"一"結合使用。❸（～兒）〔量〕用於成行列或成條的東西：一～平房｜排成幾～兒｜割一小～肉片。
㊁〔動〕❶ 用石灰、水泥等抹（牆縫）；堵、糊（縫隙）：牆不～縫，容易滲水｜風沙太大，咱們快用紙條兒把窗戶縫～上。
㊂❶ 房檐上流下來的水：檐～。❷ 泛指向下流的水：泰山之～穿石。❸ 屋檐下接水的溝槽：水～。❹ 屋檐：重（chóng）～。
另見 liū（858 頁）。

【溜子】liùzi〔名〕❶ 礦井中的槽形傳送工具。也叫溜槽。❷（東北話）土匪幫夥。

遛liù〔動〕❶ 散步；緩步行走：出門～一圈｜早晚～～彎兒，對身體有好處。❷ 牽着騾、馬、狗等或帶着籠鳥慢慢走：～鳥兒｜把馬牽出去一～～。
另見 liú（862 頁）。

【遛馬】liù // mǎ〔動〕牽着馬慢慢走，使馬舒展肌

體，以解除疲勞或減輕病勢：在河邊遛了一會兒馬。

【遛鳥】liù // niǎo（～兒）〔動〕帶着籠鳥到樹林、公園等幽靜的地方去：趕早去遛一遛鳥兒。

【遛彎】liù // wānr〔動〕（北京話）散步（多指在近處）：飯後遛個彎兒，消消食兒。

蹓liù 同"遛"（liù）①。
另見 liū（858 頁）。

鎦（镏）liù 見下。
另見 liú（862 頁）。

【鎦子】liùzi〔名〕（北方官話）戒指：金～。

餾（馏）liù〔動〕把涼的熟食蒸熱：～饅頭｜包子一涼再～就不好吃了。
另見 liú（862 頁）。

鷚（鹨）liù〔名〕鳥名，身體較小，嘴細長，尾巴也長。常見的有田鷚、樹鷚。

lo ·ㄌㄛ

咯lo〔助〕語氣助詞。用於句尾或句中停頓處，用法同"了"（le）：別生氣～｜好～，咱們走吧。
另見 gē（436 頁）；kǎ（735 頁）；luò（885 頁）。

lōng ㄌㄨㄥ

隆lōng 見"黑咕隆咚"（533 頁）。
另見 lóng（864 頁）。

嚨（咙）lōng 見"喀嚨"（765 頁）。
另見 lóng（866 頁）。

lóng ㄌㄨㄥ

隆lóng ❶ 盛大：～重。❷ 興盛；興旺：興～｜～盛。❸ 程度深：～恩｜～冬｜情深誼～。❹ 高起；凸出：前額～起一個大包。❺（Lóng）〔名〕姓。
另見 lōng（864 頁）。

【隆鼻】lóngbí〔動〕通過整容手術使鼻樑兒增高。

【隆冬】lóngdōng〔名〕冬季最寒冷的一段時期：時值～｜～已盡。

【隆隆】lónglóng〔擬聲〕形容劇烈而沉重的震動聲：雷聲～｜～的炮聲愈來愈近了。

【隆情】lóngqíng〔名〕深厚的情誼：～厚誼｜不負摯友的一片～。

【隆乳】lóngrǔ〔動〕隆胸。

【隆胸】lóngxiōng〔動〕通過手術等方法使乳房隆起，以增強女性美。

【隆重】lóngzhòng〔形〕盛大莊嚴：～的儀式｜畢業典禮十分～｜各界人士～慶祝教師節。

瀧 **lóng** 用於地名：永～（在湖北）。

龍（龙）**lóng** ❶〔名〕（條）中國古代傳說中的神異動物，身長，有鬚，有角，有鱗，有爪，能走，能飛，能游水，能興雲降雨：～騰虎躍｜葉公好～。❷封建時代作為皇帝的象徵，或指與皇帝有關的物或人：～顏｜～體｜～床｜～子｜～孫。❸古生物學上指某些巨大的爬行動物，如霸王龍、翼龍。❹比喻出眾的人才、經濟騰飛的國家或地區：望子成～｜東方巨～。❺〔名〕比喻排成的長隊：黑把燈籠聯成一條火～｜售票口前已排成一條長～。❻形似龍或帶有龍的圖案的：～舟｜～燈｜～旗｜～票（清朝郵票）｜過山～｜救火的水～。❼（Lóng）〔名〕姓。

語彙 蒼龍 合龍 火龍 接龍 尼龍 青龍 虬龍 沙龍 水龍 變色龍 獨眼龍 一條龍 車水馬龍 麟鳳龜龍 葉公好龍

【龍船】lóngchuán〔名〕（條，隻）裝飾成龍形的船，端午節用來舉行划船競賽，是中國南方某些地區的習俗：划～。

龍舟競渡
傳說戰國時楚國屈原在五月五日投汨羅江自盡，當地百姓為之哀傷、悲痛，爭着划船去援救，於是形成了五月五日端午節舉行龍舟競渡的習俗。

【龍膽】lóngdǎn〔名〕（棵，株）多年生草本植物，葉子對生，卵狀披針形，夏天開紫色管狀花，根鬚可入藥。

【龍膽紫】lóngdǎnzǐ〔名〕一種紫色鹼性染料。殺菌力很強。溶於水和酒精，醫藥上用作消毒防腐劑，用於皮膚和黏膜感染。溶液為紫色，通稱紫藥水。

【龍燈】lóngdēng〔名〕民間舞蹈用具，用布或紙紮成的龍形的燈，由許多環節構成，每節下有一根木棍，表演時每人手持木棍，同時舞動，並有鑼鼓配合，在元宵節或其他喜慶場合進行：鬧～｜舞～｜耍～。

【龍飛鳳舞】lóngfēi-fèngwǔ〔成〕❶形容山勢蜿蜒起伏，雄壯奔放：長城內外，群山莽莽，～。❷形容書法筆勢挺拔，飄逸多姿（多指草書）：這個條幅寫得～，極有氣勢。

【龍鳳】lóngfèng〔名〕❶比喻傑出人才：人中～。❷比喻皇帝和皇后，也泛指男女。

【龍鳳餅】lóngfèngbǐng〔名〕結婚過禮時，男方送給女家印有龍鳳圖案和雙喜字的糕餅。也叫喜餅。

【龍鳳帖】lóngfèngtiě〔名〕證明結婚的帖子。

【龍宮】lónggōng〔名〕（座）神話中龍王的宮殿。

【龍骨】lónggǔ〔名〕❶鳥類的胸骨。❷中藥指古代某些哺乳動物的骨骼（或牙齒）化石。❸像脊椎或肋骨那樣的支撐和承重結構，多見於船隻、飛機、建築物等。

【龍井】lóngjǐng〔名〕綠茶的一種，色澤翠綠，葉片扁平，產於浙江杭州南高峰前龍井一帶。西湖龍井是中國名茶。

【龍駒】lóngjū〔名〕❶駿馬。❷比喻英俊少年。

【龍捲】lóngjuǎn〔名〕（場）範圍小而風力極強的旋風，形似大漏斗，常在發生十分強烈的雷暴時產生，破壞力極大：輪船遭～襲擊。通稱龍捲風。

【龍馬精神】lóngmǎ-jīngshén〔成〕龍馬：古代傳說中形象如龍的駿馬。指非常健旺的精神。

【龍門刨】lóngménbào〔名〕（台）一種大型刨床，機床的立柱和橫樑像門的形狀，用於加工較大的平面。

【龍門石窟】Lóngmén Shíkū 中國著名石窟，在河南洛陽伊水兩岸龍門山峭壁上，為北魏至唐時開鑿，歷時四百餘年。現存石窟一千三百多個，佛龕七百八十餘個，造像近十萬尊，具有很高的藝術價值。為全國重點文物保護單位。也叫伊闕石窟。

【龍腦】lóngnǎo〔名〕有機化合物，化學式$C_{10}H_{18}O$。白色晶體，用龍腦樹樹幹析出或用化學方法人工合成，有清涼的香味。主要用於醫藥，習稱冰片，也用來製成香料，稱龍腦香。

【龍腦樹】lóngnǎoshù〔名〕（棵，株）常綠喬木，葉卵形，花白色，芳香，果實含一粒種子。樹幹經蒸餾所得的結晶就是龍腦，醫藥上用為芳香開竅藥。

【龍盤虎踞】lóngpán-hǔjù〔成〕像龍那樣盤着，像虎那樣蹲着，形容地勢雄偉險要。也說虎踞龍盤。

【龍票】lóngpiào〔名〕（張）清朝郵傳部門發行的龍形圖案郵票。是中國郵票中的珍品，拍賣售價極高。

【龍山文化】Lóngshān wénhuà 中國新石器時代晚期的一種文化，距今約四五千年，主要分佈在黃河中下游、遼東半島和江淮地區，因1928年首次發現於山東省章丘龍山鎮而得名。遺物中常有黑亮的陶器。也叫黑陶文化。

【龍虱】lóngshī〔名〕昆蟲，體黑色，鞘翅邊緣黃色。幼蟲和成蟲都生活在水中，以捕食小蟲為生。可供藥用。

【龍潭虎穴】lóngtán-hǔxué〔成〕蛟龍潛居的深潭，猛虎藏身的巢穴。形容非常兇險的地方：縱然是～，我也要闖一闖。

【龍套】lóngtào〔名〕❶傳統戲曲的戲裝，上面繡有龍紋，由扮演隨從、侍衛、兵卒等的演員

L

穿。❷傳統戲曲角色行當。扮演戲裏的士兵、夫役等隨從人員。因所穿特殊形式的龍套衣而得名。一般以四人為一堂，用一堂或兩堂龍套，可以表示千軍萬馬。

【龍騰虎躍】lóngténg-hǔyuè〔成〕像龍一樣飛騰，像虎一樣跳躍。形容動作矯健有力，姿態雄壯威武：訓練場內，運動員～。

【龍庭】lóngtíng〔名〕指朝廷：皇帝坐了～。

【龍頭】lóngtóu㊀〔名〕❶自來水管或其他液體容器上可開關的出水活門：水～｜高壓～。俗稱水嘴兒。❷自行車、三輪腳踏車的把（bǎ）：自行車的～歪了。㊁〔名〕❶龍燈的頭部：龍身要跟着～一起舞動。❷比喻在領先位置上起帶頭作用的人或物：～產品｜～老大｜集團公司的～企業｜以上海為～，把長江三角洲整個沿江經濟地帶都帶動起來。

【龍王】Lóngwáng〔名〕神話中在水裏統領水族並掌管興雲降雨的王。迷信的人逢旱災向龍王求雨。

【龍蝦】lóngxiā〔名〕（隻）節肢動物，生活在海裏，體略呈圓柱形，顏色鮮艷，長可達 30 厘米左右。肉味鮮美。

【龍涎香】lóngxiánxiāng〔名〕抹香鯨腸胃的病態分泌物，是黃色、灰色或黑色的蠟狀物質。主要成分為龍涎香素，具有長久的香氣，是名貴的香料。

【龍鬚草】lóngxūcǎo〔名〕多年生草本植物，葉狹綫形，初夏開花，總狀花序。全草可用來造紙，做人造棉、人造絲，也可以編製蓑衣、草鞋、繩索等。也叫蓑草。

【龍鬚麵】lóngxūmiàn〔名〕一種很細的麵條兒。

【龍顏】lóngyán〔名〕帝王的容貌，借指帝王：～不悅｜～大怒。

【龍眼】lóngyǎn〔名〕❶（棵，株）常綠喬木，羽狀複葉，花黃白色，果實球形，外皮黃褐色，果肉白色，味甜美，是水果，也可製成乾果。可入藥，有滋補強壯作用。福建、廣東盛產。❷（顆）這種植物的果實。以上也叫桂圓。

【龍洋】lóngyáng〔名〕（塊）清朝末年鑄有龍形圖案的銀圓。也叫龍銀。

【龍友】lóngyǒu〔名〕港澳地區用詞。沙龍攝影愛好者的簡稱，是攝影興趣沙龍的業餘攝影愛好者：著名影星出席宴會，吸引了一大批～前來拍照。

【龍爭虎鬥】lóngzhēng-hǔdòu〔成〕比喻實力雄厚的雙方勢均力敵，鬥爭或競爭激烈：兩支球隊經過九十分鐘的～，結果踢成平局，握手言和。

【龍鍾】lóngzhōng〔形〕〈書〉❶衰老而行動不便的樣子：老態～。❷失意的樣子：潦倒～。

【龍種】lóngzhǒng〔名〕皇帝的兒子；可以繼承皇位的人。

【龍舟】lóngzhōu〔名〕（條，隻）龍船：～競渡。

【龍準】lóngzhǔn〔名〕指帝王的鼻子。

瘳 lóng〈書〉❶衰弱多病：疲～殘疾。❷小便不通：～閉。

【瘳閉】lóngbì〔名〕中醫指小便不通的病。

窿 lóng ❶〔名〕（北方官話）煤礦坑道：在～門口。❷見"窟窿"（773 頁）。

嚨（咙）lóng 見"喉嚨"（544 頁）。另見 lōng（864 頁）。

瀧（泷）lóng 湍急流動的水。多用於地名：七里～（在浙江）。另見 Shuāng（1265 頁）。

瓏（珑）lóng 古時求雨用的玉，上面刻有龍紋。

【瓏璁】lóngcōng〈書〉❶〔擬聲〕金石等撞擊的聲音：金玉～。❷同"蘢葱"。

【瓏玲】lónglíng〈書〉❶〔擬聲〕金屬、玉器等撞擊的聲音。❷〔形〕明亮；有光彩。

曨（昽）lóng 見"吟曨"（852 頁）、"曚曨"（916 頁）。

朧（胧）lóng 見"朦朧"（916 頁）。

蘢（茏）lóng 見下。

【蘢葱】lóngcōng〔形〕草木青翠茂盛：佳木～，奇花閃爍。

櫳（栊）lóng〈書〉❶窗戶：月照簾～。❷房舍：房～。❸養鳥獸的柵欄：～檻。

礱（砻）lóng ❶〔名〕去掉穀殼的像磨（mò）的工具。❷〔動〕用礱來磨掉穀殼：～穀。

【礱糠】lóngkāng〔名〕礱下來的稻穀外殼。

曨（胧）lóng 見"曚曨"（916 頁）。

籠（笼）lóng ❶〔名〕籠子：鳥～｜竹～｜樊～｜兔～。❷古代囚禁犯人的刑具：囚～｜牢～。❸〔名〕籠屜：蒸～｜剛出的豆包｜把饅頭回回～。❹〔動〕（北方官話）袖着（手）：他懶洋洋地～着手靠着門。❺〔動〕點燃：～火。另見 lǒng（867 頁）。

語彙 出籠 燈籠 樊籠 烘籠 回籠 牢籠 囚籠 蒸籠

【籠火】lóng // huǒ〔動〕（北方官話）生火；用柴引火燒煤炭：待我籠上火，就暖和了｜你去找點兒～的柴火來｜柴火又潮又少，籠不着火。

【籠屜】lóngtì〔名〕一種中間有屜的蒸食物的炊具，用竹、木、鐵、鋁等製成：～邊的饅頭熱氣騰騰。

【籠頭】lóngtou〔名〕套在騾馬等頭上用來繫韁繩

L

的東西，用皮條或繩子做成：這些牲口還沒上～呢！

【籠子】lóngzi〔名〕❶（隻）畜養鳥獸或昆蟲的器具：兔～｜鳥～｜蟈蟈｜把老虎關進～裏。❷用竹、木或鐵絲等編成的器具，用來盛東西或罩東西：擔architecture飯～｜買一個竹筷～。

另見lǒngzi（867頁）。

聾（聋）lóng ❶〔形〕聽覺喪失或遲鈍：他八十多歲了，卻耳不～眼不花。❷（Lóng）〔名〕姓。

【聾啞】lóngyǎ〔形〕耳朵聽不見聲音，嘴裏說不出話：～症｜～人｜～學校。

【聾子】lóngzi〔名〕耳聾的人（不禮貌的說法）。

lǒng ㄌㄨㄥˇ

簀（簀）lǒng ❶同"籠"②。❷用於地名：織～（在廣東南部，陽江西）。

壠（垄）lǒng同"壟"①-④：～溝｜田～｜瓦～。

壟（垄）lǒng ❶〔名〕高出田地、用來種植農作物的成行的土埂：～作｜起～｜種植｜～上插着薯秧。❷〔名〕田埂，田地分界的略微高起的窄路：挑着水從～上走過。❸〔名〕農作物條播的行或行與行之間的空地：寬～｜密植。❹像壟的東西：瓦～。❺（Lǒng）〔名〕姓。

語彙　斷壟　入壟　瓦壟

【壟斷】lǒngduàn〔動〕《孟子·公孫丑下》："必求壟斷而登之，以左右望而罔市利。"意思是站在高地向四周探望，以便獲取盈利高的貨物進行買賣。後泛指把持或獨佔（多用於經濟貿易）：～市場｜～汽車行業。

【壟溝】lǒnggōu〔名〕（條）田壟之間用來灌溉、排澇或施肥的溝：挖一條～｜用～澆地。

隴（陇）Lǒng ❶隴山，山名。在陝西、甘肅交界處。❷〔名〕甘肅的別稱。

攏（拢）lǒng ❶〔動〕合上；合在一起：合～｜笑得～不上嘴兒｜跟她談了三次，也談不～。❷〔動〕靠近；到達：靠～｜車到站，船～岸。❸〔動〕總計，匯總：～總｜一下賬｜一年～計盈利三萬元。❹〔動〕整理；歸攏；使不鬆散：聚～｜收～｜～一下餐桌上的杯碟｜懷裏～着孩子｜車上的家具還得用繩子～上幾道。❺〔動〕梳理（頭髮）：頭髮亂了，用梳子～一～。❻（Lǒng）〔名〕姓。

語彙　湊攏　歸攏　合攏　聚攏　靠攏　拉攏　收攏　圍攏

【攏岸】lǒng//àn〔動〕（船）靠岸：船攏了岸，迎接的人紛紛圍上來。

【攏共】lǒnggòng〔副〕總共；一共：～住了一星期｜這幢樓～六十四套住房。

【攏子】lǒngzi〔名〕（隻，把）齒短而密的梳子。

【攏總】lǒngzǒng〔副〕攏共：～花了二百多塊錢｜～不超過三十天。

籠（笼）lóng ❶〔動〕籠罩：雲～霧罩｜他的心頭～上了一層陰影。❷大箱子：箱～。

另見lóng（866頁）。

【籠絡】lǒngluò〔動〕使手段拉攏（多含貶義）：～人心｜多方～。

【籠統】lǒngtǒng〔形〕概括而不具體；細節模糊不明：調查報告過於～，缺少具體事例｜他籠籠統統地介紹了一下案情，沒有透露細節。

【籠罩】lǒngzhào〔動〕像籠子（lóngzi）一樣罩住；覆蓋：陽光～大地｜高山上依然～着皚皚白雪｜心頭～了一層陰影。

【籠子】lǒngzi〔名〕戲曲、雜技等盛服裝、道具等的大箱子。

另見lóngzi（867頁）。

lòng ㄌㄨㄥˋ

弄　lòng〔名〕（吳語）小巷；胡同：里～｜～堂｜小～｜北京路七～二十號。

另見nòng（987頁）。

【弄堂】lòngtáng〔名〕（條）（吳語）小巷：～口｜～裏的小作坊｜穿過兩條～就到了｜～書（評彈中一表而過的不甚重要的情節，區別於"關子書"）。

哢　lòng〈書〉❶鳥鳴叫的聲音。❷鳥鳴。

崀　lòng壯族稱石山間的小片平地。用於地名：七百～（廣西都安瑤族自治縣所轄區名）。

lōu ㄌㄡ

搂（搂）lōu〔動〕❶把東西朝自己方向摟聚：～柴｜～乾草。❷撩；挽（衣服）：～衣裳｜～起袖子｜～着裙子過河。❸搜刮（財物）；用手段謀取（財物）：～錢｜～足了｜這幾年他承包工程，～了不少好處。❹手指頭朝自己方向勾、扳：～動槍機。❺核算；結算：～算｜～賬｜一筆糊塗賬，愈～愈不清。

另見lǒu（868頁）。

【摟頭】lōutóu〔副〕（北方官話）照着腦袋；迎頭：～就是一棍子，打得他昏倒在地。

瞜（䁖）lōu〔動〕（北京話）看；瞧（多含隨便、不太莊重的口氣）：讓我～一～｜你～～這是甚麼。

lóu ㄌㄡ

剅 lóu〔名〕❶堤壩下面排水、灌水的口子。❷橫穿河堤的水道：～口｜～嘴。

婁（娄） lóu ❶〔形〕(北京話)(身體)虛弱：上三層樓梯，他歇三回，真～｜一場病把身子折騰～了。❷〔形〕(技藝)低劣：這一手兒毛筆字寫得才～呢！❸〔形〕(北京話)(某些瓜類)過熟而瓜瓤發鬆甚至變質：西瓜～了。❹二十八宿之一，西方白虎七宿的第二宿。參見"二十八宿"(347頁)。❺(Lóu)〔名〕姓。

【婁子】lóuzi〔名〕〈口〉亂子；禍事：闖～｜惹～｜捅～｜出了個大～。

僂（偻） lóu 見"佝僂病"(459頁)。
另見 lǚ(877頁)。

塿（塿） lóu 疏鬆的土壤。

嘍（喽） lóu ❶見下。❷(Lóu)〔名〕姓。
另見 lou(870頁)。

【嘍囉】(嘍羅、僂儸)lóuluó(-luo)〔名〕舊時稱強盜頭子的部下；現多比喻僕從或幫兇：匪首被擒獲，他手下的～也被一網打盡。

溇（溇） Lóu 溇水，水名。在湖南北部，流入澧水。

蔞（蒌） lóu ❶見下。❷(Lóu)〔名〕姓。

【蔞蒿】lóuhāo〔名〕(棵，株)多年生草本植物，葉互生，羽狀分裂，花淡黃色，莖可食用，全草可入藥。

樓（楼） lóu ❶〔名〕(座，棟)樓房：洋～｜寫字～｜兩棟～｜摩天大～。❷〔名〕樓房的一層：底～｜三～｜再上一層～。❸(～兒)建在其他建築物上面的房子：城～｜箭～｜閣～｜鼓～｜角～兒。❹用於某些店鋪或娛樂場所的名稱：銀～｜茶～｜戲～｜酒～｜首飾～。❺(～兒)下邊有通道的裝飾性建築物：門～兒｜牌～｜彩～。❻(Lóu)〔名〕姓。

語彙	茶樓	城樓	吊樓	崗樓	閣樓	鼓樓	箭樓
	角樓	酒樓	門樓	牌樓	炮樓	青樓	戲樓	銀樓
	鐘樓	過街樓	首飾樓	海市蜃樓

中國九大名樓
黃鶴樓：在湖北武漢蛇山
岳陽樓：在湖南岳陽西門城樓
煙雨樓：在浙江嘉興南湖湖心島
鎮海樓：a)在浙江杭州吳山東麓
　　　　b)在福建福州越王山頂
　　　　c)在廣東廣州越秀山
鸛雀樓：在山西永濟蒲州鎮城西南
太白樓：在安徽馬鞍山西南採石磯
大觀樓：在雲南昆明滇池北岸

甲秀樓：在貴州貴陽城南鼇頭磯
望江樓：在四川成都東南錦江南岸
(江西南昌有滕王閣、山東蓬萊有蓬萊閣，也是名樓)

【樓板】lóubǎn〔名〕(塊)樓房上下兩層之間的木板或水泥板：空心～。

【樓層】lóucéng〔名〕樓房的一層，泛指樓房的層次：每個～有專人負責衛生和治安｜他選了一個好的～。

【樓船】lóuchuán〔名〕(條)有樓的大船。

【樓道】lóudào〔名〕樓房內的過道、走道：～狹窄。

【樓房】lóufáng〔名〕(棟，座，幢)兩層或兩層以上的房子：你住平房還是～？

【樓閣】lóugé〔名〕樓和閣，泛指樓房：亭台～。

【樓花】lóuhuā〔名〕指尚未建成而開始預售的樓房。

【樓盤】lóupán〔名〕(座)正在出售的或興建中的商品樓：出售新～｜～展銷。

【樓群】lóuqún〔名〕成群的樓房：小孩子們在～中間玩耍。

【樓市】lóushì〔名〕樓房市場，也泛指房產交易市場：近來～漸趨活躍。

【樓台】lóutái〔名〕❶陽台。❷泛指樓(多用於詩詞或戲文中)：近水～先得月。

【樓梯】lóutī〔名〕(層，級)設在樓房的層與層之間供人上下的階梯。

【樓宇】lóuyǔ〔名〕(棟，座，幢)整棟的樓房：～林立｜多座～。

膢（膢） lóu，又讀 lǘ 古代祭祀名。

螻（蝼） lóu 螻蛄：～蟻。

【螻蛄】lóugū〔名〕(隻)昆蟲，背部褐色，前足發達，似鏟狀，善於掘土，晝伏夜出，咬食農作物的根莖。通稱喇喇蛄(làlàgū)。

【螻蟻】lóuyǐ〔名〕螻蛄和螞蟻；借指微小的生物或比喻力量微薄、地位低賤的人：千丈之堤以～之穴潰｜視百姓如～。

耧（耧） lóu〔名〕由牲畜牽引的播種用的農具，可以同時完成犁溝和下種等。

語彙	開耧	套耧	搖耧

髏（髅） lóu 見"髑髏"(320頁)、"骷髏"(773頁)。

lǒu ㄌㄡˇ

摟（搂） lǒu ❶〔動〕用手攏着；摟抱：他把孩子～得更緊了｜老奶奶～着孫子。❷〔量〕兩臂合圍的量，用於樹等：兩～粗的古柏。

另見 lōu（867 頁）。

【摟抱】lǒubào〔動〕兩臂圍攏；用胳膊攏着：孩子～着個布娃娃睡覺｜兩人互相～着。

嶁（嶁）lǒu ❶ 山頂。❷ 見 "岣嶁"（459頁）。

簍（簍）lǒu（～兒）〔名〕簍子：竹～｜油～｜魚～｜背（bēi）～｜字紙～兒。

【簍子】lǒuzi〔名〕（隻）用竹子、荊條、葦篾兒、鐵絲兒等編成的盛東西的器具。

lòu ㄌㄡˋ

陋 lòu ❶ 醜；難看：醜～｜形～心險。❷ 狹小；簡陋：～室｜因～就簡｜窮街～巷。❸ 淺薄；見識少：鄙～｜愚～｜淺～｜孤～寡聞。❹ 不合理；不文明：～俗｜～規。

語彙　鄙陋　醜陋　簡陋　僻陋　淺陋　愚陋

【陋規】lòuguī〔名〕壞的或不合理的規矩、慣例：～惡習。

【陋見】lòujiàn〔名〕粗陋淺薄的見解（多用作謙辭）。

【陋室】lòushì〔名〕❶ 簡陋的房屋：～一間｜身居～，心懷天下。❷ 特指劉禹錫陋室，在安徽和縣城內，初建於公元 824 年：《～銘》。

【陋習】lòuxí〔名〕不良的習慣；壞習俗：根除～｜厚葬也是一種～。

【陋巷】lòuxiàng〔名〕（條）狹窄而破舊的街巷，多借指貧窮的境況：身居～｜心安～。

漏 lòu ❶〔動〕液體、氣體等從縫隙或孔眼中滴落、滲透：滴水不～｜雨水～進地下室了｜煤氣～出來可不得了。❷〔動〕物體有孔眼或縫隙，東西能透出或掉下：壺～了｜草棚一雨｜這口袋盛米～不了。❸〔動〕不願被人知道的消息或情況被人知道了：走～消息｜說～了嘴。❹〔動〕疏漏：～網之魚｜不可～掉一個壞人。❺〔動〕遺漏：脫～｜代表名單中～了你的名字｜明年的規劃怎麼～了兩項？❻（～兒）〔名〕孔眼或縫隙，比喻破綻：～洞｜讓他撿了一個～兒｜贏了這盤棋。❼ 漏壺的簡稱，借指時刻：～盡更（gēng）深｜待～之際。

語彙　掛漏　紕漏　缺漏　疏漏　透漏　脫漏　罅漏　泄漏　遺漏　走漏

【漏瘡】lòuchuāng〔名〕瘻瘡。也叫肛瘻。

【漏電】lòu//diàn〔動〕跑電：電綫老化，容易～。

【漏洞】lòudòng〔名〕❶ 不該有的縫隙或小孔：口袋上有個～。❷（言語、行為）不周密的地方；（方案、法規等）不完善的部分：～百出｜他說的這一番話周詳嚴密，簡直找不出甚麼～。

【漏斗】lòudǒu（～兒）〔名〕（隻）由一個斗形容器和一個細管構成的器皿，用來灌注、過濾或分離液體、顆粒或粉末。

【漏風】lòu//fēng〔動〕❶ 有空隙，風能吹入或漏出：門窗不關緊會～。❷ 牙齒脫落，說話攏不住氣：老大爺一嘴牙沒剩幾顆了，說話哪能不～！❸ 走漏風聲：這件事要保密，千萬別漏了風。

【漏壺】lòuhú〔名〕中國古代計時的器具。水從疊置的壺中逐層滴出，下面的壺中裝一浮標，上刻時辰，浮標隨水上升，顯示時間。簡稱漏，也叫刻漏、滴漏。

【漏勺】lòusháo〔名〕（把）炊事用具，上有許多孔眼的大勺子，類似笊籬：用～撈餃子。

【漏稅】lòu//shuì〔動〕沒有依法繳納應繳的稅款：漏了稅，除了補繳還要受罰。

【漏題】lòu//tí〔動〕❶ 泄露考試題目：要嚴格保密，不能～｜～是犯法行為。❷ 考試時遺漏了應做的題目：沒仔細看，漏了一道小題。

【漏網】lòu//wǎng〔動〕❶ 魚從網眼裏逃脫。❷ 比喻罪犯、敵人等尚未被捕獲或被殲滅；也比喻逃脫法律制裁：這次竟讓敵人漏了網｜全力追捕，毒品販子無一～。

【漏泄】lòuxiè〔動〕❶（水、氣、光）漏出來或透出來：汽油～了｜月光從門縫兒裏～進來。❷ 泄露：～機密。

【漏泄春光】lòuxiè-chūnguāng〔成〕唐朝杜甫《臘日》詩："侵陵雪色還萱草，漏泄春光有柳條。"意思是透露春光降臨人間的消息。後多用來比喻泄露男女私情。

【漏夜】lòuyè〔名〕深夜：～趕寫文章。

【漏巵】lòuzhī〔名〕〈書〉❶ 滲漏用的有漏孔的圓形酒器。❷ 比喻國家利益外流的漏洞。

【漏子】lòuzi〔名〕❶〈口〉漏斗。❷ 破綻：瞎話編得再好，也總會有～。

【漏嘴】lòu//zuǐ〔動〕由於不注意而把不該說或不願說的話說了出來：他一時高興，說漏了嘴，把自己的隱私說出來了。

瘻（瘻）〈瘺〉lòu 瘻管：痔～｜瘡～｜～口。

【瘻管】lòuguǎn〔名〕（根、條）❶ 臟器與體表或臟器之間由於身體外傷、膿腫等而形成的管子，病灶的分泌物從管子裏流出。也叫瘻。❷ 生理學實驗上稱安在動物器官上的人工管子。

鏤（鏤）lòu 雕刻：～刻｜～骨銘心｜鍥而不捨，金石可～。

【鏤骨銘心】lòugǔ-míngxīn〔成〕刻骨銘心。

【鏤空】lòukōng〔動〕把金屬、玉石、象牙、竹木等物體雕穿鏤透，顯出圖案或文字：～的象牙球｜～的玉石欄杆。

L

露 lòu〈口〉義同"露"(lù)㊁①：～底｜泄～｜～富｜～一手給大家看看。
另見 lù（875 頁）。

【露白】lòu // bái〔動〕在人前露出財物（被小偷兒、盜賊看到）：錢不～｜他出門在外露了白，錢包被偷了。

【露醜】lòu // chǒu〔動〕出醜，喪失體面：別在眾人面前～了。

【露底】lòu // dǐ〔動〕泄露底細：他已經給大夥露了底，就不必再追問了。

【露風】lòu // fēng〔動〕走漏風聲；透露消息：沒有不～的牆｜人多嘴雜，保不住密，還是露了風。

【露富】lòu // fù〔動〕顯出富有：有錢不～｜他露了富，被壞人盯上了。

【露臉】lòu〔動〕比喻臉上光彩，很有面子：全校演講比賽，他得第一，可真露了臉。

【露馬腳】lòu mǎjiǎo〔慣〕比喻無意間泄露出不願被人知道的某些真相：三問兩問，他不能自圓其說，終於露出了馬腳。

【露面】lòu // miàn（～兒）〔動〕人物出現；常指人出來交際應酬：拋頭～｜酒會開始的時候，他露過一面｜觀眾等着名角兒登場～兒｜無論如何你得露個面兒。

【露苗】lòu // miáo（～兒）〔動〕草木萌芽；苗兒露出土地表面：一場春雨，小草全都露了苗兒。

【露怯】lòu // qiè〔動〕（北京話）顯露出無知或由於言談舉止不當而當眾出洋相：吃西餐，用刀叉，有各種規矩，別～｜他頭一回出席這麼大的宴會，手足無措，真露了怯。

【露頭】lòu // tóu〔動〕❶（～兒）露出頭部：老鼠剛一～兒，就給貓捉住了。❷出現：月亮才露出一點兒頭，又給烏雲遮蓋了。

【露餡兒】lòu // xiànr〔動〕比喻隱秘暴露：戲法沒變好，當眾露了餡兒｜造假眼瞞不過人，遲早要～。

【露相】lòu // xiàng（～兒）〔動〕顯現出本來面目：不懂裝懂，一說話就露了相。

【露一手】lòu yīshǒu（～兒）〔慣〕顯示在某方面的特殊本領：師傅，您一讓他們開開眼｜他本想在女朋友面前露上一手兒，不料卻出了洋相｜看來我不～你是不會服氣的。

lou ·为又

嘍 (嘍) lou〔助〕語氣助詞。❶用於預期的或假設的動作：完成～任務再休息｜她要早明白～其中的奧妙，也不會上當受騙。❷用於提醒注意：開飯～｜漲潮～。❸表示順理成章：那當然是可以的～。
另見 lóu（868 頁）。

lū ·为ㄨ

撸 (撸) lū〔動〕（北方官話）❶捋(luō)：～袖揎拳｜她把手鐲～了下來｜把樹葉～光了。❷撤銷（官職）：他所有的職務都給～了｜職務一～到底。❸斥責；批評：瞧你垂頭喪氣的樣子，準是又捱～了｜捆了婆子，班長狠狠地～了我一通。

【撸子】lūzi〔名〕（把，支）小手槍：腰裏別着～。

嚕 (嚕) lū 見下。

【嚕囌】lūsū(-su)〔形〕（北方官話）囉唆。

lú ·为ㄨ

盧 (卢) lú ❶〈書〉黑：～矢｜～弓。❷(Lú)〔名〕姓。

【盧比】lúbǐ〔名〕印度、巴基斯坦、尼泊爾、斯里蘭卡、毛里求斯等國的本位貨幣。[英 rupee]

【盧布】lúbù〔名〕俄羅斯等國的本位貨幣，1 盧布等於 100 戈比。[俄 рубль]

【盧溝橋】Lúgōuqiáo〔名〕在北京西南豐台區永定河上，橋身兩側柱頭上有大小石獅 485 個，神態各異，栩栩如生。

【盧溝橋事變】Lúgōuqiáo Shìbiàn 七七事變。

【盧溝曉月】Lúgōu Xiǎoyuè"燕京八景"之一。盧溝橋跨越永定河，連接南北，是交通必經之路。清晨早起，商旅登程，行至橋面，但見曙色青微，曉月當空。此情此景，頗具詩意，故乾隆皇帝親題"盧溝曉月"四字，碑刻立於橋頭。

墟 (垆) lú ㊀黑色的質地堅硬的土壤：～土｜～埴（黑色黏土）。
㊁❶古代酒店裏安放酒甕的土台子，也用作酒店的代稱：路邊酒～。❷〈書〉同"爐"：茶～。

【墟坶】lúmǔ〔名〕壤土的音譯。[英 loam]

廬 (庐) lú ㊀簡陋的房屋：～舍｜草～。㊁(Lú)❶指廬州（舊府名，府治在今安徽合肥）。❷〔名〕姓。

> 語彙 草廬 茅廬 美廬 初出茅廬 三顧茅廬

【廬山】Lú Shān〔名〕山名，位於江西九江市南，又名匡山、匡廬。群峰林立，飛瀑流泉，集雄奇秀麗於一體。有仙人洞、白鹿洞等名勝古跡，為中國著名風景區。

【廬山真面】Lúshān-zhēnmiàn〔成〕宋朝蘇軾《題西林壁》詩："橫看成嶺側成峰，遠近高低各不同。不識廬山真面目，只緣身在此山中。"後用"廬山真面"比喻事物的真相或人的本來面目。也說廬山真面目。

【廬舍】lúshè〔名〕〈書〉簡陋的房屋。

瀘（泸）lú ❶ 瀘水，古水名。即今金沙江在四川宜賓以上、雲南四川交界處的一段：五月渡～。❷ 瀘水，古水名。即今怒江。

蘆（芦）lú ❶ 蘆葦：～花｜～席。❷（Lú）〔名〕姓。
另見 lǔ（872 頁）。

語彙　葫蘆　悶葫蘆　糖葫蘆　依樣葫蘆

【蘆蕩】lúdàng〔名〕長滿蘆葦的淺水湖：～火種｜游擊隊出沒在～中。也叫蘆葦蕩、葦蕩。

【蘆蓆】lúfèi〔名〕（吳語）蘆蓆；葦蓆。

【蘆根】lúgēn〔名〕（根）蘆葦的地下莖，中醫入藥；性寒，味甘，功能清熱，主治煩渴、嘔吐、咳嗽等症。

【蘆花】lúhuā〔名〕蘆葦花軸上叢生的細毛，柔白如絮。

【蘆薈】lúhuì〔名〕（棵，株）多年生草本植物，大葉，長披針形，花黃色，間有紅色斑點。主要產於熱帶非洲，中國也有栽培。可入藥，性寒，味苦，主治熱結便秘，亦可健胃、通經等。

【蘆笙】lúshēng〔名〕（隻）中國苗、侗、水等少數民族的簧管樂器，由笙管（蘆竹做成）、笙斗（木製）、銅簧片構成。

【蘆筍】lúsǔn〔名〕❶ 石刁柏的俗稱。一種多年生草本植物，嫩莖可做蔬菜。❷ 蘆葦的嫩芽，似竹筍而小，可食用。

【蘆葦】lúwěi〔名〕（根）多年生草本植物，生長在水邊，莖高丈餘，光滑中空，夏秋開花，紫色，圓錐花序。莖稈可造紙，也可織蓆、編簾。花序可做掃帚，花絮可填枕頭。也叫葦子。

【蘆蓆】lúxí〔名〕（張，領）用葦篾編成的蓆子。也叫葦蓆。

【蘆竹】lúzhú〔名〕多年生草本植物，多生長在河岸、路邊。葉片扁平，莖稈粗壯，可做輕工業和特種手工業的原料。也叫荻蘆竹。

櫨（栌）lú 見"樗櫨"（102 頁）、"黃櫨"（576 頁）。

臚（胪）lú〈書〉陳列；陳述：～舉｜～列｜～陳。

【臚陳】lúchén〔動〕〈書〉一一陳述或陳列：茲將實情～如下｜～美酒佳餚。

【臚列】lúliè〔動〕〈書〉羅列；列舉（多用於舊式公文或書信）：～綱要｜～史實。

爐（炉）〈鑪〉lú ❶ 爐子：壁～｜火～｜電～｜～灶｜鍋～｜煤氣～｜圍～夜話。❷（Lú）〔名〕姓。
"鑪"另見 lú（871 頁）。

語彙　壁爐　電爐　高爐　鍋爐　洪爐　回爐　火爐　平爐　熔爐　香爐　轉爐　冶煉爐

【爐箅子】lúbìzi〔名〕置於爐膛下部用來承接燃料

兼漏爐灰的一組平行相間的鐵扉子。

【爐甘石】lúgānshí〔名〕經過煅製的菱鋅礦，可做外用藥，性溫，味甘，主治眼疾、皮膚病等。

【爐灰】lúhuī〔名〕爐子裏煤炭燃燒後的灰燼：拉走一車～。

【爐火純青】lúhuǒ-chúnqīng〔成〕相傳道家煉丹，爐裏的火焰由開始時的七種顏色變為純青色就大功告成。比喻學問、技藝等達到純熟完美的境界：這位老藝術家演奏二胡的技巧已經達到～的地步。

【爐膛】lútáng（～兒）〔名〕爐子中央燒火的部分：修補～｜～太小，容不下大塊煤。

【爐灶】lúzào〔名〕爐子和灶的統稱：保持～清潔｜新起的～也準備另起～，大幹一場。

【爐渣】lúzhā〔名〕❶ 冶煉過程中，與金屬分離的雜質形成的渣滓。有些爐渣可以利用做水泥、玻璃、化肥等的原料。❷ 煤炭燃燒後凝結成的塊狀焦渣，可用來鋪路、造磚等。

【爐子】lúzi〔名〕供烹飪、取暖、冶煉等用的器具或裝置：煤球兒～｜煤油～｜電～。

矑（胪）lú〈書〉瞳人；眼珠：清～娥眉。

艫（舻）lú〈書〉船：舳（zhú）～。

纑（纑）lú〈書〉❶ 用來織細麻布的細綫，即綫坯子。❷ 苧麻類的植物。

轤（轳）lú 見"軲轤"（464 頁）、"轆轤"（875 頁）。

鑪（铲）lú〔名〕一種放射性金屬元素，符號 Rf，原子序數 104。
"鑪"另見 lú "爐"（871 頁）。

顱（颅）lú ❶〔名〕頭的上部，包括頭蓋骨和腦：開～手術｜～內有空腔。也叫腦顱。❷ 泛指頭部：方趾圓～。

【顱骨】lúgǔ〔名〕構成頭顱的骨頭，由頂骨、額骨、顳骨、枕骨等組成。也叫頭骨。

【顱腔】lúqiāng〔名〕顱內的空腔，裏面有腦髓。

鸕（鸬）lú 見下。

【鸕鷀】lúcí〔名〕（隻）水鳥，身體比鴨子狹而長，羽毛黑亮，嘴扁長，上嘴的尖端有鉤。善潛水捕魚，捕得魚就放在喉下皮膚囊裏。可訓練用來幫人捕魚。通稱魚鷹，也叫墨鴉、水老鴉。

鱸（鲈）lú〔名〕魚名，生活在近海，體長而側扁，頭大，口大，鱗細，背蒼腹白，秋末到河口產卵：～膾（一種有名的美食）。

lǔ ㄌㄨˇ

鹵（卤）〈滷〉 lǔ ❶〔名〕製鹽剩下的汁液：鹽～。也叫苦汁。❷〔名〕指鹵族元素，即氟、氯、溴、碘、砹五種化學性質相似的元素。❸〔名〕濃汁，特指用肉、蛋等加澱粉製成的濃汁：茶～｜～煮火燒｜麵條兒上澆點兒～。❹〔動〕用五香鹹汁或醬油等烹調：～雞｜～蛋｜～豆腐乾兒。❺〈書〉同"魯"①。

語彙 茶鹵 斥鹵 鹽鹵

【鹵簿】lǔbù〔名〕古代帝王或大臣出行時的侍從儀仗隊。

【鹵水】lǔshuǐ〔名〕❶鹽鹵。❷從鹽井裏取出的供熬製井鹽或提取某些化工原料（如溴、碘、硼等）的地下水。

【鹵水點豆腐——一物降一物】lǔshuǐ diǎn dòufu——yīwù xiáng yīwù〔歇〕指一切人或事物，往往要被另一種人或事物所制服：我們連長在自己的連隊裏說一不二，可一回到家，見了媳婦大氣兒不敢出一聲，這真是～。

【鹵味】lǔwèi〔名〕用鹵法製成的鹵肉、鹵鴨、鹵口條（鹵煮的豬舌頭）等冷菜。

【鹵族元素】lǔzú yuánsù 元素週期表中一類元素的總稱，包括氟、氯、溴、碘、砹五種元素，是典型的非金屬元素，廣泛用於工業方面。簡稱鹵素。

虜（虏）〈虜〉 lǔ ❶俘獲：～獲。❷打仗時捉住的敵人：俘～。❸古代指奴隸：雖臣～之勞不苦於此矣。❹古代對敵方的蔑稱：胡～｜強～已滅。

語彙 俘虜 胡虜 強虜

【虜獲】lǔhuò〔動〕俘虜（敵人）並繳獲（武器輜重等）：～甚多｜～敵兵萬人。

魯（鲁）lǔ ❶愚笨；反應遲鈍：愚～｜資質～鈍。❷〔形〕（言行）粗野；莽撞：粗～｜他說話夠～的。

㊀（Lǔ）❶周朝諸侯國名，在今山東曲阜一帶。❷〔名〕山東的別稱。❸〔名〕姓。

【魯班】Lǔbān〔名〕春秋時魯國人，姓公輸，名般（般與班同音）。是中國古代著名的工匠，有多種發明創造。民間有許多關於他的傳說，他已成為能工巧匠、行家裏手的化身。

【魯班尺】lǔbānchǐ〔名〕（把）木工用的曲尺，相傳是魯班發明的。

【魯菜】lǔcài〔名〕具有山東風味的菜餚；這家餐館以～聞名。

【魯鈍】lǔdùn〔形〕笨拙，不敏銳：資質～｜秉性～。

【魯莽】（鹵莽）lǔmǎng〔形〕輕率；冒失：行

事～｜他這話說得太～了。

【魯魚亥豕】lǔyú-hàishǐ〔成〕把"魯"誤寫為"魚"，把"亥"誤寫為"豕"，指在傳抄、刊刻過程中出現的文字訛誤。

【魯直】lǔzhí〔形〕魯莽直爽：性情～｜一條～漢子。

擄（掳）lǔ 搶奪；劫掠：燒殺～掠。

【擄掠】lǔlüè〔動〕抓人搶東西；搶劫（人和財物）：大肆～｜奸淫～｜～百姓。

澛（㳽）lǔ 用於地名：～港（在安徽）。

櫓（橹）〈㊀艣㊀艪㊀艣㊀樐〉 lǔ〔名〕比槳大而長的、裝在船尾或船側的、搖動撥水使船前進的工具：一手採蓮，一手搖～。

㊁〈書〉大盾牌：伏屍百萬，流血漂～。

蘆（芦）lǔ 見"油葫蘆"（1642頁）。
另見 lú（871頁）。

鑥（镥）lǔ〔名〕一種稀土金屬元素，符號Lu，原子序數71。銀白色，用於核工業，自然界存量很少。

lù ㄌㄨˋ

六 lù ❶用於地名：～安（在安徽中西部）｜～合（在江蘇揚州西）。❷（Lù）〔名〕姓。
另見 liù（863頁）。

用 lù 用於地名：～直（在江蘇吳縣東）｜～堰（在浙江海鹽西南）。

【用里】Lùlǐ〔名〕❶古地名，在今江蘇吳縣西南。❷複姓。

峍 lù 廣西壯族稱山間小片平地。

鹿 lù ❶〔名〕（隻，頭）哺乳動物，通常雄性頭上有角，四肢細長，尾短，毛多褐色，有的有花斑或條紋，種類很多。❷比喻爭奪的對象：逐～中原｜～死誰手？❸（Lù）〔名〕姓。

語彙 麋鹿 馱鹿 逐鹿 長頸鹿 梅花鹿

【鹿角】lùjiǎo〔名〕❶（隻）鹿的角，特指雄鹿已骨化的角，可入中藥：～膠｜～霜。❷鹿砦。

【鹿茸】lùróng〔名〕雄鹿尚未骨化的嫩角，上有茸毛，血管豐富，是一種名貴的中藥，有補精髓、助腎陽、壯筋骨的作用：～精｜東兒三件寶，人參、～、烏拉草。

【鹿死誰手】lùsǐ-shuíshǒu〔成〕《晉書・石勒載記下》："當並驅於中原，未知鹿死誰手。"古代以"逐鹿"比喻爭奪天下，"未知鹿死誰手"是

L

說不知誰能最後得到政權。現多用於比賽或競爭，意思是不知誰能獲勝：戰局多變，～，尚未可逆料｜這場籃球比賽，兩強相遇，究竟～，殊難預測。

【鹿砦】lùzhài〔名〕把樹的枝幹交叉放置而構成的形似鹿角的障礙物，軍事上用來阻止敵方坦克或步兵前進。也作鹿寨，也叫鹿角。

漉　Lù 漉水，水名。發源於江西，流進湖南漉口入湘江。

陸（陆）　lù ❶ 陸地：內～｜大～｜着～。❷ 旱路；道路：水～交通。❸（Lù）〔名〕姓。
另見 liù（864頁）。

語彙　大陸　登陸　內陸　水陸　着陸

【陸沉】lùchén〔動〕陸地下沉或沉沒。比喻國土被侵略者佔領；也比喻退隱。

【陸地】lùdì〔名〕❶ 地球表面未被海洋浸沒的部分：航海海上，四周見不到～｜他在大海裏漂流了三天，才爬上～。❷ 指與水無關的部分：～作戰。

【陸費】Lùfèi〔名〕複姓。

【陸婦】lùfù〔名〕台灣地區用詞。嫁給台灣男子的大陸女性，簡稱陸婦。

【陸軍】lùjūn〔名〕在陸地作戰的軍隊，現代陸軍主要由步兵、炮兵、裝甲兵、航空兵、工程兵、通信兵、防化兵等兵種和各專業部隊組成（區別於"海軍""空軍"）。

【陸客】lùkè〔名〕台灣地區用詞。赴台旅遊的大陸遊客，簡稱陸客。

【陸離】lùlí〔形〕形容色彩繁雜、變化多端的樣子：光怪～｜斑駁～。

【陸路】lùlù〔名〕旱路。

【陸企】lùqǐ〔名〕台灣地區用詞。在台灣投資、經營的大陸企業，簡稱陸企。

【陸生】lùshēng〔名〕台灣地區用詞。在台灣的各大學讀書、求學的大陸學生，簡稱陸生。

【陸續】lùxù〔副〕表示動作、行為時斷時續，前後相繼地進行：學員～到齊了｜我們～發表了十封讀者來信。注意 "陸續"的重疊式是 "陸陸續續"，如 "各種花兒陸續開放"也可以說 "各種花兒陸陸續續都開了"。

【陸運】lùyùn〔動〕在陸地上運輸（區別於 "水運""空運"）：貨物已～至天津。

【陸戰】lùzhàn〔名〕（場，次）敵對雙方軍隊在陸地上進行的戰鬥：海軍～隊｜～、海戰、空戰一起來，進行立體戰爭。

【陸資】lùzī〔名〕台灣地區用詞。在台灣投資、經營的大陸資本，簡稱陸資。

璐　lù 古代玉名。

【璐璐】lùlù〔形〕〈書〉形容稀少而珍貴：～如玉。

菉　lù 用於地名：梅～（在廣東西南吳川）。
另見 lù "綠"（878頁）。

祿　lù ❶〈書〉福：～薄｜百～。❷ 古代官吏的薪俸：俸～｜功名利～｜無功不受～。❸（Lù）〔名〕姓。

語彙　俸祿　回祿　爵祿　無功受祿

【祿蠹】lùdù〔名〕比喻貪求官位利祿的人。

【祿米】lùmǐ〔名〕用作俸祿的粟米，古代俸祿常以粟米計算。

【祿位】lùwèi〔名〕俸祿與爵位。

逯　Lù〔名〕姓。

輅（辂）　lù ❶ 古代車轅上用來牽引車的橫木。❷ 古代一種大車。

碌　lù ❶ 平庸；無所作為：庸～。❷ 事務繁忙瑣碎：勞～｜忙～。
另見 liù（864頁）。

語彙　勞碌　碌碌　忙碌　庸碌

【碌碌】lùlù〔形〕❶ 平庸無能：～無為｜～無聞｜庸庸～。❷ 形容繁忙、辛苦：～大半生｜一天到晚，忙忙～。

賂（赂）　lù〈書〉❶ 財物；饋贈的財物：貨～甚厚。❷ 將財物給人而有所求：賄～。

睩　lù〈書〉眼珠轉動着觀看的樣子。

路　lù ❶〔名〕(條)道路；路途：公～｜水～｜旱～｜航～｜山～｜上～｜趕～｜輕車熟～｜上多虧你照顧我｜這條小～直通後山｜其實地上本沒有～，走的人多了，也便成了～。❷〔名〕路程：～不遠｜走了十里～｜～遙知馬力｜行萬里～，讀萬卷書。❸（～兒）方法；途徑：門～｜生～｜活兒｜廣開言～｜致富之～。❹ 條理；紋理：理～｜紋～｜思～。❺〔名〕地區；方面：外～人｜各～英豪。❻〔名〕路綫；綫路：兵分兩～｜十～公共汽車。❼〔量〕種類；類型；等次：一～貨色｜一～人說一～話｜你喜歡哪一～小說？｜別跟那～痞子在一起。❽〔量〕排；行（用於隊列）：排成兩～｜五～縱隊。❾ 宋元時行政區劃名，相當於現在的省。❿（Lù）〔名〕姓。

語彙　半路　岔路　出路　帶路　道路　電路　短路　對路　趕路　公路　過路　旱路　航路　後路　活路　絕路　開路　來路　攔路　老路　領路　陸路　馬路　門路　迷路　歧路　去路　讓路　山路　上路　生路　水路　順路　思路　死路　鐵路　退路　彎路　紋路　綫路　銷路　走路　回頭路　下坡路　冤枉路　廣開言路　輕車熟路　窮途末路　走投無路

【路霸】lùbà〔名〕指非法在路上攔截車輛、行人強行收費的人：打擊路匪～。

【路標】lùbiāo〔名〕指示路綫或道路情況的標誌：勘探隊留下的～｜～顯示再有二十公里就到目的地了｜高速公路上有限速～。

【路不拾遺】lùbùshíyí〔成〕掉在路上的東西沒有人拾走據為己有。形容社會風氣很好。也說道不拾遺。

【路程】lùchéng〔名〕❶道路的長短；路途里程：～遙遠｜十公里的～｜一天趕了兩天的～。❷比喻事情的發展過程：革命的～｜他一生的～曲折而艱辛。

【路燈】lùdēng〔名〕(盞)道路上用來照明的燈。

【路堤】lùdī〔名〕高於地面的路基。

【路段】lùduàn〔名〕道路上的一段：各～分頭管理｜有的～情況良好。

【路費】lùfèi〔名〕(筆)旅途中食宿、交通等方面的費用：湊足～｜多帶點兒～｜報銷～。

【路風】lùfēng〔名〕指鐵路、公路等交通部門的作風和風氣：糾正不良～。

【路規】lùguī〔名〕指鐵路、公路等交通部門有關客運、貨運的規章制度。

【路軌】lùguǐ〔名〕❶鋪設火車、電車等有軌車道所用的長條鋼材。❷軌道：在鐵路上不要沿着～走，危險。

【路過】lùguò〔動〕途經(某地)：我正好～你家門口兒｜這個車次的火車不～天津。

【路基】lùjī〔名〕鐵路和公路的基礎部分，如路堤和路塹。

【路檢】lùjiǎn〔動〕(交管部門)對機動車進行檢查並處理各種違規現象。

【路劫】lùjié〔動〕攔路打劫：盜匪～｜沒有遇到～。

【路警】lùjǐng〔名〕(位、名)鐵路或公路上維護秩序和交通安全的警察。

【路徑】lùjìng〔名〕(條)❶指到達目的地的路綫：因為～不熟，差一點迷了路。❷比喻辦事的門路、辦法：要想解決問題，還得另找～。

【路考】lùkǎo〔名〕汽車駕駛員資格考試的一種項目。讓司機在指定的道路上駕駛汽車，以考查其技術是否合格：他通過了～，順利拿到了駕照。

【路口】lùkǒu(～兒)〔名〕❶道路進出的一端：通往大橋的各個～都設置了收費關卡｜你們把住～，我們從那邊開始搜查。❷道路會合處：三岔～｜丁字～｜徘徊在人生的十字～。

【路況】lùkuàng〔名〕道路的路面鋪設、保養、交通流量等情況。

【路面】lùmiàn〔名〕道路的表層：混凝土～｜～平整而寬闊。

【路牌】lùpái〔名〕(塊)標明地名、站名或交通路綫的牌子。

【路塹】lùqiàn〔名〕低於地面的路基。

【路人】lùrén〔名〕路上的行人。比喻不相干的人；陌生的人：形同～。

【路上】lùshang〔名〕❶道路上面：～橫着一些障礙物｜不准在～晾曬糧食。❷途中：～不要耽擱｜汽車在～拋錨了。

【路數】lùshù〔名〕❶門路；方法：應付這種困難局面，我～有限｜摸索出一些脫貧致富的～。❷招數；手段：看他的拳腳～，就知道他是位武林高手。❸來路；事情的底細：摸不清他是甚麼～。

【路途】lùtú〔名〕❶道路：探查～情況｜熟悉山區～。❷旅途：他踏上環遊世界的～。❸路程：～漫長｜經過三天的～，我回到了故鄉。

【路網】lùwǎng〔名〕城市中網絡化的道路交通系統：改善交通～建設。

【路綫】lùxiàn〔名〕(條)❶經過的道路：汽車拉力賽的～已經確定。❷路徑；途徑：他採取的是一條積極進取的～。❸(政治、外交等方面)遵循的原則、政策、方向：奉行獨立自主的外交～｜沿着這個正確的～前進。

【路向】lùxiàng〔名〕道路的走向，也比喻事物發展的方向：～標誌｜明確了今年產品銷售的～。

【路障】lùzhàng〔名〕道路上設置的障礙物：清除～｜設置～。

【路政】lùzhèng〔名〕公路、鐵路等道路的管理工作：～狀況良好。

【路子】lùzi〔名〕❶門路；辦法：找對了～就會事半功倍。❷指道路或式樣：各國情況不同，發展的～也不相同。

稑　lù〈書〉遲播而早熟的穀物。

僇　lù〈書〉❶侮辱：～辱。❷同"戮"。

勠　lù〈書〉合；並：～力。

【勠力同心】lùlì-tóngxīn〔成〕同心勠力。

漉　lù〈動〕❶過濾：～汁｜～油。❷液體滲出：滲～。

綠(綠)　lù　見下。　另見lǜ(878頁)。

【綠林】lùlín〔名〕❶原指綠林山(今湖北大洪山一帶)，西漢末年王匡、王鳳等領導的農民起義軍的根據地。後泛指聚集山林反抗官府的集團或組織：～好漢，嘯聚山林｜殺富濟貧，行俠仗義，才稱得上～英雄。❷泛指佔山為王，搶劫財物的盜匪。

蓼　lù〈書〉植物高大的樣子。　另見liǎo(845頁)。

戮(剹)　lù　殺；斬：殺～｜屠～｜誅～｜～屍。

麗　lù〈書〉小漁網。

【麗鸗】lùsù〔形〕〈書〉下垂的樣子。也作簏簌。

錄（录）lù ❶〈書〉登記；登錄：～功而與官。❷記載；抄寫：輯～｜摘～｜筆～｜謄～｜選～。❸〔動〕用儀器記錄（聲音、圖像等）：～製｜～音｜～像｜把他的演講～下來。❹錄取；任用：甄～｜擇優～用。❺記載言行或事物的文字或表冊：目～｜回憶～｜備忘～｜言行～。❻(Lù)〔名〕姓。

語彙　筆錄　編錄　抄錄　登錄　附錄　過錄　集錄　輯錄　記錄　檢錄　節錄　目錄　收錄　書錄　謄錄　選錄　語錄　摘錄　擇錄　著錄　備忘錄　回憶錄　通訊錄

【錄放】lùfàng〔動〕錄製並播放：～機｜～名曲。
【錄取】lùqǔ〔動〕❶（經考核）選取接收：～新生｜他已被重點大學～。❷指訊問記錄：～口供。
【錄入】lùrù〔動〕把文字、圖像等輸入到計算機裏：～人員｜～一份資料｜每分鐘平均～多少字？
【錄像】（錄象、錄相）lùxiàng ❶(-//-)〔動〕用專門設備把圖像和伴音記錄下來：請人給婚禮錄了像。❷〔名〕用專門設備記錄下來的圖像和伴音：～很清晰｜播放～。❸〔名〕指錄像帶：經營～出租。
【錄像帶】lùxiàngdài〔名〕(盒)錄像用的磁帶。
【錄像機】lùxiàngjī〔名〕(台)把圖像和聲音記錄下來並能重新播放的機器。通常指磁帶錄像機、數字錄像機。
【錄像片】lùxiàngpiàn（口語中也讀 lùxiàngpiānr）〔名〕用放錄像的方式放映的影片、電視片。
【錄音】lùyīn ❶(-//-)〔動〕用專門設備把聲音記錄下來：他的演講已經錄了音。❷〔名〕用專門設備記錄下來的聲音：聽～｜播放比賽的實況～｜收聽專家的演講～。
【錄音帶】lùyīndài〔名〕(盒)錄音用的磁帶。
【錄音機】lùyīnjī〔名〕(台)把聲音記錄下來並能重新播放的機器。通常指磁帶錄音機。
【錄用】lùyòng〔動〕接收；任用：擇優～｜國家機關通過考試～公務員。
【錄製】lùzhì〔動〕用專門設備把聲音或形象記錄下來並加工製成唱片、電視片等：～電視片。

潞　Lù ❶潞水，古水名。即今山西濁漳河。❷潞河，古水名。即今北京通州區以下的北運河。❸潞江，古水名。即怒江。❹〔名〕姓。

璐　lù〈書〉美玉：被明月兮珮寶～。

蕗　lù見下。

【蕗蕨】lùjué〔名〕附生蕨類植物。可入藥。

簏　lù ❶〈書〉竹箱：書～(也用於比喻，譏諷讀書多而不解其意的人)。❷簏子；小簏兒。

騄（骈）lù見下。

【騄駬】lù'ěr〔名〕古代良馬名。也作騄耳。

轆（辘）lù見下。

【轆轤】lùlu〔名〕❶(架)裝在井上絞動繩索汲水的工具：搖～｜用～取水。❷指機械上的絞盤。

【轆轆】lùlù〔擬聲〕車輪等轉動的聲音：大車～｜飢腸～(比喻餓得肚子裏亂響)。

麓　lù〈書〉山腳：山～｜天山南北兩～，景觀迥異。

鯥（鲮）lù〔名〕一種魚，體長、側扁，眼大，頭部棘和棱顯著，灰褐色。生活在近海岩石間，產於中國黃海和渤海。

露　lù ㊀❶〔名〕露水：朝～｜陽光雨～。❷用花、葉、果等製成的飲料：果子～｜玫瑰～｜～酒。❸藥材加水蒸餾而成的液體藥劑：川貝枇杷～。

㊁❶〔動〕顯現；暴露：顯～｜揭～｜赤身～體｜原形畢～｜不～聲色｜～出不悅面容。❷在房屋外；沒有遮擋：～宿｜～營。
另見 lòu（870頁）。

語彙　白露　敗露　暴露　表露　甘露　寒露　揭露　流露　裸露　披露　袒露　透露　顯露　雨露　朝露　果子露　餐風宿露　兇相畢露

【露布】lùbù〔名〕〈書〉❶檄文。❷古代指不封口的文書、奏章等。❸軍中捷報。
【露骨】lùgǔ〔形〕用意顯露，不含蓄，不掩飾(多含貶義)：他說的那些話太～了。
【露酒】lùjiǔ〔名〕加果汁或含有花草香味的酒。
【露水】lùshui ❶〔名〕(滴)空氣中的水汽，夜間遇冷，凝結在地面或靠近地面的物體表面上的水珠。❷〔形〕屬性詞。比喻短暫的、易於消失的：～夫妻。
【露宿】lùsù〔動〕在室外或野外住宿：～街頭｜～荒郊。
【露宿風餐】lùsù-fēngcān〔成〕風餐露宿。
【露天】lùtiān ❶〔名〕室外：～音樂會。❷〔形〕屬性詞。上無遮蓋的：～貨棧｜～煤礦。
【露營】lùyíng〔動〕❶（軍隊）在屋外宿營。❷（非軍事人員）有組織地在野外過夜：夏令營在山腳下～，還舉行了營火晚會｜勘探隊員經常在野外～。
【露珠】lùzhū(～兒)〔名〕(顆)凝結成水珠的露水。也叫露水珠兒。

籙（箓）lù ❶道教的秘文秘錄：符～。❷〈書〉賬簿、名冊等。

L

鷺（鹭）lù〔名〕鳥名，體形高大，嘴直而尖，頸長，腿長，生活在水邊，捕食魚類、昆蟲等。常見的有白鷺、蒼鷺等。
【鷺鷥】lùsī〔名〕（隻）白鷺。

lu ·ㄌㄨ

氀（氀）lu 見"氀氀"（1043 頁）。

lǘ ㄌㄩˊ

閭（闾）lǘ ❶〈書〉里巷的大門：倚～而望。❷〈書〉里巷；鄰里：鄉～｜窮～漏屋。❸古代的一種居民組織單位，二十五戶為一閭。❹（Lǘ）〔名〕姓。

語彙　里閭　鄉閭

【閭里】lǘlǐ〔名〕〈書〉鄉里；泛指民間：處理～糾紛。
【閭丘】Lǘqiū〔名〕複姓。
【閭巷】lǘxiàng〔名〕〈書〉街巷；里巷；泛指鄉里、民間：～黔首。
【閭左】lǘzuǒ〔名〕〈書〉秦代稱貧苦農民，因他們居住在閭門的左邊，故稱。後泛指貧苦人民。

腰（腜）lǘ "腜" lóu 的又讀。

櫚（榈）lǘ 見"花櫚木"（558 頁）、"棕櫚"（1816 頁）。

驢（驴）lǘ〔名〕（頭，條）哺乳動物，像馬而小，耳、頰較馬長，性溫馴，善駄載，也供人騎。

【驢唇不對馬嘴】lǘchún bùduì mǎzuǐ〔俗〕比喻答非所問或言語前後矛盾。也比喻事物之間差距太大，不相吻合：兩件事毫不相干，硬拉在一起，簡直～。
【驢打滾兒】lǘdǎgǔnr ㊀〔名〕一種高利貸，規定到期不還，利息加倍，利上加利，越滾越多，像驢翻身打滾兒，故稱。㊁〔名〕一種食品，黃米麵裹糖或豆餡蒸熟，再外滾黃豆麵。
【驢糞球兒——外面光】lǘfènqiúr —— wàimian guāng〔歇〕比喻某人或某物只是外表好看，內裏素質卻很差：我看這款汽車是～，發動機和安全設備都跟不上。
【驢肝肺】lǘgānfèi〔名〕比喻壞心腸：別把別人的好心當成～。

【驢騾】lǘluó〔名〕（頭）駃騠（juétí）。
【驢子】lǘzi〔名〕（頭）驢。

lǚ ㄌㄩˇ

呂（吕）lǚ ❶古代音樂十二律中的陰律，有六種，總稱"六呂"。參見"律呂"（877 頁）。❷（Lǚ）〔名〕姓。

【呂洞賓】Lǚ Dòngbīn〔名〕傳說中的八仙之一。自幼熟讀經史，後來拋棄功名富貴，隱居山林，遇漢鍾離授以丹訣而成仙。不拘小節，好酒能詩，常手執長劍，雲遊四方，斬妖除害。
【呂劇】lǚjù〔名〕（齣，段）地方戲曲劇種，流行於山東、江蘇、河南、安徽等地區，腔調由說唱的琴書演變而成。主要伴奏樂器是墜琴、揚琴、三弦、琵琶等。
【呂宋】Lǚsòng〔名〕❶（Lǚsòng）指菲律賓群島中位置最北的呂宋島。❷指呂宋煙（呂宋島所產的一種質量很好的雪茄煙）。

侶（侣）lǚ ❶同伴：情～｜伴～｜攜～同遊。❷結伴：～魚蝦而友麋鹿。❸（Lǚ）〔名〕姓。

語彙　伴侶　情侶　僧侶

【侶伴】lǚbàn〔名〕（位）伴侶：終於找到了一位同行的～。

捛（捛）lǚ〔動〕用手指把條狀物抹順：～絲綫｜～了～鬍子。
另見 luō（883 頁）。

旅（旅）lǚ ㊀ ❶旅行；出門在外：～遊｜～居｜～途｜～美華人。❷旅客；出門在外的人：商～｜行～。❸〈書〉同"穭"：野穀～生。
㊁ ❶〔名〕軍隊編制單位，在軍和集團軍之下，團或營之上。❷泛指軍隊：軍～｜勁～（也用於比喻）。❸〔副〕〈書〉一起：～進～退。

語彙　覉旅　勁旅　逆旅　商旅　行旅

【旅伴】lǚbàn〔名〕（位）同在一起旅行、旅遊的人：找不到～，我就不去旅遊了｜出門在外，有幾個～也可以互相照應。
【旅程】lǚchéng〔名〕旅行或旅遊的路程：萬里～｜安排～。
【旅次】lǚcì〔名〕旅途中暫時住宿或停留的地方。
【旅費】lǚfèi〔名〕（筆）路費；旅途中的食宿、交通等費用：籌措～｜～支出｜報銷～。
【旅館】lǚguǎn〔名〕（家，座）供旅客暫時居住的地方：一座～｜高級～｜住哪兒的～？

旅館的不同稱法

現代：一般的如旅館、旅店、旅社、客棧、客店；高級的如賓館、飯店、酒店。
古代：逆旅、旅舍、客舍、客館。

【旅進旅退】lǚjìn-lǚtuì〔成〕原指與眾人步調一致，共進共退。後用"旅進旅退"形容沒有主見，跟着別人行動（多含貶義）。
【旅居】lǚjū〔動〕在外地或國外居住：～他鄉｜～海外。

【旅客】lǚkè〔名〕(位)旅行或旅遊的人。

【旅社】lǚshè〔名〕(家)旅館。

【旅途】lǚtú〔名〕旅行或旅遊途中：～觀感｜踏上去江南的～｜～愉快。

【旅行】lǚxíng〔動〕離家外出遊覽或辦事(多指路途較遠的)：蜜月～｜環球～。

【旅行社】lǚxíngshè〔名〕(家)一種專門辦理旅行業務，為旅客安排旅行日程，提供交通、食宿、導遊等項服務的機構。

【旅遊】lǚyóu〔動〕旅行遊覽觀光：出國～｜～勝地｜～熱點｜開發新的～資源。

梠 lǚ〈書〉屋檐：樑～。

稆 lǚ 穀物等不種自生的：～生｜～葵｜～瓜。

僂（偻） lǚ〈書〉❶ 駝背：傴～。❷ 彎曲(身體、手指等)：～身下氣。❸ 馬上；很快：賣之不可～售｜雖有聖人之知，不能～指。

另見 lóu（868 頁）。

鋁（铝） lǚ〔名〕一種金屬元素，符號 Al，原子序數 13。銀白色，質輕而有韌性，導電、導熱性能好。用途十分廣泛，其合金在製造業中佔有重要地位。

膂 lǚ〈書〉脊樑骨。

【膂力】lǚlì〔名〕體力：～過人｜驚人的～。

屢（屡） lǚ〔副〕多次；不止一次地：～勝對手｜～試～驗｜～戰～敗。注意"屢"和"屢次""屢屢"不同，它的後面要跟單音節動詞，不能跟雙音節動詞，如只能說"屢敗"，不能說"屢失敗"，但可說"屢次失敗""屢屢失敗"。

【屢次】lǚcì〔副〕多次：～干預｜他～違反學校紀律。

辨析　屢次、一再　"屢次"表示動作、行為多次重複，強調的是次數多；"一再"表示動作反復進行，強調的是反復、反復，不一定有明顯的次數，語氣也比"屢次"重。如"屢次違反紀律"和"一再表示歉意"，"屢次"和"一再"如果換用，句意強調的重點和語氣的輕重是不相同的。

【屢次三番】lǚcì-sānfān〔成〕形容反復多次：老李～向我們表示歉意｜他～告誡隊員們遇事要冷靜。也說累次三番。

【屢見不鮮】lǚjiàn-bùxiān〔成〕指經常看見，不覺得新奇：以少勝多的戰例歷史上～。也說數(shuò)見不鮮。

【屢教不改】lǚjiào-bùgǎi〔成〕多次教育，仍不改正：對～的盜竊分子，應予以嚴懲。

【屢屢】lǚlǚ〔副〕〈書〉多次；一次又一次：～詢問｜～想起童年往事｜做這項實驗，他～失

敗，但仍不氣餒。

【屢試不爽】lǚshì-bùshuǎng〔成〕多次試驗都無差錯。

履 lǚ❶ 鞋：草～｜西裝革～｜削足適～。❷ 腳步：步～。❸ 踩；行走：臨深～薄｜翻山越嶺，如～平地。❹ 實行；履行：～約｜～任。

語彙　步履　革履　削足適履

【履帶】lǚdài〔名〕(條)圍繞在坦克、拖拉機等車輪上的鋼質鏈帶，可減少對地面的壓力並增強牽引力。也叫鏈軌。

【履歷】lǚlì〔名〕❶ 生平的經歷：自述～｜填寫～。❷ (份)指記述履歷的材料：交一份～。

【履新】lǚxīn〔動〕〈書〉(官員)就任新職。

【履行】lǚxíng〔動〕執行；實行(諾言、協議、職責、義務等應允或應做之事)：～合同｜～手續｜～諾言｜～義務。

【履約】lǚyuē〔動〕〈書〉履行約定的事：按時～。

褸（褛） lǚ 見"襤褸"（798 頁）。

縷（缕） lǚ❶ 線：不絕如～｜細針密～｜千絲萬～。❷ 一條一條地；詳盡地：～敍｜條分～析｜～陳細目。❸〔量〕用於細長柔軟的東西：一～麻綫｜兩～青絲｜幾～炊煙。

語彙　縷縷　不絕如縷　千絲萬縷

【縷縷】lǚlǚ〔形〕一條一條連綿不絕的樣子：～青煙｜～幽香。

lǜ ㄌㄩ

埭 lǜ 用於地名：段～(在河南)。

律 lǜ❶ 法則；規章：法～｜刑～｜紀～｜規～｜清規戒～｜金科玉～。❷ 中國古代審定樂音高低的標準；分樂音為六律和六呂，合稱十二律：樂～｜音～｜韻～。❸ 詩歌的一種體裁，指律詩：五～｜七～。❹〈書〉約束：嚴以～己，寬以待人。❺〈書〉順應：上～天時，下襲水土。❻ (Lǜ)〔名〕姓。

語彙　定律　法律　格律　規律　紀律　七律　五律　刑律　旋律　一律　音律　樂律　韻律　金科玉律　千篇一律　清規戒律

【律動】lǜdòng〔動〕有規則地運動：脈搏不停地～｜心臟的～｜把握生活的～。

【律己】lǜjǐ〔動〕約束自己：嚴於～，寬以待人。

【律曆】lǜlì〔名〕指樂律和曆法。

【律令】lǜlìng〔名〕法律條令。

【律呂】lǜlǚ〔名〕❶ 中國古代用竹管製成的校正樂音高低的器具，從低音到高音依次排列的十二根竹管，成奇數的六個管叫"律"，成偶數的

六個管叫"呂"。❷泛稱樂律。

律呂的名稱
按音高從低到高依次排列：黃鐘、大呂、太簇、夾鐘、姑洗（xiǎn）、仲呂、蕤賓、林鐘、夷則、南呂、無射（yì）、應鐘。

【律師】lǜshī〔名〕（位，名）受當事人委託或由法院指定，依法協助當事人進行訴訟、辯護或處理其他法律事務的專業人員。

【律詩】lǜshī〔名〕（首）中國的一種舊體詩，起源於南北朝，形成於唐朝，因格律嚴密而得名。每首八句，雙句要押韻，三四兩句、五六兩句要對偶，字的平仄有一定格式。每句五個字的叫五律，七個字的叫七律。全首詩超過八句的叫排律。

狔 lǜ 見 "狨狔"（550頁）。

率 lǜ 比率；比值：利～｜功～｜概～｜匯～｜稅～｜增長～｜死亡～｜有效～。
另見 shuài（1263頁）。

| 語彙 | 比率 | 概率 | 功率 | 匯率 | 利率 | 頻率 | 稅率 |
| | 效率 | 出生率 | 繁殖率 | 生產率 | 死亡率 | 圓周率 | |

氯 lǜ〔名〕一種氣體元素，符號 Cl，原子序數 17。黃綠色，有刺激性氣味，有毒，易液化，有腐蝕性。可用來漂白、消毒和製造化工產品。

【氯綸】lǜlún〔名〕一種合成纖維，耐強酸強鹼，遇火不燃，可用來做工業濾布、漁網、帳篷和絕緣材料等。

葎 lǜ 見下。

【葎草】lǜcǎo〔名〕多年生草本植物，莖似葛藤，小花黃綠色，果實可入藥，有健胃功用。

綠（绿）〈葇〉 lǜ ❶〔形〕像草和樹葉茂盛時的顏色：草～｜～草如茵｜紅花還得～葉扶。❷〔形〕藍色顏料和黃色顏料混合而成的顏色：～窗紗｜～軍裝｜燈紅酒～。❸使呈綠色；變成綠色：春風又～江南岸｜紅了櫻桃，～了芭蕉。
另見 lù（874頁）；"葇"另見 lù（873頁）。

| 語彙 | 碧綠 | 草綠 | 翠綠 | 墨綠 | 青綠 | 油綠 | 燈紅酒綠 |
| | 花花綠綠 | | | | | | |

【綠茶】lǜchá〔名〕❶茶葉的一大類，經炒、烘、蒸等工藝，使茶葉不發酵而製成，葉色和沏出的茶水色呈青綠，如龍井、毛尖、碧螺春等。❷用綠茶沏出的茶水：來一壺～。

【綠燈】lǜdēng〔名〕❶綠色的燈，特指設在城市交叉路口的綠色交通信號燈，綠燈亮時表示允許車輛、人員通行：紅燈停，～行。❷比喻不設關卡，給予方便，促進發展：為科研工作開～。

【綠地】lǜdì〔名〕（塊）城鎮中綠化（種有樹木花草）的地面：新建居民小區要多留～。

【綠豆】lǜdòu〔名〕❶（棵，株）一年生草本植物，莖直立或蔓生，莢果細長而圓，內有綠色種子。❷（顆，粒）這種植物的種子。可食，也可入藥，能清熱解毒。

【綠肥】lǜféi〔名〕將植物的嫩莖葉翻壓在土裏，經過發酵分解而成的有機肥料。能增加土壤的有機質，改善土壤結構。

【綠化】lǜhuà〔動〕種植樹木花草，以淨化空氣、美化環境、防止水土流失等：～荒山禿嶺｜～城市，減少污染。

【綠化帶】lǜhuàdài〔名〕（條）帶狀的綠化地區：建成了一條數公里長的～。

【綠卡】lǜkǎ〔名〕（張）〈口〉稱某些國家政府發給外國僑民的永久居留證。

【綠帽子】lǜmàozi〔名〕（頂）元、明時規定娼家男子戴綠頭巾。後來說人妻子有外遇為戴綠帽子。也說綠頭巾。

【綠茸茸】lǜróngróng（～的）〔形〕狀態詞。形容顏色碧綠而生長稠密：～的草坪。

【綠色】lǜsè ❶〔名〕綠的顏色。❷〔形〕屬性詞。與環境保護有關的、符合環保要求的：～食品｜～廚房｜～包裝（無污染、無公害且可回收利用的包裝）｜～奧運｜～和平組織。❸〔形〕屬性詞。暢通的；快速的：～通道。

【綠色食品】lǜsè shípǐn 指安全、營養、無污染、無公害的食品。

【綠色通道】lǜsè tōngdào 原指無須向海關申報物品的旅客過關通道。後泛指醫療、交通等部門設置的手續便捷、安全通暢的通路或途徑。

【綠色炸彈】lǜsè zhàdàn〔名〕港澳地區用詞。香港政府稅務局寄稅單的謔稱，因稅單信封為綠色，故得名。

【綠生生】lǜshēngshēng（～的）〔形〕狀態詞。形容顏色碧綠而鮮嫩：～的黃瓜｜～的垂柳。

【綠絲帶】lǜsīdài〔名〕中國精神衛生事業的標誌。綠色是生命、健康、希望的象徵，綠絲帶寓意愛心。佩戴綠絲帶，表達對他人的關愛。

【綠茵】lǜyīn〔名〕❶成片的綠色草地。❷指足球場：～之上，球員們在加緊訓練。❸指足球運動：～健兒奮力拼搏，力爭取得好成績。

【綠茵場】lǜyīnchǎng〔名〕指草地足球場；借指足球運動：他從此掛靴，離開了～。

【綠瑩瑩】lǜyíngyíng（～的）〔形〕狀態詞。形容顏色碧綠而晶瑩：～的寶石。

【綠油油】lǜyóuyóu（口語中也讀 lǜōuyōu）（～的）〔形〕狀態詞。形容顏色濃綠而潤澤：～的秧苗。

【綠洲】lǜzhōu〔名〕孤立而較小的、水草豐美、適宜人住的地方：沙漠～。

慮（慮）lǜ ❶ 考慮；周詳地打算：思～｜處心積～｜人無遠～，必有近憂｜智者千～，必有一失。❷ 擔心；憂愁：憂～｜過～｜疑～｜顧～｜焦～。❸ 心思：殫精竭～。❹（Lǜ）〔名〕姓。

語彙　顧慮　過慮　焦慮　考慮　思慮　疑慮　憂慮　處心積慮　深謀遠慮

濾（濾）lǜ ❶〔動〕過濾（液體、氣體），以去除雜質：～紙｜～除｜～清水質｜把藥渣～掉。❷ 指用專門裝置分離（色光、電磁波等）：～波器｜～光鏡。
【濾色鏡】lǜsèjìng〔名〕能選擇吸收或透過某些色光的有色玻璃片或染色膠片，廣泛用於攝影、印刷製版等。
【濾液】lǜyè〔名〕過濾後的純淨液體：將～注入試管。
【濾紙】lǜzhǐ〔名〕（張）供過濾（液體、氣體、細菌等）用的帶有均勻微孔的特種紙。

鑢（鑢）lǜ〈書〉❶ 銼刀，打磨骨、角、銅、鐵等的工具。❷ 打磨；比喻修養、反省：躬自～（自治其身）。

luán ㄌㄨㄢ

巒（峦）luán〈書〉❶ 小而尖的山：丘～｜岡～。❷ 泛指山，多指連綿起伏的山：～嶂（像屏障一樣直立的山巒）｜山～｜峰～｜重～疊嶂。

語彙　岡巒　丘巒　山巒

孿（孪）luán〈書〉孿生：～生子。
【孿生】luánshēng〔形〕屬性詞。一胎生出兩個嬰兒的：～子｜～姐妹。通稱雙生。

變（娈）luán〈書〉相貌美好：～童（舊指被玩弄的美男孩兒）｜姿容婉～。

欒（栾）luán〔名〕❶ 欒樹，落葉喬木，羽狀複葉，夏天開淡黃色花，結蒴果，種子圓形黑色，花和種子可製染料，葉可製栲膠，木料可做器具。❷（Luán）姓。

攣（挛）luán 蜷曲不能伸直：～屈｜～縮｜～痙。

臠（脔）luán〈書〉切成小塊或小片的肉：～禁｜～不敢食一～。
【臠割】luángē〔動〕〈書〉❶ 分割；切碎：～烤炙｜痛如～。❷ 比喻像切肉一樣割成碎塊：列強爭霸，～弱國。

圞（圞）luán 見"團圞"（1371頁）。

灤（滦）Luán ❶ 灤河，水名。在河北東北部，流入渤海。❷〔名〕姓。

鑾（銮）luán ❶ 古代一種鈴鐺，常裝飾在帝王的車上：～鈴｜～聲。❷ 借指帝王車駕：～輿｜～駕｜迎～隨～。❸（Luán）〔名〕姓。
【鑾駕】luánjià〔名〕鑾輿。
【鑾輿】luányú〔名〕古代皇帝乘坐的車子，代指皇帝。

鸞（鸾）luán 傳說中鳳凰一類的神鳥：～翔鳳集。
【鸞儔】luánchóu〔名〕〈書〉比喻和美夫妻：～鳳侶。
【鸞鳳】luánfèng〔名〕鸞鳥和鳳凰，比喻賢士或和美夫妻：～和鳴。

luǎn ㄌㄨㄢˇ

卵（卵）luǎn〔名〕❶ 卵子（zǐ）：排～。❷ 特指動物的蛋：鳥～｜殺雞取～｜以～擊石｜覆巢之下，豈有完～。❸ 昆蟲學特指受精的卵，是昆蟲生活週期的第一個發育階段：蜜蜂成蟲前經過～、幼蟲、蛹等發育階段。❹（吳語）男子睾丸的俗稱。也叫卵子（luǎnzi）。
【卵巢】luǎncháo〔名〕女子和雌性動物的生殖腺，產生卵細胞，分泌雌性激素，促進和調節子宮、陰道和乳腺等的發育。
【卵生】luǎnshēng〔形〕屬性詞。動物幼體由脫離母體的卵孵化出來，叫卵生（區別於"胎生"）。
【卵石】luǎnshí〔名〕（塊）形似卵狀的光滑石塊，是岩石經過風化、水流沖擊和摩擦而形成的：河灘上遍佈｜～鋪成的林陰道。
【卵細胞】luǎnxìbāo〔名〕雌性生殖細胞。
【卵翼】luǎnyì〔動〕鳥類孵卵時用翅膀護住卵；比喻養育或庇護：不忘雙親的之～恩｜在以權謀私的掌權者的～下，黑市交易日漸猖獗。
【卵子】luǎnzǐ〔名〕雌性生殖細胞：精子與～結合，形成受精卵。

luàn ㄌㄨㄢˋ

亂（乱）luàn ❶〔形〕混亂；雜亂；無秩序：紊～｜凌～｜兵荒馬～｜世梟雄｜手忙腳～｜頭髮很～｜別把剛佈置好的房間搞～。❷〔形〕（神志）昏亂；（心緒）不寧：錯～｜迷～｜心慌意～｜我心裏很～，想獨自靜一靜。❸ 紛；紛繁：紛～｜蝴蝶～飛｜不周山下红旗～。❹〔動〕混淆；弄亂：搗～｜擾～｜以假～真｜自～陣腳。❺〔副〕胡亂；任意：～收費｜～殺無辜｜～開玩笑｜胡言～語｜～侃一通。❻ 戰爭；變亂；混亂的形勢：平～｜戰～｜内～｜動～｜騷～。❼ 指不正當的男女關係：淫～。❽ 危害；禍害：禍～｜當斷不斷，反受其～。❾〈書〉樂曲的末章；辭賦中最後總括全篇要旨的一段。

語彙	暴亂	變亂	錯亂	搗亂	動亂	紛亂	胡亂
	慌亂	昏亂	混亂	禍亂	霍亂	截亂	凌亂	忙亂
	迷亂	內亂	叛亂	擾亂	騷亂	紊亂	淫亂	雜亂
	戰亂	兵荒馬亂		手忙腳亂		心慌意亂		眼花繚亂

【亂兵】luànbīng〔名〕潰散或叛亂的士兵：一群～｜大肆搶掠。

【亂點鴛鴦】luàndiǎn-yuānyāng(-yang)〔成〕古人以鴛鴦比喻夫妻，將本不應結為夫妻的交互錯配叫亂點鴛鴦。現也比喻將不適宜在一起共事的人胡亂組合在一起。也說亂點鴛鴦譜。

【亂哄哄】luànhōnghōng(～的)〔形〕狀態詞。❶形容聲音喧鬧，雜亂：樓下的早市～的，吵得人睡不好覺。❷形容無秩序：大夥～地一擁而上｜車輛～地擠在路口。

【亂乎】luànhu〔形〕〈口〉混亂：屋子裏十分～｜她頭髮太～了。

【亂來】luànlái〔動〕胡亂行事；胡來：你可不能～。

【亂離】luànlí〔動〕〈書〉遭逢戰亂，流離失散：感傷～，追懷悲憤。

【亂倫】luànlún〔動〕違背法律和道德，近親之間發生性行為。

【亂碼】luànmǎ〔名〕計算機或通信系統因操作不當等原因而造成的編碼混亂或出現不能識別的字符等現象。

【亂七八糟】luànqībāzāo〔成〕形容十分混亂，毫無秩序或條理：屋子裏～的｜這篇文章怎麼寫得～的？

【亂世】luànshì〔名〕社會動蕩不安的時代：～佳人｜生逢～｜～出英雄。

【亂彈琴】luàntánqín〔慣〕比喻胡鬧或胡扯：你怎麼能幫人家張羅這樣的事呢？真是～！

【亂套】luàn//tào〔動〕（北京話）弄亂了順序或秩序：他分不清輩分，稱呼全～了｜車輛堵塞，公共交通亂了套了。

【亂騰騰】luànténgténg（口語中也讀 luàntēngtēng）(～的)〔形〕狀態詞。形容混亂、騷動的樣子：會場裏人聲嘈雜，～的｜心裏被攪得～的，平靜不下來。

【亂營】luàn//yíng〔動〕〈口〉形容秩序十分混亂：在強大的攻勢面前，匪徒們立刻亂了營了。

【亂糟糟】luànzāozāo(～的)〔形〕狀態詞。❶形容事物雜亂的樣子：地上～地堆放着碎磚破瓦｜好端端的一樁生意，讓他搞得～的。❷形容內心煩躁不安：孩子考得不好，家長心裏～也～的。

【亂真】luànzhēn〔動〕模仿或偽造得極像，使人分辨不出真假：以假～真｜這個贗品幾乎達到了可以～的地步。

【亂子】luànzi〔名〕事故；禍事；麻煩：鬧～｜出

了～誰負責｜好不容易才把這場～平息下去｜你好好待在家裏，別給我出去惹～。

【亂作一團】luànzuò-yītuán〔成〕形容非常混亂：火災發生時，電影院裏～｜遇到意外，大家要鎮定，不要～。

lüè　ㄌㄩㄝˋ

碧 lüè〈書〉鋒利。

掠 lüè ❶ 搶劫；奪取：～奪｜～取｜～美｜燒殺搶～。❷〔動〕輕輕擦過或拂過：清風～面｜蜻蜓點水，一～而過｜飛機～過天空。❸〔動〕輕攏（頭髮）：她～了一下散亂的白髮。❹〔動〕比喻出現後馬上消失：嘴角～過一絲冷笑｜他聽了這話，心頭不由～過一片陰影。❺〈書〉拷打；鞭打：～笞｜拷～。

語彙	劫掠	拷掠	擄掠	搶掠

【掠奪】lüèduó〔動〕用強力奪取（多指資源、土地、財物）：～資源｜大肆～。

【掠美】lüèměi〔動〕掠取別人的美名美事以為己有：豈敢～｜這樣做未免有～之嫌。

【掠取】lüèqǔ〔動〕奪取；搶劫：～土地｜～金銀財寶｜肆意～被征服國的資源。

【掠影】lüèyǐng〔名〕快速掠過的影像，比喻某些事物或場面的粗略情況（常用於標題）：浮光～｜《北京名勝古跡～》。

略 〈署〉 ㊀ 謀略；計劃：方～｜膽～｜戰～｜韜～｜雄才大～。
㊁ ❶ 簡要的敍述：事～｜史～｜傳～｜要～。❷〔形〕簡單（跟"詳"相對）：粗～｜簡～｜～圖｜詳～得當｜寫得過～。❸〔動〕省去；免掉：疏～｜他把這一情節～去了。❹〔副〕稍微；大致：～事休整｜～加修改｜～述梗概｜～陳原委。
㊂ 掠奪；奪取：侵～｜攻城～地。

語彙	策略	粗略	大略	膽略	方略	忽略	簡略
	領略	謀略	侵略	省略	疏略	韜略	要略	戰略
	傳略	雄才大略						

【略略】lüèlüè〔副〕稍微：～增加一些｜他～猶豫了一下，就答應了｜～嘗了嘗菜的味道，覺得鹹了一點兒。

【略勝一籌】lüèshèng-yīchóu〔成〕（兩相比較）稍微好一些：新工藝畢竟～，省工又省料。也說稍勝一籌。

【略圖】lüètú〔名〕(張) 簡略的圖形或圖畫。

【略微】lüèwēi〔副〕稍微：衣服～大了點兒｜他～停了一會兒才接着往下說｜書桌上太亂了，你得～整理整理。

【略語】lüèyǔ〔名〕縮略語，由詞組緊縮而成的語言單位，如"科技"（科學技術）"歸僑"（歸國華僑)"通脹"(通貨膨脹)等。

【略知一二】lüèzhī-yī'èr〔成〕稍微知道一點兒(多用作謙辭)：這其中的奧秘我也～｜琴棋書畫～，說不上精通。

圖（圙） lüè 見"團圖"(773頁)。

鋝（鋝） lüè〔量〕古代重量單位，約合六兩。

lūn ㄌㄨㄣ

掄（抡） lūn〔動〕❶(手臂)用力揮動：～鐵錘｜～大刀｜～起拳頭。❷比喻揮霍：萬貫家財都讓他～了個精光。❸(北京話)說；訓斥：～了他一頓。
另見 lún(881頁)。

lún ㄌㄨㄣ

侖（仑） lún❶〔動〕(吳語)自思；自省：你肚裏～一～。❷(Lún)〔名〕姓。
"仑"另見 lún"崙"(881頁)。

語彙　加侖　庫侖

倫（伦） lún❶人倫：五～｜～常｜天～｜亂～。❷次第；條理：～次。❸類別；同類：不～不類｜精妙絕～。❹(Lún)〔名〕姓。

語彙　絕倫　庫倫　亂倫　人倫　天倫　五倫　擬於不倫

【倫巴】lúnbā〔名〕一種拉丁舞，原為古巴的黑人舞蹈，節奏 4/4 拍。[西 rumba]

【倫常】lúncháng〔名〕中國封建時代的倫理常道，指君臣、父子、夫婦、兄弟、朋友五種尊卑、長幼關係是永恆不變的，故稱倫常。

【倫次】lúncì〔名〕條理次序：語無～。

【倫理】lúnlǐ〔名〕人際關係中所應遵循的道德準則：樹立正確的～觀念。

【倫琴】lúnqín〔量〕X 射線或 γ 射線的照射單位，1 倫琴約等於 1 居里的放射線在 1 小時內所放出的射線量。為紀念德國物理學家倫琴(Wilhelm Konrad Röntgen, 1845－1923)而定名。

【倫琴射綫】lúnqín shèxiàn X 射線。為德國物理學家倫琴所發現。參見"愛克斯射綫"(6頁)。

掄（抡） lún〔書〕選擇；選拔：～材｜～魁(中狀元)。
另見 lūn(881頁)。

崙（崘）〈崘〉 lún 見"崑崙"。"仑"另見 lún"侖"(881頁)。

圇（囵） lún 見"囫圇"(550頁)。

淪（沦） lún❶沉沒：沉～｜～沒。❷失陷：～陷｜～喪。❸沒落：～落｜～為乞丐。

【淪落】lúnluò〔動〕❶流落：～異鄉｜同是天涯～人，相逢何必曾相識。❷沉淪；沒落：道德～。

【淪喪】lúnsàng〔動〕〈書〉淪亡喪失：社稷～｜國土～｜道德～。

【淪亡】lúnwáng〔動〕❶滅亡：強寇入侵，國家～。❷喪失：道德～。

【淪陷】lúnxiàn〔動〕❶國土被侵略者佔領，陷落：～區｜大片國土～了。❷〈書〉淹沒；沉陷：洪水肆虐，村落～。

【淪陷區】lúnxiànqū〔名〕淪陷的地區，在中國特指抗日戰爭時期被日本侵略者佔領的地區。

綸（纶） lún❶〈書〉古代官員用的青絲綬帶。❷〈書〉釣魚用的絲綫：垂～。❸指某些合成纖維：腈～｜錦～。
另見 guān(477頁)。

輪（轮） lún❶(～兒)〔名〕輪子：～椅｜飛～｜滑～｜車～｜兩個～兒的馬車。❷形似輪子的東西：耳～｜年～｜舵～｜砂～。❸輪船：漁～｜油～｜貨～｜海～｜客～。❹〔動〕一個接替一個(做某事)：～值｜～班｜～番｜再過兩個人就～到我就診了。❺〔量〕用於日、月等：一～紅日｜一～明月。❻〔量〕用於循環進行的事物或動作：第四～比賽｜我也屬豬，歲數兒比你大一～｜經過多～談判，雙方才達成協議。

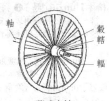

舊式車輪

語彙　班輪　齒輪　渡輪　海輪　滑輪　火輪　貨輪　客輪　年輪　砂輪　拖輪　油輪　左輪

【輪班】lún//bān(～兒)〔動〕分班輪換：～值日｜輪着班兒下井幹活兒。

【輪船】lúnchuán〔名〕(條，隻，艘)用機器作動力的船：遠洋～。

【輪帶】lúndài〔名〕輪胎。

【輪渡】lúndù❶〔名〕橫渡湖泊、海峽、江河，往返運載行人、貨物、車輛等的輪船：～碼頭。❷〔動〕用輪船或其他設備往返運載：把二十節車廂～過江｜～過來的物資數量有限。

【輪番】lúnfān〔副〕輪流：～守衞｜～轟炸｜～上陣｜書記、廠長跟我～談話。

【輪崗】lúngǎng〔動〕輪換工作崗位。

【輪換】lúnhuàn〔動〕輪流替換：～進行｜兩齣戲～演出｜他們幾個人～着抬轎子上山。

【輪廻】lúnhuí〔動〕佛教名詞，原意是生命在不同

L

的存在領域中"流轉"；後加以引申發展，認為眾生莫不依其所作善惡業因，輾轉生死於六道（天、人、非天、地獄、餓鬼、畜生）之中，如車輪旋轉不停，故稱輪迴。也泛指循環往復。

【輪機】lúnjī〔名〕❶渦輪機的簡稱。❷輪船上的發動機。

【輪奸】lúnjiān〔動〕兩個或兩個以上的男子輪流強奸同一女子。

【輪空】lúnkōng〔動〕在排定的比賽次序中，參賽者沒有對手而直接進入下一輪比賽。

【輪廓】lúnkuò〔名〕❶物體或圖形的周邊綫條：幾筆就勾勒出群山連綿的～｜暮色中，鼓樓的～依稀可辨。❷大致情況：簡要介紹了案情的～｜聽了彙報，他對這場爭論的～已有了初步了解。❸未定型的最初形式：此地發展迅速，已顯露出現代大都市的～｜他理清了思路，心中已有了工程設計的～。

【輪流】lúnliú〔動〕按次序一個接替一個，循環往復：～休息｜～值班｜三個子女，～侍候老人。

【輪牧】lúnmù〔動〕將牧地劃分為若干小區輪流放牧，也指按季節在不同類型的草地上輪流放牧。這樣做才合理利用並保護放牧地。

【輪胎】lúntāi〔名〕（隻）安裝在車輪外圍的環狀橡膠製品（包括內胎和外胎）：備用～｜防滑～｜～爆了。也叫車胎、車帶、輪帶。

【輪休】lúnxiū〔動〕❶輪流休息：班組自行安排～｜我們每週可以～三個半天兒。❷特指田地在某個耕種時期不種作物，空閒一段時間以恢復地力。

【輪訓】lúnxùn〔動〕輪流進行培訓：全公司職員都要參加～｜～財會人員，以適應稅制改革。

【輪養】lúnyǎng〔動〕漁業上指同一個養魚塘輪換飼養不同種類的魚。

【輪椅】lúnyǐ〔名〕（隻）供行走困難的人使用的裝有車輪的椅子，可以坐在上面用手操縱或由別人推着移動。

【輪值】lúnzhí〔動〕❶輪流值班：排班～｜大家～吧，不要總是讓一兩個人打掃衛生。❷輪流擔任：～主席。

【輪子】lúnzi〔名〕（隻）車輛或機械上能旋轉的圓盤狀部件：汽車～｜～打滑｜～嚴重磨損。

【輪作】lúnzuò〔動〕在同一塊田地上，按順序輪換種植不同的作物，用來恢復和提高土壤肥力，減少病害，增加產量。也叫輪栽、輪種、倒茬。

論（论）Lún《論語》（儒家經典，內容主要記載孔子及其弟子的言行）的簡稱：上～｜下～｜言必及～孟（《論語》《孟子》兩本書）。
另見 lùn（882頁）。

錀（铻）lún〔名〕一種放射性金屬元素，符號 Rg，原子序數111。

埨（埨）lǔn ㄌㄨㄣˇ
lǔn〔名〕〈書〉田中的土壟。

論（论）lùn ㄌㄨㄣˋ
lùn ❶討論；議論：辯～｜談～｜平心而～｜存而不～。❷看待：不可一概而～｜相提並～。❸權衡；評定：按質～價｜～功行賞。❹判（罪）：～處｜以貽誤戰機～。❺議論事理的言論或文章：政～｜緒～｜概～｜宏～｜長篇大～｜奇談怪～。❻觀點；結論：公～｜謬～｜高～｜定～｜不刊之～。❼系統的學說；理論：控制～｜相對～。❽〔介〕跟量詞組合，表示用為衡量的標準：～斤賣魚｜～鐘點兒付報酬｜做衣服～件計價。❾〔介〕表示依據某個方面來說：～學問，他比我強｜～經驗，誰也比不上他｜這位老將軍，～打仗可說是身經百戰了。❿(Lùn)〔名〕姓。
另見 Lún（882頁）。

語彙　辯論　不論　定論　概論　高論　公論　宏論　結論　理論　立論　謬論　評論　社論　談論　討論　通論　推論　無論　緒論　言論　議論　輿論　爭論　政論　多元論　反映論　方法論　機械論　進化論　人性論　認識論　三段論　宿命論　唯物論　唯心論　先驗論　相對論　信息論　不刊之論　長篇大論　格殺勿論　奇談怪論　相提並論　一概而論

【論辯】lùnbiàn〔動〕❶論證辯駁：論文材料充足，～有力。❷辯論：雙方激烈地進行～。

【論處】lùnchǔ〔動〕判罰：從嚴～｜軍法～｜以瀆職～。

【論敵】lùndí〔名〕辯論或爭論（多指政治、學術等方面）的對手：戰勝～。

【論點】lùndiǎn〔名〕議論中闡述的觀點、主張及所持的理由：～鮮明｜持此種～的人不在少數。

【論調】lùndiào（～兒）〔名〕議論的基調；觀點（多含貶義）：散佈悲觀～｜這種～不利於學術討論。

【論斷】lùnduàn ❶〔動〕推論判斷：～出土文物的時代，必須要有科學根據。❷〔名〕推論判斷的結果：科學～｜有關天體演變的～尚需進一步驗證。

【論據】lùnjù〔名〕❶邏輯學上指證明論題的判斷。❷立論的根據：～不足｜文章的～相當充分。

【論理】lùnlǐ ❶(-//-)〔動〕講道理；評道理：胡攪蠻纏不行，得一～｜咱們要跟那個人當面論一論理。❷〔副〕按照通常的道理說：～這筆獎金應該歸他個人所有。❸〔名〕邏輯；合乎～｜～學（邏輯學的舊稱）。

【論述】lùnshù ❶〔動〕闡述；敘說：～經濟發展的規律性｜他把深奧的道理～得淺顯易懂。❷〔名〕闡述或論證的內容：精闢的～。

【論說】lùnshuō ❶〔動〕議論（多指書面的）：～文｜～體｜～時事。❷〔副〕〈口〉照常理說；就情理論：～他有實力拿冠軍，就看他臨場發揮得如何了｜～家離單位這麼近，她不該老遲到。

【論說文】lùnshuōwén〔名〕議論文。

【論壇】lùntán〔名〕公眾發表意見的地方，指報刊的專欄、牆報、討論會等：世界經濟～｜報上新闢"學術～"欄目。

【論題】lùntí〔名〕❶ 邏輯學上指其真實性需要加以證明的命題。❷ 議論或討論的題目：這個～選得好。

【論文】lùnwén〔名〕（篇）系統研究探討某一問題的文章：博士～｜向大會提交～三十篇｜引用～請註明出處。

【論讚】lùnzàn〔名〕附在史書傳記後面的評語。

【論戰】lùnzhàn〔動〕（場）（政治、學術等方面）因觀點分歧而進行的激烈爭論：一場～｜雙方～了半年之久。

【論爭】lùnzhēng〔動〕論戰：文藝～｜希望～雙方都要以理服人｜各種不同意見～得非常激烈。

【論證】lùnzhèng ❶〔名〕邏輯學上指用論據來證明論題真實性的思維過程。❷〔名〕立論的根據：這一重要情況為本案提供了有力的～。❸〔動〕論述並證明：專家縝密地～了這種可能性｜回顧歷史，展望未來，與會者～了當前的形勢和任務。

【論著】lùnzhù〔名〕（部）研究、研討問題的著作（多帶有學術性）：經典～｜文學～｜有幾部重要～出版。

【論資排輩】lùnzī-páibèi〔成〕按照個人的資歷、輩分來決定待遇、級別等的高低：破除～的陳腐觀點。

【論罪】lùnzuì〔動〕依法定罪判刑：按盜竊～｜以叛國通敵～。

luō ㄌㄨㄛ

捋 luō〔動〕握住長條狀的東西向一端滑動：～胳膊｜～掉樹葉子｜他往上一～了～袖子就幹起活兒來。

另見 lǚ（876 頁）。

【捋虎鬚】luō hǔxū〔慣〕比喻幹冒險的事情（多指觸犯有權勢的或危險性的人物）。

落 luō 見 "大大落落"（234 頁）。

另見 là（792 頁）；lào（811 頁）；luò（886 頁）。

囉（啰）luō 見下。

另見 luó（884 頁）。

【囉裏囉唆】luōlǐluōsuō〔形〕狀態詞。很囉唆（含厭惡意）：真沒見過這麼～的！也作囉裏囉嗦。

【囉唆】luōsuō（-suo）〔形〕❶（說話）絮叨；重複：話說得太～｜他囉囉唆唆說了一大堆。❷（事情）繁雜；瑣碎：這事兒可夠～的｜一紙證明書要蓋十來個圖章，未免太～了。以上也作囉嗦。

【囉嗦】luōsuō（-suo）同"囉唆"。

luó ㄌㄨㄛˊ

朒（胳）luó 手指的紋理。

羅（罗）luó ㊀ ❶ 捕鳥的網：～網。❷ 比喻像網一樣束縛人的東西：天～地網，插翅難逃。❸ 輕軟的絲織品：綾～｜～衫。❹〔名〕一種網眼細密的篩子，用來篩細粉末或過濾流質：銅絲～｜過一下兒～。❺ 張網捕捉（鳥）：門可～雀。❻ 招請；搜尋；包容：～致｜網～｜搜～｜包～萬象。❼ 分佈；排列：～列｜星～棋佈。❽〔動〕用羅篩或濾：豆沙～過三次了｜把麵再～一～。❾（Luó）〔名〕姓。

㊁〔量〕某些商品的計量單位：十二打（144件）為一羅，十二羅為一大羅。[英 gross]

語彙						
包羅	回羅	收羅	搜羅	網羅	閻羅	張羅

【羅鍋】luóguō（～兒）❶〔動〕彎腰駝背：他天生～兒｜你剛二十多歲，怎麼就有點兒～了？｜老大娘～着腰還幹活呢。❷〔名〕指駝背的人：宰相劉～｜那個～就住在這條胡同裏。也叫羅鍋子。❸〔形〕屬性詞。像駝背的形狀；拱形：～橋。

【羅漢】luóhàn〔名〕❶ 佛教的稱號之一，稱斷絕了一切煩惱而入於涅槃，達到修行的最高階段的僧人。❷ 佛教稱釋迦牟尼的上足弟子為羅漢，始為 16 人，後增至 18 人以至 500 人。❸（尊）寺廟中的羅漢塑像：廟中有幾尊～。[梵 arhat]

【羅漢果】luóhànguǒ（～兒）〔名〕❶ 多年生藤本植物，葉卵形或長卵形，花淡黃略帶紅色，果實圓形或長圓形。果味甜，可入藥，功能清肺、潤腸，主治咳嗽、便秘等症。❷ 這種植物的果實。

【羅嗊曲】Luóhòngqǔ〔名〕詞牌名。又名望夫歌。

【羅口】luókǒu〔名〕針織衣物的領口、袖口、襪口等能夠鬆緊的部分。

【羅勒】luólè〔名〕一年生草本植物，葉子卵圓形，花白色或略帶紫色。莖和葉有香氣，可做香料，也可入藥。也作蘿艻。

【羅列】luóliè〔動〕❶ 分佈；排列：展品～，琳琅

L

滿目。❷列舉：單純～數字，不能說明問題｜他～了許多為自己開脫的理由。

【羅馬數字】Luómǎ shùzì 古羅馬人記數用的符號。共用七個羅馬字母，Ⅰ為1，Ⅴ為5，Ⅹ為10，Ⅼ為50，Ｃ為100，Ｄ為500，Ｍ為1000。用法是：1）相同數字並列，表示相加，如Ⅱ為2。2）小的數字在大的數字右邊，表示相加，如Ⅵ為6。3）小的數字在大的數字左邊，表示相減，如ⅠⅤ為4。4）數字上加一橫綫，表示1千倍，如Ⅴ̄為5000。上述用法結合運用，就可表示所有的數，如ⅩⅠⅤ為10+（5-1）=14。

【羅曼蒂克】luómàndìkè〔形〕浪漫的。〔英romantic〕

【羅曼史】luómànshǐ〔名〕富於浪漫色彩的愛情故事，有時也指帶有傳奇色彩的驚險故事。〔英romance〕

【羅盤】luópán〔名〕利用指南針測定方向的儀器，指南針裝在圓盤中央，圓盤上有方位刻度。

【羅圈兒腿】luóquānrtuǐ〔名〕畸形的、向外側彎曲像羅圈兒（篩細粉的羅的圓形框子）形狀的兩條腿。多由佝僂病引起。

【羅網】luówǎng〔名〕❶捕捉鳥獸、魚類的羅和網：張開～。❷比喻束縛人的東西：自投～｜身陷名利～之中不能自拔。

【羅唣】luózào 同"囉唣"。

【羅織】luózhī〔動〕〈書〉多方面虛構（罪名）：～罪名，陷害無辜。

【羅致】luózhì〔動〕搜羅；招攬（人才）：～天下賢士。

螺 luó〔名〕❶軟體動物，體外有螺旋形、扁橢圓形等硬殼：田～｜海～｜釘～。❷螺旋形的指紋：他手指上有八個～。

語彙 釘螺 法螺 海螺 紅螺 田螺 陀螺 大吹法螺

【螺鈿】luódiàn〔名〕一種手工藝品，把螺蚌殼或貝殼鑲嵌在器物表面，製成人物、鳥獸、花草等作為裝飾。也作螺甸。

【螺釘】luódīng〔名〕（顆，隻，枚）圓柱或圓錐形金屬桿上帶有螺紋的零件；可利用螺旋原理連接或固定物體。木工用的螺釘叫木螺釘。也叫螺絲釘、螺絲。

【螺號】luóhào〔名〕（隻）用大海螺外殼做成的號角：吹起～。

【螺絲】luósī〔名〕〈口〉螺釘。

【螺絲刀】luósīdāo〔名〕（把）改錐。

【螺絲釘】luósīdīng〔名〕❶〈口〉（顆，隻，枚）螺釘。❷比喻平凡而不可缺少的人或物：我願做一個永不生鏽的～，擰在哪裏就在哪裏發揮作用。

【螺螄】luósī(-si)〔名〕淡水螺的通稱，一般較小，肉可食。

【螺紋】luówén〔名〕❶迴旋的花紋。特指手指或腳趾上的迴旋狀紋理。也作羅紋。❷機件上的螺旋形的凸棱（凸棱的剖面形狀有多種）。在外表面上的叫外螺紋，在內壁上的叫內螺紋。按螺旋的方向，又可分為右螺紋和左螺紋。也叫螺絲扣。

螺螄

【螺旋】luóxuán〔名〕❶形如螺螄貝殼紋理的盤旋曲綫。❷一種力學上屬於斜面類的簡單機械；由具有內螺紋的物體孔眼和具有外螺紋的圓柱體相互配合構成，旋轉其中一個就可以使兩者沿螺紋運動。在機械上應用很廣，可省力操作，如壓榨機、千斤頂等。

【螺旋槳】luóxuánjiǎng〔名〕由螺旋形槳葉旋轉產生動力而形成的推進器，用於飛機或船舶等。也叫螺旋推進器。

【螺旋藻】luóxuánzǎo〔名〕一種螺旋狀的藻類，富含蛋白質、碳水化合物、脂肪、維生素和微量元素。可以做保健食品。

騾（骡）〈羸〉 luó〔名〕騾子：～馬。

【騾馬】luómǎ〔名〕騾子和馬。泛指大牲口：～大會｜他家～成群。

【騾子】luózi〔名〕（匹，頭）哺乳動物，驢和馬雜交所生，多為黑褐色，壽命長，體力大，可負重遠行。一般不能生殖。

騾子

覼（视） luó〈書〉瑣細；繁。

【覼縷】luólǚ〔動〕〈書〉詳細敍述：秉筆～。

儸（㑩） luó "傻儸"，見"嘍囉"（868頁）。

囉（啰） luó 見下。另見 luō（883頁）。

【囉唣】luózào〔動〕吵鬧；喧鬧（多見於舊小說、戲曲）：歡呼～｜王爺喝令，不許～！也作羅唣。

玀（猡） luó 見"豬玀"（1777頁）。

瓏（珢） luó 見"珂瓏版"（751頁）。

蘿（萝） luó 多用於某些爬蔓植物的名稱：女～｜蔦～｜松～｜藤～。

【蘿蔔】luóbo〔名〕❶二年生草本植物，開白色或淡紫色花，主根為球形或圓柱形，有多種。❷這種植物的主根：～白菜，各有所愛｜～快了不洗泥（比喻事情做得快了，往往不講究質量，粗製濫造）。以上也叫萊菔（láifú）。

【蘿艻】luólè 同"羅勒"。

【蘿藦】luómó〔名〕多年生草本植物。葉子心形，花白色間淡紫色斑紋，子實外附白色絨毛。莖蔓折斷後有白色漿汁。也叫芄蘭。

欏（椤） luó 見"桫欏"（1298頁）。

邏（逻） luó 巡察：巡～｜～騎｜偵～。

【邏輯】luójí（-ji）〔名〕❶客觀的規律性：歷史發展的內在～。❷思維的規律：合乎～｜不合～。❸指某種說法；觀點：按照你這種～，世界早該太平了。❹邏輯學（章士釗1909年在《國風報》上首次據英文音譯而成）。[英 logic]

【邏輯學】luójíxué〔名〕研究思維的形式和規律的學問。中國傳統稱作名學，後又叫論理學。

籮（箩） luó〔名〕用竹篾或柳條編的盛東西的器具，多為圓口方底：米～｜淘～。

【籮筐】luókuāng〔名〕（隻）用竹篾或柳條等編的盛糧食、蔬菜等的器具。

【籮篩】luóshāi〔名〕（隻）用竹篾編成的篩子。

鑼（锣） luó〔名〕（面）銅製打擊樂器，形似盤子，一般有提手，用槌敲打：鳴～開道｜敲～打鼓慶豐收。

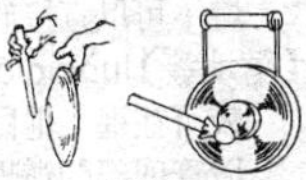
銅鑼

語彙 開鑼 鍚鑼 小鑼 雲鑼

【鑼鼓】luógǔ〔名〕❶鑼和鼓；泛指民間各種打擊樂器：～喧天。❷以鑼、鼓等打擊樂器的演奏為主的表演節目名稱：豐收～｜喜慶～。

【鑼鼓喧天】luógǔ-xuāntiān〔成〕鑼鼓之聲響徹雲天。原形容古代打仗時兩軍對陣的場面。現多形容喜慶、歡樂的場景。

饠（饠） luó 見"饆饠"（77頁）。

luǒ ㄌㄨㄛˇ

倮 luǒ〈書〉同"裸"。

裸〈躶臝〉 luǒ〔動〕赤露（身體），沒遮掩：赤～～｜～蟲（通稱無羽毛鱗甲蔽體的動物）｜～着身子。

【裸奔】luǒbēn〔動〕在公共場合赤裸身體奔跑。是一種故意違反公共準則來引人注意的行為：球迷～，慶祝球隊勝利，球場內一陣大亂。

【裸婚】luǒhūn〔動〕結婚時沒有房子、汽車、存款等。

【裸機】luǒjī〔名〕沒有配置操作系統和其他軟件的計算機，有時也指沒有入網的手機。

【裸露】luǒlù〔動〕露在外面，無遮無掩：礦脈～｜～身體。

【裸麥】luǒmài〔名〕青稞（kē）。

【裸視】luǒshì ❶〔動〕用裸眼看：～視力。❷〔名〕裸眼的視力：～只有0.5，應趕快配鏡。

【裸體】luǒtǐ〔動〕裸露身體：～照片｜赤身～。

【裸綫】luǒxiàn〔名〕（根）外面沒有包裹絕緣材料的金屬導綫。

【裸眼】luǒyǎn〔名〕進行視力檢查時，指不戴眼鏡的眼睛：～視力。

【裸照】luǒzhào〔名〕（張，幀，幅）裸體照片。

蓏 luǒ 古書上指瓜類植物的果實：～蔬棗栗。

瘰 luǒ 見下。

【瘰癧】luǒlì〔名〕結核桿菌侵入淋巴結引起的病，症狀為出現硬塊兒，疼痛，潰爛化膿。

蠃 luǒ 見"蜾蠃"（499頁）。

luò ㄌㄨㄛˋ

咯 luò 見"吡咯"（69頁）。另見gē（436頁）；kǎ（735頁）；lo（864頁）。

洛 Luò ❶洛河，水名。1）在陝西東南部。2）發源於陝西，進河南流入黃河。古作雒水，也叫洛水。❷〔名〕姓。

【洛陽】Luòyáng〔名〕中國歷史文化名城，位於河南西北部。自東周起，東漢、三國魏、西晉、北魏、隋、唐、後梁、後唐等九個朝代都曾在此建都。城東有白馬寺等，是佛教傳入中國中原地區的第一座佛寺；城南有著名的龍門石窟和白居易墓；城西有周公廟，廟內有夏禹時所鑄"九鼎"及唐朝墓誌銘數百塊。

【洛陽花】luòyánghuā〔名〕指牡丹。唐、宋以來，洛陽以產牡丹著稱，故稱。

【洛陽紙貴】Luòyáng-zhǐguì〔成〕《晉書·左思傳》載，左思構思十年的《三都賦》寫成，人們競相傳抄，洛陽的紙一時因此漲價。後用"洛陽紙貴"形容著作風行一時，流傳很廣。

珞 luò ❶見"瓔珞"（1628頁）。❷（Luò）〔名〕姓。

【珞巴族】Luòbāzú〔名〕中國少數民族之一，人口約3682（2010年），主要分佈在西藏珞渝地區，少數分佈在米林、墨脫、察隅和朗縣等地。珞巴語是主要交際工具，沒有本民族文字，通用藏文。

烙 luò 見"炮烙"（1008頁）。另見lào（811頁）。

硌 luò〈書〉山上的大石：上無草木，而多～石。

另見 gě（442頁）。

絡（络）luò ❶ 網狀物：網～｜橘～｜絲瓜～。❷ 中醫指人體的絡脈，是由經脈分出的網狀分支：經～｜脈～。❸〔動〕用網狀物套住：她用髮網～着髮髻。❹〔動〕纏繞：～紗｜樹身全被藤蔓～住。❺（Luò）〔名〕姓。

另見 lào（811頁）。

〖語彙〗活絡　經絡　橘絡　聯絡　籠絡　脈絡　網絡　絲瓜絡

【絡腮鬍子】（落腮鬍子）luòsāihúzi 連着鬢角的鬍子：一臉～。

【絡繹不絕】luòyì-bùjué〔成〕形容來來往往，接連不斷（多指人、車、船等）：客人～地前來賀喜｜旅遊旺季，開往各勝景點的車輛～。

落luò ❶〔動〕掉下；脫落：凋～｜剝～｜擊～｜隕～｜～水｜傷心～淚｜花開花～｜樹葉～了。❷〔動〕降低；下降：降～｜潮漲潮～｜水～石出｜太陽就要～山了。❸〔動〕使降低；使下墜：～下帷幕｜把簾子～下來。❹〔動〕遺留在後面：～選｜～伍｜他事事爭先，甚麼都不願～在別人後邊。❺〔動〕停留；留下；住下：～腳｜～戶｜不～一絲痕跡｜她月子裏～下病了。❻〔動〕陷入（不利境地）：～難｜～入圈套｜～到這步田地。❼〔動〕歸屬：這寶貝最終～到他手裏了｜千斤重擔一下子～到他肩上｜振興祖國的神聖使命～在我們這代人身上。❽〔動〕得到；受到：咱們一個一家平安就知足了｜小本兒經營，靠薄利多銷～倆錢兒｜雞飛蛋打，兩頭～空。❾丟掉：失～｜陷～｜嚇得他失魂～魄。❿衰敗；漂泊：衰～｜沒（mò）～｜流～｜淪～｜家道中～。⓫用筆寫：～筆｜～賬｜～款。⓬居處或停留的地方：着～｜下～不明。⓭人聚居的地方：院～｜村～｜部～。⓮指小的地方或範圍：角～｜段～。⓯（Luò）〔名〕姓。

另見 là（792頁）；lào（811頁）；luō（883頁）。

〖語彙〗敗落　碧落　剝落　部落　出落　村落　錯落　低落　凋落　跌落　段落　墮落　發落　回落　擊落　降落　角落　磊落　冷落　利落　寥落　零落　流落　淪落　沒落　飄落　破落　起落　散落　失落　數落　衰落　脫落　奚落　下落　陷落　院落　隕落　墜落　着落　坐落　瓜熟蒂落

【落榜】luò//bǎng〔動〕參加考試沒有被錄取：考大學～了。

【落筆】luòbǐ〔動〕下筆（寫或畫）：文章～之前，先要打好腹稿｜中國畫一～就無法修改了。

【落標】luò//biāo〔動〕參加招標活動未能中標。

【落泊】luòbó〔形〕〈書〉"落拓" ②。

【落草】luòcǎo ㊀〔動〕落入山林當強盜：上山～｜～為寇。㊁（～兒）〔動〕〈北京話〉胎兒出生日。

【落差】luòchā〔名〕❶ 河流上、下游兩點水位在同一時間依同一基準面而求得的高度差數。落差大，水資源一般也較豐富。❷ 比喻兩事物對比中產生的差距：兩個職位的待遇之間有很大的～。

【落潮】luò//cháo〔動〕退潮：海水～了。

【落成】luòchéng〔動〕（建築物）完工：～典禮｜新車站已經～｜商業大廈一～就開始營業。

【落槌】luòchuí〔動〕❶ 拍賣物品時，經過競價，拍賣師最後用槌敲一下枱子，表示成交：義拍現場的每一次～，都讓人感受到一份特別的愛。❷ 指拍賣會結束：春季大型拍賣會已於昨日～。

【落得】luòde〔動〕得到某種結果（多指壞的）：～人財兩空｜～名聲掃地｜～個自由自在。

【落地】luò//dì〔動〕❶ 從高處落到地上。特指飛機降落在地面上：飛機總算平安落了地。❷ 嬰兒出生：呱呱～。

【落地窗】luòdìchuāng〔名〕（扇）建築物中下端直到地面或樓板的高而長的窗戶。

【落地燈】luòdìdēng〔名〕（盞）有立柱和底座的電燈，可以直接放在地上。

【落地簽】luòdìqiān〔動〕持本人有效護照的外國人可在進入他國境內前幾天或入境當時出入境管理部門辦理簽證。這種手續簡化的簽證辦理方式叫落地簽。

【落地扇】luòdìshàn〔名〕（台）有立柱和底座的電扇，可以直接放在地上。

【落第】luò//dì〔動〕原指科舉考試（鄉試以上）未被錄取；後泛指考試不中：高考～｜今年研究生考試他又落了第。

【落點】luòdiǎn〔名〕❶ 球類比賽時球落在對方場地或桌面的位置：他打球以變化多，～刁見長。❷（火箭、人造衛星等）墜落的地點：直升機及時、準確地飛抵火箭～上空。

【落髮】luò//fà〔動〕剃掉頭髮出家：～為僧｜她看破紅塵，落了髮，遁入空門。

【落後】luòhòu ❶〔動〕落在後面：不甘～，奮力追趕｜他最先衝到終點，其餘運動員都～許多。❷〔形〕發展水平或認識程度比較低（跟"進步"相對）：貧窮～｜改變山區的～面貌｜更新～的設備｜轉變～的經營觀念是搞活企業的關鍵。

【落戶】luò//hù〔動〕❶ 在異地安家定居：扎根～｜一家人都到省城落了戶｜男方倒插門～到女家。❷ 指報上戶口：手續不全，落不上戶。

【落花流水】luòhuā-liúshuǐ〔成〕凋殘的落花隨水漂流而去。原形容衰敗零落的暮春景象。現多比喻被打得大敗或狼狽不堪：～春去也｜敵人被打得～。

【落花生】luòhuāshēng〔名〕花生。

【落荒】luòhuāng〔動〕離開大路，逃向荒野（多見於早期白話）：～而逃。

【落腳】luò//jiǎo（～兒）〔動〕❶立足；下腳：山路陡峭，無處～｜屋裏亂七八糟放滿東西，幾乎沒～處。❷指臨時停留或暫住：途經北京，在這兒落一下腳｜夜深了，先找一家旅店落個腳兒。

【落井下石】luòjǐng-xiàshí〔成〕見人掉進井裏，不但不搭救，反而往裏面扔石頭。比喻乘人危難，進一步打擊陷害。也說投井下石、投石下井。

【落空】luò//kōng〔動〕沒有達到預定目的；無着落：希望～｜一切計劃全落了空。
　另見 là（792 頁）。

【落款兒】luòkuǎnr ❶〔名〕在書畫、禮品等上面題寫的贈送人和收受人的姓名及年月或詩句跋語等。❷（-//-）〔動〕在信札、書畫上面署名：這封信的後面落誰的款兒（署誰的名）？

【落落】luòluò〔形〕❶形容舉止灑脫自然：～大方。❷形容不合群：～寡合。

【落馬】luò//mǎ〔動〕❶騎馬時從馬背上掉下來：中彈～。❷比喻打仗或比賽時失利，也比喻官員失去官位：比賽中，這位名將意外～｜他因受賄醜聞而～。

【落寞】（落漠、落莫）luòmò〔形〕冷落，寂寞：～的深宅大院｜心中無限～。

【落幕】luò//mù〔動〕落下帷幕，指閉幕：電影節～｜演出在觀眾的熱烈掌聲中落了幕。

【落難】luò//nàn〔動〕遭遇災禍：她不幸落了難。

【落聘】luòpìn〔動〕在招聘或選聘中落選，未被聘用：一次～，他並不灰心。

【落魄】luòpò〔形〕〈書〉❶形容驚慌：失魂～｜驚駭～。❷落拓。

【落實】luòshí〔動〕❶確定：～一下參加會議的人數｜公司各部門經理的人選尚未～。❷〔動〕使（政策、計劃、措施、任務等）得以貫徹、實現：～政策｜～生產計劃｜把安全責任～到每個職工。❸〔形〕踏實；情緒穩定：直到實驗成功，我心裏才～了｜錄取通知書沒來，我心裏七上八下，很不～。

【落水狗】luòshuǐgǒu〔名〕（條、隻）比喻失勢的壞人：痛打～。

【落湯雞】luòtāngjī〔名〕掉在熱水裏的雞，比喻渾身濕透的狼狽相：大雨把我們都澆成了～。

【落體】luòtǐ〔名〕因受地心引力作用而由空中落下的物體：自由～。

【落拓】luòtuò〔形〕〈書〉❶豪邁；不受拘束：放浪形骸，～不羈。❷潦倒；不得志：～不得歸。注意 這裏的"拓"不讀 tà。

【落網】luò//wǎng〔動〕指犯罪被捕：大毒梟～｜逃犯先後都落了網。

【落伍】luò//wǔ〔動〕❶行進中落在隊伍後面：他在急行軍中落了伍。❷比喻人的思想行動落後或事物陳舊，不能跟時代同步前進：人只有不斷學習和接受新事物，才不至於～｜閉關鎖國，科技就會～｜幾年前的家具式樣，今天已經落了伍了。

【落選】luò//xuǎn〔動〕參加某項競爭活動沒有被選上（跟"中選"相對）：他僅以一票之差～了。

【落葉歸根】luòyè-guīgēn〔成〕葉落歸根。

【落英】luòyīng〔名〕〈書〉落下的花：～繽紛｜～滿地。

【落賬】luò//zhàng〔動〕登在賬簿上：趕快將這筆貨款～。

【落座】luò//zuò〔動〕坐到席位上：節目即將開始，觀眾紛紛～。

撰 luò ❶〔動〕一層層地往上堆放：把木柴～在牆根兒｜倉庫裏的貨物都快～到屋頂了。❷〔量〕用於重疊堆放的東西：一～報紙｜兩～磚｜好幾～花盆。

雒 Luò ❶〈書〉同"洛"（①2）。❷〔名〕姓。

犖（荦）luò〈書〉❶雜色的牛。❷明顯。❸傑出：卓～。注意 "犖"不讀 láo。

【犖犖】luòluò〔形〕〈書〉分明；明顯：此其～大者｜～大端（明顯的要點）。

濼 luò 用於地名：～河（在河南中部）。
　另見 Tà（1304 頁）。

駱（骆）luò ❶古指黑鬃的白馬。❷（Luò）〔名〕姓。

【駱駝】luòtuo〔名〕（匹、峰）哺乳動物，身體高大，背有駝峰，蹄底有肉墊。食草，能反芻，耐飢渴，耐高溫和風沙，並能負重，適於在沙漠地區遠行。

濼（泺）Luò 濼水，水名。發源於山東歷城西北，東流入小清河。
　另見 pō（1037 頁）。

躒（𬦨）luò 見"卓躒"（1802 頁）。
　另見 lì（831 頁）。

L

M

ḿ　ㄇ

嘸 ḿ〔歎〕表示疑問或懷疑：～，你說甚麼？｜～，是真的嗎？**注意**發 ḿ 音時，雙唇閉合，聲帶振動，空氣從鼻腔流出，讀升調。
另見 m̀（888頁）。

嘸（吥）ḿ〔動〕（吳語）沒有：～啥（沒有甚麼）。

m̀　ㄇ

嘸 m̀〔歎〕表示應答或許諾：～，我知道了｜～，可以。
另見 ḿ（888頁）。

mā　ㄇㄚ

孖 mā（粵語）雙；成雙的：～蕉｜～仔（雙生子）。
另見 zī（1803頁）。

抹 mā / mǒ〔動〕❶ 擦；擦拭：把桌子～～｜早晨～了一把臉就走了。❷ 拉；放：～不下臉來（礙於臉面或情面，不得不留點兒餘地）。❸〈口〉免去職務：所有職務都被～了。❹〔動〕手按着移開某物：天冷就把帽子～下來吧。
另見 mǒ（942頁）；mò（943頁）。

【抹布】mābù〔名〕(塊)擦拭器物用的布塊。

嘛 mā 見下。
另見 má（888頁）。

【嘛黑】māmahēi〔形〕(北方官話)狀態詞。接近天黑；剛開始天黑：直走到～的時候才到家｜天～了，開燈吧！

【嘛亮】māmaliàng〔形〕(北方官話)狀態詞。接近天亮；剛開始天亮：天剛～就開始趕路了。

媽（媽）mā ❶〔名〕〈口〉母親。❷ 對跟母親同輩的已婚女性長輩的稱呼：姑～｜姨～｜舅～。❸ 對年長已婚婦女的尊稱：大～。❹ 舊時連着姓對中老年女僕的稱呼：周～｜李～。

語彙 後媽 奶媽 婆婆媽媽

【媽媽】māma〔名〕(位)〈口〉母親：～教我一支歌｜我的好～！

【媽祖】Māzǔ〔名〕傳說中的掌管海上航運的女神。相傳為宋代福建莆田湄洲島人，本名林默。她熟悉水性，精通醫理，通曉天文氣象，以慈善為懷，熱心救人苦難，深受百姓愛戴。去世後，鄉親們為她建起了媽祖廟，以祈求她佑護航行的平安順利。媽祖廟遍及海內外，在港、澳、台以及東南亞、歐洲、南北美洲有1500多座，以莆田湄洲島媽祖廟、天津天后宮、台灣北港媽祖廟最著名。

摩 mā 見下。
另見 mó（940頁）。

【摩挲】māsā(-sa)〔動〕(北京話)❶ 用手輕撫，使其平展：衣服晾乾了，你～～吧！❷ 輕輕撫摩：他對着鏡子向後～頭髮。
另見 mósuō（940頁）。

螞（螞）mā 見下。
另見 mǎ（892頁）；mà（892頁）。

【螞螂】mālang〔名〕(隻)(北京話)蜻蜓。

má　ㄇㄚ

麻〈㊀蔴〉má ㊀❶〔名〕(棵，株)麻類植物的統稱，包括大麻、亞麻、苧麻、紅麻、黃麻、劍麻、蕉麻、蕁麻、蕁麻、羅布麻等。❷〔名〕(縷，團)麻類植物的纖維，是麻紡、製繩、造紙等工業的重要原料：用～搓的繩子結實｜心亂如～｜快刀斬亂～(指採取果斷措施)。❸ 舊時指用粗麻布做的孝衣：披～戴孝。❹ 芝麻：～糖｜～醬｜～油。
㊁❶〔形〕物體表面不平；粗糙不光滑：～玻璃｜這種紙正面光，反面～。❷ 帶有細碎斑點或斑紋的：～雀｜～雞｜～鴨。❸〔形〕麻木：腿都坐～了｜抄了一天稿子，手發～了｜四川菜又辣又～。❹ 指麻醉：～藥｜局～｜全～。❺ 麻子：～臉｜面黑多～。❻ 指麻將牌：搓～(指打麻將)。❼(Má)〔名〕姓。
另見 mā（888頁）。

語彙 蓖麻 大麻 肉麻 芝麻 密密麻麻

【麻痹】(麻痺)mábì ❶〔動〕身體某部分的感覺能力喪失或運動機能發生障礙：小兒～｜面部神經～｜雙腿肌肉～。❷〔形〕失去警惕；疏忽大意：千萬不能～｜稍一～，就會招致重大損失。❸〔動〕使麻痹：她在比賽中佯裝受傷，以～對手。

【麻布】mábù〔名〕❶ 用大麻、亞麻、黃麻、苧麻等織成的布，多用來製作麻袋或包裝貨物等。

❷用苧麻精工紡織成的細麻布，多用來做蚊帳或夏衣等。也叫夏布。

【麻袋】mádài〔名〕(條)用粗麻布縫製的袋子。也叫麻包、麻布袋。

【麻刀】mádāo〔名〕攪拌在灰泥裏的碎麻。摻和了麻刀的泥灰，抹牆時可加強拉力。

【麻煩】máfan ❶〔形〕繁雜瑣碎：這可是件很～的事｜想不到越來越～了。❷〔動〕使別人不便或增加負擔：對不起，～您了｜為這點小事不要～她了｜你去一趟吧。❸〔名〕不容易解決的問題；繁雜瑣碎的事兒：成績很大，～不少｜給您添～。

【麻紡】máfǎng〔形〕屬性詞。以麻的纖維為原料紡織的：～廠。

【麻沸散】máfèisǎn〔名〕中國最早的麻藥，三國時名醫華佗發明。病人用酒沖服後，全身麻醉，失去知覺，便於接受手術。麻沸散曾傳到日本、朝鮮、摩洛哥及阿拉伯各國，這項發明比西方早一千多年。

【麻風】(痲風)máfēng〔名〕由麻風桿菌引起的一種慢性傳染病，因長期與患者接觸而傳染。患者皮膚發生斑紋、結節或腫塊，感覺喪失，毛髮脫落，手指腳趾節變形或爛掉：～病人。**注意** 麻風是一種病，但並無"瘋"的症狀，故不寫作"麻瘋"或"痲瘋"。

【麻花兒】máhuār〔名〕(根)一種油炸的食品，用兩股或三股條狀的麵擰在一起，油炸而成，口感酥脆。

【麻黃】máhuáng〔名〕多年生草本植物，老枝木質化，呈小灌木狀。莖節明顯，葉鱗片形，在節上對生，呈鞘狀。根、莖等可入藥。

【麻將】májiàng〔名〕(副)麻將牌，一種娛樂用具，用竹子、骨頭或塑料等製成，共 136 張。另有花牌 8 張。四個人玩，可供娛樂：一副～｜打～｜玩～。也叫麻雀。

【麻醬】májiàng〔名〕將芝麻炒熟後磨成的醬。

【麻利】máli ❶〔形〕敏捷；利落：幹活兒～｜七十多歲的人走起路來還很～。❷(～兒)〔副〕(北方官話)趕快：他找你有要緊事，叫你～去一趟。

【麻木】mámù〔形〕❶身體的某一部分感覺不靈或感覺喪失：右腿有些～。❷對外界事物反應遲鈍；言語或動作緩慢呆板：思想～｜為甚麼這樣～？

┌─ **辨析** **麻木、麻痹** a)"麻木"指發麻的感覺，引申為反應遲鈍，常說"麻木不仁""思想麻木"；"麻痹"指病態、疾患，引申為失去警惕、疏忽大意，常說"麻痹大意""思想麻痹"。b)"麻痹"除形容詞用法之外，還有使動用法，如"麻痹敵人"；"麻木"只有形容詞用法，沒有使動用法。└─

【麻木不仁】mámù-bùrén〔成〕不仁：失去感覺，

肢體失去感覺，不能活動。比喻思想不敏銳，對外界事物反應遲鈍或漠不關心：飲假酒中毒的事件早已發生，可有關人士卻對此～。

【麻雀】máquè〔名〕❶(隻)鳥名，羽毛褐色，雜有黑褐色斑點，嘴黑色，呈圓錐狀，啄食穀類、昆蟲等，多棲息於屋壁、檐邊或樹洞：～雖小，五臟(zàng)俱全(比喻規模不大，卻十分完備)｜耗子有個洞，～有個窩(比喻人總得有個住處)。有的地區叫家雀兒、老家賊。❷麻將的別稱：香港有～館。

【麻繩】máshéng(～兒)〔名〕(條，根)麻製的繩子。

【麻藥】máyào〔名〕麻醉劑：打～。

【麻衣】máyī〔名〕用麻布做成的衣服，古人常穿。做孝服時，不能有彩飾。

【麻油】máyóu〔名〕芝麻油：～拌韭菜，各人心裏愛。

【麻疹】(痲疹)mázhěn〔名〕由麻疹病毒引起的急性傳染病，兒童最易感染。出麻疹期間患者發高熱，皮膚起紅色丘疹，有些併發肺炎、百日咳等。通稱疹子，有的地區叫痧子。

【麻子】mázi〔名〕❶指出天花後臉上留下的不平滑的斑痕。❷指臉上有麻子的人(不禮貌的說法)。

【麻醉】mázuì〔動〕❶用藥物、針刺等方式使身體暫時失去知覺(以便進行醫療等活動)：針刺～｜全身～｜局部～。❷比喻用某種手段使人像醉酒一樣認識模糊或喪失鬥志：他被敵人的花言巧語～了。

【麻醉藥】mázuìyào〔名〕❶能使人全身麻醉或局部麻醉的藥物。也叫麻藥。❷比喻能使人意志消沉或認識模糊的東西。

嗎(吗) má〔代〕(北方官話)疑問代詞。❶表示疑問。甚麼：有～事？｜到～地方去？❷表示不確定的事物：幹～？｜你說～？｜有～說～｜吃～～香。

另見 mǎ(891 頁)；ma(892 頁)。

嘛 má "痲痹""痲風""痲疹"，見"麻痹"(888 頁)、"麻風"(889 頁)、"麻疹"(889 頁)。

另見 lìn"淋"(851 頁)。

蟆〈蟇〉 má 見"蛤蟆"(503 頁)。

mǎ ㄇㄚˇ

馬(马) mǎ ❶〔名〕(匹)哺乳動物，耳小，面長，頸部有鬣，四肢強健，可供乘騎、拉車、耕地等用：騎～｜～到成功｜

快～加鞭｜兵強～壯｜千軍萬～。❷〔名〕象棋棋子的一種：車～炮。❸大：～蜂｜～唧（蟬中最大者）｜～蟥（水蛭）。❹（Mǎ）〔名〕姓。

語彙　斑馬　駙馬　河馬　拍馬　人馬　探馬　響馬　野馬　戰馬　單槍匹馬　非驢非馬　害群之馬　金戈鐵馬　盲人瞎馬　騎馬找馬　青梅竹馬　心猿意馬　懸崖勒馬　招兵買馬　指鹿為馬

【馬鞍】mǎ'ān〔名〕❶放在馬背上供騎坐的器具，形狀兩頭高，中間低。也叫馬鞍子。❷比喻兩頭高起而中間低落的情況。

【馬幫】mǎbāng〔名〕（支）馱運貨物的馬隊（包括押運人員）：山間鈴響～來。

【馬弁】mǎbiàn〔名〕舊稱隨從軍官左右的護兵。

【馬不停蹄】mǎbùtíngtí〔成〕不間歇地連續前進。比喻不停頓地從事某項活動：他們～，人不歇腳，直走到天明｜成天～，從早忙到晚。

【馬車】mǎchē〔名〕（輛，駕）馬拉的車（包括載人的篷車或沒篷的大車）：三駕～。

【馬齒徒增】mǎchǐ-túzēng〔成〕《穀梁傳·僖公二年》：“荀息牽馬操璧而前曰：‘璧則猶是也，而馬齒加長矣。’”馬的牙齒會隨年齡的增加而加長（一直到 10 歲左右才停止生長）。後用“馬齒徒增”比喻年齡白白增長，虛度年華而無所成就（多用作謙辭）。

【馬達】mǎdá〔名〕（台）電動機。[英 motor]

【馬大哈】mǎdàhā❶〔形〕由馬馬虎虎、大大咧咧、嘻嘻哈哈三詞素字而成，是粗心大意、隨隨便便的意思：你也太～了。❷〔名〕指辦事粗心大意、隨隨便便的人：一袋麵粉橫在馬路上，也不知道哪個～丟失的。

【馬到成功】mǎdào-chénggōng〔成〕戰馬一到就取得勝利。比喻很快就獲得成功或取得勝利：旗開得勝，～｜這次去商談，一定會～。

【馬燈】mǎdēng〔名〕（盞）一種騎馬夜行時能掛在馬身上、有玻璃罩防風雨的煤油燈。

【馬鐙】mǎdèng〔名〕（副）繫在馬鞍子兩側供踏腳的金屬製品。

【馬糞紙】mǎfènzhǐ〔名〕（張）用稻草、麥秸等製成的黃色粗紙板，多用來製作紙盒。

【馬蜂】（螞蜂）mǎfēng〔名〕（隻）胡蜂的通稱。尾部有毒刺，能蜇（zhē）人畜。

【馬蜂窩】mǎfēngwō〔名〕馬蜂的窩，比喻難對付的人或能引起麻煩和糾紛的事：她自持是局長夫人，無人敢管，我偏要捅捅這個～。

【馬革裹屍】mǎgé-guǒshī〔成〕《後漢書·馬援傳》：“男兒要當死於邊野，以馬革裹屍還葬耳。”用馬皮裹束屍體（以代替棺木）。借指軍人戰死在戰場：青山處處埋忠骨，何必～還？

【馬褂】mǎguà（～兒）〔名〕（件）本為滿族人騎馬時穿的一種外衣短褂兒。長袖，對襟，齊腰，套於長衫之外。以黑色為最普通。

【馬後炮】mǎhòupào〔名〕❶象棋中指“馬”後邊的“炮”，具有較大的威力。❷比喻事後的已失去實際意義的意見或措施：對已經發生的事少來那些～。

【馬虎】（馬糊）mǎhu〔形〕草率敷衍；粗心大意：這事可不能～｜他做事太～｜你這樣～，要壞事。注意“馬虎”的重疊形式有“馬馬虎虎”和“馬裏馬虎”。“馬馬虎虎”還有“勉強、湊合”義。

【馬甲】mǎjiǎ〔名〕（件）穿在衣服外面的背心。

【馬腳】mǎjiǎo〔名〕比喻破綻：露出了～。

【馬駒】mǎjū（～兒）〔名〕（匹）小馬。也叫馬駒子。

【馬克】mǎkè〔名〕德國、芬蘭等國的舊本位貨幣。[德 Mark]

【馬口鐵】mǎkǒutiě〔名〕鍍錫的鐵，不易生鏽，多用於罐頭工業。因最初從西藏阿里馬口地區輸入內地，故稱。

【馬褲】mǎkù〔名〕（條）便於騎馬時穿的一種上肥下瘦的褲子：～呢（一種質地厚實表面有斜紋的毛織品，適於做外套、大衣等）。

【馬快】mǎkuài〔名〕騎馬的捕快，舊時官署裏從事偵查、緝捕罪犯的差役。也叫馬快手、馬快頭、馬捕。

【馬拉松】mǎlāsōng ❶〔名〕徑賽項目之一。是一種超長距離的賽跑，全程 42.195 千米。馬拉松是古希臘雅典城邦東部小村名，公元前 490 年古希臘人在此擊敗入侵的波斯軍隊，士兵斐迪辟（Phidippides）從這裏奔赴雅典報捷後死去。為了紀念此事，1896 年在雅典舉行的第一屆奧運會中，用這個距離作為一個長跑競賽項目，叫作馬拉松賽跑。❷〔形〕屬性詞。比喻（某種活動）持續時間超長的（多含貶義）：一場～式的談判。[英 marathon]

【馬力】mǎlì ❶〔名〕馬的力量、力氣和耐力：路遙知～。❷〔量〕功率的非法定計量單位，符號 HP，hp。在標準重力加速度下，每秒鐘把 75 千克的物體提高 1 米所做的功為 1 馬力，約合 735 瓦。

【馬利亞】Mǎlìyà〔名〕《聖經》中耶穌的母親，天主教、東正教尊之為聖母。據《福音書》記載，她是童貞女，由聖靈感孕而生耶穌。也譯作瑪利亞。

【馬藺】mǎlìn〔名〕多年生草本植物，葉子有韌性，可捆物或造紙。根可製刷子。也叫馬蓮。

【馬鈴薯】mǎlíngshǔ〔名〕❶（棵，株）多年生草本植物，地下塊莖肥大，呈圓形、卵形或橢圓等形。❷這種植物的地下塊莖，可供食用，或製作澱粉、酒精等。以上通稱土豆，有的地區叫洋芋、山藥蛋等。

【馬路】mǎlù〔名〕(條)古指可供馬馳行的大路，今指城市及郊區供各種車輛通行的寬闊平坦的道路，也泛指公路。

【馬路新聞】mǎlù xīnwén 指廣泛流傳而未經證實的消息：不要相信～。

【馬路牙子】mǎlù yázi（北方官話）道牙。

【馬趴】mǎpā〔名〕身體向前跌倒，像馬趴在地上一樣的姿勢：捧了個大～。

【馬匹】mǎpǐ〔名〕馬的總稱：看守～。

【馬屁】mǎpì〔名〕比喻奉承人的行為和吹捧人的語言：～精｜拍～。

【馬屁精】mǎpìjīng〔名〕指擅長逢迎、拍馬屁的人。

【馬前卒】mǎqiánzú〔名〕❶舊指外出時在馬前吆喝開路奔走供役使的兵卒或差役。❷(名)比喻為某人或某事奔走效力、搖旗吶喊的人：革命軍中～｜說明白一點，這兩個傻小子只是充當了黑幫頭子的～。

【馬賽克】mǎsàikè〔名〕❶由黏土燒成的方形或六角形的小瓷片，可鑲砌成各種圖案，鋪砌於室內外的地面或牆面，多用於廚房、浴室、衛生間等處。鮮艷美觀，堅硬耐磨，不受腐蝕，易於清洗。❷用馬賽克做成的圖案。❸電視屏幕圖像中出現的像馬賽克的圖案，主要用來掩蓋某些畫面。[英 mosaic]

【馬上】mǎshàng〔副〕❶表示即將發生：～開會｜戲～就開演了。❷表示緊接着某件事發生：濕衣裳拿出去一晾，～就乾了。

[辨析] **馬上、立刻** a)同為副詞。在很多情況下，二者所表示的緊迫性是同樣的，"馬上"和"立刻"可以互換，如"馬上開會"和"立刻開會"，意思一樣。又如"等小張來了，馬上討論"裏的"馬上"，也可以換用"立刻"。b)"馬上""立刻"口語、書面語都用，但"立刻"多用於書面語。c)"馬上"所指幅度大，"立刻"只表示即刻要發生的。如"馬上就過春節了""這學期馬上就要結束了"，這兩例中的"馬上"都不能換用"立刻"。用於客觀情況的變化時，"馬上"也不能換用"立刻"。如"壺裏的水馬上開了"，不能換成"壺裏的水立刻就開了"。

【馬失前蹄】mǎshīqiántí〔成〕指馬腳站不穩而突然摔倒。比喻偶然發生差錯而受挫：在最後一場小組賽中，上屆冠軍～，意外地輸給小組最弱的對手。

【馬首是瞻】mǎshǒu-shìzhān〔成〕是：複指代詞，這裏指代前面的名詞"馬首"；瞻：看。古代作戰時，主將騎馬衝殺在前，士兵注視着他的馬頭所向以定進退。比喻樂於追隨別人或服從別人的指揮：唯公～。

【馬術】mǎshù〔名〕騎馬或駕馭馬車的技術，作為體育項目一般包括速度賽馬、超越障礙賽馬、盛裝舞步騎術賽、四輪馬車賽等多種形式。

【馬蹄】mǎtí〔名〕❶(隻)馬的蹄子：～形(指形或U字形)。❷(粵語)荸薺。

【馬蹄錶】mǎtíbiǎo〔名〕(隻)圓形小鐘，因形似馬蹄而得名，多為鬧鐘。

【馬桶】mǎtǒng〔名〕❶(隻)供室內大小便用的帶蓋的木桶(也有用搪瓷或塑料做的)。有的地區叫馬子或馬子桶。❷新式陶製的便溺器具：抽水～。

【馬頭琴】mǎtóuqín〔名〕(把)蒙古族拉弦樂器，木製，有兩根弦，共鳴箱呈梯形，以馬皮或羊皮蒙面，琴桿頂部刻有一個馬頭做裝飾。

【馬尾松】mǎwěisōng〔名〕(棵，株)常綠喬木，針葉細長柔軟，淡綠色。木材富含油脂，用途廣。

【馬戲】mǎxì〔名〕(場)原指人騎在馬上所做的各種表演，現指人指揮經過訓練的動物，如獅、虎、熊、馬、象、羊、狗、猴子等演出的各式技巧表演：～團｜～表演。

馬戲源流

馬戲是中國傳統技藝之一。漢代桓寬《鹽鐵論》中已有"百獸馬戲鬥虎"的記載。相傳唐玄宗李隆基在皇宮裏訓練了一批御馬，起初只是讓馬跳舞，以後又發展為人馬共舞，節目豐富多彩。安史之亂時，皇宮養馬四散一空，流落各地，使馬戲逐漸盛行於民間。到清朝時，農村、集鎮常有跑馬賣解(xiè)的進行演出。

【馬靴】mǎxuē〔名〕(雙，隻)長筒靴子，騎馬時穿用，也指一般的長筒靴子。

【馬賊】mǎzéi〔名〕❶偷馬的賊。❷成群騎馬搶劫的盜匪。

【馬扎】(馬劄)mǎzhá(～兒)〔名〕(隻)一種可以收攏便於攜帶的小型坐具，多以木頭或金屬做支架，繃上帆布。

【馬掌】mǎzhǎng〔名〕❶馬蹄下面與地面接觸的角質皮。❷為了使蹄子耐磨，人們在馬、驢、騾子的蹄子底部所釘的U字形鐵片：釘～｜換～。也叫馬蹄鐵。

嗎（吗）mǎ 見下。另見 má(889頁)；ma(892頁)。

【嗎啡】mǎfēi〔名〕有機化合物，用生鴉片加工而成，無色或白色粉狀結晶，味苦，有毒。醫藥上多用於鎮靜、止痛、止咳及抑制腸蠕動等。過量使用會上癮，成為吸毒，嚴重的可以致死。[英 morphine]

獁（犸）mǎ 見《猛獁》(916頁)。

瑪（玛）mǎ 見下。

【瑪琋脂】mǎdīzhī〔名〕用瀝青材料加填充料拌和成的膏狀物，具有黏結、防水和隔音等功能。

【瑪瑙】mǎnǎo〔名〕(塊)具有不同顏色而呈帶狀

分佈的玉石。質硬耐磨,可做裝飾品、研磨器皿及精密儀器的軸承等。

碼(码) mǎ ㊀❶(～兒)表示數目的符號;代指一定的數目字:數～|號～兒|密～兒|明～兒標價。❷表示數目的用具;顯示重量的用具:籌～|砝～。❸〔量〕用於計事情:我和你說的不是一～事|這完全是兩～事。
㊁〔量〕英美制長度單位,符號 yd。1 碼等於 3 英尺,合 0.9144 米。
㊂〔動〕〈口〉堆疊;摞(luò)起:～放|把貨物～整齊。

語彙 編碼 菜碼 尺碼 籌碼 電碼 砝碼 號碼 加碼 價碼 密碼 面碼 起碼 數碼 條碼 頁碼 字碼 條形碼

【碼頭】mǎtou〔名〕❶(座)緊靠岸邊,供船舶停泊,便於乘客上下或裝卸貨物的建築:船到～車到站——可以歇一口氣了。❷(吳語)指擁有較大碼頭或交通發達的城市:跑～(來往於各大城市)|水陸大～。

【碼洋】mǎyáng〔名〕書刊的每一本上面都列有由錢的數目(碼)和錢的單位(洋)構成的定價,全部書刊定價的總額就叫碼洋。如某月刊每期出 5 萬冊,每冊定價 8 元,那麼此刊物一年的碼洋為 480 萬元。

【碼子】mǎzi〔名〕❶表示數目的符號:洋～(指阿拉伯數字)|蘇州～(從一到十為|、||、|||、ㄨ、ㄅ、亠、亠、亠、亠、文、十)。❷圓形的籌碼,多用於臨時計數。❸舊時金融界稱可供調度的現款。

螞(蚂) mǎ 見下。
另見 mā(888 頁);mà(892 頁)。

【螞蟥】mǎhuáng〔名〕(條,隻)蛭的通稱。

【螞蟻】mǎyǐ〔名〕(隻)昆蟲,體小而長,黑色或褐色,頭大,腹部卵形。成群穴居,每群中有雌蟻、雄蟻和工蟻,雌蟻、雄蟻有翅膀,工蟻沒有:～爬樹不怕高|他急得像熱鍋上的～。

【螞蟻啃骨頭】mǎyǐ kěn gǔtou〔慣〕許多隻螞蟻啃一塊大的肉骨頭。比喻用微小的力量,通力合作,持之以恆,來完成一項大任務。也指以小型設備來加工大部件或製造大機器:～,力小志氣大|發揚～的精神|採取～的辦法。

mà ㄇㄚˋ

禡(祃) mà ❶古代軍隊在駐紮的地方祭神。❷(Mà)〔名〕姓。

榪(杩) mà〈書〉床頭橫木。

罵(骂)〈罵傌〉 mà〔動〕❶用惡意或粗野的話侮辱人:指桑～

槐|動不動就～人|他把小王～了一頓。❷用善意或嚴屬的話斥責:打是疼,～是愛|嬉笑怒～,皆成文章|奶奶～他不學好。

語彙 叱罵 斥罵 臭罵 叫罵 謾罵 辱罵 唾罵 笑罵 責罵 咒罵 破口大罵

【罵街】mà // jiē〔動〕當街漫罵(一般不指名道姓):潑婦～|直罵了一天街。也說罵大街。

【罵罵咧咧】màmaliēliē〔形〕狀態詞。說話時隨意夾雜些罵人的話;隨便亂罵:一天到晚～。

【罵名】màmíng〔名〕受眾人或後人唾罵的名聲:那個奸賊怎能不留下千古～!

【罵娘】màniáng〔動〕以辱及別人母親的詞語進行謾罵。泛指動怒罵人。

【罵陣】màzhèn〔動〕❶在陣前叫罵(以激怒敵方應戰)。❷當面罵人,罵街。

螞(蚂) mà 見下。
另見 mā(888 頁);mǎ(892 頁)。

【螞蚱】màzha〔名〕(隻)蝗蟲(有的地區也兼指蚱蜢):秋後的～——蹦躂不了幾天了(比喻離死亡不遠)|一根綫拴兩個～——一個也跑不了(liǎo)(比喻互有牽連)。

ma ㄇㄚ

嗎(吗) ma〔助〕語氣助詞。❶表疑問。用在肯定形式或否定形式的是非問句末尾:明天去頤和園嗎～?|你不認識小李～?❷用在句末,表示反問,帶有質問、責備;肯定形式表示否定的意思,否定形式表示肯定的意思:他還像個人～?|這不是欺負人～?|難道還不明白～?
另見 má(889 頁);mǎ(891 頁)。

嘛 ma〔助〕語氣助詞。❶用在陳述句末,表示理應如此或事實顯而易見:人多力量大～|我早就來了～。❷用在祈使句末,表示期望、勸阻等:不會就學～|不讓你去,就別去～!❸用在句中,表示停頓,點出話題:有意見～,就提|科學～,得得講實事求是。

辨析 嘛、嗎 "嘛"不表示疑問語氣,可表示祈使語氣;"嗎"表示疑問語氣,如"你把車開快點嘛!",用"嘛"而不能用"嗎"。不加分別,一概寫作"嗎",不妥。

mái ㄇㄞˊ

埋 mái ❶〔動〕用土、沙等把東西蓋住:～地雷|風沙把井～起來了。❷隱藏:～伏|隱姓～名。❸〔動〕特指土葬。
另見 mán(896 頁)。

語彙 活埋 土埋 掩埋 葬埋

【埋藏】máicáng〔動〕❶ 藏在土中或地下深處：樹底下～着一箱珍寶｜這座地宮～有大批石刻。❷ 隱藏在心裏；隱忍在心中：不要把話～在心裏｜～在胸中的怒火像火山一樣爆發出來了。❸ 為了給人治病或為家畜催肥，把某種製劑放在人或動物的皮下組織內。

【埋伏】máifú(-fu)❶〔動〕在敵人將要經過的地方預先佈置下兵力，準備到時候突然襲擊：三面～｜留下一連人在山口～。❷〔動〕潛伏；隱藏：敵人逃走時，派他～下來搞破壞｜有問題就交代，不要打。❸〔名〕為伺機襲擊敵人而預先佈置在險要地帶的兵力：營長在路邊村口設下了～｜村子裏有～｜中了敵人的～。

【埋沒】máimò〔動〕❶ 掩埋；埋住：泥石流～了這個小鎮｜整個村莊都被～在沙漠中了。❷ 使顯露不出；使發揮不了作用：～人才｜甚麼人才也～不了。

【埋設】máishè〔動〕把地面挖開安放下某些設施後再用土等蓋好：～炸藥｜～陷阱｜～煤氣管道｜～光纜。

【埋頭】mái∥tóu〔動〕集中精力不聲不響地下工夫：～業務｜整天～在書堆裏｜他開始埋下頭做一些實際的事情。

【埋葬】máizàng〔動〕❶ 葬；掩埋（屍體或骨灰等）：烈士被～在他犧牲的地方。❷ 比喻消滅；消除：～舊世界，建設新世界｜用微笑把痛苦～。

霾 mái ❶〔名〕由於大氣中懸浮着大量細微的煙、塵等而形成的混濁現象，多因颳大風、揚沙塵等而引起：天氣預報說明天有～。通稱陰霾。❷〈書〉同"埋"。

mǎi ㄇㄞˇ

買（买）mǎi ❶〔動〕購買；用貨幣換取東西（跟"賣"相對）：～米｜招兵～馬｜一寸光陰一寸金，寸金難～寸光陰｜這種布現在～不着(zháo)了。❷〔動〕用金錢或其他手段換得（好處）：～好兒｜收～人心｜～通了值班人員。❸(Mǎi)〔名〕姓。

> 〔辨析〕買、購買　a)在"用貨幣換取東西"的意義上，二者同義。但"買"可同單音節詞組合，如"買菜""買油"，不宜換用"購買"。b)"買"的對象可以是抽象事物，如"關節""好兒""面子"等，而"購買"不可以。c)"買"多用於口語，"購買"多用於書面語。

語彙　購買　收買　贖買

【買辦】mǎibàn〔名〕❶ 舊時指負責為主人採購貨物等的人。❷ 在殖民地半殖民地的國家，替外國資本家在本國市場上經營商業、銀行業、工礦業、運輸業等企業的中間人或經紀人：洋行～｜～階級。

【買辦資產階級】mǎibàn zīchǎn jiējí 殖民地、半殖民地國家裏，勾結帝國主義並為帝國主義侵略政策服務的大資產階級。

【買單】mǎidān〔動〕（粵語）指付賬：又是你～，不好意思了。也說埋單（粵語"埋"有"結算"的意思）。

【買點】mǎidiǎn〔名〕❶ 消費者認為商品值得購買的地方。❷ 指買入證券、期貨等的人認為值得購買的價位。

【買櫝還珠】mǎidú-huánzhū〔成〕《韓非子·外儲說左上》載，有個楚國人把珍珠放在裝潢華麗的木匣子裏到鄭國去賣，鄭國人買下了匣子，退還了珍珠。後用"買櫝還珠"比喻不識貨，沒有眼光，取捨失當。也比喻捨本逐末，只注重事物外表或形式，不看重內容或本質。

【買斷】mǎiduàn〔動〕買下商品的佔有權，使之斷絕與賣主的關係：～版權｜～銷售｜～工齡。

【買方】mǎifāng〔名〕購買商品的一方（跟"賣方"相對）。

【買方市場】mǎifāng shìchǎng 對買方有利的供大於求的商品行銷市場形勢（跟"賣方市場"相對）：物資短缺已成為過去，現在已經形成了～。

【買好兒】mǎihǎor〔動〕藉機會故意迎合別人，以取得別人的歡心：他這個人最會向領導獻殷勤～了｜憑本事吃飯，從不向任何人～，是他的處世哲學。

【買空賣空】mǎikōng-màikōng ❶ 一種買賣時既無實物也無貨款過手而企圖從買賤賣貴中賺取差價利益的商業投機行為。投機的對象多為股票、債券、外幣、黃金等。❷〔成〕比喻招搖撞騙，從事投機活動。

【買賣】mǎimai〔名〕❶（筆）生意；交易：做～｜這一筆～賺了錢｜～不成仁義在（生意沒做成，友誼是在的）。❷（北方官話）指商店：這是一家大～。

【買賣人】mǎimairén〔名〕〈口〉做生意的人。

【買通】mǎitōng〔動〕用錢財等收買人以達到自己的目的：那個詐騙犯～會計和出納造了一本假賬。

【買賬】mǎi∥zhàng〔動〕承認對方的優勢而表示心服或聽從：他口裏～，心裏根本不～｜你越神氣，人家就越不買你的賬。

【買主】mǎizhǔ〔名〕（位）進行交易時用錢買物的一方（跟"賣主"相對）：這套房子他打算賣了，正在尋找合適的～。

【買醉】mǎizuì〔動〕買酒痛飲，一醉方休（多為借酒消愁或盡情歡樂）：他失戀了，夜夜到酒吧～。

蕒（荬）mǎi 見"苣蕒菜"（1109頁）。

mài ㄇㄞ

脈（脉）〈❶-❺衇❶-❺脈〉 **mài ❶** 血管：動～｜靜～｜～絡｜～搏。**❷**〔名〕脈搏：～象｜把～｜切～｜診～｜遲～｜促～。**❸** 植物葉子、昆蟲翅膀上像血管的組織：網狀～｜翅～。**❹** 像血管那樣連貫而成系統的東西：礦～｜地～｜山～。**❺** 比喻有因果或相承關係的事物：來龍去～｜一～相承。**❻**（Mài）〔名〕姓。
另見 mò（943 頁）。

語彙 動脈 號脈 靜脈 礦脈 命脈 切脈 山脈 血脈 葉脈 診脈 支脈 來龍去脈

【脈搏】màibó〔名〕**❶** 心臟收縮時，由輸出血液的衝擊而引起的動脈的跳動：～正常｜量一下～｜他的～偏快。**❷** 比喻某種事物的活動情況或發展變化的規律、趨勢：時代的～｜把握市場的～。**注意** 這裏的"搏"不寫作"博"或"膊"。

【脈衝】màichōng〔名〕**❶** 指電工及電子技術中電流或電壓的短暫起伏的現象。**❷** 指類似電脈衝的現象：～激光器。

【脈動】màidòng〔動〕**❶** 動脈的跳動。**❷** 機器或電流強度等像脈搏那樣週期性地運動或變化：～電流。**❸** 比喻社會生活等的發展變化：高考新～｜科技～。

【脈理】màilǐ〔名〕**❶** 脈搏跳動的情況；脈象。**❷** 中醫指脈道、醫術：精通～。**❸** 脈絡條理；紋理：山川～｜青石板～。

【脈絡】màiluò〔名〕**❶** 中醫指人身的經絡，即動脈和靜脈的統稱。**❷** 比喻事物的條理、綫索或頭緒：～貫通｜～分明｜發展～｜歷史～。

【脈象】màixiàng〔名〕中醫指脈搏跳動的快慢、強弱、深淺等情況，有浮、沉、遲、數（shuò）等類，為中醫辨證施治的依據之一。

【脈壓】màiyā〔名〕人血壓的高壓和低壓的差值。

【脈診】màizhěn〔名〕中醫診斷方法之一，用右手的食指、中指、無名指接觸病人的手腕來診察脈象。

麥（麦）**mài**〔名〕**❶** 一年生或二年生草本植物，有小麥、大麥、燕麥、黑麥等，子實主要做糧食，也可用來釀酒、製糖等：冬種～，正當時｜蘴要溫和～要寒。**❷** 特指小麥。以上通稱麥子。**❸**（Mài）姓。

語彙 稞麥 蕎麥 蓧麥 不辨菽麥

【麥茬】màichá（～兒）〔名〕**❶** 麥子收割後遺留在地裏的根和斷莖等。**❷** 指麥子收割以後準備種植或已經種植的（土地或作物）：～地（留有麥茬的土地）｜～白薯（在麥子收割後種下的白薯，細長味甜）。

【麥加】Màijiā〔名〕伊斯蘭教最早的聖城，在沙特阿拉伯的西部，是伊斯蘭教創始人穆罕默德的誕生地。[英 Mecca]

【麥克風】màikèfēng〔名〕（隻）"話筒" ②。[英 microphone]

【麥客】màikè〔名〕（西北官話）在麥子成熟季節出外幫人收割麥子等以賺取報酬的短工。

【麥芒】màimáng（～兒）〔名〕麥穗上的針狀物。

【麥片】màipiàn〔名〕用燕麥粒或大麥粒壓成的片狀食品：～粥。

【麥秋】màiqiū〔名〕收割麥子的季節，一般在夏季。秋，指作物成熟和收穫的時節。

【麥乳精】màirǔjīng〔名〕用麥精、牛奶、雞蛋、食糖等配製而成的顆粒狀飲品，用開水沖成液體飲用。

【麥收】màishōu〔動〕收割成熟了的麥子：快～了｜正是～季節。

【麥芽糖】màiyátáng〔名〕糖的一種，白色針狀晶體，由含澱粉酶的麥芽使澱粉水解而成。供製糖果用或藥用。

【麥子】màizi〔名〕（棵，株）"麥"①②的通稱。

嘜（唛）**mài**〔名〕標籤；商標。也說嘜頭。[英 mark]

賣（卖）**mài ❶**〔動〕出售；用東西或技藝、力氣等換錢（跟"買"相對）：～貨｜～藝｜～官鬻爵｜～瓜的說瓜甜｜掛羊頭，～狗肉。**❷**〔動〕為了個人利益，做出有利於敵人的事，使國家、民族、親友等蒙受損害；出賣：～友｜～身投靠｜～國求榮。**❸**〔動〕毫無保留地用出：～勁兒｜他幹活真～力氣｜誰也不願為侵略戰爭～命。**❹** 故意顯示，表現自己：～好兒｜～俏｜～乖｜裝瘋～傻｜倚老～老。**❺**（Mài）〔名〕姓。

辨析 賣、售 a)"賣"多用於口語，可以單用；"售"只用於書面語，不能單用。b)"賣"組合的詞語廣泛，如"賣魚""賣衣服""賣計算機"；"售"組合的詞語有限制，上例都不能換成"售"。而"售後服務""售貨員"的"售"不能換成"賣"。c)"賣"有"為己之利而出賣祖國、親友"義，如"賣國""賣友求榮"，"售"沒有這個意義。

語彙 變賣 出賣 盜賣 販賣 叫賣 拍賣 甩賣 小賣 義賣 專賣 轉賣

【賣場】màichǎng〔名〕比較大的銷售場所：電腦～｜新款手機進入～。

【賣唱】màichàng〔動〕在街頭或酒樓茶館等憑歌唱技藝掙錢謀生：～兒的｜到處～。

【賣春】màichūn〔動〕賣淫；女性出賣肉體：～女。

【賣單】màidān〔名〕銷售商品的單子（多指期貨、股市上的）。

【賣點】màidiǎn〔名〕**❶** 商品能喚起消費者購買欲

望的地方：各大廠商倍感解（xiè）數將盡，一時找不出吸引消費者的～｜生產企業千方百計尋找～。❷證券、期貨等賣出的理想價位。

【賣方】màifāng〔名〕出售商品的一方（跟"買方"相對）。

【賣方市場】màifāng shìchǎng對賣方有利的供不應求的商品行銷市場形勢（跟"買方市場"相對）：過去是～，買台彩電還得走後門。

【賣狗皮膏藥】mài gǒupí gāoyao〔慣〕舊時走江湖混飯吃的人為了推銷自己假造的狗皮膏藥，往往誇大其詞，吹噓它的療效，誘使群眾上當。比喻表面說得好聽，其實是在騙人：要貧嘴：你不要～了，我不信你那一套。

【賣乖】màiguāi〔動〕賣弄乖巧，自鳴得意：得了便宜還～（得了不應得的好處，本應害羞，反而炫耀自己，以為聰明有能耐）。

【賣關子】mài guānzi〔慣〕❶說長篇故事的說書人，為了吸引聽眾下次再來接着聽，故意在緊要處突然停止，留下一個"懸念"，叫賣關子：不會～，說不了評書。❷比喻話說到或事情做到緊要的時候故意不說下去或做下去，以使對方着急或促使對方答應自己的要求：你說怎麼辦就怎麼辦，何必～？｜他故意賣了個關子，把快要辦成的事撂到一邊去了。

【賣官鬻爵】màiguān-yùjué〔成〕鬻：賣。當權者出賣官職或爵位，以聚斂錢財。

【賣國】màiguó〔動〕向外國或敵國出賣祖國的主權和利益：～賊｜～條約｜～求榮。

【賣好兒】màihǎor〔動〕討好對方：他常到領導那裏去～。

【賣勁】mài//jìn（～兒）〔形〕〈口〉毫不吝惜地把勁頭使出來：小夥子們幹活可～了｜他今天真賣了一把勁兒。

【賣老】màilǎo〔動〕標榜自己年長或有經驗；擺老資格：老職工對新人不能～｜倚老～。

【賣力氣】mài lìqi ❶把力量最大限度地使出來：他幹活真～。也說賣力、賣氣力。❷憑着體力活着錢：那時，我爸爸很窮，靠～維持生活。

【賣命】màimìng ❶〔動〕冒着生命的危險去為別人幹事：怎能為侵略者去～呢？❷〔形〕盡全力拚命地幹活兒：他這段時間太～了，身體消瘦不少。

【賣弄】màinong〔動〕故意顯示、炫耀（自己的美貌和本事等）：～風騷｜～辭藻｜～學問｜～小聰明。

【賣錢】màiqián ❶（～//-）〔動〕賣了（東西）得到錢：我還指望這口豬～呢｜這些舊報紙賣了五元錢。❷〔形〕賣東西能得到很多錢；能賣高價錢：這種老式家具可～了。

【賣俏】màiqiào ❶（-//-）〔動〕故意裝出嬌媚的表情或姿態而誘惑人：這女人，專會在男人面前～。❷（-//-）〔動〕露一手兒，討個好看：

他賣個俏，故意把頭向後一歪，再把子彈打出去。❸〔形〕（商品）賣得好：這款涼鞋是今夏最～的。

【賣人情】mài rénqíng〔慣〕為使對方感激自己，故意給對方好處：領導做事要不偏不倚，不～｜他竟然拿公家的財產～。

【賣身】màishēn〔動〕❶因生活所迫把自己或妻兒等賣給別人：～契。❷〈口〉賣淫。

【賣身投靠】màishēn-tóukào〔成〕為了私利而喪失人格或氣節，把自己出賣給有錢有勢的人或集團，充當他們的工具：～，人所不齒。

【賣笑】màixiào〔動〕娼妓或歌女為謀生，憑藉聲色供人取樂。

【賣解】màixiè〔動〕本指表演馬技，後泛指表演武藝、雜技以謀生：跑馬～（騎着馬表演各種技藝，以賺錢謀生）。

【賣藝】mài//yì〔動〕在街頭、公園或酒吧等公共場所表演技藝（武術、雜技、曲藝等）掙錢維持生活：靠～為生｜她賣了一輩子藝。

【賣淫】mài//yín〔動〕用性行為換取金錢（多指女性）：妓女～｜禁止～嫖娼。

【賣主】màizhǔ ❶〔名〕進行交易時以物品、房產、證券等出售的一方（跟"買主"相對）：想買幢房子，還沒有找到～。❷〔動〕出賣主人：～求榮。

【賣座】màizuò（～兒）❶（-//-）〔動〕茶館、飯館、影劇院等營業場所有顧客前來消費：～率｜家家有電視，電影院賣不了座兒。❷〔形〕上座的情況很好；上座率高：舊戲不怎麼～｜這家飯館很～。

勱（劢）　mài〔書〕勉力；努力。

邁（迈）　mài ㊀❶〔動〕抬腳向前走；大踏步：～進｜～步前進。❷〔動〕跨；越過：這麼寬，你～得過去嗎？｜咱們辦事～過他，不大合適。❸（Mài）〔名〕姓。
㊁（人）老：老～｜頹～｜年～體衰。
㊂（量）英里（用於機動車小時行車速度，在中國也指公里）：一小時走四十～。［英 mile］

語彙　高邁　豪邁　老邁　年邁

【邁步】mài//bù〔動〕邁開腳步（朝前走）：小孩還不會～｜剛邁出了幾步就跌倒了。

【邁方步】mài fāngbù緩慢地穩步行進（形容老人或斯文書生的走路姿態）。也說邁四方步。

【邁進】màijìn〔動〕大步前進：朝着宏偉的目標～。

鿏（䥑）　mài〔名〕一種放射性金屬元素，符號Mt，原子序數109。

M

mān ㄇㄢ

嫚 mān（～兒）〔名〕（山東話）女孩子。也說嫚子。
另見 màn（899頁）。

顢（颟）mān/mán 見下。
【顢頇】mānhān（-han）〔形〕糊塗馬虎；不明事理：～無能｜～透頂｜總是那樣顢顢頇頇的｜也未免太～了。

mán ㄇㄢ

埋 mán 見下。
另見 mái（892頁）。
【埋怨】mányuàn〔動〕抱怨；表示不滿：互相～｜實驗失敗了，不該有～情緒｜生怕做不好工作落～。

蔓 mán 見下。
另見 màn（899頁）；wàn（1394頁）。
【蔓菁】mánjing〔名〕❶ 二年生草本植物，塊根肉質，白色或紅色，扁球形或長形，葉子狹長，有大缺刻，花黃色。❷ 這種植物的塊根，可做蔬菜。以上也叫蕪菁。

鞔 mán ❶ 用革裝飾車：～輿（裝飾車）。❷〔動〕把皮革繃緊固定在鼓框的周圍做成鼓面：用牛皮～鼓。❸〔動〕把布蒙在鞋幫上：～鞋面。

瞞（瞞）mán ❶〔動〕隱瞞；把真相掩蓋起來：欺上～下｜～天過海｜甚麼事也～不過我｜好事～人，～人沒好事。❷（Mán）〔名〕姓。
【瞞報】mánbào〔動〕隱瞞實情或該上報而不報：～糧食產量，造成嚴重後果。
【瞞哄】mánhǒng〔動〕欺瞞哄騙：別～我｜誰你來着？
【瞞天過海】mántiān-guòhǎi〔成〕比喻背着別人或當事人用欺騙手段暗中行動：～的拙劣手法｜～終歸是要敗露的。

謾（谩）mán〈書〉❶ 欺騙；蒙蔽。❷ 詆毀。
另見 màn（899頁）。

饅（馒）mán 見下。
【饅頭】mántou〔名〕❶ 麵粉發酵後蒸熟的一種食品，形狀上圓下平，不帶餡兒。也叫饅首，有的地區叫饃饃、饝饝、蒸饝、餑餑。❷（吳語）包子～這些肉～。注意 在普通話裏，包子帶餡兒，饅頭不帶餡兒。可是吳語裏有些方言如上海話，一些帶餡兒的麵食也叫饅頭。

鬘 mán〈書〉頭髮美。

鰻（鳗）mán〔名〕鰻鱺的簡稱。

鰻鱺【鰻鱺】mánlí〔名〕一種長條形的魚，頭尖，身體前圓後扁，在淡水中生活，到海洋中產卵。簡稱鰻，也叫白鱔、白鰻。

蠻（蛮）mán ❶ 粗野；強橫：野～｜～不講理｜胡攪～纏。❷ 魯莽；莽撞：～幹｜有股～勁。❸〔副〕（吳語）很；挺（多用在有積極意義的詞語前邊，表示程度深）：～好｜～熟悉｜～積極｜～有深度。❹ 中國古代稱南方各族：南～。❺（Mán）〔名〕姓。
【蠻不講理】mánbùjiǎnglǐ〔成〕一味蠻橫，不講道理：他是個～的人｜別像他那樣～。
【蠻幹】mángàn〔動〕❶ 只憑體力、力氣和主觀願望去硬幹：我們要根據科學辦事，千萬不要～。❷ 對人處事不講理，一味胡來：有問題慢慢說，可不興～。
【蠻橫】mánhèng〔形〕（言語或行動）粗暴；不講道理：～無理｜態度十分～。

mǎn ㄇㄢ

滿（满）mǎn ㊀❶〔形〕充實（達到了最大限量）：客～｜山雨欲來風～樓｜粥盛得太～了。❷〔形〕全；整個：～身大汗｜～腹牢騷｜～城風雨｜～園春色｜一着不慎，～盤皆輸。❸〔動〕〈口〉使滿：～上這一杯（給人斟酒時所說）！❹〔動〕遍佈：桃李～天下（比喻所教的學生到處都有）。❺〔動〕達到期限：假期～了｜人生～百，常懷千歲憂。❻ 感到足夠；願望達到：躊躇～志。❼ 以為自己了不起；驕傲：自～｜～招損，謙受益。❽〔副〕完全；全部（多用在動詞前邊，表示沒有例外）：～有把握｜～不在乎｜打～算｜這些活兒，我一人～可以幹得了。
㊁（Mǎn）❶ 滿族：～語｜～文。❷〔名〕姓。

| 語彙 | 飽滿 | 充滿 | 豐滿 | 屆滿 | 美滿 | 撲滿 | 完滿 |
| 小滿 | 圓滿 | 自滿 | | | | | |

【滿不在乎】mǎnbùzàihu〔成〕完全不在意，不放在心上。形容思想上極不重視：心裏很着急，外表仍保持～的樣子。
【滿城風雨】mǎnchéng-fēngyǔ〔成〕原形容秋天到處颳風下雨的景象。今多比喻某一件事（多指不好的事）被到處傳揚和議論：想不到這件事竟鬧得～。

> **"滿城風雨"的來歷**
> 宋朝詩人潘大臨家境十分貧寒。一日傍晚，他飢腸轆轆地躺在床上，聽窗外秋風蕭瑟，雨打樹葉，不由詩興大發，起身提筆寫了一句"滿城風雨近重陽"。正此時，有人敲門來催租討債。待潘大臨把來人應付走，再提筆時已詩興全無，一時難以續寫。

【滿打滿算】mǎndǎ-mǎnsuàn〔成〕全部都計算在內：這些東西，～能賣到 3 萬元。

【滿點】mǎndiǎn〔動〕達到規定的鐘點：滿勤～。

【滿額】mǎn'é〔動〕預定的名額全部滿了：我廠招工已經～。

【滿分】mǎnfēn（～兒）〔名〕規定的最高的分數：～作文｜打～。

【滿負荷】mǎn fùhè ❶ 機器設備達到功率、承載量的最大限度。❷ 比喻人員負擔的任務已達到所能承受的最大的工作量：員工已～工作。

【滿腹經綸】mǎnfù-jīnglún〔成〕滿肚子才幹和學問。比喻人很有治理國家的政治才能。也比喻很有才學。

【滿懷】mǎnhuái ❶〔動〕心中充滿：～深情｜～憂傷和悲痛｜對敵人～仇恨。❷〔名〕整個胸懷：無意中跟他撞了個～（指兩人的前胸互相碰撞）。

【滿坑滿谷】mǎnkēng-mǎngǔ〔成〕《莊子·天運》：“在谷滿谷，在坑滿坑。”窪下去的地方是滿的，兩山之間的峽谷也是滿的，意思是道之流行，無所不遍。後用“滿坑滿谷”形容很多，到處都有：像他那樣的人，可說是～｜幾萬冊圖書堆在書櫃裏，～。也說滿谷滿坑。

【滿口】mǎnkǒu ❶〔名〕全口腔：～黃牙。❷〔名〕所說話的全部（包括口音、口氣、內容）：～謊言｜～仁義道德｜～英語。❸〔副〕全部，無例外：～答應。

【滿滿當當】mǎnmǎndāngdāng（～的）〔形〕狀態詞。形容很滿：蘋果～地裝了三大車｜新收的糧食裝了～的一穀倉。

【滿面】mǎnmiàn ❶〔名〕滿臉，整個面部：～春風｜～紅光（整個面部的氣色極好）｜～愁容。❷〔動〕佈滿整個面部：笑容～｜紅光～。

【滿面春風】mǎnmiàn-chūnfēng〔成〕滿臉笑容。形容愉快和藹的面容：贏球後，教練～地稱讚隊員們發揮得好。也說春風滿面。

【滿目】mǎnmù ❶〔名〕整個視野：～荒涼｜～瘡痍。❷〔動〕充滿整個視野：瘡痍滿～｜琳琅～（比喻珍貴好看的東西堆滿眼前）。

【滿目瘡痍】mǎnmù-chuāngyí〔成〕瘡痍滿目。

【滿腔】mǎnqiāng ❶〔名〕整個心胸：～熱忱｜～怒火｜～悲憤｜～仇恨。❷〔動〕充滿心中：怒火～｜憤怒～。

【滿勤】mǎnqín〔動〕每天都在規定時間內上班工作或勞動（跟“缺勤”相對）：出～，幹滿點｜我年年都～。

【滿世界】mǎn shìjie 到處；處處：要喝酒就在家喝吧，免得～找酒館兒去。

【滿堂】mǎntáng ❶〔名〕整個廳堂，泛指全場：～歡笑｜～彩（指演出時全場喝彩）。❷〔動〕充滿廳堂：子孫～｜歡樂～。

【滿堂灌】mǎntángguàn〔慣〕整堂課的時間都是教師向學生灌輸知識，這種教學方式叫滿堂灌：堅持啟發式教學，反對～｜～無法讓學生主動地進行學習。

【滿堂紅】mǎntánghóng〔慣〕形容全部優秀、全面勝利或到處興旺：他這次考試門門都在 95 分以上，實現了～｜乒乓健兒又來了個～｜鄉鎮企業搞得～。

【滿天飛】mǎntiānfēi〔慣〕❶ 形容到處都有，非常多：盜版光盤～，應堅決打擊。❷ 形容到處跑：他是採購員，一年到頭～。

【滿心】mǎnxīn〔副〕整個心裏（充滿某種情緒或願望）：見了你～歡喜｜他～願意和你交朋友。

【滿眼】mǎnyǎn ❶〔名〕整個眼睛：～都是血絲｜～淚水。❷ 整個視野：最喜山花～開｜～的紅梅。

【滿意】mǎnyì〔動〕心裏感到滿足；合意：這套房子我很～｜很不～這件事｜換了幾次工作，老不～｜他～過誰？

【滿員】mǎnyuán〔動〕❶ 實際人數達到了編制規定的名額：保證主力部隊經常～｜我們車間已經～了。❷ 實際人數達到了一定空間規定的容量：三號車廂已經～｜全市的旅社、招待所全部～。

【滿月】mǎnyuè ㊀（-//-）〔動〕（嬰兒）出生滿一個月：這孩子明天～｜孩子剛滿了月，不能抱出去。㊁〔名〕望月。也泛指圓月：一輪～當空照。

【滿載】mǎnzài〔動〕❶（運輸工具、機器設備等）達到了規定的負載量：一輛卡車～着石塊｜活兒不多，有半數的設備能～運行就不錯。❷ 裝滿；帶足：～而歸｜中國體育代表團～着各國人民的友誼抵達奧運會歸來。

【滿招損，謙受益】mǎn zhāo sǔn，qiān shòu yì〔諺〕語出《尚書·大禹謨》。驕傲自滿必招來損失，謙虛謹慎將獲得益處（多用於勸人）：你考了第一名，得記住“～”的話，千萬不能驕傲！

【滿足】mǎnzú〔動〕❶ 感到滿意；感到已經夠了：能在這裏工作，我已經很～了｜在學習上，他從來也沒有～過。❷ 使得到滿足：努力增加生產，～市場需要｜為～同學們的要求，學校增設了許多選修課。

　辨析　滿足、滿意　a）“滿足”是從需求的角度來說，“滿意”是從心願的角度來說。如“他能有一個自己的房間就覺得很滿足了”“他對自己的新工作很滿意”。b）“滿足”有使動用法，如“滿足他的要求”“滿足你的願望”；“滿意”沒有。c）後帶賓語時，“滿足”通常要用介詞“於”引出，而“滿意”不需要。如“他要求高，並不滿足於現狀”“他很滿意這份工作”。

【滿族】Mǎnzú〔名〕中國少數民族之一，人口約 1038.7 萬（2010 年），主要分佈在遼寧、黑龍江、吉林、內蒙古、河北、北京等地。有本民族的語言和文字。現通用漢語。

【滿嘴】mǎnzuǐ〔名〕❶整個嘴唇及其周圍：吃得～流油。❷"滿口"②；～噴糞(斥責別人所說的全是污言穢語)。

辨析 滿嘴、滿口 在指"說話的全部內容"的意義上，前者俗一些，後者文一些。因此，習慣組合有差別，"滿嘴噴糞""滿口答應""滿口謊言"中的"滿嘴""滿口"都不宜互換。"滿嘴"可指嘴唇及其周圍，如"滿嘴流油"，"滿口"不能這樣用。

【滿座】mǎnzuò(～兒)❶〔動〕所有的座位都坐滿了：高朋～│這個話劇上演以來，場場～兒。❷〔名〕所有座位上坐的人：主持人言行失態，～譁然。

蟎(蟎)mǎn〔名〕節肢動物的一類。體形微小，呈圓形或橢圓形，頭胸腹無明顯分界。有的能傳染疾病，如疥蟲、毛囊蟲；有的危害農作物，如葉蟎、紅蜘蛛等。

màn ㄇㄢˋ

曼 màn ❶〈書〉柔和；柔美：～妙│輕歌～舞。❷長；遠：～聲長歌│～福。❸(Màn)〔名〕姓。

【曼福】mànfú〔名〕〈書〉長遠幸福，多用於書信末以祝福受信人：敬祝～。

【曼妙】mànmiào〔形〕〈書〉柔婉；美好：舞姿～│風姿～│歌聲～。

【曼丘】Mànqiū〔名〕複姓。

【曼聲】mànshēng〔名〕拉得很長的聲音：～吟誦│～而歌│～細語。

【曼陀林】màntuólín〔名〕弦樂器，有金屬弦八條成四對。也譯作曼德琳、曼多林或曼陀鈴。[英 mandolin]

【曼延】mànyán〔動〕向遠處不斷延伸：～起伏的山路│～千里，一望無際。

墁 màn〔動〕❶在地面鋪磚、石等：青磚～地。❷抹牆：新～的牆顯得潔白乾淨。

幔 màn〔名〕幔帳：布簾：布～│窗～。

語彙 地幔 帷幔

【幔帳】mànzhàng〔名〕(副)用紗、布、綢子、絲絨等製成的掛起來遮擋視線的簾子。

【幔子】mànzi〔名〕(北方官話)幔：中間掛個～，一間屋子當兩間用。

漫 màn ❶〔動〕水過滿；水外溢：洪水～出了大堤。❷〔動〕淹沒：水～金山│水大～不過膝去。❸滿，遍：～天大霧│～山遍野的紅杜鵑。❹廣闊；長：～無邊際│～長。❺隨意；不受約束地：～遊│～不經心│～無目的。❻莫；不要：～說我不知道，就是知道也不告訴你。

語彙 汗漫 爛漫 浪漫 瀰漫 迷漫 散漫

【漫筆】mànbǐ〔名〕隨意寫來的不拘一格的文章(多用於題目或書名)：新春～│燈下～。

【漫不經心】mànbùjīngxīn〔成〕注意力不集中；隨隨便便，一點兒也不在意：看他那～的樣子│無論幹甚麼他都～，當然幹不好。

【漫步】mànbù〔動〕悠閒隨意地走：在松林中～│在濱湖大道上│飯後～有益健康。

【漫長】màncháng〔形〕(空間或時間的距離)很長：～的海岸綫│～的歷史│在～的寒夜裏。

【漫道】màndào〔連〕〈書〉莫道；別說(表示讓步關係，下句有更深一層的意思)：雄關～真如鐵，而今邁步從頭越。

【漫畫】mànhuà〔名〕(幅)一種用誇張、變形或象徵等手法畫成的，具有強烈諷刺性或幽默感的畫。

【漫話】mànhuà〔動〕不拘形式，隨意地談說討論：～家常│～長江│詩詞～。

【漫漶】mànhuàn〔形〕(字畫等)因磨損或浸水受潮而模糊不清：壁畫色彩已～不鮮。

【漫罵】mànmà〔動〕亂罵：對着人群～。

辨析 漫罵、謾罵 "謾罵"着重指態度輕慢無禮、語言粗暴；"漫罵"着重指隨意而沒有固定對象。如"對網友的無端謾罵，他從來不放在心上""心中不平，也只能漫罵一通"，其中的"謾罵""漫罵"不宜互換。

【漫漫】mànmàn〔形〕(時間或空間)很長；廣闊無邊：長夜～│～征途│～白雪覆蓋着山野。

【漫兒】mànr〔名〕金屬錢幣上沒有字的一面。

【漫山遍野】mànshān-biànyě〔成〕滿山滿野；遍佈在山坡上和田野中：～的大豆高粱│我們那裏～淨是楓樹林子。

【漫說】mànshuō 同"慢說"。

【漫談】màntán〔動〕不拘形式地交談和發表意見：～文學創作│～會開得很好│分組～。

【漫天】màntiān ❶〔動〕佈滿天空：～大雪│彩霞～。❷〔形〕屬性詞。漫無邊際的；沒有限度的：～大謊│～要價，就地還錢。

【漫無邊際】mànwúbiānjì〔成〕❶廣闊無邊，一眼望不到邊：海水滔滔，～│～的草原。❷說話、作文、想問題沒有中心，離題太遠(多含貶義)：說了一些海闊天空、～的話│寫文章要抓住中心，不要～。

【漫延】mànyán〔動〕❶水過滿而向四周擴散：下水道堵塞，污水～│河水暴漲，～到地勢較高的公路上。❷泛指向四周擴散：～的疫情得到了有效的控制│不能讓這種消極情緒在團隊裏～。

【漫游】mànyóu〔動〕隨意到處游動：成群的鱸魚

在水下～。

【漫遊】mànyóu〔動〕❶ 無拘無束地到處遊覽、散心等：～大江南北。❷ 移動電話通過網絡將服務區域從註冊登記的服務區域擴展轉移到另一區域：該手機開通了國際～服務。

慢 màn ❶〔形〕緩慢；速度低（跟"快"相對）：我不坐～車，要坐快車｜你走得太～了｜不怕一，只怕站。❷ 態度冷漠，不敬：傲～｜怠～｜～待。❸〔動〕延緩；推遲：我的錶～了五分鐘｜車～點兒開，人還沒到齊。❹〈書〉莫；不要：～道｜～說｜～學他人。❺（Màn）〔名〕姓。

語彙　傲慢　怠慢　高慢　緩慢　簡慢　且慢　輕慢　侮慢

【慢班】mànbān〔名〕教學進度較慢的班（跟"快班"相對）：～的同學不能灰心，更要加勁努力。

【慢車】mànchē〔名〕（輛，列）沿途停靠的車站較多，全程行車時間較長的火車或汽車（區別於"快車"）：～道｜乘～去來不及，乘快車吧。

【慢待】màndài〔動〕❶ 冷淡對人：朋友遠道而來，咱們不能～。❷ 客套話。指招待不夠周到：～了，多多包涵。

【慢火】mànhuǒ〔名〕小火，微火：～細熬｜煎藥用～。

【慢件】mànjiàn〔名〕託運速度慢、收費較低的貨物（區別於"快件"）。

【慢鏡頭】mànjìngtóu〔名〕電影或電視屏幕上動作特別緩慢的一系列畫面，是用快速拍攝方法拍攝，再用正常速度放映或播映所產生的效果。

【慢慢】mànmàn（～兒）〔副〕速度緩慢：有話～說｜～兒來，別着急｜火車～地進站了｜他～兒會想通的。

【慢慢騰騰】mànmanténgténg（口語中也讀 mànmantēngtēng）（～的）〔形〕狀態詞。慢騰騰。

【慢慢悠悠】mànmanyōuyōu（～的）〔形〕狀態詞。慢悠悠。

【慢坡】mànpō〔名〕傾斜度很小的坡（跟"陡坡"相對）：～好上｜火車下～要適當減速。

【慢說】mànshuō〔連〕別說；不要說（表示讓步關係，多與"都、也、就是"等相呼應）：他講故事，～孩子，連大人都愛聽｜～是下雨，就是下刀子，明天也必須出發。也作漫說。

【慢騰騰】mànténgténg（口語中也讀 màntēngtēng）（～的）〔形〕狀態詞。形容說話做事沉悶緩慢，不利落：說話～的，急死人｜上課鈴都響了，他才～地進教室。也說慢慢騰騰、慢吞吞。

【慢條斯理】màntiáo-sīlǐ〔成〕形容動作緩慢，不慌不忙：辦公室秘書是個～的人，從來不着急。

【慢性】mànxìng ❶〔形〕屬性詞。性狀表現緩慢的（跟"急性"相對）：～病｜～中毒｜隨便浪費時間，就等於～自殺。❷〔名〕慢性子，做事遲緩的性情：他是～人，快不了。❸（～兒）〔名〕慢性子的人：他是個～兒。

【慢性病】mànxìngbìng〔名〕❶ 病理變化緩慢或治癒過程較長的病，如心臟病、高血壓等。❷ 比喻辦事緩慢或反應遲鈍的毛病：有的人總是趕不上時代前進的步伐，害了～。

【慢性子】mànxìngzi〔名〕❶ 遲緩的性情：他的～是出了名兒的。❷ 性情遲緩的：這人是個～，幹甚麼都不着急｜急性子偏偏遇上個～。

【慢悠悠】mànyōuyōu（～的）〔形〕狀態詞。形容說話、做事緩慢，不慌不忙：他說話總是～的｜大家都着急起來，只有他～地抽着煙，不動身。也說慢慢悠悠。

【慢走】mànzǒu〔動〕❶ 一種健身方式，在室外慢慢地行走：～強如站着。❷ 暫時停步別走（多用於命令式）：～，我有話跟你說！❸ 別着急，路上小心兒走（多用於送客出門時）：不送了，～，～！

嫚 màn〈書〉❶ 輕慢；侮辱：～而侮人。❷ 懈怠：職事不～。
另見 mān（896 頁）。

藅（萳）　Màn〔名〕姓。

蔓 màn ❶ 義同"蔓"（wàn），多用於合成詞：～草｜～延｜不～不枝。❷〈書〉延伸，擴展：無使滋～。
另見 mán（896 頁）；wàn（1394 頁）。

語彙　枝蔓　滋蔓

【蔓延】mànyán〔動〕❶（草）不斷地向周圍滋生擴展：野草～很快。❷ 比喻事物像蔓草一樣不斷地向周圍延伸擴展：大火裹着濃煙，迅速向山腰～｜革命的火種，已經～成燎原之勢。

熳 màn "爛熳"，見 "爛漫"（800 頁）。

縵（缦）　màn〈書〉沒有花紋的絲織品。

謾（谩）　màn 怠慢；傲慢沒禮貌：輕～上司。
另見 mán（896 頁）。

【謾罵】mànmà〔動〕用粗暴、輕狂、嘲笑的口吻罵：瞋目～｜～攻擊。

鏝（镘）　màn〈書〉抹牆的工具。今叫抹子。

māng ㄇㄤ

牤 māng 公牛。

máng ㄇㄤ

邙　Máng 邙山，山名，即北邙山。在河南洛陽北。

忙　máng ❶〔形〕事情多，沒有空暇（跟"閒"相對）：這幾天很～｜工作太～了，改日再談｜人家都～得很，他卻閒得很。❷〔形〕急；急迫：不慌不～｜說完話，～往外走。❸〔動〕加緊做；急迫不停地做：窮～｜就是不睡覺也～不過來｜你淨～些甚麼呢？❹（Máng）〔名〕姓。

　語彙　幫忙　奔忙　匆忙　大忙　繁忙　趕忙　慌忙　急忙　連忙　農忙　窮忙　着忙

【忙不迭】mángbùdié〔副〕連忙；急忙：～地點頭示意｜～地道歉說："對不起，對不起！"

【忙乎】mánghu 同"忙活"。

【忙活】mánghuo〔動〕〈口〉忙忙碌碌地做：這件事讓他～了好一陣子｜他正在地裏～着呢｜一天到晚也不知道～些甚麼。也說忙合（mánghe）、忙乎（mánghu）。

【忙裏偷閒】mánglǐ-tōuxián〔成〕在緊張繁忙的情況下擠出一點兒空閒時間：王老師～，帶小孩玩了半天｜我這是～，給你回封信。

【忙碌】mánglù ❶〔形〕事情多，不得閒：大家都很～｜她總是那麼忙忙碌碌的。❷〔動〕忙着做許多事情：一天到晚～着｜一到車間就～起來。

【忙亂】mángluàn〔形〕又忙又亂，沒有條理：這個月事情一件接一件，搞得人十分～｜別催她，一催就更～了。

【忙人】mángrén（～兒）〔名〕（位）不停地做許多事情而不得空閒的人（跟"閒人"相對）：他是個～｜她成了個大～兒了｜～多事，病人心多。

【忙音】mángyīn〔名〕電話撥號後聽到的短促的嘟嘟聲，表示對方佔綫而不能通話。

【忙於】mángyú〔動〕忙着進行（某方面的事）：～開會｜～上班｜～學習外語｜～發展會員｜～事務工作。

芒　máng〔名〕❶多年生草本植物，葉細長有尖，莖的外皮可編草鞋。❷稻、麥等禾本科植物種子外殼上的針狀物，如麥芒、稻芒。❸（Máng）姓。

　語彙　鋒芒　光芒　小試鋒芒

【芒刺在背】mángcì-zàibèi〔成〕《漢書·霍光傳》載，霍光輔佐漢昭帝，很受信賴，權勢極大。後來漢宣帝即位，謁高祖廟，霍光陪乘，宣帝心裏很怕他，感到"若有芒刺在背"（好像有芒和刺扎在背上一樣）。後用來形容內心惶恐，坐立不安。

【芒果】mángguǒ 同"杧果"。

【芒硝】mángxiāo〔名〕無機化合物，是含 10 個分子結晶水的硫酸鈉，味苦，透明。用於製造玻璃及蘇打等，醫藥上用作瀉藥。也作硭硝。

【芒種】mángzhòng〔名〕二十四節氣之一，在 6 月 6 日前後。芒種時節，是有芒作物開始種植的時期。中國中部地區多忙於夏收夏種。

杧　máng 見下。

【杧果】mángguǒ〔名〕❶（棵，株）常綠大喬木，葉革質，揉碎後有松脂味。花小而多，有香氣。果實腎形，味香甜。❷（隻）這種植物的果實。杧果是味美的水果，也可以製成杧果乾兒，味道也很好。以上也作芒果。

尨　máng〈書〉❶多毛狗：無使～也吠。❷雜色。

另見 méng（915 頁）。

盲　máng ❶瞎；看不見東西：～人｜夜～。❷對某種事物沒有辨認能力或缺乏知識，也指這種人：色～｜文～｜法～｜科～｜電腦～。❸眼瞎的人：～文｜～字｜問道於～。❹盲目地：～動｜～從｜～於。❺（Máng）〔名〕姓。

　語彙　掃盲　色盲　脫盲　文盲　雪盲　夜盲

【盲腸】mángcháng〔名〕大腸的上段，上接迴腸，下接結腸，下端有闌尾：～炎（多由闌尾炎引起，俗稱闌尾炎為盲腸炎）。

【盲從】mángcóng〔動〕自己沒有原則，沒有主見，只知道盲目跟從，不辨是非地附和別人：凡事不應該～｜對誰都不能～。

【盲打】mángdǎ〔動〕眼睛不看鍵盤地打字。

【盲道】mángdào〔名〕為方便盲人行走而在便道上鋪設的道路，用表示引導前行的條形磚塊和帶有圓點的具有提示轉向、止步等作用的磚塊鋪成。

【盲點】mángdiǎn〔名〕❶視網膜上視神經進入眼球處的一個凹陷點，因無視覺細胞，物體的影像落在此點上不能引起視覺。❷比喻不了解或被忽略的地方：法律上存在一些～令法官審理案件時犯了難。

【盲動】mángdòng〔動〕沒有明確的目標，沒經過深思熟慮，也沒有必要的準備，就盲目採取行動：浮躁～是不可能成就大事業的。

【盲幹】mánggàn〔動〕光憑熱情而不顧條件、目的和後果地瞎幹。

【盲流】mángliú（～兒）〔名〕指從農村或落後地區盲目流入城市或發達地區的人。

【盲目】mángmù〔形〕眼睛看不見東西，比喻缺乏明確的目標，認識不清或沒有主見：～樂觀｜～行動｜這麼幹太～了。

【盲年】mángnián〔名〕俗稱農曆中沒有立春節氣的年份：有的人認為～不吉利，一些情侶就提前在前一年結婚。

M

【盲棋】mángqí〔名〕眼睛不看棋盤只憑說出每一步下法而下的棋。多見於中國象棋。

【盲區】mángqū〔名〕❶指探照燈、雷達、胃鏡等照射或探測不到的地方：雷達～。❷比喻認識不清或尚未認識的領域、方面：每個人都有自己的知識～。

【盲人】mángrén〔名〕(位)失去視覺能力的人；瞎子：～協會 | ～摸象(象雖大，摸不周全，故認識必然片面)。

【盲人瞎馬】mángrén-xiāmǎ〔成〕《世說新語·排調》:“盲人騎瞎馬，夜半臨深池。”比喻處境極端危險或行動盲目：在當今的信息社會，企業如果缺乏競爭性情報的輔助，將處於～夜半臨池的境地 | 要有一個明確的目標，行動起來才不至於～地亂闖一氣。

【盲文】mángwén〔名〕❶盲字。❷用盲字刻寫或印刷的文字。

【盲字】mángzì〔名〕專供盲人使用的可以用鈍錐子書寫、可以用手指摸讀的拼音文字，由一至六個凸出的小圓點在固定的框架中排列組合而成。也叫點字、盲文。

氓　máng 見“流氓”(860頁)。另見 méng(915頁)。

厖　máng〈書〉大；厚重。

茫　máng ❶遼闊無邊際，模糊不清：渺～ | 蒼～ | 迷～ | ～無頭緒。❷糊塗無知的樣子：～昧(形容暗昧不明或思想模糊不清) | ～無所知。❸(Máng)〔名〕姓。

語彙　蒼茫　浩茫　昏茫　迷茫　渺茫　微茫

【茫茫】mángmáng〔形〕❶模糊不清或難以明察的：視～，髮蒼蒼 | ～塵世 | 前途～。❷廣闊遼遠的樣子：～大海 | ～雪原。

【茫然】mángrán〔形〕❶全然不知的樣子：～不解 | 她上課時心不在焉，講過的知識一片～。❷惘然，空虛的樣子：～若失。❸〈書〉迷蒙；遼遠：滄海浩浩，～萬頃。

【茫無頭緒】mángwútóuxù〔成〕紛亂得很，一點兒頭緒也沒有；情況複雜，根本摸不着邊兒：忙亂了幾天，事情還是～ | 這件事～，叫我從何說起呢！

媥　máng〈書〉女神名。

牻　máng〈書〉黑白雜色的牛。

硭　máng 見下。

【硭硝】mángxiāo 同“芒硝”。

鋩（铓）　máng “鋒鋩”，見“鋒芒”(391頁)。

mǎng ㄇㄤˇ

莽　mǎng ㊀❶密生的草：～原 | 叢～ | 草～英雄。❷廣闊：平原～千里。❸(Mǎng)〔名〕姓。
㊁粗率，不精細：魯～ | ～撞 | ～夫 | ～漢。

語彙　蒼莽　草莽　叢莽　魯莽　榛莽

【莽蒼】mǎngcāng ❶〔名〕〈書〉蒼色草莽的郊野：適～者，三湌而反(反：同“返”。湌：同“餐”。往返郊野，只需預備一日三餐之糧)。❷〔形〕(原野)景色空曠迷茫：～的大草原。

【莽漢】mǎnghàn〔名〕(條)魯莽不精細的漢子：他是個～。

【莽莽】mǎngmǎng〔形〕❶(草木)茂密旺盛：～草原 | 山林～。❷(景物)遼闊無邊：霧靄～ | ～萬重山。

【莽原】mǎngyuán〔名〕草木叢生的原野：一望無際的～。

【莽撞】mǎngzhuàng〔形〕冒失粗魯：～的小夥子 | 行為～ | 恕我說話～ | 小心行事，可別～。

漭　mǎng 見下。

【漭沆】mǎnghàng〔形〕水廣闊無邊的樣子：滄池～。

蟒　mǎng ❶〔名〕(條)蟒蛇。❷蟒袍的簡稱：彩～ | 大紅繡～ | 服～腰玉(身着蟒袍，腰繫玉帶)。

【蟒袍】mǎngpáo〔名〕❶明清兩朝大臣的禮服，上面繡有像龍的蟒。❷傳統戲曲服裝的一種，為劇中帝王將相的官服，上面繡有蟒的圖案。有男蟒、女蟒，還有改良蟒，式樣繁多。以上簡稱蟒。

【蟒蛇】mǎngshé〔名〕(條)蛇的一種，體形很大，無毒，長可達六米，體黑褐色，生活在熱帶森林中，捕食小禽獸。也叫蚺(rán)蛇。

māo ㄇㄠ

貓（猫）　māo ❶〔名〕(隻)哺乳動物，眼圓，瞳孔可隨光綫的強弱而縮小放大，趾底有脂肪質肉墊兒，行走無聲，善捕食鼠類等：會捉老鼠的～不叫 | 不管白～黑～，捉到老鼠就是好～。❷〔動〕(北京話)躲藏：他～起來，誰也不見 | 老～在一個地方不行。另見 máo(904頁)。

M

語彙 豹貓 藏貓 狸貓 靈貓 熊貓 野貓

【貓步】māobù〔名〕像貓行走時的步態，多用來指時裝模特兒表演的台步或某一舞蹈動作：他們在音樂伴奏下，邁着～在舞台上展示着最新的時裝款式。

【貓哭耗子——假慈悲】māo kū hàozi——jiǎ cíbēi〔歇〕形容某人的慈善和憐憫完全是假裝出來的。

【貓兒蓋屎】māorgàishǐ〔慣〕(北京話)比喻敷衍塞責，只求表面過得去：掃地只掃個大面兒，這不是～嗎？

【貓兒膩】māornì〔名〕(北京話)❶隱秘的事；暗中做的不正當的事：有｜這裏頭的～多着呢。❷花招：別跟我玩～。

【貓頭鷹】māotóuyīng〔名〕(隻)鳥名，眼睛大而圓，頭部有角狀羽毛，晝伏夜出，以麻雀、鼠類為食。因為相貌兇惡，鳴聲悽厲，中國民間習俗視之為不祥之鳥。也叫鴟鵂(chīxiū)，有的地區叫夜貓子。

【貓眼兒】māoyǎnr〔名〕門鏡的俗稱。

máo ㄇㄠˊ

毛 máo ㊀❶〔名〕(根)動植物皮上所生的絲狀物，有防禦侵害和保持體溫的作用：馬瘦～長｜雁過拔～｜羊～出在羊身上｜皮之不存，～將焉附｜桃子上有很多細細的～。❷〔名〕特指頭髮或鬍子：嘴上無～，辦事不牢。❸泛指植物；特指農作物之類：不～之地。❹〔名〕東西上長(zhǎng)的黴：天氣潮濕，衣服都長～了｜菜一長～就不能吃了。❺粗糙；尚待加工的：～坯子｜～貨。❻不純淨的：～重｜～利。❼粗率：～手～腳。❽支；細：～渠｜～細血管。❾小：～孩子｜～頭。❿〔形〕特指貨幣貶值：那時錢都～了，一百塊錢的票子也不當十塊使。⓫(Máo)〔名〕姓。
㊁❶〔動〕〈書〉(西南官話)發怒；發脾氣：這一下他可～了｜你莫把他惹～了。❷〔形〕害怕，驚慌：發～了｜嚇～了。
㊂〔量〕貨幣單位，角(一元錢的十分之一)：三～錢｜四～五分。

語彙 鵝毛 寒毛 毫毛 鴻毛 睫毛 眉毛 奶毛 皮毛 絨毛 羽毛 九牛一毛

【毛筆】máobǐ〔名〕(支，管)用羊毛、兔毛或鼬毛等裝在細竹管一端製成的筆，有大小、粗細、軟硬等區別，供寫字、畫畫用。

【毛病】máobìng(-bing)〔名〕❶器物上的損傷或故障：發動機出了～｜這支筆有點兒～，不好使。❷錯誤；缺點；不好的習慣：工作上看不出有甚麼～｜他的～是急躁｜開會時交頭接耳的～要改一改。❸(北方官話)病；疾病：心臟有～｜一遇着陰雨天，關節炎的～就厲害了。

> [辨析] **毛病、缺點**　意思都是不圓滿、不完美或有過失之處。如"工作有毛病"跟"工作有缺點"，意思相同，只是"毛病"稍重一些。"毛病"多用於口語，"缺點"多用於書面語，可以說"老毛病""壞毛病"，但是不能說"老缺點""壞缺點"，可以說"治一治他的毛病"，但是不能說"治一治他的缺點"，可以說"改正缺點"，但是不能說"改正毛病"。"毛病"可以指器物上的故障，如"打字機有毛病了"，"缺點"不能這樣用。

【毛玻璃】máoboli〔名〕磨砂玻璃。

【毛糙】máocao〔形〕❶粗糙(跟"細緻"相對)：這銅鼎做工太～了。❷浮躁粗心：遇上這個～的小夥子｜辦事情怎麼能這樣～？

【毛蟲】máochóng〔名〕(條)某些鱗翅目昆蟲的幼蟲，柔軟，分節，體上多細毛。也叫毛毛蟲。

【毛紡】máofǎng〔形〕屬性詞。以羊毛等動物纖維為原料紡織的：～廠。

【毛峰】máofēng〔名〕綠茶的一種，由肥壯嫩芽焙製而成。以產於安徽的黃山毛峰最為有名。

【毛茛】máogèn〔名〕多年生草本植物，有毒。莖、葉有茸毛，汁液可做殺蟲劑。中醫全草入藥，搗爛外敷可治瘰疬、哮喘、黃疸、結膜炎等。

【毛估】máogū〔動〕粗粗估計：據生產部門～，今年可望增產百分之十。

【毛骨悚然】máogǔ-sǒngrán〔成〕毛管收縮，筋骨俱直。形容十分恐懼的樣子：令人～｜不禁～。

【毛孩】máohái(～兒)〔名〕面部和身上生來就長有長毛的小孩，是人類的一種返祖現象。

【毛孩子】máoháizi〔名〕小孩子，多指閱歷淺、經驗不多的年輕人：這幾個～能解決甚麼問題！

【毛活】máohuó〔名〕❶用毛線等編織衣物的活兒：做～｜她停下手中的～，喝了口水。❷(件)用毛線等編織的衣物：打～｜她一邊說着話，眼睛卻不離開手中的～。

【毛尖】máojiān〔名〕綠茶的一種，用精細挑選的幼嫩芽加工焙製而成，品質優異，是中國名茶之一。以產於河南的信陽毛尖、產於貴州的都勻毛尖最為有名。

【毛校】máojiào〔動〕書稿或文章排好版後進行粗略的校對：書稿正在工廠進行～。

【毛巾】máojīn〔名〕(條，塊)經紗捲曲、露在表面有如絨毛的一種針織品，質地鬆軟，宜於擦臉、擦澡等。

【毛巾被】máojīnbèi〔名〕(條)跟毛巾質地相同的被子。

【毛孔】máokǒng〔名〕汗腺在皮膚表面的小口兒,汗液從這裏排泄出來。也叫汗孔。

【毛褲】máokù〔名〕(條)用毛綫織成的褲子。

【毛利】máolì〔名〕(經營工商業初步結算時)只除去成本、未除去其他費用的利潤(區別於"淨利"或"純利")。

【毛料】máoliào〔名〕用獸毛纖維或人造毛等紡織成的料子:～衣服丨～褲子。

【毛驢】máolǘ(～兒)〔名〕(頭,條)驢(多指小驢):小～兒丨上山騾子平川馬,下山～不用打。

【毛毛雨】máomaoyǔ〔名〕雨滴極小的、飄在空中的雨:一點兒～,不用打傘。

【毛南族】Máonánzú〔名〕中國少數民族之一,人口約 10.1 萬(2010 年),主要分佈在廣西北部的環江、河池、南丹一帶。毛南語是主要交際工具,沒有本民族文字。

【毛坯】máopī〔名〕❶ 初步成形,尚需進一步加工的半成品:打～丨先塑個～。❷ 在機器製造中,多指鑄件或鍛件。以上也叫坯料、毛坯子。

【毛皮】máopí〔名〕(張)已經剝離獸體的帶毛的獸皮,可用來製衣、帽、鞋、褥子等。

> [辨析] **毛皮、皮毛** 都指帶毛的獸皮,但所指範圍不同。"毛皮"多指具體的、已製成物件的,如"毛皮大衣""毛皮墊子";"皮毛"是總稱,如"他是個皮毛商人"。"皮毛"還可用來比喻膚淺的知識,如"只懂得一點皮毛";"毛皮"不含比喻義,不能這樣用。

【毛片】máopiàn(口語中也讀 máopiānr)〔名〕❶ 指拍攝後尚未加工的影視片。❷ 指帶有色情內容的影視片。

【毛票】máopiào(～兒)〔名〕〈口〉指一角、二角、五角的紙幣:換些～兒零用。通稱角票。

【毛茸茸】máoróngróng(～的)〔形〕狀態詞。形容細毛又軟又密的樣子:～的嫩芽兒丨小貓全身～的,真可愛。

【毛瑟槍】máosèqiāng〔名〕(支)通常指 19 世紀末德國毛瑟(Mauser)工廠製造的一種步槍。在當時是比較先進的武器。

【毛手毛腳】máoshǒu-máojiǎo〔成〕形容做事粗心大意,不沉着:這孩子,幹甚麼都～的。

【毛遂自薦】Máosuì-zìjiàn〔成〕《史記·平原君列傳》載,秦軍包圍了趙國的邯鄲,平原君決定到楚國借兵,需要二十人隨行,挑來挑去尚缺一人,門客毛遂主動請求前往。後用"毛遂自薦"比喻不經別人介紹,自己推薦自己的行為:他向足協～,希望擔任國家隊主教練。

【毛毯】máotǎn〔名〕(條,床)用羊毛等纖維織成的可鋪、可蓋的毯子:這次露營每人發一條～就行了。

【毛細現象】máoxì xiànxiàng 含有細微孔隙的物體與液體接觸時,使該液體沿孔隙上升、滲透或下降的現象。如毛巾吸水、燈芯浸油、地下水分沿土壤細隙上升等都屬於毛細現象。

【毛蝦】máoxiā〔名〕蝦的一類,生活在近海,身體長約 3–4 厘米。主要製成蝦皮,也可製成蝦醬。

【毛綫】máoxiàn〔名〕原指由羊毛紡成的綫,現也指用人造毛紡成的綫或用二者混合紡成的綫。

【毛腰】máo∥yāo〔動〕(北京話)像貓那樣彎腰:毛下腰來丨別老毛着腰丨小貓一～就鑽出來了。也作貓腰。

【毛衣】máoyī〔名〕(件)用毛綫織成的上衣。

【毛躁】máozao〔形〕❶ 急躁;不冷靜:別太～了。❷ 不沉着;不細心:幹活兒不要～。

【毛重】máozhòng〔名〕貨物連同包裝的重量;家畜家禽等連同皮毛的重量;植物果實等連同外殼的重量(區別於"淨重")。

【毛竹】máozhú〔名〕(根)竹子的一種,莖高而粗,莖壁組織緻密,堅韌而富於彈性,是優良的建築材料和手工業原料。也叫南竹。

【毛子】máozi〔名〕❶ 舊時稱西洋人(含貶義)。❷ (東北話)舊時指土匪。

矛 máo 古代的一種兵器,在長桿的一頭安有金屬槍頭,用於刺殺。

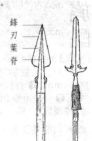

鋒
刃
葉
脊

【矛盾】máodùn ❶〔名〕《韓非子·難一》載,有個賣盾和矛的楚國人,吹噓自己的盾很堅固,甚麼武器也刺不穿它;又吹噓自己的矛很鋒利,甚麼東西也擋不住它。有人問他:"用你的矛來刺你的盾,會怎麼樣?"他沒法兒回答。後用"矛盾"指彼此抵觸、互不相容的現象或問題:他前後的話～百出丨這兩種意見有～。❷〔名〕嫌隙;衝突:供需～丨體制～丨內部～。❸〔名〕不協調的關係;衝突:供需～丨體制～丨內部～。❹〔形〕具有互相抵觸、互相排斥的性質:他的心情很～丨你這樣做前後～得很。❺〔動〕互相抵觸或排斥:互相～丨自相～。❻〔名〕邏輯上指兩個概念互相否定、互相排斥,或兩個判斷不能同時是真也不能同時是假的關係:生與死是一對～丨公與私是一對具有～關係的詞。❼〔名〕(對)哲學上指一切事物中所包含的既互相排斥又相互依存的兩個側面:～的普遍性丨主要～丨～的主要方面丨～的對立和統一。

【矛頭】máotóu〔名〕❶ 矛的上端。❷ 比喻批評、打擊或抨擊的手段：～所向。

茆 máo ❶ 同 "茅" ①。❷（Máo）〔名〕姓。

茅 máo〔名〕❶ 白茅。❷（Máo）姓。

【茅草】máocǎo〔名〕白茅：～房｜一團～亂蓬蓬。

【茅廁】máocè（口語中也讀 máosi）〔名〕〔北方官話〕廁所。

【茅房】máofáng〔名〕〈口〉廁所：新蓋的～三日香（比喻熱情持續不了多久）。

【茅坑】máokēng〔名〕〈口〉❶ 糞坑：快扔到～裏去！❷（北方官話）廁所：上～。

【茅廬】máolú〔名〕茅屋的雅稱：初出～（比喻剛步入社會）｜三顧～，才把他請出來了。

【茅塞頓開】máosè-dùnkāi〔成〕被茅草塞住的心竅頓時敞開了。比喻愚昧無知或思路閉塞的人忽然理解、領會了某種事理：你的一番話，使我～。也說頓開茅塞。

【茅台酒】máotáijiǔ〔名〕貴州省仁懷市茅台鎮出產的白酒。茅台鎮位於赤水河畔，赤水河上游匯有多路泉水，水質純淨。茅台酒以獨特工藝釀製成酒，醇厚芳香，馳名中外。

【茅屋】máowū〔名〕（間）用草蓋頂的簡陋房屋：我們村的～都變成瓦房了。

旄 máo 古代用犛牛尾裝飾旗杆頭的旗子。

酕 máo 見下。

【酕醄】máotáo〔形〕〈書〉大醉的樣子：有時醉～，大笑翻盞斝（jiǎ）。

髦 máo ❶ 古代兒童下垂至眉的短頭髮。❷〈書〉毛髮中的長毫，比喻出類拔萃的人物：孝順初立，時～允集。

語彙 時髦 趕時髦

犛（牦）〈氂〉 máo/lí 見下。

【犛牛】máoniú〔名〕（頭）牛的一種，體大，尾長，身體兩旁和四肢外側有長毛。多產於中國西藏和青海，可用來拉犁或馱運貨物。

髳 Máo 周朝國名，在今山西南部。

蛑 máo 見 "蝤蛑"（34 頁）。

貓（猫） máo 見下。
另見 māo（901 頁）。

【貓腰】máoyāo 同 "毛腰"。

錨（锚） máo〔名〕金屬鑄成的停船器具，一端有鐵鏈與船相連，一端有爪可抓住水底或岸邊以穩住船舶：拋～｜起～｜大輪船下～，穩穩當當。

【錨泊】máobó〔動〕（船舶）拋錨停泊：在遠離礁

石處～｜～於維多利亞港的一艘客輪。

【錨地】máodì〔名〕在靠近海岸的水域中，有良好海底，可避風浪，專供船舶拋錨停泊和船隊編組的地點。

蟊 máo 專吃禾稻苗根的害蟲。

【蟊賊】máozéi〔名〕〈書〉比喻對人民或對國家有害的人（賊：吃禾稻節的害蟲）：剪除～。

mǎo ㄇㄠˇ

冇 mǎo（粵語）❶〔動〕沒有：～人要。❷〔副〕沒有：佢～話過（他沒說過）。

卯〈夘邜〉 mǎo ㊀〔名〕❶ 地支的第四位。❷（Mǎo）姓。
㊁卯眼：丁是丁，～是～（比喻做事認真）。

語彙 點卯 應卯

【卯時】mǎoshí〔名〕用十二時辰記時指早晨五時至七時：他是～生的。

【卯榫】mǎosǔn〔名〕❶ 卯眼和榫頭。❷ 特指榫頭。

【卯眼】mǎoyǎn〔名〕竹、木、石、金屬製器物的零件或部件利用凹凸方式相接處的凹進部分：打～｜鑿～｜圓～｜方～。

岇 mǎo〔名〕（西北官話）頂圓坡陡的黃土丘陵。

泖 mǎo ❶〈書〉水面平靜的淺水湖。❷ 用於地名：～橋（在上海）。

昴 mǎo 二十八宿之一，西方白虎七宿的第四宿。參見 "二十八宿"（347 頁）。

鉚（铆） mǎo〔動〕❶ 鉚接，用鉚釘連接金屬構件：把兩塊鐵板～在一起。❷ 指鉚接時打鉚釘。

【鉚釘】mǎodīng〔名〕（顆，隻，枚）連接金屬構件的圓柱形釘子，一頭有帽兒，另一頭在連接後再錘打或壓製出一個帽兒，從而把構件緊密固定在一起：鋼板上打～｜鋼樑上的～，釘得死死的。

【鉚勁兒】mǎo // jìnr〔動〕〈口〉集中力氣，猛地使出來：幾個人一～，就把機器抬上了車｜鉚足了勁兒大幹一場。

mào ㄇㄠˋ

皃 mào〈書〉同 "貌" ①②。

芼 mào〈書〉摘取（菜、草）：參差荇菜，左右～之。

茂 mào ❶（草木）繁盛：根深葉～｜～林修竹。❷ 旺盛：風華正～。❸ 豐富而美好：情文並～｜圖文並～。❹（Mào）〔名〕姓。

語彙 繁茂　豐茂　檓茂　風華正茂　根深葉茂
聲情並茂

【茂密】màomì〔形〕（草木等）茂盛繁密：～的竹林｜森林～｜野菊生長得十分～。

【茂盛】màoshèng〔形〕❶（草木等）繁盛茁壯：～的莊稼｜園裏的鮮花開得很～。❷比喻財源等興旺：生意興隆通四海，財源～達三江。

眊 mào〈書〉眼睛不明亮：胸中不正，則眸子～焉。

冒〈冃〉mào ❶〔動〕升起；透出；露出：鍋裏～着熱氣｜眼裏～出淚花｜嘴裏直～白沫｜～出青筋的手。❷〔動〕頂着；不顧：頂風～雪｜～着酷暑高溫堅持在生產崗位上｜她～着生命危險搶救國家財產。❸〔動〕假冒；假充：～牌兒貨｜～名頂替｜～着別人的名義。❹魯莽；冒失：急躁～進｜不敢～犯。❺（Mào）〔名〕姓。
　　另見 mò（943頁）。

語彙 仿冒　感冒　假冒

【冒充】màochōng〔動〕假充；以假充真：～進步｜～名優產品｜～大學生。

【冒犯】màofàn〔動〕❶由於語言或行為失於檢點而觸犯了對方的尊嚴：不敢～｜誰知道一句話竟～了他。❷言語或行動違犯了有關規定：～禁令｜校有校規，任何人不得～！

【冒號】màohào〔名〕標點符號的一種，形式為"："，表示提示性話語之後的停頓，用於提示下文。在總結性用語之前也可以用冒號。

【冒火】mào//huǒ（～兒）〔動〕❶透出火苗或迸出火星：那間着火的房間正從窗戶向外～｜電綫接觸不良，直～。❷比喻生氣；發怒：別～兒｜冒半天火兒也解決不了問題。

【冒尖兒】mào//jiānr〔動〕❶東西裝滿容器並稍高出容器頂端：籃裏的蘋果已經～了。❷（比一定的數量）稍有超過：他二十歲剛～。❸突出；超出一般：本次比賽年輕選手～。❹（問題、趨勢等）剛露出苗頭：問題一～，就應及時處理。

【冒進】màojìn〔動〕不顧實際情況和具體條件，就過早、過快地進行某項工作：急躁～｜反對盲目～｜吃夠了～的虧。

【冒昧】màomèi〔形〕不顧自己所處的地位、不顧自己的能力和所在的場合，輕率地說話或採取行動（多用作謙辭）：不揣～｜我～地請問一句｜初次見面就向您添麻煩，真是～得｜這個記者提問題比較～。

【冒名】màomíng〔動〕冒充某人的名義：～頂替（冒用某人的姓名，代替他去做某事，以竊取他的權益或進行舞弊勾當）。

【冒牌】màopái（～兒）〔形〕屬性詞。原指某種商品冒用別家同類商品的著名牌號、商標，現泛指以假當真的、以次充好的：～貨｜～大學生。

【冒失】màoshi〔形〕魯莽；莽撞：這樣闖進去未免有點兒～｜～鬼（舉動魯莽的人）。

【冒天下之大不韙】mào tiānxià zhī dàbùwěi〔成〕冒：不顧。不韙：不對；過失。公然與大眾為敵，去幹天下人所認為不對的大壞事：如果有人膽敢～分裂祖國，我們絕不會坐視不管。**注意**"韙"不讀 huì。

【冒頭】mào//tóu（～兒）〔動〕❶露出一點兒苗頭；開始出現：不良傾向一～，就要及時克服它｜該公司的IT業務只是剛剛～｜本次比賽有一批新人～。❷用在整數後表示還有零數：這條魚十斤～｜她已經四十～的人了，還沒生孩子呢。

【冒險】mào//xiǎn〔動〕不顧危險（做某事）：注意安全，不要～｜他冒着險去救一名落水兒童。

耄 mào〈書〉指八九十歲的年紀，泛指老年：老～｜～耋之年。

【耄耋】màodié〔名〕〈書〉指八九十歲或七八十歲的年紀，泛指老年；高壽：～之年｜老人。

袤 mào〈書〉南北的長度。泛指土地的長度：廣～｜延～（綿延伸展）｜周～（周圍）。

帽〈帽〉mào〔名〕❶帽子：禮～｜皮～｜烏紗～｜脫～鞠躬。❷（～兒）形狀像帽子或具有帽子作用的東西：筆～兒｜螺絲～兒。

語彙 便帽　草帽　瓜皮帽　柳條帽　鴨舌帽

【帽花】màohuā（～兒）〔名〕❶帽子前頭的裝飾品，多用珠寶製成：老太太的帽子上綴着個珍珠～兒。❷〈口〉帽徽。

【帽徽】màohuī〔名〕（枚）安在制服帽子正前面的徽章標誌：紅星～。

【帽檐】màoyán（～兒）〔名〕帽子前面或四周便於摘戴、起遮蔽陽光或美觀裝飾作用的突出部分：～兒下露出黑黑的頭髮。

【帽子】màozi〔名〕❶（頂）戴在頭上用來禦寒、擋風、防雨、遮陽或做裝飾的東西。❷比喻某種罪名或壞的名義：不扣～。

【帽子戲法】màozi xìfǎ（～兒）原指一種以帽子為道具的魔術。現多用於足球比賽，一個球員在一場比賽中踢進三個球，如同魔術一般叫上演帽子戲法：在這場比賽中，他上演了～。

貿（貿）mào ❶交換；貿易：外～｜財～｜抱布～絲。❷輕率：～然。❸（Mào）〔名〕姓。

【貿然】màorán〔副〕冒冒失失地；（處事）輕率地：不能～同意｜不～下結論｜～行事，必定把事情弄壞。**注意**這裏的"貿"不寫作"冒"。

【貿易】màoyì〔名〕將錢買物、以物賣錢等商業活動：自由～｜對外～｜～競爭。

媢

mào〈書〉嫉妒。

瑁

mào/mèi ❶古代天子所執的一種玉器，似犁頭，用以合驗諸侯所執的圭。合驗時，蓋在圭上，故稱。❷見"玳瑁"（244頁）。

楙

mào〈書〉草木茂盛。

氂

mào 見下。

【氂氂】màosào〔形〕〈書〉煩悶。

鄚

mào（舊讀 mò）用於地名：～州（在河北）。

貌

mào ❶相貌；容貌：美～｜外～｜年輕～美｜～不驚人，言不壓眾（沒有甚麼優勢）。❷外表；樣子：概～｜道～岸然｜～合神離。❸（Mào）〔名〕姓。

> **語彙** 地貌 風貌 禮貌 面貌 年貌 品貌 情貌 全貌 容貌 體貌 相貌

【貌合神離】màohé-shénlí〔成〕表面上關係密切，實際上兩條心：與其～，不如趁早分手。

【貌似】màosì〔動〕外表上很像（而其實不然）：～公正｜～強大。

【貌相】màoxiàng ❶〔名〕相貌。❷〔動〕看相貌；看外表的形象（用於否定式）：人不可～，海水不可斗量。

瞀

mào〈書〉❶眼睛昏花，看不清楚：眼～｜～病。❷（心緒）煩亂：～亂｜悶～。❸愚昧：～儒（愚昧的儒者）。

懋

mào〈書〉❶勉勵：～官｜～賞。❷盛大，盛美：～績｜～功。

me ·ㄇㄜ

麼（么）

me ❶〔後綴〕用於某些表示疑問、指代或讚歎的詞中：甚～｜怎～｜這～｜那～｜多～。也作末。❷用作歌詞中的襯字：年輕的人兒在呀～在一起。注意"麼"也寫作"麽"。

> 另見 mó（939頁）；"么"另見 yāo（1571頁）。

嚜

me〔助〕語氣助詞。用法同"嘛"。

méi ㄇㄟˊ

沒

méi ❶〔動〕"沒有"㊀：我最近很忙，～時間看電視｜我也想買房，可惜～錢。❷〔副〕"沒有"㊀：她長這麼大～出過遠門｜天～亮就出發了。注意 句子（包括陳述句和詢問句）的末尾或單獨回答問題都必須用"沒有"。如陳述句："教室裏一個人也沒有。"詢問句："他來了沒有？"答句："沒有。"

> 另見 mò（943頁）。

【沒邊兒】méibiānr〔動〕沒有邊際（指言行離譜）：說話～。

【沒邊兒沒沿兒】méibiānr-méiyánr 沒有範圍界限，強調不可捉摸：這種事～，誰也休想辦成。注意"沒……沒……"這個框架，用上兩個近義的名詞、動詞或形容詞，表示簡直沒有，如"沒皮沒臉""沒完沒了""沒羞沒臊"等。

【沒詞兒】méi // cír〔動〕〈口〉沒有話可說，再也找不出理由了：怎麼～了？｜問得他張口結舌，簡直沒甚麼詞兒了。

【沒錯兒】méi // cuòr〔動〕對；正確（表示肯定）：～，這是他設計的｜按老師傅說的去做，準保～｜他這樣做沒一點錯兒。

【沒大沒小】méidà-méixiǎo 不分長幼尊卑，沒有規矩：這幫人～，簡直一點規矩也沒有。注意"沒……沒……"這個框架，用上兩個反義的形容詞，表示混淆應有的區別，模糊原有的界限，如"沒老沒少""沒深沒淺"等。

【沒法兒】méifǎr〔動〕❶沒辦法：我真～，你們看着辦吧｜這種事情，誰也～｜這幅肖像畫那麼傳神，～再好了。也說沒法子。❷（北京話）不可能；絕不會：她這個人是好是壞，你～知道。

【沒關係】méi guānxi ❶不要緊；不礙事；不必放在心上：～，只碰傷了一點皮｜一科沒考好，～。❷客套話。用於回答別人的歉意或謝意：對不起，打擾你了——～，～｜謝謝你一路上這麼關照我。——～，應該的。

> **辨析 沒關係、沒事兒** 只在"不要緊，不礙事，請不必顧慮"這一點上同義。禮貌語言"對不起""打擾了"，多用"沒關係"對應。"沒事兒"還有"沒有事情幹"和"沒有甚麼大事故"等意義，是"沒關係"所沒有的。

【沒好氣】méi hǎoqì 不高興；生氣：比賽大敗，主教練～地拒絕了記者的採訪｜一看到他玩世不恭的樣子，我心裏就～。

【沒勁】méijìn ❶（～兒）〔動〕沒有力氣：感冒了，渾身～。❷〔形〕乏味；無聊：這本小說真～｜天天下雨，哪兒都不能去，～透了。

【沒精打采】méijīng-dǎcǎi〔成〕無精打采。

【沒門兒】méiménr〔動〕（北京話）❶沒有門徑；沒有辦法（跟"有門兒"相對）：他解出三道題了，我這一道題還～呢。❷休想；辦不到（表示不可能或不同意）：要我事事聽你的，～！

【沒命】méimìng〔動〕❶沒有了性命（後邊多有"了"字）：要不是搶救及時，這小孩早就～了。❷不顧惜生命；用盡全身力氣：敵人～地逃跑｜他一打起橋牌來就～了。❸(-//-)沒有福氣：他叫我在家享清福，我可沒這個命。

【沒跑兒】méipǎor〔動〕（北京話）沒有疑問，肯定如此：只要他去，事情準能辦成，～。

【沒皮沒臉】méipí-méiliǎn〔俗〕不怕難為情，不知羞恥：罵他，他還笑，真是～。

【沒譜兒】méi∥pǔr〔動〕❶心中無數；缺乏計劃；沒有把握：下一步該怎麼辦，我也～｜能不能成功，如今他還沒一點譜兒。❷（北京話）沒準兒，不着邊際：這人說話～，別信他。

【沒趣】méiqù（～兒）〔形〕沒有意趣；沒有面子；難為情：那人自知～，滿臉羞慚地走了｜你又何必去自討～呢？｜誰也不理他，他覺得非常～兒。

【沒商量】méi shāngliang〔慣〕沒有商討的餘地：我這東西，說賣二十元就賣二十元，～！注意 另有"愛你沒商量""好吃沒商量"等說法，其中的"沒商量"是很肯定的意思。

【沒甚麼】méi shénme〔慣〕沒關係；不要緊；不礙事兒：你怎麼啦？——～，剛跌了一跤｜給您添麻煩了，真對不起！——～。

【沒事】méishì（～兒）〔動〕❶（-∥-）有閒暇；沒有甚麼事情要幹：今晚～，看電影去｜一天到晚～也難過。❷（-∥-）平安無事；沒有出甚麼事故：外邊亂哄哄的，出甚麼事啦？——～，幾個孩子鬧着玩兒呢。❸（-∥-）沒有甚麼責任：國有企業虧損，企業領導只要調離就～了？｜這事沒辦成全怪你，沒他的事。❹（北京話）不要緊；不礙事；沒關係：唷，踩了您的腳了！——～，～。

【沒事找事】méishì zhǎoshì ❶本來與己無關，卻自己惹來麻煩：兒孫自有兒孫福，何必～呢！❷本來沒有問題，偏要故意挑毛病：雞蛋裏面尋骨頭，不是～嗎？

【沒說的】méishuōde ❶沒有可以批評指責的地方（意思是不錯或很好）：他在我們廠工作一貫積極，真是～。❷理所當然，沒有申說的必要；不言而喻，沒有必要說多餘的話：希望能得到貴廠的支援——～，這是我們應該做的。

【沒完】méiwán〔動〕表示決不善罷甘休：你要是欺負她，我跟你～。

【沒完沒了】méiwán-méiliǎo 該結束而長時間不結束。形容辦事、說話拖沓，令人厭煩：這樣～地改，甚麼時候才能定稿｜他說起來就～，不管別人愛聽不愛聽。

【沒問題】méi wèntí ❶沒有不正確或不合適的；還好：這本書內容方面～，但印製較差。❷沒有困難；有把握：這種難度的題，他考個八十多分應該～｜您明天一定早點來啊。——～，請放心！

【沒戲】méi∥xì〔動〕沒有可能；沒有希望：事情到現在還沒有消息，肯定～了｜這件事我看是沒甚麼戲。

【沒心沒肺】méixīn-méifèi〔成〕❶沒有良心：你這個人真～，日子過好了就忘了本。❷形容人單純，沒有心機：他是個～的人，不會想那麼多｜你怎麼這樣～，他是在害你，你知道嗎？

【沒羞】méixiū〔形〕不知道害羞：都上中學了，還哭，～臊膿｜這傢伙太～了。

【沒樣兒】méiyàngr〔動〕不合標準；不成樣子：這小孩吃東西真～，淨把好吃的端到自己碗邊｜她太愛吃肥肉，都胖得～了。

【沒意思】méi yìsi ❶沒有意義：總糾纏這點小節，～！別炒作這事兒了，這樣沒一點兒意思。❷沒有趣味：許多人覺得在城市裏過年～｜真～，這場比賽又輸了！

【沒影】méiyǐngr〔動〕❶（尋找的對象）沒有蹤影：他剛才還在這裏，怎麼這一會兒就～了？｜購書款已匯出半年，書卻至今～。❷沒有根據：～的事，別聽他瞎說！❸沒有跡象（表明某事要發生）：都年底了，春節晚會的節目單還～呢。

【沒有】méiyǒu（-you）㊀〔動〕❶表示對"領有、具有"的否定：我～多餘的戲票｜他～時間來看您｜這話說得～道理。❷表示對"存在"的否定（不存在的主體一般在後邊）：明天～雨｜班上的同學～人讀過這本書｜昨天～人遲到。❸用在"誰、哪個"等詞前邊，表示"全都不"：～誰像你發這麼大脾氣｜～哪個能趕得上他。❹用於比較，表示"不如，不及"：汽車～飛機快｜他～你這麼用功。❺用在數量詞等前邊，表示"不夠、不到、不足"：去了～兩天又來了｜跑了～幾步就累得不行｜這間教室還～四十平米。㊁〔副〕❶用在動詞前，對行為動作的發生或完成表示否定：昨天～下雨｜我～學過化學｜商店～開門｜我還～給他回信。❷用在形容詞前，對性狀轉變的發生或完成表示否定：那天天還～亮，他們就走了｜衣服還～乾，換一件穿吧。注意"沒有（動詞）風"的肯定形式是"有風"，但"沒有（副詞）下雨"的肯定形式不是"有下雨"，而是"下雨了"。❸用在疑問句句末，與前面動詞或形容詞一起，構成一正一反的詢問：去～？｜看了這部電視劇～？｜經費問題你們討論了～？❹用在疑問句句中，表示懷疑或驚訝：老王～死？｜這個報告，我們都聽了，你們～聽嗎？❺用於回答問題（可以單獨用）：經費問題你們討論了嗎？——～討論｜老王來了沒有？——～！

辨析 沒（沒有）、不 a)"沒"和"不"雖然都是否定副詞，但"不"用於主觀意願，"沒"用於客觀敍述；"不"可指過去、現在和將來，"沒"限於過去和現在，不能指將來，如，可以說"明天，恐怕他不來"，不能說"明天，恐怕他沒來"。b)"不"可用在所有的助動詞前；

M

"沒"只限於"能、能夠、敢"等少數幾個助動詞，如，可以說"不願意看書"，不能說"沒願意看書"。c）"不"和助動詞加動詞的組合可以有五種形式，如，"不能去""能不去""不能去""能不能去？""能去不能？"；"沒"只有一種形式，即"沒能去"。

【沒有不透風的牆】méiyǒu bù tòufēng de qiáng〔諺〕形容事情很難完全隱瞞，總會透露出去。

【沒有功勞有苦勞】méiyǒu gōngláo yǒu kǔláo〔俗〕畢竟做了工作，付出了辛苦，不能忽視：這個班她教了兩年，～，這麼對待人家不合適。

【沒轍】méi // zhé〔動〕（北京話）沒有辦法（轍：辦法；主意）：我～了｜真叫人沒有一點兒轍｜他～，只好回來了。

【沒治】méizhì ❶〔動〕病情嚴重，無法治好：他得的這個病～了。❷〔動〕〈口〉情況壞到了無法挽回的地步：這地方丟自行車的現象真是～了。❸〔動〕無法處理；無可奈何：我拿他～，他也拿我沒甚麼治。❹〔形〕（北京話）（人或事物）好到了無法形容的境地：好得～了｜這球踢得～了。

【沒準兒】méi // zhǔnr〔動〕說不定；不能確定：他甚麼時候回來？──～｜試驗能不能成功還～｜這件事如何進行，他自己也沒個準兒｜他說話沒一點兒準兒。

玫
méi〈書〉一種美石。

【玫瑰】méigui〔名〕❶（棵，株）薔薇科落葉灌木，莖幹直立，密生銳刺。夏季開花，花紫紅色或白色等，氣味芳香，可供觀賞，花瓣可用來熏茶、做香料、製蜜餞等。❷（朵，枝）這種植物的花。

枚
méi ❶〔量〕相當於"個"，多用於形體扁小的東西：一～銅錢｜一～銀幣｜三～郵票｜五～紀念章。❷〔量〕用於某些形體較大的武器：一～火箭｜兩～導彈。❸一個一個地：不勝～舉｜不勝～數（shǔ）。❹舊時指銅錢、棋子、瓜子、蓮子等小東西：猜～（將小東西握在拳中，讓人猜測其單雙、數目等）。❺（Méi）〔名〕姓。

眉
méi ❶〔名〕眉毛：～清目秀｜燃～之急｜迫在～睫｜舉案齊～。❷書頁上端的空白處：～批｜書～。❸（Méi）〔名〕姓。

語彙　愁眉　娥眉　橫眉　畫眉　劍眉　柳眉　濃眉　鬢眉　舉案齊眉

【眉飛色舞】méifēi-sèwǔ〔成〕眉毛飛動，神色歡快。形容喜悅或得意：談到高興的時候，不禁～、笑逐顏開。

【眉高眼低】méigāo-yǎndī〔成〕❶指（別人）臉上的表情、神色：寄人籬下，難免要看別人的～。❷比喻處事有分寸：若不知～，拍馬屁拍到馬腿上，那就犯了大忌。❸比喻處世圓滑，精於世故：他神情倨傲，一看就知道是在衙門裏混事、～的下級官吏。

【眉睫】méijié〔名〕眉毛和睫毛，指眼前的地方，比喻離眼前最近（含時間、空間）：迫在～（時間緊迫）｜失之～（在眼皮子底下溜掉了）。

【眉開眼笑】méikāi-yǎnxiào〔成〕眉頭舒展，眼含笑意。形容極其高興的樣子：一說到孩子的事，老媽媽不覺～。

【眉來眼去】méilái-yǎnqù〔成〕形容以眉眼來往傳遞情意（多用於男女之間）：怪不得他倆～的，原來人家正在談朋友。

【眉毛】méimao〔名〕（道，雙，對）生在眼眶上邊的毛：彎彎的～大大的眼睛｜火燒～（比喻十分緊迫）。

【眉毛鬍子一把抓】méimao húzi yībǎ zhuā〔俗〕比喻做事不分輕重緩急，不分主要和次要：是～呢，還是先解決主要問題呢？｜工作越忙，越要加強計劃性，不能～。

【眉目】méimù〔名〕❶眉毛和眼睛：～傳情。❷泛指容貌：～清秀。❸比喻（文章或字句的）綱目；條理：加上幾個小標題，就顯得～清楚了。❹比喻事情的頭緒：事情總算有點～了｜一點兒～都沒有。

【眉批】méipī〔名〕（行）在書眉或文稿上方空白處所寫的批註或批語（多寫在有關內容的正上方）：加～｜寫了幾行～。

【眉梢】méishāo〔名〕眉毛的外端接近眼角的地方：喜上～。

【眉壽】méishòu〔名〕〈書〉長壽。古人認為人老了眉毛中長出長毛，是長壽相：為此春酒，以介～。

【眉頭】méitóu〔名〕指兩眉內側的部位：～舒展｜皺了一下～｜～一皺，計上心來。

【眉頭一皺，計上心來】méitóu yī zhòu，jì shàngxīn lái〔諺〕形容一經思考，心裏就有了好主意。

【眉宇】méiyǔ〔名〕〈書〉眉額之間。勢如屋之檐宇，故稱。也借指容顏：英氣現於～之間｜昨接來書，如見～。

姆
méi 原義為能以婦道教人的女師傅。後多見於人名。

莓
méi〔名〕指某些果實（呈顆粒狀）聚生在球形肉質花托上的植物。也指這種植物的果實：草～｜藍～。

梅
〈楳槑〉méi〔名〕❶梅樹，落葉喬木，性耐寒，葉子卵形，早春開花，白色或淡紅色。核果球形，生時青色，熟時黃色，味酸。❷這種植物的果實：望～止渴。❸這種植物的花。❹（Méi）姓。

【梅毒】méidú〔名〕由梅毒螺旋體引起的性病，多由不正當性交傳染。病的後期皮膚、黏膜形成毒瘤。也叫楊梅、楊梅瘡、楊梅大瘡。

【梅花】méihuā〔名〕❶（朵，枝）梅樹的花。❷（吳語）蠟梅。

【梅雨】méiyǔ〔名〕春末夏初梅子黃熟時，中國長江中下游地區下的連陰雨：江南～季節｜～天氣。也作霉雨，也叫黃梅雨。

【梅子】méizi〔名〕❶（株，棵）梅樹：門前有三株李子，四株～。❷（隻）梅樹的果實：十個～九個酸｜吃慣了～不怕酸。

脢 méi 豬、牛等動物脊椎兩旁的條狀瘦肉：～子肉（裏脊、通脊）。

嵋 méi 見"峨嵋山"（337頁）。

猸 méi 見下。

【猸子】méizi〔名〕鼬獾。

湄 méi〈書〉河岸；水濱：所謂伊人，在水之～。

郿 Méi 郿縣，地名。在陝西中西部。今作眉縣。

媒 méi ❶媒人：做～｜～妁之言｜明～正娶。❷媒介：風～｜蟲～｜觸～。

語彙 保媒 傳媒 大媒 說媒 做媒

【媒介】méijiè〔名〕在發生某種關係的雙方中間起介紹或引導作用的人或事物：蚊子是傳染瘧疾的～｜空氣是傳播聲音的～。

【媒婆】méipó（～兒）〔名〕舊時指以做媒為職業的婦女（今多含貶義）：～說親，兩頭說好話｜～兒的嘴，會說又會吃。

【媒人】méiren〔名〕（位）婚姻介紹人：現在男女自由戀愛，一般不用～介紹。

> **媒人的各種稱謂**
> 保山、撮合山、伐柯人、紅娘、介紹人、媒妁、媒婆、媒人、月老、月下老人。

【媒妁】méishuò〔名〕〈書〉媒人；婚姻介紹人：舊式婚姻大多是父母之命，～之言促成的。

【媒體】méitǐ〔名〕進行信息交流、傳播的載體，如報刊、廣播、廣告、網絡等：新聞～｜～導向。

【媒質】méizhì〔名〕介質的舊稱。

瑂 méi〈書〉像玉的美石。

楣 méi 門框上的橫木：門～。

煤 méi〔名〕黑色或黑褐色固體可燃礦產，由古代植物壓埋在地底下經過漫長年代複雜的化學變化和高溫高壓而形成，可用作燃料和化學工業原料。也叫煤炭。

語彙 乏煤 褐煤 原煤 蜂窩煤 無煙煤

【煤層】méicéng〔名〕夾在岩層中呈層狀分佈的煤。

【煤核兒】méihúr〔名〕煤渣中沒充分燃燒的部分：揀～。

【煤斤】méijīn〔名〕煤的總稱。

【煤精】méijīng〔名〕煤的一種，質地均勻緻密，烏黑有光澤，多用來雕刻工藝品。

【煤礦】méikuàng〔名〕（座）開採煤炭的礦：露天｜開發～｜～工人｜他在～當礦長。

【煤氣】méiqì〔名〕❶由固體燃料或液體燃料經過乾餾和氣化所得的可燃性氣體，有毒，可做燃料、化工原料等：～灶｜～罐｜管道～。❷爐中的煤在不完全燃燒時產生的有毒氣體：～中毒｜小心～。也叫煤毒。❸指液化石油氣。

【煤球】méiqiú（～兒）〔名〕用碎煤、黃土加水攪拌後壓製而成的球形燃料：～兒爐子｜現在不燒～了。

【煤炭】méitàn〔名〕煤：～工業｜～質量｜～產量。

【煤田】méitián〔名〕有可供開採的煤層分佈的地區：中國東北地區有很多～。

【煤窯】méiyáo〔名〕用手工或簡單機械開採的小型煤礦。

【煤油】méiyóu〔名〕由石油加工而成的燃料油，揮發性比柴油高，比汽油低。可用作燃料。舊稱洋油。

【煤渣】méizhā（～兒）〔名〕煤燃燒後剩下的東西：撿～兒。

酶 méi〔名〕生物體細胞分泌的一種具有催化能力的蛋白質，能加速有機物的化學變化，廣泛應用於食品、醫藥、皮革及紡織工業等方面：澱粉～｜水解～｜～原（生物體內能夠變成酶的化學物質）。

霉 méi〔動〕霉變；東西因黴菌起作用而變質：～豆腐乳｜黃梅天衣服都～了。
另見 méi "黴"（910頁）。

語彙 倒霉 發霉

【霉變】méibiàn〔動〕（物品）發霉變質：可防止食物～｜～食物不能吃。

【霉爛】méilàn〔動〕（物品）發霉腐爛：衣服～了｜防止～｜～的種子不會發芽。

【霉雨】méiyǔ 同"梅雨"。因長時間潮濕，衣物食品易於發霉，故稱。

鎇（鎇）méi〔名〕一種放射性金屬元素，符號 Am，原子序數95。

麋 méi 見下。
另見 mí（919頁）。

【麋子】méizi〔名〕穄子（jìzi）。

鶥（鶥）méi〔名〕通常指畫眉鳥，羽毛多為棕褐色，嘴尖，翅短，尾巴長，叫

M

的聲音非常好聽。

黴（霉）méi〔名〕黴菌。
"霉" 另見 méi（909頁）。

語彙　黑黴　麵黴

【黴菌】méijūn〔名〕真菌的一類，呈絲狀，用孢子繁殖，常見的有根黴、毛黴、麵黴、青黴等。

měi　ㄇㄟˇ

每
měi ❶〔代〕指示代詞。全體中的任何個體：～一個同學都有一份責任｜把通知發到～一個單位｜～三人錄取一人。❷〔副〕指同一動作反復地有規律地出現：～逢佳節倍思親｜～學習一次，都有新的收穫｜～前進一步，都要花費很大的氣力。❸〔副〕每每；往往：秉性耿直，～易激動。

【每況愈下】měikuàng-yùxià〔成〕原作 "每下愈況"。《莊子·知北遊》："莊子曰：'夫子之問也，固不及質。正獲之問於監市履狶也，每況愈況。'"（獲：人名；況：甚。）意思是愈往豬的下部踩，愈清楚地知道豬的肥瘦情況。原比喻越是從卑下的事物上去推論，就越能看出 "道" 的真實情況。後多寫成 "每況愈下"，指境況越來越壞：人老了，一年不如一年，真是～。

【每每】měiměi〔副〕表示根據以往的經驗某種事情經常規律性地發生；往往：腸炎～在夏季流行。

美
měi ㊀❶〔形〕美麗；好看（跟 "醜" 相對）：這個演員的扮相真～｜黃山的風景多～呀｜年輕貌～｜良辰～景｜～不～，家鄉水（無論水還是不美，人總愛家鄉的山水風光）。❷〔形〕美好；令人滿意的：小夫妻的日子過得挺～｜物～價廉。❸使美麗：～容｜～髮。❹〔形〕（北京話）得意，令人滿意：瞧他～得個樣兒｜這一下可～了你了。❺好事，美好的事物：君子成人之～。❻（Měi）〔名〕姓。

㊁（Měi）〔名〕❶指美洲：歐～（歐洲、美洲）｜拉～（拉丁美洲）。❷指美國：～金｜中～貿易。

語彙　肥美　豐美　甘美　華美　健美　精美　俊美　審美　甜美　完美　鮮美　諧美　秀美　優美　讚美　壯美　作美　成人之美　兩全其美　十全十美

【美不勝收】měibùshèngshōu〔成〕勝：盡；收：接受。形容美好的東西（多指美景或藝術類物品）太多，一時接受不盡，欣賞不完：這裏風景優美，使人有～之感｜春節文娛晚會的節目豐富多彩，～｜這次參展的書法作品真是名家薈萃，～。

【美餐】měicān ❶〔名〕（頓）特別可口的飯菜：享受了一頓～。❷〔動〕痛快、滿意地吃：這裏魚蝦真新鮮，今晚可以～一頓了。

【美差】měichāi〔名〕好差事；個人好處多的差事（跟 "苦差" 相對）：撈取了一個～｜出一趟｜～輪著去。

【美稱】měichēng〔名〕讚美的稱呼："包青天" 是清官的～｜四川向來有天府之國的～。

【美德】měidé〔名〕美好的品德；勤勞的～｜助人為樂是一種～。

【美噸】měidūn〔量〕美制質量或重量單位，1 美噸等於 2000 磅，合 907.185 千克（區別於 "英噸"）。也叫短噸。

【美髮】měifà〔動〕通過修剪、洗理、焗染、吹風、電燙等方式使頭髮美觀：美容～｜～廳｜～師。

【美感】měigǎn〔名〕美的感受；美好的感覺：給人以～｜看後產生了一種～｜這樣的裝飾缺乏～。

【美工】měigōng〔名〕❶戲劇、電影等的美術工作，如佈景的設計，服裝、道具的設計或選擇等。❷〔位〕從事戲劇、電影美術工作的人：他是一位出色的～。

【美觀】měiguān〔形〕（形式或模樣）好看；漂亮：敞着懷很不～｜這套衣服又～又大方｜圖書館設計得很～。

【美好】měihǎo〔形〕好；令人滿意的（多用於抽象事物，跟 "醜惡" 相對）：～的事物｜～的前途｜十分～的回憶｜把家鄉建設得更～。

【美化】měihuà〔動〕❶通過修飾、裝潢或點綴使之美觀：～環境｜～校園。❷掩飾缺點、過失，把不好的說成好的（跟 "醜化" 相對）：～敵人｜～自己。

【美甲】měijiǎ〔動〕修剪、裝飾指甲，使美觀：商場裏有不少～店。

【美景】měijǐng〔名〕美好的景色：良辰～｜黃山的～令人流連忘返。

【美麗】měilì〔形〕❶使人看了產生好感的；好看：～的花園｜～的紅玫瑰｜～的大眼睛｜雨後的山村，顯得分外～。❷美好；高尚：～的前景｜～的心靈。

【美輪美奐】měilún-měihuàn〔成〕❶輪：高大；奐：眾多。形容房屋高大眾多而華美：百步之內，便是～的金融大廈建築群。❷形容裝飾、佈置等華美、漂亮：這家購物中心的外觀～，與眾不同。也作美侖美奐。

【美滿】měimǎn〔形〕美好圓滿：生活～｜婚姻很～｜～幸福的家庭。

> **辨析**　**美滿、圓滿**　a）"美滿" 着重在美好，指事情完美，令人滿意；"圓滿" 着重在周全，指事情的發展完全符合人的期望。如 "生活美滿" 和 "結果圓滿"。b）"美滿" 多用來形容生活、婚姻、家庭、希望等；"圓滿" 多用來形容事情的結局或問題的回答等。

M

【美夢】měimèng〔名〕好夢；美好的夢想（多指不能實現的）：做了一個～｜打破了他們的黃粱～｜～成真。

【美妙】měimiào〔形〕美好：歌聲～｜情況看來不那麼～。

【美名】měimíng〔名〕美好的名稱、名譽或名聲：享有～｜英雄～天下傳。

【美人】měirén（～兒）〔名〕容貌美麗的女子：～計｜戲裏的女主角真是個～兒｜英雄難過～關。

【美人計】měirénjì〔名〕以美女作為誘餌騙人上當的計策：～打倒了英雄漢。

【美人蕉】měirénjiāo〔名〕（株，棵）多年生草本植物，根莖塊狀，葉呈橢圓形，狀似芭蕉。花色繁多而以紅、黃為主，供觀賞。

【美容】měiróng〔動〕修飾、護理容貌使之美麗：～院｜～師｜～手術｜～霜｜花點錢去～。

【美聲】měishēng〔名〕一種產生於意大利的歌唱方法。以音色優美、發音自如、花腔裝飾、樂句靈活流利為特點：～唱法｜她是唱～的。

【美食】měishí〔名〕味道美的食品：品嘗～。

【美食家】měishíjiā〔名〕（位）對於飲食（特別是菜餚的色、香、味諸方面）有研究、善品嘗的人。

【美術】měishù〔名〕❶ 造型藝術，包括繪畫、雕塑、建築、工藝等：～學院｜工藝～。❷ 特指繪畫：～明信片｜～字（有圖案或裝飾意味的字體）。

【美談】měitán〔名〕人們樂於稱道的好事情或談話資料：傳為～。

【美味】měiwèi〔名〕味道美好的食品：～佳餚｜時鮮～｜品嘗～。

【美言】měiyán ❶〔名〕〈書〉漂亮的言辭：信言不美，～不信（真實的話不漂亮，漂亮的話不真實）。❷〔動〕（幫人）說好話：請幫我在校長面前～幾句。

【美育】měiyù〔名〕學校中培養學生審美情操、對美的鑒賞能力和創造能力的教育：全面發展的教育應包含德育、智育、體育、～和勞動技術等五個方面的教育。

【美譽】měiyù〔名〕美好的名譽：享有～。

【美元】měiyuán 同"美圓"。

【美圓】měiyuán〔名〕美國的本位貨幣。也作美元，也叫美金。

【美展】měizhǎn〔名〕美術作品展覽：舉辦～｜參加～。

【美中不足】měizhōng-bùzú〔成〕總的來說很好，只是還有缺陷：這頓飯，～的是湯有點兒鹹。

【美洲鴕】měizhōutuó〔名〕鳥名，生活在美洲草原，外形像鴕鳥而小，足有三趾，善走。也叫鶆䴈。

【美滋滋】měizīzī（～的）〔形〕狀態詞。形容十分高興或得意的樣子：小王聽了師傅的誇獎，心裏～的。

浼　měi〈書〉❶ 污染；玷污：爾焉能～我哉！❷ 託請；央求：～人說情｜以此相～。

渼　měi〈書〉水波。

媄　měi〈書〉美麗。

鎂（镁）　měi〔名〕❶ 一種金屬元素，符號 Mg，原子序數 12。銀白色，燃燒時發強白光，可製球墨鑄鐵、閃光粉等。鎂鋁合金廣泛應用於航天工業。❷（Měi）姓。

mèi　ㄇㄟˋ

沬　mèi ❶〈書〉停歇；止：芬芳至今未～。❷（Mèi）古地名，春秋衞邑，在商朝都城朝歌南，故地在今河南淇縣南。

妹　mèi ❶〔名〕妹妹：大～｜三～｜小～｜阿～（含親切意）。❷〔名〕親戚中同輩而年齡比自己小的女子：表～｜堂～。❸ 年輕女子；女孩子：打工～。❹（Mèi）〔名〕姓。

【妹夫】mèifu〔名〕妹妹的丈夫。也叫妹婿、妹丈。

【妹妹】mèimei〔名〕❶ 同父母或只同父、只同母而年齡比自己小的女子：姐姐做鞋，～學樣（照着學）。❷ 同族同輩而年齡比自己小的女子：我有個叔伯～｜遠房～多着呢！

【妹子】mèizi〔名〕〈口〉❶ 妹妹：大～。❷ 女孩子：川～（四川小姑娘）。

眛　mèi ❶ 糊塗；不明白：蒙～｜愚～｜無知｜關係曖～。❷ 不了解：素～平生（從來不了解，不認識）。❸ 隱藏：拾金不～。❹ 違背：～着良心說話。❺〈書〉冒，冒犯：～死上言。

> **語彙**　暗眛　茫眛　三眛　拾金不眛

【眛心】mèixīn〔動〕違背良心：不能～賺錢｜無論如何不該要這～錢。也說昧良心。

袂　mèi〈書〉衣袖：分～（分手，離別）｜奮～（感情激動時甩袖而起）｜聯～（手拉着手，一同）。

痗　mèi〈書〉憂思成病。

寐　mèi ❶〈書〉睡：假～｜夙興夜～（早起晚睡）。❷（Mèi）〔名〕姓。

媚　mèi ❶ 討好；巴結：～敵｜崇洋～外。❷ 巴結討好的樣子：獻～｜奴顏～骨。❸ 美好；可愛：嫵～可愛｜春光明～。

> **語彙**　諂媚　狐媚　嬌媚　柔媚　嫵媚　獻媚

【媚骨】mèigǔ〔名〕比喻諂媚的品性：奴顏～。

【媚俗】mèisú〔動〕討好、迎合世俗：過於～｜趨時～。

【媚外】mèiwài〔動〕巴結奉承外國人，或盲目崇

M

拜外國的一切：崇洋～｜～心理。

【媚眼】mèiyǎn〔名〕姣好嫵媚的眼睛或眼神：拋～｜飛個～。

魅 mèi ❶ 傳說中的鬼怪：鬼～｜魑～。❷ 誘惑，吸引：～惑（誘惑）｜景色～人。

【魅力】mèilì〔名〕特別吸引人、感動人的力量（多用於積極方面，說明美好的、值得傾慕的人或事物）：藝術的～｜月夜向我展示了另外一種～｜他身上仿佛帶着一股巨大的～。

謎（**謎**）mèi 見下。另見 mí（919 頁）。

【謎兒】mèir〔名〕〈口〉謎語：猜～｜破～。

mēn ㄇㄣ

悶（**悶**）mēn ❶〔形〕因氣壓低或空氣不流通而感到不舒暢；憋悶：你連窗戶也不開，這屋子太～了。❷〔形〕（北京話）因受刺激而萎靡不振，精神頹喪：這下兒可把他嚇～了。❸〔動〕不吭聲；不說話：～聲不響｜～頭做事。❹〔動〕捂住；使不透氣：茶杯就～上了｜茶味兒得真香。❺〔動〕待在屋子裏，不與外界接觸：別老在家裏～着｜他老是～在實驗室做實驗。
　　另見 mèn（914 頁）。

【悶氣】mēnqì〔形〕氣壓低，空氣不流通，使人有點喘不過氣的感覺：門窗關得嚴嚴的，～得很，快開一開吧！
　　另見 mènqì（914 頁）。

【悶熱】mēnrè〔形〕氣温高，氣壓低，濕度大，空氣不通暢，人的呼吸不舒暢：天氣～，渾身不舒服。

【悶聲不響】mēnshēng-bùxiǎng〔成〕一聲不吭，閉口不說：應該開朗一些，別老是～。

【悶聲悶氣】mēnshēng-mēnqì〔成〕形容聲音不響亮，低沉含混。

【悶頭兒】mēn // tóur〔副〕不聲不響地（使勁兒）：～幹活｜悶着頭兒幹。

mén ㄇㄣˊ

門（**门**）mén ❶〔名〕（扇，道）建築物或車、船、飛機等的出入口：正～｜艙～｜～外是條河｜房子的～開在東邊。❷〔名〕（扇，道）安在建築物或車、船、飛機等出入口用來開關的裝置：一道鐵～｜兩扇玻璃～｜自動轉（zhuàn）～｜破～而入｜他推開～大步往裏走。❸（～兒）〔名〕形狀或作用像門的地方：灶～兒｜櫥～兒｜球～兒｜射～兒。❹（～兒）〔名〕門路；門徑：沒～兒｜不摸～兒｜有點～兒。❺ 家；家族；家庭：～風｜名～。❻ 門第；家庭的社會地位：高～｜寒～｜～閥｜～當戶對。❼ 宗教或學術的派別：佛～弟子｜會道～。❽ 傳授技藝的所

在；指跟師傅有關的：同～｜～徒｜班～弄斧。❾ 門類；種類：五花八～｜分～別類。❿〔名〕生物分類系統的第二級，在界之下，綱之上：脊索動物～｜裸子植物～。⓫ 進行壓寶等賭博活動時的一種方位：天～（處於「莊家」對面的位置）。⓬〔量〕用於親戚、婚事等：他是你家的哪一～親？⓭〔量〕用於功課、技術等：開了八～課｜學一～技術。⓮〔量〕用於炮：三～炮｜繳獲大炮五～。⓯（Mén）〔名〕姓。

語彙	阿門	便門	部門	側門	柴門	電門	閥門
	肛門	國門	豪門	後門	家門	空門	快門	冷門
	旁門	竅門	權門	缺門	熱門	山門	水門	同門
	油門	轅門	闡門	穿堂門	倒插門	太平門
	不二法門	掃地出門					

【門巴族】Ménbāzú〔名〕中國少數民族之一，人口約 10561（2010 年），主要分佈在西藏門隅地區，少數分佈在錯那、墨脫等地，少數散居在四川。門巴語是主要交際工具，沒有本民族文字。

【門齒】ménchǐ〔名〕切牙。

【門當戶對】méndāng-hùduì〔成〕指男方跟女方家庭的社會地位和經濟條件相當，適合結親：他們倆情投意合，也就不管是不是～了。

【門道】méndào〔名〕門洞兒：天安門的～足有幾十米長。

【門道】méndao〔名〕〈口〉竅門；門路：有～｜看出～來了｜內行（háng）看～，外行看熱鬧。

【門第】méndì〔名〕指家族或家庭的社會地位等：書香～（世代都是讀書人的家庭）｜辱沒了～｜不講究甚麼～。

【門洞兒】méndòngr〔名〕❶ 大門裏面有頂的長而深的過道：～裏比較陰涼｜快到～裏邊躲躲雨。❷ 指住家的大門：他住在右邊第四個～。

【門閥】ménfá〔名〕門第閥閱，指封建社會中世代顯貴、有錢有勢的家庭或家族：～世族。

【門房】ménfáng（～兒）〔名〕❶ 機關或大宅第的門口供看門用的房子。❷ 看門人。

【門風】ménfēng〔名〕家族或家庭世代相傳的道德風範和行為準則：你的行為有辱～。

【門崗】méngǎng〔名〕❶ 指在門口站崗放哨的處所：通過～時，要出示證件。❷ 指門口站崗放哨的人：～一天要更換四次｜不要同～閒談。

【門戶】ménhù〔名〕❶ 門：看守～｜～大開。❷ 門第：兩家～不相當。❸ 家庭：兒女婚嫁後，一般都自立～。❹ 比喻險要的地方；出入必經的要地：上海是中國東部最大的～｜～開放政策。❺ 派別：～之見太深。

【門環】ménhuán〔名，對〕裝在舊式門扇上的金屬環子（以左右兩扇相對稱的為多）。也說門環子。

【門將】ménjiàng〔名〕足球、手球、冰球等球類

運動的守門員。

【門禁】ménjìn〔名〕重要的單位或私宅門口的保衛防範措施。也指這種設備：～森嚴（門口防衛嚴密）。

【門警】ménjǐng（名）（名）守門的警衛：政府機關門口都有～守衛｜他當了多年～。

【門徑】ménjìng〔名〕門路；方法：終於找到了節約原材料的～｜他已經摸到了研究古典文學的～。

【門鏡】ménjìng〔名〕嵌在房門上的一種小圓凸鏡，鏡片由透明塑料加光學玻璃壓製而成。通過它，門裏的人可看清門外面的來人。俗稱貓眼兒。

【門檻】（門坎）ménkǎn〔名〕❶（～兒）（道）門框下邊緊挨地面的橫木或石條。也叫門限。❷（～兒）比喻要求的標準或條件：這單位待遇好，但～高。❸（吳語）竅門；找竅門的本領：印刷是門技術，裏頭大有～｜這就看誰的～精了。

【門可羅雀】ménkěluóquè〔成〕羅：張網捕捉。大門外可以設網捕雀。形容門庭冷落，賓客稀少。

【門客】ménkè〔名〕古代官僚貴族家裏養的外來寄食者，他們有才能或技藝，需要時為主人效勞出力。

【門口】ménkǒu（～兒）〔名〕門跟前：學校～集合｜在大～迎接客人。

【門聯】ménlián〔名〕（副）貼在門上的對聯：一副～｜貼～兒。也叫門對。

【門臉兒】ménliǎnr〔名〕（北京話）❶城門附近的地方：車站就在前門～。❷商店的門面：這個小雜貨鋪，只有一間～。❸指店鋪：開個小～，混口飯吃。❹用來指人的臉部：今兒他準有喜事兒，～刮得乾乾淨淨。

【門鈴】ménlíng（～兒）〔名〕安裝在門內的鈴，拉繩或鈴鍵在門外，門外人可拉動繩子或按動鈴鍵喚人開門。現在通常為電鈴。

【門路】ménlu〔名〕❶做事的竅門和解決問題的途徑：增產節約有～。❷特指後門兒；路子（含貶義）：你有沒有～弄兩張決賽的足球票？

【門楣】ménméi〔名〕❶門框上邊的橫木：對聯貼在門兩側，橫批貼在～上。❷門第：光大～。

【門面】ménmian〔名〕❶商店房屋面向街道的部分：營業部裝修了～。❷比喻外表：公司已宣佈破產，沒有必要再保留這輛高級轎車撐～。

【門牌】ménpái〔名〕（塊）釘在大門外的牌子，多用金屬或搪瓷製成，標明街巷名稱和房子的順序號等：你家～幾號｜老～｜新～號。注意一般都問「門牌幾號？」，而不說「幾號門牌？」。

【門票】ménpiào〔名〕（張）公園、遊樂園、博物館、展覽館等場所的入場券。

【門球】ménqiú〔名〕❶球類運動項目之一。比賽

時每隊上場五人，用長柄小錘打一個比網球稍大的實心硬球，使球滾入三道小門並最後碰到終點杆而得分，積分多者為勝方。❷門球運動所使用的球。

【門人】ménrén〔名〕（書）❶弟子，向老師或前輩學習的人。❷古代官僚或貴族家裏養的食客或門客。

【門扇】ménshàn〔名〕安裝在門框的一側或兩側的能開能關的裝置：～上貼着門神。

【門神】ménshén(-shen)〔名〕民間習俗過春節時張貼在兩扇門上的神像，有一些人認為可以驅逐妖魔鬼怪，守衛門戶。

常見的門神

最早的門神形象是怪獸神鳥，以後才演變成神化了的人。常見的門神有：1）神荼、鬱壘。兄弟二人，一左一右，身披盔甲，手持斧鉞，據說是黃帝時嚴懲惡鬼的勇士。2）尉遲敬德、秦叔寶。唐太宗手下兩員大將，一持鞭，一持鋼。傳說太宗患病，常聽見有鬼呼叫，他們兩人自願戎裝守門，於是鬼不再來。於是太宗命繪二人畫像懸於宮門，後傳至民間。3）鍾馗。唐玄宗患瘧疾，昏睡間夢一小鬼盜走香囊玉笛，忽一大鬼來，捉小鬼而咬之。玄宗問其身世，他自稱終南隱士鍾馗，曾應舉不第，觸階而死。玄宗夢醒，病乃痊癒，招畫師吳道子按夢中所見畫出破帽、藍袍、角帶、朝靴、長髯貌醜的鍾馗像，先是賜給大臣，後來傳至民間。

【門生】ménshēng〔名〕❶原指再傳弟子，後也指親授的學生：得意～。❷指豪門世家的依附人口。❸科舉考試及第者對主考官自稱門生。

【門市】ménshì〔名〕古代指商販進出集市、徵繳稅款的地點；今指工商企業直接向顧客進行買賣和服務的業務或場所：～部｜售貨｜批發和～。

【門閂】ménshuān〔名〕在裏面把門別住，使不能推開的橫木或金屬棍兒。也作門栓。

【門廳】méntīng〔名〕套房大門內的過廳，有大有小，大的可以做客廳或飯廳，小的幾乎是個過道。

【門庭】méntíng〔名〕❶門口和庭院：灑掃～。❷家庭或門第：光大～。

【門庭若市】méntíng-ruòshì〔成〕門口和庭院裏像市場一樣。形容來往的人很多，非常熱鬧。

【門童】méntóng〔量，名〕站在賓館、酒店等門口負責迎送客人的青年男子。主要工作有開門、搬運行李、叫出租車等：很多賓館都有～引導住宿登記。

【門徒】méntú〔名〕❶弟子；學生：孔子有

七十二～。❷拜僧尼為師的施主。❸舊指經常為大戶人家服務的僧尼道士。

【門外漢】ménwàihàn〔名〕外行人：修電腦我是～。

【門衛】ménwèi〔名〕（名）在門口擔任保衛工作的人。

【門牙】ményá〔名〕（顆）切牙的通稱：打掉了～，往肚子裏吞（比喻忍氣吞聲，不必讓別人知道）。

【門診】ménzhěn〔動〕醫生在醫院或診所裏給不住院或尚未住院的病人看病：～部｜醫生｜病人｜我去看～。注意醫生說"我去看門診"，是指到門診部去給病人治病；病人說"我去看門診"，是指到門診部去接受治療。

【門子】ménzi ❶〔名〕舊時指在衙門裏或大戶人家擔任看門和傳達的人。❷〔名〕門路；後門兒：走～。❸〔量〕用於親戚、婚事等：在北京他有兩～親戚｜對這～親事父親很滿意。

們（们）mén 用於地名：圖～（在吉林）。另見 men（914頁）。

捫（扪）mén 按；摸：清夜～心｜～足（摸着腳）。

【捫心自問】ménxīn-zìwèn〔成〕撫摸胸口，自己問問自己的内心，表示進行反省：不妨～，看看自己到底對不對？

璊（璊）mén〔書〕赤色玉。

鍆（钔）mén〔名〕一種放射性金屬元素，符號 Md，原子序數101。

亹 mén 用於地名：～源（在青海東北部。今作門源）。
另見 wěi（1409頁）。

---

mèn　ㄇㄣˋ

悶（闷）mèn ❶〔形〕煩悶；憂鬱：解～｜～～不樂｜心裏～得很。❷不透氣；密閉着的：～罐子｜～葫蘆罐兒（撲滿）。❸（Mèn）〔名〕姓。
另見 mēn（912頁）。

語彙　憋悶　沉悶　愁悶　煩悶　苦悶　納悶兒　憂悶　鬱悶

【悶棍】mèngùn〔名〕❶古兵器名，棍類中的一種。❷悄無聲息地狠狠打來的一棍子，比喻暗中的打擊或突然的打擊：吃了父親給的這一～，他就不再吭聲了。

【悶葫蘆】mènhúlu〔名〕❶比喻不易猜透、令人納悶兒的話或事情：全公司的人都被這意外的決定打入～中去了。❷比喻不愛說話的人：他呀，天生的～，一天說不上幾句話。

【悶酒】mènjiǔ〔名〕心情鬱悶或氣氛沉悶時所喝

的酒：一聲不吭只顧喝～｜划划拳，熱鬧熱鬧，我不喜歡喝～。

【悶倦】mènjuàn〔形〕悶悶不樂，感到厭倦（甚麼都不想幹）：～難捱。

【悶雷】mènléi〔名〕❶（聲）聲音低沉的雷（跟"響雷"相對）：疾雷易晴，～難晴。❷比喻精神上突然受到的沉重而不明不白的打擊：聽到這個消息，真如～轟頂。

【悶悶不樂】mènmèn-bùlè〔成〕心裏煩悶不高興，心情不舒暢：終日～｜預期的目標無法達到，令人～。

【悶氣】mènqì〔名〕鬱積在胸中不願或難於發洩出來的怨氣或怒氣：為那事生了一肚子～｜生～對身體有害。
另見 mēnqì（912頁）。

【悶子車】mènzichē〔名〕（列）鐵路運輸上指帶有鐵棚的貨車。因為沒有車窗，不通氣，所以叫悶子車。也叫悶罐車。

燜（焖）mèn〔動〕在鍋裏的食物中加上一定的水，蓋嚴鍋蓋，用文火慢慢煮熟或燉熟：～飯｜～牛肉｜黃～雞塊｜～熟了沒有？

懣（懑）mèn〔書〕煩悶；抑鬱不平：憤～｜爛醉破除千日～。注意"懣"不讀 mǎn。

---

men　·ㄇㄣ

們（们）men／mén〔後綴〕❶附在代詞和指人的名詞後邊，表示多數：我～｜人～｜同學～。注意 a）名詞前有數量詞時，後邊不加"們"，如不說"五個同學們"。b）帶"們"的名詞，有時可以受數量形容詞的修飾，如"他看到許多孩子們在草地上跑着玩兒"。c）"我們""你們"在口語中也可表示單數，如"這是我們一個人完成的""你們那口子真好"。❷附在指物的名詞後邊，表示多數，屬擬人的手法：星星～眨着眼睛｜這些蟲豸～！❸附在人名後邊，表示"等人"：高強華～又開始打起了麻將。❹附在某些並列的指人的名詞短語後邊，表示多數：老師、同學～｜叔叔、阿姨～｜父老、兄弟～｜哥哥、姐姐、弟弟、妹妹～。注意 a）"老師、同學們"等於說"老師們，同學們"。b）"哥哥、姐姐、弟弟、妹妹們"中的每一項，可以是多數，也可以是單數（合起來仍為多數）。c）有些並列的詞，後面不能加"們"，如"先生們、女士們"不能說成"先生、女士們"。
另見 mén（914頁）。

M

mēng ㄇㄥ

蒙 mēng〔動〕昏迷；（頭腦）迷糊：頭發～｜～頭轉向｜他讓球給打～了。

另見 méng"矇"（915頁）；méng（915頁）；méng"濛"（916頁）；méng"懞"（916頁）；méng"矇"（916頁）；Méng（915頁）。

語彙 發蒙　白蒙蒙　灰蒙蒙

【蒙蒙亮】mēngmēngliàng〔形〕狀態詞。天剛有些亮：天～就起床了。

矇（蒙） mēng〔動〕❶蒙蔽；欺騙：弄虛作假，欺上～下｜他就愛～人｜你～得了我，可～不了廣大群眾。❷（沒有根據地）猜測：所答非所問，簡直是瞎～｜這回讓你～對了｜這次你可沒～對。

另見 méng（916頁）；"蒙"另見 mēng（915頁）、méng"濛"（916頁）、méng"懞"（916頁）、méng"矇"（916頁）、Méng（917頁）。

【矇騙】mēngpiàn〔動〕欺騙：受～｜花言巧語～人｜這也～不了誰。

【矇頭轉向】mēngtóu-zhuànxiàng〔成〕暈（yūn）頭轉向。

méng ㄇㄥˊ

龙 méng 見下。

另見 máng（900頁）。

【龙茸】méngróng〔形〕〈書〉雜亂的樣子。

氓 méng〈書〉民，百姓。特指從外地遷來的百姓：願受一廛而為～。

另見 máng（901頁）。

語彙 群氓　愚氓

虻（蝱） méng〔名〕昆蟲的一科，種類很多，身體灰黑色，翅透明。生活在野草叢中，雄的吸植物的汁液或花蜜，雌的吸人、畜的血。幼蟲生活在泥土、池沼、稻田中，吃昆蟲、草根等。注意"虻"不讀 máng。

萌 méng ❶〔動〕（草木）發芽：～動｜老樹杈～新芽。❷開始發生；產生：故態復～（含貶義）｜～生。❸古同"氓"（méng）：～人｜～隸｜遒～為之不安。❹（Méng）〔名〕姓。

【萌動】méngdòng〔動〕❶（草木）開始發芽：草木～。❷萌生：春心～。

【萌發】méngfā〔動〕❶（種子或其他生殖體）發芽：一場春雨使剛～出來的新芽生長很快。❷比喻某種思想、意念或情感等開始發生：心裏～出一個念頭。

【萌生】méngshēng〔動〕（思想、意念、希望等）產生，發生：～去意（產生想離開的念頭）。

【萌芽】méngyá ❶〔動〕（植物）萌發新芽，比喻新

生事物剛剛發生：豆子～了｜有的歷史學家認為明代是資本主義～的時期｜革新運動正處在～狀態。❷〔名〕新芽，比喻新生的稚嫩的事物：雜草連根拔，～永不發｜這是新事物的～。

盟 méng ❶指宣誓締約的行為：～主｜會～｜海誓山～｜城下之～｜歃（shà）血為～。❷結拜的（弟兄）：～兄｜～弟。❸團體和團體、階級和階級、國家和國家的聯盟：工農聯～｜同～軍｜罷工總同～。❹〔名〕中國內蒙古自治區或某些省區的蒙古族聚居地區所建立的相當於自治州一級的行政區域單位，含若干旗、縣、市。❺（舊讀 míng）發（誓）：對天～誓。❻（Méng）〔名〕姓。

語彙 拜盟　會盟　加盟　結盟　聯盟　同盟　城下之盟　攻守同盟　海誓山盟

【盟邦】méngbāng〔名〕締有盟約、結成同盟的國家：～人士｜得到眾多～的支持。也叫盟國。

【盟國】méngguó〔名〕盟邦。

【盟軍】méngjūn〔名〕有共同戰鬥目標的同盟軍隊。特指第二次世界大戰中的同盟國軍隊。

【盟誓】méng//shì〔動〕發誓，宣誓：對天～｜盟個誓。

【盟友】méngyǒu〔名〕❶指盟邦：～的軍隊正在西綫配合作戰。❷結成同盟的友人：他有好幾個～。

【盟約】méngyuē〔名〕結為同盟時所訂立的條約：遵守～｜履行～｜延長～期限｜廢止～。

蒙 méng ❶〔動〕遮；蓋；捂：頭上～了一條紗巾｜風沙太大，快～住眼睛｜到處都～上了一層土｜他還～在鼓裏呢（比喻受到蒙蔽，對情況一無所知）。❷〔動〕遭；受；承：～難（nàn）｜～冤｜多～關照。❸沒有知識；愚昧：發～｜啟～教育｜～昧無知。❹（Méng）〔名〕姓。

另見 mēng（915頁）；mēng"矇"（915頁）；méng"濛"（916頁）；méng"懞"（916頁）；méng"矇"（916頁）；Měng（917頁）。

語彙 承蒙　開蒙　欺蒙　童蒙　愚蒙　荷爾蒙

【蒙蔽】méngbì〔動〕隱瞞真相，使人受騙：謊言是～不了人的｜把真相告訴受～的群眾。

【蒙塵】méngchén〔動〕〈書〉蒙上灰塵。比喻（帝王或大臣）逃難在外，蒙受艱辛：天子～。

【蒙汗藥】ménghànyào〔名〕❶戲曲小說中說的一種麻醉藥，投放酒裏，人飲後即昏迷睡去。❷比喻使人迷惑的巧妙手段。

【蒙混】ménghùn〔動〕（為了通過檢查）用矇騙的手段冒充：～不過去｜休想～過關。

【蒙昧】méngmèi〔形〕❶野蠻，未開化，沒有文明的：～時代｜～狀態。❷心地糊塗；不明事理；愚蠢：～無知。

【蒙難】méngnàn〔動〕遭受到災禍（原用於有名人

M

士，今也用於百姓）：飛機失事，代表團全體人員均～殉職。

【蒙受】méngshòu〔動〕遭受；受到：～冤屈｜～奇恥大辱｜～重大損失｜～個人主義思想的毒害。

【蒙太奇】méngtàiqí〔名〕原指電影膠片的組接和剪輯手法，以一連串的鏡頭來表現一連串的意象或思想。也指把各種音響綜合起來以達到藝術表現效果的手法。文學創作也常利用一連串意象造成一種藝術效果。[法 montage]

【蒙童】méngtóng〔名〕〈書〉舊時稱剛剛上學讀書的兒童。

【蒙冤】méngyuān〔動〕蒙受冤屈：～受屈。

【蒙在鼓裏】méngzàigǔlǐ 比喻受到蒙蔽，對應該知道的情況一無所知，不明真相：這件事外面都傳遍了，只有你還～。

瞢 méng ❶〈書〉視線模糊，看不真切：目光～然。❷(Méng)〔名〕姓。

甍 méng〈書〉屋脊：披秀闥，俯雕～（推開精美的閣門，俯視雕飾的屋脊）。

鄳 (郿) Méng 古地名。在今河南。

檬 méng 見"拼檬"(1034頁)。

嚜 méng 見於人名。

濛 (蒙) méng〈書〉下着小雨的樣子：零雨其～｜～～細雨。
"蒙"另見 méng(915頁)；mēng "矒"(915頁)；méng(915頁)；méng "懞"(916頁)；méng "矒"(916頁)；Měng(917頁)。

【濛濛】méngméng〔形〕雨雪細小而密集，雲霧濃厚，使眼睛看不清楚的樣子：～細雨｜煙霧～。

懞 (蒙) méng〈書〉忠厚的樣子：敦～純固。
"蒙"另見 méng(915頁)；mēng "矒"(915頁)；méng(915頁)；méng "濛"(916頁)；méng "矒"(916頁)；Měng(917頁)。

檬 méng 見"檸檬"(982頁)。

曚 méng 見下。

【曚曨】ménglóng〔形〕〈書〉日光不明，光線暗淡的樣子：天色～｜晨光～。

朦 méng 見下。

【朦朧】ménglóng〔形〕❶月色昏暗不明朗的樣子：月色～。❷模糊不清：霧裏看花，朦朦朧朧｜暮色～｜～閒夢。

礞 méng 見下。

【礞石】méngshí〔名〕某些岩石的風化產物，有青礞石（青灰色或綠色）和金礞石（棕色或黃色）。可入中藥，有祛痰、消食、鎮驚等功用。

矒 (蒙) méng ❶〈書〉盲人：～叟。❷〈書〉樂官（古代以盲者擔任）：矒賦～誦。❸〈書〉愚昧無知：人無學問曰～。❹見"矒曨"(916頁)。
另見 méng(915頁)；"蒙"另見 méng(915頁)、méng(916頁)、méng "濛"(916頁)、méng "懞"(916頁)、Měng(917頁)。

【矒曨】ménglóng〔形〕將睡未睡或將醒未醒時，眼睛半開半閉，視覺模糊不清的樣子：睡眼～｜醉眼～｜～睡去。

檬 méng 見下。

【檬艟】méngchōng〔名〕古代的一種大戰船。

鸏 (鸏) méng〔名〕鳥名，多生活在熱帶海洋，身體長大，白色或灰色，嘴直而尖，尾羽很長。主食魚類。

měng ㄇㄥˇ

勐 měng ㊀〈書〉勇敢。
㊁傣語"地方"的音譯，指平壩地區，多用於地名：～海｜～臘（均在雲南西雙版納傣族自治州）。

猛 měng ❶〔形〕兇暴；兇猛：～獸｜～禽｜這陣雨很～。❷勇猛：～士｜～將。❸〔動〕（把力氣）集中地使出來：他經常都是這樣地一着勁兒幹。❹〔副〕猛烈；迅猛：突飛～進｜窮追～打。❺〔副〕忽然；突然：～一醒｜～吃一驚｜～一回勁兒。❻(Měng)〔名〕姓。

【猛不防】měngbufáng〔副〕表示動作發生得突然，來不及防備：～汽車來了個急刹車，我差點兒摔倒了。

【猛火】měnghuǒ〔名〕燃燒得很旺的火：有的中藥用～煎，有的中藥用文火煎。

【猛勁兒】měngjìnr〈口〉❶〔動〕把力氣集中使出來：他一～就舉起了槓鈴。❷〔名〕突然集中使出來的力氣：搬這麼重的箱子靠的是～。❸〔名〕勇猛的力量：小夥子真有股子～。

【猛可】měngkě〔副〕突然：～醒悟｜他～想起還有一個會要參加。

【猛料】měngliào〔名〕具有轟動效應的新聞或消息：爆～。

【猛烈】měngliè〔形〕來勢急，力量大，氣勢兇：～的轟擊｜這種殺蟲劑的藥性很～｜～的海風｜會上的發言尖銳而～。

【猛獁】měngmǎ〔名〕古哺乳動物，近似現代的象，門齒向上彎曲，全身棕色長毛。生存於歐亞大陸北部及北美洲北部更新世晚期的寒冷地區。現已絕種。也叫毛象。

【猛禽】měngqín〔名〕兇猛的鳥類，以肉食為主，如鷹、鷲等。

【猛然】měngrán〔副〕忽然；突然：～回首｜～一聲驚叫｜狂風暴雨～襲來。

【猛獸】měngshòu〔名〕兇猛的獸類，體大，以肉食為主，如虎、豹、獅子等：洪水～（比喻極大的禍害）。

【猛醒】měngxǐng〔動〕猛然醒悟；突然明白：這一教訓，催他～。也作猛省（xǐng）。

【猛藥】měngyào〔名〕❶藥性強烈的藥：沉痾須用～治。❷比喻強有力的措施：面對日益嚴重的安全生產形勢，管理部門還得下～，出重拳。

【猛子】měngzi〔名〕將頭部先鑽入水中的泅水方法：扎～｜一～扎很遠。

蒙 Měng／Méng ❶蒙古族。❷指蒙古國：中～兩國世代友好。

另見 mēng（915頁）；měng "矇"（915頁）；méng（915頁）；méng "濛"（916頁）；méng "懞"（916頁）；méng "矇"（916頁）。

【蒙古包】měnggǔbāo〔名〕(座)蒙古族牧民居住的用氈子做成的圓頂帳篷。

【蒙古族】Měnggǔzú〔名〕❶中國少數民族之一，人口約598萬（2010年），主要分佈在內蒙古、遼寧、吉林、黑龍江、甘肅、青海、新疆等地，少數散居在寧夏、河北、河南、雲南、四川和北京等地。蒙古語是主要交際工具，有本民族文字。兼通漢語文。❷蒙古國的主體民族。

蜢 měng見 "蚱蜢"（1705頁）。

艋 měng見 "舴艋"（1699頁）。

錳（锰） měng〔名〕一種金屬元素，符號Mn，原子序數25。銀白色，質硬而脆，主要用於煉鋼。

【錳鋼】měnggāng〔名〕含錳量大於0.8%的合金鋼，堅韌耐磨，多用於製造常受摩擦或碰撞的機械零件和工具。

獴 měng〔名〕食肉類哺乳動物，身長，頭小，腳短，嘴尖，耳朵小。捕食蛇、蟹、鼠、蛙等。

懵 měng／méng 懵懂；糊塗：～然不覺。

【懵懂】měngdǒng〔形〕糊塗；昏昧：蒙昧無知：懵裏～｜聰明一世，～一時（聰明人也有偶爾糊塗的時候）。

蠓 měng〔名〕昆蟲，體比蚊子小，褐色或黑色，翅寬短，觸角長而有毛。幼蟲灰白色。能叮咬人畜，傳染疾病。

【蠓蟲兒】měngchóngr〔名〕蠓：～飛過都有影（比喻做過某事，總會留下痕跡）。也叫蠛蠓蟲兒。

mèng ㄇㄥˋ

孟 mèng ❶兄弟排行裏的老大：～兄｜～孫｜～仲叔季。❷指農曆每季的第一個月：～春（正月）｜～夏（四月）｜～秋（七月）｜～冬（十月）。❸(Mèng)〔名〕姓。

【孟春】mèngchūn〔名〕春季的第一個月，即農曆正月。

【孟冬】mèngdōng〔名〕冬季的第一個月，即農曆十月。

【孟姜女】Mèngjiāngnǚ〔名〕民間傳說中人物。相傳為秦始皇時人，其夫范喜良被遣修築長城，孟姜女千里迢迢送來寒衣，可到了長城才知丈夫已死。她痛哭十日，城牆為之崩塌。是追求幸福生活，忠貞堅毅的女性形象。**注意** 孟姜女姓姜，不姓孟。"孟" 在古代是 "老大" 的意思。她是姜家的大女兒。

【孟浪】mènglàng〔形〕〈書〉❶輕率；魯莽：～之言｜～行事不可取｜請恕我～。❷放蕩：～江湖。

【孟母】Mèngmǔ〔名〕孟軻的母親仉（Zhǎng）氏。相傳孟軻小時候不認真學習，孟母三遷居處，改變環境，終於促使孟軻學業有成。是封建社會裏賢母的典型。

【孟秋】mèngqiū〔名〕秋季的第一個月，即農曆七月。

【孟夏】mèngxià〔名〕夏季的第一個月，即農曆四月。

【孟子】Mèngzǐ〔名〕即孟軻（約公元前372-前289），戰國時期鄒國人。繼承和發揚了孔子的思想，是孔子之後的儒家主要代表人物。宋元以後被稱為 "亞聖"。其主要思想言論載於《孟子》一書。

夢（梦） mèng ❶〔名〕睡眠中出現的一種生理現象，由大腦皮層尚未完全停止活動而引起，其內容與清醒時的某些意識有關，而多以虛幻或錯亂的形式出現：昨兒晚上做了一個～｜夜長～多｜同床異～。❷〔動〕做夢：～見他當了英雄。❸比喻虛幻：～想。❹(Mèng)〔名〕姓。

語彙 春夢　噩夢　酣夢　迷夢　入夢　睡夢　託夢　圓夢　占夢　做夢　痴人說夢　重溫舊夢　黃粱美夢　南柯一夢

【夢筆生花】mèngbǐ-shēnghuā〔成〕相傳唐朝詩人李白曾夢見自己的筆頭生出花來，從此詩情

M

橫溢。後用來比喻文人才思大進，詩文極佳。

【夢蝶】mèngdié〔名〕《莊子·齊物論》載，莊周夢見自己變成了一隻蝴蝶，自由自在地飛；可是等醒過來，自己還是原來的自己。後用"夢蝶"比喻變幻無常的命運：百歲光陰一～，重回首往事堪嗟。

【夢話】mènghuà〔名〕❶睡覺做夢時說的話：他夜裏睡覺常說～。也叫夢囈、囈語。❷比喻虛妄、不切實際的言語：一晚上就轉變了所有舊觀念，這簡直是～。

【夢幻】mènghuàn〔名〕夢境：這一番經歷猶如～泡影。

【夢見】mèngjiàn〔動〕夢中見到：昨晚又～了亡故多年的母親。

【夢境】mèngjìng〔名〕夢中的境界（多用於比喻美妙的情境）：風景如畫，流連忘返，如入～。

【夢寐】mèngmèi〔名〕睡夢中：～難忘｜相對如～。

【夢寐以求】mèngmèiyǐqiú〔成〕睡夢中都在不停地尋求。形容無時無刻不盼望着：幾十年的理想終於實現了。

【夢鄉】mèngxiāng〔名〕睡夢中的境界：頭剛着枕，便入～｜孩子們早已進入～。

【夢想】mèngxiǎng ❶〔動〕不切實際地想；妄想：這一夥懶蟲天天～發財。❷〔動〕渴望：～自己有一輛小轎車。❸〔名〕夢想中的事：根治黃河是中國人民自古以來的～｜～變成了現實。

【夢魘】mèngyǎn〔動〕夢中受驚，睡眠時做一種伴有壓迫感或窒息感的噩夢，並因此驚呼或驚醒。多因疲勞過度、消化不良或大腦皮層過度緊張引起：夜臥～。

【夢囈】mèngyì〔名〕❶夢話：睡眠中時發～。❷〈書〉指胡言亂語（含貶義）：純屬～。

> **辨析** **夢囈、夢話** 意義相同而用法有差別。"夢囈"用於書面，前面不能加動詞"說"，而"夢話"則用於口語，以和"說"搭配為常例。

【夢遊症】mèngyóuzhèng〔名〕一種多由大腦皮層功能失調引起的疾病，在睡眠中自己起床並外出活動一陣後仍復上床睡覺，第二天自己甚麼都不知道。也叫夢行症。

【夢之隊】mèngzhīduì〔名〕原指參加1992年西班牙巴塞羅那奧運會的美國男子籃球隊，因首次由職業球員組隊參賽，球技精湛，實力超群，故稱。現也指技藝超群、所向無敵的體育代表隊：跳水～｜乒乓～。

mī ㄇㄧ

咪 mī 見下。

【咪咪】mīmī〔擬聲〕貓叫的聲音或喚貓的聲音：小貓～叫。

瞇（眯） mī〔動〕❶眼皮微微合攏：～着眼睛看｜她笑得眼睛～成一道縫兒。❷（北京話）閉目養神，小睡：他這幾天太累了，讓他～一會兒。

另見 mí（919頁）。

語彙 笑瞇瞇

【瞇縫】mīfeng〔動〕上下眼皮合而不攏，留有一條細縫兒：～着眼睛。

mí ㄇㄧ

迷 mí ❶〔動〕迷失；分辨不清：～航｜當局者｜放心吧，我～不了路｜～了方向。❷〔動〕沉醉、迷戀於（某人或某事物）：他～上了京劇｜孩子被櫥窗裏的玩具～住了，怎麼也不肯離開。❸〔動〕使沉醉；使迷戀：月色～人｜美景～人｜財～心竅。❹沉醉、迷戀於某事物的人：影～｜戲～｜舞～｜棋～｜財～｜撲克～｜電腦～。

語彙 沉迷 痴迷 昏迷 悽迷 球迷 入迷 着迷 紙醉金迷

【迷彩】mícǎi〔名〕具有迷惑作用的不同色彩或不規則的圖形。應用於建築物、器material或服裝等表面，使觀測者產生錯覺，不易辨認原形。主要用於軍事偽裝：～服。

【迷彩服】mícǎifú〔名〕（件，套，身）用迷彩面料製成的服裝（多用於軍隊）。

【迷瞪】mídeng〔形〕（北方官話）心裏迷惑；糊塗：他可真是個～人，剛說的話轉眼就忘了｜她昨晚一夜沒睡好，一個上午都迷迷瞪瞪的。

【迷宮】mígōng〔名〕（座）❶內部門戶通道錯綜複雜，人進入後難辨方向、不易找到出路的建築物。今多用於遊戲，要求玩者進入後走出。❷比喻充滿奧秘卻不易探索的領域：這項研究到了一定階段，仿佛進入了～，充滿挑戰。

【迷糊】míhu〔形〕❶視力模糊：看書久了，眼睛有點～｜光綫暗，看東西～。❷神志或思路不清：這件事把我弄～了｜為甚麼老是這麼迷迷糊糊的？

【迷魂湯】míhúntāng〔名〕原為迷信所說陰曹地府中使剛死的人喝了會迷惑靈魂、喪失記憶的一種湯藥，後多用來比喻會迷惑人的甜言蜜語或某種圈套：你甭給我灌～啦！

【迷魂陣】míhúnzhèn〔名〕❶指作戰中能使敵人迷失方向、走投無路的陣勢：給敵人佈下一個～。❷比喻使人迷惑不清的圈套。

【迷惑】míhuò ❶〔形〕弄不清底細；分不清是非：令人～不解。❷〔動〕使糊塗；使昏亂：～人｜休想～我｜千方百計地～敵人。

【迷津】míjīn〔名〕〈書〉佛教用語，指迷妄的境界。泛指錯誤的道路、方向：識破～｜指點～。

【迷離】mílí〔形〕模糊，分辨不清：～恍惚｜睡眼～｜撲朔～。

【迷戀】míliàn〔動〕因過度喜愛而沉溺其中，難以捨棄：～上網｜～都市夜生活。

【迷路】mí//lù〔動〕❶迷失道路：昨天我～了，很晚才到家。❷比喻迷失正確的方向：對～的人要多幫助。

【迷漫】mímàn〔動〕❶（風雪、煙霧等）茫茫一片，看不分明：只見煙霧～，哪裏看得分明。❷充滿：大殿內，香煙～。

【迷茫】mímáng〔形〕❶廣闊而模糊的樣子：抬眼望去，雪原一片～。❷神情恍惚；迷惑茫然：神色～｜用～的眼神看着我。

【迷你】mínǐ〔形〕屬性詞。微型的；同類中最小的：～汽車｜～數碼攝像機｜～裙。[英 mini]

【迷你裙】mínǐqún〔名〕(條)超短裙。

【迷失】míshī〔動〕分辨不清；走錯(方向等)：常問路的人，不會～方向。

【迷途】mítú ❶〔動〕迷路；迷失了道路：～知返。❷〔名〕歧途；錯誤的道路：不要誤入～。

【迷惘】míwǎng〔形〕迷惑；由於分辨不清而感到不知道應該怎麼辦：～的一代｜情感～。

【迷霧】míwù〔名〕❶迷茫濃厚的霧：～籠罩機場｜在～中看不清目標。❷比喻令人迷惑的事物：妖風～。❸比喻事物令人迷失方向或看不清真實情況的狀態：汽車價格～｜這事至今還是一團～。

【迷信】míxìn ❶〔動〕信仰神仙鬼怪等不存在的超自然力量：不～鬼神。❷〔動〕泛指盲目地、過分地相信某種人或事物：不要～名人｜不應該～古書上的某些教條｜～武力的人不會有好結果。❸〔名〕泛指沒有科學根據的信仰和崇拜：破除～、解放思想是開拓前進的先決條件。

【迷醉】mízuì〔動〕❶入迷，陶醉；悠揚的笛聲令人～。❷沉迷：～於網上聊天。

眯（眯） mí〔動〕塵土等異物進入眼中，使眼睛睜不開，一時看不清東西：我～了眼了｜風沙大，當心別～了眼。
　　另見 mī(918頁)。

醚 mí〔名〕有機化合物的一類，由一個氧原子聯結兩個烴基而成：乙～(無色易揮發液體，工業上用作溶劑，醫藥上用於麻醉)。

謎（谜） mí〔名〕❶謎語：猜～。❷比喻難以理解或尚未弄清真相的事物：不解之～｜這件事至今還是個～｜誰都猜不透這個～。
　　另見 mèi(912頁)。

語彙　猜謎　燈謎　啞謎　字謎

【謎底】mídǐ〔名〕❶謎語的答案(跟"謎面"相對)：～寫在卡片背面。❷比喻難題的解決辦法或某一事件的真相：沒有解不開的～｜終於揭開了，兇手就是原告自己。

【謎面】mímiàn〔名〕謎語中讓人藉以猜測的部分，是顯露在表面的話(跟"謎底"相對)："拿不出手"是～，"合"字是謎底。

【謎團】mítuán〔名〕比喻捉摸不定，一時難明真相的事物：這個～終於解開了。

【謎語】míyǔ〔名〕古代叫廋(sōu，隱藏)詞，即暗射事物或文字等供人猜測的一種隱語。如"小小諸葛亮，獨坐中軍帳，擺下八卦陣，專捉飛來將"射"蜘蛛"，前邊是謎面，是說出來或寫出來讓人猜的，後頭是謎底，是對謎面的回答。又如"採蓮船，去採蓮，小舟去了，且在池邊看，看也看不見"射"沿"字。

麇 mí ❶粥狀物：肉～(細碎的肉)。❷爛：～爛｜～滅。❸浪費：侈～無度。❹(Mí)〔名〕姓。
　　另見 méi(909頁)。

【麇爛】mílàn ❶〔動〕腐爛：～不堪。❷〔形〕腐化墮落：過着～的生活。❸〔動〕醫學上指皮膚、黏膜表面受到損傷或局部發炎：胃黏膜～｜～性毒劑。

縻 mí〈書〉❶繫牛的繩子：攬～在手。❷牽制；束縛：吾以全力～之，可坐而制也。

麋 mí ❶麋鹿。❷(Mí)〔名〕姓。

【麋鹿】mílù〔名〕(頭)哺乳動物，毛淡褐色，雄的有角。角像鹿，尾像驢，蹄像牛，頸像駱駝，但整體又不像上述四種動物中任何一種。性溫順，食植物。原產中國，是一種珍稀動物。俗稱四不像。

彌（弥） mí ㊀〈書〉滿；遍；佈滿：～天大罪｜～月之喜｜萬頃香霏～。
㊁❶填滿；遮蔽：～補｜～封。❷〔副〕〈書〉更加；越發(表示程度加深)：仰之～高，鑽之～堅(越抬頭看，越覺得高；越勤奮鑽研，越覺得深)｜欲蓋～彰。❸(Mí)〔名〕姓。
　　另見 mí"瀰"(920頁)。

【彌補】míbǔ〔動〕補償；補足：～損失｜～不足之處｜～財政赤字｜～企業虧損｜～不了的缺陷。

【彌封】mífēng〔動〕把考生試卷上的姓名加以摺疊後用紙糊上並蓋章，以防止舞弊。

【彌合】míhé〔動〕縫合；使癒合：設法～傷口｜～情感裂痕。

【彌勒】Mílè〔名〕(尊)佛教菩薩名，寺廟中多有他的塑像，撫膝袒胸，笑口常開。原譯為慈

氏。通稱彌勒佛。[梵 Maitreya]

【彌留】míliú〔動〕〈書〉病重將死：他～之際，仍念念不忘祖國。

【彌漫】mímàn〔動〕（煙霧等）充滿；遍佈；到處都是：山上霧氣～｜煙塵～｜戰場上硝煙～。

【彌撒】mísa〔名〕天主教儀式中的晚餐禮。耶穌臨難前，與門徒們晚餐，表示以己身為眾贖罪，以後天主教會就用獻麪餅和葡萄酒（象徵耶穌的身體和血液）來祭祀天主：做～。[拉 missa]

【彌天大謊】mítiān-dàhuǎng〔成〕天大的謊話：他竟敢編了一個～。

【彌月】míyuè〔動〕〈書〉❶ 懷孕滿十個月；足月。❷ 初生嬰兒滿一個月。❸ 新婚滿一個月。

禰（祢） Mí〔名〕姓。

靡 mí 浪費：奢～｜～費。
另見 mǐ（920 頁）。

【靡費】（糜費）mífèi〔動〕浪費：～錢財｜防止～。

獼（猕） mí 見下。

【獼猴】míhóu〔名〕（隻）猴的一種，上身毛灰褐色，腰部以下橙黃色。臀部的皮很厚，不生毛。產於中國南部及印度等地，以野果、野菜等為食。

【獼猴桃】míhóutáo〔名〕❶ 落葉藤本植物，葉子互生，花黃色。果實可食，可入藥。莖皮纖維可造紙，花可提製香料。❷ 這種植物的果實。

獼猴桃的不同説法
在華語區，中國大陸叫獼猴桃，港澳地區叫奇偉果或奇異果，台灣地區、新加坡、馬來西亞和泰國也叫奇異果。

瀰（弥） mí 見下。"彌"另見 mí（919 頁）。

【瀰漫】mímàn〔動〕同"彌漫"。

蘼 mí 見 "荼蘼"（1366 頁）。

藦 mí 見下。

【蘼蕪】míwú〔名〕〈書〉指芎藭（xiōngqíong）的苗：上山採～，下山逢故夫。

彌（筅） mí（～兒）〔名〕竹篾；葦篾：席～兒。也叫彌子。

醾 mí 見 "酴醾"（1367 頁）。

mǐ nǐ

米 mǐ ㊀❶〔名〕（粒）稻米；大米：買了三斤～｜巧婦難為無～之炊。❷ 粟米：小～。❸ 泛指去掉皮殼的子實，多指可供食用

的：黃～｜高粱～｜花生～。❹ 小粒像米的食品：蝦～｜海～。❺（Mǐ）〔名〕姓。

㊁〔量〕長度單位，符號 m。1 米等於 10 分米，合 3 市尺。舊稱公尺。**注意** 在口語中，通常把小數放在 "米" 字之後，如 1.75 米，口語說 "一米七五"。

語彙　白米　糙米　柴米　炒米　陳米　糯米　薏米　高粱米　雞頭米　老玉米　珍珠米

【米飯】mǐfàn〔名〕用大米做成的飯。**注意** 用小米做成的飯一般叫小米飯。

【米粉】mǐfěn〔名〕❶ 大米磨成的粉：～肉｜～越磨越細，語言越學越精。❷ 大米加水磨成漿，經過加工後製成的粉條：肉絲～｜炒～。

【米黃】mǐhuáng〔形〕白而微黃的顏色：我喜歡～的窗簾｜桌子漆成～的好看。

【米酒】mǐjiǔ〔名〕用糯米、黃米（黏米）等釀成的酒。

【米粒】mǐlì（～兒）〔名〕米的顆粒：把～撒在地上給小雞吃。

【米糧川】mǐliángchuān〔名〕盛產糧食的大片平川：過去十年九不收，今日一片～。

【米色】mǐsè〔名〕米黃色：～的領帶｜房間裏的家具都漆成～。

【米壽】mǐshòu〔名〕俗稱八十八歲壽辰。因 "米" 字拆開，為 "八" "十" "八" 三字，故稱。

【米湯】mǐtāng〔名〕❶ 煮米做撈飯（米煮八成熟，撈出上鍋蒸）時剩下的湯。❷ 泛稱的稀飯。

【米象】mǐxiàng〔名〕昆蟲，成蟲體長三毫米左右，深赤褐色，頭部前伸成長吻，似象的鼻子，故稱。是吃糧食的害蟲。

【米珠薪桂】mǐzhū-xīnguì〔成〕米貴得像珠玉，柴貴得像桂木。形容物價飛漲，東西昂貴，人民生活困苦：舊社會～，民不聊生。

芈 mǐ / miè ❶〔擬聲〕羊叫的聲音。❷（Mǐ）〔名〕姓。

渳 Mǐ 渳水，水名。在湖南東部，流入湘江。

弭 mǐ ❶〈書〉停止；消除：～謗｜～兵｜～患｜～亂｜憂患未～。❷〈書〉安撫：治國家而～人民。❸〈書〉服：莫不望風～從。❹（Mǐ）〔名〕姓。

【弭除】mǐchú〔動〕〈書〉消除：彼此～成見。

脒 mǐ〔名〕有機化合物的一類，含 −CNHNH$_2$ 原子團，如磺胺脒。[英 amidine]

敉 mǐ〈書〉安撫；平定：～亂。

瀰（沵） mǐ〈書〉❶ 水滿。❷ 眾多：四驪濟濟，垂轡～～。

麋 mǐ〈書〉❶ 倒下：望其旗～｜風～一時｜所向披～。❷ 無；沒有：～日不思｜室～棄物｜～有孑遺。

M

另見 mí（920頁）。

【靡靡】mǐmǐ〔形〕❶草隨風倒伏的樣子：茅草～。❷低級趣味的（多指樂曲）：～之音。

【靡靡之音】mǐmǐzhīyīn〔成〕低級庸俗、情調不健康的音樂：不愛聽那些～｜～會使人萎靡不振。

mì　nì

汨 Mì 汨水，水名。源出湘贛交界處，流入湖南，與羅水合流，名汨羅江。

汩 mì 用於地名：～～水村（在河北）。

泌 mì 分泌；從生物體內產生出某種物質：～尿。

另見 bì（73頁）。

【泌尿器】mìniàoqì〔名〕分泌和排泄尿的器官，包括腎臟、輸尿管、膀胱、尿道等。

宓 mì ❶〈書〉安靜：靜～。❷（Mì）〔名〕姓。

祕 Mì〔名〕姓。

另見 bì "秘"（73頁）；mì "秘"（921頁）。

秘〈祕〉mì ❶不公開的；不讓大家知道的：～密｜～方｜～史｜～傳｜隱～。❷保守秘密：～不示人｜～而不宣。❸稀有；少見：～寶｜～本｜～舞更奏。❹（Mì）〔名〕姓。

另見 bì（73頁）；"祕"另見 Mì（921頁）。

語彙 奧秘 詭秘 神秘

【秘本】mìběn〔名〕珍藏而罕見的圖書版本。

【秘方】mìfāng〔名〕不公開的有醫療奇效的藥方：祖傳～｜將～公之於世。

【秘笈】mìjí〔名〕❶秘密收藏的典籍：武功～。❷比喻珍貴的經驗、技巧：致富～｜急救～。

【秘籍】mìjí〔名〕珍貴而罕見的書籍：孤本～｜醫藥～。

【秘訣】mìjué〔名〕行之有效而不為一般人所知的高明辦法：成功的～｜運動是健康的源泉，也是長壽的～。

【秘密】mìmì ❶〔形〕隱蔽的；不讓外人知道的（跟"公開"相對）：～團體｜～談判｜～報告｜這件事情非常～。❷〔名〕秘密的事情或事物：保守～｜泄露～｜～揭開了。

【秘書】mìshū〔名〕❶古代指宮禁中藏書、朝廷機要文書或讖緯圖籙等。也指掌管典籍或起草文書的官。❷管理文書並協助部門領導人處理日常工作的人，也指此項職務。

【秘書長】mìshūzhǎng〔名〕❶職務名稱，是領導人的主要助手，負責處理日常重大事項：人民代表大會常務委員會～｜中國語言學會～。❷某些機構的行政首長：聯合國～。

【秘聞】mìwén〔名〕不公開的傳聞：～軼事｜搜羅～。

覓（覓）〈覔〉mì 尋找：～食｜尋～｜尋～死～活（表示要自殺）｜踏破鐵鞋無～處，得來全不費功夫。

密 mì ❶〔形〕事物之間距離小；空隙小（跟"稀""疏"相對）：深山～林｜樹栽得很～。❷〔形〕間隔的時間短：緊鑼～鼓｜三場比賽挨得太～。❸ 關係近；感情深：～切｜親～｜～友情深。❹細緻；精緻：周～｜詳～｜精～儀器。❺不公開的；秘密的：～件｜～令｜～謀｜～探｜～碼｜絕～。❻秘密的事情：失～｜泄～｜保～。❼（Mì）〔名〕姓。

語彙 保密 稠密 繁密 精密 茂密 綿密 濃密 親密 邃密 細密 嚴密 縝密 緻密

【密閉】mìbì〔動〕嚴密地關閉：房門～｜～的容器。

【密佈】mìbù〔動〕稠密地分佈着；遍佈：濃雲～｜道路兩旁～着崗哨。

【密電】mìdiàn ❶〔名〕（封）用密碼拍發的電報：～碼｜收到了三份～。❷〔動〕用密碼拍發電報：～前方指揮部。

【密度】mìdù〔名〕❶疏密的程度：～大｜人口～｜莊稼的～應適當降低。❷物理學上指單位體積物質的質量。

【密封】mìfēng ❶〔動〕嚴密地封閉，使難於泄漏。如在函件封口處貼上綿紙封條再加蓋騎縫章，表示內件機密，不得拆看；又如在瓶口滴上白蠟，使瓶內液體不得揮發。❷〔形〕屬性詞。密閉式的；不透氣的：～艙｜～機艙。

【密集】mìjí ❶〔動〕大量而稠密地聚集：螞蟻～在一起。❷〔形〕單位面積內事物之間空隙小；稠密：槍聲～｜人口～｜技術～型企業｜座位排得很～。❸〔形〕間隔的時間短：～調研｜外交～期｜一系列政策～出台。❹〔形〕聚集的數量多：這是中國財富最～的地方｜很多國有企業資本很～。

【密件】mìjiàn〔名〕（份）內容機密、不能泄露的文件或信件：～由專人保管。

【密林】mìlín〔名〕茂盛而稠密的樹林：走進～｜～深處。

【密碼】mìmǎ〔名〕秘密的電碼或號碼（區別於"明碼"）：～電報｜手提箱～｜電腦～｜賬戶～｜設置～｜輸入～。

【密密層層】mìmìcéngcéng（～的）〔形〕狀態詞。形容很多，很密，挨得很緊：～的枝葉｜各國海輪～地排列在碼頭兩邊｜他擠出～的人群。

男性泌尿生殖系統

左腎　右腎　輸尿管　膀胱　輸尿管　陰莖　尿道　前列腺　附睪　睪丸

【密密麻麻】mìmimámá（～的）〔形〕狀態詞。又多又密的樣子（跟"稀稀拉拉"相對）：蛋糕掉在地上，～地趴着一層螞蟻｜街上～全是人。也說密麻麻。

【密密匝匝】mìmizāzā（～的）〔形〕狀態詞。十分稠密的樣子：～的遊客｜～的矮房子｜～的穀穗隨風搖動。也說密匝匝，如"密匝匝螞蟻排兵，亂紛紛蜂釀蜜"。

【密謀】mìmóu ❶〔動〕秘密謀劃（多指幹壞事）：～叛亂｜～集體舞弊。❷〔名〕秘密謀劃的事情（多指壞的）：那次～敗露了｜～沒有得逞。

【密切】mìqiè ❶〔形〕（關係）親近：來往十分～｜師生關係越來越～了。❷〔動〕使親近：～兩國關係｜～上級同下級的聯繫。❸〔形〕對事情考慮得仔細；照顧得周到：～注視着事態的發展｜～配合友軍作戰。

【密實】mìshí〔形〕❶細密；緊密：～的針腳｜這件毛衣織得真～。❷嚴實：～袋｜～膠條。

【密使】mìshǐ〔名〕秘密派遣、擔負秘密使命的使者：總統～。

【密室】mìshì〔名〕（間）❶不為外人知道的秘密房間。❷四周關得很嚴密的房間。

【密談】mìtán〔動〕秘密地交談：他倆在屋裏～｜不知道他們～些甚麼。

【密探】mìtàn〔名〕（名）指暗中探查秘密的人：防止～潛入｜發現了一名～。

【密寫】mìxiě〔動〕為保密而用化學藥劑書寫，寫後字跡不顯露：～藥水。

【密友】mìyǒu〔名〕（位）交情極深、關係極密的朋友：閨中～。

【密雲不雨】mìyún-bùyǔ〔成〕《周易·小畜》："密雲不雨，自我西郊。"意思是濃雲密佈在西郊，卻久不下雨。後用來比喻恩惠在上，久不肯施於下。也比喻事情醞釀已久，還沒發作或實施。

【密植】mìzhí〔動〕在單位面積土地上加大作物的密度，縮小作物的行距和株距。

【密旨】mìzhǐ〔名〕秘密諭旨。

幪 mì〈書〉❶幪：～目（覆蓋死者面部的巾）。❷覆蓋。❸均勻：～爾。

莫 mì 見"荬莫"（1447頁）。
另見 míng（937頁）。

嘧 mì 見下。

【嘧啶】mìdìng〔名〕有機化合物，無色晶體，有刺激性氣味。供製藥物等。[英 pyrimidine]

蜜 mì ❶〔名〕蜂蜜；蜜蜂採花釀成的東西，因其甜，成為甜美的象徵：～多不甜，油多不香（比喻無論甚麼事都不能過分）｜我們的生活比～甜。❷像蜂蜜般甜的東西：糖～。❸像蜂蜜甜美：～桃｜～橘｜～月｜甜言～語。

語彙 花蜜 糖蜜 甜蜜 波羅蜜

【蜜蜂】mìfēng〔名〕（隻）昆蟲，人類飼養以供採蜜的蜂類，由蜂王、工蜂和雄蜂組成，工蜂能採花粉釀蜜。

【蜜供】mìgòng〔名〕供奉給神佛祖宗的用蜜或糖漿製成的食品，後成為一種糕點。

【蜜餞】mìjiàn ❶〔動〕用蜜或濃糖漿浸製（果品等）：～果脯｜～紅果兒。❷〔名〕用蜜或濃糖漿製成的果品。從前也叫蜜漬、蜜煎。

【蜜丸子】mìwánzi〔名〕（顆）中藥指用蜂蜜調和藥末兒製成的丸狀藥品。也叫蜜丸兒。

【蜜月】mìyuè〔名〕❶歐美有些國家稱新婚第一個月。中國許多地區也接受這種說法：～旅行｜度～。❷比喻彼此關係很親密的時期：兩國關係進入～期。

幕（冪）mì ❶〈書〉蓋酒器用的巾。❷〈書〉覆蓋；罩：祭祀，以疏布巾～八尊。❸〔名〕表示一個數自乘若干次的形式叫冪，如四個 5 相乘，寫成 5^4，叫作 5 的四次冪，5 是冪的底數，4 是冪的指數。

謐（謐）mì〈書〉安靜：安～｜靜～。

mián ㄇㄧㄢˊ

眠 mián ❶睡覺；睡着：催～｜失～｜長～（指死亡）。❷〔動〕某些動物在一段較長時間裏不吃也不動；植物的芽在冬季停止生長：冬～｜蠶眠三～。❸（Mián）〔名〕姓。

語彙 安眠 蠶眠 長眠 成眠 催眠 冬眠 失眠 睡眠 休眠

棉 mián ❶〔名〕草棉、木棉的統稱，多指草本的棉：植～｜～田。❷〔名〕指棉花的纖維，可用來製紡織品：～襖｜～被｜～衣｜～布。❸類似棉花的東西：膨鬆～｜太空～｜石～。❹棉衣：夏穿單，冬穿～｜一場秋雨一場寒，十場秋雨便穿～。❺（Mián）〔名〕姓。

語彙 草棉 礦棉 木棉 皮棉 石棉 絮棉 藥棉 原棉 子棉 人造棉 脫脂棉

【棉布】miánbù〔名〕用棉紗織成的布。

【棉紡】miánfǎng〔形〕屬性詞。以棉花等植物纖維為原料紡織的：～廠｜～工業。

【棉花】miánhuā〔名〕❶（棵，株）一年生草本植物，果實叫棉桃，內含種子和白色纖維。❷（朵）棉桃中的纖維，是紡織業的主要原料。❸像棉花的性質或形狀，常比喻軟弱無能：～耳朵（比喻缺乏主見）。

外來的棉花

中國的棉花是從最早的植棉國家印度傳來的。中國關於棉花的記載，初見於漢魏之際。那時稱棉花為"織貝"，魏晉南北朝時又叫"木棉""吉貝"。"織貝""吉貝"大概是從印地語"劫波羅"音譯而來。

【棉毛褲】miánmáokù〔名〕(條)由針織機織成的棉紗褲子，多用作內衣。

【棉毛衫】miánmáoshān〔名〕(件)由針織機織成的棉紗上衣，多用作內衣。

【棉農】miánnóng〔名〕(位)以種植棉花為主業的農民。

【棉籤】miánqiān〔名〕一端或兩端裹有少許脫脂棉的小細棍，用來塗抹藥品、化妝品等：打針前，醫生用塗着藥水的～在病人的皮膚上消毒。

【棉紗】miánshā〔名〕(根)用棉花紡成的紗。

【棉桃】miántáo〔名〕棉花所結的果實，初長時形狀像鈴，叫棉鈴，長成後形狀像桃，叫棉桃。一般不加區別，都叫棉桃。

【棉綫】miánxiàn〔名〕(根，條)用棉紗紡成的綫，供縫紉及編織等用。

【棉絮】miánxù〔名〕❶棉花的纖維。❷(條，床)特指用棉花纖維絮製的被褥等的胎：這件破棉襖露出～來了。

【棉籽】miánzǐ〔名〕棉花的種子，除用於播種外，還可以榨油等：～油｜～餅。也作棉子。

綿（绵）〈緜〉mián ❶絲綿。❷連綿不斷：～延｜～長｜～亘。❸柔軟：～軟。❹單薄：～薄｜～力。

語彙　纏綿　海綿　連綿　軟綿綿

【綿薄】miánbó〔名〕〈書〉〈謙〉指自己微弱的能力：聊盡～｜欲效～｜勉竭～。也說綿力。

【綿長】miáncháng〔形〕延續很長：情思～｜～的歲月。

【綿綢】miánchóu〔名〕以棉紡過程中分離出來的含雜質較多的纖維為原料，紡成絲以後織成的絲織品，厚實堅韌但不光滑，可做衣料、被面等。

【綿亘】miángèn〔動〕(時間或空間)連綿不斷：～千年而不衰｜太行山～千里。

【綿裏藏針】miánlǐ-cángzhēn〔成〕❶比喻柔中有剛：這些話～，令對手一時語塞。❷比喻外貌和善而內心尖刻惡毒：對那種笑裏藏刀、～的人，千萬要當心。注意 這裏的"綿"不寫作"棉"。

【綿連】(綿聯)miánlián〔動〕連綿：群山～。

【綿綿】miánmián〔形〕❶綿延；連續不斷：秋雨～｜長夜～。❷(情思)長而不絕：情意～｜天長地久有時盡，此恨～無絕期。

【綿軟】miánruǎn〔形〕❶柔軟：～舒適｜這種紙很～，用它做襯裏最好。❷形容身體軟弱無力：渾身～｜四肢～。❸力量不足：棋風～｜～的批評｜回球～無力。

【綿延】miányán〔動〕連續延長：～不斷的山嶺｜浩浩蕩蕩的隊伍～了好幾公里｜～了五千年的歷史。

【綿羊】miányáng〔名〕(隻，頭)羊的一種，體豐滿，尾肥大，毛長而捲曲，多白色。肉供食用，毛是紡織品的重要原料，皮可製革。

【綿紙】miánzhǐ〔名〕用韌皮纖維製成的紙，色白而有韌性，質薄柔軟，纖維細長如絲綿。多用作包裝、襯墊等。

miǎn　ㄇㄧㄢˇ

丏 miǎn ❶〈書〉遮蔽；看不見。❷見於人名：夏～尊(中國現代作家、出版家)。❸(Miǎn)〔名〕姓。

免 miǎn ❶〔動〕除去，除掉：～禮｜～罪｜～費優待｜他的職務被～了｜這些手續都可以～了。❷避免；躲避；不被某事物涉及：難～｜倖～｜未能～俗｜請認真回答，以～誤會。❸表示無須、禁止或勸阻，相當於"不必""不要""不可"：閒人～進｜～試入學｜概不通融，～開尊口。

語彙　罷免　避免　不免　豁免　減免　任免　赦免　未免　倖免　以免

【免不了】miǎnbuliǎo〔動〕避免不了；無法避免：小孩子一塊兒玩，吵架是～的｜雖說辦事認真，也～犯錯誤。

【免除】miǎnchú〔動〕❶避免；排除：使用過濾裝置，可以～煙塵造成的污染。❷免去；除掉：～他在政府的一切職務。

【免得】miǎnde〔連〕避免出現(某種不希望的情況)；以免：自己的事自己做，～麻煩別人｜發言要有個提綱，～說亂了。

【免費】miǎn//fèi〔動〕免交費用；不收費：～參觀｜～入學｜已經免了費，不用掏錢了。

【免費午餐】miǎnfèi wǔcān〔慣〕比喻不用付出代價就獲得的利益：只有付出才有回報，天底下沒有～。

【免冠】miǎnguān〔動〕❶脫帽，舊時表示謝罪或賠禮，現用來表示敬意或行禮。❷不戴帽子：～照片。

【免檢】miǎnjiǎn〔動〕免去檢查；不必接受檢查：～商品｜軍車可以～。

【免票】miǎnpiào ❶〔名〕(張)特贈的，不收費的票：每人可享有一張～。❷〔動〕不必買票：～入場｜老人可～乘車。

【免試】miǎnshì〔動〕免除考試或測試而視為合

M

格：～上研究生｜～外語。

【免稅】miǎn // shuì〔動〕不必繳納稅款：准予～｜申請～｜免了兩種稅。

【免修】miǎnxiū〔動〕經學校允許，學生不必學習（某門功課）：他腿部殘疾，獲准～體育。

【免疫力】miǎnyìlì〔名〕❶生物對某種傳染病的抵抗力，有先天性免疫力與獲得性免疫力兩種：接種卡介苗，對結核病就有了～。❷比喻自覺抵制社會生活中的某些不健康因素的能力：不要讓青少年看這一類電影，因為他們還沒有～。

【免職】miǎn // zhí〔動〕免除職務：他已被～｜免了三個人的職。

辨析 免職、撤職 "免職"可以是因正面的原因（如提升）而免去現任職務；"撤職"則必定是因負面的原因（如犯罪、犯錯誤）而撤銷職務。

沔 Miǎn ❶沔水，水名。在陝西，是漢水的上游，古代也指漢水。❷〔名〕姓。

眄 miǎn "眄"miàn 的又讀。

俛 miǎn ❶〔書〕勤勞；勤勉：～焉孜孜不倦。❷見"僶俛"（932頁）。
另見 fǔ "俯"（403頁）。

勉 miǎn ❶努力；盡力：～力共進。❷勸勉；鼓勵：師生共～｜有則改之，無則加～。❸勉強；力量不足仍盡力去做：～為其難（勉強做力所不及之事）｜～從其言。❹（Miǎn）〔名〕姓。

語彙 共勉 加勉 勤勉 勸勉 慰勉

【勉力】miǎnlì〔動〕盡力；努力：～為之｜～行事。

【勉勵】miǎnlì〔動〕勸勉；鼓勵：彼此互相～｜～孩子們好好學習。

【勉強】miǎnqiǎng ❶〔動〕讓別人不很情願地去做某件事：他既然不願意去，就不要～他了｜你來也好，不來也好，我可沒有～過你。❷〔動〕能力不夠，仍盡力去做：要覺得跑不下來，千萬別～。❸〔形〕湊合；將就（達到某種要求）：這些汽油勉勉強強用到放假。❹〔形〕不是自覺自願的：他很～地答應了｜他這才勉勉強強接受了任務。❺〔形〕不充分；不合理；不自然：你的論據很～｜他的一番解釋也太～了｜他笑得那樣～，實在叫人不舒服。

【勉為其難】miǎnwéiqínán〔成〕勉強去做感到難做的事：既然如此，恭敬不如從命，我就～，答應了。

娩 miǎn 婦女生孩子：分～｜～出｜～息（繁殖）。

勔 miǎn〔書〕勤奮自勵：～自強而不息。

冕 miǎn ❶上古天子、諸侯、卿、大夫所戴的禮冠，後來專指皇帝的禮帽：加～。❷比喻體育、文藝等競賽中的冠軍的榮譽地位：衞～。❸（Miǎn）〔名〕姓。

禮冠

偭 miǎn〔書〕❶面向。❷違背：～規矩而改錯。

湎 miǎn〔書〕沉迷；貪戀（多指酒）：沉～｜～爾以酒。

愐 miǎn〔書〕❶想；思想。❷勤勉。

黽（黾）miǎn 同"澠"（miǎn）。另見 mǐn（932頁）。

腼 miǎn 見下。

【腼腆】（靦覥）miǎntiǎn（-tian）〔形〕❶害羞；不好意思的樣子：新郎很～，別難為他了。❷怕生，（表情）不自然：這女孩兒見了生人就有點兒～。

緬（缅）miǎn ㊀❶〔書〕細絲。❷〔書〕悠長、久遠的樣子：～懷｜～想。❸（Miǎn）〔名〕姓。
㊁〔動〕（北京話）挽起，捲（juǎn）：～上袖子幹活。
㊂（Miǎn）指緬甸：中～會談｜中～關係。

【緬懷】miǎnhuái〔動〕追想；追念已往的人或事（含莊重意）：～英雄業績｜～革命先烈。

靦（觍）miǎn "靦覥"，見"腼腆"（924頁）。另見 tiǎn（1339頁）。

澠（渑）miǎn 用於地名：～池（在河南西部）。
另見 Shéng（1207頁）。

鮸（鮸）miǎn〔名〕魚名，生活在海洋中，棕褐色，體長50厘米以上，體側扁而口大。也叫繁（mǐn）、米魚。

miàn ㄇㄧㄢ

面 miàn ❶臉：～色｜～容｜滿～堆笑｜人心不同各如其～。❷〔名〕情面；面子：不看僧～看佛～｜看在主人的～上這次不罰他了。❸（～兒）〔名〕物體的表面；東西露在外面的那一層：江～｜路～｜桌～兒上落了一層土。❹〔名〕幾何學上稱綫移動所生成的圖形（有長，有寬，沒有厚薄）：平～｜斜～｜垂直～。❺〔名〕指較大的範圍：以點帶～｜～～俱到｜～上的工作不能放鬆。❻部位；方面：側～｜對立～｜兩手法｜四～八方｜一～之辭｜獨當一～。❼當面（做狀語）：～授機宜｜～交老王。❽〔動〕朝着；面向：～臨｜～山背海｜～南坐北。❾〔書〕見面；露面：謀～｜未嘗一～｜今年將有兩本新書～世。❿〔後綴〕附於單音節方位詞後構成雙音節方位詞：下～｜後～｜裏～｜外～｜南～。❶〔量〕用於扁平或能展開的東西：一～鑼｜兩～鼓｜三～鏡子。⓬〔量〕用於會面的次數：你跟他見過幾～？｜我們只見一～。⓭（～兒）〔量〕用於紙張。一張紙有兩面：這本書有五百～。

另見 miàn "麵"（926 頁）。

語彙　版面　背面　表面　側面　場面　出面　當面　斷面　對面　反面　方面　封面　海面　畫面　會面　見面　局面　臉面　路面　門面　片面　票面　撲面　情面　全面　世面　市面　書面　體面　相面　顏面　迎面　字面　對立面　工作面　別開生面　獨當一面　改頭換面　拋頭露面　蓬頭垢面　洗心革面　油頭粉面

【面壁】miànbì〔動〕❶面對牆壁；閉門獨處。❷佛教特指面向牆壁端坐靜修（坐禪）。❸舊指面對牆壁而立的一種體罰。

【面對】miànduì〔動〕❶正面朝着：我們單位～一家商場。❷對事情採取一定的方式或態度：如何～｜無法～父老鄉親｜～這個難題，他想出了一個妙計。

【面對面】miàn duì miàn ❶臉對臉；正對着：倆人～站着，談了很久。❷當着當事人的面做某事：這次評議幹部，採取～的方式。

【面額】miàn'é〔名〕票面的數額：人民幣的～有一元、五元、十元、二十元、五十元、一百元等多種。

【面紅耳赤】miànhóng-ěrchì〔成〕形容人在羞愧或急躁發怒時的樣子：羞得～｜爭得～｜急得～一時間～，火冒三丈。

【面黃肌瘦】miànhuáng-jīshòu〔成〕臉色發黃（沒有血色），肌肉消瘦。形容有病或營養不良的樣子：看這孩子～的｜災民個個～。

【面積】miànjī(-ji)〔名〕平面或物體表面的大小：房子的實際使用～｜提高單位～產量。

【面頰】miànjiá〔名〕臉部：～微紅。

【面巾紙】miànjīnzhǐ〔名〕（張）用來擦嘴、擦臉的紙巾。

【面具】miànjù〔名〕（副）❶戴在面部起遮擋保護作用的器具：防毒～。❷假面具，演戲或遊戲時用的戴在面部化裝作用的用品：～跟服裝要相配｜參加演出的人戴着各式各樣的～。❸比喻偽裝（多就政治上而言）：撕下他慈善的～，露出其豺狼本相｜人不能整天戴着～生活。

【面孔】miànkǒng〔名〕❶臉；相貌：這個人的～好熟悉。❷面部的表情：冷～｜板起～｜老闆不高興，～很難看。❸比喻事物的樣式、外觀、面貌：人家的產品早就更新換代了，咱們的產品卻還是一副舊～｜公司網頁將以新～出現。❹指人：今年春節晚會將有許多新～｜國足還是那些老～。

【面料】miànliào〔名〕❶製作衣服、鞋面子的用料：這身西服～好，式樣新。❷指用作書籍封面或器物表面的材料：寫字枱的～是一種耐高溫樹脂板。

【面臨】miànlín〔動〕❶面對；臨近（某事物）：背靠青山，～湖水｜北京飯店～長安街。❷正在遇到（困難、危險、某種形勢等）：～一次最嚴峻的考驗｜～一場新的危機。

【面貌】miànmào〔名〕❶面容；相貌；光綫很暗，看不清那人的～。❷比喻事物的樣子、狀況：改變學校～｜精神～煥然一新。

【面面觀】miànmiànguān 從事物的各個方面觀察和認識（多用於文章標題或書名）：醫療糾紛～｜汽車市場～｜明星做廣告～。

【面面俱到】miànmiàn-jùdào〔成〕各個方面都考慮和安排得很周到，沒有疏忽或遺漏：他辦事～｜寫文章切忌～。

【面面相覷】miànmiàn-xiāngqù〔成〕覷：看；瞧。人們互相對視而不說話。形容詫異、驚懼或無可奈何的情狀：兩個人見此情景，驚得～，張口結舌｜大家～，誰也不發言。

【面膜】miànmó〔名〕一種美容護膚品，塗抹在臉上，形成薄膜，可以除去面部污垢或過多油脂。

【面目】miànmù〔名〕❶面容；相貌：兇惡的～｜沒看清那人的～。❷比喻事物的樣子、呈現的景象、狀態：～全非｜～一新｜不識廬山真～，只緣身在此山中。❸面子；體面：有何～再見家鄉父老！

辨析　面目、面孔　a）"面孔"可以指"樣式"，如"產品還是老面孔"；可以指"表情"，如"冷面孔""板起面孔"，"面目"不能這樣用。b）"面目"可以指"面子"，如"有何面目見家鄉父老"；可以指"景象狀態"，如"政治面目""家鄉的面目"，"面孔"不能這樣用。

【面目一新】miànmù-yīxīn〔成〕樣子整個變成了新的，跟先前比大不相同：經過治理整頓，全市～｜報紙改版後，～。

【面嫩】miànnèn〔形〕❶外貌上顯得年輕：他雖已年過五旬，但長得很～。❷害羞；不好意思：她本也有那意思，但因～，一時說不出口。

【面龐】miànpáng〔名〕臉盤；臉的輪廓（多用於好的方面）：圓圓的～很惹人喜愛｜時時想起老大娘那慈祥的～。

【面洽】miànqià〔動〕當面接洽；當面商量：～有關事宜｜三日後～。

【面前】miànqián〔名〕方位詞。❶面對着的、距離近的地方：走出峽谷，～是一條小河。❷用在名詞或代詞後，相當於"跟前"：關公～耍大刀｜英雄～無困難｜在事實～，他不得不服輸了。注意 名詞、代詞限於指人的，名詞也可以是抽象意義的，但不能是指地方的，如不能說"教室面前"。❸當前：～的這些事就夠我應付的了。

【面容】miànróng〔名〕面貌；容貌：～清秀｜～消瘦｜慈祥的～。

[辨析]　面容、面貌　a)"面貌"側重指人的五官外形，人的長相，如"他的面貌很普通""天太黑，看不清小偷的面貌"。二例不能換成"面容"。b)"面容"側重指人的面部表現出來的狀態和健康狀況，如"一副憔悴的面容""疲倦和充滿憂鬱的面容"，都不能換成"面貌"。c)"面容"有比喻用法，如"首都面貌發生了巨大變化"，"面容"沒有。

【面色】miànsè〔名〕❶面部的顏色：～蒼白｜～如土。❷臉上露出的神情：看他～不對，我不敢再往下說。

【面紗】miànshā〔名〕❶婦女蒙面用的紗巾。❷比喻掩蓋事實真相的東西：歷代帝王的生活都蒙上了一層神秘的～。

【面善】miànshàn〔形〕❶面熟：這人看起來有些～，似曾相識。❷面容和藹：～心狠｜和藹～的老人。

【面商】miànshāng〔動〕當面商量：事需～，請速來｜～對策。

【面上】miànshang〔名〕指較大範圍的或一般性的：深入重點，但～的問題也要抓緊解決。

【面生】miànshēng〔形〕面貌生疏（跟"面熟"相對）：～的客人｜今天參加會的人我都很～。

【面世】miànshì〔動〕（新產品）出廠；（新著作）出版；（新技術）開始應用。意謂與世人見面（多用於新聞報道）：新編的大詞典即將～。

【面市】miànshì〔動〕投放市場：一種新式燃氣灶近日在北京～。

【面試】miànshì〔動〕當面進行考試：進行～｜～合格｜先筆試，再～｜訓練～技巧。

【面首】miànshǒu〔名〕〈早〉指供皇族貴族婦人玩弄的美男子，即所謂男妾、男寵。

【面授】miànshòu〔動〕❶當面傳授：～機宜。❷以當面講課的方式進行教學（區別於"函授"）：書法函授學校每個月～一次。

【面書】miànshū　港澳地區用詞。一種社交網站，英文 Facebook 的意譯。台灣地區叫臉書，新加坡叫面子書。

【面熟】miànshú〔形〕面貌熟悉（其他則缺乏了解，跟"面生"相對）：這個人看着很～。

【面談】miàntán〔動〕當面商談：要求與經理～。

【面湯】miàntāng〔名〕（吳語）洗臉用的熱水。

【面向】miànxiàng〔動〕面對着（某個方向、某些人或事）；向着：～農村｜～社區｜～廣大影迷。

【面相】miànxiàng〔名〕（副）面貌；長相：看～，他是個讀書人｜～很兒。

【面議】miànyì〔動〕❶〈書〉當面批評：直言～。❷當面商議：有關事宜～。

【面譽】miànyù〔動〕〈書〉當面稱讚：不好（hào）～。

【面罩】miànzhào〔名〕擋住面部起遮掩或保護作用的罩子。

【面值】miànzhí〔名〕證券或票據上標明的錢的數額：郵票的～為兩元。

【面子】miànzi〔名〕❶衣物的表面：大衣的～是海軍呢（ní）。❷臉面；體面：保全～｜死要～活受罪（一心愛慕虛榮，圖表面，自討苦吃）。❸情面；情分：不講～｜看在我的～上，幫個忙吧｜朋友的～難卻（難以拒絕）。

晒　miàn，又讀 miǎn〈書〉斜着眼睛看；顧：～（回頭看）｜相～｜～視。

麵（面）〈麵〉miàn ❶〔名〕小麥或別的糧食磨成的粉：白～｜雜～｜玉米～｜揉（róu）～｜和（huó）～。注意單說"麵"時一般指小麥磨成的粉。❷〔名〕麵條：煮一碗～｜中午吃～｜晚上吃飯。注意單用時北方人一般說"麵條"，南方人一般說"麵"。❸（～兒）〔名〕粉末：藥～兒｜胡椒～兒｜辣椒～兒。❹〔形〕（北方官話）食物柔軟，纖維少，不脆：～白薯｜這個瓜脆，那個瓜～｜沙果～太～了。❺〔形〕（北京話）軟弱；窩囊；辦事不利索：你真～，吃了虧還不敢說｜這支國家足球隊真～，A級比賽一場都沒贏｜這人開車太～，慢慢騰騰的。

"面"另見 miàn（924頁）。

語彙　白麵　炒麵　發麵　掛麵　藥麵

【麵包】miànbāo〔名〕❶把麵粉加水等揉和均勻，發酵及焙烤而成的食品：～房｜～渣兒黑～｜果仁兒～。❷指麵包車：乘小～走吧。

【麵包車】miànbāochē〔名〕（輛）一種中小型的載客汽車，形狀像長方形的麵包，故稱。注意當前面有修飾成分時，也可省稱麵包，如"小麵包"。

【麵茶】miànchá〔名〕一種糊狀的食品，用糜子麵等加水煮成，舀到碗裏後再加拌麻醬、椒鹽等：喝～｜來一碗～。

【麵的】miàndī〔名〕（輛）指用作出租車的小型麵包車。

【麵點】miàndiǎn〔名〕以麵粉、米粉為主要原料而製成的點心：西式～。

【麵肥】miànféi〔名〕含有大量酵母、能用來引起發酵的麵塊。

【麵粉】miànfěn〔名〕用小麥磨成的粉。注意"麵粉"在複合詞語裏可以省稱"粉"，如"精粉""標準粉""富強粉""餃子粉"。

【麵筋】miànjin〔名〕用麵粉加水拌和，洗去其中的澱粉後所剩下的混合蛋白質，色淡黃，結成團：炒～｜～燒肉。

【麵碼兒】miànmǎr〔名〕用來拌麵條的蔬菜（一般只是焯一焯，不用油炒，以保持新鮮、爽脆）。

【麵食】miànshí〔名〕以麵粉為主要原料製成的各種食品，如包子、餃子、麵條、饅頭等。

【麵湯】miàntāng〔名〕❶煮過麵條的水：吃完炸醬麵，再喝碗～。❷用麵粉攪和成糊狀煮熟的湯。河南地區叫甜湯。❸（北方官話）指湯麵，就是煮熟的麵條，因為有湯，故稱：吃一碗熱～。

【麵條】miàntiáo〔名〕用麵粉做的細條狀食品，一般煮熟吃：擀～｜煮～｜吃碗～。

miāo ㄇㄧㄠ

喵 miāo〔擬聲〕貓叫的聲音：小貓～～地叫着。

miáo ㄇㄧㄠˊ

苗 miáo ㊀（～兒）〔名〕❶初生的植物；某些蔬菜的嫩枝嫩葉：禾～｜樹～兒｜蒜～｜韭菜～兒｜拔～助長。❷（～兒）形狀像苗的東西：火～兒。❸事情的因由或開端；表露出來的跡象：根～｜～頭｜礦～。❹某些初生的供人飼養的動物：豬～｜魚～。❺〔名〕指人的後代：他是王家的單根獨～。❻疫苗：痘～｜卡介～。❼（Miáo）〔名〕姓。

㊁（Miáo）苗族：～家｜～語｜～寨。

語彙 扶苗 間苗 麥苗 青苗 秧苗 銀苗 油苗 幼苗 育苗 植苗

【苗床】miáochuáng〔名〕培育作物幼苗的地方。

【苗木】miáomù〔名〕培育的樹木幼株。

【苗圃】miáopǔ〔名〕培育作物幼苗的園地。

【苗情】miáoqíng〔名〕（莊稼）幼苗的成長情勢：～良好。

【苗條】miáotiao〔形〕（身材）細長柔美（多用來形容女性的身材）：大姐比幾個妹妹顯得～些。

【苗頭】miáotou〔名〕事故將要發生或事物將要變化時顯現出來的預兆：事故的～早就出現了｜他一看～不對就趕緊溜了。

【苗裔】miáoyì〔名〕〈書〉後代子孫：炎黃～。

【苗子】miáozi〔名〕❶初生的種子植物：松樹～。❷比喻能繼承事業的後輩：這年輕人是個好～｜注意發現和培養～。❸苗頭：注意事故～。

【苗族】Miáozú〔名〕中國少數民族之一，人口約942.6萬（2010年），主要分佈在貴州，其餘散居在湖南、雲南、四川、廣西、湖北、海南、重慶等地。苗語是主要交際工具，有本民族文字。

描 miáo〔動〕❶照着樣子畫或寫（多用透明的紙蒙在底樣上）：～花樣｜～龍畫鳳｜～摹｜～紅。❷重複地塗抹或塗寫：眉毛一得長長

的｜字跡太輕，再一～～。

語彙 白描 掃描 素描

【描紅】miáohóng〔動〕兒童練習毛筆字，用毛筆在印有紅色的字的紙上，順着紅字的筆畫寫墨筆字：小孩子練習毛筆字都是先～後臨字帖的。

【描畫】miáohuà〔動〕畫；描寫：～祖國山河｜～出我們的美好前景。

【描繪】miáohuì〔動〕描寫；畫：這幅畫～了泰山日出的壯觀景象｜精雕細刻，着意～。

【描摹】miáomó〔動〕❶照着樣子寫或畫：練毛筆字，～臨帖不可少。❷用語言文字刻畫出人物形象或事物的特性等：無論是正面人物還是反面人物，都～得惟妙惟肖。

【描述】miáoshù〔動〕用語言文字敍述事物的情狀：他滔滔不絕地～着開學那天的情景｜當時的感受實在難以～。

【描寫】miáoxiě〔動〕用文字把人物、事件、環境等形象具體地表述出來：～戰爭｜～他怎樣刻苦鑽研｜他最善於～兒童心理。

瞄 miáo〔動〕把視力集中於目標；注視：槍～得很準｜你～着他，看他想幹甚麼。

【瞄準】miáozhǔn（～兒）〔動〕❶把弓箭、槍口、炮口等對準所要射擊的目標：～靶心｜手發抖就瞄不準，瞄不準就射不中。❷泛指對準某一特定對象（以便採取行動）：～國際市場，發展創匯的拳頭產品。

鶓（鶓）miáo❶見"鴯鶓"（343頁）。❷（Miáo）〔名〕姓。

miǎo ㄇㄧㄠˇ

秒 miǎo〈書〉❶（樹木的）末端：樹～｜竿～。❷（年、月、季的）末尾：歲之～｜秋～。

眇〈眇〉miǎo〈書〉❶瞎了一隻眼睛；也指兩眼瞎：左目～～。❷瞇着眼睛仔細看：～目於毫分。❸微小；渺小：～乎小哉！

秒 miǎo ㊀〈書〉穀物種子殼上的芒：禾～｜麥～。

㊁〔量〕❶時間單位，60秒等於1分。❷弧或角的單位：60秒等於1分。❸經度、緯度單位：60秒等於1分。

【秒錶】miǎobiǎo〔名〕（塊，隻）體育運動、科學研究及國防等常用的一種計時錶。能測量到很短的時間間隔，其讀數可達1/5秒、1/10秒以至1/1000秒不等。

秒錶的不同説法
在華語區，中國大陸叫秒錶或跑錶，港澳地區和新加坡也叫秒錶，台灣地區叫碼錶，馬來西亞則叫停錶。

【秒殺】miǎoshā〔動〕原為網絡遊戲用語，指在極短的時間內或比賽的最後時刻擊敗對手。

【秒針】miǎozhēn〔名〕鐘錶上比時針、分針運動快的指示秒數的指針。

水 miǎo ❶用於地名：～泉（在江蘇）。❷見
淼 於人名。
另見 miǎo "渺"（928 頁）。

渺 〈渺⊖❶❷淼〉miǎo ⊖ 形容水大；水廣闊無邊：浩～｜～茫。
⊜❶ 遠；遼遠：杳～｜～無人煙。❷因遙遠而模糊不清：～若煙雲｜～無音信。❸微小：～不足道。
"淼"另見 miǎo（928 頁）。

【渺茫】miǎománg〔形〕❶煙波遼闊的樣子：春江～。❷因遙遠而模糊不清：音容～｜往事～。❸毫無把握，不可預測：前途非常～｜希望十分～。

【渺小】miǎoxiǎo〔形〕藐小：我個人猶如大海中的一滴水，～得很。

緲（緲） miǎo 見 "縹緲"（1027 頁）。

藐 miǎo〈書〉❶弱小；幼稚：孤女～焉始孩。❷不經意的：言者諄諄，而聽者～～。❸輕視；小看：～視｜～之。

【藐視】miǎoshì〔動〕輕視；小看：～敵人｜戰略上～，戰術上重視。

【藐小】miǎoxiǎo〔形〕微小：個人的力量是～的｜和大海比起來，萬噸巨輪也顯得～。

邈 miǎo〈書〉遙遠：緬～｜～不可見。

【邈遠】miǎoyuǎn〔形〕遙遠：～的古代｜宇宙～。也作渺遠。

miào ㄇㄧㄠ

妙 〈❶-❸玅〉miào ❶〔形〕美好；美妙：～姿｜～極了｜～不可言。❷神奇；奇妙：～計｜神機～算｜生花～筆｜曲盡其～。❸〔形〕有趣：你說的這些話可真～。❹（Miào）〔名〕姓。

語彙 奧妙 不妙 高妙 精妙 絕妙 美妙 奇妙 巧妙 神妙 微妙 玄妙 莫名其妙

【妙筆生花】miàobǐ-shēnghuā〔成〕比喻文筆神妙，能寫出引人入勝的文章。有時也比喻不適當地渲染、誇大：我把素材提供給你，你來寫，定能～。

【妙不可言】miàobùkěyán〔成〕好到了極點，無法用言語來表達：奪冠的幸福感覺～｜～的一條廣告。

【妙處】miàochù〔名〕美妙、精彩的所在：你還沒有領略到這景觀的～｜文章的～就在於此。

【妙計】miàojì〔名〕（條）神奇巧妙的計策：錦囊～｜我有一條～。

【妙訣】miàojué〔名〕高妙的訣竅或辦法：看原文電視劇是學外語的～。

【妙齡】miàolíng〔名〕最美好的年齡。指人的青春時期（多指女子）：～女郎。

【妙趣橫生】miàoqù-héngshēng〔成〕（言語、文章、藝術等）洋溢着美妙的趣味：～的即興表演｜所畫花鳥蟲魚，無不～。

【妙手回春】miàoshǒu-huíchūn〔成〕春：比喻生機。稱讚醫生醫術高明，能把重病治好：活人濟世，～（稱讚和感謝醫生的話）。

【妙算】miàosuàn〔名〕巧妙的謀劃：神機～。

【妙藥】miàoyào〔名〕神奇療效的藥：靈丹～。

【妙用】miàoyòng ❶〔名〕奇妙的作用；神妙的功用：～無窮｜我搜集這些碎布頭兒自有～。❷〔動〕巧妙地運用：～成語是他的本事｜～電腦操作系統的輔助功能。

【妙語】miàoyǔ〔名〕美妙動聽或饒有趣味的言辭：～驚人｜～連珠｜～解頤（有趣的話引人發笑）。

【妙語連珠】miàoyǔ-liánzhū〔成〕比喻接連說出美妙動聽或有趣的話。也說妙語如珠。

廟（庙） miào ❶〔名〕（座）舊時供祀神佛、祖先或歷代賢哲的處所：土地～｜城隍～｜太～｜家～｜孔～｜山裏頭有很多～。❷舊指朝廷，如 "廟堂"；今也常用來借指某處所，如 "跑得了和尚跑不了廟"。❸廟號：稱太宗。❹〔名〕指廟會：趕～。❺（Miào）〔名〕姓。

語彙 家廟 孔廟 廊廟 聖廟 寺廟 太廟 文廟 武廟 宗廟 城隍廟 山神廟 土地廟

【廟號】miàohào〔名〕中國封建時代皇帝死後，為了奉祀而在太廟立的名號，如太祖、太宗等。

【廟會】miàohuì〔名〕原是設在寺廟裏或附近的集市，在節日或規定的日子舉行。後來春節期間某些集市（並不設在寺廟裏或附近）也叫廟會，如 "文化廟會"。

【廟宇】miàoyǔ〔名〕（座）供奉神佛或歷史上名人的處所：山上的～已修葺一新。

繆（缪） Miào〔名〕姓。
另見 miù（938 頁）；móu（946 頁）。

miē ㄇㄧㄝ

乜 miē〔動〕眼微睜；乜斜。
另見 Niè（980 頁）。

【乜斜】miēxie ❶〔動〕瞇縫着眼睛斜視（多表示瞧不起或不滿意）：他～着眼睛，一臉的不耐煩。❷〔動〕眼睛瞇成一條縫：睡眼～着。

❸〔形〕朦朧：淚眼～｜醉眼～。

咩〈哔哔〉 miē〔擬聲〕羊叫的聲音。

miè ㄇㄧㄝˋ

滅(灭) miè ❶〔動〕熄滅；停止燃燒或發光（跟"着"相對）：煙消火～｜爐子～了｜路燈～了。❷〔動〕使停止燃燒或發光：水可以～火｜不要過早～燈。❸ 淹沒：～頂之災。❹ 消亡；消滅：物質不～｜天誅地～｜自生自～。❺〔動〕使消亡；使消滅：～蚊｜～蠅｜不可長他人志氣，～自己威風｜大義～親。

語彙 覆滅 幻滅 毀滅 殲滅 剿滅 潰滅 泯滅 磨滅 破滅 撲滅 掃滅 死滅 吞滅 熄滅 消滅 天誅地滅 自生自滅

【滅頂】mièdǐng〔動〕水漫過頭頂，人被淹沒而死，比喻致死的災禍：慘遭～｜～之災（泛指致命的災禍或覆滅的命運）。

【滅火】miè//huǒ〔動〕❶ 將火撲滅；撲滅火災：請消防隊來～｜用化學物質～。❷ 熄火；機件停止運轉：汽車滅了火，發動不起來了。

【滅火器】mièhuǒqì〔名〕（隻）一種手提式或移動式的消防裝置，多為圓筒形，內裝可以產生滅火氣體或泡沫等的化學物質。

【滅跡】miè//jì〔動〕消滅事後留下的痕跡（多指壞人為逃脫罪責而消滅犯罪所留的痕跡）：銷贓～｜焚屍～。

【滅絕】mièjué〔動〕❶ 全部消亡：恐龍早已～了｜東北虎瀕臨～。❷ 徹底喪失：～人性。

【滅口】miè//kǒu〔動〕為掩蓋罪行而害死知情人或同謀者，使不泄露秘密：殺人～。

【滅殺】mièshā〔動〕消滅，殺死：大面積～農業害蟲。

【滅失】mièshī〔動〕法律上指物品因自然災害、遺失、被盜、拋棄等原因而不復存在或處於佔有人對它失去控制的狀態。

【滅亡】mièwáng〔動〕❶（國家、種族、人群等）衰敗消失，不再存在：自取～｜這夥敗類終於逃脫不了～的命運。❷ 使（別的國家、種族等）不再存在：殖民主義者企圖～弱小民族。

【滅族】mièzú〔動〕古代刑罰，因一人犯罪而殺死他家族之人：～之罪｜慘遭～。

蔑 miè ❶ 輕蔑：侮～｜～視｜～祖辱親。❷〈書〉微小：視日月而知眾星之小也～。❸〔副〕〈書〉無；沒有：～以復加｜～不有成。另見 miè（蟻）（929頁）。

【蔑稱】mièchēng〔名〕輕蔑的稱呼。

【蔑視】mièshì〔動〕輕視；小看（跟"重視"相對）：～困難｜不應該～群眾｜從戰略上～敵人。

篾 miè〔名〕竹子劈成的薄片，可編製各種用具：～條｜席～｜老人用厚背的鋼刀破～織簟子（湘語"席子"）｜一根草搓不成索，一片～編不成籮。注意 有的地方也泛指葦子或高粱稈上劈下的皮。

【篾黃】mièhuáng〔名〕篾青以裏的黃色篾片，質地較軟、脆。

【篾匠】mièjiàng〔名〕（位，名）用竹篾編製日用器物的手藝人。

【篾片】mièpiàn〔名〕❶ 竹子劈成的長條形薄片，可用來編製篾席、竹籃等器物。❷ 舊稱在富豪人家幫閒湊趣的人：在胡三公子家做～，賺了兩千銀子。

【篾青】mièqīng〔名〕帶有青色外皮的篾片，質地比較柔韌。

【篾席】mièxí〔名〕（張，領）用竹篾、葦篾等編成的席子。

蟻 miè 見下。

【蟻蠓】mièměng〔名〕古書上指蠓。

巇(蔑) miè 本謂血污，引申為毀謗：污～宗室｜恐為仇家誣～。
"蔑"另見 miè（929頁）。

mín ㄇㄧㄣˊ

民 mín ❶ 人民：國富～強｜勞～傷財｜軍愛～，～擁軍。❷ 國內某族的人：漢～｜回～｜藏～。❸（某種）人：市～｜平～｜良～｜災～｜選～。❹ 民間的（事物）：～俗｜～諺｜～樂。❺ 做某種事的人：農～｜漁～｜牧～｜股～｜煙～｜網～。❻ 與軍事無關的（人或事物）：～船｜～工｜～航｜～品｜軍轉～。❼（Mín）〔名〕姓。

語彙 公民 國民 漢民 回民 饑民 賤民 居民 軍民 黎民 流民 牧民 難民 農民 貧民 平民 僑民 全民 人民 市民 庶民 選民 移民 遺民 遊民 漁民 災民 殖民 禍國殃民 擁政愛民 治國安民

【民辦】mínbàn〔形〕屬性詞。由群眾或私人興辦的（區別於"公辦"）：學校可以～了｜～公助。

【民辦教師】mínbàn jiàoshī 指內地農村中原在民辦或集體辦的學校裏任教的教師，他們不享受公辦教師的待遇。國務院於1984年12月13日發出《關於籌措農村學校辦學的經費的通知》，規定"農村中小學民辦教師全部實行工資制，逐步做到不再分公辦、民辦"。

【民兵】mínbīng〔名〕❶ 不離開本地、不脫離生產或工作的群眾武裝組織：～師｜～建制。❷（名）民兵組織中的成員：女～｜基幹～。

【民不聊生】mínbùliáoshēng〔成〕聊：依賴。人

民沒有賴以生存的條件；百姓沒法活下去：軍閥混戰，～。

【民調】míndiào〔動〕民意調查：～結果顯示，大部分人是贊成這項改革的。

【民法】mínfǎ〔名〕調整公民和法人財產關係（如繼承法、經濟合同法）以及與之相聯繫的人身關係（如勞動法、婚姻法）的法律規範的總稱。

【民房】mínfáng〔名〕(幢，棟，間)民用住房：不得隨意佔用～｜這一帶的～應予拆遷。

【民憤】mínfèn〔名〕人民大眾所共有的憤恨：此事激起了～｜～很大｜對這種犯罪分子不殺不足以平～。

【民風】mínfēng〔名〕民間風尚；社會風氣：～淳厚｜良好的～。

【民歌】míngē〔名〕(首)民間口頭流傳着的詩歌或歌曲，如山歌、號子、小調等。流傳中多有修改或變異，多屬集體創作。

【民工】míngōng〔名〕❶ 由政府組織的從事築路、修壩或運輸等勞動的人：組織～興修水利。❷ 外出到城市務工的農民：～潮。也叫農民工。

【民國】Mínguó〔名〕指中華民國：～年間｜～初年｜～歷史。

【民航】mínháng〔名〕民用航空的簡稱：中國～｜～班機。

【民間】mínjiān〔名〕❶ 人民中間：關心～疾苦｜深入～考察｜～美術｜～驗方｜在～廣泛流傳。❷ 指人民之間（區別於"官方"）：～往來｜～學術交流。

【民間文學】mínjiān wénxué 廣泛流傳於民間的口頭文學，包括神話、傳說、民間故事、民間戲劇、民間曲藝以及歌謠、諺語、謎語等：世界各民族都有自己的～。

【民間藝術】mínjiān yìshù 勞動人民直接創造的或廣泛流傳於民間的藝術，包括民間音樂、民間舞蹈、民間工藝、民間美術等：～有強大的生命力。

【民警】mínjǐng〔名〕(位，名)人民警察的簡稱：交通～｜有困難，找～。

【民居】mínjū〔名〕人民居住的房屋：古代～。

【民女】mínnǚ〔名〕普通百姓家的女子。

【民品】mínpǐn〔名〕民用產品（區別於"軍品"）：軍工企業轉產～。

【民企】mínqǐ〔名〕(家)民營企業：支持～發展｜他在～工作。

【民氣】mínqì〔名〕人民大眾的同仇敵愾之氣；廣大民眾對國家大事所表現出來的意志和氣勢：～很盛｜～不可遏。

【民情】mínqíng〔名〕❶ 人民的生產、生活以及民間風俗習慣等情況：關注～｜風俗～。❷ 人民的情緒、願望等：體察～｜～反饋。

【民權】mínquán〔名〕人民的民主權利。

【民生】mínshēng〔名〕❶ 人民維持生活的辦法和門路：國計～。❷ 人民的生活情況：～質量調查。

【民事】mínshì〔形〕屬性詞。有關民法的（區別於"刑事"）：～案件｜～法庭｜～訴訟。

【民事訴訟】mínshì sùsòng 關於民事案件的訴訟（區別於"刑事訴訟"）。

【民俗】mínsú〔名〕人民群眾世代相傳的風俗習慣，是一種傳承的民間文化。

【民宿】mínsù〔名〕台灣地區用詞。民間旅館。將空餘的住房出租給旅客住宿的民宅：這間～十分乾淨，服務周到，天天客滿。

【民校】mínxiào〔名〕(所)❶ 成年人在業餘時間學習文化和技術的學校。❷ 由民間興辦的學校。

【民心】mínxīn〔名〕人民大眾共同的心願、意志等：深得～｜～向背。

【民選】mínxuǎn〔動〕由人民大眾選舉：～村長｜～總統。

【民謠】mínyáo〔名〕(首)民間歌謠，多與時事政治有關：收集～｜～是社會歷史的一面鏡子。

【民意】mínyì〔名〕大眾共同的意願和意見等：～測驗｜尊重～｜一意孤行，不顧～。

【民意測驗】mínyì cèyàn 通過一定的方法和步驟，了解民眾對時下某種問題的看法和意見：～顯示，新的價格調整方案尚需修改。

【民營】mínyíng〔形〕屬性詞。由民眾集體或私人投資經營的：～企業｜～經濟。

【民用】mínyòng〔形〕屬性詞。供民眾生活使用的（區別於"軍用"）：～產品｜～航空｜～建築。

【民樂】mínyuè〔名〕民族器樂，用民族樂器演奏的樂曲，如琴曲《廣陵散》、琵琶曲《十面埋伏》、箏曲《漁舟唱晚》、嗩吶曲《百鳥朝鳳》、笛曲《鷓鴣飛》、二胡曲《二泉映月》等。

民樂的不同說法
在華語區，中國大陸叫民樂，台灣地區叫國樂，港澳地區叫中樂，新加坡、馬來西亞、印度尼西亞則叫華樂。

【民賊】mínzéi〔名〕禍國殃民的人：獨夫～｜鏟除～。

【民宅】mínzhái〔名〕老百姓的住宅：私闖～。

【民政】mínzhèng〔名〕與國內居民有關的行政事務，包括行政區劃、地政、戶政、國籍、選舉、婚姻登記、優撫和救濟等：～部｜～機關｜～幹部。

【民脂民膏】mínzhī-míngāo〔成〕比喻人民用血汗換來的財富：庫藏糧餉，都是～，豈容貪官污吏侵佔肥己！

【民眾】mínzhòng〔名〕人民大眾：～團體｜呼聲｜喚醒～。

【民主】mínzhǔ ❶〔名〕指人民有參與國事的權利，對國事有自由發表意見的權利。**注意** "民主"一詞來自英語 democracy，音譯為"德謨克拉西"，五四運動時期也曾稱"德先生"。❷〔形〕合於民主原則的：廠長作風很～｜他這個人從來就不～。

【民主黨派】mínzhǔ dǎngpài 在中國共產黨領導下的各個黨派的統稱，包括中國國民黨革命委員會、中國民主同盟、中國民主建國會、中國民主促進會、中國農工民主黨、中國致公黨、九三學社和台灣民主自治同盟等。

【民主集中制】mínzhǔ jízhōngzhì 在民主基礎上的集中和在集中指導下的民主相結合的制度，是中國黨政機關和人民團體的組織原則。

【民主人士】mínzhǔ rénshì〔位〕指在中國進行新民主主義革命過程中，有進步傾向、同情並支持中國共產黨，在革命勝利後，擁護社會主義，接受共產黨領導，並具有一定社會影響和知名度的無黨派愛國人士。

【民族】mínzú〔名〕歷史上形成的人們穩定的共同體，多具有共同的語言、共同的地域、共同的經濟生活以及表現在共同文化上的共同心理素質。

【民族魂】mínzúhún〔名〕指一個民族的崇高精神和品格（魯迅逝世後被稱為民族魂）。

【民族區域自治】mínzú qūyù zìzhì 少數民族在自己聚居的區域建立自治地方，如自治區（省級）、自治州（地區級）、自治縣（縣級）等。各自治地方的自治機關是中央人民政府統一領導下的地方政權，除行使一般地方國家機關的職權外，還可以依照法律規定的權限行使自治權。

【民族英雄】mínzú yīngxióng〔位〕為捍衛本民族的利益、爭取本民族的獨立和自由，抗擊外來侵略而表現無比英勇的人物。

【民族主義】mínzú zhǔyì ❶ 資產階級對於民族的看法及其處理民族問題的綱領和政策，在不同的歷史時期和不同的國家起着不同的作用。❷ 孫中山"三民主義"的一個組成部分，主張反對帝國主義、中國民族自求解放、國內各民族一律平等。

【民族資產階級】mínzú zīchǎn jiējí 殖民地、半殖民地國家和某些新獨立國家中與外國資本聯繫較少的中等資產階級。

【民族自決】mínzú zìjué 指每個民族都有權自己決定自己的命運，有權按照自己的願望和意志來處理自己的事情。

旻 mín〈書〉❶ 天空：茫茫大塊，悠悠高～。❷ 秋天；秋季的天空：清～。

岷 Mín 岷山，山名。在四川中北部，綿延於四川、甘肅兩省。是岷江的發源地。

忞 mín〈書〉❶ 勉力自強。❷ 蒙昧，茫然。常疊用。

珉 mín〈書〉似玉的美石：貴玉而賤～，何也？

莔 mín〔形〕莊稼生長期長，成熟期較晚：～穄子｜～高粱｜～玉米。

碈 mín 用於地名：趙家～（在湖南）。

緡（緍）mín〈書〉❶ 穿銅錢用的繩子。❷ 指成串的錢：夜夜算～眠獨遲。❸〔量〕用於成串的錢，一串一千枚為一緡：玉錢千～，其形如環。

mǐn ㄇㄧㄣˇ

皿 mǐn 古代泛指盤、碗一類器具，有耳，用於盛飲食。今不單用，僅見於"器皿"一詞。

抿 mǐn ㊀〔動〕用小刷子蘸些水或油來抹（頭髮等）：用髮蠟～頭髮｜她～了～長髮。㊁〔動〕❶ 輕輕閉攏（嘴）：只是～着嘴笑。❷ 稍稍合攏或收斂（耳朵、翅膀等）：小白兔～着耳朵｜水鳥兒一～翅膀，鑽到水裏去了。❸ 嘴唇收斂，少量沾取（酒、水等）：他端起酒杯來～了一～又放下了。

【抿子】mǐnzi〔名〕（把）梳頭時蘸水或抹油用的小刷子。也作筂子。

泯〈泯〉mǐn 滅；喪失：良心未～｜永存不～。

【泯滅】mǐnmiè〔動〕滅絕；（形跡、印象等）消失：～人性｜不應當讓烈士的事跡～無聞。

【泯沒】mǐnmò〔動〕古常用作死的婉稱，今多指消失：從弟凋落，二子｜秦漢宮殿俱已～。

筂 mǐn 竹篾。

【筂子】mǐnzi 同"抿子"。

敏 mǐn ❶ 迅速；反應快；聰明：～捷｜靈～｜銳～｜～慧｜聰～｜機～。❷〈書〉努力；奮勉：～於事而慎於言｜～以求之。❸（Mǐn）〔名〕姓。

> **語彙**　聰敏　過敏　機敏　靈敏　敏謝　不敏

【敏感】mǐngǎn〔形〕❶ 生理上對某種客觀事物感覺敏銳，反應很快：他對汽油味非常～｜他的皮膚對酒很～。❷ 心理上對某種事物感覺敏銳，反應迅速強烈：對姑娘來說，年齡可是個～問題｜邊界問題是兩國談判中的～問題。

【敏捷】mǐnjié〔形〕（思維、行動）靈敏而迅速：文思～｜動作非常～。

【敏銳】mǐnruì〔形〕❶ 反應快速靈敏：思維～｜思想～｜～的嗅覺｜他對這件事的感覺格外～。❷（眼光）尖銳：目光～｜～的洞察力｜～的政治眼光。

M

閔（閔）mǐn ❶〈書〉同“憫”。❷（Mǐn）〔名〕姓。

湣 mǐn 古代謚號用字。如《春秋》有“魯閔公”,《史記》作“魯湣公”。

黽（黾）mǐn 見下。另見 miǎn（924 頁）。

【黽勉】mǐnmiǎn〔動〕〈書〉勉力；努力：～同心｜～從事,不敢告勞。也作俛俛。

愍 mǐn〈書〉悲傷；憂慜：阨窮而不～（困厄窮迫而不憂慜）。

瞀 mǐn〈書〉強橫；強悍：～不畏死。

閩（閩）Mǐn〔名〕❶福建的別稱：～語｜八～大地（福建省在元代分福州、興化、建寧、延平、汀州、邵武、泉州、漳州八路,明代改為八府,以此有八閩大地之稱）。❷姓。

慜 mǐn〈書〉聰明敏捷：人謂我～。

俛（俛）mǐn 見下。

【俛俛】mǐnmiǎn 同“黽勉”。

憫（悯）mǐn ❶哀憐；憐惜；憐～｜悲天～人。❷〈書〉憂愁；憂鬱：～默（憂鬱不言）。

鰵（鳘）mǐn 鮸（miǎn）。

míng ㄇㄧㄥˊ

名 míng ❶（～兒）〔名〕名字：指～道姓｜報～參賽｜無～高地。❷名義：師出無～｜有～無實｜～正言順｜以談戀愛為～騙財。❸名望；聲譽：～不虛傳｜不為～利。❹〔量〕用於某種身份的人：全校有兩百多～教師。**注意** a）不能用於身份不明顯的人,如不能說“四名朋友”。b）不能疊用,如不能說“一名名教師”。❺〔量〕用於名次：他考了個第一～。❻著名的：～句｜～人｜～馬｜～牌｜～著。❼〔動〕取名；名字叫作：未～湖｜姓甚～誰？｜魯迅姓周～樹人。❽〈書〉說出；指稱：莫～其妙｜無以～之｜不可～狀。❾〈書〉佔有：不～一文。❿（Míng）〔名〕姓。

語彙 報名 筆名 成名 馳名 出名 除名 大名 點名 定名 法名 功名 沽名 掛名 官名 化名 譴名 記名 假名 今名 罵名 冒名 美名 命名 匿名 齊名 簽名 聲名 盛名 署名 提名 同名 威名 聞名 小名 姓名 虛名 學名 揚名 藝名 英名 有名 知名 著名 專名 罪名 欺世盜名 師出無名 一文不名 隱姓埋名

【名不副實】míngbùfùshí〔成〕副：符合。名聲或名稱不符合實際。指空有虛名,有名無實：參觀完這個“富裕村”,覺得有些～。也說名不符實。

【名不見經傳】míng bùjiàn jīngzhuàn〔成〕名字在經傳中沒有記載。指人或事物沒有甚麼名氣：她從一個～的小演員,成長為蜚聲中外的影視巨星。

【名不虛傳】míngbùxūchuán〔成〕傳播着的好名聲的確不假：他是～的神槍手｜都說“桂林山水甲天下”,今日一遊,果然～。

【名冊】míngcè〔名〕(本) ❶登記人員姓名的簿子：學生～｜網友～。❷登記某類單位名稱的冊子：企業～｜酒店～｜出版～。

【名產】míngchǎn〔名〕著名的產品：西湖～｜景德鎮瓷器是中國的～。

【名稱】míngchēng〔名〕事物或組織機構的名字或稱呼：這盤菜不僅色香味俱佳,～也很有詩意｜你工作的單位是甚麼～？

【名詞】míngcí〔名〕❶表示人或事物名稱的詞,可以受數量詞修飾,可以跟數量詞組合成詞組,如“一本書”的“書”、“這個主意”的“主意”,不能用單音節副詞“不、也、還、更”等來修飾。❷（～兒）術語或近似術語的詞語（不限於語法上的名詞）：數學～｜滿口的新～兒。❸邏輯學上指表達三段論法結構中的概念的詞,包括大詞、中詞和小詞。

【名次】míngcì〔名〕姓名或名稱排列的前後次序；排列～｜這次考試結果,他的～是比較靠前的。

【名刺】míngcì〔名〕古人拜訪通名時用的以竹木削成的寫有自己名字的東西,是申報個人姓名、籍貫、爵級、職務、行狀的文書形式。西漢時叫謁,東漢時叫刺。後來雖改用紙,仍舊沿稱刺或名刺,寫有爵位、鄉邑的名刺叫爵里刺。遞上名刺叫投名刺。明清時,改稱名帖,現代稱為名片。

【名從主人】míngcóng-zhǔrén〔成〕《穀梁傳·桓公二年》：“孔子曰：‘名從主人,物從中國。’”指事物命名或叫法要遵從原主人的。和約定俗成,是翻譯界多年形成的兩條基本原則。

【名存實亡】míngcún-shíwáng〔成〕名義上還存在,實際上已消亡；有名無實：這個組織早已～了。

【名單】míngdān（～兒）〔名〕(張, 份) ❶記有人名的單子：候選人～｜先進工作者～｜黑～兒。❷記有單位名稱的冊子：機構～｜企業～。

【名額】míng'é〔名〕（適合某種需要的）人員或單位的數額：招生～｜徵兵～已滿｜～有限,會員優先。

【名分】míngfèn〔名〕人的名義和身份：只要能發揮作用,有沒有～無所謂。

【名副其實】míngfùqíshí〔成〕副:符合。名聲或名稱與實際相符合:他是～的專家│書院街果然有個書院,可謂～。也說名符(fú)其實。

【名貴】míngguì〔形〕著名而珍貴:～藥材│～字畫│這些首飾很～。

【名號】mínghào〔名〕❶ 名字;名稱:請問您的～是甚麼?❷ 稱號:我其實薪水超低的,徒有白領的～而已。

【名諱】mínghuì〔名〕舊時指長輩或所尊敬的人的名字,因為晚輩不能直接稱呼,需要避諱,故叫名諱。

【名家】míngjiā〔名〕❶ 在某個學術或技能領域有卓越貢獻或獨特建樹並享有盛名的人:～書法│請～來講課。❷ 名門:出身～。❸(Míngjiā)戰國時的一個學派。主要代表人物是惠施和公孫龍,着重討論名(概念)實(事實)關係問題,對中國古代邏輯學的發展有一定貢獻。

【名將】míngjiàng〔名〕❶ 著名的軍事將領:久經沙場的～。❷ 著名的體育運動員:足球～│體操～。

【名角】míngjué(～兒)〔名〕著名的演員:由～主演。

【名利】mínglì〔名〕指個人的名譽地位和物質利益:～場│～思想│～雙收│不可貪圖～。

【名列前茅】míngliè-qiánmáo〔成〕前茅:春秋時楚國行軍,有人拿着茅草做報警用的旌旗走在隊伍前面叫前茅。後用“名列前茅”比喻名次排在前頭:她的學習成績在全校學生中～。

【名流】míngliú〔名〕社會上有名望的人士:賢達～│特邀各界～參加盛會。

【名落孫山】míngluò-sūnshān〔成〕宋朝范公偁《過庭錄》記載,吳地人孫山去應考,一個同鄉把兒子託付給他帶着一同前往。孫山考取了最末一名,先回家。那位同鄉向他打聽自己兒子的情況,孫山說:“解名盡處是孫山,賢郎更在孫山外。”意思是榜上的最後一名是我,您兒子還在我的名字後面。婉言沒有考取。後用“名落孫山”指考試或選拔時沒被錄取。

【名滿天下】míngmǎn-tiānxià〔成〕指聲名顯赫,天下都知道:她接連在奧運會上奪冠,如今是～的人物。

【名門】míngmén〔名〕有地位、有名望的家庭:出身～│～之後。

【名模】míngmó〔名〕著名的時裝模特兒:世界～│～表演。

【名目】míngmù〔名〕事物的名稱:巧立～│苛捐雜稅,～繁多。

【名牌】míngpái〔名〕❶(～兒)出了名的招牌或商標:～產品│～兒手袋│～大學。❷ 標示人或物名的牌子:展品前附～│售貨員上櫃枱服務要佩戴～。

【名篇】míngpiān〔名〕著名詩文:名家～。

【名片】míngpiàn(～兒)〔名〕❶(張)一種印有自己姓名、單位、地址和電話等內容的卡片,用於交際時介紹自己:個人～│企業～│交換～兒│請你留下一張～。❷(部)著名影視片:～欣賞│喜劇～。

【名票】míngpiào〔名〕著名的票友。

【名品】míngpǐn〔名〕❶ 有名的產品、物品或作品:地方～│名家～。❷ 有名的品牌:～服飾│～店。

【名氣】míngqi〔名〕〈口〉名聲:他在國際上很有～│光是～大,沒有真才實學還是不行。

辨析 名氣、名聲 “名聲”為中性詞,可用“好、壞”等修飾;“名氣”為褒義詞,只能用“大、小”等修飾,不能用“好、壞”等修飾。“好名聲”“壞名聲”,“名聲”不能換成“名氣”。“他有點名氣”“名氣不小”中,“名氣”也不宜換為“名聲”。

【名人】míngrén〔名〕(位)著名的人物:～錄│當代～│～法帖(供人臨摹的名家書法的範本)。

【名人效應】míngrén xiàoyìng 名人的言行在社會上產生的影響與號召力:請名人做廣告,能產生～。

【名山大川】míngshān-dàchuān〔成〕著名高山大河的統稱:走遍了祖國的～。

【名山事業】míngshān-shìyè〔成〕❶ 指著書立說,寫不朽的作品。《史記·太史公自序》:“藏之名山,副在京師,俟後世聖人君子。”(名山:古帝王策之所。副:副本;複製本。俟:等待):他一直躲在書齋裏,專心於～。❷ 指不朽的著述:這套經典叢書不愧為～。❸ 泛指傳之不朽的事業:要把學術當作～來做,而不是當作飯碗來經營。

【名聲】míngshēng〔名〕社會給予人或物的評價:～顯赫│～不好│在歷史上留下一個壞～。

辨析 名聲、聲名、聲望 a)“名聲”比“聲名”更常用一些。它們的習慣組合不宜互換,如“名聲在外”“聲名狼藉”。b)“聲望”指群眾仰望的聲譽,常見的組合如“聲望日隆”“很有聲望”,不宜換用“名聲”“聲名”。

【名勝】míngshèng〔名〕風景優美的著名地方:～古跡│遊覽各地～。

第一批國家級風景名勝區
八達嶺—十三陵、承德避暑山莊—外八廟、秦皇島北戴河、五台山、恆山、鞍山千山、鏡泊湖、五大連池、太湖、南京鐘山、杭州西湖、富春江—新安江、雁蕩山、普陀山、黃山、九華山、天柱山、武夷山、廬山、井岡山、泰山、青島嶗山、雞公山、洛陽龍門、嵩山、武漢東湖、武當山、衡山、肇慶星湖、桂林灕江、峨眉山、長江三峽、九寨溝—黃龍寺、重

M

慶緒雲山、青城山－都江堰、劍門蜀道、黃果樹、路南石林、大理、西雙版納、華山、臨潼驪山、麥積山、天山天池（國務院 1982 年公佈）

【名師】míngshī〔名〕水平高、名聲大的師傅或教師：～風範｜一代～｜～指導｜～高徒。

【名士】míngshì〔名〕(位)❶ 舊指風流倜儻而淡泊名利的知名人士：風流～｜陶淵明是東晉～。❷ 泛指知名人士：齊魯自古多～｜北大百年校慶，四海～雲集。

【名堂】míngtang〔名〕❶ 名目；項目；花樣：晚宴不光是吃飯，還有跳舞、摸彩等許多～｜你又想搞甚麼？❷ 成就；成果；結果：他一定能搞出點兒～來｜問了老半天，也問不出個。❸ 道理；內容：他說不出甚麼，就只會操作｜雖然我們還不知道原因，但裏邊肯定有～。

【名望】míngwàng〔名〕名氣；聲望：他在這一帶～很大｜有點兒的人都參加了今天的大會。

【名位】míngwèi〔名〕名譽地位：一心為公，從不計較個人～。

【名物】míngwù ❶〔名〕事物及其名稱：辨別～｜～考證。❷ 有名的物產；土產：日本～｜四川～。

【名下】míngxià〔名〕某人的名義下（指屬於某人或與某人有關的人或事物）：我祖父一共有四十多間房屋｜這筆眼記在我的～。

【名言】míngyán〔名〕著名的話（多指有哲理、富有教益的）：名人～｜處世～｜至理～。

【名義】míngyì ❶ 做某事所依據的名稱、名分或資格：用工會的～發個通知｜我只要求工作，不管你給我甚麼｜我以執行主席的～，宣佈休會了！❷ 形式；表面（多與"上"字連用）：他～上是局長，實際上不管事｜敵方～上有一個團，其實只有二百人。❸〈書〉名譽；名節：～至重。

【名優】míngyōu ㊀〔名〕著名的優伶：～之死。也說名伶。㊁〔形〕屬性詞。有名而質量優良的：～特產｜～產品。

【名譽】míngyù ❶〔名〕名聲：～不佳｜好～｜不能只追求個人～地位。❷〔形〕屬性詞。名義上的（多指贈給的名義）：～主席｜～校長｜～會員。

〔辨析〕名譽、名義　a)"名譽"有"名義上的"意思，如"名譽教授""名譽主席"，這樣用時，是直接做定語；而"名義"做定語時，與後面的被修飾成分中間一般都要加個"上"字，說成"名義上的校長""名義上的主席"。b)"名譽教授""名譽主席"的說法，都帶着敬重的色彩；而"名義上"，突出表面、形式，有時含貶義，如"他名義上是主任，實際上並無實權"。

【名正言順】míngzhèng-yánshùn〔成〕《論語·子路》："名不正，則言不順。"意思是名分不正，說話就不順當、不合理。後用"名正言順"指言行具有充分而正當的理由：咱們有營業執照，買賣做得～。

【名著】míngzhù〔名〕(部)影響大、價值高的有名著作：世界～｜文學～｜學術～。

【名字】míngzi〔名〕❶ 古人生而取名，至 20 歲成人，行冠禮加字，合稱名字。名和字意義上往往有聯繫，如屈原，名平，字原。到了現代，人們一般不再有字，所說的名字，就是指人的姓名或單指名。❷ 事物的名稱：這種花的～很特別｜這個村莊叫甚麼？

【名嘴】míngzuǐ〔名〕指電視台、廣播電台的著名節目主持人或體育、時事評論員：央視～｜這個～常在政論性節目中發表高見。

明 míng ❶ 明亮；亮（跟"暗"相對）：～燈｜窗～几淨｜月到中秋分外～。❷ 公開；不隱蔽（跟"暗"相對）：～碼｜～文規定｜～察暗訪｜～爭暗鬥。❸〔形〕明白；清楚：講～｜表～｜話不說不～｜是非不分，黑白不～。❹〈書〉亮麗：山～水秀｜山重水複疑無路，柳暗花～又一村。❺ 目光敏銳：眼～手快｜耳聰目～。❻ 光明：～人不做暗事。❼ 明白；懂得：深～大義｜～利害，辨是非。❽〈書〉說明；闡明：開宗～義｜試舉例以～之。❾〈書〉認識能力：先見之～｜知人之～｜人貴有自知之～。❿ 光明所在（比喻正義的或有希望的方面）：棄暗投～。⓫ 視覺能力：雙目失～｜複～。⓬ 指明天或明年的：～晚｜～年｜～冬｜今～兩日。注意 a)此義的"明"結合面很窄，只限於"明天、明日、明年、明春、明夏、明秋、明冬"等幾個；不能用於"月""旬"等。b)兒化的"明兒"指明天。⓭〔副〕明明：～知故犯｜～知山有虎，偏向虎山行。⓮（Míng）〔名〕朝代，1368–1644，朱元璋所建，建都南京，1421 年成祖朱棣遷都北京。⓯（Míng）〔名〕姓。

語彙　標明　表明　查明　闡明　昌明　聰明　發明　高明　光明　晦明　簡明　精明　開明　黎明　清明　申明　聲明　聖明　說明　通明　透明　文明　鮮明　顯明　嚴明　英明　幽明　照明　證明　指明　察察為明　耳聰目明　涇渭分明　自知之明

【明白】míngbai ❶〔形〕清楚；容易使人了解：話說得很～｜把事實弄～了再下結論｜事情的來龍去脈十分～。❷〔形〕懂得道理；聰明：你是個～人，不必我多說。❸〔形〕公開；明確：我～告訴你，今天不准請假｜他已經～表示，這活動非參加不可。❹〔動〕知道；懂得：～道理｜誰都～他這話的意思｜他會慢慢～起來的。

〔辨析〕**明白、清楚** a)作為形容詞,"明白"着重表示内容不深奧或情况不複雜,容易懂或容易理出頭緒來;"清楚"着重表示形象、色彩、聲音等不模糊,容易辨認和接受。b)作為動詞,"明白"意思是"懂","清楚"的意思是"了解"。如"你要明白道理",不能説成"你要清楚道理";"我不清楚他們之間的關係",不能説成"我不明白他們之間的關係"。

【明擺着】míngbǎizhe〔動〕(事情)明白白地擺在面前(可以看得十分清楚):這不是~欺負人嗎?|道理~,用不着多説。

【明辨是非】míngbiàn-shìfēi〔成〕明白無誤地分辨對錯:不要盲目從衆,要懂得~。

【明察】míngchá〔動〕❶公開地察看:~暗訪。❷清楚細緻地看:~秋毫|希望人員~案情。

【明察秋毫】míngchá-qiūháo〔成〕《孟子·梁惠王上》:"明足以察秋毫之末,而不見輿薪,則王許之乎?"意思是眼力非常好,以至於能看得清秋天鳥獸身上新長的細毛。後用來比喻人目光敏鋭,任何微小的事物或問題都能看得很清楚:罪案調查人員~,終使這一疑案告破。

【明澈】míngchè〔形〕明亮清澈(跟"渾濁"相對):~的大眼睛|潭水~見底。

【明處】míngchù(-chu)〔名〕❶明亮或有光的地方:把相片拿到~來,讓大家好好看看|人往高處走,鳥往~飛。❷喻指公開場合(跟"暗處"相對):有話説在~|不怕~槍和炮,只怕陰陽兩面刀。

【明達】míngdá❶〔動〕明白通達:~事理。❷〔形〕光明磊落:~無私。

【明燈】míngdēng〔名〕(盞)比喻帶給人們光明、指引人們前進的人或事物:指路~。

【明礬】míngfán〔名〕由硫酸鋁和硫酸鉀(或其他硫酸鹽)的水溶液蒸發而成的含水複鹽,化學式 KAl(SO₄)₂·12H₂O。無色透明晶體,味澀。可供製革、造紙及製顔料、染料等,通常用作淨水劑。也叫明石、白礬。

【明溝】mínggōu〔名〕(條)❶露天的排水溝(區別於"暗溝"):挖條~|~排污對環境有污染。❷露天的壕溝:~暗堡。

【明晃晃】mínghuǎnghuǎng(~的)〔形〕狀態詞。光亮耀眼的樣子:槍上的刺刀~的。

【明火】mínghuǒ❶〔名〕古時用陽燧(銅鏡)映日取的火(祭祀時所用):取~於日。❷〔名〕有火苗的火(區別於"暗火"):撲滅森林~|隱患甚於~。❸〔動〕點着火把:~執仗|~搶劫。

【明火執仗】mínghuǒ-zhízhàng〔成〕點着火把,拿着武器,公開搶劫。比喻公開地、毫不隱蔽地幹壞事:對~攔路搶劫的壞人,一定要嚴懲。**注意**這裏的"仗"不寫作"杖"。

【明淨】míngjìng〔形〕明亮而潔淨(跟"混濁"相對):~的天空|湖水格外~。

【明快】míngkuài〔形〕❶(語言、文字、美術、音樂等)明白而流暢(跟"晦澀"相對):~的筆調|~的節奏|色彩~。❷(性格)開朗爽直;(辦事)爽快有決斷:老王是個~人。

【明朗】mínglǎng〔形〕❶明亮,光綫充足(跟"陰暗"相對):~的天空|大廳~而寬敞。❷明顯;清晰:局勢開始~了|態度比較~。❸(性格、色調)明快:~的性格|這幅水彩畫色調~。

【明裏】mínglǐ(-li)〔名〕公開的場合(跟"暗地裏"相對):~道歉,暗裏作惡|~一套,暗裏一套。

【明麗】mínglì〔形〕(景物)鮮明、純淨而美麗:秋光~|花色~。

【明亮】míngliàng〔形〕❶光亮;亮堂(跟"昏暗"相對):月光~|大廳寬敞而~|像北斗星那樣~。❷發亮的:~的星星|一雙~的大眼睛。❸明白;清楚:讀了這本書,我心裏~多了。

【明瞭】míngliǎo❶〔動〕清楚地了解或懂得:我~大家的意思|外人並不~他倆的關係。❷〔形〕明白;清楚:道理又簡單又~|事故原因尚不~。

【明令】mínglìng〔名〕用文字公開下達的命令:~嘉獎|~禁止一切賭博行為。

【明碼】míngmǎ〔名〕❶公開通用的電碼(區別於"密碼"):~電報|用~發電。❷標明商品價格的數碼(區別於"暗碼"):~實價,童叟無欺|每樣商品都用~標價。

【明媒正娶】míngméi-zhèngqǔ〔成〕舊時指經過媒人撮合並由男方依照禮儀正式迎娶的婚姻。

【明媚】míngmèi〔形〕❶(景物)鮮明美好:~的早晨|~的春光|今天的陽光分外~。❷(眼睛)明亮動人:雙眸~。

【明明】míngmíng〔副〕❶顯然;確確實實(多用於分句中;用"明明"的分句前或後仍常有反問或表示轉折的分句配合):你~知道八點鐘開會,爲甚麼九點才到?|他~醉了,卻還説酒没有喝多|哪裏是唱京戲,~是唱昆曲。❷用在反問的單句中表示顯然如此,無可懷疑:你這不~要我的好看嗎?(等於説:你這是明擺着要我的好看!)**注意**"明明"這個副詞也可以用在主語前,如:"明明你知道八點鐘開會,爲甚麼九點才到?"

【明目張膽】míngmù-zhāngdǎn〔成〕睜大眼睛,放到膽子。形容公開而無所顧忌地幹壞事:~地進行武裝干涉|他們一時還不敢~地幹。

【明年】míngnián〔名〕❶今年的次一年:~有~的事|這事兒可不要拖到~。❷〈書〉第二年:越~,政通人和,百廢俱興。

【明槍暗箭】míngqiāng-ànjiàn〔成〕明處擲來的

槍，暗中射來的箭。比喻公開的攻擊和暗中的傷害：我方正義在手，不怕敵人的～｜～都得防。

【明確】míngquè ❶〔形〕明白而確定：指導思想～｜分工～｜大家都有了～的認識｜他～表示要到邊疆去工作。❷〔動〕使明白而確定：～方向｜進一步～了今後的任務。

【明兒】míngr〔名〕〈口〉❶ 明天；今天的次一天：～你去不去？｜等～再商量商量｜～見！❷ 不遠的將來：～你長大了，幹甚麼？｜趕～我學了本領，就回來建設家鄉。

【明人不做暗事】míngrén bùzuò ànshì〔俗〕光明正大的人做事也光明磊落：咱們～，有話請當面。

【明日】míngrì〔名〕❶ 明天；今天的次一天：～發起總攻｜從～起，一律憑票入場｜～復～，何其多！注意「明日」多用於書面語。❷〈書〉第二天：～黃花。

【明日黃花】míngrì-huánghuā〔成〕蘇軾《南鄉子·重九涵輝樓呈徐君猷》詞：「萬事到頭都是夢，休休，明日黃花蝶也愁。」指重陽節後的菊花（已趨枯萎）。比喻過時的事物：去年還很時尚的這款手機，今年就成了～了。

【明示】míngshì〔動〕明明白白地指示或表示：具體方略，請予～。

【明鎖】míngsuǒ〔名〕（把）人可以看得見的鎖（區別於「暗鎖」）：暗鎖之外又加了一把～。

【明天】míngtiān〔名〕❶ 今天的次一天：今天早點兒睡｜～早點兒起。❷ 泛指不久的將來：～我們將生活得更加美好。

【明文】míngwén〔名〕❶ 公開發佈的文件：～禁止亂砍濫伐｜不准聚眾鬥毆，是有～規定的。❷ 明確的文字記載：史有～。

【明晰】míngxī〔形〕清楚；清晰：山峰顯出了～的輪廓｜經過多日考慮，思路愈加～。

【明細】míngxì〔形〕明白而詳細：～賬｜～表。

【明顯】míngxiǎn〔形〕明白；顯著；清晰：很～｜比較～｜家鄉面貌有了～的變化｜問題表現得極為～。

[辨析] 明顯、顯著　a）「明顯」是指事物的性狀清楚地顯露出來，語意較輕；「顯著」是指事物的性狀鮮明而突出地顯露出來，語意較重。b）「明顯」跟「很」「十分」等副詞結合，可單獨提到句首，如「很明顯，事故的發生是由於違反了操作規程」；「顯著」不能這樣用。

【明信片】míngxìnpiàn〔名〕❶（張）郵局發行的寫信用的不必裝入信封的硬紙片（1869 年始於奧地利郵局）：一套黃山風光～。❷ 用明信片寫的信：收到了你的～。

【明星】míngxīng〔名〕❶ 中國古代稱金星為啟明星或明星。❷（位）稱著名演員、運動員：電影～｜網球～｜她要把女兒養成大～。

❸ 稱著名的企業或商業：這家百年老店被評為～企業。

【明眼人】míngyǎnrén〔名〕❶ 亮眼人：～走路儘量別佔盲道。❷ 觀察敏銳的人；有見識的人：～一看便知｜你是～，誰瞞得了你？

【明艷】míngyàn〔形〕明媚鮮艷：裝束～｜～照人｜頭上斜插着一朵～的菊花。

【明喻】míngyù〔名〕比喻的一種，明顯地用另一事物作比方，來說明某一事物的特性，在本體和喻體之間常出現「如、像、好像、宛如、像……似的」等字眼。如「氣壯如牛」「生活甜得像蜜糖」「青年人好像早晨八九點鐘的太陽」等（區別於「暗喻」「借喻」）。

【明哲保身】míngzhé-bǎoshēn〔成〕明哲：聰明有智慧。《詩經·大雅·烝民》：「既明且哲，以保其身。」意思是明智的人能夠擇安去危、趨利避害、保全自身。現多指那種因害怕給自己帶來損害而不顧是非原則、逃避矛盾鬥爭的處世態度。

【明知】míngzhī〔動〕明明知道；顯然知道：～故問｜～山有虎，卻向虎山行。

【明知故犯】míngzhī-gùfàn〔成〕明明知道所作所為是錯誤的或違法的，卻故意去做。

【明智】míngzhì〔形〕聰明；有智慧：你要放～一些｜他這樣做很～。

【明珠】míngzhū〔名〕（顆）明亮的珍珠，比喻所珍愛的人或事物：掌上～｜東方～。

【明珠暗投】míngzhū-àntóu〔成〕《史記·魯仲連鄒陽列傳》：「臣聞明月之珠，夜光之璧，以暗投人於道路，人無不按劍相眄者，何則？無因而至前也。」後用「明珠暗投」比喻珍貴的東西落錯了地方而得不到珍愛；也比喻有才能的人得不到重用、賞識，或好人誤入歧途。

洺 Míng 洺河，水名。在河北南部，北流入滏陽河。

茗 míng 原指茶的嫩芽，今泛指喝的茶：香～｜品～｜啜～。

冥 míng ❶ 光綫不足；昏暗：風雨晦～｜大霧晝～。❷ 暗昧；糊塗；不明事理：～頑。❸ 深遠：高低～迷，不知西東。❹ 深沉：～思苦索。❺ 陰間；迷信所稱人死後進入的世界：～間地府｜～器（古代陪葬的器物）｜～壽（已故的人的誕辰）。❻（Míng）〔名〕姓。

【冥幣】míngbì〔名〕冥鈔。

【冥鈔】míngchāo〔名〕迷信的人給死人燒的或送葬時向空中拋撒的當作鈔票的紙片。

【冥府】míngfǔ〔名〕陰間地府，迷信的人認為人死後鬼魂所在的地方。

【冥供】mínggòng〔名〕祭祀鬼神用的上供食品。

【冥冥】míngmíng〈書〉〔形〕❶ 昏暗：薄暮～。❷ 愚昧無知。

【冥壽】míngshòu〔名〕指已故之人的壽辰。

【冥思苦想】míngsī-kǔxiǎng〔成〕形容絞盡腦汁，竭力思索：你不要一個人坐在屋子裏～。也說冥思苦索、苦思冥想。

【冥頑】míngwán〔形〕〈書〉愚鈍無知，頑固不化：～不靈。

【冥王星】míngwángxīng〔名〕太陽系的矮行星之一。公轉一周的時間約為 247.69 年，自轉一周的時間約為 6 天 9 小時。已確認的衛星有 3 顆。注意 冥王星是 1930 年美國人童波根據章洛耳的計算用照相的方法發現的，並定為太陽系的第九顆行星。近年來發現，類似冥王星的天體不斷增多，有的還比它更大更重。2006 年在第二十六屆國際天文學聯合會大會上，因它不符合新通過的行星定義，被正名為矮行星。

【冥想】míngxiǎng〔動〕❶ 深沉地思索：終夜｜苦思～。❷ 遐想；悠遠地想象：美麗的～｜～未來。

溟 míng〈書〉❶（雨）迷濛的樣子：～濛（景色模糊不清）。❷ 廣大無邊：～涬｜～～無涯。❸ 海：～海｜北～有魚，其名為鯤。

蓂 míng 見下。
另見 mì（922 頁）。

【蓂莢】míngjiá〔名〕古代傳說中的一種瑞草。

暝 míng〈書〉❶ 幽暗；昏暗：幽～。❷ 黃昏：～色｜～雪。❸ 日落；天黑：日欲～｜天將～。

鳴（鳴）míng ❶〔動〕（鳥）叫；（獸、昆蟲等）發聲：蟲～｜驚鳳和～｜秋蟬哀～｜雞～早看天，半晚先投宿。❷〔動〕發出聲音：耳～｜轟～｜共～｜鐘鼓齊～｜孤掌難～。❸〔動〕使發出聲音：～笛｜～槍｜～禮炮｜～鑼開道｜～鼓進軍。❹ 表達；抒發：～謝｜～冤｜百家爭～｜自～得意｜不平則～。❺（Míng）〔名〕姓。

語彙　哀鳴　悲鳴　耳鳴　共鳴　轟鳴　雷鳴　嘯鳴　爭鳴

【鳴鞭】míngbiān ❶〔動〕揮鞭作響：～催馬。❷〔名〕古代皇帝出行、祀典、視朝、宴會時用的一種儀仗。揮鞭發聲，使人肅靜。也叫靜鞭。

【鳴笛】míng // dí〔動〕使汽笛或汽車喇叭發出聲音：～致意｜～致哀｜～報警｜～進站｜～啟航。

【鳴鏑】míngdí〔名〕響箭。主要起警示作用。

【鳴放】míngfàng〔動〕❶ 使子彈、禮炮、鞭炮發出響聲（多用於慶祝、歡送、歡慶場合）：用步槍朝天～｜～28 響禮炮。❷ "百家爭鳴，百花齊放" 的省稱。科學上不同的學派自由地進行爭論，藝術上不同的形式和風格自由競爭，各方面不同的看法和意見自由地公開發表。

【鳴叫】míngjiào〔動〕❶ 鳥類和昆蟲等發出叫聲：小鳥在樹上～｜秋蟲～。❷ 比喻器物發聲：汽笛～一聲，大船開動了。

【鳴金收兵】míngjīn-shōubīng〔成〕金：鑼。古代作戰時以敲鑼為信號撤回軍隊。比喻結束比賽或工作：本屆世界杯已～｜整治官商勾結，遠未到～的時候。

【鳴鑼開道】míngluó-kāidào〔成〕封建社會官員出行時，隊伍的前面有人敲鑼，催百姓讓路躲避。現用來比喻為某一事物的出現製造輿論，開闢道路：發表這篇社論，目的是為新生事物～。也說鳴鑼喝道。

【鳴槍】míngqiāng〔動〕❶ 放槍；開槍（多用於歡慶、警示、致敬等）：～致敬｜～示警｜不准隨意～。❷ 某些體育比賽項目發令槍響，表示比賽開始：日協主席為馬拉松賽～｜全國游泳錦標賽～。❸ 比喻某些大型活動開始：系列公益活動今日～｜打擊商業欺詐專項行動～。

【鳴哨】míngshào〔動〕開哨。

【鳴謝】míngxiè〔動〕公開表示自己的謝意：～賜顧｜～贊助單位。

【鳴冤】míngyuān〔動〕喊叫冤屈：～叫屈｜為受害者～申訴。

【鳴冤叫屈】míngyuān-jiàoqū〔成〕為自己或別人遭受冤屈而呼喊或申訴：百姓們跪在衙門口～。也說喊冤叫屈。

銘（銘）míng ❶ 鑄或刻在器物、碑碣上面，記述某人生平、功業或警戒勉勵自己的文字：墓誌～｜盤～｜鼎～｜座右～。❷ 一種用於稱頌或警戒的文體，如唐朝劉禹錫有《陋室銘》。❸〈書〉刻字在器物上：～功於嶺。❹ 永誌不忘；牢記在心：～記｜～肌鏤骨（感念深切）｜刻骨～心。❺（Míng）〔名〕姓。

語彙　碑銘　鼎銘　墓誌銘　座右銘

【銘感】mínggǎn〔動〕〈書〉深深地記在心裏，感念而不忘：終身～｜～萬分。

【銘記】míngjì〔動〕牢牢記住：～不忘｜～他老人家的恩德。

【銘刻】míngkè ❶〔動〕在器物、碑碣等上面鑄刻文字或圖案：英雄的名字～在石碑上。❷〔動〕銘記：～在心｜老師的教誨終生～不忘。❸〔名〕指在器物或碑碣上鑄刻的文字或圖案：～學｜古代～。

【銘文】míngwén〔名〕銘刻在器物、碑碣等上面的文字：青銅器上有長篇～｜此鼎～469 字。

【銘心】míngxīn〔動〕比喻深刻記在心裏：～立報｜刻骨～。

瞑 míng ❶ 閉眼：通夜不～。❷ 眼昏花：耳目聾～。

【瞑目】míngmù〔動〕❶ 閉上眼睛：～靜思｜～不答。❷ 形容人死時心中沒有牽掛：心甘～｜死不～(指死不甘心，心中仍有牽掛)。

螟 míng〔名〕螟蟲：～蛾｜～害｜二化～。

【螟蟲】míngchóng〔名〕昆蟲，螟蛾(一種中小型蛾狀)的幼蟲，習性多樣，一般以潛伏或鑽蛀形式生活，蛀食水稻、高粱、玉米、甘蔗等：～捉光，穀米滿倉。也叫蛀心蟲、鑽心蟲。

【螟蛉】mínglíng〔名〕《詩經‧小雅‧小宛》："螟蛉有子，蜾蠃(guǒluǒ)負之。"螟蛉：一種綠色小蟲；蜾蠃：一種寄生蜂，常捕捉螟蛉放在窩裏，並在牠們體內產卵，卵孵化後就以螟蛉為食物。古人誤認為蜾蠃不產子，餵養螟蛉為子，因此用"螟蛉"比喻義子、義女。

mǐng ㄇㄧㄥˇ

酩 mǐng/míng 見下。

【酩酊】mǐngdǐng〔形〕大醉的樣子：～大醉｜但將～酬佳節｜～無所知。

mìng ㄇㄧㄥˋ

命 〈舍〉mìng ㊀❶〔名〕(條)生命；性命：一條～｜喪～｜一～嗚呼。❷〔名〕命運；人的遭遇或機遇：～不好｜很苦｜～裏注定｜聽天由～｜樂天知～。❸〔名〕壽命：長～｜短～。❹賴以生存的條件；相依為～。㊁❶指示；命令：奉～前往｜俯首聽～｜恭敬不如從～。❷〔動〕差遣；命令；指示：～人前往｜你迅速歸隊。❸差人準備：～駕(準備車馬出發)。❹取定；給予(名稱等)：～名｜～題作文。❺以為：自～不凡。

語彙　奔命　斃命　薄命　償命　成命　催命　待命　抵命　非命　復命　詰命　革命　狠命　活命　救命　抗命　賣命　拚命　請命　饒命　人命　認命　任命　喪命　捨命　生命　使命　壽命　授命　死命　送命　算命　逃命　天命　亡命　效命　性命　要命　掙命　致命　自命　遵命　維他命　安身立命　草菅人命　耳提面命　樂天知命　聽天由命

【命案】mìng'àn〔名〕(件，樁，起)死了人的大案：發生了一件～。

【命筆】mìngbǐ〔動〕〈書〉執筆(作詩文書畫等)：～為文｜浮想聯翩，欣然～。

【命薄】mìngbó〔形〕命運不好；命中注定福氣少：福淺～｜我太～了。

【命大】mìngdà〔形〕命運好：他～，多次死裏逃生。

【命根子】mìnggēnzi〔名〕❶比喻某人特別珍視的晚輩：媽媽從年輕就守寡，只有他這一條～。❷比喻至關重要的人或事物：地是房地產開發商的～。❸指男人的生殖器：一腳踢中～。以上也說命根兒。

【命官】mìngguān〔名〕封建時代由朝廷任命的官員。

【命駕】mìngjià〔動〕❶〈書〉吩咐人駕車備馬：～而行。❷〈敬〉邀請對方(大駕)光臨：敬請早日～。

【命苦】mìngkǔ〔形〕〈口〉命運不好：她錯誤地認為自己生來～｜誰說我太～了？｜怎麼這樣～！

【命令】mìnglìng❶〔動〕(上級對下級)指示：～發起總攻｜連長～大家就地休息｜隊長～大家跑步前進。❷〔名〕(道)上級對下級所做的強制性指示：下一道～｜這個～是總司令親自發佈的。❸〔名〕一種公文，是國家權力機關、行政機關、軍事機關及其負責人依法發佈的強制性指令。包括公佈令、行政令、嘉獎令以及戒嚴令、特赦令等。❹〔名〕指通過輸入計算機指揮計算機工作的字符或字符串：DOS～｜快捷～。

【命脈】mìngmài〔名〕關係人體生命的血脈，比喻事物最緊要的部分：保全～｜國家的經濟～｜水利是農業的～。

【命門】mìngmén〔名〕❶指右腎。《難經‧三十六難》："腎兩者，非皆腎也，其左者為腎，右者為命門。"❷指兩腎之間的一個部位。中醫認為它是人體生理機能和生命活動的根源。比喻生死攸關的事物。

【命名】mìngmíng〔動〕給以名稱；起名兒(含莊重意)：～典禮｜正式～為白求恩醫院｜國際金融大廈被～為"香港新地標"。

【命題】mìngtí㊀〔動〕擬定題目：～作文｜請老師～，我們每人寫一篇。㊁〔名〕邏輯學上指表示一個完整判斷的句子，由係詞把主詞和賓詞聯繫而成，如"中國是一個多民族的國家"。

【命運】mìngyùn〔名〕❶指關於人的生死壽夭、富貴貧賤、吉凶禍福等命中注定的平生遭遇(含迷信色彩)：靜候着～的安排｜我就不信有甚麼～。❷比喻人或事物發展變化的某種趨勢：我們完全能夠掌握自己的～｜把個人的～同國家、民族的～聯結在一起。

【命中】mìngzhòng〔動〕射中或擊中(目標)：～靶心｜～目標｜投籃～率。

miù ㄇㄧㄡˋ

繆(缪) miù 見"紕繆"(1018頁)。另見 Miào(928頁)；móu(946頁)。

謬(谬) miù ❶錯誤；荒誕：～語｜～說｜～見｜大～不然｜拙作奉上，敬請正～。❷〈書〉差失：差之毫釐，～以千里。❸(Miù)〔名〕姓。

語彙 悖謬 訛謬 乖謬 荒謬

【謬論】miùlùn〔名〕錯誤的言論：大發～｜對～進行駁斥｜～總是站不住腳的。

【謬誤】miùwù〔名〕差錯；錯誤（跟"真理"相對）：真理是在同～的鬥爭中發展起來的。

【謬種】miùzhǒng〔名〕❶ 荒謬不經的學術流派；荒唐無稽的思想言論：～流傳，誤人不淺。❷〈詈〉壞種；壞蛋。

mō ㄇㄛ

摸 mō〔動〕❶ 用手撫摩：她輕輕地～了一下孩子的頭髮｜那件衣料～着又滑又軟｜老虎屁股～不得。❷ 伸手探取：渾水～魚｜從口袋裏～出三塊錢。❸ 偷；竊取：偷雞～狗｜小偷小～。❹ 在黑暗中行動；在陌生的道路上行進：～着黑兒下樓｜～着石頭過河。❺ 摸索；在試探中得到（情況、經驗等）：～出不少好經驗｜逐漸～出一套記誦生詞的方法。

語彙 估摸 提摸 尋摸 咂摸 捉摸

【摸底】mō//dǐ〔動〕弄清底細；了解情況：～考試｜～調查｜老師讓這位剛轉學來的同學做這份試卷，為的是摸他的底｜這個公司的情況，他最～。

【摸黑兒】mō//hēir〔動〕〈口〉在夜間或黑暗中活動：起早～｜～動身｜樓道的燈壞了，我是摸着黑兒上來的。

【摸門兒】mō//ménr〔動〕〈口〉比喻初步找到做事的方法或幹活的竅門：我初來乍到，甚麼事都不～｜摸着門兒了沒有？

【摸排】mōpái〔動〕逐個摸底調查（多指對案件、事故隱患等情況）：警察～線索二十餘條｜深入～民用爆炸物品｜～特困家庭情況。

【摸索】mōsuǒ(-suo)〔動〕❶ 主要憑藉觸覺（如手、腳）來進行某事：我們班在夜裏～着前進｜他把手伸進去，～出一串鑰匙。❷ 探求；尋找：～做人的道理｜在工作中已經～出一套行之有效的辦法。

mó ㄇㄛˊ

無(无) mó 見"南無"（953頁）。
另見 wú（1428頁）。

麼 mó ❶ 見"幺麼"（1571頁）。❷（Mó）〔名〕姓。
另見 me（906頁）。

嫫 mó 見於人名：～母（傳說中的醜婦）。

摹 mó ❶〔動〕模仿；照着樣子寫字或描畫：這位畫家～了很多壁畫｜把這個字～下

來。❷ 將半透明的薄紙蒙在寫好的字或畫好的畫上照着描或畫：描～。

語彙 臨摹 描摹

【摹本】móběn〔名〕依照原樣臨摹或翻刻的書畫本。

【摹繪】móhuì〔動〕〈書〉照着原樣描畫：～壁畫｜巧於～。

【摹寫】（模寫）móxiě〔動〕❶ 照着原樣描寫：～碑帖｜～字畫。❷ 泛指描寫：～人物細緻入微。

模 mó ❶ 模型：以木曰～，以金曰鎔，以土曰型，以竹曰範｜木～｜車間。注意 與"模型"同義的"模子"，讀 múzi。❷ 規範；標準：～範｜～式｜楷～。❸ 指模範：勞～｜英～｜評～。❹ 模仿；效法；照着做：～擬｜～寫。❺ 模特兒：名～。❻（Mó）〔名〕姓。
另見 mú（947頁）。

語彙 車模 規模 航模 楷模 勞模 名模 手模 英模

【模範】mófàn ❶〔名〕值得人們學習的人或事物：勞動～｜評選～。❷〔形〕值得人們學習或仿效的：～人物｜～軍組。

辨析 模範、榜樣　a）"模範"多指人而言；"榜樣"主要指堪做標準、值得學習的樣子，如"榜樣的力量是無窮的"。b）"模範"可以是一種稱號，如"勞動模範"；"榜樣"只是一種評價、認定，不是一種稱號。c）"模範"都是正面的；"榜樣"有好有壞，如"好榜樣、壞榜樣"。

【模仿】（摹仿）mófǎng〔動〕按照某種方法、樣式或動作去做：精心～｜聲音～得惟妙惟肖｜一味～別人的人，怎麼也超不過別人。

【模糊】（模胡）móhu ❶〔形〕不清楚；不清晰：思想～｜發音～不清｜你的字寫得太～了｜眼睛模模糊糊的，看不清遠處的景物｜究竟應該怎麼辦，我開始也是模裏模糊的，理不出一個頭緒。注意"模糊糊""模裏模糊"都是"模糊"的生動形式。❷〔動〕使不清楚；混淆：不要～了二者的界限｜淚水～了我的雙眼。

辨析 模糊、含糊　a）兩個詞都有不清楚、不分明的意思，但"模糊"一般是用來形容具體事物的外形或者是神態、記憶、印象、感覺等，如"字跡模糊""模糊認識"；而"含糊"則一般是用來形容語言表達不清或態度不夠明朗，如"含糊其辭"。b）"模糊"還有"混淆""使模糊不清"的意義，如"不要模糊是非的界限"，"含糊"沒有；"含糊"還有"不認真""示弱"兩個意義，如"核對實驗數字，絕不能含糊""比就比，我絕不含糊"，"模糊"沒有。

【模塊】mókuài〔名〕❶ 計算機軟件中一個能獨立執行某種功能的組成部分。❷ 可以組合或更換

M

的標準部件或單元。

【模棱兩可】móléng-liǎngkě〔成〕遇事不置可否，這樣也可以，那樣也可以，沒有明確的態度：他～地說："可能去，也可能不去。"

【模擬】（摹擬）mónǐ〔動〕模仿；比照着做：他喜歡～王老師的神態｜～試驗｜～飛行。

【模擬考試】mónǐ kǎoshì 指全面模仿正式考試而預先進行的考試：高考～。

【模式】móshì〔名〕可以作為標準的樣式、形式或格式：～化｜傳統～｜外國～｜沒有一定的～。

【模特兒】mótèr〔名〕（位，名）通常指寫生、雕塑時用作參照的對象，主要指人體，也可指實物、模型等。在文藝創作中，指藉以塑造人物形象的生活原型。商業上指用來展示服裝樣式的人體模型或專門從事時裝表演的人，也指配合汽車展覽表演的人。[法 modèle]

【模型】móxíng〔名〕❶ 根據實物、圖樣或設想按比例、形態或其他特徵製成的樣品，多用於展覽或實驗：航空～｜建築～｜三峽水流～。❷ 供鑄造器物用的模具。

膜 mó（～兒）〔名〕❶（層）生物體內起保護作用的薄皮形狀的組織：胸～｜骨～｜腦～｜眼角～｜橫膈～｜葦～兒。❷ 像膜的東西：笛～兒｜塑料薄～兒｜豆漿上結了一層～兒。

語彙 腹膜 隔膜 胸膜 鼓膜 腦膜 黏膜 胎膜 處女膜 視網膜 細胞膜

【膜拜】móbài〔動〕兩手合掌加額、雙膝跪地叩拜：～稽首｜頂禮～。

摩 mó ㊀ ❶ 摩擦；磨：～拳擦掌｜～頂放踵（從頭頂到腳跟都擦傷了，形容長途步行的辛苦）｜～肩接踵。❷ 摸；撫摸：按～｜～弄。❸ 切磋；探求：觀～｜揣～。❹ 接觸；接近：～天大樓（形容很高的樓）｜～天嶺。

㊁〔量〕摩爾的簡稱。當分子、原子或其他粒子等的個數約為 6.02×10^{23} 時，就是 1 摩。

另見 mā（888 頁）。

語彙 按摩 揣摩 撫摩 觀摩

【摩擦】（磨擦）mócā ❶〔動〕兩個物體互相接觸並來回相對移動：～生熱｜～起電｜兩手～取暖。❷〔名〕物理學上指相互接觸的物體在接觸面上發生的阻礙相對運動的現象：滑動～｜滾動～｜車輛軸承化是為了減少～。❸〔名〕比喻個人之間、單位之間或各派社會力量之間因存在矛盾而發生的衝突：鬧～｜製造～｜彼此經常有～｜大～沒有，小～不斷。

【摩擦力】mócālì〔名〕相互接觸的物體在接觸面上發生的阻礙相對運動的力，它的方向與相對運動（包括相對運動趨勢）的方向相反。
注意 這裏的"摩"不寫作"磨"。

【摩登】módēng〔形〕合乎最新流行樣式的；時

髦：～服裝｜她的打扮非常～。[英 modern]

【摩爾】mó'ěr〔量〕物質的量的單位，符號 mol。簡稱摩。[英 mole]

【摩肩接踵】mójiān-jiēzhǒng〔成〕腳後跟。肩挨肩，腳碰腳。形容走路的人多，非常擁擠：遊人～，十分熱鬧｜節日的公園，真是～，川流不息。

【摩拳擦掌】（磨拳擦掌）móquán-cāzhǎng〔成〕形容戰鬥或勞動前，積極準備、躍躍欲試的樣子：戰士們～，決心打好這一仗。

【摩絲】mósī〔名〕能夠固定髮型並具有護髮作用的化妝品。[英 mousse]

【摩挲】mósuō〔動〕用手輕輕撫摩：他～着肚皮說："這回可吃飽了。"
另見 māsā（888 頁）。

【摩天】mótiān〔動〕與天相接，形容極高：～嶺｜～大樓。

【摩天大樓】mótiān dàlóu（座，幢，棟）泛指特別高的高層建築。

【摩托】mótuō（-tuo）〔名〕❶ 內燃發動機。[英 motor]❷（輛）一種由內燃發動機驅動的靈活迅速的兩輪或三輪輕便車。也叫摩托車。

摩托車的不同説法
在華語區，中國大陸叫摩托車，港澳地區叫電單車，台灣地區叫摩托車或機車，新加坡和馬來西亞叫電單車或摩哆西卡，泰國也叫電單車，還叫摩托車或摩托西。

【摩崖】móyá〔名〕利用山崖天然石壁刻成的文字、佛像等：～石刻｜～造像｜～刻經。

磨 mó ❶〔動〕摩擦；磨損：手上～出老趼｜騎自行車容易～褲子。❷〔動〕為達到某種目的而將物體在磨料上研磨、摩擦：～穿鐵硯｜～刀不誤砍柴工，只要功夫深，鐵杵～成針。❸〔動〕阻礙；折磨：好事多～｜這場病可把他～壞了。❹〔動〕（沒完沒了地）糾纏：軟～硬泡｜孩子～了半天，爸爸才答應帶他上公園去玩。❺ 消亡；消滅：～滅｜百世不～（形容流傳久遠）。❻〔動〕耗時間；拖延：～洋工｜～時間｜～嘴皮子。
另見 mò（945 頁）。

辨析 磨、摩　在"摩擦"這個意義上基本相通，但"摩"有"撫摩"義，指手的動作，如"按摩""撫摩"等只能用"摩"。"磨"指物體與物體摩擦，如"磨刀""磨墨"等只能用"磨"。"磨"另有"耗費"義，如"磨嘴皮子"，有"阻礙"義，如"好事多磨"，"摩"沒有這些意義用法。

語彙 熬磨 纏磨 打磨 消磨 研磨 折磨 琢磨 好事多磨

【磨蹭】mócèng（-ceng）❶〔動〕（來回）摩擦：一

M

頭豬正倚着大樹～解癢。❷〔動〕比喻沒完沒了地糾纏：這孩子，從早晨一睜開眼就～着他爸給他買玩具。❸〔動〕雙腳擦着地面，緩慢行進：他能拄着拐杖～步了。❹〔形〕比喻遲緩或拖拉：他幹事特｜別磨磨蹭蹭的了，還有兩分鐘就開車了。

【磨床】móchuáng〔名〕(台)以高速旋轉的砂輪為刀具，對工件表面進行加工磨削的機床。

【磨刀石】módāoshí〔名〕(塊)供磨刀用的質地細膩的石塊。古代叫"砥"或"礪石"。

【磨合】móhé〔動〕❶ 經過一段時間的運行，使新機件摩擦面上的加工痕跡磨光而變得更為密合：新車初運行都有一段～期。也叫走合。❷ 逐漸適應：新來的三名外援與其他隊員之間尚需一段時間的～。❸ 磋商討論：幾經～，才達成共識。

【磨礪】mólì〔動〕在石頭上摩擦使銳利，比喻在艱難困苦的環境中經受鍛煉：～鋒刃｜幾經～，始能勝任。

【磨煉】móliàn〔動〕磨礪；鍛煉：讓他去～～｜不受～不成才｜幹是～出來的。也作磨練。

【磨滅】mómiè〔動〕隨着時間的推移而逐漸消失：經風雨剝蝕，碑文雖已漫漶，但尚未完全～｜蓋世功勳不可～。

【磨難】(魔難)mónàn〔名〕(場，次)折磨和苦難：～重重｜唐僧西天取經，遭受了無數～。

【磨砂玻璃】móshā bōli(塊)用金剛砂磨過的(或用氫氟酸侵蝕過的)半透明的玻璃。也叫毛玻璃。

【磨損】mósǔn〔動〕因長期摩擦而損耗：這台機床已經～｜橋面～得很厲害。

【磨牙】móyá ㊀〔動〕❶ 上下牙齒互相摩擦出聲：他昨晚睡覺時，又說夢話又～。❷ (-//-)(北京話)毫無效果地解釋或爭論：你跟他這"一根筋"磨甚麼牙！㊁〔名〕牙的一種，在口腔後方剝開，用於磨碎食物。成人的下頜各六個。通稱槽牙、臼齒。

【磨洋工】mó yánggōng 工作時磨磨蹭蹭，拖延時間或消極怠工：如今工廠是咱們自己的，不能再～了。

【磨嘴皮子】mó zuǐpízi〔慣〕❶ 反反復復地要求、磋商、辯駁、爭論等：這可是一件～的事兒，得有耐心才行｜她情願讓步，自認吃虧，也不願跟那位售貨員～。❷ 無休無止地說些無用的、言不及義的話：幹活就幹活，別老～｜就愛～，不幹正經事兒。

嬤
嬤 mó/mā 見下。

【嬤嬤】mómo〔名〕❶ 奶媽。❷ (北方官話)對老婦人的通稱：留下管家～及梅香看視。

謨
謨(谟)〈暮〉 mó ❶〔書〕計謀；謀略：良～｜宏～。❷ (Mó)

〔名〕姓。

摩
摩 mó 見"蘿摩"(885頁)。

饃
饃(馍)〈饝〉 mó〔名〕(北方官話)饅頭：蒸～｜羊肉泡～｜不吃別人嚼過的～(比喻要自己創新，不用別人現成的東西)。也叫饃饃。

蘑
蘑 mó "蘑菇"㊀：鮮～｜猴頭～｜口～。

【蘑菇】mógu ㊀〔名〕某些可食用的傘狀菌類，特指口蘑或香菇。㊁〔動〕❶ 故意糾纏；軟磨硬泡：違章罰款是統一規定，你～也沒有用｜～戰術(利用有利的條件，故意與敵人周旋，待敵人精疲力竭，再加以殲滅)。❷ 做事鬆懈拖拉，耽誤時間：再～就趕不上火車了｜別～了，快趕路吧！

劘
劘 mó〔書〕❶ 磨(mó)：砥石～屬，欲求銛(xiān，鋒利)也。❷ 切磋。

魔
魔 mó ❶ 指迷人心性、害人性命的惡鬼，比喻邪惡的人或勢力：妖～鬼怪｜群～亂舞。❷ 魔法：着～｜入～。❸ 有神力的；神秘的：～杖｜～術。[魔羅的省略，梵 māra]

語彙 病魔 惡魔 邪魔 妖魔 着魔

【魔法】mófǎ〔名〕妖術；妖魔的法術；好像誰給他施了～，弟弟一動不動地坐在那裏。

【魔方】mófāng〔名〕一種用不同顏色的小正方體組成的大正方體智力玩具。巧妙地扭轉各個小正方體，可使大正方體的六個表面顏色由不規則而趨於諧和：他很會玩～。

【魔怪】móguài〔名〕妖魔鬼怪，比喻邪惡勢力：～興風作浪。

【魔鬼】móguǐ ❶〔名〕神話或宗教中指迷人心性、害人性命的鬼怪。❷〔名〕比喻邪惡的人或勢力：那幫傢伙簡直是一群～。❸〔形〕屬性詞。不平常的：～辭典｜～身材。❹〔形〕屬性詞。(行為)像魔鬼一樣的、非正常狀態的：～訓練｜～培訓。

【魔幻】móhuàn〔形〕神秘多變化的：～小說｜～手法｜這電影拍得很～。

【魔力】mólì〔名〕喻指誘惑人、吸引人、使着迷的力量：他仿佛有種～，能讓大夥很快就喜歡上他。

【魔術】móshù〔名〕雜技的一種。表演者以敏捷的手法、高超的技巧或特殊的道具，將物體忽有忽無的真相掩蓋住，使觀眾產生變幻莫測的感覺。也叫幻術、戲法。

【魔頭】mótóu〔名〕惡魔，比喻極其兇惡的人。

【魔王】mówáng〔名〕❶ 佛教稱群魔之王，名

M

叫"波旬"。他常率眾魔做佛道修行的障礙。❷比喻勢力很大的兇暴的惡人：殺人不眨眼的～｜混世～(指專事擾亂世界秩序的人物)。

【魔掌】mózhǎng〔名〕比喻邪惡勢力的控制範圍：逃出敵人的～。

【魔障】mózhàng〔名〕佛教用語，魔王所設的障礙。梵語魔羅(māra)，譯為漢語是"障"，"魔障"是音譯和義譯合成的。泛指人生或做善事的過程中將遇到的波折、意外。

【魔爪】mózhǎo〔名〕妖魔鬼怪攫夺害人的手，比喻做壞事的惡勢力：斬斷～｜侵略者向鄰國伸出～。

mǒ ㄇㄛˇ

抹 mǒ ❶〔動〕搽；塗：東塗西～｜腳底～油——溜了(比喻偷偷地走開)。❷〔動〕塗飾：淡妝濃～｜夕陽將遠樹～上一層金色。❸〔動〕擦拭；揩：哭天～淚｜用手絹～了～嘴。❹〔動〕刪除；勾銷：～去零數｜一筆～殺｜磁帶～了半天也沒～乾淨。❺掃；閃過：刀劈劍～｜四十三年如電～。❻〔量〕用於修飾雲霞等，數詞多限於一：一～紅霞。

另見 mā(888頁)；mò(943頁)。

【抹脖子】mǒ bózi 用刀、劍在脖子上拉(lá)(多指自殺)：他們兩口子吵架，竟鬧到～上吊的地步。

【抹黑】mǒ // hēi〔動〕(往臉上)塗黑色；比喻醜化：別有用心的人故意給我們～｜一定爭取好成績，決不給母校～｜何必往別人臉上～，往自己臉上貼金呢？｜興奮劑醜聞給本屆運動會抹了黑。

【抹零】mǒ // língr〔動〕付錢時只付整數，不付尾數，把零頭抹掉：先合計一下總數，最後～｜給你先打個六折，最後還給你抹掉零兒，夠優惠吧？

【抹煞】mǒshā〔動〕不顧事實，把本來存在的事物徹底勾銷，不予承認：誰也～不了英雄人物的歷史功績。也作抹殺。

【抹一鼻子灰】mǒ yībízi huī〔慣〕比喻想討好而遭拒絕，自討沒趣。

【抹子】mǒzi〔名〕(把)建築工人用來塗抹泥、灰的工具。也叫抹刀。

mò ㄇㄛˋ

万 mò 見下。
另見 wàn("萬"1392頁)。

【万俟】Mòqí〔名〕複姓。南宋有万俟卨(xiè)(曾與秦檜一起害死岳飛)。

末 mò ❶樹梢。❷物的前端或末尾：秋毫之～。❸非根本的、不重要的事物(跟"本"相對)：本～倒置｜舍本求～。❹〔名〕最後；了結：～日｜～世｜週～｜～流｜窮途～路。❺(～兒)〔名〕碎屑；粉末：肉～兒｜藥～兒｜茶葉用完了，只剩點兒茶葉～兒｜把藥研成～兒。❻〔名〕傳統戲曲中的角色行當，主要扮演中老年男子。京劇歸入生行，不再區分。但有些劇種如漢劇仍作為一個主要的行當。❼(Mò)〔名〕姓。

語彙 毫末 芥末 鋸末 煤末 始末 微末 強弩之末 捨本逐末

【末班車】mòbānchē〔名〕❶(輛，趟)公共交通車輛每天開往某處的最後一班車(跟"頭班車"相對)。也說末車。❷比喻最後一次機會：恢復高考時，我正三十歲，總算趕上了～。

【末車】mòchē〔名〕"末班車"①(跟"首車"相對)。

【末代】mòdài〔名〕末世；一個朝代的最後一代：～皇帝｜～子孫。

【末伏】mòfú〔名〕❶農曆立秋後的第一個庚日，是最後一伏。❷指從立秋後的第一個庚日算起的十天時間：在北方，～以後，天就開始涼爽了。以上也叫終伏、三伏。參見"三伏"(1154頁)。

【末後】mòhòu〔名〕最後；末了：我排在隊伍的～｜大會開了一整天，～進行選舉。

【末節】mòjié〔名〕(事物的)細小情況；次要部分：要抓住本質，不要糾纏細枝～。

【末了】mòliǎo(～兒)〔名〕❶最後的地方；終了的地方：我坐在～兒一排｜～兒那個字沒有寫好。❷最後的時候：到～兒她才明白過來｜一直看到～才回家。

【末流】mòliú〔名〕❶江河的下游水流。❷水平低的；等級低的：～藝術｜～演員。❸已經衰落的學術或文藝等流派：這些文藝作品已是～，不值得看了。

【末路】mòlù〔名〕接近終點的一段路，比喻瀕臨絕境或衰亡的境地：～人｜窮途～。

【末年】mònián〔名〕(歷史上一個朝代或一個君主在位時期的)最後一年、幾年或若干年(跟"初年"相對)：唐朝～｜康熙～。

【末期】mòqī〔名〕將近結束的一段時期(跟"初期"相對)：第二次世界大戰～｜80年代～。

【末日】mòrì〔名〕❶基督教指世界最後毀滅的日子：世界～。❷泛指臨近死亡或滅亡的日子(對憎惡者言)：封建王朝的～｜敵人的～即將到來。

【末梢】mòshāo〔名〕物體的尾端：鞭子的～｜樹枝的～｜神經～。

【末尾】mòwěi〔名〕❶(一定空間的)最後的部分：信的～沒有署名｜排在隊伍～。❷(一定時間的)最後一段：他說到～非常激動｜現在進入一個學期的～了。

【末葉】mòyè〔名〕一個世紀或一個朝代的最後若干年（區別於“初葉”“中葉”）：19 世紀～｜明朝～。

【末子】mòzi〔名〕極細的顆粒；粉末狀的東西：胡椒～｜辣椒～｜茶葉～。

沒 mò ⊖ **❶**〔動〕沉下去：～入水中｜金烏西～，玉兔東升。 **❷**〔動〕蓋過：雪深～膝｜青草才能～馬蹄。 **❸** 陷落；覆滅：盡～｜全軍覆～。 **❹** 藏匿；消失：神出鬼～｜出～無常。 **❺** 把財物扣下：～收｜抄～家產。 **❻** 直到……終結：～世｜～齒不忘。 **❼** 死亡：堯舜既～。這個意義後來寫作歿。
⊜ 沒有；無：～奈何。
另見 méi（906 頁）。

語彙 沉沒　出沒　埋沒　泯沒　辱沒　吞沒　淹沒　湮沒　隱沒

【沒齒不忘】mòchǐ-bùwàng〔成〕齒：年齡。一輩子不會忘記：大恩大德，～。也說沒齒難忘、沒世不忘。

【沒頂】mòdǐng〔動〕水漫過頭頂，指被水淹沒：水深～｜～之災（比喻全部覆滅的災難）。

【沒落】mòluò〔動〕興盛期過去，已近於衰亡：貴族～｜～時期｜家道～｜日益～。

【沒奈何】mònàihé 無可奈何；沒有甚麼辦法來對付（某人或某事）：東西太重，實在搬不動，～只得暫時放在那裏。

【沒世】mòshì〔名〕指一輩子；終身：～難忘。

【沒收】mòshōu〔動〕把違反法律或禁令的人的錢財或物件無條件繳公或扣下：～其非法所得｜對禁運物品一經查獲，即行全部～。

【沒藥】mòyào〔名〕沒藥樹樹皮滲出的樹脂，在空氣中變成紅棕色圓塊兒，中醫入藥，味苦，有活血、散瘀、消腫、止痛等功用。也作末藥。

抹 mò〔動〕 **❶** 用抹子（mǒzi）把泥或灰敷在別的東西上再弄平：～牆縫｜把地～平｜在牆上～石灰｜地面～上水泥。 **❷** 緊挨着繞過：拐彎～角。
另見 mā（888 頁）；mǒ（942 頁）。

【抹不開】mòbukāi 同“磨不開”。

歿 mò〈書〉死：病～｜父母相繼而～。

沫 mò **❶**（～兒）〔名〕液體在一定條件下形成的許多小泡；泡沫：肥皂～兒｜口吐白～。也說沫子。 **❷**〈書〉唾沫：相濡以～。 **❸**（Mò）〔名〕姓。

語彙 泡沫　吐沫　唾沫

妹 mò 見於人名：～喜（傳說中夏王桀的妃子。也作妹嬉）。

茉 mò 見下。

【茉莉】mòlì(-li)〔名〕 **❶**（棵，株）常綠藤本或直立灌木，葉子橢圓形，開白色小花。 **❷**（朵）這種植物的花，白色，香味濃，可用來薰製茶葉。

冒 mò 見下。
另見 mào（905 頁）。

【冒頓】Mòdú〔名〕漢代初年匈奴族一個單于（chányú，君主）的名字。

陌 mò **❶**〈書〉田間（東西向的）小路：田連阡～｜忽見～頭楊柳色。 **❷**〈書〉街道；道路：街～｜形同～路。 **❸**（Mò）〔名〕姓。

【陌路】mòlù〔名〕〈書〉即陌路人；指在路上遇見而不認識的人：視同～（把親人或熟人作為陌生人來對待）。

【陌生】mòshēng〔形〕沒接觸過；不熟悉：～的人｜～的聲音｜他對上海不～｜我初來乍到，一切都感到～。

秣 mò **❶** 牲口飼料：糧～。 **❷**〈書〉餵養牲口：厲兵～馬。

【秣馬厲兵】mòmǎ-lìbīng〔成〕厲兵秣馬。

脈（脉） mò 見下。
另見 mài（894 頁）。

【脈脈】（脉脉）mòmò〔形〕 **❶** 默默含情相視的樣子：～不語。 **❷** 含情欲語的樣子：含情～｜～此情向誰訴。

莫 mò **❶**〔副〕〈書〉相當於“沒有誰”或“沒有甚麼”：～名其妙｜此為甚（沒有甚麼比這更厲害更嚴重的了）。 **❷**〔副〕〈書〉不；不能；沒法子：概～能外｜望塵～及｜沉冤～白｜愛～能助。 **❸**〔副〕別；不要（表示制止）：～開玩笑｜切～忘記｜倉庫重地，閒人～入｜人前～說人長短｜若要人不知，除非己～為。 **❹** 與別的字詞組合，表示揣測或反問：～非｜～不是。 **❺** 古同“暮”（mù）。 **❻**（Mò）〔名〕姓。

【莫不】mòbù〔副〕沒有一個不；全都：～歡天喜地｜～令人叫絕。

【莫不是】mòbùshì〔副〕〈口〉莫非：這麼晚了還不見他，～又不來了？

【莫測高深】mòcè-gāoshēn〔成〕高深莫測。

【莫大】mòdà〔形〕沒有比這個更大的；最大：受到～鼓舞｜這是～恥辱。

【莫非】mòfēi〔副〕 **❶** 表示揣測，相當於“可能”：他今天沒來，～又病了？ **❷** 表示反問，相當於“難道說”“難道”：～他走了不成？｜～你連禮貌都不講了嗎？

【莫過於】mòguòyú〔動〕沒有甚麼能超過；沒有誰能超過：花的端莊大氣，～牡丹｜世間最卑鄙的，～那種以別人的痛苦為自己的快樂的人了。

【莫名其妙】mòmíng-qímiào〔成〕沒有人能夠用

M

言語說明其中的奧妙，表示事情奇怪或表達不清，讓人不理解、不明白：簡直有點～兒｜～地說了一通｜他講出這番話來，真令人～。

【莫逆】mònì ❶〔形〕（思想感情上）沒有任何違逆不合之處；形容非常融洽：～於心｜～之交｜交情～。❷〔名〕彼此感情非常融洽的人；知心朋友：兩人一見如故，很快便結為～。

【莫逆之交】mònìzhījiāo〔成〕指心意相投、非常要好的朋友。

【莫如】mòrú ❶〔動〕〈書〉沒有誰比得上；沒有甚麼比得上：知子～父｜一年之計，～樹穀；十年之計，～樹木；終身之計，～樹人。❷〔連〕不如（用於兩種處理方式的選擇，後者比前者為好）：守舊～創新｜老坐在家裏，～出去走走。

【莫若】mòruò〔連〕莫如；不如（多用於比較得失）：與其連年虧損，～停業整頓｜既然來了，～好好談一談。

【莫須有】mòxūyǒu〔成〕《宋史·岳飛傳》載，奸臣秦檜（huì）誣陷岳飛謀反，韓世忠為岳飛鳴不平，質問他有沒有證據，秦檜回答說"莫須有"，意思是"恐怕有"或"也許有"。後來用以表示隨便捏造（罪名）：～的罪名實在可怕。

【莫邪】mòyé〔名〕❶（Mòyé）古代傳說中鑄劍師干將的妻子。干將鑄劍，妻子莫邪是幫助鑄劍成功而犧牲了自己的生命。也有傳說，干將莫邪為一人。❷同"鏌鋣"。

【莫衷一是】mòzhōng-yīshì〔成〕沒辦法判斷哪個對；得不出一致的結論：會上意見紛紛，～。

眽 mò "眽眽"，見"脈脈"（943頁）。

貊 Mò 中國古代稱居住在東北部的民族。

貉 mò 見下。

【貉絨】Mòhé〔名〕中國古代居住在東北部的一個民族，是女真族的祖先。

靺 mò ❶沙漠：荒～｜大～（指中國西北部的大沙漠）｜～北（指蒙古高原大沙漠以北地區）。❷冷淡地；不關心地：不容～視｜～不關心｜～不相關。

語彙 大漠 淡漠 廣漠 荒漠 冷漠 漠漠 沙漠

【漠不關心】mòbùguānxīn〔成〕態度冷淡，不聞不問，一點也不關心：政府官員決不能對人民群眾的疾苦～。

【漠漠】mòmò〔形〕❶瀰漫的樣子：平林～煙如織｜秋天～向昏黑。❷廣闊而沉寂的樣子：～水田飛白鷺｜黃沙～。

【漠然】mòrán〔形〕❶〈書〉寂然；寂靜無聲；靜默不語：群臣～，無有對者。❷態度冷淡，漫不經心的樣子：視之～｜～置之｜～不應。

【漠視】mòshì〔動〕冷淡地看待；不關注；不應該～群眾的意見｜環保問題不容～｜對生命的～是世間最大的不文明。

寞 mò ❶寂靜；無聲息：寂～｜～然。❷冷落，孤單：落～｜～索。

嘿 mò〈書〉沉默；閉口不說話：君子至德，～然而喻。
另見 hēi（534頁）。

墨 mò ❶〔名〕（塊，錠）用松煙或煤煙製成的，供寫字繪畫用的黑色顏料：一塊～｜兩錠～｜磨（mó）～｜筆～紙硯，文房四寶｜惜～如金（不輕易下筆）｜近朱者赤，近～者黑。❷墨汁；墨水：～盒｜畫水墨畫，首先要學會運筆蘸～｜胸無點～（比喻沒有文化）。❸書法；繪畫；詩文：遺～｜翰～｜～寶｜舞文弄～｜騷人～客。❹古代刺刻面額，做成記號，並塗墨染黑的一種刑罰：～刑。❺木匠用的墨綫，比喻法度或準則：繩～之曲直。❻黑色的或顏色近於黑的：～鏡｜銅印～綬。❼貪污的：～官｜～吏｜貪以敗官為～。❽同"默"①：孔靜幽～（很幽靜）。❾（Mò）戰國墨家：儒～道三家。❿（Mò）〔名〕姓。

語彙 筆墨 翰墨 徽墨 潑墨 石墨 繩墨 貪墨 文墨 遺墨 油墨 朱墨 大處落墨 舞文弄墨 胸無點墨

【墨寶】mòbǎo〔名〕（件）指優美而可寶貴的字畫；也用來尊稱別人所創作的字畫：名家～｜先生～，視同拱璧。

【墨斗】mòdǒu〔名〕木工用來在木料上打直綫的工具，墨斗裏有浸着墨汁的絲綿，又有墨綫可以從其中穿過，將墨綫拉出再繃緊在木料上，便可按要求彈出黑色直綫。

【墨斗魚】mòdǒuyú〔名〕（條，隻）烏賊的俗稱。

【墨盒】mòhé（～兒）〔名〕❶（隻）一種文具，多用銅或塑料製成，圓形或方形。盒內有絲綿浸漬着墨汁，用來蘸毛筆。也叫墨盒子。❷打印機裏裝墨粉的小盒。

【墨跡】mòjì〔名〕❶墨的痕跡；字跡：～未乾｜小孩不會寫字，弄得臉上和手上都是～。❷有名望的人親手寫的字或畫的畫：魯迅～｜徐悲鴻～。

【墨跡未乾】mòjì-wèigān〔成〕墨汁寫成的字跡還沒有乾。多用來表示協定、條約等剛剛訂立。

【墨家】Mòjiā〔名〕戰國時的一個學派。創始人墨子，名翟（dí），魯國人（一說宋國人），著有《墨子》一書。墨家主張兼愛（愛一切人）、非攻（反對侵略戰爭）、節用（堅持勤儉辦事）。墨家在認識論、邏輯學以及光學、力學、幾何學等方面，都有一定貢獻。

【墨鏡】mòjìng〔名〕（副）泛指用墨綠、黑灰或茶色等深色鏡片製作的眼鏡，有保護視力等功用。

【墨客】mòkè〔名〕〈書〉指文人：～騷人。

【墨吏】mòlì〔名〕〈書〉貪官污吏：～貪官。

【墨綠】mòlǜ〔形〕狀態詞。深綠色：～牡丹。

【墨守成規】mòshǒu-chéngguī〔成〕戰國時墨翟善於守城，故稱牢固的防守為"墨翟之守"。後又用"墨守"指牢固地堅持（某種見解），用"墨守成規"指抱住現成的老規矩不放，不肯變通，不圖創新進步（含貶義）。**注意** 近年又出現了"墨守成規"近義的成語"墨守陳規"。兩者共同的意思是沿襲原有的一套，不求變革。其區別在於："成規"指現成的或久已通行的規則方法，如"他的教研水平很高，應該破格晉升為教授，而不應該墨守成規"；"陳規"指陳舊的規矩或已不適用的規章制度，如"如果墨守陳規，不能適應形勢的變化，就不能解決新問題，取得新成就"。

【墨水兒】mòshuǐr〔名〕❶ 墨汁兒。❷ 指供鋼筆、蘸水筆等書寫用的各種顏色的液體：紅～｜藍～。❸ 比喻學問知識或讀書識字的能力：我～少，說不過你｜他一肚子～。

【墨綫】mòxiàn〔名〕❶ 裝在墨斗上的綫繩，木工用來在木料上打直綫：把～繃緊些。❷ 木工用墨綫彈在木料上的黑色直綫：沿着～往下鋸｜這條～打錯了。

【墨汁兒】mòzhīr〔名〕❶ 用墨加水在硯池中研磨而成的汁液：用現研的～寫字。❷ 用化學方法配製的供毛筆寫畫用的液體。

默 mò ❶ 不說話；不出聲：～不作聲｜～劇（啞劇）。❷ 不聲不響地：～而識之｜潛移～化。❸〔動〕默寫：把課文最後一段～下來。❹（Mò）〔名〕姓。

語彙 沉默　緘默　靜默　幽默　淵默

【默哀】mò'āi〔動〕用低頭肅立、短暫靜默的形式表示對死者的悼念：～三分鐘｜～畢。

【默禱】mòdǎo〔動〕不出聲地暗自祈禱：～你一路平安｜天天晚上都要～。

【默讀】mòdú〔動〕讀書而不唸出聲來：～是訓練閱讀能力的一種方法。

【默默】mòmò ❶〔形〕寂靜無聲：荒野～。❷〔副〕不出聲；無聲無息：～無語｜～忍受。❸〔形〕失意無奈的樣子：～不得志。

【默默無聞】mòmò-wúwén〔成〕無聲無息，不為人所知：從～到一鳴驚人｜余老師～地耕耘了一輩子。

【默片】mòpiàn（口語中也讀 mòpiānr）〔名〕（部）無聲片。

【默契】mòqì ❶〔形〕彼此無須用語言表達，即可心領神會，高度理解和和諧一致：中國女排隊員配合～，打得非常主動｜演唱和伴奏者非常～，保證了演出的成功。❷〔動〕雙方秘密約定：關於這個問題，兩國早已～。❸〔名〕秘密達成的條約或口頭協定：嚴守～。

【默然】mòrán〔形〕默不作聲的樣子：相對～｜～無語｜～不悅。

【默認】mòrèn〔動〕不明白說出而內心裏同意或承認：～既成事實｜你不作聲，就等於～了｜他看到木已成舟，也只得～了。

【默寫】mòxiě〔動〕憑記憶寫出：～課文｜～英語單詞。

【默許】mòxǔ〔動〕心裏已經許可，但不明白說出來：局長已經～了｜只要他不開口反對，就算是～了。

磨 mò ❶〔名〕（盤）用一對圓石盤製成的碾碎糧食的工具：一盤～｜卸～殺驢，過河拆橋｜饅頭好吃～難推｜有錢能使鬼推～。❷〔動〕轉動磨盤，把糧食弄碎：豆子可以～豆漿｜我們吃的香油是電磨～出來的。❸〔動〕掉轉（方向）：地方太窄，車～不過來｜把大衣櫃～過來一些。❹〔動〕（北京話）（思想上）轉彎；轉變：老人一時～不過這個兒來，咱們要耐心解釋。❺（Mò）〔名〕姓。

　　另見 mó（940 頁）。

語彙 風磨　火磨　石磨　水磨　轉磨

【磨不開】mòbukāi〔動〕❶ 難堪；發窘：剛說了兩句，就見她臉上～了。❷ 情面上過不去；不好意思：我可～這麼當面批評人家。❸（北京話）想不通：你有甚麼～的事跟大夥說說。以上也作抹不開。

【磨煩】mòfan〔動〕❶ 糾纏不休：因為我沒給他買書，他就老跟我這兒～。❷ 拖延時間：七點鐘了，再～戲開演了。

【磨坊】mòfáng〔名〕（間，家）加工糧食的作坊，特指磨麵粉的作坊。也作磨房。

【磨盤】mòpán〔名〕❶ 構成石磨的兩扇圓形石盤。❷ 托住石磨的大的圓形底盤，還有承接麵粉的作用。

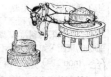

瘼 mò〈書〉病；疾苦：民～（人民的痛苦）。

貘 mò〔名〕哺乳動物，似犀牛而略小，尾短，鼻子長而圓，屈伸自如。生活於熱帶。

鏌（镆）　mò 見下。

M

【鏌鋣】mòyé〔名〕古代寶劍名。泛指寶劍。也作莫邪。

鍪（鏖）

mò 猛然；突然：～地｜～然。

【鍪地】mòdì〔副〕突然，表示情況出乎意外：～一個急剎車，許多乘客都摔倒了｜一種孤寂之感～湧上心頭。

【鍪然】mòrán〔副〕猛然，表示因受某種情景的觸發而突然產生某種行為或心理活動：～回首｜中秋之夜，他～想起去年此時在北京聯歡的情景。

礳

mò 用於地名：～石渠（在山西）。

縸（繆）

mò〈書〉兩股搓成的繩索：～徽（繩索）。徽：三股搓成的繩索。

糢

mò ❶〔名〕糇（lào）。❷〔動〕用糢平整土地。

mōu　ㄇㄡ

哞

mōu〔擬聲〕牛叫的聲音。

móu　ㄇㄡˊ

牟

móu ❶ 牟取：侵～萬民｜乘機～利。❷（Móu）〔名〕姓。

另見 mù（951頁）。

【牟利】móulì〔動〕謀取私利：從中～｜非法～。

【牟取】móuqǔ〔動〕通過不正當的手段謀取：～名利｜～不正當利益｜大肆行騙，～錢財。

辨析 牟取、謀取　a）"牟取"是貶義詞，"謀取"義為"設法取得"，是中性詞。表示"通過不正當手段取得"之義時可互換，如"牟取/謀取不義之財"；但用於中性或褒義時，只能用"謀取"，如"謀取利潤""謀取雙贏"。b）"牟取"的對象限於利益，"謀取"的對象，可以是抽象的東西，如"謀取信任""謀取控制權"等。

侔

móu〈書〉相等；齊等：地位相～。

眸

móu 眸子：回～一笑｜明～皓齒｜凝～。

語彙　回眸　明眸　凝眸

【眸子】móuzi〔名〕瞳人；泛指眼睛：明亮的～｜一雙～閃着睿智的光。

蛑

móu 見"蟰蛑"（1646頁）。

謀（謀）

móu ❶ 計策；謀略：足智多～｜有勇無～。❷〔動〕設法求得；謀求：以權～私｜為人民～福利。❸ 商量；計議：與虎～皮｜不～而合｜不在其位，不～其政。

語彙　參謀　籌謀　毒謀　合謀　機謀　計謀　密謀　同謀　圖謀　蓄謀　陰謀　預謀　遠謀　智謀　主謀　築室道謀　足智多謀

【謀財害命】móucái-hàimìng〔成〕搶奪財物，害人性命：這些壞人幹了不少～的事。

【謀反】móufǎn〔動〕謀劃反叛：夥同～，罪不容誅。

【謀害】móuhài〔動〕❶ 謀劃殺害；謀殺：遭到特務～｜慘遭～。❷ 謀劃陷害：這些不實之詞，純屬有意～。

【謀劃】（謀畫）móuhuà〔動〕籌謀策劃；商量計議：～對策。

【謀略】móulüè〔名〕智謀策略：精通兵法，廣有～｜有～的企業家。

【謀面】móumiàn〔動〕〈書〉彼此相見；相互認識：多年來他們一直未曾～。

【謀求】móuqiú〔動〕想辦法求取：～職業｜～最佳方案｜為廣大職工～利益。

【謀取】móuqǔ〔動〕想辦法取得：～非法利益｜～利潤｜～信任｜～控制權｜～一個好名聲。

【謀殺】móushā〔動〕謀劃殺害：奸臣～忠良。

【謀生】móushēng〔動〕想辦法維持生計：為了～，從小就離開了家鄉。

【謀士】móushì〔名〕（位，名）出主意獻計策的人：一位大～｜～如雲｜封賞功臣～。

【謀事】móu//shì〔動〕❶ 謀劃辦理某件事：～在人，成事在天｜共謀大事。❷（～兒）謀求職業：現在～比過去容易多了。

【謀私】móusī〔動〕謀求得私人利益：從不～｜官吏不能以權～。

【謀職】móuzhí〔動〕謀求職業或職位：重新～｜多方～｜～成功了。

【謀主】móuzhǔ〔名〕（位）出謀劃策的主要人物。

麰（麳）

móu 古稱大麥：今夫～麥，播種而耰（yōu）之（以大麥而論，播種後並用土覆蓋）。

鍪

móu 見"兜鍪"（313頁）。

繆（繆）

móu 見"綢繆"（185頁）。
另見 Miào（928頁）；miù（938頁）。

mǒu　ㄇㄡˇ

某

mǒu〔代〕指示代詞。❶ 用在名詞前，指代不願明說或無須明說的人、地、時間或事物等：～學生｜赴東北～地參觀訪問｜解放軍～部榮立集體一等功｜～年～月～日發生了～事，他的日記本上都寫得很清楚。❷ 用在"甲（乙、丙……）"或數詞（限於"一、幾"）、量詞前，指代不確定的人或事物：～甲比～乙大8歲｜～種原因｜～幾種產品質量很差。❸ 用在姓氏後，指別人（此人是確定的，只是不便提名或不知其名）：王～｜張～～。**注意**有時代替別人的名字有不客氣意，如"他李某某做事太不自量力了"。❹指自己（舊時是一種謙虛的說法，現在很少用；用時有時含自負情緒）：～之所論，無一字不合於法｜有甚麼困難儘管來找我孫～好了。

【某某】mǒumǒu〔代〕指示代詞。指無法指明或不必指明的時間、處所、人名、事物等（雖是"某"的重疊，但所指仍為單數）：～年份｜～鄉鎮｜～單位｜～老師｜張～｜～事件｜～條約。

【某人】mǒurén〔代〕人稱代詞。❶無法或不便明確指出的人：這事恐怕是～幹的。❷指說話的人自己（常和自己的姓或代詞"我"連用）：李～從來不扯謊｜一切由我楊～負完全責任。

mú ㄇㄨˊ

毪 mú 毪子。

【毪子】múzi〔名〕西藏的一種氌氌。

模 mú/mó（～兒）〔名〕模子：字～｜銅～兒。另見 mó（939頁）。

語彙　衝模　拉模　土模　鑄模

【模具】mújù〔名〕工業生產上用來使金屬、塑料、橡膠、玻璃等成形的器具，多具耐高溫、耐高壓等性能。

【模樣】múyàng（～兒）〔名〕❶形貌；樣子：你的～很像你大哥｜姑娘的～很俊。❷情況；情勢：看這～，黑方必輸｜他怎麼會落得這般～？❸左右；上下（表示大概的時間，多用在數量詞後）：我們談了一小時～｜一個40歲～的男子。

【模子】múzi〔名〕〈口〉一種供壓製或澆灌器物，使器物成形的工具：銅做的～｜做糕點的～｜他倆就像一個～裏鑄出來的（比喻長得很像，一模一樣）。

mǔ ㄇㄨˇ

母 mǔ ❶母親（一般不用於當面稱呼）：父～｜～子｜賢妻良～｜兒行千里～擔憂｜慈～手中綫，遊子身上衣。❷家族或親戚中女性長輩：嬸～｜岳～｜師～｜乳～。❸（～兒）〔名〕指一凸一凹配套機件中的凹形配件：子～扣｜螺絲～兒。❹能產生或構成其他事物的：酒～｜字～｜分～｜子～彈｜失敗為成功之～。❺〔形〕屬性詞。雌性的（跟"公"相對）：～雞下蛋，～牛生犢｜我買了一對鸚鵡，一隻公的一隻～的。❻具有類似孕育的能力或作用的：～機｜～液｜～樹林｜航空～艦。❼（Mǔ）〔名〕姓。

語彙　鴇母　伯母　嫡母　分母　後母　繼母　酵母　聲母　聖母　庶母　水母　韻母　祖母　親家母　拼音字母

【母愛】mǔ'ài〔名〕母親所特有的愛護兒女的感情：偉大的～｜他從小失去了～。

【母本】mǔběn〔名〕參與雜交的雌性個體或產生雌性生殖細胞的個體（區別於"父本"）：～植株｜～個體。也叫母株。

【母帶】mǔdài〔名〕（盒，盤）用以翻錄的原版錄音帶或錄像帶。

【母機】mǔjī〔名〕（台）機床。

【母金】mǔjīn〔名〕本金。

【母舅】mǔjiù〔名〕母親的兄弟。

【母老虎】mǔlǎohǔ〔名〕比喻蠻橫兇悍的女性：他越來越覺得虎妞像個～。

【母親】mǔqīn（-qin）〔名〕❶（位）有子女的女子：回憶我的～。❷比喻像母親一樣起到孕育、養育作用的某種事物：黃河與長江是中華民族的～河｜海外遊子終於回到了祖國～的懷抱。**注意**"母親"多用於敘述，當面一般不稱呼"母親"，除非向他人介紹時才說"這是我的母親"。直接稱呼用"媽"、"媽媽"或"娘"等。

【母親節】Mǔqīn Jié〔名〕為感謝母親而設立的節日，在5月的第二個星期日，由美國人安娜·加維絲於1907年倡議設立。

【母乳】mǔrǔ〔名〕母親的乳汁：提倡～餵養嬰兒。

【母體】mǔtǐ〔名〕❶指孕育胎兒的人的身體：～康健，嬰兒平安。❷指孕育幼崽的雌性動物的身體。❸比喻具有產生出其他事物的能力或作用的某種事物：旅遊開發要注重文化～的保護｜上市公司～改制。

【母系】mǔxì〔形〕屬性詞。❶屬於母親一方的血緣關係的（區別於"父系"）：～親屬。❷按母女世代相傳的（區別於"父系"）：～氏族｜～社會。

【母校】mǔxiào〔名〕稱自己在那裏畢業或曾經在那裏學習過的學校：獻給～｜慶祝～成立五十週年。

【母性】mǔxìng〔名〕母親愛護子女的本性。

【母夜叉】mǔyèchā〔名〕比喻兇惡醜陋的婦女。參見"夜叉"（1580頁）。

【母語】mǔyǔ〔名〕❶一般指本族語，即指人在幼兒時期通過和同一語言集團其他成員的接觸而自然掌握的第一種語言或某種方言。❷一個語系中作為其他語言的共同始源語的語言，如通俗拉丁語可看作是法語、意大利語和羅馬尼亞語的羅曼語的始源語（母語），而法語、意大利語和羅馬尼亞語的羅曼語則是通俗拉丁語的派生語。

牡 mǔ 雄性的（鳥獸）（跟"牝"相對）：～牛｜牝～相誘。

【牡丹】mǔdan〔名〕❶（棵，株）落葉小灌木，高一米左右，花大，單生，呈紅、白、紫等色，為著名觀賞植物。❷（朵，枝）這種植物的花：～雖好，也要綠葉扶持（比喻能力強的人也要有幫手）。

【牡蠣】mǔlì〔名〕軟體動物，有兩個貝殼，一個小而平，另一個大而隆起，表面凹凸。肉供食用，可提製蠔油，也可入藥。也叫蠔、蠣黃、海蠣子。

拇　mǔ 拇指：～戰（指划拳）。

【拇指】mǔzhǐ ❶〔名〕手或腳上的第一個指頭，比其他指頭粗壯。也叫大拇指。❷〔名〕〈口〉泛指手指，其中最粗壯的叫大拇指，其餘依次為食指、中指、無名指、小指指。❸〔形〕屬性詞。與手機（或小靈通）短信、手機遊戲有關的（因一般用拇指操作，故稱）：～族｜～經濟｜～郵件服務｜～文化。

姆　mǔ 見“㜷姆”（870頁）。

峔　mǔ 用於地名：～磯角（在山東）。

姆　mǔ ❶古代指用婦道教人的女教師。❷乳母。❸（Mǔ）〔名〕姓。

姥　mǔ ❶〈書〉老婦：見一老～。❷古代指婆母：便可白公～，及時相遣歸。
另見 lǎo（810頁）。

畝 （畝）〈畆畮畂畒畝〉 mǔ ❶〔量〕市制地積單位，1畝等於10分（合60平方丈），約等於6.667公畝（666.7平方米）：一～不治，百～遭殃（指農作物的病蟲害要及早防治）。❷（Mǔ）〔名〕姓。

語彙　地畝　畎畝　田畝

蹃　mǔ〈書〉腳拇指。

嘸　mǔ，又讀 yīngmǔ〔量〕英畝舊也作

鉧 （鉧）　mǔ 見“鈷鉧”（469頁）。

木　mù　ㄇㄨˋ
mù ❶樹木：一草一～｜十年樹～，百年樹人。❷木材；木頭：柞～｜柚～｜沉香～｜～牆裙｜泥塑～雕。❸〈書〉指某些木製器物：行將就～（“木”指棺材）｜擊～而召之（“木”指柝）。❹〔形〕愚笨；反應不靈：呆頭～腦｜這人做事太～。❺樸實；質樸：～訥（nè）。❻〔形〕發僵；感覺遲鈍：手都凍～了｜抽煙抽得

嘴都～了。❼（Mù）〔名〕姓。

語彙　電木　棺木　灌木　果木　紅木　積木　坑木　麻木　苗木　喬木　軟木　土木　烏木　朽木　硬木　原木　枕木　平衡木　無本之木　行將就木　移花接木

【木板】mùbǎn（～兒）〔名〕（塊）片狀的木料：把樹段鋸成～兒｜把～刨（bào）平。

【木版】mùbǎn〔名〕在木質材料上刻出文字和插圖的印刷版：～印刷｜～書｜～水印｜～畫。

【木版畫】mùbǎnhuà〔名〕木刻。

【木本植物】mùběn zhíwù 有發達的木質部構成的木質莖（像常見的樹幹）的植物（區別於“草本植物”）。分為喬木和灌木兩種，喬木如白楊、梧桐等，灌木如丁香、月季等。

【木材】mùcái〔名〕樹木採伐後經粗加工的材料：～加工廠。

【木柴】mùchái〔名〕作柴火用的劈成小塊的木頭。

【木雕】mùdiāo〔名〕在木頭上雕刻形象或花紋的藝術，也指用木頭雕刻成的作品：～展覽｜他送我一件～。

【木雕泥塑】mùdiāo-nísù〔成〕木頭刻成的或泥巴塑成的（偶像）。形容人的神情或動作呆板僵硬或人木然不動：警察破門而入，嚇得四個賭徒像一般｜看着她遠去的背影，他站在那裏像～般地一動不動。也說泥塑木雕。

【木耳】mù'ěr〔名〕真菌的一種，黑褐色，膠質，生長在腐朽的樹幹上，形狀像耳朵，可入藥。

【木筏】mùfá〔名〕（隻）用木材編排而成的水上運輸工具。

【木芙蓉】mùfúróng〔名〕❶落葉灌木或小喬木，葉掌狀淺裂。秋季開花，顏色有白、黃或淡紅，供觀賞。花、葉、根皮可入藥。❷（朵）這種植物的花。也叫芙蓉、山芙蓉、地芙蓉、木蓮。注意“芙蓉”在古代是蓮花的別名，如“芙蓉出水”。為了區別，稱長在地上的木本芙蓉為“木芙蓉”。現代多稱木芙蓉為芙蓉，而作為蓮花別稱的芙蓉多見於書面語。

【木工】mùgōng〔名〕❶指建築房屋木結構和製造修理木器的工作：這裏的～活兒就全由他包了。❷（位，名）做上述工作的工人：蓋房有瓦工和～｜修理桌椅。

【木瓜】mùguā〔名〕❶落葉灌木或小喬木，葉子橢圓，花淡紅色。果實長橢圓形，色淡黃，味香而酸澀，可入藥。❷這種植物的果實：投我以～，報之以瓊琚（比喻相互饋贈）。❸比喻反應遲鈍或呆滯的人：這人真是個～，怎麼講都不明白。

【木活兒】mùhuór〔名〕屬於木工幹的活計。

【木屐】mùjī〔名〕❶（隻，雙）木板拖鞋。❷古代一種木底鞋。

【木匠】mùjiang〔名〕（位）做木工活的手藝人。

【木槿】mùjǐn〔名〕❶（棵，株）落葉灌木，葉子掌

狀分裂，夏秋開白、紅或紫色花，花鐘形，早晨開放，傍晚收斂。莖皮可做造紙原料。❷ 這種植物的花。

【木刻】mùkè〔名〕(幅)在木板上刻成畫，再拓印在紙上的一種畫。刻板時有陰刻、陽刻、陰陽混合刻等表現手法。拓印時所用顏料分油質、水質兩大類，並有單色、套色之分。也叫木版畫、木刻圖、木刻畫。

【木蘭】mùlán〔名〕❶ (棵，株)落葉小喬木，葉倒卵形或長橢圓形，早晚春先葉而發，大而微香，紫色或白色，供觀賞。乾燥的花蕾可入藥。也叫辛夷。❷ 香草名。

【木料】mùliào〔名〕(塊)粗加工後具有一定形狀的木質材料。

【木馬】mùmǎ〔名〕❶ 用木頭製成的馬，外形與真馬相仿，可供娛樂之用。❷ 一種木製的體操器械，略像馬而無馬尾，包括鞍馬和跳馬(前者背上有雙環，後者沒有)。❸ 一種木製的兒童遊戲器械，略像馬而無腿，腹部着地呈弧形，以便於前後晃動。

【木棉】mùmián〔名〕(棵，株)落葉大喬木，花大而紅。果實長橢圓形。種子的表皮長有白色纖維，質軟，可用來裝枕芯、褥子等。也叫紅棉、攀枝花、英雄樹。

【木乃伊】mùnǎiyī〔名〕❶ (具)長久保存下來的肌肉乾癟的屍體，特指古代埃及人用防腐香料處理後保存下來的乾(gān)屍。[阿拉伯 mumiya]❷ 比喻乾癟僵化的事物：文章最忌八股氣，它會把文章變成～。

【木訥】mùnè〔形〕〈書〉質樸而不善言辭。

【木偶】mù'ǒu〔名〕用木頭刻成的人像，形容痴呆的神情：他忽然發起呆來，活像個～。

【木偶戲】mù'ǒuxì〔名〕(台，齣)一種用木偶來進行表演的戲劇，木偶由專人在幕後操縱，操縱者一邊說唱一邊讓木偶做出各種動作。一般分為布袋木偶、提綫木偶、杖頭木偶。也叫傀儡戲。

【木排】mùpái〔名〕(隻)在江河上游編紮成排並利用水力順流運出的木材。也指用木頭編紮成的水上漂流工具。

【木器】mùqì〔名〕(件)木製器具：～家具。

【木然】mùrán〔形〕像木頭那樣沒有任何反應的樣子：神情～。

【木石】mùshí〔名〕❶ 樹木和石頭。❷ 比喻沒有知覺、感情的東西：人非～，孰能無情？

【木薯】mùshǔ〔名〕❶ (棵，株)常綠灌木或小喬木，葉呈掌狀分裂，全株有毒。塊根含澱粉，去毒後可食。❷ 這種植物的塊根。

【木炭】mùtàn〔名〕❶ 用木材或薪材在不透氣的條件下加熱而成的固體燃料。❷ 特製的炭條，供素描用：用～畫的素描。

【木頭】mùtou〔名〕❶ (塊，根)〈口〉木材和木料的統稱：運～｜～地板｜這裏的家具全是用～做的。❷ 比喻缺乏情感、思維遲鈍的人。

【木頭人兒】mùtourénr〔名〕比喻遲鈍或麻木不仁的人：我們不是～，遇事得有個分析。

【木樨】mùxi〔名〕❶ 常綠小喬木或灌木，秋天開叢生小花，白色或暗黃色，香氣濃郁，可供觀賞，也可做香料或食品。❷ 這種植物的花。以上也叫桂花。❸ 指雞蛋攪勻後烹調而成的碎屑：～湯(蛋花湯)｜～飯(蛋炒飯)｜～肉(雞蛋炒肉絲)。以上也作木犀。

【木星】mùxīng〔名〕太陽系八大行星之一，按距離太陽由近及遠的次序計為第五顆。公轉一周的時間約 11.86 年，自轉一周的時間約 9 小時 50 分。在八大行星中體積最大，已確認的衛星有 63 顆。中國古代把木星叫作歲星。

【木已成舟】mùyǐchéngzhōu〔成〕木材已造成了船。比喻事情已成定局，無法改變：如今是～，難以更改｜既然～，我們就用不着多說了。

【木易】Mùyì〔名〕複姓。

【木魚】mùyú〔名〕木頭中間鏤空製成的魚形或魚頭形的打擊樂器或響器。相傳佛教謂魚晝夜不合眼，所以刻木成魚形，用以警眾僧晝夜思道。僧尼唸經時敲擊，以加強節奏感；化緣時敲擊，以製造氣氛。

【木魚石】mùyúshí〔名〕一種礦石，含有鋅、鍶、鍺、鈷、偏硅酸等 20 多種微量元素，對人體有保健作用。產於山東長清縣，開發加工製成茶具、酒具、文房四寶等保健品和工藝品。

目　mù ❶ 眼睛：～不斜視｜有～共睹。❷〔名〕網眼：綱舉～張(有比喻義)｜200～網篩。❸ 大項中的小項：項一｜細一｜子一。❹ 目錄：書一｜篇一｜劇一。❺〔名〕生物分類系統的第四級，在綱之下，科之上：薔薇～｜食肉～。❻ 名稱：名～。❼〔量〕圍棋比賽計算勝負的單位，一個交叉點算一目，折算時兩目等於一子。提過子的空白處算兩目：以二～半取勝。❽〈書〉看：～為異物。❾〈書〉稱：集為一卷，～之新詩選。❿ (Mù)〔名〕姓。

語彙	側目	觸目	刺目	奪目	耳目	反目	綱目
過目	極目	價目	節目	舉目	科目	盲目	眉目
面目	名目	瞑目	品目	數目	題目	條目	頭目
醒目	要目	悅目	張目	賬目	矚目	注目	子目
總目	慈眉善目	琳琅滿目	傷心慘目	一葉障目
獐頭鼠目

【目標】mùbiāo〔名〕❶ 打擊或尋求的對象：沒有發現甚麼～。❷ 被打擊或被尋求的對象：人多了～大，容易暴露。❸ 想要達到的地方或標準：前進的～｜戰略～｜管理～｜胸中沒有大～，一根稻草壓彎腰。

【目不交睫】mùbùjiāojié〔成〕眼睛張開着，上下

M

睫毛沒有相合（即沒有合眼）。多形容因事長夜不眠或睡不着覺：為了趕任務，他～，通宵達旦。

【目不識丁】mùbùshídīng〔成〕《舊唐書·張弘靖傳》：“今天下無事，汝輩挽得兩石力弓，不如識一丁字。”（一說“丁”是“個(个)”字之誤）。後用“目不識丁”形容人一個字也不認識：他從前是個～的文盲，如今已經能看報讀書了。也說不識一丁、眼不識丁。

【目不暇接】mùbùxiájiē〔成〕暇：空閒；接：接觸。因可看的東西太多而來不及一樣一樣地看：展品琳琅滿目，令人｜山中美景，～。也說目不暇給(jǐ)。

【目不轉睛】mùbùzhuǎnjīng〔成〕目光專一，連眼球都不轉一下。形容注意力高度集中：他～地看着牆上的一幅人物畫。

【目測】mùcè〔動〕用肉眼（不藉助儀器）測量：～一下距離。

【目次】mùcì〔名〕書刊正文前列出的篇章次序和名稱（多標明頁碼，合集、刊物等則列有作者姓名）。

【目瞪口呆】mùdèng-kǒudāi〔成〕瞪着眼睛，說不出話。形容因吃驚或害怕而突然呆住的樣子：剛才他還抵賴，物證一擺，頓時～。

【目的】mùdì(-di)〔名〕❶ 要去的地點或要達到的境界：今天我們一定要到達～地｜我們的～是共同富裕。❷ 想要得到的結果或效果：批評的～是為了加強團結。❸ 某種圖謀：懷着不可告人的～。

辨析　目的、目標　a)“目的”着重指行為的意圖，追求的結果；“目標”除此之外，還有“攻擊或尋求的對象”的意思，如“發現了目標”，不能說成“發現了目的”。b)“目的”既可以受表示積極意義的詞語修飾，也可以受表示消極意義的詞語修飾，如“罪惡目的”；而“目標”只能和表示積極意義的詞語搭配，不受表示消極意義的詞語修飾，如不能說“不可告人的目標”。

【目睹】mùdǔ〔動〕親眼見到：～其事｜～慘狀｜耳聞～。

【目光】mùguāng〔名〕❶ 眼睛的光芒；眼神：～炯炯。❷ 視綫：～停在那幾位青年科學家身上。❸ 眼光；泛指人的見識：～敏銳｜～短淺｜～遠大。

【目光如豆】mùguāng-rúdòu〔成〕目光像豆大的燈光那樣微弱。形容眼光短淺：～，見識短淺｜～的人成不了大事。

【目光如炬】mùguāng-rújù〔成〕目光像火炬那樣亮。形容眼睛明亮有氣勢。也形容目光遠大，見識高明或能洞察細微：她～，一針見血地指出了要害問題。

【目擊】mùjī〔動〕原意為目光觸及；後稱目睹，（在事情發生時）親眼看到：～者｜～這次車禍的全過程。

【目空一切】mùkōng-yīqiè〔成〕一切都不放在眼裏。形容非常狂妄：他自恃有才，～，對誰都看不起。也說目空一世。

【目力】mùlì〔名〕視力：～不濟｜～所及｜～很好。

【目錄】mùlù〔名〕❶ 根據一定系統或順序編寫出來供人查考的事物名目：藏書～｜產品～｜商品～函索即寄。❷ 目次。

【目迷五色】mùmí-wǔsè〔成〕《老子·十二章》：“五色令人目盲。”五色：指各種顏色。意思是色彩紛呈，令人眼花繚亂。後用“目迷五色”比喻事物錯綜複雜，難以分辨：對～的各種新理論要注意甄別、吸收。

【目瑙縱歌】Mùnǎozònggē〔名〕景頗族的傳統節日，每年農曆正月十五前後，舉行隆重的祭祀太陽神活動。數萬人踩着同一個鼓點起舞，有“天堂之舞”的美稱。

【目前】mùqián〔名〕眼前；現在：～形勢和我們的任務｜～的生活水平｜到～為止還沒有消息｜～還難於做到。

【目送】mùsòng〔動〕以目光相送（多表示惜別）：大娘站在村口～戰士們遠去｜～親人所坐的輪船駛向遠方。

【目無法紀】mùwú-fǎjì〔成〕眼睛裏沒有法律和紀律。形容胡作非為，違法亂紀：這些奸商～，以次充好，牟取暴利！

【目無全牛】mùwú-quánniú〔成〕《莊子·養生主》載，有個庖丁為梁惠王宰牛，動作熟練協調，令惠王讚歎不已。庖丁介紹說：我當初宰牛的時候，目中所見，無非是一條全牛；三年之後，我技藝純熟，動刀時只看到骨節間隙，“未嘗見全牛也”。後用“目無全牛”比喻技藝精湛，達到得心應手的地步。

【目下】mùxià〔名〕目前；眼下：～身體狀況不佳，無暇他顧。

【目眩】mùxuàn〔形〕眼睛發花：頭暈～｜燈光閃爍，令人～。

【目箚】mùzhá〔名〕中醫學病名。兒童眨眼的毛病。

【目中無人】mùzhōng-wúrén〔成〕甚麼人都不放在眼裏。形容高傲自大：他自從當了官，就～了。

仏

仏　mù　見下。

【仏佬族】Mùlǎozú〔名〕中國少數民族之一，人口約21.6萬（2010年），主要分佈在廣西北部的羅城、柳城、宜州等地，少數散居在貴州、廣東等地。仏佬語是主要交際工具，沒有本民族文字。

M

牟 mù ❶用於地名：～平（在山東東北部）。❷(Mù)〔名〕姓。
另見 móu（946頁）。

沐 mù ❶洗頭髮：新～者必彈冠，新浴者必振衣｜～浴。❷《書》比喻受到某種好處：～恩（蒙受恩惠）。❸(Mù)〔名〕姓。

【沐猴而冠】mùhóu'érguàn〔成〕《史記‧項羽本紀》："人言楚人沐猴而冠耳，果然。"比喻外表裝得像個人物，而實質品格低下。常用來諷刺依附惡勢力竊據一定權位的人。

【沐浴】mùyù〔動〕❶洗澡（包括洗髮洗身）：齋戒～。❷沉浸於；置身於：節日之夜，人們～在歡樂的氣氛中。❸比喻受到某種恩澤或潤澤：～在燦爛的陽光下｜～在新時代的陽光雨露之中。

牧 mù ❶放養（牲畜）：放～｜～馬｜～羊。❷《書》統治：～萬民。❸古稱州官：荊州～。❹(Mù)〔名〕姓。

語彙　放牧　輪牧　畜牧　遊牧

【牧草】mùcǎo〔名〕供放牧牲畜食用的草場上的草。
【牧場】mùchǎng〔名〕❶(座)水草豐富，宜於放牧牲畜的場所：天然～。❷畜養牲畜的管理機構：～領導｜～職工。
【牧歌】mùgē〔名〕❶(首)田園詩；一種以表現牧人生活或農村生活為主的抒情短詩，源於古希臘。後泛指以農村生活情趣為題材的抒情詩歌，也稱表現鄉土情調或淳樸自然的鄉村生活的其他文藝作品：田園～｜鄉村～。❷(支，首)由意大利田園曲或世俗複調歌曲演變而成的多部聲樂曲，多以愛情和自然景物為題材。也指牧童、牧人放牧時所唱的歌謠，或歌唱牧民生活、草原風情的歌曲。
【牧工】mùgōng〔名〕❶受牧主僱用的勞動者：他從小就當～。❷國營或集體牧場的工人：調動廣大～的積極性。
【牧民】mùmín ❶〔名〕(位)在牧區生活的以畜牧為主要職業的人。❷〔動〕《書》治民；比喻君主治理百姓。
【牧區】mùqū〔名〕❶指放牧牲畜的草場。❷以畜牧業為主的地區：加強～建設。
【牧師】mùshī〔名〕(位，名)基督教(新教)中主持宗教儀式和管理教堂事務的神職人員。
【牧童】mùtóng〔名〕放牧牛、羊的兒童：借問酒家何處有，～遙指杏花村。
【牧畜】mùxù〔動〕畜牧：祖祖輩輩以～為生。
注意"以牧畜為生"也可以說成"以畜牧為生"；但"畜牧業""畜牧場"不能說成"牧畜業""牧畜場"。
【牧業】mùyè〔名〕畜牧業：發展～｜～生產。
【牧主】mùzhǔ〔名〕(位)佔有牧場、牲畜，僱用牧工的人。

苜 mù 見下。

【苜蓿】mùxu〔名〕(棵)一年生或多年生草本植物，葉子互生，開蝶形花，紫色，為重要的牧草和綠肥作物。漢武帝時由張騫自西域引進。

募 mù 募集：～兵｜招～｜～到了多少款子？

語彙　化募　勸募　應募　招募　徵募

【募兵制】mùbīngzhì〔名〕以招募形式，僱用人當兵充役的制度。
【募化】mùhuà〔動〕(僧尼、道士等)求人施捨財物：四方～｜向施主～｜把～來的錢用於重修寺廟。
【募集】mùjí〔動〕廣泛徵集：～資金｜～經費｜～衣物，救濟災民。
【募捐】mùjuān〔動〕廣泛徵集(錢物)；請人捐款捐物：～救災｜京劇義演～｜廣場上有人在～。

睦 mù ❶和好；親近：～鄰友好｜妯娌不～。❷(Mù)〔名〕姓。

語彙　敦睦　和睦

【睦鄰】mùlín〔動〕同鄉居或鄰國和好相處：反對侵略，～萬邦｜建立～友好關係。

鉬(鉬) mù〔名〕一種金屬元素，符號Mo，原子序數42。銀白色，硬而堅韌。多用作無綫電材料或用於煉製特種鋼。

墓 mù〔名〕❶(座)墳墓：那是一座烈士～。❷(Mù)姓。

語彙　盜墓　墳墓　公墓　陵墓　掃墓

【墓碑】mùbēi〔名〕(塊，座)立在墳墓前面(也有立在後面的)，刻有死者姓名、事跡或表彰文字的石碑。
【墓地】mùdì〔名〕(塊)墳墓所在的地方；這兒離～還遠着呢｜～周圍很寂靜。也叫墳地。
【墓穴】mùxué〔名〕土葬時埋棺材(或骨灰)的坑：～中出土了大量文物。
【墓葬】mùzàng〔名〕考古學指有價值的墳墓及墓中所葬的遺體、遺物等：～群。
【墓誌銘】mùzhìmíng〔名〕(篇，首)埋在墓中的刻有死者生平事跡(誌)和對死者讚揚、悼念文字(銘)的石刻。誌多為散文，銘多為韻語。也指墓誌銘上的文字。

幕〈幙〉 mù ❶起覆蓋作用的大塊的布、綢、氈子等：帳～。❷像帳幕一樣的事物：水～｜雨～｜夜～。❸〔名〕起遮擋作用的掛在舞台上的大塊的布、絲絨等：帷～｜布｜銀～｜屏～｜落～｜～慢慢拉開了。❹古代將帥領兵在外時辦公的地方，也指地方軍政大吏辦公的官署：～府｜～友｜～僚。❺〔量〕戲劇的一個較完整的段落叫一幕，每幕又可以分若干場：四～九場話劇｜第三～是戲的高潮。

M

❻（Mù）〔名〕姓。

| 語彙 | 報幕 | 閉幕 | 黑幕 | 揭幕 | 開幕 | 落幕 | 內幕 |
| | 屏幕 | 帷幕 | 謝幕 | 序幕 | 煙幕 | 夜幕 | 銀幕 | 字幕 |

【幕布】mùbù〔名〕（塊）演戲或放映電影時掛着的大塊布、綢、絲絨等。舞台前方遮住整個舞台的幕布簡稱幕，舞台後方作為背景的幕布叫天幕，映現電影畫面的幕布叫銀幕。

【幕府】mùfǔ〔名〕古代將帥領軍在外，以營帳（帳幕）為治事的府署，故稱幕府。有時也用以稱地方軍政大吏的府署。

【幕後】mùhòu〔名〕❶舞台幕布的後邊。❷比喻隱蔽的不易被發現的地方：退居～｜～交易｜～操縱｜～英雄。

【幕僚】mùliáo〔位，名〕❶古代將帥辦事處所中的參謀、書記等屬官。❷泛指高級官員的辦事處所中的輔佐人員（一般有官職）：當過多年的～｜～出身。

【幕友】mùyǒu〔名〕原指古代將帥幕府中的參謀、書記等。明清時稱地方官署中協助辦理文案、錢糧等事務的人員。俗稱師爺。

慕 mù ❶羨慕；仰慕：務求實效，不～虛名。❷依戀；思念：如怨如～，如泣如訴｜愛～｜思～。❸（Mù）〔名〕姓。

| 語彙 | 愛慕 | 景慕 | 敬慕 | 渴慕 | 企慕 | 傾慕 | 思慕 |
| | 羨慕 | 向慕 | 歆慕 | 仰慕 | 那達慕 |

【慕名】mùmíng〔動〕仰慕別人的名氣：～前往。

【慕尼黑】Mùníhēi〔名〕❶德國南部的一個城市，以電機製造和啤酒釀造著名於世。❷1938年，英、法、德、意四國在慕尼黑舉行會議，會後簽訂了出賣捷克、遷就法西斯德國以換取妥協的慕尼黑協定，後用"慕尼黑"指代犧牲別國利益而與對方妥協的陰謀。〔德München，英Munich〕

【慕容】Mùróng〔名〕複姓。

暮 mù ❶日落的時候，傍晚：～鼓晨鐘｜朝思～想。❷（時間）臨近末了的一段；晚：～春（農曆三月）｜～秋（農曆九月）｜

歲～｜垂～之年。

| 語彙 | 薄暮 | 遲暮 | 垂暮 |

【暮靄】mù'ǎi〔名〕傍晚時瀰漫的雲氣：～沉沉｜～籠罩着田野村落。

【暮春】mùchūn〔名〕春季的末期，即農曆三月：～天氣。

【暮鼓晨鐘】mùgǔ-chénzhōng〔成〕舊時寺廟中按規矩晚上擊鼓、早晨撞鐘以報時。也用來比喻使人警醒的話語：校長的話有如～，時時提醒我要發憤苦讀。

【暮年】mùnián〔名〕〈書〉老年；晚年：～多病，幸有子女服侍｜烈士～，壯心不已。**注意**"暮年"也是"晚年"的意思，但"晚年幸福""幸福的晚年"及"安度晚年"等，都不能換成"暮年"。

【暮氣】mùqì〔名〕黑夜將降臨的景象，比喻萎靡不振、不思進取的精神狀態（跟"朝氣"相對）：一身～｜～沉沉。

【暮秋】mùqiū〔名〕秋末，即農曆九月：天氣漸涼，已是～時節。

【暮色】mùsè〔名〕傍晚的天色：蒼然～｜～漸濃｜～蒼茫看勁松。

【暮生兒】mùshengr〔名〕遺腹子：這孩子是個～。

穆 mù ❶（氣氛、神情等）肅靜；恭敬：肅～｜靜～｜～然。❷〈書〉溫和；敦厚：～如清風。❸古代貴族宗廟排列的次序，始祖廟居中，左為昭，右為穆。❹（Mù）〔名〕姓。

【穆桂英】Mù Guìyīng〔名〕小說《楊家將》中重要人物，是楊宗保之妻。她智勇雙全，敢作敢為，曾領兵大破遼軍天門陣。後常用來代稱年輕女英雄。

【穆罕默德】Mùhǎnmòdé〔名〕（約公元570-632）伊斯蘭教創立者。生於阿拉伯半島的麥加城，40歲時號召信仰真主是唯一的神。〔阿拉伯Muhammad〕

【穆斯林】mùsīlín〔名〕伊斯蘭教徒。阿拉伯語意為順從者，指順從真主的人。〔阿拉伯muslim〕

N

ń ㄣˊ

嗯 ń "嗯" ńg 的又讀。

ň ㄣˇ

嗯 ň "嗯" ňg 的又讀。

ǹ ㄣˋ

嗯 ǹ "嗯" ǹg 的又讀。

nā ㄋㄚ

那 Nā〔名〕姓。
另見 nà（954 頁）。

南 nā/ná 見下。
另見 nán（958 頁）。

【南無】nāmó〔動〕佛教用語，意思是合掌稽首，是眾生向佛真心皈依信順的意思。**注意**"南無"不讀 nánwú。[梵 namas]

ná ㄋㄚˊ

拿〈舒〉ná ❶〔動〕用手或用別的方式抓住或移動（可帶"了、着、過"）：他從編輯室～了幾本參考書｜把這種花盆～來種蘭草｜這幾條宣紙你～去畫畫吧｜那張相片他老～在手上｜手裏～着一條毛巾｜他從我們這兒～過藥了。❷〔動〕捉拿；攻佔：在電車上～住了一個慣竊｜我軍～下敵人的據點又往前推進了。❸〔動〕刁難；要挾：他故意～我們一把｜你～不住我們了。❹〔動〕主持；掌握：找～事的人才好辦｜～權的頭兒都不在場，誰也不能做主。❺〔動〕裝出；做出：～架子｜～腔～調｜～出當爸爸的樣子。❻〔動〕領取；取得：～工資｜～金牌｜～第一名。❼〔介〕把；對：別～人家當外行｜我～他沒辦法｜別～我尋開心。❽〔介〕從某方面提出話題：～全班的學習成績來看，小王最突出。

語彙 捕拿　大拿　緝拿　擒拿　推拿　捉拿

【拿辦】nábàn〔動〕依法拘捕、處置犯罪的人：對犯罪嫌疑人，要依法～。

【拿大】ná // dà〔動〕（北京話）驕傲自大；擺架子：你別～，少了誰天也塌不下來。

【拿獲】náhuò〔動〕逮住；捉住（罪犯）：毒販終於被～歸案。

【拿捏】nániē ❶〔動〕把握：～有度｜婆婆在處理跟兒媳的關係上很會～。❷〔形〕（北方官話）不大方；扭捏：幹甚麼事都得痛痛快快的，～個甚麼勁兒｜他做事～，你別～我。❸〔動〕難為；挾制：你別～我。

【拿喬】ná // qiáo〔動〕為了抬高自己身價而故意裝模作樣或表示為難：他總來不深入基層，又常常～，沒有人願意接近他。北方官話也說拿糖。

【拿人】ná // rén ❶〔動〕捉人：昨天夜裏，警方來～了。❷〔動〕難為人；要挾人：你別以為自己有一套就～，沒有誰地球也照樣轉｜他拿不住人，那些活兒我們都會幹。❸〔形〕把別人拿住，指吸引人：他做報告特別～。

【拿事】náshì〔動〕負責主持工作；有權處理事務：你跟他說沒用，他在公司裏不～｜你得找那個～的人，才能辦成。

【拿手】náshǒu〔形〕擅長某種技藝：～好戲｜你放心吧，治這種病王大夫很～。

【拿手戲】náshǒuxì〔名〕❶指演員特別擅長的劇目：這位表演藝術家的～是京劇《貴妃醉酒》。❷比喻人最擅長的本領或技藝：單手倒立是他的～。也說拿手好戲。

【拿下】náxià〔動〕❶逮住；抓住：逃犯終於被～。❷攻佔；佔領：～城堡。❸贏得；奪得：～決賽的第一局｜～兩項大獎。

【拿印把兒】ná yìnbàr 掌權：他在鄉裏是～的。也說拿印把子。

【拿主意】ná zhǔyi 做出應對事情的決策：買不買你～，我不管｜這件事到底怎麼辦，你可得拿一個主意。

拏 ná 見下。

【拏攫】nájué〔動〕〈書〉互相搏鬥：熊羆之～（羆 pí：棕熊）。

鎿（镎）ná〔名〕一種放射性金屬元素，符號 Np，原子序數 93。主要用於製備鈈-238。

nǎ ㄋㄚˇ

嫲 nǎ（粵語）雌的；母的：雞～（母雞）。

哪 nǎ〔代〕疑問代詞。❶表示要求在多個事物或同類事物中確指。1）用在定語或數量詞前：你家住在～條街？｜我們～天到黃山去？｜今天打球，～幾個人上場？2）單用做主語或賓語：這些行李，～是你的，～是他的？｜

房間很多，～是您要找的？｜您住～？❷虛指，表示不能確指的一個：你～天有空兒可要來玩兒呀！❸任指，表示任何一個：反正只在旅館住一夜，隨便～一家都成｜應徵的那幾篇文章，～一篇也不合格｜～幅畫好就買一幅。❹表示反問，意在否定：這兒旱那兒澇，～會有好收成？｜不下苦功，～能學好外語？｜東拼西湊豈想編好詞典，～有這樣的事？**注意**"哪"後面跟量詞或數量詞時，在口語裏常常說 něi 或 nǎi，如"哪個、哪會兒、哪門子、哪些、哪樣"等；單用的"哪"口語中只說 nǎ。

另見 na（956頁）；né（966頁）。

【哪個】nǎge〔代〕疑問代詞。❶哪一個：你們是～工廠的？❷（西南官話）誰：你找～？

【哪會兒】nǎhuìr〔代〕疑問代詞。❶表示疑問。甚麼時候：你～回到北京的？❷某個時候：你千萬別等我，我不定～才能來。

【哪裏】nǎli〔代〕疑問代詞。❶問地方、處所：～有這本書費？｜你住～？｜從～來？到～去？｜這是～的貨？❷虛指：我好像在～見過他一面。❸泛指：無論～，都有人幫助你｜～需要就到～去。❹用於反問，意在否定：我～會打牌？不過是湊個數｜十個人一鍋飯～夠吃？❺〈謙〉用來婉轉地推辭對自己的褒獎：您幫了大忙了！——～，這是我應盡的責任｜你這幅畫畫得真好！——～，～！

【哪門子】nǎménzi〔代〕（北京話）疑問代詞。甚麼，用於反問語氣，表示毫無來由：我們從來不相識，你跟我是～親！

【哪怕】nǎpà〔連〕即使，表示假設兼讓步（後面多用"也、都、還"等呼應）：～事情搞糟，也糟不到哪裏去｜只要意志堅定，～千難萬險。

【哪兒】nǎr〔代〕〈口〉疑問代詞。❶哪裏：你到～去？❷表示否定，意思同"怎麼也不"：當時，～會想到過上這樣幸福的生活！

┌─────┐
│**辨析** 哪兒、哪裏 用法基本相同，"哪兒"更加口語化。"哪裏"可用作謙辭，禮貌地推辭對自己的褒獎，如"你的毛筆字寫得真好！""哪裏，哪裏。"，"哪兒"不能這樣用。
└─────┘

【哪些】nǎxiē〔代〕疑問代詞。哪一些：你們幾位～是會員？｜你訪問過～地方？**注意**問時間，在"哪些"後可以接"天、日子、月份、年"，不能接"日、月、星期、禮拜"等。如可以說"哪些天？哪些日子？哪些月份？哪些年？"，但是不能說"哪些日？哪些月？哪些星期？"。

【哪樣】nǎyàng（～兒）〔代〕疑問代詞。❶詢問事物的性質、狀態等：你喜歡吃～菜？｜你要我～做？❷表示虛指或任指：這幾件衣服，隨便你挑～的都行｜這裏的商品種類齊全，你挑～的，有～的。

nà ㄋㄚˋ

吶 nà 見下。
另見 nè（966頁）。

【吶喊】nàhǎn〔動〕高聲喊叫助威：搖旗～。

那 nà ㊀〔代〕指示代詞。❶指比較遠的人或事物：～老頭兒可倔啦！｜～種花好看是好看，就是不香｜～塊地從前是一片荒灘｜～兩個人是新來的｜～三間房子年久失修，快塌了。❷代替比較遠的人或事物：～是誰？｜～是我的小妹｜～是我們的圖書館｜～是大夥兒最歡迎的｜這個位置～不值得｜你要～沒甚麼用處。❸複指前文：出版新書，～是我們最關心的｜你也認識他，～可太湊巧了。❹跟"這"對舉，表示眾多事物，不確指某人或某事物：這也好、～也好，可是只能挑一樣兒。**注意**"那"單用或後面跟名詞，在口語中常說成 nà 或 nè；"那"後面跟量詞或數量詞（如"那些""那一個"），在口語中常說成 nèi 或 nè。

㊁〔連〕跟"那麼"的意思相當：要趕火車，～你就快走吧！｜要是沒有恆心，～就甚麼事也別想幹成。

另見 Nà（953頁）。

【那兒】nàr〔代〕〈口〉指示代詞。❶那裏。表示地方或處所：～的礦泉水真好｜～有你的三個郵包。❷表示時間（前面有"打、從、由"）：打～起，我們天天練習打拳｜從～開始，每演一齣新戲，我們都去看｜由～，他的病一天比一天見好。

┌─────┐
│**辨析** 那兒、那裏 用法基本相同。"那兒"多用於口語，"那裏"不能表示時間。如"從那兒起，他就開始自學英語"，不能換用"那裏"。
└─────┘

【那般】nàbān〔代〕指示代詞。❶那樣：既然他～說，我們就照他的意思辦。❷那些：他們～人還是少聯繫好。

【那邊】nàbiān（～兒）〔代〕指示代詞。指代遠處的一邊；另一方：～地勢高，這邊兒地勢低｜～哭，這邊兒笑。

【那達慕】Nàdámù〔名〕蒙古族一種傳統的群眾集會。過去多在夏秋之交舉辦時舉行，內容有賽馬、射箭、摔跤等比賽活動，後又增加物資交流、商品展銷等項內容。

【那當兒】nàdāngr〔代〕指示代詞。那時候：你找他～，他恰好出門了。

【那個】nàge〔代〕指示代詞。❶指代比較遠的人或事物；那一個：～人來幹啥？｜小王～演員戲路不寬，穿紅裙子的～姑娘是他妹妹。❷後面跟動詞或形容詞，表示程度深，有誇張意味：你看他～高興（勁兒）啊！｜小青杏～酸呀，咬一口就倒牙。❸直接指代東西、事情、情況、原因等：～你甭擔心，我有辦法｜提起～來，夠傷心的！｜就因為～，他一直對我有意見。❹跟"這個"對舉，泛指某些人或事物：孩子們這個哭，～叫，亂成了一團兒｜他喜歡古玩，這個～弄了一屋子。❺〈口〉代替不願直說的話（含婉諷意味）：他這麼幹真太～了｜你這個人甚麼都好，就是脾氣有點兒～。

【那會兒】nàhuìr〔代〕指示代詞。指過去或將來的某個時候：他～還是個孩子呢｜大學畢業以後，你～就可以獨立工作了｜他還不懂事｜再過十來年，～你們就該接班了。

【那裏】nàli〔代〕指示代詞。指稱比較遠的地方、處所：～是頤和園｜～誰也沒有到過｜我們常到～去玩兒｜十七孔橋就在～｜你到校長～去｜他到大嶼山～去｜我去你～，你去他～。

【那麼】(那末) nàme ㊀〔代〕指示代詞。❶指示性質、狀態、方式、程度、數量等：～一回事｜像星星～明亮｜他～一說，大夥都沒意見了｜天氣還不～熱｜走大路，要多繞～五六里。❷代稱某種動作或方式：～可行不通｜別～，～有危險｜～就不好辦了｜既然如此，也只好～吧！㊁〔連〕根據上文或前面說的話，引出某種判斷或申說某種結果：如果雙方都同意，～就簽合同吧！｜既然女方不願意，～就沒必要再談了。

【那麼點兒】nàmediǎnr〔代〕指示代詞。❶指示較小的數量：反正一天只有～工夫，想多幹也幹不成｜錢買手機可不夠。❷指示較小的事物：芝麻大～事，也值得掛在嘴上。❸指代數量較小的事物：稿紙就剩～了，都給你吧！｜～，我們不要了。

【那麼些】nàmexiē〔代〕指示代詞。❶指示數量（多或少）：～菜怎吃得了｜戲園子裏～個人，誰看得清他在那兒呢｜只有～東西，還能挑出甚麼花樣來｜就～米了，哪裏夠吃？❷指代某些人或事物。強調多或少：有～，還不夠你招待的？｜就～，他們嫌少。

【那麼着】nàmezhe〔代〕指示代詞。❶指示動作方式：～唱可不搭調｜～看問題就比較全面了。❷代替動作或情況：～不好，這麼着才好｜～合適嗎？｜我願意～，你別管！｜這件事就～吧！｜你～，我們可惱了。

【那摩溫】nàmówēn〔名〕舊時上海等地用來指工頭。[英 number one]

【那些】nàxiē〔代〕指示代詞。❶指示較遠的兩個以上的人或事物：～年輕人都是新入學的學生｜～東西你都拿走吧！我不要了。❷代稱較遠的兩個以上的人或事物：～都是外國來的留學生｜～是誰留下的？｜你要這些，我要～｜不要老說～了。注意在問話中"那些"指物不指人，如"那些是甚麼？"；如問人，必須說"那些人是誰？"。但如表示憎惡，把"人"說成"東西"，就可以用來指人了，如："你們清楚那些都是甚麼東西嗎？"

【那樣】nàyàng〔代〕指示代詞。❶指示性質：～的紙不能繪圖｜～的人千萬得注意｜怎麼會有～的事！❷指示狀態：他～隨便，可不好｜油畫老～兒掛着，年長日久也會變色。❸指示方式：跳舞，不能～跳｜～拿筆寫不好毛筆字。❹表示程度：菜～鹹，怎麼吃呢！｜一聽說要回家，小華就高興得～兒跳起來了。❺代稱某種動作或情況：～可不行，要這樣｜這樣的姿勢不對，應該～。

> [辨析] **那樣、那麼** 用法不完全一樣。a)"那樣"可以做定語、狀語、補語，"那麼"不能做補語。如"高興得那樣兒"，不能說成"高興得那麼"。b)"那麼"可以做連詞，如"大家都同意，那麼就幹吧"，"那樣"沒有這種用法。

郱 Nà 周朝國名，在今湖北荊門一帶。

朒 nà 見"膃朒"（1383 頁）。

衲 nà ❶縫補：百～衣｜百～本｜戒衣皆自～。❷僧衣：舊～年年補。❸和尚自稱：老～。

娜 nà ❶見於人名（多見於女性人名）。❷(Nà)〔名〕姓。
另見 nuó（991 頁）。

納(纳) nà ㊀❶收入；放入：出～｜入～入計劃｜～入正軌。❷接受：～善｜～諫｜～降｜～涼。❸〔動〕交付：～稅｜～糧。❹(Nà)〔名〕姓。
㊁〔動〕一種縫紉方法，用針密密縫：～鞋底｜容易開綻的地方，多～上幾針。

> [語彙] 版納 採納 出納 歸納 交納 繳納 接納 容納 哂納 收納 笑納 深文周納

【納彩】nàcǎi〔動〕古代求親時，男方送給女方聘禮叫納彩。

【納粹】Nàcuì〔名〕第一次世界大戰後興起的德國民族社會主義工人党，是以希特勒為頭子的最反動的法西斯主義政黨。[德 Nazi，是 Nationalsozialistische (Partei) 的縮寫]

【納頓節】Nàdùn Jié〔名〕土族的傳統節日，一般農曆七月十二日開始，持續到九月十五日結束，被稱為"世界上最長的狂歡節"。節日期間開展社交遊樂活動，有古樸的民間儺戲表演。也叫慶豐收會。

【納罕】nàhǎn〔形〕驚訝；驚奇：一個五歲的孩子唱粵劇唱得那樣好，觀眾都很～。

【納賄】nàhuì〔動〕❶有權的人徇情違法，收受財物：～鬻爵。❷行賄：～求官。

【納款】nàkuǎn〔動〕〈書〉遞降請書：輸誠～。

【納涼】nàliáng〔動〕乘涼：樹底下～。

【納悶兒】nà // mènr〔動〕疑惑不解：聽到這沒頭沒腦的消息，他有些～｜他心裏～，一時想不

N

明白。

【納米】nàmǐ〔量〕長度單位，1納米等於 10^{-9} 米。〔英 nanometer〕

【納米技術】nàmǐ jìshù 在納米尺度（0.1-100納米）上，操縱單個原子或分子進行加工製作的技術。

納米技術的應用

運用納米技術製作出來的器件和材料有許多優越的特性和功能。如超微型機器人，只有人的頭髮絲粗細，可在人體血管中穿行，清除血管壁上的沉積物，疏通血栓；納米金屬材料能強烈吸收電磁波，可用作隱形飛機吸雷達波的材料；納米陶瓷硬度很高，韌性很強，不易破碎。納米技術可廣泛應用於微電子工業、生物工程、化工、汽車製造、醫療器械等科研和生產領域。

【納入】nàrù〔動〕歸進，放入：此項撥款應～下一年度預算。

【納稅】nà//shuì〔動〕向國家交納稅款：～人｜依法～｜這些商品都納了稅。

【納稅人】nàshuìrén〔名〕有納稅義務、直接向國家交納稅款的單位和個人：～欠稅，將被公之於眾。

【納西族】Nàxīzú〔名〕中國少數民族之一，人口約32.6萬（2010年），主要分佈在雲南麗江一帶，少數散居在四川、西藏等地。納西語是主要交際工具，有本民族文字東巴文。

【納降】nàxiáng〔動〕接受敵人投降。

【納新】nàxīn〔動〕原指吸入新鮮空氣，現在用來指吸收新成員、新的力量：一個政黨要吐故～，才能保持活力。

捺 ❶〔動〕用手按：～手印。❷〔動〕壓下；控制：～着性子｜按～不住激動的心情。❸〔名〕漢字的筆畫，向右斜下，形狀是"㇏"（在"永"字八法中，叫"磔"）。

莪 nà 用於地名：～拔林（在台灣）。
另見 nuó（991頁）。

鈉（钠）nà〔名〕一種金屬元素，符號 Na，原子序數11。銀白色，質軟，有延展性。鈉及其鹽類如食鹽、鹼、芒硝等，在工業上用途很廣。

na ·ㄋㄚ

哪 na〔助〕語氣助詞。前一個字的韻尾是 -n，"啊"變成"哪"：加油幹～｜這事你可得留神～！注意 此字音是"啊"用在句末時受前一字韻尾"-n"的影響而發生的音變。
另見 nǎ（953頁）；né（966頁）。

nǎi ㄋㄞˇ

乃〈迺廼〉nǎi〔書〕❶〔代〕人稱代詞。你；你的：～父｜～翁｜～兄～弟。❷〔副〕於是；才：有此父～有此子｜故責己重而責人輕，～不失平等之真諦。❸〔副〕卻；可；竟然：當改過自新，～益驕溢（應當改正錯誤，卻更加驕奢無度）｜世～有無父無母之人，痛哉！❹〔副〕乃是；就是：《紅樓夢》～世間一部奇書。注意 "乃"不等於"是"，不能算是個動詞（或係詞）。我們可以說"不是"，但不能說"不乃"。由此就可以證明它不是一個單純的動詞（或係詞）。❺〔副〕僅僅；只：天下勝者眾矣，而霸者～王。❻（Nǎi）〔名〕姓。
另見 Ǎi（4頁）；"迺"另見 Nǎi（957頁）。

【乃爾】nǎi'ěr〔代〕指示代詞。如此；這樣：何其相似～！

【乃者】nǎizhě〔代〕指示代詞。從前；往日（多指較近的過去）：～竟有不逞之徒，鋌而走險。

【乃至】nǎizhì〔連〕〈書〉甚至；甚而；全中國～全世界人民都敬仰他。

奶〈嬭妳〉nǎi ❶〔名〕乳房的俗稱：～頭｜～罩。❷〔名〕乳汁：孩子餓了，快抱過來餵～。❸〔動〕用奶餵孩子：～孩子｜這小姑娘是乾娘～大的。
"妳"另見 nǐ "你"（972頁）。

語彙 催奶 斷奶 牛奶 酸奶 下奶 漾奶

【奶茶】nǎichá〔名〕用磚茶摻入牛奶（或羊奶）煮成的飲料。

【奶粉】nǎifěn〔名〕牛奶除去水分後製成的粉末，加開水沖成液體即可食用。

【奶酒】nǎijiǔ〔名〕用馬奶造的酒，略帶酸味，蒙古族人喜歡飲用。也叫奶子酒、馬奶酒。

【奶酪】nǎilào〔名〕❶（塊，片）用牛奶等奶汁製成的半凝固狀態的食品。❷比喻追求的目標，最想獲得的東西：電子行業是一塊新～，很多人在爭搶。

奶酪的不同說法

在華語區，一般都叫奶酪或乳酪，中國大陸還叫吉士，泰國叫起士，台灣地區叫起司，港澳地區、新加坡、馬來西亞則叫芝士。

【奶媽】nǎimā〔名〕（位）受僱用自己乳汁餵養別人家孩子的婦女。也叫奶娘。

【奶名】nǎimíng〔名〕兒童時期的名字；小名：她的～叫玲玲。

【奶奶】nǎinai〔名〕〈口〉❶祖母。❷稱呼跟祖母輩分相同或年紀相仿的婦女：家裏沒人，街坊老～常常照顧我。❸（粵語）丈夫的母親。

【奶牛】nǎiniú〔名〕（頭）專為產奶餵養的母牛。也叫乳牛。

【奶皮】nǎipí（～兒）〔名〕牛奶、羊奶等煮開以後表面上凝結的含有油脂的薄皮。

【奶品】nǎipǐn〔名〕即奶製品。

【奶瓶】nǎipíng（～兒）〔名〕（隻）用來盛牛奶餵嬰兒的瓶子。

【奶糖】nǎitáng〔名〕（塊）一種含有奶油的糖果。

【奶頭】nǎitóu（～兒）〔名〕乳頭。

【奶牙】nǎiyá〔名〕（顆）乳牙。

【奶油】nǎiyóu〔名〕從牛奶中提取的半凝固狀態物質，白色，微微發黃。可做製糕點、糖果、菜餚的原料：～蛋糕｜～菜花。

【奶油色】nǎiyóusè〔名〕像奶油那樣白而微黃的顏色：客廳的家具都是～的。

【奶油小生】nǎiyóu xiǎoshēng 相貌好看但缺少男子氣質的男青年（含貶義）：這種～演的戲實在沒甚麼意思。

【奶罩】nǎizhào〔名〕乳罩。

【奶子】nǎizi〔名〕❶ 可供食用的動物（牛、羊、馬等）的乳汁：老人早晚都要喝點～。❷（北京話）奶媽。❸（北京話）乳房。

【奶嘴兒】nǎizuǐr〔名〕奶瓶口上的像奶頭的橡膠蓋子，供嬰兒吸吮用。

芳 nǎi 見"芋芳"（1662 頁）。

氖 nǎi〔名〕一種氣體元素，符號 Ne，原子序數 10。無色無臭，大氣中含量極少，通過電流能發出紅色的光，可用來製霓虹燈。

廼 Nǎi〔名〕姓；地名。另見 nǎi "乃"（956 頁）。

哪 nǎi "哪"（nǎ）的口語音。

傈 nǎi〔代〕（蘇州話）人稱代詞。你。

nài ㄋㄞˋ

奈 nài 如何；怎樣，怎麼對付：無～（無可如何）｜又～我何！

【奈何】nàihé ❶〔動〕怎麼樣或怎麼辦，對付：禍成矣，無可～。❷〔動〕中間加代詞或名詞，表示對付或處置：他不答應，你又奈他何｜奈此光景何？❸〔動〕為難，迫害（舊小說中多有）：我不曾～哥哥｜懷挾舊仇，要～那人。❹〔代〕疑問代詞。用於反問。怎麼樣：民不畏死，～以死懼之？

佴 Nài〔名〕姓。另見 èr（348 頁）。

柰 nài 古書上指一種類似沙果的果樹，也指這種樹的果實。

耐 nài〔動〕忍受；能承受；禁得住：～高溫｜～用｜棉布做的衣裳～穿｜羅衾不～五更寒｜～人尋味。

語彙 能耐　回耐　忍耐

【耐穿】nàichuān〔形〕禁得起穿，穿起來經久不壞：這雙鞋很～｜用這種料子做衣服不～。

【耐煩】nàifán〔形〕❶ 不怕麻煩；不急躁（多用於否定式）：媽媽的嘮叨話，惹得她很不～。❷ 耐性（能忍受麻煩）：不管你多～，也禁不住人家一天到晚來磨蹭。

【耐寒】nàihán〔形〕禁凍；禁得住寒冷：松柏～，經冬不凋｜這種花草不怎麼～，一下霜就枯萎了。

【耐火材料】nàihuǒ cáiliào 一般指能禁得起耐火度在 1580℃ 以上高溫的礦物質材料。如耐火磚、耐熱混凝土等。用於修建爐、窯等。

【耐久】nàijiǔ〔形〕能經久：千層底布鞋不但～，而且穿起來也舒服。

【耐看】nàikàn〔形〕經得起反復觀看、欣賞；越看越好看：這幾張鉛筆畫特別～｜小姑娘清清秀秀的，很～。

【耐勞】nài // láo〔動〕禁得起勞累：吃苦～｜吃大苦，耐大勞。

【耐力】nàilì〔名〕耐久的能力：長跑運動員要有很強的～｜爬山也需要～。

【耐磨】nàimó〔形〕禁得住摩擦或磨損：膠皮底鞋比布底鞋～｜複合地板～。

【耐人尋味】nàirénxúnwèi〔成〕經得起人琢磨玩味。指意味深長，值得仔細琢磨體會：這篇小說雖不長，但文筆雋永，自義深遠，～。

【耐心】nàixīn ❶〔名〕不急躁、不厭煩的心理：做學問，貴在堅持，有～。❷〔形〕不急躁，不厭煩，不怕麻煩：～等待｜～說服｜他性子極慢，你跟他談問題必須很～才成。

【耐性】nàixìng〔名〕不急躁、能忍受的性格：作戰要有勇氣，應變要有智慧，做日常工作要有～。

辨析 **耐性、耐心**　都有忍耐、不急躁的意思。"耐心"和"耐性"都是名詞，指忍耐、不急躁的性格，前面都可以加"有"。"耐心"還是形容詞，前面可以加表示程度的詞，如可以說"很耐心""十分耐心""非常耐心"，"耐性"就不可以。

【耐用】nàiyòng〔形〕能經久使用；不易壞：皮箱比紙箱～｜不鏽鋼的炒菜鍋十分～。

能 Nài〔名〕姓。另見 néng（969 頁）。

萘 nài〔名〕❶ 有機化合物，化學式 $C_{10}H_8$。白色晶體，有特殊氣味。可用來製造染料、藥品等。❷（Nài）姓。

鼐 nài〔書〕大鼎。

襶 nài 見下。

【襹襹】nàidài〔形〕〈書〉不懂事；不曉事：只今～子，觸熱到人家。注意“襹襹”原是夏天戴的涼笠。夏天很熱，衣冠束身，叫作襹襹子，比喻不曉事。

囡 ㄋㄢ

囡 nān〔名〕(吳語) ❶ 小孩兒：小～｜女小～｜男小～。❷ 兒子：伊有兩個～。❸ 女兒：嫁～。

【囡囡】nānnān〔名〕(吳語) 對小兒的親熱稱呼：～乖，聽話。

男 ㄋㄢ

男 nán ⊖ ❶〔形〕屬性詞。男性(跟“女”相對)：～女平等｜～學生和女學生。❷ 兒子：長～｜膝下兩～兩女。❸(Nán)〔名〕姓。
⊜ 古代公、侯、伯、子、男五等爵位的第五等：～爵。

【男盜女娼】nándào-nǚchāng〔成〕男的偷盜，女的當娼。指行為卑劣，極其下流：這些人寡廉鮮恥，～，做了不少壞事。

【男丁】nándīng〔名〕指成年男子。

【男兒】nán'ér〔名〕勇敢有為的男子：好～志在四方｜～當自強｜～有淚不輕彈。

【男方】nánfāng〔名〕婚事中指男性的一方(跟“女方”相對)：～跟女方都同意婚事宜儉。

【男孩】nánháir〔名〕男孩子。

【男孩子】nánháizi〔名〕❶ 男性小孩兒：～比女孩子淘氣。❷ 特指兒子：她生了一個～｜我有一個～，一個女孩子。❸ 指男青年：這些～個個長得很英俊。

【男歡女愛】nánhuān-nǚ'ài 指男女親昵：這些影片大同小異，淨是些～的鏡頭。

【男婚女嫁】nánhūn-nǚjià〔成〕男的娶妻，女的出嫁。指男女婚配是人生的正常情況：～，是正常的事。

【男科】nánkē〔名〕醫院中的一科，專門負責治療男性生殖系統疾病：～門診｜掛了～的號。

【男男女女】nánnánnǚnǚ〔名〕指有男有女的一大群人：會場裏擠滿了～。

【男女】nánnǚ〔名〕❶(對，群)男性和女性：～同學｜青年～｜～老幼。❷ 指兩性生活：飲食～，人之大欲。

【男女老少】nánnǚ-lǎoshào 指有男有女、有老有少的一大群人：這一家子～都來了。

【男朋友】nánpéngyou〔名〕❶ 男性朋友：我有女朋友，也有～。❷ 特指女青年的戀愛對象：姑娘的～是一名運動員。

【男僕】nánpú〔名〕(名)男性僕人。

【男錢】nánqián〔名〕南朝梁武帝時(公元 502-

549)民間私鑄的一種錢，世俗以為婦女佩戴這種錢就會生男孩兒，因此叫男錢。

【男人】nánrén〔名〕成年男子：一般說來，～要比女人身體壯，力氣大。

【男人】nánren〔名〕〈口〉丈夫：她～幹活是一把好手。

【男生】nánshēng〔名〕(位，名)❶ 男學生：我們班一半～，一半女生。❷ 台灣地區用詞。年輕男子。

【男聲】nánshēng〔名〕聲樂中的男子聲部，一般分男高音、男中音、男低音：～合唱。

【男士】nánshì〔名〕(位)對成年男子的稱呼(多用在社交場合，有尊重意味)。

【男式】nánshì〔形〕屬性詞。用於男性的式樣：～服裝｜那個女人戴着一塊～手錶。

【男童】nántóng〔名〕(名)男性兒童(跟“女童”相對)。

【男性】nánxìng〔名〕❶ 人類兩種性別的一種。成長後，能在體內產生精細胞(跟“女性”相對)：～公民。❷(位，名)指男人：這種工作適合於～。

【男傭】nányōng〔名〕(名)男僕。

【男裝】nánzhuāng〔名〕❶(件，身，套)男子的服裝：這裏不賣～，只賣女裝。❷ 男子的裝束打扮：女扮～。

【男子】nánzǐ〔名〕(位，名)男性；男人(跟“女子”相對)。

【男子漢】nánzǐhàn〔名〕(名)剛健有為的男子：～大丈夫｜你是個～，怎麼老哭呀！

南 nán〔名〕❶ 方位詞。四個主要方向之一，早晨面向太陽時右手的一邊(跟“北”相對)：～邊兒｜～屋｜～半球｜路～｜城～｜東西～北｜坐北朝～｜從～到北。❷(Nán)姓。
另見 nā(953 頁)。

語彙　東南　華南　淮南　江南　嶺南　司南　西南　指南

【南半球】nánbànqiú〔名〕地球以赤道為界，分為南北兩個半球，赤道以南的叫南半球。

【南梆子】nánbāngzi〔名〕京劇曲調之一，唱腔結構跟西皮原板、二六相近，常同西皮唱腔一起使用。有倒板跟慢原板，只由旦行和小生行用來抒發細膩、委婉曲折的感情或表達內心思潮的起伏。

【南北朝】Nánběicháo〔名〕東晉以後，中國形成南北對峙的局面。宋、齊、梁、陳先後在南方建立政權，史稱南朝(公元 420-589)，北魏(後分裂為東魏和西魏)、北齊、北周先後在北方建立政權，史稱北朝(公元 386-581)，合稱南北朝。

【南北對話】nánběi duìhuà 指發展中國家和工業國家進行的對話。因發展中國家大多數在南半球，工業國家大多數在北半球，故稱南北對話。對話的目的是解決國際經濟合作中最緊迫的問題。

【南北宗】nánběizōng〔名〕中國美術史上山水畫家的兩個流派。南派以唐朝王維為代表，重渲染，表現恬淡閒適的生活情趣。北派以唐朝李思訓為代表，他的畫稱為"金碧山水"或"青綠山水"。

【南邊】nánbian〔名〕❶（～兒）方位詞。南：郵局在我家～兒。❷指中國南部地區，習慣上多指長江以南的地方：他是從～來北京旅遊的。

【南朝】Náncháo〔名〕宋、齊、梁、陳四個朝代的合稱。參見"南北朝"（958 頁）。

【南斗】nándǒu〔名〕二十八宿之一，由六顆星組成，因與北斗的位置相對，故俗稱南斗。

【南豆腐】nándòufu〔名〕豆漿煮開後加入石膏製成的豆腐，水分多而嫩（區別於"北豆腐"）。

【南方】nánfāng〔名〕❶方位詞。南：前門在天安門的正～。❷南部地區，在中國指長江流域及其以南的地區：荔枝、龍眼、橘子都產在～。❸（Nánfāng）複姓。

【南非】Nánfēi〔名〕❶非洲南部地區，包括贊比亞、津巴布韋、馬拉維、莫桑比克、安哥拉、博茨瓦納、納米比亞、南非、斯威士蘭、萊索托、馬達加斯加、毛里求斯、科摩羅、聖赫勒拿、留尼汪等。❷南非共和國。位於非洲大陸南部。

【南宮】Nángōng〔名〕❶市名，在河北南部。❷複姓。

【南瓜】nánguā〔名〕❶（棵）一年生草本植物，莖有捲鬚，葉圓，心臟形。開黃花，果實很大，黃褐色，可做蔬菜，種子可食。❷這種植物的果實。

【南國】nánguó〔名〕〈書〉泛指中國的南部地區（跟"北國"相對）：紅豆生～｜～無霜霸。

【南回歸綫】nánhuíguīxiàn〔名〕南緯 23°26' 的緯綫。因太陽直射至此綫即行北返，不復向南，故稱。參見"回歸綫"（581 頁）。

【南貨】nánhuò〔名〕南方出產的食品，如火腿、南糖等。

【南極】nánjí〔名〕❶地球自轉軸的南端，南半球的頂點。❷南磁極，用 S 來表示。

【南極圈】nánjíquān〔名〕南半球的極圈，是南寒帶和南温帶的分界綫。參見"極圈"（614 頁）。

【南極洲】Nánjízhōu〔名〕圍繞南極的陸地，面積約 1400 萬平方千米，是世界上發現最晚的大陸。絕大部分在南極圈以南，為太平洋、大西洋、印度洋所環繞，大都是高原，氣候嚴寒，且多風暴，終年為冰層所覆蓋，至今無固定居民。物質資源豐富。

【南京】Nánjīng〔名〕中國歷史文化名城，位於江蘇西南部。三國吳、東晉，南朝宋、齊、梁、陳都建都於此。臨長江、倚鐘山，龍盤虎踞，地勢險要。市區名勝有玄武湖、莫愁湖、中山陵、明孝陵、靈谷寺、雞鳴寺、雨花台、梅園新村等。郊外有棲霞山，山中有六朝石刻、舍利塔等古跡。

【南柯一夢】Nánkē-yīmèng〔成〕唐朝李公佐《南柯太守傳》載，淳於棼做夢到大槐安國做南柯太守，享盡富貴榮華，醒來才明白大槐安國就是住宅旁邊大槐樹下的蟻穴。後用"南柯一夢"指一場夢幻或比喻追求名利落了空。

【南來北往】nánlái-běiwǎng〔成〕有南來的，有北往的。形容行人、車輛、船隻等往來不斷：大運河上～的船隻很少。

【南蠻鴃舌】nánmán-juéshé〔成〕《孟子·滕文公上》："今也南蠻鴃舌之人，非先王之道。"鴃：伯勞鳥。指南方人說話聲音像伯勞鳥鳴。今用來指人說難懂的南方方言（含譏諷意）。

【南美洲】Nánměizhōu〔名〕南亞美利加洲的簡稱。位於西半球南部。北隔巴拿馬運河與北美洲相對，西臨太平洋，東臨大西洋，南隔德雷克海峽與南極洲相望。面積近 1800 萬平方千米，人口 3.87 億（2011 年）。

【南門】Nánmén〔名〕複姓。

【南面】nánmiàn ❶〔動〕古代面朝南是尊位，君主之位坐北朝南，因而稱登上君主之位為南面：～為王。❷（～兒）〔名〕方位詞。南邊。

【南南合作】nánnán hézuò 指發展中國家之間的經濟合作。因發展中國家大多數在南半球，故稱南南合作。其目的是爭取經濟獨立、發展生產和改善人民生活。

【南歐】Nán'ōu〔名〕歐洲南部地區，包括阿爾巴尼亞、羅馬尼亞、保加利亞、塞爾維亞、黑山、克羅地亞、斯洛文尼亞、波斯尼亞和黑塞哥維那、馬其頓、希臘、意大利、梵蒂岡、聖馬力諾、馬耳他、西班牙、安道爾、葡萄牙等國以及土耳其的歐洲部分。

【南腔北調】nánqiāng-běidiào〔成〕指說話口音不純，夾雜各地方音：三間東倒西歪屋，一個～人。

【南曲】nánqǔ〔名〕❶宋元明時流行於南方的戲曲、散曲所用各種曲調的統稱（跟"北曲"相對）。聲調柔和婉轉，用簫笛等管樂器伴奏。宋元南戲、明清傳奇都以南曲為主。❷曲藝名稱，是民間音樂的一種，流行於福建閩南地區和台灣。演唱形式，用簫管和弦樂器伴奏是一種，用笛管伴奏又是一種。也叫南音、南樂。

【南榮】Nánróng〔名〕複姓。

【南式】nánshì〔形〕屬性詞。北京地區指某些手工藝品、食品用南方的樣式或方法製成：～盆景｜～菜餚。

【南水北調】nánshuǐ běidiào 中國實施的一項巨大水利工程。為了解決北方缺水問題，開鑿河道，調長江水進入河南、河北、山東、京津地區，分東、西、中三條綫路。2004 年已開始施工建設。

【南宋】Nánsòng〔名〕朝代，1127-1279，自高宗趙構建炎元年起，至帝昺（bǐng）趙昺祥興二年滅亡止，建都臨安（今浙江杭州）。

【南糖】nántáng〔名〕用南方的做法做的雜拌兒糖：什錦～。

【南緯】nánwěi〔名〕赤道以南的緯度或緯綫。

【南味兒】nánwèir〔名〕南方風味：～小吃｜～糕點。

【南戲】nánxì〔名〕一種古典地方戲，形成於南宋初年浙江溫州一帶，用南曲演唱。現存的《永樂大典》戲文《張協狀元》《小孫屠》《宦門子弟錯立身》三種未經明人妄改，是研究宋元語言和戲曲的第一手資料。也叫戲文。

【南下】nánxià〔動〕中國古代以北為上，以南為下，後來到南方去說"南下"（跟"北上"相對）：～廣州。

【南巡】nánxún〔動〕原指天子巡行南方。今指首長或受人民尊敬的人到南方巡視。

【南亞】Nányà〔名〕指亞洲南部地區。包括印度、巴基斯坦、孟加拉、斯里蘭卡、尼泊爾、不丹、馬爾代夫等國。

【南洋】Nányáng〔名〕❶指東南亞，包括中南半島和散佈在太平洋與印度洋之間的群島。❷清末指江蘇、浙江、福建、廣東等南方沿海地區，設有南洋通商大臣。

【南轅北轍】nányuán-běizhé〔成〕《戰國策・魏策四》載，有個人想到南方楚國去，卻駕着車朝北走。比喻背道而馳，行動和目的相反：動員群眾增產節約，卻不關心群眾生活，這豈不是～。

【南針】nánzhēn〔名〕即指南針。比喻引導向正確方向發展的事物：乞賜～。

【南征北戰】nánzhēng-běizhàn〔成〕形容轉戰各地，經歷過許多戰鬥：這個連隊～，經過戰火歷煉。

喃

喃　nán 見下。

【喃喃】nánnán〔擬聲〕連續不斷的低語聲：細語～｜～自語。

蔨

蔨　nán〈書〉草細長柔軟的樣子。

楠

楠〈柟枬〉nán〔名〕常綠喬木，葉子針形或橢圓形，表面光滑，下面有毛，花小，核果也小。木材可用來做建築材料和製造器具。產於雲南、貴州、四川等地。

難

難（难）nán ❶〔形〕不容易；做起來費事（跟"易"相對）：～保｜～學｜說起來容易，做起來～｜這道算術題很～｜學會開汽車不～｜這條小路～走。❷表示效果不好：這件上衣太～看了｜他說的這些話多～聽｜南方人覺得豆汁很～喝。注意 跟"難看、難聽、難喝"等相對的是"好看、好聽、好喝"，不是"容易看、容易聽、容易喝"等。❸〔動〕使人感到困難：你別故意～這些孩子｜可把我～住了｜甚麼障礙也～不倒我們。

另見 nàn（962 頁）。

語彙 繁難　犯難　費難　艱難　兩難　萬難　為難　畏難　作難　勉為其難　強人所難

【難熬】nán'áo〔形〕難以忍受，難以度過：這苦日子真～｜～的年月。

【難辦】nánbàn〔形〕❶難做，做起來費事：這件事並不～。❷難應付：這樣的人真～，說深了不是，說淺了也不是，反正他不聽你的。

【難保】nánbǎo〔動〕❶不敢保證；難以保證：天陰得這樣沉，～不下雨｜做事粗枝大葉，～不出問題。❷難以保持；難以保住：他因腳傷近期沒有系統訓練，這第一就～了｜性命～。

【難纏】nánchán〔形〕難於應付，不好辦：你可不要惹她，她很～。

【難產】nánchǎn〔動〕❶因產婦骨盆狹窄，胎兒過大，或胎位不正及子宮收縮無力等原因，胎兒出生困難（跟"順產"相對）。❷比喻事情進行得不順利，不易成功：看來成立公司的事要～，必須想想辦法。

【難成】nánchéng〔動〕不易做成或成功：好夢～｜這門親事恐怕～。

【難吃】nánchī〔形〕不好吃：藥雖然很～，可是能治病。

【難處】nánchǔ〔形〕不容易在一起工作、交往、生活：他個性雖強，但熟悉之後並不～。

【難處】nánchu〔名〕困難之處：你有甚麼～儘管說｜沒有～，就放心大膽幹吧！

【難當】nándāng〔動〕❶難以擔當；難以充當：～重任｜領導～｜惡人好做，好人～。❷難以忍受；難以承受：飢餓～｜羞愧～。

【難道】nándào〔副〕用在反問句中加強語氣，句尾常用"嗎"和"不成"相呼應：我們克服了無數困難，～還怕這點挫折嗎？｜他已經出國留學，～你連一點消息都不知道嗎？｜他好幾天沒上班了，～病了不成？

辨析 難道、莫非　兩個詞經常可以換用，而且後面都可用"不成"來呼應。但"難道"反詰的語氣更強，"莫非"除反詰外，還可表示猜測，如"怎麼鑰匙丟了，莫非換衣服時忘了拿出來？"，此句中的"莫非"不宜換用"難道"。

【難得】nándé〔形〕❶不易得到：機會很～，你還猶豫甚麼｜人才～。❷不易做到或辦到：～糊塗｜球隊連續三屆榮獲冠軍，十分～。❸不常（發生或出現）：哈雷彗星～出現一次｜老朋友～碰在一起。

【難點】nándiǎn〔名〕事情、問題不易解決的所在：解決很多技術上的～｜克服外語學習中的～。

【難度】nándù〔名〕困難的程度：建造這樣的大壩，～很大。

【難怪】nánguài ❶〔動〕很難責怪，不應責備（有諒解的意思）：這也～他發火，受了委屈誰能忍氣吞聲呢！❷〔副〕不足為奇；怪不得（表示發現某種情況，對所疑之事頓然醒悟）：～這麼冷，敢情外面正颳着大風呢！

【難關】nánguān〔名〕不易通過的關口。比喻難以克服的阻力或困難：必須衝破外語這個～，留學才有希望｜攻剋了道道～，終於取得了勝利。

【難過】nánguò〔形〕❶生活困難，不容易過活；處境艱難（跟"好過"相對）：沒有書讀的日子太～了。❷不好受，心裏不快：他聽到好友去世的消息，心裏很～。

【難解難分】nánjiě-nánfēn〔成〕❶雙方爭吵、鬥毆，相持不下，難於勸解：這兩個人爭吵得～。❷形容彼此親密無間，分不開：他們倆情投意合，一天到晚在一起，～。也說難分難解。

【難堪】nánkān〔形〕❶受不了，難以忍受：他如今處境～，我們要多關心他。❷發窘，忸怩不安：他這麼不客氣，實在令人～。

【難看】nánkàn〔形〕❶不好看，醜陋：這麼～，誰喜歡｜那個禿尾巴鵪鶉真～。❷不光彩，丟臉：大庭廣眾之下這麼做，太～了。❸（神情、臉色）不悅；不正常：你的臉色怎麼這麼～，是不是不舒服啊！

【難免】nánmiǎn〔形〕難以避免：不努力學習，～落後｜麻痹大意，就～不出錯｜做任何工作，困難總是～的。注意 a）"難免"主要用在動詞前，如"不努力學習，難免落後"。動詞前加"不"意思還是一樣（並不表示否定），如"不努力學習，難免不落後"。b）修飾名詞時，必須帶"的"，如"難免的局面、難免的結果、難免的情勢"等。

【難能可貴】nánnéng-kěguì〔成〕做到一般人或一般情況不易或不能做到的事，值得寶貴、值得重視：小小年紀竟有這麼大的成就，真是～。

【難求】nánqiú〔形〕❶不容易請求：一點兒小事讓我跑了七八趟，你們可真～！❷不容易尋找、選擇：千軍容易得，一將最～。

【難人】nánrén ❶〔形〕讓人為難：沒有資本，硬是要開公司，太～了｜粥少僧多，實在～。❷〔名〕為難的角色：有多大困難，我們來幫助你，不會叫你做～。

【難色】nánsè〔名〕為難的神情：他面有～，我就不好意思了。

【難捨難分】nánshě-nánfēn〔成〕難以割捨，難以分開。形容感情深厚，難以分離（多用於離別時）。也說難分難捨。

【難事】nánshì〔名〕（件，樁）困難的、不容易做的事情：有甚麼～不好說，說說｜天下無～，只怕有心人。

【難受】nánshòu〔形〕❶難以忍受：渾身發冷，很～｜抽胃液，要吞橡膠管子，真～。❷心情不痛快；不舒服；不好過（跟"好受"相對）：別再提那些傷心事了，提起來讓人心裏～。

【難說】nánshuō〔動〕❶不好說；一時說不清楚：他們各執己見，爭執不下，很～誰是誰非。❷說不準，說不定：甚麼時候回來，這很～｜這種場合，他來不來都～。

【難題】nántí〔名〕❶（道）不容易解答的題目：幾何～｜出幾道～考學生。❷比喻不易解決的問題或不好處理的事情：你別給我出～｜經費不夠還要辦這件事，這真是一個～。

【難聽】nántīng〔形〕❶（聲音）聽起來不舒服；不悅耳：這齣戲內容不錯，就是調子～。❷言語粗野刺耳，難以忍受：罵人罵得真～。❸不體面；不光彩：這事讓人說出去多～。

【難忘】nánwàng〔動〕難以忘懷：他的豐功偉績，令人永世～｜～今宵。

【難為】nánwei〔動〕❶捉弄；讓人為難：他不識字，叫他看信，這不是～他嗎？❷多虧；幸虧（多指做了不容易做的事情）：真～你，要不是你，我連命都沒有了。❸感謝人的客套話：你把行李替我背上來｜怎麼，你已經把事情辦妥了，這太～你了。

【難為情】nánwéiqíng〔形〕❶丟人；難堪：這麼容易的題，我都答錯了，真～！❷情面上過不去；不好意思：這麼要好的朋友有了困難，我卻幫不上忙，多～！

【難聞】nánwén〔形〕不好聞，氣味嗅起來感到不舒服：這氣味實在～｜臭豆腐～，但好吃。

【難兄難弟】nánxiōng-nándì〔成〕《世說新語·德行》載，陳元方的兒子跟陳季方的兒子，各自誇耀父親的功德，爭持不下，只好去問祖父。祖父說："元方難為弟，季方難為兄。"意思是，元方好得無可再好，很難做他的弟弟；季方也好得不能再好，很難做他的兄長。後多用"難兄難弟"形容兄弟二人都非常好。今多反其義而用之，諷刺兩個人一樣壞：兩個狐朋狗友，一對兒～。

另見 nànxiōng-nàndì（962 頁）。

【難言之隱】nányánzhīyǐn〔成〕難以說出口的隱情：看他那張口結舌的樣子，好像有甚麼～。

N

【難以】nányǐ〔動〕不容易：他把事說得這樣玄乎，令人～置信｜這種事～說出口來。

【難以為繼】nányǐwéijì〔成〕不容易繼續下去：從前他家裏很窮，一日三餐都～｜工地上別的材料都還充足，只是磚瓦～。也說難乎為繼。

【難於】nányú〔動〕不容易：他很固執，～說服｜瘡口化膿，只用藥治，～奏效。

【難字】nánzì〔名〕不容易認、不常見的生僻字；認識～｜～注音。

nǎn ㄋㄢˇ

赧 nǎn 因羞慚而臉紅：羞～｜面有～色。

【赧愧】nǎnkuì〔形〕羞愧：～而退。

【赧然】nǎnrán〔形〕〈書〉形容羞慚、難為情的樣子：～汗下｜～不語｜一～一笑。

【赧顏】nǎnyán〔動〕〈書〉因羞愧而臉紅；慚愧：～汗下｜自覺～，悄然離去。

腩 nǎn ❶〈書〉乾肉。❷牛肚子上和近肋骨處的鬆軟肌肉。用作菜餚，鮮嫩可口。一般叫牛腩。

蝻 nǎn 蝻子。

【蝻子】nǎnzi〔名〕蝗蟲的幼蟲。也叫螞蚱蝻子。

戁（戁）nǎn〈書〉畏懼的樣子：君子恭而不～。

nàn ㄋㄢˋ

婻 nàn〈書〉美麗。

難（难）nàn ❶禍患；災禍：避～｜大～臨頭｜有～同當，有福同享。❷質疑：非～｜責～｜問～｜論～析疑。

另見 nán（960 頁）。

語彙						
被難	避難	辯難	駁難	刁難	發難	非難
赴難	國難	患難	急難	苦難	困難	權難	留難
淪難	落難	蒙難	磨難	內難	受難	死難	逃難
危難	殉難	疑難	遇難	災難	責難	阻難	作難
毀家紓難	救苦救難	排憂解難	三災八難	質疑問難

【難胞】nànbāo〔名〕本國的難民，多指在國外遭受迫害或遭到災難的僑胞：我們要和～風雨同舟，患難與共。

【難民】nànmín〔名〕因戰爭、自然災害或其他原因而流離失所的人：～營｜救濟～。

【難兄難弟】nànxiōng-nàndì〔成〕曾共患難或處於同樣困境的人：我們是～，還分甚麼彼此。

另見 nánxiōng-nándì（961 頁）。

【難友】nànyǒu〔（位，名）〕一起蒙受災禍的人：他們是在大地震中一起逃出來的～。

nāng ㄋㄤ

囊 nāng／náng 見下。
另見 náng（962 頁）。

【囊揣】nāngchuài ❶〔形〕虛弱；懦弱無能（多見於近代小說、戲曲）：身體～｜軟弱～。❷同"囊膪"。

【囊膪】nāngchuài〔名〕豬的胸腹部肥而鬆軟的肉。也作囊揣。

嚢 nāng 見下。

【嚢嚢】nāngnang〔動〕（由於膽怯或不願聲張）小聲說話：只見他一邊走一邊～，不知說些甚麼。

náng ㄋㄤˊ

囊 náng ❶口袋：香～｜錦～妙計｜探～取物｜酒～飯袋｜～中羞澀。❷像囊的東西：膽～｜腎～｜毛～。❸〈書〉用口袋裝：～沙｜～米。
另見 nāng（962 頁）。

語彙				
膽囊	頰囊	精囊	毛囊	皮囊	氣囊	腎囊
私囊	窩囊	行囊	陰囊	智囊	子囊

【囊蟲】nángchóng〔名〕（條）寄生蟲，豆狀，有頭、頸和囊狀的尾部，寄生在豬或其他動物的肌肉及結締組織裏。進入人體後，在腸內發育成絛蟲。

【囊空如洗】nángkōngrúxǐ〔成〕口袋裏空空的，像水洗過一樣。形容一個錢也沒有：我～，哪有錢借給你？省作囊空。

【囊括】nángkuò〔動〕〈書〉全部包括；包攬：中國乒乓球隊～世界錦標賽全部七項冠軍。

【囊螢】nángyíng〔動〕用絹囊裝上螢火蟲照明。據南朝宋檀道鸞《續晉陽秋》載："車胤字武子，學而不倦，家貧，不常得油，夏日用練囊，盛數十螢火，以夜繼日焉。"事並見《晉書·車胤傳》。後用"囊螢"形容刻苦讀書：～苦讀。

【囊中物】nángzhōngwù〔名〕口袋裏的東西。比喻不費勁就能得到的東西：冠軍獎杯對他來說，簡直就是～。

【囊中羞澀】nángzhōng-xiūsè〔成〕口袋裏沒有錢。借指經濟不寬裕，手中缺錢：英雄好漢本怕～，想買這種東西，卻掏不出錢來。

【囊腫】nángzhǒng〔名〕一種良性腫瘤，多呈球狀，外有包膜，內有液體或半固體物質。肝、肺、卵巢、皮脂腺等器官內部都能生長。

饢（馕）náng〔名〕一種烤製成的麵餅。維吾爾等民族用來做主食。
另見 nǎng（963 頁）。

nǎng ㄋㄤˇ

曩 nǎng〈書〉以往；從前：～日｜～不知此，今知矣。

【曩時】nǎngshí〔名〕〈書〉昔時；從前的時候：追思～，不勝欷歔。

攮 nǎng〔動〕（用短刀）刺：搏鬥中，他被那個歹徒～了一刀。

【攮子】nǎngzi〔名〕（把）短而尖的刀：身上別着個～。

饢（饢） nǎng〔動〕〈口〉拚命地往嘴裏塞食物：～了一把栗子粉，慢慢嚥｜～飽了幹活兒。

另見 náng（962 頁）。

nàng ㄋㄤˋ

齉 nàng〔形〕由於鼻子阻塞而發音不清：他感冒了，鼻子有點兒～。

【齉鼻兒】nàngbír（北京話）❶〔形〕說話帶很重鼻音：傷風了吧，怎麼～了？❷〔名〕說話鼻音很重的人：他是個～，一說話就嗡嗡嗡的。

nāo ㄋㄠ

孬 nāo〔形〕（北方官話）❶不好；壞：這個傢伙真～｜不要出～主意。❷怯懦；缺乏勇氣：這麼做～得很｜誰也不許裝～（裝孬：退縮；認輸）。

【孬種】nāozhǒng〔名〕（北方官話）❶〈詈〉壞蛋：我打你這個～！❷怯懦的人；誰不賣力氣幹，誰是～。

náo ㄋㄠˊ

吶 náo〈書〉喧嘩：賓既醉止，載號載～。

【吶吶】náonáo〔動〕說話嘮叨不止；喧鬧不停：飢嬰哭乳聲～。

【吶吶不休】náonáo-bùxiū〔成〕形容說話嘮叨，沒完沒了：～，十分討厭。

猱 náo ❶（Náo）古山名，在今山東淄博附近。❷用於地名：麠～（在山東）。

砈 náo 見下。

【砈砂】náoshā〔名〕礦物名，成分為氯化銨，可用以製乾電池，焊接金屬。又可做化肥，入藥有利尿、祛痰的功效。

【砈洲】Náozhōu〔名〕島名，在廣東湛江附近。

猱 náo 古書上說的一種猴。

【猱升】náoshēng〔動〕像猴一樣輕捷往上爬：緣木～，如履平地。

撓（挠） náo ❶〔動〕搔；抓：～癢癢｜使勁兒～一～，才解癢｜抓耳～腮。❷從中作梗；阻礙：阻～。❸彎曲；屈服：百折不～｜不屈不～。

【撓鈎】náogōu〔名〕（把）帶長柄，頂端有大鐵鈎的工具。

【撓亂】náoluàn〔動〕攪擾；擾亂：～我同盟，傾覆我國家。

【撓頭】náotóu ❶〔動〕用手抓頭，形容對事情着急而無法應付：急得他直～，一點辦法也沒有。❷〔形〕比喻事情麻煩，不好處理：這件事真讓人～。

憹（㤴） náo 懊憹，痛悔。

蟯（蛲） náo/ráo 見下。

【蟯蟲】náochóng〔名〕（條）寄生蟲，身體很小，白色，長約一厘米，像綫頭。寄生在人的腸內，頭部能鑽入腸黏膜，吸取營養，雌蟲常從肛門爬出產卵，患者常覺肛門奇癢，並有消瘦等症狀。

夒 náo〈書〉同"猱"。

譊（譊） náo 見下。

【譊譊】náonáo〔擬聲〕形容爭辯吵鬧的聲音。

鐃（铙） náo ❶商代樂器，形狀像鈴而較大，使用時拿着把兒，鐃口朝上，用槌敲擊。一般以大、中、小三件為一組，也有的以大小相次五件為一組。商代後期青銅樂器四臥虎獸面紋大鐃，是目前所見最大最重的一個。❷（Náo）〔名〕姓。

巎（巎） náo ❶同"猱"①。❷見於人名：～～（元朝書法家，字子山。善真草行書，與其兄世號"雙璧"）。

nǎo ㄋㄠˇ

堖（垴） nǎo〔名〕小山丘。多用於地名：南～（在山西昔陽）｜～上（在河南林州）。

惱（恼） nǎo ❶〔動〕怨恨；生氣：他雖頂撞了我，我不～他｜這回他真的～了。❷煩悶；心情不暢快：煩～｜苦～｜懊～。

【惱恨】nǎohèn〔動〕生氣怨恨：讓他走，這可不是他的主意，你不要～他。

【惱火】nǎohuǒ〔形〕生氣：看他那死皮賴臉的樣子，真讓人～｜你們這麼辦，他很～。

【惱怒】nǎonù〔形〕生氣發怒：你別怪人家～，你的話太刺激人了｜背後亂說，難怪他十分～。

辨析 **惱怒、惱恨** 都有生氣發怒的意思。但"惱恨"的重點在"恨"，語意比"惱怒"重。"惱恨"還是動詞，後面可以帶"惱恨"的對象，如"他要是說得不對，你可別惱恨他"。"惱怒"不能這樣用。

【惱人】nǎorén〔形〕讓人心煩，讓人焦躁不安：一連幾天陰雨綿綿，真～。

【惱羞成怒】nǎoxiū-chéngnù〔成〕由於理屈詞窮，羞愧難當而大發脾氣。

瑙 nǎo 見"瑪瑙"（891頁）。

腦（腦）nǎo ❶〔名〕中樞神經系統的主要部分，在顱腔內，分大腦、小腦和腦幹等部分，是管知覺、運動和思維、記憶等的器官。❷指人的頭部：頭昏～漲｜搖頭晃～。❸〔名〕腦筋；心眼兒：人人動～，個個動手。❹從物體中提取出來的精華部分：樟～｜薄荷～。❺顏色、形狀、作用等像腦的東西：豆腐～兒｜針頭綫～｜電～。

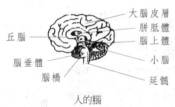

人的腦

語彙 大腦 電腦 龍腦 首腦 頭腦 樟腦 呆頭呆腦 虎頭虎腦 磕頭碰腦 愣頭愣腦 劈頭蓋腦 探頭探腦 搖頭晃腦 油頭滑腦 針頭綫腦 賊頭賊腦

【腦出血】nǎochūxuè〔名〕腦溢血。

【腦袋】nǎodai〔名〕〈口〉❶（顆）頭。❷腦筋；心眼兒：別看你～好使，沒竅門兒也做不出這麼靈巧的玩意兒｜這個老頭真是個花崗岩～（花崗岩腦袋，比喻頑固不化）。

【腦袋瓜兒】nǎodaiguār〔名〕（北方官話）❶腦袋：～生疼。❷腦筋：這個孩子的小～很好使。也說腦袋瓜子。

【腦電圖】nǎodiàntú〔名〕用電子儀器掃描記錄下來的腦電波圖形。可用來分析研究腦的活動情況，診斷腦部疾病。

【腦海】nǎohǎi〔名〕〈書〉腦子裏（就知覺、思想、記憶的器官而言）：那一幕一幕的往事，又浮現在他的～。

【腦際】nǎojì〔名〕〈書〉腦海，記憶中（就思維、印象而言）：這個想法，始終在我的～盤旋。

【腦漿】nǎojiāng〔名〕頭骨破裂時流出的腦髓。

也說腦漿子。

【腦筋】nǎojīn〔名〕❶心思，心眼兒，指腦神經的思考、記憶、想象、推理等方面的能力：動～｜傷～｜學數學，不用～怎麼能學會。❷指思想意識：新～｜舊～｜他是個老～，講時髦的事他聽不進。

【腦殼】nǎoké〔名〕（西南官話）指人的頭。

【腦力】nǎolì〔名〕指人的記憶、理解、想象等方面的能力（區別於"體力"）：～勞動｜～不濟｜這項研究頗費～。

辨析 **腦力、腦筋** "腦力"主要指腦的整體能力；"腦筋"主要指腦力的應用，腦的應變能力。如能說"腦筋好""腦筋壞"，但不能說"腦力好""腦力壞"。相反不能說"腦筋勞動""腦筋不濟"，只能說"腦力勞動""腦力不濟"。

【腦力勞動】nǎolì láodòng 持續不斷地以消耗腦力為主的勞動，如從事政治、經濟、文化、教育、科學研究等方面的工作或活動（區別於"體力勞動"）。

【腦滿腸肥】nǎomǎn-chángféi〔成〕形容生活舒適、無所用心的人，吃得很飽，養得很胖。

【腦門兒】nǎoménr〔名〕額頭的俗稱：這孩子～大～。也叫腦門子。

【腦兒】nǎor〔名〕❶供食用的動物腦髓：羊～｜燴豬～。❷像腦髓一樣的食品：豆腐～。

【腦勺兒】nǎosháor〔名〕（北京話）頭的後部：後～｜他的～受了傷。也叫腦勺子。

【腦死亡】nǎosǐwáng〔名〕指大腦功能不可逆地喪失，是先於呼吸和心跳停止的死亡。一些國家已將腦死亡作為判定人死亡的依據。

【腦退化症】nǎotuìhuàzhèng〔名〕一種因大腦神經細胞病變而引起大腦功能衰退的疾病。患者的記憶、理解、語言、學習、計算和判斷能力都會受到嚴重影響，部分人還會有情緒、行為及感覺方面的變化。又稱老年痴呆症。

【腦溢血】nǎoyìxuè〔名〕一種由血管硬化、血壓突然上升等原因引起的病，血液流出管壁，使腦功能遭受破壞。發病前頭痛、頭暈、麻木、抽搐等，發病後立即昏厥、失去知覺，以至死亡。也叫腦出血。

【腦震蕩】nǎozhèndàng〔名〕頭部遭受外力打擊或劇烈震動而引起的輕度腦部損傷。傷後短時間喪失意識，一般經過休息可以恢復。

【腦汁】nǎozhī〔名〕比喻腦力：像這種絞～的事，我幹不了。

【腦子】nǎozi〔名〕❶〈口〉"腦"①。❷指思考、記憶、推理等方面的能力；腦筋：他～好，肯用心，學習成績錯不了｜真沒～，剛告訴你的事，怎麼就忘了？

辨析 **腦子、腦筋** 兩詞有些相近，如"動腦筋""用腦筋""腦筋好""腦筋壞"等都能用"腦子"替換。"有腦筋""沒有腦筋"，同樣可說

"有腦子""沒有腦子"。但費心思的"傷腦筋"則不能說"傷腦子"。而單純指生理上的"腦子"也不用"腦筋"替換，如"雞腦子""魚腦子"就不能說成"雞腦筋""魚腦筋"。"人的腦子構造很複雜"也不能說成"人的腦筋構造很複雜"。"腦筋"指"思想意識"時也不能換用"腦子"，如"他是個老腦筋"就不能說"他是個老腦子"。

nào ㄋㄠˋ

淖 nào〈書〉❶ 泥濘；泥沼：泥～｜質本潔來還潔去，不教污～陷渠溝。❷ 水澤。

鬧（闹）〈閙〉 nào ❶〔形〕喧嘩；擾攘（跟"靜"相對）：熱～｜市區｜工地施工，～得居民睡不了覺。❷〔動〕吵架；攪亂；擾亂：吵～｜無理取～｜好孩子，別～了｜這兩口子，成天價～｜孫悟空大～天宮。❸〔動〕害（病）或發生（災難或不幸）：～病｜～肚子｜～蝗災。❹〔動〕表示憤怒不滿，發泄：～脾氣｜～情緒。❺〔動〕幹；搞；弄：～革命｜～清是非。❻〔動〕耍逗：打～｜～着玩兒｜一群年輕人～洞房。

語彙 吵鬧　打鬧　胡鬧　熱鬧　瞎鬧　喧鬧　無理取鬧

【鬧彆扭】nào bièniu 互相有意見合不來；不滿意對方而故意為難：凡事要商量着辦，～幹嗎？｜不知道他為甚麼要跟我～。

【鬧病】nào//bìng〔動〕生病：那孩子正～呢｜鬧了一場大病。

【鬧肚子】nào dùzi〈口〉腹瀉：他正～，可能昨晚吃壞了。

【鬧房】nào//fáng〔動〕新婚之夜，親朋好友到新房裏和新婚夫婦說笑逗趣，乃至想方設法捉弄新婚夫婦。也說鬧洞房、鬧新房。

【鬧革命】nào gémìng 幹革命；進行革命活動：那時，～是提着腦袋幹的。

【鬧鬼】nào//guǐ〔動〕❶（迷信）發生鬼怪作祟的事：有人說這個老房子裏從前鬧過鬼。❷比喻有人暗地裏要手段使壞作怪：辦這事情你可不要～｜出現這麼多怪現象，說明有人在背後～。

【鬧哄哄】nàohōnghōng（～的）〔形〕狀態詞。形容人聲或別的聲音雜亂：院子裏～的擠了一大群人。

【鬧哄】nàohong〔動〕❶吵鬧：那些人在街上～甚麼？❷許多人在一起幹活：咱們再～一陣兒，把這片草割完再吃飯。

【鬧饑荒】nào jīhuang ❶遭遇荒年：過去，這個地方幾乎年年～。❷〈口〉指經濟上出現困難：他剛發工資時擺闊氣，到了月底就～。

【鬧家務】nào jiāwù 指家庭或集體內出現糾紛：幾代同堂難免～｜這家公司老～，最後倒閉了。

【鬧將】nàojiàng〔名〕❶指頑皮、淘氣的孩子。❷指愛吵鬧、是非多、不安分的人。

【鬧劇】nàojù〔名〕❶（齣，場）滑稽可笑的笑劇，用誇張的手法、熱鬧的場面、滑稽的情節，揭示人物行為的矛盾。也叫笑劇。❷比喻滑稽可笑的事情。

【鬧猛】nàoměng〔形〕(吳語)熱鬧；熱烈；人氣旺盛：這裏的夜市比前幾年確實～了些，小吃攤多了不少。

【鬧脾氣】nào píqi 使性子；發脾氣：大年初一可別～。

【鬧情緒】nào qíngxù 因事情不合意或受到批評而情緒低落，表示不滿：他這兩天～，你得開導開導他。

【鬧嚷嚷】nàorāngrāng（～的）〔形〕狀態詞。形容人聲喧雜：不知出了甚麼事，街上～的。

【鬧熱】nàorè〔形〕(西南官話)熱鬧：春節市場～好。

【鬧市】nàoshì〔名〕繁華熱鬧的街市：～區｜在～，要特別注意交通安全｜身居～，一塵不染。

【鬧事】nào//shì（～兒）〔動〕聚眾搗亂，故意挑起事端，破壞社會秩序：要嚴防壞人～。

【鬧騰】nàoteng〔動〕❶耍賴；吵鬧：他被開除後，三天兩頭兒來廠裏～。❷逗笑；戲耍：孩子們～了一陣，這會兒才安靜下來。❸多方努力去做：他想辦廠，～了一年，也沒辦起來。

【鬧笑話】nào xiàohua（～兒）做出可笑的事，讓人傳為笑柄：到別人家裏做客，千萬不要～兒｜不懂裝懂，結果鬧了個大笑話。

【鬧心】nàoxīn〔形〕❶進食後胃部或腹部感到不舒服、不暢快：韭菜吃多了，有點～。❷心裏煩躁不安：航班一再誤點，旅客～。

【鬧意見】nào yìjiàn 意見不合，產生隔閡：有甚麼問題擺到桌面上來談，不要背後～。

【鬧災荒】nào zāihuāng 發生災害；出現荒年：過去～，妻離子散；今天～，政府救助，八方支援。

【鬧着玩兒】nàozhe wánr ❶做遊戲：孩子們在院子裏～呢。❷開玩笑；逗着玩兒：跟你～，怎麼就當真了？❸對關係重大的事物採取輕率、不認真的態度：帶電作業，那可不是～的，你得小心點。

【鬧鐘】nàozhōng〔名〕(隻)能夠在預定時刻發出響聲的鐘：快起床，～都響了。

臑 nào〈書〉人的上肢或牲畜的前肢。

né ㄋㄜˊ

哪 né/nuó 見下。
另見 nǎ（953 頁）；na（956 頁）。
【哪吒】Nézhā〔名〕哪吒太子，佛教護法神名。傳說是毗沙門天王太子，民間有哪吒太子剔肉還母，拆骨還父，現身為父母說法的故事。

nè ㄋㄜˋ

吶 nè 同"訥"。
另見 nà（954 頁）。

那 nè "那"（nà）的口語音。

訥（讷） nè〈書〉言語遲鈍；嘴笨：木～｜口～｜君子～於言而敏於行。

ne ·ㄋㄜ

呢 ne〔助〕語氣助詞。❶ 表示疑問，用於特指問句，句中有疑問詞"誰、怎麼、甚麼、哪"等：你找誰～？｜他怎麼不回家～？｜他們吵架到底為了甚麼～？｜昨天你上哪兒去了～？**注意** a）句中有了疑問詞，也可以不用"呢"，如"你找誰？"。b）句中也可以不用疑問詞，如"我的字典呢？"意思是字典不知放在甚麼地方了。又如"他受傷以後呢？"意思是問受傷以後怎麼樣。❷ 表示疑問，用於選擇問句：你吃麵條～，還是吃餛飩～？｜你是看電影～，還是看話劇～？｜你喜歡聽京戲～，還是喜歡聽昆曲？**注意** 全句終了時也可以不用"呢"。❸ 表示疑問，用於肯定和否定的選擇：你到底同意不同意～｜你這樣做好不好～？❹ 用於反問：何必大驚小怪～｜我們怎麼沒有聽說過～？｜我哪裏知道會出這麼大的問題～？**注意** 是非問句不能用"呢"，如不能說"今天是星期一呢？"❺ 用於陳述句，表示指明事實，語氣略帶誇張：她唱歌唱得可好～｜春節廟會上人多得很～｜京劇晚場七點半鐘才開鑼～。❻ 用於陳述句，表示持續狀態：他關在屋裏寫文章～｜她正在後台化裝～｜外頭下着大雪～。❼ 用在句中停頓的地方，表示列舉或對舉：如今～，比以前的生活好多了｜這幾個同學都喜歡文學創作。小張～，喜歡寫詩；小王～，喜歡寫小說；小李～，喜歡寫散文。
另見 ní（970 頁）。

něi ㄋㄟˇ

哪 něi "哪"（nǎ）的口語音。**注意** "哪（něi）"是"哪（nǎ）"和"一（yī）"的合音。

餒（馁） něi ❶〈書〉飢餓：妻子凍～｜而弗食。❷ 缺乏勇氣；不能自信：氣～｜自～｜勝不驕，敗不～。❸〈書〉魚腐爛：魚～而肉敗，不食。

nèi ㄋㄟˋ

內 nèi ❶〔名〕方位詞。裏頭（跟"外"相對）：～外有別｜請勿入～｜～設雅座。**注意** "內"在使用時，常有如下幾種情況：a）用在介詞後，如"自內及外""對內不對外"。b）用在名詞後指處所，如"國內""市內交通"。c）用在名詞後指時間，如"年內""本週內"。d）用在名詞後指範圍，如"校內""軍內"。e）用在名詞或動詞前時，猶如一個形容詞，用於構詞，如"內河""內分泌"。❷ 指妻子或妻子的親屬：～人｜賤～｜～親｜～姪｜～弟。❸ 指內心或內臟：色屬而～荏｜深感～疚｜見此崩五～。❹〈書〉指皇宮，宮中：大～｜東～｜西～。

> **語彙** 大內 分內 關內 海內 懼內 日內 五內 衙內 以內 字內

【內賓】nèibīn〔名〕❶（位）本國客人，特指國內顧客（區別於"外賓"）。❷ 舊指女客。
【內部】nèibù〔名〕❶ 某一範圍以內：～情況｜～參考｜人民～矛盾。❷ 物體的裏面（跟"外部"相對）：大樓～裝修｜飛機～結構。
【內參】nèicān〔名〕內部參考。指僅供一定級別的官員閱讀，並為決策提供參考的秘密文件。
【內場】nèichǎng〔名〕戲曲舞台上桌子後面的區域（跟"外場"相對）。
【內存】nèicún〔名〕❶ 內存儲器。指裝在計算機中央處理器內的存儲器。❷ 指內存儲器對信息的存儲量：～量大｜～不夠用｜擴大～。
【內當家】nèidāngjiā〔名〕❶ 指妻子。❷ 指東家的妻子。
【內盜】nèidào〔名〕內部盜竊行為。指部門內部人員盜竊本部門財物的行為：～案件｜～現象。
【內地】nèidì〔名〕距沿海或邊疆地區較遠的地方：我的家鄉雖然是～，但交通很方便｜～也紛紛創造條件，搞起了對外貿易。

> **辨析** **內地、外地** 從字面上看，好像是相對的，其實不是。外地和本地相對應，如"他在本地工作，但愛人孩子在外地"；內地和邊境或沿海相對應，如"這批貨物通過邊境經鐵路直達內地"。

【內地會】nèidìhuì〔名〕基督教新教的一派。專門在中國內地傳教的，名為中國內地會。
【內弟】nèidì〔名〕妻子的弟弟。
【內典】nèidiǎn〔名〕佛教稱佛之教典為內典，世之教典為外典。
【內定】nèidìng〔動〕人選在內部決定（尚未公開宣佈）：業務部門的工作人員已經～。
【內分泌】nèifēnmì〔名〕人或高等動物體內某些腺

體或器官能分泌激素，不通過導管，直接進入血液循環。這種分泌叫內分泌。

【內服】nèifú〔動〕把藥物吃下去（區別於"外敷"）。

【內閣】nèigé〔名〕某些國家的最高行政機關。內閣有各種不同的形式。現代議會制國家，一般由議會中佔多數席位的政黨領袖人物組成，議會中如無明顯的多數，也可以由幾個政黨聯合組成。內閣首腦叫首相或總理；閣員叫大臣、部長、總長或相（xiàng）等。

【內功】nèigōng〔名〕❶ 鍛煉身體內部器官的武術，如氣功：～大師｜練習。❷ 身體內部器官的武術功夫，如氣功功夫：有～。❸ 比喻人或企業單位內部競爭和發展的能力：咱們廠要苦練～，增強抗風險能力。

【內海】nèihǎi〔名〕❶ 深入陸地，僅有狹窄水道跟外海或大洋相通的海，如地中海、黑海、波羅的海等。也叫內陸海。❷ 沿岸屬於一個國家、水流也屬於這個國家的海，如渤海是中國的內海。內海處於國家主權之下，非經允許他國船舶不得進入。

【內涵】nèihán〔名〕❶ 邏輯學上指某一概念所反映的事物的本質屬性的總和。如"人"這一概念的內涵是有語言，會思維，能製造和使用工具進行生產勞動等（跟"外延"相對）。❷ 指語言所包含的內容：這首小詩～十分豐富。❸ 指內在的涵養：小蘭是很有～的姑娘。

【內行】nèiháng ❶〔形〕對某種工作或技藝有廣博的知識和豐富的經驗（跟"外行"相對）：辦這種事情我可不～｜他對人工培養蘑菇很～。❷〔名〕指內行的人（跟"外行"相對）：養魚他是個老～。注意舊時唱戲的屬於梨園行，梨園行是本行。梨園把本行以外的人稱作"外行"。"外行"指不是唱戲的，並無褒貶之意。

【內耗】nèihào〔名〕❶ 能量消耗效應。固體內的振動，即使沒有外部損耗，其振幅也隨着時間而減少，這是因為振動能量轉變為熱而消耗。這種能量消耗的效應就叫作內耗。❷ 內部的消耗。指內部人與人之間，各部門之間彼此矛盾而發生摩擦，以至造成人力、物力損失的現象：互相扯皮是目前最大的～。

【內河】nèihé〔名〕（條）指一個國家境域之內的江湖河川等水流：～航行｜～運輸｜長江是中國的～。

【內訌】（內哄）nèihòng〔動〕集團內部發生衝突，造成分裂或相互殘殺。

【內畫】nèihuà〔名〕在透明或半透明器皿內壁上繪製的一種圖畫，是中國特有的工美藝術：鼻煙壺內常飾有精美的～。

【內急】nèijí〔動〕急着要大小便（主要指大便）。

【內奸】nèijiān〔名〕藏在內部，暗中跟敵人勾結，進行破壞活動的人。

【內艱】nèijiān〔名〕〈書〉母親去世；遭母喪。

【內景】nèijǐng〔名〕戲劇舞台上的室內佈景，影視中指攝影棚內的佈景（跟"外景"相對）：外景拍完，該拍～了。

【內徑】nèijìng〔名〕圓環狀工件斷面內緣的直徑。

【內疚】nèijiù〔形〕因對不起人或做錯事而心情不安；抱愧：十分～｜深感～。

【內眷】nèijuàn〔名〕指女眷。

【內科】nèikē〔名〕❶ 指內科學，醫學中以治療體內五臟疾病，只用藥物不用手術為特點的臨床學科。❷ 醫院中的一科，主要用藥物而不用手術來治療體內臟疾病。❸ 中醫把體內生瘡或腫瘤而形於外部者叫內科。

【內澇】nèilào〔名〕因雨水連綿，農田積水不能及時排除而引起的澇災：雨下得這麼大，要準備抽水機，防止～。

【內力】nèilì〔名〕某一體系內，各部門之間相互作用的力叫內力。

【內斂】nèiliǎn〔形〕❶（思想、情感、性格等）深沉，不張揚：性格～。❷（藝術風格等）深沉含蓄：這部情景喜劇的精神氣質是非常～而且質樸的。

【內陸】nèilù〔名〕遠離海岸的陸地：～國家（沒有海岸綫，周圍與鄰國陸地相連的國家）。

【內亂】nèiluàn〔名〕（場，次）內部的動亂，如一個國家內部的叛亂或統治階級內部的爭權奪利、互相傾軋、爭吵甚至戰爭：～不息｜發生～。

【內貿】nèimào〔名〕對內貿易或國內貿易（跟"外貿"相對）。

【內幕】nèimù〔名〕不為外界知曉的內部秘密情況（多指見不得人的情況）：揭開～｜這些～消息是從哪裏來的？

【內企】nèiqǐ〔名〕（家）國內投資興辦的企業。

【內親】nèiqīn〔名〕有關妻子的親屬。如內弟、內姪、小姨子等。

【內勤】nèiqín〔名〕❶ 指某些機關或企業、部隊中經常在內部進行的工作（跟"外勤"相對）：～工作。❷（名，位）從事內勤工作的人：他是本公司的～。

【內情】nèiqíng〔名〕內部的情況：不明～的人，怎麼可以說長道短呢？

【內燃機】nèiránjī〔名〕（台）燃料在機器內部燃燒而產生動力的發動機，如燃油或燃氣的往復活塞式發動機、旋轉式柴油機和汽油機、燃氣輪機和噴氣發動機等。

【內人】nèirén(-ren)〔名〕對人稱自己的妻子。也稱內子。

【內容】nèiróng〔名〕❶ 事物內部所包含的實質或意義。❷ 特指文學藝術作品所包含的思想、意義和精神：這部文學作品，～充實，形式

N

完美。

【內傷】**nèishāng**〔名〕❶ 中醫指由過度疲勞、精神抑鬱、苦悶悲痛或飲食不適等引起的疾病。❷ 由跌、打、碰、擠、壓、踢、踩等引起的氣、血、臟腑、經絡等的損傷（跟"外傷"相對）。❸ 比喻心靈或事物內部所受的損傷：多年動亂的～，不容易醫治｜新聞界的～不少，有償新聞就是其中之一。

【內事】**nèishì**〔名〕國內的政事（跟"外事"相對）：新上任的總理正忙於～，一時不能出訪。

【內胎】**nèitāi**〔名〕（條）輪胎的一部分，用薄橡膠製成，裝在外胎裏邊，充入空氣後產生彈性，跟外胎共同承受負荷。通稱內帶、裏帶。

【內退】**nèituì**〔動〕內部退休。指不到退休年齡，在單位內部提前辦理退休手續，享受退休人員待遇：辦理～｜～兩年了。

【內外】**nèiwài**〔方位詞〕❶ 裏邊和外邊；內部和外部：～有別｜國～。❷ 表示概數：一年～｜三百里～。

【內外交困】**nèiwài-jiāokùn**〔成〕內部困難和外部困難交織在一起。形容處境十分艱難：傀儡政府～，終於倒台了。

【內務】**nèiwù**〔名〕❶ 國內的民政事務：原來的～部就是現在的民政部。❷ 軍人或學生等集體生活中室內的日常事務，如床鋪整理，器物放置，清潔衛生等項：～整潔｜每天都要整理。

【內綫】**nèixiàn**〔名〕❶（名）佈置在對方內部探聽消息或做其他工作的人：裏頭有一個人做我們的～。❷ 在戰場上處於被敵方包圍形勢下的戰綫：～作戰｜從～轉到外綫。❸（條）一個工作單位或一個居住房舍的電話總機所聯繫的內部電話綫路（跟"外綫"相對）：這是～，要外綫得先撥一個9字。❹ 指內部的人事關係：走～，找門路。

【內綫作戰】**nèixiàn zuòzhàn** 在中央位置對兩個或兩個以上的方向作戰，或在一個方向對兩個或兩個以上的敵方軍隊作戰，叫內綫作戰。

【內詳】**nèixiáng**〔動〕不願披露本人姓名、住址的人在讓別人送去或捎去的信封上寫"內詳"或"名內詳"，意思是信中詳述。

【內向】**nèixiàng**〔形〕❶ 形容人的性情深沉，思想情感等不表露在外（跟"外向"相對）：小王是個～的人，不愛說話｜他很～，雖說有才幹，可是不露鋒芒。❷ 屬性詞。面向國內市場的（跟"外向"相對）：～型經濟｜～型企業。

【內銷】**nèixiāo**〔動〕本國、本地區生產的商品在本國、本地區銷售：本產品僅供～，不准出口｜這種出口轉～的服裝，價錢便宜。

【內心】**nèixīn** ㊀〔名〕心中；心裏：出自～｜～說不出的高興。㊁〔名〕數學上內切圓的圓心叫作內心。

【內心獨白】**nèixīn dúbái** 20世紀心理小說運用的一種展示主人公內心思想的特有手法，包括戲劇化的內心衝突，自我剖析，想象的對話以及合理思考等形式。它可以是直接的第一人稱的表白，也可採用第三人稱以"他想""他一轉念"之類的詞語開始。

【內省】**nèixǐng**〔動〕❶ 心理學指觀察自己心理活動的過程，發現支配心理活動的規律。❷ 內心自我反省：～負疚。

【內兄】**nèixiōng**〔名〕妻子的哥哥。**注意**"內兄""內弟"等，不用於直接稱呼，僅用於間接敍述。

【內秀】**nèixiù**〔形〕表面上粗魯或愚笨，實際上聰明細心，有智慧：這個人很～，不是粗人。

【內需】**nèixū**〔名〕國內市場的需求（跟"外需"相對）：擴大～。

【內學】**nèixué**〔名〕佛教教稱佛學為內學。

【內衣】**nèiyī**〔名〕（件，套）貼身穿的衣服。如背心、褲衩、襯衫、襯褲等。

【內因】**nèiyīn**〔名〕指事物的內部矛盾，是事物發展的內部原因，也是事物發展的根本原因（跟"外因"相對）：外因通過～而起作用。

【內應】**nèiyìng** ❶〔動〕隱藏在敵方內部做策應工作：～外合。❷〔名〕隱藏在敵方內部做策應工作的人：在起義中有五個人是～。

【內憂外患】**nèiyōu-wàihuàn**〔成〕內部的動亂與外來的侵略：在那個動蕩的歲月，～接踵而至。

【內援】**nèiyuán**〔名〕（名，位）特指體育運動隊從國內其他運動隊引進的運動員（跟"外援"相對）：確定～人選｜本賽季，俱樂部引進了三名～。

【內在】**nèizài**〔形〕❶ 屬性詞。事物自身固有的（跟"外在"相對）：～規律｜～聯繫｜～的因素。❷ 存在內心，不表露在外：～感情豐富｜感情～。

【內臟】**nèizàng**〔名〕人或動物體腔內器官的統稱，包括心、肝、肺、胃、腸、脾、腎等。

【內宅】**nèizhái**〔名〕住宅的內院，特指女眷的住處：側院是他家的～。

【內債】**nèizhài**〔名〕國家向本國公民借的債，如中國的公債、國庫券等。

【內戰】**nèizhàn** ❶〔名〕（場，次）國內的戰爭：～頻仍，民不聊生。❷〔動〕比喻內部紛爭：這個單位有些工作人員常常～，以致內耗嚴重。

【內政】**nèizhèng**〔名〕國內的政治事務：～外交｜此事屬於本國～，不容外國干涉。

【內姪】**nèizhí**〔名〕妻子兄弟的兒子。

【內姪女】**nèizhínǚ**〔名〕妻子兄弟的女兒。**注意**"內姪""內姪女"不用於當面稱呼，僅用於間接敍述。

【內助】**nèizhù**〔名〕妻子。

【內資】**nèizī**〔名〕國內的資本：～企業｜依靠～

辦廠。

【內阻】nèizǔ〔名〕❶電源內部電路的電阻。❷電子管重要參數之一。當其電極電壓不變時，陽極電壓的變化量與相應的陽極電流變化量的比值叫作內阻。

那 nèi "那"(nà)的口語音。**注意** "那(nèi)"是"那(nà)"和"一(yī)"的合音。

nèn ㄋㄣˋ

恁 nèn / rèn〔代〕(北方官話)指示代詞。❶那：～時，你還不懂事呢。❷那樣；那麼：一點兒就行，要不了～多｜這小夥兒，～聰明，～健壯，叫俺怎能不愛他。❸這樣；這麼：你這花兒咋長得～好呢？

　　另見 nín(981頁)。

嫩〈嫰〉nèn〔形〕❶初生的；柔弱的：～芽兒｜～枝兒。❷比喻不成熟、不老練的：新媳婦臉皮兒～｜十來歲的孩子上台演戲，雖說～一點兒，也得說是很好了。❸蔬菜、食品經火時間短：菜要炒～點｜雞蛋黃還是稀的，煮得太～。❹(顏色)淺淡、亮麗：～綠｜衣料的顏色太～。

語彙 嬌嫩　柔嫩　細嫩　鮮嫩　稚嫩

【嫩黃】nènhuáng〔形〕淡黃：柳葉兒～。

【嫩綠】nènlǜ〔形〕淡綠：～千竿竹，艷紅一樹花。

【嫩苗】nènmiáo(～兒)〔名〕初生的植物的幼芽：門前一片～，像一塊淡綠色的地毯。

néng ㄋㄥˊ

能 néng ❶能力；才能；本領：逞～｜無～之輩｜各盡所～｜博學多～。❷〔形〕有能力的：～人｜～手｜～工巧匠｜就數他～。❸〔名〕能量的簡稱：動～｜風～。❹〔動〕助動詞。能夠：犬～守夜｜雞～司晨｜這事交給他，一定～完成任務？｜不～解決問題？── ｜一連幾天幾夜不睡覺，～不～堅持？── 不～。**注意** "能"，可以單獨回答問題；表否定時，用"不能"。❺〔動〕助動詞。表示善於做，前面可以加"很"一類程度副詞：他很～裝瘋賣傻｜老王最～喝酒｜這個女作家特～寫，三十年寫了六十本小說。❻〔動〕助動詞。表示有某種用途：公園的湖裏～划船｜這種菌有毒不～吃｜沒有處理過的木材～鋪地板嗎？❼〔動〕助動詞。表示可能：今天的會，他一定～來｜他得了重病，文章不～寫下去了｜傳遍了的事兒他～不知道？**注意** "不能"並不是表示"能"，而是表示必須或應該，如"你們的一切活動與我無關，我不能不鄭重聲明""他是這個單位的領導，出了事不能不負責任"。❽〔動〕助動詞。表示情理容許：他不是

正式代表，～參加專題討論會嗎？｜不～只顧眼前，還得考慮長遠｜他們需要救援，我們～袖手旁觀嗎？❾〔動〕助動詞。表示環境或情勢許可(多用於疑問或否定)：晚上的電影～帶孩子來看嗎？｜聽昆曲不～怪聲叫好｜屋裏悶熱，～不～開開窗戶？｜年終～發獎金嗎？｜外面下着大雨，不～出去玩兒了。

　　另見 Nài(957頁)。

辨析 能、會　a)初次學會某種技能，用"會"為常，也可以用"能"，如"他會說日語了""他能說日語了"。恢復某種能力，只能用"能"，不能用"會"，如"他白內障治好以後又能看書寫字了"，不能說成"他白內障治好以後又會看書寫字了"。b)表示具備某種能力，可以用"能"，也可以用"會"，如"她能唱日本歌""他會唱日本歌"。表示達到某種效率，只能用"能"，不能用"會"，如"一口氣他能爬八百級台階兒"，不能說成"一口氣他會爬八百級台階兒"。c)表示許可容許，用"能"不能用"會"，如"他能參加會議嗎？"

語彙 本能　才能　逞能　低能　功能　機能　技能　可能　潛能　權能　全能　萬能　無能　賢能　效能　性能　職能　原子能　積不相能　良知良能　欲罷不能

【能動】néngdòng〔形〕屬性詞。積極主動，自覺努力的：主觀～性｜～地認識和改造客觀世界。

【能幹】nénggàn〔形〕有辦事才能：別看他年紀小，很～。

【能歌善舞】nénggē-shànwǔ〔成〕擅長唱歌和跳舞：這個演員～，才藝雙絕。

【能工巧匠】nénggōng-qiǎojiàng〔成〕技藝高超的工匠：建造亭台樓閣非～不行。

【能夠】nénggòu〔動〕助動詞。❶表示有某種能力或可以起到某種作用：～產生效果｜～殺死病菌。❷表示善於做：～團結同事｜他一頓～喝下一斤白乾兒。

辨析 能夠、能　a)"能夠"通用於口語，"能"多用於口語。b)用"能夠"的地方一般都可以換用"能"；而用"能"的地方卻不一定可以換用"能夠"。當"能"後面是單音節動詞，"他很能說""他特別能吃"就不可以換用"能夠"；表示有可能或表示情理上、環境上許可意義的"能"，"你看能不能下雨？"，不可以說成"你看能夠不能夠下雨？"

【能耗】nénghào〔名〕能源的消耗：降低～，節約資源。

【能見度】néngjiàndù〔名〕人的正常視力所能看見目標的最大距離，也指目標在一定距離被正常視力所看見的清晰程度。觀測能見度對航空、航海等具有十分重要的作用：大霧瀰漫，機場跑道～極低，飛機無法降落。

N

【能力】nénglì〔名〕能擔當某項工作的才幹：工作～｜他獨立處理問題的～很強｜我們有～戰勝一切困難。

【能量】néngliàng〔名〕❶物質運動狀態的量度。物質有多種運動形式，因而能量也相應地有機械能、熱能、電能、光能、原子能等：～守恆定律｜～的大小用功率單位來表示。簡稱能。❷指人的活動能力：他的～很大，把很多人都發動起來了。

【能耐】néngnai〔名〕〈口〉本領；技能：他有～辦好這件事，你儘管放心｜要想在社會上站住腳，總得不斷長（zhǎng）～才行。

【能掐會算】néngqiā-huìsuàn〔成〕迷信指會掐訣算卦，預測吉凶禍福。泛指能推測事物的發展，預知未來：我又不是諸葛亮，～，我怎麼知道你能不能成功？

【能屈能伸】néngqū-néngshēn〔成〕能彎曲，也能伸展。比喻人不得意時能忍受屈辱，得意時能施展抱負。

【能人】néngrén〔名〕（位）有突出才能的人：這個工廠裏有個～，甚麼機器壞了他都能修。

【能上能下】néngshàng-néngxià 職位可以升也可以降：政府官員要做到能官能民，～。

【能事】néngshì〔名〕擅長的本事（常跟“盡”或“極盡”配合使用）：在大獎賽中，演員們精神抖擻，極盡其歌舞表演之～。

【能手】néngshǒu〔名〕（位）有某種高超技能的人；在某方面特別能幹的人：談判～｜種棉～｜她是個電話號碼的～。

【能說會道】néngshuō-huìdào〔成〕口才好，很會說話：好一個～的小姑娘。

【能文能武】néngwén-néngwǔ〔成〕既有文才，又通武藝。常比喻既能從事腦力勞動，又能從事體力勞動：他是一位～的全才。

【能效】néngxiào〔名〕能源利用的效率。

【能言善辯】néngyán-shànbiàn〔成〕善於講話，有口才：事實俱在，他縱然～，也是推卸不了責任的。

【能源】néngyuán〔名〕能的來源；產生能量的物質。如風力、水力、太陽能、地下熱以及煤炭、石油燃料等：節省～｜開發～｜～危機。

【能者多勞】néngzhě-duōláo〔成〕能幹的人多做事、多勞累（含有稱讚或勉勵的意思）：文藝晚會，他一個人又管前台，又管後台，真是～。

ńg ㄥ

嗯 ńg，又讀 ń〔欸〕表示疑問：～？你說甚麼？

ň ㄥ

嗯 ňg，又讀 ň〔欸〕表示出乎意料或不以為然：～！你怎麼還沒去？｜～！我看不一定是他弄壞的。

ǹ ㄥ

嗯 ǹg，又讀 ǹ〔欸〕表示答應：～！得了，就這麼辦吧！

nī ㄋㄧ

妮 nī/ní〔名〕❶（～兒）（北方官話）女孩兒；女兒：門口站着個小～兒｜～兒，～兒，你要聽娘的話。❷（Nī）姓。

【妮子】nīzi〔名〕（北方官話）女孩子；女兒：這～真勤快｜你們家大～甚麼時候出閣？

ní ㄋㄧ

尼 ní ❶尼姑。❷（Ní）〔名〕姓。

【尼姑】nígū〔名〕（位）出家修行的女佛教徒：～庵。

【尼古丁】nígǔdīng〔名〕一種含於煙草中的生物鹼，毒力很強。煙草是法國駐里斯本大使讓‧尼古（Jean Nicot, 1530-1604）於 1560 年從葡萄牙輸入法國的，尼古丁由此而得名。也叫煙鹼。[英 nicotine]

【尼龍】nílóng〔名〕錦綸的舊稱。[英 nylon]

坭 ní ❶同“泥”：紅毛～（有的地區舊稱水泥）。❷用於地名：～洞（在廣西西部）。

呢 ní 呢子：～料｜～制服｜～絨嗶嘰。另見 ne（966 頁）。

語彙 花呢 毛呢 綾呢 華達呢 馬褲呢 直貢呢 制服呢

【呢料】níliào〔名〕（塊）毛織品衣料：這種～做西裝很合適。

【呢喃】nínán〔擬聲〕燕子的鳴聲；比喻婉轉的聲音：～細語。

【呢絨】níróng〔名〕泛指用獸毛和人造毛等原料織成的各種織物：公司服裝部有各種～毛料。

【呢子】nízi〔名〕（塊）一種厚而密的毛織物，用以做大衣或西裝等：～大衣｜～衣料。

兒 Ní ❶ 周朝國名，在今山東滕州東南。❷〔名〕姓。另見 ér “兒”（343 頁）。

泥 ní ❶〔名〕（塊，攤，坨）土和水混合成的漿狀或半固體狀物：～土｜～沙俱下｜從前一下雨，滿街都是～。❷像泥的東西：肉～｜

棗～│印～。❸(Ní)〔名〕姓。

另見 nì(973 頁)。

語彙 膠泥　爛泥　肉泥　水泥　蒜泥　印泥　油泥　淤泥　棗泥　土豆泥　判若雲泥

【泥巴】níbā(-ba)〔名〕(塊)(北方官話)泥：鞋子沾上了～。

【泥肥】níféi〔名〕湖河中的淤泥做肥料用，叫泥肥。

【泥封】nífēng〔名〕古人封函，用泥塗在繩子打結的地方，上面蓋上印章，叫作泥封。

【泥蚶】níhān〔名〕蚶的一種，殼圓堅厚，肉玉紅色。也叫血蚶。

【泥漿】níjiāng〔名〕水和土混合成的半流體；和(huò)一點～抹牆。

【泥金】níjīn〔名〕顏料名。一種用金屬製成的塗料，塗在書畫箋紙上或器物上做裝飾：～帖(金屬塗飾的束帖)。

【泥坑】níkēng〔名〕❶爛泥淤積的窪地。❷比喻坑害人，使人拔不出腿來的壞事或騙局：他本來是個好青年，最近被人拉去聚賭，陷進了～。

【泥犁】nílí〔名〕佛教用語，地獄。也作泥梨、泥黎。[梵 niraya]

【泥療】níliáo〔名〕物理療法的一種，用泥漿塗敷在肌膚上，治療某些關節、肌肉等方面的慢性病。

【泥淖】nínào〔名〕〈書〉爛泥；泥坑(多用於比喻)：敵人內外交困，陷於～。

【泥濘】nínìng ❶〔形〕道路上又是泥又是水不好行走：道路～。❷〔名〕指淤積在路上的爛泥：汽車前輪陷入～。

【泥牛入海】níniú-rùhǎi〔成〕《景德傳燈錄·潭州龍山和尚》："洞山又問和尚：'見個甚麼道理，便住此山？'師云：'我見兩個泥牛鬥入海，直至如今無消息。'"後用"泥牛入海"比喻一去不返，有去無還。

【泥菩薩過江 —— 自身難保】ní púsa guò jiāng —— zìshēn nán bǎo〔歇〕指連自己都難以保全，更沒有能力顧及他人：還想讓宋老闆保你過關嗎？老實告訴你吧，宋老闆也已是～了，現在誰也救不了你！

【泥鰍】níqiū(-qiu)〔名〕(條)魚名，身體圓棍形，黃褐色，有不規則黑色斑點。口小，有鬚五對，鱗細小。常生活在淤泥中。

【泥人】nírén(～兒)〔名〕民間工藝品，用膠泥捏成的各種人形：天津～張│無錫～│不大一會兒，他捏了好幾個～。

【泥沙】níshā〔名〕泥土和沙子：黃河水夾帶着大量～│～含量大增。

【泥沙俱下】níshā-jùxià〔成〕泥土和沙子都跟着大水一起流下來。比喻好人和壞人摻雜在一起：幾十年湊起來的一支隊伍，難免～，魚龍混雜。

【泥石流】níshíliú〔名〕一種自然災害。山區突然暴發的、含有大量泥沙、石塊，急馳而下的洪流。對鐵路、公路、建築物、農田有巨大破壞作用。

【泥水匠】níshuǐjiàng〔名〕(名，位)泥瓦匠。

【泥塑】nísù〔名〕(尊)用黏土塑成人物以及各種動植物的形象。民間造型藝術，雕塑的根本就是泥塑。

【泥塑木雕】nísù-mùdiāo〔成〕木雕得泥塑。

【泥胎】nítāi〔名〕尚未經塗飾的泥塑偶像：廟裏有兩個～，樣子十分可怕。

【泥潭】nítán〔名〕〈書〉爛泥聚集的低窪地；泥坑(多用於比喻)：他陷入～，不能自拔。

【泥塘】nítáng〔名〕泥濘的窪地：那裏是一大片│～裏剩有殘荷。

【泥土】nítǔ〔名〕❶土壤：有了～、水分和陽光，植物才能生長│散發着～的芳香。❷黏土：燒磚、瓦的坯，非用～不可。

【泥土氣】nítǔqì〔名〕來自田野鄉間的淳樸自然氣息：他的小說帶着清新的～，與眾不同。

【泥腿子】nítuǐzi〔名〕舊時對農民的蔑稱。

【泥娃娃】níwáwa〔名〕❶泥做的玩偶。❷廟裏的泥塑像。舊時迷信的人到娘娘廟裏去求子，以為廟裏的泥娃娃就是可以求到的子息：到娘娘廟裏拴個～回來。

【泥瓦匠】níwǎjiàng〔名〕(名，位)砌磚、蓋瓦的建築工匠。也叫泥水匠。

【泥丸】níwán〔名〕❶用泥製成的小球兒：孩子們用～拐着玩兒│烏蒙磅礴走～。❷道家以人體為小天地，把人的頭腦叫作泥丸。

【泥沼】nízhǎo〔名〕爛泥坑。也比喻所陷入的困難處境。

【泥醉】nízuì〔形〕大醉，醉得如一攤泥：老友聚會，他喝得～。

怩 ní 見"忸怩"(985 頁)。

倪 ní ❶端緒；邊際：端～│天端地～│天地之無～。❷(Ní)〔名〕姓。

猊 ní 見"狻猊"(1292 頁)。

婗 ní 見"嬰婗"(1597 頁)。

鈮 (铌) ní〔名〕一種金屬元素，符號 Nb，原子序數 41。銀白色，質硬。用於製耐高溫、耐腐蝕的合金和超級硬合金。

蜺 ní〈書〉寒蟬。

另見 ní "霓"(972 頁)。

N

輗（輓）　ní 古代大車的車轅跟橫木接連之處所用的關鍵：～折轅毀。

霓〈蜺〉　ní ❶〔名〕雨後有時與虹同時出現在天空的圓弧形彩帶，位於虹的外環，顏色比虹淡，彩帶排列順序和虹相反，紅色在內，紫色在外。也叫副虹。❷ 雲氣：大旱之望雲～（比喻渴望解除困境）。

"蜺"另見 ní（971 頁）。

【霓裳】níchǎng〔名〕❶ 神話中指神仙穿的用霓製的衣裳。❷ 唐代樂曲《霓裳羽衣曲》的省稱。

【霓虹燈】níhóngdēng〔名〕一種廣告燈或信號燈。在真空的長玻璃管中充入氖或氬等惰性氣體，通電後發出彩色的光。顏色隨所充的氣體而異：～下的哨兵。[霓虹，英 neon]

鯢（鲵）　ní〔名〕兩棲類動物，分大鯢和小鯢。大鯢體長一般 60–70 厘米，主要生活在山溪中，叫聲像嬰兒啼哭，俗稱娃娃魚。小鯢體長 5–9 厘米，生活在水邊的草地裏。

麛　ní〈書〉小鹿：獸長～麛。

齯（齯）　ní〈書〉老人齒落復生的新牙，長壽的象徵。也叫齯齒。

nǐ ㄋㄧˇ

你〈妳〉　nǐ〔代〕人稱代詞。❶ 稱對方（一個人）：有人找～｜請～等一等。注意 a）表示領屬關係，"你"後面加"的"，如"你的鉛筆、你的意見、你的成績"。b）在有親友等關係的名詞前，可不加"的"，如"你哥哥、你師傅、你同事"。c）跟表示對方的名詞連用，"你"在前或在後，帶有加重的語氣，如"你老兄有何意見？""你這個人怎麼一點兒同情心也沒有！""這會班長你了！"。❷ 用在表示單位或團體的名詞前稱對方：請～校派代表參加｜～單位可產生三名候選人。❸ 泛指任何人：～想取得好成績，就要加倍努力｜她的演技，～不能不佩服。注意 有時用的是"你"，實際上指的是"我"，如"你叫他往東，他往西；你叫他打狗，他罵雞"。❹ "你"和"我"和"他"用在平行的語句裏，表示大家一起來參加：～一句，他一句，湊起情況來了｜～也說，我也說，他也說，大家都是這個意見，不容不重視。❺ "你"和"我"和"他"用在平行的語句裏，表示彼此互相如何：～等着我，我等着～｜誰也不肯先發言｜～把責任推給他，他把責任推給～，誰都不肯負責任，這怎麼行！

"妳"另見 nǎi"奶"（956 頁）。

【你們】nǐmen〔代〕人稱代詞。稱對方的若干人或包括對方在內的若干人：～在前邊拉，我們在後邊推｜～姐妹中間誰會彈琴？注意 a）"你們姐妹"的"你們"跟"姐妹"可以是同位關係，

也可以是領屬關係。在一定的語境中，歧義就消除了。如果是"你們姐姐"或"你們妹妹"，就肯定是領屬關係，因為通常不必加"的"，說成"你們的姐姐"或"你們的妹妹"。另外像"你們廠、你們學校、你們研究所"等都不必加"的"，就是領屬關係。b）在表示領有物品或思想感情等時，必須加"的"，如"你們的桌子、你們的看法、你們的情緒"。c）跟表示身份的名詞或數量名詞連用是同位關係時，"你們"在前，如"你們廚師的工作是很辛苦的""你們京劇演員負有振興京劇的責任""你們幾位老幹部多做些傳幫帶的工作"。

【你死我活】nǐsǐ-wǒhuó〔成〕形容雙方鬥爭非常激烈，勢不兩立，不能並存：這是一場～的戰鬥。

旎　nǐ 見"旖旎"（1605 頁）。

儗　nǐ 見下。
　另見 nǐ "擬"（972 頁）。

【儗儗】nǐnǐ〔形〕茂盛的樣子：故～而盛也。也作薿薿。

擬（拟）〈❸❹儗〉　nǐ ❶〔動〕起草；設計：～稿｜～方案。❷〔動〕打算；想要：～於下月動身｜～乘火車前往。❸ 打比方：比～｜～於不倫。❹ 模仿：模～。

"儗"另見 nǐ（972 頁）。

> 語彙　比擬　草擬　模擬　虛擬　懸擬

【擬訂】nǐdìng〔動〕草擬：～實施辦法。

【擬定】nǐdìng〔動〕起草制定：～年度工作計劃。

> 辨析 擬定、擬訂　"擬定"是起草制定，"擬訂"是起草；"擬訂"是打草稿，"擬定"是草稿已經寫定，等待最後審查通過。

【擬稿】nǐ∥gǎo（～兒）〔動〕起草稿件（一般指公文）：他正在～｜請他先擬一個稿兒。

【擬古】nǐgǔ〔動〕模仿古代作品的形式和風格：漢代揚雄實開～之風｜～之作。

【擬話本】nǐhuàběn〔名〕受宋代小說影響，模擬話本形式而寫的小說。

【擬人】nǐrén〔名〕修辭方式，將事物人格化，例如雷公、電母、風婆婆，這是把自然現象人格化了。童話中的動物會說話，則是把動物人格化了。這種修辭手段叫作擬人。例如"風在吼，馬在叫，黃河在咆哮。"

【擬聲詞】nǐshēngcí〔名〕模擬事物的聲音的詞，如"啪""咚""喹""撲哧""嘩啦""丁東"等。也叫象聲詞。

【擬勢】nǐshì〔名〕某些動物受到侵襲時，表現出異於常態的姿勢或顏色，以威嚇侵襲者（多為其他動物）的現象。如天蛾幼蟲擬似蛇形，鳳蝶幼蟲頭部擬似獸角等。

【擬態】nǐtài〔名〕動物模擬別的動、植物或其他自然界物體的形態、體色，藉以自衞，免受侵害的現象。如尺蠖體色形態像樹枝，木葉蝶像枯葉。

【擬物】nǐwù〔名〕修辭方式，把人比擬成物，使人物性化。如民間故事梁山伯和祝英台這一對情侶死後化成蝴蝶。注意擬人和擬物是兩種相對的修辭方式，擬人是把物人格化，擬物是把人物性化。

【擬議】nǐyì ❶〔名〕（個）擬訂的事情；事先的打算：這不過是個～，還要報請上級審定。❷〔動〕草擬；擬訂：比賽規則交由評判委員會～。

【擬音】nǐyīn〔動〕❶ 模擬人或自然界的各種音響：影視劇都利用～加強表演效果。❷ 為古代語言擬訂聲音，是研究古代語言的一種手段。

【擬於不倫】nǐyúbùlún〔成〕拿不能相比的人或事物來打比方：講演中時有～之比，令人覺得可笑。

【擬作】nǐzuò〔名〕（篇，部）模擬別人的風格或假託別人的口氣而寫的作品：這雖是一篇～，但不無可取之處。

薿 nǐ 見下。

【薿薿】nǐnǐ〈書〉同"儗儗"。

nì ㄋㄧˋ

伲

nì〔代〕（吳語）人稱代詞。❶ 我；我們：～在此地看過病｜小趙替～大家爭了光。❷ 我的；我們的：～賬已經付過了。

泥

nì ❶〔動〕用白灰、青灰、黏土等塗飾牆壁或器物：～火爐｜弄點灰把牆～一～。❷ 拘泥；固執：～於成說｜～古不化。

另見 ní（970 頁）。

語彙　拘泥　執泥

【泥古不化】nìgǔ-bùhuà〔成〕指拘泥古代成規而不知變通：抱殘守缺，～。

【泥守】nìshǒu〔動〕拘守：～陳規陋習。

【泥子】nìzi〔名〕塗抹物縫兒的泥狀油灰。也作膩子。

昵〈暱〉

nì 親近；親熱：～交｜親～｜狎～。

【昵稱】nìchēng〔名〕表示親昵的稱呼：他們夫妻間常用～。

【昵友】nìyǒu〔名〕親密的朋友：他二人是～。

逆

nì ❶〈書〉迎接：目～而送之。❷〔動〕向着相反的方向：～風｜～流｜～水行舟｜倒行～施。❸ 抵觸；不順從：忠言～耳｜忤～不孝。❹ 不順當；不順利：～境。❺ 預先：～料｜～見｜～知。❻ 背叛；背叛的人：為～｜叛～｜～產。

語彙　悖逆　呃逆　橫逆　莫逆　叛逆　忤逆

【逆差】nìchā〔名〕對外貿易中進口商品總值超過出口商品總值的差額（跟"順差"相對）：貿易～。

【逆產】nìchǎn ㊀〔名〕背叛國家民族、投敵賣國的人的財產：沒收～。㊁〔動〕胎兒出生時，腳先出來。也叫倒產、倒生。

【逆睹】nìdǔ〔動〕事先預見到：成敗利鈍，難於～。

【逆耳】nì'ěr〔動〕（話）聽起來刺耳，使人感到不舒服（跟"順耳"相對）：～之言｜忠言～利於行。

【逆反心理】nìfǎn xīnlǐ 由於某種原因而產生的對事物持對立、抵觸、反對態度的心理狀態。

【逆風】nìfēng ❶〔名〕（股，陣）跟行進方向相反的風：水上行船，碰上了～，速度就很慢了。❷ (-//-)〔動〕頂着風：～而行｜逆着風騎車。

【逆計】nìjì ❶〔動〕預測：～未然。❷〔名〕謀反的計策：～未成。

【逆價】nìjià〔名〕商品銷售價低於收購價的情況（跟"順價"相對）：糧食～銷售。

【逆境】nìjìng〔名〕不順利、不順心的境遇（跟"順境"相對）：人在～中要沉着冷靜，不可悲觀泄氣。

【逆來順受】nìlái-shùnshòu〔成〕對惡劣環境或無禮待遇委屈忍受：在那動亂的年月裏，他這個要強的人也只能～。

【逆料】nìliào〔動〕預測：凡事如此，殊難～。

【逆流】nìliú ❶〔動〕逆着水流方向：～而上。❷〔名〕（股）跟主流方向相反的水流。比喻在政治、思想、文化等方面的阻力或逆向潮流：復古是前進中的一股～。

【逆旅】nìlǚ〔名〕〈書〉客舍；旅館：天地乃萬物之～（有比喻義）。

【逆時針】nìshízhēn〔形〕屬性詞。逆着時針運行方向的：～方向轉動。

【逆市】nìshì〔動〕與市場行情走勢相反（跟"順市"相對）。

【逆水】nìshuǐ〔動〕與水流的方向相反（跟"順水"相對）：～而上｜～行舟。

【逆水行舟】nìshuǐ-xíngzhōu〔成〕逆着水流的方向駛船。比喻不努力就要退步：學如～，不進則退。

【逆溫】nìwēn〔名〕氣溫隨高度增加而升高的現象。這與對流層（跟地表接觸的大氣區域）中正常的溫度分佈情況相反，對流層中的溫度通常是隨高度增加而降低的。但是逆溫在其他大氣層次中很常見。逆溫對確定雲型、降水和能見度都有很重要的作用。

【逆向】nìxiàng〔動〕向着相反的方向：～行

N

駛｜～流動。

【逆行】nìxíng〔動〕行人、車輛等反着共同遵守的方向前行：騎車～是十分危險的事。

【逆序】nìxù〔名〕跟通常排列相反的順序：～詞典｜～檢索。也說倒序。

【逆知】nìzhī〔動〕預先知道：～其將死。

【逆轉】nìzhuǎn〔動〕原指局勢惡化。現指向相反方向轉化：歷史潮流，不可～。

【逆子】nìzǐ〔名〕不孝順父母的兒子：村子裏出了個不贍養父母的～。

匿 nì 躲避；隱藏：～藏｜～影藏形｜～跡銷聲。

語彙 藏匿 逃匿 隱匿

【匿藏】nìcáng〔動〕隱匿；隱藏：～槍支｜～壞人。

【匿伏】nìfú〔動〕潛伏；暗藏：逃犯無處～。

【匿跡】nìjì〔動〕把行跡隱藏起來：銷聲～｜～海外多年。

【匿名】nìmíng〔動〕不寫姓名或不寫真實姓名：～信｜～舉報。

【匿名信】nìmíngxìn〔名〕（封）不寫姓名或不寫真實姓名的信，或內容為攻訐、誣陷別人之詞，或為保護自身不願公開身份。

【匿笑】nìxiào〔動〕掩口暗笑：縮頸～｜～而去。

【匿影藏形】nìyǐng-cángxíng〔成〕隱藏形跡，不顯露真面目：～，流亡海外幾十年。也說匿影潛形。

【匿怨】nìyuàn〔動〕暗地裏怨恨：～而友其人。

垼 nì/ní 見"坤垼"（1022頁）。

阢 nì 見"坤阢"（1022頁）。

睨 nì〈書〉斜着眼睛看：睥～｜持璧～柱，欲以擊柱。

溺 nì ❶〔動〕人或動物淹沒在水裏：～死者數百人｜火弗能熱，水弗能～。❷沉迷而無節制；過分：～愛｜～於酒色。

另見 niào（980頁）。

【溺愛】nì'ài〔動〕過分寵愛：對兒女～，不是真愛。

【溺水】nìshuǐ〔動〕被水淹沒：～而死。

【溺信】nìxìn〔動〕篤信；迷信：～佛道｜～神靈。

【溺嬰】nìyīng〔動〕把剛生下來的嬰兒淹死：那時由於窮困所迫，甚至有～的事情發生。

【溺職】nìzhí〔動〕才能低下不能勝任所擔任的工作；不經過正當途徑錄用的工作人員，往往～。

膩（膩） nì ❶〔形〕食物油脂過多：油～｜肥～｜天天吃肉，～不～？｜菜太～了，還是清淡一些好。❷〔形〕膩煩；因多而厭煩：這歌我聽～了｜天天來找，真叫人～

得慌。❸細緻滑潤：肌膚細～。❹〔形〕黏滑：膠條兒一沾手就很～。❺比喻密切：～友。❻污垢：垢～。

語彙 滑膩 細膩 油膩

【膩蟲】nìchóng（-chong）〔名〕（隻）蚜蟲的俗稱：豆棵兒上長滿了～。

【膩煩】nìfan ❶〔形〕由於重複次數過多或接觸時間過長，讓人感到厭煩：翻來覆去老是這一套節目，真叫人～｜老待在家裏心裏也～。❷〔動〕厭惡：我～透了他。

【膩糊兒】nìhur〔形〕（北京話）黏稠而滑潤：他熬的小米粥真～｜餃子餡兒拌得挺～。

【膩味】nìwei ❶〔形〕（北方官話）膩煩：天天下雨，可真～。❷〔動〕糾纏使人膩煩：別～人了｜咱們編個瞎話～～他。注意"膩味"或作"膩歪"（niwai）。

【膩友】nìyǒu〔名〕〈書〉特別親密的朋友；密友。

【膩子】nìzi ❶同"泥子"（nìzi）。❷〔名〕舊時指久久不離去令人膩煩的顧客，如茶館裏有茶膩子，酒館裏有酒膩子，澡堂子裏有澡膩子。

蠰 nì〔名〕小蟲。中醫也指小蟲咬的病。

niān ㄋㄧㄢ

拈 niān/nián ❶〔動〕捏；用手指夾取：～鬮兒｜～花｜信手～來。❷比喻挑揀：～輕怕重。❸（Niān）〔名〕姓。

【拈花惹草】niānhuā-rěcǎo〔成〕指男子狎妓或到處勾引女人的行為。注意"拈"不讀zhān。

【拈花微笑】niānhuā-wēixiào〔成〕佛經上說，世尊拈花示眾，眾皆默然，唯迦葉破顏微笑。後用"拈花微笑"指參悟佛理。

【拈鬮兒】niān//jiūr〔動〕抓鬮兒：拈個鬮兒看看誰的運氣好。

【拈輕怕重】niānqīng-pàzhòng〔成〕接受任務時，只揀輕的做，怕挑重擔子：不少的人對工作不負責任，～，把重擔子推給別人，自己挑輕的。

【拈香】niānxiāng〔動〕對神佛燒香禮敬：神前～｜～敬佛。

蔫 niān ❶〔形〕花草因失去水分而萎縮：太陽一曬花兒都～了。❷〔形〕精神不振；無精打采：這孩子近來有點～，是不是叫功課逼的？❸〔形〕慢性子；不爽利：他的外號叫老～兒｜～脾氣。❹〔副〕不動聲色地；悄悄地：別看這孩子外表挺老實，其實～淘｜他要再來糾纏，給他個～對付。

【蔫不唧】niānbujī（～兒的）〔形〕（北方官話）狀態詞。❶形容人情緒低落、精神不振的樣子：他這幾天～的，是不是病了？❷不聲不響：悄

悄：別看他～的，真為大家幹了不少好事｜不
打招呼，～就走了。

【蔫呼呼】niānhūhū（～的）〔形〕狀態詞。形容人
性子慢，不乾脆，不利索：大家都忙着幹活，
你看你還～的打不起精神來，真叫人心煩。

【蔫壞】niānhuài〔形〕暗中使壞：他這個人～，
你沒看出來吧！

nián ㄋㄧㄢˊ

年〈季〉 nián ❶〔名〕公曆以地球繞太陽
一周為一年，平年 365 日，閏年
366 日。農曆以 354 或 355 日為一年：去～｜歲
歲～～人不同。❷〔量〕用於計算年數：三～五
載。❸ 歲數：～輕力壯｜～滿五十。❹ 時期：
民國初～｜清朝末～。❺ 年景：收成：豐～｜
歉～。❻〔名〕年節：過～｜～關。注意 這個意
義的"年"，前面可以加量詞，如"歡歡喜喜過
個年""給你拜個年"。❼ 人的一生按年歲分成
的階段：童～｜青～｜中～｜老～。❽〔名〕每
年的：～曆｜～鑒｜～會。❾ 具有特定意義的
年歲：國際家庭～。❿ 有關年節的：～貨｜～
糕｜～畫兒。⓫（Nián）〔名〕姓。

語彙　百年　拜年　長年　陳年　成年　大年　當年
豐年　光年　過年　賀年　後年　荒年　積年　紀年
今年　來年　老年　歷年　連年　明年　末年　暮年
前年　青年　去年　閏年　少年　天年　同年　童年
晚年　往年　享年　新年　學年　幼年　早年　中年
終年　週年　逐年　壯年　風燭殘年　似水流年
遺臭萬年　億萬斯年　益壽延年

【年報】niánbào〔名〕（份）政府、企業、社團等
發佈的年度工作報告或業績報告：公司～｜發
佈～。

【年輩】niánbèi〔名〕年齡和輩分：兩位先生～
相若。

【年表】niánbiǎo〔名〕❶ 按年月排列的重大歷史
事件表：世界大事～。❷ 傳統歷史著作以年
為經、以事為緯而編列的表：十二諸侯～｜六
國～。

【年產】niánchǎn〔動〕每年生產：～量｜～值｜～
煤上億噸。

【年辰】niánchen〔名〕年；歲月：這件衣服可有
些～了｜鬧災荒那～，日子真難過。

【年成】niáncheng〔名〕一年的農作物收成：～不
錯｜今年又是個好～。

【年齒】niánchǐ〔名〕〈書〉年齡：～日增。

【年初】niánchū〔名〕一年開頭的一段時間：離春
耕還有好些日子，趁～把準備工作做好。

【年代】niándài〔名〕❶ 時代；時期：和平～｜戰
爭～｜如今～不同了，咱們老百姓當家做主
啦！❷ 時間：～久遠｜這件古物可有～了。

❸ 把一世紀分為十個單位，每單位十年，叫作
一個年代，如 1980–1989 是 20 世紀 80 年代。

【年底】niándǐ〔名〕一年最後的一段時間：～
了，過節的東西還一點都沒買｜每到～
之前，人們都開始為買回家的車票發愁。

【年度】niándù〔名〕根據業務需要而制定的自成
起訖的十二個月：～計劃｜～報表｜財政～｜
會計～｜銷銷不能跨～。

【年份】niánfèn〔名〕❶ 指某一年：這筆開支應歸
上一～｜事件發生的～寫錯了。注意 只有年或
月可以說成"年份、月份"，不能說"日份"。
❷ 經歷年代的長短：這兩部書雖然都是明朝刻
本，但～相差很遠。

【年富力強】niánfù-lìqiáng〔成〕年紀輕，精力充
沛：小夥子～，正該努力學習，以求進步。

【年高德劭】niángāo-déshào〔成〕年紀大，品德
好：沈老先生～，受到大家的尊敬。

【年糕】niángāo〔名〕（塊）用黏米（包括糯米和黃
米）或黏麵做成的糕，過年的應節食品：～的
吃法很多，蒸、煮、炸、炒都可以。

【年根】niángēn（～兒）〔名〕年底：一到～兒就格
外忙了。也說年根兒底下。

【年庚】niángēng〔名〕指一個人出生的年、月、
日、時所值的干支。

【年關】niánguān〔名〕過去習俗都是在農曆年底
結賬，欠租、負債的人過年好像過關一樣，所
以叫年關。現在泛指年底。

【年號】niánhào〔名〕中國封建時代皇帝紀年的
名稱。自漢武帝建元元年（公元前 140 年）開
始，歷代皇帝都立年號，如"開元"是唐玄宗
李隆基的年號，"洪武"是明太祖朱元璋的年
號。一個皇帝更換好幾次年號，明清兩代一般
是一個皇帝一個年號。

【年華】niánhuá〔名〕年歲；時光：～未暮｜似
水～｜不可虛度～。

【年畫】niánhuà（～兒）〔名〕（張，幅）一種裝飾性
的中國畫，在年節張貼，多表現吉慶歡樂的主
題，有賀年祝福之意：牆上貼着一張～。

【年會】niánhuì〔名〕（次，屆）社會團體、學術團
體（國內的或國際的）等按年度舉行的集會，
一般每年召開一次。兩三年召開一次的仍叫年
會：本屆學術～收到很多高水平的論文｜在～
上做報告。

【年貨】niánhuò〔名〕過新年，特別是過春節（原
是農曆的年節）時應時的物品：辦～。

【年級】niánjí〔名〕學校根據學生修學年限而分成
的班級。如中國小學校修學期限六年，從而分
成六個年級；初級中學、高級中學各分三個年
級。每個年級根據教室、學生人數分成若干班：
高～｜低～。

【年紀】niánjì（-ji）〔名〕（人的）年齡；歲數：～
大｜上了～。

［辨析］**年紀、年齡** 兩個詞都是指歲數，"年紀大""年紀小"，其中的"年紀"也可以換用"年齡"。而"上了年紀"，可以說成"上了歲數"，但不能說成"上了年齡"。另外，"年齡"可用於動植物或天體等，而"年紀"只用於人。

【年假】niánjià〔名〕❶過年時放的假：放～｜三天～。❷指寒假：期考一完就放～了。❸職工按年度享受的假期。

【年間】niánjiān〔名〕某個年代之中：老～時興見面作揖｜這年代不近不遠，就在清朝光緒～。

【年檢】niánjiǎn〔動〕管理部門對商業、企業、車輛等進行的年度檢查或檢驗：企業～｜對各種車輛進行～。

【年鑒】niánjiàn〔名〕(本，冊，部)彙集全年的資料，每年出版一次的參考書。有綜合性的，也有專科性的：百科～｜經濟～｜歷史～。

【年節】niánjié〔名〕春節及其前後的一些天。一般指從農曆臘月二十三至正月十五之間的一段時間：這事先不辦，過了～再說。

【年景】niánjǐng〔名〕❶年成；收成：豐收～｜～好。❷過年的景象：好熱鬧的～。

【年均】niánjūn〔動〕每年平均：糧食產量～增長5%。

【年刊】niánkān〔名〕一年出版一次的刊物。

【年曆】niánlì〔名〕(張，本)印有一年十二個月的月份、星期、日期、節氣等的單張印刷品。有的一個月一張或兩個月一張，稱為掛曆；有的一天一張或一月一張，放在書桌上，叫枱曆。

【年利】niánlì〔名〕按年利率計算的利息：～二釐。

【年齡】niánlíng〔名〕人已經生存在世間的歲數：他～不算大，本事卻不小。注意 有時對動植物也說"年齡"，常用一個"齡"字搭配，如"樹齡""犬齡"等。

年齡劃界新規定
1993 年，世界衛生組織經過種種測定，決定將人生年齡重新劃分如下：凡 44 歲以下者為青年人（過去是 35 歲以下），45 歲至 59 歲為中年人，60 歲至 74 歲為年輕的老年人，75 歲至 89 歲為老年人，90 歲以上者為長壽老人。這一年齡時期的新劃界，對人們的心理健康和抗衰老意志是極大的鼓舞和推動。

【年輪】niánlún〔名〕樹木主幹橫斷面上的同心環狀紋理，由此環形紋大體可以推斷樹木的年齡，所以叫年輪。

【年邁】niánmài〔形〕年老；年高：～力衰。

【年貌】niánmào〔名〕年齡和相貌：他們兩個人～相當，匹配相宜。

【年命】niánmìng〔名〕〈書〉壽命：～短促。

【年末】niánmò〔名〕一年的末尾幾天。

【年譜】niánpǔ〔名〕(本，冊)用編年體記敍個人生平事跡的著作：魯迅～｜編撰～。

【年青】niánqīng〔形〕❶年齡正處在青年時期的：～人，火熱的心｜成長中的～一代。❷形容有活力和朝氣的：老人有一顆～的心。

【年輕】niánqīng〔形〕❶年紀不大；歷時不久：～有為｜～氣盛｜一個～的國家。❷用於比較時，指年紀小：他比你～｜比起來還是你顯得～點兒。

［辨析］**年輕、年青** 都能形容年齡不大。"年青"只用來說青年人，如"年青的一代""年青小夥子""年青有活力"。"年輕"可用來對不同年齡進行比較，是相對意義上的，可以說"六十歲比七十歲年輕""我比他年輕""越活越年輕"。"年輕"還可以用於人以外的其他事物，比喻新興的或建立不久的。如"年輕的國家""年輕的學科"。"年青"沒有這種用法。

【年輕力壯】niánqīng-lìzhuàng〔成〕年紀輕，力氣大：重活得讓～的小夥子幹，年紀大的人吃不消。

【年少】niánshào ❶〔名〕少年：翩翩～。❷〔形〕年輕：青春｜你比我看着～。

【年審】niánshěn〔動〕一年一度的例行審查：國家對這些企業實行～制度。

【年時】niánshí〔名〕多年的時間：他來咱們這裏已有～了。

【年事】niánshì〔名〕〈書〉年紀：這位老先生～已高。

【年壽】niánshòu〔名〕人活在世上的年數；壽命：～修短，實難預測。

【年歲】niánsuì〔名〕❶年紀：上了～的人，要勞逸結合，不要太累。❷年月；時間；年代：這件事～太久，大家都記不起來了。

【年所】niánsuǒ〔名〕〈書〉年數：多歷～｜歷有～。

【年頭兒】niántóur〔名〕❶歲首；年初：～歲尾｜～我去過一次那裏。❷年份：我來北京，已經47個～了。❸多年的時間：這座廟蓋得可有～了。❹時代：那～，咱們工人正受苦｜這～，咱們工人當家做主了。❺年成：今年～不錯，麥子豐收了。

【年尾】niánwěi〔名〕一年的末尾；年終：～快到了，抓緊時間結算賬目。

【年息】niánxī〔名〕按年利率計算的利息：～五釐。

【年下】niánxià〔名〕〈口〉過農曆年的時候：～周轉不開，借錢的事過些時候再說罷。也說大年下。

【年限】niánxiàn〔名〕規定的年數：到～才能轉為正式職工。

【年薪】niánxīn〔名〕按年計算的工資：～制｜十萬｜～很高。

【年夜】niányè〔名〕農曆除夕；一年最後一天的

夜晚：大～｜～飯。

【年夜飯】niányèfàn〔名〕(頓)農曆除夕之夜全家人在一起吃的團圓飯：我是警察，要值班，不能和家人一起吃～了。

【年月】niányue〔名〕❶時代：那～，水旱災害接連不斷，日子真不好過。❷日子：～好過了，也應當勤儉。❸時間；歲月：～久遠，記不清楚了。

【年終】niánzhōng〔名〕一年終了的時候：～獎金｜～總結｜～考核｜時值歲末。

【年資】niánzī〔名〕工齡資歷：提拔幹部主要看工作能力，～只能作為參考。

粘 Nián〔名〕姓。
另見 zhān（1708 頁）。

黏 nián〔形〕像膠水或糨糊等所具有的、能使一種物體附着於另一物體上的性質：年糕很～｜麵太陳了，打出糨子來不～。

【黏蟲】niánchóng〔名〕昆蟲，成蟲前翅中央有兩個淡黃色斑紋，後翅尖與邊緣黑灰色。幼蟲頭部褐色，背上和兩側有黃黑色縱綫。有群遷習性。是農業害蟲。俗稱五色蟲。

【黏稠】niánchóu〔形〕有黏性，濃度大：～度｜愛吃～的粥。

【黏附】niánfù〔動〕黏性的物質附着在其他的物體上面：～性｜膏藥揭了去，身上還～着黑色的膏藥油子。

【黏合】niánhé〔動〕用黏性的東西使兩個或多個物體粘在一起：～劑｜～金屬和非金屬材料。

【黏合劑】niánhéjì〔名〕可使兩個物體粘在一起的物質，多為高分子化合物，廣泛用於黏合金屬和非金屬材料。

【黏糊】niánhu〔形〕❶東西黏性大：這粥熬得真～｜老人喜歡吃～的東西。❷形容人關係親密，常在一起不分離：這一男一女，近來可真～。❸形容人做事不利落，動作慢吞吞：此人辦事太～，多催着點兒。

【黏膜】niánmó〔名〕人或動物的消化、呼吸、泌尿、生殖等器官內腔表面的一層薄膜：口腔～｜胃腸～｜子宮～。

【黏兒】niánr〔名〕(北京話)❶像糨糊的黏性物體：松樹～｜桃樹出～了。❷從黏性物體中能拉出來的絲狀物：做拔絲山藥這道菜，得把糖熬得拉出～來才成。

【黏土】niántǔ〔名〕含沙粒很少、有黏性的土壤。養分較為充分，但透氣、透水性較差。

【黏性】niánxìng〔名〕物質黏附而不能分離的性質：這種稻米的～很大。

【黏液】niányè〔名〕動物、植物體內分泌出來的黏稠液體。

【黏着】niánzhuó〔動〕用黏合劑把兩個物體固定在一起：～力｜～語｜自由和～。

鯰（鮎）nián〔名〕魚名，生活在淡水中，頭平扁，口寬大，有鬚兩對。尾圓而短。體表多黏液，無鱗。

niǎn 引ㄢˇ

涊 niǎn〈書〉出汗的樣子：～然汗出，病霍然已(出汗之後，疾病迅速消除)。

捻 niǎn〔動〕❶用手指搓：～個紙捻兒｜老太太會～綫。❷(吳語)用圍撈：～河泥｜～起河泥一千二百多船。

【捻捻轉兒】niǎnnianzhuànr〔名〕一種兒童玩具，扁圓形，一頭尖，玩時用手捻使尖朝下旋轉。

【捻兒】niǎnr〔名〕❶捻子：紙～。❷像捻兒的東西：燈～(燈芯)。

【捻子】niǎnzi〔名〕(根)用紙或用綫搓成的長條兒狀的東西：藥～。

輦（輦）niǎn❶古時用人力拉的車。秦漢以後指王室車后乘的車：帝乘～而行。❷〈書〉乘坐：～輿就馬。

碾 niǎn❶碾子：石～｜藥～。❷〔動〕滾動碾子軋碎東西：～米｜～藥｜把老玉米～碎。

【碾坊】niǎnfáng〔名〕(間)把穀物碾成米或麵的作坊。也作碾房。

【碾壓】niǎnyā〔動〕滾動着壓過：新鮮的稻穀在碾滾子的～下，飄散着清香。

【碾子】niǎnzi〔名〕❶(盤)去掉穀皮或粉碎糧食用的石製農具。❷泛指碾壓或研磨粉碎東西的工具：藥～｜汽～。

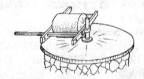

躎 niǎn〔動〕(北方官話)踩，用腳前掌踩住並使勁搓：～死了好些螞蟻。

攆（撵）niǎn〔動〕❶驅趕：把他～出去。❷(北方官話)追趕：他們走遠了，你～得上～不上？｜狗～鴨子——呱呱叫。

N

niàn 引ㄢˋ

廿 niàn〔數〕(吳語)二十：他離開家鄉已經～五年了。

念 niàn❶〔動〕惦念；想念：虧得大媽～着你，要不你就凍病了。❷想法；念頭：一～之差｜私心雜～。❸〔數〕以"念"為"廿"，即"廿"的另一種寫法：二月～五日(二月二十五日)。❹(Niàn)〔名〕姓。
另見"唸"（978 頁）。

語彙 悼念 恬念 概念 感念 顧念 掛念 觀念 懷念 紀念 眷念 渴念 留念 閃念 私念 思念 體念 妄念 想念 邪念 信念 懸念 意念 欲念 雜念 瞻念 轉念

【念舊】niànjiù〔動〕不忘故舊、舊情：老王這個人不～，我們不用去找他了。

【念念不忘】niànniàn-bùwàng〔成〕時時刻刻惦記着，忘不掉：他～別人對自己的好處。

【念頭】niàntou〔名〕心裏的打算、想法：千萬不可存害人的～｜打消了出國的～。

【念心兒】niànxinr〔名〕(北京話)紀念品：咱兩個同學一場，把這支鋼筆送給你做個～吧！也說念信兒、念想兒。

【念茲在茲】niànzī-zàizī〔成〕《尚書·大禹謨》："念茲在茲，釋茲在茲。"指念念不忘。

埝 niàn〔名〕(道)為防水而築的土埂：這塊地東頭太窪，要先打一道～，才能澆水。

唸 (念) niàn〔動〕❶誦讀：～口訣｜～咒兒｜把報紙上的社論～一～。❷指上學：他～過幾年私塾。

"念"另見 niàn（977頁）。

【唸白】niànbái〔名〕道白。

【唸叨】niàndao〔動〕❶惦記而談到或提起：大娘常常～你。❷談說：今天有件要緊的事要跟大家～。❸絮語：事情已經過去，他還老～。以上也作唸道。

【唸佛】niànfó〔動〕信佛的人唸佛的名號，唸阿彌陀佛：吃齋～｜老祖母在佛堂～。

【唸經】niàn // jīng〔動〕❶信仰宗教的人誦讀經文：和尚～。❷諷刺人嘮叨不休：他老在那裏唸甚麼經？

【唸唸有詞】niànniàn-yǒucí〔成〕原指僧道、方士等作法時默唸經文或咒語，現多形容人不停地自言自語：他在親情樹前又開始～，嘴裏不停地說着甚麼。

【唸書】niàn // shū〔動〕❶讀書：這孩子很知道～｜～固然是好事，可重要的是明理。❷上學：哥哥在北京大學～。

【唸央兒】niànyāngr〔動〕(北京話)自言自語說一些含蓄的話，又故意讓別人領悟其中真正的意思：他那～，是說給大夥聽呢！也說唸央央兒。

【唸殃兒】niànyāngr〔動〕(北京話)行騙：他碰上個～的，讓人家把錢騙走了。也作唸秧兒。

【唸珠】niànzhū(～兒)〔名〕(顆，串，掛)即數珠，信佛的人唸經時記數的工具。

niáng ㄋㄧㄤ

娘 〈㊀孃〉 niáng ㊀〔名〕❶母親：離家以後，兒子總惦念～。❷稱長一輩或年紀大的婦女：嬸～｜大～(伯母)。

㊁❶年輕婦女：伴～｜新～(新媳婦)。❷少女：三～｜杜十～。注意"娘"原指少女，今在某些用法上仍保留這個意義，如廣東、福建及東南亞華僑給女孩取名常帶有"娘"字。

語彙 伴娘 大娘 姑娘 紅娘 後娘 老娘 奶娘 娘娘 婆娘 嬸娘 師娘 喜娘 新娘 姨娘 紡織娘 老闆娘 丈母娘

【娘家】niángjia〔名〕❶已婚女子父母的家(跟"婆家"相對)：回～｜在～住了些日子。❷借指曾經在那裏生活、學習或工作過較長時間並逐漸成長起來的地方：兒童劇團是這個名演員的～｜曾經在北京生活多年的老華僑，如今回到了～，心情異常激動。

【娘舅】niángjiù〔名〕(吳語)舅父。

【娘們兒】niángmenr〔名〕(北方官話)❶指已婚婦女(可用於單數，也可用於複數)：這個～挺能幹｜別跟那些～計較。❷指妻子：老張的～很能幹，裏裏外外一把手。

【娘娘】niángniang〔名〕❶(位)舊時指皇后或貴妃：正宮～｜西宮～。❷信神的人指女神：～廟｜送子～。❸(西南官話)姨母。❹(吳語)姑母。

【娘娘腔】niángniangqiāng〔名〕指有些男人說話時帶有的像女人一樣的尖細、低柔的腔調。也指男人缺乏男子氣，像女人一樣的做派：他說話～，不好聽｜他特別喜歡修飾，整天油頭粉面的，有點～。

【娘親】niángqīn〔名〕母親，京劇戲詞中對母親的稱呼，有時前面加"老"字說成"老娘親"。

【娘兒】niángr〔名〕❶〈口〉母親和子女，或長輩婦女和男女晚輩的合稱(後面必帶數量詞)：～倆｜～仨｜～幾個。❷(北京話)姑姑。

【娘兒倆】niángrliǎ〈口〉一名長輩婦女和一名晚輩男子或女子的合稱：你們～一路上也辛苦了，快歇着吧。

【娘兒們】niángrmen〔名〕〈口〉長輩婦女和兒孫晚輩的合稱：天這麼晚了，怎麼你們～還沒睡？

【娘胎】niángtāi〔名〕❶胎兒的母體：他沒出～就先天缺鈣。❷比喻先天：十八般武藝都不是～裏帶來的。

【娘姨】niángyí〔名〕(吳語)❶保姆的舊稱。❷姨母。❸舊時稱父親的妾。

【娘子】niángzǐ(-zi)〔名〕❶妻子。❷(位)尊稱中、青年婦女(戲曲、小說中多用)：那邊有位小～，十分俊俏。

【娘子軍】niángzǐjūn〔名〕❶隋朝末年李淵的女兒嫁柴紹，散家財，募死士，組織軍隊幫助李淵起義，號稱娘子軍。❷指由女子組成的隊伍或集體：紅色～｜唱歌比賽，～一上場就把對方比下去了。

niàng ㄋㄧㄤˋ

釀（酿）niàng ❶〔動〕釀造：～酒。❷〔動〕蜜蜂製作蜜：人勞動，蜂～蜜。❸〔動〕逐漸醞釀而成：～成禍端。❹酒：佳～｜名～｜酒～(江米酒)。

【釀造】niàngzào〔動〕利用微生物發酵作用製造酒、醋、醬油等：～廠｜～茅台酒。

【釀製】niàngzhì〔動〕釀造：醬油也是用糧食～而成的。

niǎo ㄋㄧㄠˇ

鳥（鸟）niǎo〔名〕❶（隻）脊椎動物的一綱。體溫恆定，卵生，全身有羽毛，前肢變成翅膀，一般會飛，後肢能行走。❷(Niǎo)姓。

另見 diǎo（295 頁）。

語彙　翠鳥　鳳鳥　海鳥　候鳥　黃鳥　水鳥　鴕鳥　鷙鳥　比翼鳥　火烈鳥　始祖鳥　相思鳥　啄木鳥　驚弓之鳥

【鳥巢】niǎocháo ㊀〔名〕鳥類搭的窩，一般多在樹枝上，如烏鴉、喜鵲；有的在房檐下如鴿子、燕子、麻雀；有的在蘆葦中間。有的鳥搭窩用枯枝亂草，有的銜泥。搭窩多在隱蔽處。㊁(Niǎocháo)〔名〕中國國家體育場的別稱。位於北京奧林匹克公園內，建築面積 25.8 萬平方米，是 2008 年北京第 29 屆夏季奧林匹克運動會的主會場。主體建築由一系列鋼桁（héng）架編製成格柵一樣的結構，好像金屬樹枝編織而成的巨大鳥巢。

【鳥蟲書】niǎochóngshū〔名〕春秋晚期到戰國早期，流行過一種美術字體，加鳥形文飾的叫鳥篆或鳥書，加蟲形文飾的叫蟲書，合稱鳥蟲書。這種字體大都用在兵器上，主要流行於楚、宋、蔡、吳、越等地。漢代在瓦當和璽印文字中還常見到這種字體，漢代工鳥篆的人還很多。

【鳥雛】niǎochú〔名〕（隻）剛孵出不久的小鳥。

【鳥道】niǎodào〔名〕候鳥遷徙經過的地方，也指狹隘、艱險的道路：大山中有一條鮮為人知的～｜～險絕。

【鳥糞】niǎofèn〔名〕鳥屎。在鳥類棲息的地方，多年堆積起來就會形成鳥糞層。鳥糞裏含有氮、磷、鉀等化學元素，是很好的肥料。

【鳥盡弓藏】niǎojìn-gōngcáng〔成〕《史記·越王勾踐世家》："蜚鳥盡，良弓藏；狡兔死，走狗烹。" 飛鳥沒有了，弓也收藏起來不用了，兔子死絕了，獵狗也煮熟吃了。比喻事情成功之後，把曾為此事出過力的人拋棄。"鳥盡弓藏" 常和 "兔死狗烹" 連用。

【鳥瞰】niǎokàn ❶〔動〕從高處俯視：～全城。❷〔名〕指對事物的概略描繪或觀察：～圖｜世界大勢～。注意 鳥瞰的 "瞰"，與 "看" 字音義同義近，不唸 gǎn(敢)的音。

辨析　鳥瞰、俯視　都有從高處往下看的意思。"鳥瞰" 的視野廣、範圍大；"俯視" 的視野可大可小。"鳥瞰" 可用於抽象事物，如 "鳥瞰世界風雲"。"俯視" 則只限於具體事物，如 "俯視樓下的車輛"。

【鳥類】niǎolèi〔名〕鳥的總稱：～是人類的朋友。

【鳥籠】niǎolóng〔名〕（隻）養鳥的籠子，有圓形和方形的兩種，一般以圓形的為多。多用細竹木做成。

【鳥卵】niǎoluǎn〔名〕鳥下的蛋。一般的鳥卵均可做食品，如鴿子卵、鵪鶉卵營養價值都很高。

【鳥槍】niǎoqiāng〔名〕（支，桿）打鳥用的火槍或氣槍。

【鳥槍換炮】niǎoqiāng-huànpào〔成〕比喻情勢好轉，條件大為改善：每人一部手機，真是～了。

【鳥兒】niǎor〔名〕❶（隻）〈口〉鳥，常指小鳥兒。❷用於指人，有輕蔑意：哪兒來的～，敢在這裏撒野！

【鳥獸散】niǎoshòusàn 形容聚集的人像鳥獸一樣紛紛散去(含貶義)：武警一到，打群架的流氓便作～。

【鳥語花香】niǎoyǔ-huāxiāng〔成〕鳥鳴悅耳，花開芳香。形容景色宜人：一到春天，校園裏～，大家心情格外舒暢。

【鳥篆】niǎozhuàn〔名〕春秋晚期、戰國早期流行的一種美術字體，這種字體裝飾有鳥形，所以叫鳥篆。也叫鳥書。參見 "鳥蟲書"(979 頁)。

裊（袅）〈嫋嬝裏〉niǎo 細長柔弱的樣子：簾開斜照人，樹～遊絲上。

【裊裊】niǎoniǎo〔形〕❶煙氣繚繞上升的樣子：炊煙～。❷聲音迴旋不絕的樣子：餘音～，不絕如縷。❸微風吹拂，隨風擺動的樣子：～秋風｜竹葉～。❹體態柔美的樣子：～素女。

【裊裊婷婷】niǎoniǎotíngtíng〔形〕形容女子走路時體態輕盈柔美的樣子：～走過來一個妙齡女郎。

【裊娜】niǎonuó（舊讀 niǎonuò）〔形〕〈書〉❶形容枝條柔弱細長：柳絲～。❷形容女子姿態輕盈柔美：～腰肢淡薄妝。

【裊繞】niǎorào〔動〕繚繞不斷：餘音～。

N

蔦（茑）niǎo 古書上指寄生在桑樹等樹上的寄生植物。

【蔦蘿】niǎoluó〔名〕❶ 一年生草本植物，莖纏繞，葉羽狀或掌狀，花紅色或白色，是一種觀賞植物。❷ 蔦與女蘿都是蔓生植物，常纏繞在別的樹上。《詩經·小雅·頍（kuǐ）弁》："蔦與女蘿，施於松柏。"比喻親戚間彼此關聯，互相依託。

嫋 niǎo〈書〉戲弄；糾纏：戲～｜弟妹乘羊車，堂前走相～。

niào ㄋㄧㄠˋ

屎 niào ❶〔名〕(泡) 人或動物體內由尿道排出的液體：～蛋白｜屎滾～流｜撒～。❷〔動〕排泄小便：～床｜～了一泡（pāo）尿。另見 suī（1294 頁）。

【尿布】niàobù〔名〕(塊) 裹住嬰兒下體或墊在嬰兒身下接屎尿用的布。尿布多用棉織品，疊成長方形、正方形或三角形。

【尿床】niào // chuáng〔動〕在床上遺尿。習慣性尿床是一種病症：孩子～了｜夜裏尿了一床。

【尿道】niàodào〔名〕從膀胱通向體外排泄尿液的管道，有括約肌控制啟閉。

【尿毒症】niàodúzhèng〔名〕因腎功能減退或喪失，體內廢物不能除淨，積聚在血液和組織裏而引起全身中毒的疾病，主要症狀是頭痛、噁心，抽搐，昏迷，常導致死亡。多發生在腎炎後期。

【尿檢】niàojiǎn〔動〕檢查尿樣。特指體育比賽中，通過尿液化驗分析，確定參賽運動員體內是否含有違禁藥物成分，運動員是否服用了興奮劑。

【尿素】niàosù〔名〕有機化合物，化學式 $CO(NH_2)_2$。白色晶體，能溶於水。含氮量約達 46%，是重要的化學肥料。也是化工原料，可用以製塑料、炸藥等。也叫脲。

【尿酸】niàosuān〔名〕有機化合物，化學式 $C_5H_4O_3N_4$。白色晶體，呈弱酸性。人和哺乳動物、爬行動物的尿中和某些鳥糞中均含有尿酸。可製藥品或化學製品。

【尿液】niàoyè〔名〕尿道排出的液體：～化驗｜～檢查。

脲 niào〔名〕尿素。

溺 niào〈書〉同"尿"（niào）。另見 nì（974 頁）。

niē ㄋㄧㄝ

捏〈揑〉niē ❶〔動〕用拇指和其他手指夾：～螞蚱｜他正～着紅鉛筆，圈圈點點地看書。❷〔動〕用手把軟物製成人或物的形狀：～麵人兒｜～餃子。❸〔動〕把分開的或不同的人或事物合在一起：～合｜這班人像一盤散沙，難～到一塊兒。❹ 把不存在的東西說成事實：～造。

語彙 拿捏 扭捏

【捏咕】niēgu〔動〕〈口〉❶ 使合在一起；捏合：想把這些人～在一起，不容易。❷ 捏造；編造：你們湊到一塊兒又～甚麼呢？

【捏合】niēhé〔動〕把人或事物勉強湊合到一起：他倆的婚事本是親友～起來的，感情不和還有甚麼奇怪的呢？

【捏積】niējī〔動〕中醫將小兒因消化不良，面黃肌瘦，小腹膨大叫積。用手指捏小兒背部和脊骨來治療這種病叫捏積。

【捏神弄鬼】niēshén-nòngguǐ〔成〕暗中謀劃，不讓人知道：他們兩個人在一塊兒～，不知道幹甚麼。

【捏一把汗】niē yībǎhàn〔慣〕因擔心而手心出汗。形容心情十分緊張：看到他在高層建築上懸空作業，我不禁替他～。

【捏造】niēzào〔動〕故意假造事實：～事實｜～罪名。

【捏着鼻子】niēzhebízi〔慣〕忍着痛苦，不心甘情願：明知此事不妥，可又不能不～幹。

nié ㄋㄧㄝˊ

苶 nié〔形〕❶ 疲倦，沒精神：發～｜一天的活兒幹下來，可累～了。❷ 怯懦：又傻又～｜碰上真正硬的他就～了。

niè ㄋㄧㄝˋ

乜 Niè〔名〕姓。另見 miē（928 頁）。

臬 niè ❶〈書〉射箭的靶子。❷〈書〉測日影用的標杆：陳圭臬。❸〈書〉標準；法度：奉為圭～。❹（Niè）〔名〕姓。

【臬台】niètái〔名〕明、清時對按察使的尊稱。

【臬兀】nièwù 同"臲卼"。

涅〈湼〉niè〈書〉❶ 可做黑色染料的礬石：～石。❷ 染黑：～其面｜～而不緇（zī）。

【涅白】nièbái〔形〕白而不透明的顏色。

【涅而不緇】niè'érbùzī〔成〕《論語·陽貨》："不曰白乎，涅而不緇。"意思是真正白的東西，用黑染料染也不會變黑。後用來比喻不受惡劣的環境影響而同流合污。

【涅槃】nièpán〔動〕佛教用語。原指超脫生死、超脫一切煩惱的境界。後用來指佛逝世。〔梵

nirvāṇa〕

薴　niè 見"地薴"（280 頁）。

陧（隉）　niè 見"杌隉"（1440 頁）。

嵲　niè 見"嶭嵲"（299 頁）。

槷　niè ❶ 木楔。❷ 古代觀測日影的標杆。❸ 箭靶的中心。

虁　niè 見下。

【虁𡳞】nièwù〔形〕動搖不安：適彼甌閩，～跋躓。也作臬兀。

聶（聶）　Niè〔名〕姓。

闑（闑）　niè〈書〉門橜；豎立在大門中間的短木。

嚙（啮）〈齧嚙〉　niè〈書〉❶（鼠、兔、蛇等動物）咬：蛇～索且斷。❷ 缺口：劍之折，必有～。

【嚙臂盟】nièbìméng〔名〕咬臂出血為盟，表示決心。舊時稱男女相愛私訂婚約為嚙臂盟。也叫割臂盟。

【嚙合】nièhé〔動〕上下牙齒咬緊；像牙齒那樣咬緊：鏈條跟齒輪～得很好。

鎳（镍）　niè〔名〕一種金屬元素，符號 Ni，原子序數 28。銀白色，質堅韌，能磁化，在空氣中不易氧化。用於電鍍、製不鏽鋼等，也用作催化劑。

孽〈孼〉　niè ❶ 災禍；妖怪：餘～｜妖～。❷ 罪惡：造～｜少作點～吧！❸〈書〉不忠或不孝：～臣｜～子。

語彙　妖孽　冤孽　造孽　罪孽　殘渣餘孽

【孽根】nièɡēn〔名〕罪禍和災禍的根源：～未除。

【孽海】nièhǎi〔名〕罪惡的海洋。佛教指使人沉淪的無邊的罪惡：你讀過《～花》這部小說嗎？

【孽債】nièzhài〔名〕佛教指前世造孽欠下的債。

【孽障】nièzhàng〔名〕❶ 業障，惡業的障礙，妨礙正道。佛教認為過去的罪惡成為後來的障礙而不得入於佛法。❷ 舊時長輩罵不肖子弟的話：你等我處分那～。

【孽種】nièzhǒng〔名〕禍根；災禍的種子。

【孽子】nièzǐ〔名〕❶ 舊時稱庶出的（婢妾生的）兒子：孤臣～（失勢的遠臣和失寵的庶子）。❷ 不孝之子。

籋（笯）　niè〈書〉❶ 同"鑷"。❷ 同"躡"。

蘖　niè 樹木砍去後長出來的新芽；泛指植物莖的基部長出的新枝：萌～。

【蘖枝】nièzhī〔名〕植物分蘖時長出的分枝。

囁（嗫）　niè 見下。

【囁嚅】nièrú〔形〕〈書〉形容想說又吞吞吐吐不敢說的樣子：口欲言而～。

糱　niè〈書〉❶ 酒麴。❷ 醞釀；議論：媒～其短。

躡（蹑）　niè〈書〉❶ 踩，踏：～足。❷ 踏上；登上：～高位（登上高的職位）。❸ 穿（鞋）：～絲履。❹〔動〕放輕（腳步）：她～着腳走進來。❺ 跟隨：～蹤｜使輕兵～之。

【躡手躡腳】nièshǒu-nièjiǎo（～的）〔成〕形容走路時放輕腳步：報告會已經開始了，幾個後來的人～地走進會場。

鑷（镊）　niè ❶ 鑷子。❷〔動〕用鑷子夾起或拔出：請你把我手上的刺～出來｜把豬蹄上的毛～乾淨。

【鑷子】nièzi〔名〕（把）拔毛或夾細小東西和片狀物品的工具。一般是用前面細長後面較寬的兩片金屬連在一起製成。

顳（颞）　niè 見下。

【顳顬】nièrú〔名〕頭部兩側靠近耳朵上方的部位。

nín ㄋㄧㄣˊ

恁　nín 同"您"（多見於金元戲曲）：這官人與足下非戚非親，～兩個舊友忘形。
另見 nèn（969 頁）。

您　nín〔代〕人稱代詞。"你"的敬稱（不止一人時，後面加數量詞）：～好！｜這是～的外衣｜～三位請到裏面坐。注意 書面上偶或有"您們"出現，除非照文字誦讀，口語中不說。

níng ㄋㄧㄥˊ

寧（宁）〈寧㊀甯〉　níng ㊀❶ 平安；安定：雞犬不～。❷ 使安定：息事～人。❸〈書〉省視；問安：歸～父母。❹（Níng）〔名〕南京的別稱。❺（Níng）〔名〕指寧夏。
㊀（Níng）〔名〕姓。
另見 nìng（983 頁）；"甯"另見 Nìng（983 頁）。

語彙　安寧　歸寧　康寧　奎寧　毋寧　勃朗寧雞犬不寧　坐臥不寧

【寧靖】níngjìng〔形〕地方社會秩序穩定，治安情況良好；或邊境安定，沒有敵寇侵擾：四海～，國泰民安。

【寧靜】níngjìng〔形〕環境、心境安靜：～致遠｜清早北海公園遊人稀少，顯得格外～｜她的激動心情，漸漸～下來。

【寧親】níngqīn〔動〕回家探望父母。

N

【寧日】níngrì〔名〕安定平靜的日子：國無～｜終無～。

【寧帖】níngtiē〔形〕心境平靜；安定：她惦記着丈夫的病，心境總不～。

【寧馨兒】níngxīn'ér〔名〕〈書〉對小孩子的美稱。

凝 níng ❶〔動〕氣體化為液體，液體結為固體，物體因寒冷而凍結：～結｜～固｜～凍。❷精神專注：～思｜～想｜～神｜～視。

【凝成】níngchéng〔動〕凝聚成：蒸汽遇冷～水珠｜這是一部血淚～的作品。

【凝固】nínggù〔動〕❶液體凝結成固體：水因冷～成冰。❷一成不變：不要把不斷發展變化着的事物看得僵死的、～的東西。

【凝固點】nínggùdiǎn〔名〕晶體物質凝固時的溫度。即該物質液態和固態可以共存的溫度。如水的凝固點是 0℃。

【凝集】níngjí〔動〕凝結；聚集：清晨，荷葉上～着顆顆晶瑩的露珠｜這部作品～着他畢生的心血。

【凝結】níngjié〔動〕❶物質由氣態變為液態或由液態變為固態的過程：湖面上已經～了一層薄冰。❷比喻聚集着：他的進步，～着老師的心血。

辨析 凝結、凝固 "凝結"可用於氣體變為液體或液體變為固體，"凝固"只能用於液體變為固體，如"霧氣凝結成水珠兒"，不能說"霧氣凝固成水珠兒"。另外，各自的引申意義也是不能互換的，如"他的進步，凝結着老師的心血"，其中的"凝結"不能換成"凝固"；"事物是變化的，不是凝固的"，其中的"凝固"不能換成"凝結"。

【凝聚】níngjù〔動〕❶氣體由淡變濃或聚集在一起而液化：山腳下的村落，遠遠望去好像～着一團煙霧。❷凝結；聚集：這條水渠的建成～着大家的血汗。

【凝聚力】níngjùlì〔名〕❶一種物質內部分子之間的吸引力。分子之間的距離越小，凝聚力越大，如固體的凝聚力最大，液體次之，氣體又次之。❷（種，股）比喻吸引力：增強企業的～。

【凝練】（凝煉）níngliàn〔形〕文辭簡潔，洗練：文字～｜文筆～。

【凝眸】níngmóu〔動〕目不轉睛；目不轉睛地看：～遠眺｜臨去～。

【凝神】níngshén〔動〕集中精神；精神貫注：～沉思｜～諦聽。

【凝視】níngshì〔動〕集中目力地看：他～着藍色的天空，產生了無限遐想。

【凝思】níngsī〔動〕集中精神思考：～良久，仍無善策。

【凝望】níngwàng〔動〕聚精會神地向遠處看：他～着遠處蜿蜒起伏的青山。

辨析 凝望、凝視 "凝視"的事物可以是遠方的景物，也可以是近處的東西；"凝望"的對象只能是遠處的景物。如"凝望前方的山巒""凝視路邊的野花"，其中的"凝望""凝視"不能互換。

【凝脂】níngzhī〔名〕凝固的油脂，比喻潔白柔滑的皮膚（指女性）：膚如～｜溫泉水滑洗～。

【凝滯】níngzhì〔動〕呆滯；不靈活：～的目光｜他甚麼都想不起來，思路簡直～了。

【凝重】níngzhòng〔形〕嚴肅端莊的樣子：她神情～，儀態大方。

【凝妝】níngzhuāng〔名〕盛妝：演員們～艷麗。

擰（拧）níng / nǐng〔動〕❶絞，兩手握住物體的兩端，用力向相反的方向轉動：～一個熱毛巾來擦臉｜把洗的衣服～一～。❷用手指捏住（皮肉）扭動：她～了孩子一把，孩子大聲哭起來。
另見 nǐng（982頁）；nìng（983頁）。

嚀（咛）見"叮嚀"（300頁）。

獰（狞）níng 兇惡的樣子：～笑｜～惡｜～視｜猙～。

【獰笑】níngxiào〔動〕兇相畢露地笑：歹徒～了一聲，就要動手搶錢。

嬣（妊）níng〈書〉女子姿容舒緩。見於人名。

萺（苧）níng〔名〕有機化合物，化學式 $C_{10}H_{16}$。液狀，有香味，存在於松節油、檸檬油中。可用作香料，也可用來製飲料。[英 limonene]
"苧"另見 zhù（1785頁）。

檸（柠）níng 見下。

【檸檬】níngméng〔名〕❶常綠小喬木，葉橢圓形，花外粉內白。❷檸檬樹的果實，黃色橢圓形，果汁味酸而略甜。可製飲料、香料，也可製油。

【檸檬酸】níngméngsuān〔名〕一種有機化合物，檸檬、橙子、枸櫞等植物果實中都含有檸檬酸。可用來製清涼飲料，也可入藥。也叫枸櫞酸。

聹（聍）níng 見"耵聹"（301頁）。

鬡（髻）níng 見"鬅鬡"（1737頁）。

nǐng 3ㄧㄥˇ

擰（拧）nǐng ❶〔動〕使勁扭轉；控制住東西的一部分往裏或往外轉：把螺絲～緊｜酒瓶的蓋兒使勁一～就開了。❷〔形〕顛倒：你把我的意思弄～了。❸〔形〕彆扭：倆人越說越～，以至動起手來。

另見 níng（982 頁）；nìng（983 頁）。

nìng ㄋㄧㄥˋ

佞 nìng ❶〈書〉有才智：不～（舊時"我"的謙稱，等於說"沒有才能"）。❷善於花言巧語、諂媚奉承：奸～｜～人。

語彙 不佞　諂佞　奸佞

【佞人】nìngrén〔名〕花言巧語、諂媚奉承的人：近君子，遠～。

【佞笑】nìngxiào〔動〕諂媚地笑；奸笑：他～着，向主人獻上了禮物。

【佞倖】nìngxìng〔動〕以言語諂媚而得到寵倖：遠離～之徒。

甯 Nìng〔名〕姓。**注意**"甯"是"寧"的異體字。但作姓氏時，仍可寫作"甯"，以區別於"寧"（Níng）。

另見 níng "寧"（981 頁）；nìng "寧"（983 頁）。

寧（宁）〈寧甯〉nìng/níng〔副〕❶寧可；寧肯：～折不彎｜～死不屈｜～左勿右。❷〈書〉難道，豈：王侯將相～有種乎？

另見 níng（981 頁）；"甯"另見 Nìng（983 頁）。

【寧可】nìngkě〔副〕❶表示比較利害得失後選取的一種做法，常跟上文的"與其"或下文的"也不""也要"相呼應（一般用在動詞前，也可用在主語前）：與其你來，～我去｜與其坐以待斃，～冒險求生｜～倒下去，也不屈膝投降｜～一夜不睡覺，也要把計劃草案寫出來。❷只單說選取的一面（後面常加"的好""為好"，意思等於"最好是"）：我們～把困難估計得嚴重些為好。

【寧肯】nìngkěn〔副〕表示取捨（所選擇的做法主要取決於人的意願）：～辭職，也不當內奸。

辨析 寧肯、寧可　如果所做的選擇，取決於人的意願，二者皆可用，如"他寧肯（寧可）在家務農，也不出去打工"；如果所選擇的做法主要不是取決於人的意願時，就只能用"寧可"，不能用"寧肯"，如"寧可常備不懈，不可一日無防"，"寧可"就不能換成"寧肯"。

【寧缺毋濫】nìngquē-wúlàn〔成〕寧可暫缺，也不會不加選擇地一味求多：～，絕不選用粗製濫造的文字以充篇幅。

【寧死不屈】nìngsǐ-bùqū〔成〕寧可死，也不屈服：在不法分子的嚴刑拷打面前，他～，表現了一個警察的崇高品質。

【寧為雞口，無為牛後】nìngwéi-jīkǒu, wúwéi-niúhòu〔成〕寧願做小而進食的雞口，不願做大而出糞的牛的肛門。比喻寧願在局面小的地方獨立自主，不願在局面大的地方聽人支配。

省作雞口牛後。

【寧為玉碎，不為瓦全】nìngwéiyùsuì, bùwéiwǎ-quán〔成〕玉是價值貴重的東西，比喻高貴的品質；瓦是價值低廉的東西，比喻低劣的品質。比喻寧可作為有價值的人而死去，也不做沒有品行的人而活下來。

【寧願】nìngyuàn〔副〕寧肯：～自己多辛苦，也不能讓大家受累。

擰（拧）nìng〔形〕（北方官話）任性，不馴順：～種｜～脾氣｜這個人太～，別人怎麼勸也不聽。

另見 níng（982 頁）；nǐng（982 頁）。

【擰種】nìngzhǒng〔名〕倔強執拗的人：他就是這樣的人，天生的～。

濘（泞）nìng〈書〉淤積的爛泥：泥～。

niū ㄋㄧㄡ

妞 niū〔名〕❶（～兒）女孩子：小～兒｜黑～、白～是一對姊妹。❷（Niū）姓。

【妞妞】niūniu〔名〕小女孩：把～抱過來。

niú ㄋㄧㄡˊ

牛 niú ㊀❶〔名〕（頭）哺乳動物，身大體壯，頭生兩角，趾端有蹄。食草，反芻。皮毛一般淡黃色，間有灰黑色或黑白混雜者。善負重，能耕田，力強耐勞。常見的有黃牛、水牛、犛牛、奶牛、肉牛等。❷〔形〕（北京話）有本領，有辦法：那小子可真～，三下兩下就把機器修好了。❸〔形〕（北京話）比喻驕傲、固執或狂妄：～氣｜～脾氣｜轎車接他都不肯來，簡直太～了。❹二十八宿之一，北方玄武七宿的第二宿。參見"二十八宿"（347 頁）。❺（Niú）〔名〕姓。

㊁〔量〕牛頓的簡稱。使質量 1 千克的物體產生 1 米/秒² 的加速度所需的力就是 1 牛。

語彙 菜牛　吹牛　耕牛　牯牛　海牛　黃牛　犍牛　犛牛　牽牛　肉牛　乳牛　水牛　天牛　鐵牛　蝸牛　犀牛　野牛　目無全牛

【牛蒡】niúbàng〔名〕二年生草本植物，根和嫩葉可做蔬菜，種子和根可入藥，有清熱解毒作用。

【牛刀】niúdāo〔名〕宰牛用的刀：割雞焉用～（殺雞何必用宰牛的刀）？

【牛刀小試】niúdāo-xiǎoshì〔成〕宰牛的刀先略略試用一下。比喻能力大的人，先做小事施展一下。

【牛痘】niúdòu〔名〕牛的一種傳染病，病原體與病狀和痘瘡極相似。取牛痘瘡的漿液製成牛痘苗接種於人體，可免除痘瘡的感染。

【牛犢子】niúdúzi〔名〕(頭)小牛。也叫牛犢兒。

【牛頓】niúdùn ❶(Niúdùn)〔名〕依薩克·牛頓(Sir Issac Newton，1642-1727)，英國物理學家。總結出成為經典力學基礎的牛頓運動定律和萬有引力定律。在光學、熱學、天文學和數學方面都有發現和建樹。他的《自然哲學的數學原理》一書是科學史上的巨著。❷〔量〕力的單位，符號 N。為紀念牛頓而定名。簡稱牛。

【牛耳】niú'ěr〔名〕古代諸侯會盟，主盟的人割牛耳取血，所以執牛耳即指主盟的人。

【牛鬼蛇神】niúguǐ-shéshén〔成〕奇形怪狀的神鬼。多用來比喻醜惡的形象和壞人。

【牛黃】niúhuáng〔名〕中藥指牛的膽囊結石，黃色，是珍貴的藥材，有強心、解熱等作用。

【牛角尖兒】niújiǎojiānr〔名〕比喻不值得研究的小問題或無法解決的問題：你別鑽～了。

【牛勁】niújìn(～兒)〔名〕❶(股)很大的力氣，像牛一樣的勁頭。❷強脾氣：他～兒一上來，天王老子都敢對着幹。❸(北京話)驕傲、狂妄的神情或態度：瞧他們那～兒，竟揚言要贏咱們。

【牛郎星】niúlángxīng〔名〕牽牛星的通稱。

【牛郎織女】niúláng zhīnǚ ❶星名。指牽牛星和織女星。❷中國古代民間神話中的人物。織女是天帝的孫女，與牛郎結合後，不再為天帝織雲錦。天帝大怒，用天河將二人隔開，只准每年農曆七月七日相會一次。現常用來比喻長期分居兩地的夫妻：他們終於結束了～的生活。

【牛馬】niúmǎ〔名〕牛和馬。比喻供人驅使服役的窮苦人：過去勞動人民當～，如今是國家的主人。

【牛毛】niúmáo(～根)牛的毛。比喻稠密而細小或極多的事物：～細雨｜苛捐雜稅多如～。

【牛奶】niúnǎi〔名〕母牛的乳汁：老人早晚都喝～。

【牛腩】niúnǎn〔名〕牛肚子上或近肋骨處的鬆軟肌肉，也指用這種肉做成的菜餚。

【牛排】niúpái〔名〕(塊)用大而厚的牛肉片炸成或煎成的菜餚：烤～｜炸～。

【牛棚】niúpéng〔名〕本指養牛的棚舍。"文化大革命"中特指關押所謂"牛鬼蛇神"的地方。

【牛皮】niúpí ❶〔名〕(張)牛的皮，指鞣製過的皮革：這雙鞋是用～做的，不是豬皮做的。❷〔形〕屬性詞。比喻柔韌有彈性、耐磨耐拉的：～糖｜～紙。❸〔名〕比喻大話：吹～(說大話)。

【牛皮癬】niúpíxuǎn〔名〕銀屑病的俗稱。

【牛皮紙】niúpízhǐ〔名〕(張)包裝用的有韌性、拉力強的紙張，一般黃褐色，用硫酸鹽木漿製成。

【牛脾氣】niúpíqi〔名〕倔強、固執的性子：他犯起～來，誰的話也不聽。

【牛氣】niúqi〔形〕(北京話)形容自高自大、驕傲狂妄的神情：這傢伙做買賣發了財，現在可～了。

【牛市】niúshì〔名〕指行情看漲，前景樂觀，股價持續上升，交易十分活躍的股票市場(跟"熊市"相對)。

【牛溲馬勃】niúsōu-mǎbó〔成〕牛溲即牛尿，一說是車前草的別名。可用來治水腫、腹脹。馬勃是一種菌類，可用來止血。後用"牛溲馬勃"比喻雖然微賤，卻很有用的東西。

【牛蹄子兩瓣】niútízi liǎngbàn〔俗〕比喻一家人離心離德，不能一心一意：她們姑娌倆剛開始是～，鬧不到一塊兒，相處幾年後就好多了。

【牛頭不對馬嘴】niútóu bùduì mǎzuǐ〔俗〕比喻談論或認識與事實不符或答非所問：兩碼事硬扯在一塊兒打比方，真是～。也說驢唇不對馬嘴。

【牛頭馬面】niútóu-mǎmiàn〔成〕迷信傳說地獄裏有牛頭鬼和馬面鬼。比喻各種醜惡的人。

【牛蛙】niúwā〔名〕(隻)蛙的一種，體形較一般青蛙大得多，以昆蟲和小魚為食。這種蛙叫聲洪亮，遠聽好像牛叫，故稱牛蛙。原產北美洲。

【牛瘟】niúwēn〔名〕牛的一種由病毒引起的急性傳染病，牛、豬、羊等都能感染。病畜感染後體溫迅速升高，腹瀉，排出惡臭糞便，通常8-10天死亡。

【牛膝】niúxī〔名〕多年生草本植物，高約二三尺，莖方形，葉橢圓而尖，對生，開小綠花，穗狀花序。地下莖入藥，有利尿、通經的作用。

【牛軛】niúyàng〔名〕牛拉東西時架在脖子上的軛(è)。

【牛飲】niúyǐn〔動〕像牛一樣狂飲，比喻大量飲用。

【牛仔服】niúzǎifú〔名〕(件、套)以粗斜紋厚帆布的料子製成的服裝。

【牛仔褲】(牛崽褲)niúzǎikù〔名〕(條)原來是用帆布製成的工作服，多為牧人穿着，故稱。現在一般用粗斜紋的厚布製成，穿着隨便，為青年男女所喜愛，風行全世界。

niǔ ㄋㄧㄡˇ

扭 niǔ〔動〕❶由原方向向另外的方向轉動：一～頭就看見他追上來了｜～過臉去。❷握住物體的一部分，轉動另一部分：～開瓶蓋。❸因轉動過猛而受傷：～了腰。❹揪住不放：～打｜～送｜你～着我，我～着你，兩個人打起來了。❺身體擺動：～秧歌｜你看她還在慢慢～呢！

【扭擺】niǔbǎi〔動〕身體扭動搖擺：～腰肢｜身子左右～。

【扭打】niǔdǎ〔動〕揪打在一起：兩個人～在一起，難解難分。

【扭動】niǔdòng〔動〕左右搖擺轉動：～腰肢跳起桑巴舞。

【扭虧】niǔkuī〔動〕扭轉經濟虧損局面：～為盈｜～增盈。

【扭力】niǔlì〔名〕使物體發生扭轉形變的力，又稱扭矩。

【扭捏】niǔnie ❶〔動〕舉止不自然，不大方：她～了半天，也沒有說出來一句痛快話。❷〔形〕形容含羞作態：行就行，不行拉倒，別這麼扭扭捏捏的。

【扭曲】niǔqū〔動〕❶ 物體扭轉變形：鐵軌～｜大橋鋼樑～。❷ 歪曲使變形，使失真：小說裏的人物都被環境～了｜劇中的主角是一個被～的人物。

【扭送】niǔsòng〔動〕揪住違法犯罪分子送交公安、司法部門：群眾把小偷兒～到派出所去了。

【扭秧歌】niǔ yāngge 跳秧歌舞：戰士跟老百姓一起～。參見"秧歌"（1566頁）。

【扭轉】niǔzhuǎn〔動〕❶ 離開原來方向，向另一個方向移動：他～身子，急急忙忙走向車站。❷ 改變事物發展的方向，使其向良好的方向發展：～入不敷出的虧損局面。

狃 niǔ〔書〕習慣於某種做法或看法因而固執保守，難於改變：不可～於習俗，不加改變。

忸 niǔ 見下。

【忸怩】niǔní〔形〕羞慚、難為情的樣子：～作態｜叫你唱，你就唱，忸忸怩怩不大方。

杻 niǔ 古書上說的一種樹。可做弓弩。
另見 chǒu（185頁）。

紐（纽）niǔ ❶〔名〕衣服上的扣子：～扣｜～襻｜衣～｜銅～。❷ 紐結；聯結：～帶。❸ 器物供提起或拿住的部分：秤～｜印～。❹ 比喻關鍵部分：樞～。

【紐帶】niǔdài〔名〕（條）起聯結作用的媒介：感情的～把他們聯結在一起了。

【紐扣】（鈕扣、鈕釦）niǔkòu（～兒）〔名〕（顆，粒）衣服等上面可以扣合在一起的東西，有球狀的、片狀的、長條狀的等等，可以用布、金屬或塑料等製成：這一副～兒有五個｜她衣服上的～兒真好看｜小箱子的布套上還有～兒呢！

【紐襻】niǔpàn（～兒）〔名〕扣住紐扣的套兒，用布或綫做成。現在多挖成一個洞做紐眼兒，不用紐襻兒。

【紐眼】niǔyǎn（～兒）〔名〕插進並扣住紐扣的洞眼兒。

【紐子】niǔzi〔名〕原指用布條打成的結子，後指衣服上的紐扣：對襟小褂上有一排～。

鈕（钮）niǔ ❶ 同"紐"①③。❷〔名〕器物上用以開關、啟閉的部件：按～｜旋～｜電～。❸（Niǔ）〔名〕姓。

niù ㄋㄧㄡˋ

拗〈抝〉niù〔形〕脾氣擰；固執；不順從：～執｜～脾氣｜他的性子真～。
另見 ǎo（15頁）；ào（15頁）。

【拗不過】niùbuguò〔動〕改變不了對方的行動或意見：他～老師的一片好意，只好讓老師送了一程。

nóng ㄋㄨㄥˊ

農（农）〈辳〉nóng ❶ 農業；農活：～務～｜不誤～時｜～林牧副漁。❷ 農民：老～｜貧～｜菜～｜茶～｜工～商學兵。❸（Nóng）〔名〕姓。

語彙　菜農　茶農　佃農　富農　僱農　花農　老農　棉農　貧農　務農　小農　支農　中農

【農產品】nóngchǎnpǐn〔名〕農業生產的產品，如稻子、麥子、棉花、煙草等。

【農場】nóngchǎng〔名〕（家）用農業機器進行大規模農業生產的企業單位。

【農村】nóngcūn〔名〕主要以務農為業的勞動者聚居的地方：她想去～體驗農民生活。

【農貸】nóngdài〔名〕銀行為支持農業向農民發放的貸款。

【農夫】nóngfū〔名〕舊稱務農的男子。

【農婦】nóngfù〔名〕農家的婦女。

【農副產品】nóngfùchǎnpǐn〔名〕農業產品以及以農業產品為來源的副業產品，如小麥、玉米是農業產品，以小麥為原料製成的草帽，以玉米皮製成的筐子、椅墊等都是農副產品。

【農耕】nónggēng ❶〔動〕農業耕種：改進～技術｜進行～生產。❷〔名〕泛指農業：家事～，是農民世家。

【農工】nónggōng ❶ 農民和工人的合稱：扶助～｜～商賈。❷ 農業和工業的合稱：～聯合企業。❸ 農業工人的簡稱。

【農戶】nónghù〔名〕（戶，家）以務農為業的人家：村子裏都是～。

【農會】nónghuì〔名〕農民協會。中國民主革命時期中國共產黨領導的農民群眾組織，它在許多地方成為農村唯一的革命權力機關。農民協會在推動新民主主義革命向前發展方面起了重大

N

的作用。

【農活】nónghuó（～兒）〔名〕農業生產上的活計，如耕地、鋤草、播種、收割、打場等。

【農機】nóngjī〔名〕農業生產使用的機械，如播種機、聯合收割機等：～站｜～公司。

【農技】nóngjì〔名〕農業生產方面的技術，如鋤草留苗，栽培選種，棉花的掐尖打杈等，都屬於農技。

【農家】nóngjiā ㊀〔名〕務農的人家：～樂｜～子弟｜～肥料。㊁〔名〕（Nóngjiā）先秦時期學術派別之一。他們的論述反映了當時的農業生產情況，散見於現存的子書中，專門著述，多已失傳，僅存目錄（見於《漢書·藝文志》）。

【農具】nóngjù〔名〕（件）從事農業生產勞動用的工具，如鍬、鎬、鐮、鋤、耙、簸箕等。

【農墾】nóngkěn〔動〕農業墾殖：～事業｜～系統。

【農曆】nónglì〔名〕❶ 陰陽曆的一種，過去習稱為陰曆。這種曆法，既注意到月亮的圓缺變化，又照顧了一年中季節的變化，把一年分成二十四個節氣，按照節氣進行農業生產勞動。平年一年 12 個月，全年 354－355 天，比太陽年少 11 天，為了彌補這一缺點，規定三年內增加一個閏月，五年增加兩個閏月。閏年比平年多 29－30 天。也叫夏曆、舊曆。❷ 農業生產上使用的曆書。

【農林牧副漁】nóng-lín-mù-fù-yú 指農業、林業、畜牧業、副業、漁業：～全面發展。

【農忙】nóngmáng〔名〕農事活動繁忙（的季節）：正值～季節。

【農貿市場】nóngmào shìchǎng 進行農副產品交易的集市。

【農民】nóngmín〔名〕主要從事農業生產的人：他想和～交朋友。

【農民工】nóngmíngōng〔名〕（名）外出到城市務工的農民：不准拖欠～工資｜～愛戀家鄉戲。

【農奴】nóngnú〔名〕封建社會中隸屬於農奴主或封建主的農業勞動者，沒有人身自由和政治權利，農奴主可將農奴連同土地一起買賣、抵押或轉讓。

【農奴主】nóngnúzhǔ〔名〕佔有農奴和生產資料的人。

【農舍】nóngshè〔名〕（間，座）農民住的房子：幾間～｜走進～小屋。

【農時】nóngshí〔名〕適於農業生產的最有利的季節氣候：不違～。

【農事】nóngshì〔名〕有關農業生產的事情和活動：～活動｜～繁忙｜～部門應關心農民的切身利益。

【農田】nóngtián〔名〕（塊）可耕作的田地：～水利｜大片～｜不得擅自佔用～。

【農閒】nóngxián〔名〕農事活動較少（的季

節）：～季節要抓緊積肥，以備春耕時使用。

【農諺】nóngyàn〔名〕（句）農民從長期農業生產勞動中總結經驗而形成的諺語，如"種子年年選，生產節節高""白露早，寒露遲，秋分的麥子正當時"等。

【農藥】nóngyào〔名〕農業生產中消滅病蟲害，驅除危害農作物的鳥獸等所用的藥物。

【農業】nóngyè〔名〕栽培農作物、飼養家畜的生產事業。林業、牧業、農村副業、漁業等也包括在內：～工人｜～國｜～生產｜～是國民經濟基礎。

【農藝】nóngyì〔名〕農業生產中的專門技藝，如農作物的選種、栽培、耕作等。

【農藝師】nóngyìshī〔名〕（位，名）有農藝知識的技師，是農業工作者的職稱。

【農用】nóngyòng〔形〕屬性詞。供農業或農民使用的：～機械｜～物資。

【農莊】nóngzhuāng〔名〕❶ 村莊：前面有個小～，住着二三十戶人家。❷（座）莊園：集體～。

【農作物】nóngzuòwù〔名〕農業上種植的各種植物，如糧食作物、油料作物以及蔬菜、棉花、煙草等。簡稱作物。

儂（儂） nóng ❶〔代〕人稱代詞。（吳語）你：我聽～講過課。❷〔代〕人稱代詞。我（多見於舊詩文）：～今葬花人笑痴，他年葬～知是誰？❸（Nóng）〔名〕姓。

噥（哝） nóng 見下。

【噥噥】nóngnong〔動〕❶ 小聲說話：只聽他們兩個人～了一陣，卻聽不清說的是甚麼。❷ 說不着邊際不中用的話：別瞎～了，這些話只能讓人心煩，甚麼問題也解決不了。

濃（浓） nóng ❶〔形〕氣體或液體含某種成分多，稠密（跟"淡"相對）：～煙｜～茶。注意 a）"濃"有時候跟"淡"相對，如"濃墨"和"淡墨"；有時候跟"稀"相對，如"粥很濃"和"粥很稀"。b）早期小說、戲曲裏，"酒"也可以說"濃"——"濃酒"，現在可以說"濃茶"，不說"濃酒"。這個詞的意義範圍縮小了。❷〔形〕繁密：～眉大眼｜他的眉毛很～。❸〔形〕程度深：興趣～｜春意～｜睡意正～。❹（Nóng）〔名〕姓。

【濃淡】nóngdàn〔名〕（色澤）深和淺的程度：～相宜。

【濃度】nóngdù〔名〕一定量溶液中所含溶質的量。溶質的質量佔溶液質量的百分比，叫溶量百分比濃度。如 5% 食鹽水，即 100 克溶液中含有食鹽 5 克。

【濃厚】nónghòu〔形〕❶ 氣氛、色彩、思想意識等表現強烈：學習空氣很～｜～的懷舊情緒。❷ 偏愛，興趣高：他對下圍棋有～的興趣｜對旅遊的興趣非常～。

【濃烈】nóngliè〔形〕濃重強烈：酒香～｜～的鄉土味。

【濃眉】nóngméi〔名〕(道)黑而密的眉毛：～大眼｜兩道～。

【濃密】nóngmì〔形〕形容樹木、雲霧、鬚髮等稠密：山峽兩邊都是～的樹林｜～的雲層佈滿了天空｜～的絡腮鬍子。

【濃墨重彩】nóngmò-zhòngcǎi〔成〕用濃重筆墨和色彩來描繪：牆上掛着一幅～的花卉｜小說的作者對他的主人公做了～的描寫，給讀者留下了深刻的印象。

【濃縮】nóngsuō〔動〕❶ 運用一定方法使溶液的溶劑減少、溶液濃度增高或使物體中不需要的成分減少、需要的成分增加：～食品｜～鈾。❷ 提煉其中的精華：把一萬多字的通訊～成一篇兩千多字的散文。

【濃艷】nóngyàn〔形〕色彩深重而美麗：～的桃花。

【濃郁】nóngyù〔形〕濃重馥郁，形容花草的香氣強烈：一陣陣～的花香迎面撲來。

【濃鬱】nóngyù〔形〕❶ 繁密；茂密：綠蔭～｜～的樹林。❷ 形容色彩、情感、氣氛等很重很盛：色調～｜感情～｜作品充滿～的生活氣息。

【濃重】nóngzhòng〔形〕形容煙霧、色彩、氣味等又濃又重：～的煙霧｜桂花的香氣很～｜這圖案色彩太～，還是淡雅一些好｜說話帶有～的方音。

【濃妝】nóngzhuāng〔名〕華麗的妝飾（指婦女）：～艷抹。

【濃妝艷抹】nóngzhuāng-yànmǒ〔成〕化妝品用得濃重。形容婦女打扮得十分艷麗：她不喜歡～，總是淡妝素裹，顯得分外高雅。

膿（脓）nóng〔名〕機體組織發炎後，壞死分解而成的黃綠色汁液，有臭味，是死亡的白細胞、細菌、蛋白質、脂肪等的混合物：傷口感染流～了。

【膿包】nóngbāo〔名〕❶ 機體組織發化膿後，膿液未排出前所形成的隆起。❷ 比喻懦弱無能的人：他可真是個～，甚麼事都辦不成。

【膿胸】nóngxiōng〔名〕由化膿菌侵入胸膜而引起胸膜腔積膿的病，患者有發熱、氣短、胸疼等症狀。

【膿腫】nóngzhǒng〔名〕發炎組織的一部分壞死，液化為膿液積聚的現象。可分為淺部膿腫（局部紅、腫、熱、痛）和深部膿腫（發燒、脈搏增速）。

穠（秾）nóng〔書〕形容花木茂盛：花枝～艷｜夭桃～李。

醲（酽）nóng〔書〕❶ 味醇厚的酒：肥～甘脆。❷ 濃重：盛雲～霧。

nòng　ㄋㄨㄥˋ

弄〈挵〉nòng〔動〕❶ 搞；做：～飯｜～不好會惹出是非來的。❷ 設法得到：你快～點兒水來喝｜你給我～兩張戲票吧。❸ 耍；玩弄：～虛作假｜你別裝神～鬼｜～手段，玩花樣。❹ 擺弄；逗引：在家裏～孩子｜小學生聽講不專心，最喜歡玩～這個～那個。❺ 攪亂：謠言～得人心惶惶。

另見 lòng（867頁）。

另見 lòng（867頁）。

語彙 擺弄 搬弄 撥弄 嘲弄 撮弄 掇弄 糊弄 賣弄 侍弄 耍弄 調弄 玩弄 舞弄 戲弄 愚弄 捉弄 作弄

【弄潮】nòngcháo〔動〕❶ 在潮水中搏擊、嬉戲競渡：～兒｜～好手。❷ 比喻敢於在風險中拚搏：敢於～的年輕人。

【弄臣】nòngchén〔名〕〈書〉舊指帝王親近寵信的臣子：～掌權常誤國。

【弄鬼】nòng // guǐ〔動〕耍花招；搗鬼：不要背地～｜他到底弄甚麼鬼，大夥兒都猜不透。

【弄假成真】nòngjiǎ-chéngzhēn〔成〕本來是假裝的，結果竟成了真事：劉備招親，～。

【弄巧成拙】nòngqiǎo-chéngzhuō〔成〕本想耍手段取巧，結果做了蠢事：畫蛇添足。

【弄權】nòng // quán〔動〕原意是假借名義，濫用權力。後多指把持權柄或玩弄權術：封建王朝宦官～。

【弄瓦】nòngwǎ〔動〕〈書〉瓦：古代紡織用的紡錘。《詩經·小雅·斯干》：“乃生女子，載寢之地，載衣之裼，載弄之瓦。”意思是生下女孩子，把瓦給女孩子玩。後來祝賀別人生了女孩兒，用文雅的話說就是“弄瓦之喜”。

【弄險】nòngxiǎn〔動〕冒險：他一生謹慎，從不～。

【弄虛作假】nòngxū-zuòjiǎ〔成〕製造假象，欺騙別人：～，嫁禍於人，是不會有好下場的。

【弄璋】nòngzhāng〔動〕〈書〉璋：古代一種玉器。《詩經·小雅·斯干》：“乃生男子，載寢之床，載衣之裳，載弄之璋。”意思是生下男孩子，把璋給男孩子玩。後來祝賀別人生了兒子，用文雅的話說就是“弄璋之喜”。

nòu　ㄋㄡˋ

耨nòu ❶ 古代鋤草用的工具名。❷〈書〉鋤草：呂后與兩子居田中～｜耕～。

檽nòu 用於地名：～壩（在四川）。

N

nú ㄋㄨˊ

伖 nú〈書〉同"奴"。

奴 nú ❶ 舊社會受剝削、受壓迫,被人役使、沒有人身自由的人(跟"主"相對):~隸 | 家~ | 農~。❷ 僕人或青年女子自稱:老~願陪少爺去 | ~本寒門出身。❸ 像對待奴隸一樣使喚:~役別人。

語彙 農奴 匈奴 洋奴 守財奴 亡國奴 入主出奴

【奴婢】núbì〔名〕男僕稱奴,女僕稱婢。有時複詞單義,女僕對主人自稱奴婢。宦官對皇帝、后、妃也自稱奴婢。

【奴才】núcai〔名〕❶明、清兩代宦官和清代滿族或旗籍官吏對皇帝的自稱。明、清也稱家奴為奴才。❷叱罵之詞(戲詞中常用,家長教訓子女常斥之為奴才):小~。❸甘心為人驅使,幫助壞人做事的走狗:一副~的嘴臉。

【奴化】núhuà〔動〕侵略者用政治、經濟、文化教育和宗教等手段使被侵略者甘心受奴役:~政策 | ~教育。

【奴家】nújiā〔名〕小說、戲曲裏青年婦女自稱:~向老夫人請安。

【奴隸】núlì〔名〕為奴隸主勞動,沒有人身自由的人,常被奴隸主買賣或殺害。也泛指受殘酷剝削和壓迫的人:~掙脫枷鎖,自求解放。

【奴隸社會】núlì shèhuì 階級社會中的一種社會形態,隨着社會分工的出現和生產範圍的擴大,原始社會逐步瓦解,出現了奴隸和奴隸主兩個對立的階級,形成了奴隸社會。奴隸主佔有生產資料和生產者(即奴隸),掌握着國家政權,殘酷地壓迫剝削奴隸。奴隸不僅承擔勞動生產的重負,還被奴隸主任意殺害。隨着奴隸社會階級鬥爭的激化和封建制因素的增強,奴隸社會逐步瓦解,為封建社會所取代。

【奴隸主】núlìzhǔ〔名〕(個)佔有奴隸和生產資料的人,是奴隸社會的統治階級。

【奴僕】núpú〔名〕舊時在主人家裏被僱用、役使的人:一群~。

【奴性】núxìng〔名〕甘心受人奴役或役使的品性:~十足。

【奴顏婢膝】núyán-bìxī〔成〕形容卑躬屈膝、諂媚奉承的樣子:這幫~的小人,只知道巴結上司。注意 "婢"不讀 bēi,"膝"不讀 qī。

【奴役】núyì〔動〕將人當奴隸一樣地役使:舊社會,勞動人民遭受~。

孥 nú〈書〉❶兒女:歸取其~。❷妻子和兒女:罪人不~(加罪於人不涉及妻子兒女)。

笯 nú 用於地名:黃~(在江西)。

駑(駑) nú

nú〈書〉❶劣馬;跑不快的馬:~駿 | ~駿不分(好馬劣馬不加分別)。❷比喻低劣無能:~鈍 | ~才 | ~下。

【駑鈍】núdùn〔形〕〈書〉不敏捷;不銳利。比喻愚笨,能力低(多用作謙辭):~不敏 | 人雖~,然忠於職守。

【駑馬】númǎ〔名〕〈書〉跑不快的、能力低劣的馬:~十駕,功在不捨。

nǔ ㄋㄨˇ

努 nǔ ❶〔動〕儘量使出(力氣):~力 | ~把勁。❷〔動〕因用力過度而受傷:扛木頭時他~了腰。❸〔動〕用力使鼓出;凸出:~了~嘴 | ~着眼睛。❹〔名〕書法中稱漢字筆畫的豎叫作努。

【努勁兒】nǔ // jìnr〔動〕盡力用勁兒:努着勁兒幹 | 大家一齊~,才把鍋爐抬上去了。

【努力】nǔ // lì〔動〕儘量使出力氣:共同~ | 繼續~ | 再努一把力。❷〔形〕形容非常盡力:~學習 | 大夥兒工作十分~。

【努目】nǔmù〔動〕(因生氣)眼睛張得很大;怒目:~而視。

【努嘴】nǔ // zuǐ(~兒)〔動〕衝着人撅嘴暗示:小紅直~,讓奶奶到屋裏藏起來 | 他向我們努了努嘴兒,讓我們趕快走開。

弩 nǔ 弩弓:~箭 | 強~之末。

【弩弓】nǔgōng〔名〕古兵器名。一種利用機械力量射箭的弓。

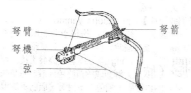

【弩箭】nǔjiàn〔名〕用弩弓發射的箭:學射~ | ~如雨。

砮 nǔ〈書〉可做箭頭的石頭:石~。

胬 nǔ 見下。

【胬肉】nǔròu〔名〕中醫指眼球結膜增生的翼狀物。

nù ㄋㄨˋ

怒 nù ❶〔動〕憤怒;生氣:發~ | ~容大 | 怒而不~ | 一~之下。❷形容氣勢盛;猛烈:~潮 | ~濤洶湧 | 桃花~放 | 狂風~號。

語彙　觸怒　動怒　發怒　憤怒　含怒　激怒　狂怒　惱怒　遷怒　盛怒　息怒　震怒　眾怒　惱羞成怒

【怒不可遏】nùbùkě'è〔成〕憤怒的情感難以抑制：聽到對方挖苦諷刺的一番話，他～。

【怒潮】nùcháo〔名〕❶湧潮。海潮湧進喇叭形河口時，由於水位急驟升高而形成的陡立的水牆。中國錢塘江口常有這種現象發生。❷比喻聲勢浩大的反抗運動：革命～。

【怒斥】nùchì〔動〕憤怒斥責：他大義凜然，～敵人的兇殘卑鄙。

【怒沖沖】nùchōngchōng（～的）〔形〕狀態詞。十分生氣的樣子：不知道是生誰的氣，他坐在那裏～的，一言不發。

【怒髮衝冠】nùfà-chōngguān〔成〕由於憤怒而頭髮豎起，簡直要把帽子頂起來。形容極其憤怒：戰士們聽到敵人的暴行，不由得～，紛紛請戰。

【怒放】nùfàng〔動〕盛開：百花～，萬紫千紅｜心花～。

【怒號】nùháo〔動〕大聲呼叫（多用來比喻呼嘯的風聲）：狂風～。

【怒吼】nùhǒu〔動〕（猛獸）發威吼叫，比喻人或物發出壯大、洪大的聲音：狂風大作，波濤～｜～吧，黃河｜人群在～。

【怒火】nùhuǒ〔名〕（股、團）難以壓抑的極大的憤怒：～中燒｜心頭燃起～。

【怒火中燒】nùhuǒ-zhōngshāo〔成〕怒氣像火一樣在胸中燃燒。形容人懷着極大的憤怒：見到仇人，不禁～，大吼一聲，衝了上去。

【怒目】nùmù❶〔動〕發怒時瞪大眼睛：～而視｜橫眉～。❷〔名〕憤怒時睜大的眼睛：～圓睜。

【怒目而視】nùmù'érshì〔成〕睜大眼睛憤怒地注視着對方。

【怒氣】nùqì〔名〕（股）憤怒不滿的情緒：～衝天｜～難消。

【怒氣沖沖】nùqì-chōngchōng〔成〕形容怒氣很大，十分生氣的樣子：他～地走了進來，卻一言不發。

【怒氣衝天】nùqì-chōngtiān〔成〕怒氣衝向天空。形容十分憤怒或生氣的樣子。

【怒容】nùróng〔名〕（副）憤怒的面容：滿面～。

【怒色】nùsè〔名〕憤怒的神情：面含～。

【怒視】nùshì〔動〕露出憤怒的神情注視着：他一面～着對方，一面大聲呵斥。

【怒濤】nùtāo〔名〕洶湧澎湃的波濤：狂風～｜滾滾～，倒海翻江。

【怒形於色】nùxíngyúsè〔成〕內心的憤怒顯露在臉上：一向涵養甚高的王先生，今天也～，憤憤不平起來。

【怒族】Nùzú〔名〕中國少數民族之一。人口約3.7萬（2010年），主要分佈在雲南怒江傈僳族自

治州，少數散居在西藏等地。有本民族語言，兼通傈僳語、獨龍語和藏語等，沒有本民族文字。

傉

傉　nù　見於人名：禿髮～檀（東晉時南涼主）。

nǔ　ㄋㄨˇ

女　nǔ　❶〔形〕屬性詞。女性（跟"男"相對）：～兵｜～醫生｜一群人有男有～。❷女兒：生兒育～｜生男生～都一樣。❸二十八宿之一，北方玄武七宿的第三宿。參見"二十八宿"（347頁）。❹（Nǔ）〔名〕姓。

語彙　婢女　處女　兒女　婦女　宮女　閨女　妓女　美女　男女　少女　神女　石女　使女　仕女　侍女　孫女　舞女　仙女　信女　修女　織女　姪女　子女　紅男綠女　善男信女

【女兒】nǔ'ér〔名〕❶女孩子（對父母而言）：她有一個～，一個兒子。❷未出嫁的女子；姑娘：這是誰家的～？

【女方】nǔfāng〔名〕婚事中指女性的一方（跟"男方"相對）：結婚時一家裏一般都備有嫁妝。

【女工】nǔgōng ㊀〔名〕女性工人：紡織業～較多｜～男工應當同工同酬。㊁同"女紅"。

【女公子】nǔgōngzǐ〔名〕對別人女兒的尊稱：聽說您的～已經是很有名的畫家了。

【女紅】nǔgōng〔名〕〈書〉指女子紡織、縫紉、刺繡等項工作以及這些工作的成品：她出閣以前在家素習～。也作女工。**注意**　這裏的"紅"不讀hóng。

【女孩兒】nǔháir〔名〕女孩子。

【女孩子】nǔháizi〔名〕❶女性小孩：男孩子比～淘氣。❷特指女兒：她生了一個｜我有一個男孩子，一個～。❸指女青年：這班～個個都愛美｜那～大概二十五六歲。

【女皇】nǔhuáng〔名〕（位）女性皇帝：武則天是中國唐朝的～。

【女將】nǔjiàng〔名〕（名，位，員）女將領。泛指能力很強的女性：你們兩位～一來，我們肯定要輸了。

【女眷】nǔjuàn〔名〕女性眷屬：後院住的是～。

【女郎】nǔláng〔名〕（位）年輕女子：同行十二載，不知木蘭是～｜封面～｜妙齡～。

【女伶】nǔlíng〔名〕女優。

【女流】nǔliú〔名〕女子（含輕蔑意）：家中並無別人，只有一個媳婦，又是～｜～之輩。

【女蘿】nǔluó〔名〕地衣類植物，有細枝，多附着於松樹上生長，也入藥。也叫松蘿。

【女朋友】nǔpéngyou〔名〕❶女性朋友：我的一位～就是學建築的。❷特指男青年的戀愛對象：他～不同意他棄學經商。

N

【女僕】nǚpú〔名〕(名)女性僕人。

【女氣】nǚqì〔形〕形容男子言談舉止像女人：那人太～了｜這裏女氣的，真讓人不舒服。

【女強人】nǚqiángrén〔名〕❶(位)能力強、積極進取並且在事業上取得了卓越成就的女人：她並不喜歡～這種稱號。❷舊指女性強盜。

【女牆】nǚqiáng〔名〕城牆上的短牆，古稱雉堞：夜深還過～來。也叫女兒牆。

【女權】nǚquán〔名〕婦女在社會上應享有的政治、經濟和文化等各方面的權利：～運動｜～領袖。

【女人】nǚrén〔名〕成年女子：在很多方面，～不比男人差，甚至比男人強。

【女人】nǚren〔名〕〈口〉妻子：他的～很賢惠。

【女色】nǚsè〔名〕女人的美色：沉湎～。注意 男子沉溺於情欲叫好女色，也可以省略"女"字叫好色。

【女神】nǚshén〔名〕(位)神話中的女性神。

【女生】nǚshēng〔名〕(名，位)❶女學生。❷台灣地區用詞。年輕女子。

【女聲】nǚshēng〔名〕聲樂中的女子聲部，一般分女高音、女中音、女低音：～合唱。

【女史】nǚshǐ〔名〕本為古代宮廷女官名，掌管王后禮儀，佐內治，另有管理文史圖書的女官也叫女史，後來用為對有文化的婦女的敬稱。

【女士】nǚshì〔名〕(位)對成年女子稱呼(多用在社交場合，有尊重意)。

【女書】nǚshū〔名〕一種在部分婦女中流傳的獨特的文字。1982年在湖南江永被發現，據說已存在幾千年。也叫婦女字。

【女童】nǚtóng〔名〕(名)女性兒童(跟"男童"相對)。

【女媧】Nǚwā〔名〕古代神話傳說中的女神，據說她是人類的始祖，曾煉五色石補天。治理洪水，驅除猛獸，使人民得以安居樂業。注意 "媧"不讀 huò 或 wō。

【女王】nǚwáng〔名〕女性的國王：英國～｜～陛下。

【女巫】nǚwū〔名〕從前用裝神弄鬼、代人祈禱為手段以謀求錢財的女人。也叫巫婆。

【女性】nǚxìng〔名〕❶人類兩種性別的一種，成長後能在體內產生卵細胞(跟"男性"相對)：～公民。❷(位，名)指婦女：偉大的～。

【女婿】nǚxu〔名〕❶女兒的丈夫。❷(北方官話)夫婿；丈夫：她～很會做家務事。

女婿的各種稱呼
半子、乘龍快婿、東床、東坦、駙馬(皇帝的女婿)、姑老爺、姑爺、嬌客、郡馬(親王的女婿)、郎婿、門婿、少婿、坦床。

【女傭】nǚyōng〔名〕(名)女僕。

【女優】nǚyōu〔名〕舊稱戲曲女演員。也叫女伶。

【女招待】nǚzhāodài〔名〕(名)舊稱餐館、酒店、娛樂場所等僱用來招待顧客的年輕女子。

【女貞】nǚzhēn〔名〕常綠灌木，夏季開小白花，果實橢圓形。庭園中常栽為短籬。女貞樹可以放養白蠟蟲，以取白蠟。果實為女貞子，可入藥，主治內熱、眩暈等症。

【女真】Nǚzhēn〔名〕中國古代民族。滿族是女真後裔，原居住在今松花江、黑龍江中下游一帶，1115年曾建立金國。部分南遷中原，與漢族融合。

【女主人】nǚzhǔrén〔名〕(位)對家庭主婦的尊稱：這家的～真能幹。

【女裝】nǚzhuāng〔名〕❶(件，身，套)女子的服裝：這家服裝店專營～。❷女子的裝束打扮：男扮～。

【女子】nǚzǐ〔名〕(位，名)女性；女人(跟"男子"相對)。

籹

nǚ 見"粔籹"(721頁)。

釹（钕）nǚ〔名〕一種金屬元素，符號 Nb，原子序數 60。屬稀土元素。銀白色，在空氣中易於氧化。多用於製造合金。

nù　ㄋㄨˋ

恧 nù〈書〉慚愧：愧～｜慚～無狀｜莫吾知而不～(沒人了解我卻並不慚愧)。

衄〈衄䶢〉nù〈書〉❶鼻出血，也泛指出血：鼻～｜～血。❷潰敗：敗～｜師徒小～(軍隊潰敗)。

朒 nù〈書〉❶農曆初一，月亮出現在東方稱朒。❷縮：贏～無方。❸虧缺；不足。

nuǎn　ㄋㄨㄢˇ

暖〈煖煗暅〉nuǎn ❶〔形〕溫暖；暖和：春～花開｜一天比一天～。❷〔動〕使溫暖：你去～黃酒｜外面冷，到屋裏來～一～身子吧！
"煖"另見 xuān(1533頁)。

語彙 保暖 採暖 和暖 回暖 冷暖 取暖 溫暖 問寒問暖 席不暇暖 噓寒問暖

【暖冬】nuǎndōng〔名〕大範圍地區冬季平均氣溫比常年年際明顯偏高，這樣的冬季叫暖冬：大氣污染造成了近年來的～氣候｜今年又是一個～。

【暖房】nuǎnfáng ❶(-//-)〔動〕在親友結婚的前一天去新房賀喜叫暖房：大夥快去給新郎新娘～。❷(-//-)〔動〕親友遷入新居後前去祝賀：小李搬了家，我們去給他暖一暖房。

❸〔名〕(北京話)溫室：寒冬臘月，～裏出來的黃瓜，碧綠碧綠的，還帶着刺兒。

【暖鋒】nuǎnfēng〔名〕暖氣團向冷氣團方向移動時的鋒面。暖鋒經過時，常有大範圍連續性的雨或雪。參見"鋒面"(392頁)。

【暖閣】nuǎngé〔名〕過去為了防寒取暖在大房間裏分隔成的小房間：套間裏有～。

【暖鍋】nuǎnguō〔名〕火鍋：把白菜粉絲都放在～裏吧。

【暖烘烘】nuǎnhōnghōng(～的)〔形〕狀態詞。形容溫暖舒適：外頭颳着大風，屋子裏～的。

【暖乎乎】nuǎnhūhū(～的)〔形〕狀態詞。形容暖和。也作暖呼呼。

【暖壺】nuǎnhú〔名〕❶(隻)熱水瓶。❷過去裝有藤殼棉套藉以保暖的水壺。❸放在被子裏藉以取暖的湯婆子。

【暖和】nuǎnhuo ❶〔形〕氣候既不冷也不熱：這兩天很～。❷〔動〕使溫暖：大冷的天，快進屋來～～。

【暖簾】nuǎnlián〔名〕❶冬天門上掛的棉門簾。❷窗上掛的用以防寒的絨簾。〔夏天遮陽一般用紗做窗簾。有些房屋，窗簾分兩種，遮陽時使用薄的紗簾，防寒時使用絨簾。〕

【暖流】nuǎnliú〔名〕(股)❶水溫高於流經海域的洋流，一般從低緯度流向高緯度，對所經之處氣候有增溫、濕潤作用。❷比喻使人感到溫暖、安慰的感覺：聽了他的一番話，身上好像有一股～通過。

【暖棚】nuǎnpéng〔名〕(座)溫室：～菜｜～裏種着各種各樣的蔬菜。

【暖瓶】nuǎnpíng〔名〕(隻)熱水瓶。

【暖氣】nuǎnqì〔名〕❶用作取暖設備的管道中的熱水或蒸汽：～溫度不高。❷包括鍋爐和輸水或輸汽管道的整個取暖設備：家裏安裝了～。

【暖融融】nuǎnróngróng(～的)〔形〕狀態詞。形容溫暖宜人：屋子裏～的，好像春天的感覺。

【暖色】nuǎnsè〔名〕給人以溫暖感覺的顏色叫作暖色，如紅、橙、黃等(跟"冷色"相對)。

【暖手筒】nuǎnshǒutǒng〔名〕用來禦寒暖手的筒形套子：她從～裏伸出手來接過東西。

【暖壽】nuǎnshòu〔動〕生日前一天，家裏的人和關係密切的親友前來祝賀，叫暖壽。

【暖洋洋】nuǎnyángyáng(～的)〔形〕狀態詞。形容很溫暖或感到溫暖快慰：太陽出來～｜他的一席話，使我心裏～的。

nüè ㄋㄩㄝ

虐 nüè ❶ 殘暴：～政｜助桀為～。❷ 酷烈：～暑酷熱。❸〔書〕災害：旱～｜大～。

語彙　暴虐　凌虐　肆虐　兇虐　助紂為虐

【虐畜】nüèchù〔動〕港澳地區用詞。虐待動物：在香港，～屬於刑事罪行。

【虐待】nüèdài〔動〕用暴虐的手段對待：受～｜～俘虜｜婆婆～兒媳婦的事，現在很少聽到了。

【虐俘】nüèfú〔動〕虐待俘虜。

【虐囚】nüèqiú〔動〕虐待囚犯。

【虐殺】nüèshā〔動〕用殘暴的手段殺死人或殘酷虐待而致人死。

【虐政】nüèzhèng〔名〕殘害人民的暴政：這篇散文有力地揭露了封建統治者的～。

瘧(疟) nüè 瘧疾。
另見 yào (1577頁)。

【瘧疾】nüèji〔名〕由瘧原蟲引起的急性傳染病，由蚊子傳染，間歇性發作，患者交替出現發冷和高熱、大量出汗，多次發作會引起脾腫大、貧血等。

【瘧蚊】nüèwén〔名〕(隻)傳染瘧疾的一種蚊子，翅膀上有黑白色斑點，靜止不動時腹部翹起。幼蟲和蛹生長在河溝、池塘和稻田中。

nún ㄋㄨㄣˊ

麕 nún〈書〉香氣：溫～飄散。

nuó ㄋㄨㄛˊ

挪 nuó〔動〕❶移動：把沙發～一～。❷轉移，遷移：他想調動工作，～個地方｜他家從鄉下～到城裏來了。

【挪動】nuódong〔動〕人或物短距離地移動位置：向前～腳步｜請～一下桌子。

【挪借】nuójiè〔動〕❶借用別人的錢：錢不夠，先向朋友～一下。❷把別項錢拿來做此項用：～買書錢交了藥費。

【挪窩兒】nuó∥wōr〔動〕(北京話)❶移動位置：老人一直站在那裏沒～｜你挪一挪窩兒讓我過去。❷搬家：找到合適的房子，我馬上～。❸離開原來地方，掉換崗位：有的研究人員想離開所裏，挪窩兒換地兒。

【挪用】nuóyòng〔動〕❶把用於甲項的錢款轉用於乙項：要專款專用，不能隨便～。❷不經許可，動用公家的錢：～公款是一種經濟犯罪行為。

娜 nuó(舊讀 nuǒ)見"婀娜"(337頁)、"裊娜"(979頁)。
另見 nà (955頁)。

莀 nuó 用於地名：～溪(在湖南)。
另見 nà (956頁)。

儺(儺) nuó 古時臘月裏迎神賽會驅除疫鬼的儀式，有舞蹈、音樂，後發展成為儺戲，形成儺文化：大～｜～戲｜～文化。

【儺戲】nuóxì〔名〕由儺舞發展而來的一種民間戲曲，流行於今廣西、貴州、湖南、江西等地，多以鑼鼓、嗩吶、笛子、二胡等樂器伴奏，演員也歌唱，載歌載舞，並戴面具。樂舞形式比較原始簡單。也叫儺堂戲。

nuò ㄋㄨㄛˋ

喏 nuò ❶〔歎〕含有指示並兼有讓人注意的意思：～，這不就是你要找的小夥子嗎？❷〈書〉同"諾"。
另見 rě（1124 頁）。

搦 nuò〈書〉❶壓制：～秦起趙（壓制秦國，扶持趙國）。❷握；執；拿：～管為文。❸挑動：～戰。

諾（诺）nuò ❶答應；應允：承～｜輕～必寡信。❷答應的聲音，表示同意：～～連聲｜唯唯～～。

語彙 承諾 踐諾 然諾 夙諾 許諾 應諾 允諾 千金一諾 唯唯諾諾 一呼百諾

【諾貝爾獎金】Nuòbèi'ěr Jiǎngjīn 一項具有國際榮譽的獎金。根據瑞典化學家和發明家諾貝爾（Alfred Bernhard Nobel，1833–1896）的遺囑，以其部分遺產作為基金設立的獎金。每年授予在物理學、化學、生理學或醫學、文學、和平方面"對人類做出最大貢獻的人"。1901 年 12 月 10 日首次頒發。每項頒贈一枚獎章、一張獎狀和一筆獎金。1969 年增設了經濟學獎金。2004 年增設了環境保護獎金。

【諾言】nuòyán〔名〕事先答應別人表示一定要做某件事的話：我們說到做到，信守～｜他實踐了自己的～。

鍩（锘）nuò〔名〕一種放射性金屬元素，符號 No，原子序數 102。

懦 nuò ❶膽怯的人：激頑立～。❷軟弱：～弱｜怯～。

【懦夫】nuòfū〔名〕軟弱膽怯的男子：一點志氣也沒有，真是個～。

【懦怯】nuòqiè〔形〕膽小怕事，缺乏闖勁兒：一遇到困難，他就很～。

【懦弱】nuòruò〔形〕膽小怕事，軟弱無能：這個人平時顯得很～，恐怕挑不起這個重擔子。

糯〈稬穤〉nuò 富於黏性的（稻穀）：～稻｜～米｜～高粱。

【糯稻】nuòdào〔名〕黏性的稻，除去殼就成糯米。

【糯米】nuòmǐ〔名〕糯稻去殼後的黏性大米：～酒｜～粽子｜～粥。也叫江米。

#

ō　ㄛ

喔 ō〔歎〕表示了解：～，現在你們寫信都是這麼寫了｜～，這話是你說的，難怪他不知道。

另見 wō（1423頁）。

【喔唷】ōyō〔歎〕表示驚訝：～！有這樣的怪事｜～！好大的雪！

噢 ō/yǔ〔歎〕表示了解，懂得：～，原來是這麼回事｜～，我明白了。

【噢喲】同「噢唷」。

【噢唷】ōyō〔歎〕❶ 表示驚訝：～，這麼快就到了！❷ 表示痛苦：～，好疼呀！以上也作噢喲。

ó　ㄛ

哦 ó〔歎〕表示將信將疑：～，這篇文章是他寫的？

另見 é（337頁）；ò（993頁）。

ǒ　ㄛ

嚄 ǒ〔歎〕表示驚訝：～，孩子才十歲，畫的畫兒這麼好！

另見 huō（591頁）；huò（598頁）。

ò　ㄛ

哦 ò〔歎〕表示領會，醒悟：～，我想起來了｜～，我完全明白了！

另見 é（337頁）；ó（993頁）。

ōu　ㄡ

區 (区) Ōu〔名〕姓。

另見 qū（1107頁）。

堀 (坲) ōu 用於地名：陳～（在山西）。

漚 (沤) ōu 水泡：浮～。

另見 òu（995頁）。

歐 (欧) ōu ㊀（Ōu）〔名〕❶ 指歐洲：～美｜～盟。❷ 姓。

㊁〔量〕歐姆的簡稱。導體上的電壓是 1 伏，通過的電流是 1 安時，電阻就是 1 歐。

【歐化】ōuhuà〔動〕指模仿歐洲的風俗習慣或語言文化等：～句法｜他們家的生活方式完全～了。

【歐美】Ōu-Měi 歐洲和美洲的合稱：～各國｜赴～訪問。

【歐盟】Ōuméng〔名〕指歐洲聯盟，成立於 1991年。截至 2010 年 5 月，法國、德國、盧森堡、比利時、荷蘭、意大利、西班牙、葡萄牙、芬蘭、奧地利、愛爾蘭、希臘、瑞典、丹麥、英國等 27 國為該聯盟成員國。

歐盟與歐共體

1951 年 4 月，法國、聯邦德國、意大利、荷蘭、比利時和盧森堡在巴黎簽訂了《歐洲煤鋼共同體條約》。1957 年 3 月，六國又在羅馬簽訂了《建立歐洲經濟共同體條約》和《建立歐洲原子能共同體條約》，統稱《羅馬條約》。次年條約生效，歐洲經濟共同體（又稱西歐共同市場）宣告誕生。1965 年 4 月，六國又簽訂了《布魯塞爾條約》，決定將上述三個共同體的機構合併，組成歐洲共同體。其後共體增加到 12國。1991 年 12 月，歐共體 12 國首腦在馬斯特里赫特會議上達成了建立歐洲經濟貨幣聯盟和政治聯盟的條約，統稱《馬斯特里赫特條約》（簡稱馬約）。條約規定，12 國將逐步實現經濟、貨幣和財政政策的統一，實行共同的外交和安全政策，進行司法和警務合作。1993 年 11月 1 日，條約生效，歐共體正式易名為歐洲聯盟。2007 年 1 月成員國達 27 個。

【歐姆】ōumǔ ❶（Ōumǔ）〔名〕喬治·歐姆（Georg Simon Ohm，1787-1854），德國物理學家。發現歐姆定律，說明流過導體的電流與電勢差成正比，與電阻成反比。❷〔量〕電阻單位，符號 Ω。為紀念歐姆而定名。簡稱歐。

【歐佩克】Ōupèikè〔名〕石油輸出國組織，是英文縮寫 OPEC（Organization of Petroleum Exporting Countries）的音譯。由伊拉克、伊朗、科威特、沙特阿拉伯等十餘個國家組成。最高權力機構為石油輸出國組織大會。

【歐體】Ōutǐ〔名〕指唐朝大書法家歐陽詢及其子歐陽通所寫的字體，筆法遒勁，結構疏朗。

【歐亞】Ōu-Yà 歐洲和亞洲的合稱：～大陸｜橫跨～。

【歐陽】Ōuyáng〔名〕複姓。

【歐元】ōuyuán〔名〕歐洲貨幣聯盟國家的單一貨幣，是歐洲經濟一體化進程不斷深入的產物。1999 年 1 月 1 日啟用，包括鑄幣和紙幣。2002年 1 月 1 日歐元現鈔正式流通。1 歐元等於100 歐分（輔幣）。

【歐洲】Ōuzhōu〔名〕歐羅巴洲的簡稱。在歐亞大陸西部。北瀕北冰洋，西臨大西洋，南隔地中海與非洲相望，東以烏拉爾山脈、烏拉爾河、高加索山脈、博斯普魯斯海峽和達達尼爾海峽

O

同亞洲分界。面積為 1016 萬平方千米，人口 7.4 億（2014 年）。是世界上人口密度最大、海岸綫最曲折、海拔最低的一個洲。可分為南歐、西歐、中歐、北歐、東歐五個部分。

毆（殴）ōu 打（人）：鬥～｜～打｜～傷｜～人致死。

【毆打】ōudǎ〔動〕打（人）：被人～｜～致死。

甌（瓯）ōu ❶ 小盆。❷〔名〕（北方官話）甌子：茶～｜酒～。❸（Ōu）〔名〕浙江溫州的別稱：～繡（溫州出產的刺繡）。

【甌蟻】ōuyǐ〔名〕茶杯中的茶沫，代指茶：～之費。

【甌子】ōuzi〔名〕（北方官話）盅子：拿兩個～來！

噢（嗷）ōu ❶〔歎〕相當於"啊"：～，你來了｜你很喜歡他～。**注意** 同"啊"一樣，可根據情況，讀成五種聲調，以區別不同含義。❷〔擬聲〕哭聲，喊聲，哄動孩子聲：有人捧着嘴～～地叫喚着｜～～，拍拍寶寶快睡了。

謳（讴）ōu ❶ 歌唱：～歌。❷ 民歌：吳～｜齊～｜楚舞。

【謳歌】ōugē〔動〕歌頌；讚美：～偉大的祖國｜～太平盛世。

鷗（鸥）ōu〔名〕鳥名，游禽類，翅尖而長，善飛翔，能游泳，羽毛一般灰、白色，頭大，嘴扁，捕食魚類。中國常見的有海鷗、銀鷗等。

小黑背鷗

ǒu 又

丩 Ǒu 山，山名。在安徽。

偶 ǒu ㊀ ❶ 雕刻或塑造的人像：木～｜泥～｜玩～｜～像。❷（Ǒu）〔名〕姓。

㊁ ❶ 成雙的；雙數的（跟"奇 jī"相對）：～數｜～蹄類｜無獨有～。❷ 配偶：良～｜佳～｜怨～。

㊂〔副〕偶爾；不是經常地；出乎意料地：～往觀劇｜～遇老友｜一為之。

語彙 對偶　佳偶　木偶　排偶　配偶　求偶　喪偶　玩偶　怨偶　無獨有偶

【偶爾】ǒu'ěr〔副〕有時候；間或：他經常打球，～也下棋。

【偶發】ǒufā〔形〕偶然發生的；不常發生的：這不過是一種～事件。

【偶合】ǒuhé〔動〕偶然相合；恰巧相合：我們兩個人的意見相同，並非事先商定，而是碰巧～。

【偶然】ǒurán ❶〔形〕不期然而然；超出一般規律

和常情而出現的（跟"必然"相對）：～事件｜一個～的機會我見到了他。❷〔副〕不經常；偶爾：～想起｜～遇到的麻煩事。

┌──────────────────────────────┐
│**辨析** 偶然、偶爾　a）"偶然"側重在意外，如"偶然發現她會抽煙"；"偶爾"側重在數量少或次數不多，如"她偶爾抽一兩支煙"。b）"偶然"是形容詞，常做定語、謂語，如"偶然的機會""發生這種現象，非常偶然"。"偶爾"是副詞，只能做狀語。│
└──────────────────────────────┘

【偶然性】ǒuránxìng〔名〕指事物在發展變化中不穩定的聯繫和多種可能的趨勢，它和事物的本質沒有直接關係，但其中常隱藏着必然性（跟"必然性"相對）。

【偶人】ǒurén〔名〕用土木等塑成或雕成的人形：這一則寓言記載的是土～和木～的對話。

【偶數】ǒushù〔名〕能被 2 整除的整數，如 2，4，6，-2，-4，-6 等（跟"奇數"相對）。正偶數也叫雙數。

【偶蹄】ǒutí〔名〕哺乳動物前後肢雙數着地的蹄，一般由二指（趾）或四指（趾）構成。如牛羊的前後肢，第三、第四指（趾）的蹄最發達，直接接觸地面。

【偶像】ǒuxiàng〔名〕❶ 用泥土、木頭雕塑成的供人們當神明敬奉的人像。❷ 比喻崇拜的對象：要相信科學，不要崇拜～。

【偶語】ǒuyǔ〔動〕相對私語：二人～。

【偶坐】ǒuzuò〔動〕❶ 相對而坐：諸生～。❷ 偶爾小坐：主人不相識，～為林泉。

嘔（呕）ǒu〔動〕吐（tù）：令人～｜～血｜～出心肝（耗盡心血）。

【嘔吐】ǒutù〔動〕胃壁收縮異常，食物從食管、口腔排出體外，有中樞性嘔吐和反射性嘔吐之分。

【嘔心瀝血】ǒuxīn-lìxuè〔成〕瀝：滴。形容用盡心思和精力：幾十年來他～，寫了一千多萬字的作品。

【嘔血】ǒu//xuè〔動〕某種病象。食管、胃、腸等器官出血經口腔排出。嘔出的血暗紅色。胃潰瘍、十二指腸潰瘍、肝硬化等病都有這種病狀。

耦 ǒu ❶ 古指兩人一起耕地：～而耕。❷〈書〉同"偶"㊁❷。

熰（㶴）ǒu〔動〕❶ 不見明火地燃燒：秸稈被火點着後，待着不着地～着。❷ 柴草因潮濕等緣故燃燒不旺，大量冒煙：～煙｜～得人直流淚。❸ 燃燒艾草等使冒煙驅蚊蠅：他～蚊子呢。

藕 ǒu〔名〕❶（節，根）蓮的根莖。肥大有節，白色，中間有管狀小孔，折斷後有絲，可食，也可加工製成藕粉。❷（Ǒu）姓。

【藕斷絲連】ǒuduàn-sīlián〔成〕藕折斷了還有許多絲連着。比喻相互間沒有徹底斷絕關係，仍有千絲萬縷的聯繫（多指感情）：夫妻倆雖說已經分居，但仍有些～。

【藕粉】ǒufěn〔名〕用藕製成的粉，可做調料或直接沖着喝：每天早晨他都沖點～喝。

【藕荷色】ǒuhésè〔名〕淺紫而微紅的顏色：她穿一件～的裙子。也作藕合色。

【藕灰】ǒuhuī〔形〕淺灰而微紅的顏色：～色的西裝。

【藕色】ǒusè〔名〕藕灰色。

òu ㄡ

漚（滬）　òu〔動〕❶經過長時間浸泡，讓被浸的東西起變化：～糞｜～麻。

❷東西經過長時間浸泡而起變化：天總下雨，地裏的莊稼都快～了｜衣服被汗水～黃了。

另見 ōu（993 頁）。

【漚肥】òuféi ❶〔動〕用莊稼秸稈、垃圾、人畜糞尿等浸泡製成肥料。❷〔名〕用漚肥方法製成的肥料。有的地區叫窖肥。

慪（慪）　òu〔動〕（北京話）❶惹人惱怒，使不愉快：你成心～我｜別～出病來。❷使人發笑，逗引：看她有點不高興，就故意～她。

【慪氣】òu // qì〔動〕相互鬧彆扭，不愉快，生悶氣：事情商量着辦，誰也別～｜今天早晨就跟他慪了一肚子氣。

O

P

pā ㄆㄚ

趴 pā〔動〕❶身體向前伏臥：馬～｜～在地上別動！❷身體向前依靠在物體上：～在桌子上寫字。❸臥：太陽老高了，別在床上～着了｜這兩天他～炕了（生病臥床）。❹躺倒，垮台：他被編詞典這個工作累～了｜兩個公司鬥法，看誰能把誰鬥～下。

派 pā見下。
另見pài（1001頁）。
【派司】pāsi❶〔名〕厚紙印成的或裝訂成本的出入證、通行證等：拿出～來。❷〔動〕（考試、考查等）通過：期考～了。❸〔動〕打橋牌時不叫；玩撲克以及賭博時不出牌或停下賭注：我～了，下家兒叫吧。[英pass]

肥 pā用於地名：～䑩（在浙江）。

啪 pā〔擬聲〕形容撞擊的聲音：劈～｜她～的一聲把叮在手臂上的蚊子打死了。
【啪嚓】pāchā〔擬聲〕形容東西落地或器物碰撞的聲音：茶杯～一聲掉在地上摔碎了。
【啪啦】pāla〔擬聲〕形容不清脆的聲音：門關不嚴，風一吹～～直響。

葩 pā〈書〉❶花：奇～異卉｜百卉含～。❷比喻美的事物：藝苑奇～。

pá ㄆㄚ

扒 pá〔動〕❶用手或耙子一類工具使東西聚攏或散開：把落葉、枯草～到一起｜把堆着的土～開。❷扒竊：～手｜反～行動｜錢包被小偷～走了。❸一種烹調方法，先將原料煮至半熟，再放到油鍋裏炸，最後用文火煮酥：～雞｜～羊肉。
另見bā（19頁）。

語彙　打扒　反扒

【扒糕】págāo〔名〕用蕎麥麵做成的涼拌小吃。
【扒灰】páhuī〔動〕俗稱公公與兒媳婦發生不正當關係。也作爬灰。（爬行灰上，即污膝，"膝""媳"諧音）
【扒雞】pájī〔名〕（隻）扒製而成的雞：德州～｜買一隻～吃。
【扒拉】pála〔動〕（北方官話）用筷子把飯菜往嘴裏撥（常指吃的動作匆忙）：他～幾口飯就去開

會了。
另見bāla（19頁）。
【扒竊】páqiè〔動〕偷竊別人隨身攜帶的錢物：他是因在公共汽車上～而被拘留的｜公安部門展開了一場反～鬥爭。
【扒手】（掱手）páshǒu〔名〕❶（個，夥）偷竊別人隨身所攜財物的小偷：謹防～。也叫三隻手。❷比喻就近竊奪權力的人：政治～。

杷 pá見"枇杷"（1020頁）。

爬 pá〔動〕❶昆蟲或爬行動物等蠕動：有隻蟲子～到你腿上去了。❷人用手和腳一起着地向前移動或抓着東西往上攀登：這孩子不到八個月就會～了｜～樹｜～山｜～得高，跌得重（比喻野心越大，失敗得越慘）。❸由倒臥而坐起或站起：天沒亮他就～起來了｜被打倒～不起來了。❹某些植物附着在別的物體上生長：葡萄藤～上了架。
【爬蟲】páchóng〔名〕❶（條）爬行動物的舊稱。❷比喻政治上投機的小人物：一些小～也出來了。
【爬竿】págān（～兒）❶〔動〕一種體育運動，雙手抓住鐵製、竹製或木製的杆子往上攀登：今天體育課練習～兒。❷〔名〕一種雜技項目，用雙手雙腳爬上很長的杆兒表演各種技巧：下一個節目是～。
【爬高】págāo〔動〕❶爬向高處：蹬梯子～要小心。❷比喻攀升高位（多含貶義）：這個人不安分，光想～。
【爬格子】pá gézi〈口〉在方格稿紙上一個格兒一個格兒地寫字。指辛勤寫作：夜已深了，他還在～｜他身體不好，爬不了格子了。
【爬犁】páli（東北話）〔名〕雪橇：狗拉～。也作扒犁。
【爬山虎】páshānhǔ〔名〕❶（棵，株）一種沿着牆壁或岩石蔓生的植物。❷稱抬着人登山的便轎。
【爬升】páshēng〔動〕❶（飛機等）向高處飛行：飛機正在起飛、～，請乘客繫好安全帶。❷比喻逐步提升：商品房交易量小幅～。
【爬梳】páshū〔動〕〈書〉用梳子梳理，比喻把紛亂的事物加以整理：文稿敍事紛繁，須細心～。
【爬梯】páti〔名〕（架）用鐵鏈或繩索做成的梯子，直上直下，是練習攀援的一種運動設施：他在那兒練～呢。
【爬行】páxíng〔動〕❶爬着向前移動：他～了五十米，通過了敵人的封鎖綫。❷比喻緩慢地行動：發展生產，不能跟在別人後面～。
【爬行動物】páxíng dòngwù脊椎動物的一綱，身體有鱗甲，體溫隨着氣溫的高低而改變，用肺呼吸。如蛇、蜥蜴、龜等。舊稱爬蟲。
【爬泳】páyǒng〔名〕一種游泳姿勢，身體俯臥水

中，兩臂輪換划水，兩腿交替打水，是速度較
快的一種泳姿。通稱自由泳。

耙 pá ❶〔名〕耙子：木～｜釘～｜倒打
一～。❷〔動〕用耙子平整土地：～地｜播
種之前要把地～平。❸〔動〕用耙子使地上的柴
草、穀物等聚攏或散開：把樹葉枯草～在一起｜
曬場上的稻穀要一一～。

另見 bà（23頁）。

【耙子】pázi〔名〕（把）一端有鐵齒、木齒或竹齒
並安有長柄的農具，用來平整土地，聚攏或疏
散穀物柴草等。

琶 pá 見 "琵琶"（1021頁）。

弄 pá "弄手"，見 "扒手"（996頁）。

鈀 pá〈書〉同 "耙"（pá）。
另見 bǎ（22頁）。

箶 pá 見下。

【箶子】pázi〔名〕（把）摟（lōu）柴草的工具，有
長柄，一端有一排竹片或鐵絲製成的彎鈎。

滗 Pá 滗江，水名。在廣東中部，流入北江。

pà ㄆㄚˋ

帕 pà〈書〉同 "帕"㊀。

帕 pà ㊀❶用來擦手擦臉的小方巾：手～。
❷頭巾：絲～。

㊀〔量〕帕斯卡的簡稱。物體每平方米的面
積上受到的壓力為1牛時，壓強就是1帕。

【帕金森病】pàjīnsēnbìng〔名〕一種由腦部神經元
變性引起的疾病，患者彎腰曲背，肢體震顫，行
動遲緩，面部表情呆板，言語含糊不清，吞嚥
困難。無智力損傷。因英國醫生帕金森（James
Parkinson）最先描述這種病，故稱。

【帕斯卡】pàsīkǎ〔量〕壓強單位，符號 Pa。為
紀念法國物理學家帕斯卡（Blaise Pascal，
1623-1662）而定名。簡稱帕。

怕 pà ❶〔動〕害怕；恐懼：～苦～累｜老鼠～
貓｜不做虧心事，不～鬼叫門｜初生牛犢
不～虎。❷〔動〕禁受不住（必帶動詞賓語）：這
箱子裝的是玻璃器皿，～磕碰｜這種藍布不～
曬。❸〔動〕表示疑慮；擔心：不～慢，就～站｜
留得青山在，不～沒柴燒｜明天八點出發，我～
你忘了，特來告訴你一聲。❹〔副〕表示估計；也
許：這個箱子～有七八十斤呢｜雨這麼大，～他
不會來了。

語彙　害怕　後怕　驚怕　懼怕　可怕　恐怕　哪怕
生怕

【怕人】pàrén ❶〔動〕見了人就害怕：這貓～，
一有生人進來就溜到床底下去了。❷〔形〕叫人
害怕；可怕：往下一看，萬丈深淵，真～！

【怕生】pàshēng〔動〕怕見生人；認生：這孩
子～，一見生人就躲到他媽身後去了｜她～，
別讓客人來她家。

【怕事】pà // shì〔動〕怕事情牽連自己，惹來是
非：你越是膽小～，事情越是要找上門來。

【怕是】pàshì〔副〕表示推測、估計，相當於 "大
概" "也許"：這麼辦，～大夥不會同意｜時間
已經很晚，～沒有車了。

【怕羞】pà // xiū〔動〕怕難為情；害羞：新媳
婦～，躲到屋裏不敢出來｜大小夥子怕甚麼
羞呢？

pāi ㄆㄞ

拍 pāi ❶〔動〕用手掌打：～手｜～門｜～
桌子｜～肩膀｜你～掉身上的土再進來。
❷〔動〕用片狀物或拍子一類工具擊打：用鐵鍬
把土～實｜老虎頭上～蒼蠅（比喻闖禍惹事）。
❸〔動〕用攝影機或照相機拍攝（電影或照片）：
這是老導演～的一部喜劇片兒｜咱們在天安門
前～個照吧。❹〔動〕發（電報等）：～賀電。
❺〔動〕拍賣；競～｜這件文物～出了驚人的
高價。❻〔動〕〈口〉拍馬屁：他為人正派，一
不吹，二不～。❼（～兒）〔名〕"拍子"①：乒
乓球～兒｜蒼蠅～兒。❽〔名〕"拍子"②：一節
四～｜這首歌是4/4～的。❾（Pāi）〔名〕姓。

語彙　吹拍　合拍　節拍　開拍　球拍

【拍案】pāi'àn〔動〕用手拍桌子，表示高興或發怒
等情緒：～叫絕｜～大罵｜～而起。

【拍案叫絕】pāi'àn-jiàojué〔成〕拍桌子叫好。形容
極其讚賞：雜技表演奇妙驚險，真令人～。

【拍板】pāibǎn ❶〔名〕打擊樂器，由二前一後三
塊木板組成，上端用繩聯結，左手執奏，使互
相碰撞發出清脆的聲音，在伴奏中起擊節作
用。❷〔動〕（給唱的人）依節奏打板：你唱，
我給你～。❸〔動〕舊時拍賣行進行賣貨物時，
為表示成交而拍打木板：～成交。❹（-//-）
〔動〕比喻主人做出決定：就這樣辦吧，這事
我～了｜此事關係重大，沒人敢拍這個板。

【拍打】pāida〔動〕❶用手掌或物體較大的平面
部分輕打：在門外～～身上的土，再到屋裏
來。❷扇（shān）動（翅膀）：鳥兒～着翅膀飛
走了。

【拍檔】pāidàng（粵語）❶〔動〕協作；合作：～
飾演男女主角。❷〔名〕協作或合作的人：最
佳～｜黃金～｜我與～開了這家餐館。

【拍發】pāifā〔動〕發出（電報）：趕快到郵電局把
這個好消息～出去。

【拍花】pāihuā〔動〕用迷藥誘拐小孩：～子｜嚴懲～的。

【拍價】pāijià〔名〕物品拍賣的價格：～很高｜驚人的～｜我的畫～最好時，我去拍電影了。

【拍馬屁】pāi mǎpì〔慣〕阿諛奉承：那個人拿腔拿調，一看就知道是個喜歡被別人～的傢伙。

"拍馬屁"的來歷

a）元朝蒙古人的習慣，兩人牽馬相遇，要在對方馬屁股上拍一下，表示尊敬；b）蒙古人以得駿馬為無上榮耀，馬肥則兩股必隆起，故拍其股，以表讚賞之意；c）蒙古族好騎手，遇到烈性馬，輕輕拍拍馬屁股，使馬感到舒服，即乘勢躍身上馬，縱馬而去。

【拍賣】pāimài〔動〕❶商業中的一種買賣方式。原指一種"競買"活動，即由拍賣行當眾叫價出售寄售物品，由許多顧客出價爭購，直到沒有人再出更高價時就拍板作響，表示成交：～行｜～會｜～郵品｜～名畫。**注意**舊時成交時拍板，現在成交時敲錘。❷舊時稱減價拋售；甩賣；現也指降價處理，公開出售：大～｜把庫存商品全部～。

【拍賣行】pāimàiháng〔名〕(家)專門經營物品拍賣的商行：那幾件東西正在～拍賣｜一時間各大～精品難覓。

【拍賣會】pāimàihuì〔名〕(場)拍賣物品或其他用東西的集會。

【拍賣師】pāimàishī〔名〕(位，名)在拍賣會上執行拍板宣佈成交的人：～宣佈了這件文物的底價。也叫拍賣員。

【拍腦袋】pāi nǎodài〔慣〕不做實際調查，憑主觀想象盲目決策：城市規劃要講科學，反復論證，不能～。

【拍片】pāi∥piàn（口語中也讀pāi∥piānr）〔動〕拍攝影視片：劇組到風景區～去了｜製片廠又拍了幾部新片。

【拍品】pāipǐn〔名〕(件)拍賣的物品：拍賣會上的～竟是一件舊衣服｜藝術市場低迷，影響着～上市。

【拍攝】pāishè〔動〕用照相機或攝像機把人、景物攝成照片、影片等：把考場情況～下來｜～內景和外景。

【拍手】pāi∥shǒu〔動〕兩手掌相擊，表示高興、讚賞、歡迎、感謝等；鼓掌：她唱得非常好，聽眾都～叫好｜報告人一走進會場，大家就拍起手來。

【拍手稱快】pāishǒu-chēngkuài〔成〕拍着手表示痛快。多用來形容公憤得以消除、正義得以伸張時高興愉快的樣子：貪官被繩之以法，百姓～。

【拍拖】pāituō〔動〕(粵語)談戀愛：過年去電影院看賀歲片，是～男女的好選擇。

【拍烏蠅】pāi wūyíng〔慣〕港澳地區用詞。形容生意冷清，沒人光顧：這家食肆不合當地人口味，老闆天天～。

【拍戲】pāi∥xì〔動〕拍攝電影或電視劇：他最近天天到攝影棚～｜你們最近拍甚麼戲？

【拍胸脯兒】pāi xiōngpúr〔慣〕表示敢於承擔責任：沒有十分的把握，誰敢～！

【拍照】pāi∥zhào〔動〕照相；攝影：記者抓住時機～｜咱們幾個老朋友在一塊兒拍個照吧。

【拍子】pāizi〔名〕❶(隻，副)拍打東西的用品：蒼蠅～｜網球～｜羽毛球～。❷音樂中計算樂音歷時長短的單位：打～。

pái ㄆㄞˊ

俳 pái ❶古代指滑稽戲；也指演滑稽戲的人：～倡｜～優。❷〈書〉滑稽；詼諧：～諧。

【俳倡】páichāng〔名〕滑稽戲演員：擊鼓歌吹作～。

【俳句】páijù〔名〕日本的一種短詩，以十七個字為一首，首句五個字，中句七個字，末句五個字。

【俳笑】páixiào〔動〕戲笑：人共～之。

【俳優】páiyōu〔名〕古代指戲劇演員，伶人。

排 pái ㊀❶〔動〕一個挨一個按次序擺成行列：～隊｜小板凳～成行｜把節日期間的值班人員～個表。❷〔動〕排演：響～｜彩～｜公演之前，咱們要抓緊時間把戲再～幾遍。❸〔名〕排成的行列：前～｜小板凳擺成～，小朋友坐下來。❹〔名〕軍隊編制單位，在連之下，班之上：～長｜警衞～。❺〔量〕用於成行列的東西：一～子彈｜兩～牙齒｜三～平房。

㊁〔名〕❶砍伐後，為便於在水流中運走而捆紮成排的竹子或木頭：放～了，下游的船隻趕快躲開！❷一種用竹子或木頭並排連成的水上交通工具：小小竹～｜～着遊客順流而下。

㊂❶〔動〕除去：～澇｜～雷。❷〔動〕排出；使出去：～廢氣｜把毒液～出體外。❸推；推開：～闥(tà，門)直入｜力能～山。

㊃一種西式食品，把大而厚的肉片用油煎炸製成：牛～｜雞～。

另見pǎi(1001頁)。

辨析 排、行 兩個詞都可指"行列"，但"排成三排"中的"排"習慣上指橫的行列，而"排成三行"中的"行"習慣上指縱的行列；"坐到前排來"不能說成"坐到前行來"。此外，"行"可用於文字，如"字不成行""另起一行再寫"，"排"不能這樣用。

語彙 安排 編排 並排 彩排 發排 付排 減排 力排 木排 牛排 鋪排 竹排

【排班】pái//bān(～兒)〔動〕依班級、班次、等第排列：一年級新生排兩個班｜機關的交通車按早、中、晚三次～。

【排版】pái//bǎn〔動〕依照稿本內容編排製作供印刷用的版：送印刷廠～｜書稿已經排了版，就等開印了。

【排比】páibǐ〔名〕一種修辭格式，把三個或三個以上內容相關、結構相同或相近、語氣一致的詞組或句子組成一串，以表現語言的節奏感和形式美，從而產生強烈的語勢。如"這是革命的春天，這是人民的春天，這是科學的春天"。

【排筆】páibǐ〔名〕由幾支毛筆平列地連成一排的筆，用來書寫、染色、油漆、粉刷等：用～刷色。

【排查】páichá〔動〕在一定範圍內對人和物進行逐個審查：對安全隱患進行拉網式～｜經過分析，鎖定了作案嫌疑人。

【排岔兒】páichàr〔名〕一種油炸的長方形的薄而酥脆的麵食：椒鹽～。也作排叉兒、排杈兒。

【排場】páichǎng(-chang)❶〔名〕鋪張奢侈的形式或場面：～很大｜擺闊氣，講～。❷〔形〕鋪張而奢侈：這家的婚事辦得真～。

【排斥】páichì〔動〕互不相容；排除：～異己｜對持不同意見的人要加強團結，不能互相～｜上演傳統京劇並不～創新。

【排除】páichú〔動〕除掉；除去：～積水｜～故障｜不～手術失敗的可能性。

【排檔】páidàng〔名〕台灣等地區指設在路旁、廣場上的售貨攤：大～｜服裝～｜在街邊～吃飯。

【排隊】pái//duì〔動〕❶按順序排成隊列：按大小個～｜不要擁擠～，上車。❷比喻將事物列出先後順序：把問題排個隊，逐個解決。

【排放】páifàng〔動〕指將廢水、廢氣等排出去：污水要妥善處理再～。

【排骨】páigǔ〔名〕❶豬、牛、羊等的肋骨、脊椎骨及附着在骨上的一部分肉，供食用：紅燒～。❷戲稱極瘦的人。

【排灌】páiguàn〔動〕排水灌溉：～站｜～設備｜用電力～｜～大片菜地。

【排行】páiháng〔動〕❶依次排列成行：～就列。❷(兄弟姐妹)按長幼排列次序：他～老二。注意"排行"有"大排行""小排行"，"小排行"僅包括同父的兄弟姐妹，"大排行"指同祖或同曾祖的兄弟姐妹。

【排行榜】páihángbǎng〔名〕根據某種統計數字公佈的排列次序的名單：流行歌曲～｜這家公司在全球200家大型工業公司～上位居榜首。

排行榜的不同説法
在華語區，一般都叫排行榜，中國大陸還叫風雲榜，港澳地區和台灣地區則叫流行榜或龍虎榜，新加坡和馬來西亞也叫流行榜。

【排擠】páijǐ〔動〕憑藉勢力或運用手段，把不利於自己的人或組織擠出去：他獨斷專橫，把好幾位持不同觀點的同事～出了領導班子。

辨析 排擠、排斥　a)"排擠"重在"擠"，是擠掉別人，以利自己；"排斥"重在"斥"，突出與人不能相容。因此，"排斥異己"不能說成"排擠異己"。b)"排擠"是貶義詞，對象一般是人、組織、勢力等；"排斥"是中性詞，對象除人、組織、勢力等之外，還可以是思想、事物等，如"同性相排斥，異性相吸引""排斥新生事物"，其中的"排斥"不能說成"排擠"。

【排解】páijiě〔動〕排除、調解糾紛或煩悶等：居委會～了好幾起鄰里糾紛｜去爬爬山，～～心頭的煩悶。

【排澇】pái//lào〔動〕排除因雨水過多而積在田地裏的水：一連下了三天大雨，要趕緊組織～｜剛排了澇，又要抗旱。

【排雷】pái//léi〔動〕排除地雷或水雷：前面正在～｜排了雷，才能繼續前進。

【排練】páiliàn〔動〕正式演出前的演練：春節晚會的節目正加緊～。

【排列】páiliè〔動〕按一定順序放置或編排：名單按姓氏筆畫～｜藥品是按照不同的用途～起來的。

【排律】páilù〔名〕(首)超過八句的律詩，一般是五言。也叫長律。

【排卵】páiluǎn〔動〕成熟的卵子從卵巢中排出，女子常在月經來以前14天左右排卵。

【排卵期】páiluǎnqī〔名〕成熟的卵子從卵巢中排出的日期。女子的排卵期常在月經來以前14天左右。雌性哺乳動物也有排卵期。

【排名】pái//míng〔動〕排列名次：在這次數學競賽中，他的成績～第二。

【排難解紛】páinàn-jiěfēn〔成〕《戰國策·趙策三》："所貴於天下之士者，為人排患釋難解紛亂而無所取也。"指排解危難，調停糾紛。後用"排難解紛"指調解雙方爭執，平息事端：張大爺為人公正，熱心公益，常為鄰居～。

【排偶】pái'ǒu〔名〕詞句的排比對偶，是一種修辭方式。

【排氣】pái//qì〔動〕把廢氣或多餘的氣體排出：～管兒｜～扇｜～系統｜排了氣還得排水。

【排遣】páiqiǎn〔動〕借某種事或通過某種方式消除心中寂寞、煩悶等情緒：借酒消愁，～心頭的煩悶。

【排球】páiqiú〔名〕❶球類運動項目之一。球場長18米，寬9米，中間隔有高網。比賽時每隊6人。發球一方用手掌、拳或臂將球從網上擊入對方場地，對方必須在擊球三次以內將球從網上擊回發球一方。雙方隊員把球從網上打來打去，不得持球、觸網、連擊或使球落地等。❷(隻)排球運動使用的球，用羊皮或人造革做殼，橡膠做膽，大小和足球相似。

排球的起源

1895 年美國人威廉·摩根創造了 volleyball（空中擊球）運動。比賽時運動員按排站立，故中國稱為排球。1905 年中國開始有排球運動，初時每隊 16 人，分站 4 排；1923 年改為 12 人，分站 3 排；1927 年改為 9 人 3 排；直至 1950 年始改為目前的國際通行的 6 人兩排。

【排山倒海】páishān-dǎohǎi〔成〕排：推開；倒：翻倒。推開高山，翻倒大海。形容聲勢巨大，不可阻擋：～之勢，雷霆萬鈞之力。

【排水】pái//shuǐ〔動〕把水排開或排出：～道｜～設施｜排了大量的水出來。

【排水量】páishuǐliàng〔名〕❶ 河道或渠道在單位時間內排出水的量：這條人工河的～為每秒 60 立方米。❷ 指船體入水部分所排開的水的重量，它等於整艘船的重量。船滿載時的排水量可以用來表示船隻的大小，通常以噸為計算單位。

【排他性】páitāxìng〔名〕一事物排斥其他事物，使之不能與自己在同一範圍內並存的性質：這種藥物有～，不能和其他藥物同時服用。

【排闥】páità〔動〕〈書〉推門：～直入。

【排頭】páitóu〔名〕❶ 隊伍最前頭的位置（跟“排尾”相對）：～兵｜大個兒站～，小個兒站排尾。❷ 站在隊伍最前頭的人（跟“排尾”相對）：大家向～看齊｜大個兒當～。

【排頭兵】páitóubīng〔名〕站在隊伍最前面的士兵，比喻起帶頭作用的人或集體：該企業成為同行業的～。

【排外】páiwài〔動〕對外國、外地或本黨派、本單位、本集團以外的人或事物加以排斥：～情緒｜～思想｜～活動｜～會影響國與國之間的經濟、文化等方面的交流。

【排尾】páiwěi〔名〕❶ 隊伍最後頭的位置（跟“排頭”相對）：你的個最小，站在～。❷ 站在隊伍最後頭的人（跟“排頭”相對）：～是副班長。

【排位】páiwèi〔名〕列在排行榜中的位次（多用於比賽或評比）：～在前。

【排污】páiwū〔動〕❶ 排放廢水、廢氣等污染物：這家造紙廠因～超標被罰款。❷ 排除污染物：這些廢水經過～處理，可以灌溉農田。

【排戲】pái//xì〔動〕排演戲劇或戲曲：最近他們天天～｜劇團排了一齣新編的戲。

【排險】páixiǎn〔動〕排除險阻或險情：成功～。

【排簫】páixiāo〔名〕中國古代管樂器，由長短不同的竹管編列而成，大的二十三管，小的十六管。西洋也有排簫，用蘆管製成，多的也有二十餘管。也叫風簫、雲簫。

【排泄】páixiè〔動〕❶ 使無用的水流走：這家化肥廠把廢液都～到河裏，造成環境污染。❷ 把無用的東西排出體外：～器官｜～糞便｜～汗液。

【排揎】páixuan〔動〕（北京話）責備；責罵：～了他一頓。

【排演】páiyǎn〔動〕戲劇、影視、歌舞等在演出、播映或開拍前，演員在導演指導下進行排練：～場｜～新戲。

【排印】páiyìn〔動〕排版並印刷：這本書稿已發到印刷廠～。

【排憂解難】páiyōu-jiěnàn〔成〕排除憂慮，解決困難：當地領導時刻不忘為群眾～。

【排字】pái//zì〔動〕依照稿本用活字排出印版（現多用電腦排版）：～工｜排了字拼了版。

 徘 pái 見下。

【徘徊】páihuái〔動〕❶ 來回地走而不前進：～往來。❷ 猶疑不決：～觀望。❸ 比喻事物在某個範圍內上下擺動，不再前進：農業生產打破了一直～不前的局面。注意 “徊”不讀 huí。

桚 pái 同 “簰”。

牌 pái ❶（～兒）〔名〕用木板或其他材料做的標誌：門～號碼｜那邊有個大廣告～。❷〔名〕機關門口掛的牌子：辭書研究中心今天正式揭～。❸（～兒）〔名〕商標；廠家為產品起的專名：名～兒｜老～兒｜冒～兒｜金星～彩電。❹〔名〕（張，副）一種娛樂用品（也用為賭具）：麻將～｜撲克～｜打～｜請您快點兒出～。❺ 詞曲的調子：詞～｜曲～。❻ 古代士兵用來遮護身體的武器：盾～｜擋箭～。❼（Pái）〔名〕姓。

語彙 詞牌 底牌 鬥牌 盾牌 掛牌 獎牌 金牌 老牌 靈牌 冒牌 門牌 名牌 銘牌 曲牌 水牌 攤牌 藤牌 銅牌 王牌 銀牌 雜牌 招牌 擋箭牌 月份牌 金字招牌

【牌匾】páibiǎn〔名〕（塊）匾額、招牌：商業街上家家店鋪都有一塊～。

【牌坊】páifāng（-fang）〔名〕（座）形狀像牌樓的建築物，舊時為褒獎“忠臣”“孝子”“節婦”“烈女”所建立：貞節～｜又當婊子又立～。

【牌號】páihào（～兒）〔名〕❶ 商店的字號：同仁堂藥店可是個老～。❷ 商標：您要的那種～錄像機暫時沒貨。

【牌價】páijià〔名〕明碼標出的價格（多寫在牌上公佈出來）：這種型號的自行車～是 245 元。

【牌九】páijiǔ〔名〕（副）骨牌，娛樂用具，也用於賭博：推～。

【牌局】páijú〔名〕打牌或用牌賭博的聚會或場所。

【牌樓】páilou〔名〕（座）一種由兩個或四個並列的柱子構成，上面有檐做裝飾的建築物，多建於路口或名勝景區。遇有大型慶祝活動，也常用竹、木等臨時紮彩搭建：公園大門外有一座～｜節日搭了座～，節日一過又拆了。**注意** 在海外華人聚居的地方，常建有牌樓以為象徵。

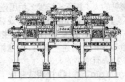

【牌頭】páitóu〔名〕(吳語)靠山；後台：她靠的是娘家的～｜這家公司～很大。

【牌位】páiwèi〔名〕靈牌或其他設位祭祀的木牌：祖先～。

【牌照】páizhào〔名〕❶ 政府交通管理部門發給的行車憑證：駕駛～｜這位司機嚴重違章，要吊銷～。❷ 也指某些營業執照：領到～，才能營業。

【牌子】páizi〔名〕❶（塊）用木板或其他材料做成的上邊有文字或圖畫的標誌：飯館兒門口的～｜上寫着各種菜餚的價格｜～上畫着一個喇叭和一道橫ги，表示此處禁止汽車鳴笛。❷ 商品的牌號：創～｜一看就知道這是個假｜她用的化妝品是甚麼～的？❸ 曲牌詞牌，詞曲名的調名。

【牌子曲】páiziqǔ〔名〕曲藝的一個類別，凡將各種曲牌連串演唱，用以敘事、抒情、說理的曲種都屬這一類。一般為一人演唱，也有多至五六人的。伴奏樂器，北方的多以三弦為主，南方的則以揚琴、琵琶或二胡為主。

簰 pái〔名〕筏子，用竹子或木材編排成的水上交通工具。也指成捆的在水上漂浮的木材或竹材。也作排。

【簰洲】Páizhōu〔名〕鎮名。在湖北嘉魚。

<h2 style="text-align:center">pǎi　ㄆㄞˇ</h2>

迫〈廹〉pǎi/pò 見下。
另見 pò（1038頁）。

【迫擊炮】pǎijīpào〔名〕(門)一種從炮口裝彈的火炮，炮身短，射程較近，但輕便靈活，便於使用：這門～立過大功。

排 pǎi〔動〕(北方官話)用楦子等撐大（新鞋）：這雙鞋～一～再穿就不這麼夾腳了。
另見 pái（998頁）。

【排子車】pǎizichē〔名〕(輛)一種手挽人拉的雙輪木板車，多用於載運物品。

<h2 style="text-align:center">pài　ㄆㄞˋ</h2>

哌 pài 見下。

【哌嗪】pàiqín〔名〕有機化合物，化學式 $C_4H_{10}N_2$。白色晶體，易溶於水。有溶解尿鹽酸、驅除蛔蟲等作用。[英 piperazine]

派 pài ㊀❶〔動〕派遣；委派：他被～到外地去了｜就～阿偉擔任這職務吧。❷〔動〕分配；攤派：～糧～款｜～飯｜大家正等着您～活兒呢。❸〔動〕指摘別人過失：編～｜～不是。❹〔名〕指同一系統的人：黨～｜宗～｜學～｜樂天～。❺〔名〕氣派或風度：～頭｜那個小夥子很有～。❻〈書〉江河的分流：茫茫九～流中國。❼〔量〕用於派別：對這個問題的研究，大致可分為三～｜各～學者都闡發了自己的觀點。❽〔量〕前邊限用"一"字，用於景色、氣象、語言等：好一～清秋光景｜祖國一～新氣象｜一～胡言亂語。
㊁〔名〕一種西式點心，用水果或肉做餡的餡餅：蘋果～｜楊梅～。[英 pie]
另見 pā（996頁）。

語彙					
編派	黨派	嫡派	調派	反派	分派	海派
教派	京派	勒派	流派	氣派	勢派	攤派	特派
委派	選派	學派	右派	正派	指派	宗派	左派
做派	兩面派					

【派別】pàibié〔名〕因觀點、主張不同而形成的分支：禪宗是佛教的一個～｜他們兩個人雖屬同一政黨，可是～不同。

【派不是】pài bùshi（北京話）說別人不對，指責別人的過失：他不該派我們的不是，倒是該檢查一下自己。

【派出所】pàichūsuǒ〔名〕中國市、區、縣公安局的派出機構，主要管理基層治安和戶口等；附近有～，可以幫助居民解決很多問題。

【派對】pàiduì〔名〕社交性或娛樂性的小型聚會：舉辦聖誕～｜在一個～上相識｜出入夜總會和各種私人～。[英 party]

【派發】pàifā〔動〕強行發放；散發：到小區～廣告，居民不歡迎。

【派力司】pàilìsī〔名〕用羊毛織成的淺色毛織品，表面呈不規則綫條，質地輕薄挺括，用來做夏季服裝較為適宜：～西裝。[英 palace]

【派遣】pàiqiǎn〔動〕指派；差遣：公司～他與外商談判｜調查組受上級機關～來這裏檢查工作｜飛機向災民空投救濟物資。

【派生】pàishēng〔動〕從一個事物總體的發展中分化出來：子公司是從母公司～出來的。

【派生詞】pàishēngcí〔名〕見"合成詞"（524頁）。

【派送】pàisòng〔動〕❶ 派遣和選送：向農村～科研人員，指導農民科學種田。❷ 分發贈送：商家為促銷，向顧客～廣告禮品。

【派頭】pàitóu（～兒）〔名〕氣派（多含貶義）：～很大｜很有～｜瞧他那～兒，比欽差大臣還威風。

【派位】pàiwèi〔動〕指電腦派位。教育部門用電子計算機隨機抽取號碼的方式，將小學升初中的

P

學生分配到本學區的某一學校就讀：整個～過程由市紀委、公證處、學校和學生家長代表全程監督。

【派系】pàixì〔名〕指同一政黨或集團內部的派別：～之爭｜北洋軍閥分成了好幾個～。

【派性】pàixìng〔名〕維護派系利益的思想和行為：鬧～｜～是團結的大敵。

【派駐】pàizhù〔動〕派遣人員駐在某地（執行任務）：～國外｜在大部分國家～了代表。

湃 pài 見"澎湃"（1005頁）、"澎湃"（1015頁）。

蒎 pài 見下。

【蒎烯】pàixī〔名〕有機化合物，化學式 $C_{10}H_{16}$。松節油的主要成分，是重要的有機合成原料。〔英 pinene〕

pān ㄆㄢ

扳 pān〈書〉同"攀"①：～鞍上馬。
另見 bān（33頁）。

番 pān 用於地名：～禺（在廣東廣州東南，因番山、禺山而得名）。
另見 fān（356頁）。

潘 pān ❶〈閩語〉淘米汁，泔水。❷（Pān）〔名〕姓。

【潘多拉魔盒】Pānduōlā móhé 潘多拉是希臘神話中的美女。普羅米修斯偷火給人類後，天神宙斯想懲罰他，就命火神用黏土做成美女潘多拉，送給他的兄弟做妻子。潘多拉貌美狡詐，她私自打開了宙斯懲罰普羅米修斯的盒子，裏面的疾病、罪惡、嫉妒等禍患一齊飛出，人間因此充滿各種災禍。後用"潘多拉魔盒"比喻災禍來源。

攀 pān ❶〔動〕攀登：～樹｜～藤｜～崖。❷比喻克服困難，努力向上：世上無難事，只要肯登～。❸〔動〕拉攏；攀附：～親｜高～｜～龍鱗，附鳳翼。❹〔動〕拉扯；牽扯：～談｜～扯｜～連。❺（Pān）〔名〕姓。

語彙 登攀　高攀　仰攀

【攀比】pānbǐ〔動〕不顧實際情況，跟自己比自己高的或強的相比：不應該在消費、收入上互相～｜幾個兒子互相～，結婚費用越來越高。

【攀登】pāndēng〔動〕❶抓住別的東西往上爬：～珠穆朗瑪峰｜山石風化，禁止～。❷比喻克服困難，勇於進取：～科學高峰。

【攀附】pānfù〔動〕❶附着在別的東西上往上爬：常青藤～着院牆爬上了陽台。❷比喻投靠並依附有權勢的人，以求升遷：～權貴。

【攀高】pāngāo〔動〕❶向上攀登：只見他手抓支點，兩腳～，姿勢優美動人。❷（價格、

數量）上升：目前筍價～，清明前後將下調。
❸跟地位高於自己的人攀比：不安現狀，總想～｜他是～心理很強的人。❹攀附拉攏地位高有權勢的人：專愛～結貴，拍馬逢迎。

【攀龍附鳳】pānlóng-fùfèng〔成〕漢朝揚雄《法言·淵騫》："攀龍鱗，附鳳翼。"指依附帝王或權貴以求飛黃騰達。後用"攀龍附鳳"比喻巴結或投靠有權勢的人。

【攀親】pān//qīn〔動〕❶拉親戚關係：～道故｜兩家已隔了多少代了，還攀甚麼親？❷議婚、訂婚：為兒子～傷腦筋。

【攀升】pānshēng〔動〕❶抓着東西向上爬升：吃力地往斜坡上～着。❷指價格、數值等不斷上升：石油價格再度～｜股市指數大幅～。

【攀談】pāntán〔動〕拉扯閒談：他倆都喜歡京劇，一見面就～起來。

【攀岩】pānyán〔名〕體育運動項目。運動員依靠自身技術或運用器具攀登岩石崖壁。分室內和室外兩類，岩壁也有人工和天然之別。

【攀援】pānyuán〔動〕❶援引而上；抓着東西向上爬：～而登上山頂。❷比喻趨附權貴往上爬。

【攀折】pānzhé〔動〕把花木拉下來折斷：禁止～花木。

pán ㄆㄢ

爿 pán〈吳語〉❶劈成片的竹木等：竹～｜木～｜柴～。❷〔量〕用於商店：一～店。

胖 pán〈書〉大；舒適安泰：富潤屋，德潤身，心廣體～。
另見 pàng（1007頁）。

般 pán〈書〉樂；歡樂：～樂。
另見 bān（34頁）；bō（98頁）。

槃 pán〈書〉同"盤"①②⑨。

磐 pán〈書〉❶巨大的石頭：～石｜風雨如～。❷盤桓；逗留：久～京邑。

【磐石】（盤石、蟠石）pánshí〔名〕又厚又大的石頭：堅如～（比喻十分穩固，不可動搖）。

盤（盘） pán ❶殷商至戰國時期流行的一種水器。當時盥洗用匜（yí）舀水，用盤承接。盤多為圓形。器內多用龜魚等紋樣做裝飾，有的有銘文。❷（～兒）〔名〕"盤子"①：菜～｜果～｜誰知～中餐，粒粒皆辛苦。❸（～兒）形狀像盤的東西（可以承托或旋轉）：秤～｜棋～｜方向～。❹可依託的處所：地～｜營～。❺商品交易的行情：開～｜收～｜股市底～。❻〔量〕多用於圓形或有托盤的器物：一～磨｜兩～電綫。❼（～兒）〔量〕下棋或其他某些比賽，進行一次叫一盤：下一～棋｜打兩～兒乒乓球再回家。❽〔動〕迴旋曲繞；繞：～山公路｜把鋼絲繩～在架子上｜～根錯節。❾〔動〕壘砌（炕、

灶）：張師傅不光飯菜做得好，還會～爐灶。❿仔細查問：～查｜～根究底。⓫〔動〕清點：～點｜今日～貨，暫停營業。⓬〔動〕指轉讓（工商企業）：這個廠子已經～出去了。⓭（Pán）〔名〕姓。

> **語彙** 暗盤 錶盤 茶盤 底盤 地盤 鍵盤 開盤 冷盤 臉盤 羅盤 磨盤 拼盤 棋盤 全盤 沙盤 收盤 算盤 胎盤 台盤 通盤 托盤 吸盤 營盤 轉盤 方向盤 虎踞龍盤 如意算盤

【盤剝】pánbō〔動〕用放高利貸等手段進行多層剝削：～漁利｜～無算｜高利～。

【盤駁】pánbó〔動〕盤問辯駁：他們彼此互相～。

【盤查】pánchá〔動〕盤問檢查：把住路口，～過往行人。

【盤纏】pánchan〔名〕❶〈口〉路費：他做買賣蝕了本兒，連回家的～都湊不足了。❷生活費用（多見於早期小說、戲曲）：借三五百錢來做～。

【盤點】pándiǎn〔動〕❶清點（存貨）：年終～，暫停營業。❷指對做過的事情進行檢查清理：領導小組對改革問題進行了全面～。

【盤跌】pándiē〔動〕（股價、期價等）緩慢小幅下跌。

【盤費】pánfei〔名〕〈口〉路費：他窮得連回家的～也沒有了。

【盤根錯節】（蟠根錯節）pángēn-cuòjié〔成〕《後漢書·虞詡傳》：“不遇槃根錯節，何以別利器乎？”槃：同“盤”。意思是，不碰到屈曲的樹根和交錯的枝節，怎麼能鑒別刀斧是不是鋒利呢？後用“盤根錯節”比喻事情繁難複雜，不易解決。也比喻舊勢力根深蒂固，不易消除。

【盤古開天地】Pángǔ kāi tiāndì 中國神話傳說盤古開天闢地，表示人類起源的時期：自從～，三皇五帝到於今，黃河從來沒有這樣馴服過。

【盤桓】pánhuán〔動〕❶逗留；流連：天已黃昏，他仍在荷花池旁～，不願離去。❷迴環旋繞：飛機～很久也沒有發現目標。

【盤活】pánhuó〔動〕採取措施，想方設法，使資產、資金等恢復活力，進入運轉，產生效益：～一家工廠｜下大力氣～國有資產。

【盤貨】pán//huò〔動〕商店、倉庫等清點和檢查存貨：清倉～｜今天～，您明天再來買吧。

【盤結】pánjié〔動〕❶回繞聯結：葛藤～。❷比喻勾結在一起：幾個團夥～在一起，為非作歹。

【盤詰】pánjié〔動〕詳細查問：那個可疑的人被～了半天。

【盤踞】（盤據、蟠據、蟠踞）pánjù〔動〕盤結霸佔：～在那個島上的販毒集團被一舉殲滅了。

【盤口】pánkǒu〔名〕初步價格：他開的～是多少？

【盤庫】pán//kù〔動〕清點庫存物資：盤了庫才能弄清楚家底兒｜積壓了很多有用的物資，再

不～，就是最大的浪費了。

【盤馬彎弓】pánmǎ-wāngōng〔成〕唐朝韓愈《雉帶箭》詩：“將軍欲以巧伏人，盤馬彎弓惜不發。”意思是將軍想以工巧使人心服，故意縱着馬，張滿弓，擺出欲射的姿勢而偏不射出去。比喻光做出驚人的姿勢，但並不馬上行動。也說彎弓盤馬。

【盤面】pánmiàn〔名〕在某一時間股票、期貨等市場的交易狀況。

【盤尼西林】pánníxīlín〔名〕青黴素的舊稱。[英 penicillin]

【盤弄】pánnòng〔動〕來回撫摸、擺弄：那個愛～辮子的姑娘來了。

【盤曲】（蟠曲）pánqū〔形〕迂迴曲折；盤旋環繞：山路～｜老松樹枝幹～。

【盤繞】pánrào〔動〕圍繞在別的物體上面：絞車上～着一圈圈纜繩。

【盤兒菜】pánrcài〔名〕指飯館出售的、配製好的、盛在盤子裏的涼菜或生菜餚。

【盤升】pánshēng〔動〕股票、期貨等價格緩慢上升：股指震蕩～。

【盤算】pánsuan〔動〕心裏反復算計或謀劃：他～着如何把人力安排好。

【盤腿】pán//tuǐ〔動〕兩腿彎曲交叉地平放在身子前面（坐着）：老人盤着腿坐在炕上。也說盤膝。

【盤陀】（盤陁）pántuó〔形〕〈書〉❶形容石頭不平：坐在～石上。❷形容道路迴旋曲折：好個祝家莊，盡是～路。

【盤王節】Pánwáng Jié〔名〕瑤族的傳統節日，在農曆十月十六日（盤王誕生日）。舉行盛大集會，紀念瑤族始祖盤王，現已發展為歡慶豐收的聯誼會。

【盤問】pánwèn〔動〕仔細查問：對可疑的人更要嚴加～｜你去～～他到底是來幹甚麼的。

【盤香】pánxiāng〔名〕螺旋狀的線香或蚊香，多用來供神佛或熏蚊子。

【盤旋】pánxuán〔動〕❶環繞着行走或飛翔：幾個人沿着山道～而上｜蜜蜂～花叢中｜飛機在天空～。❷比喻反復思慮：她心中～着父親的話，久久不能入睡。❸徘徊：他在門外～了好久才離開。

【盤賬】pán//zhàng〔動〕查對核實賬目。

【盤整】pánzhěng〔動〕❶指價格在一定範圍內小幅調整：房地產市場總體上仍處於～期。❷泛指調整；整頓：娛樂場所經歷～又興旺起來｜報告文學在～之後，已進入了新的發展階段。

【盤子】pánzi〔名〕❶盛放物品的淺底器具，多為圓形或橢圓形：把盛水果的～再洗一洗。❷舊時指貨物買賣的價格：就怕～談不攏。❸比喻事物的總體規模、規劃：要把過度膨脹的財政支出～壓縮下來｜在這個小區規劃的～中，考

慮到了學校和醫院的設置。

磻
【磻】pán 見下。

【磻溪】Pánxī〔名〕❶ 地名。在浙江安吉,是鄉政府駐地。❷ 水名。在今陝西寶雞東南,北流入渭水。相傳為姜太公垂釣處。也叫璜溪、璜河。

蹣(蹣)
pán/mán 見下。

【蹣跚】(盤跚)pánshān〔形〕形容邁步緩慢、搖擺不穩的樣子:步履~|~地走來。

蟠
pán ❶ 盤曲蹲伏。❷ 彎曲:~曲|~木不雕飾。

【蟠螭紋】pánchīwén〔名〕青銅器紋飾的一種,圖案表現傳說中的一種沒有角的龍(螭),張口,捲尾,盤曲。盛行於春秋戰國時期。

蟠螭紋

【蟠虺紋】pánhuīwén〔名〕青銅器紋飾的一種。以盤曲的小蛇(虺)的形象構成四方連續的圖案花紋。盛行於春秋戰國時期。

【蟠龍】pánlóng〔名〕盤曲迴旋的龍。

【蟠桃】pántáo〔名〕❶ 桃的一種,形狀扁圓,味甘美。也叫扁桃。❷ 神話中的仙桃:~彩駕。

鞶
pán〈書〉❶ 束腰用的帶子,用來佩玉:男~革,女~絲。❷ 小囊。

pàn ㄆㄢˋ

判
pàn ❶ 分別;辨明;斷定:~別|~斷|存亡未~。❷〔動〕評判:裁~|~卷子|老師給學生的考試~分數。❸〔動〕判決;判處:~案|~罰|~了五年徒刑。❹ 明顯不同:~若兩人。

語彙 裁判 改判 公判 批判 評判 審判 談判 宣判

【判別】pànbié〔動〕辨別;分別:~真偽|~正誤|~是非。

【判處】pànchǔ〔動〕判決處罰:~管制一年|~有期徒刑三年|~死刑,立即執行。**注意** 這裏的"處"不讀 chù。

【判詞】pàncí〔名〕舊指判決書。

【判定】pàndìng〔動〕辨別斷定:只有根據社會實踐的結果,才能~是否真理。

【判斷】pànduàn❶〔名〕思維的基本形式之一。是人們對於某種事物是否存在或是否具有某種屬性時所肯定或否定的思維過程。形式邏輯用一個命題表達出來。❷〔動〕判別斷定:這中間的是非曲直,請各人自己~。

【判罰】pànfá〔動〕判定違規並做出懲罰決定:違

章司機被~|~任意球。

【判分】pànfēn〔動〕評定分數:~標準|考試~系統。

【判官】pànguān〔名〕❶(位,名)唐、宋、明時輔助地方長官處理政事的官員。❷ 迷信傳說指閻王手下掌管生死簿的官。

【判決】pànjué〔動〕❶ 法院根據已經查明的事實、證據和有關的法律規定做出被告人有罪或者無罪,犯的甚麼罪,適用甚麼刑罰或者免除刑罰的決定叫判決。宣告判決,一般公開進行。❷ 判斷決定:裁判的~有時也出錯。

【判決書】pànjuéshū〔名〕(份)法院依據判決寫成的文書。

【判例】pànlì〔名〕法院判決訴訟案件的先例,可以援用。也叫判決例。

【判明】pànmíng〔動〕分辨明白;搞清楚:~是非曲直。

【判若鴻溝】pànruòhónggōu〔成〕鴻溝:戰國時開通的一條運河,在今河南省境內,楚漢相爭時曾以鴻溝為界。形容界限極清楚,區別很明顯:兩個陣綫涇渭分明,~,不容混淆。

【判若雲泥】pànruòyúnní〔成〕高低的區別就像天上的雲彩和地上的泥土那樣。比喻差距極大:這兩首詩無論在思想上和藝術上都~。也說判若霄壤、判若天淵。

【判刑】pàn // xíng〔動〕法院根據刑法給犯罪的人判處刑罰:那個搶劫犯已經判了刑。

【判罪】pàn // zuì〔動〕法院根據事實和法律給犯罪的人定罪:判了罪|該判甚麼罪?|~了沒有?

拚
pàn 捨棄;不顧惜:~死|~命(義同"拚(pīn)命")。
另見 pīn(1029 頁)。

泮
pàn ❶〈書〉冰化開;分解:冰之未~。❷ 指半宮(古代天子、諸侯舉行宴會或射禮的宮殿,後來也指學校):十四人~(清代稱考中秀才為"入泮")。❸(Pàn)〔名〕姓。

盼
pàn ❶〔動〕盼望:~來信|~着早見您一面|媽媽~兒子回家。❷ 看:左顧右~。❸(Pàn)〔名〕姓。

語彙 顧盼 渴盼 流盼 企盼 翹盼 青盼 有盼 左顧右盼

【盼頭】pàntou(~兒)〔名〕指實現良好願望的可能性:宿舍樓已動工興建,總算有~了|你總得給人家一個~兒。

【盼望】pànwàng〔動〕熱切希望:~祖國早日統一|~孩子們都能成才。

叛
pàn 背叛;叛離:~逃|~國|眾~親離。

語彙 背叛 反叛 招降納叛

P

【叛變】pànbiàn〔動〕背叛自己原來的立場、組織，變成敵對的立場或投到敵對的一方去：率眾～｜～投敵。

【叛國】pànguó〔動〕背叛祖國：～罪人。

【叛離】pànlí〔動〕背叛；背離：團夥裏的人紛紛～而去。

【叛亂】pànluàn〔動〕武裝叛變：發生～｜平息～。

【叛賣】pànmài〔動〕背叛並出賣：～祖國｜投降變節，～組織。

【叛逆】pànnì ❶〔動〕背叛：你的行動是～行為。❷〔名〕有背逆行為的人：小說塑造了一個封建禮教的～形象。

【叛逃】pàntáo〔動〕叛變逃亡：～到敵國。

【叛徒】pàntú〔名〕❶ 有背叛行為的人：被～出賣。❷ 借指舊制度的叛逆者：他是封建制度的～，革命思想的宣傳者。

畔 pàn ❶〔書〕田地的邊界：田間有～。❷旁邊：江～｜枕～｜沉舟側～千帆過。❸古同"叛"：失道寡助，親戚～之。

衻 pàn ❶ 見"衻衻"（1062頁）。❷同"襻"。

鋬 pàn〔名〕器物上的提樑：壺～｜桶～。

襻 pàn ❶（～兒）〔名〕中式服裝用布做的扣住紐扣的套：紐～兒｜扣～兒。❷（～兒）〔名〕形狀或功用像帶子的東西：鞋～兒｜～帶｜車～（拴在人力車上的布帶或皮帶，向前拉車時套在肩上）。❸〔動〕用繩子或綫把分散的東西連在一起：繩子一斷，就～不住了。

pāng　ㄆㄤ

乓 pāng〔擬聲〕形容槍聲、東西碰撞或砸破聲等：～的一槍，摺倒了一個敵人。

雱 pāng〈書〉❶ 雪下得很大：雨雪其～。❷同"滂"。

滂 pāng〈書〉水湧出來的樣子：甘泉～流。

【滂湃】pāngpài〔形〕水勢浩大：波濤～。

【滂沛】pāngpèi〔形〕〈書〉❶ 水流波瀾壯闊：波濤洶湧～。❷ 雨水盛大；也形容恩澤豐厚：雲飛揚，雨～｜恩澤～。也作滂霈。

【滂沱】pāngtuó〔形〕❶ 雨下得很大：大雨～｜下起了～大雨。❷ 比喻眼淚或血流得很多：涕泗～｜血流～。

膀 pāng〔動〕肌肉浮腫：～腫｜眼泡兒怎麼～了？
另見 bǎng（42頁）；bàng（43頁）；páng（1006頁）。

páng　ㄆㄤ

彷 páng 見下。
另見 fǎng（370頁）。

【彷徨】（旁皇）pánghuáng〔動〕徘徊：～不前｜他不再苦悶～。

【彷徉】（仿佯）pángyáng〔動〕〈書〉徘徊：～無所依歸。

厐 páng〈書〉同"龐"㊀①②。

逄 Páng〔名〕姓。

【逄門】Pángmén〔名〕複姓。

旁 páng ❶〔代〕指示代詞。其他；另外：～人｜～證｜～的工作先放一放，這個問題趕緊解決｜～的拖拉機都下地了，只有這台閑着。❷ 不正：～門左道。❸〔名〕方位詞。旁邊；附近：車～｜身～｜路～｜冷眼～觀。❹（～兒）〔名〕漢字的偏旁：提土～兒｜雙人～兒。❺ 廣泛：～徵博引。❻ 古同"傍"（bàng）。

語彙　近旁　兩旁　偏旁　聲旁　四旁　形旁　一旁　意旁

【旁白】pángbái〔名〕話劇、戲曲演出過程中，角色在一旁評價對手的言行或表白自己內心活動的台詞。一般都假設為同台其他角色不曾聽見，或作為直接跟觀眾的交流。中國傳統戲曲中的旁白（包括旁唱）叫打背躬。

【旁邊】pángbiān（～兒）〔名〕方位詞。左右兩側；附近的地方：馬路～停放着許多車｜～那個人挺面熟｜從～兒繞過去。

〔辨析〕旁邊、旁　這兩個方位名詞在用法上有區別。a）"旁邊"可以單用，"旁"不能。如可以說"旁邊站着一個人"，不能說"旁站着一個人"。"旁若無人""從旁觀察"等成語或習慣用語，屬於特例。b）用在名詞後，"旁邊"前可以加"的"也可不加，但"旁"前絕對不能加。如可以說"馬路的旁邊"，不能說"馬路的旁"。c）"旁"可以跟某些不單用語素組合，而"旁邊"不能，如可以說"身旁""櫃旁""池旁"，但是不能說"身旁邊""櫃旁邊""池旁邊"，必須說"身子旁邊""櫃子旁邊""池塘旁邊"。

【旁的】pángde〔代〕指示代詞。另外的；其他的：我只通知老王，～讓別人去通知｜我只管洗衣服，～一概不管。

【旁觀】pángguān〔動〕身在局外，從旁觀察：袖手～｜冷眼～。

【旁觀者清】pángguānzhěqīng〔成〕局外人比當事人看得清楚：當局者迷，～。

【旁及】pángjí〔動〕捎帶牽涉到：座談會主要討論城市規劃，～對外聯絡問題。

【旁門】pángmén（～兒）〔名〕側門：公園要清園

P

了，請遊人從～見出去。

【旁門左道】pángmén-zuǒdào〔成〕原指不正派的宗教派別。現借用來指不正派的學派。也泛指不正派的思想和作風：他搞的那一套完全是～。也說左道旁門。

【旁敲側擊】pángqiāo-cèjī〔成〕比喻說話、寫文章不從正面直接說明，而從側面曲折表達：有甚麼意見就直截了當說出來，不必～。

【旁人】pángrén〔代〕人稱代詞。❶其他的人；另外的人：是死是活由我一人承當，與～無干。❷指說話人自己：妻子對丈夫說："你一天到晚在外頭，不管～死活。"

【旁若無人】pángruòwúrén〔成〕好像旁邊沒有別人。形容態度高傲或坦然鎮靜，對別人毫不在意：他向來是高談闊論，～。

【旁聽】pángtīng〔動〕❶列席會議或在法院開庭時靜聽而沒有發言權：他～了法院對這個案件的審判。❷非正式的隨班聽課：～中國文學史這門課。

【旁系親屬】pángxì qīnshǔ 直系親屬以外，在血統上和自己同出一源的人及其配偶，如兄、弟、姐、妹、伯父、叔父等（區別於"直系親屬"）。

主要旁系親屬稱謂

稱謂	與本人關係
伯(bó)父、大伯(bó)、伯伯、大爺/叔父、叔叔	父親的哥哥/弟弟
伯(bó)母、大娘	伯父的妻子
嬸母、嬸娘、嬸嬸	叔父的妻子
姑姑、姑媽、姑母	父親的姐妹
姑父、姑夫	姑姑的丈夫
舅舅、舅父	母親的兄弟
舅母、舅媽	舅父的妻子
姨母、姨、姨媽	母親的姐妹
姨父、姨夫	姨母的丈夫
大伯(bǎi)子	丈夫的哥哥
小叔子	丈夫的弟弟
大姑子	丈夫的姐姐
小姑子	丈夫的妹妹
大舅子	妻子的哥哥
小舅子	妻子的弟弟
大姨子	妻子的姐姐
小姨子	妻子的妹妹

【旁徵博引】pángzhēng-bóyǐn〔成〕多方面廣泛地引證：這個問題很簡單，把道理講清楚就行了，不需要～。

【旁證】pángzhèng〔名〕❶當事人以外的能證明案情的人：這位飯店服務員曾目睹了兇殺的全過程，是本案的～。❷主要證據以外的證據；

間接證明案情的有關事實或材料：～材料｜為法院審判提供～。❸正式的證據以外可資參考的證據：這篇論文列舉的幾個～也十分有力。

膀 páng 見下。
另見 bǎng（42頁）；bàng（43頁）；pāng（1005頁）。

【膀胱】pángguāng〔名〕人和高等動物體內的一種囊狀器官。位於骨盆腔內，上接兩側輸尿管，下通尿道。伸縮性大，有貯尿排尿的功能。也叫尿脬(suīpao)。

磅 páng/pāng 見下。
另見 bàng（43頁）。

【磅礴】pángbó ❶〔形〕盛大：氣勢～。❷〔動〕充塞；充滿：凜然正氣，～宇內。

螃 páng 見下。

【螃蟹】pángxiè〔名〕(隻)節肢動物，全身有甲殼，有足五對，前一對鉗狀，橫着爬行。種類很多，生活在淡水裏的稱河蟹，生活在海水裏的稱海蟹。

龐（庞） páng ㊀ ❶高大：～大｜～然大物。❷多而雜亂：內容～雜。❸(Páng)〔名〕姓。
㊁(～兒)臉盤：面～｜臉～。

語彙 臉龐　面龐

【龐大】pángdà〔形〕很大；過大：建築群～｜預算～。

【龐然大物】pángrán-dàwù〔成〕指形體大而笨重的東西。現也用來形容表面強大而實際虛弱的人、物：火車開進山村，村民第一次見到這～，驚奇極了｜犯罪團夥的頭目看起來是個～，其實虛弱得很。

【龐雜】pángzá〔形〕又多又雜：～不堪｜～的事務性工作｜文章內容～。

鰟（鰟） páng 見下。

【鰟鮍】pángpí〔名〕魚名，生活在淡水中，似鯽魚而小，銀灰色，常帶橙黃色或藍色斑紋。雌魚有產卵管，插入蚌的體內產卵孵化。

pǎng ㄆㄤˇ

嗙 pǎng〔動〕(北京話)吹噓；自誇：真會胡吹亂～｜這個人老愛～自己如何如何。

耪 pǎng〔動〕用鋤除草鬆土：～一～地。

髈 pǎng 見"蹣髈"(típǎng)(1329頁)。
另見 bǎng"膀"(42頁)。

pàng ㄆㄤ

胖 pàng〔形〕(人的身體)豐碩，脂肪多(跟"瘦"相對)：～小子｜小～孩兒｜太～了不好。

另見 pán (1002 頁)。

辨析 胖、肥　"肥"多用來形容牲畜、禽類，如"肥豬""北京鴨很肥"。形容人，除了"減肥"，多含貶義。"肥肉"，總是指牲畜、家禽的肉，如"我不吃肥肉"，倘指人說"你看他長了一身肥肉"，就含有貶損和厭惡的意思了。"胖"多用來形容人體脂肪多，肉多，如"胖娃兒""孩子長胖了"。"肥"除了形容人、動物外，還可以用來形容衣履寬大，如"褲腰肥了""這雙鞋肥瘦正合適"。形容收益多，如"肥差""肥缺"。又形容土質好，如"一塊地瘦，一塊地肥"。"肥"還可以做名詞和動詞，前者如"肥料"，簡稱"肥"，後者如"用草灰肥田"。

語彙　發胖　肥胖　虛胖

【胖嘟嘟】pàngdūdū(～的)〔形〕〈口〉狀態詞。形容胖而可愛的樣子：這對雙胞胎～的，十分可愛。

【胖墩墩】pàngdūndūn(～的)〔形〕狀態詞。形容人矮胖而壯實：小夥子個子不高，～的，可有勁呢。

【胖墩兒】pàngdūnr〔名〕〈口〉稱矮小而肥胖的人(多指小孩兒)：小～。

【胖乎乎】pànghūhū(～的)〔形〕狀態詞。形容人肥胖：那個人～的，一臉橫肉｜～的小手兒｜小臉蛋兒～的，真逗人愛。**注意** "胖乎乎"中的"乎乎"若重讀，形容肥胖時常帶貶義；若輕讀，則含喜愛意。

【胖頭魚】pàngtóuyú〔名〕(條)鱅的俗稱。因頭很大，故稱。

【胖子】pàngzi〔名〕肥胖的人(跟"瘦子"相對，不禮貌的說法)。

pāo ㄆㄠ

拋(拋) pāo ❶〔動〕投擲：連～三個球｜快把手榴彈～出去！❷〔動〕丟下；捨棄：把別人遠遠～在後面｜他～下我們，自己走了｜～頭顱，灑熱血。❸〔動〕低價出手：拋售：把存貨～出去。❹顯露：～頭露面。

【拋光】pāoguāng〔動〕對工件表面進行加工，使高度光潔。這輪盤經過～，亮得像鏡子一樣｜軸承的表面還需要～。

【拋荒】pāohuāng〔動〕❶拋棄不再耕種，任田地荒蕪：這幾畝地早就～了。❷(學業、專業等)荒廢：孩子光顧着玩，學業～了｜下海多年，專業早～了。

【拋錨】pāo//máo〔動〕❶鐵錨沉入水底，依靠其重量和抓力，能使船停穩，所以停船叫拋錨；汽車因故障停在途中也叫拋錨。❷比喻進行的事情中途停止：這項工程剛開始進行，就因原材料供應不上拋了錨。

【拋棄】pāoqì〔動〕扔掉不要：～陳舊倫理。

【拋售】pāoshòu〔動〕壓價出售大批商品：大量～存貨。

【拋頭露面】pāotóu-lùmiàn〔成〕原指婦女公開出現在人多的場合(封建道德以為這是丟醜的)。現泛指公開露面(多含貶義)：他不甘寂寞，很喜歡～。

【拋物綫】pāowùxiàn〔名〕平面上，一個動點 P 與定點 O(焦點)和固定直綫 AB(準綫)保持等距離移動，P 的移動軌跡就是一條拋物綫。當不計空氣阻力時，將一物體向斜上方拋出，物體所經的路綫就是拋物綫。

【拋擲】pāozhì〔動〕❶扔；投：～鉛球。❷丟棄不理：當年的盟約，他竟～在腦後了。

【拋磚引玉】pāozhuān-yǐnyù〔成〕拋出磚，引來玉。比喻自己先發表的意見或作品很粗淺，目的是引出別人的高見或佳作(多用作謙辭)：我說的這些，算是～，請大家發表高見。

泡 pāo ㊀❶(～兒)指鬆軟而鼓起之物：豆腐～兒｜腫眼～兒。❷〔形〕(北京話)質地鬆軟：這種綫太～｜這種木頭～得厲害。❸〔形〕(北京話)浮脹：這貨禁不住曬，一曬就～了。

㊀〔量〕用於屎和尿：一～屎｜兩～尿。

另見 pào (1009 頁)。

【泡桐】pāotóng〔名〕(棵，株)落葉喬木，大葉卵形或心臟形。木材質地輕軟，不翹不裂，是製樂器、箱匣、木屐等器物的好材料。也叫桐、白桐。

【泡子】pāozi〔名〕小湖。中國北方(特別是東北、內蒙古)多用於地名：～沿(在遼寧)｜雙～(在內蒙古)。

脬 pāo ❶見"尿脬"(1294 頁)。❷同"泡"(pāo)㊀。

páo ㄆㄠ

刨 páo〔動〕❶挖掘：～地｜～白薯｜～花生｜～個坑兒埋了。❷減去；除去：這個月～去雙休日，就剩 20 個工作日了｜～了老人家和孩子，能下地的都下地去了。

另見 bào (50 頁)。

【刨除】páochú〔動〕除去；減去：～請假的，共有 50 人到會｜一週七天時間，～兩天雙休日，就剩五天了。

【刨根問底】páogēn-wèndǐ〔成〕比喻追究根由底細：這事兒人家不願意說，你就別～了。

咆 páo〈書〉(野獸)怒吼;嗥叫:嗥叫:～哮｜虎～龍吟。

【咆哮】páoxiào〔動〕❶(野獸)怒吼;猛虎～起來。❷形容人暴怒時吼叫:將軍～如雷。❸形容水流奔騰轟鳴:黃河在～。

庖 páo ❶〈書〉廚房:～有肥肉,廄有肥馬。❷〈書〉廚師:名～(有名的廚師)｜良～｜越俎代～。❸(Páo)〔名〕姓。

語彙 代庖 良庖 名庖 族庖

【庖廚】páochú〔名〕〈書〉❶廚房:君子遠～。❷廚師。

【庖代】páodài〔動〕〈書〉替廚師做飯,借指替別人做他分內的事。也說代庖。參見"越俎代庖"(1678頁)。

【庖丁】páodīng〔名〕〈書〉廚師:～解牛。

炮 páo ❶〈書〉燒;烤:～燒｜以火～之。❷〔動〕用烘、炒、焙烤等方法加工製作中藥:～薑｜～煉。
另見bāo(45頁);pào(1009頁)。

【炮烙】páoluò(舊讀páogé)〔動〕相傳是商朝紂王所用的一種酷刑,銅柱(一說銅格)上塗油脂,下面用炭燒,令人在上面行走,人往往滑下落入炭火中。注意 這裏的"炮"不讀pào。舊也作炮格。

【炮製】páozhì〔動〕❶用烘、炒、煅、炙等方法加工製作中藥:老藥工～九散膏丹,非常有經驗。❷編製、製造(含貶義):如法～(照樣做)｜經過一番精心～,滿篇謊言的文章出籠了。

袍 páo(～兒)〔名〕袍子:白～｜夾～兒｜旗～兒｜長～兒馬褂兒。

語彙 長袍 道袍 龍袍 蟒袍 棉袍 皮袍 旗袍 戰袍

【袍笏登場】páohù-dēngchǎng〔成〕袍:古代的官服。笏:笏板,古代大臣上朝手裏拿的手板,上面可以記事。原指演員身着官服,手持笏板,以官員打扮登台演戲。現用來比喻壞人上台做官(含諷刺意):在敵人的卵翼下,一群傀儡～了。

【袍澤】páozé〔名〕〈書〉《詩經‧秦風‧無衣》:"豈曰無衣,與子同袍……豈曰無衣,與子同澤。""袍""澤"都是古代衣服名稱。後用"袍澤"稱軍隊中的同事:～之情。

【袍子】páozi〔名〕(件)中式的長衣服:他有兩件～,可是沒有馬褂兒。

匏 páo 匏瓜,葫蘆的一種,果實比葫蘆大,對半剖開可以做水瓢。俗稱瓢葫蘆。

跑 páo〔動〕(獸)以足刨地:虎～地作穴｜杭州有個虎～泉。
另見pǎo(1008頁)。

麅(麃) páo〔名〕麅子。

【麅子】páozi〔名〕(隻)鹿的一種,體長尾短,雄的有角,角小,分三叉。冬毛長,棕褐色;夏毛短,栗紅色,有白色臀盤。以漿果、野蕈等為食。

pǎo ㄆㄠˇ

跑 pǎo〔動〕❶迅速前進:快～｜一邊～着一邊喊｜小王～在最前頭｜又要馬兒～,又要馬兒不吃草(比喻事情難辦或要求過高)｜這幾輛大客車專～長途(表示方式、範圍)｜馬拉松,他～了個第一(表示結果)。❷為某種事務而奔走:～了好幾天也沒～出個結果｜～車票(帶非受事賓語,表示目的)｜～廣州(表示處所)。❸逃走:抓賊,別讓他～了｜籠子裏的鳥兒～了｜～了和尚～不了廟(比喻事情總是躲不過去的)。❹事物離開了原來的地方:帽子被風颳～了｜一筆生意被人搶～了。❺泄漏;(液體)揮發:電門一電｜輪胎～氣｜汽油～光了。
另見páo(1008頁)。

語彙 奔跑 長跑 短跑 飛跑 起跑 賽跑 逃跑 助跑

【跑錶】pǎobiǎo〔名〕(塊,隻)體育運動常用的一種計時錶,通常只有分針和秒針,按動轉鈕可以隨時使它走或停,多用在徑賽中。因最初用於賽馬計時,故也叫馬錶。

【跑步】pǎo//bù〔動〕❶指訓練或鍛煉時按一定姿勢快步前進:他每天早晨起來～｜連長帶領隊伍～前進｜跑跑步,打打拳。❷比喻快速前進,迎頭趕上:～學先進。

【跑車】pǎochē ㊀〔名〕(輛)馬力大、速度快的高性能特製比賽用車。㊁(-//-)〔動〕列車員隨車服務:他在京滬路上～｜你今天跑哪一班車?

【跑單幫】pǎo dānbāng 單獨一個人往來各地販賣貨物:他在～,大半時間不在家。

【跑道】pǎodào〔名〕(條)❶供飛機起落而修築的路:飛機已經在～上滑行,就要起飛了。❷運動場上為徑賽所劃定的路:～上的運動員你追我趕,展開了激烈競爭。

【跑道兒】pǎo//dàor〔動〕跑路;跑腿:幹這種活兒一天到晚～｜來回光～了,甚麼事也沒辦成。

【跑調】pǎo//diào〔動〕走調兒:他唱歌老～。

【跑動】pǎodòng〔動〕❶跑;活動:～起來,身子就暖和了。❷進行託人情、走後門活動的委婉說法:～各處,～求息事寧人。

【跑肚】pǎo//dù〔動〕〈口〉腹瀉:夜裏又～了。

【跑江湖】pǎo jiānghú〔慣〕舊時指奔走各地靠賣

藝、算命等謀生。

【跑龍套】pǎo lóngtào ❶ 演戲時扮演士兵或雜役等隨從人員。參見"龍套"（865頁）。❷〔慣〕比喻在人手下做一些不重要的雜事：他不願意在這個單位～。

【跑路】pǎo // lù〔動〕走路：搭我的車去吧，不用～了｜跑了這麼遠的路，你一定累了。

【跑馬】pǎomǎ〔動〕❶ 騎着馬使馬飛跑。❷ 賽馬：同學們都去～了。❸ 遺精。

【跑跑顛顛】pǎopǎodiāndiān（～的）〔形〕狀態詞。奔走忙碌的樣子：當街道主任很辛苦，一天到晚～的，為市民辦事。

【跑堂的】pǎotángde〔名〕舊時指酒店飯館裏的侍應人員。

【跑題】pǎo // tí〔動〕走題：你的這篇作文～了。

【跑腿兒】pǎotuǐr〔口〕❶（-//-）〔動〕替人做些雜事。❷〔名〕借指替人奔走做雜事的人。

【跑外】pǎowài〔動〕專門在外面訂貨、收賬或兜攬生意；也泛指做外勤事務：店裏有一個人～｜他在公司裏專門～。

【跑鞋】pǎoxié〔名〕（雙、隻）一種賽跑時穿的鞋，鞋底窄而薄，前掌兒及後跟兒裝有釘子，便於着地時使勁：這雙～是專門定做的。

【跑圓場】pǎo yuánchǎng 見"圓場"①。

pào　ㄆㄠˋ

奅 pào〈書〉虛而大。

泡 pào ❶（～兒）〔名〕液體形成的內含氣體的球狀或半球狀物：冒水～｜兩下雨很大，湖面上起了不少～｜肥皂～。❷（～兒）〔名〕像泡的東西：電燈～兒｜腳上起了兩個～。❸〔動〕較長時間地放在液體裏：～茶｜衣服先用肥皂水一～再洗｜海參需要放在鹼水裏～很長時間才能發起來。❹〔動〕沉浸（多用於比喻）：他不喜歡～茶館，也不喜歡～酒吧｜他們倆成天～在一塊兒。❺〔動〕故意拖延或纏磨：快幹活兒吧，別～了｜他跟我～上了，不答應不行。

另見 pāo（1007頁）。

語彙　燈泡　浸泡　燎泡　氣泡　血泡

【泡吧】pàobā〔動〕長時間待在酒吧或網吧裏：他藉口奔喪，卻去酒吧～｜大學生不能因～而耽誤學業。

【泡病號兒】pào bìnghàor〔慣〕藉口生病不上班，或小病大養拖延時日：快去上班吧，別在家～了。

【泡菜】pàocài〔名〕用加了鹽、酒、花椒等的涼開水浸泡而成的一種帶酸味的菜：四川～。

【泡飯】pàofàn〔名〕把米飯加水煮成或直接加菜湯或用開水泡熱而成的稀飯：為了節省時間，

吃點兒～就行了｜他們家五口人個個喜歡吃～。

【泡蘑菇】pào mógu〔慣〕❶ 比喻故意纏磨不休：你的問題沒法兒解決，和領導～也沒有用。❷ 比喻消極怠工，拖延時間：好好幹活兒，別老～。

【泡沫】pàomò〔名〕❶ 液體表面密集的小泡：啤酒倒進杯子裏，泛起了很多～。❷ 比喻虛假繁榮、華而不實的情況：有人說房地產的繁榮是虛胖，是～。

【泡沫經濟】pàomò jīngjì 指在市場經濟中，資產價格脫離經濟基礎，形成虛擬資本因脫離實際經濟而過度膨脹的現象。多因股票、房地產市場等出現大量投機交易所致，導致經濟表面繁榮，實際上很脆弱。因好像附着在經濟表面的肥皂泡，到一定程度就會破裂，故稱。

【泡沫塑料】pàomò sùliào 以樹脂為主要原料製成的內部具有無數小孔的塑料。有軟質和硬質之分，廣泛用作包裝材料和車船殼體貼面等。

【泡泡紗】pàopaoshā〔名〕一種雖有平紋但表面凹凸起伏的棉織品。

【泡泡糖】pàopaotáng〔名〕（塊）一種口香糖，咀嚼後可以吹氣泡玩，故稱。

【泡湯】pào // tāng〔動〕落空：一連幾天大雨，郊遊的計劃～了。

【泡影】pàoyǐng〔名〕比喻落空或幻滅的事物：希望成了～。

炮〈砲礮〉pào〔名〕❶（門，尊）能發射炮彈的重型武器：大～｜迫擊～｜一門榴彈～｜兩尊高射～。❷ 為進行爆破而裝在土石等的鑿眼裏的炸藥：行人躲開，要放～了。❸ 爆竹：～仗｜鞭～。

另見 bāo（45頁）；páo（1008頁）。

語彙　鞭炮　打炮　大炮　放炮　號炮　花炮　火炮　開炮　禮炮　排炮　山炮　瞎炮　啞炮　重炮　放空炮　高射炮　火箭炮　榴彈炮　馬後炮　迫擊炮　小鋼炮　鳥槍換炮

【炮兵】pàobīng〔名〕❶ 以火炮、火箭等為基本裝備的兵種：～司令。❷（名）這一兵種的士兵：一名～戰士。

【炮彈】pàodàn〔名〕（顆，發，枚）用火炮發射的彈藥，彈頭能爆炸，按性能和用途可分為榴彈、穿甲彈、爆破彈、燃燒彈、煙幕彈、照明彈等：僅用一發～就把敵人的碉堡摧毀了。

【炮轟】pàohōng〔動〕❶ 用炮轟擊：～敵人機場。❷ 用語言或文字猛烈攻擊：～腐敗現象。

【炮灰】pàohuī〔名〕比喻因參加不義之戰而送死的士兵：被抓去充當～。

【炮火】pàohuǒ〔名〕發射出的炮彈及炮彈爆炸後發出的火焰：冒着敵人的～，前進！｜我軍～集中射向敵人陣地。

【炮擊】pàojī〔動〕用炮轟擊：～敵人前沿陣地。

【炮艦】pàojiàn〔名〕(艘，隻)擔負從海上攻擊或巡防任務的軍艦：～政策｜～外交。

【炮樓】pàolóu〔名〕(座)便於瞭望四周情況的高層碉堡：把敵人的一端了。

【炮手】pàoshǒu〔名〕(位，名)操縱火炮的士兵：一聲令下，～就向敵軍陣地開炮了。

【炮台】pàotái〔名〕(座)舊時一種供發射火炮用的工事，多建於重要口岸或其他要塞：海岸～。

【炮艇】pàotǐng〔名〕(艘，隻)小型炮艦，主要任務是在沿海或內河巡邏，施放水雷和用深水炸彈攻擊敵人潛艇等。

【炮眼】pàoyǎn〔名〕❶工事上用於火炮向外發射的洞口。❷為了進行爆破，在土石等上面鑿的用以裝炸藥的孔。

【炮仗】pàozhang〔名〕爆竹：放～不小心，崩瞎了眼睛。

皰（疱）pào（～兒）〔名〕長在皮膚上的水泡狀的小疙瘩：水～｜～疹。

pēi ㄆㄟ

呸 pēi〔歎〕表示鄙棄或怒斥：～！簡直是胡說八道！

胚〈肧〉pēi 由精細胞和卵細胞結合發育而成的初期生物體。

【胚胎】pēitāi〔名〕❶指在母體內，由受精卵發育而成的初期生物體。❷比喻處於最初階段的新生事物。

【胚芽】pēiyá〔名〕❶植物胚的主要部分，能發育成長為莖和葉。❷比喻剛形成的事物：禍患的～。

【胚珠】pēizhū〔名〕植物子房內的球形物體，一般包在子房內。有的植物的胚珠裸露在外。花受精後胚珠發育成為種子。

虾 pēi〈書〉凝聚的死血。

醅 pēi〈書〉尚未過濾的酒：樽酒家貧只舊～。

péi ㄆㄟ

培 péi ❶〔動〕在植物或建築物的根基堆土：學生們給樹苗除蟲～土。❷ 培育(人)：代～｜加強～幹(培養幹部)工作。❸(Péi)〔名〕姓。

語彙 安培　代培　栽培

【培土】péi//tǔ〔動〕作物生長期間，在中耕時把土壅在植株根部周圍，以利於保水、排水、抗風，防止作物倒伏，並有保暖防凍，促使根部發育的作用。

【培訓】péixùn〔動〕培養和訓練：～班｜～中心｜～技術工人｜基層員工輪流～。

【培養】péiyǎng〔動〕❶按照一定的目標進行教育和訓練，使成長提高：～學生的自學能力｜～高水平運動員｜～接班人。❷提供條件使繁衍：～真菌。

【培育】péiyù〔動〕❶對幼小生物進行培養，使其發育成長：～幼苗｜～小麥新品種。❷培養教育：～英才｜～跨世紀人才。

【培植】péizhí〔動〕❶栽種並精心管理(植物)：對野生草藥進行人工～。❷培養造就(人才)；扶植(勢力)：～人才，至關重要｜～私人勢力。

【培智學校】péizhì xuéxiào 專門為智障兒童、少年開辦的特殊教育學校：市～、聾啞學校將在新校址開學。

陪 péi ❶〔動〕陪伴：作～｜失～了｜～客人逛公園。❷從旁協助；輔助：～審。

語彙 奉陪　少陪　失陪　作陪

【陪伴】péibàn〔動〕相隨做伴：～外賓參觀。

【陪綁】péibǎng〔動〕❶舊時處決犯人，往往把囚徒和要處決的人一同綁赴刑場，以達到威脅和逼出口供的目的。❷比喻隨同別人一起受責罰：你們批評他，不該拉我～。

【陪襯】péichèn〔動〕❶讓次要事物伴隨主要事物，使主要事物更突出；襯托：紅花還需綠葉～。❷〔名〕指起陪襯作用的人或事物：這項發明全靠這幾個年輕人，我不過是個～。

【陪床】péi//chuáng〔動〕留住在病房照料病人：病人住院，家屬可以～。

【陪都】péidū〔名〕在國都以外另設的都城，如明朝的南京、清朝的奉天、抗戰時期的重慶。

【陪讀】péidú〔動〕❶陪伴並幫助親屬讀書：家長～｜老張每天晚上都在兒子身邊～。❷指留學生在國外學習期間，其配偶前往陪伴，照顧生活：國家允許配偶到國外～。

【陪房】péifang〔名〕舊時指隨同出嫁的女僕。

【陪駕】péijià ❶〔動〕陪同駕駛：今晚由小張～。❷〔名〕陪同駕駛的人。特指出租車晚間營運時給駕駛員作伴的人，可起到給司機壯膽和威懾罪犯的作用：車上有～一人。

【陪嫁】péijià〔名〕❶嫁妝：他媳婦的～裝了好幾車。❷舊時指隨著女子出嫁的使女。

【陪客】péikè〔動〕❶陪伴來招待客人：廚房的事我來幹，你快去～。❷特指妓女接待嫖客。

【陪客】péike〔名〕(位)主人特邀來陪主客的人：經理宴請外商，讓營業部主任當～。

【陪練】péiliàn ❶〔動〕陪同運動員進行訓練：為了提高戰術，他們專門從國外請來了一位高手進行～。❷〔名〕指陪練的人：他在乒乓球隊當～。

【陪審】péishěn〔動〕陪審員到法院參加案件審判：～制｜老王參加了那次～。

【陪審員】péishěnyuán〔名〕(位，名)人民陪審員的簡稱。從人民群眾中吸收出來參加法院一審案件審判工作的人員，他們既直接參加審判活動，又直接監督審判活動。

【陪侍】péishì〔動〕陪伴服侍(用於對長輩或老人)：媽媽病重時，女兒一直～在身邊。

【陪送】péisòng〔動〕陪伴護送(離去的人)：老王一直～我回到北京。

【陪送】péisong〔名〕嫁妝：家裏窮，～很少。

【陪同】péitóng ❶〔動〕陪伴着一同(進行某項活動)：～出國｜～外賓參觀工廠。❷〔名〕從事旅遊工作，陪着旅遊者遊覽並為旅遊者導遊的人。

【陪葬】péizàng〔動〕古代風俗，指強迫或殺死妻妾、奴婢等隨同死者一起埋葬；也指用俑或器物等隨葬。

毰

【毰毢】péisāi〔形〕〈書〉羽毛披散的樣子：～飽腹蹲枯枝。

裴

péi 見下。

Péi〔名〕姓。

賠 (賠)

péi〔動〕❶賠償；補還損失：損壞東西要～｜我把你那本書弄丟了，～你一本新的吧。❷向受損害或受傷害的一方理賠道歉或認錯：～不是｜～禮道歉。❸做買賣虧損(跟"賺"相對)：～了錢｜～本兒賺吆喝。

語彙　包賠　理賠　索賠　退賠

【賠本】péi//běn(～兒)〔動〕本錢或資金虧損，折損：～生意｜這趟買賣可是賠了老本兒。

【賠不是】péi bùshi向人道歉：踩了人家的腳，趕緊賠個不是吧。

【賠償】péicháng ❶〔動〕因為對方造成損失而給予補償：～損失｜照價～｜～醫藥費3000元。❷〔名〕賠償的財物：戰爭～｜以居住的房子作為～。

辨析　賠償、抵償　都有造成損失後進行償還的意思，但是"賠償"的損失一般是有價的，如"損壞圖書，照價賠償"；而"抵償"強調用等價物來償付或代替，如"用實物抵償債務""殺人者依法抵償人命"，都不能換用"賠償"。

【賠付】péifù〔動〕賠償並付給：向遇難者家屬～保險金。

【賠款】péikuǎn ❶〔名〕(筆)補償他人或集體受損失的錢：索取～｜繳納～。❷〔名〕(筆)戰敗國向戰勝國賠償損失和作戰費用的錢。❸(-//-)〔動〕因給他人或集體造成損失而用錢補償：損壞公物要加倍～｜甲方違約，只好向乙方賠了一筆款。❹(-//-)〔動〕指戰爭結

束後，戰敗國向戰勝國賠償損失和作戰費用：割地～。

【賠了夫人又折兵】péi le fūren yòu zhébīng〔俗〕《三國演義》載，周瑜獻策，把孫權的妹妹嫁給劉備，騙劉備到東吳成婚，想乘機扣留劉備並奪還荊州。誰知劉備用諸葛亮之計，不但成就婚事而且帶着夫人逃出東吳。周瑜帶兵追趕，又被諸葛亮的伏兵打敗。人們因此譏笑說"周郎妙計安天下，賠了夫人又折兵"。後用來比喻想佔便宜反而吃了大虧，白白地花費了心思。

【賠禮】péi//lǐ〔動〕施禮認錯：給您賠個禮。

【賠錢】péi//qián〔動〕❶虧蝕本錢：～的買賣他是不會做的｜去年飯店經營得不好，～了。❷用錢補償對方的損失：損壞了別人的東西要～。

【賠錢貨】péiqiánhuò〔名〕舊時有重男輕女思想的人稱女孩子為賠錢貨。

【賠小心】péi xiǎoxīn為博得別人好感或使人息怒，而以謹慎、遷就的態度對人：看老爺子臉色不好，他便加倍賠着小心。

【賠笑】péi//xiào〔動〕以笑臉侍奉：服務員賠着笑說："這菜不對您的口味，我們另做一個吧！"也說賠笑臉。

【賠罪】péi//zuì〔動〕因得罪了人而向人道歉，求人原諒：他自知做錯了事，主動向小劉～｜人家既然賠了罪，也就算了結了。

鐯 (锫)

péi〔名〕一種放射性金屬元素，符號Bk，原子序數97。

pèi ㄆㄟ

邶

Pèi ❶古郡名。故地在今安徽濉溪西北。也作沛。❷〔名〕姓。

沛

pèi ❶盛大；充盛：～然雨降｜充～。❷(Pèi)〔名〕姓。

語彙　充沛　顛沛　豐沛　滂沛　沛沛

帔

pèi古代婦女的披肩：鳳冠霞～｜葛～練裙。

佩

pèi ❶古人繫在腰帶上的裝飾物：解～｜紉秋蘭以為～。❷〔動〕掛在身上：～帶｜～寶劍。❸心悅誠服；佩服：他這種頑強拚搏的精神可敬可～。

玉佩

語彙　感佩　驚佩　敬佩　銘佩　欽佩　魚佩　玉佩　雜佩　讚佩

【佩帶】pèidài ❶〔動〕把刀、劍、槍支等掛在或插在腰間：腰間～寶劍｜身上～手槍。❷同"佩戴"。

【佩戴】pèidài〔動〕把徽章、符號或其他標誌物等掛在胸前或肩臂上：學生們～着校徽｜軍人～着肩章｜弔喪的人臂上～黑紗。也作佩帶。

【佩服】pèifú(-fu)〔動〕感到可敬而心服：我很～老先生｜她出口成章，令人～。

【佩件】pèijiàn〔名〕佩戴在身上的小裝飾品：毛衣～｜水晶～。

【佩蘭】pèilán〔名〕多年生草本植物，全株有香氣，可製芳香油或做中藥。也叫蘭草。

【佩玉】pèiyù〔名〕佩戴在身上的玉製工藝品。古人佩戴玉飾有顯示身份或認為有避邪護身的作用。

配 pèi ❶〔動〕男女結合為夫妻：婚～｜許～｜才子～佳人。❷〔動〕使（雌雄動物）交合：交～｜～種(zhǒng)。❸〔動〕按適當的比例調和：～藥｜～色。❹〔動〕分派：～售｜再給你一個副手。❺〔動〕補足缺少的：～鑰匙｜自行車上得～螺絲。❻〔動〕陪襯：你這身西裝～一條深色領帶才好看｜這段唱腔改用嗩吶來～就更有味兒了。❼〔動〕流放：發～。❽〔動〕助動詞。有資格；夠得上：只有這樣的人，才～稱為藝術家。注意 a) 助動詞"配"多用於反問句和否定句。它的否定形式是"不配"。b) 肯定句中"配"前常有副詞"只、才、最"等。❾配偶：元～。

語彙 般配 比配 刺配 搭配 調(diào)配 發配 分配 婚配 交配 匹配 調(tiáo)配 相配 修配 許配 元配 支配 裝配

【配備】pèibèi ❶〔動〕分配；調派：～得力的助手｜給你們～兩台新機器。❷〔動〕配置（兵力）：根據地形，～火力。❸〔名〕裝備：～齊全｜有先進～。

【配餐】pèicān ❶〔動〕按照需要把各種食品搭配在一起：這家食品公司為多家航班～。❷〔名〕按照需要搭配在一起的各種食品：這種～含有孩子們身體需要的各種營養成分。

【配搭】pèidā〔動〕❶做陪襯：咱倆說相聲，我這捧哏的跟你～得不錯吧？❷搭配：粗糧、細糧要合理～。

【配搭】pèida〔名〕起陪襯作用的次要人或事物：在人家眼裏，我不過是個～。

【配殿】pèidiàn〔名〕(間、座)正殿兩邊的旁殿。

【配電】pèidiàn〔動〕將發電廠或變電所的電能通過綫路分配到用戶｜～盤｜綫路開通，正在～。

【配對】pèi // duì (～兒)〔動〕❶配合成雙：羽毛球雙打比賽，他跟我～兒｜這兩隻鞋號碼不一樣，配不成對兒。❷〈口〉(動物)交尾。

【配額】pèi'é〔名〕分配的數額：汽車進口實行～管理｜村裏嚴重缺水，每人每天只有兩公斤的～。

【配發】pèifā〔動〕❶配合發表：頭版新聞～了評論員文章。❷分配發售：這個城市有龐大的乳品～市場。❸配備發放：民兵～了武器。

【配方】pèifāng ❶(-//-)〔動〕按照藥方配製藥品：缺一味藥，配不了方兒。❷〔名〕指化學製品、冶金產品等的配製方法：由科學美容研究所提供～，生產系列化妝品。

【配合】pèihé〔動〕❶共同承擔某一任務的各方通過分工合作來進行工作：舞台上演員～默契｜司令員和政委～得很好。❷相合：舞步要跟樂曲節奏～。

【配合】pèihe〔形〕合在一起顯得相稱：你這身打扮和你的身份挺～。

【配給】pèijǐ〔動〕按規定的標準供給：～制｜～糧食和副食品。注意 這裏的"給"不讀 gěi。

【配件】pèijiàn(～兒)〔名〕裝配機器的零部件：汽車～。

【配角】pèijué(～兒)〔名〕(名)❶戲劇、影視表演中與主角相配合的次要角色：他在這齣戲裏是個～｜獲最佳～獎。❷比喻做輔助工作的人。注意 這裏的"角"不讀 jiǎo。

【配料】pèiliào ❶(-//-)〔動〕生產過程中，把不同原料按比例混合搭配在一起。❷〔名〕指做混合搭配用的各種原料，也指起輔助作用的原料：各種～，準備齊全。

【配偶】pèi'ǒu〔名〕指結為夫妻的男方或女方(多用於書面語)：他還沒結婚，哪來的～？

【配色】pèi // sè〔動〕根據需要調(tiáo)配顏色：先配好色再往布上畫。

【配售】pèishòu〔動〕在物品短缺時，政府採取限量限價方式出售給消費者。

【配送】pèisòng〔動〕配貨和送貨，一種市場營銷方式，即將貨物按客戶需求搭配好並負責運送：農副產品～中心｜建立起城市間的～關係。

【配套】pèi // tào〔動〕把相關的事物組合成套：大中小～｜品種齊全，成龍～｜新建小區，教育要～｜打了幾個盤子，餐具配不成套了。

【配戲】pèi // xì〔動〕配角幫襯主角演戲：這位老演員總是甘做梅蘭芳～。

【配音】pèiyīn ❶(-//-)〔動〕譯製或攝製影片時，先將畫面放映在銀幕上，再按照口型、動作、情節需要，配錄對白、音響效果和音樂，使合成後的影片具備所需要的各種聲音：這部法國影片還沒～。❷〔名〕指從事這種工作的人：他是這部影片的～。

【配樂】pèi // yuè〔動〕給話劇、影視、朗誦等配上音樂：～詩朗誦｜他給電視劇～。

【配置】pèizhì〔動〕分配並佈置：～資源｜調整人員～。

【配製】pèizhì〔動〕❶調配製造：～農藥。❷配合製作：～插圖。

【配種】pèizhǒng〔動〕通過天然交配或人工授精使雌雄兩性動物的生殖細胞結合以繁殖後代：～場。

施
淠（沠）
霈
轡（辔）

施　pèi ❶古時旗子邊緣下垂的裝飾：白～央央。❷〈書〉旌旗；大軍旋～。

淠（沠）　pèi用於地名：虎～（在福建）。

霈　pèi〈書〉❶大雨；及時雨：～霖｜甘～。❷形容雨多：雲濃雨～。

轡（辔）　pèi〔名〕控制牲口用的嚼子和韁繩：按～徐行。

語彙 鞍轡 並轡 緩轡

【轡頭】pèitóu〔名〕轡：東市買～，西市買鞍轡。

pēn ㄆㄣ

噴（喷）　pēn〔動〕受壓力後從口內急遽射出：～泉｜～霧器｜石油從井口～了出來｜往果樹上～農藥。
另見pèn（1014頁）。

語彙 井噴 香噴噴

【噴薄】pēnbó〔形〕（水或太陽等）向上湧起、氣勢壯觀的樣子：朝陽～欲出。
【噴發】pēnfā〔動〕❶噴射；爆發：他把一肚子怒火都～出來了。❷特指火山口噴出岩漿。
【噴飯】pēnfàn〔動〕吃飯時見到或聽到可笑的事，忍不住笑得把嘴裏的飯一下子噴了出來。形容事情非常可笑：令人～。
【噴糞】pēn//fèn〔動〕〈罵〉比喻說髒話或胡說八道：滿嘴～，一派胡言。
【噴灌】pēnguàn〔動〕利用動力水泵把水輸送到田間，再通過噴頭噴射到空中，霧化成細小水滴灌溉作物。
【噴壺】pēnhú〔名〕（把）盛水澆花的壺，壺嘴部分有許多小孔，像蓮蓬頭，可使水均勻噴灑。
【噴濺】pēnjiàn〔動〕液體因受衝壓而向外噴出飛射：液漿～一地。
【噴漆】pēnqī❶〔名〕一種人造漆。通常用噴槍均勻地噴於物體表面，具有乾得快、耐水耐油的特點。❷(-//-)〔動〕用壓縮空氣將漆料噴成霧狀黏附於器物上：這套家具噴了三道漆。
【噴氣發動機】pēnqì fādòngjī利用氣體高速噴射所產生的反作用力為動力的發動機。高速飛機和火箭都使用這種發動機。也叫噴射推進器。
【噴氣式飛機】pēnqìshì fēijī用噴氣發動機做動力裝置的飛機，速度很快，超過聲速。
【噴槍】pēnqiāng〔名〕（桿，支）用壓力噴射液體或固體粉末的工具，形狀像槍，用於裝修、上色、塗漆等。
【噴泉】pēnquán〔名〕❶（眼）向上或向外噴水的泉：圍欄的中間有一眼～。❷一種人造噴水裝置，通常為景觀而設。
【噴灑】pēnsǎ〔動〕噴射散佈：～殺蟲劑。

【噴射】pēnshè〔動〕❶急遽噴湧而出：十幾條水龍一齊向大火～。❷比喻猛烈發出：眼裏～着怒火。
【噴水池】pēnshuǐchí〔名〕裝有人造噴泉的水池，多用來點綴環境：展覽館前面有一個很大的～。
【噴嚏】pēntì〔名〕由於鼻黏膜受刺激而將氣體急速吸進並由鼻孔急速噴出，同時發出聲音，這種現象叫打噴嚏。也叫嚏噴。
【噴頭】pēntóu〔名〕安裝在噴頭用具和設備出水口的一種裝置，形狀像蓮蓬，有很多細孔，水經細孔噴出。也叫蓮蓬頭。
【噴吐】pēntǔ〔動〕從內部噴出：火車頭～着白色的蒸汽｜機槍～着火舌。
【噴霧器】pēnwùqì〔名〕利用空吸作用將藥水或其他液體噴射成霧狀的器具。
【噴湧】pēnyǒng〔動〕❶液體急速地往外冒：這股泉水消失了數十年後最近重新～。❷比喻思想、情感急遽發出：文思～｜激情～。
【噴子】pēnzi〔名〕（把）噴灑液體的器具。
【噴嘴】pēnzuǐ（～兒）〔名〕（隻）噴灑裝置或噴灑器具的狹口，可增加流體速度。

pén ㄆㄣ

盆　pén ❶（～兒）〔名〕一種口大底小的器具，多為圓形，用來盛東西或洗東西：臉～兒｜花～兒｜澡～｜拿個～來和(huó)麪。注意"盆"可借用為量詞，如"一盆花""一盆水"。❷形狀像盆的東西：～地｜骨～｜～腔。❸(Pén)〔名〕姓。

語彙 便盆 飯盆 骨盆 花盆 火盆 臉盆 臨盆 傾盆 瓦盆 澡盆 聚寶盆

【盆地】péndì〔名〕四周高而中間低的平地，由於地貌像盆，所以叫盆地：四川～｜塔里木～。

中國的盆地
塔里木盆地：在新疆南部，富石油等礦藏，是中國最大的盆地；
柴達木盆地：在青海西北部，富積岩鹽；
準噶爾盆地：在新疆北部，阿爾泰山、天山之間，牧場廣闊，富石油、煤等礦藏；
四川盆地：在四川和重慶境內，富石油、天然氣、井鹽等礦藏。

【盆景】pénjǐng（～兒）〔名〕在盆裏栽種花、草、木本植物，配上水、石，佈置成為縮小的山水風景，供觀賞。

【盆湯】péntāng〔名〕

澡堂中設有澡盆的洗澡間。也叫盆塘。

【盆浴】pényù〔動〕一種洗澡方式，用澡盆洗澡：他洗澡喜歡淋浴，不喜歡～。

【盆栽】pénzāi ❶〔動〕在花盆裏栽種：～花卉｜～仙人球。❷〔名〕指花盆裏栽種的花木：室內～。

【盆子】pénzi〔名〕〈口〉"盆"①。

溢 pén ❶〈書〉水往上湧溢：河水～溢｜江水～湧。❷（Pén）溢水，水名。在江西九江，流入長江。今名龍開河。

pèn ㄆㄣ

噴（噴）pèn 極；盛：～香。另見 pēn（1013 頁）。

【噴香】pènxiāng〔形〕狀態詞。香味濃；極香：花味～｜～的飯菜。也說噴噴香。

pēng ㄆㄥ

匉 pēng〈書〉同"砰"。

抨 pēng〈書〉❶ 彈：強弩莫～。❷ 彈劾（tánhé）：～彈污吏。

【抨擊】pēngjī〔動〕用語言或文字斥責：～時弊｜受到～。

怦 pēng ❶ 形容心跳：～然心動。❷〔擬聲〕心跳的聲音（常疊用）：嚇得我心裏～～直跳。

砰 pēng〔擬聲〕形容撞擊或重物落地發出的聲音：～的一聲，門被撞開了｜只聽～的一聲，原來花盆摔碎了。

烹 pēng ❶ 煮；煎：～茶｜兔死狗～。❷〔動〕一種烹調方法。先用熱油稍微炒一炒，然後加入醬油和其他作料迅速翻動，快速出鍋：～蝦。❸ 古代一種酷刑，用鼎鑊煮人：～醢。

【烹飪】pēngrèn〔動〕烹調食物，泛指做飯做菜：～爛熟｜～法。

【烹調】pēngtiáo ❶〔動〕燒煮調製（菜蔬）：～佳餚。❷〔名〕烹調食物的事：～技術。

嘭 pēng〔擬聲〕形容物體撞擊或敲門聲（常疊用）：外面傳來了～～的敲門聲。

澎 pēng〔動〕❶ 濺：～濕了衣服。❷ 泡沫等從容器中湧出來：光顧聊天兒，～了鍋了都不知道。另見 péng（1015 頁）。

péng ㄆㄥ

茮 péng ❶〈書〉草盛的樣子。❷（Péng）〔名〕姓。

【茮茮】péngpéng〔形〕〈書〉草木茂盛的樣子。

朋 péng ❶ 朋友：良～好友｜高～滿座。❷〈書〉結黨：～比為奸。❸〈書〉相類比；相匹敵：碩大無～。❹（Péng）〔名〕姓。

【朋輩】péngbèi〔名〕〈書〉同輩的朋友：忍看～成新鬼。

【朋比為奸】péngbǐ-wéijiān〔成〕朋比：依附。互相勾結起來做壞事：他們～，陷害好人，一定會受到法律制裁。

【朋黨】péngdǎng〔名〕原指同類的人為私利而互相勾結，後指為爭權奪利、排斥異己而結合起來的宗派集團：結為～。

【朋友】péngyou〔名〕❶（位）友人：一位～託我買本書｜這人真夠～！❷ 戀人：這位是王小姐的～｜她已經有～了。

辨析　朋友、友人　a）在指"彼此有交情的人"時，在一些習慣組合中不能替換，如"這人真夠朋友""老朋友"，不能換為"友人"。b）"朋友"有"戀人"義，如"她已經有了朋友"，"友人"不能這樣用；"友人"有時指"友好人士"，如"國際友人"，"朋友"不宜這樣用。

朋友的古代稱謂
布衣之交：平民朋友
金蘭之交：同心同德、生死與共的朋友
君子之交：平淡如水、不尚虛華的朋友
莫逆之交：彼此心意相通的朋友
貧賤之交：貧困時結交的朋友
忘年之交：年齡差別大而感情深的朋友
刎頸之交：至死也不變心的朋友
竹馬之交：從小就有交情的朋友（多指異性朋友）
總角之交：從小就有交情的朋友

堋 péng 分水堤壩。

淜 péng 用於地名：普～（在雲南）。另見 píng（1035 頁）。

弸 péng〈書〉❶ 強勁的弓。❷ 充滿：～中彪外（指人的品德好，文采自然表露在外）。

彭 Péng〔名〕姓。

棚 péng ❶（～兒）〔名〕遮太陽或蔽風雨的篷架，用竹木搭成，上鋪茅草、油氈等：涼～｜瓜～｜蔬菜大～｜搭個～兒，把煤放進去。❷（～兒）〔名〕簡易的房屋：牲口～｜防震～。❸〔名〕指天花板：頂～｜糊～師傅。❹ 清末民初陸軍的編制，14 人為一棚。❺〔動〕用棚子遮蔽起來：要下雨了，快把白灰～起來。❻（Péng）〔名〕姓。

P

【棚戶】pénghù〔名〕住在臨時搭蓋的簡陋房屋裏的人家：～區。

【棚寮】péngliáo〔名〕建築工地上的簡易平房，供建築工人居住或存放建築材料之用。

【棚子】péngzi〔名〕(間)〈口〉"棚" ②：夏天瓜農睡覺就在～裏｜三間草～。

捀 péng〈書〉用棍子或竹板子打。
另見 bàng（43頁）。

硼 péng〔名〕一種非金屬元素，符號 B，原子序數 5。非結晶硼是暗棕色粉末狀，結晶硼灰色透明，堅硬。硼鋼用於核工業，硼氫化合物是高能燃料。

【硼酸】péngsuān〔名〕一種弱酸，化學式 H_3BO_3。無色晶體，稍溶於水。用於玻璃、醫藥等工業，可做食物防腐劑和消毒劑等。

蓬 péng ❶〔名〕飛蓬：轉～｜～門蓽戶。❷〔動〕使蓬鬆：～頭垢面。❸〔量〕用於花草：一～蘭草。❹(Péng)〔名〕姓。

語彙　飛蓬　蓮蓬　蓬蓬　飄蓬　轉蓬

【蓬蓽增輝】péngbì-zēnghuī〔成〕蓬蓽：蓬門蓽戶的省略，形容窮苦人家用草、樹枝等做成的簡陋房屋。使草屋增添光輝。多用來稱謝他人過訪或題贈書畫等。也說蓬蓽生輝。

【蓬勃】péngbó〔形〕繁榮旺盛的樣子：朝氣～｜～發展。

【蓬蒿】pénghāo〔名〕❶蒿(tóng)蒿。❷飛蓬和蒿草。泛指荒草、雜草。❸借指草野民間：我輩豈是～人。

【蓬萊】Pénglái〔名〕❶神話傳說中渤海裏仙人居住的山：～仙境。❷地名，在山東東部。

【蓬亂】péngluàn〔形〕蓬鬆散亂：頭髮～，不修邊幅。

【蓬茸】péngróng〔形〕〈書〉草木茂盛：林間的空地上長滿了蓬蓬茸茸的綠草。

【蓬鬆】péngsōng〔形〕柔軟鬆散：她把頭髮燙得蓬蓬鬆鬆的，顯得很瀟灑。

【蓬頭垢面】péngtóu-gòumiàn〔成〕頭髮很亂，臉上很髒：不梳不洗，～。也說蓬首垢面。

澎 péng/pēng 見下。
另見 pēng（1014頁）。

【澎湖】Pénghú〔名〕中國群島名(含澎湖島及澎湖列島)，在台灣海峽東南部。

【澎湃】péngpài〔形〕❶形容波浪互相撞擊發出巨響的樣子：洶湧～｜～的浪濤。❷比喻心情激蕩起伏：心潮～。❸比喻氣勢浩大雄偉：龍騰虎躍，氣勢～。

鎃(鎃) péng〈書〉兵器。

膨 péng 膨脹：～大｜～化。

【膨大】péngdà〔動〕體積脹大：用力一吹，氣球

會～起來。

【膨脝】pénghēng〔形〕〈書〉腹部脹大的樣子：大腹～。

【膨化】pénghuà〔動〕一種食品加工方法。將玉米等穀物放入密閉容器中，加熱加壓後突然減壓，使其膨脹，變得鬆脆：～食品。

【膨體紗】péngtǐshā〔名〕用腈綸紡製成的紡織品，類似毛綫，具有蓬鬆、柔軟等特點。

【膨脹】péngzhàng〔動〕❶由於溫度增高或其他因素使得物體的體積脹大：空氣受熱～。❷借指事物呈嚴重擴大或增長之勢：通貨～｜金錢的誘惑，使他的私欲不斷～起來。注意這裏的"脹"不寫作"漲"。

篷 péng〔名〕❶(～兒)用竹、木、葦席或帆布等材料製成的遮蔽日光、風雨的設備：船～｜擺小攤兒的都撐了個～兒。❷船帆：落～。

語彙　敞篷　船篷　斗篷　收篷　帳篷

【篷車】péngchē〔名〕❶帶篷的貨車。也叫大篷車。❷舊時指帶篷的馬車。

【篷窗】péngchuāng〔名〕帆船的窗戶：月透～。

鬅 péng〈書〉頭髮散亂的樣子：短髮～鬆。

蟛 péng 見下。

【蟛蜞】péngqí〔名〕螃蟹的一種，生長在水邊，體小。

鵬(鵬) péng ❶傳說中由鯤變化成的大鳥。《莊子·逍遙遊》："北冥有魚，其名為鯤……化而為鳥，其名為鵬，鵬之背不知其幾千里也。" ❷(Péng)〔名〕姓。

【鵬程萬里】péngchéng-wànlǐ〔成〕比喻前程遠大。

pěng ㄆㄥˇ

捧 pěng ❶〔動〕用雙手托着或相向夾持：～住，別撒了｜～着孩子小臉，親了一下｜～起酒杯祝福。❷〔動〕奉承；替人吹噓：吹～｜簡直把那人～上了天。❸〔量〕用於兩手能捧的東西：一～花生米。

語彙　吹捧　追捧

【捧杯】pěng//bēi〔動〕捧走獎杯，指在比賽中獲得優勝名次或奪得冠軍：中國女排以全勝的戰績～｜51 名京劇新秀在此次電視大獎賽上～。

【捧場】pěng//chǎng〔動〕原指到劇場去看某演員的演出並加以讚賞，以抬高其身價。後泛指到場支持或替別人的活動吹噓：小店剛開張，請大家多～｜他的書出版後，～的人不少。

【捧臭腳】pěng chòujiǎo〔慣〕諂媚並為之吹噓：你給他～，他給你甚麼好處了？

P

【捧腹】pěngfù〔動〕雙手捧住肚子。形容大笑時的樣子。借指大笑：～大笑｜他的滑稽表演令人～不已。

【捧哏】pěnggén ❶〔動〕對口或群口相聲演出時，配角配合逗哏演員的表演隨時插話，以引起聽眾發笑（跟"逗哏"相對）。❷〔名〕指相聲表演中的配角（跟"逗哏"相對）。

【捧殺】pěngshā〔動〕過分吹捧，導致他人驕傲自滿、無所作為。

pèng ㄆㄥˋ

椪　pèng 椪柑。

【椪柑】pènggān〔名〕❶常綠灌木或小喬木，葉片小，開白花，果實扁圓形，紅色或橙黃色，汁多，味酸甜。果皮、核、葉可供藥用。❷這種植物的果實。

碰〈掽踫〉pèng〔動〕❶物體跟物體相撞擊：磕～｜～杯｜把墨水瓶～翻了｜～得頭破血流。❷碰見；遇到：～到一位熟人｜～見一件新鮮事。❸接觸，觸犯：他那麼大脾氣，誰敢去～他｜你可別～老爺子，惹他生氣！❹試探：～～運氣｜不管事情成不成，我先去～一下。

【碰杯】pèng//bēi〔動〕舉杯相碰，表示祝賀：為我們的勝利，～！｜咱們倆碰個杯吧！

【碰壁】pèng//bì〔動〕碰在牆壁上，比喻遇到嚴重阻礙或遭受拒絕：這一套，群眾不理解，推行起來哪有不～的？｜碰了壁，還不接受教訓。

【碰瓷】pèngcí〔動〕原是古玩業的行話，指不法之徒把瓷器擺放在路中央，專等路人不小心碰壞，藉機詐取財物。現多指駕車故意與別人的汽車相蹭以騙取賠償。也指故意製造事端，敲詐勒索。

【碰釘子】pèng dīngzi〔慣〕比喻遭受拒絕或阻礙：老先生很倔，你去採訪他，很可能～｜他請姑娘一起去看電影，結果～了。注意 如果遭受的拒絕是婉轉的，可以說"碰了個軟釘子"，但沒有"碰硬釘子"的說法，因為釘子本來是硬的，所以用不着再添上個"硬"字來修飾它。

【碰見】pèng//jiàn(-jian)〔動〕意外地見到：你猜我昨天在街上～誰了？｜～了小學時的一位同學｜這樣的好事怎麼都讓你～了，我怎麼碰不見？

【碰面】pèng//miàn〔動〕會面；見面：明天咱們在哪兒～？

【碰碰車】pèngpengchē〔名〕開動時以互相碰撞來取樂的小型電動車，多用於遊樂場所。

【碰巧】pèngqiǎo〔副〕正好遇到發生某種情況：

我正想去找你，你～就來了｜～考卷兒上有這道題｜～釣上這麼一條大魚。

【碰鎖】pèngsuǒ〔名〕一種安在門上，關門時一撞就能鎖上的鎖。也叫撞鎖。

【碰頭】pèng//tóu〔動〕❶頭碰頭，臉對臉，比喻離得很近：我往西，他向東，走得碰了頭才認出來｜相向而行的兩個人在胡同裏走了個～。❷會面；會見：～會（短時間的交換情況、研究問題的會）｜小馬和老李天天～｜咱們明天還在這兒碰個頭。

【碰一鼻子灰】pèng yībízi huī〔慣〕因被拒絕或遭斥責而弄得灰溜溜的：～回來了！也說撞一鼻子灰。

【碰硬】pèngyìng〔動〕❶指做困難的工作或事情：勇於～｜有了強烈的事業心，才會敢於～，勇於啃硬骨頭。❷指跟有權有勢的壞人或惡勢力、壞風氣等做鬥爭：面對強敵要毫不示弱，敢於～｜執法部門應該拿出～的勇氣，打擊那些欺行霸市的經銷商。

【碰運氣】pèng yùnqi 試試運氣如何或趕上運氣好：買張彩票，想～發一筆財｜我～買到了兩張臘月二十九的硬臥車票。

【碰撞】pèngzhuàng〔動〕❶物體相撞；撞擊：箱子裏裝的是精密儀器，要避免～。❷衝撞；冒犯：他正在氣頭兒上，你千萬別去～他。

pī ㄆㄧ

丕　pī〈書〉大；偉大：～訓｜嘉乃～績。

批　pī ❶❶〈書〉用手擊打：～頰。❷〈書〉削：～秋竹。❸〔動〕對下級的請示、報告等發表意見或對文章進行評點：～示｜～改｜咱們的報告，上級～下來了｜老師在文章後面～了"生動流暢"四個字。❹〔動〕批判；批評：挨了～｜～人要講道理。❺〔名〕批示的文字或評語：在詩文後面加了個～。

㊁❶〔動〕大量地、成批地買賣貨物：～發｜新書兩天就～完了。❷〔量〕用於大宗的貨物或數量較多的同時行動的人：商店進了一～貨｜彩電分兩～運來｜一大～新工人需要進行崗位培訓。

㊂(～兒)〔名〕〈口〉麻、棉等的細縷：麻～兒｜綫～兒。

語彙　大批　疊批　橫批　夾批　揭批　眉批　審批　朱批

【批駁】pībó〔動〕❶批評駁斥：～錯誤言論。❷拒絕否定下級的意見、要求（多是書面的）：～無理要求。

【批捕】pībǔ〔動〕批准逮捕：～犯罪嫌疑人。

【批次】pīcì〔量〕複合量詞。批量生產或銷售產品、貨物每進行一次叫一批次：今年海關截獲進口動植物產品一、二類病蟲害達 40 多~。

【批點】pīdiǎn〔動〕閱讀時在書刊或文章上添加評語和圈點：~史書。

【批發】pīfā〔動〕❶ 成批出售（區別於"零售"）：~價｜這些商品以~不零售。❷ 批准轉發：~文件。

【批復】pīfù ❶〔動〕對下級的書面請示報告批示答復：領導及時~。❷〔名〕對下級書面請示報告所做的批示答復：傳達上級的~｜那個~你看見了嗎？

【批改】pīgǎi〔動〕評判修改：~作業｜~文章。

【批號】pīhào〔名〕主管部門批准產品可以發行銷售的註冊編號：沒有~的藥品是假貨。

【批件】pījiàn〔名〕上級或主管部門批復的文件：上級的~下來了，你可以辦手續了。

【批量】pīliàng ❶〔名〕成批生產的同一批產品的數量：大~｜這次進貨，~很大。❷〔副〕成批地：這種新式機器明年就可以~生產了。

【批零】pīlíng〔動〕批發和零售：~差價。

【批判】pīpàn〔動〕❶ 對錯誤或反動的思想、言行進行分析、批駁，予以否定：展開~｜~血統論。❷ 批評研討（可用於書名）：古代哲學研究的~。❸ 有分析地對待：~繼承古代文化遺產。

【批評】pīpíng(-ping) ❶〔動〕分析優點和缺點。❷〔動〕指出缺點錯誤：要經常進行~和自我~｜讀者紛紛寫信，~這本書粗製濫造。❸〔名〕指提出的批評意見：這三點~，十分中肯｜對群眾的~，不能置之不理。

【批示】pīshì ❶〔動〕上級機關或領導人對下級的請示、報告等書寫指示或意見：送上報告，請領導~｜這個計劃，院長尚未~。❷〔名〕指批示的書面意見：這個材料上有文化部的~｜大家傳閱了首長的~。

【批文】pīwén〔名〕上級或主管部門批復的書面文字或文件：大家已看到~。

【批銷】pīxiāo〔動〕成批銷售；批發銷售。

【批語】pīyǔ〔名〕❶ 寫在文章或作業等後面的評語：老師看完我這篇作文後，給了鼓勵的~。❷ 批示在公文上的話：總理對這份材料很重視，親自寫了~。

【批閱】pīyuè〔動〕閱讀並批示：~文件｜~上百封群眾來信。

【批註】pīzhù ❶〔動〕加批語和註釋：~《三國演義》｜這些古文，要有很深的功力才行。❷〔名〕批評和註釋的文字：書的空白處寫了很長的~。

【批轉】pīzhuǎn〔動〕上級對下級的公文材料做批示並轉發給有關部門：上級領導~了我們的請示報告。

【批准】pī//zhǔn〔動〕對下級的意見、建議或請求表示准許：國務院~了北京市的建設規劃｜請調報告也不知道上級批得准批不准。

伾

pī/pēi 見下。

【伾伾】pīpī〔形〕〈書〉有力的樣子。

坯

pī/pēi〔名〕❶ 用原料製作成的未經窯燒的器物形狀，如磚坯、景泰藍花瓶的銅坯等。❷ 特指土坯：脫~｜用~打牆。❸（~兒）指半成品：鋼~｜麵~兒（清水煮熟尚未加作料的麵條兒）。

語彙　鋼坯　毛坯　麵坯　土坯　脫坯　磚坯

【坯布】pībù〔名〕織成後尚未印染的布。

【坯子】pīzi〔名〕❶ "坯"①：把這些~放到窯裏去。❷ "坯"③：綫~。❸ 具有某種潛質、將來可以成為某種人才的人：他確實是個演員~。

披

pī ❶〔動〕把衣物搭在肩背上：~着一件軍大衣｜~上棉襖再出去｜~紅戴花｜~堅執銳（穿着鐵甲，拿着兵器）。❷〔動〕比喻蒙上：~着夕陽｜~星戴月。❸〔書〕比喻敞開、表露：~心腹，見(現)情愫｜~肝瀝膽。❹ 打開；散開：~卷（打開書）｜~沙揀金｜~頭散髮。❺〔動〕裂開：指甲~了。

語彙　紛披　橫披　椅披

【披髮左衽】pīfà-zuǒrèn〔成〕《論語・憲問》："微管仲，吾其被髮左衽矣。"被：通"披"。意思是如果沒有管仲，我們恐怕還是披散着頭髮、衣襟左掩的樣子。"披髮左衽"是古代東方、北方少數民族的裝束。

【披風】pīfēng〔名〕(件)斗篷：披一件黑色~。

【披肝瀝膽】pīgān-lìdǎn〔成〕比喻坦誠相見或竭盡忠誠：好友之間應該~，毫無隱瞞｜他對革命~，忠心耿耿。省作披肝、披肝膽。

【披掛】pīguà ❶〔動〕穿戴盔甲：~上陣。❷〔名〕穿戴的盔甲：一身~。

【披紅】pīhóng〔動〕為了表示喜慶或光榮，把紅綢披在人身上：給立功人員~戴花。

【披肩】pījiān ❶〔名〕(件)披在肩上的服飾，如清朝官衣大禮服有披肩。❷〔名〕(件)特指婦女披在身上的一種無袖短外衣。❸〔動〕披於肩上：長髮~。

【披肩髮】pījiānfà〔名〕❶ 長度超過肩部的髮型。❷ 借指留披肩髮的人：前面那個~原來是個男的。

【披巾】pījīn〔名〕(塊，件)婦女披在肩背上的飾物：一件漂亮的俄羅斯~。

【披荊斬棘】pījīng-zhǎnjí〔成〕比喻在前進道路上清除障礙，克服重重困難：革命先烈~，歷盡艱辛，才有了人民的共和國。

【披覽】pīlǎn〔動〕〈書〉翻閱；閱讀：~史書｜~

不倦。

【披露】pīlù〔動〕❶發表；公佈：報上～了這樁大案的內幕。❷表現出來：作者極其複雜的心境通過這首小詩～無遺。

【披靡】pīmǐ〔動〕❶草木隨風倒下：草木～，百花凋零。❷潰敗四散：義軍所向～｜敵軍望風～。

【披散】pīsan〔動〕毛髮等散開下垂：姑娘～着頭髮。

【披沙揀金】pīshā-jiǎnjīn〔成〕撥開沙礫，挑選金子。比喻從大量的事物中細心擇取精華：這本新詩選集，做到了～，稱得起是精品。也說排沙簡金（排：排除；簡：選擇）。

【披頭散髮】pītóu-sànfà〔成〕頭髮長而散亂的樣子：一個女人～，站在他的面前。

【披星戴月】（也說披帶月）pīxīng-dàiyuè〔成〕身披星光，頭頂明月。形容起早貪黑，辛勤勞作或晝夜趕路：農民們～苦幹，幾百畝麥子很快割完了｜鐵道游擊隊員們～，日夜兼程，終於安全地通過了敵人的封鎖綫。也說戴月披星。

【披閱】pīyuè〔動〕展卷閱讀；翻閱：～文史書籍。

辨析 **批閱、披閱** 二者的區別就在"批"和"披"上。"批閱"是閱讀並加批示或修改，如"批閱文件""老師批閱學生作文"。"披"有打開的意思，"披閱"就是展卷閱讀，翻閱，如"披閱文稿"，就是翻閱文稿，沒有批示或修改的意思。

邳

Pī/Pí ❶邳州，地名。在江蘇。❷〔名〕姓。

狉

pī 見下。

【狉狉】pīpī〔形〕〈書〉野獸蠢動的樣子：草木榛榛，鹿豕～～。

【狉獉】pīzhēn〔形〕〈書〉草木叢雜，野獸出沒。也說獉狉。

砒

pī ❶〔名〕砷（shēn）的舊稱。❷砒霜。

【砒霜】pīshuāng〔名〕無機化合物，是不純的三氧化二砷，白色或紅色，毒性很強，可做殺鼠劑、除蟲劑等。也叫白砒、紅砒、信石、紅礬。

悂

pī〈書〉錯誤。

紕（紕）

pī〔動〕（絲繩擰成的粗繩或織物的經綫緯綫）披散開來：綫～了。

【紕漏】pīlòu〔名〕因疏忽而產生的差錯：再仔細檢查一下，不要出甚麼～｜出了一點小～。

【紕繆】pīmiù〔名〕〈書〉錯誤：文字～不少｜時有～。

鈚（鈚）

pī〈書〉鈚箭，箭頭寬而薄，箭桿用柳木或樺木做成的一種箭。

鈹（鈹）

pī〈書〉❶大矛；長矛。❷大針；長針。

另見 pí（1021 頁）。

駓（駓）

pī〈書〉毛色黃白相雜的馬。

劈

pī ❶〔動〕用刀斧等破開：刀～斧砍｜～木頭｜～成兩半｜竹子有節，不好～。❷〔動〕（竹木等）裂開：床板都～了｜鋼筆尖摔～了。❸〔動〕雷電毀壞或擊斃：一棵千年老樹，讓雷～成兩截矣。❹向着；衝（chòng）着（人的頭部、面部、胸部）：～面一掌｜斧子～頭砍來。❺〔動〕（北京話）（嗓子）嘶啞：他喊了半天，嗓子都～了。❻〔名〕一種由兩個斜面合成的簡單機械，如木楔、刀刃等都是劈。也叫尖劈。

另見 pǐ（1022 頁）。

【劈波斬浪】pībō-zhǎnlàng〔成〕衝開波浪，向前行駛。比喻排除前進道路上的障礙和困難：中國人民正～，為國家的昌盛而奮鬥。

【劈裏啪啦】pīlipālā 同"噼裏啪啦"。

【劈啪】pīpā 同"噼啪"。

【劈山】pīshān〔動〕開山：～造田｜～引水｜～救母（沉香劈山救母是一個神話故事）。

【劈頭】pītóu〔副〕❶衝着頭；迎頭：～一棍子打下來｜剛進大門，～碰見總經理。❷開頭；起頭：他一～一句話就問："你考上大學了嗎？"

【劈頭蓋臉】pītóu-gàiliǎn〔成〕正對着頭和臉蓋下來。也形容打擊、衝擊、批評等來勢兇猛：還沒進村，冰雹就～地砸下來｜不容她解釋，父親就～地責罵起來。也說劈頭蓋腦。

噼

pī 見下。

【噼裏啪啦】pīlipālā〔擬聲〕形容爆裂、拍打等連續不斷的聲音：雞蛋大小的冰雹～落下來。也作劈裏啪啦。

【噼啪】pīpā〔擬聲〕形容拍打或爆裂等的聲音：老遠聽到了～的槍聲。也作劈啪。

鎃（鎃）

pī〈書〉箭鏃。另見 bī（67 頁）。

霹

pī 見下。

【霹靂】pīlì〔名〕（聲）急而響的雷。常用來比喻突然發生的事件：～一聲震天響｜這個消息，不啻晴天～，使他驚呆了。

【霹靂舞】pīlìwǔ〔名〕一種動作劇烈的舞蹈。原名布瑞克舞（break dance），有折斷、破裂、衝擊等含義。因伴奏的音樂似暴風驟雨般急促強勁，鼓聲陣陣，如同霹靂，故中國稱為霹靂舞。霹靂舞融舞蹈、體操、雜技、武術於一體，將人的體能發揮到極致，兼有自娛性和表演性的特點。

pí ㄆㄧˊ

皮 pí ❶〔名〕(張,層)人或生物體的表層組織：人有臉，樹有~｜披着羊~的狼｜細~嫩肉。❷〔名〕皮子：~靴｜~夾克。❸(~兒)〔名〕包在外面的一層東西：書~兒｜包袱~兒｜餃子~兒。❹(~兒)表面：水過地~兒濕｜蜻蜓擦着水~兒飛過。❺(~兒)〔名〕某些東西的薄片：鐵~｜豆腐~兒。❻指橡膠：橡~｜~筋兒。❼〔形〕韌性較大；不鬆脆：~糖｜炸花生米放~了可不好吃。❽〔形〕頑皮；調皮：這孩子真~，怎麼揪爺爺的鬍子！❾〔形〕因多次受申斥或責罰而習慣了，無所謂了：罵就罵吧，反正我都聽~了，不往心裏去。❿〔形〕皮實：這孩子~得很，從來不生病。⓫(Pí)〔名〕姓。

語彙 包皮 表皮 草皮 車皮 扯皮 陳皮 地皮 肚皮 粉皮 封皮 麩皮 浮皮 桂皮 果皮 畫皮 膠皮 賴皮 臉皮 毛皮 奶皮 牛皮 潑皮 漆皮 俏皮 青皮 肉皮 書皮 調皮 鐵皮 頭皮 蛻皮 頑皮 西皮 蝦皮 橡皮 信皮 眼皮 真皮 植皮 豆腐皮 雞毛蒜皮 與虎謀皮 拉大旗作虎皮

【皮襖】pí'ǎo〔名〕(件,領)用毛皮(多為羊皮)做的中式上衣。

【皮包】píbāo〔名〕(隻)皮革製成的手提包。

【皮包公司】píbāo gōngsī 指沒有資產、沒有固定辦公地點和經營場所，只是一個人夾着皮包到處招攬生意、投機牟利，完全不具備公司法規定的冒牌兒公司。

【皮包骨】pí bāo gǔ〔慣〕形容極瘦：她瘦得~｜瘦成了~。

【皮包商】píbāoshāng〔名〕從事皮包公司經營活動的商人：這位經理連個正兒八經的寫字間都沒有，是一個~。

【皮草】pícǎo〔名〕毛皮和毛皮製品的統稱：~行｜~服裝。

【皮尺】píchǐ〔名〕(根,條)漆布做的捲尺。

【皮帶】pídài〔名〕(條,根)❶傳動帶的通稱。❷用皮革製成的帶子，特指用皮革製成的腰帶。

【皮蛋】pídàn〔名〕用石灰、黏土、食鹽、稻穀等加水拌成的混合物包在鴨蛋或雞蛋外殼上製成的蛋製食品。

【皮膚】pífū〔名〕身體表面的組織，人和高等動物的皮膚由表皮、真皮和皮下組織三層組成。

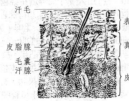

人的皮膚

【皮傅】pífù〔動〕〈書〉用膚淺的見解和言語牽強附會：不深得情實，強為~之論。

【皮革】pígé〔名〕畜、獸等的皮經加工後製成的熟皮，廣泛用於服裝、鞋帽、手套、箱包及其他物品的製造。

【皮黃】píhuáng〔名〕戲曲聲腔，西皮和二黃的合稱。西皮起源於秦腔，二黃由吹腔演變而成。清朝初年西皮是漢調的主要腔調，二黃是徽調的主要腔調。隨着漢調、徽調的合流演變而成京劇聲腔系統，因此"皮黃"有時專指京劇。

【皮貨】píhuò〔名〕(件)毛皮貨物的總稱：~店｜經營~。

【皮夾子】píjiāzi〔名〕(隻)用軟皮革做成的小袋，可隨身攜帶裝錢等。也叫皮夾兒。

【皮匠】píjiang〔名〕(位)❶製鞋或修補舊鞋的手藝人：三個臭~頂個諸葛亮。❷製造皮革的手藝人。

【皮筋】píjīnr〔名〕(根)橡皮筋，用橡膠製成的、有彈性的綫狀或環狀物：跳~｜用~把頭髮紮起來。

【皮具】píjù〔名〕皮革製作的各種用品，如皮包、皮箱、皮夾子、皮帶等：~商店。

【皮開肉綻】píkāi-ròuzhàn〔成〕皮肉都裂開了。形容被打得傷勢極重：他被打得~，遍體鱗傷。

【皮裏陽秋】pílǐ-yángqiū〔成〕陽秋：即《春秋》，晉簡文帝司馬昱之母鄭后名阿春，避諱"春"字而改稱。《春秋》是孔子修訂的歷史著作，包含着歷史事件和歷史人物的褒貶。皮裏：即肚皮內，實即"活人"之意。"皮裏陽秋"原指活春秋，即活歷史，借指藏在心中不說出來的褒貶。

【皮毛】pímáo〔名〕❶帶毛的獸皮：~商人｜貴重的~。❷比喻膚淺的知識：粗知~。

【皮棉】pímián〔名〕軋去種子尚未加工為紡織材料的棉花。也叫皮花。

【皮球】píqiú〔名〕(隻)用橡膠製成的空心球，有彈性，供兒童遊戲用：拍~｜踢~。

【皮肉】píròu〔名〕皮膚和肌肉，指人的肉體：~之苦｜只是傷了點~。

【皮試】píshì〔名〕皮膚過敏試驗的簡稱。將極少量藥物注入皮下，觀察機體對該藥物有無過敏反應，常用注射部位為前臂掌側：打青黴素前要先做~。

【皮實】píshi〔形〕❶身體結實，極少生病：這孩子特~，多冷的天都不穿毛衣。❷堅固耐用而不易破損：這台錄音機~得很，好像總也用不壞。

【皮箱】píxiāng〔名〕(隻)皮革製的箱子：三隻~裝的全是衣服。

【皮相】píxiàng〔形〕〈書〉只看外表，不究內裏，指看事情不深入：~之論。

【皮笑肉不笑】pí xiào ròu bù xiào〔俗〕形容外表裝出笑態，而內心暗藏惡意。

【皮鞋】píxié〔名〕（雙，隻）用皮革製成的鞋。

【皮衣】píyī〔名〕（件，領）毛皮或皮革製的衣服。

【皮影戲】píyǐngxì〔名〕一種民間廣為流行的戲劇形式，用紙或皮剪成人物形象，以燈光映於帷幕上，表演故事。藝人在幕後操縱剪影，邊演邊唱，並配以音樂。河北灤縣地區的驢皮影、西北的牛皮影和福建龍溪（今漳州）、廣東潮州的紙影較有名。也叫影戲、燈影戲、土影戲。

皮影戲的起源

傳說漢武帝的寵妃李夫人死後，他異常想念，想與李夫人見面。有一法師設法把李夫人的形象摹在一張羊皮上，通過燈光照射顯現出來，從而滿足了漢武帝的渴望。中國的皮影戲，在北宋時已開始正式演出。

【皮張】pízhāng〔名〕製革用的各種獸皮。

【皮疹】pízhěn〔名〕皮膚表面出現的成片的小紅疙瘩：過敏性～。

【皮之不存，毛將焉附】pízhībùcún, máojiāngyānfù〔成〕《左傳‧僖公十四年》：“皮之不存，毛將安傅？”皮都沒有了，毛還長在哪兒呢？比喻事物失去了藉以生存的基礎，就不能存在。

【皮重】pízhòng〔名〕貨物包裝材料的重量，也指稱東西時用的盛器的重量。

【皮子】pízi〔名〕（塊，張）皮革或毛皮：上好的～。

苤 pí 見下。
另見 bǐ（70頁）。

【苤苈】pífú〔名〕古書上指錦葵。

枇 pí 見下。

【枇杷】pípá(-pɑ)〔名〕❶常綠喬木，葉子長橢圓形，開小白花，圓錐花序。果實淡黃色或橙黃色，可食，味甘美。葉子和果核可入藥，有鎮咳作用。❷這種植物的果實。

狓 pí 見“獾狓狓”（599頁）。

陂 pí 用於地名：黃～（在湖北武漢北）。
另見 bēi（55頁）；pō（1037頁）。

毗〈毘〉 pí〈書〉❶連接：～連｜～鄰。
❷輔助：～佐。

【毗連】pílián〔動〕連接；緊靠：百餘條木船～，一字排開。

【毗鄰】pílín〔動〕毗連；鄰接：大劇院和小劇場～。

【毗盧帽】pílúmào〔名〕（頂）舊俗於夏曆七月十五日晚上請和尚結盂蘭盆會，誦經施食，叫放焰口。放焰口時，主座大和尚所戴的帽子（上面繡有毗盧佛像），叫毗盧帽。

蚍 pí 見下。

【蚍蜉】pífú〔名〕一種大螞蟻：～撼樹談何易！

【蚍蜉撼樹】pífú-hànshù〔成〕唐朝韓愈《調張籍》詩：“蚍蜉撼大樹，可笑不自量。”意思是螞蟻想搖動大樹，不自量力，實在可笑。比喻不自量力而狂妄可笑。

疲 pí ❶勞累：衰～｜筋～力盡｜樂此不～。❷形容市場行情、價格等無力或低落不振作：～軟｜～弱｜目前這種貨價格太～。

【疲憊】píbèi〔形〕極其疲乏、勞累：連續的緊張工作，大家已～不堪。

【疲乏】pífá〔形〕❶疲勞睏乏：走了一天的路，大家都非常～。❷機能或反應能力減弱：連着看了三場電影，眼睛～極了。

【疲倦】píjuàn〔形〕❶勞累睏倦：值完夜班，他感到很～。❷鬆懈；懈怠：同錯誤行為進行不～的鬥爭。

【疲勞】píláo〔形〕❶疲乏勞累：為早日出書，他不顧～，加班工作。❷因運動過度或刺激過強，生理機能或反應能力減弱：陽光下看書，眼睛容易～。❸金屬材料或金屬物體因受力過強或作用時間過久而不能繼續起正常作用：金屬～｜彈性～｜～試驗是為了研究材料的抗～性能。

【疲軟】píruǎn〔形〕❶疲乏無力：身體～。❷指貨物銷路不好、行情價格低落或貨幣匯率呈下降趨勢（跟“堅挺”相對）：市場～｜股市～。

【疲弱】píruò〔形〕疲乏虛弱；衰弱無力：拖着～的身子，無力地向前走着。

【疲沓】(疲塌)píta〔形〕怠惰鬆懈：工作～｜這人幹活比較～。

【疲態】pítài〔名〕❶疲勞的狀態：長途顛簸，車手略顯～。❷（行情、價格等）疲軟的狀態：市場銷售出現～，有效需求增長緩慢。

【疲於奔命】píyúbēnmìng〔成〕《左傳‧成公七年》：“余必使爾罷於奔命以死。”罷：同“疲”。原指奉命四處奔走，搞得筋疲力盡。後也指事務繁忙，難於應付。

埤 pí〈書〉增加：～益。
另見 pì（1022頁）。

啤 pí 指啤酒：生～｜扎～｜冰～。[英 beer]

【啤酒】píjiǔ〔名〕用大麥芽加啤酒花經糖化、低溫發酵製成的低度酒，有泡沫和特殊香味，微苦，含糖、蛋白質和二氧化碳。[啤，英 beer]

【啤酒肚】píjiǔdù〔名〕稱胖人凸顯的肚子。有人認為常飲啤酒會導致發胖，腹部凸起，故稱。

【啤酒花】píjiǔhuā〔名〕一種多年生草本植物，蔓生，莖、葉有小刺。果穗呈毬果狀，有揮發油和苦味素，可使啤酒具有苦味和香味。簡稱酒花。

郫 Pí 郫縣，地名。在四川成都西北。

陴 pí〈書〉短牆；城上的女牆。

琵 pí 見下。

【琵琶】pípá（-pa）〔名〕（面）弦樂器，半梨形，上部為長柄，柄端彎曲，四根弦，戴假指甲彈奏。常用於獨奏、合奏和伴奏。

白居易《琵琶行》摘句
輕攏慢撚抹復挑，初為霓裳後六幺。
大弦嘈嘈如急雨，小弦切切如私語。
嘈嘈切切錯雜彈，大珠小珠落玉盤。
間關鶯語花底滑，幽咽泉流水下灘。

椑 pí 古代一種橢圓形酒器。
另見 bēi（56 頁）。

脾 pí〔名〕人和高等動物的內臟之一，在胃的左側，橢圓形，赤褐色，質柔軟。作用是製造新的血細胞與破壞衰老的血細胞，產生淋巴細胞與抗體，貯藏鐵質，調節脂肪、蛋白質的新陳代謝等。也叫脾臟。

語彙　醒脾　虛脾　沁人心脾

【脾氣】píqi〔名〕❶人的性格：小王～好，總是樂呵呵的｜他們倆挺對～。❷急躁的情緒；易怒的性情：不要跟孩子發～｜老爺子～很大｜這個人沒～。❸指牛、馬、狗、老虎等動物的性情：牛～｜這匹馬的～很暴躁｜熊貓的～很溫順。

【脾胃】píwèi〔名〕❶脾和胃：～濕熱｜吃東西不注意，壞了～。❷比喻對事物愛憎的習性：釣魚得有耐性，不合我的～｜他們兩個人～相投。

【脾臟】pízàng〔名〕脾。

鈹（铍）pí〔名〕一種金屬元素，符號 Be，原子序數 4。銀灰色，質硬而輕，可用於製造飛機、火箭等。
另見 pī（1018 頁）。

裨 pí〈書〉❶偏次；副：～將。❷小：～販（小販）。
另見 bì（74 頁）。

【裨將】píjiàng〔名〕副將；偏將。

蜱 pí〔名〕節肢動物，身體橢圓形，有足四對。種類很多，有的危及人、畜以及農作物。也叫壁蝨。

膍 pí 古代指牛百葉，即牛的胃。

【膍胵】píchī〔名〕❶百葉，反芻動物的胃。❷鳥類的胃。

蕃 Pí〔名〕姓。
另見 bō（99 頁）；fān（357 頁）；fán（359 頁）。

鮍（鲏）pí 見“鰟鮍”（1006 頁）。

貔 pí 古代傳說中的一種野獸。

【貔虎】píhǔ〔名〕貔和虎都是猛獸，比喻勇猛的將士。

【貔貅】píxiū〔名〕❶古代傳說中的一種猛獸。❷比喻勇猛的將士：百萬～。

羆（罴）pí〔名〕熊的一種，即馬熊，毛棕褐色，能爬樹游水。

鼙 pí 見下。

【鼙鼓】pígǔ〔名〕古代軍隊中用的戰鼓。擊鼙鼓表示進攻，因而常用來比喻戰事：漁陽～動地來。

pǐ　ㄆㄧˇ

匹〈㊀❷疋〉pǐ ㊀❶相當；相配；比得上：～敵（彼此相等）｜～配（指婚姻）｜夫妻相～。❷單獨：～夫｜～婦。
㊁〔量〕❶用於馬、騾等：兩～馬｜三～騾子。**注意**“馬”的量詞只有“匹”，“騾子”的量詞還有“頭”，如“一頭騾子”。❷用於整捲的綢或布（古代以四丈為匹，現在五十尺、一百尺不等）：一～綢子｜兩～布。
“疋”另見 Pǐ（1021 頁）；yǎ（1550 頁）。

語彙　布匹　馬匹　舉世無匹

【匹敵】pǐdí〔動〕地位平等；力量相當：他自認為本領高強，無人～。

【匹夫】pǐfū〔名〕❶泛指尋常百姓；特指個人：天下興亡，～有責｜三軍可奪帥也，～不可奪志也。❷指無學識、無智謀的人（多見於古小說或戲曲）：～之勇｜無用～｜老～。

【匹配】pǐpèi〔動〕❶（婚姻）配合：～良緣。❷（無綫電元器件等）配合：阻抗～。

庀 pǐ〈書〉❶具備：～工興建。❷治理：子將～內政焉。

疋 Pǐ〔名〕姓。
另見 yǎ（1550 頁）；pǐ “匹”（1021 頁）。

圮 pǐ〈書〉毀壞；坍塌：～毀｜傾～。

語彙　傾圮　坍圮　頹圮

仳 pǐ〈書〉分別：～離。

【仳離】pǐlí〔動〕〈書〉分離，特指女子被丈夫拋

P

棄：有女～。

否 pǐ ❶《易》卦名，坤上乾下，表示天地不交，上下隔閡，閉塞不通之象。❷壞；惡：～極泰來。❸貶斥：臧～人物（評論人物的優劣高下）。

另見 fǒu（395頁）。

【否極泰來】pǐjí-tàilái〔成〕否、泰：六十四卦中的卦名，否表示凶，泰表示吉。指壞到了盡頭，好運就來了，說明物極必反的道理。形容由極壞轉好的情況。

吡 pǐ〈書〉詆毀。

另見 bǐ（69頁）；bì（72頁）。

芘 pǐ〔名〕有機化合物，化學式 $C_{22}H_{14}$。存在於煤焦油中。

痞 pǐ〔名〕病名。痞塊，肚子裏的硬塊。❷痞子：地～。❸〔形〕不正派，無賴的樣子：那小子特～。

語彙　兵痞　地痞　流痞　文痞

【痞子】pǐzi〔名〕惡棍；流氓：那兩個小～被抓到派出所去了。

劈 pǐ / pī〔動〕❶分開：～賬（拆賬）｜把麻繩～成三股。❷使分開；使離析原物：把爛菜幫子～下來。❸腿或手指等過分叉開：跳水時兩腿絕對不能～開。

另見 pī（1018頁）。

【劈叉】pǐchà〔動〕體操、武術等的一種動作，兩腿向相反方向分開，成"一"字形：練習～｜～、倒立、翻跟頭，這是練武術的基本功。

【劈柴】pǐchái（-chai）〔名〕（塊）供引火用的劈開的小木條：劈（pī）～｜這堆～夠一冬燒了｜拿點～來生火。

【劈腿】pǐtuǐ〔動〕❶體操上指兩腿最大限度地叉開。❷比喻同時跟兩個或多個人談戀愛，意思類同於"腳踏兩條船"：上一段感情的結束，是因為他～，不專情。

擗 pǐ ❶〔動〕使分開；使離開原物體：～樹枝｜～棒子（掰玉米）。❷〈書〉捶拍胸部：～踴。

【擗踴】pǐyǒng〔動〕〈書〉捶胸頓足，極為悲痛：～慟哭。

癖 pǐ 因對某種事物偏愛而形成的習性：酒～｜煙～｜好古成～。注意"癖"不讀 pì。

語彙　痼癖　怪癖　潔癖　嗜痂之癖

【癖好】pǐhào〔名〕嗜好：除去養花兒，沒有別的～｜多年來，他養成了一種逛舊書市的～。

【癖性】pǐxìng〔名〕癖好習性：～不是天生的，是後天形成的。

鼙 pǐ〈書〉大。見於人名：伯～（春秋時吳國太宰）。

pì ㄆㄧˋ

屁 pì〔名〕❶從肛門排出的臭氣：放了一個｜～也不敢放（比喻不敢出一點聲或一句話也不敢說）。❷比喻沒用的或微不足道的事物：～話｜～大點小事。❸泛指任何事物，多用於否定或斥責：你懂個～｜你不同意頂個～用｜～本事都沒有，還想當領導。

語彙　放屁　狗屁　拍馬屁

【屁股】pìgu〔名〕❶〈口〉臀部：拍拍～走了｜～還沒坐穩，又要走了。❷動物身體後接近肛門的部分：雞～｜猴子～坐不住。❸指某些物體的尾部：香煙～。

【屁滾尿流】pìgǔn-niàoliú〔成〕形容十分驚恐或狼狽不堪的樣子：戰士們一聲大吼，嚇得敵人～。

【屁話】pìhuà〔名〕指沒有價值或不合情理的話（含厭惡感，多用於斥責）。

【屁簾兒】pìliánr〔名〕❶吊在穿開襠褲的幼兒屁股後面，起遮擋作用的長方形布簾兒或棉簾兒。也說屁股簾兒。❷一種像屁簾兒形狀的風箏。

【屁塞】pìsāi〔名〕古時，人死後用小型的玉石等塞入死者的口、耳、鼻、肛門等處，以防腐爛。塞在肛門裏的叫屁塞。

埤 pì/bì 見下。

另見 pí（1020頁）。

【埤堄】pìnì〔名〕〈書〉城上矮牆；女牆。也作埤院。

【埤院】pìnì〈書〉同"埤堄"。

淠 Pì 淠河，水名。在安徽六安，向北流入淮河。

睥 pì/bì 見下。

【睥睨】pìnì〔動〕〈書〉斜着眼睛向旁邊看，形容傲慢的神態：～天地之間｜～萬物。

辟 pì〈書〉法律；刑法：大～（古代指死刑）。

另見 bì（75頁）；pì "闢"（1023頁）。

媲 pì 匹配；匹敵；比並：～美。

【媲美】pìměi〔動〕同樣美好，比美：～前賢｜這種酒可以和茅台相～。

僻 pì ❶偏僻：～巷｜窮鄉～壤｜～陋之地。❷性情古怪，不合群：孤～｜怪～｜性情乖～。❸不常見的（多指文字）：生～｜冷～｜事出《紅樓夢》，非～書。❹不正；邪僻：其子有～行。

語彙　孤僻　乖僻　怪僻　荒僻　靜僻　冷僻　偏僻　生僻　鄉僻　幽僻

【僻靜】pìjìng〔形〕偏僻安靜：找個～的地方看會兒書｜頤和園後山一帶很～。

【僻壤】pìrǎng〔名〕偏僻的地方：昔日的窮鄉～，現在變成了富饒的山村。

澼　pì 見"洴澼"（1034 頁）。

甓　pì〈書〉磚：運百～於齋外。

【鷿鷈】pìtī〔名〕鳥名，形狀略像鴨而小，羽毛黃褐色。常浮在河湖水面，善於潛入水中，捕食小魚、昆蟲。

譬　pì ❶ 打比方：～如｜～若殘燭｜以庖丁解牛相～。❷ 明曉；曉諭：～之以理。❸ 比方；比喻的方法：設～｜取～。

【譬如】pìrú〔動〕比如；比方說：～飲食習慣，南甜北鹹，東辣西酸，各不相同。

【譬喻】pìyù ❶〔動〕比喻：小張善～，有辯才。❷〔名〕（個）比方；比喻彼此的行為。

闢（闢）pì ❶〔動〕開闢：開天～地｜另～外語學習專欄。❷ 駁斥或排除：～謠｜～異端邪說｜～耳目之欲。❸ 精闢；透徹：老李的分析十分透～。
"闢"另見 bì（75 頁）；pì（1022 頁）。

■語彙　精闢　開闢　透闢

【闢謠】pì // yáo〔動〕說明事實真相，駁斥謠言：當眾～｜這是惡意中傷，一定要闢這個謠。

鷿（鷿）pì 見下。

piān ㄆㄧㄢ

片　piān（～兒）平而薄的東西，用於"相片兒、畫片兒、唱片兒"等。
另見 piàn（1025 頁）。

【片子】piānzi〔名〕❶（部）電影膠片（piàn）；影片：這部～是新拍的｜那是 30 年代的老～。❷（張）透視照相的底片（piàn）：拍個～，看看骨折情況。❸（張）留聲機的唱片：灌～。
另見 piànzi（1026 頁）。

扁　piān 見下。
另見 biǎn（80 頁）。

【扁舟】piānzhōu〔名〕〈書〉小船：一葉～。

偏　piān ❶〔形〕不正；不居中；傾斜（跟"正"相對）：左～房｜正東～北｜坐得太～，看不清演員的正臉兒｜鏡框掛得有點兒～｜這槍打～了。❷〔動〕專注一方面或對人對事不公正；偏向：不能只～於理科，文科也要學好｜媽媽老～着小弟弟。❸ 輔助的；不居主位的：～將｜～師。❹〔動〕與正常的標準有差距：工資低｜工程造價～高｜考題～難。❺〔動〕客套話。表示在此之前已用過茶飯等（多接用"了"字）：我先～了，您請吃吧。❻〔副〕偏偏，語氣比用"倒、反、卻"更堅決（後面常與"要、不"合

用）：你不讓我去，我～去｜你～要鑽牛角尖，你有甚麼辦法｜天公～不作美，下起雨來了，春遊只好改期｜明知山有虎，～向虎山行。**注意**"偏"多用於兩個分句中的前一分句或後一分句。有時候，因承接上文或不言而喻，也可以單用"偏"字句，如"偏不說、偏不、偏不嘛""我偏要去"。❼（Piān）〔名〕姓。

■語彙　糾偏　偏偏　一偏

【偏愛】piānʼài〔動〕特別喜愛（諸多人或事物中的某個或某件）：父親～弟弟｜也許是故鄉的緣故吧，我總是～這裏的一草一木。

【偏安】piānʼān〔動〕指中國封建統治者偏處一方，失去全國統治權：南宋王朝長期～於江南一隅。

【偏差】piānchā〔名〕❶ 工作上產生的偏離方針政策的傾向和差錯：要嚴格掌握政策，避免工作中出現～。❷ 運動的物體偏離確定方向的角度：修正～後，第二槍命中靶心。

【偏方】piānfāng（～兒）〔名〕不見於古典醫學著作，只流傳於民間的中藥方：～兒有時能治大病。

【偏房】piānfáng〔名〕❶（間）四合院中東西兩側的廂房。❷ 妾。

【偏廢】piānfèi〔動〕應當兼顧的幾件事中的一件或幾件被忽視：學生要德、智、體全面發展，任何一個方面都不能～。

【偏護】piānhù〔動〕偏私袒護；袒護一方：是他先動手打人，你為甚麼～他？

【偏激】piānjī〔形〕（思想、言論等）過火：思想～｜～情緒｜他這個人十分～。

【偏見】piānjiàn〔名〕成見；有偏向的見解（多指不公正的）：女孩子沒男孩子聰明，這是一種～｜～比無知離真理更遠。

【偏將】piānjiàng〔名〕（員）古代軍隊中輔佐主將的將領：一員～。

【偏科】piānkē〔動〕學生在學習過程中，偏重某一門或某幾門課程，忽視其他課程。

【偏勞】piānláo〔動〕〈口〉客套話。表示請人辦事或感謝別人為自己辦事：那件事就～您了｜一再～您，實在不好意思。

【偏離】piānlí〔動〕物體運行離開了原定的軌道或方向：飛機～了航綫｜衛星～了軌道。

【偏旁】piānpáng（～兒）〔名〕漢字形體中某些經常出現的組成部分，如"想、忘、急、感"中的"心"，"迅、邁、遷、過"中的"辶"，"性、牲、笙、星"中的"生"，都是偏旁。

【偏僻】piānpì〔形〕遠離城市或中心地區，交通不便：～的山村｜地方太～。

【偏偏】piānpiān〔副〕❶ 表示故意跟別人的要求或客觀情況相違反：你不讓我去，我～要去｜大家都覺得這個問題很清楚了，可他～還要鑽

牛角尖。**注意** 這種用法以單用 "偏" 字為常。❷ 表示事實跟主觀願望相反；原想去春遊的，誰知～趕上個下雨天兒｜我昨天找你去看電影，～你不在家。**注意** 這種用法以 "偏偏" 為常。用在動詞前的 "偏偏"，也可只用 "偏"，但用在主語前的 "偏偏" 不能省為 "偏"。❸ 表示範圍。唯獨；只有（含有不滿的口氣）：大夥都去植樹了，～他還躺在床上不肯起來｜怎麼～讓我碰上了這個難題？

【偏頗】piānpō〔形〕〈書〉不公平；不公正：此種議論，未免～｜無～之失。

【偏巧】piānqiǎo〔副〕❶ 恰巧：我正想打電話問會議還開不開，～通知就來了。❷ 出乎意料（含 "不巧" 意）：我們去找他，～他不在家。

【偏師】piānshī〔名〕〈書〉協同主力軍作戰的側翼部隊。

【偏食】piānshí ㊀〔名〕日偏食和月偏食的統稱。㊁〔動〕只偏愛某幾種食物的不良習慣，如只喜歡吃肉和魚，不喜歡吃蔬菜：幼兒～，須及時糾正。

【偏私】piānsī〔動〕偏袒一方，照顧私情：判案公正，不可～。

【偏癱】piāntān〔動〕半邊身體（左側或右側）癱瘓，多由腦血管破裂出血所致：這種藥治療中風～效果好。也叫半身不遂。

【偏袒】piāntǎn〔動〕❶〈書〉袒露一臂：～大呼。❷ 袒護一方：執法要公正，不能～任何一方。

【偏疼】piānténg〔動〕特別疼愛（晚輩中某個人或某些人）：爸爸～小兒子。

【偏題】piāntí〔名〕（道）冷僻的試題：出～｜用～、怪題考學生不好。

【偏聽偏信】piāntīng-piānxìn〔成〕片面地聽信一方面的意見：這個問題沒處理好，完全是由於調查人員～造成的。

【偏狹】piānxiá〔形〕（思想、觀點）狹隘、不公正：他的看法過於～。

【偏向】piānxiàng ❶〔名〕不正確或不全面的傾向（多指掌握或執行政策時產生的）：要防止發生只求數量不顧質量的～。❷〔動〕傾向於贊成（某一方面）：春遊我～於去遠郊活動。❸〔動〕（對某一方）袒護；向着：裁判有點兒～主隊。

【偏斜】piānxié〔形〕向某一方傾斜；歪斜不正：當頭的太陽已～｜塔影～了。

【偏心】piānxīn〔形〕❶ 不公正；偏向某一方面：雖然是後媽，可她對孩子們沒有一點兒～｜奶奶對小孫子特別～。❷ 軸孔不在正中央的（輪形零件）：～輪。

【偏心眼兒】piānxīnyǎnr ❶〔形〕偏心：奶奶～，就愛最小的孫子。❷〔名〕偏向某一方的心地：媽媽對自己的孩子沒有～，都一樣地關心疼愛。

【偏移】piānyí〔動〕物體運行離開了原定的軌道或方向，偏向某一側：向左～｜北京南北中軸綫並非正南正北，而是有所～。

【偏於】piānyú〔動〕偏重在某一方面：他學習的興趣愛好～歷史。

【偏遠】piānyuǎn〔形〕偏僻遙遠：遠離中心：～地區｜～小鎮。

【偏執】piānzhí〔形〕〈書〉片面而固執：他的觀點太～。

【偏重】piānzhòng ❶〔形〕一側分量較大：風箏的左邊～，所以飛不起來。❷〔動〕着重於某一方面：文科學生自然對文、史等科目比較～｜在攻防戰略中～防守。

媥 piān〈書〉身體輕盈的樣子。

犏 piān 見下。

【犏牛】piānniú〔名〕公黃牛和母犛牛雜交所生的牛。公犏牛沒有生殖能力，母犏牛和黃牛或犛牛交配能繁殖後代。

篇 piān ❶ 首尾完整的文字：～章結構｜不朽名～。❷（～兒）〔名〕寫着或印着文字的單張紙：歌～兒｜單～講義。❸〔量〕用於書中篇章：《論語》共二十～。❹（～兒）〔量〕用於文章、紙張、書頁（一篇是兩面）等：三～論文｜一～兒紙｜拿起書，沒看兩～兒就睡着了。

語彙 開篇 連篇 詩篇 通篇 閉篇 遺篇 斷簡殘篇

【篇幅】piānfu〔名〕❶ 文章的長短：這篇文章的～不長。❷ 書籍報刊等篇和頁的總數量：這本雜誌用三分之二的～刊登小說｜報紙～有限，來稿不宜過長。

【篇目】piānmù〔名〕❶ 篇章的標題：這句話好像出自《莊子》，但～我一時想不起來了。❷ 篇章標題目錄：這部古籍，只流傳下來一個～，具體文章已失傳了。

【篇頁】piānyè〔名〕篇和頁，泛指篇章。

【篇章】piānzhāng〔名〕作品的篇和章；文章。有時用作比喻：～結構｜"神舟" 十號發射成功，寫下了中國航天史的新～。

【篇子】piānzi〔名〕❶（張）有文字的單張紙，如印有習題的練習篇子，寫有詞曲的歌篇子。❷ 蘇州彈詞、揚州彈詞等南方曲種稱唱詞為篇子。

翩 piān〈書〉輕快地飛：～若驚鴻。

語彙 聯翩 翩翩

【翩翩】piānpiān〔形〕❶ 輕快地飛舞的樣子：蝴蝶在花叢中～飛舞。❷ 舞步輕快的樣子：男女青年～起舞。❸〈書〉形容男士舉止瀟灑大方：～少年｜風度～。

【翩然】piānrán〔形〕〈書〉動作輕快的樣子：～而至｜舞姿～｜～一隻雲中鶴。

【翩躚】piānxiān〔形〕〈書〉輕盈飄逸的樣子：舞姿～｜～起舞。**注意** "躚" 不讀 qiān。

pián ㄆㄧㄢˊ

便 pián ❶見下。❷（Pián）〔名〕姓。
另見 biàn（81頁）。

【便面】piánmiàn〔名〕〈書〉摺扇。

【便便】piánpián〔形〕肥胖的樣子：大腹～。

【便宜】piányi ❶〔形〕物價低廉：～貨｜價錢很～。❷〔動〕使得到便宜：這一次絕不能～了他！❸〔名〕不應得到的好處：他老想佔人家的～｜這回他們可撿了一個大～。
另見 biànyí（82頁）。

胼 pián 見下。

【胼手胝足】piánshǒu-zhīzú〔成〕手腳磨出了老趼。形容長期勞作，十分辛苦：先生躬耕田壟，～，布衣粗食，以清貧自守。

【胼胝】piánzhī〔名〕趼子。也作跰胝。

媥 pián 見於人名。

梗 pián 黃梗木，古書上說的一種樹。

跰 pián 見下。

【跰胝】piánzhī 同 "胼胝"。

緶（缏）pián〔動〕（西北官話）用針縫：～鞋。
另見 biàn（82頁）。

騗（骈）pián ❶兩馬並駕：～馳。❷並列的；對偶的：～字｜～肩（肩並肩，形容人多擁擠）。❸（Pián）〔名〕姓。

【騗儷】piánlì〔名〕文章的對偶句法。

【騗拇枝指】piánmǔ-zhīzhǐ〔成〕騗拇：腳上的拇趾與第二趾相連。枝指：手的拇指或小指旁多長出一指。比喻多餘無用的東西。

【騗體】piántǐ〔名〕盛行於六朝時期的一種文體，注重形式，講究聲韻的和諧和辭藻的華麗，以對偶句為主：這是一篇優美的～文。

【騗文】piánwén〔名〕（篇）用騗體寫的文章。後來的騗文多用四字、六字成句，所以也叫四六文。

騗文的由來
騗文通篇以排偶對仗為主，講求聲律與用典。騗文始於東漢而成熟於南北朝，初無 "騗文" 之名，自唐韓愈、柳宗元提倡散體古文，始稱排比對偶之文為 "騗文"。但隋唐表奏詔語，始終以四六為句，令狐楚、李商隱等皆為四六名家。

【騗枝】piánzhī〔名〕〈書〉騗拇枝指的省略。比喻多餘的事物：撤裁～部門。

蹁 pián〈書〉走路腳不正的樣子。

【蹁躚】piánxiān〔形〕〈書〉旋轉舞動的樣子：～起舞。

piǎn ㄆㄧㄢˇ

堛 piǎn 長條形的低平地。多用於地名：長河～（在四川）。

諞（谝）piǎn〔動〕❶（北方官話）自誇；誇耀：別～能｜一塊電子錶也值得拿到人前來～！❷（西北官話）聊天；閒聊：閒～｜～～閒話。

piàn ㄆㄧㄢˋ

片 piàn ❶（～兒）〔名〕扁平而薄的東西：鐵～｜雪～兒｜賀年～兒｜羊肉～兒。❷（～兒）〔名〕指較大地區內劃分出來的較小地區：分～傳達｜～兒上的衞生由我們包了｜派出所管的就是這一～兒。❸指影視片：製～廠｜～酬｜故事～。❹〔動〕用刀平行着切成薄片：羊肉片兒｜把蘿蔔～一～。❺殘缺不全的；零星的；短暫的：～簡殘牘｜只言～語｜稍等～刻。❻（～兒）〔量〕用於平而薄的東西：兩～兒阿司匹林｜三～兒麵包｜上無～瓦，下無立錐之地。❼〔量〕用於地面、水面等（面積、範圍數）：一大～新樓房｜這～綠地。❽〔量〕用於景色、氣象、聲音、心意等（前邊限用 "一" 字）：一～豐收景象｜一～歡騰｜一～掌聲｜一～真情。❾（Piàn）〔名〕姓。
另見 piān（1023頁）。

語彙 冰片 唱片 彈片 刀片 底片 碘片 瓜片 畫片 膠片 鏡片 卡片 鱗片 麥片 名片 漆片 切片 軟片 拓片 瓦片 相片 雪片 鴉片 藥片 葉片 影片 照片 動畫片 黑白片 紀錄片 科教片 美術片 明信片 木偶片 消炎片 羊肉片 玉蘭片 打成一片

【片場】piànchǎng〔名〕影視劇拍攝的現場。

【片酬】piànchóu〔名〕演員拍攝電影、電視片所得的報酬：大腕演員～很高。

【片段】piànduàn〔名〕整體中的一個段落：《范進中舉》是長篇小說《儒林外史》中的一個～｜這本日記寫下了我少年時期的生活～。也作片斷。

【片斷】piànduàn ❶同 "片段"：故事的每個～都很精彩。❷〔形〕不完整的；一鱗半爪的：～的往事｜片片斷斷的談話錄音。

【片花】piànhuā〔名〕由影視片中精彩鏡頭剪輯而

成的短片,用於審查、預告、宣傳等。

【片劑】piànjì〔名〕片狀的藥劑。

【片甲不存】piànjiǎ-bùcún〔成〕一片鎧甲也沒有了。形容全軍覆沒:殺得敵人~。也說片甲不留、片甲不回。

【片刻】piànkè〔名〕一會兒;短暫的時間:休息~|~之間,他就把信寫好了。

【片面】piànmiàn ❶〔名〕單方面:不能光聽他們一方的~之詞|~撕毀合同。❷〔形〕偏於一面的;不全面(跟"全面"相對):~地反映情況|他的論點太~。

【片兒警】piànrjǐng〔名〕(名)負責某一片地區治安工作的警察:他在電視劇裏演一名~。

【片兒湯】piànrtāng〔名〕一種麵食。把和好的麵擀成大薄片,再揪成小短片,加上肉蛋菜和作料,煮熟連湯一塊兒吃:晚飯吃~吧!

【片頭】piàntóu〔名〕影視片開頭兒的部分,截取影片中的一小部分作為引子,好像舊小說的楔子,並常用來介紹片名、主演、導演以及演出者的姓名等。

【片尾】piànwěi〔名〕影視片的末尾即將結束的部分,一般用來介紹。

【片言隻字】piànyán-zhīzì〔成〕幾句簡短的話和零碎的文字材料:非~所能說清。也說片言隻語。

【片艷紙】piànyànzhǐ〔名〕(張)一種一面兒光一面兒糙的薄紙,多為白色。

【片約】piànyuē〔名〕影視拍攝機構與演員就所要拍攝的電影或電視劇簽訂的協議:一個演員成了名,~也就多起來了。

【片子】piànzi ❶〔名〕扁平而薄的東西:瓦~|玻璃~。❷(張)〈口〉名片:拿我的~去見他。❸戲曲中旦角化妝用品,用頭髮製成。貼在兩鬢或前額,飾為鬢髮或額髮。
另見 piānzi(1023頁)。

騙(骗) piàn ㊀〔動〕❶用謊言或欺蒙手段使人上當;詐騙:受~|咱們都被他~了|這種花招~不了人。❷用欺騙手段取得:~錢。

㊁〔動〕原義為躍而乘馬,現在指騎自行車、摩托車或騎馬時,側身抬一條腿的動作:右腿輕輕一~就騎上了車。

語彙 串騙 盜騙 拐騙 哄騙 謊騙 局騙 坑騙 誆騙 矇騙 欺騙 受騙 行騙 誘騙 詐騙 撞騙

【騙局】piànjú〔名〕使人上當受騙的圈套:政治~|這是一個大~|他們挖空心思設下的~,讓我們識破了。

【騙馬】piànmǎ ❶〔動〕騙腿兒上馬。❷〔名〕古書上說的一種馬術,馬上的技術,有立馬、跳馬、拖馬等。

【騙賣】piànmài〔動〕用欺騙的手段銷售偽劣商品:他們以向各企業送"感謝信"為名,進行~活動。

【騙取】piànqǔ〔動〕用欺騙手段或方法取得:~錢財|~信任。

【騙人】piàn // rén〔動〕欺騙人:~的假話|說到做到,不能~|不願意就算了,騙甚麼人!

【騙術】piànshù〔名〕騙人的手段:他的~並不高明,居然能屢次得手。

【騙腿兒】piàntuǐr〔動〕(北方官話)一種騎跨動作,即側着身抬起一條腿(騎跨):他一~就騎上了馬。

【騙子】piànzi〔名〕騙人的人:大~|政治~|學術~。

piāo ㄆㄧㄠ

剽 piāo / piào ❶ 搶劫;掠奪:攻~|~竊|~掠。❷動作輕捷:其人~悍。注意"剽"不讀 biāo。

【剽悍】piāohàn〔形〕敏捷勇猛:輕迅~|動作~。也作慓悍。

【剽竊】piāoqiè〔動〕將他人作品的全部或一部,原樣照搬或加以改頭換面後,作為自己的作品發表,是一種侵權行為:~他人成果。

【剽取】piāoqǔ〔動〕剽竊:~他人成果。

【剽襲】piāoxí〔動〕剽竊抄襲:~行為|這作品有~嫌疑。

漂 piāo ❶〔動〕浮在液體表面或隨液體流向、風勢等移動:菜湯上~着一層油花|小船順水~去。❷〔動〕一種隨江河水流向下浮動的探險運動:黃河第一~。❸(~兒)〔名〕釣魚用的浮子:~兒往下沉了,快起竿兒。
另見 piǎo(1027頁);piào(1028頁)。

語彙 浮漂 魚漂

【漂泊】(飄泊)piāobó〔動〕❶隨水漂流或停泊:船在海上~數月。❷比喻生活、職業不固定,居無定所:他雖多年~海外,卻無時無刻不懷念着祖國。

【漂蕩】piāodàng ❶〔動〕在水面上隨波浮動:小船在湖上~,歌聲隨風飛揚。❷同"飄蕩"。

【漂動】piāodòng〔動〕在水面隨波浮動:樹葉和爛木頭在水中~着。

【漂浮】piāofú ❶〔動〕浮在水面;漂流無定:河水中~着各種雜物|幾隻野鴨~在水面。❷〔動〕浮現:亡友的音容笑貌總~在我的眼前。❸〔形〕形容工作作風不認真、不踏實:小夥子很聰明,但有些~。

【漂流】(飄流)piāoliú〔動〕❶漂浮流動:廢油隨水~,污染了環境。❷乘小船或皮筏在激流中比賽或嬉戲,是體育運動和水上娛樂項目:在猛龍河上~。❸漂泊:~他鄉|長年過着~

生活。

【漂移】piāoyí〔動〕物體在漂浮中移動：巨大的浮冰隨海流慢慢～。

【漂游】piāoyóu〔動〕漂浮游動：他在海中～了兩天兩夜｜小船在河上～。

【漂遊】piāoyóu〔動〕漂泊；流浪：生活不定，到處～。

慓 piāo〈書〉動作輕捷：～悍｜～疾。

螵 piāo 見下。

【螵蛸】piāoxiāo〔名〕螳螂的卵塊。

縹（缥）piāo/piǎo 見下。
另見 piǎo（1028 頁）。

【縹緲】piāomiǎo〔形〕隱隱約約、似有若無的樣子：忽聞海上有仙山，山在虛無～間。也作縹眇、飄渺。

飄（飘）〈飈〉piāo ❶〔動〕隨風飛動：藍藍的天上白雲～｜隨風～來陣陣花香｜外面～雪花呢。**注意**"飄"可以重疊為"飄飄"，如"紅旗飄飄"，但意思並不是"紅旗飄一飄"，而是"紅旗總在飄"。❷〔形〕形容腿軟、走路無力的樣子：大病剛好，走路腿發～。❸〔形〕輕浮；不踏實：作風太～。❹（Piāo）〔名〕姓。

語彙 飄飄　輕飄

【飄帶】piāodài(～兒)〔名〕(根，條)旗幟、衣帽等上面可隨風飄動的帶子：海軍軍帽的後面有兩根～。

【飄蕩】piāodàng〔動〕❶隨風飄動或飛揚：場院上～着歡快的笑聲｜碎紙片像雪花一樣在空中～。❷漂泊；流浪：離鄉背井，四處～。也作漂蕩。

【飄動】piāodòng〔動〕隨風擺動：彩旗在風中～着｜他長長的鬍子也被吹得～起來。

【飄飛】piāofēi〔動〕飄動飛舞：～的雪花｜～的白雲。

【飄浮】piāofú ❶〔動〕浮在空中；隨風飄移：空中～着紙屑｜大氣中～着塵埃。❷〔動〕浮現：老爸去世一年了，可他的形象總～在我的眼前。❸〔形〕形容工作作風不踏實，不深入：工作～，讓人不放心。

【飄紅】piāohóng〔動〕股票等證券的價格整體上揚(跟"飄綠"相對)。

【飄忽】piāohū〔動〕❶動作輕快而迅速：疾走如飛，～若神。❷浮動搖擺：小船在風浪中～不定。

【飄零】(漂零)piāolíng〔動〕❶(花瓣兒、葉片等)飄散，零落：寒風蕭瑟，落葉～。❷漂泊；流落：～在外，思鄉心切。

【飄綠】piāolǜ〔動〕股票等證券的價格整體下跌

(跟"飄紅"相對)。

【飄落】piāoluò〔動〕飄動着落下：秋風起，樹葉～｜屋內暖洋洋，窗外雪花～。

【飄渺】piāomiǎo 同"縹緲"。

【飄飄然】piāopiāorán〔形〕❶輕飄飄的，好像浮在空中：喝醉了酒，身子感到～。❷形容十分得意、忘乎所以的樣子：剛取得一點成績，他就～了，這是很危險的。

【飄灑】piāosǎ ❶〔動〕飄動：銀鬚～胸前。❷〔動〕飄揚；散落：潔白的雪花，漫天～。❸〔形〕(姿態)自然；不俗氣：～的風度｜老師的行書很～。

【飄散】piāosàn〔動〕飄揚飛散：山間～着雲霧｜一股誘人的香味～過來。

【飄舞】piāowǔ〔動〕隨風舞動：柳絮隨風～。

【飄揚】piāoyáng〔動〕隨着風勢在空中擺動：彩旗迎風～。

【飄搖】(飄颻)piāoyáo〔動〕隨風動搖不定：煙雲隨風～｜風雨～。

【飄移】piāoyí〔動〕物體在飄浮中移動：煙霧塵埃向東～。

【飄逸】piāoyì ❶〔動〕飄散：白雲～｜花香～。❷〔形〕俊逸脫俗：神采～｜～灑脫。

【飄遊】piāoyóu〔動〕無目的地遊蕩：到處～，不得安定。

piáo ㄆㄧㄠˊ

朴 Piáo〔名〕姓。
另見 pō（1037 頁）；pò（1038 頁）；pǔ"樸"（1043 頁）。

嫖 piáo〔動〕嫖客玩弄妓女：吃喝～賭｜賣淫～娼。

【嫖客】piáokè〔名〕玩弄妓女的男人。

【嫖宿】piáosù〔動〕嫖客和妓女過夜。

瓢 piáo(～兒)〔名〕一種器具，多用對半兒剖開的葫蘆做成：葫蘆～｜按下葫蘆起來～。

【瓢潑大雨】piáopō-dàyǔ〔成〕指非常大的雨。

藻 piáo〔名〕浮萍。

piǎo ㄆㄧㄠˇ

莩 piǎo〈書〉同"殍"。
另見 fú（401 頁）。

殍 piǎo〈書〉餓死的人：餓～｜饑～。

漂 piǎo〔動〕❶漂白：布一～就白了。❷澄清；淘淨：用水～一～｜～朱砂。
另見 piāo（1026 頁）；piào（1028 頁）。

【漂白】piǎobái〔動〕用漂白粉、二氧化硫或氧化氫等除去紙漿纖維或紡織品中的色素，使之變白：把棉布～。

【漂白粉】piǎobáifěn〔名〕無機化合物，主要成分是次氯酸鈣，白色粉末，遇水能分解出氯氣。用來漂白或消毒。

【漂洗】piǎoxǐ〔動〕用水反復沖洗：～衣服｜這種型號的洗衣機具有～功能。

瞟 piǎo〔動〕斜着眼睛短時間看：～了他一眼。

縹（縹） piǎo〈書〉❶青白色；淡青色；月白色：～煙。❷青白色的絲織物：翠～為裳。

另見 piāo（1027頁）。

piào ㄆㄧㄠˋ

票 piào ❶〔名〕（張）用作憑證的紙券：車～｜電影～｜投老趙一～。❷（～兒）〔名〕鈔票；紙幣：零～兒｜百元一張的大～兒。❸（～兒）〔名〕強盜稱搶來作為抵押向事主勒索贖金的人：綁～兒｜贖～｜撕～（強盜殺害被他們綁架的人）。❹非專業的戲曲演出：～友｜玩兒～。❺〔量〕用於貨物、生意：一～貨｜一～買賣。❻〔動〕票友唱戲：～了一齣戲。❼（Piào）〔名〕姓。

語彙	綁票	包票	保票	補票	彩票	唱票	鈔票
	傳票	當票	發票	股票	匯票	貨票	剪票	拘票
	開票	客票	門票	免票	期票	錢票	全票	撕票
	投票	退票	選票	郵票	月票	支票

【票額】piào'é〔名〕票面數額：～五元的人民幣。

【票販子】piàofànzi〔名〕專門倒買倒賣車票、船票、入場券等，從中非法牟利的人：嚴厲打擊～。

【票房】piàofáng（～兒）㊀〔名〕❶〈口〉影劇院、車站、碼頭等處的售票處。❷指票房價值：該片～一路飄紅。㊁〔名〕票友組織或票友練習唱戲的地方。

【票房價值】piàofáng jiàzhí 指上演電影、戲劇等賣票所獲得的經濟效益：這齣新戲的～很好。

【票根】piàogēn〔名〕票據的存根。

【票價】piàojià〔名〕車票、船票、戲票等的價格：這次音樂會的～很高｜每張票～三十元。

【票據】piàojù〔名〕（張）❶寫明支付一定數量貨幣義務的法定證件：那張～的面額是十萬元。❷出納或提取貨物的憑證：報銷藥費要有～憑～提貨。

【票決】piàojué〔動〕通過投票決定：～制｜選舉結果由～說了算。

【票控】piàokòng〔動〕港澳地區用詞。執法部門發出傳票，進行檢控：食物環境衞生署對多家衞生不合標準的食肆提出了～。

【票款】piàokuǎn〔名〕售票後所得款項：丟

失～｜～數額不小。

【票面】piàomiàn〔名〕鈔票或票據上顯示的金額。

【票面價值】piàomiàn jiàzhí 股票、公司債券、公債券、國庫券等有價證券上面標明的金額：他把剛買的國庫券以低於～的價格賣給了他人。

【票箱】piàoxiāng〔名〕專門用來投入選票或門票等的箱子。

【票選】piàoxuǎn〔動〕用投票方式選舉：代表們舉手通過，沒用～。

【票友】piàoyǒu（～兒）〔名〕（位，名）業餘戲曲演員：幾位～每到星期天都聚一聚。

【票證】piàozhèng〔名〕購物憑證。特指計劃經濟時代有關部門按人口發放的在一定範圍內流通使用的購買憑證，如糧票、布票、油票、肉票等：商品敞開供應，不要～。

【票子】piàozi〔名〕（張）鈔票。

僄 piào〈書〉❶輕捷。❷輕佻。

嘌 piào〈書〉疾速的樣子。

【嘌呤】piàolìng〔名〕有機化合物，化學式 $C_5H_4N_4$。無色晶體，易溶於水，生物鹼和尿酸中含有氧化物。[英 purine]

漂 piào〔動〕（北京話）落空或使落空：那筆賬還沒收回來，怕要～了｜你放心，絕～不了你的。

另見 piāo（1026頁）；piǎo（1027頁）。

【漂亮】piàoliang〔形〕❶好看；美：她長得很～｜這件衣服～極了｜打扮得這麼～，準備去哪兒呀？❷出色：這一仗打得真～｜他能講一口～的北京話。❸形容表面上好聽而實際上不能兌現的：～話｜～言辭。

〔辨析〕漂亮、美麗 a）"美麗"多用於書面語，"漂亮"多用於口語。b）"美麗"多用於修飾女性及風光、景物等；"漂亮"則男女都可修飾，還可用於服飾、用具、建築物等。c）"美麗"有"美好、高尚"義，如"美麗的人生"，"漂亮"不能這樣用；"漂亮"有"出色"義，如"幹得漂亮"，"美麗"不能這樣用。d）"漂亮"可以重疊為"漂漂亮亮"，"美麗"不能重疊。

驃（驃） piào〈書〉❶驍勇：～勇。❷馬快跑的樣子。

另見 biāo（87頁）。

【驃騎】piàoqí〔名〕古代將軍的名號：～將軍。

注意 驃騎的騎 qí，舊讀 jì。

piē ㄆㄧㄝ

气 piē〔名〕氫的同位素之一，符號 [1]H，質量數1，是氫的主要成分。

撇 piē〔動〕❶拋棄；棄去不顧：拋～｜開｜～下｜把她～一邊不管。❷從液體的表面舀（yǎo）取：～油｜把肉湯上的沫子～出來。另見 piě（1029 頁）。

【撇開】piē // kāi（-kai）〔動〕丟在一旁不管：把枝節問題～，談最主要的｜我很想參加這次年會，可是又撇不開手頭兒的工作。

【撇棄】piēqì〔動〕拋棄：當媽的怎忍心～自己的孩子呀！

【撇脫】piētuō〔形〕（吳語、西南官話）❶ 敏捷；乾淨利索：他做事蠻～。❷ 爽快：他倒真～！

【撇下】piē // xià〔動〕丟下不管：爸爸～我們母子走了（指去世）｜不能～工作不管。

瞥 piē〔動〕略看一下：一～｜～見｜爸爸～了妹妹一眼，問她上哪兒去。

【瞥見】piējiàn〔動〕忽然看見：偶一抬頭，～一隻小鳥掠過窗前。

piě ㄆㄧㄝˇ

苤 piě 見下。

【苤藍】piělan〔名〕❶ 甘藍類蔬菜的一種，葉柄細長，莖膨大呈球形，是供食用的蔬菜。❷ 這種植物的莖。以上也叫球莖甘藍。

撇 piě ❶〔動〕平着扔出去：把磚頭瓦塊～得老遠。❷〔動〕走路時腿腳向外歪斜：～着腳走起路｜腿向外～着。❸〔動〕撇嘴：把嘴一～，十分傲慢。❹（～兒）〔名〕漢字的筆畫，向左斜下，形狀是"丿"：八字沒一～兒（比喻義，指事情還沒有眉目）。❺〔量〕用於鬍鬚：兩～兒鬍子。另見 piē（1028 頁）。

【撇嘴】piě // zuǐ〔動〕下脣突出，嘴角向下，表示輕視的神情或要哭的樣子：他一見那醜惡的樣子就～｜孩子撇着嘴快哭了。

鐅（鐅）piě ❶（吳語）鐵鍬前頭的刃。❷ 燒鹽用的敞口鍋。用於地名（表示是燒鹽的地方）：曹～｜潘～（均在江蘇東台東）。

piè ㄆㄧㄝˋ

嫳 piè〈書〉輕薄的樣子。

【嫳屑】pièxiè〔形〕〈書〉衣服輕舒婆娑的樣子。

pīn ㄆㄧㄣ

拚（拼）pīn〔動〕不顧一切地幹：硬～｜敢打敢～｜和敵人～了｜～上我這條老命｜～刺刀（形容短兵相接）｜～老本兒（比喻把全部力量豁出去）。
另見 pàn（1004 頁）；"拼" 另見 pīn（1029 頁）。

【拚搏】pīnbó〔動〕竭盡全力地搏鬥或爭取：與敵人～｜努力～｜～了一輩子。

【拚命】pīn // mìng ❶〔動〕豁出性命：與敵人～｜也要拿下大油田｜拚上這條命也要替弟弟申冤。❷〔副〕竭盡全力，不顧一切：～跑｜～掙扎｜父親留下的產業不多，哪禁得住他拚命地揮霍！

【拚命三郎】pīnmìng sānláng《水滸傳》中石秀的綽號。後用來稱呼性格豪爽且有些魯莽，幹起事來不顧一切的青年人：大家稱他為足球場上的～。

【拚搶】pīnqiǎng〔動〕用全力搶奪：～籃板球｜他們在球場上～兇猛，卻很少犯規。

【拚殺】pīnshā〔動〕❶ 拚死格鬥：戰士們在戰場上浴血～。❷ 比喻竭盡全力爭勝：一陣～之後，他以微弱的優勢取勝。

【拚死】pīnsǐ〔副〕不顧生死；拚命：～搏鬥｜～揪住驚馬的韁繩。

【拚死拚活】pīnsǐ-pīnhuó〔成〕不顧死活，拚力奮爭。也比喻竭盡全力：一天到晚～地幹｜～想多掙點錢。

拼 pīn〔動〕合在一起；連接：東～西湊｜桌面兒是用兩塊木板～成的。
另見 pīn "拚"（1029 頁）。

【拼版】pīn // bǎn〔動〕把排好順序的文字、圖片等拼成一定的版面式樣：已經拼了版，不要再動版面了。

【拼湊】pīncòu〔動〕把零星的東西合在一起：把這些小木板～起來，做兩個小凳子沒問題｜隊伍是勉強～起來的，沒有一點兒作戰經驗。

【拼接】pīnjiē〔動〕拼合連接：這些工人做活很認真，木地板～得嚴絲合縫。

【拼盤】pīnpán（～兒）〔名〕（個）把數種涼菜拼擺在一個菜盤裏的菜：先來個～兒喝酒。

【拼圖】pīntú ❶〔名〕一種智力玩具。把分割成許多零散的、局部的圖畫小片拼合起來，還原成一幅完整的圖畫。可鍛煉觀察和推理能力：～玩｜智力～｜積木、～等都是開發兒童智力的玩具。❷〔動〕玩拼圖玩具：計時～｜～大賽｜～沒有固定的方法或竅門，全靠你的直覺和判斷。

【拼寫】pīnxiě〔動〕按照拼音規則用拼音字母書寫：～格式｜～規則。

【拼音】pīnyīn〔動〕把音素連綴而成複合音，如把 p 和 īn 拼成 pīn（拼）。

【拼音文字】pīnyīn wénzì 用字母符號來表示語音的文字，如英文、俄文、法文等。中國的藏文、蒙文、維吾爾文等也是拼音文字。

【拼音字母】pīnyīn zìmǔ ❶ 拼音文字的字母。❷ 指漢語拼音方案中採用的為漢字注音的 26 個拉丁字母（其中的 v 只用來拼寫外來語、少數民族語言和方言）。

P

姘 pīn 男女非夫妻關係而發生性行為：～
居｜～夫。

【姘居】pīnjū〔動〕男女非夫妻關係而同居。

【姘頭】pīntou〔名〕非夫妻關係而同居的男女，也
指有這種關係的一方。

pín 夂1ㄣ

屄 pín〈書〉蚌的別名。也指蚌珠。

貧（贫）pín ㊀❶窮（跟"富"相對）：～
民｜～賤｜兒不嫌母醜，狗不
嫌家～。❷缺少；不足：～血｜摘掉～油國的
帽子。❸〈謙〉用於僧道自稱：～僧｜～道。
❹（Pín）〔名〕姓。
㊁〔形〕（北京話）❶廢話很多，絮叨可
厭：一邊兒玩去，別跟我這兒～了｜那人真夠～
的。❷小氣，不大方：這種衣裳樣子太～了，穿
出去讓人笑話。❸土音重：聽他說話的～味兒，
我還以為他是當地人呢。

語彙 赤貧 次貧 扶貧 濟貧 清貧 脫貧 惜老憐貧

【貧乏】pínfá〔形〕❶貧困：物質生活～。❷東西
缺少，不豐富：思想～｜森林資源～｜詞彙～
是寫不出好文章的。

【貧寒】pínhán〔形〕窮苦：家境～｜出身～。

【貧瘠】pínjí〔形〕（土質）不肥沃：這一帶風沙嚴
重，土地～，糧食產量很低。

【貧賤】pínjiàn〔形〕生活貧困而且社會地位低
下：～之交（貧困時結交的朋友）。

【貧苦】pínkǔ〔形〕貧窮困苦：從前黃河一發水，
逃荒要飯的～難民隨處可見。

【貧礦】pínkuàng〔名〕有用成分含量較低的礦石
（跟"富礦"相對）。

【貧困】pínkùn〔形〕貧窮；生活困苦：～綫｜生
活～｜幫～戶脫貧。

【貧民】pínmín〔名〕沒有固定職業而生活貧苦的
人：～窟｜城市～。

【貧民窟】pínmínkū〔名〕指城市中貧苦人聚居的
地方。

【貧農】pínnóng〔名〕沒有或只有極少土地和一些
小農具的人，一般依靠租種土地、出賣一部分
勞動力生活，在地租、高利貸、僱傭勞動的剝
削下，生活十分困苦。

【貧氣】pínqi ㊀〔形〕說話絮叨，令人厭煩：車
軲轆話說個沒完，～不～！㊁〔形〕小氣；不
大方：掏了半天掏出來兩塊錢，還要請客，
真～！

【貧窮】pínqióng〔形〕貧困窮苦：家庭～｜十
分～｜～不是社會主義。

【貧弱】pínruò〔形〕貧窮衰弱：國家～，無外交
可言。

【貧水】pínshuǐ〔動〕缺乏水資源：～地區。

【貧血】pínxuè〔名〕人體血液中紅細胞數量及血
紅蛋白含量明顯低於正常值時，叫貧血。表現
為面色蒼白，容易疲勞，心跳氣短，食欲不
振，頭暈頭痛等。

【貧嘴】pínzuǐ〔形〕（北京話）廢話多而惹人厭煩：
耍～｜～薄舌｜快幹正經事去，別在這兒～了。

頻（频）pín ❶次數很多；尿～｜捷報～
傳。❷頻率：音～｜高～｜調
（tiáo）～。

【頻傳】pínchuán〔動〕連續不斷地傳來（多指好消
息）：喜訊～｜～佳音。

【頻次】pínci〔名〕某種事物在一定時間內重複
出現的次數：郵局在信箱上標明了開取～和
時間。

【頻道】píndào〔名〕無綫電通信和廣播時使用的
佔有一定頻率以傳送電波信號的通道。電視接
收機上設置的若干個頻道，是指它能夠接收若
干個電視台用不同波長播出的電視節目。

【頻發】pínfā〔動〕接連不斷地發生（多指不好的
事情）：事故～｜災難～。

【頻繁】pínfán〔形〕次數多：他們幾個人來往～｜
這場比賽，教練～換人。

【頻率】pínlǜ〔名〕❶物體每秒完成振動或振盪的
次數，單位是赫茲。如一般交流電的頻率是50
赫茲（50次/秒）。也叫周率。❷單位時間內
某種事情發生或完成的次數。

【頻密】pínmì〔形〕次數多而密：往來～｜賽
事～。

【頻頻】pínpín〔副〕屢次；連連：～舉杯祝賀｜違
反紀律的事～發生｜他～點頭，表示讚賞。

【頻仍】pínréng〔形〕〈書〉連續不斷；一再重複：
戰火～｜水旱～。

嬪（嫔）pín〈書〉皇帝的妾；皇宮裏的女
官：～妃。注意"嬪"不讀bīn。

蘋（蘋）pín〔名〕一種蕨類植物，生於淺水
中，莖橫臥在淺水的泥中，葉四片
形成一複葉，像個"田"字。因此也叫田字草。
另見píng（1036頁）。

顰（颦）pín〈書〉皺眉：一～一笑｜效～。

pǐn 夂1ㄣˇ

品 pǐn ❶〔動〕細辨（滋味）：～茗｜～茶｜
一～菜的味道。❷〔動〕琢（zuó）磨意
思；評論人物；體察好壞：細～詩意｜評頭
足｜～出他的為人。❸〔動〕吹奏：～簫｜～竹
彈絲。❹品質：～位｜～德｜～學兼優。❺物
品：食～｜飲～｜奶～｜郵～｜贈～｜豆製～｜
印刷～｜展覽～｜麻醉～｜調味～｜毛織～｜絲
織～｜宣傳～｜非賣～。❻等級；類別：九～芝

麻官｜精～｜半成～｜等外～。❼品格；風格：書～｜畫～｜棋～｜牌～。❽(Pǐn)〔名〕姓。

【品嘗】pǐncháng〔動〕嘗試滋味：我做個菜，請諸位～～。

【品德】pǐndé〔名〕人品德行：～高尚｜拾金不昧是人們應有的好～。

【品讀】pǐndú〔動〕仔細閱讀，品味。泛指體會，欣賞：買一本名家新作，一頁一頁地～，好不快意｜在道教發祥地，他認真～着道教文化的特殊韻味。

【品格】pǐngé〔名〕❶人的品行格調：我深深地被他那種捨己為人的高貴～感動了。❷指文藝作品的質量、風格：這部小說～低下，不值一讀。

【品級】pǐnjí〔名〕❶各種產品、商品質量的等級：這個商場進的貨～都很高。❷古代指官吏的等級。

【品類】pǐnlèi〔名〕種類：～不一。

【品貌】pǐnmào〔名〕人品和相貌：～不凡｜～雙全。

【品名】pǐnmíng〔名〕物品的名稱。

【品牌】pǐnpái〔名〕產品的牌子，特指著名產品的牌子：以著名設計師的名字為～的系列產品，非常受消費者的歡迎｜創造～｜～效應。

【品評】pǐnpíng〔動〕評論優劣高下：文章哪篇好，請大家～。

【品題】pǐntí ❶〔動〕品評定高下：一經～，身價十倍。❷〔名〕品題的文字。

【品頭論足】pǐntóu-lùnzú〔成〕原指評論婦女的容貌體態。現泛指對人或事刻意評論挑剔：對這個廠的新產品，大家七嘴八舌、～～。也說評頭論足。

【品脫】pǐntuō〔量〕英制容量單位，一品脫等於0.125 加侖，約合 0.568 升。[英 pint]

【品位】pǐnwèi〔名〕❶指礦石中有用元素或它的化合物含量的百分數高低，含量高的是高品位礦，含量低的是低品位礦。❷指文學藝術作品的品格和價值：文化～｜高～的出版物｜這次美術展覽的山水畫～都很高。❸人的品質和價值。❹古代指官吏的品級、官階。

【品味】pǐnwèi ❶〔動〕品嘗滋味：新採的茶，細細～。❷〔動〕體會；玩味：逛廟會，仔細～北京的傳統文化。❸〔名〕品質和趣味：她着裝～比較時尚。❹〔名〕風味：南京夫子廟小吃～獨特。

【品相】pǐnxiàng〔名〕書籍、郵票、文物等的外觀

質量。也泛指物品的外觀。

【品行】pǐnxíng〔名〕品格和行為：他～好，學問也好。

【品性】pǐnxìng〔名〕品質和性格：老王～好，大夥都願意跟他說心裏話。

辨析 品性、品行 二者都是就人的思想道德而言，但"品行"側重在人的外在行為表現，"品性"則着重指人內在的思想品質和修養。因此"品行端正""品性忠厚"，其中的"品行"和"品性"是不能換用的。

【品學兼優】pǐnxué-jiānyōu 品行和學問都十分好：他是一個～的好學生。

【品質】pǐnzhì〔名〕❶人在思想作風、行為品德方面所表現出來的本質：學習英雄捨己救人的好～｜他身上體現着工人的優秀～。❷產品的質量：西湖龍井～優良。

【品種】pǐnzhǒng〔名〕❶經過人工篩選和培育，在生態和形態上具有共同遺傳特點的一群生體（含作物、牲畜、家禽等）：～優良｜抗倒伏的小麥新～。❷產品、商品的種類：～繁多，花色齊全｜辭書要多～，系列化。

梱 pǐn〔量〕房架一列叫一梱。

pìn ㄆㄧㄣˋ

牝 pìn 雌性的（鳥獸）（跟"牡"相對）：～牛｜～雞司晨｜禽獸有～牡。

【牝雞司晨】pìnjī-sīchén〔成〕母雞報曉。封建時代比喻婦女掌權當政（含貶義）。

聘 pìn / pìng ❶〔書〕訪問：～問｜報～｜初～於鄰國。❷〔動〕聘請：～用｜返～｜招～｜球隊～他為主教練。❸以禮物訂婚：行～｜下～｜～禮。❹〔動〕〈口〉女子出嫁：出～｜～閨女。

【聘金】pìnjīn〔名〕❶（筆）舊俗訂婚時，男家送給女家的錢財：一筆～。❷（筆，份）聘請人做事所付給的報酬：洋教練～很高｜給外援付～。

【聘禮】pìnlǐ〔名〕❶（份）聘請人時表示敬意用的禮物。❷民俗，定親時男家向女家送的財物。

【聘請】pìnqǐng〔動〕請人擔任職務：～專家評審｜～你當教授。

【聘任】pìnrèn〔動〕聘請擔任（職務）：～一位洋專家為飯店外方經理｜公司實行～制。

【聘書】pìnshū〔名〕（份）聘請人用的文書：下～｜他已接到學校的～。

【聘用】pìnyòng〔動〕聘請任用：～專業技術人員｜～海歸人才。

pīng　ㄆㄧㄥ

乒 pīng ❶〔擬聲〕形容槍聲、撞擊聲等：～的一聲槍響。❷指乒乓球：～壇｜～世｜～賽。

【乒乓】pīngpāng ❶〔擬聲〕形容連續的槍聲、撞擊聲等。❷〔名〕指乒乓球：我最喜歡游泳和打～。

【乒乓球】pīngpāngqiú〔名〕❶球類運動項目之一。在桌形球枱中央支着球網，運動員分站球枱兩端，用球拍把球打來打去，球須在台上反彈一次方能還擊過網，以落在對方枱面上為有效。比賽分團體、單打、雙打等數種。❷（隻）乒乓球運動使用的球，用賽璐珞或塑料製成，白色或黃色。因碰到枱面時發出"乒乓"聲，故稱。

偋 pīng 見"伶偋"（851頁）。

洴 pīng〈書〉水流的樣子。

娉 pīng 見下。

【娉婷】pīngtíng〔形〕〈書〉姿態優美好。

píng　ㄆㄧㄥ

平 píng ❶〔形〕平坦：道路很～｜水面～極了｜桌子墊得不～。❷〔形〕跟別的東西高度相等；不相上下：這張桌子跟窗台一樣｜足球預賽雙方踢成一局｜不高不低一般～。❸公平；均等：持～｜把一個蘋果～分成三份。❹安寧；平靜：心～氣和｜風～浪靜。❺尋常的；普通的：～時｜～常｜～淡｜成績～。❻〔動〕平整：～了兩畝地。❼平定；用武力鎮壓：～亂｜～叛｜～暴。❽〔動〕抑制（氣憤）：兩句客氣話就使老太太把氣～下去了。❾〔動〕使平緩：～民憤。❿平聲：～仄｜陰～｜陽～｜上去入。⓫（Píng）〔名〕姓。

語彙　承平　持平　蕩平　公平　和平　拉平　清平　掃平　升平　生平　水平　太平　討平　天平　削平　陽平　陰平　抱不平

【平安】píng'ān〔形〕平穩安全；沒有危險或事故：～無事｜～到達｜一路～｜祝你們全家～。

【平白】píngbái ❶〔副〕無緣無故：～無故。❷〔形〕形容文辭通俗淺顯：文章～流暢｜詩句～如話。

【平白無故】píngbái-wúgù〔成〕無緣無故，沒有任何緣故：～你哭甚麼呀｜～受冤枉。

【平板】píngbǎn ❶〔形〕呆板，缺少曲折變化：文章寫得～，不生動。❷屬性詞。有較大平面的板形物的：～電視。

【平板車】píngbǎnchē〔名〕（輛）❶一種三輪車，有竹、木鋪成的平板以載貨。❷一種運貨大型卡車，載貨部分沒有車欄。

【平輩】píngbèi〔名〕一樣的輩分：兄弟姐妹都是～｜叔叔的孩子雖然剛三歲，可和我是～呢。

【平步青雲】píngbù-qīngyún〔成〕比喻一下子上升到很高的職位：由一個普通職員一下子提升為副總經理，真可謂～。

【平常】píngcháng ❶〔形〕普通；不突出：這種現象很～｜話雖～，意義卻很深刻｜這本小說寫得～，不看也罷了。❷〔名〕平日；平時：我～都是六點鐘起床｜這種情況，～很難見到。

【平車】píngchē〔名〕醫院裏用的車子，車架下面裝有可以自由轉向的輪子，車架上面用帆布繃平，可以方便病人轉移。

【平川】píngchuān〔名〕地勢寬闊平坦的地方：一馬～｜廣野～｜虎落～被犬欺（比喻英雄遭到厄運被人欺凌）。也說平川地。

【平淡】píngdàn〔形〕平平常常；沒有曲折或奇異：～無奇｜～無味｜文章寫得很～｜本來很～的一件事，到他嘴裏也能說得十分熱鬧。

【平淡無奇】píngdàn-wúqí〔成〕平平常常，沒有甚麼特別的地方：當希望變成了現實，又覺一切～了。

【平等】píngděng〔形〕❶指人們在社會上的權利和義務相同等，在政治和經濟上的地位同等：自由、～、博愛｜法律面前，人人～。❷泛指地位相等：不～條約。

【平地】píngdì ❶〔名〕平坦的土地：學校就建在山腳下的那片～上｜～一聲雷。❷（-//-）〔動〕平整土地：平了五畝地。

【平地風波】píngdì-fēngbō〔成〕比喻突然發生的出乎意料的事故或變化。也說平地起風波。

【平調】píngdiào〔動〕❶指無償地調用（個人或下屬單位的財物、人力等）：我們不能～下屬企業的人、財、物。❷指在同一級別上調動工作：他這次的調動屬於～，仍是處級。

【平定】píngdìng ❶〔形〕平靜安定：颱風來之前，海面比較～。❷〔動〕使安穩安定：讓小王～一下情緒再上場表演。❸〔動〕用武力平息（叛亂等）：～暴亂。

【平凡】píngfán〔形〕平常，無奇：～的人｜他的工作十分～｜這件事看起來好像很～，實際上很不～。

【平反】píngfǎn〔動〕把錯誤的判決或政治結論改正過來：～冤假錯案｜撤銷原結論，予以～。

【平方】píngfāng ❶〔名〕兩個相同數的乘積，即指數是2的乘方，如3^2、a^2等。也叫二次方。❷〔量〕指平方米：這間屋子的面積有18～。

【平方米】píngfāngmǐ〔量〕面積單位，邊長為1米的正方形，面積為1平方米，符號為m^2。

【平房】píngfáng〔名〕（間）沒有樓層的房子：他

家住着三間～｜拆掉～蓋樓房。

【平分】píngfēn〔動〕平均分配：～土地｜～成三份｜合夥經營，賺了錢咱們～。

【平分秋色】píngfēn-qiūsè〔成〕宋朝李朴《中秋》詩："平分秋色一輪滿，長伴雲衢千里明。"原指白天、黑夜平均分佔秋天景色。後用來比喻雙方各得一半：這次冬奧會，兩國體育代表團～，各得十枚獎牌。

【平復】píngfù〔動〕❶ 恢復到平靜狀態：事態逐漸～｜風浪慢慢～下來。❷ 病癒復原；康復：傷口日漸～。

【平跟兒鞋】pínggēnrxié〔名〕(雙，隻)後跟部分不高起的鞋(相對於"高跟兒鞋"而言)。

【平和】pínghé ❶〔形〕(人的性情、言行等)溫和：態度很～｜～待人。❷〔形〕(藥的)作用緩和；不劇烈：藥性～。❸〔動〕使平靜緩和：他倆關係緊張，一時難以～。

【平衡】pínghéng ❶〔形〕衡器兩端承受的重量相等。引申為一個整體的各部分或對應的各方面在質量或程度上均等或大致均等：收支～｜保持～｜失去～。❷〔動〕使對立的方面保持均等或大致均等：～全國的工業佈局｜～一下雙方的力量對比。❸〔名〕哲學概念，指矛盾暫時的、相對的統一。

【平衡木】pínghéngmù〔名〕❶ 女子體操項目之一。運動員在平衡木上面做各種動作。❷ 體操器械之一。固定在兩根支柱上的長 5 米寬 10 厘米的橫木。

【平滑】pínghuá〔形〕平而光滑：～肌｜～的大石板。

【平話】pínghuà〔名〕中國古代流行於民間的口頭說唱文學形式，宋朝盛行。內容多講說歷史或小說故事，如《新編五代史平話》。也作評話。

【平緩】pínghuǎn〔形〕❶ (地勢)平坦，傾斜度小：這一帶地勢～。❷ 平穩緩慢：河的下游，水流～｜疫情發展已趨～。❸ (心情、語氣、聲音等)平靜和緩：朗誦這首詩時，語調要～。

【平價】píngjià ❶〔動〕平抑物價。❷〔名〕國家規定的價格，即平抑後的貨物價格(區別於"議價")。❸〔名〕平時的正常價格：～出售｜～商店。❹ 便宜：～貨。

【平靜】píngjìng〔形〕(心情、環境、局勢等)沒有波瀾起伏或動蕩：他的心情久久不能～｜～的海面｜草原之夜格外～。

〔辨析〕**平靜、安靜** a) 描寫環境時，"平靜"着重在靜沒有動蕩；"安靜"着重在沒有聲響，如"平靜的水面"不能說"安靜的水面"，"屋子裏安靜極了"不能說"屋子裏平靜極了"。b) 描寫人物時，用"平靜"，如"心情很平靜"，是指心情沒有不安；用"安靜"，如"安靜的小姑娘"，是指安穩寧靜。

【平局】píngjú〔名〕勝負不分的局面(多指打球或下棋)：場上屢次出現～｜雙方戰成～。

【平均】píngjūn ❶〔生〕按份數均勻計算總數：～地權｜按人口～，今年的糧食產量每人合多少？❷〔形〕沒有輕重或多少的區別：～分配｜獎金分得很～。

【平列】píngliè〔動〕平等排列；不分主次地列舉：這幾個球隊水平相當，可以～在一起｜內因是主要的，不能與外因～起來。

【平爐】pínglú〔名〕(座)煉鋼爐的一種，爐體用耐火材料砌成，長方形，平頂，放原料的爐底像淺盆：～煉鋼。也叫馬丁爐。

【平米】píngmǐ〔量〕指平方米：你的三居室住房有多少～？

【平面】píngmiàn〔名〕在一個面內，任意取兩點連成直線，如果直線上所有的點都在這個面上，這個面就是平面：正方體的表面有六個相等的～｜畫一張～圖。

【平民】píngmín〔名〕普通的人民：～百姓。

【平明】píngmíng〔名〕〈書〉天剛亮的時候。

【平年】píngnián〔名〕❶ 陽曆二月不閏日，共 365 天的年份；農曆不閏月，共 354 或 355 天的年份。❷ 農作物收成平常的年份：今年的糧食產量與往年差不多，是個～。

【平叛】píngpàn〔動〕平定叛亂：～中，部隊從叛匪手裏繳獲了大量的武器。

【平平】píngpíng〔形〕很一般，不突出：世界杯體操賽開幕，中國選手表現～。

【平鋪直敍】píngpū-zhíxù〔成〕說話或寫文章，不多加修飾。有時也形容說話或寫文章沒有起伏，重點不突出：介紹產品的性能～就行了｜文似看山不喜平，一味地～，很難吸引讀者。

【平起平坐】píngqǐ-píngzuò〔成〕比喻彼此地位或權力相等。

【平權】píngquán〔動〕權利平等：男女～。

【平日】píngrì〔名〕平常日子：～很少去逛商場｜過節了，家裏總比～熱鬧。

【平生】píngshēng〔名〕❶ 一生：～志願｜～大事｜他～不肯做官。❷ 平素；素昧～(一向不相識)｜他～沒喝過這樣的好酒。

【平聲】píngshēng〔名〕古漢語四聲的第一聲(區別於"仄聲")。古漢語的平聲字在普通話裏分為陰平和陽平兩類。

【平時】píngshí〔名〕❶ 平素；一般的日子：～不用功，考試就發愣(mēng)。❷ 平常時期，指沒有發生特殊事件的時期：戰時與～不同，情勢多變。

【平手】píngshǒu〔名〕比賽中不分勝負的結局：雙方打了個～。

【平素】píngsù〔名〕向來；素來：他～就少言寡語｜老李～對自己的子女要求很嚴。

【平台】píngtái〔名〕❶ 曬台。❷ 灰頂的平頂房：兩間～。❸ 生產或施工過程中為便於工作搭設的平面工作台，有的可以移動或升降。❹指電子計算機中由基本軟件和硬件構成的系統。該系統可以支持應用程序的運行，可以利用它開發新的應用軟件。❺比喻為進行某種活動提供支持和保障的條件、環境或空間：打造互動娛樂～｜為詞典建立多層次檢索～。

【平坦】píngtǎn〔形〕(地勢、道路等)沒有高低凹凸(跟"坎坷"相對)：地勢～｜～的柏油路｜生活的道路上，會遇到溝溝坎坎，不可能總是～的。

【平添】píngtiān〔動〕自然而然地增添：一陣微風吹來，～了幾分涼意。注意這裏的"平"不寫作"憑"。

【平頭】píngtóu ❶〔名〕男子髮型。頂上的頭髮留得短而平：你是梳分頭還是留～？❷〔形〕普通，平常：～百姓。

【平頭百姓】píngtóu-bǎixìng〔成〕指普通百姓；那種貴族化的生活方式不是我們～所要追求的。

【平穩】píngwěn〔形〕穩定，穩當；沒有波動或危險：物價～｜血壓～｜飛機飛得很～｜～過渡。

【平息】píngxī〔動〕❶平靜或靜止：風～了下來｜槍聲漸漸～了｜滿腔怒火，實難～。❷平定；止息：～紛爭｜～暴亂。

【平心而論】píngxīn'érlùn〔成〕不偏激，平心靜氣地評論：～，這齣戲還不錯｜～，領導對我挺關心的。注意這裏的"平"不寫作"憑"。

【平心靜氣】píngxīn-jìngqì〔成〕心平氣和，態度冷靜，不感情用事：～地想一想，檢討一下自己的問題。

【平信】píngxìn〔名〕(封)不掛號、不快遞的一般信件(區別於"快信")。

【平行】píngxíng ❶〔動〕同一平面內的兩條直綫或直綫與平面、平面與平面永不相交：兩條～綫之間的距離處處相等。❷〔形〕屬性詞。互不隸屬的(同級關係)：這兩個機關是～機關。❸〔形〕屬性詞。同時進行的：～作業。❹〔形〕屬性詞。同樣構造的：～句子說明語法性質相同。

【平胸】píngxiōng〔名〕部分婦女的平坦而不隆起的胸部。

【平移】píngyí〔動〕平行移動：大樓～50米。

【平抑】píngyì〔動〕抑制使穩定：～物價｜～衝動的感情｜心頭怒火難以～。

【平易】píngyì〔形〕❶性情和平，易於相處：～可親｜待人～。❷(文字)淺顯易解：這首詩寫得十分～，一看就懂。

【平易近人】píngyì-jìnrén〔成〕❶態度謙和，使人容易接近：老首長～，和他在一起一點也不感到拘束。❷文字淺顯，通俗易懂：文章寫得～，話都說到我心坎上了。

【平庸】píngyōng〔形〕平凡而不突出(多含貶

義)：～之輩｜才能～。

【平原】píngyuán〔名〕❶海拔較低、平坦而廣闊的陸地：華北～｜沖積～和侵蝕～。❷指平原地區：～游擊隊。

【平仄】píngzè〔名〕平聲和仄聲：律詩的～很重要。

平仄相諧
平聲字和仄聲(非平聲)字搭配着用，能增強語言的美感。要求一句之內，應平仄相間，如"俯首甘為孺子牛"；上下兩句彼此應平仄相對，如"牢騷太盛防腸斷，風物長宜放眼量"。

【平整】píngzhěng ❶〔形〕平而整齊：這片土地十分～｜床單、被褥、枕巾都收拾得非常～。❷〔動〕使平坦整齊：～土地一千畝。

【平正】píngzheng〔形〕平而不歪斜：路很～，好走｜紙放～了再寫字。

【平裝】píngzhuāng〔形〕屬性詞。書籍裝幀一般而簡單的(通常指封皮用單層紙、書脊不成弧形的，區別於"精裝")：～書｜我要～的。

坪　píng ❶指山區或黃土高原上的平地。多用於地名：茨～(在江西井岡山)。❷平坦場地：草～｜停機～。

泙　píng〈書〉河谷。

玶　píng〈書〉玉名。

枰　píng ❶棋盤：棋～。❷博局；棋局。

帲　píng〈書〉帳幕之類的覆蓋物，在旁的稱帲，在上的稱幪。

【帲幪】píngméng ❶〔名〕古代帳幕之類的覆蓋物。❷〔動〕〈書〉護庇：遠荷～。

洴　píng 見下。

【洴澼】píngpì〔動〕〈書〉漂洗(絲絮)。

屏　píng ❶屏風：畫～｜八扇～。❷形狀像屏風的東西：～幕｜彩～｜孔雀開～。❸(～兒)〔名〕屏條；字畫的條幅：四幅～。❹遮障：～蔽。
另見 bīng(94頁)；bǐng(94頁)。

語彙　彩屏　插屏　藩屏　掛屏　畫屏　開屏　條屏　圍屏　銀屏　熒光屏　孔雀開屏

【屏蔽】píngbì ❶〔動〕像屏風似的遮擋着：連綿雪山～着通往外面世界的通道。❷〔名〕屏障：寶島歷來被稱為中國"東南之鎖鑰""腹地之～"。❸〔動〕採取措施隔離電磁場干擾。採用金屬網或金屬罩等導體與地面相接，把電子設備或泄漏源等包圍封閉起來，以避免外來電磁場干擾或防止內部產生的電磁場輻射對外界的干擾。❹〔動〕利用技術手段對互聯網內容進行過濾，使上網者看不到某些內容。

【屏蔽門】píngbìmén〔名〕地鐵軌道和站台之間的屏蔽安全門。

【屏風】píngfēng〔名〕(架，扇)室內用來擋風或阻隔視綫的遮蔽物，普通的用木頭或竹子做框兒，蒙上綢子或布；豪華的則用珍貴的木材做成板式並漆上金碧輝煌的中國畫。有的單扇，有的多扇相連，可以摺疊，可以移動位置。

【屏幕】píngmù〔名〕❶ 顯像管玻殼。屏的裏層塗有熒光粉，當電子撞擊屏幕時就發出光點，可顯示圖像。❷ 幕布；起遮擋作用的大塊兒布、綢、絲絨等。

【屏障】píngzhàng〈書〉❶〔名〕(道)像屏風一樣起遮擋作用的蔽障物(多指峰巒、島嶼)：綿延起伏的燕山山脈是北京的天然～。❷〔動〕遮蔽；擋着：～腹地。

荓　píng〈書〉草名。即馬藺。

蚲　píng〈書〉米中生的小黑甲蟲。

瓶〈缾〉píng(～兒)〔名〕瓶子：花～兒｜熱水～｜舊～裝新酒｜三～汽水。

語彙　膽瓶　電瓶　花瓶　燒瓶　藥瓶　銀瓶　保温瓶　熱水瓶　塑料瓶　守口如瓶

【瓶頸】píngjǐng〔名〕瓶子上部較細的部分，比喻事情進行中成為障礙的關鍵因素或環節：缺水已成為城市經濟發展的～問題。

【瓶裝】píngzhuāng〔形〕屬性詞。用瓶子包裝的：～果汁兒。

【瓶子】píngzi〔名〕(隻)容器，一般口小頸部細肚大，多用陶瓷、玻璃或塑料製成。

溯　píng〔擬聲〕物體落水聲：～的一聲墜入水中。
另見 péng (1014頁)。

馮(冯)píng❶〈書〉涉水：暴虎～河(暴虎：徒手打老虎；馮河：徒步涉水過河)。❷古同"憑(憑)"：～恃其眾(仗着他們

人多)。
另見 Féng (393頁)。

萍　píng❶浮萍：身世浮沉雨打～。❷(Píng)〔名〕姓。

語彙　浮萍　紅萍　飄萍

【萍寄】píngjì〔動〕浮萍寄跡水面，比喻行止不定。

【萍水相逢】píngshuǐ-xiāngféng〔成〕唐朝王勃《秋日登洪府滕王閣餞別序》："萍水相逢，盡是他鄉之客。"比喻本不相識的人偶然相遇：雖是～，可也同病相憐。

【萍蹤】píngzōng〔名〕浮萍漂在水面的蹤跡，比喻漂泊不定的行蹤：～寄語。

幈　píng 同"屏"(píng)。

評(评)píng❶〔動〕評判：～分｜讓大家來～～這個理｜～出五名三好學生。❷發表的意見或評論：短～｜書～｜影～｜獲得好～。

語彙　短評　公評　好評　譏評　講評　批評　品評　社評　時評　史評　書評　述評　影評　總評

【評比】píngbǐ〔動〕通過評判比較，決定高低：年終～｜參加～｜通過全國～，我廠生產的洗衣機榮獲名牌稱號。

【評點】píngdiǎn〔動〕❶ 在詩文中寫評語或圈點：～《二十四史》｜脂硯齋～《紅樓夢》。❷ 評論指點：足壇名宿～國家隊。

【評定】píngdìng〔動〕審核評判後決定：～技術職稱｜～成績｜～優劣。

【評分】píngfēn(～兒)❶(-//-)〔動〕依據成績評定分數(用於評比、考試、比賽等)：這次大獎賽將聘請專家～｜老師給學生～。❷〔名〕評出的分數：得到的～不高。

【評改】pínggǎi〔動〕評閱批改：～作文。

【評功】píng//gōng〔動〕評定功績：～擺好｜～會｜評了一等功。

【評估】pínggū〔動〕根據標準衡量：～資產｜～學校的科研水平。

【評話】pínghuà❶ 同"平話"。❷〔名〕曲藝的一種，由各地用不同方言講說故事，如蘇州評話、揚州評話、南京評話。特點是只說不唱，多為一人表演，用扇子和醒木做道具。

【評價】píngjià❶〔動〕評定人或事物的價值：～歷史人物｜～文學作品。❷〔名〕通過評定得出的有關事物價值的結論：～很低｜觀眾給予這部電影很高的～。

【評獎】píng//jiǎng〔動〕評選可以獲得某種獎勵的人或事物等：廣大觀眾積極參加這次～活動｜這部電影評上了優秀獎。

【評講】píngjiǎng〔動〕評論和講述：～文章。

【評介】píngjiè〔動〕評論介紹：新書～（用於文章標題）。

【評劇】píngjù〔名〕地方戲曲劇種，流行於華北、東北等地，最早產生於河北東部灤縣一帶，在流行過程中受到京劇、話劇的影響。早期也叫平腔梆子戲、蹦蹦兒戲。

【評理】píng∥lǐ〔動〕評論並判斷是非曲直：誰是誰非，有～的地方｜讓大家來評評這個理。

【評論】pínglùn ❶〔動〕批評和討論：對這部電影展開～｜哪個幹部好，哪個幹部差，請大家～～。❷〔名〕（篇）批評討論的文章：文學～（用於刊物名稱）｜這篇～寫得十分精闢。

【評論員】pínglùnyuán〔名〕（位，名）報刊編輯部裏寫評論文章的集體或個人，常作為報刊評論性文章的署名方式：《人民日報》發表了～文章。

【評判】píngpàn〔動〕評定和判別是非曲直或勝負優劣：～員｜經過～，進球無效，不能得分｜～結果，茅台酒獲第一名。

【評聘】píngpìn〔動〕評定和聘用，指對專業人員進行技術職稱評定或聘任擔任專業職務：～編審。

【評審】píngshěn〔動〕評議審查：他是～委員會的成員｜經過～，他被晉升為副教授。

【評書】píngshū〔名〕曲藝形式之一，書目多為長篇，也有中短篇，說者一人，只說不唱，用醒木等做道具渲染氣氛：說～｜電視台在播講長篇～。

【評述】píngshù ❶〔動〕評論敍述：～五四運動。❷〔名〕（篇）評論和敍述的文章：寫了一篇～。

【評說】píngshuō〔動〕評論：千秋功過任～。

【評彈】píngtán〔名〕評話和彈詞兩種曲藝形式的合稱。把這兩種曲藝形式結合起來，有說有唱，形成的一種新的藝術形式，如蘇州評彈。

【評頭論足】píngtóu-lùnzú〔成〕品頭論足。

【評委】píngwěi〔名〕（位，名）評審委員或評選委員的簡稱：優秀畢業論文評審委員會～｜三號選手以不俗的表現征服了所有～，一舉奪魁。

【評析】píngxī〔動〕評論分析：～劇中人物｜進行～作品～。

【評選】píngxuǎn〔動〕評比推選：～優秀學生。

【評議】píngyì〔動〕議論並評定：召開～會｜～問責官員的表現。

【評優】píngyōu〔動〕評出優秀的、優質的。

【評語】píngyǔ〔名〕評論的話語：下～｜寫～｜老師的～｜操行～。

【評閱】píngyuè〔動〕閱覽並評判（試卷、作品等）：～試卷。

【評註】píngzhù〔動〕評論並加以註解：古文～｜～《三國演義》（用於書名）。

【評傳】píngzhuàn〔動〕為人作傳並對其道德文章加以評論（用於書名），如《杜甫評傳》。

鮃（魚平）píng〔名〕魚名，生活在淺海中，體側扁，兩眼都在身體的左側，左側灰褐色，右側白色。種類很多。

憑（凭）〈凴〉píng ❶（身體）靠着：～几｜～欄。❷〔動〕倚靠；倚仗；依據：事情能辦成，全～大家的力量。❸〔介〕依據；根據：～經驗辦事｜單～着這些表面現象還不足以做結論｜～甚麼說他不努力？❹〔連〕任憑：～你說得多麼好聽，我也不動心｜～他跑多快，咱們都能追上｜～你本事再大，離開群眾也將一事無成。❺證據：真～實據｜口說無～，立字為據。❻（Píng）〔名〕姓。

語彙 任憑 聽憑 文憑 依憑 空口無憑

【憑弔】píngdiào〔動〕對着遺跡懷念前人或往事：～古戰場｜在烈士陵園～人民英烈。

【憑藉】píngjiè〔動〕依據：～語言進行思維｜要想戰勝災害必須～群眾的力量。

【憑據】píngjù ❶〔名〕可以作為證據的事物：有何～？｜這巨額贓款就是他受賄的～。❷〔動〕根據：街巷傳言，不足～。

【憑空】（平空）píngkōng〔副〕沒有根據地：～設想｜～捏造｜勝利不是～而來的。

【憑甚麼】píng shénme 根據甚麼（用於質問）：～不讓我們進去？｜～打人？

【憑恃】píngshì〔動〕倚仗：想～天險割據一方｜～誠信贏得顧客。

【憑眺】píngtiào〔動〕從高處遠望：～山川｜依欄～｜登高～，心曠神怡。

【憑信】píngxìn ❶〔動〕信任；信賴：他的話不足～。❷〔名〕做憑信的物件；憑證：雙方的協議書可以作為～。

【憑仗】píngzhàng〔動〕依仗：～權勢｜～自己的本事創業。

【憑證】píngzhèng〔名〕憑據；證據：完稅～｜報銷～。

蘋（苹）píng 見下。另見 pín（1030 頁）。

【蘋果】píngguǒ〔名〕❶落葉喬木，葉橢圓形，花白色帶有紅暈。果實圓形，味甜或略酸，質鬆脆。品種很多，是中國重要經濟果樹之一。❷這種植物的果實。

蘋果述要

蘋果在中國栽培已有兩千多年的歷史。別名有奈、林檎、裏檎、來檎、頻婆果等。晉朝時，洛陽已有蘋果種植，但那時的品種不佳。19 世紀歐洲優良品種傳入中國，果實大，味佳，耐貯藏，迅速得到了推廣。現在，蘋果成為中國大眾水果品種之一。著名品種有紅玉、黃魁、金帥、大國光及香蕉蘋果等。

P

pō ㄆㄛ

朴 pō/pú 見下。
另見 Piáo（1027 頁）；pò（1038 頁）；
pǔ"樸"（1043 頁）。
【朴刀】pōdāo〔名〕（把）古代一種兵器，刀身狹
長，刀柄略短：手執一把～。

坡 pō ❶（～兒）〔名〕地勢傾斜的地方：
山～｜上了個～兒，又下了個～兒｜我家
住在黃土高～。❷〔形〕傾斜：梯子別放得那麼
直，～着點。

語彙 陡坡 護坡 滑坡 緩坡 慢坡 山坡 退坡
斜坡

【坡道】pōdào〔名〕有一定坡度的路段：殘疾人專
用～。
【坡地】pōdì〔名〕（塊）山坡上的田地：種着兩
畝～。
【坡度】pōdù〔名〕斜坡起止點的高度差和水平距
離的比值。如鐵路坡度用千分率表示，公路坡
度用百分率表示。

泊 pō ❶ 湖澤。多用於湖名：梁山～（在今山
東梁山縣東，已乾涸）。❷ 大面積的水或
血：水～｜血～。
另見 bó（100 頁）。

語彙 湖泊 水泊 血泊 梁山泊 羅布泊

陂 pō 見下。
另見 bēi（55 頁）；pí（1020 頁）。
【陂陀】pōtuó〔形〕〈書〉不平坦：登～之長阪。

釙（钋）pō〔名〕一種放射性金屬元素，符
號 Po，原子序數 84。

頗（颇）pō/pǒ〈書〉❶ 偏；不正：偏～｜
循規矩而不～。❷〔副〕很；相當
地：感觸～深｜～似舊時情景｜～不以為然｜此
話～有道理。❸〔副〕略；稍為：～采古禮｜或～
有，然多缺。

潑（泼）pō ⊖〔動〕用勁傾倒水使散開：～
點兒水，路面就起不起土了｜別把髒
水～在院子裏。
⊜〔形〕態度粗暴不講理：又撒～，又打
滾兒。

語彙 活潑 瓢潑 撒潑

【潑婦】pōfù〔名〕潑辣不講理的婦女：～罵街｜簡
直像個～。
【潑辣】pōla〔形〕❶ 兇悍：為人～。❷ 有魄力，
無顧忌：作風～｜文章寫得很～｜他處理問
題～得很。
【潑冷水】pō lěngshuǐ〔慣〕比喻打擊人的熱情和
掃人的興：別怕有人～，堅持到底，總會成
功！也說澆冷水。
【潑墨】pōmò〔名〕中國畫，主要是山水畫的一種

技法，以水調墨潑灑在紙上或絹上，就墨色濃
淡，墨跡大小，點染為山為水，而成潑墨畫，
即潑墨山水：李可染的～山水畫極受拍賣市場
歡迎。
【潑皮】pōpí〔名〕流氓；無賴：對那些～決不能
饒恕！
【潑灑】pōsǎ〔動〕把液體等倒出並使散開：他被
撞了一下，杯中的牛奶～了一地。
【潑水節】Pōshuǐ Jié〔名〕中國傣族、布朗族、佤
族等和中南半島一些民族的傳統節日，在農曆
清明節後十日左右。節日期間，人們互相潑水
祝福，並進行拜佛、龍舟競渡、文藝會演、經
貿洽談等活動。

濼（泺）pō 同"泊"（pō）。
另見 Luò（887 頁）。

醱（酦）pō/pò〈書〉釀（酒）。
另見 fā（353 頁）。

鏺（钹）pō ❶〔動〕用鏺刀割草等。❷〔名〕
一種鏺刀。

pó ㄆㄛ

婆 pó ❶ 年老婦女的通稱：老～～｜老太～。
❷（～兒）舊時指從事某種職業的婦女：
媒～兒｜收生～。❸ 丈夫的母親：～媳關係｜多
年的媳婦熬成～｜公說公有理，～說～有理（各
說各的理，各人堅持各人的意見）。❹ 指祖母或
祖母輩的婦女：～～｜外～｜姑～。

語彙 產婆 公婆 姑婆 媒婆 虔婆 神婆 嬸婆
師婆 叔婆 外婆 穩婆 牙婆 姨婆 藥婆 管家婆
老太婆 收生婆 三姑六婆

【婆家】pójia〔名〕丈夫的家（跟"娘家"相對）：
找～（給閨女找對象）｜回～。也說婆婆家。
【婆羅門教】Póluóménjiào〔名〕印度古代宗教之
一，因信奉婆羅賀摩（梵文音譯，為該教信
奉的主神之一）而得名。後經過改革，更名
為印度教。也叫新婆羅門教。[婆羅門，梵
brāhmaṇa]
【婆母】pómǔ〔名〕丈夫的母親。
【婆婆】pópo〔名〕❶ 丈夫的母親：丈夫出門在
外，～全靠她照顧。❷（西南官話）祖母；外
祖母。❸ 比喻上級主管部門或領導者（多含貶
義）：現在～太多了，事情很不好辦。
【婆婆媽媽】pópomāmā（～的）〔形〕狀態詞。
❶ 形容人囉裏囉唆，不乾脆：～的說個沒完，
真叫人受不了。❷ 形容人感情脆弱：堅強點，
別總是～的掉眼淚！
【婆娑】pósuō〔形〕〈書〉❶ 盤旋舞動的樣子：～
起舞。❷ 扶疏：枝葉～。

鄱 pó ❶ 見下。❷（Pó）〔名〕姓。

【鄱陽湖】Póyáng Hú〔名〕中國最大淡水湖，位於江西北部，是國家候鳥自然保護區。歷史上曾有彭澤湖、彭蠡湖之稱。

繁 pó ❶ 用於建築名：～塔（在河南開封郊區）。❷（Pó）〔名〕姓。
另見 fán（359頁）。

皤 pó〈書〉❶ 白色的（多指鬚髮）：換盡朱顏兩鬢～。❷ 肚子大：～其腹。

pǒ ㄆㄛˇ

叵 pǒ〔副〕〈書〉不可：其人～測。

【叵測】pǒcè〔動〕不可推測（含貶義）：心懷～｜居心～。

笸 pǒ 見下。

【笸籮】pǒluo〔名〕（隻）用柳條或篾條編的一種圓形或長方形的盛東西的器物，較籮筐淺。

鉕（鉕）pǒ〔名〕一種放射性金屬元素，符號 Pm，原子序數 61。屬稀土元素。

pò ㄆㄛˋ

朴 pò〔名〕落葉喬木。果實圓形，橙色。樹皮光滑、灰褐色，木材可製器具或造紙。
另見 Piáo（1027頁）；pō（1037頁）；pǔ "樸"（1043頁）。

珀 pò 見 "琥珀"（554頁）。

迫〈廹〉pò ❶ 逼近；強迫：～敵投降｜～於形勢｜為飢寒所～｜被～後退。❷ 接近：總攻的時間一天天～近。❸ 急；急促：～不及待｜惶～伏地。
另見 pǎi（1001頁）。

語彙							
逼迫	惶迫	急迫	煎迫	交迫	緊迫	窘迫
強迫	切迫	驅迫	危迫	威迫	脅迫	壓迫	誘迫
迫迫	從容不迫						

【迫不得已】pòbùdéyǐ〔成〕被迫無奈，不得不如此：～，出此下策。

【迫不及待】pòbùjídài〔成〕急迫得不能等待：爸爸一進門，就～地問起哥哥的病情。

【迫害】pòhài〔動〕壓迫並加害：遭受～｜～別人，～致殘。

【迫降】pòjiàng〔動〕❶ 飛機因發生故障或遇到其他特殊情況不能繼續飛行而被迫降落：飛機燃料用盡，需要緊急～。❷ 採取強制手段迫使飛行中的飛機在指定的機場降落：一架侵犯我國領空的飛機被～。
另見 pòxiáng（1038頁）。

【迫近】pòjìn〔動〕接近；逼近：期末考試已～｜～敵人陣地。

【迫切】pòqiè〔形〕急切：～要求｜～需要援助｜學習願望十分～。

【迫使】pòshǐ〔動〕強迫使令：～敵人繳械｜事態的發展～我們不得不放棄原來的計劃。

【迫降】pòxiáng〔動〕逼迫對方投降。
另見 pòjiàng（1038頁）。

【迫於】pòyú〔動〕為……所迫；被迫做某事：～壓力，宣佈辭職。

【迫在眉睫】pòzàiméijié〔成〕已經逼近眉毛和眼睫毛。比喻事情已到眼前，形勢非常緊迫：解決災民的食宿問題是～的頭等大事。

破 pò ❶〔動〕東西因受到損傷而變得不完整：衣服～了｜～了一個燈泡｜手指劃～了｜說～了嘴｜嚇～了膽。注意後兩個例句通常是誇張說法，並非真破。❷〔動〕使損壞；使分裂；劈開：牢不可～｜勢如～竹｜乘風～浪｜冰～前進｜把板子～成兩塊。❸〔動〕突破；破除（規定、習慣、思想、制度等）：跳遠成績～了全國紀錄｜別～了人家的規矩｜～例飲酒慶賀。❹〔動〕打敗；攻下：大～敵軍｜連～敵人兩道防綫。❺〔動〕整的換成零的（多和 "開、成" 構成動補式）：把一百元的票子～成零的｜大票兒～不開。❻〔動〕花費（必帶名詞賓語）：～費｜～鈔｜你就～上點兒功夫陪他跑一趟吧。❼〔動〕〈口〉豁出去；不顧惜（必帶 "着" 和 "性命、臉皮" 等名詞賓語，用作連動句的前一部分）：是老王～着性命把孩子救出來的｜我可不願意～着臉皮去求他。❽〔動〕使真相顯露：～案｜一語道～｜一個謎兒｜彼此心中明白，不必說～。❾〔形〕不完好；受損而殘破：～衣爛衫｜牆倒眾人推，～鼓亂人捶（比喻人遭了難，處處受排擠）｜書皮很～了｜房子年久失修，～得沒法住人了。❿〔形〕不好的，令人嫌棄的（含厭惡意）：壞事就壞在他那張～嘴上｜這樣的～玩意兒沒人要｜誰愛聽那個～相聲！

語彙						
爆破	殘破	打破	道破	點破	讀破	攻破
揭破	看破	識破	說破	突破	偵破	顛撲不破
各個擊破	牢不可破	魚死網破				

【破案】pò//àn〔動〕通過偵查掌握案件的真相：迅速～｜公安人員很快破了案。

【破敗】pòbài〔形〕殘缺破舊；衰敗：老宅院早已～｜家庭～。

【破冰船】pòbīngchuán〔名〕（艘，條）一種開闢冰層航路的特製輪船，船頭尖而硬，向上翹起，能衝到冰層上，向下壓破冰層。

【破財】pòcái〔動〕損失錢財：～消災｜這頓飯又讓您～了（含詼諧意）。

【破產】pò//chǎn〔動〕❶ 喪失全部財產：他因炒股家裏破了產。❷ 法律上指債務人不能償還債務時，法院根據本人或債權人的申請，進行裁決，將債務人財產依法變賣，按比例歸還債主，不足之數不再償還。❸比喻徹底失敗：陰謀～。

【破除】pòchú〔動〕打破，廢除：～迷信，解放思想｜～情面，秉公而斷｜～陳規陋俗。

【破訂】pòdìng〔動〕訂閱日報時，不是從每月一日訂起；訂閱報刊的月刊、半月刊、旬刊、週刊時，不滿一個季；訂閱雙月刊、季刊時，不滿半年的，都屬於破訂。

【破讀】pòdú〔名〕傳統上指一個漢字因意義不同而有兩個或兩個以上讀音時，把通常讀音之外的讀音叫作破讀。如"美好"和"喜好"中的"好"字，意義不同，讀音也不同；讀上聲為通常，讀去聲為破讀。用現代語言學的理論來解釋，其實就是聲調影響語法和詞彙的音變，類似例子如："處"，去聲，名詞；"處"，上聲，動詞；"種"，上聲，名詞；"種"，去聲，動詞。

【破費】pòfèi〔動〕花費（用於金錢或時間）：不要多～，隨便吃點就行了｜～了你不少工夫。

【破釜沉舟】pòfǔ-chénzhōu〔成〕《史記·項羽本紀》記載，項羽跟秦兵打仗，過河後把鍋都打破，把船鑿沉，以此激勵士兵，只能進，不能退。比喻下決心不顧一切地幹到底：～，全線出擊，一拼到底。

【破格】pògé〔動〕打破成規；突破原有規格約束：～任用｜小劉年輕有為，可以～提拔。

【破罐破摔】pòguàn-pòshuāi〔成〕比喻自知有毛病卻不加改正，自甘落後，甚至有意變本加厲：你還年輕，以後的道路還很長，千萬不能～。

【破壞】pòhuài〔動〕❶使物體受到損壞：～橋樑｜～公物。❷使事物（多指抽象事物）受到損害：～聲譽｜～校風｜～他人幸福。❸從根本上加以改變：～舊世界，建設新世界。❹不遵守（規章、條約等）：～紀律｜～協議。❺使內部組織結構受損：營養成分因加熱而～。

【破獲】pòhuò〔動〕❶偵探並捕獲罪犯：～毒品走私案。❷破解並獲得機密：～敵軍情報。

【破解】pòjiě〔動〕揭開奧秘，找出答案：～生命之謎｜～人口增長難題｜這些疑問還等着專家的～。

【破戒】pò//jiè〔動〕信徒違反宗教戒律。泛指違反規矩、約束：他是一個虔誠的教徒，堅守戒律，從不～｜老友重逢，他破了戒，喝了滿滿一杯酒。

【破鏡重圓】pòjìng-chóngyuán〔成〕唐朝孟棨（qǐ）《本事詩》載，南朝陳將亡時，社會動亂，駙馬徐德言把一個銅鏡破開，與妻子樂昌公主各存一半，預備夫妻失散時當作信物。後果然因這個鏡索而夫妻團聚。後用來比喻夫妻失散或離

婚後重又團圓：失散多年的老兩口～了。

【破舊】pòjiù〔形〕破爛而陳舊：一堆～的衣服｜老周的自行車已經十分～。

【破舊立新】pòjiù-lìxīn〔成〕破除舊的，建立新的：～，刻不容緩。

【破口大罵】pòkǒu-dàmà〔成〕口出惡語，大聲叫罵：那人被人輕輕撞了一下便～，太不文明了。

【破爛】pòlàn〔形〕殘破：～不堪｜他穿的衣服太～了，不像個樣子。

【破爛兒】pòlànr〔名〕〈口〉破爛的東西；廢品：屋裏放着一大堆～｜撿～。

【破例】pò//lì〔動〕打破成例：已經制定的制度，誰都要遵守，不許～｜他的情況很特殊，就破一次例，照顧一下吧！

【破臉】pò//liǎn〔動〕❶舊俗女子出嫁時，用綫繩把臉上的汗毛絞去，稱破臉。也說開臉。❷撕破臉面：彼此有意見，最好別～。

【破裂】pòliè〔動〕❶裂開縫隙：由於野蠻裝卸，幾個箱子已經～了。❷雙方感情、關係等遭到破壞，不能繼續維繫：感情～｜談判～。

【破落】pòluò〔動〕衰敗；敗落：～地主｜到他父親這輩兒，家境早已～。

【破落戶】pòluòhù〔名〕指先前有錢有勢而後來敗落下來的人家：這個胡同裏住着幾家～。

【破門】pòmén〔動〕❶用強力打開門：一夥人～而入，搶劫了大量財物。❷指足球、手球、冰球等球類比賽時將球攻入球門：頭球～｜對方雖然加強了攻勢，但始終未能～。

【破滅】pòmiè〔動〕理想等落空；希望成為泡影：幻想～了。

【破錢】pò//qián〔動〕將較大面值的整錢換成等額的較小面值的零錢。

【破碎】pòsuì〔動〕❶破裂散碎：～的紙片｜這張帛畫雖然已經～，卻很有研究價值｜山河～。❷使破裂散碎：把大石塊～成小塊兒。

【破損】pòsǔn〔動〕殘破損壞：由於管理不善，展品～嚴重｜圖書如有～，應照價賠償。

【破題】pòtí❶〔名〕八股文的開頭，用兩句散行文字，解釋題目的字面意義，叫破題。❷〔動〕邁出第一步；開始做：農業的文章很多，我們還沒有～。

【破涕為笑】pòtì-wéixiào〔成〕停止哭泣，露出笑容。形容轉悲為喜：孩子正在哭鬧，一看見爸爸回來玩具，立刻～了。

【破天荒】pò tiānhuāng〔慣〕據宋朝孫光憲《北夢瑣言》卷四記載，唐朝荆州每年送舉人考進士，都考不中，當時稱為"天荒"，意思是自古以來沒有開化的狀態。後來劉蛻考中了，稱為"破天荒"。後用來比喻前所未有：他一向不花錢買書，這回～買了一本。

【破土】pòtǔ〔動〕❶指施工時開始挖地基動工：

P

商貿大樓即將～動工。❷指春天田地解凍後鬆土備耕。❸（植物）從土裏長出來：小苗～而出。

【破五兒】pòwǔr〔名〕農曆正月初五。舊俗這天吃餃子，放鞭炮，商店開始營業。

【破相】pòxiàng〔動〕由於臉部受傷而損壞了容顏相貌。

【破曉】pòxiǎo〔動〕（天色）初明：天剛～，登山隊員就出發了。

【破鞋】pòxié〔名〕稱亂搞男女關係的女人。

【破譯】pòyì〔動〕識破某種未知信息並翻譯過來：一批原始文化符號得到～。

【破綻】pòzhàn〔名〕衣服綻開的裂口，比喻事情或言語出現的漏洞：～百出｜魔術變得太精彩了，一點～也看不出來。

【破綻百出】pòzhàn-bǎichū〔成〕衣服綻開的裂口到處都是。比喻說話或做事不嚴密，漏洞多。

【破折號】pòzhéhào〔名〕標點符號的一種，形式為"——"，標明行文中解釋說明的語句、話題的突然轉變、說話的中斷、聲音的延長、事項的分行列舉等。行文中解釋說明的語句通常用一個破折號引出。語句如果是插在句子中間，可以在前面和後面各用一個破折號。

粕　pò〈書〉米渣滓。參見"糟粕"（1695頁）。

魄　pò ❶古指依附於人體而存在的精神：三魂七～｜失魂落～｜魂飛～散。❷人的精氣；魄力：氣～｜體～。

語彙　膽魄　魂魄　落魄　氣魄　體魄　心魄　驚心動魄　三魂七魄　失魂落魄

【魄力】pòlì〔名〕膽識和決斷的能力：他很有～｜大家都為老張那驚人的～所折服。

po ·ㄆㄛ

桲　po見"榲桲"（1415頁）。

剖　pōu ㄆㄡ

pōu / pǒu ❶〔動〕破開：解～｜把西瓜～開。❷辯察；分析：～析｜～明事理。

【剖白】pōubái〔動〕剖析辯白：～心事。

【剖腹】pōufù〔動〕剖開腹腔：～產｜施行～手術。

【剖腹產】pōufùchǎn〔動〕接生時切開產婦腹壁及子宮壁，使胎兒通過切口產出。醫學上說剖宮產。

【剖解】pōujiě〔動〕深入分析：～細密｜詳加～。

【剖面】pōumiàn〔名〕物體切開的斷面（如球體的剖面是個圓形）：縱～｜橫～。也叫斷面、截面、切面。

【剖視】pōushì〔動〕剖析觀察：～人物的內心世界｜～圖。

【剖釋】pōushì〔動〕剖析解釋：～病理。

【剖析】pōuxī〔動〕剖解分析：～文章｜～人物｜～股市行情｜深入～當前世界形勢。

póu ㄆㄡˊ

抔　póu〈書〉❶用雙手捧東西：～飲（用手捧起來喝）。❷〔量〕捧（pěng）（數詞限於"一"）：一～黃土。

掊　póu〈書〉用手扒土：見地如鈎狀，～視得鼎。
另見pǒu（1040頁）。

裒　póu〈書〉❶聚集：～輯｜～斂無厭。❷減少；取出：～多益寡（減有餘補不足）。

pǒu ㄆㄡˇ

掊　pǒu〈書〉打擊；擊破：～擊（抨擊）｜為其無用而～之。
另見póu（1040頁）。

pū ㄆㄨ

仆　pū跌倒伏地：僵～｜前～後繼。
另見pú（1042頁）。

撲（扑）　pū ❶〔動〕身體前衝，猛然伏向物體：餓虎～食｜孩子一下子～到媽媽的懷裏。❷〔動〕把心思和精力全部投入到某個方面：老王一心～在工作上。❸〔動〕撲打；拍打：～蒼蠅｜～蝴蝶｜小鳥～着翅膀想飛｜給孩子身上～點痱子粉。❹〔動〕（氣流、氣味兒等）迎面而來：清風～面｜香氣～鼻。❺〔動〕（吳語）伏：他～在桌子上打瞌睡。❻（～兒）拍拂用的工具：粉～兒。❼（Pū）〔名〕姓。

語彙　鞭撲　反撲　粉撲　猛撲　紅撲撲

【撲鼻】pūbí〔動〕（氣味）直衝鼻孔：芬芳～｜～的香味兒。

【撲哧】pūchī〔擬聲〕形容笑聲或水、氣擠出的聲音：她～一笑｜～一聲，腳踩到爛泥裏去了。

【撲打】pūdǎ〔動〕用拍子之類的東西猛然拍打：～飛蛾。

【撲打】pūda〔動〕輕拍：～～衣服上的塵土。

【撲粉】pūfěn〔名〕❶化妝時撲在臉上的香粉。❷爽身粉。

【撲救】pūjiù〔動〕撲滅火災：這場火災，幸虧～及時，才沒造成重大損失。

【撲克】pūkè〔名〕（副）一種紙牌，共54張，分黑桃、紅桃、方塊、梅花四種花色，每種花色有A（也叫"尖兒""叉"等）、K、Q（也叫"圈兒"），J（也叫"勾兒"），10、9、8、7、6、5、4、3、2各一張。另有大王、小王各一張；有多種玩法。體育項目橋牌，也是以此為工具（不要大、小王）。[英 poker]

【撲空】pū // kōng〔動〕❶沒有撲中（zhòng）：武松一閃身，老虎撲了個空。❷沒有在本以為可以找到的地方找到：我連着兩次到你家找你，都～了｜游擊隊早已轉移，敵人撲了個空。

【撲滿】pūmǎn〔名〕蓄錢的瓦器。因上面只有一個小口，可以將錢塞進去，滿則撲之，故稱。

【撲面】pūmiàn〔動〕迎面而來：楊花柳絮，沾衣～。

【撲滅】pū // miè〔動〕使（火焰、蟲災等）止息消滅：～蚊蠅｜撲不滅的火焰。

【撲殺】pūshā〔動〕❶撲打（飛蟲等）；（為防止疫情蔓延）滅殺（染病的禽畜等）。❷（羽毛球等比賽時運動員）衝向網前，封死來球線路，快速扣殺：網前～。❸奮力打敗對手（多用於體育比賽）：藍隊在四分之一決賽中點球～紅隊。

【撲朔迷離】pūshuò-mílí〔成〕《樂府詩集・木蘭詩之一》："雄兔腳撲朔，雌兔眼迷離。兩兔傍地走，安能辨我是雄雌。"意思是：雄兔腳亂蹬亂踹，雌兔眼半閉着，但是當牠們跑起來的時候，就很難辨別雌雄了。後用"撲朔迷離"比喻事物錯綜複雜，難於識別：案情～，偵察很久方才找到了一個破案的綫索。

【撲簌】pūsù〔形〕眼淚向下流的樣子：眼淚～～直往下掉。

【撲騰】pūtēng〔擬聲〕心跳、走動、落水或落地等較重的聲音：一群孩子～～跳下水去了｜一聲，水泥塊掉下來，把地砸了一個坑。

【撲騰】pūteng〔動〕❶伏在水中，用腳打水：我游得不好，就會在水裏瞎～。❷騰躍；猛力跳動：魚在網裏亂～｜嘴上說不怕，心裏可直～。❸（北京話）活動；折騰：有本事就使勁～吧。❹揮霍；浪費：沒幾天就把錢全～光了。

【撲通】pūtōng〔擬聲〕形容重物落地或落水的聲音：小王～一聲從牆上跳下來｜岸邊一群鵝，～～跳下河。

【噗】pū〔擬聲〕形容吹氣、冒泡兒等發出的聲音：他～的一聲，把油燈吹滅了｜鍋裏的滾水～～直冒泡兒。

【鋪】（铺）pū ❶〔動〕把東西攤開或展平：～床｜～褥子｜～鐵軌｜一條～磚的小路｜房間裏～着紅色地毯。❷〔動〕把文章、話題等擴展開：平～直敍｜儘快把這個廠的經驗全面～開。❸〔量〕用於炕或床：一～炕。❹〔量〕用於繪畫，特指壁畫：此壁上段畫彌勒佛事一～｜每坡各畫赴會佛三～。
另見 pù（1044 頁）。

【鋪陳】pūchén ㊀〔動〕〈書〉❶陳設；佈置：～席

位。❷詳細敍述：～事變始末。㊁〔名〕〈書〉指陳設的東西，今多指被褥等臥具：～奢華。

【鋪襯】pūchen〔名〕零零碎碎的布：留着～打袼褙｜破～、爛棉花，還要它幹嗎？

【鋪床】pū // chuáng〔動〕把被褥展開放在床上：～睡覺｜快給孩子鋪好床，讓孩子睡覺。

【鋪墊】pūdiàn ❶〔動〕鋪放墊襯：床上～的東西都是新買的｜用石子～路基。❷〔名〕鋪在床上的褥子、墊子等。❸〔動〕陪襯；襯托：先寫上幾句風景，作為展開下面情節的～。

【鋪蓋】pūgai〔名〕被褥：～捲兒（捲成捲兒的被褥）｜捲～（比喻被解僱）。

【鋪路】pūlù〔動〕❶鋪設道路：整天都在～｜～工人。❷比喻為做某種創造條件：為了早點做手術，病人家屬往以錢～，這就助長了不正之風。

【鋪路石】pūlùshí〔名〕比喻甘願犧牲自己去為他人成長或事業成功創造條件的人或組織：我們要當好～，為年輕人的成長創造條件｜這所外國語學校成為兩國友誼的～。

【鋪設】pūshè〔動〕鋪排設置：～電纜｜很快就要在這兩個城市之間～一條鐵路。

【鋪天蓋地】pūtiān-gàidì〔成〕充滿整個天地。形容聲勢大，來勢很猛，到處都是：暴風雨～而來｜災難發生後，各種新聞報道～而來。

【鋪敍】pūxù〔動〕展開來詳細地敍述：小說一開頭兒～了主人公的家世。

【鋪展】pūzhǎn〔動〕鋪開並伸展：樓梯上、客廳裏全都～地毯。

【鋪張】pūzhāng〔形〕❶講究排場：提倡勤儉節約，反對～浪費。❷誇大；張大其事：如實彙報情況，不可太～。

【鋪張揚厲】pūzhāng-yánglì〔成〕唐朝韓愈《潮州刺史謝上表》："鋪張對天之閎休，揚厲無前之偉跡。"鋪張：鋪敍渲染；揚厲：發揚光大。後多用"鋪張揚厲"形容過分講究排場。

【潽】pū〔動〕〈口〉液體因沸騰而溢出：壺灌得太滿，水一開就～出來了｜湯快～了，趕快掀開鍋蓋。

pú ㄆㄨˊ

【匍】pú 見下。

【匍匐】púfú〔動〕❶爬行：～前進｜～而行。❷趴：～在地上｜甘薯的莖～在地面上。

【莆】pú ❶用於地名：～田市（在福建東南部）。❷（Pú）〔名〕姓。

【脯】pú（～兒）胸脯：雞～兒肉嫩。
另見 fǔ（403 頁）。

【脯子】púzi〔名〕❶指人的胸脯：胸～。❷指雞、鴨等的胸脯肉：雞～｜鴨～。

菩 pú 見下。

【菩薩】púsà〔名〕❶佛教中大乘思想的實行者；佛祖釋迦牟尼未成佛道時也叫菩薩。[菩提薩埵的省略，梵 bodhi-sattva] ❷泛指佛和某些神：觀音～。❸比喻心腸慈善的人：～心腸｜她真是一位治病救人的活～。❹高僧的尊稱。

佛、菩薩與羅漢

佛：智慧與悟性均達到最高境界，並能使自己和他人的覺悟行為共同得到圓滿；

菩薩：次於佛，能自覺弘揚教義，但不能使自己與眾生的覺悟行為一起圓滿；

羅漢：次於菩薩，能自我覺悟，自我解脫，對佛教教義弘揚較少。

【菩提】pútí〔名〕❶佛教用語，指覺察惡事，開悟真理的境界或途徑。[梵 Bodhi] ❷菩提樹。

【菩提樹】pútíshù〔名〕（棵，株）常綠喬木。相傳釋迦牟尼佛坐樹下開悟成道，所以也叫道樹、覺樹。

葡 pú 見下。

【葡萄】pútáo(-tao)〔名〕❶（棵，架，株）多年生落葉藤本植物，葉子掌狀分裂，開黃綠色小花。❷（粒，顆，串，嘟嚕）這種植物的果實。圓形或橢圓形，色澤隨品種而異，多汁，味酸甜，可生食或製乾、釀酒。

【葡萄酒】pútáojiǔ〔名〕用葡萄發酵後釀製而成的酒：紅～。

【葡萄糖】pútáotáng〔名〕單糖的一種，無色晶體，有甜味。廣泛存在於生物體中，葡萄中含量多，是人和動物體內能量的主要來源。醫藥上主要用作注射營養劑，食品工業用作調味料。

蒱 pú 見"樗蒱"（192 頁）。

蒲 pú ㊀❶香蒲，一種生在水邊或池沼內的草本植物。❷指菖蒲：～劍｜～月。
㊁（Pú）❶蒲州，舊府名，今山西永濟為其舊治：～劇。❷〔名〕姓。

【蒲包】púbāo(～兒)〔名〕❶用香蒲葉編製的盛物用具。❷舊時指用蒲包兒裝着食品的禮物：送上個～兒。

【蒲草】púcǎo〔名〕香蒲的莖葉，可用來編製一些用品。

【蒲公英】púgōngyīng〔名〕（棵，株）多年生草本植物，全株含有白漿，葉叢生，花黃色，頭狀花序，果實成熟時，形似一白色絨球，可隨風飛散。根莖入藥，有清熱、解毒作用。

【蒲劇】pújù〔名〕地方戲曲劇種，是山西四大梆子之一，流行於山西、陝西、甘肅、河南等地區。也叫蒲州梆子。

【蒲柳】púliǔ〔名〕（棵）植物名，因這種樹木秋天很早就凋零了，故舊時用來比喻早衰：～之姿，望秋而落。也叫水楊。

【蒲絨】púróng〔名〕香蒲的雌花穗上長的白絨毛，可以用來絮枕頭。也作蒲茸。

【蒲扇】púshàn〔名〕（把）用香蒲製成的扇子。

【蒲式耳】púshì'ěr〔量〕英美制容量單位（計量乾散顆粒用），1 蒲式耳合於 8 加侖。英制 1 蒲式耳合 36.37 升，美制 1 蒲式耳合 35.24 升。[英 bushel]

【蒲團】pútuán〔名〕僧徒打坐或跪拜用的圓墊子，用蒲草等編成：老和尚在～上打坐。

【蒲月】púyuè〔名〕農曆五月。民俗端午節懸菖蒲、艾葉等於門首辟邪，故稱。

醋 pú〈書〉聚會飲酒：天下大～。

僕 (仆) pú ❶ 僕人（跟"主"相對）：男～｜女～｜公～｜一～二主。❷〈謙〉古時男子自稱：～非敢如是也。❸（Pú）〔名〕姓。
"仆"另見 pū（1040 頁）。

語彙 公僕 奴僕 童僕 風塵僕僕

【僕從】púcóng〔名〕跟隨在主人身邊的僕人，比喻受制於人、不能自主的人、集體或國家：～國｜～地位。

【僕固】Púgù〔名〕複姓。

【僕人】púrén〔名〕供人役使的傭工：她爹是周公館裏的～。

【僕役】púyì〔名〕僕人：他家過去～成群。

墣 pú〈書〉土塊。

璞 pú〔名〕含玉的石頭，也指未經琢磨的玉。
注意 "璞"不讀 pǔ。

語彙 抱璞 歸真反璞

【璞玉渾金】púyù-húnjīn〔成〕《世說新語·賞譽》："王戎目山巨源如璞玉渾金。"璞玉：未經琢磨的玉；渾金：沒經提煉的金。比喻未加修飾的天然美質，多用來指人的品質淳樸善良。也說渾金璞玉。

穙 pú〈書〉❶穀類作物堆積。❷禾、草稠密。

濮 pú ❶ 古水名，在河南延津、滑縣境；所謂桑間濮上，即此。❷〔名〕姓。

【濮陽】Púyáng〔名〕❶地名。在河南。❷複姓。

鏷 (镤) pú〔名〕一種放射性金屬元素，符號 Pa，原子序數 91。

pǔ ㄆㄨˇ

埔 pǔ 用於地名：黄~(在廣東廣州)。
另見 bù(119頁)。

圃 pǔ ❶ 種菜、種花、育苗等的園地：苗~｜花~｜菜~。❷ 種菜的人：老~。

語彙 菜圃 花圃 老圃 苗圃 園圃

浦 pǔ ❶ 水邊或河流入海的地方。多用於地名：~口(在江蘇)｜~城(在福建)｜乍~(在浙江)。❷ (Pǔ)〔名〕姓。

普 pǔ ❶ 普遍：~選｜~查｜陽光~照｜~天同慶。❷ (Pǔ)〔名〕姓。

語彙 吉普 科普 推普

【普遍】pǔbiàn〔形〕普及遍及各方面的；具有共同性的：~真理｜存在｜~提高人民的生活水平｜有益身心的業餘文化娛樂活動，城鄉都很~。

【普查】pǔchá〔動〕普遍調查：人口~｜~地質資源｜對老年人的身體狀況進行一次~。

【普洱茶】pǔ'ěrchá〔名〕雲南西南部(清代普洱府)出產的一種黑茶，性溫味厚，可助消化。多製成餅狀。

【普法】pǔfǎ〔動〕普及法律常識：開展~教育｜向青少年~。

【普及】pǔjí ❶〔動〕傳佈和推廣到各地區各方面：這支歌已經~全國。❷〔動〕普遍推廣，使大眾化：~文化科學知識｜~優選法｜既要~，也要提高。❸〔形〕指大眾化的：~本｜~讀物｜武術在這個地區非常~。

【普教】pǔjiào〔名〕普通教育：她在~戰綫上辛勤耕耘｜~改革已全面展開。

【普羅】pǔluó〔名〕無產階級：~文學。[普羅列特利亞的省略，法 prolétariat]

【普羅米修斯】Pǔluómíxiūsī〔名〕希臘神話中造福人類的神。他從主神宙斯處偷來火種給人類，受到宙斯的懲罰，被釘在高加索的岩石上，讓神鷹每天來啄食他的肝臟。[英 Promethus]

【普米族】Pǔmǐzú〔名〕中國少數民族之一，人口約4.2萬(2010年)，主要分佈在雲南蘭坪、寧蒗、永勝、麗江等地，少數散居在四川等地。普米語是主要交際工具，沒有本民族文字。

【普天同慶】pǔtiān-tóngqìng〔成〕指全天下的人共同慶祝：喜訊傳來，~，舉國歡騰。

【普通】pǔtōng〔形〕通常的；尋常的：~一兵｜他是個很~的人｜那輛汽車的樣子很~。

【普通話】pǔtōnghuà〔名〕以北京語音為標準音，以北方話為基礎方言，以典範的現代白話文著作作為語法規範的現代漢民族的共同語。

普通話小史
中國古代已有共同語的概念，春秋時代的"雅言"，漢朝的"通語"，都是通行於各地的共同語。明清稱共同語為"官話"，民國時期叫"國語"。中華人民共和國成立後稱現代漢語標準語為"普通話"，並將"推廣全國通用的普通話"載入《憲法》。漢語普通話已成為聯合國六種工作語言之一。

【普陀山】Pǔtuó Shān〔名〕中國四大佛教名山之一，位於浙江東北部海中。因《華嚴經》有善財參拜觀音於普陀洛迦之說，遂稱普陀山為南海觀世音菩薩道場。山分前後，風光秀麗。山上以普濟寺、法雨寺為中心，有大小寺廟三百多座。另有潮音洞、紫竹林、觀音跳、洛迦山等名勝。

【普選】pǔxuǎn〔動〕有選舉權的公民普遍地參加國家權力機關代表的選舉：參加~｜通過~，產生總統。

【普照】pǔzhào〔動〕普遍照耀：陽光~。

溥 pǔ ❶〈書〉廣大：~原。❷〈書〉普遍：~天之下。❸ (Pǔ)〔名〕姓。

樸 (朴) pǔ / pú 樸實｜樸質：質~｜誠~｜~實｜~拙。
"朴"另見 Piáo(1027頁)；pō(1037頁)；pò(1038頁)。

語彙 誠樸 淳樸 古樸 渾樸 儉樸 簡樸 素樸 質樸 拙樸

【樸落】pǔluò〔名〕插頭：插上~。

【樸實】pǔshí〔形〕❶ 樸素；質樸：~無華｜他那~的服飾和沉穩的作風，給人以親切的感覺。❷ 敦厚誠實：鄉下人都比較~。❸ 踏實；不浮華：文風十分~｜演唱風格~。

【樸素】pǔsù〔形〕❶ (衣服、文章等)不艷麗，不刻意修飾：她的衣着~整潔｜這首詩文字~而感情真摯。❷ 自發的；淳樸的：~唯物主義｜~的感情。❸ (生活)節儉，不奢靡：生活~｜保持艱苦~的作風。

【樸學】pǔxué〔名〕樸實的學問，特指清代的漢學，即考據學：~大師。

【樸直】pǔzhí〔形〕樸實直率：為人~｜言語~犀利。

【樸質】pǔzhì〔形〕樸實純真，不加修飾：這老漢為人十分~。

氆 pǔ 見下。

【氆氌】pǔlu〔名〕藏族用羊毛織成的毛料，質地細膩，色彩鮮艷，品種很多。可用來做毯子、衣服等。

蹼 pǔ / pú〔名〕青蛙、烏龜、鴨子、水獺等動物腳趾中間的薄膜，在水中便於撥水。

鴨蹼　　　蛙蹼　　　　腳蹼

【蹼泳】pǔyǒng〔名〕潛水運動項目之一。在腳上套有仿動物腳蹼的橡膠蹼，以提高游泳速度。

譜（谱）pǔ❶按照事物類別或系統編輯起來的表冊、圖書等：光～｜年～｜家～｜食～｜英雄～。❷做示範或供查閱參考的樣本、圖形：棋～｜畫～。❸〔名〕曲譜；樂譜：簡～｜五綫～｜我不識～，您教我唱吧。❹（～兒）〔名〕把握，大致的範圍：這事兒如何處理，他心裏早就有了～兒｜他這話越說越離～兒。❺（～兒）〔名〕排場，派頭：擺～｜這個人～兒挺大。❻〔動〕就歌詞配曲：這首歌是誰～的曲？

語彙　擺譜　菜譜　詞譜　打譜　大譜　歌譜　畫譜　家譜　簡譜　蘭譜　老譜　離譜　臉譜　沒譜　年譜　棋譜　曲譜　食譜　貼譜　圖譜　印譜　樂譜　在譜　準譜　五綫譜

【譜系】pǔxì〔名〕❶家族間的遺傳系統。❷物種變化的系統。

【譜寫】pǔxiě〔動〕❶創作歌曲或為歌詞譜曲：他～的歌曲深受人民群眾喜愛。❷比喻用行動表現了極其動人的英雄事跡（多和"凱歌""詩篇"一類詞連用）：她用自己年輕的生命，～了一曲壯麗的歌。

【譜子】pǔzi〔名〕曲譜：我把這首歌的～抄下來，回去練習。

錯（错）pǔ〔名〕一種金屬元素，符號 Pr，原子序數 59。屬稀土元素。銀白色。可用於製造有色玻璃、陶瓷、搪瓷等。也可用於催化劑。

pù　ㄆㄨ

堡　pù/bǎo 用於地名，如十里堡。
另見 bǎo（49頁）；bǔ（104頁）。

暴　pù〈書〉同"曝"：一～十寒｜秋陽以～之。
另見 bào（53頁）。

鋪（铺）〈舖〉pù ㊀（～兒）店鋪；商店：飯～｜書～兒｜剃頭～兒｜村東頭兒有個賣酒的小～兒。
㊁〔名〕床鋪：臥～｜咱們倆的～挨着｜你睡上～，我睡下～。
㊂舊時的驛站。現多用於地名，如五里鋪、十里鋪、三十里鋪。
另見 pū（1041頁）。

語彙　床鋪　當鋪　地鋪　店鋪　吊鋪　飯鋪　通鋪　臥鋪　藥鋪

【鋪板】pùbǎn〔名〕❶（副，塊）搭床鋪用的木板。❷（扇，塊）店鋪門用的木板：上～｜卸～。

【鋪面】pùmiàn〔名〕商店的門面：～很大，很寬綽。

【鋪面房】pùmiànfáng〔名〕（間）臨街有門面，可以用作鋪面的房屋。

【鋪位】pùwèi〔名〕輪船、火車、長途汽車以及旅館、醫院等為旅客、傷病員等安排的床位。

【鋪子】pùzi〔名〕（家）設有門面出售商品的場所：雜貨～。

瀑　pù 瀑布：懸流飛～。
另見 Bào（54頁）。

【瀑布】pùbù〔名〕（道）從山壁上或河身突然降落的地方傾瀉下來的水流，遠看像着幅白布：黃果樹大～（在貴州）｜遙看～掛前川。

瀑布的別稱
垂水、飛流、飛溜、飛瀑、谷雷、立泉、匹練、懸波、懸布、懸淙、懸河、懸澗、懸溜、懸流、懸瀑、懸泉、懸水、懸濤、玉簾。

曝　pù〈書〉曬：～曬｜～衣｜一～十寒。
另見 bào（54頁）。

【曝露】pùlù〔動〕〈書〉露在外面：屍骨～於原野。

【曝曬】pùshài〔動〕陽光強烈地照射：皮衣清洗完要掛在陰涼處風乾，切忌～。

【曝獻】pùxiàn〔動〕〈書〉《列子·楊朱》："昔者宋國有田夫……自曝於日……顧謂其妻曰：'負日之暄，人莫知者，以獻吾君，將有重賞。'"後用"曝獻"作為貢獻意見或贈物表示物微而意誠的謙辭。也說獻曝。

P

Q

qī ㄑㄧ

七 qī ❶〔數〕數目，六加一後所得。❷〔名〕舊時指人死後每隔七天進行一次祭奠的一段時間，第一個七天為“頭七”，分七個“七”，共四十九天。❸（Qī）〔名〕姓。

【七步之才】qībùzhīcái〔成〕指敏捷的文才。參見“煮豆燃萁”（1782 頁）。

【七彩】qīcǎi〔名〕光譜的七種顏色，即紅、橙、黃、綠、藍、靛、紫，泛指很多種顏色：～雲霞。

【七古】qīgǔ〔名〕(首)古體詩的一種，每句七字。參見“古體詩”（466 頁）。

【七絕】qījué〔名〕(首)絕句的一種，每首四句，每句七字。參見“絕句”（728 頁）

【七律】qīlǜ〔名〕(首)律詩的一種，每首八句，每句七字。參見“律詩”（878 頁）。

【七品芝麻官】qīpǐn zhīmaguān 本指七品官縣令，“芝麻”比喻很小。現指職位低、權力小的官：我不過是一個～，起不了大作用。

【七七事變】Qī-Qī Shìbiàn 1937 年 7 月 7 日，日本侵略軍向中國華北重鎮北平的盧溝橋駐軍發起突然進攻，中國軍隊奮起抵抗，抗日戰爭全面爆發。這次事變史稱七七事變。也叫盧溝橋事變。

【七巧板】qīqiǎobǎn〔名〕(副，套)一種智力玩具。用正方形薄木板或厚紙板裁成形狀各異的七小塊，可以拼成各種圖形。

【七竅】qīqiào〔名〕指雙眼、雙耳、兩個鼻孔和口七個孔：打得～流血｜渴得～生煙。

【七竅生煙】qīqiào-shēngyān〔成〕形容氣憤或乾渴到了極點，好像眼、耳、鼻、口都着了火冒起煙來：他氣得～。

【七情】qīqíng〔名〕❶指人的喜、怒、哀、懼、愛、惡、欲七種感情。❷中醫指喜、怒、憂、思、悲、恐、驚為七種精神狀態，若調理得當，怡然安泰；若役使不當，內傷致病。

【七情六欲】qīqíng-liùyù〔成〕指人的各種感情欲望：英雄也是人，也有～。參見“七情”（1045 頁）、“六欲”（864 頁）。

【七上八下】qīshàng-bāxià〔成〕形容心神不定，忐忑不安。由歇後語“十五個吊桶打水——七上八下”發展而來：他心裏～，坐立不安。

【七十二行】qīshí'èrháng〔名〕泛指各種行業（古“七十二”常用來指多，如“鴛鴦七十二”“七十二峰影”）：～，行行出狀元。

【七手八腳】qīshǒu-bājiǎo〔成〕形容人多各忙其事，動作不一：大家～，把家具搬進了房間。

【七夕】qīxī〔名〕指農曆七月初七的晚上。民間傳說，天上的牛郎、織女每年此時在天河鵲橋相會。參見“乞巧”（1053 頁）。

【七項全能】qīxiàng quánnéng 田徑運動中女子全能運動項目之一。內容包括 100 米跨欄、跳高、推鉛球、200 米跑、跳遠、擲標槍、800 米跑等七項，分兩天進行。

【七言詩】qīyánshī〔名〕(首)中國的一種舊體詩，每句七字或以七字為主，有七言古詩、七言長律、七言絕句等。

七言詩小史

七言詩起源於民間歌謠。荀子的《成相篇》是以七言為主的雜言體韻文。東漢的七言、雜言民謠為數更多，如《小麥謠》《城上烏》。三國魏曹丕的《燕歌行》是現存的第一首文人創作的七言詩。南朝宋鮑照的《擬行路難》發展到隔句押韻並可以換韻。至唐朝，七言詩各體才真正發展起來。

【七一】Qī-Yī〔名〕❶七月一日，中國共產黨建黨紀念日。1921 年 7 月下旬中國共產黨在上海召開第一次全國代表大會。1941 年決定以 7 月 1 日為建黨紀念日。❷又稱香港回歸紀念日。1997 年 7 月 1 日香港回歸祖國，香港特別行政區成立：每年逢～，香港都會舉行慶祝回歸的活動。

【七嘴八舌】qīzuǐ-bāshé〔成〕形容人多語雜，說話不停：大家～，爭着講自己的意見。注意 在現代漢語中，“七……八……”是一種格式，可以嵌用單音節的名詞、形容詞、動詞或語素，構成多個固定語，表示雜而亂的意思，如“七手八腳、七嘴八舌、七長八短、七高八低、七拼八湊、七拉八扯、七零八落、七上八下”等。

沏 qī〔動〕(用沸水)沖；泡：～一壺茶｜～碗薑糖水。

妻 qī 男子的配偶(跟“夫”相對)：夫～｜未婚～｜娶～生子。
另見 qì（1058 頁）。

語彙 髮妻 夫妻 前妻 未婚妻

【妻兒老小】qī'ér-lǎoxiǎo〔成〕指妻子兒女父母等全家：他～一家八口，生活負擔很重。

【妻舅】qījiù〔名〕妻子的兄弟。

【妻離子散】qīlí-zǐsàn〔成〕妻子兒女離散。形容一家人被迫分離：連年戰爭，使很多人～，家破人亡。

【妻孥】qīnú〔名〕〈書〉妻子和兒女。

【妻室】qīshì〔名〕〈書〉妻子（qīzi）：他至今尚無～。

Q

【妻小】qīxiǎo〔名〕〈書〉妻子和兒女：他孤身一人，沒有～。

【妻子】qīzǐ〔名〕妻子（qīzi）和兒女。

【妻子】qīzi〔名〕男子的配偶。

妻子的別稱舉例

夫人：尊稱別人的妻子，多用於外交場合；
太太：舊時稱官吏的妻子，現也泛稱妻子；
內人：對別人稱自己的妻子；
老伴兒：老年夫妻互稱；
愛人：稱夫妻的一方；
堂客：南方某些地區稱妻子；
媳婦兒：北方地區稱妻子；
老婆：多用於口語俗稱。

柒 qī ❶〔數〕"七"的大寫。多用於票據、賬目。❷（Qī）〔名〕姓。

桼 qī〈書〉同"漆"①。

戚〈㊀慼㊂慽〉qī ㊀❶親戚：～屬｜皇親國～。❷（Qī）〔名〕姓。
㊁憂愁；悲哀：憂～｜休～與共。
㊂古代兵器，斧的一種，有長柄：執干～（干：盾）。

語彙 哀戚　悲戚　親戚　外戚　休戚

郪 Qī 郪江，水名。在四川中江一帶，流入涪江。

淒〈淒〉qī ❶寒冷：～風苦雨｜風雨～～。❷冷落；蕭條：～清｜～涼。
"淒"另見 qī "悽"（1046頁）。

【淒風苦雨】qīfēng-kǔyǔ〔成〕❶寒冷的風，久下不停的雨，形容天氣惡劣：此地四月，春寒未消，仍是～。❷比喻境遇悲慘淒涼：經營失敗後，他背了一身債，處於～之中。以上也說苦雨淒風。

【淒寒】qīhán〔形〕淒涼寒冷：荒涼～的曠野。

【淒厲】qīlì〔形〕（聲音）悲慘而尖銳：～的叫聲，打破了黑夜的寂靜｜北風～，落日西沉。

【淒涼】qīliáng〔形〕❶悲苦：身世～｜～的日子。❷寂寞冷落：晚境～｜孤獨～。

【淒清】qīqīng〔形〕❶清冷：月色～。❷（聲音）清凄悲切：笛聲～。

悽〈淒〉qī 悲傷：～愴｜～慘｜～切。
"淒"另見 qī "淒"（1046頁）。

【悽慘】qīcǎn〔形〕淒涼悲慘：兵荒馬亂的年代，人民的生活十分～｜街區被炸後，～的景象着實可憐。

【悽楚】qīchǔ〔形〕〈書〉悽慘痛苦：獨傷魂而～。

【悽惶】qīhuáng〔形〕〈書〉憂傷而恐懼不安：神色～｜～的神情。

【悽苦】qīkǔ〔形〕悽慘痛苦：～的日子｜臉上的表情～而哀傷。

【悽切】qīqiè〔形〕（聲音）淒涼悲切：到處都有蟋蟀～的叫聲｜寒蟬～。

【悽然】qīrán〔形〕〈書〉悲傷的樣子：～淚下｜何事～？

【悽婉】qīwǎn〔形〕〈書〉❶悲傷：神情～。❷悲哀婉轉：歌聲～。

萋 qī ❶見下。❷（Qī）〔名〕姓。

【萋萋】qīqī〔形〕〈書〉草長得茂盛的樣子：芳草～。

期 qī/qí ❶規定的時間：定～｜限～｜過～｜分～付款。❷一段時間：學～｜假～｜潛伏～。❸〔量〕用於分時間階段的事物：這個學習班辦了五～｜詩刊第一卷第三～。❹約定時間或日期：不～而遇。❺盼望；等待：～望｜～待｜～許。
另見 jī（602頁）。

語彙 按期　長期　初期　定期　短期　改期　工期　過期　後期　緩期　婚期　活期　佳期　假期　經期　末期　前期　任期　日期　如期　時期　暑期　同期　晚期　誤期　限期　星期　刑期　汛期　延期　預期　早期　中期　週期　潛伏期　青春期　生長期　有效期　預產期

【期報】qībào〔名〕按一定時期出版的報紙，如日報、週報、旬報、半月報、月報等。

【期待】qīdài〔動〕期望等待：殷切地～你早日答復｜我們一直～着早日歡聚。

【期房】qīfáng〔名〕（套）商品房交易市場上指還未建成而可以預售的商品房（區別於"現房"）：小區裏的～已全部售出。

【期貨】qīhuò〔名〕買賣雙方成交後按合同規定的價格、數量，遠期交付的貨物、金融產品（區別於"現貨"）。

【期價】qījià〔名〕期貨的價格：原油～攀升。

【期間】qījiān〔名〕某一段時間或時期內：會議～｜演出～｜放假～，須留人值班｜抗戰～｜外出訪問～。

【期刊】qīkān〔名〕（本，份）有固定名稱，用卷、期或年、月順序編號，成冊的連續出版物，分週刊、半月刊、月刊、雙月刊、季刊、半年刊、年刊等多種：～門市部。

【期考】qīkǎo〔名〕在學期末舉行的考試：～及格，才能升級。

【期滿】qīmǎn〔動〕期限已到：合同～｜服役～。

【期盼】qīpàn〔動〕期待；盼望：～着兒子早日歸來。

【期票】qīpiào〔名〕（張）按預定日期支付商品或貨幣的票據：兌現～｜～到期。

【期求】qīqiú〔動〕希望得到：～幸福。

【期權】qīquán〔名〕事先約定日期，按照雙方約定的價格買賣某種特定商品、有價證券等的權利。

【期市】qīshì〔名〕❶進行期貨交易的市場：～有時熱鬧，有時冷落。❷指期貨的行情：～走低。

【期思】Qīsī〔名〕複姓。

【期望】qīwàng ❶〔名〕對人或事所抱的期待希望：國家對青年人寄予很大的～｜我們決不辜負人民的～。❷〔動〕期待和希望：祖國～我們學成歸國｜學識有限，不要對自己～太高。

【期望值】qīwàngzhí〔名〕對人或事物所抱希望的程度：～過高，有時會失望。

【期限】qīxiàn〔名〕限定的一段時間：延長～｜～快到了｜月底是最後～。

【期頤】qīyí〔書〕《禮記·曲禮上》：“百歲曰期，頤。”意指百歲高齡之人需要頤養。後因稱期頤指一百歲：～之壽。

欺 qī ❶欺騙：～世盜名｜自～～人。❷欺負；欺侮：仗勢～人｜～人太甚。

【欺負】qīfu〔動〕用暴力、高壓、威逼等手段侵犯、壓迫或侮辱：別～人｜大國不應當～小國。

【欺行霸市】qīháng-bàshì〔成〕指在經商中欺負同行，稱霸市場：嚴禁～，哄抬物價。

【欺哄】qīhǒng〔動〕欺騙：商家不可用虛假廣告～顧客。

【欺凌】qīlíng〔動〕欺負凌辱：不能任人～｜舊社會女工受盡了～。

【欺瞞】qīmán〔動〕欺騙蒙混：做事不公道還想～別人嗎？

【欺騙】qīpiàn〔動〕用虛假言行騙人，讓人上當：～社會輿論｜這只能～那些不明真相的人。

【欺人之談】qīrénzhītán〔成〕騙人的話：他的言論純屬～，不要相信。

【欺辱】qīrǔ〔動〕欺負侮辱：不堪～，奮起反抗。

【欺軟怕硬】qīruǎn-pàyìng〔成〕欺負軟弱的而懼怕強硬的：這夥人～，咱們得齊心頂住。

【欺上瞞下】qīshàng-mánxià〔成〕欺騙上級，蒙蔽下屬和群眾。

【欺生】qīshēng〔動〕❶欺負新來的生人：這裏的人～，你是外鄉人，凡事要小心謹慎。❷驢、馬等不聽生疏的人使喚：這匹馬～，你得防備着點兒。

【欺世盜名】qīshì-dàomíng〔成〕欺騙世人，竊取名譽：這種～的人最終會身敗名裂。

【欺侮】qīwǔ〔動〕欺負：不可～別人。

〔辨析〕欺侮、欺負　“欺侮”指“欺凌侮辱”，“欺負”指“欺壓迫，以力欺壓”，一般可以互相替換，如“不可欺負(欺侮)別人”“受盡欺負(欺侮)”。日常生活中一般的以強凌弱，宜用“欺負”，如“你是哥哥，不要欺負弟弟”，民族國家之間的欺壓，多用“欺侮”，如“奮起反抗異族的欺侮”。

【欺心】qīxīn〔動〕昧着良心，自己欺騙自己：不能幹這種～之事。

【欺壓】qīyā〔動〕❶欺凌壓迫：惡吏～百姓。❷欺負：大孩子不能～小孩子。

【欺詐】qīzhà〔動〕用不正當的手段騙人：加強監督，不許商家～顧客。

棲（栖）qī ❶鳥類停息、歇宿：雞～於塒。❷泛指居住或停留：～身｜～止｜～於何處？
“栖”另見 xī(1446頁)。

語彙　共棲　兩棲

【棲居】qījū〔動〕停留；居住(多用於動物)：～地｜這些鳥兒夜晚都～在樹上。

【棲身】qīshēn〔動〕停留；居住(多指條件不高的或暫時的)：無處～｜尋找～之地。

【棲息】qīxī〔動〕停留；休息(多用於鳥類)：許多水鳥在島上～｜～蓬蒿之間。

【棲止】qīzhǐ〔動〕〈書〉棲身停留：～陋室，聊避風雨。

攲 qī〈書〉傾斜：～斜小徑｜～正相依。

蛣 qī見下。

【蛣蜣】qīqiāng〔名〕古指蜣螂。

橙（桤）qī〔名〕橙木，落葉喬木，材質較軟，生長很快，易於成林。

喊 qī見下。

【喊喊喳喳】qīqīchāchā〔擬聲〕形容細碎雜亂的說話聲：兩個人一直～說個不停，周圍的人都躲開了。

漆 qī ❶〔名〕各種黏液狀塗料的總稱。有天然漆和人造漆。❷〔動〕用漆塗：把桌子～一～｜門窗連牆壁都～成綠色的｜鋼琴、汽車、輪船等等～得光可鑒人。❸(Qī)〔名〕姓。

語彙　大漆　雕漆　火漆　噴漆　清漆　生漆　油漆　朱漆　如膠似漆

【漆布】qībù〔名〕用漆塗飾過的布：大字典包上一層～會結實一點兒。

【漆雕】qīdiāo〔名〕❶雕漆。❷(Qīdiāo)複姓。

【漆工】qīgōng〔名〕❶用漆塗飾器物的工藝：這些家具～精美。❷(名，位)用漆塗飾器物的工人。

【漆黑】qīhēi〔形〕狀態詞。像漆一樣黑，形容十分黑或光綫極暗：～一片｜沒有點燈，屋裏～～的。

【漆黑一團】qīhēi-yītuán〔成〕❶形容一片黑暗，沒有一點光綫：山谷深處～，伸手不見五指。❷形容社會黑暗，沒有一點光明：她在～的舊社會只能給地主當牛做馬。❸形容對事情一無所知：這裏的情況他～，不知道該怎麼辦。以上也說一團漆黑。

【漆匠】qījiàng〔名〕(名，位)製作油漆器物的手藝人。

【漆器】qīqì〔名〕(件)一種工藝美術品，器物整體用漆塗飾；也指表面塗漆的器物；脫胎～｜沈先生是製作～的藝術大師｜出土的漢代～仍然像新做成的一樣。

【漆樹】qīshù〔名〕(棵，株)落葉喬木，羽狀複葉，互生，小葉卵形或橢圓形。花黃綠色，果實扁圓。樹的乳狀汁液接觸空氣後呈暗褐色，叫生漆，可用作塗料，乾後可入藥。木材黃色，細緻，可供細木工之用。

緝（緝）qī / qì〔動〕一種縫紉方法，用針綫細密地縫：～鞋口兒｜～下擺的邊兒。

另見 jī（603頁）。

顬（顬）qī〈書〉醜惡；醜陋。

蹊 qī / xī 見下。

另見 xī（1450頁）。

【蹊蹺】qīqiāo〔形〕奇怪；違反常理，讓人懷疑：這件事有些～，一定要查他個水落石出。也說蹺蹊（qiāoqi）。

曬 qī〔動〕(北方官話) ❶ 東西濕了之後將乾未乾：下了一陣雨，太陽出來一曬，路面就漸漸～了。❷ 用沙土、鋸末等吸收水分：路上有水，鋪上點鋸末～一～。

qí ㄑㄧˊ

亓 Qí〔名〕姓。

【亓官】Qíguān〔名〕複姓。

圻 qí ❶〈書〉地界。❷（Qí）〔名〕姓。

另見 yín（1620頁）。

郂 Qí〔名〕姓。

岐 qí ❶（Qí）岐山，山名。在陝西鳳翔東。❷〈書〉同"歧"。

【岐伯】Qíbó〔名〕相傳中國遠古時代黃帝時的名醫。

【岐黃】qíhuáng〔名〕岐伯和黃帝。相傳是中國醫家之祖。中國古代著名醫書《黃帝內經·素問》即黃帝、岐伯以問答形式論醫之書。後用"岐黃"指中醫和中醫學術：術精～｜～再生。

祁 Qí ❶ 祁縣，縣名。在山西。❷〔名〕姓。

【祁紅】qíhóng〔名〕安徽祁門產的紅茶，是中國名茶之一。

芪 qí 見"黃芪"（576頁）。

其 qí ❶〔代〕人稱代詞。和"他的"或"他們的"相當：物無大小，必有～性；事無巨細，必有～理｜自圓～說。❷〔代〕人稱代詞。和"他"或"他們"相當：不要任～自流｜促～早日實現。**注意** 作"他的"或"他們"講的"其"，可通指人、物、事，沒有白話"他"只能指人的限制。❸〔代〕指示代詞。和"那個"或"那樣"相當：藏之名山，傳之～人｜正當～時。❹〔代〕指示代詞。虛指：忘～所以｜～為人也，發憤忘食，樂以忘憂。❺〔副〕〈書〉表示揣測、擬議的語氣：豈～然乎？｜知進退存亡而不失其正者，～唯聖人乎？❻〔副〕〈書〉表示命令、勸勉的語氣：子～勉之！｜爾～無忘乃父之志！❼（Qí）〔名〕姓。

另見 jī（600頁）。

語彙 更其 何其 極其 如其 尤其 與其 大概其

【其次】qícì〔代〕指示代詞。❶ 指示次序較後的、次要的人或事物，帶"的"修飾名詞，名詞前如有數量詞，"的"字可省：首要的問題是發展生產，生產發展了，～的問題就好解決了｜會議程序首先是開場白，說明開會宗旨，～一項內容是討論如何發展生產。❷ 指代次序較後的、次要的人或事物：內容是主要的，形式還在～｜首先解決領導班子的問題，～才能談到整頓這個組織的問題。

【其間】qíjiān〔名〕❶ 方位詞。其中；中間：不置身～，不會有真切體會｜他遲遲不表態，～必有難言之隱。❷ 指某一段時間：他留學五年，～只回國一次。

【其樂無窮】qílè-wúqióng〔成〕其中的樂趣很多：他覺得玩電腦遊戲，～。

【其貌不揚】qímào-bùyáng〔成〕指人的外貌平常：此人身材矮小，～。

【其實】qíshí〔副〕用在動詞前或主語前，承接上文，表示實際是甚麼樣的，有更正、修正或補充的作用：古人以為天圓地方，～不然｜你們只知道他會說英語，～他的日語也挺好。

【其勢洶洶】qíshì-xiōngxiōng〔成〕形容來勢兇猛：面對～的敵人，戰士們勇氣十足。

【其他】qítā〔代〕指示代詞。❶ 指示別的人或事物：領導一帶頭，～的人都動起來了｜抓住主要矛盾，～問題也就迎刃而解了。❷ 代替別的人或事物：先把廠址選好，～另做安排｜歲數大的都住一樓，～的住二樓。**注意** a) 修飾單音節名詞一般都帶"的"，修飾雙音節名詞一般不帶"的"。b) 有人用"其他"指代人，用"其它"指代事物。其實無論是指人還是指事物，一律可以寫作"其他"。

【其它】qítā〔代〕指示代詞。其他（只用於指代事物）：先運走這些家具，～的下次再說。

【其餘】qíyú〔代〕指示代詞。❶ 指示剩下的人或事物：除了有兩個人請假，～的人都到了。❷代替剩下的人或事物：來客當中我只認識三位，～都不認識。

[辨析]**其餘、其他**　兩個詞都是指示代詞，但"其餘"側重於指剩下的，如"四門功課，除語文是 4 分，其餘都是 5 分"；"其他"側重於指別的，指示範圍不太明確，如"我和其他的人沒甚麼兩樣"。在不含"剩下的"意思時，不宜用"其餘"，如"演出除唱歌跳舞外，還有其他精彩節目"。

【其中】qízhōng〔名〕方位詞。那裏面（指處所、範圍）：樂在～｜我們車間有 500 人，～女性佔 60%。

奇

qí ❶稀罕的；異乎尋常的：～人｜～事｜～聞｜～花異木｜～恥大辱。❷出人意外；難以預料：～兵｜～襲｜出～制勝。❸驚異；驚奇：凍死蒼蠅不足～｜世人～之。❹〔副〕表示程度深；非常；極：身上～癢｜頓感～冷｜藥品～缺。❺（Qí）〔名〕姓。

另見 jī（600 頁）。

語彙　出奇　傳奇　好奇　驚奇　居奇　離奇　獵奇　神奇　稀奇　新奇　珍奇　蒙太奇

【奇兵】qíbīng〔名〕（支，隊）出其不意地進行突然襲擊的部隊：出～以制勝。

【奇才】qícái〔名〕❶異乎尋常的才能：有數學～的學子難得。❷（位）有異乎尋常才能的人：報界～｜軍事～。

【奇恥大辱】qíchǐ-dàrǔ〔成〕極大的恥辱：牢記民族的～，振興中華。

【奇功】qígōng〔名〕特殊的功勳：屢建～。

【奇怪】qíguài ❶〔形〕不同於尋常；令人驚異：這種情況相當普遍，不是甚麼～的現象。❷〔動〕出乎意料，難以理解：我～他們至今還一無所知。

【奇觀】qíguān〔名〕奇異罕見的景象或事情：蔚為～｜黃果樹瀑布是一大～。

【奇花異草】qíhuā-yìcǎo〔成〕珍稀少見的花草：山上長滿～。

【奇貨可居】qíhuò-kějū〔成〕指商人把不易得到的貨物囤積起來，等待高價出售。比喻以某種技能或成就為資本，謀取名利地位：他會畫兩筆畫，就自以為～了。

【奇計】qíjì〔名〕出人意料的計謀；不同尋常的計策：孔明用兵，多設～。

【奇跡】qíjì〔名〕罕見的不尋常的事情：創造～｜紅軍～般地完成了長征。

【奇景】qíjǐng〔名〕奇異的景色；不同尋常的景觀：雪山～｜黃山雲海，天下～。

【奇絕】qíjué〔形〕奇特少見：山勢～。

【奇麗】qílì〔形〕奇特而美麗：景色～｜千百種花燈，彩色～。

【奇妙】qímiào〔形〕稀奇巧妙：～的魔術｜她的手實在～，能繡出逼真的山水，栩栩如生的鳥獸蟲魚。

【奇葩】qípā〔名〕（朵）❶珍奇的花朵：～異草。❷比喻傑出的文藝作品：魯迅的《阿Q正傳》是當時文壇上的一朵～。

【奇巧】qíqiǎo〔形〕奇特精巧：漢白玉欄杆上的浮雕，鬼斧神工，十分～。

【奇缺】qíquē〔動〕非常缺乏：藥品～｜專業人才～。

【奇談】qítán〔名〕使人覺得奇怪的、不合常理的言論或意見（含貶義）：海外～｜～怪論。

【奇談怪論】qítán-guàilùn〔成〕古怪的、不合情理的言論或意見。

【奇特】qítè〔形〕奇怪特別，不同尋常：服裝～｜在極地能看見～的北極光。

【奇偉】qíwěi〔形〕奇異雄偉，不同尋常：山勢～｜相貌～，體形高大。

【奇文】qíwén〔名〕（篇）奇異的文章：～共欣賞｜這是一篇使人感興趣的～。

【奇文共賞】qíwén-gòngshǎng〔成〕晉朝陶淵明《移居》詩："奇文共欣賞，疑義相與析。"新奇的文章共同欣賞，品味其中蘊涵的深義。現用"奇文共賞"指把荒謬的文章發表出來供大家識別、分析。

【奇聞】qíwén〔名〕（件）令人驚奇或動聽的事情：曠古～｜他愛講海外航行的～。

【奇襲】qíxí〔動〕出其不意地突然襲擊：～匪穴。

【奇想】qíxiǎng〔名〕奇特的想法：突發～｜吃了藥可以隱身，不過是一種～。

【奇效】qíxiào〔名〕奇特的效力；預想不到的效果：針灸的～使很多外國人驚歎不已。

【奇形怪狀】qíxíng-guàizhuàng〔成〕奇特怪異的形狀：山上巨石～｜深海裏有～的游魚。

【奇勳】qíxūn〔名〕〈書〉特殊的大功勳：將軍轉戰沙場，屢建～。

【奇異】qíyì〔形〕❶奇怪；特別：～的動物｜海洋公園是一個～的世界。❷驚異詫異：見到我穿一身新款服裝，大家都用～的眼光看着我。

【奇遇】qíyù〔名〕（場）❶意外而非尋常的相遇（多指好的）：旅遊中的～使他們終結良緣｜虎口餘生的兩位老朋友居然又在北京見面了，這可算得上是～了。❷驚險的遭遇：在深山老林裏碰上兩隻老虎相鬥，這場～令我至今心有餘悸。

【奇冤】qíyuān〔名〕（樁）非同尋常的冤枉：千古～｜這樁～得以申雪。

【奇珍異寶】qízhēn-yìbǎo〔成〕貴重的、非同尋常的珍品寶物：博物館裏有許多～。

【奇裝異服】qízhuāng-yìfú〔成〕不同一般的、令人驚異的服裝打扮（多含貶義）：這樣的～穿着出門，可能招來別人的議論。

Q

歧　qí ❶ 岔（道）；大路分出的（小路）：～途｜～路亡羊。❷ 不一樣；不一致：～義｜～視。

語彙　分歧　兩歧

【歧出】qíchū〔動〕❶ 從旁生出；旁出：老樹又一橫枝｜一條～的小路。❷ 文章的內部用詞（多指術語）前後不一致：文中前後術語～。

【歧見】qíjiàn〔名〕不一致的意見或見解：擱置～，促進合作。

【歧路】qílù〔名〕（條）由大路分出的小路：山道多～。

【歧路亡羊】qílù-wángyáng〔成〕《列子·說符》載，楊子的鄰人把羊弄丟了，沒找回來。楊子問："為甚麼沒找回來？"鄰人說："岔路很多，岔路之中又有歧路，不知道上哪兒去了。"後用"歧路亡羊"比喻情況複雜而多變，易迷失方向，誤入歧途。**注意** 這裏的"歧"不寫作"岐"。

【歧視】qíshì〔動〕不平等地看待：不要～有殘疾的人｜消除種族～。

【歧途】qítú〔名〕（條）歧路，比喻生活、工作中的錯誤的道路：誤入～。

【歧異】qíyì ❶〔名〕分歧差別；不一致的地方：雙方看法仍有些～｜這部書的兩種版本，～很多。❷〔形〕有分歧；不同：見解～。

【歧義】qíyì〔名〕同一語言單位有兩種或多種不同的意義，或有兩種或多種不同的解釋：這個詞兒有～｜有的～在上下文中就消失了。

歧義舉例

"他誰都認識"，可以指他認識很多人，也可以指很多人都認識他。"他的話很難聽"，可以指讓人聽不懂，也可以指讓人聽了很不高興。"我看這本書很合適"，可以指我認為這本書很適用，也可以指此書很適合我的閱讀水平。

祈　qí ❶ 向神求福；祈禱：～福｜～雨。❷ 請求；希望；敬：～出席指導｜附紙錄呈，～察為荷。❸（Qí）〔名〕姓。

【祈禱】qídǎo〔動〕一種敬神儀式，信仰宗教的人向神行禮致敬並默告自己的願望；也泛指向神靈祈求禱告：教徒在教堂裏～。

【祈福】qífú〔動〕求福：拜佛～｜～禳災｜為民～。

【祈盼】qípàn〔動〕衷心盼望：～他早日歸來｜農民～一年有個好收成。

【祈求】qíqiú〔動〕〈書〉懇切地求：～寬恕｜～幫助。

【祈使句】qíshǐjù〔名〕要求聽話人做甚麼事或不做甚麼事的句子，如"請等一下！""你快說！""別哭哭啼啼了！"。書面上祈使句末尾用句號或歎號。

【祈望】qíwàng〔動〕〈書〉盼望；祝願：衷心～雙方會談成功。

祇　qí〈書〉地神：神～。
另見 zhǐ "只"（1752頁）。

俟　qí 見"万俟"（942頁）。
另見 sì（1283頁）。

痕　qí〈書〉病。

耆　qí ❶〈書〉六七十歲以上的老人：～老。❷（Qí）〔名〕姓。

【耆老】qílǎo〔名〕（位）〈書〉老年人。特指德高望重的老年人：請學界～主持評議。

【耆宿】qísù〔名〕（位）〈書〉有德行有名望的老人：當年後生，已成藝界～。

旂　qí 古代一種旗子，上畫雙龍，竿頭繫鈴。
另見 qí "旗"（1051頁）。

埼　qí〈書〉彎曲的堤岸。

軝（軧）　qí〈書〉車轂上的裝飾。

畦　qí〔名〕田地裏用埂分成的整齊的小塊地：菜～｜挖～｜一～菜。

【畦灌】qíguàn〔動〕把田地用埂隔成一塊一塊的畦，按畦分別灌溉。

跂　qí〈書〉❶ 多出的腳趾。❷ 蟲子爬行的樣子：～行。
另見 qì（1061頁）。

崎　qí〈書〉❶ 傾斜不平：傾～｜～徑。❷ 用於地名：高～（在福建廈門北）。

【崎嶇】qíqū〔形〕❶ 形容山路高低不平：～的山路｜小路～。❷ 比喻經歷艱難曲折：坎坷～的一生。

淇　Qí 淇水，水名。在河南林州、淇縣一帶，流入衞河。

琪　qí ❶〈書〉美玉。❷（Qí）〔名〕姓。

琦　qí ❶〈書〉❶ 美玉。❷ 不平凡的；美好的：～行｜～珍。❸ 奇異的：～辭。

其　qí（吳語）豆秸，也指油菜、棉花收穫後剩下的莖：豆～｜菜花～。

語彙　豆萁　煮豆燃萁

萁　qí 見下。

【萁萊主山】Qíláizhǔ Shān〔名〕山名。在台灣。

棋〈棊碁〉　qí〔名〕（副，盤）一類文娛或體育項目。也指每種棋本身，一般由棋盤和棋子組成。多數棋由兩人共玩，如圍棋、象棋、國際象棋；個別的棋由兩個以上的人共玩，如跳棋。下棋的人按規則擺放、移動棋子，多以吃掉對方的棋子來決勝負。

語彙 悔棋　死棋　跳棋　圍棋　象棋　克郎棋
五子棋　國際象棋

【棋逢對手】qíféng-duìshǒu〔成〕下棋碰上了水平
　相當的對手。比喻雙方本領不相上下，難分高
　低：這場球賽是～，雙方戰成平局。也說棋逢
　敵手。
【棋後】qíhòu〔名〕在比賽中奪冠的女棋手。
【棋局】qíjú〔名〕❶棋盤。❷指在棋盤上佈子的
　形勢：下到中盤，～對我方有利。
【棋迷】qímí〔名〕(位)好(hào)下棋或好(hào)
　看下棋入了迷的人。
【棋盤】qípán〔名〕(副,張)下棋用的上面畫着特
　定格子的厚紙或木板，按一定規則在上面擺放
　棋子。也叫棋枰。
【棋譜】qípǔ〔名〕(本)用圖和文字說明下棋的基
　本技術，指導各種下棋方法的書。
【棋聖】qíshèng〔名〕(位)棋藝極高的人，為棋類
　運動最優秀棋手的榮譽稱號(多指圍棋)。
【棋手】qíshǒu〔名〕(位)擅長下棋的人。
【棋王】qíwáng〔名〕在比賽中奪冠的男棋手。
【棋藝】qíyì〔名〕下棋的技藝：～高超｜研究～。
【棋友】qíyǒu〔名〕(位)經常在一起下棋而交的
　朋友。
【棋子】qízǐ(～兒)〔名〕(顆,枚)用木頭、陶瓷或
　其他材料製成的小塊，形狀因棋類的不同而各
　異，有的上邊有文字，有的按功能雕成不同形
　象。通常用顏色區分為數目相等的兩部分或幾
　部分，下棋的人各使用一部分。

祺 qí〔書〕吉祥；安泰(現多用作書信結尾祝
　頌語)：敬頌春～｜順候時～。

頎 (颀) qí〔書〕(身)長：碩人其～。

惛 qí〔書〕恭順。

綦 qí ❶〔書〕青黑色的：縞衣～巾。❷〔副〕
　〔書〕極；很：～難｜盼望～切。❸(Qí)
　〔名〕姓。

蜝 qí見"蟛蜝"(1015頁)。

旗 〔旂〕qí ❶〔名〕(面,杆)旗子：國～｜
　紅～｜豎着一杆～。❷指八旗，清
　朝滿族、蒙古族軍隊戶口編制單位，各旗用不同
　顏色的旗子。又指八旗兵駐屯的地方，現在地名
　沿用：正黃～｜藍～營。參見"八旗"(18頁)。
　❸屬於八旗的，特指屬於滿族的：～人｜～袍。
　❹〔名〕內蒙古自治區的行政區劃單位，相當於
　縣。❺(Qí)〔名〕姓。
　　"旂"另見qí(1050頁)。

語彙 八旗　白旗　黨旗　國旗　紅旗　降旗　錦旗
旌旗　軍旗　升旗　義旗　下半旗

【旗杆】qígān〔名〕(根)懸掛旗子的杆子。有的直
　豎，有的可以手拿。
【旗鼓相當】qígǔ-xiāngdāng〔成〕旗、鼓；原指
　對峙兩軍所用的旗子和鼓，借指裝備氣勢。比
　喻勢均力敵，雙方力量不相上下：這兩個球
　隊～，結果一比一握手言和。
【旗號】qíhào〔名〕舊指標明將領姓氏或軍隊名稱
　的旗幟，現用指辦事時或進行某種活動時假借的
　名義(多用於貶義)：打着興辦實業的～，非法
　集資，欺騙了很多不明真相的人。
【旗徽】qíhuī〔名〕旗幟上的徽志。
【旗艦】qíjiàn〔名〕❶(艘)指揮艦，即海軍艦隊
　司令、編隊司令所在的軍艦，因艦上掛有司令
　旗，故稱。❷比喻生產、商業活動中起主導作
　用的產業、集團等：培育主導產業，打造區域
　農業的～｜這家大超市是零售業的～。
【旗艦店】qíjiàndiàn〔名〕某一連鎖店的樣板店。
　因地處商業中心，銷售業績出色，能夠對其他
　店起表率作用，故稱。
【旗開得勝】qíkāi-déshèng〔成〕戰旗剛一展開軍
　隊就打了勝仗。比喻做工作、辦事情剛一開
　始就取得了好成績：希望你這次帶領乒乓球
　隊，～，馬到成功。
【旗袍】qípáo(～兒)〔名〕(件)婦女穿的長袍(有
　的緊身，有的寬鬆)，因早期多為旗人(指滿
　族婦女)所穿，故稱。

> **旗袍沿革**
> 早期的旗袍偏於瘦長衣身，袖口緊小。後來的
> 一般形制是右開大襟，袖口和衣身寬大，衣長
> 至膝下。辛亥革命後，漢族婦女也多穿旗袍，
> 一般是緊腰身，兩側開叉高低不等，並有長短
> 之分，流傳至今。

【旗人】Qírén〔名〕舊時稱清代編入八旗的人，後
　專指滿族人。
【旗手】qíshǒu〔名〕(位,名)在隊伍前面舉旗子
　的人，比喻領導群眾前進的先行人物：新文化
　運動的～｜革命～。
【旗下】qíxià〔名〕部下；下屬：公司～擁有多名
　專業配音演員。
【旗語】qíyǔ〔名〕一種用旗幟來通信的方法。在航
　海、軍事或某些野外作業(如爆破、勘測工作)
　中，在目力可及範圍內，因距離較遠，言語難
　以直接傳達，雙方借揮動旗子來表示要傳達的
　言語或信號，進行通信聯絡。
【旗幟】qízhì〔名〕❶(面)旗子：鮮紅的～迎風飄
　揚。❷比喻立場：～鮮明。❸比喻榜樣或模
　範：培養典型，樹立～。❹比喻有代表性或指
　導作用的思想、學說、理論或政治力量：～就
　是方向。
【旗裝】qízhuāng〔名〕舊時滿族婦女的着裝打扮。
【旗子】qízi〔名〕(面)用各種顏色的綢、布等做成

的方形、長方形或三角形的標誌，大多掛在旗杆上或高樓上。也有用紙做的小旗子，一般供遊行人群手持使用。

齊（齐） qí ㊀❶〔形〕整齊：這行樹栽得很～｜把桌子擺～｜長短不～。❷〔副〕一起；共同：男女老少～動手｜萬炮齊發。❸〔形〕全；完備：客人都來～了｜一切準備～了。❹〔形〕同樣；一致：～心｜人心～，泰山移。❺〔動〕達到一樣的高度：弟弟的個頭兒～了哥哥了｜在～腰深的水裏站着。❻〔介〕跟某一點或某一直綫取齊：把高粱桿～着根砍斷｜～着牆腳釘上一條木板。

㊁（Qí）❶周朝諸侯國名，在今山東北部和河北東南部。❷〔名〕南北朝時南朝之一，公元479–502 年，蕭道成所建，建都建康（今江蘇南京），史稱南齊。❸〔名〕南北朝時北朝之一，公元 550–577 年，高洋所建，建都鄴（今河北臨漳西南），史稱北齊。❹唐末農民起義軍領袖黃巢所建國號。❺〔名〕姓。

另見 jì（623 頁）。

語彙 湊齊 聚齊 看齊 取齊 一齊 找齊 整齊 保不齊 良莠不齊

【齊備】qíbèi〔形〕齊全；完備：實驗所需的儀器都已～。

【齊步走】qíbù zǒu 軍事口令，號令隊伍以整齊的行列和步伐向前進。

【齊唱】qíchàng〔動〕兩個以上的歌唱者，按同一旋律同時歌唱。

【齊楚】qíchǔ〔形〕❶ 整齊（多用於衣服穿着）：衣冠～。❷ 齊全：東西準備得這樣～，我很高興。

【齊集】qíjí〔動〕共同聚集；聚集在一起：各國婦女代表～北京｜老友～，有說不完的話。

【齊名】qímíng〔動〕有相同的名望：李白杜甫～，同為後代仰慕。

【齊全】qíquán〔形〕完備；應有盡有：品種～｜裝備～｜這商店雖然小，貨物卻很～。

【齊聲】qíshēng〔副〕一齊發出同樣的聲音：～回答｜～歡呼｜～歌唱｜～叫好兒。

【齊刷刷】qíshuāshuā（～的）〔形〕狀態詞。形容非常整齊：戰士們聽到號令，立刻～地站成一排。

【齊天大聖】Qítiān Dàshèng 中國古典文學名著《西遊記》中主角猴王孫悟空的稱號。他因不甘心當玉帝的管馬小官，離開天庭回花果山，用這個稱號顯示他神通廣大，有同玉帝分庭而立之意。後用來稱有超凡本領的人。

【齊頭並進】qítóu-bìngjìn〔成〕不分先後地一齊前進。比喻兩個人或很多人同時做，或兩件事、很多事同時進行：三路人馬～｜這些工作要分別輕重緩急，不要～。

【齊心】qíxīn〔形〕大家思想一致，一個心眼：～協力｜事情能不能辦成就看大家～不～了。

【齊心協力】qíxīn-xiélì〔成〕大家思想一致，共同努力：工人和技術人員～，工程提前完成了。也說齊心合力。

【齊整】qízhěng〔形〕❶ 整齊：河邊的柳樹長得很～｜學員們～地走着方隊。❷ 指女子容貌端正俊美：小姑娘的模樣兒～了。

【齊奏】qízòu〔動〕兩個以上的演奏者同時演奏同一曲調：樂隊～國歌。

錡（锜） qí ❶古代炊具，三足：～釜｜維～及釜。也叫三腳釜。❷古代一種兵器，兩面有刃：既破我斧，又缺我～。一說為一種鑿子。

璂 qí 古代男子帽邊上的玉飾。

騏（骐） qí〈書〉青黑色的馬。

【騏驥】qíjì〔名〕〈書〉駿馬；千里馬：～一躍，不能十步。

騎（骑） qí ❶〔動〕兩腿叉開坐在動物背上或摩托車、自行車等上面：～馬｜～象｜～摩托車｜～自行車。❷ 兼跨兩邊的：～縫。❸ 指人乘坐的牲畜：坐～。❹ 騎兵，泛指騎馬的人：鐵～｜單～｜驍（xiāo）～。

語彙 驃騎 輕騎 鐵騎 驍騎 坐騎

【騎兵】qíbīng〔名〕❶（支、隊）騎馬作戰的兵種：～比步兵行動快，便於奇襲作戰。❷（名）這一兵種的士兵：他當過～，槍法很準。

【騎縫】qífèng〔名〕可以扯開的兩張紙的交接處（多指單據、證書、公文信函等與存根的交接處）：在單據的～上蓋印。

【騎虎難下】qíhǔ-nánxià〔成〕騎在老虎背上難下來。比喻做事中途遇到困難，又不能停下，進退兩難：原以為工程一年能完成，現在～，還要投入更多力量。

【騎樓】qílóu〔名〕❶ 樓房向外伸出遮蓋着人行道的部分。❷ 跨在街道或胡同上的樓，底下可以通行。

【騎驢看唱本——走着瞧】qí lǘ kàn chàngběn —— zǒuzheqiáo〔歇〕表示事情結局如何，還需繼續觀察，以後才見分曉。多含有不服氣、等着將來再算總賬的意思：經過這麼一討論，大家的意見基本統一了；只有老余還不服輸，心裏暗想："咱們～！"

【騎馬找馬】qímǎ-zhǎomǎ〔成〕比喻一面佔着現有的位置，一面去找更合適的工作。也比喻東西就在自己身邊，反而到處去找：他得一邊找事，一邊拉散座；～，他也不能閒起來｜手錶就在你手上，怎麼還到處亂找，這不是～嗎？也說騎驢找驢。

【騎牆】qíqiáng〔動〕比喻站在鬥爭雙方的中間，不明確支持或反對哪一方：～派｜再不能～了，應該支持正義的一方。

【騎師】qíshī〔名〕(位)擅長騎術從事賽馬競技的人。

【騎士】qíshì〔名〕(位，名)歐洲中世紀封建主階級的最低階層，領有土地，是為大封建主服騎兵役的軍人。後借指有風度的男人；也泛指一般騎兵。

【騎手】qíshǒu〔名〕(名)擅長騎馬的人。特指馬術比賽中的運動員。

【騎術】qíshù〔名〕騎馬的技術：～高超｜不通～。

薺（荠）qí 見"荸薺"(67頁)。另見 jì(624頁)。

臍（脐）qí ❶ 肚臍：～帶｜他～下有顆痣。❷ 螃蟹腹下中間的甲殼：尖～｜團～｜母螃蟹的～是圓的。

語彙 肚臍　尖臍　團臍

【臍橙】qíchéng〔名〕橙的一種，因脫花處有一肚臍狀凹痕，故稱。果實呈橢圓形，橙黃光滑，無核，味香汁多，口感清甜，營養豐富。

【臍帶】qídài〔名〕哺乳類的胚胎與母體胎盤相連的像帶子的東西，由兩條動脈和一條靜脈組成。胚胎依靠臍帶與母體聯繫，是胚胎吸取營養和排除廢料的通道。

【臍風】qífēng〔名〕中醫指初生嬰兒的破傷風，多由接生時用未經消毒的器具切斷臍帶感染破傷風桿菌所致。發病多在出生後的第四天到第六天，故又稱四六風。

鯕（鲯）qí 見下。

【鯕鰍】qíqiū〔名〕(條，尾)魚名，生活在海洋中，體長而側扁，黑褐色，頭大眼小，背鰭很長，尾鰭分叉較深。

麒 qí ❶ 見下。❷ (Qí)〔名〕姓。

【麒麟】qílín〔名〕古代傳說中的一種形狀像鹿的動物，頭上有角，全身有鱗甲，有尾。古人拿牠象徵祥瑞，如小兒戴麒麟鎖，婦女用鎖麟囊，均取吉祥之意。也借喻傑出的人。簡稱麟。

髻 qí〈書〉馬脖子上部的長毛：這種良馬～長身小。也叫馬鬃。

蘄（蕲）qí ❶〈書〉祈求：～生（求生）。❷ 用於地名：～春（在湖北黃石東）。❸ (Qí)〔名〕姓。

蠐（蛴）qí 見下。

【蠐螬】qícáo〔名〕(隻)金龜子的幼蟲，體圓柱狀，白色，常彎成馬蹄形。生活在土裏，吃植物的根和莖。也叫土蠶、地蠶。

鰭（鳍）qí〔名〕魚類的運動器官，由刺狀硬骨和軟骨支撐一層薄膜組成。可分為胸鰭、腹鰭、背鰭、臀鰭和尾鰭。背鰭、臀鰭和尾鰭不成對，稱奇鰭；胸鰭、腹鰭成對，稱偶鰭。

語彙 背鰭　腹鰭　臀鰭　尾鰭　胸鰭

qǐ ㄑㄧˇ

乞 qǐ ❶ 乞討；乞求：～丐｜～食｜～憐｜～恕｜行～於市。❷ (Qǐ)〔名〕姓。

語彙 求乞　討乞　行乞

【乞丐】qǐgài〔名〕靠乞討為生的人。

乞丐的各種稱法
叫花子、花子、乞兒、乞丐、乞婆（女乞丐）、討飯的、討吃、團頭（舊指乞丐的頭兒）、要飯的。

【乞骸骨】qǐ háigǔ〈書〉古代官吏請求退職稱乞骸骨，意思是使骸骨得以歸葬故鄉。

【乞憐】qǐlián〔動〕裝出可憐的樣子，希望得到別人的憐憫同情：俯首帖耳，搖尾～。

【乞靈】qǐlíng〔動〕〈書〉向神靈乞求幫助救援，比喻乞求不可靠的幫助：～於謊言和詭辯｜自救事成，～事敗。

【乞巧】qǐqiǎo〔動〕一種民間風俗。相傳農曆七月初七夜晚，天上的牛郎織女相會。這個夜晚，婦女在庭院裏陳設瓜果，引綫穿針，向織女祈求幫助她們提高縫紉的技巧。

【乞巧節】Qǐqiǎo Jié〔名〕中國傳統節日，在農曆七月初七。也叫乞巧節。

【乞求】qǐqiú〔動〕請求別人給予：～寬恕｜不要～敵人的憐憫。

【乞討】qǐtǎo〔動〕向人討飯要錢；也比喻央求別人經濟支持：沿街～｜公司不能靠～生存，要自力更生。

【乞降】qǐxiáng〔動〕請求對方接受投降：餘敵～，戰鬥勝利結束。

【乞援】qǐyuán〔動〕請求援助：災情嚴重，只好向鄰國～。

屺 qǐ〈書〉不長草木的山。

企 qǐ/qì 抬起腳後跟站着，表示盼望、仰望：～盼｜～羨｜日夜～而望歸。

語彙 高企　國企　民企　魁企　私企　外企

【企鵝】qǐ'é〔名〕（隻）水鳥，多群居在南極洲及附近島嶼，體長約一米，嘴堅硬，頭和背部黑色，腹部白色，足、尾短，翅膀小，不能飛，善於潛水游泳。在陸地上直立時像昂首企望的樣子。

【企劃】qǐhuà〔動〕策劃；謀劃：～部門｜～人員｜研發團隊開始～全新的冰箱產品。

【企及】qǐjí〔動〕〈書〉盼望達到：他取得了別人不敢～的巨大成就。

【企盼】qǐpàn〔動〕〈書〉盼望：～與老同學早日相會。

【企求】qǐqiú〔動〕〈書〉盼望得到：他只想把工作做好，從不～個人名利。

【企圖】qǐtú ❶〔動〕圖謀；打算（多含貶義）：敵軍～突圍，但未得逞。❷〔名〕意圖；計謀（多含貶義）：那個商販以次充好的～被顧客識破了。

【企望】qǐwàng ❶〔動〕希望；盼望：國防現代化，我們已經～多年。❷〔名〕多年渴望的事情：振興中華，是炎黃子孫的～。

【企業】qǐyè〔名〕（家）從事生產、運輸、貿易以及服務性活動的經濟部門，如工廠、農場、礦山、鐵路、公司，可分為工業企業、農業企業和商業企業等：工礦～｜～管理。

玘　qǐ 用於地名：張～屯（在河北）。

苣　qǐ 古書上說的一種穀類作物。

杞　qǐ ❶ 周朝諸侯國名，在今河南杞縣一帶。❷〔名〕姓。

【杞人憂天】qǐrén-yōutiān〔成〕《列子·天瑞》載，杞國有個人怕天塌下來，成天吃不下飯，睡不着覺，坐臥不安。後用"杞人憂天"比喻毫無必要的憂慮：擔心搞私營經濟會影響國營經濟，那是～。

杏　qǐ 用於地名：～塘（在廣西）。

起　qǐ ㊀ ❶〔動〕由坐、臥而站立；由躺而坐：～立｜～床｜～早貪黑｜拍案而～。❷離開原處：～身｜～飛｜～跑｜你～開點兒，讓我進去。❸〔動〕抬高，上升：～重｜皮球一拍就～｜～到100米高。❹〔動〕（皮膚）長出：～痱子｜～水皰兒。❺〔動〕運出（倉庫、貨棧）；拔出：～貨｜～釘子｜～菜。❻〔動〕發動；發生：～義｜～哄｜～風了｜～疑心｜～作用｜～變化。❼〔動〕擬定：～草稿｜給孩子～名字。❽〔動〕創立；建立：～夥（開始辦伙食）｜白手～家｜平地～高樓。❾〔動〕辦理領取（憑證）：～護照｜～行李票。❿〔動〕開始：～

止｜～訖｜由這兒～就只有小路了。⓫〔動〕同"從……"搭配，用在單音動詞後，表示開始：從二號算～｜從頭學～｜從何說～。⓬〔介〕（北京話）放在時間或處所詞的前邊表示起點，相當於"從"：～小兒就愛看小人書｜你～哪兒來？｜～這兒往北。⓭〔介〕（北京話）放在處所詞前邊，表示經過的地點：看見一個人影～窗戶上閃過去。

㊁〔量〕❶ 次；件（多用於消極的事）：兩～盜竊案｜防止了一～重大事故。❷ 群；批：分兩～出發｜旅館裏晚上又來了一～旅客。

㊂（又讀 qi）〔動〕趨向動詞。❶ 做趨向補語，用在動詞後面，表示向上：抬～箱子就跑。❷ 做結果補語，用在動詞後（動詞後"起"字前常有"得"字或"不"字）表示力量夠得上夠不上及其他：經得～考驗｜太貴買不～｜看得～｜看不～。

【起霸】qǐbà〔動〕戲曲表演的一套程式動作，以一組舞蹈動作，表現武將（包括男女）整盔束甲，準備上陣的情景，烘托戰鬥氣氛。兩人同時起霸叫雙起霸。

【起爆】qǐbào〔動〕開始點燃引信或按動電鈕使爆炸物爆炸：準時～｜～劑。

【起筆】qǐbǐ ❶〔動〕漢字書法上指每一筆開始：寫字～很重要，一定要寫好。❷〔名〕檢字法中每個漢字的第一畫。❸〔名〕指文章的開頭部分：他的文章，～別出心裁，不落俗套。

【起兵】qǐbīng〔動〕❶ 出動軍隊；出兵：～救援｜連夜～討伐。❷ 調動軍隊起事：～舉事｜～反抗。

【起搏器】qǐbóqì〔名〕一種能夠促進心臟跳動，維持正常心律的電子儀器，裝在心臟傳導有障礙患者的皮下。

【起步】qǐbù〔動〕開始走。常用來比喻開始進行或開始做某事：花樣滑冰運動我國～比較晚，但進步卻很快。

【起草】qǐ//cǎo〔動〕擬稿；打草稿：～文件｜～招生廣告｜請你先起個草，大家再討論。

【起承轉合】qǐ-chéng-zhuǎn-hé〔成〕舊時寫文章的四個行文步驟："起"是開始，"承"是承接上文，"轉"是轉折，"合"是文章的結束。泛指文章的作法。有時也指文章的程式。

【起程】qǐchéng〔動〕啟程：旅遊團定於星期六一｜昨晚他～去香港。

【起初】qǐchū〔名〕最初；起先：～這個工廠很小，現在已是一個擁有數千職工的大廠了一｜他不同意，後來卻跟大家一起幹。

【起床】qǐ//chuáng〔動〕睡醒之後，起身下床：

他每天很早就～｜他起了床，就到戶外去鍛煉身體。

【起點】qǐdiǎn〔名〕❶開始的地方或時間（跟"終點"相對）：汽車拉力賽，北京是～，上海是終點｜今天我第一天上班，是我生活的新～。❷特指徑賽中起跑的地點（跟"終點"相對）。❸比喻事情的開始之處（跟"終點"相對）：即使大學畢業，也只是人生拚搏的～｜降低門票價的～。

【起動】qǐdòng〔動〕❶（機器、儀表、電氣設備等）開始運作：新安裝的設備已經～了。❷計劃、工程等開始實施：希望工程早已～。

【起飛】qǐfēi〔動〕❶（飛機）開始飛行。❷開始迅速發展（常指經濟、事業）：經濟～｜電子工業～，主要靠科學技術的進步。

【起風】qǐ//fēng〔動〕生風；颳風：～了，快把晾在外邊的衣服收進來｜起了一陣風。

【起伏】qǐfú〔動〕❶一起一落；連續上下起落：凝望遠處山巒～｜微風中麥浪～。❷比喻感情、情況等波動，不穩定：思潮～｜股情上下～變化。

【起復】qǐfù〔動〕❶封建時代官員遭父母喪，守孝尚未滿期而應召任職。後也指為父母守孝期滿後重新出來做官。❷泛指已退職或被解職的官員重新被任用。

【起稿】qǐ//gǎo〔動〕擬寫草稿：不要光靠秘書～，有些報告要領導親自動手寫｜你先去起個稿，交大家傳閱後再開會討論。

【起航】qǐháng〔動〕啟航。

【起哄】qǐhòng〔動〕❶（許多人在一起）喧鬧搗亂：他們不看戲，光～。❷很多人在一起對一兩個人耍笑尋開心：不要跟那個新來的同事～。

【起火】qǐ//huǒ〔動〕❶點火做飯：吃食堂比自己～方便省事。❷失火，發生火警：倉庫～了，快報警。❸（西南官話）發脾氣：你先別～，聽我把話說清楚｜他起了火，事情就不好辦了。

【起火】qǐhuo〔名〕一種帶着草子稈的花炮，點着後凌空而起，在空中爆響，並噴放出各種彩色火花。

【起獲】qǐhuò〔動〕從窩藏點查出並收繳贓物、違禁品等：～大量毒品｜這批手機水貨是從走私船上～的。

【起急】qǐjí〔動〕（北方官話）❶着急：他看到這種情況，心裏就～。❷對人發脾氣：你先別～，聽他怎麼說。

【起家】qǐ//jiā〔動〕舊指興家立業；現指創立事業：他們勤勞致富，靠勞動～｜兩個人白手～，辦起了磚瓦廠｜這個廠靠幾台舊機器～。

【起價】qǐjià ❶〔動〕出售商品時，從某個價格開始計算：奧運會居住樓房～每平方米 1.68 萬元。❷〔名〕最低價：那件玉器拍賣時，～一萬元。

【起駕】qǐjià〔動〕本指帝王動身，後用於一般人，帶有客氣或諷刺的色彩：請您～罷，我家主人已恭候多時了｜約好 9 點見面，現在都 8 點半了，別磨蹭了，快～吧。

【起見】qǐjiàn〔助〕結構助詞。與介詞"為"搭配，表示為達到某種目的：為醒目～｜行距要寬一些｜為方便讀者～，決定增加報刊的零售點。**注意**"起見"不能單獨使用，前面一定要用上"為……"～，後面常有後續語。

【起勁】qǐjìn（～兒）〔形〕（工作、遊戲）情緒高，勁頭大：大家幹得很～｜玩得真～兒。

【起居】qǐjū〔名〕指日常生活、作息情況：～有恆｜老人已經恢復健康，飲食～都很正常。

【起圈】qǐ//juàn〔動〕清理家畜欄、圈，取出糞便和所墊草、土作為肥料：他認真照料牲口，每次起了圈，還認真清掃。也說出圈、清欄。

【起開】qǐkāi〔動〕（西南官話）走開；讓開（用於祈使句）：請你～點，別在這裏礙事。

【起來】qǐ//lái(-lai)〔動〕❶由坐、臥而站起或由躺而坐：有個小夥子～給老太太讓了個座兒｜你～吃藥吧。❷起床：他們一～就下地幹活兒了。❸泛指興起、奮起、升起：群眾～了，事情就好辦了｜反抗壓迫｜～｜飢寒交迫的奴隸｜風箏～了。**注意**"起來"合用做謂語，"起"重讀、"來"輕讀。"起來"分開用構成述補結構做謂語，如"他起不來""他起得來"，"起""來"都重讀。

【起來】qǐ//lái (qilai)〔動〕趨向動詞。❶用在動詞後做趨向補語，表示向上：把孩子抱～｜中國人民站～了。❷用在動詞或形容詞後做趨向補語，表示動作或情況開始並且繼續：幹～｜唱起歌來｜他這句話使我們大笑～｜天氣暖和～了。❸用在動詞後做趨向補語，表示動作完成或達到目的：合唱隊組織～了｜想～了，這是杜甫的詩句。❹用在動詞後做趨向補語，表示印象或看法：看～要下雨｜聽～頗有道理｜說～容易，做～難。**注意**"起來"用作趨向補語的讀音有不同情況：a）合用，"起來"都輕讀，如上面所舉用例中的"抱起來(qilai)""站起來(qilai)""幹起來(qilai)"等；b）動詞和"起來"之間插入"得""不"，"起""來"都重讀，如"拿得起來(qǐlái)""想不起來(qǐlái)"；c）"起來"中間加入賓語，"起來"分用，"起"重讀，"來"輕讀，如上面②中的用例"唱起(qǐ)歌來(lai)"。

【起立】qǐlì〔動〕站起來（多用作命令或口令）：全體～，老師好｜～歡迎。

【起靈】qǐlíng〔動〕把停着的靈柩運走。

【起落】qǐluò〔動〕❶升起和降落：飛機～｜潮水～。❷比喻起伏：心潮～｜股情～不易掌握。

【起碼】qǐmǎ〔形〕屬性詞。最低限度：～的要求｜國際關係中最～的準則｜這項工程～要到五月才能完成｜～三個療程才見效。

【起錨】qǐ//máo〔動〕拔錨起航：輪船停泊一天以後又～了｜起了錨，輪船又行駛在大海上了。

【起名兒】qǐ//míngr〔動〕給人或事物擬定名字、名稱：孩子～小柱吧｜請給刊物起個名兒。

【起拍】qǐpāi〔動〕(從某一價位)開始拍賣：～價｜這幅名家山水畫從五萬元～。

【起跑】qǐpǎo〔動〕❶參加賽跑的運動員在起點聽到發令後開始跑：～綫｜一鳴槍就～。❷比喻事情或活動開始：兩岸合拍電影即將～。

【起跑綫】qǐpǎoxiàn〔名〕❶賽跑時起點的標誌綫。❷比喻事情開始的地方：抓好幼兒教育，不讓山村孩子輸在～上。

【起泡】qǐ//pào〔動〕因摩擦或受到外界刺激，皮膚上生出泡狀物：手被開水燙～了｜一夜急行軍，不少戰士腳下起了泡。

【起訖】qǐqì〔動〕開始和終結：～點｜學習班應註明～時間。注意 這裏的"訖"不寫作"迄"。

【起色】qǐsè〔名〕事物變好時表現出來的情況或樣子：她最近工作很有～｜住院以後他的病有了～(實際上指身體有了起色)。

【起身】qǐshēn〔動〕❶動身：明天我～去天津。❷起床：已經九點了，他怎麼還沒～｜他每天～後就打掃衛生。

【起始】qǐshǐ ❶〔動〕從某一時間或地點開始：～地點｜～時間｜中國印刷術～於甚麼時代？❷〔名〕開始的階段；起初：辦學工作～困難不少。

【起事】qǐshì〔動〕舉行武裝起義：革命黨人約定在廣州～。

【起誓】qǐ//shì〔動〕發誓；宣誓：為了使你放心，我可以～｜你待起個誓，保證不告訴別人。

【起首】qǐshǒu〔名〕開始的時候；起先：～，我不會吹口琴，是他教我的。

【起死回生】qǐsǐ-huíshēng〔成〕使死人復活(原用來讚頌醫術高明)。也比喻挽回敗局：病人給老大夫送來一塊匾，上面刻的金字是～｜這一着棋下得好，全盤都活起來了，真有～之功。

【起訴】qǐsù〔動〕法律用語。向法院提起訴訟：～書｜我要～你。

【起跳】qǐtiào〔動〕運動員在跳高、跳遠、跳水時開始跳躍的動作：～板｜～綫｜兩人在跳水高台上同時～。

【起頭】qǐtóu(～兒)❶〔名〕開始的時候：～她同意，後來又變卦了。❷〔名〕開始的地方：萬事～難｜小說的～兒很能引人入勝，後頭寫得卻很糟。❸(-//-)〔動〕開始；開端：先打我這～兒｜你先給大家起個頭兒，大夥兒就往下說了。

【起先】qǐxiān〔名〕最初；開始：～他不同意，後來才答應的。

【起薪】qǐxīn ❶〔名〕最低工資：當時助教的～是56元。❷〔動〕開始計算工資：所有錄用人員從報到之日～。

【起行】qǐxíng〔動〕動身；啟程：明天早晨他就要～。

【起興】qǐxìng ❶〔動〕從歌詠其他事物引出歌詠的內容，為詩歌創作的一種手法。❷〔形〕情緒興致高：唱歌唱得～。

【起眼】qǐyǎn(～兒)〔形〕醒目；讓人看見後能引起注意(多用於否定式)：別看這玩意兒不～，它可值不少錢呢。

【起夜】qǐ//yè〔動〕夜間起來小便：他睡前水喝多了，老～｜昨晚沒睡好，起了三次夜。

【起意】qǐ//yì〔動〕產生壞念頭；動了壞心眼：～不良｜見財～。

【起義】qǐyì〔動〕❶ 為反抗反動統治而舉行武裝暴動：農民～｜秋收～。❷指反動派的軍隊或個人改變立場，投身革命：率部隊～，投奔人民。

【起因】qǐyīn〔名〕(事件)發生的原因：調查事故的～｜這個案子的～非常複雜。

【起用】qǐyòng〔動〕❶重新任用已經退職或解職的人員：卸任不久的部長又被～了｜～了一批老員工。❷提拔使用：～一批青年技術人員當部門主管。

【起源】qǐyuán ❶〔動〕開始產生或出現：一切知識均～於實踐｜文字～於原始人簡單的表意圖畫。注意 "起源"作為動詞，後邊常有介詞"於"。❷〔名〕事物發生的根源：生命的～｜研究物種的～。

【起運】qǐyùn〔動〕(貨物)開始運出：貨物已經～｜一批機床運往上海～。也作啟運。

【起早貪黑】qǐzǎo-tānhēi〔成〕起得很早，幹到很晚。形容勞動辛勤，長時間工作：農業科技的發展使農民～耕作的情況大為改觀。

【起止】qǐzhǐ〔動〕開始和終止：～日期要寫清楚。

【起重機】qǐzhòngjī〔名〕(台)將重物吊起、放低或移動的機器，用於車間、倉庫、碼頭、車站、礦山、建築工地等。種類很多，有塔式起重機、門座起重機、汽車起重機等。通稱吊車。

【起子】qǐzi ㊀〔名〕❶(把)打開瓶蓋用的工具，前面有半圓形的環，後面有柄，多用金屬製成。❷(把)改錐。❸(北京話)發酵粉或麵肥：家裏沒～，怎麼發麵？㊁〔量〕群；批：一～人｜今天來參觀的人有好幾～。

豈(豈) qǐ ❶〔副〕表示反問，意思跟"哪裏""難道"相當：～非白日做夢？｜這樣做～不更實際些？❷古同"凱"(kǎi)、"愷"(kǎi)。❸(Qǐ)〔名〕姓。

【豈不】qǐbù〔副〕用於加強反問語氣，表示肯定：這樣做～更好？

【豈但】qǐdàn〔連〕用反問語氣表示"不但"（不僅、不只），連接分句：～青年人愛好運動，就連上了年紀的人也積極鍛煉身體。

【豈非】qǐfēi〔副〕難道不是，用於加強反問語氣，表示肯定：～不打自招？

【豈敢】qǐgǎn〔動〕❶ 不敢；哪敢：～違命｜～不懼。❷〈謙〉疊用表示擔當不起：～～，我不過濫竽充數罷了。

【豈可】qǐkě〔動〕用反問語氣表示不可以：～對老師無禮？｜～打腫臉充胖子？

【豈能】qǐnéng〔動〕用反問語氣表示不能：～獨樂？｜～不辭而別？

【豈有此理】qǐyǒu-cǐlǐ〔成〕哪有這個道理。常用於對不合理的事表示氣憤：有人挪用公款炒股票，真是～！

【豈止】qǐzhǐ〔副〕用反問語氣表示不止：他的錯誤很多，～這一點？｜～我反對，大家都反對。

啟（启）〈啓啓〉

qǐ ❶ 開；打開：～封｜～幕｜～門而入。❷ 開始：～行｜～用｜～動。❸ 開導：～蒙｜～發。❹〈書〉陳述；稟告：敬～者（從前用在書信、通知的開頭）｜某某～（"某某啟"也可以寫作"某某白"，均用於書信末尾署名之後）。❺ 一種文體，較簡短的書信：謝～｜小～。❻（Qǐ）〔名〕姓。

語彙 哀啟　開啟

【啟稟】qǐbǐng〔動〕〈書〉舊指向上級或尊長者稟報或稟告：～大人｜容小人～。

【啟程】qǐchéng〔動〕動身；行程開始：出國訪問，明日～。

【啟齒】qǐchǐ〔動〕開口；張嘴（向人有所請求）：小事相求，難以～｜婦人說말，又羞於～。

【啟迪】qǐdí〔動〕〈書〉啟發；開導：～後學｜給人以～。

【啟動】qǐdòng〔動〕❶（機器、儀表、電氣設備等）開始運轉：～閘門｜安裝的新機器已經～，代替了老設備。❷ 比喻某些法令、條例、辦法等開始實施：科技扶貧工程即日～。

【啟發】qǐfā ❶〔動〕用開導、提示的做法，使對方領悟：～式教學｜～學生積極思考問題｜～群眾的積極性。❷〔名〕得到的領悟、認識：老科學家的報告給了我們很多～。

┌─────
│**辨析** **啟發、啟示**　"啟發"往往是通過一定的相關事理，使人打開思路、引起聯想、有所領悟，有所行動，如"張老師啟發大家發言"不能說成"張老師啟示大家發言"；"啟示"一般指提示或揭示出事物的道理，使人明白，或有進一步的認識，如"環境污染嚴重的報告啟示我們，人類對環境的破壞會反過來大大傷害自身"。
└─────

【啟發式】qǐfāshì〔形〕屬性詞。啟發方式的，多指在教學方法上啟發學生思考，調動學生學習的積極性，引導學生領悟教學內容的教學方法（區別於"填鴨式"）。

【啟封】qǐ∥fēng〔動〕❶ 打開封條（表示封存或查封的東西可以取用）：倉庫既然已～，大家就可以去領器材了。❷ 打開信件或包裹：這些公函，秘書可以～。

【啟航】qǐháng〔動〕（船隻、飛機等）開始航行：遠洋科學考察船已經～。

【啟蒙】qǐméng〔動〕❶ 兒童開始認字學文化，也指使初學者得到基本的入門的知識：～老師｜舊時兒童五六歲～。❷ 普及新知識、新思想，使擺脫愚昧和迷信：五四運動使大家受到一次～教育。

【啟蒙運動】qǐméng yùndòng ❶ 特指 17–18 世紀法國大革命前法國資產階級進步思想家反對封建制度和宗教神學的思想革命運動。它為法國資產階級革命做了輿論準備。其特點是反對當時天主教會的權威和封建制度，提倡政治民主、思想自由、個人發展等。❷ 泛指通過宣傳教育，使社會接受新事物的進步運動：五四運動是一次～。

【啟明星】qǐmíngxīng〔名〕（顆）中國古代指太陽還沒出來以前出現在東方天空的金星。參見"金星"（685 頁）。

【啟示】qǐshì ❶〔動〕啟發提示，使有所領悟：～學生自己提出問題，自己解答問題。❷〔名〕從啟發提示中得到的領悟和認識：他的發言給了大家很多～。

【啟事】qǐshì〔名〕（條，則，篇）讓公眾知曉而登在報刊上或貼在牆壁上的說明文字：徵文～｜招聘～｜出租房屋可以在報上登一個～。
注意 這裏的"事"不寫作"示"。

【啟釁】qǐxìn〔動〕〈書〉挑起事端鬧事：侵略者無端～，進犯我國。

【啟用】qǐyòng〔動〕開始使用：～核電站｜新建機場即將～。

┌─────
│**辨析** **啟用、起用**　"啟用"和"起用"兩詞的用法不同：a）"啟用"的對象是物，"起用"的對象是人。b）"啟用"的物是新的，是開始使用；"起用"的人是舊的，是再一次任用。
└─────

【啟運】qǐyùn 同"起運"。

婍

qǐ〈書〉容貌美好。

棨

qǐ 古代用木頭製的一種符信，用作通過關津的憑證。

【棨戟】qǐjǐ〔名〕古代官吏出行時作前驅或列於門庭的一種木製儀仗，形狀像戟，外有繒套：～遙臨。

肵

qǐ 古指腓腸肌，即小腿肚子。

縶 qǐ ❶同"綮"。❷(Qǐ)〔名〕姓。
另見 qìng(1100頁)。

綺（綺） qǐ ❶有圖案或花紋的絲織物：～羅。❷美：～麗｜～食(美食)。

【綺麗】qǐlì〔形〕鮮艷美麗：～風光｜景色～。

稽 qǐ 見下。
另見 jī(602頁)。

【稽首】qǐshǒu〔動〕古代的一種跪拜禮，叩頭到地：～禮拜。

〔辨析〕稽首、頓首　都是古代的一種"九拜"之禮，行禮時雙膝跪下，拱手下至於地，並叩頭於地。頓首時，頭至地即起；稽首時則要讓頭在地上停留一些時間，是最重的禮。

qì ㄑㄧˋ

汔 qì〔副〕〈書〉庶幾；差不多：民亦勞止，～可小康。

迄 qì ❶到：～今｜聲威～於四海。❷〔副〕〈書〉始終；一直(用於"未"或"無"前)：～未結婚｜～未見效｜～無成就｜～無答復。

【迄今】qìjīn〔動〕到現在：自古～｜～為止。注意"迄今"是"以迄於今"的緊縮，語本《詩·大雅·生民》："庶無罪悔，以迄於今。"

汽 qì〔名〕液體或固體受熱而變成的氣體，特指水蒸氣：～車｜～笛｜～水｜～錘｜～船。

【汽車】qìchē〔名〕(輛)重要的陸路交通運輸工具，以內燃機為發動機，裝有四個或多於四個橡膠輪。種類很多，有轎車、客車、卡車、消防車、灑水車等等。

【汽車旅館】qìchē lǚguǎn〔名〕原為只用來停放汽車的人睡在車內的旅館，現發展為設有客房供客人居住、汽車停在住房附近的旅館。一般開設在遠離城鎮的高速公路或公路旁邊，供駕車出行者住宿：我在美國住過～，條件與一般酒店差不多。

【汽船】qìchuán〔名〕(艘) ❶以蒸汽機為發動機的小型船隻(大的叫輪船)。❷汽艇。

【汽燈】qìdēng〔名〕(盞)一種燈具，利用特定裝置把煤油變成蒸氣，使浸有硝酸釷溶液的紗罩燃燒發出白熾光。

【汽笛】qìdí〔名〕❶(隻)裝置在輪船、汽車、火車等上的發聲器，使氣體由氣孔中噴出而發出大的聲音：～響了，輪船開了。❷(聲)汽笛發出的聲音：聽到～｜一聲～。

【汽缸】qìgāng〔名〕(隻)蒸汽機中圓筒形構件，有活塞在其中運動。

【汽化】qìhuà〔動〕物質從液體狀態轉化為氣體：去油的清潔劑會～，很快就用完了。

【汽輪機】qìlúnjī〔名〕(台)渦輪發動機的一種，利用高溫高壓蒸汽推動葉輪高速旋轉，將熱能轉化為機械能。火力發電站用它帶動發電機發電。

【汽配】qìpèi〔名〕汽車配件：～市場。

【汽水】qìshuǐ(～兒)〔名〕一種清涼飲料，加一定壓力使二氧化碳溶於水中，再加糖、果汁、香料等製成。上海等地叫荷蘭水。

【汽艇】qìtǐng〔名〕(艘，條，隻)以內燃機為發動機的小型船舶，速度高，機動性大，可用作交通工具，或用於體育競賽。也叫快艇、汽船、摩托艇。

【汽油】qìyóu〔名〕由石油加工而成的燃料油。易揮發，極易燃燒，用作內燃機燃料、溶劑等。

亟 qì〔副〕〈書〉屢次：～請於上｜～不許諾。
另見 jí(611頁)。

妻 qì〔動〕〈書〉把女子嫁給人做妻子：以其兄之子～之。
另見 qī(1045頁)。

炁 qì 同"氣"：坎～(中藥指乾燥的臍帶，用來治腎虛、氣喘等)。

泣 qì ❶小聲地哭(區別於"啼")：暗～｜抽～｜～不成聲。❷眼淚：～盡｜～涕如雨｜飲～吞聲。

〔語彙〕抽泣　啜泣　哭泣　飲泣　可歌可泣

【泣不成聲】qìbùchéngshēng〔成〕哭得聲音哽塞。形容極度悲傷：看到這裏，不少觀眾都～。

契 qì ❶〈書〉用刀雕刻：～舟求劍。❷〈書〉指用刀刻的文字：書～｜殷～。❸房地產等所有權的憑證：契約：地～｜房～｜賣身～。❹意氣相投合：投～｜相～｜默～。
另見 Xiè(1501頁)。

〔語彙〕白契　地契　房契　紅契　活契　默契　書契　死契　投契　文契　賢契　殷契

【契丹】Qìdān〔名〕中國古代北方民族，為東胡的一支，很早就在今遼河上游西拉木倫河一帶遊牧。唐末耶律阿保機統一了各部，建立遼國。北宋宣和七年(1125年)被金所滅，後漸與蒙古、女真、漢等族同化，一部分西遷，建立西遼。

【契父】qìfù〔名〕義父。

【契合】qìhé ❶〔動〕符合：與進化論相～｜他的生活習慣與現代化的節奏難以～。❷〔形〕情意投合：彼此～無間｜他倆在思想上有很～的一面。

【契機】qìjī〔名〕指事物轉化的關鍵環節或時機：抓住～。

【契據】qìjù〔名〕(張，份)證明文書的一類，契紙、契約、借據、收據等的總稱。

【契母】qìmǔ〔名〕義母。

【契券】qìquàn〔名〕(張)契據證券。

【契稅】qìshuì〔名〕土地和房屋所有權轉移時，對承受人徵收的一種稅收。

【契友】qìyǒu〔名〕(位)意氣相投的好朋友。

【契約】qìyuē〔名〕(張,份)指由交易當事人雙方訂立的有關買賣、抵押、租賃等事項的文書：當時雙方立有～,可以查找｜法官據～判我方勝訴。

砌 qì ❶〔動〕用泥或灰漿等把磚、石、土塊等疊起來：～牆｜廚房裏要～個灶,還要～個煙囱。❷台階：蒼苔依～上｜雕欄玉～。
另見 qiè(1084頁)。

語彙　雕砌　堆砌　鋪砌

涑 Qì 古水名。在今甘肅境內。

氣(气) qì ❶〔名〕氣體：～流｜煤～｜毒～｜水蒸～。❷〔名〕空氣：～溫｜屋子裏太悶,打開門窗換一換。❸〔名〕(口)(呼吸時出入的)氣息：上～不接下～｜歇一歇喘口～。❹ 氣味：香～撲鼻｜臭～熏天。❺ 自然界冷暖陰晴等現象：秋高～爽。❻ 習性作風：～派｜官～｜書生～。❼ 精神狀態：～魄｜勇｜朝～蓬勃｜～可鼓而不可泄。❽〔名〕中醫指活力、生命力：～虛｜補～。❾ 中醫指一些病的病象：濕～｜痰～。❿〔動〕生氣；發怒：又～又惱｜～得直跺腳。⓫〔動〕因……而生氣(多用於兼語式)：爸爸～兒子太不用功｜我不～別的,就～他事先不打個招呼。⓬〔動〕使生氣：故意～他一～｜你別～我了。⓭ 欺壓：捱打受～。⓮ (Qì)〔名〕姓。

語彙　傲氣　憋氣　才氣　潮氣　出氣　喘氣　打氣　大氣　電氣　毒氣　賭氣　斷氣　廢氣　風氣　福氣　骨氣　官氣　和氣　晦氣　火氣　嬌氣　節氣　解氣　景氣　客氣　空氣　口氣　闊氣　力氣　煤氣　名氣　牛氣　暖氣　脾氣　喪氣　殺氣　神氣　生氣　濕氣　俗氣　歎氣　霧氣　習氣　喜氣　泄氣　嘛氣　洋氣　義氣　勇氣　語氣　運氣　朝氣　爭氣　正氣　志氣　書生氣　天然氣　垂頭喪氣　沉鬱一氣　烏煙瘴氣　揚眉吐氣　一鼓作氣

【氣昂昂】qì'áng'áng(～的)〔形〕狀態詞。❶ 形容人的精神振奮,氣勢高昂：雄赳赳,～。❷ 很生氣的樣子：他～地回家了。

【氣泵】qìbèng〔名〕(台)用來抽氣或壓縮氣體的泵。抽氣的也叫抽氣機,增壓的也叫壓縮機。

【氣沖沖】qìchōngchōng(～的)〔形〕狀態詞。形容很生氣的樣子：他～的,不知道是誰惹惱了他。

【氣衝斗牛】qìchōng-dǒuniú〔成〕斗牛：二十八宿中的牛宿和斗宿,也泛指天空。形容氣勢盛或怒氣很大。

【氣喘】qìchuǎn〔動〕一種呼吸困難的症狀,由呼吸道平滑肌痙攣等引起。肺炎、心力衰竭、慢性支氣管炎等病多有這種症狀：他老～｜爬到山上,他～得厲害。也叫哮喘。

【氣錘】qìchuí〔名〕用壓縮空氣帶動錘頭的鍛錘。也叫空氣錘。

【氣度】qìdù〔名〕氣魄和度量：～不凡｜～恢宏。

【氣短】qìduǎn〔形〕❶ 呼吸急促：因山頂空氣稀薄,大家都感到有點～。❷ 情緒低落；志氣沮喪；氣餒：英雄～｜失敗和挫折並沒有使他～。

【氣氛】qìfēn (-fen)〔名〕一定環境中使人能感受到的情緒或景象：會談是在親切友好的～中進行的｜討論會的～始終很熱烈。

【氣憤】qìfèn〔動〕生氣；憤恨：對於這種蠻橫無理的態度,大家無不～｜他聽了這種無恥的話,非常～。

辨析　**氣憤、憤怒**　"憤怒"程度較重,憎惡的色彩較濃,除可以受副詞修飾外,還可受"極大"修飾；"氣憤"程度較"憤怒"輕,受副詞修飾,一般不受"極大"或"很大"修飾。"氣憤"還可以用於主謂結構充當的賓語,如"大家氣憤公司違約""他妻子氣憤他不把這件事告訴她","憤怒"不能這樣用。

【氣概】qìgài〔名〕面臨重大問題時所表現出來的正直豪邁的精神、態度或氣魄：～非凡｜敢於鬥爭的英雄。

【氣缸】qìgāng〔名〕內燃機或氣泵中圓筒狀構件,有活塞在其中運動：一輛六～的汽車。

【氣根】qìgēn〔名〕植物的莖或葉上生出的一部分或全部露在地上的根,常帶綠色,能吸取大氣中的水分和養分。如玉米、榕樹就有氣根。

【氣功】qìgōng〔名〕❶ 中國特有的一種健身術。分為兩類,一類是靜立、靜坐或靜臥,調整呼吸,安定精神,以達到改善人體機能的目的；另一類是以柔和的運動操、按摩等方法,鍛煉身體,堅持操練而達到卻病延年的目的。❷ 一種武功,通過運氣而增大力氣。

【氣鼓鼓】qìgǔgǔ(～的)〔形〕狀態詞。形容內心不平很生氣的樣子：他～坐在那裏一言不發。

【氣臌】qìgǔ〔名〕中醫指由氣滯不通而引起的腹部鼓脹。

【氣管】qìguǎn〔名〕喉與支氣管之間的一段呼吸管道,下分兩支通入左右兩肺。人的氣管由15-20個半環形軟骨和肌肉韌帶連接而成。

【氣管炎】qìguǎnyán ❶〔名〕氣管發炎的病。❷〔慣〕"妻管嚴"的諧音,指丈夫怕妻子,也指怕妻子的丈夫(含詼諧意)：這裏盛行～,大老爺們都怕老婆｜他是廠內外有名的～。

【氣貫長虹】qìguàn-chánghóng〔成〕長虹：彩虹,借指天空。精神氣概直衝上高空。形容氣勢非常旺盛,精神極其崇高：烈士就義前高喊口號,～。

【氣焊】qìhàn〔名〕用氧炔吹管或氫氧吹管的火焰焊接金屬的工藝。工業上一般多用成本低廉的氧炔吹管：他用～焊接廣告牌的架子。

【氣哼哼】qìhēnghēng（～的）〔形〕狀態詞。形容生氣時鼻子也出聲的樣子：他～地坐在那裏飯也不吃了。

【氣候】qìhòu（-hou）〔名〕❶一個地區多年形成的一般的氣象情況，如氣溫、降水量、風情等。它與氣流、緯度、海拔、地形等有關：大陸性～｜海洋性～。❷比喻社會動向、環境、氣氛等：政治～｜大～決定小～。❸比喻成就、結果等：成不了～｜不知會成個甚麼～。

[辨析] 氣候、天氣　"氣候"指一地區多年的天氣特徵；"天氣"指一地區較短時間內大氣中發生的各種氣象變化（如陰、晴、雨、雪或冷、暖、乾、濕等）。我們可以說某地區春季的氣候怎樣，不說春季的天氣怎樣。可以說某一天的天氣怎樣，而不說某一天的氣候怎樣。

【氣呼呼】qìhūhū（～的）〔形〕狀態詞。形容生氣時呼吸急促的樣子：他坐在那裏不言語，～的。

【氣話】qìhuà〔名〕生氣時說的過激的話：女人說～，把丈夫氣得直瞪眼。

【氣急敗壞】qìjí-bàihuài〔成〕呼吸急促，上氣不接下氣，失去常態。形容極為驚慌恐懼或惱怒而狼狽不堪的樣子：他一向很斯文，今天的事情卻讓他一反常態，～，暴跳如雷。

【氣節】qìjié〔名〕志氣和節操；着重指堅持正義，不屈服於惡勢力的高貴品質：民族～｜堅貞不屈的～。

【氣孔】qìkǒng〔名〕❶植物體表皮細胞之間的小孔，開口大小可以自由調節，主要分佈在葉的背面，是植物體和外界不斷進行氣體交換的通道。❷陸棲的節肢動物身體表面呼吸器官的氣門。❸鑄件內的孔洞。有氣孔的鑄件質量不高，甚至是廢品。也叫氣眼。❹建築物等用來使空氣或其他氣體流通的孔。也叫氣眼。

【氣浪】qìlàng〔名〕物體爆炸時推動空氣以高速向周圍流動所形成的猛烈氣流。

【氣力】qìlì〔名〕力量；體力：我們得費很大～去完成這項工作｜這事需要花費～｜他用出全身～向對手猛撲過去。

【氣量】qìliàng〔名〕❶指接納不同言論、觀點的程度：你們儘管提意見，他很有～｜他沒有～，最好別跟他爭論。❷指對人謙讓寬容的限度：他是個～大的人，對這點無禮舉動是不會在意的。

【氣流】qìliú〔名〕❶（股）流動的空氣。❷由氣管呼出或吸入的氣，因不同的阻礙而發出不同的音。

【氣門】qìmén〔名〕❶輪胎等充氣的裝置，由氣門芯和金屬圈構成活門，空氣壓入後不容易泄漏出來。❷陸棲的節肢動物呼吸器官的一部分，位於身體表面。也叫氣孔。❸某些機器上調節氣體進出的裝置。

【氣門芯】qìménxīn〔名〕❶充氣輪胎等的氣門上用彈簧或橡皮管做成的活門，可防止壓入的空氣逸出。❷做氣門芯用的橡皮管。以上也作氣門心。

【氣惱】qìnǎo〔形〕生氣；惱怒。

【氣餒】qìněi〔形〕情緒低落，喪失勇氣：他多次遇到挫折，但從不～。

【氣派】qìpài ❶〔名〕作風、風度：學者～｜有大家～。❷〔形〕事物的氣勢宏大：新建的體育館很～。❸〔形〕穿戴、舉止出眾：換上這套新衣服，～多了。

【氣魄】qìpò〔名〕❶做事的魄力：他辦事很有～｜改天換地的～。❷氣勢：～雄偉的萬里長城。

【氣槍】qìqiāng〔名〕（支，桿）一種常用來打鳥的槍，利用壓縮空氣發射子彈。

【氣球】qìqiú〔名〕（隻）❶一種無動力裝置的航空器，在薄橡皮、橡膠布或塑膠等製成的囊中，灌進氫、氦等氣體鼓成球狀。由於比空氣輕，可以憑藉空氣浮力上升。用於大氣研究、跳傘訓練、偵察、阻攔敵機以及散發宣傳品等。❷（～兒）一種玩具，以樹膠製成各種顏色的球體，內充氫氣，能升高飄浮。

【氣色】qìsè〔名〕臉上顯露出的人的精神和身體健康狀況：他～很好｜～不佳，像有病。

【氣勢】qìshì〔名〕人或事物所表現出來的某種力量和狀態：～雄偉的長城｜磅礴。

【氣勢磅礴】qìshì-pángbó〔成〕磅礴：廣大無邊的樣子。形容氣勢雄偉壯大：《黃河大合唱》～。

【氣勢洶洶】qìshì-xiōngxiōng〔成〕形容氣勢很盛，來勢兇猛（含貶義）：看起來～，實際上十分虛弱｜看門人～，不讓我們進門。

【氣數】qìshu〔名〕迷信指命運；人生存或事物存在的期限：～已盡｜～尚存。

【氣態】qìtài〔名〕物質以氣體存在的狀態。

【氣體】qìtǐ〔名〕沒有固定的形狀和體積，可以流動，能自發地充滿任何容器的物質。氣體分子間的距離較大，相互作用力很小，易於壓縮。如空氣、沼氣、氧氣等。

【氣田】qìtián〔名〕蘊藏有大量可供開採的天然氣的地帶。

【氣筒】qìtǒng〔名〕（隻）能壓縮空氣使其進入其他器物的工具，由圓形金屬筒、活塞等部件構成，可用來給輪胎和球膽充氣。

【氣頭上】qìtóushang〔名〕生氣發火的當口兒：這是他～說的話，你不要在意｜撞在他的～，鬧個不痛快。

【氣味】qìwèi〔名〕❶（股）可以聞到的味兒：～芬芳｜火藥～（有時比喻可能爆發爭鬥的跡象）。

❷比喻人的志趣、愛好：幾個人～相投，辦起了詩刊｜狐朋狗友，～相投。

【氣味相投】qìwèi-xiāngtóu〔成〕比喻彼此的愛好和志趣互相投合：他們兩個人～，成了好朋友。注意"氣味相投"有時含貶義，而"臭味相投"則完全是貶義。

【氣溫】qìwēn〔名〕空氣的溫度。氣溫的高低直接由太陽的輻射和日射角的大小決定，同時還受氣流、雲量、地形等條件的影響：～太高｜～下降｜注意～變化。

【氣息】qìxī〔名〕❶呼吸時出入的氣：～奄奄｜病人一度昏迷，～微弱。❷氣味：檀香的～沁人心脾。❸比喻文藝作品所表現的情趣：正在上演的一齣新戲充滿生活～和時代精神。

【氣息奄奄】qìxī-yǎnyǎn〔成〕奄奄：呼吸微弱的樣子。形容人呼吸微弱，快要斷氣的樣子。也用來形容事物接近滅亡的景況：封建社會到了後期，已經是日薄西山，～了。注意"奄"不讀yān。

【氣象】qìxiàng〔名〕❶大氣中發生的陰晴雨雪、風霜雷電等的狀態和現象：～觀測｜～信息。❷氣象學：他的專長是～。❸情況；景象：到處都是一片欣欣向榮的～。

【氣象萬千】qìxiàng-wànqiān〔成〕形容景象千變萬化，十分壯觀：泰山觀日出，～｜～的錢塘江潮吸引了不少遊人。

【氣象衛星】qìxiàng wèixīng 專門進行氣象觀測、搜集氣象資料的人造地球衛星。

【氣性】qìxing〔名〕❶脾氣性格：～非常溫和｜好～。❷愛生氣的性格：這孩子有～，動不動就又哭又鬧｜～大的孩子不好養。

【氣吁吁】qìxūxū（～的）〔形〕狀態詞。大聲喘氣的樣子：他～地說不出話來｜小王從老遠跑到這裏來，累得渾身是汗，～的。也說氣喘吁吁。

【氣虛】qìxū〔名〕中醫指身體虛弱的症狀，如倦怠無力，面色蒼白，呼吸短促，常出虛汗等。

【氣壓】qìyā〔名〕物體所受大氣的壓力。距離海面越高，氣壓越小，如高空或高山上的氣壓就比平地的氣壓小。

【氣焰】qìyàn〔名〕囂張的強橫氣勢（含貶義）：～衝天｜～萬丈。

【氣宇】qìyǔ〔名〕〈書〉氣魄風度：～軒昂。

【氣質】qìzhì〔名〕❶指人的生理、心理等素質，即個性特徵，如容易興奮、活潑好動、沉默安靜等。❷表現出來的或潛在的性情、才能：詩人～｜他具有學者的～。

【氣壯山河】qìzhuàng-shānhé〔成〕形容氣概像山河一樣雄偉豪邁：三峽水電站建設，是～的英雄業績。

訖（讫）qì ❶（事情）完結；完畢：付～｜收～｜驗～。❷ 截止；結束：

起～。

語彙　付訖　兩訖　起訖　收訖

跂 qì〈書〉踮起腳後跟：～望｜吾嘗～而望矣。另見qí（1050頁）。

棄（弃）qì ❶ 放棄；丟下：～權｜～之可惜｜敵軍～城而逃。❷（Qì）〔名〕姓。

語彙　背棄　鄙棄　丟棄　放棄　廢棄　拋棄　捨棄　唾棄　遺棄　前功盡棄　自暴自棄

【棄暗投明】qì'àn-tóumíng〔成〕離開黑暗，投奔光明。比喻離開黑暗勢力，走向光明的道路：他徹底揭發了這個盜竊團夥的罪行，～。

【棄婦】qìfù〔名〕〈書〉被丈夫遺棄的婦人。

【棄舊圖新】qìjiù-túxīn〔成〕放棄舊的，尋求新的。多指由壞轉向好，離開錯誤的道路走向正確的道路：我們對於犯過錯誤的人，不是採取排斥態度，而是採取規勸態度，使之幡然悔悟，～｜投資房地產業失敗以後，他～，去經營餐飲旅遊業。

【棄權】qì//quán〔動〕（在選舉、表決、比賽中）放棄權利：上次表決有兩個委員～｜了解情況不夠，議案付表決時我只好棄了權｜籃球錦標賽，甲隊～，乙隊輪空。

【棄世】qìshì〔動〕〈書〉逝世；去世：父母相繼～。

【棄市】qìshì〔動〕古代的一種刑罰。在鬧市執行死刑，並將屍體扔在大街上示眾。

【棄學】qìxué〔動〕放棄學業：～經商。

【棄養】qìyǎng〔動〕〈婉〉父母去世。意思是父母死亡，子女不能奉養。

【棄嬰】qìyīng ❶〔名〕被父母拋棄的嬰兒：有一～被人領養。❷〔動〕拋棄嬰兒：父母～，是要負法律責任的。

【棄置】qìzhì〔動〕拋棄並擱在一旁：～不用｜～不顧｜～勿論。

葺 qì〈書〉原指用茅草覆蓋屋頂，今指修理或修補房屋：修～｜～牆（用草覆蓋牆）。

磜 qì 用於地名：五鄉～（在浙江寧波東）。

槭 qì〔名〕槭樹，落葉小喬木，種類較多。葉對生，秋季變成紅色或黃色，花黃綠色。木材堅韌，可以製造器具。有些種類的種子可榨油。

磧（碛）qì ❶ 淺水中的砂石：～磧。❷ 沙漠：沙～。

磧 qì 用於地名：～頭（在福建）。

器 qì ❶ 器具；器物：竹～｜銅～｜漆～｜玉～｜樂～。❷ 器官：生殖～｜臟～。❸ 度量；才幹：～量｜不成～｜大～晚成。❹〈書〉看重：～重｜前輩～之。

語彙　暗器　兵器　成器　瓷器　電器　法器　機器　酒器　利器　料器　木器　漆器　容器　陶器　鐵器　銅器　武器　響器　凶器　儀器　玉器　樂器　臟器　竹器　變壓器　電容器　放大器　離合器　滅火器　噴霧器　散熱器　生殖器　聽診器　吸塵器　制動器　投鼠忌器

【器材】qìcái〔名〕用品和材料：建築～｜照相～｜電信～。

【器官】qìguān〔名〕在動植物體內，由不同細胞組織結合成一定形態，具有一定機能的部分。如動物的胃、心、肺，植物的根、莖等。

【器件】qìjiàn〔名〕儀表、機器中的主要部件。電子儀器中指晶體管、電子管等：電子～。

【器局】qìjú〔名〕〈書〉器量。

【器具】qìjù〔名〕生產、工作中應用的工具：～齊全，才好動工｜這家商店專賣日用～。

辨析 器具、用具　"器具"主要指勞動生產、工作所用的物品。"用具"應用範圍較寬，既指日常生活、學習應用的物品，也可指勞動生產、工作應用的物品。"廚房用具""學習用具"中的"用具"不能換成"器具"。

【器量】qìliàng〔名〕度量：～宏大｜～小，不容人。

【器皿】qìmǐn〔名〕日常生活中盛放東西的容器的總稱，如缸、盆、碗、碟、杯等：玻璃～。

【器識】qìshí〔名〕〈書〉度量與見識：為人有～｜～弘曠。

【器物】qìwù〔名〕用具的總稱：公家的～要好好保管。

【器小易盈】qìxiǎo-yìyíng〔成〕原指容器小，裝物易滿。後用來比喻人器識狹小，容易自滿。

【器械】qìxiè〔名〕❶〔副、套〕有專門用途的器具：醫療～｜體育～。❷〈書〉指武器：持～格鬥。

【器宇】qìyǔ〔名〕〈書〉人的儀表風度：～軒昂｜雅有～。

【器樂】qìyuè〔名〕用樂器演奏的音樂（區別於"聲樂"）：你到音樂學院是學聲樂還是學～？

【器質】qìzhì〔名〕❶指人體器官的組織結構：～受到損傷｜～病變。❷〈書〉人的資質：～好｜天生的好～。

【器質性】qìzhìxìng〔形〕屬性詞。人的身體器官組織結構本身的：～損傷未引起～病變。

【器重】qìzhòng〔動〕重視；看重（多指上對下，長對幼）：首長～他，已調任更重要工作。

憩 qì〔書〕休息：小～｜～息。

蟿 qì見下。

【蟿螽】qìzhōng〔名〕古指蝗蟲的一種，即蚱蜢。

qiā ㄑㄧㄚ

掐 qiā ❶〔動〕用手指使勁夾住或用指甲截斷：～豆角｜公園裏的花兒不能～｜把豆芽兒的鬚子～一～。❷〔動〕用手的虎口緊緊按住或用力夾：警察～住了那個小偷兒的脖子｜罪犯～死了那名女青年。❸〔動〕（北方話）吵架或打架：兩個人湊到一塊兒～起來了。❹〔動〕（北京話）截斷綫路或管道：～電話綫｜自來水給～了。❺（～兒）〔量〕（北京話）表示拇指和食指（或中指）相對握着的數量：一～蒜黃兒。

【掐菜】qiācài〔名〕（北京話）一種細菜，將綠豆芽上下兩頭兒掐去，只留下中間的一段白莖，故稱。

【掐算】qiāsuàn〔動〕用拇指點按別的指頭計算：～～，這些活兒得要多少人工。

【掐頭去尾】qiātóu-qùwěi〔俗〕除去前頭和後頭，只留下中間部分。也比喻除去不重要的或無用的部分：引用人家的話，不要～，斷章取義｜那篇文章有一萬多字，～，主要的內容也不過一兩千字。

【掐鐘點兒】qiā zhōngdiǎnr 按預定的時間，不早也不遲：她掐着鐘點兒給孩子吃藥。

袷 qiā 見下。
另見 jiá "夾"（631頁）。

【袷袢】qiāpàn〔名〕（件）維吾爾、塔吉克等民族穿的外衣，圓領，對襟。

藑 qiā 見下"菝藑"（21頁）。

䵟（䶄）qiā〔動〕（北方官話）咬。比喻互相爭鬥：～架。

qiá ㄑㄧㄚˊ

抾 qiá〔動〕兩手用力掐住：～腰站在那兒｜剛洗好的床單，我～住這頭兒，你～住那頭兒，咱們使勁兒扽（dèn）一扽，晾乾就平了。

qiǎ ㄑㄧㄚˇ

卡 qiǎ/kǎ ❶〔動〕空間狹小，夾在中間不能活動：魚刺～在他的喉嚨裏了｜東西～在抽屜縫裏，拿不出來了。❷〔動〕把人或財物留住不放；阻擋：在人員調動方面～了我們好幾年｜來往車輛都被～住了。❸〔動〕用手的虎口緊緊按住：歹徒用雙手～住她的脖子。❹（qiǎ）"卡子"①：髮～。❺〔名〕"卡子"②：關～｜哨～｜路上不能隨意設～。❻（Qiǎ）〔名〕姓。
另見 kǎ（734頁）。

語彙　邊卡　髮卡　關卡　哨卡

【卡脖兒旱】qiǎbórhàn〔名〕指中國北方夏初農作

物抽穗揚花時出現的乾旱。

【卡脖子】qiǎ bózi〔慣〕比喻控制住要害使不能活動；也指故意刁難或想置人於死地：～工程（影響整個工程進度的關鍵工程）｜敵人要用飢餓和停電來卡我們的脖子。也說掐脖子。

【卡殼】qiǎ//ké〔動〕❶彈殼從槍膛、炮膛裏退不出來：他的槍打了兩發子彈就卡了殼。❷比喻辦事等不順利而暫時停頓下來：想不到這事竟在咱們主任那裏～了。

【卡口】qiǎkǒu〔名〕用卡或夾的方式連接或固定另一物體的構件：枱燈的～壞了。

【卡子】qiǎzi〔名〕❶夾緊東西使不脫落或散亂的工具：頭髮～。❷為稅收、警備而設置的檢查站或崗哨：順利通過～。

qià ㄑㄧㄚˋ

洽 qià ❶和睦；協調一致：融～｜款～。❷廣博：～聞。❸接洽；商談：～商｜～借｜～談。

語彙　接洽　面洽　融洽　商洽

【洽購】qiàgòu〔動〕洽談購買：～農用物資。

【洽談】qiàtán〔動〕接洽商談：～投資事宜｜～業務｜～會。

恰 qià ❶〔副〕正巧；剛好：～巧｜～似｜～到好處。❷合適；適當：～當｜～如其分(fèn)。

【恰當】qiàdàng〔形〕合適；妥善：用詞～｜提出～的口號｜採取～的措施。

【恰到好處】qiàdào-hǎochù〔成〕指言語、行動正好說到或做到適當的地步：他說得不多，～。

【恰好】qiàhǎo〔副〕（在時間、數量等方面）正好符合；剛好一致：這塊布～夠做一件襯衣｜警察～這時趕到｜你上北京，～小王跟你同去。

【恰恰】qiàqià ㊀〔副〕❶剛；正好：這～是我想說的話。❷用在陳述某一行為後，表示所為恰當，加強了肯定語氣：尊重傳統並非守舊，～是為了創新。㊁〔名〕一種交際舞。源於墨西哥。節奏為4/4拍或2/4拍。[英cha-cha]

【恰巧】qiàqiǎo〔副〕剛好；湊巧（側重指時間、條件）：開會的那天～我也在那裏｜他正愁沒人幫助卸車，～張來了。

辨析　恰巧、恰好　"恰巧"重在偶然湊巧，"恰好"重在合宜，可指物體合用，如"這房間恰好能住三個人""這塊布料恰好能做一件連衣裙"，其中的"恰好"不能換成"恰巧"。

【恰切】qiàqiè〔形〕恰當，貼切：比喻～｜評價～。

【恰如其分】qiàrú-qífèn〔成〕說話或辦事正合分寸：～的評價｜對成績和缺點做～的估計。

【恰似】qiàsì〔動〕正如；正像：長河～一條銀練。

髂 qià 見下。

【髂骨】qiàgǔ〔名〕在腰部下面腹部兩側的骨，左右各一，略呈長方形，上緣略作弓形，下緣與恥骨和坐骨相連而構成髖骨。

qiān ㄑㄧㄢ

千〈㊀韆〉qiān ㊀❶〔數〕十個一百：海拔近～米。❷表示很多：～軍萬馬｜～頭萬緒｜～方百計｜成～上萬｜～～萬萬。❸(Qiān)〔名〕姓。
㊁見"秋千"(1103頁)。

語彙　打千　秋千　氣象萬千　萬兒八千

【千兒八百】qiān'erbābǎi〈口〉指將近一千的數目：除了工資，每個月的獎金也有個～的。

【千變萬化】qiānbiàn-wànhuà〔成〕形容變化繁多：老伯伯講的神話故事～，孩子們聽得入了迷。

【千層底】qiāncéngdǐ（～兒）〔名〕❶一種用多層布納成的鞋底，沿幫兒塗粉，潔白堅實：～兒布鞋。❷（雙，隻）指千層底的鞋：買一雙～兒。

【千差萬別】qiānchā-wànbié〔成〕形容多種多樣的差別：各地氣候～｜客觀事物～。

【千錘百煉】qiānchuí-bǎiliàn〔成〕❶比喻經過多次的鍛煉和考驗：在革命鬥爭中～。❷比喻對詩文等進行反復的精心修改、潤色：杜甫的很多名句都是經過～寫出來的。

【千方百計】qiānfāng-bǎijì〔成〕形容想盡一切辦法或用盡一切計策：大家要～挖掘潛力｜他雖然～掩飾錯誤，終究還是無濟於事。

【千夫】qiānfū〔名〕〈書〉眾多的人：橫眉冷對～指。

【千伏】qiānfú〔量〕電壓單位，符號kV。1千伏即1伏的1000倍。

【千古】qiāngǔ ❶〔名〕久遠的時間；長遠的年代：～罪人｜～奇聞｜～遺恨。❷〔動〕〈婉〉哀悼死者，表示永別，多用於輓聯、花圈等的上款：伯父大人～。

【千赫】qiānhè〔量〕頻率單位，1秒振動1000次為1千赫。

【千呼萬喚】qiānhū-wànhuàn〔成〕多次呼喚。形容反復請求或催促：～始出來，猶抱琵琶半遮面。

【千紀】qiānjì〔名〕一千年（十個世紀）為一個千紀。

【千斤】qiānjīn〔名〕❶（隻）千斤頂的簡稱。❷機器上用有齒零件和彈簧等組成防止齒輪倒轉的裝置。

【千斤頂】qiānjīndǐng〔名〕(隻)頂起重物以便於安裝或修理機器的工具,有液壓式和螺旋式兩種。簡稱千斤。

【千斤重擔】qiānjīn zhòngdàn 一千斤重的擔子。比喻責任重大,任務艱巨:～擔在肩上│～萬人挑。

【千金】qiānjīn〔名〕❶指大量金錢,也比喻價值高:一字～。❷(位)〈敬〉稱別人的女兒:府上有幾位～?

【千軍萬馬】qiānjūn-wànmǎ〔成〕眾多的人馬。形容隊伍規模雄壯,聲勢浩大:將軍指揮～,屢建奇功。

【千鈞一髮】qiānjūn-yīfà〔成〕唐朝韓愈《與孟尚書書》:"其危如一髮引千鈞。"鈞:三十斤。一千鈞的重量繫在一根頭髮上。比喻極端危險:形勢～,危急萬分。也說一髮千鈞。

【千卡】qiānkǎ〔量〕熱量的實用計算單位,1 千卡即 1 千路里的 1000 倍。也叫大卡。

【千克】qiānkè〔量〕質量或重量單位,符號 kg。1 千克即 1 克的 1000 倍。

【千里馬】qiānlǐmǎ〔名〕(匹)指駿馬,常用來比喻傑出的人才:～常有,伯樂(善相馬的人)難求。

【千里送鵝毛——禮輕情意重】qiānlǐ sòng émáo——lǐ qīng qíngyì zhòng〔歇〕強調禮物雖然很輕,但人的情意卻很深厚:這斤花生自然不值甚麼,市場上很容易買,但這是我們農村人的禮物,～。

【千里迢迢】qiānlǐ-tiáotiáo〔成〕迢迢:遙遠的樣子。形容路途遙遠:老大爺～去看兒子。

【千里眼】qiānlǐyǎn〔名〕❶舊時能望遠鏡。❷舊小說中指能看得很遠的人:古有～,順風耳的傳說│雷達是當今的～。

【千里之堤,潰於蟻穴】qiānlǐzhīdī,kuìyúyǐxué〔成〕《韓非子·喻老》:"千丈之堤,以螻蟻之穴潰。"意思是很長的大堤,由於微小的螞蟻洞而潰決。比喻不注意小事情,就可能出大亂子。

【千里之行,始於足下】qiānlǐzhīxíng,shǐyúzúxià〔成〕《老子·六十四章》:"千里之行,始於足下。"意思是走千里遠的路,要從邁第一步開始。比喻達到任何遠大目標,都要從當前做起,逐步積累而成:要實現理想,必須長期艱苦奮鬥,～。

【千慮一得】qiānlù-yīdé〔成〕《晏子春秋·內篇雜下》:"愚者千慮,必有一得。"意思是愚笨的人考慮得再不周到也會有可取的地方(多用作謙辭):我提出的方案,仍不夠完美,但～,就供大家參考吧。

【千慮一失】qiānlù-yīshī〔成〕《晏子春秋·內篇雜下》:"智者千慮,必有一失。"意思是聰明人的考慮得再周到也會有失誤的地方。

【千米】qiānmǐ〔量〕長度單位,符號 km。1 千米等於 1000 米。

【千篇一律】qiānpiān-yīlǜ〔成〕一千篇文章都是一個樣子。形容詩文公式化。也泛指事物重複出現,毫無變化:那些文章～,沒有甚麼新東西│～的論調。

【千奇百怪】qiānqí-bǎiguài〔成〕形容事物奇異而多樣:海底世界～,引起了少年兒童的好奇心。

【千秋】qiānqiū〔名〕❶一千年,泛指很長的時間:～萬代│功過任評說。❷〈敬〉指人的壽辰,用於祝賀:～之祝。❸指事物的長處:兩派畫作,各有～。

【千秋萬代】qiānqiū-wàndài〔成〕指世世代代:願各國人民～友好相處。

【千秋萬歲】qiānqiū-wànsuì〔成〕〈婉〉指死(多用於帝王):～,誰傳此者。

【千山萬水】qiānshān-wànshuǐ〔成〕萬水千山。

【千絲萬縷】qiānsī-wànlǚ〔成〕千條絲,萬根綫。形容聯繫各種多樣,密切而複雜:學校和社會有着～的聯繫。

【千頭萬緒】qiāntóu-wànxù〔成〕緒:絲的頭。形容事情紛亂複雜,頭緒繁多:工作～,要抓主要矛盾│心裏～,不知從何說起。

【千瓦】qiānwǎ〔量〕功率單位,符號 kW。1 千瓦即 1 瓦的 1000 倍。舊寫作瓩。

【千萬】qiānwàn❶〔數〕一千萬:這個公司有～元資本│全省人口達兩～。❷〔副〕務必;務須(表示叮嚀囑咐):到達後～來信│～要小心啊│這事兒～不可掉以輕心。

【千辛萬苦】qiānxīn-wànkǔ〔成〕形容非常辛苦:地質勘探隊歷盡～,找到了不少礦藏│他在舊社會受盡了～。

【千言萬語】qiānyán-wànyǔ〔成〕千句話,萬句話,形容要說和想說的話很多:她心裏有～,可是一也說不出來│～,一時不知從何說起。也說萬語千言。

【千載難逢】qiānzǎi-nánféng〔成〕一千年也難得遇到。形容機會難得:～的機遇│～的盛會。

【千載一時】qiānzǎi-yīshí〔成〕一千年才有這麼一次時機。形容機會難得:這種機會真是～,你怎麼捨得放棄呢?

【千張】qiānzhang〔名〕食品,一種極薄的豆腐皮。極言其薄,可將千張疊在一起,故稱。

【千真萬確】qiānzhēn-wànquè〔成〕形容情況非常確實:～,敵人已經出兵了。

【千姿百態】qiānzī-bǎitài〔成〕形容人和事物的姿態多種多樣,豐富多彩:老師傅做的泥人～,十分生動。

仟　qiān〔數〕"千"字的大寫,用於賬目和票據。

圲 qiān 用於地名：清～（在安徽）。

扦 qiān ❶（～兒）"扦子"①：蠟～兒｜竹～兒。❷"扦子"②。❸〔動〕（吳語）插：蠟燭～牢｜門要～好。❹〔動〕（北京話）栽：這棵樹苗沒～活。

語彙　蠟扦　鐵扦　竹扦

【扦插】qiānchā〔動〕一種種植技術。截取某些植物的根或枝的一段或者葉子，插在土壤裏，使長出新的植株來：採用～的方法，他們推廣了這種果樹的種植。

【扦子】qiānzi〔名〕❶（根）金屬、竹子等製成的針狀物：鐵～｜竹～。❷（把）鐵扦子，檢查貨物的用具，是一種插進麻袋取出粉末狀或顆粒狀貨物樣品的鐵器，形狀像山羊角，中空。

阡 qiān〈書〉❶田間南北方向的小路：～陌。❷通往墳墓的道路；墓道。

【阡陌】qiānmò〔名〕〈書〉陌，田間東西方向的小路。指縱橫交錯的田間人行小路：～縱橫｜～之界。

芊 qiān〈書〉草木茂盛：鬱鬱～～｜斜陽滿地草～～。

【芊綿】qiānmián〔形〕〈書〉草木繁茂：春草～。也作芊眠。

杆 qiān 用於地名：～樹底（在河北）。

岍 Qiān 岍山，山名。在陝西西部。今作千山。

汧 qiān 用於地名：～陽（在陝西西部）。今作千陽。

瓩 qiānwǎ〔量〕千瓦舊也寫作瓩。

釺（钎） qiān 釺子：鐵～｜鋼～。

語彙　打釺　炮釺

【釺子】qiānzi〔名〕（根）一頭尖或扁的鋼棍，是採掘時用來鑿孔的工具。用壓縮空氣旋轉的釺子當中是空的。

牽（牽） qiān ❶〔動〕用手（或繩子）拉：～牲口｜～着孩子。❷ 涉及；連累：～連｜～制。❸（Qiān）〔名〕姓。

語彙　掛牽　拘牽

【牽腸掛肚】qiāncháng-guàdù〔成〕形容非常惦記，放心不下：這些日子他一直為父親的病～，坐臥不安。

【牽扯】qiānchě〔動〕涉及；關聯：這事～很多人｜不關我的事，為甚麼把我～到裏頭？

【牽掣】qiānchè〔動〕❶因互相牽連而受影響或受阻礙：互相～｜被枝節問題～住，主要問題就抓不住了。❷牽制，行動不能自由。

【牽動】qiāndòng〔動〕❶因連帶關係而受到影響、發生變化：～全局｜～整個作戰計劃。❷引起情感波動；觸動：一席話～了他的思鄉情懷。

【牽掛】qiānguà〔動〕掛念；惦記：好好工作，不要～家中老小｜父母～着遠離家鄉的孩子。

【牽累】qiānlěi〔動〕❶拖累：受家務～。❷因牽連而使受到損害或影響：案子很複雜，不少人受到～。

【牽連】（牽聯）qiānlián〔動〕❶連累；事情發生後使別的人和事受到損害：這件冤案～了很多人。❷聯繫在一起：好人跟壞人～在一起，一時不易分清。

【牽牛】qiānniú〔名〕❶（株，棵）一年生草本植物，纏繞莖，花冠喇叭形，淡紅、紫紅或紫藍色，筒部白色，供觀賞。結蒴果，種子黑色，可入藥。通稱喇叭花。❷牽牛星。

【牽牛鼻子】qiān niúbízi〔慣〕比喻抓住問題的關鍵部分：辦事不能鬍子眉毛一把抓，要～。

【牽牛星】qiānniúxīng〔名〕天鷹座中最亮的一顆星，隔銀河與織女星相對。通稱牛郎星，也叫牽牛。

【牽強】qiānqiǎng〔形〕把沒有關係或關係很遠的事物生拉硬扯在一起：～附會｜這些理由都很～。

【牽強附會】qiānqiǎng-fùhuì〔成〕把沒有關係或關係不大的事物勉強扯在一起加以比附：運用比喻一定要貼切，不要～，生搬硬套。

【牽繞】qiānrào〔動〕纏繞着難以擺脫：對故鄉的思念久久～着我。

【牽涉】qiānshè〔動〕（事情）關聯涉及另外的事或人：這項決定～很多部門｜他的發言既然～我，我只得講幾句｜這件事還是由你們自己去解決，我不便～進去。

【牽手】qiānshǒu〔動〕❶(-∥-)手拉手：兩個人～摟腰挺親密的。❷比喻共同做某事；攜手；聯手：兩大公司～，共同研發新型客機。

【牽頭】qiān∥tóu〔動〕負責某項工作；領頭：由科學院～，重點科研機構和高校參加，制定了十年科研規劃｜這件事請你們單位牽個頭吧。

【牽綫】qiān∥xiàn〔動〕❶ 耍木偶在幕後提綫，比喻在背後控制操縱：事情不簡單，背後有人～。❷搭橋；做（中間人）介紹：他們倆的事你得幫個綫｜這事你去～，準能辦成。

【牽綫搭橋】qiānxiàn-dāqiáo〔成〕比喻從中撮合、介紹，使建立關係：有關部門為這兩個單位～，使它們成了協作單位。

【牽綫人】qiānxiànrén〔名〕指從中介紹、促成某事的人或單位：她善良熱情，為好幾對青年男女做過～。

【牽一髮而動全身】qiān yīfà ér dòng quánshēn〔成〕牽一根頭髮就會帶動整個身體。比喻變動微小之處都會影響全局；電漲價，用電單位的產品、服務也跟着漲，真是～。

【牽引】qiānyǐn〔動〕(機器、牲畜等)拖拉(交通工具、農具)：這條綫上的列車都由電力機車｜狗～着雪橇，在冰面上奔跑。

【牽着鼻子走】qiānzhe bízi zǒu〔俗〕比喻被人控制，失去行動主動權：我們應該有自己的計劃和安排，不能被人～。

【牽制】qiānzhì〔動〕被拖住，行動受到了限制：～敵人｜不要對方～自己。

愆 〈諐〉 qiān〈書〉❶ 罪過；過錯：～罪｜無失道之～。❷ 錯過；耽誤：～期。

語彙 前愆 罪愆

【愆期】qiānqī〔動〕〈書〉延誤規定的日期；延誤日期：合作協議～簽訂。

鉛 (铅)〈鈆〉 qiān〔名〕❶ 一種金屬元素，符號 Pb，原子序數 82。青灰色，質地軟，延性弱，展性強，熔點低。可製合金、蓄電池、電纜的外皮等。❷ 鉛筆芯：筆～。

另見 yán(1557頁)。

語彙 筆鉛 蒼鉛

【鉛版】qiānbǎn〔名〕(塊)用鉛合金熔化後灌入紙型壓成的印刷版。

【鉛筆】qiānbǐ〔名〕(支，根，桿)用石墨或加顏料的黏土製成筆芯，嵌在木質或其他質料的管中的筆(石墨顏色如鉛，故稱)：一支～｜彩色～。

【鉛黛】qiāndài〔名〕〈書〉婦女搽臉的鉛粉和畫眉的黛墨，泛指女性化妝品：不施～。

【鉛丹】qiāndān〔名〕❶ 無機化合物，化學式 Pb₃O₄。鮮紅色粉末，用於製造陶瓷、玻璃、蓄電池，也可以做顏料和消毒劑。❷ (顆，粒)道家稱用鉛煉成的丹，認為食用可長壽。

【鉛刀一割】qiāndāo-yīgē〔成〕鉛製的刀雖然不銳利，但總可以割一次，比喻雖然無能或能力小但還可以一用：我雖平庸，但～，也可做些小事。

【鉛華】qiānhuá〔名〕〈書〉❶ 婦女化妝搽臉的粉，泛指化妝品：洗盡～。❷ 指作畫、寫字用的顏料，也指圖畫或文字。

【鉛球】qiānqiú〔名〕❶ 田賽項目之一。運動員在投擲圈內側身運動以單手把球從肩上方推出，落入規定區域內為有效，以推得遠的為優勝。❷ (隻)田賽投擲器械之一，是中心灌鉛的金屬球。

【鉛絲】qiānsī〔名〕(根)為防鏽而鍍了鋅的鐵絲。因顏色像鉛，故稱。

【鉛印】qiānyìn〔動〕用鉛字排版印刷。一般需在

排版後製成紙型，再澆製成鉛版印刷。鉛印技術已被電腦激光照排技術取代。

【鉛字】qiānzì〔名〕印刷或打字用的活字，用鉛、銻、錫的合金製成：五號～。

僉 (佥) qiān ㊀〔副〕〈書〉全；都：～同｜～日：何憂？
㊁同"簽"：～事(舊時政府職務名稱)。

慳 (悭) qiān ❶ 吝嗇：～吝｜～嗇。❷ 缺少；欠缺：寒冬雪猶～｜緣～一面(缺少見一面的機緣)。

【慳吝】qiānlìn〔形〕〈書〉吝嗇：～人。

攐 qiān〈書〉❶ 拔取：有斬將～旗之功。❷ 同"褰"：～簾。

遷 (迁) qiān ❶〔動〕遷移；挪地方：～居｜～往他處。❷ 轉變；變動：變～｜事過境～｜見異思～。❸〈書〉調動職務：左～。

語彙 搬遷 變遷 拆遷 喬遷 升遷 左遷 見異思遷 事過境遷

【遷都】qiān//dū〔動〕遷移國都。

【遷就】qiānjiù〔動〕將就；湊合：～姑息｜在小事情上互相～着點兒｜對無理要求，不能～。

【遷居】qiānjū〔動〕搬家：～江南。

【遷客】qiānkè〔名〕〈書〉指遭貶斥放逐的人。

【遷怒】qiānnù〔動〕不如意時拿別人出氣或受了一個人的氣向另外的人發怒：在單位受了氣，不要～家人。

【遷徙】qiānxǐ〔動〕〈書〉遷移：～自由｜候鳥要～。注意 這裏的"徙"不寫作"徒"。

【遷延】qiānyán〔動〕拖延：～歲月｜刻期完成任務，不得～。

【遷移】qiānyí〔動〕離開原居住地，挪往別處居住：從城市～到農村｜調動工作要～戶口嗎？

【遷謫】qiānzhé〔動〕〈書〉指官吏因罪降職並流放。

礣 qiān 用於地名：大～(在貴州北部)。
另見 lián(834頁)。

褰 qiān〈書〉❶ 提起(衣裳)：～裳。❷ 撩起；揭起：珠簾高～。

謙 (谦) qiān 謙虛；謙遜：滿招損，～受益｜自～。

語彙 過謙 自謙

【謙卑】qiānbēi〔形〕謙虛，不自大：為人～，人緣好，朋友多。

【謙稱】qiānchēng〔名〕與人交往時表示謙遜的稱呼。

謙稱舉例

自稱：鄙人、鄙職、敝人、敝職；
對人稱自己的父母：家父、家母；
對人稱自己的妻子：賤內、拙荊、荊妻；

對人稱自己的子女：小兒、犬子、小女；

對人稱自己的家：寒舍、敝舍、草舍、舍下；

對人稱自己的文章：拙文、拙稿、拙著、拙作。

【謙辭】qiāncí〔名〕表示謙虛的言辭，如"豈敢、不敢當、不成敬意"等。

【謙恭】qiāngōng〔形〕謙遜恭敬，對人有禮貌（跟"傲慢"相對）：他對長輩十分～。

【謙和】qiānhé〔形〕謙遜和藹：待人～｜一個十分～的人。

【謙謙君子】qiānqiān-jūnzǐ〔成〕《周易·謙》："謙謙君子，卑以自牧也。"指謙虛謹慎、品德高尚的人。也用來指表面謙虛而實際虛偽的人。

【謙讓】qiānràng〔動〕謙虛推讓，不肯接受或不肯佔先：你做這工作再合適不過，不要～了｜老先生與大家～了一會兒，才帶頭進入會場。

【謙虛】qiānxū ❶〔形〕虛心謙讓而不自滿：～謹慎｜他從來都很～。❷〔動〕指說謙虛的話：他～了一番，終於答應下來。

【謙遜】qiānxùn〔形〕〈書〉謙遜恭謹、有禮貌：為人～、正派。

辨析 謙遜、謙虛　a）"謙遜"常形容人謙讓客氣、恭敬有禮貌；而"謙虛"則是與"驕傲"相對，形容人不自大、不自滿。b）"謙遜"一般用於書面語。c）"謙虛"有動詞用法，可以說"他謙虛了半天，怎麼也不肯講述捨己救人的事"；"謙遜"沒有動詞用法，不能這麼用。

簽（签）qiān〔動〕❶在文件、單據上寫上自己的姓名或畫上記號：請你～個字。❷簡要地寫出（建議、意見等）：有意見就請～在文件上。

另見 qiān "籤"（1067頁）。

語彙　草簽　題簽

【簽單】qiān//dān〔動〕❶簽署貨物訂單：茶葉博覽會現場～超過兩億元。❷購物、用餐、娛樂等消費後不付現金，而在賬單上簽名（店方日後憑此據結賬）：我們在這家飯店消費可以～，月底結賬，很方便。

【簽到】qiān//dào〔動〕在規定的簿冊上簽名或在印好的名冊上寫一"到"字，表示本人已經到達。多用於出席會議或上班：參加會議的專家在門口～｜請你簽個到，再領會議文件。

【簽訂】qiāndìng〔動〕訂立條約、協議或合同並在上面簽字：～條約｜～合同。

【簽發】qiānfā〔動〕公文、證件等由主管人簽字後發出：～機關介紹信｜知識產權保護法規。

【簽名】qiān//míng〔動〕親筆寫上自己的名字：～蓋章｜請大家簽個名。

【簽收】qiānshōu〔動〕收件人在指定的單據上簽字或蓋章，表示已經收到：掛號信須由收件人～。

【簽售】qiānshòu〔動〕書籍、唱片等發行時，著

作者或演唱者等現場簽名銷售。

【簽署】qiānshǔ〔動〕領導人在重要文件上正式簽字署名：兩國～聯合公報｜總經理同對方～了合作協議。

【簽押】qiānyā〔動〕簽字畫押，表示負責。

【簽約】qiān // yuē〔動〕簽訂條約或合約：正式～｜兩家公司簽了約，改建計劃開始實施。

【簽證】qiānzhèng ❶〔動〕指一國主管機關在本國或外國公民所持的護照或其他有關證件上簽注、蓋印，表示准其出入或通過本國國境：互免～｜出境、入境、過境，都要去使領館～。❷〔名〕已經辦好簽署手續的護照或證件：出國護照辦好以後，很快就拿到了～。

【簽註】qiānzhù〔動〕❶在文稿或書籍中寫上或夾上批註。❷在送首長批閱的文件上，由經辦人註出初步的處理意見。❸負責人在證件表冊上批註意見要求等：秘書長在文件上～了處理意見。

【簽字】qiān//zì〔動〕在文件單據上寫上自己的名字：～後立即生效｜請在打印好的信上簽個字。

鵮（鹐）qiān〔動〕尖嘴的鳥或家禽啄東西：別讓鳥雀把田裏的小苗兒～了。

騫（骞）qiān ❶〈書〉虧；損：如南山之壽，不～不崩。❷同"搴"①。❸（Qiān）〔名〕姓。

籤（签）〈簽〉qiān ❶（～兒）〔名〕刻着文字或符號的細長小竹片或小細棍兒，用來占卜吉凶、決定勝負等：抽～兒｜求～（迷信）。❷（～兒）〔名〕作為標誌用的小條兒：標～兒｜書～兒。❸（～兒）〔名〕竹木等削成的有尖兒的小細棍兒：牙～兒。❹〔動〕粗針大綫地縫合起來：～被裏｜把領子～上。

"签"另見 qiān "簽"（1067頁）；"簽"另見 qiān（1067頁）。

語彙　標籤　抽籤　浮籤　求籤　書籤　牙籤　中籤

【籤條】qiāntiáo〔名〕❶貼在文書卷軸或一般物品上的字條，上面寫有名稱：實驗室裏每個小抽屜都貼着～，標着樣品名稱。❷主管人員批註意見的紙條：這事要有主任的親筆～才能辦。

【籤子】qiānzi〔名〕❶"籤"①。❷"籤"③。

qián ㄑㄧㄢˊ

拑　qián〈書〉夾住；限制：鷸啄蚌肉，蚌合而～其喙。

前　qián ❶〔名〕方位詞。人或事物面向的一邊（跟"後"相對）：～怕龍，後怕虎｜～不着村，後不着店｜～門｜～院。❷〔名〕方位詞。次序排在頭裏的（跟"後"相對）：～排｜～三名。❸〔名〕方位詞。過去的，時間較早的（跟"後"相對）：～天｜～功盡棄。❹〔名〕方

位詞。從前的（不是現任或現在的名稱）：～校長｜～蘇聯。❺〔名〕方位詞。某種事物產生之前的：～科學｜～資本主義。❻〔名〕方位詞。未來的：～程｜～景｜要多往～想，往～看。❼前綫：支～。❽往前走：勇往直～｜畏縮不～。❾（Qián）〔名〕姓。

語彙 從前 當前 跟前 空前 面前 目前 生前 事前 提前 先前 眼前 以前 支前 一往無前 勇往直前

【前半天】qiánbàntiān（～兒）〔名〕上午：～兒他總在家裏寫文章，不出門。也說上半天。

【前半夜】qiánbànyè〔名〕從天黑到半夜（夜間零點）的一段時間：近來忙得很少能～睡覺。也說上半夜。

【前輩】qiánbèi〔名〕（位）年長的、資深的人：我剛畢業，他們都是我的～｜革命～｜學術～。

【前邊】qiánbian（～兒）〔名〕方位詞。前面：～有座兒，請到～兒坐。

【前朝】qiáncháo〔名〕〈書〉❶過去的朝代：～風俗多留在民間。❷上一個朝代：這些都是～的故事。

【前車之鑒】qiánchēzhījiàn〔成〕《漢書·賈誼傳》：“前車覆，後車戒。”前面的車子翻了，後面的車子可以引為鑒戒。比喻可以當作鑒戒的前人的失敗教訓：歷史上政治腐敗而亡國的事很多，～不可輕視。

【前塵】qiánchén〔名〕〈書〉舊事；從前經歷的事：回首～，恍如一夢。

【前程】qiánchéng〔名〕❶前途：～遠大。❷舊指功名官職：事關大局，縱然丟了～也要力爭。

【前導】qiándǎo ❶〔動〕在前面引路：軍樂隊～，各路隊伍循序入場。❷〔名〕在前面引路的人：以儀仗隊為～。

【前敵】qiándí〔名〕前綫面對敵人的地方；前綫：親臨～｜～委員會｜～總指揮。

【前地】qiándì〔名〕澳門地區用詞。大型建築物前面的空曠場地，是葡萄牙語的音譯兼意譯：議事亭～是澳門著名旅遊場所。

【前額】qián'é〔名〕額部，口語說腦門子。

【前番】qiánfān〔名〕上次：～看在你父親的面上饒了你，今番又來生事。

【前方】qiánfāng〔名〕❶方位詞。前面；前邊：向正～挺進。❷靠近作戰的地帶（跟“後方”相對）：開赴～｜～吃緊。

【前鋒】qiánfēng〔名〕❶先頭部隊：部隊～已到達目的地。❷（名）籃球、足球等球類比賽中在前面主要擔任進攻的隊員。

【前夫】qiánfū〔名〕死去的或已離了婚的丈夫；女子改嫁後稱以前的丈夫。

【前赴後繼】qiánfù-hòujì〔成〕前面的人衝上去，後面的人跟上來。形容奮勇向前，接連不斷：

百多年來，無數中華兒女～，浴血奮鬥，才換來了民族的振興。

【前功盡棄】qiángōng-jìnqì〔成〕先前的功勞、成績完全廢棄或先前的努力完全白費：一場大火燒了實驗室的材料，他的工作～。

【前漢】Qiánhàn〔名〕西漢。

【前後】qiánhòu〔名〕方位詞。❶先後；在某一時間的稍早或稍晚的某一時段：春節～。❷從開始到結束的整個時期：建這座大橋，～僅用了一年的時間｜她～來過四次。❸前邊和後邊：房子～都有樹｜此處～受敵，難於防守。

【前後腳】qiánhòujiǎo（～兒）〔副〕指兩種行動時間很接近：他們倆～走了。

【前腳】qiánjiǎo ❶〔名〕走路時在前面的那隻腳。❷〔副〕與“後腳”連說，表示在後者前面（兩種行動時間連接較緊）：你～剛出門，他後腳就來了。

【前進】qiánjìn〔動〕向前行進；向前發展：繼續～｜大踏步～。

【前景】qiánjǐng ㊀〔名〕畫面、舞台、銀幕上離觀眾最近的景物：～是花園的一角。㊁〔名〕將要出現的景象，事物發展的情況：美好的～｜開闊廣闊的～｜電子圖書～看好。

【前倨後恭】qiánjù-hòugōng〔成〕以前傲慢，後來恭敬：他對你～，是不是有求於你？

【前科】qiánkē〔名〕指犯罪嫌疑人曾受過的刑罰：這些人都有～，很可能是他們作的案。

【前例】qiánlì〔名〕過去曾發生過的同類事例：有～可循｜史無～。

【前列】qiánliè〔名〕前面的行列。比喻在工作或事業中的領先地位：他們走在遊行隊伍的～｜大會主持人坐在主席台～｜站在鬥爭的～。**注意**“前列”是名詞，但可以受程度副詞“最”修飾，說成“最前列”。

【前列腺】qiánlièxiàn〔名〕男子和雄性哺乳動物生殖器官的一個腺體，位於膀胱下方，圍繞尿道上部。分泌弱鹼性液體參與構成精液，以適宜精子活動。

【前茅】qiánmáo〔名〕指考試成績或其他方面所處的前列：名列～。

【前門拒狼，後門進虎】qiánmén-jùláng, hòumén-jìnhǔ〔諺〕比喻剛走了一批敵人，又來了另一批進犯者。也比喻剛解除了這方面的禍患，又產生了另一方面的麻煩。也說“前門拒虎，後門進狼”。

【前面】qiánmian（～兒）〔名〕方位詞。❶位置靠前的部分：走在隊伍的～｜科學研究工作應當走在經濟建設的～。❷次序靠前的部分；在現在講述之前的部分：～提到的原則｜～的一章是總論。

【前年】qiánnián〔名〕去年的前一年。

【辨析】前年、年前 "前年"是指去年的前一年,而"年前"是指去年的末尾或今年過年以前的一段時間。

【前怕狼,後怕虎】qián pà láng, hòu pà hǔ〔俗〕比喻顧慮事前事後的困難、麻煩,不敢放手去幹:我們如果~,就甚麼事也做不成。也說"前怕龍,後怕虎"。

【前仆後繼】qiánpū-hòujì〔成〕前面的人倒下去了,後面的人緊緊跟上。形容不怕犧牲,非常英勇:無數革命先烈~,為民族解放獻出了寶貴的生命。

【前妻】qiánqī〔名〕死去的或已離了婚的妻子;男子再娶後稱以前的妻子。

【前期】qiánqī〔名〕某一時期的前一階段:唐朝~出現了幾位傑出詩人|這位作家的~作品跟後期作品明顯不同。

【前愆】qiánqiān〔名〕《書》從前的過錯:恕其~,以觀後效。

【前前後後】qiánqiánhòuhòu〔名〕❶始末緣由:事情的~我都知道。❷從開始到末了的整個時期:~一共用了三年的時間,才建起了這座大樓。

【前清】Qiánqīng〔名〕民國時代的人對清代的稱呼。

【前驅】qiánqū〔名〕引導社會、事業前進發展的人或事物:民國初年的民營企業家,是發展民族工業的~。

【前人】qiánrén〔名〕先輩;以前的人:~總結的經驗|~種樹,後人乘涼。

【前人栽樹,後人乘涼】qiánrén-zāishù, hòurén-chéngliáng〔諺〕比喻前人為後人造福:現在的幸福生活是無數革命先輩艱苦奮鬥換來的,~,我們也要為後代子孫多做好事。也說"前人種樹,後人歇涼"。

【前任】qiánrèn〔名〕以前擔任這個職務的人(跟"後任"相對):~局長|~總統|他的~是我的老同學。

【前日】qiánrì〔名〕前天;昨天的前一天:~他來電話說,今天不來了。

【前哨】qiánshào〔名〕❶軍隊駐紮或行進時,向敵軍所在方向派出的警戒小隊,偵察、抗擊敵人的襲擊,保障大部隊的安全:~戰。❷指前線:國防~|~陣地。

【前身】qiánshēn〔名〕❶原是佛教用語,指前世的身體;現指某個事物在產生以前的名稱、形態等:留美預備學校是清華大學的~。❷衣服的前面部分:路上突遇大雨,一路跑來,~都打濕了。

【前生】qiánshēng〔名〕迷信指人的前一輩子。

【前世】qiánshì〔名〕❶前生。❷前代:此風肇自~。

【前事不忘,後事之師】qiánshì-bùwàng, hòushì-zhīshī〔成〕《戰國策·趙策一》:"前事之不忘,後事之師。"指記取以前的經驗教訓,作為以後的借鑒:礦難頻發,重要原因是忽視安全生產,~,一定要堅決糾正。

【前所未聞】qiánsuǒwèiwén〔成〕以前從來沒有聽到過。形容罕見、不平常:~的冒險經歷|奇談怪論,~。

【前所未有】qiánsuǒwèiyǒu〔成〕過去從來沒有過:~的盛況|產量正以~的幅度增長着。

【前台】qiántái〔名〕❶舞台面對觀眾供演員進行表演的地方。❷比喻公開的場合(含貶義):操縱者原在幕後控制,現在又跑到~來指揮。❸指酒店、歌舞廳、旅館等負責接待、登記、結賬等服務工作的前櫃檯枱:~服務員。

【前提】qiántí〔名〕❶可以推出另一個判斷來的已知判斷,如三段論中的大小前提。❷事情實現、發生的先決條件:承認會章並且繳納會費是入會的~。

【前天】qiántiān(-tian)〔名〕昨天的前一天。

【前庭】qiántíng〔名〕❶正房前面的庭院:~不大,種着些菊花。❷前額:兩眼有光,~飽滿。❸內耳的組成部分,中有兩個囊狀物,囊內有聽神經,作用是維持身體平衡。

【前頭】qiántou〔名〕方位詞。❶空間靠前的部分:村子的~是條河。❷時間靠前的部分:吃苦在別人~,享受在別人後頭。❸次序靠前的部分:這個提案很重要,放在~討論。

【前途】qiántú〔名〕原指面前的道路,比喻事物發展變化的前景:~無量|你們的工作很有~。

【辨析】前途、前程 兩個詞雖然都有比喻將來的發展情況的意義,但用法上有所不同,如常說"有前途""沒有前途",不能說"有前程""沒有前程";常說"前程似錦""前程萬里""各奔前程",不能說"前途似錦""前途萬里""各奔前途"。

【前往】qiánwǎng〔動〕前去:代表團已動身~日內瓦|他明天啟程~天津視察工作。

【前衛】qiánwèi ❶〔名〕軍隊行軍中派往前方擔任警戒的部隊。❷〔名〕(名)某些球類比賽中以助攻與助守為主要任務的隊員。❸〔形〕(思想、器物)新異而引領風潮流:這裏的城市生活寬鬆而~|她一身~的打扮。

【前無古人】qiánwúgǔrén〔成〕以前的人從未做過或從未具備的;空前的:現代中國人民創造了~的建設奇跡。

【前夕】qiánxī〔名〕❶頭一天的晚上:春節~。❷比喻某一事情將要發生的時刻:起義~,城裏的氣氛很緊張。

【前嫌】qiánxián〔名〕舊怨;舊仇:盡釋~|捐棄~。

【前綫】qiánxiàn〔名〕兩軍直接作戰的地區(跟"後方"相對),也比喻工作的第一線:遠離～｜企業的領導身臨～，跟員工打成一片。

【前言】qiányán〔名〕❶（篇）書中前面的短文，說明寫作經過、目的、內容等，多由作者撰寫。❷前面說過的話：說話時～不搭後語，毫無條理。

【前言不搭後語】qiányán bùdā hòuyǔ〔俗〕前邊的話跟後邊的話銜接不上。形容說話語無倫次：案犯面對審問，～，力圖掩飾。

【前沿】qiányán〔名〕❶防禦陣地最靠前的地帶：司令員到陣地～視察。❷比喻所處的領先地位：他的研究處於這個專業領域的～｜～科學。

【前仰後合】qiányǎng-hòuhé〔成〕身子前後搖擺晃動的樣子。多形容大笑：這位著名的相聲演員只要一開口，觀眾就常常笑得～。

【前夜】qiányè〔名〕❶前一天的晚上。❷比喻大事件將要發生的一段時間：大革命～。

辨析　前夜、前夕　a）兩詞含義與用法基本相同，但有些習慣搭配不能互換，如"國慶前夕""出發前夕""解放前夕"等，一般不說"國慶前夜""出發前夜""解放前夜"。b）由於"夜"指從天黑到第二天天亮一段時間，"夕"指傍晚，因此，"前夜"所指的時間較長，"前夕"所指的時間較短。如"大革命前夜"指發生大革命前的一段時間，可能幾天、也可能幾個月。如果說"大革命前夕"，則強調大革命即將爆發前的那一短暫時刻。

【前因後果】qiányīn-hòuguǒ〔成〕事情發生的原因和以後的結果。指事情的整個過程：事情的～已經調查清楚，現在可以做結論了。

【前瞻】qiánzhān〔動〕預見；展望：～性｜～城市發展遠景，令人歡欣鼓舞。

【前兆】qiánzhào〔名〕事情出現或發生前的徵兆：燕子低飛，螞蟻出巢，這些都是暴風雨的～。

【前者】qiánzhě〔代〕指示代詞。上文提到過兩項中的前項（跟"後者"相對）："用鎖把門鎖上"裏的兩個"鎖"詞性不同，～是名詞，後者是動詞。

【前綴】qiánzhuì〔名〕附加在詞根前面的構詞成分，如"老虎"的"老"、"阿姨"的"阿"。也叫詞頭。

【前奏】qiánzòu〔名〕❶樂曲的開端部分：～曲｜這首樂曲有一個熱情奔放的～。❷比喻事情的先聲：輿論常常是行動的～。

【前奏曲】qiánzòuqǔ〔名〕大型器樂曲開頭的序曲，為樂曲主體創造氣氛。比喻重大事件發生前預示徵兆或開始行動的事件：大量的勘查工作是三峽大壩建設的～。

虔 qián 恭敬：～誠｜～心。

【虔誠】qiánchéng〔形〕恭敬而有誠心：～的佛教徒。

【虔敬】qiánjìng〔形〕極為恭敬：她每天～地誦唸經文。

【虔婆】qiánpó〔名〕❶開妓院的老鴇。❷壞老婆子：這個老～，沒安好心。

掮 qián〔動〕（吳語）扛；把東西放在肩上搬運：～行李。

【掮客】qiánkè〔名〕❶舊時稱替人介紹買賣，賺取佣金的人。❷比喻居間漁利的人（多指投機的政客）：政治～。**注意**"掮"不讀 jiān。

乾 qián ❶〔名〕八卦之一，卦形是"☰"，代表天。參見"八卦"（17頁）。❷舊時稱男性的：～造（婚姻中稱男方，女方稱坤造）｜～宅（婚姻中稱男家）。❸（Qián）乾縣，縣名。在陝西咸陽西北。❹（Qián）〔名〕姓。
另見 gān（419頁）。

【乾坤】qiánkūn〔名〕❶乾卦和坤卦的合稱。❷指國家、江山：扭轉～｜～初定。

軒 qián 用於地名：驪～（漢代縣名，在今甘肅永昌南）。

鈐（钤） qián ❶印；圖章。❷蓋（圖章）：～印｜～於簡端。❸（Qián）〔名〕姓。

【鈐記】qiánjì〔名〕舊時低級官佐以及地方長官委辦事務人員用的長條形圖章（不如正式印章鄭重）。明朝稱條記，清朝以至民國稱鈐記。

犍 qián 用於地名：～為（在四川樂山東南）。
另見 jiān（638頁）。

鉗（钳） qián ❶鉗子①：火～｜老虎～。❷〔動〕用鉗子等夾住：把木炭～住，放到火爐裏。❸〔動〕約束；限制：～制｜口～而不欲言｜我軍從山路兩頭～住了敵軍。

語彙　產鉗　焊鉗　火鉗　老虎鉗

【鉗擊】qiánjī〔動〕採取鉗形攻勢進行襲擊：～敵人據點。

【鉗口結舌】qiánkǒu-jiéshé〔成〕形容有顧慮，閉嘴不敢說話：大家怕打擊報復，都～，不提意見。

【鉗制】qiánzhì〔動〕從多方用強力限制，使難於自由行動：游擊隊從後方配合，～住敵人的兵力｜～輿論。

【鉗子】qiánzi〔名〕❶（把）夾東西的小型工具，多為金屬製品，如火鉗、老虎鉗、各種醫用鉗子等。❷（隻，副，對）（北方官話）耳環。

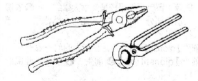

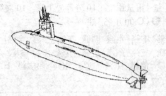

墘 qián（閩語）旁邊；附近：溪～｜海～。

鬙 qián 古代一種剃去頭髮、用鐵圈束頸的刑罰。

潛（潜）qián ❶〔動〕隱在水面下活動：～水｜魚～鳥飛。❷隱藏的：～力。❸秘密：～謀｜～逃。❹指潛力：挖～。❺（Qián）〔名〕姓。

語彙　反潛　挖潛

【潛藏】qiáncáng〔動〕隱藏：大魚～在海底｜～的敵人。

【潛伏】qiánfú〔動〕隱藏；埋伏：～着危機｜突擊隊～在路邊｜敵人～得很深。

【潛伏期】qiánfúqī〔名〕病原體侵入人體後到開始出現病徵的一段時期。

【潛規則】qiánguīzé〔名〕不能公開言明、可能有違社會規範和政策法規的行事規則："吹牛"的被重用，"拍馬"的受青睞，似乎成了某些官場的～。

【潛航】qiánháng〔動〕在水下航行。

【潛居】qiánjū〔動〕隱居：～山林。

【潛力】qiánlì〔名〕隱藏在內部還沒有發揮出來的力量：有很大～｜發揮～。

【潛流】qiánliú〔名〕（股）地底下或河海深處的水流，也比喻隱藏在內心的感情：珊瑚礁承受着強大～的沖刷｜內心洶湧的～似要衝破理智的閘門。

【潛能】qiánnéng〔名〕潛在的能力或能量：發揮～｜開發～。

【潛入】qiánrù〔動〕❶偷偷地進入：小偷～銀行，被保安發現。❷鑽入（水中）：～海底，觀看美麗的熱帶魚。

【潛水】qiánshuǐ〔動〕鑽入水中；進入水面以下：～員｜～艇｜他游得快，又會～，孩子們都跟他學。

【潛水貨】qiánshuǐhuò〔名〕港澳地區用詞。走私貨，水貨：要購買正貨，抵制～。

【潛水器】qiánshuǐqì〔名〕小型潛水裝置的總稱。常分為載人潛水器和無人潛水器兩大類。

【潛水艇】qiánshuǐtǐng〔名〕（艘）潛艇。

【潛思】qiánsī〔動〕深思：閉門～。

【潛台詞】qiántáicí〔名〕❶指台詞中所蘊涵的真意或不便由台詞完全表達出來的言外之意。❷比喻不願或不便明說的言外之意：他的～是要單獨跟女朋友在一起。

【潛逃】qiántáo〔動〕偷偷地逃跑（多指犯罪者）：～犯｜攜款～｜～在外。

【潛艇】qiántǐng〔名〕（艘）潛行在水下進行戰鬥的艦艇。以魚雷、水雷或導彈等襲擊敵艦和岸上目標，並擔負秘密偵察、輸送特種兵員等任務。也叫潛水艇。

【潛望鏡】qiánwàngjìng〔名〕（架，隻）潛艇或地下掩蔽工事裏用來觀察水面或地面情況的光學儀器，內裝可折光反射的棱鏡。

【潛心】qiánxīn〔動〕專心致志（做事）：～著述｜～於研究科學。

【潛行】qiánxíng〔動〕❶在水面下行動：潛艇～海底。❷偷偷行走：他逃出來後，白天睡覺，夜晚～。

【潛移默化】qiányí-mòhuà〔成〕人的思想、性格在不知不覺中受到感染、影響而發生變化：文藝對人們的思想起着～的作用。

【潛意識】qiányìshi〔名〕心理學上指不知不覺的心理活動。是機體對外界刺激的本能反應。也說下意識。

【潛因】qiányīn〔名〕潛在的因素：犯罪的～。

【潛泳】qiányǒng〔動〕身體在水面下游泳。

【潛在】qiánzài〔形〕屬性詞。存在於事物內部尚未顯現出來的：～力量｜～對手｜～威脅。

【潛質】qiánzhì〔名〕潛在的素質：此人很有～，是一個可造就的人才。

【潛蹤隱跡】qiánzōng-yǐnjì〔成〕隱藏蹤跡：罪犯～多年，最終被捕獲。

蕁（荨）qián 見下。另見 xún（1545 頁）。

【蕁麻】qiánmá〔名〕（棵，株）多年生草本植物，對生卵狀葉，小花穗狀，莖葉有細毛，觸時可引起刺痛。莖皮纖維可做紡織原料。

黔 qián ❶〔書〕黑色：～首。❷（Qián）〔名〕貴州的別稱。❸（Qián）〔名〕姓。

【黔驢技窮】qiánlǘ-jìqióng〔成〕唐朝柳宗元《三戒·黔之驢》載，黔地（今貴州一帶）無驢，有人從外地用船運來一頭，放在山下。老虎看見驢是個龐然大物，又聽到牠的叫聲很響，很害怕，老遠就躲開了。後來逐漸靠近牠，驢只踢了老虎一腳。老虎看透驢的本事不過如此，就把牠吃了。後用"黔驢技窮"比喻僅有的一點本領已經用完，再無別的辦法：他作案後改名換姓，變換住處，最終～，落入法網。

【黔首】qiánshǒu〔名〕〈書〉稱黎民百姓。

錢（钱）qián ❶〔名〕（貫，串，吊）銅錢：一串～｜制～兒。❷〔名〕貨幣：十塊～｜～鈔｜零～。❸〔名〕費用：車～｜飯～｜店～（住旅館的費用）｜他花了不少～。❹〔名〕（筆）款子：提出一筆～來。❺〔名〕錢財：有～有勢。❻（～兒）形狀像銅錢的東西：榆～兒。

❼〔量〕重量單位，10分等於1錢，10錢等於1兩。❽（Qián）〔名〕姓。

語彙			
本錢	定錢	賭錢	工錢	價錢	金錢	利錢
零錢	賞錢	銅錢	現錢	小錢	洋錢	銀錢	有錢
找錢	值錢	紙錢	制錢	租錢	壓歲錢	印子錢
不名一錢			

古代對錢的別稱

古代一些清高名士恥言"錢"字，說到"錢"時常用代稱，如：阿堵物、阿堵（六朝口語，意為"這個"）；孔方兄、孔兄、方兄、孔方（因古時錢幣多外形圓而有孔）；白水真人（古代稱"錢"為"泉"，白水由"泉"拆字而來）；王老（據說唐朝有個富翁，叫王元寶，而當時錢上恰有"元寶"二字，於是，時人謔稱錢幣為"王老"）。

【錢包】qiánbāo（～兒）〔名〕裝錢用的小包兒。

【錢幣】qiánbì〔名〕貨幣（多指金屬的硬質貨幣）：歷代～展覽。

【錢財】qiáncái〔名〕（筆）金錢財富：浪費～。

【錢串子】qiánchuànzi〔名〕❶用繩子穿着的銅錢，也指穿銅錢的繩子。一般每串一千錢。❷比喻把金錢看得很重的人（含譏諷意）。❸節肢動物，體長約3-6厘米，由小環節構成，每一環節下長有成對細長的腳。喜在牆腳、磚縫等潮濕的地方生活，以小蟲為食。樣子像錢串子，故稱。

【錢可通神】qiánkětōngshén〔成〕神：法力大的神仙，借指權力、威力大的人或勢力。形容錢的力量非常大，可以買通一切，實現各種要求。

【錢糧】qiánliáng〔名〕❶舊指田賦：交納～。❷清代指財務方面的事物：掌管～｜～師爺。

【錢眼兒】qiányǎnr〔名〕指銅錢中間的方孔：鑽～（形容貪財）｜掉～裏了（形容一心只想着錢）。

【錢莊】qiánzhuāng〔名〕（家）由私人經營的金融業商店，以存款、放款、匯兌為主要業務。規模較銀行小。也叫匯票莊、銀號、票號、錢鋪、錢店；地下～。

濳
濳　Qián 古地名。漢代置濳縣，在今安徽霍山縣東北。

qiǎn　ㄑㄧㄢˇ

淺（淺）
淺（淺）　qiǎn〔形〕❶從上到下，從前到後，從外到裏的距離小（跟"深"相對）：～海｜水～得很｜院子很～。❷淺顯（跟"深"相對）：課文內容很～。❸淺薄；膚淺（跟"深"相對）：對問題的認識太～。❹不深厚（跟"深"相對）：交情很～｜交～言深。❺（顏色）淡（跟"深"相對）：～藍｜～黃｜綠窗簾的顏色太～。❻時間不長：他剛來，跟同學相處的日子還～。❼程度低；略微：害人不～｜～嘗輒止｜～斟低唱。

另見 jiān（637頁）。

語彙			
粗淺	短淺	膚淺	擱淺	深淺	危淺
才疏學淺			

【淺薄】qiǎnbó〔形〕❶知識經驗貧乏：他的歷史知識很～。❷不深厚：情分～。❸不淳樸：時俗～｜民風～。

【淺嘗輒止】qiǎncháng-zhézhǐ〔成〕略微嘗試一下就停下來。指不做深入研究：學習技藝～，難以達到精通的地步。

【淺見】qiǎnjiàn〔名〕❶膚淺的見解認識：～寡聞。❷對人稱自己的意見（多用作謙辭）：～如此，敬請批評指正。

【淺見寡聞】qiǎnjiàn-guǎwén〔成〕指知識淺薄，見聞不廣：不了解最新的科技成果，～，不可能有創新。

【淺近】qiǎnjìn〔形〕淺顯：～易解｜～的文字，深刻的思想。

【淺陋】qiǎnlòu〔形〕學識見聞貧乏：學識～｜文意～。

【淺山】qiǎnshān〔名〕山裏山外距離近、高度小的山嶺：村外田疇盡處是一帶～。

【淺視】qiǎnshì〔形〕眼光短淺：～的舉措｜這麼急功近利，說明他是個～的人。

【淺說】qiǎnshuō〔名〕淺顯易懂的講述說明（多用於書名或文章題目）：《計算機～》。

【淺談】qiǎntán〔動〕粗淺地討論（多用於書名或文章標題）：～語文教學改革問題。

【淺顯】qiǎnxiǎn〔形〕明白易懂：～的道理｜科普讀物～，又有趣。

【淺易】qiǎnyì〔形〕淺近易懂：～讀物。

【淺子】qiǎnzi〔名〕❶用竹篾或柳條編成的盛物用具，周緣低淺。也叫扁子。❷指用來盛貓食等的盤狀土器具。也叫淺兒。

嗛
嗛　qiǎn ❶〔名〕頰囊，猿猴嘴裏暫時貯存食物之處。❷古同"謙"（qiān）。❸古同"歉"（qiàn）。

遣
遣　qiǎn ❶派；打發：～送｜調兵～將。❷消除；排解：～愁｜～悶｜～憂｜排～｜消～。

語彙			
差遣	調遣	排遣	派遣	先遣	消遣

【遣詞造句】qiǎncí-zàojù〔成〕運用詞語組成句子。也泛指寫文章：這篇散文～非常講究。

【遣返】qiǎnfǎn〔動〕按協議或規定把人員遣送回所屬國家或地區：～難民｜～戰俘。

【遣懷】qiǎnhuái〔動〕〈書〉遣興。

【遣散】qiǎnsàn〔動〕❶機關、團體、軍隊等改組、精簡或解散時，將人員解職或使退伍；各軍區都精簡編制，～了一批人員。❷解散並遣送所俘獲的敵方軍隊、機關人員等：我軍攻佔該地區後，～了一批非法武裝。

【遣送】qiǎnsòng〔動〕有關部門把非法入境或不合居留條件的人送走：～出境｜～回家鄉。

【遣興】qiǎnxìng〔動〕〈書〉抒發情懷：消閒～。

賺（賎）qiǎn〔名〕身體兩邊肋骨和胯骨之間的部分（多指獸類）：～窩｜狐～｜袍子（用狐賺做的皮袍子）。

繾（繾）qiǎn　見下。

【繾綣】qiǎnquǎn〔形〕〈書〉情意纏綿，難捨難分：兩情相洽，不勝～。

譴（譴）qiǎn　❶責備：自～｜己過｜自～自責。❷舊指官員獲罪降職；貶謫：後承朝～，各自東西。

【譴責】qiǎnzé〔動〕嚴厲責備；嚴正斥責：強烈～對主權國家的侵略行為｜受到輿論的～。

【譴謫】qiǎnzhé〔動〕〈書〉指官員受到懲罰貶官的處分：歷史上因進忠言而遭～的人很多。

qiàn ㄑㄧㄢˋ

欠 qiàn ㊀❶疲倦時張口出氣：～伸｜哈～。❷〔動〕身體某部分稍稍向上移動：～腳兒｜～了～身子｜～懶腰。
㊁〔動〕❶購物暫未給錢；借人家的財物未還；答應給人辦的事情未辦：～債｜～賬｜我～他的情。❷缺少；未達到：～佳｜～妥｜文字～通｜說話～考慮｜剛蒸的一屜饅頭～火。

【欠安】qiàn'ān〔動〕〈婉〉指人生病：身體～。

【欠佳】qiànjiā〔動〕不夠好：身體～｜考試成績～。

【欠款】qiànkuǎn ❶〔名〕(筆)該付未付的債款；欠賬：一筆～。❷(-//-)〔動〕欠人錢：欠了公司兩筆款。

【欠缺】qiànquē ❶〔動〕缺乏；不足：經驗～｜知識～。❷〔名〕不足之處；缺點：我們的工作還有很多～。

【欠伸】qiànshēn〔動〕打哈欠，伸懶腰：坐時間長了，要～一下身體。

【欠身】qiàn//shēn（～兒）〔動〕坐着的人身體略微向上向前，表示要站起，以示禮貌：老師進來，父親～讓坐｜老人欠了一下身又坐下了。

【欠條】qiàntiáo（～兒）〔名〕(張)借據；借欠財物的人簽名的便條：要借錢就打一張～兒來。

【欠妥】qiàntuǒ〔動〕不夠妥當；措辭～｜這話有些～。

【欠賬】qiànzhàng ❶〔名〕(筆)欠的賬款：還有兩筆～要還。❷(-//-)〔動〕欠人錢：欠了很

多賬，一時還不清。❸〔名〕比喻應做、應回報的事：這裏城市基礎建設～很多。

【欠資】qiànzī〔動〕信件未付郵資或未付足郵資：～郵件｜郵件～極少發生。

芡 qiàn〔名〕❶(株)一年生水生草本植物，全株有刺，葉像荷葉，浮在水面上，花紫色，花托像雞頭，種仁可供食用和藥用：菱～。也叫雞頭。❷用芡實粉或其他澱粉調成的濃汁：勾～｜做湯擱點兒～。

【芡粉】qiànfěn〔名〕用芡的種子磨成的粉，勾芡用。一般也把其他澱粉稱作芡粉。

【芡實】qiànshí〔名〕芡的種子。俗稱雞頭米。

倩（倩）qiàn〈書〉譬喻；好比。

茜 qiàn ❶茜草。❷紅色的：～紗｜～衫｜～裙。
另見 xī (1446頁)。

【茜草】qiàncǎo〔名〕多年生草本攀緣植物，莖方形有倒生刺，葉子輪生，心臟形或長卵形，花冠黃色，果實球形，紅色或黑色。根圓錐形，黃赤色，可做紅色染料，也可入藥，性寒，味苦酸，有活血、止血、解毒等作用。也叫血見愁。

倩 qiàn〈書〉❶美麗：～妝｜～影。❷女婿：賢～｜妹～。❸〔動〕請人代自己做事：～人代勞。

【倩影】qiànyǐng〔名〕美貌女子的身影、圖像，也泛指青年女性的身影、圖像：望穿秋水，不見～。

嵌 qiàn / qiān〔動〕把東西卡進另一東西的縫隙或凹處：鑲～｜～石｜～螺鈿｜花的地面。

慊 qiàn〈書〉不滿足；憾恨：彼以其爵，我以吾義，吾何～乎哉？(他有他的爵位，我有我的義，我為甚麼覺得比他少了甚麼呢？)
另見 qiè (1085頁)。

蒨 qiàn〈書〉同"茜"(qiàn)。

壍 （壍）qiàn ❶隔斷交通的壕溝：～壕｜天～｜高壘深～。❷〈書〉比喻障礙，困難：吃一～，長一智。

【壍壕】qiànháo〔名〕(條,道)在陣地前方挖掘的壕溝。修有射擊掩體，用來防禦或進攻。

歉 qiàn ❶收成不好（跟"豐"相對）：～收｜～歲｜以豐補～。❷對不住人的心情；過意不去的心態：抱～｜道～｜深致～意。

【歉疚】qiànjiù〔形〕因覺得對不住別人而內心不

安：沒照顧好，深感～。

【歉年】qiànnián〔名〕收成不好的年份（跟"豐年"相對）：今年持續乾旱缺水，是～。

【歉收】qiànshōu〔動〕收成不好（跟"豐收"相對）：今年水災，糧食～了。

【歉意】qiànyì〔名〕抱歉的心意：表示～｜謹致～。

【歉仄】qiànzè〔形〕〈書〉歉疚。

綪（绩）qiàn〈書〉❶ 紅色絲織物。❷ 紅色。

槧（椠）qiàn ❶古代書寫記事用的木板：斷木為～。❷〈書〉書的刻本、版本：宋～（宋代版本，通稱宋版）。

縴（纤）qiàn〔名〕拉船用的繩子：～繩｜他們在岸上拉著～往前走。
"纤"另見 xiān"纖"（1467 頁）。

【縴夫】qiànfū〔名〕（名）指給船家用縴繩沿水路拉船，以掙錢維持生活的人。

【縴路】qiànlù〔名〕（條）縴夫拖船走出來的路。

【縴繩】qiànshéng〔名〕用來拉船的繩子。

【縴手】qiànshǒu〔名〕舊時給人介紹買賣，租賃房地產並從中取利的人。也叫拉縴的。

qiāng ㄑㄧㄤ

羌〈羗羌〉Qiāng ❶ 中國古代民族，原住青海及四川、新疆一帶，東漢時移居今甘肅一帶。東晉時建立後秦（公元 384–417 年）。❷ 民族：～民。❸〔名〕姓。

【羌笛】qiāngdí〔名〕（支）羌族管樂器，兩根管並在一起，各有孔六個，長約 80 厘米，竪着吹。

【羌活】qiānghuó〔名〕（株）多年生草本植物，葉背稍顯白色，莖帶紫色，花黃色或白色，根可入藥，有鎮痛、發汗、利尿等功用。

【羌族】Qiāngzú〔名〕中國少數民族之一，人口約 30.9 萬人（2010 年），主要分佈在四川阿壩藏族羌族自治州。羌語是本民族語言，羌族的祖先党項羌曾創造使用過西夏文。

戕qiāng / qiáng〈書〉殺害：自～（自殺）｜～戮｜互爭相～。

【戕害】qiānghài〔動〕〈書〉傷害：血案中，他們一家慘遭～。

【戕賊】qiāngzéi〔動〕〈書〉傷害；損害：～身心。

斨qiāng 古代一種斧子。

將（将）qiāng〈書〉願；請：～子無怒（請你不要生氣）。
另見 jiāng（650 頁）；jiàng（654 頁）。

腔qiāng ❶ 動物身體內部中空或裝有臟器的部分：口～｜胸～｜腹～｜滿～熱血。❷ 物體像腔的部分：爐～。❸（～兒）話：開～｜答～。❹（～兒）〔名〕樂曲的調子：高～｜

花～兒｜荒～走板。❺（～兒）〔名〕說話的聲調：京～兒｜南～北調。❻〔量〕用於宰殺過的羊：一～羊。

語彙	幫腔	鼻腔	唱腔	搭腔	腹腔	高腔	官腔
	花腔	京腔	開腔	口腔	昆腔	顱腔	滿腔	盆腔
	秦腔	聲腔	體腔	胸腔	裝腔	弋陽腔	野調無腔

【腔調】qiāngdiào〔名〕❶ 戲曲唱腔中成系統的曲調，如二黃、西皮等。❷ 樂曲的聲律：～優美。❸ 論調：他們都是一個。❹ 口音；語調：聽他說話的～是南方人。

戲曲腔調舉例

京戲有高亢剛勁、活潑明快的西皮，沉着穩重、凝練嚴蕭的二黃；川劇有細膩婉轉的昆腔，高亢激昂的高腔；徽劇有吹腔、高撥子｜越劇有四工調、弦下調等。

搶（抢）qiāng ❶〈書〉觸；撞：呼天～地。❷ 同"戧"（qiāng）①。
另見 qiǎng（1078 頁）。

嗆（嗆）qiāng〔動〕水或食物進入氣管，引起咳嗽或噴出：吃飯吃～了｜慢慢喝，別～着。
另見 qiàng（1078 頁）。

瑲（玱）qiāng〔擬聲〕〈書〉形容玉器相撞擊的聲音。

槍（枪）qiāng〈㊀鎗〉❶〔名〕（支，桿）一種舊式武器，長柄的一端裝有尖銳的金屬頭：紅纓～｜標～｜長～。❷〔名〕（支，桿，條，把）通常指口徑在 2 厘米以下，利用火藥氣體壓力發射彈頭的武器：手～｜步～｜機～｜嚴屬打擊持～搶劫。❸ 槍形的器物：焊～｜電子～｜鴉片煙～。❹（Qiāng）〔名〕姓。
㊀ 槍替：～手。

語彙	標槍	步槍	焊槍	花槍	火槍	機槍	冷槍
	獵槍	馬槍	鳥槍	氣槍	手槍	水槍	煙槍	駁殼槍
	衝鋒槍	盒子槍	紅纓槍	回馬槍	機關槍	卡賓槍
	來复槍	信號槍	臨陣磨槍	舌劍唇槍

【槍斃】qiāngbì〔動〕❶ 用槍把人打死（多指執行死刑）。❷ 比喻將某種事物或項目廢除或否定：他搞出來的方案被領導～了。

【槍彈】qiāngdàn〔名〕❶ 用槍發射的彈藥，包括彈藥筒、底火、發射藥、彈頭。❷ 專指彈頭。以上通稱子彈。

【槍法】qiāngfǎ〔名〕❶ 用槍實彈射擊的技術：

他～十分高明，真是個神槍手。❷運用舊兵器長槍長矛的技術：～嫻熟。

【槍桿子】qiānggǎnzi〔名〕槍身；泛指武器或武裝力量：拿起～上前綫｜～裏面出政權。

【槍決】qiāngjué〔動〕槍斃：對罪犯驗明正身，執行～。

【槍口】qiāngkǒu〔名〕槍管前端出口；泛指打擊的方向：把～對準靶子｜不能把～對着人民。

【槍林彈雨】qiānglín-dànyǔ〔成〕槍如林，彈如雨。形容火力密集，戰鬥激烈：冒着～衝鋒陷陣。

【槍炮】qiāngpào〔名〕槍和炮，泛指武器：古代打仗用刀劍，現代打仗用～。

【槍殺】qiāngshā〔動〕用槍打死（常用於無辜不幸的情況）：～無辜｜慘遭～。

【槍傷】qiāngshāng〔名〕被子彈擊中的創口：他臂上有～。

【槍聲】qiāngshēng〔名〕射擊和子彈爆炸發出的聲響：聽到遠處的～｜夜裏～不斷。

【槍手】qiāngshǒu ㊀〔名〕❶古代指持槍矛的兵士。❷（位，名）射擊手。㊁〔名〕冒名代人參加考試的人：他不該作弊去當～。

【槍替】qiāngtì〔動〕冒名頂替，代人參加考試。

【槍托】qiāngtuō〔名〕槍後部便於握持的部分，作用是固定和保護槍身且便於使用。也叫槍柄。

【槍械】qiāngxiè〔名〕槍的總稱。

【槍眼】qiāngyǎn〔名〕❶在碉堡或牆壁上開的小孔，用來向外射擊：堵～。❷（～兒）槍彈打出的洞：牆上有很多～兒。

【槍戰】qiāngzhàn〔名〕用槍射擊的戰鬥：激烈的～｜～片。

【槍支】qiāngzhī〔名〕槍的總稱：～彈藥｜收繳～。

【槍子兒】qiāngzǐr〔名〕（顆）〈口〉❶槍彈。❷子彈頭：吃～。

蜣
qiāng 見下。

【蜣螂】qiānglāng〔名〕（隻）昆蟲，背有堅硬的甲殼，胸部和腳有黑褐色長毛，會飛，以動物屍體或糞尿為食，常把糞滾成球形。俗稱屎殼郎。

戧（戗）
qiāng/qiàng〔動〕❶逆；反着方向（進行）：～風行船｜～轍駛車〔逆向駕駛車輛）。❷爭執；言語衝突：兩人想的根本不一樣，一說就～。

另見 qiàng（1079頁）。

錆（锖）
qiāng 見下。

【錆色】qiāngsè〔名〕某些礦物因氧化在表面形成的薄膜的色彩，常不同於礦物的原有顏色。

醮（酶）
qiāng〔名〕藏族的青稞酒。

蹡（跄）
qiāng 見下。
另見 qiàng（1079頁）。

【蹡蹡】qiāngqiāng〔形〕〈書〉行走合乎禮法，有節奏。也作蹌蹌。

蹌（跄）
qiāng 見下。
另見 qiàng（1079頁）。

【蹌蹌】qiāngqiāng 同"蹡蹡"。

鏘（锵）
qiāng 見下。
另見 qiāng（1078頁）。

【鏘水】qiāngshuǐ〔名〕強酸的俗稱：硝～。

鏹（锵）
qiāng〔擬聲〕形容敲擊金屬器物的聲音：鼓聲咚咚，鐘聲～～｜咚～～，咚咚～。

qiáng ㄑㄧㄤ

強（强）〈彊〉
qiáng ❶〔形〕強壯；力量大（跟"弱"相對）：身～力壯｜民富國～｜業務能力很～。❷〔形〕程度標準高：要～｜紀律性～｜責任心很～。❸〔形〕優勝；好（用於比較）：日子過得比以往～｜得多。❹〔形〕用在分數或小數後面，表示略多於此數（跟"弱"相對）：三分之一～。❺使用強力：～佔｜～制。❻使強大或強壯：富國～兵｜～身之道。❼力量大的人或勢力：豪～｜列～｜弱肉～食。❽（Qiáng）〔名〕姓。

另見 jiàng（654頁）；qiǎng（1077頁）。

語彙　逞強　富強　剛強　高強　豪強　好強　加強　堅強　列強　頑強　壓強　增強　走強　年富力強

【強暴】qiángbào ❶〔形〕強橫殘暴：～的行徑。❷〔名〕強暴的勢力；強暴的人：不畏～｜誅除～｜抗擊～。❸〔動〕強奸；施暴：幸虧路人搭救，她才免遭～。

【強大】qiángdà〔形〕力量雄厚，氣勢威猛：～的國防｜和平力量越來越～。

【強檔】qiángdàng ❶〔名〕影視節目播映或商品上市的最佳時間段：晚間黃金～｜～熱播。❷〔形〕屬性詞。強有力的；檔次高的：～組合｜～機型。

【強盜】qiángdào〔名〕搶劫財物的壞人；也指侵略者：一夥～兒｜～行為｜～頭子｜～邏輯｜法西斯～。

【強調】qiángdiào〔動〕特別着重指出或提出：～安全生產｜他總是～情況特殊。

【強度】qiángdù〔名〕❶物體經受外力（多指機械力）的能力：鋼的～｜抗震～。❷聲、光、電、磁等的強弱及作用力的大小：音響～｜磁場～｜輻射～｜勞動～。

【強渡】qiángdù〔動〕以火力掩護強行渡過（江河）：長征中紅軍～金沙江。

【強攻】qiánggōng〔動〕❶用強大的力量猛烈攻

擊：～敵軍陣地。❷足球、籃球比賽時強力進攻：～籃下｜～破門，射進一球。

【強固】qiánggù〔形〕堅固；牢固：工事～｜打下～的工業基礎。

【強國】qiángguó ❶〔名〕在國際事務中有權威、有影響的國家：現代化～。❷〔動〕使國家富裕強大：～富民｜實現四化乃～之本。

【強悍】qiánghàn〔形〕勇猛強橫，無所顧忌：民風～｜性格～。

【強橫】qiánghèng〔形〕兇惡蠻橫，不講道理：～無理｜對方～地拒絕了我們的要求。

【強化】qiánghuà〔動〕加強；使增強鞏固（跟"弱化"相對）：～法律意識｜～訓練。

【強化食品】qiánghuà shípǐn 在加工時添加原食品缺少或不具有的維生素、無機鹽、氨基酸、蛋白質等營養成分的食品。

【強加】qiángjiā〔動〕將人家不同意的意見和做法強迫人家接受：意見雖好，但不要～於人。

【強奸】qiángjiān〔動〕❶男子強迫女子性交：～犯。❷比喻強迫別人使屈從：～民意。

<u>辨析</u> 強奸、強暴 "強暴"本來是形容詞，指強橫兇暴，如"強暴的作風"。也是名詞，指強暴的勢力，如"共除強暴"。"強暴"後有了新用法，產生了新義，同於動詞"強奸"，含有施暴以達目的的意思，如"騷亂中，暴徒強暴婦女""騷亂期間，有多名婦女被強暴"。"強奸"有比喻義，如"強奸民意"，"強暴"不能這樣用。

【強健】qiángjiàn〔形〕身體健康、強壯：體魄～｜練出的肌肉。

【強將手下無弱兵】qiángjiàng shǒuxià wú ruòbīng〔俗〕將領能力強，部下也一定不弱。好的將領一定能訓練出一支好的隊伍。比喻高強的領導，不會有無能的部下。也比喻高明的領導能帶出一支好的隊伍：～，有這位老將做排球隊的教練，奪取冠軍，指日可待。

【強勁】qiángjìng〔形〕強大有力：～的海風吹得船身顛簸起來｜我軍攻勢～，敵軍節節敗退。

【強力】qiánglì〔名〕❶強大的力量或效力：～制伏罪犯｜～殺菌。❷物體對外力作用的抵抗能力：將木板加厚，以增加其～。

【強烈】qiángliè〔形〕❶強大猛烈；強硬激烈：午後的陽光十分～｜～的求知欲｜～抗議｜～要求｜～反對這種意見。❷鮮明突出，程度很深：～的對比｜～的印象。

【強令】qiánglìng〔動〕用強制方式命令：～拆除違章建築。

【強龍不壓地頭蛇】qiánglóng bùyā dìtóushé〔俗〕地頭蛇：比喻在地方上橫行霸道的壞人。比喻外來勢力再強大，也鬥不過盤踞地方的勢力：他不想得罪地方上的頭面人物，～嘛。

【強弩之末】qiángnǔzhīmò〔成〕《漢書·韓安國傳》：

"強弩之末，力不能入魯縞。"強弓射出的箭，最後力量已弱了，連魯縞（薄綢子）都射不透。比喻原來強大的力量已經衰弱，起不了甚麼作用：敵人的重點進攻同樣遭到挫敗，成了～。

【強權】qiángquán〔名〕某些國家欺壓、侵略別國所憑藉的軍事、政治、經濟各方面的強大權勢：～政治｜～即公理，這是帝國主義的邏輯。

【強人】qiángrén〔名〕❶強盜：路上遇到一夥～。❷〔位〕能力強、建樹大的人士：她可算是個女～，公司管理得井井有條。

【強身】qiángshēn〔動〕使身體強壯：～健體｜保健食品有～作用。

【強盛】qiángshèng〔形〕（國家、民族、集團）強大昌盛：我們的國家一天天～起來了｜經過多年努力，公司日益～。

【強勢】qiángshì〔名〕❶較強的發展上升的趨勢（跟"弱勢"相對）：該股本周仍將保持～｜汽車生產呈～。❷強大的勢力：～群體｜～地位。

【強手】qiángshǒu〔名〕❶水平高、實力強的人或單位：他既是管理行家，又是生產～｜這兩家公司合併，是～聯合。❷實力強大的競爭對手：他在比賽中不畏～，是個很有潛力的好苗子。

【強似】qiángsì〔動〕勝過；超過：今年收成～去年。也說強如。

【強酸】qiángsuān〔名〕酸性反應強烈的酸，在水溶液中能產生大量的氫離子，如硫酸、硝酸、鹽酸等。俗稱鏹水。

【強徒】qiángtú〔名〕強盜。

【強項】qiángxiàng ㊀〔形〕〈書〉不肯低頭。形容秉性剛直不肯屈從：生性～。㊁〔名〕❶體育比賽中實力強、有優勢的項目（跟"弱項"相對）：中長跑是這個田徑運動員的～。❷泛指有實力、有優勢的方面（跟"弱項"相對）：在諸多學習科目中，外語是他的～。

強項令的故事

《後漢書·酷吏列傳》載，光武帝姐姐湖陽公主的一個男僕，殺人後藏進公主府。洛陽令董宣趁他護衛公主外出時，當着公主的面將他斬決。公主到光武帝前告狀，光武帝大怒，召來董宣，準備將他處死。董宣毫不畏懼，反問："陛下中興，如包庇殺人犯，將如何治理天下？"光武帝無言以對，只得命董宣向公主叩頭認錯了事。不料董宣兩手撐地，任憑左右侍衛強按其頭，硬是梗着脖子不肯垂下。光武帝無奈何，只得放了這個"強項令"。從此洛陽城裏貴族豪強再也不敢橫行不法了。

【強心藥】qiángxīnyào〔名〕❶能增強心臟功能、改善血液循環的藥物，用於治療心力衰竭。❷比喻能增強人和組織的活力，促使健康發展的措施方法等：股票批准上市的消息，對於公司來說，無疑是一針～。

【強行】qiángxíng〔副〕施加壓力強迫或強制進行：～闖入｜～登陸｜～通過一項議案。

【強行軍】qiángxíngjūn〔動〕部隊執行緊急任務時高速行軍。

【強硬】qiángyìng〔形〕強有力而不妥協：措辭～的聲明｜提出～抗議｜態度十分～。

【強有力】qiángyǒulì〔形〕堅決有力；強度、力度大：採取～的行動｜措施～，方法順民心。

【強佔】qiángzhàn〔動〕❶ 用強制手段侵佔：不許～民房。❷ 用兵力攻佔：～灘頭陣地。

【強者】qiángzhě〔名〕❶ 實力或力量強大的人或國家：～不恃強，弱者不示弱。❷ 堅強而不畏難、敢拚搏的人：他身志堅，是生活的～。

【強制】qiángzhì〔動〕用政治、法律、經濟等手段強迫：～執行｜不能～人們接受一種藝術風格或一種學派。

【強中自有強中手】qiáng zhōng zìyǒu qiáng zhōng shǒu〔俗〕強者之中仍有更強的人。指學問、技術能者眾多，不可囿於一隅，自高自大：雖然在大賽中奪了冠，但～，大家還要繼續努力。

【強壯】qiángzhuàng❶〔形〕身體健壯，有力氣：來了一群～的小夥子幫著搬家。❷〔動〕使強壯：～劑｜他堅持晨練，～身體。

薑 qiáng 用於地名：木～（在廣東）。

嬙（嬙）qiáng ❶ 古代宮廷女官：嬪～。❷ 見於人名：毛～（古代美女）。

薔（薔）qiáng 見下。

【薔薇】qiángwēi〔名〕❶（棵，株）落葉灌木，莖細長，莖上有刺，羽狀複葉，葉長圓形，夏初開花，味芳香，有紅、黃、白等顏色。果實可入藥，有利尿作用。❷（朵）這種植物的花：一枝～。

檣（檣）〈艢〉qiáng〔書〕桅杆：～櫓｜～帆～。

牆（墙）〈墻〉qiáng ❶〔名〕（堵，垛）道 用磚、石、竹、木、土等築成的承房頂的支撐物或隔開內外的屏蔽物：磚～｜院～｜客廳四面都有一段短木。❷ 物體上像牆的部分：起～（封套、袋子的寬脊部分）｜女～（城牆上的短牆）。❸（Qiáng）〔名〕姓。

語彙 城牆 女牆 騎牆 山牆 圍牆 蕭牆 隔斷牆 狗急跳牆 鐵壁銅牆 兄弟鬩牆

【牆報】qiángbào〔名〕機關、部隊、學校、團體辦的報，把文稿、圖畫等組合成大張的紙貼在牆上，或用粉筆直接寫畫在塗黑的牆壁上。也

叫壁報。

【牆壁】qiángbì〔名〕牆。

【牆倒眾人推】qiángdǎo zhòngrén tuī〔諺〕比喻人受挫折或失勢時，其他人乘機打擊：人家一犯錯誤，就～，這樣很不好。

【牆根】qiánggēn（～兒）〔名〕牆的下部跟地面相接的部分：老人靠着～兒曬太陽。

【牆角】qiángjiǎo（～兒）〔名〕兩堵牆相銜接的部分及其附近：在公園大門外～兒等我｜她坐在屋內靠～兒的一把椅子上。

【牆腳】qiángjiǎo〔名〕❶ 牆根。❷ 比喻基礎：挖別人的～（指拆台，把別單位的人才、技術弄到自己的單位）。

【牆裏開花牆外香】qiánglǐ kāihuā qiángwài xiāng〔俗〕比喻人才或技術在本處不受重視而在外邊卻有名聲受歡迎。

【牆裙】qiángqún〔名〕加裝在房屋內牆壁下半部起裝飾和保護作用的部分，上端一般與窗台相平，多用木板材料製成：木～｜他家裝修不做～。

【牆頭】qiángtóu〔名〕❶（～兒）牆的頂端或上部：～草｜騎～。❷ 房舍、牲口圈周圍矮而短的圍牆：壘～。

【牆頭草】qiángtóucǎo〔名〕牆頭上的草隨風搖曳，東倒西歪，用來比喻立場不堅定、看風使舵的人：～，兩邊倒，他這種人，靠不住。

【牆垣】qiángyuán〔名〕〈書〉牆：古廟已不存在，只剩下幾段未倒塌的～。

【牆紙】qiángzhǐ〔名〕（張）壁紙。

qiǎng ㄑㄧㄤˇ

強（強）〈彊〉qiǎng ❶ 勉強：～笑｜牽～｜～不知以為知。❷ 硬要；迫使：～詞奪理｜～人所難。
另見 jiàng（654 頁）；qiáng（1075 頁）。

語彙 勉強 牽強

【強逼】qiǎngbī〔動〕強迫：不要～他馬上承認錯誤，要允許他有個認識過程。

【強辯】qiǎngbiàn〔動〕用詭辯的辦法，站不住腳的理由為自己辯解：沒有道理，就別～了。

【強詞奪理】qiǎngcí-duólǐ〔成〕強詞：勉強的理由；奪理：硬說有道理。形容無理強辯：這篇文章～，顛倒是非，不值一駁。注意 這裏的"強"不讀 qiáng。

【強買強賣】qiǎngmǎi-qiǎngmài 在市場上強迫別人購買或出售：堅決打擊～、欺行霸市的不法商販。

【強迫】qiǎngpò〔動〕用施壓手段使順從：～命令｜～不明國籍的飛機降落。

【強求】qiǎngqiú〔動〕勉強要求；硬要求：男女之

情靠緣分，不可～｜各地情況有差別，不能～一律。

【強人所難】qiǎngrénsuǒnán〔成〕勉強別人做他不能做或不願做的事：我唱歌跑調，你就別～了。

【強使】qiǎngshǐ〔動〕用壓力迫使（做某事）：你不能～別人給你幹活兒。注意"強使"後多跟動詞性賓語，如"強使通過""強使居民拆遷"等。

【強顏】qiǎngyán〔動〕〈書〉臉上勉強露出：～歡笑。

搶（抢）qiǎng ⊖〔動〕❶ 搶劫：銀行被～了。❷ 搶奪：～球｜他把信～了過去。❸ 搶先；爭先：～步上前｜～着幹重活兒。❹ 趕緊；突擊：～購｜～收｜～種｜～修。

⊜〔動〕把物體表面的一層擦掉或刮去：磨剪子～菜刀｜腿上～掉一塊皮｜把牆上的灰～乾淨才能貼瓷磚。

另見 qiāng（1074 頁）。

【搶白】qiǎngbái〔動〕當面嘲笑諷刺或挖苦責備：本是一番好意，反被她～了一頓。

【搶答】qiǎngdá〔動〕爭搶着回答提問（多用於知識競賽）：～得分｜～比賽｜～題。

【搶點】qiǎngdiǎn ⊖〔動〕指足球比賽中搶佔有利位置：～射門。⊜〔動〕火車、汽車等因晚點而加快行駛速度，趕上正點：～運行。

【搶渡】qiǎngdù〔動〕搶先迅速渡過河、海（多指軍事行動）：～黃河｜～海峽。

【搶奪】qiǎngduó〔動〕用強力奪取別人的財物；也比喻非正當獲得別人成果：這夥歹徒專門～單身女性的手提包｜～勝利果實。

【搶購】qiǎnggòu〔動〕（因怕受損或為謀利）搶着購買：食油緊缺的流言一出，居民都去～｜紀念金幣被～一空。

【搶紅燈】qiǎng hóngdēng 車輛或行人在路口搶在紅燈亮起之前急速通過：這起車禍是因司機～造成的。

【搶劫】qiǎngjié〔動〕用暴力搶奪別人財物，據為己有：～犯｜持刀～。注意"搶劫""搶奪"作為法律術語，有明確的界定。用暴力、脅迫或其他方式強行將公私財物據為己有的是"搶劫"罪；奪取數額較大的公私財物，但沒有使用暴力或暴力威脅等侵犯被害人人身權利的是"搶奪"罪。

【搶鏡頭】qiǎng jìngtóu ❶ 搶拍精彩的鏡頭：入場式開始的時候，各家記者都忙着～｜爸爸把相機對着可愛的小寶寶，準備隨時～抓拍。❷ 搶着在鏡頭中出現或搶佔鏡頭中的最好位置。也指吸引人注意：她不是那種～的人，平常做事很低調｜為了呈現自己的風采，參賽者都在妝飾上用心機～。

【搶救】qiǎngjiù〔動〕危急時採取應急措施迅速救護：～病人｜～國家財產｜～水淹了的莊稼。

【搶掠】qiǎnglüè〔動〕用暴力非法奪取（別人的財物或資源）：～礦產資源｜侵略者在村裏燒殺～，無所不為。

【搶拍】qiǎngpāi〔動〕抓住最佳瞬間趕緊拍攝（區別於"擺拍"）：這些具有歷史意義的鏡頭，都是攝影師～下來的。

【搶時間】qiǎng shíjiān 抓緊時間做某事；搶在某一時間之前：農活有季節性，必須～｜雨季快來了，水利工程要～完成。

【搶收】qiǎngshōu〔動〕作物成熟時搶時間收割，以免遭受損失：～搶種。

【搶手】qiǎngshǒu〔形〕指商品銷售很快，人們爭着購買：這種品牌的彩電外形美觀，質優價廉，在市場上十分～｜～貨。

【搶灘】qiǎngtān〔動〕❶ 軍事上指搶佔灘頭陣地：陸戰隊乘快艇逼近海岸～。❷ 商業上借指佔領市場：世界著名快餐店紛紛～新開發區。

【搶先】qiǎng∥xiān（～兒）〔動〕行動搶在別人前頭：醫院掛號難，今早我搶了個先兒｜商標已有人～註冊，我們反而陷入被動。

【搶險】qiǎngxiǎn〔動〕在出現險情時，緊急處理、救助：黃河水位已高出常年，危險堤段要快速～｜～救災。

【搶修】qiǎngxiū〔動〕情況危急時突擊修復，或為了提前完成任務突擊修建：～鐵路橋樑｜～河堤。

【搶眼】qiǎngyǎn〔形〕引人注目；顯眼：她那一身打扮十分～｜商店裝修一新，很～。

【搶佔】qiǎngzhàn〔動〕❶ 搶先佔領：～高地｜～有利地形。❷ 用強力佔有或非法佔有：嚴禁～農民耕地，興建樓台館所。

【搶種】qiǎngzhòng〔動〕為了不違農時，抓緊時機突擊播種：～晚稻。

羥（羟）qiǎng 見下。

【羥基】qiǎngjī〔名〕氫氧基（—OH）原子團。

襁（繦）qiǎng〈書〉背小孩子的寬帶子。

【襁褓】qiǎngbǎo〔名〕❶ 包裹嬰兒的布或被；也比喻新生事物產生的地方：他還在～中父親就去世了｜這種新理念雖尚在～之中，但生命力極其旺盛。❷ 借指嬰兒時期：從～到成人，都得到父母的愛。

鏹（镪）qiǎng 古代指成串的錢：藏～巨萬。
另見 qiāng（1075 頁）。

qiàng ㄑㄧㄤˋ

嗆（嗆）qiàng〔動〕刺激性氣體鑽進鼻孔、嗓子等器官而感到不舒服：～嗓子｜炸辣椒的味兒～鼻子｜煙把我～得直咳嗽。
另見 qiāng（1074 頁）。

【嗆聲】qiàngshēng〔動〕台灣地區用詞。公開表達強烈批評或反對：民眾不滿裁決，紛紛上街～。

戗（戗）qiàng ❶〔名〕支撐柱子或牆壁使免於傾倒的斜柱或其他支撐物：牆已傾斜，要使～來撐住。❷〔動〕支撐：這堵牆要倒，快拿柱子來～住。
另見 qiāng（1075 頁）。

熗（炝）qiàng〔動〕❶ 烹飪法的一種，將原料放在沸水中略微一煮即取出，用香油、醬油、醋等作料拌一下再食用：～綠豆芽兒。❷ 烹飪法的一種，油鍋燒熱後，在放入主菜前，先放入葱、蒜等略炒，使有香味：先把葱花兒放在熱油裏一一～。

蹌（跄）qiàng／qiāng 見下。
另見 qiàng（1075 頁）。
【蹌踉】qiàngliàng〔動〕〈書〉踉蹌。也作蹡踉。

蹡（蹡）qiàng 見下。
另見 qiàng（1075 頁）。
【蹡踉】qiàngliàng 同 "蹌踉"。

qiāo ㄑㄧㄠ

悄 qiāo／qiǎo 見下。
另見 qiǎo（1082 頁）。
【悄悄】qiāoqiāo（～兒）〔副〕不聲不響或聲音很低：～離開｜～出動。
【悄悄話】qiāoqiāohuà（～兒）〔名〕低聲說的不讓別人聽到的話；私下說的知心話：上課時專心聽講，不要說～｜女兒和媽媽說了一晚上～兒。

雀 qiāo 見下。
另見 qiǎo（1082 頁）；què（1118 頁）。
【雀子】qiāozi〔名〕〈顆〉雀斑（quèbān）。

劁 qiāo〔動〕〈口〉閹割（牲畜的睪丸或卵巢）：～刀｜他家的豬早就～了。

敲 qiāo〔動〕❶ 叩擊較硬的物體使發出聲音：～門｜～鼓｜掛鐘～了十二下。❷〈口〉敲詐；敲竹槓：給～去五塊錢｜他得獎了，得～他一頓飯。

語彙　推敲　零打碎敲

【敲邊鼓】qiāo biāngǔ〔慣〕比喻在旁邊幫腔助勢，或做些事輔助主要工作：咱倆說好了，你當家，我給你～｜這話須得你自己去找他說，我們旁人只能敲敲邊鼓。
【敲打】qiāodǎ（-da）〔動〕❶ 撞擊硬質物體：晚會在～得十分熱鬧的鑼鼓聲中開始了。❷（北京話）提醒；批評：他太懶，你得時時～～才成｜有個人在身旁～着點兒好得多。
【敲定】qiāodìng〔動〕拍賣行敲皮槌表示買賣最後成交；泛指做事最後確定：你明日坐飛機去，跟他們經理～交貨時間。
【敲骨吸髓】qiāogǔ-xīsuǐ〔成〕砸碎骨頭吮吸骨髓。比喻殘酷地壓榨剝削；地主豪紳巧立名目，在窮人身上～。

【敲門磚】qiāoménzhuān〔名〕比喻藉以求得名利，達到目的就丟棄的東西：不能把考文憑當作晉升職務的～。
【敲詐】qiāozhà〔動〕依仗權勢或抓住把柄弱點進行威脅、欺騙以索取財物：～勒索｜～錢財。
【敲竹槓】qiāo zhúgàng〔慣〕利用別人的弱點找藉口索取財物或抬高物價：訂一張火車票竟然要 100 元手續費，真是～。

墝（堯）qiāo〈書〉（土地）堅硬貧瘠：～埆（-què，土地瘠薄）｜地有肥～。

橇 qiāo ❶〔名〕在冰雪上滑行的交通工具，多用馬拉：雪～。❷ 古時在泥路上滑行的交通工具：泥行乘～。

幧 qiāo 見下。
【幧頭】qiāotóu〔名〕古代男子裹髮的頭巾：脫帽着～。也叫帩頭（qiàotóu）。

磽（硗）qiāo 見下。
【磽薄】qiāobó〔形〕〈書〉（土地）貧瘠堅硬，不肥沃：化～為膏腴。

鍬（锹）qiāo〔名〕〈把〉鐵鍬：帶一把～去鏟雪｜一～土｜兩～煤。

蹺（跷）〈蹻〉qiāo ❶〔動〕抬起（腿）；豎起（指頭）：～起腿｜～着大拇指。❷〔動〕腳尖着地把腳跟抬起：～着腳也夠不着樹上的蘋果。❸〔名〕高蹺：～隊｜踩～（表演高蹺的技藝）｜登着～扭秧歌。
"蹻"另見 juē（725 頁）。

語彙　高蹺　踩蹺

【蹺工】qiāogōng（～兒）〔名〕舊戲曲中的花旦、武旦、刀馬旦綁上木製假足（小腳兒）的走動步法，叫作踩蹺。踩蹺的技藝叫作蹺工。跟芭蕾舞的技藝相同，但更難練習，因為踩上蹺要求站在那裏不動持續很長時間。因形象不美，現在一般不用了。
【蹺捷】qiāojié〔形〕〈書〉身手敏捷：～若飛。
【蹺蹊】qiāoqi〔形〕蹊蹺。
【蹺蹺板】qiāoqiāobǎn〔名〕兒童遊樂器具，長木板中間安軸，再裝在支柱上，人坐在兩端，一上一下起伏取樂。
【蹺足】qiāozú〔動〕〈書〉抬起腳後跟：～以待（表示熱切企望）。

繰（缲）qiāo〔動〕做衣服邊兒或帶子時，把布邊折進去，然後藏着針腳縫（féng）：給枕布～邊兒｜～一根帶子。
另見 sāo（1160頁）。

qiáo ㄑㄧㄠˊ

莐 qiáo 古指錦葵。
另見 qiáo "蕎"（1080頁）。

喬（乔）qiáo ❶ 高大的：遷於～木。❷ 假扮：～裝巧扮。❸（Qiáo）〔名〕姓。

【喬扮】qiáobàn〔動〕喬裝打扮；假扮：偵察員～成商人，進入了敵佔區。

【喬木】qiáomù〔名〕（棵，株）有高大樹幹，主幹、支幹區分明顯的木本植物，如松、柏、白楊等（區別於"灌木"）。

【喬其紗】qiáoqíshā〔名〕一種柔軟、有精緻皺紋的絲織物，輕盈透明，常用來製夏季婦女服裝、舞裙或窗簾等。［法 crêpe georgette］

【喬遷】qiáoqiān〔動〕《詩經·小雅·伐木》："出自幽谷，遷於喬木。"意思是鳥從幽谷中出來，飛到大樹上。後用"喬遷"祝賀人搬家或官職升遷：～之喜｜聽說你們的新居已裝修完畢，很快就要～了｜他原是處長，快要～司長之職了。

【喬裝】qiáozhuāng〔動〕改換服飾來隱瞞自己的身份：～打扮｜他～成乞丐，逃過了追捕。

【喬裝打扮】qiáozhuāng-dǎbàn〔成〕改換形象，裝扮成另外模樣，以隱瞞自己的身份。

僑（侨）qiáo ❶ 僑居：～民｜～胞｜～匯❷ 寄居國外的人：華～｜日～｜歸～。❸（Qiáo）〔名〕姓。

【僑胞】qiáobāo〔位，名〕僑居國外的同胞：愛～｜海外～。

【僑匯】qiáohuì〔名〕（筆，宗）僑民寄回本國的款項。

【僑居】qiáojū〔動〕在外國居住。舊時也指在外鄉居住：老教授～海外四十多年。

【僑眷】qiáojuàn〔名〕（位）僑民在國內的親屬：華僑和～為祖國做出很大的貢獻。

【僑領】qiáolǐng〔名〕（位）僑民中的領袖人物：陳嘉庚是中國著名愛國～。

【僑民】qiáomín〔名〕（位）住在國外而仍有本國國籍的居民。

〔辨析〕僑民、移民 "移民"指遷移到外地或外國居住的人，是以永久定居為目的的；"僑民"指住在外國而仍具有本國國籍的居民。

【僑商】qiáoshāng〔名〕僑民中從事商業活動的人，特指華僑商人：海外～紛紛回來投資辦廠。

【僑務】qiáowù〔名〕有關僑民的事務：～辦公室｜負責～工作。

【僑鄉】qiáoxiāng〔名〕僑民的故鄉；歸僑和僑眷較多的地區：廣東福建多～。

【僑資】qiáozī〔名〕（筆，宗）僑民投向本國的資本，特指華僑投入中國的資本。

嶠（峤）qiáo〈書〉山尖而高。
另見 jiào（667頁）。

憔〈顦癄〉qiáo 見下。

【憔悴】（蕉萃）qiáocuì〔形〕❶ 形容人瘦弱無神，像生病一樣：兩年不見，想不到她變得這麼～。❷ 困苦；勞苦：災民～｜群生～。

蕎（荞）〈莐〉qiáo ❶ 蕎麥。❷（Qiáo）〔名〕姓。
"莐"另見 qiáo（1080頁）。

【蕎麥】qiáomài〔名〕❶（棵，株）一年生草本植物，是糧食農作物，莖微紅，葉互生，花白色或淺紅，果實三角形，有稜，子實磨成粉供食用。❷（粒）這種植物的子實。

蕉 qiáo "蕉萃"，見"憔悴"（1080頁）。
另見 jiāo（659頁）。

橋（桥）qiáo〔名〕❶（座）架在水面上，接通河、海兩岸交通的建築物：木～｜修～補路。❷（座）建在交通要道上分流車輛、行人的橋狀建築物：過街天～｜立交～｜高架～。❸（Qiáo）姓。

語彙　搭橋　吊橋　浮橋　拱橋　鵲橋　天橋　引橋　正橋　獨木橋　鐵索橋　過河拆橋

中國古代四大名橋

趙州橋：又叫安濟橋。位於河北趙縣城南的洨河上，建於隋朝，距今已1400多年，是世界現存最古老的石拱橋；

洛陽橋：原名萬安橋。位於福建泉州東郊的洛陽江上，始建於北宋皇祐四年（1052年），成於嘉祐四年（1059年），是中國現存最早的跨海樑式大石橋；

盧溝橋：位於北京西南郊的永定河上，始建於金大定二十九年（1189年），成於明昌三年（1192年），以精美的石刻藝術享譽於世；

廣濟橋：又叫湘子橋。位於廣東潮州的韓江上，始建於南宋乾道六年（1170年），於寶慶二年（1226年）完成，是中國最早的開合活動式大石橋。

【橋洞】qiáodòng（～兒）〔名〕橋孔：半月形～｜因為有十七個～，所以取名十七孔橋。

【橋墩】qiáodūn〔名〕（座）架載橋樑的墩子，用石頭或鋼筋混凝土等築成。

【橋拱】qiáogǒng〔名〕橋洞的拱門：大橋有兩個彩虹似的～。

【橋基】qiáojī〔名〕（座）橋墩。

【橋孔】qiáokǒng〔名〕橋樑下面的孔洞：那座橋

有十七個～。

【橋樑】qiáoliáng〔名〕❶（座）橋。❷比喻能起連接或溝通作用的事物：商業是聯結生產和消費的～｜國際體育賽事是增進各國人民友誼的～。

【橋牌】qiáopái〔名〕一種撲克牌遊戲，四人分成兩組對抗，按規則叫牌、打牌，以得分多者為勝。

【橋頭】qiáotóu〔名〕橋樑兩端和岸連接的地方：～堡｜他站在～等朋友。

【橋頭堡】qiáotóubǎo〔名〕❶（座）在橋頭、渡口附近建立的碉堡、地堡或據點。❷（座）建在橋頭的類似碉堡的裝飾性建築物。❸泛指發出攻擊的據點。

【橋塊】qiáotù〔名〕〈書〉橋頭；橋畔。

樵 qiáo ❶〔名〕木柴：採～。❷〈書〉打柴：～夫｜這裏的人以漁～為生。❸（Qiáo）〔名〕姓。

【樵夫】qiáofū〔名〕（位）打柴的人。

礄（硚） qiáo ❶用於地名：～口（在湖北武漢）。❷（Qiáo）〔名〕姓。

瞧 qiáo ❶〔動〕〈口〉看：～病｜～熱鬧｜東～西～｜～一～再說｜你～着辦吧。❷（Qiáo）〔名〕姓。

語彙 小瞧　走着瞧

【瞧病】qiáo // bìng〔動〕〈口〉❶病人去醫院讓醫生給治病：快找大夫瞧瞧你的病吧！❷醫生給病人治病：仔細給病人～｜大夫在門診部瞧完了病再去查病房。

【瞧不起】qiáobuqǐ〔動〕〈口〉看不起；輕視：～人｜你～人家，人家也～你。

【瞧不上眼】qiáobushàngyǎn〔俗〕認為情況、條件差，不合心意：一連給她介紹了好幾個保姆，她總是～｜給她買的金項鏈，她～。

【瞧得起】qiáodeqǐ〔動〕〈口〉看得起；重視：人家來請你是～你，你別拿架子。

【瞧見】qiáo // jiàn (-jian)〔動〕〈口〉看見：他～那兩個人拐進了一條胡同｜別人都瞧得見，你為甚麼瞧不見？

盍（盉） qiáo 碗一類的器皿，形似缽而小。

翹（翹） qiáo ❶抬起（頭）：～望｜～首以待。❷〔動〕潮濕的木板、紙張等乾燥後變得彎曲不平：這本精裝書裝得不好，書皮～了。

另見 qiào（1082 頁）

【翹楚】qiáochǔ〔名〕〈書〉《詩經·周南·廣漢》："翹翹錯薪，言刈其楚。"翹：特出；錯薪：叢生的雜樹；刈：砍、割；楚：小喬木。意思是在叢生的雜樹中砍取長得高的枝條。後用"翹楚"比喻傑出的人才：醫中～。

【翹企】qiáoqǐ〔動〕〈書〉翹首企足，形容殷切地盼望：不勝～｜延頸～。

【翹首】qiáoshǒu〔動〕〈書〉抬起頭來（望）：～星空｜～仰望。

【翹望】qiáowàng〔動〕〈書〉❶抬頭遠望：臨峰～｜～遠方。❷殷切盼望：～已久。

譙（谯） qiáo ❶譙樓。❷（Qiáo）〔名〕姓。

【譙樓】qiáolóu〔名〕❶（座）〈書〉城門上的瞭望樓。❷鼓樓：～鼓鳴。

轎（轿） qiáo〔名〕馬鞍拱起的地方：鞍～。

qiǎo　ㄑㄧㄠˇ

巧 qiǎo ❶〔形〕技藝高超；精巧：能工～匠｜～奪天工｜手藝很～。❷〔形〕靈巧；心靈手～｜乖～｜她的嘴～，把老太太的心說活動了。❸〔形〕恰好；正趕上某種機會：～遇｜無～不成書｜偏～那天碰上了｜不～，票沒有買着。❹虛浮不實的；強詞奪理的：花言～語｜～辯。❺（Qiǎo）〔名〕姓。

語彙 湊巧　剛巧　乖巧　技巧　精巧　靈巧　碰巧　乞巧　恰巧　輕巧　取巧　手巧　小巧　正巧　熟能生巧

【巧奪天工】qiǎoduó-tiāngōng〔成〕人工的精巧勝過天然形成的。形容技藝高超：中國的工藝品～，譽滿全球。

【巧婦難為無米之炊】qiǎofù nánwéi wúmǐ zhī chuī〔俗〕聰明能幹的媳婦，沒有米也做不出飯來。比喻做事缺少應有的條件，再有本事的人也沒法做成：一無資金，二無設備，即使有一身力氣，也是～。

【巧幹】qiǎogàn〔動〕靈巧、科學地做：苦幹加～，改變山區落後面貌。

【巧合】qiǎohé〔形〕湊巧相合：兩次住院都跟他同一病房，純屬～。

【巧計】qiǎojì〔名〕（條）巧妙的計謀策略：略施～。

【巧匠】qiǎojiàng〔名〕技藝精湛的工匠：能工～。

【巧克力】qiǎokèlì〔名〕（塊）以可可粉為主要原料製成的甜食，可做成小塊，也可加在糕點上。也譯作朱古力。[英 chocolate]

【巧立名目】qiǎolì-míngmù〔成〕為達到某種不正當目的而想方設法編造出許多名目：不應～亂收費。

【巧妙】qiǎomiào〔形〕技巧、技術高超，異乎尋常：～的魔術｜手段很～｜偽裝得真～。

【巧取豪奪】qiǎoqǔ-háoduó〔成〕以欺詐手段騙取或用強力搶奪：清朝末期，列強～，中國自然資源損失嚴重。

【巧舌如簧】qiǎoshé-rúhuáng〔成〕《詩經·小

雅·巧言》："巧言如簧，顏之厚矣！"巧言：
花言巧語；如簧：這裏指像簧片發出的動聽的
聲音；顏之厚：指厚顏無恥。後用"巧舌如簧"
形容花言巧語，能說會道（多含貶義）：他謊話
連篇，縱然～，也令人聽信。

【巧手】qiǎoshǒu〔名〕❶（雙）靈巧的手：刺繡女
工都有一雙～。❷技藝高超的人：這幾個人個
個是～，木工、瓦工活兒都拿得起來。

【巧言令色】qiǎoyán-lìngsè〔成〕令：好，善。指
以動聽的話語，假裝和善的面孔來欺騙討好
（含貶義）：他靠着～、阿諛奉承，才得到領導
的信任。

【巧遇】qiǎoyù〔動〕無意間正好相遇或碰到：老
同學分手四十年，今日在此～。

悄 qiǎo ❶寂靜無聲或聲音很低：～聲｜無
一言｜低聲～語。❷〈書〉憂愁的樣子：勞
心～兮（勞心：憂心）。
另見 qiāo（1079頁）。

【悄然】qiǎorán〔形〕〈書〉❶憂愁的樣子：～落
淚｜憂思～。❷寂靜無聲的樣子：～無聲｜～
離去。

【悄聲】qiǎoshēng〔形〕聲音很小；低聲：～細語。

雀 qiǎo 義同"雀"（què），用於"家雀兒""雀
盲眼"。
另見 qiāo（1079頁）；què（1118頁）。

【雀盲眼】qiǎomangyǎn〔名〕（北京話）原指鳥
雀（què）日暮看不見東西，借指夜盲症：他
是～，天一黑就甚麼也看不清了。

愀 qiǎo〈書〉❶形容臉色改變：～然。❷憂
愁的樣子：客子歎以～。

【愀然】qiǎorán〔形〕〈書〉❶臉色嚴肅的樣子：～
作色。❷憂懼的樣子：～改容。

qiào ㄑ一ㄠ

俏 qiào ㊀〔形〕❶（女子）容貌俊好，體態
輕盈：～佳人｜又俊又～｜小姑娘真～。
❷貨物的銷路好：走～｜這種貨賣得很～。
㊁〔動〕（北京話）烹調時加上（俏頭）：～
上點兒蝦米。

語彙 緊俏 俊俏 賣俏

【俏貨】qiàohuò〔名〕受顧客歡迎，銷路特別好的
商品。

【俏麗】qiàolì〔形〕（女子）俊俏美麗：大閨女細挑
身材，十分～。

【俏美】qiàoměi〔形〕俏麗：身段～。

【俏皮】qiàopi〔形〕❶容貌好看；打扮入時：長
得～｜打扮得真～。❷舉止活潑伶俐，談吐詼
諧風趣：他說話很～。

【俏皮話】qiàopihuà（～兒）〔名〕❶（句）幽默風
趣或帶諷刺意味的話：他好（hǎo）說～兒。

❷歇後語。

【俏色】qiàosè〔名〕一時流行的、受歡迎的顏
色：今年女裝的～首推海軍藍。

【俏頭】qiàotou〔名〕（北京話）❶烹調時加的佐料
（如蔥、薑、蒜等）：光有肉不放點～，炒出菜來
也不好吃｜吃炸醬麵～多一點才好吃。❷表演戲
曲、評書時插入的引人喜愛的段數、道白等。

【俏銷】qiàoxiāo〔動〕暢銷：～產品｜這批貨～農
村市場。

峭 〈陗〉qiào ❶山勢高而陡：～立｜～
壁｜陡～。❷比喻剛直嚴峻：～
直｜～峻。

語彙 陡峭 峻峭 料峭

【峭拔】qiàobá〔形〕❶山勢陡峭高聳：山勢～。
❷形容人的性格孤高超群：在這群人中，他顯
得秀挺～。❸形容筆力雄健遒勁，為文超俗：
他的雜文～冷峻。

【峭壁】qiàobì〔名〕像牆一樣陡峭的山崖：極為陡
峭的山崖：懸崖～｜面對～，登山運動員毫無
懼色。

【峭立】qiàolì〔動〕〈書〉陡直而聳立：山峰～。

帩 qiào 見下。

【帩頭】qiàotóu〔名〕幋（qiāo）頭。

殼 （壳）〈殼〉qiào / ké 堅硬的外皮：
甲～｜地～｜金蟬脫～。
另見 ké（753頁）。

語彙 地殼 甲殼 皮殼 硬殼 金蟬脫殼

【殼菜】qiàocài〔名〕軟體動物，生活在淺海區，
殼略作三角形，黑褐色，肉味鮮美。可養殖。
也叫貽貝。

誚 （诮）qiào〈書〉❶責備：～呵｜～讓。
❷譏笑諷刺：譏～｜～諷。

撬 qiào〔動〕用堅硬而細長東西的一頭插入縫
中或孔中，然後從另一頭用力扳或壓：～
石頭｜把門～開｜～開牙齒灌藥。

【撬槓】qiàogàng〔名〕（根）一頭鍛成扁平狀、用
來撬起或移動重物的鐵棍。也叫撬棍。

敲 qiào〈書〉從旁擊打：～以馬捶。

鞘 qiào ❶〔名〕裝刀或劍的硬質套子：
劍～｜箭上弦，刀出～。❷形狀像鞘的東
西：翅～｜腱～｜～翅。
另見 shāo（1183頁）。

【鞘翅】qiàochì〔名〕天牛、瓢蟲、金龜子、象鼻
蟲等昆蟲的角質前翅，質堅而厚，靜止時，覆
蓋在膜質的後翅上，好像鞘一樣。

翹 （翘）qiào〔動〕物體的一端向上仰起：
天平的一頭～起來了。
另見 qiáo（1081頁）。

【翹辮子】qiào biànzi〔慣〕指人死（含嘲諷或戲謔意）：別那麼在乎錢，人一～，甚麼也帶不走。

【翹尾巴】qiào wěiba〔慣〕比喻傲慢或自鳴得意：可不能有一點成績就～呀！

竅（窍） qiào ❶孔；窟窿：人皆有七～｜鬼迷心～。❷事情的關鍵：訣～｜一～不通。

語彙　訣竅　開竅　七竅　心竅

【竅門】qiàomén（～兒）〔名〕能解決問題的巧辦法：找～兒｜我就知道勤學苦練，沒甚麼～兒。

蹺 qiào〈書〉（牲畜的）肛門。

切 qiē くlㄝ

切 qiē〔動〕❶用刀把東西分開或分成若干部分：～瓜｜～菜｜～肉｜～成兩半。❷比喻用強力使斷：～斷兩者的聯繫。❸直綫、圓或面等與圓、弧或球相交於一個點：直綫 A～圓 B 於點 C。

另見 qiè（1084 頁）。

語彙　割切　餘切　正切　一刀切

【切除】qiēchú〔動〕通過外科手術切掉身體上受傷或發生病變的部分：～脂肪瘤｜車禍造成他的左胳膊被～。

【切磋】qiēcuō〔動〕古代把骨頭叫切，摩擦加工象牙叫磋，後用“切磋”比喻互相商量研究，取長補短：～琢磨｜相互～｜運動員聚在一起～球藝。

【切斷】qiēduàn〔動〕割開使隔絕；截斷：～敵人後路｜～電源｜彼此的聯絡。

【切割】qiēgē〔動〕❶用刀割開：～木板。❷用機床切斷或用火焰電弧燒斷金屬原料或部件：～鋼條｜～鋁板。

【切換】qiēhuàn〔動〕❶鏡頭、畫面轉換：鏡頭從比賽場面～到觀眾席上。❷泛指功能、作用等轉換：請將漢字拼音輸入～為筆形輸入。

【切匯】qiēhuì〔動〕指在外匯黑市交易中，買方用欺騙的手法扣下一部分應付給賣方的錢：堅決打擊套匯、～的非法活動。

【切口】qiēkǒu〔名〕書頁裁切各邊的空白處。

另見 qièkǒu（1084 頁）。

切口有三邊
書刊有上、下、側三邊切光之處：上邊的叫“上切口”，也叫“書頂”；下邊的叫“下切口”，也叫“書根”；側邊的叫“外切口”，也叫“裁口”。

【切面】qiēmiàn〔名〕剖面：鋼條～光滑。

【切麪】qiēmiàn〔名〕用手工或機械切成的麪條。

【切片】qiēpiàn ❶(-//-)〔動〕把東西切成薄片：黃瓜～炒｜把羊肉切成片好涮着吃。❷〔名〕將物體的組織切成的薄片。切片可用來在顯微鏡下進行觀察、研究。

【切入】qiērù〔動〕從某一點深入進去：～點｜作家應懷着極大的熱情～現實生活。

【切削】qiēxiāo〔動〕用機床的刀具或砂輪削去工件的一部分，使符合一定的尺寸和具有一定的形狀、光潔度：金屬～｜高速～。

【切牙】qiēyá〔名〕牙的一種，在上下頜前方的中央部位，各有四枚，用來切碎食物。通稱門牙，也叫門齒。

乩 qié

qié 用於地名：～扎（在青海）。

伽 qié ❶見下。❷（Qié）〔名〕姓。

另見 gā（413 頁）；jiā（627 頁）。

【伽藍】qiélán〔名〕僧眾所住的園林，後泛指寺廟或佛寺。［僧伽藍摩的省略，梵 saṃghārāma］

茄 qié ❶茄子：～絲兒炒肉｜拌～泥｜炸～盒。❷（Qié）〔名〕姓。

另見 jiā（628 頁）。

【茄子】qiézi〔名〕❶（棵）一年生草本植物，葉橢圓形，花紫色，果實球形或棒槌形，紫褐色，間有白色或淺綠色，是普通蔬菜。❷這種植物的果實：買兩個～炒着吃。

且 qiě くlㄝ

且 qiě ❶〔副〕暫且；姑且（表示短時間，可忽略）：這事～放一下｜～不說中文期刊，外文期刊也訂了不少。❷〔副〕（北京話）表示時間長，或東西使用經久：他～來不了呢｜買支鋼筆～使呢。❸〔連〕〈書〉尚且（同“況”呼應）：流血～不惜，況流汗乎？｜明日～未可知，況明年乎？❹〔連〕並且（文言中“既……且……”常連用，相當於現代漢語的“既……又……”）：既聰明～能幹｜貧～賤，富～貴。❺〔副〕兩個平列的動詞，用兩個“且”來連接，有強調同時的意思（相當於“一邊……一邊……”或“一方面……一方面……”）：～談～走｜～歌～舞｜～喜～憐。❻（Qiě）〔名〕姓。

另見 jū（714 頁）。

語彙　並且　而且　苟且　姑且　況且　尚且　暫且

【且夫】qiěfú〔連〕〈書〉況且。承接上文，表示更進一層的語氣：～思有利鈍，時有通塞。

【且慢】qiěmàn〔動〕暫時慢着；不必着急（用於勸阻）：～，聽我把話說完。**注意**“且慢”一般單用，後面停頓，可疊用，如：且慢且慢，別着急嘛。

【且說】qiěshuō〔動〕姑且先說。舊時說書人在接續前事、新起話頭時常用。也是舊章回小說的習用套語。

【且住】qiězhù〔動〕暫且停住：你～，不要再說下去了。注意"且住"既可單用，後面停頓，也可在前面加主語。

qiè ㄑㄧㄝˋ

切 qiè ❶〔動〕切合；符合：～實｜確～｜譯文不～原意｜文不～題。❷ 靠近；貼近：～身｜～膚之痛。❸ 急切；渴望：懇～｜報國心～。❹〔副〕千萬；務必：～記｜～忌｜～勿着涼。❺〔動〕中國傳統的拼音方法的一種，上字取聲，下字取韻和調，聲韻相拼成另一音。如"紅，胡籠切"。❻(Qiè)〔名〕姓。

另見 qiē（1083 頁）。

語彙 悲切 操切 反切 關切 懇切 密切 迫切 悽切 親切 確切 深切 貼切 一切 殷切 真切

【切齒】qièchǐ〔動〕咬牙表示憤怒，形容非常痛恨：令人～｜～痛恨｜直恨得咬牙～。

【切當】qièdàng〔形〕恰當：～的評語｜措辭～。

【切膚之痛】qièfūzhītòng〔成〕親身受到的痛苦。指感受非常深切的痛苦：父母慘死，他對侵略者的壓迫有～。

【切合】qièhé〔動〕非常符合；很適合：～實際｜～需要。

【切忌】qièjì〔動〕務必要避免：～粗心大意｜飯後～激烈運動。

【切記】qièjì〔動〕務必記住：～不要聽信流言｜刷卡消費～核對賬單。

【切近】qièjìn〔動〕❶ 貼近；靠近：品德教育要～生活。❷ 相近；相符：翻譯要～原意。

【切口】qièkǒu〔名〕黑社會的幫派、秘密會黨或某些行業用的黑話、暗語。

另見 qiēkǒu（1083 頁）。

【切脈】qièmài〔動〕診脈：大夫給她細心～，還看了看舌苔。

【切末】qièmò（-mo）同"砌末"。

【切莫】qièmò〔動〕務必不要：～單獨前往｜～迷戀網絡遊戲。

【切切】qièqiè ㊀❶〔副〕千萬；務必（多用於書信）：諸項要求～不可忘記。❷〔形〕表示叮囑（多用於佈告條令末尾）：～此布。❸〔形〕懇切；迫切：文辭～｜～請求。❹〔形〕悲切；憂傷：悽悽～，悲痛殊深。㊁同"竊竊"①。

【切身】qièshēn〔形〕屬性詞。❶ 密切關聯到自身的：～利害。❷ 親身：～體會。

【切實】qièshí〔形〕❶ 實實在在：～改正錯誤｜～完成任務。❷ 合乎實際：～可行｜～有效。

【切題】qiètí〔動〕內容切合題目和主旨：寫文章要～｜他回答問題直接而～。

【切要】qièyào〔形〕❶ 確切扼要：言辭～。❷ 緊要：這是非常公平的，也十分～。

【切責】qièzé〔動〕〈書〉嚴厲斥責：她遲到情有可原，我也不便～了。

【切中】qièzhòng〔動〕（言辭、議論）恰好擊中：～要害｜～時弊。

妾 qiè ❶〔名〕舊時男子在正妻以外娶的女子。❷〈謙〉古時女子自稱：～身。❸(Qiè)〔名〕姓。

怯 qiè / què ❶ 害怕：膽～。❷〔形〕舊時北京人貶稱北京以外北方音土氣：他的口音有點兒～。❸ 缺乏見識；外行：我說你不行，露～了吧！❹〔形〕不入時；俗氣：這套衣服穿起來顯得～。❺(Qiè)〔名〕姓。

語彙 卑怯 膽怯 露怯 羞怯

【怯場】qiè // chǎng〔動〕在人多或嚴肅的場合，表現緊張害怕：他這是第一次登台講課，不免～｜你是老演員了，還怯甚麼場？

【怯懦】qiènuò〔形〕膽小怕事：他向來～，遇上點兒事就手足無措。

【怯弱】qièruò〔形〕膽小軟弱：面對挑釁，她的表現過分～｜他勸～的姐姐，要勇於維護自己的權益。

【怯生生】qièshēngshēng（～的）〔形〕狀態詞。膽怯退縮的樣子：這孩子膽太小，見了生人總是～的。

【怯頭怯腦】qiètóu-qiènǎo 縮頭縮腦。形容膽小的樣子：見了人大方一點，別～的。

【怯陣】qiè // zhèn〔動〕❶ 臨陣膽怯畏懼：不要～，勇敢些！❷ 怯場：若先怯了陣，咱們就沒法兒上去表演了。

砌 qiè 見下。

另見 qì（1059 頁）。

【砌末】qièmò（-mo）〔名〕傳統戲曲（始於元曲）戲台上所用簡單佈景和大小道具的統稱，如行囊、食物、布城、雲片、水旗等。也作切末。

郄 Qiè〔名〕姓。

另見 xì "郤"（1454 頁）。

挈 qiè〈書〉❶ 提；舉：提～｜提綱～領。❷ 帶領；攜取：帶～｜扶老～幼｜～婦將雛鬢有絲。

趄 qiè〔動〕歪；傾斜：～坡兒｜身子～着靠在沙發上。

另見 jū（715 頁）。

愜（愜）〈惬〉qiè ❶〈書〉心意滿足；滿意：～意｜～當｜聽者～於心｜猶未～懷。❷(Qiè)〔名〕姓。

【愜當】qièdàng〔形〕（言辭）適當：詞理～｜所言～。

【惬意】qièyì〔形〕滿意;稱心:漫步在灑滿月光的海灘上,感到十分~。

慊 qiè〈書〉滿足;滿意:心中不～。
另見 qiàn(1073頁)。

朅 qiè〈書〉❶去;離去:富貴弗就,貧賤弗～。❷勇武。

篋(篋) qiè〈書〉小的箱子:書～|玉屑滿~(碎玉滿箱)。

鍥(鍥) qiè〈書〉刻;雕刻:~刻。

【鍥而不捨】qiè'érbùshě〔成〕《荀子·勸學》:“鍥而不捨,金石可鏤。”意思是一直刻下去而不停止,金石也可以雕空。比喻有毅力,有恆心:研究學問要有~的精神。

竊(竊) qiè ❶偷:行~|~取。❷比喻用不正當手段取得;篡奪:~名|~國。❸偷偷地;暗地裏:~喜|~笑|~聽。❹〈書〉〈謙〉指私下;稱自己:~聞|~以為不可。

語彙 盜竊 剽竊 失竊 偷竊

【竊國】qièguó〔動〕篡奪國家政權:~大盜。

【竊據】qièjù〔動〕非法佔據(土地、職位):~要津|~高位。

【竊密】qièmì〔動〕盜竊機密:~外逃|因~被捕。

【竊竊】qièqiè ❶〔形〕形容聲音微弱或私下細語的樣子:~然有聲|~私議。也作切切。❷〔副〕暗地裏;偷偷地:~自喜。

【竊竊私語】qièqiè-sīyǔ〔成〕背地裏小聲說話;私下細語:他們幾個人躲在角落裏~|會場上有人嘁嘁喳喳地~。

【竊取】qièqǔ〔動〕❶偷偷拿走:~情報|~國家機密。❷比喻用不正當手段獲取:~榮譽|~他人的研究成果。

【竊聽】qiètīng〔動〕暗中偷聽。多指利用現代化設備偷聽別人的談話、機密:~器|安排心腹~對方私下談話。

【竊聽器】qiètīngqì〔名〕一種偷聽別人談話或聯絡信號的器具,通常裝在電話機中或暗藏在不易發覺的地方:在旅館房間中發現~,讓他非常吃驚。

【竊喜】qièxǐ〔動〕暗暗地高興:內心~。

【竊賊】qièzéi〔名〕小偷兒。

qīn ㄑㄧㄣ

侵 qīn ❶強行進入:~犯|~凌|入~。❷〈書〉接近:~曉|~晨。❸(Qīn)〔名〕姓。

【侵晨】qīnchén〔名〕〈書〉黎明;天快亮的時候:~,大雨如注。

【侵奪】qīnduó〔動〕侵佔搶奪:~他人財產|侵略者肆意~別國疆土。

【侵犯】qīnfàn〔動〕❶損害別人權利:~人身自由|~著作權。❷非法進入或用武力進攻別國領域:敵軍~邊境。

【侵害】qīnhài〔動〕❶侵入並損害:定期噴藥可防止棉鈴蟲~棉花。❷通過暴力或非法手段損害:~消費者權益是不允許的。

【侵略】qīnlüè〔動〕指侵犯別國領土、主權,掠奪別國財富,奴役別國國民,干涉別國內政,以及對別國進行政治、經濟、文化等方面滲透的行動:~戰爭|~成性|打擊~者。

辨析 侵略、侵犯 “侵略”一般表示為大規模的、有組織有計劃的武力入侵或掠奪,以及對別國的政治干涉、經濟文化滲透等;“侵犯”則表示一般的武力入侵或觸犯、損害等。因此,“侵略政策”“侵略戰爭”“經濟侵略”等,不能說成“侵犯政策”“侵犯戰爭”“經濟侵犯”;“侵犯我國領空”“凜然不可侵犯”“不可侵犯他人利益”中的“侵犯”也不能換成“侵略”。

【侵權】qīnquán〔動〕侵犯和損害他人的合法權益:~行為|公司被起訴~。

【侵染】qīnrǎn〔動〕(不良意識習慣)侵蝕傳染:他受到壞思想~,犯了錯誤。

【侵擾】qīnrǎo〔動〕侵犯擾亂:~邊境|強烈噪聲~了居民正常生活。

【侵入】qīnrù〔動〕❶外來勢力用武力非法進入(境內):~領空|~領海。❷外來不利或有害的東西進入(內部):病菌已~體內。

【侵蝕】qīnshí〔動〕❶逐漸侵入腐爛使變壞:病菌~肌體。❷逐漸地偷偷侵佔(財物):~公共資產。

辨析 侵蝕、腐蝕 在用於人的思想時,“侵蝕”強調的是“由外至內使受侵害”,“腐蝕”強調的是“使內部腐化變質”。“拒腐蝕,永不沾”“警惕政府官員被拉攏腐蝕”中的“腐蝕”,不能換成“侵蝕”。

【侵吞】qīntūn〔動〕❶暗中把不屬於自己的東西非法據為己有:~鉅款|~社會財富。❷用武力侵略或吞併(別國領土):~鄰國海島。

【侵襲】qīnxí〔動〕侵入並襲擊:~我邊防哨所|颱風~沿海地區,造成嚴重災害。

【侵曉】qīnxiǎo〔名〕侵晨。

【侵早】qīnzǎo〔名〕侵晨。

【侵佔】qīnzhàn〔動〕❶非法佔有(公家或別人的財產):~公房。❷侵略並佔領(別國的領土):~鄰國的大片草原。

衾 qīn〈書〉❶被子:~枕|生同~,死則同穴。❷屍體入殮時,用來遮蓋屍體的東西。

暶 qīn〈書〉日光。

欽（钦） qīn ❶ 敬仰；尊重：～佩｜～敬。❷ 指皇帝親自（做）：～敕｜～賜｜～定。❸（Qīn）〔名〕姓。

【欽差】qīnchāi〔名〕（位）由皇帝派遣並代表皇帝處理重大事情的官員：～大臣｜派～前往督辦。

【欽差大臣】qīnchāi dàchén 欽差。現多指由上級部門派來的檢查工作或處理重大問題的工作人員（多含譏諷意）：他是～，按他說的辦。

【欽賜】qīncì〔動〕指皇帝恩賜（官位、物品等）：～萬戶侯｜～珠寶綢緞。

【欽點】qīndiǎn〔動〕皇帝親派：～狀元｜～巡撫。

【欽定】qīndìng〔動〕由皇帝親自審定或裁定（多用於書名）：《～四庫全書》。

【欽敬】qīnjìng〔動〕欽佩尊敬：不勝～｜令人～。

【欽命】qīnmìng〔動〕皇帝親自派遣或命令：～征西大將軍｜～巡撫。

【欽佩】qīnpèi〔動〕敬重欽服：他們堅持科學實驗的精神，令人～｜英雄的高尚品格。

【欽羨】qīnxiàn〔動〕欽佩羨慕：～不已｜投以～的目光。

【欽仰】qīnyǎng〔動〕〈書〉欽佩景仰：大家都～他的學問和人品。

嶔（嵚） qīn〈書〉❶ 高峻。❷ 高峻的山。

【嶔崟】qīnyín〔形〕〈書〉形容山勢、宮殿等高峻：南岸有青石，其石～。

親（亲） qīn ❶ 父母：雙～｜慈～。❷〔形〕屬性詞。親生的：～爹｜～媽｜～兒子｜～閨女。❸〔形〕屬性詞。血統最近的：～姐妹（同父母的姐妹）｜～叔伯（父親的親弟兄）。❹ 有血統或婚姻的關係：～屬｜～友｜姑表～｜姨表～｜沾～帶故。❺ 婚姻：說～｜定～｜結～｜成～。❻ 指新婦：迎～｜送～｜娶～。❼〔形〕關係好，感情好（跟“疏”相對）：～近｜～密｜～熱｜～如一家｜他對人很～。❽ 親自：～身｜～手。❾〔動〕靠攏，親近：要一視同仁，不能～一個疏一個｜女兒跟媽媽～。❿〔動〕用嘴唇接觸；吻：～嘴｜她回到家先～一～孩子｜剛下飛機，他就跪下～了～家鄉的土地。

另見 qìng（1101 頁）。

語彙　表親　成親　嫡親　定親　父親　近親　六親　母親　娶親　雙親　探親　提親　鄉親　招親　至親　大義滅親　任人唯親　事必躬親

【親愛】qīn'ài〔形〕屬性詞。親近而感情深厚的：～的朋友｜～的祖國。

【親筆】qīnbǐ ❶〔副〕親自動筆（書寫）：這信是他～寫的｜～簽名｜～信。❷〔名〕親自寫的字：匾額上“天下為公”四個大字，是孫中山先生的～。

【親兵】qīnbīng〔名〕舊指隨身的衛兵。

【親等】qīnděng〔名〕表示親屬關係遠近親疏的法律用語，直系血統從自己往上數或往下數，每一代為一親等。父母子女為一親等，祖父母與孫子孫女為二親等。旁系血親從自己上數到同源直系血親，再由同源直系血親下數到要確定的親屬，如從自己數至父母為一親等，再由父母數至兄弟姐妹為一親等，相加後為二，因此自己與兄弟姐妹為二親等關係。用這種方法可確定叔姪、舅甥、表兄弟姐妹為三親等。

【親故】qīngù〔名〕〈書〉親戚故舊：戰亂年代，～阻絕｜歸國後～來訪者甚眾。

【親貴】qīnguì〔名〕舊指皇帝的近親，也指皇帝親近信任的人：～當權｜面談～。

【親和力】qīnhélì ❶〔名〕兩種或兩種以上物質結合成化合物時相互作用的力。❷ 比喻使人感到融洽、親切並願意接近的力量：～是教師的重要品質｜這個推銷員挺有～，工作一直比較順利。

【親近】qīnjìn ❶〔形〕親密；關係近：這兩個人常在一起，十分～。❷〔動〕親密地接近：他老板着個面孔，誰願意～他？

【親眷】qīnjuàn〔名〕（位）親戚眷屬：他在這裏孤身一人，別無～。

【親口】qīnkǒu〔副〕❶ 話出自本人的口：這是他～交代的一件事。❷ 親自用口：味道很好，你～嘗一嘗。

【親歷】qīnlì〔動〕親身經歷：他有幸～了那激動人心的時刻｜記者報道了我們～的讓人難忘的一幕。

【親臨】qīnlín〔動〕親自來到：歡迎代表團～指導｜省長～災區指導抗災。

【親聆】qīnlíng〔動〕〈書〉親耳聽（有尊敬意）：～宏論，獲益良多｜音樂會上，觀眾將有幸～大師的鋼琴獨奏。

【親密】qīnmì〔形〕親近而密切：～的戰友｜他倆～得很。

【親密無間】qīnmì-wújiàn 形容非常親近密切，沒有任何隔閡：一家人，其樂融融。

【親民】qīnmín〔動〕對百姓親近而友好：人民歡迎～的政府。

【親暱】qīnnì〔形〕特別親密：～的稱呼｜兩人～地依偎在一起。

【親朋】qīnpéng〔名〕親戚朋友：～好友｜～聚集一堂。

【親戚】qīnqi〔名〕（位，門）跟自己、自己家庭有血統關係或婚姻關係的家庭以及這些家庭的成員：三門～都在外地｜我在北京的～不少。

【親切】qīnqiè〔形〕❶ 真摯懇切：～關懷｜～的談話｜老師的教誨很～。❷ 親近而密切：他在這個新的集體裏，處處感到～。

辨析　親切、親密　a）“親密”着重表示關係密切，“親切”着重表示感情真摯、懇切。b）“親切”可以用來形容人在感受某一事物時的心情，如“他的一番話很親切”；“親密”不能。

【親情】qīnqíng〔名〕親人之間的感情：骨肉～｜是～支持他度過了難關。

【親熱】qīnrè ❶〔形〕親密熱情：老朋友見面，非常～｜大家圍着從南極歸來的考察隊員，親親熱熱地問長問短。❷〔動〕用動作表示親近和喜愛：他每次回到家裏總是要先和孩子～一會兒。

【親人】qīnrén〔名〕❶（位，個）直系親屬或配偶：他出門在外，身邊沒有～。❷比喻感情深厚的人：歡迎～子弟兵。

【親善】qīnshàn〔形〕親近而友好（一般用於國家之間）：兩國～，和睦相處｜致力於建立～互惠的國家關係。

【親善大使】qīnshàn dàshǐ 從事某些大型公共事業活動的非官方代表人士：聯合國兒童基金會～｜反毒～｜世博會～｜世磁組織～。

【親身】qīnshēn ❶〔形〕屬性詞。本身；自身：～經歷｜～體驗｜～的感受。❷〔副〕親自：這次訪問使他～感知了中國的變化。

【親生】qīnshēng ❶〔動〕自身生育；這孩子是她～的。❷〔形〕屬性詞。自己生育的或生育自己的：～子女｜～父母｜～的母親｜～的兒子。

【親事】qīnshì(-shi)〔名〕（門，樁）婚事：他要自己操辦女兒的～。

【親手】qīnshǒu〔副〕親自動手：這些樹是他～種的｜別光在一邊看，你～做一做。

【親屬】qīnshǔ〔名〕（位）跟自己有血統或婚姻關係的人：直系～｜旁系～｜他從來不利用職權給自己的～特殊照顧。

辨析　親屬、親戚　a)"親戚"既指家庭，又指個人；"親屬"只指跟自己有血統婚姻關係的個人，不指家庭。"走親戚"中的"親戚"指的是家庭，"他是我的親戚"中的"親戚"指的是個人，"他親屬都在外地"中的"親屬"指的是個人。b)"親屬"是相對於個人而言的，"親戚"是對於個人和相對於家庭而言的，只能說"他親屬很多"，不能說"他們家親屬很多"。

【親痛仇快】qīntòng-chóukuài〔成〕漢朝朱浮《與彭寵書》："凡舉事無為親厚者所痛，而為見讎者所快。" 讎：同"仇"。後用"親痛仇快"指做的事使親人痛心，仇人高興：我們都是炎黃子孫，千萬不能做那種～的事。

【親王】qīnwáng〔名〕（位）皇帝、國王親屬中封王的人。

【親吻】qīnwěn〔動〕用嘴唇接觸人或物，表示親熱或喜愛：她一見到走失多日的小女兒，就搶過來不停地～。

【親信】qīnxìn ❶〔動〕〈書〉親近並且信任：～小人。❷〔名〕親近而信任的人（多含貶義）：那個人是老闆的～，一般人不敢得罪他。

【親眼】qīnyǎn〔副〕用自己的眼：～所見｜我們～看到了貴國人民對中國人民的友好情誼。

【親友】qīnyǒu〔名〕（位）親戚朋友：他家～眾多｜洛陽～如相問，一片冰心在玉壺。

【親友團】qīnyǒutuán〔名〕（文體競賽中）由親戚和朋友組成的助威團體：比賽吸引了眾多選手及其～的參與。

【親緣】qīnyuán〔名〕血緣關係；親代遺傳關係：科學家研究恐龍和鳥類的～關係｜一了解，他們兩家原來有～關係。

【親征】qīnzhēng〔動〕帝王親自率軍出征：御駕～｜～漠北。

【親政】qīnzhèng〔動〕幼年的國君成年後親自主持國事，處理政務。

【親子】qīnzǐ ❶〔名〕親生子女，也偏指親生兒子：～鑒定。❷〔名〕人或動物的上一代跟下一代：～之愛｜～關係。❸〔動〕指父母培育子女：～有方。

【親子鑒定】qīnzǐ jiàndìng 運用生物學與醫學技術，鑒定父母與子女是否屬於親生關係。現多以 DNA 鑒定為準。

【親自】qīnzì〔副〕自己（做）：～動手｜你～去看看｜他～帶領我們去參觀博物館。

【親族】qīnzú〔名〕家屬和同族的人；家族：本族沒有他的～。

【親嘴】qīn // zuǐ(～兒)〔動〕兩人為表示親愛而以嘴唇接觸；接吻：這對情人見面、分手都親個嘴兒。

駸（駸）　qīn 見下。

【駸駸】qīnqīn〔形〕〈書〉❶ 馬跑得很快的樣子：載驟～。❷ 比喻時間過得快：斜日晚～。❸ 比喻事業日趨興盛：～日上｜物質繁昌，～乎一日千里。

qín ㄑㄧㄣˊ

芹　qín ❶ 芹菜。❷（Qín）〔名〕姓。

【芹菜】qíncài〔名〕（棵，株）一年生或二年生草本植物，莖、葉是普通蔬菜，種子可做香料。

【芹獻】qínxiàn〔名〕〈書〉稱贈人的禮品或對人的建議，言所獻菲薄，不足為意（多用作謙辭）：備有薄禮，聊表～。參見"獻芹"（1474 頁）。

【芹意】qínyì〔名〕〈書〉微薄的情意（多用作謙辭）：聊表～。

芩　qín ❶ 古書上指蘆葦一類的植物。❷ 指黃芩，藥草名。❸（Qín）〔名〕姓。

矜　qín〈書〉矛柄。

另見 guān（477 頁）；jīn（685 頁）。

秦　Qín ❶ 周朝諸侯國名，在今陝西中部、甘肅東部。公元前 221 年統一中國，建立秦

朝。❷〔名〕朝代，公元前221-前206，秦始皇
嬴政所建，建都咸陽（今陝西咸陽東），是中國歷
史上第一個中央集權的封建王朝。❸〔名〕陝西的
別稱。❹〔名〕姓。

【秦艽】qínjiāo〔名〕多年生草本植物，主根粗
長，扭曲不直，葉寬而長。根可入藥，治風
濕病。

【秦晉】Qín-Jìn〔名〕春秋時的秦國和晉國，由於
兩國國君幾代都通婚，因此後代就用"秦晉"
指兩家聯姻：～之好｜願結～。

【秦晉之好】qínjìnzhīhǎo〔成〕指兩姓聯姻結成的
親戚關係：孫劉兩家喜結～。

【秦樓楚館】qínlóu-chǔguǎn〔成〕春秋時秦穆公
的女兒弄玉善吹簫，穆公為她建重樓，讓她住
在裏面，名曰鳳樓，後世稱秦樓。楚靈王築章
華宮，選細腰美女住在裏面，人稱楚館。後用
"秦樓楚館"指歌舞場所或妓院：他兒子不成
才，整天在～鬼混。

【秦腔】qínqiāng〔名〕地方戲曲劇種，流行於西
北各省，由陝西、甘肅一帶的民間曲調發展而
成，是梆子腔的一種。音調高亢、激越，長於
表現雄壯、悲憤的情緒。對山西梆子、山東梆
子、河南梆子的形成有很大的影響。也叫陝西
梆子。

【秦俑】qínyǒng〔名〕秦始皇陵兵馬俑。1974 年在
陝西驪山腳下秦始皇陵園外的地下建築中，發
現俑坑四個，共出土武士俑八百餘個，木質戰
車十八輛，陶馬一百多匹，青銅兵器、車馬器
九千餘件。陶俑、陶馬如同真人真馬，造型生
動，排列有序。為中國極其珍貴的出土文物。

【秦篆】qínzhuàn〔名〕小篆。

捡 qín〈書〉同"擒"。

桲 qín "桲" chén 的又讀。

琴 qín〔名〕❶（張）古琴，一種
❶❷琹 弦樂器，用梧桐木等木料製
成，有五根弦，後增至七根。❷（架，把）其他樂
器的統稱，如風琴、鋼琴、提琴、胡琴、口琴、
揚琴、豎琴等。❸（Qín）姓。

語彙 風琴 撫琴 鋼琴 胡琴 口琴 豎琴 提琴
揚琴 月琴 六弦琴 馬頭琴 手風琴 小提琴
對牛彈琴 煮鶴焚琴

【琴鍵】qínjiàn〔名〕鋼琴、手風琴上裝置的供彈奏
時按動的鍵。

【琴棋書畫】qín-qí-shū-huà〔成〕彈琴、下棋、作
書（寫字）、繪畫。泛指各種文藝專長：～，
無所不通。

【琴瑟不調】qínsè-bùtiáo〔成〕琴、瑟是兩種弦樂
器，一起合奏聲音和諧。"琴瑟不調"比喻夫妻
不和：這幾年他工作取得突出成績，但～，令

人遺憾。

【琴師】qínshī〔名〕（位，名）戲曲樂隊中操琴
的人。

【琴書】qínshū〔名〕曲藝的一種，有說有唱，以
唱為主，主要伴奏樂器是揚琴。有山東琴書、
安徽琴書、北京琴書等。

【琴童】qíntóng〔名〕學琴、練琴的小孩兒。

【琴弦】qínxián〔名〕（根）張在琴上的繃緊的弦，
演奏時彈撥或摩擦發聲。

覃 Qín〔名〕姓。
另見 tán（1310 頁）。

勤 qín ㊀❶〔形〕盡力多做，不偷
〈㊀勤〉懶，不懈怠（跟"懶""惰"相
對）：手～｜～能補拙｜～學好問。❷〔形〕經
常；次數多：衣服要～洗～換｜夏季雨水很～。
❸ 勤務：內～｜外～。❹ 在規定時間內的工作
或勞動：出～｜缺～｜考～｜執～。❺（Qín）
〔名〕姓。

㊁見"殷勤"（1617 頁）。

語彙 出勤 地勤 後勤 考勤 缺勤 外勤 辛勤
殷勤 值勤

【勤奮】qínfèn〔形〕長時間不懈地努力（工作或學
習）：學習～｜～好學。

【勤工儉學】qíngōng-jiǎnxué ❶ 學生利用課外時
間從事勞動，把勞動所得作為學習和生活費
用。❷ 一種辦學方式，學校組織學生在校期間
從事一定時間的勞動，用勞動收入作為辦學的
資金。

【勤儉】qínjiǎn〔形〕勤勞節儉：～持家｜～建
國｜～度日｜～節約。

【勤懇】qínkěn〔形〕❶〈書〉誠摯懇切：來信詞
意～。❷ 認真努力：他工作～，學習踏實｜勤
勤懇懇地為人民服務。

【勤快】qínkuai〔形〕〈口〉手腳勤，不偷懶（跟
"懶惰"相對）：她真～，一會兒也不閒着。

【勤勞】qínláo〔形〕勤奮勞動，不辭辛苦：～勇敢
的中國人民｜用～的雙手改變落後面貌。

辨析 勤勞、勤懇 "勤勞"着重指熱愛勞動，
不怕辛苦；"勤懇"着重指勞動態度踏實努力，
可以重疊為"勤勤懇懇"。

【勤勉】qínmiǎn〔形〕勤奮努力：～好學。

【勤能補拙】qínnéngbǔzhuō〔成〕勤奮能夠彌補笨
拙：熟能生巧，～｜我的基礎較差，但～，多
花時間總可以學好。

【勤王】qínwáng〔動〕〈書〉❶ 為王朝的事盡力。
❷ 帝王的統治受到威脅而發生危機時，臣子起
兵救援王室：各路諸侯起兵～。

【勤務】qínwù〔名〕❶ 公家分派的公共事務。
❷ 軍隊中的雜務工作或專門擔任雜務工作
的人：充軍不久，安排他搞～，他愉快地接
受了。

Q

【勤務兵】qínwùbīng〔名〕（名）舊時軍隊中服侍軍官並為軍官辦理雜務的士兵。

【勤務員】qínwùyuán〔名〕（位，名）❶ 軍隊或機關裏從事雜務工作的人員。❷ 比喻公僕：我們一切工作幹部，不論職位高低，都是人民的～。

【勤學苦練】qínxué-kǔliàn〔成〕勤奮地學習，刻苦地訓練：要掌握技術，就得～。

【勤雜工】qínzágōng〔名〕機關、企事業單位裏從事後勤和雜務工作的人員：招聘～。

嗪 qín 見"哌嗪"（1001 頁）。

禽 qín ❶ 鳥類：飛～｜鳴～｜家～。❷ 鳥獸的泛稱：五～戲。❸ 古同"擒"。❹（Qín）〔名〕姓。

語彙　飛禽　家禽　猛禽　珍禽

【禽流感】qínliúgǎn〔名〕禽流行性感冒的簡稱。是由 A 型流感病毒引起的，由鳥類傳染的人畜共通流行性疾病。

【禽獸】qínshòu〔名〕飛禽和走獸；鳥獸；比喻行為卑鄙、品行惡劣的人：衣冠～｜～不如的壞蛋。

溱 qín 用於地名：～潼（在江蘇泰縣）。另見 Zhēn（1731 頁）。

懂 qín〔書〕勇敢。

廑 qín〔書〕❶ 同"勤"㊀①－④。❷ 掛念：～注。另見 jǐn（687 頁）。

擒 qín〔動〕捕捉：生～｜～賊先～王｜欲故縱｜～到案｜老鷹～住兔子。

語彙　生擒　束手就擒

【擒獲】qínhuò〔動〕捉住：～持槍歹徒。

【擒拿】qínná ❶〔動〕捉拿：～匪徒。❷〔名〕拳術中一種在關節和穴位着力使對方無法反抗的技法：～術。

【擒賊擒王】qínzéi-qínwáng〔成〕唐朝杜甫《前出塞》詩："射人先射馬，擒賊先擒王。"捉賊要先捉為首的。比喻與敵人鬥爭時先要抓住要害或主犯。也比喻做事要抓住關鍵。

蟓 qín 古指一種似蟬而小的昆蟲。

【蟓首】qínshǒu〔名〕〈書〉女子美麗的前額：～蛾眉。

噙 qín〔動〕（嘴裏或眼裏）含：老人～着煙袋，半天不說話｜她～着眼淚動情地唱着。

檎 qín 見"林檎"（848 頁）。

qǐn　ㄑㄧㄣˇ

梫 qǐn ❶ 古指肉桂。❷ 梫木，即馬醉木，一種樹。

寢（寢）〈寢〉qǐn ㊀ ❶ 睡眠：廢～忘食。❷ 臥室；寢室：就～｜壽終正～。❸ 帝王的墳墓：陵～。❹〈書〉停止；平息：秦人～兵｜其事遂～。㊁〈書〉相貌醜陋：貌～陋。

語彙　就寢　靈寢　壽終正寢

【寢宮】qǐngōng〔名〕（座）❶ 古代帝王、後妃等住的宮殿。❷ 帝王陵墓中的墓室。

【寢具】qǐnjù〔名〕（件，套）臥具；睡覺時用的東西，如被褥、枕頭等。

【寢食】qǐnshí〔名〕睡覺和吃飯，泛指日常生活：～不安｜～俱廢。

【寢食不安】qǐnshí-bù'ān〔成〕吃不下飯，睡不着覺。形容內心惶恐不安：無功受祿，～｜日夜思慕，～。

【寢室】qǐnshì〔名〕（間）睡覺的房間。

[辨析]　寢室、臥室　"寢室"多指集體宿舍中的睡覺房間，"臥室"多指個人的睡覺房間。

鋟（鋟）qǐn〈書〉雕刻：～版｜～木。

qìn　ㄑㄧㄣˋ

沁 qìn ❶〔動〕滲入或透出：～骨｜～人心脾。❷〔動〕（北方官話）頭朝下：～着頭。❸〔動〕（北方官話）在水裏泡：衣服放在水裏～一會兒再洗。❹（Qìn）〔名〕姓。

【沁人心脾】qìnrénxīnpí〔成〕指吸入清香的氣味或喝了清涼的飲料，使人心身俱爽，感到舒適。也用來形容詩文、音樂等優美，給人以清新、爽朗的感受：晚風送來荷花清香，～｜此等詞，一再吟誦，輒～，畢生不忘。

唚 qìn〔動〕❶ 貓狗嘔吐：狗～了一大片。❷ 指人胡說（含不恭敬意）：滿嘴裏混～｜別上這兒來瞎～。❸ 吐露（含不恭敬意）：無意中～出了真情。

撳（揿）〈搇〉qìn〔動〕（吳語）按：～電鈴｜把皮包上的活動鎖一～，蓋子便自動彈開。

qīng　ㄑㄧㄥ

青 qīng ❶〔形〕綠色或藍色：～草｜～山綠水｜～天白日。❷〔形〕黑色：～布｜～綾。❸ 比喻年輕：～年。❹ 青年：～工（青年工人）｜知～（知識青年）｜老中～相結合。❺ 青草或嫩綠的莊稼：踏～｜看（kān）～。❻（Qīng）

〔名〕指青海省：～藏公路。❼(Qīng)〔名〕姓。

語彙 垂青 丹青 靛青 返青 汗青 瀝青 年青 殺青 踏青 鐵青 知青 愣頭兒青 萬年青 竹葉青 爐火純青

【青幫】Qīngbāng〔名〕清朝幫會之一，最初成員多為漕運船夫。辛亥革命以後，漕運改為海運，遂成為上海、天津和長江下游通商口岸的流民組織。後因組成成員複雜，為首的多勾結官府，變成反動統治階級的爪牙。

【青菜】qīngcài〔名〕❶蔬菜的統稱：多吃～有利身體健康。❷上海、江浙一帶稱跟油菜相近的一種蔬菜。

【青草】qīngcǎo〔名〕綠色的鮮草（區別於"乾草"）：地裏長滿了～｜飼料要適當添加～。

【青出於藍】qīngchūyúlán〔成〕《荀子·勸學》："青，取之於藍，而青於藍。"藍色是由蓼藍提煉而成的，但是比蓼藍顏色更深。後用"青出於藍"比喻學生勝過老師，後輩勝過前輩：～，他多年勤學苦練，成就已經超過了老師。

【青春】qīngchūn〔名〕❶〈書〉指春天：白日放歌須縱酒，～作伴好還鄉。❷青年時期：雖已年過古稀，但他依然充滿着～的活力。❸比喻正在興盛的時期：煥發了革命～。❹指年齡（多用於年輕人）：～幾何？

【青春痘】qīngchūndòu〔名〕（顆，粒）痤瘡。因多生在青年人面部，故稱。

【青春期】qīngchūnqī〔名〕指男女性器官加速生長直到完全成熟的時期。通常男孩 15 歲左右，女孩 13 歲左右。

【青翠】qīngcuì〔形〕鮮綠：～的山峰。

【青蚨】qīngfú〔名〕古代傳說中的蟲名。晉朝干寶《搜神記》載，用青蚨血塗錢，錢花出去後會自動飛回來。後用"青蚨"指代銅錢或錢。

【青工】qīnggōng〔名〕青年工人：這個廠百分之八十是～。

【青光眼】qīngguāngyǎn〔名〕一種由眼內壓增高引起的眼病，患者瞳孔放大，角膜水腫，變為灰綠色，劇烈頭痛，嘔吐，視力急劇減退，甚至失明。也叫綠內障。

【青果】qīngguǒ〔名〕橄欖②。

【青紅皂白】qīnghóng-zàobái〔成〕"青"與"紅"相對，"皂"與"白"相對，用來比喻事情的底細、緣由或是非曲直：他不分～，把在座的人全批評了一頓。

【青花】qīnghuā〔名〕❶瓷器釉彩的一種。始於元代而盛行於明清。青花是用藍色釉彩繪製成花卉、人物、山水、龍鳳、蟲鳥等，然後再上一層無色透明釉，加溫燒成。也叫釉下彩。❷指這種白地藍花的瓷器：一對～｜萬曆～（明代萬曆年間燒製的這種瓷器）。

【青黃不接】qīnghuáng-bùjiē〔成〕青：未成熟的嫩綠莊稼；黃：已經黃熟的莊稼。指莊稼還沒有成熟，陳糧已經吃完。常用來比喻人力、物力暫時缺乏，新舊承接不上：老年教師已經到了退休年齡，青年教師又跟不上，處於～的時期。

【青衿】qīngjīn〔名〕〈書〉指讀書人，因常穿青色長衫，故稱。

【青筋】qīngjīn〔名〕指皮膚下的靜脈血管，因呈青色筋狀，故稱：他大怒，額角上暴起了～。

【青稞】qīngkē〔名〕（棵，株）大麥的一種，皮薄子脆，可做糌粑，也可釀成青稞酒。主要產地為西藏、青海、四川等。也叫青稞麥、元麥、裸麥。

【青睞】qīnglài〔動〕〈書〉用黑眼珠看人。表示喜愛或重視：新款手機博得消費者～｜綠色食品很受消費者～。

【青龍】qīnglóng〔名〕❶蒼龍。❷道教所奉的東方之神：左～，右白虎。

【青樓】qīnglóu〔名〕本指顯貴人家的閨閣，後來專指妓院。

【青梅】qīngméi〔名〕（顆）青色的梅子。

【青梅竹馬】qīngméi-zhúmǎ〔成〕唐朝李白《長干行》之一："郎騎竹馬來，繞牀弄青梅。同居長干里，兩小無嫌猜。"竹馬：兒童當馬騎着玩兒的竹竿。後用"青梅竹馬"形容男女小時候在一起玩耍，天真無邪：他倆～，現在已結成終身伴侶。

【青黴素】qīngméisù〔名〕抗生素的一種，是從青黴菌培養液分離出來的藥物，對肺炎以及多種球菌有抑制作用。舊稱盤尼西林。

【青面獠牙】qīngmiàn-liáoyá〔成〕青面：青色的臉；獠牙：露在嘴唇外邊的長牙。形容面貌兇惡猙獰，十分醜陋。

【青苗】qīngmiáo〔名〕沒有成熟的綠色莊稼。

【青年】qīngnián〔名〕❶指十五六歲到四十歲左右的年齡段：～人｜～時代。❷指青年時期的人：新～｜好～｜～有為。

【青年節】Qīngnián Jié〔名〕五四青年節。

【青鳥】qīngniǎo〔名〕古典文學作品中借指信使。

【青女】qīngnǚ〔名〕神話傳說中的霜神。

【青皮】qīngpí ㊀〔形〕無賴：街頭～｜～流氓。㊁〔名〕中藥上指未成熟橘子的果皮或幼果。

【青紗帳】qīngshāzhàng〔名〕指夏秋間長着玉米、高粱的大片莊稼，因高而密，好像青紗織成的帳幕，故稱：游擊隊以～為掩護，與敵人周旋。

【青少年】qīngshàonián〔名〕青年人和少年人：中國的未來寄託在～身上。

【青史】qīngshǐ〔名〕史書。古代用青竹製成竹簡記載歷史，所以稱史書為"青史"：名垂～｜～留名。

【青絲】qīngsī ㊀〔名〕❶（縷）黑色的頭髮，特指青春女子的頭髮：朝如～暮成雪｜～一縷。❷〈書〉指柳絲：岸柳被～。㊁〔名〕青梅之類切成的細絲，多放在糕點餡裏或點綴在食品上。

【青飼料】qīngsìliào〔名〕餵養牲畜、家禽的綠色飼料，如野菜、野草等。

【青苔】qīngtái〔名〕碧綠的苔蘚植物，生長在陰濕處：這小院子多年沒有人到過，早已長滿了～。

【青天】qīngtiān〔名〕❶藍色的天空：～白日。❷比喻清官：明朝的海瑞被稱為海～｜～大老爺。

【青天霹靂】qīngtiān-pīlì〔成〕晴天霹靂。

【青銅】qīngtóng〔名〕❶銅錫合金，呈青色，抗蝕性能良好，多用來鑄件或壓製零件。❷銅分別與鋁、硅、磷、錳等構成的合金。

【青銅器】qīngtóngqì〔名〕指中國先秦時期用錫銅合金製作的器物，包括工具、用具、禮器、兵器、飾物等。很多青銅器上鑄有銘文，是珍貴的史料。

【青銅時代】qīngtóng shídài 新石器時代之後、鐵器時代之前的一個時代。這時人類已經能用青銅製作工具和器皿，農業、畜牧業、手工業等有了新的發展。中國商朝被有的史學家稱為青銅時代。也叫銅器時代。

【青蛙】qīngwā〔名〕（隻）兩棲動物，生活在水中或近水的草叢中，頭闊嘴大，兩眼突出，一般腹為白色，背為綠色，有褐色斑紋，背色因環境而不同。後肢長於前肢，善跳躍，會游泳。捕食害蟲，對農業有益。通稱田雞。

【青葙】qīngxiāng〔名〕一年生草本植物，花淡紅色，供觀賞。種子叫青葙子，可入藥，有清肝火、明目的作用。

【青眼】qīngyǎn〔名〕正眼看人，黑眼珠在中間，是器重或喜愛別人的一種表情（跟"白眼"相對）：～相看｜～相待。

【青衣】qīngyī〔名〕❶黑色的便服：馬上坐着一位～人。❷傳統戲曲中旦角行當之一，即正旦。由於正旦扮演的角色（中年或青年婦女）常穿青色衣衫，故稱。

【青雲】qīngyún〔名〕❶比喻高官顯爵：平步～｜～直上。❷比喻遠大的抱負和志向：窮且益堅，不墜～之志。

【青雲獨步】qīngyún-dúbù〔成〕比喻人的學問或地位無與倫比：這項重大科技發明，使他在這個領域～。

【青雲直上】qīngyún-zhíshàng〔成〕比喻人官職升得很快很高：我看他能力過人，日後必能飛黃騰達，～。

【青壯年】qīngzhuàngnián〔名〕青年和壯年的合稱。

卿 qīng ❶古代高級官員，爵位在公之下，大夫之上，現在也用來指外國的高級官員：～相｜～客～(其他諸侯國來本國做官的人)｜國務～。❷君主稱呼臣子。❸古時夫妻或朋友間親昵的稱呼。❹(Qīng)〔名〕姓。

【卿卿我我】qīngqīng-wǒwǒ〔成〕《世說新語·惑溺》載，王安豐的妻子常稱王安豐為卿，安豐說："婦人以卿稱呼丈夫，從禮儀上講是不敬重，往後不要這樣。"妻子說："親卿愛卿，是以卿卿。我不卿卿，誰當卿卿！"後用"卿卿我我"形容男女間親昵，情意纏綿。

圊 qīng〈書〉廁所。也叫圊圂(hùn)。

氫（氫）qīng〔名〕一種氣體元素，符號H，原子序數1。無色，無臭，是最輕的元素。氫的同位素已知有氕、氘、氚三種。氫在化學工業上用途很廣。

【氫彈】qīngdàn〔名〕（顆，枚）核武器的一種，用氫的同位素氘和氚為原料，用特製的原子彈作為起爆裝置，原子彈爆炸時，所產生的高溫使氘和氚發生核聚變反應，產生巨大能量，並引發劇烈爆炸。

清 qīng ㊀❶〔形〕純淨沒有雜質（跟"濁"相對）：天朗氣～｜在山泉水～，出山泉水濁。❷寂靜：～靜｜冷～。❸廉潔；不貪污：～廉｜～官。❹〔形〕清楚：分～敵我｜講～道理。❺單純的：～唱｜～茶｜～一色。❻高雅；高潔：～操｜～譽｜～賞。❼〔形〕盡；完：把賬還～了。❽清除不純的成分；使組織純：～黨。❾〔動〕清理；查點：～倉｜～產核資｜～一～書庫裏的書。❿〔動〕還清，結清：～欠｜賬已經～了。

㊁(Qīng)〔名〕❶朝代，1616-1911，滿族人愛新覺羅·努爾哈赤所建，初名後金，1636年改為清。1644年入關，建都北京。❷姓。

語彙 澄清　蛋清　分清　劃清　冷清　肅清　謄清血清　弊絕風清　海晏河清　玉潔冰清

【清白】qīngbái〔形〕(言行、品德) 沒有污點：身家～｜歷史～｜～無辜。

【清倉】qīng // cāng〔動〕❶清理查點庫存：～查庫。❷將庫存的東西全部賣出：～甩賣。

【清冊】qīngcè〔名〕(本) 詳細登記人員、錢財或物資等有關項目的冊子：人員～｜財產～｜固定資產～。

【清茶】qīngchá〔名〕❶綠茶；沏的綠茶：你喝～還是紅茶？❷指待客時所備的沒有點心、糖果等食品相配的單純的茶水：今天的座談會，只有～一杯。

【清查】qīngchá〔動〕❶徹底檢查：～戶口｜～倉庫。❷查找；搜尋：～隱藏的偷渡者。

【清償】qīngcháng〔動〕全部償還：～債務｜～銀

行貨款。

【清場】qīngchǎng〔動〕❶清理公共場所，使顧客、遊人離開：下午要舉行其他專場展覽，因此必須提前～。❷清理場地使環境合乎要求：裝修後要～保潔｜公園每天都有保潔工～。

【清唱】qīngchàng ❶〔名〕（段）不化裝的戲曲演唱形式：今天的節目有舞蹈、雜技、京劇～等｜來一段～。❷〔動〕不化裝唱戲：晚會上幾位戲曲演員每人～了一段。

【清澈】（清徹）qīngchè〔形〕清淨透明：～的潭水一望見底。

【清晨】qīngchén〔名〕清早：～起來做早操｜他習慣在～鍛煉。

【清除】qīngchú〔動〕❶掃除乾淨：～垃圾。❷徹底去掉：～障礙｜～病毒。

【清楚】qīngchu ❶〔形〕清晰明白；容易辨認、了解：發音～｜問題談得很～｜把手續交代～。❷〔形〕不糊塗，能明辨事理：頭腦～。❸〔動〕知道；了解：這件事的前因後果我都～｜目前的形勢和任務你們～不～？

【清純】qīngchún〔形〕❶（女性）清秀純潔：～少女。❷清新純淨：～的泉水｜雨後藍天，空氣～。

【清醇】qīngchún〔形〕（酒）清純正，無雜味：名酒味道～，但不可貪杯。

【清脆】qīngcuì〔形〕❶聲音清楚響亮：她說話的聲音又～，又好聽。❷食物脆而香：鮮棗～香甜。

【清單】qīngdān〔名〕（張，份）詳細登記有關項目的單子：稿件～｜購物～｜開列一個～。

【清淡】qīngdàn〔形〕❶（顏色、氣味）不濃：這種香皂的香味比較～。❷食物含油脂少：炒菜要～一點。❸顧客少；生意不多：農忙季節，進城的人少，生意～。❹清新淡雅：牆上掛一幅～的山水畫。

【清道】qīngdào〔動〕❶打掃街道，清除路上的障礙：派些掃雪機及時～。❷古代皇帝或官員出入，先命清掃道路並驅散行人。

【清道夫】qīngdàofū ❶〔名〕（名）舊時稱清潔工。❷足球比賽中拖後中衛的別稱。因拖後中衛是除守門員外防守的最後一道關口，故稱。

【清點】qīngdiǎn〔動〕清理查點：～物資｜存貨｜～人數。

【清燉】qīngdùn〔動〕烹調方法。把食物放在清水中慢慢煮，不放醬油：這塊牛肉要～，不要紅燒。

【清風】qīngfēng〔名〕❶（陣，股）清爽的風：～徐來｜～明月。❷形容空空如也：兩袖～（比喻廉潔）。

【清福】qīngfú〔名〕清閒舒適的生活：享～。

【清高】qīnggāo〔形〕❶純潔高尚：為人品德～，受人尊敬｜自命～。❷自視高潔，不合時宜

（多用於貶義）：他太～了，與眾人合不來。

【清官】qīngguān〔名〕（位）廉潔、公正的官吏：～斷家務事｜歷代～，老百姓都很敬重。

【清官難斷家務事】qīngguān nánduàn jiāwùshì〔諺〕指家庭糾紛錯綜複雜，外人不好過問：你們家裏的事你們自己商量解決吧，我們不好說甚麼，～。

【清規戒律】qīngguī-jièlǜ〔成〕❶佛教用語。清規指寺規，清淨的儀軌，能清淨大眾，故稱。戒是防非止惡的意思。防止佛教徒作邪惡的法律叫戒律。❷泛指煩瑣的規章制度：打破～｜那個地方有過多的評頭品足，數不盡的～。

【清寒】qīnghán〔形〕❶清朗而有寒意：月色～。❷十分貧窮：他小時家裏很～。

【清儉】qīngjiǎn〔形〕清廉儉樸：生活～。

【清剿】qīngjiǎo〔動〕徹底肅清（壞人、惡勢力）：～匪徒｜～犯罪團夥。

【清繳】qīngjiǎo〔動〕結清繳納：～稅款｜～公司所欠債務。

【清教徒】qīngjiàotú〔名〕（名，位）十六七世紀時英國新教徒的一派，主張清洗聖公會天主教殘餘影響。清教徒為了抵制罪惡，把家庭和教會都辦成修身學校，培養重視私德和對社會負責的人。後也用來指拒制私欲，甘心過艱苦生活的人：在山村教書很辛苦，但他甘當～，不願離開。

【清潔】qīngjié〔形〕乾淨衛生；沒有塵埃污垢：整齊～｜屋裏打掃得格外～。

【清潔能源】qīngjié néngyuán 開發利用過程中不產生或很少產生污染物的能源，如風能、電能、水能、太陽能、地熱能等：高效～｜開發利用～。

【清淨】qīngjìng ❶〔形〕沒有紛擾；不受外物干擾：心境～。❷〔形〕清澈純淨：大雨過後，空氣～｜～的湖水。❸〔名〕佛教用語。離開惡行的過失，離開煩惱的垢染。

【清靜】qīngjìng〔形〕安靜；不嘈雜，不喧囂：這條小街沒有車馬來往，十分～。

【清峻】qīngjùn〔形〕（文章）簡約嚴明：文筆～｜喜讀風格～的詩文。

【清客】qīngkè〔名〕舊指在官僚富貴人家幫閒效力的門客：舊時一些落拓文人淪為豪門～。

【清苦】qīngkǔ〔形〕貧苦：他們家人口多，日子一直過得很～。

【清朗】qīnglǎng〔形〕❶清淨爽朗：天氣～。❷清楚響亮：～的歌聲。❸清淨明亮：陽光～｜～的星空｜她的眼睛～俊秀。

【清冷】qīnglěng〔形〕❶涼爽而微寒：天將破曉更覺～。❷冷清寂靜：夜已深了，街上十分～。

【清理】qīnglǐ〔動〕清查整理或處理：～物資｜賬目｜把房間～～。

【清麗】qīnglì〔形〕清雅秀麗：青花瓷～雅致｜～的江南水鄉景色。

【清廉】qīnglián〔形〕清正廉潔：為官～｜領導必須～方正，才能得到下屬的尊重。

【清涼】qīngliáng〔形〕清爽涼快：～油｜～飲料｜你的批評對我是一服很好的～劑。

【清涼油】qīngliángyóu〔名〕一種外敷用膏狀藥物，用薄荷油、樟腦等加凡士林製成，有清涼效用。適用於暑熱頭昏、傷風頭痛、蚊蟲叮咬、輕度燙傷等。舊稱萬金油。

【清亮】qīngliàng〔形〕清脆響亮：歌聲～｜～的嗓音。

【清亮】qīngliang〔形〕❶ 清澈透亮：小溪的水很～｜這種食油很～，沒有雜質。❷（北方官話）明白；不糊塗：這個人心裏～，會算賬。

【清流】qīngliú〔名〕❶ 清澈的流水：潺潺～。❷ 舊指名望好而不與世俗同流合污的人。

【清明】qīngmíng ㊀〔形〕❶ 政局穩定，有法度而不亂：政治～。❷ 頭腦清醒而鎮靜：神志～。❸ 清澈而明朗：月色～。㊁〔名〕二十四節氣之一，在 4 月 5 日前後。中國傳統節日，民間習俗在這一天祭掃墳墓。

【清盤】qīngpán〔動〕❶ 企業不再繼續經營，變賣資產以償還債務、分配剩餘財產：轉讓工作已到了～尾聲。❷ 將資產全部賣出：剩餘的現房～，即售即住。

【清貧】qīngpín〔形〕清寒貧苦：家境～｜～自守｜過着～生活。

【清平】qīngpíng〔形〕❶ 太平：～世界。❷〈書〉清廉公正：吏治～。❸ 平靜，清淨：湖水～｜心境～。

【清漆】qīngqī〔名〕用樹脂、松節油或亞麻油等製成的一種不含顏料的塗料，塗刷在物體表面，形成一層光滑透明的薄膜，現出物體表面原有的紋路。主要用於塗飾家具、地板、門窗等，也用來製造磁漆。

【清秋】qīngqiū〔名〕明淨爽朗的秋天，特指深秋：現在已是～季節，天氣很涼爽。

【清秋節】qīngqiūjié〔名〕❶（Qīngqiū Jié）〈書〉指農曆九月九日重陽節。❷ 深秋時節：多情自古傷離別，更那堪冷落～。

【清癯】qīngqú〔形〕〈書〉清瘦：一個～的身影｜～的臉上陡然露出一絲笑意。

【清熱】qīng//rè〔動〕中醫指清除內熱：～解毒｜感冒～沖劑。

【清掃】qīngsǎo〔動〕掃除乾淨：～樓道｜～積雪。

【清瘦】qīngshòu〔形〕消瘦：病後～｜人雖～，但很有精神。

【清爽】qīngshuǎng ㊀〔形〕❶ 清新涼爽：清晨，空氣～。❷ 輕鬆暢快：問題解決了，心裏分外～。㊁〔形〕（吳語）❶ 整潔：屋子收拾得十分～。❷ 清楚：當着大家把話講～。❸ 清

淡，不油膩：涼拌藕片，又脆又嫩又鮮又～。

【清水衙門】qīngshuǐ yámen 原指某些沒有好處可撈的官府。現比喻福利少、待遇較差的機構或部門。

【清算】qīngsuàn〔動〕❶ 徹底核算：～賬目。❷ 徹底查究並予以相應處理：～流氓團夥的罪行。

【清談】qīngtán〔動〕原指魏晉時期一些士大夫擯棄世務，空談玄理。後來泛指不解決實際問題地空泛議論：～不能解決問題｜他重實務，不尚～｜誤國。

【清湯】qīngtāng ㊀〔名〕❶ 沒有菜的湯。❷ 白水。㊁〔名〕（贛語）餛飩。

【清湯寡水】qīngtāng-guǎshuǐ〔成〕指菜餚清淡寡味，沒有甚麼油水：他們幹的是重活，要吃飽吃好，不能餐餐～。

【清甜】qīngtián〔形〕❶ 清爽甜美：～的泉水。❷ 清脆甜美：歌聲婉轉～。

【清退】qīngtuì〔動〕清理並退還：～多佔的住房｜～贓款贓物。

【清晰】qīngxī〔形〕清楚；易於辨認：字跡～｜思路～｜遠山的輪廓～可見。

【清洗】qīngxǐ〔動〕❶ 洗乾淨：～炊具。❷ 清除（不能容留的人）：把異己分子～出去。

【清閒】qīngxián〔形〕清靜悠閒：退休後養魚種花，過上了～日子。

【清香】qīngxiāng〔名〕清新而淡薄的香味：～的荷花｜～可口｜～撲鼻｜遠處飄來陣陣～。

【清心寡欲】qīngxīn-guǎyù〔成〕使內心清淨，少有欲念：～，超然物外｜生活規律，～，能使老年人延年益壽。

【清新】qīngxīn〔形〕❶ 清爽新鮮：郊外的空氣很～。❷ 新穎不落俗套：她的文筆～自然｜這本書的封面～大方。

【清馨】qīngxīn〔形〕香而不濃烈；清香：丁香花的～令人陶醉｜我最喜歡百合的～淡雅。

【清醒】qīngxǐng ❶〔形〕（頭腦）清楚，不糊塗：保持～的頭腦｜我們對形勢要有～的估計。❷〔動〕（神志）脫離昏迷狀態而恢復正常：病人昏迷了一夜，剛～過來。

【清秀】qīngxiù〔形〕俊美秀麗：眉目～｜山水～。

【清雅】qīngyǎ〔形〕❶ 清新高雅：言辭～｜談吐～。❷ 清秀文雅：儀容舉止，～大方。❸ 清靜幽雅：一片～的竹林｜這裏是一所～的居處。

【清樣】qīngyàng〔名〕（份，張）從已經拼版的印刷版上打下來的校樣，也指最後一個校次的校樣：打兩份～｜～已經看過，可以付型了。

【清夜】qīngyè〔名〕寂靜無聲的深夜：～捫心自問｜車馬漸稀，城市安睡在～中。

【清一色】qīngyīsè ❶〔名〕打麻將時由某家掌握的同一種花色組成的一副牌：莊家和（hú）了

個～。❷〔形〕屬性詞。由一種成分構成的或成員全部一樣的：合唱隊的女演員都穿着～的裙裝｜有宗派主義情緒的人就是愛搞～。

【清音】qīngyīn ㊀〔名〕❶曲藝的一種，用琵琶、二胡等伴奏，流行於四川。❷戲曲劇種，即清音戲。用古箏等弦樂器伴奏。流行於安徽。源於具有濃厚宗教色彩的曲藝"清音"，以後發展成為舞台劇。❸婚喪時所用的細樂。㊁〔名〕發音時聲帶不顫動的音（區別於"濁音"）。也叫不帶音。

【清瑩】qīngyíng〔形〕清澈明亮：～的露珠｜一彎～的池水。

【清幽】qīngyōu〔形〕（景色）清靜秀麗：景山公園是鬧市中一個～之處｜佛門淨地古樸～。

【清油】qīngyóu〔名〕素油；植物油：～烙餅。

【清譽】qīngyù〔名〕〈書〉清白的聲譽；美好的名聲：謹言慎行保～｜他看重的是一生的～。

【清越】qīngyuè〔形〕清脆悠揚：笛聲～｜獨弦琴～動聽。

【清早】qīngzǎo〔名〕〈口〉早晨太陽剛出來的一段時間：他們大～就起床打太極拳了。

【清障】qīngzhàng〔動〕清除道路或河道等處的障礙物：～車｜暴雪過後應及時～，以免交通擁堵。

【清賬】qīngzhàng ❶(-//-)〔動〕結清賬目：月底一定～｜先清了賬，再談另一筆生意｜年關總要清一清老賬了。❷〔名〕清楚明白的賬目：把～謄在紙上貼出來，請大家審查。

【清真】qīngzhēn〔形〕❶〈書〉純潔樸素：～寡欲。❷屬性詞。伊斯蘭教的：～寺｜～食堂｜～糕點。

【清真教】Qīngzhēnjiào〔名〕伊斯蘭教。因該教學者用"至清至真"等語概述教義，故稱。

【清真寺】qīngzhēnsì〔名〕（座）伊斯蘭教的寺院。也叫禮拜寺。

【清蒸】qīngzhēng〔動〕烹調方法，不放醬油帶湯蒸（雞、鴨、魚、肉等）：～魚｜～鴨子。

【清正】qīngzhèng〔形〕❶廉潔公正：為官～。❷清白正直：人品～。

傾（倾）qīng ❶〔動〕斜；偏斜：～耳細聽｜身體前～。❷倒塌；傾覆：杞國無事憂天｜大廈將～。❸全部拿出或出動：～箱倒櫃｜～巢相助｜～巢出動。❹〔動〕用盡（力氣）：～全力把工作做好。❺傾向：左～｜右～。❻〈書〉壓倒，勝過：欲以～諸將｜權～朝野。

【傾巢】qīngcháo〔動〕窩裏的鳥全部出來；比喻敵人或匪徒出動全部力量：敵軍～而出。

【傾城傾國】qīngchéng-qīngguó〔成〕《漢書·孝武李夫人傳》："北方有佳人，絕世而獨立，一顧傾人城，再顧傾人國。"意思是佳人有驚人的美貌，使一城一國的人都為之傾倒。後用"傾城傾國"形容女子容貌很美。

【傾倒】qīngdǎo〔動〕❶直立的東西由歪斜而倒下。❷折服；仰慕，愛慕：出色的演奏～了台下的聽眾｜她是那樣美麗，怎麼能不叫小夥子～？

另見qīngdào（1094頁）。

【傾倒】qīngdào〔動〕❶把東西全部倒出來：～垃圾。❷比喻全部吐露出來：內心的話語全部～了出來｜在會上～苦水。

另見qīngdǎo（1094頁）。

【傾覆】qīngfù〔動〕❶傾倒，倒下：～大廈。❷顛覆；使徹底垮台：～社稷。

【傾家蕩產】qīngjiā-dàngchǎn〔成〕把全部家產敗光：有的富家子弟，遊手好閒，不事生產，到頭來落得個～。

【傾力】qīnglì〔動〕傾注全力：～開發新產品｜～相助。

【傾慕】qīngmù〔動〕傾心愛慕；十分愛慕：兩位同桌互相～已久｜他對那個女同學十分～。

【傾囊】qīngnáng〔動〕把自己所有的（錢物等）都拿出來：～相助。

【傾盆大雨】qīngpén-dàyǔ〔成〕像從盆裏潑出來的雨。指又大又急的雨：出門不久便遇到～，淋得我全身濕透。

【傾情】qīngqíng〔動〕傾注全部感情：兩人一見～｜他半生～於花卉栽培。

【傾訴】qīngsù〔動〕把心事盡情訴說出來：～衷情｜一腔幽怨，向誰～？

【傾談】qīngtán〔動〕暢談；真摯而盡情地交談：促膝～｜老友相逢，～別後遭遇，直到午夜方才入睡。

【傾聽】qīngtīng〔動〕細心而認真地聽取：～群眾的呼聲｜～老師教誨。

【傾吐】qīngtǔ〔動〕全部說出；傾訴：～苦水｜～衷情。

【傾箱倒篋】qīngxiāng-dàoqiè〔成〕把箱子裏的東西全部倒出來。比喻盡其所有，全部拿出來：為幫助失學兒童重返校園，她～，把多年的私房錢都拿了出來。注意"篋"不讀jiá。

【傾向】qīngxiàng ❶〔名〕發展的趨向：要注意一種～掩蓋着另一種｜政治～。❷〔動〕偏於贊成某一方：我比較～於他的意見。

【傾銷】qīngxiāo〔動〕用低於市場價的價格拋售商品，以擊敗經營同類商品的對手，奪取和獨佔市場，攫取高額利潤：着手調查這起～案件｜反～稅。

【傾斜】qīngxié〔動〕❶歪斜：這一堵牆有點～｜～面。❷偏重；給予政策、待遇等的特殊支持：國家許多政策明顯地向農業～｜財力物力的安排對教育事業是有～的。

【傾瀉】qīngxiè〔動〕大量的水從高處急速流下：瀑布～而下｜山洪～。

【傾心】qīngxīn〔動〕❶一心嚮往；仰慕；他們一見～。❷盡心；拿出誠心：～而談，吐露真情。

【傾軋】qīngyà〔動〕同一集團的人因爭權奪利而互相排擠打擊：他們彼此～，公司內部矛盾重重。注意這裏的"軋"不讀 gá 或 zhá。

【傾注】qīngzhù〔動〕❶水流從上而下地灌入：大雨～，鐵路沿綫多處塌方。❷感情、精力集中到一個目標上：他為革命～了畢生心血｜～全力，鑽研科技難題。

輕（轻）qīng❶〔形〕重量小；分量少（跟"重"相對）：油比水～｜不～不重正好。❷負載小：～裝｜～擔。❸〔形〕數量少：年紀～｜工作～。❹輕便：～舟｜～騎。❺〔形〕輕鬆：～音樂｜無債一身～。❻〔形〕不重要；隨便：責任～｜掉以～心｜不～下結論。❼不莊重；不嚴肅：～佻｜～浮。❽〔形〕細微柔弱：雲淡風～｜～聲細語。❾稀薄的：～紗｜～霧。❿〔形〕用力不猛：～抬～放｜躡手躡腳～～走進病房。⓫輕率；不慎重：～舉妄動。⓬輕視：～敵｜文人相～。

【輕便】qīngbiàn〔形〕❶重量輕而便於建造、使用或運輸的：～鐵路｜～鏜床｜～摩托｜行李～。❷輕鬆；容易：他的工作很～，不費勁。

【輕薄】qīngbó❶〔形〕不莊重，言行舉止輕佻：舉止～｜～少年。❷〔動〕侮辱：女孩子被流氓～了一頓，事後家人報了警。

【輕車熟路】qīngchē-shúlù〔成〕唐朝韓愈《送石處士序》："若駟馬駕輕車，就熟路。"駕着輕便的車，走上熟悉的路。後用"輕車熟路"比喻經驗豐富，做起事容易：辦這件事，他是～，準沒錯兒。

【輕敵】qīngdí〔動〕❶輕視敵人，放鬆警惕：千萬不可～。❷比喻輕視對手：這個球隊～，結果敗下陣來。

【輕而易舉】qīng'éryìjǔ〔成〕形容事情容易做，不費力氣：這絕不是件～的事｜不要以為～就能把莊稼種好。

【輕紡】qīngfǎng〔名〕❶輕工業和紡織工業的合稱：～工業的增長速度超過了重工業的增長速度。❷專指輕工業中的紡織工業：～｜服裝產品展銷。

【輕浮】qīngfú〔形〕言行不穩重、不嚴肅（跟"莊重"相對）：舉止～｜這個人很～。

【輕歌曼舞】qīnggē-mànwǔ〔成〕輕鬆、愉快的歌曲和柔和、優美的舞蹈：青年男女～，直到深夜，才逐漸散去。

【輕工業】qīnggōngyè〔名〕以生產生活資料為主的工業，包括食品、製藥、皮革、紡織、造紙等（區別於"重工業"）：～產品｜重視～的發展。

【輕軌鐵路】qīngguǐ tiělù　用輕型鋼軌鋪設的城市公共交通鐵路。列車由電力機車牽引，可在地面和地下運行。

【輕活】qīnghuó（～兒）〔名〕輕鬆不費力的工作；強度小的體力勞動（跟"重活"相對）：不管～重活，甜活苦活，他都踏踏實實幹好。

【輕賤】qīngjiàn❶〔形〕(人)下賤；不自重：他甚麼小便宜都不放過，怎麼這樣～？❷〔動〕看不起；小看：不能～人。

【輕捷】qīngjié〔形〕(動作)輕快敏捷：步履～｜老人走進會場。

【輕舉妄動】qīngjǔ-wàngdòng〔成〕未經慎重考慮，就輕率盲目地行動；切不可～｜這次戰鬥失利，在於～。

【輕快】qīngkuài〔形〕❶輕鬆快速；不吃力：邁着～的步子。❷輕鬆愉快：～的音樂。

【輕狂】qīngkuáng〔形〕輕浮狂放：舉止～｜他那樣～，誰還敢接近？

【輕慢】qīngmàn❶〔形〕待人不熱情，不敬重：他對人～，很難跟別人相處。❷〔動〕不熱情、不敬重地對待：信訪處～來訪者要追究責任。

【輕描淡寫】qīngmiáo-dànxiě〔成〕原指繪畫時用淺淡的顏色輕輕着筆。現多比喻說話或寫文章時把重要問題輕輕帶過：要認真檢查自己的錯誤，不要～。

【輕蔑】qīngmiè〔動〕看不起，蔑視：他臉上露出了～的神情。

【輕暖】qīngnuǎn❶〔形〕輕軟暖和：這種面料～舒適，透氣性好。❷〔名〕〈書〉指輕軟暖和的衣服：吃肥甘，穿～。

【輕諾寡信】qīngnuò-guǎxìn〔成〕《老子·六十三章》："夫輕諾必寡信。"指輕易答應別人的請求，很少能守信用：他不是～的人，答應的事一定會辦。

【輕飄】qīngpiāo〔形〕輕浮而不踏實：作風～。

【輕飄飄】qīngpiāopiāo（～的）〔形〕狀態詞。❶形容輕輕飄動的樣子：她跳起舞來，長裙～地擺動着。❷形容動作輕快靈活或心情輕鬆、愉快：獲獎以後，他特別高興，心裏頭～的。❸浮泛；不實在：他講了一些～的套話，不解決任何問題。

【輕騎】qīngqí〔名〕❶輕裝的騎兵：派出～襲擊敵人運輸隊。❷(輛)輕便摩托車：嘟嘟聲一響，就知道他騎着～又來了。

【輕巧】qīngqiǎo(-qiao)〔形〕❶重量輕而靈巧：這輛摺疊自行車真～｜雜技演員的身子都很～。❷輕鬆靈巧：動作～｜他的手非常～，幹甚麼，像甚麼。❸簡單容易：說起來倒很～，做起來可不那麼容易。

【輕輕】qīngqīng〔副〕輕手輕腳地，不費力地；輕聲輕氣地：把孩子～地放在床上｜～地一跳就跳了上去｜她們～說着知心話兒。

【輕取】qīngqǔ〔動〕輕易地取勝（敵人或對手）：～守敵據點｜這場足球賽，主隊以三比零～客隊。

【輕柔】qīngróu〔形〕❶輕靈柔軟：～的柳絲｜花旦的身段～美妙。❷輕鬆柔和：～的音樂｜～的舞蹈。

【輕傷】qīngshāng〔名〕輕微的外傷；輕度的創傷：～不下火綫。

【輕生】qīngshēng〔動〕輕視生命，常指自殺：你年紀很輕，前途遠大，不可～。

【輕聲】qīngshēng ❶〔形〕小聲；低聲：～低語。❷〔名〕普通話的音節在一定條件下失去原調，讀成既短又輕的調子，叫輕聲。有些合成詞第二音節不讀輕聲是不同的詞，如"東西"和"東西"（"西"輕聲），"大意"和"大意"（"意"輕聲）。

輕聲類別

現代漢語輕聲常見的有 8 種情況：a）結構助詞、時態助詞、語氣助詞讀輕聲，如"我的""輕輕地唱""唱得好""寫了""想着""走過""走吧""是嗎"。b）代詞充當賓語，如"叫你去""請他來"。c）動詞重疊式的第二個音節，如"看看""說說""研究研究"。d）趨向動詞做補語，如"回來""出去""跑進去"。e）名詞後面表方位的"上""下""裏"等，如"天上""地下""屋裏"。f）名詞後綴"子""頭"，如"椅子""甜頭"。g）一部分合成詞的第二個音節，如"熱鬧""寶貝""豆腐""地道"（不同於"地道（dào）"）。h）一部分聯綿詞的第二個音節，如"嘮叨""糊塗""哆嗦""馬虎"。

【輕省】qīngsheng〔形〕❶不費力；輕鬆：他總是找個～的工作。❷重量輕：帶的行李只有幾件衣服，挺～。

【輕世傲物】qīngshì-àowù〔成〕藐視世俗，看不起人。指鄙視世人，甚麼都不放在眼裏：為人～，我行我素。

【輕視】qīngshì〔動〕看不起；不看重（跟"重視"相對）：這是個原則問題，不能～｜不可～食品衛生質量。

【輕手輕腳】qīngshǒu-qīngjiǎo〔成〕為避免產生響聲，手腳動作很輕：護士出來進去都～的，病房裏很安靜。

【輕率】qīngshuài〔形〕（說話做事）不慎重，隨隨便便（跟"鄭重"相對）：～的態度｜這樣處理太～了。

【辨析】**輕率、草率** "輕率"着重指說話、做事、態度、作風等不慎重、不嚴肅、隨隨便便；"草率"着重指做事不細緻、不認真，粗枝大葉、馬虎敷衍。比如"不該輕率地相信他的話"，其中的"輕率"不能換用"草率"，"對樣品只是草率地抽查"，其中的"草率"不能換成"輕率"。

【輕鬆】qīngsōng ❶〔形〕精神鬆弛；不緊張（跟"緊張"相對）：～愉快｜～的工作｜他退休以後，在家裏看看書、畫畫畫兒，生活很～。❷〔動〕放鬆；使輕鬆：放點音樂，～一下｜放假了，讓孩子～～。

【輕佻】qīngtiāo〔形〕言行輕薄，不莊重（多形容女性，跟"莊重"相對）：舉止～｜他躲開了那個～的女人。

【輕微】qīngwēi〔形〕數量小；程度淺：～的動作｜～的頭痛｜損失～。

【輕武器】qīngwǔqì〔名〕（件）體積較小、重量較輕、射程較近，便於攜帶和使用的武器，如步槍、手槍、機槍等。

【輕閒】qīngxián〔形〕❶輕鬆閒適：退休後，沒甚麼事兒了，他很～。❷不費力，不緊張：想找～的工作，哪兒找去？

【輕信】qīngxìn〔動〕輕易相信：辦案子要重證據，不能～口供｜～人言，上了大當。

【輕型】qīngxíng〔形〕屬性詞。與同類產品相比，在重量、體積、功效或威力上都比較小的（跟"重型"相對）：～飛機｜～坦克。

【輕易】qīngyì ❶〔形〕不費力；輕鬆容易：成績豈能～取得！❷〔副〕隨時；常常：他不～到這裏來。❸〔副〕輕率：不要～下結論｜他不～動怒。

【輕音樂】qīngyīnyuè〔名〕（首）指輕快活潑、結構短小的抒情音樂。主要有器樂曲、舞曲等。

【輕盈】qīngyíng〔形〕❶姿態靈巧優美；動作輕快活潑（多形容女性）：體態～｜她的自由體操，動作～優美。❷輕鬆：～的歡聲笑語。

【輕於鴻毛】qīngyúhóngmáo〔成〕比大雁的毛還輕。比喻事物的價值很小：死有重於泰山，有～。

【輕重】qīngzhòng ❶〔名〕重量大小；用力大小：這兩隻箱子～不一樣｜下手不知～。❷〔名〕程度的深淺；事情的主次：辦事應權衡～緩急。❸〔名〕分寸：這個人說話太衝，不知～。❹〔形〕重要（"輕"是陪襯）：無足～（沒甚麼重要）。

【輕重倒置】qīngzhòng-dàozhì〔成〕把重要的和不重要的、主要的和次要的位置放顛倒了：我們都不贊成這種"撿了芝麻，丟了西瓜"的～做法。

【輕舟】qīngzhōu〔名〕輕便的小船：兩岸猿聲啼不住，～已過萬重山。

【輕裝】qīngzhuāng〔名〕❶輕便的行裝：～上

路｜～簡從。❷ 比喻輕鬆愉快的精神狀態：放下思想包袱，～前進。❸ 輕便的裝備：～部隊。

【輕裝簡從】qīngzhuāng-jiǎncóng〔成〕行裝簡單，隨從不多。多指官員出外時不事鋪張：部長下去調研，～，效率很高。也說輕車簡從。

【輕裝上陣】qīngzhuāng-shàngzhèn〔成〕原指不穿鎧甲上陣作戰。現比喻解除思想顧慮，輕鬆投入工作：對過去犯過一些錯誤的幹部，要鼓勵他們～，在工作中做出新的成績。

蜻 qīng 見下。

【蜻蜓】qīngtíng〔名〕(隻)昆蟲，身體細長，有膜質翅兩對，在水邊飛翔，捕食蚊子等。雌的用尾點水產卵於水中。

【蜻蜓點水】qīngtíng-diǎnshuǐ〔成〕蜻蜓觸水，一掠而過。比喻表面的接觸，不深入實際，或做事膚淺不細緻：這篇文章面面俱到，可都是～，不深不透｜官員調查研究，要深入群眾，不能～。

鯖(鯖) qīng〔名〕魚名，生活在海洋中，身體呈紡錘形，鱗圓而細小，頭尖，口大，背青色，腹白色。肝可製魚肝油。也叫青花魚。

另見 zhēng(1737 頁)。

qíng ㄑㄧㄥˊ

勍 qíng〈書〉強：～敵(強大的敵人)。

情 qíng ❶ 感情：無～｜一往～深。❷ 情分；友誼：交～｜人～世故。❸ 情面：求～｜說～。❹ 兩性間的愛：談～說愛｜一見鍾～。❺ 情欲；性欲：春～｜發～。❻ 情形；狀況：內～｜國～｜行～｜實～。❼ 情理：合～合理｜通～達理。❽ (Qíng)〔名〕姓。

語彙	愛情	案情	表情	病情	薄情	敵情	動情
多情	恩情	發情	風情	敢情	感情	行情	激情
講情	交情	盡情	領情	求情	熱情	人情	色情
神情	事情	抒情	同情	無情	心情	性情	友情
真情	鍾情	酌情	難為情	魚水情	觸景生情		

【情愛】qíng'ài〔名〕❶ 男女之間的愛情：他們夫妻～深篤。❷ 人與人之間相互關愛的感情：父母對兒女的～難以報答。

【情報】qíngbào〔名〕(份，件)❶ 關於最新情況的信息報告：科技～。❷ 通過偵察手段獲得的有關對方各方面的機密情況：軍事～｜刺探～。

【情不自禁】qíngbùzìjīn〔成〕激動的感情自己控制不住：不論是看電影還是看小說，看到動人處，我總是～地流下眼淚。

【情操】qíngcāo〔名〕感情和操守：培養高尚的～｜兩人志以～相投，遂成知交。

【情場】qíngchǎng〔名〕指男女間談說愛的活動、相互的愛情關係：～風波｜～失意。

【情敵】qíngdí〔名〕為追求同一異性而彼此敵視的人：他們曾是～，後來成了朋友。

【情調】qíngdiào〔名〕❶ 受某種思想意識的影響而產生的感情色彩：不健康的～。❷ 客觀環境所具有的能使人產生某種感情的情景：異國～｜月夜｜山中～。

【情竇初開】qíngdòu-chūkāi〔成〕指男女青年(多指少女)開始懂得愛情：她～，對愛情充滿幻想。

【情分】qíngfèn(-fen)〔名〕人們交往中產生的情感：都礙着～臉面，誰也不好意思開口｜看着多年的～，怎麼也要幫他渡過難關。

【情夫】qíngfū〔名〕男女二人一方或雙方已有配偶而保持性愛關係，男方是女方的情夫。

【情婦】qíngfù〔名〕男女二人一方或雙方已有配偶而保持性愛關係，女方是男方的情婦。

【情感】qínggǎn〔名〕❶ 人們對外界刺激所產生的心理反應，如喜、怒、哀、樂、愛、惡、欲等。❷ 人與人的感情：他們有很深的～。

【情歌】qínggē〔名〕(首)表現愛情的歌曲：陝北民歌裏有不少～。

【情話】qínghuà〔名〕表達情愛的話：跟女友有說不完的～｜偷聽～。

【情懷】qínghuái〔名〕充滿着某種感情的心境：壯麗的河山在心中激發起愛國～。

【情急】qíngjí〔動〕❶ 心中着急：他一時～才說出那番話。❷ 情勢緊迫：～生智｜眼看就要被追上，～之下跳進池塘裏。

【情急智生】qíngjí-zhìshēng〔成〕情況緊急時突然想出聰明的應變辦法：他～，用一塊大石頭砸破水缸，水流了出來，孩子得救了。

【情節】qíngjié〔名〕❶ 作品中故事的發生、演變和經過：故事～｜～曲折｜～生動。❷ 指案情：這個案子的～非常複雜｜視～輕重予以處理。

【情結】qíngjié〔名〕藏在內心深處的感情糾葛：海外遊子的思親～｜這次他終於回到了祖國大陸，解了多年的大陸～。

【情景】qíngjǐng〔名〕❶ 感情和景物：～交融(指文學作品中景物的描寫或環境的渲染與抒發人物的感情緊密結合，融為一體)。❷ 情況和景象：當時的～，如今回想起來，仍歷歷在目。

【情景劇】qíngjǐngjù〔名〕(部)在室內拍攝的、場景比較固定的電視劇：如今英語課堂上，用～形式進行教學的越來越多。

【情境】qíngjìng〔名〕情形；境地：～一改變，心情也跟着改變了。

【情況】qíngkuàng〔名〕❶情形；狀況：具體~｜特殊~｜這種~必須改變。❷指敵情或軍事上情勢的變化：前方有~，做好戰鬥準備。

【情郎】qíngláng〔名〕相愛的青年男女中的男子；女子稱呼所愛的男子：~去參軍，送到大路旁。

【情郎哥】qínglánggē〔名〕女子稱呼所愛的男子。

【情理】qínglǐ〔名〕人情事理：合乎~｜他這樣做~難容。

【情侶】qínglǚ〔名〕（對）戀愛中的男女或其中的一方：~裝｜她是小王的~。

【情侶裝】qínglǚzhuāng〔名〕（套）特為情侶同時穿着而設計的，款式相同、顏色協調搭配的服裝：運動~｜在婚姻登記中心，許多新人身穿~前來登記。

【情面】qíngmiàn（-mian）〔名〕情分和面子：留~｜不顧~｜對以前的錯誤一定要揭發，不講~。

【情趣】qíngqù〔名〕❶人的性情和志趣：志同道合，~相投。❷情調和趣味：~高雅｜此人辦事刻板，生活中缺少~。

【情人】qíngrén〔名〕❶（對）相愛的男女互為情人：~眼裏出西施。❷特指情夫或情婦。

【情人節】Qíngrén Jié〔名〕西方習俗以 2 月 14 日為情人節，這一天情人之間贈送巧克力、鮮花、賀卡以及飾有心形的小禮品，向對方表達自己的愛意。

【情人眼裏出西施】qíngrén yǎnli chū Xīshī〔俗〕西施：春秋時越國的美女。比喻墜入情網的人總覺得對方無處不美。

【情殺】qíngshā〔動〕因戀情糾紛引起兇殺：~案件｜經深入了解，死者死因已排除~可能。

【情商】qíngshāng〔名〕情感商數。心理學上指人控制感情，把握心理平衡，與人交流，適應社會的能力：智商高，~也高的學生到哪兒都受歡迎。

【情詩】qíngshī〔名〕（首）表示愛情的詩；表現愛情題材的詩：熱戀中的人愛讀~｜~中的名句常為人吟詠。

【情勢】qíngshì〔名〕事情的情況和發展趨勢：~危急｜為~所迫，不得不如此。

【情書】qíngshū〔名〕（封）男女間表示愛情的書信：傳遞~｜他一直保留着妻子當年給他的~。

【情思】qíngsī〔名〕〈書〉情意；情緒：~綿綿｜萬縷~。

【情絲】qíngsī〔名〕（縷）纏綿細膩的情意：故鄉的山山水水牽動着我的~｜人居兩地，~相繫。

【情愫】（情素）qíngsù〔名〕〈書〉感情；情意：剪不斷的思鄉，同窗三年，互傳~。

【情隨事遷】qíngsuíshìqiān〔成〕思想感情隨着世事的變化而發生變化：~，過去的事不必再提

起了。

【情態】qíngtài〔名〕神情態度：畫中人物~逼真｜小說生動地描繪了兒童歡樂的~。

【情同手足】qíngtóngshǒuzú〔成〕彼此情誼深厚，如同兄弟：他們倆是非常要好的朋友，~。

【情投意合】qíngtóu-yìhé〔成〕雙方（多指男女間）感情融洽，心意相合：他倆~，結為連理。也說心投意合。

【情網】qíngwǎng〔名〕像網一樣纏身而無法擺脫的愛情：墜入~｜掙脫~。

【情味】qíngwèi〔名〕情調意味：文章優美流暢，讀來頗有~｜他倆~相投。

【情形】qíngxing〔名〕事物表現在外的狀況或樣子：兩地~大不相同｜生活~、生產~都很好｜大家看了這種~非常氣憤。

> **辨析** 情形、情況　兩詞意義相近，但有差異，特別在用法上不同：a）"情況"有新舊，可以說"新情況"或"舊情況"；"情形"無所謂新舊，不能說"新情形"或"舊情形"；可以說"思想情況""生產情況"，不能換用"情形"。b）"情形"可以指具體的情景，如"分別時難捨難分的情形至今歷歷在目"，其中的"情形"不能換成"情況"。c）"情況"有個意義是指敵情或軍事上的變化，如"有情況"或"沒有情況"；而"情形"沒有這樣的意義和用法。

【情緒】qíngxù〔名〕❶心境；心情：~高漲｜~低沉｜防止急躁~。❷特指不愉快的情感：鬧~｜有~。

【情緒化】qíngxùhuà〔動〕受感情支配而不夠理智：遇事不要~。

【情義】qíngyì〔名〕親屬、朋友、同志間應有的感情：夫妻~｜姐妹~｜兄弟~。

【情誼】qíngyì〔名〕相互間的感情和友誼：兄弟~｜愛心捐贈，~無價。

【情意】qíngyì〔名〕對人的感情和好意：~綿綿｜~難卻。

【情由】qíngyóu〔名〕事情的內容和原因：不問~｜申訴~。

【情有獨鍾】qíngyǒudúzhōng〔成〕因為特別喜愛而感情專注：他對書法~。

【情有可原】qíngyǒukěyuán〔成〕在情理上有可以原諒的地方：因為堵車來晚了，~，別再說他了。

【情欲】qíngyù〔名〕對異性的欲念欲望；也特指性欲：~衝動。

【情緣】qíngyuán〔名〕男女間情愛的緣分：~未了｜今世~。

【情願】qíngyuàn ❶〔動〕真心願意；心裏願意：兩相~｜甘心~。❷〔副〕寧可；寧肯：她~粉身碎骨，也不在敵人面前屈服。

辨析 情願、寧可　"寧可"跟"情願"的意義相近，但是所屬詞類不同。"寧可"是副詞，可以說"寧可死，也決不屈服。"但是不能說"寧可不寧可？"，也不能說"寧可不寧可去？"，更不能單獨用作答話。"情願"是助動詞，如可以說"情願不情願去？"，又是動詞，如"只要不給他，給誰我都情願"。也可單獨用作答話："你情願嗎？""情願。"

【情知】qíngzhī〔動〕明知；明明知道：～有詐，卻不敢揭穿。

【情致】qíngzhì〔名〕情趣；興致：他的畫頗有～｜來到海邊休假，眾人～很高。

【情種】qíngzhǒng〔名〕❶感情特別豐富的人；特指對異性特別鍾情的人（多指年輕男子）：這個小夥子是～，很容易對女孩一見傾心。❷愛情的種子：他們第一次交談，就在彼此的心中種下了～。

【情狀】qíngzhuàng〔名〕情景狀況：～異常｜過往的種種～仿佛就在眼前。

晴 qíng〔形〕天空無雲或雲很少：天～了｜～轉多雲。

語彙　放晴　晚晴　響晴　雨過天晴

【晴好】qínghǎo〔形〕晴朗：天氣～。

【晴和】qínghé〔形〕晴朗暖和：春日～。

【晴空】qíngkōng〔名〕晴朗的天空：萬里～。

【晴朗】qínglǎng〔形〕天空沒有雲霧，陽光普照：天氣～。

【晴天】qíngtiān〔名〕晴朗的天氣；氣象學上專指空中雲層的覆蓋面低於 1 / 10 的天氣（跟"陰天"相對）：～晾衣服乾得快。

【晴天霹靂】qíngtiān-pīlì〔成〕比喻突然發生的令人震驚的意外事件：這個不幸的消息猶如～，使大家都驚呆了。也說青天霹靂。

【晴雨表】qíngyǔbiǎo〔名〕❶（隻）預測天氣晴雨的氣壓表。❷比喻能反映事物變化的標誌：企業股票的漲落，是企業經營好壞的～。

【晴雨傘】qíngyǔsǎn〔名〕（把）可以遮陽也可以擋雨的兩用傘：夏天一到，各色～紛紛上市。

氰 qíng / qīng〔名〕碳和氮的化合物，化學式（CN）₂。無色氣體，有刺激性氣味，劇毒，燃燒時發紫紅色火焰。

腈（賭）qíng / qīng〔動〕（北方官話）承受；享受：這個人或懶，淨～現成的。

檠 qíng〈書〉❶燈架；燭台：燈～。❷燈：孤～。❸矯正弓弩的器具。

擎 qíng〔動〕向上托：眾～易舉｜一柱～天｜高～火炬，跑在隊伍前面。

黥 qíng❶古代的一種刑罰。在人的臉上刺上文字或記號並塗上墨。也叫墨刑。❷在人體上刺上文字或各種紋樣，多為青藍色，類似現今的點青或文身。❸（Qíng）〔名〕姓。

qǐng ㄑㄧㄥˇ

頃（顷）qǐng ㊀〈書〉❶頃刻：少～｜俄～｜有～。❷近；左右（指時間）：～年以來｜宣統二年～。❸〔副〕不久以前；剛才：～聞佳音｜～接來信｜～閱報紙。
㊁〔量〕地積單位，一頃等於一百畝。

語彙　俄頃　公頃　市頃　有頃

【頃刻】qǐngkè〔名〕極短的時間：～之間｜～瓦解。

廎（庼）qǐng〈書〉小的廳堂。

請（请）qǐng❶〔動〕請求：～你多加指教｜～他來修機器。❷〔動〕邀請；聘請：～醫生看病｜～他任總工程師｜～了好幾桌客｜你們再去～～他，他會來的。❸〔動〕〈敬〉組成交際用語，希望對方做某事：～坐｜～喝茶｜～準時出席｜務～光臨。❹〔動〕〈敬〉舊時指要神事用品香燭、紙馬、佛龕、神像等：我去～兩封香。❺〔名〕指宴請：吃～｜今天吃了人家的～，改天我還要回請。❻（Qǐng）〔名〕姓。

語彙　報請　呈請　吃請　敦請　回請　懇請　聘請　申請　宴請　邀請　不情之請

【請安】qǐng // ān〔動〕❶（子女向父母，晚輩向長輩，下屬向上司）問安：回家先給父母～｜代我向伯母請個安。❷打千兒（行請安禮）。

【請便】qǐngbiàn〔動〕❶請對方隨自己的方便去做：你要是想現在去，那就～吧。❷斥退對方或用於逐客：你要去告我的狀，～｜這裏還有很多事要我馬上處理，你就～吧。

【請調】qǐngdiào〔動〕請求調動（工作）：～報告｜～人員還不少呢。

【請功】qǐnggōng〔動〕請求給有功人員記功或按功行賞：全體乘客提議為迫降成功的機長～。

【請假】qǐng // jià〔動〕因病或因事請求給予假期：～兩天｜他～探親了｜我今天有事，請替我請個假｜他請了假去探望父母。

【請柬】qǐngjiǎn〔名〕（張，份）請帖：宴會前三天，～都發出去了。

【請將不如激將】qǐngjiàng bùrú jījiàng〔俗〕正面請別人幹事，不如用話語激發別人幹事作用。

【請教】qǐngjiào〔動〕向別人求教；請求指教：虛心向群眾～｜當面～｜我們想向你～幾個問題。

辨析 請教、求教　a）"請教"強調有禮貌地、謙虛地請求別人指教，含有恭謙的色彩；"求教"強調懇求別人指教，恭謙的意味更濃一些。b）"請教"是及物動詞，不但可以帶賓語，而且還可以帶雙賓語，如"請教你""請教一個問題""請教你一個問題";"求教"是不及物動詞,不能帶賓語,不能說"求教你""求教一個問題""求教你一個問題",要說成"向你求教"(或"求教於你")"有一個問題求教""有一個問題向你求教"(或"有一個問題求教於你")。

【請君入甕】qǐngjūn-rùwèng〔成〕《資治通鑒·唐則天后天授二年》載,武則天命令來俊臣審問周興,來俊臣對周興說:"如果有人犯了罪,拒不招認,怎麼辦?"周興說:"準備一個甕,甕四周燒起炭火,讓犯人坐在甕裏,那就必然招認了。"來俊臣叫人搬來一個大甕,甕四周燒起炭火,對周興說:"奉命審問老兄,請老兄入甕!"周興嚇得連忙叩頭認罪。後用"請君入甕"比喻用某人整治別人的辦法來整治他本人。也比喻做好圈套引人上當:我軍早已埋伏在山谷兩旁,敵人一進山,就~吧。

【請客】qǐng // kè〔動〕宴請客人,泛指為他人吃飯、娛樂償付費用:~送禮 | 藝術劇院今天上演新戲,院長~看戲。

【請老】qǐnglǎo〔動〕〈書〉官吏請求退休養老:~還鄉。

【請命】qǐngmìng〔動〕〈書〉❶請求保全生命或解除苦難:為民~。❷下級向上級請示或請求:他主動~去西部工作。

【請求】qǐngqiú ❶〔動〕提出要求,希望得到滿足:~寬恕 | ~領導讓他到最艱苦的地方去支教。❷〔名〕所提出的要求:上級答應了他的~。

【請賞】qǐng // shǎng〔動〕請求給予獎賞:為有功人員~。

【請神容易送神難】qǐngshén róngyì sòngshén nán〔俗〕把別人請來容易,想把他送走就難了。比喻找錯了人不好收場。

【請示】qǐngshì〔動〕請求領導、上級給予指示:向中央~ | 向上級~事前一,事後報告。

【請帖】qǐngtiě〔名〕(張,份)邀請客人參加活動的帖子:春節茶會一共發出了二百張~。

【請問】qǐngwèn〔動〕❶〈敬〉用於請求對方回答或解答問題:~到火車站怎麼走? | ~這句話怎麼講?❷講話或文章中提出引起受眾注意的設問,以強調本來要表達的意思:~,要是不發動群眾,我們能取得這樣大的成績嗎?

【請降】qǐng // xiáng〔動〕請求投降:遞上~書 | 既然敵人~了,我們就準備受降。

【請纓】qǐngyīng〔動〕《漢書·終軍傳》:"南越與漢和親,乃遣軍使南越說其王,欲令入朝,比內諸侯。軍自請,願受長纓,必羈南越王而致之闕下。"纓:帶子;繩子。後用"請纓"比喻請戰或請求任務:他主動~要求參賽 | 白衣天使紛紛~到災區工作。

【請願】qǐng // yuàn〔動〕群眾有組織地向政府或主管部門提出實施某些要求:上街~ | ~示威。

【請戰】qǐng // zhàn〔動〕請求參加戰鬥,比喻請求承擔某項任務:~書 | 任務下來後各組紛紛~。

【請罪】qǐng // zuì〔動〕自己認為有錯誤,主動道歉,或請求處分:負荊~ | 已經向上級請了罪,靜候處理。

聲 qīng 見下。

【聲欬】qīngkài〔動〕〈書〉❶咳嗽。❷比喻談笑:音容~,如在目前。

檾(苘) qīng 檾麻。

【檾麻】qīngmá〔名〕(棵,株)一年生草本植物,莖直立,皮多纖維,葉圓形,密生柔毛,花黃色、單生。種子供藥用,對痢疾有療效。莖皮纖維可製繩索。通稱青麻。

qìng ㄑㄧㄥˋ

清 qìng〈書〉寒;涼:冬溫夏~。

碃 qìng 用於地名:大金~(在山東)。

箐 qìng(西南官話)山間的大竹林,泛指樹木叢生的山谷。多用於地名:梅子~(在雲南)| 龍女~(在貴州)。

綮 qìng 見"肯綮"(761頁)。

另見 qǐ(1058頁)。

慶(庆) qìng ❶〔動〕慶祝;慶賀:~功 | 普天同~。❷值得慶祝的週年紀念日:校~ | 九十大~ | 十月一日國~。❸〈書〉福澤:積善之家,必有餘~。❹(Qìng)〔名〕姓。

語彙 大慶 國慶 歡慶 吉慶 喜慶 校慶 普天同慶 彈冠相慶

【慶典】qìngdiǎn〔名〕盛大的慶祝典禮:建國六十五週年~ | 隆重的~。

【慶功】qìnggōng〔動〕慶祝取得的功績或勝利:~會 | ~酒。

【慶賀】qìnghè〔動〕慶祝;向人表示祝賀道喜:~勝利 | ~小李立功受獎 | 向研製和發射宇宙飛船的科技工作者以及全體工作人員表示~。

【慶倖】qìngxìng〔動〕為意外避免了災禍或得到好處而高興:今年雨水特大,但未造成嚴重災害,值得~。

【慶祝】qìngzhù〔動〕為共同的喜事或節日舉辦活動,表示紀念或高興:~三八婦女節 | ~五一勞動節 | ~大會。

罄 qìng ❶古代用玉或石製成的打擊樂器,形狀像曲尺:金鐘玉~。❷〔名〕佛教的打擊

樂器，用銅製成，形狀像鉢。

親（亲）qìng/qìn　見下。另見 qīn（1086頁）。

【親家】qìngjia〔名〕❶兩家兒女相婚配的親戚關係：兒女～。❷稱兒子的丈人、丈母或女兒的公公、婆婆：～公｜～母。

馨　qìng〈書〉盡；完：告～｜～其所有。

【罄盡】qìngjìn〔動〕〈書〉用盡；消耗完：此地糧食業已～，請設法從外地調運。

【罄竹難書】qìngzhú-nánshū〔成〕竹：竹簡，古人用來寫字。《舊唐書·李密傳》載，李密訴說隋煬帝十大罪狀時說「罄南山之竹，書罪未窮」。意思是把竹子都用完了，罪惡也寫不盡。後用「罄竹難書」比喻事實（多指罪惡）很多，難以說完：這個惡霸罪行累累，～。注意這裏的「罄」不寫作「磬」。

qióng ㄑㄩㄥˊ

邛　qióng　❶見下。❷（Qióng）〔名〕姓。

【邛崍】Qiónglái〔名〕山名，在四川中部。也叫崍山。

穹　qióng　❶隆起的樣子，借指天空：蒼～｜青～｜天～。❷〈書〉大：～石。❸〈書〉深：～谷。

【穹蒼】qióngcāng〔名〕〈書〉蒼天；天空。

【穹隆】qiónglóng〔形〕〈書〉❶天空中間高四面下垂的樣子：天～而周乎下。❷曲折的樣子：閣道～。

【穹廬】qiónglú〔名〕〈書〉遊牧民族居住的、用氈子做成的圓頂帳篷：天似～，籠蓋四野。

蛩　qióng〈書〉❶蝗蟲：飛～滿野。❷蟋蟀：滿耳～聲。

筇　qióng　❶筇竹，一種竹子。❷〈書〉筇竹做的手杖：扶～｜一手攜書，一手拄～。

躮　qióng〈書〉形容踮地的腳步聲：～然足音。

煢（㷀）qióng〈書〉❶孤單；孤獨：～獨。❷憂愁。

【煢煢】qióngqióng〔形〕〈書〉❶憂思的樣子：憂心～。❷孤單、無依無靠的樣子：～子立，形影相弔。

鏊　qióng〈書〉斧子上安柄的孔。

窮（穷）qióng　❶阻塞；閉塞：～鄉僻壤。通都大邑。❷走投無路：～寇｜～途末路。❸〔形〕生活貧困；缺少錢財（跟「富」相對）：～山溝變成了米糧川｜他家從前很～，沒甚麼家當。❹窮盡：無～無盡｜理屈詞～｜日暮途～｜圖～匕見。❺窮究；追究到底：～事察

微｜～原竟委。❻極端；極：～兇極惡｜～奢極侈｜～追猛打。❼〔副〕〈口〉表示條件不夠、不該做卻要盡力做：～開心｜～講究。

語彙　哭窮　貧窮　受窮　無窮　層出不窮　理屈詞窮　黔驢技窮　日暮途窮

【窮棒子】qióngbàngzi〔名〕對窮苦農民的蔑稱；後也反其義用來指貧窮而有志氣的人：～精神。

【窮兵黷武】qióngbīng-dúwǔ〔成〕黷武：濫用武力。用盡全部兵力，任意發動戰爭。形容極端好戰：～不會有好下場。

【窮光蛋】qióngguāngdàn〔名〕〈口〉譏稱一無所有的窮人：股票猛跌，他一下子變成了～。

【窮鬼】qióngguǐ〔名〕〈罵〉窮人。

【窮極無聊】qióngjí-wúliáo〔成〕原指無所依託。現指無事可做，空虛：這些詩無病呻吟，都是～之作。

【窮講究】qióngjiǎngjiu　過分地追求：家裏本不富裕，孩子辦婚事就不要～了。

【窮盡】qióngjìn　❶〔動〕沒有遺漏地探求到底：編製《論語》詞語索引，必須～全書。❷〔名〕盡頭：知識是沒有～的｜小河蜿蜒向前，似乎沒有～。

【窮開心】qióngkāixīn　不顧情況不佳而盡力逗樂：人都餓得沒力氣了，你還～別～了，還是想法借貸錢吧。

【窮寇】qióngkòu〔名〕走投無路面臨末日的賊寇：～勿追｜宜將剩勇追～。

【窮苦】qióngkǔ〔形〕貧窮困苦：～人｜～的生活｜山溝裏的村民過去都很～，現在慢慢富起來了。

【窮困】qióngkùn〔形〕貧窮困難：如今，～的百姓也過上了好日子。

【窮忙】qióngmáng〔動〕❶舊指為了糊口而忙碌奔走。❷忙碌應付瑣細繁雜的事務：整天～，沒時間顧家。

【窮年累月】qióngnián-lěiyuè〔成〕長年累月。

【窮人】qióngrén〔名〕生活窮苦的人（跟「闊人」相對）：救濟～｜天下～一條心。

【窮山惡水】qióngshān-èshuǐ〔成〕形容自然條件很差，物產不豐富的地方：大學畢業後，他回到故鄉，為改變～的面貌而盡力。

【窮奢極欲】qióngshē-jíyù〔成〕極度奢侈，極度享樂：這部小說揭露了貴族的～和荒淫無恥。也說窮奢極侈、窮侈極欲。

【窮酸】qióngsuān〔形〕文人貧窮而迂腐（含貶義）：～相｜～秀才。

【窮途末路】qióngtú-mòlù〔成〕不能再前進或已是終點的道路。形容面臨無路可走、沒有前途的境地：公司目前資金有大困難，但還未到～的地步。

【窮鄉僻壤】qióngxiāng-pìrǎng〔成〕荒遠偏僻閉

塞的地方：過去的～，現在已建成旅遊勝地。

【窮小子】qióngxiǎozi〔名〕〈口〉窮人（多指年輕男性，含輕蔑意）：那個～還能有甚麼出息？

【窮兇極惡】qióngxiōng-jí'è〔成〕極端兇惡殘暴：～的匪徒已臨近滅亡。

【窮秀才】qióngxiùcai〔名〕舊時指窮苦的讀書人。

【窮原竟委】qióngyuán-jìngwěi〔成〕深入探究事物的始末：這本書分析新詩的形成與發展，是部～的力作。

【窮源溯流】qióngyuán-sùliú〔成〕深究事物的根源，探求其發展的過程：論文收集了豐富的材料，對問題做了～的分析。

【窮則思變】qióngzésībiàn〔成〕人在窮困艱難、無路可走的時候，就要想辦法尋找出路，改變現狀：～，當地政府發動群眾，抓住機遇，努力振興地方經濟。

【窮追】qióngzhuī〔動〕❶追到底：～猛打｜～不舍。❷徹底探尋：～底蘊。

瓊（琼）qióng ❶〈書〉美玉；比喻精美的東西：～琚（兩種美玉）｜～樓｜～漿。❷（Qióng）〔名〕海南的別稱。❸（Qióng）〔名〕姓。

【瓊漿】qióngjiāng〔名〕指美酒：～玉液。

【瓊瑤】qióngyáo〔名〕原指美玉，後也用作對別人酬答的禮品或投贈的詩文、書信的美稱：日夕捧～，相思無休歇。

【瓊脂】qióngzhī〔名〕從石花菜類提取的一種植物膠，無色，溶於熱水。可製冷食及微生物的培養基等。

藭qióng 見下。

【藭茅】qióngmáo〔名〕古指一種草。

藭（藭）qióng 見"芎藭"（1520頁）。

qiū ㄑㄧㄡ

丘〈❶❸坵〉qiū ❶土堆；小土山：小～｜荒～。❷〔動〕把靈柩簡單掩埋在地面上：把棺材～起來。❸〔量〕水田分成大小不同的塊，一塊叫一丘：一～三畝大的田。❹（Qiū）〔名〕姓。

語彙 比丘 沙丘 山丘 狐死首丘

【丘八】qiūbā〔名〕舊時對士兵的蔑稱。因"兵"字拆開是"丘""八"兩字，故稱。

【丘陵】qiūlíng〔名〕陸地上起伏和緩、連綿不斷的高地。也泛指高低不平的地帶：～地帶｜這裏茶樹佈滿了整個～地區。

丘陵概說
丘陵的海拔一般在 200–500 米之間。孤立存在的叫丘，群丘相連的叫丘陵。在歐亞大陸和南

北美洲，都有成片的丘陵。中國約有 100 萬平方千米的丘陵面積，著名的有江南丘陵、閩浙丘陵、山東丘陵、遼東丘陵等。

【丘墓】qiūmù〔名〕〈書〉墳墓。

【丘墟】qiūxū〔名〕〈書〉❶廢墟；荒地：連年征戰，城郭皆為～。❷墳墓：朋輩多墮～。

【丘疹】qiūzhěn〔名〕皮膚表面由於某些疾病或過敏而起的半球形小疙瘩，多為紅色。

邱qiū ❶舊同"丘"①③。❷（Qiū）〔名〕姓。以上本作丘，清雍正三年因避孔子諱而改。

秋〈㊀❶-❹秌穐㊁鞦〉qiū ㊀ ❶〔名〕秋季：春夏秋冬｜～收冬藏。❷莊稼成熟的時期：麥～。❸年：千～萬代｜一日不見如隔三～。❹某個時期：多事之～｜危急存亡之～。❺（Qiū）〔名〕姓。

㊁ qiū 見"秋千"（1103頁）。

語彙 春秋 大秋 立秋 麥秋 孟秋 暮秋 千秋 三秋 中秋 黑不溜秋 老氣橫秋 皮裏陽秋 一日三秋 一葉知秋

【秋波】qiūbō〔名〕清澈明淨的秋水。多比喻女子的眼睛或眼神：頻送～｜～傳情。

【秋播】qiūbō〔動〕秋季播種。能越冬的作物，如冬小麥、油菜、蠶豆、豌豆等多是秋播的。

【秋分】qiūfēn〔名〕二十四節氣之一，在9月23日前後。這一天南北半球晝夜都一樣長。秋分時節，在黃河以北最適於播種冬小麥。農諺："白露早，寒露遲，秋分的麥子正當時。"

【秋風】qiūfēng〔名〕❶（陣）秋天的風：～陣陣天氣涼｜～蕭瑟，洪波湧起。❷見"打秋風"（231頁）。

【秋風掃落葉】qiūfēng sǎo luòyè〔俗〕比喻強大的力量迅速摧毀腐朽衰敗的勢力：我軍以～之勢擊潰了敵軍。

【秋高氣爽】qiūgāo-qìshuǎng〔成〕形容秋季天空明淨晴朗，氣候涼爽：九月過後，北京就進入了～的季節。

【秋耕】qiūgēng〔動〕秋季播種前翻松土壤：不失時機地抓緊～秋播。

【秋毫】qiūháo〔名〕秋天鳥獸身上新長出的細毛。比喻微小的事物：明察～｜～無犯。

【秋毫無犯】qiūháo-wúfàn〔成〕《後漢書·岑彭傳》："持軍整齊，秋毫無犯。"形容軍隊紀律嚴明，絲毫也不打擾老百姓：人民軍隊所到之處，～。

【秋後】qiūhòu〔名〕立秋之後；秋收以後：敵人像～的螞蚱，蹦躂不了幾天了｜～是魚類生長和育肥的黃金季節。

【秋後算賬】qiūhòu-suànzhàng〔成〕原指農業每年的收成到秋收結束後以統一結算。比喻事後對反對自己的一方進行清算處理：事情過去就

算了，絕對不要～。

【秋季】qiūjì〔名〕一年四季中的第三季，中國習慣指立秋到立冬的三個月，也指農曆七月、八月、九月。

【秋老虎】qiūlǎohǔ〔名〕指立秋以後仍然十分炎熱的天氣：那年開學趕上了～，熱得夠嗆｜上街要防曬，～還是很厲害的。

【秋令】qiūlìng〔名〕❶秋季：現值～，常有北風。❷秋季的氣候：金風～｜東君自解行～，先遣梅開九月中。

【秋千】(鞦韆)qiūqiān〔名〕(副，架)一種遊戲用具，在木架或鐵架上拴兩根長繩，長繩下端拴一塊長條木板，人在板上，扶着繩子前後擺動：蕩～｜院子裏有架～，大人小孩兒都愛玩兒。

【秋色】qiūsè〔名〕秋天的景色：～正濃，滿山紅葉｜平分～(比喻各得其半)。

【秋收】qiūshōu❶〔動〕秋季收割農作物：農民在地裏忙着～。❷〔名〕秋季的收成：今年～真不錯｜夏收不錯，～更好。

【秋水】qiūshuǐ〔名〕❶秋天江湖的水：～共長天一色。❷比喻人的眼睛(多指女子的)：望穿～｜雙眸剪～，十指剝春葱。❸比喻劍的寒光逼人：劍懸～。

【秋天】qiūtiān(-tian)〔名〕秋季。

【秋汛】qiūxùn〔名〕從立秋到霜降這段時間發生的河水暴漲現象：預防～｜淫雨不斷，江河暴漲，～開始。

【秋陽】qiūyáng〔名〕古指炎熱的太陽(周朝時的秋天相當於農曆五、六、七月)：～似火。

【秋遊】qiūyóu〔動〕秋季外出遊玩：工會每年組織一次～｜～季節賞紅葉。

【秋裝】qiūzhuāng〔名〕(件，身，套)秋季穿的服裝：立秋一過，天氣轉涼，人們紛紛把夏裝換成了～。

蚯

qiū　見下。

【蚯蚓】qiūyǐn〔名〕(條)環節動物，身體柔軟，體圓而長，環節上有剛毛，生活在土壤中，能使土壤疏鬆。也叫曲蟮。

湫

qiū　水池：大龍～(瀑布名，在浙江雁蕩山馬鞍嶺西)。

另見 jiǎo(661頁)。

萩

qiū　古指一種蒿類植物。

楸

qiū〔名〕楸樹，落葉喬木，木材緻密耐濕，可供建築用，也可造船或製器具。

鞧

qiū　❶拴在牲口屁股後的皮帶。❷〔動〕緊縮：別～着眉頭，一百個不高興的樣子｜～着屁股拔河。

龜

(龟)　qiū　見下。
另見 guī(489頁)；jūn(732頁)。

【龜茲】Qiūcí〔名〕古代西域國名，在今新疆庫車一帶。注意此專名讀音特殊，不能唸成 Guīzī。

鶖

(鹙)　qiū　古指一種水鳥：有～在梁，有鶴在林。也叫禿鶖、鶩鶖。

鰍

(鳅)〈鰌〉　qiū　見"泥鰍"(971頁)、"鰭鰍"(1053頁)。

qiú　ㄑㄧㄡˊ

仇

Qiú〔名〕姓。
另見 chóu(184頁)。

囚

qiú　❶〔動〕囚禁：被～在監獄中。❷囚犯：死～｜敵～。

語彙　死囚　幽囚　階下囚

【囚車】qiúchē〔名〕(輛)解送囚犯用的車。

【囚犯】qiúfàn〔名〕(名)關押在監獄裏的犯人。

【囚禁】qiújìn〔動〕關押：那個監獄裏～了一些刑事犯｜將～的要犯送上法庭。

【囚牢】qiúláo〔名〕(座，間)囚禁犯人的處所：關入～。

【囚籠】qiúlóng〔名〕古代囚禁犯人的木籠。

【囚首垢面】qiúshǒu-gòumiàn〔成〕形容頭髮蓬亂、滿臉污垢，好像監獄裏的犯人一樣。

【囚徒】qiútú〔名〕(名)囚犯。

【囚衣】qiúyī〔名〕(件)供囚犯穿的服裝。

犰

qiú　見下。

【犰狳】qiúyú〔名〕(隻)哺乳動物，身體分前、中、後三段，頭部、背部、尾部和四肢有角質鱗片，背部鱗片有筋肉相連，可伸縮。趾有銳利的爪，善於掘土。晝伏夜出，吃昆蟲、螞蟻和鳥卵等。產於美洲。

求

qiú　❶〔動〕懇求；請求：他從來不願～人｜有件事～～你。❷〔動〕要求：～進步｜精益求～。❸〔動〕想方法得到：～知｜～學問｜～名逐利。❹需求：供不應～｜供～關係。❺(Qiú)〔名〕姓。

語彙　哀求　訪求　供求　講求　懇求　謀求　乞求　強求　請求　需求　尋求　要求　徵求　追求　夢寐以求　予取予求

【求愛】qiú//ài〔動〕追求異性，希望得到愛情：他向一個女士～，被拒絕了。

【求購】qiúgòu〔動〕尋求購買所需物品：～紅木家具。

【求和】qiúhé〔動〕❶戰敗的一方向對方請求停戰講和：割地～。❷競賽時在不利的情況下爭取平局：這盤棋取勝無望，向對手～算了。

【求歡】qiúhuān〔動〕〈書〉要求異性跟自己發生性關係。

【求婚】qiú//hūn〔動〕請求異性跟自己結婚：他向

好幾個女士求過婚,可是都沒成功。

【求見】qiújiàn〔動〕請求領導或地位高的人接見:～董事長│部長很忙,每天都有人～。

【求教】qiújiào〔動〕請求別人指教:登門～│不懂不要裝懂,要虛心～。

【求解】qiújiě〔動〕❶數學上指從已知條件出發,根據定律、定理運算或推演,求得問題的答案。❷泛指尋求疑難問題的答案:地質專家～青藏高原隆升之謎。

【求救】qiújiù〔動〕遇到災難或危險時請求救援:發出～信號│遇險船隻向附近海域的航船～。

【求偶】qiú'ǒu〔動〕尋求配偶:～期│雄性動物為～而互相爭鬥。

【求聘】qiúpìn〔動〕❶招聘:～法律顧問│～住家保姆。❷(求職者)尋求被聘用:～對口專業崗位│多處～,尋找理想工作。

【求籤】qiú // qiān〔動〕在神佛前的籤筒裏抽籤以占卜吉凶(迷信行為):～問財運│他求了個籤,是出行大吉。

【求親】qiú // qīn〔動〕男女一方的家庭向對方的家庭請求結親:張家為兒子向李家～│你不是向他們家求過親嗎?注意 單用的"求親"跟"求親告友"裏的"求親"意思不同。"求親告友"的意思是向親友有所乞求,多指借貸而言。

【求情】qiú // qíng〔動〕請求別人給予情面,答應或寬恕:託人～│～告饒│你去向他求個情吧!

【求全】qiúquán〔動〕❶要求十全十美:～責備。❷希望事情得以成全:委曲～。

【求全責備】qiúquán-zébèi〔成〕責:求;備:完備。要求人或事情十全十美,毫無缺欠:不要～│這件事難度大,辦成就不錯,我不會～。

【求饒】qiú // ráo〔動〕請求饒恕:他從來不向人低頭～│得罪了他就向他求個饒才是。

【求人】qiú // rén〔動〕請求別人幫助:不要動不動就～│求了人事情還是沒辦成。

【求神】qiúshén〔動〕向神祈禱(迷信行為):～拜佛│～保佑一路平安。

【求生】qiúshēng〔動〕尋求活路;想辦法活命:災民四出～│～是動物的本能。

【求實】qiúshí〔動〕請求實際;實事求是:精神│統計工作要～。

【求售】qiúshòu〔動〕尋找買主;尋求出售:現有一批二手機床～。

【求索】qiúsuǒ〔動〕尋求探索:～人生真諦│在不懈～中開拓道路。

【求同存異】qiútóng-cúnyì〔成〕尋求共同點,保留不同意見。指不因少量分歧而影響在主要方面取得一致:兩國～,和平共處│在談判中各方～,最終達成協議。

【求賢若渴】qiúxián-ruòkě〔成〕尋求人才像口渴想喝水一樣。形容求才心切;學校領導～,聘請了一批有真才實學的教師。

【求新】qiúxīn〔動〕追求創新;尋求新奇:～就要與時俱進│產品設計只有～求變,才能贏得市場。

【求學】qiúxué〔動〕❶到學校學習:離開家鄉去外地～。❷探求學問:認真～。

【求爺爺告奶奶】qiú yéye gào nǎinai〔俗〕比喻低三下四多方向人求助:當年為了孩子上學的事,父親四處奔波,～,就差給人下跪了。

【求醫】qiúyī〔動〕尋求醫生治病:～問藥│多方～│有病要儘早～。

【求援】qiúyuán〔動〕請求援助:四處～│向友軍～。

【求戰】qiúzhàn〔動〕❶尋找敵方與之作戰:我軍屢屢～,敵軍堅守不出。❷請求參加戰鬥或參加賽事:各連戰士紛紛～│足球世界杯即將開賽,他～心切。

【求證】qiúzhèng〔動〕尋找證據;求得證實或證明。

【求之不得】qiúzhī-bùdé〔成〕努力尋找都得不到。表示意外得到,很不容易:這是～的好機會│給王師傅當徒弟,他真是～。

【求知】qiúzhī〔動〕探求知識;求得學問:～欲│他急於～,夜以繼日地翻閱資料。

【求職】qiúzhí〔動〕謀求職業;尋找工作:～信│四處～,尚無結果。

【求助】qiúzhù〔動〕請求援助;尋求幫助:～於人│我這裏實在有困難,只好向你～。

【求租】qiúzū〔動〕❶尋求租用:夫妻～公司附近的兩居室。❷尋求租出:現有學生公寓空房三間～。

虬〈虯〉 qiú 虬龍。

【虬龍】qiúlóng〔名〕古代傳說中的有角的小龍。

【虬蟠】qiúpán〔形〕〈書〉形容像龍蛇那樣盤曲:～山路。

【虬髯】qiúrán〔名〕〈書〉拳曲的鬍子:鍾馗豹頭環眼,鐵面～。

【虬鬚】qiúxū〔名〕〈書〉拳曲的鬍鬚:濃眉～,相貌堂堂。

泅 qiú〔動〕浮水:～水過河。

【泅渡】qiúdù〔動〕從水上游泳渡過:武裝～│舉辦～訓練。

【泅水】qiúshuǐ〔動〕浮水;游泳:～到對岸。

俅 Qiú 俅人,獨龍族的舊稱。

【俅俅】qiúqiú〔形〕〈書〉恭順的樣子。

尵 qiú〈書〉逼迫;促迫:《～書》(章炳麟著)。

酋 qiú ❶ 酋長；部落首領。❷（盜匪、敵人等的）魁首：賊～｜匪～｜敵～。❸（Qiú）〔名〕姓。

【酋長】qiúzhǎng〔名〕(位，名)部落的首領。

【酋長國】qiúzhǎngguó〔名〕以酋長為元首的國家。如阿拉伯聯合酋長國。

屌 qiú〔名〕(北方官話、西南官話)男人或雄性動物的生殖器。如河南開封話有"驢屌"。

球 〈❶❹毬〉 qiú ❶ 指古代的遊戲用球，以毛皮為之，或踢或擊。❷〔名〕圓形的立體物：～形｜～心。❸(～兒)〔名〕球形的東西：棉花～兒｜樟腦～兒。❹(～兒)〔名〕指某些球形的體育用品：足～｜籃～｜排～｜網～｜冰～｜乒乓～。❺〔名〕指球類運動：看～去｜這場～打得真精彩。❻特指地球：全～｜寰～｜南半～。❼泛指星體：星～｜月～。

語彙 棒球 冰球 地球 發球 環球 籃球 壘球 煤球 排球 皮球 氣球 鉛球 全球 手球 水球 枱球 網球 星球 繡球 眼球 銀球 月球 足球 滾雪球 乒乓球 曲棍球 衞生球 羽毛球 高爾夫球

【球場】qiúchǎng〔名〕(座)進行球類運動的場地。有籃球場、足球場、網球場、排球場等。

【球膽】qiúdǎn〔名〕籃球、排球、足球等皮殼內裝的橡皮氣囊，充足氣可使球具有彈性。

【球技】qiújì〔名〕球類運動的技能、技巧：超人的～｜經過頑強學習，他～大有進步。

【球莖】qiújīng〔名〕某些植物的一種地下莖，呈球狀，多肉質，如荸薺、慈姑、芋頭的食用部分就是球莖。

【球菌】qiújūn〔名〕細菌的一類，形狀像圓球，或接近圓球，有很多種，如雙球菌、鏈球菌、葡萄球菌等。

【球門】qiúmén〔名〕足球、冰球、門球等運動的球場兩端像門框的木架子，架子後有網，是比賽雙方進攻的目標。門球的球門，沒有網。

【球迷】qiúmí〔名〕(位，名)喜歡打球或看球賽十分入迷的人：我們班的同學都是～｜今天女～也不少，場外顯得特別熱鬧。

【球幕電影】qiúmù diànyǐng 環幕電影。

【球拍】qiúpāi〔名〕(副)打網球、羽毛球、乒乓球等用的拍子。也叫球拍子。

【球賽】qiúsài〔名〕(場)球類運動項目的比賽：精彩的～讓廣大球迷如痴如醉。

【球市】qiúshì〔名〕球類比賽的門票銷售情況以及圍繞球賽進行的其他商業活動：～太火了，一張票也沒有了！

【球枱】qiútái〔名〕(張)打乒乓球、枱球等的特製的長方形桌子：標準～。

【球體】qiútǐ〔名〕球的表面所包圍的立體：～光潔。

【球童】qiútóng〔名〕某些球類比賽中，在場邊負責撿球的小男孩：高爾夫～。

【球王】qiúwáng〔名〕(位)在某項球類運動中技巧最高、成就最大的人：～貝利。

【球鞋】qiúxié〔名〕(雙，隻)一種帆布幫兒橡膠底的鞋，輕便柔軟，有運動員專用的，也有大眾穿的。

【球星】qiúxīng〔名〕著名的球類運動員：超級～｜職業～｜大牌～。

【球衣】qiúyī〔名〕(件)球類運動員訓練或比賽時穿的衣服，也泛指同樣款式的服裝。

【球藝】qiúyì〔名〕球類運動的技藝：中外運動員在一起切磋～。

【球員】qiúyuán〔名〕(位，名)球類運動員：年輕～｜外籍～｜～很努力，但教練指揮不當，以致輸球。

逑 qiú〈書〉配偶；匹配：窈窕淑女，君子好～。

裘 qiú ❶ 皮襖；毛皮衣服：貂～｜輕～｜狐～｜集腋成～。❷(Qiú)〔名〕姓。

遒 qiú〈書〉強勁；有力：～健｜意氣方～。

【遒勁】qiújìng〔形〕〈書〉雄健有力：下筆～。

疏 (疏) qiú 見下。

【疏基】qiújī〔名〕氫硫基(－SH)。由氫和硫兩種元素組成的一價原子團。

賕 (賕) qiú〈書〉賄賂：受～枉法。

璆 qiú〈書〉❶ 美玉。❷ 佩玉相擊聲：鐵鐸風響～然(鐵鈴鐺經風吹動，發出像佩玉相擊的聲音)。

蝤 qiú 見下。另見yóu(1646頁)。

【蝤蠐】qiúqí〔名〕天牛的幼蟲，色白潔。古時用來比喻婦女的頸項：領如～。

銶 (銶) qiú 古指鑿子一類的工具。

鮂 qiú〈書〉鼻子堵塞不通。

qiǔ ㄑㄧㄡˇ

糗 qiǔ ❶ 古代指乾糧。❷〔動〕(北方官話)因火力弱而慢慢煮熟：～了一鍋粥｜反正不等着吃，慢慢兒～着吧！❸〔動〕(北方官話)待在一處，混在一起：這些人整晚～在一塊兒，不知道幹甚麼。❹(Qiǔ)〔名〕姓。❺(閩南方言)不光彩，尷尬；不光彩的事情：～事｜當眾出～。

qū ㄑㄩ

曲 qū ❶彎曲(跟"直"相對):～折|～徑|萬里長江,千里一～。❷理虧:是非～直。❸使彎曲:～木為弓|～肱而枕。❹彎曲之處:河～|山～。❺偏僻的地方:鄉～。❻(Qū)〔名〕姓。

另見 qū"麯"(1108 頁);qǔ(1109 頁)。

語彙　河曲　款曲　扭曲　拳曲　歪曲　彎曲　委曲　鄉曲　迂曲

【曲筆】qūbǐ〔名〕❶封建時代史官不據實直書所採用的隱晦曲折的筆法。❷泛指寫作中委婉表達的手法:魯迅在這篇小說中故意用了～。

【曲別針】qūbiézhēn〔名〕(隻)用金屬絲折彎做成的小文具,用來夾紙或夾卡片等。也叫迴形針。

【曲尺】qūchǐ〔名〕(把)木工工具,用來求直角的尺。用硬木或金屬製成,像直角三角形的勾股兩邊。也叫矩尺、角尺。

【曲棍球】qūgùnqiú〔名〕❶球類運動項目之一。在長方形場地上進行,每隊上場 11 人。球員用 1 米長下端彎曲的棍子擊球,把球打進對方的球門得分,得分多者為勝。❷曲棍球運動使用的球,體小而硬。

【曲解】qūjiě〔動〕歪曲或錯誤地解釋或理解:～成語|這話說得很明確,不可能被～|你～了他的意思。

【曲盡其妙】qūjìnqímiào〔成〕委婉而細緻地表達其中的奧妙。形容表達的技巧十分高明:這幅畫描繪市井百態,可謂～。

【曲徑】qūjìng〔名〕曲折的小路:～通幽|花園中～盡頭是後門。

【曲徑通幽】qūjìng-tōngyōu〔成〕彎彎曲曲的小路通往景色幽深僻靜的地方。多形容景致僻靜、幽雅:風景區內古木參天,～。

【曲裏拐彎】qūliguǎiwān(～兒的)〔形〕〈口〉狀態詞。彎彎曲曲:～兒的胡同|山間小路～兒的。

【曲奇】qūqí〔名〕一種西式餅乾。[英 cookie]

【曲蟮】qūshàn〔名〕(條)〈口〉蚯蚓。也作蛐蟮。

【曲突徙薪】qūtū-xǐxīn〔成〕《漢書‧霍光傳》載,有一家的煙囪很直,灶頭堆着柴草,有客人勸這家主人改建成彎曲的煙囪,把柴草搬走,不然有着火的危險。主人不聽,不久果然發生了火災。後用"曲突徙薪"比喻事先採取措施,防止災難危險的發生。

【曲綫】qūxiàn〔名〕❶(條)動點運動時,方向連續變化所形成的綫。❷(條)在平面上表示的物理、化學、統計學過程等隨參數變化的綫。❸起伏的綫;特指女性身材的外部輪廓:這套禮服盡顯女性～美。

【曲意逢迎】qūyì-féngyíng〔成〕違背自己的本心,迎合別人,以達到某種目的:他一向正直坦蕩,從不～。　**注意**這裏的"曲"不寫作"屈"。

【曲折】qūzhé〔形〕❶彎曲:村外有一條～的小路。❷(事情)複雜錯綜、變化多端:這些事內情很～|～的故事情節吸引收音機旁的聽眾。

【曲直】qūzhí〔名〕正確和錯誤;有理和無理:是非～|～不分,各打五十大板。

佉 qū〔書〕驅逐。

岨 qū 用於地名:梁家～(在陝西)。

屈 qū ❶〔動〕彎;使彎曲:～指可數|～膝下跪|把一節煙筒～着穿過牆壁。❷屈服;使屈服:甯死不～|威武不能～。❸委屈:～己從人。❹理虧:理～詞窮。❺〔動〕冤枉:你～死我了,我真的一點兒也不知道。❻(Qū)〔名〕姓。

語彙　抱屈　不屈　叫屈　理屈　委屈　冤屈

【屈才】qū//cái〔動〕有才能不得施展:長期沒有提拔,對他來說有點兒～|有本事就讓他儘量施展,不要屈了他的才。

【屈從】qūcóng〔動〕違背本意,在外來壓力下勉強順從:對違背原則的錯誤做法,應予以抵制,不可～。

【屈打成招】qūdǎ-chéngzhāo〔成〕指無罪的人在嚴刑拷打之下被迫認罪;發生～的錯案,我們要認真反思。

【屈服】qūfú〔動〕在外來壓力下放棄抗爭,妥協讓步:嚴刑拷打也不能使他～|～於外界的壓力。也作屈伏。

【屈己】qūjǐ〔動〕委屈自己:～待人。

【屈駕】qūjià〔動〕〈敬〉委屈大駕(用於邀請人):敬請～出席指導。

用於邀請人的敬語
光臨、駕臨、屈駕、賞光、賞臉、枉駕

【屈節】qūjié〔動〕〈書〉❶喪失節操:～辱國|～辱命。❷降身相從:～為權貴幫閒|卑躬～。

【屈就】qūjiù〔動〕❶客套話。降低身份就任某一職位(用於聘請人擔任某種職務):倘蒙～,不勝感激。❷〈書〉遷就。

【屈居】qūjū〔動〕委屈地處於較低的地位或較後的名次:～配角|～亞軍。

【屈戌】qūqū〔名〕門窗、箱櫃上銅製或鐵製的環鈕、搭扣,用來掛釘鎖或鎖,或者成對地釘在抽屜正面或箱櫃側面,用來固定 U 字形的環兒。

【屈辱】qūrǔ〔名〕委屈和恥辱:嚴厲的斥責使他感到～|洗刷受侵略者奴役的～。

【屈身】qūshēn〔動〕降低身份：～事人｜～為豪門幫閒，他不會甘心。

【屈死】qūsǐ〔動〕蒙受冤屈而致死：～獄中。

【屈膝】qūxī〔動〕使膝蓋彎曲，即下跪，借指屈服：～請和｜卑躬～。

【屈心】qūxīn〔形〕虧心：你說話可不要～。

【屈指】qūzhǐ〔動〕彎着手指計算：～可數｜～一算已經十年了。

【屈指可數】qūzhǐ-kěshǔ〔成〕彎着手指就能數得過來。形容數目很少：由於過去不重視培養，這項絕活的傳承人已～。

【屈尊】qūzūn〔動〕降低身份相就；也用於請人做事：～降貴｜還望～俯就。

袪 qū〔書〕放在驢背上馱東西的木板。

岨 qū 用於地名：岨（zuò）～（在河南）。

胠 qū〔書〕❶腋下。❷從旁邊撬開：～篋（指偷東西）。

袪 qū〔動〕除掉；去掉：～痰｜～邪。

【袪除】qūchú〔動〕除去；除掉：～病魔｜～疑惑｜～邪祟。

【袪疑】qūyí〔動〕〈書〉消除別人的疑惑：一席話讓他～解憂，信心倍增。

袪 qū〔書〕袖口。

區（区）qū ❶ 地區；區域：山～｜林～｜商業～｜工業～｜風景～。❷〔名〕行政區劃單位，有自治區、市轄區、縣轄區、特區等：內蒙古自治～｜北京市東城～｜澳門特別行政～。❸ 區別；劃分：～分｜～別。
另見 Ōu（993頁）。

> 語彙　白區　邊區　城區　地區　防區　工區　郊區　禁區　軍區　考區　老區　牧區　區區　山區　社區　市區　蘇區　轄區　選區　戰區　專區　解放區　行政區　游擊區　自治區　首善之區

【區別】qūbié ❶〔動〕通過對比兩種或兩種以上的事物，認識它們的差異：～真假｜～好壞｜～對待｜把兩者～開來。❷〔名〕（種，個）彼此不同之處：兩方面的意見實際沒有～｜驢和騾子～十分明顯。

> 〔辨析〕區別、差別　a）"區別"除名詞用法外，還有動詞用法；"差別"則只有名詞用法。b）"區別"的名詞意義着重表示不一樣，有分別；"差別"則着重表示不一致，有差距。"區別"的前面常帶"根本、原則、本質"等定語修飾成分；"差別"則不常帶這些成分。

【區段】qūduàn〔名〕指交通運輸綫上分段管理的一個區間地段：鐵路～｜公路按～負責養護。

【區分】qūfēn〔動〕區別；識別：～兩個歷史時代｜怎樣～有氧運動和無氧運動？

【區號】qūhào〔名〕地區代碼。也特指電話區號，即由電信部門發佈的地區專用電話代碼，如北京市的區號為010：國際～｜國內長途～。

【區劃】qūhuà〔名〕地區上的劃分：行政～｜氣象～圖。

【區徽】qūhuī〔名〕❶由特別行政區正式規定的代表本行政區的標誌：香港特別行政區～。❷代表自然保護區、社區的標誌。

【區間】qūjiān〔名〕在交通運輸、通信聯絡上指全程綫路中的一段：～車｜這趟車只在～運行。

【區間車】qūjiānchē〔名〕（輛，趟）在某交通綫上只運行於某一地段的車：用～送工人上班｜～一刻鐘開一趟。

【區旗】qūqí〔名〕（面）由特別行政區正式規定的代表本行政區的旗幟：香港特別行政區～。

香港特別行政區區旗　　澳門特別行政區區旗

【區區】qūqū ❶〔形〕數量少；不重要：～之數｜～小事。❷〔名〕〈謙〉稱自己（含詼諧意）：此人正是～。

【區位】qūwèi〔名〕地區位置，指圍繞某個特定對象劃定的一個範圍：～優勢｜～條件｜～代碼。

【區域】qūyù〔名〕地域；地區範圍：～間合作｜～遼闊｜～自治。

蛆 qū〔名〕（隻，條）蒼蠅的幼蟲，色白，有環節，前尖後鈍，或有長尾。多生在糞便、屍體和骯髒的地方。

焌 qū〔動〕❶把燃燒的東西弄滅：把煙頭～了。❷用沒有火苗的微火燒：香頭兒在黃表紙上～了些窟窿。❸烹調方法。用燒熱的油澆在菜餚上：涼拌菜～點花椒油。❹烹調方法。在熱油鍋裏放作料，再放上蔬菜迅速炒熟。
另見 jùn（733頁）。

䓛 qū〔名〕有機化合物，一種多環芳烴，化學式 $C_{18}H_{12}$。白色或帶銀灰色晶體，易燃，有毒。

蛐 qū 見下。

【蛐蛐兒】qūqur〔名〕（隻）（北京話）蟋蟀：鬥～。

【蛐蟮】qūshàn 同"曲蟮"。

詘（诎）qū ❶〈書〉縮短；彎曲：～五指。❷〈書〉言語遲鈍。❸同"屈"①-⑤。❹（Qū）〔名〕姓。

嶇（岖）qū 見"崎嶇"（1050頁）。

Q

趨（趋）qū ❶快步行走：疾～而過｜～前為禮。❷趨向：大勢所～｜局勢日～穩定。❸古同"促"（cù）。

語彙　日趨　大勢所趨　亦步亦趨

【趨附】qūfù〔動〕〈書〉投靠依附：外示貞剛，內實～｜～權貴。

【趨利避害】qūlì-bìhài〔成〕趨向有利的一面，避開有害的一面：發揮優勢，～，把建設搞好。

【趨時】qūshí〔動〕〈書〉追求時尚：衣着～｜裝飾～。

【趨勢】qūshì〔名〕事物發展的傾向：他的病有好轉的～｜緊張的～緩和下來了。

【趨同】qūtóng〔動〕趨向一致：專業不要～，要注意保留教學特色｜和平相處，人心～。

【趨向】qūxiàng ❶〔動〕事物朝着某方面發展：形勢～好轉｜企業的生產管理制度逐步～完善。❷〔名〕趨勢：目前形勢的～是緩和。

【趨炎附勢】qūyán-fùshì〔成〕比喻投靠依附有權勢的人：他是個～的小人｜～，以謀私利。

【趨之若鶩】qūzhī-ruòwù〔成〕像野鴨一樣爭着跑過去。比喻很多人爭着前往：只要有利可圖，這些人就～。注意這裏的"鶩"不寫作"鶩"。

麴（曲）〈麯〉qū〔名〕含有大量活微生物及酶類的糖化劑或糖化發酵劑，多為麥子、麩皮、大豆的混合物製成的塊狀物，用來釀酒或製醬。
"曲"另見 qǔ（1109頁）；qū（1106頁）；"麯"另見 qū（1108頁）。

語彙　大麴　酒麴

覷（觑）qū / qù〔動〕眯縫着眼睛注意地看：～了一眼｜～着眼睛上下打量。另見 qù（1112頁）。

【覷覷眼】qūqūyǎn〔名〕（吳語）近視眼。也說近覷眼。

軀（躯）qū 身體：～體｜為國捐～｜七尺之～。

語彙　捐軀　身軀　七尺之軀

【軀幹】qūgàn〔名〕❶身體除去頭部四肢所剩下的部分。❷比喻事物的主要部分：機身是飛機的～。

【軀殼】qūqiào〔名〕人的肉體（對"精神"而言）：他好像丟了魂兒，只剩下～。

【軀體】qūtǐ〔名〕人的身體：～粗大。

麴（麴）Qū/Qú〔名〕姓。另見 qū "麴"（1108頁）。

黢qū 黑：～黑｜黑～～的。

【黢黑】qūhēi〔形〕狀態詞。（顏色）很黑；（光綫）很暗：他曬得～，人也精神了｜倉庫裏堆滿了東西，～～的。

驅（驱）〈駈歐〉qū ❶趕馬；泛指趕牲口：乘堅～肥（乘堅固的車，驅趕肥馬）｜～馬前進｜～牛耕田。❷駕駛（車）：～車前往。❸奔跑：長～直入。❹趕走；趕跑：～散｜～逐。❺逼使：～策｜～使｜～遣。❻先鋒；領頭兒的：前～｜先～。

語彙　長驅　馳驅　前驅　先驅　並駕齊驅

【驅策】qūcè〔動〕〈書〉❶用鞭子趕（牲口）：～群羊。❷驅使；使喚：任人～。

【驅車】qūchē〔動〕駕駛車輛（多指汽車）：～前往｜～百里。

【驅馳】qūchí〔動〕〈書〉❶趕馬快跑：～百里｜長途～。❷奔走效力：供～｜任君～。

【驅除】qūchú〔動〕趕走；除掉：～害人蟲｜～蚊蠅｜～妖魔。

【驅動】qūdòng〔動〕❶用動力發動；使開動：～電機｜磁盤～器。❷驅使，推動：在經濟利益～下，圖書市場盜版猖獗。

【驅趕】qūgǎn〔動〕趕走：～蚊蠅。

【驅遣】qūqiǎn〔動〕❶強行役使：不法工廠主～大量童工日夜勞作。❷趕走：～聚眾鬧事的人。❸消除某種情緒：～離情別緒。

【驅散】qūsàn〔動〕❶驅趕；強制散開：警察～起哄鬧事的人。❷消除；使消失：陽光～了濃霧｜這個喜訊～了大夥兒心中的憂愁。

【驅使】qūshǐ〔動〕❶強使別人去做：不堪～｜奴隸主～奴隸當牛做馬。❷推動：為熱情所～｜受經濟利益～。❸〈書〉差遣：～群賢。

【驅逐】qūzhú〔動〕用強力趕走；轟走：～艦｜出境｜～侵略者。

【驅逐艦】qūzhújiàn〔名〕（艘）以火炮和反潛武器為主要裝備的中型軍艦。主要任務是擔任護航、警戒和反潛：導彈～。

嘔qū〔擬聲〕吹哨子的聲音；昆蟲鳴叫的聲音：哨子一吹，～～直響｜秋蟲～～叫得很歡。

qú ㄑㄩ

劬qú〈書〉勞苦：～勞。

【劬勞】qúláo〔形〕〈書〉勞累；勞苦：不辭～｜有子七人，母氏～。

胊qú ❶〈書〉屈曲的肉脯。❷用於地名：臨～（在山東中部）。

渠qú ㊀❶〔名〕（條，道）人工開鑿的水道：水到～成｜這條～通向山寨。❷〈書〉大：～帥（首領）。❸（Qú）〔名〕姓。
㊁〔代〕（吳語）人稱代詞。他：問～那得清如許，為有源頭活水來。

語彙　幹渠　溝渠　河渠　毛渠　支渠　灌溉渠

【渠道】qúdào〔名〕(條)❶人工開挖的供引水排灌用的水道。❷途徑；門路：圖書發行～｜外交～。

藁 qú 見"芙藁"(398頁)。

鴝(鴝) qú〔名〕❶鳥名，體小，尾長，嘴短而尖，羽毛美麗，叫聲悅耳。❷(Qú)〔姓〕。

【鴝鵒】qúyù〔名〕(隻)鳥名，八哥兒。也作鸜鵒。

璖 qú ❶〈書〉耳環。❷(Qú)〔名〕姓。

碟 qú 見"硨碟"(159頁)。

瞿 Qú〔名〕姓。
另見jù(723頁)。

鼩 qú 見下。

【鼩鼱】qújīng〔名〕(隻)哺乳動物，體小，形似老鼠，栗褐色，吻部較尖細，能伸縮，齒尖利，捕食蟲類，也吃植物種子和穀物。

蕖 qú ❶〈書〉草名。❷〈書〉同"藁"。❸〈書〉驚喜：～然。❹(Qú)〔名〕姓。

灈 qú 用於地名：～陽(在河南)。

欋 qú 古指四齒耙(農具)。

氍 qú 見下。

【氍毹】qúshū〔名〕毛織的地毯，舊時演戲多鋪在地上，因以氍毹代表舞台：紅～(指舞台)。

朧 qú〈書〉同"臞"。

籧 qú 見下。

【籧篨】qúchú〔名〕古指粗竹席。

癯 qú〈書〉瘦：清～。

蠷 qú ❶古指猿猴一類動物。❷同"蠼"。

衢 qú〈書〉四通八達的道路：通～｜康～｜填街盈～。

蠼 qú 見下。

【蠼螋】qúsōu〔名〕昆蟲，生活在土中、石下、雜草間，體扁平狹長，黑褐色，前翅短，後翅大而圓，腹端有鋏狀尾。

鸜(鸜) qú 見下。

【鸜鵒】qúyù 同"鴝鵒"。

---

qǔ ㄑㄩ

曲 qǔ〔名〕❶(首，支)樂曲；歌曲：～高和寡｜高歌一～。❷盛行於元代的一種韻文形式，句法較詞更為靈活，多用當時口語。分為散曲、戲曲兩類。❸歌譜：《義勇軍進行曲》是聶耳作的～。
另見qū(1106頁)；qū"麯"(1108頁)。

語彙　插曲　詞曲　歌曲　昆曲　散曲　套曲　舞曲　戲曲　序曲　元曲　樂曲　暢想曲　催眠曲　進行曲　狂想曲　前奏曲　協奏曲　圓舞曲

【曲調】qǔdiào〔名〕戲曲、歌曲、樂曲的調子：民歌～｜轉軸撥弦三兩聲，未成～先有情。

【曲高和寡】qǔgāo-hèguǎ〔成〕戰國楚宋玉《對楚王問》："是以其曲彌高，其和彌寡。"意思是樂曲的曲調越高深，能跟着唱和的人就越少。原指知音難得。現比喻言論或文藝作品不通俗，不能為多數人所了解或欣賞。**注意** 這裏的"和"不讀hé。

【曲劇】qǔjù〔名〕❶由曲藝發展而成的新型戲曲，有北京、河南、安徽等曲劇、曲子戲。❷特指北京曲劇，器樂以單弦為主並配有其他管弦。內容多反映現代生活。

【曲目】qǔmù〔名〕戲曲、歌曲、樂曲等的名稱、目錄：保留～｜此次音樂會演出的～大都是觀眾熟悉的。

【曲牌】qǔpái〔名〕曲的調子名稱。如點絳唇、山坡羊、一枝花等。

【曲譜】qǔpǔ〔名〕(本)❶輯錄各種曲調格式和唱法的書。❷樂譜；戲曲或歌曲除詞之外的部分：鋼琴～｜歌曲～｜珍貴的古曲～。

【曲藝】qǔyì〔名〕一種由演員通過說、唱演述故事情節並表現不同人物思想感情的藝術形式，常見的有相聲、評書、快板、大鼓、對口詞、山東快書、河南墜子等。

曲藝小史

曲藝淵源於民間歌謠、民間故事和笑話等；唐朝已形成說話、轉變、詞文等獨立的表演藝術形式；宋朝有小說、講史、說經、鼓子詞、唱賺、諸宮調、詩話、道情等流行；元明盛行詞話、評話、彈詞、鼓詞、寶卷等；清中葉起，按所用方言和流行地區衍生的許多曲種，流行至今。

【曲子】qǔzi〔名〕(支，首)泛指元明戲曲和散曲以及後代的歌曲；特指樂曲：這支～他彈得很好。

苣 qǔ/jù 見下。
另見jù(720頁)。

【苣蕒菜】qǔmǎi(mai)cài〔名〕(棵)多年生草本植物，葉子互生，長橢圓狀披針形，邊緣有不整齊的鋸齒，舌狀黃色花，嫩苗可吃，微有苦味，也可做飼料，葉子可配製農藥防治蚜蟲。

取 qǔ ❶〔動〕拿：～錢｜從冰箱裏～食品｜～之於民，用之於民。❷ 得到；招致：～暖｜～勝｜自～滅亡。❸〔動〕採取；選取：處理這種問題，應～慎重態度｜一無可～。❹〔動〕攻下；奪取：～洛陽｜先佔郊區，後～城鎮。❺〔動〕錄取：備｜此次招考，本校～了三百五十人。❻(Qǔ)〔名〕姓。

語彙 拔取 備取 博取 採取 奪取 攻取 換取 獲取 汲取 進取 考取 可取 領取 錄取 掠取 謀取 竊取 輕取 攝取 拾取 索取 提取 聽取 吸取 選取 爭取 支取 分文不取 咎由自取

【取保】qǔ//bǎo〔動〕請人擔保（法律用語）：～候審｜取個保就可以放人。

【取材】qǔcái〔動〕選取材料：～新穎｜這齣新戲～於城市居民生活。

【取長補短】qǔcháng-bǔduǎn〔成〕吸取別人的長處來彌補自己的短處：新老員工互相學習，互相幫助，～。

【取代】qǔdài〔動〕去除原來的人或事物，用另外的人或事物來替代：計算機排版～了鉛字排版｜新生事物必然要～腐朽事物。

【取道】qǔdào〔動〕指為到達某地而選取需要經過的道路：代表團將～巴黎回國。

【取得】qǔdé〔動〕得到；獲得：～有關方面同意｜～完全一致的意見｜～群眾支持。

【取締】qǔdì〔動〕（行政部門）頒佈命令取消或禁止：～投機倒把｜～非法出版物｜～非法組織。

【取而代之】qǔ'érdàizhī〔成〕《史記·項羽本紀》記載，秦始皇巡視會稽（今紹興），渡浙江，項羽看到以後說"彼可取而代之也"。意思是那人的地位可以由我來代替。現指奪取別人的地位、權利。也指用另外的人或事物代替原來的人或事物：戰而勝之，～｜校長辭職了，～的是大家看重的一位學者。

【取法】qǔfǎ〔動〕按照別人的做法去做；仿效：這裏的很多房屋都～於西洋的建築模式｜～乎上，僅得乎中。

【取給】qǔjǐ〔動〕由某種途徑或辦法得到（後面多帶"於"字）：所需資金主要～於企業內部的積累。

【取經】qǔjīng〔動〕❶ 佛教徒到印度去求佛經：唐僧～。❷ 比喻向別人吸取先進經驗：到兄弟單位去～｜去學習一定要取真經回來。

【取景】qǔ//jǐng〔動〕攝影或寫生時選取景物：剛學會照相，還不會～｜取個好景再來照相。

【取決】qǔjué〔動〕由某方面或某種情況決定（後面多帶"於"字）：我們明年能否奪得豐收，在很大程度上～於今年的水利工程。**注意** "取決"後要跟"於"，它的用法有以下幾點值得注意：

a）必帶賓語。b）賓語是名詞性的，如"戰勝疾病在很大程度上取決於身體素質"。c）賓語是問句形式或包含兩個意義對立的詞，如"學習成績取決於用功程度如何""放養魚苗的數量取決於水庫蓄水量的多寡"。d）主語是問句形式或包含兩個意義相對的詞，如"談判是否成功，取決於雙方的誠意""戲曲觀眾的多少取決於演出質量和藝術水平"。e）主語和賓語都是問句形式或包含兩個意義對立的詞，如"病好得快還是好得慢取決於你是否積極治療""作品質量的好壞取決於作者水平的高低"。

【取樂】qǔlè（～兒）〔動〕❶ 尋求快樂：飲酒～。❷ 戲弄別人，使自己開心：不要拿別人～。

【取暖】qǔnuǎn〔動〕利用熱能或在暖和的地方使身體溫暖：圍爐～｜曬太陽～。

【取齊】qǔqí〔動〕❶ 使數量、大小、長短、高度整齊劃一等：先把兩張紙～了再裁｜去年我們隊的產量不如他們，今年跟他們～了。❷ 集合聚齊：下午兩點在禮堂門口～，整隊入場。

【取巧】qǔ//qiǎo〔動〕為達到不正當目的而採用巧妙的手法：投機～｜從中～｜他取了個巧，託人從劇團內部買到兩張戲票。

【取捨】qǔshě〔動〕採取或捨棄：對技術資料進行分析後決定～。

【取勝】qǔshèng〔動〕❶ 取得勝利：以人數多～｜僥倖～。❷ 憑藉……而佔上風：以相貌～｜我們的產品靠質量～。

【取向】qǔxiàng〔名〕基本的立場或傾向；基於某種認識和標準所做的選擇：審美～｜價值～。

〖辨析〗**取向、趨向** "趨向"着重指事物發展的動向，如"總趨向""必然的發展趨向"。"趨向"還可以做動詞，如"趨向緩解"，而"取向"不能做動詞。"取向"是名詞，着重指主觀的傾向或選擇，如"審美取向""戰略取向"。

【取消】qǔxiāo〔動〕去掉；使失去效力：此次會議因故～｜被～會員資格｜～亂收費的項目一百多個。

【取笑】qǔxiào〔動〕拿別人開玩笑；嘲笑：相互～｜我們不該拿人家～。

【取信】qǔxìn〔動〕取得信任：～於民｜商家要依法經營，～於消費者。

【取樣】qǔyàng〔動〕從大量物品和材料中抽出一小部分做樣品：～檢查｜多處～，檢驗湖區的水質。也叫抽樣。

【取悅】qǔyuè〔動〕向別人討好；博取別人的歡心：強顏歡笑，～於人。

【取證】qǔzhèng〔動〕取得證據：律師正在做～工作｜調查～。

【取之不盡】qǔzhī-bùjìn〔成〕拿不盡，用不完。形容非常豐富。常與"用之不竭"連用：群眾生活是文藝創作～、用之不竭的源泉。

姁 qǔ〈書〉雄健；雄壯。

娶 qǔ〔動〕把女子接過來成親（跟"嫁"相對）：～妻｜～媳婦兒。

【娶親】qǔ//qīn〔動〕❶男子前往女家迎娶。❷男子結婚：他自從娶了親，比原來成熟多了。

齵（齵） qǔ 牙齒腐蝕而形成空洞。**注意**"齵"不讀 yǔ。

【齵齒】qǔchǐ〔名〕❶一種牙病，食物殘渣在牙縫中發酵而產生酸類，腐蝕牙齒的釉質，形成空洞，逐漸引起牙痛、牙齦腫脹等。❷（顆）患這種病的牙。以上俗稱蟲牙，也叫蛀齒。

qù ㄑㄩ

去 qù ㊀❶離開：～職｜～世。**注意**在古時候，"去"是離開的意思，如"去京"是離開京城，而不是到京城去。現代口語說"去北京"是到北京去，而不是離開北京。二者的意思正好相反。❷〔動〕〈婉〉指人死亡：他～了，永遠離開了我們。❸過去的：～年｜～冬。**注意**年、月、日三個詞，只說"去年"，不說"去月""去日"。"去秋"是"去年秋天"，"去冬"是"去年冬天"的意思。❹〈書〉距，距離：兩地相～甚遠｜相～十萬八千里。❺失掉；失去：大勢已～｜光陰一～不復返。❻〔動〕從說話人所在地到別的地方（跟"來"相對）：他已經～了｜～了三趟｜他～過日本｜我們這～了三個人｜我給他～了兩封信。❼〔動〕除去；除掉（可帶"了"，可重疊）：～了皮才能吃｜喝碗綠豆湯～～火｜這一來大家～了一層顧慮。❽〔動〕用在另一動詞前面，表示要做某事（不用"去"時，基本意思不變）：這件事我～辦吧｜你們～研究研究再說。❾〔動〕用在另一動詞後面，表示去做某事：咱們聽戲去｜他去體育館看球賽～了。❿去聲：平上～入。⓫〔動〕（北京話）用在"大、多、遠"等形容詞後，表示"非常""極了"的意思（後面加"了"）：這幾年變化可大了～了｜上南極遠了～了。

㊁〔動〕扮演（戲劇裏的角色）：在《柳蔭記》裏，她～祝英台。

㊂〔動〕趨向動詞。❶用在動詞後表示動作離開說話人所在地：上～｜進～｜把這件東西給我拿～。❷用在動詞後表示動作的繼續：讓他說～｜一眼看～。**注意**"去"用在動詞後做趨向補語時一般讀輕聲。

語彙 出去 故去 過去 回去 進去 上去 失去 下去 顛來倒去 眉來眼去 一來二去

【去除】qùchú〔動〕除掉；除去：～疾病｜～思想顧慮。

【去處】qùchù〔名〕❶去的地方：有誰知道她的～？❷有某種用途的地方或場所，特指人安身之處：那是一個風景秀麗，氣候宜人的～｜他已經有了一個好～。

【去粗取精】qùcū-qǔjīng〔成〕去掉粗糙無用的，選取精華有用的：在大量原始材料中～，去偽存真。

【去國】qùguó〔動〕〈書〉❶離開本國：～遠遊。❷離開國都或故鄉：～懷鄉。

【去火】qù//huǒ〔動〕中醫指消除身體內的火氣；解毒：吃點中藥去去火。

【去疾】qùjí〔動〕❶去除疾病：此藥可～。❷（Qùjí）複姓。

【去就】qùjiù〔動〕擔任或不擔任職務；離開或繼續任職：他的～要認真考慮｜他不介意個人～。

【去留】qùliú〔動〕離去或留下：～未定｜我的～成了大家關心的話題。

【去路】qùlù〔名〕前進的道路；到某處去的道路：來蹤～｜長長的一條隔離帶擋住了我們的～｜這座水庫給洪水找到了～。

【去年】qùnián〔名〕今年的前一年：～春天雨水不多｜～這時候，我正在天津。

【去任】qùrèn〔動〕離任或去職：他～已一年多。

【去聲】qùshēng〔名〕❶古漢語四聲的第三聲。❷普通話字調的第四聲，讀降調，如"辦""慢""爛""下"。參見"四聲"（1282頁）。

【去世】qùshì〔動〕成年人離開人世：王老師～了。

【去暑】qùshǔ〔動〕消除暑熱：夏天吃絲瓜～清心｜喝綠豆湯可～。

【去偽存真】qùwěi-cúnzhēn〔成〕去掉假的，保存真的：面對眾多的材料，要～，才能引出科學的結論。

【去向】qùxiàng〔名〕去的方向；去的地方：不知～｜～不明｜尋找～。

【去職】qù//zhí〔動〕離開原來的職位；不再擔任原來的職務：因為不能勝任而～｜他去了職就返回故里了。

趣 qù❶（～兒）趣味；興味：有～兒｜沒～。❷有趣味的：～事｜～聞。❸志向；趨向；宗旨：志～｜大異其～｜本書旨～。❹古同"促"（cù）。❺（Qù）〔名〕姓。

語彙 湊趣 打趣 逗趣 風趣 樂趣 沒趣 情趣 識趣 興趣 有趣 知趣 志趣

【趣話】qùhuà❶〔名〕有趣的話語或故事：美食～｜文壇～。❷〔動〕風趣地講述；有趣地敍說：～漢字｜～西方人的待人接物。

【趣事】qùshì〔件〕有趣的事情：逸聞～｜關於他們倆的～可多了。

【趣談】qùtán〔動〕有趣味地談論（多用於書名或文章題目）：漢字～｜《非洲風情～》。

【趣味】qùwèi〔名〕使人感到愉快、興奮、有意思、有吸引力的情味：～無窮｜很有～｜低級～。

【趣聞】qùwén〔名〕有趣的傳聞：軼事～｜大家要他講徒步旅遊的～。

闃（闃）qù〈書〉寂靜：～寂｜～然無聲｜～無一人。

覰（覰）qù〈書〉看；瞧；窺探：小～｜面面相～｜覷寇～邊。

另見 qū（1108 頁）。

qu · ㄑㄩ

戌 qu 見 "屈戌兒"（1106 頁）。
另見 xū（1526 頁）。

quān ㄑㄩㄢ

巻 quān〈書〉弩弓。

悛 quān〈書〉悔改；悔過：怙惡不～｜過而不～，亡之本也（有錯而不改，是滅亡的根源）。

圈 quān ❶（～兒）〔名〕圓而中空的東西；環形：花～｜畫圓～兒｜包圍～兒。❷〔名〕環形的路綫；周：繞場一～（繞場一周）｜在操場跑了兩～。❸〔名〕範圍；圈子：～內｜～外｜這話說得出～了。❹〔動〕在四周加上限制；圍繞：～了一塊空地｜先把村子～起來，再挨戶搜索。❺〔動〕畫圓做記號：～閱｜把錯字～掉｜在讓讀者注意的詞句下～上圈兒。

另見 juān（723 頁）；juàn（725 頁）。

語彙　光圈　花圈　羅圈　繞圈　瓦圈　綫圈　項圈　圓圈　北極圈　火力圈　救生圈　南極圈

【圈點】quāndiǎn〔動〕❶ 閱讀沒有標點的古書時，在該斷句的地方加上圓圈或點：～古書。❷ 閱讀書籍或文章時，在某些詞句旁加上圓圈或點，表示欣賞或重視：在他讀過的名篇中，妙語佳句，多做～。

【圈定】quāndìng〔動〕領導者或決策人在書面材料上用畫圈的方式確定有關事項：錄用人員最後由總經理～｜導師～了二十種書目，要求研究生閱讀。

【圈圈】quānquan〔名〕❶ 圓圈：他在書上畫了很多～。❷ 範圍：要開闊眼界，不能局限於本地區的小～。

【圈套】quāntào〔名〕故意設置的誘人上當的計謀：休誇伶俐聰明，必定中吾～｜落入～｜千萬別上他的～。

【圈選】quānxuǎn〔動〕候選人名單中在要選的人名上面加圈表示選定；備用物的清單中在需要的項目名稱上面加圈表示選用。

【圈閱】quānyuè〔動〕領導人在文件上自己的名字處畫圈，表示同意或已看過：這份文件送請部長～。

【圈佔】quānzhàn〔動〕強行劃界佔地：非法～土地。

【圈子】quānzi〔名〕❶ 圓而中空的平面形、環形或環形之物：全班同學圍成一個～｜清早到街上兜了個～｜不要繞～，你就直說吧。❷ 範圍；指人活動或集體的範圍：生活～｜小～｜別限制在熟人～裏｜應當趕快從煩惱的～裏鑽出來。

棬 quān 古時指曲木製成的盛水飲水器皿。

鄻 quān 用於地名：蒙～（在天津）｜畢家～（在天津）。

quán ㄑㄩㄢ

全 quán ❶〔形〕完備；齊全：不獲～勝，決不收兵｜手稿已殘缺不～｜人已經來～了。❷〔形〕整個：～中國｜～世界｜劇四幕五場。❸ 保全；使完整不殘缺：兩～其美｜苟～性命於亂世。❹〔副〕都；全都：兩道題～錯了｜要讀的話我～講了｜我一家～去了。注意 "不" 放在 "全" 的前或後，意思不同，如 "他們全不是大學生" 指他們沒有一個是大學生，"他們不全是大學生" 指他們當中有些不是大學生。❺〔副〕表示程度百分之百：～新的裝置｜你無論說甚麼，他～不在意。❻（Quán）〔名〕姓。

語彙　安全　保全　成全　苟全　顧全　健全　齊全　十全　完全　周全　委曲求全

【全豹】quánbào〔名〕〈書〉比喻事物的全貌：未窺～｜難窺～。參見 "管中窺豹"（481 頁）。

【全部】quánbù〔名〕整個；整體；各部分的總和：你了解的不過是事情的一部分，並不是～｜糧食～自給｜損失～～賠償。

【全才】quáncái〔名〕（位）在某個領域或某個範圍內各方面都擅長的人才：畫中國畫他是個～，山水、人物、花鳥樣樣出色。

【全長】quáncháng〔名〕全部長度；總長：三峽大壩～2309 米｜這部紀錄片～30 分鐘。

【全場】quánchǎng〔名〕❶ 整個場子的人：～鴉雀無聲｜～氣氛熱烈｜～歡聲雷動。❷ 整個場地：～觀眾｜清理～垃圾。

【全稱】quánchēng〔名〕名稱未簡化前的完整稱法：食物環境衛生署是食環署的～。

【全程】quánchéng〔名〕全部路程；整個路程：馬拉松～｜這次旅行，我們都走完了～｜自行車比賽～120 公里。

【全都】quándōu〔副〕都；統統：村裏男女老少～出來歡迎貴賓｜一家人～到海濱去了。

【全額】quán'é〔名〕全部數額；全數：～獎學金｜

善款～上繳│個人購房五年內轉讓將～徵收營業稅。

【全方位】quánfāngwèi〔名〕事物的各個不同的方向和位置；事物的所有方面：～開放│～外交│該公司提供的服務是～的。

【全副】quánfù〔形〕屬性詞。全部的；整套的：～精力│～武裝。

【全攻略】quángōnglüè〔名〕針對某一任務、行動而預先制定的全面的計劃、策略（多用於手冊等的標題）：高考志願填報～│新股民入市～。

【全國】quánguó〔名〕整個國家；國家的全部地區：～人民│～上下│～人口普查│～運動會│足跡遍及～。

【全國人大】Quánguó Réndà 全國人民代表大會的簡稱。

【全國人民代表大會】Quánguó Rénmín Dàibiǎo Dàhuì 中國最高國家權力機關，由各省、自治區、直轄市選出的代表組成，每屆任期五年。簡稱全國人大。

【全國一盤棋】quánguó yīpán qí 全國各項工作要像下一盤棋一樣，統籌兼顧，統一部署；要從全國範圍出發處理各項工作：各地區要互通有無，互相支援，～嘛。

【全會】quánhuì〔名〕（次，屆）全體會議，由全體成員出席的會議：十一屆三中～。

【全活兒】quánhuór〔名〕一種工作的全部活計，如裁剪、縫製、熨燙等為製作衣服的全活兒：王師傅髮能做～│請會～的廚師做菜，包大家吃得滿意。

【全集】quánjí〔名〕（部，套）收錄一個作者或幾個關係密切的作者的全部作品的集子：《魯迅～》│《馬克思、恩格斯～》。

【全家福】quánjiāfú〔名〕❶（張）全家人合照的相片。❷葷的雜燴菜。

【全殲】quánjiān〔動〕全部殲滅：我軍英勇奮戰，～敵人。

【全景】quánjǐng〔名〕❶某一空間的全部景象：俯瞰～│西湖～。❷表現人物全身或場景全貌的影視畫面：～攝影│製作～照片。

【全景電影】quánjǐng diànyǐng 環幕電影。

【全境】quánjìng〔名〕全部境域：足跡遍及～│冷空氣侵襲湖南～。

【全局】quánjú〔名〕整個局面或局勢：～觀點│影響～。

【全軍覆沒】quánjūn-fùmò〔成〕軍隊全部被消滅。比喻徹底失敗：來犯之敵～│那次運動會上，他們派出的選手在預賽中就～了。也說全軍覆滅。

【全科醫生】quánkē yīshēng 指全面掌握醫學各科知識，在社區承擔各科醫療工作的保健醫生。

【全力】quánlì〔名〕全部力量或精力：～以赴│～支持│竭盡～。

【全力以赴】quánlìyǐfù〔成〕將全部力量都投入進去：～攻剋技術難關。

【全貌】quánmào〔名〕事物的整個面貌或全部情況：從這裏可以看到運動場的～│不弄清問題的～不能發表意見。

【全面】quánmiàn ❶〔名〕所有方面；各個方面的總和：～情況。❷〔形〕完整的；兼顧各方面的（跟"片面"相對）：～總結│～進攻│他考慮問題很～│反映的情況不～。

【全面開花】quánmiàn-kāihuā〔成〕比喻各個方面同時行動；普遍展開：先典型示範，取得經驗後再～。

【全民】quánmín〔名〕❶全國人民：～皆兵│～健身。❷指全民所有制：這家工廠是～企業。

【全民公決】quánmín gōngjué 一些國家、地區實行的由全體公民投票來決定國家重大事情的制度。也說全民公投。

【全民所有制】quánmín suǒyǒuzhì 生產資料歸全社會勞動者共同所有、支配和使用的一種公有制形式。在社會主義社會，表現為國家所有制形式。

【全能】quánnéng〔形〕樣樣都行；在一定範圍內各樣都行：全知～│五項～│～運動員│獲得女子～冠軍。

【全年】quánnián〔名〕整年；整個一年：～收入│～雨量│～平均濕度。

【全盤】quánpán ❶〔名〕全部；全面：一着不慎，～皆輸。❷〔形〕屬性詞。全部的；全面的：～考慮│～接受│～否定。

【全陪】quánpéi〔名〕指全程為旅客提供旅遊服務的人員（區別於"地陪"）。

【全票】quánpiào〔名〕❶指選舉時的全部選票：以～當選。❷全價的門票、車船票等（區別於"半票"）。

【全勤】quánqín〔動〕❶滿勤；所有工作日都出勤：他月月～。❷某一工作日所有人員都出勤：今日～。

【全球】quánqiú〔名〕全世界；整個地球：～戰略│名震遐邇，譽滿～│遠古時冰雪覆蓋～。

【全權】quánquán〔名〕處理事情的全部權力：～代表│～辦理│酒店採取～委託管理經營模式，按實際收益分紅。

【全然】quánrán〔副〕完全；全都（只用於否定式）：～不了解情況│～不計後果│為了保護國家財產，～不顧個人安危。

【全日制】quánrìzhì〔形〕屬性詞。全天授課的教育制度：～小學。

【全身】quánshēn〔名〕整個身子；整個身體：～像│～不適│～濕透了。

【全神貫注】quánshén-guànzhù〔成〕全副精神集中在某一點上：～地聽講│～地搞科技創新│學習的時候要～才能學好。

【全盛】quánshèng〔形〕最興旺或最強盛的（時期）：宋朝是詞的～時期。

【全食】quánshí〔名〕指日全食或月全食：天文台能對日～做出精確預報。參見"日食"（1135頁）、"月食"（1677頁）。

【全始全終】quánshǐ-quánzhōng〔成〕從開始到結束，始終認真努力，做到完美一致：既然接受了這個任務，就要～地努力完成。

【全數】quánshù〔名〕全部：他將億萬財產～捐給社會。

【全速】quánsù〔名〕所能達到或所允許的最高速度：汽車～前進｜火車以每小時 120 公里的速度～行駛。

【全套】quántào〔形〕屬性詞。整套的：～教材｜～設備｜～服務。

【全體】quántǐ〔名〕各個個體或部分的總和：～船員｜～工作人員｜～起立｜"只見樹木，不見森林"的意思是說只看到部分，看不到～。

辨析　全體、全部　"全部"強調各個部分的總和，可以指人，也可以指物；"全體"強調每個個體的總和，一般只用於指人。如"全部機器都開動起來了""全部計劃完成了"，"全部"不能換成"全體"。

【全天候】quántiānhòu〔形〕屬性詞。❶ 在各種複雜氣候條件下都能不受限制地工作或使用的：～公路｜～飛機。❷ 每天 24 小時不受限制的：～服務。

【全託】quántuō〔動〕把孩子託付給託兒所、幼兒園晝夜照管，只在節假日接回家，叫作全託（區別於"日託"）：他們家的孩子～｜～的費用比較高。

【全文】quánwén〔名〕沒有刪節的全部文件或文章：～如下｜～發表｜打印～。

【全息】quánxī ❶〔形〕屬性詞。反映物體在空間存在時全部信息的：～影像｜～技術｜～顯微。❷〔名〕全部利息：～納稅｜取出～。

【全綫】quánxiàn〔名〕❶ 整個戰綫：～進攻｜～崩潰。❷ 整條路綫：京津塘高速公路已～通車。

【全心全意】quánxīn-quányì〔成〕拿出全部心思和精力：～為人民服務｜～投入工作。

【全新】quánxīn〔形〕整體或全部都是新的：～陣容演出｜該刊即將～改版。

【全休】quánxiū〔動〕工作人員因病在一定時期內不工作：大夫建議他～一星期｜有的病號～，有的病號半休。

【全優】quányōu〔形〕各項指標全部優秀：質量～｜各科成績～｜～產品。

【全員】quányuán〔名〕全部員工；全體成員：～培訓｜～出工｜今天～上班。

【全運會】Quányùnhuì〔名〕全國運動會的簡稱：本屆～游泳比賽成績喜人。

【全職】quánzhí〔形〕屬性詞。專門擔任某種職務的；全面負責某項工作的（區別於"兼職"）：～護士｜結婚後她成了～太太。

佺　quán 見"偓佺"（1425頁）。

泉　quán ❶ 泉水：清～｜甘～。❷〔名〕泉眼：城郊有好幾處～。❸ 舊指錢幣，特指銀圓：得版稅～百五十。❹ 地下；舊時稱人死後所在的地方：黃～｜九～之下。❺（Quán）〔名〕姓。

語彙　飛泉　甘泉　黃泉　九泉　礦泉　噴泉　溫泉　源泉

【泉流】quánliú〔名〕泉水形成的水流：景區內～豐富｜～中游動著成群的小魚。

【泉水】quánshuǐ〔名〕從地下自然湧出來的水：～叮咚｜清涼的～。

【泉下】quánxià〔名〕九泉之下；黃泉之下，借指死後：～之人。

【泉眼】quányǎn〔名〕流出泉水的窟窿：這裏有好幾個～。

【泉湧】quányǒng〔動〕像泉水一樣不斷湧出：文思～｜淚如～。

【泉源】quányuán〔名〕❶ 水源。❷ 比喻知識、力量等的來源：智慧的～｜力量的～｜生命的～。

荃　quán 古書上指一種香草。

拳　quán ❶〔名〕拳頭：揮～｜雙手握～。❷〔名〕拳術：太極～｜打了一會兒～。❸〔書〕力氣：無～無勇。❹〔形〕拳曲：身子～着｜～着腿。

語彙　抱拳　猜拳　打拳　划拳　老拳　拳拳　鐵拳　握拳　太極拳　赤手空拳

【拳不離手，曲不離口】quánbùlíshǒu，qǔbùlíkǒu〔諺〕比喻為使學得的技藝不生疏，就得經常練。

【拳打腳踢】quándǎ-jiǎotī 用拳打，用腳踢。形容十分兇狠地毆打。

【拳擊】quánjī〔名〕體育運動項目。按運動員的體重分級比賽，比賽時兩個人戴着特製的皮手套，用拳攻擊，勝負由裁判判定。

【拳曲】quánqū〔動〕彎曲：頭髮～｜軀體～成一團。

【拳拳】（惓惓）quánquán〔形〕〈書〉懇切、誠摯的樣子：～之忠｜～報國之心。

【拳手】quánshǒu〔位，名〕擅長拳術的人；也指拳擊運動員：他是一名優秀～。

【拳術】quánshù〔名〕拳腳並用的徒手武術：精於～｜～高超。

【拳頭】quántou〔名〕手指向內彎曲緊合攏着

的手；比喻集中起來的攻擊力：把～握得緊緊的｜舉起～呼口號｜集中力量攻擊，不要兩個～打人。

【拳頭產品】quántou chǎnpǐn 指有很強競爭力的名優產品：要在市場上站穩腳跟，必須有自己的～。

【拳王】quánwáng〔名〕(位)拳擊比賽世界冠軍的美稱：～賽｜～桂冠。

痊
quán 病癒：久病初～。

【痊癒】quányù〔動〕病好；恢復健康：希望你早日～。也說痊可。

捲
quán "捲捲"，見 "拳拳"(1114頁)。

婘
quán〈書〉美好的樣子。

筌
quán〈書〉捕魚的竹器：得魚忘～｜忘～已得魚。

綣 (绻)
quán 古書上指一種細布。

璚
quán〈書〉玉名。

輇 (辁)
quán〈書〉❶沒有輻的車輪。❷淺薄；小：～才(小才)。

詮 (诠)
quán〈書〉❶闡明事理：～釋｜～解。❷事理；道理：真～。

【詮釋】quánshì〔動〕說明；解釋：～古漢語虛字｜把疑難詞語一一加以～。

蜷
quán〔動〕蜷曲：你～一～腿，讓他走過去。

【蜷伏】quánfú〔動〕彎着身體臥着：他習慣～着睡覺｜花貓～在房頂上曬太陽。

【蜷曲】quánqū〔動〕(人或動物的肢體)拳曲：一條蛇在草叢裏～着｜他把兩腿～起來蹲在一旁。

【蜷縮】quánsuō〔動〕蜷曲收縮：刺蝟一受到攻擊就～成一團。

銓 (铨)
quán〈書〉❶稱量輕重：～度。❷選拔官吏：～授｜～選。

【銓敍】quánxù〔動〕〈書〉舊時指政府審查官員資格，確定級別、職位：～合格。

醛
quán〔名〕有機化合物的一類，通式為 R-CHO。由羰基和一個烴基、一個氫原子結合而成。許多醛具有工業價值，如甲醛可用來製酚醛塑料，乙醛製造醋酸，糠醛製造合成纖維等。

語彙　甲醛　乙醛

鬈
quán ❶頭髮彎曲：鬈髮～曲。❷頭髮美。

鰁 (鳈)
quán〔名〕魚名，生活在淡水中，體長十餘厘米，深棕色，有斑紋，

口小。

權 (权)
quán ❶〈書〉秤，秤錘。❷〔名〕權力：當～｜有職有～｜大～在握。❸〔名〕權利：人～｜選舉～｜發言～。❹有利的形勢：主動～｜制空～｜霸～。❺權宜；權變：通～達變。❻〈書〉稱量：～，然後知輕重。❼〔副〕姑且；暫且：～充此任｜～作不知。❽(Quán)〔名〕姓。

語彙　霸權　版權　兵權　財權　產權　大權　當權　集權　民權　弄權　棄權　強權　全權　人權　神權　實權　受權　授權　特權　威權　越權　債權　掌權　政權　職權　主權　專權　表決權　否決權　公民權　繼承權　所有權　選舉權　著作權　被選舉權　治外法權

【權變】quánbiàn〔動〕掌握時機，根據情況的變化而靈活應付：他處理問題長於～。

【權柄】quánbǐng〔名〕權力：掌握～。

【權臣】quánchén〔名〕(名)有權勢的大臣：～當道｜當朝～。

【權貴】quánguì〔名〕位高權重的貴族、官僚：不阿諛～｜觸犯～利益。

【權衡】quánhéng ❶〔名〕〈書〉秤錘和秤桿，稱量東西輕重的工具。❷〔動〕斟酌；審度：～利弊｜～得失，決定棄取｜～輕重緩急，安排工作先後次序。

【權力】quánlì ❶〔名〕政治上的強制力量：國家～機關｜～下放。❷職責所賦予的支配或指揮力量：行使人民代表的～。

【權利】quánlì〔名〕公民或法人依法行使的權力和享受的利益(跟 "義務" 相對)：勞動的～｜受教育的～。

> **辨析　權利、權力**　a) 兩詞的含義不完全一樣。"權力" 指政治上或職責範圍內具有的一定的強制力量或支配力量，主體可以是個人，也可以是國家機關；"權利" 與 "義務" 相對，指依法行使的權力和享有的利益，主體是公民、法人，也可以是國家機關。因此 "權利" 的含義廣，包括了 "權力"。b) 使用情況有差異，"權力" 經常做 "行使" "使用" 等的賓語，"權利" 經常做 "享受" "享有" 等的賓語，二者不能互換；"權力" 可構成 "權力部門" "權力機關" 等詞組，"權利" 不能。

【權門】quánmén〔名〕權貴人家：有～，就有惡勢力。

【權謀】quánmóu〔名〕隨機應變的謀略：精於～。

【權且】quánqiě〔副〕姑且；暫且：～如此辦理｜天太晚了，～在老鄉家借宿。

【權勢】quánshì〔名〕權柄和勢力：貪戀～｜以～謀利。

【權屬】quánshǔ〔名〕所有權的歸屬：這套樓房的～問題還沒有解決。

【權術】quánshù〔名〕依靠權勢而玩弄的計謀或手段：玩弄～｜精於～。

【權威】quánwēi〔名〕❶ 讓人信從的力量和威望：這是一本～著作｜～人士。❷ 在一定範圍內被公認為最有地位、最有影響的人或事物：學術～｜他是歷史學界～｜這部著作是中國哲學的～。

【權位】quánwèi〔名〕權力地位：謀取～｜貪戀～。

【權限】quánxiàn〔名〕職權範圍；權力界限：在法律規定的～內｜確定委員會的～｜屬於自治區～以內的事務。

【權宜之計】quányízhījì〔成〕權宜：適時的；變通的。指為了應付某種情況而暫時採取的變通辦法：不能把農民工培訓看成是～。

【權益】quányì〔名〕應有的不容侵犯的合法權利和利益：公民合法～｜僱員、僱主的～都要依法保護。

【權欲】quányù〔名〕掌握權力的欲望：～熏心｜～膨脹。

【權詐】quánzhà〔形〕〈書〉奸猾狡詐：～之術｜為人多～。

【權證】quánzhèng〔名〕一種有價證券。投資者在支付一定數量的權利金（購買權證時所支付的一定數量的價款）後，有權按特定價格在特定時間或到期日向發行人購買或出售相關資產。它比股票風險更大，投資回報率也更高。

顴（顴）quán 顴骨：雙～隆起。

【顴骨】quángǔ〔名〕眼睛下邊兩腮上面突出的顏面骨：～高｜～處有傷痕。

quǎn ㄑㄩㄢˇ

犬 quǎn 狗：獵～｜警～｜牧羊～｜雞鳴～吠。

【犬齒】quǎnchǐ〔名〕（顆）尖牙。

【犬馬之勞】quǎnmǎzhīláo〔成〕犬馬：古時臣子對君主自比犬馬，表示聽憑驅使。後用“犬馬之勞”比喻心甘情願為人驅使而使出的全部力氣：這幾位兄弟，都願為大哥效～。

【犬牙】quǎnyá〔名〕❶（顆）尖牙的通稱。❷ 狗的牙齒。

【犬牙交錯】quǎnyá-jiāocuò〔成〕形容交界處像狗牙一樣參差不齊，互相交叉。也比喻局勢錯綜複雜：這裏邊界～，地形複雜｜形成～的局面。

【犬子】quǎnzǐ〔名〕〈謙〉稱自己的兒子。

畎 quǎn〔量〕古代田制，指一畝的三分之一。

畎 quǎn〈書〉田間小溝。

【畎畮】quǎnmǔ〔名〕〈書〉田野：白首歸～。

綣（绻）quǎn ❶ 收縮：縮～。❷ 眷念：～懷。

quàn ㄑㄩㄢˋ

券 quàn〔名〕（張）作為票據或憑證的紙片：國庫～｜公債～｜入場～。
另見 xuàn（1536 頁）。

【券商】quànshāng〔名〕證券承銷商或證券營業商：委託～理財｜對～加強清理整頓工作。也叫證券商。

勸（劝）quàn ❶〈書〉勉勵；勸導：～業｜～學。❷〔動〕勸說；通過列舉事實、講說道理來使人聽從：～丈夫戒煙戒酒｜～他休息幾天｜小張沒考好，情緒低落，我們都去～～他吧。❸（Quàn）〔名〕姓。

【勸導】quàndǎo〔動〕勸說開導：耐心～｜孩子不聽，～，真是沒有辦法。

【勸告】quàngào ❶〔動〕說明道理，使人改正錯誤或接受意見：醫生～他注意休息。❷〔名〕勸說別人所說的話：她不接受我們的～。

【勸和】quànhé〔動〕勸說使人和解：我方將繼續做～促談工作｜法官～調解，雙方重歸於好。

【勸駕】quànjià〔動〕勸人任職或去做某事：要想讓他赴會，還得您去～。

【勸架】quàn∥jià〔動〕勸阻別人爭吵、打架：兩家人鬧矛盾，鄰居去～｜剛勸了架，怎麼又吵起來了？

【勸解】quànjiě〔動〕❶ 勸說使解除煩惱：經過大家～，她想通了。❷ 勸架：小兩口兒吵架，你去～～。

【勸誡】（勸戒）quànjiè〔動〕勸說告誡：我對他的錯誤行為一再～｜～學生不要迷戀網吧。

【勸進】quànjìn〔動〕舊指勸說已握實權的人登上皇帝位：群臣～。

【勸酒】quàn∥jiǔ〔動〕（在宴席上）勸說客人喝酒，勸人喝酒：禁不住主人～，他終於喝了一杯｜大家已經有了醉意，你還勸甚麼酒？

【勸勉】quànmiǎn〔動〕規勸勉勵：同學之間，時相～。

【勸說】quànshuō〔動〕用道理勸告說服：朋友們再三～，夫妻倆重歸於好。

【勸退】quàntuì〔動〕勸說不合格的人退出所在機構或組織：對這個學生學校已提出～｜給予～處分。

Q

【勸慰】quànwèi〔動〕勸解安慰：經過～，他才放寬了心｜得到父母的～，他心情好多了。

【勸降】quànxiáng〔動〕勸人投降：派參謀長前去～。

【勸業場】quànyèchǎng〔名〕舊時由官府或工商企業聯合舉辦的陳列推銷商品的百貨商場，目的在於獎勵本國工業生產並推廣營業：天津～經改造拓展，面貌煥然一新。

【勸誘】quànyòu〔動〕勸說引誘：他經不住賭友～，又去打牌了。

【勸止】quànzhǐ〔動〕勸告使停止：志願者主動～遊客的不文明行為｜姑娘欲輕生，被好心的路人及時～。

【勸阻】quànzǔ〔動〕勸說並阻止：你最好～他別那樣幹｜～無效｜大家極力～。

quē ㄑㄩㄝ

炔 quē〔名〕有機化合物的一類，是分子中含有一個三鍵的不飽和的烴類，這類化合物分子中的氫原子較烯更缺乏，如乙炔 C_2H_2。
另見 Guì（491 頁）。

缺 quē ❶〔動〕短少：不～吃，不～穿｜～人～錢都不好辦事。❷〔動〕殘破；殘缺：完美無～｜這張椅子～了一條腿兒。❸〔動〕該出席而未出席：～勤｜～課｜～席。❹〔名〕空的職位：肥～｜空了個｜補一個～｜遇～即補。

語彙　補缺　殘缺　肥缺　欠缺　抱殘守缺

【缺檔】quēdàng〔動〕指商品脫銷：旅遊鞋～了，應趕快進貨。

【缺德】quēdé〔形〕缺乏品德修養（多用於指人做壞事或惡作劇等）：說～話｜做～事｜他這樣做可真缺了德。**注意** 口語中單說"缺德"，有罵人的意思，如"這個人真～，往人身上丟煙頭"。說"缺德的"，指缺德的人。

【缺點】quēdiǎn〔名〕欠缺或不完善的地方（跟"優點"相對）：克服工作中的～｜這種藥的主要～是敗胃｜沒有～的人世界上是沒有的。

【缺額】quē'é〔名〕(名)空額；現有人員少於編制的數額：還有三十多～｜只要能完成任務，～也可以暫時不補。

【缺乏】quēfá〔動〕短少或沒有：～材料｜～經驗｜～資源｜～戰鬥力｜勞動力～。

【缺憾】quēhàn〔名〕遺憾、不夠完美之處：電影拍完了，她覺得還是留下了幾處～。

【缺斤短兩】quējīn-duǎnliǎng〔成〕指出售給顧客的商品分量不足：不法商販用～以次充好的手段欺騙顧客。也說缺斤少兩。

【缺考】quēkǎo〔動〕考試缺席；沒有參加本應參加的考試：洪災導致數名考生～。

【缺課】quē//kè〔動〕上課缺席：沒有學本該學習的課程：因病～｜他明白這門課很難，缺幾次課就肯定跟不上了。

【缺口】quēkǒu（～兒）〔名〕❶ 物體缺掉一塊所形成的空隙；泛指事物的空缺處：籬笆上有個～兒｜從敵人的側翼打開一個～。❷ 物資、經費等短少的部分：資金～很大。

【缺漏】quēlòu〔名〕缺失遺漏的地方：彌縫～｜工作計劃雖然周到，還是有些～。

【缺門】quēmén（～兒）〔名〕空白的門類（多指專業、技術）：填補～｜這種學問在我們這裏還是個～兒。

【缺欠】quēqiàn ❶〔名〕缺陷；缺點：生理～｜遺傳基因有～。❷〔動〕缺乏；缺少：這件糾紛凸顯旅遊規劃～｜經驗～是這支球隊的主要問題。

【缺勤】quē//qín〔動〕在規定時間內沒有上班工作（跟"滿勤"相對）：～率｜他從來沒有缺過勤。

【缺少】quēshǎo〔動〕缺乏：～零件｜～人手｜這一地區常年～雨雪。

🔲 **辨析** 缺少、缺乏　兩個詞經常可以換用，如"缺少骨幹"也可以說"缺乏骨幹"，"缺少協作精神"也可以說"缺乏協作精神"；但是，"缺少"較"缺乏"的語義要輕一些。另外，"缺少"多指在數量上少一些，而"缺乏"的東西則是不能用數字計算的；因此"缺少兩個螺絲釘"就不能說成"缺乏兩個螺絲釘"。

【缺失】quēshī ❶〔名〕缺陷；欠缺：彌補～｜監管無力是嚴重～。❷〔動〕缺少；喪失：高級人才嚴重～｜誠信～是當前社會中的痼疾。

【缺損】quēsǔn ❶〔動〕殘缺破損：設備嚴重～｜因運輸不當，貨物已經～。❷〔動〕醫學上指身體缺少某個部分或器官，或發育不完全：室間隔～。❸〔名〕殘缺破損的地方：修復外部皮膚～｜運來的機械有多處～。

【缺位】quēwèi ❶〔動〕職位空缺：總統～，由副總統繼任。❷〔名〕空缺的職位或事務：教師編制中還有～｜城鄉居民防火意識都有～。❸〔動〕達不到要求：官員腐敗，暴露出監督～｜一些地方政府還存在服務～、角色錯位、職權越位的現象。

【缺席】quē//xí〔動〕不出席應參加的活動：這學期他～次數最少，學習進步較快｜只要他一缺了席，會就開不成了。

【缺陷】quēxiàn〔名〕缺欠或不完備的地方：生理～｜計劃有～｜學校禮堂最大的～是面積太小。

【缺一不可】quēyī-bùkě〔成〕缺少一樣也不行：這些零件都有用，～。

【缺員】quēyuán ❶〔動〕應有人員短缺：公司～需補充｜目前機關已不～。❷〔名〕缺額：通過招聘補充技術工人～。

【缺陣】quē//zhèn〔動〕沒有出陣；比喻沒有參賽：他因傷～，對全隊影響很大｜兩員大將缺了陣，致使衞冕失敗。

【缺嘴】quēzuǐ ❶(-//-)〔動〕未能滿足食欲：這孩子～，見着甚麼都想吃｜如今家裏富裕了，孩子們從來沒有缺過嘴。❷〔動〕(吳語)唇裂。❸〔名〕(吳語)唇裂的人。

闕（闕）quē ❶〈書〉同"缺"。❷〈書〉過失：有弛慢之～。❸(Quē)〔名〕姓。

另見 què（1119頁）。

【闕如】quērú〔動〕〈書〉空缺；欠缺：音信～｜暫付～。

【闕疑】quēyí〔動〕〈書〉留下疑難問題不做判斷：多聞～，慎言其餘，則寡尤。

qué ㄑㄩㄝˊ

癯 qué〔動〕跛：～腿｜～着走｜左腿～了｜一～一拐。

【癯子】quézi〔名〕癯腿的人（不禮貌的說法）：他雖說是個～，做起活兒來可很麻利。注意"癯子"不能用於當面直接稱呼，只能用於間接敍述。

què ㄑㄩㄝˋ

卻（却）què ❶後退：退～｜望而～步。❷使退卻；趕回去：～敵。❸推辭；拒絕：～之不恭。❹接在動詞、形容詞後，表示"去""掉"：冷～｜忘～｜失～信心｜失～勇氣｜拋～負擔。❺(Què)〔名〕姓。

㊁〔副〕表示輕微的轉折，跟"倒、可、還、且"相當：話雖不多，道理～很深刻｜何當共剪西窗燭，～話巴山夜雨時。

語彙 冷卻 了卻 退卻 忘卻

【卻病】quèbìng〔動〕〈書〉避免生病；消除疾病：～延年。

【卻步】quèbù〔動〕向後退：望而～｜就此～。

【卻說】quèshuō〔動〕承前啟後的發語詞，常用在舊小說的情節轉換處，其後複說上文，以轉入新的內容。

【卻之不恭】quèzhī-bùgōng〔成〕如果拒絕了別人就顯得不恭敬。是在接受別人饋贈或邀請時常說的客套話：～，受之有愧。

堁 què〈書〉❶土地貧瘠。❷同"礨"。

雀 què ❶麻雀。❷〔名〕鳥名，體形較小，吃植物的果實或種子，也吃昆蟲。種類很多，如燕雀、錫嘴等。❸(Què)〔名〕姓。

另見 qiāo（1079頁）；qiǎo（1082頁）。

語彙 黃雀 孔雀 麻雀 燕雀 雲雀 朱雀 金絲雀 門可羅雀

【雀斑】quèbān〔名〕一種面部出現黑褐色或黃褐色小斑點的皮膚病，不痛不癢，影響容貌，患者多為女性：消除～。

【雀鷹】quèyīng〔名〕(隻)鳥名，比鷹小，羽毛灰褐色。是猛禽，捕食小鳥，經過馴化的雌鳥可幫助打獵。通稱鷂子、鷂鷹，也叫鷂。

【雀躍】quèyuè〔動〕像雀兒一樣跳來跳去；形容非常高興：歡欣～｜聞訊～。

碏 què 見於人名：石～（春秋時衞國大夫）。

榷〈㊁榷㊀搉〉què ㊀〈書〉專賣：～茶｜～鹽｜～稅（專賣業的稅）。㊁商討：商～。

愨（愨）què〈書〉誠實；謹慎：～士｜端～不貳。

確（确）què ❶真實；正確：至～｜～當｜～切。❷堅固；堅硬：～然有柱石之固。❸堅定；堅決：～保｜～信｜～守。❹〔副〕確實；的確：～有新意｜～為高見。

語彙 的確 精確 明確 正確 準確

【確保】quèbǎo〔動〕切實可靠地保持或保證：～安全｜～萬無一失。

【確當】quèdàng〔形〕正確恰當：這個比喻不～｜"和平發展"的提法比"和平崛起"更～。

【確定】quèdìng ❶〔動〕使明確，使肯定：～會議宗旨｜～地層的年代｜作戰方案已～。❷〔形〕明確而肯定：～的答復｜～的程度。

【確乎】quèhū〔副〕〈書〉的確：～有效｜～不錯。

【確立】quèlì〔動〕穩固、堅定地建立或樹立：～人生觀｜～新制度｜新的規則已經～。

【確切】quèqiè〔形〕❶準確；恰當：～的日期｜～的消息｜用詞～。❷確實：～的保障。

【確認】quèrèn〔動〕明確承認或認可：是否有效，須經主管部門～｜我～昨天見到的就是他。

【確實】quèshí ❶〔形〕準確；真實可靠：～的資料｜～的數字｜根據～的消息，古墓發掘工作收穫巨大。❷〔副〕表示對客觀情況真實性的肯定：他們～是最值得尊敬的人｜近來他讀書～非常用功。

⟦辨析⟧ **確實、確切** "確實"着重指實實在在，沒有一點虛假；可以重疊為"確確實實"；除形容詞外還有副詞用法。"確切"着重在切合實際，沒有一點出入或差錯；不能重疊；沒有副詞用法。

【確守】quèshǒu〔動〕堅定地遵守；堅守：本公司～信譽，為客戶提供優良的服務｜～戰鬥崗位。

【確信】quèxìn ❶〔動〕堅定地相信；確實地相信：我們～正義的事業一定能勝利。❷〔名〕準信兒；確實的信息：一有了～，我立即通知你。

【確鑿】quèzáo〔形〕非常確實；真實可信：證據～｜～的信息。

【確診】quèzhěn〔動〕確切地診斷：他的病尚未～。

【確證】quèzhèng ❶〔動〕確切地證實：通過衛星觀測，～山區中有軍事基地。❷〔名〕確鑿的證據：這段錄像材料，是他偷竊的～。

闋（闋）què ❶〔書〕終了；完結：樂～(奏樂終了)。❷〔量〕舊時歌曲一首叫一闋；一首詞或詞的一段也叫一闋：歌數～｜彈琴一一｜填一～詞｜詞的上～。❸（Què）〔名〕姓。

闕（闕）què ❶ 古代宮門前兩邊供瞭望的樓：宮門雙～。❷ 泛指帝王的住所：宮～。❸（Què）〔名〕姓。
另見 quē(1118頁)。

語彙　城闕　宮闕　魏闕

礐（岩）què〈書〉山多大石。

【礐石】Quèshí〔名〕廣東汕頭南部海面上的著名風景區，以大小礐石為中心，由43個山峰組成：～誠多石，汕頭一望中。

鵲（鵲）què〔名〕(隻)喜鵲。

語彙　練鵲　山鵲　喜鵲

【鵲巢鳩佔】quècháo-jiūzhàn〔成〕《詩經·召南·鵲巢》："維鵲有巢，維鳩居之。"意思是喜鵲築的巢被鳩侵佔了。後用"鵲巢鳩佔"比喻強佔別人的財產或職位。也說鵲巢鳩居。

【鵲起】quèqǐ〔動〕像喜鵲一樣飛起；比喻名聲突然興起：名聲～｜聲譽～一時，不久就消失了。

【鵲橋】quèqiáo〔名〕❶ 相傳天上的織女七夕渡河與牛郎相會，喜鵲來搭起一座橋，這就是鵲橋：～會。注意"鵲橋會"也是傳統戲曲一齣戲的名稱，演的就是牛郎織女七夕相會的故事。❷ 比喻為人撮合婚事的媒介：兩個人結婚已有三年，他們是五年前通過電視的～認識的。

qūn　ㄑㄩㄣ

囷qūn ❶ 古代指圓形糧倉：胡取禾三百～兮。❷〈書〉迴旋。囷囷，曲折迴旋的樣子。

逡qūn〈書〉退讓；退。

【逡巡】qūnxún〔動〕〈書〉徘徊不進或退卻：～猶豫｜～於河上｜～而退。

qún　ㄑㄩㄣ

窘qún〈書〉群居。

裙〈裠帬〉qún ❶ 裙子：綢～｜長～｜超短～｜連衣～。❷ 像裙子的東西：圍～｜牆～。

語彙　牆裙　圍裙　超短裙　連衣裙

【裙釵】qúnchāi〔名〕婦女的服裝、頭飾；借指婦女：～之輩｜誰說～不若鬚眉？

【裙帶】qúndài〔形〕屬性詞。原是繫裙的帶子，比喻有妻女姐妹等女方姻親關係的(含諷刺意)：～風｜～關係。

【裙帶關係】qúndài guānxi 指可以利用來相互勾結攀援的妻、女、姐妹等姻親關係；利用～，他成功地成為公司的管理人員。

【裙褲】qúnkù〔名〕(條)褲筒肥大，形似裙子的褲子：新穎、飄逸的～深得愛美的姑娘們的青睞。

【裙樓】qúnlóu〔名〕圍繞主樓較低矮的像裙子樣的建築物：新圖書館由主樓和～組成｜主樓收藏各類圖書，～設閱覽室和研究室。

【裙子】qúnzi〔名〕(條)一種圍在腰部以下沒有褲筒的服裝。式樣繁多，如百褶裙、西服裙、超短裙等。古稱下裳。

群〈羣〉qún ❶ 聚集在一起的人或物：人～｜魚～｜建築～。❷ 眾多的人：～言堂｜～起而攻之。❸〔量〕用於成群的人或物：一～小孩｜一～蜜蜂｜一～牛｜一～小鳥。❹ 成群的：～臣｜～山｜～居｜～聚｜～集。❺（Qún）〔名〕姓。

辨析　群、批　"群"含有聚集的意思，"批"含有次數的意思，因此"院子裏聚集了一群人"跟"今天來了一批客人"，二者的意思顯然不同。

語彙　超群　合群　人群　鶴立雞群

【群策群力】qúncè-qúnlì〔成〕大家一起想主意，貢獻力量。形容集中群眾的智慧和力量：公司職工～，解決了這個疑難問題。

【群島】qúndǎo〔名〕海洋中相距很近的成群的島嶼，如菲律賓群島，中國的舟山群島、西沙群島、南沙群島等。

【群雕】qúndiāo〔名〕由許多有關的雕像組成的一組雕塑：人民英雄紀念碑底座的浮雕，由各個時期的英雄～組成。

【群發】qúnfā ㊀〔動〕一次性給多個郵件接收者

或手機用戶發出相同的郵件或短信息：學校已將家長會通知～給各位學生家長了｜短信～功能。㊁〔動〕群體性發作：近年來出現了一些～的銀行卡詐騙犯罪。

【群芳】qúnfāng〔名〕❶聚集在一起的艷麗芳香的花草：～爭艷｜桃李二物，領袖～。❷比喻眾多的出色女子：技壓～｜～開宴。

【群訪】qúnfǎng㊀〔動〕眾多媒體記者共同採訪：劇組開始接受媒體～。㊁〔動〕集體上訪：近來～事件屢有發生。

【群集】qúnjí〔動〕成群地聚集：抗議的人們～在大使館前｜展銷會的各個展台前，都有觀眾～。

【群居】qúnjū〔動〕❶〈書〉許多人聚在一起：～終日，言不及義。❷成群聚居。指人類原始生活狀態：～穴處。

【群口相聲】qúnkǒu xiàngsheng 由三個或三個以上的演員表演的相聲。也叫多口相聲。參見"相聲"（1483頁）。

【群龍無首】qúnlóng-wúshǒu〔成〕比喻集合起來的一群人中沒有領頭人：～，隊伍是組織不起來的。

【群氓】qúnméng〔名〕〈書〉統治者對人民群眾的蔑稱。

【群魔亂舞】qúnmó-luànwǔ〔成〕成群的魔鬼亂跳亂蹦。比喻聚集在一起的壞人猖狂活動：傀儡登場，～｜～的世界。

【群棲】qúnqī〔動〕（鳥獸等）成群地棲息：海鳥喜歡～生息｜藏羚羊～在高寒地帶。

【群起攻之】qúnqǐ-gōngzhī〔成〕眾人一致來攻擊他，反對他：他發表帶污衊性的言論，大家很憤慨，～。

【群情】qúnqíng〔名〕眾人的情緒：～振奮｜～激昂。

【群死群傷】qúnsǐ-qúnshāng 某一事故或災難中有多人傷亡：嚴防～的惡性事故發生。

【群體】qúntǐ〔名〕❶同種生物個體組成的整體，它們在生理上有聯繫，如動物中的海綿和植物中的某些藻類。❷泛指有共同特點的個體組成的整體：雕塑～｜運動員～｜抗震救災英雄～。

【群威群膽】qúnwēi-qúndǎn 大家凝聚在一起的威力和勇氣：～，英勇殺敵。

【群雄】qúnxióng〔名〕❶舊時稱在混亂局勢中擁有實力並且稱王稱霸的人：～割據。❷眾多的傑出人物：世乒賽中國隊戰績傲視～。

【群言堂】qúnyántáng〔名〕指領導幹部能夠充分發揚民主，虛心聽取群眾意見的工作作風（跟"一言堂"相對）：要搞～，不搞一言堂。

【群英會】qúnyīnghuì〔名〕赤壁之戰前夕，在東吳文臣武將的一次宴會上，周瑜說："今日此會，可名曰群英會。"（見《三國演義》第四十五回）現在借指先進人物的集會：這個科技界的～開得很成功。

【群眾】qúnzhòng〔名〕❶人民大眾：～是真正的英雄｜相信～，依靠～｜領導幹部必須深入～，聽取～意見。❷（名）指沒有加入共產黨、共青團組織的人：黨員要給～做出榜樣。❸指不擔任領導職務的人：普通～｜～給領導提意見。

【群眾團體】qúnzhòng tuántǐ 在中國指非國家政權性質的社團組織，如工會、婦聯、學生會、共青團等。

【群眾性】qúnzhòngxìng〔名〕為廣大群眾喜愛並有廣大群眾參與的特點：～體育活動｜這項工作具有廣泛的～。

【群眾組織】qúnzhòng zǔzhī 即群眾團體。

麋 qún〈書〉成群地：～集。
另見 jūn（732頁）。

【麋至】qúnzhì〔動〕〈書〉成群而至：諸侯～。

R

rán ㄖㄢˊ

蚺 rán 見下。

【蚺蛇】ránshé〔名〕蟒蛇。

然 rán ❶〔代〕〈書〉指示代詞。如此：知其～而不知其所以～｜生而同聲，長而異俗，教使之～也。❷〈書〉對；是的；大謬不～｜不以為～，信有其事。❸〔連〕〈書〉然而：事雖微，～所關重大｜雖有進步，～不可驕傲。❹〔後綴〕加在副詞性或形容詞性成分後表示狀態：忽～｜顯～｜偶～｜巍～。❺(Rán)〔名〕姓。

> **語彙** 黯然　盎然　不然　悵然　當然　斷然　公然　忽然　既然　居然　坦然　突然　自然　處之泰然　大謬不然　大義凜然　果不其然　毛骨悚然　一目了然

【然而】rán'ér〔連〕表示轉折，引出同上文相對立的意思，或限制、補充上文的意思：工作很繁重，條件也很差，～大家的情緒卻一直很高｜他是一個生性孤僻～十分正直的人。

【然後】ránhòu〔連〕❶ 連接詞或短語，表示接著某種動作或情況之後(會怎麼樣)：學～知不足，教～知困｜小面積試驗～大面積推廣。❷ 連接分句，表示一件事情之後接著又發生另一件事情：在上海停留一天，～飛往北京｜我們先研究一下，～再做決定。**注意**"然後"既有連接作用，也有修飾作用。其關係是由於前一行為的產生，才有後一行為的出現，沒有前者便沒有後者。

> **辨析** **然後、而後、以後**　"而後"是連詞，不能單用；"以後"是時間名詞，可以單用。如可以說"以後，要聽話！"，不能說"而後，要聽話！"。"然後"也是連詞，但"然後"多用於表示時間的先後連接，"而後"多用於連接有聯繫的前後兩件事。如"他那年去了美國，而後就下落不明了""我們的飛機先到上海，然後轉北京"，其中的"而後""然後"不宜互換。

【然諾】ránnuò〔動〕〈書〉許諾；承諾：有信守，重～｜不負～。

髯〈髥〉rán ❶ 兩頰上的鬍子：兩絡長～。❷ 泛指鬍子：美～｜虬～。

【髯口】ránkou〔名〕戲曲演員化裝演出時所戴的假鬍子。根據角色年齡分黑、黲(灰)、白三色，個別性格和容顏怪異的掛紅髯或綠髯。

根據不同身份，又分為滿髯(成片形，將口部完全遮住)、五絡(耳際兩絡，嘴上兩絡，頦下一絡)、三絡(耳際兩絡，嘴上一大絡成片形)等。演員戴假鬍子，行話叫掛髯口。也叫口面。

燃 rán ❶〈書〉女子姿態。❷(Rán)〔名〕姓。

燃 rán〔動〕❶ 焚燒；燃燒：自～｜易～｜死灰複～。❷ 點火；點燃：～香｜～燭｜～起熊熊烈火。

> **語彙** 點燃　禁燃　助燃　自燃　死灰復燃

【燃點】rándiǎn ㊀〔動〕引火點着：～蠟燭｜～爆竹。㊁〔名〕一種物質開始燃燒所需要的最低溫度，叫這種物質的燃點。也叫着火點、發火點。

【燃放】ránfàng〔動〕點燃使爆開：～鞭炮｜～煙花爆竹｜～煙火。

【燃料】ránliào〔名〕能產生熱能或動力的可燃物質。根據形態可分為固體燃料(如煤、炭、木柴)、液體燃料(如燃油、汽油)、氣體燃料(如沼氣、煤氣)。能產生核能的物質叫核燃料(如鈾、鈈)。

【燃眉之急】ránméizhījí〔成〕比喻事情如同火燒眉毛一樣緊急：汛期即將來臨，修好大堤正是～。省作燃眉。

【燃煤】ránméi〔名〕用作燃料的煤：～供應充足。

【燃氣】ránqì〔名〕做燃料用的氣體，如煤氣、沼氣、天然氣等：～熱水器｜嚴防～泄漏。

【燃情】ránqíng〔形〕情感火熱熾烈的：～歲月｜～時刻。

【燃燒】ránshāo〔動〕❶ 物質在高溫下同氧劇烈化合而發出熱和光：乾柴容易～。❷ 比喻某種感情或欲望強烈反應：滿腔仇恨在～｜激情～的歲月。

【燃燒彈】ránshāodàn〔名〕(顆)用以引燃目標的槍彈或炸彈。

【燃油】ányóu〔名〕做燃料用的油，如煤油、汽油、柴油等。

rǎn ㄖㄢˇ

冉〈冄〉rǎn ❶〈書〉緩緩地；慢慢地：～漸～｜～～。❷(Rǎn)〔名〕姓。

【冉冉】rǎnrǎn〈書〉❶〔形〕(枝條、葉子)柔軟下垂的樣子：柔條紛～。❷〔副〕慢慢地；漸漸地：國旗～升起｜老～其將至。

珃 rǎn〈書〉一種玉。

苒 rǎn〈書〉❶ 輕柔的樣子：～弱。❷ 緩慢的樣子：荏(rěn)～。

【苒苒】rǎnrǎn〔形〕〈書〉❶ 草盛的樣子：～齊芳

草，飄飄笑斷蓬。❷ 輕柔的樣子：～細柳隨風擺。

染 rǎn ❶〔動〕用染料使物品着色：～布｜～成紅色。❷〔動〕感染；傳染：～病在床｜～上了痢疾。❸〔動〕沾染；污染：～上很多惡習｜出淤泥而不～｜身居鬧市，一塵不～。❹ 同壞事有牽連；特指不正當性關係：有～。❺（Rǎn）〔名〕姓。

語彙 傳染 感染 浸染 蠟染 污染 渲染 薰染 印染 沾染 耳濡目染 一塵不染

【染病】rǎn // bìng〔動〕生病；得病：～在床｜染上一身病。

【染缸】rǎngāng〔名〕專門用來染東西的大缸。比喻使人沾染各種不良習慣或思想的地方：煙館是個大～，他十幾歲進裏邊當學徒，能不學壞嗎？

【染料】rǎnliào〔名〕（種）能使纖維或其他物料牢固着色的有色物質。以有機化合物為主，分為直接染料、還原染料、分散染料等多種。

【染色】rǎnsè〔動〕❶ 用染料（有時需加媒染劑）使纖維或其他物料着色。❷ 利用不同性質的染色劑，把準備在顯微鏡下觀察的切片內部的不同組織結構染成藍、紅、紫等不同顏色，以便於觀察。

【染色體】rǎnsètǐ〔名〕細胞核內容易為鹼性染料着色的絲狀或棒狀體。每種生物染色體的數目、形狀相對穩定，在生物遺傳上有重要作用。

【染指】rǎnzhǐ〔動〕《左傳·宣公四年》記載，鄭靈公賜給大臣們吃黿魚，故意不給公子宋吃，公子宋十分生氣，就伸指於烹黿魚的鼎裏，蘸上點肉湯，嘗嘗味道走了。後用"染指"比喻分享不應得的利益或參與某種分外的事情：不許圈子以外的人來～｜至於戲劇，我更是始終不敢～。

翎 rǎn〈書〉禽鳥翅膀下的細毛。

rāng ㄖㄤ

嚷 rāng / rǎng 見下。
另見 rǎng（1123頁）。

【嚷嚷】rāngrang〔動〕〈口〉❶ 喧嘩；吵嚷（rǎng）：正在上課，不能在教室外亂～。❷ 聲張；宣揚：這件事還沒有公開，你可別～出去。

ráng ㄖㄤ

儴 ráng〈書〉因襲：～道者眾歸之，特刑者民畏之。

勷 ráng 見"勐勷"（781頁）。

瀼 Ráng 瀼河，水名。在河南中部。
另見 ràng（1123頁）。

【瀼瀼】rángráng〔形〕〈書〉露水很濃的樣子：零露～。

蘘 ráng 見下。

【蘘荷】ránghé〔名〕（株）多年生草本植物，葉長橢圓形，夏秋開花，白色或淡黃色，蒴果卵形。嫩莖和花穗可供食用，根狀莖可入藥，主治感冒、咳喘等症。

禳 ráng 舊時祈禱鬼神，以求消除災殃：～解｜～災。

穰 ráng ❶〔名〕稻麥等脫粒後的稈：麥～｜～草。❷〈書〉豐收：～歲。❸（Ráng）〔名〕姓。

【穰穰】rángráng〔形〕〈書〉稻穀等豐熟眾多：五穀蕃熟，～滿家。

瓤 ráng ❶（～兒）〔名〕"瓤子"①：西瓜～兒｜沙～西瓜。❷（～兒）〔名〕泛指某些物品皮或殼裏包着的東西：表～兒｜信～兒｜枕頭～兒。❸〔形〕（北方官話）軟弱；差：身子骨～｜他幹的活兒真不～。

【瓤子】rángzi〔名〕❶ 瓜果皮裏包着種子的肉或瓣兒：這西瓜是肉～，不好吃。❷ "瓤"②：秫秸～｜棺材～（罵人為死屍的話）。

儴 ráng〔形〕髒（見於古代白話小說）：襯衣～了，久不曾洗。

rǎng ㄖㄤ

壤 rǎng ❶ 土壤：沃～｜紅～。❷〈書〉地：天～之別｜霄～。❸ 疆界；地域：兩國接～｜窮鄉僻～。

語彙 紅壤 黃壤 接壤 天壤 土壤 沃壤 霄壤 窮鄉僻壤

【壤地】rǎngdì〔名〕〈書〉❶ 土地。❷ 國土：～褊小。

【壤隔】rǎnggé〔動〕〈書〉相隔如天壤：工拙～。

【壤駟】Rǎngsì〔名〕複姓。

【壤土】rǎngtǔ〔名〕土粒粗大，土質疏鬆的土壤。能透氣、保墒、保肥，適合植物生長。由於這種土壤的細沙和黏土含量比較接近，所以也叫二性土。

攘 rǎng / ràng〈書〉❶ 排除；排斥：～除｜～棄仁義｜～外。❷ 搶奪；竊取：～奪｜人雞犬。❸ 捋起（袖子）：～臂高呼。❹ 擾亂：～天下，害百姓。

語彙 攘攘 擾攘 熙熙攘攘

【攘臂】rǎngbì〔動〕〈書〉捋起袖子，露出胳膊：～一呼，群起響應。

【攘奪】rǎngduó〔動〕〈書〉搶奪；奪取：～政權｜無兼併～之心。

【攘攘】rǎngrǎng〔形〕〈書〉紛亂：天下～。

嚷 rǎng〔動〕❶大聲喊叫：別～了，有人正在睡覺。❷〈口〉大聲吵鬧：兩個人為了一點小事～起來了。❸（北方官話）責備；訓斥：哥哥把弟弟～了一頓。
　　另見 rāng（1122頁）。

爙 rǎng〈書〉火；火星。

ràng ㄖㄤ

瀼 ràng 瀼渡河，水名。在重慶萬州。
　　另見 Ráng（1122頁）。

讓（让）ràng ❶〔動〕不爭好處或榮譽；把好處或有利條件給別人：互不相～｜他年紀小，你～着點兒。❷〔動〕把所有權或使用權轉移給別人：出～｜轉～｜你～間房子給他住吧！❸〔動〕請人接受款待：～茶｜～酒｜把客人～進來。❹〔動〕遜色；亞於：巾幗不～鬚眉｜勇氣不～當年。❺〔動〕容許；使；聽任：～一部分人先富起來｜不能～錯誤思想到處氾濫。❻〔動〕後退；避開：～路｜急救車過來了，大家～一～。❼〔動〕用於號召，表示意願：～暴風雨來得更猛烈些吧！｜～我們的生活充滿陽光。❽〔介〕被：莊稼～大水淹了｜這桌菜～大夥兒吃光了。❾（Ràng）〔名〕姓。

辨析 讓、被、叫　a）"讓、叫"的介詞用法基本同"被"。"讓、叫"用於口語。正式、莊重、嚴肅的場合用"被"，不用"讓、叫"，如"他被會員選為會長""非法出版物被政府取締"。b）介詞"讓、叫"後面是指人的名詞或代詞時，可能跟動詞用法相混而有歧義；"被"沒這種可能。如"我讓（叫）他送醫院去了"，可能是"我請他送醫院去了"或"我命令他送醫院去了"的意思，也可能是"我被他送醫院去了"的意思；又如"字典沒叫（讓）他拿回家去"，可能是"字典沒容許他拿回家去"的意思，也可能是"字典沒被他拿回家去"的意思。c）"被"常常直接用在動詞前，後面不出現施動者，如"被打""被允許""被包圍了"。"叫"很少這樣用，"讓"沒有這樣的用法。

語彙　出讓　割讓　互讓　禮讓　謙讓　忍讓　禪讓　推讓　退讓　揖讓　轉讓　當仁不讓

【讓步】ràng//bù〔動〕退讓或妥協：做出～｜對他那些無理要求，我們不能～｜他們已經讓了步，我們可以接受了。

【讓利】ràng//lì〔動〕讓出部分利潤或利益：～於

民｜～銷售。

【讓路】ràng//lù〔動〕❶騰出道路讓別人先行：牛車要給汽車～。❷比喻使某事情先進行：給重點工程～。

【讓位】ràng//wèi〔動〕❶讓出統治地位或領導職位：主動～｜～給別人，他不甘心。❷讓座：年輕人主動給老年人～。❸轉變；變化：經過大家的努力，困難的局面終於～於順利的局面。

【讓賢】ràng//xián〔動〕把職位讓給有才能的人：他如今已經～，不做領導工作了。

【讓座】ràng//zuò（～兒）〔動〕❶讓座位給別人：他給抱孩子的婦女讓了一個座兒。❷請客人入席就座：主人～獻茶，太客氣了。

ráo ㄖㄠ

嬈（娆）ráo 艷麗，嫵媚；嬌～｜妖～。
　　另見 rǎo（1123頁）。

蕘（荛）ráo ❶〈書〉柴草：薪～（大曰薪，小曰蕘）。❷（Ráo）〔名〕姓。

橈（桡）ráo〈書〉船槳：七尺之～，制（控制）船之左右。

【橈骨】ráogǔ〔名〕前臂靠拇指一側的骨頭，與尺骨並排，上端與肱骨相接，下端與腕骨相接。

饒（饶）ráo ❶豐裕；多：豐～｜～有趣味。❷〔動〕寬恕：下次可～不了你。❸〔動〕額外添加：買了兩個茄子，再～上幾個辣椒。❹〔連〕（北方官話）表示讓步，相當於"儘管、即使"：～這麼嚴，還發現有考試作弊的。❺（Ráo）〔名〕姓。

語彙　豐饒　富饒　告饒　寬饒　求饒　討饒

【饒命】ráo//mìng〔動〕給予活命；免死：竊賊頻頻叩頭，乞求～｜饒他一命。

【饒人】ráorén〔動〕讓人；寬容別人：得～處且～｜那姑娘不肯～。

【饒舌】ráoshé〔動〕多嘴多舌；多話：酒一多喝，便要～。

【饒恕】ráoshù〔動〕寬恕；免予處罰：犯下不可～的罪行。

【饒頭】ráotou（～兒）〔名〕購物時多給的少量商品：這個小西瓜是～，不要錢。

rǎo ㄖㄠ

嬈（娆）rǎo/ráo〈書〉煩擾：除苛解～（解除繁重、煩擾的事務）。
　　另見 ráo（1123頁）。

擾（扰）rǎo ❶〈書〉紛亂；沒秩序的：紛～。❷〔動〕攪擾：天下本無事，庸人自～之｜她被響聲～醒了｜噪音～民。

❸〔動〕客套話。用於受人招待，表示感謝：打～｜叨～｜昨日～了世兄一桌酒席。

語彙 打擾 干擾 攪擾 困擾 侵擾 騷擾 叨擾 襲擾 相擾 喧擾 滋擾 庸人自擾

【擾動】rǎodòng〔動〕❶騷動：義軍起，天下～。❷攪擾，使動蕩不安：～一方｜平靜的氣氛被～了。

【擾亂】rǎoluàn〔動〕攪擾；使紛亂不安：～治安｜～軍心｜～市場。

【擾民】rǎo // mín〔動〕攪擾百姓，使不得安寧：佔領軍縱兵～｜噪聲～。

【擾攘】rǎorǎng〔形〕〈書〉喧囂；紛亂不安：十年～，經濟瀕臨崩潰。

rào ㄖㄠˋ

繞（绕）〈❸❹遶〉 rào ❶〔動〕纏；纏繞：～毛綫｜～綫圈｜用鐵絲一～一～。❷〔動〕（問題、事情）糾結在一起，一時難於理清：你的話把他～住了｜我一時～不過來，沒有明白這是甚麼意思。❸〔動〕圍繞；圍着轉：地球～着太陽轉｜運動員～場一週。❹〔動〕正面受阻，改走彎曲、迂迴的路：車輛～行｜～過暗礁｜～到敵軍後方襲擊敵人。❺（Rào）〔名〕姓。

語彙 纏繞 環繞 繚繞 盤繞 圍繞 縈繞

【繞脖子】rào bózi〔慣〕❶比喻說話、寫文章等故意不清楚明白、直截了當地把意思表達出來：有話直說，別～了。❷形容語言或事情複雜、糾纏，令人費解：學生們都怕這類～題。

【繞道】rào // dào〔動〕❶較近的或正面的路受阻，改走較遠的路過去：前面有個水庫，我們得繞個道兒才能過去。❷比喻避難就易，避重就輕，不採取辦法加以解決：不要一遇困難就～走。

【繞口令】ràokǒulìng〔名〕一種語言遊戲，用聲、韻、調相同或相近的字交叉重疊編成一連串句子，要求一口氣急速唸出，說快了極易發生讀音錯誤，惹人發笑。如：吃葡萄不吐葡萄皮兒，不吃葡萄倒吐葡萄皮兒。也叫拗口令。

【繞圈子】rào quānzi❶走迂迴、曲折的路：他初來乍到，繞了半天圈子才找着這兒。❷〔慣〕說話拐彎抹角，不直截了當：有甚麼想法儘管直說，不要～。

【繞彎兒】rào // wānr〔動〕❶（北京話）溜達；散步：他每天晚飯後都去北海公園繞個彎兒。❷有話不直說；繞圈子。也說繞彎子。

【繞遠兒】rào // yuǎnr〔動〕❶走迂迴、曲折而較遠的路：那樣走可就得繞個遠兒了。❷採取不直接、不簡便的方法：你解這道題，得數儘管對

了，但是太～了。

【繞嘴】ràozuǐ〔形〕說起來拗口；不順口：這話說着怎麼這麼～呀！

rě ㄖㄜˇ

若 rě 見"般若"（98頁）、"蘭若"（798頁）。
另見 ruò（1149頁）。

喏 rě〈書〉❶舊時向人作揖並發聲致敬：～畢平身，挺然而立。❷作揖的同時發出的致敬聲：唱個大～。
另見 nuò（992頁）。

惹 rě〔動〕❶招致；引發：～禍｜～是非。❷觸犯：～不起他｜我也不是好～的。❸誘使人喜歡或憎惡；致使：～人注目｜～人討厭｜一句話～得全班哄堂大笑。

【惹禍】rě // huò〔動〕招來災禍：這都是你惹的禍｜管好孩子，不要讓他到外邊去～。

【惹氣】rě // qì〔動〕引起惱怒，招惹生氣：千萬不要為一點小事～｜早晨一起，她就跟孩子惹了一肚子的氣。

【惹事】rě // shì〔動〕引起禍患或麻煩：這孩子三天兩頭，必須嚴加管束｜他在外頭惹了事，跑回家躲着。

【惹是生非】rěshì-shēngfēi〔成〕招惹是非；引起事端或麻煩：為人須安分守己，不要～。

【惹眼】rěyǎn〔形〕過分顯眼；引人注意：她穿一條杏黃的連衣裙，特別～。

rè ㄖㄜˋ

熱（热） rè ❶〔名〕物理學上指物體內部大量分子不規則運動所產生的一種能。物質燃燒都能產生熱。❷〔形〕熱能多的；溫度高的或感覺溫度高（跟"冷"相對）：～水｜～氣｜冷在三九，～在三伏。❸〔動〕加熱，使溫度升高：把飯～一～再吃。❹〔名〕因病引起的高體溫：發～｜退～。❺情意深厚、熱烈：～愛｜～誠｜～心腸。❻羨慕並很想得到：眼～。❼〔形〕走俏；受歡迎：～銷｜～門兒｜這類書賣得很～。❽紅火；興旺：～鬧｜～火朝天。❾一時風行的某種熱潮：讀書～｜足球～｜出國～。❿（Rè）〔名〕姓。

語彙 白熱 火熱 酷熱 狂熱 炎熱 灼熱 水深火熱 炙手可熱

【熱愛】rè'ài〔動〕對人或事物有深厚的感情：～人民｜～祖國｜～工作｜～生活。

【熱播】rèbō〔動〕因某節目受歡迎，一時間由多家廣播電台或電視台競相播放：這部電視劇正在中央台黃金時段～。

【熱腸】rècháng〔名〕熱心腸；助人為樂的情感：

李大爺是個極慷慨的～人｜古道～。

【熱潮】rècháo〔名〕（股）指事物蓬勃發展、熱火朝天的形勢和局面：掀起全民健身運動的～｜外國人學漢語的～。

【熱炒】rèchǎo ㊀〔名〕指炒熟就趁熱吃的菜餚：春節期間，每家的餐桌上都免不了品種繁多的冷盤～，各色點心。㊁〔動〕大肆炒作，極度宣傳："高考狀元"再度被媒體～。

【熱忱】rèchén ❶〔名〕熱烈誠摯的感情：滿腔～｜愛國～。❷〔形〕熱烈而誠摯：對人民極端地～。

【熱誠】rèchéng〔形〕熱情誠懇：～歡迎｜待人謙虛而～。

【熱處理】rèchǔlǐ〔動〕❶將金屬、玻璃等材料適度加熱，再適度冷卻，以調整其結晶形態而改變其性能。❷喻指對人或事進行即時的處理：他犯了錯誤，要等待他慢慢認識，不要～。

【熱帶】rèdài〔名〕赤道兩側南回歸綫和北回歸綫之間的地帶。吸收太陽能多，氣溫高，雨量充沛，植物繁茂是這個地帶的特點。

【熱帶魚】rèdàiyú〔名〕（條、尾）一般指原產於熱帶、亞熱帶地區水域中的具有觀賞價值的魚類：～品種繁多，色彩艷麗。

【熱帶雨林】rèdài yǔlín 指位於赤道附近的、終年高溫多雨條件下的熱帶森林：中國西雙版納～是極為珍貴的自然遺產。

【熱島效應】rèdǎo xiàoyìng 指由於工業污染、人口密集等原因造成的城市氣溫高於周圍地區的現象。

【熱點】rèdiǎn〔名〕❶吸引人或引人注目的地方（跟"冷點"相對）：旅遊～。❷引人關注或十分敏感的問題（跟"冷點"相對）：房價問題是媒體關注的～。

【熱電廠】rèdiànchǎng〔名〕（座，家，個）利用火力發電並供熱的工廠。

【熱度】rèdù〔名〕❶熱的程度：～達到燃點，物質才能燃燒。❷〈口〉高於正常的體溫：他～降下去了嗎？❸喻指熱情：他們也就是五分鐘～，成不了大事。

【熱敷】rèfū〔動〕用熱的濕毛巾、熱砂或熱水袋等放在身體的局部來治療疾病。熱敷能加速炎症過程的變化，並使炎症逐漸消退，能促進局部血液循環，對關節炎等病有一定療效。

【熱輻射】rèfúshè〔名〕物體自身的溫度以直綫的形式向外發散。溫度越高，輻射越強。太陽傳給地球熱量就是以輻射方式經過宇宙空間進行的。

【熱狗】règǒu〔名〕一種西方快餐食品，是夾着熱香腸和芥末醬的長麵包，因形狀像狗伸長頭吐氣而得名。

【熱購】règòu〔動〕因某種商品受歡迎而踴躍購買：一個成熟的消費者，在～過程中，應該是

既佔了"便宜"又不造成浪費。

【熱核反應】rèhé fǎnyìng 在極高的溫度下，輕元素的原子核產生極大的熱運動而互相碰撞、聚合，變為另外一種較重的原子核，同時放出巨大能量。太陽能量的來源就是靠熱核反應來維持的。氫彈就是利用熱核反應製成的。

【熱核武器】rèhé wǔqì 氫彈。

【熱烘烘】rèhōnghōng（～的）〔形〕狀態詞。很熱的樣子：陽光照進窗子，屋裏～的。

【熱乎】（熱呼）rèhu〔形〕❶熱；不涼（一般指飲食）：飯菜還～｜炕上真～。❷親熱：他們多年不見，一見面就很～。

【熱乎乎】（熱呼呼）rèhūhū（～的）〔形〕狀態詞。形容溫暖：爐火正旺，屋裏～的｜聽了他鼓勵的話，心裏～的。

【熱火】rèhuo〔形〕❶氣氛活躍，場面熱烈：運動會開得可～啦。❷熱和（rèhuo）。

【熱火朝天】rèhuǒ-cháotiān〔成〕熾熱的烈火，衝天燒着。比喻氣氛熱烈，情緒高漲：歌詠比賽搞得～。

【熱和】rèhuo〔形〕❶暖和；溫暖：屋子裏～，快進來吧！❷親熱；親密：老同學一見面可～啦！

【熱貨】rèhuò〔名〕（批）受歡迎而暢銷的貨物：夏季一到，電風扇、空調器成了～。也說熱門貨。

【熱加工】rèjiāgōng〔動〕指對處於高溫狀態下的金屬進行鑄、鍛、軋、焊等加工（區別於"冷加工"）。

【熱辣辣】rèlàlà（～的）〔形〕狀態詞。❶形容熱得像被火燙了一樣：今天太陽真毒，曬得人～的｜聽了她的批評，臉上覺得～的。❷形容感情熱烈：～的情話｜～的眼神。

【熱浪】rèlàng〔名〕❶（股）滾滾而來的熱氣流：入伏以後，～襲擊了北京。❷熱潮：整個工地掀起技術革新的～。❸氣象學上指大範圍高溫空氣入侵現象。

【熱淚】rèlèi〔名〕（滴，行）感情極度衝動時流出的眼淚：～盈眶｜眼含～宣誓。

【熱力】rèlì〔名〕熱能產生的做功的力：～學｜～裝置。

【熱力學溫標】rèlìxué wēnbiāo 一種溫標，由英國物理學家開爾文（Lord Kelvin）於1848年創制。單位是開爾文，符號K。它的零點叫作絕對零度，就是 -273.15℃。舊稱開氏溫標、絕對溫標。

【熱戀】rèliàn〔動〕❶男女間熱烈地相愛：這對年輕人正在～之中。❷深切留戀：他～着故鄉的山水。

【熱量】rèliàng〔名〕高溫物體向低溫物體傳遞的能量，單位為焦耳。

【熱烈】rèliè〔形〕氣氛活躍，情緒興奮激動：～歡

迎 | 討論會上發言很～。

【熱流】rèliú〔名〕(股)❶比喻温暖、振奮的感受：聽到首長的節日問候，戰士們心頭湧起一股～。❷熱潮：一股巨大的、改革的～正在中國大地上湧動。

【熱賣】rèmài〔動〕熱銷；暢銷：新款手機正在～。

【熱門】rèmén(～兒)〔名〕風行一時的、具有吸引力的事物(跟"冷門"相對)：～貨 | ～話題 | 信息技術是個～。

【熱門話題】rèmén huàtí 受眾人關注的談話題目：治理大氣污染是當前的～。

【熱門貨】rèménhuò〔名〕熱貨。

【熱鬧】rènao ❶〔形〕景象繁雜、興旺、活躍：晚會開得很～ | 集市上人山人海，熙來攘往，十分～。❷〔動〕使活躍，使愉快：咱們分手時也沒來得及～一下 | 老同學借返校之機來在一起～～。注意"熱鬧"的重疊形式有二：做形容詞用，重疊形式是AABB，如"熱熱鬧鬧過春節"；做動詞用，重疊形式是ABAB，如"咱們大家熱鬧熱鬧"。❸(～兒)〔名〕熱鬧的景象(有時指別人出的笑話)：看～ | 湊個～。

【熱能】rènéng〔名〕物質燃燒或物體內部分子不規則運動時放出的能量，是一種很重要的能源。

【熱氣】rèqì〔名〕(股)❶温度高的氣體：鍋爐房裏，～蒸騰。❷比喻熱烈的情緒或氣氛：建設者們～高，幹勁大。❸〔動〕(粵語)上火：吃煎炸的食物很容易～。

【熱氣球】rèqìqiú〔名〕靠充盈的熱空氣比周圍空氣輕而產生升浮力的氣球。一般由大球囊、吊籃和加熱裝置三部分構成。駕駛員在吊籃中，通過加熱裝置調整熱氣球的高度和方向。

【熱氣騰騰】rèqì-téngténg(口語中也讀 rèqì-tēngtēng)〔成〕熱氣蒸騰翻滾的樣子。比喻搞工作或從事生產氣氛活躍，情緒激揚高漲：春耕生產搞得～。

【熱錢】rèqián〔名〕遊資。

【熱切】rèqiè〔形〕熱烈而懇切：～的願望 | ～希望各位提出寶貴意見。

【熱情】rèqíng ❶〔名〕(股)強烈的感情：愛國～ | 一封～洋溢的信。❷〔形〕感情熱烈：～接待 | 對待旅客非常～。

【熱身】rè // shēn〔動〕正式比賽前，運動員或運動隊為進入良好競技狀態而進行適應性訓練或比賽：球隊將赴天津～。

【熱身賽】rèshēnsài〔名〕(場，次)在正式比賽前進行的適應性比賽。

【熱水袋】rèshuǐdài〔名〕(隻)用於熱敷或取暖的盛熱水的小橡膠袋。

【熱水瓶】rèshuǐpíng〔名〕(隻)〈口〉一種用來盛開水的保温瓶。用塗有水銀的雙層玻璃製成

小口瓶子(也叫膽)，外面護有鐵皮殼或塑料殼。也叫暖壺、暖瓶、暖水瓶。

【熱水器】rèshuǐqì〔名〕利用可燃氣體、電或太陽能等使水升温的器具，用於淋浴、洗滌等：燃氣～ | 電～ | 太陽能～。

【熱騰騰】rètēngtēng(口語中也讀 rètēngtēng)(～的)〔形〕狀態詞。❶形容熱氣蒸發升騰的樣子：一碗～的湯麵 | 饅頭還～的，快吃吧！❷形容場面熱鬧或情緒熱烈：車間裏～的，很有生氣 | 一句話說得人心裏～的。

【熱天】rètiān〔名〕炎熱的天氣；氣温高的季節，特指夏天：～貪涼，容易引起腹瀉。

【熱土】rètǔ〔名〕(片，方)懷有深厚感情的長期居住過的地方：～難離 | 再次回到這片～，不禁感慨萬千。

【熱望】rèwàng ❶〔動〕熱烈地盼望：～着傳回好消息。❷〔名〕熱切的希望：一片～ | 滿懷～。

【熱舞】rèwǔ〔名〕動作熱烈奔放，節奏感極強的舞蹈：勁歌～ | 男演員的～表演開始了。

【熱綫】rèxiàn〔名〕❶為及時聯繫而經常準備着的直通電話或電報綫路：～聯繫 | ～點播 | 舉報～ | 兩國首腦通過～進行交談。❷指運輸繁忙、客流量大的交通綫路：交通～ | 旅遊～。❸紅外綫。

【熱銷】rèxiāo〔動〕商品受歡迎而大量售出；暢銷(跟"冷銷"相對)：～貨 | 最～的樂器仍是鋼琴 | 入秋以來，羊絨衫一直～。

【熱心】rèxīn ❶〔形〕熱情主動，盡心盡力：～為顧客服務 | 傳授技術知識很～。❷〔動〕對某事熱心：～教育 | 他向來～公益。

辨析　熱心、熱情　a)"熱心"着重形容內心有興趣，積極主動肯盡力，常用於對事；"熱情"着重形容感情熱烈、濃厚，常用於對人。b)"熱心"可以用作動詞，如"他熱心於街道工作"；"熱情"沒有這種用法。c)"熱情"常用作名詞，如"熱情洋溢""激發起極大的熱情"，"熱心"沒有這種用法。

【熱心腸】rèxīncháng(～兒)〔名〕(副)待人熱誠、助人為樂的好性格：田大媽有副～，對我這個外地人格外關懷。

【熱學】rèxué〔名〕物理學的一個分科。主要研究熱現象的性質、規律及其應用，內容包括測温、熱膨脹、熱傳導等。

【熱血】rèxuè〔名〕喻指為正義事業英勇奮鬥、不怕犧牲的獻身精神和熱情：一腔～ | ～沸騰 | 甘灑～寫春秋。

【熱議】rèyì〔動〕廣泛地議論；熱烈地議論：醫改方案引發～ | 與會代表～房價上漲。

【熱飲】rèyǐn〔名〕飲食業中指熱的飲料，如熱茶、熱咖啡等(區別於"冷飲")。

【熱映】rèyìng〔動〕某一影視片一個時期內在多個地區、多家影院或電視台不斷放映：該賀歲片

已在各大影院～｜正在～的這部電視劇講述了一對夫妻結婚五十年來人生的苦辣酸甜。

【熱戰】rèzhàn〔名〕指真槍實彈的實際戰爭（區別於"冷戰"）。

【熱衷】（熱中）rèzhōng〔動〕❶熱切盼望得到（個人的聲名、地位或利益）：～名利。❷非常喜愛（某種活動）：～於賭博｜～慈善事業。

rén ㄖㄣˊ

人 rén〔名〕❶〈口〉能製造並使用工具從事勞動、用語言進行思維的高等動物：～類｜男～｜～為萬物之靈。❷成年人：長大成～。❸從事某種職業或做某種事情的人：工～｜軍～｜主～｜主持～｜介紹～。❹具有一定屬性的人：自然～｜法～。❺別人：助～為樂｜雲亦雲｜和氣待～。❻人的品質、性格：為人公正｜他～很好。❼人的身體和精神：這幾天我～不大舒服｜抬到醫院，～已經昏迷過去了。❽每人，泛指一般人：～所共知｜～手一冊。❾人手；人才：這裏不缺～｜搞科研需要～。❿（Rén）姓。

語彙							
愛人	報人	本人	別人	病人	常人	超人	
成人	仇人	傳人	蠢人	大人	敵人	動人	惡人
恩人	法人	凡人	犯人	夫人	婦人	個人	工人
古人	故人	寡人	官人	貴人	國人	漢人	好人
黑人	紅人	後人	壞人	佳人	匠人	今人	近人
驚人	舉人	巨人	軍人	可人	客人	狂人	老人
獵人	路人	媒人	美人	門人	名人	男人	內人
能人	女人	旁人	僕人	旗人	前人	強人	親人
情人	窮人	商人	生人	聖人	詩人	世人	熟人
私人	通人	外人	完人	偉人	文人	武人	下人
仙人	先人	閒人	賢人	小人	新人	行人	洋人
要人	宜人	藝人	用人	遊人	友人	猿人	丈人
證人	中人	眾人	主人	專人	罪人	辯護人	
代理人	悲天憫人	咄咄逼人	後發制人	旁若無人			
盛氣凌人	治病救人						

【人才】（人材）réncái〔名〕❶有品德、有才能的人；有特殊本領、有專長的人：～輩出｜～濟濟｜尊重知識，尊重～｜他在梨園行算是個～。❷〈口〉品貌，特指美麗的外貌：一表～｜有幾分～。

【人潮】réncháo〔名〕潮水般的人流：一大早，就迎來了報名的～。

【人稱】rénchēng ❶〔名〕一種語法範疇。某些語言中，動詞的形態要和主語的名詞或代詞的人稱形態相應；有的動詞形態還要跟着賓語的人稱而變化。如在現代漢語中的人稱代詞，"我、我們"為第一人稱；"你、你們"為第二人稱；"他、她、它、他們"為第三人稱。❷〔動〕眾人稱之為（多見於舊小說、戲曲）：這位好漢～

浪裏白條。

【人次】réncì〔量〕複合量詞。表示參加某項活動的若干次人數的總和：春節期間，參觀展覽會的超過20萬～。

【人大】réndà〔名〕人民代表大會的簡稱：～常委會｜北京市～。

【人丹】réndān〔名〕（粒）一種夏日常備中成藥。圓顆粒狀，外裹朱砂，主要成分是薄荷腦、冰片、丁香等。可用於緩解中暑、暈車、頭昏、胸悶等症狀。

【人道】réndào ❶〔名〕尊重、維護人權、人格的道德。❷〔名〕指人與人的等級關係，即封建禮教所規定的人倫如父慈、子孝等。❸〔形〕（行為）合乎維護人權、人格的道德：這樣做很不～。

【人道主義】réndào zhǔyì 起源於歐洲文藝復興時期的一種思想體系，是資產階級反對封建制度的思想武器。提倡尊重人、關懷人、以人為中心的世界觀。法國資產階級革命時期，把它具體化為"自由""平等""博愛"等口號。也叫人本主義。

【人丁】réndīng〔名〕❶舊指成年男子：法以～為本。❷（家庭或家族的）人口：林家～有限｜～興旺。

【人多勢眾】rénduō-shìzhòng〔成〕人手多，勢力大：他們仗着～，強佔路口的好攤位。

【人盾】réndùn〔名〕用人的身體當作盾牌，保護人員、設施免受攻擊。

【人犯】rénfàn〔名〕（個，夥）案犯；犯罪的人：迅速拘捕與此案有關的～。

【人販子】rénfànzi〔名〕販賣人口的人。

【人防】rénfáng〔形〕屬性詞。人民防空：～工程｜～設施。

【人非聖賢，孰能無過】rénfēishèngxián, shúnéng-wúguò〔成〕指作為一般人，有錯誤是難免的：～？你能保證一輩子都不說錯話做錯事嗎？

【人浮於事】rénfúyúshì〔成〕浮：多於，超過。工作人員超過工作所需要的人力。指事少人多：精簡機構，壓縮編制，改變～的狀況。

【人高馬大】réngāo-mǎdà〔成〕形容人高大魁梧：他～的，你可不是他的對手。

【人格】réngé〔名〕❶人的道德品質：～高尚，令人敬仰。❷人在適應環境的過程中形成的性格、氣質、能力等特徵的總和：培養健全的～。❸人在社會中作為權利、義務主體的資格：公民的～不得侵犯。

【人格化】réngéhuà〔動〕一種文藝創作手法。在描寫動植物或非生物時，賦予它們人類的特徵，使它們有人的思想感情、動作行為：動畫中的米老鼠是～的形象。

【人工】réngōng ❶〔形〕屬性詞。人為的（區別於

"天然"）：～湖｜～降雨｜～流產｜～授精。❷〔名〕人力；人力做的工：機器壞了，只好用～操作。❸〔名〕工作量計算單位。一個人工作一天的工作量叫一個人工：修這所房子用了多少～？❹〔名〕港澳地區用詞。薪水：這家公司員工的～很高。

【人工呼吸】réngōng hūxī 一種急救方式，當人自然呼吸十分困難甚至停止而心臟還在跳動時，借用人工幫助有節奏地按壓胸腔，使恢復或保持肺的呼吸功能，多用於溺水、遭電擊或煤氣中毒的人。

【人工流產】réngōng liúchǎn 在胚胎發育早期，利用藥物、物理性刺激或手術使胎兒脫離母體，以終止妊娠。簡稱人流，也叫墮胎。

【人工智能】réngōng zhìnéng 綜合信息論、數學、邏輯學等學科的知識，利用計算機模擬人類智力活動的邊緣學科。

【人海】rénhǎi〔名〕❶像海洋一樣的人群，形容人多：人山～｜～戰術。❷喻指人世：～滄桑。

【人海戰術】rénhǎi zhànshù 指全靠投入大量兵員作戰的戰術。泛指單純倚仗眾多人力完成任務的工作方法。

【人歡馬叫】rénhuān-mǎjiào〔成〕形容熱鬧歡騰、生氣勃勃的場面：集市上商販雲集、～，生意火暴。

【人寰】rénhuán〔名〕〈書〉人間；人世：慘絕～。

【人機對話】rénjī duìhuà 將人類自然語言輸入計算機，通過計算機的分析、識別、理解等，生成並輸出人類所需回答的過程，是當前人工智能研究領域的一個重要方面。

【人際】rénjì〔形〕屬性詞。人與人之間：～關係｜～交往｜～傳播。

【人跡】rénjì〔名〕人的蹤跡：地處荒僻，～罕至。

【人家】rénjiā（～兒）〔名〕❶（家，戶）住戶：這個村子經過戰亂，～不多了。❷家庭：富貴～｜勤儉～｜清白～。❸指女子未來的婆家：許了～兒｜女兒大了還沒有～，真叫人發愁。

【人家】rénjia〔代〕人稱代詞。❶指別人：～這麼說，可是我不相信｜～做到的，我們為甚麼做不到？❷指某個人或某些人：快把書給～送去。❸指說話人自己：你看你多冒失，嚇了～一大跳。

【人尖子】rénjiānzi〔名〕出類拔萃的人；才能超出一般人的人：這幾位中學生，都是學科競賽獲獎的～。

【人間】rénjiān〔名〕世界上；人世間：～奇跡｜天上～。

【人間蒸發】rénjiān zhēngfā 比喻人或事物突然失去蹤影：他那幾天～了，沒有任何消息，連手機也關機｜數十輛轎車兩個月內～，引起了警方的高度重視。

【人傑地靈】rénjié-dìlíng〔成〕人物出眾，水土靈秀。指傑出人物出現的地方有靈秀之氣，或指山川靈秀之地產生人才。也用於指豪傑之人與靈秀之地相輔相成，交相輝映：山川秀美、～，江南勝地。

【人精】rénjīng〔名〕指那些待人接物處處透着機靈、聰明圓滑的人：不到半天時間，這小～就討得了全屋人的喜歡。

【人居】rénjū〔形〕屬性詞。人居住的：～環境｜～狀況。

【人均】rénjūn〔動〕每人平均：～收入｜～創匯｜全廠去年創利五千萬，～五萬元。

【人口】rénkǒu〔名〕❶某一範圍（如地區、國家、洲、世界）內所有的人：～稠密｜～普查。❷家庭中的所有成員：他們家～少，負擔輕。❸泛指人（多指婦女或兒童）：販賣～｜拐騙～｜～販子。

> **世界人口日**
> 1987年7月11日，地球人口達到50億。為紀念這個特殊的日子，1990年聯合國根據其開發計劃署理事會第36屆會議的建議，決定將每年的7月11日定為"世界人口日"，要求世界各國在這一天開展宣傳活動，以喚起人們對人口問題的關注，促進各國政府重視和解決人口問題。1990年7月11日遂成為第一個"世界人口日"。

【人口爆炸】rénkǒu bàozhà 一種人口理論。指人口的高度增長就像核武器的爆炸，危害嚴重。

【人口普查】rénkǒu pǔchá 在規定的時刻對一定範圍內的人口數量和與人口有關的社會經濟等方面的情況進行普遍調查：～工作｜～資料｜進行～。

【人口學】rénkǒuxué〔名〕以人口數量、人口增長規律、人口系統工程以及生育率、家庭人口等為研究對象的學科。

【人困馬乏】rénkùn-mǎfá〔成〕形容疲勞不堪（不一定非要有馬）：連夜奮戰，～，大家坐着睡着了。

【人來瘋】rénláifēng〔慣〕指孩子在來客人時表現出一種近似胡鬧的異常興奮的狀態：這孩子就是～，客人一走他就不鬧了。

【人老珠黃】rénlǎo-zhūhuáng〔成〕人老了，就像變黃的珠子一樣不值錢了。多指女子年老色衰，受嫌棄：當年走紅的女歌星，～，晚景淒涼。

【人類】rénlèi〔名〕人的總稱：～社會｜～起源｜～征服自然的鬥爭｜造福～。

【人力】rénlì〔名〕❶人的勞動力：我廠生產任務重，～不足。❷人的力量：此乃天成，非～所能及。

【人力車】rénlìchē〔名〕（輛）❶指用人力拉或推

的車（區別於"機動車"）。❷一種用人拉的車，有兩個橡膠車輪，車廂像椅子，可坐一人，車廂旁有兩根長柄車把，供車夫攬着拖曳前行。這種車19世紀首先在日本使用，逐漸在東方各國普及（一度稱為東洋車）。

【人流】rénliú ㊀〔名〕指像河流一樣連續不斷走動着的人群：潮水般的～湧向車站。㊁〔名〕人工流產的簡稱：她去醫院做～了。

【人倫】rénlún〔名〕人與人之間的倫理道德關係。舊時特指君臣、父子、夫婦、兄弟、朋友之間的尊卑長幼關係。

【人龍】rénlóng〔名〕港澳地區用詞。人排成的很長的隊伍：售票處排起～了。

【人馬】rénmǎ〔隊，路，哨〕❶指軍隊；全部～已安全渡江。❷指某個集體的人員：我們劇團的～相當齊全。注意"人馬"中的"馬"可以實指，也可以虛指，還可以代指別的物力裝備。

【人脈】rénmài〔名〕指像脈絡一樣的人的社會關係：～網｜工作中他逐漸建立起了自己的～。

【人滿為患】rénmǎn-wéihuàn〔成〕形容人多得讓人憂慮：商廈搞降價銷售，顧客多得～。

【人們】rénmen〔名〕指很多人；泛稱人：起來，不願做奴隸的～｜未知的事物比已知的事物多得多。

【人面獸心】rénmiàn-shòuxīn〔成〕外貌是人，內心像獸。形容人心腸狠毒，卑鄙殘忍：這個傢伙～，淨幹傷天害理的事。

> 辨析　**人面獸心、衣冠禽獸**　兩個成語雖都含有外貌是人，心地像獸的意思，但二者有很多不同：a）"人面獸心"重點在人的內心兇殘、毒辣；"衣冠禽獸"則着重於人的行為卑鄙，心懷鬼胎，道德敗壞。b）"衣冠禽獸"比方像禽獸一樣的人，"人面獸心"則沒有這種用法，如我們可以說"他是一個心狠手辣的衣冠禽獸"，但不能說"他是一個心狠手辣的人面獸心"。c）"衣冠禽獸"多用作賓語，有時也用作主語，如"這個衣冠禽獸竟然自鳴得意地在人前誇耀他的穢行"；"人面獸心"一般做定語，有時也做謂語，如"這個人面獸心的傢伙""這個傢伙人面獸心"。

【人民】rénmín〔名〕百姓；以廣大勞動群眾為主體的社會成員：～群眾｜～戰爭｜為～服務。

【人民幣】rénmínbì〔名〕中國法定貨幣。以圓為單位。

【人民戰爭】rénmín zhànzhēng（場）❶以人民軍隊為骨幹，依靠和組織廣大人民群眾參加的革命戰爭。❷比喻大規模的群眾運動：打一場興修水利的～。

【人命】rénmìng〔名〕❶（條）人的生命：～關天｜～案子。❷指人命案件：差一點鬧出～來｜出～了。

【人莫予毒】rénmòyúdú〔成〕《左傳·僖公二十八年》記載，晉楚兩國打仗，楚國戰敗，楚國名將子玉自殺。晉文公聽了很高興地說："莫予毒也已。"意思是，從此以後，再也沒有能危害我的人了。後用"人莫予毒"形容狂妄自大，目空一切：為所欲為，～，到頭來必受懲罰。

【人模狗樣】rénmú-gǒuyàng〔成〕形容人品、作風不怎麼好的人穿戴打扮得像像樣子（含輕蔑意）：瞧，那傢伙今天也～地來了。

【人怕出名豬怕壯】rén pà chūmíng zhū pà zhuàng〔俗〕人的名氣大了容易招來麻煩或禍事，就像豬長肥了就將被屠宰一樣。常用於提醒人們注意不要過於張揚：～，你有了點成績，更得謙虛謹慎。

【人品】rénpǐn〔名〕❶人的品質、品格：他的～一向為人稱道。❷〈口〉人的相貌、儀表：～出眾｜～不俗。

【人氣】rénqì〔名〕指人或事物受大眾歡迎的程度：～指數｜這位演員～很旺。

【人牆】rénqiáng〔名〕（道，堵）足球比賽中，在對方罰任意球時由多人並排站立而形成的起阻擋作用的隊列：巴西球星踢出的一記"香蕉球"，繞過～，飛入對方大門。

【人情】rénqíng〔名〕❶人的常情：天理～｜不近～。❷情面：託～｜他不講～。❸恩情；恩惠：做個～｜空頭～。❹親朋往來應酬方面的禮節習俗：風土～｜行～，串親戚。❺指交際所送的禮物：送～。

【人情世故】rénqíng-shìgù〔成〕處世的道理和經驗：不懂～。注意這裏的"世"不寫作"事"。

【人情味兒】rénqíngwèir〔名〕指人普遍有的感情：這種做法是很有～的。

【人權】rénquán〔名〕指人與生俱來的應享有的權利。近代意義上的人權，即以自由、平等、人道為基本原則和普遍信仰的人權。中國的人權觀將人權的普遍性與中國的國情相結合，強調生存權和發展權是首要人權。

【人群】rénqún〔名〕成群的人：要警惕艾滋病毒從高危～向一般～蔓延。

【人人】rénrén〔名〕每人；所有的人：～都說家鄉好｜～為我，我為～。

【人人自危】rénrén-zìwēi〔成〕每個人都感到自己有危險，不安全。形容緊張恐怖的局勢或氣氛：政治運動一來，搞得～，沒有安全感。

【人日】rénrì〔名〕稱農曆正月初七日。

人日與女媧

人日的來歷與神話中的女媧有關。相傳她在七天裏每天造出一種生物，初一為雞，初二為狗，初三為豬，初四為羊，初五為牛，初六為馬，初七為人。於是，正月初七這一天就成為中國民間傳統節日之一,稱"人勝節""人慶節""人口日""人七日"等。在這一天,人們要剪彩為人,貼在屏風上;要喝七種菜做成的羹(七寶羹),要吃煎餅(稱為熏天)。

【人肉搜索】rénròu sōusuǒ 指廣聚網友力量,利用人工參與方式在互聯網上廣泛搜索所需要的信息:~引擎|網民發起了對這起虐待兒童事件的~。

【人瑞】rénruì〔名〕指高壽的人;年高德劭的人:太平盛世多~|百歲~|他一百零一歲了,是當地的~。

【人山人海】rénshān-rénhǎi〔成〕形容很多人聚集在一起,場面十分熱鬧:劇團所到之處,觀眾~。

【人蛇】rénshé〔名〕(名)指偷渡者。

【人身】rénshēn〔名〕指人的身體、生命、行為、名譽等:~安全|~自由|~傷害|~攻擊。

【人身權】rénshēnquán〔名〕法律上指民事主體依法享有的與其人身不可分離而沒有直接財產內容的權利,分為人格權和身份權兩類。如生命健康權、肖像權、名譽權等。

【人參】rénshēn〔名〕多年生草本植物,複葉掌狀,果鮮紅色。根入藥,有大補元氣的作用,是強身、興奮藥。產於中國東北長白山區等地。

【人生】rénshēng〔名〕人的一生;人的生命和生活:~哲學|~幾何?

【人生地不熟】rén shēng dì bùshú〔俗〕指人地生疏,對情況不了解;剛來的時候、~的,但沒過多久,他就對這裏的情況有了大概的了解。

【人聲】rénshēng〔名〕人或人的行動發出的聲音:闃無~|~嘈雜|~鼎沸。

【人士】rénshì〔名〕有一定社會地位或影響的人物:知名~|愛國~|民主~。

【人氏】rénshì〔名〕自道籍貫或詢問別人籍貫時對"人"的代稱(多見於舊小說、戲曲):祖籍蘇州~|本地~|哪裏~?

【人世】rénshì〔名〕世界上;人世間:離開~|他已不在~|~滄桑。

【人事】rénshì〔名〕❶ 人應做的事:不幹~。❷ 有關某一單位工作人員變動的事,如錄用、辭退、升降、獎懲、培養、調動等:~更迭|~調動。❸ 指人與人的相互關係:~關係複雜|~糾紛太多。❹ 人情事理:這孩子年齡小,不懂~。❺ 人能做到的事:盡~而聽天命。❻ 人的意識所察覺的一切:不省~|~不知。

【人手】rénshǒu〔名〕❶ 有工作能力能做事的人:~不足|缺~。❷〈書〉別人的手:身死~~。

【人梯】réntī〔名〕❶ 一個人踩着一個人的肩膀搭成的向高處攀登的梯子:他們是搭~翻進高牆內的。❷ 比喻為他人事業的成功甘願自我犧牲的人:甘為青年人做~|可貴的~精神。

【人體】réntǐ〔名〕人的身軀:~標本|~生理學|素描一定要畫~。

【人頭】réntóu〔名〕❶ 人的頭:~攢動。❷ 人數:~稅|按~分。❸(~兒)指跟人的關係:他在公司裏~挺熟。❹(~兒)(北京話)指人的品行:這個人缺家教,~次次。

【人微言輕】rénwēi-yánqīng〔成〕人的社會地位低、名聲小,說的話或提出的意見不被人重視:我提出的意見未被採納,怕是~吧。

【人為】rénwéi ❶〔動〕人去做:事在~。❷〔形〕屬性詞。人造成的(多用於不如意的事):~的障礙|~造成緊張氣氛。

【人文】rénwén〔名〕❶ 指人類社會的各種文化現象:~景觀|~遺跡|~科學。❷ 指強調以人為本,關心尊重人的利益、人的價值的思想理念:~關懷|~精神。

【人文精神】rénwén jīngshén 一種強調以人為本,重視人的價值、尊嚴和權利,關懷人的現實生活,追求人的自由、平等、解放的思想理念。

【人文景觀】rénwén jǐngguān 人類利用自然創造的景觀,包括遺址、文物遺跡、宗教和民俗活動、特色建築、園林等(跟"自然景觀"相對)。也叫文化景觀。

【人文科學】rénwén kēxué 原指區別於神學的、跟人類利益相關的學問。後多指研究社會現象和文化藝術的科學。

【人物】rénwù〔名〕❶ 有代表性或有突出特點的人:領袖~|大~|英雄~|他在文藝界也是個~。❷ 人的品貌風度:~軒昂。❸ 文學、藝術作品中的人物形象:《紅樓夢》創造了不少典型~。❹ 指中國畫的人物畫:山水、~、花鳥,樣樣精亮。

【人像】rénxiàng〔名〕(張,幅,尊,座)指人體或相貌的繪畫、雕塑、攝影作品等:~繪畫展覽|~作品畫冊。

【人心】rénxīn〔名〕❶ 人的感情和願望:~所向|~不得|勝利的消息振奮~|~齊,泰山移。❷ 良心;合於情理的心地:感歎~不古|他是個沒有~的人。

【人心齊,泰山移】rénxīn qí,Tài Shān yí〔諺〕比喻團結一心,力量大:~,能不能成功就看咱們的啦!

【人行道】rénxíngdào〔名〕(條)馬路兩旁供人行走的便道(區別於"車道")。

> **人行道的不同説法**
> 在華語區,中國大陸和台灣地區叫人行道,港澳地區叫行人路,新加坡和馬來西亞則叫行人道。

【人行橫道】rénxíng héngdào（條）畫有斑馬綫標誌的，供行人橫穿馬路時走的一段道路：機動車行經～時，應當減速慢行。

【人性】rénxìng〔名〕在一定的歷史條件和社會制度下形成的人的本性。

【人性】rénxìng〔名〕人所具有的區別於一般動物的感情和理性：不通～｜小狗小貓也通～。

【人選】rénxuǎn〔名〕（個）可供挑選的人：物色適當～｜新的領導班子～已定下來。

【人煙】rényān〔名〕人家灶上冒起的炊煙，借指人家、住戶：～稀少｜荒僻冷落，～斷絕。

【人言可畏】rényán-kěwèi〔成〕他人散佈的流言蜚語是很可怕的：～，一對夫妻竟被背後的閒言碎語拆散了。

【人仰馬翻】rényǎng-mǎfān〔成〕形容慘敗後的狼狽樣子。也比喻亂成一團，不可收拾：在我軍猛烈炮擊下，敵人～，潰不成軍｜為了兒子的婚事，他家忙得～。也說馬仰人翻。

【人妖】rényāo〔名〕指生理變態的人；特指某些國家中男人經手術變性成女性形體的人。

【人意】rényì〔名〕人的願望、想法：不盡如～｜善解～是他的長處。

【人影兒】rényǐngr〔名〕❶人的影子：一個～在窗前晃動。❷人的蹤跡：等了半天，連個～都不見。

【人員】rényuán〔名〕❶擔任某種工作或職務的人：～調動｜工作～。❷屬於某類的人：服刑～｜偷渡～。

【人緣兒】rényuánr〔名〕與周圍的人相處的關係：～好｜有～｜沒～。

【人云亦云】rényún-yìyún〔成〕別人怎麼說，自己也跟着怎麼說。形容沒有主見：要刪去文章中～的內容。

【人造】rénzào〔形〕屬性詞。人工製造的；非天然生成的（區別於"天然"）：～革｜～棉｜～衞星。

【人造革】rénzàogé〔名〕外觀與皮革相似的塑料製品，通常是將熔化的樹脂加配料塗在紡織品上，再經加工而成：～製品｜這公文包是～的。

【人造衞星】rénzào wèixīng（顆）用火箭送入外層空間，按一定軌道圍繞行星或衞星運行的人造天體。繞地球運行的叫人造地球衞星。1957年10月4日蘇聯發射了人類第一顆人造衞星，標誌着航天時代的開始。

【人造纖維】rénzào xiānwéi用竹、木、甘蔗渣等製成的纖維。包括人造絲、人造棉、人造毛等。替代天然纖維廣泛用於針織業和絲織業。

【人渣】rénzhā〔名〕人類社會的渣滓，喻指人類社會中那些品質低下、為公眾所不齒的分子：這些罪犯從小流浪街頭，搶劫吸毒，被視為～。

【人證】rénzhèng〔名〕由知情人、目擊者提供的證明案件真實情況的證據（區別於"物證"）。

【人質】rénzhì〔名〕一方為迫使對方接受要求而劫持或扣留起來的對方的人：獲釋的～已經乘飛機回國。

【人治】rénzhì〔名〕先秦儒家的政治思想，主張君主依靠賢能治理國家。

【人中】rénzhōng〔名〕❶人上唇正中的縱向凹溝。❷穴位名，位於人中溝中間靠上處。對此穴扎針或用手指掐按，可急救昏厥。

【人種】rénzhǒng〔名〕具有共同祖先和共同遺傳特徵的人群。世界上的人種主要有黑種（尼格羅人種）、黃種（蒙古人種）和白種（歐羅巴人種）。

【人走茶涼】rénzǒu-cháliáng〔成〕比喻人離開原來的職位、單位，不再有原來的人情；他從領導崗位退下來後，～，在原公司辦個事不那麼容易了。也說"人一走，茶就涼"。

壬 rén〔名〕❶天干的第九位。也用來表示順序的第九。❷（Rén）姓。

仁 rén ㊀ ❶中國古代一種以同情、友愛、助人為樂的思想感情為核心的道德觀念：～心｜～政｜～至義盡。❷《書》借指心中的理想：殺身成～｜求～。❸〈敬〉用於尊稱對方：～兄｜～伯。❹感覺靈敏：肢體麻木不～。❺（Rén）〔名〕姓。

㊁（～兒）〔名〕果核中的種子或硬殼裏面的肉：杏～兒｜桃～兒｜核桃～兒｜花生～兒｜蝦～兒。

語彙 果仁 砂仁 松仁 同仁 蝦仁 種仁 麻木不仁 殺身成仁 為富不仁 一視同仁

【仁愛】rén'ài〔形〕仁厚慈愛；樂於關心愛護、幫助別人：在孩子們眼中，老爺爺是個～的人。

【仁慈】réncí〔形〕仁愛和善；～的老奶奶｜對豺狼成性的惡人，決不能～。

【仁弟】réndì〔名〕（位）❶對年齡小於自己的友輩的敬稱。❷師長稱學生。注意 "仁弟"多用於書面語，不用於口語。

【仁厚】rénhòu〔形〕仁慈寬厚：心地～｜～長者。

【仁人志士】rénrén-zhìshì〔成〕有仁愛道德和志氣節操的人。

【仁兄】rénxiōng〔名〕（位）對友輩的敬稱（多用於書信等）。

【仁義】rényì〔名〕仁愛和正義：～之師，得民心｜行～｜講道德。

【仁義】rényi〔形〕（北京話）性情溫順，善解人意：這小狗乖～了，每天我上班時，牠都依依不捨地送到門口。

【仁者見仁，智者見智】rénzhě-jiànrén, zhìzhě-jiànzhì〔成〕《周易·繫辭》："仁者見之謂之仁，知者見之謂之知。"知：同"智"。指對同一問題，每個人都會有自己的見解。省作見仁見智。

【仁政】rénzhèng〔名〕寬厚仁慈的政治措施（跟"暴政"相對）：對百姓，施～。

【仁至義盡】rénzhì-yìjìn〔成〕《禮記·郊特牲》："仁之至，義之盡也。"意思是身體力行之道，已盡最大努力。後用"仁至義盡"指對人的愛護、關心和幫助已做到最大限度：對待犯了嚴重錯誤的人，也應盡力關心、幫助，做到～。

任 rén ❶用於地名：～丘（在河北滄州）｜～縣（在河北邢台）。❷（Rén）〔名〕姓。
另見 rèn（1132頁）。

rěn ㄖㄣˇ

忍 rěn ❶〔動〕勉強承受；容忍：～痛｜～耐｜～住淚水｜是可～，孰不可～？❷狠心；硬着心腸（做情理上不該做的事）：殘～｜於心何～？❸（Rěn）〔名〕姓。

語彙 殘忍　容忍　隱忍　忍無可忍　於心不忍

【忍不住】rěnbuzhù 承受不了；控制不住（因而不得不去做）：他癢得幾乎～了｜她～掉下了眼淚。

【忍冬】rěndōng〔名〕（棵）多年生半常綠纏繞灌木，葉對生，卵形或橢圓形，花初白後黃，有香氣。花和莖可以入藥，有清熱、消炎、祛毒等功用。也叫金銀花。

【忍俊不禁】rěnjùn-bùjīn〔成〕忍俊：含笑。不禁：不能自禁。禁不住要發笑：聽了他這些湊趣的話，大夥兒都～。注意這裏的"禁"不讀jìn。

【忍耐】rěnnài〔動〕抑制住内心的煩惱、痛苦、不愉快的情緒，不使表露出來：多麼苦的日子都能～，可是受不了別人對她的侮辱。

【忍氣吞聲】rěnqì-tūnshēng〔成〕受了別人的氣勉強忍耐，不敢出聲：她～地過了大半輩子，今天總算有了出頭之日。

【忍讓】rěnràng〔動〕容忍退讓：他雖對兄弟們百般～，卻得不到他們的諒解。

【忍辱負重】rěnrǔ-fùzhòng〔成〕為完成使命而甘願忍受屈辱，背負重任：司馬遷～，終於成就《史記》大業。

【忍受】rěnshòu〔動〕耐着性子，勉強承受（痛苦、困難和不幸等）：～屈辱｜冷得難以～。

【忍痛】rěntòng〔動〕抑制住内心的痛苦（極不願意地不得不做）：～割愛｜～犧牲｜～出讓。

【忍無可忍】rěnwúkěrěn〔成〕想忍受也無法忍受。表示忍受已到極點：鄉民們～，終於拿起武器，走上了革命道路。

【忍心】rěn∥xīn〔動〕狠心；硬着心腸（做不忍做的事）：不～拒絕他們的要求｜丟下孩子不管，她這樣做也太～了。

【忍性】rěnxìng〔動〕〈書〉堅忍其性：動心～。

荏 rěn ㊀古代指白蘇。一年生草本植物，莖方形，葉子卵圓形，開白色小花，嫩葉可以吃。種子可以榨油。
㊁〈書〉軟弱；怯懦：色厲内～。

【荏苒】rěnrǎn〔動〕〈書〉時間不知不覺地漸漸過去：光陰～｜～至今。

稔 rěn〈書〉❶稻麥等農作物成熟：豐～｜歲～。❷年（穀物一年一熟，因稱年為稔）：五～（指五年）。❸熟悉（多指對人）：未～｜素～｜～知。

【稔熟】rěnshú〔形〕〈書〉❶熟悉：她已聽出那個～的聲音。❷成熟：思之～，籌之有素。

【稔知】rěnzhī〔動〕〈書〉熟悉；熟知：～其為人。

rèn ㄖㄣˋ

刃 rèn ❶（～兒）〔名〕刀、剪等的鋒利部分：刀～兒｜鋒～｜捲了～的刀。❷借指刀：利～｜白～。❸〈書〉用刀殺：手～逆賊。

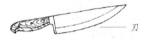

刃

語彙 白刃　兵刃　鋒刃　利刃　兵不血刃

【刃具】rènjù〔名〕刀具。

仞 rèn〔量〕古代長度單位，八尺或七尺為一仞：牆高一～｜萬～深淵。

任 rèn ㊀❶〔動〕委派；使用：～用｜～人唯賢｜被～為校長。❷〔動〕擔當；擔負：～職｜～教｜～勞～怨。❸〈書〉相信；依賴：信～｜王甚～之。❹職務；責任：到～｜身負重～。❺〔量〕用於擔任官職的屆數或次數：第五～縣長｜為官一～，造福一方。
㊁❶〔動〕由着；聽憑：～意｜～其自流｜～你挑選一個。❷〔連〕無論；不管：～我們怎樣勸說，他都聽不進去｜～你怎樣巧辯，這樣做也是違法的。
另見 rén（1132頁）。

語彙 常任　充任　出任　擔任　調任　放任　繼任　兼任　簡任　薦任　接任　連任　聘任　前任　上任　勝任　聽任　委任　現任　卸任　信任　責任　重任　主任　專任　走馬上任

【任便】rèn∥biàn〔動〕任由自便：咱這公司已很難維持，何去何從任你便吧。

【任從】rèncóng〔動〕任憑；聽任：不能～他這麼胡鬧下去。

【任何】rènhé〔代〕指示代詞。不論甚麼；無論甚麼：他沒有～嗜好｜～困難我們都不怕。

【任教】rèn∥jiào〔動〕擔任教育和教學工作：她在一所中學～｜他曾在北京大學任過教。

【任課】rèn∥kè〔動〕擔任講課工作：～教師｜我

們班主任還任着語文課。

【任勞任怨】rènláo-rènyuàn〔成〕指做事經得起辛苦勞累和旁人的埋怨：辦公室老王做事～，從不發牢騷。

【任免】rènmiǎn〔動〕任用和免除：公佈～名單｜國務院～一批工作人員｜國家主席～駐外使節。

【任命】rènmìng〔動〕下命令委派職務：～各部部長｜他被～為校長。

【任憑】rènpíng ❶〔動〕由着；聽憑：這件事不能～他一人處置。❷〔連〕無論；不論：～問題多麼複雜，我們也能查清楚｜～你花言巧語，也騙不了我們。❸〔連〕即使：～天氣不好，球隊仍堅持訓練。

【任期】rènqī〔名〕擔任職務的期限：～已滿｜全國人民代表大會代表～五年。

【任人唯親】rènrén-wéiqīn〔成〕任用人只選擇跟自己關係親密的人，不重其才能品德：一些私人企業～，搞成家族管理，弊端甚多。

【任人唯賢】rènrén-wéixián〔成〕任用人只看他是否賢能，而不論關係親疏：～才能延攬人才，成就事業。

【任所】rènsuǒ〔名〕任職所在的地方：無～大使｜近日即赴～理事。

【任務】rènwu〔名〕（項）擔負的使命或指派的工作：接受～｜保證完成～｜艱巨的～在等待着你們。

【任性】rènxìng〔形〕放任性情，不受管束：他自幼～，以致誤入歧途｜要多聽批評意見，不能太～。

【任意】rènyì ❶〔副〕隨意；任由己意：～誣衊｜～踐踏｜～敗壞他人名譽｜～發表意見。❷〔形〕屬性詞。不受條件限制的：～常數｜～球。

【任用】rènyòng〔動〕任命；委派：量（liàng）才～｜～此人，恐有不當。

【任職】rèn//zhí〔動〕擔任某種職務：～期間，恪盡職守｜他在文化部任過職。

【任重道遠】rènzhòng-dàoyuǎn〔成〕擔子沉重，路途遙遠。比喻責任重大，需要經過長期的艱苦奮鬥：青年一代～，一定要好好學習。

刃 rèn〈書〉充盈；充滿：充～｜～積。

妊〈姙〉rèn懷孕：懷～｜～婦｜～娠。

【妊婦】rènfù〔名〕（位，個）懷孕的婦女。

【妊娠】rènshēn〔動〕懷孕；精子與卵子結合後，胚胎在母體內發育成長：～期間｜母馬已～三個月。注意"娠"不讀 chén 或 zhèn。

衽〈袵〉rèn〈書〉❶衣襟：襝～（整理衣襟，表示恭敬）。❷席子：振～掃席。

【衽席】rènxí〔名〕〈書〉❶床席；臥席：振～，侍君寢。❷宴會的席位：～之上，讓而坐下。

紉（纫）rèn ❶〔動〕引綫穿針：～針｜取出針，～上綫。❷做針綫活；縫：～～。❸〈書〉綴結：～秋蘭以為佩（佩：佩帶的飾物）。❹〈書〉感謝：至～公誼（十分感佩您熱心公事的厚意）。

【紉佩】rènpèi〔動〕〈書〉感激和佩服：深為～。

軔（軔）〈軔〉rèn古代一種用以阻止車輪轉動的器具，銅製，方框形，停車時，支墊在車輪下，啟行時撤去：安～｜發～。

訒（讱）rèn〈書〉說話遲緩、謹慎：仁者其言也～。

紝（纴）rèn〈書〉織；紡織：婦人紡績～織｜妻不下～，嫂不為炊。

飪（饪）〈餁〉rèn把飯菜做熟：烹～。

韌（韧）〈靭靱靷〉rèn柔軟結實，不易折斷（跟"脆"相對）：堅～｜～性。

語彙　堅韌　柔韌

【韌帶】rèndài〔名〕（條，根）動物體內的帶狀結締組織，白色，堅韌，有彈性，有連接骨骼，加強關節，固定內臟位置的作用：～拉傷｜傷及腿部～。

【韌勁】rènjìn（～兒）〔名〕〈口〉不屈不撓堅持到底的勁頭：憑着那股～，沒有他幹不成的事。

【韌性】rènxìng〔名〕❶物體受外力作用，柔軟變形卻不易斷裂的性質：這塊皮子～不錯。❷剛毅持久的精神：對敵鬥爭要有～｜跑長跑，需要耐力和～。

葚 rèn/shèn 見"桑葚兒"（1159頁）。另見 shèn（1200頁）。

認（认）rèn〔動〕❶辨識；認識：分別多年，我真沒～出你來｜這孩子～字挺多。❷結識；確認某種關係：～乾親｜～老師。❸承認；認可：～錯｜～罪｜默～。❹不情願而勉強承擔不利後果（後面常要帶"了"）：～倒霉｜這件事雖然處理不公，可我～了。❺許諾（出錢物）：～捐五千元。

語彙　辨認　承認　否認　公認　供認　默認　確認　招認　追認

【認錯】rèncuò〔動〕❶(-//-)（～兒）承認自己錯了：做錯了事就得～｜你找他認個錯兒不就完了嗎？❷誤認；認得不對：你～了人｜讓他幫你去買你要的那種藥，絕對不會～。

【認得】rènde〔動〕能確定某人或事物就是既定的人或事物：我～這個人｜家鄉的變化太大了，變得連我都不～了。注意否定式既可以說"不

【認定】rèndìng〔動〕❶堅定地認為：我們～，正義的事業一定能夠勝利。❷確定：既然～了目標，就要堅持不懈地幹下去。

【認罰】rèn//fá〔動〕同意接受處罰：認打還是～由你挑。

【認負】rèn//fù〔動〕認輸：還沒交手，他就先～了｜對手棋藝實在高，我甘心～。

【認購】rèngòu〔動〕承諾購買：～公債。

【認可】rènkě〔動〕承認；許可：分配方案得到大家～｜通過做工作，他終於點頭～了。

【認領】rènlǐng〔動〕經過確認失主而領取：失物～｜這個被拐賣的孩子還無人～。

【認命】rèn//mìng〔動〕一種迷信意識。承認並接受命中注定的不幸遭遇：在痛過、怨過、恨過之後，他也就接受了現實，～了。

【認生】rènshēng〔形〕怕見生人（多指幼兒而言）：這孩子有點～。

【認識】rènshi❶〔動〕認得：誰～她？｜這種花我不～。❷〔動〕了解和掌握事物的本質和發展規律（跟"實踐"相對）：～世界，改造世界｜由於他還沒～到錯誤，所以暫不會讓他歸隊。❸〔名〕人的頭腦對客觀事物的反映：感性～｜大家都談了對這件事的～。

【認識論】rènshilùn〔名〕關於人類認識的來源及發展過程、認識與實踐的關係等問題的學說。

【認輸】rèn//shū〔動〕承認失敗：他雖不～，但敗局已無可挽回｜人家既然認了輸，就別為難人家了。

【認死理】rèn sǐlǐ（～兒）堅持某種道理或認識而不知變通：錢存在銀行裏保險，因此，儘管利率一降再降，有的人還是認～，願意把錢存在銀行。

【認同】rèntóng〔動〕表示跟別人的認識一致；承認並贊同：和談的幾項原則已得到雙方政府的～｜民族～感。

辨析 **認同、共識** 都表示一致的見解、共同的認識。"共識"，着重指各方有共同的認識，是名詞，如"經過協商，雙方達成共識""和平與發展是世界各國的共識"。"認同"，着重個人與別人見解一致，認識相同，表示承認並贊同，是動詞，如"大家都認同我們是炎黃子孫"。

【認為】rènwéi〔動〕對人或事物提出某種看法，做出某種判斷：這個建議你～怎麼樣？｜經過討論，大家～這個方案是可取的｜我們～民主是手段而不是目的。

【認養】rènyǎng〔動〕經過確認而承擔撫養或養護的任務：她～了一個孤兒｜～一隻流浪狗｜～一塊綠地｜～幾棵樹。

【認賊作父】rènzéizuòfù〔成〕比喻把仇敵當作親人，甘心投靠：淪陷時期有些人～，當了漢奸。

【認賬】rèn//zhàng〔動〕承認欠下的債；比喻承認自己有過的言行（多用於否定式）：他明明輸了還不～｜我根本沒說過這樣的話，你們讓我認甚麼賬？

【認真】rènzhēn❶(-//-)〔動〕當真；信以為真：大夥說着玩的，你怎麼就認真來了？❷〔形〕對待工作態度嚴肅，不馬虎苟且：～執行會議決議｜工作很。❸〔副〕實在（常見於港式中文）：她出席宴會時穿着很不合適，～失禮。

【認證】rènzhèng〔動〕國家技術質量監督機構或其授權單位對產品、技術成果等進行質量驗證，合格後予以證明：新產品～合格｜通過國際標準～。

【認知】rènzhī〔動〕通過思維活動，認識客觀事物，獲得知識：～水平｜～規律。

【認字】rèn//zì〔動〕認識文字：他剛～｜一天認一個字，日子長了就能看書看報了。

【認罪】rèn//zuì〔動〕承認罪行：低頭～｜在鐵的證據面前他認了罪。

rēng ㄖㄥ

扔 rēng ❶〔動〕揮動手臂，把拿着的東西拋向目標：把球～給我｜～手榴彈。❷〔動〕丟棄不要：不要隨地亂～果皮｜敵人～下武器逃跑了。❸〔動〕亂放：他把大衣～在床上。❹〔動〕擯棄；忘掉：～進歷史的垃圾堆｜早把此事～在腦後。❺（Rēng）〔名〕姓。

réng ㄖㄥˊ

仍 réng ❶〈書〉沿襲：一～其舊｜～舊貫。❷〈書〉情況延續不斷；多次出現：事故頻～。❸〔副〕仍然：革命尚未成功，同志～須努力｜年歲雖高，～堅持鍛煉。❹（Réng）〔名〕姓。

【仍舊】réngjiù ❶〔動〕照原樣不變：徵稅條例～。❷〔副〕仍然；還：他～是十年前的老樣子｜有些問題～沒有解決。

【仍然】réngrán〔副〕表示情況、行動持續或恢復原狀：相別十年，她～那麼年輕｜已經夜深，他～埋頭工作｜工具用完後，～放回原處。

礽 réng〈書〉福。多見於人名。

rì ㄖˋ

日 rì ❶〔名〕太陽；日頭：紅～東升｜～出而作，～入而息（太陽出來就耕作，太陽落山就休息）。❷〔名〕白天（跟"夜"相對）：～夜奮戰｜～～夜夜。❸〔名〕一晝夜；二十四小

時;地球自轉一周的時間:今～|陽曆平年一年365～。❹〔量〕用於計算天數:多～不見。❺〔名〕每天;一天一天:～產量|～平均|天氣～暖|～趨重要。❻光陰;時間:近～|曠～持久|～久天長。❼指季節:春～|夏～。❽特定的日子:生～|假～|世界糧食～。❾(Rì)〔名〕指日本:～語|中～友好。

語彙 白日 不日 當日 度日 吉日 忌日 假日 節日 今日 近日 來日 麗日 連日 烈日 落日 明日 末日 平日 前日 生日 時日 素日 他日 天日 往日 昔日 早日 終日 逐日 光天化日 黃道吉日 偷天換日 有朝一日

【日報】rìbào〔名〕(份)每天上午出版的報紙:《人民～》|～銷量上升。

【日薄西山】rìbóxīshān〔成〕西漢揚雄《反離騷》:"臨汨羅而自隕兮,恐日薄於西山。"意思是太陽靠近西山,即將下落。比喻人年老力衰,即將死亡。也比喻腐朽的事物行將滅亡:清朝末年,封建王朝～,終被推翻。

【日不暇給】rìbùxiájǐ〔成〕每天都得不到一點兒空閒。形容事務繁忙,時間不夠用:工作繁忙,～。

【日常】rìcháng〔形〕屬性詞。平時的;習以為常的:～生活|～用語|～工作。

【日場】rìchǎng〔名〕電影、戲劇等在白天演出的場次:～電影|～票價便宜。

【日程】rìchéng〔名〕按日安排下來的辦事程序:工作～|訪問～|提到～上來。

【日光】rìguāng〔名〕❶太陽的光:～浴。❷像太陽光一樣的光:～燈。

【日光浴】rìguāngyù〔動〕一種健身方法,裸露身體,像沐浴一樣接受日光照射:進行～|享受～|～能促進新陳代謝。

【日晷】rìguǐ〔名〕❶太陽的影子:冬至南極,～最長。❷古代一種利用太陽投射的影子來測定時刻的儀器,由晷盤和晷針構成。晷盤有刻度,晷針垂直安裝在晷盤中央。針影隨太陽移動,以映在盤上的刻度顯示時刻。

【日後】rìhòu〔名〕以後;將來:這些資料～定會用得着。

【日化】rìhuà〔名〕指日用化學工業:～用品。

【日環食】rìhuánshí〔名〕見"日食"(1135頁)。

【日積月累】rìjī-yuèlěi〔成〕長時間地不斷積累:學知識,長本領,要靠～。

【日記】rìjì〔名〕(篇,本)每日所見所聞所知所感所想所做的事情的記錄:～本|工作～|記～。

【日見】rìjiàn〔副〕一天一天地顯現:～好轉|～衰敗|他的身體～強壯。

【日漸】rìjiàn〔副〕逐步地;不斷地;一天一天地:～成長|～壯大|～進步。

【日界綫】rìjièxiàn〔名〕1884年國際經度會議所規定的地球上的一條劃分日期的假想綫,位於太平洋中的180度經綫上,北起北極,經白令海峽、太平洋,直到南極,不穿過任何國家。凡從東向西越過這條綫時,日期要增加一天;從西向東越過這條綫時,日期要減去一天。舊稱國際日期變更綫。

【日久天長】rìjiǔ-tiāncháng〔成〕形容時間長久:友誼～|學習知識要注意積累,～,必有所成。

【日均】rìjūn〔動〕每日平均:～產煤一萬噸|～客流量十餘人。

【日理萬機】rìlǐ-wànjī〔成〕每日處理繁忙的政務。形容高級領導人政務繁忙:你又不是當了總理,～的,怎麼就沒時間顧家呀?

【日曆】rìlì〔名〕(本,頁)記有年、月、日、星期、節氣、紀念日、休息日等的冊子,每日一頁。

【日冕】rìmiǎn〔名〕日全食時,可以用肉眼看到黑暗的太陽表面圍繞着的一層淡黃色光芒。

【日暮途窮】rìmù-túqióng〔成〕太陽落山了,路走到盡頭了。比喻到了山窮水盡或衰亡的境地:公司陷入財務危機,但並非～,而是正在努力擺脫困境。

【日內】rìnèi〔名〕(將到的)最近幾天:大會將於～閉幕|～起航。

【日偏食】rìpiānshí〔名〕見"日食"(1135頁)。

【日期】rìqī〔名〕確定的日子或時期:結婚的～定了嗎?|信上的～是六月二日。

【日前】rìqián〔名〕幾天以前:～寄去一信,想已收到。

【日趨】rìqū〔副〕逐漸地走向;一天一天地走向:市場～繁榮|工商業～興旺|～衰敗。

【日全食】rìquánshí〔名〕見"日食"(1135頁)。

【日日夜夜】rìrì-yèyè 每日每夜:在那難忘的～,人們創造了奇跡。

【日上三竿】rìshàngsāngān〔成〕太陽從東方升起離地面已有三根竹竿那麼高。指上午時間已經不早了:他疏懶成性,～還不曾起床。

【日食】(日蝕)rìshí〔名〕月球運行到地球和太陽中間並成一條綫時,太陽的光被月球擋住,不能射到地球上來,這種現象叫日食。太陽全部被月球擋住時叫日全食,部分被擋住時叫日偏食,中央部分被擋住時叫日環食。日食都發生在農曆初一。

【日頭】rìtou〔名〕〈口〉太陽:～西斜。

【日託】rìtuō〔動〕白天把孩子託付給別人照顧,晚上下班即接回家(區別於"全託"):夫妻倆要上班,只好把孩子～給一家人家|這個託兒所只有～。

【日新月異】rìxīn-yuèyì〔成〕日日更新,月月不同。形容發展、進步很快,新事物、新氣象不斷出現:改革開放使得中國的面貌～。

【日夜】rìyè〔名〕白天和黑夜:我們廠～三班

倒｜～警惕守衛邊疆。

【日益】rìyì〔副〕一天更比一天：隊伍～壯大｜面容～消瘦｜生活～改善。

【日用】rìyòng ❶〔形〕屬性詞。日常生活使用的：～必需品｜～百貨。❷〔名〕日常生活費用：工資的大部分留作～，其餘儲蓄起來。

【日用品】rìyòngpǐn〔名〕日常生活使用的物品，如毛巾、肥皂、洗臉盆等。

【日元】rìyuán 同"日圓"。

【日圓】rìyuán〔名〕日本的本位貨幣。也作日元。

【日月】rìyuè〔名〕❶時間；光陰：～如梭。❷生活；生計：～艱難。

【日月如梭】rìyuè-rúsuō〔成〕太陽和月亮像穿梭一樣來來往往，形容時間過得很快。

【日暈】rìyùn〔名〕太陽的光通過雲層時，經折射而形成的光環，內紅外紫，是天氣將有變化的一種徵兆。

【日雜】rìzá〔名〕日用雜品：～商店。

【日照】rìzhào ❶〔動〕太陽照射：覆蓋這種塗料的顏色層，能保證經受～雨淋而顏色不變。❷〔名〕指一天中陽光照射的時間。日照長短隨緯度高低和季節而變化，並和雲量、雲的厚度以及地形有關。夏季中國北方日照長，南方日照短，冬季相反。不同地區，全年日照總時數也不同：小麥～不夠，產量會受影響。

【日誌】rìzhì〔名〕(本) 每天發生的事情、遇到的情況的記錄：工作～｜航海～｜教室～。

辨析 日誌、日記 "日誌"一般只指非個人的；"日記"既可指非個人的，又可指個人的，但是以個人日記為常。

【日子】rìzi〔名〕❶特指的日期：考試的～快到了｜甚麼時候辦喜事，定一個～吧。❷時間：～不短了，他還沒回來。❸生活：我們的～多幸福啊！

馹（馹）rì 古代驛站專用的驛車，後也指驛馬。

róng ㄖㄨㄥˊ

戎 róng ㊀〈書〉❶兵器：兵～相見。❷軍隊；軍事：～陣整齊｜投筆從～。

㊁（Róng）❶中國古代稱西方各族。❷〔名〕姓。

語彙 兵戎 元戎 投筆從戎

【戎行】róngh/háng〔名〕〈書〉軍隊；行伍：拔其人於～｜首啟～。

【戎機】róngjī〔名〕〈書〉❶軍務；征戰之事：萬里赴～，關山度若飛。❷戰機：貽誤～。

【戎馬】róngmǎ〔名〕軍馬，泛指軍事：～倥傯｜～一生。

【戎裝】róngzhuāng〔名〕(身，套) 軍服：脫下

了～，進了工廠。

肜 róng ❶殷商時代一種祭祀的名稱。指正祭後的第二天又進行的祭祀。❷（Róng）〔名〕姓。

狨 róng ❶古書上指金絲猴。❷〔名〕猴的一種，體小，吃果實、昆蟲和樹汁等，性溫順，可供玩賞。產於南美。也叫絹毛猴。

茸 róng ❶草初生的細芽，引申為草初生時細軟的樣子。❷指初生的帶有細短茸毛的鹿角：參(shēn)～(人參和鹿茸)是補藥。

【茸毛】róngmáo〔名〕人、動物或植物體上的細小柔軟的絨毛：剛孵出的小鳥通體～，張着прит吃的。

【茸茸】róngróng〔形〕(草、毛髮等) 細短、柔軟而稠密：這片坡地綠草～｜一頭～的黑髮。

容 róng ㊀❶〔動〕包含；容納；盛(chéng) 得下：無處～身｜這個教室可～五十人。❷〔動〕寬容；容忍：情理難～｜他氣量小，～不下人。❸〔動〕允許；許可：～我再想想｜此事～後再議｜不～歪曲。❹〔副〕〈書〉也許；或許(表揣測或推斷)：～有陰謀｜～或。❺（Róng）〔名〕姓。

㊁❶相貌；儀表：儀～｜美～。❷神情和氣色：笑～可掬｜愁～滿面｜～光煥發。❸事物的外觀；景象：市～｜陣～｜警～｜軍～。❹〈書〉修飾容貌：女為悅己者～。

語彙 不容 從容 寬容 美容 面容 內容 收容 笑容 儀容 音容 雍容 陣容 縱容 苟合取容 無地自容

【容錯】róngcuò〔動〕指計算機系統在硬件、軟件有故障時，能自行補救，整個系統仍正常工作：～系統｜～功能。

【容光煥發】róngguāng-huànfā〔成〕臉上的光彩四射。形容人身體健康，精神飽滿：今天他一身新裝，～，一定有喜事。

【容或】rónghuò〔副〕〈書〉或許；也許：此事～有之｜他們此行，～有不得已的隱衷。

【容積】róngjī〔名〕容器內部所能容納物質的體積：東西多，要買大一點～的箱子才能裝完。

【容量】róngliàng〔名〕❶指容積的大小。國際單位制容量的主單位為升。❷指容納的數量。特指電子存儲設備所能容納各種數據信息的量。

【容留】róngliú〔動〕容納；收留：嚴厲打擊～婦女賣淫的犯罪行為。

【容貌】róngmào〔名〕容顏；相貌(多指美好的)：～美好。

辨析 容貌、相貌 兩個詞意義相同而用法有細微差別。"容貌"多用於指女性美貌，如"容貌姣好""容貌出眾"，不宜換用"相貌"。男性則說"相貌堂堂"，不宜換"容貌"。"容貌"可用於比喻，如"美化城市容貌"，"相貌"不能這樣用。

【容納】róngnà〔動〕❶在限定的空間內盛得下：這個禮堂能～三千人│這個軍港能～千萬噸級的軍艦。❷接受：他能～不同意見│我的心～不下這麼一個驕橫的女人。

【容器】róngqì〔名〕盛物的器具，如杯子、盆子、盒子等：在～裏裝滿了水│不同的花粉，分裝在不同的～裏。

【容情】róngqíng〔動〕予以寬容；留情：我們對敵人決不～│水火不～。

【容人】róng // rén〔動〕容納別人，寬容相待：能～，才好合作共事│她心眼兒小，容不得人。

【容忍】róngrěn〔動〕容受忍耐；寬容准許：不能～浪費現象│～壞人是對人民的犯罪。

【容身】róng // shēn〔動〕棲身；安身：無～之地│房間太小，簡直容不下身。

【容許】róngxǔ ❶〔動〕許可；允許：不～外來干涉│～你有三天準備時間。❷〔副〕〈書〉或許；可能：～其毫不知情。

【容顏】róngyán〔名〕容貌；面貌：～秀麗│日月如棱～改。

【容易】róngyì〔形〕❶不難；簡便而不費事：說起來～，做起來不那麼～│這台機床～操作│這種藥很～弄到。❷發生或出現某種情況的可能性大：不講衛生～生病│濕布～染色│人們～把這兩個問題混淆起來。

彤　róng〈書〉火紅。

絨（绒）〈羢毧〉róng ❶〔名〕柔軟細小的毛：鴨～│駝～│羽～。❷表面有一層細毛的織物：呢～│絲～│長毛～。❸繡絨：～綫。

> **語彙**　艾絨　呢絨　絲絨　條絨　羽絨　燈芯絨

【絨布】róngbù〔名〕(塊)用棉紗或羊毛織成的表面有絨毛的布。

【絨褲】róngkù〔名〕(條)一種用表面平實背面起絨的絨布製成的褲子，質地較厚，有防寒保暖作用。有的地區叫衞生褲。

【絨毛】róngmáo〔名〕❶短而細密柔軟的毛：兒子的上唇已長出了淺黑的～│腸壁上也有～│小白鷺長着一身光亮的～│大節瓜上面的～開始脫落了。注意植物體上的細毛多寫作"茸毛"。❷織物上的成片的細毛：～玩具。

【絨綫】róngxiàn〔名〕❶刺繡用的一種絲綫。❷(吳語)毛綫：～衣│～衫。

【絨綫衫】róngxiànshān〔名〕(件)(吳語)用毛綫織成的上衣。

【絨衣】róngyī〔名〕(件)一種用表面平實背面起絨的絨布製成的上衣，質地較厚，有防寒保暖作用。有的地區叫衞生衣。

溶　róng〔動〕❶在液體中化開：～解│有的物質不～於水。❷冰雪等化為水：冰～了。

【溶洞】róngdòng〔名〕地下水溶解石灰岩等可溶性岩石而形成的洞穴。洞穴中多有鐘乳石和石筍：喀斯特地貌，多～。

【溶化】rónghuà〔動〕❶溶解：柿霜糖一含到嘴裏就～了。❷冰雪等化為水：太陽一出，雪很快～了。

【溶劑】róngjì〔名〕能溶解別種物質的液體，如水能溶解糖和鹽等而成為溶液，水就是溶劑。

【溶解】róngjiě〔動〕一種物質的分子均勻地在另一固體或其他溶劑中分佈在水或其他溶劑中（如鹽溶於水）的過程。固體與液體（如酒精溶於水），氣體與液體（如氧被吸收於水）等，都屬溶解過程。

【溶溶】róngróng〔形〕〈書〉❶寬廣盛大的樣子：心～其不可量兮│春水～。❷光潔明淨的樣子：風淡淡，月～。

【溶液】róngyè〔名〕由兩種或兩種以上不同物質組成的均勻穩定的混合物（固體的如合金，氣體的如空氣）。通常把液體狀態下的這種混合物叫溶液，如食鹽水、糖水等。

【溶質】róngzhì〔名〕溶解在溶劑中的物質叫溶質。如食鹽溶解於水，水是溶劑，食鹽是溶質。如果兩種液體互溶，通常把較少的那種液體叫溶質。

【溶注】róngzhù〔動〕化解傾注：畫家將自己的主觀意願生動地～在牡丹的形態之中。

瑢　róng 見"瑽瑢"(214頁)。

蓉　róng ❶見"芙蓉"(398頁)、"蓯蓉"(214頁)。❷把某些植物的果肉或種子煮熟或曬乾後磨成的粉末狀的糕點餡心：椰～│蓮～。❸(Róng)〔名〕四川成都的別稱。❹(Róng)〔名〕姓。

榕　róng〔名〕❶榕樹，常綠喬木，樹幹分枝多，有氣根，葉卵形，花淡紅色或黃色，生長在熱帶和亞熱帶，木材可製器具，根、葉、樹皮、樹汁均可入藥。❷(Róng)福州的別稱。相傳北宋治平(1064–1067)時城中曾遍植榕樹，故稱。

榮（荣）　róng ❶茂盛：木欣欣以向～。❷興旺：繁～。❸光榮（跟"辱"相對）：以艱苦奮鬥為～│～立戰功。❹使光榮：足以～身。❺(Róng)〔名〕姓。

> **語彙**　繁榮　光榮　虛榮　安富尊榮　欣欣向榮

【榮光】róngguāng〔形〕光榮；榮耀：無上～。

【榮歸】róngguī〔動〕光榮地歸來（舊多指富貴還鄉）：何時～故里│今日衣錦～。

【榮華】rónghuá ❶〔動〕草木茂盛開花：草

木～。❷〔形〕榮耀,顯達:～富貴|不慕～。

【榮華富貴】rónghuá-fùguì〔成〕形容有錢有勢、興旺顯達:享盡了～。也說富貴榮華。

【榮獲】rónghuò〔動〕光榮地獲得:～冠軍|戰鬥英雄稱號|～國家圖書獎。

【榮軍】róngjūn〔名〕榮譽軍人的簡稱:～康復醫院。

【榮立】rónglì〔動〕光榮地建立(多指功勳):在戰鬥中～一等功。

【榮任】róngrèn〔動〕光榮地擔任(某一職務):老兄～局長,祝賀祝賀。

【榮辱】róngrǔ〔名〕榮譽和恥辱:風雨同舟,～與共|不計～得失。

【榮升】róngshēng〔動〕光榮地提升:祝賀老友～要職。

【榮幸】róngxìng〔形〕光榮和幸運:承蒙接待,深感～。

【榮耀】róngyào〔形〕光榮顯耀:他被評為勞動模範,十分～。

【榮膺】róngyīng〔動〕〔書〕光榮地獲得或承受:～特級勳章|～新命。

【榮譽】róngyù ❶〔名〕光榮的名聲:愛護集體的～|愛護首都的～|頗有～感。❷〔形〕屬性詞。非實際上是名實上光榮地具有的:～教授|～會長|～市民。

【榮譽軍人】róngyù jūnrén 對因作戰而致殘的軍人的尊稱。簡稱榮軍。

熔〈鎔〉róng〔動〕熔化:把銀子～了做成飾物。

　　"鎔"另見 róng(1138頁)。

【熔點】róngdiǎn〔名〕晶體物質熔化為液體時的溫度。各種晶體物質的熔點不同,同一晶體物質的熔點又與所受壓強有關。

【熔化】rónghuà〔動〕固體加熱到一定程度變成液體,如鐵加熱至1530℃以上就熔化成鐵水。大多數物質熔化後,體積都膨脹。

【熔煉】róngliàn〔動〕❶熔化煉製:再純的礦石也需～。❷比喻鍛煉:在戰火中～|艱苦的生活～出他的強悍性格。

【熔爐】rónglú〔名〕(座)❶熔煉金屬的爐子。❷比喻鍛煉思想、增長才幹的環境:革命～|在軍隊這個～中,他長大了,成熟了。

【熔岩】róngyán〔名〕❶從火山口或地表裂縫中噴出來的高溫岩漿:紅色的～吞沒了道路、村莊。❷噴出地表的高溫岩漿冷卻後凝固成的岩石。

【熔鑄】róngzhù〔動〕❶熔化鑄造:把廢銅～成大鐘。❷比喻凝結造就:先驅的熱血～成堅貞不屈的民族精神。

融〈螎〉róng ❶〔動〕融化:春風送暖雪初～。❷融合:水乳交～。❸流動;流通:～通|金～。❹(Róng)〔名〕姓。

語彙 交融 金融 通融 消融 樂融融 水乳交融

【融合】rónghé〔動〕不同事物交融匯合在一起:銅與錫～為一體,成為青銅|～中西醫術|全球經濟互相～。

【融化】rónghuà〔動〕❶冰、雪等化成水。❷比喻化解:她攜着仇恨而來,卻～在丈夫的柔情裏。

|辨析| 融化、溶化、熔化 "融化"多指冰、雪、霜等在光照下變成水;"溶化"多指某種固體(如藥片)放在液體(如水)中溶解開;"熔化"則指某種固體(如鐵、蠟燭)因受高熱而變成液態或膠狀。

【融彙】rónghuì〔動〕融合集彙:歡歌笑語～成一片歡樂的海洋。

【融會】rónghuì〔動〕把不同的事物聚集起來合成一體:～貫通|敦煌藝術～了多種文化。

【融會貫通】rónghuì-guàntōng〔成〕把多種知識或道理融合貫穿起來,以得到系統、透徹的理解:他總結前人的創作經驗,～,形成了自己獨特的藝術風格。

【融解】róngjiě〔動〕融化:積雪逐漸～。

【融洽】róngqià〔形〕彼此感情和諧,關係良好:彼此相處十分～。

【融融】róngróng〔形〕〔書〕❶和樂的樣子:其樂～。❷溫和;暖和:春光～。

【融通】róngtōng〔動〕❶融會貫通:～表裏。❷使融洽通暢:～感情。❸使(資金)流通:促進資金～。

【融資】róngzī ❶(-//-)〔動〕融合資金,使之流通:我公司從未在證券市場上融過資。❷〔名〕(筆)指得以融合併流通的資金:一筆來自歐洲的巨額～悄然進入中國市場。

嶸(嵘)róng 見"崢嶸"(1736頁)。

鎔(镕)róng〈書〉❶鑄造金屬器物的模型:猶金之在～。❷兵器,屬矛類。

　　另見 róng "熔"(1138頁)。

燦(燦)róng 見於人名:朱日～(明朝人)。

蠑(蝾)róng 見下。

【蠑螈】róngyuán〔名〕(隻、條)兩棲動物,外形像壁虎,背部黑色,腹面朱紅色,有黑斑。卵生。生活在水中,也見於潮濕的草叢中。

rǒng ㄖㄨㄥˇ

冗〈宂〉rǒng ❶閒散的;多餘的:～員|～筆。❷庸劣;無用:臣下愚～。❸繁雜;瑣碎:～雜|～務纏身。❹指繁忙的事

務：務望撥～出席。

語彙　撥冗　繁冗

【冗筆】rǒngbǐ〔名〕指詩文或繪畫中煩瑣無用的筆墨：為文惜墨如金，～必刪汰。

【冗長】rǒngcháng〔形〕講話或作文等內容少而廢話多：文章～，令人生厭。

【冗官】rǒngguān〔名〕閒散無事的官員：辦事部門裁掉～，精簡辦事手續，深得民心。也說冗職。

【冗務】rǒngwù〔名〕繁雜的事務：擺脫～煩擾。

【冗餘】rǒngyú〔形〕〈書〉多餘的：～信息｜裁汰～人員。

【冗員】rǒngyuán〔名〕無具體工作可幹的多餘人員：裁汰～，節省開支。

【冗雜】rǒngzá〔形〕❶〈文章、講話〉長而雜亂，主題不明確、不突出：這篇文章，十分～，條理不清，邏輯混亂。❷〈事務〉瑣碎繁雜：我外出打工後，～的家務全壓在妻子身上。

【冗贅】rǒngzhuì〔形〕語言、文字冗長多餘：突出重點，刪除～，這篇通訊就可以發表了。

氄 rǒng ❶〈書〉鳥獸貼近皮膚的細軟小毛：色如鵝～滑如酥。❷〔形〕（毛髮）細密柔軟：～毛。

【氄毛】rǒngmáo〔名〕鳥獸貼近皮膚的細毛：小鴨黃茸茸的～柔軟可愛。

róu ㄖㄡˊ

柔 róu ❶軟（跟"剛"相對）：～軟｜枝葉嫩。❷〔形〕柔和；不暴躁（跟"剛"相對）：溫～｜～順｜剛～相濟｜以～剋剛。❸〔動〕使柔軟：～麻（使麻變柔軟）。❹〈書〉安撫：～遠｜～民｜懷～。❺（Róu）〔名〕姓。

語彙　懷柔　嬌柔　輕柔　溫柔　優柔

【柔腸】róucháng〔名〕充滿柔情的心腸；纏綿的情意：俠骨～｜～寸斷。

【柔道】róudào〔名〕體育運動項目之一，近似摔跤。起源於日本，自1964年東京奧運會之後，被列為奧運正式比賽項目。

【柔和】róuhé〔形〕❶溫和；不強烈：性情～｜光綫～｜聲音～。❷軟和；不僵硬：手感～｜綫條～。

【柔滑】róuhuá〔形〕柔軟光滑：秀髮潤澤～｜肌膚豐潤～。

【柔美】róuměi〔形〕柔和優美：～的舞姿｜曲調～。

【柔媚】róumèi〔形〕❶柔和而嫵媚：舞姿～動人。❷柔順可愛：向他～地一笑｜一副～謙恭的樣子。

【柔嫩】róunèn〔形〕❶柔軟而弱小：～的幼芽。❷柔弱幼稚：筆意～。

【柔情】róuqíng〔名〕溫柔的情意：～滿懷｜～似水｜辜負了人家一片～。

【柔韌】róurèn〔形〕柔軟而堅韌；可揉搓彎曲而不斷裂：牛皮很～｜做～性練習。

【柔軟】róuruǎn〔形〕軟和；不堅硬：這皮子很～｜～的墊子｜～體操。

【柔潤】róurùn〔形〕柔和潤澤：嗓音～｜～的皮膚。

【柔弱】róuruò〔形〕軟弱；不強壯，不剛強：身體～｜生性～。

【柔順】róushùn〔形〕溫柔而和順：性情～｜聲音～。

【柔性】róuxìng ❶〔名〕柔軟而易變形的性質：與金屬相比，塑料具有質量輕、～好、價格低等特點。❷〔形〕屬性詞。可以改變的；能夠變通的（跟"剛性"相對）：～管理｜～政策。

揉 róu ❶〔動〕用手搓擦：～一～腿｜手髒別～眼睛。❷〔動〕反復搓弄使柔軟：～面｜把黏土～成一個團兒。❸〈書〉使彎曲：～木｜～輪。

【揉搓】róucuō〔動〕❶用手反復揉搓，來回搓：衣領～了半天也洗不乾淨。❷（北京話）折磨：她那身子骨兒，哪裏擱得住孩子這麼～？

媃 róu〈書〉女子柔媚的樣子。

瑈 róu〈書〉玉名。

煣 róu〈書〉用火烤木材使彎曲變形，以製作工具：～木為耒。

糅 róu 混合；混雜：～合｜～雜。

【糅合】róuhé〔動〕把不宜合在一起的東西合在一起：這樓房～了中西建築的優點。

輮（輮）róu〈書〉❶車輪的木質外框：輪～。❷使木材彎曲（以造車輪）：～以為輪。

蹂 róu〈書〉踐踏：～踐｜～躪。

【蹂躪】róulìn〔動〕踐踏；摧殘。比喻用暴力欺壓、侮辱、侵害：～別國主權｜不許～弱小民族。

鞣 róu〔動〕用鉻鹽、栲膠、魚油等物質（鞣料）使獸皮變軟，成為柔韌耐用的皮革：這皮～得不夠，還有些硬。

ròu ㄖㄡˋ

肉 ròu ❶〔名〕（塊，片）人或動物體內緊挨着皮或骨的柔韌物質：牛～｜羊～｜雞～。❷〔名〕某些瓜果的可食用部分：果～｜龍眼～。❸〔形〕（北方官話）不脆：這個西瓜的瓤兒太～。❹〔形〕（北方官話）性子慢，不爽朗，行動遲緩：～性子｜他無論幹甚麼都那麼～，真叫人看着急得慌。

語彙　白肉　骨肉　果肉　橫肉　肌肉　息肉　血肉　魚肉　五花肉　行屍走肉　有血有肉

【肉包子打狗——有去無回】ròubāozi dǎ gǒu —— yǒu qù wú huí〔歇〕強調人一走就再不回來（或不能回來）。也指錢或物拿出後，再也收不回來：我相信了他們的話，以為三個月後肯定一本萬利，就和他們聯繫上，並按照他們的要求將錢匯到對方的銀行卡內，結果是～。

【肉搏】ròubó〔動〕敵對雙方徒手或用短兵器進行搏鬥；也比喻拚死地鬥爭：～戰｜為爭市場，兩家公司都投入鉅資，展開～。

【肉搏戰】ròubózhàn〔名〕（場）敵對雙方近距離用刀、槍等進行的格鬥。也叫白刃戰。

【肉蓯蓉】ròucōngróng〔名〕多年生草本植物，多寄生在某些植物的根上。莖肉質，葉子鱗片狀，葉子和莖黃褐色，花藍紫色。莖可入藥。

【肉感】ròugǎn〔形〕對異性富有誘惑性的（多指女性）。現常說性感。

【肉果】ròuguǒ〔名〕多汁或多肉質的果實，如西瓜、柚子等。

【肉雞】ròujī〔名〕（隻）專門培育和飼養的肉用雞（區別於"蛋雞"）。

【肉瘤】ròuliú〔名〕（顆）❶ 人和動物由於組織異常增生而形成的肉疙瘩；頭上有～的金魚，人稱獅子頭。❷ 骨質、淋巴組織等部位的惡性腫瘤：神經纖維～｜血管～。

【肉麻】ròumá〔形〕言行輕佻、虛偽，使人不舒服、厭惡：他說的那些話真～｜不要把～當有趣。

【肉牛】ròuniú〔名〕（頭）供食肉而飼養的牛（區別於"耕牛"）。也叫菜牛。

【肉皮】ròupí〔名〕（塊）一般指豬肉的皮：～凍兒。

【肉禽】ròuqín〔名〕供食用而飼養的禽類：～加工｜保證無公害～的供應。

【肉色】ròusè〔名〕像人的皮膚那樣淺黃帶紅的顏色：～長筒襪。

【肉食】ròushí ❶〔形〕屬性詞。以動物的肉為食物的：～動物。❷〔名〕肉類食物：喜素食，不喜～。

【肉鬆】ròusōng〔名〕用豬的瘦肉加工製成的絨狀或碎末狀的乾而鬆散的食品。**注意** "肉鬆" 一般指豬肉鬆，不必加個 "豬" 字。如果是牛肉鬆，總要加個 "牛" 字，說成 "牛肉鬆"。雞肉做的，就說 "雞鬆"；魚肉做的，就說 "魚鬆"。

【肉體】ròutǐ〔名〕人的軀體（區別於 "精神"）：比起精神上的痛苦來，～上的痛苦就不算甚麼了。

【肉頭】ròutóu〔形〕（北京話）❶ 軟弱可欺：他可真～到家了，怎麼罵都不還嘴。❷ 遲緩；不利

索：這人幹活兒太～了。

【肉頭】ròutou〔形〕（北京話）❶ 柔軟，有咬勁：這大米好吃，蒸出飯來特～。❷ 豐滿；厚實：孩子的手多～，你摸摸看。

【肉刑】ròuxíng〔名〕（種）殘害肉體的刑罰。中國古代有墨、劓、刖、宮等肉刑。

【肉眼】ròuyǎn〔名〕❶ 指眼睛的視力：棗核上雕刻的千字文，光憑～根本看不出來。❷ 佛教用語，指肉身凡夫的視力。也常用以指平庸的眼光：慧眼之所見，～何及｜～凡夫。

【肉眼凡胎】ròuyǎn-fántāi〔成〕指凡俗之人；普通的人：我是～，怎識得其中奧妙？

【肉欲】ròuyù〔名〕性欲（含貶義）。

---

rú　ㄖㄨ

如 rú ㊀ ❶ 適合；順從（心願）：～願｜這才～了大夥兒的意。❷〔動〕好似；如同：～魚得水｜～夢方醒｜兵敗～山倒｜正～以上所述。❸〔動〕比得上；趕得上（表示比較，一般只用於否定式）：我不～他｜塑料製品哪～鋼製品經久耐用。❹〔動〕表示舉例：現代有很多著名文學家，～魯迅、郭沫若、茅盾等。❺〈書〉到；往：～廁｜～長安。❻ 依照：～約前往。❼〔介〕用於比較，表示超過：今年光景強～往年。❽（Rú）〔名〕姓。

㊁〔連〕如果；假如；表示假設：～處理得當，問題不難解決｜～工作得法，任務定可早日完成｜～再推辭，那就不大合適了。

㊂〔後綴〕〈書〉附在形容詞或副詞後，表示情狀：天下晏～也｜皇皇～也｜空空～也｜突～其來。

語彙　比如　何如　假如　例如　莫如　譬如　恰如　闕如　宛如　猶如　有如　諸如　自如

【如廁】rúcè〔動〕〈書〉上廁所：起～｜找不到廁所，～也困難。

【如常】rúcháng〔動〕照常；像平常一樣：一切～｜飲食～｜病後健壯～。

【如出一轍】rúchūyīzhé〔成〕一轍：同一車轍。原比喻趨向相同。後用來形容兩件事情或前後的言論、行動十分相似（多含貶義）：這個故事所宣揚的封建思想和那本庸俗小說～。

【如初】rúchū〔動〕像初時一樣：兩個人吵架後不久，又和好～了。

【如此】rúcǐ〔代〕指示代詞。這樣；指上文提到的某種情況：～愛護｜～英勇｜～緩慢｜年年～｜理當～｜但願～，我們也就放心了。

【如此而已】rúcǐ-éryǐ〔成〕只不過這樣罷了。表示僅止於此，～，豈有他哉！｜盛傳的名菜，味道不過～。

【如此這般】rúcǐ-zhèbān〔成〕用來指代上文說過

的或下文要敍述的事情。多用於古代白話小說，有引起懸念的作用：待沒人時，你向他～地一講，他必定回心轉意。

【如次】rúcì〔動〕如下：競賽規則～。

【如墮五里霧中】rú duò wǔlǐwù zhōng〔俗〕好像掉入迷茫的煙霧裏。比喻陷入莫名其妙、迷惑不解或迷離恍惚的境地；看完這段離奇的廣告，真令人～。

【如法炮製】rúfǎ-páozhì〔成〕依照成法，炮製中藥。比喻按照現成的方法辦事或照已有的樣子去做：聽了做西餐沙拉的介紹，他回家也～，居然味道不錯。注意 這裏的"炮"不讀 pào。

【如夫人】rúfūren〔名〕舊時稱人的妾。

【如故】rúgù〔動〕❶ 像原來一樣：依然～。❷ 像老朋友一樣：一見～。

【如果】rúguǒ〔連〕❶ 表示假設：你～要來，請事先告訴我｜～不是他帶路，我們就會走到岔道上去。注意 a）"如果……"末尾可以加助詞"的話"，如"如果來得及的話，我先回一趟家"。b）"如果……的話"也可用於後一分句，如"請你明天再來一次，如果不嫌麻煩的話"。c）在對話中承接上文，可以用"如果……呢"單獨提問。如"最好請他明天在會上講講話。——如果他不願意講話呢？"（等於說：他要是不願意講話，那怎麼辦呢？）。d）後一分句對假設本身做出評價，常用"這、那"做主語，如"如果只見樹木，不見森林，那（這）就不全面了"。❷ 表示以一種事情為例，作為闡明另一種事情的前提，加以對比（不能用在後一分句裏）：～語言是交流的工具，那麼文學就是開啟心靈的鑰匙。

【如何】rúhé〔代〕疑問代詞。怎麼；怎麼樣：此事～辦理？｜近況～？｜今後打算～？

【如虎添翼】rúhǔtiānyì〔成〕好像老虎長出翅膀。比喻本領大、能力強的人得到幫助本領更大，能力更強：精明的楊經理有了兩個得力助手相幫，真是～。也說如虎生翼。

【如花似錦】rúhuā-sìjǐn〔成〕像鮮花、錦緞一樣。多形容景色優美或人前程美好。

【如火如荼】rúhuǒ-rútú〔成〕《國語·吳語》記載，吳王把軍隊列成幾個萬人的方陣，其中一個方陣的旗幟、穿戴都是白的，"望之如荼"（望去像一片開白花的荼草）；另一個方陣的旗幟、穿戴都是紅的，"望之如火"（望去像一片火海）。原指形容旺盛，後用"如火如荼"形容氣勢蓬勃，氣氛熱烈：牡丹花開得～，鮮艷絢麗｜勞動競賽～地開展起來。注意 這裏的"荼"不寫作"茶"，不讀 chá。

【如獲至寶】rúhuòzhìbǎo〔成〕好像得到最珍貴的東西：得到老師的手稿，他～。

【如飢似渴】rújī-sìkě〔成〕好像餓了想吃，渴了想喝一樣。形容要求非常迫切：他～地讀書學習。

【如膠似漆】rújiāo-sìqī〔成〕像膠和漆一樣黏結。形容感情深厚、熾烈，難於割捨：小夫妻恩愛至深，～。

【如今】rújīn〔名〕現在：～咱們山村也有了自己的大學生｜事到～，木已成舟，想勸阻也無用了。

辨析 如今、現在 二者都是時間詞，但表示的時間長短不同。"現在"可以表示較長的一段時間，也可以表示較短的時間，而"如今"只能表示較長的一段時間，如"民國到現在"，可以說成"民國到如今"，因為這個"現在"表示的是較長的時間。如果是"咱們現在立刻就走"，則不能換成"咱們現在立刻就走"，因為這個"現在"表示的是極短的時間。

【如來】Rúlái〔名〕佛教用語，釋迦牟尼佛的十種稱號之一，意思是從如實之道來成正覺（發現揭示真理）的人：～佛。

【如狼似虎】rúláng-sìhǔ〔成〕像虎狼一樣。形容人十分兇暴殘忍：侵略軍～，在村中殺人放火。

【如雷貫耳】rúléiguàn'ěr〔成〕像雷聲傳入耳朵那樣響亮。形容人的名聲極大：先生大名，～。

【如臨大敵】rúlíndàdí〔成〕好像面對着強大的敵人。形容人把面對的形勢看得過分嚴重：幾個人去同他們講理，對方手持棍棒～。

【如夢方醒】rúmèngfāngxǐng〔成〕好像剛從夢中醒來。比喻從糊塗狀態一下子覺悟過來：錢被騙走後，他才～，大呼上當。也說如夢初醒。

【如鳥獸散】rúniǎoshòusàn〔成〕像受驚的鳥獸那樣四散奔逃：敵軍中路被擊潰後，其餘各路～。

【如期】rúqī〔副〕按照預定的期限：～召開｜～完成｜貨物已～運到。

【如泣如訴】rúqì-rúsù〔成〕像在哭泣，又像在訴說。形容聲音（多指樂曲）哀怨悲涼。

【如日中天】rúrìzhōngtiān〔成〕好像中午時的太陽。比喻事物正處在最興盛的時候：他現在事業發展很好，～。也說如日方中。

【如入無人之境】rú rù wúrén zhī jìng〔俗〕好像到了沒有人的地方。形容衝殺、競賽中無可阻擋或行動無所顧忌：接到球後，他～，直接投中得分。

【如若】rúruò〔連〕〈書〉如果：～不信，可以不聽｜～觸犯刑律，定將嚴懲不貸。

【如喪考妣】rúsàngkǎobǐ〔成〕像死了父母一樣的傷心和着急（含貶義）：毒梟受到嚴懲，他手下的嘍囉垂頭喪氣，～。

【如上】rúshàng〔動〕像上面所敍述或列舉的：情況報告～｜意見條陳～｜～所言｜～所說。

【如詩如畫】rúshī-rúhuà〔成〕像詩歌和畫卷一樣。形容景色十分優美。

【如實】rúshí〔副〕按照實際情況，不摻假，不虛誇：～地反映情況｜所有開支，～報銷。

【如釋重負】rúshìzhòngfù〔成〕好像放下了重擔子。形容思想不再緊張、焦慮後心情的輕鬆、舒暢：出國簽證終於辦下來了，他～。

【如數家珍】rúshǔjiāzhēn〔成〕像數自家珍藏的寶貝那樣清楚。形容對所講的內容十分熟悉：老廠長一般向我們介紹了廠裏的機器設備。

【如數】rúshù〔副〕按照原來的或規定的數目：～上繳｜～歸還。

【如湯沃雪】rútāngwòxuě〔成〕湯：開水。像把滾熱的水澆在雪上。比喻事情容易解決：難題一經他的手，～，迎刃而解。

【如同】rútóng〔動〕好像：班長待我們～親兄弟一樣。

【如下】rúxià〔動〕像下面所敍述或列舉的：要點～｜全文～｜發表～聲明｜列舉～。

【如兄如弟】rúxiōng-rúdì 舊時，異姓結為兄弟，年長者稱如兄，年幼者稱如弟。

【如許】rúxǔ〈書〉〔代〕指示代詞。❶ 如此；這樣：問渠那得清～，為有源頭活水來。❷ 這麼些；那麼些：費了～工夫，才將失物領回。

【如一】rúyī〔動〕完全一致，一貫如此：表裏～。

【如蟻附羶】rúyǐfùshān〔成〕好像螞蟻附着在有羶味的東西上。形容爭相趨附、追逐權勢或熱衷於某種不好的事物：像他這樣的朝廷大員，身邊自然不乏～、利欲薰心之徒。

【如意】rúyì ❶（-/-/-）〔動〕順從心願；合乎心意：你怎麼又不～了，是誰得罪了你｜沒一件事如他的意。❷〔名〕一種象徵吉祥的供觀賞的室內陳設器物，一般以玉製成，托以竹、骨、檀木的架，呈靈芝形或雲形，柄微曲，整體略呈 S 形。

【如意算盤】rúyì-suànpán〔成〕比喻只從好的方面着想的打算：這次，她的～又打錯了。

【如影隨形】rúyǐngsuíxíng〔成〕好像影子總是跟着身體一樣。形容兩者的關係密切，不能分離：技術源於科學，兩者～，不可分離。

【如魚得水】rúyúdéshuǐ〔成〕好像魚得到水一樣，比喻得到志同道合的人或適合自己發展的環境：農業技術員到農村指導工作，可真是～。

【如願】rú//yuàn〔動〕順從心願；合乎心願：未能｜雖然贏得艱苦，但總算如了願。

【如願以償】rúyuànyǐcháng〔成〕一如自己所想，願望得到滿足：他～，考上了自己理想的大學。❖注意 這裏的"償"不寫作"嘗"。

【如字】rúzì〔動〕一個字有兩個以上的讀音，按照習慣讀通常的音叫讀如字或叫讀本音。如"好"有上、去兩個字調，讀上聲就是讀如字或讀本音。

【如醉如痴】rúzuì-rúchī〔成〕形容極度迷戀，不能自拔：他迷上了交際舞，同舞伴跳得～。

【如坐春風】rúzuòchūnfēng〔成〕像受到春風吹拂那樣舒暢。比喻與人品、學識很好的人相處，深得益於其教誨薰陶：聽大師一席話，～。

【如坐針氈】rúzuòzhēnzhān〔成〕好像坐在插滿針的氈子上。比喻心神極度不安：同事們的冷嘲熱諷，使他～。

茹 rú ❶〔書〕吃：～素｜～葷（吃葷腥）｜～毛飲血｜～苦含辛。❷（Rú）〔名〕姓。

【茹毛飲血】rúmáo-yǐnxuè〔成〕遠古的人不知用火，捕來禽獸，連毛帶血地生吃。比喻野蠻落後：～之世，尚未開化。

鉫（鉫）rú〔名〕一種金屬元素，符號 Rb，原子序數 37。銀白色，質軟。化學性質極活潑，遇水反應劇烈，甚至發生爆炸。是製造光電管、光電池的材料。鉫的碘化物可供藥用。

儒 rú ❶ 春秋時以禮、樂、射、禦、書、數六藝教（jiāo）民的學者。❷（Rú）春秋時以孔子為代表的學派：～家｜世之顯學，～墨也（墨：墨家）。❸ 舊時泛指讀書人：～生｜～術｜～者所爭，尤在於名實。❹（Rú）〔名〕姓。

語彙 大儒　腐儒　鴻儒　通儒　侏儒

【儒家】Rújiā〔名〕先秦時期的一個思想流派，以孔子為代表，主張禮治、仁政，重視倫理教育，影響深遠。

【儒將】rújiàng〔名〕（位，員）有學者風度的將帥：劍膽琴心一～。

【儒教】Rújiào〔名〕指儒家。南北朝始稱儒教，與道教、佛教一起，儒、道、釋三教並稱。

【儒商】rúshāng〔名〕指讀書人出身的或有讀書人氣質的經商者：一代～。

【儒生】rúshēng〔名〕信奉儒家學說的讀書人，後來泛指讀書人：一介～｜文弱～。

【儒術】rúshù〔名〕儒家的道德和學術：尊奉～。

【儒學】rúxué〔名〕❶ 儒家的學說：～是中國傳統思想文化的核心。❷ 元、明、清三代在各府、州、縣設立的供生員們讀書的學校。

【儒雅】rúyǎ〔形〕〈書〉溫文爾雅且學識淵博：老先生銀絲般的白髮下戴着一副金絲眼鏡，給人一種非常～的感覺。

嚅 rú 見下。

【嚅動】rúdòng〔動〕想說話而嘴唇微動：老人的嘴唇～着，好像想說甚麼。

【嚅囁】rúniè〔形〕〈書〉欲言又止的樣子：他不

好意思似的，～着說出自己的要求。通常說囁嚅。

濡 rú〈書〉❶沾濕：～濕｜相～以沫。❷沾染：耳～目染。❸停留：～滯。

【濡毫】rúháo〔動〕〈書〉以毛筆蘸墨；指寫作：～揮筆，一副對聯頃刻寫就。

【濡沫】rúmò〔動〕〈書〉相濡以沫；比喻彼此同在困境中，能堅持互相幫助：江湖固足樂，寧忘～時！

【濡染】rúrǎn〔動〕〈書〉❶沾染：～惡習，難於悔改。❷浸潤：受先輩～薰陶，慷慨好義。

【濡濕】rúshī〔動〕沾濕；浸濕：細雨～了她的長髮。

孺 rú ❶小孩子：婦～皆知。❷（Rú）〔名〕姓。

【孺慕】rúmù〔動〕〈書〉孺子依戀（父母）：我懷着～之心，回到一別十五年的故鄉。

【孺子】rúzǐ〔名〕〈書〉小孩子：～可教。

【孺子牛】rúzǐniú〔名〕孺子指齊景公的庶子荼，孺子牛則指齊景公。齊景公銜着繩子假裝成牛，讓荼牽着走走，荼跌倒，以至於折斷了景公的牙齒（見於《左傳·哀公六年》）。後比喻全心全意為人民大眾服務的人：橫眉冷對千夫指，俯首甘為～。

嬬 rú〈書〉柔弱的樣子。

薷 rú 見"香薷"（1478頁）。

襦 rú〈書〉❶短上衣：紫綺為上～。❷小孩兒的圍嘴兒：膩剃新胎髮，香綳小繡～。

蠕〈蝡〉rú（舊讀 ruǎn）蠕動：～動｜～形〈蝡〉動物。

【蠕動】rúdòng〔動〕像蚯蚓爬行那樣緩慢運動：多吃蔬菜瓜果，刺激腸胃。

【蠕蠕】rúrú〔形〕緩慢移動的樣子：一條小蟲～而動。

顬（顬）rú 見"顳顬"（981頁）。

rǔ ㄖㄨˇ

汝 rǔ ❶〔代〕〈書〉人稱代詞。你；你的：～輩｜吾語～｜～心善良。❷用於地名：～陽（在河南洛陽）｜～州（在河南平頂山）｜～城（在湖南郴州）。❸（Rǔ）〔名〕姓。

乳 rǔ ❶生殖；繁殖：孳～。❷乳房：隆～｜～罩。❸奶汁：牛～｜羊～｜母～｜～製品。❹像奶汁的東西：豆～｜蜂～。❺初生的：～豬｜～鴿。

語彙 哺乳 豆乳 腐乳 膠乳 煉乳 孳乳 豆腐乳 石鐘乳

【乳白色】rǔbáisè〔名〕像乳汁那樣的顏色：流出～漿液。

【乳兒】rǔ'ér〔名〕主要靠乳汁來餵養的嬰兒。通常指一週歲之內的孩子。

【乳房】rǔfáng〔名〕（對）人和哺乳動物特有的哺乳器官，是乳腺集中的部分。成年女子的乳房呈半球形。

【乳黃色】rǔhuángsè〔名〕像奶油那樣的淡黃色：屋子裏面的牆壁都刷成～。

【乳膠】rǔjiāo〔名〕粘木板或紙張等用的一種膠，乳白色，液態，膠合強度較高。

【乳膠漆】rǔjiāoqī〔名〕由乳膠加顏料、防腐劑、增塑劑等配製成的塗料。具有易刷、速乾、無臭等特點。

【乳酪】rǔlào〔名〕奶酪：～食品。

【乳名】rǔmíng〔名〕小名；奶名。

【乳母】rǔmǔ〔名〕奶媽；替別人奶孩子的婦女。

【乳牛】rǔniú〔名〕（頭）奶牛。

【乳糖】rǔtáng〔名〕有機化合物，白色晶體或粉末狀，易溶於水，存在於人和哺乳動物的乳汁中。用來製作嬰兒食品、糖果、人造奶油等，或配製藥品。

【乳頭】rǔtóu〔名〕❶乳房上的小球形突起，顏色較深，頂端有能流出乳汁的小細孔。也叫奶頭。❷像乳頭的東西：視神經～。

【乳腺】rǔxiàn〔名〕乳房内的腺體，女子和雌性哺乳動物乳腺發達，分娩後能分泌乳汁：～炎｜～癌。

【乳香】rǔxiāng〔名〕（棵，株）小喬木，浸出的樹脂凝固後呈晶體狀，點燃後有香味，可用於熏浴、驅邪等。乳香屬珍貴樹種，產於阿曼、蘇丹等國。

【乳臭】rǔxiù〔名〕奶腥味兒，借指年幼無知：口尚～，何當大事｜～未乾｜～小兒。**注意**這裏的"臭"不讀 chòu。

【乳臭未乾】rǔxiù-wèigān〔成〕奶腥味兒還沒去掉。形容人年幼不成熟（含輕蔑或譏諷意）：一個～的毛孩子，也敢跟您老人家叫板！

【乳牙】rǔyá〔名〕（顆）人和多數哺乳動物出生後不久長出來的牙。嬰兒一般在出生後 6-9 個月開始長出，2-3 歲長全，共 20 個，6-8 歲時乳牙開始脫落，換成恆牙，到 18-22 歲全部換完。也叫乳齒、奶牙。

【乳罩】rǔzhào〔名〕婦女罩在胸際保護乳房使隆起的用品。也叫奶罩、胸罩、文胸。

【乳汁】rǔzhī〔名〕由乳腺分泌出來的白色液體，含有水、蛋白質、乳糖、鹽類等營養物質，為哺育嬰幼兒的食品。人的乳汁稱奶，牛、羊的乳汁一般要稱牛奶、羊奶。

【乳脂】rǔzhī〔名〕從動物乳汁中提取的脂肪；常見的是牛乳脂（黃油）和羊乳脂，可供食用或製糕點、糖果。

【乳製品】rǔzhìpǐn〔名〕以牛奶、羊奶等為原料做成的食品,如奶酪、黃油、奶油蛋糕等。

【乳豬】rǔzhū〔名〕(頭,隻)指出生不久的小豬。

辱 rǔ / rù ❶ 恥辱;失掉尊嚴和榮譽(跟"榮"相對):榮～與共│奇恥大～。❷ 侮辱;使蒙受恥辱;喪權～國│中國人民不可～。❸ 玷污:～沒│不～使命。❹〈書〉〈謙〉表示承蒙:～蒙惠顧│～承指教。

> **語彙** 恥辱 寵辱 玷辱 凌辱 屈辱 榮辱 污辱 侮辱 羞辱 含垢忍辱 奇恥大辱

【辱罵】rǔmà〔動〕污辱謾罵:～民工,招致眾怒│和恐嚇絕不是戰鬥。

【辱沒】rǔmò〔動〕玷污;使失掉尊嚴和榮譽;使不光彩:絕不能做～人格和國格的事。

鄏 rǔ ❶ 用於地名:鄏～(古地名,在今河南洛陽西北)。❷(Rǔ)〔名〕姓。

攌 rǔ〔動〕(北方官話、西南官話)❶ 插;塞:往鍘刀下～草│一把柴火到灶裏。❷ 不經心地搋:我的一件襯衣不知道讓她～到哪兒去了。❸ 暗中塞(多指行賄):～給他兩萬塊錢│得～點兒好處給人家。

rù ㄖㄨˋ

入 rù ❶〔動〕進入(跟"出"相對):～境│破門而～│長江流～東海。❷〔動〕參加(某組織):～會│～學│～黨。❸ 合於:～時│情～理。❹ 收入;進項:歲～│不敷出│量～為出。❺ 入聲:平、上、去、～。

> **語彙** 插入 出入 導入 混入 加入 鍵入 介入 進入 錄入 納入 潛入 侵入 深入 滲入 收入 輸入 投入 陷入 單刀直入 格格不入 四捨五入 無孔不入

【入不敷出】rùbùfūchū〔成〕敷:足夠。收入不夠支出的:原先家裏～,自從種植果樹以後,收入大大提高了。

【入場券】rùchǎngquàn〔名〕(張)進入某種活動場所的憑證,也比喻參加某種比賽的資格:奧運會│～爭奪最後一張～。**注意**"券"不讀juàn。

【入超】rùchāo〔動〕在一定時期(一般為一年)內,進口商品總值大於出口商品總值(跟"出超"相對);對外貿易已從～轉為出超。

【入定】rùdìng〔動〕佛教徒修行時,閉目靜坐,控制身心活動,使處於靜止狀態。

【入耳】rù'ěr〔形〕中聽;聽起來舒服、好聽:這些話聽着很～。

【入伏】rù // fú〔動〕進入伏天;伏天開始:入了伏,要避暑。

【入彀】rùgòu〈書〉❶〔動〕五代王定保《唐摭言·述進士上篇》:"文皇帝(指唐太宗)……嘗私倖端門,見新進士綴行而出,喜曰:'天下英雄入吾彀中矣!'"彀中:指弓箭射程之內。後用"入彀"比喻受籠絡,被掌握。❷〔動〕比喻合乎一定的程式或要求:診斷既準確,治療也～。❸〔形〕投合;入神:二人正談得～。

【入股】rù // gǔ〔動〕加入股份:～合辦公司│入了一萬股。

【入骨】rùgǔ〔形〕形容達到極深的程度:～地思念│恨之～。

【入國問禁】rùguó-wènjìn〔成〕進入別的國家,先了解清楚他們的禁忌。參見"入境問俗"(1144頁)

【入畫】rùhuà ❶〔動〕繪入圖畫:煙雨江南～來。❷〔形〕形容景物優美:整個村落依山傍水,排排吊樓高低錯落,十分～。

【入伙】rù // huǒ〔動〕❶ 加入集體開辦的伙食:在食堂～│這個月沒入上伙,只好到飯鋪買着吃。❷ 港澳地區用詞。住戶搬入新居:朋友新居～,我送他一台電視機。

【入夥】rù // huǒ(～兒)〔動〕參加某一集體或集團;參加犯罪團夥:壞人拉他～。

【入寂】rùjì〔動〕佛教稱僧尼死亡。

【入境】rù // jìng〔動〕進入國境:～簽證│從指定的口岸～。

【入境問俗】rùjìng-wènsú〔成〕《禮記·曲禮上》:"入竟而問禁,入國而問俗,入門而問諱。"竟:同"境"。指到別的國家或地區,先要打聽當地的風俗習慣:異域旅遊,～,真長了不少見識。

【入口】rùkǒu ㊀〔動〕進到嘴裏:藥苦得難於～。㊁〔動〕別國或地區的貨物運進本國或本地區的口岸(跟"出口"相對):～貨物│汽車由～轉為大量出口。㊂(～兒)〔名〕(個,處)進入建築物或場地所經過的門或口兒(跟"出口"相對):禮堂～│工人體育場的～兒。

【入寇】rùkòu〔動〕〈書〉外敵入侵:～邊關│～中原。

【入庫】rù // kù〔動〕進入庫存:秋糧～│工作全部完成│保證國家財政收入及時足額～。

【入殮】rù // liàn〔動〕把死者的屍體放進棺材裏:她看着親人入了殮,大哭不止。

【入列】rùliè〔動〕❶ 進入隊列:遲到者須經隊長允許方可～。❷ 進入系列:我市有5項工程～明年重點項目。

【入流】rùliú〔動〕❶ 中國古代把官員分為九品,九品以內為流內,九品以外為流外,由流外進入流內叫入流。❷ 指進入某一等級;夠格:剩下的幾幅畫,功力較差,是不～的平庸之作。

【入門】rùmén ❶(-//-)(～兒)〔動〕找到學習的門徑;初步學會:學外語並不難,學好可不容易│圍棋不下功夫入不了門。❷〔名〕進入門徑的書,多為初級讀物(用於書名):《國

學~》|《書法~》。

【入夢】rùmèng〔動〕❶入睡；進入夢鄉：一夜未能~。❷熟悉的親友或某種情景顯現於夢中：魂魄不曾來~。

【入迷】rù//mí〔動〕上了癮再也擺脫不開；沉湎於所喜歡的事物：看戲看得入了迷｜看小說看~了。

【入眠】rùmián〔動〕入睡：收到大學錄取通知書後，我興奮得整夜不能~。

【入木三分】rùmù-sānfēn〔成〕唐朝張懷瓘《書斷·王羲之》記載，王羲之寫字非常有力，相傳他在木板上寫字，刻字的人發現墨汁滲入木板有三分深。後用"入木三分"比喻看問題精闢、深刻：他對人們習焉不察的社會問題分析得~。

【入侵】rùqīn〔動〕❶（一國或一方）侵入（另一國或另一方的）轄境：消滅一切敢於~的敵人。❷（有害的外來事物）進入內部：病毒~我的電腦。

【入情入理】rùqíng-rùlǐ〔成〕合乎情理（多指言論）：他說得~，大家點頭稱是。

【入神】rù//shén ❶〔動〕因對客觀事物有興趣而精神高度集中：先生越講越起勁，學生越聽越~。❷〔形〕（技藝）達到精妙境地：晉代顧愷之的人物畫最為~。

【入聲】rùshēng〔名〕古漢語四聲的第四聲。現代漢語普通話裏沒有入聲。古入聲字分別變成陰平（如"出""發"）、陽平（如"學""習"）、上聲（如"鐵""塔"）、去聲（如"物""質"）。有的地區（如吳語、粵語、閩語、晉語）有入聲，入聲發音比較急促，有些帶輔音韻尾。

【入時】rùshí〔形〕合乎時尚，合乎潮流：裝束~｜她買的服裝都很~。

【入世】rùshì〔動〕進入社會，接觸世事：涉世~不深。

【入手】rùshǒu〔動〕❶着手；開始去做：解決問題要從調查研究~｜學習書法要從臨摹碑帖~。❷到手；進入手中：這批貨，~不易。

【入數】rùshù〔動〕港澳地區用詞。存款：收到現金後，馬上到銀行~，放在身上不安全。

【入睡】rùshuì〔動〕睡着（zháo）；熟睡：看小說入了迷，一夜未曾~。

【入土】rù//tǔ〔動〕埋入墳墓裏；借指死亡：~為安｜我都九十多歲了，快~了。

【入託】rùtuō〔動〕把孩子送託兒所照管：孩子應該就近~｜~費太高了，引起家長不滿。

【入網】rùwǎng〔動〕指手機加入某個通信網，也指計算機加入某個網絡。

【入微】rùwēi〔形〕形容達到極其細微或精深：體貼~｜觀察很~。

【入圍】rù//wéi〔動〕經選拔進入某一範圍：~作品｜在這次國際建築設計競賽中，中國有多個

方案~。

【入闈】rùwéi〔動〕科舉時代應考人或監考人進入考場（闈：考場）。

【入味】rùwèi（~兒）〔形〕❶作料味道進入菜餚；有滋味：紅燒鯉魚還沒~兒，不要端上來。❷有興味：這個故事聽起來很~兒｜這首歌，只有用粵語唱才更~。

【入伍】rù//wǔ〔動〕參加部隊；服兵役（跟"退伍"相對）：應徵~｜這個組的適齡青年全入了伍。

【入息】rùxī〔名〕港澳地區用詞。受薪人士的全部收入，包括薪酬、花紅、津貼等各種經常或臨時性收入：個人~｜家庭~。

【入席】rù//xí〔動〕參加宴會或儀式時依位次就座：請來賓~｜一位老者被攙扶着入了席。

【入戲】rù//xì〔動〕指演員演戲時進入角色：他~太深，完全忘記了原本的自己。

【入鄉隨俗】rùxiāng-suísú〔成〕到了一個地方，就要遵從那裏的生活習慣和風俗禮儀：他原說普通話，到香港後，~，也學說起廣東話來了。

【入選】rùxuǎn〔動〕被選中：應試空姐，競爭激烈，她最終~。

【入學】rù//xué〔動〕❶泛指開始進入某學校學習：明天辦理~手續，後天｜不去註冊，怎麼入得了學？❷特指開始進入小學學習：中國兒童~的年齡一般是六七歲。

【入眼】rù//yǎn〔形〕看得上眼；中看：東西不少，~的不多。

【入藥】rùyào〔動〕用作藥物：蘆薈可以~。

【入夜】rùyè〔動〕到了夜晚：~後，工地上仍然燈火通明。

【入獄】rù//yù〔動〕坐牢；被關進監獄：他因報復傷人入了獄。

【入院】rù//yuàn〔動〕特指病人住進醫院：~治療。

【入賬】rù//zhàng〔動〕將收支情況記入賬簿：那筆錢已經入了賬。

【入職】rùzhí〔動〕開始從事某一職業：~培訓｜~考試。

【入主】rùzhǔ〔動〕進入並成為主宰者或統治者：~中原｜白宮。

【入住】rùzhù〔動〕住進去：小王買了一套三居室，裝修完就可~了。

【入贅】rùzhuì〔動〕男子就婚於女家，並成為女方的家庭成員：~劉家。

【入座】（入坐）rù//zuò〔動〕坐到座位上；就位：對號~｜請各位~。

泇 rù 見"洳泇"（720頁）。

溽 rù〈書〉❶濕；潮濕：~暑。❷味濃厚：飲食不~。

【溽熱】rùrè〔形〕潮濕悶熱：天氣～。

【溽暑】rùshǔ〔名〕〈書〉潮濕的暑天，濕熱的氣候：時令已入～，望小心起居，防止生病。

蓐 rù〈書〉草席；草墊子：臨～（婦女臨產）｜坐～（坐月子）。

褥 rù ❶ 褥子：被～｜～單子。❷（Rù）〔名〕姓。

【褥瘡】rùchuāng〔名〕局部皮膚因長期受壓迫而壞死所形成的潰瘍。多發生於長期臥床的病人。

【褥單】rùdān(～兒)〔名〕（條，床）蒙在褥子上面的布，可保護褥子使不易髒。也叫褥單子。

【褥子】rùzi〔名〕（條，床）睡覺時鋪在床上墊在體下的長方形東西，用棉花絮成，也有用獸皮製成的：狗皮～｜一條～，一床被子。

縟（縟） rù〈書〉繁多；煩瑣：～禮｜繁文～節。

ruá　ㄖㄨㄚˊ

挼 ruá（北京官話）❶〔動〕揉搓：把信紙～成團。❷〔形〕（紙、布等）皺；不平展：這張紙～得沒法兒用了。❸〔形〕（布料）稀薄要破的樣子：褲子都穿～了，一洗就得破。
另見 ruó（1148 頁）。

ruán　ㄖㄨㄢˊ

堧 ruán〈書〉❶ 宮殿廟宇內外牆之間的空地。❷ 河邊的空地。

ruǎn　ㄖㄨㄢˇ

阮 ruǎn〔名〕❶ 阮咸（弦樂器）的簡稱。❷（Ruǎn）姓。

大小阮
西晉阮籍、阮咸是叔姪，同為竹林七賢，人稱大小阮。後世因繁賢姪也稱作賢阮。

【阮咸】ruǎnxián〔名〕（把）弦樂器。形似月琴，柄長且直，有四根弦，也有三根弦的。相傳因西晉阮咸善彈這種樂器而得名。簡稱阮。

朊 ruǎn〔名〕蛋白質的舊稱。

耎 ruǎn〈書〉❶ 退縮。❷ 同“軟”①-⑤。

軟（軟）〈輭〉ruǎn ❶〔形〕物體內部疏鬆，受外力壓擠，容易變形，但不易碎（跟“硬”相對）：～床｜～墊｜～座｜～席臥鋪｜地毯很～。❷〔形〕溫和；柔

和：～風｜～話｜～硬兼施｜態度變～。❸〔形〕軟弱：欺～怕硬｜手腳痠～。❹〔形〕能力弱；質量差：功夫～｜貨色～｜這齣戲要公演恐怕還～一點。❺〔形〕不能堅持，容易動搖：心腸～｜耳朵～。❻（Ruǎn）〔名〕姓。

【軟包裝】ruǎnbāozhuāng〔名〕指用較軟質的材料做的密封包裝，如裝蜜餞的塑料袋、包裝燒雞等的鋁箔。

【軟刀子】ruǎndāozi〔名〕比喻不着形跡地使人受到傷害和折磨的手段：～殺人不見血。

【軟齶】ruǎn'è〔名〕齶的後部由結締組織和肌肉構成的部分（區別於“硬齶”）。

【軟膏】ruǎngāo〔名〕（管，瓶）用油脂或凡士林等和藥物製成的半固體外用藥品，多用來潤澤皮膚以及消毒、消炎、防腐等，如金黴素軟膏等。

【軟骨】ruǎngǔ〔名〕人和脊椎動物特有的胚胎性骨骼，是一種略帶彈性的堅韌組織，在機體內起支持和保護作用。

【軟骨頭】ruǎngǔtou〔名〕比喻不能堅持正義、沒有氣節的人：在外敵面前，決不做～。

【軟化】ruǎnhuà〔動〕❶ 由硬逐漸變軟：膨脹岩一遇水就～了。❷ 比喻由堅定變動搖，由強硬變為順從：態度～｜立場～了許多。❸ 使軟化：～血管｜苦口婆心的勸說終於～了那個人。❹ 減少水中鈣、鎂等的離子含量，降低水的硬度。

【軟話】ruǎnhuà〔名〕指表示歉意、緩和或撫慰等的口氣溫和的話：那位鐵腕人物最近放出～，表示願意和對方坐下來談判。

【軟環境】ruǎnhuánjìng〔名〕指供生產、生活、工作等的物質設備以外的非物質環境，如法律、文化、教育、管理制度、思想觀念、風俗習慣、人員素質等方面的狀況。

【軟和】ruǎnhuo〔形〕❶ 柔軟：～的褥子。❷ 溫柔和善：給老太太說幾句～話兒。

【軟件】ruǎnjiàn〔名〕❶ 計算機系統的組成部分，有屬於管理機器程序的系統軟件，有屬於處理實際問題專業程序的應用軟件（區別於“硬件”）。❷ 借指生產、科研、經營管理等過程中的人員素質、管理水平、服務質量等（區別於“硬件”）。

【軟禁】ruǎnjìn〔動〕監視起來，只許在指定的範圍內活動，但不關進監獄：被～一年｜長期遭～。

【軟科學】ruǎnkēxué〔名〕研究科技、經濟、社會協調發展的綜合性科學。主要特徵是運用決策理論、系統方法和計算技術，為決策部門的戰略研究、規劃制定、政策選擇、組織管理、項

目評估、企業諮詢，提供科學的論證和可供選擇的方案。主要功能是為決策的科學化提供程序與技術，為決策的民主化提供智力支持。

【軟肋】ruǎnlèi〔名〕比喻薄弱的環節；礦難頻發突顯安全生產管理～。

【軟綿綿】ruǎnmiánmián（～的）〔形〕狀態詞。❶形容十分柔軟：～的柳條在春風中飄蕩。❷形容情意纏綿：這首抒情歌曲的調子～的。❸形容身體軟弱無力：夜裏沒睡好，早晨起來身子～的。

【軟磨】ruǎnmó〔動〕用柔和的手段糾纏不休：～硬泡。

【軟木】ruǎnmù〔名〕栓皮櫟樹等樹皮的木栓層，具有隔熱、隔音、不透水、不易燃、無毒無味、柔軟耐磨、彈性好、重量輕等特性。經過加工，用途廣泛。

【軟盤】ruǎnpán〔名〕（張）軟磁盤的簡稱，是以塑料膜片為基底的磁盤，不固定在電子計算機內，存取方便。

【軟片】ruǎnpiàn〔名〕❶膠片。❷指刺繡而成的鋪墊、門簾、桌帷、椅披之類。

【軟驅】ruǎnqū〔名〕軟盤驅動器的簡稱，是計算機中驅動軟盤穩穩旋轉、控制磁頭在盤面磁層上記錄和讀取信息的裝置。

【軟弱】ruǎnruò〔形〕❶虛弱，沒有力氣：身體很～｜支撐着～的身子。❷不強大，缺乏力量：國家～就要受人欺侮。❸不堅強：～無能｜性格～。

【軟梯】ruǎntī〔名〕(副)繩索編成的梯子：勘探隊員踩着～登到了山頂。

【軟體】ruǎntǐ ❶〔形〕屬性詞。機體組織柔軟的：～床。❷〔名〕台灣地區用詞。軟件。

【軟體動物】ruǎntǐ dòngwù 無脊椎動物的一門，身體柔軟，一般兩側對稱，通常有殼，有肉足或腕。生活在水中或陸地上，如蝸牛、牡蠣、烏賊等。

【軟臥】ruǎnwò〔名〕火車上的軟席臥鋪（區別於"硬臥"）：坐～去上海｜節日前的～票不好買。

【軟席】ruǎnxí〔名〕火車上鋪墊較厚、較軟而舒適的座位或鋪位（區別於"硬席"）：～臥鋪｜～車廂。注意"軟席座位"多簡稱"軟座"，"軟席臥鋪"多簡稱"軟臥"。

【軟性】ruǎnxìng〔形〕屬性詞。表現輕鬆溫柔情調，滿足休閒意趣的：～文學｜～藝術。

【軟飲料】ruǎnyǐnliào〔名〕不含酒精的飲料，如礦泉水、橘子汁等。

【軟硬兼施】ruǎnyìng-jiānshī〔成〕和緩手段與強硬手段一齊施展；又是嚇唬又是哄：不管敵人怎樣威脅利誘、～，英雄始終不屈。

辨析　軟硬兼施、恩威並用　兩個詞有些相近。區別在於：a）"恩威並用"用於上對下；"軟硬兼施"則不一定，上對下、下對上、地位平等均可用。b）"恩威並用"是褒義詞，一般用於好人對壞人；"軟硬兼施"是貶義詞，一般用於壞人對好人。

【軟玉】ruǎnyù〔名〕閃石類礦物（成分為鈣、鎂、鐵等的硅酸鹽）的集合體組成的一大類名貴玉石。質地緻密堅韌，有白、綠、黃、灰黑、黑等色。純白色的叫羊脂白玉，十分名貴。

【軟着陸】ruǎnzhuólù〔動〕❶人造衞星、宇宙飛船等航天器利用一定裝置，調節運行軌道、降落速度，使平緩地降落到地球或其他星球表面。❷比喻用穩妥辦法和緩地解決國民經濟運行中重大問題：儲蓄增加，通脹緩解，前景看好，中國經濟已經～。

【軟組織】ruǎnzǔzhī〔名〕醫學上指肌肉、韌帶等組織：～損傷。

【軟座】ruǎnzuò〔名〕火車上的軟席座位。

婑 ruǎn〈書〉柔美的樣子。

瓀 ruǎn〈書〉像玉的美石。

ruí ㄖㄨㄟˊ

緌（緌） ruí〈書〉帽子帶兒在頷下打結後的下垂部分。

蕤 ruí見"葳蕤"（1401頁）。

ruǐ ㄖㄨㄟˇ

蕊〈蕋蘂蘃〉 ruǐ ❶花蕊：雄～｜雌～。❷花苞；未開的花：嫩～商量細細開（含苞待放的花蕊慢慢開放）。

ruì ㄖㄨㄟˋ

汭 ruì〈書〉河流匯合或彎曲的地方。

芮 ruì ❶（Ruì）周代諸侯國名，在今陝西大荔東南。❷用於地名：～城（在山西運城）。❸（Ruì）〔名〕姓。

枘 ruì〈書〉榫（sǔn）子；榫頭：圓鑿方～（圓卯眼，方榫頭，兩下裏合不攏；比喻格格不入）。

【枘鑿】ruìzáo〔名〕〈書〉❶榫頭和卯眼。❷比喻格格不入：眾人陳跡，多～，真相難明。

蜹 ruì〔名〕昆蟲，頭小，色黑，吸食人畜的血液。幼蟲頭部呈方形，生活在水中：醯（xī，醋）酸而～聚焉。

瑞 ruì ❶古代用玉做的信物。❷吉祥；好的預兆：～兆｜～雪。❸（Ruì）〔名〕姓。

【瑞草】ruìcǎo〔名〕❶吉祥的草，如靈芝。❷茶的別稱。

【瑞氣】ruìqì〔名〕祥瑞之氣;好的兆頭:春雪～
兆豐年。

【瑞雪】ruìxuě〔名〕(場)適時有益於農作物生長
的好雪:～兆豐年｜普降～。

睿〈叡〉 ruì〈書〉明智;看得深遠:～智。

【睿智】ruìzhì〔形〕《書》思慮智謀深遠英明:聰
明～。

銳（锐） ruì ❶ 鋒利(跟"鈍"相對):
尖～｜～器(鋒利的兵器)。❷ 感
覺靈敏:敏～。❸ 指鋒利的兵器:披堅執～。
❹ 銳氣:養精蓄～。❺ 急劇:～增｜～減｜～
進。❻ (Ruì)〔名〕姓。

語彙 尖銳 精銳 敏銳 新銳 披堅執銳 養精蓄銳

【銳不可當】ruìbùkědāng〔成〕勇往直前的氣勢不
可抵擋:我軍長驅直入，～。

【銳減】ruìjiǎn〔動〕急劇減少;迅速下降:因出售
假冒商品被曝光，這家商店近期銷售額～。

【銳角】ruìjiǎo〔名〕大於 0° 而小於直角(90°)
的角。

【銳利】ruìlì〔形〕❶(刀、劍等)刃部又尖又
快:～的武器。❷(眼光、言論、文筆等)尖
銳;分析問題機敏、深刻:目光～｜筆鋒～。

辨析 銳利、鋒利 a)"銳利"在形容工具、武
器時，着重指其尖而快，能輕易刺入;"鋒利"
在形容工具、武器時，除指頭部尖而快外，還
指刃很薄，能輕易切入;因此，"這刮鬍子刀片
很鋒利"中的"鋒利"不能換用"銳利"。b)"銳
利"在形容言論、文筆或眼光時，側重指批駁
或觀察得透徹;"鋒利"在形容言論、文筆時，
側重在有鋒芒，戰鬥性強。

【銳氣】ruìqì〔名〕(股)勇往直前的氣概:他有股
青年人的～｜挫傷～。

【銳意】ruìyì〔副〕《書》專心一意，態度堅定:～
進取｜～革新。

【銳增】ruìzēng〔動〕急劇增加;迅速上升:今年
申請出國留學的人數～。

rún ㄖㄨㄣˊ

睴（䁙） rún "䁙"shùn 的又讀。

rùn ㄖㄨㄣˋ

閏（闰） rùn ❶〔動〕地球公轉一周的時間
為 365 天 5 時 48 分 46 秒。陽曆把
每年定為 365 天，所餘的時間約每四年積累成一
天，加在二月裏，叫閏日。農曆把一年定為 354
天或 355 天，所餘的時間約每三年積累成一個

月，加在某一年裏，叫閏月。有閏日或閏月的年
份叫閏年。曆法上把這種方法叫作閏:今年～七
月。❷(Rùn)〔名〕姓。

【閏年】rùnnián〔名〕陽曆二月有閏日，共 366 天
的年份;農曆有閏月，有 13 個月，共 383 天
或 384 天的年份。

【閏日】rùnrì〔名〕陽曆每四年在二月末加一天，
加的這一天叫閏日。

【閏月】rùnyuè〔名〕農曆每逢閏年所加的一個月
叫閏月。閏月加在某月之後叫閏某月。

潤（润） rùn ❶ 潮濕;不乾燥:濕～｜礎～
而雨。❷〔形〕細膩光滑;滋潤:
光～｜珠圓玉～。❸〔動〕加油或水使不乾燥:
浸～｜～嗓子。❹ 修飾使有文采:～色｜～飾。
❺ 利益;好處;酬資:利～｜分～｜～例。

語彙 豐潤 紅潤 滑潤 浸潤 利潤 濕潤 甜潤
溫潤 細潤 圓潤 滋潤 珠圓玉潤

【潤筆】rùnbǐ〔名〕指送給詩文書畫作者的報酬。
也叫潤毫、潤資、筆潤、筆資。

潤筆的典故

《隋書·鄭譯傳》載，隋煬帝令内史令李德林立
作詔書，恢復鄭譯"爵沛國公，位上柱國"的
名分。老臣高潁(jiǒng)戲謂鄭譯曰:"筆乾
(gān)。"譯答曰:"出為方嶽，杖策言歸，不
得一錢，何以潤筆?"煬帝大笑。後來稱稿酬
為潤筆。

【潤格】rùngé〔名〕給寫作詩文書畫、鐫刻印章的
人所訂的酬金數目表。也叫潤例。

【潤滑】rùnhuá ❶〔形〕濕潤光滑:肌膚～。
❷〔動〕加進油脂等以減少物體或機件之間的
摩擦，使正常運轉:～油｜加油～自行車車
軸，騎起來輕快。

【潤滑油】rùnhuáyóu〔名〕主要用來潤滑、冷卻和
密封機器軸承等摩擦部分的油質產品。一般是
石油的分餾產物，也有從動植物油中提煉的。

【潤色】rùnsè〔動〕修飾文字(使有文采):請你把
這篇稿子～一下。

【潤身】rùnshēn〔動〕修身:富潤屋，德～。

【潤飾】rùnshì〔動〕潤色修飾:這篇文章經他～，
增色不少。

【潤澤】rùnzé ❶〔形〕滋潤，有光彩不乾枯:牡丹
初放，經雨益發～。❷〔動〕使滋潤:～毛髮。

ruó ㄖㄨㄛˊ

挼 ruó〈書〉揉搓:～挲。
另見 ruá(1146 頁)。

【挼搓】ruócuo〔動〕揉搓:洗紗巾別老～。

ruò ㄖㄨㄛˋ

若 ruò ㊀〔代〕〈書〉❶人稱代詞。你：～輩。
❷指示代詞。這；那：～人。

㊁ ❶如同；好像：～有所失｜～有所
思｜～無其事｜海內存知己，天涯～比鄰。
❷(Ruò)〔名〕姓。

㊂〔連〕如果；假如：～不求上進，必將被
淘汰。

另見 rě(1124 頁)。

語彙　假若　莫若　如若　設若　倘若　自若

【若非】ruòfēi〔連〕〈書〉假如不是；要不是：～調
查研究，豈能了解真實情況。

【若夫】ruòfú〔助〕〈書〉結構助詞。用於句子開
頭，表示發端或另外提起一個話題：～偽制，
則無論如何精美亦應屬世所不取。

【若干】ruògān〔代〕疑問代詞。❶表示不定的數
量：～年前｜～地區已呈旱象。❷問數量：共
得～？｜尚餘～？

【若果】ruòguǒ〔連〕表示假設，如果（常見於港
式中文）：～雙方都不退讓，討論是不會有結
果的。

【若即若離】ruòjí-ruòlí〔成〕好像接近，又好像離
開。形容對人的態度保持一定距離，令人捉
摸不定：她這種～的態度讓小王有些失望。
注意這裏的"即"不寫作"既"，不讀jì。

【若明若暗】ruòmíng-ruò'àn〔成〕又像明亮又像
昏暗；又像明白又像糊塗。形容模糊不清或態
度不明：一縷～的光照進山洞｜有些政府官員
也～地捲入雙方的糾葛中。

【若然】ruòrán〔連〕表示假設，如果（常見於港式
中文）：～今年沒有成事，也不必失望。

【若是】ruòshì〔連〕如果；倘若是：他～搗亂，我
們就把他趕走｜明天～下雨，我們就不去逛公
園了。

【若無其事】ruòwúqíshì〔成〕好像沒有那麼回事。
表示鎮定自如，不動聲色或漠不關心：面對這
起慘禍，我們怎能在旁邊～地看熱鬧？

【若許】ruòxǔ〔代〕〈書〉指示代詞。❶如此；這
樣：轉眼春水～深。❷這麼多；那麼多：枉入
紅塵～年。

【若隱若現】ruòyǐn-ruòxiàn〔成〕隱隱約約，不大
清楚。形容景物模糊或情況不清晰：海上風帆
在霧氣中～｜文章中懷念舊人之情～。

【若有所失】ruòyǒusuǒshī〔成〕好像丟掉了甚
麼。形容心神不定或內心空虛的樣子：近來她
情緒低落，常呆坐無語。

【若有所思】ruòyǒusuǒsī〔成〕好像在思考甚麼。
形容沉思的樣子：聽了這話，他默坐一
旁，～，良久無語。

弱 ruò ❶〔形〕力量小；能力差（跟"強"相
對）：他身體很～｜不甘示～｜～肉強食｜
體操各項中，他的單槓相對～一些。❷年幼，古
代又特指二十歲：老～｜～輩。❸(性格)不堅
強；軟弱：怯～｜脆～。❹〔形〕不如；差：該隊
實力不～於對方。❺〔形〕用在分數或小數後，表
示略微少於此數（跟"強"相對）：三分之一～。
❻〈書〉喪失；失去：驚聞先生去世，文壇巨擘，
又～一人。

語彙　薄弱　孱弱　脆弱　單弱　減弱　嬌弱　懦弱
　　　疲弱　貧弱　怯弱　柔弱　軟弱　示弱　瘦弱　衰弱
　　　微弱　文弱　細弱　纖弱　虛弱　削弱

【弱不禁風】ruòbùjīnfēng〔成〕軟弱得連風吹都經
受不住。形容身體虛弱：他看到病人～的樣
子，感到十分難過。注意　舊時也用"弱不禁
風"來形容女子苗條纖弱的體態。

【弱點】ruòdiǎn〔名〕有缺欠的地方或薄弱不足的
環節：溺愛兒子是他的致命～｜抓住對方防守
能力差的～，強攻上籃。

【弱冠】ruòguàn〔名〕〈書〉古代男子年滿二十歲
行冠禮，表示開始為成年人，因身體尚未強
壯，故稱"弱冠"。《禮記‧曲禮上》："人生
十年曰幼，學；二十曰弱，冠；三十曰壯，
有室。"後以"弱冠"泛指男子二十歲左右的
年紀。

【弱化】ruòhuà〔動〕變弱；使逐漸減弱（跟"強
化"相對）：強化宏觀控制，～微觀管理｜鄉土
觀念～。

【弱鹼】ruòjiǎn〔名〕鹼性較弱的鹼，如氫氧化
銨等。

【弱旅】ruòlǚ〔名〕(支)實力不強大的隊伍（跟
"勁旅"相對）：該球隊雖為～，但仍奮勇拚搏。

【弱肉強食】ruòròu-qiángshí〔成〕在動物界中弱
者是強者的食物。形容弱者被強者欺凌吞併：
弱小民族可以打敗強大的侵略者，～並非不變
的真理。

【弱勢】ruòshì ❶〔名〕下降、減弱的趨勢（跟"強
勢"相對）：國內玉米市場貿易近來暫呈～。
❷〔形〕屬性詞。勢力弱小的（跟"強勢"相
對）：～群體｜處於～地位。

【弱勢群體】ruòshì qúntǐ 指社會地位較低、經濟
收入較少或基本生活能力較差的社會群體：重
視並解決社會～的問題，是建設和諧社會的重
要組成部分。

弱勢群體的不同說法
中國大陸叫弱勢群體，港澳地區叫弱勢社
群，台灣地區則叫弱勢群體、弱勢團體或弱
勢族群。

【弱視】ruòshì〔形〕一種視力缺陷，指眼睛本身無
器質性病變而視力較弱：對～兒童進行早期治

R

療，效果最好。

【弱水】ruòshuǐ ㊀〔名〕〈書〉古人稱水淺不能載舟的河流。㊁〔名〕〈書〉古代神話中所稱險惡難渡的河。㊂〔名〕〈書〉喻指愛情河：任憑～三千，我只取一瓢飲。

【弱酸】ruòsuān〔名〕酸性反應弱的酸，在水溶液中只能產生少量的氫離子，如碳酸、乙酸等。

【弱項】ruòxiàng〔名〕❶ 體育比賽中實力較弱的項目（跟 "強項" 相對）：雙槓是這個體操隊的～。❷ 泛指沒有優勢、不擅長的方面（跟 "強項" 相對）：跳舞是她的～，就光唱不跳吧。

【弱小】ruòxiǎo〔形〕又弱又小；身體、力量等單薄：實力～｜長得～｜～民族｜扶植～的新生事物。

【弱者】ruòzhě〔名〕❶ 實力或力量弱小的人或國家：強者可以戰勝～，～也可以戰勝強者。❷ 意志薄弱，畏懼困難的人：她是生活中的～。

【弱智】ruòzhì〔形〕智力低下的；智力較同齡人差的：～兒童｜我覺得自己問了一個很～的問題。

【弱質】ruòzhì〔形〕體質柔弱（多指女子）：如此～，恐難禁得起高原風寒。

偌 ruò〔代〕指示代詞。這麼；那麼（多見於古代白話小說）：～大。

【偌大】ruòdà〔形〕這麼大；那麼大：～地方｜～家私｜老伯～年紀，身體還挺硬朗。

都 ruò ❶ 用於地名：上～（春秋時楚國城邑，在今湖北宜城縣東南）｜下～（春秋時楚國城邑，在今河南內鄉與陝西商州之間）。❷（Ruò）〔名〕姓。

婼 ruò 用於地名：那～（在雲南）｜～羌（舊縣名，在新疆東南部巴音郭楞。今作若羌）。另見 chuò（208 頁）。

蒻 ruò ❶ 古指嫩香蒲：～簜。❷〈書〉荷莖沒入泥中的部分：白～竹。

箬〈篛〉 ruò ❶ 箬竹。❷ 箬竹的葉子：～笠。

【箬笠】ruòlì〔名〕（頂）用箬竹葉子或竹篾編成的帽子：頭戴～，身披蓑衣。

【箬竹】ruòzhú〔名〕竹子的一種，葉子又寬又長，可用來製斗笠或包粽子。

爇 ruò〈書〉燒；點燃：～燭｜虛心空～萬爐香。

S

sā ㄙㄚ

仨 sā〈口〉數量詞。三個：筐裏的雞蛋有～破的｜舉辦講習班，每期～月｜～大錢擺чество一一是一、二是二。**注意**"仨"後面不能再接量詞"個"或別的量詞，如不能說"姐仨個"；可以說"姐(兒)仨"或"姐妹三個"。

【仨瓜倆棗】sāguā-liǎzǎo〔成〕比喻事情小，東西少，一星半點兒不起眼：一年掙不了～的，不省着點兒哪兒行！

叴 sā〔助〕〈西南官話〉語氣助詞。用在句末，多表示肯定：只要這樣就對～！

挲 sā/suō 見"摩挲"(888頁)。
〈抄〉另見shā(1166頁)；suō(1298頁)。

撒 sā〔動〕❶放開；張開：～手｜～網。❷〈口〉放出；排泄：自行車～氣｜孩子～尿。❸儘量施展；儘量表現出來：～謊｜～嬌｜～歡｜～野｜～潑滾兒。
另見sǎ(1151頁)。

語彙　決撒　彌撒

【撒旦】sādàn〔名〕猶太教、基督教指與上帝為敵的魔鬼。[希伯來 śāṭan]

【撒歡兒】sā//huānr〔動〕(人或動物)因興奮而連蹦帶跳：孩子們都到街上～去了｜小花貓在地毯上撒了個歡兒。

【撒謊】sā//huǎng〔動〕說謊：這孩子從不～｜你這是當面～｜他在你面前撒了一個大謊。

【撒嬌】sā//jiāo(～兒)〔動〕仗着有人寵愛故意做出嬌態：小弟弟總愛跟媽媽～｜都這麼大了，還跟奶奶撒甚麼嬌｜那女人撒着嬌說。

【撒拉族】Sālāzú〔名〕中國少數民族之一，人口約13萬(2010年)，主要分佈在青海東部的循化等地，少數散居在甘肅、新疆等地。撒拉語是主要交際工具，沒有本民族文字。現通用漢語。

【撒賴】sā//lài〔動〕耍無賴；胡鬧：別～｜小心他跟你～。

【撒潑】sā//pō〔動〕又哭又鬧地耍無賴；不講道理：有理講理，～能嚇得了誰｜那女人見勢不妙，轉臉就躺在地上～打滾。

【撒氣】sā//qì〔動〕❶球膽、輪胎內胎等器物向外放氣或漏氣：球～了，得重新打氣｜這自行車帶是慢～｜誰把氣門芯拔了，都撒光了氣。❷拿旁人或借其他事物發泄怒氣：他在外頭碰了釘子，回家就拿老婆～｜你拿這些東西撒甚麼氣？

【撒手】sā//shǒu〔動〕❶鬆手；放手：把繩子拉住別～｜氣球一～就飛了｜這事不能讓他～，要他管到底｜這家裏的事倒真能撒得開手。❷〈婉〉死亡：～人寰｜～而去。

【撒手鐧】sāshǒujiǎn〔名〕舊指小說中雙方廝殺時出其不意地用鐧投擲敵手的招數。比喻在關鍵時刻施展的絕招：提防他在狗急跳牆的時候使出的一。也說殺手鐧。

【撒腿】sā//tuǐ〔動〕拔腿，放開腿腳(跑)：一群歹徒看見民警趕到，～就逃｜馬車夫這狠狠的一鞭，使三匹馬都撒開腿狂奔起來。

【撒野】sā//yě〔動〕粗野放肆，不顧情理：他這是在～｜誰要再～，我們就把誰趕出去。

sǎ ㄙㄚ

洒 sǎ 見"洒家"。
另見sǎ"灑"(1151頁)。

【洒家】sǎjiā〔代〕人稱代詞。宋元時代北方語，男性的自稱(多見於早期小說、戲曲)：～是經略府提轄，姓魯。

靸 sǎ〔動〕〈西南官話、西北官話〉把鞋後幫踩在腳後跟下(穿(拖鞋)：他～着一雙舊布鞋｜一雙新鞋被他～壞了。

【靸鞋】sǎxié〔名〕(雙，隻)❶拖鞋的別稱。❷一種鞋幫納得很密，前臉較長，上面縫皮樑或三角形皮子的布鞋。

撒 sǎ ❶〔動〕散開分佈：～種育苗｜燒餅上～了一層芝麻。❷〔動〕散落下：別把杯子裏的酒～了。❸(Sǎ)〔名〕姓。
另見sā(1151頁)。

語彙　播撒　拋撒

【撒播】sǎbō〔動〕把種子均勻地撒在田地裏，有時並覆土掩蓋(區別於"點播")：～籽兒｜這些樹種將用飛機～在附近的荒山上。

【撒佈】sǎbù〔動〕手抖動或拋出，使手中的東西分散地落下：肥料要～均勻。

【撒落】sǎluò〔動〕散落；東西散開落下：庫房的地上～了不少釘子｜月光透過樹葉～在窗台上。

【撒種】sǎ//zhǒng〔動〕把作物種子均勻地撒在田地裏：農民開始在田裏～了｜撒了種就要澆水。

潵 Sǎ 潵河，古水名。在今河北遷西。

灑(洒) sǎ ❶〔動〕使水或別的液體分散地落下：～水掃地｜甘～熱血寫春秋。❷〔動〕東西散開落下：綠豆～了一地｜

把～在桌上的飯粒撿起來。❸ 傳播；擴散：～向
人間都是愛。❹ 言談舉止自然，不拘束：飄～｜
瀟～｜～脫。❺（Sǎ）〔名〕姓。
　　"洒"另見 sǎ（1151 頁）。

語彙　揮灑　噴灑　飄灑　瀟灑　洋洋灑灑

【灑淚】sǎlèi〔動〕落眼淚：～相別｜獨把花鋤
　偷～。
【灑落】sǎluò ㊀〔動〕散開落下：細雨均勻地～
　在禾苗上｜一碗米全～在地上了。㊁〔形〕灑
　脫，不拘謹：風度～。
【灑灑】sǎsǎ〔形〕文辭繁多，連綿不絕：洋
　洋～｜他一動筆就～萬言。
【灑掃】sǎsǎo〔動〕灑水後打掃地面：黎明即
　起，～庭除。
【灑脫】sǎtuō〔形〕（言談、舉止等）自然大方；不
　拘束：這年輕人舉止很～。

sà ㄙㄚˋ

卅　sà〔數〕三十：五～慘案｜～載心期原不
　負｜～輻共一轂（唐廣明元年泰州《道德
　經》幢）。

脎　sà〔名〕有機化合物的一類，常用來鑒別某
　些糖類。［英 osazone］

撒（捼）　sà〈書〉側手擊打。
　　　　　另見 shā（1166 頁）。

颯（颯）〈颺〉　sà〈書〉❶ 形容風聲：有
　風～然而至。❷〔副〕忽；
頓然：春草～已生。
【颯颯】sàsà〔擬聲〕形容風聲或雨聲：西風～。
【颯爽】sàshuǎng〔形〕〈書〉形容英武而矯健的樣
　子：英姿～。

薩（萨）　Sà〔名〕姓。

【薩克斯管】sàkèsīguǎn〔名〕（支）管樂器，圓錐
　狀，用金屬製成，管身上有指鍵。比利時人薩
　克斯（Adolphe Sax）創製，故稱。也叫薩克管。
【薩瑪節】Sàmǎ Jié〔名〕侗族最古老的傳統節日，
　在農曆正月、二月節期間在薩瑪祠（聖母祠）
　舉行盛大活動，祭奠侗族古代的一位女神。
【薩滿】sàmǎn〔名〕薩滿教（一種原始宗教）的巫
　師。滿族人通過薩滿，用類似跳神的方式祭祀
　山神。［滿］
【薩其馬】sàqímǎ〔名〕（塊）一種滿族糕點，把細
　短的麵條油炸後，拌以蜜糖，加上乾果料，切
　成方塊兒。［滿］

sāi ㄙㄞ

思　sāi 見"于思"（1653 頁）。
　　　另見 sī（1278 頁）。

揌　sāi 同"塞"（sāi）①。

毢　sāi 見"毻毢"（1011 頁）。

腮〈顋〉　sāi〔名〕兩頰的下半部分：直哭得
　眼淚滿～。

語彙　痄腮　尖嘴猴腮　抓耳撓腮　拙嘴笨腮

【腮幫子】sāibāngzi〔名〕〈口〉腮。
【腮腺】sāixiàn〔名〕位於兩耳前下方分泌唾液的
　腺體，是唾液腺中最大的一對，唾液有幫助消
　化和滑潤口腔的作用。也叫耳下腺。

塞　sāi ❶〔動〕堵；填入空隙：水管～了｜要
　穿的衣裳全部～在箱子裏帶走了。❷（～兒）
〔名〕塞子：軟木～兒。
　　另見 sài（1152 頁）；sè（1162 頁）。

語彙　耳塞　活塞　加塞兒

【塞車】sāichē〔動〕〈粵語〉堵車。也比喻（網絡）
　堵塞：專家為緩解城市～獻計獻策｜由於網友
　反應過於熱烈，造成網絡大～。
【塞子】sāizi〔名〕（個，隻）堵住容器口的東西，
　多為木製：打開瓶～，酒香撲鼻。

噻　sāi 見下。

【噻唑】sāizuò〔名〕有機化合物，無色或黃色
　液體，易揮發。供製藥物、染料等。［英
　thiazole］

鰓（鰓）　sāi〔名〕魚類等水生動物的呼吸器
　官，多為片狀或絲狀等，長在頭部
兩側。

sài ㄙㄞˋ

塞　sài 可作為防守屏障的險要地方：要～｜
　關～｜出～｜～上風雲｜～翁失馬。
　　另見 sāi（1152 頁）；sè（1162 頁）。

語彙　邊塞　關塞　要塞

【塞外】Sàiwài〔名〕中國古時候指長城以北的地
　區：～風光｜～江南。也說塞北。
【塞翁失馬】sàiwēng-shīmǎ〔成〕《淮南子·人間》
　載，古時候住在邊塞上的一個老人丟了馬，後
　來這匹馬竟從塞外帶回來一匹好馬。後用
　"塞翁失馬"比喻壞事在一定條件下往往可以變
　為好事：～，安知非福？

賽（賽）　sài ㊀❶〔動〕比強弱、較勝負：～
　足球｜田徑～｜大獎～。❷〔動〕
比得上；勝過：這批年輕人真是一個～一個。
❸（Sài）〔名〕姓。
　　㊁舊時為酬報神靈而舉行祭祀：～會｜祭～
（用祭祀酬神）。

語彙 比賽　初賽　復賽　徑賽　競賽　決賽　聯賽　球賽　田賽　預賽

【賽場】sàichǎng〔名〕比賽的場地或場館：自行車～｜運動員進入～。

【賽車】sàichē ❶〔名〕(輛)專供比賽用的自行車、摩托車、汽車。重量較輕，可分公路賽車和跑道賽車兩種。也叫跑車。❷〔動〕體育運動比賽項目之一，人騎自行車、摩托車或駕汽車，以車速快慢決定勝負。

【賽程】sàichéng〔名〕❶比賽的進度、日程：奧運會～過半。❷體育比賽的長度距離：馬拉松比賽的～是42195米。

【賽點】sàidiǎn〔名〕網球、乒乓球、羽毛球等球類比賽一場進行到最後階段，一方得分即可獲勝，這時稱為比賽的賽點：在那個發球局，挽救過兩個～。

【賽風】sàifēng〔名〕比賽時運動員所表現出來的風格：運動員們表現出了良好～。

【賽會】sàihuì〔名〕舊時用儀仗、鼓樂、社戲等迎神像出廟遊行以酬神祈福的一種民俗活動。

【賽季】sàijì〔名〕集中進行某類賽事的時期：他成為上個～的最佳射手。

【賽況】sàikuàng〔名〕比賽的情況：～直播｜～空前熱烈。

【賽璐玢】sàilùfēn〔名〕一種無色、透明、有光澤的玻璃紙。[英 cellophane]

【賽璐珞】sàilùluò〔名〕一種用硝酸纖維和樟腦等加工製成的塑料。無色透明，可染成各種顏色，易燃燒。用於做照相膠片、眼鏡架、玩具等。[英 celluloid]

【賽馬】sài//mǎ ❶〔動〕體育運動比賽項目之一，人騎在馬上，比賽馬跑的速度。❷〔名〕(匹)比賽用的馬。

【賽跑】sàipǎo〔動〕徑賽項目的一大類，比賽跑步速度，有短距離、中距離、長距離和超長距離賽跑，還有跨欄、接力、障礙、越野賽跑等。

【賽期】sàiqī〔名〕比賽的日期：選擇最佳～｜～延長了。

【賽球】sài//qiú〔動〕進行球類比賽：今天賽了兩場球，一場是籃球，一場是網球。

【賽區】sàiqū〔名〕舉行大型比賽時所劃分的地區：游泳比賽在新一～舉行。

【賽事】sàishì〔名〕(項)有關比賽的活動或事務：操辦此項～｜運動健兒～忙｜今日～指南。

【賽艇】sàitǐng〔名〕❶水上運動項目之一。比賽划船速度的快慢以決定勝負，分單人、雙人、四人、八人有舵手、無舵手等項。比賽距離男子為2000米，女子為1000米。❷(隻、條、艘)賽艇運動用的小艇，形似織布的梭子。

【賽制】sàizhì〔名〕比賽的制度、規則和安排：循環～｜～改革｜新～可以提高球員持續作戰的能力。

sān ㄙㄢ

三 sān ❶〔數〕數目，二加一後所得。❷表示多數或多次：～令五申｜～思而行｜再～囑咐。❸表示少數：～言兩語｜～～兩兩。❹(Sān)〔名〕姓。

語彙 瘋三　封三　洗三　再三　接二連三

【三八婦女節】Sān-Bā Fùnǚ Jié 即國際勞動婦女節。全世界勞動婦女團結鬥爭的紀念日。1909年3月8日，美國芝加哥女工舉行罷工和示威遊行，要求增加工資，實行八小時工作制和獲得選舉權。這一鬥爭得到美國和世界廣大勞動婦女的支持和響應。次年8月在丹麥哥本哈根召開的國際第二次社會主義者婦女大會決定，以每年3月8日為國際勞動婦女節。簡稱婦女節、三八節。

【三八紅旗手】sānbā hóngqíshǒu 中華全國婦女聯合會授予的在社會主義建設各條戰線上做出卓越貢獻的先進婦女的光榮稱號。一般在三八婦女節授予。

【三八式】sānbāshì〔名〕❶指三八式步槍。1905年(明治三十八年)日本開始生產的機柄式步槍，是抗日戰爭時期中國抗日軍民從侵華日軍那裏大量繳獲並使用的主要武器。❷指全面抗日戰爭開始時參加革命的幹部，因時間為1938年前後，故稱：他父親是～幹部，是從槍林彈雨中闖過來的。

【三八綫】sānbāxiàn〔名〕指朝鮮半島上北緯38度綫，原為1945年日本投降前夕，蘇、美兩國作為對日軍事行動和受降範圍臨時劃分的分界綫，後來成為朝鮮南北雙方的軍事分界綫。1953年簽訂的停戰協定，正式確認為軍事分界綫，並在三八綫兩側各兩千米建立了非軍事區。

【三班倒】sānbāndǎo〔動〕把從事同一項工作的人員分編成早、中、晚三個班組輪換上班：我們車間實行～。

【三包】sānbāo〔名〕❶生產銷售單位為對產品質量負責而實行的包修、包退、包換三項服務性措施。❷門前三包。指沿街兩側的單位、商店、居民住戶，包乾負責搞好各自門前所屬地段的衛生、綠化和社會秩序三個方面的工作。

【三寶】sānbǎo〔名〕❶指三種寶貴的事物：中國東北地區有～人參、貂皮、烏拉草。❷佛教用語。三寶即佛陀，佛陀所說的教法是法寶，隨教法而修業者是僧寶。佛指覺知之義，法指法軌之義，僧指和合之義。[梵 tri-ratna]

傳統三寶歌

北京三寶：景泰藍，象牙雕，玉器玲瓏輕又巧；

天津三寶：嫩鴨梨，小籠包，鄉下栗子重糖炒；

河北三寶：冀南棉，深州桃，沽源蘑菇質量高；

江蘇三寶：鎮江香醋，蘇州藕，南京板鴨沒處找；

浙江三寶：金華火腿，龍泉劍，龍井茶葉聲譽高；

安徽三寶：蕪湖螃蟹，徽州墨，涇縣宣紙文房寶；

福建三寶：興化龍眼，文昌魚，福州漆器精又巧；

江西三寶：萬載夏布，南豐橘，景德鎮瓷器天下少；

山東三寶：煙台蘋果，萊陽梨，貝雕工藝數青島；

河南三寶：南陽牛，靈寶山梨，許昌盛產好煙草；

貴州三寶：茅台酒，安順刀，玉屏名產有笛簫；

雲南三寶：普洱茶，大理石，雲南白藥藥中寶；

寧夏三寶：灘羊皮，同心草，寧夏枸杞稱紅寶；

青海三寶：麝香好，鹿茸高，名貴中藥冬蟲草。

【三北】Sānběi〔名〕指中國東北、西北、華北地區：～防護林。

【三不管】sānbùguǎn 指誰也不管的事情或地區：咱幹的這事是個～，沒人過問｜你這兒倒自在，是個～的地方。

【三不知】sānbùzhī 對事情的開始、中間過程和結尾全不知道，泛指甚麼都不知道：一問～。

【三長兩短】sāncháng-liǎngduǎn〔成〕指意外的災禍。特指人的死亡：他要是有個～，留下這一大家子人可怎麼辦呢？

【三朝元老】sāncháo-yuánlǎo〔成〕連着為三代皇帝效力的大臣。後借指經驗豐富、資格老的人：公司裏的～已經不多了，要注意發揮他們的作用。

【三春】sānchūn〔名〕〈書〉指春季的三個月。也指春季的第三個月，即農曆三月。

【三從四德】sāncóng-sìdé〔成〕指舊社會束縛壓迫婦女的封建禮教。三從是：未嫁從父，既嫁從夫，夫死從子。四德是：婦德，婦言，婦容，婦功（指婦女所做的紡績、刺繡、縫紉等手工）。

【三寸不爛之舌】sāncùn bùlàn zhī shé〔俗〕指能言善辯、能說會道的口才。

【三大差別】sān dà chābié 指社會主義社會存在的工農差別、城鄉差別、腦力勞動和體力勞動的差別：～隨着社會生產力的發展將會逐步縮小直至最後消滅。

【三大紀律，八項注意】sān dà jìlǜ，bā xiàng zhùyì 中國人民解放軍的紀律，於 1947 年 10 月統一規定，重新頒佈。三大紀律是：1）一切行動聽指揮；2）不拿群眾一針一線；3）一切繳獲要歸公。八項注意是：1）說話和氣；2）買賣公平；3）借東西要還；4）損壞東西要賠；5）不打人不罵人；6）不損壞莊稼；7）不調戲婦女；8）不虐待俘虜。

【三大球】sāndàqiú〔名〕足球、籃球、排球的合稱。

【三代】sāndài〔名〕❶ 指祖孫或曾祖至父親三輩：查～｜他家～都是搞教育工作的。❷ 夏、商、周三個朝代的合稱。❸ 指老年、中年、青年三輩的人：老、中、青～記者歡聚一堂。❹ 前後相連續的三個時期：～領導人｜～產品。

【三點式】sāndiǎnshì〔名〕三點式泳裝的簡稱。

【三點式泳裝】sāndiǎnshì yǒngzhuāng 比基尼。因這種泳裝由乳罩和三角褲組成三點的形式，故稱。簡稱三點式。

【三冬】sāndōng〔名〕〈書〉指冬季的三個月。也指冬季的第三個月，即農曆十二月。

【三段論】sānduànlùn〔名〕演繹推理的一種形式。它由兩個前提（一個大前提、一個小前提）和一個結論共三個判斷組成。如："凡金屬都能導電"（大前提），"鐵是金屬"（小前提），"所以鐵能導電"（結論）。

【三番五次】sānfān-wǔcì〔成〕形容一次又一次，多次：～地勸說｜～來信催辦。也說三番兩次。

【三廢】sānfèi〔名〕工業生產中產生的廢氣、廢水、廢渣的合稱：治理～｜變～為三寶。

【三墳五典】sānfén-wǔdiǎn〔成〕傳說中國最古的書籍。舊註認為三墳指三皇之書，五典指五帝之書。

【三伏】sānfú〔名〕❶ 初伏、中伏、末伏的合稱。夏至後第三個庚日起到立秋後第二個庚日前一天止的一段時間。三伏天在一年中天氣最熱。❷ 特指末伏：頭伏芝麻二伏豆，～裏頭種綠豆。

【三綱五常】sāngāng-wǔcháng〔成〕中國封建禮教所提倡的道德標準。三綱指：君為臣綱，父為子綱，夫為妻綱。五常通常指：仁、義、禮、智、信五種道德標準。

【三個臭皮匠，賽過諸葛亮】sān ge chòupíjiàng，sài guò Zhūgě Liàng〔諺〕比喻集中大家的智慧，就能想出好辦法：常言道，～，你們十幾個人好好合計，定能想出一個妙法來。也說"三個臭皮匠，頂個諸葛亮"。

【三更】sāngēng〔名〕第三更的時候，夜間十二時左右，約當夜半：～半夜｜正值～時刻。參見"五更"（1435 頁）。

【三更半夜】sāngēng-bànyè〔成〕半夜三更。

【三姑六婆】sāngū-liùpó〔成〕三姑：尼姑、道姑、卦姑（占卜的）；六婆：牙婆（介紹人口買賣的）、媒婆（說媒拉縴的）、師婆（女巫）、虔婆（老鴇）、藥婆（用迷信方式給人治病的）、穩婆（接生的）。舊時多用"三姑六婆"借指不務正業的婦女。

【三顧茅廬】sāngù-máolú〔成〕東漢末年，劉備為請諸葛亮出山幫助打天下，到他隱居的隆中草廬（在湖北襄陽），去了三次才見到他。後泛指對人誠心誠意地一再邀請。

【三國】Sānguó〔名〕東漢後魏（公元 220–265）、蜀（公元 221–263）、吳（公元 222–280）三國鼎立的時期。

【三合板】sānhébǎn〔名〕（塊）用三層薄木膠合而成的板狀材料：～製的家具做工也可以很考究。

【三合土】sānhétǔ〔名〕由石灰、碎磚和砂加水拌和後經澆灌夯實而成，乾後質堅硬。多用於打地基、築路等。也指用石灰、黏土和砂加水而成的材料。

【三花臉】sānhuāliǎn（～兒）〔名〕傳統戲曲中的丑角行當。

【三皇五帝】sānhuáng-wǔdì〔成〕傳說中中國古代的帝王。三皇一般指天皇、地皇、人皇或伏羲、燧人、神農。五帝一般指黃帝、顓頊、帝嚳、唐堯、虞舜。

【三級跳遠】sānjí tiàoyuǎn 田賽項目之一。經助跑，由連續三跳來完成。第一跳為單足跳，踏起跳板起跳後落地；第二跳為跨步跳，用另一隻腳落地；第三跳雙足落地。

【三緘其口】sānjiān-qíkǒu〔成〕形容說話極其謹慎，不輕易開口：他顧慮重重，怎麼問他，都～。

【三角】sānjiǎo ❶〔名〕三角學。❷〔名〕形狀像三角形的東西：糖～（一種食品）｜～洲。❸〔形〕屬性詞。構成三方關係的：～戀愛｜～債。

【三角板】sānjiǎobǎn〔名〕繪圖用具，為直角三角形的薄片，兩塊為一副，一塊的兩銳角都是 45 度，另一塊的兩銳角為 30 度和 60 度。也叫三角尺。

【三角戀愛】sānjiǎo liàn'ài 指一個人同時和兩個異性保持戀愛關係。

【三角鐵】sānjiǎotiě〔名〕❶角鋼的俗稱。❷打擊樂器。由一根彎成等腰三角形的金屬條製成，用另一根金屬棒敲擊發聲。

【三角形】sānjiǎoxíng〔名〕由不在同一直線上的三條線段在同一平面上首尾順次相連圍合而成的封閉圖形，有直角三角形、銳角三角形、鈍角三角形、等腰三角形、等邊三角形（正三角形）等。

【三角債】sānjiǎozhài〔名〕（筆）甲方是乙方的債務人或債權人，同時又是丙方的債權人或債務人，甲、乙、丙三方之間的債務叫三角債：清理～的難度很大。

【三角洲】sānjiǎozhōu〔名〕江河出口處由泥沙沖積而成的三角形的地帶：長江～｜珠江～。

【三腳架】sānjiǎojià〔名〕用於安放照相機、測量儀器等的有三個支柱的架子。

【三腳貓】sānjiǎomāo〔名〕貓少一足，活動大受限制。比喻技術不精或不中用的人：要請好醫

生，不能讓～郎中來治病。

【三教九流】sānjiào-jiǔliú〔成〕三教指儒教、佛教、道教。九流指儒家、道家、陰陽家、法家、名家、墨家、縱橫家、雜家、農家。後泛指宗教、學術的各種流派和社會上的各色人物：他交遊很廣，～都有能說話的朋友。

【三九】sānjiǔ〔名〕指三九天。從冬至起，每九天為一“九”，第十九天至第二十七天為第三個“九”，一般是一年中最冷的時期：夏練三伏，冬練～。

【三句話不離本行】sānjù huà bùlí běnháng〔諺〕指言談總離不開自己從事的行業範圍或自己關注的問題。

【三軍】sānjūn〔名〕❶指陸軍、海軍、空軍：～儀仗隊｜～協同作戰。❷春秋時大國多設三軍，或為上、中、下三軍，或為左、中、右三軍。後為對軍隊的統稱：犒賞～。

【三K黨】Sān K dǎng〔名〕美國種族主義恐怖組織。1865年美國南部種植園主為鎮壓黑人、維護奴隸制度而組成。後來成為迫害黑人和破壞進步運動的工具。三 K 是 Ku-Klux-Klan 的縮寫。Ku-Klux 來自希臘語，意為集團，Klan 意為宗派。

【三令五申】sānlìng-wǔshēn〔成〕多次命令和告誡：國家～，不准濫伐林木｜廠裏～，要求遵守勞動紀律。

【三六九等】sānliùjiǔděng 指高低不同的許多等級和差別：不要勢利眼，把人分成～。

【三輪車】sānlúnchē〔名〕（輛）有三個車輪的腳踏人力車，裝有車廂或平板，可載人或運貨：平板～。也叫三輪兒。

【三昧】sānmèi〔名〕佛教指體察寂靜、離於邪亂的神通妙用，引申指奧妙、極致、訣竅等：他習草書多年，深得草聖～｜唐詩要多讀，細細體會，才能得其～。［梵 samādhi］

【三門峽】Sānménxiá〔名〕黃河中游峽谷名，在河南三門峽市。因礙時水道中有堅硬的岩島，將水道分成人門、神門、鬼門三股急流，故稱。20 世紀 50 年代將岩島炸平，掃清了航道。後又修建了水庫。

【三民主義】sānmín zhǔyì 孫中山提出的中國資產階級民主革命綱領，即民族主義、民權主義、民生主義。1924 年孫中山在中國共產黨的幫助下，提出了聯俄、聯共、扶助農工的三大政策，重新解釋了三民主義：民族主義是反對帝國主義，主張國內各民族一律平等；民權主義是建立為一般平民所共有、非少數人所得而私的民主政治；民生主義是平均地權，節制資本。

【三明治】sānmíngzhì〔名〕一種由兩片麵包夾着火腿、肉片、奶酪等的快餐食品，英國三明治·約翰·蒙塔古伯爵（1718–1792）喜食此食

品，故稱。〔英 sandwich〕

【三農】sānnóng〔名〕農業、農村、農民的合稱：服務~｜~問題是關係現代化建設全局的重大問題。

【三七】sānqī〔名〕多年生草本植物，掌狀複葉，淡黃綠色小花，種子扁球形，果實腎形，根狀莖和肉質根可以入藥，有散瘀、止血、消腫、鎮痛等作用。也叫田七。

【三秋】sānqiū〔名〕❶秋收、秋耕、秋種的合稱：支援~｜日夜奮戰搶~。❷〈書〉指秋季的三個月。也指秋季的第三個月，即農曆九月：時維九月，序屬三~｜~過後該入冬了。❸指三年。喻指時間長：一日不見，如隔~。

【三三兩兩】sānsān-liǎngliǎng〔成〕形容三兩成群地在一起。也指零零散散，為數不多：玩了一晚的人們~走出舞廳｜夜深了，廣場上依然有~的人在聊天。

【三山五嶽】sānshān-wǔyuè〔成〕三山，指傳說中的蓬萊、方丈、瀛洲；五嶽，指泰山、華山、衡山、嵩山、恆山。泛指名山。借指全國各地。

【三生有幸】sānshēng-yǒuxìng〔成〕三生：佛教指前生、今生和來生。形容運氣很好。

【三牲】sānshēng〔名〕指舊時祭祀用的供品。牛、羊、豬為大三牲；雞、鴨、魚為小三牲，也有說雞、魚、豬是小三牲的。

【三十六計，走為上計】sānshíliùjì, zǒuwéishàngjì〔成〕《南齊書·王敬則傳》："檀公三十六策，走為上計。"指事情已到了無可奈何的地步，逃走才是上策。後用來指處於困境，無法可想，只能一走了事。

三十六計

瞞天過海	圍魏救趙	借刀殺人	以逸待勞
趁火打劫	聲東擊西	無中生有	暗度陳倉
隔岸觀火	笑裏藏刀	李代桃僵	順手牽羊
打草驚蛇	借屍還魂	調虎離山	欲擒故縱
拋磚引玉	擒賊擒王	釜底抽薪	渾水摸魚
金蟬脫殼	關門捉賊	遠交近攻	假道伐虢
偷樑換柱	指桑罵槐	假痴不癲	上屋抽梯
樹上開花	反客為主	美人計	空城計
反間計	苦肉計	連環計	走為上

【三思】sānsī〔動〕再三思考：是去是留，事關重大，請~而行。

【三天打魚，兩天曬網】sāntiān-dǎyú, liǎngtiān-shàiwǎng〔成〕比喻學習或做事時斷時續，不能持之以恆：~，無論幹甚麼都幹不好。

【三天兩頭兒】sāntiān-liǎngtóur〈口〉形容頻繁（發生）：近來~下雨｜孩子~鬧病。

【三通】sāntōng ❶〔名〕指有三個接口的連接零件：~調節閥｜~接管。❷〔動〕特指中國大陸與台灣之間相互通郵、通商、通航：兩岸實現~，是人民的願望。

【三同】sāntóng〔名〕一般指幹部與群眾同吃、同住、同勞動。是幹部與群眾打成一片密切關係的措施或表現：幹部下鄉，住在農民家裏，實行~。

【三頭六臂】sāntóu-liùbì〔成〕三個腦袋，六條胳臂。比喻特殊的高超本領：這件事要不是集體的力量，縱有~也難以辦成。

【三推六問】sāntuī-liùwèn〔成〕指舊時官員辦案，對案犯多方審問用刑。

【三圍】sānwéi〔名〕指人的胸圍、腰圍和臀圍。多用來衡量年輕女子的人體美。

【三維】sānwéi〔名〕指構成現實空間的長、寬、高的三種度量：~模型｜~設計軟件。

【三維動畫】sānwéi dònghuà 利用電子計算機技術製作生產的模擬三維空間中場景和實物的動畫：~比平面圖更直觀、更真實｜學習最新的~製作技術。

【三維空間】sānwéi kōngjiān 指具有長、寬、高三種度量的現實空間：電腦模擬~，效果逼真。也叫三度空間。

【三位一體】sānwèi-yītǐ〔成〕基督教稱耶和華為聖父，耶穌為聖子，聖父和聖子共有的神的性質為聖靈，但上帝只有一個，故稱三位一體。常用來比喻三個人、三件事或三個方面聯成一個整體：抗戰、團結、進步，這是~的方針｜在公司裏這三位領導是~的，很少出現意見分歧。

【三味】sānwèi〔名〕舊指讀書的三種感覺。讀經味如稻粱，讀史味如餚饌，讀諸子百家味如醯醢（xīhǎi，魚肉做成的醬）：~書屋。

【三文魚】sānwényú〔名〕一種生活在高緯度的冷水水域的魚：那家餐廳自助餐的~又新鮮又好吃。〔三文，英 salmon〕

【三吳】Sānwú〔名〕歷代所指不同：晉朝指吳興、吳郡、會稽，唐朝指吳興、吳郡、丹陽，宋朝指蘇州、湖州、常州。今泛指長江下游蘇南一帶：浪下~起白煙。

【三五成群】sānwǔ-chéngqún〔成〕指三個一群或五個一夥，多少不等地聚在一起：孩子們~地跟在他後面逗笑取樂。

【三峽】Sānxiá〔名〕長江三峽，是瞿塘峽、巫峽和西陵峽的合稱。位於長江中游重慶奉節和湖北宜昌之間：~勝景｜夜過~。

【三下五除二】sān xià wǔ chú èr〔俗〕原為珠算口訣之一，在算盤上是一個乾淨利落的向下撥珠動作。後用來表示做事或動作敏捷利落：這產業是父親一輩子費盡心機掙下的，不能叫敗家子~地弄光了。

【三下鄉】sānxiàxiāng〔名〕文化下鄉、科技下鄉、衛生下鄉的合稱。把指文化、科技、衛生三方面的知識和服務活動送到農村。1996

年 12 月，由中央宣傳部、國家科委、文化部等十餘部委聯合推動，並於 1997 年開始正式實施。

【三夏】sānxià〔名〕❶夏收、夏種、夏管的合稱：正值～大忙季節｜各行各業支援～。❷〈書〉指夏季的三個月。也指夏季的第三個月，即農曆六月。

【三弦】sānxián（～兒）〔名〕(把)弦樂器，琴箱方形圓角，柄長，有三根弦。戴假指甲或用撥子彈奏。多用於曲藝伴奏或樂隊合奏。通稱弦子。

【三薪】sānxīn〔名〕三倍的薪酬，一般指勞動者在法定假日加班應獲得的三倍於工作日工資的薪酬：按照規定，春節休假的七天中，前三天為法定假日，加班的發～。

【三心二意】sānxīn-èryì〔成〕又想這樣又想那樣，猶豫不定。形容心意不專或拿不定主意：別再～了，就這樣去辦吧。

【三省】sānxǐng〔動〕〈書〉《論語‧學而》：“曾子曰：‘吾日三省吾身：為人謀而不忠乎？與朋友交而不信乎？傳不習乎？’”原指從三方面反省自己，後泛指多次反省自身：～堂｜夜闌人靜，～無愧。

【三言兩語】sānyán-liǎngyǔ〔成〕兩三句話。形容話很少：他不大愛說話，勉強叫他發言，也是～就完了。

【三元】sānyuán〔名〕科舉時代（以明清兩代而言）鄉試（在省會舉行）、會試（在京城貢院舉行）、殿試（在紫禁城舉行）的第一名分別稱解元、會元、狀元，合稱三元：連中～。

【三月街】Sānyuèjiē〔名〕白族的節日。農曆三月十五日至二十日，人們會集於雲南大理古城西，進行物資交流，並舉行賽馬、射箭、歌舞等活動。

【三月三】Sānyuèsān〔名〕❶壯族的傳統節日。在農曆三月三舉行盛大的歌圩，期間還有搶花炮、跳春牛舞等文娛活動及春耕物資交流。也叫三月歌圩、三月三歌節。❷黎族、苗族的傳統節日。在農曆三月三舉行，進行有關悼念祖先、慶賀新生、讚美生活與愛情的活動。也叫愛情節。

【三藏】sānzàng〔名〕佛教經典的總稱，含經、律、論三部分。經說定學（禪定，見性悟道），律說戒學（戒律之修學），論說慧學（觀達真理，進習為學）。“藏”的梵文原意為盛放東西的竹筐，佛教藉以概括佛教的全部經典，有近乎“全書”的意思。[梵 tri-piṭaka]

【三隻手】sānzhīshǒu〔名〕(吳語)小偷。

【三資企業】sānzī qǐyè 指中國境內中外合資企業、中外合作企業和外商獨資企業：年輕人都受到～找工作｜改革開放初期，～稅收有優惠。

【三字經】Sānzìjīng〔名〕書名，相傳為南宋王應麟（一說宋元人區適子）作，每句三字，便於誦讀。舊時與《百家姓》《千字文》同為私塾中所用的啟蒙識字教材。

【三足鼎立】sānzú-dǐnglì〔成〕像鼎的三條腿那樣立着。比喻三方面勢均力敵，並立對峙：魏蜀吳～｜形成～之勢。

【三座大山】sānzuò dàshān 比喻新民主主義革命時期壓迫中國人民的三大敵人，即帝國主義、封建主義和官僚資本主義。

叄　sān〔數〕“三”的大寫。多用於票據、賬目。

毵（毵）　sān 見下。

【毵毵】sānsān〔形〕〈書〉形容毛髮或枝條細長的樣子：鬢毛不覺白～｜兩岸楊柳～垂。

sǎn　ㄙㄢˇ

散〈散〉　sǎn ❶〔動〕分散；鬆開：披頭～髮｜繩子～了｜隊伍走～了。❷零星的；不集中的：～裝｜～座｜松～｜～兵游勇。❸藥末（多用於中成藥名）：疳積～｜驅蟲～。❹(Sǎn)〔名〕姓。
　　另見 sàn(1158 頁)。

語彙　拆散　懶散　零散　披散　鬆散　閒散　心散

【散兵游勇】sǎnbīng-yóuyǒng〔成〕原指沒有統屬的逃散的士兵。現多指不屬任何組織而獨自行動的人：她從歌舞團退出來以後，成了～，但還經常被邀請參加演出。

【散打】sǎndǎ〔名〕體育運動徒手競技項目，參加雙方據規則，用拳打、腳踢和摔跤的方式相互搏擊：～冠軍｜精於～。

【散光】sǎnguāng〔形〕一種視力缺陷，由角膜或晶狀體各個經綫的弧度不同而引起人看東西模糊不清：～眼鏡｜他的眼睛有點～。

【散戶】sǎnhù〔名〕零散的住戶、客戶；特指證券市場上資金較少的個人投資者：股市大跌，多數～被套住。

【散記】sǎnjì〔名〕(篇)對某一事物或活動的零散片斷的記述（多用於文章標題或書名）：大慶油田～｜《歐遊～》。

【散居】sǎnjū〔動〕分散在不同地點居住：這個山村的農戶在方圓十幾里的各個山坡上。

【散客】sǎnkè〔名〕零散的顧客：這個旅遊團是由～組成的。

【散落】sǎnluò〔動〕分散；分佈：數不清的牛羊～在茫茫草原上｜村裏的幾戶人家～在山峁(mǎo)溝畔。
　　另見 sànluò(1158 頁)。

【散漫】sǎnmàn〔形〕❶隨便鬆懈，缺乏紀律：生活～｜～的作風｜你也太～了。❷零散；不集中：～的手工業都組織起來了｜文章寫得～蕪雜。

【散曲】sǎnqǔ〔名〕曲子的一種體式，分為小令和散套兩種。凡無科白動作和對白，只供清唱的稱散曲，盛行於元、明、清三代。

【散套】sǎntào〔名〕散曲的一種，通常用同一宮調的若干曲子組成，長短不拘，一韻到底，用來抒情或敍事。

【散文】sǎnwén〔名〕❶中國古代指不講究韻律的文章（區別於"韻文"）。❷（篇）現代文學中指詩歌、小說、戲劇以外的文學作品，包括雜文、小品、隨筆、遊記等。

【散文詩】sǎnwénshī〔名〕（篇，首）一種兼有散文和詩的特點的文學體裁，不押韻，不限字數，但講究語言節奏，注意創造詩的意境，是散文體的詩。

【散裝】sǎnzhuāng〔形〕屬性詞。拆分成小部分或零散地存放（待售）的：把這袋白砂糖～出售｜～酒、～醬油都賣完了｜小鋪出售～洗衣粉。

【散座】sǎnzuò（～兒）〔名〕❶舊時指劇場裏包廂之外的座位：沒包廂，有～兒。❷舊時人力車夫拉的不固定的主顧（相對於拉包月而言）：他不拉包月，拉～兒。❸飯館裏指宴席以外的顧客或座位。

傘（伞）〈傘❶繖〉sǎn❶〔名〕（把）遮雨或遮陽光的用具，用油紙、綢、布、塑料等連綴在傘骨架上製成，中間有柄，可張可收：雨～｜陽～｜摺疊～。注意"傘"後不能加後綴"子"，不能說"一把傘子"。❷像傘的東西：燈～。❸（Sǎn）〔名〕姓。

語彙　燈傘　跳傘　保護傘　降落傘

【傘兵】sǎnbīng〔名〕❶從飛機上用降落傘着陸執行任務的空降兵：～部隊。❷（名）這一兵種的士兵。

糝（糁）sǎn❶古指煮熟的米粒。❷〔動〕混和；塗：不法商販將白沙～在米裏。

另見shēn（1196頁）。

饊（馓）sǎn古指糯米煮後煎乾製成的飯；又指一種用糯米做成的油炸食品。

【饊子】sǎnzi〔名〕（北方官話）一種油炸的麵食，形如柵狀，細如麵條。

sàn ㄙㄢˋ

散〈散〉sàn〔動〕❶聚集在一起的人或事物分開（跟"聚"相對）：～會｜霧～了｜～了夥兒。❷發散；分散：～傳單｜天女～花｜撒種～糞。❸排遣；排除：～悶｜～心。❹（北方官話）解除協議或契約；解僱：資本家隨便～工人。

另見sǎn（1157頁）。

語彙　拆散　發散　分散　渙散　集散　解散　潰散　擴散　離散　流散　飄散　遣散　驅散　失散　疏散　四散　逃散　消散　星散　走散　風流雲散　魂飛魄散　煙消雲散　樹倒猢猻散

【散播】sànbō〔動〕散佈；擴散開：～菜種｜～流言蜚語。

【散佈】sànbù〔動〕❶分佈；分散：華僑、華裔～在世界各地｜無邊無際的原野上～着一座座井架。❷擴散；傳佈：悶熱的車廂裏～着汗臭｜～謠言。

辨析　散佈、散發　a）二者在"擴散"的意義上，組合的詞語不同。如"散佈消息""散佈悲觀論調""散佈謠言"，不能換成"散發"；"散發香氣""散發陣陣汗臭"不能換成"散佈"。b）"散佈"有"分佈"義，如"平原上散佈着一座座井塔"，"散發"不能這樣用；"散發"有"發出"義，如"散發傳單""散發文件"，"散佈"不能這樣用。

【散步】sàn//bù〔動〕輕鬆隨便地走走；溜達溜達：到街心花園～｜散完步再回家休息。

【散場】sàn//chǎng〔動〕演出或比賽等結束，觀眾離開場所：球賽要到九點才能～｜戲剛散了場，外面就下起了大雨。

【散發】sànfā〔動〕❶發出並散開：花兒～着馨香｜～出陣陣的魚腥味。❷向眾人分發：～文件｜～宣傳品。

【散會】sàn//huì〔動〕會議結束，人員離開會場：快～了｜等散了會你再來找他吧。

【散夥】sàn//huǒ〔動〕❶團體、組織或聚在一起的人解散：他們成立的甚麼協會已經～了｜民警趕來時，那些賭徒早散了夥溜了。❷特指離婚：夫妻倆鬧來鬧去，早晚要～。

【散落】sànluò〔動〕❶分散着往下掉：不小心把一包花生米撒在地上。❷因分散而流落：自從逃難以後他倆一直再也沒見過面。

另見sǎn（1157頁）。

【散開】sànkāi〔動〕集中在一起的人或物分散開：～隊形｜敵機已飛臨頭上，快～趴下。

【散悶】sàn//mèn（～兒）〔動〕排解煩悶：老奶奶看小孫子～｜該出去散散悶了。

【散失】sànshī〔動〕❶散落遺失：一批圖書已在流亡中～｜～的手稿找回來了。❷熱量、水分等流散消失：～熱量｜水分～得很快。

【散攤子】sàn tānzi 散夥；也指離婚：他們合夥經營的公司早已～了｜他倆過不到一塊兒，最後只好～｜我們一時還散不了攤子。

【散戲】sàn // xì〔動〕演戲結束，觀眾離開劇場：沒等～就提前走了｜一散了戲，街上可熱鬧了。

【散心】sàn // xīn〔動〕排解愁悶，使心境寬鬆：煩悶的時候，她就聽音樂～｜到外面散散心去吧。

【散學】sàn // xué〔動〕放學：～回家｜散了學不要在學校逗留。

sāng ㄙㄤ

桑〈❶❷㮋〉sāng ❶〔名〕桑樹：～林｜～農｜～木扁擔——寧折不彎。❷指桑葉：採～。❸(Sāng)〔名〕姓。

語彙　滄桑　扶桑

【桑蠶】sāngcán〔名〕蠶。

【桑拿天】sānnátiān〔名〕指高溫濕熱的天氣。因這種天氣給人的感覺像是蒸桑拿浴，故稱：高溫悶熱的"～"真是讓人難受。[桑拿，英 sauna]

【桑拿浴】sāngnáyù〔名〕一種洗澡方式，在烤熱的玄武石上灑水，人靠蒸發出的濕熱空氣洗浴，有健身和醫療的作用。因起源於芬蘭，所以又叫芬蘭浴。[桑拿，英 sauna]

桑拿浴的不同說法
在華語區，中國大陸和港澳地區叫桑拿或桑拿浴，港澳地區還叫芬蘭浴，台灣地區叫芬蘭浴或三溫暖，新加坡、馬來西亞和泰國則叫桑那浴。

【桑葚兒】sāngrènr〔名〕(顆，粒)〈口〉桑葚。

【桑葚】sāngshèn〔名〕(顆，粒)桑樹的果實，成熟時黑紫色或白色，味甘甜可吃。也作桑椹。

【桑樹】sāngshù〔名〕(棵，株)落葉喬木，葉子卵形，可餵蠶，樹皮可造紙。果實叫桑葚，味甘甜可吃。嫩枝、根皮、葉和果實均可入藥。

【桑榆】sāngyú〔名〕❶桑樹和榆樹：雞犬散墟落，～蔭遠田。❷〈書〉日落時陽光照在桑榆樹端，因此比喻日暮；日落西方，因此又借指西方：～之陰不居（日暮的時光不停留）｜失之東隅，收之～（"桑榆"指西方，這裏又喻指他處）。❸〈書〉比喻晚年：筋骨將盡，～且迫。

【桑榆暮景】sāngyú-mùjǐng〔成〕桑榆：落日餘暉所在的地方。比喻人的晚年時光。也說桑榆晚景。

【桑梓】sāngzǐ〔名〕〈書〉《詩經·小雅·小弁》：

"維桑與梓，必恭敬止。"意思是家鄉的桑樹和梓樹是父母種的，對它應表示恭敬之意。在古代，桑樹和梓樹與人們的衣食住行關係密切，多在宅旁種植。後用桑梓來比喻鄉里：服務～｜～父老。

喪(喪)sāng 跟人去世有關的事：～事｜～儀｜弔～。
另見 sàng（1159頁）。

語彙　報喪　奔喪　出喪　除喪　弔喪　發喪　服喪　國喪　號喪　居喪　哭喪　守喪　送喪　治喪

【喪服】sāngfú〔名〕(件，套)居喪所穿的衣服，舊時用本色的粗布或麻布做成。

【喪家】sāngjiā〔名〕遭有喪事的人家：到～弔唁。

【喪禮】sānglǐ〔名〕有關喪事的禮儀：簡化～｜～隆重。

【喪亂】sāngluàn〔名〕〈書〉死喪禍亂等災難：多指時局動亂：～既平｜自經～少睡眠。

【喪事】sāngshì〔名〕關於處置死者遺體和進行哀悼等的事：料理～。

【喪葬】sāngzàng〔動〕辦理喪事，安葬死者。

【喪鐘】sāngzhōng〔名〕教堂為教徒死亡舉行宗教儀式時敲的鐘。比喻死亡或滅亡的信號：農民起義敲響了封建王朝的～。

【喪主】sāngzhǔ〔名〕主喪的人。舊時通常由嫡長子為喪主，若沒有長子則由嫡長孫承當。

sǎng ㄙㄤ

揉 sǎng〔動〕用力狠推：別推推～～｜被他～了一跤。

語彙　堵揉　推揉

嗓 sǎng ❶"嗓子"①。❷(～兒)嗓音：假～兒｜小～兒(傳統戲曲青衣花旦用小嗓兒說和唱，因此小嗓兒也是青衣花旦的代稱)。

語彙　本嗓　倒嗓　假嗓　氣嗓　小嗓　啞嗓

【嗓門兒】sǎngménr〔名〕嗓音：越說～越大｜大～｜請把～放低點。

【嗓音】sǎngyīn〔名〕喉嚨發出的聲音；說話、歌唱的聲音：～清脆｜低沉的～。

【嗓子】sǎngzi〔名〕❶喉嚨：說話多了，～就有點乾燥。❷(副，條)嗓音：金～｜他～好。

磉 sǎng 墊在柱子下面的石礅：石～。

顙(顙)sǎng〈書〉前額；腦門子：稽～(以額觸地行禮)。

sàng ㄙㄤ

喪(喪)sàng ❶丟掉；失去：如～考妣｜玩物～志。❷情緒低落：頹～｜

汩～。❸〈書〉死亡；滅亡：五國既～，齊亦不免。
另見 sāng（1159頁）。

另見 sāng（1159頁）。

語彙 懊喪 沮喪 淪喪 惱喪 頹喪 斫喪

【喪膽】sàngdǎn〔動〕失去膽量。形容極度恐懼：
聞風～。

【喪魂落魄】sànghún-luòpò〔成〕失魂落魄。

【喪家之犬】sàngjiāzhīquǎn〔成〕《史記‧孔子世
家》："孔子獨立郭東門。鄭人或謂子貢曰：
'東門有人……纍纍若喪家之狗。'"原指喪
（sāng）家的狗，比喻淪落不遇的人。後用"喪
（sàng）家之犬"指無家可歸的狗。比喻失去依
靠，到處亂竄的人。

【喪盡天良】sàngjìn-tiānliáng〔成〕失去天理良
心。形容壞人狠毒到了極點：這個匪首～，無
惡不作。

【喪命】sàng // mìng〔動〕喪生：一起車禍，三
人｜害人者自己也喪了命。

【喪偶】sàng'ǒu〔動〕〈書〉死去了配偶：不幸中
年～。

【喪氣】sàng // qì〔動〕因事情不順心而情緒低落：
灰心～｜垂頭～｜可別半道上喪了氣。

【喪氣】sàngqi〔形〕倒霉；不吉利；事情不順
心，很～。

【喪權辱國】sàngquán-rǔguó〔成〕喪失國家主
權，使國家蒙受恥辱：腐敗的清政府跟外國簽
訂了許多～的條約。

【喪生】sàngshēng〔動〕因意外災難而喪失生
命：這起空難，二百名乘客和六名機組人員全
部～。

【喪失】sàngshī〔動〕失去（有價值的東西）；丟
掉：～家產｜～自由｜收復～的國土。

【喪心病狂】sàngxīn-bìngkuáng〔成〕喪失理智，
像發了瘋一樣。形容言行荒謬或兇殘可惡到
了極點：抗日戰爭時期，一小撮人賣國求榮，
～。

sāo　ㄙㄠ

搔 sāo〔動〕用指甲輕撓：愛而不見，～首踟
躕｜隔靴～癢。

【搔到癢處】sāodào-yǎngchù〔成〕比喻切中關
鍵之處或正合心意：他對我說的一番話，正
好～｜他發表了半天高論，但沒～。

【搔首弄姿】sāoshǒu-nòngzī〔成〕形容忸怩作態，
賣弄風情（多指婦女）。

溞 sāo〔名〕水蚤。

臊 sāo〔形〕狐臭味或像尿的氣味：～氣｜狐
狸太～了。
另見 sào（1161頁）。

另見 sào（1161頁）。

繅（繅）sāo〔動〕把蠶繭浸在沸水裏抽出
絲：～絲。

【繅車】sāochē〔名〕繅絲用的工具，像車一樣有
輪子，旋轉輪子以收絲。

【繅絲】sāosī〔動〕把蠶繭抽製成生絲。一般從浸
在沸水裏的 5-10 粒蠶繭抽出的蠶絲合併成一
根生絲。

繰（繰）sāo 同"繅"。
另見 qiāo（1080頁）。

另見 qiāo（1080頁）。

騷（騷）sāo ㊀擾動，不安定：～擾｜～動。
❶文體名，以屈原《離騷》為代
表：～體。❷〈書〉泛稱詩文：～人｜～客。
㊁❶〔形〕指女子放蕩輕佻：那個女人
真～｜～婊子（罵人的話）。❷同"臊"（sào）。

語彙 風騷 牢騷

【騷動】sāodòng〔動〕❶（社會）不安寧；動亂：
遭災的饑民流入城市，社會～｜這場～造成了
很大破壞。❷秩序混亂：劇場裏有人喝倒彩，
引起一陣～。

【騷客】sāokè〔名〕〈書〉詩人：文人～。

【騷亂】sāoluàn〔動〕騷擾；混亂不安：觀眾席上
忽然～起來。

【騷擾】sāorǎo〔動〕擾亂；使不得安寧：～敵人
後方｜不要去～別人。

【騷人墨客】sāorén-mòkè〔成〕泛指風雅文人：
～，代不乏人。也說騷人墨士、詩人墨客、詞
人墨客。

【騷體】sāotǐ〔名〕中國古典文學中，模仿屈原《離
騷》形式的一種文學體裁。

sǎo　ㄙㄠˇ

掃（扫）sǎo ❶〔動〕用笤帚除去灰塵、垃
圾等：～地｜～炕｜你去～～院
子。❷〔動〕除去；消除：～雷｜～黃。❸〔動〕
迅速地橫着掠過：～了一眼｜探照燈～過夜空。
❹塗；畫：淡～娥眉。❺全部；所有的：～數
歸公。
另見 sào（1161頁）。

另見 sào（1161頁）。

語彙 拜掃 打掃 橫掃 祭掃 清掃 灑掃 杜門卻掃

【掃除】sǎochú〔動〕❶清除穢物，打掃衛生：教
室要天天～｜節前各單位都在做大～。❷清除
起阻礙作用或有害的人或事物：～障礙｜～犯
罪團夥｜～一切害人蟲。

【掃蕩】sǎodàng〔動〕❶用武力大規模肅清（敵對
勢力）：進山～｜抗日時期，～與反～鬥爭十
分激烈。❷徹底清除：～群醜｜被洪水～過的
土地又長出了新綠。

【掃地】sǎodì(-//-)〔動〕❶用掃帚清掃地面，使
乾淨衛生：～抹桌｜每天叫孩子學着掃掃地，

擦擦桌子｜掃完地再去打開水。❷比喻聲名、威望等完全喪失：名譽~｜信用~｜威風~。❸比喻剝奪全部財產：~出門。

【掃地出門】sǎodì-chūmén〔成〕剝奪全部財產，趕出家門。

【掃毒】sǎodú〔動〕掃除製造、販賣、吸食毒品等違法活動。

【掃黃】sǎohuáng〔動〕清除各種黃色書刊和淫穢音像製品；打擊賣淫嫖娼等色情活動：~打非。

【掃雷】sǎo // léi〔動〕排除或引爆已敷設的地雷、水雷等：工兵在前面~｜沿海水域已掃完雷。

【掃盲】sǎo // máng〔動〕掃除文盲，幫助不識字或識字很少的成年人脫離文盲狀態：~識字｜掃過盲了。

【掃描】sǎomiáo〔動〕❶利用電子束或波束沿着一定方向、有順序地、週期性地移動而描繪出物體圖形、畫面：電子~｜文獻~｜~電視。❷掃視：假日旅遊業大~｜校園~｜時事~。❸用特殊軟件檢查電子計算機病毒：電腦每次開機都要進行磁盤~。

【掃墓】sǎo // mù〔動〕到墓地祭奠、培土和打掃。有時也指在烈士墓或紀念碑前舉行紀念活動：清明~｜到烈士陵園~。

辨析 掃墓、上墳　a）"上墳"只指給自己親人的墳墓進行祭奠；"掃墓"不僅指給自己親人的墳墓進行祭奠，而且也可指在烈士墓或烈士碑前舉行紀念活動。b）"上墳"多用於口語，"掃墓"為書面語，有莊重色彩。

【掃射】sǎoshè〔動〕用自動武器左右移動連續射擊：端起機槍狠狠地~起來｜敵機瘋狂地向平民區~。

【掃視】sǎoshì〔動〕目光迅速地橫着掠過：他向四周~了一遍｜老師向整個教室~了一下。

【掃數】sǎoshù〔副〕全數：~上繳｜~入庫。

【掃聽】sǎoting〔動〕（北方官話）從旁打聽：別人說話，他在一旁~着呢｜甚麼都~不着。

【掃尾】sǎo // wěi〔動〕處理結尾工作：剩下的工作不多了，你留下來掃個尾吧！

【掃興】sǎo // xìng〔動〕因遇到不愉快的事而敗壞了興致：真叫人~！｜別說~的話｜別掃了大家的興。

嫂 sǎo〔名〕❶哥哥的妻子：兄~｜大~。❷尊稱跟自己年紀相仿的已婚婦女：張大~｜軍~。注意 "大嫂" "二嫂"，可以專稱大哥的妻子、二哥的妻子，也可以泛稱跟自己年紀相仿的已婚婦女子。

【嫂夫人】sǎofūren〔名〕對朋友妻子的敬稱。

【嫂嫂】sǎosao〔名〕哥哥的妻子。也用於尊稱跟自己年紀差不多的已婚婦女。

【嫂子】sǎozi〔名〕〈口〉哥哥的妻子；尊稱朋友的妻子。

sào ㄙㄠ

掃（扫）sào 見下。另見 sǎo（1160頁）。

【掃帚】sàozhou〔名〕（把）用竹枝等紮成的掃地用具，比笤帚大：一把~｜用大~掃院子。

【掃帚星】sàozhouxīng〔名〕❶彗星的俗稱。因彗星常拖着一條掃帚形的尾巴，故稱。❷舊時迷信的人以為掃帚星出現是不祥之兆，所以也用來比喻給人帶來厄運的人（多指婦女）：兒子出了事，婆婆說媳婦是~，家裏矛盾很大。

埽 sào〔名〕❶河工上用的把秫秸、蘆葦、樹皮等捆紮而成的圓柱形的東西，用來防水沖刷堤壩。❷用許多埽修成的堤壩或護堤。

梢 sào〔名〕錐度。另見 shāo（1183頁）。

瘙 sào 古代指疥瘡，一種皮膚發癢的病：~癢（皮膚發癢）。

氉 sào 見 "氋氉"（906頁）。

臊 sào〔動〕❶害羞；難為情：真~得慌｜害~不害~？❷羞辱：怎麼當着大夥就~我？另見 sāo（1160頁）。

語彙　扯臊　害臊　羞臊

【臊子】sàozi〔名〕切細的肉末或肉丁。多用調料烹調好加在麵條等食物中食用：~麵。

sè ㄙㄜˋ

色 sè❶顏色：紅~｜天藍~｜瓷壺~紅光潤。❷面部表情；氣色：一臉內荏｜察言觀~｜喜怒不形於~。❸情景；景象：滿園春~｜湖光山~｜夜~。❹種類；品種：花~繁多｜貨~齊全。❺物品的質量：成~｜減~｜足~。❻指婦女的容貌：女~｜以~事他人，能得幾時好！❼情欲：貪~｜~情。❽(Sè)〔名〕姓。另見 shǎi（1167頁）。

語彙　本色　變色　才色　彩色　菜色　慚色　成色　出色　膚色　服色　國色　花色　貨色　減色　景色　角色　絕色　愧色　臉色　面色　名色　暮色　怒色　女色　起色　氣色　潤色　神色　生色　聲色　失色　桃色　特色　物色　遜色　眼色　夜色　姿色　察言觀色　和顏悅色　疾言厲色　面不改色　巧言令色　五顏六色　喜形於色

【色彩】（色采）sècǎi〔名〕❶顏色：~鮮艷。❷比喻某種思想傾向或情調：感情~｜時代~｜地方~｜政治~。

S

【辨析】**色彩、彩色** a）"色彩"可以是多種顏色，也可以是一種顏色；"彩色"則只指多種顏色。b）"色彩"還可以喻指事物具有的某種特殊情調或意味，如"他的經歷富有傳奇色彩"。"彩色"不能這麼用。

【色調】sèdiào〔名〕❶畫面或場景中的色彩明暗、濃淡、寒暖等表現出的基本情調：燈光和舞台背景的～很和諧。❷文藝作品中反映出來的思想情調：這篇散文～明快，充滿歡樂的氣氛。

【色光】sèguāng〔名〕帶顏色的光。白光通過棱鏡，分解為紅、橙、黃、綠、藍、靛、紫七種色光：通過音響、～的運用，加強了舞劇的表現力。

【色鬼】sèguǐ〔名〕譏稱好色成性的人：他不但是個貪官，還是個～。

【色拉】sèlā〔名〕西餐中的一種涼拌菜。一般用水果丁、熟土豆丁、熟香腸丁等澆上調味汁攪拌而成。也譯作沙拉子、沙拉。[英 salad]

【色狼】sèláng〔名〕好色成性、追逐女性並對女性進行性侵犯的壞人：青年女子夜晚不要單獨上街，以防～襲擊。

【色厲內荏】sèlì-nèirěn〔成〕《論語·陽貨》："色厲而內荏。"指外表強硬，內心虛弱。

【色盲】sèmáng〔名〕眼睛不能辨別顏色的疾病。有紅色盲、綠色盲、紅綠色盲、黃藍色盲和全色盲之分，其中以紅綠色盲為最常見：孩子是～，不能學化學專業了。

【色魔】sèmó〔名〕指好色成性並以暴力手段對女性進行性侵犯的壞人：作案多起，多次逃脫追捕的～已被擒獲。

【色目人】Sèmùrén〔名〕元朝統治者對西北各族、西域以至歐洲來華各族人的總稱。地位次於蒙古人，高於漢人和南人。

【色情】sèqíng〔名〕性慾的行為表現；情慾：～狂｜～服務｜～鏡頭。

【色弱】sèruò〔名〕分辨顏色不夠敏感的輕度色盲。

【色素】sèsù〔名〕使有機體具有各種不同顏色的物質。某些色素在生理過程中起很重要的作用，如血色素能輸送氧氣，綠色素能進行光合作用等。

【色相】sèxiàng〔名〕❶佛教用語，指萬物的外在相貌。❷人的聲容相貌（多指女子）：犧牲～｜出賣～。❸色彩的相貌，如紅、橙、黃、綠、青、紫等就是六種色相。

【色欲】sèyù〔名〕情慾。

【色澤】sèzé〔名〕顏色和光澤：～鮮明｜這種面料～明亮，適合做裙裝。

瑟 sè 古代一種形狀像琴的弦樂器。一般有二十五弦，每弦有一柱：鼓～吹笙。

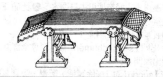

【語彙】琴瑟　瑟瑟　蕭瑟　膠柱鼓瑟

【瑟瑟】sèsè ❶〔擬聲〕形容輕細的聲音：秋風～。❷〔形〕形容顫抖的樣子：～發抖。

【瑟縮】sèsuō〔動〕身體因寒冷、受驚等而蜷縮抖動：孩子凍得～成一團了。

嗇（嗇）sè〈書〉非常小氣：富而～。

【語彙】儉嗇　吝嗇　慳嗇

【嗇刻】sèkè〔形〕（北京話）吝嗇：他這麼～，真沒想到｜～鬼（非常吝嗇的人）。

【嗇皮】sèpí〔形〕（西北官話）吝嗇；小氣：那主兒有點～｜黃老五～果然名不虛傳。

塞 sè 堵塞。用於書面語某些詞語中，如閉塞、阻塞、塞責、閉目塞聽。
另見 sāi（1152頁）；sài（1152頁）。

【語彙】閉塞　充塞　抵塞　堵塞　梗塞　茅塞　搪塞　填塞　壅塞　淤塞　語塞　窒塞　滯塞　阻塞　頓開茅塞

【塞責】sèzé〔動〕做事馬虎，不認真負責：敷衍～。

銫（銫）sè〔名〕一種金屬元素，符號Cs，原子序數55。銀白色，質軟。在空氣中很容易氧化。用於製造光電管、原子鐘等。

瑟 sè〈書〉玉色鮮明潔淨的樣子。

澀（澀）〈澁濇〉sè ❶〔形〕不滑溜；不滑潤：粗～｜滯～｜輪軸發～，該上油了。❷〔形〕味道不甘滑；像生柿子那樣使舌頭感到麻木難受的味道：～柿子。❸文句不流暢；難讀難懂：晦～｜艱～。

【語彙】乾澀　晦澀　艱澀　枯澀　苦澀　冷澀　生澀　酸澀　脫澀　阮囊羞澀

穡（穡）sè〈書〉收割莊稼：不稼不～。

【語彙】稼穡　力穡

sēn ㄙㄣ

森 sēn ❶形容樹木眾多而密佈：～林。❷繁密；眾多：～羅萬象。❸陰暗可怕：～然｜陰～。❹嚴肅：法度～嚴。❺（Sēn）〔名〕姓。

【語彙】森森　蕭森　陰森

【森警】sēnjǐng〔名〕森林警察的簡稱。

【森林】sēnlín〔名〕通常指大片生長的樹木。林業上指一種植物群落，它是叢生的喬木及與之共存的植物、動物、微生物和土壤、氣候等的總體。森林不僅提供木材和其他林副產品，還具有保持水土、調節氣候、防護農田等作用。

【森然】sēnrán〔形〕❶形容繁密聳立：古柏～。❷形容森嚴可怕：～可怖。

【森森】sēnsēn〔形〕❶形容樹木茂密：林木～｜松柏～。❷形容氣氛寂靜可怕：陰～。❸〈書〉昏亂迷糊：自覺頭目～，坐立不穩。

【森嚴】sēnyán〔形〕整齊嚴肅；防備嚴密；門禁～｜警戒～｜早已～壁壘，更加眾志成城。

sēng ㄙㄥ

僧 sēng ❶原指佛教徒四人以上的集體，含男女二眾在內；後特指皈依佛教出家受戒的男性。［僧伽的省略，梵 saṃgha］❷（Sēng）〔名〕姓。

語彙 高僧　貧僧　山僧

【僧多粥少】sēngduō-zhōushǎo〔成〕和尚多，而供和尚喝的粥少。比喻人多物少，不夠分配。也說粥少僧多。

【僧侶】sēnglǚ〔名〕原指佛教的僧徒，後來也泛指某些其他宗教的男性修道者、宗教職業人員。

【僧尼】sēngní〔名〕和尚和尼姑。

【僧俗】sēngsú〔名〕僧尼和普通人：廟會上～彙聚，人流如潮。

【僧徒】sēngtú〔名〕僧眾；和尚的總稱。

【僧院】sēngyuàn〔名〕（座）佛教的寺院：天下名山～多。

shā ㄕㄚ

杉 shā 義同"杉"（shān），用於"杉木""杉篙"。
另見 shān（1170頁）。

【杉篙】shāgāo〔名〕（根）長而直的杉木杆子，多用於搭棚、搭腳手架，或用來撐船：河邊上堆滿了從上游運來的～。

【杉木】shāmù〔名〕杉（shān）樹製成的木材，可做建築材料或家具。

沙 shā ㊀❶〔名〕沙子：～裏淘金｜一盤散～（比喻不能團結一致）。❷像沙一樣的東西：豆～｜豆～。❸（Shā）〔名〕姓。
㊁聲音不清亮：～啞。
㊂沙皇：～俄。
另見 shà（1167頁）。

語彙 豆沙　澄沙　豆沙　風沙　流沙　揚沙　治沙　一盤散沙　折戟沉沙

【沙包】shābāo〔名〕❶沙丘。❷沙袋。❸一種兒童玩具，用小布袋裝上沙子，按規則投擲的。

【沙暴】shābào〔名〕（場）沙塵暴。

【沙場】shāchǎng〔名〕原指平沙曠野，後多指戰場：～征戰｜久經～｜～秋點兵。

【沙塵】shāchén ❶〔名〕灰沙、塵土：這段時間空氣裏的～很多。❷〔形〕（粵語）囂張：做人不能太～。

【沙塵暴】shāchénbào〔名〕（場）強風將地面塵沙吹起，遮天蔽日，使天空能見度變得很低的一種惡劣天氣現象，具有極大的破壞性。每年的三、四、五月間在我國的北部和西北部地區多有發生。沙塵暴頻繁發生的根本原因是生態環境的急劇惡化。也叫塵暴、沙暴、黑風暴。

【沙袋】shādài〔名〕裝着沙子的袋子，用於軍事防禦、防洪、防火和體育鍛煉：汛期來臨，有關部門已調集了足夠的～。

【沙雕】shādiāo〔名〕用堆積沙土做材料塑造各種形象的藝術。也指這樣的雕塑作品：～比賽｜～雖好，但不能長久保存。

【沙丁魚】shādīngyú〔名〕（條）魚名，生活在海洋中，體側扁，長紡錘形，銀白色，鱗大，易脫落。通常用來製罐頭。［沙丁，英 sardine］

【沙俄】Shā'é〔名〕舊時俄國的皇帝稱沙皇，沙皇統治下的俄國稱沙俄。

【沙發】shāfā〔名〕（隻，套）一種內裏裝有彈簧和泡沫塑料、棕毛粗麻等鬆軟物的坐具。一般有靠背和扶手。［英 sofa］

【沙鍋】shāguō 同"砂鍋"。

【沙果】shāguǒ（～兒）〔名〕❶落葉小喬木，果實球形，似蘋果而小，是常見的水果。❷這種植物的果實。以上也叫花紅、林檎。

【沙害】shāhài〔名〕土地沙化或大風洪水帶來的泥沙對生態環境造成的危害：防止～侵蝕鐵路、公路｜治理～有成效。

【沙化】shāhuà〔動〕土地含沙量增加，土質退化：過度放牧，導致草地～嚴重。

【沙荒】shāhuāng〔名〕沙害形成的不能耕種的沙地：植樹造林，改造～｜他帶領農民將～改造成果品生產基地。

【沙皇】shāhuáng〔名〕舊時俄國皇帝和保加利亞國王的稱號。也譯作沙爾。［沙，俄 Царь］

【沙拉】shālā〔名〕色拉。

【沙裏淘金】shālǐ-táojīn〔成〕從沙子裏淘取黃金。比喻從眾多的事物中選取精華或有用材料：他研究這個問題多年，從大量古籍中搜集材料，無異於～。

【沙礫】shālì〔名〕沙子和碎石塊：晾曬糧食前要把場上～掃乾淨。

【沙龍】shālóng〔名〕❶原義為客廳。17世紀末和18世紀，法國巴黎的文人、藝術家常接受貴婦的招待在客廳裏集會，談論文藝、政治等，後就把這種社交性集會或集會場所叫作沙龍。❷特指法國巴黎每年定期舉行的造型藝術展覽會。❸泛指文化人非正式的小型聚會：文藝～｜體育～｜語言學～。［法 salon］

【沙籠】shālóng〔名〕印度、印度尼西亞、馬來西亞、緬甸、泰國等地人穿的一種長條布製成的裙式長衫，男女都可以穿。也作紗籠。［馬來 sarong］

【沙門】shāmén〔名〕出家修行的佛教徒的總稱。舊譯桑門。［梵 śramaṇa］

【沙彌】shāmí〔名〕初出家受戒的小和尚。［梵 śrāmaṇera］

【沙漠】shāmò〔名〕（片）地表為大面積流沙所覆蓋的地區，因缺水而植物稀少，氣候乾燥：變～為綠洲。

中國四大沙漠
塔克拉瑪干沙漠：在新疆塔里木盆地中部，面積 33.76 萬平方千米；
古爾班通古特沙漠：在新疆準噶爾盆地中部，面積 4.88 萬平方千米；
巴丹吉林沙漠：在內蒙古阿拉善高原上，面積 4.43 萬平方千米；
騰格里沙漠：在內蒙古阿拉善高原東南，面積 4.27 萬平方千米。

【沙漠化】shāmòhuà〔動〕乾旱、半乾旱地區植物消失，地面出現流沙和覆沙的現象：～是一種土地退化的地質災害｜退耕還林，使一些地方的～得到遏制。

【沙盤】shāpán〔名〕地理教學或軍事課程的用具，用大木盤盛沙土，再設置種種模型，以幫助學習的人對山河地形有形象的認識。

【沙丘】shāqiū〔名〕指沙漠、河岸、海濱等地在風力作用下堆積成的沙堆。有丘狀、壟狀、新月狀等，高度從數米到數十米不等：～起伏｜～下有個泉眼。

【沙瓤】shāráng（～兒）〔名〕西瓜熟透時形成的鬆散而呈粒狀的瓜瓤兒：～兒西瓜。

【沙沙】shāshā〔擬聲〕形容踩着沙子或風雨吹打草木的聲音：～的腳步聲｜樹葉～作響。

【沙灘】shātān〔名〕（片）水中或水邊由沙子淤積成的陸地：金色的～｜躺在～上曬太陽。

【沙灘排球】shātān páiqiú ❶球類運動項目之一。在沙灘場地上進行，場地面積和比賽規則與排球相同。正式比賽有兩人制、四人制和男女混合制，隊員穿泳裝，赤腳。❷沙灘排球運動使用的球，用不吸水的皮革製成，大小與排球相同。

【沙土】shātǔ〔名〕泛指含沙量很高的土壤。

【沙文主義】Shāwén zhǔyì 一種侵略性的民族主義，宣揚本民族利益高於一切，煽動民族仇恨，主張征服和奴役其他民族。因法國拿破崙手下的軍人尼古拉·沙文（Nicolas Chauvin）狂熱地擁護拿破崙的侵略擴張政策，故稱。

【沙啞】shāyǎ〔形〕嗓音乾澀、低沉而不圓潤清亮：老師連講幾節課，聲音都～了。

【沙眼】shāyǎn〔名〕由沙眼病毒引起的慢性傳染病，患者眼瞼結膜充血，表面粗糙，狀似沙粒，發癢、有異物感、流淚等，可逐漸結疤，引起眼瞼內翻倒睫，嚴重影響視力。

【沙災】shāzāi〔名〕（場）因土地沙化，大面積揚沙引起的災害：經過多年綠化治理，這裏的～已得到控制。

【沙洲】shāzhōu〔名〕（片）江河湖海中由泥沙堆積而成的陸地：～上棲息着各種水鳥。

【沙子】shāzi〔名〕❶（粒）細碎的石粒。❷像沙子一樣的東西：火槍打出的是鐵～。

刹 shā〔動〕止住：～車｜一～歪風。
另見 chà（141 頁）。

【刹車】shāchē ❶（-//-）〔動〕用閘等機件止住車身的前進或停止機器的運轉：司機緊急～，避免了一場車禍。❷（-//-）〔動〕比喻事情停止進行：賓館熱該～了｜亂集資亂辦公司之風刹不住車，後果不堪設想。❸〔名〕使車輛停止前進的機件：～失靈｜換個新～。以上也作煞車。

砂 shā 同 "沙" ㊀①：～鍋｜～紙｜翻～。

語彙　丹砂　翻砂　鋼砂　礦砂　朱砂

【砂布】shābù〔名〕（塊）粘有金剛砂的布，用來磨光器物的表面，是木工、金工的必需品。

【砂鍋】shāguō〔名〕（隻、口）用陶土和沙燒製成的鍋，不易與酸鹼物質起化學變化，常用來做菜或熬藥：～豆腐｜打破～璺（wèn 問）到底。也作沙鍋。

【砂漿】shājiāng〔名〕建築上使用的用來砌磚石或抹牆面的漿狀黏和物質，由沙子加水泥、石灰膏、黏土等按一定比例混合後，加水和（huò）成。也作沙漿。

【砂薑】shājiāng〔名〕土壤中的薑狀石灰質結核。

【砂輪】shālún（～兒）〔名〕磨削刀具和零件用的輪狀工具，用磨料和膠結物質混合後燒結而成。工作時，砂輪高速旋轉磨削工件。也叫磨輪兒。

【砂仁】shārén（～兒）〔名〕中藥指薑科植物陽春砂或縮砂密（sùshāmì）的種子，可入藥。性溫，味辛，有健胃、化滯、消食等作用。

【砂糖】shātáng〔名〕蔗糖的結晶顆粒，有白砂糖和紅砂糖兩種：蜂蜜舌頭～口（形容語言甜美）。

【砂眼】shāyǎn〔名〕在翻砂過程中，氣體或雜質使鑄件表面或內部形成的孔洞，是鑄件的質量缺陷：這口鐵鍋漏水，有～。

【砂紙】shāzhǐ〔名〕(張)粘有玻璃粉或金剛砂的紙，用來磨光竹木或金屬器物的表面：先用～把桌面磨光再上漆。

紗（纱）shā ❶〔名〕用棉、麻等紡成的細絲，可用來捻线或織布：～廠｜抽～｜棉～。❷ 用紗織成的經緯綫稀疏或有小孔的織物：～布｜～簾｜～帳。❸ 像窗紗一樣的製品：鐵～｜塑料～。❹ 部分紡織品的類名：羽～｜麻～｜喬其～｜泡泡～。

語彙　窗紗　粗紗　經紗　麻紗　棉紗　面紗　緯紗　細紗　羽紗

【紗布】shābù〔名〕(塊，捲)布眼稀疏並經過消毒處理的布，主要用於包紮傷口。

【紗窗】shāchuāng〔名〕(扇)在框上釘鐵紗、塑料紗或糊冷布的窗戶（既可防飛蟲，又便於透氣）。

【紗燈】shādēng〔名〕(隻，盞)一種用薄紗做罩的燈籠。

【紗錠】shādìng〔名〕紡紗機上把纖維捻成紗並把紗繞在筒管上的一種主要機件。通常用紗錠數目表示紗廠的規模：車間裏紡紗機隆隆作響，成排的～在轉動。也叫錠子、紡錠。

【紗巾】shājīn〔名〕(條)用紗製成的頭巾或圍巾：櫃枱上懸掛各色～。

【紗帽】shāmào〔名〕❶（頂）烏紗帽，常用作官職的代稱：他敢說公道話，不怕丟～。❷〈書〉用紗製成的涼帽，夏季用：葛衣疏且單，～輕復寬。

【紗罩】shāzhào〔名〕蒙上鐵紗、塑料紗或冷布的罩具，主要用來防止蒼蠅汙染食物。

莎 shā ❶ 用於地名：～車（縣名，在新疆西南部）。❷ 見於人名：麗～（女性人名）。❸（Shā）〔名〕姓。

另見 suō（1298頁）。

殺（杀）shā ❶〔動〕把活着的人或動物弄死：為國～敵｜～豬宰羊｜～蟲滅菌。❷〔動〕戰鬥；衝：衝｜刺｜～出重圍。❸〔動〕削弱；消除：減～｜～暑氣｜拿人～氣。❹ 同「煞」①。❺〔動〕藥物等刺激身體使感覺疼痛：硼砂撒在傷口上～得慌。❻〔動〕用在動詞、形容詞後表示程度深（多見於早期白話）：恨～｜氣～｜熱～。

語彙　暗殺　捕殺　殘殺　仇殺　刺殺　扼殺　減殺　絞殺　砍殺　謀殺　虐殺　拼殺　撲殺　肅殺　屠殺　兇殺　宰殺　斬殺　折殺　自殺　一筆抹殺

【殺訂】shādìng〔動〕港澳地區用詞。未能履行合同進行交易而被沒收訂金：買家未能交付首期款項，發展商決定～。

【殺毒】shādú〔動〕❶ 殺死病毒；消毒：激光～｜紫外綫～。❷ 用特別設計的軟件檢查並清除電子計算機中的病毒：～軟件｜計算機要定期～。

【殺風景】shā fēngjǐng〔慣〕破壞美好的景色。比喻在高興的場合使人掃興：公園內亂設售貨攤點真～｜你這玩笑開得未免～。也作煞風景。

【殺害】shāhài〔動〕非法或不正當殺死：他在機場遭到兇手～｜野生動物被大量～。

【殺回馬槍】shā huímǎqiāng〔慣〕調轉馬頭向後面追擊者發動襲擊。泛指突然間掉頭回擊或退避後突然採取行動：他先大量購進股票，看準時機殺了個回馬槍，大量拋出，獲利豐厚。

【殺機】shājī〔名〕殺人的動機、念頭：滿臉～｜露出～｜動了～。

【殺雞取卵】shājī-qǔluǎn〔成〕為得到雞蛋，不惜把雞殺了。比喻為貪圖眼前的好處而損害長遠的利益：濫伐林木有如～，後患無窮。也說殺雞取蛋。

【殺雞給猴看】shā jī gěi hóu kàn〔俗〕傳說猴子怕見血，馴猴人便當着猴子的面殺雞放血來恐嚇牠。比喻用懲罰一個人來警戒其他人：老闆將你辭退，是～，看誰還敢不聽他的。

【殺價】shā∥jià〔動〕壓價。指買主利用賣主急於出手貨物的機會壓低價格：攤主急需用錢，買主趁機～｜～買進。

【殺戒】shājiè〔名〕佛教道教指不許殺生的戒律：大開～。

【殺菌】shā∥jūn〔動〕用陽光、高溫或藥物等手段殺死病菌：用酒精消毒～｜已經殺過菌，完全合用。

【殺戮】shālù〔動〕屠殺；大量殺害：無辜百姓慘遭～。**注意** 這裏的「戮」不寫作「戳」。

【殺氣】shāqì ㊀〔名〕兇狠的氣勢：一股～｜～騰騰。㊁(-∥-)〔動〕發泄內心不痛快情緒；出氣：他自己工作沒做好反而拿別人～｜他拿孩子殺了氣，又自覺沒趣。

【殺青】shāqīng〔動〕❶ 古人著書先寫在青竹皮上，待改定後再削去青皮，寫在竹白上，叫作殺青。一說指在書寫前用火烤乾青竹簡，以防蟲蛀。後泛指著作最後定稿。❷ 綠茶加工製作中的第一道工序，用高溫破壞茶葉中的酵素，使茶葉保持固有的綠色。

【殺人不見血】shā rén bù jiàn xiě〔俗〕殺人而不露痕跡。形容害人手段非常陰險狠毒：你要提防這人，他是一個～的陰謀家。

【殺人不眨眼】shā rén bù zhǎ yǎn〔俗〕《五燈會元·圓通緣德禪師》載，北宋初年，朝廷派將帥討伐江南。大將軍曹翰渡江入廬山寺，緣德和尚不起不拜。曹翰怒曰：「長老不聞殺人不眨眼將軍乎？」緣德藐視曰：「汝安知有不懼生死和尚邪？」後用「殺人不眨眼」形容殺人成性，極其兇狠殘忍：抓住這個～的土匪頭目，百姓無不拍手稱快。

S

【殺人如麻】shārén-rúmá〔成〕殺死的人像亂麻一樣多得沒法計數。形容殺的人極多：傳說妖怪磨牙吮血，～。

【殺人越貨】shārén-yuèhuò〔成〕殺害人的性命，搶奪人的財物：這一地區舊時盜匪～，人民不得安寧。

【殺傷】shāshāng〔動〕打死打傷：～力｜～敵人很多。

【殺傷力】shāshānglì〔名〕❶指武器的破壞和傷害效力：這種機槍的～很大。❷指事物的破壞力：潮氣對汽車的影響比有形水滴更具～｜這種新病毒的～驚人。

【殺身成仁】shāshēn-chéngrén〔成〕《論語‧衛靈公》：“志士仁人，無求生以害仁，有殺身以成仁。”仁人志士為正義和理想而犧牲生命：革命烈士寧可～，也不向敵人低頭。

【殺生】shāshēng〔動〕佛教指宰殺動物（佛教的戒律是不殺生）：祖母信佛，反對～，一生吃素。

【殺手】shāshǒu〔名〕❶（名）受僱殺人的兇手：～已被抓獲｜十幾年前連環案的～終被判刑。❷比喻競賽中技藝高超、致對方慘敗的人：他淘汰了所有對手，獲得冠軍，堪稱此次比賽的頭號～。❸比喻殺害人生命的東西：惡性鏈球菌～｜心理疲勞是現代人的隱形～。❹指具有極大魅力的人：少女～（少女的偶像）。

【殺手鐧】shāshǒujiǎn〔名〕撒手鐧。

【殺熟】shāshú〔動〕做買賣時，採用欺騙手段賺取熟人的錢財。

【殺一儆百】（殺一警百）shāyī-jǐngbǎi〔成〕殺一人以警戒眾人。泛指懲處一人以警戒眾人：老闆扣了他的工資，～，看誰還敢多嘴多舌。

挲 〈抄〉

shā/suō 見“托挲”（1703頁）。另見 sā（1151頁）；suō（1298頁）。

痧

shā〔名〕中醫指霍亂、中暑、腸炎等急性病：發～｜揪～｜絞腸～。

【痧子】shāzi〔名〕麻疹：出～。

煞

shā ❶〔動〕結束：～尾｜～賬｜～住鑼鼓。❷〔動〕勒緊；繫(jì)緊：～行李｜～腰帶。❸同“殺”③⑥。
另見 shà（1167頁）。

【煞筆】shā//bǐ〔動〕文章、書信寫完時收筆停筆：文稿已～，不日可寄出。

【煞車】shāchē ㊀〔動〕用繩子把車上的東西緊勒在車身上：把車上的行李排好，我來～。㊁同“剎車”。

【煞風景】shā fēngjǐng 同“殺風景”。

【煞尾】shāwěi ❶〔動〕結束；收尾：事情很快可以～｜稍等，馬上就～。❷〔名〕文章、事情等的最後部分：文章開頭氣勢很足，可惜～鬆勁了。❸〔名〕北曲套數的最後一支曲子。

裟

shā 見“袈裟”（630頁）。

攕 〈捵〉

shā〔書〕混雜，雜糅。另見 sà（1152頁）。

鎩 〈銕〉

shā ❶古代兵器，似長矛。❷〔書〕摧殘；傷：～羽之鳥（傷了翅膀的鳥）。

【鎩羽】shāyǔ〔動〕〔書〕羽毛傷殘，不能高飛，比喻失意或失敗：孤鴻～悲鳴鎩。

鯊 〈鯊〉

shā 鯊魚：大白～｜防～網。

【鯊魚】（沙魚）shāyú〔名〕（條）魚名，生活在海洋中（少數種類也進入淡水），身體一般為紡錘形，尾鰭發達，胸腹鰭大。性兇猛，捕食其他魚類。種類很多。也叫鮫(jiāo)。

shá ㄕㄚˊ

啥

shá〔代〕疑問代詞。甚麼：他～時候回來？｜今天要開～會？注意“啥”作為疑問代詞還有虛指用法，這時不表示疑問，如“我是有啥講啥”“你說啥是啥”“困難再大也沒啥了不起”。

【啥子】sházi〔代〕（西南官話）疑問代詞。甚麼；甚麼東西：你說～？

shǎ ㄕㄚˇ

傻 〈儍〉

shǎ〔形〕❶智力低下；愚蠢：～人有～福。❷心眼死；不機靈：你別～｜只知～幹｜一股～勁兒｜別再犯～～。❸呆；發愣：一聽這話，他都～了。

語彙 憨傻 裝傻 裝瘋賣傻

【傻大黑粗】shǎdà-hēicū 形容人或事物外形高大粗笨：別看他長得～，做事可是心細。

【傻瓜】shǎguā〔名〕傻子（常用作罵語或詼諧語）：你真是個大～。

【傻瓜相機】shǎguā xiàngjī 一種全自動或半自動照相機。因無須測距、無須選擇光圈和測算速度，容易使用，故稱。

【傻呵呵】shǎhēhē（～的）〔形〕狀態詞。愚笨或憨厚的樣子：別看他～的，心裏可清楚了｜他只～地笑了笑，一句話也沒有。也說傻乎乎。

【傻勁兒】shǎjìnr〔名〕❶糊塗、愚笨的樣子：一股子～。❷幹活時使出的蠻勁頭、死力氣：光有～不行，要學會巧幹。

【傻帽兒】shǎmàor ❶〔形〕（北京話）形容因沒見過世面而呆頭呆腦、處處出洋相的樣子：你真～，連3D電影都不知道。❷〔名〕指因沒見過世面而呆頭呆腦、處處出洋相的人：他真是一個～，甚麼都不懂。

【傻氣】shǎqì ❶〔名〕愚笨的神態：剛從農村來那會兒，他有點～。❷〔形〕形容糊塗、愚笨的樣子：你也太～了，這麼輕易就答應他。

【傻頭傻腦】shǎtóu-shǎnǎo（～的）形容愚笨糊塗的樣子：他～的，一個人出門去了。

【傻笑】shǎxiào〔動〕無緣無故一個勁地笑。

【傻眼】shǎ//yǎn〔動〕目瞪口呆，不知所措：他一看榜上無名就～了｜庫房被盜，兩個值班員全傻了眼。

【傻樣】shǎyàng〔名〕傻乎乎的模樣（含戲謔意）：看他那～｜台下的人看到他的～哄然大笑。

【傻子】shǎzi〔名〕智力低下，反應遲鈍的人（不禮貌的說法）：他是～｜你變成～啦！

沙 唼 嗄 歃 煞 廈
shà ㄕㄚˋ

沙 shà〔動〕經過搖動將東西裏的雜物集中後加以清除：把綠豆裏的沙土碎渣兒～一～。
另見 shā（1163 頁）。

Shà〔名〕姓。

唼 shà 見下。

【唼喋】shàzhá〔擬聲〕〈書〉形容水鳥、魚群等吃東西的聲音：～青藻，咀嚼菱藕。

嗄 shà〈書〉嗓音沙啞：號而不～。
另見 á（2 頁）。

歃 shà〈書〉飲；喝：～血。

【歃血】shàxuè〔動〕古代盟會時，把牲畜的血塗在嘴唇上，或口飲，表示誠意：～為盟。

煞 shà ㊀迷信傳說中的兇惡之神：兇神惡～。
另見 shā（1166 頁）。

語彙　關煞　接煞　田煞　兇煞　兇神惡煞

【煞白】shàbái〔形〕狀態詞。形容臉色慘白，沒有血色：嚇得他臉色～｜～的臉上直冒虛汗。

【煞費苦心】shàfèi-kǔxīn〔成〕形容費盡心思：為孩子升學、就業，家長～。

【煞氣】shàqì ㊀〔名〕❶邪氣：渾身～。❷兇惡的神色：滿臉～。㊁〔動〕慢慢漏氣：車帶慢～。

【煞有介事】shàyǒujièshì〔成〕形容裝腔作勢，好像真有那麼回事似的：錢是他偷的，他還～地說有一個可疑的生人來過。也說像煞有介事。

廈（厦）shà ❶ 高大的房屋：高樓大～。❷ 房子伸出的後檐所遮蔽的地方：抱～｜前廊後～｜～房。
另見 xià（1463 頁）。

語彙　抱廈　廣廈　後廈　高樓大廈

筊 shà〈書〉竹扇；扇子。

霎 shà ❶ 小雨。❷ 短時間；一瞬間：一～｜～時。

【霎時】shàshí〔名〕極短的時間：～烏雲滿天，大雨傾盆。也說霎時間。

辨析 霎時、剎那　a）"霎時"是漢語固有詞；"剎（chà）那"是外來詞，是梵語 kṣaṇa 的音譯。b）"霎時"指極短的時間，但無確定的量值；"剎那"是最短的時間單位，相當於一秒的五十五分之一。c）"霎時"可直接做句子成分表時間，如"霎時狂風大作"，"剎那"一般要加"間"，如"剎那間的撞擊"；"剎那"可在前面加"一"，如"一剎那的瞬間"，"霎時"前面不能加"一"。

shāi ㄕㄞ

篩（筛）shāi ㊀❶ 篩子：竹～｜鐵～。❷〔動〕用篩子過物：～米｜～煤｜～一～糠。❸〔動〕比喻選拔：這批公務員是從眾多的報考者中～出來的。
㊁〔動〕❶ 使酒熱：黃酒～熱再喝。❷斟：～酒。
㊂〔動〕（北京話）❶ 打鑼：～鑼。❷ 宣揚甫滿處～去！

【篩糠】shāi//kāng〔動〕〈口〉比喻身體因害怕或受凍而發抖：渾身～｜一講鬼故事，膽小的她在被窩裏就篩起糠來了。

【篩選】shāixuǎn〔動〕原指用篩子過濾挑選東西；現多泛指層層過濾，淘汰挑選：～糧食｜經過歷史～｜對推薦的候選人進行～審定。

【篩子】shāizi〔名〕用竹條、鐵絲或銅絲等編成的有許多小孔的器具，可以使細小東西漏下去，粗的留在上面：細～｜粗～｜竹～｜鐵～。

釃（酾）shāi "釃"shī 的又讀。

shǎi ㄕㄞˇ

色 shǎi（～兒）〔名〕〈口〉顏色：本～兒｜上～兒｜不褪～兒。
另見 sè（1161 頁）。

語彙　本色　掉色　套色　退色　走色

【色酒】shǎijiǔ〔名〕（北方官話）帶有顏色的、用水果釀製的酒，一般度數較低，如葡萄酒、山楂酒等。

【色子】shǎizi〔名〕（顆，枚）一種玩具或賭具，用骨頭、木頭等製成的小立方體，六面分刻一至六點。投擲滾動停定後，以朝上面的數字大小定勝負。有的地區叫骰子（tóuzi）。

shài ㄕㄞˋ

曬（晒）shài〔動〕❶ 太陽的光和熱照射到物體上：日～雨淋｜～得難受。❷ 在陽光下接受光和熱的照射：～被子｜～太陽。❸ 將私人生活的內容在網上公開：～隱私｜出去旅遊照了不少照片，掛在網上一～。❹（北京話）擱置一旁，不予理睬：別把人家～那兒。

語彙 烤曬 晾曬 西曬

【曬暖兒】shài // nuǎnr〔動〕（北方官話）（冬天）曬太陽：蹲在牆根～。

【曬台】shàitái〔名〕晾台：把褥子拿到～上曬一曬｜晚飯後全家都到～上乘涼去了。

【曬圖】shài // tú〔動〕將塗有感光劑的曬圖紙襯在透明的底圖下面，用燈光照射或日光曝曬，使發生化學反應，再經顯影複製出圖形。

【曬煙】shàiyān〔名〕曬乾或晾乾的煙葉，是製造旱煙、雪茄、水煙、斗煙絲的主要原料。也指這種曬煙的煙草。

shān ㄕㄢ

山 shān ❶〔名〕（座）地面上由土石形成的高聳部分：青～｜～峰｜～清水秀｜河對面是～。❷ 山區出產的：～貨｜～雞｜～珍海味。❸ 像山的東西：冰～｜文～會海。❹〔名〕蠶蔟：蠶上～了。❺ 房屋兩側的呈"山"字形的牆：房～。❻（Shān）〔名〕姓。

語彙 冰山 朝山 出山 關山 河山 火山 假山 江山 開山 靠山 礦山 劈山 深山 泰山 火焰山 逼上梁山 調虎離山 開門見山 名落孫山 日薄西山 鐵案如山 萬水千山 愚公移山

【山坳】shān'ào〔名〕山間平地：這座化工廠建在一個～裏。

【山崩】shānbēng〔動〕山上岩石和土壤突然大量崩塌，多由雨水滲入或地震等造成：大雨後易發生～｜～造成道路阻塞。

【山茶】shānchá〔名〕（棵，株）常綠灌木或小喬木，葉子卵形有光澤，邊緣有細齒。冬春開花，花紅色或白色，很美麗，為名貴觀賞植物。種子榨出的油可供食用和工業用。

【山城】shānchéng〔名〕（座）山上、山間或靠山的城市：重慶是著名的～。

【山重水複】shānchóng-shuǐfù〔成〕山巒重重疊疊，流水環繞。形容重重山河阻隔：～疑無路，柳暗花明又一村。

【山川】shānchuān〔名〕山河；山水：祖國～｜～壯美｜天降時雨，～出雲。

【山村】shāncūn〔名〕山上、山間或靠山的村莊：～也安上電燈了｜醫療隊來到咱～。

【山丹】shāndān〔名〕（株）多年生草本植物，地下鱗莖小，卵形，數個集生。葉子披針形，春季開紅花。也叫紅百合。

【山地】shāndì〔名〕❶ 多山的地方：開發商眼光瞄向～｜發展～經濟。❷ 山坡上的農田：～西紅柿｜保護～土壤肥力。

【山巔】shāndiān〔名〕山頂。

【山頂洞人】Shāndǐngdòngrén〔名〕古人類的一種，大約生活在一萬八千年以前。其化石在1933年和1934年發現於北京周口店龍骨山山頂洞。發現的石器、骨針等遺物表明，那時已有了原始藝術和宗教，並能用獸皮縫製衣服。

【山東梆子】Shāndōng bāngzi 梆子腔的一種，流行於山東的大部分地區和河北、河南的部分地區。由秦腔或晉劇傳入後形成，約有三百餘年歷史。傳統劇目有四百多個，《兩狼山》《牆頭記》等影響較大。

【山東快書】Shāndōng kuàishū 曲藝的一種，流行於山東及華北、東北各地。表演者一面敘說，一面擊小鋼片伴奏，唱詞基本為七字句，節奏較快，間有說白。傳統曲目多以武松故事為題材，現代曲目多能迅速反映現實生活。

【山峰】shānfēng〔名〕（座）高而尖的山頭：～高入雲霄。

【山岡】shāngāng〔名〕（道）不高的山脊。

【山高皇帝遠】shān gāo huángdì yuǎn〔諺〕指地處偏僻，法令管轄不到：這裏～，違法亂紀的事肯定少不了。

【山高水長】shāngāo-shuǐcháng〔成〕像山一樣高聳，像水一樣長流。比喻風操高尚，影響深遠。也比喻情誼深厚、久遠：先生治學嚴謹之風，～｜兩國人民的友誼～。

【山高水低】shāngāo-shuǐdī〔成〕比喻意外的災禍（多指死亡）：萬一有個～，如何是好？

【山歌】shāngē〔名〕（支，首）民歌的一種，流行於農村或山區，多在山野勞動時歌唱。曲調爽朗質樸，節奏自由：採集～｜演唱～。

【山溝】shāngōu〔名〕❶（條，道）山間的水溝：泉水從～流出去了。❷ 山谷：他不小心跌進了～。❸ 泛指偏僻山區：我從小生長在一個窮～裏。

【山谷】shāngǔ〔名〕（條）山間谷地，中間多有溪流：幽靜的～｜一輛汽車墜入～。

【山國】shānguó〔名〕泛指多山的國家或多山的地區：體驗～的風土人情。

【山河】shānhé〔名〕❶ 山與河；泛指地方形勢：門前不改舊｜～易改，秉性難移｜～四塞。❷ 泛指國土、疆域：～重光｜錦繡～。

【山洪】shānhóng〔名〕因暴雨或冰雪融化突然從山上大量流下來的水：～暴發。

【山呼】shānhū〔動〕〈書〉❶ 封建時代舉行對皇帝的祝頌儀式時，叩頭高呼"萬歲"三次：～萬歲。❷ 高聲歡呼：人群～之聲不絕。

【山呼海嘯】shānhū-hǎixiào〔成〕山風呼號，海水咆哮。形容自然環境惡劣。也形容聲勢浩大。

【山花】shānhuā〔名〕山野裏開的花：～爛漫 | 坡地上一片～，有紅有黃。

【山貨】shānhuò〔名〕❶ 指山區出產的胡桃、山楂、榛子等土產：採購～。❷ 用竹木、陶瓷等製成的日用器物，如掃帚、簸箕、麻繩、砂鍋、瓦盆等：～鋪。

【山雞】shānjī〔名〕（隻）雉。

【山脊】shānjǐ〔名〕（道）山的高處像獸類脊樑骨似的隆起的部分：越過～，是一片長滿野花的坡地。

【山澗】shānjiàn〔名〕（條）山間的小水流：～小溪 | ～流水淙淙。

【山腳】shānjiǎo〔名〕山體靠近平地的部分；山的底部：大家在～聚齊，一起向上攀登。

【山嵐】shānlán〔名〕〈書〉飄浮在山間的雲霧：～瘴氣 | ～繚繞群峰。

【山裏紅】shānlihóng〔名〕山楂。

【山樑】shānliáng〔名〕（道）山脊。

【山林】shānlín〔名〕❶ 山與林；泛指被林木覆蓋的山區：嚴防～火災 | 寂靜的～。❷ 山野，多指隱士所居之處：依託～ | ～文學（超脫塵世的隱逸文學）。

【山陵】shānlíng〔名〕〈書〉❶ 高大的山。❷ 指帝王的墳墓。❸ 借指帝王或帝后：～崩（婉言帝王死）。

【山嶺】shānlǐng〔名〕連綿的高山大嶺：～逶迤。

【山路】shānlù〔名〕（條）山間的道路：～崎嶇難行。

【山麓】shānlù〔名〕〈書〉山腳：～風光 | 天山～好牧場。

【山巒】shānluán〔名〕連綿的群山：～起伏。

【山脈】shānmài〔名〕（條，道）依一定方向延伸形成，有如脈絡的群山：崑崙～ | 橫斷～ | ～走向。

【山門】shānmén〔名〕❶ 佛教寺院的外門。佛寺大多修在山間，故稱。❷ 指寺院或佛教：～不幸，出此孽障。

【山盟海誓】shānméng-hǎishì〔成〕男女相愛時立下的誓言，表示愛情要像山和海一樣永恆不變：這對戀人～，結成終身伴侶。也說海誓山盟。

【山明水秀】shānmíng-shuǐxiù〔成〕山光明媚，水色秀麗。形容風景優美：我又回到了～、鳥語花香的江南。也說山清水秀。

【山姆大叔】Shānmǔ dàshū 美國的綽號。"山姆"是人名"Sam"的音譯，"大叔"是"uncle"的意譯。這兩個英文詞的第一個字母加起來為US，正是 United States（美國）的縮寫，故稱。

【山南海北】shānnán-hǎiběi〔成〕❶ 泛指遙遠的地方：～，到處都有巡迴醫療隊員的足跡。❷ 比喻說話漫無邊際：他們～地窮侃了半天。

【山坡】shānpō（～兒）〔名〕山頂到山腳的傾斜面：這～兒太陡 | 半～有一個亭子。

【山牆】shānqiáng〔名〕人字形屋頂的房屋兩側呈"山"字形的牆。也叫房山。

【山清水秀】shānqīng-shuǐxiù〔成〕山明水秀。
注意 這裏的"清"不寫作"青"。

【山窮水盡】shānqióng-shuǐjìn〔成〕山水都到了盡頭，無路可走。比喻陷入絕境：內無糧草，外無援兵，～，敗局已定。

【山區】shānqū〔名〕多山或近山的地區：開發～ | 支援～。

【山泉】shānquán〔名〕（股，道）山裏土石間流出的泉水：蛙聲十里出～ | ～叮咚響。

【山水】shānshuǐ〔名〕❶ 由山上流出來的水：引～灌溉農田。❷ 高山流水，指自然景色：非必絲與竹，～有清音。❸ 中國山水畫習稱山水：他擅長～。

【山水畫】shānshuǐhuà〔名〕（幅）以山水等自然景物為題材的中國畫：大廳正面掛着大幅的～。

【山體】shāntǐ〔名〕由岩石、泥土等組成的山的整體：～滑坡 | ～崩塌。

【山頭】shāntóu〔名〕（座）❶ 山頂；山巔：山下旌旗在望 | ～鼓角相聞。❷ 建有山寨的山。比喻獨霸一方的宗派：拉幫結派，另立～。

【山窩】shānwō〔名〕僻遠的山區：鄉幹部來到一個窮～蹲點 | ～人煙稀少。也說山窩窩。

【山塢】shānwù〔名〕山間平地：他老家在一個～中。

【山西梆子】Shānxī bāngzi 晉劇。也為蒲州梆子、中路梆子、北路梆子和上黨梆子四大梆子的合稱。

【山系】shānxì〔名〕按一定走向規律分佈的幾條相鄰山脈的總體：天山～ | 長白山～。

【山峽】shānxiá〔名〕兩山夾水之處；兩山夾着的水道：～中水流湍急。

【山鄉】shānxiāng〔名〕山區裏的鄉村：～小景 | 公路修進～。

【山響】shānxiǎng〔形〕狀態詞。形容響聲極大：鑼鼓敲得～ | 他在外面拍門，拍得～。

【山魈】shānxiāo〔名〕❶（隻）獼猴的一種，臉藍色，鼻子紅色，嘴部有白鬚，尾極短，臀部鮮紅色，形狀醜惡。多群居，產於非洲。❷ 傳說中的山裏怪物。

【山崖】shānyá〔名〕山的陡峭的側面：上～採草藥。

【山羊】shānyáng〔名〕（隻，頭）羊的一種，頭長，頸短，角三棱形，呈鐮刀狀彎曲，四肢強壯，善跳躍，毛不蜷曲，公羊有鬚。可製裘衣。

【山腰】shānyāo〔名〕山頂和山腳之間的中間地帶：半～｜汽車沿着蜿蜒在～的公路行進。

【山藥】shānyao〔名〕薯蕷的通稱。唐代宗名豫，改稱薯藥；宋英宗名曙，改稱山藥，沿用至今。

【山藥蛋】shānyaodàn〔名〕馬鈴薯。

【山野】shānyě〔名〕❶山間僻野：～開遍無名的小花。❷草野，指民間：～之民。

【山雨欲來】shānyǔ-yùlái〔成〕唐朝許渾《咸陽城東樓》詩："溪雲初起日沉閣，山雨欲來風滿樓。"原為描寫山雨即將來臨的情景。後多用來比喻重大事件發生前夕的騷動不安的氣氛。

【山嶽】shānyuè〔名〕高大的山；高峻起伏的山地。

【山楂】(山查)shānzhā〔名〕❶落葉喬木，葉子近於卵形，開白花，果實圓形，深紅色，有小斑點，味酸甜，可吃，也可入藥。❷這種植物的果實。以上也叫山裏紅、紅果兒。

【山寨】shānzhài ❶〔名〕山林中設有防守柵欄的地方：土匪躲進～想逃避圍剿。❷〔名〕設有柵欄或圍牆的山莊：苗家～。❸〔形〕屬性詞。仿製的；冒牌的：～手機｜～明星。

【山珍海味】shānzhēn-hǎiwèi〔成〕山野和海洋裏出產的珍貴食品。特指各種美味佳餚。也說山珍海錯。

【山莊】shānzhuāng〔名〕❶山村。❷山中的住所；別墅：避暑～。

【山嘴】shānzuǐ(～兒)〔名〕山腳延伸出去的尖端。

杉 shān〔名〕常綠喬木，樹幹高而直，葉綫狀披針形，果實球形。木材可供建築和做器具用。
另見 shā(1163 頁)。

語彙 紅杉 冷杉 水杉 雲杉

刪 (删) shān〔動〕去掉文辭中多餘的字句：增～｜～繁就簡。

【刪除】shānchú〔動〕刪掉；除去：～冗文。

【刪繁就簡】shānfán-jiùjiǎn〔成〕刪除繁雜內容，使文字簡明扼要：教材內容要～｜經作者～，正謬訂訛，提高了著作稿的質量。

【刪改】shāngǎi〔動〕刪除並改正：這篇文章，～以後始能定稿。

【刪節】shānjié〔動〕去掉文字中無關宏旨的部分：文章過長，應加以～。

【刪節號】shānjiéhào〔名〕省略號的舊稱。

【刪汰】shāntài〔動〕刪削淘汰：～多餘的字句。

【刪削】shānxuē〔動〕刪除刪減(文字)：文章雖好，可惜太長了，若能稍加～，即可刊用。

芟 shān〈書〉❶割草：載～載柞(割草伐樹)。❷削除：～除｜～夷。

【芟除】shānchú〔動〕❶削除(草)。❷刪去：文辭煩冗，～贅詞虛語。

【芟秋】shānqiū〔動〕立秋後為農作物鋤草、鬆土，使農作物早熟，子粒充實，並防止雜草結籽。也作刪秋。

【芟夷】shānyí〔動〕〈書〉❶削除(草)。❷鏟除：～寇亂。也作芟荑。

衫 shān❶(～兒)單衣；單褂：襯～｜長～｜汗～｜套～｜棉毛～。❷泛指衣服：衣～｜破衣爛～。❸(Shān)〔名〕姓。

語彙 長衫 襯衫 汗衫 花衫 偏衫 套衫 衣衫 罩衫 春秋衫 棉毛衫

姍 (姍) shān 見下。

【姍姍】shānshān〔形〕走路緩慢從容的樣子：～來遲｜～遠逝(逐漸遠去)。

珊 (珊) shān 見下。

語彙 闌珊 珊珊

【珊瑚】shānhú〔名〕暖海中群體生活的珊瑚蟲所分泌的石灰質外骨骼，有樹枝狀(從前叫作珊瑚樹，但實非樹)、塊狀、盤狀等，有紅、白、黑等色，可做裝飾品和工藝品。

【珊瑚蟲】shānhúchóng〔名〕腔腸動物，生活在熱帶海洋中，圓筒形，有多個觸手，觸手中央有口。群居，結成樹枝狀、盤狀或塊狀群體。

【珊瑚島】shānhúdǎo〔名〕(座)由珊瑚礁構成的島嶼，島面一般低平多沙。

【珊瑚礁】shānhújiāo〔名〕熱帶、亞熱帶海洋中的石灰岩礁，主要由珊瑚蟲骨骼堆積而成。

苫 shān❶用草編成的蓋東西的蓋子：草～子。❷用草編成的墊席，舊時居喪睡在上面以表示哀戚：寢～枕草。
另見 shàn(1172 頁)。

柵 (栅) shān 另見 zhà(1705 頁)。

【柵極】shānjí〔名〕電子管中位於陰極和陽極(板極)之間用來控制電子流的電極。

舢 shān 見下。

【舢板】(舢舨)shānbǎn〔名〕(條，隻)一種用槳划行的小船：江中～如織。

痁 shān 古指瘧疾。

扇 shān ❶〔動〕搖動扇子或其他薄片使生風：～扇子｜～風點火(比喻鼓動滋事)。❷〔動〕(北京話)用手掌打(耳光)：～他兩個耳刮子｜再鬧，就～你。❸同"煽"②。
另見 shàn(1172頁)。

語彙 呼扇　撲扇

【扇動】shāndòng ❶〔動〕搖動扇子樣的東西：～翅膀。❷同"煽動"。

埏 shān〈書〉以水和(huó)土；和泥：～埴以為器。

釤(钐) shān〔名〕❶ 一種金屬元素，符號Sm，原子序數 62。屬稀土金屬。銀白色，質硬。用於激光材料。❷(Shān)姓。
另見 shàn(1173頁)。

跚(跚) shān 見"蹣跚"(1004頁)。

烻 shān〈書〉閃光的樣子。
另見 yàn(1564頁)。

煽 shān ❶同"扇"①。❷〔動〕鼓動別人做不該做的事：～動｜～惑｜群眾鬧事是他～起來的。

【煽動】shāndòng〔動〕慫恿；挑起：～鬧事｜～不滿情緒。也作扇動。

【煽風點火】shānfēng-diǎnhuǒ〔成〕比喻慫恿、鼓動別人去幹某種事(多指壞事)：防止有人～，讓不明真相的人鬧事。

【煽惑】shānhuò〔動〕煽動誘惑：～人心。

【煽情】shānqíng ❶〔動〕激發並使人產生某種感情或情緒：導演新加進的這幾個情節都是用來～的。❷〔形〕(語言、表演)能激發人感情或情緒的：作品很～，贏得了不少讀者的眼淚。

潸 shān〈書〉形容流淚的樣子。

【潸然】shānrán〔形〕〈書〉流淚的樣子：～出涕(淚)。

【潸潸】shānshān〔形〕〈書〉❶形容淚流不止：熱淚～。❷下雨不止的樣子：窗外雨～。

膻〈羴羶〉 shān〔形〕羊肉的氣味或如同羊肉一樣的氣味：～氣｜～味。
他嫌羊肉～，不吃。
另見 dàn(253頁)。

語彙 腥膻　如蟻附膻

shǎn ㄕㄢˇ

閃(闪) shǎn ❶〔動〕光亮突然一現或忽明忽暗：～金光｜～得眼發花。❷〔動〕忽然出現：一～念｜燈光一～。❸〔動〕側身躲避：～開一點兒讓我過去｜一～身就進了房門。❹〔動〕因動作不當或過於猛烈，使筋肉受傷而疼痛：別～了腰。❺〔動〕甩下；丟開：到時候咱們一塊兒去，絕對～不下你。❻〔動〕拋撇；遺留：父母都死了，～下個孩子真可憐。❼〔名〕閃電：打～。❽(Shǎn)〔名〕姓。

語彙 躲閃　忽閃　霍閃　拋閃　撲閃　閃閃

【閃存】shǎncún〔名〕一種在斷電時數據不會丟失的半導體存儲芯片。具有容量大、體積小、重量輕、功耗低、不易受物理破壞的優點。

【閃電】shǎndiàn〔名〕(道)雲層間、雲和地面或雲和空氣間的電位差增大到一定程度時所發生的猛烈放電放出強光的現象。

【閃電戰】shǎndiànzhàn〔名〕一種突然襲擊的作戰方法，以大量快速部隊和猛烈火力閃電般地摧毀對方的抵抗能力。也叫閃擊戰。

【閃光】shǎnguāng ❶〔名〕(道)突然一現或一再顯現的光亮：天邊發出耀眼的～｜那草叢裏是螢火蟲的～。❷(-//-)〔動〕現出光亮；發光。比喻言語行為有價值，有影響：鑽石閃着光｜生命在～｜～的語言｜～的行為。

【閃光燈】shǎnguāngdēng〔名〕❶安裝在岸邊或水上的燈標的主要部分，能發出定時瞬息明滅或輪換強弱和色彩的閃光。❷一種用於攝影的照明裝置，能瞬間產生亮度很大的閃光。

【閃婚】shǎnhūn〔動〕閃電式結婚，即相識、戀愛很短時間就迅速結婚。

【閃擊】shǎnjī〔動〕集中兵力突然襲擊：～戰｜對敵進行～｜我軍行進中遭到我軍～。

【閃鏡】shǎnjìng〔名〕拿在手上可以照見後腦勺並反映在前面的大鏡上的鏡子。理髮師給人理好髮以後，往往要拿閃鏡照一照，讓顧客看見自己後腦的頭髮是否平整好看。理髮師的這種動作叫作"打閃鏡"。

【閃念】shǎnniàn〔動〕念頭突然一現：腦子一～｜一～之間。

【閃盤】shǎnpán〔名〕優盤。

【閃閃】shǎnshǎn〔形〕形容光亮忽強忽弱，忽明忽暗：星光～｜～的燈光｜～的紅星。

【閃射】shǎnshè〔動〕呈現；放射(光芒)：這些孩子的身上～着熱愛勞動的思想火花｜他的眼睛～着深謀遠慮的光芒。

【閃身】shǎnshēn(～兒)〔動〕❶身子迅速向旁躲開：他一～，對手擊了一個空拳｜偵察員～躲過了敵人的探照燈。❷側偏着身子：～進門｜門只能開一半，你閃一下身兒就進來了。

【閃失】shǎnshī〔名〕(個)意外的失誤；差錯：萬一有個～，這責任可誰也擔當不起。

【閃爍】shǎnshuò〔動〕❶光亮忽明忽暗，忽強忽弱：星光～｜遠處～着燈光。❷比喻說話吞吞

吐吐，遮遮掩掩：～其詞｜他對所提問題閃閃
爍爍，不正面回答。

【閃爍其詞】shǎnshuò-qící〔成〕形容說話吞吞吐
吐，躲躲閃閃，不肯直言事情的真相：知情
人～，辦案人員從中找到了疑點。

【閃現】shǎnxiàn〔動〕呈現；一瞬間顯現：探照
燈的燈光突然在空中～｜平凡中～智慧。

【閃耀】shǎnyào〔動〕光亮閃爍；光彩耀眼：夜空
繁星～｜滿山遍野～着忽明忽暗的燈火｜室內
那大理石的地面晶光～。

辨析 閃耀、閃爍 兩個詞都有光芒四射的意
思，都可以比喻放射出光輝。因此，有時可換
用。但"閃爍"還可以指忽明忽暗，如"閃爍不
定"；還可以比喻說話躲躲閃閃、吞吞吐吐，如
"閃爍其詞"；這種意義的"閃爍"是不能換用
"閃耀"的。

陝（陝）Shǎn〔名〕❶ 指陝西：～甘寧邊
區｜川～公路。❷ 姓。

【陝西梆子】Shǎnxī bāngzi 秦腔。

睒 shǎn〔動〕眨巴眼；眼睛迅速開合：～眨
｜眼睛一～｜流星一～眼就過去了｜一～
這孩子就溜了。

晱 shǎn〈書〉晶瑩的樣子。

睒 shǎn〈書〉❶ 閃爍：～忽｜～閃｜目
光～～。❷ 同"睒"。

掺（掺）shǎn〈書〉握；拉：遵大路兮，～
執子之手兮。

另見càn（129頁）；chān（143頁）。

shàn ㄕㄢˋ

汕 shàn 用於地名：～頭（在廣東東部濱海）。

疝 shàn〔名〕指某一臟器通過周圍組織較薄弱
的地方而隆起的疾病。如腹股溝疝、臍疝
等，有疼痛的症狀。

【疝氣】shànqì〔名〕通常指腹股溝疝，小腸通過
腹股溝區的腹壁肌肉弱點墜入陰囊內，腹股溝
凸起或陰囊腫大，時有劇痛，能引起休克和腸
壞死。也叫小腸串氣。

苫 shàn〔動〕用草席、油布、塑料布等遮蓋：
把場上的糧食～上｜用帆布把車上的貨
物～上點，免得遭雨淋。

另見shān（1170頁）。

【苫布】shànbù〔名〕（塊）遮蓋物品用的大雨布：
場上剛打的糧食用～蓋着。

赸 shàn〈書〉❶ 走，走開（見於早期白話）：
請休～。❷ 跳躍（見於早期白話）：馬
蹄～。❸ 同"訕"①。

訕（訕）shàn ❶〈書〉譏謗；譏笑：～謗
｜～笑。❷ 羞慚；不好意思的樣子：

臉上發～｜｜～～地走開。

語彙 謗訕 搭訕 譏訕

【訕臉】shànliǎn〔動〕故意嬉皮笑臉：這孩子
再～，就別理他。

【訕訕】shànshàn〔形〕難為情的樣子：一時間我～
地不知說甚麼好｜聽了這話他不由得有些～。

【訕笑】shànxiào〔動〕譏笑：繼續努力，不要怕
別人～。

剡 Shàn 剡溪，水名。在浙江嵊州，北流入曹
娥江。

另見yǎn（1559頁）。

扇 shàn ❶ 扇子：團～｜摺～｜芭蕉～。
❷ 指某些板狀或片狀的東西：門～｜
磨～。❸ 轉動生風、功能像扇的用具和裝置：
電～｜落地～｜排風～。❹〔量〕用於某些片狀
物：一～門｜兩～玻璃｜五～屏風。

另見shān（1171頁）。

語彙 電扇 隔扇 葵扇 門扇 蒲扇 台扇 團扇
摺扇 鵝毛扇 落地扇

【扇車】shànchē〔名〕一種用扇風的方法吹去雜
物，留下穀粒的農具。由車架、外殼、風扇、
餵入斗及調節門等構成。工作時，搖轉風扇，
把雜物吹出去，落下的穀粒由出糧口排出。也
叫風車。

【扇面兒】shànmiànr〔名〕摺扇、團扇等的寬大用
以扇風的部分，上面往往有書畫。

【扇子】shànzi〔名〕（把）搖動生風取涼的用具：
媽媽給孩子（shān）～。

古代扇子的種類

a）儀仗扇，長柄，用以表示人物的權威、地
位。包括：
五明扇，相傳為舜所設；
雉尾扇，周武王始用，又名掌扇；
鳳尾扇，以孔雀羽代替雉羽，始於唐開元年間。
b）實用扇，短柄，用來引風逐暑。包括：
單門扇，用竹或葦編成，呈長方形，柄在一
側，如單扇的門，先秦時開始流行；
羽扇，像飛禽的單翅，始見於魏晉南北朝；
團扇，圓形扇面，柄居中，漢魏以後常用；
合歡扇，對稱式團扇，女性多用來遮面，故又
名便面；
書畫扇，以絲織品為扇面，繪畫題字於其上；
摺扇，唐宋時從日本、朝鮮傳入。

【扇子生】shànzishēng〔名〕傳統戲曲角色行當。
小生的一種。手裏拿着扇子是主要標誌。大都
扮演風流儒雅的公子、書生。表演上唱、做、
唸並重，講究風趣，着重體現人物溫柔多情的
性格。

掞 shàn〈書〉抒發；鋪張。
另見 yàn（1563頁）。

剡（剡） shàn ❶一種長柄大鐮刀：～鐮丨～刀。❷大鐮。❸〔動〕掄開鐮刀或剡刀成片地割；砍：～草丨一會兒就～倒了一大片小麥。
另見 shān（1171頁）。

單（单） Shàn ❶單縣，地名。在山東西南部。❷〔名〕姓。
另見 chán（144頁）；dān（247頁）。

善 shàn ❶〔形〕美好；良好：～策丨～舉丨多多益～。❷〔形〕善良；心好（跟"惡"相對）：慈～丨性～丨～事丨來者不～，～者不來。❸交好；和好：友～丨和～丨親～。❹熟悉：面～。❺辦好；做好：～後丨～始～終。❻善行；善事（跟"惡"相對）：為～最樂。❼擅長；長於：勇猛～戰丨能歌～舞丨循循～誘。❽妥善；恰當：～罷甘休丨～自珍重。❾容易；易於：～變丨～忘丨多愁～感。❿（Shàn）〔名〕姓。

語彙 慈善 改善 和善 積善 良善 面善 遷善 親善 勸善 妥善 完善 偽善 行善 友善 多多益善 隱惡揚善 與人為善

【善罷甘休】shànbà-gānxiū〔成〕好好地了結，心甘情願地停止（多用於詰問或否定）：不會～丨豈肯～丨他這麼欺負人，怎麼能～？

【善報】shànbào〔名〕佛教指種下善因而得的善果，泛指好的報應（跟"惡報"相對）：熱心助人，必有～。

【善本】shànběn〔名〕指精刻、精印、精抄、精校且內容完善的難得的古籍：～目錄丨～書閱覽室。

【善待】shàndài〔動〕很好地對待；恰當地面對：～生命丨～婦孺。

【善後】shànhòu〔動〕妥善地料理和解決事後遺留的問題：這場火災損失慘重，要做好～工作。

【善舉】shànjǔ〔名〕〈書〉慈善的舉措：搞希望工程是一大～，應該積極支持。

【善款】shànkuǎn〔名〕（筆）向慈善事業捐贈的錢款：已籌得一筆～，支援災區丨老人遺產一半，遵囑充作～。

【善類】shànlèi〔名〕〈書〉善良的人們：表彰～，誅鋤醜類丨此等人蠅營狗苟，豈是～？

【善良】shànliáng〔形〕無非分的要求和行為，對人友善：心地～丨～的鄉親。

【善男信女】shànnán-xìnnǚ〔成〕佛教用語，稱信仰佛教的人們：寺院每做佛事，都會迎來眾多的～。

【善人】shànrén〔名〕（位）善良的人；喜歡做善事的人。

【善始善終】shànshǐ-shànzhōng〔成〕很好地開頭，完滿地結束，從始至終一直都好：做任何事都要～，不要半途而廢或虎頭蛇尾。

【善事】shànshì〔名〕（件，樁）好事；慈善的事：多做～，造福人民。

【善心】shànxīn〔名〕（顆）善良的心；好心腸：大發～丨他從小就很有～。

【善行】shànxíng〔名〕善良的行為；慈善行為：幫助盲人是件～丨廣施～。

【善意】shànyì〔名〕善良的心意；好的心意：他是出於～丨～的勸誡。

【善於】shànyú〔動〕在某個方面具有特長；長於：～思考丨要～在複雜的形勢下把握全局。

【善戰】shànzhàn〔動〕很會打仗；勇猛。

【善終】shànzhōng〔動〕❶人因為衰老而正常死亡：老人雖無兒無女，但有社區照顧也得～。❷把最後階段的事情做完好：做事情要善始～。

撣（掸） Shàn ❶中國史籍上對傣族的一種稱呼。❷撣族，緬甸民族之一，大部分居住在緬甸東部的撣邦。
另見 dǎn（250頁）。

墠（墠） shàn 古代供祭祀用的場地。

墡 shàn 古代指白色黏土。

鄯 shàn 用於地名：～善（在新疆吐魯番盆地東部）。

擅 shàn ❶擅長：～書畫丨不～言談。❷獨斷專行：專～丨～權。❸〔副〕擅自：～離職守丨～作主張。

【擅長】shàncháng〔動〕特別善於；在某方面有特長：～蛙泳丨～書畫丨他很～說故事。

辨析 擅長、善於 "擅長"一般只限於某一技能，如繪畫、游泳等；"善於"可以指某種技能，也可以指某種行動，如思考、辯論、溝通、提問、判斷是非等。

【擅場】shànchǎng〔動〕〈書〉壓倒全場；勝過眾人：昆曲皮黃，終得～。

【擅權】shànquán〔動〕〈書〉專權；獨攬大權：奸臣當道，～誤國丨主要負責人不～，要發揚民主，貫徹集體領導。

【擅入】shànrù〔動〕未經允許擅自進入：試驗場地，不得～。

【擅自】shànzì〔副〕超越職權，自作主張：～行動丨～處理丨不得～改變決定。

蝠 shàn〈書〉蠅類搖動翅膀。

嬗 shàn〈書〉山坡。

膳（饍） shàn 飯食：晚～丨進～。

【膳費】shànfèi〔名〕（筆）飯食所需的費用：～自理。

【膳食】shànshí〔名〕每日吃的飯菜：合理的～結構。

【膳宿】shànsù〔名〕吃飯和住宿：安排～｜解決～問題｜～自理。

禪（禅）shàn 禪讓：～位｜受～。**注意** 三國時蜀漢後主劉禪，讀劉 shàn，不要讀成劉 chán。

另見 chán（144 頁）。

【禪讓】shànràng〔動〕傳說中國古代帝王堯讓位給舜，舜讓位給禹，傳賢不傳子，史稱禪讓。後指把帝位讓給別人。

嬗 shàn〈書〉❶ 更替；變遷：～變。❷ 同“禪”（shàn）。

【嬗變】shànbiàn〔動〕〈書〉事物經長久的逐漸的變化；演變：裝飾花紋屢經～，形狀色彩繁多｜人事～，今古不同。

蟮 shàn 見“曲蟮”（1106 頁）。

鐥（鐥）shàn 同“銫”。

繕（缮）shàn ❶ 修補：房屋修～。❷〈書〉整治：～甲兵。❸ 抄寫：～發｜～寫。

【繕發】shànfā〔動〕抄寫後發出：～文件。

【繕寫】shànxiě〔動〕抄寫：～講義｜替他～文稿。

騸（骟）shàn〔動〕割除家畜的睾丸或卵巢：～馬。

贍（赡）shàn ❶ 供養：～家養口。❷〈書〉豐富；富足：～學淵聞｜務農積穀，國用豐～。

語彙 豐贍 顧贍 詳贍 養贍

【贍養】shànyǎng〔動〕供給生活所需；特指子女對父母的供養：～父母。

辨析 贍養、撫養、扶養 “贍養”一般用於幼對長；“撫養”一般用於長對幼（包括哥哥、姐姐對弟弟、妹妹）；“扶養”可用於長幼之間，也可以用於平輩，如“夫妻有互相扶養的義務”，其中的“扶養”既不可換用“贍養”，也不可換用“撫養”。

鐥（鐥）shàn ❶ 一種兵器，形如大刀。❷ 同“銫”（shàn）。

鱓（鳝）〈鱓〉shàn〔名〕鱓魚，通常指黃鱓。

shāng ㄕㄤ

商 shāng ㊀❶ 商量：磋～｜協～｜～討｜～定。❷〔動〕除法運算得到：10 除以 5＝2。❸〔名〕除法運算的得數：10 被 2 除的～是 5。❹ 商業：經～｜習～。❺ 商人：廠～｜私～｜客～。

㊁❶ 古代五音之一，相當於簡譜的“2”。參見“五音”（1437 頁）。❷ 星名，即二十八宿中的心宿。

㊂（Shāng）〔名〕❶ 朝代，公元前 1600-前 1046，湯滅夏後所建：殷～。❷ 姓。

語彙 廠商 籌商 磋商 官商 會商 計商 經商 客商 面商 洽商 情商 參商 私商 通商 外商 婉商 相商 小商 協商 行商 牙商 業商 智商 坐商

【商標】shāngbiāo〔名〕作為商品標誌的特定圖案、文字等。商標是知識產權的重要組成部分。商標一經註冊，商標註冊人即對該商標擁有專用權。

【商埠】shāngbù〔名〕❶ 舊時與外國通商的口岸。❷ 指商業發達的城市。

【商場】shāngchǎng〔名〕❶ 由各種商店聚集在一個或相連的幾個建築物內所組成的市場。❷（家）指商品比較齊全的大型綜合商店：百貨～。❸ 指商業界：逐鹿～｜如戰場。

【商船】shāngchuán〔名〕（條，隻，艘）經營運輸業務，運載旅客和貨物的大型船隻：～隊｜靠～運輸。

【商店】shāngdiàn〔名〕（家）在室內出售商品的經營單位和場所：批發～｜零售～｜綜合～｜百貨～。

【商調】shāngdiào ㊀〔名〕詞曲宮調名，表現悽愴怨慕情緒時用。㊁〔動〕單位通過協商，調用人員：～函｜公司派人來廠～技術人員。

【商定】shāngdìng〔動〕協商決定；商量決定：兩國～互相承認並建立外交關係｜會談地點及相關問題另行～。

【商隊】shāngduì〔名〕結夥販運商品的一隊人：長途跋涉的～準備在山谷紮營｜風沙抹去了駱駝～的足跡。

【商兌】shāngduì〔動〕〈書〉商量斟酌；商榷（多用於書名）：文學藝術的民族形式～。

【商販】shāngfàn〔名〕（名）販賣貨物的小商人。

【商港】shānggǎng〔名〕供商船停泊、經營客貨運輸業務的港口。

【商賈】shānggǔ〔名〕〈書〉舊時行商稱商，坐商稱賈。後泛稱商人：～雲集｜通天下財貨，有賴～。

【商海】shānghǎi〔名〕指商業領域：在～中拚搏。

【商行】shāngháng〔名〕（家）指規模較大的商店或經營單位：委託～（接受委託，寄賣物品的商店）｜沿江大道上～林立。

【商號】shānghào〔名〕商店的名稱字號；也指商店（含莊重意）：一家老～｜工商局建立了全省知名～的數據庫。

【商會】shānghuì〔名〕商界為維護自己的合法利益而組成的行會或團體：總～｜成立～｜～

會長。

【商機】shāngjī〔名〕從事商業活動的良好時機：尋找～｜把握～｜～無限。

【商家】shāngjiā〔名〕商業活動中指經銷商品的一方：市場中～｜眾多｜～要講誠信。

【商檢】shāngjiǎn〔動〕商品檢驗：進行～｜～工作｜～部門。

【商界】shāngjiè〔名〕商業界。

【商籟體】shānglàitǐ〔名〕十四行詩，歐洲一種格律嚴謹的抒情詩體裁。[商籟，意 sonnetto]

【商量】shāngliang〔動〕為解決問題而互相討論；交換意見：咱們的事好～｜這事得回家跟愛人～～。

【商旅】shānglǚ〔名〕〈書〉行商；流動的商人：沙漠中的～。

【商品】shāngpǐn〔名〕❶ 為交換而生產的物品。它具有使用價值和價值的兩重性。商品在不同社會中體現着不同的生產關係。❷ 市場上出售的貨物：銷售～｜熱門～｜～博覽會。

【商品房】shāngpǐnfáng〔名〕（套，間）作為商品出售的住房：～交易會｜買了一套～。

【商品經濟】shāngpǐn jīngjì 為了進行交換而從事生產和經營的經濟形式。

【商品糧】shāngpǐnliáng〔名〕作為商品出售的糧食：吃～的居民｜東北是全國～生產基地。

【商洽】shāngqià〔動〕商談接洽：具體業務請對口單位自行～｜如何辦理手續請與人事處～。

【商情】shāngqíng〔名〕市場上的供銷情況和商品價格行情：～預測｜～研究。

【商榷】shāngquè〔動〕就不同的意見商量討論（含莊重意）：此事如何處理，尚待～｜文章的許多論點值得～。

> 辨析　商榷、商量　a）"商榷"的使用範圍較窄，對象多為學術方面的問題；"商量"的使用範圍較寬，對象大小問題不限。b）"商榷"多用於書面語，"商量"多用於口語。

【商人】shāngrén〔名〕（名，位）經商做買賣的人。

【商廈】shāngshà〔名〕（座，棟，幢）商業大廈。

【商社】shāngshè〔名〕（家）商業性的社團：很多外國～參加了展覽。

【商攤】shāngtān〔名〕出售商品的攤點：取締無照～。

【商談】shāngtán〔動〕當面商量：～遞交國書事宜｜雙方～後，達成了協議｜會上～了一些亟待解決的問題。

【商討】shāngtǎo〔動〕商量討論：停戰以後，兩國～交換戰俘問題｜經過專家反復～，才將科學研究規劃確定下來。

【商亭】shāngtíng〔名〕（座）出售商品的形狀像亭子的小房子：道旁～｜出售小商品。

【商務】shāngwù〔名〕商業事務：～活動｜～參贊｜～代表｜洽談～。

【商演】shāngyǎn〔動〕商業演出：劇院建成後～頻繁，效益不錯。

【商業】shāngyè〔名〕從事商品交換的經濟活動，也指組織商品流通的國民經濟部門：～銀行｜～網點｜發展～，搞活流通。

【商業街】shāngyèjiē〔名〕（條）商店集中、商業繁華的街道：王府井大街是北京最有名的～｜老～聚集了許多百年老店。

【商業片】shāngyèpiàn（口語中也讀 shāngyèpiānr）〔名〕（部）以營利為主要目的的影片：進口大片多是場面火爆的～。

【商議】shāngyì〔動〕為了取得一致意見而討論研究：大家先摸清情況，下週碰頭會上再～。

【商約】shāngyuē〔名〕通商條約的簡稱，指國與國間因通商而訂立的條約。

【商戰】shāngzhàn〔名〕商業上為了推銷產品、爭奪市場而進行的激烈競爭：～硝煙四起｜家電市場開始了新一輪的～。

【商酌】shāngzhuó〔動〕商量斟酌：這篇文章是作者和編輯一起～修改的｜此事請你們～辦理。

湯（汤）

shāng 見下。
另見 tāng（1314頁）。

【湯湯】shāngshāng〔形〕〈書〉水大流急的樣子：河水～｜浩浩～，橫無際涯。

傷（伤）

shāng ❶〔名〕（處，塊）生物或其他物體受到的損害：大熊貓受了～｜他大腿中過彈，有一處～。❷〔動〕損害；傷害：～筋動骨｜唱戲的打架——不着人。❸ 因外因作用而得病：～風｜～寒｜～熱。❹〔動〕因超過限度而感到厭煩（多指厭食）：～食｜吃肉吃～了。❺ 妨害：無～大體｜俗不可雅。❻〔動〕詆毀：造謠中～｜出口～人。❼ 傷感；悲哀：憂～｜悲～｜～心｜兔死狐悲，物傷其類。

> 語彙　哀傷　悲傷　創傷　負傷　感傷　工傷　毀傷　內傷　殺傷　受傷　死傷　損傷　外傷　心傷　養傷　憂傷　中傷　致命傷　遍體鱗傷　救死扶傷　兩敗俱傷

【傷疤】shāngbā〔名〕❶（道）傷口好了後留下的痕跡：好了～忘了疼。❷ 比喻以往的過失、恥辱或隱私：自揭～｜檢討工作｜你幹嗎揭人家的～啊？

【傷病員】shāngbìngyuán〔名〕（位，名）受傷和生病的人（多指軍隊中的）：接送～｜護理～。

【傷殘】shāngcán ❶〔動〕人或物體因受到損害而產生缺陷：因車禍而～。❷〔名〕人或物體因受到損害而產生的缺陷：家具有～。

【傷風】shāngfēng ❶〔名〕感冒。❷〔動〕患感冒：他有點兒發燒，大概～了。

【傷風敗俗】shāngfēng-bàisú〔成〕指敗壞風俗：嫖娼賣淫活動～，應堅決取締。

【傷感】shānggǎn〔形〕因有所感觸而悲傷：靈柩

傳來，大家不免～起來｜觸景生情，十分～。

【傷感情】shāng gǎnqíng 使感情受到傷害：怎麼做都行，不過要注意別傷了感情。

【傷害】shānghài〔動〕使受到損害：酗酒～身體｜不要～人家的自尊心。

> 辨析 傷害、損害　a）"傷害"側重在"傷"，是使受創傷的意思；"損害"側重在"損"，是使受損失的意思。b）"傷害"的對象一般是人或動物的肌體、人的思想，如"傷害身體""傷害自尊心"；"損害"的對象較寬泛，可以是人的身體，如"損害健康""損害視力"，也可以是國家、集體，如"損害國家利益""損害他人權益"。

【傷寒】shānghán〔名〕❶ 由傷寒桿菌引起的腸道急性傳染病，多見於夏秋季，患者持續高熱，劇烈頭痛，脈搏緩慢，脾臟腫大，腹部可能出現玫瑰疹等。❷ 中醫指多種熱性病或由風寒侵入人體而引起的病。

【傷號】shānghào（～兒）〔名〕（名）指受傷的人：照顧～｜快把～送醫院。

【傷痕】shānghén〔名〕❶（道）物體受損害後遺留的痕跡；傷疤。❷ 比喻精神上的創傷：心靈上的～很難癒合。

【傷痕文學】shānghén wénxué 指描寫"文化大革命"給人們身心造成巨大創傷的一類文學作品。由 1978 年 8 月 11 日《文匯報》發表的盧新華的小說《傷痕》而得名。

【傷懷】shānghuái〔動〕〈書〉傷心：事已至此，不必～｜繁華落盡，舊夢～。

【傷健】shāngjiàn〔名〕港澳地區用詞。傷殘人士，身健心不殘：香港政府資助了許多幫助～人士的非牟利團體。

【傷口】shāngkǒu（～兒）〔名〕（道）皮膚、肌肉等受傷破裂或開口的地方：～大，流血多｜～兒潰爛了。

【傷腦筋】shāng nǎojīn〔慣〕費盡心思，形容事情難辦：這事兒太～了。

【傷神】shāng // shén ❶〔動〕損耗精神：成天為孩子的事～｜傷了不少神。❷〔形〕〈書〉傷心：好友難別，倍感～。

【傷生】shāngshēng〔動〕損害生命：積勞成疾，久鬱～｜祖母生性仁慈，不忍見血～。

【傷勢】shāngshì〔名〕受傷的情況、程度：～如何？｜～較重。

【傷逝】shāngshì〔動〕〈書〉悲傷地懷念死者：破琴～，何處覓知音？

【傷天害理】shāngtiān-hàilǐ〔成〕指做事殘忍兇狠，喪盡天良：這夥慣匪作惡多端，～，最終伏法。

【傷痛】shāngtòng ❶〔形〕悲痛：大家忍住～，安慰死者家屬。❷〔名〕因傷引起的疼痛：～壓不倒鋼鐵戰士。

【傷亡】shāngwáng ❶〔動〕負傷和死亡：～慘重。❷〔名〕受傷的人和死亡的人：雙方都有～｜減少不必要的～。

【傷心】shāng // xīn〔動〕因遭不幸而心裏痛苦、悲傷：別太～了｜人不～不掉淚｜男兒有淚不輕灑，只因未到～處｜她不禁傷起心來。

【傷員】shāngyuán〔名〕（位，名）受傷人員（多指軍事行動或工傷中的）：搶救～｜護士在給～包紮傷口。

墒 shāng 土壤適合作物發育生長的濕度：～情｜保～｜搶～。

> 語彙　保墒　趁墒　底墒　接墒　開墒　跑墒　搶墒　透墒　驗墒　走墒

【墒情】shāngqíng〔名〕田地裏土壤濕度的情況：春雨後，～良好｜察看～。

殤（殤） shāng〈書〉未成年而死：～子。

熵 shāng〔名〕❶ 熱力學名詞。在熱的系統中，熱能不是全部都可被利用的，其不用的熱能可以用熱能除以溫度所得的商來量度。這個量叫熵。它標誌熱量轉化為功的程度。❷ 在科學實驗中泛指某些物質系統狀態的一種量度，或者用來說明其可能出現的程度。

觴（觴） shāng 古代喝酒用的器具：稱～（舉杯祝酒）｜～壺。

> 語彙　稱觴　舉觴　濫觴

shǎng ㄕㄤˇ

上 shǎng 上聲。
另見 shàng（1177 頁）。

【上聲】shǎngshēng〔名〕"上聲"shàngshēng 的又讀。

垧 shǎng〔量〕土地面積單位。各地不同，東北多數地區一垧合 15 市畝，西北地區合 3 市畝或 5 市畝。

晌 shǎng ❶（～兒）〔量〕一天之內的某段時間：幹了一～｜頭半～兒（午前一段時間）｜後半～兒（下午較晚些時候）。❷ 晌午：傍～（臨近中午）｜歇～｜賣～（農民中午不休息繼續幹活兒）。

> 語彙　半晌　傍晌　過晌　後晌　片晌　前晌　頭晌　歇晌　一晌　早晌

【晌覺】shǎngjiào（～兒）〔名〕中午覺：睡個～，起來再幹。

【晌午】shǎngwu〔名〕〈口〉正午；中午：～飯｜都～了，該吃飯了。

賞（賞） shǎng ㊀ ❶〔動〕賞賜；獎勵（跟"罰"相對）：～罰分明｜他一萬元。❷〔名〕賞賜或獎給的東西：領～｜懸～。

❸（Shǎng）〔名〕姓。

　　㈡**❶**〔動〕觀賞；欣賞：～菊｜～月｜雅俗共～。**❷**讚賞：稱～｜歎～。**❸**〈敬〉組成請對方接受邀請或要求的客氣話：～光｜～臉。**注意** 賞，不可誤作賞。

【賞賜】shǎngcì **❶**〔動〕把財物送給比自己地位或輩分低的人：孩子們幹活很賣力，～～他們吧！**❷**〔名〕賞賜的財物：他得到很多的～。

【賞罰】shǎngfá〔動〕獎賞和處罰：～分明。

【賞封】shǎngfēng（～兒）〔名〕（個）指裝在紅封套裏的賞錢：得準備～兒｜這是外公給我的～兒。

【賞格】shǎnggé〔名〕懸賞所規定的報酬數目：懸出～｜捉拿該兇犯的～非常高。

【賞光】shǎngguāng〔動〕客套話。用於請對方接受邀請：敬請～｜承蒙諸位～，不勝榮幸。

【賞鑒】shǎngjiàn〔動〕觀賞鑒別（藝術品等）：～名畫｜這些木雕精巧異常，須細細～。

【賞金】shǎngjīn〔名〕（筆）賞錢：領取～。

【賞臉】shǎng // liǎn〔動〕客套話。用於請對方接受邀請或饋贈：準備明天請先生到舍下便飯，務請～｜這些小玩意兒，請賞個臉收下吧！

【賞錢】shǎngqián（-qian）〔名〕（筆）獎賞的錢；舊時多指主人給下人或輩分高的人給輩分低的人的錢：領～｜這事幹好了有～。

【賞識】shǎngshí〔動〕因認識到人或事物的價值而予以重視和讚揚（指人時多用於上對下）：一幅名畫，竟無人～｜張教授很～自己的這個研究生。

【賞玩】shǎngwán〔動〕觀賞玩味：多寶槅陳設的玉器供主人和客人～。

【賞析】shǎngxī〔動〕欣賞分析文學作品（多用於書名）：《唐宋詞～》。

【賞心悅目】shǎngxīn-yuèmù〔成〕心裏高興，看着舒服。形容景物或形象使人看了感到心情舒暢：泛舟西湖，水光山色，令人～。

【賞閱】shǎngyuè ㈠〔動〕觀賞閱讀：～獲獎作品。㈡〔動〕〈敬〉賜予審閱：習作一卷，敬請學術前輩～。

shàng ㄕㄤˋ

上 shàng ㈠**❶**〔名〕方位詞。高處的位置（跟"下"相對）：～邊｜～不着天，下不着地｜～無片瓦，下無立錐之地｜往～看。**❷**等級高或質量好的：～級｜～賓｜～品｜中～水平。**❸**〔名〕方位詞。時間或次序在前的：～古｜～旬｜承～啟下｜～中下三卷已先後出齊。**❹**舊時指皇帝：皇～｜～諭。**❺**（Shàng）〔名〕姓。

㈡**❶**〔動〕由低處至高處；向上級呈送：～升｜～書｜扶搖直～｜他～了山頂。**❷**〔動〕按規定時間進行某種活動：～班｜～學｜～朝。**❸**〔動〕增加；添補：～膘｜～勁｜～了貨沒有？｜冀已經～了。**❹**〔動〕到；往（某地）：～任｜～街｜～北京。**❺**〔動〕達到；夠（一定的程度、數量）：～千人｜～年紀｜產品不～檔次。**❻**〔動〕把食物端上來：～菜｜～湯｜～水果。**❼**〔動〕出現在某些場合：～場｜～陣｜候補隊員先不～。**❽**〔動〕塗；搽：～顏色｜～油漆｜～粉。**❾**〔動〕安裝：～刺刀｜～螺絲。**❿**〔動〕擰緊：鬧鐘已～弦了。**⓫**〔動〕登載：～報｜～廣告。**⓬** 上聲：平～去入。

㈢〔名〕中國民族音樂音階上的一級，樂譜上用作記音符號，相當於簡譜的"1"。參見"工尺"（447頁）。

上 shang ㈠〔名〕方位詞。**❶**用在名詞後。指物體的頂部或表面：山～｜牆～｜桌子～｜窗台～。**❷**用在名詞後。指範圍：書～說的不一定都對｜報～的新聞應該真實可靠｜課堂～的秩序很好。**❸**用在名詞後。表示某方面：思想～｜工作～｜面子～｜手頭～有點兒緊。**❹**用在名詞後。表示在其旁邊：淮～人家｜子在川～曰。**❺**用在表述年齡的詞語後，表示年齡所指的時候：他十歲～來到了北京｜他七歲～死了父親｜張老漢八十歲～才得了個孫子。**注意** 前面有介詞"在、從"，指某方面，如"他在中國哲學史研究上下了很大功夫"；前面沒有介詞時，"上"一般可有可無。

㈡〔動〕趨向動詞。**❶**用在動詞後，表示由低處向高處：呈～｜爬～房頂｜登～山峰｜湧～心頭。**❷**用在動詞後，表示達到目的：看～他了｜鎖～門｜當～人大代表｜接～關係。**❸**用在動詞後，表示開始並繼續：她愛～了草原｜地裏已種～了糧食｜說幹就幹～了。

另見 shǎng（1176頁）。

【上班】shàng // bān（～兒）〔動〕按規定時間到指定地點工作或勞動：早上八點～｜今天他沒～。

【上半場】shàngbànchǎng〔名〕某些球類比賽的上半段時間。也說上半時。

【上半夜】shàngbànyè〔名〕前半夜。

【上榜】shàngbǎng〔動〕登上公佈的名單或排名榜：～歌曲｜～品牌。

【上報】shàngbào ㈠〔動〕向上級報告：～國務院｜及時填表～。㈡（- // -）〔動〕登在報上：他的事跡上了報。

【上輩】shàngbèi（～兒）〔名〕❶前代；較遠的祖輩：我們～到這裏定居，已經二百多年了。❷家族中的前一代：別看他年紀小，可是我們兄弟姐妹的～兒。

【上輩子】shàngbèizi〔名〕❶上輩①：我們～就是又務農又讀書，耕讀傳家好幾代了。❷迷信指前生前世：～造的孽呀！

【上邊】shàngbian（～兒）〔名〕方位詞。上面。

【上膘】shàng//biāo（～兒）〔動〕牲畜長肉：她養的豬～快｜缺乏飼料，耕牛上不了膘。

【上賓】shàngbīn〔名〕（位）上等賓客；尊貴的客人：敬如～｜以～相待。

【上不着天，下不着地】shàngbùzháotiān, xiàbùzháodì〔俗〕形容無所依靠，沒有着落。

【上操】shàng//cāo〔動〕出操。

【上策】shàngcè〔名〕高明的計策；好的辦法：三十六計，走為～｜尋找解決問題的～。

【上層】shàngcéng〔名〕（組織、機構、階層中）上面的一層或幾層：～領導｜～人物｜～社會。

【上層建築】shàngcéng jiànzhù 指建立在經濟基礎之上的政治法律制度和社會意識形態。經濟基礎決定上層建築，上層建築反映經濟基礎並對經濟基礎有反作用（跟“經濟基礎”相對）。

【上場】shàng//chǎng〔動〕演員登台或運動員出場：演出結束後全體演員～謝幕｜參賽隊員～練球｜大軸戲主角上了場，觀眾熱烈鼓掌。

【上朝】shàng//cháo〔動〕❶臣僚朝見皇帝奏事議事：百官～。❷皇帝接見臣僚處理政務：皇上今天不～。

【上乘】shàngchéng ❶〔名〕佛教用語，指佛教的一個派別，即大乘，強調普度眾生，認為人皆可以成佛。後指高品位的文學藝術作品：高雅藝術，已臻～。❷〔形〕事物的質量好或水平高：～之作｜賓館服務，堪稱～。

【上傳】shàngchuán〔動〕指將計算機中的數據、文件等信息傳送到其他計算機上或網絡服務器上（跟“下載”相對）。也叫上載。

【上竄下跳】shàngcuàn-xiàtiào〔成〕形容上下奔走，多方串聯，搞不正當的活動：這夥人～，製造事端。

【上達】shàngdá〔動〕❶把下層或下屬的意見傳達到上層或上級：意見～｜民情～。❷舊指能對德、義等透徹了解並能努力實行：君子～，小人下達。

【上大人】shàngdàrén〔名〕舊時書塾中教學生習字用的一種描紅字樣，開頭為“上大人”，後用以借指簡單淺近的文字：他雖上過私塾，卻也只認得～。

【上當】shàng//dàng〔動〕因受騙而吃虧：提高警惕，小心～｜我上過一次當，這回又上了當。

【上等】shàngděng〔形〕屬精神性。等級或質量高的：～料子｜～綠茶｜～客房。

【上等兵】shàngděngbīng〔名〕（名）軍銜，士兵的一級，高於列兵。

【上帝】shàngdì〔名〕❶（Shàngdì）中國古代指天上主宰萬物的神；天帝。❷（Shàngdì）基督教所信奉的最高的神，被認為是宇宙萬物的創造者和主宰者。天主教稱它為天主。❸比喻顧客、讀者、觀眾等服務對象：這個商場把～請了進來，向他們徵求意見｜客戶是～。

【上吊】shàng//diào〔動〕用繩子等套着脖子懸在高處自殺：急得我簡直要～｜為尋求精神解脫，她最後還是上了吊。

【上調】shàng//diào〔動〕❶調到上面部門工作：（從農村）調到城市：從車間～到廠部搞管理工作｜她是那年從農村～到縣裏進工廠的。❷上級調用財物等：有三節車廂是裝運～物資的｜這是～的鋼材。

另見 shàngtiáo（1181 頁）。

【上凍】shàng//dòng〔動〕水或其他液體因寒冷而結冰；含有水分的物質因寒冷而凝結：河水還沒～｜要趕在～前把地基打好｜地要是上了凍真沒法挖。

【上方寶劍】shàngfāng-bǎojiàn〔成〕皇帝用的寶劍。中國舊小說或戲曲中常說，持有皇帝所賜上方寶劍的大臣出外辦案有先斬後奏的權力。現多比喻領導機關所給的權限：領導給了他～，所以他能當機立斷處理問題。也作尚方寶劍。

【上房】shàngfáng〔名〕（間）正房。一般指四合院裏坐北朝南的正屋。

【上訪】shàngfǎng〔動〕人民群眾到上級機關反映情況並要求解決問題：他曾到省裏～｜妥善解決群眾～問題。

【上墳】shàngfén〔動〕到墳前進行祭奠活動：清明節一到，許多人家都忙着～。

【上風】shàngfēng〔名〕❶風颳來的那一方：～帶來的煙氣從後窗颳進來了。❷比喻作戰或比賽中所處的有利地位：守軍居高臨下，佔了～｜剛一交手，客隊明顯佔了～。

【上峰】shàngfēng〔名〕舊時指上級或上級長官：遵照～指示。

【上浮】shàngfú〔動〕價格、利率等向上浮動：～一級工資｜利率～｜價格～。

【上崗】shàng//gǎng〔動〕❶走上值勤崗位，開始執行任務：交通警～指揮交通。❷走上工作崗位工作：工作人員全部持證～｜售貨員以後不許扎堆聊天兒｜實行擇優～，下崗的人員，要另行分配工作。

【上告】shànggào〔動〕❶向上級控告或向司法部門告狀：～到海關總署｜到地方法院～。❷向上級報告：將此事～省政府。

【上工】shàng//gōng〔動〕❶按規定的時間出工勞動：到地裏～去了｜他發燒了，今天上不了工。❷指開始到僱主家幹活：他明天就可以～了。

【辨析】**上工、上班** "上工"一般指到工廠、建設工地、田間、僱主家裏勞動、做事；"上班"一般指到機關、醫院、學校等單位去進行工作。

【上供】shàng // gòng〔動〕❶擺上供品祭祖或敬神：清早就給祖先上了供。❷比喻向有關部門和人員送禮行賄以求取照顧：我不會向別人燒香｜你到那裏聯繫業務，用不着～。

【上鈎】shàng // gōu〔動〕❶魚吃魚餌被鈎住：魚怎麼還不～？❷比喻受引誘而上當：人家放長綫，釣大魚，你可不要～！

【上古】shànggǔ〔名〕較遠的古代，在中國歷史分期上多指夏商周秦漢時期：～時代。

【上官】shàngguān〔名〕❶舊時指長官。❷(Shàngguān)複姓。

【上軌道】shàng guǐdào〔慣〕比喻事情或工作開始走向正常有序：農村改革已～｜工作剛接手，還沒～｜生活上了軌道，人也不再忙亂了。

【上好】shànghǎo〔形〕最好的；特別好的：～的鋼材｜～的綢緞｜～的衣服料子。

【上火】shàng // huǒ〔動〕❶中醫指大便乾燥或鼻腔黏膜、口腔黏膜等發炎的症狀：他鼻子流血是～了。❷(～兒)(北京話)惱火；發怒：您先別～，等我把話說完｜他一上了火兒，誰勸也不行。

【上級】shàngjí〔名〕同一組織系統內級別高的機構或人員：還未接到～命令｜下級服從～｜他是我的老～。

【上佳】shàngjiā〔形〕上好；非常好：競技狀態～｜在世乒賽上，中國乒乓球隊有～表現。

【上家】shàngjiā(～兒)〔名〕❶幾個人在打牌、擲色子或行酒令時，相鄰的人中輪流次序在前的為上家，輪流次序在後的為下家：～手氣好，老拿到好牌。❷商業活動中指交付給自己貨物的單位或個人。

【上將】shàngjiàng〔名〕❶軍銜，將官的一級，低於大將，高於中將。❷古代指主將：勇力絕倫者，～之器也。

【上交】shàngjiāo〔動〕❶交給上級有關部門：查出多佔的款項和物資一律～｜不能甚麼矛盾都～了事。❷舊稱與地位比自己高的人交往：君子～不諂，下交不瀆。

【上繳】shàngjiǎo〔動〕按規定將財物、利潤或節餘等繳給上級有關部門：～利潤｜～稅金｜～國庫。

【上界】shàngjiè〔名〕舊指天界。迷信的人稱天上神仙居住的地方。

【上緊】shàngjǐn〔動〕(北方官話)趕快；抓緊：快期末考試了，得～複習功課了｜交貨的日期迫在眉睫，你不～怎麼行？

【上進】shàngjìn〔動〕向上；求進步：只要肯～，就不會沒有前途。

【上勁】shàng // jìn(～兒)〔動〕精神振奮起來；來勁：他看小說可～了，簡直是廢寢忘食｜他要是上起勁兒來，不把活兒幹完決不罷休。

【上鏡】shàngjìng❶〔動〕在影視中出現：學表演的都希望快一些～。❷〔形〕在攝影鏡頭中形象好：～小姐｜姐妹中她最～。

【上課】shàng // kè〔動〕教師講課；學生聽課：語文老師～去了｜學員～，每課兩小時。

【上空】shàngkōng〔名〕與某地相對應的天空：客機將從太平洋～飛過｜在廣場～飄浮着五彩繽紛的氣球。

【上口】shàngkǒu〔形〕❶詩文寫得流利，讀來順口：朗朗～｜這段文字很～。❷〈書〉誦讀詩文純熟，能順口而出。

【上口字】shàngkǒuzì〔名〕京劇中依照傳統唸法唸的字，這些字音跟北京音稍有不同，例如"朱"讀為"jū"不讀"zhū"、"喊"讀為"xiǎn"不讀"hǎn"，"各"讀為"guò"不讀"gè"，等等。

【上款】shàngkuǎn(～兒)〔名〕在贈人的物品、字畫等上面所寫的對方的名字、稱呼等(跟"下款"相對)。

【上來】shànglái〔動〕開始；開頭兒：一～就講正題｜武將出場，～先起霸(整束盔甲的舞蹈動作)。

【上來】shàng // lái(-lai)〔動〕❶(表示動作朝着說話人所在地)由低處到高處；由一處到另一處：月亮～了｜他在鄉下，還沒上城裏來｜上得來上不來？**注意**這個意義的"上來"可帶施事賓語，表示出現，如"樓下上來了幾個人""從外地上來一批新貨"。❷人員或事物隨動作從低層到高層：下面的報表都已經～了｜從基層～一批幹部｜下面的情況上得來上不來？**注意**動詞"上來"的讀音有兩種情況：a)"上來"合用做謂語，"上"重讀，"來"輕讀，如"他上來(shànglai)了"；b)"上來"分用成述補結構做謂語，"上""來"都重讀，如"他上得來(shàngdelái)""他上不來(shàngbulái)"。

【上來】// shàng // lái(shanglai)〔動〕趨向動詞。❶用在動詞後，表示動作朝着說話人所在地，由低處到高處，由遠處到近處：用起重機吊上鋼材來｜前綫急需的彈藥怎麼還沒運～？❷用在動詞後，表示人員或事物隨動作從低層到高層：國家體操隊從各省選拔～十名選手｜這些年青幹部剛從基層調～。❸用在動詞後，表示成功地完成某些動作：這篇古文唸上三遍就背～了｜到底怎麼回事，我也說不～。❹用在形容詞後，表示程度增加，狀態發展，範圍擴大(限於"熱、涼、黑"等少數幾個)：洗澡水一下熱～了｜眼看天黑～，快下大雨了｜秋風一起，天慢慢變涼～了。**注意** 趨向動詞"上來"的讀音有三種情況：a）"上來"合用作補語，都輕讀，如"吊上來（shanglai）"；b）動詞和作為補語的"上來"間插入"得""不"，"上來"二字都重讀，如"吊得上來（shànglái）""吊不上來（shànglái）"；c）"上來"中間加上賓語，"上""來"分用，"上"重讀，"來"輕讀，如"吊上（shàng）鋼樑來（lai）"。

【上聯】shànglián（～兒）〔名〕對聯的上一半（跟"下聯"相對），如"人無信不立 天有日方明"這副對聯，其中的"人無信不立"即為上聯。

【上臉】shàngliǎn〔動〕❶ 臉色變紅：他一喝酒就～。❷ 往臉上塗抹：這種潤膚露一～，就有爽滑的感覺。❸（北方官話）指受到讚揚後得意忘形：爺爺剛誇了他幾句，他就～了。

【上流】shàngliú〔名〕❶ 上游：長江～｜洪峰從～洶湧澎湃而下。❷ 指層次高的社會地位：～社會｜～人物。

【上路】shàng//lù〔動〕❶ 動身出發；啟程：快～吧，晚了趕不上車了。❷ 比喻走上軌道：廠裏生產已經～了｜這孩子的外語學習漸沒～。

【上馬】shàng//mǎ〔動〕騎上馬啟程，比喻某項較大的工程或工作開始進行：又有一個重要建設項目～｜未經審批的旅遊飯店不能自行～｜上了馬，想下馬可沒那麼容易。

【上門】shàng//mén（～兒）㊀〔動〕❶ 到別人家裏去；登門：下午開會的事你順便～通知老趙一下｜送貨～兒。❷ 指入贅：～的女婿。㊁〔動〕❶ 插上門閂：睡覺前別忘了～｜上了門沒有？❷ 商店結束營業前，把可以分片裝卸的門扇重新裝上，叫上門。

【上面】shàngmian（～兒）〔名〕方位詞。❶ 位置較高的地方：飛機在雲層～飛行｜大橋～走汽車下面走火車。❷ 次序靠前的部分：～幾位的發言我都非常贊同｜～補充兩個例子文章就生動了。❸ 物體的表面：毛衣～織了兩朵小花｜牆～掛着一張地圖。❹ 方面：他在詩詞創作～下了很多功夫｜在個人生活～你也要開始考慮考慮了。❺ 指上級：～派人調查來了｜這是～的意思。❻ 家族中的上一輩：他家～有兩個叔叔在本地擔任公職。

【上品】shàngpǐn〔名〕❶ 上等物品；上等品質：茅台是酒中～｜～小楷（筆）。❷ 舊指品位居上的人：～無寒門，下品無勢族。

【上去】shàng//qù（-qu）〔動〕❶（表示動作離開說話人所在地）由低處到高處去；由一處到另一處：二十幾層樓，沒電梯我可上不去｜你上哪兒去？**注意** 此義可帶施事賓語，如"上去幾個人抬東西"。❷ 人員、事物從低到到高層：大家提的意見上得去上不去？**注意** 動詞"上去"的讀音有兩種情況：a）"上去"合用做謂語，"上"重讀，"去"輕讀，如"他上去（shàngqu）了"；b）"上去"分用成述補結構做謂語，"上""去"都重讀，如"我上得去（shàngdequ）""我上不去（shàng-buqù）"。

【上去】//shàng//qù（shangqu）〔動〕趨向動詞。❶ 用在動詞後，表示動作離開說話人所在地：快跟～｜你們倆抬得～抬不～？❷ 用在動詞後，表示人或事物隨動作趨向某處：客人來了，他馬上～了｜你們衝得～衝不～？❸ 用在動詞後，表示人或事物隨動作由低層到高層：大家的意見快反映～｜把國民經濟搞～｜計劃交～了嗎？❹ 用在動詞後，表示增添或合攏於某處：把油鹽鋪～｜螺絲擰不～，怎麼辦？❺ 用在動詞後，表示人或事物隨動作從低處到高處：爬上樹去｜一縱身跳上馬去。**注意** 趨向動詞"上去"的讀音有三種情況：a）"上去"合用作補語，都輕讀，如"跟上去（shangqu）"；b）動詞和作為補語的"上去"中間插入"得""不"，"上去"二字都重讀，如"跟得上去（shàngqù）""跟不上去（shàngqù）"；c）"上去"中間加上賓語，"上""去"分用，"上"重讀，"去"輕讀，如"跟上（shàng）隊伍去（qu）"。

【上任】shàngrèn㊀(-//-)〔動〕官員或領導就職：走馬～｜新廠長一上了任就決心改革｜新官～三把火。㊁〔名〕稱前任官員或領導人：～總統｜～校長～是我的老同學。

【上色】shàngsè〔形〕屬性詞。（物品、貨色）上等；高級：～奶粉｜～家具。
另見 shàng//shǎi（1180頁）。

【上色】shàng//shǎi〔動〕塗上顏色：給建築平面圖～｜家具剛做好還沒～｜這櫃子上完色就好看了。
另見 shàngsè（1180頁）。

【上山】shàng//shān〔動〕❶ 登山；到山鄉去：～植樹｜～下鄉｜他上了山就走不動了。❷ 蠶上蔟：再過幾天蠶就要～了。

【上山下鄉】shàngshān-xiàxiāng 特指"文化大革命"中城市知識青年到農村插隊落戶，參加生產勞動。

【上身】shàngshēn㊀〔名〕❶ 指上半截身子：他～露出水面｜來人～穿着白襯衫。❷（～兒）上衣：姑娘們全是白～，花裙子～。㊁(-//-)〔動〕衣服初次穿在身上：新裝～，顯得格外精神｜這衣服剛上了身，怎麼就弄髒了？

【上升】shàngshēng〔動〕❶ 由低處往高處移動：地平綫上的太陽在慢慢地～｜炊煙裊裊～｜飛機螺旋式～。❷ 泛指等級、程度、數量等提升或增加：地位～｜體溫～｜產量不斷～。

【上聲】shàngshēng，又讀 shǎngshēng〔名〕❶ 古漢語四聲的第二聲。❷ 普通話字調的第三聲，讀降升調，如"起""點"。參見"四聲"（1282頁）。

【上士】shàngshì〔名〕軍銜，軍士的最高一級。

【上市】shàng//shì〔動〕❶（應時的貨物）開始進入市場：早熟西瓜～了｜這是剛～的蒜苗｜這種產品剛～。❷股票、債券、基金等經批准在證券交易所掛牌交易：又有三種股票～了。❸到市場上去：～買菜｜這些鮮豬肉準備明天一早～出售。

【上手】shàngshǒu〔名〕❶習慣上稱自己左邊的位置：爸爸坐在哥哥的～。也作上首。❷上家：今天老王是老張的～。〔動〕❶開始做：他們下海經商，一～就很順利。❷動手：打掃衛生，大家一齊～吧。

【上書】shàngshū〔動〕向上級或地位高的人寫信陳述見解：～中央｜～言事｜上萬言書。〔動〕舊時老師給蒙童點讀或講授新課。

【上述】shàngshù〔形〕屬性詞。上面所說的：～情況完全屬實｜～目標一定能實現。

【上水】shàngshuǐ〔名〕指江、河的上游。❷〔動〕向上游航行（跟"下水"相對）：從上海坐～船到重慶。〔動〕（給火車、汽車、輪船等）加水：火車已～。

【上水】shàngshui〔名〕（北方官話）供食用的豬、牛、羊等的心、肝、肺。

【上稅】shàng//shuì〔動〕交納稅款：到稅務機關～｜辦理～手續｜上過稅沒有？

【上司】shàngsi〔名〕（位，個）上級領導：頂頭～｜～不同意｜他跟～關係僵了。

【上訴】shàngsù〔動〕訴訟當事人及其法定代理人對法院判決裁定不服，依法向上一級法院提請重新審理。

【上溯】shàngsù〔動〕❶逆着水流往上行：沿江～。❷從現在往回推算（過去的年代）：這種情況可～到唐代。

【上算】shàngsuàn〔形〕合算；不吃虧：這段路坐船比坐火車～｜這樣做太不～。

【上歲數】shàng suìshu〈口〉上了年紀；進入老年：～的人，要注意保健｜人上了歲數，一年不如一年了。

【上台】shàng//tái〔動〕❶走上舞台或講台（跟"下台"相對）：雜技演員輪流～獻藝｜歡迎來賓代表～講話｜小演員們上了台，觀眾鼓掌歡迎。❷比喻上任或掌權（跟"下台"相對）：他還想重新～｜上了台就做做事。

【上台階】shàng táijiē〈慣〉比喻達到新的高度：網絡搜索技術再～。

【上膛】shàng//táng〔動〕把子彈、炮彈裝入槍膛、炮膛（準備發射）：子彈已～｜炮彈上了膛。

【上天】shàngtiān〔(-//-)〕〔動〕❶升天；飛向天空：衛星～｜氣球上了天不久就破了。❷迷信指到神仙所在的地方。也借指死亡。〔名〕上蒼；蒼天。也指萬物的主宰者：～保佑｜～有眼。

【上調】shàngtiáo〔動〕（價格、工資、利率等）向上調整：又一次～煤價｜利率～了。
另見 shàngdiào（1178頁）。

【上頭】shàngtóu〔動〕舊時指臨出嫁的女子把辮子改梳成髮髻。〔動〕酒喝了使人感到頭疼：這酒容易～。

【上頭】shàngtou〔名〕方位詞。上邊；上面：～有指示，不准在這裏擺攤。

【上網】shàng//wǎng〔動〕進入網絡；特指操作電子計算機進入互聯網以獲取和發送信息（跟"下網"相對）。

【上尉】shàngwèi〔名〕軍銜，尉官的一級，低於大尉，高於中尉。

【上文】shàngwén〔名〕前面的文字，指書或文章中某一部分以前的文字（跟"下文"相對）：～對此已有說明。

【上午】shàngwǔ〔名〕一般指清晨到中午十二點的一段時間；也指半夜到中午的一段時間：～八點上班｜開了一～的會。

【上西天】shàng xītiān〈慣〉指人死亡：他這次去，遇到了車禍，險些上了西天｜敵人膽敢進犯，保管叫他們～（含揶揄意）。

【上下】shàngxià〔名〕方位詞。❶在地位、職務、輩分等方面高低不同的人：舉國～｜全軍～｜～齊心搞建設｜全村上上下下都行動起來了。❷從上到下的地方：大河～波濤洶湧｜渾身～都濕透了。❸（程度）高低；好壞；優劣：不相～｜難分～。❹用在數量詞後面，表示此數是約數：畝產在一千斤～｜年齡在五十～。注意"上下"前面的數量詞必須是個確切的數目，如說"50元上下"，可以；說"50至60元上下"，便不妥了。〔動〕上去和下來：鐵路沿綫大站小站都有人～｜樓房太高，～都不方便。

【上下其手】shàngxià-qíshǒu〈成〉玩弄手法，暗中串通作弊：在工程投標中，誰敢官商勾結，～，必遭嚴懲。

【上下文】shàngxiàwén〔名〕話語或文章中與某一詞語或句子相連的上文和下文：根據～理解詞義。

【上弦】shàngxián〔名〕農曆每月初七或初八，太陽跟地球的連綫和地球跟月亮的連綫成直角時，人們看到月亮呈D形，這種月相叫上弦（跟"下弦"相對）：～月。〔(-//-)〕〔動〕擰緊鐘錶、機器等的發條或琴、瑟等的弦：他的錶每晚定時～｜琴、瑟都上好弦了嗎？

【上限】shàngxiàn〔名〕在某一規定限度中的最先或最高界限（跟"下限"相對）：時間～｜數額～｜獎金～。

【上綫】shàngxiàn〔動〕成績達到錄取分數綫：我市今年高考本科～人數比去年有增長。

㊂〔動〕進入信息化網絡：學校局域網工程順利～｜新開發的手機遊戲已成功～中國移動。

【上相】shàngxiàng〔形〕指某人相片兒上的面貌比本人好看：他很～。

【上校】shàngxiào〔名〕軍銜，校官的一級，高於中校，低於大校。

【上心】shàngxīn ❶〔形〕(北京話)用心；留心：他無論辦甚麼事都很～。❷〔動〕記在心上(多見於傳統戲曲、小說)：叔叔是必～，搬來家裏住。

【上刑】shàngxíng ㊀(-//-)〔動〕對受審人使用刑具：敵人殘酷地對革命者～拷問。㊁〔名〕〈書〉重刑：被處以～。

【上行】shàngxíng〔動〕❶ 中國鐵道部門規定，列車在幹線上朝着首都方向行駛，在支線上朝着連接幹線的車站行駛叫上行(跟"下行"相對)。上行列車編號用偶數，如 2 次、90 次。❷ 船逆流而上行駛。❸ 公文自下級呈送上級。

【上行下效】shàngxíng-xiàxiào〔成〕上面的人怎樣做，下面的人也學着怎樣做(多含貶義)：這個部門不正之風相當嚴重，～，必須整治。

【上學】shàng//xué〔動〕❶ 到學校上課：孩子們一早都～去了。❷ 開始上小學：他的孩子去年已經上了學。

【上旬】shàngxún〔名〕每月一日到十日為上旬(區別於"中旬""下旬")。

【上演】shàngyǎn〔動〕(話劇、戲曲、舞蹈等)公開演出：這次～了一批保留劇目｜這齣新戲明將在國家大劇院。

【上揚】shàngyáng〔動〕(數量)升高；上升：匯率～｜物價～。

【上衣】shàngyī〔名〕(件)上身穿的衣服。

【上議院】shàngyìyuàn〔名〕兩院制議會的組成部分。上議院議員有的以貴族為主，可以終身任職，甚至世襲，如英國；有的由民選產生，如美國。上議院享有立法權和監督行政權。上議院的名稱，有的叫元老院或貴族院，如英國；有的叫參議院，如美國、日本。也叫上院。

【上癮】shàng//yǐn〔動〕因喜好某種事物而成為癖好：他看足球賽看～了｜他抽煙還沒～｜他喝酒上了癮，一頓不喝都不舒服。

【上映】shàngyìng〔動〕(電影)公開放映：最近將有幾部國產新片～｜幾家影院同時～這部獲獎影片。

【上游】shàngyóu〔名〕❶ 河流接近源頭的一段：～地區。❷ 比喻先進的地位：力爭～。

【上元節】Shàngyuán Jié〔名〕指農曆正月十五日的元宵節。

【上載】shàngzài〔動〕上傳。

【上漲】shàngzhǎng〔動〕水位或價格等升高：潮水開始～｜蔬菜價格不斷～。

【上陣】shàng//zhèn〔動〕上戰場作戰；比喻參加競賽、勞動等：打虎親兄弟，～父子兵｜今晚比賽你要～｜男女老少一齊上了陣。

【上肢】shàngzhī〔名〕人的上部肢體，包括上臂、前臂、腕和手(跟"下肢"相對)。

【上裝】shàngzhuāng ㊀(-//-)〔動〕演員化裝：演員們正在後台～｜快要演了，怎麼還沒上好裝？㊁〔名〕(件)上衣：～一律白襯衫｜～跟裙子的式樣要搭配好。

【上座】shàngzuò〔名〕上手座位；座位等級中最尊的座位：請老伯坐～。

【上座率】shàngzuòlǜ〔名〕影劇院賣出的座位，飯館裏有顧客的座位與全部座位的比率：今天劇場～高。

【上座兒】shàng//zuòr〔動〕劇場、飯館等處有觀眾或顧客陸續到來叫上座兒：這個戲很～｜今天晚上才上了三成座兒。

尚 shàng ㊀❶ 尊崇；注重：～武｜不～空談。❷ 風尚；時：～。❸(Shàng)〔名〕姓。㊁〈書〉❶〔副〕還(hái)：莫道桑榆晚，為霞～滿天｜～何言哉？(還有甚麼話可說呢？)。❷〔連〕尚且：～不避死，安能避罪？

語彙 崇尚 風尚 高尚 好尚 和尚 時尚 俗尚 習尚

【尚待】shàngdài〔動〕還需要；還要等待：問題～解決｜水平～提高｜弄清原因～時日。

【尚方寶劍】shàngfāng-bǎojiàn 同"上方寶劍"。

【尚且】shàngqiě〔連〕用在複句的前一小句中，提出某種明顯的事例作為襯托，在意上先讓一步，以引出後句更進一層的意思。後句用反詰句從反面或用敍述句從正面做出結論，並常和"更""何況"相呼應：為保衛祖國流血犧牲～不怕，更別說流這點兒汗了！｜大人～如此，何況是小孩。

【尚書】shàngshū ㊀〔名〕(Shàngshū)書名，是現存最早的記載上古歷史的書。也叫《書》《書經》。㊁〔名〕古代官名，明清兩代是中央政府各部的最高長官。

【尚未】shàngwèi〔副〕還沒有：～實現｜革命～成功，同志仍須努力。

【尚武】shàngwǔ〔動〕〈書〉崇尚軍事或武藝：～精神｜民風～。

綃(绱) shàng〔動〕把鞋幫、鞋底縫綴成鞋：～鞋。

【綃鞋不用錐子——真(針)好】shàng xié bùyòng zhuīzi——zhēnhǎo〔歇〕讚美人或事物的確很好：提起唐先生的捧哏藝術，相聲界都豎大拇指，那的確是～。

shang ·ㄕㄤ

裳 shang 見"衣裳"(1595頁)。
另見 cháng(150頁)。

shāo ㄕㄠ

捎 shāo〔動〕順便帶東西或傳話：這花生是老家~來的｜請~個口信兒。
另見 shào(1185頁)。

【捎帶】shāodài ❶〔動〕順便帶；讓順路的人~了一些土產。❷〔副〕附帶；順便(做)：他每天下班，總要~買點菜回家｜吳師傅利用休探親假機會，還~替廠子聯繫了兩項業務。

【捎腳】shāo//jiǎo(~兒)〔動〕運輸時順便搭載乘客或貨物：他趕馬車常給村裏人~｜司機同志，捎個腳兒吧！

梢 shāo(~兒)〔名〕❶樹枝的末端：樹~｜根不動，~不搖。❷條狀物較細的一端：鞭~兒｜辮子~兒｜眉~兒。
另見 sào(1161頁)。

語彙 町梢 眉梢 末梢 樹梢 下梢 眼梢

稍 shāo ❶〔副〕略微：來客請~等｜室內光綫~暗｜一息尚存，此志不容~懈。❷(Shāo)〔名〕姓。
另見 shào(1186頁)。

【稍稍】shāoshāo〔副〕稍微；略微：~休息一下｜~緩過一口氣來。

【稍微】shāowēi〔副〕表示數量少或程度淺：請你~等一等｜現在心情~平靜了一些｜走這種路~不小心就會摔倒。

【稍為】shāowéi〔副〕略微；稍微：~煮老了一點兒，不過還可以吃。

【稍許】shāoxǔ〔副〕稍微：~努力就能辦到的事他也不做。

【稍縱即逝】shāozòng-jíshì〔成〕稍微一放鬆就消失了。形容機會、時間或靈感等很容易消失：這~的機會可別錯過了｜時間~，要分秒必爭。

蛸 shāo 見"蠨蛸"(1488頁)。
另見 xiāo(1487頁)。

筲〈籍〉shāo〔名〕竹製或木製水桶：水~｜挑來兩~水。

語彙 斗筲 水筲

【筲箕】shāojī〔名〕一種供淘米洗菜用的竹器，形似簸箕。

艄 shāo ❶船尾：船~｜後~。❷船舵：掌~。

語彙 撐艄 船艄 掌艄

【艄公】(梢公)shāogōng〔名〕(位，名，個)掌

舵的人，泛指撐船的人：是一位老~把他送過了河。

鞘 shāo〔名〕(條，根)鞭鞘，拴在鞭子頂端的細皮條。
另見 qiào(1082頁)。

燒(烧)shāo ❶〔動〕使物體着火：燃~｜~荒。❷〔動〕加熱使物體起變化：~開水｜~磚瓦｜~木炭。❸〔動〕因接觸化學藥品等使物體起變化：羊毛衫被硫酸~壞了。❹〔動〕烹飪方法。在火上烤；或用油炸後再添入湯汁炒或燉：~烤｜紅~｜~茄子｜~雞塊。❺〔動〕施肥過量使植物枯萎或死亡：秧苗被糞肥~死了｜菜秧都叫肥料~得枯黃了。❻〔動〕因病而體溫升高：孩子發~了｜~到 39 度了。❼〔動〕譏諷人乍得富貴得意忘形：發了一筆小財，他就~得不知道怎麼好了。❽〔名〕指超過正常體溫的體溫：退~藥｜~退了嗎？

語彙 低燒 發燒 焚燒 高燒 紅燒 火燒 燃燒 退燒 延燒 怒火中燒

【燒包】shāobāo〔動〕(北方官話)有點錢就想花出去，譏諷人乍得小富小貴就不能自制：你才掙了幾個錢呀，就~得天下下館子。

【燒杯】shāobēi〔名〕(隻)加熱液體或配製溶液用的杯形容器，一般用玻璃製成，杯沿有一個便於倒出液體的小口兒。

【燒餅】shāobing〔名〕烘烤熟的小麵餅，用發麵或半發麵做成，表面多放有芝麻：芝麻~｜糖~｜吊爐~(用吊爐烤後薄而脆的燒餅)。

【燒化】shāohuà〔動〕❶火化；把屍體燒掉：他要求死後~，將骨灰撒入大海。❷給死者焚燒供品、紙錢等：父親給母親上墳，把買來的紙錢~了。

【燒荒】shāo//huāng〔動〕開墾前燒掉荒地上面的野草：先~後翻地｜那是~的山火｜這片地剛燒了荒。

【燒毀】shāohuǐ〔動〕焚燒毀滅；燒壞：這裏的寺廟和神像被一場山火~了｜此次火災共~房屋十餘間。

【燒鹼】shāojiǎn〔名〕一種強鹼，成分是氫氧化鈉，白色固體。有強烈腐蝕性，是重要的化工原料。也叫火鹼。

【燒結】shāojié〔動〕冶煉礦物時把小塊礦石或粉末狀物質加熱使黏結。

【燒酒】shāojiǔ〔名〕白酒。因酒精含量高、能點燃而得名。

【燒烤】shāokǎo ❶〔動〕用炭火燒製或烤製肉食品：~羊肉｜準備好炭火，我來~。❷〔名〕用炭火燒製或烤製的肉食品：他喜歡在小攤上吃~。❸〔名〕賣烤製羊肉串等肉食品的攤販：取締街頭~。

【燒冷灶】shāo lěngzào〔慣〕比喻巴結奉承尚未

得勢的人：他討好老王，是先～，老王一旦榮升，對他有利。

【燒賣】shāomài〔名〕一種食品，用薄的燙麵皮包餡兒，頂上捏成細褶兒，蒸熟吃：他經常光顧那家～店。也作燒麥。

【燒瓶】shāopíng〔名〕（隻）加熱或蒸餾液體用的容器，一般用玻璃製成。有各種容量和形狀，如圓底燒瓶、平底燒瓶、錐形瓶等。

【燒傷】shāoshāng〔名〕高溫、化學藥品腐蝕或放射綫等造成皮膚和組織損傷：輕度～｜大面積～｜～門診。

【燒香】shāo // xiāng〔動〕❶拜神佛或祭祖先時把香點燃插在香爐裏：～拜佛｜平時不～，急來抱佛腳。❷比喻給人送請求情：請人辦點事常常要～磕頭，求爺爺告奶奶的｜他給人燒了香，可也沒把事辦成。

【燒心】shāoxīn㊀〔動〕胃部出現燒灼的感覺，多由胃酸過多引起：吃白薯～。㊁〔動〕（～兒）（北京話）大白菜、蘿蔔等蔬菜的菜心因發生病害而變黃：大白菜一～就沒法吃了｜蘿蔔～了。

【燒紙】shāozhǐ❶〔名〕（張、疊）一種用品，將紙剪成或刻印成錢形，在祭奠死者時焚燒：清明掃墓，還是有不少人買～。❷（-//-）〔動〕有些人為死者或鬼神燃燒紙錢，認為可供其在陰間使用：許多人清明掃墓，不～。

【燒製】shāozhì〔動〕將器物的泥坯放在窯中烘燒製成（陶器、瓷器等）：這批瓷器是景德鎮～的。

【燒灼】shāozhuó〔動〕因燒、燙致傷：手上有～疤痕。

sháo ㄕㄠˊ

勺 sháo ❶（～兒）〔名〕（把）一種有柄可以舀東西的器具：小～兒｜湯～兒｜水～｜飯～兒｜鍋碗瓢～。❷〔量〕容量單位，10撮等於1勺，10勺等於1合（gě）。

語彙　炒勺　漏勺　馬勺　掌勺　後腦勺

【勺子】sháozi〔名〕（把）較大的勺兒：舀水的～｜拿個～來舀湯。

芍 sháo 見下。

【芍藥】sháoyao〔名〕❶（株）多年生草本植物，花大而美麗，有紅、白等色，為著名的觀賞用，能袪風止痛，活血補血。❷（朵）這種植物的花。

杓 sháo 同"勺"①。
另見 biāo（85頁）。

珇 sháo〈書〉美玉。

苕 sháo（西南官話）紅苕，即甘薯。
另見 tiáo（1339頁）。

招 sháo〈書〉樹搖動的樣子。

韶 sháo ❶古代樂曲名。傳說是虞舜時代的樂曲：聞～。❷〈書〉美好：～光｜～秀。❸（Sháo）〔名〕姓。

【韶光】sháoguāng〔名〕〈書〉❶美好的時光，多指春光：～照古城，老樹發新枝。❷光陰：～荏苒，轉瞬已是寒冬。❸比喻美好的青年時期：～易逝。

【韶華】sháohuá〔名〕〈書〉❶春光：～將盡。❷美好的年華，指青春年華：～不為少年留。

【韶秀】sháoxiù〔形〕〈書〉美好秀麗：小姑娘聰穎～。

shǎo ㄕㄠˇ

少 shǎo ❶〔形〕數量小（跟"多"相對）：～而精｜僧多粥～｜說得多，做得～，這可不好｜～花錢，多辦事。注意"少"不修飾名詞，"粥少"不說"少粥"，"時間少"不說"少時間"。"少量""少數"是合成詞。❷〔動〕表示不足；缺少（跟"多"相對）：缺醫～藥｜還～一把椅子｜全班同學都到了，一個不～。❸〔動〕欠：他還～我們兩百塊錢｜一分錢也不～你的。❹〔動〕丟失；遺失：大夥的行李一件沒～｜箱子裏～了一套西服。❺〔副〕暫且；稍微：～事休息｜～安毋躁。
另見 shào（1185頁）。

語彙　短少　多少　減少　缺少　稀少　些少　至少　絕甘分少　僧多粥少　凶多吉少

【少安毋躁】shǎo'ān-wúzào〔成〕暫且安心等一會兒，不要急躁：請諸位～，名角兒就要登場了。

【少不了】shǎobuliǎo〔動〕缺不了；短不了：這次比賽～你｜孩子在你家，～給人添麻煩｜往後的困難看來～。

【少得了】shǎodeliǎo〔動〕能缺少：這次去談判，～他也少不了你｜演戲還～你這個大演員嗎？注意"少得了"用於反問句，意思是肯定的，"少得了你？"就是"少不了你"。

【少見】shǎojiàn ❶〔動〕客套話。表示很少見到對方（見面時用）：～，～！最近你那忙甚麼？❷〔形〕罕見；難得見到：日全食是～的天象｜這場洪災歷史上也～。

【少見多怪】shǎojiàn-duōguài〔成〕因為見識少，

遇到平常的事物也感到奇怪。多用以嘲諷見聞淺陋：世界之大無奇不有，是我～了｜這裏的習俗是婦女下地幹活，男的在家閒着，別～了。

【少量】shǎoliàng〔形〕屬性詞。數量或分量少的：稻田裏發現～病蟲害｜喝咖啡加～的糖就行了。

【少陪】shǎopéi〔動〕客套話。表示因事不能奉陪：對不起，～了｜我馬上要開會，～了。

【少時】shǎoshí〔名〕不大一會兒；不多時：～聚會的人就都到齊了｜～雨過天晴，出了太陽。

【少數】shǎoshù〔名〕半數以下的數量；較小的數量（跟"多數"相對）：～服從多數｜～人的意見也應尊重。

【少數民族】shǎoshù mínzú 多民族國家中人口居於少數的民族。中國除人口最多的漢族外，有五十五個少數民族。

【少說】shǎoshuō〔動〕往少裏說：這塊石頭～也有一噸重｜買這套衣服～也得千把塊錢。

【少許】shǎoxǔ〔形〕〈書〉一點兒；少量：送上茶葉～，請收下｜涼菜裏～放點香油好吃。

少 shào ㄕㄠˋ

少 shào ❶ 年紀輕（跟"老"相對）：～女｜年～。❷ 年輕人：遺～。❸ 少爺：大～｜二～｜闊～。❹（Shào）〔名〕姓。
　　另見 shǎo（1184 頁）。

語彙 惡少　闊少　老少　年少　遺少

【少白頭】shàobáitóu ❶〔動〕年紀不大而頭髮就開始變白：他過於操勞，～不奇怪。❷〔名〕年紀不大而頭髮已開始變白的人：年紀不大就成了～，可能跟遺傳基因有關。

【少不更事】shàobùgēngshì〔成〕年紀輕，沒經過多少世事。指年輕人缺少經驗：孩子～，出遠門總不能讓大人放心。｜這年輕人口不擇言，真是～。也說少不經事。

【少東家】shàodōngjia〔名〕舊時僕人稱東家的兒子或尊稱有錢人家的少爺。

【少兒】shào'ér〔名〕少年兒童：～節目｜～讀物｜～頻道。

【少婦】shàofù〔名〕（位）年輕的已婚女子：這種化妝品最受～們歡迎。

【少管所】shàoguǎnsuǒ〔名〕（間，所）少年犯管理所的簡稱。是對犯罪少年進行管理教育的機構和處所。

【少將】shàojiàng〔名〕軍銜，將官的一級，低於中將。

【少奶奶】shàonǎinai〔名〕❶ 舊時僕人稱少爺的妻子。❷ 舊時尊稱別人家的兒媳婦或年輕主婦：張家～。

【少年】shàonián〔名〕❶ 指十歲左右到十五六歲的年齡段：～時代。❷ 指少年時期的人：～之家｜～讀物。❸ 舊時指青年男子：翩翩～｜不見舊者老，但睹新～｜恰同學～，風華正茂。

【少年犯】shàoniánfàn〔名〕（名）在中國指年滿十四週歲而未滿十八週歲因犯罪而被依法判處徒刑的人：對～要重在教育。

【少年宮】shàoniángōng〔名〕（座）少年兒童的校外活動機構，是對少年兒童進行教育和開展科技、文化、體育活動的場所。

【少年老成】shàonián-lǎochéng〔成〕指人雖年輕，處事、工作卻很老練。也指年輕人缺乏朝氣：這年輕人～，工作起來很有一套｜他在這幫年輕人中顯得～，不像別人那麼活潑。

【少年先鋒隊】shàonián xiānfēngduì 中國和世界某些國家的少年兒童組織。中國少年先鋒隊1949 年 10 月建立，中國共產主義青年團受中國共產黨委託領導少年先鋒隊的工作。簡稱少先隊。

【少女】shàonǚ〔名〕未婚的年輕女子：～裝｜這部小說少男～愛看。

【少尉】shàowèi〔名〕軍銜，尉官的一級，低於中尉。

【少先隊】shàoxiānduì〔名〕少年先鋒隊的簡稱。

【少相】shàoxiang〔形〕長相比實際年齡顯得年輕：她四十多歲了，但長得～，看上去只有三十來歲。

【少校】shàoxiào〔名〕軍銜，校官的一級，低於中校。

【少爺】shàoye〔名〕❶ 舊時僕人稱主人的兒子。❷ 舊時稱有錢有勢人家的男性青少年：小～｜大～｜闊～。❸（位）尊稱別人的兒子。

【少壯】shàozhuàng〔形〕年紀輕，身體強壯：～派｜～不努力，老大徒傷悲。

【少壯派】shàozhuàngpài〔名〕指某一群體裏年富力強的一部分人：～得到重用是件好事。

召 Shào ❶ 周朝國名，在今陝西鳳翔一帶。❷〔名〕姓。
　　另見 zhào（1721 頁）。

劭 shào〈書〉❶ 勸勉；鼓勵：先帝～農，薄其租稅。❷ 美好：年高德～。

邵 Shào ❶ 春秋時地名，在今河南濟源西。❷〔名〕姓。

捎 shào〔動〕❶（喝令牲口）稍微向後倒退：往後～～馬車。❷ 減退：～色（shǎi）。
　　另見 shāo（1183 頁）。

【捎色】shào // shǎi〔動〕（布類）退色：太陽一曬就～｜這塊布料捎不捎色？

哨 shào ㊀ ❶〔動〕鳥叫：畫眉～得真好聽。❷〔動〕（北京話）說話；閒聊：那幾個人又～上了｜神聊海～。❸（～兒）〔名〕哨子：吹～兒集合。

㊁❶巡邏；偵察：～探。❷〔名〕巡邏、警戒、防守的崗位：～所｜～兵｜瞭望～｜五步一崗，十步一～。❸〔量〕支；隊：一～人馬。❹（Shào）〔名〕姓。

【語彙】步哨　查哨　放哨　崗哨　呼哨　花哨　口哨　前哨　巡哨　觀察哨　花裏胡哨

【哨兵】shàobīng〔名〕（名）執行警戒任務的士兵。

【哨卡】shàoqiǎ〔名〕（道）在邊境或要道上設立的哨所：邊防～。

【哨所】shàosuǒ〔名〕警戒人員或哨兵居住和執勤的處所：前沿～｜我們的～就在山坡上。

【哨子】shàozi〔名〕（隻）一種能吹響的器物，用金屬、竹、木或塑料製成：體操教練吹～了，趕快去集合。

紹（绍） shào ㊀〈書〉繼續；接續：～世而起。
㊁（Shào）❶指浙江紹興：～酒｜～劇。❷〔名〕姓。

【語彙】陳紹　介紹

【紹介】shàojiè〔動〕〈書〉介紹：請為～，晉見先生。

【紹酒】shàojiǔ〔名〕浙江紹興出產的黃酒。主要有加飯、善釀、香雪、元紅等品種。也叫紹興酒。

【紹劇】shàojù〔名〕地方戲曲劇種，流行於浙江紹興、寧波、杭州一帶。舊稱紹興亂彈，也叫紹興大班。

【紹興師爺】Shàoxīng shīyé 舊時指紹籍的官署幕僚。清代官府中承辦刑事判牘的幕僚叫"刑名師爺"，多善於舞文弄法，左右人的禍福。因其中任職者多為浙江紹興人，故稱。

睄 shào〔動〕匆匆看一眼：那人向這邊～了一眼。

稍 shào 見下。
另見 shāo（1183 頁）。

【稍息】shàoxī〔動〕軍事或體操口令，命令隊伍或操練人員從立正姿勢變為休息姿勢。

潲 shào ㊀〔動〕❶雨被風吹得斜着落下來：雨往南～｜快關上窗戶，雨～進屋裏來了。❷（北京話）灑水：先用水把地～一下再掃，免得起土｜黃瓜蔫了，～點水就好了。
㊁〔名〕（西南官話、贛語、湘語）泔水：～缸｜～桶。

【潲水】shàoshuǐ〔名〕（西南官話、贛語、湘語）泔水：每天到各家收～來養豬。

shē ㄕㄜ

奢 shē ❶奢侈（跟"儉"相對）：～華｜由～入儉難｜戒～以儉。❷過分；過度：

望｜～願。❸誇張的；誇大的：～言。

【語彙】豪奢　華奢

【奢侈】shēchǐ（-chi）〔形〕揮霍錢財，享受過度：提倡儉樸，反對～浪費｜～品。

【奢華】shēhuá〔形〕奢侈豪華：陳設～｜居室裝修，何必～。

【奢靡】（奢糜）shēmí〔形〕奢侈浪費：～之風不可長｜生活～。

【奢求】shēqiú ❶〔名〕過分、過高的要求：只要有事幹就行，別無～。❷〔動〕提出過分、過高的要求：不～更高的報酬。

【奢談】shētán〔動〕❶誇大而不切實際地談論：連基本的技術動作都不過關，～甚麼世界冠軍。❷虛偽浮誇地談論：壓迫者也～人權？

【奢望】shēwàng ❶〔名〕過分的希望：生活好一些他就滿足了，從不存發大財的～。❷〔動〕過分地、不切實際地希望：他希望找到一份穩定的工作，不～發大財。

猞 shē 見下。

【猞猁】shēlì〔名〕（隻）哺乳動物，形狀似貓而大。行動敏捷，善爬樹，性兇猛，棲息於多岩石的森林中。也叫林猞、猞猁猻。

畲 Shē 畲族。注意 畲字上部從"余"（shé），不從"余"（yú）。

【畲族】Shēzú〔名〕中國少數民族之一，人口約70.8 萬（2010 年），主要分佈在福建、浙江的山區，少數散居在廣東、江西、貴州、安徽等地。畲語是本民族語言，現多使用客家話為主要交際工具。

畬 shē〈書〉播種前先焚燒田地裏的草木，用草木灰做肥料：～田。注意 畬字上部從"余"，不從"余"。
另見 yú（1655 頁）。

崷（崒） shē 用於地名：登～鎮（在廣東）。

賒（赊） shē〔動〕賒欠：～購｜這錢先～着｜千錢～不如八百現。

【賒購】shēgòu〔動〕用延期付款的方式購買：～閒置機器｜收回～款項。

【賒欠】shēqiàn〔動〕交易時買方先取貨記賬，延期付款。

【賒銷】shēxiāo〔動〕用賒欠的方式銷售：～化肥。

【賒賬】shē // zhàng〔動〕賒銷；賒欠：～銷售｜

帶的錢不夠，只好～了｜賒了不少賬。

shé　ㄕㄜˊ

舌 shé ❶〔名〕人和動物口腔內辨別滋味、幫助咀嚼和協同發音的器官，有些動物也用以捕食，一般呈帶狀。❷ 形狀像舌頭的東西：火～｜鞋～｜帽～。❸ 鈴或鐸中的錘：鈴～。❹（Shé）〔名〕姓。

語彙 長舌　唇舌　鼓舌　喉舌　火舌　嚼舌　口舌　帽舌　弄舌　饒舌　學舌　笨口拙舌　瞠目結舌　貧嘴薄舌　七嘴八舌　搖唇鼓舌　鸚鵡學舌　油嘴滑舌　張口結舌

【舌敝唇焦】shébì-chúnjiāo〔成〕說話說得舌頭也破了，嘴唇也乾了。形容費盡唇舌：母親講得～，女兒就是聽不進去。也說唇焦舌敝。

【舌耕】shégēng〔動〕舊時指依靠教書為生。因教書要說話，靠說話謀生有如靠力氣耕田謀生，故稱：～三十載。

【舌劍唇槍】shéjiàn-chúnqiāng〔成〕唇槍舌劍。

【舌苔】shétāi〔名〕(層)舌面上的滑膩物質。正常時舌苔薄白而潤，患病時舌苔有白、黃、黑、膩等變化，中醫常依據舌苔的厚薄、滑澀、顏色診斷病情。

【舌頭】shétou〔名〕❶ "舌" ①。❷ 為了解敵情而活捉來的敵人：偵察兵抓來了一個｜根據～提供的情況，敵人的糧食快吃完了。

【舌戰】shézhàn〔動〕激烈地辯論：～群雄｜會上出現了激烈的～。

折 shé ❶〔動〕斷：棍子～了｜寧～不彎。❷〔動〕虧損：虧～｜消～｜～了本兒。❸（Shé）〔名〕姓。
另見 zhē（1723 頁）；zhé（1724 頁）；zhé "摺"（1725 頁）。

【折本】shé // běn（～兒）〔動〕賠本：千賣萬賣，～不賣｜他做生意很小心，總怕折了本。

【折耗】shéhào〔動〕物品在運輸、存放中發生損耗：從老遠運來的東西哪兒能沒有～？｜水果儲存，～不少。

佘 Shé〔名〕姓。

荼 Shé〔名〕姓。

蛇〈虵〉shé〔名〕(條)爬行動物，身體圓而細長，有鱗，無四肢。捕食青蛙、鳥、鼠等。種類很多，分為有毒、無毒兩大類。俗稱長蟲。
另見 yí（1598 頁）。

語彙 毒蛇　蝮蛇　蟒蛇　地頭蛇　春蚓秋蛇　打草驚蛇　封豕長蛇

【蛇竇】shédòu〔名〕港澳地區用詞。❶ 喻指非法入境者隱藏的地方：警方拆除多間成為～的廢棄村屋。❷ 喻指上班一族擅自離開工作職位去偷閒的茶樓、餐廳等地方：小巷內的茶餐廳成了偷閒的～。

【蛇毒】shédú〔名〕毒蛇體內所含的有毒物質。提煉後可入藥。

【蛇匪】shéfěi〔名〕港澳地區用詞。指非法入境者中的犯罪分子：半山豪宅遭～爆竊。

【蛇矛】shémáo〔名〕古代一種比矛長的兵器：丈八～。

【蛇頭】shétóu〔名〕指進行販賣人口、組織偷渡等非法活動的犯罪集團的首領。

【蛇蛻】shétuì〔名〕中藥指蛇蛻下來的皮，仍為筒狀，用來治驚風、抽搐、癲癇等。

【蛇王】shéwáng〔名〕港澳地區用詞。❶（粵語）以捉蛇為職業者或捉蛇能手：～張｜～良。❷ 喻指工作時間擅自或藉故離開工作崗位的人：政府不再姑息～，加速勒令退休的懲罰程序。

【蛇蠍】shéxiē〔名〕蛇和蠍子，比喻狠毒的人：～心腸｜毒如～。

【蛇行】shéxíng〔動〕❶ 全身伏在地上像蛇一樣爬着前進：偵察隊員匍匐～，穿過了敵人的封鎖綫。❷ 像蛇一樣蜿蜒曲折地前行：小溪～而過｜汽車在山間～。

【蛇形】shéxíng〔名〕彎彎曲曲像蛇的形狀：居民小區有三座～樓｜裝熱水器要用兩個～水管兒。

【蛇足】shézú〔名〕蛇的足。蛇本無足，因以 "蛇足" 比喻多餘無用的事物：這最後一段文字成了～。參見 "畫蛇添足"（564 頁）。

揲 shé 古代占卜時用手數蓍草數目並加以區分：～之以四，以象四時（四根一組地分開，象徵四時）。
另見 dié（299 頁）。

【揲蓍】shéshī〔動〕數蓍草，古代占卦的一種方式：占夢～。

闍〔闍〕shé 見下。
另見 dū（317 頁）。

【闍梨】shélí〔名〕佛教原指僧徒之師，意思是能糾正弟子的品行，能為弟子軌範，也轉為軌範師。現一般用來指高僧，也泛指僧人。[阿闍梨的省略，梵 ācārya]

shě　ㄕㄜˇ

捨（舍）shě〔動〕❶ 捨棄；放棄：戀戀不～｜～生取義｜四～五入。❷ 施捨：～藥｜～粥｜～飯。
"舍" 另見 shè（1189 頁）。

語彙 割捨　取捨　施捨　難分難捨　鍥而不捨
依依不捨

【捨本逐末】shěběn-zhúmò〔成〕放棄根本的、主
要的方面，而去追求細枝末節。形容不抓關
鍵、根本，只用心在枝節問題上：寫文章光
講究形式，不注重內容，豈不是～？也說捨本
求末。

【捨不得】shěbude〔動〕❶ 不忍分離：遠離故
鄉，我心裏真有點～｜相處久了，～離開。
❷ 因愛惜而不忍拋棄或使用：把這件軍大衣扔
了我可～｜愛人送的那支鋼筆，他一直～用。

【捨得】shěde〔動〕忍心捨棄；不吝惜：你～把這
東西送人嗎？｜你～，我可捨不得｜他學外語
也真～下工夫。**注意**"捨得"是"捨不得"的肯
定形式，常跟"捨不得"連用形成問句，如"這麼
好的一盆花兒，你～送人嗎？"，又常用於對
比句裏，如"你捨得，我還捨不得呢！"

【捨己為公】shějǐ-wèigōng〔成〕犧牲個人的利益
去維護公共利益：在抗洪搶險中，他是～的
英雄。

【捨己為人】shějǐ-wèirén〔成〕放棄個人的利益去
幫助救護他人：～的精神｜他大公無私，處
處～。

【捨近求遠】shějìn-qiúyuǎn〔成〕捨棄近的去尋求
遠的。多形容做事走彎路：老師就在你身邊，
不必～去請教別人。

【捨車保帥】shějū-bǎoshuài〔成〕下象棋時的用
語，捨掉車，保住帥。比喻為了保住主要的而
捨棄次要的：廠方把會計推出來做替罪羊，
是～，為廠長開脫。

【捨命】shěmìng〔動〕不顧惜自己的生命；拚
命：～陪君子｜～救人。

【捨棄】shěqì〔動〕丟掉；拋棄：～了這個難得的
機會｜他～國外優厚的工作條件，決心回國
任教。

【捨身】shěshēn〔動〕原為佛教用語，指為報恩而
燃臂燒身，或為佈施而割肉捨身。後泛指為了
人民和祖國利益而犧牲自己：在大火中一名消
防隊員～救出被困幼童。

【捨生取義】shěshēng-qǔyì〔成〕《孟子‧告子
上》："生，亦我所欲也；義，亦我所欲也。二
者不可得兼，捨生而取義者也。"後用"捨生
取義"指為正義事業而犧牲生命：在刑場上，
革命志士～，英勇獻身。

【捨生忘死】shěshēng-wàngsǐ〔成〕形容把個人生
死置之度外；為掩護傷病員安全撤退，他帶領
小分隊～，與敵人周旋。也說捨死忘生。

shè ㄕㄜˋ

社 shè ❶ 古代指土地神和祭祀土地神的地
方、祭日和祭禮：秋～｜～火｜～日。
❷〔名〕某些從事共同工作的集體性組織：詩～｜
合作～｜公～｜集會結～。❸〔名〕某些機構或
服務性單位的名稱：報～｜雜誌～｜旅行～｜
茶～。❹(Shè)〔名〕姓。

語彙 報社　茶社　春社　分社　公社　會社　結社
旅社　秋社　詩社　書社　總社　出版社　供銷社
旅行社　通訊社　信用社

【社保】shèbǎo〔名〕社會保險的簡稱。

【社工】shègōng〔名〕❶ "社會工作"①的簡稱。
❷ 社會工作者的簡稱。指專門從事社會服務工
作的專業技術人員，如從事社會救助、社會慈
善、殘障康復等方面工作的專業技術人員。

> **辨析** 社工、義工　"社工"作為一種職業，是
> 領取工資等報酬的；"義工"則是無償貢獻自
> 己的時間、精力和技能，沒有報酬的。"社工"
> 具有特定的專業知識和技能，一般需要通過資
> 格考試才能上崗，如中國現設有助理社會工作
> 師、社會工作師和高級社會工作師三個級別的
> 資格；"義工"則沒有這方面的規定和限制。

【社會】shèhuì〔名〕❶ 由一定的經濟基礎和上層
建築構成的整體。一般認為，有原始共產主義
社會、奴隸社會、封建社會、資本主義社會、
共產主義社會(社會主義社會是共產主義社會
的初級階段)五種基本社會形態。也叫社會形
態。❷ 泛指由於共同活動而互相聯繫起來的人
群：～團體｜～生活｜～賢達｜～名流。

【社會保險】shèhuì bǎoxiǎn 勞動者或公民在暫時
或永久喪失勞動能力及發生其他生活困難時，
由國家、社會對他們給予物質保障的各種制度
的總和。簡稱社保。

【社會工作】shèhuì gōngzuò ❶ 在社會服務和社會
管理領域，綜合運用專業知識和技能，以協調
社會關係、促進社會和諧等為目的的專門性社
會服務工作。簡稱社工。❷ 在本職工作之外無
償為社會或群眾所提供的服務：他除教學和科
研外還有不少～。

【社會關係】shèhuì guānxì(-xi)❶ 人們在共同活
動過程中所結成的以生產關係為基礎的相互關
係。包括生產關係和政治、法律、宗教等關
係。❷ 指個人的親戚朋友關係：他的～複雜。

【社會活動】shèhuì huódòng 指在本職工作之外的
集體活動：名人的～太多了｜過多的～影響正
常的工作和學習。

【社會科學】shèhuì kēxué 研究各種社會現象的科
學，包括政治學、政治經濟學、法學、社會
學、人類學、教育學、倫理學等。簡稱社科。

【社會青年】shèhuì qīngnián 指不在上學也未就業

的青年人。

【社會效益】shèhuì xiàoyì 指在社會上產生的正面效果和積極影響：確定一個建設項目，不僅要考慮經濟效益，而且也要考慮～。

【社會學】shèhuìxué〔名〕研究人類社會生活及其發展規律的學科。研究範圍包括人口、勞動、文化、道德、婦女、青年、兒童、老年和城鄉社會諸方面。

【社會制度】shèhuì zhìdù 社會的經濟、政治、文化等制度的總稱。不同的社會制度，反映着不同的社會性質。

【社會主義】shèhuì zhǔyì ❶ 指社會主義學說。通常指馬克思主義三個組成部分之一的科學社會主義。❷ 指社會主義制度，是共產主義的初級階段。

【社火】shèhuǒ〔名〕原指在節日迎神賽會演出的各種雜戲。後也指民間在節日舉行的各種遊藝活動，如舞獅、耍龍燈、跑旱船等：看～｜他老家節日的～，熱鬧非凡。

【社稷】shèjì〔名〕社是土地神，稷是穀神。古代帝王都祭祀社稷，後來就成了國家的代稱：民為貴，～次之，君為輕。

【社交】shèjiāo〔名〕指社會上人們的交際往來：～公開｜善於～｜～活動｜他很活躍，經常出入各種～場合。

【社科】shèkē〔名〕社會科學的簡稱：～讀物｜～院。

【社論】shèlùn〔名〕（篇）代表報刊編輯部就當前重大問題發表的評論：《人民日報》～。

【社情民意】shèqíng mínyì 社會情況和民眾的意見、願望等：反映～｜體察～。

【社區】shèqū〔名〕❶ 城市中以居民特徵劃分的居住區：華人～｜黑人～。❷ 中國城鎮按地理位置劃分的居民區：～醫院｜～服務。

【社區詞】shèqūcí〔名〕即社會區域詞。由於社會制度的不同，社會的政治、經濟、文化體制的不同，不同社區人們使用語言存在心理差異。在使用現代漢語的不同社區，流通着一部分各自社區的特有詞語。例如，大陸的"三講"菜籃子工程"，台灣的"首投族""走路工"，香港的"公屋""兩文三語"，澳門的"發財巴""前地"以及新加坡的"組屋"等。

【社區學院】shèqū xuéyuàn〔名〕港澳地區用詞。介於高中與大學之間的學院，一般學制兩年，頒發副學士學位文憑。

【社群】shèqún〔名〕社會群眾；社會階層：政治～｜華人～。

【社團】shètuán〔名〕經過法律手續成立的群眾性組織，如各種學會、青年聯合會、婦女聯合會等。

【社戲】shèxì〔名〕舊時某些地區的農村在春秋兩季祭祀社神（土地神）時所演的戲。一般在廟裏戲台上或野地搭台演出：他常回憶起兒時在家鄉看～的快樂。

【社員】shèyuán〔名〕（位，名）❶ 某些以社命名的組織的成員。❷ 特指中國 20 世紀 50 年代參加農業合作社、人民公社的農民。

舍 shè ㊀❶ 房屋：田～｜旅～｜宿～。❷ 圈養牲畜的地方：豬～｜雞～。❸〈謙〉組成對人稱自己家的用語：～間｜～下｜寒～。❹〈謙〉用於對人稱比自己年輩低的親屬或親戚：～妹｜～姪｜～親。❺（Shè）〔名〕姓。
㊁❶〔量〕古代行軍三十里為一舍：退避三～。❷ 古代稱行軍住宿一夜為舍：凡師一宿為～，再宿為信，過信為次。
另見 shě "捨"（1187 頁）。

語彙 村舍 邸舍 房舍 館舍 寒舍 客舍 鄰舍 廬舍 旅舍 茅舍 農舍 宿舍 田舍 瓦舍 校舍 打家劫舍 神不守舍 退避三舍 左鄰右舍

【舍間】shèjiān〔名〕〈謙〉舍下。
【舍監】shèjiān〔名〕學校中管理學生宿舍的職員。
【舍利】shèlì〔名〕佛教指死者火葬後的殘餘骨燼，一般指釋迦牟尼遺體焚燒後結成的珠狀物，後也指高僧死後焚燒剩下的骨燼。[梵 śarīra]
【舍親】shèqīn〔名〕〈謙〉對人稱自己的親戚。
【舍下】shèxià〔名〕〈謙〉對人稱自己的家。也說舍間。

拾 shè〈書〉慢步從容而上：～級（一步步登上梯級）。
另見 shí（1219 頁）。

【拾級而上】shèjí'érshàng〔成〕順着台階一級一級地往上走。

厙（库） shè ❶ 村莊。多用於地名：北～（在江蘇吳江）。❷（Shè）〔名〕姓。

射〈躲〉 shè ❶〔動〕利用推力或彈力發出：發～｜～箭｜～門｜彎弓～大雕。❷〔動〕液體受壓力從孔中迅速噴出：注～｜水管壞了，直往外～水。❸〔動〕放出光、熱、電波等：反～｜放～｜輻～｜光芒四～。❹（言語、行為）有所指：影～｜暗～。❺〈書〉追逐（財利）：～利。❻〈書〉猜測：～覆。❼（Shè）〔名〕姓。

語彙 攢射 點射 發射 反射 放射 輻射 噴射 騎射 掃射 閃射 投射 影射 映射 照射 折射 注射

【射程】shèchéng〔名〕射擊所達到的距離：～超過 100 米｜控制在有效～內。
【射覆】shèfù〔動〕❶ 猜測覆蓋着的東西，是古代類似占卜的一種遊戲。❷ 酒令的一種，用相連的字句，隱物為謎，讓人猜度。
【射擊】shèjī ❶〔動〕用槍炮等火器向目標發射槍彈、炮彈：向敵人～｜對準敵方陣地～。

❷〔名〕體育運動項目之一。按照所用槍支、射擊距離、射擊目標、射擊姿勢和射擊方法分為不同類別。以命中環數或靶數計算成績：～比賽｜～隊。

【射箭】shèjiàn ❶〔動〕用弓把箭發出去：愛好～｜～沒靶子——無的放矢。❷〔名〕體育運動項目之一。在一定距離用箭往靶子上射，以中靶環數計算成績：～比賽｜～冠軍。

【射利】shèlì〔動〕〈書〉牟取財利：富商巨賈～。

【射利沽名】shèlì-gūmíng〔成〕謀取錢財和名譽；追求名利：～之徒，為人不齒。

【射獵】shèliè〔動〕用弓箭等打獵：原始人以～為生。

【射流】shèliú〔名〕噴射成束狀的流體。水從救火龍頭中射出、高速氣體從噴氣式飛機的噴管中噴出等形成的流體，都叫射流：～噴口｜～技術。

【射門】shè // mén〔動〕足球、冰球、手球等運動中，運動員將球踢向或投向對方球門：多次～｜頭球～成功。

【射殺】shèshā〔動〕用箭或用槍射擊殺死：～無辜｜嚴禁～野生動物。

【射手】shèshǒu〔名〕(位，名)❶射擊手；射箭或放槍炮的人：弓箭～｜機槍～｜迫擊炮～。❷指球隊技術很高的運動員。

【射綫】shèxiàn〔名〕❶(條)數學上指從某一固定點向單一方向引出的直綫。❷物理學上指波長極短的電磁波，包括紅外綫、可見光、紫外綫、x射綫等。也指能量大、速度高的粒子流，如α射綫、β射綫等。

涉 shè ❶徒步渡水，後泛指從水上經過：跋山～水｜遠～重洋。❷經歷：～世｜～險。❸關聯；牽連：牽～｜～及｜～外。❹閱覽：博～｜～獵。

語彙 跋涉 干涉 關涉 交涉 牽涉 徒涉

【涉案】shè'àn〔動〕跟案件有關：～人員｜～金額｜這起嚴重事故有多名地方官員～。

【涉筆】shèbǐ〔動〕用筆寫作；動筆：～成趣｜據案～。

【涉毒】shèdú〔動〕涉嫌製毒、販毒或吸毒：～人員｜～案件。

【涉及】shèjí〔動〕牽連到；關聯到：合同內容～雙方的權利義務｜這個案件～很多人。**注意**這裏的"及"有"到"的意思，"涉及"後不能再用"到"。

【涉獵】shèliè〔動〕❶泛泛閱讀和粗略了解：廣泛～｜～越廣，越感到不滿足。❷接觸：她近年的小說開始～大學生題材。

【涉略】shèlüè〔動〕隨手翻閱；一般性地閱讀了解：多所～，以廣見聞。

【涉世】shèshì〔動〕經歷世事：年輕人～較淺，

缺乏經驗｜他是個～很深，老於世故的人。

【涉訟】shèsòng〔動〕牽涉於訴訟之中：公司破產，又～幾項財務案件。

【涉外】shèwài〔形〕屬性詞。與外國有關的或對外方面的：～工作｜～案件。

【涉嫌】shèxián〔動〕有跟某件事情相牽連的嫌疑：有人懷疑他～此案。

【涉險】shèxiǎn〔動〕冒着或經歷危險：新款車在調試過程中多次～｜～採訪的記者被困湖中。

【涉足】shèzú〔動〕進到某種環境或領域：～社會｜～其間｜遊樂場所他很少～。

赦 shè 赦免：大～｜～罪｜～小過，舉賢才。

語彙 大赦 寬赦 特赦 十惡不赦

【赦免】shèmiǎn〔動〕免除對罪犯的刑罰：～罪犯。

設 (设) shè ❶〔動〕設立；安排：新～一個專業｜下～五個科室｜天造地～。❷籌劃：～法｜～計。❸〔動〕假設：～想｜～身處地｜～三角形的兩條直角邊分別為AB和AC。❹〔連〕〈書〉假如：～有困難，當竭力相助｜～對方不履行協約，如何處理？

語彙 安設 擺設 常設 陳設 創設 分設 敷設 附設 公設 假設 架設 建設 開設 鋪設 添設 虛設 增設 裝設 天造地設

【設備】shèbèi ❶〔動〕設置配備：學校實驗室～了先進儀器。❷〔名〕(套)有專門用途的成套建築或器材等：廠房～｜發電～｜～齊全｜～完好。

辨析 設備、裝備 "裝備"多指軍事方面的東西，如武器、軍裝、器材、彈藥、技術力量等；"設備"多指一般的器物，如自來水設備、冷氣設備、暖氣設備、機器設備、教學設備等。

【設點】shèdiǎn〔動〕企業、單位設立分支機構或操作活動場所：很多廠家在商業街～銷售自己的產品｜這次招考在十個城市～。

【設定】shèdìng〔動〕❶擬定；假定：～方案｜～的方法都不行。❷設置規定：只要～了開啟時間，電視會按時打開。

【設法】shèfǎ〔動〕想辦法(解決問題)：～幫他找一個工作｜得趕快～把他救出虎口。

【設防】shèfáng〔動〕❶設置防務力量或採取防範措施：不～的城市｜步步為營，處處～。❷比喻心裏戒備防範：真愛不～。

【設計】shèjì ❶〔動〕為做好某項工作或進行某項工程而預先制定方案、圖樣等：親自～｜～攔河大壩。❷〔名〕預先制定的方案、圖樣等：封面～｜室內陳設是依照主人的～來佈置的。

【設立】shèlì〔動〕建立；成立：在山頂上～一個

氣象站｜商場～了顧客意見簿｜這是新～的對外宣傳機構。

【設色】shèsè〔動〕着色；上色（shǎi）：她畫人物，素喜白描，從不～。

【設身處地】shèshēn-chǔdì〔成〕設想自身處在別人的那種境地：他能夠將心比心，～為人家着想｜司售人員事事～為乘客着想。

【設施】shèshī〔名〕（套）為某種需要而建立起來的機構、系統、設備、建築等：醫療～｜交通～｜～先進｜～不配套。

【設使】shèshǐ〔連〕假使；如果：～資金到位，就能提早發放農貸。

【設問】shèwèn〔名〕一種修辭方法，作者用自問自答的形式來突出主要論點，申述所要申述的問題：文章用～開頭，引人注目。

【設限】shèxiàn〔動〕對數量、時間、活動等進行限制：國家貿對商品流通～，會引起貿易糾紛｜有關方面處處～，使談判進行得異常困難。

【設想】shèxiǎng ❶〔動〕想象；假想：不堪～｜讓我們來～一下二十年之後的情形｜怎麼能一次會議就能解決全部問題呢？❷〔動〕着想；考慮：鐵路部門要多為旅客～｜他處處替集體～。❸〔名〕（項，種）指想象或假想的事：～不等於現實｜請談談你的～｜這只是我們的初步～。

【設障】shèzhàng〔動〕設置障礙：沿途重重～｜不要為雙邊關係的發展人為～。

【設置】shèzhì〔動〕❶ 設立：～障礙｜～專門機構｜社區醫院～在居民小區裏。❷ 安裝；置備：教室～了空調｜每個辦公室～一台電話機。

歙　Shè 歙縣，地名。在安徽南部。
另見 xī（1450 頁）。

【歙硯】shèyàn〔名〕（方）產於安徽歙縣的硯台，以石質堅韌、潤密著稱。與甘肅的洮硯、廣東的端硯齊名。

攝（摄）shè ㊀❶ 吸取：～取｜～碘不足會引起碘缺乏病症。❷ 吸引：磁石～鐵，不～鴻毛。❸ 拍攝：～像｜～影。
㊁〔書〕保養：～生｜珍～。
㊂❶ 兼代；代理：～政。❷ 管理：統～。

語彙　拍攝　調攝　統攝　珍攝

【攝理】shèlǐ〔動〕暫時代理：部長出訪期間，部務由常務副部長～。

【攝取】shèqǔ〔動〕❶ 吸取：～食物｜～營養｜從古代文化中～對今天有益的東西。❷ 拍攝（照片或影視鏡頭）：～節日街景｜～了運動會幾個鏡頭。

【攝生】shèshēng〔動〕〈書〉保養身體：飲酒太過，非～之道。

【攝食】shèshí〔動〕（動物）攝取食物：這種鳥類～廣泛。

【攝氏度】shèshìdù〔量〕溫度單位，符號℃。參見"攝氏溫標"（1191 頁）。注意"攝氏度"是一個整體，不能省略或拆開，如"若干度""攝氏若干度"之類，都應稱為"若干攝氏度"。

【攝氏溫標】Shèshì wēnbiāo 溫標的一種，由瑞典人攝爾修斯（Anders Celsius, 1701-1744）所創制。規定在一個標準大氣壓下，純水的冰點為 0 攝氏度，沸點為 100 攝氏度。0 攝氏度和 100 攝氏度之間均勻分成 100 份，每份表示 1 攝氏度。

【攝像】shèxiàng〔動〕用攝像機拍攝人物、景物的影像：整個紀念活動，已～記錄｜把沿途美好風光，一一珍藏。

【攝像機】shèxiàngjī〔名〕（台）攝取實物影像的裝置。有黑白、彩色、立體攝像機幾種。

【攝影】shèyǐng〔動〕❶ 照相。❷ 拍攝電影、電視。

【攝影機】shèyǐngjī〔名〕（台）❶ 照相機的舊稱。❷ 電影攝影機的簡稱。

【攝友】shèyǒu〔名〕（位，名）攝影愛好者的互稱：他們幾位要好的～週末常相約出去拍照。

【攝政】shèzhèng〔動〕代替君主管理國家，處理政務：歷史上有周公～的故事。

【攝製】shèzhì〔動〕拍攝並製作（電影片、電視片）：～大型紀錄片｜故事片的～工作剛剛結束。

麝　shè〔名〕❶ 哺乳動物，形狀像鹿而小，雌雄都無角。雄的腹部有腺囊，能分泌麝香。也叫香獐子。❷ 麝香：有～自然香。

【麝香】shèxiāng〔名〕雄麝腺囊的分泌物，乾燥後呈顆粒狀或塊狀，是貴重香料和名貴藥材，有興奮強心的作用。

灄（灄）Shè 灄水，水名。在湖北東部，南流入長江。

慴（懾）〈慴〉shè／zhé 恐懼；使畏懼：～服｜威～。

語彙　威慴　震慴

【慴服】shèfú〔動〕❶ 因恐懼而屈服：揮刀大喝，眾皆～。❷ 使恐懼並屈服：恐嚇和暴力都無法～革命志士。

shéi ㄕㄟˊ

誰（谁）shéi，又讀 shuí〔代〕疑問代詞。
❶ 用在疑問句裏，問人（做主語、賓語，修飾名詞都帶"的"）：～在門外？｜台上講話的是～？｜這是～的孩子？注意 a）"誰"可以指一個人，也可以指不止一個人；用"誰們"表

S

示複數的現象只在方言中才有。b）"誰"修飾名詞時，通常帶"的"；而用在親屬稱謂前也可不帶"的"，如"誰哥哥出國了？"。❷用在反問句裏，表示"沒有一個人"：～不說咱家鄉好｜～人不知，～人不曉｜天下～人不識君？注意 a）"誰人"的意思是"哪個人"即"所有的人"，所以也可以說成"盡人皆知""盡人皆曉"。b）"誰知道"有時候是"不料"的意思，如"看他平時並不太用功，誰知道竟考了個全校第一"。❸虛指某人，表示不能肯定的人，包括不知道的人，無須或無法說出姓名的人：你得罪～了嗎？｜今天沒有～給你打電話｜有～能幫我就好了！❹用在"也、都"前，或"不論、無論、不管"後，表示在所說的範圍內任何人都無例外：～也不知道是怎麼回事兒｜幹起活來兒，～都不甘落後｜無論～都得遵守制度。❺兩個"誰"前後照應，同指任何一個人：～先到～買票｜～想好了～回答。注意 有時第二個"誰"可改用"他"，如"大家看誰合適，就選他當代表好了"。❻兩個"誰"分指任何兩個人。多用於否定句：他們倆～也不服｜他們倆一塊兒吃飯各自付賬，～也不沾～的光。

【誰邊】shéibiān〔代〕疑問代詞。甚麼方向；何處：秦皇島外打魚船，一片汪洋都不見，知向～？

【誰人】shéirén〔代〕疑問代詞。甚麼人；哪個人：這道理～不知？｜～背後無人說，～背後不說人。

【誰誰】shéishéi〔代〕疑問代詞。常用於表示不能確指或無須說出的一些人：她向我介紹老同學中～出了國，～成了大款。

shēn ㄕㄣ

申 shēn ㊀陳述；表明：～述｜～之以利害。㊁〔名〕地支的第九位。㊂（Shēn）〔名〕❶上海的別稱。❷姓。

語彙 重申 中申 引申 三令五申

【申辦】shēnbàn〔動〕❶申請舉辦：～奧運會。❷申請辦理：～戶口｜～壽險。

【申報】shēnbào ㊀〔動〕向上級機關陳述報告：向主管機關～。㊁（Shēnbào）〔名〕中國近代最早的日報，1872 年 4 月 30 日在上海創刊，1949 年 5 月停刊。

【申辯】shēnbiàn〔動〕申述理由來辯解：有權～｜要允許別人～。

【申斥】shēnchì〔動〕（上級）批評責備下屬：他從不～跟隨自己工作的人員。

【申飭】shēnchì〔動〕〔書〕❶告誡：嚴加～。也作申飭。❷同"申斥"。

【申根協定】Shēngēn xiédìng〔名〕1985 年 6 月 14 日法國、聯邦德國、荷蘭、比利時、盧森堡五國在盧森堡小鎮申根簽訂的關於協定國之間開放邊境、方便人員和貨物自由往來、共同打擊非法活動的條約。1995 年 3 月 26 日正式生效。

【申購】shēngòu〔動〕申請購買：～經濟適用房｜～股票。

【申令】shēnlìng〔動〕號令；發佈命令：～全軍｜擊鼓～。

【申明】shēnmíng〔動〕申述說明：～理由｜～自己的立場｜再度向對方～採取上述行動的目的。

【申請】shēnqǐng ❶〔動〕為辦理某事向有關部門說明理由並提出請求：～補助｜～調動工作｜～入境、過境簽證。❷〔名〕指申請書：這事你寫個～｜你的～交了嗎？

【申請書】shēnqǐngshū〔名〕(份)提出申請要求的書面報告：專利～｜寫一份入會～。

【申時】shēnshí〔名〕用十二時辰記時指下午三時至五時。

【申述】shēnshù〔動〕詳細陳述：～理由｜～事件經過。

【申說】shēnshuō〔動〕詳細說明（情況、理由等）：～事變的起因和結果。

【申訴】shēnsù〔動〕❶對所受處分不服，當事人向組織或有關機關提出意見和要求。❷對已發生法律效力的判決或裁定不服時，訴訟當事人或其他公民依法向法院或檢察院提出重新審理的要求。

【申討】shēntǎo〔動〕公開譴責：上面這八條，就是我們～黨八股的檄文｜嚴詞～破壞祖國統一的言行。

【申屠】Shēntú〔名〕複姓。

【申雪】(伸雪)shēnxuě〔動〕申明或洗雪冤屈：冤沉海底，無處～｜多年的冤屈得到了～。

【申遺】shēnyí〔動〕申報世界遺產名錄。由某一國家向聯合國教科文組織世界遺產委員會申請。

【申冤】shēnyuān〔動〕❶昭雪冤屈：為民～｜不知何時才能～。也作伸冤。❷申訴冤屈，希望得到洗雪：此案被告不服，上訴要求～。

屾 shēn〈書〉並列的兩座山。

伸 shēn〔動〕舒展開；拉長：能屈能～｜～懶腰｜～長了脖子。

語彙 欠伸 延伸 能屈能伸

【伸懶腰】shēn lǎnyāo 人感到睏乏時舒展上肢和腰身：他一邊打哈欠一邊～｜伸了伸懶腰。

【伸手】shēnshǒu〔動〕❶伸出手來：～不見五指｜一～就夠着了。❷比喻向別人或組織索取名利：他有困難從不向國家～。❸插手或干預他人的事（含貶義）：到處～，干涉別國內政。

【伸縮】shēnsuō〔動〕❶伸長和縮短；伸展和收縮：～自如。❷一定限度內做靈活變通：要留有～的餘地。

【伸腰】shēn//yāo〔動〕伸直腰。比喻不再受人欺侮：打倒惡勢力，人民伸了腰。

【伸冤】shēnyuān 同"申冤"①。

【伸展】shēnzhǎn〔動〕向外延伸或擴展：這片草原向遠處～，望不到邊。

【伸張】shēnzhāng〔動〕擴張；發揚：～正義。

身 shēn ❶〔名〕人或動物的軀體：～高五尺｜轉～｜半～不遂。❷ 生命：奮不顧～｜舍～救人｜獻～教育｜以～殉職。❸一生；一輩子：終～｜～後之事。❹自己；親自；本身：潔～自好｜言傳～教｜～正不怕影子歪。❺指人的地位：～份｜～價｜出～｜翻～。❻人的品德修養：修～｜立～處世。❼物體的主要部分：樹～｜橋～｜車～｜河～。❽（～兒）〔量〕用於成套的衣服：穿了一件～新衣服｜她的兩～兒衣裳都是時新款式的。❾〔量〕用於塑像、畫像：彩塑二千餘～｜塑了坐佛一～，佛弟子兩～｜壁畫上畫有女子四～。

語彙					
安身	本身	藏身	赤身	抽身	出身	存身
單身	等身	動身	獨身	翻身	分身	孤身	合身
化身	回身	渾身	寄身	潔身	樓身	起身	欠身
強身	切身	親身	人身	容身	捨身	搜身	隨身
替身	貼身	挺身	投身	脫身	委身	文身	獻身
修身	置身	終身	周身	自身	奮不顧身	獨善其身
降志辱身	明哲保身	惹火燒身			

【身敗名裂】shēnbài-míngliè〔成〕地位喪失，名聲掃地：該官員貪污受賄，結果～。

【身板】shēnbǎn（～兒）〔名〕（北京話）身體；體質：老人的～兒挺硬朗。

【身邊】shēnbiān〔名〕❶身體的近旁左右：入伍不久就被派到首長～工作。❷身上：他有心臟病，～總是帶着急救的藥｜他出門太匆忙，～忘了帶錢。

【身不由己】shēnbùyóujǐ〔成〕❶身體不由自己控制：疲勞過度，～就躺下了。❷自己的行動難由自己支配：他社會活動太多了，幾乎～｜跟這些人在一起，你會～地喝起酒來。以上也說身不由主。

【身材】shēncái〔名〕身體外形所顯示出來的高、矮、胖、瘦等特徵：五短～｜～苗條｜～魁梧。

辨析 身材、身量　"身材"指身體的高、矮、胖、瘦，可以用"高大、矮小、苗條、魁梧"等形容；"身量"只指身體的高矮程度，只能用"大、小、高、矮"來形容，這裏的"大""小"仍指高矮，如"這套衣裳是大身量穿的"。

【身長】shēncháng〔名〕❶身高：兩人的～相差不多｜～一米六。❷指成衣從肩到下擺的長度：裁縫量～。

【身段】shēnduàn〔名〕❶身材或姿態（多指女

性）：她的～很美。❷特指戲曲演員表演的各種舞蹈化動作。戲曲演員的身段都是在日常生活的基礎上經過藝術加工，逐漸提煉出來的程式動作。❸借指身份；架子：這些大學畢業生紛紛放下～到農村或邊遠地區謀職。

【身份】shēnfen〔名〕❶指人的社會地位或法律上的地位：～證｜他沒暴露～｜以官方～發言。❷尊嚴；受人尊敬的地位：你說這話有失～。❸（～兒）事物的品質：這塊布料的～兒挺好。以上也作身分。

【身份證】shēnfènzhèng〔名〕指居民身份證。由政府主管部門發給居民個人，說明其民族、性別、出生年月、住址等信息的證件。

【身高】shēngāo〔名〕身體的高度：量～｜小夥子～多少？

【身故】shēngù〔動〕人死亡：因病～｜你找的人，～多年了。

【身後】shēnhòu〔名〕❶死後：～事｜～蕭條。❷身體的後方：各位觀眾，在我～是舉世聞名的萬里長城。❸比喻個人的社會背景：他那樣放肆，肯定～有人。

【身家】shēnjiā〔名〕❶本人和全家：我以～性命擔保，他確實是冤枉的。❷指家世；家庭出身：他～清白。❸港澳地區用詞。家產：他～過億。

【身價】shēnjià〔名〕❶舊指人口買賣中被賣者的價格。❷泛指一個人的身份和社會地位：一登龍門，～百倍。

【身教】shēnjiào〔動〕用自身的行動影響別人：言傳～｜～重於言教。

【身經百戰】shēnjīng-bǎizhàn〔成〕親身經歷過很多次戰鬥。常用來形容久經磨煉，鬥爭經驗豐富：將軍～，無所畏懼。

【身歷】shēnlì〔動〕親自經歷：若不是～其境，很難想象那時的艱苦程度。

【身量】shēnliang（～兒）〔名〕〈口〉身材；個子：她～雖不高，卻很俊俏｜這套衣裳是大～兒穿的。

【身臨其境】shēnlín-qíjìng〔成〕親身到了那個地方：若非～，簡直很難相信那裏風景的優美。

【身強力壯】shēnqiáng-lìzhuàng〔成〕身體強壯，力氣大：單位裏新調來一位～的小夥子｜他～，幹起活來像個小老虎。

【身軀】shēnqū〔名〕身體；軀體：高大的～｜～健壯。

【身上】shēnshang〔名〕❶身體上：他～穿一件白襯衫｜我～有些不舒服。❷隨身可以放置錢、物的地方：～沒帶錢｜～有筆嗎？

【身世】shēnshì〔名〕個人的經歷、遭遇（多指不幸的）：你了解她的～嗎？｜她的～很令人同情。

【身手】shēnshǒu〔名〕技藝；本領：大顯～｜

S

好～｜～不凡。

【身首異處】shēnshǒu-yìchù〔成〕腦袋和身體分作兩處。指被砍頭。

【身受】shēnshòu〔動〕親身感受：～其苦｜同胞受災，我們感同～。

【身體】shēntǐ〔名〕人或動物的全身。有時專指頭以外的軀幹和四肢：保持～平衡｜他～不錯｜祝您～健康。

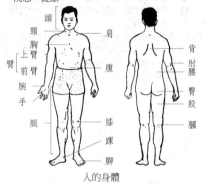

人的身體

【身體力行】shēntǐ-lìxíng〔成〕親身體驗，努力實行：他廉潔奉公，～。

【身外之物】shēnwàizhīwù〔成〕指自身以外的東西（多指名譽、地位、財產等）：功名到底是～，身體才是最要緊的。

【身先士卒】shēnxiān-shìzú〔成〕作戰時指揮者親自衝鋒在前，做士兵的帶頭人。現常用來比喻領導帶頭走在群眾前面：市長～，帶領大家奮力搶救災民，堵截洪水。

【身心】shēnxīn〔名〕身體和心靈：～健全｜有關家國常常讀，無益～事莫為。

【身影】shēnyǐng〔名〕從遠處看到的或隱約看到的身體的模糊形象：黑暗中只見一個高大的～翻牆而過｜前方大樹下有個～在晃動。

【身孕】shēnyùn〔名〕懷在體內的胚胎：她有了～，不能遠行。

【身姿】shēnzī〔名〕❶身材容貌：～秀美。❷身體的姿態：～苗條｜他在馬上的～顯得十分威武。

【身子】shēnzi〔名〕〈口〉❶身體：光着～｜很結實。❷身孕：她已經有了四五個月的～。

【身子骨兒】shēnzigǔr〔名〕〈口〉身體；體質：一副好～｜～挺結實。

呻

呻 shēn 見下。

【呻吟】shēnyín〔動〕人在痛苦時小聲哼叫：病人在～｜無病～。

侁

侁 shēn 見下。

【侁侁】shēnshēn〔形〕〈書〉眾多的樣子：～胄子。

珅 shēn 古指一種玉。**注意** 清大臣和珅，不作"和坤"。

砷 shēn〔名〕❶一種非金屬元素，符號 As，原子序數 33。由於晶體結構不同而呈現黃、灰、黑三種顏色。質脆而硬，有毒。砷的化合物可用於殺菌殺蟲和醫藥。砷和鉛、銅可以製成硬質合金。舊稱砒。❷（Shēn）姓。

甡

甡 shēn 見下。

【甡甡】shēnshēn〔形〕〈書〉眾多的樣子：瞻彼中林，～其鹿（看那林子裏，有很多鹿）。

娠 shēn 胎兒在母腹中微動。泛指懷孕：方～（正懷着孕）。

語彙 方娠 妊娠 有娠

莘

莘 shēn/xīn ㊀見下。

㊀（Shēn）❶莘縣，地名。在山東西部。❷〔名〕姓。

另見 xīn（1507 頁）。

【莘莘】shēnshēn〔形〕〈書〉形容眾多：～學子｜～胄子，祁祁（眾多）學生。**注意** 這裏的"莘"不讀 xīn。

深〈㴱〉

深〈㴱〉shēn ❶〔形〕從上面到底部或從外表到內裏的距離大（跟"淺"相對）：～海｜堂屋很～。❷〔形〕深奧；高深（跟"淺"相對）：書的內容太～｜由淺入～。❸〔形〕深刻；深入（跟"淺"相對）：用意～｜造詣～｜只要功夫～，鐵杵磨成針。❹〔形〕深厚；密切（跟"淺"相對）：一往情～｜他們之間關係很～。❺〔形〕離開始的時間久：～更半夜｜年～日久。❻〔形〕顏色濃（跟"淺"相對）：～藍｜顏色為甚麼這麼～？❼〔副〕很；非常：～得人心｜～信不疑｜～孚眾望。❽〔名〕深度：水有一米～。❾（Shēn）〔名〕姓。

語彙 高深 加深 艱深 進深 精深 深深 窈深 幽深 淵深 縱深 湛深 博大精深 諱莫如深 交淺言深 莫測高深 樹大根深 夜靜更深 一往情深 由淺入深

【深諳】shēn'ān〔動〕〈書〉非常熟悉；透徹了解：～市場｜他從基層來，～社情民意。

【深奧】shēn'ào〔形〕道理、含義等高深難懂：～的哲理｜他講的內容太～，很少人能聽懂。

【深層】shēncéng ❶〔名〕深的層次（跟"表層"相對）：水滲透到了土壤的～。❷〔形〕屬性詞。深入的；深刻的（跟"表層"相對）：～原因｜～含義。

【深長】shēncháng〔形〕深刻而耐人尋味：意味～｜文章雖短而意義～。

【深沉】shēnchén〔形〕❶形容程度深：夜～｜的寂寞之感｜～的眷戀。❷人沉穩，不外露：思想感情很～｜老孟是個～的人。❸低沉：大提琴發出～的音調。

【深仇大恨】shēnchóu-dàhèn〔成〕非常深非常大的仇恨：幾代人的～，怎能忘記？

【深度】shēndù ❶〔名〕深的程度：湖水的平均～在 8 米以上｜院內曲徑回廊，顯得很有～。❷〔名〕深入事物本質的程度：各人談話內容的～不一樣｜這篇文章缺乏～。❸〔名〕事物向更高層次發展的程度：向科學技術的～和廣度進軍。❹〔形〕屬性詞。程度深的：～近視。

【深更半夜】shēngēng-bànyè〔成〕半夜三更。

【深耕】shēngēng〔動〕土壤耕作中加深耕層，以提高地力，是改良土壤、增加作物產量的重要措施之一：～細作。

【深廣】shēnguǎng〔形〕程度深，範圍廣：此事震動全國，影響～｜學問淵博，識見～。

【深閨】shēnguī〔名〕舊指住宅最裏面宜於婦女居住的內室：～少婦｜待字～｜養在～人未識。

【深海】shēnhǎi〔名〕水深的海域，一般指水深超過 200 米的海域：～捕撈｜～作業。

【深厚】shēnhòu〔形〕❶ 有形物體從上到下的距離大：這一帶耕地土層～｜路面淤積了一層～的淤泥。❷ 堅實；雄厚：～的群眾基礎｜藝術修養很～。❸（感情）深切；濃厚：他倆的友情十分～｜母親的話語重心長，用意～。

【深化】shēnhuà〔動〕❶ 向更高一級的程度發展：認識不斷～。❷ 使向更高一級的程度發展：～主題｜～改革。

【深加工】shēnjiāgōng〔動〕對原料進行更精細、更深入的加工，使之成為價值更高的產品：發展糧食～產業｜對農產品進行～。

【深交】shēnjiāo ❶〔動〕推心置腹地交往：兩人～三十餘年。❷〔名〕深厚的友誼：我們沒有甚麼～。

【深究】shēnjiū〔動〕深入地追究：區區小事，不必～｜這樣～下去沒有多少好處。

【深居簡出】shēnjū-jiǎnchū〔成〕老待在家裏，很難得出門：老人～，不問世事。

【深刻】shēnkè〔形〕❶ 事物發展或達到的程度很深：危機一天比一天～｜他們之間有～的裂痕｜發生了～的變化。❷ 內心對事物的感受很深：留下了～的印象｜記憶～｜經過啟發，體會就更～了。

【深明大義】shēnmíng-dàyì〔成〕很懂得做人做事的大道理。多指人能識大體，顧大局：老先生～，將犯案的兒子送交公安部門。

【深謀遠慮】shēnmóu-yuǎnlǜ〔成〕深入地謀劃，長遠地考慮：領導～，培養了很多青年人才。

【深淺】shēnqiǎn〔名〕❶ 深淺的程度：不了解湖水的～不要盲目下去游泳｜他熟悉這段河道的～｜那顏色～可不一樣。❷ 比喻對人對事應掌握的分寸：老王這人說起話來可沒個～｜做思想工作要掌握～。

【深切】shēnqiè〔形〕❶ 深刻而切實：～地了解｜～的感受｜感觸～。❷ 深厚而親切：～的關懷｜～的哀悼｜懷念遠方的親人。

【深情】shēnqíng ❶〔名〕深厚的感情：～厚誼｜一片～｜～無限。❷〔形〕情感深厚：～地告別了親人。

【深情厚誼】shēnqíng-hòuyì〔成〕深厚的感情與友誼：僑胞懷着對祖國人民的～，踴躍向災區人民捐錢捐物。

【深入】shēnrù ❶〔動〕進到事物內部或中心：～敵後｜～人心。❷〔形〕深刻；透徹：～地分析｜做～的調查研究工作｜進行～的討論｜工作做得不夠～。

辨析 **深入、深刻** 都有程度深的意思。"深入"主要用來說對事物的分析、認識等，如"深入地分析""研究不夠深入"；"深刻"主要用來說內心的感受和體會，如"感受深刻""印象深刻""深刻的記憶"。"深入"還可用於行為，指進入內部或中心，如"深入部隊""深入人心"；"深刻"沒有這個用法。

【深入淺出】shēnrù-qiǎnchū〔成〕道理闡釋得很深刻，使用的語言卻通俗淺顯：教師講課～，受到學生的讚揚。

【深入人心】shēnrù-rénxīn〔成〕形容思想、理論等廣泛為人理解和接受：保護環境的觀念越來越～。

【深山】shēnshān〔名〕幽深僻遠的山區：～老林｜走出～。

【深思】shēnsī〔動〕深入思考：令人～｜好學～｜～熟慮。

【深思熟慮】shēnsī-shúlǜ〔成〕深入地思索，反復地考慮：老王發表的意見是經過～的。

【深邃】shēnsuì〔形〕〈書〉❶（距離）很深；（認識）深遠：洞穴～｜～的目光。❷ 深奧：含義～｜～的哲理。

【深透】shēntòu〔形〕深刻而透徹：講解很～｜理解～，記憶牢固。

【深文周納】shēnwén-zhōunà〔成〕儘量歪曲或苛刻地援用法律條文，想盡方法陷人於罪。也指不根據事實而給人妄加罪名。

【深惡痛絕】shēnwù-tòngjué〔成〕形容極其厭惡、痛恨：他對那些人的裝腔作勢、虛情假意，簡直～。

【深信】shēnxìn〔動〕深深地相信：～不疑｜媽媽～自己的孩子沒有說謊。

【深省】shēnxǐng〔動〕深刻地醒悟、反省：發人～。也作深醒。

【深夜】shēnyè〔名〕通常指夜晚十二點鐘以後：他一直工作到～。

【深意】shēnyì〔名〕深刻的含義：話中有話，另有～｜體會文章中的～。

【深淵】shēnyuān〔名〕❶ 指很深的水潭：如

臨～，如履薄冰。❷比喻危險或苦難的處境：罪惡的～｜苦難的～。

【深遠】shēnyuǎn〔形〕深刻長遠：影響～｜～的歷史意義。

【深造】shēnzào〔動〕本指不斷前進以達到精深的程度，後泛指為了提高水平而進一步學習和研究：出國～｜大學畢業以後做研究生，以求～。

【深湛】shēnzhàn〔形〕精深：功力～｜技藝～。

【深摯】shēnzhì〔形〕深厚而真誠：～的友情｜～的期望｜感情～。

【深重】shēnzhòng〔形〕（災難、危機、罪過）程度深；嚴重：災難～｜苦難～｜罪孽～。

參（参）〈㊀蓡㊀葠〉shēn ㊀〔名〕人參、黨參、高麗參等的統稱。通常指人參。

㊁二十八宿之一，西方白虎七宿的第七宿。參見"二十八宿"（347頁）。

另見 cān（126頁）；cēn（135頁）。

語彙 刺參 丹參 黨參 海參 苦參 人參 沙參 玄參 高麗參 花旗參 西洋參

S

【參商】shēnshāng〈書〉❶〔名〕參星在西，商星在東，處於相對的位置，兩者不同時在天空中出現：～二星，恆出沒不相見。❷〔形〕比喻親友不能會面或感情不和睦：兄弟～｜意見～。

紳（绅）shēn ❶古代士大夫束在衣外腰間的大帶子：佩～。❷紳士：鄉～｜開明士～｜土豪劣～。

語彙 豪紳 縉紳 劣紳 耆紳 士紳 鄉紳

【紳耆】shēnqí〔名〕舊時稱地方上的紳士和年老有地位的人。

【紳商】shēnshāng〔名〕紳士和商人：～各界。

【紳士】shēnshì〔名〕（位）地方上有聲望、有地位的人：開明～｜～風度。

莘 shēn，又讀 chēn 見下。

【莘麗】shēnlì〔形〕〈書〉盛而美的樣子：鳳蓋～，和鑾玲瓏。

【莘莘】shēnshēn〔形〕〈書〉繁盛茂密的樣子：林木～。

詵（诜）shēn 見下。

【詵詵】shēnshēn〔形〕〈書〉群集、眾多的樣子：～從臣。

駪（骁）shēn 見下。

【駪駪】shēnshēn〔形〕〈書〉眾多的樣子：～征夫，每懷靡及（眾多使臣出差，常常考慮不周全）。

燊 shēn〈書〉旺盛。

糝（糁）shēn / sǎn（～兒）〔名〕穀類磨成的小渣：玉米～兒。

另見 sǎn（1158頁）。

鰺（鲹）shēn〔名〕魚名，生活在海洋中，體側扁而高或延長呈紡錘形，尾柄細小。種類很多。

shén ㄕㄣˊ

什 shén 同"甚"（shén）。

另見 shí（1217頁）。

【什麼】shénme〔代〕同"甚麼"。

甚 shén 見下。

另見 shèn（1199頁）。

【甚麼】shénme〔代〕疑問代詞。❶構成疑問句。1）做主語、賓語，問事物：～是你需要的？｜你需要～？2）做定語，問人的身份，事物的性質、地方、時間等：你找～人？｜他做～工作？｜這是～地方？｜～時候開會？❷虛指，用於非疑問句，表示不確定的事物、情況。1）做定語、賓語：這話中一定有～隱情｜看情形好像有～文章｜閒着沒事，我想寫點兒～。2）用在並列成分前：～寫寫畫畫，還不是退休以後有時間了｜～蟲兒呀鳥兒的，都是老頭兒喜歡的。❸任指，用於非疑問句，表示所指事物情況的全部。1）用在"也"或"都"前面：～困難都能克服｜最好～都不說，免得生閒氣｜聽我的，～也別問。2）連用照應，表示前者決定後者：～樹開～花，～花結～果兒｜想吃～就買～。❹表示責難、不同意等否定態度。1）否定所說的事物（多用在名詞性詞語前）：這是～話，毫無道理！｜買的～蘋果，這麼難吃！｜～值班制度，找個人都找不到。**注意**"甚麼東西"，罵的是人，不是物。2）責難、否定所說的行為、情況：哭～，有話好好說｜跑～，時間還來得及｜他懂～英語，就會幾個單詞。❺獨用於句首，表示驚訝：～？孩子不見了｜～？他累病了。

【甚麼的】shénmede〔助〕〈口〉結構助詞。用在一個成分或幾個並列成分之後，表示"等、之類"：他特愛聽京戲～｜媽媽買了書包、筆記本、鉛筆盒～，準備給孩子上學用。

神 shén ❶〔名〕神話或宗教中指天地萬物的創造者、主宰者；迷信指神仙或人死後的精靈：天～｜～靈｜料事如～｜這件大事辦成了，如有～助呀！❷〔名〕心思；精力：勞～｜費～｜養～｜心領～會｜聚精會～。❸（～兒）〔名〕表情；神氣：～情｜～色｜～態｜眼～兒｜眼睛很有～。❹〔形〕高超或出奇；神妙：～機妙算。❺〔形〕（北京話）奇怪；可怪：剛放在桌上的筆怎麼就找不着了？這可真～了！❻〔形〕

（北京話）行動或神情可笑：瞧他歪戴着帽子，夠～的！｜邁着方步來了，他那個勁頭兒多～！❼〔副〕（北京話）過分；沒有節制的：別在這兒～聊了｜這孩子真會～鬧。❽（Shén）〔名〕姓。

> **語彙** 愛神　安神　財神　傳神　定神　瀆神　費神　分神　風神　鬼神　精神　勞神　留神　門神　凝神　女神　入神　賽神　傷神　失神　死神　提神　天神　跳神　瘟神　心神　兇神　眼神　養神　有神　走神　夜遊神　炯炯有神　聚精會神　牛鬼蛇神　神乎其神　用兵如神

【神不守舍】shénbùshǒushè〔成〕舍：指人的軀體。靈魂沒有守在軀體裏。形容人心神不定：還沒有收到大學的錄取通知書，這兩天他有點兒～。

【神采】（神彩）shéncǎi〔名〕神情風采：～飛揚｜～煥發｜～奕奕。

【神采奕奕】shéncǎi-yìyì〔成〕形容精神旺盛，容光煥發：老將軍～，談笑風生。

【神出鬼沒】shénchū-guǐmò〔成〕原指用兵神奇機敏，行蹤莫測。後也泛指變化多端，不可捉摸：游擊隊～地活動在敵後｜～的，誰也捉摸不住他的活動規律。

【神道】shéndào ㊀〔名〕天道，神妙莫測之道：以～設教（利用鬼神之道來進行教育）。㊁〔名〕（條）墓前的道路：開～｜築～。

【神道】shéndao〔形〕（北方官話）❶精神旺盛：這個小孩兒可真～！❷言談舉止異乎尋常：這個人神神道道的，說起話來沒完沒了。

【神道碑】shéndàobēi〔名〕（塊）立在墓道前記載死者生前事跡的石碑，也指這種碑上的文字。

【神甫】shénfu〔名〕（位，名）天主教、東正教的神職人員，職位在主教之下，通常是一個教堂的管理者，主持宗教活動。也作神父，也叫司鐸。

【神怪】shénguài〔名〕神仙和鬼怪：～小說｜～故事。

【神漢】shénhàn〔名〕男巫師：巫婆～。

【神乎其神】shénhūqíshén〔成〕神秘奇妙得不可思議：平常的事，經他一說，就變得～了。

【神化】shénhuà〔動〕把現實生活中的人或物視作或幻想成超現實的神人或神靈去看待：諸葛亮這個人物在文學作品中常常被～。

【神話】shénhuà〔名〕❶反映古代人民對自然現象及社會生活的原始理解的故事和傳說。神話與迷信不同，它具有積極浪漫主義精神：古代～｜希臘～。❷虛妄離奇、毫無根據的話：你說的這件事也太離譜了，簡直是～｜事實終於粉碎了敵人不可戰勝的～。

【神魂】shénhún〔名〕精神；神志；靈魂：～未定｜～顛倒。

【神機妙算】shénjī-miàosuàn〔成〕善於根據情勢做出預測謀劃。多形容計謀高明，有預見性：敵人雖狡猾，卻逃不出將軍的～。

【神交】shénjiāo ❶〔名〕相知很深、感情非常投合的朋友。❷〔動〕彼此精神相通，雖未見面而互相仰慕：我們雖未謀面，但～已久。

【神經】shénjīng〔名〕❶（根，條）聯繫腦、脊髓和身體各部的纖維或纖維束，是人和動物體內傳導興奮的組織。❷〈口〉精神失常；發～。

【神經病】shénjīngbìng〔名〕❶神經系統的疾病，由炎症、腫瘤、血管病變、損傷、變性、先天性畸形等引起，症狀有癱瘓、麻木、疼痛、驚厥、昏迷等。❷精神病的俗稱。

【神經過敏】shénjīng guòmǐn ❶神經系統的感覺功能異常銳敏的症狀，神經衰弱者多有此症狀。❷指無故多疑而大驚小怪：你不要～，誰也沒有說你甚麼！

【神經衰弱】shénjīng shuāiruò 一種神經活動功能失調的病，多由高級神經活動過度緊張引起症狀。症狀為容易疲勞、容易激動、注意力不集中、記憶力減退、頭昏、頭痛、失眠等。

【神經質】shénjīngzhì〔名〕指人的神經過敏、情感極易衝動的病態表現：他這人有點～，老是覺得同事在背後說他甚麼。

【神龕】shénkān〔名〕供奉神佛像或祖宗牌位（或畫像）的小閣子：奶奶信佛，每天在家裏對着小～唸經。也叫神堂。

【神來之筆】shénláizhībǐ〔成〕指有如神助、油然而生的絕妙文思或詞句：故事結局的突然轉變，被評論家稱為～。

【神聊】shénliáo〔動〕不着邊際、漫無目的地聊天：他無所事事，整天找人～。

【神靈】shénlíng〔名〕泛指神：～保佑｜～降福。

【神秘】shénmì〔形〕（行為）不易捉摸；（事物）高深莫測：～人物｜這個道理好像很～，其實很平常。

【神妙】shénmiào〔形〕特別高明巧妙：技藝～｜～的筆法。

【神明】shénmíng ㊀〔名〕泛指神：奉若～。㊁〔名〕指人的精神：～開朗。

【神農氏】Shénnóngshì〔名〕中國古代傳說中農業與醫藥的發明者。

【神女】shénnǚ〔名〕❶女神：天降～｜巫山～｜～應無恙，當驚世界殊。❷舊指妓女：～生涯。

【神奇】shénqí〔形〕❶神秘奇妙：作品中描繪的龍宮探寶，十分～｜這些古代傳說都被人們渲染上一層～的色彩。❷神妙奇特：化腐朽為～｜激光的作用很～。

【神祇】shénqí〔名〕天神和地祇（地神）的合稱。

【神氣】shénqì(-qi) ❶〔名〕神態和表情：他講話的～特別嚴肅｜只見他滿臉不愉快的～。

❷〔形〕形容精神飽滿：全校學生都穿着新校服，顯得十分～｜你看那一個個剛戴上紅領巾的孩子多～呀！❸〔形〕驕傲得意的樣子：～活現｜～十足。

【神槍手】shénqiāngshǒu〔名〕(位，名)槍法非常高明的人：這個排的戰士個個都是～。

【神情】shénqíng〔名〕神態和表情：老支書說話的～莊重而嚴肅｜他有些～不安的樣子｜她臉上流露出辛酸而又慰藉的～。

辨析 神情、神氣　a)"神情"只有名詞的意義和用法，"神氣"兼有名詞、形容詞的意義和用法。b)"神情"多用於書面語，"神氣"多用於口語。

【神權】shénquán〔名〕❶迷信的人指鬼神所具有的支配人們命運的權力。❷天主教、東正教指神職人員所具有的神賦予的權力。❸奴隸社會、封建社會的統治者稱其統治人民的權力。

【神人】shénrén〔名〕❶神和人：～共憤。❷道家理想中得道而神妙莫測的人；神仙：這深山是～居住的地方。❸指姿容、行止、技藝等不凡的人：他力能拔樹，見者驚為～。

【神色】shénsè〔名〕神情：～倉皇｜～閒暢｜～自若，旁若無人。

【神聖】shénshèng〔形〕崇高而莊嚴：～的權利｜教育是十分～的事業。

【神思】shénsī〔名〕精神；心思：～恍惚｜～不定。

【神似】shénsì〔形〕❶精神實質上相像(區別於"形似")：不僅形似，而且～｜不同時代的詩人，其作品～的不少。❷極為相像：他舉手投足、音容笑貌與他哥哥十分～。

【神速】shénsù〔形〕出奇地快：兵貴～｜藥效～。

【神態】shéntài〔名〕神情態度：～安詳｜～悠閒｜～自如。

【神通】shéntōng〔名〕原為佛教用語，神為神異，通為無礙，指無所不能的力量。現用來泛指極其高妙的手段和本領：八仙過海，各顯～｜～廣大，見到人辦不到的他能辦到。

【神童】shéntóng〔名〕(名)異常聰明的兒童：這孩子有特別高的心算能力，真是個～｜《～詩》(舊時一種啟蒙書)。

【神往】shénwǎng〔動〕內心嚮往：桂林山水令人～。

【神威】shénwēi〔名〕神奇的威力：大顯～。

【神位】shénwèi〔名〕設在宗廟、祠堂裏，供祭祀用的神或祖先的牌位。

【神物】shénwù〔名〕神奇靈異的事物：一塊普通的石頭，被巫婆說成～。

【神仙】shénxiān (-xian)〔名〕❶(位)迷信或神話指超脫塵世、長生不老、能力超凡的人：服藥求～，多為藥所誤。❷比喻生活安逸富足、無憂無慮、逍遙自在的人：你這是～過的日子｜賽過活～。

【神像】shénxiàng〔名〕(尊)一般指神佛的圖像、塑像；也指祖先的畫像或遺像：雕塑匠不給～叩頭｜他家裏還供着祖宗的～。

【神效】shénxiào〔名〕神奇的功效：這藥吃了有～。

【神學】shénxué〔名〕論證神的存在和本質及宗教教義和教規的學說，也泛指各種宗教學說：～院(傳授和研究神學的高等學校)。

【神醫】shényī〔名〕(位)指醫術特別高明的醫生：他治好不少疑難雜症，被稱為～。

【神異】shényì❶〔名〕神怪：這深山裏人跡罕至，據說藏有～。❷〔形〕神奇；幻術。

【神勇】shényǒng〔形〕形容人十分勇猛：孤膽英雄，～無雙｜身經百戰的～將軍。

【神遊】shényóu〔動〕在想象中遊歷某地：故國～｜～幻境。

【神韻】shényùn〔名〕精神和韻味：畫家筆下的山水、人物，～絕俗｜名家書法，各有～。

【神職】shénzhí〔名〕指教會中負責宗教事務的專職工作：～人員。

【神志】shénzhì〔名〕人的知覺和意識：～清醒｜～昏迷｜～不清。

【神州】Shénzhōu〔名〕戰國時人騶衍稱中國為"赤縣神州"。後用"神州"作為中國的代稱：～大地。

鈡 (鈡) shén〔名〕R₄As⁺ (R為烴基或氫原子)陽離子稱為鈡。

shěn ㄕㄣˇ

沈 Shěn〔名〕姓。
另見chén(161頁)；shěn "瀋"(1199頁)。

哂 shěn〈書〉❶微笑：聊博一～。❷譏笑：將為後世所～｜莫不～其徒勞。

【哂納】shěnnà〔動〕〈書〉客套話。用於請對方接受贈物：茶葉兩斤，懇祈～，也說哂收。

【哂笑】shěnxiào〔動〕〈書〉譏笑：被方家～。

【哂正】shěnzhèng〔動〕〈書〉客套話。用於請對方修改指正：寄上拙著一本，敬請～。

矧 shěn〔連〕〈書〉況且；何況：相彼鳥矣，猶求友聲，～伊人矣，不求友聲(友聲：指朋友；伊人：這個人)。

諗 (諗) shěn〈書〉❶規諫；勸告。❷知悉：敬～｜～悉。

審 (審) shěn ㊀❶〔動〕審查：～稿｜～幹(審查幹部)。❷〔動〕訊問(案件)：～案｜～判｜公～。❸仔細觀察：～時度勢。❹(Shěn)〔名〕姓。
㊁〈書〉知道：～悉｜不～近況如何。
㊂❶詳細；周密：～視｜～慎。❷〔副〕

〈書〉果真；確實：～如其言。

語彙	編審	待審	復審	公審	核審	候審	會審
	精審	開審	陪審	評審	秋審	受審	提審	原審
	政審	終審						

【審查】shěnchá〔動〕對人的情況或書稿、文字材料等進行檢查核對：～提案｜報上級～｜經～情況屬實。

【審察】shěnchá〔動〕❶仔細觀察：～周圍環境。❷審核；考察：～各種報表｜年度總結送請領導～。

【審處】shěnchǔ〔動〕❶審判處理：移送法院～。❷審查處理：請主管部門～。

【審訂】shěndìng〔動〕審閱修訂：～教材｜他對原稿又做了一次～。

【審定】shěndìng〔動〕審查決定：方案須報請上級～｜～生產計劃。

【審讀】shěndú〔動〕閱讀審查：～書稿。

【審改】shěngǎi〔動〕審閱修改：～文章。

【審稿】shěngǎo〔動〕審閱稿件。

【審核】shěnhé〔動〕審查核定書面材料或數字材料等：～年度考核結果｜工程造價～。

【審計】shěnjì〔動〕指由專門機構對國家各級政府及金融機構、企業事業單位的財務收支進行審查監督：國家～局｜經～，這一部門違規收費情況嚴重。

【審理】shěnlǐ〔動〕審查處理（案件）：法院～了一宗盜竊案｜此案正在進一步～中。

【審美】shěnměi〔動〕體味品評人、事物或藝術品的美：～觀｜文藝創作要體現時代～理想。

【審判】shěnpàn〔動〕法院審理和判決案件：～長｜公開～｜民事～案件增多。

【審批】shěnpī〔動〕審查批示；審查批准：這個建設項目須報請上級～。

【審評】shěnpíng〔動〕審查評定：每月～一次｜經專家～，質量上乘。

【審慎】shěnshèn〔形〕周密謹慎：～從事｜這是經他～思考後定下來的。

【審時度勢】shěnshí-duóshì〔成〕觀察時局，估量形勢：要善於～，適時修訂工作計劃。注意 這裏的"度"不讀dù，"勢"不寫作"事"。

【審視】shěnshì〔動〕仔細察看：從各個角度詳加～｜再三～，準確無誤。

【審題】shěntí〔動〕寫文章或答題前仔細分析並弄清題目要求。

【審問】shěnwèn〔動〕泛指對案件當事人等進行訊問：～犯罪嫌疑人｜～案情。

【審訊】shěnxùn〔動〕司法部門向刑事被告人訊問有關案件的實情：秘密～｜開庭～｜～戰俘。

【審驗】shěnyàn〔動〕審查檢驗；審核驗證：簡化駕駛證～手續。

【審議】shěnyì〔動〕審查評議：提請大會～｜代表

們～了明年的預算｜這個計劃正在～之中。

【審閱】shěnyuè〔動〕審查閱讀：請領導～｜～稿件｜談話記錄未經本人～。

暕
shěn〈書〉往深處看。

瀋（沈）
shěn ㊀〈書〉汁液：墨～未乾。
㊁（Shěn）〔名〕遼寧瀋陽的簡稱：～大（瀋陽—大連）鐵路｜遼～戰役。
"沈"另見Shěn（1198頁）。

嬸（嬸）
shěn（～兒）〔名〕❶嬸母：二～兒。❷稱呼跟母親輩分相同而年紀較小的已婚婦女：大～兒｜李～兒。

【嬸母】shěnmǔ〔名〕叔父的妻子。

【嬸嬸】shěnshen〔名〕〈口〉嬸母。

【嬸子】shěnzi〔名〕〈口〉嬸母。

讅（谂）
shěn同"審"㊁。

shèn ㄕㄣˋ

甚
shèn ㊀❶〔形〕過分：欺人太～｜～矣！汝之不惠。❷〔形〕厲害：盜暴尤～。❸〔副〕很；極；非常：進步～快｜言之～當｜知者～少。❹〔動〕超過：地震破壞程度～於以往。❺（Shèn）〔名〕姓。
㊁〔代〕疑問代詞。甚麼。表示疑問或虛指：～事？｜有～要緊？｜有～說～。
另見shén（1196頁）。

語彙	過甚	食甚	幸甚	則甚	不為已甚	莫此為甚
	欺人太甚	一之為甚				

【甚而】shèn'ér ❶〔副〕〈書〉"甚至"①。❷〔連〕〈書〉"甚至"②③。

【甚或】shènhuò ❶〔副〕〈書〉"甚至"①。❷〔連〕〈書〉"甚至"②③。

【甚為】shènwéi〔副〕表示程度高；非常：～高興｜～不滿｜問題～嚴重。

【甚囂塵上】shènxiāo-chénshàng〔成〕《左傳·成公十六年》記載，晉楚交戰，楚王登車窺察敵情，對部下說："甚囂，且塵上矣。"意思是晉軍營中人聲喧囂，塵土飛揚，在積極備戰。後用"甚囂塵上"形容消息盛傳，議論紛紛。現常形容謠傳或謬論十分囂張：近日謠言四起，～。

【甚至】shènzhì ❶〔副〕強調突出的事例（後面常有"都、也"配合）：他～連自己的名字也不會寫｜那裏的人～冬天都不穿棉衣。❷〔連〕用在幾個並列詞語的最後一項之前，特別強調突出這一項的意思：環境，天氣，人物，色彩，～連聽歌時的感觸都會烙印在記憶的深處。❸〔連〕連接分句，強調突出的一項。"甚至"用在第二句，前一分句用"不但……"：我們這兒,不但年輕人,~連六七十歲的老人都喜歡下海游泳。**注意**"甚至",也可以說成"甚而""甚或""甚至而""甚至於"。

脀 shèn 見於人名:趙~(南宋孝宗名)。
另見 shèn"慎"(1200頁)。

胂 shèn〔名〕有機化合物的一類,通式 RAsH2,是砷化氫分子中的氫被烴基替換後生成的化合物。胂類化合物大多數有劇毒。

腎(肾) shèn〔名〕人和高等動物的主要排泄器官。形似蠶豆而較大。人的腎在腹腔後壁腰椎兩旁,左右各一。血液從腎臟流過時,血液的水分和溶解在水裏的代謝物質被腎臟吸收,分解後形成尿,經輸尿管輸出。也叫腎臟。

【腎炎】shènyán〔名〕腎臟發炎的疾病,有急性和慢性兩種,主要症狀有發熱、血尿等,常伴有高血壓、水腫等。

【腎臟】shènzàng〔名〕腎。

葚 shèn 見"桑葚"(1159頁)。
另見 rèn(1133頁)。

槙 shèn 同"葚"。用於地名:~澗(在河南)。
另見 zhēn(1731頁)。

蜃 shèn〈書〉大蛤蜊:~氣|~景|海市~樓。

慎〈❶脀〉 shèn ❶ 謹慎:~重|謹小~微|自愛者必~|保密工作要~之又~|~言~行。❷(Shèn)〔名〕姓。
"脀"另見 shèn(1200頁)。

語彙 不慎 謹慎 審慎 失慎

【慎獨】shèndú〔動〕〈書〉指一個人獨處時態度謹慎,不做任何苟且的事:貴在~|君子重~。

【慎重】shènzhòng〔形〕謹慎持重:態度~|從事|使用偏方要非常~。

滲(渗) shèn〔動〕液體逐漸透過或漏出:水~到土裏去了|瓶口塞得不嚴,酒都~出來了。

【滲漏】shènlòu〔動〕液體、氣體滲透漏出:溝渠~大,水流越流越小|氫氣是一種易擴散的稀有氣體。

【滲入】shènrù〔動〕❶ 液體逐漸滲到裏面去:~地裏的雨水正好被植物吸收。❷ 比喻某種勢力或事物鑽進或侵入(多含貶義):防止腐朽思想~。

【滲透】shèntòu〔動〕❶ 兩種不同溶液之間,純溶液由低濃度向高濃度穿透。❷ 液體、氣體從細小的縫隙中透過:雨水~了田地|受傷戰士的衣服被鮮血~了|一股寒流~了人們的全身。❸ 比喻某種事物逐漸進入到其他事物中(多用於抽象事物):警惕色情文學、淫穢錄像等墮落文化的~。

瘆(瘆) shèn〔動〕使人害怕;可怕:森冷~人|這地方陰森森的,真~得慌!

shēng ㄕㄥ

升〈㊀昇㊀❷陞〉 shēng ㊀〔動〕❶ 由低往高移動(跟"降"相對):~空|上~|~旗|旭日東~。❷(等級)提高(跟"降"相對):~級|連~三級。

㊀❶〔名〕量糧食的器具,容量為斗的十分之一。❷〔量〕容量單位,符號 L(l)。1升等於1000毫升。❸〔量〕容量單位,10 合(gě)等於1升,10升等於1斗。1市斗合1升。❹(Shēng)〔名〕姓。
"昇"另見 shēng(1205頁);"陞"另見 shēng(1205頁)。

語彙 超升 飛升 回升 晉升 上升 提升 擢升 旭日東升

【升班】shēng//bān〔動〕〈口〉(學生)升級。

【升班馬】shēngbānmǎ〔名〕指在分級別進行的體育比賽中,從低級別上升到高級別的運動隊。

【升幅】shēngfú〔名〕價格、利潤、收入等上升的幅度:糧價~較大。

【升格】shēng//gé〔動〕地位、身份的等級升高:處級單位~為局級單位|公使~為大使|兩國派駐對方的外交代表都升了格。

【升官】shēng//guān〔動〕提升官職:老王~了|~發財。

【升華】shēnghuá〔動〕❶ 固態物質不經過液態階段而直接變為氣體,如樟腦丸逐漸變小就是升華的結果。❷ 比喻某些事物經過提高和加工,由低級轉化為高級:文學藝術是社會生活~的成果|他的思想感情~到更高的境界。

【升級】shēng//jí〔動〕❶ 從較低的級別或班級升到較高的級別或班級(跟"降級"相對):~考試|產品~換代了|他連升兩級。❷ 指戰爭規模擴大、事態緊張程度加劇等:採取措施制止戰爭~。

【升降】shēngjiàng〔動〕上升和下降:電梯能自動~。

【升旗】shēng//qí〔動〕把旗幟慢慢地升到旗杆頂上;特指升國旗:每天早晨學校都在大操場上~|運動會開幕式上舉行~儀式。

【升遷】shēngqiān〔動〕調往另一處,職位比原來提高:恭賀~。

【升任】shēngrèn〔動〕提升擔任更高的職務:由科長~處長。

【升堂入室】shēngtáng-rùshì〔成〕登堂入室。

【升騰】shēngténg〔動〕(火焰、氣體等)在空中急速上升:火焰~|霧氣~。

【升天】shēng // tiān〔動〕❶升上天空：衛星～。❷稱人死亡（迷信說法）：老祖宗～了｜長老升了天了。

【升位】shēng // wèi〔動〕電話等信息系統號碼位數增加：各地區電話號碼普遍～｜銀行存款密碼～。

【升溫】shēngwēn〔動〕❶溫度升高。❷比喻事物發展速度加快或程度加深：裝修業繼續～｜汽車市場不斷～。

【升學】shēng // xué〔動〕從低一級學校升到高一級學校：～考試｜不能～，就業也好。

【升帳】shēngzhàng〔動〕〈書〉原指將帥在軍帳中登上座位召集部下議事或發佈命令。後用來比喻人或事物登場或佔重要地位：體育總局點將，著名教練～｜黃金掉價，金飾～。

【升值】shēng // zhí〔動〕❶增加本國單位貨幣的含金量或提高本國貨幣對外幣的比價（跟"貶值"相對）：人民幣不斷～。❷指事物的價值提高：郵票～｜土地～。

【升職】shēngzhí〔動〕提升職位：加薪～。

生 shēng ㊀❶〔動〕生育：～孩子｜優～｜了一窩小貓兒。❷〔動〕產生；發生：～病｜～效｜觸景～情｜惹是～非｜好～是非。❸生存；活着（跟"死"相對）：不顧～死｜起死回～｜九死一～。❹〔動〕生長：寄～｜新～｜小樹～了根｜臉上～了不少粉刺。❺〔動〕使燃料燃燒：～火｜～爐子。❻具有生命力的：～物｜龍活虎。❼生命：～靈｜救～｜殺～。❽生平：前半～｜今～今世｜終～受用。❾生計：～路｜謀～｜國計民～。❿（Shēng）〔名〕姓。

㊁❶學習的人；學生：師～｜男～｜女～｜研究～｜畢業～。❷舊時稱讀書人：書～。❸〔名〕傳統戲曲中的角色行當，扮演男性人物。根據所扮演人物年齡、身份的不同分為各種行當，如老生、小生、武生等。❹有某些身份的人：實習～｜醫～。

㊂❶〔形〕果實尚未成熟（跟"熟"相對）：～瓜梨棗｜～蘋果發酸不好吃。❷鮮嫩菜未經下鍋的：～葱｜～薑。❸〔形〕食物沒有下鍋煮過或沒有煮熟的（跟"熟"相對）：～肉｜～雞蛋｜～米做成熟飯。❹〔形〕沒有經過加工或鍛煉過的（跟"熟"相對）：～鐵｜～漆。❺〔形〕不熟練的：～手兒。❻〔形〕生疏的；不熟悉的（跟"熟"相對）：～人｜～字｜面～｜一向不出門，街面上很～。❼不熟悉的人：認～｜怕～。❽〔副〕生硬；勉強：～搬硬套｜～拉硬拽。❾〔副〕很；極甚：～怕｜～疼。❿〔後綴〕構成某些副詞：好～｜偏～｜怎～。

語彙	安生	半生	畢生	殘生	蒼生	產生	長生
	超生	出生	畜生	此生	叢生	催生	誕生	發生
	放生	浮生	好生	橫生	後生	寄生	夾生	降生

今生	救生	考生	來生	孿生	卵生	落生	門生
萌生	民生	陌生	謀生	派生	偏生	平生	欺生
前生	親生	輕生	認生	儒生	書生	天生	童生
偷生	晚生	衛生	先生	小生	寫生	新生	學生
眼生	野生	醫生	營生	永生	餘生	再生	增生
招生	終生	眾生	滋生	虎口餘生		九死一生	
絕處逢生		妙趣橫生		起死回生		談笑風生	栩栩如生
自力更生							

【生搬硬套】shēngbān-yìngtào〔成〕不顧實際情況，生硬地套用別人的經驗、方法等：學習國外經驗必須結合國情，切忌生吞活剝，～。

【生病】shēng // bìng〔動〕（人或動物）發生疾病：她體質弱，三天兩頭老～｜去年冬天，我生了一場大病。

【生財有道】shēngcái-yǒudào〔成〕《禮記·大學》："生財有大道：生之者眾，食之者寡，為之者疾，用之者舒，則財恆足矣。"原指開發財源有辦法。後多用來指很有發財的辦法：他家真是～，不到兩年一幢小洋樓就蓋起來了。

【生菜】shēngcài〔名〕一年生或二年生草本植物，是萵苣的變種，花黃色，葉狹長，可做蔬菜。

【生產】shēngchǎn〔動〕❶人們使用勞動工具來創造各種生產資料和生活資料：工廠～工業產品｜農民～糧食。❷婦女生孩子：她快～了。

【生產方式】shēngchǎn fāngshì 人類獲得物質資料的方式，包括生產力和生產關係兩個方面。

【生產關係】shēngchǎn guānxì 人類在物質資料生產過程中相互結成的社會關係。包括生產資料所有制的形式，人們在生產中的地位和相互關係，產品分配的形式。其中生產資料所有制的形式起決定作用。

【生產力】shēngchǎnlì〔名〕指勞動者在生產過程中改造自然的能力。人是生產力中具有決定性的因素。科學技術是第一生產力。生產力的發展水平標誌着人類對自然界認識和控制的程度。也叫社會生產力。

【生產率】shēngchǎnlǜ〔名〕❶單位時間內勞動的生產效果或能力。也叫勞動生產率。❷生產設備在生產過程中的效率。

【生產綫】shēngchǎnxiàn〔名〕(條)工業企業內完成一個生產過程所經過的路綫及其設備。有產品生產綫，零件、部件生產綫和裝配生產綫等。

【生產資料】shēngchǎn zīliào 勞動資料（人用來作用於勞動對象的物質資料）和勞動對象（勞動中被作用的物質）的總和。前者如工具、機器、廠房等，後者如土地、原材料等。是人們從事物質資料生產時所必需的物質條件。也叫生產手段。

【生辰】shēngchén〔名〕〈書〉生日。

【生成】shēngchéng〔動〕❶形成；產生：雨的～

需要一定的濕度｜煤氣是由煤不完全燃燒～的，主要成分是一氧化碳，有毒。❷生就：他～一雙敏銳的眼睛。

【生抽】shēngchōu〔名〕醬油的一種。色澤較淡，呈紅褐色，味道鮮美。適用於一般的炒菜或拌涼菜（跟"老抽"相對）。

【生詞】shēngcí〔名〕不認識或不理解的詞：解釋～｜這篇課文～很多。

【生湊】shēngcòu〔動〕勉強湊合：這篇文章是～出來的。

【生存】shēngcún〔動〕保存生命；活着（跟"死亡"相對）：～競爭｜軍民之間是魚水關係，誰離開誰都不能～。

【生動】shēngdòng〔形〕具有生氣和活力；能感動人（跟"枯燥"相對）：張老師的課講得～活潑｜描寫十分～｜～的語言。

【生番】shēngfān〔名〕舊時對開化較晚的民族的貶稱。

【生分】shēngfen〔形〕感情淡薄，關係疏遠：親戚要多走動，免得～。

【生根】shēng // gēn〔動〕植物長出根來。比喻深深扎下根基，建立起牢固的基礎：幹部要在群眾中～｜這些年輕人已經在北大荒生了根，開了花，結了果。

【生花妙筆】shēnghuā-miàobǐ〔成〕五代王仁裕《開元天寶遺事·夢筆頭生花》："李太白少時，夢所用之筆頭上生花，後天才贍逸，名聞天下。"後用"生花妙筆"稱讚人有傑出的寫作才能：他用一支～，寫出人間的悲歡離合。

【生還】shēnghuán〔動〕在危險的情況下保全生命，活着回來：兩名失蹤遊客，在海上漂流八天后，奇跡般｜他是唯一的～。

【生荒】shēnghuāng〔名〕從未開發耕種過的土地（區別於"熟荒"）：村外山上有一片～，可以先種樹。也叫生荒地。

【生活】shēnghuó ❶〔名〕人在衣食住行等方面的境況：城鎮居民的～｜～水平不斷提高。❷〔名〕人或生物為求得生存、爭取發展而進行的各種活動：他走上了新的～道路｜觀察魚缸裏金魚的～。❸〔名〕（吳語）活兒：一天～做到夜｜隔夜落了一日雨，田裏濕，不好做。❹〔動〕為生存、發展而進行各種活動；生存：農民喪失了土地就沒法～｜他感到實在難於～下去了。

【生活資料】shēnghuó zīliào 用來滿足人們物質和文化生活需要的社會產品。也叫消費資料。

【生火】shēnghuǒ ❶〔名〕舊稱輪船上燒鍋爐的工人。❷(-//-)〔動〕點着燃料使燃燒起來：～做飯｜今年取暖提前～了｜濕柴生不着火。

【生機】shēngjī〔名〕❶生存的機會：一綫～｜斷絕了的～。❷生命力；活力：春天到來，大地上充滿着～｜～勃勃｜～盎然。

┌─[辨析] 生機、生氣 都可以指生命力或活力。
│"生機"多用於自然界，一般不用於人或動物，
│如"秧苗生機盎然""草原恢復了生機""企業
│充滿生機"。"生氣"能用於人或動物等一切有
│活力的事物，使用範圍比"生機"廣，如"生
│氣勃勃的年輕人""梅花鹿跳躍嬉戲充滿着生
│氣""了無生氣的大荒漠"。
└───────────────────

【生計】shēngjì〔名〕生活；維持生活的方式：另謀～｜各家有各家的～。

【生就】shēngjiù〔動〕先天生成；生來就有：～一副硬骨頭｜～的骨頭長就的肉。

【生角兒】shēngjuér〔名〕傳統戲曲裏的一個行當，扮演男子的角色。特指老生。

【生客】shēngkè〔名〕不相識的客人（跟"熟客"相對）：她怕見～。

【生恐】shēngkǒng〔動〕唯恐；很怕：他拚命學習，～落後。

【生拉硬拽】shēnglā-yìngzhuài〔成〕❶用力拉扯，強迫別人順從：他～，把幾位客人請進來了。❷比喻牽強附會，把無關的事拉扯在一起：這事跟她無關，你～，純屬栽贓。

【生來】shēnglái〔副〕出生以來；從小時候起：這孩子～體質就弱｜姑娘～愛唱歌。

【生冷】shēnglěng〔名〕生的和冷的食物：他的胃不好，忌食～。

【生離死別】shēnglí-sǐbié〔成〕《陳書·徐陵傳》："況吾生離死別，多歷暄寒。"指極難再見面的離別或永久的離別：戰亂年代，他飽嘗了那～的滋味。

【生理】shēnglǐ〔名〕生物體的生命活動和體內各器官的機能：～學｜～缺陷｜照顧婦女的～特點。

【生力軍】shēnglìjūn〔名〕（支）❶新投入戰鬥且作戰能力強的軍隊：給前綫部隊增派了一支～。❷比喻新加入某種工作或活動的得力人員：這批青年人是科研戰綫上的～。

【生靈】shēnglíng〔名〕❶人民；百姓：～塗炭。❷生命：蜜蜂，多麼可愛的小～啊！

【生靈塗炭】shēnglíng-tútàn〔成〕《晉書·苻丕載記》："神州蕭條，生靈塗炭。"塗炭：爛泥和炭火。形容政治混亂時期人民處於極端困苦的境地：那苦難的年月，軍閥混戰，兵匪橫行，～，神州滿目淒涼。也說生民塗炭。

【生龍活虎】shēnglóng-huóhǔ〔成〕《朱子語類·程子之書一》："只見得他如生龍活虎相似，更把捉不得。"像很有生氣的蛟龍和富有活力的猛虎。形容很有生氣和活力：工地上的年輕人，個個～。

【生路】shēnglù〔名〕（條）❶保住性命的途徑：殺開一條～。❷維持生活的辦法：自謀～｜總得要給人留個～。

【生猛】shēngměng〔形〕（粵語）❶鮮活的；活蹦

亂跳的：～海鮮。❷ 富有生氣和活力：這班學生有股～勁兒，甚麼都想學，甚麼都想體驗一下。

【生米煮成熟飯】shēngmǐ zhǔchéng shúfàn〔俗〕明朝沈受先《三元記・遣妾》："小姐，如今生米做成熟飯了，又何必如此推阻？"清朝李漁《憐香伴・歡聚》作"生米成熟飯"。比喻已成事實，無法再改變了（多含無可奈何而只好認可之意）：你已答應婚事，～了，還有甚麼好說的！

【生命】shēngmìng〔名〕❶ 生物體所具有的生長、發育、繁殖、遺傳、變異等活動現象，是蛋白質存在的一種形式：～的起源｜～攸關｜珍愛～。❷ 比喻旺盛的活力：繼承古典文學中一切有～的東西。

【生命科學】shēngmìng kēxué 以生物學為基礎，多學科、多分支（如分子生物學、細胞遺傳學、生物化學）相互交融，系統地研究生命的科學。

【生命力】shēngmìnglì〔名〕❶ 生物賴以活下去的能力：那اي山遍野無人管的野草很有～。❷ 比喻事物所具有的生存和發展的能力：這些新興的建設和光輝的成就，顯示了社會主義制度的強大～。

【生命綫】shēngmìngxiàn〔名〕比喻保證生存和發展的決定性因素和根本條件：與時俱進，開拓創新，是高科技企業的～。

【生怕】shēngpà〔動〕很擔心；很怕：媽媽輕輕地走進臥室，～驚醒了熟睡中的孩子｜他一路上堵車，提前一個小時就出發了。

【生啤】shēngpí〔名〕生啤酒，指不採用高溫殺菌方式而經過濾去雜質程序製成的啤酒，無氣泡，味微苦。也叫鮮啤。

【生僻】shēngpì〔形〕（字、詞等）不常見；不熟悉：～字｜寫文章盡可能不用～的典故。

【生平】shēngpíng〔名〕❶ 一生的經歷：～事跡｜作者～簡介。❷ 平生；有生以來：這是我～第一次坐飛機。

【生漆】shēngqī〔名〕漆樹樹幹的皮割開後流出的漆汁。可以做塗料，或做油漆的原料。也叫大漆。

【生氣】shēngqì ㊀〔名〕活力；生命力：～勃勃｜九州～恃風雷｜他的書法特色是謹嚴之中充滿～。㊁(-//-)〔動〕因遇到不合心意的事而氣惱：別惹他～｜小黃還在生你的氣嗎？

【生氣勃勃】shēngqì-bóbó〔成〕形容充滿活力，富有朝氣：幼兒園的孩子們活潑可愛，～。

【生前】shēngqián〔名〕指死者還活在世上的時候：這棵樹是爸爸～種的｜這位眼科醫生～有遺言，死後捐獻自己的眼角膜。

【生擒】shēngqín〔動〕活捉：～一員大將｜前軍夜戰洮河北，已報～吐谷渾。

【生趣】shēngqù〔名〕生活的情趣：富有～｜～盎然。

【生人】shēngrén ㊀〔動〕人出生：他是北平～｜請問，您是哪年～？㊁〔名〕陌生人；不認識的人（跟"熟人"相對）：不要讓～闖進院子裏來｜外面來了個～。

【生日】shēngrì〔名〕❶ 指人出生的日子；也指每年滿週歲的那一天：在登記表裏把～寫上｜明天是孩子的10歲｜祝～快樂。❷ 指某些組織或國家建立和誕生的日子：七月一日是中國共產黨的～｜迎來了中華人民共和國的第六十五個～。

┌──────┐
│辨析│生日、誕辰　"生日"多用於口語，除指人外，還常用作比喻，如"向党的生日獻禮"；"誕辰"多用於書面語，帶有莊重色彩，一般只用於有貢獻、受尊敬的人。
└──────┘

【生色】shēngsè〔動〕增加光彩：他的畫作使畫展大為～。

【生澀】shēngsè〔形〕（言辭、文字等）生硬拗口，不流暢：言語～｜文辭～。

【生殺予奪】shēngshā-yǔduó〔成〕生殺：指讓人活或讓人死；予奪：給予或剝奪。指掌握生死、賞罰的權力：奴隸主對奴隸握有～的大權。

【生生不已】shēngshēng-bùyǐ〔成〕形容世世代代沒有窮盡。也指生命永不休止：冬去春來，萬物復蘇，～。

【生事】shēng // shì〔動〕惹事；製造事端：別出去～｜他脾氣暴躁，容易～｜這人慣於造謠～｜不知又會生出甚麼事來？

【生手】shēngshǒu〔名〕新做某項工作，對所做工作還不熟悉的人（區別於"熟手"）：編輯工作，我還是個～｜這批剛進廠的～，很快就掌握了技術。

【生疏】shēngshū〔形〕❶ 不熟悉：剛到此地，人地都很～。❷ 因長期荒廢或不用而不熟練：多年不練，技藝～了。❸ 疏遠；不親近：兄弟倆分家以後，彼此～了｜他倆久未通信，感情有些～。

【生水】shēngshuǐ〔名〕未經煮沸的水（跟"開水"相對）：別喝～。

【生死】shēngsǐ ❶〔動〕生存與死亡：～尋常事｜同～，共患難。❷〔形〕屬性詞。可同生共死的：～戀｜～兄弟｜兩人結成～之交。

【生死存亡】shēngsǐ-cúnwáng〔成〕生存或死亡。形容事關重大或情勢十分危急：在～的時刻，他把生的希望留給了戰友。

【生死攸關】shēngsǐ-yōuguān〔成〕攸：所。關係到人的生存或死亡。指生存死亡的關鍵：這是～的大事，不能走漏一點消息。注意 這裏的"攸"不寫作"悠"。

【生死與共】shēngsǐ-yǔgòng〔成〕生在一起，死也在一起。形容關係極其密切：我們兩家～，休戚相關。

【生態】shēngtài〔名〕指生物與之相適應的自然環境中生存、發展的狀態，也指生物的生活習性及生理特徵：～環境｜研究熱帶植物的～。

【生態環境】shēngtài huánjìng 生物因素和影響生物生存和發展的非生物因素的總和。其中非生物因素有陽光、溫度、大氣、水分、土壤等，生物因素有植物、動物、微生物等，它們相互聯繫，相互影響，共同對生物發揮作用。

【生態科學】shēngtài kēxué 研究生命系統與環境的相互作用及其規律的學科，主要包括生物多樣性的保護和利用、受害生態系統的恢復與重建、全球變化對陸地生態系統的影響以及生態系統的管理等。

【生態平衡】shēngtài pínghéng 在生物與環境相互作用過程中所出現的協調狀態；保持～｜不要破壞了～。

【生態學】shēngtàixué〔名〕生物學的一個分支，研究生物之間和生物與周圍環境之間相互關係的科學。

【生鐵】shēngtiě〔名〕含碳量在 2.0%-4.5% 之間的鐵碳合金。一般質硬而脆，供煉鋼、煉熟鐵及鑄造使用。

【生吞活剝】shēngtūn-huóbō〔成〕唐朝劉肅《大唐新語·諧謔》："有棗強尉張懷慶，好偷名士文章⋯⋯人謂之諺曰：'活剝王昌齡，生吞郭正一。'"原指生硬搬用別人詩文的詞句。現用"生吞活剝"比喻生硬地照搬或機械地模仿人家的言辭、理論、經驗、方法等：要善於學習人家的先進經驗，不能～。

生吞活剝一例

唐朝李義府有詩："鏤月成歌扇，裁雲作舞衣。自憐回雪影，好取洛川歸。"棗強尉張懷慶在每句前加兩個字，便成了自己的詩："生情鏤月成歌扇，出意裁雲作舞衣。照鏡自憐回雪影，時來好取洛川歸。"

【生物】shēngwù〔名〕自然界中具有生長、發育、繁殖等能力的物體。包括動物、植物、真菌等：地球上～繁多。

【生物工程】shēngwù gōngchéng 在應用分子生物學、仿生學等現代科學理論指導下的各種生物利用技術和生物模仿技術的總稱，如遺傳工程、細胞工程、發酵工程等。

【生物圈】shēngwùquān〔名〕人類和其他生物都生活在地球的表層，這個有生物存的領域，叫作生物圈。其範圍包括地球大氣圈的下層、岩石圈的上層和整個水圈。

【生物污染】shēngwù wūrǎn 指有害生物對大氣、水源、土壤、食物所造成的污染，主要由污水、廢水、污濁空氣等引起。

【生物學】shēngwùxué〔名〕研究生物的結構、功能、發生和發展規律的科學，包括動物學、植物學、微生物學、古生物學等。

【生物鐘】shēngwùzhōng〔名〕許多生物按季節變化或晝夜變化進行的活動過程，經過長時間的適應，始終與自然界的週期循環特性相一致。這種生物生命活動的節奏和規律稱之為生物鐘。如植物按一定季節開花結實，某些動物按一定季節產卵孵化，候鳥按一定季節遷徙，都是生物鐘的表現。

【生息】shēngxī ㊀〔動〕❶ 生活；生存：自古以來，我們的祖先就勞動、～、繁殖在這塊土地上。❷〈書〉生殖繁衍（人口）：休養～。❸〈書〉使增長：～力量。㊁(-//-)〔動〕（存款本金）產生利息：這筆錢存入銀行，生了息用作獎學金。

【生肖】shēngxiào〔名〕與十二地支相配用來記人的生年的十二種動物，即鼠（子）、牛（丑）、虎（寅）、兔（卯）、龍（辰）、蛇（巳）、馬（午）、羊（未）、猴（申）、雞（酉）、狗（戌）、豬（亥）。也叫屬相。注意 這裏的"肖"不讀 xiāo。

十二生肖異聞

1975 年湖北雲夢睡虎地秦墓出土的竹簡，已有"十二相屬"的記載：鼠、牛、虎、兔、(缺)、蝮、鹿、馬、猿、雉、羊、豕，與今稍有不同。外國也有十二生肖。墨西哥的十二生肖，有虎、兔、龍、猴、狗、豬六種生肖與中國相同；印度的十二生肖為鼠、牛、獅、兔、龍、蛇、馬、羊、猴、金翅鳥、狗、豬；越南的十二生肖與中國最相近，有貓而無兔，其他都相同。

子鼠　　丑牛　　寅虎
卯兔　　辰龍　　巳蛇
午馬　　未羊　　申猴

酉雞　　　戌狗　　　亥豬

【生效】shēng∥xiào〔動〕發生效力：條約～｜簽字後立即～｜這個合同生不了效。

【生性】shēngxìng〔名〕生就的性格：哥哥～少言寡語｜妹妹～活潑開朗。

【生鏽】shēng∥xiù〔動〕金屬表面受潮被氧化而長鏽：鐵愛～｜刀一生了鏽就不好使了。

【生涯】shēngyá〔名〕從事某種職業或活動的生活：舞台～｜運動～｜教學～。

【生養】shēngyǎng〔動〕〈口〉生育：嫂子～了兩個女兒｜大病後她不能～了。

【生意】shēngyì〔名〕生機；生命力：～盎然｜大地復蘇，一片蓬勃的～。

【生意】shēngyi〔名〕(宗,筆)商業買賣：有多大本錢，做多大～｜～不成情義在。

【生意經】shēngyijīng〔名〕做買賣的一套原則、方法或門道：他精通～。

【生硬】shēngyìng〔形〕❶勉強而不自然；不熟練：這篇文章寫得比較～｜那位留學生的漢語說得還很～。❷不柔和；不細緻：他的缺點是不知變通，方法～｜你的態度太～了。

【生育】shēngyù〔動〕生孩子：計劃～｜～第一胎。

【生源】shēngyuán〔名〕學生的來源：報考文科的人數大增，～充足。

【生造】shēngzào〔動〕隨意生硬編造(詞語等)：不要～誰也不懂的詞語｜～詞。

【生長】shēngzhǎng〔動〕❶生物體在吸收營養而發育的過程中，體積和重量逐漸增加：～期｜～素｜小麥新品種～很好。❷出生和長大；產生和增長：我～在一個貧苦農民的家庭｜新生力量不斷～。

【生長點】shēngzhǎngdiǎn〔名〕❶植物根和莖的頂端不斷進行細胞分裂、生長旺盛的部位。因莖的生長點多呈錐形，所以也叫生長錐。❷比喻事物藉以迅速發展或增長的部分：經濟～｜培育新的學術～。

【生殖】shēngzhí〔動〕❶生物為繁殖後代而產生幼小的個體。是生命的基本特徵之一，分有性生殖和無性生殖兩種。❷產生繁殖：～繁衍｜～後代。

【生殖器】shēngzhíqì〔名〕生物體產生生殖細胞來繁殖後代的器官。人和高等動物的生殖器，雌性的有卵巢、輸卵管、子宮、陰道等，雄性的有精囊、輸精管、睾丸、陰莖等。高等植物的生殖器是花，包括雌蕊和雄蕊。

【生豬】shēngzhū〔名〕(頭,隻)指長大了的活豬：～存欄數有所增加。

【生字】shēngzì〔名〕不認識或不理解的字(跟"熟字"相對)：閱讀中遇到～可以查字典｜課本後面附有～表。

昇　shēng　見於人名：畢～(宋朝人，發明了活字印刷術)。
另見 shēng "升"(1200頁)。

狌　shēng〈書〉同"鼪"。
另見 xīng(1511頁)。

茌　shēng　見於人名。

牲　shēng　❶家畜：～畜｜～口。❷古時祭祀用的牛、羊、豬等：三～｜獻～。

語彙　三牲　犧牲

【牲畜】shēngchù〔名〕牛、羊、豬等家畜的總稱：飼養～｜～成群。

【牲口】shēngkou〔名〕(頭)能幫助人幹活兒的家畜，如牛、馬、騾、驢等：餵～｜～棚｜～圈。

胜　shēng〔名〕胠(tài)的舊稱。
另見 shèng "勝"(1209頁)。

陞　shēng　見於人名、地名。
另見 shēng "升"(1200頁)。

笙　shēng〔名〕簧管樂器。通常用長短不同的竹管製成。吹奏時手按指孔，利用氣流振動簧片發聲：～歌｜～簧｜～蘆。

甥　shēng　外甥：～舅(外甥和舅舅)｜～女(外甥女)。

猩　shēng　見於人名：終～(春秋時曹桓公名)。

聲(声)　shēng　❶(～兒)〔名〕聲音；聲響：大～疾呼｜鴉雀無～｜說話聽音，鑼鼓聽～兒。❷名聲；名譽：蜚～文壇｜名狼藉。❸聲調：四～｜平～。❹聲母：～韻｜雙～。❺〔量〕表示聲音發出的次數：一～不吭｜連喊三～。❻發出聲音；說話：不～不響。❼用語言或其他方式表示；宣佈：～言｜～東擊西。

語彙　放聲　蜚聲　和聲　呼聲　歡聲　回聲　嬌聲
吭聲　厲聲　悶聲　名聲　男聲　女聲　失聲　市聲
雙聲　四聲　童聲　吞聲　尾聲　無聲　先聲　響聲
相聲　心聲　應聲　則聲　政聲　吠形吠聲　繪影繪聲
泣不成聲　忍氣吞聲　鴉雀無聲　異口同聲　擲地有聲

【聲辯】shēngbiàn〔動〕公開辯白；辯解：對方案的批評，他已在會上～了｜不容～。

【聲波】shēngbō〔名〕能引起聽覺的振動波，頻率在 20-20000 赫之間，一般在空氣中傳播，在真空中不能傳播。

【聲稱】shēngchēng〔動〕公開宣稱：他們～對此

次爆炸事件負責。

"聲稱""聲言"都強調聲明,但"聲言"的語氣比較輕,聲明的意味也比較淡。"宣稱"強調公開向大家宣告,有鄭重的色彩。在比較正式的群眾場合,並且對重大問題表態時,多用"宣稱",如"廠長在職工代表大會上宣稱,今年一定能完成生產任務",這裏的"宣稱"不能換成"聲稱"或"聲言"。"聲稱""聲言"也指公開表示、公開說明,但不一定是在正式的、公眾的場合。

【聲帶】shēngdài ㊀〔名〕發音器官的主要部分,位於喉腔中部,是兩片帶狀的纖維質薄膜,左右對稱。肺部出來的氣流使它振動發聲。㊁〔名〕電影膠片一側記錄着聲音的部分。也指用光學方法記下的聲音的紋理。

【聲調】shēngdiào〔名〕❶說話聲音的高低:～激昂｜～低沉｜她用富於感情的～講完了這個故事。❷字調。

【聲東擊西】shēngdōng-jīxī〔成〕唐朝杜佑《通典·兵典六》:"聲言擊東,其實擊西。"表面上裝着攻打東邊,實際上卻攻打西邊。是一種迷惑敵人以出奇制勝的戰術。是古書上說的三十六計之一:我軍～,甩開了敵人。

【聲價】shēngjià〔名〕聲望和社會地位:～甚高｜倍增｜抬高～｜貶低～。

【聲卡】shēngkǎ〔名〕計算機中實現聲波與數字信號相互轉換的一種硬件,能將模擬信號轉變成數字信號並以文件形式保存下來,也可以把數字信號還原成可以播放的電信號。

【聲控】shēngkòng〔形〕屬性詞。用聲音控制的:～電話｜～飛機｜～技術｜～噴泉。

【聲浪】shēnglàng〔名〕眾人呼喊的聲音:歡呼的～｜抗議的～｜一陣高過一陣。

【聲淚俱下】shēnglèi-jùxià〔成〕《晉書·王彬傳》:"言辭慷慨,聲淚俱下。"邊訴說,邊哭泣。形容十分哀痛悲切:她～地訴說着自己的不幸遭遇。

【聲門】shēngmén〔名〕兩片聲帶當中的開口。靜止不發聲時,聲門呈 V 字形。

【聲名】shēngmíng〔名〕聲譽:～遠播。

【聲名狼藉】shēngmíng-lángjí〔成〕狼藉:亂七八糟。名聲敗壞到了極點:這夥貪污盜竊分子早已～了。**注意** 這裏的"藉"不寫作"籍"。

【聲名鵲起】shēngmíng-quèqǐ〔成〕形容名聲像鵲鳥起飛一樣迅速提高:在演出該劇後,她～,成為了演藝界新星。**注意** 這裏的"鵲"不寫作"雀"。

【聲明】shēngmíng❶〔動〕公開表明對某件事的態度或說明事實的真相:鄭重～｜與此事無關。❷〔名〕(項,篇)聲明的文告:外交部發表～｜兩國政府首腦在聯合～上簽字。

a)"聲明"側重於公開宣佈或說明,"申明"側重於鄭重解釋或辯白。b)"聲明"可做名詞用,"申明"無此用法。

【聲母】shēngmǔ〔名〕漢語字音(音節)中,除韻母、聲調以外的構成要素。如"聲(shēng)",sh 是聲母。聲母通常是由輔音構成的。漢語普通話有 21 個聲母。一小部分元音起頭的漢字稱零聲母(如餓 è、挨 āi)。

聲母歌
春 ch 日 r 起 q 每 m 早 z,
採 c 桑 s 驚 j 啼 t 鳥 n;
風 f 過 g 撲 p 鼻 b 香 x,
花 h 開 k 落 l,知 zh 多 d 少 sh!

【聲吶】shēngnà〔名〕艦船上一種水聲學儀器,可以根據這種儀器發出的聲波或超聲波在水中的傳播和反射來進行導航和測量距離:～兵｜用～發現潛艇。[英 sonar]

【聲旁】shēngpáng〔名〕分析漢字字體時,指跟形聲字的讀音有關的部分。參見"形聲"(1516 頁)。

【聲頻】shēngpín〔名〕人的耳朵能聽見的振動頻率(約 20～20000 赫)。舊稱音頻。

【聲譜】shēngpǔ〔名〕描繪聲音頻率、幅度等成分的圖表或記錄:～儀｜利用～技術分析元音。

【聲氣】shēngqì〔名〕❶消息:互通～。❷說話時的聲音;語氣:聽老大爺說話的～像是不太高興。

【聲腔】shēngqiāng〔名〕許多劇種因有源流關係或相互影響而產生的共有的腔調,主要有昆腔、高腔、梆子腔、皮黃等。

【聲情並茂】shēngqíng-bìngmào〔成〕形容講話、演唱等聲音優美,感情充沛:詩歌朗誦、～。

【聲色】shēngsè ㊀〔名〕指說話時的聲音和表情:不動～｜何必這樣～俱厲。㊁〔名〕指歌舞和女色:沉醉於～｜這些紈絝子弟過着～犬馬的腐朽生活。㊂〔名〕指生氣和活力:今年的春節晚會很有～。

【聲色犬馬】shēngsè-quǎnmǎ〔成〕聲色:歌舞和女色。犬馬:供作遊樂的動物。泛指縱情享樂、荒淫無度的生活:沉湎於～,必然敗家敗國。

【聲勢】shēngshì〔名〕聲威和氣勢:虛張～｜壯～｜大造～。

【聲勢浩大】shēngshì-hàodà〔成〕形容聲威和氣勢非常盛大:～的示威遊行。

【聲嘶力竭】shēngsī-lìjié〔成〕嗓子喊啞,力氣耗盡。形容竭力地叫喊、呼號:市場上有些～地叫喊"貨真價實"的人,往往是騙子。

【聲速】shēngsù〔名〕聲波傳播的速度。不同的介質中聲速不同,如在空氣中約為每秒 340 米,在水中約為每秒 1440 米,在鋼鐵中約為每秒

5000 米。舊稱音速。

【聲討】shēngtǎo〔動〕用言論公開譴責（罪行）：～叛逆｜～肇事者的惡行。

【聲望】shēngwàng〔名〕為眾人所仰望的名聲和威信：～日隆｜他在當地很有～。

【聲威】shēngwēi〔名〕❶（軍隊、團體的）名聲與威望：前線取得勝利，我軍～大震。❷聲勢和威力：眾人吶喊助～。

【聲息】shēngxī〔名〕❶聲音和氣息；也專指聲音：四野靜悄悄的，沒有一點～｜除了風聲，這裏聽不到其他任何～。❷消息：暗中互通～｜互聯網使我們雖千里相隔，卻～相聞。

【聲響】shēngxiǎng〔名〕聲音；響聲：瀑布奔瀉，發出巨大的～。

【聲像】shēngxiàng〔名〕錄製下來的聲音和圖像：～作品。

【聲訊】shēngxùn〔名〕由專設電話提供的信息諮詢業務：～業務｜～台｜撥打～電話。

【聲言】shēngyán〔動〕用語言或文字公開表示：～不與對方談判｜～自己與此事無關。

【聲揚】shēngyáng〔動〕聲張宣揚：他對自己的成績從不～｜這醜事一～，他就沒面子了。

【聲音】shēngyīn〔名〕聲波通過聽覺所產生的印象：～洪亮｜一點～也聽不見｜畫眉鳥叫的～十分悅耳。

【聲譽】shēngyù〔名〕聲望名譽：～鵲起｜個人～｜維護國家的～。

【聲援】shēngyuán〔動〕公開以言論表示支持：各團體發表聯合聲明，～被壓迫民族的正義鬥爭｜他們全部出動，～被捕代表。

〖辨析〗聲援、支援　a）"聲援"着重指用發表聲明、言論的方式支持，是從精神上、道義上的幫助；"支援"着重指用人力、財力或其他具體的行動進行支持。b）"聲援"的對象多為國家、民族、運動、鬥爭等；"支援"的對象比"聲援"寬，除了國家、民族、運動、鬥爭外，還可以是災區、工廠、農村及缺乏人力、物力的地區、部門等。

【聲源】shēngyuán〔名〕發出聲音的振動物體或振動系統。

【聲樂】shēngyuè〔名〕用人聲演唱的音樂，如獨唱、重唱、合唱、表演唱等（區別於"器樂"）：～表演｜學習～。

【聲張】shēngzhāng〔動〕把事情傳佈宣揚出去：一點小事，不必到處～｜這個問題正在研究解決辦法，目前不可～出去。

毊　shēng〈書〉黃驦。

shéng　ㄕㄥˊ

湤（澠）Shéng 湤水，古水名。在今山東淄博東舊臨淄附近。
另見 miǎn（924 頁）。

繩（绳）shéng ❶（～兒）〔名〕（條，根）繩子：麻～兒｜鋼～｜～鋸木斷，水滴石穿。❷木工取直用的墨線：～墨｜中～。❸標準；法度：准～。❹〈書〉制裁；約束：～之以法。❺〈書〉繼續：～其祖武。❻（Shéng）〔名〕姓。

〖語彙〗草繩　韁繩　結繩　鑽繩　跳繩　頭繩　綫繩　準繩　走繩　鋼絲繩

【繩鋸木斷】shéngjù-mùduàn〔成〕用繩當鋸，也能鋸斷木頭。比喻力量雖小，只要堅持不懈，就可以取得成功：一日一錢，千日一千，～，滴水石穿。

【繩墨】shéngmò〔名〕木工畫直線用的工具。比喻規矩或法度：大匠不為拙工改～｜循～，舉賢授能。

【繩其祖武】shéngqízǔwǔ〔成〕《詩經·大雅·下武》："昭茲來許，繩其祖武。"繩：繼承；武：腳印；祖武：祖先的足跡。意思是繼續沿着先人的足跡行進。指繼承祖先的事業：讀書人都要發憤，～，治家興國。

【繩索】shéngsuǒ〔名〕（條）較粗的繩子：船靠岸後用～把它固定在岸邊｜掙斷了捆綁的～。

【繩之以法】shéngzhīyǐfǎ〔成〕以法律為準繩予以制裁：對搞權錢交易的官員，必須～。

【繩子】shéngzi〔名〕（條，根）用各種纖維或金屬絲擰成的條狀物，主要用來捆綁東西。

shěng　ㄕㄥˇ

省 shěng ㊀❶〔動〕節省；減少費用（跟"費"相對）：～力｜～吃儉用｜能～一分是一分。❷〔動〕減免；省略：～事不如～官｜那些迎來送往的禮節都可以～了｜～稱。❸（Shěng）〔名〕姓。

㊁❶〔名〕行政區劃單位，直屬中央：廣東～｜～界。❷〔名〕指省會：到～裏告狀｜不日抵～。❸古官署名：尚書～｜中書～。
另見 xǐng（1517 頁）。

〖語彙〗儉省　簡省　節省　輕省　外省　行省

【省便】shěngbiàn〔形〕省事簡便：不要專門再為我做吃的了，怎麼～就怎麼吃吧。

【省城】shěngchéng〔名〕省會：～車市已"退燒"｜這條公路直通～。

【省吃儉用】shěngchī-jiǎnyòng〔成〕指生活上非常節約簡省：他們夫妻平日～，把積蓄拿出來幫助山區的孩子們上學。

【省得】shěngde〔連〕免得；避免發生某種情況：多穿點兒衣服吧，～着涼｜到京後就給家裏來信，～家裏人惦記。

【省份】shěngfèn〔名〕省：你是哪個～的人？｜國務院給受災～撥去救災專款。注意"省份"不能和專名連用。如廣東省，不能說"廣東省份"。

【省府】shěngfǔ〔名〕省人民政府的簡稱：～大樓。

【省會】shěnghuì〔名〕省級行政機關所在地，一般也是全省政治、經濟、文化中心：江蘇～在南京市｜成都是四川省～所在地。

【省力】shěnglì〔動〕省力量；少花力氣：他感到挑擔比抬～｜這事辦得既省錢又～｜這個合理化建議真使我們省了不少力。

【省略】shěnglüè〔動〕免掉；除去；刪繁就簡：～中間環節｜王老師叫學生名字時常把姓～掉｜這幾段文字不能～。

【省略號】shěnglüèhào〔名〕標點符號的一種，形式為"……"，標明行文中省略了的話。省略號標明的省略常見的有三種：一種是引文的省略；一種是列舉的省略；一種是斷斷續續的話語中的停頓。省略號一般用六個小圓點，佔兩個字的位置；如果是整段文章或詩行的省略，可單獨佔一行，用十二個小圓點來表示。舊稱刪節號。

【省卻】shěngquè〔動〕❶節省；減少：無法～的安全成本。❷免除：購物看清楚，～煩惱事。

【省事】shěngshì〔一〕(-//-)〔動〕減少辦事手續：管事的婆婆減少後，辦起事來反而～多了｜此事減少了中間環節，自己倒省了許多事。❷〔形〕方便：中午吃點盒飯，倒～｜不能只圖自己～，把自行車停在大門口。

【省心】shěng//xīn〔動〕少操心；不太費心思：孩子懂事，家長～｜家裏的事，我可一點省不了心。

【省油燈】shěngyóudēng〔名〕比喻安分守己、不惹是非的人（多用於否定式）：要知他這個人，可不是～。

【省垣】shěngyuán〔名〕〈書〉省城。

【省直】shěngzhí〔名〕省直屬機關的簡稱：～機關｜～單位。

眚 shěng〈書〉❶眼睛長白翳：目～眼花。❷過錯：不以一～掩大德。❸災禍：無～。❹疾苦：勤恤民隱，而除其～（經常體恤人民的痛苦，免除他們的疾苦）。

shèng ㄕㄥˋ

晟 shèng〈書〉❶光明。❷興盛；旺盛。
另見 Chéng（169頁）。

乘 〈乘椉〉 shèng ❶〈書〉史書：史～｜野～。❷〔量〕古代戰車以一車四馬為一乘：百～之家｜萬～之國。
另見 chéng（169頁）。

語彙 駟乘 家乘 史乘 野乘

盛 shèng ❶〔形〕興盛；繁盛：～世｜～開｜繁榮昌～｜桃花開得很～。❷〔形〕強烈；旺盛：少年氣～｜火勢正～。❸大：～怒｜久負～名。❹多：牢騷太～｜防腸斷。❺盛大；隆重：～會｜～典｜～況空前。❻深厚：～情雅意。❼〔形〕廣泛；普遍：～行｜～傳｜請客送禮之風很～。❽極；非常：～誇｜～讚。❾（Shèng）〔名〕姓。
另見 chéng（170頁）。

語彙 昌盛 熾盛 鼎盛 繁盛 豐盛 隆盛 茂盛 強盛 全盛 旺盛 興盛

【盛產】shèngchǎn〔動〕大量出產：長白山～木材｜東南沿海～魚蝦。

【盛傳】shèngchuán〔動〕廣泛傳播：公司～領導層將要改組的消息。

【盛大】shèngdà〔形〕儀式隆重，規模大：～的狂歡節｜～的晚宴｜慶典規模～。

【盛典】shèngdiǎn〔名〕盛大隆重的典禮：舉行～｜大橋落成～。

【盛會】shènghuì〔名〕(次)盛大熱烈的聚會或會議：良宵～｜空前～｜老中青三代歡聚的～。

【盛舉】shèngjǔ〔名〕❶盛大的活動：空前的～。❷盛大的舉措：共襄～。

【盛開】shèngkāi〔動〕繁盛地開放：百花～｜現在正是梨花～的季節。

【盛況】shèngkuàng〔名〕盛大而熱烈的狀況：這部影片再現了開國大典的～｜國際書展～空前。

【盛名】shèngmíng〔名〕極大的名聲：～之下，其實難副｜桂林山水久負～。

【盛怒】shèngnù〔動〕大怒；大發脾氣：父親～，不許我再提此事。

【盛氣凌人】shèngqì-língrén〔成〕以威嚴或驕橫的氣勢欺壓人：他身居高位，卻待人和藹，從不～。

【盛情】shèngqíng〔名〕真摯而深厚的情意：感謝～款待｜～難卻。

【盛情難卻】shèngqíng-nánquè〔成〕難以拒絕別人的真摯情意：本不想赴宴，但～，還是來了。

【盛世】shèngshì〔名〕昌盛的時代：欣逢～｜太平～。

【盛事】shèngshì〔名〕盛大的事情；美好的事情：這次老校友的聚會，是母校多年不遇的～。

【盛暑】shèngshǔ〔名〕大熱天；一年中最熱的一段時間：～高溫｜～祁寒（大熱天大冷天）。

【盛衰榮辱】shèngshuāi-róngrǔ〔成〕指興盛、衰敗、榮耀、恥辱等人事發展變化的各種情況：人生坎坷，～，難以預測。

【盛夏】shèngxià〔名〕夏季最熱的時候：～時節，海濱浴場人如潮湧。

【盛行】shèngxíng〔動〕廣泛地流行：這幾支流行歌曲～一時｜這裏～結婚坐花車。

【盛宴】shèngyàn〔名〕盛大的宴會；豐盛的宴會：舉行～招待來訪貴賓。

【盛意】shèngyì〔名〕誠懇熱情的心意：～可感｜感君～。

【盛譽】shèngyù〔名〕很大的名聲和榮譽：景德鎮的瓷器素有～｜中國的絲綢在世界上享有～。

【盛讚】shèngzàn〔動〕極力稱讚：遊人～黃山風光｜～英雄見義勇為的精神。

【盛裝】shèngzhuāng〔名〕華麗的衣服和裝束：六一兒童節，小朋友們都換上了節日的～｜北京各大公園紅燈高懸彩旗飄揚，～迎接新年到來。

剩〈賸〉shèng ❶〔動〕餘下；剩餘：碗裏不要～飯｜一個人也別～下，大夥兒全去。❷（Shèng）〔名〕姓。

語彙　殘剩　過剩　下剩　餘剩

【剩男】shèngnán〔名〕已經過了適婚年齡，仍未結婚的大齡男性。又寫作"勝男""盛男"。

【剩女】shèngnǚ〔名〕已經過了適婚年齡，仍未結婚的大齡女性。又寫作"勝女""盛女"。

【剩餘】shèngyú〔動〕餘留下來：～五百斤糧食｜還～多少？

【剩餘價值】shèngyú jiàzhí 僱傭工人的剩餘勞動所創造並為資本家無償佔有的那部分價值。

【剩餘勞動】shèngyú láodòng 勞動者在必要勞動之外所付出的勞動。

勝（胜）shèng ㊀❶〔動〕勝利（跟"負""敗"相對）：戰而～之｜兩軍相逢勇者～｜～不驕，敗不餒。❷〔動〕打敗對方：以少～多｜戰～對手。❸〔動〕超過；勝過：略～一籌｜日出江花紅～火｜虎踞龍盤今～昔。❹（風景）優美：～景｜～地｜～跡。❺優美的景物、地方：名～｜引人入～。❻（Shèng）〔名〕姓。
㊁（舊讀 shēng）❶擔得起或承受得住：～任｜不～枚舉｜不～其煩。❷盡：不可～數｜防不～防｜美不～收。
㊂古人的一種首飾，戴在頭上：方～。
"胜"另見 shēng（1205頁）。

語彙　戴勝　得勝　方勝　好勝　花勝　決勝　名勝　取勝　速勝　險勝　形勝　優勝　戰勝　爭勝　制勝　哀兵必勝　百戰百勝　反敗為勝　旗開得勝　無往不勝　引人入勝

【勝敗】shèngbài〔名〕勝利和失敗：不分～｜～乃兵家常事。

【勝不驕，敗不餒】shèng bù jiāo，bài bù něi〔諺〕《商君書·戰法》："王者之兵，勝而不驕，敗而不怨。"後說成"勝不驕，敗不餒"，指勝利了不驕傲，失敗了不氣餒。

【勝出】shèngchū〔動〕在競賽中勝過對方：這場決賽，主隊以點球～｜青年歌手大賽誰將～？

【勝地】shèngdì〔名〕風景優美的著名地方：旅遊～｜避暑～。

【勝負】shèngfù〔名〕勝敗或輸贏：雙方爭奪激烈，不分～｜～乃兵家之常。

【勝果】shèngguǒ〔名〕比賽或競爭中獲勝的結局或取得的成果：初嘗～。

【勝跡】shèngjì〔名〕著名的古跡：江山留～，我輩復登臨。

【勝績】shèngjì〔名〕比賽或競爭中獲勝的成績：面對強隊，年輕的球隊無一～｜經過刻苦訓練，他在比賽中終獲～。

【勝景】shèngjǐng〔名〕優美的風景：人間處處有～｜黃山四季皆～｜杭州西湖～多。

【勝局】shèngjú〔名〕獲勝的局勢：奠定～。

【勝利】shènglì❶〔動〕打敗對方（跟"失敗"相對）：中國人民～了｜敢於鬥爭，敢於～。❷〔動〕獲得成功，達到預定的目的：～會師｜遠航～歸來。❸〔名〕得到的勝利：從～走向～｜取得偉大的～。

【勝率】shènglǜ〔名〕❶獲勝的概率：奪冠～百分之百｜強手雲集，～難以估計。❷獲勝次數佔參賽總次數的比率：該隊～已高達 64%。

【勝券在握】shèngquàn-zàiwò〔成〕比喻有十足的把握獲勝。

【勝任】shèngrèn〔動〕水平與能力足以擔任或承受：她完全能夠～高中語文教學工作｜這副重擔他難以～｜～愉快。

【勝數】shèngshù〔名〕港澳地區用詞。取勝的機會：打贏這場官司的～很高。

【勝似】shèngsì〔動〕勝過；超過：不似春光，～春光｜不管風吹浪打，～閒庭信步。

【勝訴】shèngsù〔動〕打贏了官司，即訴訟當事人的一方獲得有利的判決（跟"敗訴"相對）：原告在這件侵權案中～。

【勝算】shèngsuàn〔名〕能夠獲勝的計謀：～在握｜穩操～。

【勝選】shèngxuǎn〔動〕在競選中獲勝：～演說｜發表～感言。

【勝仗】shèngzhàng〔名〕獲得勝利的戰鬥或戰役（跟"敗仗"相對）：打了一個十分漂亮的～。

聖（圣）shèng ❶聖人：～賢｜先～。❷最崇高的：～地｜神～。❸封建社會尊稱帝王：～上｜～旨｜～駕。❹宗教徒尊稱教主或與教主有關的：～經｜～誕。❺稱在某

一領域裏有極高成就的人：詩～｜畫～｜樂～｜棋～。❻（Shèng）〔名〕姓。

【語彙】朝聖　神聖　詩聖　先聖　顯聖　亞聖　至聖　超凡入聖

【聖餐】shèngcān〔名〕基督教新教的一種宗教儀式，教徒們分食少量的麵餅和葡萄酒，表示紀念耶穌。傳說耶穌受難前夕與門徒聚餐，即最後的晚餐，分給門徒吃的麵餅和葡萄酒象徵自己的身體和血液。

【聖誕】shèngdàn〔名〕❶孔子的生日。❷耶穌的生日。

【聖誕節】Shèngdàn Jié〔名〕基督教紀念耶穌誕生的節日，多數教派在公曆 12 月 25 日，東正教在 1 月 6 日或 7 日。

【聖誕老人】Shèngdàn Lǎorén 西方童話故事人物。據稱是一位身穿紅袍的白鬍鬚老人，於每年聖誕節時駕鹿橇自北方來，由煙囪進入各家分送禮物。西方國家在聖誕節，有扮演聖誕老人分送禮物的風俗。

【聖誕樹】shèngdànshù〔名〕（棵）聖誕節的一種裝飾品。一般是松、杉之類呈塔形的常綠樹，樹上掛各種彩燈、裝飾品和禮品。18 世紀開始盛行於歐洲，相沿至今。

【聖地】shèngdì〔名〕❶宗教徒稱與教主生平事跡有重大關係的地方，如耶路撒冷是基督教徒的聖地，麥加是伊斯蘭教徒的聖地。❷指人們所尊崇的在歷史上起過重要作用、具有重大意義的地方：革命～延安。

【聖火】shènghuǒ〔名〕❶神聖的火焰。相傳古希臘神普羅米修斯從天上盜取火種帶到人間，後世許多宗教奉為"聖火"。❷奧運會的火炬，象徵光明、團結、友誼、和平、正義等傳統體育精神。

【聖紀節】Shèngjì Jié〔名〕伊斯蘭教節日之一，在伊斯蘭教曆三月十二日（伊斯蘭教創始人穆罕默德誕辰和逝世的紀念日）。穆斯林在這天舉行儀式誦經、懷念先人。也叫聖會。

【聖潔】shèngjié〔形〕神聖而純潔：～的殿堂｜～的感情。

【聖經】shèngjīng〔名〕❶儒家的經典：～賢傳。❷（Shèngjīng）（部）基督教的經典，包括《舊約全書》和《新約全書》。

【聖經賢傳】shèngjīng-xiánzhuàn 儒家的經典和解釋經典的權威著作。借指儒家的代表性著作。

【聖廟】shèngmiào〔名〕（座）祭祀孔子的廟。

【聖明】shèngmíng〔形〕〈書〉智慧高超，見解英明（舊多用稱頌皇帝）：皇上～。

【聖母】shèngmǔ〔名〕❶神話故事中對某些女神的尊稱。❷天主教徒對耶穌的母親馬利亞的尊稱。

【聖人】shèngrén（-ren）〔名〕❶指道德智能最高的人：孔子被後代尊奉為～｜人多出～。❷封建時代對帝王的尊稱。❸天主教指死後靈魂升入天堂、可做教徒表率、應受宗教敬禮的人。

【聖上】shèngshàng〔名〕封建社會對在位皇帝的尊稱。

【聖手】shèngshǒu〔名〕（位）某些方面技藝特別高超的人：棋壇～。

【聖水】shèngshuǐ〔名〕❶迷信的人稱用來降福、驅邪或治病的水為聖水。❷天主教教堂舉行宗教儀式時所用的水。

【聖賢】shèngxián〔名〕聖人和賢人：歷代～｜讀～之書。

【聖旨】shèngzhǐ〔名〕（道）皇帝的命令。現多用於比喻上級的命令、規定等。

道光聖旨規格

清道光帝聖旨，寬 0.3 米，長 4 米。含六段六色：深咖啡、大紅、金黃、純白、赭石、橘黃，一次織成。開端"奉天誥命"四篆字，左右為提花織就的兩條白龍相對而擁。整幅聖旨上錯落有致地分佈着提花織就的捲雲紋。聖旨正文以"奉天承運，皇帝制日"八字開頭。

嵊 shèng 用於地名：～州（在浙江東部，曹娥江上游）。

shī　ㄕ

尸 shī ❶古代祭祀時代表死者受祭的活人。❷空佔着職位或拿着乾薪不做事：～祿｜～位。❸〈書〉承擔；擔當：其咎將誰～耶？另見 shī "屍"（1213 頁）。

【尸位素餐】shīwèi-sùcān〔成〕空佔着職位，不幹事白吃飯：機關中冗員過多，～，須認真整改。

失 shī ❶〔動〕丟掉；失去（跟"得"相對）：塞翁～馬｜機不可～，時不再來。❷錯過；沒有把握住：～手｜萬無一～｜一～足成千古恨。❸情不自禁地改變：～常｜～神｜大驚～色｜張皇～措。❹意外發生：～誤｜～事｜～火。❺未達到目的：～意｜大～所望。❻找不着：～蹤｜大河上下，頓～滔滔。❼違背；背棄：～信｜～約｜～職。❽錯誤：失誤：過～｜急中有～。

【語彙】報失　得失　丟失　掛失　過失　流失　冒失　迷失　散失　喪失　閃失　損失　消失　遺失　走失　坐失　得不償失　患得患失　千慮一失　若有所失　萬無一失　惘然若失　言多必失

【失敗】shībài〔動〕❶被對方打敗（跟"勝利"相對）：敵軍慘遭～｜比賽結果，乙隊～。❷未達到預期的目的；未得到希望的結果（跟"成功"相對）：總結工作～的教訓｜～乃成功之母。

【失策】shīcè ❶〔動〕失算；策略上有錯誤：計劃～｜指揮～｜這樣重要的任務交給幾個沒有經驗的人去執行，完全～。❷〔名〕錯誤的策略；失誤：只靠中鋒，不打配合，是這場球賽的重大～。

【失察】shīchá〔動〕失於監督和檢查，產生了問題而未發現：對下屬～｜用人～要追究責任。

【失常】shīcháng〔形〕失去常態：態度～｜精神～｜舉動～｜心律～。

【失寵】shī∥chǒng〔動〕失去寵愛（含貶義，跟"得寵"相對）：在主子面前他失了寵｜貴妃～。

【失傳】shīchuán〔動〕前代的事物沒有流傳下來：那古代曲譜早已～｜原書的手抄本被一場大火焚毀，～了｜積極搶救民間藝人的絕技，以免～。

【失聰】shīcōng〔動〕失去聽力；耳聾：一場大病使他雙耳～。

【失措】shīcuò〔動〕舉動慌亂而失去常態，不知如何做才好：驚慌～｜茫然～。

【失單】shīdān〔名〕（張）向有關方面開具的被偷、被劫或丟失的財物的清單：那批貨物的～，最終找到。

【失當】shīdàng〔形〕不相宜；不恰當：處置～｜用人～。

【失盜】shīdào〔動〕財物被盜走：避免～，家家安了防盜門。

【失道寡助】shīdào-guǎzhù〔成〕《孟子·公孫丑下》："得道者多助，失道者寡助。"後用"失道寡助"指違背正義，無人相助：侵略者～，必然失敗。

【失地】shīdì ❶〔動〕喪失國土：丟城～。❷〔名〕喪失的國土：收復～。

【失掉】shīdiào〔動〕❶原有的丟掉了；不再具有：～權力｜～聯繫｜～進取心｜～作用。❷沒有把握住；錯過：～戰機。

【失範】shīfàn〔動〕喪失規範；不遵守規範：行為～｜道德～。

【失分】shīfēn〔動〕❶考試因不會答題或答錯而沒有得分。❷在某些以計算分數決定勝負的體育比賽中因實力弱或失誤而讓對手得分。

【失和】shīhé〔動〕喪失和氣；彼此變得不和睦：兩家～，斷絕了來往。

【失衡】shīhéng〔動〕失去平衡：供求～｜心理～｜人口性別比例～將造成婚姻難題。

【失悔】shīhuǐ〔動〕後悔：他～自己做了糊塗事｜～沒有抓住機遇。

【失魂落魄】shīhún-luòpò〔成〕形容心神慌亂不定、行動失常的樣子。也說喪魂落魄。

【失火】shī∥huǒ〔動〕意外發生火災：倉庫～了｜消防隊及時趕到的～地點｜庫房一失了火，就不容易撲滅。

【失節】shī∥jié〔動〕❶失掉節操，多指投降敵

人：他身陷囹圄，但無～行為。❷封建禮教指婦女失去貞操。

【失禁】shījìn〔動〕指對大小便失去控制能力：大小便～。

【失敬】shījìng〔動〕客套話。向對方致歉，檢討自己禮貌不周：原來是老前輩，沒有認出來，～！～！

【失據】shījù〔動〕失掉憑據：論答～｜刪除文章中有明顯～的論述。

【失控】shīkòng〔動〕失去控制：卡車～｜情緒～｜萬名歌迷瘋狂尖叫，演唱會幾乎～。

【失禮】shīlǐ〔動〕❶沒有禮貌；違背禮節：孩子在客人面前不能～。❷失敬：沒有按時向爺爺請安，～！｜沒有及時給您回信，～了。

【失利】shīlì〔動〕被對方打敗或輸給了對方：戰鬥～｜比賽～｜走出考試～的陰影。

【失戀】shī∥liàn〔動〕談戀愛的人失去了對方的愛情：他～了｜不能因～而輕生｜自從失了戀，他就想抱獨身主義了。

【失靈】shīlíng〔動〕機器零部件或人體器官變得不靈敏或起不到應有的作用：電動機～｜開關～｜聽覺～。

【失落】shīluò ❶〔動〕遺失；丟失：她的一塊新手錶早起在洗臉間～了｜賓館服務員把外賓～的錢包找回交給了失主。❷〔形〕（精神）失去着落；空虛：愛人死後她有一段時間感到非常～。

【失落感】shīluògǎn〔名〕遺憾、空虛、失去寄託的感覺：對這樣的結局他不滿足，有一種～｜多次面試都未被錄用，心底不由生出～。

【失密】shīmì〔動〕丟失機密文件或走漏機密信息：提高警惕，防止～。

【失眠】shīmián〔動〕夜間難以入睡或過早醒來不能再入睡：經常～｜從不～。

【失明】shīmíng〔動〕眼瞎；失去視力：他的一隻眼已完全～｜眼球移植，使～的人重見光明。

【失陪】shīpéi〔動〕客套話。表示不能陪待對方：我有事先走一步，～了。

【失竊】shīqiè〔動〕財物被偷走：文物～｜名畫～。

【失去】shīqù〔動〕失掉：人已～了知覺｜這批過期藥品已～效力｜他從未～追求真理的信心。

【失群】shīqún〔動〕失掉群體；找不到群體：～孤雁｜他一向孤寡～，落落寡歡。

【失散】shīsàn〔動〕分離後失去聯繫：～多年的親人終於又團聚在一起了｜大家一塊走，不要～了。

辨析 失散、散失 "失散"指人，如"一家人在逃難的路上失散了"，"散失"指物，如"他家收藏的書畫經過戰亂大部分散失了"。"散失"還可以指熱量、水分消失，如"水分散失很快"，"失散"不能這樣用。

【失色】shīsè〔動〕❶失去原有的色彩：紅牆綠瓦已經～。❷因驚恐、慌亂或憤怒而變了臉色：驚愕～。

【失身】shī//shēn〔動〕指婦女喪失貞操。

【失神】shīshén〔動〕❶疏忽；走神：一點也不能～｜一～就會出錯。❷形容人的意志消沉，精神不振。❸形容眼光無神：兩眼～｜她～地望着遠處。

【失聲】shīshēng〔動〕❶自己無法控制地發出聲音：～喊叫｜～痛哭。❷極為悲痛以至泣不成聲：痛哭～｜噩耗傳來，大家相向而哭，皆～。❸由病變引起發音嘶啞或不能發音：她因重感冒而～，不能參加演出。注意"痛哭失聲"與"失聲痛哭"意思有別。

【失時】shīshí〔動〕失去時機：及時播種，不能～。

【失實】shīshí〔動〕不符合實際情況：報道～｜傳聞～。

【失勢】shīshì〔動〕失去權勢：保守黨～，進步黨掌權。

【失事】shīshì〔動〕（飛機、船舶等）發生意外的不幸事故：飛機～｜考察船在風浪中～。

【失收】shīshōu〔動〕❶種植、養殖因災害而無收成：因水災晚稻～｜魚塘～。❷該收錄的而未收錄：海外新發現的五卷《永樂大典》中，有不少《全宋詩》《全宋文》～的佚詩文。

【失手】shī//shǒu〔動〕❶手未握住而造成損失：一～把個玻璃杯摔碎了｜貴重的東西別讓孩子拿，要是失了手就不得了。❷未控制住手而造成不好的後果：～打傷了孩子。❸遭到意外失敗：比賽～。

【失守】shīshǒu〔動〕防守的地區被敵方攻破並佔領：城市～｜陣地～。

【失算】shīsuàn〔動〕沒有謀劃或謀劃失誤：他又～了｜聰明人有時也不免～。

【失態】shītài〔動〕言行舉止不當，有失身份或不合禮貌：當眾～｜酒後～。

【失調】shītiáo〔動〕❶失去平衡和協調：供求～｜經濟～｜比例～。❷調養失宜：病後～很容易引起舊病復發。

【失望】shīwàng ❶〔動〕喪失了希望和信心：他對升學已經～了。❷〔形〕因希望落空而懊喪：你這樣做，讓我很～｜學生的考試成績這麼差，老師非常～。

【失物】shīwù〔名〕（件）遺失的東西：～招領｜尋找～。

【失誤】shīwù ❶〔動〕由於疏忽或舉措不當而造成差錯：發球～｜判斷～。❷〔名〕過失；差錯：今年的工作取得了很大的成績，可也有一些～。

【失陷】shīxiàn〔動〕領土被敵人侵佔；淪陷：國土～，人民遭殃｜收復～的城市。

【失笑】shīxiào〔動〕情不自禁地發笑：啞然～｜好是燈前偷～，屠蘇（一種酒）應不得先嘗。

【失效】shīxiào〔動〕喪失功效或效力：藥物～｜條約～｜合同到期自行～。

【失信】shī//xìn〔動〕喪失信用；許諾的事沒有做到：果然沒～，夠朋友！｜他說話做事非常可靠，從來沒有失過信。

【失修】shīxiū〔動〕建築物沒有及時維護修理：這房屋年久～，不能再住人了。

【失序】shīxù〔動〕喪失正常秩序；管理～｜道德淪喪是社會～的主要原因。

【失學】shī//xué〔動〕該上學的兒童、青少年因故失去上學機會或中途輟學：～兒童｜父母死後孩子失了學，我們資助他復學。

【失血】shīxuè〔動〕因大量出血而體內血量減少：～過多，生命垂危。

【失言】shīyán〔動〕無意中說了不該說的話：酒後～｜一時～，得罪了人。

【失業】shī//yè〔動〕失去了職業或就業機會（跟"就業"相對）：～率｜自從失了業，就一直靠救濟金生活。

【失宜】shīyí〔形〕〈書〉不適宜；不妥當：措置～｜調養～。

【失意】shīyì〔形〕不得意；不如意（跟"得意"相對）：他處處碰壁，感到非常～｜情場～。

【失迎】shīyíng〔動〕客套話。因未親自迎接而向對方表示歉意：原來是兩位老學長，～了。

【失語】shīyǔ〔動〕❶說話困難或不能說話，多由大腦語言中樞病變引起：～症。❷指該發表意見或該表明立場時卻沉默：事故發生後，當地有關部門竟然封鎖消息，集體～。

【失約】shīyuē〔動〕沒有踐約：有言在先，不能～｜他答應見你，不會～。

【失真】shī//zhēn〔動〕❶走了樣；不符合原來的性質、形狀或精神：情節嚴重～｜傳寫～。❷電信號經過某種電子設備後，輸出信號的波形和輸入信號的波形相比產生差異：頻率～｜圖像～｜聲音～。

【失之毫釐，謬以千里】shīzhīháolí, miùyǐqiānlǐ〔成〕開始時稍微差一點兒，結果會造成極大的錯誤：實驗數據要精確，一點兒差錯都可能。

【失之交臂】shīzhī-jiāobì〔成〕《莊子·田子方》："吾終身與汝交一臂而失之。"後借指當面錯過了好機會：那天老專家來講座，我卻因在外出差而與他～，喪失了當面向他請教的機會。

【失職】shīzhí〔動〕未能盡到職責：嚴重～｜查辦在礦難事故中～的幹部。

【失重】shīzhòng〔動〕在一定條件下物體失去原來的重量。物體由於地心引力而有重量，當同時受其慣性力如離心力的作用時，若此力恰好抵消地心引力，物體就失重：在～條件下，人和動物有暫時動作失調的表現，但能夠適應過來。

【失主】shīzhǔ〔名〕遺失財物或被竊財物的人：將撿到的東西歸還～｜他到處尋找～。

【失蹤】shī//zōng〔動〕失去蹤跡；下落不明（多指人）：自從孩子失了蹤，母親就病倒了。

【失足】shī//zú〔動〕❶走路不小心跌倒：～落水。❷比喻人墮落或犯大錯誤：一～成千古恨｜他曾經失過足，現在變好了。

邿
shī 用於地名：小～城村（在山東）。

施
shī ❶實行；施展：～工｜～威｜無計可～｜軟硬兼～。❷〔動〕用上；加上：～肥｜～粉。❸〔動〕施加：～壓｜己所不欲，勿～於人。❹施捨：～物｜～齋。❺給予：～禮｜～恩。❻（Shī）〔名〕姓。

> **語彙** 佈施 措施 設施 實施 倒行逆施 樂善好施 軟硬兼施 無計可施

【施暴】shībào〔動〕❶實行暴力：歹徒當街撒野～。❷特指強奸：歹徒對少女～，被判了刑。

【施放】shīfàng〔動〕放出；發出：～催淚彈｜～焰火。

【施肥】shī//féi〔動〕給植物加上養料：給小麥～｜開溝～｜施農家肥｜施了兩次肥。

【施工】shī//gōng〔動〕實施工程。即按照設計要求進行土木建築、水利工程等修建：道路～｜橋樑～｜前方～請繞行｜施工就要保證原材料的供應。

【施加】shījiā〔動〕加上某種壓力，給予某種影響：～政治影響｜～經濟壓力。

【施禮】shī//lǐ〔動〕行禮：向長輩～｜施了一個禮。

【施捨】shīshě〔動〕把財物布施給窮苦人、僧尼或寺廟：慷慨～｜～錢財。

【施事】shīshì〔名〕語法上指動作的主體，即發出動作或發生變化的人或事物（區別於"受事"），如"他天天鍛煉身體"裏的"他"，"老鼠被貓逮住了"裏的"貓"。

【施行】shīxíng〔動〕❶實施法令、規章、制度等：本法令自公佈之日起～。❷按某種方式或辦法去做：～手術｜～急救。

> **辨析** 施行、實行 "實行"側重在實現，是使想法變成現實；"施行"側重在執行，是按照某種規章、法令、方式、辦法去做。如可以說"施行手術"，卻不能說"實行手術"；"實行科學種田"也不能換用"施行"。

【施壓】shīyā〔動〕施加壓力：改革派向保守派～。

【施與】shīyǔ〔動〕給予（恩惠）；以財物周濟人：性好～｜～錢財。

【施齋】shīzhāi〔動〕給僧人飯食：奶奶常到寺院～。

【施展】shīzhǎn〔動〕發揮運用（才能）：～聰明才智｜把渾身解（xiè）數都～出來了｜地方太小，天大的本領也～不開。

【施政】shīzhèng〔動〕施行政務：～方針｜～綱領｜～演說。

【施治】shīzhì〔動〕❶實ระ治療：對症～｜辨證～。❷實施治理：遏止青少年犯罪，要求有關部門齊抓共管，綜合～。

【施主】shīzhǔ〔名〕（位）出家人稱施捨財物給佛寺或道觀的人，通常就用來稱呼在家人。

屍（尸）
shī 屍體：僵～｜伏～數萬。
"尸"另見 shī（1210頁）。

> **語彙** 浮屍 僵屍 死屍 挺屍 驗屍 詐屍 馬革裹屍 五馬分屍

【屍骨】shīgǔ〔名〕❶屍體腐爛後留下的骨頭：遍地～｜～無存。❷借指剛剛去世的人的身體：～未寒。

【屍骸】shīhái〔名〕屍骨。

【屍橫遍野】shīhéng-biànyě〔成〕遍地都是死屍。形容死的人極多：戰場上直殺得～，血流成河。

【屍檢】shījiǎn〔動〕檢驗屍體：請法醫～｜～報告。

【屍諫】shījiàn〔動〕〈書〉古代指臣子以死來規勸君主。

【屍身】shīshēn〔名〕屍體。

【屍首】shīshou〔名〕（具）指人的屍體：～停放在太平間｜～已經火化。

【屍體】shītǐ〔名〕（具）人或動物死後的身軀：僵硬的～｜森林裏有大象的～｜～解剖。

師（师）
shī ㊀❶稱某些傳授知識、技能的人：尊～愛生｜能者為～｜人從三～武藝高。❷指掌握某種專門技術或知識的人：廚～｜攝影～｜工程～｜藥劑～。❸榜樣：前事不忘，後事之～。❹對和尚、尼姑、道士的尊稱：法～｜禪～。❺由師徒關係產生的：～娘｜～兄｜～妹。❻〈書〉效法、學習：～法｜～古。❼（Shī）〔名〕姓。
㊁❶泛指軍隊：～出無名｜班～回朝。❷〔名〕軍隊編制單位，在軍之下，團之上。

> **語彙** 拜師 班師 禪師 出師 廚師 大師 導師 法師 回師 會師 匠師 教師 京師 經師 軍師 勞師 老師 律師 牧師 醫師 塾師 水師 投師 王師 興師 雄師 義師 宗師 祖師 好為人師 開山祖師

【師表】shībiǎo〔名〕〈書〉在品德、學問等方面值得效法的榜樣：為人～｜一代～｜萬世～。

【師承】shīchéng ❶〔動〕學問技藝上一脈相承：學無～｜～前賢｜他的這套技法有自己的～。❷〔名〕師徒傳承的系統：學有～｜～有自。

【師出無名】shīchū-wúmíng〔成〕出兵征討而沒有正當的名義。泛指行動、做事無正當理由：～，士氣低落，簡直潰不成軍了｜～，當然辦不成事。

【師從】shīcóng〔動〕以某人為師跟從他學習：～一位語言學大師｜早年～名家學畫。

【師德】shīdé〔名〕教師應具備的道德品質和應遵循的道德規範：～高尚｜弘揚～。

【師弟】shīdì〔名〕❶稱同向一個老師學習而比自己後來的男子。❷稱老師的兒子或父親的男弟子中年齡比自己小的人。❸老師和弟子。

【師法】shīfǎ〈書〉❶〔動〕學習和效法（某人或某流派）：這位畫家畫的花卉是～齊白石的｜這一唱腔明顯地～梅派。❷〔名〕師徒相傳的技藝或學問：一脈相傳，不失～。

【師範】shīfàn〔名〕❶（所）師範學校的簡稱：幼兒～｜她是剛分配來的～生。❷〈書〉模範：為世～。

【師範學校】shīfàn xuéxiào 培養小學師資的中等專業學校。簡稱師範。

【師範院校】shīfàn yuànxiào 各類師範學校的總稱，包括師範大學、師範學院、師範專科學校等。

【師父】shīfu〔名〕❶老師。❷對和尚、尼姑、道士的尊稱。

【師傅】shīfu〔名〕❶徒弟對傳授技藝的老師的敬稱：他跟着～學藝多年。❷對具有某種技藝的人的尊稱：木工～｜他是果園裏的老～。❸對一般人的敬稱：～，上中山公園去走哪條路？

【師姐】shījiě〔名〕❶稱同向一個老師學習而比自己先來的女子。❷稱老師的女兒或父母的女弟子中年齡比自己大的人。

【師妹】shīmèi〔名〕❶稱同向一個老師學習而比自己後來的女子。❷稱老師的女兒或父母的女弟子中年齡比自己小的人。

【師母】shīmǔ〔名〕❶對老師妻子或師傅妻子的稱呼。❷對年長知識分子的妻子的敬稱：王～，王先生在家嗎？

【師娘】shīniáng〔名〕〈口〉師母。

【師事】shīshì〔動〕〈書〉拜某人為師，向他學習；對某人以師禮相待：他～多位名家，書法自成一派。

【師團】shītuán〔名〕某些外國軍隊編制單位，相當於中國的師。

【師心自用】shīxīn-zìyòng〔成〕師心：以自己心意為師，指只相信自己；自用：自以為是。指固執己見，自以為是：要善於聽取不同的意見，萬萬不可～。

【師兄】shīxiōng〔名〕❶稱同向一個老師學習而比自己先來的男子：他是我的大～。❷稱老師的兒子或父母的男弟子中年齡比自己大的人。

【師爺】shīyé〔名〕稱師父的父親或師父的師父。

【師爺】shīye〔名〕幕友的俗稱：錢糧～｜刑名～。

【師長】shīzhǎng〔名〕對教師的尊稱：學生要尊敬～。

【師直為壯】shīzhí-wéizhuàng〔成〕《左傳‧僖公二十八年》：“師直為壯，曲為老。”意思是出兵有正當理由，士氣就高，有戰鬥力；出兵沒有正當理由，士氣就不振。後用“師直為壯”指為正義而戰的軍隊鬥志昂揚，戰鬥力強。

【師資】shīzī〔名〕指教師或可以當教師的人才：缺乏～｜培養～。

絁（絁）shī〈書〉一種粗綢子：～被。

菭　shī 古書中指一種草，形似鼠耳。也叫枲耳、捲耳、苓耳。

獅（獅）shī〔名〕獅子。

〔語彙〕睡獅　醒獅　雄獅

【獅子】shīzi〔名〕（頭）哺乳動物，體長約三米，毛黃褐色，尾長，末端有叢毛。雄獅頸項有長鬣，性兇猛，吼聲洪大。捕食羚羊、斑馬等。有“獸王”之稱。

【獅子搏兔】shīzi-bótù〔成〕比喻對待小事情也拿出很大力量，不掉以輕心：～，用盡全力，藝術巨匠們對自己的創作絲毫不肯隨隨便便做。

【獅子頭】shīzitóu〔名〕一種菜餚，指特大的豬肉丸子：紅燒～。

【獅子舞】shīziwǔ〔名〕中國漢族流行的一種民間舞蹈，通常由一人或兩人合作扮演一頭獅子，另一人扮演武士，武士持彩球逗引，獅子表演各種動作。

詩（诗）shī ❶〔名〕（首）一種文學體裁。特點是用精練而有節奏有韻律的語言反映生活，抒發感情。❷(Shī)指《詩經》：子曰～云｜～書禮樂。❸(Shī)〔名〕姓。

〔語彙〕賦詩　古詩　和詩　舊詩　律詩　史詩　唐詩　題詩　輓詩　新詩　艷詩　吟詩　組詩　白話詩　打油詩　街頭詩　近體詩　七言詩　散文詩　四言詩　五言詩遊仙　詩讚美詩　十四行詩

【詩歌】shīgē〔名〕（首）泛指各種體裁的詩：幾家聯合舉辦大型～朗誦會。

【詩話】shīhuà〔名〕❶評論詩人與詩以及記載詩人事跡的書：《歷代～》｜《隨園～》。❷宋元時代說唱文學的一種，有詩有話：《大唐三藏取經～》。

【詩集】shījí〔名〕(本，部)把個人或多人寫的詩收集在一起編輯成的書：郭沫若～｜少數民族～｜新文學大系～。

【詩經】Shījīng〔名〕(部)中國第一部詩歌總集，分風、雅、頌三類。它保存了從西周初到春秋中期的詩歌，現存305篇。原稱《詩》，漢以後列為儒家經典，稱為《詩經》。

【詩律】shīlǜ〔名〕詩的格律：漢語～學｜學習～。

【詩篇】shīpiān〔名〕❶詩歌作品：這些～抒發了邊防戰士的豪情｜這個集子裏的～生動感人。❷比喻事跡生動意義重大的故事、文章等：時代的壯麗～｜英雄的～。

【詩情畫意】shīqíng-huàyì〔成〕如詩如畫的美好意境：這裏一派田園風光，充滿～。

【詩人】shīrén〔名〕(位，名)擅長作詩的人：唐朝～｜愛國～｜女～。

【詩社】shīshè〔名〕詩人或詩歌愛好者結成的進行詩歌創作活動的組織：未名～。

【詩史】shīshǐ〔名〕❶(部)詩歌演變的歷史：中國～｜這是一篇研究五言詩～的論文。❷指能反映一個時代風貌、可以作為歷史看的詩歌：文學史上把杜甫的詩歌稱為～。

【詩興】shīxìng〔名〕寫詩的興致：～大發｜一時來了～，即席吟誦一首。

【詩意】shīyì〔名〕像詩歌所表達的能給人以美感的意境：他的散文既富於哲理，又饒有～。

【詩餘】shīyú〔名〕"詞"③的別稱。

【詩韻】shīyùn〔名〕❶詩的韻律或所押的韻腳。❷做詩所依據的韻書。

現代詩韻

漢語詩韻，歷代不同。《詩韻新編》(1989年)把現代詩韻歸為18部：

一麻 a、ia、ua	十姑 u
二波 o、io、uo	十一魚 ü
三歌 e	十二侯 ou、iou (iu)
四皆 ê、ie、üe	十三豪 ao、iao
五支 -i(zhi、zi 等)	十四寒 an、ian、uan、üan
六兒 er	十五痕 en、in、uen (un)、ün
七齊 i	十六唐 ang、iang、uang
八微 ei、uei (ui)	十七庚 eng、ing、ueng
九開 ai、uai	十八東 ong、iong

【詩作】shīzuò〔名〕詩歌作品。

溮(浉) Shī 溮河，水名。在河南南部，東流入淮河。

蓍 shī〔名〕蓍草，多年生草本植物，莖直立，花白色。可入藥，又供製香料。古代用蓍來占卜。俗稱蚰蜒草、鋸齒草。

【蓍龜】shīguī〔動〕〈書〉蓍草和龜甲，古代占卜的工具，也用以指占卜：國有大事，問於～。

噓 shī〔歎〕表示反對、制止等：～！別吵了！另見 xū(1528頁)。

鳲(鸤) shī 見下。

【鳲鳩】shījiū〔名〕古指布穀鳥。

鳾(䴓) shī〔名〕鳥名，背部青灰色，腹部淡褐色，喙長而尖，捕食林中的害蟲。

蝨(虱) shī〔名〕蝨子：雞～｜頭～。

【蝨子】shīzi〔名〕(隻)昆蟲，體小，寄生在人、畜身上吸血，能傳染疾病。

濕(湿)〈溼〉 shī〔形〕物體沾了水或含水分多(跟"乾"相對)：地面很～｜全身衣裳都～透了。

語彙 潮濕 精濕 濡濕 潤濕 温濕 陰濕 沾濕 雨過地皮濕

【濕地】shīdì〔名〕(片)在瀕臨江河湖海的地帶，因長期受水浸泡而形成的沼澤、灘塗和灘地。也包括低潮時水深不超過6米的水域。濕地可供水生動植物集中棲息繁衍，對生態環境保護有重要意義。

【濕度】shīdù〔名〕空氣或某些物質含水分的多少或潮濕的程度：～計｜空氣的～｜土壤的～。

【濕乎乎】shīhūhū(～的)〔形〕狀態詞。形容物體很潮濕：一拖地感覺到處都～的｜在這些～的地方往往會滋生很多人眼看不到的黴菌。

【濕淋淋】shīlínlín(口語中也讀 shīlīnlīn)(～的)〔形〕狀態詞。形容物體濕透並往下滴水的樣子：身上澆得～的，像個落湯雞。

【濕漉漉】(濕淥淥)shīlùlù(口語中也讀 shīlūlū)(～的)〔形〕狀態詞。形容物體非常潮濕的樣子：把那～的衣服掛到院子裏去曬一曬。

【濕氣】shīqì ㊀〔名〕空氣中所含的水分：雨後～濃重，悶熱難耐。㊁〔名〕中醫指濕疹、手癬、腳癬等皮膚病。

【濕潤】shīrùn〔形〕潮濕潤澤；潮濕滋潤：土壤～｜空氣～｜看到此情此景，她雙眼～了。

【濕疹】shīzhěn〔名〕一種皮膚病，皮膚發紅發癢而出現丘疹或水泡，多發生在面部、陰囊或四肢彎曲處，癒後易復發。

【濕租】shīzū〔動〕一種租賃方式，出租方出租設備、交通工具等時，同時配備操作、維修人員(跟"乾租"相對)：這家公司經營～客機業務。

鯴(䲠) shī〔名〕節肢動物，體扁圓形，跟臭蟲相似，頭部有一對吸盤，寄生在魚類身體表面。

鰤(鲺) shī〔名〕魚名，生活在中國近海中，體側扁，鱗小而圓，尾鰭分叉。

釃(酾) shī，又讀 shāi ❶〈書〉濾酒。❷〔動〕斟酒。

shí ㄕ

十 shí ❶〔數〕數目,九加一後所得:兩鬢蒼蒼～指黑 | 一傳～ | ～傳百。❷指完備、達到極點:～足 | ～全～美。

【語彙】 百十 合十 百八十 年三十 七老八十 聞一知十 一五一十 以一當十 八九不離十

【十八般武藝】shíbābān wǔyì 一般指使用刀、槍、劍、戟、棍、棒、槊、鎌、斧、鉞、鏟、鈀、鞭、鐗、錘、叉、戈、矛等十八種古式兵器的武藝。多用來泛指各種本事、各類才能。

【十八層地獄】shíbācéng dìyù 佛教說法,認為人活在世上時作惡,死後就要墮入第十八層地獄,永無翻身之日。比喻最痛苦、最黑暗的境地。

【十八羅漢】shíbā luóhàn 佛教指佛祖如來的十六個弟子和降龍、伏虎兩羅漢,合稱十八羅漢。五代時,始有十八羅漢像。

【十殿閻羅】shídiàn yánluó 迷信的人認為能判處人們生前罪責及應受刑罰的陰間主宰,十個閻羅王分居十殿。也叫十殿閻王。

【十冬臘月】shídōnglàyuè 指農曆十月、冬月(十一月)、臘月(十二月),是天氣日見寒冷的季節:發展大棚蔬菜種植,～也能吃到新鮮蔬菜。

【十惡不赦】shí'è-bùshè〔成〕形容罪大惡極,不能赦免。古代“十惡”指謀反(推翻王朝)、謀大逆(破壞宗廟)、謀叛(背叛朝廷)、惡逆(毆打尊長)、不道(殺死家人)、大不敬(冒犯王室)、不孝(不養父母)、不睦(謀害親戚)、不義(官吏相殘)、內亂(親屬通奸)。《北齊律》有“重罪十條”,隋《開皇律》始有“十惡”之名,唐以後各朝都相承沿用:處決這個～的匪首,人人稱快。

【十二分】shí'èrfēn〔副〕表示程度極高:心裏感到～滿意 | 這件事我有～的把握。也說十二萬分。

【十二生肖】shí'èr shēngxiào 指與十二地支相配的用來記人生年的十二種動物,即鼠、牛、虎、兔、龍、蛇、馬、羊、猴、雞、狗、豬。參見“生肖”(1204頁)。

【十分】shífēn〔副〕表示程度很高;非常:天氣～炎熱 | 心裏～難過 | 這些經驗～寶貴 | 大家～感動。

【十面埋伏】shímiàn máifú 琵琶大曲。運用琵琶特有的技巧,表現楚漢相爭時垓下之戰的情景。從明朝後期流傳至今。

【十目所視,十手所指】shímù-suǒshì, shíshǒu-suǒzhǐ〔諺〕《禮記·大學》:“十目所視,十手所指,其嚴乎!”意思是很多眼睛看着的,很多手指着的。後用來指一人的言行很難逃過眾人的監督,不允許做壞事,做了也瞞不住人:這些人暗中搞權錢交易,哪知～,最終難逃法網。

【十拿九穩】shíná-jiǔwěn〔成〕形容辦事很有把握:這是～的事,你就放心吧 | 他學習這樣好,考上大學～。也說十拿九準。

【十年寒窗】shínián-hánchuāng〔成〕形容長期刻苦讀書:～,一舉成名 | 莘莘學子,～,畢業後都希望找到好工作。

【十年樹木,百年樹人】shínián-shùmù, bǎinián-shùrén〔諺〕《管子·權修》:“一年之計,莫如樹穀;十年之計,莫如樹木;百年之計,莫如樹人。”比喻培養人才是長久之計。也比喻培養人才很不容易:～,人民教師造就着一代代新人。

【十全十美】shíquán-shíměi〔成〕形容各方面都完美,沒有一點兒缺陷:任何人都不可能是～的 | 辦事很難做到～。

【十三經】Shísān Jīng〔名〕中國儒家的十三部經典,包括《易經》《尚書》《詩經》《周禮》《儀禮》《禮記》《春秋左傳》《春秋公羊傳》《春秋穀梁傳》《論語》《孝經》《爾雅》《孟子》。

> **十三經沿革**
> 戰國有六經:《詩》《書》《禮》《樂》《易》《春秋》。西漢只有五經:《易》《書》《詩》《儀禮》《春秋》。東漢為七經:《易》《書》《詩》《儀禮》《春秋》《公羊》《論語》。唐朝有九經:《易》《書》《詩》《周禮》《儀禮》《禮記》《春秋左氏傳》《公羊傳》《穀梁傳》。唐文宗刻十二經:九經加《論語》《孝經》《爾雅》。南宋時加上《孟子》,從此成為“十三經”。

【十三陵】Shísān Líng〔名〕明朝自永樂到崇禎十三個皇帝的陵墓,即長陵、獻陵、景陵、裕陵、茂陵、泰陵、康陵、永陵、昭陵、定陵、慶陵、德陵、思陵。陵區位於北京市昌平區天壽山南麓,是全國重點文物保護單位。

【十三轍】shísānzhé〔名〕京劇與北方曲藝中押韻的十三個大類。習用的標目是:中東、人辰、江陽、發花、梭波、遙迢、由求、懷來、乜邪、言前、衣期、姑蘇、灰堆。

【十室九空】shíshì-jiǔkōng〔成〕十戶人家九戶空。形容天災人禍致使人民流離失所的慘狀:要是在過去,遇上這場洪澇災害,早已是～了。

【十四行詩】shísìhángshī〔名〕(首)歐洲的一種抒情詩體,全詩十四行,格律多種,通常分兩段,前段八行,後段六行。也譯為商籟體。

【十萬八千里】shíwàn bāqiān lǐ《西遊記》裏說孫悟空一個筋斗能翻出十萬八千里遠。後用“十萬八千里”形容距離極遠:他說的這一套跟我們討論的問題簡直相距～。

【十萬火急】shíwàn-huǒjí〔成〕形容非常緊急。多用於重要的軍令、公文、電報等：洪峰預計明晨八時過境，望做好防洪準備，～！

【十項全能】shíxiàng quánnéng 田徑運動中男子全能運動項目之一。內容包括100米跑、跳遠、推鉛球、跳高、400米跑、110米跨欄、擲鐵餅、撐竿跳高、擲標槍、1500米跑等十項，分兩天進行。

【十一】Shí-Yī〔名〕十月一日，中華人民共和國國慶日。

【十月革命】Shíyuè Gémìng 指俄國人民在以列寧為首的布爾什維克黨的領導下，於1917年11月7日（俄曆10月25日）進行的社會主義革命。

【十字鎬】shízìgǎo〔名〕鶴嘴鎬的通稱。鎬頭與鎬把呈十字，故稱。

【十字架】shízìjià〔名〕古代羅馬帝國的殘酷刑具。基督教相傳上帝之子救世主耶穌被釘死在十字架上，故基督徒把十字架用作信仰的標記。西方文學常以之作為苦難的象徵。

【十字街頭】shízì jiētóu 道路縱橫交叉、繁華熱鬧的街市：漫步在～｜交通民警是～的守護者。

【十字路口】shízì lùkǒu（～兒）兩條道路呈十字交叉的地方。比喻需要就取捨、去留等重大問題做出選擇的重要關頭：立交橋建在公路的～兒｜準備考研，還是馬上就業，她正處在～兒。

【十足】shízú〔形〕❶非常充足：神氣～｜幹勁～｜～的理由。❷形容成色純：～的黃金。

【辨析】十足、實足　"實足"是確實足數的意思，常跟年齡或表數量的詞語組合，如"實足年齡""實足等了一個小時"；"十足"是十分充足的意思，常跟"信心、神氣、幹勁、成色"或表示某種身份、想法的詞語搭配，如"信心十足""十足的教條主義"。"十足"還可形容成色純，如"十足黃金"，"實足"不能這樣用。

什 shí ❶〔書〕同"十"（多用於分數或倍數）：～百（十倍或百倍）｜～九（十分之九）｜～一（十分之一）。❷各種的；摻雜在一起的：～錦｜～物。❸指詩篇，《詩經》中的雅、頌以十篇為一卷，所以稱詩篇為篇什。❹（Shí）〔名〕姓。
另見shén（1196頁）。

另見shén（1196頁）。

語彙　家什　篇什

【什錦】（十錦）shíjǐn ❶〔形〕屬性詞。以一種原料為主再加上多種輔料製成的或多種花樣的：～南糖｜～餅乾｜～元宵｜～火鍋。❷〔名〕在主料裏加上多種輔料製成或多種花樣拼成的東西（多指食品）：素～｜炒～。

【什物】shíwù〔名〕居家日常應用的各種器物：搬家時，家具～滿滿當當裝了兩車。

石 shí ❶〔名〕石頭：岩～｜礦～｜～塊｜投～問路。❷指石刻：金～。❸（Shí）〔名〕姓。
另見dàn（250頁）。

另見dàn（250頁）。

語彙　寶石　礎石　磁石　化石　火石　基石　界石　金石　礦石　卵石　木石　磐石　岩石　玉石　隕石　柱石　鑽石　絆腳石　試金石　滴水穿石　飛沙走石　落井下石　他山之石　以卵投石

【石板】shíbǎn〔名〕❶（塊）片狀的大石塊，多做建築材料用：路面都鋪上了～。❷指一種用薄的方形板岩製成的文具，能用石筆在上面寫字：弟弟在～上練習寫字。

【石版】shíbǎn〔名〕（塊）用石板製成的石印底版。

【石碑】shíbēi〔名〕（塊，座）豎在地上用作紀念或標誌的石製品，多有說明、記述文字或裝飾圖案。

【石筆】shíbǐ〔名〕（根，支）供在石板上寫字用的筆，以滑石為原料製成。

【石壁】shíbì〔名〕山上陡峭岩石的一面，樣子像牆壁：更立西江～，截斷巫山雲雨｜～上刻着"無限風光在險峰"幾個大字。

【石沉大海】shíchén-dàhǎi〔成〕石頭沉進海裏。比喻始終杳無信息或不見蹤影：一年過去了，大家提的意見如～，沒有得到任何答復。

【石雕】shídiāo〔名〕在石頭上雕刻人物、動植物形象及圖案的藝術，也指用石頭雕刻成的作品：精通～｜大理石～。

【石碓】shíduì〔名〕石製的碓（包括杵和臼），用來舂米。

【石墩】shídūn〔名〕石頭墩子：坐在～上乘涼。

【石方】shífāng〔名〕❶土建工程中挖掘、填充或運輸石頭的計量單位。一立方米石頭稱為一個石方。❷挖掘、運輸石料的工作叫作石方工程，也簡稱石方。

【石舫】shífǎng〔名〕園林中在水邊或水中用石料建成的船形建築：～是頤和園的一景｜百年風雨後，～尚雄姿。

【石膏】shígāo〔名〕無機化合物，含有兩個分子結晶水的硫酸鈣。白色，硬度小。用於建築、裝飾、醫藥、灌製模型等：～模型｜許多舞台佈景是用～製成的。

【石拱橋】shígǒngqiáo〔名〕（座）用石頭砌成的拱橋，橋洞成弧形：趙州橋是一座世界聞名的～。

【石鼓文】shígǔwén〔名〕留存下來的東周初期秦國石鼓上刻的銘文，也指石鼓上銘文所用的大篆字體。

【石化】shíhuà ❶〔動〕古代生物的遺體或遺物中的有機質被無機鹽所置換而逐漸變硬的過程。❷〔名〕指石油化學工業。

【石灰】shíhuī〔名〕無機化合物，主要成分是氧化鈣，為白色不定形固體。與水作用生成粉狀熟石灰，並放出大量的熱。是重要的建築材料，也用於農業和醫藥等方面。通稱白灰。

【石灰石】shíhuīshí〔名〕構成石灰岩的岩石，可廣泛用於燒製石灰、製造水泥、電石、蘇打、漂白粉等，還可做建築材料和冶金熔劑等。

【石灰岩】shíhuīyán〔名〕沉積在海水或湖水中的一類岩石，主要成分是碳酸鈣，在地殼中分佈很廣。

【石匠】shíjiàng〔名〕（位，名）用石料製作器物的手藝人：有名的～｜～工藝要傳授。

【石蚴】shíjié〔名〕甲殼類動物，外形像龜的腳。生活在海邊的岩石縫裏。也叫龜足。

【石經】shíjīng〔名〕❶刻在石上的儒家經典，以漢平帝元始元年（公元元年）所刻的《易》《書》《詩》《左傳》為最早。❷刻在摩崖或碑板上的佛經，以北京房山雲居寺所藏碑刻石經的規模為最大。

【石刻】shíkè〔名〕刻有文字、圖畫、浮雕的石製品或石壁；也指碑碣或石壁上刻的文字、圖畫等：這是新近發現的著名～｜～展覽。

【石窟】shíkū〔名〕（座）指依山勢開鑿的石室、石洞或寺廟建築，裏面有佛像或佛教故事的壁畫和石刻等。

中國著名的石窟
甘肅：敦煌莫高窟　炳靈寺石窟　天水麥積山石窟
山西：大同雲岡石窟　天龍山石窟
河南：洛陽龍門石窟　鞏縣石窟
四川：廣元石窟　大足石窟　安嶽石窟
河北：響堂山石窟
浙江：飛來峰石窟
雲南：劍川石鐘山石窟
新疆：克孜爾尕哈千佛洞　森木塞姆千佛洞　庫木吐喇千佛洞柏孜克里克千佛洞

【石蠟】shílà〔名〕從石油中提煉出來的碳氫化合物的混合物，固體，白色或淡黃色。是製蠟燭、日用化學品、火柴、電絕緣材料等的原料，也用於醫藥、食品等工業。

【石料】shíliào〔名〕建築、鋪路、雕刻用的岩石或類似岩石的材料：天然～｜江水截流要拋投大量～。

【石林】shílín〔名〕由許多柱狀石灰岩石組成的特有地表景象。它是由水流沿岩石的垂直裂隙溶蝕或侵蝕而形成的，中國雲南、廣西等地都有這種自然景觀。

【石榴】shíliu〔名〕❶（棵，株）落葉灌木或小喬木，葉子長圓形，花紅色、白色或黃色，果實球形，

上有一花瓶頸狀的突出部分。種子密而多，種子外皮有甜而酸的汁，可以吃。❷（顆）這種植物的果實。

【石煤】shíméi〔名〕一種外觀和岩石相似的劣質煤。

【石棉】shímián〔名〕纖維狀的礦物，成分是鎂、鈣、鐵的硅酸鹽。有絲絹光澤，耐高溫，耐酸鹼，不導電。廣泛用於製造消防、保溫、電氣絕緣、隔音等材料：～瓦｜～板。

【石墨】shímò〔名〕一種礦物，成分為碳，片狀結晶，鐵灰色，有金屬光澤，非常軟，熔點高，耐腐蝕，能導電，化學性質穩定。用於製造坩堝、電極、鉛筆芯、化工設備等。

【石女】shínǚ〔名〕先天性無陰道或陰道發育不全的女子。

【石破天驚】shípò-tiānjīng〔成〕唐朝李賀《李憑箜篌引》：“女媧煉石補天處，石破天驚逗秋雨。”形容箜篌的聲音高亢激越，驚天動地。後多用來比喻言談、文章或事態發展出人意料：講演揭露社會積存痼疾，議論～，收到警醒俗眾之效。

【石器時代】shíqì shídài 考古學分期中指人類最古的時代。這時人類使用的生產工具以石器為主。根據製造石器技術的進步程度，又分為舊石器時代和新石器時代。

【石磬】shíqìng〔名〕古代一種石製的打擊樂器，形如曲尺而寬，懸在架上，敲擊發聲。有的上面有銘文。1986年在陝西鳳翔秦景公墓出土的石磬銘文，有206字，與初唐時在鳳翔南20里處發現的石鼓文相似。

【石蕊】shíruǐ〔名〕❶地衣的一種，灰白色或淡黃色，生長在寒冷地帶。可用來製石蕊試紙、石蕊溶液等。❷用石蕊製成的藍色無定形粉末，溶於水，在分析化學上用作指示劑。

【石筍】shísǔn〔名〕（根）石灰岩洞底部直立的像筍的東西，它由洞頂滴下的水滴中所含的碳酸鈣沉積而成。

【石炭】shítàn〔名〕古代指煤。

【石頭】shítou〔名〕（塊）構成地殼的礦物質硬塊。

【石印】shíyìn〔動〕石版印刷。先把原稿用脂肪性油墨寫在紙上，然後軋印在石版上進行印刷。石版印刷製版容易，但印刷速度較慢：～機｜～紙｜～油畫。

【石英】shíyīng〔名〕礦物名。成分為二氧化硅，常為乳白色半透明塊體，含有雜質時可呈棕紫等色。質地堅硬而脆。無色透明的結晶體叫水晶。廣泛用於製造耐火材料、光學儀器、玻璃、陶瓷等。

【石油】shíyóu〔名〕一種重要的液態可燃礦產，是多種碳氫化合物的混合物。從中可提取汽油、煤油、柴油、潤滑油、瀝青等及多種化工原料：～工業｜～產品｜～勘探。

石油的發現
中國是發現石油最早的國家。《漢書·地理志》明確記載了有關石油的資料，稱高奴（今陝西延長縣）有洧水，水上有可燃液體，人們接取做燃料用。晉朝張華《博物志》中記載，酒泉延壽縣南有山出泉水，"其水有脂……如不凝膏，然（燃）之極明"，當地人稱之為"石漆"。北宋沈括《夢溪筆談》稱："鄜延境內有石油，舊說高奴縣出脂水，即此也……"首次將這種可燃物命名為"石油"，沿用至今。

【石柱】**shízhù**〔名〕（根）❶ 石灰岩洞中的石筍和鐘乳石，因石灰質越積越多，最後連接起來形成的柱形物體。❷ 一種能起支撐作用的石頭柱子：～上是兩頭石獅子。

【石子兒】**shízǐr**〔名〕（粒）小石頭塊：碎～｜～路。也叫石頭子兒。

拾 **shí** 〔一〕❶〔動〕從地上拿起；撿取：～糞｜～到雞毛當令箭。❷ 整理：收～｜～掇。
〔二〕〔數〕"十"的大寫。多用於票據、賬目。
另見 **shè**（1189頁）。

語彙　掇拾　歸拾　撿拾　收拾　擷拾

【拾掇】**shíduo**〔動〕（北方官話）❶ 收拾；整理：他一邊～行李，一邊自言自語｜屋子～得很整齊。❷ 修理：～舊家具｜這自行車該～～了。❸ 懲治：不聽話，小心你爹～你。

【拾荒】**shíhuāng**〔動〕❶ 因貧困而拾取田間遺留的穀物、柴草或別人扔掉的廢品等：一家大小都到田裏～去了｜一個～的老人也為救災捐了款。❷ 指檢取史料、資料等：在舊材料中～，有時也有重要發現。

【拾金不昧】**shíjīn-bùmèi**〔成〕拾到金錢等財物不隱藏起來據為己有：飯店服務員～，受到表揚。

【拾零】**shílíng**〔動〕把某方面零碎的材料收集起來（多用於文章標題）：海外～｜飲食文化～｜街頭～——小故事幾則。

【拾取】**shíqǔ**〔動〕把地上的東西撿起來：～麥穗兒。

【拾人牙慧】**shírényáhuì**〔成〕《世說新語·文學》："殷中軍（殷浩）云：'康伯未得我牙後慧。'"牙後慧：指言外的旨趣。後用"拾人牙慧"比喻蹈襲別人的言論觀點：此文毫無個人見解，只是～而已。

【拾遺】**shíyí**〔動〕❶ 拾取別人丟失的東西：道不～。❷ 補充別人所遺漏的事物；補錄前人著作中的缺漏：～補闕。

食 **shí** ❶〔動〕吃：～肉｜才飲長沙水，又～武昌魚。❷ 指吃飯：～堂｜眠～俱廢｜～不語，寢不言。❸ 人吃的東西；糧食：主～｜麵～｜足～足兵｜強兵足～｜身上衣裳口中～。❹（～兒）〔名〕飼料；動物吃的東西：貓～｜雞鴨沒～了｜老麻雀找～兒去了。❺ 供食用或調味用的：～糖｜～鹽｜～油。❻ 日月虧缺或完全不見的現象：日～｜月～｜全～｜偏～。
另見 **sì**（1283頁）；**yì**（1607頁）。

語彙　白食　捕食　蠶食　茶食　飯食　副食　寒食　環食　伙食　寄食　進食　酒食　絕食　糧食　零食　麵食　謀食　偏食　乞食　寢食　全食　日食　肉食　軟食　傷食　素食　甜食　餵食　吸食　消食　衣食　飲食　月食　主食　餓虎撲食　廢寢忘食　豐衣足食　飢不擇食　嗟來之食　節衣縮食　滅此朝食　弱肉強食　因噎廢食　鐘鳴鼎食

【食補】**shíbǔ**〔動〕食用有滋補作用的飲食來調養身體：藥補不如～｜～在冬季調養中尤為重要。

【食不果腹】**shíbùguǒfù**〔成〕《莊子·逍遙遊》："三湌而反，腹猶果然。"湌：同"餐"；果：飽足，充實。"食不果腹"指吃不飽肚子。形容飢餓，生活貧困：連年的軍閥戰爭，使百姓的生活更加貧困，衣不蔽體，～。

【食道】**shídào**〔名〕人和動物消化管道的一部分，上接咽，下通胃，具有輸送食物的功用。也叫食管。

【食古不化】**shígǔ-bùhuà**〔成〕學習古代的東西不能融會貫通、靈活應用，就像吃了東西不能消化：讀古書不能～，要讀懂弄通，古為今用。

【食盒】**shíhé**〔名〕用來裝食品、食具的可提可挑的大盒子。

【食客】**shíkè**〔名〕❶ 古代寄食於貴族官僚家中並為其效力的人：～三百人。❷（名）飲食店的顧客：小吃店裏坐滿了～。

【食糧】**shíliáng**〔名〕❶ 糧食：供應～｜～短缺。❷ 喻指必不可少的東西：精神～｜煤是工業的～。

辨析　**食糧、糧食**　二者同義。但"食糧"也可用作比喻，如"精神食糧"；而"糧食"一般沒有比喻用法。"糧食"的一些習慣組合，不宜換用"食糧"，如"糧食是寶中寶""愛惜每一粒糧食"。

【食量】**shíliàng**〔名〕飯量：勞動強度大的人～大｜他的～很小。

【食療】**shíliáo**〔名〕飲食療法，用科學選配的飲食來調養身體、配合治療的方法：～藥膳｜～保健。

【食品】**shípǐn**〔名〕經過加工製作的食物，多在商店出售：綠色～｜袋裝～｜～商店。

【食譜】**shípǔ**〔名〕❶ 事先制定的每頓飯菜品種的單子：食堂按～配餐。❷ 介紹各種菜餚用料及製作方法的讀物：大眾～。

【食肉寢皮】**shíròu-qǐnpí**〔成〕《左傳·襄公二十一年》："然二子者，譬於禽獸，臣食其肉而寢處其皮矣。"意思是說，那兩個人就跟禽獸一樣，我要吃他們的肉，剝下他們的皮當褥子墊。後用"食肉寢皮"形容仇恨極深。

【食肆】shísì〔名〕港澳地區用詞。飯館，飲食店：尖沙咀一帶的～越開越多，那裏的美食常常令遊客流連忘返｜香港有各個國家的～，不論甚麼菜式都能找到的。

【食宿】shísù〔名〕飲食和住宿：安排～｜～條件｜～自理。

【食堂】shítáng〔名〕機關、團體供應本單位人員吃飯的地方：中午他在機關吃～｜最近～的飯菜品種增加了。

【食糖】shítáng〔名〕供人食用的糖，如綿白糖、白砂糖、紅糖等。

【食物】shíwù〔名〕可以用來充飢的東西：～豐富｜攝取～｜～中毒。

> 辨析 食物、食品 "食物"是大類名，意義範圍較廣，泛指人或動物可以用來充飢的東西；"食品"意義範圍較窄，指經過加工的食物，是大類名"食物"下屬的一個品種名。因此，"老虎尋找食物"不能說"老虎尋找食品"，"食品店"不能說成"食物店"。

【食物鏈】shíwùliàn〔名〕(條)由生界界食與被食的關係所構成的一個連鎖系統。如小魚吃浮游生物，大魚吃小魚，人吃魚，形成一條食物鏈。也叫營養鏈。

【食性】shíxìng〔名〕❶指人進食的口味愛好：四川人好吃辣，山西人好吃醋，～不同。❷動物進食的習性，可分為草食性動物、肉食性動物、腐食性動物和雜食性動物。

【食言】shíyán〔動〕說話不算數；不守諾言：既經允諾，必不～｜～而肥(形容只圖自己佔便宜而說話不算數，不守信用)。

【食鹽】shíyán〔名〕無機化合物，成分是氯化鈉，無色或白色晶體，有海鹽、井鹽、池鹽等。是重要的調味品，也是重要的化工原料。

【食用】shíyòng〔動〕做食物用：金魚只能觀賞，不能～｜～油｜～鹽｜～鹼｜～植物。

【食油】shíyóu〔名〕供人食用的油，淡黃或黃的黏性液體，脂肪含量豐富，如花生油、菜油、豆油、香油等。

> **食油的沿革**
> 秦以前不食用植物油，只食用動物油，凝固的稱脂，融解的稱膏。到了漢朝才有了植物油，不過只用來塗飾和點燈。宋朝開始，植物油用於麵食上，後來才被廣泛食用。花生原產於美洲，大約明朝才傳入中國，此後逐漸成為主要的食用植物油原料。

【食欲】shíyù〔名〕想吃東西的欲望：運動能促進～｜～很好｜～不振。

【食指】shízhǐ❶大拇指內側的第一個手指頭：他用～扣動扳機射擊。❷〈書〉指人

口：～浩繁。

炻 shí 見下。

【炻器】shíqì〔名〕介於陶器和瓷器之間的一種陶瓷製品，多呈棕色、黃褐色或灰藍色，如水缸等。

祏 shí 古代宗廟中供奉祖先神主的石室。

時(时)〈旹〉 shí ❶〔名〕時代，較長的一段時間：古～｜舊～｜流行一～。❷〔名〕規定的時候：按～上班｜定～爆炸｜準～開車。❸ 季節：四～｜不誤農～｜應～食品。❹ 鐘點；時辰：～鐘｜子～。❺〔量〕計時的單位，小時(點)：九～整｜九～一刻。❻ 時機：及～｜失～｜機不可失～、～不再來。❼〔副〕有時候：～陰～晴｜啼鳥忽臨澗，歸雲～抱峰。❽ 時興：～裝｜人～過～。❾〔名〕某些語言動詞的時態，是語法範疇，有過去時、現在時和將來時三種基本時態。❿ 當前；現在：～下｜～新｜～事。⓫〔副〕時常：～有所聞｜～～出現｜～不～。⓬〔副〕〈書〉按時：學而～習之。⓭(Shí)〔名〕姓。

> 語彙 背時 不時 當時 登時 對時 頓時 多時 費時 工時 過時 合時 及時 即時 幾時 屆時 舊時 課時 歷時 立時 臨時 農時 平時 入時 少時 失時 適時 瞬時 隨時 天時 往時 現時 小時 興時 行時 學時 一時 應時 有時 暫時 戰時 準時 曾幾何時 千載一時 此一時，彼一時

【時弊】shíbì〔名〕當前社會的弊病：針砭～｜切中～。

【時不時】shíbùshí〔副〕經常；時常：幾個姐妹在開聊，～笑聲一片｜老師傅沒有子女，小王～去家裏幫着幹點活兒。

【時不我待】shíbùwǒdài〔成〕時間不等待我們。指學習工作必須抓緊時間：機不可失，～｜～，少年人要發奮努力。

【時差】shíchā〔名〕❶平太陽時(鐘錶所表示的時間)和真太陽時(日晷所表示的時間)的差。一年之中時差是不斷改變的。❷指不同時區之間的時間差別：兩地～2小時｜適應～。

【時常】shícháng〔副〕表示行為動作不斷或頻繁發生：她～掛念在外地讀書的孩子｜這地方～下雨。

【時辰】shíchen〔名〕❶(個)舊時計時單位。一晝夜分為十二個時辰，即子、丑、寅、卯、辰、巳、午、未、申、酉、戌、亥。每個時辰合現在的兩小時，如子時即夜裏十一點至一點，午時即中午十一點至一點，餘類推。❷時機；時候：你來得正巧，趕上了好～｜都甚麼～了，你怎麼還沒起床！

【時代】shídài〔名〕❶根據政治、經濟、文化等不同狀況而劃分的歷史時期：石器～｜封建～｜～的需要｜開創一個新～。❷人一生中

的某個時期：少年～｜青年～｜壯年～。

【時點】shídiǎn〔名〕時間上的某一點：這次調價的～正合適，不會影響銷售。

【時段】shíduàn〔名〕指一段特定的時間：春運～｜黃金～｜用電高峰～。

【時而】shí'ér〔副〕單用，表示動作或情況不定時地重複發生；連用，表示不同現象或事情在一定時間內交替發生：天空中，～飄過幾片薄薄的白雲｜飛機在空中靈活地做着各種動作，～盤旋爬高，～俯衝下來，～翻着跟斗。

【時分】shífēn（舊讀 shífèn）〔名〕指某個時候或時刻：黃昏～｜深夜～｜黎明～。

【時光】shíguāng〔名〕❶時間；光陰：～不早了｜我們不能虛度～。❷時期：那～村裏沒電燈，家家戶戶都點油燈。❸日子：奶奶說，咱家過去那～真難熬呀。

【時過境遷】shíguò-jìngqiān〔成〕時間流逝，境況隨之發生變化：～，現在平民百姓買一部汽車已經不是甚麼新鮮事了。

【時候】shíhou〔名〕❶時間裏的一段：完成這項任務需用多少～？｜正趕上農忙的～｜這是我小～聽奶奶講的～。❷時間裏的一點：現在是甚麼～了？｜鐘聲響起的～｜已到了下課的～。

辨析 時候、時刻 a)"時候"是泛指時間裏的某一點或某一段；"時刻"是指特定的某一時間；用"時刻"時給人的感覺比"時候"更為短暫、緊迫。b)"時候"只有名詞用法，不能重疊；"時刻"還有副詞用法，可以重疊為"時時刻刻"。

【時機】shíjī〔名〕有利的時間、條件、機會：不要錯過春耕～｜～還不成熟｜等待～，以求一逞。

【時間】shíjiān〔名〕❶物質運動的存在形式，是物質運動、變化的順序和持續性的表現，具有無限性和客觀性，始終朝一個方向流逝，一去不復返。❷（段）指從起點到終點的某一段時間：完成這項工程要兩年～｜辦公～，謝絕會客。❸指時間裏的某一點：現在的～是十一點十五分｜北京～八點整。

【時間差】shíjiānchā〔名〕❶排球運動中指攻方球員以扣球假動作誘使守方球員起跳攔網，守方球員下落，攻方球員再迅速起跳扣球，這個時間差就叫時間差。後也比喻利用對方謀略失誤而先發制人，在時間上搶先的策略：甲隊打了個～，得了一分｜在這次競爭中，我們打了個～，取得了全勝。❷不同地方氣候的時間差距：南北小麥成熟有較大的～。❸時差。

【時間詞】shíjiāncí〔名〕表示時間的名詞，如"今天、明天、早晨、中午、晚上"等。注意判定時間詞的標準是：看這個詞能否填到"在……"或"到……"的空位裏。如"馬上、立刻、隨時、已經、本來、起初"等，雖然也含有時間的意義，但沒有一個能填進上面的空

位中，不能說"在已經"或"到本來"，所以，這類詞不是時間詞而是時間副詞；再如"一星期、兩個月、三年"等，雖然表示時間的長短，但也不能填進上面的空位中，所以，它們也不是時間詞，而是名詞性詞組；又如"時間、時候、工夫"等，也是如此，它們是一般名詞。

【時節】shíjié〔名〕❶季節：春耕～｜唯有牡丹真國色，花開～動京城。❷時候：爺爺去世那～弟弟還不滿週歲。

【時局】shíjú〔名〕當前的政治局勢：分析～｜～不斷變化。

【時刻】shíkè〔名〕❶時間裏的某一小段或某一點：難忘的～｜歡樂的～｜關鍵～。❷〔副〕每時每刻；經常：～提醒自己，注意安全操作｜人民的利益，～不忘。注意副詞"時刻"可重疊為"時時刻刻"，更強調了每時每刻的意思。

【時空】shíkōng〔名〕時間和空間：～距離｜超越～。

【時來運轉】shílái-yùnzhuǎn〔成〕時機來臨，命運開始好轉。指由逆境變為順境。

【時令】shílìng〔名〕季節：～食品｜～已交初夏，天氣熱起來了。

【時髦】shímáo〔形〕新穎入時：女孩子們打扮得很～｜身着一套～的服裝｜就是家裏擺設看，他是一個不愛趕～的人。

【時評】shípíng〔名〕（篇）媒體上評論時事的言論或文章：新聞～｜大眾～｜發表～作品。

【時期】shíqī〔名〕具有某種特徵的一段時間：戰爭～｜建設～｜和平～｜非常～。

【時區】shíqū〔名〕按經度將地球表面分為二十四個區，每個區跨 15 度，叫作一個標準時區。以本初子午線為中央經線的時區叫中時區。中時區以東依次是東一至東十二區，以西依次是西一至西十二區。以東經 180 度（也是西經 180 度）為中央經線的時區是東十二區（也是西十二區）。相鄰兩個時區相差一個小時。

【時人】shírén〔名〕❶〈書〉當時的人：～譏之｜～不識余心樂，將謂偷閒學少年。❷一個時期內社會知名度較大的人：～行蹤。

【時日】shírì〔名〕時間和日期；常指較長的一段時間：遷延～｜消除分歧尚需～。

【時尚】shíshàng ❶〔名〕一時的風尚：迎合～｜生活簡約已成～。❷〔形〕合乎時尚：～女表｜她的穿戴很～。

辨析 時尚、時髦 a)"時尚"指社會一時的愛好、風尚，"時髦"指剛興起的新顯入時的追求。b)"時尚"是名詞，又有形容詞的用法，如"她的穿戴很時尚"。"時髦"則是形容詞。

【時時】shíshí〔副〕經常；常常：～不忘嚴格要求自己｜我～想起母親的話。

S

【時事】shíshì〔名〕當前國內外大事：～報告｜～綜述｜～學習｜關心～。

【時勢】shíshì〔名〕一個時期的客觀形勢：～造英雄，英雄造～。

【時蔬】shíshū〔名〕正當時令的蔬菜：佳餚有～｜菜市場新鮮～不少。

【時俗】shísú〔名〕一時流行的風俗；流俗：～所重，爭相效仿｜重陽節登高、賞菊、飲酒早已成為一種節令～。

【時速】shísù〔名〕以小時為單位時間的速度：～超過80公里｜加快～。

【時務】shíwù〔名〕指當前形勢或時代潮流：識～者為俊傑。

【時下】shíxià〔名〕目前；當前：～正是旅遊旺季｜～西瓜大量上市。

【時鮮】shíxiān〔名〕剛上市的季節性鮮菜、魚蝦等：～蔬菜｜～水果｜～佳餚。

【時賢】shíxián〔名〕〈書〉當代賢達且有名望的人。也說時彥。

【時限】shíxiàn〔名〕完成某項任務的期限：三天～已到｜超過～多日。

【時效】shíxiào〔名〕❶在一定時間內的作用：這種藥已失去了～。❷法律規定的某種責權得以行使的有效期限：訴訟～。

【時新】shíxīn〔形〕(服裝式樣)一時最新或最新流行的：～的外套｜款式很～。

【時興】shíxīng❶〔動〕一時間廣泛流行：那時家鄉～練武術｜如今不～這一套了。❷〔形〕(事物、風格)一時流行的：現在這種樓房很～。

【時宜】shíyí〔名〕合宜的時尚或當時的需要：須從～｜不合～。

【時運】shíyùn〔名〕眼下的運氣：～不佳。

【時針】shízhēn〔名〕❶鐘錶上用來指示時間的針形零件，短針指示"時"，長針指示"分"，細針指示"秒"。❷特指鐘錶上的短針：～指向了12點。

【時政】shízhèng〔名〕當時的政治情況：～要聞｜～參考｜評議～。

【時症】shízhèng〔名〕在某個季節流行的傳染病：患～｜鬧～｜～流行。也叫時疫。

【時鐘】shízhōng〔名〕報時的鐘，式樣、種類很多，有機械發動的、電動的，有懸掛的、台式的等。

【時裝】shízhuāng〔名〕(套)❶最新式樣的服裝：～表演｜～展銷｜～發佈會。❷當代通行的服裝(區別於"古裝")：～戲。

湜 shí〈書〉水清見底。

寔 shí〈書〉❶同"實"②。❷〔代〕指示代詞。此；這：～為咸陽(這就是咸陽)。

埘 (塒) shí〈書〉牆垣上鑿成的雞窩：雞棲於～。

蒔 (蒔) shí見下。
另見 shì(1236頁)。

【蒔蘿】shíluó〔名〕(棵，株)多年生草本植物，子實含芳香油，可製香精。

蝕 (蝕) shí❶〔動〕損失；虧缺：～本｜偷雞不着～把米。❷〔動〕(蟲)咬：蛀蟲；這本古書叫蠹蟲給～壞了。❸同"食"⑥。

语汇 剝蝕 腐蝕 虧蝕 侵蝕 銷蝕 鏽蝕

【蝕本】shí//běn〔動〕虧本；賠本：～生意｜～買賣｜這筆買賣蝕了本。

實 (實) shí❶〔形〕充實；充滿；沒有空隙：空心地板～心兒牆｜荷槍～彈｜倉廩～而知禮節。❷〔形〕真實；實在(跟"虛"相對)：真心～意｜～心眼兒｜耳聽為虛，眼見為～｜～不相瞞。❸實際；事實：名存～亡｜所說句句是～。❹果實；種子：草木之～｜春華秋～。❺(Shí)〔名〕姓。

语汇 誠實 充實 瓷實 果實 慤實 厚實 堅實 結實 口實 老實 落實 平實 樸實 切實 求實 確實 如實 失實 史實 事實 踏實 穩實 務實 現實 翔實 寫實 信實 虛實 嚴實 殷實 扎實 真實 證實 忠實 春華秋實 華而不實 貨真價實 名副其實 秀而不實 循名責實 言過其實 有名無實

【實報實銷】shíbào-shíxiāo 按照實際支出的錢數報銷，即用多少報銷多少：出差費用～。

【實誠】shícheng〔形〕〈口〉(品性、言語)誠實；老實：他是個～人｜這話說得很～。

【實處】shíchù〔名〕能發揮實際作用的地方：要把主要力量用在～｜政策要落到～。

【實詞】shící〔名〕能夠獨用或充當句子成分，意義比較具體的詞。漢語實詞包括名詞、數詞、量詞、動詞、形容詞、代詞等。

【實打實】shídǎshí〔慣〕實實在在：～的本領｜～地解決問題。

【實地】shídì❶〔名〕堅實的地面，比喻客觀實際：腳踏～。❷〔副〕在現場(從事某種活動)：～勘測｜～了解災區人民生活情況。❸〔副〕切實：～去做。

【實幹】shígàn〔動〕實實在在地做：埋頭～｜～精神｜～家。

【實話】shíhuà〔名〕(句)符合實際的話；真實的話(跟"謊話"相對)：～實說｜說～，辦實事｜句句都是～。

【實惠】shíhuì❶〔名〕實際的好處：他從中得到不少～｜幹我們這一行可沒有甚麼～。❷〔形〕有實際好處：他那工作很～｜這是一頓經濟～的午餐。

【實際】shíjì❶〔名〕客觀的事實和真實的情況(跟"理論"相對)：理論聯繫～｜尊重客觀～｜辦事要從～出發｜不要脫離～。❷〔形〕(措施、表現）實在、具體：～表現｜這是一個既典型又～的例子｜我們都是做～工作的人。❸〔形〕（謀劃）合乎事實；只顧實際利益：不研究可行性就制訂規劃當然不～｜一個人要有理想，不能太～。

【實績】shíjì〔名〕實際的成績或成果：他是一位很有～的廠長｜他們評選優秀幹部很注重～。

【實踐】shíjiàn ❶〔動〕實行；履行：～主張｜～諾言。❷〔動〕用實際行動改造世界和社會（跟“認識”相對）：在～中積極探索｜有知識而不～，等於蜜蜂不釀蜜。❸〔名〕改造世界和社會的實際行動（跟“理論”相對）：～是檢驗真理的唯一標準。

【實據】shíjù〔名〕確鑿而真實的證據：真憑～｜查無～。

【實況】shíkuàng〔名〕真實狀況；實際情況：大會～｜～轉播｜～紀錄。

【實力】shílì〔名〕實在的力量；實有的能力：～強大｜沒有～｜缺乏競爭的～。

【實錄】shílù ❶〔名〕真實的文字記錄：日記是個人生活的～。❷〔名〕編年體史書的一種，記述一代或幾代帝王統治時的大事：《順宗～》｜《清～》。❸〔動〕如實地記錄、拍攝或錄製：口述～｜課堂～。

【實名】shímíng〔名〕真實的姓名：～制｜儲蓄要用～。

【實名制】shímíngzhì〔名〕辦理有關手續時必須填寫真實姓名並出示有效身份證明的制度：實行～｜購買機票。

【實拍】shípāi〔動〕實地拍攝：電視劇已進入～階段｜～比賽場面。

【實情】shíqíng〔名〕實際情況：他不了解～｜你說的都是～。

【實權】shíquán〔名〕實際控制支配的權力：掌握～｜沒有～｜～人物。

【實施】shíshī〔動〕實際施行法令、政策等：付諸～｜自法令公佈之日起～｜擬定～方案。

【實時】shíshí〔形〕屬性詞。與某事同步進行的；即時對應的：～行情｜～新聞｜～翻譯｜自動控制系統能～顯示各種動態參數｜出租車裝上衛星定位系統後，汽車公司可以～監控汽車所在的位置。

【實事】shíshì〔名〕（件）❶真實的事：魯迅的小說中有不少情節取材於～。❷實在的事：使大眾得到實在利益的事：市政府今年要為市民辦五十件～。

【實事求是】shíshì-qiúshì〔成〕按照實際情況，正確對待和處理問題：制訂計劃要～｜發揚～的工作作風。

【實數】shíshù〔名〕❶數學中有理數和無理數的總稱。❷實在的數字；確實的數字：資金到位的～不多｜到底需要多少錢，你給我個～。

【實體】shítǐ〔名〕❶舊哲學認為實體是萬物不變的基礎。唯心主義把實體解釋為精神。馬克思主義哲學認為，實體是永遠運動着和發展着的物質。❷泛指獨立存在並具有一定屬性的客觀事物：政治～｜經濟～。

【實物】shíwù〔名〕❶真實而具體的東西：～教學｜電影道具～展覽。❷實際應用的物品，相對貨幣而言：～地租｜～配給｜～徵收。

【實習】shíxí〔動〕學習書本知識後在一定場所實踐應用：去工廠～｜到中學進行教學～。

【實現】shíxiàn〔動〕使理想、願望、計劃等成為事實：他漫遊世界的願望～了｜全國人民為～中華民族的復興而努力奮鬥。

【實效】shíxiào〔名〕實際效果：他講課很注重～｜這辦法真靈，很有～。

【實心】shíxīn〔形〕❶（～兒）物體內部完全填滿：～球｜大白菜～兒的好。❷比喻心地誠實：～話｜～意不好拒絕。

【實心眼兒】shíxīnyǎnr ❶〔形〕心地誠實：他是個～的孩子｜你太～了。❷〔名〕心地誠實的人：老李這人是個～。

【實行】shíxíng〔動〕用行動來實現：～科學種田｜～計劃生育｜～承包經營責任制。

【實驗】shíyàn ❶〔動〕為檢驗某理論或假設是否正確而在特定條件下進行的操作或活動：我現在開始～第二種辦法｜這是多次～得出的結論。❷〔名〕指實驗工作：做～｜科學～｜～人員。

【實驗室】shíyànshì〔名〕（間）專供做實驗用的工作間：理化～｜學校新建了現代化的～。

【實業】shíyè〔名〕舊指工、礦、交通等企業，後泛指工商企業：～公司｜～集團｜～家｜興辦～。

【實用】shíyòng ❶〔動〕實際使用：切合～｜教學注重～。❷〔形〕有實際使用價值：這書櫃很～｜這袖珍錄放機既輕便又～｜這老式床又大又佔地方兒，在今天就顯得不～了。

【實用主義】shíyòng zhǔyì 現代西方哲學的主觀唯心主義派別，其主要觀點是否認真理的客觀性，認為有用就是真理。

【實在】shízài ❶〔形〕真誠；不虛假：你完全可以放心，這人心眼兒很～。❷〔副〕的確：不是瞞你，～是不知道｜你能及時提醒我，～太好了。❸〔副〕其實；實際上：名義上大學畢業，～只有初中程度。

【實在】shízai〔形〕（北京話）❶扎實；不馬虎：她的學問做得很～。❷忠厚老實；不虛假：小王可～了，無論甚麼事兒叫他做准沒錯兒。

【實則】shízé〔副〕其實；實際上。承上文而含有轉折，表示所說的是實際情況：他說是上醫院，～是在家趕任務。

【實戰】shízhàn〔名〕實際作戰；也指實際活動、

操作：～演習｜讓球員在～中得到鍛煉。

【實職】shízhí〔名〕有實際權力和責任的職位：選派年輕有為的幹部到企事業單位擔任～｜他由總裁變顧問，已失掉～。

【實至名歸】shízhì-míngguī〔成〕有了實際的成就，相應的聲譽隨之而來：這次中國男子體操隊獲世界冠軍可謂～。也說實至名隨。

【實質】shízhì〔名〕本質；事物的實在內容：掌握文件的精神～｜先談原則，再談～性問題。

【實字】shízì〔名〕古人稱有實在意義的字，其中一部分相當於現代所說的實詞（跟"虛字"相對）。

【實足】shízú ❶〔動〕數量達到足數：這袋麵粉～五十斤｜在場的～一千人。❷〔形〕屬性詞。確實足數的：～年齡｜我～等了三個鐘頭。

匙 shí 古代匙鼠一類的動物：～鼠五技而窮（有多種技能但不專精）。

識（识）字 shí/shì ❶〔動〕認得；認識：～字｜～時務｜兒童相見不相～。❷知道：天下何人不～君。❸見識；知識：遠見卓～｜有～之士｜學～淵博。
另見 zhì（1762頁）。

語彙　博識　才識　常識　膽識　見識　結識　舊識　認識　賞識　熟識　學識　意識　知識　潛意識　無意識　下意識　有意識　似曾相識　遠見卓識

【識別】shíbié〔動〕辨別；辨認：～真偽｜善於～幹部。

【識大體】shí dàtǐ 懂得大的、重要的道理：～，顧大局。

【識貨】shí//huò〔動〕能識別東西的真偽好壞：不怕貨比貨，就怕不～｜你識不了貨就不要來談買賣了。

【識見】shíjiàn〔名〕〈書〉知識和見聞：～過人。

【識荊】shíjīng〔動〕〈書〉〈敬〉唐朝李白《與韓荊州書》："生不用封萬戶侯，但願一識韓荊州。"韓朝宗曾為荊州長史，喜結識提拔後進，為時人所重。後用"識荊"指初次見面或結識：無緣～。

【識破】shípò〔動〕看出；看穿：～偽裝｜～陰謀。

【識趣】shíqù〔形〕知趣：這人真不～｜人家在談知心話，我還是～點，先走吧。

【識時務者為俊傑】shí shíwù zhě wéi jùnjié〔諺〕《三國志·蜀書·諸葛亮傳》註引《襄陽耆舊傳》："識時務者，在乎俊傑。"意思是能認清當前形勢和時代潮流的，才是聰明傑出的人。

【識文斷字】shíwén-duànzì〔成〕識字，指掌握一定的文化知識：您是～的人，給評評理吧。

【識相】shíxiàng〔形〕（吳語）指能隨機應變，看別人的臉色行事；知趣：也未免太～了｜你還是～點，跟我們走一趟吧。

【識羞】shíxiū〔形〕自己感覺到羞恥（多用於否定

式）：真不～｜你這麼幹，究竟～不～？

【識字】shí//zì〔動〕認識文字：讀書～｜識不了幾個字。

鰣（鲥）shí〔名〕鰣魚，長可達70厘米，生活在海洋中，春夏之交到中國珠江、長江、錢塘江等河流中產卵。鱗下多脂肪，肉鮮嫩味美，是名貴的食用魚。

shǐ ㄕˇ

史 shǐ ❶ 歷史；史書：古代～｜斷代～｜通～｜～無前例。❷ 古代負責記載史事的官：良～。❸（Shǐ）〔名〕姓。

語彙　別史　醜史　國史　家史　講史　歷史　秘史　青史　詩史　通史　外史　信史　艷史　野史　雜史　正史　稗官野史　二十四史

【史部】shǐbù〔名〕中國古代圖書四大分類的一大部類，包括各種體裁的史書及輿地、政書、目錄、金石方面的著作。也叫乙部。參見"四部"（1282頁）。

【史冊】shǐcè〔名〕記載歷史的書冊：載入～｜永垂～。也作史策。

【史官】shǐguān〔名〕(名，位) 古代朝廷中負責搜集、記錄史實和掌管史書編纂工作的官員：司馬遷是古代著名～。

【史話】shǐhuà〔名〕以故事的形式寫成的歷史作品（多用於書名、文章名）：《陶瓷～》｜《中國文學～》。

【史籍】shǐjí〔名〕歷史書籍：重要～｜載入～。

【史跡】shǐjì〔名〕歷史的遺跡：～尋蹤｜重視～保護。

【史料】shǐliào〔名〕有關史實的資料：這部著作～豐富｜他正在做搜集～的工作。

【史略】shǐlüè〔名〕對歷史的概略記述（多用於書名）：《中國小說～》。

【史前】shǐqián〔名〕歷史上指沒有文字記載的遠古：～時代｜～史｜～考古學。

【史乘】shǐshèng〔名〕〈書〉史書。

【史詩】shǐshī〔名〕❶ (部) 反映具有重大意義的歷史事件，塑造著名的英雄形象的長篇敘事詩。如藏族的《格薩爾》、蒙古族的《江格爾》和柯爾克孜族的《瑪納斯》被並稱為中國少數民族的三大英雄史詩。❷ 比喻具有重要意義的事件或偉大業績：一部中國改革大潮的恢弘～｜他們創造了～般的業績｜這場球賽堪稱～般的對決。

【史實】shǐshí〔名〕歷史事實：歷史劇不違背歷史真實，但也不完全局限於～。

【史書】shǐshū〔名〕(部) 記述歷史事實的書籍：～典籍豐富｜～類型很多。

史書的種類

正史：除少數是個人著述外，大部分是由官府主持編修；

雜史：只記載一事之始末、一時之見聞或一家之私記，帶有掌故性質；

別史：主要指不用正史之編年體、紀傳體體例，雜記歷代或一代史實的史書，有時與雜史難以區分；

野史：有別於官修正史，由私家編寫的史書；

稗史：有時也稱為野史，通常指記載閭巷風俗、民間瑣事、舊聞的史書。

【史無前例】shǐwú-qiánlì〔成〕歷史上沒有先例：～的大變動｜我國當代經濟的發展是～的。

【史學】shǐxué〔名〕研究和闡述人類社會各個民族、各個國家產生、發展、消亡的具體過程及其規律的科學：～展現了人類燦爛的文明｜～研究為現代社會發展服務。

矢

shǐ ㊀箭：弓～｜流～。㊁發誓：～口抵賴｜～志不渝。㊂〈書〉同"屎"：遺～｜～溺。

語彙 飛矢 弓矢 嚆矢 流矢 神矢 遺矢 無的放矢 有的放矢

【矢口否認】shǐkǒu-fǒurèn〔成〕一口咬定，完全不承認：人證物證俱在，他竟～。

【矢量】shǐliàng〔名〕具有大小和方向的量，如物理學中的力、速度等。也叫向量。

【矢志不渝】shǐzhì-bùyú〔成〕發誓立志，決不改變：他為宏偉理想而奮鬥，～。也說矢志不移。

叟

shǐ "史"的古字。

豕

shǐ〈書〉豬。

語彙 封豕 魯魚亥豕

使

shǐ ㊀❶〔動〕支使；使喚：遇事總是自己幹，沒有～過人｜這頭牛性子暴，只有老孫頭能～。❷〔動〕用：看風～舵｜你的筆借我～～｜乾着急～不上勁兒。❸〔動〕致使；讓（必帶兼語）：這齣戲～觀眾非常感動｜改進方法，～效率不斷提高｜怎樣做才能～大家滿意？**注意** 在書面上，"使"有時可以直接置於動詞前，如"加強衛生防疫工作，使不發生流行病"。❹〔連〕〈書〉假使；假如：如有周公之才之美，～驕且吝，其餘不足觀也已。

㊁❶派往國外辦事：出～｜～者。❷派往國外的外交人員：～節｜公～｜大～｜特～。❸舊時指負責某種政務的官員：轉運～｜節度～。

語彙 差使 出使 促使 大使 公使 來使 奴使 迫使 強使 驅使 設使 唆使 特使 天使 信使 行使 役使 支使 指使 致使 主使 專使 頤指氣使

【使絆兒】shǐ//bànr〔動〕❶摔跤時用腿腳使對方跌倒：使了個絆兒～。❷比喻暗中用不正當手段害人：合夥做生意要小心，當心別人～。

【使不得】shǐbude〔動〕❶用不成：自行車壞了沒修理，～了｜情況已發生變化，你那套老辦法～。❷不行；不可以：酒後開車萬萬～。

【使得】shǐde ㊀〔動〕引起某種結果：家庭財產承包制～農村生產力得到解放。㊁〔動〕❶可以使用（否定式是"使不得"）：咱家那台縫紉機還～使不得？❷行得通；可以：你這辦法倒～｜這種場面沒有你如何～？

【使館】shǐguǎn〔名〕外交使節在所駐國的辦公機構。大使所在機構叫大使館，公使所在機構叫公使館。

【使壞】shǐ//huài〔動〕〈口〉耍陰謀；出壞主意：要注意別讓他在裏面～｜由於有人～，他的申請沒被批准。

【使喚】shǐhuan〔動〕❶支使別人為自己辦事：主人～他做甚麼，他就做甚麼｜他總愛～人。❷〈口〉使用（工具、牲口等）：這小車我家多年沒～了，你拿去拾掇拾掇用吧｜那匹烈性馬可不容易～。

【使假】shǐ//jiǎ〔動〕摻假；以假亂真或以次充好：嚴厲打擊棉花摻雜～的違法犯罪活動｜認真治理在商品中摻雜～的現象。

【使節】shǐjié〔名〕(位)派駐他國或國際組織的外交官，也指臨時受派出國辦理事務的外交代表：各國～都參加了國慶慶典。

【使勁】shǐ//jìn(～兒)〔動〕使出力量；用力：逆風騎車得～蹬｜再使一把勁兒｜使不上勁，怎麼辦？

【使命】shǐmìng〔名〕❶派人辦事的命令或使者所接受的命令：奉團長～去送情報｜他們不辱～，勝利地完成了任務。❷比喻肩負的重大責任：偉大～｜新一代人的～。

【使女】shǐnǚ〔名〕(名)婢女；丫頭。

【使然】shǐrán〔動〕〈書〉（由於某種原因）致使這樣：橘為枳，環境～。

【使徒】shǐtú〔名〕基督教稱耶穌所特選並賦予傳教使命和權力的彼得、約翰等十二門徒。

【使團】shǐtuán〔名〕❶派往他國加強外交事務或談判的團體。❷由各國使節組成的團體。

【使性子】shǐ xìngzi 發脾氣；任性：不要動不動就～｜老～怎麼同別人合作？

【使眼色】shǐ yǎnsè 用眼神向對方暗示自己的用意：她不斷地給發言人～｜使了一個眼色。

【使役】shǐyì〔動〕使喚（牲畜等）：家裏就一頭耕牛，不可～太狠了。

【使用】shǐyòng〔動〕使人員、資金、器物等為某種目的服務：善於～幹部｜～貸款買房｜～電腦查找資料｜～本民族語言。

【使用價值】shǐyòng jiàzhí 物品能滿足人們某種需要的效用：充分利用劇場的～，從早到晚排滿了演出的場次。

【使者】shǐzhě〔名〕(位，名)奉使命赴外國辦事的人：赴外～｜和平～。

始 shǐ ❶ 開端(跟"終"相對)：天地之～｜有～有終。❷ 開始：自今日～｜千里之行，～於足下。❸ 最早的；最初的：～祖｜～願。❹ 起初：～創｜～興｜～發站。❺〔副〕〈書〉才：～見成效｜千淘萬漉雖辛苦，吹盡狂沙～到金。❻〔副〕〈書〉嘗；曾經：未～不可。

語彙　創始　方始　更始　開始　起始　未始　伊始　原始　肇始　與民更始　週而復始

【始創】shǐchuàng〔動〕最初創建：～者｜新華社～於 1937 年｜這家海洋運輸公司由其祖父～。

【始末】shǐmò〔名〕事情發生到結束的過程：經過調查，搞清了事情的～。

【始業】shǐyè〔動〕〈書〉學習開始或學校開學：春季～｜秋季～。

【始終】shǐzhōng ❶〔名〕從發生到結束的過程：貫徹～。❷〔副〕表示從頭到尾持續不變：我們～堅持正確的主張｜～沒有放棄信仰。

[辨析] 始終、一直　a) 二者作為副詞在表持續不變的意義上，可換用，如"始終沒回家"也可以說"一直沒回家"。b)"一直"後的動詞可以帶表示時間的詞語，"始終"後的動詞不能，如"我一直等到夜裏十一點"，不能說成"我始終等到夜裏十一點"。c)"一直"有順着不變義，如"一直往前走"，"始終"不能這樣用。"始終"可指整個過程，如"貫徹始終"，"一直"不能這樣用。

【始終不渝】shǐzhōng-bùyú〔成〕自始至終堅持不變：廉潔奉公，～｜中國人民～地支持世界和平事業。

【始祖】shǐzǔ〔名〕❶ 有世系可考的最早的祖先。❷ 指某一宗教、學派或行業的創始人：孔子是儒學的～。

【始祖鳥】shǐzǔniǎo〔名〕古脊椎動物，頭部像鳥，有牙齒，翼端有爪，尾巴很長，由尾椎骨20 枚組成，身上有羽毛，類似鳥，又跟爬行動物相似。一般認為牠是爬行動物進化到鳥類的中間類型，是鳥的祖先，出現於侏羅紀。

【始作俑者】shǐzuòyǒngzhě〔成〕《孟子‧梁惠王上》："仲尼曰：'始作俑者，其無後乎！'"孔子反對用俑殉葬(因為俑像後人形)，他說，開始用俑殉葬的人，大概沒有後嗣吧！後用"始作俑者"比喻首開惡例的人。

屎 shǐ ❶〔名〕(泡，攤)大便；冀：拉～｜貓～｜～橛子。❷ 指眼、耳等器官的分泌物：眼～｜耳～。

【屎殼郎】shǐkelàng〔名〕蜣螂的俗稱。

【屎殼郎戴花——臭美】shǐkelàng dàihuā —— chòuměi〔歇〕形容故作姿態，炫耀自己的面容、地位或才能等(含譏諷意)：她混得連口飯都快吃不上了，還天天穿紅戴綠、描眉畫眼，真是～。

駛(驶) shǐ〔動〕❶ 車馬等跑；疾～～。❷ 駕駛(車、船等)：船～入港口｜火車徐徐～出車站。

語彙　奔駛　疾駛　駕駛　空駛　停駛　行駛

shì ㄕ

士 shì ❶ 古代男子的通稱。特指未婚男子：～女。❷ 古代介於大夫和庶民之間的階層：得～者富，失～者貧。❸ 舊指讀書人：～人｜～農工商。❹ 軍人：～兵｜～氣｜身先～卒。❺ 軍銜的一級，在尉以下，分軍士和士官：下～｜中～｜上～。❻ 指從事某些專業技術的人員：醫～｜護～｜助產～。❼ 有一定才能的人：高～｜異～｜禮賢下～。❽ 對人的美稱：名～｜人～｜勇～｜女～。❾ (Shì)〔名〕姓。

語彙　辯士　兵士　博士　策士　處士　道士　鬥士　方士　國士　寒士　護士　將士　進士　居士　爵士　軍士　力士　烈士　猛士　名士　謀士　女士　人士　紳士　術士　碩士　儒士　賢士　學士　義士　毅士　隱士　勇士　戰士　志士　壯士　辯護士　白衣戰士　禮賢下士

【士兵】shìbīng〔名〕(名)軍士和列兵的統稱。

【士大夫】shìdàfū〔名〕泛指封建社會的官僚階層和有地位的讀書人。

【士官】shìguān〔名〕士兵軍銜中最高的一級，分軍士長和專業軍士兩類。

【士林】shìlín〔名〕泛指學術界、知識界：交遊～｜～交譽。

【士敏土】shìmǐntǔ〔名〕水泥。[英 cement]

【士女】shìnǚ ❶〔名〕古代指未婚男女。後來泛指男女。❷ 同"仕女"③。

【士氣】shìqì〔名〕士兵的戰鬥意志，後也泛指群眾的鬥爭意志和精神：我軍～高昂｜鼓舞～，振奮精神。

【士紳】shìshēn〔名〕〈書〉紳士。

【士卒】shìzú〔名〕甲士和步卒。後泛指士兵：身先～。

【士族】shìzú〔名〕從東漢後期至魏晉南北朝地主階級內部由士人構成的豪門大族，累世高官，享有特權。

氏　shì ❶姓。古代"姓"是一種族號，起於女系；"氏"是"姓"的分支，起於男系。後來不再區分。❷舊時稱已婚婦女，多加在娘家姓之後。後多在娘家姓前再加夫姓：李～｜趙王～。❸古代官職用的名號，後用來稱名人專家等：神農～｜太史～｜攝～溫度表｜達爾文～。❹古代加在某些尊長稱謂後表示尊敬：舅～｜伯～｜母～劬勞。

另讀 zhī（1744 頁）。

語彙　舅氏　母氏　人氏　姓氏　太史氏

【氏族】shìzú〔名〕原始社會時期由血統關係結成的人的集體。氏族成員集體勞動，生產資料公有，產品共同分配：～社會｜～首領。

示　shì ❶表明；指出或擺出事物來讓人知道：～眾｜～範｜～威｜公～｜不甘～弱｜以目～意。❷〈書〉〈敬〉尊稱別人寫來的信件或指示文字：來～奉悉｜敬請賜～。

語彙　表示　出示　告示　公示　揭示　批示　啟示　請示　提示　顯示　曉示　宣示　訓示　演示　預示　展示　昭示　指示

【示愛】shì'ài〔動〕表示愛慕之意：山鄉的習俗是男青年唱着情歌向女方～。

【示範】shìfàn〔動〕做出可供大家學習的榜樣或標準動作：把一般號召與典型～結合起來｜表演｜～飛行。

【示範單位】shìfàn dānwèi〔名〕房產開始售賣前，供買方參觀的，具有示範性的房子：新家的裝修風格就按照～的樣子裝吧｜最近上環有一個新開的樓盤，我們一起去看看那裏的～吧。

【示復】shìfù〔動〕〈敬〉書信中請對方作答的用語：希即～｜敬請～。

【示警】shìjǐng〔動〕用某種動作或信號表示有緊急情況，使人警戒：鳴槍～｜敲鐘～。

【示例】shìlì ❶〔動〕舉出具有代表性的例子作示範：～如下。❷〔名〕有示範作用的例子。

【示人】shìrén〔動〕展示給人看：此物珍藏多年，從不輕易～。

【示弱】shìruò〔動〕表示軟弱，不敢較量（多用於否定式）：不甘～｜從未～｜決不～。

【示威】shìwēi〔動〕❶顯示自己的威力：他向我們～了。❷為表示抗議或有所要求而採取的顯示威力的集體行動：工人們～，要求增加工資｜會後遊行～。

【示意】shìyì〔動〕用表情、動作、言語、暗號或圖形等表示某種意思：頻頻以目～｜他點頭～｜讓我訴說情由。

【示意圖】shìyìtú〔名〕（張）為了說明內容較複雜的事物的原理或概況而繪成的簡明圖樣：山脈走向～｜天綫架設～｜居民小區建設～。

【示眾】shìzhòng〔動〕展示給大家看。特指把人抓來當眾責罰，以示警戒：斬首～｜遊街～。

世　shì ❶古代以三十年為一世。❷人的一生：人生一～，草生一秋｜今生今～｜沒～不忘。❸一輩又一輩：～傳｜～交｜～醫。❹〔名〕有血統關係的人形成的輩分：～系｜先～｜專其利三～矣。❺有世交關係的：～叔｜～兄｜～誼。❻時代：當～｜亂～｜後～｜時～｜流芳百～。❼世界；社會：面～｜棄～｜入～｜舉～公認｜～有伯樂，然後有千里馬。❽人世間的：～情～故。❾（Shì）〔名〕姓。

語彙　避世　塵世　出世　處世　傳世　辭世　蓋世　故世　過世　後世　季世　濟世　家世　今世　近世　舉世　絕世　曠世　來世　亂世　末世　沒世　棄世　去世　人世　入世　身世　盛世　時世　逝世　玩世　晚世　萬世　稀世　下世　先世　現世　謝世　行世　厭世　一世　永世　在世　轉世　濁世　不可一世　立身處世　流芳百世　生生世世　永生永世

【世博會】shìbóhuì〔名〕世界博覽會的簡稱，是展示各國經濟、文化和科技成果的國際盛會。第一屆世博會於 1851 年在英國倫敦舉辦。2010年中國上海舉辦了世博會。

【世仇】shìchóu〔名〕❶世代積累的冤仇：以前這兩個村有爭奪水源的～。❷世世代代有仇的人或家族：這兩家是～。

【世傳】shìchuán〔動〕世代相傳：～家學。

【世代】shìdài〔名〕❶好幾代；好幾輩人：～相傳｜～行醫｜～務農。❷朝代：～更替。❸年代：～久遠。

【世道】shìdào〔名〕社會狀況：～人心｜～大變。

【世風】shìfēng〔名〕社會風氣：～日下，人心不古。

【世故】shìgù〔名〕處世的經驗：人情～｜不通～｜老於～。

【世故】shìgu〔形〕處世周到圓通而富於經驗：這個人很～｜想不到他年紀輕輕的這麼～。

【世紀】shìjì〔名〕（個）從耶穌誕生的那一年算起，以一百年為一個世紀的紀年單位。如公元1 年 –100 年為 1 世紀；1901 年 –2000 年為 20世紀。

【世家】shìjiā〔名〕❶《史記》中傳記的一體，主要記述世襲封國諸侯的事跡。但亦有例外，如《孔子世家》《陳涉世家》。❷舊時泛指社會地位高、世代做官的人家：～大族。❸指世世代代從事某一職業的人家：音樂～｜京劇～｜教師～。

【世間】shìjiān〔名〕社會上；人世間：未必～無同道之人｜～還是好人多。

【世交】shìjiāo〔名〕❶從上代或幾代以前就有交情的人或人家：趙先生是我們家的老～｜他兩家是～。❷兩代以上的交誼。

【世界】shìjiè〔名〕❶地球上所有的國家和地方：

胸懷祖國，放眼～｜～博覽會。❷ 指自然界和人類社會活動的總和：神女應無恙，當驚～殊｜誰能預測未來的～？❸ 人們活動的某一範圍或領域：科學～｜微觀～｜內心～｜兒童～。❹ 佛教用語。指時間和空間，東西南北上下為界，過去、未來、現在為世。

【世界觀】shìjièguān〔名〕人們對世界的總的根本的看法。主要包括：世界是物質的還是精神的；是物質決定精神還是精神決定物質；世界是發展的還是靜止的；世界是可知的還是不可知的。也叫宇宙觀。

【世界貿易組織】Shìjiè Màoyì Zǔzhī 由眾多締約國組成的國際性的貿易組織。主要職責是促進、規範各國間的貿易活動，消除關稅壁壘，降低關稅，處理貿易糾紛等。1995 年 1 月 1 日成立，總部設在日內瓦。其前身為關稅與貿易總協定。[英文縮寫 WTO（World Trade Organization）]

【世界時】shìjièshí〔名〕以倫敦格林尼治天文台原址的本初子午綫為標準的時間。用於無綫電通信和科學數據記錄，使各國取得一致。也叫格林尼治時間。

【世界遺產】shìjiè yíchǎn 人類共同繼承的文化和自然財產。特指聯合國教科文組織所確認的世界罕見的並且目前無法替代的文化和自然財產。主要有自然遺產、文化遺產、自然遺產和文化遺產的混合體以及文化景觀遺產。中國的長城、故宮等都被確認為世界遺產。簡稱世遺。

世界遺產

世界遺產有狹義和廣義之分。狹義的包括世界文化遺產、世界自然遺產、世界文化與自然遺產和文化景觀四類。廣義的分為文化遺產、自然遺產、文化和自然雙重遺產、記憶遺產、人類口述和非物質遺產（簡稱非物質文化遺產）、文化景觀遺產。

【世界移植運動會】Shìjiè Yízhí Yùndònghuì 凡參加者均為接受了器官移植（心臟、腎臟、肺、骨髓等）的再生運動員：英、美、法、加、日等十幾個國家均承辦過～｜中國選手在～取得佳績。

世界移植運動會

英國樸次茅斯（Portsmouth）的一名外科醫生莫里斯（Maunrice Slapak）親手診斷了許多病人需接受器官移植手術方能延續生命。為了喚起人們重視捐獻器官的意識，他於 1978 年在樸次茅斯組織了第一屆世界移植運動會（World Transplant Games），有 99 名接受過移植手術的康復患者參加了包括田徑、游泳、各類球賽的 12 項比賽項目。這給康復患者帶來巨大的自信和喜悅。世界移植運動會受到各國廣泛歡迎和讚譽。每隔一兩年舉辦一次，至 2008 年參加的

成員國已達 70 多個國家和地區，包括中國和香港、台灣地區。2004 年中國武漢舉辦了首屆全國移植運動會。

【世界語】Shìjièyǔ〔名〕指 1887 年波蘭人柴門霍夫（Ludwig Lazarus Zamenhof）所創造的國際輔助語，語法比較簡單。書寫採用拉丁字母，有字母 28 個。

【世局】shìjú〔名〕世界局勢：～多變｜靜觀～。

【世面】shìmiàn〔名〕社會上各種場面和情況：經風雨，見～｜他是見過大～的人。

【世情】shìqíng〔名〕世態人情：～薄｜深諳～。

【世人】shìrén〔名〕世上的人；一般的人：此事～皆知。

【世上】shìshàng〔名〕世界上；人世間：～無難事，只要肯登攀。

【世事】shìshì〔名〕人世間的事：～讓三分，天寬地闊｜～洞明皆學問，人情練達即文章。

【世俗】shìsú〔名〕❶ 指社會的一般習俗（含貶義）：～之見｜～所重，也不必盲從。❷ 宗教教義認為一切事物具有兩種形式，把天上的形式稱為神聖，把人間的形式稱為世俗：～社會。

【世態】shìtài〔名〕世俗情態：～炎涼｜～人情薄如紙。

【世態炎涼】shìtài-yánliáng〔成〕炎：比喻親熱；涼：比喻冷淡。指社會上一些人在別人得勢時就巴結奉承，別人失勢時就疏遠冷淡的現象：自從家道中落，他飽嘗了～的滋味。

【世外桃源】shìwài-táoyuán〔成〕晉朝陶淵明在《桃花源記》中描述了一個與世隔絕的沒有遭受禍亂的安樂美好的地方。後借指不受外界影響的生活安定、環境幽雅的處所或幻想中的美好世界：這幽靜的山村真是～｜在這個美麗的海濱小城度假，真有到了～的感覺。

【世襲】shìxí〔動〕世代承襲。多用於帝位、爵位和領地等：～爵士｜～領地。

【世系】shìxì〔名〕家族世代相承的系統：宗室～表｜孔子～。

【世兄】shìxiōng〔名〕有世交的同輩稱世兄。也用於尊稱輩分較低的世交。

【世遺】shìyí〔名〕世界遺產的簡稱。

【世族】shìzú〔名〕泛指世代顯貴的家族：～子弟｜～利益。

仕

shì ❶ 做官：～途｜出～。❷（Shì）〔名〕姓。

語彙 出仕 致仕 學而優則仕

【仕宦】shìhuàn〔動〕指做官：～之家｜不習～。

【仕進】shìjìn〔動〕〈書〉進身為官；升官：不求～。

【仕女】shìnǚ〔名〕❶ 宮女。❷ 官宦之家的婦女。❸ 以美女為題材的中國畫：這位畫家工～人物。也作士女。

【仕途】shìtú〔名〕〈書〉做官的途徑：～捷徑｜～坎坷。

市 shì ❶〈書〉交易；購買：互～｜沽酒～脯。❷〔名〕市場：集～｜菜～｜早～｜河裏無魚～上去。❸〔名〕城市：都～｜～民｜～區。❹〔名〕行政區劃單位，有中央直轄市和省（或自治區）轄市等：直轄～｜省轄～。❺屬於中國度量衡市制的：～尺｜～升｜～斤。❻（Shì）〔名〕姓。

語彙 罷市 菜市 城市 燈市 都市 行市 黑市 互市 集市 街市 開市 利市 門市 鬧市 棄市 上市 收市 停市 小市 夜市 應市 早市 門庭若市 招搖過市

【市布】shìbù〔名〕一種本色平紋棉布，質地緊密厚實，堅牢耐磨。以不經染整加工即直接供市銷而得名。

【市場】shìchǎng〔名〕❶買賣貨物的場所：集貿～｜～繁榮。❷商品銷售的區域：國內～｜國際～。❸比喻人的思想行為或事物活動影響的範圍、場所：自私自利的人沒有～｜封建迷信活動在群眾中的～越來越小。

【市場經濟】shìchǎng jīngjì 依靠市場進行調節的國民經濟。

【市府】shìfǔ〔名〕市人民政府的簡稱：～大樓。

【市花】shìhuā〔名〕市民普遍喜歡、養植並經確認為一個城市象徵的花，如重慶市的山茶花、北京市的月季和菊花。

【市話】shìhuà〔名〕市區電話：～局｜～普及率。

【市集】shìjí〔名〕❶集市：到～進行交易。❷市鎮；集鎮。

【市價】shìjià〔名〕貨物的市場價格：～平穩。

【市郊】shìjiāo〔名〕城市的郊區：新建的科技園、開發區大都在～｜～公交車。

【市儈】shìkuài〔名〕原指買賣的中間人，後指唯利是圖、庸俗狡詐的人：～作風｜～習氣。

【市況】shìkuàng〔名〕❶市場情況；行情：股票～｜私宅～持續好轉。❷市容：～整潔。

【市面】shìmiàn（～兒）〔名〕❶街上商業活動集中的地方：大年初一在家過年，～上人很少。❷市場情況；工商業活動的一般狀況：～繁榮｜～兒蕭條。

【市民】shìmín〔名〕城市居民。

【市區】shìqū〔名〕屬於城市範圍的地區：～人口｜～地圖。

【市容】shìróng〔名〕城市的外觀和市區面貌：代表們檢查了～衛生｜要保持～整潔。

【市肆】shìsì〔名〕〈書〉排比成列的商店。漢以前稱市井。

【市鎮】shìzhèn〔名〕指大集鎮，工商業比較集中，但規模比城市小：發展小五金生產後，這裏興起了一片～。

【市政】shìzhèng〔名〕指城市管理工作，包括工商業、基本建設、文化教育、公用事業、交通、公安、衛生等：～建設｜～工程。

【市值】shìzhí〔名〕按照現時的市場價格計算的資產價值。

【市制】shìzhì〔名〕以國際公制為基礎，結合中國民間習用的計量名稱而制定的一種計量制度。長度、重量、容量的主單位分別為市尺、市斤、市升。

式 shì ❶樣式：款～｜新～｜老～｜中～｜西～。❷規格；格式：版～｜程～｜法～｜模～。❸典禮；儀式：開幕～｜閉幕～｜閱兵～。❹自然科學中表明某種關係或某些規律的一組符號：等～｜算～｜因～｜方程～｜分子～。❺〔名〕一種語法範疇，表示說話者對所說事情的主觀態度。如敍述式、命令式、條件式。

語彙 板式 版式 程式 等式 法式 範式 方式 格式 公式 舊式 楷式 款式 老式 模式 時式 算式 體式 西式 新式 形式 型式 樣式 儀式 招式 陣式 正式 中式 一站式 閱兵式

【式微】shìwēi〔動〕〈書〉衰微；衰落：家道～。

【式樣】shìyàng〔名〕（種）人工建造或製作的物體的形狀樣式：各種～的樓房｜～新穎的服裝｜這枱燈～很別緻｜標準～｜～美觀大方。

【式子】shìzi〔名〕❶姿勢：這套體操的～雖不算優美，但很實用。❷算式、代數式、方程式等的統稱：這道題～列錯了，運算的結果自然也不會對。

似 shì/sì 見下。
另見 sì（1283 頁）。

【似的】shìde〔助〕結構助詞。用在名詞、代詞或動詞後面，表示跟某種事物、情況類似：麥垛像座山～｜他樂得甚麼～。**注意** 這裏的"似"不讀 sì。

事 shì ❶〔名〕（件，樁）事情：有志者～竟成｜天下～有難易。❷（～兒）〔名〕事故：出～兒｜多～之秋｜平安無～。❸（～兒）〔名〕職業；工作：謀～兒｜幹～兒｜做～兒。❹（～兒）〔名〕關係或責任：礙～兒｜一走了～｜這不關你的～。❺〔量〕〈書〉器物一件叫一事：筆墨硯三～｜管弦三兩～。❻〈書〉侍奉：～父兄｜安能摧眉折腰～權貴。❼〈書〉做；從事：大～宣揚｜先謀後～者昌，先～後謀者亡。

語彙 本事 差事 成事 處事 從事 董事 法事 費事 幹事 工事 公事 故事 國事 懍事 後事 回事 婚事 紀事 濟事 家事 舉事 軍事 快事 理事 領事 民事 能事 啟事 人事 盛事 失事 師事 時事 視事 外事 往事 心事 刑事 行事 敍事 軼事 肇事 政事 執事 指事 主事 滋事 做事 便宜行事 人浮於事 若無其事 無濟於事 意氣用事 因人成事 明人不做暗事

【事半功倍】shìbàn-gōngbèi〔成〕《孟子·公孫丑上》：“故事半古之人，功必倍之。”意思是措施僅有古人的一半，而收到加倍的功效。後用“事半功倍”形容費力小而收效大：巧幹往往能收到~的效果｜按新方案施工，~。

【事倍功半】shìbèi-gōngbàn〔成〕形容費力大而收效小：由於方法不當，雖花的工夫不小，但~，成效不佳。

【事必躬親】shìbìgōngqīn〔成〕所有事情都一定要親自去做：凡有關全局的事，廠長都是~，安排得井井有條。

【事變】shìbiàn〔名〕❶ 突發的重大政治、軍事事件：七七~｜西安~。❷〔書〕泛指世事的變化：達於~。

【事不過三】shìbùguòsān〔俗〕不能再三地做錯事：~，下次再這麼做可不行了。

【事不宜遲】shìbùyíchí〔成〕事情要抓緊時間做，不宜拖延：必須立即出發，~｜~，遲則生變。

【事出有因】shìchū-yǒuyīn〔成〕事情的發生是有原因的：~，查無實據｜他今天的反常表現不是無緣無故，而是~。

【事端】shìduān〔名〕事故；糾紛：製造~｜挑起~。

【事故】shìgù（-gu）〔名〕（起，次）意外的損失或禍患：交通~｜責任~｜傷亡~｜高空作業，特別要注意安全，防止~發生。

【事過境遷】shìguò-jìngqiān〔成〕事情已經過去，客觀環境也改變了：~，三年前的那件事我已忘得一乾二淨了。

【事後】shìhòu〔名〕事情發生、處理或問題解決以後：~他才明白過來，自己被蒙在了鼓裏｜不要總當~諸葛亮。

【事後諸葛亮】shìhòu Zhūgě Liàng〔俗〕指事後出主意的人。表示再高明的主意，如出得不及時，也毫無價值。也說事後諸葛。

【事跡】shìjì〔名〕個人或集體做過的重要事情和留下的業績：先進~｜生平~｜模範~。

【事件】shìjiàn〔名〕歷史上或社會上發生的重大事情：流血~｜政治~。

【事理】shìlǐ〔名〕蘊涵在事情中的道理：不合~｜通達~。

【事例】shìlì〔名〕某類事情中有代表性的例子：典型~｜結合具體~對青少年進行愛國主義教育。

【事略】shìlüè〔名〕❶ 記述人的生平大概的一種文體：先妣~｜巴金文學活動~。❷ 事實的概括敍述：東都~｜西夏~。

【事前】shìqián〔名〕事情發生、處理或問題解決以前：~請示，事後報告｜~毫無思想準備。

【事情】shìqing〔名〕❶（件，樁）人所進行的一切活動以及社會上發生的一切現象：~很複雜｜

這~要及時處理｜大家的~大家管。❷ 職業；工作：他想找個~做做。❸ 差錯：他工作了一輩子沒有出過甚麼~。

【事實】shìshí〔名〕事情的真實情況：尊重~｜~勝於雄辯｜擺~，講道理。

【事事】shìshì ❶〔名〕每事；各種事情：~從人民利益出發｜不必~都請示｜~留心。❷〔動〕〔書〕做事；從事某種事情：無所~。

【事態】shìtài〔名〕事情的狀態、形勢或局面（多指不好的狀態）：~在惡化｜~日趨嚴重｜~有所緩和。

【事務】shìwù〔名〕❶ 雜務：~科｜~工作。❷ 泛指日常工作：~繁忙。❸ 某項專門業務：華僑~｜民族~｜涉外~。

【事務所】shìwùsuǒ〔名〕（家）辦理專門業務的機構：會計師~｜律師~｜商標~。

【事務主義】shìwù zhǔyì 不抓大事，不注意方針、政策，而只忙於處理日常小事的工作作風：這位領導雖缺乏魄力，有~傾向，但也為職工做了不少好事。

【事物】shìwù〔名〕泛指世界上的一切物體和現象：~的發展是有一定規律的｜新~不斷湧現出來｜應當深入去研究~的本質。

【事先】shìxiān〔名〕事情發生、出現之前：~通知｜~做好準備。

【事項】shìxiàng〔名〕事情的項目：有關~｜注意~｜討論~。

【事業】shìyè〔名〕❶ 人們為了一定的目的而從事的各種社會活動：革命~｜文教~｜慈善~。❷ 特指沒有或僅有少量生產和經營收入，主要由國家支付經費的事業（區別於“企業”）：~費｜~單位。

【事宜】shìyí〔名〕需要辦理的事情的安排和處理（多指公共部門的）；事項：商談經貿~｜幹部任免~｜安排春耕~。

【事由】shìyóu〔名〕❶ 事情的經過，根由：他把~都告訴我了｜還未把~說清楚。❷ 公文用語，指公文的主要內容：公文~一欄要認真填寫。

【事由兒】shìyóur〔名〕（北京話）❶ 職業；工作：得趕快找個~幹｜把個~也丟了。❷ 理由；藉口：他找個~先走了。

【事與願違】shìyǔyuànwéi〔成〕事情的發展與主觀願望相違背：他沒想到，~，人越來越少，處境越來越困難，事情越來越難辦。

【事在人為】shìzàirénwéi〔成〕事情的成敗，全在於人自身的努力：他堅信，~，只要努力幹下去，總會取得勝利。

【事主】shìzhǔ〔名〕❶ 指某些刑事案件中的被害人：根據~提供的綫索，公安人員很快就將犯罪嫌疑人拘留了。❷ 舊指辦理紅白喜事的人家。

侍 shì ❶伺候；陪伴：～奉｜服～｜陪～。❷(Shì)〔名〕姓。

語彙　服侍　陪侍　隨侍

【侍從】shìcóng ❶〔動〕隨從侍衞（皇帝或官員）：衞士～左右。❷〔名〕（名）隨從侍衞最高統治者或官員的人：～室｜～副官｜總統～。

【侍奉】shìfèng〔動〕侍候奉養（長輩）：～公婆｜～父母。

【侍候】shìhòu〔動〕服侍：～病人｜～師長。

【侍弄】shìnòng〔動〕❶用心地經營、照料：這一塊老玉米地，～得好，能打十石｜在家～雞鴨，每年收入也不少。❷擺弄；修理：只要一有空閒，他就～那隻錄音機。

【侍女】shìnǚ〔名〕（名）舊時供有錢人家使喚的年輕女子。

【侍衞】shìwèi ❶〔動〕侍從護衞：負責～首長。❷〔名〕（名，群）擔任侍從護衞的禁兵和武官：～官｜派出～，加強警戒。

【侍應生】shìyìngshēng〔名〕港澳地區用詞。飯館、酒店中招待客人的服務員：本酒樓現招聘女～兩名｜這家位於中環的五星級酒店服務真可謂是國際化，就連餐廳裏的～都能說英語。

【侍者】shìzhě〔名〕侍候人的人；舊時特指旅館、酒店的服務人員。

拭 shì 擦；抹：～淚｜拂～。

語彙　擦拭　拂拭　揩拭

【拭目以待】shìmù-yǐdài〔成〕擦亮眼睛等待着。形容殷切期望或等待某件事情的出現：下一步他會如何動作，人們正～。

柿〈柹〉 shì〔名〕❶柿樹，落葉喬木，品種很多。果實叫柿子，圓形，橙黃色或淡紅色，一般味澀，漤(lǎn)後脫澀，味甘可吃，柿蒂入藥。❷(Shì)姓。

【柿餅】shìbǐng〔名〕把柿子曬乾壓扁後製成的餅狀食品，味道甜美。

【柿霜】shìshuāng〔名〕指柿餅表面形成的白霜。味甜，可入藥。

【柿子】shìzi〔名〕❶（棵）柿樹。❷柿樹的果實。

【柿子椒】shìzijiāo〔名〕一種蔬菜，果實形狀像柿子，不辣，有甜味。

昰 shì 見於人名：趙～（南宋端宗名）。
另見 shì "是"（1231頁）。

是〈昰〉 shì ㊀❶〔形〕正確（跟"非"相對）：習非成～｜自以為～｜你要謙虛一點才～。❷〈書〉認為正確：～古非今。❸(Shì)〔名〕姓。

㊁〔代〕〈書〉指示代詞。這；這個；這樣：～乃仁術｜～可忍孰不可忍｜～日也天朗氣清。

㊂〔動〕❶聯繫兩種事物，表示等同。"是"前後兩部分可以互換而意思不變（只能用"不"否定）：國歌的曲作者～聶耳｜聶耳～國歌的曲作者｜國慶節～十月一日。❷聯繫兩種事物，表示歸類。前後兩部分不能互換（只能用"不"否定）：1)"是"後為名詞性詞語：鯨魚不～魚｜～哺乳動物｜他～東北人，不～北京人。2)"是"後為表事物的"的"字結構：我～畫油畫的｜她～唱戲的。注意"是"的聯繫作用可用於不同的句型："他是學生"（陳述句），"他是學生嗎？"（是非問句），"他是學生還是老師？"（選擇問句），"他難道是學生？"（反問句）。上述句中的"是"都表示歸類，它本身不表示疑問等語氣。❸聯繫兩種事物，表示存在（主語多為表處所詞語）：滿街都～人｜渾身～汗｜遍地～牛羊。❹聯繫兩種事物，表示領有（"是"類似"有"，可省略）：這張桌子（～）三條腿｜我們（～）一個男孩兒，兩個女孩兒｜他家（～）三間房。❺聯繫兩種事物，表示事物的各種特徵關係：套餐一份～十塊錢（價錢）｜班機從北京起飛～晚上八點（時間）｜屋裏～熱熱鬧鬧，屋外～冷冷清清（情景）｜人～鐵，飯～鋼（比況）。❻用在動詞、形容詞謂語前，"是"重讀，強調所肯定的情況。1)"是"省去，句子完整：這裏～太熱，不適合老人居住｜他的意見～太尖銳，應該含蓄一點｜他～太忙，要不早回家了。2)"是"同"的"呼應（"是"的"除去不表強調）：他～來找你的｜他們～不達目的不罷休的。❼用在句首，強調所肯定的情況：～他救了我們全家｜～下雪了，滿山遍野一片白。❽用在名詞前，有"凡是""若是"的意思：～學生都得學習｜～人就該說人話｜～狗就改不了吃屎。❾用在名詞前，有"適合"的意思：來得～時候｜櫃子放得不～地方。❿聯繫兩個相同的詞語，單用或連用，表示多種附加意義。1)單用，強調事實如此：輸了就～輸了，不要不服輸｜不能去就～不能去，別再嘮唆了。2)單用，表示讓步，有"雖然"的意思，常和"但是""可是"呼應：朋友～朋友，可是不能講私情｜東西好～好，就是價錢太貴。3)連用，表示"地道"或不能混淆：這家女主人做的菜真好，葷～葷，素～素，全都可口兒｜上回～上回，這回～這回，不能再減價。4)聯繫兩個相同的數量結構，表示暫且安於已得到或已實現的：走一步～一步｜給多少～多少｜這類文章現在很難找了，只能發現一篇～一篇。⓫表示應答。1)用於回

應祈使句，表示接受：你明天去買藥。——～，我明天去買。2）用於回應是非問句，表示肯定：你是北京人嗎？～，我～北京人｜你是昨天來的？——～，我～昨天來的。

"昰"另見 shì（1231頁）。

語彙　凡是　國是　橫是　愣是　先是　於是　早是　真是　只是　自是　可不是　比比皆是　獨抒其是　俯拾即是　各行其是　莫衷一是　實事求是　習非成是　自行其是　自以為是

【是非】shìfēi〔名〕❶ 事理的對與錯、正確與不正確：分清～｜～之心，人皆有之。❷ 爭端；口舌：招惹～｜搬弄～。

【是非曲直】shìfēi-qūzhí〔成〕泛指事物的正確與錯誤、有理與無理：不問～｜分清～。

【是否】shìfǒu〔副〕是不是：～需要上醫院看看？｜～他也上台表演？｜要看～符合實際。

辨析　是否、是不是　"是不是"後面可以帶名詞性成分，"是否"是副詞，不能有這種組合。如"是不是小王？"不能說成"是否小王？"，而"是否小王要來？"可以說，因為有了"要來"，"小王要來"是主謂結構，"是否"作為副詞，充當狀語修飾這個結構。

【是味兒】shì//wèir〔形〕〈口〉❶（食品等）味道純正；合口味：菜做得～。❷ 好受；舒服（多用於否定式）：早起就感到不～｜心裏頭真不是個味兒。

【是樣兒】shì//yàngr〔形〕〈口〉樣式好看；合乎應有的樣子：你這一身衣裳做得很～｜穿職業裝上班才是個樣兒，穿背心短褲上班那可不是個樣兒。

崻　shì 用於地名：繁～（在山西北部）。另見 zhì（1758頁）。

脦　shì〔名〕有機化合物。溶於水，遇熱不凝固，是食物蛋白和蛋白腖的中間產物。

恃　shì 依靠；依賴：～強凌弱｜～德者昌，～力者亡。

語彙　怙恃　矜恃　憑恃　失恃　依恃　倚恃　仗恃　自恃

【恃才傲物】shìcái-àowù〔成〕恃：依仗。物：指自己以外的人；別人。仗着自己有才能就看不起別人：此人第一大毛病就是～，不把別人放在眼裏。

室　shì ❶〔名〕房間；屋子：陋～｜教～｜會議～。❷〔名〕機關、團體、工廠、學校等內部的工作部門：辦公～｜編輯～｜圖書～｜檔案～｜醫務～｜傳達～。❸ 家；家族：十～九空｜王～｜～成員。❹ 妻子：有～｜先～。注意 "亡妻"可以說成"先室"，一般不能說成"先妻"。❺ 二十八宿之一，北方玄武七宿的第六宿。參見"二十八宿"（347頁）。

語彙　暗室　側室　斗室　宮室　皇室　繼室　家室　教室　居室　科室　陋室　妻室　寢室　王室　先室　浴室　正室　宗室　登堂入室　引狼入室

【室內劇】shìnèijù〔名〕（部）指在攝影棚內攝製的電視劇。多採用多機定位拍攝、同期錄音等方法，無後期製作程序。

【室女】shìnǚ〔名〕舊時稱未婚的女子。

栻　shì 古代占卜時用的器具。

舐　shì〈書〉舔：老牛～犢（比喻愛兒女）。

【舐犢情深】shìdú-qíngshēn〔成〕犢：小牛。老牛愛撫小牛，用舌舐牠的身體。比喻父母愛子女的感情很深：夫妻倆只有一個獨生子，未免～，多了幾分寵愛。

逝　shì ❶ 過去；消失（多指時間、流水）：流～｜歲月易～｜子在川上曰："～者如斯夫。"❷ 死亡（含尊敬意）：病～｜長～｜仙～。

語彙　奔逝　病逝　長逝　飛逝　溘逝　流逝　傷逝　仙逝　消逝　夭逝　永逝　稍縱即逝

【逝波】shìbō〔名〕〈書〉逝川：世事悠悠委｜一樣悲歡逐～。

【逝川】shìchuān〔名〕逝去的流水，比喻過去了的歲月或事物：～與流光，飄忽不相待｜別夢依稀咒～。

【逝世】shìshì〔動〕去世（含莊重意）。

辨析　逝世、去世、死　"逝世"含莊重色彩，專指尊長或受人敬仰的人死亡；"去世"指成年人死亡，色彩不如"逝世"莊重；"死"意義範圍廣泛，指有生命的東西失去生命，可以用於人，也可以用於動植物，用於人時也不分長幼。

視（視）〈眠眎〉shì ❶ 看：～綫｜～若無睹｜～而不見。❷ 看待：重～｜藐～｜～死如歸。❸ 考察：巡～｜監～｜～察。❹ 仔細審察：審～｜下～其轍。

語彙　逼視　鄙視　仇視　敵視　諦視　電視　短視　俯視　忽視　虎視　環視　監視　近視　窺視　藐視　蔑視　漠視　凝視　怒視　平視　歧視　掃視　審視　探視　透視　無視　小視　斜視　省視　巡視　仰視　影視　珍視　正視　重視　注視　自視　坐視　側目而視

【視差】shìchā〔名〕❶ 肉眼觀測同用器械觀測產生的誤差。❷ 由地面觀測天體和由地心觀測天體所形成的夾角。攝影時從照相機取景器中觀察到的物體位置和鏡頭攝入的物體位置不相一致。距離愈近，視差愈大，反之愈小。

【視察】shìchá ❶〔動〕上級領導到下級單位巡視考察工作：今天首長來單位～｜師長來到前方～一綫陣地｜局裏來人～建築工地。❷〔動〕察看：到郊外～地形。❸〔名〕擔任巡視考察工作的人。也叫視察員。

【視點】shìdiǎn〔名〕看問題的角度；觀察問題或分析問題的着眼點：新～｜專家～｜由於作者～較高，因而使文章具有深厚的思想內涵。

【視而不見】shì'érbùjiàn〔成〕睜着眼睛看，卻甚麼也沒有見到。形容對事物不關心、不注意。常和"聽而不聞"連用：自來水龍頭一直在漏水，他就是～。

【視感】shìgǎn〔名〕視覺的感受：特效～｜～舒適。

【視角】shìjiǎo〔名〕❶由物體兩端射出的兩條光線在眼球內交叉而形成的角，物體愈近視角愈大，愈遠則愈小。❷攝影鏡頭視野大小的角度。❸觀察、審視問題的角度：媒體～｜以百姓的～評論政府的施政。

【視界】shìjiè〔名〕視野；眼界：～開闊｜享受絢麗的液晶～。

【視覺】shìjué〔名〕物體影像觸及視網膜所產生的感覺；辨別外界物體明暗和顏色特性的感覺：～正常｜模擬技術讓人類透過～的造像看到了不存在的世界。

【視力】shìlì〔名〕眼睛觀察和辨別物體形象的能力：老人的～逐漸減退了。

【視盤】shìpán〔名〕影碟。

【視盤機】shìpánjī〔名〕一種用來播放視盤的設備，根據記錄密度和格式的不同，分為激光視盤機（VCD）和數字激光視盤機（DVD）。

【視頻】shìpín〔名〕指在雷達或電視技術中，由圖像轉換而成的電信號的頻率範圍。

【視屏】shìpíng〔名〕熒光屏。

【視若無睹】shìruòwúdǔ〔成〕看見了卻像沒看見一樣。形容對事物冷淡、不關心：面對眼前的這種浪費現象，我們不能～。

【視事】shìshì〔動〕〈書〉新上任開始辦公：到職～。

【視死如歸】shìsǐ-rúguī〔成〕把死看得像回家一樣。形容為了正義事業不怕犧牲：英雄～的精神感天動地。

【視聽】shìtīng〔名〕❶見聞；看到的和聽到的情況：混淆～｜以正～。❷借指電視和播音：～設備｜～節目｜～效果。

【視同兒戲】shìtóng-érxì〔成〕把重要事情看成跟小孩兒玩遊戲一樣。比喻對事極不嚴肅，極不認真：處理終身大事，豈能～。

【視同路人】shìtóng-lùrén〔成〕把親人或熟人看作陌路人：兄弟反目，～，不相往來。

【視為】shìwéi〔動〕看作；看成：～兒女｜～知己｜～眼中釘，肉中刺。

【視為畏途】shìwéi-wèitú〔成〕看成是可怕的、危險的道路。比喻不敢去做某事：這項工作危險性大，不少人～。

【視綫】shìxiàn〔名〕❶眼睛和所見到的物體之間的假想直線：～模糊｜～被擋住了。❷比喻注意力：記者～｜海嘯、地震的災害吸引了全世界公眾的～。

【視野】shìyě〔名〕❶視力所及的範圍：～遼闊｜開闊｜列車在行駛，一片森林進入～。❷比喻思想或見識的領域：比較文學研究拓展了新時期文學研究的～。

【視域】shìyù〔名〕視野：～開闊｜重新審視歷史學～裏的人文精神。

【視障】shìzhàng〔名〕視力障礙，即視力功能有缺陷或喪失：為～人士提供導盲犬。

賁（贲）　shì ❶〈書〉賒欠：～酒。❷〈書〉赦免；寬大：因～其罪。❸〈書〉出賁；出借：～器店（出租婚喪喜慶事宜所用的器物、陳設等的店鋪）。❹(Shì)〔名〕姓。

弒　shì〈書〉臣下殺死君主或子女殺死父母：～君｜～父。

媞　shì〈書〉靈巧；聰慧。

勢（势）　shì ❶勢力：有錢有～｜仗～欺人｜～均力敵。❷事物表現出來的趨向：火～｜水～｜風～｜強弩之末不能穿魯縞。❸自然界的形狀：山～｜地～。❹事物顯示出來的狀況或情景：時～｜攻～｜乘～｜大～所趨。❺姿態：姿～｜手～｜裝腔作～。❻雄性動物的生殖器：去～。

語彙							
把勢	病勢	大勢	地勢	風勢	攻勢	國勢	
火勢	架勢	局勢	均勢	來勢	劣勢	氣勢	趨勢
權勢	傷勢	聲勢	失勢	時勢	手勢	守勢	水勢
順勢	態勢	現勢	形勢	優勢	長勢	仗勢	陣勢
姿勢	鼎足之勢	狗仗人勢	趨炎附勢	審時度勢			
虛張聲勢	裝腔作勢						

【勢必】shìbì〔副〕根據事物的發展趨勢推測必然會怎樣：不求上進～要落後｜從城北到南門乘船，～要穿城而過。

【勢不可當】shìbùkědāng〔成〕來勢兇猛，不可阻擋：革命洪流，～｜改革大潮，～。也說勢不可擋（dǎng）。

【勢不兩立】shìbùliǎnglì〔成〕《戰國策·楚策一》："楚強則秦弱，楚弱則秦強，此其勢不兩立。"意思是敵對雙方不能共存。後用"勢不兩立"形容雙方矛盾尖銳，不能調和：政治上分道揚鑣後，兩方從此～。

【勢均力敵】shìjūn-lìdí〔成〕雙方勢力相當，不分高下：這場球賽雙方～，二比二戰平。

【勢力】shìlì〔名〕❶在政治、經濟、軍事等方面所擁有的權力或實力：壯大革命～｜擴充～。❷權勢：他在地方上很有點～，誰都不敢惹他。

【勢利】shìlì〔形〕形容對有錢有勢人巴結，對無錢無勢人歧視的處世態度和表現：～小人｜非常～。

【勢利眼】shìliyǎn ❶〔形〕形容人作風勢利：他最～，很會巴結人｜你也太～了。❷〔名〕指作風勢利的人：這兩個人都是～。

【勢如累卵】shìrúlěiluǎn〔成〕情勢就像摞起來的蛋，隨時都有可能塌下來。形容形勢十分危險：近來連降暴雨，河流水位猛增，防洪大堤～。

【勢如破竹】shìrúpòzhú〔成〕《晉書·杜預傳》："今兵威已振，譬如破竹，數節之後，皆迎刃而解。"意思是劈開竹子剖幾節，下面各節就很容易地順着刀勢分開了。後用"勢如破竹"形容氣勢威猛，節節勝利，毫無阻礙：屢戰屢勝，～｜～所向披靡。

【勢態】shìtài〔名〕(軍事、社會)局面的變化狀態；態勢；情勢：把握～的發展｜～發展對我方有利。

【勢頭】shìtóu〔名〕〈口〉❶ 事情發展的狀況和趨勢；形勢：信貸規模增長過猛的～得到遏制｜看來～對他不利｜這夥人一看～不好，很快就溜了。❷勢力：王家的～大，他家的西瓜地沒人敢偷。

【勢焰】shìyàn〔名〕勢力和氣焰(含貶義)：～囂張｜～熏天｜～不減。

【勢在必行】shìzàibìxíng〔成〕形勢的發展決定必須這樣做：南水北調的工程～｜改革管理體制～。

軾（轼）shì ❶古代車廂前可供手扶或憑倚的橫木：登～而望之。❷古人在車上用俯首憑軾表示敬禮：夫子～而聽之。

嗜shì ❶喜愛；愛好：～學｜～讀。❷過分沉迷；熱衷：～酒｜～賭｜～痂成癖。

【嗜好】shìhào〔名〕特別的愛好；特殊的癖好：他這人沒甚麼～｜我這抽煙的～就是改不掉｜看小說簡直成了這孩子的一種～。

辨析 嗜好、愛好　a)"嗜好"一般用作名詞；"愛好"除用作名詞外，還可用作動詞，如"愛好音樂"不能說"嗜好音樂"。b)"嗜好"是指習慣成癖的愛好，因此，語義比"愛好"重，而且，常含有貶義，如"他這個抽煙的嗜好，可得改一改了"，其中的"嗜好"不能換用"愛好"。

【嗜痂成癖】shìjiā-chéngpǐ〔成〕南朝宋劉敬叔《異苑》卷十："東莞劉邕性嗜食瘡痂，以為味似鰒魚。"後用"嗜痂成癖"比喻形成乖僻嗜好。也說嗜痂有癖。

【嗜血】shìxuè〔動〕貪婪地吸食人血；形容人兇狠殘暴，殺人成性：～殺手｜警察終於擒住了這夥～的兇犯｜法西斯～成性。

【嗜欲】shìyù〔名〕嗜好欲望，多指貪圖身體官能方面享受的不良欲望：退～，定心氣｜～者必自斃｜～無窮而憂患不止。

筮shì古時用蓍草推知吉凶：卜～不過三。

鈰（铈）shì〔名〕一種金屬元素，符號Ce，原子序數58。屬稀土元素。質軟，易導熱，不易導電。用於製造合金、特種玻璃、催化劑等。

飾（饰）shì ❶裝飾；打扮：修～｜以言取士，士～其言。❷遮掩：掩～｜文過～非。❸〔動〕扮演：她在這齣戲裏～主角。❹裝飾品：首～｜服～。

語彙　粉飾　服飾　華飾　誇飾　潤飾　首飾　塗飾　文飾　修飾　虛飾　掩飾　衣飾　油飾　藻飾　妝飾　裝飾

【飾材】shìcái〔名〕建築用裝飾材料：買～裝飾新居。

【飾詞】shìcí ❶〔名〕掩蓋真相的話；託詞。❷〔動〕〈書〉粉飾文辭：調文～。

【飾品】shìpǐn〔名〕(件)❶ 首飾：金銀～。❷裝飾品：汽車～｜手機～。

【飾物】shìwù〔名〕(件)❶ 首飾。❷裝飾品；垂花門邊緣綴有雕花～｜這個系列的～多以玉石作為點綴。

【飾演】shìyǎn〔動〕扮演：她在《白毛女》中～喜兒｜戲中的配角還無人～。

試（试）shì ❶〔動〕試驗；嘗試：～辦｜～將兩眼觀螃蟹，看你橫行到幾時。❷ 考試：～卷｜～題｜筆～｜口～｜復～｜鄉～｜殿～。

語彙　比試　筆試　測試　嘗試　初試　春試　殿試　復試　會試　考試　口試　秋試　調試　廷試　鄉試　應試　牛刀小試　躍躍欲試

【試辦】shìbàn〔動〕試着興辦：～奶牛場｜～託兒所。

【試筆】shìbǐ〔動〕嘗試着寫或畫：新年～｜國慶～。

【試播】shìbō〔動〕❶ 新建立的電台或電視台進行試驗性播放，以檢驗其設備的性能是否合乎要求。❷ 節目編好後在正式播出前，先在小範圍內進行試驗性播放，以聽取對節目內容的意見。

【試產】shìchǎn〔動〕❶ 某一新產品正式投產前進行的試驗性生產：這種布料目前還在～。❷ 新建成的工礦企業正式開工生產前進行的試驗性生產：車間設備安裝好後，～了一個時期。

【試場】shìchǎng〔名〕考試的場所：高考～｜第三～。

辨析 試場、考場　通常可以換用。有時則代表不同的層次，如"第五考場第三試場"(適用於設置了許多考場，而每一考場又包含若干試場時)。

【試車】shì//chē〔動〕對裝配或修理好的機動車、機器等進行試驗性操作，以檢驗其性能是否符合要求：已經試過車，可以投入使用了。

【試點】shìdiǎn ❶〔動〕在全面開展某項工作以前，為取得經驗而先在小範圍內做典型試驗：這項工作可以先～，再全面鋪開。❷〔名〕正式進行某種工作之前，先做小型試驗的單位或場所：高效、低耗、人工灌溉的種植業～｜這個農場是種植綠色環保蔬菜的。

【試讀】shìdú〔動〕先隨班學習，經考核後再轉為正式學生：～生｜他在這個班～一年成績不理想。

【試飛】shìfēi〔動〕❶ 飛機或其他航空器正式使用前進行試驗性飛行：正式飛行前一定要多次～，直至合格。❷ 飛機、航空器在新航綫上進行試驗性飛行：空軍直升機首次～藏北高原。

【試崗】shìgǎng〔動〕在某崗位上先試着工作一段時間，以考察能否上崗工作：他已被錄用，～三個月｜公司已建立職工～、上崗、下崗的動態運行機制。

【試工】shìgōng〔動〕在正式錄用員工前，先試用一段時間，以考察是否勝任某一工作。

【試管】shìguǎn〔名〕(支)一種柱形圓底或底部為圓錐形的玻璃管，多用於化學實驗：普通～｜異形～。

【試管嬰兒】shìguǎn yīng'ér 用腹腔鏡從卵巢取出成熟的卵子，在體外試管中受精，待受精卵發育至一定階段，再植入母體子宮腔內獲得營養，繼續發育成為胎兒，這種嬰兒叫試管嬰兒。世界上第一個試管嬰兒於 1978 年 7 月出生在英國曼徹斯特的一家醫院。

【試航】shìháng〔動〕船隻、飛機等正式使用前進行試驗性航行：下水～｜駕機～｜～成功。

【試婚】shìhūn〔動〕男女雙方正式結婚前共同生活一段時間，以求相互進一步了解與適應。

【試機】shìjī〔動〕機器正式使用前進行試驗性操作，以測定其性能是否達標：～運行｜水壓機已安裝完畢，可以開始～。

【試劑】shìjì〔名〕一般指做化學試驗用的物質，使用中能顯示檢測的不同結果：化學～。

【試講】shìjiǎng〔動〕❶ 教師在正式講課前進行試驗性講課：新工作的老師要～，請老教師指導把關。❷ 教師為新開設的課程或示範性課程進行試驗性講課：在電視上講課前，他先做了～。

【試金石】shìjīnshí〔名〕❶ 一種黑色的質地堅硬緻密的硅質岩石，用金子在上面畫一道條紋就可以看出黃金的純度。❷ 比喻精確可靠、行之有效的檢驗方法或判斷是非的依據：實踐是檢驗理論的～。

【試鏡】shì//jìng〔動〕試鏡頭。影視演員被導演選中擔任某個角色後，先拍攝一些鏡頭，看看是否符合角色要求：這個新演員～效果非常好。

【試卷】shìjuàn〔名〕(張，份)供考試用的卷子。也指已經寫上答案的卷子：他拿到～首先看清楚並反復思考後才寫答案｜交卷前，他又把～仔細地檢查了一遍。

【試刊】shìkān ❶〔動〕報刊正式出版發行前先試着出版發行：先～兩期，再正式發行。❷〔名〕試着出版發行的報刊：～樣張出來後，我們廣泛徵求了各方面的意見｜這張報紙出版了一期～，引起全國各地讀者的廣泛注意。

【試看】shìkàn〔動〕請看；請嘗試着看看(用於重要事件、行為)：大軍出征，上下團結一心，～誰能抵擋。

【試水】shìshuǐ〔動〕❶ 某些工程在正式投入使用前，先放水進行試驗性的運行，以檢測質量和性能是否達到要求：污水處理廠二期工程將～運行。❷ 試探水的冷暖、深淺等，多用來比喻涉足新領域，嘗試新事物：部分省市～戶籍改革。

【試探】shìtàn〔動〕試着探索：這項改革，目前還只是～着進行。

【試探】shìtan〔動〕用某種方式引起對方的反應，藉以摸清對方的真實情況或意圖：他經過多次～，可對方一點反應也沒有｜他到底有甚麼想法，你去～～。

【試題】shìtí〔名〕(道)考試的題目：語文～｜今年中考～難度不大。

【試圖】shìtú〔動〕嘗試着進行：打算不要～一次成功｜～突圍，未獲成功。

【試問】shìwèn〔動〕試着問(用於質問或否定對方意見)：～，這是誰出的餿主意？｜～，這種後果你能承擔嗎？

【試想】shìxiǎng〔動〕試着想想(用於委婉地質問)：～你這樣一味蠻幹會有甚麼結果？｜～你不去人家會怎麼想？

【試銷】shìxiāo〔動〕產品批量生產前，先試製一部分投放市場，以檢驗質量或聽取反映：把新產品拿到展銷會上～。

【試行】shìxíng〔動〕試着實行：這項改革措施已～了半年｜先～，再推廣。

【試訓】shìxùn〔動〕(運動員、飛行員等)在正式訓練前，先試一段時間，以考察能否符合要求。

【試演】shìyǎn〔動〕正式演出前，為聽取意見和反映在一定範圍內進行試驗性演出：首先在教師中～｜這台話劇～反應熱烈。

【試驗】shìyàn〔動〕❶ 為考察或了解某物的性能或某事的結果而在實驗室或小範圍內進行探索性的活動：核～｜新辦法要經過～後才能推廣。❷ 舊指考試。

辨析 試驗、實驗 "試驗"的意思在於試探觀察,"實驗"則意在特定條件下實地驗證,多用在科學研究領域。"實驗新的測試方法",意指驗證能否得到預期結果;"試驗新的測試方法",意指通過操作觀測其結果。"化學重視反復實驗"中的"實驗",不能換用"試驗";"試驗田"中的"試驗"也不能換用"實驗"。

【試驗田】shìyàntián〔名〕❶(塊,片)進行農業科學試驗的田地:劃出一畝地做~|高產~的~。❷比喻試點和試點工作:他們這個班組是廠裏的~。

【試樣】shìyàng ❶〔名〕供試驗或檢驗用的樣品:他在野外搜集了各種岩石~|抽取~進行化驗分析。❷〔動〕試穿、試用新製的衣物樣品,看是否合適:做一套新衣服先要量好尺寸,剪裁縫製,還要經過~,然後才能做好。

【試映】shìyìng〔動〕影、視片正式放映前,在較小或一定範圍內試行放映,以聽取意見、檢驗效果:這部影片~,獲得好評|他執掌的電視劇在學生中~後,反映和評價很不一致。

【試用】shìyòng〔動〕在正式使用或任用前,先試一段時間,以檢驗和察看是否合適:新編教材正在全市各中等學校~|錄取的實習生已經~了一年,可以轉為正式工作人員的。

【試用期】shìyòngqī〔名〕用人單位對新聘員工的考查試用期限:~已滿,他很快就要轉正了。

【試紙】shìzhǐ〔名〕(張,條)用化學指示劑或試劑浸過的紙,一般為條狀,用來檢驗溶液的酸鹼性或確定物質中某種化合物、元素或離子是否存在。

【試製】shìzhì〔動〕試着製作:新疫苗~成功|工廠~了一台自動報警器|產品還在~階段。

【試種】shìzhòng〔動〕在大面積種植之前,先在小範圍內進行種植試驗:~雜交水稻|一批經過篩選、~證明為優質高產的品種在各地大面積推廣。

蒔(蒔) shì ❶〔動〕移栽:~秧|~花。❷〔書〕種植:~花|播~五穀。
另見 shí(1222頁)。

誓 shì ❶〔動〕表示決心按說的話做:~師|~不兩立|~將遭賊化宏圖。❷〔名〕誓言:立~|發~|起~|宣~。

語彙 發誓 立誓 盟誓 明誓 起誓 宣誓 山盟海誓

【誓不兩立】shìbùliǎnglì〔成〕發誓決不與對方同時存在。形容雙方仇恨極深,無法化解:他們從~到握手言和,經歷了很長的時間。

【誓詞】shìcí〔名〕宣誓時說的話:宣讀~|不能忘記自己當初的~。

【誓師】shìshī〔動〕軍隊出征前或群眾某項活動開始前集合宣誓,表示完成任務的堅強決心:~出發|~大會。

【誓死】shìsǐ〔副〕立下誓願,表示至死不變:~捍衛勝利成果|~保衛祖國。

【誓言】shìyán〔名〕誓詞;表示履行重大責任的話:履行~|愛的~|不能背叛自己的~。

【誓願】shìyuàn〔名〕表示決心時立下的心願:改變家鄉落後面貌,是這幾位有志青年共同的~。

【誓約】shìyuē〔名〕宣誓時所訂必須遵行的條款:遵守~|決不違背~。

奭 shì ❶〔書〕盛大。❷〔書〕赤色。❸〔書〕惱怒。❹(Shì)〔名〕姓。

適(適) shì ⊖❶ 去;往:~彼樂土。❷〔書〕女子出嫁:~人。
⊜❶切合;相合:~口|~合|削足~履。❷ 舒服:安~|舒~|身體不~。❸ 恰好:~逢其會|~可而止。❹〔副〕〔書〕剛才;方才:王~有言|~啟其口。❺〔副〕〔書〕可巧:~有良藥,故得不死。注意 古人南宮適、洪適的適(古字罕用,本作逝),讀 kuò(括)。
"适"另見 kuò(788頁)。

語彙 安適 不適 酣適 合適 快適 舒適 順適 恬適 調適 妥適 閒適

【適才】shìcái〔副〕剛才:他~服過藥,現在睡着了。

【適當】shìdàng〔形〕合適;恰當:~的時機|~人選|措施~。

【適得其反】shìdé-qífǎn〔成〕恰恰得到相反的結果:用多吃補藥來強壯身體,往往~。

【適度】shìdù〔形〕程度適當:你應該堅持治療加~的體育活動|文章繁簡~。

【適逢其會】shìféng-qíhuì〔成〕恰好遇到那個機會:校友返校,~,老同學又見面了。

【適合】shìhé〔動〕能滿足或切合需要、條件;符合:這工作讓女孩子做不~|新生產出的小型農具~在山區農村使用|麻辣味的飯菜~四川人的口味。

辨析 適合、符合 "適合"着重指適應、協調;"符合"着重指雙方或多方相合、一致。兩個詞支配的賓語也不相同,如"他的性格適合這個工作",不能說"他的性格符合這個工作";"反映的情況符合實際",也不能換用"適合"。"適合"可以帶動詞性賓語,如"這種土壤適合種玉米";"符合"不能這麼用。

【適可而止】shìkě'érzhǐ〔成〕到適當程度就停止。指做事不過分:凡事都要~,不要得理不讓人。

【適口】shìkǒu〔形〕合口味:還是自家做的飯菜吃起來~。

【適量】shìliàng〔形〕數量適宜,不多也不少:飲食~|~用藥。

【適齡】shìlíng〔形〕屬性詞。到達規定年齡的:~

兒童都就近入學｜～大學生踴躍報名參軍｜有五分之～青年結婚。

【適時】shìshí〔形〕及時；適合時宜：～播種｜這場雨下得再～不過了。

【適銷】shìxiāo〔動〕(商品)適應市場需要，好銷售：生產更多農村～的產品｜增產～的紡織品｜～對路的秋季服裝。

【適宜】shìyí❶〔形〕合適；相宜：濃淡～。❷〔動〕適合某種需要：這土壤～種花生｜她體弱多病，不～重體力勞動。

【適意】shìyì〔形〕舒適；愜意：工作之餘聽聽音樂，十分～｜晚飯以後出去散散步，～得很。

【適應】shìyìng〔動〕適合順應；隨着自然界或社會的客觀條件的變化而做相應的改變：他～了高原生活｜做一個～時代需要的人｜她先是不～，後來也就習慣了。

【適用】shìyòng〔形〕適合使用：規章中不～的部分，要進行修改｜這套教材對初學漢語的人很～。

【適值】shìzhí〔動〕〈書〉正好趕上；恰好遇到：此次赴京，～全國圖書展銷，順便買了不少好書｜去年回鄉，～春節，村子裏非常熱鬧。

【適中】shìzhōng〔形〕❶位置不偏向哪一面；各方的距離都一樣：地點～｜位置～。❷程度合適：冷熱～｜雨量～。

噬　shì〈書〉咬：養虎得～｜～臍莫及。

語彙　反噬　吞噬

【噬臍莫及】shìqí-mòjí〔成〕《左傳‧莊公六年》："亡郱國者，必此人也。若不早圖，後君噬齊，其及圖之乎？"齊：同"臍"。意思是自己的嘴咬自己的肚臍是沒法夠着的。後用"噬臍莫及"比喻後悔已遲。也說噬臍無及。

諟（谛）　shì〈書〉訂正。

滋　shì〈書〉水邊：山陬海～｜朝馳余馬兮江皋，夕濟兮西～。

螫　shì〈書〉蜇(zhē)；毒蟲刺人。

謚（謚）〈諡〉　shì❶古代帝王、貴族、大臣或其他有地位的人死後追加的帶有褒貶意義的稱號。如蕭何謚"文忠"，岳飛謚"武穆"。❷〈書〉規定謚號：～君為忠武侯。❸〈書〉稱；號：身死無名，～為至愚。

謚號的類別

a)按性質分：
　美謚：如昭、敬、恭、莊、襄、烈等；
　惡謚：如暴、醜、煬、戾、蕩、昏等；
　哀謚：如懷、悼、哀、隱、閔等；

b)按授者分：
　王朝賜謚：如文正、文忠、武穆等；

私謚：如東漢陳寔去世後，海內赴弔者三萬餘人，被共謚為文範先生。

c)按程序分：有遙謚、加謚、改謚、奪謚等。

釋（释）　shì❍❶說明；解說：～文｜～義｜考～｜詮～。❷消融；消除：～疑｜如冰之將～。❸放開；放下：如～重負｜手不～卷。❹釋放：保～｜獲～｜假～｜開～。
　㊁(Shì)❶佛教始祖釋迦牟尼的簡稱。❷指佛教：～典(佛教經典)｜～子(佛門弟子)。❸〔名〕姓。僧人均以"釋"為姓。

語彙　保釋　闡釋　獲釋　集釋　假釋　簡釋　解釋　開釋　考釋　詮釋　稀釋　消釋　訓釋　註釋　渙然冰釋

【釋讀】shìdú〔動〕❶對古文字和古代遺存的考證解釋：秦簡～｜銅器上的銘文請古文字學家～。❷解讀：本文試圖～湘西文化的內涵。

【釋放】shìfàng〔動〕❶放出在押者，使其恢復人身自由：刑滿～｜～政治犯。❷把內含的物質或能量放出來：原子反應堆能～原子能｜沙灘開始微微發燙了，這是大地在～太陽的能量。

【釋懷】shìhuái〔動〕消除心中的掛念、疑慮、憎惡、憤怒、怨恨等情緒：久久不能～｜難以～｜暢然以～。

【釋迦牟尼】Shìjiāmóuní〔名〕佛教的創始人(約公元前565-前485)，姓喬達摩，名悉達多，古印度釋迦族人。29歲時出家修行，後悟道成佛。釋迦牟尼是佛教徒對他的尊稱，意思是釋迦族的聖人。[梵 Śākyamuni]

【釋教】Shìjiào〔名〕佛教。

【釋然】shìrán〔形〕〈書〉因疑慮、嫌隙、猜忌等情緒消釋而感到平靜：心中～。

【釋文】shìwén❶〔動〕解釋文字音義(多用於書名)：《經典～》。❷〔動〕考訂甲骨文、金石文等古文字，逐字逐句加以辨認。❸〔名〕解釋字、詞意義的文字：～應力求簡明。

【釋疑】shìyí〔動〕解釋疑難；消除疑慮：論難～｜詞典的重要作用是～解惑。

【釋義】shìyì❶〔動〕註解說明詞義或文義：通經～｜～確當。❷〔名〕註解說明詞義的文字：字典詞典的～要準確。

【釋子】shìzǐ〔名〕〈書〉和尚。

襫　shì見"襏襫"(102頁)。

shi　ㄕ

匙　shi見"鑰匙"(1578頁)。
　另見chí(175頁)。

殖　shi/zhí見"骨殖"(468頁)。
　另見zhí(1751頁)。

shōu ㄕㄡ

收 shōu ❶〔動〕接到；接受（跟"發"相對）：～信｜～賬｜美不勝～｜～徒弟。❷〔動〕割取成熟的農作物：秋～｜豐～｜稻子｜～麥子。❸〔動〕獲得（利益）：～益｜坐～漁利。❹〔動〕藏或放置妥當：～藏｜～妥｜～好。❺〔動〕聚攏；合攏：～攏｜～縮｜瘡～口了。❻〔動〕收斂：～心｜心似平川走馬，易放難～。❼〔動〕招回；收回：～兵｜～廢品｜～歸國有。❽〔動〕結束；停止（工作）：～攤兒｜～工｜～盤。❾逮捕；拘禁：～押｜～監。❿收成：見苗就有三分～。

語彙 查收 點收 豐收 回收 接收 絕收 麥沒收 簽收 歉收 搶收 秋收 失收 稅收 歲收 吸收 夏收 驗收 招收 徵收 覆水難收 旱澇保美不勝收

【收報】shōubào〔動〕接收有綫或無綫專用設備發出的信號：～機｜～員。

【收編】shōubiān〔動〕收容並改編（武裝力量、組織機構）：奉命前去～一個游擊隊伍｜這家公司～了240家民營超市。

【收兵】shōu//bīng〔動〕❶撤出軍隊，結束戰鬥：～回營｜鳴金～｜不獲全勝，決不～。❷比喻結束某項工作：昨日田徑比賽～。

【收藏】shōucáng〔動〕收集並保存：～古董｜～圖書｜～文物。

【收操】shōu//cāo〔動〕結束操練。

【收場】shōuchǎng ❶〔動〕結束；停止（跟"開場"相對）：這件事很不好～｜草草～。❷〔名〕結局；下場：圓滿的～｜～還說得過去。

> **辨析** 收場、下場 "收場"是中性詞，可以是好的結局，也可以是不好的結局。"下場"一般指不好的結局。

【收車】shōuchē〔動〕司機在工作結束後把車輛開回或拉回停放的地點：時間太晚，出租車都～了。

【收成】shōucheng〔名〕農作物的收穫情況：咱們村今年～不錯｜大災之年，～不減｜盼望明年有個好～。

【收存】shōucún〔動〕收集並保存：消費者應注意～購物憑證｜將相關的材料～歸檔。

【收發】shōufā ❶〔動〕（機關單位）接收發出（公文、信件等）：～室｜每天～信函不下五百件。❷〔名〕做收發工作的人。

【收費】shōu//fèi〔動〕收取費用：存車～｜網站～下載電影｜已經收過費了。

【收服】（收伏）shōufú〔動〕制伏；使歸順：～人心｜唐僧～了孫悟空｜侵略者佔領了土地，但不能～反抗的人民。

【收復】shōufù〔動〕奪回失去的領土或陣地：～失地｜～陣地。

【收割】shōugē〔動〕割取地裏成熟的農作物：～莊稼｜忙於～。

【收工】shōu//gōng〔動〕幹活兒的人結束工作（跟"開工"相對）：時間已到，該～了｜提前～｜遲遲不～｜收了工就去洗澡。

> **辨析** 收工、下班 "收工"只限於指在田間或工地上幹活兒的人結束工作，"下班"則指在機關、工礦企業裏工作或勞動的人結束工作。在港澳地區，凡結束工作均叫做"收工"。

【收購】shōugòu〔動〕向賣主購進；從各處購進：～生豬｜～農副產品｜供銷社受國家委託～棉花。

【收官】shōuguān〔動〕❶指圍棋比賽在經過佈局和中盤之戰後進入收尾階段。❷比喻（活動、事情）收尾：籃球聯賽圓滿～｜這部影片是她今年的～之作。

【收回】shōu//huí〔動〕❶把發出或借出去的財物取回來：～成本｜～借出的館藏圖書｜全部～。❷撤回；取消（意見、命令等）：我～自己的意見｜～成命。

【收穫】shōuhuò ❶〔動〕收取成熟的農作物：～玉米｜田間作物已經成熟，快～吧。❷〔名〕收取的農產品：今年小麥～看好｜改種新品種後～大大增加。❸〔名〕比喻獲得的成果或利益：這次參觀、訪問和學習，大家都有很多～。

【收集】shōují〔動〕把分散在各處的東西收攏聚集在一起：～資料｜～意見｜～植物標本｜～市場信息。

> **辨析** 收集、搜集 "收集"着重指收攏、聚集，對象是分散的事物；"搜集"着重指到處尋找或挑選，對象是不在一起而需到處尋找才能得到的東西。如"把寫好的卡片收集到一塊""把散見各書的資料搜集起來"，二者不宜互換。

【收監】shōu//jiān〔動〕把犯人關進監牢：～服刑｜罪犯判決後都收了監。

【收繳】shōujiǎo〔動〕❶接收，繳獲：～槍支彈藥｜把～來的贓款全部上交國庫。❷徵收後上交：稅款已～完畢。

【收據】shōujù〔名〕（張）收到錢或物後給對方的字據：開～｜郵包～。

【收看】shōukàn〔動〕接收並觀看（電視節目）：～新聞聯播｜～電視劇｜免費～網站上的視頻短片。

> **辨析** 收看、收視 a)"收看"多用於口語；"收視"多用於書面語。b)"收看"應用範圍廣，如"收看電視""收看節目""收看球賽""收看實況轉播""免費收看""連續收看"等；"收視"應用範圍窄，一般只與少數幾個詞

語搭配，如"收視率""收視效果""收視頻道"等，一般不說"收視電視""收視節目""收視球賽""收視實況轉播"等。

【收口】shōu//kǒu（～兒）〔動〕❶ 東西編織完成後把開口的地方固定好：～工藝不複雜｜藤筐再編一圈兒該～了。❷ 傷口癒合：有的兒童接種卡介苗後總是不～｜戰士身上的槍傷一時還收不了口兒。

【收攬】shōulǎn〔動〕❶ 招納；籠絡：～各種人才｜～人心。❷ 承接：～工程｜快遞公司各處～郵政快件。

【收斂】shōuliǎn〔動〕❶ 笑容、光綫等減弱或消失：老師突然～了笑容，嚴肅地批評了我｜烏雲密集，陽光很快～了。❷ 約束或控制（放縱的言行）：他最近～了一些｜黑車載客現象有所～。❸ 使機體收縮或腺液分泌減少：～劑。

【收殮】shōuliàn〔動〕將死屍裝進棺材：遇難礦工遺體已經～。也叫殮屍。

【收留】shōuliú〔動〕接收下來並給予幫助：村裏大娘把兩個烈士的孤兒～了下來｜～傷病員。

【收攏】shōulǒng〔動〕❶ 合攏；把散開的聚集起來：～漁網｜那小鳥～了張開的翅膀。❷ 收買拉攏：～民心｜～散失的舊部人員。

【收爐】shōulú〔動〕港澳地區用詞。關閉爐竈，指飯館、酒店等停業，也泛指結束、停止：位於中環的一家老牌酒樓因鋪租飛漲，收支無法平衡，不得不於農曆春節期間～｜隨着網絡的普及，那座大廈裏的唱片店都陸續～了。

【收錄】shōulù〔動〕❶ 接納人員並加以任用：她被一家企業～，做了會計工作。❷ 收聽並記錄；接收並錄製：他負責～新華社的廣播，然後送有關報刊發表｜這張光盤～了 28 首電影經典音樂。❸ 編集子時採用（詩文等）：選本中～了他的一篇作品。❹ 收進並載錄：本刊已被國內多家中英文醫學數據庫。

【收錄機】shōulùjī〔名〕（台）具有收聽、錄音、播放功能的電器。

【收羅】shōuluó〔動〕把分散在各處的人或物聚集在一起：～人才｜～資料｜他～了一批社會渣滓。

辨析 收羅、搜羅　"收羅"着重指廣泛收集，但不強調尋找；"搜羅"着重指到處尋找、收集。如"他收羅各種外國郵票""經年累月努力，搜羅到幾件流失的文物"，二者不宜互換。

【收買】shōumǎi〔動〕❶ 收購：～舊報紙｜～廢品。❷ 用金錢、地位等好處拉攏別人，使之為己所用：～民心｜他被人～了。

【收盤】shōu//pán〔動〕❶ 指證券、黃金等交易市場中每天結束營業時，最後一次報告當天行情（跟"開盤"相對）：今天這幾家股票～，漲幅很大。❷ 指棋類比賽結束。

【收訖】shōuqì〔動〕收清（"收訖"兩字常刻成圖章加蓋在發票或其他單據上）：貨款～。

【收秋】shōu//qiū〔動〕收穫秋季成熟的農作物：～時節｜收了秋也閒不住，還有不少農活兒等着呢！

【收取】shōuqǔ〔動〕收受交來的錢物：～手續費｜～報名費。

【收容】shōuróng〔動〕❶（有關組織、機構）收留容納：～所｜～難民｜～孤殘兒童。❷ 公安部門強制性收留有輕微違法犯罪行為者：～教育工作｜嫖娼者被公安部門～。

【收入】shōurù ❶〔動〕收進來：本詞典～了近十年出現的許多新詞語｜這本集子～了作家生前未發表的十篇文章｜～現款近千元。❷〔名〕（筆）收進來的錢：工資～｜個人～｜財政～｜家庭～年年增長。

【收梢】shōushāo〈口〉❶〔動〕收尾；結束：趕緊～｜話已經說得不少，我想～了。❷〔名〕結局；結尾：我比較喜歡大團圓的～｜第一次寫成一篇有～的小說。

【收審】shōushěn〔動〕拘留審查：犯罪嫌疑人被公安機關～。

【收生】shōushēng〔動〕舊指接生；幫助產婦分娩：～婆｜她不是護士，但學過～。

【收生婆】shōushēngpó〔名〕（名）舊時以接生為業的婦女。

【收拾】shōushi〔動〕❶ 整頓；整理：～房間｜～零碎物品｜～爛攤子。❷ 修理：這輛自行車需要～一下才能用。❸〈口〉懲罰：你再胡鬧，小心我～你｜這次得好好地～～他。❹〈口〉消滅；殺死：這個壞蛋，我們早晚要～他｜敵人被我們～乾淨了。

【收視】shōushì〔動〕收看：～率｜這台彩電～效果很好。

【收視率】shōushìlǜ〔名〕在一定範圍、時間內收看某一電視節目的觀眾佔電視觀眾總人數的比率：法制節目～一直很高。

【收受】shōushòu〔動〕收取接受：～財禮｜～賄賂。

【收數】shōushù〔動〕港澳地區用詞。❶ 收賬，要債，收債：每到農曆新年之前，有些公司就會不擇手段去～，甚至不惜動用某些非法手段恐嚇別人。❷ 收錢：這單生意如果能談成，那麼我負責簽合同，你將來負責～。

【收縮】shōusuō〔動〕❶ 物體由大變小、由粗變細或由長變短：金屬受熱膨脹，遇冷會～｜毛孔～。❷ 緊縮（範圍、力量）：目前要～基本建設戰線｜注意～開支｜敵人已～到了幾個據點裏。

【收攤兒】shōu//tānr〔動〕❶ 攤販把擺攤出售的貨物收起來，也指停業：～了，明天再來吧｜經營虧損，只好～。❷ 比喻結束工作：這個課題做了三年，該~了｜公司一撤銷，門市很快就收了攤兒。

【收條】shōutiáo（~兒）〔名〕（張）收據：打~｜開~｜別忘了要~。

【收聽】shōutīng〔動〕聽廣播節目：~廣播｜~天氣預報｜~電台播出的評書。

【收尾】shōuwěi ❶（-//-）〔動〕結束最後的工作；煞尾（跟"開頭"相對）：這項工程即將~｜要善始善終，把~工作做好｜大獎賽已收了尾。❷〔名〕文章、戲劇等的結尾；這篇文章的~寫得很好｜這齣戲的~乾淨利落。

【收文】shōuwén ❶〔動〕接收文件：~日期｜隨時檢視公文電子交換操作系統是否正常~。❷〔名〕收受的公文（跟"發文"相對）：~簿｜收發室送來~數件。

【收效】shōuxiào ❶（-//-）〔動〕收到效益：~顯著｜~甚微｜投資少，~快｜開辦才幾個月就收了效。❷〔名〕收到的成效：一樣的檢查不一樣的~。

【收心】shōu//xīn〔動〕收斂鬆散放任的心思：快開學了，該~了｜只要收了心，就會用功讀書了。

【收押】shōuyā〔動〕拘留：行兇滋事者已被公安部門~。

【收養】shōuyǎng〔動〕收留別人的孩子來撫養：~孤兒｜是周伯伯~了我們這些烈士遺孤。

【收益】shōuyì〔名〕勞動或營利收入；得到的好處：這是咱村副業生產的~｜~分配要合理｜這段訓練班學習~很大。

【收音】shōuyīn ❶〔形〕能使聲音集中，聽覺效果增強：這露天劇場不~。❷〔動〕接收聲音，特指收聽廣播：~機｜提高~的真切度。

【收音機】shōuyīnjī〔名〕（台）接收無綫電廣播的電器。

【收銀】shōuyín〔動〕（粵語）收款：~台｜~員｜~系統。

【收賬】shōuzhàng〔動〕❶ 討回欠款：海外欠款~困難。❷ 把收支情況記入賬簿。

【收診】shōuzhěn〔動〕接收病人並予以診治：醫院全面消毒後將恢復對普通病人的正常~｜愛心扶貧組織資助醫院免費~窮困病人。

【收支】shōuzhī〔名〕收入和支出：~平衡｜月月公佈~賬目。

【收執】shōuzhí ❶〔動〕公文用語，收下並妥為保存：交有關人員~。❷〔名〕（張，頁）政府有關機構收到稅金或其他東西時開具的書面憑證：請妥善保管~。

【收治】shōuzhì〔動〕接受病人給予治療：醫院採取嚴格防護措施~傳染病病人｜縣醫院對來看病的老鄉，一概~。

shóu ㄕㄡˊ

熟 shóu〈口〉義同"熟"（shú）：~肉｜~鐵｜~人｜西瓜~了。
另見 shú（1255頁）。

shǒu ㄕㄡˇ

手 shǒu ❶〔名〕（隻，雙）人體的上肢，一般指腕以下的部分：~掌｜~心｜人有一雙~｜~不釋卷。❷ 做某種事情或有某種技能的人：選~｜國~｜能~｜神槍~｜多面~。❸ 本領；手段：身~不凡｜心狠~辣。❹ 便於手拿的：~冊｜~杖。❺ 拿着：人~一冊。❻（~兒）〔量〕用於技能、本領：他真有兩~｜練就了一~好槍法｜何必還留一~呢。❼〔量〕用於經手的次數：第一~材料｜二~貨。❽ 親手：~寫｜~訂。

無名指 中指 食指 小指 拇指

<table>
<tr><td colspan="6">語彙</td></tr>
<tr><td>把手</td><td>罷手</td><td>幫手</td><td>纏手</td><td>出手</td><td>湊手</td><td>措手</td></tr>
<tr><td>打手</td><td>到手</td><td>得手</td><td>敵手</td><td>動手</td><td>毒手</td><td>對手</td><td>舵手</td></tr>
<tr><td>放手</td><td>分手</td><td>扶手</td><td>副手</td><td>高手</td><td>歌手</td><td>拱手</td><td>國手</td></tr>
<tr><td>好手</td><td>黑手</td><td>後手</td><td>還手</td><td>揮手</td><td>回手</td><td>棘手</td><td>假手</td></tr>
<tr><td>接手</td><td>解手</td><td>經手</td><td>拉手</td><td>老手</td><td>裏手</td><td>獵手</td><td>名手</td></tr>
<tr><td>拿手</td><td>能手</td><td>扒手</td><td>拍手</td><td>炮手</td><td>平手</td><td>騎手</td><td>旗手</td></tr>
<tr><td>槍手</td><td>強手</td><td>搶手</td><td>巧手</td><td>親手</td><td>人手</td><td>撒手</td><td>上手</td></tr>
<tr><td>射手</td><td>伸手</td><td>身手</td><td>生手</td><td>失手</td><td>熟手</td><td>水手</td><td>順手</td></tr>
<tr><td>鬆手</td><td>隨手</td><td>抬手</td><td>徒手</td><td>握手</td><td>下手</td><td>攜手</td><td>新手</td></tr>
<tr><td>選手</td><td>招手</td><td>助手</td><td>住手</td><td>轉手</td><td>着手</td><td>第一手</td></tr>
<tr><td>多面手</td><td>神槍手</td><td>手把手</td><td>一把手</td><td>愛不釋</td></tr>
<tr><td>得心應手</td><td>鹿死誰手</td><td>棋逢對手</td><td>上下其手</td></tr>
</table>

【手包】shǒubāo〔名〕手拿的小包兒，多用皮革製成。

【手本】shǒuběn〔名〕❶ 明清時下屬見上司或門生見老師所用的名帖，折成六頁，上面寫有自己的姓名、職業等。❷ 手冊（多用於書名）。

【手筆】shǒubǐ〔名〕❶ 親手所寫或所畫的東西；手跡：這條幅是魯迅先生的~｜這副詞是張大千先生的~。❷ 文章、書畫技巧方面的造詣：大~。❸ 指花錢或辦事的氣派：闊~。

【手臂】shǒubì〔名〕❶（條，隻）胳膊：伸直~。❷ 比喻助手：他是總經理的得力~。

【手錶】shǒubiǎo〔名〕（塊，隻）戴在手腕上的錶：機械~｜防水~。

【手不釋卷】shǒubùshìjuàn〔成〕曹丕《典論·自敍》："上（曹操）雅好詩書文籍，雖在軍旅，手不釋卷。"書本不離手。形容讀書勤奮：這孩子是個書蟲，整天~。

【手冊】shǒucè〔名〕(本)❶介紹某種知識的參考書(多用於書名):《電工~》|《教師~》|《讀報~》。❷指做某種記錄用的本子:勞動~|工作~。

【手抄本】shǒuchāoběn〔名〕用手抄寫的本子。多指沒有公開發行的抄本:這部小說原以~流行,後來才公開出版。

中國最早的紙寫書

中國現存最早的紙寫書是東晉人手抄的《三國志》。現有甲、乙兩種抄本。甲本於1924年出土於新疆鄯善,是《吳書‧虞翻傳》《吳書‧張溫傳》的部分內容,中有殘缺;乙本於1965年在新疆吐魯番的英沙古城附近一座佛塔遺址中發現,是《吳書‧吳主權傳》和《魏書‧臧洪傳》的殘卷。

【手袋】shǒudài〔名〕手提包;掛在手腕上的小包兒(多指女用的):~的樣式很多|名牌的~。

【手到病除】shǒudào-bìngchú〔成〕形容醫生的醫術很高明:他是一位~的骨科醫生。

【手電筒】shǒudiàntǒng〔名〕(隻)利用乾電池做電源的小型筒狀照明用具。也叫電棒兒、電筒。

【手段】shǒuduàn〔名〕❶為進行某項工作或達到某種目的而採取的方式方法:發展生產是擺脫貧困的根本~|對人民群眾不能採取高壓~。❷本領;能耐:師傅~高明。❸待人處世的方法(多含貶義):他總喜歡要~。也說手腕兒。

【手法】shǒufǎ〔名〕❶指文藝創作和其他工作的技巧:他講的是戲劇表演的~|這篇文章是用擬人~寫的。❷指待人處世所用的不正當的方法:人們早已看穿了他的兩面派~|這是賊喊捉賊的~。❸方式方法:平面設計的~很多|為您介紹美容專業的各種按摩~。

[辨析] **手法、手段** 都是多義詞,在指方式方法的意義上「手法」比「手段」更具有靈活多變的性質,如「兩面手法」「藝術表現手法」都不能換用「手段」。有些是固定的搭配,如「要手段」不能說成「要手法」。

【手風琴】shǒufēngqín〔名〕(架)鍵盤樂器,一般右側為鍵盤,左側為鈕,中有風箱,拉動時使空氣振動簧片發音。常用於獨奏或伴奏。

【手感】shǒugǎn〔名〕用手觸摸物品時得到的感覺:這種衣料~很好。

【手稿】shǒugǎo〔名〕(份,本)作者親手寫成文章或作品的底稿:他把~交給了出版社|~險些丟失。

【手工】shǒugōng〔名〕❶用手操作的形式:這毛衣是~織的|這裏多數工種還是~勞動。❷靠手的技能做出某種東西的工作:做~|要收~費。❸〈口〉手工勞動的報酬:這一身衣服~比面料還貴。

【手工業】shǒugōngyè〔名〕依靠手工勞動,使用簡單工具從事生產的小規模工業:~生產合作社|~者。

【手工藝】shǒugōngyì〔名〕具有高度技藝的手工,如刺繡、編織等:~品|高超的~。

【手鼓】shǒugǔ〔名〕(隻,面)維吾爾、哈薩克等少數民族的打擊樂器,扁圓形,一面蒙皮,周邊有金屬片或環。用手拍打發聲,常用作舞蹈的伴奏樂器:在急速的~聲中,演員跳起歡快的舞蹈。

【手黑】shǒuhēi〔形〕形容手段殘忍狠毒:~心毒|他心狠、~,同他較量要小心。

【手機】shǒujī〔名〕(部)手持移動電話機。

【手疾眼快】shǒují-yǎnkuài〔成〕形容行動機警敏捷:刑警小王~,一個箭步躥上去就把那個歹徒按倒在地了。也說眼疾手快。

【手記】shǒujì ❶〔動〕親手記錄:完全憑~,難免有遺漏。❷〔名〕親手寫下的記錄:這是在那次會上他的~。

【手技】shǒujì〔名〕❶手藝;手的技巧:師傅捏面人兒的~很高。❷雜技,用手表演的各種戲法:~在中國有着悠久的歷史|雜技演員幕後苦練~。

【手跡】shǒujì〔名〕親手寫的字或畫的畫:魯迅~|這幅《奔馬圖》是徐悲鴻大師的~。

【手腳】shǒujiǎo〔名〕❶手和腳;借指動作:~利落|~靈敏。❷為達到某種目的而暗中採取的行動(多含貶義):他從中做了許多~|沒等他做完~,就有人走了進來。

【手巾】shǒujīn(-jin)〔名〕❶(條,塊)毛巾;土布做的擦臉巾:他用~擦乾了臉上的汗水|~架。❷(塊)(西南官話)手絹兒:她掏出~,擦去孩子臉上的淚水。

【手緊】shǒujǐn〔形〕❶指錢、物控制嚴,不隨便花銷或給人(跟「手鬆」相對):這老頭可~,你要想從他那兒多要點東西可難了|還是~點好,不能大手大腳的。❷缺錢用:最近他有些~。也說手頭兒緊。

【手絹兒】shǒujuànr〔名〕(塊)用來擦汗、擦鼻涕等的隨身攜帶的方形小塊織物。也說手帕。

【手銬】shǒukào〔名〕(副)把犯人兩手銬在一起的刑具:腳鐐~|給貪污犯戴上~。

【手雷】shǒuléi〔名〕(枚)一種比手榴彈大、爆破力強的手投炸彈,多用於反坦克。

【手鏈】shǒuliàn〔名〕(條)戴在手腕上的裝飾品,鏈形,用金、銀、玉石等製成:精緻秀氣的~一直是女性喜愛的首飾。

【手榴彈】shǒuliúdàn〔名〕(顆)❶一種用手投擲的小型炸彈:他連續向進犯的小股敵人扔去兩顆~|班長把~扔進了敵人的碉堡裏。❷一種外形類似手榴彈的體育運動器械:~擲遠。

【手爐】shǒulú〔名〕(隻)供冷天烘手用的小銅

爐，多為圓形或橢圓形，可隨身攜帶。爐中多用炭墼(jī)、鋸末或礱糠燃燒取暖：天一冷，她就早早用上了～｜舊式～有的工藝很精美。

【手忙腳亂】shǒumáng-jiǎoluàn〔成〕形容做事慌亂，沒有條理：他攬了不少活兒，一時～做不完。

【手面】shǒumiàn〔名〕(吳語)用錢寬緊的幅度：他～很大，花錢如流水。

【手民】shǒumín〔名〕古代指木工，後來稱抄字、刻字或排字工人：～之誤(排字印刷或抄寫上的錯誤)。

【手帕】shǒupà〔名〕(塊)手絹兒。

【手氣】shǒuqì〔名〕賭博或摸彩時的運氣：～不錯｜～很壞。

【手槍】shǒuqiāng〔名〕(把，支)單手發射的短槍，型式種類繁多，用於短距離射擊。

【手巧】shǒu // qiǎo〔形〕形容人手靈巧；手藝高：她～，織的毛衣真好｜心靈～。

【手勤】shǒu // qín〔形〕指做事勤快：這媳婦～，跟婆婆的關係也處得很好｜只有腦勤、～、腿勤才能成為好記者。

【手輕】shǒu // qīng〔形〕形容操作時手用力較輕：給傷口換藥要～些｜姐姐，這活兒就交給她去做吧。

【手球】shǒuqiú〔名〕❶ 球類運動項目之一。比賽時每隊上場7人，一人守球門，其餘人用手把球攔進對方球門算得分，得分多的獲勝：～運動｜～比賽。❷ 手球運動使用的球，形狀像足球而略小，皮製，內裝橡皮膽。❸ 足球運動中的一種犯規動作，守門員在禁區外用手或手臂觸球，其他球員在場地的任何區域用手或手臂觸球，都算手球犯規。

【手軟】shǒu // ruǎn〔形〕❶ 形容不忍下手或下手不狠：對敵人絕不能～。❷ 形容做事不硬氣：吃了人家的口軟，拿了人家的～。

【手勢】shǒushì(-shi)〔名〕❶ 用手表達某種意思所做出的各種姿勢：打～｜～語。❷ (粵語)手藝、技藝、技術：她做飯的～一流，真是個賢妻良母｜哪天有空請你來我家試試我的～。

【手書】shǒushū ❶〔動〕親手書寫：提筆～"為人民服務"五個大字。❷〔名〕親筆信：頃接～。

【手術】shǒushù ❶〔名〕(台)醫生用醫療器械在人體的病患部位進行切除、縫合等治療：大～｜～室｜～台。❷〔動〕進行手術；動手術：需住院～。

【手鬆】shǒu // sōng〔形〕指錢、物控制不嚴，隨便花銷或給人(跟"手緊"相對)：他～，一個月工資半個月就花光了｜女主人～，很大方。

【手談】shǒután〔名〕〈書〉下圍棋。下圍棋近於交流思想，類似談話，故稱。

【手套兒】shǒutàor〔名〕(副，隻)戴在手上護手或防寒的用品，多用棉紗、毛綫、皮革等製成：棉～｜皮～｜一副毛綫～。

【手提包】shǒutíbāo〔名〕(隻)一種小型輕便的提包。

【手頭】shǒutóu(～兒)〔名〕❶ 指身邊；手裏頭：工具書得放在～備用｜你要的東西可惜不在～｜我現在～工作不少，真有些忙不過來。❷ 指個人身邊的經濟情況：出門在外，～兒要寬裕點｜這月～兒實在太緊。

【手推車】shǒutuīchē〔名〕(輛)用人力推的獨輪或兩輪的車，多用於裝物。

【手腕】shǒuwàn(～兒)〔名〕❶ 手腕子。❷ 手段(多指不正當的)：政治～｜外交～｜耍～。

【手腕子】shǒuwànzi〔名〕手和臂之間的部分。

【手紋】shǒuwén〔名〕手掌上的紋理：看～。

【手無寸鐵】shǒuwúcùntiě〔成〕形容手裏沒有任何武器：兇殘的敵人竟對～的平民百姓動武。

【手無縛雞之力】shǒu wú fù jī zhī lì〔俗〕兩手連捆綁雞的力氣都沒有。形容人柔弱無力：這書呆子～，扛不動那麼重的東西。

【手舞足蹈】shǒuwǔ-zúdǎo〔成〕雙手起舞，兩腳跳動。形容高興到了極點：只見她高興得～，不知怎麼是好了。

【手下】shǒuxià〔名〕❶ 領屬或管轄下：他一直在部長～工作｜他～有的是精兵強將。❷ 身邊手頭：你要的東西不在～｜我～正用着這本書。❸ 動手的時候：請你～留情。

【手相】shǒuxiàng〔名〕手掌的紋理和手的形狀，相術認為可據以推測人的吉凶禍福：看～｜信～。

【手寫】shǒuxiě〔動〕用手寫：用機器打字，不比用～快，這是怎麼回事？｜他寫作喜歡～，不喜歡用電腦。

【手寫體】shǒuxiětǐ〔名〕文字或拼音字母的手寫形式(區別於"印刷體")。

【手心】shǒuxīn〔名〕❶ 手掌心：打～。❷ (～兒)比喻所控制的範圍或權限：這事全捏在他～兒裏｜逃不出他的～兒。

【手信】shǒuxìn〔名〕港澳地區用詞。禮物，特指從外地旅行回來時帶給親戚朋友的禮物，通常為糕餅、水果或土特產等：從台灣旅遊回來，常常帶鳳梨酥當～送朋友。

【手續】shǒuxù〔名〕辦事的程序和應履行的事項：入學～｜按法律～辦｜～完備。

【手眼通天】shǒuyǎn-tōngtiān〔成〕形容手段高超，神通廣大。也比喻跟有權勢的高層人物有交往：這些特工～，專門完成特殊任務｜那個人～，經常能拿到別人拿不到的工程項目。

【手藝】shǒuyì〔名〕❶ (門)手工操作的技藝和技能：虛心學～｜師傅的～高｜這批～人都有了用武之地。❷ 手工藝術：～專賣店｜我們有上千種～產品將陸續上架。

【手淫】shǒuyín〔動〕用手刺激自己的生殖器以滿

足性欲。

【手印】shǒuyìn（～兒）〔名〕❶ 被手污染的痕跡：白襯衫上有個～兒，顯着髒。❷ 特指按在契約、文書等上面的指紋或手紋；在這兒按個～。

【手語】shǒuyǔ〔名〕用手指字母和手勢進行交際的方式，多為聾啞人使用。手勢只代表意義，不代表聲音；手指字母有 30 個指式，代表 26 個漢語拼音字母和 zh、ch、sh、ng 四組合。

【手諭】shǒuyù〔名〕上級或尊長親手寫的指示：總統～｜按總指揮的～辦。

【手澤】shǒuzé〔名〕〈書〉先人的遺墨（手跡）、遺物等；先父～尚存人間。也說手識。

【手札】shǒuzhá〔名〕❶（封）〈書〉親筆信。❷ 筆記一類的文字：教學～｜學習～。

【手掌】shǒuzhǎng〔名〕手的裏面，手握東西時接觸東西的一面：杯子托在～上｜握手時，感到他的～是熱乎乎的。

【手杖】shǒuzhàng〔名〕（根）走路時手裏拄的拐棍兒，多用竹、木、金屬製成。

【手植】shǒuzhí〔動〕親自種植：爺爺～的幾棵蘋果樹開花結果了。

【手紙】shǒuzhǐ〔名〕（張，捲）解手時使用的衛生紙：制訂～衛生標準。

【手指】shǒuzhǐ〔名〕（根）手前端的五個指頭：彈鋼琴～要靈活｜老人～僵硬。

【手指頭】shǒuzhǐtou〔名〕（根）〈口〉手指：扳着～數數兒（shǔshùr）。

【手重】shǒu//zhòng〔形〕操作時手用力較猛：上藥～了些，創口碰傷流血了。

【手鐲】shǒuzhuó〔名〕（隻，對，副）套在手腕子上的一種環形裝飾品，多用金、銀、玉石等製成：這副～是她出嫁時母親送的｜～製作工藝越來越精緻。

【手足】shǒuzú〔名〕❶ 手和腳，指舉動、動作：無所措～。❷ 喻指兄弟：～情深｜情同～。

【手足無措】shǒuzú-wúcuò〔成〕手和腳不知放在哪裏好。形容舉動慌亂，不知怎麼應對：大家你一言我一語，把這個老實人弄得～。

守 shǒu ❶〔動〕防守；衛護（跟"攻"相對）：～土｜堅～陣地｜城將士｜～大門。❷〔動〕遵守；遵循：～時｜～信｜墨～成規｜～紀律。❸〔動〕守候；看護：～護｜～病房。❹〔動〕挨着；靠近：～着大山，還愁沒柴燒｜～着餅捱餓，怪不怪？❺ 安守；甘於：～節｜～拙。❻ 操守：有為有～。❼（Shǒu）〔名〕姓。

> 語彙 把守 保守 操守 蹲守 扼守 防守 固守 堅守 據守 看守 恪守 困守 留守 墨守 確守 失守 戍守 死守 退守 信守 巡守 嚴守 鎮守 職守 株守 駐守 遵守 閉關自守

【守備】shǒubèi ❶〔動〕防守戒備：～森嚴｜～部

隊。❷〔名〕明清時代正五品武官名。

【守財奴】shǒucáinú〔名〕稱有錢而十分吝嗇的人：他是有名的～，很少出錢贊助甚麼事。也叫看（kān）財奴、看錢奴。

【守車】shǒuchē〔名〕❶ 古代的一種兵車，用於裝載輜重和防守：～一隊。❷ 貨運列車尾部供車長辦公用的車廂：傳統的～完全被先進的列尾裝置所取代｜承擔押運任務的保安人員可以乘坐～。

【守成】shǒuchéng〔動〕〈書〉繼承和保持前人已有的成就和業績：創業艱難，～也不易。

【守敵】shǒudí〔名〕擔任守備的敵人：據點中的～已成驚弓之鳥。

【守法】shǒu//fǎ〔動〕遵守法律法令：愛國～是公民必須遵守的道德準則｜賣假藥的這個人從來沒有守過法。

【守宮】shǒugōng〔名〕（隻）壁虎的舊稱。

【守寡】shǒu//guǎ〔動〕婦女死了丈夫後不再嫁人，單身獨居：母親～後撫養他們兄弟倆成人。

【守恆】shǒuhéng〔動〕（數量）保持永恆固定：能量～。

【守候】shǒuhòu〔動〕❶ 等待：～在電話機旁。❷ 看護：護士們～着重病號。

【守護】shǒuhù〔動〕守衛保護：大門外有士兵～｜～山林。

【守節】shǒujié〔動〕❶ 指堅守節操而不改變：日本人佔領南京後，他立志～，不再出場演戲。❷ 舊指婦女遵守封建禮教，在丈夫（或未婚夫）死後不嫁人：舊社會許多婦女因～而犧牲了自己的幸福。

【守舊】shǒujiù ❶〔形〕守着陳舊的觀念或做法而不願變更：因循～｜～派。❷〔名〕傳統戲曲舞台用的背景底幕，幕上繡有各種裝飾性圖案。以後改用佈景，這種底幕就叫作守舊。

【守口如瓶】shǒukǒu-rúpíng〔成〕嘴巴嚴如塞緊的瓶口。比喻說話謹慎或嚴守秘密：他～，休想從他那裏套出甚麼話來。

【守靈】shǒu//líng〔動〕守護着靈柩、靈床或靈位：～盡孝｜守了一宿靈。

【守門】shǒu//mén〔動〕❶ 守衛門戶：關好窗，守好門，小偷就進不來了｜重要機關都有武警～。❷ 足球、手球、冰球、水球等球類運動中守門員守衛球門：中國足球隊派第一門將～。

【守門員】shǒuményuán〔名〕（位，名）足球、手球、冰球等球類比賽中守衛球門的運動員：～要反應靈敏。

【守時】shǒushí〔動〕遵守約定的時間：～是紀律，也是現代人必備的素質｜他們對老員工的～有深刻的印象。

【守勢】shǒushì〔名〕防禦對方進攻的態勢：採

取～｜處於～｜由～轉入攻勢。

【守歲】shǒusuì〔動〕農曆除夕晚間全家人不睡覺，一起送舊歲、迎新歲直至天明：除夕～。

【守土】shǒutǔ〔動〕〈書〉守衛領土：～有責｜為國～。

【守望】shǒuwàng〔動〕守護瞭望：～可千里｜～祖國海疆。

【守望相助】shǒuwàng-xiāngzhù〔成〕《孟子‧滕文公上》：“死徙無出鄉，鄉田同井，出入相友，守望相助，疾病相扶持，則百姓親睦。”指守衛瞭望，彼此關照，互相援助：鄰家鄰舍的，總要～，疾病相扶。

【守衞】shǒuwèi〔動〕防守保衞：～大橋｜～海防｜派人～。

【守孝】shǒu // xiào〔動〕舊俗指長輩死後，在服喪期間停止婚嫁、喜慶、娛樂等活動，閉門謝客，以示哀悼：在家～｜孝子～。

【守信】shǒu // xìn〔動〕遵守信約；保持誠信：為人要誠實～｜對中小學生進行誠實～教育。

【守業】shǒu // yè〔動〕繼承和持續前人所創的事業：～難｜上一代創業，下一代要守好業。

【守夜】shǒuyè〔動〕夜間值班守衞：今晚我～｜犬～，雞司晨。

【守約】shǒuyuē〔動〕遵守信約：做一名自覺的～公民｜他歷來～，不會缺席。

【守則】shǒuzé〔名〕有關成員共同遵守的規則：工作～｜中學生～。

【守制】shǒuzhì〔動〕舊時父母死後，兒子在家守孝 27 個月，不外出應酬，做官的在此期間暫時離職，叫作守制。

【守株待兔】shǒuzhū-dàitù〔成〕《韓非子‧五蠹》記載，宋國有個農夫看見一隻兔子撞在樹樁上死了，他就扔下手裏的農具守在樹樁旁，希望再得到撞死的兔子。後用“守株待兔”比喻死守狹隘經驗，不知變通。也比喻不經過努力而希望獲得成功。

首 shǒu ㊀❶頭；腦袋：昂～｜俯～｜馬～是瞻。❷領導人；頭領：匪～｜禍～｜群龍無～。❸開頭：歲～｜篇～。❹第一；最高的：～富｜～位｜～席代表。❺最先的；最早的：～屆｜～車。❻邊：左～｜右～｜後～。❼首先；最早：～創｜～播｜～發式｜～舉義旗。❽出頭告發或自己投案：出～｜自～。❾（Shǒu）〔名〕姓。

㊁〔量〕用於詩詞歌曲：一～詩｜一～新曲子｜民歌兩百～。

> **語彙** 昂首 匕首 部首 出首 垂首 頓首 匪首
> 後首 回首 禍首 疾首 居首 開首 叩首 魁首
> 埋首 面首 起首 稽首 黔首 屍首 歲首 為首
> 梟首 元首 斬首 自首 不堪回首 群龍無首
> 痛心疾首

【首播】shǒubō〔動〕（電台、電視台）節目第一次播放；首先播放：～時間｜這家電視台電影頻道春節期間將～數十部大片。

【首場】shǒuchǎng〔名〕第一場：～比賽｜藝術團～演出成功。

【首倡】shǒuchàng〔動〕首先提倡：～革命｜～女權運動。

【首車】shǒuchē〔名〕“頭班車”①（跟“末車”相對）：～時間。

【首創】shǒuchuàng〔動〕首先創造；始創：～紀錄｜～用新法燒製瓷器。

【首次】shǒucì 數量詞。第一次：這種戰機～亮相｜中國神舟五號飛船～載人飛行｜提出這一觀點尚屬～。

【首當其衝】shǒudāng-qíchōng〔成〕首先受到某種攻擊或承受某種災難：攻擊的矛頭直接指向我們，我個人是～。

【首都】shǒudū〔名〕國家最高政權機關所在地，通常是全國政治、經濟和文化的中心；國都：北京是中華人民共和國～。

【首度】shǒudù 數量詞。第一次：～公開亮相。

【首惡】shǒu'è〔名〕犯罪集團或團夥的頭子：嚴辦～分子｜不能讓～漏網。

【首發】shǒufā ❶〔動〕第一次發行或發放：～式｜～車｜地鐵每天五點半～。❷〔動〕球類比賽中首先出場：～陣容｜主教練決定讓他～。

【首發式】shǒufāshì〔名〕書籍、紀念品等第一次發行時舉行的儀式：作者在該書～上為購書者簽名留念。

【首犯】shǒufàn〔名〕犯罪集團或團夥中起主要作用的首要分子：這起搶劫殺人案～將公開審判｜綁架案～已落網。

【首府】shǒufǔ〔名〕❶舊稱省會所在的府為首府，今多指自治區或自治州人民政府所在地。❷舊稱殖民地、附屬國最高政府機關的所在地。

【首付】shǒufù〔名〕按揭購房、購車等的首期付款：他們十幾年的積蓄只夠支付這套房的～。

【首富】shǒufù〔名〕指某個地區或某個系統中最富有的人、人家或單位：世界～｜他家成了我們村的～｜你們廠是我區～。

【首航】shǒuháng〔動〕船隻、飛機等第一次航行：中國大型客機～紐約｜萬噸客輪～新西蘭｜慶祝中國神舟五號載人飛船～成功。

【首級】shǒují〔名〕秦制以斬敵首（頭）多少論功進級，後來就把斬下的敵人的頭顱叫首級。

【首屆】shǒujiè 數量詞。第一次或第一期：～農民運動會｜～畢業生｜～培訓班學員。

【首肯】shǒukěn〔動〕點頭表示同意：他出國留學，父母早已～｜雙方家長～了他們的婚事。

【首例】shǒulì〔名〕第一例：今年～禽流感在該地出現｜～克隆羊在世界引起極大的關注。

【首領】shǒulǐng〔名〕❶〈書〉頭和頸；得保～。❷某些集團的領導者；為首的人：老實交代，你們團夥的～是誰？

【首腦】shǒunǎo ❶〔名〕(位)(國家、組織)最高領導人：政府～｜總公司～已更換。❷〔形〕屬性詞。為首的：～人物｜～機關。

【首屈一指】shǒuqū-yīzhǐ〔成〕屈指計數總是先屈大拇指，表示第一。指居於首位：這家烤鴨店，在北京～。

【首任】shǒurèn 數量詞。第一任：～校長｜中國駐美大使他是～。

【首日封】shǒurìfēng〔名〕郵政部門發行新郵票當天所出售的貼有該新郵票並蓋有紀念郵戳的信封。

【首善之區】shǒushànzhīqū〔成〕〈書〉《漢書·儒林傳序》：“建首善自京師始。”首善：最好的。後用“首善之區”指首都：北京市要加快建設整治，成為和諧社會的～。

【首飾】shǒushì〔名〕(件)本指頭上的飾物，今泛指身上佩戴的耳環、項鏈、戒指、手鐲等裝飾品。

【首鼠兩端】shǒushǔ-liǎngduān〔成〕首鼠：即躊躇。兩端：兩頭兒。在兩可之間遲疑不決或動搖不定：他多疑，遇事常～，難以當大任。

【首推】shǒutuī〔動〕首先推選；首先舉出：和諧社會～公正施政｜中國工商業中心～上海。

【首尾】shǒuwěi〔名〕❶開頭和結尾；起頭和末尾：文章～照應，結構嚴謹｜隊伍拉得太長，～不能相顧｜兩大貨車～相撞。❷從開始到末了：這案子～經歷一年多才了結。

【首位】shǒuwèi ❶數量詞。第一位：他是該工程的～專家｜中國人口居世界～。❷〔名〕首要的位置：這任務應放在整個工作的～。

【首席】shǒuxí ❶〔名〕最高或最尊的席位：請客人坐～。❷〔形〕屬性詞。職位最高的；居第一位的：～法官｜～代表｜～執行官。

首席執行官的不同説法
在華語區，中國大陸叫首席執行官，港澳地區叫行政總裁，台灣地區和泰國叫執行長，新加坡和馬來西亞私人機構叫首席執行員，官方則叫首席執行官，《華爾街日報》中文網絡叫“首席執行長”。

【首席講師】shǒuxí jiǎngshī〔名〕香港地區用詞。高等學校教師職稱，大學講師職務中的最高級別。[英 principal lecturer]

【首先】shǒuxiān ❶〔副〕最先；最早：誰～發言？｜小王～跑到終點｜是對方～開了槍。❷〔代〕指示代詞。指代次序第一的人或事(多用於列舉事項)：～需要搞清事實真相｜～嘉賓講話，其次代表發言，末了是聯歡晚會。

【首相】shǒuxiàng〔名〕(位)❶古代指宰相中居

首位者。❷君主立憲制國家內閣的最高領導；內閣總理：選舉中獲勝的黨的主席出任～。以上也說首揆、閣揆。

【首選】shǒuxuǎn ❶〔名〕科舉考試的第一名：名中～。❷〔動〕首先選定：今年旅遊我～去三亞。❸〔形〕屬性詞。首先考慮選擇的：～藥品｜上海是這次大會的～地點。

【首演】shǒuyǎn〔動〕第一次演出：藝術節上～這齣舞劇｜這部交響曲不日將進行～。

【首要】shǒuyào ❶〔形〕屬性詞。擺在第一位的；最重要的：學生的～任務是學習｜把經濟搞上去是當前的～問題。❷〔名〕首腦；為首的人：政府～均出席大會｜嚴懲犯罪團夥的～。

【首義】shǒuyì〔動〕〈書〉最先起義：武昌～打響了辛亥革命的第一槍。

【首映】shǒuyìng〔動〕影片第一次公映：這部影片在京～，大獲成功。

【首映式】shǒuyìngshì〔名〕影片第一次公映時舉行的儀式：這部賀歲片昨天舉辦了～｜主要演員都出席了～。

【首戰】shǒuzhàn〔動〕❶第一次交戰：～殲敵一個師。❷比喻第一次比賽或第一次參與競爭：主隊～告捷。

【首長】shǒuzhǎng〔名〕(位)政府或軍隊中的高級領導人。

【首座】(首坐)shǒuzuò〔名〕最尊貴的座位。

艏

艏 shǒu 船的前端或前部：～樓。

shòu ㄕㄡ

受 shòu〔動〕❶接受：～禮｜～優待｜無功不～祿。❷遭受：～罪｜～損失｜～壓迫｜～凍～餓。**注意** 有些表示“接受”或“遭受”的“受”前面可用“很”修飾，如“很受歡迎”“很受鼓舞”“很受教育”“很受啟發”和“很受氣”“很受罪”“很受埋怨”“很受壓迫”。❸忍受；禁受：～不了｜～得住｜真夠～的。❹(北方官話)適合：～吃(吃着有味)｜～聽(聽着入耳)。

語彙 承受 感受 好受 接受 禁受 經受 領受 蒙受 難受 忍受 身受 收受 授受 享受 消受 遭受 感同身受 逆來順受 自作自受

【受病】shòu // bìng〔動〕致病；得病：你這樣暴飲暴食會～｜一旦受了病就得好多天才能復原。

【受潮】shòu // cháo〔動〕物體滲進了潮氣：被子～了，拿出去曬曬｜棉鞋都～長毛了｜這些食品受了潮發霉了。

【受寵若驚】shòuchǒng-ruòjīng〔成〕因受到意外的寵愛而感到驚喜和不安：數百名影迷的包圍

S

和追逐使他～。

【受挫】shòucuò〔動〕遭受挫折：接連～｜～而不灰心｜主攻失利，士氣～。

【受罰】shòu // fá〔動〕遭受處罰：違反交通規則，～了｜受了罰才知道自己錯了。

【受粉】shòufěn〔動〕植物雌蕊的柱頭或胚珠接受傳來的雄蕊的花粉；地裏的玉米已～。

【受僱】shòugù〔動〕受人僱用；被僱：～於開發商｜他們是一夥佣金豐厚的～人員。

【受過】shòu // guò〔動〕承擔過失造成損失的責任（多指不應當承擔的）：代人～。

【受害】shòu // hài〔動〕遭受損害；被殺害：這場冰雹使農作物大面積～｜先生～時才三十多歲。

【受寒】shòu // hán〔動〕受涼：多穿點衣服，別～｜老咳嗽，一定是受了寒。

【受旱】shòuhàn〔動〕遭受旱災：全省～面積佔耕地面積的一半。

【受話器】shòuhuàqì〔名〕電話機中把強弱不同的電流變成聲音信號的部件。

【受賄】shòu // huì〔動〕接受賄賂：拒絕～｜他對～事實供認不諱｜他受過多次賄，當然要判刑。

【受惠】shòu // huì〔動〕得到好處：政府辦實事，民眾多～｜新型農村合作醫療使廣大農民～。

【受獎】shòu // jiǎng〔動〕接受獎勵：立功～｜體育明星在滬～。

【受教】shòujiào〔動〕接受教育：虛心～｜教育廳和民政廳兩家聯手，將使城鄉特殊困難的未成年人免費～。

【受戒】shòu // jiè〔動〕佛教用語。佛教信徒通過一定儀式，在戒壇接受戒律，表示從此遵守佛教教規和禁忌：三年前他～入了佛門。

【受驚】shòu // jīng〔動〕受到驚嚇：您～了｜孩子受了驚，夜裏睡得不穩。

【受精】shòu // jīng〔動〕精子與卵子結合形成受精卵：體外～｜人工受精。

【受窘】shòu // jiǒng〔動〕陷入尷尬難堪的境地：我的直言使他受了窘｜他不甘心～，想找機會報復。

【受苦】shòu // kǔ〔動〕經受苦難；遭受痛苦：你～了｜～受難｜能～方為志士，肯吃虧不是痴人。

【受困】shòukùn〔動〕❶遭受困苦：地震發生後，政府全力救助～民眾。❷被圍困：掩護～部隊突圍。

【受累】shòu // lěi〔動〕受到牽累；遭遇麻煩：朋友～了，他很過意不去｜她不願使別人～｜別人犯了事，他卻受了不少累。
另見 shòu // lèi（1246頁）。

【受累】shòu // lèi〔動〕因消耗精力氣力而遭受勞累：媽媽～了｜這事他可沒少～｜您受了累，

快歇歇吧！
另見 shòu // lěi（1246頁）。

【受禮】shòu // lǐ〔動〕接受別人的禮物：他為官廉潔，從不～｜嚴禁幹部借家人婚慶事～。

【受理】shòulǐ〔動〕❶接受並辦理：圖書銷售～郵購業務。❷司法部門接受起訴，對案件進行審理：侵權一案，法院已經～。

【受涼】shòu // liáng〔動〕着涼；因受寒冷、低溫的影響而生病：晚上蓋好被子，小心～｜孩子又受了涼，有些咳嗽。

【受命】shòumìng〔動〕接受命令或任務：～組閣｜～率團出訪｜他～於危難之際，力挽狂瀾，開創新局面。

【受難】shòu // nàn〔動〕遭受災難：這次地震，有很多人受難｜軍閥混戰，～的是老百姓。

【受騙】shòu // piàn〔動〕遭到欺騙；被人欺騙：小心上當～｜您又～了｜我沒有受別人的騙。

【受聘】shòu // pìn〔動〕❶舊時婚俗，女方答應男方求親請求並接受聘禮：早年她～富家子弟，後來逃離家庭，投奔革命。❷接受聘請或聘任：他～為北大兼職教授。

【受氣】shòu // qì〔動〕遭受不公正待遇、欺負：捱打～｜法制不健全，買了房還～｜這位繼母很愛孩子，孩子們從來沒有受過氣。

【受窮】shòu // qióng〔動〕遭受窮困；經濟困難而生活不好過：他家是～怕了｜受了半輩子窮。

【受屈】shòu // qū〔動〕受到委屈或冤枉：讓你～了，實在抱歉｜嫁給這樣的人家，妹妹要受些屈了。

【受權】shòuquán〔動〕接受國家或上級給予的權力處理事情：外交部～發表聲明｜工作組～調查處理這樁公案。

【受熱】shòu // rè〔動〕❶受到高溫影響：新鮮水果不能～｜鍋要均勻～。❷指中暑：陽光下暴曬，他～了。

【受辱】shòu // rǔ〔動〕遭受侮辱或羞辱：平白～｜她不甘，決心上告打官司。

【受傷】shòu // shāng〔動〕身體受到損傷或物體部分受損：班長～了｜這是一隻受了傷的鳥｜這機器在運輸中受了點傷。

【受賞】shòu // shǎng〔動〕受到獎賞：任務完成後，有三人～｜你受過沒受過賞？

【受審】shòu // shěn〔動〕被審訊；受到審問：到法庭～｜他因涉嫌一起經濟案件受過審。

【受事】shòushì〔名〕語法上指受動作影響的人或事物（區別於"施事"），如"領導表揚了他"和"他受到了領導表揚"中的"他"。表示受事的名詞可以是句子的賓語，如"我看書"的"書"，也可以是主語，如"車修好了"的"車"。因此必須注意不要把賓語跟受動作影響的受事混為一談。

【受暑】shòushǔ〔動〕即中暑，一種在高溫或烈日下受熱引起的疾病。症狀為頭痛、暈眩、心悸、噁心等，嚴重時甚至昏倒、痙攣、血壓下降。

【受損】shòusǔn〔動〕遭受損失：旱災造成農業嚴重～｜醫院正試驗用幹細胞修復～脊髓手術。

【受聽】shòutīng〔形〕好聽；聽着舒服：這首歌曲真～｜他說的話不～。

【受託】shòu//tuō〔動〕接受他人的委託：～照管鄰居孩子的午飯｜受朋友之託代買一本新出版的工具書。

【受洗】shòuxǐ〔動〕基督教徒入教時接受洗禮：幼年他～入了教會。

【受降】shòu//xiáng〔動〕接受敵方投降：第一戰區司令負責～｜在軍艦上舉行了～儀式。

【受刑】shòu//xíng〔動〕遭受刑罰，特指遭受肉刑：縱然～也不吐一個字｜他受了刑，仍不屈服。

【受訓】shòu//xùn〔動〕接受培訓：輪流～｜在體校受過訓｜工作前他受過三個月訓。

【受業】shòuyè❶〔動〕跟從老師學習：他曾～於國學大師。❷〔名〕〈書〉學生對老師的自稱。

【受益】shòuyì〔動〕得到利益或好處：～匪淺｜滿招損，謙～。

【受益匪淺】shòuyì-fěiqiǎn〔成〕獲得很大益處：聽了您的報告，我～。也說獲益匪淺。

【受用】shòuyòng〔動〕❶得益：這批教育投資能使幾代人～｜養成良好習慣，一生～不盡。❷享受：他領了獎就請吃飯，讓大家～～。

【受用】shòuyong〔形〕（北方官話）舒服（多用於否定式）：近來身體有點不～｜聽了這些話，他心裏很不～。

【受援】shòuyuán〔動〕接受援助或受到援助：～項目｜～單位｜～國家。

【受孕】shòuyùn〔動〕婦女或雌性動物體內受精：這頭母象已～。也叫受胎。

【受災】shòu//zāi〔動〕遭受災害：今年棉田部分～｜～面積遍及幾個縣市。

【受制】shòuzhì〔動〕❶受到制約：～於人｜他不願～於董事會，就籌備自己幹。❷受害；遭罪：不聽勸告，這回他可真～了。

【受眾】shòuzhòng〔名〕接受和承接各種傳媒信息的人、各種文藝產品的接受者（包括聽眾、觀眾和讀者）：新聞工作者不應危言聳聽，編造一些不合實際的故事以迎合～的好奇心｜～的素養提高了，喜歡高雅音樂的人就多了。

【受助】shòuzhù〔動〕得到幫助；接受幫助：～大學生回報社會｜經濟困難學生～應符合有關條件。

【受阻】shòuzǔ〔動〕受到阻礙：經濟發展～｜通信綫路～｜市區交通～造成大量職工不能按時上班。

【受罪】shòu//zuì〔動〕❶受到折磨和苦難：他在舊社會～受夠了｜爺爺受了半輩子罪。❷泛指遇到不順心、不愉快的事：跟他一起共事，真～｜這不是活～嗎？

狩　shòu〈書〉打獵；冬天打獵：～獵｜秋獮（xiǎn）冬～。

語彙　春狩　冬狩　巡狩

【狩獵】shòuliè〔動〕打獵：他生長在山區，從小喜歡～。

授　shòu❶交付；給：～旗｜～意｜～粉。❷教；傳授：～課｜函～｜口～｜面~機宜。❸授予（官職或爵位）：～官予爵｜舉賢～能。

語彙　除授　傳授　函授　講授　教授　口授　面授　天授

【授粉】shòu//fěn〔動〕傳粉。

【授計】shòujì〔動〕傳授計謀：親自～｜～偷襲敵營。

【授獎】shòu//jiǎng〔動〕頒發獎品、獎金或獎狀：～儀式｜請校長給比賽優勝者～。

【授課】shòu//kè〔動〕教課：每天晚上～兩小時｜這週由張老師代他～。

【授命】shòumìng㊀〔動〕〈書〉獻出生命：臨危～。㊁〔動〕（領導人）下命令：～組閣｜在總經理的～下，他對企業管理進行了大膽改進。

【授權】shòuquán〔動〕把一定的權力給予某人或某機構：～鄭律師代我廠處理此案｜～新華社發表聲明。

> **辨析　授權、受權**　兩個詞意義相對，但音同，形近，要注意避免混淆。"授"這裏指依法給予，"受"指依法接受。"政府授權外交部發表聲明"也可以說成"外交部受權發表聲明"。但"工作組受權調查礦難事故""公司董事會授權律師向對方提出賠償"，兩句中的"受權""授權"不能換用。

【授人口實】shòurén-kǒushí〔成〕給了別人攻擊、議論自己的話柄：他不願說出自己經歷的那件事，以免～。

【授首】shòushǒu〔動〕〈書〉❶被斬首：舉兵北征，夏侯～。❷被殺害：龍華～見丹心。

【授受】shòushòu〔動〕交付和接受：這筆款項他們私相～｜男女～不親是舊禮教的腐朽觀念。

【授銜】shòu//xián〔動〕授予某種軍銜或稱號：～儀式｜在當時～的上將中，他是最年輕的一位。

【授勳】shòu//xūn〔動〕授予勳章等：向有特殊貢獻者～。

【授業】shòuyè〔動〕傳授學業：傳道～｜～恩師。

【授意】shòuyì〔動〕把意圖告訴別人，讓人按此意圖行事：他這樣行事，是誰～的？｜沒有人～，這孩子絕對做不出這樣的事來｜總經理不得～有關人員篡改統計資料。

【授予】shòuyǔ〔動〕給予（榮譽稱號、動章、軍銜、學位等）：～上將軍銜｜～博士學位｜～"愛民模範"的榮譽稱號。

售 shòu ❶〔動〕賣；出售：～貨｜～書｜零～｜銷～｜戲票已～完。❷〈書〉施展；實現：以～其奸｜計計不～。

語彙 出售　代售　兜售　發售　寄售　獎售　交售　經售　零售　拋售　配售　攤售　投售　銷售

【售後服務】shòuhòu fúwù 指商品賣出去後，廠家或商店為顧客提供的保修、保換、零部件供應、技術諮詢等方面的服務：加強～，讓顧客買得放心。

【售貨】shòuhuò〔動〕出售貨物：今日盤點不～｜夜間～。

【售貨員】shòuhuòyuán〔名〕（位、名）商店裏售貨的工作人員。

【售價】shòujià〔名〕商品的銷售價格：～低廉｜這套高檔家具～較高。

【售賣】shòumài〔動〕出售：本店～鮮貨。

【售罄】shòuqìng〔動〕賣完：演唱會門票已告～｜花店的紅玫瑰今天全部～。

壽（寿）shòu ❶ 活得年歲長；長命：仁者～｜人～年豐。❷ 年歲：您老高～？❸ 壽命：福～綿長｜～百餘歲｜延年益～。❹ 壽辰：做～｜祝～｜～桃。❺〈婉〉裝殮死人的：～衣｜～材。❻（Shòu）〔名〕姓。

語彙 拜壽　長壽　高壽　年壽　暖壽　陽壽　陰壽　折壽　祝壽　做壽　福祿壽　延年益壽

【壽斑】shòubān〔名〕老年斑。

【壽比南山】shòubǐnánshān〔成〕南山：秦嶺終南山。壽命像終南山一樣長久。常用作祝人長壽的頌詞：福如東海，～。

【壽材】shòucái〔名〕生前置備的棺材。也叫壽木。

【壽辰】shòuchén〔名〕生日（多用於中老年）：兒女歡聚，慶祝母親七十～。

【壽誕】shòudàn〔名〕壽辰（含莊重意）：董事長～，賓客盈門。

【壽禮】shòulǐ〔名〕（份）祝壽的禮品：置辦～。

【壽麵】shòumiàn〔名〕為慶祝生日而吃的麵條兒。麵條兒長長的，寓意長壽。也說長壽麵。

【壽命】shòumìng〔名〕❶ 生存的年限：隨着生活條件的改善，人的平均～提高了。❷ 比喻物品使用或存在的期限：這台電視機的～很長。

【壽木】shòumù〔名〕壽材；也指做壽材的木料。

【壽數】shòushu〔名〕迷信的人指命中應得的歲數：人各有～，不能勉強。也說壽算。

【壽司】shòusī〔名〕日本的一種傳統食品，一般在米飯裏加上特製醋汁再配以魚蝦、蔬菜或雞蛋等製成。製作方法多樣，日常多用紫菜捲製而成。吃時多蘸芥末、醬油等調味汁。

【壽桃】shòutáo〔名〕祝壽所用的桃狀麵製食品，也指祝壽用的桃子。神話傳說西王母做壽，設蟠桃會招待群仙，所以用桃來慶壽相沿成習。

【壽險】shòuxiǎn〔名〕人壽保險的簡稱。指以被保險人在保險期內的死亡或生存為條件的一種保險方式。

【壽星】shòuxing〔名〕❶ 指老人星，位於南天球的一顆恆星。多用作長壽的象徵，畫家或雕塑家常把它畫成或塑成老人的樣子，白鬚持杖，頭部隆起。也叫壽星老兒。❷（位）稱做壽的老人或長壽的老人。

【壽衣】shòuyī〔名〕（套）為老人死後所穿而製作的衣服。

【壽終正寢】shòuzhōng-zhèngqǐn〔成〕壽終：活到老死。正寢：舊式住房的正屋。年老在家中安然去世。比喻事物消亡：這個腐朽政權，在人民的反抗下，終於～了。

瘦 shòu ❶〔形〕（人的身體）脂肪少，肌肉不豐滿（跟"胖""肥"相對）：身體～｜～死的駱駝比馬大。❷〔形〕食用肉脂肪少（跟"肥"相對）：裏脊～｜牛肉太～就柴了，不好吃。❸〔形〕（衣服鞋襪等）窄小（跟"肥"相對）：衣服太～｜這雙女鞋～～的，尖尖的。❹〔形〕地力薄，不肥沃：～土薄田｜近家無～地。❺（Shòu）〔名〕姓。

語彙 肥瘦　乾瘦　黃瘦　瘠瘦　精瘦　枯瘦　清瘦　纖瘦　消瘦　黃皮寡瘦　綠肥紅瘦　面黃肌瘦　挑肥揀瘦

【瘦長】shòucháng〔形〕（人）不豐滿，身體高；（肌體）長而少肉：他是～個兒｜一副～臉。

【瘦瘠】shòují〔形〕❶ 不肥胖；瘦弱：山村中～的兒童。❷ 地力薄，不肥沃：～的山坡地。

【瘦弱】shòuruò〔形〕（人、動物）肌肉少，力氣小：身體十分～｜他這麼～，恐怕挑不起擔子｜～的馬，急需精心飼養。

【瘦身】shòushēn〔動〕❶ 通過增加運動、節制飲食等辦法減輕體重，使體形勻稱苗條：上健身房～是一種時尚。❷ 比喻精減，削減，使變小巧：政府機構需要～才會有活力。

【瘦小】shòuxiǎo〔形〕身材瘦，個頭小：他人雖～，可力氣不小。

【瘦削】shòuxuē〔形〕身體或臉瘦得像是被削過一樣：這位～的老人，兩眼放出炯炯的光芒｜一張～的面孔。

【瘦子】shòuzi〔名〕肌肉不豐滿的人（跟"胖子"相對）。

綬（绶）
shòu 綬帶：印～｜金印紫～。

【綬帶】shòudài〔名〕(條)❶一種用來繫官印或動章的彩色絲帶。❷表示榮譽的彩色絲帶：市長將寫有"第150萬個旅遊者"的紅色～佩戴在這位到達者的身上。❸具有標誌或廣告性質的彩色絲帶：百貨大樓裏的導購小姐都佩戴着彩色～。

獸（兽）
shòu ❶指哺乳動物，一般指全身生毛有四條腿的動物，如獅、虎、豹、熊等：野～｜飛禽走～。❷比喻野蠻、殘忍、下流：～行｜～性｜人面～心。

語彙 猛獸　鳥獸　禽獸　野獸　飛禽走獸　洪水猛獸　衣冠禽獸

【獸環】shòuhuán〔名〕一種金屬製獸頭銜着的門環，舊時多安在大門上，敲門或鎖門時用：他叩擊門上的～，門立即打開了。
【獸行】shòuxíng〔名〕❶指像野獸般的極其兇殘野蠻的行為。❷指發泄獸欲的穢行：亂倫～令人髮指。
【獸性】shòuxìng〔名〕指像野獸般的極其兇殘野蠻的性情：匪徒～大發作，瘋狂地用機槍掃射手無寸鐵的老百姓。
【獸醫】shòuyī〔名〕(位，名)專給家畜家禽和其他動物治病的醫生。
【獸欲】shòuyù〔名〕指野蠻的性欲。

shū ㄕㄨ

殳
shū ❶古代兵器，長條形，用竹或木製成，一端有棱。❷(Shū)〔名〕姓。

抒
shū 表達；傾吐：～懷｜各～己見｜直～胸臆｜～豪情，立壯志。

【抒發】shūfā〔動〕表達、發泄：～感情｜～心中的憂憤。
【抒懷】shūhuái〔動〕抒發情懷：寫詩～。
【抒情】shūqíng〔動〕抒發情感：～詩｜借景～。
【抒情詩】shūqíngshī〔名〕(首)以直接抒發詩人的思想感情為主的詩歌，一般沒有完整的故事情節和人物形象，如頌歌、哀歌、輓歌、情歌等：名家～｜唐詩中很多是～。
【抒寫】shūxiě〔動〕抒發描寫：把自己的真情實感～出來。

叔
shū/shú ❶〔名〕叔父：三～。❷〔名〕稱呼跟父親同輩而年紀較小的男子：二～｜表～｜張～。❸丈夫的弟弟：小～子｜嫂二人。❹兄弟排裏的第三：伯仲～季。❺(Shū)〔名〕姓。

【叔伯】shūbai〔形〕屬性詞。同祖父的或同曾祖

父的(兄弟姐妹)：他是我的～哥哥。
【叔父】shūfù〔名〕父親的弟弟：伯父～。**注意**日常生活中，稱呼父親的弟弟多是根據他們的總排行，分別叫二叔、三叔等。
【叔母】shūmǔ〔名〕叔父的妻子。**注意**北方官話一般稱作嬸母、嬸娘、嬸嬸、嬸嬸。
【叔叔】shūshu〔名〕〈口〉❶叔父：親～。❷稱呼跟父親同輩而年紀較小的男子：王～｜工人～｜警察～。**注意**"李叔叔"也可簡稱為"李叔"，而"工人叔叔""警察叔叔"不能簡稱為"工人叔""警察叔"。
【叔祖】shūzǔ〔名〕父親的叔父。
【叔祖母】shūzǔmǔ〔名〕父親的叔母。

姝
shū〈書〉❶美好：容貌～麗。❷美女：問是誰家～。
Shū〔名〕姓。

陳

殊
shū ❶不同：～途同歸｜神女應無恙，當驚世界～。❷特別；特殊：～功｜～動｜～譽｜座中數千人，皆言夫婿～。❸〔副〕〈書〉極；甚：～多差異｜～堪告慰｜～覺歉然。❹〈書〉斷絕；死。❺(Shū)〔名〕姓。

語彙 何殊　特殊　懸殊　言人人殊

【殊不知】shūbùzhī〔動〕❶竟然不知道（強調後面所述情況，糾正別人的意見）：他自以為很聰明，～是愚不可及。❷竟然沒想到（強調後面所述情況，糾正自己原先的想法）：我以為很快就能取勝，～對手已是今非昔比，很難對付。
【殊榮】shūróng〔名〕特殊的榮譽：獲得世界冠軍的～。
【殊死】shūsǐ ❶〔形〕拚死；竭盡死力：～戰｜～搏鬥。**注意**"殊死"不能直接做謂語，也沒有否定形式。❷〔名〕〈書〉斬首的極刑：赦天下～以下。
【殊途同歸】shūtú-tóngguī〔成〕《周易·繫辭下》："天下同歸而殊塗。"塗：同"途"。意思是從不同的道路而走到同一個目的地。後用"殊途同歸"比喻各自採取的方法雖然不同，得到的結果卻完全一樣：兩種做法～，都能達到節能的效果。

書（书）
shū ❶寫；記錄：秉筆直～｜大～"祖國萬歲"四字。❷書法；字體：篆～｜隸～｜楷～｜草～｜行～。❸〔名〕(本，部)有文字或圖畫的冊子；著作：叢～｜綫裝～｜與君一席話，勝讀十年～。❹信：～札｜情～｜家～。❺文件：證～｜申請～｜軍～十二卷，卷卷有爺名。❻(Shū)指《尚書》。❼(Shū)〔名〕姓。

S

【語彙】板書 謗書 背書 兵書 帛書 藏書 草書 辭書 叢書 地書 讀書 古書 官書 國書 婚書 家書 講書 教書 校書 禁書 經書 舊書 楷書 快書 類書 曆書 隸書 六書 秘書 唸書 聘書 評書 情書 詩書 史書 手書 說書 四書 天書 偽書 溫書 文書 下書 降書 新書 行書 休書 修書 血書 遺書 羽書 戰書 詔書 證書 支書 直書 篆書 字書 八行書 保證書 工具書 說明書 百科全書 罄竹難書

【書包】shūbāo〔名〕主要供學生裝書籍、文具用的包兒，可以背着或手提着：背着～去上學。

【書報】shūbào〔名〕圖書和報刊：徵訂～。

【書本】shūběn（～兒）〔名〕❶ 教科書和練習本的合稱：～費。❷ 裝訂成冊的書的總稱：光有～知識是不夠的，還要在實踐中學習。

【書城】shūchéng〔名〕大型的綜合性書店：過年看大戲、逛～成為眾多市民的首選內容。

【書櫥】shūchú〔名〕書櫃。

【書呆子】shūdāizi〔名〕只會死讀書而不會聯繫實際的人：這個～，一點兒人情世故也不懂。

【書丹】shūdān〔動〕刻碑前，先把碑文用朱砂在石頭上書寫叫書丹；後泛指用朱筆書寫碑誌。

【書店】shūdiàn〔名〕❶（家）出售書籍的商店：新華～。❷ 出版社，如開明書店、生活書店、三聯書店等。

【書牘】shūdú〔名〕〈書〉書信簡札的總稱：～盈案，賓客滿門。

【書法】shūfǎ〔名〕❶ 文字的書寫藝術。通常指用毛筆寫漢字的方法，為中國特有的傳統藝術，主要內容包括握筆、運筆、框架結構、佈局等：～家｜擅長～｜他的～別具一格。注意用鋼筆、圓珠筆等書寫漢字的藝術稱硬筆書法。❷〈書〉古代指史官修史時所採用的書寫體例。

【書法家】shūfǎjiā〔名〕（位，名）專精書法藝術的人：練書法的人很多，成為～的人不多。也稱書家。

【書坊】shūfāng〔名〕（家）舊時刻印並售賣書籍的店鋪。書肆、書林、書堂、書棚、書鋪等都泛稱書坊：該書善本是他早年在～購得。

【書房】shūfáng〔名〕（間）供讀書寫字用的房間：早年臥室也是老師的～，搬到新居後才有了專用的～。也叫書齋。

【書稿】shūgǎo〔名〕著作的原稿：保護好～。

【書櫃】shūguì〔名〕擺放書籍的櫃子：圖書館有各式～，適合放大小不同的書。也叫書櫥。

【書函】shūhán〔名〕❶ 書套。❷（封）書信；函件：來往～｜名家～墨跡。

【書號】shūhào〔名〕正式出版的書籍的編號，包括出版社代號、書刊類別代號等。由主管圖書出版的部門頒發。

【書後】shūhòu〔名〕後記：再版～，說明了該書修訂經過。

【書畫】shūhuà〔名〕供人欣賞的書法、繪畫藝術作品：名人～｜～展覽。

【書話】shūhuà〔名〕談論書籍的文章。篇幅短小，內容含版本評說、史實考證、掌故雜憶等：該報有～一欄，頗受讀者歡迎。

【書籍】shūjí〔名〕書本書冊的總稱。

【辨析】書籍、書本、書　"書籍"是表示集合概念的名詞，書的總稱。不受數量詞修飾，但可以跟"多""少"搭配，如"他家有很多書籍""藏書中有不少文學書籍"。"書本"也是書的總稱，但其概念比較抽象，既不受數量詞修飾，也不跟"多""少"搭配。"書"為普通名詞，可表示個體，可以受數量詞修飾，如"三本書"，也常跟"多""少"搭配。

【書脊】shūjǐ〔名〕書的被裝訂住的一邊，上面一般印有書名、作者、出版機構名稱。也叫書背。

【書記】shūjì（ji）〔名〕❶ 中國黨、團組織中的各級委員會的主要負責人。❷〈書〉舊時處理文書，負責記錄繕寫工作的人。

【書架】shūjià（～兒）〔名〕擺放書籍的架子，多用木料或金屬製成。也叫書架子。

【書簡】（書柬）shūjiǎn〔名〕（封）書信：旅歐～。

【書局】shūjú〔名〕（家）舊時官立編書、印書、藏書的機構，如金陵書局、廣州書局、江南書局。後多用作出版社或書店的名稱，如中華書局、世界書局、北新書局。

【書卷】shūjuàn〔名〕書籍。古代書籍多裝成卷軸，故稱：～中走來的年輕人｜～中的意念像一股無形的動力。

【書卷氣】shūjuànqì〔名〕指在說話、作文、寫字、繪畫等方面顯示出來的文人氣質：他的書法中透着幾分～。

【書刊】shūkān〔名〕書籍和刊物的總稱：整頓～市場｜清除黃色～。

【書空】shūkōng〔動〕用手在空中書寫，以練習寫字（多用於小學語文教學）：老師邊～邊說筆畫。

【書庫】shūkù〔名〕（間）圖書館、書店或出版社存放書刊的庫房。

【書錄】shūlù〔名〕有關書籍的版本、插圖、評論及其源流等方面的資料目錄:資料室編出的幾種名家~,很受學人歡迎。

【書眉】shūméi〔名〕書頁上端的空白部分(有的書在書眉上印有便於讀者翻檢的書名、篇章、頁碼等)。因其位置如同人的眉毛,故稱:該書善本~上有名家朱筆批語。

【書迷】shūmí〔名〕(位)❶對讀書或藏書着迷的人:他小時好看書,人稱~|我爸爸是個老~,見到好書,借錢也要買。❷對聽評書、評彈着迷的人:我們街坊有個小夥子是個~,整天泡在書館兒裏頭聽書。

【書面】shūmiàn〔形〕屬性詞。用文字寫出的(區別於"口頭"):發表~講話|請寫出~意見|聽說年會下月開,但尚未接到~通知。

【書面語】shūmiànyǔ〔名〕用文字表述的語言(區別於"口語"):"書牘"這樣的詞一般用於~。

【書名號】shūmínghào〔名〕標點符號的一種,形式為"《 》",用來標明書名、篇名、報刊名等。書名號的裏邊還要用書名號時,外邊一層用雙書名號,裏邊一層用單書名號。如《〈旅行家〉發刊詞》。在古籍或某些文史著作中,書名號一般用浪綫表示,如國語齊語。

【書目】shūmù〔名〕圖書目錄:~卡|~索引|他開的~,反映着他自己的學習方向和興趣。

【書腦】shūnǎo〔名〕綫裝書打眼穿綫的一側。

【書皮】shūpí(~兒)〔名〕❶書刊最外面的一層,一般印有書名、作者姓名、出版機構名稱、書號、定價等。❷讀者為保護書本,在外邊包上的一層紙或塑料皮兒:小學生領到新書先包個~兒。

【書評】shūpíng〔名〕(篇)媒體上評介書刊的言論和文字;也常用來作為書報副刊或欄目的名稱,如《人民日報》有《書評》雙周副刊。

【書契】shūqì〔名〕〈書〉❶書:文字。契:刻。古代文字多用刀刻,因此,用書契指文字(也用於書名):《殷墟~》。❷契約之類的文書憑證。

【書籤】shūqiān(~兒)〔名〕❶用紙或塑料等製成的,用來夾在書裏,表示閱讀到甚麼地方的小片。❷貼在綫裝書封皮上標示書名的紙或絹的條兒,有些新式裝訂的書也仿照它的形式直接印在書皮上。

【書券】shūquàn〔名〕(張)購書用的代價券,可按券面金額到指定書店選購圖書,舊時有的報刊以書券支付稿酬。

【書生】shūshēng〔名〕(位,名,介)讀書人:~意氣,揮斥方遒。

【書生氣】shūshēngqì〔名〕❶書卷氣。❷指某些知識分子只注重書本,不聯繫實際的習氣:~十足。

【書市】shūshì〔名〕❶圖書市場:整個~不太景氣,但中小學用的學習輔導材料卻一直賣得很火。❷臨時舉辦的集中售書的場所:北京的特

價~受到老百姓的熱烈歡迎。

【書攤】shūtān(~兒)〔名〕街頭賣書刊的攤子:擺~兒|這本書是在小~兒上買的。

【書套】shūtào〔名〕套在書籍外面起保護作用的殼子,用硬紙或木料製成:這部大詞典印刷精緻,配有華美~。

【書體】shūtǐ〔名〕❶一種文字的不同書寫樣式:真、草、篆、隸是漢字的主要~。❷書法風格流派:顏真卿的~是中唐書法的代表。

【書亭】shūtíng〔名〕(間,座)街頭出售書籍報刊的小房子,模樣像亭子。

【書童】shūtóng〔名〕❶讀書的兒童。❷舊時侍候主人讀書兼做些雜事的少年兒童:畫一老者撫琴,一~在旁邊靜聽。

【書屋】shūwū〔名〕❶(間)舊時指讀書用或私塾教學用的房子:三味~。❷出版社或書店:作家~。

【書系】shūxì〔名〕某一方面的成系列的圖書:經典教材~。

【書香】shūxiāng〔名〕藏在書中防蠹的芸香草。後用為讀書風氣的美稱或指讀書的家風:~門第|~人家|世代~。

【書寫】shūxiě〔動〕寫:~春聯|~牌匾|~整齊。

【書信】shūxìn〔名〕(封)信:一封~|~往來。
注意 雖然"書信"就是"信","書寫"就是"寫",但不能說"書寫書信"而只說"寫信"(口語)或"修書"(書面語)。

書信格式和常用詞語(舉例)

1. 書信格式

稱謂語	提稱語	啟事敬辭	:

開首應酬語

正文

結尾應酬語　結尾敬辭

祝頌語

　　　　　　　自稱　署名　敬辭

　　　　　　　　　　　　日期

補述

2. 書信用語

		長輩	父母大人、老師、師母
前文套語	稱謂語	平輩	某某吾兄
		晚輩	某某賢弟
	提稱語	長輩	膝下、膝前、尊鑒、賜鑒
		平輩	台鑒、道鑒、大鑒、閣下、足下
		晚輩	青覽、如晤、如握

S

		長輩	敬稟者、敬肅者、敬啟者 （復信用：敬復者）
正文	啟事 敬辭	平輩	敬啟者、啟者、茲啟者 （復信用：敬復者）
		晚輩	逕啟者、啟者、茲啟者 （復信用：逕復者）
	開首應 酬語		（略）
	書信中 心內容		（略）
結尾套語	結尾應 酬語	長輩	謹此稟奉，未盡欲言。 耑此奉呈，不盡依依。
		平輩	敬祈　示復 乞惠　好音
		晚輩	（略）
	祝頌語	長輩	恭請　崇安 敬請　教安／撰安／講 安／絳安（用於老師）
		平輩	即請　大安 順頌　時祺
		晚輩	順頌　近祺 即問　近好
	敬辭	長輩	敬稟、敬上
		平輩	敬啟、拜啟、鞠躬、上
		晚輩	手書、字
	日期		·
	補述		又啟、又及、補啟、再陳

【書訊】shūxùn〔名〕媒體上圖書出版的信息：本月～｜～首頁｜本網站每週提供～。

【書業】shūyè〔名〕圖書出版、發行、銷售行業：神州～｜一個～大競爭的時代正在來臨。

【書影】shūyǐng〔名〕顯示書刊版式和部分內容的有代表性的樣張。從前是仿照原書刻印或石印，現多影印。可用作插頁，或彙集成冊，如《宋元書影》。

【書院】shūyuàn〔名〕❶唐宋時代設立的有學者主持的讀書、講學的機構。宋代書院以講論經籍為主，其最著名的有白鹿洞書院、嶽麓書院等。清代末期，改全國省縣書院為學堂，書院之名遂廢。❷現在也用“書院”當作讀書和進行研究工作的機構，如中國文化書院。

古代書院的特色
a) 既重教育和教學，又重視學術研究；
b) 建立講會制度，允許不同學派的爭鳴；
c) 實行“門戶開放”，聽講者不受地域和學派的限制；
d) 教學多採用問難辯論式，以啟發學生思維；
e) 師生間感情深厚，關係融洽。

【書札】shūzhá〔名〕(封)〈書〉書信，信札：～來往｜歷年～堆積如山。

【書齋】shūzhāi〔名〕(間)書房的雅稱。

【書展】shūzhǎn〔名〕圖書展覽或展銷會：國際～｜少兒讀物～。

【書證】shūzhèng〔名〕❶著作或註釋中引用的有明確出處的書面例證。❷法律上指證明案情真相的書面材料。

【書桌】shūzhuō（～兒）〔名〕(張)專供讀書寫字用的桌子：山村小學都有了整齊的～。

紓（纾）shū〈書〉❶解除：～憂｜毀家～難(nàn)。❷延緩：使舒緩：民力稍～。❸寬裕：歲豐人～。

梳 shū ❶梳子：木～｜牛角～。❷〔動〕梳理：～洗｜～頭｜姑娘～辮子。

語彙　篦梳　木梳　爬梳

【梳辮子】shū biànzi ❶梳理長髮，編成辮子。❷〔慣〕比喻將事情整理、歸納：把問題梳梳辮子，然後研究解決的辦法。

【梳理】shūlǐ〔動〕❶用梳子整理毛髮、鬍鬚等：～頭髮。❷比喻對事物進行整理、分析：把群眾提的意見～一下。

【梳攏】shūlǒng〔動〕❶指梳頭。❷舊指妓女初次接客。也作梳籠。

【梳洗】shūxǐ〔動〕指梳頭、洗臉、刷牙等：～完了再吃早點。

【梳妝】shūzhuāng〔動〕梳洗打扮：～台｜農家女兒巧～，準備進城去觀光。

【梳妝枱】shūzhuāngtái〔名〕供婦女梳妝用的類似櫃子的小型家具，裝有鏡子和若干小抽屜。

【梳子】shūzi〔名〕(把)帶齒兒的、整理毛髮的用具。

倏〈儵〉shū/shù ❶〔副〕〈書〉忽然；極快地：～已三載｜～爾而逝。❷(Shū)〔名〕姓。

【倏地】shūdi〔副〕迅速地；突然地：那原以為可以長久的快樂時光，還沒來得及品味，便～遠去了｜眼前微風颯然，～現出一個人來。

【倏忽】shūhū〔副〕〈書〉極快地；忽然：～變化｜光陰如梭，～兩鬢染霜。

【倏然】shūrán〔副〕〈書〉❶忽然：昨日江城～飄落一場大雪。❷極快地：兒子出生～月餘。

郚 Shū〔名〕姓。

淑

shū / shú 善良；美好：～靜｜～女｜～行｜賢～。

語彙 私淑 婉淑 溫淑 賢淑 貞淑

【淑女】shūnǚ〔名〕〈書〉品德好的女子：窈窕～，君子好逑。

菽

shū / shú 豆類的總稱：稻～｜不辨～麥。

【菽粟】shūsù〔名〕泛指糧食：布帛～｜轉輸～。

舒

shū ❶〔動〕伸展；寬解：～捲自如｜寂寞嫦娥～廣袖｜且～燃眉之急｜～了一口氣。❷〈書〉從容；緩慢：～緩｜～遲。❸安適：～暢｜～坦。❹〈書〉廣闊：萬里長江橫渡，極目楚天～。❺(Shū)〔名〕姓。

語彙 發舒 寬舒

【舒暢】shūchàng〔形〕開朗暢快：心情～｜秋高氣爽，令人十分～。

辨析 **舒暢、舒服** a)"舒暢"着重在心情、精神方面的開朗愉快；"舒服"着重在身體或感覺方面的輕鬆舒適。b)"舒暢"只能用於人，"舒服"既可用於人又可用於物，如"這房間又舒服又暖和"。c)"舒暢"不能重疊；"舒服"可重疊為"舒服服服"。

【舒服】shūfu〔形〕❶輕鬆愉快：日子過得很～｜舒舒服服地睡了一覺。❷舒適；適宜：這沙發特～，你坐一下試試。

辨析 **舒服、舒適** a)一些習慣的組合不宜互換，如"冬天曬太陽真舒服""現在的居住環境很舒適"。b)"舒服"能重疊成"舒服服服"，"舒適"不能。c)"舒服"多用於口語，"舒適"多見於書面語。

【舒緩】shūhuǎn ❶〔形〕舒展；緩慢：～的運動，能讓身體放鬆。❷〔形〕從容；緩和：他的聲音，態度平和。❸〔形〕平緩：汽車在～的山路上開始加速。❹〔動〕舒散；緩解：希望借音樂～他的緊張情緒。

【舒筋活絡】shūjīn-huóluò 中醫指使人體肌腱舒展，氣血運行通暢：飲這種藥酒可以～。

【舒散】shūsàn〔動〕❶舒展肢體使筋骨的緊張狀態鬆弛下來：坐了一天了，快到室外～一下。❷緩解消除：～不了心中的悶氣。

【舒適】shūshì〔形〕舒服適宜：～的環境｜生活更加～。

【舒坦】shūtan〔形〕舒服：問題解決了，心裏～多了｜他只顧自己，弄得大夥兒很不～。

【舒心】shūxīn〔形〕心情舒暢：他晚年過上了～日子。

【舒展】shūzhǎn ❶〔形〕不蜷縮；不拘束：舞姿～、大方｜這字體很～。❷〔形〕安適；舒適：按摩過後，他感到全身～。❸〔動〕展開：楊柳～着枝條｜心裏高興，臉上的皺紋

也～開來。

鄃

Shū ❶古縣名。在今山東夏津一帶。❷〔名〕姓。

疏

〈㊀疎〉 shū ㊀❶清理堵塞使通暢：～通｜～導｜～浚河道。❷把集中的人或物分散開：～散｜仗義～財。❸距離遠；空隙大（跟"密"相對）：～落｜稀～｜～林｜～星點點｜天網恢恢，～而不漏。❹關係遠，不親密（跟"親"相對）：無論親～，一視同仁。❺不熟悉：人生地～。❻粗心；精力不集中（後面常跟介詞"於"）：～忽｜粗～｜～於防範。❼空虛；不精通：志大才～。❽(Shū)〔名〕姓。

㊁(舊讀 shù)❶對古書註文所作的更詳細的註解：《十三經註～》。❷條陳；封建時代臣向君提出意見、陳述事情的呈文：上～｜～奏｜拜～。

語彙 粗疏 分疏 扶疏 荒疏 箋疏 空疏 親疏 上疏 生疏 稀疏 蕭疏 義疏 註疏 奏疏 人地生疏 志大才疏

【疏導】shūdǎo〔動〕❶使淤塞的水道暢通：～河流。❷疏通；引導：～交通｜上海將進一步～中心城區人口。

【疏放】shūfàng〔形〕形容行為不受約束，不拘常規：～不羈｜他性情～，好飲酒。

【疏忽】shūhu ❶〔形〕粗心大意：太～｜過於～｜怎麼如此～，連封面上的書名都錯了！❷〔動〕忽略：～職守｜～了這個問題。❸〔名〕因粗心大意而造成的錯誤：每一點小的～都可能造成巨大的損失。

【疏解】shūjiě〔動〕疏通使緩解；疏通調解：發展新城，以～中心城區的壓力｜交管部門制定交通～方案｜請他從中～，消除兩人的誤會。

【疏浚】shūjùn〔動〕清除淤塞的泥沙，挖深河槽，使水流暢通：～航道｜河道～工程。

【疏闊】shūkuò〔形〕〈書〉❶粗略，不周密：立論～，致使文章難以服人。❷迂闊，不切實際：討論過多的細節問題，實在顯得～。❸疏遠，不親近：後來天各一方，遂而｜我們的生活情趣雖不盡一致，但並不覺得～。

【疏懶】shūlǎn〔形〕懶散；鬆垮：～成性｜老先生退休在家，仍堅持讀書練字，從不～。

【疏離】shūlí〔動〕〈關係〉疏遠隔離：～感｜常年的分離～了他們的感情。

【疏漏】shūlòu ❶〔動〕疏忽遺漏：書稿校對，不能～。❷〔名〕疏忽遺漏之處：要認真，切不可出現～｜任何一點～都是不能允許的。

【疏略】shūlüè〈書〉❶〔動〕疏漏忽略：細想想，也許～了甚麼｜名為實錄，其於史事頗多～。❷〔形〕粗疏簡略：這部書內容過於～。

【疏落】shūluò〔形〕不稠密，稀稀拉拉：～的槍聲｜疏疏落落的幾片葉子。

【疏密】shūmì〔形〕稀疏和密集：～度｜～相間｜～有致。

【疏散】shūsàn ❶〔形〕〈書〉稀疏分散：村落～。❷〔動〕把集中的人或物分散開：～城市人口｜～儲備物資。

【疏失】shūshī〔動〕疏忽失誤：一定要仔細盤查，不准稍有～。

【疏鬆】shūsōng ❶〔形〕鬆散；不密集：土質～｜骨質～。❷〔動〕使鬆散：～土壤。

【疏通】shūtōng〔動〕❶治理，使通暢：～河道｜文方多有費解之處，尚須～。❷在雙方之間進行調解溝通，以免梗阻或爭執：～關係｜事情很難辦，請你去找有關方面～。

【疏遠】shūyuǎn ❶〔形〕思想感情上有距離：多年不聯繫，兄弟之間變得很～。❷〔動〕使有距離；不親近：不能～他，要主動親近他。

觥 shū 見"觓觥"(1109頁)。

樞(枢) shū ❶門的轉軸：流水不腐，戶～不蠹。❷中心的或關鍵的部分：神經中～｜交通～紐。

語彙　宸樞　戶樞　要樞　中樞　甕牖繩樞

【樞機主教】shūjī zhǔjiào 天主教羅馬教廷中最高一級的主教，由教皇任命。也叫紅衣主教。

【樞密大臣】shūmì dàchén 某些國家內閣成員之一，參與外交、殖民事務和重大政治案件審理等。

【樞紐】shūniǔ〔名〕關鍵；比喻事物相互聯繫的中心環節：交通～｜～工程。

【樞要】shūyào〔名〕〈書〉指中央行政機構中機要的部門或官職：天下～，在於尚書。

蔬 shū 蔬菜：菜～｜布衣～食。

【蔬菜】shūcài〔名〕可以做菜吃的植物的總稱，如白菜、油菜、黃瓜、冬瓜、蘿蔔等；讓孩子多吃些～。

輸(输) shū ㊀❶〔動〕運送：～入｜～出｜西氣東～。❷〈書〉獻出(財物)：捐～｜～財。

㊁❶〔動〕失敗；敗(跟"贏"相對)：不認～｜～了一局｜～了一個球。❷〈書〉遜；差：惜秦皇漢武，略～文采。

語彙　服輸　灌輸　捐輸　認輸　運輸

【輸出】shūchū〔動〕❶從內部輸送到外部(跟"輸入"相對)：血液從心臟～。❷向國外或境外銷售商品或投放資本；出口(跟"輸入"相對)：～資本｜勞務～｜石油～。❸從某種機構或裝置發出能量、信號等(跟"輸入"相對)：～信號。

【輸電】shūdiàn〔動〕將發電廠發出的電能用不同電壓的綫路送給距離不同的用戶：高壓～｜綫路已架好，開始～。

【輸家】shūjia〔名〕指賭博中輸錢的一方；也指比賽或競爭中失敗的一方：～不服輸，和贏家吵起來了。

【輸入】shūrù〔動〕❶從外部送入內部(跟"輸出"相對)：把血液～病人體內。❷從國外或境外買進商品或引進資本；進口(跟"輸出"相對)：～石油，加工生產化工產品。❸某種機構或裝置收進能量、信號等(跟"輸出"相對)：把信息～電子計算機。

【輸送】shūsòng〔動〕❶運送；從一處運到另一處：～養分｜～煤炭｜～天然氣。❷比喻不斷地培養提供：～技術人員｜高等院校將各種專業人才～給國家。

【輸血】shū∥xuè〔動〕把健康人的血液或血庫中的血液用一定的器械輸送到病人體內。也比喻提供物質支援：給病人輸400cc血｜那個傀儡政權只能靠主子打氣～來維持。

【輸氧】shū∥yǎng〔動〕使病人吸入氧氣以解除體內暫時缺氧的狀況：重傷病人經過～，情況有了好轉。

【輸液】shū∥yè〔動〕把葡萄糖、生理鹽水、水解蛋白等液體用特殊的裝置通過靜脈血管輸送到病人體內進行治療：病人～後臉色慢慢紅潤了。

【輸贏】shūyíng〔名〕勝利和失敗：比～，見高低｜踢了90分鐘，兩隊未見～。

攄(摅) shū〈書〉表示；發表：各～己見。

shú ㄕㄨˊ

秫 shú 高粱。多指黏性高粱：～秸｜～米。

【秫秸】shújie〔名〕(根，捆)去掉穗的高粱稈兒：過去～只能當柴火燒，現在成了工業原料。

孰 shú ❶〔代〕〈書〉疑問代詞。誰：人非草木，～能無情？❷〔代〕〈書〉疑問代詞。哪個(表示比較或選擇)：吾與徐公～美？｜～勝～負尚未可知。❸〔代〕〈書〉疑問代詞。甚麼：是可忍，～不可忍？❹(Shú)〔名〕姓。

[辨析] 孰、誰　兩個詞雖然都是疑問代詞，但"誰"專用於指人，"孰"則既可指人又可指物，如"是可忍，孰不可忍"。"孰"用於書面語，而"誰"是口語。

婌 shú 古代宮廷女官名。

塾 shú 舊時私人開設的小學校：私～｜七歲入～。

語彙　村塾　家塾　私塾　學塾　義塾

熟 shú / shóu ❶〔形〕成熟，果實長成（跟"生"相對）：瓜～蒂落｜穀子～了｜湖廣～，天下足。❷〔形〕食物加熱到可以吃的程度（跟"生"相對）：～菜｜饅頭～了｜肉還不～，再煮煮。❸〔形〕經過加工或治理（跟"生"相對）：～皮子｜～銅。❹〔形〕熟悉；因常見或常用而清楚地知道（跟"生"相對）：人生地不～｜他跟我很～｜一回生，二回～。❺〔形〕熟練：～讀唐詩三百首｜～能生巧。❻〔形〕程度深：睡得很～｜深思～慮。❼仔細：～察。

另見 shóu（1240 頁）。

語彙 成熟　純熟　耳熟　慣熟　黃熟　精熟　爛熟　面熟　稔熟　睡熟　托熟　晚熟　嫻熟　相熟　馴熟　眼熟　圓熟　早熟　半生不熟　滾瓜爛熟　駕輕就熟

【熟諳】shú'ān〔動〕〈書〉熟悉：～下情｜～民心｜～兵法｜他～進入沙龍的規矩。

【熟菜】shúcài〔名〕烹調好的菜，多指出售的熟肉食品等：他喜歡就～喝酒。

【熟地】shúdì ㊀〔名〕耕種多年的土地：佔用這片～蓋樓，村民們都捨不得。㊁〔名〕中藥名，經過蒸曬的地黃，黑色，有滋補作用。也叫熟地黃。

【熟荒】shúhuāng〔名〕先前耕種過，後來拋荒了的地（區別於"生荒"）：他承包的地原是～，他計劃蓋上大棚種菜。也叫熟荒地。

【熟記】shújì〔動〕清楚、熟練地記住：～單詞｜孩子們很快就～了乘法口訣。

【熟客】shúkè ❶常來的客人：這幾位是我們飯店的～。❷認識的客人（跟"生客"相對）：家裏來的都是～，不必拘束。

【熟練】shúliàn〔形〕（動作、技能、技巧等）精熟老練：～工人｜工作～｜～掌握英語。

【熟路】shúlù ❶〔名〕熟悉的道路：輕車～｜熟人～。❷〔動〕熟悉道路：儘快～是新手開車避免意外的有效方法之一｜在這樣一個冰雪覆蓋的無人區裏，沒有～的嚮導是無法前進的。

【熟能生巧】shúnéngshēngqiǎo〔成〕熟練了就能找到竅門，靈活應用：多背誦名篇名句，～，就能寫文章。

【熟年】shúnián〔名〕〈書〉豐收的年份。

【熟女】shúnǚ〔名〕指成熟而有魅力的女性：～風範。

【熟人】shúrén（～兒）〔名〕熟識的人（跟"生人"相對）：有了～好辦事兒｜咱們都是老～兒了｜今天到會的有～，也有生人。

【熟肉】shúròu〔名〕經加熱加工即可食用的肉類食品：～店｜～製品。

【熟識】shúshí〔動〕對某人或某種事物有清楚的了解：我們是老同學，彼此很～｜老王精於鑒賞文物，～此道。

【熟食】shúshí〔名〕經過烹調製熟的食品：星期天幾位老鄉買了點～、飲料聚了聚。

【熟視無睹】shúshì-wúdǔ〔成〕經常看到卻跟沒看見一樣。指對眼前的事物或現象漠不關心：我們是人民的公僕，哪能對群眾的疾苦～！

【熟手】shúshǒu〔名〕從事某項工作時間長，對工作很熟悉的人（區別於"生手"）：生手太多，～難求｜為爭一個有經驗、有能力的～，各用人公司競相抬價。

【熟水】shúshuǐ〔名〕經煮沸過的水；開水：喝～，不喝生水。

【熟睡】shúshuì〔動〕深沉地睡：～了三小時｜見他仍在～，真不忍心把他叫醒。

【熟思】shúsī〔動〕詳細而周密地考慮：事無巨細，均須～而行。

【熟鐵】shútiě〔名〕用生鐵精煉而成的低碳鐵，延展性較好：～皮｜～鐮刀。也叫鍛鐵。

【熟土】shútǔ〔名〕經過開墾、耕作，變得鬆軟、含腐殖質、適於植物生長的土壤：這片山坡的地不是～，種莊稼長不好。

【熟悉】shúxī (-xi) ❶〔動〕清楚地知道：～業務｜我～他。❷〔形〕知道得清楚：他對那人很～｜這個地方我～極了。❸〔動〕通過實踐了解和掌握：你先～一下環境再工作｜好好～～工藝流程。

【熟習】shúxí〔動〕對某種學問或技術深刻了解；熟練掌握：～法律知識｜他花了很多時間，～這項新技術。

【熟語】shúyǔ〔名〕意義有整體性，只能整個應用，不能隨意變動其成分組織，並且往往不能按照一般的構詞法來分析的固定詞組，包括成語、諺語、俗語、慣用語、歇後語等。

【熟知】shúzhī〔動〕清楚地知道：～此人｜導遊～本地的旅遊景點。

【熟字】shúzì〔名〕認識了的字（跟"生字"相對）：這篇文章只有兩個生字，其餘都是～。

贖（贖）shú ❶〔動〕用財物換回（人身或抵押品）：～身｜～回典當的手錶。❷用錢物或行動抵消、彌補（罪過）：將功～罪。

語彙 回贖　自贖

【贖當】shúdàng〔動〕把抵押在當鋪裏的東西用錢換回來：借錢也要～，保住家傳的寶物。

【贖金】shújīn〔名〕（筆）用來換回抵押品或用來贖身的錢：綁匪綁架了他的孩子，張口就要五十萬～。

【贖買】shúmǎi〔動〕國家有償地把私人企業收歸國有：～政策。

【贖身】shú // shēn〔動〕舊時奴婢、妓女等或別人為奴婢、妓女等用錢財或其他代價向買主贖回人身自由：她將攢下的錢拿為自己贖身。

【贖罪】shú // zuì〔動〕用財物或行動抵消、彌補罪過：立功～｜她以為捐了門檻，就能贖了自己的罪。

shǔ ㄕㄨˇ

暑 shǔ ❶熱（跟"寒"相對）：中（zhòng）～｜受～｜避～。❷盛夏：～天｜～期｜～假｜寒來～往。❸指暑天節氣：二十四節氣有小～、大～、處～。

語彙 避暑　殘暑　處暑　大暑　伏暑　寒暑　酷暑　溽暑　盛暑　受暑　消暑　小暑　歇暑　炎暑　中暑

【暑假】shǔjià〔名〕學校盛夏時節的假期，在七八月間：放～｜～期間，我們天天去游泳。

【暑期】shǔqī〔名〕❶暑假期間：～管理｜～培訓｜他們準備～去旅遊。❷指夏季。

【暑氣】shǔqì〔名〕盛暑時的熱氣：一場傾盆大雨把令人煩躁不安的～一掃而光｜今日處暑，悶熱終結而～未消。

【暑熱】shǔrè〔名〕指盛夏溫度很高的氣候：～難耐。

【暑天】shǔtiān〔名〕熱天；夏日：～要注意保持心態平和，避免上火。

【暑運】shǔyùn〔動〕運輸部門指暑期的旅客運輸：學生一放暑假，～壓力驟增。

黍 shǔ 黍子。

語彙 角黍　玉蜀黍　不差累黍

【黍子】shǔzi〔名〕❶一年生草本植物，子實淡黃色，去皮後叫黃米，煮熟後有黏性。可以釀酒，也可以做成黏糕。❷這種植物的子實。

署 shǔ／shù ㊀❶〔名〕辦公處所：公～｜官～。❷〔名〕某些機關的名稱或機關、企業中按業務所分的單位：審計～｜新聞出版總～。❸佈置：部～。❹署理。
㊁〔動〕簽（名）；題（名）：～名｜簽～。

語彙 部署　公署　官署　簽署　行署　專署　總署

【署理】shǔlǐ〔動〕暫時代理：政務司司長將～行政長官職務。

[辨析] **署理、代理** "署理"一般解釋為"代理"，但"代理"和"署理"並不完全相同。不同處在於時間長短和職責差別。"代理"時間較短，"署理"時間較長；"代理"較少獨立性，"署理"較多獨立性。"署理"現已罕用。

【署名】shǔ//míng〔動〕在書信、文件、文章等上面簽上或印上自己的名字：～文章｜他沒有在簽發的文件上～｜信的末尾署了兩個人的名。

蜀 Shǔ ❶周代國名，在今四川成都一帶。❷〔名〕蜀漢：魏、～、吳三足鼎立。❸〔名〕四川的別稱。

語彙 得隴望蜀　樂不思蜀

【蜀漢】Shǔhàn〔名〕三國之一，公元221-263年，劉備所建。在今四川東部、重慶以及雲南、貴州北部和陝西南部。為魏所滅。簡稱蜀。

【蜀錦】shǔjǐn〔名〕四川出產的用染色熟絲絲織成的傳統絲織工藝品。

【蜀犬吠日】shǔquǎn-fèirì〔成〕唐朝柳宗元《答韋中立論師道書》："僕往聞庸（川東夔州一帶）、蜀（成都一帶）之南，恆雨少日，日出則犬吠。"後用"蜀犬吠日"比喻少見多怪，反應強烈：清朝末年，一班保皇派對民主政治攻擊不止，猶如～。

【蜀繡】shǔxiù〔名〕四川成都一帶出產的刺繡品。以軟緞和彩絲為主要原料，有濃厚的地方色彩。也叫川繡。

鼠 shǔ〔名〕哺乳動物，一般身體小，尾巴長，毛褐色或灰色，門齒發達。繁殖力很強，吃糧食，咬衣物。種類很多，有的能傳播鼠疫，對人類有害。通稱老鼠，也叫耗子。

語彙 家鼠　老鼠　首鼠　松鼠　田鼠　銀鼠　城狐社鼠　膽小如鼠　過街老鼠

【鼠輩】shǔbèi〔名〕〈詈〉像老鼠一樣膽小無能、微不足道的人：無名～｜～不自量。

【鼠標】shǔbiāo〔名〕電子計算機上的一種輸入設備，用於控制、操縱計算機屏幕上的指示箭頭或滾動條，由此來定點定位，完成各項操作。因其外觀像老鼠，故稱。

【鼠瘡】shǔchuāng〔名〕中醫指瘰癧（luǒlì）。

【鼠目寸光】shǔmù-cùnguāng〔成〕形容人缺乏遠大眼光，見識短淺：有的人貪圖眼前小利，不思久遠，真是～。

【鼠竊狗盜】shǔqiè-gǒudào〔成〕像老鼠和狗那樣偷盜。比喻小偷小摸：～，積少成多，危害也不小。

【鼠疫】shǔyì〔名〕由鼠疫桿菌引起的急性傳染病，跳蚤將病鼠身上的病菌傳入人體。患者高熱、頭痛、淋巴結腫大並有劇痛，全身皮膚和內臟嚴重出血。也叫黑死病。

數（数） shǔ ❶〔動〕查點或說出（數目、順序）：～數（shù）兒｜不可勝～｜盧溝橋的獅子——～不清。❷〔動〕比較中算最突出：班長的槍法，在全團～第一｜～風流人物，還看今朝。❸一一列舉：～說｜歷～其罪。**注意** "數"後是"名＋序數"，可以將名詞移至"數"前，序數位置不動，意思仍相同，如"下棋數小王第一"等於"下棋小王數第一"。

另見 shù（1259頁）；shuò（1275頁）。

語彙 歷數　悉數　不可勝數　不足齒數　歷歷可數　屈指可數　擢髮難數

【數不上】shǔbushàng〔動〕相比之下還不夠資格或不夠標準：要說著名歌星，恐怕～她。也說數不着。

【數不勝數】shǔbùshèngshǔ〔成〕數也數不清。形容數量很多：村長為村民做的好事～。

【數得上】shǔdeshàng〔動〕相比之下夠資格或夠標準：說到唱京戲，他可～是個有名的票友。也說數得着。

【數典忘祖】shǔdiǎn-wàngzǔ〔成〕《左傳·昭公十五年》記載，春秋時晉國的籍談出使周朝，周王責問他："晉國為甚麼不向朝廷進獻貢品？"籍談回答說："因為晉國從未受到過周王室的賞賜。"周王列舉了晉國受賞的事實，諷刺他"數典而忘其祖"。意思是談論典章制度，卻忘了祖先的職守。後用"數典忘祖"比喻忘掉自己本來的情況或事物的本源。

【數伏】shǔ//fú〔動〕開始計算"伏"的序列；伏天開始：今天～｜去年是六月十七數的伏。參見"三伏"（1154頁）。

【數九寒天】shǔjiǔ-hántiān〔成〕從冬至開始計算，每九天為一個"九"，有九個"九"，共八十一天，是中國天氣寒冷的時期，所以叫數九寒天：～下大雪，來年又是好年頭。

九九歌

一九二九，不出手；三九四九，冰上走；五九六九，沿河看柳；七九河開，八九雁來；九九加一九，耕牛遍地走。

（流行於北京一帶，各地或有所不同）

【數來寶】shǔláibǎo〔名〕曲藝的一種，流行於中國北方各地。用竹板或繫有銅鈴的牛骨打節拍，邊敲邊唱。最初藝人沿街賣唱，見景生情，即興編詞，後進入娛樂場所。

【數落】shǔluo〔動〕〈口〉❶一邊列舉錯誤事實一邊進行指責；責備：她把女兒～了一頓。❷不住口地一件件敍說：居委會主任～着居民區裏的新鮮事兒。

【數秒】shǔmiǎo〔動〕在某一重大行動開始前的最後時刻倒着數出所剩的秒數，數完最後一秒即開始行動：火箭發射進入倒計時，指揮員開始～。

【數兒】shǔ//shùr〔動〕順序逐個說出數目：幼兒園的阿姨教孩子們～、畫畫兒｜兩歲孩子能數五十個數兒。

【數說】shǔshuō〔動〕❶列舉事實敍述：老王把種種困難當眾～了一番。❷責備：她已經認錯了，就別老～了。

【數一數二】shǔyī-shǔèr〔成〕名列第一或第二。形容突出：他是班上～的好學生。

璹　shǔ〈書〉玉名。

薯〈藷〉shǔ 甘薯、馬鈴薯等薯類作物的統稱：～條｜～乾｜紅～。

【薯莨】shǔliáng〔名〕❶多年生草本植物，地下有塊莖，地上有纏繞莖。塊莖可製作染料，用來染棉、麻、絲織品。❷這種植物的塊莖。

【薯蕷】shǔyù〔名〕❶多年生草本植物，莖蔓生，花乳白色；塊根圓柱形，含澱粉和蛋白質，供食用和藥用。❷這種植物的塊莖。以上通稱山藥。

曙　shǔ/shù 拂曉；天剛亮：～光｜～色。

【曙光】shǔguāng〔名〕❶清晨的陽光：～初照校園。❷比喻即將到來的美好前程：勝利的～。

【曙色】shǔsè〔名〕黎明的天色：通宵伏案，不知不覺窗外已現～。

癙　shǔ〈書〉一種鬱悶而成的病。

屬（属）shǔ ❶類別：金～｜有良田美池桑竹之～。❷〔名〕生物分類系統的第六級，在科之下，種之上：虎～｜稻～。❸家屬；親屬：軍～｜烈～。❹〔動〕隸屬：直～｜附～｜這個縣～河北省還是～北京市？❺〔動〕歸屬：數理化～理科。❻〔動〕系；符合：純～捏造｜完全～實。❼〔動〕在十二屬相中屬於：他是～馬的。注意 在實際語言中，常有這種情況：說某人"屬雞的"，並不是說他的生年，而是形容他"嘴硬，不認輸"；說某人"屬猴的"，是形容他"好動，坐不住"。

另見 zhǔ（1782頁）。

語彙　部屬 從屬 藩屬 附屬 歸屬 家屬 金屬 軍屬 眷屬 抗屬 隸屬 僚屬 烈屬 領屬 配屬 親屬 所屬 統屬 吐屬 下屬 直屬

【屬地】shǔdì〔名〕隸屬或附屬於他國、他地區的國家或地區。

【屬國】shǔguó〔名〕隸屬於宗主國的國家。

【屬實】shǔshí〔動〕符合實際：情況～｜所說～｜凡違規操作者，經核查～，將進行通報批評。

【屬相】shǔxiang〔名〕〈口〉生肖：十二～｜每個人都有自己固定的～。

【屬性】shǔxìng〔名〕事物所具有的性質。任何事物都具有多種屬性，可分為本質屬性和非本質屬性，如階級統治的工具是國家的本質屬性，而地理位置、人口、物產等都是國家的非本質屬性。

【屬性詞】shǔxìngcí〔名〕形容詞的一個附類，與狀態詞相區別，表示人或事物的屬性、特徵，具有區別或分類的作用，如"男運動員、大型歌舞、中式外衣、野生動物、首要任務"等中的"男、大型、中式、野生、首要"等，它們在句中一般只做定語，不做謂語，有人稱它為"非謂形容詞"或"區別詞"。

【屬於】shǔyú〔動〕歸於某一方面或為某方面所有：出現這類錯誤，完全～缺乏責任心｜這些問題～哲學範疇。

【屬員】shǔyuán〔名〕下屬辦事人員：好的領導作風能給～帶來信心和力量｜團隊的力量使你的～更有自信。

shù ㄕㄨˋ

戍 shù ❶軍隊防守（某一地方）：衞～｜～卒。❷(Shù)〔名〕姓。

語彙 遣戍 屯戍 衞戍 謫戍

【戍邊】shùbiān〔動〕守衞邊疆：～戰士。
【戍守】shùshǒu〔動〕保衞防守：～邊疆。

束 shù ❶〔動〕捆；繫(jì)：以帶～腰｜～書不觀，遊談無根。❷ 約束；束縛：無拘無～｜～手無策。❸〔量〕用於捆起來的東西：一～鮮花｜一～稻草。❹聚集成條的東西：光～｜花～｜電子～。❺(Shù)〔名〕姓。

語彙 波束 管束 光束 花束 羈束 檢束 結束 拘束 收束 約束 裝束 無拘無束

【束髮】shùfà〔動〕指古代男孩成童時把頭髮紮成髻。成童說法不一，一指八九歲，一指十五歲：～小生（含輕蔑意）｜～少年。
【束縛】shùfù〔動〕❶〈書〉捆綁：春蠶作繭——自己～自己。❷ 約束；使不得伸展或受到限制（跟"解放"相對）：不要～群眾的積極性｜擺脫傳統觀念的～。
【束手】shùshǒu〔動〕捆住雙手，比喻受制約或無能為力：～束腳｜～無策｜～就擒。
【束手待斃】shùshǒu-dàibì〔成〕捆住雙手等死。比喻遇到危險或困難時，不積極想辦法，坐等失敗：決不能～，一定要設法突圍！
【束手束腳】shùshǒu-shùjiǎo〔成〕捆住手腳。比喻做事顧慮很多，不敢放開手腳去幹：要積極開展工作，不要～。
【束手無策】shùshǒu-wúcè〔成〕手被捆住，無法應對。形容遇到問題沒有一點辦法。
【束脩】shùxiū〔名〕〈書〉脩：乾肉。紮成一捆（十條）的乾肉，是古代送給教師的酬禮。後來成為教師報酬的代稱。
【束之高閣】shùzhī-gāogé〔成〕《晉書·庾翼傳》："此輩宜束之高閣。"原指儲備人才，置於高閣待用。後用來比喻把東西棄置一邊，不去用它或管它：如果學了理論，只是空談一陣，～，不去實踐，這樣的理論再好也是沒有用的。也說束諸高閣。
【束裝】shùzhuāng〔動〕〈書〉整治行裝：～就道。

沭 Shù 沭河，水名。發源於山東，南流入江蘇。

述 shù 述說；敍述：口～｜筆～｜前人之～備矣。

語彙 表述 闡述 陳述 稱述 傳述 複述 記述 講述 口述 縷述 論述 描述 上述 申述 訴述 敍述 著述 轉述 撰述 追述 贅述 自述 綜述

【述而不作】shù'érbùzuò〔成〕《論語·述而》："述而不作，信而好古。"意思是只闡述前人的成說，自己不提出新義：論文對該問題的研究並非～，而是提出了新的見解、新的論證。
【述懷】shùhuái〔動〕敍說心中的感想（多用為詩文題目）：國慶之夜～｜八十～。
【述評】shùpíng〔名〕❶一種夾敍夾議的新聞體裁（常用於報紙標題）：國內外一週大事～。❷（篇）指用這種體裁寫的文章。
【述說】shùshuō〔動〕陳述說明：請詳加～｜脫險的人～了事故的經過。
【述職】shù∥zhí〔動〕❶派到外國或外地去擔任重要工作的人員，回來向主管部門彙報工作情況：大使回國～。❷幹部、專業技術人員等向有關方面彙報自己的工作情況：～報告。

俞 shù〈書〉同"腧"。
另見 yú（1653頁）。

恕 shù ❶用仁愛的心待人；推己及人：忠～｜～道。❷原諒；寬容：饒～｜寬～。❸〔動〕請原諒（用於客氣地拒絕對方）：～難從命｜～不奉陪。

語彙 寬恕 饒恕 忠恕

【恕罪】shùzuì〔動〕客套話。用於請對方寬恕自己的過錯：我來晚了，讓大家久等，～～！

術（术）shù ❶技藝；技術；學術：武～｜騎～｜魔～｜擊刺之～｜不學無～。❷ 方法；策略：智～｜權～。❸(Shù)〔名〕姓。
"术"另見 zhú（1778頁）。

語彙 法術 方術 國術 幻術 技術 馬術 美術 魔術 騙術 權術 拳術 儒術 手術 算術 武術 心術 學術 妖術 醫術 藝術 戰術 智術 不學無術

【術科】shùkē〔名〕軍事訓練或體育訓練中以傳授各種技能為主的科目（區別於"學科"）。
【術語】shùyǔ〔名〕各門學科中的專門用語：主詞、賓詞、係詞是邏輯學的～。

庶〈庻〉shù ㊀❶眾多：富～｜～物～務。❷〈書〉平民；百姓：～後之姓，於今為～（夏商周三代帝王的後裔，到今天都成了平民百姓）。❸(Shù)〔名〕姓。
㊁ 宗法制度下指家庭的旁支（跟"嫡"相對）：～子｜～出｜殺嫡立～。
㊂〔副〕〈書〉❶幾乎；差不多：～幾｜～乎可行。❷表示可能或希望：～不誤會｜～免誤會。

語彙 富庶 黎庶 眾庶

【庶出】shùchū〔動〕舊時指妾所生（區別於"嫡

出"）。

【庶民】shùmín〔名〕〈書〉平民百姓：王子犯法，與～同罪。

【庶母】shùmǔ〔名〕舊時子女稱父親的妾。

【庶務】shùwù〔名〕❶ 舊時指機關團體內的事務性工作：忙於｜～繁雜。❷ 舊時稱擔任庶務工作的人員：這些雜事叫～去辦。

【庶子】shùzǐ〔名〕舊時指妾所生的兒子（區別於"嫡子"）。

裋 shù 古代僕役穿的粗布衣服：～褐。

隃 Shù 古山名。即雁門山。

豎（竪）〈竪〉 shù ㊀❶〔形〕跟地面垂直的（跟"橫"相對）：～井｜～琴｜梯子～着放。❷〔形〕空間上從上到下或從前到後的（跟"橫"相對）：～排版｜～着再挖一道溝｜橫針不拿，～綫不動（甚麼活計也不做，十分懶惰）。❸〔動〕使物體立起：～起脊樑｜在海上先後～起幾百口石油探井。❹（～兒）〔名〕漢字的筆畫，從上一直到下，形狀是"｜"。
㊁〈書〉指年輕的僕人；童～。

【豎大拇指】shù dàmǔzhǐ〔慣〕豎起拇指，表示讚賞：提到他，人人都～。也說豎大拇哥。

【豎立】shùlì〔動〕使長形物體上端向上，下端接觸地面或埋在地裏垂直立起：廣場上～着人民英雄紀念碑。

【豎琴】shùqín〔名〕（架）大型立式彈撥弦樂器，在直立的三角形架上安有 48 根弦，音色優美：～獨奏｜伴奏中加上～。

【豎子】shùzǐ〔名〕〈書〉❶ 童僕。❷ 小子，對人的蔑稱：～不足與謀｜世無英雄，遂使～成名。

鈺（钵）shù ❶〈書〉長針。❷（Shù）〔名〕姓。

腧 shù〔名〕腧穴：肺～｜胃～。

【腧穴】shùxué〔名〕中醫指人體上的穴位。

墅 shù 別墅：住宅以外另建的供遊憩的園林房屋：於土山營～。

語彙 別墅　村墅　舊墅　新墅

漱〈潄〉 shù〔動〕含水或藥液等清洗口腔：～口｜用藥水～～嘴。

語彙 晨漱　盥漱　夕漱

【漱口】shùkǒu〔動〕含水清洗口腔：～刷牙。

數（数） shù ❶（～兒）〔名〕數目：多～｜零～｜數（shǔ）～｜記～。❷〔名〕表示事物的量的基本數學概念，如自然數、整數、分數、小數、零、負數、虛數、無理數等。❸〔名〕一種語法範疇，表示名詞或代詞所指事物的數量，如英語名詞有單數、複數兩種。❹〔名〕

定數；命運：在～難逃｜勝負之～尚未可知。❺〔數〕幾；幾個：～十斤｜～小時。
另見 shǔ（1256 頁）；shuò（1275 頁）。

語彙 報數　輩數　差數　成數　充數　湊數　答數　單數　得數　底數　頂數　定數　讀數　度數　多數　分數　負數　複數　概數　夠數　過數　號數　和數　奇數　基數　積數　計數　劫數　零數　路數　名數　年數　偶數　氣數　全數　確數　如數　商數　少數　實數　壽數　雙數　算數　歲數　套數　天數　為數　尾數　無數　係數　小數　解數　心數　虛數　序數　有數　餘數　約數　招數　整數　正數　指數　總數　足數　作數　無理數　有理數　自然數　不計其數　恆河沙數　濫竽充數　胸中無數

【數詞】shùcí〔名〕表示數目的詞。數詞有基數和序數的分別，基數表示數量多少，序數表示次序先後。如"三"是基數，"第三"是序數。數詞連用或加上別的詞，除了序數，還可以表示分數、倍數、概數，如"三分之二、三倍、三五十、四十上下"等等。

【數額】shù'é〔名〕一定的數目：超過～｜～不足。

【數據】shùjù〔名〕作為依據的數值：提供～｜經過多次試驗，掌握了準確～。

【數據庫】shùjùkù〔名〕貯存在計算機存貯器裏的不同類別的數據集合，它們按一定格式編成並互相關聯，供用戶存取、檢索、查閱和引用。

【數控】shùkòng〔形〕屬性詞。數字控制的。用數字形式表示工作程序的一種自動控制方式，通常使用電子計算機進行工作：～電話｜～機床。

【數量】shùliàng〔名〕事物數目的多少：不能只顧～，不顧質量。

【數碼】shùmǎ（～兒）〔名〕❶ 表示數目的文字或符號：阿拉伯～｜羅馬～。❷ 數目：～很大｜本子上記的是進貨的～。

【數碼相機】shùmǎ xiàngjī 一種能將拍攝到的景物圖像轉換成數字信息進行存儲、傳輸的照相機。拍攝的圖像保存在存儲卡內，可輸入電子計算機保存、修改、加工，通過數字打印機印出彩色照片。

數碼相機的不同說法
在華語區，中國大陸、港澳地區、新加坡和馬來西亞均叫數碼相機，中國大陸也叫數字相機，台灣地區和泰國則叫數位相機。

【數目】shùmù〔名〕用標準量或一定單位表示的事物的多少：一家節約一度電，幾百萬個家庭合起來就是個不小的～。

【數目字】shùmùzì〔名〕數字：大寫～。

【數學】shùxué〔名〕研究現實世界的空間形式和數量關係的科學，包括算術、代數、幾何、三角、微分、積分等。

【數值】shùzhí〔名〕用數目表示出來的一個量的多

少，叫作這個量的數值，如"3噸"中的"3"，"4小時"中的"4"。

【數珠】shùzhū〔名〕唸珠。

【數字】shùzì〔名〕❶表示數目的文字。漢字的數字有大寫小寫兩種，"壹貳叁肆伍陸柒捌玖拾"等是大寫，"一二三四五六七八九十"等是小寫。❷表示數目的符號，如阿拉伯數字、羅馬數字、蘇州碼子。❸數量：這個地區農業生產的～還沒報上來。以上也叫數目字。

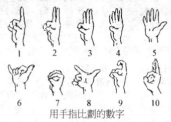

用手指比劃的數字

【數字電視】shùzì diànshì 用數字化技術發射、傳輸和接收文字、聲音、圖像的電視系統。能夠提高收視的清晰度和音響的保真性，可примен用於視頻點播、網上購物、網上銀行等系統。

【數字化】shùzìhuà〔動〕以計算機信息處理技術為基礎，把文字、聲音、圖像等多種形式的信息變成數字編碼。

澍 shù〈書〉及時的雨水。

樹（树）shù ❶〈書〉種植；培養：十年～木，百年～人。❷〔動〕立；建立：～碑｜千古之功，非一人所～。❸〔名〕（棵）木本植物的通稱：植～造林｜前人栽～，後人乘涼。❹(Shù)〔名〕姓。

語彙 果樹 建樹 枯樹 爬樹 鐵樹 栽樹 植樹 聖誕樹 搖錢樹 暮雲春樹 芝蘭玉樹 蚍蜉撼大樹

【樹碑立傳】shùbēi-lìzhuàn〔成〕原指將某人生平事跡刻在石碑上或寫成傳記加以頌揚。現比喻通過某種途徑樹立個人威信、抬高個人聲望（多含貶義）：他新出版的那本書不少章節都是在為自己～，招來不少非議。

【樹杈】shùchà(～兒)〔名〕（根）樹的分枝：撅了一根～兒當拐棍。也叫樹杈子。

【樹叢】shùcóng〔名〕聚集在一起生長的很多的樹；隱藏在～中｜這裏過去是一片～。

【樹大根深】shùdà-gēnshēn〔成〕比喻勢力強大，根基深厚牢固：人家～，你想撼動他，辦得到嗎？

【樹大招風】shùdà-zhāofēng〔成〕樹長高了，容易招受風的襲擊。比喻名氣大了，容易引人注意或招來嫉妒：人怕出名豬怕壯，他到處張揚，難道不怕～？

【樹倒猢猻散】shù dǎo húsūn sàn〔俗〕樹倒了，

樹上的猴子就散去了。比喻因利益結合的一夥人，一旦為首者垮台，投靠的人因無所依附而散去（含貶義）：為首的逃亡了，～，手下人也各奔東西了。

【樹敵】shùdí〔動〕與人結怨使跟自己為敵：四面～｜不可～太多。

【樹幹】shùgàn〔名〕樹木的主體部分；樹身：粗壯的～｜～剖開製成了板材。

【樹高千丈，葉落歸根】shùgāo-qiānzhàng，yèluò-guīgēn〔諺〕比喻人即使多年在外，最後總要返回故鄉：許多老華僑回鄉創業，歡度晚年，正應了～的老話。

【樹掛】shùguà〔名〕天寒時霧氣凝凍在樹枝上的白色鬆散冰晶。

【樹冠】shùguān〔名〕喬木主幹的上部枝葉密集成冠狀的部分。

【樹行子】shùhàngzi〔名〕排成行列的樹木；小樹林。

【樹立】shùlì〔動〕建立：～榜樣｜～遠大的革命理想。**注意**多用於抽象的好的事情。

【樹林】shùlín〔名〕（片）密集生長在一起的成片樹木，比森林小：村邊有片小～。**注意**說"柳樹林、楊樹林、棗樹林、果樹林"等，不說"柳樹樹林、楊樹樹林、棗樹樹林、果樹樹林"等。這種現象，語法學上叫作套疊，要是一個語素既出現在第一個直接成分的末尾，又出現在第二個直接成分的開頭，通常就不再重複。

【樹齡】shùlíng〔名〕樹木生長的年數：這棵柏樹的～至少有一千年。

【樹苗】shùmiáo〔名〕（棵，株）一般指栽培在苗圃裏的可供移植的小樹：愛護～｜勤澆水，種下的～才能活。

【樹木】shùmù〔名〕樹的總稱：庭院很大，有各種～花草。

【樹梢】shùshāo(～兒)〔名〕樹的頂端：古柏參天，～須仰視才見。

【樹陰】shùyīn(～兒)〔名〕樹木枝葉在日光下所形成的陰影：人們躲在～下歇涼。也作樹蔭。

【樹欲靜而風不止】shù yù jìng ér fēng bù zhǐ〔諺〕《韓詩外傳》卷九："夫樹欲靜而風不止。"意思是樹要靜下來，可是風卻不停地吹動它。比喻實際情況不以個人的意志為轉移。

【樹葬】shùzàng〔動〕喪葬方式的一種，即將死者骨灰埋在樹下。

【樹枝】shùzhī(～兒)〔名〕（根）樹的主幹上分出來的較細的莖：～長出嫩芽，春天來了。也叫樹枝子。

【樹脂】shùzhī〔名〕具有可塑性的高分子化合物的統稱。一般為無定形的固體或半固體，無固定熔點，遇熱變軟發黏。分天然樹脂和石油化工的合成樹脂兩大類。是製造塑料的主要原料，也可以製造塗料、黏合劑、絕緣材料等。

【樹種】shùzhǒng〔名〕❶ 樹木的種類：松樹屬針葉～。❷ 樹木的種子：播撒～。

shuā ㄕㄨㄚ

刷 shuā ㊀❶（～兒）刷子：鞋～｜牙～兒。❷〔動〕用刷子清除髒物或塗抹：～牙｜～鞋｜～鍋｜桌面上還要～一層清漆。❸〔動〕（北京話）淘汰：這幾個隊第一輪比賽就被～下來了。
㊁〔擬聲〕形容物體摩擦發出的聲音：風颳得樹葉～～地響｜儀仗隊邁着正步～～地走過來。
另見 shuà（1261 頁）。

語彙　板刷　沖刷　粉刷　洗刷　鞋刷　牙刷　印刷　齊刷刷

【刷卡】shuā // kǎ〔動〕把磁卡放入磁卡機，使磁頭閱讀、識別磁卡內的信息，以確認持卡人的身份，或對磁卡記錄的金額做增減。因磁卡在磁卡機上移動，與刷的動作類似，故稱：各大商場都設有電子收款機，可供顧客隨時～｜～借閱方便快捷。

【刷洗】shuāxǐ〔動〕用刷子蘸着水或洗滌劑清洗；把東西放在水裏清洗：把鐵鍋～～再用。

【刷新】shuāxīn〔動〕❶ 刷洗使變新：學校桌椅已～。❷ 比喻突破舊的紀錄，創造出新的成績：～了上屆運動會百米短跑紀錄。

【刷子】shuāzi〔名〕（把）在板狀物上植入毛、棕、塑料、金屬等細絲而製成的用以清除髒物或塗抹塗料、灰漿等的用具：棕～｜鞋～｜用～刷牆。

唰 shuā ❶ 同"刷"（shuā）㊀。❷〔副〕極快地：臉～地一下紅了。

shuǎ ㄕㄨㄚ

耍 shuǎ ❶〔動〕（西南官話）玩；玩耍：到外面玩去，別在這裏～｜弄出事兒來可不是～的！❷〔動〕玩弄；表演：～大刀｜～猴兒。❸〔動〕戲弄；捉弄：他說請客，自己卻不來，這不是～我們嗎！❹〔動〕施展；表現出來（多含貶義）：～態度｜～小聰明｜～兩面派。❺（Shuǎ）〔名〕姓。

語彙　耍玩　嬉耍　戲耍　閒耍　雜耍

【耍把戲】shuǎ bǎxì ❶ 表演雜技。❷〔慣〕比喻施手段，玩花招：如果你想～套住我，勸你別白費心機了！

【耍筆桿】shuǎ bǐgǎn（～兒）〔慣〕比喻寫文章（多含貶義）：他沒有別的本事，就會要要筆桿兒。也說耍筆桿子。

【耍花腔】shuǎ huāqiāng〔慣〕耍手段，用動聽的言辭欺騙人：實話實說，別～！

【耍花招】shuǎ huāzhāo（～兒）〔慣〕❶ 賣弄小聰明：在老朋友面前可不能～。❷ 耍弄機謀，施展手腕：仔細偵察，弄清敵人究竟耍甚麼花招兒｜在選舉中他雖然耍盡了花招，可並未取勝。

【耍滑】shuǎhuá〔動〕使用狡猾手段，使自己佔便宜或開脫責任：偷懶～｜跟他合作要防他～，以免吃虧。也說耍滑頭。

【耍賴】shuǎlài〔動〕使用無賴手段，不講道理：欠錢不還，～可不成。也說要無賴。

【耍弄】shuǎnòng〔動〕❶ 施展；玩弄：～權術｜～心眼兒｜防着點兒，別讓人家～了。❷ 戲弄：誰～了觀眾，誰將失去觀眾。

【耍貧嘴】shuǎ pínzuǐ 不管別人是否愛聽而嘮叨、說笑：～的相聲肯定缺乏生命力｜他又來～了，別理他。

【耍錢】shuǎ // qián〔動〕（北方官話）賭博：丈夫～，連家產都輸光了｜人一要上了錢就會上癮。

【耍死狗】shuǎ sǐgǒu〔慣〕耍無賴；把他拉走，不要讓他躺在地上～！

【耍威風】shuǎ wēifēng 施展、表現使人生畏的聲勢或氣派：拿國家賦予你的權力來～，太不像話了！｜你跟我耍甚麼威風！

【耍無賴】shuǎ wúlài 耍賴：他～阻撓執法，被警方拘留 15 天。

【耍笑】shuǎxiào〔動〕❶ 隨意說笑：上班時間，不要～。❷ 戲弄取笑：不要～殘疾人。

【耍心眼】shuǎ xīnyǎnr〔慣〕為維護個人利益對別人用心計，施展小聰明：他淨跟我～｜姐妹倆互相～，相處得不好。

【耍嘴皮子】shuǎ zuǐpízi〔慣〕❶ 賣弄口才（含貶義）：說相聲可不是～的玩意兒。❷ 光說不做：他們光～，一點實事兒也不幹。

shuà ㄕㄨㄚ

刷 shuà〔動〕（北京話）挑揀：這些蘋果大都有毛病，～不出幾個好的來。
另見 shuā（1261 頁）。

【刷白】shuàbái〔形〕（北京話）狀態詞。白得發青：嚇得他臉上～｜探照燈把地面照得～。

shuāi ㄕㄨㄞ

衰 shuāi ❶ 衰弱：年老體～｜風勢漸～。❷〈書〉衰敗：松柏之茂，隆冬不～。
另見 cuī（219 頁）。

語彙　盛衰　興衰　早衰　未老先衰

【衰敗】shuāibài〔動〕衰落；沒落：霜凍之後，園中的花草均已～｜子弟揮霍無度，他們這個家族很快～下來。

【衰變】shuāibiàn〔動〕物理上指放射性元素放射出某種粒子後變成另一種元素。也叫蛻變。

【衰減】shuāijiǎn〔動〕衰弱減退：性能～｜餘震強度～。

【衰竭】shuāijié〔動〕❶衰弱到最低限度以至生理機能完全喪失：心力～。❷嚴重減少以至枯竭：環境惡化，加劇了漁業資源～。

【衰老】shuāilǎo〔形〕因年老而身體、精力衰弱：母親去世後，父親變得更加～。

【衰落】shuāiluò〔動〕❶（植物）衰敗零落：寒風勁吹，花木～。❷事物由強盛轉向沒落：昔日的帝國，如今已經～。

> ┌─ **辨析** 衰落、敗落 a）"敗落"一般只用於家族、家庭等方面，如"這個大家庭已經敗落""家境敗落"。而"衰落"的應用範圍較廣，如國家、民族、文化、藝術、經濟等，"國家衰落""經濟衰落"中的"衰落"都不能換用"敗落"。b）"敗落"有"凋落"義，"衰落"無此義。如可說"月季敗落了"，不能說"月季衰落了"。

【衰弱】shuāiruò〔形〕❶（肌體）不強健：神經～｜身體～。❷（事物）不興盛：國勢～。❸力量減少：風勢逐漸～｜病人呼吸～，要馬上搶救。

【衰頹】shuāituí〔形〕〈書〉衰微頹廢：精神～｜這些年，家庭、工作都不順心，他～多了。

【衰退】shuāituì〔動〕❶趨向衰弱；減退：視力～｜記憶力～。❷（經濟情況、國家力量）衰落：經濟開始～｜軍事力量～。

【衰亡】shuāiwáng〔動〕衰落以至滅亡：歷代封建王朝～，多因壓迫太重，激起人民反抗｜這個昔日強大的公司由於債務纏身，已趨於～。

【衰微】shuāiwēi〔形〕〈書〉衰落到最低點：國勢～｜傳統道德對人們日常行為的約束力日益～。

【衰朽】shuāixiǔ〔形〕〈書〉衰老；衰老：生命也會～｜王朝～。

【衰仔】shuāizǎi〔名〕（粵語）倒霉的傢伙。

摔 shuāi〔動〕❶跌倒，摔跟頭：小心別～着｜～了一跤。❷迅速往下落：飛機從高空～下來。❸因掉下而傷損：茶杯～了。❹用力往下扔：破罐子破摔～｜他生氣地把衣服～在床上。

【摔打】shuāida〔動〕❶抓住物體往硬東西上碰撞，使附着物掉下來：把沾在鞋上的泥～～。❷比喻在鬥爭或實踐中磨煉；鍛煉：長年出海，～出一副好身板兒。

【摔倒】shuāidǎo〔動〕❶身體失去平衡而倒下；跌倒：他從冰面上走過時不慎～。❷比喻犯錯誤或受挫折：人總要～過才會成長｜不能在同一個地方～第二次。

【摔跟頭】shuāi gēntou ❶身體失去平衡而倒下：路太滑，當心別～。❷〔慣〕比喻遭受挫折：

不要驕傲自滿，否則遲早會～。

【摔跤】shuāijiāo ❶(-//-)〔動〕摔倒在地：路太滑，我摔了一跤。❷(-//-)〔動〕比喻遭受挫折：在工作中聽不進群眾意見，怎麼可能不～呢！❸〔名〕體育運動項目。兩人相互較量，運用力氣和技巧，以摔倒對手的一方為勝。在奧運會上，比賽有自由式和古典式兩種，並按運動員體重分為不同的級別。

shuǎi ㄕㄨㄞˇ

甩 shuǎi〔動〕❶掄(lūn)；揮動：長鞭兒一～啪啪響｜袖子一～就走了｜～開膀子大幹。❷掄起來往外扔：把手榴彈～出去。❸拋開；使離開：～掉思想包袱｜他加快速度，把別人遠遠～在後頭。

【甩包袱】shuǎi bāofu〔慣〕比喻把影響自己行動的負擔扔掉：女方竟然嫌棄丈夫有病，想～離婚｜解除顧慮，甩掉包袱，好好工作。

【甩貨】shuǎihuò〔動〕大幅度降價拋售貨物：打折～｜清倉～。

【甩賣】shuǎimài〔動〕商店大減價，拋售貨物：減價大～｜商家為收回成本，～存貨。

【甩手】shuǎi//shǒu〔動〕❶手向上下或前後擺動：～運動。❷（事情、工作）扔下不管：機器沒修好，他竟～不幹了。❸放手：有了政策支持，他就開始～大幹了。

【甩手掌櫃】shuǎishǒu zhǎngguì 指光指揮別人，自己甚麼事也不幹的人：去了要主動搶活兒幹，不要當～。

shuài ㄕㄨㄞˋ

帥（帅） shuài ㊀❶軍隊中最高的指揮員；最高的軍銜：～印｜～令｜元～｜三軍將～｜老～。❷（Shuài）〔名〕姓。
㊁〔形〕英俊；瀟灑；漂亮：～哥｜小夥子長得很～｜這個演員的扮相、唱腔和做派都夠～的。

語彙 掛帥 將帥 渠帥 統帥 元帥 主帥

【帥才】shuàicái〔名〕（位）能統率全軍的人，也泛指能把握全局、具有傑出能力的人：他是國家公認的科技～。

【帥哥】shuàigē〔名〕（名，位）英俊瀟灑的年輕男子：這三名～組合，不但唱功出色，熱舞更為出眾。

【帥氣】shuàiqì ❶〔名〕指英俊的氣概和瀟灑的風度：他穿上這身西服還真有一股～。❷(-qi)〔形〕英俊；瀟灑：他的舞蹈動作非常嫻熟輕盈，從容、～。

率 shuài ㊀❶〔動〕統領；帶領：～部出征。❷《書》順着，由着：～意獨行。❸（Shuài）〔名〕姓。

㊀❶輕易；不慎重：輕～｜～爾而對。❷坦白直爽：坦～｜直～。❸〔副〕《書》大抵；一般：～皆如此。

㊂同"帥"㊀。

另見 lǜ（878 頁）。

| 語彙 | 表率 草率 粗率 大率 督率 簡率 輕率 |
| 坦率 統率 相率 真率 直率 |

【率領】shuàilǐng〔動〕帶領：～代表團｜～着全班戰士出擊｜這支部隊由他～。

【率先】shuàixiān〔副〕帶頭；首先：～發言｜～垂範。

【率性】shuàixìng ❶〔形〕由着性子，不加約束：～行事｜～而為。❷〔副〕索性；乾脆：他～扔掉講稿，侃侃而談。

【率由舊章】shuàiyóu-jiùzhāng〔成〕一切遵循老章程辦事：雖然換了新經理，但辦事仍～，公司還是沒有太大起色。

【率真】shuàizhēn〔形〕直爽誠懇；他為人～，從不虛飾｜傳家有道惟存厚，愛世無奇但～。

【率直】shuàizhí〔形〕直率：說話很～｜～地對領導提出了批評。

蟀 shuài 見"蟋蟀"（1450 頁）。

shuān ㄕㄨㄢ

拴 shuān〔動〕用繩子等繞在物體上，打結繫（jì）住：～根繩子曬衣服｜把牲口～在樹上｜一根繩子～倆螞蚱，誰也跑不了。

閂 shuān ❶〔名〕關門後，插在門內的橫木或鐵棍：門～｜上了～｜門上的～壞了。❷〔動〕用閂插上（門）：～上門｜睡覺前把門～好｜～了門快進來坐吧。❸（Shuān）〔名〕姓。

栓 shuān ❶〔名〕器物上可以開關的機件：槍～｜消火～｜槍上的～都鏽了。❷塞子：拔掉桶上的木～。❸泛指像塞子的東西：血～｜～劑。

【栓劑】shuānjì〔名〕塞入肛門、尿道或陰道內的外用藥，在室溫下為固體，在體溫下融化或軟化。中醫叫坐藥。

【栓子】shuānzi〔名〕醫學上指堵塞血管使血管發生栓塞的物質，血栓或異物都能成為栓子。

shuàn ㄕㄨㄢ

涮 shuàn〔動〕❶在水中擺動着清洗：～～手｜～毛巾｜衣服用洗衣粉搓過，再用清水～一遍。❷搖動灌入器物內的水，使器物內部乾淨：用熱水把瓶子～一～。❸將薄肉片等食物在開水火鍋裏略微燙一下就蘸作料吃：～羊肉｜～毛肚兒。❹（北京話）騙；耍弄：這火車票是假的，我讓他～了｜你別淨～人玩兒。

【涮鍋子】shuàn guōzi 用火鍋涮肉、菜等食物吃，這種吃法叫涮鍋子：今天晚飯咱們～吧。

【涮羊肉】shuàn yángròu 把薄羊肉片放在火鍋裏燙一下，取出來蘸作料吃。一般還配以白菜、粉絲、豆腐等一同涮：天冷的時候～可真舒服。

膗 shuàn 見"腓膗發"（376 頁）。

shuāng ㄕㄨㄤ

霜 shuāng ❶〔名〕（場，層）空氣中所含的水汽遇冷在地面或物體上凝結成的細微晶體：下了一場～｜結了一層～｜這台電冰箱可以自動除～。❷像霜的東西：柿～｜鹽～｜護膚～。❸比喻白色：～鬢。

| 語彙 | 風霜 秋霜 柿霜 糖霜 晚霜 下霜 鹽霜 |
| 早霜 飽經風霜 凜若冰霜 雪上加霜 |

【霜凍】shuāngdòng〔名〕夜間貼近地面的空氣溫度降到 0℃ 以下使植物遭受凍害的現象：地膜覆蓋的方法可以防止。

【霜降】shuāngjiàng〔名〕二十四節氣之一，在 10 月 23 日前後。霜降時節，中國黃河流域一般開始降霜。

【霜期】shuāngqī〔名〕指從入秋後第一次降霜起到第二年入春後最後一次降霜止的這一段時期：亞熱帶地區～短，植物生長繁茂。

雙（双） shuāng ❶〔形〕屬性詞。對稱為兩個的；兩種的（一般修飾單音節名詞，不能帶"的"。跟"單"相對）：～季稻｜～豐收｜～拳不敵四手｜～方。❷〔形〕屬性詞。偶數的（跟"單"相對）：～日｜～號。❸加倍的：～料｜～份。❹〔量〕用於左右對稱的或成對使用的東西：一～手｜兩～襪子｜三～筷子。**注意** 由相同的兩部分連在一起的單件物品不能用"雙"，如"一條褲子"不能說"一雙褲子"，"一副眼鏡"不能說"一雙眼鏡"。❺（Shuāng）〔名〕姓。

【辨析】雙、對　作為量詞：a）合性別對立的事物用"對"，如"一對夫妻""一對鴛鴦"，不用"雙"。b）左右兩邊配合的人的肢體只用"雙"，如"一雙手""一雙腳"，其附帶品也用"雙"，如"一雙襪子""一雙皮鞋"，但"眼睛""翅膀"二者皆可用。c）習慣上由兩個相同的個體配合使用的一些事物用"對"，如"一對枕頭""一對沙發""一對花瓶""一對耳環"，不用"雙"；某些由雙方組合成的抽象物也用"對"，不用"雙"，如"一對矛盾"。

S

【雙百方針】shuāngbǎi fāngzhēn 即"百花齊放，百家爭鳴"，是繁榮文藝和發展科學的方針。

【雙胞胎】shuāngbāotāi〔名〕(對)同一胎的兩個嬰兒；同一胎出生的兩個人：她懷的是～│這倆人是～，長得很像。北京話也叫雙棒兒。

【雙邊】shuāngbiān〔形〕屬性詞。由兩方面參加的；特指由兩國參加的：～會談│～協定│～關係。

【雙重】shuāngchóng〔形〕屬性詞。兩層；兩方面：～國籍│～身份│～標準│舊中國蒙受帝國主義和封建主義的～壓迫。

【雙重人格】shuāngchóng réngé ❶ 指人表現出的兩種互相對立(多指好和壞)的性格品質：有些官員具有～：人前一面，人後一面；官場上一面，私下裏一面。❷ 醫學上指一種人格分裂的精神疾病。

【雙打】shuāngdǎ〔名〕某些球類比賽的一種方式，每組由兩人為一方，進行比賽。乒乓球、羽毛球、網球等都有這種方式的比賽。

【雙方】shuāngfāng〔名〕指在某件事情上相關或相對的兩個方面：男女～│～各執一詞。

【雙飛】shuāngfēi〔動〕❶ 成雙成對地飛：落花人獨立，微雨燕～。❷ 往返雙程乘坐飛機：杭州～六天遊│新年～遊預計會漲價。

【雙槓】shuānggàng〔名〕❶ 男子體操項目之一，運動員在雙槓上做各種高難度動作。❷(副)體操器械之一，由固定在架上等高又互相平行的木槓構成。

【雙關】shuāngguān ❶〔名〕一種修辭方法，用詞造句時表面上是一個意思，而暗中隱含着另一個意思。❷〔動〕用雙關修辭方法表達意思：一語～。

【雙關語】shuāngguānyǔ〔名〕在表面意思外暗藏着另一個意思的詞語。有諧音雙關和語義雙關，如"牆上掛門簾——沒門"("沒門"指沒有出入之門，又指沒有門路、辦法，是語義雙關)，"對着窗戶吹喇叭——鳴聲在外"("鳴聲"指響聲，又指"名聲"，是諧音雙關)。使用雙關語，常表現出說話人的幽默和機智。

【雙管齊下】shuāngguǎn-qíxià〔成〕唐朝朱景玄《唐朝名畫錄·張藻》載，畫家張藻善畫松，能手握雙管，一時齊下，一為生枝，一為枯枝。後用"雙管齊下"比喻做一件事從兩方面同時進行：學校和家長密切配合，～，把學生的思想工作做好。

【雙規】shuāngguī〔動〕紀檢部門對立案審查的幹部要求在規定的時間和規定的地點把自己的問題說清楚：調查組已對涉嫌瞞報事故的有關責任人實行～│她因涉嫌受賄被紀委～審查。

【雙軌】shuāngguǐ〔名〕❶ 有兩組軌道的鐵路複綫。❷ 指兩種不同體制並行的制度：～學制│以前，鋼材計劃供應是一種價格，自由購買又是一種價格，施行價格～制度。

【雙軌制】shuāngguǐzhì〔名〕指兩種不同體制或措施並行的制度：價格～。

【雙簧】(雙鐄)shuānghuáng〔名〕❶ 曲藝的一種，一人在前面表演動作，一人藏在後面配合動作說或唱，觀眾看起來好像是前面的人又表演又說唱：演～│唱～。❷ 比喻一人出面、另一人背後操縱的活動：事情已經查明，你們倆的～唱到這裏該結束了。

> **雙簧的由來**
>
> 雙簧為曲藝的一種。一人坐在椅子上，在前面表演動作，一人蹲在他後邊，配合着或說或唱，二人契合無間，形同一人。創始人為清末藝人黃輔臣。傳說他因嗓子暗啞，又被召進宮而無法抗命，遂由其子藏在椅子後發聲，他自己則坐在前面彈三弦，僅開口作勢而已。兩人都姓黃，故稱"雙黃"。後來藝人學演此節目，始將"黃"字改成為鼓舌如簧之"簧"。

【雙簧管】shuānghuángguǎn(～兒)〔名〕(隻)管樂器，由嘴子、管身和喇叭口三部分構成，嘴子上裝有雙簧片，故稱。

【雙肩挑】shuāngjiāntiāo〔慣〕指一個人既擔任行政工作，又擔任業務工作：他是一位～幹部。

【雙糧】shuāngliáng〔名〕港澳地區用詞。陽曆年或陰曆年年終，僱主多發給僱員的一個月工資，即發雙倍工資，故得名。

【雙料】shuāngliào(～兒)〔形〕屬性詞。❶ 材料比通常多加一倍的：～瓷盆。❷ 比喻雙重的：中國隊勇奪個人賽及團體賽～冠軍。

【雙面】shuāngmiàn(～兒)〔形〕屬性詞。作用相同的兩邊或兩面：～刀片│～織物│～印刷。

【雙搶】shuāngqiǎng〔動〕指搶收和搶種(搶是抓緊時間之意)，一般指南方夏季一邊搶收早稻，一邊搶種晚稻：正值～大忙季節。

【雙親】shuāngqīn〔名〕指父親和母親：二老～│春節回家過年，探望～。

【雙全】shuāngquán〔動〕兩方面都具備：文武～│智勇～│兒女～│色藝～的演員。

【雙刃劍】shuāngrènjiàn〔名〕(把)比喻同時具有正面和負面、利和弊兩種性質的事物：～效應│網絡是把～。

【雙生】shuāngshēng〔開〕屬性詞。孿生的通稱。

【雙聲】shuāngshēng〔名〕組成一個語言單位的兩個字聲母相同叫雙聲，如"新鮮(xīnxiān)、美滿(měimǎn)"。

【雙數】shuāngshù(～兒)〔名〕正的偶數，如2，4，6，8，10等(區別於"單數")。

【雙雙】shuāngshuāng〔副〕成雙成對地：夫妻～奔赴抗震救災第一綫│翩翩新來燕，～入我廬。

【雙喜臨門】shuāngxǐ-línmén〔成〕兩件喜事同時

來到：兒子、女兒都得了博士學位，真是～。

【雙響】shuāngxiǎng（～兒）〔名〕一種火藥分裝上下兩截的爆竹，點燃後能發出兩次響聲。先是下截爆炸使爆竹升空，發出一聲響，然後上截在空中爆炸，又發出一聲響。有的地區叫兩響或二踢腳。

【雙向】shuāngxiàng〔形〕屬性詞。雙方相互進行的（區別於"單向"）：～貿易｜～選擇｜～互動｜春節包機～載客超過 2 萬人次。

【雙向選擇】shuāngxiàng xuǎnzé 有關的雙方相互進行選擇。多指求職者和用人單位互相挑選：現在畢業生可以通過～去謀求理想的工作。

【雙薪】shuāngxīn〔名〕❶ 兩倍的薪酬，一般指勞動者在法定休息日加班應獲得的兩倍於工作日工資的薪酬：他們週六、週日經常加班，應拿～。❷ 兩份薪金：他們夫妻都工作，是～家庭。

【雙休日】shuāngxiūrì〔名〕實行一個星期五天工作制時，連續休息的那兩天（一般為星期六、星期日）叫雙休日：很多職工利用～出外旅遊。

【雙學位】shuāngxuéwèi〔名〕一個人同時攻讀不同專業而獲得的兩種學位：不少學習成績優異的學生獲得了～。

【雙眼皮】shuāngyǎnpí（～兒）〔名〕下緣有一層褶兒的上眼皮（區別於"單眼皮"）。

【雙贏】shuāngyíng〔動〕雙方都獲得利益：談判本着～原則，最終取得雙方滿意的結果｜多年來，兩國貿易來往，互惠～。

【雙擁】shuāngyōng〔名〕指擁軍優屬、擁政愛民：～工作要堅持｜發揚～的優良傳統。

【雙語】shuāngyǔ〔名〕同時使用的兩種語言：～詞典｜～教學｜使用～的地區。

【雙月刊】shuāngyuèkān〔名〕兩個月出版一期的刊物：《人物》原來是～，現在改為月刊。

【雙職工】shuāngzhígōng〔名〕指夫妻兩個都參加工作的職工：幼兒園入託，～的孩子優先。

瀧（泷）Shuāng 瀧水，水名。在廣東。另見 lóng（866 頁）。

孀 shuāng ❶ 孀婦：孤～｜～妻。❷ 守寡：～居。

語彙 孤孀 居孀 遺孀

【孀婦】shuāngfù〔名〕〈書〉寡婦。

【孀居】shuāngjū〔動〕〈書〉守寡：父親去世後，母親一直～，辛辛苦苦把兩個孩子拉扯大。也說居孀。

驦（骦）shuāng 見"驦驦"（1292 頁）。

礵 shuāng 用於地名：四～列島｜南～島｜北～島（均在福建霞浦）。

鷞（鹴）shuāng 見"鷫鷞"（1292 頁）。

驌（骕）shuāng 見"驌驦"（1292 頁）。

鶖（鹙）shuāng 見"鷫鶖"（1292 頁）。

shuǎng ㄕㄨㄤˇ

爽 shuǎng ㊀❶ 清亮；明朗：～目｜秋高氣～。❷ 開朗；直率：豪～｜直～｜～快。❸〔形〕舒適；痛快：身體不～｜人逢喜事精神～。
㊁ 違背；發生差失：～約｜不～毫釐｜屢試不～。

語彙 脆爽 乾爽 高爽 豪爽 滑爽 俊爽 涼爽 明爽 清爽 晴爽 颯爽 松爽 坦爽 直爽 毫釐不爽 屢試不爽

【爽口】shuǎngkǒu〔形〕清爽可口：這黃瓜吃着很～。

【爽快】shuǎngkuai〔形〕❶ 舒服痛快：洗完澡，覺得身上十分～。❷ 直爽；乾脆：他這個人辦事一向～。

【爽朗】shuǎnglǎng〔形〕❶ 天氣清爽明亮，晴朗宜人：藍藍的天空，十分～。❷ 開朗；直爽：性格～｜～的笑聲。

【爽利】shuǎnglì〔形〕爽快利落：辦事～｜交貨後他就～地付了款。

【爽氣】shuǎngqì ❶〔名〕〈書〉清爽的空氣：新秋的～。❷〔形〕（吳語）爽快：說話吞吞吐吐的，一點兒也不～。

【爽然】shuǎngrán〔形〕〈書〉茫茫然心思不定的樣子：～自失。

【爽然若失】shuǎngrán-ruòshī〔成〕恍惚不定，好像失去了甚麼東西似的。形容神情茫然，無所適從的樣子：盼望畢業，但一到畢業，卻又有些～。

【爽身粉】shuǎngshēnfěn〔名〕用滑石粉、碳酸鎂、氧化鋅、硼酸、薄荷腦等加香料製成的一種粉末，撲在身上可以吸收汗液，防止生痱子，產生清爽的感覺。

【爽聲】shuǎngshēng〔副〕聲音爽朗地：～大笑。

【爽性】shuǎngxìng〔副〕索性；天已經晚了，你～就吃完飯再走吧。

【爽約】shuǎngyuē〔動〕失約：約好三天后雙方再議，不得～。

【爽直】shuǎngzhí〔形〕直爽：性格坦率，無顧忌：老周為人十分～。

塽 shuǎng〈書〉地勢高而且向陽的地方。

shuí ㄕㄨㄟ

誰（谁） shuí ❶"誰"shéi 的又讀。❷(Shuí)〔名〕姓。

shuǐ ㄕㄨㄟ

水 shuǐ ❶〔名〕(滴)兩個氫原子和一個氧原子結合而成的最簡單的氫氧化合物。為無色、無味、無臭的液體。在標準大氣壓下，0℃時結冰，100℃時沸騰，4℃時密度最大，為1克/毫升。❷河流：漢～｜泗～。❸指江、河、湖、海、洋等水域：～陸交通｜～產｜～上作業。❹水災；洪水：發～。❺游泳：會～｜～性。❻(～兒)〔名〕泛指某些液態物：墨～｜藥～｜橘子～｜檸檬～。❼指附加費用或額外收入：貼～｜匯～｜油～。❽〔量〕用於洗的次數：這件襯衫洗了好幾～，顏色還十分新鮮。❾(Shuǐ)〔名〕姓。

語彙
茶水　潮水　吃水　抽水　出水　反水　廢水
風水　泔水　鋼水　滾水　汗水　洪水　滑水　壞水
匯水　禍水　降水　膠水　開水　口水　枯水　淚水
冷水　涼水　領水　流水　鹵水　墨水　奶水　逆水
汽水　潛水　秋水　泉水　軟水　山水　上水　潲水
生水　順水　死水　縮水　甜水　貼水　鐵水　下水
涎水　薪水　血水　引水　飲水　油水　游水　雨水
汁水　治水　殘山剩水　高山流水　落花流水
爬山涉水　拖泥帶水　望穿秋水　污泥濁水
行雲流水　一衣帶水　井水不犯河水

【水壩】shuǐbà〔名〕(座，道)攔水的建築物：拱形～。

【水泵】shuǐbèng〔名〕(台)用柴油機、電動機等動力機械把水從低處揚送到高處的泵：幾台～同時抽水，澆灌地裏的莊稼。參見"泵"(66頁)。

【水筆】shuǐbǐ〔名〕❶(支，管)寫小楷用的毛較硬的毛筆，也指畫水彩畫用的毛筆。❷(支)自來水筆。

【水表】shuǐbiǎo〔名〕測定自來水用水量的儀表，裝在水管上，當用戶放水時，表上指針轉動，能標示通過的水量。

【水兵】shuǐbīng〔名〕❶(名)海軍艦艇上士兵的統稱。❷舊指熟習水戰的士兵。

【水彩】shuǐcǎi〔名〕❶加水調和着使用的繪畫顏料。❷指水彩畫：老師教我們畫木炭，畫～，畫油畫。

【水彩畫】shuǐcǎihuà〔名〕(幅)用水彩顏料繪成的畫：風景～｜人物～。

【水草】shuǐcǎo〔名〕❶水源和青草：這個地方～資源豐富，適於放牧。❷浮萍、黑藻等類水生植物的通稱：河底平鋪着棕褐色的～。

【水產】shuǐchǎn〔名〕江、河、湖、海等水域出產的有經濟價值的動植物的統稱，如魚、蝦、貝、蟹、石花菜等：～業｜～市場｜～貿易。

【水車】shuǐchē〔名〕❶(台，架)使用人力、畜力或風力提水灌溉的舊式機械工具。❷(台，架)用以帶動石磨、風箱等的以水流做動力的舊式機械裝置。❸(輛)運送水的車、運水、供水或給馬路灑水。舊式水車用牲畜或人力拉，現多用汽車。

【水城】shuǐchéng〔名〕❶舊指水濱城市。❷市區水流交錯、水陸相間的城市：威尼斯是一座古老的～｜山東聊城城中有湖，湖中有城，人稱江北～。

【水池】shuǐchí〔名〕❶蓄水的坑或設施：賓館前建有～，種有荷花。❷指家居用的涮洗設施：搪瓷～｜在～中沖洗拖把。

【水到渠成】shuǐdào-qúchéng〔成〕水流到了，自然就會有一條渠形成了。比喻條件具備了，事情自然會成功：讓農民看到建沼氣池的好處，推廣這項技術就～了。

【水道】shuǐdào〔名〕❶水流的路綫；水路：充分發揮長江黃金～的作用，推動東中西部經濟發展。❷水流的通道：上～｜下～｜羅馬的～不是裝在地下，而是裝在地上高高架在石柱上。

【水稻】shuǐdào〔名〕(株)種在水田裏的稻，粳稻米粒短而粗，秈稻米粒長而細。

【水滴】shuǐdī〔名〕滴狀的水。

【水滴石穿】shuǐdī-shíchuān〔成〕水不斷滴在石頭上，長年累月能使石頭穿孔。比喻只要堅持不懈，力量雖小也能把大事辦成：十年來，他用～的精神，把整個荒山綠化了。

【水電站】shuǐdiànzhàn〔名〕(座)利用水力發電的設備和建築物的統稱，主要包括攔河壩、引水建築物、水輪機、發電機、廠房、變電站等設施。

【水分】shuǐfèn〔名〕❶物體內所含的水；生物所需要的水：～不夠｜仙人掌裏面儲藏了不少～。❷比喻虛假的成分：這個統計數字～很大｜這篇通訊裏～太多。

【水垢】shuǐgòu〔名〕水鹼；水壺裏積了厚厚一層～。

【水果】shuǐguǒ〔名〕含水分較多、可以生吃的植物果實的統稱，如梨、桃、橘子、蘋果等。

【水紅】shuǐhóng〔形〕比粉紅略深而比較鮮艷的顏色：～綢子｜～色上衣。

【水壺】shuǐhú〔名〕❶出外可以提着或背着的盛飲用水的壺：到郊外去玩別忘了帶～。❷(把)盛水、燒水用的壺：不鏽鋼～。

【水華】shuǐhuá〔名〕淡水水域中某些藻類和浮游生物過度生長繁殖而造成的水污染現象：湖泊水質惡化而產生的藍藻～，一直困擾着大家。也叫藻花。

【水患】shuǐhuàn〔名〕水災：預防～。

【水荒】shuǐhuāng〔名〕嚴重缺水的狀況：今年入夏以來乾旱少雨，～嚴重威脅着山區人民的生活。

【水火】shuǐhuǒ〔名〕❶水和火，比喻兩個不能相容的對立物：兩派鬥爭激烈，形同～｜自古道～不相容。❷比喻災難、痛苦：救民於～。

【水火無情】shuǐhuǒ-wúqíng〔成〕指水災和火災來勢兇猛、毫不留情：～，城市管理要制訂防水災、火災的嚴密措施。

【水貨】shuǐhuò〔名〕❶通過水路走私的貨物，泛指不法分子以逃稅走私的手法弄到的貨物。❷劣質產品：這一屆的畢業論文並非沒有佳作，但～也不少。

【水鹼】shuǐjiǎn〔名〕硬水中所含礦物質煮沸後附着在容器內，逐漸形成的一層白色塊狀或粉末狀的東西，主要成分是碳酸鈣、碳酸鎂、硫酸鎂等。也叫水垢、水鏽。

【水餃】shuǐjiǎo（～兒）〔名〕用水煮熟的餃子。

【水晶】shuǐjīng ❶〔名〕無色透明的石英結晶體，可用來製光學儀器、無綫電器材和飾物、印章等。❷〔形〕屬性詞。透明如水晶的：～玻璃。

【水晶宮】shuǐjīnggōng〔名〕（座）指神話裏龍王居住的水下宮殿。

【水景】shuǐjǐng〔名〕藉助自然水體或由人工水體構成的景觀：湖邊有自然的～風光｜～建設要充分考慮自然條件。

【水警】shuǐjǐng〔名〕管理水上治安的警察：港方出動～，將偷渡船擒獲｜滬瀾～首度聯手在運河上執法。

【水酒】shuǐjiǔ〔名〕❶淡薄的酒（多用作謙辭）：略備～，敬請光臨。❷指飲料和酒：這次請客的標準是，～在外每位 100 元。

【水軍】shuǐjūn〔名〕❶古時指水上作戰的軍隊。❷指從事水上運動的體育隊伍：中國～將組成強大陣容參賽｜各國～齊集比賽場館。以上也叫水師。

【水庫】shuǐkù〔名〕（座）攔蓄和調節水流的人工湖，其中的水可作為飲用水源，或用來灌溉、發電和養魚等：密雲～｜十三陵～。

【水牢】shuǐláo〔名〕（座）舊時蓄水的牢房，囚犯被泡在水裏：地下～。

【水澇】shuǐlào〔動〕莊稼因雨水過多而被淹：～地｜一場暴雨又使村民陷入了～之災。

【水雷】shuǐléi〔名〕（隻）一種在水中爆炸的武器，種類很多。由艦艇或飛機佈設在水中，能炸毀敵方的艦艇，用來保衞領海或封鎖敵方的港灣：敷設～｜海島南側～密佈。

【水力】shuǐlì〔名〕江河湖海的水流所產生的做功能力，可利用來作為發電和轉動機器的動力：～發電｜～資源。

【水立方】Shuǐlìfāng〔名〕國家游泳中心的別稱。位於北京市奧林匹克公園內，建築面積約 8 萬平方米，是 2008 年北京第 29 屆夏季奧林匹克運動會的主游泳館。主體建築為藍色正方體，外牆採用新型鋼膜結構體系，是目前世界上面積最大、功能最複雜的膜結構場館。

【水利】shuǐlì〔名〕❶指水利事業，包括利用水力資源和防止水的災害兩個方面：～設施。❷指水利工程：興修～。

【水療】shuǐliáo〔名〕物理療法的一種，用不同溫度的水給患者進行淋浴或浸泡。冷水能刺激神經中樞，增進心臟和血管功能，並有退熱作用。溫水能治療神經炎、關節痛。熱水能促進血液循環，並有發汗作用。利用不同礦物質的礦泉來治療疾病也叫水療。

【水淋淋】shuǐlínlín（口語中也讀 shuǐlínlīn）（～的）〔形〕狀態詞。形容從物體上往下滴水的樣子：他從河裏爬上岸來，渾身～的｜把～的雨傘打開晾乾。

【水靈】shuǐlíng〔形〕（北京話）❶（瓜果、蔬菜等）鮮美多汁：這桃子又大又～。❷（形狀、容貌）鮮亮，滋潤而有神采：這小姑娘長得真～｜多～的牡丹花呀！❸（聲音）圓潤而豁亮：這鳥叫得特～｜江南人說話就是～。

【水流】shuǐliú〔名〕❶江河的總稱。❷流動的水：探險隊順着～艱難地往前走。

【水龍】shuǐlóng㊀〔名〕多年生草本植物，莖橫臥延長，葉子卵圓形互生，花黃色，根生在沼澤淺水中。㊁〔名〕引水救火的工具，多用數條長的帆布輸水管接成，一端有金屬製的噴嘴，另一端和水源連接。也叫水龍帶。㊂〔名〕古代指在水中作戰的戰船。

【水龍頭】shuǐlóngtóu〔名〕自來水管上的開關：把～擰緊。也叫龍頭。

【水陸】shuǐlù〔名〕❶水路和陸路：～碼頭｜～俱下｜～兩用。❷〈書〉指水裏和陸地上產的美味食品：～俱陳｜備諸～，大張筵席。

【水路】shuǐlù〔名〕（條，段）水上的交通綫：從天津到大連走旱路遠，走～近。

【水落石出】shuǐluò-shíchū〔成〕宋朝蘇軾《後赤壁賦》：“山高月小，水落石出。”意思是水落下去以後，石頭就自然會顯露出來。後用來比喻事情真相大白：我們一定要把這事弄個～。

【水門汀】shuǐméntīng〔名〕（吳語）水泥，有時也指混凝土。［英 cement］

【水蜜桃】shuǐmìtáo〔名〕桃的一種，果實核小，汁多,味甜。

【水面】shuǐmiàn〔名〕❶ 被水覆蓋的區域:山上可發展經濟林、～可發展養殖業。❷ 水的表面:～漂着浮萍。

【水磨石】shuǐmóshí〔名〕(塊)一種人造石料,用水泥、石屑等加水拌和,抹在建築物的表面,凝固後潑水用金剛石打磨而成。可以在水泥中摻入顏料而呈現各種顏色,並可製成各種裝飾紋樣。

【水墨畫】shuǐmòhuà〔名〕(幅)用水墨而不着彩色或以水墨為主體施淡彩的中國畫。

【水幕】shuǐmù〔名〕由噴射的水構成的水霧狀銀幕:～電影。

【水能】shuǐnéng〔名〕水體運動產生的能量。

【水泥】shuǐní〔名〕一種重要的建築材料,是用石灰石、黏土等按適當的比例磨細混合,裝在窯裏煅燒,再用機器碾成粉末製成,灰綠色或棕色。水泥跟砂石等混合成糊狀,晾乾後膠結在一起,非常堅硬。水泥與砂、水混合可用來抹牆,又可製混凝土和鋼筋混凝土。舊稱洋灰,有的地區也叫水門汀。

【水鳥】shuǐniǎo〔名〕(隻)棲息在水面或水邊、靠捕取水中食物為生的鳥類的統稱,如鷺鷥、鸊鷉、野鴨、海鷗等:生態環境好了,湖裏的～也多了。也叫水禽。

【水牛】shuǐniú〔名〕(頭)牛的一種,角粗大彎曲,呈新月形,毛灰黑色。汗腺不發達,暑天喜歡浸在水中,多用於南方水田耕作。

【水暖】shuǐnuǎn〔名〕❶ 用鍋爐燒熱水通過暖氣設備散熱取暖的方式:這個小區住宅全部是～。❷ 自來水和暖氣設備的合稱:～器材。

【水皰】shuǐpào(～兒)〔名〕因病理變化,漿液在表皮或皮下聚積而成的黃豆大小的隆起。

【水平】shuǐpíng ❶〔形〕屬性詞。跟水平面平行的:～梯田。❷〔名〕在某方面所達到的高度:生活～|文化～|他的講話很有～。

【水平步道】shuǐpíng bùdào 水平運行的自動輸送行人等的通道。多用於車站、機場等公共場所。

水平步道的不同說法

在華語區,中國大陸叫水平步道,香港叫電動道或自動行人輸送帶,台灣地區也叫自動行人輸送帶,新加坡則叫電動人行道、電動行人輸送帶或自動人行道。

【水平面】shuǐpíngmiàn〔名〕完全靜止的水所形成的平面。也指跟這個平面平行的面:湖水平靜如鏡、～上僅有細碎的波光。

【水平綫】shuǐpíngxiàn〔名〕(條)在水平面上的任何直綫或及和水平面平行的任何直綫:測定～,才能保證測量精確。

【水汽】shuǐqì〔名〕❶ 水蒸氣:當水達到沸點時,水就變成～。❷ 江河湖海水面上升起的霧氣:空氣中,如果溫度高於0℃,多餘的～會析出凝結成水滴。

【水禽】shuǐqín〔名〕水鳥:湖邊棲息着～。

【水情】shuǐqíng〔名〕江河湖海中水位、流量等情況:～預報|～信息。

【水球】shuǐqiú〔名〕❶ 球類運動項目之一。運動員在水中游動傳球,把球射進對方球門算得分,得分多的獲勝。❷(隻)水球運動使用的球,用皮革或橡膠等製成。

【水曲柳】shuǐqūliǔ〔名〕落葉大喬木,小枝對生,葉長橢圓形。花單性,雌雄異株,果實長橢圓形。木材細密,堅韌耐久,可用來製造船舶、車輛、枕木、地板、家具等。

【水渠】shuǐqú〔名〕(條)為了澆灌、排水等目的而人工開鑿的水道:這裏阡陌縱橫,大小～如蛛網。

【水乳交融】shuǐrǔ-jiāoróng〔成〕水和乳互相融合。比喻關係十分融洽:軍民之間親密無間,～。

【水杉】shuǐshān〔名〕(棵,株)落葉大喬木,樹幹通直,材質優良。是中國特有的珍稀樹種。

【水上芭蕾】shuǐshàng bālěi 花樣游泳。

【水上運動】shuǐshàng yùndòng 體育運動項目的一大類,包括游泳、跳水、划船等。

【水蛇】shuǐshé〔名〕(條)生活在池沼、溝渠等水邊的蛇類的統稱。

【水蛇腰】shuǐshéyāo〔名〕稱腰部纖細而柔軟的身材:民間常以～來形容女子婀娜多姿的身段。

【水深火熱】shuǐshēn-huǒrè〔成〕《孟子·梁惠王下》:"如水益深,如火益熱。"意思是老百姓受的災難,像水那樣越來越深,像火那樣越來越熱。後用"水深火熱"比喻生活處境非常艱難痛苦:把生活在～中的奴隸解救出來|戰火一起,人民又陷入～之中。

【水師】shuǐshī〔名〕水軍。

【水勢】shuǐshì〔名〕水流快慢、水位高低的狀況:～兇猛|～已經平緩多了。

【水手】shuǐshǒu〔名〕❶(位,名)船舶上擔任操舵、測深、帶纜以及保養維修等工作的船員。❷ 泛指船工;駕船的人:僱來～,駕艇過江。

【水塔】shuǐtǎ〔名〕(座)自來水設備中增高水壓的高塔狀建築物,頂端有一個大水箱,箱內儲水。水塔越高,水的壓力越大,也就能把水送到相應高的建築物上。

【水獺】shuǐtǎ〔名〕(隻)哺乳動物,頭部寬而扁,尾巴長,四肢短粗,趾間有蹼。毛深褐色,密而柔軟,有光澤。善於游泳和潛水,捕食魚類、青蛙、水鳥等。

【水體】shuǐtǐ〔名〕自然界中水的集合體。包括江、河、湖、海及冰川、積雪等,還包括地下水以及空中的水汽：～污染｜～自淨能力。

【水田】shuǐtián〔名〕（塊，片）周圍有田埂，能蓄水的田塊，多用來種植水稻（區別於"旱田"）：～中禾苗青青。

【水土】shuǐtǔ〔名〕❶ 構成地球表面的一層水和土：～流失｜～保持。❷ 借指自然環境和氣候：～不服｜一方～養一方人。

【水土保持】shuǐtǔ bǎochí 在山區、丘陵採取綠化、建壩地、挖溝渠、開梯田、修水庫等辦法增加土地涵養水源的能力，以防止水土流失。

【水土流失】shuǐtǔ liúshī 地表面的肥沃土壤被雨水、洪水沖走或被風颳走。水土流失能使沃土變成荒地，造成河道淤塞，加重水旱災害的嚴重程度，對生態環境、農業生產等都有很大的危害。

【水丸】shuǐwán〔名〕中藥丸劑的一種，用冷水、藥汁或其他液體調和藥末兒製成的丸狀藥品。也叫水注丸。

【水汪汪】shuǐwāngwāng（～的）〔形〕狀態詞。❶ 形容積聚水充盈的樣子：大雨過後，院子裏～的。❷ 形容眼睛明亮而靈活：小姑娘一對～的大眼睛。

【水位】shuǐwèi〔名〕❶ 江、河、湖、海、水庫等水面的高度（一般以某個基準面為標準）：洪水已超過警戒～｜～開始回落。❷ 地下水至地面的高度：這個地區～很低。

【水溫】shuǐwēn〔名〕水的溫度：沐浴器的～要調節適中。

【水文】shuǐwén〔名〕自然界中水的各種現象、性質及其變化和運動的規律：～地質｜～測量。

【水螅】shuǐxī〔名〕（條）腔腸動物，生活在池沼、河溝、水田中，身體小，圓筒形，褐色。大多雌雄同體，通常進行無性生殖，夏初和秋末進行有性生殖。

【水洗】shuǐxǐ〔動〕用水洗衣物（區別於"乾洗"）：這件衣服可以～。

【水洗布】shuǐxǐbù〔名〕一種經過特殊印染加工而成的紡織品：～服裝。

【水系】shuǐxì〔名〕江河流域內，以某一幹流為主，包括直接或間接流入幹流的大小支流和湖泊、沼澤的總稱。如嘉陵江、漢水、湘江、贛江等與長江幹流組成長江水系。

【水仙】shuǐxiān〔名〕❶（株）多年生草本植物，有球狀鱗莖，花白色，中心黃色，有香味。供觀賞，鱗莖和花可入藥。❷ 這種植物的花。

【水鄉】shuǐxiāng〔名〕河流、湖泊較多的地方：江南～｜～澤國。

【水泄不通】shuǐxiè-bùtōng〔成〕連水都不能泄出。形容十分擁擠或包圍得非常嚴密：擠得～｜看熱鬧的人圍得～。**注意** 這裏的"泄"

不寫作"瀉"。

【水瀉】shuǐxiè〔動〕腹瀉：孩子～，吃得不合適了。

【水榭】shuǐxiè〔名〕❶ 建在水邊或水上的供人遊玩、休息的建築：歌台～秦淮岸。❷（Shuǐxiè）北京中山公園有一處景點的專有名稱叫水榭。

【水星】shuǐxīng〔名〕太陽系八大行星之一，按距離太陽由近及遠的次序計為第一顆，離太陽最近。公轉一周的時間約 87.9 天，自轉一周的時間約 58.6 天。水星的體積只有地球的 5%，肉眼難於看見。古代也叫辰星。

【水性】shuǐxìng〔名〕❶ 游水的技能：老漁民的～都很好。❷ 某一水域的深淺、流速等方面的特點：不熟悉～就貿然下水是很危險的。

【水性楊花】shuǐxìng-yánghuā〔成〕水性流動，楊花輕飄。比喻婦女作風輕浮，感情不專：～誰家女？負情忘義少信行。

【水袖】shuǐxiù〔名〕❶ 傳統戲曲的服裝中蟒袍、帔、褶子等袖端所綴一尺上下的白綢子，抖動時形似水的波紋，所以叫水袖。運用水袖的動作，有助於表現人物的身份、性格和感情，並可加強舞蹈美。水袖技藝是戲曲表演的基本功之一。❷ 古典舞蹈演員所穿服裝的袖端拖下來的部分，用白色綢子或絹製成。

【水鏽】shuǐxiù〔名〕❶ 水鹼。❷ 器皿內因盛水時間過長而留下的痕跡。

【水壓】shuǐyā〔名〕水的壓力：自來水的～不夠，高層沒有水。

【水煙】shuǐyān〔名〕用水煙袋抽的細煙絲（區別於"旱煙"）：抽～｜～袋。

【水煙袋】shuǐyāndài〔名〕吸水煙用的工具，用銅、竹等製成，煙經過水的過濾後被吸入（區別於"旱煙袋"）。也叫水煙筒。

【水銀】shuǐyín〔名〕汞的通稱。流動如水，顏色如銀，故稱。

【水銀燈】shuǐyíndēng〔名〕（支，盞）一種產生強光的照明裝置。在真空的玻璃管內封入適量水銀，通電後，水銀蒸氣放電發光，發光效率高。多用於攝影、曬圖和街道照明等。

【水印】shuǐyìn ㊀〔動〕調合水墨及顏料在木刻板上來印刷圖文的一種方法：榮寶齋的～國畫，技藝精湛。也叫木刻水印。㊁〔名〕❶（～兒）在造紙過程中，用改變紙漿纖維密度的方法製成的有明暗紋理的圖形或文字：人民幣上有～圖案，防止造假。❷（～兒）滲在某些物體上的水乾後留下的痕跡。㊂〔名〕（～兒）舊時稱商店的正式印章。

【水域】shuǐyù〔名〕❶ 海洋、湖泊、河流的一定範圍內的水區（包括從水面到水底）：遼闊的～。❷ 港灣和河道中供船舶航行、停靠或作業的水面：航道～｜港口～。

【水源】shuǐyuán〔名〕❶河流的源頭。一般為泉水、冰雪水、沼澤、湖泊等。❷生產、生活或消防用水的來源：消防隊迅速找到～，接通水龍。

【水運】shuǐyùn〔動〕水路運輸（區別於"陸運""空運"）：共建～大通道 | 全國～潛力巨大。

【水災】shuǐzāi〔名〕（場）因汛期大雨、山洪暴發或江河湖水氾濫而造成的災害：發生～ | 戰勝～造成的危害。

【水葬】shuǐzàng〔動〕喪葬方式的一種，把屍體投入水中。也指把骨灰投入江河湖海的殯葬：這裏有～風俗。

【水藻】shuǐzǎo〔名〕生在水裏的藻類植物的統稱，如金魚藻、水綿等：這片水域滿佈～，大魚深藏其中。

【水閘】shuǐzhá〔名〕（道）設在河流或渠道中的水工建築物。常見的水閘有節制閘、進水閘、分水閘、泄洪閘、排洪閘、擋水閘等；開啟～泄洪。

【水漲船高】shuǐzhǎng-chuángāo〔成〕水位上升，船身也隨着升高。比喻事物隨着它所憑藉的基礎增高而相應提高：國家富裕了，人民的生活水平就會～。

【水蒸氣】shuǐzhēngqì〔名〕氣態的水。常壓下液態的水加熱到100℃時開始沸騰，變成水蒸氣。也叫蒸汽。

【水至清則無魚】shuǐ zhì qīng zé wú yú〔諺〕《大戴禮記·子張問入官》："水至清則無魚，人至察則無徒。"水太清了，魚就無法生存；要求別人太嚴了，就沒有夥伴。現多用來比喻為人不可過分苛察，對人對事不可要求過高。省作水清無魚。

【水質】shuǐzhì〔名〕水的質量，如清潔程度、含礦物質的情況等：保護～ | 防止～污染。

【水中撈月】shuǐzhōng-lāoyuè〔成〕到水中去撈月亮。比喻去做根本做不到的事，白費氣力：～一場空。也說水中捉月、海底撈月。

【水腫】shuǐzhǒng〔動〕由皮下組織的間隙有過量積液而引起全身或身體一部分腫脹，心臟、腎臟、內分泌腺等的疾患都會出現這種症狀：病情惡化，病人出現～。通稱浮腫。

【水準】shuǐzhǔn〔名〕❶指地球上的水平面。❷水平，在各個方面所達到的高度：文化～ | 把思想認識提高到一個新～ | 大失～。

【水族】shuǐzú ㊀（Shuǐzú）〔名〕中國少數民族之一，人口約41.1萬（2010年），主要分佈在貴州三都，少數散居在雲南和廣西。水語是主要交際工具。水族有一種水書文字，僅在宗教活動中使用。㊁〔名〕生活在水中的動物的總稱：～館。

【水族館】shuǐzúguǎn〔名〕（座）展出水生動物（多指形體較大、行動較活躍的動物）的場館：參觀～。

shuì ㄕㄨㄟˋ

帨　shuì 古代婦女用以擦拭的佩巾，類似現在的手絹兒。在家時將其掛在門右，外出時繫在身左。

稅　shuì ❶〔名〕（筆）國家依法向企業、集體或個人徵收的貨幣或實物：增值～ | 消費～ | 個人所得～ | 企業已經照章納了～。❷按一定比例付給作者的報酬：版～。❸（Shuì）〔名〕姓。

> 語彙　版稅　財稅　丁稅　賦稅　關稅　捐稅　抗稅　課稅　糧稅　漏稅　免稅　納稅　上稅　逃稅　偷稅　完稅　雜稅　租稅　苛捐　雜稅

【稅單】shuìdān〔名〕（張）稅務部門在納稅人交稅後開具的收據。

【稅額】shuì'é〔名〕按規定交納的稅款數額：調整～。

【稅法】shuìfǎ〔名〕國家調整稅收關係的法律規範的總稱：修訂～ | 各國～不同。

【稅費】shuìfèi〔名〕各種稅和費的合稱：減免～，減輕人民負擔。

【稅負】shuìfù〔名〕稅收負擔；納稅人因履行納稅義務而承受的經濟負擔：～公平 | 行業不同，～各異。

【稅款】shuìkuǎn〔名〕（筆）國家向納稅人徵收的錢款：上交～ | 拖欠～。

【稅率】shuìlǜ〔名〕計算課稅對象（課徵稅收的目的物）每一單位應徵稅額的比率，即稅額佔課稅對象的百分比：國家制訂了銀行存款利息～ | 不同貨物進口的～不同。

【稅收】shuìshōu〔名〕國家依法向納稅人徵得的收入：國家今年～又超去年 | 地方～完成情況良好。

【稅務】shuìwù〔名〕有關稅收的事務：～局 | 辦理～。

【稅源】shuìyuán〔名〕各種稅收的來源：發展經濟是擴大～的重要途徑。

【稅制】shuìzhì〔名〕國家稅收的規章制度：健全～ | 熟知各國～。

【稅種】shuìzhǒng〔名〕國家規定的稅收種類，如所得稅、財產稅等。

睡　shuì〔動〕❶睡覺：～醒了 | 你怎麼還不～？❷躺：這張床只能～一個人。**注意**"睡"在中古以前是"坐着打瞌睡"的意思。

> 語彙　安睡　沉睡　酣睡　鼾睡　昏睡　瞌睡　臨睡　入睡　熟睡　午睡　小睡

【睡袋】shuìdài〔名〕（條）縫成袋狀的、供嬰幼兒或露宿人睡覺的被子：羽絨～。

【睡覺】shuì//jiào〔動〕進入睡眠狀態：該～了｜天都亮了，還睡甚麼覺｜好好地睡一覺。

〔辨析〕睡覺、睡　a）因為"睡"的意思就是"睡覺"，所以，在句子中，"睡覺"也可以換成"睡"而意思不變，如"該睡覺了"也可以說成"該睡了"，"好好睡覺"也可以說成"好好睡"。b）"睡"可以直接帶補語，如"睡着了""睡醒了"；而"睡覺"不能直接帶補語，不說"睡覺着了""睡覺醒了"。得重複用動詞"睡"才行，比如"睡覺睡着了""睡覺睡醒了"。c）"睡"可以直接帶表處所的賓語，如"睡沙發""睡涼席"，"睡覺"不能這樣用。

【睡夢】shuìmèng〔名〕指睡熟後進入做夢的狀態：他在～中忽然一陣大喊大叫。

【睡眠】shuìmián ❶〔名〕一種與醒交替出現的機能狀態，是抑制過程在大腦皮層中逐漸擴散的生理現象。人在睡眠時，對外界刺激相對地失去感受能力，骨骼肌（呼吸運動的骨骼肌除外）鬆弛，血壓稍降，心跳變慢，代謝率減低，腦力和體力在睡眠中得到恢復。人和高等動物都有週期性進入睡眠的需要。❷〔動〕睡覺：每天～八小時。

【睡袍】shuìpáo〔名〕（件）睡衣外面加披的長袍；也指長袍睡衣：現在時興穿～。

【睡鄉】shuìxiāng〔名〕〈書〉睡眠狀態：幹活累了，一躺很快就進入～。

【睡眼】shuìyǎn〔名〕產生睡意時或剛睡醒睡意未消時呈迷蒙狀態的眼睛：～朦朧｜～惺忪｜一雙～。

【睡衣】shuìyī〔名〕（件、套）專供睡覺時穿的衣服。

【睡意】shuìyì〔名〕想要睡覺或睡覺剛醒的感覺：～甚濃｜已是深夜，我們卻沒有絲毫～。

說（说）shuì用言語勸說，使別人聽從自己的意見和建議：遊～｜～客。
另見 shuō（1273頁）；yuè（1679頁）。

shǔn ㄕㄨㄣˇ

吮 shǔn〔動〕嘬；吸：吸～｜～毫舐墨｜嬰兒喜歡～自己的手指。

【吮筆】shǔnbǐ〔動〕〈書〉含着筆鋒，借指構思：～為文。

【吮墨】shǔnmò〔動〕〈書〉以筆蘸墨，借指為文或繪畫：健兒塞北橫戈日，畫客江南～時。

【吮吸】shǔnxī〔動〕❶聚縮嘴唇吸取：～乳汁。❷比喻榨取：黑心礦主貪婪地～着工人的血汗。也說吮咂。注意 "吮"不讀 yǔn。

【吮癰舐痔】shǔnyōng-shìzhì〔成〕《莊子·列禦寇》："秦王有病召醫，破癰潰痤者得車一乘，舐痔者得車五乘。"為人舐吮瘡疹等上的膿血，

比喻諂媚巴結權貴的卑劣行為：～之徒｜這幫人墮落到給當權者～的地步。

楯 shǔn〈書〉❶欄杆的橫木。❷載棺木的車。
另見 dùn（332頁）。

shùn ㄕㄨㄣˋ

順（顺）shùn ❶〔動〕向着同一個方向：一路～風。❷〔形〕順當；順利：今天辦事不～｜這條路很～。❸〔形〕有秩序；有條理：頭髮亂蓬蓬的，一點兒也不～｜文章有些句子不～。❹〔動〕使方向相同；使有秩序有條理（常用重疊形式）：把船～過來，並排排好｜把這堆竹竿～一～，捆成捆兒｜這一段文字還得～一～。❺〔動〕順從；依從：歸～｜百依百～｜別甚麼都～着他。❻〔動〕適合；如意：～眼｜～乎民心｜名不正則言不～。❼表示趁便或順便（做甚麼）：～手關門｜～路去看看老劉｜～致敬意｜～頌大安。❽〔介〕表示依着或沿着某種方向或路綫（做甚麼）：～牆爬｜～河邊走｜～着梯子下礦井——步步深入。❾（Shùn）〔名〕姓。

〔辨析〕順、沿　在依情勢（行動）的意義上，"沿"可用於抽象意義的途徑，"順"不能。如"沿着社會主義大道奮勇前進"不能說"順着社會主義大道奮勇前進"。

語彙　筆順　耳順　俯順　恭順　歸順　和順　平順　柔順　隨順　通順　投順　溫順　降順　孝順　馴順　一順　依順　忠順　百依百順　風調雨順　名正言順　文從字順　一帆風順

【順便】shùnbiàn（～兒）〔副〕借着做某事的方便（做另一事）：你去看老劉，～把這幾本書捎給他｜你下班的時候，～買點吃的帶回來。

【順差】shùnchā〔名〕對外貿易中出口商品總值超過進口商品總值的差額（跟"逆差"相對）：貿易～。

【順產】shùnchǎn〔動〕指胎兒頭朝下經母體陰道順暢出生（跟"難產"相對）：她胎位不正，經大夫調整，還是～了。

【順暢】shùnchàng〔形〕❶順利通暢，無阻礙：走這條路最～｜病人的呼吸漸漸～了｜文章行文很～。❷順心；舒暢：日子越過越～。

【順次】shùncì〔副〕順着次序；依次：～進入｜～入座。

【順從】shùncóng ❶〔動〕依從，不違背，不反抗：你要是不～他們，他們就可能動武了。❷〔形〕柔順：她對丈夫很～。

【順帶】shùndài〔副〕順便；捎帶：你佈置完任務後，～說說春遊的事兒。

【順當】shùndang〔形〕〈口〉順利：今天辦事很～｜這次旅遊一去一回都挺～。

【順耳】shùn'ěr〔形〕〈話〉聽着順心合意（跟"逆

耳"相對)：不要只愛聽～的話｜那姑娘的話，老太太聽着不～。

【順訪】shùnfǎng〔動〕順路訪問；順便訪問：代表團在訪問美國後將～墨西哥。

【順風】shùnfēng ❶〔名〕跟行進方向一致的風：今天颳的是～。❷〔動〕順着風吹的方向：一路～（送別行人時的祝頌語）｜～轉舵｜～吹火（比喻費力不多，事情易做）。

【順風轉舵】shùnfēng-zhuǎnduò〔成〕比喻順着情勢的變化而改變態度（多含貶義）：我可不做那種～的勢利小人。也說隨風轉舵。

【順服】shùnfú〔動〕服從；按一定要求意願去做：屬下個個～｜在他的調教下，這匹烈馬～了。

【順竿兒爬】shùngānrpá〔慣〕比喻迎合別人，順着別人的心意說話：他那倆手下人只會～，給他灌迷魂湯。

【順和】shùnhe〔形〕（話語、態度等）平順和緩：老先生待人說話都很～。

【順價】shùnjià〔名〕商品銷售價格高於收購價格的情況（跟"逆價"相對）：糧食～銷售對各方有利。

【順境】shùnjìng〔名〕順利的處境與遭遇（跟"逆境"相對）：身處～更要小心謹慎｜人的一生，有～，也有逆境。

【順口】shùnkǒu ❶〔形〕（詞句）唸着順當流暢：這篇稿子唸着不～，得改一改。❷（～兒）〔形〕（北京話）（食品）適合口味：吃自己做的菜～兒。❸〔副〕未經考慮即說出、唱出；隨口：他想也沒想就～答應了｜～答音兒（隨聲附和）。

【順口溜】shùnkǒuliū（～兒）〔名〕（段）民間流行的一種口頭韻文，句子長短不限，純用口語，說起來非常順口。如"迎闖王，不納糧"就是明朝末年的民間順口溜兒。

【順理成章】shùnlǐ-chéngzhāng〔成〕順着條理寫成文章。比喻做事情合乎道理。也比喻某種情況合乎情理，自然產生某種結果：孩子大了就應當自立，這是～的事。

【順利】shùnlì〔形〕沒有或很少遇到阻礙或困難：會議進行得很～｜他這一生很不～｜在～的情況下，不要忘乎所以。

【順溜】shùnliu〔形〕（北京話）❶有序；不紊亂：頭髮梳得很～｜文章寫得不～。❷順當；無阻礙無困難：日子過得很～。❸順從聽話：他的脾氣比他弟弟～多了。

【順路】shùnlù（～兒）❶〔名〕直路，方便的路：我還不知道這條上山的～。❷〔形〕道路直達通順，走着方便：那麼走太繞遠兒，不～。❸〔副〕順着所走的路（幹某事）：他每天下班都～買點兒菜回家。

【順民】shùnmín〔名〕❶指在外族侵略者入侵後

苟安順從或改朝換代後歸順新的統治者的人（含貶義）：不管誰來坐朝廷，這些人都情願當～。❷泛指逆來順受的人：他一貫做～，不敢得罪任何人。

【順市】shùnshì〔動〕順應市場行情走勢（跟"逆市"相對）。

【順勢】shùnshì〔副〕順着情勢；趁勢（後面常跟"一""而"等，連接下一個動作）：～一推｜～而上｜～撲到他的懷裏。

【順手】shùnshǒu ❶〔形〕（工具）便利；適用：這把剪子使着很～兒｜吃麵條兒，還是筷子～兒。❷〔形〕做事沒有阻礙；順利：事情辦得相當～｜初賽階段，他打得很不～。❸〔副〕隨手；趁便：他～摘了兩個蘋果｜拆洗被褥的同時，～把枕套也洗了。

【順手牽羊】shùnshǒu-qiānyáng〔成〕比喻順手拿走別人的東西：見屋裏沒人，他～把桌子上的手錶拿走了。

【順水】shùn//shuǐ〔動〕順着水流的方向（跟"逆水"相對）：～行船｜順着水道過去。

【順水人情】shùnshuǐ-rénqíng〔成〕不用付出代價順便做的人情；不費力氣給人以好處：你就做個～，同意他出差辦完事情回家去看看吧！

【順水推舟】shùnshuǐ-tuīzhōu〔成〕順着水流方向推船。比喻順應情勢說話行事：那邊領導已表示可以接受他，你就～，把他調過去吧。

【順遂】shùnsuì〔形〕順心而合意：一路～，請勿掛念。

【順藤摸瓜】shùnténg-mōguā〔成〕比喻沿着現有的線索追根究底：偵察員～，找到了毒品的窩主。

【順我者昌，逆我者亡】shùnwǒzhěchāng，nìwǒzhěwáng〔俗〕順從我的就可以存在和發展，違抗我的就要遭到滅亡。形容專橫殘暴的統治或作風：歷史上封建暴君都是～，但最終倒台的是他自己。

【順心】shùn//xīn〔動〕合乎心意：不～｜兒子的婚事辦得挺順的心。

【順序】shùnxù ❶〔名〕次序：文物按年代～展出｜亞洲運動會開幕式上，中國體育代表團按拉丁字母～排在第七個入場。❷〔副〕按照次序（進行）：大家～參觀，不要擁擠。

【順敘】shùnxù〔名〕一種敘事方式，即按事情發生發展的先後次序敘述：～是寫記敘文最常用最基本的方法。

【順延】shùnyán〔動〕順次延推：運動會定於五月二日至四日召開，遇雨～。

【順眼】shùnyǎn〔形〕看起來舒服、合意：他心情不好，看甚麼都不～。

【順意】shùn//yì〔動〕順心如意：萬事～｜這孩子太任性，一不順他的意就鬧。

【順應】shùnyìng〔動〕順從適應：～歷史潮流｜～

民情。

【順嘴】shùnzuǐ（～兒）❶〔副〕（說話）隨意：她想都沒想就～答應了。❷〔形〕便於發音：說着很～兒。

舜　Shùn　傳說中的上古帝王名。繼位於堯，傳位於禹。

瞤（瞤）　shùn，又讀 rún〔書〕❶眼皮跳動：目～得酒食。❷肌肉抽動：得病後腹痛，肌肉～酸。

瞬　shùn ❶〔書〕眨眼；轉眼：轉～｜疾雷不及掩耳，卒（cù）電不及～目。❷一眨眼的工夫，極短的時間：觀古今於須臾，撫四海於一～｜四年的大學生活～將結束。

語彙　一瞬　轉瞬

【瞬間】shùnjiān〔名〕轉眼之間，比喻極短的時間：一場大火，使他家的房屋～化為烏有。

【瞬時】shùnshí〔名〕一瞬間：～狂風大作｜～的暴雨將悶熱一掃而光。

【瞬息】shùnxī〔名〕一眨眼，一呼吸，比喻極短的時間：～萬變｜一顆流星～劃過。

【瞬息萬變】shùnxī-wànbiàn〔成〕一眨眼一呼吸的極短時間就有很多變化。形容變化又多又快：情況～，窮於應付｜股市行情～。

shuō ㄕㄨㄛ

說（说）　shuō ❶〔動〕用言語來表達意思：～話｜打開天窗～亮話｜公～公有理，婆～婆有理｜小王回家了，～是有急事。**注意** "說是"表示轉述別人的話。❷〔動〕解釋：你一～他就明白了｜一～了半天也沒～清楚。❸〔動〕講授：導演～戲。❹〔動〕用語言表演：～相聲｜～評書。❺〔動〕責備；批評：捱～了｜把他～了一頓｜爸爸～了他幾句。❻〔動〕說合；介紹：～婆家｜～媳婦。❼〔動〕談論；意思上指：他～誰呢？是～咱們嗎？❽言論；主張：學～｜舊～｜著書立～｜有這麼一～。❾古指一種文體：《師～》｜《天～》。

　　另見 shuì（1271 頁）；yuè（1679 頁）。

語彙　按說　別說　陳說　稱說　傳說　分說　關說　好說　胡說　話說　假說　講說　解說　界說　據說　口說　論說　慢說　明說　難說　評說　淺說　勸說　卻說　申說　數說　述說　訴說　雖說　談說　聽說　妄說　細說　瞎說　小說　邪說　敍說　學說　演說　臆說　雜說　再說　照說　眾說　遊說途說　自圓其說

【說白】shuōbái〔名〕戲曲中除唱詞部分以外的台詞，一般分為韻白和方言白（如北京話的京白、蘇州話的蘇白）。說白在戲曲表演中非常重要，演員常說："千斤白口四兩唱。"由此可以看出說白的分量。

【說不定】shuōbudìng ❶〔動〕說不準；不能講確切：到底甚麼時候出發，我還～。❷〔副〕可能；恐怕：她～已經走了｜～你是對的。**注意** "說不定"既可以直接放在要修飾的動詞、形容詞前邊，又可以放在全句之首。

【說不過去】shuōbuguòqù 情理上說不通：條件這麼好，再不努力增產，可就～了｜人家已經賠禮道歉，你還不依不饒，實在～。

【說不來】shuōbulái〔動〕❶彼此談不到一起：倆人一直～｜我跟他～。❷不能說；不會說；說不清：普通話我～｜這件事我～。**注意** "說不來"的肯定形式為"說得來"。

【說不上】shuōbushàng〔動〕❶因了解不夠、認識不清而無法說出來：我也～是北京好還是上海好。❷因不夠條件或不可靠而無須提或不值得提：大家隨便吃點兒，～請客｜街談巷議～甚麼新聞。

【說不上來】shuōbushànglái ❶說不出：他越着急越～。❷不好說出口：這話我可～，還是自己去說吧！

【說部】shuōbù〔名〕舊指小說及逸聞、瑣事之類的著作：他閱讀範圍很廣，除經、史外，也涉獵～。

【說曹操，曹操到】shuō Cáo Cāo，Cáo Cāo dào〔俗〕比喻剛說到某人，某人正好就來了：我媽剛才還問：小四兒發了財，怎麼不到咱家來了？——你這就來了。真是～。

【說長道短】shuōcháng-dàoduǎn〔成〕東漢書法家崔瑗《座右銘》："無道人之短，無說己之長。"原指不要隨便抑人揚己。現指隨意議論別人的好壞是非（含貶義）：別人的事我們不便～。也說說長論短。

【說唱藝術】shuōchàng yìshù 指有說有唱的曲藝，如大鼓、相聲、彈詞等。

【說穿】shuōchuān〔動〕說出事情真相或真實意圖；說破：他那點兒小聰明誰看不出，大家只是礙於情面，不肯～他罷了。

【說辭】shuōcí（-ci）〔名〕辯解或推託的言辭：你還有甚麼～？

【說大話】shuō dàhuà〔慣〕誇大其詞；吹牛：那個人沒有別的本事，就會～。

【說道】shuōdào〔動〕〈書〉說，用於直接引用某人原話：參加高考後去見班主任，他～："好好休息，考好是好事，考得不好再努力。"

【說……道……】shuō……dào…… 分別用在形容詞、數詞等前面，表示各種性質的談論：～長～短｜～古～今｜～白～黑（隨意評論）｜～三～四｜～東～西（隨意談論各種事情）｜～是～非｜～親～熱（說親熱話）｜～鹹～淡（議論別人的好壞是非）。

【說道】shuōdao（北方官話）〈口〉❶〔動〕說說：幹得好不好，大家來～｜你就先～～

唄！**❷**〔動〕討論；商量：這事還得大夥一起～～。**❸**〔名〕名堂；道理：冬季使用家電～多｜中風防治有～。

【說得過去】shuōdeguòqù 情理上說得通；差強人意：那你就找個～的理由啊｜這房子的外形還～。

【說得來】shuōdelái〔動〕**❶** 彼此能談到一塊兒：倆人很～｜找個跟他～的人去勸勸他。**❷** 能說；會說；能說清：上海話我也～｜他家的事，沒有誰能～。**注意**"說得來"的否定形式為"說不來"。

【說得上】shuōdeshàng〔動〕稱得上；夠得上：大家的生活～小康水平了。

【說定】shuōdìng〔動〕約定；敲定：～下午六時見，你可別忘了｜我們～一塊去上海。

【說法】shuōfǎ ㊀〔動〕講解佛法；現身。**注意**"現身說法"現常指親自用自己的經歷、所看到的事實來說明。如"請幾位去偏遠山區支教的志願者現身說法，大家很受教育"。㊁(-fa)(～兒)〔名〕**❶** 敍說的方式；措辭：換一個～｜一個意思，兩種～兒。**❷** 意見；見解：那種"今不如昔"的～是完全錯誤的。**❸** 正當的理由；根據：討個～｜你總得有個～兒，才能叫人家口服心服。

【說服】shuō//fú〔動〕充分講述理由使對方心服：要耐心～，不要壓服｜思想問題要用～教育的方法解決｜她的話很有～力｜我們怎麼也說不服他。

【說合】shuōhe〔動〕**❶** 從中聯繫、溝通，把兩方面說到一塊兒：這門親事，全憑你～。**❷** 商議；商量：他們正着下個月的生產計劃｜這件事沒有～的餘地。**❸** 說和。

【說和】shuōhe〔動〕從中勸說、調解使雙方和解：他們兩口子吵架了，你去給他們～。

【說話】shuōhuà ㊀(-//-)〔動〕用語言表達意思：他低着頭不～｜那小夥子很會～｜老師感動得說不出話。**❷** (-//-)(～兒)〔動〕聊天；閒談：串門找朋友～兒｜他們兩個在街上說了一會兒話兒。**❸** (-//-)〔動〕指責；提出異議：你做得不對，別人當然要～｜領導要以身作則，否則群眾要要～。**❹**〔副〕(北方官話)說話的一會兒時間，比喻時間不長：您要的菜～就得。㊁〔動〕唐宋時代的一種以講述故事為主的說唱表演，跟現在的說書相近。

【說謊】shuō//huǎng〔動〕有意說假話：這孩子誠實，從不～｜他說了謊，心裏老不踏實。也說撒謊。

【說教】shuōjiào〔動〕**❶** 宗教信徒宣傳教義。**❷** 比喻脫離實際地、生硬地空談理論：事實勝於雄辯，榜樣賽過～。

【說開】shuōkāi〔動〕**❶** 解釋清楚；說明白：你把真相～了，她不會埋怨你的。**❷** 開始說起來：主

持人剛一提這事，下面就～了。**❸** 流行傳播開來："克隆"這個詞一出現，很快就～了。

【說客】shuōkè(舊讀 shuìkè)〔名〕(名)**❶** 善於勸說人的人：張儀是戰國時期有名的～。**❷** 幫人做勸說工作的人(含貶義)：你該不是替犯了錯誤的人來做～吧？

【說理】shuōlǐ〔動〕**❶** (-//-)說明道理：咱們找他去說說理｜請他說個理給大夥聽聽。**❷** 講道理；據理行事：你到底～不～？

【說媒】shuō//méi〔動〕介紹婚姻：姑娘大了，來～的很多｜請大嫂給小夥子說個媒吧！

【說夢話】shuō mènghuà **❶** 睡夢中說話：昨天晚上你說了很多夢話。**❷**〔慣〕比喻提出不可能實現的想法：上天入地，如今都能辦得到，已經不是～了。

【說明】shuōmíng **❶**〔動〕解釋明白：～原因｜舉個例子就能把問題～了。**❷**〔動〕證明：這些事例，～工作中還存在不少問題｜行車執照怎能～身份？**❸**〔名〕解釋的話語或文字：圖片下邊附有文字～｜先看懂～再試機。

辨析 說明、解釋 在"說清楚"這個意思上，二者是相同的，但"解釋"還有"辯解"的意思，"說明"沒有。如"你別解釋了，錯了就改嘛""好好聽聽人家的意見，不要老解釋"，其中的"解釋"不能換用"說明"。"說明"還有"表明""證明"的意思，"解釋"沒有。如"上述事實說明，情況正在逐漸好轉""這個廠的經驗說明了抓安全生產的重要性"，其中的"說明"不能換用"解釋"。

【說明書】shuōmíngshū〔名〕(份) 有關產品性能、用途、規格、使用方法、注意事項的解說文字：這台機器如何安裝，～上有說明。

【說明文】shuōmíngwén〔名〕(篇) 以解釋說明為主要表達方法的介紹事物、解釋原理的文體。要求使用一定的說明方法，如定義、分類、舉例、數據、圖表等。各種知識性文章、解說詞、說明書、實驗報告、調查報告等都屬於說明文。

【說破】shuōpò〔動〕說穿；說出事情的真相：戲法兒一經～，就變得索然無味了｜他無意中一～經理的用意，大家都很吃驚。

【說親】shuō//qīn〔動〕說合親事；說媒：我當媒人，給他倆說說這門親｜給你們家大姑娘說個親幹嗎？

【說情】shuō//qíng〔動〕出面替別人講情：替孩子說個情，請他爸爸饒了他這一次吧｜多虧老王幫着～，小李才沒遇到麻煩。

【說三道四】shuōsān-dàosì〔成〕指亂發議論：走自己的路，隨別人去～。

【說時遲，那時快】shuō shí chí，nà shí kuài〔俗〕形容事情的發生就在剎那之間(多見於傳統小說)：～，只見白光一閃，那人就不見了。

【說書】shuō // shū〔動〕說講和表演評話、彈詞等：~的｜老人喜歡聽~。

【說死】shuō // sǐ〔動〕說定而不改變：咱們~了，六點鐘準時來｜我能來就來，不把話說得太死。

【說頭兒】shuōtour〔名〕❶ 值得一說的內容：為甚麼叫黑龍潭，這裏面還有個~。❷ 辯解的理由：不管批評得對不對，他總有自己的~。

【說妥】shuōtuǒ〔動〕說停當；商量好了：兩人~，下午三點一手交錢一手交貨。

【說文解字】Shuōwén Jiězì 東漢許慎編撰的中國第一部分析漢字小篆字體形、音、義的著作。簡稱說文。

【說戲】shuō // xì〔動〕❶ 教授戲劇：老師給大家說青衣花旦戲。❷ 指導演員表演：導演正在給演員~。

【說閒話】shuō xiánhuà ❶ 從旁說批評、譏諷的話：我們以後注意點兒，免得別人~。❷（~兒）聊天兒；閒談：剛才，我跟張大媽說了一會兒閒話兒。

【說項】shuōxiàng〔動〕〈書〉唐朝楊敬之《贈項斯》詩："幾度見詩詩總好，及觀標格過於詩。平生不解藏人善，到處逢人說項斯。" 後用 "說項" 指替人說好話或講情；他不假思索地答應，並登門~，想不到碰了個軟釘子。

【說笑】shuōxiào〔動〕❶ 又說又笑：大聲~｜老同學在一起，說說笑笑真開心。❷ 批評、嘲笑：這件事如果幹不好，肯定會惹人~。❸ 開玩笑：晚上聚在一起，邊打撲克邊~。

【說一不二】shuōyī-bù'èr〔成〕❶ 形容說話算數：放心吧，老班長~，答應的事一定能辦到。❷ 形容獨斷專橫：我們家沒有誰~，大事都是大家一起商量決定。

【說嘴】shuōzuǐ〔動〕吹牛；誇耀自己：你們倆誰也別~，有能耐比試比試。

shuò　ㄕㄨㄛˋ

妁　shuò 見 "媒妁"（909頁）。

朔　shuò ㊀❶〔名〕農曆每月初一，月球運行到太陽與地球之間，地面上見不到月光，這種月相叫朔。❷〈書〉指朔日：~望。❸ 初始：皆從其~。

㊁〈書〉北：~方｜~氣傳金柝。

語彙　河朔　晦朔

【朔方】shuòfāng〔名〕〈書〉北方：~的雪。

【朔風】shuòfēng〔名〕〈書〉北風：~呼嘯｜一夜~天地寒。

【朔日】shuòrì〔名〕農曆每月初一。

【朔望】shuòwàng〔名〕朔日（農曆每月初一）和望日（農曆每月十五，有時是十六或十七日）。

【朔月】shuòyuè〔名〕指農曆每月初一的月相（地球上看不見）。也叫新月。

稍　shuò〈書〉同 "矟"。

搠　shuò〈書〉刺；扎（多見於傳統小說、戲曲）：往他懷中直~將來。

蒴　shuò 見下。

【蒴果】shuòguǒ〔名〕乾果的一種，成熟後自動裂開，內含許多種子，如芝麻、棉花等的果實。

碩（碩）　shuò ❶ 大；高大：~大｜~鼠。❷（Shuò）〔名〕姓。

語彙　肥碩　豐碩　壯碩

【碩大】shuòdà〔形〕巨大；非常大：~的身軀｜~的建築。

【碩大無朋】shuòdà-wúpéng〔成〕《詩經·唐風·椒聊》："彼其之子，碩大無朋。" 朋：比。原形容體壯賢德之人無可比擬。後用來形容巨大無比：瓜農培育了一個西瓜王，~，在評比中獲了獎。

【碩導】shuòdǎo〔名〕碩士研究生指導教師的簡稱。

【碩果】shuòguǒ〔名〕很大的果實，比喻巨大的成就：~纍纍｜新的管理經營政策結出~，中國電影走出低谷。

【碩果僅存】shuòguǒ-jǐncún〔成〕樹上唯一留下來的大果子。比喻由於事物變遷，只有稀少可貴的人或物留存下來。

【碩士】shuòshì〔名〕❶ 學位的一級，在學士之上，博士之下：~論文｜~研究生。❷（位，名）指獲得了碩士學位的人。

矟　shuò 古代指一種桿兒比較長的矛：橫~賦詩。

數（数）　shuò〈書〉次數多；屢次：頻~｜~見不鮮。

另見 shǔ（1256頁）；shù（1259頁）。

【數見不鮮】shuòjiàn-bùxiān〔成〕《史記·酈生陸賈列傳》："一歲中往來過他客，率不過再三過，數見不鮮，無久慁公為也。" 慁：hùn，打擾。意思是經常到人家家裏去，人家就沒有新鮮酒食招待了。後用 "數見不鮮" 指經常看見，不覺得新奇：歷史上那些叛國賣友的把戲~。也說屢（lǚ）見不鮮。

爍（烁）　shuò ❶ 光亮的樣子：閃~｜光~如電。❷ 同 "鑠" ①：~金以為刃。

語彙　閃爍　爍爍

【爍爍】shuòshuò〔形〕光芒閃耀的樣子：星光~｜目光~。

鑠（铄） shuò〈書〉❶ 熔化（金屬）；眾口～金。❷ 耗損；削弱。❸ 同"爍"①。

語彙　謗鑠　矍鑠　銷鑠

【鑠石流金】shuòshí-liújīn〔成〕石頭被熔化，金屬變成了水。形容天氣酷熱，溫度極高：烈日高照，～。也說流金鑠石。

ㄙ

ㄙ sī "私"的古字。

司 sī ❶ 主持；操作：～儀｜各～其事。❷〔名〕中央部一級機關裏所設的分工辦事的部門：外交部禮賓～｜教育部高等教育～。❸（Sī）〔名〕姓。

語彙　盎司　公司　官司　派司　上司　通司　土司　陰司　有司　員司　職司

【司法】sīfǎ〔動〕司法部門依法對民事、刑事案件進行偵查、審判：～人員｜～機關。

【司法救助】sīfǎ jiùzhù 人民法院對民事、行政案件中有充分理由證明自己合法權益受到侵害但經濟確有困難的當事人，實行訴訟費用緩交、減交和免交。

【司號員】sīhàoyuán〔名〕（名）軍隊中負責吹號的戰士：～吹響了衝鋒號，戰士們躍出戰壕，衝向敵人。

【司閽】sīhūn〈書〉❶〔動〕看門：～者。❷〔名〕看門的人。

【司機】sījī〔名〕（位，名）火車、汽車和電車等交通工具的駕駛員：～不能酒後開車。

【司空】sīkōng〔名〕❶ 古代官名，主管水土及營建工程。❷（Sīkōng）複姓。

【司空見慣】sīkōng-jiànguàn〔成〕唐朝孟棨《本事詩·情感》記載，唐朝詩人劉禹錫卸任和州刺史回京，司空李紳設宴相邀，出歌伎勸酒。劉在席上賦詩："司空見慣渾閒事，斷盡江南刺史腸。"意思是這種場面你都看慣了覺得平常，而我卻因此十分感傷。後用"司空見慣"形容太常見，不足為奇：這種事～，不值得大驚小怪。

【司寇】sīkòu〔名〕❶ 古代官名，大司寇，主管刑獄。❷（Sīkòu）複姓。

【司令】sīlìng〔名〕❶ 某些國家軍隊中主管軍事的高級長官。❷ 中國人民解放軍的司令員習慣上也稱司令。

【司爐】sīlú〔名〕（位，名）火車機車上或供暖燒鍋爐的工人。

【司馬】sīmǎ〔名〕❶ 古代官名，大司馬，掌軍旅。❷（Sīmǎ）複姓。

【司馬昭之心——路人皆知】Sīmǎ Zhāo zhī xīn——lùrén jiē zhī〔歇〕《三國志·魏書·高貴鄉公傳》注引《漢晉春秋》載，魏帝曹髦在位時，司馬昭任大將軍，獨攬朝政，圖謀篡位。曹髦見威權日去，不勝其忿，於是對大臣們說："司馬昭之心——路人所知也。"準備加以討伐。後用"司馬昭之心——路人皆知"指人所共知的野心。

【司南】sīnán〔名〕中國古代辨別方向用的一種儀器。把天然磁鐵礦石琢成一個勺子，放在一個光滑的盤上，盤上刻着方位，利用磁石指南的作用，調節勺柄所指，即可辨別方向。是現代所用指南針的雛形。

【司徒】sītú〔名〕❶ 古代官名，大司徒，主管教化。❷（Sītú）複姓。

【司務長】sīwùzhǎng〔名〕連隊中主管錢物、伙食等後勤工作的幹部。

【司儀】sīyí〔名〕（名）舉行典禮或召開大會時主持儀式的人：婚禮～｜金牌～｜請安排好頒獎大會的頒獎嘉賓和～。

【司職】sīzhí〔動〕擔任某種職務；擔負某種職責：調任新人～教官｜他～右邊前衛，經常不惜體力地上下奔跑。

私 sī ❶ 屬於個人的或為了個人的（跟"公"相對）：～信｜～交｜隱～｜公～分明。❷ 自私（跟"公"相對）：大公無～｜假公濟～。❸ 秘密的，不公開的或非法的：～通｜～貨｜～設公堂。❹ 非法的貨物：走～｜販～。

語彙　緝私　家私　偏私　無私　徇私　陰私　隱私　營私　自私　走私　大公無私　公而忘私　假公濟私　結黨營私　鐵面無私

【私奔】sībēn〔動〕舊時指女子私自投奔所愛的人，或與他一起逃走：暗約～。

【私弊】sībì〔名〕營私舞弊之事：杜絕～｜如有半點～，斷不姑息。

【私藏】sīcáng ❶〔動〕私人收藏；私自藏匿：～善本書｜～炸藥｜～槍支案。❷〔名〕私人收藏的東西：在母親的這些～裏，金銀首飾佔了大部分。

【私產】sīchǎn〔名〕私有財產（跟"公產"相對）：居民自購住宅屬～｜依法保護～。

【私娼】sīchāng〔名〕暗娼。

【私車】sīchē〔名〕（輛）指屬於私人的車（多指汽車，跟"公車"相對）：開～的人越來越多。

【私仇】sīchóu〔名〕私人之間因利害關係而產生的仇恨：報～｜不可因～而壞國事。

【私處】sīchù〔名〕指男女的陰部。

【私黨】sīdǎng〔名〕以私利結合而成的宗派集團，也指這種集團的成員：政治腐敗，必導致～蜂起，危害國家社會。

【私德】sīdé〔名〕在私生活方面表現出來的道德品

質（跟"公德"相對）：～不講究的人，每每就成為妨害公德的人。

【私邸】sīdǐ〔名〕高級官員的私人住宅（區別於"官邸"）：總統在～接見客人。

【私第】sīdì〔名〕私宅；私邸。

【私法】sīfǎ〔名〕指保護私人利益的法律，如民法、商法等（區別於"公法"）。

【私房】sīfáng〔名〕(間、套)所有權屬於私人的房屋（區別於"公房"）：整頓～買賣秩序，保護消費者合法權益。

【私房】sīfang ❶〔名〕家庭成員個人私下積蓄的財物：～錢｜攢下不少～。❷〔形〕屬性詞。不願他人知道的：～話。

【私訪】sīfǎng〔動〕官員隱藏身份，改變裝扮，私下到民間調查：局長多次～，才了解了案情真相。

【私分】sīfēn〔動〕私自分配：～救濟款｜國有資產的人難逃嚴懲。

【私憤】sīfèn〔名〕因個人利益而生的憤恨：泄～，圖報復｜他這種不理智行為是出於～。

【私話】sīhuà ㊀〔名〕不讓外人知道的、不能公開的話：他又說了幾句夫婦間的～後，就匆匆出門了。㊁〔名〕私人電話：隨着手機的普及，公話和～越來越難以區分。

【私活】sīhuó(～兒)〔名〕公務員、企事業單位人員私下幹的、與本職工作無關的活兒：攬～｜下班後他常幹點～，補貼家用。

【私貨】sīhuò〔名〕❶走私的貨物：夾帶～｜嚴厲打擊～交易。❷比喻在某種名義掩飾下的不正當的言論或行為：該書評析了歷史事實，也販賣了不少～。

【私家車】sījiāchē〔名〕(輛)私人小轎車：擁有～，是好多人的夢想。

【私見】sījiàn〔名〕❶個人的見解：～鄙識｜～以為，此文有可商之處。❷偏私的成見：挾持～。

【私交】sījiāo〔名〕私人交情：二人～甚厚。

【私立】sīlì ❶〔動〕私自設立：～了許多名目。❷〔形〕屬性詞。私人設立的（區別於"公立"）：～學校｜～醫院。

【私利】sīlì〔名〕私人的、個人的利益：不謀～。

【私了】sīliǎo〔動〕私下了結（區別於"公了"）：你打算公了還是～？｜公了上法院，～談條件。

【私密】sīmì ❶〔名〕個人的秘密；隱私：窺探～｜～不願外傳。❷〔形〕隱秘的；秘密的：～的情感｜送上他最～的禮物。

【私募】sīmù〔動〕以非公開方式向少數投資者發售證券等募集資金：～基金。

【私囊】sīnáng〔名〕私人的錢袋；個人的腰包：侵吞公款，中飽～。

【私企】sīqǐ〔名〕(家)私營企業的簡稱。

【私情】sīqíng〔名〕❶私人情感：不徇～。❷男女間的情愛（多指不正當的）：她和老闆有了～，成為第三者。

【私人】sīrén ❶〔名〕個人；個人的資格、身份：～企業｜～秘書｜～可以辦工廠｜～辦的學校。❷〔形〕屬性詞。個人之間的：～關係｜～感情｜～交往。❸〔名〕有私交或為了私利而投靠自己的人：任用～。

【私生活】sīshēnghuó〔名〕屬於個人的生活；個人私事：不要干涉他人的～。

【私生子】sīshēngzǐ〔名〕沒有婚姻關係的男女所生的子女。也叫非婚生子女。

【私事】sīshì〔名〕(件)屬於個人的事（區別於"公事"）：這是～，不宜干預。

【私淑】sīshū〔動〕《書》《孟子·離婁下》："予未得為孔子徒也，予私淑諸人也。"淑：善；認為好。指雖未得其本人親自傳授卻衷心尊奉他為師：早年他已～這位大師，成為大師的～弟子。

【私塾】sīshú〔名〕舊時私人或宗族設立的教學處所，一般只有一個教師，以對學生進行個別教學為主，沒有一定的教材和學習期限：～先生｜教～｜讀過兩年～。

【私通】sītōng〔動〕❶私下勾結：～官府。❷秘密通謀：～外國。❸通姦。

【私吞】sītūn〔動〕私自佔有（別人或公家的財物）：～公款｜他們竟敢～廠裏財物。

【私下】sīxià ❶〔名〕背地裏：～議論｜他倆在～談了這個問題。❷〔副〕不經有關部門或公眾而自己進行的：～了結。以上也說私下裏。

【私相授受】sīxiāng-shòushòu〔成〕私下裏互相給予和接受：不許拿公家的東西～。

【私心】sīxīn〔名〕❶個人的心念；內心：～嚮往之至。❷利己的念頭：～雜念｜～太重｜老王辦這事可是沒存一點兒～。

【私刑】sīxíng〔名〕違背法律私自對人施用的刑罰：濫用～，法理不容。

【私鹽】sīyán〔名〕私人違法販賣的食鹽，一般質量低劣：查禁～。

【私營】sīyíng〔形〕屬性詞。私人經營的：～企業｜～小五金業。

【私營企業】sīyíng qǐyè 指企業資產屬於私人所有、僱用一定數量勞動力的營利性經濟組織：～的權益受法律保護｜申請開辦～應按規定程序進行。簡稱私企。

【私有】sīyǒu〔動〕私人佔有（區別於"公有"）：～財產｜～房產｜堅決打擊非法將公有變為～的犯罪行為。

【私有財產】sīyǒu cáichǎn 私人擁有的財富：公民合法的～不受侵犯。

【私有制】sīyǒuzhì〔名〕生產資料歸私人所有的制度。

【私語】sīyǔ ❶〔動〕低聲私下交談：竊竊～｜大弦嘈嘈如急雨，小弦切切如～。❷〔名〕私下說的話：姐妹的～。

【私欲】sīyù〔名〕個人的欲望：～難以滿足｜不可～膨脹。

【私宅】sīzhái〔名〕私人住宅：～市場｜違章～被強制拆除。

【私自】sīzì〔副〕自己背着別人或組織私下裏（做違章違法的事）：～外出｜閱覽室的圖書不得～攜出。

峒 sī 用於地名：～峿山（在江蘇）。

思 sī ❶ 想；思考：深～熟慮｜～前想後｜三～而後行。❷ 懷念；惦記：睹物～人｜每逢佳節倍～親。❸ 希望；想要：窮則～變｜～歸心切。❹ 思緒；思路：愁～｜文～｜才～敏捷。❺（Sī）〔名〕姓。

另見 sāi（1152 頁）。

語彙　哀思　才思　沉思　構思　凝思　情思　三思　深思　神思　熟思　文思　遐思　鄉思　相思　心思　尋思　意思　憂思　幽思　追思　匪夷所思　若有所思　挖空心思

【思辨】sībiàn〔動〕❶ 運用邏輯推理進行純概念的思考：哲學家都精於～。❷ 思考辨析：～方式｜～能力。

【思潮】sīcháo〔名〕❶ 某一時期內有較大影響的思想傾向：文藝～。❷ 不斷湧現的思想活動：～起伏｜～洶湧。

【思忖】sīcǔn〔動〕〈書〉思考；揣度：暗自～｜他～片刻便點頭同意。

【思凡】sīfán〔動〕（神話、小說中）仙人想到人間來生活；僧尼、道士等出家人想過世俗生活：仙女～｜尼姑～。

【思考】sīkǎo〔動〕深入地思索；考慮：獨立～｜～問題。

【思戀】sīliàn〔動〕想念；懷戀：我～故鄉的小河｜送你一束梅花，寄託我的～。

【思量】sīliang〔動〕❶ 考慮；打算：我～了半天，覺得這樣辦不妥。❷ 想念；記掛：十年生死兩茫茫，不～，自難忘。

【思路】sīlù〔名〕思考問題的條理、綫索：別打斷他的～｜沿着這條～往下寫。

【思慮】sīlǜ〔動〕思索考慮：～不周｜～過度。

【思謀】sīmóu〔動〕思索謀劃：他正～着投資辦企業的事｜這件事他～很久了。

【思慕】sīmù〔動〕〈書〉思念仰慕：～前賢｜與君久別，不勝～。

【思念】sīniàn〔動〕想念；懷念：～戰友｜～親人｜永久的～。

【思索】sīsuǒ〔動〕思考探索：周密～｜這是我長期～的一個問題。

【思維】（思惟）sīwéi ❶〔名〕在表象、概念的基礎上進行分析、綜合、判斷、推理等認識活動的過程。思維是人類在社會實踐的基礎上產生、發展，並藉助語言進行的一種特有的精神活動。❷〔動〕進行思維活動：～方式｜人們的感性認識通過～活動進入理性認識。

【思鄉】sīxiāng〔動〕思念家鄉：～心切｜～情濃。

【思想】sīxiǎng ❶〔名〕客觀存在反映在人的意識中經過思維活動而產生的結果。思想是從社會實踐中來的，其內容是由社會的狀況和人們的生活條件所決定的：～境界｜～體系｜不正確的～。❷〔名〕念頭；想法：他早就有回鄉務農的～。❸〔動〕思量；想念（多見於早期白話）：你在旅途，休要～着我。

【思想性】sīxiǎngxìng〔名〕作品所表現的社會意義和政治傾向：～和藝術性兼備的好作品。

【思緒】sīxù〔名〕❶ 思想的頭緒：～萬千。❷ 心情：～不寧。

偲 sī 見"傞偲"❷（629頁）。

虒 sī 古指一種野獸，像虎而有角，能在水中活動。

偲 sī 見下。

另見 cāi（121頁）。

【偲偲】sīsī〔形〕〈書〉相互切磋、督促的樣子：朋友切切～。

斯 sī ❶〔代〕〈書〉指示代詞。這；此：痛哉～言｜～人也而有～疾也。❷〔代〕〈書〉指示代詞。這裏；這樣：～是陋室，惟吾德馨｜何故至於～？❸〔連〕〈書〉於是；這就：我欲仁，～仁至矣。❹（Sī）〔名〕姓。

語彙　密斯　如斯　瓦斯　螽斯　宙斯　法西斯

【斯諾克】sīnuòkè〔名〕英式枱球。其特點是有意識地打出讓對方無法施展技術的障礙球，使對方受阻捱罰，無法得分，而自己得分。[英 snooker]

【斯文】sīwén〔名〕〈書〉指文化或文人：～掃地（文化或文人不受尊重或文人自甘墮落）。

【斯文】sīwen〔形〕文雅：他說話挺～｜斯斯文文的一個學生。

【斯須】sīxū〔名〕〈書〉一會兒；片刻：長當從此別，且復立～｜天上浮雲似白衣，～改變如蒼狗。

絲（丝）sī ❶〔名〕（根，縷）蠶絲：抽～｜繅～｜春蠶到死～方盡。❷（～兒）〔名〕像絲的東西：尼龍～｜粉～｜藕斷～連。❸〈書〉絲織品：衣（yì）～。❹ 指弦樂器：～竹。❺〔量〕一種計算長度和重量的微小單位，10絲等於1毫，10忽等於1絲。❻〔量〕表示細微之極的量（數詞限於"一"）：一～不苟。

語彙　拔絲　蠶絲　燈絲　粉絲　絡絲　青絲　情絲
肉絲　繰絲　絲絲　鐵絲　紋絲　煙絲　一絲　遊絲
雨絲　蛛絲　品竹彈絲

【絲綢】sīchóu〔名〕用蠶絲或人造絲織成的紡織品的總稱：～面料｜～之路。

【絲綢之路】Sīchóuzhīlù 西漢以後，中國內地大量絲織品經甘肅、新疆，越過葱嶺，運往西亞、歐洲各國。這條古代橫貫亞洲的交通道路被稱為絲綢之路：旅行社安排的～行程很受大家歡迎。

【絲糕】sīgāo〔名〕（塊）一種將小米麪、玉米麪等發酵後蒸成的食品，鬆軟可口：早點花樣不少，有糖包、油餅、～。

【絲瓜】sīguā〔名〕❶（株）一年生草本植物，莖蔓生，果實長形，嫩時可食用，成熟後肉多呈網狀纖維，叫絲絡（luò），可入藥，也可用來擦洗器物等。❷ 這種植物的果實。

【絲毫】sīháo〔形〕表示極小或很少（一般用於否定式）：～不差｜～不能鬆懈｜沒有～的虛榮心。

【絲巾】sījīn〔名〕（條）用蠶絲或人造絲織成的頭巾或圍巾：那條黃～是朋友送的禮物。

【絲綿】sīmián〔名〕以下腳蠶繭為原料，經過整理、扯鬆而成的產品，可以像棉花一樣用來絮衣服、被子等：～被｜～襖。注意 這裏的"綿"不寫作"棉"。

【絲絨】sīróng〔名〕一種用蠶絲和人造絲織成的織物，表面起絨毛，色澤鮮艷，質地柔軟，供製服裝、帷幕、窗簾等：～窗簾｜舞台上掛着～幕布。

【絲絲入扣】sīsī-rùkòu〔成〕紡織時，每條經綫都要從扣（筘）齒間穿過。比喻做得十分細緻，一一合拍（多指文章或藝術表演等）：他唱了一段京劇，字正腔圓，京胡的伴奏也～。

【絲弦】sīxián〔名〕❶ 弦樂器上的絲綫。❷ 指滇劇中的絲弦腔。❸（～兒）河北地方戲曲之一，流行於石家莊一帶。

【絲綫】sīxiàn〔名〕（根）用絲紡成的綫：她用各色～繡出鮮艷的花卉。

【絲竹】sīzhú〔名〕琴、瑟等弦樂器和簫、笛等管樂器的總稱：無～之亂耳，無案牘之勞形。

楒　sī 用於地名：～栗（在重慶）。

愢　sī 見"偲愢"（399 頁）。

澌　sī〈書〉解凍時流動的冰：流～。

撕　sī〔動〕扯裂薄片狀的東西或使其離開附着物：紙被～成了碎片｜把信封～開｜衣服～了一個大口子｜從日曆上～下一頁。

【撕毀】sīhuǐ〔動〕❶ 撕破毀壞：他一生氣把手稿全都～了。❷ 單方面背棄協議、條約等：～協議｜～合同書。

【撕票】sī∥piào（～兒）〔動〕綁票的匪徒因勒索財物未遂而殺死被綁架的人：慘遭綁匪～。

【撕破臉】sīpò liǎn〔慣〕比喻公開爭吵，不顧情面：咱們是多年的老街坊，誰也不願意～。

【撕咬】sīyǎo〔動〕用牙咬住，奮力扯掉：～食物｜群狼～獵物。

嘶　sī ❶（馬）鳴叫：征馬～北風。❷ 嘶啞：聲～力竭。❸ 同"㕷"。

【嘶鳴】sīmíng〔動〕尖聲鳴叫（多指騾馬等）：駿馬～｜警笛～。

【嘶嗄】sīshà〔形〕沙啞；不響亮：聲音已經～了。

【嘶啞】sīyǎ〔形〕聲音沙啞：他喊得嗓子都～了。

嘶（㕷）　sī〔擬聲〕形容炮彈、槍彈等在空中很快飛過的聲音：子彈～～地從耳邊飛過。

㕷（廝）　sī ㊀ ❶ 古代稱男僕：～徒｜～役｜小～。❷ 對人輕視的稱呼（多見於傳統戲曲小說）：這～｜那～。
㊁ 相互：～打｜～殺｜～混。

【㕷打】sīdǎ〔動〕互相揪住對打：一群流氓在大街上～。

【㕷混】sīhùn〔動〕❶ 渾噩相處；鬼混：他整天與那些流氓阿飛～。❷ 混雜：各種顏色的布料～在一起，看不出哪一種好。

【㕷殺】sīshā〔動〕相互拼殺；交戰：激烈～，喊聲震天｜兩軍～，不分勝負。

【㕷守】sīshǒu〔動〕互相陪伴；互相守護：母女～，相依為命，一起度過了艱難的日子。

【㕷咬】sīyǎo〔動〕相互咬扯：一群寵物狗在草坪上～打鬧。

漸　sī〈書〉盡：～亡｜～滅。

【漸滅】sīmiè〔動〕〈書〉消失淨盡：形體～。

緦（緦）　sī〈書〉細麻布。

螄（螄）　sī 見"螺螄"（884 頁）。

鍶（鍶）　sī〔名〕一種金屬元素，符號 Sr，原子序數 38。銀白色，有延展性。鍶的化合物燃燒時發出紅色火焰。用來製造合金和煙火等。

飀（飀）　sī〈書〉❶ 疾風：乘～舉帆檣。❷（風）涼：秋風肅肅晨風～。

鷥（鷥）　sī 見"鷺鷥"（876 頁）。

sǐ　ㄙˇ

死　sǐ ❶〔動〕（生物）失去生命（跟"生""活"相對）：～亡｜送～｜累～｜～牛｜為人民

利益而～，就比泰山還重｜栽了三棵樹苗，活了兩棵，～了一棵。❷〔動〕比喻消失，不再活動：你就～了這條心吧｜這座火山還沒～，還可能爆發｜他這盤棋已經～了。❸〔形〕不可調和的：～敵｜～對頭。❹〔形〕死板；固定：～人（死板的人）｜～心眼｜～記硬背｜把時間定～｜～盯着我幹甚麼？❺〔副〕拚死：～戰｜～守｜～拚。❻〔副〕堅決（多修飾否定式）：～不承認｜～不開口｜～頂着不辦。❼〔形〕不能通過：～胡同｜把路堵～。❽〔形〕程度達到極點：～頑固｜忙～了｜嘴裏乾～了｜一口氣游了一千米，累～了。注意"幹死了""累死了"等說法，往往有兩種意思。如"他日夜拚命幹，活活累死了（因累而死）"是①義；"一口氣爬上八百級石階，累死了（累極了）"是⑧義。

語彙	病死	處死	垂死	賜死	抵死	該死	橫死
	壞死	昏死	假死	僵死	決死	客死	老死	冒死
	拚死	屈死	生死	誓死	殊死	送死	萬死	效死
	尋死	詐死	戰死	找死	致死	作死	安樂死	過勞死
	出生入死		生老病死		醉生夢死			

死的委婉説法
上西天、上天堂、老了、去了、走了、不在了、嚥氣、斷氣、不諱、物故、作古、謝世、下世、去世、逝世、棄世、故去、亡故、身故、卒、辭世、歸天、仙逝、百年之後、捐館舍、謝賓客、晏駕（皇帝死）、駕崩（皇帝死）、坐化（和尚死）、圓寂（和尚死）、涅槃（佛教用語〔梵 nirvāṇa]）。

【死板】sǐbǎn〔形〕❶ 不活潑；不生動：動作～｜表情～。❷不會隨機應變；不靈活：這個人，辦事～得很。

【死不改悔】sǐbùgǎihuǐ〔成〕堅持錯誤，至死不肯改正。形容態度頑固。也説死不悔改。

【死不瞑目】sǐbùmíngmù〔成〕死了也不閉上眼睛。多用來形容不達目的，決不甘休：大業未竟，～。

【死纏爛打】sǐchán-làndǎ 為達到某種目的而緊緊糾纏。

【死沉】sǐchén〔形〕狀態詞。❶ 很沉重（多疊用）：他扛一個～～的旅行包走進房間。❷（睡覺）深（多疊用）：上床就睡，睡得～～的。

【死黨】sǐdǎng〔名〕❶ 死不改悔的反動集團：他們四人結成～。❷ 指為某人或某集團死心塌地出力的黨羽：反動幫派的～都已被抓獲。❸ 喻指親密無間的關係，有戲謔義，用於口語：我們倆是～。

【死得其所】sǐdéqísuǒ〔成〕得其所：得到合適的地方。指死得有價值，有意義：為人民利益而死，就是～。

【死敵】sǐdí〔名〕勢不兩立、不共戴天的敵人：誰賣國求榮，誰就是人民的～。

【死地】sǐdì〔名〕難以生存之地；絕境：陷之～而後生｜這支球隊在這個夜晚再一次品嘗了～求生的勝利滋味。

【死讀書】sǐdúshū ❶ 指一心讀書，不想其他事。❷ 指讀書時不能開動腦筋，舉一反三。

【死而後已】sǐérhòuyǐ〔成〕到死後方才停息：鞠躬盡瘁，～。

【死鬼】sǐguǐ〔名〕❶ 指死去的人。❷ 鬼（用於罵人或表示親昵）：你這～，跑哪兒去了？

【死海】Sǐ Hǎi〔名〕位於亞洲西部約旦和巴勒斯坦之間的鹹水湖。因氣候炎熱，蒸發強烈，湖水鹽度高，水生植物及魚類不能生存，沿岸草木也很少，故稱。

【死胡同】sǐhútòng（～兒）〔名〕(條）走不通的巷子；比喻絕路：這是一條～｜研究脫離實際，必然走進～。

【死緩】sǐhuǎn〔名〕"判處死刑，緩期二年執行"的簡稱，是中國人民法院對罪犯的一種刑罰判決。到期後，根據犯人表現執行死刑或減刑。

【死灰】sǐhuī〔名〕完全熄滅了的火灰：～槁木｜心如～。

【死灰復燃】sǐhuī-fùrán〔成〕《史記·韓長孺列傳》："死灰獨不復然乎？"然：同"燃"。冷了的灰重新燒起來。原比喻失勢的人重新得勢。現常比喻已經消失了的事物（多指消極的舊事物）又重新活動起來：這些年，用巫術治病等封建迷信活動又～了。

【死活】sǐhuó ❶〔名〕死亡和生存；活得下去活不下去（多用於否定句）：這些黑心僱主只顧賺錢，不管工人～。❷〔副〕〈口〉無論如何：我勸了他半天，他～不聽｜我想離開，他～不讓我走。

【死機】sǐ//jī〔動〕電子計算機因程序錯誤、操作錯誤等原因而非正常地停止運行：電腦～後，可以嘗試重新啟動。

【死記硬背】sǐjì-yìngbèi〔成〕強行記住，死板地背誦：對這些數學公式，你要弄明白搞透徹，不能～。

【死寂】sǐjì〔形〕〈書〉十分安靜；沒有絲毫聲響：沙漠裏一片～。

【死角】sǐjiǎo（～兒）〔名〕❶ 軍事上指在火器射程之內卻無法射到的地方。❷ 球類運動指角度很大，難以防守的地方。❸ 比喻工作尚未做到或影響尚未達到的處所：衛生工作要做細，不能留下～。

【死結】sǐjié〔名〕❶ 不是一拉就能開的繩結（區別於"活結"）。❷ 比喻難以解決的矛盾或問題：通過多次調解，兩人之間二十多年的～終於解開了。

【死勁兒】sǐjìnr〈口〉❶〔名〕能夠使出的最大力

量：我下～把他推開。❷〔副〕使出最大力量：劇場起火，觀眾～想往外逃。

【死局】sǐjú〔名〕救不活的局面；敗局：這盤棋已成～｜她的婚姻已陷入～｜有些人在～中臨危不亂，置之死地而後生。

【死扣兒】sǐkòur〔名〕〈口〉死結：綰個～。

【死老虎】sǐlǎohǔ〔名〕比喻已經垮台的曾有權勢的人。或失去威力的壞人：由於內部多次械鬥，這個黑幫元氣大傷，已成～。

【死裏逃生】sǐlǐ-táoshēng〔成〕從極其危險的境地逃脫，保全性命：這次空難，只他一人～。

【死路】sǐlù〔名〕〔條〕走不通的路；比喻招致毀滅的道路：別往那邊走，那是條～｜吸食毒品，～一條。

【死馬當活馬醫】sǐmǎ dàng huómǎ yī〔俗〕明知病危難醫，仍積極救治，以求萬一得生。泛指做最後的嘗試或努力；企業大虧損，讓他來整頓，他只能～，盡力為之。

【死命】sǐmìng ❶〔名〕走向死亡的命運：制敵於～。❷〔副〕拚死；拚命：～掙扎。

【死難】sǐnàn〔動〕遭難而死；殉難：向～烈士致敬｜悼念～戰友｜這次印度洋海嘯和失蹤者總數達 28 萬。

【死皮賴臉】sǐpí-làiliǎn〔成〕形容不顧羞恥，厚着臉皮一味糾纏：人家都下了逐客令，咱們幹嗎還～地不肯走！

【死棋】sǐqí〔名〕肯定要輸掉的棋局或棋局中保不住的棋子；比喻注定失敗的局面：對手不管怎麼下，都是～｜收縮兵力固守，也仍是～。

【死乞白賴】sǐqibáilài（～的）糾纏個沒完。也作死氣白賴。

【死氣沉沉】sǐqì-chénchén〔成〕❶形容氣氛凝滯、呆板：一定要把職工的文娛體育活動搞起來，改變這種～的局面。❷形容人沒有生氣：這個人～，一點也不像年輕人。

【死囚】sǐqiú〔名〕（名）已判處死刑尚未執行的囚犯。

【死去活來】sǐqù-huólái〔成〕死過去又活過來。形容極度疼痛或悲痛：被打得～｜哭得～。

【死傷】sǐshāng ❶〔動〕死亡和受傷：車禍造成五人～。❷〔名〕死者和傷者：地震～已逾七百。

【死神】sǐshén〔名〕專管攝取生命使人死亡的神，多用於比喻：搶救無效，～終於奪走了他的生命。

【死屍】sǐshī〔名〕（具）人的屍體。

【死守】sǐshǒu〔動〕❶拚命守住：～陣地。❷固執地遵守：～成法。

【死水】sǐshuǐ〔名〕不流動的水；常用來比喻長期沒甚麼變化的地方：～微瀾｜別的單位都動起來了，就咱們這裏還是一潭～。

【死說活說】sǐshuō-huóshuō〔成〕指百般勸說或請求：我～，她仍然不肯登台演唱。

【死亡】sǐwáng〔動〕失去生命（跟"生存"相對）：～率｜～證明｜搶救不及，終於～。

【死心】sǐ∥xīn〔動〕斷了念頭；不再寄託希望：這回他真的～了｜想重操舊業，你就死了這條心吧。

【死心塌地】（死心踏地）sǐxīn-tādì〔成〕形容打定主意，決不改變：他對你幾乎～，唯命是從｜對於那些～與人民為敵的匪幫，必須乾淨利落地把他們消滅掉。

【死心眼兒】sǐxīnyǎnr ❶〔形〕思想不靈活；想不開：他這人特別～｜想開點兒吧，別～了。❷〔名〕死心眼兒的人：他這個～，決不會去冒這個險的。

【死信】sǐxìn ⊖〔名〕（封）瞎信：這個投遞員救活了好幾封～。⊜〔名〕（～兒）人死了的消息。

【死刑】sǐxíng〔名〕剝奪犯人生命的刑罰：判處～，立即執行！

【死訊】sǐxùn〔名〕人死了的消息：聽到英雄的～，大家都陷入悲痛之中。

【死硬】sǐyìng〔形〕狀態詞。❶極硬：這火燒（huǒshao）～～的，哪裏咬得動！❷呆板；不靈活：人老了，胳膊腿兒都～～的。❸極端頑固：～派｜～分子｜～到底。

【死有餘辜】sǐyǒuyúgū〔成〕即使判處死刑，也抵償不了罪過。形容罪大惡極：這個禽獸不如的人，～！

【死於非命】sǐyúfēimìng〔成〕非命：橫死。遭受意外的災禍而死亡：這起醉駕引發的車禍，使五個人～。

【死戰】sǐzhàn ❶〔動〕拚死戰鬥：我們決心～到底！❷〔名〕關係到生存還是滅亡的戰鬥或戰爭：決一～。

【死罪】sǐzuì ❶〔名〕夠判處死刑的罪行：他犯的是～。❷〔動〕客套話。舊時請罪或道歉時用，表示自己所犯過失很重：頓首頓首，～～。

SÌ ㄙˋ

巳 sì〔名〕地支的第六位。**注意**己、已、巳三字不同。己字不封口，已字半封口，巳字全封口；己字低，已字高，巳字掛在半山腰。

【巳時】sìshí〔名〕用十二時辰記時指上午九時至十一時。

四 sì ⊖❶〔數〕數目，三加一後所得。❷（Sì）〔名〕姓。

⊜〔名〕中國民族音樂音階上的一級，樂譜上用作記音符號，相當於簡譜的"6"。參見"工尺"（447頁）。

語彙　不三不四　低三下四　顛三倒四　丟三落四
說三道四　挑三揀四　推三阻四　朝三暮四
板板六十四

【四邊】sìbiān（～兒）〔名〕四周邊緣；錦旗～兒繡着富貴不斷頭的圖案。

【四邊形】sìbiānxíng〔名〕由不在同一直綫上的四條綫段在同一平面上首尾順次相連且不相交所構成的封閉圖形：廣場是～，中間是圓形的水池。

【四不像】sìbùxiàng〔名〕❶（頭、隻）麋鹿的俗稱。❷（頭、隻）馴鹿的俗稱。❸比喻不倫不類的事物：這篇稿子東拼西湊，弄成了一個～。

【四部】sìbù〔名〕中國古代圖書分類法，將書分為經、史、子、集四大類，稱四部。後按四部分庫儲存，故又稱四庫。

【四處】sìchù〔名〕到處；周圍的各個地方：～聯繫｜～求援｜～都是歡樂的人群。

【四大皆空】sìdà-jiēkōng〔成〕四大：佛教指組成宇宙的四種元素，即地、水、火、風。認為此四者廣大無邊，能產生一切。後指世間萬事都是空虛的，並不存在。也用來形容心境超脫豁達：一心無掛，～。

【四方】sìfāng ❶〔名〕東、西、南、北，泛指各處：～響應｜好男兒志在～。❷〔形〕屬性詞。正方形或立方體的：～臉｜～盒子｜門前四四方方的一片綠地。

【四方步】sìfāngbù（～兒）〔名〕端正穩重或悠閑的步子：他邁着～來了。

【四分五裂】sìfēn-wǔliè〔成〕形容處於高度分裂狀態：軍閥割據，國家～｜敵人內部～。

【四伏】sìfú〔動〕到處隱藏着：危機～。

【四海】sìhǎi〔名〕指全國各地或世界各地：威震～｜～為家｜～之內皆兄弟。

【四合院】sìhéyuàn（～兒）〔名〕（座）中國傳統庭院佈局的一種方式，四面房屋相對，形成平面為方形或矩形的院落，四周用圍牆封閉。以北京的四合院為最著名。簡稱四合兒，也叫四合房。

【四呼】sìhū〔名〕漢語音韻學名詞。韻母的一種分類法，是開口呼、齊齒呼、合口呼、撮口呼的總稱。沒有韻頭，而韻腹又不是 i、u、ü 的韻母叫開口呼，如普通話的 a、ou、e、en 等；韻頭或韻腹是 i 的韻母叫齊齒呼，如普通話的 i、ie、ian、ing 等；韻頭或韻腹是 u 的韻母叫合口呼，如普通話的 u、uo、uai、uang 等；韻頭或韻腹是 ü 的韻母叫撮口呼，如普通話的 ü、üe、üan、ün 等。

【四化】sìhuà〔名〕中國社會主義建設時期提出的農業現代化、工業現代化、國防現代化和科學技術現代化：為實現～而奮鬥！

【四季】sìjì〔名〕指春、夏、秋、冬四個季節，每季三個月：一年～｜～花開。

【四腳朝天】sìjiǎo-cháotiān〔成〕形容人仰着躺下時，腿和胳膊伸着的樣子。也形容十分忙亂，手腳不能閒下來：摔了個～｜忙得～。

【四鄰】sìlín〔名〕前後左右四周的鄰居：街坊～｜～八舍｜大江闊千里，孤舟無～。

【四面】sìmiàn〔名〕東、西、南、北，泛指周圍：～環山｜～受敵。

【四面八方】sìmiàn-bāfāng〔成〕泛指周圍各地或各個方面：～都是客──朋友遍天下｜他做事，～都想到了。

【四面楚歌】sìmiàn-chǔgē〔成〕《史記·項羽本紀》記載，楚漢交兵時，項羽被包圍在垓下，聽見四面漢軍都唱楚歌。項王乃大驚曰："漢皆已得楚乎？是何楚人之多也！"後用"四面楚歌"比喻處於四面受敵、孤立無援的困境。

【四平八穩】sìpíng-bāwěn〔成〕形容舉止穩重或說話做事穩妥。也指做事但求無過，不圖創新：辦事～｜文章寫得～。

【四起】sìqǐ〔動〕到處興起或出現：干戈～｜烽煙～｜歌聲～。

【四捨五入】sìshě-wǔrù 運算時取近似值的一種方法。如不予保留的頭一位數滿五，就在所取數的末位加一，不滿五的就舍去。如 15.51 可取整數 16，15.49 只取整數 15。

【四聲】sìshēng〔名〕❶古漢語字調有平聲、上聲、去聲、入聲四類，叫作四聲。❷普通話的字調有陰平（第一聲，符號"-"）、陽平（第二聲，符號"ˊ"）、上聲（第三聲，符號"ˇ"）、去聲（第四聲，符號"ˋ"）四類，也叫四聲。

【四時】sìshí〔名〕四季：～花開，美不勝收｜畢竟西湖六月中，風光不與～同。

【四書】Sì Shū〔名〕南宋朱熹取《禮記》中的《大學》《中庸》兩篇，配以《論語》《孟子》，稱為四書。科舉時代四書是科考取士的儒家主要經典。

【四體】sìtǐ ㊀〔名〕〈書〉指人的四肢：～不勤，五穀不分。㊁〔名〕指漢字的正楷、草書、隸書、小篆四種字體：刻圖章的師傅，對漢字～都熟練掌握。

【四體不勤，五穀不分】sìtǐ-bùqín，wǔgǔ-bùfēn〔諺〕《論語·微子》："四體不勤，五穀不分，孰為夫子？"不參加體力勞動，連稻、麥、黍、稷、菽等糧食作物也不能分辨。多用來形容脫離生產勞動，缺乏生產知識。

【四通八達】sìtōng-bādá〔成〕四面八方都有路可通。形容交通便利：現代的城市，鐵路、公路、航空、水道，樣樣都有，～，交通極其便利。

【四野】sìyě〔名〕四周的原野：～茫茫，一片寂靜｜天似穹廬，籠蓋～。

【四則】sìzé〔名〕加、減、乘、除四種運算的總稱：～雜題｜～運算｜整數～。

【四肢】sìzhī〔名〕人體的上肢和下肢，也指某些動物的四條腿：～僵硬｜～發達｜做激烈運動前，要先活動活動～。

【四至】sìzhì〔名〕某個地域或耕地、建築基地等與四周相鄰的地方：契約上寫明了宅基地的～。

【四周】sìzhōu〔名〕周圍：房子～栽滿了樹｜～都是商店。

【四座】sìzuò〔名〕四周在座的人：語驚～｜一曲既終，～寂然。

寺 sì ❶〔名〕古代官署名：大理～｜太僕～。❷〔名〕寺廟：碧雲～（在北京）｜相國～（在開封）。❸〔名〕伊斯蘭教禮拜講經的地方：清真～。❹(Sì)〔名〕姓。

語彙 禪寺 佛寺 闇寺 碧雲寺 護國寺 清真寺

【寺廟】sìmiào〔名〕(座)❶佛教、道教等供奉神佛的地方。❷供奉歷史上被百姓所崇敬的英雄人物的地方：～中供奉着關聖帝神像｜這座～裏，主祠文武二聖，配祠有民族英雄岳飛。

佛寺的各種稱法
庵、庵堂、禪房、禪林、禪寺、禪院、佛寺、蘭若、廟、廟宇、尼姑庵、伽藍、剎、寺、寺廟、寺院、蕭寺。

【寺人】sìrén〔名〕古代宮中供使令的小臣（多由閹人擔任），後來稱宦官或太監為寺人。

【寺院】sìyuàn〔名〕(座)佛寺的總稱。也指別的宗教的修道院、神學院等：山上～宏大，古樹參天。

汜 Sì 汜水，水名。在河南滎陽西，北流入黃河。

兕 sì 古代指雌的犀牛：猛如～虎｜虎～出於柙。

似〈佀〉sì ❶〔動〕像；如同：驕陽～火｜舟如空裏泛，人～鏡中行。注意"似"和"非"可構成"似……非……"框架，嵌用同一個單音節名詞、形容詞或動詞，表示又像又不像的意思，如"似花非花""似紅非紅""似懂非懂"。❷〔副〕似乎；好像：～屬可信｜～曾相識。❸〔介〕用於比較，表示超過（放在單音節

形容詞後面，相當於"於"）：不是春光，勝～春光｜生活一年強～一年。

另見 shì（1229頁）；"佀"另見 sì（1283頁）。

語彙 好似 渾似 活似 近似 酷似 類似 略似 貌似 恰似 強似 神似 勝似 形似 亞似 疑似

【似曾相識】sìcéng-xiāngshí〔成〕好像曾經認識：～燕歸來｜回憶中出現了許多～的面孔。

【似懂非懂】sìdǒng-fēidǒng〔成〕好像懂，又好像不懂：說話繞來繞去，讓人～。

【似乎】sìhū〔副〕仿佛；好像：他～睡着了｜滿天烏雲，～要下雨了。

辨析 似乎、好像 a)"好像"有指類似的動詞義，可用於比喻，如"草原上的羊群好像一片片白雲"，"似乎"沒有這種意義用法。b)在作副詞的用法上，"似乎"不能同"一般""似的"相呼應，"好像"可以。

【似是而非】sìshì-érfēi〔成〕好像對，實際上並不對：這些觀點～，切不可盲目接受。

佀 Sì〔名〕姓。
另見 sì "似"（1283頁）。

伺 sì 觀察；守候：窺～｜～機｜～隙。
另見 cì（213頁）。

語彙 窺伺 微伺 偵伺

【伺機】sìjī〔動〕等待時機：～進攻｜～反撲。

【伺隙】sìxì〔動〕等待機會或漏洞：～搗亂｜～尋釁。

祀〈禩〉sì〈書〉❶祭祀：～祖｜宗廟絕～。❷殷代稱年為祀：惟十有三～。

語彙 奉祀 祭祀 配祀

姒 sì ❶古代稱姐姐。❷古時婦女稱丈夫的嫂子為姒，稱丈夫的弟媳婦為娣，娣姒即妯娌：娣～。❸(Sì)〔名〕姓。

泗 sì ㊀〈書〉鼻涕：涕～（眼淚和鼻涕）｜～淚滿面。
㊁(Sì) 泗河，水名。在山東曲阜一帶：洙～（洙水與泗河一帶，孔子曾講學於此）。

俟 sì ❶〈書〉等待：～機｜～時而動。❷(Sì)〔名〕姓。
另見 qí（1050頁）。

食 sì〈書〉供養；拿食物給人吃：載我以其車，衣(yì)我以其衣，～我以其食。
另見 shí（1219頁）；yì（1607頁）。

浻 sì〈書〉水邊；河岸：在水之～｜兩～渚崖之間，不辨牛馬。

語彙 海浻 河浻 江浻 兩浻 水浻 涯浻

耜 sì 古代農具耒下鏟土的部件，形狀像鍬或犁上的鏵。

語彙 秉耜　良耜　斫木為耜

笥 sì 古指盛飯或放衣物的方形竹器。

覗（覗）sì〈書〉窺伺。

笥

肆 sì ㊀❶〈書〉鋪子：市～｜書～｜茶樓酒～。❷陳列：～筵設席。

㊁〔數〕"四"的大寫。多用於票據、賬目。

㊂〈書〉❶延伸；擴張：～其西封。❷恣縱；任意妄為：～擾｜放～｜大～鋪張｜～行無忌。

語彙 大肆　放肆　酒肆　市肆　書肆　瓦肆　恣肆

【肆虐】sìnüè〔動〕任意殘害；大肆破壞：奸賊～｜狂風～。

【肆無忌憚】sìwújìdàn〔成〕任意妄為，毫無顧忌：胡作非為，～｜這夥盜賊作案已到了～的地步。

【肆行】sìxíng〔動〕〈書〉不顧一切地任意行動：～無度｜～劫掠。

【肆意】sìyì〔副〕任意；由着性子（去做）：～妄為｜～橫行｜～踐踏。

嗣 sì ❶接續；繼承：～位。❷繼承人：立～。❸子孫：後～｜近～｜罰弗及～。

語彙 後嗣　繼嗣　絕嗣　立嗣　令嗣　子嗣

【嗣後】sìhòu〔名〕〈書〉以後：～務必謹慎。

【嗣位】sìwèi〔動〕〈書〉繼承王位：儲君～。

飼（飼）〈飤〉sì ❶拿食物餵人：鼻～。❷飼養：～料｜～羊。❸飼料：打草儲～。

【飼料】sìliào〔名〕餵養家畜家禽的食物：豬～｜雞～。

【飼養】sìyǎng〔動〕餵養動物：～員｜這種兔子很難～。

駟（駟）sì〈書〉❶指套着四匹馬的車。❷同駕一輛車的四匹馬。

【駟馬】sìmǎ〔名〕同駕一輛車的四匹馬：～高車（形容貴族車馬壯盛）｜一言既出，～難追（形容話既出口，就難以收回）。

【駟之過隙】sìzhīguòxì〔成〕比喻時光飛逝：人生短促，若～。

sōng ㄙㄨㄥ

忪 sōng 見"惺忪"（1512頁）。另見 zhōng（1767頁）。

松 sōng〔名〕❶（棵）常綠喬木，種類很多，如白松、黑松、油松、馬尾松、羅漢松等。樹皮多呈鱗片開裂狀，葉針形成束，球果有木質鱗片。木材和樹脂都可利用。❷（Sōng）姓。

另見 sōng "鬆"（1285頁）。

松　　馬尾松

語彙 勁松　瓦松　雪松　白皮松　馬拉松

【松花】sōnghuā〔名〕一種用鴨蛋或雞蛋做的食品，用水混合石灰、黏土、食鹽等包在蛋殼上使蛋黃、蛋白凝固變味而成。因蛋清上有松針樣的花紋，所以叫松花。也叫皮蛋、變蛋、松花蛋。

【松鼠】sōngshǔ（～兒）〔名〕（隻）哺乳動物，外形略像鼠，尾巴蓬鬆而長大。善跳躍，生活在松林中，食乾果、漿果、嫩葉等。

【松濤】sōngtāo〔名〕風吹動松林發出的波濤般的聲音：聽～｜十里～。

【松香】sōngxiāng〔名〕松脂蒸餾後剩下的固體物質，透明，質硬而脆，淡黃色或棕色，是製造油漆、肥皂、紙張、火柴等的原料，也用於電氣、醫藥等工業。

【松竹梅】sōng-zhú-méi 松樹、竹子和梅花，象徵堅強、正直、高尚等品格：歲寒三友～。

【松子】sōngzǐ〔名〕❶（～兒）（顆）松樹的種子：桂花～常滿地，紅葉丹楓好吟詩。❷（粒）松樹種子裏面的仁，可食：～糖。

伀 Sōng〔名〕姓。

娀 sōng 有娀，上古國名。在今山西運城一帶。

凇 sōng 水汽、雲霧、雨露的凝結物或凍結物，有水凇、霧凇、雨凇等。

崧 sōng 用於地名：～廈（在浙江）。

淞 Sōng 淞江，水名。發源於江蘇太湖，流經上海，跟黃浦江合流入海。通稱吳淞江。

菘 sōng 古時對白菜類蔬菜的通稱。

嵩 sōng ❶〈書〉高大的樣子。❷（Sōng）〔名〕姓。

【嵩山】Sōng Shān〔名〕五嶽中的中嶽，位於河南登封西北。主要包括太室山、峻極山、少室山三座高峰。山上松杉滿谷，清流潺潺，廟宇莊嚴。主要名勝有太室山上北魏永平年間所建的嵩嶽寺，北宋程顥、程頤講學的嵩陽書院，以及馳名天下的少室山上的少林寺。

鬆（松）sōng ❶〔形〕鬆散；不緊密（跟"緊"相對）：辮子紮不緊，顯得很～｜鞋帶兒繫（jì）得太～，緊一緊吧！❷〔形〕酥鬆；不堅實：土質很～｜點心～脆適口。❸〔形〕寬緩；不緊張（跟"緊"相對）：時間很～｜考卷兒判分太～｜比起過去的緊日子來，現在可是～多了。❹〔動〕解開；放鬆（跟"緊"相對）：～綁｜～一～腰帶｜剛一～手，鳥就飛了｜～口氣（緊張之後，放鬆一下）｜越接近勝利越不能～勁兒。❺用瘦肉等做成的茸毛或碎末狀食品：魚～｜雞～｜油酥肉～。

"松"另見 sōng（1284頁）。

語彙　放鬆　寬鬆　蓬鬆　輕鬆　手鬆　疏鬆　稀鬆

【鬆綁】sōng // bǎng〔動〕❶把捆在身上的繩索解開：他是好人，快給他～！❷比喻放寬約束：下放自主權，給企業～。

【鬆弛】sōngchí ❶〔形〕鬆散；不緊張：肌肉～｜精神～。❷〔形〕不嚴格：紀律～。❸〔動〕放鬆：～一下緊張的情緒｜～精神有益健康。注意 這裏的"弛"不寫作"馳"。

【鬆動】sōngdòng ❶〔形〕因不緊而動搖：老人身體康健，滿口牙齒，沒一顆～｜把～的螺絲擰緊。❷〔動〕使鬆散，使有活動餘地：車上的人～～，讓下邊的人上來。❸〔動〕變得不緊張、不強硬：緊張局勢有所～｜他的口氣一～，事情好辦多了。

【鬆緊】sōngjǐn〔名〕鬆或緊的程度：～正合適。

【鬆緊帶】sōngjǐndài（～兒）〔名〕（根，條）有彈性、可放鬆或繃緊的帶子，多用橡膠製成：褲衩上的～兒斷了。

【鬆勁】sōng // jìn（～兒）〔動〕精神鬆弛，降低用力的程度：再爬二百米就到山頂了，別～兒｜要是鬆了勁兒，任務可就完不成了。

【鬆口】sōng // kǒu〔動〕❶張嘴放開咬住的東西：烏龜咬住小棍兒不～。也說撒嘴。❷不堅持原來的主張、意見等：醫生不～，他還是不能出院。

【鬆快】sōngkuai〔形〕❶輕鬆爽快：吃完藥，發了汗，身上～多了。❷寬敞；不擁擠：空調車裏～多了｜家裏三口人，住得挺～。

【鬆氣】sōng // qì〔動〕❶放鬆憋住的氣，自由呼吸：收功～｜把沉重的槓鈴放下，他才～。❷降低緊張情緒；不再努力：危險過去了，大家都鬆了一口氣｜在這節骨眼上，決不能～！

【鬆軟】sōngruǎn〔形〕❶鬆鬆綿軟：被子剛剛曬過，十分～｜在～的海灘上遊戲｜老人牙齒不好，喜歡吃～的食物。❷肢體發軟：渾身～無力。

【鬆散】sōngsǎn〔形〕❶結構不緊密（跟"緊湊"相對）：文章結構～。❷鬆懈；散漫：紀

律～｜都快考試了，這個班的同學怎麼還這麼鬆鬆散散的？

【鬆散】sōngsan〔動〕使輕鬆舒緩：開了一天會，現在散會了，快出去～～吧！

【鬆手】sōng // shǒu〔動〕❶放開手：登山時要攥緊繩子，不能～。❷比喻放鬆要求：任務還沒完成，大家不能～。

【鬆垮垮】sōngkuǎkuǎ（～的）〔形〕狀態詞。❶結構鬆散，不堅固，不緊密：這書架子～的，放滿書非塌場不可。❷懶散；鬆懈：這場足球賽很不精彩，雙方運動員都踢得～的。

【鬆懈】sōngxiè ❶〔形〕精神不集中；行動懶散（跟"緊張"相對）：紀律～｜工作～。❷〔形〕關係不緊密；動作不協調：這套武術動作顯得有些～。❸〔動〕使放鬆：切不可～鬥志。

【鬆心】sōng // xīn〔動〕不操心；心情鬆快：兒子大學畢業工作了，媽媽也～了｜改革開放以後，他家過上了～的日子。

sóng ㄙㄨㄥˊ

屜（尿）sóng（北方官話）❶〔名〕精液。❷〔形〕譏諷人軟弱無能：～包肉蛋｜人～貨軟｜警察一聲怒吼，嚇得歹徒們一個個全～了。

【屜主兒】sóngzhǔr〔名〕（北方官話）軟弱無能的人：他能上能下，橫（hèng）主兒跟前不矮，～跟前不高。

sǒng ㄙㄨㄥˇ

竦 sǒng〈書〉恐懼：惶～｜愧～。

語彙　寒竦　慌竦　惶竦　愧竦　震竦

【竦然】sǒngrán〔形〕〈書〉恐懼的樣子：毛骨～。

㞞 sǒng〈書〉❶肅敬的樣子：～然異之。❷同"竦"。❸同"聳"。

慫（慫）sǒng〈書〉驚懼：哄～。

【慫恿】sǒngyǒng〔動〕從旁鼓動、攛掇別人去做某事：孩子還小，可別～他去喝酒。

聳（聳）sǒng ❶〔動〕高起；直立：高～｜～入雲霄。❷驚動；使震驚：～人聽聞。❸〔動〕（肩膀、肌肉等）向上縮動：～肩｜～身｜他～了兩下鼻子，打了個噴嚏。

【聳動】sǒngdòng〔動〕❶（肩膀、肌肉等）向上縮動。❷造成某種局面或故意誇大事實，使人吃驚：～視聽｜他發佈的消息，～了新聞界。

【聳肩】sǒng // jiān〔動〕微微抬一下雙肩（表示疑惑、驚訝、輕蔑、不以為然等）：他聳了聳

肩，表現出無奈的樣子。

【竦立】sǒnglì〔動〕高高地直立：奇峰～｜城市～着成群的高樓大廈。

【竦人聽聞】sǒngréntīngwén〔成〕故意誇大事實或說些離奇的話，使人聽了感到震驚：那些～的消息是編造的。

【竦峙】sǒngzhì〔動〕高高地屹立：群峰～。

擻（擻）sǒu ❶〈書〉挺；直立：～身。❷〔動〕（北方官話、贛語、客家話）推：當胸一～｜～他出了大門。

sòng ㄙㄨㄥˋ

宋 sòng ㊀（Sòng）❶周朝諸侯國名，在今河南商丘一帶。❷〔名〕南北朝時南朝之一，公元 420-479 年，劉裕所建，建都建康（今江蘇南京），史稱劉宋。參見"南北朝"（958 頁）。❸〔名〕朝代，公元 960-1279 年，趙匡胤所建，建都汴京（今河南開封），史稱北宋。1127 年為金所滅後，趙構重建政權，建都臨安（今浙江杭州），史稱南宋。❹〔名〕姓。

㊁〔量〕響度單位。1000 毫宋為 1 宋，1 毫宋相當於人耳剛能聽到的聲音的響度。舊作哴。[英 sone]

語彙 北宋 仿宋 劉宋 南宋 趙宋

【宋體】sòngtǐ〔名〕最通行的漢字印刷體，包括老宋體和仿宋體兩種。老宋體橫平豎粗，實際起於明朝中葉，叫宋體乃出於誤會（日本稱"明體"，是正確的）。仿宋體起於 1916 年左右，橫豎筆畫都較細，比較接近於宋朝刻書的字體（宋版書字體）。

【宋學】sòngxué〔名〕主要指宋儒的理學，注重闡發義理（區別於"漢學"）。

哴 sòng〔量〕宋（響度單位）舊也作哴。

送 sòng ❶〔動〕遞交；傳送：～信｜～貨上門｜水泥已～往工地。❷〔動〕贈送：舅舅～了我一塊手錶｜～一份禮品給他｜我～你一首詩。❸〔動〕送行；陪着去（跟"迎"相對）：～客｜～君｜到大路旁｜風雨～春歸，飛雪迎春到。❹〔動〕斷送；喪失：白～了一條命｜別葬～了前途。❺（Sòng）〔名〕姓。

語彙 保送 播送 傳送 遞送 斷送 發送 放送 奉送 護送 歡送 解送 目送 扭送 陪送 賠送 遣送 輸送 投送 選送 押送 運送 葬送 轉送 資送

【送別】sòngbié〔動〕❶為將離別的人送行：～戰友。❷為死者送葬；與遺體告別：一行行～的人群，向一代宗師的遺體鞠躬告別｜群眾隆重～這位因見義勇為犧牲的英雄。

【送殯】sòngbìn〔動〕出殯時為靈柩送行：民眾自動湧來為英雄～。

【送檢】sòngjiǎn〔動〕送去檢查或檢驗：運動員～尿樣通過測試｜採集好標本應立即～。

【送交】sòngjiāo〔動〕把人或物帶去交給某人某處：請將此信～負責人｜抓住小偷～警察處理。

【送舊迎新】sòngjiù-yíngxīn〔成〕❶送舊歲迎新年：除夕夜，家人歡聚一堂～。❷送走舊的，迎來新的：在～的大會上，團長向退伍的老戰士表示了敬意，向新兵提出了希望。

【送禮】sòng//lǐ〔動〕贈送禮品：請客～｜送了一份禮。

【送命】sòng//mìng〔動〕無價值地喪失生命：她濫服減肥藥險些～｜那司機酒後開車，出了車禍，白白送了一條命。

【送人情】sòng rénqíng ❶指送禮或給人一些好處來討好於人：你不能拿公家的東西～！❷送禮：過年過節都要買點吃的～。

【送審】sòngshěn〔動〕送交上級或有關部門審查決定：方案擬訂後要立即～｜～多日，還未回復。

【送死】sòngsǐ ㊀〔動〕〈書〉為父母辦喪葬之事：養生～。㊁〔動〕〈口〉自尋死路；找死：不會游泳偏向深水裏遊，可不是～！

【送往迎來】sòngwǎng-yínglái〔成〕送走去的，迎接來的。多指人事應酬：校慶期間，～的工作由專人負責。

【送行】sòng//xíng〔動〕❶與將要遠行的人告別：大哥要出國，我到機場給他～。❷餞行：在一家飯店為小李～。❸與死者告別：居民源源不斷地湧來，為勇悍歹徒壯烈犧牲的民警～。

【送葬】sòng//zàng〔動〕送死者遺體或骨灰到下葬之處。

【送灶】sòngzào〔動〕舊俗以夏曆每年臘月二十四日為灶君（灶之神）升天奏事的日子，家家戶戶於此日（或前一日）祭送灶神，祈求他"上天言好事，下界保平安"，叫送灶。

【送站】sòngzhàn〔動〕到車站送人：退伍老兵與～的戰友依依惜別。

【送終】sòngzhōng〔動〕長輩臨終時在身旁照料；也指安排長輩的喪事：養老～｜老太太認了個乾女兒，指望她為自己～。

訟（訟）sòng ❶打官司：訴～｜～師。❷〈書〉爭辯是非：辯～｜爭～｜聚～紛紜。

語彙 詞訟 聚訟 涉訟 訴訟 聽訟 息訟 獄訟 爭訟

【訟棍】sònggùn〔名〕舊指挑唆別人打官司，自己包攬訟事從中牟利的流氓惡棍。

S

【訟師】sòngshī〔名〕舊指以出主意、寫狀紙、幫人打官司為職業的人。

頌（頌）sòng ❶ 讚揚：歌～｜～揚｜歌功～德。❷ 祝頌（多用於書信）：敬～安好。❸ 周代祭祀時用的舞曲，配曲的歌詞有些收在《詩經》裏面：風、雅、～。❹ 一種傳統的文體：～惟典雅｜酒德～。❺ 以頌揚為內容的現代詩文：黃河～｜祖國～。❻（Sòng）〔名〕姓。

語彙 稱頌　傳頌　歌頌　讚頌　祝頌

【頌詞】sòngcí〔名〕稱頌功德或祝頌幸福的講話或文章：國慶～｜紀念百年校慶的～。也作頌辭。

【頌歌】sònggē〔名〕（曲）表示祝頌的詩歌、歌曲：黃河～｜一曲唱北京。

【頌古非今】sònggǔ-fēijīn〔成〕指不加分析地頌揚古代的，否定現代的：割斷歷史固不足取，～也是錯誤的。

【頌揚】sòngyáng〔動〕歌頌讚揚：大加～｜備至｜～民族英雄。

誦（诵）sòng ❶ 朗讀；讀出聲音來：朗～｜～詩。❷ 背誦：過目成～。❸ 敍說：傳～｜稱～。

語彙 背誦　傳誦　諷誦　記誦　朗誦　唸誦　吟誦　過目成誦

【誦讀】sòngdú〔動〕朗讀：老師帶領學生～課文。注意 "誦讀" 不能錯寫為 "頌讀"。

sōu　ㄙㄡ

搜〈❶蒐〉sōu ❶ 到處找：～集｜～羅｜～索｜～尋。❷〔動〕檢查搜索：～身｜贓物從床底下～出來了。"蒐" 另見 sōu（1287頁）。

【搜捕】sōubǔ〔動〕搜查並逮捕有關的人：～犯罪嫌疑人｜在全市範圍～。

【搜查】sōuchá〔動〕司法部門依法對犯罪嫌疑人和可能隱藏罪犯或犯罪證據的人的身體、物品、住處等進行強制性的搜索、檢查：～證｜～走私貨物｜在住處～出犯罪嫌疑人作案的證據。

【搜刮】sōuguā〔動〕用各種手段榨取民財：～民脂民膏。

【搜集】sōují〔動〕到處尋找和收集：～情報｜～群眾意見｜～民間歌謠。

【搜繳】sōujiǎo〔動〕（司法部門）檢查收繳：～贓物｜～非法出版物。

【搜救】sōujiù〔動〕搜尋營救（遇難者）：～地震受災群眾｜海難發生後，廣東、海南兩省聯手展開海陸空大～。

【搜括】sōukuò〔動〕搜刮。

【搜羅】sōuluó〔動〕搜集：～才俊｜～大量材料｜～齊全。

【搜求】sōuqiú〔動〕搜索尋求：～古幣｜～新的證據。

【搜身】sōu//shēn〔動〕依法檢查身上，看是否違禁違規夾帶：企業對打工者～是明顯的違法行為｜民警搜了他的身，找到了藏在內衣裏的毒品。

【搜索】sōusuǒ〔動〕仔細尋找（隱藏或失蹤的人或物）：四處～｜～遇難者遺體｜～失蹤船隻。

【搜索枯腸】sōusuǒ-kūcháng〔成〕形容絞盡腦汁，苦苦思索（多指寫詩文）：不深入社會生活，只坐在屋子裏～，是寫不出好作品來的。

【搜索引擎】sōusuǒ yǐnqíng 互聯網上的一種系統，用戶在指定位置輸入關鍵詞便可以找到提供相關信息的網站或網頁。

【搜尋】sōuxún〔動〕到處尋找：～可疑痕跡｜～失蹤兒童。

嗖 sōu〔擬聲〕形容快速行進的聲音：汽車～的一聲從他身邊開過去了｜～～地寫了幾個令人難以看清的字。

廀 sōu〈書〉隱匿；藏匿：人焉～哉？

【廀辭】sōucí〔名〕〈書〉隱語；謎語。

溲 sōu〈書〉❶ 排大小便，特指排泄小便：～溺。❷ 浸；泡。❸ 尿。

蒐 sōu〈書〉❶ 草名。即茜草。❷ 春天打獵。另見 sōu "搜"（1287頁）。

螋 sōu 見 "蠼螋"（1109頁）。

艘 sōu/sāo〔量〕用於船隻：軍艦三～。

鎪（鎪）sōu〔動〕鏤刻（木頭）：油畫的厚框子上～了花邊兒。

餿（馊）sōu〔形〕❶ 食物變質而發出酸臭味：～饅頭｜這菜～了，不能再吃。❷ 比喻壞的，不高明的：是誰出的這個～主意！

颼（飕）sōu ❶〔動〕風吹（使變乾或變冷）：床單曬在陽台上，一會兒就～乾了。❷ 同 "嗖"。

sǒu　ㄙㄡ

叟 sǒu〈書〉老頭：老～｜智～｜童～無欺。

瞍 sǒu〈書〉❶ 沒有眼珠子，眼中空洞無物。❷ 瞎子。

嗾 sǒu ❶〔歎〕指使狗時口中發出的聲音。❷〈書〉口中發聲指使狗：～犬。❸ 教唆；指使：～教｜～使。

【嗾使】sǒushǐ〔動〕暗中挑動或指使別人做壞事：～人鬧事｜商店被砸，後面有壞人～。

擻（擻）sǒu 見 "抖擻"（314頁）。
另見 sòu（1288頁）。

藪（薮）sǒu〈書〉❶草茂水淺的沼澤。❷比喻人或物聚集的地方：淵～｜道之淵，德之～。

sòu ㄙㄡˋ

嗽〈嗽〉sòu 咳嗽：乾～｜～～喉嚨。

擞（擞）sòu〔動〕（北京話）用通條插進火爐中把煤捅鬆，使積灰從爐箅子上漏下；也指捅掉泥土：～火｜～～爐灰｜～樹根兒（捅掉樹根兒上的土）。
另見 sǒu（1288頁）。

sū ㄙㄨ

甦sū 見於人名。
另見 sū "蘇"（1288頁）。

酥sū ❶古代指酥油。❷含油較多，松而易碎的麵食：桃～。❸〔形〕（食品）鬆脆：～糖｜香～雞｜油～火燒｜這梨特～，老年人吃合適。❹〔形〕（肢體）酥軟：～麻。

語彙 蟾酥 香酥 油酥 麻酥酥

【酥脆】sūcuì〔形〕（食物）鬆散易碎：～的麻花兒｜這種梨～可口。
【酥麻】sūmá〔形〕（肢體）酥軟發麻：最近感覺兩腳～，得趕快上醫院看看。
【酥軟】sūruǎn〔形〕（肢體）軟弱無力：好久不游泳，才游了半天，就渾身～。
【酥鬆】sūsōng〔形〕鬆散；空隙多而不緊密：土質～。
【酥油】sūyóu〔名〕把牛奶或羊奶煮沸，用勺攪動，冷卻後凝結在上面的一層脂肪叫酥油：～茶｜～可以點燈。
【酥油茶】sūyóuchá〔名〕藏族、蒙古族地區的一種飲料，用磚茶和適量的酥油、鹽煮成。

窣sū/sù 見 "窸窣"（1450頁）。

穌（稣）sū 同 "蘇"㈤。

蘇（苏）〈蓾㈣甦〉sū ㈠植物名：紫～（一年生草本植物，葉紫黑色，花紫色，葉和種子可入藥）｜白～（一年生草本植物，莖方形，花白色，種子可榨油）。
㈡（Sū）〔名〕❶指江蘇：～劇｜～灘（蘇劇的舊稱）。❷指蘇州：～白｜～繡｜上有天堂，下有～杭（蘇州、杭州）。❸姓。

㈢❶指蘇維埃：～區。❷（Sū）〔名〕指蘇聯：中～邊境。
㈣絲狀的下垂物：流～。
㈤❶蘇醒；復～。❷〈書〉在困難中得到解救：休養生息，以～民困。
"苏" 另見 sū "嘛"（1288頁）；"甦" 另見 sū（1288頁）。

語彙 白蘇 復蘇 流蘇 屠蘇 紫蘇

【蘇白】sūbái〔名〕❶蘇州話。❷昆曲等劇中用蘇州話的說白。
【蘇打】sūdá〔名〕無機化合物，化學式 Na_2CO_3。白色粉末，水溶液呈強鹼性。是玻璃、造紙、紡織、冶金等工業的重要原料。也叫純鹼。[英 soda]
【蘇丹】sūdān〔名〕某些伊斯蘭教國家最高統治者的稱號。[阿拉伯 sulṭān]
【蘇丹紅】sūdānhóng〔名〕一種人造化學染色劑，工業上常用於溶解劑、機油、鞋油等產品的染色。具有致癌的毒性，不可加入食品。
【蘇區】sūqū〔名〕中國第二次國內革命戰爭時期的革命根據地。根據地採取蘇維埃（совет）的形式，故稱（區別於 "白區"）。
【蘇鐵】sūtiě〔名〕（棵，株）常綠喬木，有大型的羽狀複葉，花頂生，雌雄異株，種子核果狀，可入藥。通稱鐵樹。
【蘇醒】sūxǐng〔動〕❶從昏迷中醒過來：涼風一吹，他開始～過來。❷比喻事物復蘇：春天來了，萬物～。
【蘇繡】sūxiù〔名〕江蘇蘇州出產的刺繡產品。劈絲勻細，用色秀麗典雅。
【蘇州碼子】Sūzhōu mǎzi 舊時表示數目的符號，從一到十依次為 一、丨、丨丨、丨丨丨、ㄨ、ㄅ、亠、亠、文、十。也叫草碼。
【蘇州俏】sūzhōuqiào〔名〕舊時婦女所梳髮髻的一種式樣，像喜鵲尾巴。最先流行於蘇州一帶，故稱。

嘛（苏）sū 見 "嚕嘛"（870頁）。
"苏" 另見 sū "蘇"（1288頁）。

sú ㄙㄨˊ

俗sú ❶風俗：入鄉隨～｜千里不同風，百里不同～。❷佛教稱世間、沒出家的人（區別於出家的僧尼等）：還～｜～僧～人等。❸大眾的；習見的：通～文學。❹〔形〕庸俗；世俗：～氣｜～套｜這間酒吧裏的表演～得要命。

語彙 鄙俗 塵俗 粗俗 村俗 風俗 歸俗 還俗 舊俗 禮俗 俚俗 流俗 陋俗 民俗 僧俗 時俗 世俗 隨俗 通俗 土俗 脫俗 習俗 鄉俗 庸俗 憤世嫉俗 入境問俗 傷風敗俗 移風易俗

【俗不可耐】súbùkěnài〔成〕庸俗得讓人受不了：低級趣味，～｜那女孩濃妝艷抹，他覺得～。

【俗稱】súchēng ❶〔動〕通俗地叫作：馬鈴薯～土豆。❷〔名〕通俗的名稱：胖頭魚是鱅魚的～。

【俗話】súhuà（～兒）〔名〕〈口〉俗語：～說，只要功夫深，鐵杵磨成針。

【俗名】súmíng〔名〕❶ 通俗的名稱；大眾中流行的名稱（多有地方性）：水龍頭～水嘴兒。❷ 僧尼、道士等出家前的名字（跟"法名"相對）。

【俗氣】súqi〔形〕粗俗；庸俗：看他那穿戴多麼～｜屋裏的陳設顯得～。

【俗人】súrén〔名〕❶ 最普通的、最一般的人：我是～，不敢登您那大雅之堂。❷ 庸俗的人。❸ 佛教稱沒出家的人。

【俗尚】súshàng〔名〕時俗崇尚的風氣：一個時代有一個時代的～。

【俗套】sútào〔名〕❶ 習俗上陳腐無聊的禮節客套：磕頭禮拜那些～就免了吧！❷ 陳舊過時的做法、格調：不落～｜為何落此～？

【俗語】súyǔ〔名〕群眾中廣泛流行的通俗而定型的語句，簡練而形象化，多數是民眾生活經驗或願望的總結和創造，如"天下烏鴉一般黑""嘴上無毛，辦事不牢"。也叫俗話。

【俗字】súzì〔名〕流行於民間的區別於正字的字。區分正和俗的標準往往隨時代而變遷，如簡化漢字根據約定俗成的原則規定的"头""灯"等簡體字，在過去也被認為是俗字。

sù ㄙㄨ

夙 sù ❶〈書〉早：受命以來，～夜憂歎。❷ 同"宿"(sù)②：～昔｜～願。

【夙仇】sùchóu 同"宿仇"。

【夙敵】sùdí 同"宿敵"。

【夙昔】sùxī〔名〕〈書〉❶ 平素；過去：～傳聞｜思一見。❷ 短促的時間：～夢醒。以上也作宿昔。

【夙興夜寐】sùxīng-yèmèi〔成〕早起晚睡。形容十分勤勞：～，無一日之懈。

【夙夜】sùyè〔名〕早晚；朝夕。泛指時時刻刻：～操勞｜～思念｜～擔憂。

【夙怨】sùyuàn 同"宿怨"。

【夙願】sùyuàn〔名〕一向懷有的志願：他終於把書稿整理完了，實現了父親的～。也作宿願。

素 sù ❶ 古代稱潔白的生絹：縞～｜十三能織～。❷ 白色；本色：～絲｜～綢子｜～車白馬。❸ 本來的；原始的：～質｜～材。❹ 構成事物的基本成分：要～｜元～｜維生～。❺〔名〕蔬菜、瓜果等食物（跟"葷"相對）：吃～｜請客的菜，有葷有～。❖注意 a）由於"葷的"還有"粗俗、猥褻"的意思，所以"素的"也

就還有"不粗俗、不猥褻"的意思。"葷"有時跟性行為有關聯，如"葷笑話"，但沒有"素笑話"，然而卻可以說"說笑話要葷的還是要素的？"。b）"吃葷"即以肉為食，肉食動物往往兇猛，不好惹；而"吃素"以植物為食，草食動物往往軟弱可欺；因此，"吃素"也就有"軟弱可欺"的意思。❻〔形〕質樸；不華麗：～淡｜～淨｜這塊布太～了。❼〔副〕一向；平常：平～｜～常｜～不相識。❽(Sù)〔名〕姓。

語彙	吃素	詞素	淡素	毒素	縞素	寒素	儉素
簡素	淨素	平素	樸素	色素	要素	因素	音素
元素	質素	安之若素		七葷八素		我行我素	

【素材】sùcái〔名〕文學、藝術創作所依據的，從生活中搜集來的未經加工的原始材料：搜集小說～。

【素菜】sùcài〔名〕不摻葷腥的，用蔬菜、瓜果、豆製品等做的菜餚：～餡子｜喜歡吃～。

【素餐】sùcān ❶〔名〕素的飯食。❷〔動〕吃素：老人平時～。❸〔動〕〈書〉閒着白吃飯；不勞而食：尸位～。

【素常】sùcháng〔名〕平日；平素：老大爺～總是教導晚輩要勤儉持家。

【素淡】sùdàn〔形〕素淨淡雅：這件衣服太～了，換一件艷麗一點兒的吧！

【素服】sùfú（件，身，套）白色的衣服，多指喪服：服～以終喪。

【素淨】sùjing〔形〕顏色樸素：一套～的藏藍衣裙。

【素酒】sùjiǔ〔名〕❶ 就着素菜所喝的酒。❷ 素席，全用素菜不用葷菜的酒菜。

【素來】sùlái〔副〕從來；向來：我～敬重他的人品。

【素昧平生】sùmèi-píngshēng〔成〕從來不相識、不了解：～，怎好打擾？｜雖然～，但卻一見如故。

【素描】sùmiáo〔名〕❶（幅）主要用木炭畫出綫條來表現物體或人體（包括石膏像、男女模特）的繪畫。素描是美術的基礎。❷ 美術院校的基礎課程之一：上午上～，下午學理論。❸ 借指不事渲染、文字簡潔的樸素描寫：他的小說對人物僅做～。

【素樸】sùpǔ〔形〕❶ 樸素而不加修飾的：這篇小說表現出作者對家鄉的～而真摯的感情。❷ 處在萌芽狀態的；尚未發展起來的：～唯物論。

【素日】sùrì〔名〕平日；平常：他～很少和大家閒聊｜他不願改變～的起居習慣。

【素色】sùsè〔名〕白色；淡雅的顏色：～衣服｜一身～打扮。

【素什錦】sùshíjǐn〔名〕由木耳、蘑菇、腐竹和其他蔬菜加工配製的熟食菜餚。

【素食】sùshí ❶〔名〕不摻葷腥的食品：老太太

吃～，身體很好。❷〔動〕吃素：出家人一向～，不沾葷腥。

【素數】sùshù〔名〕數學上指只能被 1 和這個數本身整除的大於 1 的正整數，如 2、3、5、7、11、13、17……都是素數。也叫質數。

【素昔】sùxī〔副〕素來：～交往不多。

【素性】sùxìng〔名〕本性：老王～端正，言行不苟。

【素雅】sùyǎ〔形〕（衣物、陳設）樸素淡雅：衣着～｜室內陳設～大方。

【素養】sùyǎng〔名〕平時的修養：理論～｜高層管理要多讀書，提高～。

【素油】sùyóu〔名〕供食用的植物油，如花生油、菜油（區別於"葷油"）：炒青菜一般用～｜他平常喜歡吃～。

【素願】sùyuàn〔名〕一向懷有的願望：滿紙自憐題｜百年校慶，再次聚首，得償～。

【素志】sùzhì〔名〕一向懷有的志願：他始終以培養人才、恪盡職守為～。

【素質】sùzhì〔名〕❶人的生理上的先天的特點：她腿長、爆發力強，～很好，是個跳高運動員的苗子。❷事物本來的性質：天然～。❸素養；平日的修養：政治～。❹指人的體質、品質、知識和能力等：提高學生～｜實行～教育。

【素質教育】sùzhì jiàoyù 旨在提高人的綜合素質以適應現代社會發展需要的教育（區別於"應試教育"）。

【素裝】sùzhuāng〔名〕素色的服裝或裝束：佳麗們～亮相｜平時一身～。

涷 Sù 涷水，水名。在山西西南部，源於垣曲，流入黃河。

速 sù ㊀❶快；迅速：火～｜兵貴神～｜欲～則不達。❷速度：風～｜音～｜光～。
㊁〔書〕邀請：不～之客。

語彙 從速 飛速 高速 光速 火速 急速 疾速 加速 減速 盡速 快速 流速 全速 神速 時速 限速 迅速 作速 兵貴神速

【速成】sùchéng〔動〕快速完成；在較短的時間內學成：～會計訓練班｜他實驗～識字，有一定成效。

【速遞】sùdì〔動〕快速投遞：～公司｜請將證件～過來｜郵局增加了～業務。

【速凍】sùdòng〔動〕快速冷凍：～餃子｜～食品｜將食品～，可達到保鮮的效果。

【速度】sùdù〔名〕❶單位時間內物體向一個方向運動所經過的距離。如一列火車 2 小時走完 300 千米，那麼，它行進的平均速度為 150 千米/小時。❷快慢的程度：高～｜加快經濟發展的～。

【速滑】sùhuá〔名〕冰上運動項目之一，以冰上滑行速度取勝：～運動員｜短距離～。

【速記】sùjì ❶〔動〕用一種簡便的記音符號或詞語縮寫符號把講話迅速記錄下來：他將～下來的首長講話整理好了。❷〔名〕速記的方法；速記術：他學會了～。

【速決】sùjué〔動〕❶迅速決定：情況緊急，請～。❷迅速解決：速戰～｜務必集中優勢兵力，～戰鬥。

【速率】sùlǜ〔名〕物體速度的大小：輪子旋轉的～｜他閱讀的～比別人快。

【速溶】sùróng ❶〔動〕快速溶解：地球變暖，冰川～，會帶來災難性後果。❷〔形〕屬性詞。溶解快的：～咖啡｜～全脂奶粉。

【速算】sùsuàn〔動〕利用數與數之間的特殊關係進行快速簡便運算：～法｜他學過～，計數比計算器還快。

【速效】sùxiào ❶〔名〕快速取得的成效：此藥有～。❷〔形〕屬性詞。迅速見效的；見效快的：～肥料｜～救心丸。

【速寫】sùxiě〔名〕❶一種用綫條把描繪對象的輪廓迅速勾畫出來的繪畫方法：他到名山大川旅行，畫了不少～。❷一種文體，簡明扼要描寫人物或記述事物的情況，便於迅速地發表出來：該文是難得的關於這次事件的～。

【速戰速決】sùzhàn-sùjué〔成〕迅速全力作戰，從速決定勝負。比喻用最快的方式解決問題：敵求～，我則同其周旋，伺機吃掉它｜他做事向來是～。

宿〈㝛〉sù ❶夜裏睡覺；過夜：住～｜～露～｜暮～黃河邊。❷〔書〕素來就有的；舊有的：～仇｜～敵｜～怨｜～疾。❸〔書〕年老的；長久從事某項工作的：～將(jiàng)｜～儒。❹隔夜的：～妝｜～雨。❺前世的：～因｜～緣。❻(Sù)〔名〕姓。
另見 xiǔ(1525 頁)；xiù(1525 頁)。

語彙 伴宿 歸宿 過宿 寄宿 借宿 留宿 露宿 名宿 耆宿 投宿 歇宿 信宿 住宿 風餐露宿

【宿弊】sùbì〔名〕〔書〕向來就有的弊病；多年的弊病：痛擊官場～。

【宿仇】sùchóu〔名〕❶舊有的仇恨：～新恨，一時發作。❷一向作對的仇家：上代兩家是～，現在兒女卻聯姻了。也作夙仇。

【宿敵】sùdí〔名〕一向與自己對抗的敵人：兩國歷史上曾是～，現在是友好國家。也作夙敵。

【宿疾】sùjí〔名〕❶老病；舊病：長期沒有治好的疾病：～復發｜～纏身。❷比喻久已存在的難題：物業管理只有用法律手段進行規範才能根除～｜管理不力、上下脫節是這個大企業的～。

【宿將】sùjiàng〔名〕（員）久經戰陣的將領；也比喻年齡大、有豐富經驗的專業人士：戰功赫赫的軍中～｜這位乒壇～風采不減當年。

【宿命】sùmìng〔名〕佛教指生來注定的命運：～論｜～色彩。

【宿儒】sùrú〔名〕指老成博學的儒者：這些～都是飽學之士。

【宿舍】sùshè〔名〕(棟，間)企業、機關、學校等單位供給職工及其家屬或供給學員住宿的房舍：職工～｜大學生～。

【宿營】sùyíng〔動〕軍隊在行軍途中或戰鬥後住宿過夜。在房舍住宿的叫舍營，在房舍外住宿的叫露營。

【宿怨】sùyuàn〔名〕積久的怨恨：這場比賽，已使兩隊的歷史～變得表面化了｜兩人握手言和，了斷～。也作夙怨。

【宿願】sùyuàn 同"夙願"。

【宿主】sùzhǔ〔名〕寄生蟲寄生的生物：釘螺是血吸蟲的～｜科學家努力尋找攜帶"非典"病毒的～。

粟 sù ❶〔名〕"穀子"①；泛指穀類：布帛菽～。❷ 泛指糧食：地廣～多。❸(Sù)〔名〕姓。

語彙　菽粟　滄海一粟　尺布斗粟　寸絲半粟　太倉一粟

僳 sù〈書〉❶ 向。❷ 平素。❸ 遵守。

訴(诉)〈愬〉sù ❶ 述說：告～｜～說。❷〔動〕向人完全地、無保留地說出：～苦｜傾～｜～～衷腸。❸ 控告：上～｜起～。

語彙　敗訴　陳訴　反訴　告訴　抗訴　控訴　口訴　哭訴　起訴　泣訴　傾訴　上訴　申訴　勝訴　原訴

【訴苦】sù // kǔ〔動〕向人訴說自己的苦難：無處～｜我是來彙報工作的，不是來～的｜訴了半天苦。

【訴求】sùqiú ❶〔動〕訴說理由並請求：～加強兩岸來往。❷〔名〕追求；要求：每個人對生活的～不同，喜好各異。

【訴說】sùshuō〔動〕詳細地盡情地陳述：我很想把心裏話跟您～～｜～那段不平凡的經歷。

【訴訟】sùsòng〔動〕指檢察機關、法院和民事、刑事案件的當事人(或代理人)在處理和解決案件時所進行的活動：提起～｜民事～｜～對方侵權。

【訴狀】sùzhuàng〔名〕(份)向法院提起訴訟的文書：～已呈遞法院了｜請律師代寫～。

嗉 sù 嗉子。

【嗉子】sùzi〔名〕❶ 鳥類消化器官的一部分，在食道的下部，像個袋子，可潤濕和軟化食物：雞～。也叫嗉囊。❷ 裝酒的錫製的或瓷的小壺，底大頸細。

塑 sù ❶〔動〕塑造：給英雄～一個像。❷ 塑像：泥～｜雕～藝術。❸ 指塑料：紙～｜複合袋｜～膠製品。

語彙　彩塑　雕塑　過塑　泥塑　木雕泥塑

【塑鋼】sùgāng〔名〕一種用於製作門窗等的材料。用聚氯乙烯、樹脂等原料擠壓成型，框架內嵌有槽形鋼材：～窗｜～型材。

【塑料】sùliào〔名〕樹脂等高分子化合物與配料混合，再經加熱加壓而成的、具有一定形狀的材料。在常温下不再變形。種類很多，如電木、有機玻璃等。一般具有質輕、絕緣、耐酸等特性，工業上可代替金屬、木材等，也可用來製造各種日用品：～袋｜～花｜～用品。

【塑身】sùshēn〔動〕通過運動和訓練使形體健美：美體～是時下的時尚潮流。

【塑像】sùxiàng〔名〕(尊)用泥土石膏等材料製作或塑成的人像：一組英雄～｜大殿上供有佛祖～。

【塑造】sùzào〔動〕❶ 用泥土等可塑材料塑成人或事物的形象：海灘上有藝術家們用沙子～的人物、宮殿。❷ 用語言文字描寫或用其他藝術手段刻畫人物形象：小說～了一個無私付出的母親形象｜表演藝術家在舞台上～了各種各類的人物。

溯〈泝遡〉sù ❶ 逆流而行：～江水而上。❷ 往上追求根源或回想：回～｜～源。**注意**"溯"不讀 suò 或 shuò。

語彙　回溯　上溯　追溯

【溯源】sùyuán〔動〕往上游尋找水的發源地，比喻尋求歷史根源：追本～｜～探本。

愫 sù〈書〉真情；誠意：情～｜一傾積～。

肅(肃)sù ❶ 恭敬的樣子：～立｜～然。❷ 嚴肅；莊重：～穆｜～靜。❸〈書〉引導；引入：～客(迎進客人)。❹〔動〕肅清：～貪｜～毒。❺(Sù)〔名〕姓。

語彙　沉肅　靜肅　明肅　嚴肅　整肅　莊肅

【肅靜】sùjìng〔形〕嚴肅寂靜：保持～｜醫院的走廊裏十分～。

【肅立】sùlì〔動〕恭敬莊重地站着：～默哀｜全體～。

【肅穆】sùmù〔形〕嚴肅而恭敬：莊嚴～。

【肅清】sùqīng〔動〕徹底清除(壞人、壞事、壞思想)：～殘匪｜～流毒。**注意**肅清不用於具體的事物，如不能說"肅清垃圾"，而要說"掃除垃圾"或"清掃垃圾"。也不能說"肅清蚊蠅"，而要說"撲滅蚊蠅"。

【肅然起敬】sùrán-qǐjìng〔成〕表現出恭敬的神態，產生敬重的心情：仰望人民英雄紀念碑，回憶先烈的英雄事跡，不禁～。

S

【肅殺】sùshā〔形〕〈書〉淒涼蕭條。形容秋冬季節天氣寒冷，草木凋零：北國深秋的原野，已是一片～之氣。

傈 sù ❶見"傈傈族"（829頁）。❷（Sù）〔名〕姓。

俫 sù 見"穀俫"（553頁）。

蔌 sù〈書〉蔬菜：山餚野～。

餗（餗）sù〈書〉鼎中的食物。也泛指美味佳餚。

虪 sù 見"麗虪"（874頁）。

籔 sù 見下。

【籔籔】sùsù ❶〔擬聲〕形容雪片落下、樹葉顫動等的細碎聲音：風吹竹葉～地響。❷〔形〕淚流不止的樣子：～淚珠無限怨。❸〔形〕肢體顫抖的樣子：大家都冷得～發抖。

謖（謖）sù〈書〉❶起；起來。❷肅然起敬的樣子。

【謖謖】sùsù〔形〕〈書〉挺拔的樣子：～勁松。

縮（縮）sù 見下。另見 suō（1298頁）。

【縮砂密】sùshāmì〔名〕多年生草本植物，葉互生，莖直立，花白色。種子叫砂仁，入藥，有開胃驅風作用。

蹜 sù 見下。

【蹜蹜】sùsù〔形〕〈書〉小步急走的樣子：～前行。

驌（驌）sù 見下。

【驌騻】sùshuāng 同"驌騻"。

【驌騻】sùshuāng〔名〕古指一種良馬。也作驌騻。

鷫（鷫）sù 見下。

【鷫鷞】sùshuāng 同"鷫鷞"。

【鷫鷞】sùshuāng〔名〕古指一種鳥。也作鷫鷞。

suān ㄙㄨㄢ

狻 suān 見下。

【狻猊】suānní〔名〕傳說中的一種猛獸。

痠（酸）suān 同"酸"⑥。"酸"另見 suān（1292頁）。

酸 suān ❶〔名〕一類化學物質，通常指電離時生成的陽離子完全是氫離子的化合物。如硫酸、鹽酸等。❷〔形〕像醋的氣味或味道：～梅｜～菜｜杏兒還沒熟，特～。❸〔形〕悲痛；傷心：令人～鼻｜心～落淚。❹〔形〕迂腐：～秀才｜瞧他那搖頭晃腦的樣子，真～得夠受。❺形容男女間因愛情而引起嫉妒的感覺：吃醋拈～。❻〔形〕形容痠痛無力的感覺：腰～背痛｜站了三小時，腿都～了。

另見 suān "痠"（1292頁）。

語彙 悲酸 鼻酸 寒酸 尖酸 耐酸 拈酸 窮酸 胃酸 心酸 辛酸

【酸不唧兒】suānbujīr（～的）〔形〕❶（北京話）狀態詞。略微有點兒酸味：這西紅柿～的，我喜歡吃。❷酸軟：路走多了，兩條腿有點～的。

【酸不溜丟】suānbuliūdiū（～的）〔形〕（北京話）狀態詞。形容有酸味。也形容迂腐不合時宜（含厭惡意）：這種湯～的，我不愛喝｜瞧她那～的樣子，真叫人噁心。

【酸菜】suāncài〔名〕經發酵而變酸的白菜等：～魚｜母親很會做～。

【酸楚】suānchǔ〔形〕（肌體）酸痛；（心情）痛楚：一遇天氣變化，局關節就～難耐，痛苦異常｜離別在即，他內心非常～｜疲憊的眼裏充滿～的淚水。

【酸豆樹】suāndòushù〔名〕（棵，株）常綠喬木，夏季開花，莢果長橢圓形，內有軟肉，味酸甜，可製作清涼飲料。

【酸酐】suāngān〔名〕酸縮去水而成的化合物。簡稱酐。

【酸溜溜】suānliūliū（～的）〔形〕狀態詞。❶形容酸的味道或氣味：沒熟的葡萄～的。❷形容輕微酸疼的感覺：走路太多，兩條腿～的。❸形容心裏難為的感覺：看到退回來的書稿，他覺得心裏～的。❹形容輕微嫉妒的感覺：見別人誇姐姐而沒有誇她，她心裏頓時～的。❺形容言行迂腐或裝腔作勢的樣子：大家都討厭他那咬文嚼字～的樣兒。

【酸梅】suānméi〔名〕烏梅的通稱：～湯｜～汁兒。

【酸奶】suānnǎi〔名〕牛奶經人工發酵而成的乳製品，帶酸味，易消化：北京的～很好喝，家裏常備。

【酸軟】suānruǎn〔形〕（肌體）酸痛無力：四肢～。

【酸澀】suānsè〔形〕❶又酸又澀：棠梨味道～，不好吃。❷〈書〉形容迂腐固執：為人～，不識時務。

【酸甜苦辣】suān-tián-kǔ-là〔成〕各種各樣的味道。也比喻人生的幸福、失望、痛苦等的各種經歷或遭遇：嘗盡了人生的～。也說甜酸苦辣、苦辣酸甜。

【酸痛】suāntòng〔形〕（肌體）因疾病或勞累而發酸、疼痛：跑完三千米，兩條腿～要命。

【酸文假醋】suānwén-jiǎcù〔成〕形容人故意咬文嚼字裝作斯文的樣子（含譏諷意）：你就說大白話吧，別那麼～的。

【酸辛】suānxīn〔形〕辛酸，比喻悲傷痛苦：歷盡～｜～的經歷。

【酸性】suānxìng〔名〕液態物質的一種性質，能跟鹼中和而生成鹽和水，水溶液具有酸味。能使石蕊試紙變成紅色。能跟某些金屬化合而產生氫和鹽：這口井的水屬～。

【酸雨】suānyǔ〔名〕由於工業消耗大量的煤、石油等，排放的二氧化硫、氮氧化物在空氣中生成硫酸、硝酸、鹽酸，隨自然降水落到地面，這種雨水叫作酸雨。酸雨對建築、金屬等有腐蝕作用，而且能損害植物，污染水源。

【酸棗】suānzǎo（～兒）〔名〕❶ 酸棗樹，落葉灌木或喬木，枝上有刺，花黃綠色，果實長圓形，暗紅色，肉質薄，味酸。多產於中國北部。也叫棘（jí）。❷（顆）這種植物的果實，核仁可入藥，有健胃、安神等作用。

suàn ㄙㄨㄢˋ

祘　suàn “筭” 的古字。

筭　suàn ❶ 計算時用的籌碼：籌～。❷〈書〉同 “算” ①-⑧。

蒜　suàn〔名〕❶ 多年生草本植物，花白色帶紫，葉子和嫩的花軸可以做菜。地下鱗莖有刺激性氣味，味道辣，可以做作料，也可入藥，有殺菌和抑制細菌的作用。❷（頭，瓣）這種植物的鱗莖。以上也叫大蒜。

語彙　拌蒜　大蒜　裝蒜

【蒜瓣兒】suànbànr〔名〕蒜的鱗莖，分成瓣形，每一瓣形部分就是一個蒜瓣兒。

【蒜黃】suànhuáng（～兒）〔名〕在無陽光照射下培育出來的蒜葉，黃色，可以做蔬菜：～炒雞蛋。

【蒜苗】suànmiáo〔名〕❶ 嫩的蒜薹，可以做蔬菜。❷ 青蒜；蒜的梗兒和葉兒。可以做蔬菜。

【蒜泥】suànní〔名〕蒜瓣搗成的泥狀物，用來調味或佐食。

【蒜薹】suàntái〔名〕蒜的花軸，嫩的可以做蔬菜。

【蒜頭】suàntóu（～兒）❶〔名〕蒜的鱗莖，是由若干蒜瓣組成的。❷〔形〕屬性詞。形容像蒜頭樣的：～兒鼻子。

算　suàn ❶〔動〕計算：～賬｜～錢｜珠～｜筆～｜～算術題｜能寫會～｜他～得很快｜這些東西~你們五塊錢吧。**注意** 有時 “算” 是收錢的意思，如 “只算茶葉錢，不算水錢”。❷〔動〕計算進去：組建球隊，～我一個｜上他，一共有十個人參加。❸〔動〕推測；謀劃：暗～｜～命｜能掐會～｜～無遺策。❹〔動〕認作；當作：我～甚麼藝術家，比人家差遠了｜今年冬天不～太冷｜這回～你們走運，沒碰上

下雨。❺〔動〕算數：說話～話｜你可不能說了不～｜我一人說了不行，得大夥兒決定了才～。❻〔動〕作罷；不再進行（後面跟 “了”）：～了吧，不買了｜他不願意去就～了。❼〔動〕表示比較起來最突出：我們老哥兒幾個，～老劉年紀最大｜周圍幾百里，～這一帶土地最肥。❽〔副〕總算：一直拖了好幾個月，～把問題搞清了｜租了一間房，也～有個落腳的地方了。❾（Suàn）〔名〕姓。

語彙　暗算　筆算　成算　籌算　打算　掂算　概算　估算　合算　核算　划算　換算　計算　結算　就算　決算　口算　匡算　謀算　盤算　掐算　清算　上算　神算　勝算　失算　速算　推算　無算　心算　演算　驗算　預算　運算　折算　珠算　總算　反攻倒算　精打細算　老謀深算　滿打滿算　神機妙算

【算卦】suàn∥guà〔動〕占卦：老爺子去算了個卦，說今年要交好運。

【算計】suànji〔動〕❶ 計算數目：花了多少錢，你一下。❷ 考慮：這項工程如何進行，還得認真～～。❸ 揣測；推斷：我～她會來湊熱鬧，果然來了。❹ 暗中謀劃如何害人：那老滑頭反倒被人～了。

【算老幾】suàn lǎojǐ 表示數不上、不夠格（多用於反問，表示自謙或輕視）：人家都是專家教授，我～？｜他～，也敢對我指手畫腳！

【算命】suàn∥mìng〔動〕憑人的生辰八字、五官長相等推算人的命運，斷定人的吉凶禍福：我從來不迷信，算甚麼命？

【算盤】suànpán（-pan）〔名〕❶ 中國傳統的計算用具，長方形框內裝有一根橫樑，十餘根小棍平行穿過橫樑鑲在邊框上，每根小棍上又穿有可移動的算盤珠，橫樑上的兩顆，每顆代表五，橫樑下的五顆，每顆代表一。按一定的法則撥動算盤珠，可進行加減乘除等運算。算盤在中國大約有兩千年的歷史，在宋、明時代的文獻、詩歌、圖畫中都有記載。如明萬曆二十一年（1593）程大位《算法統宗》一書，對珠算和算盤做了詳細解讀。2013 年 12 月 4 日，“珠算” 被正式列入世界非物質文化遺產。❷ 比喻計劃、想法：如意～｜這件事兒他有自己的～。

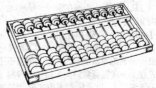

【算式】suànshì〔名〕數學計算中用 “＋”“－”“×”“÷” 等符號聯結數字而成的式子。如（6+4）×8÷2=10×8÷2=80÷2=40。

【算是】suànshì ❶〔動〕認作；當作：從今以後，

咱們～一家人啦。❷〔副〕總算：修建車庫的任務～有人承擔了│這宗買賣～做成了。

【算術】suànshù〔名〕數學中的基礎初始部分，內容包括自然數、零、分數、小數的四則運算和乘方、開方以及這些運算的應用。

【算數】suàn∥shù〔動〕❶ 計算數目。❷（～兒）承認有作用、有效力：說話要～，不能騙人│過去定的規矩還算不算數？❸ 表示確認某一目標或標準為最終結果：他一遍一遍地練，直到萬無一失才～。

【算題】suàntí〔名〕（道）數學練習題：今天的作業是計算四道～。

【算學】suànxué〔名〕❶ 數學。❷ 算術。

【算賬】suàn∥zhàng〔動〕❶ 計算賬目：吃完了，請服務員～｜是賠是賺，算了賬才知道。❷〈口〉受侵害後找責任者承擔後果：是誰把我的花盆砸碎了，我非找他～不可！｜湖水污染，養的魚都死了，找誰～去呀？

suī ㄙㄨㄟ

尿 suī／niào 義同"尿"（niào）①：尿（niào）了一泡（pāo）～。
另見 niào（980 頁）。

【尿脬】suīpāo〔名〕膀胱。也作尿泡。

荽 suī 見"芫荽"（1555 頁）。

睢 suī ❶〈書〉目光注視的樣子。❷（Suī）〔名〕姓。

睢 suī ❶ 見"恣睢"（1815 頁）。❷（Suī）睢縣，地名。在河南東部。❸（Suī）〔名〕姓。注意 "睢"和"雎"字形相似，而音義不同。a)"雎"以"隹"（zhuī）為聲符，而"睢"聲符相同；"睢"以"且"（jū）為聲符，與"苴、岨、狙、疽"等字同音。b)"睢"是"放縱、放任"的意思，如"暴戾恣睢"；"雎"指一種短尾巴的鳥，《詩經》有"關關雎鳩，在河之洲"，古人名有范雎、唐雎等。

灘 Suī 灘河，水名。發源於安徽北部，流入江蘇洪澤湖。

雖（虽）suī〔連〕❶ 雖然：文章～短，含義卻深｜心不在焉，～學無成。❷ 縱然：你們已盡了最大努力，～敗猶榮。

【雖然】suīrán〔連〕❶ 用在前半句，後半句常用"但是、可是、還是、仍然、卻"等呼應，表示讓步，承認甲事為事實，但乙事並不因此而不成立：～我很喜歡詩詞，但是不會寫｜這孩子～年紀不大，心眼兒可不少。❷ 用於後半句主語前，前半句不能用"但是、可是"，表示讓步（多用於書面）：南京尚無回信，～我多次催問｜我仍然主張儘快手術，～保守療法也有一定療效。

【辨析】雖然、雖 a)"雖"只能放在主語後，且多用於書面語；"雖然"用在前半句時，可以放在主語前，也可放在主語後，且多用於口語，"雖然"用在後半句時，一般只能放在主語前，多用於書面語。b)"雖然"用在文言文和早期某些白話文裏，是起承接上文的作用，表示"雖然如此"的意思。如"人之願雖然，人之事不能盡然"。

【雖說】suīshuō〔連〕〈口〉雖然：～房間小了點兒，可是很乾淨。

【雖死猶生】suīsǐ-yóushēng〔成〕雖然死了，也如同活着一樣。形容為正義事業而獻身，死得有價值：多少愛國志士為民族解放事業而捐軀，他們～。

suí ㄙㄨㄟˊ

隋 Suí〔名〕❶ 朝代，公元 581–618 年，楊堅所建，建都大興（今陝西西安）。❷ 姓。

【隋珠】suízhū〔名〕傳說古代隨（隋）國姬姓諸侯救了一條大蛇的命，大蛇從江中銜明月珠以報恩。此珠被命名為隨侯之珠，簡稱隨珠、隋珠。據今人考證，隋珠為寶石級金剛石，產於湖北大洪山北麓與桐柏山南麓之間。

遂 suí／suì 順；順利：半身不～。
另見 suì（1296 頁）。

綏（绥）suí／suì〈書〉❶ 車上的繩子，登車時做拉手用：援～登車。❷ 安撫：～靖｜思靖百姓，懼未能～。❸ 安好（用於書信表示祝願）：順頌時～。

【綏靖】suíjìng〔動〕〈書〉安撫；使平靜：～公署｜～政策。

隨（随）suí ❶〔動〕跟從：～軍南下｜快～我來｜～風潛入夜，潤物細無聲。❷〔動〕照着做：蕭規曹～（蕭何訂立規章制度，曹參照着辦）｜客～主便。❸〔動〕像：她長得～她母親。❹〔動〕依着；順着：～波逐流｜～山勢營造｜～着形勢發展，不斷提出新的要求。❺〔動〕任憑（必帶名詞賓語。多用於無主句，後邊多用動詞性語句）：～你怎麼想去吧，反正我就這麼辦了｜十元錢一股，～你認多少股｜不要理他，～他怎麼着。❻〔副〕分別用在兩個動詞或動詞性詞組前面，表示後一動作緊接前一動作：～叫～到｜雪～下～化｜文件～印～發。❼ 順便：～～手。❽（Suí）〔名〕姓。

語彙 伴隨 長隨 跟隨 親隨 任隨 尾隨 相隨 追隨 蕭規曹隨 言出法隨

【隨筆】suíbǐ〔名〕（篇）❶ 散文的一種，隨手筆錄，不拘一格，篇幅短小，形式多樣，以夾敍夾議為其特點（多用於書名）：《校史～》。❷ 筆記；札記：教學～｜攝影～。

【隨便】suíbiàn ❶〔形〕隨意；無拘束；不加考慮的：他說話很～，千萬別在意｜到別人家做客，可不能太～｜這麼重大的問題，哪能隨隨便便就決定了！❷〔副〕不加限制地：～聊聊｜這些禮品都是送給孩子們的，讓他們～挑吧。❸〔連〕無論(後面常跟"甚麼""怎麼"等詞)：～甚麼書，他都願意翻一翻｜～怎麼表示一下都行。❹(-//-)〔動〕任憑；聽任某人的方便(滿不在乎的意思)：隨你的便，甚麼時候把車開來都行｜開除就開除，隨他的便，我才不怕呢！

【隨波逐流】suíbō-zhúliú〔成〕隨着波浪起伏，跟着流水漂蕩。比喻沒有自己的主見，隨着人家走：對於社會上的不良風氣，我們決不能聽之任之，更不能～。

【隨處】suíchù〔副〕到處：高樓大廈～可見。

【隨從】suícóng ❶〔動〕跟隨(首長)：～總理南方視察。❷〔名〕隨從的人員：首長帶了兩名～。

【隨大溜】suí dàliù(～兒)〔慣〕跟着多數人；多數人怎樣自己就怎樣：大家都這麼幹，咱也這麼幹，不擔風險。也說隨大流。

【隨地】suídì〔副〕不局限甚麼地方；到處：隨時～｜禁止～吐痰。

【隨訪】suífǎng〔動〕❶隨同(領導)訪問：總統回國途中在專機上接見了～的記者。❷跟蹤訪問，進一步了解情況：手術後門診～｜入戶～。

【隨風倒】suífēngdǎo〔慣〕形容無主見，哪一方面佔上風就倒向哪一方面(含貶義)：大家都嘲笑他是棵牆頭草，～。

【隨風轉舵】suífēng-zhuǎnduò〔成〕順風轉舵。

【隨感】suígǎn〔名〕隨時產生的感想(多用於書名或文章標題)：《南行～》｜～雜錄｜教育～。

【隨行就市】suíháng-jiùshì〔成〕價格隨着市場行情的變化而變動：集市的商品沒有統一價格，或漲或跌完全～。

【隨和】suíhe〔形〕和氣；不固執：老李的脾氣很～｜不妨～一些。

【隨後】suíhòu〔副〕表示緊接某情況之後，多與"就"連用：你們先去，我～就到。

【隨機】suíjī ❶〔副〕順應情勢變化：～應變｜機敏地分析和判斷是～決策能力的一種重要標誌。❷〔形〕不預設條件地；隨意地：～顯示不同信息｜提供了～試驗結果。

【隨機應變】suíjī-yìngbiàn〔成〕隨着情況的變化而靈活機動地應對：對方正面防守很嚴，我們必須～，改由邊路進攻。

【隨即】suíjí〔副〕隨後就；立即：文件已經印好，～發出。

【隨軍】suíjūn〔動〕跟從軍隊行動或生活：～南下｜～記者｜～家屬。

【隨口】suíkǒu〔副〕不加考慮地順口說出：他的俏皮話兒真多，簡直是～就來｜～答應。

【隨遷】suíqiān〔動〕隨同遷移：安排好援藏教師～子女轉學、入學問題。

【隨身】suíshēn ❶〔動〕帶在身上或身邊：～之物｜家有千金，不如一藝。❷〔形〕屬性詞。帶在身上的；跟在身邊的：～物品｜～侍從｜～警衛。

【隨身聽】suíshēntīng〔名〕(台)一種體積較小、可以隨身攜帶使用的機器，具有播放、錄音、收聽功能。

【隨聲附和】suíshēng-fùhè〔成〕別人怎麼說，就跟着怎麼說(含貶義)：要養成獨立思考的習慣，不能人云亦云，～。注意 這裏的"和"不讀 hé。

【隨時】suíshí〔副〕❶立即；不限定甚麼時候：有甚麼情況，～向我報告｜～準備殲滅入侵之敵。❷有需要時(就做)；任何時候(都可以)：列車上設有餐廳，乘客可以～就餐｜這家電影院循環連續放映電影，～買票，～入內觀看。

【隨手】suíshǒu(～兒)〔副〕隨意一伸手，表示輕易地、順便：～關門｜～揪下一片樹葉。

【隨順】suíshùn ❶〔動〕依從；順從：身體能～自然是最健康的。❷〔形〕隨和：他的為人很～。

【隨俗】suísú〔動〕順着習慣；依從習俗：入鄉～｜～浮沉。

【隨同】suítóng〔動〕跟隨陪同(上級、長輩、客人)：讓幾個年輕人～您一起進山｜外交大臣～首相出訪。

【隨喜】suíxǐ〔動〕❶佛教用語，指參觀廟宇、吃齋拜佛或見人佈施、做功德而樂意參加：但願如～，時至自聚散。❷泛指隨着眾人一起參加娛樂活動或送禮：～一下，～！我也參加送禮｜學得彈琵琶，～作胡語。

【隨想】suíxiǎng〔名〕隨感(多用於書名或文章標題)：情人節～｜《～錄》。

【隨心所欲】suíxīnsuǒyù〔成〕由着自己的心思，想怎麼做就怎麼做，想要幹甚麼就幹甚麼：放假了，咱們可以～出去玩一玩了。

【隨行】suíxíng〔動〕跟隨(首長)出行：～人員｜總統出訪，各部部長～。

【隨意】suíyì〔形〕憑着自己的心意：～發揮｜"闖"字當頭，～縱橫｜我這裏沒有甚麼講究，請諸位～。

【隨遇而安】suíyù'ér'ān〔成〕能適應各種環境，在任何環境中都能安心：他這個人心胸很開闊，無論生活條件多麼差，他都能～。

【隨員】suíyuán〔名〕(位，名)❶隨從領導、團體外出工作的人員。❷在駐外使領館工作的初級官員。

【隨葬】suízàng〔動〕將財物、器具等隨同死者一起埋葬：～品｜墓中有車馬～。

【隨着】suízhe〔動〕跟隨：他們已~部隊轉移｜~經濟建設高潮的到來，必將出現文化建設的高潮。

suǐ ㄙㄨㄟˇ

髓 suǐ ❶ 骨髓：敲骨吸~。❷ 像骨髓的東西：腦~｜脊~。❸ 比喻事物的精要部分：精~｜神~。❹〔名〕植物莖的中心部分，由薄壁細胞組成。

語彙 骨髓 脊髓 精髓 神髓 心髓 真髓
恨入骨髓 龍肝鳳髓 淪肌浹髓 敲骨吸髓

suì ㄙㄨㄟˋ

祟 suì ❶ 迷信指鬼怪害人之事；借指不光明的行為：鬼鬼~~｜作~。❷（Suì）〔名〕姓。

語彙 鬼祟 禍祟 邪祟 作祟 鬼鬼祟祟

碎 suì ❶〔動〕破碎：碗掉在地上~了。❷〔動〕使完整的東西破成零片小塊：~石機｜粉身~骨。❸〔形〕不完整；零星：~布｜玻璃｜大米的粒兒太~。❹〔形〕嘮叨；絮煩：閒言~語｜這人嘴真~。❺（Suì）〔名〕姓。

語彙 粉碎 零碎 碾碎 破碎 瑣碎 細碎 心碎
玉碎 雜碎 嘴碎 雞零狗碎 七零八碎 支離破碎

【碎步兒】suìbùr〔名〕小而快的走伐：走~。
【碎嘴子】suìzuǐzi（北京話）❶〔形〕說話絮叨，沒完沒了：這人真有點兒~，車軲轆話沒完沒了。❷〔名〕說話絮叨、沒完沒了的人：她是個~，別惹她。

歲（岁）〈歳〉suì ❶ 年：~~平安｜辭舊~，迎新年。❷ 年成；年景：歉~｜善~。❸〔名〕年歲：他們兩個人同~。❹ 時間：莫倚顏似花，君看~如水。❺〈書〉歲星：~在星紀。❻〔量〕年齡單位：他有個三~的女兒｜這匹馬四~口。

語彙 比歲 辭歲 開歲 客歲 年歲 千歲 歉歲
去歲 守歲 太歲 晚歲 萬歲 凶歲 早歲 終歲
週歲 足歲 卒歲 寸陰若歲 花花太歲 聊以卒歲

【歲初】suìchū〔名〕年初。
【歲寒三友】suìhán sānyǒu 一般指經受嚴寒而長青的松、竹和寒冬盛開的梅。也有用來指松、竹、菊的。比喻品德高尚、有骨氣的人：書香門第，家裏常掛的~水墨畫。
【歲末】suìmò〔名〕年底：~年初｜時序已屆~，大家都盼着領紅包，回家過年。
【歲暮】suìmù〔名〕〈書〉❶ 一年將盡的日子：~天寒。❷ 比喻老年：~之人，來日無多。

【歲首】suìshǒu〔名〕〈書〉一年開始的日子，一般指正月：~喜事多。
【歲數】suìshu（~兒）〔名〕〈口〉人的年齡：上了~（表示年齡大）｜她~還小，不忙說婆家｜~不饒人。
【歲星】suìxīng〔名〕古代指木星。約十二年運行一周天，每年移動十二分之一，古人以木星所在的位置作為紀年的標準，故稱。
【歲月】suìyuè〔名〕年月；時光：~不居｜憶往昔崢嶸~稠｜及時當奮勉，~不待人｜水一般流逝的是無情的~。

遂 suì ❶ 順；如意：~願｜~心。❷ 成功：功成名~｜陰謀未~。❸〔副〕〈書〉於是；就：乃掘地，~得水｜公事畢，~歸家。❹（Suì）〔名〕姓。
另見 suí（1294頁）。

語彙 不遂 順遂 未遂 已遂 功成名遂 徑情直遂

【遂心】suì//xīn〔動〕滿意；合乎心意：~如意｜事事~｜這回可遂了老太太的心了。
【遂意】suì//yì〔動〕遂心：凡所祈求，必定~｜這件事辦也遂了他的意。

誶（诶）suì〈書〉❶ 斥責；責備：~語。❷ 質問。❸ 直言規勸：朝~而夕替（早上進行諫誶而晚上就被廢棄了）。❹ 告知。

隧 suì 地道：~道｜~洞。

【隧道】suìdào〔名〕（孔）在地下、山中鑿出或在水下築成的通路：地下~｜海底~。也叫隧洞。

璲 suì〈書〉佩帶用的瑞玉。

穗 suì ㊀（~兒）〔名〕❶ 穀類植物簇生在莖頂的花或子實：麥~兒｜高粱~兒。❷ 用絲綫或綢布結成的下垂的裝飾物：錦旗邊上綴着金黃色的~兒｜燈籠~兒。
㊁（Suì）〔名〕❶ 廣州的別稱。❷ 姓。

語彙 抽穗 稻穗 燈穗 穀穗 麥穗 旗穗 吐穗
孕穗

【穗子】suìzi〔名〕㊀：玉米~｜高粱~｜錦旗的邊上綴着金黃色的~。

燧 suì ❶ 古代取火的器具：鑽~取火｜木~（取火於木的器具）｜陽~（取火於日的器具，是一面青銅凹鏡，可以照太陽取火，現藏陝西扶風周原博物館）。❷ 古代告警的煙火，白天放的煙叫"燧"，夜間點的火叫"烽"：烽~｜~相望。

語彙 烽燧 金燧 木燧 陽燧

【燧人氏】Suìrénshì〔名〕中國古代傳說中發明鑽木取火、教民熟食的人。

檖 suì〈書〉同"穗"。

遂 suì〈書〉❶（時間、空間）深遠：～古｜深～｜窮穴遂～。❷精深：精～｜～密。

語彙 沉遂 深遂 幽遂

襚 suì〈書〉❶贈送死者衣被。❷贈送給死者的衣被。

旞 suì〈書〉用五彩的羽毛做裝飾的旌旗。

旞（旞） suì〈書〉車飾。

𬙊（𬙊） suì〈書〉同"燧"①。見於人名。

sūn ㄙㄨㄣ

孫（孙） sūn ❶孫子：祖～三代。❷泛指孫子以下的後代：曾～｜玄～｜十世～。❸跟孫子同輩的親屬：姪～｜外～｜族～。❹植物再生的：～竹｜稻～。❺古同"遜"(xùn)：朕不～。❻(Sūn)〔名〕姓。

語彙 稻孫 兒孫 徒孫 外孫 王孫 玄孫 曾孫 姪孫 子孫 祖孫 含飴弄孫 孝子賢孫

【孫女】sūnnǚ(-nü)（～兒）〔名〕兒子的女兒。

【孫女婿】sūnnǚxu〔名〕孫女的丈夫。

【孫悟空】Sūn Wùkōng〔名〕神話小說《西遊記》中的主要人物之一，唐僧弟子。他曾大鬧天宮，後保唐僧西天取經，神通廣大，一路除妖降魔，克服種種困難，潑辣勇敢，機智善變，是深受中國人民喜愛的、具有浪漫主義色彩的藝術典型。也叫孫行者。

【孫悟空大鬧天宮——慌了神】Sūn Wùkōng dà-nào tiāngōng——huāng le shén〔歇〕形容心神慌亂，沒了主意：本以為吃了這服藥，女兒的病就會好起來，誰知反而越發嚴重，半天昏迷不醒，這下我真是～，背起女兒就往醫院跑。

【孫媳婦】sūnxífu（～兒）〔名〕孫子的妻子。

【孫子】sūnzi〔名〕兒子的兒子。

飧〈飱〉 sūn〈書〉晚飯，引申為熟食、飯食：饔～不繼（吃了早飯沒有晚飯）｜盤～市遠無兼味。

猻（狲） sūn 見"猢猻"（552頁）。

蓀（荪） sūn 古書上指一種香草。

sǔn ㄙㄨㄣˇ

隼 sǔn / zhǔn〔名〕鳥類的一科，形狀似鷹，翅窄而尖，飛得很快，性兇猛，常捕食小鳥獸。舊稱鶻(hú)。

語彙 飛隼 翔隼 鷹隼

筍（笋） sǔn〔名〕竹的嫩芽，味道鮮美，可以做菜。也叫竹筍。

語彙 春筍 冬筍 乾筍 蘆筍 毛筍 石筍 竹筍 雨後春筍

【筍乾】sǔngān（～兒）〔名〕竹筍曬成的幹兒，泡發後可做菜。

【筍雞】sǔnjī〔名〕（隻）供食用的小而嫩的雞。

損（损） sǔn ❶減少：典範文章，不能增～一字｜～有餘，補不足。❷損害：～公肥私｜以～人開始，以害己告終。❸損壞：磨～｜破～｜完好無～。❹〔動〕（北京話）挖苦人：有意見可以提，別～人好不好？❺〔形〕（北京話）刻薄；惡毒：那個人說的話真～｜辦事缺德，夠～的。

語彙 貶損 殘損 海損 耗損 毀損 減損 虧損 勞損 磨損 破損 污損 消損 陰損 糟損 嘴損 有益無損

【損兵折將】sǔnbīng-zhéjiàng〔成〕兵將傷亡，軍隊受損。指作戰不利：不聽良謀，落了個～的下場。

【損公肥私】sǔngōng-féisī〔成〕損害公家的利益，使私人得到好處：他們淨幹～的事，絕沒有好下場。

【損害】sǔnhài〔動〕使蒙受損失：吸煙～健康｜不能～國家的利益。

【損耗】sǔnhào ❶〔動〕損失消耗：不能眼看着這些東西白白～掉。❷〔名〕損失消耗的東西：～率｜這些～是人為造成的｜自然原因造成的～是難免的。

【損壞】sǔnhuài〔動〕使受損變壞；使失去原有的作用和效能：～公物要賠償｜門窗～。

【損人利己】sǔnrén-lìjǐ〔成〕損害別人的利益，使自己得到好處：不能做～的事。

【損傷】sǔnshāng ❶〔動〕損害；傷害：不要～同學之間的感情｜她的自尊心受到～。❷〔動〕損失：敵人～了兵力｜～戰艦數十隻。❸〔名〕被損傷的部分：汽車表面有小的～｜敵人的～慘重。

【損失】sǔnshī ❶〔動〕消耗或失去：～了兩架飛機。❷〔名〕消耗或失去的東西：認真的自我批評，不但對自己沒有一點兒～，反而會提高威信｜偉大作家的逝世，是中國文壇的重大～。

【損益】sǔnyì〔動〕❶減少和增加：斟酌～｜～可知。❷賠和賺；盈虧：～相抵，尚能有餘。

榫 sǔn（～兒）〔名〕榫子：卯～（卯眼和榫頭）。

【榫頭】sǔntou〔名〕器物的零件或部件上利用凹凸方式相接處的凸出部分，可以套進凹形卯眼。

【榫眼】sǔnyǎn（～兒）〔名〕器物的零件或部件上

利用凹凸方式相接處的凹進部分。

【榫子】sǔnzi〔名〕榫頭。

簨 sǔn 古代懸掛鐘、磬、鼓等的架子。

sùn ㄙㄨㄣˋ

潠 sùn〈書〉❶噴出。❷水湧出。

suō ㄙㄨㄛ

唆 suō 唆使：教～｜挑～。

語彙 教唆　囉唆　調唆　挑（tiǎo）唆

【唆使】suōshǐ〔動〕指使；慫恿挑動（做不好的事）：車場老闆竟～工人暴力抗法。

娑 suō 見下。

語彙 婆娑　娑娑

【娑羅樹】suōluóshù〔名〕（棵，株）常綠喬木，高十余丈，葉長卵形，花淡黃色，成圓錐花序，木材堅實，可做建築材料。原產印度。[娑羅，梵 sāla]

【娑羅雙樹】suōluóshuāngshù 兩株娑羅樹，相傳釋迦牟尼涅槃於其間。

莎 suō 見下。
另見 shā（1165 頁）。

【莎草】suōcǎo〔名〕多年生草本植物，莖直立，三棱形，葉綫形，地下塊根叫香附子，可入藥，有調經、止痛等作用。

桫 suō 見下。

【桫欏】suōluó〔名〕（株）蕨類植物，莖柱狀，高而直，葉片大，羽狀分裂。生於林下或溪邊陰地。也叫樹蕨、刺桫欏。

梭 suō〔名〕舊式織布機上牽引緯綫（橫綫），使與經綫交織的工具，多用硬質木料製成，中間粗，兩頭尖，形狀像棗核：光陰似箭，日月如～。

語彙 穿梭　日月如梭

【梭鏢】suōbiāo〔名〕（支）長柄武器，上頭裝有兩邊有刃的尖刀：抗日時期他是孩子，手持～站過崗。

【梭巡】suōxún〔動〕〈書〉來回地巡邏：巡邏艇～海面，打擊海上走私活動。

【梭魚】suōyú〔名〕（條）魚名，生活在沿海、江河或鹹淡水交界的地方，頭短寬，體細長，鱗大。背側青灰色，腹部淺灰。以水底泥土中的有機物為食。

【梭子】suōzi ㊀〔名〕梭。㊁❶〔名〕機關槍等武器的子彈夾。❷〔量〕用於子彈：打了兩～子彈。

挲 suō 見 "摩挲"（940 頁）。
〈抄〉另見 sā（1151 頁）；shā（1166 頁）。

睃 suō〔動〕斜着眼睛看：～了他兩眼。

嗦 suō ❶見 "哆嗦"（335 頁）。❷見 "囉嗦"（883 頁）。

唰 suō〔動〕吮吸：孩子正在媽媽懷裏～奶呢。

羧 suō 見下。

【羧基】suōjī〔名〕碳酸失去氫氧原子團而成的一價基。化學通式為－COOH。具有羧基的物質（如醋酸、草酸等）顯示酸性，屬有機酸類。

蓑 suō 蓑衣：～笠｜一～煙雨任平生。
〈簑〉

【蓑衣】suōyī〔名〕（件）用草或棕製成的、披在身上的雨具：青箬笠，綠～，斜風細雨不須歸。

縮 suō ❶〔動〕伸開又收回；不伸（縮）出：蜷～｜把手～回去｜～頭～腦。❷〔動〕由大變小；由長變短；收縮：壓～｜～短戰綫｜熱脹冷～。❸〔動〕後退：退～｜畏～｜敵人～回碉堡裏去了。❹ 節省；減少：節衣～食｜～編｜～減。
另見 sù（1292 頁）。

語彙 抽縮　龜縮　減縮　簡縮　緊縮　濃縮　蜷縮　瑟縮　伸縮　收縮　退縮　萎縮　畏縮　壓縮

【縮編】suōbiān〔動〕❶縮減編制（跟 "擴編" 相對）：林業部～成林業總局｜軍隊進行～。❷ 為減少作品、節目等的內容而進行壓縮編輯：這套叢書～後只剩下了二十冊。

【縮脖子】suō bózi ❶ 將脖子往下收縮：凍得直～。❷〔慣〕形容畏縮不前：一看情形不妙，個個都想～。

【縮短】suōduǎn〔動〕緊縮變短（跟 "延長" 相對）：～距離｜～學年限｜把講話～。

【縮減】suōjiǎn〔動〕緊縮減少：～開支｜～軍費｜～行政人員編制。

【縮手縮腳】suōshǒu-suōjiǎo〔成〕四肢不能舒展的樣子。也用來比喻膽子小，顧慮多，不敢放手做事：他被凍得～｜初來乍到，對情況不熟悉，辦起事來難免～。

【縮水】suō//shuǐ〔動〕❶ 某些紡織品、纖維等入水後收縮變ㄕ：這種布～得很厲害。❷ 將紡織品、纖維等放進水中浸泡使收縮：這塊布已經縮過水，可以做衣服了。以上也說抽水。❸ 比喻事物的規模、數量、價格等不正常地減少或下降：股市大跌，公司的資產又～了｜使用面積～，吃虧的還是買房人。

【縮頭縮腦】suōtóu-suōnǎo〔成〕形容畏畏縮縮的樣子。也用來比喻膽小怕事，不敢出頭負責任：那小偷～地四下窺探｜大家都想大幹一場，你怎麼卻變得～的了？

【縮小】suōxiǎo〔動〕使緊縮變小（跟"放大""擴大"相對）：～尺寸｜～打擊面｜～範圍｜封面題字可以放大，也可以～。

【縮寫】suōxiě ❶〔動〕壓縮改寫大部頭的作品，使篇幅變小（跟"擴寫"相對）：把長篇通訊～成短篇報道。❷〔名〕採用拼音文字的語言，對某些常用的詞或詞組（多為專名）所採用的一種簡便寫法。通常是截取詞的第一個字母或詞組中的每一個詞的第一個字母，如 CP 是英語 Communist Party（共產黨）的縮寫。或者截取詞的幾個字母，如體育運動會上常見的 CHN 代表 China（中國），JPN 代表 Japan（日本）。

【縮衣節食】suōyī-jiéshí〔成〕節衣縮食。

【縮印】suōyìn〔動〕將文字、圖形、圖表等按一定比例縮小後印刷或複印：～本｜這部多卷本的辭書已～成一本了。

【縮影】suōyǐng〔名〕有代表性的具體而微的人或事物：《紅樓夢》對賈氏家族由盛到衰的描寫，是中國封建社會走向崩潰的～。

suǒ ㄙㄨㄛˇ

所 suǒ ㊀❶ 處所：住～｜流離失～。❷〔名〕機關或其他辦事地方的名稱：派出～｜招待～｜醫務～｜研究～。❸〔量〕用於房屋：一～房子｜兩～住宅。❹〔量〕用於學校、醫院等單位、住宅：兩～中學｜那～醫院｜這～高級公寓。❺（Suǒ）〔名〕姓。

㊁〔助〕結構助詞。❶ 用在動詞性詞語前邊，構成所字結構，相當於名詞性詞語，可做主語、賓語或名詞修飾成分：～向無敵｜各有～長｜～提意見。❷ 跟"被"或"為"連用，構成被動格式：被表面現象～迷惑｜為好奇心～驅使。**注意** 有時與"為"連用，並不表示被動，如"這部作品早為大眾所熟悉""這座大樓為 1980 年所建"。❸ 用在充當主語、賓語的"的"字結構前邊，起着指示行為對象的作用：我～知道的就是這些｜他～說的未必完全正確｜現代科學的飛躍發展，是前人～想象不到的。❹ 用在充當定語的"的"字結構前邊，修飾後面的名詞，表示名詞是受事：我～認識的人｜大家～提的意見｜～耗費的燃料並不多。

語彙 廁所　場所　處所　會所　哨所　寓所　診所　住所　各得其所　流離失所　死得其所

【所部】suǒbù〔名〕所率領的部隊：我團～盡數渡過黃河。

【所得稅】suǒdéshuì〔名〕國家依法對個人或企業的各種收入所徵收的稅款：國家～收入連年增長。

【所見所聞】suǒjiàn-suǒwén〔成〕所見到的和所聽到的：把這次旅行的～寫下來。

【所屬】suǒshǔ〔形〕屬性詞。❶ 統屬之下的：通知～單位將報表從速送來。❷ 管轄自己的；自己隸屬的：向～部隊報告執勤情況。**注意** 後面不帶名詞時只有①義，如"通知所屬，遵照執行"。

【所謂】suǒwèi〔形〕屬性詞。❶ 通常所說的（多用於提出需要解釋的詞語，接着加以解釋。可修飾名詞、動詞、小句。不做謂語）：～民主，只是一種手段，不是目的｜～"陽春白雪"，就是指那些高深的，不夠通俗的文學藝術｜這就是～"一夫當關，萬夫莫開"的地方。❷ 某些人所說的（用於引述別人的詞語，有不承認的意思，所引詞語多加引號）：古人的～"天下"，實在小得可憐｜如果過分強調個人的～"興趣"，那就不合適了｜這難道就是～的"自由"嗎？

【所向披靡】suǒxiàng-pīmǐ〔成〕風吹到的地方，草木都隨風倒伏。比喻力量達到的地方，一切障礙全被清除：我軍勢如破竹，～｜這支球隊在綠茵場上～。

【所以】suǒyǐ ❶〔連〕用在下半句，表示結果（常和前半句的"因為、由於"等呼應）：因為這裏風景優美，～遊人很多｜由於臨行匆忙，～來不及辭行｜我和他同學六年，～對他比較熟悉。❷〔連〕上半句先說明原因，下半句用"是……所以……的原因（緣故）"進一步解釋：我曾和他同學六年，這就是我～對他比較熟悉的原因。❸〔連〕用在上半句（前邊可加"之"或"其"），突出原因或理由（下半句必用"是因為"呼應，用於書面語）：案情之～很快弄清，是因為發現一個重要物證｜其～大受歡迎，是因為劇情曲折，感人至深｜我之～對他比較熟悉，是因為和他同窗六載。❹〔連〕後面加"呀、嘛"等語氣助詞，在口語中單獨成句，有"就是這個原因"的意思：～嘛！要不然怎麼說上當了呢！❺〔名〕實在的情由或適宜的言行舉止（限用於固定詞組中做賓語）：忘其～｜不知～。

辨析 **所以、因此、因而** a）"所以"可以同"因為"或"由於"配合，"因此""因而"一般只能同"由於"配合。b）"因此""因而"沒有"所以"②③④⑤的用法。c）"所以""因此"不宜於連用。

【所以然】suǒyǐrán〔名〕之所以這樣，指原因或道理：知其然而不知其～｜沒說出個～來。

【所有】suǒyǒu ❶〔動〕擁有；佔有：土地歸國家～。❷〔名〕擁有或佔有的東西：盡其～，全部奉獻。❸〔形〕屬性詞。全部；一切（只修飾名詞）：～問題都解決了｜～的材料都在這裏。

┌─────────────────────┐
│ 辨析 **所有、一切** a）"所有""一切"都可以 │
│ 修飾名詞，但"所有"修飾名詞可以帶"的"， │
│ 也可以不帶"的"；而"一切"多直接修飾名 │
│ 詞，一般不能帶"的"，如不說"一切的材料 │
│ 都在這裏"。b）"所有"着重指一定範圍內某 │
│ 種事物的全部數量，如"所有的人都來了"； │
│ 而"一切"則指某種事物所包含的全部類別， │
│ 如"一切困難都不怕"。c）"所有"組合的詞語 │
│ 較寬泛，"一切"則有限制，如可以說"一切生 │
│ 物都有生有死"，不能說"一切桃樹都死了"； │
│ "所有"沒有這種限制。d）"一切"是代詞， │
│ 可做主語和賓語，如"一切正常""忘掉一切"； │
│ "所有"在名詞的意義上也能充當賓語，如"傾 │
│ 其所有"，但二者不能換用。 │
└─────────────────────┘

【所有制】suǒyǒuzhì〔名〕人們對生產資料的佔有形式，是生產關係的基礎。它決定人們在生產中相互關係的性質和產品分配、交換的形式。在人類社會的各個歷史發展階段，有各種不同性質的所有制。

【所在】suǒzài〔名〕❶地方；處所：風景秀麗氣候宜人的～｜找個遠離喧鬧的～散散步。❷存在的地方：找到癥結～｜民眾的支持是我們力量的～。

【所作所為】suǒzuò-suǒwéi〔成〕所做、所實行的一切：他們的～，實在令人失望。

索 suǒ ㊀❶大繩子或大鏈子：繩～｜絞～｜鐵～｜掙脫～鏈。❷(Suǒ)〔名〕姓。㊁❶搜尋；尋找：搜～｜上下求～｜遍尋不得。❷要；取：～價｜～債｜～賠。㊂〈書〉❶孤單：離群～居。❷空洞乏味：～然。

語彙 函索 絞索 勒索 利索 摸索 求索 瑟索 繩索 思索 搜索 探索 鐵索 玩索 綫索 消索 蕭索 須索 需索 尋索 追索 不假思索 敲詐勒索 冥思苦索

【索償】suǒcháng〔動〕索取賠償：受害者向肇事者～。

【索酬】suǒchóu〔動〕索取報酬：司機拾物竟向失主～。

【索道】suǒdào〔名〕(條)用鋼索架設的空中通道。多建在景區。有單綫循環固定抱索器吊椅式客運索道、往復式索道、跨海空中索道。中國現有城市交通的索道，以山城重慶為最多。

【索還】suǒhuán〔動〕討回（被強佔或借去的東西）：～債款｜～被盜走的錢。

【索賄】suǒhuì〔動〕索取賄賂：堅決查處公務員～問題｜官員～受賄，現在已相當隱蔽。

【索賠】suǒpéi〔動〕索取賠償：向違約外商～｜～因電器爆炸造成的損失數萬元。

【索取】suǒqǔ〔動〕向人要；討取：～資料｜～賠款｜不～報酬。

【索然】suǒrán〔形〕〈書〉乏味，沒有興致的樣子：興致～｜～無味｜～寡歡。

【索性】suǒxìng〔副〕表示直截了當；乾脆：～幹完再休息吧｜～都扔了吧。

【索要】suǒyào〔動〕索取：～小費｜～欠款。

【索引】suǒyǐn〔名〕摘出書刊中的字、詞、術語或文章主題等，按一定次序分條排列，標明出處、頁碼等，供人查閱的資料。舊稱通檢、備檢，也叫引得。

贠(贠) suǒ 用於地名：～乃亥（在青海澤庫）。

嗩(嗩) suǒ 見下。

【嗩吶】suǒnà〔名〕(支)管樂器，形狀像喇叭，管身正面有七孔，背面有一孔。發音響亮，富於表現力，是民間吹打樂中的主要樂器：～聲｜吹起歡快的～。

溹 suǒ 用於地名：後～瀘（在河北）。

璅(璅)〈瑣〉 suǒ ❶細小的；零碎的：～事｜～聞｜～務｜～記。❷卑微：猥～｜～薄。

語彙 煩璅 猥璅

【璅事】suǒshì〔名〕璅碎的事情：家庭～｜忙於生活～。

【璅碎】suǒsuì〔形〕細小而繁多：事情十分～｜要最後成書，璅璅碎碎的事情還很多。

【璅細】suǒxì〔形〕璅碎；事物～，不足道。

【璅屑】suǒxiè〔形〕〈書〉璅碎：～小事。

【璅議】suǒyì〔名〕璅碎的議論（多用於文章標題）：《下鄉～》。

鎖(锁)〈鏁〉 suǒ ❶〔名〕(把)安在門戶等器具開合處或鐵鏈環孔中，使人不能隨意打開的金屬器具：車～｜一把～｜門上掛着～。❷形狀像鎖的東西：金～｜玉～｜石～。❸鎖鏈：枷～。❹〔動〕用鎖關住：～門｜～上車｜把狗～起來。❺〔動〕比喻像鎖住一樣，不能展開；攔阻：雙眉緊～｜高堤大壩～長蛟｜萬山磅礴～煙蘿。❻〔動〕一種縫紉法，用於衣物邊緣或扣眼兒上：～邊兒｜～眼兒。❼(Suǒ)〔名〕姓。

語彙 封鎖 枷鎖 拉鎖 連鎖 石鎖 撞鎖 名韁利鎖

【鎖定】suǒdìng〔動〕❶固定；使不變動：喜歡哪

個電視頻道，就用遙控器～它。❷最後確定：場上隊長頭球破門，使比分改寫為２∶１，～勝局｜已用電子偵測系統～目標。

【鎖鏈】suǒliàn〔名〕❶（～兒）（條，根）金屬環連成的成串的東西：拴狗的～兒斷了。❷比喻無形的束縛：砸爛舊～，翻身做主人。

【鎖鐐】suǒliào〔名〕束縛犯人手腳的鎖鏈和鐐銬：掙脫～｜重罪犯人手腳都有～。

【鎖鑰】suǒyuè〔名〕❶比喻做好某件事情的關鍵：調動全廠工人的積極性，是搞好生產的～。❷比喻軍事防守的要地：北門～。

T

tā ㄊㄚ

他 tā **❶**〔代〕人稱代詞。說話的人對聽話的人稱自己和對方以外的某個人：～是教師｜這件事～清楚｜～的身體很好｜～哥哥早走了。**注意** a）表示領屬關係時，在"他"後加"的"；但有些情形也可不加"的"，如"他哥哥""他家"等。b）書面上男性用"他"，在性別不明或無須區別時也用"他"；只有在確定其為女性且需加以區別時才用"她"。c）"他"跟某人的名字或表示其身份的名詞連用時，有加強語氣的作用，如"成與不成，就看他老張的本事了""我哥哥他一大早兒就趕來了"。**❷**〔代〕人稱代詞。泛指任何人或許多人（用在同"你"並列的語句裏，表示彼此共同或相互怎麼樣）：你也說，～也說，大夥兒搶着發言｜給你一點，給～一點，一會兒就全分完了｜你推給～，～推給你，大家都不願意接受。**❸**〔代〕人稱代詞。虛指事物（用在動詞和數量詞之間）：唱～一段｜走～一趟｜好好玩～一天｜先權～幾畝試試｜一定要搞～個水落石出。**❹**〔代〕〈書〉指示代詞。別的地方；別的方面；別的事物：如此而已，豈有～哉！**❺**〔代〕〈書〉指示代詞。另外的；其他的：～日｜～鄉｜顧左右而言～｜事必躬親，從不假手～人｜僅因技術不高，別無～故。**❻**（Tā）〔名〕姓。

語彙 吉他 排他 其他 無他

【他們】tāmen〔代〕人稱代詞。說話的人對聽話的人稱自己和對方以外的若干人：～是運動員｜這件事得找～｜～的心很齊｜～班人數最少｜～倆是雙胞胎｜三位老師都教過我。**注意** a）書面上男性用"他們"，有男有女時也用"他們"；只有全部為女性時才用"她們"。b）表示領屬關係時，在"他們"後加"的"；但有些情形下也可不加"的"，如"他們二姐""他們班長""他們廠""他們學校"等。c）跟人名或表示身份的名詞連用時，"他們"可在前也可在後，有加強語氣的作用。如"他們弟兄都是高才生""老張、老李他們都表示贊成"。d）有時"他們"前面只有一個名字，這時的"他們"是"另外一些人"的意思。如"小王他們游泳去了"。

【他人】tārén〔代〕人稱代詞。別人：長～的志氣，滅自己的威風｜為～作嫁衣裳。

【他殺】tāshā〔動〕被別人殺害（區別於"自殺"）：年輕姑娘死於～。

【他山攻錯】tāshān-gōngcuò〔成〕《詩經·小雅·鶴鳴》："他山之石，可以為錯。……他山之石，可以攻玉。"意思是別的山上的石頭可以作為工具，用來研磨這個山頭的玉石。後比喻用別人的長處彌補自己的短處。省作攻錯。

【他鄉】tāxiāng〔名〕離家鄉較遠的別的地區；異鄉：作客～｜異國～｜久旱逢甘雨，～遇故知。

【他意】tāyì〔名〕其他的用意或意圖：別無～。

它 tā **❶**〔代〕人稱代詞。指稱人以外的事物：水是生命之源，誰也離不開～｜這燈泡壞了，把～換掉吧｜這種理論曾經風行一時，如今～已經消失殆盡了。**注意** 第一次提到某事物時，只能用"這、那"，不能用"它"。指着一個人，我們可以問："他（她）是誰？"指着一樣東西，我們只能問："這（那）是甚麼？"**❷**（Tā）〔名〕姓。

另見 tā "牠"（1302頁）。

【它們】tāmen〔代〕人稱代詞。稱多於一個的事物：莊稼人一眼就能認出～哪個是稻子哪個是稗子。**注意** 介詞後的"它們"，有時也可只說"它"，如"這些餅乾都壞了，快把它扔了吧""不能不分稻子、稗子，統統給它施肥澆水"。

她 tā〔代〕人稱代詞。**❶** 說話的人對聽話的人稱自己和對方以外的某個女性：奶奶睡着了，別去打擾～。參見"他"（1302頁）。**❷** 用於稱呼國家、故鄉、組織、山河、書刊等事物，表示敬愛、珍視的感情：祖國，我離開～將近兩年了｜我愛看《電影畫報》，～圖文並茂，內容豐富，很吸引人。

【她們】tāmen〔代〕人稱代詞。說話的人稱自己和對方以外的若干女性：～是女運動員｜這種細活兒得找～女人做｜～倆是親姐妹｜二姨、表姐～待會兒就來。參見"他們"（1302頁）。

牠（它）tā〔代〕稱人以外的動物。"它"另見 tā（1302頁）。

【牠們】tāmen〔代〕人稱代詞。稱多於一個的動物：木牌上寫着，島上養有兔子，希望大家不要去驚擾～。

跶 tā 見下。

【跶拉】tāla〔動〕**❶** 把鞋幫後面的部分踩在腳下行走：一雙新鞋，兩天就讓他～壞了。**❷** 穿（拖鞋）：老楊～着拖鞋走出來。

【跶拉板兒】tālabǎnr〔名〕（隻，雙）（北方官話）木底兒上面釘襻兒的簡易拖鞋。有的地方叫呱嗒板兒（guādabǎnr）。

塌 tā **❶**〔動〕倒塌、坍塌或陷下：房子～了｜東院～了一堵牆｜橋被壓～了。**❷**〔動〕凹陷：他瘦得兩腮都～下去了｜連着幾天沒休息好，眼眶～了下去。❸〔動〕沉着；鎮定：～下心唸書。❹（Tā）〔名〕姓。

語彙　崩塌　倒塌　坍塌

【塌方】tā//fāng〔動〕方：指土石方。道路、堤壩等旁邊的護坡或陡坡突然坍塌；坑道、隧道等的頂部突然塌落：雨水過多，須預防堤壩～｜二號坑道～了。也說坍方。

【塌台】tā//tái〔動〕垮台：他們的計劃很可能要～｜我們的事業塌不了台。

【塌陷】tāxiàn〔動〕往下陷：路基嚴重～。

鉈（铊）tā〔名〕一種金屬元素，符號Tl，原子序數81。銀白色，質軟。鉈的化合物大多數有毒，可用於製造光電管、光學玻璃等。
　　另見tuó（1379頁）。

溻　tā〔動〕汗水滲濕（衣服、被褥等）：夜間盜汗，被褥都～了｜打了場籃球，背心兒褲衩兒全～了。

遢　tā/tǎ見"邋遢"（792頁）。

踏　tā/tà見下。
　　另見tà（1304頁）。

【踏實】（塌實）tāshi〔形〕❶（態度）實在；不浮躁：工作～｜踏踏實實的作風。❷（情緒）安定；安穩：心裏很～｜睡不～｜收完莊稼也就～了。

褟　tā❶〔動〕在衣物上縫綴花邊等：～一道縧（tāo）子。❷（～兒）貼身單衫：汗～兒。❸（Tā）〔名〕姓。

tǎ ㄊㄚˇ

塔〈墖〉tǎ❶〔名〕（座）佛教特有的建築物，原為放佛骨的地方，四方形或多邊形，通常有五級、七級或十三級，上小下大，頂是尖的：擺渡擺到江邊，造～造到～尖（比喻好事要做到底）。也叫浮屠、浮圖。❷塔形的建築物：跳傘～｜電視～｜水～｜金字～。❸（Tǎ）〔名〕姓。

語彙　寶塔　燈塔　炮塔　水塔　鐵塔　斜塔　電視塔　金字塔　象牙塔　聚沙成塔

【塔吉克族】Tǎjíkèzú〔名〕❶中國少數民族之一，人口約5萬（2010年），主要分佈在新疆西南部的塔什庫爾干、莎車、澤普、葉城等地。塔吉克語是主要交際工具，沒有本民族文字。❷塔吉克斯坦的主體民族。

【塔林】tǎlín〔名〕塔形的僧人墓群，多坐落在寺廟附近。

【塔樓】tǎlóu〔名〕❶高層而略呈塔形的樓房。❷指建築物頂部蓋的塔形小樓。

【塔塔爾族】Tǎtǎ'ěrzú〔名〕中國少數民族之一，人口約3556（2010年），主要分佈在新疆烏魯木齊、伊寧、塔城等地。塔塔爾語是本民族語言，現多使用維吾爾語或哈薩克語，有本民族文字。

溚　tǎ〔名〕焦油的舊稱。[英 tar]

磲（碴）tǎ用於地名：～石（在浙江）。
　　另見dá（227頁）。

獺（獭）tǎ/tà〔名〕哺乳動物，包括水獺、旱獺、海獺等。通常指水獺。

【獺祭】tǎjì〔動〕《書》《禮記‧月令》："獺祭魚。"水獺喜歡吃魚，經常把捕來的魚陳列在水邊，像舉行祭禮似的。後用"獺祭"比喻寫作時把許多書冊攤開，以追求辭藻，羅列典故，堆砌成文。

鰨（鳎）tǎ〔名〕比目魚的一類，常見的有條鰨。通稱鰨目魚。

tà ㄊㄚˋ

拓〈搨〉tà〔動〕在刻有或鑄有文字、圖像的碑版或器物上，蒙一層薄紙，先輕輕捶打，使凹凸分明，再上墨，使紙上顯出文字、圖像來：把碑文全～下來｜～一張畫兒。
　　另見tuò（1380頁）。

【拓本】tàběn〔名〕（本）拓下碑刻、銅器等文物的形狀及上面的文字、圖像的紙本。黑色的叫墨拓本，紅色的叫朱拓本，最初摹拓的叫初拓本。注意這裏的"拓"不讀tuò。

【拓片】tàpiàn〔名〕（張）從碑刻或金石文物上拓下來文字、圖像及器物形狀的紙片。

沓　tà❶《書》繁多而重複：雜～｜複～｜紛至～來。❷鬆弛；懈怠：拖～｜疲～｜怠～。
　　另見dá（226頁）。

嗒　tà《書》不如意；若有所失：～然｜～焉。
　　另見dā（226頁）。

【嗒然】tàrán〔形〕《書》悵然若失的樣子：～僵立｜～離去。

榻 tà 一種狹長而較矮的坐臥用具：臥～｜病～｜下～。

語彙　病榻　掃榻　藤榻　臥榻　下榻　竹榻

【榻榻米】tàtàmǐ〔名〕日本人用來鋪在室內地板上的草席或草墊。

遢 tà "邋遢"，見"邋遢"（1687頁）。

潔 Tà 潔河，古水名。在今山東西北部。
另見 luò（887頁）。

踏 tà ❶〔動〕踩：一腳～在泥裏｜～破鐵鞋無覓處，得來全不費工夫（無意中得到了到處找不着的東西）。❷〔動〕比喻走上或進入：～上工作崗位｜～進社會。❸ 實地進行（勘察）：～勘｜～看。
另見 tā（1303頁）。

辨析　踏、踩　一般可以互換，但有時不能，如"腳踏實地"只能用"踏"不能用"踩"，而"踩鼓點兒""踩高蹺""踩了他的腳"則只能用"踩"不能用"踏"。在口語中，"踩"比"踏"用得多。"踏"有"進入"的比喻義，如"踏上新的崗位"，"踩"有"蔑視"的比喻義，如"把困難踩在腳下"，二者不能互換。

【踏步】tàbù ❶（-//-）〔動〕身體挺直，兩腳交替抬起又着地（多在原地）：～走｜大～前進｜怎麼又踏起步來了？❷〔名〕老式床前的踏腳板：小孩兒踩着～往床上爬。

【踏歌】tàgē〔動〕中國古代的一種歌舞藝術形式，以腳踏地為節拍，邊歌邊舞，配以輕微的手臂擺動。現代苗、瑤等民族仍有這種歌舞。

【踏勘】tàkān〔動〕❶ 工程設計或規劃前，在實地勘測地形或勘察地質情況等：～油田｜實地～。❷ 到案發現場進行查看：詳為～。

【踏看】tàkàn〔動〕到現場查看：派人～行軍路綫。

【踏空】tàkōng〔動〕證券交易指投資者在市場行情上漲之前沒能及時買入證券，導致資金閒置。

【踏平】tàpíng〔動〕消滅平定：盤踞山區的頑匪已被～。

【踏青】tàqīng〔動〕青：指青草。春天到青草長成的郊外遊玩：～歸來｜三三五五～行。注意 古代的踏青活動因時因地而異，有在二月二日的，也有在三月三日的，後世多在清明前後。

傝（傝）　tà 見"佻傝"（1339頁）。

撻（撻）　tà〈書〉用鞭子或棍子打人：鞭～。

【撻訂】tàdìng〔動〕港澳地區用詞。甘願損失訂金取消已定的生意：在假日，如果要取消已訂好的酒席，那麼就要承受～的結果｜樓價暴跌，好多樓盤均未有買家承接，投資客打算～離場。

【撻伐】tàfá〔動〕〈書〉❶ 征討；討伐：大張～興兵。❷ 抨擊；批判：極力～不同意見。

鷯 tà〈書〉一種較大的船：龍舟鳳～。

蹋 tà ❶〔動〕踏；踩：踐～｜～石過澗。❷〈書〉踢；踹：～鞠（踢球）｜蹴～為戲｜以足～人｜～門而入。❸ 見"糟蹋"（1695頁）。

闒（闒）　tà〈書〉卑下：～儒（地位卑下，儒弱無能）｜～茸。

【闒茸】tàróng〔形〕〈書〉卑賤；低劣：～無行。

鞜 tà 見"鎧鞜"（1315頁）。

闥（闼）　tà〈書〉門；小門：禁～｜排～。

tāi　ㄊㄞ

台 tāi 用於地名：～州｜天～（山名，又地名，均在浙江東部）。
另見 tái（1305頁）；tái "枱"（1306頁）；tái "颱"（1306頁）。

苔 tāi 中醫指舌苔：黃～｜白～｜～滑。
另見 tái（1306頁）。

胎 tāi ㊀ ❶ 人或哺乳動物孕於母體內的幼體：胚～｜～兒｜十月懷～｜雙胞～。❷ 事物的根源：禍生有～。❸（～兒）〔名〕襯在衣、被等的面子和裏子之間的東西：駝絨～｜棉花～｜軟～的帽子。❹（～兒）〔名〕某些器物的坯子：銅～｜泥～｜脫～漆器。❺〔量〕懷孕或生育的次數：頭～｜一對夫婦只生一～｜她懷過兩～，都流產了｜一～小貓。
㊁〔名〕輪胎：車～｜內～｜外～｜補～｜充氣。[英 tyre]

語彙　車胎　打胎　墮胎　鬼胎　懷胎　禍胎　輪胎　內胎　泥胎　娘胎　胚胎　受胎　投胎　脫胎　外胎

【胎動】tāidòng〔動〕胎兒在母體子宮內蠕動。孕婦一般在懷孕16週以後可以感覺到胎動。

【胎兒】tāi'ér〔名〕母體內的幼體（通常指人的幼體）。

【胎記】tāijì〔名〕人皮膚上生來就有的深顏色的斑。

【胎教】tāijiào〔動〕指孕婦在懷孕期間積極進行身心調節，以促進胎兒健康發育。

【胎毛】tāimáo〔名〕初生嬰兒尚未剃過的頭髮，也指哺乳動物初生幼崽身上的毛：～未褪（嘲笑人過於幼稚）。

【胎盤】tāipán〔名〕母體子宮內壁與胎兒之間的圓餅狀的組織，通過臍帶與胎兒相連，是胎兒與母體的主要聯繫物。

【胎生】tāishēng〔形〕屬性詞。人或某些動物的幼體在母體內獲得營養，到一定階段以後脫離母體，叫胎生，人和大多數哺乳動物都是胎生

（區別於"卵生"）。

【胎死腹中】tāisǐfùzhōng〔成〕胎兒未出生就死亡於母體之中。比喻計劃、方案、措施等還沒有實施就遭到失敗或被取消。

tái ㄊㄞˊ

台¹ tái ❶〔敬〕用於稱呼對方或跟對方有關的行為：兄～｜～端｜～命｜～鑒｜～啟。❷(Tái)〔名〕姓。

台²〈臺〉tái ❶ 高而平的建築物：戲～｜陽～｜舞～｜檢閱～。❷ 某些做座子的器物：船～｜炮～｜燈～兒。❸(～兒)某些像台的東西：月～｜井～｜窗～兒。❹〔名〕古代官署名；現代某些機構名：御史～｜天文～｜電視～｜廣播電～｜長途電話～｜查號～。❺ 舊時對某些高級官吏的尊稱：撫～(省級地方長官)｜藩～(專管一省財賦和人事的長官)｜學～(派往各省的督學使)。❻ 比喻官職或權力：工黨上～(執政掌權)｜內閣垮～(失掉權力)。❼〔量〕用於舞台演出：一～戲｜一～雜技｜兩～歌舞。**注意** "台"指一次完整的演出。一台戲，可以只有一齣較長的戲，也可以含幾齣小戲，還可以由不同劇種的幾個節目組成。❽〔量〕用於某些機器：一～車床｜兩～馬達｜三～縫紉機｜發揮每一設備的作用｜這批拖拉機，～～質量合格。❾(Tái)〔名〕指台灣：～胞｜～眷｜～屬。❿(Tái)〔名〕姓。**注意** 古代"臺"和"台"是兩個不同的姓。

　　另見 tāi(1304 頁)；tái "枱"(1306 頁)；tái "颱"(1306 頁)；"臺"另見 tái(1306 頁)。

辨析 台、架　作為量詞，兩個詞各有不同的適用範圍，僅在計量縫紉機、水車、儀器等少數幾種東西時用哪個都行。

語彙 出台　登台　井台　垮台　陽台　月台　轉台　操縱台　斷頭台　觀眾台　近水樓台

【台胞】táibāo〔名〕(位)台灣同胞：做好～接待工作｜為～舉辦迎春晚會。

【台步】táibù(～兒)〔名〕戲曲演員在舞台上演出時所走的舞蹈化的步子。大抵老生重穩健，淨角重豪邁，青衣重莊重，花旦重輕盈，小生重瀟灑，須視劇中人物的年齡、身份以及規定情境而有所變化。

【台詞】táicí〔名〕(句)戲劇、電影中劇中人物所說的話，包括對白、獨白、旁白等。戲曲台詞包括唱詞和話白兩種。話劇、戲曲等表演中還有所謂潛台詞，即沒有說出來而潛在的台詞。

【台端】táiduān〔名〕〔敬〕稱呼對方(多用於書信)：望～多予協助｜～以為如何？

【台風】táifēng〔名〕戲劇演員在舞台上演出時表現出來的作風和風度：～不正｜～穩重。

【台甫】táifǔ〔名〕〔敬〕舊時用於詢問別人的表字

（甫：古代加在男子名字下的美稱，後來指人的表字）：請教～？｜～如何稱呼？

【台海】Táihǎi〔名〕台灣海峽的簡稱。台灣海峽位於中國福建和台灣兩省之間，寬約 150 千米，最狹處約 135 千米，為東海、南海間的航運要道。

【台駕】táijià〔名〕〔敬〕稱呼對方：～能光臨寒舍，不勝榮幸。

【台鑒】táijiàn〔動〕寫信時用在開頭收信人名字或稱呼後的套語，表示請對方看信的內容。

【台階】táijiē(～兒)〔名〕❶(級)呈級狀的一級一級供人上下的建築物：三十九級～｜登山有～。❷ 比喻從僵局中擺脫出來的途徑或機會(常跟"下"連用)：給他個體面的～下。❸ 比喻努力打開的工作新局面或達到的更高目標(常跟"上"連用)：爭取明年的工作再上一個新～。

【台商】táishāng〔名〕台灣商人：沿海城市是～投資的首選。

【台屬】táishǔ〔名〕(位)台灣同胞的親屬(一般指住在大陸的)：優待～。

【台灣】Táiwān〔名〕中國東南部海上的一個省，西隔台灣海峽與福建相望。包括台灣島、澎湖列島及龜山島、火燒島、釣魚島、蘭嶼、彭佳嶼、赤尾嶼等島嶼。面積約 36000 平方千米，其中台灣本島面積 35780 平方千米，是中國第一大島。居民以漢族為主，佔 97%，少數民族有高山族等。明代天啟四年(1624 年)和六年(1626 年)，荷蘭和西班牙殖民者分別侵入台灣，明末，鄭成功驅逐侵略者，收復台灣。1895 年(光緒二十一年)，台灣被日本侵佔，1945 年抗日戰爭勝利後歸還中國。簡稱台。

【台榭】táixiè〔名〕積土高平為台，台上建房屋為榭。泛指樓台亭閣。

【台柱子】táizhùzi〔名〕❶ 比喻戲曲劇團的主要演員：他成了劇團的～。❷ 借指某個集體中的骨幹力量：咱們廠多虧這四位～撐着。

【台子】táizi〔名〕❶ 平而高的建築物：戲～｜鍋～。❷(張)特指枱球、乒乓球等運動用的長方形桌子。❸(吳語)桌子。

抬 tái ❶〔動〕向上提；舉起：～了一下眼皮｜～腿就走｜把胳膊～起來｜～頭仰望。❷〔動〕(兩人或若干人)共同用手或肩膀搬運(東西)：～轎子｜倆人～一筐石頭｜一個和尚挑水吃，兩個和尚～水吃。❸〔動〕〔口〕爭辯；抬槓：他倆到一塊兒就～。❹〔量〕用於某些需要人抬的東西：一～聘禮。

【抬槓】tái // gàng ㊀〔動〕用槓子抬運東西(特指抬運靈柩)。㊁〔動〕〔口〕故意爭辯；吵嘴：兩口子常～｜他們抬了半天槓，也沒爭出個高低。

【抬高】táigāo〔動〕❶往高處抬：～擔架│把胳臂～點兒。❷故意提起或使升高（跟"貶低"相對）：～身價│～價錢│～自己，打擊別人。

【抬閣】táigé〔名〕民間的一種文娛活動，在木製的立方體上安置兩三個扮演戲曲故事的兒童（做亮相狀），兩側安有槓子，由人抬着行進，供群眾觀賞。一般多在三五抬以上，與旱船、高蹺等其他文娛項目配合進行。

【抬價】tái // jià〔動〕抬高貨物的價格；故意漲價：～出售│不得任意～│為甚麼一下子抬那麼高的價？

【抬肩】táijiān〔名〕上衣從腋下到肩膀中間的尺寸。也叫抬根（kèn）。

【抬轎子】tái jiàozi〔慣〕比喻為有權勢的人捧場、效勞。

【抬舉】táijǔ〔動〕因看重某人而加以稱讚、推薦或提拔：這是局長～你的一番苦心│我有心～你，你自己也要爭氣。

【抬升】táishēng〔動〕❶向上抬使升高；上升：把胳臂一～點兒│近期石油價格不斷～。❷地形、氣流等升高：這座山脈在繼續～。

【抬頭】táitóu ❶(-//-)〔動〕把頭抬起來：～遠望│抬起頭，挺起胸│～不見低頭見（形容經常見面）。❷(-//-)〔動〕比喻受壓制的人或事物得到伸展：現今社會，我們婦女可～啦│防止極端勢力趁機～。❸〔動〕舊式書信、公文等，在行文中提到對方的名稱或涉及對方的行為時，例須另起一行書寫以表示尊敬。❹〔名〕在有關單據上書寫對方姓名或單位名稱的地方：這張支票要寫上～│沒有～的發票不符合財務規定。

【抬頭紋】táitóuwén〔名〕(條，道)額頭上的皺紋。

邰 Tái〔名〕姓。

苔 tái〔名〕一大類低等植物，綠色，多生於陰濕處，根、莖、葉的區別不明顯：～衣│青～│～痕。
另見 tāi(1304頁)。

枱 (台)〈檯〉tái 桌子或類似桌子的器物：寫字～│工作～│梳妝～│～燈│～球│～布。
"台"另見 tāi(1304頁)；tái(1305頁)。

【枱布】táibù〔名〕(塊)桌布：潔白的～│塑料～│鋪上～。

【枱秤】táichèng〔名〕❶一種秤，用金屬製成，有固定承重底座。也叫磅秤。❷案秤。一種體積較小，可放在商店櫃枱上使用的秤。

【枱燈】táidēng〔名〕(盞)有底座和燈罩，放在桌子上用的電燈。

【枱曆】táilì〔名〕(本)擺在案頭使用的成本或成沓的日曆或月曆：藝術～│教師～。

【枱球】táiqiú〔名〕❶球類運動項目之一。在特製的長方形絨面枱子上用杆撞球入網袋，有主球一個，供撞球之用。以撞球入袋得分多者為勝：～室│～比賽。❷枱球運動使用的球，實心，通常有一個白色主球和十五個具有不同分值的彩色球。❸(吳語)乒乓球。也作台球。

枱球的不同説法
中國大陸叫枱球或桌球，港澳地區也叫桌球，台灣地區叫撞球。

【枱扇】táishàn〔名〕(台，架)有底座的便於放在案頭使用的電扇。

炱 tái 煙凝積成的黑灰，可做染料，如炱煤、松炱。

跆 tái〈書〉踐踏：～藉。

【跆拳道】táiquándào〔名〕體育運動項目。原是朝鮮半島的民族傳統武術，不用武器，近距離打鬥，主要技巧是手擊和腳擊。

臺 tái ❶同"台[2]"。❷(Tái)〔名〕姓。
另見 tái "台"(1305頁)。

颱 (台)tái 見"颱風"(1306頁)。
"台"另見 tāi(1304頁)；tái(1305頁)。

【颱風】táifēng〔名〕發生在北太平洋西部的熱帶空氣漩渦，同時有暴雨。1989年世界氣象組織規定，風力12級以上為颱風。

駘 (骀)tái〈書〉劣馬；跑不快的馬：駑～(比喻庸才)。
另見 dài(246頁)。

儓 tái 古時最低一級家務奴僕的名稱。

鮐 (鲐)tái〔名〕魚名，生活在海裏，身體紡錘形，背部青藍色，腹部淡黃色。趨光性強，是洄游性魚類。

薹 tái ㊀〔名〕多年生草本植物，生長在沼澤地帶或水田裏，葉扁平而長，可用來做蓑衣。
㊁〔名〕蒜、韭菜、油菜等長出的細長的莖，嫩的可當蔬菜吃。

tǎi ㄊㄞˇ

呔 tǎi〔形〕説話帶有外地口音。
另見 dāi(242頁)。

太

tài ㄊㄞˋ

tài ❶ 高；大：～空｜～學。❷ 表示極端的：～古｜～甚。❸ 表示尊長中輩分大出一兩輩或身份更高的：～老伯｜～夫人（尊稱別人的母親）。❹〔副〕表示程度高（用於積極方面，表示讚歎）：～棒了｜～精彩了｜～感人了｜～感謝你們了。❺〔副〕表示程度過了頭（用於消極方面，表示不如意或不滿意）：顏色～淺了｜～糟糕了｜你～性急了｜他～堅持己見了。❻〔副〕前面加 "不"，表示委婉的否定或微弱的肯定：不～精彩｜不～滿意｜不～習慣｜我還不～了解你（僅有一點兒了解）。❼〔副〕後面加 "不" 或其他否定性詞語，表示強烈的否定：～不懂事了｜～不講道理了｜～不方便了｜～沒有遠見了｜～無自知之明了。❽（Tài）〔名〕姓。

【太白星】tàibáixīng〔名〕中國古代指金星。也說太白、太白金星。

【太倉一粟】tàicāng-yīsù〔成〕太倉：古代京城儲存糧食的大倉庫。太倉裏的一粒小米。比喻其渺小，微不足道：我們這個小廠子算甚麼，就全國來說，不過～罷了。

【太妃糖】tàifēitáng〔名〕一種用調過味的糖漿製成的糖果：奶油～｜鹹味～。［英 toffee］

【太古】tàigǔ〔名〕最古的時代，中國古代以唐虞（堯舜）以前為太古。

【太后】tàihòu〔名〕帝王的母親。

【太湖】Tài Hú〔名〕中國第三大淡水湖，位於江蘇南部。由長江和錢塘江下游的泥沙堰塞古海灣而成，有苕溪、荆溪諸水納入，湖水浩渺，東由瀏河、蘇州河、黃浦江洩入長江，為江南水網中心。

【太湖石】tàihúshí〔名〕（塊）太湖產的一種多孔多皺褶的石頭，可供造假山，裝點庭院。

【太極拳】tàijíquán〔名〕一種流傳很廣、派流很多的拳術，以太極（古代稱最原始的混沌之氣）陰陽變化之理為依據，動作柔和緩慢，圓活自然，既可以柔剋剛用於技擊，又可增強體質防病健身。

【太監】tàijiàn（-jian）〔名〕（名）宦官。

【太空】tàikōng〔名〕❶ 極大極高的天空：遨遊～｜歌聲響徹～。❷ 地球大氣層以外的宇宙空間：～探測｜～飛行｜～行走。

【太空服】tàikōngfú〔名〕（件，身，套）航天員穿的一種特殊服裝，由密閉服和密閉頭盔組成。也叫宇航服。

【太空人】tàikōngrén〔名〕乘航天器進入太空航行的人；航天員。

【太廟】tàimiào〔名〕帝王祭祀祖先的廟。

【太平】tàipíng〔形〕❶ 社會安寧；平靜：天下～｜安享～｜～盛世｜一旦動干戈，十年不～。❷ 屬性詞。保障安全的：～門｜～梯｜～缸（儲水的缸，備滅火之用）｜～龍頭（消防用的自來水龍頭）。

【太平間】tàipíngjiān〔名〕（間）醫院中停放屍體的房間。

【太平門】tàipíngmén〔名〕（道）戲院、電影院等公用建築為便於在發生意外情況時緊急疏散人群而設置的旁門。也叫安全門。

【太平盛世】tàipíng-shèngshì〔成〕社會安定、百業昌盛的時代：逢此～，人民安居樂業。

【太平天國】Tàipíng Tiānguó 農民起義領袖洪秀全、楊秀清等建立的政權。於 1851 年 1 月 11 日在廣西桂平縣金田村發動起義，1853 年 3 月 19 日定都天京（今江蘇南京），1864 年在清政府和外國侵略者的聯合鎮壓下失敗。簡稱天國。

【太平洋】Tàipíng Yáng〔名〕世界第一大洋，位於亞洲、大洋洲、南極洲和南北美洲之間，面積17967.9 萬平方千米。

【太上皇】tàishànghuáng〔名〕❶ 皇帝父親的稱號（皇帝傳位其子後，自己則為太上皇）。❷ 比喻退居幕後而掌握實際權力的人。

中國歷史上的太上皇

秦始皇追尊其父莊襄王為太上皇，為中國歷史上稱太上皇之始。漢高祖尊其活着的父親為太上皇，為生前被尊為太上皇的最早例子。此後北齊武成帝，唐朝高祖、睿宗、玄宗，宋朝高宗，清朝高宗（乾隆）等，傳位後都被尊為太上皇。明朝英宗被瓦剌擄去，其弟景帝即位，次年英宗被放回，也曾稱太上皇。

【太上老君】Tàishànglǎojūn〔名〕道教對中國古代思想家老子的尊稱。

【太師椅】tàishīyǐ〔名〕（把，隻）一種比較寬大，靠背和扶手相連的舊式木製椅子。

【太史】Tàishǐ〔名〕複姓。

【太守】tàishǒu〔名〕漢朝為一郡（轄若干縣）的最高行政長官，宋朝以後只用作知府（一府的長官）、知州（一州的長官）的別稱，明、清時專指知府（比知縣高一級）。

【太叔】Tàishū〔名〕複姓。

【太歲】tàisuì〔名〕❶ 中國古代天文學中假想出來的與歲星（木星）相應的星名，與歲星運行的方向背道而馳，又稱歲陰或太陰。古人根據它繞太陽運行的週期紀年，以十二年為一週。❷（Tàisuì）古代指太歲之神，迷信認為凡他所行進的方位（與天上木星的方位相應）均須躲避，更不宜興工、嫁娶或遷徙，否則就要遭災。❸ 借指橫行不法的豪強：花花～。

【太歲頭上動土】Tàisuì tóushang dòngtǔ〔諺〕在太歲之神所經行的方位破土動工。比喻公然向強者挑釁，去惹很厲害的人：他莫非吃了熊心豹子膽，竟敢～！

【太太】tàitai〔名〕❶舊時稱官吏、紳士的妻子：縣長～｜軍官～。❷對長輩婦女的尊稱（有些地區指曾祖母）：老～。❸對已婚婦女的尊稱（多冠以丈夫的姓氏）：張～｜李～。❹家傭對女主人的稱呼；這是～吩咐的｜讓我去跟～說一聲。❺〈口〉稱對方或別人的妻子；丈夫對別人稱自己的妻子：你～我見過｜他同他～是大學同學｜我～讓我向您問好。

【太息】tàixī〔動〕〈書〉歎氣：仰天～。

【太學】tàixué〔名〕中國古代設在京城的最高學府，西周時始建，漢朝以後為傳授儒家經典的地方。

【太陽】tàiyáng（-yang）〔名〕❶銀河系的恆星之一，太陽系的中心天體，地球和其他行星都圍繞着它運行，並從它那裏得到光和熱：～落山了｜打西邊出來——沒有的事｜青年人朝氣蓬勃，好像早晨八九點鐘的～。❷指太陽光：到門口曬曬～。

【太陽鏡】tàiyángjìng〔名〕（副）用茶色或變色等鏡片做的眼鏡，有避免強烈太陽光傷害眼睛的作用。

【太陽帽】tàiyángmào〔名〕（頂）帽檐較寬大，便於遮蔽陽光的帽子。

【太陽能】tàiyángnéng〔名〕太陽放射出來的能量，是地球上光和熱的源泉。用大面積的反光鏡可以獲取高溫太陽能，用來燒水、煮飯、冶煉、發電、焊接等：～熱水器｜～電池。

太陽能的應用

太陽是一個巨大、久遠、無盡的能源。太陽能是可再生能源，它資源豐富，既可免費使用，又無須運輸，對環境無任何污染，所以世界各國都很重視太陽能的利用。太陽能的利用主要有三種方式，一是直接的太陽光照採集技術，二是太陽能光伏發電，三是太陽能熱利用技術。目前最常見、應用也最廣泛的是第三種，主要是太陽能熱水器的安裝使用。

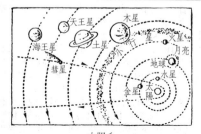

太陽系

【太陽系】tàiyángxì〔名〕銀河系中的天體系統之一，以太陽為中心，包括太陽、八大行星及其衞星、眾多的小行星、矮行星、彗星、流星等。

【太陽穴】tàiyángxué〔名〕穴位名，位於眉梢與外眼角中間向後約一寸的凹陷處，左右各一。

【太醫】tàiyī〔名〕❶皇家的醫生。也叫御醫。❷民間對醫生的敬稱。

【太陰】tàiyīn〔名〕❶民間指月亮。❷"太歲"①。❸人體經脈名，指脾、肺二經。

【太子】tàizǐ〔名〕帝王的兒子中確定繼承帝位或王位的人：皇～｜立～｜廢黜～。

汰 tài 淘汰：優勝劣～｜挑選精壯，～去老弱。

肽 tài〔名〕有機化合物，由氨基酸脫水而成，含有羧基和氨基，是一種兩性化合物。舊稱勝（shēng）。[英 peptide]

泰 tài ❶康寧；安適：康～｜國～民安。❷美好；否（pǐ）極～來。❸〈書〉大於；多於：～半（超過半數）。❹〔副〕〈書〉極；最：～西各國。❺（Tài）〔名〕指泰國：～銖（泰國貨幣）。❻（Tài）〔名〕姓。

【泰斗】tàidǒu〔名〕（位）泰山北斗：文壇～｜學界的～｜學者仰之如～。

【泰然】tàirán〔形〕安然、鎮定或若無其事的樣子：～處之｜～自若。

【泰然自若】tàirán-zìruò〔成〕從容鎮定，保持平常的神情：革命烈士～，從容就義。

【泰山】tàishān〔名〕❶（Tài Shān）五嶽中的東嶽，位於山東，古人認為是最高的山。比喻地位高受敬仰的人或極重大、極有價值的事物：～北斗｜有眼不識～｜人固有一死，或重於～，或輕於鴻毛。別稱岱。❷岳父的別稱。

【泰山北斗】Tàishān-běidǒu〔成〕古人以泰山為五嶽之首，北斗為眾星中明亮而可據以辨明方向的星星，所以用"泰山北斗"比喻德高望重或功業卓著而深受眾人敬仰的人。

【泰山壓頂】Tàishān-yādǐng〔成〕泰山壓在頭頂上。比喻壓力極大：～不彎腰｜以～之勢展開全面反攻。

【泰山壓卵】Tàishān-yāluǎn〔成〕泰山壓在雞蛋上。比喻力量懸殊，強大的一方會輕而易舉地摧毀弱小的一方：猛獸吞狐，～。

【泰水】tàishuǐ〔名〕岳母的別稱。

【泰西】tàixī〔名〕〈書〉極西的地方，舊時指西方國家，含歐美各國：～火器｜～各國。

酞 tài〔名〕有機化合物的一類，主要是酚酞（fēntài）。

鈦（钛）tài〔名〕一種金屬元素，符號 Ti。原子序數 22。其合金比重小、強度高、耐腐蝕，可用於航空、航天工業。

態（态）tài ❶〔形〕形狀；狀態：形～｜姿～｜千姿百～｜惺惺作～。❷〔名〕態度；情況：表～｜動～｜神～｜失～｜事～｜故～復萌。❸〔名〕語法範疇之一，通過一定的語法形式表明句中動詞（所表示的動作）同主語（所表示的事物）之間的關係：主動～（行為動作由主體發出）｜被動～（行為動作由主體承受）。❹（Tài）〔名〕姓。

> 語彙　變態　病態　常態　動態　富態　固態　故態　靜態　氣態　情態　神態　生態　失態　世態　事態　體態　形態　液態　儀態　狀態　姿態　醉態　初生態

【態度】tàidu〔名〕❶神情舉止：～大方｜～自然｜今天他的～有些異常。❷對於人或事物的看法和採取的行動：～曖昧｜學習～認真｜堅持原則的～很突出｜在關鍵時刻，表明自己的～。❸指惡劣的舉止或神情（做動詞"耍"的賓語）：別耍～！

【態勢】tàishì〔名〕動態和趨勢：戰爭～｜分析市場～。

tān　ㄊㄢ

坍 tān〔動〕❶倒塌；崩壞：亭子～了半邊｜堤岸沖～了。❷衰頹；凋敝：家道竟漸漸～了下來。

【坍方】tānfāng〔動〕塌方。

【坍塌】tāntā〔動〕（山坡、陡壁、河岸、道路、建築物、堆積物等）倒塌下來：窯頂～了｜堤岸～了一段，急需搶修。

【坍台】tān∥tái〔動〕（吳語）❶丟臉；出醜：這件事說出去實在～｜有心要я他個台。❷（事業、局面等）難以維持下去；垮台：名角一走，戲班子就要～｜我自信坍不了台。

怹 tān〔代〕（北京話）人稱代詞。"他"的敬稱：咱們可別讓～老人家生氣呀！

貪（贪）tān ❶〔動〕愛財；貪財：～官｜～贓枉法。❷〔動〕對某種事物的欲望不能滿足：～杯｜～得無厭。❸〔動〕片面追求；貪圖：～小失大｜～生怕死｜～多嚼不爛｜小便宜吃大虧。❹〔形〕〈口〉貪婪；貪心：喪身金山，皆因太～。

【貪杯】tānbēi〔動〕過分喜歡喝酒：不可～誤事｜要改掉～的嗜好。

【貪財】tāncái〔動〕貪戀錢財：～好色｜好賭。

【貪吃】tānchī〔動〕嘴饞好吃；喜歡吃好的食物：～傷身。

【貪得無厭】tāndé-wúyàn〔成〕厭：滿足。貪心很大，永遠沒有滿足的時候：得隴望蜀，～。

【貪多嚼不爛】tān duō jiáo bu làn〔俗〕比喻一味追求多得，結果反而達不到預期目的。

【貪官】tānguān〔名〕指貪污受賄的官員：～污

吏｜"打老虎"就是肅清～。

【貪狠】tānhěn〔形〕貪婪狠毒：生性～｜～成性。

【貪賄無藝】tānhuì-wúyì〔成〕藝：限度。貪污受賄沒有限度。

【貪婪】tānlán〔形〕❶貪得無厭：～成性｜露出～的目光｜～地掠奪別國的資源。❷急切追求而不知滿足：～地學習各種知識｜一有空就拿出那本畫冊，～地看了又看。

【貪戀】tānliàn〔動〕貪圖留戀：～奢侈的物質生活｜～大城市。

【貪求】tānqiú〔動〕貪圖追求：～享受｜～安逸。

【貪生怕死】tānshēng-pàsǐ〔成〕貪戀生存，害怕死亡。形容為了活命而畏縮不前：他不是那種～的人。

【貪天之功】tāntiānzhīgōng〔成〕《左傳·僖公二十四年》："竊人之財，猶謂之盜，況貪天之功，以為己力乎？"把上天所成就的功績說成是自己的。後泛指把眾人或他人的功勞據為己有：～，欺騙群眾。

【貪圖】tāntú〔動〕極力希望得到（某種好處）：～錢財｜～熱鬧｜～享受｜～便宜。

【貪玩】tānwán（～兒）〔動〕過分喜歡玩耍：這孩子學習成績不好，是因為～。

【貪污】tānwū〔動〕利用職權非法取得財物：～犯｜～公款｜～受賄。

【貪心】tānxīn ❶〔名〕貪求的欲望：有～。❷〔形〕貪得無厭：人不能太～。

【貪欲】tānyù〔名〕貪得無厭的欲望：再多的錢也滿足不了他的～。

【貪贓】tānzāng〔動〕貪污受賄：～枉法。

【貪贓枉法】tānzāng-wǎngfǎ〔成〕貪污受賄，違犯法律。

【貪佔】tānzhàn〔動〕因職務之便，貪污侵佔（公家或別人的財物）：～教育經費｜～公款。

【貪嘴】tānzuǐ〔動〕貪吃：～的魚兒易上鈎。

嘽（啴）tān 見下。
另見 chǎn（146頁）。

【嘽嘽】tāntān〔形〕〈書〉牲畜喘氣的樣子。

攤（摊）tān ❶〔動〕擺開；鋪開：桌子上～着好幾本書｜把麥子～在場上了。❷〔動〕公開；敞開：問題都～出來了｜把事情～到桌面上來談。❸〔動〕把糊狀食物倒在鍋中攤開成薄片：～煎餅｜雞蛋～好了。❹〔動〕分擔；分派：五百塊錢我們倆～｜任務不知～給哪幾個人了。❺〔動〕碰上；落到（多指不如意的事）：這種事，誰～上誰倒霉｜我竟然～上這麼個差事。❻（～兒）〔名〕設在路旁或廣場上的沒有鋪面的售貨處：地～兒｜～兒雖小，生意挺好｜練～兒（做擺地攤兒的生意）｜收～兒了。❼〔量〕用於某些稀軟易攤開的東西：一～屎｜一～泥。

> 語彙　擺攤　地攤　分攤　練攤　鋪攤　收攤

【攤點】tāndiǎn〔名〕售貨攤；售貨點：全市增設近百個商業～｜廣場上不准亂設～。

【攤販】tānfàn〔名〕擺攤子銷售貨物的小販：校園裏不許～入內。

【攤放】tānfàng〔動〕攤開擺放：桌上～着許多稿子｜屋裏地上～了一些書。

【攤牌】tānpái〔動〕❶玩牌時，把手裏所有的牌都亮出來，跟對方比輸贏：～吧，我手裏全是主了。❷比喻較量中的雙方或一方採取最後步驟，把自己全部的意見、方案、實力等向對方表明。

【攤派】tānpài〔動〕按人頭或地區、單位分派（錢款、物資、任務等）：商品不可～銷售｜嚴禁亂～，亂收費｜取消不合理～。

【攤群】tānqún〔名〕聚集在一起的許多售貨攤：～市場｜蔬菜～。

【攤商】tānshāng〔名〕攤販。

【攤位】tānwèi〔名〕統一安排劃定的供擺攤設點用的位置，夠一戶攤販使用的，叫一個攤位：各菜市場都增加了～｜售貨～多了，顧客購物非常方便。

【攤主】tānzhǔ〔名〕擺攤售貨的人。

【攤子】tānzi❶〔名〕"攤"⑥：擺～｜雜貨～。❷〔名〕比喻工作或事業的規模、格局、局面等：公司剛剛成立，～不要鋪得太大｜誰來收拾這個爛～？❸〔量〕表示概量，相當於"堆"：這裏一～人，那裏一～人｜好幾～事等着你去處理，不能再耽擱了。

灘（灘）tān❶江河中水淺石多流急的地方：暗～｜急流險～。❷江河湖海邊水深時淹沒、水淺時露出的地方（通常比岸低些）：河～｜～頭｜海邊沙～。

【灘頭】tāntóu〔名〕江河湖海岸邊的沙灘：～陣地｜佔領幾個～。

【灘塗】tāntú〔名〕指海塗和河灘、湖灘等，一般專指海塗，即河流入海處或海岸附近泥沙沉積形成的淺海灘。

癱（癱）tān〔動〕"癱瘓"①：偏～｜面～｜嚇～了｜全身都～了。

【癱瘓】tānhuàn〔動〕❶神經功能發生障礙，身體的一部分完全或不完全喪失運動能力：多年～在床上。也叫風癱。❷比喻組織機構或交通等運行失靈，不能正常運轉或處於停頓狀態：交通～｜長時間停水停電，全市幾乎～了。

【癱軟】tānruǎn〔動〕肢體綿軟，無力活動：她下肢～，站不起來了。

【癱子】tānzi〔名〕癱瘓的人（不禮貌的說法）。

倓 tán ㄊㄢˊ

倓 tán〈書〉安然不疑：～然。

埮 tán 瓦器；甕。

郯 Tán ❶周朝國名，在今山東臨沂地區。❷〔名〕姓。

惔 tán〈書〉燃燒。

覃 tán ❶〈書〉深入：研精～思。❷（Tán）〔名〕姓。
另見 Qín（1088頁）。

替 tán 水塘；水坑。多用於地名：～濱（在廣東）。

痰 tán〔名〕（口）肺泡、支氣管和氣管分泌出來的黏液：～厥（中醫指痰氣堵塞，突然昏倒）｜吐了一口～。

【痰盂】tányú（～兒）〔名〕（隻）供吐痰用的器皿。

談（談）tán ❶〔動〕說；談論：～問題｜～不到一塊兒｜～情說愛。❷話語；言論；主張：美～｜奇～怪論｜老生常～｜無稽之～。❸（Tán）〔名〕姓。

辨析 談、聊　都指用言語來表達意思，但有兩點不同：a）"談"包括認真而莊重地談，也包括隨意地閒談；"聊"一般只指閒談。所以，如果交談不是認真而莊重，那麼兩個詞往往可以通用，如"談天、談家常"也可以是"聊天、聊家常"。b）如果是商談事情、討論問題，如"談價錢""談條件""談問題""談戀愛"，不能換成"聊"。

語彙　筆談　暢談　侈談　叢談　和談　交談　空談　漫談　美談　攀談　清談　商談　閒談　笑談　言談　座談　混為一談　誇誇其談　老生常談

【談柄】tánbǐng〔名〕❶古人清談時喜歡執麈（zhǔ）尾，所以麈尾（即拂塵）別稱談柄。❷被人作為談笑資料的言行：傳為～。

【談得來】tándelái〔動〕雙方思想感情相近，能談到一起（否定式"談不來"）：我們很～｜找一個跟她～的人去說說。

【談鋒】tánfēng〔名〕談話的鋒芒或勁頭兒：～犀利｜～頗健。

【談何容易】tánhé-róngyì〔成〕原指在君主面前談論不容輕忽從事。後指事情說起來容易，但是做起來可就非常困難了。

【談虎色變】tánhǔ-sèbiàn〔成〕《二程全書·遺書二上》："真知與常知異。常見一田夫曾被虎傷，有人說虎傷人，眾莫不驚，獨田夫色動異於眾。"後用"談虎色變"比喻一提到可怕的事物，就感到驚慌恐懼：敗軍之將，～。

【談話】tánhuà ❶（-//-）〔動〕兩個人或許多人在一起說話；互相對話：她們～的時候，我也在場｜讀一本好書，就像是跟情操高尚的人～。❷（-//-）〔動〕（上級對下級，老師對學生，長輩對晚輩）正式提出自己的意見、要求或做思想教育工作：你調動工作的事，主任找你談了話沒有？｜這幾個學生紀律不好，得分別跟他們談談話｜父親找他談了一次話，希望他搞好跟同學的關係。❸〔名〕用談話的形式發表的意見（含莊重意）；報紙上全文刊載了他的～｜市長的春節～使大家很受鼓舞｜我很贊成他在～中所闡述的觀點。

【談戀愛】tán liàn'ài 男女互相用言語或行為表達彼此的愛慕之情：他倆正在～。

【談論】tánlùn〔動〕用談話的方式表示看法；議論：～天氣｜～時事｜～怎樣制訂今年的規劃｜出甚麼結果來沒有？

【談判】tánpàn〔動〕有關方面對有待解決的重大問題認真慎重地共同商討（謀求達成協議或共識）：～已進入第七天了｜雙方都願意～｜～沒有進展。

【談情說愛】tánqíng-shuō'ài 男女之間訴說彼此的愛慕之情：這個公園很幽靜，是小青年們～的好地方。

【談天】tán//tiān〈～兒〉〔動〕閒談；聊天：大家在一起喝茶～，好不開心｜最近忙得連～兒的工夫都沒有了。

【談天說地】tántiān-shuōdì〔成〕從天上到地下無所不談。形容談話的內容非常廣泛。

【談吐】tántǔ〔名〕指人談話時的措辭和風度：～自然｜～不凡｜～大方。

【談笑風生】tánxiào-fēngshēng〔成〕形容談話時有說有笑，興致很高而有趣味：一路上～，非常活躍。注意 這裏的"生"不寫作"聲"。

【談心】tán//xīn〔動〕用漫談的方式把心裏話說出來：促膝～｜邊散步，邊～｜找老朋友談談心。

【談興】tánxìng〔名〕交談的興致：～甚濃｜～索然。

【談資】tánzī〔名〕閒談的資料，一般指能引起人談話興趣的事情：飯後～｜給人們增加點～。

潭 tán〔名〕❶深水池；深淵：寒～｜深～。❷坑：爛泥～。❸(Tán)姓。

【潭第】tándì〔名〕〈書〉深宅大院；尊稱別人的住宅。也說潭府。

彈（弹）tán ❶〔動〕利用一物的彈性作用使另一物射出去：用彈(dàn)弓～石子。❷〔動〕利用機械的彈力使纖維變得鬆軟：～棉花｜～駝絨。❸〔動〕用手指頭碰擊：把袖子上的土～去｜孩子～玻璃球玩兒｜～腦門。❹〔動〕用手指或器具撥弄或敲擊（樂器等）：～琵琶｜～鋼琴。❺揮灑（淚水）：男兒有淚不輕～。❻抨擊：～劾｜抨～｜糾～。❼有彈性的：～簧｜～力。

另見 dàn（252頁）。

語彙 動彈　糾彈　亂彈　評彈　老調重彈

【彈撥樂器】tánbō yuèqì 用手指或撥子撥弦發聲的

一類樂器，如琵琶、吉他、三弦等。

【彈詞】táncí〔名〕❶曲藝的一種，流行於南方各地，如蘇州彈詞、揚州彈詞，有說有唱或只說不唱，曲調、唱腔不一，用方言表演，用三弦、琵琶、月琴等伴奏。❷供說唱彈詞用的底本。

【彈鋼琴】tán gāngqín〈慣〉比喻抓住重點，兼顧一般，有節奏地協調進行各項工作：領導工作，必須學會～。

【彈冠相慶】tánguān-xiāngqìng〔成〕《漢書·王吉傳》記載，王吉（字子陽，世稱王陽）同貢禹是朋友，王吉做了官，貢禹知道自己也將受推薦，就拿出帽子，揮去塵土，準備走馬上任。世人都說"王陽在位，貢公彈冠"。後用"彈冠相慶"指某人當了官或升了官，他的同夥也因將得到提攜有官可做而相互慶賀。

【彈劾】tánhé〔動〕❶一些國家由專門機構對違法失職的官吏加以檢舉揭發並追究其責任。❷封建君主國家由擔任監察職務的官員檢舉揭發官吏的罪狀。注意 "劾"不讀 gāi。

【彈簧】tánhuáng〔名〕(根)利用合金鋼等材料的彈性作用製成的零件，有螺旋形、片形等，在外力作用下發生形變，除去外力後即恢復原狀：～秤（用彈簧承受拉力的原理製成的秤）｜～門｜～鎖。

【彈力】tánlì〔名〕❶物體發生形變時所產生的自動恢復原狀的作用力：～絲｜～襪｜舊沙發的彈簧已經失去了～。❷肌體發出的向上跳的力。

【彈射】tánshè〔動〕❶利用彈力、壓力等發射：滑翔機模型是用橡皮筋～起飛的。❷〈書〉公開指摘：～時政｜多所～，不避權勢。

【彈升】tánshēng〔動〕(價格、指數等)反彈回升：近期黃金價格小幅～。

【彈跳】tántiào〔動〕利用彈力向上跳起：～力｜～板（體育或雜技運動員用來幫助起跳的有彈力的板）｜跳高在過竿兒前，要特別注意助跳、～兩個環節。

【彈性】tánxìng〔名〕❶材料或物體在外力作用下產生變形，除去外力後即恢復原狀，這種性質叫彈性：～力學｜這種毛的～大，伸縮力強。❷比喻事物的伸縮性或靈活性：～工作制｜～就業｜～市場｜計劃不要訂得太死，要有些～。

【彈壓】tányā〔動〕用強力控制或制伏：～鬧事者｜派軍警～。

【彈指】tánzhǐ〔動〕〈書〉彈動一下手指頭；比喻時間極為短暫：光陰～過｜～一揮間。

【彈奏】tánzòu〔動〕彈撥某種樂器，泛指演奏：～古琴｜～一曲。

壇（坛）tán ❶古代為舉行各種大典而築的土台：登～宣詔。❷園林庭院中

點綴環境的土台；花～。❸舊時某些會道門為拜神集會而設立的組織或場所：乩～。❹指文藝、體育系統等的界別：文～｜詩～｜影～｜劇～｜乒～｜棋～｜泳～｜政～。❺供演講、講學之用的像壇的地方；供發表言論的報刊或專欄：講～｜論～。

"坛"另見 tán "罎"（1312頁）。

　　語彙　祭壇　講壇　論壇　體壇　文壇　樂壇　政壇

曇（昙）tán ❶〈書〉密佈的雲氣：～天｜彩～。❷（Tán）〔名〕姓。

【曇花】tánhuā〔名〕常綠灌木，主枝圓柱形，分枝扁平呈葉狀，花大，中間純白色，外圍紫絳色，夜間開放，極短時間內即凋謝。

【曇花一現】tánhuā-yīxiàn〔成〕曇花：梵語稱優曇缽華（udumbara）。《長阿含經‧遊行經》："如來時時出世，如優曇缽華時一現耳。"按佛教傳說，轉輪王出世，曇花才生，本義是說曇花難得出現。後用"曇花一現"比喻稀有的事物或顯赫一時的人物剛一出現就消失，存在時間極短：如不繼續努力，難免成為～的人物。

錟（錟）tán〈書〉長矛：戈～。

燂　tán〔動〕（吳語）放在火上使熱；燒：～茶（燒開水沏茶）。

澹　tán 見下。
　　　　　另見 dàn（253頁）。

【澹台】Tántái〔名〕複姓。

檀　tán〔名〕❶青檀、黃檀、紫檀（其木材通稱"紅木"）等的統稱。木材都很堅硬，可製家具、農具、樂器。❷（Tán）姓。

【檀那】tánnà〔動〕佛教用語。佈施；施捨。〔梵 dāna〕

【檀香】tánxiāng〔名〕（棵，株）常綠喬木，木材極香，可製器具、扇骨等，也可做香料、藥材。

【檀越】tányuè〔名〕佛教用語。稱施主，後援者。〔梵 dānapati〕

礑　tán 用於地名：～口（在福建龍溪地區）。

醰　tán〈書〉酒味濃；醇厚。

譚（谭）tán ❶〈書〉同"談"②：海外奇～｜天方夜～。❷（Tán）〔名〕姓。

鐔（镡）Tán〔名〕姓。
　　　　　另見 Chán（145頁）；xín（1509頁）。

罎（坛）〈壜罈〉tán（～兒）〔名〕罎子：酒～｜菜～｜瓷～兒。

"坛"另見 tán "壇"（1312頁）。

【罎罎罐罐】tántánguànguàn〔名〕罎子、罐子一類的器皿。泛指家庭日用雜物：剛成家，～得添置一些｜不怕打爛～（比喻不惜為正義鬥爭而付出代價）。

【罎子】tánzi〔名〕（口）一種口小腹大的陶器；泛指某些類似的容器：醋～｜酒～｜醬油～｜醃菜～｜瓷～。

tǎn　ㄊㄢˇ

忐　tǎn 見下。

【忐忑】tǎntè〔形〕心神不定的樣子：心中～｜～不安。

坦　tǎn ❶平而寬：～途｜平～～。❷沒有隱瞞；直率：～率｜～蕩｜～白。❸心裏平靜；開朗：～然｜舒～。❹〈書〉指女婿：賢～｜令～。❺（Tǎn）〔名〕姓。

　　語彙　寬坦　平坦　舒坦

【坦白】tǎnbái ❶〔形〕心地純正；言語直率：襟懷～｜他的話說得很～。❷〔動〕全部如實地說出（自己的錯誤或罪行）：～從寬，抗拒從嚴。

【坦陳】tǎnchén〔動〕坦率地陳述：～己見｜～成功之道。

【坦誠】tǎnchéng〔形〕坦白誠懇：～相商｜～的對話。

【坦蕩】tǎndàng〔形〕❶寬廣而平坦：～的平原｜～的大路直通省城。❷坦率；放達：為人～。❸心地純正，胸襟開闊：心胸～。

【坦腹東床】tǎnfù-dōngchuáng〔成〕《世說新語‧雅量》："郗太傅在京口，遣門生與王丞相書，求女婿……門生歸白郗曰：'王家諸郎，亦皆可嘉，聞來覓婿，咸自矜持，唯有一郎在東床上坦腹臥，如不聞。'郗公云：'此正好！'訪之，乃是逸少（羲之）。因嫁女與焉。"後稱"坦腹東床""東床佳婿""令坦""賢坦"等作為別人女婿的美稱。

【坦克】tǎnkè〔名〕（輛）一種裝有旋轉炮塔，配有機槍、火炮等武器的履帶式裝甲戰鬥車輛。具有進攻、防禦相結合的特點。也叫坦克車。〔英 tank〕

【坦露】tǎnlù〔動〕坦率地表露；吐露：～真情｜這是詩人個性的～。

【坦然】tǎnrán〔形〕（心裏）平靜舒坦，沒有顧慮：～無事｜神態～，毫無懼色。

【坦率】tǎnshuài〔形〕坦白直率：心性～｜～答問｜他對朋友一向很～。

【坦途】tǎntú〔名〕❶平坦的道路：翻過高山，就是～。❷比喻順利的形勢或境況：攀登科學高峰，哪有～和捷徑！

【坦言】**tǎnyán** ❶〔動〕坦率地說出來：他～是自己隨便把駕駛執照借給了朋友才惹下禍端。❷〔名〕坦率的話語：以～相勸。

袒〈禮〉**tǎn** ❶ 褪去上衣，露出（身體的一部分）：～胸露背。❷ 袒護：偏～｜左～｜左右～。

【袒護】**tǎnhù**〔動〕無原則地維護或庇護某一方的錯誤思想行為：當母親的，難免～自己的孩子｜不可～任何一方。

辨析 袒護、包庇 "包庇"是有意識、有目的的犯罪行為；"袒護"是出於偏愛或私心而無原則地保護或支持一方。"包庇"的對象都是壞人壞事；"袒護"的對象是一般性的人或錯誤思想行為。因此"包庇自己的兒子"是觸犯法律的行為，而"袒護自己的兒子"只是因私心而產生的行為。

【袒露】**tǎnlù**〔動〕❶ 無遮無蓋地顯露：～上身｜秋收過後，田野～。❷ 率真自然地表現或流露：～心懷｜～真情。

菼tǎn〈書〉草名。初生之荻，似葦而小。

毯tǎn 毯子：毛～｜絨～｜地～｜掛～｜壁～。

【毯子】**tǎnzi**〔名〕（條，床）鋪墊、覆蓋或做裝飾品用的厚實有毛絨的織品。

鉭（钽）**tǎn**〔名〕一種金屬元素，符號 Ta，原子序數 73。銀白色。可用來製作電子管的電極或醫療器械等。

璮tǎn〈書〉玉名。

tàn ㄊㄢˋ

炭tàn ❶〔名〕指木炭：伐薪燒～｜～火｜～窯｜雪中送～。❷ 像炭的東西，如"山查(zhā)炭""藕節炭"（都是中藥）。❸〔名〕煤：陽泉大～（山西陽泉出的一種煤）。

語彙 火炭 焦炭 煤炭 木炭 泥炭 石炭 活性炭 生靈塗炭 雪中送炭

【炭畫】**tànhuà**〔名〕（張，幅）用炭粉或炭筆等畫成的畫。

【炭精】**tànjīng**〔名〕各種炭製品的總稱：～棒｜～燈。

【炭疽】**tànjū**〔名〕一種由炭疽桿菌引起的急性傳染病，多見於牛、馬、羊等食草動物，病畜發高熱，痙攣，口和肛門出血，腹部、胸部和頸部腫脹。人也可能通過接觸病畜傳染，以皮膚炭疽最常見，還能侵入肺、腸和腦膜。

探tàn ❶ 掏：～取｜～囊取物。❷〔動〕試探；探測；深入尋求：～礦｜～路｜～

幽窮賾（探討窮究深奧的道理）｜～本窮源。❸〔動〕打聽；偵察：打～｜刺～｜～～他們的口氣。❹ 看望；訪問：～病｜～家｜～監｜～親。❺〔動〕（頭或上體）向前伸出：～頭｜～身。❻ 搞偵察工作的人：暗～｜敵～｜坐～。

語彙 暗探 刺探 打探 敵探 勘探 窺探 密探 試探 偵探 鑽探 坐探

【探案】**tàn'àn**〔動〕偵查案情：～手段｜～小說｜秘密～。

【探測】**tàncè**〔動〕❶ 用儀器考察和測量（難於直接觀察的事物或現象）：～器｜～儀｜海底～｜高空～｜～石油貯量。❷ 探究猜測：～對方來意｜～他心底的秘密。

【探查】**tànchá**〔動〕深入檢查或查看：腹腔～｜～事故發生的原因。

【探察】**tànchá**〔動〕深入偵察或察看：～敵情｜～地形。

【探底】**tàndǐ**〔動〕（證券及房地產市場等的價格）從高位跌到最低位：股價～｜房價～。

【探訪】**tànfǎng**〔動〕❶ 尋求打聽；尋訪：～民間秘方。❷ 看望；訪問：～老友。

【探風】**tàn//fēng**〔動〕打聽消息，察看動靜：他去探了探風，好像案情還沒有進展。

【探戈】**tàngē**〔名〕一種動作舒緩、多為滑步的雙人舞，起源於中非，後傳入拉丁美洲，20 世紀初傳入歐洲，現已世界流行。[西 tango]

【探花】**tànhuā**〔名〕古代科舉考試中，考取殿試一甲（第一等）第三名的人。第一名稱為狀元，第二名稱為榜眼。

【探家】**tàn//jiā**〔動〕回家探親。

【探監】**tàn//jiān**〔動〕家屬、親友等到監獄裏看望被關押的人。

【探究】**tànjiū**〔動〕探討研究：～語法規律｜～失敗的原因。

【探驪得珠】**tànlí-dézhū**〔成〕驪：驪龍，古代傳說驪龍頷下有千金之珠。《莊子‧列禦寇》："河上有家貧恃緯蕭而食者，其子投於淵，得千金之珠。其父謂其子曰：'取石來鍛之！夫千金之珠，必在九重之淵而驪龍頷下，子能得珠者，必遭其睡也。使驪龍而寤，子尚奚微之有哉！'"後用"探驪得珠"比喻作詩文能得其旨要，抓住關鍵。

【探秘】**tànmì**〔動〕探索秘密（多用於文章標題）：海底世界～。

【探囊取物】**tànnáng-qǔwù**〔成〕伸手到口袋裏掏東西。比喻事情極容易辦到：百萬軍中，取上將首級如～。

【探親】**tàn//qīn**〔動〕（到另一個地區去）探望親人（多指父母或配偶）：～假｜～訪友｜回家～｜一年探一次親。

【探求】**tànqiú**〔動〕探索尋求：～真理｜～規律。

【探身】tàn//shēn〔動〕上身向前伸：汽車開動後請不要～窗外｜從門口探出身來看了看。

【探視】tànshì〔動〕❶ 看望：～傷病員。❷ 伸頭察看：向窗外～。

【探索】tànsuǒ〔動〕❶ 試着尋找（某事物）：～山泉的源頭。❷ 多方尋求（深刻的道理或答案等）：～真理｜～宇宙奧秘。

【探討】tàntǎo〔動〕探索討論：～實驗中遇到的問題｜從不同角度進行～｜這個建議是否可行，尚有待～。

【探聽】tàntīng〔動〕試探着詢問；多方打聽：～消息｜～下落｜～敵人的動靜。

【探頭】tàntóu ❶(-//-)〔動〕頭向前伸：司機從車窗～問路｜蝸牛從殼中探出頭來。❷〔名〕指監測、探測儀器等最前面的部件。

【探頭探腦】tàntóu-tànnǎo〔成〕不斷地伸頭窺探。形容鬼鬼祟祟地張望、窺探：好像有一個人一地在那裏張望。也說探頭縮腦。

【探望】tànwàng〔動〕❶ 張望；察看（試圖有所發現）：不時向窗外～｜再去前邊～～。❷（遠道或專程）看望（親友、病人等）：路過北京，順便～～老同學。

【探問】tànwèn〔動〕❶ 試探着詢問：～消息｜情況如何，不妨去～一下。❷ 探望問候：～災民｜～二老病情。

【探悉】tànxī〔動〕經打探而知道；打聽明白：～案情｜～個中原因。

【探險】tàn//xiǎn〔動〕到人跡罕至或無人去過的艱險地方考察（自然界的情況）：～隊｜～家｜南極～歸來｜他曾經到深山老林探險險。

【探尋】tànxún〔動〕設法尋找：～石油儲藏｜～生活真理。

【探詢】tànxún〔動〕試探着詢問：～路徑｜～當地的情況。

【探賾索隱】tànzé-suǒyìn〔成〕賾：深奧精微。探求深奧的道理，尋找隱秘的事跡。

【探長】tànzhǎng〔名〕負責偵探辦案的警察頭領。

【探照燈】tànzhàodēng〔名〕(盞)用反射器形式集中光束的一種電燈，有很高的光強，軍事上可用來搜索和照射空中、地面和水上的遠程目標。

【探子】tànzi ㊀〔名〕(名)舊時軍中做偵察工作的人：～來報｜派出一名～。㊁〔名〕用來探取東西的長條形或管錐形的用具：蛐蛐兒～(伸入洞穴撐出蛐蛐之用)｜糧食～(刺入糧袋取出糧食做樣品之用)。

碳 tàn〔名〕一種非金屬元素，符號 C，原子序數 6。是構成有機物的主要成分。對碳的化合物的研究，稱為有機化學。

【碳水化合物】tànshuǐ huàhéwù「糖」④。是自然界存量最豐富、分佈最廣泛的有機物。綠色植物藉助光合作用由二氧化碳和水合成碳水化合物。

【碳酸】tànsuān〔名〕無機化合物，化學式 H_2CO_3。是一種假定存在於二氧化碳水溶液中的極弱的酸，可用來製造化學藥品：～氣(即二氧化碳)｜～鈉(又名蘇打)｜～氫鈉(又名小蘇打)。

歎 (嘆)〈嘆〉tàn ❶ 歎氣：長吁短～｜輕～了一口氣。❷〈書〉吟哦：一唱而三～｜春遊良可～。❸〈書〉讚美：～為觀止｜極～其才。

語彙 哀歎 悲歎 長歎 稱歎 感歎 驚歎 慨歎 喟歎 詠歎 讚歎 望洋興歎 一唱三歎

【歎詞】tàncí〔名〕表示感歎或呼喚應答的詞，如"啊、哎、哎呀、喂、哈哈"等。一般用在句子的前頭，有時也用在句中。也叫感歎詞。

【歎服】tànfú〔動〕讚歎而又佩服：無不～｜其精湛的技藝，令眾人～。

【歎號】tànhào〔名〕標點符號的一種，形式為"！"，表示感歎句末尾的停頓，語氣強烈的祈使句和反問句末尾也可用歎號。舊稱感歎號、驚歎號。注意 語氣強烈的祈使(命令)句末尾多用感歎號，如"滾出去！""不准吸煙！"。語氣強烈的反問句有時也用感歎號，如"我哪兒比得上他呀！"。

【歎氣】tàn//qì〔動〕因愁悶、感慨或悲傷而呼出長氣並發出聲音：搖頭～｜不住地～｜他長歎了一口氣。

【歎賞】tànshǎng〔動〕讚賞：無不～稱善。

【歎為觀止】tànwéi-guānzhǐ〔成〕《左傳·襄公二十九年》記載，吳國的季札出使魯國，欣賞各種音樂舞蹈，看到舜時的樂舞後，讚歎說"觀止矣"。意思是看到這裏就夠了，不必再看別的了。後用"歎為觀止"讚歎所見到的事物美到了極點：看到他家的藏品，眾人無不拍案叫絕，～。也說觀止矣。

【歎息】tànxī〔動〕歎氣；感歎：輕輕～一聲｜～自己的不幸遭遇。

【歎惜】tànxī〔動〕感歎惋惜：他死得太早，令人～。

tāng ㄊㄤ

湯 (湯) tāng ❶ 熱水；開水：赴～蹈火｜揚～止沸｜固若金～。❷ 指溫泉。多用於地名：～口(在安徽黃山南麓)｜小～山(在北京市郊)。❸〔名〕食物煮後所得的汁水：米～｜餃子～。❹〔名〕烹調出的汁水很多的副食：高～｜酸辣～｜四菜一～。❺〔名〕湯藥：苦參(shēn)～｜補中益氣～｜換～不換藥(比喻只變換形式，不改變內容)。❻(Tāng)〔名〕姓。

另見 shāng(1175 頁)。

語彙 茶湯　高湯　米湯　麵湯　清湯　温湯　迷魂湯　酸梅湯

【湯包】tāngbāo（～兒）〔名〕肉餡兒帶汁液的包子：小籠～。

【湯匙】tāngchí〔名〕（把）舀湯喝的小勺兒；調羹。

【湯劑】tāngjì〔名〕中醫指把藥物加水熬出汁液後去渣而成的藥劑。

【湯麵】tāngmiàn〔名〕加作料煮熟後帶湯的麵條：雞絲～｜牛肉～。

【湯婆子】tāngpózi〔名〕灌入熱水後將蓋子擰緊，可放在被窩裏取暖的扁圓形器皿，多用銅合金或陶瓷、塑料等製成。也叫湯壺。

【湯糰】tāngtuán〔名〕（吳語）帶餡的湯圓。

【湯藥】tāngyào〔名〕（服，劑）中醫指熬成湯劑的藥液（區別於"丸藥"）：服～。

【湯圓】tāngyuán〔名〕糯米粉等做成的小糰子，大多有餡兒，煮熟了帶湯吃。

嘡 tāng〔擬聲〕敲鑼、打鐘等發出的聲音：鐘聲～～｜銅鑼～的一響，演出戛然而止。

耥 tāng〔動〕用耥耙（一種底下有許多短鐵釘，上面有長柄的水稻中耕農具）在水田裏鬆土、除草。

羰 tāng 見下。

【羰基】tāngjī〔名〕由碳、氧兩種原子構成的二價原子團（＞C＝O）。也叫碳醯基。

蹚〈蹅〉tāng〔動〕❶從淺水中走過去：～水過去。❷從沒有路的草地、莊稼地裏走過去：別～壞了莊稼。❸用犁、鋤等把土翻開以除去雜草並給苗培土：～地｜種上棉花後還沒～過，地裏長滿了雜草。

【蹚道】tāng//dào（～兒）〔動〕事先探察道路的情況，比喻摸情況：派人去蹚蹚道，然後大家再一起行動。也說蹚路。

鏜（鏜）tāng 同"嘡"。另見 táng（1317頁）。

【鏜鞳】tāngtà〔擬聲〕（書）鐘鼓等的聲音。

錫（铴）tāng 見下。

【錫鑼】tāngluó〔名〕（面）小銅鑼，直徑十厘米左右，用木片敲擊發聲。

táng ㄊㄤ

唐 táng ㊀〈書〉❶虛誇：荒～。❷空；徒然：～肆（空蕩的集市）｜～捐（落空）。

㊁（Táng）〔名〕❶傳說中的朝代名，堯所建，即陶唐氏，居平陽（今山西臨汾西南）。❷朝代，公元 618-907 年，李淵及其子李世民所建，建都長安（今陝西西安）。❸五代之一，公元 923-936 年，李存勗所建，建都洛陽，國號唐，史稱後唐。❹姓。

語彙 荒唐　頹唐

【唐老鴨】Tánglǎoyā〔名〕美國漫畫家沃特·迪斯尼設計創作的一個藝術形象，是動畫片《米老鼠和唐老鴨》的主角之一，為世界各地的影迷特別是廣大少年兒童所熟悉。〔英 Donald Duck〕

【唐人街】tángrénjiē〔名〕外國有些城市中，華僑、華人聚居並多開設具有中國特色店鋪的街區。華人在海外被稱為唐人，故稱。

【唐三彩】tángsāncǎi〔名〕唐代彩色陶器和陶俑上的釉色。所謂"三彩"，並不只限於三種色彩，除白釉外，還有淺黃、赭黃、淺綠、深綠、茄紫、藍、黑等釉色。也指唐代有各種釉色的陶製品，多為用於殉葬的冥器。其製作始於唐高宗中期，盛於武則天時，安史之亂後逐漸衰落。由於流行時間短，流傳地區也不廣，所以很少出土，因而成了不可多得的珍品。

【唐僧】Tángsēng〔名〕指唐朝僧人玄奘（公元 602-664）。他曾遊天竺（古印度）求取佛經，回國後譯成漢文凡 75 部，並撰有《大唐西域記》。民間傳說及《西遊記》等文學作品中稱他為唐僧：～取經。

【唐詩】tángshī〔名〕（首）唐朝的詩歌。唐詩是中國文學史上五言、七言、古體、今體詩歌的高峰，是極其寶貴的文化遺產。現存唐詩共有 3600 多位詩人的 55000 餘首作品（清朝彭定求等編輯的《全唐詩》共收唐、五代詩 49403 首）。

【唐宋八大家】Táng-Sòng Bā Dàjiā 唐朝的韓愈、柳宗元和宋朝的歐陽修、蘇洵、蘇軾、蘇轍、王安石、曾鞏等八位散文代表作家的合稱。

【唐突】tángtū❶〔動〕（書）（言語或行為）冒犯：出言～｜～先輩。❷〔形〕魯莽；冒昧：我來得太～了。

【唐裝】tángzhuāng〔名〕傳統的中式服裝。立領，對襟或斜襟，盤扣。華人在海外被稱為唐人，他們穿的這種服裝被叫作唐裝。

堂 táng ❶正房；正廳：登～入室。❷內堂，指代居於內堂的母親（含尊敬意）：高～（指父母）｜萱～｜令～。❸高大寬敞，可用於某項活動的房屋：教～｜課～｜禮～｜食～｜濟濟一～。❹〔名〕指舊時官府中議論政事或審訊案件的地方：政事～｜過～｜公～。注意 "大堂" 現在指飯店或高級旅館的接待大廳。❺廳堂；也指某一家族：閱微草～｜三松～｜三槐～｜百忍～。❻具有紀念意義的大房子：中山～。❼用於商店（多為藥店）牌號：同仁～。❽同宗而非嫡系的：～兄｜～叔｜～妹。❾〔量〕用於同房屋有關的人或事物：一～家具｜一～壽屏｜上了三～課｜過了兩～了，還沒定案。❿（Táng）〔名〕姓。

語彙 拜堂 祠堂 佛堂 高堂 公堂 教堂 課堂 禮堂 靈堂 弄堂 廟堂 名堂 食堂 天堂 廳堂 學堂 澡堂 群言堂 一言堂

【堂奧】táng'ào〔名〕〈書〉❶ 房屋的深處（奧，指房屋的西南角）。❷ 內地；腹地：謹海岸之守，而～自安。❸ 比喻深奧的道理；深遠的意境：所作詩文，堪入文家～。

【堂而皇之】táng'érhuángzhī〔成〕❶ 形容公開而不加掩飾：經過整頓，～出現在電視上的違規廣告減少了。❷ 形容很體面，很有氣派：他說出來的話～，大家不得不接受。

【堂鼓】tánggǔ〔名〕❶ 舊時官府公堂上設置的鼓，敲擊時起聚合眾人或敦請升堂的作用。❷ 打擊樂器，音域寬洪，常用於戲曲樂隊或民間樂曲演奏。戲曲表演中多用來渲染戰鬥、升帳、升堂、刑場等場面的氣氛。

【堂官】tángguān〔名〕清代統稱中央各部的長官及部以外獨立機構的長官。

【堂倌】tángguān〔名〕舊時稱茶樓、酒店、飯館、澡堂招待顧客的男性人員。

【堂皇】tánghuáng〔形〕氣勢盛；派頭大：富麗～｜冠冕～。

【堂會】tánghuì〔名〕舊時富貴人家遇有喜慶之類的事，請藝人來家中舉行的演出會。

【堂客】tángkè〔名〕❶ 女客人。❷（西南官話）泛指婦女（多指已婚的）。❸（西南官話、湘語）特指妻子：我家～。

【堂堂】tángtáng〔形〕❶（容貌）莊嚴；（舉止）大方：相貌～｜儀表～。❷（志向）遠大；（氣魄）宏偉：～男子漢｜膽氣～貫斗牛。❸（陣容）齊整；（力量）壯大：～軍容｜～大國。

【堂堂正正】tángtángzhèngzhèng〔形〕狀態詞。❶ 形容盛大嚴整：一座～的大殿。❷ 形容光明正大：～地做人｜～的道理。❸ 形容身材威武，儀表不凡：～的男子漢。

【堂屋】tángwū〔名〕（間）❶ 四合院裏位置在正面的房屋；正屋：五間～，高大寬敞。❷ 特指屋居中的一間：～左側是書房，右側是臥室。

【堂子】tángzi〔名〕❶ 清朝皇帝祭天祭神的房屋。❷ 澡堂的別稱：去～裏洗個澡。❸（吳語）舊時妓院的俗稱。

棠 táng ❶ 棠梨。❷（Táng）〔名〕姓。

【棠棣】tángdì〔名〕❶ 古指一種灌木類植物。❷《詩經·小雅·常棣》是一首寫兄弟友愛的詩，古代常通าก用，後用「棠棣」比喻兄弟或兄弟親情：～並為天下士｜～開雙驕｜推恩睦親，以隆～。以上也作唐棣。

【棠梨】tánglí〔名〕杜梨。

塘 táng ❶ 堤岸；堤防：～壩｜～堰｜河～｜海～。❷〔名〕水塘；水池：魚～｜葦～｜

荷～月色｜池～生春草。❸ 浴池：澡～｜盆～。❹〔名〕點播旱地作物的窩子：打～點播玉米。❺〔湘語〕室內地上生火取暖的小坑：火～。❻（Táng）〔名〕姓。

語彙 池塘 海塘 泥塘 盆塘 葦塘 澡塘

【塘肥】tángféi〔名〕池塘裏的污泥用作肥料時叫塘肥。

【塘堰】tángyàn〔名〕山區或丘陵地區修建的一種小型蓄水工程。也叫塘壩。

搪 táng ㊀〔動〕❶ 擋；抵擋：～飢｜～寒｜～風｜委實難～｜窗戶玻璃碎了，先釘塊板子一一～。❷ 應付；敷衍：～賬｜～差事｜閻王好見，小鬼難～。
㊁〔動〕（用泥或塗料等）均勻地塗抹在物體表面：～瓷｜～爐子。
㊂ 同「鐋」（táng）。

【搪瓷】tángcí〔名〕❶ 鐵胎表面所覆蓋的琺瑯層：～茶缸｜～臉盆｜～摔掉了一塊。❷ 鐵胎表面覆蓋琺瑯層的日用製品：～專櫃（專賣搪瓷製品的櫃枱）。

【搪塞】tángsè〔動〕敷衍塞責；表面應付：事故責任已經查清，有關人員再也無法～了。

鄌 táng 用於地名：～郚（在山東濰坊地區）。

溏 táng 不凝結、半流動的；像泥漿的：～便（中醫指稀薄的大便）。

【溏心兒】tángxīnr〔形〕屬性詞。蛋煮得半熟或醃製後蛋黃仍呈糊狀的：～蛋｜～松花。

瑭 táng〈書〉一種玉。見於人名：石敬～（五代人）。

鄧 Táng 古地名。在今江蘇南京北部。

樘 táng ❶ 建築上指門窗的框：門～｜窗～。❷〔量〕用於成套的門（窗）框和門（窗）扇：一～門｜兩～玻璃窗。

膛 táng ❶ 胸腔：開～破肚。❷（～兒）〔名〕器物的中空部分：爐～兒｜灶～｜炮～｜槍在手，彈上～。❸ 頭的前部：臉～。

語彙 臉膛 爐膛 炮膛 胸膛 灶膛

蟷 táng 古書上指一種背部青綠色的小蟬。

糖〈❶❷❸餹〉 táng〔名〕❶ 從甘蔗、米、麥、甜菜等當中提煉出來供食用的甜物質：食～｜白～｜砂～｜冰～。❷ 用於糖製食品的名稱：～薑｜～醋魚｜麻～｜花生～。❸（塊，顆）特指糖果：薄荷～｜什錦軟～。❹ 有機化合物的一類，是人體內產生熱能的主要物質，如葡萄糖、蔗糖、澱粉、纖維素等。也叫碳水化合物。

【**語彙**】白糖　冰糖　果糖　紅糖　皮糖　乳糖　食糖　砂糖　酥糖　喜糖　血糖　飴糖　蔗糖　關東糖　麥芽糖　葡萄糖　柿霜糖

【糖包兒】tángbāor〔名〕用糖做餡兒的包子。

【糖分】tángfèn〔名〕❶某些糖料作物中所含糖的成分：高溫多濕地區的甜菜，塊根中的～要少些。❷（人體所需的）糖的養分。

【糖苷】tánggān〔名〕有機化合物的一類，是糖類中最重要的衍生物，廣泛存在於植物體中，也存在於某些海洋動物中。簡稱苷，舊稱甙（dài）。

【糖果】tángguǒ〔名〕（塊，顆）以砂糖、葡萄糖漿或飴糖為主要原料，加入油脂、果汁、牛奶、可可、咖啡、香料或食用色素等製成的食品，多為塊狀或球狀。

【糖葫蘆】tánghúlu〔名〕（串，支）冰糖葫蘆。

【糖精】tángjīng〔名〕一種化學合成的食品添加劑，無色晶體。主要原料為甲苯，甜味為食糖的 300–500 倍，但無營養價值。

冰糖葫蘆

【糖塊】tángkuài（～兒）〔名〕指凝結成塊狀的白糖、紅糖、冰糖等或製成後呈塊狀或片狀的糖果。

【糖球】tángqiú（～兒）〔名〕（粒）製成後呈球狀的糖果，多帶彩色。

【糖稀】tángxī〔名〕含水分較多的膠狀麥芽糖，淡黃色，多用來製糖果、糕點等。

【糖衣】tángyī〔名〕附着在某些苦味藥物表面的糖質層，使藥物略帶甜味，易於嚥下。

【糖衣炮彈】tángyī-pàodàn〔成〕用糖衣裹着的炮彈。比喻拉攏人、腐蝕人、使人變節的手段：要警惕敵人的～。

糖　táng（臉色）紅：紫～臉兒。

螳　táng 螳螂：～臂當車。

【螳臂當車】tángbì-dāngchē〔成〕《莊子·人間世》："（螳螂）怒其臂以當車轍，不知其不勝任也。"意思是，螳螂舉起前腿，想擋住車輪向前，不知道自己力量太小，不能勝任。後用"螳臂當車"比喻不自量力去做辦不到的事情或抗拒強大的力量：～，自取滅亡｜～，自不量力。也說螳臂擋車。

【螳螂】tángláng〔名〕（隻）一種昆蟲，體細長，綠色或枯黃色，頭呈三角形，觸角成絲狀，胸部細長，前腿發達像鐮刀，捕食害蟲，對農業有益。

【螳螂捕蟬，黃雀在後】tángláng-bǔchán，huángquè-zàihòu〔成〕《莊子·山木》："睹一蟬，方得美蔭而忘其身；螳螂執翳而搏之，見得而忘其形；異鵲從而利之，見利而忘其真。"後用"螳螂捕蟬，黃雀在後"比喻只圖眼前利益而不知道禍患已近。

餳　táng〈書〉同"糖"。另見 xíng（1517頁）。

鏜（镗）　táng〔動〕對機器零件上已有的孔眼進行切削加工，使擴大、光滑而精確：用鏜牀～一下。另見 tāng（1315頁）。

【鏜牀】tángchuáng〔名〕金屬切削機牀，專用來加工工件孔眼，刀具裝在可高速旋轉的金屬桿上。

tǎng　ㄊㄤ

帑　tǎng〈書〉❶國家收藏錢財的府庫：～銀｜～藏錢糧。❷國庫裏的錢財；公款：公～｜國～。

倘　tǎng〔連〕倘若；假如：～肯多下工夫，成績還會更好｜～有意見，儘管提出。另見 cháng（149頁）。

【倘若】tǎngruò〔連〕如果。用於主從複句，表示假設關係，常跟"那、那麼、就、便"等呼應：明天～你先到，就等我一下｜～都不贊成，我願收回建議。

【倘使】tǎngshǐ〔連〕倘若；假使。用於主從複句，表示假設關係：～你這次不去，以後再去可就難了｜～有甚麼問題，可以隨時來找我。

堂　tǎng 山間平地；平坦的地。多用於地名：夏～（在寧夏）｜都家～（在陝西）。

淌　tǎng〔動〕（液體）往下流：淚水直～｜傷口～着血｜饞得～口水｜泉水淙淙向外～。

惝　tǎng "惝 chǎng"的又讀。

躺　tǎng〔動〕❶身體平臥；睡倒：～倒｜～在床上｜沙發上～着一隻小貓。❷物體平放或橫倒在地：一根電線杆～在路當中。

【躺椅】tǎngyǐ〔名〕（把，隻）靠背長而向後傾，兩側有扶手，可以供人斜躺着休息的椅子。

儻（傥）　tǎng ❶〈書〉無拘無束：～蕩｜倜～。❷〔副〕〈書〉偶然；意外：～來之物（僥倖得到的東西）。❸〈書〉同"倘"（tǎng）。❹（Tǎng）〔名〕姓。

钂（镋）　tǎng 古代兵器，形似叉，上有利刃。

tàng　ㄊㄤˋ

趟 tàng ❶（～兒）〔名〕行列；行進的行列：柳樹～兒｜跟～不上～兒。❷〔量〕用於一往一來的行走，一往或一來為一趟：到學校去一～｜進了一～城｜左一～右一～地（多次地）跑醫院。❸〔量〕用於列車等的開行，一往或一來為一趟：剛開出一～車｜這～車是去上海的｜開往北京的列車一天有好幾～呢。❹〔量〕指武術一套或一段的動作過程：打了幾～拳，該歇歇了｜舞一～劍得半個小時。❺〔量〕用於條形或排列成行（háng）的東西：攤販佔了半～街｜地上有兩～腳印｜寫～大字。

〔辨析〕**趟、遍、次、回**　a）"遍"着重動作從開始到結束的全過程；"次""回"着重動作的重複；"趟"只用於表示行走意義的動詞。"去一趟"可以說成"去一次""去一回"，但"做一次""做一回"不能說成"做一趟"。"遍""次""回"有時可通用，如"你再唱一遍"，可以說成"你再唱一次"或"你再唱一回"。但單純表示動作數量時，只用"次"，不用"遍"，如"他表示了多次""敵人的三次進攻都被擊退了"。"次"與"回"的區別在於，"次"既用於書面語又用於口語；"回"多用於口語。如"多次""數次"帶書面文言色彩的詞組，就很少說成"多回""數回"。b）"這本書我看了一遍"，是指從書的開頭到末尾的全過程。"這本書我看了一次"，着重指看的次數，不着重看的全過程。

【趟馬】tàngmǎ〔名〕戲曲表演的一種程式動作。通過成套而連續的舞蹈動作，表現策馬疾行。一般都是單人趟馬，也有雙人趟馬。

燙（烫） tàng ❶〔動〕溫度高的物體接觸皮膚使受傷或感到疼痛：手～傷了｜嘴裏～起了一個泡｜煙頭兒～手了｜別讓烙鐵～着。❷〔動〕用高溫的物體使另一物體溫度升高或起變化：把酒～一～再喝｜臨睡前用熱水～～腳。❸〔動〕指燙髮：～個捲花頭。❹〔形〕溫度高：這水很～｜渾身滾～。

〔辨析〕**燙、熱**　都可以指溫度高，但程度上有差別，"燙"比"熱"溫度更高些。另外，語法功能也不同，"燙"一般不單獨做定語，"熱"可做定語構成"熱水""熱氣""熱飯"等詞語。

【燙瘡】tàngchuāng〔名〕由開水、滾油、熱蒸汽等燙傷而引起的皮膚局部潰爛。

【燙髮】tàng // fà〔動〕用熱能或藥物等使頭髮捲曲美觀：化學～｜幾個姑娘都燙了髮。也說燙頭。

【燙金】tàng // jīn〔動〕把金屬凸版加熱後，壓印在鋪着金箔的印刷品上，在印刷品上燙出金色的文字或圖案：精裝書面～。

【燙麵】tàngmiàn〔名〕用滾開的水和（huó）的麵：不用發麵用～｜～餃兒。

【燙傷】tàngshāng ❶〔動〕開水、滾油、熱蒸汽等接觸身體，使組織受到損傷：這是開水～的。❷〔名〕開水、滾油、熱蒸汽等接觸身體後，使組織受到的損傷：～即將痊癒。

【燙手】tàng // shǒu〔動〕❶ 手與溫度高的物體接觸時，感覺疼痛：包子剛出籠你就去抓，不怕燙了手？❷ 比喻事情有麻煩，難於承接：這賞錢何一～，千萬不能接！

【燙手山芋】tàngshǒu shānyù 比喻難辦的事情或難以處置的東西：幾年前還炙手可熱的小水電，現在成了～。

tāo　ㄊㄠ

叨 tāo ❶〔書〕貪：～天之功以為己力。❷ 用於客套話，表示承受（好處）：～光｜～教。❸〔謙〕表示處於某種地位辱沒他人，自己有愧：～在知己｜～陪末座。

另見 dāo（258 頁）；dáo（258 頁）。

【叨光】tāoguāng〔動〕客套話。沾光（因受到對方的好處而表示感謝）：今天來此，～不少。

【叨教】tāojiào〔動〕客套話。領教（因受到對方的指教而表示感謝）：正要～｜～了。

【叨擾】tāorǎo〔動〕客套話。打擾：～了｜多有～。注意 這裏的"叨"不讀 dāo 或 dáo。

弢 tāo〔書〕同"韜"。見於人名。

掏（搯） tāo〔動〕❶ 從物體的口兒伸進手或工具，往外取東西：從兜裏～出一塊手絹兒｜他恨不得把心都～出來（比喻赤誠、坦白）。❷ 挖：～洞｜～地道｜在門上～個窟窿裝鎖。

【掏心窩子】tāo xīnwōzi〔慣〕出自內心，指說心裏話。形容說話推心置腹，毫無保留：這可是～的話。

【掏腰包】tāo yāobāo ❶ 掏自己腰包裏的錢給別人用或與別人共用；出錢：今天是他請客吃飯，用不着你～。❷（小偷）掏別人腰包裏的錢物；偷竊：當心扒手～｜他今天上街，被人掏了腰包兒。

滔 tāo（大水）瀰漫：～天。

【滔滔】tāotāo〔形〕❶ 波濤滾滾，水勢極大的樣子：江水～｜～黃河，滾滾而下。❷ 說話多而連續不斷的樣子：～不絕，說個沒完。

【滔天】tāotiān〔形〕❶ 波浪極大的樣子：～巨浪。❷ 比喻罪惡或災禍極其嚴重：罪惡～｜惹下～大禍。

慆 tāo〔書〕喜悅。

縧 (绦) 〈絛縚〉

tāo 縧子：～帶｜絲～。

【縧蟲】tāochóng〔名〕(條)寄生蟲，身體長而扁，形如縧子，寄生在人或家畜腸道中，縧蟲的幼蟲進入人的腦、眼睛或心肌裏能引起抽風或失明。

【縧子】tāozi〔名〕(根，條)用絲綫編織成的圓形或扁平的帶子，可用來繫紮或做花邊，鑲衣服、枕套、窗簾、帳幔等。

濤 (涛)

tāo / táo ❶ 大的波浪：波～｜怒～｜驚～駭浪｜風起～湧。❷ 像大浪湧動發出的聲音：松～｜林～。

燾 (焘)

tāo "燾" dào 的又讀。見於人名：李～(宋朝史學家)。

韜 (韬)

tāo〈書〉❶ 盛弓或劍的套子：有～無弓。❷ 用兵作戰的謀略；兵法：～略｜六～。❸ 隱藏不露；隱蔽：～晦｜聲匿跡。

【韜光養晦】tāoguāng-yǎnghuì〔成〕比喻隱藏自己的才能，不使外露。

【韜晦】tāohuì〔動〕〈書〉收斂鋒芒，隱藏才能、行跡：深自～｜以為～之計。

【韜略】tāolüè〔名〕古代兵書有《六韜》六卷和《三略》三卷；後用"韜略"指用兵作戰的謀略：胸懷～｜熟諳～。

饕

tāo〈書〉貪婪；貪食：～戾｜老～(貪嗜食的人)。

【饕餮】tāotiè〔名〕〈書〉❶ 傳說中的一種兇惡貪食的猛獸：～紋。❷ 比喻兇惡、貪婪的人或貪吃的人。

【饕餮紋】tāotièwén〔名〕青銅器紋飾的一種，紋樣象徵貪食兇獸饕餮的面形。圖案有多種變化。殷商至西周時常作為器物上的主題紋飾，多用雲雷紋襯托，西周後期逐漸失去主題紋飾的地位，用作器耳或器足上的裝飾紋樣。也叫獸面紋。

táo ㄊㄠˊ

匋

táo〈書〉同"陶"㊀①。

洮

táo ❶ (Táo)洮河，水名。在甘肅南部。❷ 用於地名：臨～(在洮河下游)。

【洮硯】táoyàn〔名〕〔方〕產於甘肅臨潭洮河的硯台，以石質堅緻津潤、色澤雅麗著稱。與廣東的端硯、安徽的歙硯齊名。

桃

táo ❶〔名〕桃樹，落葉小喬木，春天開紅色或白色小花，果實味甜，是常見水果：～三杏四(桃樹每年三月開花，三年結果；杏樹每年四月開花，四年結果)。❷ (～兒)〔名〕桃樹的果實：～保人，杏傷人(吃桃可保健，吃杏則對人有傷害)。❸ (～兒)〔名〕形狀像桃的東西：

核～｜棉花該結～了。❹ 特指核桃：～酥(一種含核桃仁的糕點)。❺ (Táo)〔名〕姓。

【桃符】táofú〔名〕❶ 古代過年時掛在門前的用來避邪的兩塊桃木板，上面畫有門神的形象或寫有門神的名字等。❷ 五代後蜀時，開始在桃木板上書寫聯語，以後發展為貼春聯。因此桃符借指春聯；爆竹一聲除舊，～萬戶更新。

【桃紅】táohóng ❶〔動〕〈書〉桃花盛開呈現出紅色：～柳綠｜～又是一年春。❷〔形〕像桃花那樣的顏色；粉紅：～內衣｜～色的被面。

【桃花】táohuā〔名〕(朵)桃樹開的花，紅色或白色，花色鮮艷，供觀賞：～紅，李花白｜千朵～一樹生(比喻眾多兄弟姊妹，本是一母所生)｜去年今日此門中，人面～相映紅。

【桃花雪】táohuāxuě〔名〕(場)春季桃花盛開時下的雪。也叫春雪。

【桃花汛】táohuāxùn〔名〕"春汛"①。

【桃花源】táohuāyuán〔名〕指隱居避世的理想世界，也指幻想中的安樂美好的境地。注意 這裏的"源"不寫作"園"。參見"世外桃源"(1228頁)。

【桃花運】táohuāyùn〔名〕指男子在戀愛方面的運氣：他正在走～。

【桃李】táolǐ〔名〕❶ 桃花與李花：～爭妍｜艷若～。❷ 桃樹與李樹：～不言，下自成蹊(桃樹、李樹不會講話，但因花朵和果實好，人們不請自到，時間長了，樹下踩成一條路。比喻實至名歸，有強烈的感召力)。❸ 比喻所教的學生：～門牆(比喻師門中生徒眾多)｜～滿天下。

【桃李滿天下】táolǐ mǎn tiānxià〔諺〕比喻所培養的學生非常多，遍佈天下：王先生～，其中不少具有國際聲譽。

【桃仁】táorén (～兒)〔名〕❶ 中藥指桃核兒(húr)的仁兒(性平，味苦)。❷ 核桃的仁兒，可食用，也可榨油，中醫入藥(性溫，味甘)。

【桃色】táosè ❶〔名〕桃花的顏色；粉紅色：面如～。❷〔形〕屬性詞。與不正當男女關係有關的：～事件｜～新聞。

【桃色新聞】táosè xīnwén 指有關不正當男女關係的消息。

【桃園】táoyuán〔名〕❶ 桃樹園：莊後～，花開正盛。❷ 指桃園結義的典故(傳說漢末，劉備、關羽、張飛在桃園結拜為兄弟，《三國演義》第一回回目即為"宴桃園豪傑三結義")：～之交｜～義盟。

【桃子】táozi〔名〕❶ (隻)桃樹的果實。❷ 形狀像桃的東西：棉花～。

逃

táo〔動〕❶ 逃跑；逃走：～進深山｜從集中營裏～了出來。❷ 逃避；躲避(不單獨

做謂語）：～難(nàn)｜～稅｜罪責難～｜～不過
人們的眼睛。

> **語彙**　出逃　竄逃　潰逃　潛逃　脫逃　在逃　望風而逃　在劫難逃

【逃奔】táobèn〔動〕逃跑到別的地方：～他鄉｜～在外。

【逃避】táobì〔動〕有意遠離不願或不敢接觸的事物：～責任｜～困難｜～檢查｜不能～現實。

【逃兵】táobīng〔名〕❶（名）擅自離開部隊的士兵：抓～。❷比喻因害怕艱難困苦而離開工作崗位的人：條件再艱苦，我們也不當～。

【逃竄】táocuàn〔動〕逃跑流竄：狼狽～｜四下～｜對這夥匪徒務必全殲，不使～。

【逃遁】táodùn〔動〕逃離原處：倉皇～｜無處～。

【逃反】táo//fǎn〔動〕舊時指為躲避兵亂或匪患離開家鄉或住地而逃往外地：我還記得小時候～的情景｜在軍閥戰爭年代，家裏逃過好幾次反。

【逃犯】táofàn〔名〕（名）逃亡在外的罪犯：三名～｜捉拿～｜將～緝拿歸案。

【逃荒】táo//huāng〔動〕因遭遇嚴重自然災害而離開家鄉外出謀生：～要飯｜爺爺是早年～到關東去的｜我沒有逃過荒。

【逃匯】táohuì〔動〕違反國家外匯管理規定，把應該上交、兌換給國家的外匯私自進行轉讓、出賣或轉移到國外，或將外匯資產私自攜帶、託帶、郵寄出境。

【逃課】táo//kè〔動〕學生無故不去上課：多次～｜從沒逃過課。

【逃離】táolí〔動〕逃避離開：兇手作案後～了現場。

【逃命】táo//mìng〔動〕從危險處境中逃出以保全性命：四散～。

【逃難】táo//nàn〔動〕逃離原處以避開災難：外出～｜～的災民｜父親早年逃過難。

【逃跑】táopǎo〔動〕為躲避危險或對自己不利的環境、事物而離開：村上的人都～了｜不讓敵人～。

【逃票】táopiào〔動〕乘坐車、船或進入應該購票的場所時故意不買票：因乘車～被罰款。

【逃散】táosàn〔動〕逃亡失散：在戰爭年代親人～。

【逃生】táoshēng〔動〕從危險處境中逃出以求生存：死裏～｜何處～？

【逃稅】táo//shuì〔動〕不報或謊報所得以逃避納稅：商人～｜懲罰～行為。

【逃脫】táotuō〔動〕❶逃跑；跑掉：臨陣～｜藉故～。❷擺脫；躲開：～罪責｜～債務。

【逃亡】táowáng〔動〕逃跑流亡：～海外｜四散～｜從淪陷地～出來｜囚犯大～。

【逃席】táo//xí〔動〕宴會前或宴會中，因怕勸酒

而悄悄離開：昨天他～了｜藉故～。

【逃學】táo//xué〔動〕學生無故不去學校學習：我從來沒有逃過學。

【逃逸】táoyì〔動〕逃跑：肇事司機駕車～。

【逃之夭夭】táozhīyāoyāo〔成〕《詩經‧周南‧桃夭》："桃之夭夭，灼灼其華。"原形容桃樹茂盛而艷麗。"逃"與"桃"同音。後用"逃之夭夭"形容逃跑（含詼諧意）：他聽到消息，知道不妙，便連夜～。

【逃走】táozǒu〔動〕逃跑；逃脫：小偷～了。

啕
táo　哭：號(háo)～。

淘
táo ㊀❶〔動〕用器物盛着顆粒狀的東西，加水（或在水中）沖洗，以去除雜質：～米｜沙裏～金。❷沖刷：大浪～沙。❸〔動〕從深處舀出、清除泥沙污穢等；疏浚：～井｜～缸｜～深～灘，淺作堰。❹〔動〕尋覓購買：去網上～一～｜～本好書。❺〔動〕（吳語）以汁液拌和食品：肉湯～飯｜菜～飯。❻（Táo）〔名〕姓。

㊁❶耗費：～神。❷〔形〕（北京話）頑皮：這孩子腦瓜兒特靈，就是太～。

【淘換】táohuan〔動〕（北京話）想方設法尋找；尋覓：～點好茶葉｜這號古董沒處～。

【淘金】táo//jīn〔動〕❶用水沖洗的方法從沙子中選出金粒：到沙金礦去～。❷比喻設法賺大錢：兄弟二人想到西部去～。

【淘氣】táo//qì❶〔形〕愛玩愛鬧，不聽勸導：這孩子可～了｜聽話，別太～｜～是～，可從來不欺負小的。❷〔動〕（吳語）吵架：夫妻二人常～。❸〔動〕（吳語）慪氣；惹氣：怕～｜免得～。

【淘神】táoshén〔動〕〈口〉耗費精神：一個人照管好幾個孩子，真夠～的。

【淘汰】táotài〔動〕（在事物發展進程中）去掉壞的、弱的、不適合的，留下好的、強的、適合的：開發新產品，～舊產品｜籃球預選賽，甲隊把乙隊～了。

陶
táo ㊀❶〔名〕用黏土燒製的器物：～瓷｜～俑｜彩～｜～土（燒製陶器和粗瓷器的一種純淨黏土，白色粉末狀）。❷製造陶器：～冶｜～鑄。❸比喻教育或培養：薰～。❹（Táo）〔名〕姓。

㊁快樂：～然｜～醉。

另見 yáo（1573頁）。

> **語彙**　白陶　彩陶　薰陶　樂陶陶

【陶瓷】táocí〔名〕陶器和瓷器的合稱：～工藝｜～產品。

【陶器】táoqì〔名〕（件）用黏土燒製的器物，質地不如瓷器堅硬，有吸水性。也

可以上釉。

【陶然】táorán〔形〕快樂舒暢的樣子：～自樂。

【陶陶】táotáo〔形〕和樂的樣子：無思無慮，其樂～。

【陶冶】táoyě〔動〕❶ 燒製陶器和熔煉金屬。❷ 比喻在思想、性情和品德方面用良好的環境、條件給人以有益的薰陶和影響：～情操｜～兒童的心靈｜文藝可以～人的性情。

【陶藝】táoyì〔名〕製陶工藝，也指陶製工藝品：～巨匠｜～作品。

萄　táo 見 "葡萄"（1042 頁）。

綯（绹）　táo〈書〉繩索：宵爾索～（夜晚搓繩子）。

醄　táo 見 "醄醄"（904 頁）。

騊（𫘨）　táo 見下。

【騊駼】táotú〔名〕古代良馬名。

檮（梼）　táo 見下。

【檮昧】táomèi〔形〕〈書〉愚昧無知的樣子：不揆～（不自量力）｜自慚～。

【檮杌】táowù〔名〕❶ 古代傳說中的猛獸。❷ 指兇惡的人。❸（Táowù）古代楚國的史書名。

鼗　táo〈書〉小鼓；撥浪鼓。

【鼗醉】táozuì〔動〕沉浸在某種境界或情緒中，深深地感到滿足：～於已有成績｜美麗景色令人～。

討 （讨）tǎo ㄊㄠˇ

tǎo ❶ 征討：～伐｜～平。❷ 公開譴責：聲～。❸〔動〕索取；求取：～教｜～價｜～好｜～便宜｜～點水喝。❹〔動〕招惹；引起：～嫌｜～人喜歡｜自～沒趣。❻ 討論；探索：研～｜檢～｜探～｜商～。

語彙 檢討 乞討 商討 聲討 研討 征討 東征西討

【討伐】tǎofá〔動〕出兵攻打（有罪或非正義的一方）：～叛逆｜親自率兵～。

【討飯】tǎo//fàn〔動〕乞求飯食：～的（乞丐）｜爺爺早年討過飯。

【討好】tǎo//hǎo（～兒）〔動〕❶ 博得讚許；為取得對方的歡心和稱讚而迎合（對方）：～上司｜討個好兒，賣個乖。❷ 得到好效果（多用於否定式）：這是件吃力不～的苦差事｜明知討不到好兒，也得去幹。

【討價】tǎo//jià〔動〕（賣主向買主）說出某商品的售價；要價：～太高｜他～三十元，我還他

二十。

【討價還價】tǎojià-huánjià〔成〕❶ 買賣雙方商議商品價格；討價和還價。❷ 比喻雙方談判時反復爭議或接受任務時計較條件；談判雙方經過～，終於達成協議｜他勇挑重擔，從不挑肥揀瘦，～。

【討教】tǎojiào〔動〕向別人請求指教：當面～｜需～之處甚多。

【討論】tǎolùn〔動〕（若干人）就某一問題交換看法並共同分析研究：～會｜學術～｜～問題｜～生產計劃。

【討沒趣】tǎo méiqù（～兒）因言談舉止不得當而使得自己覺得難堪或丟面子。也說自討沒趣。

【討便宜】tǎo piányi 存心取得額外的利益或精神上的勝利：本想～，結果反而上當受騙。

【討平】tǎopíng〔動〕用武力討伐平定：～叛亂｜率軍～。

【討巧】tǎo//qiǎo〔動〕（做事）不費力或少費力而多受益；取巧：他很會～｜老想討個巧。

【討俏】tǎo//qiào〔動〕（藝術表演、做事）故意使人覺得俏皮：功底不深，一味～，難免弄巧成拙。

【討饒】tǎo//ráo〔動〕請求饒恕：一再～｜我替他討個饒吧。

【討生活】tǎo shēnghuó 求取自身的生存和發展；尋求生路：他只能靠這點本事～。

【討嫌】tǎo//xián〔動〕惹人厭惡；不招人喜愛：真～！｜別在這裏討人嫌了。

【討厭】tǎo//yàn ❶〔動〕令人厭煩；討嫌：～的天氣｜別惹人～。❷〔形〕事情難辦，令人心煩：把自行車檢修好，要不然半道兒出了毛病可就非常～了。❸〔動〕對人或事物反感；厭惡：很～他那低頭哈腰的樣子｜～這陰雨連綿的天氣。

【討要】tǎoyào〔動〕索要：四處～，才弄到這點經費。

【討債】tǎozhài〔動〕（向別人）要回借出的錢財：派人去～。

黍犬 táo 見下。

【䵚黍】tǎoshǔ〔名〕（閩語）高粱。

套 tào ㄊㄠˋ

tào ❶（～兒）〔名〕"套子"①：手～兒｜枕～｜椅～｜筆～兒。❷〔名〕（北方官話）"套子"②：棉花～｜被～。❸（～兒）〔名〕用繩子等結成的環狀物：繩～兒｜活～兒。❹（～兒）〔名〕圈套；誘人上當的計謀：對這些小恩小惠稍一動心，便會落入～中｜給人下～兒。❺〔名〕駕馭車馬用的皮繩、麻繩：長～（駕邊馬的長繩）｜～繩｜牲口～｜大車～。❻ 山勢或河流彎曲的地

區(多用於地名):葫蘆～｜河～。❼(～兒)"套子"④:俗～｜客～｜～話｜～數。❽同類事物組合而成的整體:～曲｜成龍配～｜亂了～。❾罩在外面的:～鞋｜～褲(套在褲子外面的只有褲腿的褲子)。❿〔量〕用於搭配成組的事物:一～衣服｜兩～茶具｜三～房間｜全～設備。⓫〔量〕用於機構、制度、本領、辦法、言語等:兩～班子｜一～章程｜好幾～方案｜講了一大～空話。⓬〔動〕罩在外面:～上韁帽兒｜外面再～條褲子。⓭〔動〕(北方官話)把棉花或絲綿平整地裝入要做的被褥或襖裏縫好。⓮〔動〕用繩子等結成的環狀物拴上或攏住:～圈兒(一種遊戲)｜把韁繩～在手腕上｜～上救生圈兒再下水｜把馬住｜十來把鑰匙都～在一個環兒上了。⓯〔動〕引人說出實情:他的秘密都讓我～出來了｜你再～～他的話兒,探探他的口風。⓰〔動〕拉攏;籠絡:～近乎｜～～交情。⓱〔動〕用套具進行拴繫:～車｜～牲口。⓲〔動〕以固定模式去衡量或要求別人或事物:評價文學作品,不能拿一些框框來～｜何必硬要把現代的觀點～在古人身上呢。⓳〔動〕因襲;模仿(現成的模式):這道題直接～公式就行｜～着這首詩的格律再寫一首。⓴〔動〕套購:～匯。㉑〔動〕包容;按格式插入:大屋左邊還～着一個小間兒｜彩色～印｜高粱地裏又～種綠豆。㉒〔動〕用圈狀刃具切削(螺紋):～扣。

語彙 封套 河套 解套 客套 龍套 亂套 配套 圈套 俗套 外套 連環套 成龍配套 生搬硬套

【套餐】tàocān〔名〕❶(份)主食副食搭配成套的份飯:吃～｜一份多少錢?❷比喻搭配起來成套提供的商品或服務項目:電信～｜旅遊～。

【套車】tào//chē〔動〕把車上的套具套在拉車的牲口身上:～進城｜沒有牲口,套不了車。

【套瓷】tàocí〔動〕(北京話)套近乎;拉關係:他一進來就遞煙,還"老鄉老鄉"地～｜千萬別跟我～,那沒用,該怎麼辦有章程管着呢!

【套房】tàofáng〔名〕❶(間)與正房相連的兩側或靠裏的房間,一般比正房小,沒有直通外面的門:住在後面～裏｜兩頭各有一間～。也叫套間。❷指配備有臥室、客廳、衛生間等的整套住房。

【套服】tàofú〔名〕(身)上衣、褲子等配套的服裝。

【套改】tàogǎi〔動〕套用有關規定對級別、職稱、機制等進行變動或改革:工資～｜依規定～為副總工程師。

【套耕】tàogēng〔動〕❶兩張犁一前一後同時耕地,第二張犁順着第一張犁耕出的溝再次犁過去,以增加深度。❷機械耕作時,內翻和外翻交叉進行,以減少墢溝和地頭回轉地帶。

【套購】tàogòu〔動〕以不正當手段成批購買國家

限制買賣的商品而從中牟利。

【套話】tàohuà ⊖(-//-)(～兒)〔動〕設計謀引誘別人說出不願意說的話:以話～｜想辦法套出他的話來。⊜〔名〕❶應酬的客套話:都是自家人,～就不必說了。❷指套用的現成的、模式僵化的話語:通訊報道中要堅決杜絕那些假話、空話和～。也說套語。

【套匯】tàohuì〔動〕❶在外匯市場上,利用在同一時間內同一外匯在不同地點的不同匯價,從低處買進,到高處賣出,以獲取差額收益。❷利用非法手段套換外匯牟利。

【套間】tàojiān(～兒)〔名〕(間)"套房"①。

【套近乎】tào jìnhu〔口〕跟不熟悉、不親近的人拉關係攀交情,表示親近(多含貶義):你跟我～也沒用,我幫不上你的忙。也說拉近乎。

【套牢】tàoláo〔動〕❶投資者買入股票等證券後,由於價格下跌無法獲利賣出,致使資金在較長時間被佔用,這種情況稱為套牢。❷指牢牢束縛住,使無法擺脫:他已被婚姻～。

【套路】tàolù〔名〕❶編排成套的武術動作:這是八卦掌中最常見的～。❷比喻成系統的思路或方法:提出體制改革的新～。

【套票】tàopiào〔名〕成套出售的郵票、門票等。

【套曲】tàoqǔ〔名〕❶"套數"①。❷由若干樂曲或樂章組合成套的大型器樂曲或聲樂曲。

【套書】tàoshū〔名〕(部)內容有某種聯繫的配合成套的書:大型～。

【套數】tàoshù〔名〕❶戲曲或散曲中,由多種曲調相連綴,有首有尾,組合成套的曲子。也叫套曲。❷比喻成系統的格式、技巧或手法:～嫻熟｜他學了幾手變魔術的～。❸慣用的、應酬的話;陳陳相因的程式:年輕人還不熟悉古人寫信的這些～。

【套問】tàowèn〔動〕不暴露自己的意圖,向對方拐彎抹角地打聽:想從秘書那裏～點兒消息。

【套現】tàoxiàn〔動〕將證券、貨物或不動產賣出以收回現金。

【套鞋】tàoxié〔名〕(雙)防雨防水的膠鞋(舊時多穿在布鞋的外面):長筒～｜外面下雪了,穿上～再出去。

【套袖】tàoxiù〔名〕(隻,副)套在衣袖外面的、單層的袖筒,可保護衣袖不受污染或磨損:戴上～再開車床。也叫袖套。

【套印】tàoyìn ⊖〔名〕由大小兩顆或三顆印套合起來的印章,大印腹空,小印嵌其內,始於東漢。初名子母印。⊜〔動〕在同一版面上用不同顏色的版分次進行印刷:三色～｜～的彩色年畫｜～本(用兩種以上顏色分次印刷而成的版本)。

【套用】tàoyòng〔動〕模仿着應用(現成的公式、格式、辦法等):不能～現成的公式｜～舊的管理方法管理現代化企業是行不通的。

【套語】tàoyǔ〔名〕"套話"㊀②。

【套種】tàozhòng〔動〕在某種作物生長的後期，利用同一塊土地的空隙，播種下另一種作物，以充分利用地力和提高單位面積產量：實行間作～，增加作物產量。也叫套作。

【套裝】tàozhuāng〔名〕(身)上下身成一套的服裝。

【套子】tàozi〔名〕❶用織物或皮革等做成的罩物體外面起保護作用的東西：駁殼槍的～。❷(北方官話)棉衣、棉被裏的棉絮：把棉襖拆了，絮一層新～。❸武術運動自"起勢"至"收勢"的全套動作。❹固定的言辭、格式、辦法等：俗～│這篇文章沒照以前的一寫。❺比喻圈套：可別陷進了他的～，遭他暗算！

tè ㄊㄜˋ

忑 tè 見"忐忑"(1312頁)。

忒 tè〈書〉差錯：差～│四時不～。
另見 tēi(1325頁)；tuī(1371頁)。

特 tè ㊀❶不同於一般的；不尋常的；特殊：獨～│～產│～例│～價│～權。❷〔副〕特地；特意：～來面商一切│～制定實施辦法。❸〔副〕非常；格外：～好│身材～高│大錯～錯│車跑得～快。❹指特務(tèwu)：匪～│敵～│防～措施。❺(Tè)〔名〕姓。
㊁〔副〕〈書〉只；僅僅：不～│非～。
㊂〔量〕特克斯的簡稱。1千米紡織用的纖維，質量為多少克，它的綫密度就是多少特。1旦等於1/9特。

語彙　獨特　伏特　模特　普特　奇特　瓦特

【特別】tèbié ❶〔形〕不一般；與眾不同：～快車│～會議│性格很～│這個樣式太～。❷〔副〕非常；格外：～小心│他起得～早│希望～照顧她一下。❸〔副〕特地；特意；着重：臨行前，奶奶～叮囑了這件事│把增產節約的問題～提出來討論│應該～指出，學生的主要任務是學習。❹〔副〕從同類事物中提出某一事物加以說明或強調，相當於"尤其"(多同"是"連用)：廣大工人，～是青年工人，學習積極性可高了│他愛好體育運動，～是愛好游泳。

【特別行政區】tèbié xíngzhèngqū 按照"一國兩制"的基本國策設置的享有特殊法律地位和高度自治權的行政區域，如香港、澳門特別行政區。簡稱特區。

【特菜】tècài〔名〕不大常見的、特殊的蔬菜品種：～供應。

【特產】tèchǎn〔名〕某處特有的或特別著名的產品：桐油是中國的～│這是我們家鄉的～。

【特長】tècháng〔名〕特有的技能、優勢、經驗等：繪畫是她的～│根據各人的～分配工作。

【特長生】tèchángshēng〔名〕(名)在某方面具有特殊專長的學生：音樂～│體育～。

【特出】tèchū〔形〕特別突出；格外出眾(多指好的方面)：他的智力很～│吸納～人才。

【特此】tècǐ〔副〕公文、信函用語，特地在此(說明、通知、佈告等)：～通知│～證明│～更正。

【特等】tèděng〔形〕屬性詞。等級在一等或頭等之上的；最優秀的：～獎│～射手│～艙。

【特地】tèdì〔副〕表示專為某種目的(做某事)：為慶祝教師節，學校～安排了這次活動│我是～來通知你們的。

【特點】tèdiǎn〔名〕獨特之處：他的～是嗜書如命│這座大廈具有民族風格的～│幾幅畫兒一比較就看出各自的～來了。

【特定】tèdìng〔形〕屬性詞。❶特別指定的：已有～的人選│他是帶着～的任務到上海去的。❷跟一般不同的(時期、地方、人或事物等)：～的歷史時期│～地區│～的身份│～用途。

【特工】tègōng〔名〕❶特務工作：～人員│～訓練。❷(名)從事特務工作的人：派遣幾名～前往救援。

【特供】tègōng〔動〕特殊供應：～商品│那裏有一個～點│享受～。

【特護】tèhù ❶〔動〕(對重病人)進行特殊護理：他需要～│經過幾天的～，病人終於脫離了危險。❷〔名〕(位，名)做特殊護理工作的護士：病人需要請一位～。

【特惠】tèhuì〔形〕特別優惠：～價格│～銷售。

【特級】tèjí〔形〕屬性詞。(質量、水平、性質等)達到最高等級的：～花茶│～教師│～戰鬥英雄。

【特技】tèjì〔名〕❶異乎尋常的技能、技藝或技巧：～飛行│～跳傘│～攝影│～鏡頭│～表演。❷特指攝製特技電影鏡頭的技巧，如表現海底世界、表現騰雲駕霧等，都離不開特技。

【特價】tèjià〔名〕特別降低的價格：～商品│～優惠│～專櫃。

【特教】tèjiào〔名〕特殊教育的簡稱：～工作│～學校。

【特警】tèjǐng〔名〕(名)特種警察的簡稱。經特種訓練，配有特殊裝備，執行特殊任務的武裝警察。主要任務是打擊劫持、暗殺等暴力犯罪活動和處置其他突發的暴力事件。

【特刊】tèkān〔名〕(期，本)刊物或報紙以某項內容為中心而特地編輯的一期或一版：元旦～│奧運～。

【特克斯】tèkèsī〔量〕紡織業用於表示纖維綫密度的單位，符號 tex。簡稱特。

【特快】tèkuài ❶〔形〕屬性詞。速度非常快的：～郵件｜～列車。❷〔名〕特別快車的簡稱。

【特快專遞】tèkuài zhuāndì 專門遞送時間性強的郵件的寄遞業務，在規定的短時間内把郵件遞送給收件人。簡稱快遞。

【特困】tèkùn〔形〕屬性詞。生活特别困難的；有特殊生活困難的：住房～戶｜～生｜～老人。

【特困生】tèkùnshēng〔名〕(名)家庭貧窮，生活特别困難的學生：幫助～完成學業。

【特例】tèlì〔名〕特殊的事例：不經考試而准許這位體操運動員入學就讀，是本大學的一個～。

【特洛伊木馬】Tèluòyī Mùmǎ 傳說古代希臘人利用一匹特製的木馬，將一些勇士暗藏其中，木馬被特洛伊人當作戰利品運進城内，從而裏應外合，攻破了特洛伊城。後用"特洛伊木馬"比喻潛入内部的敵人。派人潛入對方内部進行破壞活動的辦法叫作木馬計。

【特賣】tèmài〔動〕以特别優惠的價格賣出：～會｜貨物清倉～。

【特派】tèpài〔動〕特地派遣（某人去辦理某事）：～專人前往查清此案｜～員(特派至外地辦事的人員)。

【特批】tèpī〔動〕特別批准：這批救援物資是上級有關部門～的。

【特聘】tèpìn〔動〕特別聘用：～他為教授｜他屬～人員。

【特勤】tèqín〔名〕❶特殊勤務，如某些重大活動或突發事件現場的安全保衛、交通指揮等。❷指執行特殊勤務的人。

【特區】tèqū〔名〕❶中國為加快現代化建設而劃定的在政治上、經濟上實行特殊政策和管理的地區：經濟～｜～的發展很快。❷特別行政區的簡稱：香港～｜澳門～。

【特權】tèquán〔名〕特有的權利；特殊的權力：～思想｜外交～｜不能把職權變成～。

【特任】tèrèn〔名〕民國時期指文官的第一等，在簡任以上。如中央政府的部長、駐外大使等。

【特色】tèsè〔名〕某事物與衆不同的色彩、風格等；事物最見長的方面：～菜｜藝術～｜這篇遊記在寫景、狀物方面不落俗套，很有～。

> **辨析** 特色、特點　都可以指事物所具有的獨特的方面。"特色"使用的範圍窄，着重指人或事物的優點和長處。如"中國女排的戰術特色""蘇繡鮮明的民族特色"。"特點"使用的範圍廣，可以指人也可以指物，可以指好人好事，也可以指壞人壞事。如"做事乾脆的特點""騙子活動的特點""熱帶氣候的特點"。

【特赦】tèshè〔動〕國家最高權力機關（或國家元首）對某些有所悔改的罪犯或特定犯人免除或減輕刑罰：發佈～令。

【特使】tèshǐ〔名〕(位，名)國家（或國家元首）臨時派赴國外執行特定任務或參加典禮活動的外交代表。

【特首】tèshǒu〔名〕指香港、澳門特别行政區的行政長官：投票選舉～｜高票當選～。

【特殊】tèshū〔形〕與同類事物不同的；異常的（跟"一般"相對）：症狀比較～｜打扮得很～｜情況～｜～人物。

【特殊化】tèshūhuà〔動〕變得與衆不同，多指違反政策和規定，在政治、工作、生活中享受特權：不搞～｜反對～。

【特殊教育】tèshū jiàoyù 以盲人、聾啞人或智障人為施教對象，運用特殊的教材、教法、設備，開設特殊課程而進行的教育。

【特殊性】tèshūxìng〔名〕某一事物特有的、不同於其他事物的性質：特區有它的～｜不但要注意矛盾的普遍性，還要注意矛盾的～。

【特體】tètǐ〔形〕屬性詞。特殊體型的（修飾服裝、鞋帽等）：～服裝。

【特為】tèwèi〔副〕特意；特地：～趕來參加慶祝會。

【特務】tèwù〔名〕軍隊中擔任警衛、通信、偵察等特殊任務的人或編制單位：～員｜～連｜～營。

【特務】tèwu〔名〕❶為了政治、經濟等目的而從事的刺探情報、造謠惑衆、暗殺、顛覆和破壞等活動：～機關｜～組織｜～訓練｜～活動｜～分子。❷(名)指特務分子：抓～｜嚴防～破壞｜派遣大批～潛伏下來。

【特嫌】tèxián〔名〕特務的嫌疑；也指有特務嫌疑的人：懷疑他有～｜～分子｜被戴上了～的帽子。

【特效】tèxiào〔名〕特别好的效果、效力或療效：～藥｜這藥吃下去有～。

【特寫】tèxiě〔名〕❶(篇)報告文學的一種。以描寫現實生活中的真人真事為主，輔以藝術加工，形象生動地反映人物或事物的某個側面：一篇人物～｜勞動市場～。❷電影藝術手法的一種，用極近的距離拍攝人或事物的某個局部或細部，以便在放映時產生突出而強烈的效果：～鏡頭。

【特型】tèxíng〔形〕屬性詞。❶特種型號的：～鋼材｜～構件。❷特殊類型的：～演員。

【特型演員】tèxíng yǎnyuán 指具有某種特殊長相和外形的演員，如酷似某些領袖人物或現實生活中的某些公衆人物的演員。

【特性】tèxìng〔名〕特殊的性格、性質或性能：這種文化帶有我們民族的～。

【特需】tèxū〔形〕屬性詞。供特殊需要的：～醫療專家｜殘疾人～商品。

【特許】tèxǔ〔動〕特別許可；特別允許：～經營｜～通行｜未經～，不得入内。

【特邀】tèyāo〔動〕特別邀請：～代表｜他是被～來參加會議的。

【特異】tèyì〔形〕❶特別優異；非常出眾：～的成績。❷特殊；特別：格調～｜～的演技｜～功能（個別人所具有的異乎常人的認識能力或行為能力，其真實可靠性尚待進一步研究）｜～體質（對某些藥物會發生過敏性反應的體質）。

【特意】tèyì〔副〕特地：我今天是～來看你的｜～給你挑選了這件紅色的毛衣。

【特有】tèyǒu〔動〕特別具有：熊貓是中國～的珍稀動物。

【特約】tèyuē〔動〕特別約請或約定：～稿件｜～撰稿人｜～記者｜編輯部～專家寫了評論。

【特徵】tèzhēng〔名〕人或事物所特有的徵象、標誌等：刻畫人物的個性～｜記住了那人的相貌。～

【特質】tèzhì〔名〕特有的性質或品質：～材料｜精神～。

【特種】tèzhǒng〔形〕屬性詞。同類事物中屬於特殊種類的：～兵｜～戰爭｜～部隊｜～郵票｜～工藝

【特種工藝】tèzhǒng gōngyì 將某種珍貴或特殊的材料加工成精美的陳列品或裝飾品的技藝：～品。

【特種行業】tèzhǒng hángyè 在中國大陸指工商服務行業中，業務內容和經營方式涉及社會治安和公共秩序，由公安機關實行特定治安管理的行業，如旅館業、印鑄刻字業、拍賣業等。

【特准】tèzhǔn〔動〕特別准許；特別批准：～列席會議｜因工作需要，～他推遲退休。

慝　tè〈書〉❶邪惡；惡念；罪惡：奸～｜負罪引～。❷災害：蠹～。

鋱（铽）tè〔名〕一種金屬元素，符號 Tb，原子序數 65。屬稀土元素，銀灰色。用作熒光體的激活劑等。

蠚（蝪）tè〈書〉食苗葉的害蟲。

te ·ㄊㄜ

脦　·te，又讀 ·de 見"肋脦"（811 頁）。

tēi ㄊㄟ

忒　tēi "忒" tuī 的又讀。
另見 tè（1323 頁）。

【忒兒】tēir〔擬聲〕（北京話）形容急促的振動聲：麻雀～一聲就飛了。

【忒兒嘍】tēirlou〔擬聲〕（北京話）形容急促吞食的聲音：熬了一鍋白薯粥，孩子們～～吃得挺歡。

tēng ㄊㄥ

熥　tēng〔動〕把涼了的熟食蒸熱或烤熱：～白薯｜把饅頭～一～。

鼟　tēng〔擬聲〕形容擊鼓聲：鼓聲～～。

téng ㄊㄥ

疼　téng ❶〔形〕"痛"①：胃～｜腿摔～了｜嗓子有點兒～｜頭～醫頭，腳～醫腳。❷〔動〕疼愛；喜愛：姐姐很～小弟弟｜打是～，罵是愛。

語彙　偏疼　頭疼　心疼

【疼愛】téng'ài〔動〕關心喜愛：奶奶～孫子。

【疼痛】téngtòng〔形〕"疼"①（多用於書面語）：～難忍｜傷口～。

滕　Téng ❶西周時諸侯國名，在今山東滕州一帶。❷〔名〕姓。

螣　téng 見下。

【螣蛇】téngshé〔名〕傳說中一種能飛的神蛇：～無足而飛。

縢　téng〈書〉❶約束；封閉：竹閉緄～（緄：繩子）。❷繩子：唯恐～局之不固也。

謄（誊）téng〔動〕謄寫：這是草稿，要～一遍｜照底稿～一份。

【謄清】téngqīng〔動〕（把改得很亂的文稿）抄寫清楚：這是草稿，還沒有～呢｜改過的稿子沒有？

【謄寫】téngxiě〔動〕照底稿抄寫：～得很清楚｜按原稿再～一份。

藤〈❶藤〉téng〔名〕❶某些植物的匍匐莖或攀援莖：瓜～｜紫～｜古～｜枯～｜葡萄～｜順～摸瓜。❷（Téng）姓。

語彙　葛藤　古藤　枯藤

【藤黃】ténghuáng〔名〕❶常綠小喬木，葉子橢圓狀倒卵形，花單性，漿果球形。樹脂黃色有毒，可做繪畫顏料，也可入藥。❷這種植物的樹脂。

【藤蘿】téngluó〔名〕紫藤的通稱。

【藤蔓】téngwàn〔名〕藤和蔓：岩壁上～纏繞，灌木叢生。

【藤椅】téngyǐ〔名〕（把，隻）用藤條或藤莖皮編成的椅子。

【藤子】téngzi〔名〕（根）〈口〉藤；特指紫藤：～棍兒。

騰（腾）téng ❶跳躍；奔馳：～躍｜歡～｜龍～虎躍。❷〔動〕上升：飛～｜～雲駕霧｜村裏～起縷縷炊煙。❸〔動〕使

空（kòng）出時間、空間、人力等：～出時間來學習｜把那間房子～出來給客人住｜～些人手去搞搞衛生。❹用在某些動詞後面，表示動作連續或反復（多讀輕聲）：撲～｜踢～｜翻～｜折～｜鬧～。❺（Téng）〔名〕姓。

語彙 奔騰 倒騰 翻騰 飛騰 沸騰 歡騰 鬧騰 撲騰 升騰 圖騰 折騰 蒸騰

【騰達】téngdá〔動〕〈書〉❶上升：陰氛～。❷職位高升；發跡：飛黃～。

【騰飛】téngfēi〔動〕❶急速地升騰；騰空飛翔：老畫家畫的鷹栩栩如生，仿佛要～而去。❷迅速崛起和發展：抓住機遇，努力實現經濟～。

【騰貴】téngguì〔動〕（價格）上漲：百物～的局面已經改變。

【騰空】téngkōng〔動〕向天空上升或飛起：五彩繽紛的焰火～而起｜氫氣球～而去。

【騰挪】téngnuó〔動〕❶挪動，搬移：屋子太小，沒有～的空間。❷挪用：救災款不得任意～。❸指武術中躥跳閃躲等動作，泛指快速變換：閃轉～｜～跌宕。

【騰讓】téngràng〔動〕讓出來；空（kòng）出來：違章佔道經營的攤販要立即～。

【騰騰】téngténg〔形〕❶（氣體、火焰等）很盛；不斷上升的樣子：烈焰～｜屋子裏煙霧～。❷旺盛；強烈：殺氣～。

【騰退】téngtuì〔動〕讓出（所佔房屋、土地等）並退還原所有者：～所佔全部土地。

【騰雲駕霧】téngyún-jiàwù〔成〕❶傳說中指利用法術乘着雲霧飛行：孫悟空會～。❷形容奔馳迅速：那馬四蹄蹬開，如～一般飛馳而去。❸形容頭腦發暈發脹，神志恍惚：他剛一下床，便覺得頭暈目眩，像～一般。

螣（**螣**）téng〔名〕魚，體粗壯，後部側扁，常棲息在淺海底層，半埋於泥沙中。

tī ㄊ丨

剔 tī ❶〔動〕把肉從骨頭上剝離或刮下來：這排骨～得沒甚麼肉了。❷〔動〕（把多餘的東西）從縫隙裏往外挑：～牙｜把圖章上的印泥一～。❸〔動〕剔除：把不遵守紀律的人從球隊中～出去｜這幾個壞雞蛋是～下來的。❹〔名〕漢字的筆畫，即"提"（tí）。**注意** "剔"不讀tì。

語彙 抉剔 挑剔

【剔除】tīchú〔動〕把群體中不合格的去掉；去掉同類事物中的低劣部分：清理古代文化，要～其封建性的糟粕，吸收其民主性的精華。

【剔紅】tīhóng〔名〕雕花漆器的一種。也叫雕紅漆。

【剔透】tītòu〔形〕清明通澈；玲瓏～。

梯 tī ❶〔名〕供人上下或登高用的器具或設備：樓～｜繩～｜舷～｜雲～｜扶～｜電～。❷形狀像階梯的：～田。

語彙 電梯 滑梯 階梯 盤梯 人梯 軟梯 天梯 旋梯 雲梯

【梯次】tīcì ❶〔名〕按照一定次序劃分的級或批：公司領導班子的年齡結構～不合理。❷〔副〕按照一定次序分級、分批地：～推出新一代的產品｜幫困工作將～鋪開。

【梯度】tīdù ❶〔名〕上升或下降的坡度。❷〔名〕單位時間或單位距離內某種現象（如溫度、氣壓、密度、速度等）變化的程度。❸〔名〕按照一定次序分出的層次：考題類型和難易有～。❹〔副〕按照一定次序分層次地：經驗推廣不要一下子全面鋪開，要～推進。

【梯隊】tīduì〔名〕❶軍隊戰鬥或行軍時，按任務或行動的順序劃分為若干部分，每一部分叫一個梯隊，通常以次序命名。❷泛指按行動順序區分的幾個部分，以便後一撥人依次接替前一撥人的任務：要注意第二～幹部的選拔培養工作。

【梯恩梯】tī'ēntī〔名〕一種威力強大、性質穩定的烈性炸藥，黃色晶體。通稱黃色炸藥。[英 T.N.T. 是 trinitrotoluene（三硝基甲苯）的縮寫]

【梯己】tīji 同"體己"。

【梯田】tītián〔名〕沿山坡開墾的一層一層像階梯的農田，邊緣築有田埂，以防水土流失。

【梯形】tīxíng〔名〕只有一組對邊平行的四邊形。

【梯子】tīzi〔名〕（架）用竹子、木料或金屬做成，有一級一級的橫檔，便於人踩着上下的用具：登～上房｜牆根放着一架～。

踢 tī〔動〕❶用腳或蹄子使勁撞擊：～足球｜～毽子｜拳打腳～｜小心這馬～人。❷比喻突然辭退或驅除：張師傅年紀大了，被黑心老闆～出工廠。

【踢皮球】tī píqiú〔慣〕比喻工作上互相扯皮、推諉，把本應自己辦的事推給別人：由於幾個單位～，這片兒的危房改造問題至今還解決不了。

【踢契】tīqì〔動〕港澳地區用詞。取消已經簽訂的契約、合同：物業預售，簽訂意向合同之後，需要繳納一定的意向金，如果～，這些意向金則無法拿回。

【踢踏舞】tītàwǔ〔名〕主要流行於西方的一種舞蹈。跳舞時用腳尖、腳跟或腳掌擊地，發出有節奏的清脆的踏踏聲，形式自由，節奏清晰多變，腳下動作靈活，上身動作很少或保持平穩不動。

銻（锑）tī〔名〕一種金屬元素，符號 Sb，原子序數 51。銀白色，質硬而脆。用於工業和醫藥中。

擿 tī〔書〕揭發：發奸～伏（揭發奸邪，使無可隱藏）。
另見 zhì（1762 頁）。

鷉（䴘）tī見"鸊鷉"（1023 頁）。

體（体）tī/tǐ見下。
另見 tǐ（1330 頁）。

【體己】tīji〔形〕屬性詞。❶家庭成員個人私下積蓄或保存的（財物）：～錢｜這兩副鐲子是～之物。❷親近的；貼心的：～人｜～話｜～茶。以上也作梯己。

tí ㄊㄧˊ

羮 tí〔書〕❶初生的茅：手如柔～。❷泛指草木初生的嫩芽。❸一種像穀子樣的雜草：五穀不熟，不如～稗。
另見 yí（1598 頁）。

提 tí ❶〔動〕垂手拿着（有提樑、繩套的東西）：～着一桶水｜～了兩盒點心｜這點兒東西我～得動。❷〔動〕比喻懸着：～心吊膽｜心快～到嗓子眼兒了。❸〔動〕使由下往上或由低往高移：～高｜～升｜～幹｜～拔｜～價｜工資～了三級。❹〔動〕比喻振作：精神～。❺〔動〕把預定的時間移前：～早｜～前。❻〔動〕舉出；指出：～了幾次意見｜大會代表～了許多議案｜～～優點，也～～缺點。❼〔動〕提取：～成兒｜～款｜～貨｜～純｜到倉庫～料。❽帶領；率領：～攜｜～挈。❾〔動〕把犯人從關押的地方帶出來：～審｜～人犯到堂。❿〔動〕談（起）；說（到）；相～並論｜絕口不～原先的協議｜這件事不必再～了。⓫〔動〕提議；推舉：～名｜～候選人。⓬（～兒）一種有長把兒，垂直向上舀取液體的量具，多配成套，有一兩、二兩、半斤、一斤等規格：酒～｜油～兒。⓭〔名〕漢字的筆畫，由左斜上，形狀是"〢"。也叫挑（tiǎo）、剔。⓮（Tí）〔名〕姓。
另見 dī（274 頁）。

語彙　孩提　菩提　前提　隻字不提

【提案】tí'àn〔名〕（條，件）提交會議審查、討論、給出處理意見的建議：～審查委員會｜二百多

條～已全部處理完畢。

【提拔】tíbá(-ba)〔動〕挑選合適的人員使擔任較高職務；選拔提升：～年輕的人才｜把一位縣長～到省裏來工作。

【提包】tíbāo〔名〕（隻）有提樑的包：拎着個大～。

【提倡】tíchàng〔動〕鼓勵大家使用某種事物或實行某種辦法；倡導：～艱苦奮鬥｜尊老愛幼的優良傳統應大力～。

【提成】tí/chéng（～兒）〔動〕從錢財的全額中提取一定的百分比：按百分之五～｜所得利潤，我才能提成兒？❷〔名〕從總數中按百分比提出來的錢：拿～。

【提純】tíchún〔動〕除去某種物質含有的雜質，使純淨：～復壯（農業上有關作物良種繁育的措施）｜提酒經過。

【提詞】tí/cí（～兒）〔動〕演戲時給忘記台詞的演員提示台詞：演員靠～兒還怎麼能演好戲呢？

【提單】tídān〔名〕（張）到貨站、倉庫或棧房提取貨物或行李、物品等的單據。也叫提貨單。

【提燈】tídēng❶〔動〕提着點亮了的燈（照明或集會）：～會（與火炬遊行類似，多用於節日）。❷〔名〕（盞）可以用手提着走的燈：自帶～。

【提幹】tí/gàn〔動〕❶提拔幹部的職務或級別：這次～，他由科長升為處長。❷（把原來不是幹部編制的人員）提升為幹部：他參軍不到兩年就～了。

【提綱】tígāng〔名〕（份）內容的要點：寫～｜講話～。

【提綱挈領】tígāng-qièlǐng〔成〕提着漁網的總繩，拎着衣服的領子。比喻抓住事情的關鍵，進行簡明扼要的表述：發言要～，不可煩瑣。

【提高】tí/gāo〔動〕往上提，使比原來高（跟"降低"相對）：水位～了一米｜～產品質量｜～業務能力。

【提供】tígōng〔動〕供給：～方便｜～服務｜～商品糧｜～高新技術｜～破案綫索｜歷史給我們～了有益的經驗。

【提貨】tí/huò〔動〕（從倉庫等處）提取貨物：按時～｜～單｜今天提不了貨。

【提級】tí/jí〔動〕提高級別或等級：加薪～｜產品質量好，價錢提了一級。

【提價】tí/jià〔動〕提高價格：部分商品～了｜不准搭車～（借國家規定的部分商品提價之機跟着給別的商品提價）。

【提交】tíjiāo〔動〕（將需要討論、解決的問題）提出來交給（有關會議或機構去討論或處理）：將環境保護問題～大會討論｜候選人名單已～主席團審議。

【提煉】tíliàn❶〔動〕將化合物或混合物中的有用成分用化學或物理方法提取出來：這麼多礦石才～出幾克金子。❷比喻對事物進行去粗

取精、去偽存真的分析、概括：從生活中～作品的主題｜理論是從人類的實踐經驗中～出來的。

【提樑】tíliáng（～兒）〔名〕器物上面供手提的部分：花籃～｜這水桶有～。

【提留】tíliú〔動〕按比例從錢財的總數中提取一部分留下來：～要適度｜從利潤中～百分之十做公益金。

【提名】tímíng〔動〕選舉或評選前向會議或有關部門提出可能當選的人員或作品等的名字：優秀運動員的推選由群眾～｜他的畫在國際大獎賽中獲～。

【提名獎】tímíngjiǎng〔名〕（項）評選中因得到一定數量的提名而獲取的榮譽獎，是金獎、銀獎、銅獎等之外的一種獎勵：這三位女演員獲得～。

【提起】tíqǐ〔動〕❶垂手拿起：～籃子｜～槓鈴。❷說起；談到：～往事｜他在信中還～了你。❸振作起；奮起：～精神。❹提出；引起：～公訴｜～注意。

【提氣】tíqì〔動〕❶使氣息上行：～凝神｜芭蕾動作每時每刻都要～、收腹。❷使精神振奮：開幕式氣勢恢弘，頗為～。❸使市場氣氛活躍、生意興隆：一些地方政府相繼出台措施，為樓市～。

【提前】tíqián〔動〕（把原定的時間、位置）往前移：～開會｜～行動｜請你～半小時來｜這段話應該～｜排序上他需要～。

【提挈】tíqiè〔動〕〈書〉❶帶領；攜帶：～妻子（zǐ）。❷統率：～全軍。❸照顧；扶持；提拔：多承～｜相互～｜～之恩，終生難忘。

【提親】tí//qīn〔動〕未婚男女中的一方家庭向對方提議結親；說親：李家派人～來了｜已經有人給二哥～了。

【提琴】tíqín〔名〕（把）弦樂器，木製，分琴頸和琴身兩部分，形制大小不一，分小提琴、中提琴、大提琴和低音提琴四種。

【提請】tíqǐng〔動〕提出並請求：～大家注意｜～大會審議。

【提取】tíqǔ〔動〕❶從有關機構或財物總數中憑一定手續取出（存放的或應得的財物）：～儲蓄存款｜從利潤中～一定比例的獎金。❷經過提煉而取得（有用的東西）：從野生芳香植物中～香精。

【提神】tí//shén〔動〕使疲憊了的精神興奮起來：釅茶有～的功效｜喝杯咖啡提提神吧。

【提審】tíshěn〔動〕❶把犯人從關押的地方提出來審訊：～犯人｜秘密～。❷上級法院把下級法院受理的或已經判決的案件提上來進行審判或審查：上級法院下達文件，準備～此案。

【提升】tíshēng〔動〕❶提高（職銜、職稱、級別等）：～為局長｜～他當副經理｜～一級工資。

❷用捲揚機等器械自低處向高處運（礦物、原料、材料等）：～機｜用吊車把鋼樑～到預定的高度。

【提示】tíshì〔動〕提出對方想不到、沒有想到或應加注意的地方，使對方明白或注意：～學習要點｜經她一～，我們都恍然大悟。

【提速】tí//sù〔動〕提高速度：列車運行大～｜計算機互聯網擴容不斷～。

【提問】tíwèn❶〔動〕提出問題來要求對方回答：課堂～｜同學們踴躍舉手～。❷〔名〕提出來的問題：回答老師的～｜記者的～得到了滿意的回答。

【提現】tíxiàn〔動〕提取現款；提款：去銀行～。

【提攜】tíxié〔動〕❶〈書〉攙扶；帶領：～幼稚。❷幫助，照顧；扶持：～後進｜感謝恩師～｜相互～。

【提心吊膽】tíxīn-diàodǎn〔成〕心膽都好像懸着。形容惴惴不安，心存戒懼或擔憂：經常往家寫信或打電話，別讓家裏人為你～的。

【提醒】tí//xǐng〔動〕（把某項事實或道理）指出來，促使注意：他～我別忘了下午有個會｜經她這麼一～，我立刻明白了｜到時候請你給我提個醒兒。

【提要】tíyào❶〔動〕整理出全書或全文的要點：鈎玄～。❷〔名〕整理出來的要點：長篇論文應附～｜內容～｜請先寫個～寄來。

【提議】tíyì❶〔名〕（項）鄭重提出的供討論的主張：你的這項～很好｜一時還來不及考慮和研究這個～。❷〔動〕提出主張供討論：我～此事先調查清楚再討論。

【提早】tízǎo〔動〕（把原定的時間）提前：～準備｜～動身｜請～通知一聲｜今年的汛期～了。

【提職】tí//zhí〔動〕提升職務：聽說最近他又～了。

【提子】tízi ㊀〔名〕"提"⑫：酒～｜油～。㊁〔名〕一種葡萄，原產美國，個兒比一般葡萄大。

啼〈嗁〉tí❶啼哭（區別於"泣"）：～飢號（háo）寒。❷（某些鳥獸）叫：大公雞，喔喔～｜月落烏～霜滿天｜兩岸猿聲～不住，輕舟已過萬重山。❸(Tí)〔名〕姓。

【啼飢號寒】tíjī-háohán〔成〕因飢餓、寒冷而啼哭。形容缺吃少穿，生活極度貧困：常年戰亂地區，多數人～，沒有安定的生活。

【啼叫】tíjiào〔動〕"啼"②。

【啼哭】tíkū〔動〕大聲哭：小兒～｜～不止。

【啼笑皆非】tíxiào-jiēfēi〔成〕哭和笑都不合適。形容既可氣又可笑：這本《說英語》把"你好"注音為"哈都油肚"，真令人～。

媞 tí 見下。

【媞媞】títí〔形〕〈書〉美好的樣子：西施～而不

得見。

瑅　tí〈書〉玉名。

遆　Tí〔名〕姓。

綈（绨）　tí〈書〉一種光滑厚實的絲織品：～衣｜～錦。

另見 tì（1332頁）。

緹（缇）　tí〈書〉❶ 橘紅色。❷ 指軍服的顏色，常用以指代武裝人員：～衣｜～騎（紅衣馬隊，指緝捕罪犯的官兵）。

醍　tí 見下。

【醍醐】tíhú〔名〕〈書〉奶酪上面凝聚成的味道甘美的油狀物。佛教用來比喻高超、精深的教義。[梵 maṇḍa]

【醍醐灌頂】tíhú-guàndǐng〔成〕❶ 佛教弟子入門時，由本師用醍醐或清水澆灌頭頂，象徵灌輸智慧，使受戒人豁然領悟。也比喻闡發道理，給人以極大的啟發：聽了您的一席話，有如～。❷ 比喻感到無限舒適清爽：猶如甘露入心，也似～。

蹄〈蹏〉　tí〔名〕❶ 馬、牛、羊、豬等動物生在趾端的角質保護物。❷ 生有這種角質保護物的腳：豬～｜口～疫｜馬不停～。

語彙　鐵蹄　馬不停蹄

【蹄膀】típǎng〔名〕（吳語）"肘子" ②。

【蹄子】tízi〔名〕❶（隻）〈口〉"蹄" ①：釘上馬掌，可以使～耐磨一些。❷ "肘子" ②。❸ 舊時罵女子的話：原來是這小～鬧鬼。

題（题）　tí ❶〈書〉額頭：雕～黑齒｜赤首圜～。❷〔名〕（道，個）"題目" ①：小～大做｜借～發揮。❸〔名〕"題目" ②：試～｜出了三道～。❹〔動〕寫上；簽署：～詞｜～名｜～字｜～個款兒。❺ 評論：品～。❻〈書〉同 "提" ⑩（多見於早期白話小說、戲曲，多用於否定式）。❼（Tí）〔名〕姓。

語彙　標題　點題　副題　話題　課題　論題　命題　偏題　品題　破題　問題　習題　議題　正題　主題　專題　文不對題

【題跋】tíbá〔名〕寫在詩文、書籍、字畫等前面的語句叫 "題"，寫在後面的叫 "跋"，總稱題跋。內容多為評介、考訂、記事等。

【題材】tícái〔名〕文學藝術作品中表達主題、塑造形象的材料：這部小說以抗日戰爭為～｜廣闊農村有許多好的～。

【題詞】tící ❶（-//-）〔動〕為表示紀念或勉勵而題寫若干詞句：畢業班的同學紛紛請老師～｜由會長給大會～。❷〔名〕為表示紀念或勉勵而題寫的若干詞句：展覽會入口處有市長的～。

❸ 同 "題辭"。

【題辭】tící〔名〕性質與序文類似的文辭，篇幅一般較短：《野草》～。也作題詞。

【題海】tíhǎi〔名〕比喻過多的學生作業題或模擬考試練習題：～戰術。

【題解】tíjiě〔名〕❶ 對詩文或書籍的時代背景、主要內容、優劣得失及流傳情況等加以說明和解釋的文字（可使讀者對詩文或書籍先有個初步的了解，通常放在題目與正文之間）。❷ 彙集成冊的對數學、物理、化學等科目的習題的詳細解答（多用於書名）：中學化學～｜大學物理～。

【題庫】tíkù〔名〕大量試題或習題的彙編：高考～｜建立大型～。

【題名】tímíng ❶（-//-）〔動〕為了紀念或表彰而寫上姓名：～留念｜金榜～。❷〔動〕書寫名稱：為烈士陵園～。❸〔名〕為了表彰或紀念而上的姓名：《明清進士～錄》｜扉頁～。❹〔名〕題目的名稱。

【題目】tímù〔名〕❶ 標明詩文或講演內容的語句：這次作文，～自定｜今天辯論的～是甚麼？❷ 為練習或考試擬定的要求解答的問題：老師正在出練習的～｜這次考試，～不太難。❸ 名目；由頭：藉着這個～朋友們聚一聚。

【題簽】tíqiān ❶（-//-）〔動〕題寫書籤或書名：請名家～。❷〔名〕寫在、印在或貼在書皮上的標籤：名人～。❸〔名〕書本或畫冊標籤上的題字：～蒼勁有力｜篆書～。

【題寫】tíxiě〔動〕為留作紀念而書寫（標題、書名、匾額等）：～齋名。

【題型】tíxíng〔名〕習題或題目的類型：高考～每年都有一些變化。

【題旨】tízhǐ〔名〕習題或題目的含義：領會～。

【題字】tízì ❶（-//-）〔動〕為了留作紀念或有所勉勵而寫上字：揮毫～。❷〔名〕為了留作紀念或有所勉勵而寫的字：這些前輩～很可寶貴。

鵜（鹈）　tí 見下。

【鵜鶘】tíhú〔名〕（隻）水鳥，體形大，羽毛白，嘴直而闊，嘴頷間有一皮囊，可以存食。善游泳和捕魚。

騠（𬳵）　tí 見 "駃騠"（729頁）。

鷈（䴘）　tí 見下。

【鷈鴂】tíjué〔名〕〈書〉杜鵑：～鳴時芳草死。

鯷（鳀）　tí〔名〕魚名，生活在海裏，長10厘米左右。幼魚的乾製品叫海蜒。

tǐ ㄊㄧˇ

體（体） tǐ ❶ 人或動物的身體：～無完膚｜量～裁衣｜心廣～胖（pán）。❷ 身體的一部分：下～｜肢～｜四～不勤｜五～投地。❸ 物體：～積｜融為一～。❹ 物質存在的形狀或形態：流～｜液～｜氣～｜晶～。❺ 文字的書寫形式：正～｜楷～｜草～｜隸～｜篆～。❻ 作品的體裁：文～｜騷～｜駢～｜近～詩。❼ 體制：政～｜國～｜～例｜～統。❽〔名〕語法範疇之一，表示動詞所指動作進行的狀態：進行～｜完成～。❾ 親身實行和經驗；設身處地地着想：身～力行｜善～我心。❿（Tǐ）〔名〕姓。

另見 tī（1327頁）。

語彙	本體	大體	得體	繁體	個體	機體	集體
簡體	解體	具體	抗體	可體	客體	礦體	立體
裸體	母體	駢體	驅體	全體	人體	肉體	身體
屍體	實體	事體	天體	團體	物體	形體	掩體
一體	遺體	異體	幼體	載體	整體	肢體	主體
總體	扁桃體	手寫體	章回體	魂不附體	三位一體		

【體裁】tǐcái〔名〕文章或文學作品的表現形式。文學作品的體裁有詩歌、小說、劇本、散文等，文章的體裁有記敍文、議論文、說明文、應用文等。

【體彩】tǐcǎi〔名〕體育彩票的簡稱。經國務院授權，以籌集體育事業及其他社會公益事業發展資金為目的而發行的彩票。

【體操】tǐcāo〔名〕體育運動項目之一。比賽分男子、女子、團體、個人進行，運動員徒手或藉助器械操練或表演各種動作。

【體測】tǐcè〔動〕體能測試。指對身體運動能力進行測試。

【體察】tǐchá〔動〕體會觀察：～社情民意。

【體詞】tǐcí〔名〕語法學上名詞、代詞（一部分）、數詞、量詞的總稱（區別於"謂詞"）。

【體罰】tǐfá〔動〕用罰站、罰跪、打手心等手段加以處罰：嚴禁～學生｜～兒童是非常錯誤的行為。

【體格】tǐgé〔名〕❶ 身體的發育情況或健康狀況：～檢查｜～強壯。❷ 泛指人或動物的體形：～矮小｜狼的～和狗相似。❸ 詩文的體例格律：這組詩的～清逸。

【體會】tǐhuì ❶〔動〕體驗領會：～作者的用意。❷〔名〕體驗領會到的道理、經驗；學習的心得或收穫：談幾點～｜交流心得～｜～很多，也很深。

【體繪】tǐhuì〔動〕人體彩繪。指在人的皮膚上繪製彩色花紋和圖案。

【體積】tǐjī〔名〕物體所佔空間的大小：櫃子～太大了｜容積是指容器的內部～。

【體檢】tǐjiǎn〔動〕體格檢查：定期進行～｜～合格。

體檢的不同説法
中國大陸叫體檢或查體，台灣地區叫健檢，港澳地區則叫驗身。

【體力】tǐlì〔名〕人體活動時，肌肉、筋骨等所能付出的力量（區別於"腦力"）：～勞動｜增強～｜長跑運動員～消耗很大。

【體力勞動】tǐlì láodòng 主要靠體力進行的勞動（區別於"腦力勞動"）：經常參加～｜腦力勞動與～沒有高低貴賤之分。

【體例】tǐlì〔名〕（著作、編輯、出版等）關於編寫格式或組織形式的規則：～嚴謹｜辭書編寫～｜稿件不合本刊～。

【體諒】tǐliàng〔動〕體察其情並給予諒解：～別人的困難｜大家都應該～他。

【體療】tǐliáo〔名〕體育療法，通過體育鍛煉以增強體質，治療疾病。

【體貌】tǐmào〔名〕體態相貌：～特徵｜～端正。

【體面】tǐmiàn(-mian) ❶〔形〕（相貌或樣子）美麗；漂亮；好看：生得～｜這套家具夠～的。❷〔形〕光彩：兒子當選為傑出青年，母親也覺得～｜不～的事不要做。❸〔名〕體統；面子；身份：全然不顧～。

【體能】tǐnéng〔名〕身體運動的能力，包括耐力、速度等：～訓練｜～測試。

【體念】tǐniàn〔動〕體諒；設身處地地想到（某人或某事）：～時艱｜～災民的苦處。

【體魄】tǐpò〔名〕體質和精力：健全的精神寓於健壯的～。

【體態】tǐtài〔名〕身體的形狀或姿態：～勻稱｜～魁梧｜婀娜多姿的～。

【體壇】tǐtán〔名〕體育界：～新秀｜馳譽～。

【體貼】tǐtiē〔動〕細心體會別人的情況並給以關懷照顧：～入微｜他可會～人了｜對病人應該多～一些。

【體統】tǐtǒng〔名〕應有的體制、格局、規矩等：有失～｜成何～？

【體位】tǐwèi〔名〕醫學上指身體所保持的姿勢：～改變｜～變換。

【體味】tǐwèi〔動〕體會品味；仔細體會琢磨：反復～｜～人生的意義｜這首詩要細加～才能理解其中深意。

【體溫】tǐwēn〔名〕身體的溫度，人的正常體溫為37℃左右：～計（用來測量體溫的溫度表）｜～升高｜量一量～。

【體無完膚】tǐwúwánfū〔成〕❶ 全身沒有一塊完好的皮膚。形容渾身都是傷：被打得～。❷ 比喻責罵得（對方）很厲害；駁得（某論點）一無是處；（把文章）改動得面目全非：直罵得她～仍不肯罷休｜把"天才論"駁得～。

【體悟】tǐwù〔動〕（親身）體會領悟：經歷了那場

麼難，大夥都～了許多做人的道理。

【體惜】tǐxī〔動〕體貼愛惜：～兒女｜深感老前輩對我們的～之情。

【體系】tǐxì〔名〕若干有關事物或思想觀念互相聯繫而構成的一個整體；完整而有組織的系統：語法～｜自成一～｜初步形成了綿亙千里的防護林～。

【體現】tǐxiàn ❶〔動〕(某種事理、性質或精神)通過具體事物表現出來：選舉人的意志要在民主選舉中充分～。❷〔名〕具體的表現：運動員奮力拚搏，是體育精神的～。

【體校】tǐxiào〔名〕(所) 體育運動學校的簡稱。培養體育人才的中等專業學校。

【體形】tǐxíng ❶〔名〕(人或動物)身體的形狀：～很美｜你的～太胖，穿不了這種型號的衣服。❷(機器等)外部形狀：這部汽車的～給人一種輕便靈巧的感覺。

【體型】tǐxíng〔名〕人體的類型(主要指各部分之間的比例)：兒童的～跟成年人大不相同。

【體恤】tǐxù〔動〕體貼別人給以同情、照顧和幫助：～烈士遺孤。

【體驗】tǐyàn ❶〔動〕通過親身實踐獲得感受和認識；實地體察領會：演員～生活｜我真想到報社去～～當編輯的滋味兒。❷〔名〕通過實踐獲得的感受和認識：沒有類似的～，是很難產生共鳴的。

【體育】tǐyù〔名〕❶ 以參加運動為主要手段發展體力、增強體質的教育：～課｜～老師。❷ 指體育運動：～場｜～館｜舞蹈｜～療法｜很多人都喜歡～。

【體育場】tǐyùchǎng〔名〕(座) 供進行體育活動的場地，一般為露天場地，有的設有固定看台。

【體育館】tǐyùguǎn〔名〕(座) 供在室內進行體育活動的場所，一般設有固定看台。

【體制】tǐzhì〔名〕❶ 有關機構設置、管理權限和工作部署的制度：國家～｜政治～｜教育～｜～改革。❷ 詩文的體裁和格局：《詩經》的～以四言為主。

【體質】tǐzhì〔名〕人體的健康水平、對疾病的抵抗力和對外界變化的適應能力；身體素質：他們的～很好｜這孩子～弱，動不動就感冒｜發展體育運動，增強人民～。

【體重】tǐzhòng〔名〕身體的重量：～65公斤｜要想減輕～，就得加強鍛煉。

tì ㄊㄧˋ

剃〈鬀〉tì〔動〕用剃刀刮去頭髮、鬍鬚等：～頭｜把鬍子～光。

【剃刀】tìdāo〔名〕(把) 用來刮去頭髮、鬍鬚的刀子。

【剃度】tìdù〔動〕佛教指給要出家的人剃髮，使從

塵世中超脫，成為僧尼。

【剃光頭】tì guāngtóu ❶ 剃掉全部頭髮。❷〔慣〕比喻考試中一個未取或比賽中沒有得分。

【剃】tì // tóu〔動〕❶ 刮去頭髮，也泛指男人理髮：～匠(舊時稱理髮員)。❷ 佛教用語。剃除頭髮，為出家之相：～着染衣，持缽乞食。

【剃頭挑子——一頭熱】tìtóu tiāozi——yītóurè〔歇〕剃頭挑子是舊時理髮匠做生意時用的擔子，擔子一頭是供顧客坐的方凳，另一頭有火爐、盛熱水的銅鍋和供顧客洗頭用的銅盆等。比喻當事雙方只有一方熱情、急切，另一方冷淡：我和總務處的老師積極籌備這次游活動，可是許多家長害怕浪費學習時間，不讓學生報名，看來，我們是一了。

涕 tì〈書〉鼻液：自目曰涕，自鼻曰～。

俶 tì 見下。
另見 chù(195頁)。

倜 tì 見下。

【倜儻】tìtǎng 同"俶儻"。

倜 tì〈書〉

【倜儻】tìtǎng〔形〕〈書〉灑脫大方；豪爽；不為世俗所拘束：風流～(英俊有才，不拘禮法)｜～放蕩。也作俶儻。

涕 tì ❶ 眼淚：泣～如雨｜痛哭流～｜愴然～下。❷ 哭泣：破～為笑。❸ 鼻涕：～淚俱下。注意"涕淚"可指眼淚，如杜甫詩"劍外忽傳收薊北，初聞涕淚滿衣裳"。也可指鼻涕和眼淚，如"涕淚俱下""涕淚交流"。

辨析 涕、泗、淚 "涕"在古漢語中指眼淚，"泗"指鼻涕。後來"淚"代替了"涕"，"涕"代替了"泗"，而"泗"一般不用了。

【涕泣】tìqì〔動〕〈書〉傷心流淚；哭泣：～沾襟。

【涕泗滂沱】tìsì-pāngtuó〔成〕眼淚、鼻涕像下大雨一樣流得很多。形容哭得非常厲害：～，痛不欲生。

悌 tì〈書〉(弟弟) 敬愛和順從兄長：孝～忠信｜弟子入則孝，出則～(孝悌是古代的一種倫理道德)。

語彙 愷悌 孝悌

睇 tì〔名〕銻化氫(SbH₃)中氫原子被烴基取代的有機化合物。

逖 tì〈書〉遠；離：～～。

惕 tì 謹慎小心：警～｜～厲(警惕；危懼)｜怵～(恐懼而警惕)｜朝乾夕～(終日努力而謹慎)。

語彙 怵惕 警惕 朝乾夕惕

屜〈屉〉tì ❶ 桌子、櫃子等家具中可以拉出來推進去的匣形盛(chéng)器：

抽～｜三～桌。❷〔名〕炊具中一種可以層層套疊的蒸食物的盛（chéng）器：籠～｜～布（蒸食物時，打濕平鋪在屜上，使食物與屜不相粘的布）。❸"屜子"②：床～｜棕繩～。

語彙 抽屜 回屜 籠屜

【屜子】tìzi〔名〕❶籠屜。❷某些床或椅子的架子上可以取下的部分。❸抽屜。

替 tì ㊀〔書〕衰敗；衰落：衰～｜興～｜隆～。
㊁❶〔動〕代替；替換：你去開會兒，我來～～你｜三號上場，～下六號。❷〔介〕為着；給：～顧客着想｜小王畫張像｜看戲流淚——～古人擔憂。

[辨析] 替、為、給 三個詞作為介詞時跟名詞性詞語組合，引進動作的受益者，在這個意義上往往可以換用，如"替大眾排憂解難"也可以說"為大眾排憂解難"或"給大眾排憂解難"。然而，"給""為"有時只是引入行為的對象，各自的組合不同，因此，"為人民服務"中的"為"不能換成"替"或"給"；"給爺爺磕頭"中的"給"也不能換成"替"或"為"。

語彙 代替 倒替 頂替 交替 接替 陵替 隆替 輪替 槍替

【替班】tì//bān（～兒）〔動〕代替別人上班：小王請了假，你給他～兒。

【替補】tìbǔ ❶〔動〕替代補充：～隊員（球隊比賽時，在場外隨時準備替換場上隊員的人）｜場上隊員受傷了也得堅持，因為已沒人可以～。❷〔名〕（名）替換別人上場、填補位置空缺的人：兩個～上了場｜充當～。

【替代】tìdài〔動〕代替：我走後，由他～我的工作｜這兩種藥的功效完全相同，可以互相～。

【替換】tìhuàn〔動〕❶掉換：教練決定讓四號隊員～五號｜我就這一身衣服，沒有可～的。❷輪流；倒換：十個人分成兩組，～着幹｜每隔五分鐘～一次。

【替身】tìshēn（～兒）〔名〕❶替代別人的人，特指代人受苦受罪的人。❷（名）在影片中專門替代某演員拍攝驚險等特殊鏡頭或表演特殊技能的演員。

【替手】tìshǒu（～兒）〔名〕代替或接替別人做事的人：家中老的老小的小，也沒個～。

【替死鬼】tìsǐguǐ〔名〕比喻代人受過或受害的人：他是個～，冤呀。

【替罪羊】tìzuìyáng〔名〕（隻）《聖經·利未記》稱代人贖罪而被宰的羊為替罪羊，後用來比喻代人承擔罪責並受到懲罰的人：當了人家的～。

裼 tì〔書〕包裹嬰兒的小被：載衣之～，載弄之瓦（一條小被包身上，紡綫瓦錘給她玩）。
另見 xī（1449頁）。

綈（绨）tì 用蠶絲或人造絲做經，用棉綫做緯織成的較綢子厚實的紡織品：綫～。
另見 tí（1329頁）。

瓋（瓋）tì〔書〕❶困；病：～酒。❷滯留：隨豪強～長安。❸騷擾；糾纏：春色無端～醉翁。

薙 tì〔書〕❶除草：～草開林。❷同"剃"。

嚏 tì〔書〕打噴嚏：頻～不止。❷〔名〕嚏噴：一連打了十幾個～。

語彙 阿嚏 嚏噴

【嚏噴】tìpen〔名〕噴嚏（pēntì）。

髢 tì〔書〕❶假髮。❷同"剃"。

趯 tì ❶〔書〕趯趯，跳躍的樣子：喓喓草蟲，～～阜螽（秋來蟈蟈喓喓叫，蚱蜢蹦蹦又跳跳）。❷〔書〕趯然，飄然遠去的樣子：～然有遠舉之志。❸〔名〕漢字筆形的上挑鈎（亅）。

tiān ㄊㄧㄢ

天 tiān ❶〔名〕天空：青～｜～穹｜明朗的～｜人造衛星上～｜～蒼蒼，野茫茫，風吹草低見牛羊。❷位置在上部的；凌空架設的：～棚｜～橋｜～梯｜～綫。❸〔名〕一晝夜的時間，有時專指白天：明～。❹〔量〕用於計算天數：七～七夜。❺（～兒）〔名〕一天裏的某一段：三更～｜～不早了｜雲淡風輕近午～。❻季節：夏～｜數九寒～。❼〔名〕天氣：晴～｜連陰～｜又是一個好～｜心憂炭賤願～寒。❽自然：～災｜改～換地｜人定勝～。❾天然的；天生的：～賦｜～敵｜～火｜～性｜～塹。❿〔書〕指賴以生存的事物：民以食為～。⓫古代用來稱君主、父親或丈夫等：清風兩袖朝～去，不帶江南一寸棉｜母也～只（媽呀！天哪！）｜一女不事二～（即一女不嫁二夫，是封建禮教之一）。⓬〔名〕迷信的人指萬物的主宰；造物者：～機｜這是～意｜老～保佑。⓭〔名〕迷信的人指神靈等所住的地方：～國｜～堂｜歸～。⓮（Tiān）〔名〕姓。

語彙 變天 參天 蒼天 衝天 翻天 飛天 航天 後天 露天 青天 升天 霜天 滔天 不共戴天 叫苦連天 杞人憂天 熱火朝天 人定勝天 如日中天 無法無天 一步登天 一手遮天 坐井觀天

【天安門】Tiān'ān Mén〔名〕在北京市中心，原為明清兩代皇城的正門。始建於明永樂十五年（1417年），稱承天門。清順治八年（1651年）改為今名。1949年10月1日毛澤東主席在天安門城樓上宣告中華人民共和國成立。

【天崩地裂】tiānbēng-dìliè〔成〕天崩塌，地裂開。形容聲響強烈或變化巨大。

【天兵】tiānbīng〔名〕❶ 神話中天神的兵卒：～天將。❷ 台灣地區用詞。指軍中經常出錯的新兵，現泛指搞不清楚狀況而時常犯錯的人：他第一次當爸爸，常常忙中出錯，真是個～呢。

【天才】tiāncái〔名〕❶ 天賦的才能；超人的智慧：這孩子有幾分～｜～的軍事家。❷（位）稟賦超常的人：他是個～。

【天長地久】tiāncháng-dìjiǔ〔成〕同天地存在的時間一樣長久。形容愛情或友誼永久不變。也說地久天長。

【天車】tiānchē〔名〕（架）裝在廠房上部的高架軌道上可以移動的起重機械。也叫橋式起重機。

【天成】tiānchéng〔動〕自然形成：渾然～｜～勝境。

【天窗】tiānchuāng（～兒）〔名〕❶（扇）設在房頂上用來採光或通風的窗子：從一射進一縷陽光｜打開～說亮話。❷ 舊時的新聞檢查機關不准報紙刊登某些文字，刪除以後報紙上留下的成塊空白，或者報紙為表達某種強硬態度留下的成塊空白：今天的報紙又開～了。

【天敵】tiāndí〔名〕天然的仇敵。在自然界中，某種動物專門捕食、危害另一種動物，前者就是後者的天敵：鳥類是昆蟲的～。

【天地】tiāndì〔名〕❶ 天和地：聲震～。❷ 舊時指天地神靈：祭拜～。❸ 指自然界或人類社會：戲場小～｜農村天廣闊～。❹ 境界；境地：別有～｜沒想到事情會弄到這步～。❺ 某種事物的範圍；園地（用於報刊名稱或其中的特定欄目）：文史～｜氣象～。

【天鵝】tiān'é〔名〕（隻）鳥名，像鵝而較大，羽毛多純白色，腳黑色、有蹼，善飛。主食水生植物，也吃昆蟲、魚蝦等：小～｜白～｜癩蛤蟆想吃～肉。也叫鵠（hú）。

【天翻地覆】tiānfān-dìfù〔成〕❶ 天地轉換了位置。形容變化很大：虎踞龍盤今勝昔，～慨而慷。❷ 形容鬧得不成樣子，秩序大亂：夫妻不和，鬧得個～。以上也說地覆天翻。

【天方】Tiānfāng〔名〕中國古代稱中東一帶的阿拉伯國家為天方：《～夜譚》。

【天方夜譚】tiānfāng-yètán ❶（Tiānfāng Yètán）《一千零一夜》的舊譯。是阿拉伯古代民間故事集，故事生動有趣，富於神話色彩。❷〔成〕比喻荒誕不經的傳聞或議論：他剛才說的，簡直是～！

【天分】tiānfèn〔名〕天資：～很高｜這孩子在音樂上很有～。

【天府之國】tiānfǔzhīguó 指土地肥沃、物產富饒的地區：四川自古號稱～。

【天賦】tiānfù ❶〔動〕自然賦予；生來就有：～人權。❷〔名〕天資；資質：～很高｜他在畫畫上有～。

【天干】tiāngān〔名〕甲、乙、丙、丁、戊、己、庚、辛、壬、癸的總稱，傳統用作表示次序的符號：本書共十集，依～次序標明。也叫十天干、十干。參見"干支"（417頁）。

【天高地厚】tiāngāo-dìhòu〔成〕❶ 天多麼高，地多麼厚。形容天地廣闊。也比喻事物的複雜性和艱巨性（多用作"不知"的賓語）：幼年不知～，想起當時說過的那些話，真覺得羞愧。❷ 像天那樣高，像地那樣厚。形容恩情極為深厚：老師對我有～之恩，終生報答不盡。

【天公】tiāngōng〔名〕稱上天和自然界：～不作美，一連下了幾天雨。

【天國】tiānguó〔名〕❶ 基督教指以上帝為中心，人死後靈魂得救並可以安居的國度。❷ 比喻理想的世界。❸（Tiānguó）太平天國的簡稱。

【天河】tiānhé〔名〕銀河：牛郎追趕着織女，卻被一道～阻住。

【天花】tiānhuā（～兒）〔名〕一種急性傳染病，初起時發高熱，繼而全身起紅色丘疹，後變成膿皰，十天左右結痂，痂脫落後留下中心凹陷的疤痕就是麻子（mázi），接種牛痘可以預防。簡稱花兒，中醫叫痘瘡，也叫痘。

【天花板】tiānhuābǎn〔名〕房屋內部在屋頂或樓板下面所加的隔離層，多用木板、石膏板製成，朝下的一面有的刻有或繪有花紋圖案，故稱。

【天花亂墜】tiānhuā-luànzhuì〔成〕傳說佛祖講經感動上天，於是各色鮮花從天上紛紛落下，佛經上說"天花亂墜遍虛空"。後用"天花亂墜"形容言談（多指誇大的或不切實際的）有聲有色，非常動聽。

【天皇】tiānhuáng〔名〕❶ 天帝。❷ 天子。❸ 日本國皇帝的稱號。

【天昏地暗】tiānhūn-dì'àn〔成〕❶ 形容風沙瀰漫，天地間一片昏黑：霎時間狂風大作，直颳得～，日月無光。❷ 比喻政治腐敗或社會黑暗、混亂：軍閥混戰，打得個～。❸ 形容程度深；厲害：直哭得～。

【天機】tiānjī〔名〕❶〈書〉天賦的靈機；悟性。❷ 指神秘的天意，比喻大自然的奧秘或關鍵性的不可泄露的機密：～不可泄露。

【天際】tiānjì〔名〕天地交會處；水天相接處；天邊：～風雲，瞬息萬變｜孤帆遠影碧空盡，唯見長江～流。

【天價】tiāojià〔名〕極高的價格（跟"地價"相對）：那件古董竟然拍出幾千萬元的～。

【天驕】tiānjiāo〔名〕西漢時，匈奴自稱為天之驕子，後來歷史上某些少數民族或其君主為天驕：一代～，成吉思汗，只識彎弓射大雕。

【天經地義】tiānjīng-dìyì〔成〕原指上天的規範、大地的準則,即絕對正確、不可改變的法則;後用來指正確的、不容懷疑的道理:給國家納稅是～的事。

【天井】tiānjǐng〔名〕❶ 宅院中房子和房子(或房子和院牆)所圍成的露天空地。❷ 房頂上預留的方形缺口,有採光、透氣等作用:～溝。

【天空】tiānkōng〔名〕離地面很高的廣闊空間:～陰雲密佈|火箭升上～。

【天籟】tiānlài〔名〕〈書〉❶ 自然界的各種聲響,如風聲、鳥鳴聲、流水聲等(含讚賞意)。❷ 稱充滿自然情趣,讀來流暢和諧的詩文。

【天藍】tiānlán〔形〕像晴朗天空的顏色。

【天老爺】tiānlǎoye〔名〕迷信的人稱上天的主宰者;老天爺。

【天理】tiānlǐ〔名〕❶ 宋代理學家把封建倫理看作永恆的道德法則,稱它為天理:存～,滅人欲。❷ 天然的道理,泛指道義:～昭彰|～難容。

【天良】tiānliáng〔名〕天賦的善心;良心:～發現|喪盡～。

【天量】tiānliàng〔名〕指極高或極大的數量:那隻股票昨日創出～佳績。

【天路】tiānlù〔名〕稱內地通往青藏高原的道路。也特指青藏鐵路。青藏高原海拔高,地質環境複雜,修路難度極大,故稱。

【天倫】tiānlún〔名〕〈書〉指父母子女、兄弟姐妹等天然的親屬關係:～之樂(家人團聚的樂趣)。

【天羅地網】tiānluó-dìwǎng〔成〕天地之間都佈下羅網,比喻對敵人或逃犯等設下的嚴密的包圍圈和防範措施:佈下～|陷入～。

【天馬行空】tiānmǎ-xíngkōng〔成〕神馬在空中奔馳。比喻才華橫溢,氣勢豪放,不受約束:獨具匠心、～的舞台設計讓演出增色不少。

【天命】tiānmìng〔名〕❶ 天神的旨意;由天神主宰的人的命運:違抗～|我不信甚麼～。❷〈書〉指自然界的必然性:制～而用之。

【天幕】tiānmù〔名〕❶ 幕布似的籠罩大地的天空:火箭騰空而起,像一則利劍刺破～。❷ 舞台後面懸掛的大布幔,可配合燈光,表現天空的景象:根據這場戲的佈景設計,～上呈現一片五彩雲霞。

【天南地北】tiānnán-dìběi〔成〕❶ 形容距離遙遠:他在新疆,我在上海,～,多年未見。❷ 指相距遙遠的不同地區:同學們來自～。❸ 形容話題的範圍廣泛,沒有邊際:～地聊起來。

【天年】tiānnián〔名〕人在正常情況下能夠活到的歲數;人的自然的壽命:終其～|頤養～。

【天棚】tiānpéng〔名〕❶ 房屋內部加在屋頂或樓板下面的隔層,用木板或在木條、葦箔、秫秸上抹灰、糊紙做成,有承塵、隔音、保温、美觀等作用:～上繪有百鳥朝鳳的圖畫。❷ 涼棚。

【天平】tiānpíng〔名〕(架)根據槓桿原理製成的一種較精密的稱重量的器具。槓桿兩頭有小盤,一盤放要稱的物品,一盤放砝碼,兩邊平衡時,砝碼的重量就是所稱物品的重量。

【天氣】tiānqì〔名〕❶ 指一定時間一定區域內大氣的物理狀態及其變化情況,如温度、濕度、降水、氣壓、風、雲等情況:今天～暖和|～預報|注意～的變化。❷ 指時間:～不早,快下山吧。

【天氣預報】tiānqì yùbào 向有關地區發佈的關於未來一段時間內天氣變化情況的報告。依時間長短分,有短期預報、長期預報;依用途分,有海洋預報、航空預報、農業預報;依方法分,有數值預報、統計預報。

【天塹】tiānqiàn〔名〕(條,道)天然形成的大壕溝,深廣險要,斷絕交通;也特指長江:一橋飛架南北,～變通途。

【天橋】tiānqiáo〔名〕❶(座)為了便於行人橫過鐵路、公路、街道等而架設的橋:過街～|過鐵路出站須走～。❷ 一種體育運動設備,形如獨木橋,狹長而高,兩端有梯子供上下。❸(Tiān-qiáo)(～兒)北京市永定門內一個街區,舊時為民間藝人集中賣藝的地方。

【天橋的把勢 —— 光說不練】tiānqiáo de bǎshi —— guāngshuō bùliàn〔歇〕舊時在天橋賣藝的人,多耍嘴皮子、擺花架子,並不動真格的。比喻光停留在口頭上而不見行動:這二十幾篇談吃的文章,不過是隨便談談,想到甚麼就寫甚麼,我不是烹調專家,也只能～。

【天穹】tiānqióng〔名〕〈書〉高遠隆起的天空:曠野覺～。

【天然】tiānrán〔形〕屬性詞。自然存在的;天生的(區別於"人工""人造"):～美景|～屏障|這塊石橋是～形成的。

【天然氣】tiānránqì〔名〕產生在油田、煤田或沼澤地帶的可燃氣體,主要成分是甲烷等,可用作燃料或化工原料。

【天壤】tiānrǎng〔名〕〈書〉❶ 天地:人生～間。❷ 天上地下;比喻差距極大:～之別|相去何啻～!

【天壤之別】tiānrǎngzhībié〔成〕形容差別極大:同門弟子,成就卻有～。

【天日】tiānrì〔名〕❶ 天空和太陽,比喻光明:樹木蓊鬱,遮蔽～|重見～。❷ 一定的時間;日子:工程竣工還得些～。

【天色】tiānsè〔名〕天空的顏色,指時間早晚或天氣變化情況:～尚早|～已晚|～昏暗|看～,像是要下雪。

【天上】tiānshàng〔名〕天空中:鳥在～飛|～無雲不下雨|君不見黃河之水～來,奔流到海不復回。

【天生】tiānshēng〔形〕屬性詞。天然生成的：～麗質｜～的一對兒｜她的脾氣是～的。

【天生麗質】tiānshēng-lìzhì〔成〕天生的美麗資質。形容女子非常漂亮：～的她從小就酷愛歌舞，是個人見人愛的美人。

【天時】tiānshí〔名〕❶氣候的狀況；天氣：～轉暖。❷適宜的氣候條件：～地利｜抓緊播種，不能誤了～。❸〈書〉時機；天命：適逢～｜非唯～，抑亦人謀。❹〈書〉時候；時間：～尚早｜～已晚。

【天使】tiānshǐ〔名〕❶（位）猶太教、基督教、伊斯蘭教等宗教指神的使者。西方文學藝術中，天使形象多為帶翅膀的少女或小孩兒。常用來比喻天真可愛、能給人帶來歡樂幸福的人（多為女性或兒童）：白衣～｜這群小～給公園帶來了歡樂的氣氛。❷天子（皇帝）的使臣。

【天書】tiānshū〔名〕❶迷信的人指天上神仙寫的書或信。❷道教指天上某些類似文字的雲氣或用雲狀篆體字寫成的經文。❸比喻難認的文字、難懂的文章或難讀的書。❹天子的詔書。

【天塌地陷】tiāntā-dìxiàn〔成〕天坍塌，地凹陷。比喻出現重大災難或極為嚴重的事態。

【天壇】Tiān Tán〔名〕中國現存最大的一處壇廟建築，位於北京城內東南部，為明、清兩朝皇帝祭天祈豐收的地方。園內建築風格獨特，主要有祈年殿、圜丘、皇穹宇、回音壁等。

【天堂】tiāntáng〔名〕❶某些宗教指上帝在天上的住所，得救者的靈魂在那裏與上帝同享幸福（跟"地獄"相對）：上～，下地獄。❷比喻美妙的生活環境：人間～｜我愛你，我的故鄉，我的～。

【天體】tiāntǐ〔名〕宇宙間日月星辰等各種物質實體的統稱（包括恆星、行星、衛星、流星等）。

【天庭】tiāntíng〔名〕❶神話中稱天帝的宮廷。❷帝王的宮廷；朝廷。❸指人的兩眉之間；前額的中央：～飽滿（相士認為是有福之相）。

【天頭】tiāntóu〔名〕書頁上端空白的地方（跟"地頭"相對）：寫信不留～，看起來挺彆扭｜書的～留得比較寬。

【天王】tiānwáng〔名〕❶神話傳說稱某些天神：四大～｜托塔～。❷天子：～聖明（舊時稱頌帝王的話）。❸太平天國領袖洪秀全的稱號。

【天王老子】tiānwáng lǎozi〈口〉天王的父親。比喻至尊至貴、有無上權威的人。

【天王星】tiānwángxīng〔名〕太陽系八大行星之一，按距離太陽由近及遠的次序計為第七顆。

公轉一周的時間約84年，自轉一周的時間約17.9小時。已確認的衛星有29顆，周圍有光環。

【天網恢恢，疏而不漏】tiānwǎng-huīhuī，shū'ér bùlòu〔成〕《老子·七十三章》："天網恢恢，疏而不失。"比喻天道像寬闊的大網一樣廣大，網眼雖疏，但作惡者逃不脫天道的懲罰。後用"天網恢恢，疏而不漏"指國家法網不會漏掉一個壞人。

【天文】tiānwén〔名〕❶日月星辰等在宇宙間的分佈、運行情況和變化規律：～觀測｜～望遠鏡｜上知～，下知地理。❷天文學：潛心學習～。

【天文館】tiānwénguǎn〔名〕（座）普及天文知識的專門機構和場所：北京～。

【天文台】tiānwéntái〔名〕❶（座）從事天文觀測和研究的專門機構和處所：南京紫金山～。❷指香港氣象台或澳門氣象局。負責觀測氣象，監測天文現象，向公眾發佈天氣消息：香港～發出最新熱帶氣旋警告三號強風信號。

【天文學】tiānwénxué〔名〕研究天體的位置、分佈、運動、形態、結構和演化等的科學。實際生活中的授時、編製曆法、測定方位等都要應用天文學知識。

【天無絕人之路】tiān wú juérén zhī lù〔諺〕上天在人瀕臨絕望時，總會給出出路。指人到極為困難時終歸有辦法擺脫困境：俗話說～，總能想出辦法來。

【天下】tiānxià〔名〕❶全中國或全世界：～為公｜我們的朋友遍～。❷指國家或國家政權：～興亡，匹夫有責｜打～｜人民的～。

> **"天下"和"國""家"**
> 中國上古時代稱全中國為"天下"，是天子統治的範圍。天子把天下分封給諸侯，諸侯統治的範圍稱為"國"。諸侯又把國土分封給卿大夫，稱為"采邑"，采邑為卿大夫的統治範圍，又稱為"家"。"天下""國""家"都是指政治區域。

【天下烏鴉一般黑】tiānxià wūyā yībān hēi〔俗〕比喻世上同類的人都有相同的特點。多比喻所有的壞人都是一樣的壞：～，地上老財心發霉。

【天下無雙】tiānxià-wúshuāng〔成〕獨一無二。形容非常出色：這人的武藝～。

【天仙】tiānxiān〔名〕❶傳說中天上的仙女：～下凡｜貌似～。❷比喻美女：娶了一個～媳婦。

【天險】tiānxiǎn〔名〕天然形成的險要之地：長江～｜跨越～。

【天綫】tiānxiàn〔名〕用來發射或接收無綫電波的裝置。

【天象】tiānxiàng〔名〕❶日月星辰的分佈和運行情況；天文現象：～儀｜夜觀～。❷風、雲等的變化現象；天空的景象：～報告｜根據～物候可以預測天氣的變化。

【天曉得】tiān xiǎode〔慣〕（吳語）天知道，表示難以理解或無從辯白：他平時成績很好，高考竟沒考上，～是怎麼回事？

【天性】tiānxìng〔名〕指人先天具有或自幼形成的性情或品質：～隨和｜他有好動的～｜愛美是女孩子的～。

【天涯】tiānyá〔名〕天邊，指極其遙遠的地方：～海角｜海內存知己，～若比鄰。

【天涯海角】tiānyá-hǎijiǎo〔成〕天的一隅，海的一角。形容極遠的地方或彼此之間相隔極遠：哪怕，只要我二人意氣相通，也就跟斯守一處一樣。也說海角天涯。

【天閹】tiānyān〔名〕〈書〉男子生殖器官先天發育不全，沒有性交能力或生殖能力的現象。

【天衣無縫】tiānyī-wúfèng〔成〕神話傳說中仙人的衣服不是針綫縫製的，沒有縫兒。比喻事物（多指詩文、言論等）完美自然，沒有破綻：這番話說得～。

【天有不測風雲】tiān yǒu bùcè fēngyún〔諺〕大自然有難以預測的風雲變化。比喻人會遇到無法預料的災禍變故：～，誰知道哪塊雲彩下雨｜～，人有旦夕禍福。

【天淵】tiānyuān〔名〕〈書〉高天和深淵，比喻相距遙遠或差別極大：判若～｜一個勤奮，一個懶惰，兄弟二人真有～之別。

【天災】tiānzāi〔名〕（場）水災、旱災、風災、蟲災、地震等各種自然災害的統稱：～人禍｜戰勝～。

【天災人禍】tiānzāi-rénhuò〔成〕各種自然災害和人為的禍患：～，接踵而來。

【天葬】tiānzàng〔動〕喪葬方式的一種，將遺體運至葬場或曠野，讓雕、鷹、烏鴉等為鳥類啄食。也叫鳥葬。

【天造地設】tiānzào-dìshè〔成〕未經人工參與而自然形成。形容非常合適，十分理想：～的自然景區｜郎才女貌，真是～的一對兒｜機遇之巧，可謂～。

【天真】tiānzhēn〔形〕❶ 單純；樸實；沒有做作和虛偽：～爛漫｜露出～的微笑｜孩子們個個～可愛。❷ 頭腦簡單幼稚，容易被假象迷惑：未免太～了｜實在～得可笑。

【天真爛漫】tiānzhēn-lànmàn〔成〕純真無慮，坦率自然（多用來形容小孩兒）：～的童年生活｜他是那樣的～，篤實敦厚。

【天真無邪】tiānzhēn-wúxié〔成〕心地單純，沒有不正當的念頭（多用來形容小孩兒）。

【天之驕子】tiānzhījiāozǐ〔成〕西漢時，匈奴自稱為天之驕子，意謂匈奴為天所寵愛，所以非常強盛。後指深得寵愛、特別幸運的人。也指精英人物或有突出貢獻的成功者：這些生活優裕的～，能夠懂得那些失學孩子的痛苦嗎？

【天職】tiānzhí〔名〕分內應盡的崇高職責：為人父母應該恪盡～，把子女教育好｜教書育人是老師的～。

【天誅地滅】tiānzhū-dìmiè〔成〕天會誅殺（他），地會滅掉（他）。形容罪惡深重，為天地所不容（多用於詛咒或發誓）：誰要是有半點兒謊話，～。

【天竺】Tiānzhú〔名〕中國古代稱印度。[梵Sindhu]

【天姿】tiānzī〔名〕天生的容貌，特指美麗容貌：～秀出｜～國色。

【天資】tiānzī〔名〕先天具有的資質：～高｜～過人。

【天子】tiānzǐ〔名〕上天的兒子，指君王或皇帝（古代帝王認為君權天授，自稱是天的兒子）：貴為～｜朝見～｜一朝～一朝臣。

【天字第一號】tiānzì dìyīhào〔舊時對門類繁多的東西編排次序時，常以沒有重字的《千字文》為序，"天"字是《千字文》第一句"天地玄黃"的第一字，因此"天字第一號"就是第一類中的第一號。借指同類中最大、最強、最高的：我看他真是～的大傻瓜。

【天足】tiānzú〔名〕舊時漢族婦女多有纏足的陋習，未經纏裹的婦女的腳稱為天足。

【天作之合】tiānzuòzhīhé〔成〕上天撮合的姻緣。多用來稱姻緣美滿。

添 tiān ❶〔動〕在原有的之外，再增加：～設｜錦上～花｜～了好幾件家具｜天冷，再～件毛衣。❷〔動〕生小孩兒：～丁｜～了個胖小子。❸（Tiān）〔名〕姓。

┌─ 辨析 添、加、續、對　都有增加的意思，但適用範圍不大一樣。"添"可使數量比原來大，如上面各例。"加"還可使程度比原來高，如"給溫室加加溫""加速前進""加深理解"。"續"用於使某種狀態得以持續，如"往壺裏續水"（不使壺裏水乾或水少）、"往灶裏續柴"（使繼續燃燒）。"對"用於加進不同的東西，使二者混合，如"往酒裏對水""再對點兒白顏料，使它變成淺藍"。

語彙　加添　平添　增添

【添補】tiānbǔ(-bu)〔動〕（因有所缺少而）增添；補充：該～些衣裳了｜要上新產品，還得～些設備。

【添彩】tiān//cǎi〔動〕增添光彩：為祖國增光，為奧運～｜這項設計為首都添了彩。

【添丁】tiāndīng〔動〕指生育了男孩，泛指增加人口：～進口。

【添堵】tiāndǔ〔動〕（北京話）給人增加煩悶；讓人憋氣、不愉快：站牌上貼了亂七八糟的小廣告，真給人～。

【添加】tiānjiā〔動〕在原有的以外加上：～人

手｜～辦公用具。

【添加劑】tiānjiājì〔名〕為改善物質的某些性能而加入的化學品，如抗震劑、防腐劑、色素等：食品的～要有嚴格的科學鑒定和規管，否則對人的身體有害。

【添亂】tiān//luàn〔動〕增加麻煩；使更加難辦：要你幫忙？別｜你不會幹別插手了，只能給他們添些亂。

【添箱】tiānxiāng ❶〔動〕舊時指女子出嫁時，其親友贈送禮物、禮金等：這塊衣裳料子，給我外甥女～。❷〔名〕舊時女子出嫁時，其親友贈送的賀禮：這對兒玉鐲是姑媽給我的～。

【添油加醋】tiānyóu-jiācù〔成〕比喻敘事或轉述別人的話時，誇大事實，隨意增加許多原本沒有的內容：～，妄生事端。也說添枝加葉。

【添置】tiānzhì〔動〕在原有基礎上增添購置：～新衣服｜這套沙發，是搬家時～的。

【添磚加瓦】tiānzhuān-jiāwǎ〔成〕比喻在宏偉事業中做一些小小的貢獻：為現代化建設～。

點

點 tiān 見下。

【點鹿】tiānlù〔名〕（頭，隻）鹿的一種。毛褐色帶白斑，角的上部扁平，尾略長。

tián ㄊㄧㄢˊ

田 tián ㊀ ❶〔名〕供耕種的地（有的地區專指水田）：種～｜稻～｜在～裏勞動。❷ 可供開採某種資源的地帶：鹽～｜煤～｜油～。❸（Tián）〔名〕姓。
㊁〈書〉同“畋”：焚林而～｜以～以漁。

語彙　丹田　井田　農田　梯田　心田　園田　試驗田　滄海桑田

【田產】tiánchǎn〔名〕擁有產權的田地：有～數百畝｜變賣～。

【田塍】tiánchéng〔名〕（吳語）田埂。

【田疇】tiánchóu〔名〕〈書〉田地：～荒，倉廩虛。

【田地】tiándì〔名〕❶ 種植農作物的土地：耕種～｜人口多，～少。❷ 地步；境地：竟落到這步～！

【田賦】tiánfù〔名〕中國歷史上按田畝徵收的土地稅。

【田埂】tiángěng〔名〕（條，道）田間的埂子，有蓄水、劃分田界、便於往來行走等作用。

【田雞】tiánjī〔名〕（隻）❶ 鳥名，生活在草原或水田裏，形狀略像雞，身體小。❷ 青蛙的通稱：池塘裏～很多。

【田間】tiánjiān〔名〕❶ 田地裏：～勞動｜～管理。❷ 借指農村；鄉間：來自～的詩人。

【田徑】tiánjìng〔名〕❶ 體育運動項目的一個大類，包括跑、競走、跳躍、投擲和全能運動

等。競走和跑統稱徑賽，跳躍和投擲統稱田賽，由跑、跳、投擲的部分項目組成的項目稱為全能運動：～賽｜～隊｜～場地｜～運動員。❷〈書〉田間小路。

【田獵】tiánliè〔動〕〈書〉打獵：馳騁～。

【田螺】tiánluó〔名〕（隻）軟體動物，生活在湖泊、池塘、水田或小溪中，有圓錐形硬殼，殼上有旋紋。

【田七】tiánqī〔名〕三七。

【田頭】tiántóu〔名〕❶ 指田地裏：盡日～手把鋤。❷（～兒）指大田的兩頭兒未種莊稼的地方：把摘下的棉花堆放在～｜～地邊，種些綠豆。

【田野】tiányě〔名〕（連片的）田地和原野：廣闊的～｜綠色的～｜～工作（野外工作）。

【田園】tiányuán〔名〕❶ 田地和園圃：～將蕪胡不歸？❷ 借指農村：～風光｜～詩（以農村景物和農村生活為題材的詩）｜～生活。

【田字格】tiánzìgé〔名〕練習漢字書寫的方格紙，每格用“十”字形分成四個小方格，呈“田”字形，便於習字時掌握字形筆畫的位置。也叫田格。

佃 tián〈書〉❶ 耕種：～作。❷ 同“畋”：～獵。
另見 diàn（289頁）。

甸 tián 見下。
另見 diàn（289頁）。

【甸甸】tiántián〔擬聲〕形容車輪滾動聲：隱隱何～，俱會大道口。

沺 tián 用於地名：～涇（在江蘇）。

昀 tián〈書〉眼珠轉動看東西的樣子。

畋 tián〈書〉❶ 打獵：～獵。❷ 耕種：～爾田。

恬 tián〈書〉❶ 安適：～靜｜～淡。❷ 安然；坦然：～然｜文～武嬉（文武官員習於逸樂）。

【恬不知恥】tiánbùzhīchǐ〔成〕做了壞事還心地坦然，不感到羞恥：他貪污受賄被發現後，還～地要求別人替他說情。

【恬淡】tiándàn〔形〕〈書〉❶ 安靜閒適：～的書齋生活｜平易～。❷ 淡泊；不追求名利：天性～，不慕虛榮｜安於～，不貪富貴。

【恬靜】tiánjìng〔形〕〈書〉❶ 安穩；平靜（多用於心境、性格等）：心境～｜寡欲～。❷ 安靜；沒有吵鬧和喧嘩（多用於環境、氣氛等）：～的畫室｜林中格外～。

【恬然】tiánrán〔形〕〈書〉毫不在意的樣子：～處之｜神氣～。

【恬適】tiánshì〔形〕〈書〉安靜閒適：偶有～之時。

甜 tián〔形〕❶像糖或蜜一樣的味道（跟"苦"相對）：甘～｜香～｜這蜜棗真～。❷（粵語）引申為味道鮮美：媽媽煲的湯真～。❸比喻乖巧，使人感覺舒服：嘴～｜～言蜜語｜笑得很～。❹美滿；幸福（多用於比喻）：憶苦思～｜日子越過越～｜我們的生活比蜜～。❺舒適；愉快（多指熟睡）：睡得可～了。

語彙　甘甜　香甜　嘴甜　憶苦思甜

【甜菜】（荙菜）tiáncài〔名〕❶二年生草本植物，開綠色小花。塊根肥大，含糖質，是製糖的重要原料。❷這種植物的塊根。

【甜瓜】tiánguā〔名〕❶一年生草本植物，莖蔓生，葉心臟形，花黃色。果實長橢圓形，肉質脆嫩，味香而甜。❷這種植物的果實。以上有的地區叫香瓜。

【甜美】tiánměi〔形〕❶味道甘美（跟"苦澀"相對）：～多汁的水蜜桃。❷愉快；舒適；美滿（跟"苦澀"相對）：露出～的微笑｜睡得很～。

【甜蜜】tiánmì〔形〕甘甜如蜜，形容愉快、舒適、美滿幸福（跟"苦澀"相對）：～的日子｜生活得多麼～｜甜甜蜜蜜，相親相愛。

【甜麵醬】tiánmiànjiàng〔名〕用饅頭等發酵後製成的醬。也叫甜醬。

【甜品】tiánpǐn〔名〕港澳地區用詞。正餐後的甜食。中餐如紅豆沙、綠豆沙等，西餐如芒果班戟、焦糖布丁等。品種繁多。

【甜潤】tiánrùn〔形〕❶甜美滋潤：～的歌喉。❷清新濕潤：林中空氣～。

【甜食】tiánshí〔名〕帶甜味的食品：他愛吃～。

【甜水】tiánshuǐ〔名〕❶微帶甜味的水；不帶苦味的水（跟"苦水"相對）：～井｜這口井裏的水是苦水，不是～。❷比喻豐衣足食的幸福的生活環境（跟"苦水"相對）：我是苦水裏生，～裏長（在艱難困苦的生活環境中降生，在幸福美滿的生活環境中長大）。

【甜頭】tiántou（～兒）〔名〕❶微甜的味道；一點兒甜味（跟"苦頭"相對）：這種梨～不大。❷比喻利益或好處（跟"苦頭"相對）：嘗到了科學種田的～。

【甜言蜜語】tiányán-mìyǔ〔成〕為了討好或哄騙人而說些好聽的話。也指所說的好聽的話（多含貶義）：他為人耿直，從來不會～｜不要被他的～所迷惑。

荙 tián "荙菜"，見"甜菜"（1338頁）。

湉 tián 見下。

【湉湉】tiántián〔形〕〈書〉水流平靜的樣子。

填 tián ❶〔動〕塞滿；墊平：回～｜欲壑難～｜精衞～海｜～平了一口井｜把路面的小坑用瀝青～好。❷補充；充滿：～賠｜～

補｜義憤～膺。❸〔動〕填寫：～履歷表｜日期不要～錯了｜這一欄就不必～了。❹〈書〉形容鼓聲：～然鼓之。

【填報】tiánbào〔動〕填表上報：～高考志願｜～計劃表。

【填表】tián//biǎo〔動〕在表格的空白處寫上應寫的文字、數字等：請人代筆～｜～報名｜申請困難補助得填一張表。

【填補】tiánbǔ〔動〕❶填滿；補平：路面上坑坑窪窪，得～～。❷補足空缺或缺欠；補充：～了一項空白｜～虧空｜精神上的空虛。

【填充】tiánchōng〔動〕❶填補（空間）：～物。❷在測驗題中預留的空白部分填入相應的答案：～法｜～題。

【填詞】tián//cí〔動〕按照詞的格律作詞。唐宋人作詞，是詞寫好了才譜曲，以後形成詞牌定式。後人作詞，必須依前人定式，嚴格地按照格律選字用韻，所以叫填詞：作詩～｜填了一首詞。

【填房】tiánfáng ❶(-//-)〔動〕女子給死了妻子的男人做續娶的妻子。❷〔名〕指續娶的妻子：十多歲就給人做了～。

【填空】tián//kòng〔動〕❶填補空缺：辦公室主任退休之後，不知派誰來填這個空？❷〈口〉"填充"②：～題。

【填寫】tiánxiě〔動〕在表格、單據上的空白處，按照一定的規格要求，寫上相應的文字或數字：～科研成果申報表｜～取款單。

【填鴨】tiányā ❶〔動〕用強制肥育的方法飼養鴨子，飼料呈長條形或粥狀，定時強行填入鴨子的食道，使迅速長肥：掌握～技術｜～期間，要限制鴨子的活動。❷〔名〕（隻）用這種方法飼養的鴨子：這一百多隻～是供應烤鴨店的。

【填鴨式】tiányāshì〔形〕屬性詞。多指在教學方法上一味向學生灌輸知識而不管他們能否接受（區別於"啟發式"）：～教學。

鈿（钿）tián/diàn〈吳語〉❶硬幣：銅～。❷〔名〕貨幣：幾～（多少錢）？｜六分～。❸〔名〕做某種用途的錢：車～｜書～｜零用～。

另見 diàn（293頁）。

闐（阗）tián〈書〉❶滿：賓客～門。❷〔擬聲〕雷聲或車馬聲：轟轟～～。

tiǎn ㄊㄧㄢˇ

忝 tiǎn〈書〉〈謙〉表示（自己處於某種地位、職務）辱沒對方或他人，自己有愧：～列門牆（表示愧在師門）｜～為人師。

殄 tiǎn〈書〉消滅；滅絕；糟蹋：～滅｜暴～天物。

洝　tiǎn〈書〉污濁；渾濁：～然不鮮。

悿　tiǎn〈書〉慚愧：～墨（慚愧色變）。

睓　tiǎn〈書〉明。見於人名。

腆　tiǎn ❶〈書〉豐盛；豐厚：餚饌甚～｜承蒙～贈。❷〈書〉善；美好：辭無不～。❸〔動〕〈口〉凸出；挺起：～着肚子。

舔　tiǎn〔動〕❶用舌頭取食：～飯粒｜把掉在桌子上的芝麻～了｜把盤子～乾淨。❷用舌頭擦拭或滋潤：水牛～着自己身上的毛｜～～乾裂的嘴唇。

【舔屁股】tiǎn pìgu〔慣〕比喻不顧羞恥地諂媚討好別人。

【舔食】tiǎnshí〔動〕用舌頭取食：穿山甲～螞蟻｜野貓～貓食碗裏的剩食。

餂（餂）　tiǎn〈書〉誘取；探取：以言～之。

覥（覥）　tiǎn ❶〈書〉慚愧的樣子：～顏人世（厚着臉皮活在世上）。❷〔動〕〈口〉厚着臉皮：～着臉。

靦（靦）　tiǎn ❶〈書〉同"覥"①：～顏借命。❷同"覥"②。❸〈書〉形容人臉的樣子：～然人面。

另見 miǎn（924 頁）。

tiàn　ㄊㄧㄢˋ

捵　tiàn〔動〕❶（用細長的東西）撥動：～燈芯（把燈芯撥出一點兒，使油燈亮些）。❷（毛筆蘸墨後）在硯台上理順筆毛或舔勻墨汁（以便書寫）：飽～濃墨｜～筆舒紙。

瑱　tiàn 古代冠冕兩側垂掛的玉質裝飾品，可以用來塞耳。

另見 zhèn（1733 頁）。

tiāo　ㄊㄧㄠ

佻　tiāo 輕浮；不莊重：輕～｜～薄（輕浮淺薄）。

【佻巧】tiāoqiǎo〔形〕〈書〉❶輕浮巧詐：世俗～。❷浮華小巧：雕章琢句，失之～。

【佻㒓】tiāotà〔形〕〈書〉輕薄浮狂：～無度。

挑　tiāo ㊀〔動〕❶揀選：～好的送人｜百里～一。❷挑剔：～錯｜橫～鼻子豎～眼｜雞蛋裏～骨頭。

㊁❶〔動〕用肩膀擔起擔子：用肩～，用背扛｜能～一百斤不～九十九。❷（～兒）〔名〕挑子：挑～兒。❸（～兒）〔量〕用成挑兒的東西：一～兒菜｜兩～兒糧。

另見 tiǎo（1342 頁）。

語彙　出挑　雙肩挑　一擔挑

【挑刺兒】tiāo // cìr〔動〕故意挑剔；成心指摘（細微的缺點）：他這人一貫愛～。

【挑擔子】tiāo dànzi 比喻擔負一定的工作，承擔相應的責任：挑起抓企業管理這副擔子。

【挑肥揀瘦】tiāoféi-jiǎnshòu〔成〕形容一味地挑挑揀揀，以取得對自己有利的事物（含貶義）：他對工作從來不～。

【挑禮】tiāolǐ〔動〕在禮節的細微處挑毛病：處處小心，免得被客人～。

【挑三揀四】tiāosān-jiǎnsì〔成〕形容為取得對自己有利的事物而反復挑揀；挑剔：差不離就行了，別～的了。

【挑食】tiāoshí〔動〕對吃的東西挑剔：吃這個不吃那個：她從來不～，有甚麼就吃甚麼。

【挑剔】tiāoti〔動〕故意嚴格地在細節上找毛病：對人對事不要過分～。

【挑選】tiāoxuǎn〔動〕按一定標準從較多的人或事物中挑揀選擇：～優秀人才｜這些良種是精心～出來的。

【挑眼】tiāoyǎn〔動〕（北方官話）故意指摘毛病；成心挑剔缺點和錯處（多指在禮節方面）：樣樣都合適，誰也沒法兒～。

【挑子】tiāozi〔名〕❶（副）扁擔和它兩頭所挑的東西：行李～｜剃頭～｜這幾副～再往路邊兒放放。❷比喻擔負的責任：生產任務這麼緊，隊長可不能撂～。

【挑字眼兒】tiāo zìyǎnr 從字、詞、句裏挑毛病：愛轉文的人最愛～了。

祧　tiāo〈書〉❶祭祀遠祖的廟。❷帝王把五代以上的祖宗牌位遷入遠祖的廟：已～之主｜不～之祖（始祖之神主永遠不遷為"不祧"。比喻創立某種事業，永遠受到尊崇的人）。❸承繼為後嗣；繼承上代：承～｜兼～兩姓。

tiáo　ㄊㄧㄠˊ

峜　tiáo〈書〉高的樣子：狀亭亭以～～。

【峜嶢】tiáoyáo〔形〕〈書〉山勢很高的樣子：登～之高山。

苕　tiáo ❶古指凌霄花，落葉藤本植物，開紅花，供觀賞。也叫紫葳。❷〈書〉蘆葦的花穗：風至～折。❸（Tiáo）〔名〕姓。

另見 sháo（1184 頁）。

【苕子】tiáozi〔名〕一年生或二年生草本植物，莖細長，花紫色，是一種綠肥和飼料作物。

迢　tiáo 遠：～遠。

【迢迢】tiáotiáo〔形〕❶形容路途遙遠：～千里。❷〈書〉形容時間久遠：一夢～五十秋，鐵硯磨白少年頭。

笤 tiáo 見下。

【笤帚】tiáozhou〔名〕(把)一種用去粒後的高粱穗、黍子穗、蘆葦花穗或棕毛等綁紮成的清掃塵土、垃圾等的用具：掃炕～｜拿～把地掃掃。

條（条）tiáo ❶(～兒)樹木的細長枝：枝～｜柳～兒。❷(～兒)狹長的東西：麪～兒｜鏈～｜油～｜布～。❸(～兒)〔名〕細長的形狀：～案｜～紋兒布｜～絨(燈芯絨)。❹(～兒)〔名〕單頁的憑證或書信：欠～｜收～兒｜便～兒｜他不在家，有事就留個～兒吧。❺分條説明的文字：條文～：教～｜戒～｜信～。❻條理；秩序：有～不紊｜井井有～｜同～共貫。❼條款；分項：～陳｜～令｜～規｜～縷析。❽〔量〕用於長條形的事物：一～河｜兩～路｜三～槍｜四～狗｜五～毛巾｜六～香煙(每條十盒)。❾〔量〕用於跟人有關的：一～人命｜四～漢子｜全世界人民一～心。❿〔量〕用於某些抽象事物：一～妙計｜兩～理由｜三～罪狀｜四～措施｜五～意見。⓫(Tiáo)〔名〕姓。

> **語彙** 便條　車條　發條　粉條　封條　假條　教條
> 戒條　借條　金條　荊條　肋條　鏈條　柳條　麪條
> 苗條　收條　天條　通條　綫條　蕭條　信條　油條
> 枝條　赤條條

【條案】tiáo'àn〔名〕一種狹長而高的桌子，常靠牆放置，多用於擺放陳設品：～上放着官窰五彩瓶、景泰藍。也叫條几。

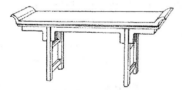

【條陳】tiáochén ❶〔動〕分條陳述：～利害｜～時事。❷〔名〕分條陳述意見的呈文或意見書：上～｜批～｜擬具有關教育督導的～。

【條分縷析】tiáofēn-lǚxī〔成〕一條一條、一項一項地加以分析。形容分析得周到、細緻而有條理：對問題～，使讀者清楚明白。

【條幅】tiáofú〔名〕❶長幅形的直幅書畫，單幅的稱單條，多幅而成組的(如四幅)稱屏條：牆上掛着一軸山水～。❷上面有標語口號、廣告文字的長條形直幅：百貨大樓正面掛滿了彩色～。

【條几】tiáojī〔名〕條案。

【條件】tiáojiàn〔名〕❶事物發生、存在和發展應具備的因素：氣候～｜提供了有利～。❷情況；狀況：生活～越來越好｜已具備了當運

動員的身體～｜這所大學～好，師資力量強。❸為某種目的而提出的要求或標準：你提的三個～我全答應｜參加空軍的幾項～，他都符合。

【條件反射】tiáojiàn fǎnshè 生理學上指有機體因信號的刺激而發生的反應。如先搖鈴後給狗餵食，多次反復習以為常，狗一聽到鈴聲，不管有無食物餵牠，牠都會分泌唾液。

【條塊】tiáokuài〔名〕指以部門、行業為範圍的縱向管理系統和以地區為範圍的橫向管理系統；也指跨地區的行業領導關係和跨行業的地區領導關係：正確處理～關係｜打破～分割的流通體制。

【條款】tiáokuǎn〔名〕(項)法令、條約或契約上的條目：這些～規定了雙方的權利和義務。

【條理】tiáolǐ〔名〕層次；秩序：她説話很有～｜文章～分明｜工作安排缺乏～。

【條例】tiáolì〔名〕(項)國家機關制定或批准的具有法律效力的某種規定，也指團體訂立的規定：組織～｜獎懲～｜治安管理～。

【條令】tiáolìng〔名〕(項)用簡明條文規定的某一方面的行動準則(多用於軍隊)：戰鬥～｜內務～｜紀律～。

【條碼】tiáomǎ〔名〕條形碼的簡稱。

【條目】tiáomù〔名〕❶法令、規章或條約等的項目：按有關～，追究其責任｜若干～尚有待修改。❷按內容分的細目，特指詞典的詞條：～不宜分得太細｜單字～按拼音字母次序排列。

【條條】tiáotiáo ❶〔名〕比喻以部門、行業為範圍的上下縱向管理系統；多指中央各部、委等國家機關的垂直領導及其所屬的全國各地的分支機構(區別於"塊塊")。❷(有關法令或規定中的)條文：～上沒有的，只要對人民有利，也應積極去做。❸(有關理論或知識的)要點：光記住一些～而不聯繫實際是不行的。

【條條槓槓】tiáotiáo-gànggàng〔成〕指比較具體的、很難變通的各種規章和標準：收費部門幾乎都能找出書面的～，無論是地方性的還是全國性的。

【條條塊塊】tiáotiáo-kuàikuài〔成〕指複雜的條塊機構：實行經濟自主，改變以前那種對～的依附關係。

【條條框框】tiáotiáo-kuàngkuàng〔成〕指對事物起限制或束縛作用的規章制度、思想方法等(多含貶義)：不要為～所束縛｜思想上～太多，不利於開放搞活｜打破～，闖出新的路子。

【條文】tiáowén〔名〕規章等分條闡述的文字：法律～。

【條紋】tiáowén〔名〕(道)呈條狀的花紋或紋路：斑馬身上有黑白相間的～｜被單兒上的～粗細不一。

【條形碼】tiáoxíngmǎ〔名〕商品的代碼標記，印在

外包裝上用來記錄物品的種類、規格、產期、價格等。是按照一定規律排列的由粗細相間的黑白綫條組成的信息代碼，能方便地用儀器識別。簡稱條碼。

條形碼 條形碼包含着大量信息，以13位數的商品條碼為例，1~3位代表國家，4~8位是廠商代碼，9~12位是廠內商品代碼，第13位是校驗碼。條形碼有如商品的"身份證"，沒有它，商品在國內外市場上銷售就有困難。條形碼採用光電掃描設備進行自動識讀，可快速、準確地將所需處理的信息數據送入計算機，從而可以在許多領域達到信息處理完全自動化。

【條約】tiáoyuē〔名〕(項)國與國之間簽訂的關於政治、經濟、文化、軍事等方面的權利和義務的各種文書：和平友好～｜通商航海～｜不平等～。

【條子】tiáozi〔名〕❶ 長而窄的東西：紙～｜布～。❷(張)便條：有人遞來一張～來，說會場後面聽不清楚。❸(張)紙條憑證：白～(不合財務規範的單據憑證)。❹ 舊時以字條召喚妓女，故稱妓女為條子。❺ 細長的花紋：～布｜藍～綢襯衣。❻(吳語)金條。

蓨 Tiáo 古地名。在今河北景縣一帶。

蜩 tiáo〈書〉蟬的別名：五月鳴～。

髫 tiáo〈書〉小孩兒垂着的短髮：～齡｜黃髮垂～(指老人和小孩兒)。

【髫齡】tiáolíng〔名〕〈書〉童年。

【髫年】tiáonián〔名〕〈書〉童年。

調(调) tiáo ㊀❶ 配合得均勻和諧：協～｜失～｜風～雨順｜琴瑟不～。❷〔動〕使配合得均勻和諧：～色｜～酒｜～琴弦｜眾口難～｜味道～得很可口。❸ 調解：～和｜～協｜～處。❹〔動〕調整：～工資｜～價｜～房子。
㊁❶ 戲弄；挑逗：～侃｜～戲｜～情｜～笑。❷ 挑撥：～嘴學舌｜～三窩四(搬弄是非，挑撥離間)。
另見 diào(297頁)。

語彙　排調　烹調　失調　協調　眾口難調

【調幅】tiáofú ❶〔動〕指在載波頻率不變的情況下，載波的振幅按照所要傳送信號的變化規律而有所變化；也指載波的波幅依輸入信號而變化的一種調變方法：～器(實現調幅的裝置)｜～波(載波經調幅後所形成的波)。❷〔名〕調整的幅度：油價～不大。

【調羹】tiáogēng〔名〕(把)羹匙；匙子。

【調和】tiáohé ❶〔動〕摻和並攪拌：～顏料。

❷〔形〕配合得均勻和諧：陰陽～｜色彩～｜這兩種聲音很不～。❸〔動〕居中排解糾紛，使矛盾雙方重新和好：這家婆媳不和，請鄰居從中～一下。❹〔動〕妥協；讓步(多用於否定式)：不可～的矛盾｜這場論爭沒有～的餘地。

【調級】tiáo // jí〔動〕調整(主要指提高)級別或等級：這次～涉及面兒很大｜他的工資連調了兩級。

【調劑】tiáojì ㊀〔動〕配製藥劑：～師｜藥物～。㊁〔動〕對忙與閒、多與少、有與無等進行適當調節使達到合適的程度：～一下勞逸不均的現象｜搞點文娛活動，～～生活｜～餘缺。

【調價】tiáo // jià〔動〕調整(主要指提高)商品價格：通過糧食～，調動起農民種糧的積極性｜商品調了價，市場情況良好。

【調教】tiáojiào〔動〕❶ 調理教育：孩子～得很有禮貌｜對自己的下一代要好好～。❷ 設法訓練(動物)：馴獸員把老虎、獅子～得也能表演節目。

【調節】tiáojié〔動〕調整和控制(事物的數量或程度)，使符合要求：～空氣｜～室溫｜市場～｜讓腦力勞動和體力勞動得到適當～。

【調解】tiáojiě〔動〕勸說使消除糾紛：～紛爭｜充當～人｜經過～，他們重新和好了。

【調解員】tiáojiěyuán〔名〕(位，名)擔任調解工作的人員：義務～｜專職～。

【調侃】tiáokǎn〔動〕用詼諧幽默的話戲弄譏笑：喜歡～別人｜相互～。

【調控】tiáokòng〔動〕調節控制：自動～裝置｜市場｜宏觀～已見成效。

【調理】tiáolǐ (-li)〔動〕❶ 調養：病後更需注意～。❷ 照料；管理：老太太把全家的生活～得很好。❸ 管教；訓練：～孩子。❹ 整理：～思路。

【調料】tiáoliào〔名〕"作料"①。

【調配】tiáopèi〔動〕調和配製：～顏色｜照藥方～藥劑｜要～好學生食堂的伙食。
另見 diàopèi(298頁)。

【調皮】tiáopí〔形〕❶ 頑皮；狡黠：這孩子可～了｜她～地眨了眨眼。❷ 不馴順；難對付：再～的牲口到他手裏也變得老實了。❸ 指偷懶取巧，不認真、不老實：科學是老老實實的學問，來不得半點投機與～。

【調頻】tiáopín〔動〕❶ 調整交流發電機或電力系統的功率輸出，使頻率變化保持在一定範圍內，以保證用電設備工作正常。❷ 保持載波的振幅不變而使其瞬時頻率規律變化：～器。

【調情】tiáoqíng〔動〕男女間進行挑逗、戲謔，傳達情感：小夥子向姑娘～。

【調試】tiáoshì〔動〕在機械、儀器等啟用之前進行試驗性操作，檢測並調整其性能：～合格，可以投入生產｜新生產綫還處於～階段｜公司派專人上門安裝～空調器。

【調適】tiáoshì〔動〕調整使適應：自我～｜心理～｜～心態。

【調速】tiáosù〔動〕調整速度：～器｜智能～。

【調唆】tiáosuō(-suo)〔動〕挑撥教唆；唆使：不要聽壞人～｜婆媳不和，有人～。

【調停】tiáotíng(-ting)〔動〕調解糾紛，使雙方停止衝突或爭端：經使居中～，雙方終於實現停火｜他很善於做～工作。

【調味】tiáo // wèi〔動〕把作料拌在食物中使滋味可口：～品｜放些醋蒜，可以～。

【調戲】tiáoxì(-xi)〔動〕用輕佻的言語或舉動戲弄（女子）：不准～婦女！

【調笑】tiáoxiào〔動〕開玩笑；挑逗嘲笑。

【調諧】tiáoxié ❶〔形〕諧調：顏色十分～。❷〔動〕調節可變電容器或綫圈等，使接收電路的頻率與外加信號的頻率一致。

【調養】tiáoyǎng〔動〕調節飲食作息，注意保養身體，以逐步恢復健康：他很注意～｜由於～得好，爺爺三四年了沒再犯病。

【調整】tiáozhěng〔動〕根據客觀情況和要求，對原有狀態做適當的改變，使正常或更好地發揮作用：～物價｜～供求關係｜領導班子今年要～｜退休後～好心態。

辨析 調整、調節　都可以指使均匀、平衡，適合要求。"調節"使用的範圍較窄，着重指控制，在一定數量或程度範圍內調整，如"調節水温""調節神經""調節緊張的氣氛"。"調整"使用的範圍較廣，指重新裝頓、整理，使合理、平衡、不混亂，如"調整計劃""調整工作""人員調整""調整時間""調整物價"。

【調制】tiáozhì〔動〕使電磁波的振幅、頻率等參數隨着需要傳遞的信號的變化而變化。

【調製】tiáozhì〔動〕調配製作：～藥劑｜～雞尾酒。

【調資】tiáo // zī〔動〕調整工資（多指提高工資）：大規模～，提高了百姓生活。

【調嘴學舌】tiáozuǐ-xuéshé〔成〕耍嘴皮子，到處傳話。指在背地裏說長道短，搬弄是非：這個人一貫愛～，弄得鄰里不和。

齠（齠）tiáo〈書〉兒童換牙：～年（童年）｜～容（童顏）｜～齔（垂髫換牙之時，指童年）。

鰷（鰷）tiáo 見下。

【鰷魚】tiáoyú〔名〕鰲（cān）鰷。

tiǎo　ㄊㄧㄠˇ

挑 tiǎo ❶〔動〕用細長物的一端向上支起或舉起（東西）：竹竿上～着一掛鞭炮｜～起一

面白旗｜用樹枝把蚯蚓～起來。❷〔動〕用細長或尖的東西向外、向上撥：～燈芯兒｜把肉裏刺用針～出來。❸〔動〕比喻公開提出：這事一直瞞着你，現在也該對你～明瞭。❹〈書〉挑逗；引誘：以琴心～之。❺〔動〕〈口〉挑撥：那倆人打架，全是他～起來的｜別～事了。❻〔動〕刺繡方法，挑花：在桌布上～字。❼〔名〕漢字的筆畫，即提（tí）。

另見 tiāo（1339 頁）。

【挑撥】tiǎobō〔動〕從中搬弄是非，以引起糾紛：～離間｜不要聽外人～。

【挑撥離間】tiǎobō-líjiàn〔成〕搬弄是非，挑起矛盾或爭端，使不團結。

【挑大樑】tiǎo dàliáng〔慣〕比喻在工作中承擔主要或重大的責任或任務：他是那個工區～的人｜讓青年科研人員～。

【挑動】tiǎodòng〔動〕❶激發；引起：這句話～起我的好奇心。❷挑撥煽動：～內戰｜～工人罷工。

【挑逗】tiǎodòu〔動〕用言語或行動撩撥或逗引對方（使做出某種反應）：他既然戒了煙，就別再拿煙～他。

【挑花】tiǎohuā（～兒）〔動〕在棉布或麻布的經緯綫上用彩綫挑出很多小十字，組成裝飾性圖案，多挑在枕頭、桌布、童裝、鞋面上。

【挑明】tiǎomíng〔動〕揭明真相；說穿：在老人面前，倆人～了關係｜把事情～了說更痛快。

【挑弄】tiǎonòng〔動〕❶挑逗戲弄。❷挑撥：～是非｜～敵對情緒。

【挑起】tiǎoqǐ〔動〕❶扛起：～大旗。❷經挑撥而產生：～糾紛｜～事端。

【挑唆】tiǎosuō(-suo)〔動〕挑撥教唆，使跟別人鬧糾紛：～兩家不和｜警惕壞人～｜你是聽了誰的～，跑來吵鬧的？

【挑頭】tiǎo // tóu（～兒）〔動〕帶頭；鬧事：這事最好有人出來挑頭。

【挑釁】tiǎoxìn〔動〕故意挑起事端，擴大事態，以引起衝突或戰爭：多次～｜不斷～｜對敵人的～，一定要堅決還擊！

【挑戰】tiǎozhàn ❶〔動〕故意激怒或逗引敵人出來打仗。❷〔動〕挑動對方跟自己競賽：～書｜生產班組間相互～應戰。❸〔名〕需要認真應對的局勢或難題：迎接高新技術的～｜希望與困難並存，機遇與～同在。

朓 tiǎo〈書〉農曆的月底，月亮出現於西方。

窕 tiǎo 見"窈窕"（1575 頁）。

斢 tiǎo〔動〕（西南官話）掉換：你跟他～一下位子，讓他坐到前排。

嬥 tiǎo〈書〉身材勻稱美好。

tiào ㄊㄧㄠˋ

眺〈覜〉 tiào 遠望：憑～｜～望｜遠～。

語彙 環眺　憑眺　遠眺

【眺望】tiàowàng〔動〕（從高處）往遠處看：在電視塔頂～城區。

跳 tiào〔動〕❶ 腿和腳用力使身體向上或向前躍起：～得很高｜草叢裏～出一隻兔子｜向水中～去｜一下車就跑。❷ 物體向上彈起：皮球沒了氣兒，～不起來了。❸ 一起一伏地動：心怦怦地～着｜眼皮～了幾下｜蠟燭的火焰不住地～。❹ 超越；越過：從一年級～到三年級｜工資～了一級。❺ 比喻鬧騰：別看他現在～得歡，總有一天要跌跤。

> **[辨析] 跳、蹦** a）兩個詞常對舉，如"連蹦帶跳""歡蹦亂跳""蹦蹦跳跳"；對舉時沒有明顯的區別（有人認為，"蹦"指兩腳併攏着跳）。b）單獨用"蹦"的地方，也可以換用"跳"（除去"蹦蹦兒戲"），如"一蹦三尺高"也可以說"一跳三尺高"。c）用"跳"組成的詞及在某些有關的句子中用"跳"的地方，一般都不能用"蹦"替換，如"跳高""跳舞"不能說"蹦高""蹦舞"；"探戈舞我不會跳""他在運動會上跳出好成績"，也不能說"探戈舞我不會蹦""他在運動會上蹦出好成績"。

語彙 起跳　心跳　眼跳　三級跳　歡蹦亂跳　心驚肉跳

【跳班】tiào // bān〔動〕"跳級"①：～生｜他已經跳過兩次班了。

【跳板】tiàobǎn〔名〕❶（塊）供人們上下車船或過溝坎時踩踏的長板：開船了，撤去～。❷ 比喻能起溝通作用的事物或過渡的工具、途徑：經濟特區起到了引進技術和出口產品的～作用。❸（塊）跳水或跳遠運動中幫助起跳的踏板：～跳水｜三米～。

【跳表】tiàobiǎo〔動〕儀表上的數字隨着使用而不斷變動。

【跳槽】tiàocáo〔動〕❶ 牲口離開原來所在的槽頭到別的槽頭去吃食。❷ 指男女在情愛方面見異思遷。❸ 比喻人改變職業或變換工作單位：她原來教書，如今～到出版社來了。

【跳動】tiàodòng〔動〕一起一伏地動：脈搏～得快了。

【跳高】tiàogāo（～兒）〔名〕田賽項目之一，通常指急行跳高，即運動員按照規則經過助跑後跳過橫杆，以跳過的高度決定名次。過杆兒姿勢有跨越式、剪式、俯臥式等，現在多用背越式。

【跳行】tiào // háng〔動〕❶ 閱讀或抄寫時漏掉一行；串行：字太密，讀着很容易～。❷ 另起一行；提行：到這裏是一個自然段，再往下抄別忘了～。❸ 改行：他一直當理髮員，從沒跳過行。

【跳級】tiào // jí〔動〕❶ 學生越過應該升至的年級，一次升兩級或更多：～生｜跳了一級。也說跳班。❷ 職務或工資一次提升兩級或更多：他見義勇為，表現突出，應該給予～提升。

【跳加官】tiào jiāguān 舊時戲曲開場或在演出中加演的舞蹈節目，常由演員一人戴面具（即"加官臉"），穿紅袍，手持寫有"天官賜福""指日高升"等吉祥話的條幅，迴旋舞蹈，向觀眾表示慶賀或祝福。

【跳腳】tiào // jiǎo〔動〕因發怒或急躁而跺腳：船都快開了他還沒來，父親急得直～。

【跳樑】tiàoliáng〔動〕跳躍。多比喻強橫、跋扈：～小丑。也作跳踉。

【跳樑小丑】tiàoliáng-xiǎochǒu〔成〕跳跳蹦蹦、嬉笑取鬧的角色。比喻上躥下跳、行為猖獗、乘機搗亂的卑劣小人：那些人不過是～，不值一提｜這個～終於落得個可恥下場。

【跳踉】tiàoliáng 同"跳樑"。

【跳馬】tiàomǎ〔名〕❶ 滿族傳統體育項目之一，在賽馬飛速奔馳時，騎手以敏捷、驚險的動作急速躍上馬身。❷ 體操項目之一，運動員通過助跑、踏跳，用手支撐跳馬的背，做騰越、轉體、空翻等動作後落地站穩。❸ 體操器械之一，木製，蒙以皮革或帆布，腿高低可根據需要調節。

【跳棋】tiàoqí〔名〕（盤）一種棋類遊戲。棋子分六種顏色，每種十枚，棋盤呈六角星形，上面畫滿三角形的小格。下棋時各自挑一種顏色的棋子碼放在一個犄角上，然後根據規則，或移動或跳躍，以最先把己方的十枚棋子全部走進對面犄角者為勝。

【跳傘】tiào // sǎn〔動〕利用降落傘從飛機、氫氣球或跳傘塔上跳下來：～塔｜～運動。

【跳神】tiào // shén〔動〕❶（～兒）女巫或巫師作法，假裝鬼神附體，胡說亂舞。民間以為能驅鬼治病。也叫跳大神。❷ 藏傳佛教習俗，於每年宗教節日裏，由喇嘛裝扮成神佛鬼怪等，誦經跳舞，以"驅祟壓邪"。也叫打鬼、跳布扎（布扎，藏語，惡鬼）。

【跳繩】tiàoshéng〔名〕❶ 民間體育活動項目，握住繩子的兩端，把繩子掄成圓圈兒，人趁繩子近地時跳過去。可以由自己掄繩自己跳，也可以由兩人掄繩多人跳。❷（根）跳繩活動用的繩子。

【跳水】tiàoshuǐ ❶〔名〕水上運動項目之一。運動員從一定高度的跳台或跳板上跳入水中，並在空中做出規定的和自選的有難度的動作。❷〔動〕投入水中自殺：有人～啦！❸〔動〕比喻證券價格、指數等急速而幅度較大地下跌。

【跳台】tiàotái〔名〕(座)設置在跳水池旁供跳水用的平台。高度一般分 5 米、7.5 米和 10 米。

【跳舞】tiào // wǔ〔動〕❶表演舞蹈：歡迎小朋友給叔叔阿姨跳個舞。❷特指跳交際舞。

【跳箱】tiàoxiāng〔名〕❶體操項目之一，運動員以種種姿勢跳過跳箱並站穩。❷體操器械之一，形狀像長方體的箱子，由幾層組成，高低可以調節，最上面的一層箱面上蒙以皮革或帆布。

【跳遠】tiàoyuǎn(～兒)〔名〕田賽項目之一，通常指急行跳遠，即運動員按照規則經過助跑，單足起跳，騰身向前，雙足同時躍進沙坑。另外還有立定跳遠。

【跳月】tiàoyuè〔名〕苗、彝等族的一種文娛活動，在每年的初春或暮春，未婚的男女青年聚集野外，在月光下載歌載舞。通過跳月，相愛的男女有望結為夫妻。

【跳躍】tiàoyuè〔動〕❶向上向前跳：～前進｜小狗～着來到我身邊。❷跳動：蠟燭的火焰歡快地～着。❸跳着越過；跨越：詩歌由新婚場景的描寫一下子～到戰亂的詛咒。

【跳蚤】tiàozao〔名〕(隻)昆蟲，身體小，腳長，善於跳躍，寄生在人或動物身上，吸吮血液，能傳播鼠疫、斑疹傷寒等疾病。也叫虼蚤(gèzao)。

【跳蚤市場】tiàozao shìchǎng 一種露天零售市場。主要出售日用商品、小工藝製品、舊書、珠寶、小古董等。由於攤位不固定，出售的大多是價格低廉而可自由浮動的小商品，故稱。

【跳閘】tiào // zhá〔動〕電閘因超負荷用電等原因而斷路，這種現象叫跳閘：一晚上跳兩次閘。

糶(糶) tiào〔動〕賣出糧食(跟"糴"相對)：～米｜～糧｜平～(平價售糧)。

tiē ㄊㄧㄝ

帖 tiē ❶服從；順從：伏～｜服服～～。❷妥當；平穩：妥～｜寧～｜熨(yù)～。❸(Tiē)〔名〕姓。

另見 tiě(1345 頁)；tiè(1346 頁)。

【帖服】tiēfú〔形〕〈書〉服帖；順從：眾皆～｜遠近～｜無不～。

帖 〈書〉❶平息；平定(叛亂)。❷妥帖：百姓安～。

萜 tiē〔名〕有機化合物的一類，大多是植物芳香油的香精成分。[英 terpenes]

貼(貼) tiē ㊀❶〔動〕黏附(跟"揭"相對)：剪～｜～對聯兒｜相片～在右上角｜把挑戰書～出去。❷〔動〕緊挨；靠近：這件衣服～身｜蜻蜓～着水面飛過去。❸〔動〕貼補：倒～我一百塊，我也不去捧他的場。❹貼補的費用：車～｜飯～｜房～。❺〔量〕膏藥一張叫一貼：兩～膏藥。

㊁同"帖"①②。

【貼邊】tiēbiān ㊀〔名〕加在衣服裏子邊緣上的窄條兒：衣服改長後，還得加個～。㊁(～兒)〔形〕接近事實或情理；挨邊：談了半天，都不～兒。

【貼標籤】tiē biāoqiān(～兒)❶將標明物品名稱、產地、價格等的小紙片貼在物品上：明碼標價，貨物都要貼上標籤。❷〔慣〕比喻加上明顯的標誌：壞人的臉上又沒～兒，誰能一下子認出來？❸〔慣〕比喻評論人或事物不從實際情況出發，簡單籠統地套用某種現成的名目：評價作品，不能～。

【貼餅子】tiēbǐngzi❶〔名〕貼在熱鍋周圍蒸烤熟的一面焦的長圓形玉米麵或小米麵厚餅：～、小米粥，請外國朋友嘗嘗我們這農家飯吧。❷(-//-)〔動〕把和好的玉米麵或小米麵拍成長圓形厚餅，貼在熱鍋上蒸烤熟：貼了一鍋餅子。

【貼補】tiēbǔ(-bu)〔動〕❶(對親戚或朋友)從經濟上幫助：寄錢～家用｜上大學的弟弟。❷用積存的財物彌補欠缺：入不敷出的部分只好靠以前的一點存款～了｜家裏還有塊這個顏色的布料，可以～着用。

【貼畫】tiēhuà〔名〕用來貼在其他物體上的畫兒：紙～｜手機～。

【貼換】tiēhuàn(-huan)〔動〕拿用舊了的器物向商販換取新的同樣的器物，同時付給一些錢做貼補：有塑料水桶～嗎？

【貼己】tiējǐ❶〔形〕親密；貼心：身邊有幾個人｜說～話。❷〔名〕(北方官話)家庭成員個人私下積蓄的財物：～錢｜她有不少～。

【貼金】tiējīn〔動〕❶把金箔貼在神佛塑像上。❷比喻誇飾、美化自己或別人：別往我臉上～。

【貼近】tiējìn❶〔動〕挨近；靠近：～生活｜～時代｜他把耳朵～房門，辨別着屋外的動靜。❷〔形〕親近：她一直是我很～的朋友。

【貼面】tiēmiàn〔名〕(用塑料、瓷磚、金屬等)貼附在建築物表面起裝飾作用的表層：洗手間用瓷磚做～。

【貼牌】tiēpái〔動〕指定牌合作生產，即某廠家委託其他廠家生產本廠的同類產品並貼上本廠的商標，產品也由本廠收購。

【貼切】tiēqiè〔形〕恰當；妥帖：措辭～｜～而生動的比喻。

【貼身】tiēshēn〔形〕❶（～兒）屬性詞。緊挨着軀體的：～內衣｜化纖料子的襯衫不宜～兒穿。❷合身：這套衣服不太～。❸屬性詞。經常隨從在身邊的：～丫頭｜～衛士。

【貼士】tiēshì〔名〕提示；小竅門：環保小～｜旅遊小～。[英 tips]

【貼息】tiēxī ❶〔動〕用證券、期票等掉換現款付出利息。❷〔名〕用證券、期票換現款時付出的利息。

【貼現】tiēxiàn ❶〔動〕持票人拿着沒有到期的票據到銀行要求兌現或作為支付手段時，銀行扣除自交付日至到期日的利息後，以票面餘額付給持票人。❷〔名〕貼現的金額。

【貼心】tiēxīn〔形〕親密；知己：～人｜～朋友｜他們倆可～了。

tiě　ㄊㄧㄝˇ

帖 tiě ❶古代指公文；官府文書：昨夜見軍～，可汗大點兵。❷邀請客人的書面通知：請～｜下～。❸舊時指寫着某人姓名、年齡、家世、籍貫等的紅紙片：庚～｜換～。❹（～兒）寫着簡短字句的小紙片兒：字～兒｜謝～｜回～。❺〔量〕（吳語、西南官話）用於配合起來的若干味湯藥：一～中藥｜吃完三～後再來復診。

另見 tiē（1344 頁）；tiè（1346 頁）。

語彙　稟帖　發帖　房帖　跟帖　庚帖　黑帖　換帖　回帖　柬帖　請帖　下帖　謝帖　字帖　八字帖　無名帖

【帖子】tiězi〔名〕❶招貼：牆上貼着一張招租的～。❷"帖"②：下～。❸"帖"③：他們是換～的兄弟。❹在互聯網電子公告欄、聊天室等處自由發表的、表達個人觀點的文字：發～｜跟～｜回～｜這個～很快引起了網友的關注。

鐵（铁）tiě ❶〔名〕一種金屬元素，符號 Fe，原子序數 26。灰色或銀白色，能延展，有磁性，易生鏽，用途極廣，是煉鋼的主要原料，也是生物體中不可缺少的物質：趁熱打～｜砸鍋賣～。❷指刀、槍等兵器：手無寸～｜人無尺～。❸〔形〕形容堅硬；堅強；牢固：～人｜～腕｜～掃帚｜銅牆～壁｜～哥們兒（關係像鐵一樣牢固的朋友）｜關係很～。❹形容精銳或強暴：～騎｜～蹄。❺〔形〕形容確定不移：～證｜～的紀律｜～的事實｜～了心。❻（Tiě）〔名〕姓。

語彙　白鐵　磁鐵　地鐵　鋼鐵　生鐵　洋鐵　趁熱打鐵　手無寸鐵　砸鍋賣鐵　斬釘截鐵

【鐵案】tiě'àn〔名〕證據確鑿，不能推翻的案件或結論：～如山｜這是～，推翻不了。

【鐵板】tiěbǎn ❶〔名〕（塊）熟鐵壓成的板狀材料：～釘鋼釘，硬到家啦！❷〔動〕鐵青地板着（臉）：他老～着個臉幹甚麼？

【鐵板釘釘】tiěbǎn-dìngdīng〔成〕❶比喻事情已經確定，不容改變：事實俱在，～。❷形容性格剛強，辦事果斷堅決：我們班長可是個～、敢於碰硬的漢子。

【鐵板一塊】tiěbǎn-yīkuài〔成〕比喻結合緊密、難以分割的整體：他們內部矛盾不少，不要把他們看成～。

【鐵板註腳】tiěbǎn-zhùjiǎo〔成〕比喻準確無疑、經得起推敲的解釋。

【鐵筆】tiěbǐ〔名〕❶刻圖章用的刀。❷（支）墊着鋼板刻蠟紙用的筆，筆尖用鋼製成。

【鐵餅】tiěbǐng〔名〕❶田賽項目之一，運動員一手挽住鐵餅邊沿，藉助身體旋轉，掄臂將鐵餅投出，根據遠近決定名次。❷田賽投擲器械之一，形狀像中間凸邊沿薄的圓餅，用硬木製成，邊沿和中心以鐵鑲嵌：擲～。

【鐵杵磨成針】tiěchǔ móchéng zhēn〔俗〕見"只要功夫深，鐵杵磨成針"（1753 頁）。

【鐵窗】tiěchuāng〔名〕裝有鐵柵的窗戶，借指監牢：～生涯｜在～中死去。

【鐵錘】tiěchuí〔名〕（把）鐵製的錘子，敲打東西的工具：～敲鋼軌——硬對硬（比喻誰也不示弱）。

【鐵打】tiědǎ〔形〕屬性詞。用鐵做成的。形容堅固不變或堅強勇武：～的營盤流水的兵｜～江山｜～的戰士。

【鐵道】tiědào〔名〕（條）鐵路：～部｜～兵。

> **辨析**　鐵道、鐵路　兩個詞同義，但"鐵路"是通用詞，"鐵道"是專業用語，習慣用法上有差異，如"鐵道部""鐵道管理學院"不說"鐵路部""鐵路管理學院"，而"鐵路醫院""鐵路中學"不說"鐵道醫院""鐵道中學"；"鐵路里程""鐵路、公路組成了陸路的交通網"中的"鐵路"也不宜換用"鐵道"。

【鐵定】tiědìng〔動〕確定不移；不可改變：球隊敗局～，要出綫很難｜～法則變不了。

【鐵飯碗】tiěfànwǎn〔名〕好像鐵打的飯碗（摔不破）。比喻穩固的職業或職位：學會這門手藝，就有了～｜引入競爭機制，打破～。

【鐵桿】tiěgǎn（～兒）〔形〕屬性詞。❶比喻穩定而牢固的：～莊稼（指實力雄厚效益很好的企事業部門）。❷比喻堅定、勇武而忠誠可靠的：～衛隊。❸比喻頑固不化的：～保皇派。

【鐵公雞】tiěgōngjī〔名〕比喻極吝嗇的人（好像鐵鑄的公雞，拔不下一根毛來）：這老頭兒是有名的～。

【鐵拐李】Tiěguǎi Lǐ〔名〕李鐵拐。

【鐵觀音】tiěguānyīn〔名〕烏龍茶的一種，產於福建。

【鐵軌】tiěguǐ〔名〕(根)鋼軌。

【鐵畫】tiěhuà〔名〕❶書法中指剛勁如鐵的筆畫：～銀鈎(指書法遒勁而又秀麗)。❷一種工藝品，用鐵片、鐵條、鐵絲鍛打焊接成各種山水、花鳥畫幅，而後加工成掛燈、掛屏等裝飾品。始創於安徽蕪湖。也叫鐵花。

【鐵將軍】tiějiāngjūn〔名〕比喻鎖在門上的鎖：～把門，外人別想進去。

【鐵匠】tiějiang〔名〕(位，名)製造和修理鐵器的手藝人：～鋪｜～沒樣，邊打邊像(邊幹邊摸索，從不會到會)｜～出身——光會打(比喻不講策略，只會硬拚)。

【鐵交椅】tiějiāoyǐ〔名〕比喻不能變更的穩固的領導職位：現在廢除了終身制，搬掉了～。

【鐵腳板】tiějiǎobǎn(～兒)〔名〕(雙)像鐵打成的善於走路的腳；借指善於走路的人：他有一雙～，走山路沒問題｜他是出名的～，一天能走二百里路。

【鐵警】tiějǐng〔名〕鐵路警察的簡稱。

【鐵路】tiělù〔名〕(條)鋪有鋼軌、專供火車行駛的道路，另有供地鐵列車在上面行駛的地下鐵路。也叫鐵道。

【鐵馬】tiěmǎ㊀〔名〕〈書〉鐵騎：金戈－｜夜闌臥聽風吹雨，～冰河入夢來。㊁〔名〕懸掛在宮殿廟宇佛塔等檐下的鈴鐸，多呈鐘形，風吹動時撞擊發聲。

【鐵面無私】tiěmiàn-wúsī〔成〕不講情面，不徇私情。形容處事、斷案公正嚴明：法官都應該～。

【鐵牛】tiěniú〔名〕拖拉機的俗稱。

【鐵皮】tiěpí〔名〕熟鐵壓成的薄片：門上包着一層～。

【鐵票】tiěpiào〔名〕鐵定投給某人或某方的選票。

【鐵騎】tiěqí〔名〕〈書〉披掛鐵甲的戰馬，借指精銳強悍的騎兵：～成群｜以五千～為前鋒。

【鐵器時代】tiěqì shídài 考古學分期之一，在青銅時代之後，約始於公元前15世紀，這時人類已開始製造和使用鐵器。公元前5世紀，中國中原地區已普遍使用鐵器。

【鐵鍬】tiěqiāo〔名〕(把)掘地、挖溝或鏟東西的工具，用鐵板或鋼板製成，前端略呈圓形而稍尖，後端安有長的木把。

【鐵青】tiěqīng〔形〕像鐵那樣發青的顏色(多形容臉色)：臉色～｜板着～的臉｜～長袍兒。

【鐵拳】tiěquán〔名〕(隻)拳頭像鐵鑄的，比喻巨大的打擊力量：敵人膽敢侵犯，就讓他嘗嘗我們的～。

【鐵人】tiěrén〔名〕❶人像鋼鐵鑄就的；比喻意志堅強剛毅或體魄健壯超群的人：～三項(體育運動項目)。❷(Tiěrén)特指大慶油田工人王進喜(1923–1970，甘肅玉門人)，他一不怕苦，二不怕死，為發展中國石油工業做出了重大貢獻，被群眾譽為鐵人：發揚～精神。

【鐵石心腸】tiěshí-xīncháng〔成〕形容心腸像鐵和石頭一樣堅硬，不為感情所動：縱然是～，看了這光景也會流淚。

【鐵樹】tiěshù〔名〕(棵，株)蘇鐵的通稱。

【鐵樹開花】tiěshù-kāihuā〔成〕鐵樹為南方熱帶植物，不常開花，移植到北方後則更難開花。比喻情形極為罕見或事情極難辦成：～，千載難逢。

【鐵水】tiěshuǐ〔名〕鐵在高温下熔化而成的熾熱液體：～奔流。

【鐵絲】tiěsī〔名〕(根)用鐵拉製成的綫狀或細條狀物品，粗細規格不一：細～｜粗～｜～網。

【鐵絲網】tiěsīwǎng〔名〕❶(張)用鐵絲編成的網子，可用來製作籠子等物。❷(道)固定在許多椿子上的帶刺或不帶刺的鐵絲所形成的網狀障礙物，在一段距離和一定範圍之內，對陣地、禁區、倉庫和建築工地等起防禦或保護作用。

【鐵算盤】tiěsuànpán(-pan)〔名〕❶比喻精確的計算或周密的謀劃。❷比喻精於計算或謀劃的人：老會計是遠近聞名的～。

【鐵索】tiěsuǒ〔名〕(根)鋼絲擰的繩索；粗大的鐵鏈：～橋｜金沙水拍雲崖暖，大渡橋橫～寒。

【鐵索橋】tiěsuǒqiáo〔名〕(座)以若干根並列的鐵索為主要承重結構，上面鋪設木板等的橋，如大渡河上的瀘定橋。

【鐵蹄】tiětí〔名〕比喻踩躪百姓的殘暴行徑：決不能容忍侵略者的～踐踏我們的土地！

【鐵腕】tiěwàn〔名〕比喻強有力的手段或統治：～人物｜～宰相｜實行～統治。

【鐵鍁】tiěxiān〔名〕(把)鏟沙、土、泥等的鐵製器具，長方形片狀，一端安有長的木把。

【鐵心】tiě // xīn〔動〕堅定心意，毫不動搖：下定決心：～戒煙｜他～要走｜上山造林，他是鐵了心了。

【鐵證】tiězhèng〔名〕真實可靠的證據；確鑿的證據：現有～，不容抵賴｜～如山(形容證據像山一樣確鑿不移)。

【鐵嘴】tiězuǐ〔名〕能言善辯的嘴，也指能言善辯的人：雙方辯論起來，個個都是～｜李～｜鋼牙紀曉嵐。

tiè　ㄊㄧㄝˋ

帖　tiè/tiě〔名〕供學習書法或繪畫時臨摹的範本：字～｜臨～｜照着～寫吧。
另見 tiē(1344頁)；tiě(1345頁)。

語彙　碑帖　法帖　畫帖　臨帖　字帖

饕 tiè〈書〉貪；貪食：饕(tāo)~。

tīng ㄊㄧㄥ

汀 tīng〈書〉水邊平地；小洲：綠~(有草的沙洲)｜~綫(海岸因海水侵蝕而形成的綫狀痕跡)。注意"汀"不讀 dīng。

語彙　水汀　水門汀

【汀洲】tīngzhōu〔名〕水中砂土積成的小塊平地。

桯 tīng ❶(~兒)〔名〕桯子：錐~兒。❷古代放在床前的小桌。
【桯子】tīngzi〔名〕❶錐子等前部的金屬桿兒。❷蔬菜等的花軸兒：韭菜~｜大葱都長出~了。

烴(烃) tīng〔名〕碳和氫兩種元素組成的有機化合物。天然氣、石油的分餾產物及煤的乾餾產物都屬烴類，一般分為烷、烯、炔、脂環烴、芳香烴等。是重要的化工原料。

綎(𦈌) tīng古人繫佩玉的絲帶。

鞓 tīng〈書〉皮質腰帶：紅~｜犀帶。

聽(听) tīng ㊀❶〔動〕用耳朵接受聲音：~唱歌｜往下說，我~着呢｜~，好像門外有人。注意 a)表示狀態的"聽得多""聽得少"的否定式是"聽不多""聽得不多"；表示可能性的"聽得到""聽得見""聽得清""聽得出來"的否定式是"聽不到""聽不見""聽不清""聽不出來"。b)重疊式"聽聽"有不同的含義，如"聽聽廣播"，是說"聽一會兒廣播"；"你聽聽"比說"你聽"的口氣要和緩一些；"先聽聽他怎麼說"含有"嘗試"或"姑且"的意味；"聽聽報告"一般不大說(除非說話人把聽報告當成遊戲敷衍，很不重視)。❷〔動〕聽從(勸告或建議)；接受(指揮或命令)：言~計從｜年歲大了，胳臂不~使喚了｜一切行動~指揮。❸判斷處理：~政｜~訟(sòng)。❹(tīng/tìng)〔動〕任憑；聽憑(用於某些固定詞語)：~之任之｜~任自流｜悉~尊便｜~天由命。㊁〔名〕用金屬薄片製成的密封式的罐子或筒子等：~裝｜香煙~｜奶粉兩~。[英 tin]

辨析　聽、聽見、聽到、聽說　都有"(用耳朵)接受外界聲音"的意思，區別在於：a)"聽"只限於"接受聲音"本身，"聽見""聽到"都指接受到、感受到聲音。b)"聽說""聽到"有時不是指直接感到聲音，而是指接受到某種信息，如"聽說她在美國結婚了""聽到她結婚的消息"。c)"聽說"指"聽到別人說(的話)"。另外還有一個同形的"聽說"，意思是"聽話"，如"這孩子很聽說，讓他別出去玩，他就一直在家看書"。

語彙　打聽　動聽　好聽　聆聽　難聽　旁聽　竊聽　傾聽　視聽　收聽　探聽　中聽　重聽　閉目塞聽　危言聳聽　唯命是聽　洗耳恭聽

【聽便】tīng//biàn〔動〕聽憑自便：去留~。

【聽差】tīngchāi ❶〔動〕侍候着，隨時聽從差遣：他早年在縣衙門~。❷〔名〕(名)舊時指在衙門裏或有錢人家聽從差遣幹勤雜活的人(男僕)：當~｜派兩個~把禮物送去。

【聽從】tīngcóng〔動〕傾聽並服從：~老師的教誨｜~祖國的召喚。

【聽而不聞】tīng'érbùwén〔成〕聽了卻跟沒有聽見一樣。形容對事物不關心、不注意：視而不見，~。

【聽候】tīnghòu〔動〕等候(上級的指示、決定等信息)：~吩咐｜~通知｜~指示｜耐心~，少安毋躁。

【聽話】tīng//huà ❶〔動〕以耳朵接受別人的話音：耳聾了，~有困難。❷〔動〕聽從領導或長輩的話：聽媽媽的話，快睡覺吧。❸〔形〕順從：這孩子很~｜他一點兒也不~。

【聽話兒】tīng//huàr〔動〕等候回話：我正等着~呢｜辦得成辦不成，您聽我的話兒吧！

【聽見】tīng//jiàn(-jian)〔動〕聽到：~了腳步聲｜喂，聽得見嗎？｜一點兒也聽不見｜~風就是雨(形容沉不住氣或說話過於輕率)。

【聽講】tīngjiǎng〔動〕聽課或演講：認真~。

【聽覺】tīngjué〔名〕聲波振動鼓膜所產生的感覺，辨別外界聲音高低強弱等特性的感覺：~不靈｜~比較好｜喪失~。

【聽力】tīnglì〔名〕❶耳朵聽取和辨別聲音的能力：他耳背，~不好｜老人~遲鈍。❷聽懂某種語言(多指外語)的能力：~課｜學習外語要注重~的培養。

【聽命】tīngmìng〔動〕❶聽天由命：弄到這個地步，只好~了。❷聽從命令：俯首~｜~唯謹｜~於人。

【聽憑】tīngpíng〔動〕任憑(別人隨意做)；由着(別人按意願行動)：不能~別人擺佈｜他只顧自己寫作，一切生活~妻子安排。

【聽其自然】tīngqízìrán〔成〕任憑人或事物本身自由發展變化，不加干涉：領導應抓住苗頭，予以指導，不能凡事都~。

【聽取】tīngqǔ〔動〕傾聽(意見、彙報等)：~各方面的反映｜虛心~他人的意見｜大會~了人民檢察院的工作報告。

【聽任】tīngrèn〔動〕聽憑：不能~這種錯誤理論四處傳播。

【聽審】tīngshěn〔動〕聽候審判。

【聽事】tīngshì〈書〉❶〔動〕聽取政事；聽政：丞相府每五日一~。❷〔名〕指官府治理政事的廳堂，後也指私宅大廳：知有客來，乃灑掃施設，坐～相待。也作聽事。

【聽說】tīngshuō ❶〔動〕聽別人說：這話我早就～了｜從來沒有～過｜這是我～的，不一定準確。❷〔動〕據說（多用作插入語）：～他昨天出差去了｜小許這個人～可能幹了。❸〔形〕（北京話、山西話、山東話）"聽話"③：這孩子很～。

【聽訟】tīngsòng〔動〕〈書〉審案。

【聽天由命】tīngtiān-yóumìng〔成〕聽憑天意安排，由着命運擺佈。多指聽任事態自然地發展，不做主觀努力。

【聽筒】tīngtǒng〔名〕❶ 電話機的受話器。❷ 聽診器。

【聽頭兒】tīngtour〔名〕值得聽的；有聽的價值的：這段評書很有～｜沒有甚麼～｜她唱的有沒有～？

【聽聞】tīngwén〔名〕〈書〉指聽的活動或聽到的內容：聳人～｜駭人～｜大開言路，以廣～。

【聽戲】tīng // xì〔動〕欣賞戲曲演出（戲曲表演以唱唸見長，觀眾主要是用耳朵聽）：他很喜歡～｜這個月我聽過好幾回戲了。

【聽寫】tīngxiě〔動〕語文教學中，學生把聽到的老師對字詞、語句等的發音、朗讀默寫下來：～練習｜今天的語文課上～了 30 個生字。

【聽信】tīngxìn〔動〕聽到而且相信（多指不正確的話或信息）：～謠傳｜他沒有～一面之詞。

【聽信兒】tīng // xìnr〔動〕等候（關於事情進展情況的）信息：事情不久就會定下來，等着～吧｜明年要加工資，聽到信兒了嗎？

【聽障】tīngzhàng〔名〕聽力障礙，即聽力功能有缺陷或喪失。

【聽診】tīngzhěn〔動〕醫生藉助聽診器或直接用耳朵，貼在就診者體表，聽取肺、心臟等發出的聲音，進行檢查和診斷。

【聽診器】tīngzhěnqì〔名〕（副）聽診用的器具。也叫聽筒。

【聽證會】tīngzhènghuì〔名〕立法、行政、司法、公用事業等部門為特殊的問題或事件，聽取有關人員陳述或作證的一種會議。

【聽政】tīngzhèng〔動〕指帝王或攝政的人上朝聽取大臣奏議，對政事加以處理或決定：皇上年幼，太后垂簾～。

【聽之任之】tīngzhī-rènzhī〔成〕任憑它自行發展，不予過問或不加干預：對損害群眾利益的行為決不能～。

【聽眾】tīngzhòng〔名〕（位）聽演講、音樂或廣播的人：～來信要求重播昨天的節目。

辨析 聽眾、觀眾、受眾　"聽眾"主要指聽，其實也兼着看。現在常說"看戲"（着重看），從前北京常說"聽戲"（着重聽），兩種說法的所指並無本質的區別。"觀眾"主要指看，其實也兼着聽。"受眾"是新興的詞，指接受傳媒信息、文學藝術作品的人，不僅可以涵蓋"觀眾"和"聽眾"，而且意義更加廣泛。如"受眾可以從作品中感受到一個人物的性格風貌""不要用怪模怪樣、滑稽可笑的形體動作去迎合一些受眾的獵奇心理和低級趣味"。

【聽裝】tīngzhuāng〔形〕屬性詞。用聽包裝的：～奶粉｜～餅乾。

【聽子】tīngzi〔名〕"聽"⊜。

廳（厅）tīng

❶〔名〕廳堂：門～｜客～｜三室一～｜宴會～｜排練～。❷〔名〕大的機關團體（中央或部一級）裏辦事機構的名稱：辦公～（較小的設辦公室）｜政治部第三～。❸〔名〕省政府下屬的一些部門的名稱：民政～｜文化～。❹ 清代新開發地區的縣級行政機構叫某某廳。

語彙　餐廳　大廳　飯廳　歌廳　過廳　花廳　客廳　舞廳　正廳

【廳事】tīngshì 同"聽事"②。

【廳堂】tīngtáng〔名〕（間）住所中用來會客、用膳或做某些活動的房間：～小了一些｜穿過～，就是他的臥室。

tíng　ㄊㄧㄥˊ

廷 tíng

❶ 朝廷：宮～｜內～（帝王的住宅區）。❷（Tíng）〔名〕姓。

語彙　朝廷　宮廷　教廷　龍廷　內廷

亭 tíng

⊖ ❶ 亭子：八角～｜五龍～｜醉翁～｜風雨～（供人休息避風雨的亭子）。❷ 像亭子的小型房子：電話～｜書報～｜崗～。❸ 秦漢制度，十里一亭，十亭一鄉。❹（Tíng）〔名〕姓。

⊜〈書〉正；適中：～午（正午）｜～勻（均勻）。

語彙　報亭　茶亭　崗亭　涼亭　書亭　亭亭　郵亭　電話亭

【亭亭】tíngtíng〈書〉❶〔形〕高聳的樣子：層樓～｜～石塔。❷ 同"婷婷"。

【亭亭玉立】tíngtíng-yùlì〔成〕形容花木等的形體挺拔美觀或女子身材修長秀美：軒外花開，～｜幾年不見，以前那個瘦小的女孩長成～的大姑娘了。

【亭子】tíngzi〔名〕（座）建在路旁或園林名勝等處供人休息或觀賞風景的小型建築物，形制多樣，大多有頂無牆。

【亭子間】tíngzijiān〔名〕（間）上海等地某些舊式樓房中的一種小房間，多位於正樓後側的樓梯轉折處：狹小的～｜轉身上樓，蹩進了～。

庭 tíng ❶ 廳堂：大～廣眾。❷ 堂前的院子：～院｜門～若市。❸ 法庭：刑～｜開～｜出～｜退～｜～長。❹（Tíng）〔名〕姓。

語彙　法庭　家庭　開庭　門庭　前庭　天庭　閉庭　大相徑庭

【庭除】tíngchú〔名〕〈書〉廳堂前台階下面，即院子：灑掃～。

【庭審】tíngshěn〔動〕法庭審理：～現場｜～實錄。

【庭院】tíngyuàn〔名〕（座）院落；院子：～深深｜穿過～，便進入花廳。

莛 tíng（～兒）〔名〕某些草本植物的莖：花～兒｜麥～兒｜以～撞鐘，何以發聲？

停 tíng ㊀ ❶〔動〕停止；止住：～戰｜風～了。❷〔動〕停留：在上海～了兩天｜途中打尖，～～再走｜列車在小站只～兩分鐘。❸〔動〕停放；停泊：把車～在路邊｜港灣裏～了不少船。**注意**"停車"跟"車停了"不同，前者可以是說停放，後者則是說停止不動了。❹ 停當：～妥。❺（Tíng）〔名〕姓。
㊁（～兒）〔量〕〈口〉把總數平均分成若干份，其中的一份叫一停兒：三～兒人馬，一一兒填了溝壑，一一兒不知去向，只剩一一兒隨在身邊｜這地方，過去是七～的荒山禿嶺，三～的鹼地薄田。

語彙　居停　調停　消停　勻停　暫停

【停擺】tíng // bǎi〔動〕❶ 指鐘擺停止擺動，鐘錶不走了。❷ 比喻事情中途停頓：老村長去世後的一段時間，這個村的工作簡直像停了擺。

【停辦】tíngbàn〔動〕停止辦理或進行：那件事先～吧｜報紙已～。

【停泊】tíngbó〔動〕（船隻）在某處停靠：客船～在碼頭上。

【停產】tíng // chǎn〔動〕（工廠等）停止生產活動：～整頓｜因原料缺乏，暫時～。

【停車】tíng // chē〔動〕❶（行進中的車輛）在某處停留：大站～八分鐘｜～坐愛楓林晚，霜葉紅於二月花。❷ 禁止車輛通行（含委婉意）：因翻修道路，暫時～。❸ 停放車輛：～處｜此處不准～，違者罰款。❹（機器）停止運轉：你們工段怎麼不到下班時間就停了車？

【停當】tíngdang〔形〕妥當；完備：一切都置辦～了｜把明天的工作安排得停停當當，他才離開工廠。

【停頓】tíngdùn ❶〔動〕（正在進行中的事情）中止或暫停：生產不能～｜怎麼能～下來，不求進步呢？❷〔動〕說話或演唱的過程中語音上稍事間歇：唸到這裏，他～了一下。❸〔名〕指語音上的間隔：在兩段話之間應該有一個較大的～｜頓號表示句中並列的詞或詞組間的～。

【停放】tíngfàng〔動〕暫時放置（車輛、靈柩等）：門前～着一輛車｜爺爺的靈柩在祠堂裏～數日，該安葬了。

【停工】tíng // gōng〔動〕中止生產勞動（跟"開工"相對）：～待料。

【停航】tíngháng〔動〕（本應出航的船隻或飛機）停止航行：河道疏浚，貨輪～｜班機因大霧～。

【停火】tíng // huǒ〔動〕❶ 停止燒火：如果現在～，這窰瓷器就全廢了。❷ 交戰的雙方或一方停止攻擊（跟"開火"相對）：～協議｜限期～｜雙方已經停了火。

【停機】tíngjī〔動〕❶ 停止拍攝；拍攝工作結束：那部電視劇已～。❷ 停放飛機：～坪｜跑道上不能～。

【停建】tíngjiàn〔動〕（工程項目）中途停止建設：這個項目已～。

【停靠】tíngkào〔動〕（輪船、火車等）在某個便於人員上下或貨物裝卸的地方停留：14 次列車～在 2 號站台｜這個碼頭能同時～十幾艘萬噸巨輪。

【停靈】tínglíng〔動〕安葬前把靈柩暫時停放在某處：先在祠堂～再擇日安葬。

【停留】tíngliú〔動〕❶ 暫停，不繼續前行：來往車輛不得在橋上～｜我準備在武漢～幾日再去北京報到。❷ 停滯，不繼續發展或實行：人類對自然界的認識永遠不會～在一個水平上｜"為人民服務"不能光～在口頭上。

【停牌】tíngpái〔動〕指某種證券因故暫停交易。

【停賽】tíngsài〔動〕停止比賽；暫時取消比賽資格：～一場｜因被驗出服用興奮劑而～兩年。

【停食】tíng // shí〔動〕中醫稱食物停滯在胃中難於消化：別吃太飽，以免～｜孩子停了食也會發燒。也說積食。

【停息】tíngxī〔動〕停止：狂風～後，天也晴了。

【停歇】tíngxiē〔動〕❶ 終止經營；歇業：洗浴中心辦不下去～了。❷ 停止活動；休息：部隊暫在前面～。❸ 停止；停息：陰雨連綿，多日沒有～。

【停演】tíngyǎn〔動〕（戲劇、電影等）停止演出（跟"開演"相對）：因故～｜暫時～。

【停業】tíng // yè〔動〕❶ 暫時停止營業或業務活動：～整頓｜內部裝修，～三天。❷ 不再營業；結束業務活動（跟"開業"相對）：本店虧損嚴重，決定～｜自～以來，一直在籌備重新開業。

【停戰】tíngzhàn〔動〕（交戰雙方）停止作戰（跟"開戰"相對）：～談判｜～命令。

【停職】tíngzhí〔動〕暫時停止某人執行其原來的職務，一般是對犯錯誤者臨時採取的一種行政處分措施：～反省｜～檢查｜那個幹部～了。

【停止】tíngzhǐ〔動〕❶ 不再繼續進行：～工作｜～

前進｜笑聲忽然～了｜心臟～了跳動。❷ 停留，不繼續發展或實行：我們的認識不能總～在目前的水平上。

【停滯】tíngzhì〔動〕因受阻礙而難以繼續進行或發展：生產～不前。

淳

tíng〈書〉水停滯不流：決～水，致之海。

婷

tíng ❶〈書〉美好：娉～。❷（Tíng）〔名〕姓。

【婷婷】tíngtíng〔形〕〈書〉形容女子身材修長或花木等直立而秀美的樣子：裊裊～。也作亭亭。

葶

tíng 見下。

【葶藶】tínglì〔名〕一年生草本植物，花微黃，子扁小，可入藥，有清熱、祛痰、利尿等作用。

蜓

tíng 見"蜻蜓"（1097 頁）。

霆

tíng ❶ 暴雷。❷ 霹靂：雷～｜疾～不暇掩目。

蟶

tíng 古代無脊椎動物。外殼為石灰質，多呈紡錘形。

tǐng ㄊㄧㄥˇ

圢

tǐng 用於地名：上～阪（在山西）。

町

tǐng〈書〉田界；田間小路：～畦（比喻界限、規矩、約束，引申為儀節）。
另見 dīng（301 頁）。

侹

tǐng〈書〉平直。

挺

tǐng ❶〔動〕直：～立｜筆～｜直～～。❷特出：～拔｜～秀｜英才～出。❸〔動〕伸直：～身｜～直腰桿兒｜～着脖子。❹〔動〕凸出：～胸收腹｜～着個大肚子。❺〔動〕勉力支撐：有病就休息，別硬～着｜他累得～不住了。❻〔動〕支持：力～｜認識沒多久，他們成了關係緊密、互助互～的死黨。❼〔副〕〈口〉很：衣服～乾淨的｜～大的個兒｜～有意思｜～合適｜～便宜｜～不自在。

㊀〔量〕用於機槍：輕機槍三～。

辨析 挺、很、最、頂、非常、怪 這些詞都有表示程度高的意思，但略有不同。a）"挺"比"很"的程度略低一些，多用於口語。b）"頂"和"最"表示程度最高，勝過其餘，而"頂"只用於口語。c）"非常"表示程度十分高，與"之"或"地"連用，語意更突出，如"非常之好""西湖非常之美""天氣非常（地）冷"。d）"怪"用於口語，說"怪可憐的""怪討人喜歡的"比"挺"更帶感情色彩。"怪"能修飾的形容詞比"挺"少得多。"挺合適""挺乾淨"不能換用"怪"。

語彙 筆挺 硬挺 直挺挺

【挺拔】tǐngbá〔形〕❶ 直立而高聳：電視塔～高聳，直指雲天。❷ 堅強而有力：筆力～蒼勁。❸〈書〉形容人物傑出：～不群。

【挺括】tǐngguā〔形〕（吳語）（衣服、紙張等）較硬而平整：西服～。

【挺進】tǐngjìn〔動〕（隊伍等）直向某目標前進：我先遣隊已～到五二〇高地｜向新的高度～。

【挺舉】tǐngjǔ〔名〕舉重運動中，一種以兩手將槓鈴從地上提起，暫置胸前，然後再利用屈膝等動作，將槓鈴舉過頭頂，至兩臂伸直、兩腿直立為止的舉重法（區別於"抓舉"）。

【挺立】tǐnglì〔動〕❶ 直立：昂首～｜青松巍然～。❷ 比喻頑強地堅持：～在反腐鬥爭的前哨。

【挺身】tǐng // shēn〔動〕直起身軀（多含勇敢堅毅的意思）：～反抗｜面對險情，～而上。

【挺身而出】tǐngshēn'érchū〔成〕勇敢地站出來承受危難或擔當重任：越是在困難的情況下，我們越應該～。

【挺秀】tǐngxiù〔形〕（身材、樹木等）挺拔秀麗：峰巒～。

珽

tǐng〈書〉玉笏。

梃

tǐng ❶〈書〉棍棒；拐杖：以～殺人。❷（～兒）〔名〕梗：芹菜～兒。
另見 tìng（1350 頁）。

【梃子】tǐngzi〔名〕門框、窗框或門扇、窗扇兩側直立的邊框。

脡

tǐng〈書〉❶ 直：腿～（直而修長的腿）。❷ 長條的乾肉。

烴

tǐng〈書〉火燃燒的樣子。

艇

tǐng〔名〕（條，隻，艘）輕便快捷的船或排水量在五百噸以下的水面艦隻以及某些有特種用途的船，如遊艇、救生艇、魚雷快艇、潛艇等。

語彙 飛艇 艦艇 快艇 炮艇 汽艇 潛艇 遊艇 救生艇 魚雷艇

鋌（铤）

tǐng〈書〉快走的樣子：～而走險。
另見 dìng（306 頁）。

【鋌而走險】（挺而走險）tǐng'érzǒuxiǎn〔成〕迅速奔向險地。指因走投無路而採取冒險行動。

頲（颋）

tǐng〈書〉（頭、頸項）正直的樣子。

tìng ㄊㄧㄥˋ

梃

tìng ❶〔動〕在宰殺後的豬的腿上割一道口子，用鐵棍插進口子貼着腿皮往裏捅，捅出溝後，往裏吹氣，使豬皮繃緊，以便去毛除垢：～豬。❷〔名〕(根)梃豬時用的鐵棍兒。

另見 tǐng（1350 頁）。

tōng　ㄊㄨㄥ

恫　tōng〈書〉病痛。

另見 dòng（310 頁）。

【恫瘝在抱】tōngguān-zàibào〔成〕恫瘝：病痛；疾苦。指把人民群眾的疾苦放在心上。

通　tōng ❶〔動〕沒有阻礙，可以穿過：暢～｜此路不～｜隧道快要打～了。❷〔動〕比喻順暢：政～人和｜問題終於想～了｜這個方案行得～。❸〔形〕通順：這句話不～。❹普通的、一般的；通常的：～則｜～稱｜～病。❺整個；全部：～宵｜～論｜～盤｜～身。❻〔動〕用工具戳，使不堵塞：用通條～爐子｜下水道得～一～了。❼連接，使達到或能相互來往：串～｜溝～｜郵～｜航～｜商～。❽〔動〕傳達，使知道：～知｜～風報信｜互～消息。❾〔動〕懂得；通曉：～情達理｜博古～今｜小李～三門外語。❿指精通某一方面的人：中國～｜萬事～。⓫〔量〕用於書信電報：家書兩～（兩封）｜發出電報十五～（十五件）。⓬（Tōng）〔名〕姓。

另見 tòng（1359 頁）。

> **語彙**　變通　暢通　串通　打通　溝通　貫通　亨通　會通　交通　精通　卡通　開通　靈通　流通　買通　撲通　普通　清通　神通　疏通　私通　圓通　萬事通　觸類旁通　水泄不通　息息相通　一竅不通

【通報】tōngbào ❶〔動〕傳達稟報（主人或上級）：我要見部長，請秘書～一下。❷〔動〕說出：互相～姓名。❸〔動〕上級機關把有關情況用書面形式通告下級機關；單位領導人把有關事項用口頭形式告訴與會人員：～批評｜現在把最近發生的幾件事向大家～。❹〔名〕上級機關通告下級機關的文件：關於最新科研成果的～。❺〔名〕(份，期)報導科研成果和有關動態的學術性刊物（多用於刊物名）：數學～｜物理～。

【通病】tōngbìng〔名〕普遍存在的毛病；一般人共有的缺點：喜歡聽奉承是很多人的～。

【通才】tōngcái〔名〕(位)指知識廣博、兼備多種知識、能力的人才：此人天文地理、兵法韜略、詩詞歌賦無所不能，是個難得的～。

【通草】tōngcǎo〔名〕通脫木的通稱。小喬木，莖含大量白色的髓。可入藥或製作裝飾品。

【通常】tōngcháng〔形〕屬性詞。普通；一般；平常：按照～情況，火車不會誤點｜這是～的處理辦法。

【通暢】tōngchàng〔形〕❶通行或運行沒有阻礙：

道路～｜運河～｜大便～。❷流暢：思路～｜文從字順，～可誦。

【通車】tōng // chē〔動〕❶道路或橋樑修通，開始行車：新修好的鐵路橋剛～。❷有車（一般指汽車、火車）往來運行：偏僻地區如今也～了｜這個縣從城關到各鄉鎮都通了車。

【通稱】tōngchēng ❶〔動〕通常稱為：馬鈴薯～土豆。❷〔名〕通常所用的名稱：水葫蘆是鳳眼蓮的～。

【通存】tōngcún〔動〕在某家銀行開戶後，可在同一家銀行的任何儲蓄點辦理存款的存款方式。

【通達】tōngdá ❶〔形〕通暢無阻：南北～｜道路～。❷〔形〕思想開通，不保守：為人～｜見解～。❸〔動〕明白；通曉：～情理。

【通道】tōngdào〔名〕❶往來暢通的大路：敦煌正當西域～。❷（條)劇場、礦井等通向外面的路：安全～｜這個劇院有五條～｜要保持～暢通。

【通敵】tōngdí〔動〕暗中勾結敵方：叛國～。

【通電】tōngdiàn ⊖(- // -)〔動〕❶使電流通過（導綫或導體）。❷(某處)具有了用導綫輸送的電能：今年春節，我們的山村通了電。⊜❶〔動〕把某種政見或政策打電報給有關方面並公開發表：～全國｜～各地。❷〔名〕指公開發表的宣佈某種政見或政策的電報：擬就～，立即發出｜向全國發～。

【通牒】tōngdié〔名〕一國通知另一國並要求對方給予答復的外交文書：最後～｜向對方發出～。

【通都大邑】tōngdū-dàyì〔成〕四通八達的大都會、大城市。

【通讀】tōngdú ⊖〔動〕從頭到尾閱讀全書或全文（區別於"選讀"）：～原稿。⊜〔動〕讀懂；讀通：～基礎理論。

【通兌】tōngduì〔動〕在某個儲蓄點存款後可在同一家銀行的任何儲蓄點兌付的兌款方式。

【通風】tōngfēng ⊖(- // -)〔動〕❶讓室內外或某些物體內外空氣流通：～降溫｜打開窗戶通通風。❷空氣流通；透氣：屋裏不～，悶得慌。❸(- // -)透露消息：～報信｜誰給他通的風？

【通風報信】tōngfēng-bàoxìn〔成〕暗中傳遞信息。多指把對立雙方中一方的機密暗中告知另一方：小心有人向對手～。

【通告】tōnggào ❶〔動〕普遍地通知：特此～周知（多用於通告文字的末尾）｜將此事～全校。❷〔名〕(份，張)普遍通知群眾的文告：把～貼出去。

【通共】tōnggòng〔副〕統共；一共：我們班～有53 位同學｜這幾套衣服～花了多少錢？

【通觀】tōngguān〔動〕總的來看；全面來看：～全書｜～歷史發展的長河。

【通過】tōngguò ❶〔動〕經過；穿過：各國體育

代表隊陸續從主席台前～｜火車～長江大橋｜一股暖流～全身。❷(-//-)〔動〕議案等經過法定人數的同意而成立；某些事項經過有關機構的審查而批准或認可：大會一致～了政府工作報告｜這次考核，他沒。❸〔介〕引進動作的媒介或方式、手段：～組織了解情況｜向您並～您向貴國人民表示良好的祝願｜～學習加深了認識｜～擺事實、講道理，小王改變了態度。

【通航】tōngháng〔動〕有船隻或飛機來往航行：這條河枯水期不能～｜北京與拉薩之間早已～了。

【通好】tōnghǎo〔動〕〈書〉互相友好往來：張李兩家，世代～｜遣使者赴歐美與各國。

【通紅】tōnghóng〔形〕狀態詞。很紅；十分紅：爐火～｜她羞得滿面～｜熬了三夜，眼睛～的。

【通話】tōnghuà〔動〕❶(-//-)通過電話交談：他每週都要與遠在美國的妻子通一次話。❷用彼此都懂的某種語言或方言直接交談：他倆用粵語～｜我不懂西班牙語，他不懂漢語，只能用英語～。

【通婚】tōng//hūn〔動〕結成婚姻：近親～害處大。

【通貨】tōnghuò〔名〕在社會經濟活動中作為流通手段的貨幣：硬～｜～膨脹｜～緊縮。

【通貨緊縮】tōnghuò jǐnsuō ❶國家縮減紙幣發行，使發行量低於商品流通中所需要的貨幣量，引起物價下跌，以抑制通貨膨脹。❷國家縮減紙幣發行量，引起國民經濟增長乏力和衰退，失業率上升，人民生活水平下降的現象。以上簡稱通縮。

【通貨膨脹】tōnghuò péngzhàng 國家擴大紙幣發行，使發行量超過商品流通中所需要的貨幣量，引起紙幣貶值，物價上漲。簡稱通脹。

【通緝】tōngjī〔動〕公安或司法機關通令有關地區捕拿在逃的犯罪嫌疑人或在押犯人：～令｜～逃犯歸案。

【通家】tōngjiā〔名〕〈書〉❶世代交好之家：兩姓累世～｜～之誼。❷指姻親；姻戚。❸內行人：這幅畫出自～之手。

【通假】tōngjiǎ〔動〕漢字的通用和假借。其規律大致是用同音字或音近字來代替本字，如古代借"蚤"為"早"、"(不)能"與"(不)耐"通用等。

【通奸】tōng//jiān〔動〕非夫妻關係的男女(多指一方或雙方已有配偶)自願發生性行為。

【通欄】tōnglán〔名〕書籍報刊上，從左到右或從上到下貫通版面不分欄的編排形式：～大標題。

【通力】tōnglì〔副〕一齊出力；協力(做某事)：～合作。

【通例】tōnglì〔名〕❶常例；慣例：春節按～放假三天｜待人接物，多循～而行。❷〈書〉比較普遍的規律等。

【通令】tōnglìng ❶〔動〕把同一個命令發到各個地方或部門：～全軍｜～嘉獎。❷〔名〕(條，道)指發到各個地方或部門的同一個命令：第一號～｜本～自到達之日起生效。

【通路】tōnglù〔名〕❶交通大道：這是去縣城的～。❷路徑；途徑(多用於比喻)：逆境往往是達到真理的～。❸物體通過的線路：計算機中備有三條～來傳送信息和數據。

【通論】tōnglùn〔名〕❶〈書〉通達的議論：聖哲～。❷某一學科的全面論述(多用於書名)：《訓詁學～》。

【通名】tōngmíng ㊀〔動〕通報自己的姓名：～報姓。㊁〔名〕❶通用的名稱：電腦是計算機的～。❷某些專有名詞中表示類別屬性的部分(區別於"專名")，如"永定河"中的"河"，"華山"中的"山"。

【通明】tōngmíng〔形〕狀態詞。非常明亮：工地上燈光～。

【通盤】tōngpán〔形〕屬性詞。全面而無遺漏的；全盤：～考慮｜～研究，分別處理。

【通票】tōngpiào〔名〕(張)在特定範圍內通用的票，如交通線上的聯運票，整個賽季各場都能使用的球票，景區的各景點都能使用的參觀票。

【通鋪】tōngpù〔名〕連在一起能供多人睡覺的鋪位：睡～｜船的底艙是～。

【通氣】tōngqì〔動〕❶空氣流通：這種黏土結構緊密，～差。❷(-//-)通風；使空氣流通：把窗戶打開，通通氣。❸(-//-)互相交流信息；彼此互通聲氣：兩人產生了隔閡，互不～｜有甚麼情況，務必及時～。

【通情達理】tōngqíng-dálǐ〔成〕通達人情，懂得事理；說話做事很講情理：群眾是～的。也說知情達理。

【通衢】tōngqú〔名〕四通八達的大道：～大道｜武漢市號稱九省～。

【通權達變】tōngquán-dábiàn〔成〕權，權宜；達，通曉。指不死守常規，善於根據情況變化或實際需要，採取靈活、變通的辦法處理問題：談判時要～，掌握主動。

【通人】tōngrén〔名〕(位)指學識淵博、貫通古今的人：～達才｜就正於～。

【通融】tōngróng(-rong)〔動〕❶不固守條例，採取變通的辦法處理：請求您～一下｜一切照原則辦，決不～。❷暫時借(錢財、物品等)：能不能～500塊錢？｜我想跟你～100斤穀種兒。

【通商】tōng//shāng〔動〕國家或地區之間進行貿易：～條約｜海峽兩岸應實行通郵、通航、～｜兩國早就通了商。

【通身】tōngshēn〔名〕全身；渾身：～都淋濕了｜

斑馬～都是斑紋。

【通史】tōngshǐ〔名〕(部)通述古今各時代史實的史書，如《史記》《中國通史》(區別於"斷代史")。

【通事】tōngshì〔名〕翻譯人員的舊稱。

【通順】tōngshùn〔形〕(文章)流暢而有條理，沒有語法或邏輯上的毛病：語言～｜文章寫得很～。

【通俗】tōngsú〔形〕(內容、文字等)淺顯易懂，適合一般人的水平：～讀物｜用～的話語說明深奧的道理。

【通俗歌曲】tōngsú gēqǔ 內容通俗，形式簡明，曲調流暢，易於流行的歌曲：～大賽。

【通縮】tōngsuō〔動〕通貨緊縮的簡稱。

【通天】tōngtiān〔動〕❶上能與天相通，形容極大、極高：～的本領｜道行～。❷比喻能直接跟最高層的領導人聯繫上：他雖說職位不高，卻能～。

【通通】tōngtōng〔副〕全部：把這些書～拿去吧｜自己說過的話～忘了？｜開學時，全校師生～都要到校。

【通同】tōngtóng〔動〕串通，一同：～作弊｜內外勾結，～作案。

【通統】tōngtǒng〔副〕通通。

【通透】tōngtòu❶〔動〕沒有阻礙，光綫、空氣可以穿透過去：南北～的戶型比較走俏。❷〔形〕全面透徹：主帥對雙方形勢分析得很～。

【通途】tōngtú〔名〕〈書〉通暢的大路：一橋飛架南北，天塹變～。

【通脫】tōngtuō〔形〕〈書〉灑脫隨便，不拘小節：素性～。

【通宵】tōngxiāo〔名〕整夜，整宿：～達旦｜打～(加夜班)｜幹了個～。

【通曉】tōngxiǎo〔動〕透徹地知道：～音律｜～英語｜天文地理無不～。

【通信】tōngxìn〔動〕❶(-//-)互通書信：～地址｜我們經常～｜沒有跟他通過信。❷傳遞信息，進行聯絡：～兵。❸利用電波、光綫等信號傳遞信息：數字～。舊稱通訊。

【通信兵】tōngxìnbīng〔名〕❶擔負通信聯絡任務的兵種。❷(名)這一兵種的士兵。

【通信員】tōngxìnyuán〔名〕(名)部隊或機關中擔任遞送文件、傳達信息等聯絡工作的人員。

【通行】tōngxíng〔動〕❶在交通綫路上通過：～證｜～無阻｜禁止～。❷普遍適用；流行：全國～｜"五四"以後白話文開始～。

【通行證】tōngxíngzhèng〔名〕(張)允許在特定的綫路或範圍通行的證件；機關｜戒嚴區｜核發臨時～。

【通學生】tōngxuéshēng〔名〕台灣地區用詞。走讀生。

【通訊】tōngxùn❶〔動〕"通信"③的舊稱。❷〔名〕(篇)一種翔實而生動的新聞報道：這篇～好極了｜他專給報社寫～。

【通訊社】tōngxùnshè〔名〕(家)採訪和編輯新聞稿件、搜集和整理新聞圖片資料等，供各種媒體使用的宣傳機構，如中國的新華社。

【通訊員】tōngxùnyuán〔名〕(位，名)新聞單位聘請的經常為其撰寫通訊報道或反映情況的非專業人員：特約～｜報社的～。

【通夜】tōngyè〔名〕徹夜；通宵：～加班｜～不眠。

【通譯】tōngyì❶〔動〕舊時指給操不同語言的人交談時做翻譯：協和萬邦，有專人～。❷〔名〕指擔任通譯工作的人：出使異國，多有～、隨行。❸〔動〕把全書或全文從頭到尾譯出來(區別於"選譯"或"節譯")：這部書我已～了一遍，還需做些訂正潤飾的工作。

【通用】tōngyòng〔動〕❶普遍適用：～字｜～教材｜普通話在全國～。❷某些音同形不同的漢字彼此可以換着用，如"紀(事)"和"記(事)"、"詞(典)"和"辭(典)"。

【通郵】tōngyóu〔動〕(國家、地區之間)直接往來郵件。

【通則】tōngzé〔名〕適用於一般情況的規章、法則：民法～｜車站碼頭管理暫行～。

【通脹】tōngzhàng〔動〕通貨膨脹的簡稱。

【通知】tōngzhī❶〔動〕把事項告訴有關人員，使知道：～單｜～書｜打電話～他明天開會｜把學生成績及時～家長。❷〔名〕通知有關事項的口信或文書：接到了電話～｜這是剛收到的～。

嗵　tōng〔擬聲〕形容鈍重的聲音：只聽～的一聲，從牆上摔下一個人來｜外面傳來一陣～～的炮聲｜直嚇得心臟～～直跳。

tóng ㄊㄨㄥˊ

仝　Tóng〔名〕姓。注意"仝"和"同"是兩個不同姓氏。

另見 tóng "同"(1353 頁)。

同〈❶-❽仝〉　tóng❶〔形〕相同；一樣(跟"異"相對)：～班｜～年｜～心～德｜～床異夢｜～一條街｜兩地氣候不～。❷〔動〕跟某事物相同；同於(必帶名詞賓語)：～種｜～族｜人～此心，心～此理。❸共同；協同：～居｜～會｜～陪｜～去。❹〔副〕一齊；一同(做)：～甘共苦｜～奔一個目標。❺〔介〕引進動作的對象；跟；向：我喜歡～小李住在一起｜這類問題可以～有關單位協商處理｜～不良現象做鬥爭。❻〔介〕表示與某事有無聯繫；與：建築質量～施工隊素質密切相關｜他～這件事情無關。❼〔介〕引進用來比較的對

象;跟;和:今年的氣候～去年不一樣|他的身材～你差不多。❽〔連〕表示聯合關係;和:教材～儀器都備齊了|我、小張、小王～他住在一個寢室。❾(Tóng)〔名〕姓。

另見 tòng(1359頁);"仝"另見 Tóng(1353頁)。

語彙 大同 等同 共同 苟同 合同 會同 混同 夥同 雷同 陪同 隨同 相同 偕同 一同 贊同 不約而同

【同班】tóngbān ❶〔動〕共同在一個班裏:這對兒戰友同排不～|從考進學校到畢業,我和他一直～|我們是～同學。❷〔名〕稱同一個班的同學:他是我的老～|校慶那天,很多～都來了。

【同伴】tóngbàn(～兒)〔名〕(位)稱在一起學習、工作、生活或從事某項活動的人:幼年時期的～|她是我事業上的～|旅途中結為～。

【同胞】tóngbāo〔名〕❶ 同父母所生的:～兄弟|～手足之情。❷ 稱同一個國家或民族的人:全國～們|台灣～|港澳～。

【同輩】tóngbèi ❶〔動〕同屬一個輩分:村子裏跟我～的人有好幾個|別看你倆歲數一樣,卻不～。❷〔名〕同一輩分的人:他倆是～。

【同比】tóngbǐ〔動〕一般指跟前一年的同一時期相比:春運期間運送乘客～增長5%。

【同病相憐】tóngbìng-xiānglián〔成〕有同類疾病的人彼此互相憐憫。比喻有同樣痛苦或不幸遭遇的人互相同情。

【同步】tóngbù〔動〕❶ 物理學上指兩個或若干個隨時間變化的量在變化過程中保持一定的相對關係:～衞星|載波～。❷ 比喻有關聯的事物在變化中互相協調,步調一致:努力實現產值、利潤和財政收入～增長|教育設施配備與住宅建設～進行。

【同儕】tóngchái〔名〕〈書〉稱同輩或同類的人:為人好義,～欽仰。

【同仇敵愾】tóngchóu-díkài〔成〕仇:仇恨。愾:憤恨。共同懷着對敵人的仇恨、憤怒之情:～,一致對外。**注意**"愾"不讀 qì。也說敵愾同仇。

【同窗】tóngchuāng ❶〔動〕同師受業或同時在一個學校學習:～四載,感情彌篤。❷〔名〕(位)同時在一個學校學習的人;同師受業的人:大學時的～都來了|～好友齊聚。

【同床異夢】tóngchuáng-yìmèng〔成〕睡在同一張床上,卻做着不同的夢。比喻雖然表面上共同生活或一起共事,實際上各人有各人的打算。

【同黨】tóngdǎng ❶〔動〕同在一個黨派:你我～,目標一致。❷〔名〕同在一個黨派的人。❸〔名〕指一同做壞事的人;同夥(含貶義):抓了幾個～|他是這個案犯的～。

【同道】tóngdào ❶〔名〕(位)有共同愛好的人;志同道合的人:有幾位～終生難忘|引為～。❷〔名〕(位)同行業的人:商界～。❸〔動〕一路同行:～北上|～而行。

【同等】tóngděng〔形〕屬性詞。同樣等級或同樣地位的:～重要|男女同工同酬,～對待。

【同等學力】tóngděng xuélì 沒有在某一等級的學校畢業,卻具備相等的知識和能力:高中畢業或具有～者均可報考。**注意**這裏的"力"不寫作"歷"。

【同調】tóngdiào〔名〕〈書〉音調一致,比喻志趣或見解相同的人:引為～。

【同惡相濟】tóng'è-xiāngjì〔成〕壞人跟壞人相互幫助,一起幹壞事:～,狼狽為奸。

【同房】tóngfáng ㊀〔動〕❶ 同住一個房間:他倆是我～的病友。❷〈婉〉指夫婦過性生活。㊁〔形〕屬性詞。大家族中屬同一支脈的:～兄弟。

【同甘共苦】tónggān-gòngkǔ〔成〕有福同享,有難同當:上下一致,～,建設新生活。

【同感】tónggǎn〔名〕同樣的感受或感想:這幾年天氣變熱了,大家都有～。

【同庚】tónggēng〔動〕庚:年齡。指彼此歲數相同:夫妻～。

【同工同酬】tónggōng-tóngchóu 從事同樣的工作,工作的質量、數量又相同,就能得到同樣的報酬:男女～。

【同工異曲】tónggōng-yìqǔ〔成〕異曲同工。

【同歸於盡】tóngguīyújìn〔成〕一同死亡或一同毀滅:堅守陣地,不惜與敵人～!

【同行】tóngháng ❶〔動〕行業或專業相同:你跟他～,都搞出版工作。❷〔名〕(位)稱同一個行業的人:咱倆是～|舊時～是冤家。

另見 tóngxíng(1355頁)。

【同好】tónghào〔名〕愛好相同的人:公諸～|願與～共勉。

【同化】tónghuà〔動〕❶ 不相同的事物逐漸變得相同或相近(跟"異化"相對):～作用|～過程|～政策|這些外來戶已經被當地人～了。❷ 語音學指一個音變得與鄰近的音相同或相似,如"麵包"(miànbāo),在口語中讀成"miàb-bāo","麵"字的韻尾 n 受後面"包"字的聲母 b 影響變成 b。

【同夥】tónghuǒ(～兒)❶〔動〕共同參加某種團夥,一起做某事(多含貶義):～合謀|他倆～偷竊。❷〔名〕(名)同一團夥的人:沒有～兒,全是一人幹的|他的三個～兒都被抓起來了。

【同居】tóngjū〔動〕❶ 同在一處居住;共同生活:父母雙亡,他只好與舅父～。❷ 指夫妻共同生活;也指男女雙方未正式結婚而共同生活:他倆結婚後兩地分居,～時間不多|她不顧父母

的反對，離家出走，跟男友～了。

【同類】tónglèi ❶〔動〕同屬一個類別或類型：馬牛不～。❷〔形〕屬性詞。類別或類型相同：～事物｜～商品｜～組織。❸〔名〕同樣類別或類型相同的人或事物：視為～｜～相殘。

【同僚】tóngliáo〔名〕(位)舊指在同一官署任職的人：～如兄弟｜隨同來訪的有他三位～。

【同齡】tónglíng〔動〕(彼此)年齡相同或相近：他們倆｜～人。

【同流合污】tóngliú-héwū〔成〕《孟子·盡心下》："同乎流俗，合乎污世。"後用"同流合污"指隨俗浮沉或跟着壞人做壞事：切勿跟那幫人～！

【同路人】tónglùrén〔名〕❶一路同行的人。❷比喻在某一階段追隨或同情革命的人：哪怕是～，也要團結。

【同門】tóngmén〈書〉❶〔動〕受業於同一個老師門下：～三載｜～弟子。❷〔名〕同一個師門下受業的人：～多有贊助。

【同盟】tóngméng ❶〔動〕古代諸侯歃血結盟。後泛指因共同利害關係或為協同行動而締結盟約：～國｜～軍｜四海～｜～抗戰。❷〔名〕由締結盟約所形成的整體：中國民主～｜軍事～｜訂立攻守～。

【同盟國】tóngméngguó〔名〕❶泛指締結或參加某一同盟條約的國家。❷特指第一次世界大戰時由德、奧等國組成的戰爭集團。❸特指第二次世界大戰時協同進行反法西斯戰爭的中、蘇、美、英、法等國。

【同盟軍】tóngméngjūn〔名〕❶(支)結成同盟的作戰隊伍。❷泛指為共同目標而奮鬥的友軍或友好力量。

【同謀】tóngmóu ❶〔動〕共同謀劃；參與謀劃（今多指做壞事）：～大計｜～犯｜～搶劫｜～作案。❷〔名〕共同謀劃做壞事的人：供出～｜多陸續自首。

【同年】tóngnián ❶〔動〕出生於同一年；彼此年齡相同：他倆～，都 50 歲。❷〔名〕年齡相同的人：王老與李老都生在 1930 年，是～。❸〔名〕相同的年份；同一年：新路建成後，立交橋也於～年年底建成｜～月同日生。❹〔名〕科舉考試同榜考中的人。

【同期】tóngqī〔名〕❶同一個時期：稅收總量為歷史～最高水平。❷同一屆：～學員。

【同情】tóngqíng〔動〕❶對別人的遭遇產生與之一致的感情：很～你的處境。❷對別人的行動表示贊同：～被壓迫民族的解放鬥爭。

【同人】tóngrén 同"同仁"。

【同仁】tóngrén〔名〕(位)稱同單位、同行業的人或志同道合的人：此書經～艱苦奮鬥十年，方告出版。也作同人。

【同日而語】tóngrì'éryǔ〔成〕放在同一時間來討論。指同等看待，相提並論（多用於否定式）：兩個人的見解大為殊異，不可～。也說同年而語。

【同聲傳譯】tóngshēng chuányì 口譯的一種方式。譯員在講話者講話的同時，將其講話內容不斷地翻譯給聽眾：新聞發佈會上將提供中、英、法、德、俄、西、日、韓八種語言的～。

> **同聲傳譯的不同説法**
> 中國大陸叫同聲傳譯，港澳地區叫同聲傳譯、同聲翻譯、即時傳譯或實時傳譯，台灣地區則叫同步口譯。

【同時】tóngshí ❶〔動〕在同一個時間：春蘭秋菊不～。❷〔名〕同一個時候：在提高產量的～，不可不注意質量｜兩兄弟～考取了大學｜這篇文章今天～在各報刊登。❸〔連〕表示並列關係，後面的語句有進一層的意味：肯定了成績，～也指出了缺點。

【同事】tóngshì ❶(-//-)〔動〕同在一個單位工作：我跟他～剛一年｜你以前跟他同過事嗎？❷〔名〕(位)在同一單位工作的人：你的兩位～來過咱家｜我們是多年的老～。

【同室操戈】tóngshì-cāogē〔成〕一家人彼此以兵刃相向。比喻兄弟自相殘殺。也泛指內部爭鬥：～，親痛仇快｜～，相煎何急？

【同歲】tóngsuì〔動〕年齡相同：他和我～。

【同位素】tóngwèisù〔名〕同一元素中，質子數相同而中子數不同的各種原子互為同位素。它們的原子序數相同，在元素週期表上佔同一位置。如氯有兩種同位素，原子序數均為 17，但質量數一個是 35，一個是 37。

【同喜】tóngxǐ〔動〕客套話。彼此都因共同享有喜事而高興（用來應答對方道喜）：兒子立了大功，老王對來賀喜的鄉親們說："～！～！"

【同鄉】tóngxiāng〔名〕(位)在外地的同一籍貫的人互稱同鄉：咱們是～，不必客氣。

【同心】tóngxīn〔動〕結成一條心；齊心：～同德｜～協力｜勠力～｜二人～，黃土變成金。

【同心勠力】tóngxīn-lùlì〔成〕齊心合力：大敵當前，我們要～保家衛國。也說勠力同心。

【同心同德】tóngxīn-tóngdé〔成〕思想上、認識上、行動上完全一致；同一心願，同一信念，為同一目標而努力：全國人民～，為實現國家繁榮富強而奮鬥。

【同行】tóngxíng〔動〕一同行走：一路～｜沒他～，頗感寂寞｜很高興在旅途中與你～。
另見 tóngháng（1354 頁）。

【同性】tóngxìng ❶〔形〕屬性詞。性別或性質相同的：～朋友。❷〔名〕性質相同的事物或性別相同的人：～相斥，異性相吸｜～戀。

【同性戀】tóngxìngliàn〔名〕指男性跟男性或者女

性跟女性之間的情愛關係。

【同學】tóngxué ❶(-//-)〔動〕同在一個學校學習：我跟他從小～｜他們同過五年學，情誼深厚。❷〔名〕（位）同在一個學校學習的人：我們是～｜他被～們選為本屆學生會主席。❸〔名〕（位）稱呼學生：～，請問校長室在哪兒？｜請～們排隊入場。

【同樣】tóngyàng〔形〕❶ 相同；一樣：～的題材｜～的道理｜～對待｜～適用。**注意** a) 修飾名詞時，一般帶"的"，但有時可省，特別是名詞前有數量詞時，如"同樣的一齣戲"可說"同樣一齣戲"。b) 修飾動詞時，一般不帶"地"，如"同樣對待"。❷ 表示跟前面所說的情況類似或相同（多用在小句和小句之間，類似連詞，後有停頓）：正面的意見要聽，～，反面的意見也要聽。

【同一】tóngyī〔形〕❶ 共同；同樣：～目標｜～觀點｜～命運。❷ 一致；統一：～性｜大家對具體問題的分析和認識不～。

【同一性】tóngyīxìng〔名〕❶ 在辯證法中，指矛盾的統一性、一致性。❷ 完全相同的性質：科學家用實驗證實了不同形態的電的～。

【同意】tóngyì〔動〕對某種主張有相同的意見；贊成：我～你的意見｜我決不～他們這樣做｜～的請舉手。

辨析 **同意、贊成** a)"贊成"的感情色彩比"同意"更濃一些。b)"贊成"的適用範圍比較廣；"同意"多用於上對下或平級，不大用於下對上。c)"贊成"可構成"贊成票"一詞，"同意"不能。

【同義詞】tóngyìcí〔名〕指意義相同或相近的詞，它們大多在意義、風格特徵、感情色彩或用法上存在着細微的差別。如"財主"和"富翁"，"修理"和"整修"，"美麗"和"漂亮"，"無須"和"不必"等。

【同音詞】tóngyīncí〔名〕指語音相同而意義不同的詞。如"江"和"薑"，"案件"和"暗箭"，"比試""筆勢"和"鄙視"等。

【同志】tóngzhì〔名〕❶（位）為共同的理想、事業而奮鬥的人：對待～像春天般的温暖｜革命尚未成功，～仍需努力。❷ 人和人之間（多為成年人）慣用的一般稱呼：～，請問火車站在哪兒？｜婦女節女～放假一天。❸ 港澳台地區用詞。同性戀者：這期雜誌上有～訪談欄目。

【同舟共濟】tóngzhōu-gòngjì〔成〕《孫子·九地》："夫吳人與越人，相惡也。當其同舟而濟，遇風，其相救也，如左右手。"原意為同乘一條船過河。後用"同舟共濟"比喻團結互助，共渡難關。

【同桌】tóngzhuō ❶〔動〕同用一張桌子：～吃飯｜初中三年，他們倆一直～。❷〔名〕指同用一張課桌的同學：她是我小學的～。

【同宗】tóngzōng ❶〔動〕指同屬一個家族：同姓不～。❷〔名〕宗法社會稱同出於一個祖先的人為同宗：他們是～關係。

佟　Tóng〔名〕姓。

彤　tóng ❶〔書〕以朱漆塗飾的；朱紅色的：～弓｜～管｜～車。❷（Tóng）〔名〕姓。

【彤雲】tóngyún〔名〕❶ 紅色的雲彩；彩霞：百朵～，爛如朝霞。❷ 濃雲；陰雲：～密佈。

岭　tóng 用於地名：～峪（yù）（在北京海澱）。

侗　tóng〔書〕幼稚；童蒙無知：倥～｜～乎其無識。
另見 Dòng（309 頁）；tǒng（1358 頁）。

垌　tóng 用於地名：～塚（在湖北漢川）。
另見 dòng（309 頁）。

哃　tóng 用於地名：響～（在上海）。

峒　tóng 見"崆峒"（765 頁）。
〈峝〉另見 dòng（309 頁）。

洞　tóng 用於地名：洪～（在山西）。
另見 dòng（309 頁）。

茼　tóng 見下。

【茼蒿】tónghāo〔名〕一年生或二年生草本植物，花黃色或白色，莖葉嫩時有香氣，可食。也叫蓬蒿。

桐　tóng〔名〕❶ 泡桐。❷ 油桐。❸ 梧桐。❹（Tóng）姓。

【桐孫】tóngsūn〔名〕梧桐樹新生的小枝。也借用來稱他人的孫子。

【桐油】tóngyóu〔名〕用油桐種子榨出的油，可用來製造油漆、油墨、油灰、油布等。

砼　tóng〔名〕混凝土：～路面工程。

烔　tóng 烔煬河，水名。在安徽。

童　tóng ❶ 兒童；小孩兒：學～｜神～｜頑～｜～工｜～年。❷ 舊時指未成年的男性僕人：～僕。也作僮。❸ 未結婚的：～男｜～女。❹ 光禿禿的：～山｜頭～齒豁。❺（Tóng）〔名〕姓。

語彙　報童　兒童　孩童　牧童　神童　書童　頑童　學童　返老還童

【童便】tóngbiàn〔名〕中醫指 12 歲以內的健康男孩兒的尿，可入藥。

【童工】tónggōng〔名〕工業或商業中被僱用的未成年人。

【童話】tónghuà〔名〕（篇，本）適合於兒童閱讀的故事性強的作品，多為採用幻想誇張、擬人化的手法編寫出的神奇美妙的故事：～創作｜讀～｜～作家。

【童蒙】tóngméng〔名〕〈書〉幼稚無知的兒童。

【童年】tóngnián〔名〕指兒童時期；幼年：～的回憶｜幸福的～。

【童趣】tóngqù〔名〕兒童特有的情趣：這幅畫構思奇巧，充滿～。

【童山】tóngshān〔名〕未生草木的山：～秃秃。

【童生】tóngshēng〔名〕明、清兩代稱尚未考取秀才的讀書人：老～（年齡老大、屢試未中的讀書人）。

【童聲】tóngshēng〔名〕兒童沒有變聲以前的嗓音：～合唱。

【童心】tóngxīn〔名〕（顆）小孩兒天真的心；像小孩兒一樣天真的心：～無邪｜～未泯｜保持着一顆～。

【童星】tóngxīng〔名〕（名，位）指著名的少年兒童演員或運動員。

【童言無忌】tóngyán-wújì〔成〕小孩子天真爛漫，說話沒有忌諱：～，別多怪他們。

【童顏鶴髮】tóngyán-hèfà〔成〕像兒童那樣紅潤的臉色，像鶴的羽毛那樣雪白的頭髮。形容老年人身體健康，氣色好：～的老者｜～，雙目炯炯有神。也說鶴髮童顏。

【童養媳】tóngyǎngxí〔名〕舊時貧苦人家的女孩兒，自幼被婆家領去，在婆家生活，等長大後再完婚，稱為童養媳。

【童謠】tóngyáo〔名〕（首）在兒童中流行的形式短小、語言通俗的歌謠：收集～。

【童貞】tóngzhēn〔名〕指沒有發生過性交的人所保持的貞操（多指女性）。

【童子】tóngzǐ〔名〕男孩子：三尺～。

酮　tóng〔名〕有機化合物的一類，通式RCOR′。由一個羰基和兩個烴基連接而成，如丙酮（一種溶劑）。[英 ketone]

詞（词）tóng〈書〉共同。

僮　tóng ❶ 同"童"②；書～。❷（Tóng）〔名〕姓。
另見 Zhuàng（1797 頁）。

銅（铜）tóng〔名〕一種金屬元素，符號Cu，原子序數 29。淡紫紅色，有光澤，富於延展性，是熱和電的良導體，重要的工業原料。

語彙　紅銅　黃銅　青銅　紫銅

【銅板】tóngbǎn〔名〕❶（枚）〈口〉銅圓：一個～就買兩份報。❷（塊）壓成板形的銅材料。❸（塊，副）演唱快書時打拍子用的銅製板狀器具。如說山東快書最初用瓦片，後用竹板或鋼板，現多用兩塊月牙形銅板互相撞擊發聲。

【銅版】tóngbǎn〔名〕銅製的印刷版，多用於印刷

照片、圖片和精緻的印刷物：～畫｜～紙。

【銅杯】tóngbēi〔名〕（座）獎給比賽第三名的銅質獎杯。

【銅婚】tónghūn〔名〕西方風俗稱結婚七週年為銅婚。

【銅獎】tóngjiǎng〔名〕指三等獎。

【銅匠】tóngjiàng（-jiang）〔名〕（位，名）製造和修理銅器的手藝人。

【銅筋鐵骨】tóngjīn-tiěgǔ〔成〕比喻健壯的體魄：他生就一副～，千斤重擔也壓不垮。

【銅模】tóngmú〔名〕字模。

【銅牌】tóngpái〔名〕（枚，塊）銅質獎牌，獎給賽或其他評比活動的第三名。

【銅器時代】tóngqì shídài 青銅時代。

【銅錢】tóngqián〔名〕（枚）古代銅質輔幣，圓形，中有方孔。

【銅牆鐵壁】tóngqiáng-tiěbì〔成〕銅砌的牆，鐵鑄的壁。比喻非常堅固、不可摧毀的防禦力量：千百萬真心實意擁護革命的群眾是真正的～。

【銅臭】tóngxiù〔名〕銅幣的氣味，用來譏諷那些愛錢如命、唯利是圖的人的思想行為：～氣｜滿身～。

【銅圓】tóngyuán〔名〕從清朝末年到 20 世紀 40年代前後通用的銅質輔幣，圓形無孔，一面有字，一面有花紋圖案。一枚銅圓相當制錢（銅錢）十文。也作銅元。

【銅子兒】tóngzǐr〔名〕〈口〉銅圓。

潼　tóng ❶（Tóng）水名。1）北出廣漢，南入墊江，在四川境內。2）出陝西華陰，北入黃河。❷用於地名：梓～（在四川）｜～川（在四川）｜～關（在陝西）｜臨～（在陝西）。

橦　tóng 古指木棉樹。

曈　tóng 見下。

【曈曈】tóngtóng〔形〕〈書〉形容日出時光亮的樣子或目光閃爍的樣子：旭日～｜千門萬戶～日。

朣　tóng 見下。

【朣朦】tóngméng〔形〕〈書〉不明亮的樣子。

瞳　tóng〔名〕瞳孔：散～｜擴～。

【瞳孔】tóngkǒng〔名〕眼球虹膜中心的圓孔，光綫通過瞳孔進入眼內，可隨光綫強弱而縮小或擴大。通稱瞳人。

【瞳人】tóngrén（～兒）〔名〕瞳孔的通稱。因在瞳孔中會映出眼前的人像，故稱。也作瞳仁。

穜　tóng〈書〉早種晚熟的穀類。

鮦（鲖）tóng ❶〔名〕魚名，即鱧。❷ 用於地名：～城（在安徽臨泉）。

翾 tóng〈書〉飛翔的樣子。

tǒng ㄊㄨㄥˇ

侗 tǒng〈書〉長（cháng）大；直。引申為通達無掛礙：～長。
另見 Dòng（309頁）；tóng（1356頁）。

捅 tǒng〔動〕❶戳；扎；刺：～了好幾刀｜～了個大窟窿｜窗戶紙一～就破。❷觸動：他～了我一下，叫我趕快離開這裏。❸戳穿；揭露：這件事最好先不要～出去｜～破他這套把戲。

〔辨析〕捅、戳、杵 都可以指用長條形的東西觸物或穿過物體，但"戳"所用的東西一般比較鋒利；"杵"一般不大鋒利；而"捅"不管鋒利與否都行。

【捅婁子】tǒng lóuzi 惹禍：他又給我～了｜可不能捅出婁子來。

【捅馬蜂窩】tǒng mǎfēngwō〔慣〕❶比喻惹怒會引起很大麻煩的人或勢力：這個人不好惹，你當面批評他，豈不是～？❷比喻闖禍；惹亂子：這孩子太淘氣，老給我～。

㛔 tǒng 用於地名：黃～鋪（在江西）。

桶 tǒng〔名〕（隻）用鐵皮、塑料、木頭等製成的盛水或其他東西的器具：水～｜油～｜飯～｜挑着兩個空～。

語彙 便桶 吊桶 飯桶 恭桶 馬桶 痰桶

筒（筩）tǒng ❶較粗的竹管：竹～｜截竹為～｜接～引水。❷〔名〕管形器物；像竹筒的東西：郵～｜筆～｜火箭～。❸（～兒）〔名〕衣服鞋襪等的筒狀部分：袖～兒｜襪～兒｜長～靴。❹（Tǒng）〔名〕姓。

語彙 電筒 浮筒 滾筒 話筒 炮筒 籤筒 聽筒 信筒 煙筒 藥筒 爆破筒 出氣筒 傳聲筒 萬花筒 攢彈筒

【筒褲】tǒngkù〔名〕（條）褲腿自膝部以下呈直筒狀的褲子。

【筒裙】tǒngqún〔名〕（條）呈直筒狀的裙子，上下肥瘦大致相同，沒有皺褶。

【筒子】tǒngzi〔名〕〔口〕筒：竹～｜槍～｜襪～｜羊皮～｜樓～。

【筒子樓】tǒngzilóu〔名〕（座，幢）中間是長長的通道，兩側是房間的樓房。因這種樓房的結構像個筒子，故稱（區別於"單元樓"）。

統（統）tǒng ㊀❶〈書〉絲的頭緒，引申為綱紀、準則。❷事物的承續關係：系～｜傳～｜血～｜道～。❸〔動〕總領；統管：～領｜～帶｜～率｜～轄｜對下屬各企業不應～得太死｜這稿子由你～一～吧。❹〔副〕通通；全

部：～計｜～括｜～籌｜副詞、介詞、連詞、助詞等～稱為虛詞。❺（Tǒng）〔名〕姓。
㊁舊同"筒"③。

語彙 傳統 道統 法統 籠統 體統 系統 血統 一統 正統 總統

【統編】tǒngbiān〔動〕❶統一組織編寫：～教材。❷統一編隊或編組：～為一個獨立團。

【統艙】tǒngcāng〔名〕輪船底層設通鋪的大艙，可容納眾多乘客或用來裝載貨物（區別於"房艙"）。

【統稱】tǒngchēng ❶〔動〕總起來稱為：名詞、動詞、形容詞、數詞、量詞、代詞等～實詞。❷〔名〕總的名稱：糧食是穀物、豆類和薯類的～。

【統籌】tǒngchóu〔動〕統一籌辦；通盤籌劃：～規劃｜～安排｜～辦理。

【統籌兼顧】tǒngchóu-jiāngù〔成〕通盤籌劃，兼顧到有關的各個方面：全面規劃，～｜，適當安排。

【統稿】tǒng//gǎo〔動〕統一書稿、文案的內容、體例等：～人｜請老專家幫我們統統稿。

【統共】tǒnggòng〔副〕〈口〉表示合在一起；總共：全校教職員工～565人｜～才放假三天。

【統觀】tǒngguān〔動〕總體來看；通觀：～全局｜～這次書展，精品仍不夠多。

【統管】tǒngguǎn〔動〕統一、全面地管理：～市財政｜研究所的行政和科研由所長～。

【統計】tǒngjì ❶〔動〕總括起來計算：～一下與會人數。❷〔動〕對某一現象的有關數據進行搜集、整理、計算和分析等；特指對國家政治、經濟、文化等各種社會情況的數量方面的搜集、整理和分析研究：～學｜～局｜這些～數字很說明問題。❸〔名〕指獲得的統計資料：對這個～需要再核實一下。

【統建】tǒngjiàn〔動〕統一建立或建造：由國家～｜歸這地政府～。

【統考】tǒngkǎo〔動〕（在一定範圍內）統一命題，統一進行考試、閱卷和評分：全國～｜語文外語和數學實行～｜參加高校招生～。

【統攬】tǒnglǎn〔動〕全面掌握：～全局。

【統領】tǒnglǐng ❶〔動〕統率率領：～軍隊｜～十萬人馬｜～大軍作戰。❷〔名〕統領軍隊的軍官：向～報信去了。

【統配】tǒngpèi〔動〕統一分配、調配或配給：實行～｜～物資。

【統攝】tǒngshè〔動〕統轄：～力｜～人心。

【統帥】tǒngshuài ❶〔名〕（位）統率武裝力量的人：全軍～｜盟軍～。❷〔動〕比喻對全局起主導作用的事物。❸同"統率"。

【統率】tǒngshuài〔動〕統轄並率領：～三軍出征｜在中央～下，贏得了抗洪搶險鬥爭的勝利。也

T

作統帥。

【統統】tǒngtǒng〔副〕通通；全部：把有關資料～彙集在一起｜我的話你～忘到腦後。

【統轄】tǒngxiá〔動〕統一管轄（所屬單位或人員）：這個地區～十幾個縣｜裏裏外外的工作人員，全由秘書長～。

【統一】tǒngyī ❶〔動〕〈書〉指整個國家由一個中央政府統治，取消地方割據。❷〔動〕使成為一體：～祖國｜～戰綫。❸〔動〕使歸於一致：～認識｜～度量衡。❹〔形〕整體的；一致的；無差別的：～的國家｜大家的意見很～。

【統一戰綫】tǒngyī zhànxiàn 為共同的政治目的而結成的廣泛聯盟：愛國～｜民族～｜國際～。簡稱統戰。

【統戰】tǒngzhàn〔名〕統一戰綫的簡稱：～部｜～工作｜～理論｜搞～。

【統招】tǒngzhāo〔動〕統一招生：～生｜全國～。

【統制】tǒngzhì〔動〕統一加以控制；集中管理：經濟～｜～軍品｜糧棉貿易由國家～起來。

【統治】tǒngzhì〔動〕❶依靠政權來控制和治理（國家或地區）：～國家｜～人民｜殖民～下的人民，沒有自由。❷支配和控制：儒家思想曾長期～中國｜這一派在學界佔了～地位。

tòng ㄊㄨㄥˋ

同〈衕〉tòng 見“胡同”（552 頁）。另見 tóng（1353 頁）。

通 tòng / tōng（～兒）〔量〕❶用於某些樂器的演奏動作，相當於“遍”：擊鼓三～｜助你三～鼓｜嗩吶都吹過兩～兒了。❷用於某些不好的言語或行為，相當於“番”“頓”（數詞多用“一”）：胡說一～｜鬧了一～｜捱了一～罵｜發了一～牢騷。

另見 tōng（1351 頁）。

痛 tòng ❶〔形〕因生病、受傷或其他刺激引起的難受的感覺：手～｜腳～｜好了瘡疤忘了～（比喻境遇好了，就忘了過去的苦楚）。❷悲傷：～心｜哀～｜～不欲生｜親者～，仇者快。❸〈書〉痛恨：～入骨髓。❹〔副〕深切地；徹底地；盡情地：～打｜～罵｜～飲｜～改前非｜～下決心。

> **辨析** **痛、疼** 在表示疼痛的感覺時，兩個詞含義相同，但在口語中，南方人多說“痛”，北方人多說“疼”。固定短語“痛不欲生”“痛定思痛”中的“痛”不能換為“疼”。

語彙 哀痛 悲痛 病痛 慘痛 沉痛 創痛 苦痛 酸痛 疼痛 隱痛 陣痛 切膚之痛 痛定思痛

【痛斥】tòngchì〔動〕痛切地斥責；狠狠地訓斥：～謬論邪說｜～敵人的挑釁行為｜～叛徒。

【痛楚】tòngchǔ ❶〔形〕痛苦：神情～｜極度～。❷〔名〕痛苦的事；苦處：關心別人的～。

【痛處】tòngchù〔名〕❶（軀體上）感到疼痛或痛苦的部位：把膏藥貼在～。❷（精神上）感到痛苦的問題：這一番話觸到了他的～。

【痛定思痛】tòngdìng-sītòng〔成〕唐朝韓愈《與李翱書》：“如痛定之人，思當痛之時。”指悲痛的心情平靜以後，追想反思當時的痛苦：～，痛何如哉！｜～，教訓嚴重。

【痛改前非】tònggǎi-qiánfēi〔成〕徹底改正先前所犯的錯誤：他決心～，重新做人。

【痛感】tònggǎn ❶〔名〕疼痛的感覺：面部神經麻痹，針扎進去毫無～。❷〔動〕深切地感到：～自己理論修養太差。

【痛恨】tònghèn〔動〕非常憎恨：切齒～｜～敵人。

【痛哭】tòngkū〔動〕盡情地哭；大哭：～一場｜失聲～｜～流涕。

【痛苦】tòngkǔ〔形〕（肉體或精神）非常難受（跟“快樂”相對）：十分～｜～不堪｜～的遭遇｜飽受～｜得了這種病是很～的。

【痛快】tòngkuài（-kuai）〔形〕❶心情舒暢；精神愉快：心裏～得很｜不能只圖一時～｜可別鬧得大家不～。❷盡情；盡興：玩兒得很～｜痛痛快快跳個舞。❸直截了當；爽快：他答應得很～｜別吞吞吐吐，痛痛快快說出來多好。

【痛切】tòngqiè〔形〕沉痛而深切：其言～｜～反省錯誤。

【痛失】tòngshī〔動〕非常惋惜地失去：～良機｜～決賽權。

【痛惜】tòngxī〔動〕沉痛地惋惜：～不已｜美志未遂，良可～。

【痛心】tòngxīn〔形〕極度傷心：如此浪費糧食，實在令人～。

【痛心疾首】tòngxīn-jíshǒu〔成〕心傷而頭痛。形容痛恨到了極點：談及國恥，同學們無不為之～！

【痛癢】tòngyǎng〔名〕❶痛和癢的感覺，比喻疾苦：～相關｜身為老總，不能不把員工的～放在心上。❷比喻緊要的事：無關～。

慟（恸）tòng〈書〉❶極度悲哀：悲～｜顏淵死，子哭之～。❷痛哭：一～幾絕（一聲痛哭，幾乎氣絕）。

tōu ㄊㄡ

偷〈❻媮〉tōu ❶〔動〕竊取；趁人不備拿走錢物據為己有：～錢｜～東西｜自行車被人～走了｜～來的鑼鼓敲不得。❷偷東西的人：小～｜慣～。❸抽出；擠出（時間）：～空兒讀點書｜忙裏～閒。❹〔動〕背地裏勾搭異性；與人通奸：～人｜～漢子｜～娘們兒。❺〔副〕偷偷地；不使人覺察地：～看｜～聽｜～襲｜～越國境。❻苟且；只顧眼前：～安｜～生。

【辨析】偷、盜　a)古漢語中"盜"就是"偷"，如"竊貨曰盜"；現代漢語中"盜"不像"偷"那樣自由運用，不能說"盜錢""盜東西"，可以說"倉庫被盜"，它和"竊"組成的合成詞"盜竊"，多用於比較貴重的財物或材料，詞義比"偷"重，如"盜竊國家資財"，不能換用"偷"。b)"偷"前邊加"小"，構成"小偷兒"，指偷東西的人；"盜"前邊加"大"，構成"大盜"，指強盜。

語彙　慣偷　偷偷　小偷　鼠竊狗偷

【偷安】tōuʼān〔動〕不顧長遠利益，只圖眼前安逸：苟且～｜～一隅。

【偷盜】tōudào〔動〕偷竊；盜竊：～國家資財。

【偷渡】tōudù〔動〕秘密地越過封鎖的水域或地區，多指偷越國境：～客｜反～，查走私。

【偷工減料】tōugōng-jiǎnliào〔成〕生產或施工時，不嚴格按照規定的質量要求，而是擅自減省工序，削減用料或更換為質次價廉的材料，以圖擴大盈利。也泛指做事圖省事，不認真：那個承包商～，蓋的居民樓質量很差｜做工作可不能～，敷衍了事。

【偷空】tōu//kòng(～兒)〔動〕偷閒；在忙碌中抽出時間(幹別的事兒)：～去看看朋友。

【偷懶】tōulǎn(～兒)〔動〕貪圖安逸或為了省力，逃避應做的事：一貫勤快，不曾～。

【偷梁換柱】tōuliáng-huànzhù〔成〕比喻暗中玩弄手法，改變事物的內容或性質：提防有人～，蒙混過關。

【偷拍】tōupāi〔動〕未經允許而暗中拍攝；在拍攝對象沒有察覺時進行拍攝：工作人員發現有人在～這幾件文物｜這幾張小孩兒照片是～的，生動極了。

【偷巧】tōu//qiǎo〔動〕取巧；用巧妙的手段對付事情或躲避困難：幹甚麼事都想偷個巧，那可不成。

【偷竊】tōuqiè〔動〕偷；盜竊：～行為｜～情報｜他家遭人～。

【偷情】tōuqíng〔動〕(未婚配或非婚配雙方)背着人表達愛情或做愛：兩人～，已非一日。

【偷生】tōushēng〔動〕苟且活下去；得過且過地活着：～苟安｜存者且～，死者長已矣。

【偷稅】tōushuì〔動〕(納稅者)違反稅收法令，不繳或少繳應該繳納的稅款：反對～漏稅。

【偷天換日】tōutiān-huànrì〔成〕比喻暗中玩弄手段，改變事物的真相：縱然有～的本領，也休想瞞過群眾的眼睛。

【偷偷】tōutōu(～兒)〔副〕秘密地，不使人覺察地：～落淚｜～地瞧了她一眼｜趁着喧鬧，他～兒地溜了。

【偷偷摸摸】tōutōumōmō〔形〕狀態詞。瞞着人暗地裏做事：他們又～地賭上了。

【偷襲】tōuxí〔動〕趁對方不防備時進行襲擊：夜間｜加強戒備，嚴防敵人～。

【偷閒】tōuxián〔動〕❶抽空；擠出空間時間：忙裏～｜會議間隙，可～去湖濱一遊。❷偷懶。

【偷嘴】tōuzuǐ〔動〕偷吃東西：別～｜這孩子愛～｜～貓兒怕露相(幹了壞事怕人知)。

tóu ㄊㄡˊ

投 tóu ㊀❶〔動〕擲；扔：～球｜匕首～向敵人。❷〔動〕放進去；送進去：把選票～進票箱｜他被～進了監獄｜把所有的錢都～在這家公司裏了。❸〔動〕跳進去(指自殺)：～河｜～水。❹〔動〕(光綫等)投射：～影｜目光～向遠方。❺〈書〉置放；棄置：～鞭斷流｜～筆從戎。❻〔動〕寄給人(書信等)：～稿｜～信。❼〈書〉贈給：～之以桃，報之以李。❽〔動〕找上去；參加進去：～宿｜自～羅網｜～軍。❾〔動〕迎合；契合：～其所好｜性格相～｜～機。❿投向；奔向：棄暗～明。⓫(Tóu)〔名〕姓。

㊁〔動〕(北方官話)用清水漂洗(衣物)：這些衣裳搓過肥皂了，還得再～兩和(huò)。

【辨析】投、扔　a)"扔"在指用手擲東西的意義上主要指讓東西離開手，在某些組合中有按一定方向擲出的意義，如"練習扔手榴彈"；"投"則強調東西離開手以後的去向；"投籃"不能說成"扔籃"，"把匕首投向敵人"是刺向敵人的意思，如改為"扔向敵人"，意思就變了。b)"投"有"放進"義，如"把錢投在股票上"；"扔"有"丟棄""忘卻"義，如"這事他早就扔在腦後了"，不能換用。

語彙　空投　相投　臭味相投　明珠暗投

【投案】tóu//àn〔動〕(案犯)主動到公安、司法機關交代作案事實，聽候處理：～自首｜趁早～，爭取寬大處理。

【投保】tóu//bǎo〔動〕向保險機構繳納保險費，參加保險：到保險公司～｜我這房子是投了保的。

【投奔】tóubèn〔動〕❶前往依靠(別人)：～親友。❷前往參加(某項活動或某個組織)：～革命｜～游擊隊。

【投筆從戎】tóubǐ-cóngróng〔成〕《後漢書‧班超傳》載，班超原來做校書郎，靠抄寫為生。一日擲筆長歎："大丈夫無它志略，猶當效傅介子、張騫立功異域，以取封侯，安能久事筆硯間乎？"後用"投筆從戎"指文人棄文從軍：敵寇入侵，愛國學生毅然～。

【投標】tóu//biāo〔動〕承包企業、承包工程或承購大宗商品時，承包人或買主按照招標公告的標準和條件，提出自己認為合適的價格，填具標單，以待招標者定奪。

【投產】tóuchǎn〔動〕開始進入生產過程：新產品研製成功，可以～了｜這個廠是去年～的｜從設計、施工到～，總共還不到兩年。

【投誠】tóuchéng〔動〕誠心歸附：敵軍紛紛前來～。

【投彈】tóu//dàn〔動〕❶投擲手榴彈：新戰士練習～。❷（從飛機上）投下炸彈、燃燒彈等：敵機投了彈就飛走了。

【投檔】tóu//dàng〔動〕招生部門依據錄取分數綫和考生志願將考生的檔案投送給有關招生單位：開始～了｜認真做好～工作。

【投敵】tóudí〔動〕投靠敵人：叛國～。

【投遞】tóudì〔動〕（將公文、信件等）送給收件人；遞送：～員｜～公文｜按地址～。

【投毒】tóudú〔動〕投放毒藥：～案。

【投放】tóufàng〔動〕❶（把食物、藥物等）投下去；放進：～魚餌｜～滅蟑藥。❷（把人力、物力、財力等）用於工農業或商業：～資金，扶助工商企業。❸（把商品）供應給市場：春節前後，大批農副產品～市場。

【投稿】tóugǎo ❶（-//-）〔動〕把稿件投寄給報刊編輯部或出版社：經常～｜最近投了三篇稿。❷〔名〕投寄的稿件：編輯部一週內收到了幾十篇～。

【投合】tóuhé ❶〔形〕相投；合得來：意氣～｜談得十分～。❷〔動〕迎合：～顧客心理。

【投機】tóujī ❶〔形〕（意趣）相合；（見解）一致：一見如故，十分～｜酒逢知己千杯少，話不～半句多。❷〔動〕乘機牟利：～鑽營｜～商人專做～買賣。❸〔動〕佛教用語。謂契合佛祖心機：使言言相副，句句～。

【投機倒把】tóujī-dǎobǎ〔成〕窺伺時機，以囤積居奇、買空賣空、套購轉賣、操縱物價等手段牟取暴利：～分子｜～活動。

【投機取巧】tóujī-qǔqiǎo〔成〕❶利用時機和不正當的手段來謀取私利：為了追求產量而降低質量，這不是～嗎？❷不付出艱苦勞動，只憑僥倖或小聰明來取得成功：想～一舉成名，不可能！

【投井下石】tóujǐng-xiàshí〔成〕落井下石。

【投軍】tóujūn〔動〕指入伍當兵；從軍。

【投考】tóukǎo〔動〕報名應考：～電影學院要有個準備。

【投靠】tóukào〔動〕投奔別人以求依靠；依附別人：～親戚｜賣身～反動勢力。

【投籃】tóulán〔動〕把籃球投向籃筐。

【投勞】tóuláo〔動〕投入勞動力：按投資和～多少分成。

【投拍】tóupāi〔動〕（電影、電視劇）正式開始拍攝：這部新作在今年夏天可望～。

【投票】tóu//piào〔動〕（將填寫好的選票）投入票箱，以參與選舉或表決：～選舉｜～表決｜無記名～｜選民都投了票。

【投親靠友】tóuqīn-kàoyǒu〔成〕投靠親戚朋友：受災群眾暫時就近轉移，～。

【投入】tóurù ❶〔動〕放進某種環境：將選票～票箱｜彩電已大量～市場｜全部勢力～抗洪第一綫。❷〔動〕投放資金：這個項目爭取少～，多產出。❸〔名〕投放的資金：增加教育上的～。❹〔形〕指精神集中，一絲不苟：她無論做甚麼事，都很～。

【投身】tóushēn〔動〕親身參加；獻身於（某種事業或行動）：～革命｜～教育事業。

【投石問路】tóushí-wènlù〔成〕比喻先採取某種行動試探，以摸清情況。

【投鼠忌器】tóushǔ-jìqì〔成〕《漢書·賈誼傳》："欲投鼠而忌器。"意思是想用東西打老鼠，又怕損壞了老鼠近旁的器物。後用"投鼠忌器"比喻想打擊壞人，又有所顧忌，怕會傷害別的無辜的人和牽涉別的事。

【投宿】tóusù〔動〕（旅客）找住處過夜：就近～在一戶獵人家中｜未晚先～，雞鳴早看天。

【投訴】tóusù ❶〔動〕向有關單位提出申訴：向環境保護部門提起～。❷〔名〕指向有關部門提出的申訴材料：消費者協會收到大量市民～。

【投胎】tóu//tāi〔動〕迷信指人或動物死後，其靈魂轉入其他母體成胎，再次降生於世間：轉世～。也說投生。

【投桃報李】tóutáo-bàolǐ〔成〕《詩經·大雅·抑》："投我以桃，報之以李。"意思是他送給我桃子，我用李子回報他。後用"投桃報李"比喻相互贈答，友好往來。

【投降】tóuxiáng〔動〕（作戰中的一方）中止對抗，向對方屈服；也泛指放棄對立的態度，屈從對方：敵人不～，就堅決消滅它｜二戰末期，軸心國向同盟國～｜絕不向錯誤主張～。

【投向】tóuxiàng ❶〔動〕向某個方向投奔或投入：～光明｜這筆資金計劃～旅遊業。❷〔名〕資金、人力、物力等投放的方向或目標：合理調整農村信貸資金～｜優化科技人才～。

【投效】tóuxiào ❶〔動〕〈書〉投靠並為之效力：～革命軍｜竭誠～。❷〔名〕投入人力、物力等所產生的效率：節約資源，增強～。

【投藥】tóuyào〔動〕❶（-//-）投放藥物（多為殺死老鼠、蟑螂等害蟲的毒藥）：～綠地。❷給以藥物服用。

【投醫】tóuyī〔動〕找醫生看病；就醫：～問藥｜病急亂～。

【投影】tóuyǐng ❶〔動〕光綫將物體或圖形的形象投射到一個平面或一條直綫上：～圖｜～幾何學｜古槐～在地上。❷〔名〕投射在一個面或一條綫上的物體或圖形的影子：這個圓點就是那根鐵棍兒的～。❸〔名〕比喻甲事物在乙事物上面表現出來的跡象：從這件小事，可以看到

T

時代的～。

【投緣】tóuyuán〔形〕情意相契合：這一老一少非常～。

【投運】tóuyùn〔動〕投入運營：水電站已建成～。

【投擲】tóuzhì〔動〕向確定的方向或目標扔：～石塊｜～鐵餅。

【投注】tóuzhù ㊀〔動〕（精神、力量等）集中：公司為這項工程～了大量人力、物力｜觀眾一齊把目光～到舞台上。㊁(-//-)〔動〕投放注入資金；特指在博彩活動中投入資金：福利彩票～站。

【投資】tóuzī ❶(-//-)〔動〕投入資金或實物（用於開發或發展某項事業）：向工礦企業～4000萬元｜鼓勵農民向荒山～。❷〔名〕（項，筆）為達到一定目的而投入的資金或實物：基本建設～｜對教育的～每年都有增加。

骰 tóu 見下。

【骰子】tóuzi〔名〕（吳語）色子（shǎizi）。

頭（头）

tóu ㊀❶〔名〕人體最上面或動物最前面的部分，即腦袋。❷〔名〕頭髮；髮型：剃～｜平～｜分～｜莫等閒白了少年～。❸(～兒)〔名〕物體的頂端或末梢：山～｜火車～｜月上柳梢～。❹(～兒)〔名〕開頭或結尾：從～兒做起｜善惡到～終有報｜說了個有～有尾的故事。❺(～兒)〔名〕物品的剩餘部分：布～兒｜粉筆～兒｜香煙～兒。❻(～兒)賭博或買賣中抽的回扣：抽～兒｜～兒錢。❼(～兒)〔名〕為首的人；頭目：工～兒｜土匪～兒｜她是我們組的～兒。❽(～兒)〔名〕方面：事情不能只顧一～｜您這～兒好說，他那～兒還得費點兒口舌｜既然兩～都同意了，就把事情定下來吧。❾第一；最大：～號｜～版～條｜～等大事。❿領頭的：～羊｜～雁。⓫〔形〕次序居先的；最前的（多用在數量詞前）：～幾天｜～十排坐的都是來賓｜～兩年見過他一面。注意"頭年、頭月、頭天"等詞中的"頭"有"上一"和"剛過去的"兩個意思，特別是吳語，經常用第二個意思。⓬〔介〕臨到；接近：～春節動身回家｜不要等到～上路才收拾行李。⓭〔量〕用於某些動物：一～牛｜兩～驢｜五～豬｜兩～大象｜好幾～牲口。⓮〔量〕用於大蒜：一～蒜。⓯〔量〕用於親事（數詞限於"一"）：那一～親事怎麼樣了？

㊁(tou)〔後綴〕❶加在名詞性成分後面，構成名詞：饅～｜木～｜苗～｜骨～。注意"磚頭""窩頭""額頭""喉頭"等的"頭"不讀輕聲。❷(～兒)加在動詞、形容詞性成分後面構成名詞，多表示抽象事物：準～兒｜甜～兒｜苦～兒｜看～兒。注意"看頭兒、聽頭兒、吃頭兒"等抽象名詞，含有"值得看、值得聽、值得吃"的意思。❸加在單音節方位名詞後面，構成雙音節方位名詞：上～｜下～｜前～｜後～｜裏～｜外～。

注意"左、右、內、中、旁"後面不能加後綴"頭"；"東頭兒、西頭兒、南頭兒、北頭兒"的"頭兒"，意思是"終端"，不讀輕聲。

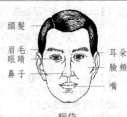

頭髮
眉毛
眼睛
鼻子
耳朵
臉頰
嘴
腦袋

語彙 案頭 鼈頭 把頭 白頭 報頭 捕頭 彩頭 插頭 鋤頭 詞頭 磁頭 帶頭 彈頭 當頭 渡頭 對頭 額頭 風頭 斧頭 工頭 寡頭 光頭 戶頭 滑頭 肩頭 箭頭 接頭 街頭 勁頭 盡頭 鏡頭 巨頭 刊頭 苦頭 浪頭 龍頭 碼頭 矛頭 苗頭 念頭 派頭 犧頭 噴頭 姘頭 牆頭 拳頭 日頭 勢頭 手頭 抬頭 窩頭 想頭 心頭 行頭 嚎頭 由頭 芋頭 兆頭 指頭 鐘頭 賺頭 鑽頭 觸霉頭 二鍋頭 翻跟頭 趕浪頭 核彈頭 嚼舌頭 軟骨頭 獨佔鼈頭 狗血噴頭 頑石點頭 繡花枕頭 一年到頭 螞蟻啃骨頭

【頭班車】tóubānchē〔名〕❶（輛，趟）公共交通車輛每天開往某處的最早一班車（跟"末班車"相對）。❷比喻最早的機會：他趕上了"文革"後出國留學的～，學成後回國，成了最早的海歸派。

【頭籌】tóuchóu〔名〕第一名；第一位：拔得～。

【頭寸】tóucùn〔名〕❶舊時商業用語。銀行、錢莊等當日備有的款項：多～（收大於付）｜缺～（付大於收）｜軋(gá)～（結算收付差額）｜拆～（借款以彌補差額）。❷指銀根：～緊｜～鬆。❸指現金：調～。

【頭等】tóuděng〔形〕屬性詞。第一等；最高的；最重要的：～客房｜～大事｜～任務。

【頭髮】tóufa〔名〕（根）人的前額以上、兩耳以上和後脖子以上所生長的毛：～花白｜黑～｜黃～。

【頭伏】tóufú〔名〕初伏：～涼快二伏火，三伏無處躲。

【頭號】tóuhào(～兒)〔形〕屬性詞。❶第一號；最大號：～飯鍋｜～人物。❷最高級的；最好的：～大米｜～麵粉。

【頭角】tóujiǎo〔名〕比喻青少年顯示出的氣概或才華：嶄露～。

【頭巾】tóujīn〔名〕❶古代男子用來裹頭的紡織品。❷（塊，條）婦女裹頭的紡織品，多帶花紋，富於色彩。

戴頭巾的習俗
古代只有庶人才戴頭巾，士以上戴帽子。相傳漢元帝前額頭髮很壯，不願讓人看見，始服幘（一種束髮的頭巾），群臣仿效。到王莽時，因他沒有頭髮，才推行戴裹頭的頭巾。

【頭盔】tóukuī〔名〕防護頭顱的盔：賽車手戴着藍色～。

【頭裏】tóuli〔口〕❶ 前頭；前面：你～走，我馬上就來 | 在技術革新中，他總是走在～。❷ 事前：醜話說～。

【頭領】tóulǐng〔名〕首領；領頭的人：部落～ | 幫派～。

【頭顱】tóulú〔名〕人的頭；腦袋：拋～，灑熱血（指壯烈犧牲）。

【頭面】tóumian〔名〕❶〔副〕舊時婦女頭上所戴的裝飾品：珠翠～ | 全副～。❷ 戲曲中旦角頭上化裝飾物的總稱。包括髮髻、髮辮、珠花、耳環、簪子等一整套用品。

【頭面人物】tóumiàn rénwù 在社會上經常出頭露面、有較大勢力和影響的人物：誰人不知，他是個～ | 參與其事的還有幾位～呢！

【頭目】tóumù〔名〕某些集團中的頭領（多含貶義）：眾～ | 大小～ | 黑社會～。

【頭腦】tóunǎo〔名〕❶ 腦袋；主管思維的器官：～發脹 | ～昏沉 | 他的～裏形成了一種固定看法。❷ 思想；理智；思維能力：～清醒 | ～簡單 | 缺乏政治～。❸ 頭緒；道理：摸不着～ | 他說話辦事很有～。❹〔口〕首領：他就是這寨裏的～。

【頭破血流】tóupò-xuèliú〔成〕頭被打破，鮮血直流。常用來形容受到沉重打擊或遭到慘敗的樣子：碰得～以後，他才稍微清醒了一點兒。

【頭人】tóurén〔名〕（位）舊時對某些少數民族中首領人物的稱謂。

【頭繩】tóushéng〔名〕❶（～兒）（根）用來紮頭髮或辮子的細繩子：扯來二尺紅～，對着鏡子紮起來。❷（吳語）毛綫：～衫 | ～衣服。

【頭飾】tóushì〔名〕戴在頭上的裝飾品：婦女的～很漂亮。

【頭套】tóutào〔名〕按一定頭型、髮式製成的套在頭上的化裝用具。

【頭疼】tóuténg ❶〔動〕"頭痛" ①：感冒了，有點～。❷〔形〕"頭痛" ②：他的事真讓人～。

【頭疼腦熱】tóuténg-nǎorè（～的）指一般的小病。也泛指患一般小病：～的，休息一下就好了 | 誰沒個～的時候。

【頭痛】tóutòng ❶〔動〕頭部感到疼痛：～得厲害 | 他因為～，今天請假了。❷〔形〕比喻感到為難或厭惡（wù）：這種事令人非常～ | 最讓她～的是瑣碎的家務。

【頭痛醫頭，腳痛醫腳】tóutòng-yītóu, jiǎotòng-yījiǎo〔俗〕只醫治疼痛部位，不追究病根。比喻處理問題只是就事論事，臨時應付，沒有通盤考慮，不從根本上解決問題：做領導工作須有個全面計劃，不能～。

【頭頭腦腦】tóutóunǎonǎo〔名〕〈口〉泛指有職權的人物：今天的會大概很重要，各部門的～都來了。

【頭頭兒】tóutour〔名〕（位）〈口〉某集團或某單位的負責人；為首的人：幫派～ | 各單位的～都到齊了。

【頭頭是道】tóutóu-shìdào〔成〕形容人說話、辦事層次分明，條理清楚：他說起話來～。

【頭陀】tóutuó〔名〕佛教用語，指僧侶所修的苦行，也指遊方乞食的僧人。[梵 dhūta]

【頭銜】tóuxián〔名〕指官銜、軍銜、學銜等稱號：他的名片上～真多。

【頭緒】tóuxù〔名〕緒：蠶繭的絲頭。比喻複雜的事情或混亂思緒中的條理：～紛繁 | 很難理出個～來。

【頭油】tóuyóu〔名〕抹頭髮用的油質化妝品：她的頭髮亮亮的，好像抹了～。

【頭重腳輕】tóuzhòng-jiǎoqīng〔成〕頭腦沉重，兩腳浮漂，身體難以支撐。形容上重下輕，基礎不穩或事物前後、上下不協調：只因多喝了幾杯，便覺～，站立不住 | 牆上蘆葦，～根底淺。

【頭子】tóuzi ㊀〔名〕〈書〉稅收正額以外的一種名目：～錢。㊁〔名〕當頭的；首領（含貶義）：土匪～ | 流氓團夥的～。

tǒu ㄊㄡˇ

斜（钭）　Tǒu〔名〕姓。

敨　tǒu〔動〕（吳語）❶（把包着或捲着的東西）放開；（把褶子）展平：～包袱 | 把畫軸～開來看看 | 把褶子～平。❷（把衣物上的塵土）抖摟掉：拿衣裳～乾淨 | 抹布先～～再洗。

tòu ㄊㄡˋ

透　tòu ❶〔動〕滲透；穿過；通過：～氣 | 這種膠鞋不～水 | 陽光～過玻璃 | ～過現象看本質。❷〔動〕私下裏告訴；泄露：給我～個信兒 | 一點消息也沒～出來 | 他開聊時～了一句半句。❸〔動〕顯露：軟裏～硬 | 臉上～出得意之色。❹〔形〕透徹；清楚：看～了 | 道理講得很～ | 先摸～情況再說 | 猜不～他想幹甚麼。❺〔形〕充分；徹底：雨下～了 | 天黑～了 | 莊稼還沒熟～呢。❻〔形〕程度極深（多用於貶義或消極義，必帶"了"字）：糟～了 | 懶～了 | 壞～了。

| 語彙 | 浸透　靈透　深透　滲透　玲瓏剔透 |

【透徹】（透澈）tòuchè〔形〕詳盡而深入：他對各種可能做了～的分析 | ～地講解了每個題目的各種解法。

【透底】tòu // dǐ ❶〔動〕透露底細：他的嘴真緊，一點兒也不肯～ | 你這一句話，把我的牌全

透了底。❷〔形〕形容水清亮透明，可看到底部：溪水清澈～。

【透頂】tòudǐng〔形〕達到頂點：腐朽～｜圓滑～｜荒唐～｜麻煩～｜庸俗～｜愚蠢～｜聰明～。

【透風】tòu//fēng〔動〕❶風可穿過：走廊～，涼快些｜世界上沒有不～的牆。❷把東西敞開讓風吹：打開門窗讓屋裏透點兒風｜把毛衣掛到晾台上透透風。❸比喻透露消息：怎麼問他也不肯～。

【透過】tòuguò〔介〕港澳地區用詞。引進動作的媒介或方式，同"通過"：～家訪，了解小孩子的性格形成原因｜大公司～兼併中小公司，擴大為超級企業。

【透鏡】tòujìng〔名〕（面）用玻璃、水晶等透明物質製成的鏡片，光綫通過透鏡折射後可以成像，一般分為凸透鏡和凹透鏡。

【透亮】tòuliàng（-liang）〔形〕❶透明；明亮；亮堂：像水晶一樣～｜房間很～。❷明白：聽了這番話，他心裏～了。

【透亮兒】tòu//liàngr〔動〕透過光綫：窗簾太薄，～｜拉開窗簾，透點亮兒吧！

【透漏】tòulòu〔動〕泄露：秘密是小王～出去的。

【透露】tòulù〔動〕❶泄露：她～過這個消息｜～了一點兒內情。❷露出；顯露：臉上～出笑容｜眼神中～出一絲恐慌。

【透明】tòumíng〔形〕❶能透過光綫的：湖水清澈～｜臉上蒙着一層～的白紗。❷（事情）公開，無遮掩或隱藏：增加～度｜獎金分配方案～，職工心中都有數。

【透明度】tòumíngdù〔名〕比喻事物的公開程度：～很高｜增加執法工作的～。

【透闢】tòupì〔形〕透徹精闢：道理講得很～｜～的分析。

【透氣】tòu//qì（～兒）〔動〕❶空氣流通；通氣：這屋子不～兒｜打開窗戶透透氣。❷呼吸；喘氣：鼻子嘴巴捂住了，怎麼～兒｜熱得人透不過氣來。❸互通聲氣；互通消息：上下級不～兒，就沒法做好工作｜開完會回來，再給他透個氣兒。

【透視】tòushì❶〔名〕用色彩或綫條在平面上表現出物體的空間位置、立體輪廓和明暗投影的方法。❷〔動〕用愛克斯射綫透過人體，使在熒光屏上形成影像，以觀察人體的內臟、骨骼等：去放射科～一下。❸〔動〕比喻清楚透徹地觀察到事物的本質：～其中利弊。

【透析】tòuxī ㊀〔動〕透徹剖析：～雙方競賽形勢。㊁〔動〕❶利用半透膜使溶膠和其中的雜質分離。也叫滲析。❷醫學上指利用滲析技術把體液中的毒素和代謝產物排出體外：做～。

【透支】tòuzhī〔動〕❶（經銀行許可，存戶可在一定時間和限額內）向銀行支取大於其存款餘額的款項：～戶｜～利息（按透支金額和期限，

取款人付給銀行的利息）。❷開支超過收入；超支：這個月又～了｜月月～。❸預先支取（工資）：先～一部分工資，以濟急需。❹比喻人的精力、體力消耗過度，超過了承受能力：他最終因體力～而病倒。

tū ㄊㄨ

凸　tū/tú〔形〕中間高而周圍低（跟"凹"相對）：～起｜～顯｜～透鏡｜凹～不平。注意凸字的筆順為：⼀⼝⼞凸，共五筆。

【凸版】tūbǎn〔名〕版面的印刷部分高出空白部分的印刷版，如印刷報刊、書籍等的木版、鉛版、鋅版等（區別於"凹版"）。

【凸出】tūchū〔動〕鼓起；高出周圍：峭壁上巨石～。

【凸起】tūqǐ❶〔動〕鼓起；比周圍高起來：牆面～｜額頭上有個～的大包。❷〔名〕高出或鼓起的部分：腸壁上出現了幾個小～。

【凸透鏡】tūtòujìng〔名〕透鏡的一種，中央比邊緣部分厚，光綫通過向軸綫方向折射，聚焦在一點（焦點）上。物體放在焦點內，由另一側看，可見物體的放大虛像。遠視鏡片就屬凸透鏡類型。通稱放大鏡。

【凸顯】tūxiǎn〔動〕清楚而突出地顯露出來：中國外交～誠意｜高校專業設置～高校育人理念。

【凸現】tūxiàn〔動〕清楚而突出地呈現出來：空調清洗業商機～｜詩、文、畫互相輝映，～了作家的人格。

禿　tū〔形〕❶沒有毛或頭髮：～鷲｜頭頂～了｜～尾巴鵪鶉。❷（山上）沒有草木；（樹木）沒有葉子：荒山～嶺｜這棵樹～了。❸物體尖端缺損或不銳利：～針｜～筆｜鎬頭使～了。❹文章、話語等首尾部分不完整：盡說些～頭～腦的話。

語彙 斑禿　兀禿　光禿禿

【禿頂】tūdǐng❶（-//-）〔動〕頭頂上大部分頭髮已脫落：他才四十來歲就～了。❷〔名〕脫落了大部分頭髮的頭頂：把帽子戴在～上。❸〔名〕指禿了頂的人（不禮貌的說法）：你見到那個～了嗎？

【禿鷲】tūjiù〔名〕（隻）一種大型猛禽，頭部頸部裸禿僅有絨毛，身上羽毛棕黑色，嘴呈鈎狀，爪銳利，喜以鳥、獸等的屍體為食。俗稱坐山雕。

【禿瓢兒】tūpiáor〔名〕（北京話）頭髮脫光或剃光而成的光頭（含詼諧意）：讓理髮師剃了個大～。注意"剃禿瓢兒"又有比喻義，比如甲隊跟乙隊比賽，甲隊一分沒得，就可以說甲隊被乙隊"剃了禿

瓢兒" 或 "剃了光頭"。

【禿頭】tūtóu ❶(- // -)〔動〕〈口〉頭上不戴帽子：這麼大風，他怎麼禿着個頭就出去了。❷〔名〕剃光或脫光了頭髮的腦袋。❸〔名〕沒有頭髮或頭髮很少的人。

【禿子】tūzi〔名〕❶〈口〉沒有頭髮或頭髮很少的人(不禮貌的說法)。❷(北方官話)長禿瘡的人；癩痢頭(不禮貌的說法)。

突 tū/tú〔動〕❶〔動〕猛力衝：左衝右～｜掩護～圍。❷〔動〕鼓起來；高於周圍：～起｜～出。❸〔副〕突然：人口～增｜風雲～變｜～飛猛進。❹古代灶旁突起的出煙口；煙囱：灶～｜曲～徙薪。

語彙 奔突　馳突　衝突　鷸突　奇突　唐突　煙突　狼奔豕突

【突變】tūbiàn〔動〕❶ 突然而急劇地變化：天氣～｜臉色～｜風雲～｜形勢～。❷ 哲學上指事物從舊質到新質的飛躍；質變。

【突出】tūchū ㊀(- // -)〔動〕衝出：～重圍｜從包圍圈中～。㊁❶〔動〕凸出；隆起：前額～｜巨石～河面。❷〔形〕超出一般；與眾不同；特別明顯：成績很～｜這身打扮太～了｜鶴立雞群很～。❸〔動〕使明顯；使超過一般：～主題｜～重點。

【突發】tūfā〔動〕突然發生；突然發作：～事件｜～性｜他心臟病～，被送進醫院。

【突飛猛進】tūfēi-měngjìn〔成〕突然起飛，迅猛前進。形容提高很快，進展或發展特別迅速：我國的建設事業～，一日千里。

【突擊】tūjī ❶〔動〕集中兵力出其不意地向敵方陣地迅猛攻擊：～敵人的左翼防綫。❷〔動〕集中力量，加快速度，短時間做成某事：～播種｜～搞衛生｜學習要日積月累，不能～。❸〔副〕事先不通知，突然進行(某種工作)：～檢查。

【突擊隊】tūjīduì〔名〕(支)❶ 作戰時在主要攻擊方向上擔任突擊任務或反擊任務的部隊：組織好～｜～由三團擔任。❷ 為突擊完成某項任務而臨時組成的勞動隊伍：青年～｜踴躍報名參加～。

【突厥】Tūjué〔名〕中國古代少數民族，5 世紀中葉遷徙於金山(今阿爾泰山)南麓。公元 552 年開始建立政權，582 年分裂為東、西突厥，638 年、659 年先後為唐所滅。

【突破】tūpò〔動〕❶ 作戰時集中兵力向敵人陣地的薄弱點進攻或反攻，以打開缺口，擴大戰果：～了敵人的封鎖綫｜敵人的陣地被我軍～了。❷ 球賽中，運動員擺脫對方的防守，進行傳球、投籃或射門等：客隊的～能力很強｜2 號隊員～客隊防綫，猛射一腳破門。❸ 打破(僵局)：衝過(界綫)；超出(限額)：～難關｜～紀錄｜武器核查談判已有所～。

【突破口】tūpòkǒu(～兒)〔名〕❶ 進攻的一方在對方防禦陣地上打開的缺口；後續部隊從～迅速挺進，擴大戰果。❷ 戰勝困難、解決問題的着手的地方：要抓住一兩個問題作為攻關的～。

【突起】tūqǐ〔動〕❶ 突然興起、發生或出現：異軍～｜蝗災～。❷ 凸起；聳立：奇峰～｜顴骨高高地～。

【突然】tūrán〔形〕(情況)發生得急促而且出乎意料：～事變｜～的變化｜這件事很～｜我們感到～得很｜汽車～轉彎，心臟～停止了跳動。

▢ **辨析** 突然、忽然 "突然" 是形容詞，表示事情急促發生，出人意料。a) 做定語，如 "突然變故" "突然災禍" "突然的情況"。b) 做謂語，前面可有副詞，後面可有補語，如 "情況太突然" "這件事也不突然" "這場變故來突然得很"。c) 做賓語，如 "感到突然" "這件事他並不以為突然"。"忽然" 是副詞，也表示事情急促發生，出人意料。在句中只做狀語。如 "連天陰雨，忽然晴了" "病忽然好了" "忽然停電了"。"突然" 也可做狀語，因此用 "忽然" 的句子可以換用 "突然"，換用之後，語意更加強調。但 "突然" 的其他用法 "忽然" 都不具備。

【突然間】tūránjiān〔副〕忽然；突然(更強調情況發生的那一瞬間，經常用在主語前)：～，天空響起了一聲炸雷｜～，他發現遠處有燈光。

【突如其來】tūrúqílái〔成〕突然發生；突然出現：～的災害｜人們都被這～的情況驚呆了。

【突突】tūtū〔擬聲〕形容持續而短促的聲音：心～直跳｜機槍～地掃射着。

【突圍】tū // wéi〔動〕突破對方的包圍：三連先～出去｜敵人～沒有成功。

【突兀】tūwù〔形〕❶ 高聳的樣子：奇峰～｜～的石崖。❷ 突然；出人意料：事情來得實在～，人們一時不知如何是好。

【突襲】tūxí〔動〕出其不意地發動攻擊；突然襲擊：～敵軍大本營｜～籃下，投球得分。

【突顯】tūxiǎn〔動〕❶ 突然顯現：馬拉松長跑比賽剛進行一半，他身體～不適。❷ 突出地顯露：房間的佈置～出主人的情趣。

【突現】tūxiàn〔動〕❶ 突然出現；突然呈現：雨過天晴，美麗的山景～在眼前。❷ 突出地顯現：他的詩歌更～了他的人格。

葵 tū 見 "蓇葖"(465 頁)。

璐 tū 見下。

【璐玞】tūfú〔名〕〈書〉玉名。

tú ㄊㄨ

徒 tú ㊀❶ 步行：～步｜～行。❷ 空的：～手。❸ 表示除此之外，沒有別的；僅只：～具形式｜不～無益，而且有害。❹〈書〉白白地；徒然：～滋浪費｜～費口舌｜～勞往返｜少壯不努力，老大～傷悲。❺(Tú)〔名〕姓。

㊁❶徒弟；學生：～工｜門～｜～子～孫｜嚴師出高～。❷信仰某種宗教的人：基督～｜佛教～｜僧～。❸〈書〉人眾：水至清則無魚，人至察則無～。❹同類的人；某種人（多含貶義）：黨～｜酒～｜暴～｜亡命之～｜好事之～。❺指徒刑。❻服徒刑的人：囚～。

語彙 暴徒 匪徒 教徒 酒徒 門徒 叛徒 囚徒 司徒 信徒 學徒 實繁有徒

【徒步】túbù〔副〕步行：～前往｜～旅遊｜～行軍。

【徒弟】túdì(-di)〔名〕(名)跟着師傅學習技藝的人：師傅帶～｜對～要求很嚴｜～要尊敬師傅。

【徒工】túgōng〔名〕(名)學徒工：本廠招收～二十名。

【徒勞】túláo〔動〕白費力氣；空費心力：～無益｜～無功。

【徒勞無功】túláo-wúgōng〔成〕白白花費心力而收不到成效：曠時廢日，～。

【徒然】túrán ❶〔形〕不起作用；枉然：方法不對，費力再大也是～。❷〔副〕白白地：～浪費時間｜勞而無功，～費力。❸〔副〕僅僅；只是：如此莽撞行事，～給人以可乘之機。

【徒手】túshǒu〔副〕空手：～操練｜～與強敵格鬥。

【徒刑】túxíng〔名〕❶〈書〉指拘禁起來，罰其勞作的一種刑罰。❷刑罰中的一種主刑，即剝奪犯人自由的刑罰，分無期和有期兩種：判處三年～。

【徒有虛名】túyǒu-xūmíng〔成〕空有其名。指名不副實。

涂 Tú〔名〕姓。
另見 tú "塗"（1367頁）。

瑹 tú〈書〉美玉。

荼 tú〈書〉❶一種苦菜：誰謂～苦，其甘如薺(jì)。❷茅草、蘆葦之類植物的白花：如火如～。

【荼毒】túdú〔動〕〈書〉本指荼菜的苦味和蛇蠍之類的毒液，借指毒害或殘害：～生靈｜百姓何罪，遭此～！

【荼蘼】túmí〔名〕落葉小灌木，長條莖上有鈎狀的刺，小葉橢圓形，花白色，有香氣。其中花小而繁的一種也叫木香。也作酴醾。

梌 tú 用於地名：～圩（在廣東）。

途 tú ❶道路：沿～｜坦～｜迷～｜半～而廢｜日暮～窮。❷喻指方面或範圍：用～。❸(Tú)〔名〕姓。

語彙 歸途 宦途 路途 旅途 迷途 歧途 前途 窮途 仕途 坦途 通途 畏途 征途 荊棘載途 老馬識途

【途次】túcì〔名〕〈書〉出外遠行時住宿或停留的地方。

【途經】tújīng〔動〕途中經過（某地）：～武漢｜到上海要～哪些地方？

【途徑】tújìng〔名〕(條)路徑，比喻為達到目的所採取的方式方法：通過外交～來解決｜唯一的～是開源節流。

辨析 途徑、道路 "途徑"意義範圍較窄，一般只指抽象的路徑，如"通過實踐，他終於找到一條解決問題的途徑"，常用於書面語。"道路"意義範圍較寬，常指具體的道路，也指抽象的路徑，如"道路崎嶇""革命道路"，多用於口頭或政論語體。

【途中】túzhōng〔名〕旅途的起點與終點之間；旅行的過程中：～稍事停留。

屠 tú ❶宰殺(牲畜)：～牛｜～夫｜～龍之技（比喻高超無比而不切實用的本領）。❷屠殺：～戮｜～城。❸屠宰牲畜的人：殺豬～。❹(Tú)〔名〕姓。

語彙 斷屠 浮屠 禁屠

【屠岸】Tú'àn〔名〕複姓。

【屠城】túchéng〔動〕攻破城池後大量殺戮城中的無辜百姓：略地～｜～血債。

【屠刀】túdāo〔名〕(把)屠宰牲畜用的刀，泛指殺人武器：放下～，立地成佛。

【屠夫】túfū〔名〕❶(名)以屠宰牲畜為業的人：秀才談書，～談豬。❷比喻屠殺百姓的人：人民不會放過那般喪盡天良的～。

【屠戶】túhù〔名〕以屠宰牲畜為業的人家。

【屠殺】túshā〔動〕大批殺戮：許多野生動物慘遭～｜～人民的劊子手。

【屠蘇】túsū〔名〕古代一種酒名。相傳農曆正月初一飲用這種酒，可避邪，不染瘟疫。

【屠宰】túzǎi〔動〕宰殺：～稅｜～場｜禁止～耕牛｜以～為業。

菟 tú 見"於菟"（1426頁）。
另見 tù（1370頁）。

稌 tú〈書〉稻子。

瑈 tú 古代懸掛在冠冕兩旁的玉，用以塞耳。

圗 túshūguǎn "圖書館"的合體，是個俗字。

腯 tú〈書〉(豬)肥壯：牲牷肥～。

瘏 tú〈書〉疲勞；病：人病馬～。

塗（涂）tú ㊀〔動〕❶ "塗抹" ①：～飾｜給機器部件～油｜～上一些漆｜一層黃色｜～脂抹粉｜傷口上～點軟膏。❷ "塗抹" ②：～鴉｜在紙上亂～一氣。❸ "塗抹" ③：～～改改｜書上～去了一行字｜把多餘的部分～掉。

㊁❶〈書〉泥：～炭。❷ 在河流入海處或海岸附近因泥沙沉積而成的淺海灘：灘～。❸〈書〉同 "途"：假～於鄰國。❹（Tú）〔名〕姓。注意古代 "塗" 和 "涂" 是不同的姓。

"涂" 另見 Tú（1366 頁）。

【塗改】túgǎi〔動〕塗抹和改動：～無效｜數額請用大寫，以防～｜這篇稿子～得太亂了。

【塗改液】túgǎiyè〔名〕一種用於塗紙張上的文字錯誤的白色液體：答題紙上書寫錯誤的地方不能用～塗改。

塗改液的不同説法
在華語區，一般都叫塗改液，中國大陸還叫修正液，台灣地區叫修正液或立可白，港澳地區叫白油，新加坡、馬來西亞和泰國則叫塗改劑。

【塗料】túliào〔名〕塗在物體表面，乾後形成保護層，可以防蝕、耐磨並增加美觀的材料，如油漆、合成樹脂等。

【塗抹】túmǒ〔動〕❶ 使物體附着上油漆、顏料等：木桶上～了一層桐油｜用紅藥水～一下傷口。❷ 隨意寫字或畫畫：信手在紙上～。❸ 抹掉：支票上有～過的痕跡。

【塗飾】túshì〔動〕❶ 用顏料、油漆等塗抹、粉刷、裝飾：～家具｜門窗～一新。❷ 着意地美化：～太平。

【塗炭】tútàn〈書〉❶〔名〕泥淖和炭火，比喻極端困苦的境地：生靈～｜救黎民於～。❷〔動〕使陷入極端困苦的境地：～百姓。

【塗鴉】túyā〔動〕唐朝盧仝《示添丁》詩："忽來案上翻墨汁，塗抹詩書如老鴉；父憐母惜摑不得，卻自痴笑令人嗟。" 後用 "塗鴉" 形容書畫或詩文幼稚拙劣（多用作謙辭）：滿紙～｜信筆～｜～之作，幸勿見笑。

【塗乙】túyǐ〔動〕〈書〉乙：指勾回相顛倒的字或勾入新補充的字。泛指對文章進行修改。

【塗脂抹粉】túzhī-mǒfěn〔成〕（婦女修飾容貌時）塗抹胭脂、香粉等。比喻對醜惡事物進行粉飾和美化：那些道貌岸然的偽君子，害了人還要往自己臉上～。

酴 tú ❶〈書〉酒母。❷〈書〉用小麥做的酒釀，合滓飲用，有甜酒味兒，不醉人。❸（Tú）〔名〕姓。

【酴醾】túmí ❶〔名〕〈書〉重釀的酒。❷ 同 "荼蘼"。

圖（图）tú ❶〔名〕（張，幅）畫成的形象；圖畫：插～｜彩～｜畫一張～｜按～索驥。❷〔名〕指地圖：交通～｜旅遊～｜京城鳥瞰～｜～窮匕首見（xiàn）。❸ 計劃；意圖；謀略：宏～｜雄～｜良～。❹〈書〉畫；繪：繪影～形。❺ 謀劃；計議：企～｜希～｜～謀不軌｜棄舊～新｜勵精～治。❻〔動〕希望得到；貪圖：～快｜～省事｜～財害命｜不～名，不～利。❼（Tú）〔名〕姓。

【圖案】tú'àn〔名〕有裝飾作用的紋樣、圖形等。

【圖板】túbǎn〔名〕（塊）製圖時用來墊圖紙的、有一定規格的方形木板。

【圖版】túbǎn〔名〕（塊）印製照片、插圖、表格等用的印刷版。

【圖表】túbiǎo〔名〕（張，份）標明有關情況或數字的圖和表格：統計～｜這部辭書附有十種～。

【圖釘】túdīngr〔名〕（枚，顆）一種帽大釘短，便於用拇指按壓的釘子，多用來把紙釘在木板或牆壁上：把這幅年畫用～釘在板壁上。

【圖畫】túhuà〔名〕（幅）用綫條或色彩繪成的形象：畫出一幅最新最美的～。

【圖記】tújì〔名〕❶ 圖章；圖章印出的痕跡：這部古書既無題跋又無～，很難考證。❷ 用圖形做的標誌。

【圖解】tújiě ❶〔動〕用圖形分解說明：句子的結構一～就清清楚楚。❷〔名〕用於分析、解釋或說明的圖形：～與正文儘量保持一致｜不能只看文字，還得看～。❸〔名〕對圖片的文字解說：插圖下面有簡短的～。

【圖景】tújǐng〔名〕❶ 畫面或屏幕上的景物：一幅百花齊放的美妙～｜銀幕上的～令人心往神馳。❷ 描述或想象中的景象：四個現代化建設的壯麗～｜神話中保存了大量遠古生活的～。

【圖例】túlì〔名〕圖上各種符號、標記的說明：先看看～，再看地圖｜這幅統計圖怎麼沒有～呢？

【圖謀】túmóu ❶〔動〕陰謀策劃：～不軌（圖謀搞非法活動）。❷〔動〕謀求：～私利｜～高官｜～發展。❸〔名〕計謀；打算：另有～｜有獨霸一方的～。

【圖片】túpiàn〔名〕（張）用來說明某一事物的畫片、照片、拓片等的統稱：～說明｜～展覽｜新聞～。

【圖窮匕見】túqióng-bǐxiàn〔成〕《戰國策・燕策三》載，燕國太子丹派荊軻去刺秦王，荊軻以獻燕國督亢地圖為名求見，圖中暗藏匕首，秦王展開圖將盡，匕首露出，荊軻以匕首刺向秦王，不中，被殺。後用"圖窮匕見"比喻事情發展到最後，終於露出了真相或本意。也說圖窮匕首見。注意這裏的"見"不讀 jiàn。

【圖示】túshì ❶〔動〕用圖像顯示：把戰役過程～出來。❷〔名〕顯示某項內容的圖形或圖片：一邊聽講，一邊看～。

【圖書】túshū〔名〕(本，冊，套)圖冊和書；泛指書籍：～館｜愛護公共～。

【圖書】túshu〔名〕(顆，枚)〈口〉圖章。

【圖書館】túshūguǎn〔名〕(座)搜集、整理和收藏圖書資料以供閱讀者閱覽、利用的專門機構：國家～｜～管理員。

【圖騰】túténg〔名〕原始社會的人用來作為本氏族的標誌並加以崇拜和保護的某種動物、植物或其他自然物：～崇拜｜殷人的～是玄鳥(鳳)。[英 totem]

【圖文並茂】túwén-bìngmào〔成〕形容書的圖畫和文字都很精美。

【圖像】【圖象】túxiàng〔名〕畫成、印成或攝製而成的形象；銀幕或屏幕上映現的形象：～清晰｜這台電視機壞了，只有聲音，沒有～。

【圖形】túxíng〔名〕❶在平面上表示出來的物體的形狀：繪製施工～。❷由點、綫、面集合成的幾何圖形：～上已標明是直角三角形。

【圖樣】túyàng〔名〕按一定規格和要求繪製的，供製造或建築時用作樣子的圖形：建築～｜機器～｜按～鑄造。

【圖章】túzhāng〔名〕❶(枚，顆，方)用石、木、金屬等加工製作而成，底面刻有姓名或其他名稱、圖形的東西，用來印在書籍、文件等上面，作為標記：刻～｜蓋～｜帶上～去領取匯款。❷用圖章沾上印泥印下的痕跡：書上蓋有兩個～｜古畫的～上的字看不清楚。

【圖紙】túzhǐ〔名〕(張)❶繪有或印有圖樣的紙：這是張工程師設計的立交橋建造～。❷繪圖用的紙張。

騄(騄) tú 見"駒騄"(1321 頁)。

土 tǔ ㄊㄨˇ

土 tǔ ❶〔名〕泥土：紅～｜黐～｜～坯(pī)｜～炕｜用～把種子蓋上。❷〔名〕塵土：把衣服上的～揮一揮｜看你渾身是～。❸土地；領土：國～｜故～｜鄉～｜安～重遷｜寸～必爭。❹未經熬製的鴉片：煙～｜雲～。❺〔形〕本地的；地方性強的：～著｜～產｜～話｜這話太～，我也不懂。❻〔形〕民間的；民間沿用的(區別於"洋")：～郎中(民間醫生)｜～方子｜～辦法｜～槍～炮。❼〔形〕不合潮流；不開通：～裏～氣｜樣子太～｜這人～得很。❽(Tǔ)〔名〕姓。

語彙 本土 塵土 出土 冀土 風土 浮土 故土 國土 樂土 領土 泥土 破土 熱土 水土 鄉土 觀音土 混凝土 揮金如土

【土包子】tǔbāozi〔名〕指土生土長、沒有見過世面的人(含譏諷意)：可別讓人家笑話咱們是～。

【土崩瓦解】tǔbēng-wǎjiě〔成〕像土崩塌、瓦碎裂。比喻徹底崩潰：敵人的陣地很快就～了。

【土鱉】tǔbiē〔名〕(隻)䗪(zhè)蟲的通稱。

【土布】tǔbù〔名〕手工紡織的布。

【土產】tǔchǎn ❶〔形〕屬性詞。本地出產的：～品。❷〔名〕某地出產的帶地方特色的物品：回鄉探親，帶些～來｜有些～可以在集市上買到。

【土地】tǔdì〔名〕❶田地：丈量～｜肥沃的～｜～改革。❷疆域；領土：中國～廣大，人口眾多｜一寸～也不能丟失。

【土地】tǔdi〔名〕❶神話傳說或迷信指管理一個小地區的神：～廟。也叫土地爺、土地老。❷比喻長期生活在本地的人：他是這個鄉的老～，甚麼情況都了解。

【土豆】tǔdòu(～兒)〔名〕馬鈴薯的通稱。

【土法】tǔfǎ〔名〕民間沿用的辦法；國內沿用的方法：用～製糖。

【土方】tǔfāng ㊀ ❶〔量〕興修水利、進行土建工程時，挖土、填土、運土等工作量計量單位。通常按立方米計算，一立方米的土為一個土方。❷〔名〕這種土方工程也簡稱土方。㊁(～兒)〔名〕民間用來治病的，非醫藥專門著作上的藥方：～要慎重使用。

【土匪】tǔfěi〔名〕(股，幫，夥)盤踞在一定地區搶劫財物、為非作歹的武裝匪徒：～頭目｜這股～已被消滅了。

【土改】tǔgǎi〔動〕土地改革：～工作隊｜搞～。

【土豪】tǔháo〔名〕❶舊時橫行鄉里的地主或惡霸：～劣紳。❷富而不貴的群體，有戲謔義。

【土話】tǔhuà〔名〕只在小地區內使用的某個方言的分支，也特指其中的某些詞語：這山溝裏的～可難懂了。也叫土語。

【土皇帝】tǔhuángdì〔名〕指盤踞一方，胡作非為的軍閥、官僚或大惡霸。也叫土皇上。

【土家族】Tǔjiāzú〔名〕中國少數民族之一，人口約 835.3 萬人(2010 年)，主要分佈在湖北、湖南，少數散居在廣東、貴州和重慶等地。土家語是本民族語言，現通用漢語，沒有本民族文字。

【土建】tǔjiàn〔名〕土木建築：～工程。

【土老帽】tǔlǎomào(～兒)〔名〕俗稱跟不上時代潮流，衣着、言談、舉止土裏土氣的人。

【土樓】tǔlóu〔名〕(座)福建西南部地區居民用生土夯築而成的一種內有三至五層木結構的樓。

外形各式各樣，全樓只有一個大門，具有防匪、防盜，冬暖夏涼等優點。

【土木】tǔmù〔名〕土木工程（含房屋、橋樑、道路、港口等工程）：～營造｜大興～。

【土偶】tǔ'ǒu〔名〕泥塑的偶像。

【土坯】tǔpī〔名〕（塊）把黏土加水（有的摻麥秸）和（huò）好放在方形模子裏製出的土塊，晾乾後可用來砌牆、盤炕等：～房兒。

【土氣】tǔqì(-qi)❶〔形〕不時髦：土裏～｜顯得很～。❷〔名〕不時髦的風格、式樣等：把這首歌的～去掉，就失去了它的特色。

【土壤】tǔrǎng〔名〕❶地球陸地表面上一層能生長植物的疏鬆物質：～肥沃｜改良～。❷比喻有助於某種事物發生、發展的客觀條件：滋生官僚主義的～。

【土人】tǔrén〔名〕❶外地人稱世代居住在不發達地區的當地人；土著：非洲～。❷（～兒）泥塑的人像。

【土生土長】tǔshēng-tǔzhǎng〔成〕土裏生、土裏長。指在當地出生並在當地長大：當地有很多～的好幹部。

【土司】tǔsī〔名〕元、明、清王朝實行的在部分民族地區授予當地民族首領世襲官職以統治當地民族的制度，也指被授予土司官職的人。

【土特產】tǔtèchǎn〔名〕土產和特產的合稱：～出口｜發展山區～的經營。

【土星】tǔxīng〔名〕太陽系八大行星之一，按距離太陽由近及遠的次序計為第六顆，體積約為地球的 750 倍。公轉一周的時間約 29.46 年，自轉一周的時間約 10 小時 14 分。已確認的衛星有 50 顆，周圍有光環。中國古代把土星叫作鎮星、填（zhèn）星。

【土腥味】tǔxīngwèi（～兒）〔名〕泥土的氣味：陣雨過後，空氣中瀰漫着一股～。

【土音】tǔyīn〔名〕土話的口音：～很重。

【土話】tǔhuà〔名〕土話：家鄉～｜方言～。

【土葬】tǔzàng〔動〕喪葬方式的一種，一般是將遺體裝進棺材，再埋入地下（區別於"火葬""水葬"等）。

【土造】tǔzào〔形〕用土法製造的：～步槍｜～手榴彈｜這批彈藥全部是～的。

【土政策】tǔzhèngcè〔名〕指某個地區或部門自行制定的規定或措施等（多與國家政策不一致）：這種～顯然束縛了農民的手腳。

【土質】tǔzhì〔名〕土壤的結構或性質：改良～｜～鬆軟｜～肥沃。

【土著】tǔzhù〔名〕世代居住在當地的人：～居民｜村上居民，大半為～｜印第安人是美洲的～。

【土族】Tǔzú〔名〕中國少數民族之一，人口約 28.9 萬（2010 年），主要分佈在青海的互助、民和、大通等地，少數散居在甘肅的天祝、永

登等地。土族語是主要交際工具，沒有本民族文字。

吐 tǔ❶〔動〕使東西從嘴裏出來：～痰｜～唾沫。❷〔動〕長出來；顯出來：～穗兒｜～舌頭｜狗嘴裏～不出象牙（比喻壞人嘴裏說不出好話）。❸〔動〕說出來；講出來：～露｜酒後～真言｜把真情～出來。❹（Tǔ）〔名〕姓。
另見 tù（1369 頁）。

語彙　噴吐　傾吐　談吐　吞吐

【吐蕃】Tǔbō（舊時也讀 Tǔfān）〔名〕中國古代民族，在今青藏高原。唐時曾建立政權。

【吐翠】tǔcuì〔動〕現出碧綠的顏色：楊柳～｜青山～。

【吐故納新】tǔgù-nàxīn〔成〕中國古代的一種養生方法，即吐出濁氣，吸納清氣。比喻揚棄陳舊的，吸收新鮮的：靜心養氣，～，以延年益壽｜一個政黨也要不斷～，才能朝氣蓬勃。

【吐口】tǔ//kǒu〔動〕開口說話，多指講出實情或表示同意等：始終沒有～｜你絕不能輕易～答應。

【吐露】tǔlù〔動〕❶說出（實情或真心話）：～真情｜不肯～一點消息。❷顯露；長出：柳條～出新芽。

【吐氣】tǔqì(-//-)〔動〕使氣從口中呼出，比喻發泄怨氣或受壓抑的情緒：揚眉～｜輕輕地吐了口氣。㊁〔動〕語音學上指發輔音時有較顯著的氣流出來。也叫送氣。

【吐綬雞】tǔshòujī〔名〕火雞。因喉下有肉垂如小綬，五色彪炳，故稱。

【吐司】tǔsī〔名〕烤麵包片。[英 toast]

【吐穗】tǔsuì（～兒）〔動〕抽穗。

【吐絮】tǔxù〔動〕❶棉桃成熟裂開，露出白色的棉絮。❷柳樹、蘆葦種子上的白色茸毛向外飄落。

【吐谷渾】Tǔyùhún〔名〕中國古代民族，在今甘肅、青海一帶。隋唐時曾建立政權。**注意** 這裏的"谷"不讀 gǔ。

【吐字】tǔzì〔動〕說出字音：～歸音｜孩子回答起來不緊不慢、～清晰。

釷（钍）tǔ〔名〕一種放射性金屬元素，符號 Th，原子序數 90。銀白色，質軟，延展性強。在空氣中燃燒能發出強光。用於核工業。

tù　ㄊㄨˋ

吐 tù〔動〕❶（消化道或呼吸道裏的東西）從嘴裏湧出；嘔吐：～血｜上～下瀉｜吃下去的藥全～出來了｜～了一地。❷比喻被迫退還（所侵吞的財物）：把贓款贓物全部～出來。
另見 tǔ（1369 頁）。

【吐沫】tùmo〔名〕〈口〉唾沫：噴着～星子。

【吐血】tù // xiě〔動〕內臟出血由口中吐出；咯血和嘔血的統稱：被摔得直～｜吐了兩口血。

【吐瀉】tùxiè〔動〕嘔吐和腹瀉：連日～不止｜消化不良，引起～。

兔 〈兎兔〉 tù（～兒）〔名〕（隻）兔子：家～｜野～｜小白～｜守株待～｜雄～腳撲朔，雌～眼迷離。

語彙 脫兔 玉兔 獅子摶兔

【兔唇】tùchún〔名〕唇裂的俗稱，因像兔子嘴唇，故稱。

【兔死狗烹】tùsǐ-gǒupēng〔成〕《史記‧越王勾踐世家》："蜚鳥盡，良弓藏；狡兔死，走狗烹。"兔子被捕殺光了，獵狗也就被主人煮來吃了。後用"兔死狗烹"比喻事情辦成後，出過大力的人就被拋棄或殺害。

【兔死狐悲】tùsǐ-húbēi〔成〕兔子死了，狐狸悲哀。比喻因同類的不幸遭遇而感到悲傷（多跟"物傷其類"連用）。

【兔脫】tùtuō〔動〕〈書〉像兔子般地迅速逃脫：～而去。

【兔兒爺】tùryé〔名〕中秋節應景的一種兔頭人身的泥塑小玩具：～攤兒｜桌子上擺着一個粉面彩身、背後插着旗傘的～。

> **中秋拜兔兒爺**
> 中國有些地區（如北京）在中秋節有拜兔兒爺祈求消災祛病的習俗。一般是中秋之夜，在庭前設案供奉兔兒爺，擺上毛豆、雞冠花、蘿蔔、葡萄、梨、月餅等供品，進行祭拜，這種習俗與月中有"玉兔搗藥"的神話有關。

【兔崽子】tùzǎizi〔名〕幼小的兔子，多用作罵人的話。

【兔子】tùzi〔名〕（隻）哺乳動物，長耳朵，豁嘴唇，短尾巴，前腿短，後腿長，能跑善跳，有家兔和野兔等種類：不見～不撒鷹（比喻不到時候不動手）｜～不吃窩邊草（比喻不傷害親近者的利益或不在附近作案）。

【兔子尾巴——長不了】tùzi wěiba——cháng buliǎo〔歇〕比喻某種現象、情況或勢力等不會長久存在：據我了解，他開的那家公司近兩年來一直是負債經營，恐怕～。

塊 tù 橋兩頭接連平地的傾斜的地方：斷橋西～。

菟 tù 見下。
另見 tú（1366 頁）。

【菟葵】tùkuí〔名〕多年生草本植物，多長在山地樹叢間。

【菟絲子】tùsīzi〔名〕一年生草本植物，莖呈絲狀，開白色小花。多寄生在豆科植物上，對豆科植物有害。子實可入藥。

tuān ㄊㄨㄢ

猯 tuān 用於地名：～窩（在山西）。

湍 tuān〈書〉❶（水勢）急：～流｜～急。❷急流的水：疾～｜奔～｜素～淥（lù清澈）潭，回清倒影。

【湍急】tuānjí〔形〕（水流）急速的：～的江水｜河水～。

【湍流】tuānliú〔名〕〈書〉流動得很急的水：上有千仞之峰，下臨百丈之谿｜～溯波。

煓 tuān〈書〉火旺盛的樣子。

tuán ㄊㄨㄢ

摶 〈抟〉 tuán ❶〈書〉盤旋：～扶搖而上九萬里。❷同"團"②。

團 〈团〉 tuán ❶圓形的：～城｜～扇｜～臍。❷〔動〕把東西揉搓成球形：～藥丸｜～煤球｜把信～成紙團兒。❸會合或聚合在一起：～拜｜～聚｜～結｜～圓。❹（～兒）〔名〕成球形或圓形的東西：蒲～｜紙～兒｜絨～｜棉花～兒。❺聚合成團的事物；堆（多用於抽象的事物）：迷～｜疑～｜漆黑一～。❻〔名〕工作或活動的集體：訪問～｜京劇～｜民族樂～｜旅行～。❼〔名〕軍隊編制單位，在師之下，營之上：～部｜～長｜一～三營。❽〔名〕青少年的政治性組織（單說時，特指中國共產主義青年團）：兒童～｜共青～｜～旗｜～校｜～委｜入～。❾〔名〕舊時相當於鄉一級的政權機關或武裝組織：～防｜～練｜～總｜～丁。❿〔量〕用於成團的東西（有時是抽象的東西）：一～火｜一～棉花｜一～亂絲｜一～麵｜一～和氣。

"团"另見 tuán "糰"（1371 頁）。

語彙 兵團 財團 黨團 集團 劇團 軍團 民團 蒲團 社團 綫團 疑團 樂團 還鄉團 文工團 義和團 主席團 漆黑一團

【團拜】tuánbài〔動〕集體的成員為慶祝新年或春節而聚在一起，互相祝賀：新年～｜春節～。

【團城】Tuánchéng〔名〕在北京北海公園南門旁的一處精巧別緻的古代建築物，是元、明、清時代的御園，因有圓形城垣，故稱。金代始建。承光殿內有白玉佛。

【團隊】tuánduì〔名〕為某種目的而組成的集體：旅遊～｜～意識。

【團隊精神】tuánduì jīngshén 同心協力、共同奮鬥的集體主義精神：發揚～。

【團購】tuángòu〔動〕團體購買：政府～｜～機票。

【團夥】tuánhuǒ〔名〕糾集起來做壞事的小集團：

貪污盜竊～│一舉破獲了一個犯罪～。

【團結】tuánjié ❶〔動〕聯合或結合在一起：～大多數│一切可以～的力量│軍民～如一人，試看天下誰能敵！❷〔形〕和睦；友好相處：～，緊張，嚴肅，活潑│安定～的政治局面。

【團聚】tuánjù〔動〕❶（親人分別後）聚會：骨肉～│夫妻～│早日與家人～。❷團結聚集：把千百萬民眾～在一起。

【團練】tuánliàn〔名〕❶宋朝至民國初年，地主豪紳組建的地方武裝組織：籌辦～。❷團練的頭目。

【團團】tuánluán〈書〉❶〔形〕形容月圓的樣子：明月～。❷〔動〕團圓；團聚：～重聚。以上也作團欒。

【團扇】tuánshàn〔名〕〔把〕圓形有柄的扇子，以竹子、鐵絲等做骨，蒙上紙、絹或綾子製成：～，美人把來遮面│一陣秋風，收拾起多少～。

【團體】tuántǐ〔名〕由目的和志趣相同的人所組成的集體：人民～│宗教～│學術～│學生會是學生自己的～。

【團體操】tuántǐcāo〔名〕由集體表演的、反映一定主題思想的大型體操。表演者需按規定做各種體操動作、舞蹈動作及不斷變換隊形等。

【團團轉】tuántuánzhuàn〔形〕狀態詞。來回轉圈兒，多用來形容忙碌、焦急（做補語）：整天忙得～│急得他～。

【團音】tuányīn〔名〕見"尖團字"（635頁）。

【團員】tuányuán〔名〕❶某些以團為名的集體的成員：代表團～│觀光團～│訪問團～。❷（名）青少年政治性組織的成員；特指中國共產主義青年團的成員：兒童團～│共青團～。

【團圓】tuányuán ❶〔動〕（親屬）團聚：～飯│夫妻失散十年，今日方得～│一家人好不容易～了。❷〔形〕圓形的：月～。

【團長】tuánzhǎng〔名〕（位、名）❶軍隊編制單位的團的首長。❷某些以團為名的單位或集體的領導人：劇團正副～│代表團～。**注意**"主席團"的召集人不叫團長。

漙（洿）tuán〈書〉露水多的樣子：野有蔓草，零露～兮。

糰（团）tuán（～兒）〔名〕糰子：湯～│糯米～│飯～兒。
"团"另見 tuán "團"（1370頁）。

【糰子】tuánzi〔名〕用米或米粉等做成的圓球形食品：糯米～│米粉～│菜～。

【糰粉】tuánfěn〔名〕烹調用的澱粉，能增加菜湯的稠度，多用綠豆或茨實製成。

tuǎn ㄊㄨㄢˇ

疃 tuǎn ❶〈書〉禽獸踐踏的地方。❷村；屯。多用於地名：村～│白家～（在湖北）。

tuàn ㄊㄨㄢˋ

彖 tuàn 見下。

【彖辭】tuàncí〔名〕《周易》中論卦義的言辭。也叫卦辭。

tuī ㄊㄨㄟ

忒 tuī/tè，又讀 tēi〔副〕（北京話）過於；太：天～黑│屋子～小│人～多│風～大了│小鬼～頑皮│這些事也～難辦了。
另見 tè（1323頁）。

推 tuī ❶〔動〕用力使物體順着用力的方向移動：～車│～門│把窗戶～開。❷〔動〕（推動磨盤或碾子）磨或碾（糧食）：～兩斗麥子│大娘正～着老玉米呢。❸〔動〕使工具緊貼物體向前移動進行剪或削：～平頭│把土～平│～下不少刨花。❹〔動〕鋪開；開展：～廣│～動│～進│把運動～向新的高潮。❺〔動〕根據已知的斷定其他：～斷│～論│～測│～理│～本溯源│以此類～。❻〔動〕辭讓：～辭│大家選你，你別～了。❼〔動〕推諉：～說有事，不參加│你～我，我～你，誰也不負責。❽〔動〕推遲：今天的事，不要～到明天│開工的日期還得往後～幾天。❾推崇：～重│～許│～戴。❿〔動〕薦舉；選舉：大家～他為班長。⓫用親身感受推想：～己及人。

語彙 公推　類推　牆倒眾人推

【推本溯源】tuīběn-sùyuán〔成〕推究根本，尋找來源。也說探本究源、追本溯源、追本窮源。**注意**"溯"不讀suò或shuò。

【推波助瀾】tuībō-zhùlán〔成〕推動水波，助長大浪。比喻從旁助長事物（多指反面的事物）的聲勢，擴大其影響或促使其發展。

【推測】tuīcè〔動〕據已知想像未知：～一下這次比賽的結果│比賽失利的原因大致可以～出來。

辨析 **推測、估計、猜想** a）都是對未知事物的想象，但"推測""估計"多有已知事物做依據；"猜想"主觀想象成分多，如"這種社交場合，我估計（推測、猜想）他不會來"，三個詞都可用，但不同的詞表示說者的根據不同。b）表示日常的事理關係多用"估計"，如"估計明天不會下雨""對這次比賽的成績不能估計過高"都不宜用"推測""猜想"。c）含有數量根據的宜用"推測"，如"天文學家推測，這顆彗星 20 年後才會再出現"；想象成分較多的，宜用"猜想"，如"誰能猜想出外星人是甚麼樣子的呢？"

【推車】tuīchē ❶(-//-)〔動〕把車推向前進：～運煤。❷〔名〕(輛)一種用手推動的車：車間的廢物件足有一～。

【推陳出新】tuīchén-chūxīn〔成〕排除舊的，創出新的。多指在繼承文化遺產方面，去其糟粕，取其精華，使向新的方向發展：百花齊放，～｜～，大放異彩。

【推誠相見】tuīchéng-xiāngjiàn〔成〕以真心誠意相待：彼此～，通力合作。

【推遲】tuīchí〔動〕把預定的時間往後挪：會議～一天舉行｜一切按計劃進行，沒有必要～。

【推崇】tuīchóng〔動〕推重和崇敬；尊崇：～孔子為大教育家。

【推出】tuīchū〔動〕製造出、制定出或創作出(新的產品、方案、作品等)：～了兩種新款汽車｜一部新電視連續劇隆重～｜兩項新措施。

【推辭】tuīcí〔動〕對任命、邀請、饋贈等表示拒絕：大夥既然選了我，我也就不～了｜他要請你吃飯，你別～。

【推戴】tuīdài〔動〕〈書〉推崇擁戴：～孫中山為臨時大總統｜受到萬民～。

【推倒】tuī//dǎo〔動〕❶用力使直立的物體倒下：把桌子～了｜推他～在地｜這棵樹怎麼也推不倒。❷推翻；使作廢：一切誣衊不實之詞應予～｜這個方案不行，必須～重來。

【推導】tuīdǎo〔動〕根據已知的公理、定理、定律、定義等，通過演算或邏輯推理，得出新的結論。

【推動】tuī//dòng〔動〕使工作展開；使事物前進或發展：～社會向前發展。

【推斷】tuīduàn ❶〔動〕推測判斷：從教育的現狀～社會的未來｜結論是可以～出來的。❷〔名〕經推斷後得出的結論：科學的～｜他的～完全正確，已得到證實。

【推翻】tuī//fān〔動〕❶把立着的東西推倒：把供桌都～了｜汽車被～了。❷用武力打垮原來的政權或改變原有社會制度：～了反動統治｜封建王朝被農民起義～了。❸根本否定(原先的方案、計劃、決定等)：～舊學說，建立新學說｜他把口供全部～了。

【推廣】tuīguǎng〔動〕擴大某種事物的應用或施行的範圍：～普通話｜～漢語拼音方案｜～優良品種｜這種操作方法好，應該～｜改革的經驗迅速～開來。

【推及】tuījí〔動〕推廣到；類推到：～各部門｜～廣大農村｜由此一點～其餘。

【推己及人】tuījǐ-jírén〔成〕由自己推想到別人。指設身處地地替別人着想：～，你不願意做的事就不要勉強別人了。

【推薦】tuījiàn〔動〕把好的人或事物向有關方面舉薦：～人才｜有合適的人選，請給我們～～｜經常向讀者～世界文學名著。

【推介】tuījiè〔動〕推薦介紹：～優秀圖書｜新產品～會。

【推進】tuījìn〔動〕❶推動事業或工作，使發展前進：把兩國關係～到一個新的階段。❷(作戰的軍隊)向前進擊；(戰線)向前移動：我軍逐步向縱深～｜戰線～到敵軍城下。

【推舉】tuījǔ〔動〕推選；舉薦：這些代表都是各地～出來的。

【推理】tuīlǐ〔動〕邏輯學上指根據一個或幾個已知的判斷(前提)，推斷出新的判斷(結論)的思維過程。如由"凡金屬能導電""銅是金屬"的已知前提，推出"銅能導電"的結論。

【推論】tuīlùn ❶〔動〕推理論說：照這樣～，恐怕這些琴都不能上馬。❷〔名〕用推理方法得出的結論：這一～還有待於事實的證明。

【推拿】tuīná〔動〕❶中醫治療手法，醫生用適當的手勁兒對患處或推或捏，多施於正骨。❷中醫指按摩。

【推敲】tuīqiāo〔動〕宋朝胡仔《苕溪漁隱叢話前集·賈浪仙》載，唐朝詩人賈島騎驢賦詩，吟得"鳥宿池邊樹，僧敲月下門"之句。其中"敲"字，初擬用"推"字，不能確定，便在驢上用手做推敲之狀，不覺衝撞京兆尹韓愈的儀仗。韓愈問明其故，思索良久，認為用"敲"字好。後用"推敲"指反復琢磨措辭或斟酌字句：文章經得起～｜她的這番話是經過～的。

【推求】tuīqiú〔動〕推測尋求(道理、意圖等)：認真～其用意｜～地面沉降的原因。

【推卻】tuīquè〔動〕推辭；拒絕：我們推選他當班長，他沒有～。

【推讓】tuīràng〔動〕謙虛、客氣地認為自己不合適而不肯接受(利益、職位等)：戰士們互相～，不肯領這個獎品｜你坐吧，別～了。

【推三阻四】tuīsān-zǔsì〔成〕以各種藉口推託、阻撓：痛快一點，別～的。

【推搡】tuīsǎng〔動〕用力推來推去：雙方互相～。

【推事】tuīshì〔名〕清末至民國時期法院中審判刑事、民事案件的官員，相當於現在的法院審判員。

【推算】tuīsuàn〔動〕❶由已知數據計算出未知數值：日食和月食的時刻，完全可以～出來｜按書籍的初版年月，大致能～出寫作此書的年代。❷推測；測算：有人認為，根據生辰八字，可以～人的吉凶禍福｜算命的扳着手指～了一陣，便信口胡謅起來。

【推頭】tuī//tóu〔動〕〈口〉(用推子)剪短頭髮。

【推土機】tuītǔjī〔名〕(台、輛)前面裝有鏟或推土裝置的機械，用於平整場地、清除障礙等。

【推託】tuītuō〔動〕藉故推辭拒絕：這是～之詞｜有一事相求，望勿～。

【推脫】tuītuō〔動〕推卸；藉故推卻：責有所歸，誰也～不了｜不要～責任。

【推諉】（推委）tuīwěi〔動〕把責任推卸、轉移給別人：互相～｜各司其職，不容～。

【推想】tuīxiǎng〔動〕推測；揣度：無法～他的動機｜～出來的論斷不一定符合實際情況。

【推銷】tuīxiāo〔動〕推薦銷售；推廣銷售（有時用於比喻）：～員｜～商品｜他那套理論永遠也～不出去。

【推卸】tuīxiè〔動〕拒絕承擔；擺脫：～責任｜～罪責｜保衛祖國的神聖職責不容～！

【推心置腹】tuīxīn-zhìfù〔成〕《後漢書·光武帝紀上》："推赤心置人腹中，安得不投死乎？"意思是把自己的心放到別人的腹中，別人就會為自己盡力效命。後用"推心置腹"比喻以至誠、真切的心意待人：～的好友｜地把心裏話都說了出來。

【推行】tuīxíng〔動〕推廣實行；普遍實行：～新婚姻法｜～科學種水稻的方法。

【推選】tuīxuǎn〔動〕推舉選拔：～合適的人來擔任領導工作｜他是群眾～出來的工會小組長｜～職工代表大會的代表。

【推延】tuīyán〔動〕推遲：因為霧大，多個航班被～。

【推移】tuīyí〔動〕移動；發展：戰線向前～｜隨着時間的～，人們對這一事件的認識越來越深刻了。

【推展】tuīzhǎn ㊀〔動〕推動發展；推進：工程～順利｜兩國合作關係不斷向前～。㊁〔動〕推介展銷：舉辦新產品～活動。

【推重】tuīzhòng〔動〕重視並給以很高的評價：這本新書受到了普遍的～｜科技界對這項發明甚為～。

【推子】tuīzi〔名〕（把）一種理髮工具，由上下兩排帶刃的齒兒相互錯動，將頭髮剪下。有手動的和電動的。

tuí ㄊㄨㄟˊ

穨（穨）tuí 見"尵穨"（579頁）。

隤（隤）tuí〈書〉❶墜落；落下：巨石～。❷倒塌；使倒塌：～牆填塹。❸比喻破壞：～其家聲。
【隤然】tuírán〔形〕〈書〉柔順的樣子。

頹（頹）（穨）tuí ❶〈書〉倒塌：房已～｜斷壁～垣。❷衰敗：衰～｜～勢。❸消沉：～廢｜～靡｜～喪。
語彙　傾頹　衰頹

【頹敗】tuíbài〔書〕❶〔動〕倒塌；破敗：寺廟～。❷〔形〕衰落；腐敗：吏治～。

【頹廢】tuífèi〔形〕意志消沉，精神萎靡不振：～派｜～主義（一種苦悶彷徨，悲觀頹廢的文藝思想）｜由憂愁變為～。

【頹喪】tuísàng〔形〕因失望而情緒低落，神色沮喪；消極頹廢：士氣～｜神情～。

【頹勢】tuíshì〔名〕衰敗的情勢：挽回～。

【頹唐】tuítáng〔形〕〈書〉❶精神萎靡不振的樣子：神情～｜暮氣～不自知。❷衰敗：國勢～。

魋　tuí〈書〉高大；魁偉。

tuǐ ㄊㄨㄟˇ

腿〈骽〉tuǐ ❶〔名〕（條，隻）人或動物用來支持軀體和行走的部分，包括大腿、膝蓋、小腿三部分，下面連着腳：左～｜右～｜大～｜小～｜把～抬起來。❷（～兒）〔名〕（條，隻）附着於器物上的像腿一樣起支撐作用的部分：椅子～兒｜眼鏡～兒。❸指火腿：雲～（雲南火腿）｜宣～。

語彙　綁腿　裹腿　寒腿　護腿　火腿　褲腿　泥腿　拖後腿　二郎腿　飛毛腿　羅圈腿

【腿肚子】tuǐdùzi〔名〕〈口〉小腿後面由隆起的肌肉形成的部分：嚇得他～轉筋，動不了窩了。

【腿腳】tuǐjiǎo〔名〕❶腿和腳：～受傷。❷（～兒）下肢走動的能力：～靈便｜我～還挺利落。

【腿勤】tuǐ//qín〔形〕指人腿不懶，愛走動：她常去養老院看望老人，腿可勤了，有時一天去好幾趟。

【腿子】tuǐzi〔名〕〈口〉狗腿子；走狗。

tuì ㄊㄨㄟˋ

俀　tuì〈書〉合適；美好。
另見 tuō（1377頁）。

退　tuì ❶〔動〕向後移動（跟"進"相對）：～一步｜我們不能再～了｜學如逆水行舟，不進則～。❷〔動〕使向後移動：～敵之計｜把乾電池～出來。❸〔動〕離去；退出：～位｜～學｜～役｜功成身～｜從領導崗位上～下來。❹〈書〉返回：臨淵羨魚，何如～而結網。❺〔動〕下降；減退：病人已經～了燒｜洪水～了｜室溫又～到零下2攝氏度。❻〔動〕脫落；減弱：～色｜～火。❼〔動〕退還：～款｜～贓｜～禮｜多～少補｜顧客的錢都～了。❽〔動〕把已定的事撤銷：～親｜～合同｜～婚。

語彙　敗退　病退　撤退　斥退　辭退　倒退　告退　後退　衰退　消退　引退　不知進退　功成身退　急流勇退　旅進旅退

【退避】tuìbì〔動〕退後躲避；退出迴避：暫時~到山裏去｜困難再多，我們也不能~。

【退避三舍】tuìbì-sānshè〔成〕舍：春秋時行軍三十里叫一舍。《左傳·僖公二十三年》："晉楚治兵，遇於中原，其辟君三舍。"說的是晉公子重耳（晉文公）逃亡在楚國時，楚王問他將來如何報答他。重耳答道，如果以後晉楚打起仗來，我避君三舍。後用"退避三舍"比喻主動退讓，不與對方爭高下。

【退步】tuìbù ❶(-//-)〔動〕往後倒退；落後（跟"進步"相對）：他的學習成績~了｜首先在思想上退了步。❷(-//-)〔動〕退讓：對方貪得無厭，得寸進尺，我們不能再~了。❸〔名〕可供後退的餘地；後步：總得留個~吧｜一點兒~都不留怎麼行。

【退場】tuìchǎng〔動〕離開演出、比賽或考試等的場所：在觀眾的掌聲中，演員謝幕~｜比賽結束了，球迷們陸續~。

【退潮】tuì // cháo〔動〕潮水逐漸下降（跟"漲潮"相對）：開始~了｜退完潮了。

【退出】tuìchū〔動〕❶離開某場所：~客廳｜~會場。❷脫離某團體、某組織；不參加某種活動：~學會｜~實驗小組｜~戰鬥｜~比賽。

【退耕】tuìgēng〔動〕對已開墾耕種的土地停止耕種，還原為森林、牧場等：~還林。

【退化】tuìhuà〔動〕❶生物體在演變過程中，某些器官變小、構造簡化、機能減退甚至完全消失的現象，如鯨魚的四肢退化成鰭狀，蝨子的翅膀退化得完全消失。❷泛指事物向差或壞的方面轉化：智力~｜器官功能~｜社會風氣~。

【退還】tuìhuán〔動〕退回；交還：把東西~原主｜~公物｜原物如數~。

【退換】tuìhuàn〔動〕把不合適的退回去換成合適的（多指商品買後不久）：衣服不合身，可以~｜商品質量有問題或顧客購買後不滿意，均可~。

【退婚】tuì // hūn〔動〕解除婚約：男女雙方自願~｜她是訂過婚又退了婚的。

【退火】tuì // huǒ〔動〕❶把金屬材料或製品加熱到一定溫度後再逐漸冷卻，使降低硬度和脆性：這些鋼坯退完火後才能加工。❷金屬工具因用時受熱而失去原來的硬度：這把鑿子~了，得再蘸蘸火才能使。❸敗火；清熱解毒：吃這種藥可以~。

【退居】tuìjū〔動〕❶退出原來的職位到較次要的崗位：~二綫。❷從原來的地位、等次降到較低的地位、等次：農業機械化後，耕畜和人力勞作即~輔助地位｜輸了這場球，該隊的名次已~第二位。❸〔書〕退隱：~林下。

【退路】tuìlù〔名〕❶後退的路：敵軍已無~。❷可迴旋的餘地：話不要說絕了，總得留個~｜怎麼連個~都不留？

【退賠】tuìpéi〔動〕退還原物賠償或作價賠償（多指不應佔有或非法取得的財物等）：自動~｜如數~｜~全部贓款贓物。

【退票】tuìpiào ❶(-//-)〔動〕把票（如車票、船票、電影票）退還售票處或轉讓他人，原價或折價收回票款：列車開行前五分鐘，停止~。❷〔名〕（張）已經或將要退出的車票、船票、電影票等：到劇院門口買幾張~並不難。

【退親】tuì // qīn〔動〕解除婚約；退掉雙方的親事：不能嫌人家窮就~｜雙方家長都同意退掉這門親。

【退卻】tuìquè〔動〕❶作戰時，軍隊向後撤退或轉移：倉皇~｜掩護~｜戰略~｜敵軍全綫~了｜衝鋒在前，~在後。❷泛指畏難後退；退縮：不能一遇困難就想~｜知難而進，永不~。

【退讓】tuìràng〔動〕❶往後退，讓開路：兩輛車都不肯~，撞上了。❷讓步：在原則問題上，決不~｜為了顧全大局，我們願意~。

【退熱】tuì // rè〔動〕升高的體溫下降到正常狀態：病人剛剛~｜退了熱才能動手術。也說退燒。

【退色】tuì // shǎi〔動〕❶原先的顏色逐漸變淡或消失：這種布會~｜衣服退了色很難看。❷比喻本質、意識等逐漸淡化以至消失：做一個永不~的戰士。

【退燒】tuì // shāo〔動〕退熱。

【退市】tuìshì〔動〕退出市場，特指上市公司因不再具備上市條件而被取消上市資格，退出股市。

【退稅】tuìshuì〔動〕按政策規定，對已徵收的稅款通過一定程序退還給納稅人或相關單位。

【退縮】tuìsuō〔動〕向後退或向後縮；畏縮：面對困難決不~｜任何畏難或~，都於事無補。

【退庭】tuìtíng〔動〕訴訟案件的關係人，包括原告人、被告人、律師、證人等在審訊結束或中止時退出法庭。

【退位】tuì // wèi〔動〕帝王、總統等最高統治者退出統治地位，泛指官員等退出職位：末代皇帝宣告~｜對那些不稱職的領導人，可勸說他們~。

【退伍】tuì // wǔ〔動〕軍人因服役期滿或其他原因退出軍隊（跟"入伍"相對）：~軍人｜甚麼時候~？｜早就退了伍了。

【退席】tuì // xí〔動〕退離宴席或退出會場：提前~｜中途~｜~以示抗議。

【退休】tuìxiū〔動〕幹部、職工等因年老或因公致殘而退出工作崗位，按期領取生活費用或養老保險金：~金｜~年齡｜~幹部｜~老工人｜我已經~了。

【退學】tuì // xué〔動〕學生因故中止學習，或因嚴重違反紀律不許繼續學習而被取消學籍：因病~｜去年就退了學。

【退養】tuìyǎng〔動〕單位職工因生病等原因提前離開工作崗位回家休養。

【退役】tuì / yì〔動〕❶軍人退出現役或服現預備役期滿後停止服役：～軍人｜提前｜延緩～｜已經退了役。❷軍用設備（包括軍犬）因年老或陳舊等停止在軍隊中使用：這艘軍艦早就該～了。❸運動員退離原崗位，不再參加賽事：冬奧會以後，她就～了。

【退隱】tuìyǐn〔動〕官吏退職隱居：～林泉｜有的高升，有的～｜過着～的生活。

【退贓】tuì / zāng〔動〕退還贓款、贓物：限期～。

【退職】tuì / zhí〔動〕辭去現任職務：申請～｜提前～｜他準備退了職後，到祖國各地轉一轉。

蛻 tuì ❶〔動〕蛇、蟬等脫皮：～化。❷〔動〕鳥類脫去舊毛（再長新毛）：這些鴕鳥正在～毛。❸蛇、蟬等脫下的皮，殼兒：蛇～｜蟬～。

【蛻變】tuìbiàn〔動〕❶人或事物向不好的方向變化：他由一個幹部～成犯罪分子｜防止～。❷衰變。

【蛻化】tuìhuà〔動〕❶蟲類脫皮，形體發生變化：蠶～四次，就開始吐絲做繭。❷比喻人腐化墮落，思想品質變壞：～變質分子。

煺 tuì〔動〕將豬、雞等宰殺後用滾水浸燙去掉毛：～毛｜～雞｜把鴨子～乾淨了。

褪 tuì / tùn〔動〕❶脫（衣服）：～去冬衣。❷鳥、獸換毛：～了黃毛的小鴨。❸顏色或痕跡變淡或消失：～色｜臉上的脂粉盡～。
　　另見tùn（1376頁）。

【褪色】tuì // shǎi〔動〕退色。

tūn ㄊㄨㄣ

吞 tūn ❶〔動〕不經咀嚼或細嚼，整個嚥下：～舟之魚｜把藥片～下去｜大魚～了許多小魚。❷〔動〕兼併；侵吞：～併｜～沒｜獨～。❸（Tūn）〔名〕姓。

語彙 併吞　鯨吞　侵吞　私吞　溫吞　慢吞吞

【吞併】tūnbìng〔動〕侵佔他國、他人的土地、財物，據為己有；兼併：弱者被強者～｜大公司～了小公司。

【吞蛋】tūndàn〔動〕港澳地區用詞。拿零分，吃零蛋：校隊在大專聯賽中，連續～，成績墊底。

【吞沒】tūnmò〔動〕❶將他人或公共財物據為己有：～公款。❷淹沒：小船被巨浪～｜洪水～了房舍。

【吞食】tūnshí〔動〕"吞"①。

【吞噬】tūnshì〔動〕❶吞食；吃掉：鷹隼～飛鳥。❷比喻大量侵佔別人財物：他用不正當手段，～其他股東的錢財，終被發現。❸比喻湮

沒；毀滅：恐懼～着她｜洪水～了許多生命。

【吞吐】tūntǔ ❶〔動〕吞進吐出，比喻旅客或貨物等大量從港口進出：這個港口一年可～3000多萬噸貨物。❷〔形〕（說話或寫文章）語氣不爽利：～其詞。

【吞吐量】tūntǔliàng〔名〕指一定時期內經由港口進出的貨物運輸總量，以噸數表示。

【吞吞吐吐】tūntūntǔtǔ〔形〕狀態詞。形容說話有顧慮，不痛快，想說又不敢說或支吾含混的樣子：他～地說不清為甚麼遲到｜～，有苦難言。

【吞嚥】tūnyàn〔動〕吞食；嚥下：嗓子腫了，吃東西～挺困難｜話到嘴邊又～了下去。

【吞佔】tūnzhàn〔動〕侵吞；侵佔：～家產｜～領土。

焞 tūn〈書〉明；光明。

暾 tūn〈書〉初升的太陽：朝～。

tún ㄊㄨㄣ

屯 tún ❶聚集；積聚；貯存：～糧｜鳥集獸～。❷堵塞；壅蔽：大雪～門。❸駐紮，防守：～紮｜～兵｜駐～。❹村莊。多用於地名：大～（在北京）｜長發～（在黑龍江佳木斯）｜皇姑～（在遼寧）。
　　另見zhūn（1799頁）。

【屯兵】túnbīng〔動〕駐紮軍隊：～百萬｜在邊境～。

【屯聚】túnjù〔動〕集結（人馬）；聚集：～兵力。

【屯落】túnluò〔名〕村落；村莊：只見遠處有個～。

【屯田】túntián ❶〔動〕古代利用戍卒在駐地種田或招募農民墾荒種地：以～定西域。❷〔動〕抗日戰爭時期，八路軍三五九旅在陝北南泥灣墾荒種地，也叫屯田。❸〔名〕屯墾的土地。

【屯子】túnzi〔名〕（山東話、東北話）村子；村莊。

坉 tún 寨子。多用於地名：名～（在貴州）｜～腳鎮（在貴州）。

囤 tún〔動〕貯存；積存：多～些糧食｜把貨物～在倉庫裏。
　　另見dùn（331頁）。

【囤積】túnjī〔動〕投機商為牟取暴利而把貨物儲存起來：～糧食｜～居奇。

【囤積居奇】túnjī-jūqí〔成〕大量儲存某種廉價或緊俏的商品，等待時機高價出售以牟取暴利。

忳 tún〈書〉憂傷苦悶。

豚 tún 小豬；也泛指豬：雞～狗彘（zhì）。

語彙　海豚　河豚　江豚　土豚　白鰭豚

飩（饨）

tún/dùn　見 "餛飩"（590頁）。

魨（鲀）

tún〔名〕河豚。

臋〈臀〉

tún〔名〕人體兩腿上端和後腰相連接的部位，泛指動物身體後端靠近肛門的部分：～部｜～圍｜肥。**注意** "臋" 不讀 diàn。

氽　ㄊㄨㄣˇ

tǔn〔動〕（吳語）❶ 漂浮；餃子還嘸（沒有）～起來。❷ 用油炸：油～黃豆。

褪　ㄊㄨㄣˋ

tùn〔動〕❶ 使套着、穿着的東西脫離肢體：～下手鐲｜～下一隻袖子，露出胳膊好扎針。❷ 向裏移動：小狗把腦袋～回窩裏。
　　另見 tuì（1375 頁）。
【褪手】tùn//shǒu〔動〕把手縮在袖子裏：他褪着手站在旁邊。
【褪套兒】tùn//tàor〔動〕（北京話）❶ 脫離束縛的繩索：那隻獾～跑了。❷ 比喻推脫責任：咱們大夥齊心幹，誰也不許～。

tuō　ㄊㄨㄛ

毛

tuō〔量〕"托" ㊁，舊也作乇。
　　另見 Zhè（1726 頁）。

托

tuō ㊀ ❶〔動〕用手掌或盤子等向上承受物體：～塔天王｜別老～着腮｜和盤～出。❷ 陪襯：襯～｜烘～。❸（～兒）〔名〕托子：盞～｜槍～兒｜茶～兒。
　　㊁〔量〕壓強的非法定單位，1 托等於 1 毫米汞柱的壓強，合 133.322 帕。舊作乇。[英 torr]
　　另見 tuō "託"（1377 頁）。

語彙　襯托　烘托

【托拉斯】tuōlāsī〔名〕❶ 一種較高的資本主義壟斷組織形式，由許多生產同類商品或在生產上有密切關係的企業合併組成。❷ 專業公司。[英 trust]
【托盤】tuōpán ㊀〔名〕用來盛放碗碟或禮物的便於端送的盤子：將四色彩禮放在～裏送過去｜她端着的～上有一瓶葡萄酒，兩樣小菜，四副杯筷。㊁〔動〕股市指某種股票價格下跌時，通過強力收購制止跌勢。
【托子】tuōzi〔名〕承托某些物品的器皿；泛指承墊或支撐在器物下面的座子：花瓶～｜鐘～｜

槍～｜茶杯太燙了，得用～托着。

圫

tuō　用於地名：～壩｜大～鋪（均在湖南）。

拖〈拕〉

tuō ❶〔動〕曳；拉；牽引：用拖把～地板｜把箱子從床底下～出來｜大船～着小船走。❷〔動〕耷拉在後面；下垂：～尾巴｜～辮子｜圍巾快～到地上了。❸〔動〕拖延；延續：～時間｜還要～到甚麼時候｜聲音～得很長。❹〔動〕牽累；牽制：～家帶口｜～住敵人。❺（Tuō）〔名〕姓。

【拖把】tuōbǎ〔名〕擦地板的工具，用許多布條或綫繩紮在長棍的一頭做成：地不乾淨，用～拖一拖。也叫拖布、墩布。
【拖駁】tuōbó〔名〕（隻）由機動船牽引的駁船。
【拖車】tuōchē〔名〕（輛，部）被牽引車拉着走的車輛或車廂：後有～，注意安全｜把～掛上。
【拖船】tuōchuán〔名〕❶（隻，條，艘）用來牽引其他船舶或竹排、木筏等的機動船。也叫拖輪。❷（吳語）被拖輪牽引的木船。
【拖後腿】tuō hòutuǐ〔慣〕比喻牽制、阻撓人或事，使不得前進或發展：妻子支持他工作，從不～｜城市基礎設施落後，勢必要拖經濟發展的後腿。也說扯後腿、拉後腿。
【拖拉】tuōlā ❶〔動〕拖延；耽誤：這項工作已經～了兩年了。❷〔形〕辦事遲緩，不利索；效率很低（跟 "快當" 相對）：作風～｜幹工作要雷厲風行，不允許拖拖拉拉。
【拖拉機】tuōlājī〔名〕（台）一種輪胎式或履帶式的動力機器，主要用於牽引不同農機具進行耕地、播種、收割、運輸等。
【拖累】tuōlěi〔動〕連累；使受牽累：這下～了很多人｜我不想～她。
【拖泥帶水】tuōní-dàishuǐ〔成〕沾着泥巴帶着水，指在泥水中行走。比喻說話、寫文章囉唆或辦事不乾脆利落：說話寫文章應當簡明扼要，不要～｜他辦事乾淨利落，從來不～。
【拖欠】tuōqiàn〔動〕拖延時間不歸還或不支付：～運費｜～貸款｜他借款到期就還，從不～｜不許～民工工資。
【拖沓】tuōtà〔形〕❶（辦事）拖延，不爽快利落：工作～｜作風～。❷ 說話，寫文章不簡練，不緊湊：說話～｜文章～。
【拖堂】tuō//táng〔動〕（教師）延長授課時間，不按時下課：～會影響學生休息。
【拖鞋】tuōxié〔名〕（雙，隻）一般在室內穿的後半截沒有鞋幫的鞋：穿～｜繡花～｜塑料～。
【拖延】tuōyán〔動〕推遲或延長時間，不儘快或不按時辦理：～工期｜～比賽｜事情就這樣～下來了。
【拖油瓶】tuō yóupíng（吳語）婦女再嫁，把前夫的兒女隨帶過去，舊時稱為拖油瓶；也指隨帶的子女：這便是朱家的～！

侂

tuō〈書〉寄託。

侻

tuō〈書〉❶同“脫”⑦。❷適當；合適。
另見 tuì（1373 頁）。

捝

tuō〈書〉❶解脫：善抱者不～。❷脫漏；
失誤：～失。❸捶打：～殺。

託（托）

tuō ❶〔動〕委託：～你一件事｜～
他買一本書｜受人之～。❷〔動〕
寄託：～身。❸推託：～故｜～病｜徒～空言。
❹依賴：～福｜～您的吉言。

“托”另見 tuō（1376 頁）。

語彙　拜託　付託　寄託　假託　懇託　請託　推託
偽託　委託　相託　信託　央託　依託　囑託

【託病】tuōbìng〔動〕藉口有病：～逃會｜閉門不
出，～謝客。

【託詞】tuōcí ❶〔動〕找藉口：～婉謝。❷〔名〕
推託的話；所持的藉口：這分明是～。以上也
作託辭。

【託辭】tuōcí 同“託詞”。

【託兒所】tuō'érsuǒ〔名〕（家，所）照管嬰幼兒的
機構。

【託福】tuōfú ㊀（- // - -）〔動〕客套話。意思是依賴
別人的福氣，使自己幸福：前時患病，幸已～
痊癒｜託您的福，我們一家人團聚了。㊁〔名〕
美國對非英語國家留學生的一種測定英語水
平的考試。[英 TOEFL，是 Test of English as a
Foreign Language 的縮寫]

【託付】tuōfù〔動〕委託別人辦理或照料：～他一
件事｜把這項任務～給他。

【託孤】tuōgū〔動〕舊指君主臨終前把遺孤託付
給大臣。現泛指臨終前託付他人照料留下的
孤兒。

【託故】tuōgù〔動〕以某種緣故為藉口：～推
辭｜～避開。

【託管】tuōguǎn〔動〕❶委託代為管理或管教：孩
子父母雙亡，由親戚～了。❷特指聯合國委託
會員國在聯合國監督下管理尚未獲得自治權的
某些地區：～地。

【託老所】tuōlǎosuǒ〔名〕（家）專門照料老年人的
機構：兩位老人進了～。

【託夢】tuōmèng〔動〕迷信指親友的靈魂出現在人
的夢境中並有所囑託。

【託名】tuōmíng〔動〕❶假借他人的名義：這篇文
章～為後人所作。❷將自己的名字寄託於某事
物：～風雅｜～於金石，以冀久遠。

【託兒】tuōr〔名〕以假扮買主兒等手段從旁配合，
引誘別人上當受騙的人。

【託人情】tuō rénqíng 請別人代為說情：到處～｜
他從來不願～，拉關係。

【託生】tuōshēng〔動〕迷信指人或某些動物死
後，靈魂寄託在某一母體而轉生世間。

【託養】tuōyǎng〔動〕委託撫養或贍養：～殘疾兒
童｜～服務機構。

【託運】tuōyùn〔動〕委託運輸部門運送（行李、貨
物等）：隨車～行李｜笨重物品不便攜帶，可
以～｜你這一批貨～了嗎？

飥（饦）

tuō 見“餺飥”（102 頁）。

脫

tuō ❶〔動〕（皮膚、毛髮等）掉落：～
髮｜～毛｜～了一層皮。❷〔動〕除去穿戴
的衣着、鞋帽等：～鞋｜～帽｜～衣服。❸〔動〕
去掉：～色｜～澀｜～脂。❹ 離開；擺脫：～
險｜～身｜～逃。❺〔動〕漏掉（文字等）：～漏｜
這裏～了兩個字。❻ 失去：～水｜虛～。❼〈書〉
簡易；疏略：輕～｜疏～。❽〔副〕〈書〉或許：
事既未然，～可免禍。❾〔連〕〈書〉倘若：～有
疏失，願負完全責任。❿（Tuō）〔名〕姓。

語彙　擺脫　超脫　出脫　活脫　解脫　開脫　撇脫
灑脫　逃脫　通脫　兔脫　推脫　卸脫　虛脫　掙脫

【脫靶】tuō // bǎ〔動〕❶打靶未射中靶子：打了五
槍都脫了靶，一環也沒中｜十箭有九箭～。
❷（贛語）比喻因疏忽而誤事：叫他去，會不
會～？｜可脫不得靶啊！

【脫產】tuō // chǎn〔動〕脫離所在的生產崗位去學
習或專門從事黨、政、工、團等管理工作：～
搞工會工作｜～到科學院進修。

【脫黨】tuō // dǎng〔動〕脫離所隸屬的黨派，特指
中國共產黨黨員脫離黨組織。

【脫檔】tuō // dàng〔動〕❶商品斷檔，供應暫時中
斷。❷指某層人才暫時缺乏，不能滿足需求。

【脫肛】tuō // gāng〔動〕由便秘、腹瀉、痔瘡等引
起直腸或乙狀結腸從肛門脫出。

【脫崗】tuō // gǎng〔動〕❶工作時間擅自離開應在
的崗位：售貨員～現象受到批評。❷經允許暫
時離開工作或生產崗位：～培訓。

【脫稿】tuō // gǎo〔動〕著作或文稿寫完：大作何
時～？｜一俟～，即可付梓。

【脫鈎】tuō // gōu〔動〕火車車廂間互相連接的掛
鈎脫開，比喻脫離聯繫：第八節車廂跟第七節
車廂脫了鈎｜我們公司早已跟總公司～了。

【脫軌】tuō // guǐ〔動〕❶車輪離開軌道：火車～
了｜列車脫了軌，造成大傷亡事故。❷比
喻言行越出常規，出了圈兒：這話說得可有
點～了。

【脫韁之馬】tuōjiāngzhīmǎ〔成〕擺脫了韁繩的
馬。比喻擺脫羈絆的人或失去控制的事物。

【脫節】tuō // jié〔動〕連接着的事物分開或相關聯
的事物失去聯繫；彼此不相銜接：生產和銷售
不能～｜前鋒和後衞脫了節，對攻防都不利。

【脫臼】tuō // jiù〔動〕脫位。

【脫殼】tuō // ké（～兒）〔動〕脫掉原來的外殼：～
機｜小雞～而出。

【脫口而出】tuōkǒu'érchū〔成〕不加考慮，隨口說出來。

【脫口秀】tuōkǒuxiù〔名〕指主持人或嘉賓以現場談話方式呈現的廣播、電視等節目形式。[英 talk show]

【脫困】tuō∥kùn〔動〕擺脫困難的境地：山區大批農戶～致富｜工廠經過整改，開拓新產品，不到兩年就脫了困。

【脫離】tuōlí〔動〕❶（從聯繫密切的境況中）離開：～險境｜～虎口｜他還沒有～危險期｜我們的一切工作都不能～人民的需要。❷斷絕（某種關係或聯繫）：～夫妻關係（離婚）。

【脫粒】tuōlì〔動〕使子實從已收割的莊稼上脫落下來：～機｜碾場～。

【脫漏】tuōlòu〔動〕遺漏；落（là）掉：這裏～了一句話｜縫衣服要精細，一針也不能～。

【脫落】tuōluò〔動〕❶（物體離開原來生長或附着的地方）掉下：牙齒早已～｜毛髮～還可以再生｜牆紙～，牆壁就顯得很難看。❷遺漏（文字）：補上～的文字。

【脫盲】tuō∥máng〔動〕文盲經過學習後脫離不識字的狀態：爭取早日～。

【脫毛】tuō∥máo〔動〕❶鳥獸的毛掉落。❷皮衣、皮筒子上面的毛脫落：皮衣服沒保存好，有幾處脫了毛了。

【脫帽】tuōmào〔動〕將帽子從頭上取下（多用來對人表示敬意）：～致意｜～默哀。

【脫敏】tuōmǐn〔動〕醫學上指解除病人的過敏狀態：自然～（患者逐漸適應了某種藥物而脫敏）｜人工～（用口服或注射藥物的方法使病人脫敏）。

【脫貧】tuō∥pín〔動〕擺脫貧困狀態：走勞動～的道路｜幫助老區人民～致富｜去年，又有數十戶人家脫了貧。

【脫期】tuō∥qī〔動〕延誤原定的日期，特指期刊出版日期被延誤：保證工程進度不～｜週報創刊以來，沒有脫過期。

【脫身】tuō∥shēn〔動〕抽身離開；擺脫某件事情：事務繁忙，不能～｜一直脫不開身。

【脫手】tuō∥shǒu〔動〕❶（東西）離開手：～而出｜一時慌忙，籃球～，沒有投中。❷指賣出貨物（多用於倒把、變賣等）：有一批紙張急於～｜這批貨如果脫不了手可怎麼辦？

【脫水】tuō∥shuǐ〔動〕❶在劇烈嘔吐、嚴重腹瀉或大量出汗等情況下，人體中的水分驟然減少，出現口渴、皮膚乾燥、尿量減少、昏迷等症狀。❷去掉或減少物質所含的水分；將食物中的水分脫去，以保存食物。

【脫俗】tuō∥sú〔形〕❶擺脫庸俗；不帶俗氣：舉止～｜這份禮物，倒也～｜他的小品文寫得清新～。❷〔動〕出家：離塵～，遁入空門。

【脫胎】tuō∥tāi〔動〕❶道教指脫凡胎而成聖胎：～換骨。❷指一事物在另一事物內部孕育變化而產生：這齣戲是從一個歷史故事～出來的。❸詩文創作等指取法前人作品而化為己出。❹漆器的一種製法，以木或泥製的模型為胎，外面糊上薄綢或夏布，再經塗漆磨光等工序，最後脫去原胎：～漆器（福建著名工藝品）。

【脫胎換骨】tuōtāi-huàngǔ〔成〕道教修煉用語，指修煉得道，即脫去凡胎而成聖胎，換掉凡骨而為仙骨。比喻徹底改變思想、立場、觀點等：經過了嚴峻的考驗和鍛煉，他已經～｜經受了一番～的改造。

【脫逃】tuōtáo〔動〕脫身逃跑：臨陣～｜生法兒～。

【脫兔】tuōtù〔名〕〈書〉脫走中的兔子：動如～（比喻像脫逃的兔子一樣行動迅捷）。

【脫位】tuō∥wèi〔動〕醫學上指組成關節的骨頭脫離正常的對合位置，多由外傷或病變所引起。也叫脫臼。

【脫誤】tuōwù〔動〕文字出現脫漏或錯誤：校樣上～之處不少。

【脫險】tuō∥xiǎn〔動〕脫離危險的狀態或境地：經多方搶救，病人已經～了｜飛機着陸後忽然起火，乘客幸而全部～｜好不容易才脫了險。

【脫相】tuōxiàng〔動〕指人瘦得變了模樣：他連續熬夜，都瘦～了。

【脫銷】tuō∥xiāo〔動〕（商品）銷售完後，由於缺貨一時供應不上：天氣太熱，冷飲～。

【脫穎而出】tuōyǐng'érchū〔成〕《史記·平原君虞卿列傳》："使遂早得處囊中，乃穎脫而出，非特其末見而已。"意思是如果我能被早日放入口袋（囊）裏，就會連錐子上部的環（穎）都脫露出來，豈止是光露個針尖兒（末）！後用"脫穎而出"比喻人的才能全部顯示出來：他總有一天會～｜人才～需要一定的條件。

【脫脂】tuō∥zhī〔動〕去掉某種物質中的脂肪質（多用作定語）：～劑｜～棉｜～紗布｜～奶粉｜脫了脂的牛奶熱量低。

tuó　ㄊㄨㄛˊ

佗 tuó〈書〉駄；負荷：以一馬自～。

坨 tuó ❶（～兒）〔名〕坨子：粉～兒｜泥～。❷露天的鹽堆。多用於地名：～鹽｜～里（在北京）｜黃沙～（在遼寧）。❸〔動〕麵食煮熟後黏結在一起：麵條兒～了。

【坨子】tuózi〔名〕聚合而成的成塊或成堆的東西：泥～｜土～（土丘）｜蠟～。

沱 tuó ❶（Tuó）沱江，水名。在四川中部，流入長江。❷可停船的水灣。多用於地名：朱家～（在四川）｜牛角～（在重慶）。

【沱茶】tuóchá〔名〕一種壓成窩頭形狀的茶塊（產於雲南、四川、重慶）。

陁 tuó "盤陁"，見 "盤陀"（1003 頁）。

陀 tuó ❶〔書〕傾斜；不平：陂～（pōtuó）｜盤～。❷(Tuó)〔名〕姓。

語彙　佛陀　盤陀　陂陀　頭陀

【陀螺】tuóluó〔名〕一種兒童玩具，上圓下尖，略似海螺。有木頭的，也有塑料的，用鞭繩抽打，使在地上直立旋轉：抽～。

柁 tuó〔名〕（根）木結構房屋內架在兩柱間的大橫樑。
另見 duò（336 頁）。

砣 tuó ❶〔名〕碾子上的碌碡。❷〔動〕（用砣子）打磨玉器：～一副玉鐲。❸同 "鉈"（tuó）。

語彙　定砣　夯砣　碾砣

【砣子】tuózi〔名〕打磨玉器用的砂輪。

墥 tuó〔書〕磚：飛～（宋時民間習俗，寒食節拋投磚塊的一種遊戲）。

酡 tuó〔書〕飲酒後臉色發紅的樣子：～紅｜～顏｜美人既醉，朱顏～些。

跎 tuó 見 "蹉跎"（223 頁）。

駝 (駝)〈駄〉 tuó〔動〕用背部載人或物：～載｜肩挑背～｜東西讓驟子～着｜傷прип身體高大，一個人～不動。
另見 duò（336 頁）。

鉈 (铊) tuó〔名〕秤錘：秤～雖小壓千斤。
另見 tā（1303 頁）。

駝 (驼)〈駞〉 tuó ❶ 駱駝：槖～｜～峰｜～色｜～毛｜～絨｜～鈴。❷〔動〕（背部）隆起：～背｜奶奶的背～了。❸(Tuó)〔名〕姓。

【駝背】tuóbèi ❶〔動〕人的背部隆起，多由脊椎變形引起：他四十多歲就～了。❷〔名〕〈口〉指駝背的人。

【駝峰】tuófēng〔名〕❶ 駱駝背部隆起的部分，形狀像山峰，其中儲藏大量脂肪，供缺食時體內消耗。❷ 鐵路調車場中的一種調車設備，由人工築成像駝峰的小山丘，用來進行列車的分解和編組作業，車輛可憑自身重力從峰頂（小丘高處）自動溜入指定的車道。

【駝絨】tuóróng〔名〕❶ 駱駝的柔軟而短的絨毛，可供紡織、製毯或絮衣裳用：～大衣｜～毯子。也叫駝毛。❷ 呢絨的一種，背面用棉紗織成，正面有一層細密而蓬鬆的毛絨，多用來做衣服鞋帽的裏子：買幾尺～來做裏子。也叫駱駝絨。

【駝色】tuósè〔名〕像駱駝毛的顏色；淺棕色：～毛綫｜～襯衣｜我喜歡～的。

【駝子】tuózi〔名〕〈口〉駝背的人（不禮貌的說法）：～走路很費勁｜不應該取笑～。

槖 tuó ㊀〔書〕❶ 一種兩頭開口的袋子：負書擔～｜～囊～充盈。❷ 冶煉時像風箱一樣的用來鼓風吹火的裝置：鼓～吹埵（duǒ），以銷銅鐵。
㊁〔擬聲〕疊用，形容持續而有節奏的撞擊聲：敲擊聲～～。

鴕 (鴕) tuó 見下。

【鴕鳥】tuóniǎo〔名〕（隻）鳥名，高可達三米，是現存鳥類中最大的一種，善跑而不能飛。足有兩趾，狀如駝蹄，故稱。

【鴕鳥政策】tuóniǎo zhèng-cè 據說鴕鳥被追急時就把頭鑽進沙裏，自以為能躲過災難，平安無事。後用 "鴕鳥政策" 指那種自欺欺人、閉目塞聽、不敢正視現實的政策。

鮀 (鮀) tuó 用於地名：～島｜～浦鎮（均在廣東）。

鼉 tuó 見下。

【鼉鼊】tuóbá〔名〕〈書〉旱獺。

鼉 (鼉) tuó〔名〕爬行動物，吻短，背部、尾部有鱗甲。產於長江下游，為中國特產的動物。通稱豬婆龍，也叫鼉龍、揚子鱷。

tuǒ ㄊㄨㄛˇ

妥 tuǒ ❶〔形〕適當；妥當：不～｜處理欠～｜～為保管。❷〔形〕完備；停當（多用在動詞後）：生意談～了｜款已備～｜說～了明天春遊｜你調動工作的事，不知道～了沒有？❸(Tuǒ)〔名〕姓。

語彙　平妥　停妥　穩妥

【妥當】tuǒdang〔形〕穩妥得當；適當：用詞～｜明天開會最～｜這樣說話不～｜再也想不出更～的辦法了。

【妥善】tuǒshàn〔形〕妥當完善：做出～安排｜～解決下崗職工的困難問題。

【妥帖】tuǒtiē〔形〕妥當貼切；合適：譯文十分～｜由你來經辦，再～不過了。

【妥協】tuǒxié〔動〕做出讓步以避免衝突或爭執：堅持鬥爭，決不～｜在困難面前，從來沒有～過｜雙方都願～。

庹 tuǒ ❶〔量〕成人兩臂左右平伸時兩手之間的距離，大約有五尺：台階全是用一～多長的大石塊壘起來的。❷(Tuǒ)〔名〕姓。

橢（椭）
tuǒ 長圓形：～圓。

【橢圓】tuǒyuán〔名〕❶ 長圓形：～的臉龐｜人造地球衛星的軌道多呈～狀。俗稱扁圓、鴨蛋圓。❷ 數學上指平面上一個動點到兩個定點的距離之和如是常數，則這個動點的軌跡就是幾何中的橢圓。❸ 指橢圓體（一個橢圓圍繞它的長軸或短軸旋轉一周所成的幾何體）。

鬌
tuǒ 見"鬌鬌"（1424 頁）。

tuò ㄊㄨㄛˋ

拓
tuò ❶ 開闢；擴大：開～｜～荒｜～展｜～寬｜～銷｜～邊。❷（Tuò）〔名〕姓。
　　另見 tà（1303 頁）。

語彙 開拓 落拓

【拓跋】Tuòbá〔名〕複姓。
【拓荒】tuòhuāng〔動〕❶ 開墾荒地：～者｜開山～。❷ 比喻研究、探索新的領域。
【拓寬】tuòkuān〔動〕開拓使加寬；擴大：～馬路｜～場地｜～銷路｜～研究領域。
【拓銷】tuòxiāo〔動〕拓寬銷路：積極～｜～策略。
【拓展】tuòzhǎn〔動〕開拓擴展：～市場｜～優勢項目｜～疆域｜研究領域有待於～。

辨析 **拓展、拓寬** "拓寬"跟"拓展"有時可換用。如"拓寬馬路""拓展馬路""拓寬思路""拓展思路"。但"拓展"有發展義，不少組合中不能換用"拓寬"，如"擴大投資，拓展宏圖""發達國家不斷向海外拓展"。"拓寬"指擴大面積的具體行為意時，也不宜換用"拓展"，如"把操場再拓寬十米"。

柝
tuò ❶〈書〉打更用的梆子；巡夜人所敲的東西：擊～｜～聲｜朔氣傳金～。❷〔擬聲〕擊柝的聲音：梆子～～地響着｜～，～，～，夫更打三更了。

跅
tuò〈書〉放蕩不羈：～弛（放蕩不循規矩）。

唾
tuò ❶ 唾液：餘～｜～腺（分泌唾液的腺體）｜～壺（承接唾液、痰液的器皿）。❷ 吐唾沫：～面自乾｜～手可得。❸ 用吐唾沫的方式表示鄙視：～斥｜～罵｜～棄。

【唾罵】tuòmà〔動〕吐着唾沫罵；鄙棄責罵：萬人～｜遭人～。
【唾面自乾】tuòmiàn-zìgān〔成〕《新唐書·婁師德傳》："其弟守代州，辭之官，教之耐事。曰：'人有唾面，潔之乃已。'師德曰：'未也，潔之，是違其怒，正使自乾耳。'"別人把唾液吐在自己臉上，不要擦掉而讓它自己乾。後用"唾面自乾"比喻逆來順受，受了侮辱，極度容忍，毫無不滿的表示。
【唾沫】tuòmo〔名〕（口）唾液的通稱：吐了口～｜一口～滅不了火（比喻個人的力量極有限）。
【唾棄】tuòqì〔動〕鄙棄：一切醜惡的事物｜賣國求榮，必將受到萬民～。
【唾手可得】tuòshǒu-kědé〔成〕往手上吐口唾沫，便可得到。比喻極容易達到目的或取得成功：只要球隊內部團結一致，冠軍便～。注意 "唾"不讀 chuí。
【唾液】tuòyè〔名〕口腔中分泌的液體，可使口腔濕潤、食物容易下嚥，並有分解澱粉、幫助消化的作用：～腺。通稱唾沫、口水。

蘀（萚）
tuò ❶〈書〉草木脫落的皮或葉子：十月隕～。❷ 古書上說的一種草。

籜（箨）
tuò〈書〉❶ 竹子的皮，筍殼（ké）：初篁苞綠～，新蒲含紫茸。❷ 草名。

W

wā ㄨㄚ

凹 wā（西北官話）❶凹（āo）下去或凹（āo）進去的地方：鼻～。❷同"窪"。多用於地名：核桃～（在山西）。**注意** a）作家賈平凹的"凹"，讀 wā，不讀 āo。b）凹字的筆順為：ㄧㄈㄩㄩ凹，共五筆。

另見 āo（14 頁）。

抓 wā 用於地名：朱家～（在陝西）。

另見 guà（474 頁）。

挖 wā〔動〕❶從地面向裏刨或掘，使形成坑、溝等（賓語是"挖"的結果）：～坑｜～洞｜～溝｜～隧道。❷向物體表面用力，取出其中一部分或掏出其中包藏的東西（賓語是"挖"的對象）：～人參｜～湖泥做肥料。❸深入尋找：～潛力，找竅門｜～出隱藏的敵人｜～～思想根源。

【挖補】wābǔ〔動〕把損壞的部分去掉，用新的材料補上去：～水泥路面｜這幅磨損的國畫經過～，煥然一新。

【挖改】wāgǎi〔動〕挖去印刷版上錯誤或不需要的文字、圖形，改成正確的：這次重印，對錯字進行～。

【挖掘】wājué〔動〕❶挖；發掘：～出一批珍貴文物。❷深入開發、尋找：～生產潛力｜～詩詞的意境。

【挖空心思】wākōng-xīnsī〔成〕費盡心機，想盡辦法（多含貶義）：～為自己辯護。

【挖苦】wāku〔動〕用尖酸刻薄的話譏笑諷刺：不要隨便～人｜小王聽出這是妻子～他，不由得臉紅了。

【挖潛】wāqián〔動〕挖掘潛力：抓好現有電站的配套和｜通過～，提高企業的經濟效益。

【挖牆腳】wā qiángjiǎo（～兒）〔慣〕比喻從根本上進行破壞；拆台：兩個劇團互相～，拉走對方的骨幹演員。也說拆牆腳。

【挖肉補瘡】wāròu-bǔchuāng〔成〕剜肉補瘡。

哇 wā〔擬聲〕形容哭或嘔吐等聲音：孩子～的一聲哭了起來｜打得他～～直叫｜他忍不住～的一聲吐了。

另見 wa（1383 頁）。

【哇啦】wālā〔擬聲〕形容吵鬧或快速說話的聲音：～～地直吵｜～～地說個沒完｜下車伊始，就～～發議論。也作哇喇。

【哇喇】wālā 同"哇啦"。

【哇哇】wāwā〔擬聲〕形容哭聲、叫嚷聲或烏鴉叫聲等：那孩子～直哭｜打得敵人～叫｜老鴉～的叫聲令人討厭。

呱 wā 用於地名：～底（在山西聞喜北）。

宨 wā 同"窪"。多用於地名：～隆（低窪和隆起）｜南～子（在山西）。

蛙 〈鼃〉wā〔名〕（隻）兩棲動物，善於跳躍和游泳，捕食昆蟲，對農業有利。種類很多，最常見的是青蛙：～聲聒耳｜井底之～。

語彙 牛蛙 青蛙 井底之蛙

【蛙人】wārén〔名〕背着氧氣筒，戴着防水面具，穿着腳蹼的潛水人員，因其在深水中游動時與青蛙游水姿勢相似，故稱。

【蛙泳】wāyǒng〔名〕❶一種游泳姿勢，泳者俯臥水面，兩臂同時對稱地划水，兩腿蹬水、夾水，因與青蛙游泳姿勢相似，故稱。❷游泳運動項目之一。

媧（媧）wā 見"女媧"（990 頁）。

窪（漥）wā ❶〔動〕窪陷；地～下去一塊｜眼眶～進去。❷〔形〕低窪：地～｜地勢太～。❸（～兒）低窪的地方：水～｜山～。

語彙 低窪 坑窪 山窪 坑坑窪窪

【窪地】wādì〔名〕（塊）低窪的地方：～容易積水｜填平～｜那裏原來是一片～。

【窪陷】wāxiàn〔動〕向下或向裏陷進去：地面～了一塊｜病得兩眼都～了。

嘩（嘩）wā〔歎〕（粵語）表示驚歎：～，這件恤衫真貴｜～，海上起大浪了！

wá ㄨㄚˊ

娃 wá ❶〔名〕小孩兒；兒童：女～｜小～｜學生～｜她只生了一個～。❷（西北官話、西南官話）指某些幼小的動物：雞～｜狗～｜牛～。

語彙 狗娃 嬌娃 娃娃

【娃娃】wáwa〔名〕小孩兒：胖～｜泥～｜洋～｜吃奶的～｜足球要從～抓起。

【辨析】娃娃、小孩兒 a）"娃娃"可以指嬰兒，如"他妻子生了個男娃娃"，也可以指孩童，如"足球要從娃娃抓起"，有時也可以指青年，如"這些娃娃打起仗來非常勇敢"。"小孩兒"一般只指孩童。b）組詞搭配不完全一樣，如"洋娃娃""泥娃娃"，不能說成"洋小孩兒""泥小孩兒"。

【娃娃臉】wáwaliǎn〔名〕（張）指成年人的像娃娃一樣圓圓的臉型：小夥子生着一張～。

【娃娃生】wáwashēng〔名〕傳統戲曲的一種角色,專門扮演劇中兒童,多由幼年演員擔任,其唱腔混合了老生、旦、小生的唱腔,若同一齣戲中出現兩個幼童,則分別由一生一旦扮演,以免唱唸雷同。

【娃娃魚】wáwayú〔名〕(條)大鯢的俗稱。參見"鯢"(972頁)。

【娃子】wázi ㊀〔名〕❶小孩兒:我又不是三歲~,就那麼容易被你騙了?❷指某些幼小的動物:豬~。㊁〔名〕舊時涼山等少數民族地區稱奴隸為娃子。

wǎ ㄨㄚˇ

瓦 wǎ ㊀❶〔名〕(塊,片)鋪屋頂的建築材料,多用黏土做成坯後燒成,形狀呈拱形或半個圓筒形(如小青瓦、琉璃瓦),現在也有用水泥等材料製成的:~片|添磚加~|用~鋪房頂。❷用黏土燒成的:~器|~罐|~盆。

㊀〔量〕瓦特的簡稱。1秒鐘做1焦的功,功率就是1瓦。

另見 wà(1382頁)。

語彙 缸瓦 弄瓦 千瓦 軸瓦 琉璃瓦

古代的瓦
瓦最早是陶器的總稱。用瓦建屋始於夏朝。考古發掘,西周初期建築遺址中已發現少量的瓦。在發現的瓦片中,有仰鋪在屋頂上的板瓦,有覆在兩個板瓦之間的筒瓦,還有安在屋檐前的瓦當。琉璃瓦大約出現在北魏,盛行於隋唐,多用來建築宮殿廟宇。

【瓦當】wǎdāng〔名〕古代稱滴水瓦的瓦頭,呈圓形或半圓形,上面多有做裝飾用的圖案或文字:半~(春秋、戰國時的半圓形瓦當,上有雲紋或動植物圖案等)|圓形~(秦漢時期流行的瓦當,上有圖案或文字)|~文(瓦當上所刻的"延年""千秋萬歲""長樂未央"等小篆體吉祥文字)。

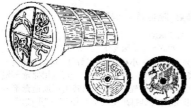

【瓦爾俄足節】Wǎ'ěr'ézú Jié〔名〕羌族的傳統節日,在農曆五月初五。當天舉行活動,祭祀天上的歌舞女神薩朗。因完全由羌族女性參加,故也叫羌族婦女節。

【瓦房】wǎfáng〔名〕(間)房頂用瓦覆蓋的平房:張老漢家新蓋了三間大~。

【瓦釜雷鳴】wǎfǔ-léimíng〔成〕瓦釜:古代陶製炊具。瓦釜敲得像雷一般的響。比喻庸才得到重用而顯赫一時:黃鐘毀棄,~。

【瓦工】wǎgōng〔名〕❶指砌磚、蓋瓦等工作:從小就學習~。❷(名)專門做砌磚、蓋瓦等工作的人:請幾個~來把房頂修理一下。

【瓦匠】wǎjiang〔名〕"瓦工"②。

【瓦解】wǎjiě〔動〕❶瓦片或瓦器碎裂(無法再恢復原狀);比喻徹底崩潰或分裂:土崩~|敵軍全綫~。❷使徹底崩潰或分裂:~軍心|分化~敵人。

辨析 瓦解、崩潰 a)"崩潰"着重在破壞的程度很深,"瓦解"着重在分裂的程度很深,"崩潰"的詞義較"瓦解"更重。b)"崩潰"常用於國家、政治、經濟、軍事及思想體系等;"瓦解"常用於組織等。c)"崩潰"不能帶賓語,"瓦解"可以帶賓語,如"瓦解敵人"。

【瓦藍】wǎlán〔形〕狀態詞。蔚藍:天~~的,沒有一絲雲彩。

【瓦礫】wǎlì〔名〕破碎的磚頭、瓦片等:~成堆|昔日的皇家花園和宮殿,如今已是一片~。

【瓦亮】wǎliàng〔形〕狀態詞。十分光亮:油光~。

【瓦片】wǎpiàn〔名〕瓦的碎片;單片的瓦:磚頭~|古民居屋頂的~非常結實。

【瓦圈】wǎquān〔名〕(隻,副)自行車、三輪車等車輪上用來安裝輪胎的鋼圈。

【瓦全】wǎquán〔動〕像瓦器那樣僥倖保全;比喻苟且地活着(常跟"玉碎"對舉):寧為玉碎,不為~。

【瓦斯】wǎsī〔名〕氣體;特指煤氣、沼氣等可燃氣體:~爆炸|毒~(軍事上稱有毒氣體)。[日語ガス的音譯詞,從荷蘭語 gas 借入]

【瓦特】wǎtè〔量〕功率單位,符號是 W。為紀念英國發明家瓦特(James Watt, 1736—1819)而定名。簡稱瓦。

佤 Wǎ 佤族。

【佤族】Wǎzú〔名〕中國少數民族之一,人口約42.9萬(2010年),主要分佈在雲南西南部的滄源、西盟、瀾滄等地。佤語是主要交際工具,有本民族文字。舊稱伕佤族。

wà ㄨㄚˋ

瓦 wà〔動〕蓋(瓦);鋪(瓦):~刀|房頂已經苫(shàn)好,明天可以~瓦(wǎ)了。

另見 wǎ(1382頁)。

【瓦刀】wàdāo〔名〕(把)瓦工用來砍削磚瓦、塗抹泥灰的鐵質工具,形狀像菜刀。

腽〈膃〉 wà 見下。

【腽肭】wànà ㊀〔形〕〈書〉肥胖。㊁〔名〕指海狗：～臍。也叫腽肭獸。

【腽肭臍】wànàqí〔名〕中藥指海狗的睾丸和陰莖。

襪（袜）〈韈韤〉 wà 襪子：～底兒｜織～機｜衣服鞋～。

【襪頭兒】wàtóur〔名〕〈口〉短襪。

【襪子】wàzi〔名〕（雙，隻）用尼龍、紗綫等織成的穿在腳上的東西：綫～｜布～｜～底兒。

wa　·ㄨㄚ

哇 wa〔助〕語氣助詞。"啊"受前一字收音 u 或 ao 的影響而發生的音變：光着腳根本走不了路～｜這麼晚了，你怎麼還往外跑～？
另見 wā（1381 頁）。

wāi　ㄨㄞ

歪 wāi ❶〔形〕不正；斜（跟"正"相對）：～脖子｜身子一～倒下了｜～戴着帽子｜上樑不正下樑～（比喻上邊的人作風不正，下面的人就會跟着學壞）。❷〔形〕不正當；不正派：～理｜～風｜～門邪道｜～心眼兒。❸〔動〕和衣隨意側臥：你先在床上～一會兒。

語彙　膃歪　側歪　病病歪歪

【歪才】wāicái〔名〕❶ 不務正業或不合正道的才能：此人有些～。❷ 有歪才的人。

【歪打正着】wāidǎ-zhèngzháo〔成〕歪着方向打出去，正好打中了目標。比喻採用的方法本來並不正確，卻僥倖得到了好的結果；靠押題，他～考了個 80 分。

【歪道】wāidào（～兒）〔名〕❶（條）不正當或不合法的途徑：錢少賺點沒甚麼，可能不往那～上走哇。❷ 壞主意：又想甚麼～呢？

【歪點子】wāidiǎnzi〔名〕不正當的辦法；壞主意：這是～，咱們不能採用｜他老出～。

【歪風】wāifēng〔名〕（股）不良的風氣；不正派的作風：～邪氣｜打擊～，樹立正氣｜堅決剎住這股～。

【歪風邪氣】wāifēng-xiéqì〔成〕不良的作風和風氣：打擊～。

【歪理】wāilǐ〔名〕不正確的道理：～邪說｜你講的這一套，全是～。

【歪門邪道】wāimén-xiédào〔成〕不正當的方法或途徑：老張從不搞～。也說邪門歪道。

【歪七扭八】wāiqī-niǔbā〔成〕歪歪扭扭，不直不正：他的字寫得～，像蜘蛛爬。

【歪曲】wāiqū ❶〔動〕不懷好意地故意改變（事實或內容）：～事實｜～了作者的原意｜你把我

的話全給～了。❷〔形〕歪斜：字跡～。

【歪歪扭扭】wāiwāiniǔniǔ（～的）〔形〕狀態詞。形容歪斜不正的樣子：字寫得～｜～地往前走。

【歪斜】wāixié〔形〕不正；不直：房門和窗戶都～了｜一排樹苗栽得歪歪斜斜。

喎 wāi〔歎〕表示招呼：～，你能聽到我的聲音嗎？

喎（咼） wāi〔形〕指嘴歪：口眼～斜。

wǎi　ㄨㄞ

搲 wǎi〔動〕（北方官話）舀取：把缸裏的水～出來｜拿碗～點米。

崴 wǎi ㊀ ❶ 山路不平的樣子。❷ 崴子，東北地區稱山水彎曲的地方。多用於地名：太陽～（在吉林海龍西）｜遲家～（在遼寧）。
㊁〔動〕腳扭傷：～了腳｜腳脖子給～腫了。
另見 wēi（1401 頁）。

【崴泥】wǎi//ní〔動〕（北京話）陷在爛泥裏；比喻陷入困境或情況變糟：出門不帶傘，雨越下越大，～了吧｜若是路上堵車，耽誤倆仨小時，咱們可就～了。

wài　ㄨㄞ

外 wài ㊀ ❶〔名〕方位詞。外邊；外面（跟"內""裏"相對）：內～有別｜裏應～合｜～強中乾。❷〔名〕方位詞。以外：此～｜除～｜課～｜五步之～。❸ 某個地域以外的地方：口～｜關～｜塞～｜海～｜域～。❹ 外國；外國人：～賓｜～僑｜對～貿易｜中～合資｜老～。❺ 稱母親、姐妹、女兒方面的（因為都是外姓，故稱）：～祖父｜～甥｜～孫｜～戚。❻ 指自己所在地以外的：～縣｜～市｜～省｜～國｜～校｜～單位。❼ 關係比較疏遠的：～客｜～人｜見～。❽ 非正式的；非正規的：～號｜～快｜～史。❾ 另外：～加｜～帶｜～附。
㊁〔名〕傳統戲曲角色行當，扮演老年男子。京劇即由老生擔任，不另分行當。

語彙　編外　不外　除外　此外　等外　額外　分外　格外　關外　海外　號外　見外　郊外　開外　課外　例外　另外　媚外　內外　排外　跑外　塞外　涉外　四外　野外　以外　意外　援外　中外　吃零爬外　九霄雲外　喜出望外　逍遙法外　意在言外　置之度外

【外幣】wàibì〔名〕外國貨幣。

【外邊】wàibian〔名〕方位詞。❶（～兒）一定範圍以外的地方：～很冷｜往～走｜圍牆～有一條小溪。❷ 物體靠外的一邊：走廊～有欄杆｜一張床，孩子睡裏邊，媽媽睡～。❸ 物體的表面：房子～全部粉刷了｜行李捲兒～捆了四道繩子。❹（～兒）距離中心位置遠的地方：他在裏圈兒看熱鬧，老劉站得稍微靠～一點兒。❺指外地：自幼在～讀書｜兒子到～出差去了｜退休後多到～跑一跑。

【外表】wàibiǎo〔名〕外觀；表面：從～上看，這所房子似乎還過得去｜她的～和心靈一樣美麗。

【外賓】wàibīn〔名〕（位）外國客人：～休息室｜接待～。

【外部】wàibù〔名〕❶某一範圍以外：加強與～的聯繫｜來自～的干涉。❷物體的表面（跟"内部"相對）：房子的～已粉刷一新｜～呈渾圓狀。

【外埠】wàibù〔名〕本地以外較大的城鎮：寄往～的信件｜到～觀光。

【外財】wàicái〔名〕（筆）正常收入以外的錢財；外快：發了筆～｜人無～不富，馬無夜草不肥。

【外層空間】wàicéng kōngjiān 地球大氣層以外的空間：探索和利用～。也叫宇宙空間。

【外場】wàichǎng〔名〕❶指戲曲舞台上桌子前面的區域（跟"内場"相對）：～椅（設在舞台上桌子前邊的坐椅）。❷外界；社會上：～盛傳他已離開本埠。❸指在外做事時善於交際應酬、好（hào）面子、有派頭的各種表現：～人｜講究～。

【外場人】wàichǎngrén〔名〕指在外面工作、辦事，見過世面，善於交際應酬的人。

【外鈔】wàichāo〔名〕外國鈔票。

【外出】wàichū〔動〕❶到外面去：這幾天就待在家裏，不要～｜避免陽光照射，儘量少～活動。❷因事到外地去：～打工｜因公～。

【外傳】wàichuán〔動〕❶向外傳播：内部資料，請勿～。❷傳授給外人：祖傳絕活，不～。❸外界傳說：～該集團班底有較大調整。

【外存】wàicún〔名〕外存儲器。指裝在計算機主板外能長久儲存信息的硬盤和軟盤等。

【外帶】wàidài ㊀〔名〕（條）外胎：這條～該換換了。㊁〔動〕外加：這個廠生產手扶拖拉機，～修理各種農機具｜每月收入，工資、各種補貼～獎金共三千多塊錢。

【外道】wàidao〔形〕見外；因拘禮而顯得不親密：咱們倆就不要說那些～話了。

【外地】wàidì〔名〕所在地區以外的地方（跟"本地"相對）：～人｜常到～走走｜他父母都在～。

【外電】wàidiàn〔名〕指外國通訊社的電訊消息：據～報道｜～對此事有何反應？

【外調】wàidiào〔動〕❶向外地或外單位調出（物資、人員等）：生豬的～要抓緊進行｜～兩名幹部充實下屬單位的領導班子。❷到外地、外單位調查（本單位某人的情況）：内查｜他到

上海～去了。

【外訪】wàifǎng〔動〕去國外訪問：派團～｜結束～回國。

【外敷】wàifū〔動〕（把藥膏、藥粉等）塗抹或撒在患處（區別於"内服"）：此藥只可～，不可内服。

【外公】wàigōng〔名〕〈口〉外祖父。

【外觀】wàiguān〔名〕物體外表的樣子：～很美｜商品～差，銷售量也上不去。

【外國】wàiguó〔名〕本國以外的國家：～語｜～朋友｜～留學。

【外國語】wàiguóyǔ〔名〕外國的語言（包括文字）：～學院｜學會一門～。

【外行】wàiháng ❶〔形〕不懂某種業務或辦事沒有經驗（跟"内行"相對）：我對這項工作很～｜搞教育他可不～｜盡說～話。❷〔名〕外行的人（跟"内行"相對）：～可以變為内行｜看熱鬧，内行看門道。

【外號】wàihào（～兒）〔名〕別人給某人起的本名以外的稱號，能反映這個人在某方面的特徵，多含親昵、憎惡或戲謔的意味：她善於扣球，～叫"鐵榔頭"｜他這個人做事太馬虎，怪不得～是"馬大哈"呢。

【外患】wàihuàn〔名〕來自外國或外族的禍害，多指外來的侵略：～頻仍｜内憂～。

【外匯】wàihuì〔名〕❶（筆）指以外國貨幣表示的、用於國際貿易結算的支付憑證。包括外幣和可以兌換外幣的支票、匯票、期票等：～券｜～儲備｜～兌換率。❷指外幣。

【外匯儲備】wàihuì chǔbèi 一國政府所持有的國際儲備資產中的外匯部分。它應該是國際上廣泛使用的可兌換貨幣，具體形式包括：政府在國外的短期存款、擁有的外國有價證券、外國銀行的支票、期票、外幣匯票等。

【外活兒】wàihuór〔名〕（件，份）本職工作以外的活兒，多指個人為掙外快而做的私活兒。

【外籍】wàijí〔名〕外國國籍：～華人｜～教師｜工作人員。

【外加】wàijiā〔動〕在某項之外再加上；另外加上：研究室訂了七份報紙，～三份雜誌｜宴席每桌 1500 元，～酒水費用，共 2000 元。

【外間】wàijiān〔名〕❶（～兒）可直接通到堂屋或外面的房間；外屋：～是客廳｜你睡裏間，我和弟弟睡～。也叫外間屋。❷外界；社會上：出兵之事，～多有傳聞。

【外江佬】wàijiānglǎo〔名〕廣東、福建等地對外省人的稱呼（含輕視意）。

【外交】wàijiāo〔名〕❶一個國家同其他國家或國際組織之間的交往、交涉和締約等活動：～人員｜～使節｜～談判｜～文書｜建立～關係。❷指家庭或單位同外界及有關方面的往來接觸：丈夫善於～，妻子勤於内務｜我們公司

的～工作很有成效。

【外交辭令】wàijiāo cílìng ❶ 在外交場合使用的言辭，多為得體而有彈性的語言。❷ 生活中指用委婉、含糊的修辭掩蓋其實用意的話語：他毫無誠意，用～搪塞我們。

【外交關係】wàijiāo guānxì(-xi)國與國之間正式的交往關係，包括相互承認、互派使節等：建立～｜斷絕～｜中止～｜恢復～。

【外交家】wàijiāojiā〔名〕(位，名)對國際事務有專門研究，擅長代表本國政府同外國進行交往和交涉的人。

【外交特權】wàijiāo tèquán 指駐在某國的外交代表和有關人員所享有的人身和住所不受侵犯，免受行政和司法管轄，免除關稅、海關檢查，使用密碼通信和派遣外交信使等特殊權利。也叫外交豁免權。

【外教】wàijiào〔名〕(位，名)外籍教師或外籍教練：有的中小學請了～教英語｜足球隊請了～，希望提高球技。

【外界】wàijiè〔名〕❶ 某物體以外的空間：電台發射的電波要憑藉～的空氣，才能傳送出去。❷ 某個體或集體以外的社會：～評論｜天天待在家裏，對～形勢幾乎一無所知。

【外借】wàijiè〔動〕❶ 向外借出：資料室的工具書一律不～。❷ 從別處借來：這些桌椅都是～的。

【外經】wàijīng〔名〕對外經濟：培養～｜外貿管理人才。

【外景】wàijǐng〔名〕戲劇舞台上的室外佈景，影視中指攝影棚外拍攝的景物(跟"內景"相對)：這個劇的～是滿天星斗的夜空｜～鏡頭｜到外地拍攝～。

【外徑】wàijìng〔名〕圓環狀工件斷面外緣的直徑：這種鋼管的～為三厘米，內徑為兩毫米。

【外舅】wàijiù〔名〕〈書〉岳父。

【外卡】wàikǎ〔名〕在網球等體育比賽中，賽會組織者對沒有達到原定資格的個人或運動隊給予的額外參賽名額：持～參賽。

【外科】wàikē〔名〕❶ 指采科學，醫學中以手術治療為特點的臨床學科：整形～｜燒傷～｜胸腔～｜心血管～。❷ 醫院中的一科，主要用手術為患者治療疾病：～在二樓｜這家醫院有內科、～、產科、口腔科等。

【外殼】wàiké〔名〕包圍在物體外面，起遮蓋和保護作用的一層堅硬東西：電池～｜熱水瓶～｜～破損了，機芯完好。

【外快】wàikuài〔名〕〈筆〉〈口〉工資以外的收入：撈～｜賺～｜除了薪金，沒有～。

【外來】wàilái〔形〕屬性詞。從外邊來的；非固有的：～戶｜～語｜～務工人員｜～影響。

【外來戶】wàiláihù〔名〕從外地搬遷來的人家。

【外來語】wàiláiyǔ〔名〕從別的語言吸收過來的詞語，如漢語的"卡"(kǎ)來自英語，"沙龍"來自法語，"阿司匹林"來自德語，"幹部"來自日語，"喀秋莎"來自俄語，"阿訇"來自波斯語，"薩其馬"來自滿語等。也叫外來詞、借詞。

【外力】wàilì〔名〕❶ 外部的力量：借用～｜企業發展主要靠自力更生，～只起輔助的作用。❷ 物理學上指外界作用於某一物體的力：靜止的物體無～作用時，仍保持靜止狀態。

【外流】wàiliú〔動〕(人口、財富等)向外流動或轉移：人才～｜黃金～｜制止文物～。

【外露】wàilù〔動〕(思想感情)表現在外：他很深沉，悲喜從不～。

【外輪】wàilún〔名〕(艘)外國籍的輪船：港口內停泊着多艘～。

【外賣】wàimài ❶〔動〕餐館將菜餚等食品賣給顧客帶走食用：本店～烤鴨。❷〔名〕外賣的菜餚等食品：專人送～。

【外貿】wàimào〔名〕對外貿易(跟"內貿"相對)：～部｜～工作。

【外貌】wàimào〔名〕人或物的外部面貌或形狀：擇偶不可只重～｜城市～發生了很大變化。

【外面】wàimiàn(～兒)〔名〕表面；外表：有些建築物，～看着很漂亮，內部設施卻很差。

【外面】wàimian(～兒)〔名〕方位詞。外邊。

【外面兒光】wàimiànr guāng 僅外表光亮好看：有些幹部作風浮躁，做工作只圖～。

【外腦】wàinǎo〔名〕比喻可資藉助的外單位或外國的人才：不惜重金聘請～。

【外聘】wàipìn〔動〕從單位外面聘請來：技術員有一半是～的｜～一名教師。

【外婆】wàipó〔名〕〈口〉外祖母。

【外戚】wàiqī〔名〕指皇帝的母親和妻子方面的親戚，因為都是外姓，故稱：～專權。

【外企】wàiqǐ〔名〕(家)外國商人投資興辦的企業：他在～工作。

【外強中乾】wàiqiáng-zhōnggān〔成〕《左傳·僖公十五年》記載，晉侯和秦國作戰，想使用鄭國出產的戰馬。慶鄭說："今乘異產以從戎事，及懼而變……外強中乾，進退不可，周旋不能，君必悔之。"意思是說，騎着別國產的馬，外貌似乎很壯牡，但是由於各種情況變化，馬會驚懼不易駕馭，打起仗來，你必定要後悔。後用"外強中乾"形容貌似強大，實則虛弱。

【外僑】wàiqiáo〔名〕(位，名)外國僑民：保護～的合法權益。

【外勤】wàiqín〔名〕❶ 指某些機關或企業、部隊中經常在外面進行的工作(跟"內勤"相對)：～記者｜他一直跑～。❷ (名，位)從事外勤工作的人：我是～｜你們那裏有幾個～？

【外人】wàirén〔名〕❶ 指沒有親屬關係的人：家裏的事，不要跟～說。❷ 指某一範圍以外的人：你說吧，這裏沒有～｜不足為～道。

【外傷】wàishāng〔名〕（身體或物體）外部受到的損傷（跟"內傷"相對）：死者沒有～｜這台機器有一點兒～。

【外商】wàishāng〔名〕（位，名）外國商人：交易會上，～雲集｜歡迎～來華洽談業務。

【外甥】wàisheng〔名〕姐姐或妹妹的兒子。

【外甥打燈籠——照舊（舅）】wàisheng dǎ dēnglong——zhàojiù〔歇〕強調一切都和過去一樣，沒有發生任何變化：她曾多次勸兒子別再迷戀網吧了，可兒子表面上應承，背地裏仍是～。

【外甥女】wàishengnǚ〔名〕姐姐或妹妹的女兒。

【外省】wàishěng〔名〕本省以外的省份；別的省：到～去做生意｜這裏～人不少。

【外事】wàishì〔名〕❶ 外交事務（跟"內事"相對）：～工作｜～部門。❷ 家庭或個人以外的事；外邊的事：妻子在家操持家務，一點～不問。

【外室】wàishì〔名〕舊時指男子在正妻之外另娶的女子。

【外孫】wàisūn〔名〕女兒的兒子。

【外孫女】wàisūnnǚ（-nü）（～兒）〔名〕女兒的女兒。

【外孫子】wàisūnzi〔名〕〈口〉外孫。

【外胎】wàitāi〔名〕包在內胎外面的輪胎。通稱外帶。

【外逃】wàitáo〔動〕逃往外地或外國：防止作案者｜犯罪嫌疑人已～。

【外套】wàitào（～兒）〔名〕（件）❶ 大衣。❷ 穿在外面的西式短上衣。

【外頭】wàitou〔名〕〈口〉方位詞。外邊。

【外圍】wàiwéi ❶〔名〕四周；周圍：首都～｜房子的～還有些空地。❷〔形〕屬性詞。與某一事物有聯繫並以這個事物為中心而存在的（事物）：地下黨的～組織｜參加世界杯～賽。

【外文】wàiwén〔名〕外國的語言或文字：～水平｜～雜誌｜掌握了四種～。

【外屋】wàiwū〔名〕"外間"①。

【外侮】wàiwǔ〔名〕外來的侵犯和壓迫：不懼～｜抵禦～。

【外綫】wàixiàn〔名〕❶ 對敵方採取包圍態勢的作戰綫：～作戰｜加強～攻擊力。❷（條）在安有由總機控制的電話分機的地方，稱對外通話的綫路（跟"內綫"相對）：請接～。

【外鄉】wàixiāng〔名〕本地以外的地方：他是～人｜～口音很重｜組織大家去～參觀。

【外向】wàixiàng〔形〕❶ 形容人的性格活潑開朗，感情易於外露（跟"內向"相對）：性格～。❷ 屬性詞。面向國外市場的（跟"內向"相對）：～型經濟｜～型企業。

【外銷】wàixiāo〔動〕產品銷售到外國或外地：～物資｜產品～｜～渠道暢通。

【外心】wàixīn〔名〕❶ 勾結外人或外單位，對內不忠實的念頭。❷ 因愛上別的異性而產生的對自己的配偶不忠實的念頭：他一見我們娘兒倆就發脾氣，我懷疑他有了～。

【外星人】wàixīngrén〔名〕指人類假想的其他星球上類似人類的高等動物。常用以比喻與世隔絕、不了解社會情況或變化的人：你甚麼人情世故都不懂，簡直是個～。

【外形】wàixíng〔名〕人或物的外部形狀：～美觀｜重要的是質量，～倒在其次。

【外姓】wàixìng〔名〕❶ 異姓；本宗族以外的姓氏。❷ 指外姓人：村邊上住的都是～。

【外需】wàixū〔名〕國外市場的需求（跟"內需"相對）：有～就有市場。

【外延】wàiyán〔名〕邏輯學上指某一概念所指的那一類事物的範圍，如"商品"這一概念的外延是指古今中外的一切商品（跟"內涵"相對）。

【外揚】wàiyáng〔動〕向外宣揚：此事不～。

【外洋】wàiyáng ㊀〔名〕❶ 舊指外國：到～考察。❷ 遠離大陸的海洋：～捕撈｜～航行。㊁〔名〕舊指外國鑄幣。

【外衣】wàiyī〔名〕❶（件）穿在外面的衣服。❷ 比喻用來掩蓋真實面目的偽裝：披着學者的～，幹着剽竊他人學術成果的勾當。

【外因】wàiyīn〔名〕指事物發展變化的外部原因（跟"內因"相對）：別人的幫助只是我們進步的～｜～是變化的條件。

【外引】wàiyǐn〔動〕從外國或外地引進資金、技術、人才等：～內聯。

【外用】wàiyòng〔動〕指藥物在皮膚表面敷用：只可～，不能內服。

【外語】wàiyǔ〔名〕（門）外國語：～學院｜～水平｜精通好幾門～。

【外遇】wàiyù〔名〕指丈夫或妻子在外面的不正當男女關係：有～。

【外援】wàiyuán ❶〔動〕來自外部或外國的援助：這次抗震救災，我們以自力更生為主，爭取～為輔。❷〔名〕（名，位）特指體育運動隊從國外引進的運動員（跟"內援"相對）：球隊計劃引進三名～。

【外在】wàizài〔形〕❶ 屬性詞。事物本身以外的（跟"內在"相對）：～原因｜～條件。❷ 外表的；表面的：～美不是挑選演員的唯一條件。

【外債】wàizhài〔名〕（筆）❶ 國家向外國借的債：償還～｜～基本還清。❷ 個人或單位向別人或外單位借的債：～累累｜清理～。

【外長】wàizhǎng〔名〕（名，位）外交部長。

【外資】wàizī〔名〕外國的投資：引進～｜～企業｜大量～湧入。

【外子】wàizǐ〔名〕〈書〉妻子對人稱自己的丈夫。

【外族】wàizú〔名〕❶ 母家或妻家的親族。❷ 泛指本家族以外的人。❸舊時指本民族以外的民族。❹指本國以外的人;外國人:頑強抵禦~入侵。

【外祖父】wàizǔfù〔名〕母親的父親。

【外祖母】wàizǔmǔ〔名〕母親的母親。

wān ㄨㄢ

剜 wān〔動〕用刀子等從物體裏面挖取:~野菜。

【剜肉補瘡】wānròu-bǔchuāng〔成〕唐朝聶夷中《詠田家》詩:"二月賣新絲,五月糶新穀。醫得眼前瘡,剜卻心頭肉。"意思是,農曆二月尚未養蠶就賣了新絲,五月秧苗尚未青就賣了新穀,為救眼前的饑荒,竟以低價預售了當年的收穫。後用"剜肉補瘡"比喻用有害的辦法補救眼前之急。也說剜肉醫瘡、挖肉補瘡。

帵 wān 見下。

【帵子】wānzi〔名〕衣服剪裁後剩下的較大布塊;特指剪裁中式衣服時,挖夾肢窩剩下的那塊布料。

婠 wān〈書〉道德美好。

蜿 wān 見下。

【蜿蜒】wānyán〔形〕❶ 蛇類爬行的樣子:龍蛇~|閃電像一條條火蛇,在空中~遊動。❷ 彎彎曲曲的樣子:山勢~|小溪~流過村前|~的小道|~起伏的萬里長城。

豌 wān 見下。

【豌豆】wāndòu〔名〕❶(棵,株)豆類作物,結莢果,種子近球形,嫩苗、嫩莢和種子供食用:~苗兒。❷(顆)這種植物的莢果和種子:~粉(用豌豆磨成的粉)|~醬|~黃兒(用豌豆粉和糖蒸成的糕)。

彎(弯)wān ❶〔形〕彎曲:~~的月牙|弓是~的,理是直的|纍纍的果實把樹枝都壓~了。❷〔動〕使彎曲:~着身子幹活|把竹篾~成弧形。❸〈書〉拉(弓):盤馬~弓|只識~弓射大雕。❹(~兒)〔名〕(道)彎子:小河幾道~|拐個~兒|繞着~兒試探着問他。

語彙　拐彎　迴彎　繞彎　轉彎　曲曲彎彎

【彎道】wāndào〔名〕❶(條)"彎路"①:前邊是~,開車多小心。❷ 特指彎曲的河道或鐵道。

【彎度】wāndù〔名〕彎曲的程度:道路~太大。

【彎路】wānlù〔名〕❶(條)彎曲的路:從右邊過去,是一條~|汽車在走~時要放慢速度。❷(段)比喻工作、學習等方面因不得法而經歷的曲折過程:搞這個項目,我們曾走過一段~|一個人自學,少不得遇到~。

【彎曲】wānqū〔形〕不直;曲折:~的小路|枝幹~的老樹|小河彎彎曲曲地向東流去。

【彎子】wānzi〔名〕彎曲的地方;彎曲的部分:繞了好幾個~。也說彎兒。

壪(塆)wān〔名〕山溝裏的小塊平地;山村:我們住在同一個~|不知道他家在哪個~?

灣(湾)wān ❶ 江河等彎曲的地方:河~|三里~|張家~。❷ 海洋伸入陸地的部分:海~|港~|遼東~。❸〔動〕停泊:把船~在江邊|岸邊~着一條小船。❹(Wān)〔名〕姓。

語彙　港灣　海灣

wán ㄨㄢ

丸 wán ❶(~兒)〔名〕小而圓的物體:彈~|睾~|泥~。❷(~兒)〔名〕丸子:肉~|魚~。❸ 丸藥:~散膏丹|藥~|牛黃解毒~。❹〔量〕用於丸藥:一~藥|每日三次,每次兩~。

語彙　彈丸　睾丸　泥丸　藥丸　定心丸

【丸劑】wánjì〔名〕丸狀的藥劑,把藥物研成粉末後,加入水、蜂蜜或澱粉糊等混合調製而成。

【丸散膏丹】wán-sǎn-gāo-dān 中藥的四大類成藥,即丸劑、散劑(粉末狀製劑)、膏劑、丹劑(依成方製成的顆粒狀中藥)。

【丸藥】wányào〔名〕中醫指製成丸劑的成藥(區別於"湯藥")。

【丸子】wánzi〔名〕一種小而圓的食品,用魚、肉等剁成碎末後製成:魚~|肉~|素~|余~。

刓 wán〈書〉❶ 用刀子等挖;刻。❷ 削去棱角:~方為圓。

汍 wán 見下。

【汍瀾】wánlán〔形〕〈書〉流淚的樣子:涙~而雨集。

抏 wán〈書〉消耗:海內~敝,巧詐並生。

芄 wán 見下。

【芄蘭】wánlán〔名〕古書上指蘿藦。

完 wán ❶ 齊全；完整：～美無缺｜～璧歸趙｜覆巢之下無～卵。❷〔動〕消耗淨盡；沒有剩餘：紙用～了｜米吃～了。❸〔動〕了結；完畢：事情辦～了｜會開～了｜鬧起來就沒～沒了｜要不是老王相救，你的小命兒早～了。❹〔動〕完成：～稿｜～工｜～婚｜任務～得成｜一會兒就～事。❺繳納（賦稅）：～糧｜～稅。❻(Wán)〔名〕姓。

【完敗】wánbài〔動〕完全失敗。指球類、棋類等比賽中以懸殊的比分輸給對手：由於實力懸殊，我球隊以～告負。

【完備】wánbèi〔形〕齊備；該有的一樣也不缺少：論據尚欠～｜廠區電話亭、衛生室、休息室等等，各種設施相當～。

> **辨析** **完備、完善、完美** 三詞都有齊全、完整的意思。但，a）在程度上，"完善"（不但齊全，而且良好）比"完備"進了一步，"完美"（不但齊全，而且十分好）又比"完善"進了一步。b）在適用範圍上，"完備""完善"多用於事物，很少用於人；"完美"既適用於事物，也適用於人，如"人格完美""完美的人品"。

【完畢】wánbì〔動〕結束；完結：工程已經～了｜會議～後再去｜報告！二連五排應到 46 人，實到 46 人——報告～。

【完璧歸趙】wánbì-guīzhào〔成〕《史記·廉頗藺相如列傳》記載，戰國時，秦王假意提出願以十五座城池來換取趙國的稀世之寶和氏璧。趙王不敢拒絕，可又擔心會受騙。大臣藺相如表示："臣願奉璧往使，城入趙而璧留秦；城不入，臣請完璧歸趙。"後藺相如果然設法把璧從秦王手裏取回，完整送返趙國。後用"完璧歸趙"比喻將原物完整無損地歸還原主。

【完成】wán // chéng〔動〕按照規定的要求或預期的目的辦好或做成：保證～任務｜爭取提前～｜生產指標可能完不成｜計劃不一定完得成。

【完蛋】wán // dàn〔動〕〈口〉垮台；毀滅；死亡：徹底～｜眼看敵人就要～了｜只一槍，歹徒就完了蛋。

【完稿】wán // gǎo〔動〕寫完稿子；脫稿：論文已全部～｜到時候完不了稿怎麼辦？

【完工】wán // gōng〔動〕工程或工作完成：大廈如期～｜這座橋七個月就～了｜普查工作不抓緊，恐怕年底完不了工。

【完好】wánhǎo〔形〕完整；無損壞：～如初｜～無損｜各項設備～｜這座樓至今還相當～。

【完婚】wán // hūn〔動〕結婚（多指男子娶妻）：父母早就想給大哥～了｜完了婚再出去考察。

【完結】wánjié〔動〕完了(liǎo)；結：事情並沒有就此～｜生命已經～｜人類對自然界的認識永遠不會～。

> **辨析** **完結、完畢** "完畢"着重在事情進行的過程，表示已經完成，與開始相對；"完結"既可指完成，又可表示不再存在。因此"工作已經完畢（完結）"皆可說，但"生命已經完結"，"完結"不能換成"完畢"。

【完卷】wánjuàn〔動〕做完答卷，比喻完成工作：注意工程質量，不能馬馬虎虎～。

【完竣】wánjùn〔動〕（工程等）完畢；完成：古塔已修葺～｜大會已籌備～。

【完了】wánliǎo〔動〕〈口〉（事情）完結；了結：比賽快～的時候，出現了戲劇性的變化。

【完滿】wánmǎn〔形〕圓滿；沒有欠缺：找個～的解決辦法｜她的答復很全面，很～｜大會～結束。

【完美】wánměi〔形〕完備美好（多用來形容結構、形式、語言、形象、品格等）：～的人格｜這座大樓的結構和外形達到了十分～的程度。

【完美無缺】wánměi-wúquē〔成〕完備美好，沒有缺點：～的人是沒有的｜不能一聽到表揚，就以為自己的工作～了。

【完全】wánquán ❶〔形〕完整；齊全：機器零件很～｜話沒有說～｜他回答得很～。❷〔副〕全；全部：～是一派胡言｜困難是～可以克服的｜你～誤解了他的意思。

【完人】wánrén〔名〕(位)完美無缺的人：養天地正氣，法古今～｜金無足赤，人無～。

【完善】wánshàn ❶〔形〕完備而且良好：各項設施都很～｜希望能～地解決這個問題。❷〔動〕使完善：～生產責任制。

【完勝】wánshèng〔動〕完全勝利。指球類、棋類等比賽中以懸殊的比分戰勝對手：中國女排 3:0～對手｜在比賽中，甲隊取得～的好成績。

【完事】wán // shì(～兒)〔動〕事情完結：趕了一個月任務，昨天才～｜你以為向他道個歉就能～嗎？｜我下午去醫院看病人，完了事就回家。

【完事大吉】wánshì-dàjí〔俗〕事情完滿結束，從此不再費心：書稿不能草草抄寫一遍就～，還要仔細校對。

【完稅】wánshuì〔動〕交納捐稅款項：依法～｜～大戶。

【完顏】Wányán〔名〕複姓。

【完整】wánzhěng〔形〕事物的各部分都沒有缺損；應有的部分都具有：～的概念｜～的印象｜～的工業體系｜尊重主權和領土～｜許多珍貴文物都完完整整地保存下來了。

玩 〈㊀翫〉 wán ㊀(～兒)❶〔動〕玩耍：～火｜鬧着～兒｜逗你～兒｜在公園～了半天｜去南方～～。❷〔動〕從事某些文體活動：～撲克牌｜籃球我沒有～過。❸〔動〕耍弄或使用(某種手段、方法等)：～兒手段｜～花招兒｜可別～兒邪的｜你這老一套現在可～不轉(zhuàn)了。❹(Wán)〔名〕姓。

〔一〕❶〔動〕戲弄；擺弄：～弄｜～蛇｜～蛐蛐。❷ 用不嚴肅不認真的態度來對待；輕視：～世不恭｜～忽職守。❸ 觀賞；欣賞：遊～｜遊山～水｜月賞花｜～物喪志。❹〔書〕體會；思索：～味｜細～此言，大有深意。❺ 供觀賞的物品：珍～｜文～｜古～。

語彙 把玩　電玩　古玩　好玩　清玩　賞玩　遊玩　珍玩

【玩忽職守】wánhū-zhíshǒu〔成〕不堅守工作崗位；不嚴肅認真地對待自己的職責：～者應給予嚴厲處分。

【玩花樣】wán huāyàng（～兒）〔慣〕施展手段矇騙人；耍小聰明：看他們究竟還能玩出甚麼花樣來。

【玩火】wánhuǒ〔動〕❶ 拿着火或點火玩耍：這次火災是由小孩～引起的。❷ 比喻幹冒險或害人的勾當：毒品豈能嘗試？我勸你別～。

【玩火自焚】wánhuǒ-zìfén〔成〕玩火的人會燒着自己。比喻冒險幹壞事的人必將自食其惡果：侵略者膽敢挑起戰爭，必定是～。

【玩家】wánjiā〔名〕喜歡並精通某項技藝或活動的人：電腦～｜汽車～。

【玩具】wánjù〔名〕專供玩兒的東西：兒童～｜電動～。

【玩樂】wánlè〔動〕玩耍遊樂：盡情～｜他是個只會吃喝～的花花公子。

【玩兒命】wánrmìng〔動〕〈口〉拚命；冒險行動，拿性命當兒戲（含詼諧語意）：為寫文章連開了幾個夜車，簡直是～！

【玩弄】wánnòng〔動〕❶ 用手拿着或撫摸着玩；擺弄：～玉器｜～小貓兒｜～手上東西。❷ 戲弄；耍弄；以不嚴肅認真的態度對待：～女性｜～別人的感情。❸ 搬弄；賣弄：～辭藻｜～新名詞。❹ 施展（手段、伎倆等）：～陰謀｜～兩面派手法｜～權術。

【玩偶】wán'ǒu〔名〕❶ 用泥土、木頭、塑料或色布等製成的供兒童玩耍的人物形象玩具：～商店。❷ 比喻供人取樂的人（多指女性）：～夫人｜她決心不當～，離家出走。

【玩兒票】wánr//piào〔動〕❶ 不以演戲為本職的戲曲表演。❷ 比喻做非本職的或不取報酬的工作：他給編輯審稿純粹是～。

【玩賞】wánshǎng〔動〕觀賞；玩味欣賞：～西湖美景｜公園裏鐵樹開花，～的人絡繹不絕｜～古董字畫。

【玩世不恭】wánshì-bùgōng〔成〕遊戲人生，對現實社會採取不嚴肅、不認真的態度：為人～｜他是個～的人。

【玩耍】wánshuǎ〔動〕進行使自己愉快的遊戲或活動：下課了，同學們到操場上盡情～｜小時候我們一起～過。

【玩完】wánwán〔動〕〈口〉毀滅；死亡（含詼諧意）：若不是他救你，你這小命早～了。

【玩味】wánwèi〔動〕反復琢磨；仔細體會：這首詩值得～｜他的話要細細地～。

【玩物】wánwù〔名〕專供別人玩賞的東西：她有獨立的人格，不願做人家的～。

【玩物喪志】wánwù-sàngzhì〔成〕醉心以至沉溺於所喜好的事物，喪失掉應有的志氣和遠大的理想：玩人喪德，～｜他一天到晚不是打牌就是玩電子遊戲，這不是～嗎？

【玩笑】wánxiào ❶〔動〕用言語或行動戲耍取樂：兩人～了一番｜上課時不該和同學～。❷〔名〕（句，個）戲耍取樂的言語或行動：他是在跟你開～，何必當真。

【玩意兒】（玩藝兒）wányìr〔名〕〈口〉❶（件）玩具；小擺設：上街給孩子捎個～回來｜桌上擺着黃楊木布袋和尚、象牙山水微雕等各種～。❷ 指曲藝、雜技、武術等：在這裏可以一邊喝茶、一邊看～｜可別讓咱們這些～失傳了｜相聲這～講究的是說、學、逗、唱。❸ 泛指東西；事物：你們廠生產的是啥～？｜電視這～可不是隨便瞎鼓搗的。❹ 對人或事物的蔑稱：他老六算甚麼～｜這歌詞寫的叫甚麼～？沒一句讓人懂！

紈（纨）wán〔書〕細絹：～扇（用細絹製成的團扇）｜～素（精緻白細的絹）。

【紈絝】（紈袴）wánkù〔名〕細絹做成的褲子。泛指富家子弟穿的華麗衣着。借指富貴人家子弟：～習氣｜～子弟。

【紈絝子弟】wánkù-zǐdì〔成〕指穿着豪華，一味吃喝玩樂、遊手好閒的富家子弟。

烷 wán〔名〕有機化合物的一類，通式 C_nH_{2n+2}。是構成天然氣和石油的主要成分，如甲烷、乙烷等。也叫烷烴（tīng）。

頑（顽）wán ❶ 愚蠢；無知：～鈍｜痴～｜冥～不靈。❷ 不易變好，不易制伏：～癬｜～症｜～敵。❸ 不易動搖；固執：～強｜～抗。❹（孩子）淘氣，不聽話：～皮｜～童。❺（Wán）〔名〕姓。

語彙 痴頑　刁頑　冥頑　兒頑　愚頑

【頑敵】wándí〔名〕頑固或頑抗的敵人：消滅～｜與～周旋到底。

【頑固】wángù〔形〕❶ 思想保守，不願接受新思想、新事物：～不化｜～守舊。❷ 堅持錯誤立場，不肯改變：～分子｜～派不會甘心自己的失敗。❸ 形容某種狀態不易去除或改變：這種病很～，不容易治好。

【頑固不化】wángù-bùhuà〔成〕保守固執，不知變通或改變：因循守舊，～。

【頑疾】wánjí〔名〕❶ 久治不癒或不容易治好的疾病：攻剋皮膚～。❷ 比喻難以治理的事：張貼小廣告是長期以來影響市容的一大～。

【頑抗】wánkàng〔動〕❶（敵人）頑強抵抗：負隅～｜敵軍企圖據險～。❷（受審問者）頑固抗拒，不坦白自己的罪行和問題：嫌疑人認為自己的罪證無人掌握，一直在～。

【頑劣】wánliè〔形〕❶頑固惡劣：那潑皮～異常，鄉人也奈何不得。❷頑皮不順從：這孩子生性～。

【頑皮】wánpí〔形〕孩子淘氣，愛玩愛鬧：～的小孩兒｜這孩子可～了｜～得誰也管不了。

【頑癖】wánpǐ〔名〕難以改掉的嗜好：戒除～。

【頑強】wánqiáng〔形〕不為外力所屈服，堅持不動搖；堅強：～的意志｜戰士們勇敢～｜～拚搏，為國爭光。

【頑石點頭】wánshí-diǎntóu〔成〕《蓮社高賢傳·道生法師》記載，道生法師入虎丘山，聚石為徒，講《涅槃經》，群石皆為點頭。後用"頑石點頭"形容道理講得透徹，使人不能不心服。

【頑童】wántóng〔名〕頑皮的兒童：一群～｜他有一套教育～的辦法。

【頑兇】wánxiōng〔名〕頑固的壞人：嚴懲～。

【頑愚】wányú〔形〕頑固愚蠢：生性～，不可理喻。

【頑症】wánzhèng〔名〕❶久治不癒或不容易治好的病症：身患～｜祖傳中醫，專治各種～。❷比喻難以治理的事：環境污染問題已成～。

【頑主】wánzhǔ〔名〕指洞察世事而玩世不恭的人。

wǎn ㄨㄢ

宛 wǎn ㊀ ❶曲折；彎曲：～轉｜縈～。❷（Wǎn）〔名〕姓。
㊁〔副〕〈書〉仿佛：音容～在｜～在水中央｜～與夢中相似。

【宛然】wǎnrán〔副〕仿佛，恰似：～如生｜記憶｜竹籬茅舍，小橋流水，～田家氣象。

【宛如】wǎnrú〔動〕好像是：畫面上的山川、人物，皆～夢中所見。也說宛若、宛似。

【宛延】wǎnyán〔形〕〈書〉蜿蜒。

【宛轉】wǎnzhuǎn ❶〔形〕蜿蜒曲折：一條～的小路。❷〔動〕〈書〉輾轉：～於江湖之間｜～呻吟。❸同"婉轉"。

挽 wǎn ㊀ ❶〔動〕彎手勾住；拉：我們臂～着臂，手拉着手｜無魚躍水休張網，有鳥飛天始～弓。❷挽回；扭轉：力～狂瀾。❸〔動〕把衣服向上捲：～褲腿兒｜把袖子～起來。
㊁同"綰"。另見 wǎn"輓"（1391頁）。

語彙 推挽

【挽回】wǎnhuí〔動〕❶設法使好轉或恢復原狀；扭轉已經形成的不利局面：～損失｜～影響。❷收回（利權）：收回租界，～利權。

【挽救】wǎnjiù〔動〕從危險或不利的境地中救出來：～失足青少年｜～垂危病人。

【挽留】wǎnliú〔動〕勸說將要離去的人留下來：一再～｜他去意已決，哪裏～得住。

莞 wǎn 見下。
另見 guān（477頁）；guǎn（480頁）。

【莞爾】wǎn'ěr〔形〕〈書〉微笑的樣子：～而笑。

晚 wǎn ❶〔名〕晚上；夜晚：～八點鐘｜一天忙到～。❷〈書〉靠後的一段時間；特指人的晚年：歲～｜孔子～而喜《易》。❸後輩對前輩的自稱（多用於書信）。❹後來的：～娘｜～輩。❺〔形〕時間靠後的：～稻｜～唐｜大器～成｜～結的果。❻〔形〕比規定的或合適的時間靠後；遲（跟"早"相對）：我來～了｜相見恨～｜雨後送傘，時間已～｜汽車～到了一個小時。❼（Wǎn）〔名〕姓。

語彙 傍晚 向晚 夜晚 早晚

【晚安】wǎn'ān〔動〕客套話。晚上好（晚上跟人道別時用）：老師｜祝你～｜道一聲～。

【晚班】wǎnbān（～兒）〔名〕夜晚勞動或工作的班次（區別於"早班""中班"）：上～｜下～｜接送～工人。

【晚報】wǎnbào〔名〕（張，份）每天下午出版的報紙：老人喜歡看～｜訂一份～。

【晚輩】wǎnbèi〔名〕輩分較低的人（跟"長輩"相對）：我是他的～｜他年齡雖然大，在村子裏卻是～。

【晚餐】wǎncān〔名〕（頓）晚飯：共進～｜最後的～｜～時間已過。

【晚場】wǎnchǎng〔名〕電影、戲劇等在晚上演出的場次（區別於"早場"）：～的票賣完了｜電影～觀眾最多。也叫夜場。

【晚車】wǎnchē〔名〕晚上開出、經過或到達的列車：乘～去上海。

【晚春】wǎnchūn〔名〕春季的最後階段；暮春：～天氣。

【晚稻】wǎndào〔名〕插秧遲、生長期比較長、成熟期比較晚的稻子，一般在霜降以後收割：收割～｜～喜獲豐收。**注意**"晚稻"有兩種，在一年種兩季稻子的地區，稱第二季稻子為"晚稻"，區別於"早稻"。在一年種三季稻子的地區，稱第三季稻子為"晚稻"，區別於"早稻"和"中稻"。

【晚點】wǎn//diǎn〔動〕（車、船、飛機等）開出、運行或到達比規定時間晚（跟"正點"相對）：輪船～到達｜飛機～一小時起飛了｜火車晚不了點。

【晚飯】wǎnfàn〔名〕（頓）傍晚或晚上吃的飯食：～別吃得太飽｜～吃了沒有？

【晚會】wǎnhuì〔名〕（場）在晚上舉行的以演出文娛節目為主的集會：聯歡～｜遊園～｜參

加～｜～上的節目豐富多彩。

【晚婚】wǎnhūn〔動〕比法定結婚年齡晚若干年結婚：提倡～｜實行～｜晚育。**注意**中國婚姻法規定的結婚年齡，男為 22 歲，女為 20 歲。按法定年齡推遲三年以上的為晚婚。

【晚間】wǎnjiān〔名〕晚上：～新聞。

【晚節】wǎnjié〔名〕晚年的節操；保持～｜一個人最要緊的是～。

【晚近】wǎnjìn〔名〕離現在最近的一個時期：在現代漢語中，～出現了一大批新詞。

【晚景】wǎnjǐng〔名〕❶傍晚的景色：～如畫｜這一段描寫～，十分出色｜好一派漁村～！❷人晚年的景況：桑榆～｜～淒涼。

【晚境】wǎnjìng〔名〕晚年的境況：～不佳。

【晚禮服】wǎnlǐfú〔名〕女士在晚間正式社交場合所穿的服裝，以長裙為主。

【晚年】wǎnnián〔名〕指年老的時期：幸福的～｜安度～｜他的～是在敬老院裏度過的｜這是他～的作品。

【晚娘】wǎnniáng〔名〕繼母。

【晚期】wǎnqī〔名〕臨近結束的一個時期；最後的階段：資本主義萌芽於封建社會～｜這位畫家的～作品都收藏在美術館裏。

【晚秋】wǎnqiū〔名〕❶秋季的末期：時近～｜～時節，紅葉滿山｜～作物（在小麥、油菜等收穫後復種的農作物）。❷指晚秋農作物：今年～不賴。

【晚上】wǎnshang〔名〕❶日落後至深夜前的時間：～開會｜～再見｜～頭腦反倒清楚。❷泛指夜晚：昨天～沒睡好覺。

【晚生】wǎnshēng〔名〕〈書〉後輩對前輩的自稱：～後輩｜～這裏向老前輩致意了。

【晚熟】wǎnshú〔形〕❶農作物生長期比較長，成熟慢：～玉米｜～作物。❷身體、智力發育比較晚，成熟晚：這孩子懂事晚，～。

【晚霞】wǎnxiá〔名〕（道）日落前後出現的雲霞：鮮紅的～｜早霞有雨～晴｜早霞不出門，～行千里（指不會下雨）。

【晚宴】wǎnyàn〔名〕晚間舉行的宴會：舉行～｜招待客人｜出席～盛會。

【晚育】wǎnyù〔動〕結婚後再推遲幾年生育：提倡晚婚～。

【晚造】wǎnzào〔名〕生長期較短、成熟期較晚的農作物（區別於「早造」）：今年～收成不錯。

【晚妝】wǎnzhuāng〔名〕適合出席晚間活動的妝飾。

脘　wǎn〔名〕中醫指胃腔：胃～。

惋　wǎn/wàn〈書〉恨恨；歎惜：歎～｜～惜。

語彙　悲惋　恨惋　歎惋

【惋惜】wǎnxī〔形〕對不幸或不如意的事表示遺憾或同情：～不已｜深為～｜對人才流失感到十分～。

婉　wǎn ❶〔言辭〕委婉：～言｜～商｜～謝｜～辭｜～約｜～轉｜和～｜悽～｜幽～。❷〈書〉柔順：～順。❸〈書〉美好：～麗｜有美一人，清揚～兮。

語彙　和婉　悽婉　柔婉　委婉　幽婉

【婉辭】wǎncí ㊀〔名〕婉言：～相拒。也作婉詞。㊁〔動〕委婉地推辭、拒絕：會長一職，～不就。

【婉拒】wǎnjù〔動〕委婉地拒絕：～朋友邀請。

【婉麗】wǎnlì〔形〕❶柔美秀麗：他有一位～賢明的夫人。❷婉轉而優美（多指詩文）：～清新。

【婉曲】wǎnqū〔形〕委婉曲折：情調～。

【婉商】wǎnshāng〔動〕〈書〉婉言相商：經雙方～，達成協議。

【婉順】wǎnshùn〔形〕溫和而順從（多用於形容女性）：溫柔～。

【婉謝】wǎnxiè〔動〕婉言謝絕：對於別人的請客送禮，他一概～。

【婉秀】wǎnxiù〔形〕優美秀麗：圓潤～。

【婉言】wǎnyán〔名〕婉轉含蓄的話（多用作狀語）：～謝絕｜～勸解｜～回答。

【婉約】wǎnyuē〔形〕〈書〉委婉含蓄：屬（zhǔ）詞～｜清新～｜～纏綿。

【婉轉】wǎnzhuǎn〔形〕❶（言辭）溫和委婉而不失本意：她說得很～｜老師～地批評了他。❷（聲音）抑揚頓挫，非常好聽：歌喉～｜那聲音大概是長笛，～悠揚。也作宛轉。

琬　wǎn〈書〉美玉：玉～｜～圭（一種上端渾圓無棱角的圭）。

【琬琰】wǎnyǎn〔名〕〈書〉琬和琰都指美玉；比喻美好的品德：文史賅富，～為心。

菀　wǎn見「紫菀」（1807 頁）。
另見 yù（1663 頁）。

梡　wǎn見「橡梡」（1484 頁）。
另見 wǎn「碗」（1391 頁）。

皖　Wǎn〔名〕安徽的別稱。

碗〈盌椀盌〉　wǎn ❶〔名〕盛飲食的器具：鍋、～、瓢、盆｜鍋裏有了，～裏也就有了（比喻集體富裕了，個人也就富裕了）。❷像碗的東西：橡～子｜軸～兒。
「椀」另見 wǎn（1391 頁）。

語彙　飯碗　海碗　鐵飯碗　砸飯碗

畹　wǎn〔量〕古代地積單位，三十畝為一畹：滋蘭九～。

輓（挽）　wǎn ❶牽引：～車。❷哀悼（死者）：哀～｜敬～｜～歌｜～聯某某～（用於落款）。
　　"挽"另見 wǎn（1390 頁）。

語彙　哀輓　敬輓

【輓詞】wǎncí〔名〕哀悼死者的辭章。
【輓歌】wǎngē〔名〕❶（首）哀悼死者的歌：～三首。❷比喻哀歎舊事物滅亡的文辭：為舊時代滅亡唱～。
【輓聯】wǎnlián〔名〕（副）哀悼死者的對聯：送一副～｜自～（死者臨終自撰的輓聯）。
【輓幛】wǎnzhàng〔名〕（幅）題有輓詞的整幅綢布。

縮（缩）wǎn〔動〕將長條物盤繞起來打成結：～扣兒｜～個同心結｜把頭髮～起來。

wàn　ㄨㄢ

卐 wàn ❶同"卍"。❷德國納粹黨的黨徽：～字旗（德國法西斯的旗子）。

卍 wàn 古印度宗教的吉祥標記（唐朝時傳入中國）。

忨 wàn〈書〉貪。

妧 wàn〈書〉女子美好的樣子。
　　另見 yuán（1669 頁）。

腕 wàn（～兒）〔名〕腕子：手～兒（有時用於比喻）｜～骨（構成手腕的骨頭）。

語彙　大腕　扼腕　腳腕　手腕　鐵腕　懸腕

【腕力】wànlì〔名〕❶腕部的力量：咱們比比～。❷比喻辦事的能力：他辦事有～。
【腕兒】wànr〔名〕指有實力、名氣大的人：他是演藝界的～。
【腕子】wànzi〔名〕胳膊下端跟手掌相連接的部位，也指小腿下端跟腳相連接的部位：手～扭傷了｜腳～疼。

萬（万）wàn ❶〔數〕十個一千：一～元｜九百六十～平方公里｜～分之一。❷表示很多：～家燈火｜～紫千紅｜瞬息～變。❸〔副〕極；絕對（表示極端強調）：～難從命｜～不得已｜～無一失｜～沒想到她會變心。❹（Wàn）〔名〕姓。
　　"万"另見 mò（942 頁）。

語彙　巨萬　千萬　萬萬　億萬　挂一漏萬

【萬般】wànbān ❶數量詞。各種各樣：～手段都施展了｜～皆下品，唯有讀書高。❷〔副〕極其；非常：～無奈｜～惆悵。
【萬變不離其宗】wànbiàn bùlí qízōng〔諺〕表面上變化很多，實質上始終不變：生產的組織形式可以千變萬化，但～，目的都是為了提高效率。

【萬不得已】wànbùdéyǐ〔成〕實在沒有辦法；不得不如此：不到～，不會採取極端措施。
【萬代】wàndài〔名〕萬世：子孫～｜千秋～｜～傳頌。
【萬端】wànduān〔形〕（頭緒）非常多而複雜；各種各樣：感慨～｜思緒～｜儀態～。
【萬惡】wàn'è ❶〔形〕形容罪惡極大而多：～的舊社會｜～的侵略戰爭。❷〔名〕各種各樣的罪惡：利己主義是～之源。
【萬兒八千】wàn'erbāqiān〔口〕一萬或將近一萬的數目：一個月能掙～的。
【萬方】wànfāng ❶〔名〕指世界各國或全國各地：一唱雄雞天下白，～樂奏有于闐。❷〔形〕多種多樣：儀態～。
【萬分】wànfēn〔副〕非常；極其：～感謝｜～抱歉｜～榮幸｜激動～｜惶恐～。
【萬福】wànfú〔名〕舊時婦女行的一種禮，行禮時口稱"萬福"，腰微彎做鞠躬姿勢，同時兩手抱拳重疊，在胸前右下側上下移動：道～。
【萬古】wàngǔ〔名〕千秋萬代：～不變｜～長存｜爾曹身與名俱滅，不廢江河～流。
【萬古長青】wàngǔ-chángqīng〔成〕永遠像春天的草木一樣充滿生機：祝兩國人民的友誼～。
【萬古流芳】wàngǔ-liúfāng〔成〕千秋萬代流傳着好名聲：革命先烈～，永遠為後人所景仰。也說萬世流芳。
【萬貫】wànguàn 數量詞。古代用銅錢，一千枚銅錢串成一貫，"萬貫"指錢財極多：～家財｜腰纏～。
【萬國】wànguó〔名〕世界各國。"萬"言其多：～旗｜～公約｜～郵政｜～博覽會。
【萬花筒】wànhuātǒng〔名〕（隻）一種兒童玩具。用硬紙製成長筒，筒底安裝兩片玻璃，其間放着彩色紙屑、碎玻璃等物；中段以長方形玻璃鏡三片組成正三角柱形；上端有玻璃小孔，供觀看之用。轉動圓筒，可從小孔中看到各式各樣彩色圖案，變化極多。
【萬家燈火】wànjiā-dēnghuǒ〔成〕家家戶戶都亮着燈光。形容城市夜晚的繁華氣象，也借指天黑上燈的時候：在高樓頂層眺望夜上海，～，景色瑰麗輝煌｜船靠岸時，已是～了。
【萬劫不復】wànjié-bùfù〔成〕佛教認為世界由生成到毀滅的一個過程為一劫，萬劫即萬世。指永遠不能恢復。
【萬金】wànjīn〔名〕❶極多的錢財：家累～。❷比喻極其貴重：～之軀｜～良藥。
【萬金油】wànjīnyóu〔名〕❶清涼油的舊稱。❷比喻甚麼都能做，但是頂不了大用的人：～幹部｜我算甚麼，～罷了。
【萬籟俱寂】wànlài-jùjì〔成〕自然界萬物發出的各種聲音都沉寂下來了。形容周圍非常寂靜。也說萬籟無聲。

【萬里長城】Wànlǐ Chángchéng 長城的通稱。

【萬里長征】wànlǐ chángzhēng 中國工農紅軍 1934-1935 由江西轉移到陝北的二萬五千里長征。泛指非常遙遠而艱巨的征程：奪取全國勝利，這只是～走完了第一步。

【萬馬奔騰】wànmǎ-bēnténg〔成〕成千上萬匹馬跳躍着奔跑向前。形容聲勢浩大、爭先奮進的情勢或場面：一馬當先，～。

【萬馬齊喑】wànmǎ-qíyīn〔成〕成千上萬匹馬都像啞了似的。比喻人們都沉默不語，不願發表意見：九州生氣恃風雷，～究可哀｜打破～的局面。

【萬民】wànmín〔名〕指廣大百姓：～歡呼｜體察～疾苦。

【萬難】wànnán ❶〔形〕非常難：～同意｜～獲勝｜～倖免｜欲成此事，實是～。❷〔名〕各種各樣的困難：排除～｜～難不倒英雄漢。

【萬能】wànnéng〔形〕❶ 無所不能：有人相信金錢～｜這台機器不是～的。❷ 屬性詞。有多種用途的：～膠｜～工具胎｜我是 O 型，～輸血者。

【萬年】wànnián 數量詞。極其長久的時間：～青｜～基業｜遺臭～。

【萬年曆】wànniánlì〔名〕記錄一定時間範圍內（通常為一百年或更多）具體的陽曆或陰曆日期的曆書。

【萬年青】wànniánqīng〔名〕(棵) 多年生草本植物，葉披針形或帶形，從根莖生出，以其長年青葱，經冬不凋，故稱。

【萬念俱灰】wànniàn-jùhuī〔成〕所有的念頭和打算都破滅了。形容極端灰心失望。

【萬千】wànqiān〔數〕❶ 成千上萬，形容極多：像這樣的事何止～｜～的科學家都沒有解決這個問題｜敵軍圍困～重，我自巋然不動。❷ 形容事物表現出來的狀態多種多樣：儀態～｜思緒～｜感慨～。

【萬全】wànquán〔形〕非常周到、全面，並且安全：～之計｜須照他說的那樣去做，方為～｜有甚麼～的法子沒有？

【萬全之策】wànquánzhīcè〔成〕非常周到、全面的計謀或辦法：請為我設一～｜須有一～才行。

【萬人空巷】wànrén-kōngxiàng〔成〕成千上萬的人擁向某處（參加盛典或觀看熱鬧等），使里巷空寂無人。形容群眾參與慶祝、歡迎等的盛況或新奇事物轟動一時的情景：奧運火炬所到之處，幾乎～，大家都想一睹火炬接力的盛況。

【萬事】wànshì〔名〕一切事情；所有的事：～不求人｜～開頭難｜世界上～萬物，都有規律可循。

【萬事大吉】wànshì-dàjí〔成〕❶ 所遇所辦的一切事情，都非常圓滿順利：祝願您～｜新年開

筆，～。❷ 一切事情都已辦好，沒甚麼值得再努力再操心的了：等兒子完了婚，我當媽的就～了｜他似乎有一種功成名就、～的思想。

【萬事亨通】wànshì-hēngtōng〔成〕一切事情都很順當，不必操心費力：祝君新年快樂。

【萬事俱備，只欠東風】wànshì-jùbèi，zhǐqiàn-dōngfēng〔成〕《三國演義》第四十九回載，周瑜準備火攻曹操戰船，可忽然口吐鮮血，不省人事。諸葛亮以醫治為名，開出“欲破曹公，宜用火攻；萬事俱備，只欠東風”的秘方，道破周瑜病源。又在數九天借東風，協助周瑜赤壁之戰大獲全勝。後用“萬事俱備，只欠東風”比喻一切都已具備，只差最後一個重要條件了。

【萬事如意】wànshì-rúyì〔成〕事事順心，符合心願（多用於向他人祝福）。

【萬事通】wànshìtōng〔名〕(位) 戲稱各種事情都通曉的人：他是個～，這問題難不倒他。

【萬壽無疆】wànshòu-wújiāng〔成〕萬年長壽，沒有止境（祝壽的話）。

【萬水千山】wànshuǐ-qiānshān〔成〕萬道河，千重山。形容路途遙遠而艱險：紅軍不怕遠征難，～只等閒。也說千山萬水。

【萬死】wànsǐ〔動〕死一萬次，形容極大的危險或受極重的懲罰：～不辭｜罪該～。

【萬死不辭】wànsǐ-bùcí〔成〕就是死一萬次也不推辭。指甘願拚死效勞。

【萬歲】wànsuì ❶〔動〕活到萬年，永遠存在（表示祝頌、歡呼的話）：人民～，祖國永昌｜中華人民共和國～！世界人民大團結～！❷〔名〕封建時代對皇帝的稱呼：啟奏～｜～有旨。

皇帝的各種稱呼

陛下、當今、皇上、今上、上、聖上、天子、萬歲、萬歲爺、至尊。

【萬頭攢動】wàntóu-cuándòng〔成〕形容很多人擁擠在一處，非常熱鬧：廣場上～｜那看榜的人，～，只顧找自己的名字。

【萬萬】wànwàn ❶〔數〕一萬個萬，即“億”，比如“四萬萬五千萬”即“四億五千萬”。❷〔數〕表示很大的數量。❸〔副〕絕對；無論如何（只用於否定式）：答應人家的事，～不能失信｜我～沒有料到他會遇上車禍｜執行方針、政策，～不可粗心大意。

〔辨析〕**萬萬、千萬** a) 在祈使句中“千萬”和“萬萬”可以互換，但“萬萬”在語氣上更重一些。在陳述句中，可以用“萬萬”，不能用“千萬”，如“萬萬沒有想到”不能說“千萬沒有想到”。b) “千萬”可用於肯定句式和否定句式，“萬萬”只能用於否定句式；如“小孩千萬（萬萬）不可單獨去游泳”，都可以說；而“千萬要小心”不能說“萬萬要小心”。

W

【萬無一失】wànwú-yīshī〔成〕十分穩妥，絕對不會出差錯：整個活動要精心設計，精心佈置，做到～。

【萬物】wànwù〔名〕世間的一切事物：～生長靠太陽｜人為～之靈｜～皆備於我。

【萬象】wànxiàng〔名〕一切事物或景象：包羅～｜春回大地，～更新。

【萬幸】wànxìng〔形〕萬分幸運；非常幸運（多指免於災難）：那年月能活下來，就～了｜這次車禍，人沒有傷亡，總算～。

【萬言書】wànyánshū〔名〕封建時代臣子呈送給帝王的長篇奏章，現在泛指長篇的書面意見。

【萬一】wànyī ❶〔名〕〈書〉萬分之一，表示極小的部分：雖巧舌也難訴其一。❷〔名〕指可能性極小的不利情況或意外變化：不怕一萬，就怕～。❸〔副〕表示在可能性極小的情況下（發生不如意的事）：河堤還要加固，防止～發生意外｜要是～遇見敵人，我頂住，你們可立即轉移。❹〔連〕表示可能性極小的假設（多用於前面的小句）：～計算錯誤，就會影響整個工程｜～下雨，還去不去？｜～他不同意呢？

【萬應靈藥】wànyìng-língyào〔成〕能包治百病的藥物。比喻可以解決一切問題的辦法（多用於諷刺）：世界上沒有包治百病的～。

【萬有引力】wànyǒu yǐnlì 物理學上指任何兩個物體間的相互吸引的力。是英國科學家依薩克‧牛頓（1643-1727）總結出來的。簡稱引力。

【萬元戶】wànyuánhù〔名〕指 20 世紀 80 年代內地民眾中年收入或累計存款達到或超過一萬元的人家：靠勞動和技術，他家成了村裏第一個～。

【萬丈】wànzhàng 數量詞。形容非常高或非常深：光芒～｜～高樓平地起｜～深淵。

【萬眾】wànzhòng〔名〕千千萬萬的人；廣大的民眾：～歡騰｜～景仰。

【萬眾一心】wànzhòng-yīxīn〔成〕千千萬萬的人一條心。形容廣大民眾團結一致：團結協力，～｜～打造文化創意產業新平台。

【萬狀】wànzhuàng〔形〕狀況多種多樣。形容程度極深（多用於消極方面）：危險～｜痛苦～｜驚惶～。

【萬紫千紅】wànzǐ-qiānhóng〔成〕形容百花齊放，呈現出艷麗的色彩。也比喻事業繁榮興旺：等閒識得東風面，～總是春｜文藝舞台～，一片繁榮。

蔓 wàn / màn（～兒）〔名〕某些植物不能直立的莖：瓜～兒｜黃瓜爬～兒了。
另見 mán（896 頁）；màn（899 頁）。

語彙 翻蔓兒 瓜蔓 壓蔓 葡萄蔓

溝（氻）wàn 用於地名：～尾（在廣西防城）。

wāng ㄨㄤ

尪 wāng〈書〉❶脛、背、胸等部分骨骼彎曲的病症。❷瘦弱：～弱｜～羸。

汪 wāng ㊀ ❶〈書〉水深而廣：～洋大海。❷〔動〕液體聚積：雨後的路上～着水｜兩眼～着淚花。❸〔量〕用於液體：一～水｜一～淚｜一～鮮紅的血。❹（Wāng）〔名〕姓。
㊁〔擬聲〕形容狗叫的聲音：小狗～～～地叫着｜那狗～的一聲，咬住了兔子的頭。

【汪汪】wāngwāng〔形〕❶水面廣闊無邊的樣子：～若千頃波。❷液體聚集充溢的樣子：淚眼～地望着他｜一雙水～的眼睛｜這菜炒得油～的。

【汪洋】wāngyáng〔形〕❶水勢深廣浩大的樣子：一片～都不見，知向誰邊？❷〈書〉氣度恢弘豁達：～度量｜大度。❸〈書〉文章氣勢渾厚雄健：下筆～恣肆，跌宕多姿。

【汪洋大海】wāngyáng dàhǎi 煙波浩渺、廣闊無邊的大海。比喻廣大的範圍，浩大的氣勢。

wáng ㄨㄤ

亡〈兦〉wáng ❶逃跑；出逃：出～｜流～｜逃～｜追～逐北。❷失去；丟失：～羊補牢｜名存實～。❸死：遇刺身～｜家破人～。❹死去的：～妻｜～弟｜～友。
注意 按傳統叫法，對長輩或自己尊敬的死者，稱"先"不稱"亡"，如"先考"（父父）、"先妣"（先母）、"先兄"、"先嫂"、"先姐"。可以稱"先夫"、"先室"（即亡妻），但不能稱"先妻"。❺滅亡；敗亡：～國｜國破家～｜天下興～，匹夫有責。
另見 wú（1428 頁）。

語彙 出亡 存亡 悼亡 覆亡 救亡 流亡 淪亡 滅亡 傷亡 衰亡 死亡 逃亡 危亡 消亡 興亡 夭亡 陣亡 名存實亡

【亡故】wánggù〔動〕〈書〉去世：母親早已～｜永遠忘不了～的愛妻。

【亡國】wángguó ❶（-//-）〔動〕國家滅亡：～滅種｜～之痛｜亡了國，哪裏還有家！❷〔名〕〈書〉滅亡了的國家：～不可以復存｜～之君。

【亡國滅種】wángguó-mièzhǒng〔成〕國家滅亡，種族滅絕。指國家被徹底毀滅。

【亡國奴】wángguónú〔名〕國土淪喪後，受異國統治者奴役的人：誓死不當～！

【亡魂】wánghún〔名〕迷信的人指死後的魂靈（多指剛死不久的）。

【亡靈】wánglíng〔名〕❶迷信指死者的靈魂：把

喪事辦隆重些，以慰～於地下。❷比喻已死亡的有影響的人物：喚起歷史的～，是為他們的政治目的服務的。

【亡命】wángmìng〔動〕❶逃亡在外；流亡：～天涯｜隻身～國外｜多年的～生活。❷不顧性命（多指冒險作惡的人）：～之徒。

【亡命徒】wángmìngtú〔名〕不顧性命冒險作惡的人。

【亡失】wángshī〔動〕〈書〉丟失：北京猿人頭蓋骨已～多年。

【亡羊補牢】wángyáng-bǔláo〔成〕《戰國策‧楚策四》："亡羊而補牢，未為遲也。"意思是羊走失後，把羊圈趕快修補好，也還不算晚。後用"亡羊補牢"比喻出了問題或受到損失後，及時採取補救措施，以免再出現類似情況。

【亡佚】wángyì〔動〕散失：很多珍貴史料已經～。

王 wáng ❶ 天子；國君；君主：國～｜女～｜君～。**注意** 秦以前，全國最高統治者稱為王；秦以後，全國最高統治者稱為皇帝，皇帝封的諸侯稱為王。先秦的王、秦以後的皇帝均稱天子。❷ 封建時代的最高爵位：～爵｜～侯將相｜諸侯～｜親～。❸ 首領；頭子：妖～｜鬼～｜山大～｜佔山為～｜擒賊先擒～。❹ 同類中最特出、最大或最強的：蜂～｜蟻～｜～牌｜～水｜老虎為獸中之～｜牡丹為花中之～。❺ 古代尊貴大輩分：～父（祖父）｜～母（祖母）。❻（Wáng）〔名〕姓。
　　另見 wàng（1398 頁）。

語彙 霸王　大王　帝王　國王　君王　龍王　魔王　親王　勤王　天王　閻王

【王八】wángba〔名〕❶（隻）烏龜或鱉的俗稱。❷譏稱妻子有外遇的人。❸舊時指妓院中的男老闆。

【王朝】wángcháo〔名〕❶朝廷：～整肅｜無才仕～。❷朝代：封建～｜唐～。

【王儲】wángchǔ〔名〕君主國確定的王位繼承人，一般為國王的兒子，有時也可以是近親屬。

【王道】wángdào〔名〕中國古代指不以武力而以仁義治理天下的政策（跟"霸道"相對）。

【王法】wángfǎ〔名〕稱封建王朝的法律；泛指國家政策法令：目無～｜你這是哪家的～｜～條條，豈容他們胡作非為！

【王妃】wángfēi〔名〕❶諸侯王或太子的正妻。❷帝王的妾，位次於皇后。

【王府】wángfǔ〔名〕（座）被封為王爵的貴族的住宅。

【王公】wánggōng〔名〕王爵和公爵；泛指達官顯貴：～大臣｜～貴族｜滿清～（含親王、郡王、貝勒、貝子、鎮國公、輔國公六等封爵）。

【王宮】wánggōng〔名〕（座）國王居住的宮殿。

【王冠】wángguān〔名〕（頂）國王專用的帽子。

【王國】wángguó〔名〕❶以國王為國家元首的國家：大不列顛及北愛爾蘭聯合～。❷比喻相對獨立的領域、範圍或範疇：把自己所管轄的部門或地區變成了獨立～。❸比喻某種事物佔主導地位的世界或境界：那簡直是一個花的～｜由必然～向自由～的飛躍。

【王侯】wánghóu〔名〕王爵和侯爵：～之家。

【王后】wánghòu〔名〕國王的妻子。**注意** 這裏的"后"，並非"後"的簡化字，不能寫成"王後"。

【王蔧】wánghuì〔名〕一年生草本植物，夏日開花，嫩苗可食，老了可做掃帚。即掃帚菜。

【王漿】wángjiāng〔名〕蜂王漿的簡稱。

【王母娘娘】Wángmǔ niángniang 指神話人物西王母，是主持瑤池蟠桃大會的女神。也稱王母、西姥、金母、瑤池金母。

【王牌】wángpái〔名〕（張）撲克牌遊戲中最強的牌；比喻最強有力的勢力、人物或手段等：～部隊｜他手裏有～｜我這張～暫時還不想打出去｜擊落了～飛行員的飛機。

【王婆賣瓜——自賣自誇】Wángpó mài guā——zìmài zìkuā〔歇〕比喻自我吹噓，或自己人吹捧自己人：她達人就誇自己的兒子能幹，大家都笑她～。

【王師】wángshī〔名〕帝王的軍隊；泛指國家軍隊：～北定中原日｜簞食壺漿，以迎～（百姓用簞盛飯，用壺盛湯來歡迎他們愛戴的軍隊）。

【王室】wángshì〔名〕❶指朝廷：～動蕩。❷國王的同族；皇族：～成員。

【王水】wángshuǐ〔名〕以一份濃硝酸和三份濃鹽酸混合成的液體。有極強的腐蝕作用，金、鉑也能溶於其中，是冶金工業中很重要的溶劑。

【王孫】wángsūn〔名〕❶王族的子孫；泛指貴族子弟：公子～。❷（Wángsūn）複姓。

【王廷】wángtíng〔名〕指朝廷。

【王位】wángwèi〔名〕帝王或國王的統治地位：爭奪～｜繼承的原則是父死子繼或兄終弟及。

【王熙鳳】Wáng Xīfèng〔名〕中國古典小說《紅樓夢》中的主要人物之一。她年輕俊秀，能說會道，聰明幹練，而又處世圓滑，手段毒辣，私心極重，是一個含義豐富的藝術典型。後多用來稱潑辣的女人。

【王爺】wángye〔名〕舊時對有王爵封號的人的尊稱。

【王子】wángzǐ〔名〕❶天子或王的兒子；國王的兒子：～犯法，與庶民同罪。❷（Wángzǐ）複姓。

【王族】wángzú〔名〕帝王的同族。

wǎng ㄨㄤˇ

枉 **wǎng** ❶ 彎曲或歪斜；比喻偏差或過失：矯～過正。❷ 歪曲；違背：～道事人（不擇手段地討好別人）。❸ 使歪曲：貪贓～法。❹ 冤屈：冤～｜～死。❺〔副〕徒然；白白地：～費心機｜～活了半輩子。❻（Wǎng）〔名〕姓。

語彙 屈枉　誣枉　冤枉

【枉費】wǎngfèi〔動〕白白地耗費：～心機｜～唇舌｜～了一番心血。

【枉費心機】wǎngfèi-xīnjī〔成〕白白地耗費心思（含貶義）。也說枉費心計。

【枉顧】wǎnggù〔動〕〈書〉〈敬〉稱別人到自己這裏來訪問：承蒙～，不勝榮幸。

【枉駕】wǎngjià〔動〕〈書〉〈敬〉❶ 稱對方到自己這裏來訪問：～寒舍｜～光臨。❷ 請對方前往訪問別人：將軍宜～前往。

【枉然】wǎngrán〔形〕不起甚麼作用；徒勞無益：汽車被盜，煩惱也是～。

【枉死】wǎngsǐ〔動〕含冤而死；死得沒有價值：～鬼｜在舊社會，不少百姓～於兵荒馬亂之中。

【枉自】wǎngzì〔副〕徒然，白白地：～費力｜綠水青山～多，華佗無奈小蟲何。

罔 **wǎng** ㊀〈書〉❶ 蒙蔽；欺：欺～｜欺～天～人。❷ 迷惑無知：學而不思則～。

㊁〈書〉沒有；無：藥石～效｜～不賓服｜置若～聞。

往 〈徃〉 **wǎng** ❶〔動〕從所在的地方到別的地方去（跟"來"相對）：有來有～｜寒來暑～｜徒勞～返｜一個～東，一個～西。注意"往"一般不單獨做謂語。但可對比着用，如"人來人往"。❷〔介〕表示動作的方向（動詞限於"開、通、遷、運、派、飛、寄、逃"等少數幾個）：這趟車開～北京｜公路通～山村｜大批輕工業品將源源運～農村｜他已被派～國外進修｜每天有班機飛～上海。❸〔介〕表示動作的方向，跟方位名詞或處所名詞組合成介詞短語，用在動詞前：～上拉｜～前走｜～裏瞧｜～東延伸。❹〔介〕〈口〉表示動作的方向，跟"高裏""少裏""死裏"等詞組合成介詞短語，用在單音節動詞前：白楊樹喜歡～高裏長｜這個西瓜～少裏說也有二十斤｜打蛇得～死裏打。❺ 過去的；從前的：～日｜～年｜～事｜～者不可諫｜繼～開來。

語彙 過往　既往　交往　來往　前往　神往　往往　嚮往　已往　以往　不咎既往　寒來暑往　熙來攘往　心馳神往　一如既往

【往常】wǎngcháng〔名〕過去的平常日子：這種事是～所沒有的｜今天跟～有點兒不一樣｜要是～，這裏是很熱鬧的。

【往返】wǎngfǎn〔動〕❶ 來回：徒勞～｜這段路～要兩三個小時｜每天～於山村和縣城之間。❷ 反復：曲折～。

【往復】wǎngfù〔動〕❶ 往而復來；反復：～運動｜循環～，以至無窮。❷ 往來；交往：賓主～｜書信～。

【往古】wǎnggǔ〔名〕從前；古昔：立道於～｜～烈士。

【往後】wǎnghòu〔名〕今後：～要遵守紀律｜～的日子會越過越好｜開會的事等～再說。注意用在動詞前邊的"往後"，是介賓結構做狀語，表示動作的趨向，如"往後靠""往後退一步""把開學日期往後推遲兩天"。

【往還】wǎnghuán〔動〕往來；往返：書信～｜互有～。

【往屆】wǎngjiè〔形〕屬性詞。以往各屆的：～生｜～博覽會。

【往來】wǎnglái〔動〕❶ 去和來：車輛很多｜人事有代謝，～成古今。❷ 交往；交際：～密切｜友好～｜禮尚～｜老死不相～。

【往年】wǎngnián〔名〕以往的年份；從前：～不是這樣的｜和～不同｜想起了～的事。

【往日】wǎngrì〔名〕以往的日子；從前：我和你～無冤，近日無仇｜跟～大不相同｜照～的習慣，他是要先喝茶的。

【往時】wǎngshí〔名〕過去的時候；從前：父親的身體已不同於～｜屋內陳設還像～一樣。

【往事】wǎngshì〔名〕（件，樁，段）以往的事情：～如煙｜～不堪回首｜這些～，我永遠不會忘記｜回憶～，百感交集。

【往往】wǎngwǎng〔副〕表示某種情況經常出現：春天～颳大風｜我～在圖書館碰見他｜夜裏～失眠｜單憑主觀意願辦事，～會出差錯。

辨析 往往、常常　a）"常常"只是表示動作、行為次數多，不一定有規律性，因此，既可以是客觀情況的反映，也可用於主觀意願，在時間上既可以是過去的，也可以是未來的，如"我以後會常常來的"。"往往"則是對於到目前為止所出現的情況的總結，帶有一定的規律性，是客觀情況的反映，不能用於主觀意願，在時間上也一定是過去的，不能是未來的，不能說"我以後會往往來的"。b）用"往往"的句子要指明與動作有關的情況、條件或結果，如"小劉往往學習到深夜"不能說成"小劉往往學習"；而"常常"只表示行為的量，沒有這種限制，"小劉常常學習"也是通的。

【往昔】wǎngxī〔名〕〈書〉昔日；從前：憶～，崢嶸歲月稠｜不忘～，奮鬥的艱難。

惘 **wǎng** 失意；精神恍惚：悵～｜悽～｜迷～｜～然。

【惘然】wǎngrán〔形〕失意的樣子：～若失（心中不自在，仿佛失掉了甚麼似的）。

蝄 wǎng "蝄蜽"，見"魍魎"（1398 頁）。

網（网）wǎng ❶〔名〕（張）用麻繩、尼龍繩、絲綫等交錯結成的用來捕魚或捉鳥獸的工具：撒～｜拉～｜魚死～破｜臨淵羨魚，不如退而結～。❷〔名〕像網一樣的東西：～兜兒｜球～｜蛛～｜鐵絲～。❸〔名〕指縱橫交錯的組織或系統：宣傳～｜廣播～｜鐵路～｜銷售～｜上～｜聯～。❹〔動〕用網獲取：下河～魚｜～着了一隻野兔。❺〔動〕像網那樣加以束縛：優裕的生活～不住她的心。❻〔動〕像網似的籠罩着：空林～夕陽。

語彙 電網 法網 河網 火網 漏網 羅網 落網 情網 水網 天網 拖網 圍網 漁網 蛛網 互聯網 萬維網 天羅地網

【網吧】wǎngbā〔名〕（家）提供聯網計算機等設備，供人通過互聯網進行信息查詢或網上瀏覽、交流的營業性場所。[吧，英 bar]

【網蟲】wǎngchóng（～兒）〔名〕戲稱熱衷或沉溺於上網的人：他和大部分～一樣，上不了網，生活也就失去了樂趣。

【網點】wǎngdiǎn（～兒）〔名〕（商業、服務行業、文教系統等）分佈在各處的基層單位：全面規劃商業～｜增加銷售和維修～｜中小學～分佈不均勻。

【網兜】wǎngdōu（～兒）〔名〕（隻）用綫繩或尼龍絲等交錯編織成的裝東西的袋子。也叫網袋。

【網購】wǎnggòu〔動〕網上購物的簡稱：～導航｜～平台。

【網罟】wǎnggǔ〔名〕❶古代稱捕魚和捕鳥獸的工具。❷比喻法網。

【網管】wǎngguǎn ❶〔動〕網絡管理。❷〔名〕網絡管理員。

【網警】wǎngjǐng〔名〕網絡警察的簡稱。

【網卡】wǎngkǎ〔名〕網絡接口卡，是安裝在個人計算機上，用來連接計算機網絡的一種卡式器件。

【網開一面】wǎngkāi-yīmiàn〔成〕《呂氏春秋·異用》載，成湯在野外看到有人四面張網捕捉禽獸，就下令撤除其中三面。後多用"網開一面"比喻採取寬大的態度對待：～，以存忠厚之意。

【網戀】wǎngliàn〔動〕通過互聯網談戀愛：從網上聊天發展到｜他們倆～已經很久了。

【網羅】wǎngluó ❶〔名〕捕魚的網和捕鳥的羅。比喻束縛人思想的東西：衝破～。❷〔動〕從各方面尋找搜羅：～各方面的人才｜到處～親信。

【網絡】wǎngluò〔名〕❶網狀的東西。❷物理學上指由若干元件組成的用來使電信號按一定要求傳輸的電路或這種電路中的部分：電子計算機～。也作網路。❸指由特定的行業或專業建立起來的相互聯繫、相互配合的系統：經濟～｜服務～｜產品銷售～｜信息～。

【網絡電話】wǎngluò diànhuà 通過互聯網接通的電話。

【網絡犯罪】wǎngluò fànzuì 以計算機和計算機網絡為犯罪工具或攻擊對象，故意實施危害計算機網絡安全而觸犯有關法律的行為。

【網絡警察】wǎngluò jǐngchá 指打擊利用計算機互聯網實施犯罪的警察。簡稱網警。

【網絡文學】wǎngluò wénxué 一種在電子計算機上進行創作，並通過互聯網進行傳播，供網民閱讀的文學形式。

【網絡遊戲】wǎngluò yóuxì 在互聯網上進行的電子遊戲。

【網迷】wǎngmí〔名〕（位）喜歡電子計算機網絡，對上網十分入迷的人：他是典型的～，除了上網沒有別的愛好。

【網民】wǎngmín〔名〕指互聯網的用戶：中國的～已經上億。

【網球】wǎngqiú〔名〕❶球類運動項目之一。球場長方形，中間用網隔開，雙方各佔半場，用拍子來回擊球。分單打、雙打兩種。❷（隻）網球運動使用的球。

【網上購物】wǎngshàng gòuwù 通過互聯網選擇購買商品。簡稱網購。

【網上商店】wǎngshàng shāngdiàn〔名〕在互聯網上運營的商店，沒有實體營業場所。也稱網絡商店。簡稱網店。

【網選】wǎngxuǎn〔動〕通過網絡投票選舉：他是～出來的最佳歌手。

【網眼】wǎngyǎn（～兒）〔名〕稱網上的綫繩縱橫交織而成的窟窿，多呈菱形：～太大｜小魚都從～裏跑掉了。

【網頁】wǎngyè〔名〕可在互聯網上進行信息查詢的信息頁：打開～。

【網友】wǎngyǒu〔名〕（名，位）在互聯網上交往的朋友。也用於網民之間的互稱：我們是～。

【網站】wǎngzhàn〔名〕企業、組織或個人在互聯網上建立的虛擬站點，是網上信息庫，可供人查詢、瀏覽、下載有關信息。一般由一個主頁和多個網頁組成。

【網址】wǎngzhǐ〔名〕指某一網站在互聯網上網頁的地址。用戶點擊網址，即可訪問該網站，獲取網站的信息。

【網子】wǎngzi〔名〕❶〈口〉像網的東西：乒乓球～｜羽毛球～。❷婦女罩頭髮的小網。

輞（辋）wǎng 古代指車輪的外周（外沿與地面相接，內沿與車輻相連）。

魍

【魍】wǎng 見下。

【魍魎】（蝄蜽）wǎngliǎng〔名〕傳說中的山川鬼怪；喻指各種壞人：～山深每晝行｜魑魅一～掃光。

wàng ㄨㄤˋ

王

【王】wàng〈書〉稱王（wáng）；成就王業：～天下｜以德行仁者～。

另見 wáng（1395 頁）。

妄

【妄】wàng ❶ 荒謬；不切實際：狂～｜虛～｜～人｜～念。❷〔副〕胡亂；輕率：～說｜輕舉～動｜～下雌黃｜膽大～為。

語彙　狂妄　虛妄　愚妄

【妄稱】wàngchēng〔動〕虛妄地或狂妄地宣稱：～自己是神醫｜一篇抄襲來的文章也～為本人的科研成果。

【妄動】wàngdòng〔動〕輕率地任意行動：輕舉～｜不敢～｜如果敵人分兵，我們則集結兵力，消滅其一路。

【妄斷】wàngduàn〔動〕輕率地、沒有根據地下結論：憑空～｜～是非｜沒有調查研究就下結論，純屬～。

【妄加】wàngjiā〔動〕輕率地沒有根據地加上或給予：～評論｜不可～議論｜給別人～罪名，也是犯罪。

【妄取】wàngqǔ〔動〕未經批准或同意而隨便取用：不許～群眾一針一線。

【妄圖】wàngtú〔動〕狂妄地謀劃或企圖：～從內部進行破壞｜～偷越國境｜敵人嚴刑拷打，～使他屈服。

【妄為】wàngwéi〔動〕不守本分，任意行動：膽大～。

【妄下雌黃】wàngxià-cíhuáng〔成〕指亂改文字或亂發議論。參見"雌黃"（211 頁）。

【妄想】wàngxiǎng ❶〔動〕狂妄地打算：敵人～阻攔我軍北上｜～用武力征服世界。❷〔名〕不切實際、萬難實現的打算：雞毛要上天，純屬～。

【妄言】wàngyán ❶〔動〕毫無根據地亂說：～前輩功過是非。❷〔名〕毫無根據的話：口出～。

【妄自菲薄】wàngzì-fěibó〔成〕三國蜀諸葛亮《前出師表》："誠宜開張聖聽，以光先帝遺德，恢弘志士之氣，不宜妄自菲薄，引喻失義，以塞忠諫之路也。"指毫無根據地自己看不起自己：既要謙虛謹慎，又不要～｜一味～，就會喪失志氣。注意 這裏的"菲"不讀 fēi。

【妄自尊大】wàngzì-zūndà〔成〕毫無根據地自以為很了不起：為人切不可～｜無知的人往往～。

【忘】wàng〔動〕❶ 不記得：前事不～，後事之師｜終生難～｜吃飯不～種田人。❷ 疏忽；忽略：買東西～了帶錢｜～了通知他來開會了｜不要只看到事物的一面而～了另一面。

語彙　淡忘　健忘　遺忘　念念不忘

【忘八】wàngbā〔名〕（隻）王八。

【忘本】wàng // běn〔動〕（境遇變好後）忘掉了窮困或不利等境遇得以改善的根源：人不可～｜他連恩師都不理，真是忘了本了。

【忘掉】wàng // diào〔動〕忘記；失去記憶中存留的痕跡：～痛苦｜～那辛酸的往事｜我忘不掉生我養我的祖國。

【忘恩負義】wàng'ēn-fùyì〔成〕忘記別人對自己的恩德，辜負別人對自己的情義：他拒絕撫養自己的養母，人們都說他～｜不要做～的人｜你怎麼能～、恩將仇報呢？

【忘乎所以】wànghūsuǒyǐ〔成〕由於激動或得意，把一切都忘了：不要心血來潮的時候，就～｜我們不能因為取得了一些成績就～。也說忘其所以。

【忘懷】wànghuái〔動〕忘掉：難以～｜令人久久不能～｜此事早已～。

【忘記】wàngjì〔動〕❶ 過去的事不記得了；遺忘：童年的許多事都已～了｜母親的臨終囑咐，我一輩子也不會～。❷ 要做的事因疏忽而沒有做；沒記住：我上學～帶鋼筆了｜不能～自己的責任｜他一心做實驗，竟～了吃晚飯。

辨析　忘記、忘　a）意思相同，在大部分句子中可以互換，但在固定組合中不能替換，如"終生難忘""吃水不忘挖井人"。b）"忘"可以帶補語，如"忘得乾乾淨淨""忘光了"，"忘記"不能這樣用。c）兩個詞都可以帶賓語，"忘"後面或句末帶"了"，如"我忘了帶錢""我忘帶錢了"，"忘記"可以不帶"了"，如"我忘記帶錢"。

【忘年交】wàngniánjiāo〔名〕不拘年齡、輩分的懸殊而結成的知心朋友：這老少二人是～｜他與這個比他年輕二十歲的小夥子結成了～。

【忘年戀】wàngniánliàn〔名〕不拘年齡、輩分的懸殊而結成的情侶或夫妻。

【忘情】wàngqíng〔動〕❶ 對喜怒哀樂等情感之事無動於心，淡然若忘：～任榮譽｜我終於未能～｜他全然～於世俗的名利了。❷ 不能控制感情：我倆～地談了個通宵｜大家～地唱呀、跳呀。

【忘卻】wàngquè〔動〕〈書〉忘掉：我～了憂愁｜有些事，過後也就～了｜有幾件不能～的事。

【忘事】wàngshì〔動〕記不住事兒：好（hào）～｜貴人多～。

【忘我】wàngwǒ〔動〕忘掉自我，形容公而忘私，不顧自己：～地勞動｜～的境界｜為完成這次重大任務，同志們～地奮力拚搏。

【忘形】wàngxíng〔動〕（因高興或得意而）忘了自己的形象和身份，失去應有的禮貌和態度：不要太得意～了｜聽到考取大學的消息，她高興得有點～了。

【忘性】wàngxing〔名〕總愛忘事的毛病：～真大｜記性不好～強｜瞧你這～！

旺 wàng ❶〔形〕興旺；旺盛：把爐火燒得～～的｜火越燒越～｜士氣很～｜人畜兩～｜你的肝火太～了。❷（Wàng）〔名〕姓。

語彙　健旺　興旺

【旺場】wàngchǎng〔形〕港澳地區用詞。形容商鋪、商場、娛樂場所等生意興旺：自從改變經營方針之後，這家商場非常～，每日人流不斷，商鋪賺到盆滿缽滿。

【旺季】wàngjì〔名〕某種東西出產多的季節或營業旺盛的季節（跟"淡季"相對）：西瓜～｜水果～｜蔬菜～｜生豬出欄～｜冬天是皮毛衣服銷售的～｜廬山的旅遊～在五月到九月。

【旺鋪】wàngpù〔名〕地處繁華地段生意興旺的店鋪。

【旺盛】wàngshèng〔形〕❶繁茂；生命力強：麥苗長勢～｜老人家精力仍很～。❷情緒高漲，強烈：士氣～｜鬥志～｜求知欲特別～。

【旺市】wàngshì〔名〕交易旺盛的市場情勢（跟"淡市"相對）：房地產交易正處於～｜黃金週是旅遊～。

【旺勢】wàngshì〔名〕旺盛的勢頭：商品房銷售出現～。

【旺銷】wàngxiāo〔動〕銷售旺盛：～季節｜秋冬服裝全面～。

【旺月】wàngyuè〔名〕生意紅火的月份（跟"淡月"相對）。

望〈朢〉wàng ❶〔動〕向遠處看：遙～南天｜一眼～不到邊｜站得高，～得遠｜～了半天也不見人影｜舉頭～明月，低頭思故鄉。❷拜訪：拜～｜看～｜探～。❸〔動〕盼望；希望：願～｜指～｜企～｜渴～｜奢～｜厚～｜失～｜～子成龍。❹敬仰：萬民所～｜眾～所歸。❺〈書〉恨：怨～。❻〔介〕向；朝：～北走｜～圖書館跑。注意 介詞"望"，今多寫作"往"，"往"今統讀為 wǎng。❼盼頭；指望：喜出～外｜豐收有～｜銷售無～。❽視綫、想象、希望等所及的範圍：六和塔已經在～｜勝利在～。❾名望：德高～重｜今聞令～。❿望子：酒～。⓫〔名〕農曆每月十五日（有時是十六或十七日）的月亮最圓，和太陽遙遙相望，這種月相叫"望"，有這種月相的月亮叫望月。⓬望日，通常指農曆每月十五日：十月之～｜二月既～。⓭（Wàng）〔名〕姓。

語彙　巴望　拜望　承望　觀望　厚望　冀望　絕望　看望　渴望　瞭望　名望　盼望　期望　祈望　企望　熱望　奢望　深望　聲望　失望　守望　探望　眺望　威望　希望　想望　仰望　有望　欲望　願望　在望　瞻望　展望　張望　指望　眾望　大失所望　大喜過望

【望塵莫及】wàngchén-mòjí〔成〕只望見前面人馬急行所揚起的塵土，卻沒法趕上。比喻遠遠落後；相去太遠，～｜他的聰明幹練，是一般人～的。

【望穿】wàngchuān〔動〕盼望到極點：～秋水｜兩眼～。

【望穿秋水】wàngchuān-qiūshuǐ〔成〕秋水：比喻明亮的眼睛。把眼睛都望穿了。形容盼望非常殷切（多用於女性）：～，不見還家。

【望而卻步】wàng'érquèbù〔成〕看到了艱險或困難而畏懼後退：山峰險峻，令人～｜標準定得太高，會使報考者～。

【望而生畏】wàng'érshēngwèi〔成〕一看見就感到害怕：老校長過於嚴厲，令人～｜中國的古籍艱深難懂，青年人往往～。

【望風】wàng∥fēng〔動〕（給正在進行秘密活動的人）觀察周圍的動靜：放哨～｜我給你們～｜你在門口給我們望着風吧。

【望風而逃】wàngfēng'értáo〔成〕風：指聲勢、氣勢。遠遠看見對方的聲勢，就嚇得趕緊逃跑：我軍兵強馬壯，敵人～。

【望風披靡】wàngfēng-pīmǐ〔成〕披靡：草木隨風倒伏。形容軍隊毫無鬥志，老遠看見對方的聲勢，不敢交鋒就自行潰敗了：大軍所到之處，敵人～。

【望見】wàng∥jiàn〔動〕遠遠看見：剛一～我們的影子，他們就跑了｜直到望不見兒子的背影，老人才回去。

【望梅止渴】wàngméi-zhǐkě〔成〕《世說新語·假譎》載，曹操率部行軍，士兵口渴難行，曹操假稱前面有大片的梅林，梅子又酸又甜，可以解渴。士兵聽到後，"口皆出水，乘此得及前源"。後用"望梅止渴"比喻用假象或空想安慰自己：這種說法，不過是～、畫餅充飢罷了。

【望門寡】wàngménguǎ〔名〕❶舊時女子訂婚後，未婚夫去世，不再跟別人結婚，叫守望門寡。❷守望門寡的女子。

【望其項背】wàngqíxiàngbèi〔成〕能夠看到別人的頸項和脊背。比喻趕得上或達得到：他是棋壇高手，我怎能～。

【望日】wàngrì〔名〕月亮最圓的那一天，即農曆每月十五日（有時是十六或十七日）：七月～為中元節。

【望文生義】wàngwén-shēngyì〔成〕讀書不求甚解，只從字面上牽強附會地做出解釋：一名一物，都要切實推求，以期正確理解，不能～。

望文生義一例

"正是七月流火，天氣十分炎熱……"，這是把"七月流火"理解為"七月裏的天氣就像熊熊的火那樣熱"。其實"火"是星名，即心宿。每年夏曆五月黃昏時心宿在中天，六月以後就漸漸偏西，此時暑熱開始減退。《詩經·豳風·七月》："七月流火，九月授衣。"可見用"七月流火"比喻天氣炎熱是望文生義，牛頭不對馬嘴。

【望聞問切】wàng-wén-wèn-qiè 中醫診察病情的四種方式，指觀望氣色、聞辨聲息、詢問症狀和切按脈象：～是中醫的基本功。也叫四診。

【望眼欲穿】wàngyǎn-yùchuān〔成〕眼睛都要望穿了。形容盼望極為殷切：你久不來信，我～｜父母～地期待兒子早日歸來。

【望洋興歎】wàngyáng-xīngtàn〔成〕《莊子·秋水》："於是焉河伯始旋其面目，望洋向若而歎曰：'野語有之曰：聞道百以為莫己若者，我之謂也。'"意思是河神仰望着海神，根惘地感歎自身的渺小。現多用"望洋興歎"比喻做某事力量不夠，感到無可奈何：中國古籍浩如煙海，初學的人往往～。

【望遠鏡】wàngyuǎnjìng〔名〕(架，台)用於遠距離觀察的光學儀器，由透鏡、凹面鏡、棱鏡等構成：一台軍用～｜一架天文～。

【望月】wàngyuè〔名〕農曆每月十五日的月相。也叫滿月。

【望子】wàngzi〔名〕舊時有些行業的店鋪門前懸掛的標誌。因在遠處即可望見，故稱。

【望子成龍】wàngzǐ-chénglóng〔成〕盼望兒子成長為出類拔萃的人物：她一心～｜家長們～心切｜做父母的都有～之心。

【望族】wàngzú〔名〕有聲望的世家豪族：王、謝二氏，為當時～。

wēi ㄨㄟ

危 wēi / wéi ❶ 危險（跟"安"相對）：～舊房屋｜居安思～｜～如累卵｜扶～濟困｜乘人之～。❷ 使處於危險境地；危害：～及社會治安。❸(人)快要死去：病～｜垂～。❹〈書〉高而陡：～岩｜～樓｜～冠。❺〈書〉端正：正襟～坐。❻ 二十八宿之一，北方玄武七宿的第五宿。參見"二十八宿"(347頁)。❼ (Wēi)〔名〕姓。

> **語彙**　瀕危　垂危　臨危　乘人之危　居安思危

【危房】wēifáng〔名〕(座，棟)有倒塌危險的房屋：改造｜拆除～。

【危改】wēigǎi〔動〕指危舊房屋改造：～工程。

【危害】wēihài ❶〔動〕使受破壞；損害：蝗蟲～農作物｜吸煙～身體健康。❷〔名〕造成的危險和損害：污染的～，～極大。

【危機】wēijī〔名〕(場)❶ 潛伏的禍害或危險：到處潛伏着～｜～四伏｜～重重。❷ 困難、危險的關頭：經濟～｜政治～｜能源～｜該國正處於～之中。

【危機感】wēijīgǎn〔名〕經常感到自身可能面臨困難或威脅的自覺意識：我們是一個貧水國，每個人都應有一種～。

【危機四伏】wēijī-sìfú〔成〕到處潛伏着危險：這家公司～，瀕臨破產的邊緣。

【危及】wēijí〔動〕危害到；威脅到：～生命｜～人身安全｜～世界和平。

【危急】wēijí〔形〕危險緊急：病勢～｜情況～｜萬分～的形勢。

【危懼】wēijù〔動〕〈書〉憂慮和畏懼：深感～。

【危困】wēikùn〔形〕危急而困苦：～的境地。

【危樓】wēilóu〔名〕(座，棟)❶ 有倒塌危險的樓房：拆除～｜兩座樓房都成了～。❷〈書〉高樓：～高百尺，手可摘星辰。

【危難】wēinàn〔名〕危險和災難：陷於～之中｜一處有～，八方都來支援。

【危如累卵】wēirúlěiluǎn〔成〕危險得如同摞(luò)起來的許多蛋，隨時會倒下、摔碎。形容危險到了極點：局勢堪憂，～。**注意** 這裏的"累"不讀 léi 或 lèi。

【危亡】wēiwáng〔動〕瀕於滅亡(多指國家和民族)：萬眾一心，挽救民族～。

【危險】wēixiǎn ❶〔形〕危急而兇險(跟"安全"相對)：～地帶｜～人物｜這個任務很～｜這樣下去十分～。❷〔名〕指遭到失敗或損害的可能性：面臨～｜毫不畏懼｜失蹤的礦工有生命～。

【危險品】wēixiǎnpǐn〔名〕指易燃、易爆或有毒物品：禁止攜帶～進站上車。

【危言】wēiyán〔名〕❶〈書〉直言：～諍諫｜盛世～。❷ 故意誇大的言辭：～聳聽。

【危言聳聽】wēiyán-sǒngtīng〔成〕故意說些嚇人的話，使人聽了吃驚：這不是～，而是有真憑實據的。

【危在旦夕】wēizàidànxī〔成〕旦夕：早晚。指危險就在眼前：孤城無援，～｜生命～。

【危重】wēizhòng〔形〕嚴重而危險(多指病情)：～病人。

委 wēi 見下。
另見 wěi(1407頁)。

【委蛇】wēiyí〈書〉❶〔動〕周旋；應酬：虛與～。❷ 同"逶迤"。

威 wēi ❶ 使人畏懼懾服的力量：示～｜發～｜狐假虎～｜耀武揚～。❷ 用威力震懾；用強力壓人：～逼｜～脅。❸ (Wēi)〔名〕姓。

> **語彙**　發威　國威　虎威　權威　神威　聲威　示威　淫威　餘威　助威　下馬威　狐假虎威　耀武揚威

【威逼】wēibī〔動〕用強力威脅逼迫：～恫嚇｜聲色俱厲地～｜連死都不怕，還怕敵人～嗎？

【威風】wēifēng ❶〔名〕使人畏懼的氣勢：逞～｜顯～｜八面～｜把敵人的～打下去｜長自己的志氣，滅敵人的～。❷〔形〕有聲勢；有氣派：穿上這身戲裝，還挺～｜想當年，將軍叱咤風雲，何等～｜女兵方陣走起正步，～得很。

【威風凜凜】wēifēng-lǐnlǐn〔成〕形容聲勢或氣派很盛，令人敬畏：～，殺氣騰騰。

【威風掃地】wēifēng-sǎodì〔成〕形容聲勢或氣派完全喪失：受到沉重打擊後，這支王牌軍～，在戰場上再也不那麼神氣了。

【威嚇】wēihè〔動〕用威力和氣勢進行恐嚇：不怕敵人的～｜見義勇為者是～不倒的。注意這裏的“嚇”不讀 xià。

【威力】wēilì〔名〕❶ 使人畏懼的強大力量：人民軍隊有無窮的～｜氫彈比原子彈的～更大｜群眾一旦齊了心，其～是無比的。❷ 巨大的推動作用：發揮政策的～｜科學技術在生產領域正在施展出它的～。

【威猛】wēiměng〔形〕威武勇猛：～的雄獅。

【威名】wēimíng〔名〕因自身的聲威而獲得的很高的名望：～素著｜～天下揚。

【威懾】wēishè〔動〕用武力使對方畏懼而不敢行動：～敵膽｜核武器是一種～力量。

【威士忌】wēishìjì〔名〕一種主要用麥類製成的蒸餾酒。[英 whisky]

【威勢】wēishì〔名〕❶ 威風權勢：仗着主子的～欺負人。❷ 威力和氣勢：狂風漸漸減輕了～。

【威望】wēiwàng〔名〕令人敬服的聲譽名望：他在國內外享有崇高～。

【威武】wēiwǔ ❶〔名〕武力；權勢：富貴不能淫，～不能屈。❷〔形〕氣勢強盛；力量強大：～之師｜～雄壯。

【威武不屈】wēiwǔ-bùqū〔成〕《孟子·滕文公下》：“威武不能屈。”意思是強大的武力不能使屈服。後用“威武不屈”形容堅貞不屈：他在暴力面前～，置生死於度外。

【威脅】wēixié〔動〕❶ 用權勢或武力逼迫恫嚇：敵人～利誘，他始終不為所動｜我們從來不～別人。❷ 指客觀條件對人的生存構成危害：疫病～着災民的生命｜水庫修好後，這一帶再也不受洪水的～了。

【威信】wēixìn〔名〕威望和信譽：廠長在工人中的～很高｜班長在同學中很有～｜有錯就改，不要怕影響～。

【威信掃地】wēixìn-sǎodì〔成〕威望和信譽完全喪失：經理在幾件事上賞罰不公，結果～。

【威嚴】wēiyán ❶〔形〕有威風而又嚴肅：～的目光｜臉色～。❷〔名〕威風和尊嚴：保持自己的～｜維護父親的～｜從這些戰士身上，我看到了中華兒女的～。

【威儀】wēiyí〔名〕莊重嚴肅的容貌和言談舉止：很有～｜她的～足以使那班人敬畏。

偎 wēi〔動〕親密地靠着；緊挨着：依～｜臉～着臉｜相依相～｜一面是山，三面是海，山海緊～着我們的哨所。

【偎依】wēiyī〔動〕親密地靠着；緊挨着：孩子～在母親的懷裏。

攍 wēi〔動〕（北京話）彎；使彎曲：把鐵絲兒～個彎兒。

嵔 wēi ❶ 見下。❷（Wēi）〔名〕姓。
另見 wǎi（1383 頁）。

【嵔鬼】wēiwéi〔形〕〈書〉形容高而錯落不平的樣子：砼石～。

逶 wēi 見下。

【逶迤】wēiyí〔形〕〈書〉彎彎曲曲，連綿不斷的樣子：山勢～｜～的山路｜大河～東去。也作委蛇。

媙 wēi〈書〉美女。

隈 wēi〈書〉山水彎曲的地方：大山之～｜漁者不爭～。

葳 wēi 見下。

【葳蕤】wēiruí〔形〕〈書〉枝葉茂盛的樣子：蘭葉～。

椢 wēi〈書〉承托門軸的門臼。

微 wēi ❶ 細小；輕微：～風｜～乎其～｜見～知著｜白璧～瑕｜體貼入～。❷ 地位低下：寒～｜人～言輕。❸ 衰落；衰敗：衰～｜式～。❹ 精深；奧妙：精～｜～言大義。❺〔副〕稍；略：～有不同｜倒了杯～温的白開水。

語彙 卑微 翠微 低微 寒微 精微 略微 輕微 稍微 式微 衰微 微微 熹微 細微 謹小慎微 具體而微 微乎其微

【微波】wēibō〔名〕波長從 1 毫米到 1 米（頻率從 300 吉赫到 300 兆赫）的無綫電波。波長短，頻率高，方向性強，可用於衛星通信、遙感技術、導航、雷達、氣象、天文等方面。

【微波爐】wēibōlú〔名〕（台）一種利用微波加熱的炊具。工作時，爐膛發出的微波進入爐腔，使食物內部分子振蕩產生熱量，快速加熱食物。

【微博】wēibó〔名〕微型博客：開～。

【微薄】wēibó〔形〕微小單薄；少量：收入～｜盡我～的力量｜禮品～，聊表寸心而已。

【微不足道】wēibùzúdào〔成〕非常微小，不值得一談：成績是～的｜我個人的力量實在～。

【微忱】wēichén〔名〕〈書〉微薄的心意：略表～。

【微詞】wēicí〔名〕〈書〉隱含批評或不滿的言辭：頗有～｜時出～。也作微辭。

【微雕】wēidiāo〔名〕在微小的東西（如米粒、頭髮等）上刻出文字或圖畫等的藝術，也指用微雕的方法刻出的作品：～展覽。

【微服】wēifú〔動〕〈書〉高級官員外出時換穿便服，以免被人發覺：～出行｜～私訪。

【微觀】wēiguān〔形〕屬性詞。❶物理學上指深入到分子、原子、電子等內部構造領域的（跟"宏觀"相對）：～現象｜～領域｜～世界｜～粒子｜～物理學。❷泛指一般學科中着眼於小的方面的（跟"宏觀"相對）；從～上進行研究｜把宏觀管理和～搞活結合起來。

【微乎其微】wēihūqíwēi〔成〕小到不能再小，少到不能再少。形容非常小或非常少：個人的力量是～的｜這點錢實在～，但代表了我們的心意。

【微火】wēihuǒ〔名〕小火；文火。

【微機】wēijī〔名〕（台）微型電子計算機：～輔導｜～應用｜～管理。

【微賤】wēijiàn〔形〕低下而卑賤：出身～｜～的小人物。

【微瀾】wēilán〔名〕〈書〉微小的波紋：死水～。

【微利】wēilì〔名〕❶很低或很少的利潤：～經營｜取～，做大生意。❷微不足道的利益：不爭～。

【微粒】wēilì〔名〕微小的顆粒：～體｜～顯影｜～子印花（印染工藝之一）。

【微量元素】wēiliàng yuánsù 生物體所必需而需要量極少的一些化學元素，如鐵、銅、錳、硼、鋅、鉬、氯等，缺少這些元素，會造成生物體生長不良。

【微妙】wēimiào〔形〕❶深奧玄妙：～之言，深不可識｜這個問題太～了｜這小提琴的聲音是多麼～。❷精細巧妙，難以捉摸、難以把握：兩國關係敏感而～｜他倆的關係很～。

【微末】wēimò〔形〕微小；不重要：盡～之力。

【微弱】wēiruò〔形〕又小又弱：～的聲音｜～的燈光｜以～的多數通過｜呼吸很～｜那隻雄獅的力氣已經十分～。

【微生】Wēishēng〔名〕複姓。

【微生物】wēishēngwù〔名〕形體微小、構造簡單的生物的統稱。包括細菌、支原體、衣原體、病毒、單細胞藻類等，其絕大多數個體只能通過顯微鏡甚至電子顯微鏡才能觀察到。

【微縮】wēisuō〔動〕根據原物的形狀特徵按比例縮小：～景觀｜～膠卷。

【微調】wēitiáo〔動〕❶電子學上指對調諧電容做很小的變動、調整。❷泛指做小幅度、小規模的調整：工資～｜～措施。

【微微】wēiwēi〔形〕很細小；很輕微：～細雨｜嘴唇～顫動着｜大地～暖氣吹。

【微細】wēixì〔形〕又細又小；非常小：～的血管｜～的聲音。

【微小】wēixiǎo〔形〕非常小；極小：～的沙粒｜～的變化｜進步極其～。

【微笑】wēixiào ❶〔動〕輕微地笑：他對我～了一下。❷〔名〕不顯著的笑容：一絲～。

【微信】wēixìn〔名〕一款快速發送文字和照片、支持多人語音對講的手機聊天、社交軟件。

微博、微信與微時代

網絡用語的"微"正在改變人們的生活方式及思維模式，例如微博、微信、微盤、微購、微群、微電影、微新聞、微直播、微話題、微傳播等，社會正在邁進"微時代"，"微"也成為了一個時代的標籤。

【微行】wēixíng〔動〕舊指帝王或高官為了不暴露自己的身份而改扮成普通人出行。

【微型】wēixíng〔形〕屬性詞。體積或規模比同類東西小得多的：～汽車｜～電子計算機｜～小說。

【微型小說】wēixíng xiǎoshuō（篇）篇幅特別短小的小說，一般在一千字左右，是短篇小說的一種。情節簡明，結構精巧，常常只描寫人物或生活的某一個片斷。也叫小小說、袖珍小說。

【微血管】wēixuèguǎn〔名〕毛細血管：～破裂。

【微循環】wēixúnhuán〔動〕微血管中的血液循環，作用是與全身各組織細胞進行氣體和物質的交換。

【微言大義】wēiyán-dàyì〔成〕本指精深微妙的言辭體現儒家經典的要義。後泛指精微的語言所包含的深遠意義：古人解經，着重在～｜簡簡單單幾句話，哪裏有甚麼～？

煨　wēi〔動〕❶把生的食物放在灰火里加溫使熟：～白薯｜～土豆。❷烹調方法，用文火慢慢煮：～牛肉｜～雞湯。

溦　wēi〈書〉小雨；微雨。

薇　wēi / wéi ❶古指巢菜，花紫紅色，種子可食：西山採～。❷見"薔薇"（1077頁）。

鰃（鰃）　wēi〔名〕魚名，生活在熱帶海洋中，體側扁，紅色。也叫金鱗魚。

巍　wēi / wéi ❶高；高大：～峨｜～然｜～崔｜～若仙居。❷（Wēi）〔名〕姓。

【巍峨】wēi'é〔形〕高大；高大雄偉：～的群山｜樓殿～。

【巍然】wēirán〔形〕高大雄偉的樣子：人民英雄紀念碑～屹立｜摩天大樓～高聳。

【巍巍】wēiwēi〔形〕形容高大：井岡～｜～崑崙｜～的群山。

wéi ㄨㄟˊ

圩　wéi ❶〔名〕圩子：築～｜～埂（圍水的堤堰）｜～堤｜～牆（用土石築成的圍繞

村鎮的牆）｜～田。❷ 用圩子圍起來的地方：鹽～｜～戶｜趙家～（村莊名）。

另見 xū（1526 頁）。

【圩堤】wéidī〔名〕低窪地區圍築起來防澇護田的堤。

【圩戶】wéihù〔名〕耕種圩田的農戶。

【圩田】wéitián〔名〕低窪地區有圩堤防水的農田。

【圩垸】wéiyuàn〔名〕低窪地區建造的防水護田的堤叫圩，圩內的小堤叫垸。

【圩子】wéizi ❶〔名〕低窪地區建造的防水護田的堤：稻田周圍的～有一米高。也作圍子。❷ 同"圍子"①。

峗 wéi 用於地名：～家灣（在四川）。

為（为）〈爲〉 wéi ㊀ ❶ 做；幹（gàn）：膽大妄～｜敢作敢～｜事在人～｜～非作歹。❷〔動〕充當；擔任；算作：俯首甘～孺子牛｜拜他～師｜有詩～證｜以為人民服務～宗旨。❸〔動〕變成；成為：化險～夷｜轉危～安｜變沙漠～良田｜化消極因素～積極因素。❹〔動〕是：言～心聲｜學習期限～兩年｜識時務者～俊傑。❺〔動〕顯得（用在比較句中，後面形容詞多為單音節）：關心他人比關心自己～重｜他的成績比其他同學～優｜我看還是不去～妙。❻（Wéi）〔名〕姓。

㊁〔介〕被（跟"所"字呼應連用）：～人民群眾所擁戴｜～風雪所阻｜不～表面現象所迷惑。

㊂〔助〕〈書〉語氣助詞。表示疑問或感歎（常跟"何"字呼應連用）：匈奴未滅，何以家～？｜君子質而已矣，何以文～（君子只要具有好的品質就行了，要那些表面的儀式幹甚麼呢）？

㊃〔後綴〕❶ 附於某些單音節形容詞後，構成副詞性結構，修飾雙音節動詞：大～驚訝｜廣～宣傳｜深～感動。❷ 附於某些單音節副詞後，構成表程度的副詞性結構，修飾雙音節形容詞：甚～親密｜極～出色｜意義更～深遠｜心中頗～得意。

另見 wèi（1412 頁）。

語彙 成為　難為　人為　認為　稍為　無為　行為　以為　有為　作為　不失為　大有可為　胡作非為　見義勇為　為所欲為　無所不為　何樂而不為

【為非作歹】wéifēi-zuòdǎi〔成〕幹種種壞事。

【為富不仁】wéifù-bùrén〔成〕《孟子·滕文公上》："為富不仁矣，為仁不富矣。"原指富與仁不能並存。今指靠不正當手段發財致富的人是不會有好心腸的。

【為害】wéihài〔動〕造成禍害或災害：這一帶有蝗蟲～｜不～不淺。

【為荷】wéihè〔動〕公文或書信套語，表示因承受恩惠而感謝：大作已排好，現將校樣奉上，希認真審讀～。

【為患】wéihuàn〔動〕❶ 造成禍患：洪水～。❷ 使人憂慮：人滿～。

【為例】wéilì〔動〕作為例子：下不～｜以此～。

【為難】wéinán ❶〔形〕難以應付；感到難辦：這件事讓我好～｜如果不是特別～，你就答應他吧。❷〔動〕給人造成困難；刁難或作對：別再～他了｜我沒有故意難她～。

【為盼】wéipàn〔動〕〈書〉書信、公文等末尾慣用語，表示希望對方准許、回復等。

【為期】wéiqī〔動〕❶ 期限是；作為限期：會議～三天｜舉辦一個月的攝影展覽｜以兩週～，過時不候。❷ 距預定期限：～不遠｜～尚遠。

【為人】wéirén〔動〕做人：～處世｜～坐得正，不怕影子斜。❷〔名〕做人處世的態度：～正派｜～厚道｜我很佩服吳老師的學問和～。

【為人師表】wéirénshībiǎo〔成〕作為人們學習的榜樣：～就要注意做人的道德風範。

【為生】wéishēng〔動〕（以某種方法）作為生活手段：種地～。

【為時】wéishí〔動〕❶ 時間是；期限是：會議～五天｜一個月的展覽會閉幕了。❷ 從時間來看：～已晚｜～尚早。

【為首】wéishǒu〔動〕作為領頭人或首領：組成以張教授～的攻關小組｜～分子。**注意** 為首的可以是人，也可以是國家，如"以美國為首的北約"。

【為數】wéishù〔動〕從數量上看：這種人～不多。

【為所欲為】wéisuǒyùwéi〔成〕想幹甚麼就幹甚麼，想怎麼幹就怎麼幹（含貶義）：不能讓他這樣～｜此人目無法紀，～，理應受到法律的制裁。

【為伍】wéiwǔ〔動〕成為同夥；做夥伴：羞與～。

【為限】wéixiàn〔動〕以某種範圍或數量作為限定：每月開支以五百元～｜領取郵件時間以三個月～｜考試內容以老師講過的～。

【為止】wéizhǐ〔動〕作為終點；結束；截止：這段公路就修到這裏～｜報名日期到月底～｜迄今～，他還沒有找到對象。

【為重】wéizhòng〔動〕看作最重要：友誼～｜要以大局～。

【為主】wéizhǔ〔動〕作為主要方面：教師以教書育人～｜堅持以自力更生～。

洈 Wéi 洈水，水名。在湖北南部。

韋（韦） wéi ❶〈書〉皮革：～編（古代用竹簡寫刻、用皮繩編綴而成的書）。❷（Wéi）〔名〕姓。

【韋編三絕】wéibiān-sānjué〔成〕《史記·孔子世家》："讀《易》，韋編三絕。"意思是說孔子晚年，反復研讀《周易》，使編綴竹簡的皮繩多次斷絕。後用來形容讀書刻苦勤奮。

桅 **wéi** ❶桅杆:船～|一艘四～的帆船。❷(Wéi)〔名〕姓。

【桅燈】**wéidēng**〔名〕❶裝在船舶桅杆上的信號燈,在夜間用以顯示船的航向。❷馬燈。

【桅杆】**wéigān**〔名〕(根)船上掛帆或懸掛信號等的高杆。

【桅檣】**wéiqiáng**〔名〕桅杆。

唯 **wéi** ㊀〔副〕❶單單;只:～利是圖|～命是聽|～我獨尊。❷僅;只是(表示輕微的轉折,多屬補充性質的):開學工作均已就緒,～這班學生一時無法到齊。

㊁〔擬聲〕〈書〉應答的聲音:～～|～～否否(形容膽小怕事,一味隨聲附和)|～～諾諾(連聲答應,一味服從)。

【唯獨】**wéidú**〔副〕只是;單單(多用於把個別事物與一般情況做對比):他心中裝着群眾,～沒有他自己|我哥哥幾乎沒有甚麼愛好,～對集郵產生很大的興趣。

【唯恐】**wéikǒng**〔動〕只怕;只擔心(後面必帶動詞或小句做賓語):～犯錯誤|～她忘了照顧不周。

【唯恐天下不亂】**wéikǒng tiānxià bùluàn**〔俗〕形容一心製造混亂,以便渾水摸魚:他們四處尋釁鬧事,～。

【唯利是圖】**wéilì-shìtú**〔成〕只圖有利,其他一概不顧:不法商人～,變着法兒坑害消費者。

【唯美主義】**wéiměi zhǔyì** 19 世紀後期在歐洲興起的一種文藝思潮,認為藝術只為它本身的美而存在,審美的標準應不受道德、功利等的影響,主張"為藝術而藝術"。

【唯命是從】**wéimìng-shìcóng**〔成〕絕對聽從命令,一切照命令行事。也說唯命是聽。

【唯唯諾諾】**wéiwéi-nuònuò**〔成〕唯唯、諾諾:表示同意的應答聲。形容一味順從別人,沒有主見的樣子:你不要老是這麼～的,應該把自己的意見大膽發表出來。

【唯我獨尊】**wéiwǒ-dúzūn**〔成〕(認為)只有自己最尊貴。形容極端地狂妄自大:她的一舉一動都透出～,拒人千里的傲慢與冷酷。

> **"唯我獨尊"的語源**
> 《敦煌變文記·太子成道經卷一》載,釋迦牟尼佛誕生時,無人扶接,即東西南北,各行七步,蓮花捧足。一手指天,一手指地,口云:"天上地下,唯我獨尊。"意思是說,萬物的主宰是人,人能掌握自己的命運,不靠甚麼神而只能靠自己。

【唯物論】**wéiwùlùn**〔名〕唯物主義。

【唯物主義】**wéiwù zhǔyì** 哲學中兩大基本派別之一,認為世界的本原是物質的,是不依賴於人的意識而獨立存在的客觀實在的;物質是第一性的,意識是物質存在的反映,是第二性的;世界是可以認識的。也叫唯物論。

【唯心論】**wéixīnlùn**〔名〕唯心主義。

【唯心主義】**wéixīn zhǔyì** 哲學中兩大基本派別之一,認為精神(意識、觀念)是世界的本原,世界是精神的產物;精神是第一性的,物質是第二性的;存在就是被感知。也叫唯心論。

【唯一】**wéiyī**〔形〕屬性詞。單一的;獨一無二的:～的出路|～合法政府|～的親人。

【唯有】**wéiyǒu** ❶〔副〕僅;只是:～此法可行。❷〔連〕只有(常跟"才"呼應,表示必需的條件):～棄舊圖新,才有光明前途。

帷 **wéi** 帷幔;帳子:床～|羅～|連袵成～,舉袂成幕。

【帷幕】**wéimù**〔名〕❶(塊)掛在舞台或室內的用作遮擋的大塊織物:拉開～|落下～。❷像帷幕的東西:天空蒙上了深黑色的～|心靈中似乎揭去了一層～。也叫帷幔。

【帷幄】**wéiwò**〔名〕〈書〉原指帳幕(在旁邊的叫帷,四面合起來像屋宇的叫幄);後多指軍中帳幕:運籌～之中,決勝千里之外。

【帷帳】**wéizhàng**〔名〕❶帷幕床帳。❷帷幄。

【帷子】**wéizi**〔名〕圍起來做遮擋或起保護作用的布:床～|桌～。也作圍子。

惟 **wéi** ㊀"思惟",見"思維"(1278 頁)。

㊁同"唯"。

㊂〔助〕〈書〉語氣助詞。❶用於句首或句中表示希冀或願望:～君圖之|近～起居安適(舊式書信用語)。❷用在句首,後面跟時間詞(年、月、日),起加強語氣的作用:～十有三年春|～二月既望。

【惟妙惟肖】**wéimiào-wéixiào**〔成〕形容技藝高超,描寫或模仿得十分美妙、逼真:他講故事時,能把故事中的各種人物學得～。**注意**這裏的"肖"不讀 xiāo。

【惟其】**wéiqí**〔連〕〈書〉正因為(常跟"所以"呼應,表示因果關係):～幼小,所以希望就正在這一面|～時間短,就更要抓緊幹。

瑈 **wéi**〈書〉像玉的石頭。

幃 **wéi** ❶古人佩帶的香囊:佩～。❷同"帷"。

圍(围) **wéi** ❶〔動〕四周攔起來,使內外隔絕:房子外邊～了一圈鐵絲網|用籬笆將菜地～上。❷〔動〕環繞:成天～着鍋台轉|～着火爐吃西瓜|把圍巾～上|～得水泄不通。❸四周:四～|外～|周～。❹周圍的長度:腰～|胸～|臀～。❺〔量〕用於計量圓柱形

物體的周長，略等於兩隻手的拇指和食指合攏來的長度：腰大五～。❻〔量〕用於樹木等，相當於兩臂合抱起來（加上胸前）的長度：樹大十～。

【圍抱】wéibào〔動〕圍繞：被垂柳～的湖水，顯得格外清澈。

【圍脖兒】wéibór〔名〕(條)（北方官話）圍巾。常用來圍在脖子上，故稱。

【圍捕】wéibǔ〔動〕包圍捕捉：～毒犯｜嚴禁～金絲猴。

【圍城】wéichéng ❶(-//-)〔動〕包圍城市：～攻堅｜～打援。❷〔名〕被包圍的城市：困守～｜在～中的人們。

【圍城打援】wéichéng-dǎyuán〔成〕指先以部分兵力把敵方城市包圍起來，引誘敵人前來救援，再以優勢兵力將救援之敵殲滅。

【圍堵】wéidǔ〔動〕包圍堵截：～逃竄之敵。

【圍攻】wéigōng〔動〕❶軍事上指包圍起來加以攻擊：～敵軍主力｜先～後殲滅。❷指眾多人的指責和抨擊：她在大會上突然遭到～｜幾十人對他～謾罵。

【圍觀】wéiguān〔動〕許多人圍着觀看：有個耍猴兒的，引來許多人～｜～的人越聚越多。

【圍殲】wéijiān〔動〕包圍起來殲滅：～敵軍三個師｜採取～的戰術，消滅敵人有生力量。

【圍剿】wéijiǎo〔動〕❶包圍起來剿滅：粉碎了敵人的～｜～殘匪。❷比喻從各方面進行扼殺：文化～。

【圍巾】wéijīn〔名〕(條)圍在脖子上起保暖或裝飾作用的長條形織物：她圍着一條紫紅的～。

【圍墾】wéikěn〔動〕築堤壩圍住一部分湖灘、海灘進行耕種或養殖。

【圍困】wéikùn〔動〕將對象圍住，使處於困境：把敵軍～在峽谷之中｜部分群眾被洪水～。

【圍欄】wéilán〔名〕在房屋、場地等周圍建起的欄杆：草地周邊有～。

【圍攏】wéilǒng〔動〕從四方向一處靠攏集中：同學們看見吳老師就～上來了。

【圍棋】wéiqí〔名〕(盤)棋類運動之一。始興於春秋戰國時代，棋盤縱橫各十一道，後增為十五道或十七道；南北朝時，發展為十九道，三百六十一位。雙方用黑白棋子對弈，互相圍攻，以佔位數多者為勝：下～｜～賽。

【圍牆】wéiqiáng〔名〕(道,堵)建築在房屋、園林等外圍的牆：隔着一道～一望，裏面可寬敞了｜～內外，是兩個世界｜鐵打的～——不透風。

【圍裙】wéiqún〔名〕(條)勞作時圍在身前起保護作用像裙子的東西：把～繫(jì)上｜圍上～去炒菜。

【圍繞】wéirào〔動〕❶在外面圍着轉動：飛機～

着山頭盤旋｜地球～着太陽轉。❷在四周用欄杆、圍牆等東西攔擋起來：烈士紀念碑四周～着雙層漢白玉欄杆。❸以某個問題為中心：～成果開發問題展開討論。

【圍魏救趙】wéiwèi-jiùzhào〔成〕《史記·孫子吳起列傳》載，戰國時，魏國圍攻趙國的都城邯鄲，趙國求救於齊國。齊將田忌、孫臏率軍直搗魏國都城大梁，引魏軍回救，乘其疲憊，於中途大敗魏軍，從而解救了趙國。後用"圍魏救趙"指襲擊敵人的後方要害之處以迫使進攻之敵撤回的戰術。

【圍桌】wéizhuō〔名〕用布或綢緞等製成的懸掛在桌前的遮蔽物，舊時一般在重大節日或辦婚喪事、祭祀時使用。現多用於傳統戲曲演出時的舞台上。

【圍子】wéizi ❶〔名〕圍繞村莊的障礙物，用土石或密植荊棘做成：村～｜土～。也作圩子。❷同"圩子"①。❸同"帷子"。

【圍嘴兒】wéizuǐr〔名〕圍在小孩子胸前，防止口涎、湯汁等弄髒衣服的東西，用布或塑料等製成：繫(jì)上～｜圍上～｜繡花～。

【圍坐】wéizuò〔動〕圍在周圍坐：孩子們～在老師周圍。

潙（潙）〈溈〉 Wéi 潙水，水名。在湖南，發源於潙山，東北流入湘江。

漳（浕） Wéi 漳水，水名。在陝西（古漳水上游已湮沒，今之漳河，即漳水與雍水的合流）。

嵬 wéi〈書〉高聳的樣子：崔～｜～～宮殿｜～然屹立。

違（违） wéi ❶違背；不依從：～約｜～章｜依～兩可｜事與願～｜陽奉陰～。❷離別：久～｜暌～。

【違礙】wéi'ài〔動〕舊指觸犯統治者的忌諱：頗有～｜～字句。

【違拗】wéi'ào〔動〕故意不依從；違背意旨（多指對上級或尊長者）：父母之命，不敢～。

【違背】wéibèi〔動〕違反；背離：～諾言｜～原則｜～社會發展規律。

【違法】wéi//fǎ〔動〕不遵守法律、法令等：～亂紀｜～經營｜誰違了法，就依法辦論。

【違法亂紀】wéifǎ-luànjì〔成〕違犯法律，破壞紀律：對～、弄虛作假的幹部，必須嚴懲查處。

【違反】wéifǎn〔動〕不符合（法則、通程等）：～紀律｜～禁令｜～政策｜～交通法規。

【違犯】wéifàn〔動〕違背和觸犯：～禁令｜～國家法令｜這是～憲法的行為。

【違規】wéi//guī〔動〕違反有關規定：多次～｜～行為。

【違和】wéihé〔動〕〈書〉〈婉〉稱別人有病：昨悉貴體～，特來問候。

【違紀】wéijì〔動〕違反紀律：～行為｜抓緊查處～問題｜該公司～金額高達 8300 萬元！

【違建】wéijiàn〔動〕違章建造：～高樓｜佔道～。

【違禁】wéijìn〔動〕違犯禁令：查出大量～物品。

【違禁品】wéijìnpǐn〔名〕法令禁止私自製造、持有、轉移的物品，如毒品、炸藥等。也叫違禁物、違禁物品。

【違抗】wéikàng〔動〕有意識地違背和抗拒：～上級指示｜軍人不能～命令。

【違例】wéilì〔動〕❶違反常例或慣例：任何人不得～。❷（體育比賽或遊戲中）違反規則；犯規：球隊比賽，無一人～｜她又一次發球～。

【違令】wéilìng〔動〕違背命令、法令：～者軍法從事。

【違誤】wéiwù〔動〕公文用語，指違背命令、延誤公事：此案應迅速偵破，不得～。

【違憲】wéixiàn〔動〕違反憲法：制裁一切～、違法行為。

【違心】wéixīn〔動〕違背自己的內心想法：不是出於本心：～之論｜他～地說了一些讚美的話。

【違養】wéiyǎng〔動〕〈書〉〈婉〉指父母或尊長去世。

【違約】wéi // yuē〔動〕❶違背條約或契約的規定：～方｜～金｜我方向來遵守合同，從沒違過約。❷不履行約定的事：第一次見面，女方竟然～沒來。

【違章】wéizhāng〔動〕違反規章制度：～操作｜～作業｜拆除～建築｜糾正～行為。

維（维）wéi ㊀❶連接；繫：～繫｜～舟。❷保持；保全：～持｜～護｜～修。❸〔名〕幾何學及空間理論構成空間的每一因素為一維。直線是一維的，平面是二維的，普通空間（長、寬、高）是三維的。❹（Wéi）〔名〕姓。
㊁❶思想：思～。❷〔助〕〈書〉語氣助詞。用於句首或句中，以調節語氣：步履～艱｜～元年冬。

語彙　恭維　思維　纖維

【維持】wéichí〔動〕❶繼續保持：～社會秩序｜～現狀｜～生命｜～局面｜～自然界的生態平衡。❷維護支持：有老孫在裏面～，大家都可以放心。

辨析　維持、保持　“保持”着重指較長時間使持續不變；“維持”着重指暫時或一定限度地使持續不變。“保持”的對象是水平、成績、傳統、榮譽、聯繫等；“維持”的對象是秩序、生活、生命、治安、現狀等。如“保持原有的水平”“保持軍人的榮譽”，其中的“保持”不能換成“維持”；“維持公共秩序”“維持自然界的生態平衡”，其中的“維持”不宜換成“保持”。

【維和】wéihé〔動〕維護和平（多做修飾成分）：～行動｜執行～任務｜聯合國派遣～部隊。

【維護】wéihù〔動〕維持保護，使免於遭受損害：～團結｜～名譽｜～友誼｜～世界和平｜～教學秩序｜～民族的尊嚴。

【維艱】wéijiān〔形〕〈書〉艱難：步履～｜物力～。

【維權】wéiquán〔動〕維護合法權益：幫助消費者增強～意識。

【維生素】wéishēngsù〔名〕人和動物生長和代謝所必需的某些微量有機物，現在已發現的有幾十種，如維生素 A、維生素 B1 等。舊稱維他命。

【維他命】wéitāmìng〔名〕維生素的舊稱。［英 vitamin］

【維吾爾族】Wéiwú'ěrzú〔名〕中國少數民族之一，人口約 1006 萬（2010 年），主要分佈在新疆，少數散居在湖南、河南等地。維吾爾語是主要交際工具，有本民族文字。簡稱維族。

【維繫】wéixì〔動〕❶維持並聯繫，使不渙散：～人心｜～團結。❷維護並保持，使不中斷：～生命。

【維新】wéixīn〔動〕變舊法，行新政（指政治上進行改良）：～派｜～運動｜戊戌～（1898 年的戊戌變法）｜明治～（1868 年日本的改革運動）。

【維修】wéixiū〔動〕保護和修理：～房屋｜～機器｜汽車要注意保養和～。

磑（硙）wéi 見下。
　　　　另見 wèi（1412 頁）。

【磑磑】wéiwéi〔形〕〈書〉高峻的樣子。

潿（涠）wéi〈書〉混濁的積水。

闈（闱）wéi ❶宮殿的側門：宮～（後妃的居處）。❷科舉考試的場所：春～（指春試）｜秋～（指秋試）｜入～（進入考場）｜～墨（科舉考試，從試卷中選擇並刊印出來的範文）。

語彙　春闈　房闈　宮闈　秋闈　入闈

鮠（鮠）wéi〔名〕魚名，像鯰魚而較大，有鬚四對，眼小，無鱗。主要產於中國長江流域。

濰（潍）Wéi 濰河，水名。在山東濰坊東。

wěi ㄨㄟˇ

尾 wěi ❶“尾巴”①：牛～｜魚～｜狗～續貂｜虎頭蛇～。❷尾部；末端：船～｜機～｜～燈｜年～｜排～｜街頭巷～。❸主體以外的部分：～數｜收～｜結～｜工程掃～。❹二十八宿之一，東方蒼龍七宿的第六宿。參見“二十八宿”（347 頁）。❺像尾巴一樣：～隨｜～

追。❻〔量〕用於魚類：一～魚｜放養魚苗十萬～。❼（Wěi）〔名〕姓。
　　另見 yǐ（1605頁）。

語彙　詞尾　交尾　結尾　闌尾　末尾　收尾　首尾　韻尾　附驥尾　徹頭徹尾　虎頭蛇尾　街頭巷尾　掐頭去尾　畏首畏尾　搖頭擺尾

【尾巴】wěiba〔名〕❶（條，根）某些動物身體末端突出的部分：鳥～｜老虎～｜蜻蜓～｜魚～。❷某些物體的尾部：飛機～｜列車～｜彗星～。❸比喻事物的末後部分：隊伍過了一天，還看不見它的～｜我開會來晚了，只趕上個～。❹比喻某種事物的殘留部分；尚未了結的事情：案件處理不要留～。❺比喻自己沒有主見，只會附和別人的人：要傾聽他們的意見，但不要做他們的～。❻指跟隨或跟蹤的人：女兒是媽媽的小～｜注意，有～盯梢。

【尾部】wěibù〔名〕物體的末端：飛機～中彈。

【尾大不掉】wěidà-bùdiào〔成〕尾巴太大了，難於擺動。比喻局部勢力過大，難以駕馭。也比喻事物輕重失當，無力平衡：機構龐大臃腫，～。

【尾燈】wěidēng〔名〕裝在車輛尾部的燈，燈罩一般為紅色，以引起後面車輛或行人的注意。

【尾骨】wěigǔ〔名〕脊椎骨的末端部分。

【尾號】wěihào〔名〕指多位數號碼中末尾的一位或幾位數字：今天的幸運觀眾是手機～為 369 的先生｜車牌～是 4 和 9 的今日限行。

【尾貨】wěihuò〔名〕賣到最後所剩的貨物：～甩賣｜庫存～。

【尾款】wěikuǎn〔名〕（筆）結算賬目時沒有結清的款項，一般數目較小：還清～。

【尾牌】wěipái〔名〕（塊）裝在汽車、電車等尾部標明編號或路號的牌子。

【尾氣】wěiqì〔名〕機動車輛或機器在運作中排出的廢氣：～超標｜城市中汽車排放的～是重要的污染源。

【尾聲】wěishēng〔名〕❶戲曲、音樂作品的結尾部分。❷文學作品的結局部分，多是對基本情節的補充或交代。❸比喻事情即將結束的階段：春耕已近～｜會議接近～了。

【尾市】wěishì〔名〕指股市或期市等交易當日收市前一段時間內的行情狀態。

【尾數】wěishù〔名〕❶小數點後面的數。❷總結核算時大數目末尾的小數目；零數。❸多位號碼中末尾的數字。

【尾隨】wěisuí〔動〕在後面跟隨：～盯梢｜孩子身後有壞人～｜小狗～着主人。

【尾追】wěizhuī〔動〕在後面緊緊追趕：交通警察騎着摩托～着那輛肇事逃跑的汽車。

委 wěi ㊀❶把事情交給別人去辦；託付：～託｜～派｜～以重任。❷拋棄；捨棄：～

而棄之。❸舊同"諉"。❹指委員或委員會：編｜市～。

㊁❶〈書〉積聚：～積｜如土～地。❷〈書〉水的下游；末尾：窮源竟～（深入探求事物的始末）。❸（Wěi）〔名〕姓。

㊂彎曲；曲折：～曲｜～婉。

㊃同"萎"。

㊄〔副〕〈書〉確實：～實｜～屬不知。
　　另見 wēi（1400頁）。

語彙　黨委　原委　政委　支委　窮原竟委

【委辦】wěibàn〔動〕委託辦理：這個零售網點是由報業集團～的。

【委頓】wěidùn〔形〕疲睏；毫無精神：精神～｜～不支。

【委決不下】wěijué-bùxià〔成〕遲疑而不能決定：他一直～，結果錯過了機遇。

【委靡】wěimǐ 同"萎靡"。

【委派】wěipài〔動〕委任；派遣：上級～他為總經理｜她是省裏～來的督導員｜臨時～的差事。

【委培】wěipéi〔動〕委託外單位培養：～生｜定向～｜一批應用科技人才。

【委曲求全】wěiqū-qiúquán〔成〕曲意遷就以求保全；勉強忍讓以顧全大局：在原則問題上必須據理力爭，不能～。**注意** 這裏的"曲"不寫作"屈"。

【委屈】wěiqu ❶〔形〕受到不應有的指責或不公正的待遇而心裏難過：冤枉：～情緒｜看樣子他挺～呢｜她心裏又氣又～，竟無處可訴。❷〔動〕使自己或別人受到委屈：這樣做未免～了自己｜～你一下，在我家暫住一宿吧。❸〔名〕指冤枉的感受；委屈的心情：一肚子的～｜這許多～向誰去訴說？

【委任】wěirèn ❶〔動〕委派某人擔任某項職務：～他當科長。❷〔名〕民國期間文官的最末一等，在薦任之下，由直轄長官任命。

【委任狀】wěirènzhuàng〔名〕（張）委派某人擔任某項職務的證明書。

【委身】wěishēn〔動〕〈書〉❶把自己的命運託付給別人：～權貴｜～於人。❷將身體交給別人，舊指女子嫁給男人：豈能～於賊！

辨析　委身、獻身　"委身"指把命運託付給人，多指不得不如此，如"委身曲附""委身權貴"；而"獻身"指把精力生命投入，係出於主動自願，如"獻身邊疆""獻身科研"。

【委實】wěishí〔副〕的確；實在（多用於否定式）：～不知｜～叫人難以相信。

【委世】wěishì〔動〕〈書〉〈婉〉指人死亡：～不久。

【委託】wěituō〔動〕請別人代辦：～書｜受人～｜這事只能～你了。

【委婉】wěiwǎn〔形〕（言辭）溫和與婉轉：說話含蓄～｜他批評得很～｜她～地表達了對他的愛

慕之情。

【委員】wěiyuán〔名〕❶（位，名）委員會的成員：中央～｜政協～｜常務～。❷被委派擔任特定任務的人員：賑濟～｜政治～。

【委員會】wěiyuánhuì〔名〕❶政府部門或機關的名稱：國家語言文字工作～｜政治體制改革工作～。❷政黨、團體、機關、學校中的集體領導組織：中共中央～｜政協全國～｜校務～。❸政府部門、機關團體等為了完成某項任務而設立的專門組織：清產核資～｜高級職稱評審～｜學術～。

【委罪】wěizuì 同"諉罪"。

洧 Wěi 洧水，水名。在河南中部。

娓 wěi 見下。

【娓娓】wěiwěi〔形〕勤勉不倦的樣子；形容說話連續不斷或婉轉動聽：～不倦｜～而談｜～道來｜～動聽。

【娓娓動聽】wěiwěi-dòngtīng〔成〕說話委婉生動，使人喜歡聽：她講故事～，孩子們高興極了。

【娓娓而談】wěiwěi'értán〔成〕不倦地、連續不斷地談論着：他～，一講就是兩三個小時。

偽 (伪)〈僞〉 wěi / wèi ❶虛假；虛偽（跟"真"相對）：～裝｜～造｜真～莫辨｜去～存真。❷非法的，不為人民所承認的：～政權｜～警察｜～職。

語彙　敵偽　虛偽　真偽　作偽

【偽鈔】wěichāo〔名〕（張）假造的鈔票。

【偽軍】wěijūn〔名〕偽政權的軍隊，特指中國抗日戰爭期間敵佔區偽政權的軍隊。

【偽君子】wěijūnzǐ〔名〕冒充正派、騙取美名的人：～比真小人更有害。

【偽科學】wěikēxué〔名〕指違背客觀規律的、虛假的科學：警惕～的侵襲。

【偽劣】wěiliè〔形〕屬性詞。偽造的、質量低劣的：假冒～｜～產品｜打擊～出版物。

【偽滿】Wěimǎn〔名〕偽滿洲國的簡稱。是1931年日本侵略者侵佔中國東北後，扶植溥儀建立的傀儡政權。

【偽善】wěishàn〔形〕虛假的善良：～者｜～行為｜揭露他的～面目。

【偽飾】wěishì〔動〕虛偽地掩飾：用謊言～自己。

【偽書】wěishū〔名〕作者姓名和寫作時代不可靠的書；託名偽造的古書。

【偽託】wěituō〔動〕假借古人的名義；多指把自己的或別人的作品冒充為古人的著作：此書係～｜其書深奧精密，非後人所能～。

【偽造】wěizào〔動〕❶模仿真的，造出假的：～簽名｜～賬目｜～工作證。❷本無其事，憑空

編造：～歷史｜～罪名。

【偽證】wěizhèng〔名〕指在案件偵查或審理過程中，證人、鑒定人等故意做出的虛假證明。

【偽政權】wěizhèngquán〔名〕非法成立的、不為人民所承認的政權。

【偽裝】wěizhuāng ❶〔動〕假裝；裝扮成：～積極｜～進步｜～成保姆打入敵人內部。❷〔動〕特指軍事上為了迷惑敵人而採取各種措施：把坦克～起來迷惑敵人。❸〔名〕偽裝的手段；假的裝扮：以～出現的敵人｜假的就是假的，～應當剝去。❹〔名〕特指軍事上用來偽裝的東西或措施：撤除～｜幾棵小樹是～。

偉 (伟)〈偉〉 wěi ❶高大：宏～｜魁～。❷大：～人｜～業｜豐功～績。❸〈書〉壯美：容貌甚～｜～丈夫。❹(Wěi)〔名〕姓。

語彙　宏偉　魁偉　奇偉　雄偉　英偉　壯偉

【偉岸】wěi'àn〔形〕❶高大魁梧：身軀～。❷容貌氣度不凡：風骨～。

【偉大】wěidà〔形〕❶品格高尚；才識超凡；功勳卓著的：～的人物｜～的領袖。❷規模巨大；氣象雄偉：～的建築｜～的祖國。❸超出尋常，令人信服景仰的：～的事業｜～的思想。

【偉績】wěijì〔名〕偉大的業績：豐功～｜創建現代化國防的～。

【偉略】wěilüè〔名〕宏偉的謀略：奇謀～，發抒於胸。

【偉論】wěilùn〔名〕高明卓越的言論。

【偉人】wěirén〔名〕（位）偉大的人物：當代～。

【偉業】wěiyè〔名〕偉大的業績：～長存。

疿 wěi〈書〉瘡；瘢痕：瘢～。

萎 wěi / wèi ❶（植物）乾枯；衰敗：枯～｜～謝｜蔫～。❷〔動〕（北京話）衰落；低落：氣兒～了｜這幾天，買賣有點～｜西紅柿的價錢很快就～下來了。

語彙　凋萎　枯萎　蔫萎　衰萎

【萎靡】wěimǐ〔形〕精神頹唐；意志消沉（跟"振奮"相對）：～頹廢～｜士氣～不振。也作委靡。

【萎縮】wěisuō〔動〕❶（草木）乾枯衰敗：深秋過後，菊花開始～了｜人工製造的花永遠也不會～。❷（身體、器官等）功能減退並縮小：患病之後，他的四肢有些～。❸（經濟）蕭條衰退：市場～。

【萎謝】wěixiè〔動〕（花草）乾枯凋謝：寒冬已至，百花～。

猥 wěi ❶多；雜；煩瑣：～雜｜米鹽～事。❷卑鄙；鄙俗：～詞（下流話）｜～人（鄙賤之人）｜～賤｜～瑣｜～褻｜～劣（卑劣）｜淫～｜貪～之徒。

【猥猥】wěicuī〔形〕醜陋；庸俗；拘束。

【猥瑣】wěisuǒ〔形〕容貌、言談舉止庸俗卑下；不大方：～不堪。

【猥褻】wěixiè ❶〔形〕（言語或行為）淫穢下流：言辭～｜～的眼神。❷〔動〕做下流動作；污辱：～少女。

媁（姳）wěi〈書〉美好的樣子。

瑋（玮）wěi〈書〉❶ 一種美玉。❷ 珍奇；貴重：瑰～｜～奇｜明珠～寶。

薳（芛）〈蒍〉Wěi〔名〕姓。

葦（苇）wěi 蘆葦。

【葦箔】wěibó〔名〕用蘆葦編成的簾狀物。

【葦蕩】wěidàng〔名〕長滿大片蘆葦的淺水湖。

【葦簾】wěilián〔名〕用蘆葦編成的草簾子。

【葦塘】wěitáng〔名〕生長蘆葦的池塘。

【葦席】wěixí〔名〕（張，領）用葦篾編成的席子。

【葦子】wěizi〔名〕〈口〉蘆葦。

暐（晄）wěi〈書〉光輝的樣子（多疊用）：春華～～。

骫wěi〈書〉❶ 骨不正。❷ 枉；曲：～曲（委曲）｜～法（枉法）。

艉wěi〔名〕船體的尾部。

魋wěi 見於人名：慕容～（西晉末年鮮卑族首領）。
另見 Guī（488頁）。

痿wěi 中醫指全身體筋肉萎縮或失去機能的病：～痹（肢體不能動作的病）｜～損（憔悴，枯槁）｜陽～。

煒（炜）wěi〈書〉鮮明；有光彩：彤管有～。

隗Wěi〔名〕姓。
另見 Kuí（785頁）。

頠（颅）wěi〈書〉悠閒；安靜。

諉（诿）wěi 把責任、過失等推給別人；推卸：推～｜～過｜～之於經驗不足。

【諉過】（委過）wěiguò〔動〕推卸過失；把過失推給別人：～於人。

【諉罪】wěizuì〔動〕把罪責推給別人：甘受一切懲處，決不～他人。也作委罪。

緯（纬）wěi（舊讀 wèi）❶ 緯綫，紡織物上橫向的紗或綫（跟"經"相對）：～紗｜～綫。❷ 緯度（跟"經"相對）：南～北～。❸ 漢代以神學迷信附會儒家經義的一類書：～書｜～讖（chèn）～。

【緯度】wěidù〔名〕地理坐標之一，即地球表面南北距離的度數，從赤道到南北兩極各分 90°，

赤道以北叫北緯，赤道以南叫南緯。某地的緯度即該地緯綫與赤道相距的度數（跟"經度"相對）：低～（指赤道附近）｜高～（指兩極附近）｜地理～。

【緯綫】wěixiàn〔名〕❶（根）織物上的橫綫（跟"經綫"相對）。❷（條）為劃分緯度而假定的沿地球表面跟赤道平行的綫（跟"經綫"相對）。

鮪（鲔）wěi ❶〔名〕魚名，生活在熱帶海洋，體呈紡錘形，背鰭和臀鰭之後各有七八個小鰭，以小魚為食。❷ 古指鱘魚和鰉魚。

蒍Wěi〔名〕姓。

韙（韪）wěi〈書〉是；對。一般與"不"組合成"不韙"使用。參見"不韙"（114頁）。

飅（飔）wěi〈書〉風大的樣子。

韡（韠）wěi〈書〉光很盛的樣子（多疊用）。

亹wěi 見下。
另見 mén（914頁）。

【亹亹】wěiwěi〔形〕〈書〉❶ 勤勉不倦的樣子：～文王，令聞不已（勤勤懇懇周文王，美好聲譽傳四方）。❷ 向前推移的樣子：時～而過中。

wèi ㄨㄟˋ

未wèi ㊀〔副〕❶ 表示情況還沒有發生；不曾；沒（跟"已"相對）：～婚｜～成年｜～過河，先搭橋｜前所～有｜一波～平，一波又起（比喻事情波折多）。❷ 表示對情況的否定；不（含委婉義）：～必｜～嘗不可｜～可厚非｜～敢苟同（不敢隨便同意）。❸〈書〉用在句末，表示疑問：嶺上梅花開也～（開了沒有）？｜今可以言～（現在可以說了不）？
㊁〔名〕❶ 地支的第八位。❷（Wèi）姓。

【未必】wèibì〔副〕不一定；不見得（用商討語氣，表示不能肯定或委婉的否定）：這些數據～可靠｜前人的話也～沒有錯誤｜他真的有病嗎？恐怕～。

【未便】wèibiàn〔副〕不便；不宜於（多用於書面語）：此中關係頗為複雜，外人～置喙。

【未卜】wèibǔ〔動〕〈書〉尚難推算；不能預料：前途～｜吉凶～。

【未卜先知】wèibǔ-xiānzhī〔成〕不用占卜，就能預先知道。形容有預見：要是他能夠～，早就不會走這麼多彎路了。

【未曾】wèicéng〔副〕還沒有；不曾（"曾經"的否定）：～想到這件事這麼難辦｜～受過如此嚴厲的批評。

【未嘗】wèicháng〔副〕❶ 未曾；不曾：～認真想過｜～叫過一聲苦。❷ 用在否定詞前，構成雙重否定，以表示委婉的肯定；相當於"不是（不、沒）"：這裏～沒有好老師｜讓他知道也～不可｜～不是一個好辦法。

【未成年人】wèichéngniánrén〔名〕法律上指未達到成年年齡的人。在中國指 18 週歲以下的人：這個電影～不宜觀看。

【未第】wèidì〔動〕〈書〉科舉考試未中：鄉試～。

【未果】wèiguǒ〔動〕〈書〉沒有實現：妄圖強行闖入，～。

【未婚】wèihūn〔動〕沒有結婚：～夫｜～青年。

【未婚夫】wèihūnfū〔名〕已經訂婚而未正式結婚的雙方，男方是女方的未婚夫。

【未婚妻】wèihūnqī〔名〕已經訂婚而未正式結婚的雙方，女方是男方的未婚妻。

【未及】wèijí〔副〕沒有來得及；倉促上陣，～準備。

【未幾】wèijǐ〔副〕不多時間；不久：～即出國考察。

【未見得】wèi jiàndé 不見得；不一定。

【未竟】wèijìng〔動〕沒有完成：～的事業。

【未決】wèijué〔動〕❶ 還沒有決定；沒有解決：勝負～｜懸而～。❷ 還沒有判決：～犯（舊時稱已被提起刑事訴訟還沒有由法院判決定罪的犯人）。

【未可厚非】wèikě-hòufēi〔成〕無可厚非。

【未可知】wèikězhī 還不知道；說不定（用否定形式委婉表達肯定意見）：他雖然一怒之下出走，但為了母親，也許很快又會回來，也～。

【未來】wèilái ❶〔形〕屬性詞。就要或將要到來的（時間）：～幾個月內事情將有轉機。❷〔名〕現在以後的時間；將來的日子：面向～｜創造美好的～｜對～充滿希望。❸〔名〕借指希望：兒童是祖國的～｜在孩子們身上，寄託着人類的～。

【未老先衰】wèilǎo-xiānshuāi〔成〕年紀還不大，就已經顯出衰老之態：精神上的折磨，使他～。

【未了】wèiliǎo〔動〕還沒有了結；尚未結束：～的心願｜此事～又生新事。

【未免】wèimiǎn〔副〕不能不說是。表示不以為然，意在委婉地否定（常跟程度副詞"太、過、過分、過於、不大、不夠、有點、有些"以及數量詞"一點、一些"合用）：文章～太長｜這樣做，～操之過急｜校長～過分誇獎了。

〔辨析〕**未免、不免、難免** "未免"表示對某種過分的情況不以為然，側重在評價；"不免"和"難免"則表示客觀上不容易避免，因此，"未免"不能同"不免、難免"換用。

【未能免俗】wèinéng-miǎnsú〔成〕《世說新語·任誕》："仲祖（阮咸）以竿掛大布犢鼻褌於中庭。人或怪之，答曰：'未能免俗，聊復爾耳。'" 褌：kūn，古時稱褲子。指沒能擺脫舊習俗的影響。

【未然】wèirán〔動〕〈書〉還沒有成為事實的時候：防患於～。

【未時】wèishí〔名〕用十二時辰記時指下午一時至三時。

【未始】wèishǐ〔副〕"未嘗"②：這樣做也～不可｜～不是權宜之計。

【未遂】wèisuì〔動〕（目的）沒有達到；（願望）未能滿足：自殺～｜政變～｜～他的心願。

【未亡人】wèiwángrén〔名〕舊時寡婦的自稱。

【未詳】wèixiáng〔動〕不知道；尚未清楚：具體地址～｜生卒年月～｜作者身世～｜～其姓氏。

【未有】wèiyǒu〔副〕對動作的發生或完成表示否定（常見於港式中文）：雖然經濟數據不佳，股市卻～受太大影響。

【未雨綢繆】wèiyǔ-chóumóu〔成〕《詩經·豳風·鴟鴞》："迨天之未陰雨，徹彼桑土，綢繆牖戶。" 意思是，在下雨之前，就把桑樹根皮剝下來捆好門窗。後用"未雨綢繆"比喻事先做好防備工作：宜～，毋臨渴掘井｜儲糧備荒，～。

【未知】wèizhī〔形〕屬性詞。還不知道、尚未認識的：～數｜～領域。

【未知數】wèizhīshù〔名〕❶ 代數式或方程中，需要經過運算才能確知其數值的數；如 $x+3=5$ 中，x 是未知數。❷ 比喻尚不清楚、還有待證實的情況：能不能考取，還是個～。

位 wèi ❶ 所在的地方；位置：方～｜座～｜虛～以待｜各就各～。❷ 職位；地位：名～｜高～｜在～｜退～｜遜～｜篡～。❸ 特指皇位：即～。❹ 對在座眾若干人的敬稱：諸～｜列～｜眾～｜各～。❺〔名〕一個數中每個數碼所佔的位置：個～｜十～｜百～。❻〔量〕用於人（含敬意）：有一～老師說過｜當時有三～朋友在場｜一共來了幾～客人？注意 無須表示敬意的，不能用"位"。如"有三位同學舞弊""犯罪嫌疑人是一位小青年"中的"位"均應改為"名"或"個"。❼〔量〕用於數：兩～數加法｜多～數乘除｜計算到小數點以下三～。❽（Wèi）〔名〕姓。

語彙				
本位	泊位	部位	車位	床位	篡位	單位
到位	地位	定位	噸位	方位	崗位	即位	就位
爵位	名位	牌位	品位	鋪位	讓位	神位	水位
退位	席位	穴位	學位	音位	在位	職位	諸位
座位				

【位次】wèicì〔名〕❶ 官位的等級：～第一｜不計～。❷ 座位或位置的次序：排～｜書架上的每本書都有固定的～。❸ 排列的名次（多指全世界或全國的）：中國對外貿易在世界貿易中

的～已大大提升。

【位極人臣】wèijí-rénchén〔成〕官位到達大臣的最
　高一級：曹操～，權傾朝野。

【位居】wèijū〔動〕位次處於：～第一｜～次席。

【位移】wèiyí〔名〕物體在運動中產生的位置移動。

【位於】wèiyú〔動〕〈書〉位置在（某處）：北京～
　華北平原北部｜廬山～江西九江市南。

【位置】wèizhi〔名〕❶（人或物體）所在的地方：
　按指定的～入席｜人民大會堂的～在天安門
　廣場西側｜請把書插回到原來的～上。❷（人
　或事物）在社會關係中或人們心目中所佔的地
　位：他在歷史上佔有十分重要的～｜把改善人
　民生活放到重要的～上。❸職位：只求做好工
　作，不計～高低｜這次改選，我看工會主席這
　個～非他莫屬。

【位子】wèizi〔名〕❶供人坐的地方；座位：找
　個～坐下來｜～不夠，擠一擠吧。❷名位；職
　位：公司總經理這個～不低了｜騰出～來，讓
　年輕人接班。

味

wèi　❶（～兒）〔名〕（股）味道；滋味：～
同嚼蠟｜這菜吃着有點苦～兒。❷（～兒）
〔名〕（股）鼻子聞東西時所得到的感覺：氣～｜臭
（chòu）～兒｜香撲鼻｜聞到一股～兒。❸（～兒）
〔名〕意味；情趣：趣～｜這個戲看起來有～兒｜
她的話越聽越不是～兒。❹指某種菜餚：山珍
海～｜美～佳餚｜品嘗野～。❺辨別味道；
體會：品～｜體～｜玩～｜回～｜細～其言。
❻〔量〕中藥配方，藥物的一種叫一味：這個方子
裏共有八～藥｜這劑藥配了六～還缺兩～。

【語彙】乏味　風味　海味　回味　口味　臘味　美味
南味　膩味　品味　氣味　情味　趣味　體味　調味
玩味　興味　野味　一味　意味　韻味　滋味
津津有味　耐人尋味　山珍海味　食不甘味

【味道】wèidao〔名〕❶舌頭接觸東西時所得到的
　感覺；滋味：～好｜～鮮美。❷比喻某種感
　受、體驗：心中有一股說不出的～｜她的夢想
　帶點苦澀的～。❸情趣；興味：他的生活像白
　開水，一點～都沒有｜這篇文章寫得很有～。
❹（北方官話）氣味：這～很不好聞。

【味精】wèijīng〔名〕一種調味品，白色粉末狀或
　結晶狀，多用小麥、黃豆、玉米或甜菜等製
　成。也叫味素。

【味覺】wèijué〔名〕舌頭與物質接觸時所產生的
　酸、甜、苦、辣、鹹等感覺。

【味同嚼蠟】wèitóng-jiáolà〔成〕味道像吃蠟一樣。
　形容文章或講話等枯燥無味：讀這種空洞無物
　的文章，真是～。

畏

wèi　❶畏懼；害怕：～縮｜～難｜望而
生～｜不～強敵｜初生之犢不～虎。❷佩
服；敬佩：後生可～｜～威而敬命。❸（Wèi）
〔名〕姓。

【語彙】敬畏　無畏　後生可畏　望而生畏

【畏避】wèibì〔動〕因害怕而躲開：孩子們不再～
　我了。

【畏服】wèifú〔動〕敬畏信服：令人～。

【畏忌】wèijì〔動〕畏懼和猜忌：心存～。

【畏懼】wèijù〔動〕害怕：在困難面前，從不～｜
　帶着幾分～的神情｜產生了～心理。

【畏難】wèinán〔動〕害怕困難：克服～情緒。

【畏怯】wèiqiè〔動〕畏懼膽怯：令人～｜～萬分｜
　毫無～之心。

【畏首畏尾】wèishǒu-wèiwěi〔成〕前也怕，後也
　怕。形容辦事疑慮過多：看準了的事就大膽去
　幹，不要～。

【畏縮】wèisuō〔動〕畏懼退縮，不敢向前：～不
　前｜從不在困難面前～。

【畏縮不前】wèisuō-bùqián〔成〕心懷畏懼，不敢
　向前：不能一遇困難，就～。也說畏葸不前。

【畏途】wèitú〔名〕〈書〉危險而令人害怕的路途：
　視為～。

【畏葸】wèixǐ〔動〕〈書〉畏懼：～不前。

【畏影避跡】wèiyǐng-bìjì〔成〕《莊子・漁父》："人
　有畏影惡跡而去之走者，舉足愈數而跡愈多，
　走愈疾而影不離身。自以為尚遲，疾走不休，
　絕力而死。不知處陰以休影，處靜以息跡，愚
　亦甚矣。"後用"畏影避跡"比喻愚昧無知，庸
　人自擾。

【畏友】wèiyǒu〔名〕自己所敬畏的朋友：視為～｜
　多虧了嚴師～對我的幫助。

【畏罪】wèizuì〔動〕犯了罪害怕法律懲罰：～自
　殺｜～潛逃。

胃

wèi　❶〔名〕人和高等動物的消化器官之
一，人的胃形狀像口袋，上接食道，下接
十二指腸。❷二十八宿之一，西方白虎七宿的第
三宿。參見"二十八宿"（347頁）。

【語彙】敗胃　反胃　開胃　脾胃

【胃鏡】wèijìng〔名〕一種醫用纖維鏡，可伸入
　胃部直接觀察胃黏膜變化，用來幫助診斷胃
　病：～檢查。

【胃口】wèikǒu〔名〕❶食欲：～不大好｜大家都
　覺得沒有～。❷比喻對事物的興趣或欲望：
　這工作很適合他的～｜辦刊物要隨時了解讀者
　的～。❸比喻野心：侵略者的～總是很大的。

【胃酸】wèisuān〔名〕胃液中所含的鹽酸，能促進
　胃蛋白酶消化蛋白質，並有殺菌作用。

【胃炎】wèiyán〔名〕胃黏膜發炎的疾病，主要症
　狀有食欲不振，飯後上腹發脹以及噁心、嘔
　吐、胃痛等。

【胃液】wèiyè〔名〕胃腺分泌的消化液，含胃蛋白
　酶、鹽酸和黏液等，有消化和殺菌作用。

為（为）〈為〉 wèi ❶〈書〉幫助；衛護：～人｜～到底，送人送到鄉。❷〔介〕引進動作的受益者；給；替：～大多數人謀利益｜不必～我擔心｜這次試驗～治療癌症找到了新的途徑。❸〔介〕引進行為的原因或目的：～弟弟考取了大學，全村人都來祝賀｜～勝利而歡呼｜～安全起見，必須嚴格遵守操作規程。❹〔介〕〈書〉引進行為的對象；對；向：不足～外人道｜可與智者道，難～俗人言。

另見 wéi（1403頁）。

另見 wéi（1403頁）。

語彙 特為 因為

【為此】wèicǐ〔連〕置於兩個分句之間，表示因為上述原因，而有下面的行動：海歸人員回國創業需要扶助和支持，～政府出台了一系列優惠政策。

【為的是】wèideshì 置於兩個分句之間，表示目的的關係。前一分句是採取的行動或措施，後一分句是採取這種行動或措施的目的：媒體加大了宣傳文明禮儀的力度，～落實"人文奧運"的理念。

【為何】wèihé〔副〕詢問原因；為甚麼：～變卦？｜～不早說？｜～這樣垂頭喪氣？｜你這是～？

【為虎傅翼】wèihǔ-fùyì〔成〕給老虎添加上翅膀。比喻幫助惡人，助長惡人的勢力。也作為虎添翼。

【為虎作倀】wèihǔ-zuòchāng〔成〕傳說被老虎咬死的人，會變為倀鬼，倀鬼甘願替老虎帶路，再去傷害別的人。比喻自願充當壞人的爪牙。

【為了】wèile〔介〕表示動作或行為的目的：～迎接國慶節，學校下星期要舉行一次晚會｜～慎重起見，這個計劃我們修改了多次。注意早期白話文作品中，有用"為了"表示原因的。如"我的構思就常常為了孩子的吵鬧而打斷"，"為了天旱，許多禾苗都枯死了"。現已改用"因為"來表達。

【為民請命】wèimín-qǐngmìng〔成〕替老百姓向當局請求，讓他們正常地活下去：我們從古以來，就有埋頭苦幹的人，有拚命硬幹的人，有～的人。

【為人作嫁】wèirén-zuòjià〔成〕唐朝秦韜玉《貧女》詩："苦恨年年壓金綫，為他人作嫁衣裳。"意思是貧女辛辛苦苦一年到頭用金綫刺繡，卻總是替人家縫製嫁妝。後用"為人作嫁"比喻為他人辛苦忙碌：編輯是～的勞動者，應該受到社會的尊重。

【為甚麼】wèishénme ❶詢問動作或行為的原因或目的：你～不理他？｜天～這樣熱？｜要這樣做？｜人～活着？❷代替（值得詢問、搞清的）問題：凡事都要問一個～，絕對不應盲從。

【為着】wèizhe〔介〕表示目的；為了：我們這個隊伍完全是～解放人民的｜他究竟～何事而來，誰也不清楚。

尉 wèi ❶古代武官名：太～｜都～｜縣～。❷尉官：上～｜～官。❸（Wèi）〔名〕姓。

另見 yù（1663頁）。

另見 yù（1663頁）。

語彙 大尉 上尉 少尉 中尉 準尉

【尉官】wèiguān〔名〕（名，位）軍銜，尉級軍官，低於校官。一般包括大尉、上尉、中尉、少尉、準尉等。

喂 wèi〔歎〕表示招呼或提醒對方：～，請小王接電話｜～，別忘了給我來信！

另見 wèi "餵"（1414頁）。

另見 wèi "餵"（1414頁）。

渭 Wèi 渭河，水名。發源於甘肅東南部，東流經陝西入黃河。長787千米，為黃河最大支流。

煟 wèi〈書〉光明；旺盛。

碨 wèi 石磨。多用於地名：～峪（在陝西）。

蔚 wèi〈書〉❶草木茂盛：茂樹蔭～。❷興盛；盛大：雲興霞～｜～為大觀｜～成風氣。❸文采華美：其文～。

另見 Yù（1665頁）。

另見 Yù（1665頁）。

語彙 炳蔚 岑蔚 翁蔚 薈蔚 雲蒸霞蔚

【蔚藍】wèilán〔形〕狀態詞。深藍色：～的天空｜～的大海。

【蔚然成風】wèirán-chéngfēng〔成〕形容某種事物逐漸發展興盛，形成風氣（多用於褒義）：青年工人刻苦鑽研技術，～。也說蔚成風氣。

【蔚為大觀】wèiwéidàguān〔成〕形容某種事物美好繁多，形成盛大壯觀的景象：展廳集中外郵票琳琅滿目，～。

礉（硙） wèi ❶同"碨"。❷（Wèi）礉水，水名。在陝西。

另見 wéi（1406頁）。

另見 wéi（1406頁）。

蝟（猬） wèi 刺蝟：～集｜～起（比喻紛紛而起，如蝟毛齊豎）。

【蝟集】wèijí〔動〕〈書〉像刺蝟的刺那樣叢集於一身。形容又多又雜：諸事～。

慰 wèi ❶使人心情平靜舒服：～勉｜～勞｜～撫｜～勸｜～聊以自～。❷心安：快～｜欣～｜接來信，欣悉母出院，甚～。❸（Wèi）〔名〕姓。

語彙 安慰 撫慰 告慰 快慰 寬慰 勸慰 欣慰 自慰

【慰安婦】wèi'ānfù〔名〕第二次世界大戰期間，日本侵略者從本土和其他佔領區強徵來為其侵略軍進行性服務的婦女。

【慰藉】wèijiè〔動〕〈書〉撫慰；安慰：頗感～。

注意 這裏的"藉"不讀 jí。

【慰勞】wèiláo〔動〕慰問犒勞：~前方將士。

【慰留】wèiliú〔動〕慰勉挽留：辭職報告早就遞上去了，因領導~而暫留任。

【慰勉】wèimiǎn〔動〕安慰勉勵：~有加。

【慰問】wèiwèn〔動〕(用話語或物品)安慰和問候：~團｜~信｜~演出｜~傷員｜~烈軍屬。

【慰唁】wèiyàn〔動〕〈書〉慰問死者家屬；弔唁：~喪家。

遺(遺) wèi〈書〉送給；贈與：欲厚~之，不肯受。
另見 yí(1600頁)。

尉 wèi〈書〉小網：~羅(捕鳥網)。

衞(卫)〈衛〉 wèi ㊀ ❶ 保衞；防護：~戍(shù)｜防~｜守~｜保家~國。❷ 擔任保衞、防護的人員：警~｜門~｜後~。❸ 明代駐兵的地點；後來有的相沿成地名：天津~(今天津市)｜威海~(今山東威海市)｜靈山~(在山東膠南東北)。

㊁(Wèi) ❶ 周朝諸侯國名，在今河北南部和河南北部一帶。❷〔名〕姓。

語彙 保衞 防衞 拱衞 捍衞 後衞 護衞 禁衞 警衞 門衞 前衞 侍衞 守衞 中衞 自衞

【衞兵】wèibīng〔名〕(名)執行警戒或保衞任務的士兵。

【衞道士】wèidàoshì〔名〕對某種佔統治地位的思想體系積極加以捍衞和保護的人(多含貶義)：封建主義的~。也叫衞道者。

【衞隊】wèiduì〔名〕(支)執行警戒或保衞任務的部隊：~長｜總統府~。

【衞國】wèiguó〔動〕保衞祖國：~戰爭｜保家~。

【衞護】wèihù〔動〕捍衞保護：~祖國的邊疆。

【衞冕】wèimiǎn〔動〕衞護皇冠；比喻在競賽中爭取蟬聯冠軍，保住上屆獲得的冠軍稱號：上屆冠軍志在~｜~成功。

【衞生】wèishēng ❶〔形〕能防止疾病，增進健康的：~院｜~設備｜飯前不洗手，很不~｜打掃~(進行打掃，使衞生)。❷〔名〕符合衞生的情況：講~｜搞好飲食~｜注意環境~。

【衞生間】wèishēngjiān〔名〕房屋中有衞生設備的房間；廁所：上~。

衞生間的不同説法
在華語區，一般都叫衞生間，中國大陸、台灣地區、馬來西亞、泰國又叫洗手間，台灣地區則還叫化妝間或化妝室。

【衞生巾】wèishēngjīn〔名〕(片)婦女經期使用的一種衞生用品。

【衞生筷】wèishēngkuài〔名〕(雙)做過消毒處理的一次性筷子：為了環保，倡議大家少用~。

【衞生球】wèishēngqiú(~兒)〔名〕用萘製成的白色小球，有特殊氣味，有防蛀作用。人體長期接觸萘會引起血液成分變化，嚴重時出現黃膽和肝轉氨酶活性增高。現在中國已停止生產和銷售衞生球。

【衞生衫】wèishēngshān〔名〕(吳語)一種針織的外平內絨的內衣。也叫衞生衣。

【衞生所】wèishēngsuǒ〔名〕基層醫療預防機構，規模比衞生院小。

【衞生學】wèishēngxué〔名〕研究外界環境與人體健康條件相互關係的學科。

【衞生員】wèishēngyuán〔名〕(名)受過短期培訓，具有醫療衞生基本知識和急救護理等技能的初級衞生人員。

【衞生院】wèishēngyuàn〔名〕(所)基層醫療預防機構，主要負責所在地區的醫療預防和衞生防疫，組織並指導群眾衞生運動以及培訓衞生人員等。

【衞生站】wèishēngzhàn〔名〕一種群眾性的基層衞生機構，任務是進行衞生宣傳和醫療救護，開展以除害滅病為中心的愛國衞生運動等，一般由不脱產的衞生員擔任工作。

【衞生紙】wèishēngzhǐ〔名〕❶ 一種供解手時使用的消過毒的紙。❷ 供婦女在月經期間使用的消過毒的紙。

【衞士】wèishì〔名〕(名)擔任保衞工作的人(含莊重意)：鐵道~｜共和國~。

【衞視】wèishì〔名〕衞星電視的簡稱：~中文台｜上海~。

【衞戍】wèishù〔動〕警衞守備(多用於首都)：北京~區｜首都~司令部。

【衞戍區】wèishùqū〔名〕中國人民解放軍為組織首都地區的警衞和守備勤務而劃定的區域。任務主要是負責首都地區的軍事警衞、協同地方維持治安等。注意 首都以外的直轄市及省，設警備區。

【衞星】wèixīng ❶〔名〕(顆)圍繞行星運動、本身不發光的天體：月球是地球的~｜火星有兩顆~。❷〔名〕(顆)指人造衞星：氣象~｜通信~。❸〔形〕屬性詞。像衞星那樣環繞某一中心的：~城。

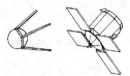

【衞星城】wèixīngchéng〔名〕建設在大城市外圍的中小城市。它與中心城市有着密切聯繫，又有一定的獨立性。

【衞星電視】wèixīng diànshì 利用通信衞星傳送節目的電視系統。衞星電視覆蓋面大，圖像和音響效果都比較好。簡稱衛視。

【衛星通信】wèixīng tōngxìn 利用人造地球衛星轉發無綫電信號，在兩個或多個地面站進行通信的通信方式。

【衛星雲圖】wèixīng yúntú 從衛星上拍攝下來的地球表面雲層情況顯示圖（圖中以白色表示雲層，以綠色表示陸地，以藍色表示海洋）。是分析和預測天氣變化、進行天氣預報的重要依據。

【衛浴】wèiyù〔名〕衛生間和浴室的合稱。

謂（谓）wèi ❶〔動〕說：或～（有人說）｜可～老當益壯｜勿～言之不預也。❷ 稱呼；叫作：何～激光？｜此之～針鋒相對。❸ 意思；意義：無～的舉動。❹ 語法學指謂語：這個句子有主有～。

語彙　不謂　稱謂　何謂　可謂　所謂　無謂　無所謂

【謂詞】wèicí〔名〕語法學對動詞、形容詞的總稱（區別於"體詞"）。

【謂語】wèiyǔ〔名〕句子中對主語加以陳述的部分。在漢語中，謂語一般在主語之後，說明主語"是甚麼""做甚麼"或"怎麼樣"，如"我是學生"中的"是學生"，"他正看書"中的"正看書"，"你的身體很健康"中的"很健康"。

餵（喂）〈餒〉wèi〔動〕❶ 給動物吃東西；飼養：～豬｜家裏～了幾隻雞｜把牲口～～。❷ 把食物或藥物送到人嘴裏：～奶｜～飯｜一天給病人～三次藥。

"喂"另見 wèi（1412 頁）。

【餵食】wèi // shí〔動〕給人或動物食物吃：給孩子～了嗎？｜動物園裏每天定時給動物～。

【餵養】wèiyǎng〔動〕餵食並加以照料，使逐漸成長：～幼兒｜～牲口。

蠚 wèi〈書〉白蟻。

魏 Wèi ❶ 周朝諸侯國名，在今河南北部、山西西南部一帶。❷〔名〕三國之一，公元 220–265 年，曹丕所建，建都洛陽，國號魏，史稱曹魏。❸〔名〕南北朝時北朝之一，公元 386–534 年，鮮卑人拓跋珪所建，國號魏，史稱北魏。後分裂為東魏、西魏。東魏 550 年為北齊所滅，西魏 557 年為北周所滅。❹〔名〕姓。

【魏碑】wèibēi〔名〕北魏、北齊、北周碑刻的統稱。字形扁方，筆力勁健，風格質樸，結構嚴謹，多具漢代隸書韻味，成為後世書法典範之一。

巏 wèi〈書〉雲起的樣子。

鐏（鐏）wèi 古代的一種鼎。

蘶 wèi〈書〉草木採伐後又重新生長。

讆（讆）wèi〈書〉虛妄；稱譽壞人。

鰃（鰃）wèi〔名〕魚名，生活在近海，體側扁，無鱗。種類很多。

wēn ㄨㄣ

温〈溫〉wēn ❶〔形〕不冷也不熱：～帶｜～開水｜湯是～的。❷ 性情平和：～柔｜～順｜～馴｜～存｜～情。❸〔動〕把東西微微加熱：～酒｜～藥｜～牛奶｜飯涼了，～一下。❹〔動〕複習：～書｜功課～了好幾遍。❺〔動〕回憶或再現：重～舊夢。❻ 溫度：～差｜體～｜氣～｜水～｜高～｜降～｜加～｜保～。❼ 中醫指溫熱病：春～。❽（Wēn）〔名〕姓。

語彙　保溫　常溫　低溫　地溫　高溫　恆溫　降溫　氣溫　體溫

【温飽】wēnbǎo ❶〔形〕不受凍不捱餓：過上了～舒心的日子。❷〔名〕指不受凍不捱餓的生活：從前農民終歲勤勞，仍是不得～。

【温標】wēnbiāo〔名〕關於溫度零點和分度方法的規定。有攝氏溫標、華氏溫標、熱力學溫標等。

【温差】wēnchā〔名〕溫度的差距；一般指某地區在同一天中最高溫度與最低溫度的差距：這裏的日照時間長，晝夜～大。

【温床】wēnchuáng〔名〕❶ 冬季或早春用人工加溫的辦法來培育蔬菜、花卉等幼苗的苗床。❷ 比喻能助長某種事物產生和發展的環境或條件：家長的溺愛，是造成孩子不能健康成長的～。

【温存】wēncún ❶〔動〕殷勤撫慰（多指對異性）：臨別，對妻子又～了一番。❷〔形〕溫柔；和順：話語甚是～體貼｜她是個～小心的人。

【温帶】wēndài〔名〕地球上介於南、北極圈和南、北回歸綫之間的地帶，季節分明，氣候比較溫和：北～（在北半球）｜南～（在南半球）。

【温度】wēndù〔名〕冷熱的程度：外面～低，多穿件衣服再出去｜今天最高～為 37 攝氏度。

【温度表】wēndùbiǎo〔名〕（隻）測量溫度的儀器。常見的是用帶刻度的玻璃細管，內裝水銀或酒精，根據熱脹冷縮原理，從玻璃管內液柱的高度即可知當時溫度。寒暑表、體溫表為常用的溫度表。也叫溫度計。

【温故知新】wēngù-zhīxīn〔成〕《論語·為政》："溫故而知新，可以為師矣。"指溫習學過的知識，能得到新的理解和體會。也指回顧歷史經驗，認識現實問題：～，繼往開來。

【温和】wēnhé〔形〕❶（氣候）不冷不熱，使人感到舒適：～的陽光｜這兒氣候～，四季如春。

❷（性情、態度、言語等）溫柔平和，使人感到親切：態度很～｜待人～有禮｜口氣變得～起來。

另見 wēnhuo（1415 頁）。

【溫和】wēnhuo〔形〕（物體）不冷不熱，使人感到合適：趁魚湯還～就快喝吧！｜拿熱水袋把被窩焐～了再睡。

另見 wēnhé（1414 頁）。

【溫控】wēnkòng〔形〕屬性詞。用溫度控制的：～節能燈。

【溫暖】wēnnuǎn ❶〔形〕（氣候、環境等）不冷也不太熱；暖和：～的陽光｜～如春。❷〔形〕比喻人際關係和諧、融洽而親切：生活在這樣的集體裏多麼～啊｜回到了祖國～的懷抱。❸〔動〕使感到溫暖：政府的關懷，～了工人的心。

【溫情】wēnqíng〔名〕溫柔的感情；溫和的態度：～脈脈｜臉上洋溢着愛憐的～。

【溫情脈脈】wēnqíng-mòmò〔成〕形容對人或事物懷有感情，很想流露的樣子：我永遠忘不了她那～的神情。

【溫泉】wēnquán〔名〕（座，眼）水溫超過當地年平均氣溫的泉水：～浴｜～療養院｜泡～。

【溫柔】wēnróu〔形〕溫和柔順（多形容女性）：性情～｜～的少女｜～鄉。

【溫柔鄉】wēnróuxiāng〔名〕喻指女性的柔情蜜意：沉醉～｜陷入～。

【溫室】wēnshì〔名〕❶（間，座）冬季培育不耐寒的花木、蔬菜、秧苗等的房子，有防寒、加溫、透光等設備，以保持室內適於植物生長的溫度：～育苗｜～裏的青菜。❷比喻有意創造的優越環境：他是在～裏長大的，許多事情從未遇到過。

【溫室效應】wēnshì xiàoyìng 指由於人類過量燃燒煤炭、石油、天然氣等，使地球大氣層中二氧化碳、甲烷等含量不斷增加，從而阻止熱量向空間散發的現象。這種現象導致全球氣候變暖、冰雪融化、海洋水位升高。溫室效應的概念最早是由瑞典化學家斯萬特·阿勒尼斯提出來的。

【溫書】wēnshū〔動〕複習功課：母親每天幫他～。

【溫順】wēnshùn〔形〕溫和順從：性情～｜他是一個～的男子。

【溫吞】wēntūn（-tun）〔形〕❶ 不冷不熱：～水。❷ 言辭不爽快，不着邊際：～之談。

【溫吞水】wēntunshuǐ〔名〕不冷不熱的水；常比喻辦事不爽利的性情或不鮮明的態度：他是～性格。

【溫文爾雅】wēnwén-ěryǎ〔成〕態度溫和有禮，舉止文雅端莊：～的學者｜生得眉清目秀、～，而又聰穎過人。

【溫習】wēnxí〔動〕複習：～舊課｜對學過的知識，要經常～。

【溫馨】wēnxīn〔形〕溫和芳香；溫暖甜蜜：～的氣息｜～的家庭｜一片～之情。

榲〈榲〉wēn 見下。

【榲桲】wēnpo〔名〕❶ 落葉灌木或小喬木，葉子長圓形，花淡紅色或白色。❷ 這種植物的果實，有香氣，味酸可食，也可入藥。

瘟〈瘟〉wēn〈書〉日出後變得溫暖。

瘟〈瘟〉wēn ❶〔名〕瘟疫：～病｜春～。指牲畜的急性傳染病：牛～｜豬～｜雞～。❷ 得了瘟病的：～雞｜～羊｜～豬。❸〔形〕（像得了瘟病那樣）神情呆滯、了無生氣，也指戲曲、歌唱等表演沉悶無趣：～頭～腦｜她唱得不～不火，恰到好處。

【瘟病】wēnbìng〔名〕中醫指各種急性熱病，如春瘟、暑瘟、秋燥、伏瘟等。

【瘟神】wēnshén〔名〕傳說中散播瘟疫害人的惡神：祭～｜送～。也叫瘟君。

【瘟疫】wēnyì〔名〕（場）流行性急性傳染病的統稱：水災後～流行｜那場～曾奪去了數百萬人的生命。

蕰〈蕰〉wēn 見下。

【蕰草】wēncǎo〔名〕一種水草，可做肥料或飼料。

輼（輼）〈輼〉wēn 見下。

【輼輬】wēnliáng〔名〕古代可臥之車；也用作喪車。

鰛（鰛）〈鰛〉wēn 見下。

【鰛鯨】wēnjīng〔名〕鯨的一種，體長六米至九米，頭上有噴水孔，無齒，有鬚，背鰭較小，身體背部黑色，腹部帶白色。

wén ㄨㄣˊ

文 wén ❶ 字：甲骨～｜金～｜書同～。❷ 語言的書面形式：漢～｜日～｜朝鮮～｜西班牙～。❸ 文章；有時特指公文：散～｜韻～｜議論～｜～不對題｜來～｜發～。❹ 文言：～白夾雜｜半～半白。❺ 社會發展到較高階段在物質和精神方面表現出來的狀態：～化｜～教｜～明｜～物。❻ 自然界的某些現象：天～｜水～。❼〔名〕指人文科學；文科：他喜歡理工，不願學～。❽ 舊時指禮節儀式：繁～縟節。❾ 非軍事的（跟"武"相對）：～官｜偃武修～｜～武雙全。❿ 柔和；不猛烈：～靜｜～雅｜～弱｜～火。⓫〔動〕在身上或臉上刺畫花紋：～面｜斷髮～身。**⓬**（wén／wèn）〔書〕掩飾；粉飾：～過飾非｜以艱深～淺陋。**⓭**〔量〕舊時銅錢的正面叫文面（背面叫漫面），因稱一枚銅錢為一文：身無分～｜一～錢難倒英雄漢。**⓮**（Wén）〔名〕姓。

語彙 白文 碑文 本文 變文 電文 公文 古文 國文 換文 金文 課文 論文 盲文 駢文 人文 散文 水文 斯文 天文 條文 外文 檄文 戲文 雄文 序文 衍文 陽文 譯文 陰文 引文 語文 原文 韻文 雜文 徵文 中文 作文 白話文 甲骨文 文言文 小品文 應用文 偃武修文

【文案】wén'àn〔名〕❶公文案卷。❷舊時衙門裏草擬公文、掌管檔案的幕僚。

【文保】wénbǎo〔名〕文物保護：～工作｜～隊伍。

【文本】wénběn〔名〕❶文件的某種文字本子：這個文件有中、日兩種。❷指某種文件：兩國代表在條約～上簽字。

【文筆】wénbǐ〔名〕❶撰寫詩文的能力和技巧：他的～很好。❷體現在文章裏的寫作風格：～流暢｜～犀利｜簡潔雋永的～。

【文不對題】wénbùduìtí〔成〕❶文章的內容與題目不相符：這篇文章洋洋萬言，可惜～。❷指所說的話與原定話題不合；答非所問。

【文不加點】wénbùjiādiǎn〔成〕加點：指修改文章時，在字面上點一點兒，表示刪去這個字。形容才思敏捷，寫文章不需要修改就能完成：信筆疾書，～，一揮而就。

【文才】wéncái〔名〕寫作方面的才能：～過人｜以～著稱。

【文采】wéncǎi〔名〕❶絢麗的色彩：～斑斕。❷指在文藝方面表現出來的才華：～縱橫｜他是一位很有～的作者。❸華美雅麗的辭藻：講究～｜富於～｜以～取勝。

【文場】wénchǎng〔名〕❶戲曲伴奏樂器中的吹、拉、彈等管弦樂部分。也指演奏這些樂器的人（區別於"武場"）。❷曲藝的一種，流行於廣西桂林一帶。由數人演唱，伴奏樂以揚琴為主，配以二胡、京胡、琵琶等。

【文抄公】wénchāogōng〔名〕對抄襲他人文章者的謔稱：那可是一位大～！

【文丑】wénchǒu（～兒）〔名〕傳統戲曲中丑行的一種，扮演各種詼諧人物，以唸白、做功為主（區別於"武丑"）。

【文辭】wéncí〔名〕❶文章的遣詞造句方面：～優美｜～斐然。❷泛指文章：以～名世。❸特意題寫的話語：送來的禮品上，多數書有～。以上也作文詞。

【文從字順】wéncóng-zìshùn〔成〕（文章）用字遣詞正確，語句通順：他讀書雖不多，但所寫文章，倒也～。

【文檔】wéndàng〔名〕❶文字檔案；文件檔案：保存好～｜整理～。❷電子計算機裏保存的文本信息：下載～。

【文德】wéndé〔名〕文人作文、做人應具備的品德：此人～不佳。

【文牘】wéndú〔名〕❶公文、書信的總稱：～繁重｜～主義。❷舊時指草擬文稿、辦理文牘工作的人：在政府當一名～。

【文法】wénfǎ〔名〕❶文章的作法：名家的～多富於變化。❷語法：他寫了一本文言～的書。❸古代指條文式的正式法令。

【文房四寶】wénfáng-sìbǎo 書房中常用的四種文具，指筆、墨、紙、硯，分別以湖筆、徽墨、宣紙、端硯為最有名。

【文風】wénfēng〔名〕❶崇尚文化、重視文學的風氣：蘇州、杭州，都是歷來～很盛的地方。❷使用語言文字的風格或作風：～不正｜提倡準確、鮮明、生動的～。

【文風不動】wénfēng-bùdòng〔成〕像一絲風都沒有似的，固定不動。形容保持原樣，一點也不動：～地坐着。

【文瘋】wénfēng〔名〕精神分裂症的一種類型，只說瘋話而無粗暴行動（區別於"武瘋"）。

【文稿】wéngǎo〔名〕❶（篇，部）文章或公文的草稿；原稿：～有脫誤｜～尚未付排｜起草～｜修改～｜抄寫～。❷（篇）泛指稿件：收到兩篇～。

【文告】wéngào〔名〕（張）政府部門或團體發佈的通告民眾的文件：發佈～｜元旦～。

【文革】wéngé〔名〕❶"文化大革命"的簡稱：～期間｜～十年｜徹底否定～。❷"文化革命委員會"（文革運動中的權力機關）的簡稱。

【文工團】wéngōngtuán〔名〕從事文藝演出的團體：部隊～｜觀看～演出。

【文官】wénguān〔名〕（位，名）指武官以外的官員（區別於"武官"）。

【文過飾非】wénguò-shìfēi〔成〕掩飾自己的錯誤和過失：堅持錯誤，～是愚蠢的行為。

【文豪】wénháo〔名〕（位）傑出的大作家：一代～｜世界～。

【文化】wénhuà〔名〕❶人類在社會實踐過程中所創造的物質財富和精神財富的總和，特指精神財富，如教育、科學、文藝等：古代～｜中國傳統～｜～生活｜新～運動。❷某一領域裏所特有的思想、道德觀念和行為規範、風俗習慣等：體育～｜飲食～｜旅遊～｜奧運～。❸考古學上指同一歷史時期的不依分佈地點為轉移的遺跡、遺物的綜合體：仰韶～｜龍山～｜良渚～。❹通指一般知識和運用文字的能力：學～｜提高～水平｜有理想，有道德，有～，有紀律。

【文化產業】wénhuà chǎnyè 指從事文化產品生產、提供文化服務的經營性行業，包括影視業、音像業、文藝演出業、文化娛樂業、藝術培訓業、藝術品業等。

【文化大革命】Wénhuà Dàgémìng 指 1966 年 5 月至 1976 年 10 月在全中國範圍内開展的一場大規模的政治運動。它是由領導者錯誤發動，被反革命集團利用，給黨、國家和各族人民帶來嚴重災難的内亂。全稱"無產階級文化大革命"，簡稱"文革"。

【文化宮】wénhuàgōng〔名〕（座）規模較大、設備較全的文化娛樂場所：工人～｜勞動人民～｜民族～。

【文化館】wénhuàguǎn〔名〕（座，所）輔導群眾進行文化活動的機構，也是群眾進行文娛活動的場所：縣～｜區～。

【文化景觀】wénhuà jǐngguān 人文景觀。

【文化人】wénhuàrén〔名〕從事文化工作的人，如作家、畫家、演員等。也指有一定文化知識的人。

【文化衫】wénhuàshān〔名〕（件）一種印有文字或圖像、反映某種文化心態的針織短袖衫。

【文化水兒】wénhuàshuǐr〔名〕〈口〉指文化知識：他肚子裏的～比我多。

【文化遺產】wénhuà yíchǎn 指歷史上遺留下來的精神財富和物質財富的總和。

【文化站】wénhuàzhàn〔名〕（所）開展群眾性文化活動並便於群眾就近參加文娛活動的場所（規模比文化館小）。

【文火】wénhuǒ〔名〕（烹飪或煎中藥時所用的）比較弱的火（區別於"武火"）。

【文集】wénjí〔名〕（本，部）把作者歷年的作品彙集起來編成的書（多用於書名）：（語言學家）《王力～》｜《呂叔湘～》。

【文件】wénjiàn〔名〕❶（份）公文、信件的統稱：中央～｜機密～｜～彙編。❷有關政治理論、時事政策或學術研究等方面的文章或小冊子：先學習～，再討論。❸指儲存在電子計算機中的各種信息資料，它是用符號做代碼，由指令、數字、文字或圖像合成的完整、系統的信息集合體，是基本的儲存單元。

【文件夾】wénjiànjiā〔名〕❶存放文件用的夾子。❷指電子計算機中存儲一組文件資料的目錄：打開～。

【文教】wénjiào〔名〕文化和教育的合稱：～界｜～事業｜～工作｜～部門｜～衛生。

【文靜】wénjìng〔形〕（性格、舉止等）文雅嫻靜：～的姑娘｜小男孩挺～的｜聰明而又～。

【文句】wénjù〔名〕文章的詞句：～通順｜～流暢｜～精煉｜～簡潔。

【文具】wénjù〔名〕用於書寫、繪畫、製圖等方面的用品，如筆、墨、紙、硯、圓規、尺子等。

【文科】wénkē〔名〕教學上對歷史、語言、文學、哲學、經濟、政治、法律等學科的統稱：大學～｜對～感興趣｜報考～。

【文庫】wénkù〔名〕指多冊彙編成套的圖書，即叢書（多用於書名）：中學生～｜萬有～。

【文理】wénlǐ ㊀〔名〕文章的條理：～不通｜講究～。㊁〔名〕文科和理科：～學院｜～並重｜～分科。

【文聯】wénlián〔名〕文學藝術界聯合會的簡稱：～主席｜全國～（即中國文聯）｜北京市～。

【文盲】wénmáng〔名〕不識字或識字極少的成年人：半～｜掃除～｜摘掉～帽子。

【文眉】wén // méi〔動〕刺破眉毛部位的皮膚，注入色素，使皮膚長久着色，以美化眉形。

【文秘】wénmì〔名〕文書和秘書的合稱：～專業｜～工作。

【文廟】wénmiào〔名〕（座）祭祀孔子的廟。

【文明】wénmíng ❶〔名〕"文化"①：物質～｜精神～｜幾千年的～史。❷〔形〕社會發展水平較高、具有較高文化狀態的：～社會｜講～，講禮儀｜消除不～的行為。❸〔形〕有教養，言行合於禮儀，不粗野；舉止～｜說話帶髒字，不～。❹〔形〕屬性詞。舊指新的、帶有現代色彩的（只做修飾語用）：～戲｜～棍兒｜～結婚。

【文明棍】wénmínggùn（～兒）〔名〕（根）指西式手杖。

【文明史】wénmíngshǐ〔名〕有文字記載以來的歷史；人類創造和積累物質文明與精神文明的歷史：中華民族在人類～上，曾經有過傑出的貢獻。

【文明戲】wénmíngxì〔名〕中國早期的話劇，20 世紀初流行於上海、漢口一帶，沒有固定的劇本，只有一個幕表，演出時多為即興發揮。

【文墨】wénmò〔名〕❶指寫文章的事：粗通～。❷泛指文化知識：他是個有～的人｜胸無～。

【文痞】wénpǐ〔名〕舞文弄墨、挑撥是非的流氓文人。

【文憑】wénpíng〔名〕（張）❶舊時官吏赴任用作憑證的官方文書。❷〈口〉畢業證書：畢業～｜有～，還得有本事才行。

【文氣】wénqì〔名〕文章的氣勢和連貫性：～卑弱｜～勁健。

【文氣】wénqi〔形〕文雅嫻靜：他很～，不愛說愛道。

【文契】wénqì〔名〕（張）買賣或借貸雙方所立的文書契約：一張賣身～｜在～上簽字。

【文人】wénrén〔名〕（位）善做詩文的知識分子：～雅士｜～墨客｜～相輕，自古而然。

【文人畫】wénrénhuà〔名〕（幅）中國繪畫史上有些追求詩畫意境和筆墨趣味的山水花鳥畫。多出於文人雅士之手，故稱。

【文人相輕】wénrén-xiāngqīng〔成〕三國魏曹丕《典論·論文》："文人相輕，自古而然。"指文人各以自己的長處來比別人的短處，從而相互輕視，彼此不服氣。

【文如其人】wénrúqírén〔成〕文章的風格像作者本人：他的文章老成持重，與他的性格一模一樣，正所謂～了。

【文弱】wénruò〔形〕舉止文雅，身體柔弱：～書生｜這姑娘～而又清秀。

【文山會海】wénshān-huìhǎi〔成〕文件堆積如山，會議如潮似海。指過多的文件和會議：從～中擺脫出來｜再也不要搞～了。

【文身】wénshēn〔動〕用顏色刺畫在人體上，呈種種花紋或圖案：斷髮～。

【文史】wénshǐ ❶ 文學和歷史：～兩系｜喜歡～。❷ 偏指歷史：～館｜～資料。

【文史館】wénshǐguǎn〔名〕搜集、整理、研究歷史資料和文獻的專設機構：中央～｜北京～｜他是～館員。

【文士】wénshì〔名〕文人：舞文弄墨的～。

【文飾】wénshì ㊀〔動〕❶ 文辭修飾：原稿詞句質樸，不加～。❷ 裝飾：～打扮。㊁〔動〕掩飾（缺點），遮蓋（過失）：～醜惡，豈不是自欺欺人？

【文書】wénshū〔名〕❶ 公文、書信、契約等的統稱：～檔案｜外交～（包括照會、國書、對外函件、備忘錄、最後通牒等）。❷（名）負責公文、書信工作的人。

【文思】wénsī〔名〕寫文章的思路；富於靈感的構思：～敏捷｜～泉湧｜～枯竭。

【文壇】wéntán〔名〕文學界：～泰斗｜馳騁～。

【文體】wéntǐ ㊀〔名〕文章的體裁：各種～｜劃分～｜～概論。㊁〔名〕文娛和體育的合稱：～活動｜～委員。

【文網】wénwǎng〔名〕〈書〉❶ 法網。❷ 指禁錮學術思想的種種措施。

【文武】wénwǔ〔名〕❶ 文才和武略：～全才｜～雙全。❷ 文職和武職；文臣和武將：～官員｜～百官｜滿朝～｜～眾。❸ 文治和武功：～並用。❹（Wén-Wǔ）周朝開國的兩個君王周文王和周武王的合稱：～之道，一張一弛。

【文物】wénwù〔名〕（件）歷代遺留下來的文獻和古物：歷史～｜出土～。

【文戲】wénxì〔名〕以唱功或做功為主的戲（區別於"武戲"）：今天晚上壓軸是武戲，大軸是～。

【文獻】wénxiàn〔名〕（部，本，冊，套）有歷史價值或重大政治意義的圖書、文件等：歷史～｜醫學～。

【文胸】wénxiōng〔名〕乳罩。

【文選】wénxuǎn〔名〕❶ 選錄的文章（多用於書名）：中華活頁～｜歷代～。❷（Wénxuǎn）（部）特指南朝梁蕭統編的《昭明文選》一書。

【文學】wénxué〔名〕運用語言文字形象地反映

社會生活的藝術：～家｜～史｜～作品（含詩歌、散文、小說、劇本等）｜～遺產。

【文學家】wénxuéjiā〔名〕（位，名）從事文學創作或研究的專門家。

【文學史】wénxuéshǐ〔名〕記載並論說各歷史時期文學的發展演變及作家作品概貌的著作：中國～｜歐洲～。

【文學語言】wénxué yǔyán ❶ 文學作品裏所用的語言，以形象、生動、富於感染力為特點。也叫文藝語言。❷ 偏於書面的合乎民族共同語規範的標準語言，以準確、洗練、便於全民族交際為特點。

【文雅】wényǎ〔形〕言談舉止溫和而有禮貌（跟"粗俗"相對）：舉止十分～｜談吐～大方。

【文言】wényán〔名〕以古代漢語為基礎的書面語，用詞造句以簡約古奧為特點（區別於"白話"）：～文｜～虛詞｜～語法。

【文言文】wényánwén〔名〕（篇）用文言寫的文章（區別於"白話文"）：中學～教學。

【文藝】wényì〔名〕❶ 文學和藝術的合稱：～工作者｜～界｜～座談會。❷ 特指文學或表演藝術：～作品｜～批評｜～節目。

【文藝復興】wényì fùxīng 歐洲（主要是意大利）14至 16 世紀發生的文化革新運動。其主要思想特徵是提倡以人為本位，反對以神為本位；其主要文化特點是主張復興被遺忘的希臘、羅馬古典文化。文藝復興運動為資產階級登上政治舞台製造了輿論，開闢了西方文明史的一個新時代，被看作是中世紀與近代的分界。

【文藝理論】wényì lǐlùn 關於文藝的本質、特徵、發展規律、社會作用及價值評定標準等的系統論述。

【文藝批評】wényì pīpíng 根據一定的立場、觀點和標準對作家的思想和作品以及創造活動、創作傾向等所進行的分析和評價。

【文友】wényǒu〔名〕（位）在寫文章或創作方面相互交往的朋友；也用作文人之間的互稱：我有一位～，名聲不小。

【文娛】wényú〔名〕文化娛樂，如看電影、唱歌、跳舞等：～活動｜～晚會｜～節目｜～生活。

【文員】wényuán〔名〕在企業單位或國家機關做文字工作的職員：她是一家公司的～。

【文苑】wényuàn〔名〕文壇；文藝界。

【文責】wénzé〔名〕文章公開發表後，作者對文章內容正確與否、社會作用的好壞等所應該承擔的責任：～自負。

【文摘】wénzhāi〔名〕（篇）對文章或著作的摘錄，也指摘錄的文章片斷：～報｜～卡片｜讀者～｜報刊～。

【文債】wénzhài〔名〕指應約寫而尚未寫出的文章：近來欠了幾家雜誌社的～。

【文章】wénzhāng〔名〕❶（篇）獨立成篇的文字；

泛指著作：寫～｜發表～。❷比喻暗含的意思：一看她那表情，便知道這裏面有～。❸比喻值得認真用力去做的事情；要在質量上大做～｜在產品的社會效益方面還大有～可做。

關於文章的名句集錦

文章，經國之大業，不朽之盛事。(曹丕)
文章千古事，得失寸心知。(杜甫)
文章不為空言，而期於有用。(歐陽修)
文章以華采為末，而以體用為本。(蘇軾)
文章必自成一家，然後可以傳不朽。(宋祁)

【文職】wénzhí〔名〕文官的職務（區別於"武職"）：～人員｜擔任～。

【文質彬彬】wénzhì-bīnbīn〔成〕《論語·雍也》："文質彬彬，然後君子。"意思是文采和實質和諧一致，方能成為君子。後用來形容人斯文有禮貌：這位客人～，給人的印象很好。

【文治武功】wénzhì-wǔgōng〔成〕對內在文化教育方面很有業績，對外在軍事用兵方面很有成就。

【文縐縐】wénzhòuzhòu（口語中讀 wénzhōu-zhōu）(～的)〔形〕狀態詞。言談舉止文雅而舒緩的樣子：說起話來～的｜那些～的話，她聽不大懂｜有話直說，不必～的。

【文竹】wénzhú〔名〕(棵)多年生草本植物，莖細而直，葉如綠絨，開白色小花，可盆栽供觀賞。

【文字】wénzì〔名〕❶記錄和傳達語言的約定俗成的符號系統，如漢字、蒙古文、日文、西班牙文等。❷指文章或片段的書面詞句：這篇～的作者是誰？｜禮品盒上有表示祝願的～｜他寫的東西，～經不起推敲。

【文字改革】wénzì gǎigé 一個國家或民族對於其通用文字的改革。中國文字改革是上世紀五六十年代中國語言文字工作的任務，主要包括簡化漢字、推廣普通話、推行漢語拼音方案。

【文字獄】wénzìyù〔名〕舊時統治者迫害文人的一種冤獄，有意從作者詩文中摘取所謂違礙字句以羅織罪名：大興～｜避席畏聞，著書都為稻粱謀。

【文宗】wénzōng〔名〕〈書〉❶為眾人所師法的文章大家：一代～。❷明清時代稱提學、學政為文宗。也泛指試官。

玟 wén〈書〉玉的紋理。

芠 wén〈書〉草名。

炆 wén ❶〈書〉溫暖之氣。用於人名。❷〔動〕有些地區稱用微火燉或熬：肉不爛，再多～一會。

蚊〈蟁螡〉wén〔名〕❶蚊子：～蟲｜～香｜～帳｜瘧～｜滅～。❷(Wén)姓。

【蚊蟲】wénchóng〔名〕(隻)蚊子。

【蚊香】wénxiāng〔名〕(支，根，盤)含有藥料、燃着後或用電加溫後可以熏殺蚊蟲的香。

【蚊帳】wénzhàng〔名〕(頂)掛在床鋪上方，罩住人，使免遭蚊子叮咬的帳子。

【蚊子】wénzi〔名〕(隻)昆蟲，成蟲身體細小，胸部有一對翅膀和三對細長的腳，幼蟲和蛹都生長在水中。雄蚊吸植物的汁液；雌蚊吸人畜的血，能傳播瘧疾、流行性腦炎等病病。

紋(纹) wén(～兒)〔名〕❶絲織物上的花紋：綾～。❷物體或人身上呈綫條狀的紋路：斜～｜斑～｜條～｜笑～｜抬頭～。
另見 wèn（1421 頁）。

語彙 斑紋　波紋　花紋　裂紋　螺紋　木紋　平紋
條紋　笑紋　斜紋　指紋　皺紋

【紋理】wénlǐ〔名〕物體上呈綫條狀的紋路：有～的大理石｜劈柴看～，講話憑道理。

【紋路】wénlu(～兒)〔名〕(條，道)物體上的花紋或較長褶的痕跡。也說紋縷。

【紋飾】wénshì〔名〕器物上的花紋、圖案等：陶器～。

【紋絲不動】wénsī-bùdòng〔成〕絲毫不動：搖了幾下，那木椿竟～｜他～地坐着，宛如凝固了一般。

雯 wén ❶〈書〉成花紋狀的雲彩：～華(雲彩)。❷(Wén)〔名〕姓。

駮(驳) wén〈書〉馬名。

聞(闻) wén ❶ 聽見：聽而不～｜久～大名｜百～不如一見｜～一而知十。❷〔動〕用鼻子嗅：～到一股腥味兒｜這種茶葉一起來很香｜如入芝蘭之室，久而不～其香。❸〈書〉有名望的：～人。❹ 聽見的事情；消息：要～｜舊～｜新～｜趣～｜軼～。❺〈書〉名聲：令～｜穢～｜默默無～。❻(Wén)〔名〕姓。

語彙 醜聞　傳聞　耳聞　風聞　穢聞　見聞　舊聞
令聞　奇聞　新聞　要聞　逸聞　珍聞　充耳不聞
孤陋寡聞　駭人聽聞　默默無聞　聞所未聞
置若罔聞

【聞風】wénfēng〔動〕聽到消息：～而動｜～逃遁｜～喪膽。

【聞風而動】wénfēng'érdòng〔成〕聽到了風聲或消息就立即行動。形容動作快，反應迅速。

【聞風喪膽】wénfēng-sàngdǎn〔成〕聽到一點風聲就嚇破了膽。形容極其懼怕：在屢次受到我軍打擊後，敵人早已～，不敢再來進犯。

【聞過則喜】wénguòzéxǐ〔成〕聽到別人指出自己

的過失、錯誤，就感到高興。形容人嚴格要求自己，虛心接受批評。

【聞雞起舞】wénjī-qǐwǔ〔成〕《晉書·祖逖傳》載，祖逖與劉琨同為州吏，他們互相勉勵，立志為國效力，夜裏聽到雞叫，就起床舞劍練武。後用"聞雞起舞"形容有志之士及時努力，奮發自勵。

【聞見】wénjiàn〔名〕所聞所見，即知識：～廣博。

【聞見】wénjian〔動〕嗅到：那股氣味，老遠就能～。

【聞名】wénmíng〔動〕❶ 聽到名聲：您的學問，我們早已～｜～不如見面。❷ 名聲傳播（於）；有名：～全國｜～遐邇｜世界～｜遠近～。

【聞名不如見面】wénmíng bùrú jiànmiàn〔諺〕聽到他的名聲不如見到他本人。指只有親眼看見，才能深刻了解：～，讀者見了這位大作家，覺得比傳聞的還要好。

【聞名遐邇】wénmíng-xiá'ěr〔成〕遠近聞名。形容名氣大。

【聞人】wénrén〔名〕❶ 有名望的人：～剪彩｜影視～。❷（Wénrén）複姓。

【聞所未聞】wénsuǒwèiwén〔成〕聽到了從來沒有聽到過的。表示非常稀奇：許多奇事，真是～｜他給我講了不少～的事情。

【聞悉】wénxī〔動〕〈書〉聽說；聽到。

【聞訊】wénxùn〔動〕聽到消息：～趕來。

閿（閺）wén 用於地名：～鄉（舊地名，在河南）。

wěn ㄨㄣˇ

刎 wěn 用刀割（脖子）：自～｜～頸之交。

【刎頸之交】wěnjǐngzhījiāo〔成〕《史記·廉頗藺相如列傳》："廉頗聞之，肉袒負荊，因賓客至藺相如門謝罪……卒相與歡，為刎頸之交。"後用"刎頸之交"指可以同生共患難的朋友。注意 這裏的"刎"不寫作"吻"。也說刎頸交。

扻 wěn〈書〉擦拭：～淚｜～血。

吻〈脗〉wěn ❶ 嘴唇：唇～｜接～。❷〔名〕動物的嘴：象～｜銳喙決～。❸〔動〕用嘴唇接觸人或物，表示喜愛：～了他一下｜～着孩子的臉。

語彙　鷗吻　唇吻　飛吻　接吻　口吻　親吻

【吻別】wěnbié〔動〕親吻告別：他在候機廳與妻子熱烈～。

【吻合】wěnhé ❶〔形〕像上下唇那樣貼合；完全符合：你的想法跟我的～｜這批出土文物與《史記》所記載的相～。❷〔動〕醫學上指把器

官的兩個斷裂面接合起來：進行血管～手術。

【吻獸】wěnshòu〔名〕一種古建築的裝飾物，陶製獸頭、鴟尾形，位於屋脊兩端。

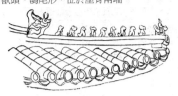

紊 wěn / wèn 亂：有條而不～。

【紊亂】wěnluàn〔形〕雜亂；紛亂；混亂：秩序很～｜思想十分～｜心跳加快，心律～。

穩（穩）wěn ❶〔形〕平穩；不搖晃：桌子放得不～｜船行很～。❷〔形〕指喻穩定，不動搖：立場站不～｜～如泰山。❸〔形〕穩重；不輕浮：沉～｜～健。❹〔形〕穩妥；可靠：辦事很～｜他嘴不～。❺〔形〕肯定；有把握：這盤棋他～贏｜～操勝券｜這事你拿得～嗎？❻〔動〕讓人不慌亂，使穩定：～一～神｜住陣腳。

語彙　安穩　把穩　沉穩　平穩　十拿九穩　四平八穩

【穩便】wěnbiàn〔形〕穩妥方便：這裏說話不大～｜想個～的方法。

【穩步】wěnbù〔副〕腳步很穩；指穩定而有步驟地（多做狀語）：～前進｜～發展｜～上升。

【穩操勝券】wěncāo-shèngquàn〔成〕比喻有勝利的把握：這次決賽，我隊可以～。注意"券"不讀 juàn。也說穩操勝算、穩操左券。

【穩產】wěnchǎn〔名〕穩定的產量：～高產。

【穩當】wěndang〔形〕❶ 平穩；安穩：孩子走得很～｜把梯子放～了｜飛機穩穩當當地停在草坪上。❷ 穩重而妥當：出門做客要～｜他辦事很～｜想個～的辦法。

【穩定】wěndìng ❶〔形〕穩固安定：生活～｜政局～｜病人的情緒不～｜市場價格很～。❷〔形〕指物質不易受腐蝕；不易改變性能：鉑的化學性質～｜這種產品能防酸防鹼，質量相當～。❸〔動〕使穩定：～情緒｜～人心｜～兩國之間的關係。

【穩固】wěngù ❶〔形〕安穩鞏固，不易動搖：～的基礎｜政權～｜他的表現時好時壞，思想基礎很不～。❷〔動〕使穩固：～經濟基礎｜～政權。

【穩獲】wěnhuò〔動〕有把握獲得：～冠軍｜～出線權。

【穩健】wěnjiàn〔形〕❶ 安穩而矯健：邁着～的步子｜老人雖白髮蒼蒼，步履卻十分～。❷ 穩重；沉着：他辦事一向～｜作風～的幹部。

【穩練】wěnliàn〔形〕沉穩、幹練：辦事～。

【穩拿】wěnná〔動〕有把握得到：～冠軍｜看來第一名你～了。

【穩如泰山】wěnrútàishān〔成〕像泰山一樣不可動搖。形容極其安穩牢固：大壩～地屹立在奔騰的激流中｜我軍陣地～。也說安如泰山。

【穩妥】wěntuǒ〔形〕穩當妥帖：～可靠｜～的解決辦法｜還是先問一下再做更～。

【穩紮穩打】wěnzhā-wěndǎ〔成〕穩妥而有把握地紮營打仗。比喻有步驟有把握地行事：我們的方針是～，不求速效｜做生意也要～，千萬不能冒失。

【穩重】wěnzhòng〔形〕辦事沉着，踏實安穩：為人～｜說話做事都很～｜她是個既熱情又～的姑娘。

【穩準狠】wěn-zhǔn-hěn 穩妥、準確、嚴厲：～地打擊犯罪分子。

【穩坐釣魚船】wěnzuò diàoyúchuán〔諺〕比喻不管發生甚麼變化，依然不動聲色，鎮靜如故。

wèn ㄨㄣˋ

汶 Wèn 汶河，水名。在山東，發源於蒙陰縣西，東南流入沂河。也叫大汶河。

紋（纹）wèn 同"璺"。
另見 wén（1419頁）。

問（问）wèn ❶〔動〕提出問題，請人回答：請～｜我～你一件事｜他～你明天去不去開會。❷〔動〕表示關心，向人問候：～你媽媽好｜向老人～安。❸ 打聽：入境～俗。❹〔動〕審訊；追究：～案｜立功受獎，脅從不～。❺〔動〕管；干預（多用於否定式）：過～｜不聞不～｜只顧數量，不～質量怎麼行？❻〔介〕向；跟：～小吳借文章｜不能一有問題，就～別人要辦法。❼（Wèn）〔名〕姓。

> **語彙** 查問　發問　反問　訪問　顧問　過問　借問　拷問　盤問　請問　審問　試問　探問　套問　提問　推問　慰問　學問　詢問　疑問　責問　質問　追問　不恥下問　明知故問

【問安】wèn//ān〔動〕問好（多用於對長輩）：向老人～｜寫信～｜請代我問個安。

【問案】wèn//àn〔動〕審問案件：認真～｜辦案～。

【問長問短】wèncháng-wènduǎn〔成〕問這問那；仔細而周到地問。多表示關心：一見面就～，十分親切。

【問答】wèndá ❶〔動〕發問和回答：師生～。❷〔名〕問答題：～做了沒有？

【問道於盲】wèndàoyúmáng〔成〕唐朝韓愈《答陳生書》："足下求速化之術，不於其人，乃以訪愈，是所謂借聽於聾，求道於盲。"後用"問道於盲"比喻向根本不懂的人請教：你寄來稿子讓我提意見，真是～了。

【問鼎】wèndǐng〔動〕《左傳·宣公三年》："楚子伐陸渾之戎，遂至於雒，觀兵於周疆。定王使王孫滿勞楚子，楚子問鼎之大小輕重焉。"夏、商、周時代以鼎為政權的象徵，楚莊王問周鼎的大小、輕重，有奪取周天下的意思。後用"問鼎"表示圖謀奪取政權。現指在體育比賽中有意奪取冠軍：～中原｜～奧運冠軍。

【問卦】wènguà〔動〕有人用算卦、占卜的方法確定吉凶、解決疑難：求神～。

【問寒問暖】wènhán-wènnuǎn〔成〕問是否寒冷、是否暖和。形容對別人的生活情況十分關切：班主任總是～地關心我們。

【問好】wèn//hǎo〔動〕詢問是否安好，表示關心和親切：向大家～｜他要代他向您～｜向老師問聲好。

【問號】wènhào（～兒）〔名〕❶ 標點符號的一種，形式為"？"，用在疑問句末尾。注意"我們應該研究一下這件事究竟應該怎麼辦"這句話不是疑問句，句末不能用問號，應用句號。"甚麼時候動身，從哪兒上車，我們都打聽好了"這句話也不是疑問句，"動身"後、"上車"後均應用逗號，不能用問號。❷ 疑問；尚未解決的問題：明天能不能開會，還得畫～｜致癌的真正原因還是個～。

【問候】wènhòu〔動〕詢問和祝願（起居安好）：互相～｜致以親切的～｜請替我～你爸爸媽媽。

【問話】wènhuà ❶〔動〕談話，查問問題：他被經理叫去～。❷〔名〕所問的問題：他回答了老師的～。

【問及】wènjí〔動〕問到；詢問到：談話中領導多次～救災情況。

【問津】wènjīn〔動〕〈書〉《論語·微子》："使子路問津焉。"津：渡口。打聽渡口在哪兒；比喻探問（價格、情況）或嘗試（多用於否定式）：售價太貴，無人～｜招標條件太苛刻，不敢～。

【問卷】wènjuàn〔名〕（張，份）要求調查對象就所提問題做出書面回答的材料：填寫調查～｜～式調查。

【問門道】wèn méndao 尋找能夠達到目的的途徑：到處找關係，～，想把事情辦成。

【問世】wènshì〔動〕（著作或產品）與世人見面：這部詞典～以來，深受讀者歡迎。

【問題】wèntí〔名〕❶ 感到疑惑而要求解釋的事項；要求回答的題目：歡迎大家提～｜直截了當地回答～。❷ 需要解決的矛盾、困難等：就業～｜節約用電～｜工作中碰到～時要保持冷靜。❸ 意外事故；毛病或故障：他剛學會游泳，在這次比賽中差點出了～｜他思想有～｜自行車又出～了。❹ 關鍵或重點：主要～是幹部沒有以身作則｜～不在於你遲到不遲到，

而在於你思想上是不是重視。❺ 分別論述的
事項：這篇文章分三個～來論述｜我要談四
個～。

【問題賭博】wèntí dǔbó〔名〕港澳地區用詞。指一
個人的賭博行為對生活的某些方面，如經濟、
工作、社交、學習、情緒及生理狀況等構成了
負面影響，且賭博下注的金額或參與賭博的時
間不斷增加：發現家人有～傾向，可尋求輔導
機構幫助。

【問題兒童】wèntí értóng 難於管教，需要特別引
導的兒童。

【問題家庭】wèntí jiātíng〔名〕指家庭不和睦，父
母離異或父母品行不端，乃至犯罪坐牢等類型
的家庭：如果只是批評問題兒童、問題少年，
不如從根本上找原因，是不是因為有～才引
起了這樣的社會問題。

【問心無愧】wènxīn-wúkuì〔成〕摸着心口問自
己，覺得沒有甚麼可慚愧的：我們商店以誠待
客，獲得表彰～。

【問訊】wènxùn〔動〕❶ 詢問；打聽：找人～｜
四處～。❷ 審問；查問：連夜～｜嚴加～。
❸〈書〉省視；慰問：朝夕～，進膳藥。❹ 僧
尼行禮，先打一躬，將手合十舉至眉心，再放
下：化緣僧人向佈施者打了個～。

【問責】wènzé〔動〕追究責任：高官～制（港澳地
區用詞）｜行政～。

【問斬】wènzhǎn〔動〕〈書〉斬首；殺頭：開
刀～｜罪當～。

【問罪】wènzuì〔動〕追究罪責；聲討：大興～之
師｜當面～｜免於～。

搵（搵）wèn〈書〉❶ 用手指按。❷ 擦：紅
巾翠袖，～英雄淚。

璺　wèn〔名〕（道，條）器皿上的裂痕：裂～｜
盤子上有一道～｜打破砂鍋～（問）到底
（刨根問底兒）。

wēng ㄨㄥ

翁　wēng ❶ 古代稱父親：家祭無忘告乃～。
❷ 古代稱丈夫或妻子的父親：～姑（公公和
婆婆）｜～婿（岳父和女婿）。❸ 對男性的敬稱：
魯～｜東～（稱東家）。❹ 泛稱男性老人：老～｜
漁～｜躺～｜醉～之意不在酒。❺（Wēng）
〔名〕姓。

語彙　富翁　老翁　白頭翁　不倒翁　主人翁

嗡　wēng〔擬聲〕昆蟲或機械等持續發出的聲
音（多疊用）：蒼蠅～～地叫｜飛機～～地
響｜黃蜂找窩——亂～～。

滃　Wēng 滃江，水名。在廣東北部，發源於
翁源，西南流入北江。
　　另見 wěng（1422頁）。

鎓（鎓）wēng 見下。

【鎓鹽】wēngyán〔名〕含有氧、氫或硫的有機化合
物在水溶液中解離出的有機陽離子叫鎓離子。
由鎓離子構成的鹽類叫鎓鹽。

鞟（鞟）wēng〔名〕（山西話、陝西話）一種高勒
（yào）棉靴：棉～｜～靴。

鶲（鶲）wēng〔名〕鳥名，身體較小，嘴稍
扁平，多以飛蟲為食，對農作物
有益。

鱅（鱅）wēng〔名〕魚名。生活在近海，體
稍側扁，有圓鱗。

wěng ㄨㄥˇ

塕　wěng〈吳語〉❶〔名〕飛塵。❷〔形〕塵土
飛揚的樣子。

滃　wěng〈書〉❶ 水勢興起的樣子：～泱。
❷ 雲氣騰湧的樣子：煙雲～渤｜～～生
雲｜～鬱（雲煙瀰漫）。
　　另見 Wēng（1422頁）。

蓊　wěng〈書〉草木茂盛的樣子：～鬱｜～茸。

wèng ㄨㄥˋ

蕹　wèng 見下。

甕（瓮）〈罋〉wèng〔名〕❶ 一種
盛東西的腹大口小的
陶器：水～｜醃菜～｜～中捉鱉｜請君入～。
❷（Wèng）姓。

【甕城】wèngchéng〔名〕建在城門外的小城，形
狀或圓或方，對城門起屏蔽作用。

【甕聲甕氣】wèngshēng-wèngqì 形容說話的聲音
粗大而低沉：別人勸老漢去醫院檢查，他卻
地說："不去！"

【甕牖繩樞】wèngyǒu-shéngshū〔成〕漢朝賈誼
《過秦論》："始皇既沒，餘威震於殊俗，然而
陳涉甕牖繩樞之子，氓隸之人，而遷徙之徒
也。"用破甕口做窗子，用繩索做門的轉軸。
形容住房破舊簡陋，家境十分貧窮。

【甕中捉鱉】wèngzhōng-zhuōbiē〔成〕從甕裏將鱉
捉住。比喻要捕捉的壞人已經無處可逃，立即
可以抓獲：如～，手到擒來。

【蕹菜】wèngcài〔名〕一年生草本植物，莖中空，
葉心臟形，嫩莖葉可做菜吃。也叫空心菜。

齆　wèng 鼻子堵塞：～鼻子。

【齆鼻兒】wèngbír ❶〔形〕鼻子阻塞而發音不清：
他這幾天感冒了，有點～。❷〔名〕指鼻子堵
塞，發音不清的人：他是個～。

wō ㄨㄛ

倭 Wō 中國古代稱日本：～人｜～寇。

【倭瓜】wōguā(-gua)〔名〕南瓜：老～。

【倭寇】wōkòu〔名〕指明代(14-16 世紀)經常騷擾搶掠朝鮮和中國沿海地區的日本海盜。

喔 wō/wò〔擬聲〕疊用，形容公雞叫的聲音：晨雞～～地啼叫。
另見 ō(993 頁)。

渦(涡) wō ❶ 急流旋轉形成的中間低窪的地方：漩～｜水～｜～流。❷ 像漩渦的東西：酒～｜笑～。
另見 Guō(494 頁)。

語彙 水渦　笑渦　漩渦

【渦流】wōliú〔名〕❶ 流體旋轉形成漩渦的流動。也指漩渦。❷ 物理學上指實心的導體在交流磁場中感生的渦流形電流。也叫渦電流。

【渦輪機】wōlúnjī〔名〕(台)利用流體的壓力使葉輪旋轉而產生動力的機械，包括水輪機、汽輪機、燃氣輪機三種。簡稱輪機。

【渦旋】wōxuán ❶〔動〕水流迴旋：湍流～而下。❷〔名〕漩渦。

萵(莴) wō 見下。

【萵苣】wōjù(-ju)〔名〕一年生或二年生草本植物，是常見蔬菜。有葉用、莖用多種，葉用的叫生菜，莖用的叫萵筍。

【萵筍】wōsǔn〔名〕莖用的萵苣變種，葉子長圓形，莖呈棒狀，內部肉質，是普通蔬菜。

窩(窝) wō ❶〔名〕鳥獸昆蟲棲息的地方：鳥～｜雞～｜螞蟻～｜兔子不吃～邊草。❷(～兒)〔名〕比喻家庭的住房：新居雖小，也總算有了個～｜金～銀～，不如自己的草～。❸〔名〕比喻壞人聚居的地方：賊～｜匪～｜強盜～｜端了敵人的老～。❹(～兒)〔名〕比喻人體或物體所佔的地方：站在那裏半天不動～兒｜得給櫃子挪個～兒。❺(～兒)〔名〕凹陷處：小坑～兒｜眼～｜山～。❻〔動〕藏匿犯法的人或贓物：他家裏竟然～着一個逃犯｜～藏｜～贓｜～主。❼〔動〕躲藏：怕人發現，在山上～了一夜。❽〔動〕停滯；鬱積：～工｜～着一肚子火。❾〔動〕使彎或曲折：用鐵絲～個鉤兒把鐵片～成直角。❿〔量〕用於動物：一～蜂｜一～小雞｜一～生了六頭豬。

語彙 抱窩　被窩　蜂窩　酒窩　山窩　笑窩　心窩　眼窩　燕窩　夾肢窩

【窩藏】wōcáng〔動〕私藏罪犯、贓物等：～逃犯｜～贓款｜～槍支彈藥。

【窩點】wōdiǎn〔名〕壞人窩藏、聚集的地方；也指非法商品生產加工的地方：犯罪團夥的～｜搗毀一大批假貨～。

【窩匪】wōfěi ❶〔名〕暗藏的盜匪：剿滅～。❷〔動〕藏匿盜匪：他因為～被捕入獄。

【窩工】wō//gōng〔動〕因調配組織不當而使得有些人沒事幹：勞力安安排好，～了｜計劃調整後，再也沒有窩過工。

【窩火】wō//huǒ(～兒)〔動〕心中有怒氣或煩惱而不能發泄：心裏～｜真叫人～｜～了一肚子火。

【窩囊】wōnang〔形〕❶ 因受委屈而煩惱苦悶：這場球輸得真～｜我心裏～，別打攪我。❷ 軟弱無能，膽小怕事：他太～，甚麼事也辦不成｜你真～，就讓人指着鼻子罵嗎？

【窩囊廢】wōnangfèi〔名〕〈罵〉軟弱無能、膽小怕事的人：簡直是個～！

【窩囊氣】wōnangqì〔名〕憋在心裏無處發泄的怨氣：受～。

【窩棚】wōpeng〔名〕(間)矮小簡陋的棚屋：工地～｜瓜田的中央搭着一間～。

【窩鋪】wōpù〔名〕臨時搭建的供睡覺的棚屋：他們長年睡在～裏。

【窩頭】wōtóu〔名〕一種用玉米麵或高粱麵等雜糧做的食物，略呈圓錐狀，底下中心有個窩兒，便於蒸熟。也叫窩窩頭：～是北方農村的主食之一。

【窩心】wōxīn〔形〕❶(北京話、東北話)委屈、煩悶鬱積在心裏不能發泄出來：平白無故挨了頓罵，他好～呀！❷(蘇州話)心裏覺得舒服。

【窩心腳】wōxīnjiǎo〔名〕對準胸口踢去的一腳：踢了他一個～。

【窩心酒】wōxīnjiǔ〔名〕悶酒：喝了幾杯～。

【窩贓】wō//zāng〔動〕為罪犯窩藏或轉移贓款、贓物等：～的人是誰？｜犯了～的罪。

【窩主】wōzhǔ〔名〕窩藏罪犯、贓物、贓款等的人。

【窩子】wōzi〔名〕指壞人盤踞的地方：土匪～。

踒 wō〔動〕因猛折而筋骨受傷：～了腳｜手腕子～了。

蝸(蜗) wō/guā 蝸牛：～居｜～行牛步。

【蝸居】wōjū〔名〕比喻狹小的住處：房子不大，只能算得上～，但好歹是自己的。

【蝸牛】wōniú〔名〕(隻)軟體動物，有螺旋紋扁圓外殼，頭部有兩對觸角。吃草本植物的根、葉、芽，是農業害蟲。有的地區叫水牛兒。

【蝸行牛步】wōxíng-niúbù〔成〕像蝸牛爬行，像老牛慢步。比喻行動極為緩慢。

撾（挝）　wō 見"老撾"（810頁）。
另見 zhuā（1788頁）。

wǒ ㄨㄛˇ

我　wǒ〔代〕人稱代詞。❶ 說話人自稱：～今天請假｜你聽～說｜～和你一塊兒找他去。注意 a）在口語中，表示領屬關係時，"我"後常不加"的"，如"我母親""我家"等。b）"我"與"這裏、那裏"連用，表示領屬關係，中間一定不加"的"，如"我這裏很安穩""我那裏可寬敞了"。c）"我"跟自己的名字或表示自己身份的詞語連用，表示同位關係時，含着較濃的感情色彩，如"我李強不是那種人""哥哥我堅決支持你"。❷ 指我們、我方：1）多用在單音節名詞前，表領屬關係：～校｜～廠｜～家｜～國。2）在敵我相對場合，指我方、自己一方：敵～雙方｜搶劫犯被～活捉。❸ 泛指某人（多用於"你、我"對舉或"你、我、他"對舉的語句中）：你一言，～一語｜你推～，～推你。❹ 自己：自～｜忘～工作｜人棄～取。

語彙　故我　忘我　自我　卿卿我我

【我輩】wǒbèi〔名〕我們這些人：～應齊心協力，共渡難關｜江山留勝跡，～復登臨。

【我等】wǒděng〔名〕我們這些人：～乃國家所用，當共努力，拯救危難。

【我見】wǒjiàn〔名〕個人私自的看法：決議形成後，就應拋棄～，服從決議。

【我們】wǒmen〔代〕人稱代詞。❶ 稱包括自己在內的若干人：～一起聽報告｜這件事就交給～吧｜～的責任是向人民負責。注意 a）在口語中，表示領屬關係時，"我們"後常不加"的"，如"我們廠""我們教室""我們家"。b）"我們"與"這裏、那裏"連用，表示領屬關係時，中間一定不加"的"，如"我們這裏可好了""我們那裏是鬧市"。❷ 指我（帶感情色彩；只用於口語）：～那口子（我丈夫或我妻子）。❸ 指我（含委婉意味，用於報告或論文）：這就是～必須強調的一點｜本文只談國內的情況，關於國外的，～將另文介紹。❹ 指"你們"或"你"（含親切意）：艱苦的工作擺在～面前，看～敢不敢承擔｜（老師對學生說）～是學生，～的主要任務是學習。

辨析　我們、咱們　a）在日常談話中"我們"不包括談話的對方，"咱們"則包括談話的對方在內，如"我們明天去西山遊覽，你要是願意，咱們一塊兒去"。b）在莊重的場合，"我們"也可以包括談話的對方，如"我們一起談談吧"。

【我行我素】wǒxíng-wǒsù〔成〕我按照我素來的習慣和意願立身行事（不考慮別人怎麼看）：一個人做事不宜長期～，團結協作才能把事情做好。

髮　wǒ 見下。

【髮鬌】wǒtuǒ〔形〕〈書〉髮鬌美好的樣子：～鬌。

wò ㄨㄛˋ

肟　wò〔名〕有機化合物的一類，由羥胺和醛或酮的羰基縮合而成。[英 oxime]

沃　wò ❶ 灌；澆：血～中原｜如湯～雪。❷（土地）肥美：肥～｜～土｜～壤｜～野｜～饒｜地～野豐。❸（Wò）〔名〕姓。

【沃野】wòyě〔名〕肥沃的田野：～千里｜長江下游，是萬千頃～。

臥（卧）　wò ❶〔動〕（人）躺；睡：～倒｜側～｜～病｜～薪嘗膽。❷〔動〕（動物）趴着：藏龍～虎｜雞～在窩裏。❸ 比喻隱居：高～隆中。❹ 睡覺用的：～室｜～具｜～車｜～鋪。❺ 指臥鋪：硬～｜軟～。❻〔動〕（北京話）把去殼的雞蛋整個放在開水裏煮：～兩個雞蛋｜雞蛋～在湯麵裏。

【臥病】wòbìng〔動〕生病躺下：～在床｜～已久。

【臥不安席】wòbù'ānxí〔成〕睡覺不安寧。形容心事很重：他聽到消息後，食不甘味，～。也說臥不安枕。

【臥車】wòchē〔名〕❶ 客運列車上設有臥鋪的車廂。❷（輛）小轎車的別稱。

【臥床】wòchuáng〔動〕躺在床上：長期～｜～不起｜～休息。

【臥倒】wòdǎo〔動〕趴下或側身躺下：就地～｜立即～｜～在地。

【臥底】wòdǐ ❶〔動〕潛伏在敵人內部了解情況，充當內應：～警察｜刑警隊有人在販毒集團內部～，掌握了全部情況。❷〔名〕臥底的人；內應：做～｜他是個～。

【臥房】wòfáng〔名〕（間）臥室：幾間～，還算乾淨。

【臥軌】wòguǐ〔動〕躺在鐵軌上企圖阻止火車行駛或要自殺：～自殺｜一群人～抗議。

【臥具】wòjù〔名〕被褥、枕頭、毯子、床單等睡覺用具的統稱。

【臥內】wònèi〔名〕〈書〉臥室。

【臥鋪】wòpù〔名〕火車或長途汽車上供旅客睡覺的鋪位：軟席～｜～票｜坐～去上海。

【臥式】wòshì〔形〕屬性詞。按水平方向安裝的（跟"立式"相對）：～車床｜～機牀。

【臥室】wòshì〔名〕（間）睡覺的房間。也叫臥房、睡房。

【臥榻】wòtà〔名〕〈書〉睡覺的床。

【臥榻之側，豈容他人鼾睡】wòtà zhī cè，qǐróng tārén hānshuì〔成〕《續資治通鑒長編・太祖開寶八年》："上怒，因按劍謂鉉曰：'不須多言，江南亦有何罪，但天下一家，臥榻之側，豈容他人鼾睡乎？'"在自己睡覺的床邊，怎能容許別人熟睡。比喻自己擁有的勢力範圍，不容許別人佔有。

【臥薪嘗膽】wòxīn-chángdǎn〔成〕春秋時越國被吳國打敗，越王勾踐立志報仇，他為使自己不因生活安樂而喪失鬥志，便坐臥在柴草上，每天吃喝睡覺前都要嘗一嘗苦膽的味道，以激勵自己。後用"臥薪嘗膽"形容人刻苦自勵，奮發圖強。

偓　wò 見下。

【偓佺】Wòquán〔名〕古代傳說中的仙人。

涴　wò〔動〕(山東話)弄髒；污染：有色的衣服別跟白色的一塊洗，免得～了。
另見 yuān (1667頁)。

握　wò〔動〕❶ 用手持拿或攥：～鋤頭｜與客人～了一手｜兩手～拳，向前平舉。❷ 掌管：大權在～。

辨析　握、攥　"攥"多用於口語，"握"可通用於口語和書面。"攥"有時指"緊緊握"，這時"攥"不能換成"握"，如"這土肥得能攥出油來"｜"把白菜餡再攥一攥，免得出水"；而"握握手"(禮節)，也不能說"攥攥手"。

語彙　把握　在握　掌握

【握別】wòbié〔動〕握手告別：匆匆～｜機場～｜只說了幾句話，就彼此～了。

【握力】wòlì〔名〕手握物體時所使用的力量：～器｜測一下～。

【握手】wò // shǒu〔動〕一種見面或告別時的禮節，彼此伸出右手相互握住，常用來表示歡迎、祝賀、慰問、感謝、親熱、惜別等；緊緊地～｜握了握手｜～言歡。

【握手言和】wòshǒu-yánhé〔成〕❶ 雙方握手講和，結束鬥爭：政府和反對派早已～。❷ 指比賽雙方戰平，不分勝負：終場時，雙方比分2：2，～。

【握手言歡】wòshǒu-yánhuān〔成〕握手談笑，表示親熱友好(多指重新和好)：兩位老人終於捐棄前嫌，～。

硪　wò〔名〕砸實地基或打樁用的一種工具，石製或鐵製，呈圓餅形，周圍繫有若干繩子：石～｜打～。也叫硪子。

幄　wò〔書〕帳幕：運籌帷～。

渥　wò〔書〕❶ 沾濕；沾潤：顏如～丹。❷ (情意)重；(禮遇)優厚：優～｜～惠｜～遇。

斡　wò〔書〕旋轉：～流而遷。

【斡旋】wòxuán〔動〕把弄僵了的局面扭轉過來；調解(爭端)：經過她的～，雙方同意重新合作。

齷（齷）　wò 見下。

【齷齪】wòchuò〔形〕❶ 骯髒；不乾淨：把身上這件～的衣服換下來。❷ 品質惡劣：靈魂卑鄙～。

wū ㄨ

兀　wū/wù 見下。
另見 wù (1439頁)。

【兀禿】wūtu〔形〕❶ (喝的水)不冷不熱；溫吞：他渴了也不喝～水。❷ 不爽快；不乾脆：心裏有甚麼話就痛快說出來，別這麼～着。以上也作烏塗。

圬　wū〔書〕❶ 泥瓦工用的抹子。❷ 用抹子塗牆：糞土之牆，不可～也。

【圬人】wūrén〔名〕〔書〕泥瓦工人。也叫圬者、圬工。

污〈汙污〉　wū ❶ 髒東西：血～｜油～｜糞～｜～垢｜去～粉｜藏垢納～。❷ 不清潔；骯髒：～水｜～泥｜～痕｜～泥濁水。❸ 不廉潔：貪官～吏。❹〔動〕弄髒：別～了衣服。❺ 用無理的言行使受辱：～辱｜～衊。

語彙　卑污　玷污　奸污　貪污　油污　拆爛污藏垢納污　同流合污

【污點】wūdiǎn〔名〕❶ 沾染在衣物上的污垢：衣服上有～｜把牆上的～去掉。❷ 比喻不光彩的行為：用汗水洗刷掉自己過去的～。

【污垢】wūgòu〔名〕❶ 附着在人身上或物體上的髒東西：滿臉～｜玻璃窗上的～。❷ 比喻卑鄙齷齪的思想：蕩滌心頭的～，淨化自己的靈魂。

【污穢】wūhuì ❶〔形〕骯髒：～的衣服｜～的言語和行為。❷〔名〕骯髒的東西：～堆積｜滿身～。

【污衊】wūmiè〔動〕❶ 誣衊：造謠～｜橫遭～｜可恥的～。❷ 玷污：你不覺得這是對勞動模範這一光榮稱號的～嗎？

【污泥濁水】wūní-zhuóshuǐ〔成〕骯髒的爛泥，渾濁的臭水。比喻落後腐朽或反動的事物：蕩滌舊時代遺留下來的～。

【污染】wūrǎn ❶〔動〕使沾染上污穢有害的物質：～水源｜～環境｜河流～得很厲害。❷〔動〕使思想、言語等沾染上不健康的東西：～思想｜～語言｜～精神世界。❸〔名〕事物受到有害沾染的現象：空氣～｜環境～｜精神～｜～很嚴重｜限期治理～。

【污染源】wūrǎnyuán〔名〕產生污染物質的源頭：保護環境不受污染，必須消除或治理～。

【污辱】wūrǔ〔動〕❶侮辱：～人｜被～。❷玷污：～先人｜～自己的人格。

【污水】wūshuǐ〔名〕被污染的水；髒水：找到了排出～的工廠｜～橫流｜～處理。

【污損】wūsǔn〔動〕弄髒損害：～清名。

【污言穢語】wūyán-huìyǔ〔成〕污穢骯髒的言語。指不文明的話：用～傷人，太不應該。

【污濁】wūzhuó ❶〔形〕混濁骯髒：空氣～｜～的泥塘。❷〔形〕卑鄙齷齪：思想～。❸〔名〕骯髒的東西：洗掉身上的～｜蕩滌舊社會留下來的各種～。

【污漬】wūzì〔名〕附着在衣物等上面的油污、血跡等。

巫　wū ❶古稱能以舞降神的人，現指巫師和巫婆：女～｜～術。❷（Wū）〔名〕姓。

語彙　女巫　神巫　小巫見大巫

【巫馬】Wūmǎ〔名〕複姓。

【巫婆】wūpó〔名〕女巫的俗稱。

【巫師】wūshī〔名〕（名）以裝神弄鬼替人祈福禳災為職業的人。

【巫術】wūshù〔名〕巫師使用的法術，今多指巫婆或巫師以替人治病或祈禱為名，裝神弄鬼的一套騙人手法。

【巫醫】wūyī〔名〕古代以祝禱為主兼用一些藥物來為人消災治病的人。

於　wū〔歎〕〈書〉表示感歎：～！慎其身修。
注意　戰國時秦國將領樊於期的"於"讀wū，不讀yú。
另見Yū（1652頁）；yú（1653頁）。

【於乎】wūhū　同"嗚呼"①。

【於戲】wūhū　同"嗚呼"①。

【於菟】wūtú〔名〕古代楚人稱老虎（後世沿用）：回眸時看小～。

屋　wū ❶〔名〕房子：房～｜茅草～｜～頂｜～脊。❷〔名〕屋子：裏～｜外～｜堂～｜兩間小～。❸小型商店（多用於商店名稱）：書～｜精品～。

語彙　髮屋　房屋　華屋　裏屋　茅屋　書屋　堂屋　外屋　食品屋　疊床架屋

【屋邨】wūcūn〔名〕香港特區政府興建的公共住宅小區：這裏早年興建的～都只有十幾層高。

香港的屋邨
在香港，特區政府興建的公營房屋稱為"公共屋邨"，簡稱"公屋"；私人或半公營的住宅小區稱為"屋苑"或"私人屋邨"。公共屋邨的部分為"xx邨"，邨內樓房稱"xx樓"；半公營的"屋苑"或"居屋"（特區政府"居者有其屋"計劃的簡稱）稱"xx苑"，屋苑內的樓房稱"xx閣"。

【屋頂】wūdǐng〔名〕❶房子最上面承受雨露霜雪的部分：大～｜～花園。❷指天花板：～上垂着大吊燈。

【屋脊】wūjǐ〔名〕❶屋頂上兩斜坡相交的高起的部分。❷比喻最高的地帶：世界～（指青藏高原）。

【屋廬】wūlú〔名〕❶〈書〉住房。❷（Wūlú）複姓。

【屋上架屋】wūshàng-jiàwū〔成〕比喻機構或結構重疊：機構臃腫，～｜這篇文章～，多處重複，可是道理並沒有說清楚。

【屋檐】wūyán〔名〕房檐，指房頂伸出牆外的部分。

【屋宇】wūyǔ〔名〕〈書〉房屋：兩岸～，鱗次櫛比。

【屋子】wūzi〔名〕（間）房間：三間～｜大～住人，小～存放東西。

烏（乌）　wū ㊀ ❶烏鴉：愛屋及～｜～合之眾。❷〔形〕黑色：～金｜～雲｜～髮。❸（Wū）〔名〕姓。
㊁〔代〕〈書〉疑問代詞。何；哪裏（多用於反問）：～足與議？｜～敢犯人？
另見wù（1441頁）。

語彙　金烏　何首烏　愛屋及烏

【烏龜】wūguī〔名〕❶（隻）爬行動物，身體扁長圓形，有堅硬的殼，會游泳，多生活在河流湖泊裏，吃雜草或小動物。俗稱王八，也叫金龜。❷俗稱妻子有外遇的男人（含譏誚意）。

【烏合之眾】wūhézhīzhòng〔成〕像烏鴉一樣聚集起來的，無組織、無紀律的一群人：這些～，不堪一擊。

【烏黑】wūhēi〔形〕狀態詞。深黑：～的頭髮｜～的眼珠。

【烏呼】wūhū　同"嗚呼"。

【烏雞】wūjī〔名〕（隻）一種體毛白色，皮、骨為黑色的雞，可供觀賞，也可入藥：～白鳳丸。

【烏金】wūjīn〔名〕❶指煤。❷墨的別稱。❸鐵的別稱。

【烏拉】wūlā ㊀〔名〕❶西藏民主改革前，農奴向官府或農奴主支應的各種無償勞役。❷服勞役的農奴。以上也作烏喇。㊁〔歎〕表示軍隊衝鋒時的吶喊聲或表示高興、讚美的歡呼聲。[俄 ypa]
另見wùla（1441頁）。

【烏蘭牧騎】wūlánmùqí〔名〕紅色文化輕騎隊，1957年開始活躍於內蒙古自治區，以人員精幹、道具輕便、行動靈活、內容新穎、貼近生活為特色。

【烏藍】wūlán〔形〕狀態詞。黑裏泛藍：～的夜空。

【烏亮】wūliàng〔形〕狀態詞。又黑又亮：～的眼珠｜剛挖出來的煤塊～～的。

【烏龍】wūlóng〔形〕❶糊塗、馬虎：司機一時～，開車走錯方向。❷ 出差錯的，錯誤的：～球｜～事件。

【烏龍茶】wūlóngchá〔名〕半發酵的茶葉，葉片中心為綠色，邊緣為紅色，色香味兼有紅茶和綠茶的特點。俗稱綠葉紅鑲邊，也叫青茶。

【烏龍球】wūlóngqiú〔名〕足球比賽中，球員不慎將球踢進自家球門的球。

【烏梅】wūméi〔名〕（顆）熏製的青梅子，可入藥，可食用，煮湯喝可解暑。通稱酸梅。

【烏木】wūmù〔名〕❶ 常綠喬木，木質堅實黑色，葉子互生，橢圓形，果實球形，均是黃色，產於熱帶或亞熱帶。❷ 烏木的木材，質地堅硬，可製成美術工藝品：～筷子。

【烏七八糟】（污七八糟）wūqībāzāo〔形〕狀態詞。❶ 形容十分雜亂：滿屋子～的東西，該收拾一下了。❷ 形容人不正經：腦子裏盡想些～的事｜我看他們有些～的，不是正經人。

【烏青】wūqīng〔形〕狀態詞。又青又黑，青中透黑：皮膚～，像是被打的。

【烏紗】wūshā〔名〕指烏紗帽：摜～（比喻因不滿而辭職）。

【烏紗帽】wūshāmào〔名〕（頂）古代用烏紗製作的圓頂官帽。常用作官位的代稱：為了保住～，他把責任全推到別人身上。也叫紗帽。

【烏塗】wūtu 同"兀禿"。

【烏兔】wūtù〔名〕古代神話謂太陽裏有烏，月亮中有兔，故而以"烏兔"指日月。

【烏托邦】wūtuōbāng〔名〕16 世紀英國人文主義者莫爾著有《烏托邦》（全名《關於最完美的國家制度和烏托邦新島》）一書。書中描述了一種理想的國家，居民生活在完美無缺的環境中。因此"烏托邦"成為空想、不能實現的願望、計劃等的代名詞。[新拉 Utopia]

【烏鴉】wūyā〔名〕（隻）鳥名，全身羽毛黑色，嘴大而直，翼有綠光。叫聲難聽，民間以為不祥之兆：鳳凰不入～巢｜天下～一般黑｜～展翅遮不住天。有的地區叫老鴰、老鴉。

【烏鴉嘴】wūyāzuǐ〔名〕比喻多話而令人討厭的人或常常有意無意說出不吉利話的人：他是個～，到處傳佈小道消息｜如老馬所預言，那場比賽果然輸了，大夥都罵他～。

【烏煙瘴氣】wūyān-zhàngqì〔成〕濃煙充斥，瘴氣熏人。比喻環境嘈雜、秩序混亂或社會黑暗：這個地區被販毒集團控制，到處是一片～。

【烏眼雞】wūyǎnjī〔名〕一種眼睛烏黑、特別好鬥的雞。形容互相懷恨的人怒目相向的樣子；也比喻互相仇視的人：他們見面就鬥嘴，成了～啦。

【烏有】wūyǒu〔動〕〈書〉不存在；沒有：～先生（虛擬的人物）｜一場大火，房子化為～。

【烏雲】wūyún〔名〕❶ 黑雲：～遮不住太陽｜暴雨停了，～散了。❷ 比喻使人心緒低沉壓抑的環境或險惡的形勢：嫂嫂的心頭蒙上了一層～｜這裏瀰漫着戰爭的～。❸ 比喻女子烏黑而秀麗的頭髮。

【烏賊】wūzéi〔名〕（隻）軟體動物，身體扁平，呈橢圓形，體內有墨囊，遇到危險時，能放出黑色液體，以掩護自己逃避。也作烏鰂，俗稱墨魚、墨斗魚。

【烏鰂】wūzéi 同"烏賊"。

【烏孜別克族】Wūzībiékèzú〔名〕中國少數民族之一，人口約 1.05 萬（2010 年），主要分佈在新疆的伊寧、塔城、烏魯木齊、莎車等地。烏孜別克語是主要交際工具，有本民族文字。

惡（恶）wù

〈書〉❶ 同"烏"（㊀：～可如此？ ❷〔歎〕表驚訝：～！是何言也！
另見 ě（338 頁）；è（339 頁）；wù（1441 頁）。

嗚（呜）wū

❶〔擬聲〕形容風聲、汽笛聲、哭聲等：北風～～地吼叫着｜火車～的一聲飛馳而過｜那小孩～～直哭。❷（Wū）〔名〕姓。

【嗚呼】wūhū ❶〔歎〕〈書〉表示歎息：～，尚何言哉！也作烏呼、於乎、於戲。❷〔動〕指死亡（含諷刺或輕蔑意味）：一命～。

【嗚呼哀哉】wūhū-āizāi〔成〕❶ 表示歎惋或悲哀：～！尚饗！（舊時祭文中套語）。❷ 借指死亡或完蛋（含詼諧語）：篡權者登上帝位，美夢沒做幾天，就～了｜那份刊物才出了三期就～了。

【嗚咽】wūyè〔動〕❶ 低聲哭泣：她漸漸～起來。❷ 比喻發出讓人感到淒涼而悲哀的聲音：樂聲～｜～泉流水下難。

鄔（邬）Wū

〔名〕姓。

誣（诬）wū

捏造事實冤枉別人：～賴｜～害｜～良為盜。

語彙　辯誣　栽誣

【誣告】wūgào〔動〕捏造事實，控告別人有犯罪行為：～他人，也要受到法律制裁。

【誣害】wūhài〔動〕捏造事實加以陷害：～忠良。

【誣賴】wūlài〔動〕把罪名或錯誤的責任硬栽在別人頭上：他自己做錯了，還想～別人。

【誣衊】wūmiè〔動〕捏造事實或罪名以毀壞別人的名譽：造謠～｜純屬～不實之詞。

辨析　誣衊、污衊　a）在指捏造事實敗壞別人名譽的意思上，二者義同。如"造謠誣衊（污衊）""純屬誣衊（污衊）不實之詞"。b）"污衊"有玷污人的意思，如"你這樣說，是對好人的污衊""不要污衊傑出青年的光榮稱號"，其中的"污衊"不能換用"誣衊"。

【誣陷】wūxiàn〔動〕誣告陷害：栽贓~｜國家工作人員犯~罪的，從重處罰。

鎢（钨） wū〔名〕一種金屬元素，符號 W，原子序數 74。灰黑色，質硬而脆，熔點很高。主要用於製造燈泡中的燈絲，也用於電學儀器、光學儀器等。

【鎢絲】wūsī〔名〕（根）鎢經過高溫冶煉後拉長而成的絲，供做電燈泡或電子管的燈絲用。

wú ㄨˊ

亡 wú 古同"無"。
另見 wáng（1394頁）。

毋 wú ❶〔副〕〈書〉表示禁止、勸阻或提醒，相當於"不要"：~今逃逸｜~妄言｜臨財~苟得，臨難~苟免。❷（Wú）〔名〕姓。

【毋寧】（無寧）wúnìng〔副〕表示在兩相比較之後，做出某種選擇，相當於"不如"（常跟"與其"呼應）：與其多而濫，~少而精｜不自由，~死！

【毋庸】（無庸）wúyōng〔副〕用不着；不必；無須：~諱言｜~贅述。

【毋庸諱言】wúyōng-huìyán〔成〕用不着忌諱，可以坦率地說：~，談判如果不成功，對我們是極為不利的。也說無可諱言。

【毋庸置疑】wúyōng-zhìyí〔成〕事實非常明顯或理由非常充足，沒有甚麼可以懷疑的：~的證詞｜他提供的事實是~的。也說無可置疑。

【毋庸贅言】wúyōng-zhuìyán〔成〕不必再說多餘的話；用不着多說。

吾 wú ❶〔代〕〈書〉人稱代詞。我，我們：~輩｜~儕｜~人｜~愛~師。❷（Wú）〔名〕姓。

【吾輩】wúbèi〔名〕〈書〉我們這些人：為國出力，~義不容辭。

【吾儕】wúchái〔名〕〈書〉我們這些人。

【吾人】wúrén〔名〕〈書〉我們這些人：~當奮勉自勵。

吳（吳）〈吴〉 Wú ❶周朝諸侯國名，在今江蘇、安徽、浙江一帶。❷〔名〕三國之一，公元 222—280 年，孫權所建，建都建業（今江蘇南京），國號吳，史稱孫吳、東吳。❸泛指江蘇南部、上海市及浙江北部地區：~語。❹〔名〕姓。

【吳剛】WúGāng〔名〕神話中仙人名。傳說吳剛學仙有過，罰令斫（zhuó，砍）月中的桂樹。斧子斫下去，斧痕隨斫隨合，只好無休止地斫下去。

【吳鈎】wúgōu〔名〕形狀彎曲的鈎。相傳吳王闔閭命國中做金鈎，有人殺掉自己的兩個兒子，以血塗鈎，獻給吳王。後泛指利劍為吳鈎。

【吳牛喘月】wúniú-chuǎnyuè〔成〕漢朝應劭《風俗通·佚文》："吳牛望月則喘，使（彼）之苦於日，見月怖，亦喘之矣。"意思是江浙一帶的牛怕熱，見到月亮就以為是太陽而嚇得發喘。後用"吳牛喘月"比喻遇見類似事物而膽怯。也用來形容天氣炎熱：~時，拖船一何苦。

郚 Wú 古邑名，故城在今山東安丘西南。

唔 wú〔擬聲〕形容不很清晰的聲音：咿咿~~~｜只聽得窗外傳來~的一聲。

峿 Wú 峿山，山名。在山東。

浯 Wú 浯河，水名。在山東。

娪 wú〈書〉美女。

珸 wú 見"琨珸"（787頁）。

梧 wú ❶梧桐：碧~｜~葉題詩。❷（Wú）〔名〕姓。

【梧桐】wútóng〔名〕（棵，株）落葉喬木，大葉掌狀分裂，葉柄長。木材白色，質地堅韌，是高級木料。種子可食，也可榨油。

無（无） wú ❶〔動〕沒有（跟"有"相對）：~所不有｜萬~一失｜大公~私｜人~遠慮，必有近憂｜害人之心不可有，防人之心不可~。❷〔連〕不論：~日~夜地幹｜事~大小，都要辦好。❸不：~論｜~須。❹〔副〕對動作發生或完成表示否定（常見於港式中文）：調查報告~提及這一情況｜公司發言人強調，~欺騙公眾。❺〈書〉同"毋"①：~妄言｜~失其時。
另見 mó（939頁）。

語彙　虛無　一無　聊勝於無　略識之無

【無比】wúbǐ〔動〕沒有能夠得得上的（多用於好的方面）：~優越｜~幸福｜英勇~｜強大~。

【無邊】wúbiān〔動〕❶沒有邊際：大海一望~｜~的大草原。❷沒有窮盡；沒有限度：對罪犯不能寬大~。

【無邊無際】wúbiān-wújì〔成〕非常廣闊，望不到邊際：大海~｜~的沙漠｜~的宇宙空間。

【無病呻吟】wúbìng-shēnyín〔成〕本沒有病，卻哼哼不停。比喻吟詩作文矯揉造作，缺乏真情實感：既然沒有甚麼感受，又何必~。

【無補】wúbǔ〔動〕沒有益處；沒有幫助：~於社會｜於事~。

【無不】wúbù〔副〕沒有一個不：~歡欣鼓舞｜~奮勇向前。

【無產階級】wúchǎn jiējí 工人階級；不佔有生產資料的勞動者階級。

【無常】wúcháng ❶〔動〕變化不定，沒有甚麼規律性的：喜怒~｜氣候變化~。

❷（Wúcháng）〔名〕迷信傳説中稱受閻羅指派到陽間勾攝生人魂魄的鬼：白～｜黑～｜鬼。❸〔動〕〈婉〉死亡：一旦～萬事休。

【無償】wúcháng〔形〕屬性詞。沒有報酬的；無代價的：～獻血｜～勞動｜～援助。

【無恥】wúchǐ〔形〕不知羞恥；感覺不到羞恥：厚顏～｜～讕言｜～之徒。

【無恥之尤】wúchǐzhīyóu〔成〕最無恥；無恥到極點：當了漢奸還自稱有功，～！

【無出其右】wúchūqíyòu〔成〕沒有能比他更出色的（古代以右為上）：一時賢俊，～者｜他的書法獨步書壇，世人～。

【無從】wúcóng〔副〕表示動作或行為缺乏頭緒，找不到門徑或方法；不知從何兒：離開了事實，一切都～說起｜事情很複雜，一時還～着手｜這句話是誰說的，現在已～查考。

【無黨派人士】wúdǎngpài rénshì不屬於任何政黨的社會知名人士：廣泛徵求各民主黨派、各人民團體和～的意見。也叫無黨派民主人士。

【無敵】wúdí〔動〕沒有敵手：～於天下｜所向～｜英勇～。

【無底】wúdǐ〔動〕❶沒有底部，形容極深：海無邊，江～。❷沒有底數，指不知底細：心中～。

【無底洞】wúdǐdòng〔名〕填不滿的洞，比喻難以滿足的欲望、要求或難以窮盡的事物：他揮霍無度，有多少錢也填不滿這個～！｜資料工作是個～，永遠做不完。

【無地自容】wúdì-zìróng〔成〕沒有地方讓自己容身。形容十分羞愧或窘迫：想到自己的錯誤給國家利益造成的損害，他羞愧得～。

【無的放矢】wúdì-fàngshǐ〔成〕在沒有箭靶的情況下射箭。比喻言行沒有明確目標，缺乏針對性：做思想工作，可不能～。

【無動於衷】（無動於中）wúdòngyúzhōng〔成〕內心毫無觸動；一點兒也不動心：你苦口婆心地勸他，他卻～。

【無獨有偶】wúdú-yǒu'ǒu〔成〕罕見的事物並不止這一個，還有跟它成對出現的（多含貶義）：一個抄襲，一個剽竊，真可謂～。

【無度】wúdù〔動〕沒有限度；毫無節制：飲食～｜荒淫～｜貪欲～。

【無端】wúduān〔副〕沒有緣由；無緣無故：～指責｜～吵鬧｜～挑起一場爭論。

【無惡不作】wú-è-bùzuò〔成〕沒有壞事不幹；甚麼壞事都幹：這傢伙貪污、盜竊、行兇殺人，簡直～。

【無法】wúfǎ〔動〕沒有辦法；難以：～解答｜～了解｜～辨認｜～改變｜～實現｜～擺脫困境。

【無法無天】wúfǎ-wútiān〔成〕無視法紀和天理。形容毫無顧忌地為非作歹：這些流氓團夥～，幹出了許多壞事。

【無方】wúfāng〔動〕方法不對；不得法（跟"有方"相對）：教子～｜管理～。

【無妨】wúfáng❶〔動〕不會有甚麼妨害，無礙（多和"也"字連用）：沒去過的地方，去去也～｜病好些了，下床走動走動也～。❷〔副〕姑且；不妨：～試驗一下｜有意見～當面提出來。

〔辨析〕無妨、不妨　兩個詞表示沒有關係的意義時是動詞，如"說錯了也不妨（無妨）"；表示沒有妨礙的意義時是副詞，如"你不妨（無妨）同他先見一次面"。兩個詞所針對的動作或行為都是尚未實現的，一般能互換，但"無妨"多用於書面語，"不妨"多用於口語。

【無非】wúfēi〔副〕不外乎；僅僅（多用於判斷句，加強肯定語氣）：事態的發展，～是兩種可能｜我這些話，～是想提醒你一下。

【無風不起浪】wúfēng bù qǐlàng〔諺〕如果沒有風，就不會有浪出現。比喻事情的發生必然是有原因的：～，沒柴不冒煙｜～，她要是規規矩矩，人家能說她那些閒話？

【無干】wúgān〔動〕沒有牽連；沒有干係；不相干：這事與他～｜跟你～的事，你就別問了。

【無公害】wúgōnghài沒有受到污染的：～水果｜～蔬菜。

【無功】wúgōng〔動〕沒有功勞；沒有貢獻（跟"有功"相對）：～不受祿｜～而返。

【無功不受祿】wúgōng bù shòulù〔諺〕沒有功勞，不宜接受俸祿。泛指不能無緣無故地接受某種報酬、優待或贈與：～，這禮品還是請你帶回去。

【無辜】wúgū❶〔形〕沒有罪：他是～的｜不准殺害～的百姓。❷〔名〕指沒有罪的人：這樣處理，不是要株連～了嗎？｜屠殺～，天理不容！

【無故】wúgù〔副〕沒有緣故：～罵人｜～曠課｜～遲到｜～受到對方的指責。

【無怪】wúguài〔副〕怪不得。表示弄清了原因，對當前的情況不感到奇怪（多用在主語前邊）：原來兩個人想法不一樣，～話不投機。也說無怪乎。

【無關】wúguān〔動〕❶沒有關係；沒有牽連：這事與他～｜這是他自作自受，跟別人～。❷不涉及；不影響：～大局｜～大體｜～緊要（不重要）｜說了些～痛癢的話。

【無關緊要】wúguān-jǐnyào〔成〕與重要的事情無關。指不重要，關係不大：大家閒聊天，談的都是一些～的事。

【無關痛癢】wúguān-tòngyǎng〔成〕比喻與自身利害不相干或無關緊要：與其～地品頭論足，不如動手去做點甚麼｜他的發言，雖然態度激昂慷慨，內容卻空空洞洞，～。也說不關痛癢。

【無官一身輕】wú guān yīshēn qīng〔俗〕沒有官職的羈絆,一身清閒:離任後,~,生活得逍遙自在。

【無軌電車】wúguǐ diànchē(輛)電車的一種,用橡膠輪胎行駛,不用鐵軌(區別於"有軌電車")。

【無害】wúhài〔動〕無害處;無妨礙:對身體~|有益~|~全局。

【無核】wúhé〔形〕屬性詞。❶ 沒有果核的:~蜜橘。❷ 不生產、不擁有核武器、核設施的:~國家|~區。

【無花果】wúhuāguǒ〔名〕❶ 落葉灌木或小喬木,大葉卵形,花隱藏在花托內,外面不易看見,故稱。❷ 這種植物的果實,由肉質花托形成,熟時紫紅色,味甜可食。

【無話不談】wúhuà-bùtán〔成〕沒有甚麼話不說,形容親密無間:他倆很要好,一見面就~。

【無話可說】wúhuà-kěshuō〔成〕沒有甚麼話可說;說不出任何意見或理由:對這種翻悔自用的人,我~|在鐵的事實面前,他~了。

【無稽】wújī〔動〕毫無根據;無法查考:捕風捉影的~之談|荒誕~。

【無稽之談】wújīzhītán〔成〕《尚書·大禹謨》:"無稽之言勿聽,弗詢之謀勿庸。"後用"無稽之談"指沒有根據、無從查考的說法:時時有報刊報道某年某月某日是世界末日,其實這些都是~。

【無機】wújī〔形〕屬性詞。原指與生物體無關的或來源於非生物體的(物質);現指不含碳原子(碳酸鹽和碳的氧化物除外)的(化合物)。

【無機肥料】wújī féiliào 不含有機物質的肥料,多指人工合成的化學肥料。

【無機化學】wújī huàxué 化學的一個分支,研究無機化合物的結構、性質、變化、製備、用途等。

【無機物】wújīwù〔名〕無機化合物的簡稱。早期人們把與生物體無關的化合物稱為無機物。後來把不含碳原子(碳酸鹽及碳的氧化物除外)的化合物(包括單質)稱為無機物。

【無疾而終】wújí'érzhōng〔成〕人老自然死去:老人家活到九十歲,~。

【無幾】wújī〔動〕沒有多少;不多:所剩~|彼此的成績相差~|路上的行人寥寥~。

【無計可施】wújì-kěshī〔成〕沒有甚麼計策可以施展;拿不出任何辦法:左思右想,~。

【無記名】wújìmíng 選舉時,選舉人不在選票上寫下自己姓名的:~投票|這次選舉用~方式。

【無濟於事】wújìyúshì〔成〕對進行的事情沒有幫助;解決不了問題:杯水車薪,~。

【無家可歸】wújiā-kěguī〔成〕沒有家可回。指流離失所,無處安身:戰爭的破壞,使許多人~|他是個~的流浪漢。

【無價】wújià〔動〕無法估計衡量其價值。形容極其珍貴:~寶|東西有價,真情~。

【無價之寶】wújiàzhībǎo〔成〕無法標示價格的寶物。指極其珍貴的東西:人是~|知識是真正的~。也說無價寶。

【無堅不摧】wújiān-bùcuī〔成〕沒有甚麼堅固的東西不能摧毀。形容力量強大:我軍所向披靡,~。

【無盡】wújìn〔動〕沒有窮盡;沒有盡頭:無窮~|~的寶藏|~的思念。

【無盡無休】wújìn-wúxiū〔成〕沒有盡頭和休止。指沒完沒了(含厭煩意):你這樣~地鬧下去,能有甚麼結果?

【無精打采】wújīng-dǎcǎi〔成〕沒有活力,缺乏生氣。形容情緒低落,精神萎靡不振:不要一天到晚總是~的樣子。也說沒精打采。

【無拘無束】wújū-wúshù〔成〕沒有任何拘束;不受任何限制:我喜歡~的生活|大家~地發表意見。

【無可比擬】wúkě-bǐnǐ〔成〕沒有可以用來相比的:~的優越性|這是有史以來~的大變化。

【無可非議】wúkě-fēiyì〔成〕沒有甚麼值得加以責備的。指言行合乎情理,沒有過錯:她這樣處理,我覺得也~|這事本來就~。

【無可奉告】wúkě-fènggào〔成〕沒有甚麼可以告訴的(多用於外交場合):談判的內容~。

【無可厚非】wúkě-hòufēi〔成〕不能過分加以指責。表示雖有錯誤或缺點,但可以原諒。也說未可厚非。

【無可諱言】wúkě-huìyán〔成〕用不着忌諱,可以坦率地說:這是~的事實|~,我們自己還缺乏足夠的信心|事實俱在,~。也說毋庸諱言。

【無可救藥】wúkě-jiùyào〔成〕病已經重到不可用藥救治的程度。比喻到了無可挽救的地步:我看他還不是一個~的人|只要不是~,就要努力爭取。也說不可救藥。

【無可奈何】wúkě-nàihé〔成〕沒有辦法;不知怎樣對待:這孩子太頑劣,家長也~|~花落去。

【無可無不可】wú kě wú bùkě〔俗〕《論語·微子》:"我則異於是,無可無不可。"後指態度不鮮明,怎樣都行。也指人沒有主見,依違兩可:批准也好,不批准也好,我是~的。

【無可爭辯】wúkě-zhēngbiàn〔成〕沒有甚麼可以爭論或辯駁的。形容事實很清楚,說服力很強:這是~的事實|統計數字~地表明,國民經濟又有了新的發展。

【無可置疑】wúkě-zhìyí〔成〕指事實非常明顯或理由非常充足,沒有甚麼可以懷疑的:證據確鑿,~|他的整個發言都是~的。也說毋庸置疑。

【無孔不入】wúkǒng-bùrù〔成〕孔：窟窿。比喻見空子就鑽，不放過每一個機會（多含貶義）：他是做投機買賣的，到處鑽營，～。

【無愧】wúkuì〔動〕沒有甚麼可慚愧；不感到慚愧：～於英雄的稱號｜當之～｜問心～。

【無賴】wúlài ❶〔形〕刁鑽撒潑，蠻不講理：耍～｜～手段｜～行為。❷〔名〕刁鑽撒潑，蠻不講理的人：市井～｜他是個～。

【無厘頭】wúlítóu〔形〕(粵語)無來頭。泛指言行荒誕隨意，令人莫名其妙：～影片。

【無理】wúlǐ〔動〕沒有道理：～要求｜～取鬧｜～指責｜取鬧得～｜有理走遍天下，～寸步難行。

【無理攪三分】wúlǐ jiǎo sānfēn〔俗〕形容人胡攪蠻纏，不講道理：這個人不好對付，～。

【無理取鬧】wúlǐ-qǔnào〔成〕明明沒有道理，卻故意搗亂，跟人吵鬧：有甚麼要求可以提出，但不要～｜她不是～的人。

【無理數】wúlǐshù〔名〕無限不循環小數。如圓周率 3.14159……。

【無禮】wúlǐ〔動〕❶〔書〕不循法禮：人而～，不知其可。❷沒有禮貌：不得～。

【無力】wúlì〔動〕❶沒有氣力；沒勁兒：四肢～｜有氣～～。❷缺乏力量（做某事）：～解決｜負擔｜措施軟弱～｜我～給你幫助。

【無良】wúliáng〔形〕無德；缺德：～分子｜有些～企業竟然趁機將各種庫存商品、不合格產品推銷給了廣大市民。

【無量】wúliàng〔動〕沒有限量；沒有止境；形容極大或極多：前途～｜功德～。

【無量壽佛】Wúliàngshòufó 阿彌陀佛（佛經上說，阿彌陀含無量光、無量壽二義）。

【無聊】wúliáo〔形〕❶（精神）沒有寄託；空虛：整天躺着養病，感到十分～｜休息時間太長了，～得很｜閒得很～。❷（言行等）沒有積極意義而令人生厭：一班～的傢伙｜盡說些～的話｜她只關心穿着打扮，未免太～了。

【無論】wúlùn〔連〕表示在任何條件下，結果或結論不變（後邊常有"都"或"也"等呼應）：～甚麼天氣，他都會去｜～我怎麼說，他們都不理解｜～甚麼困難，也不能阻止我們前進。

【無論如何】wúlùn-rúhé 表示不管條件怎麼樣，結果始終不變：今年～也要把水庫建好｜你～得來一趟。

【無米之炊】wúmǐzhīchuī〔成〕古諺有"巧婦難為無米之炊"，意思是再能幹的婦女也難以做出沒有米的飯來。後用"無米之炊"比喻缺乏必要條件時，再能幹的人也無法完成的某項工作：你們談來談去，不過是～罷了｜不搞～。

【無冕之王】wúmiǎnzhīwáng 指沒有權貴高官的名位而作用和影響極大的人。現多指新聞記者。

【無名】wúmíng〔形〕屬性詞。❶沒有名稱的；叫不出名稱的：～高地。❷姓名傳播不廣的；不出名的：～英雄｜～小卒｜～之輩。❸不願說出姓名的；不具名的：～氏｜～揭帖。❹說不清楚頭緒的；沒有來由或無正當理由的：～的悲哀｜～的惆悵。

【無名指】wúmíngzhǐ〔名〕從拇指數起的第四個手指。

【無明火】wúmínghuǒ〔名〕(股)怒火（佛典中"無明"指痴或愚昧）：～起｜～直頂腦門｜～高三千丈。

【無奈】wúnài ❶〔動〕無可奈何；沒有辦法：出於～，只好賣掉房子｜這件事他也～，就不要麻煩他了。❷〔連〕表示一種轉折，為某種願望、意圖因故不能實現而有所惋惜，相當於"可惜、可是"：約好八點鐘出發，～他沒來，只得我們先去｜我正想寫點東西，～有人來訪，只好暫時擱筆。

【無能】wúnéng〔形〕沒有能力；能力低下：～之輩｜腐敗～｜你也太～了，這麼點事都辦不好！

【無能為力】wúnéng-wéilì〔成〕指（想使力而）沒有能力或能力不足；也指（想使力而）使不上力：幫他解決問題，我實在～｜他們見我～，也就不抱希望了。

【無期】wúqī ❶〔動〕沒有期限：遙遙～。❷〔名〕指無期徒刑：判了一個～。

【無期徒刑】wúqī túxíng 終身監禁的刑罰。

【無奇不有】wúqí-bùyǒu〔成〕甚麼樣的稀奇事物都有：天地之大，真是～。

【無牽無掛】wúqiān-wúguà〔成〕沒有任何牽掛；甚麼也不惦念：單身一人，～｜讓父母～地安度晚年。

【無巧不成書】wú qiǎo bù chéng shū〔諺〕形容事情十分巧合：真是～，前來談判的，竟是他的前妻。

【無親無故】wúqīn-wúgù〔成〕沒有親戚，也沒有朋友。形容孤單：他單身一人，～。

【無情】wúqíng ❶〔形〕沒有感情；沒有情誼：未必真豪傑｜落花有意，流水～。❷〔動〕不留情；不講情面：殘酷鬥爭，～打擊｜翻臉～｜歷史是～的。

【無窮】wúqióng〔動〕沒有窮盡；沒有限度；沒有止境：～無盡｜～的樂趣｜讀書之樂樂～｜接天蓮葉～碧，映日荷花別樣紅。

【無窮無盡】wúqióng-wújìn〔成〕沒有窮盡，沒有止境：宇宙空間是～的，世界萬物的變化也是～的。

【無人區】wúrénqū〔名〕沒有人居住的地區：藏北～｜～探險。

【無人問津】wúrén-wènjīn〔成〕沒有人詢問渡口在哪兒。比喻沒有人過問，受到冷落：這種商品價格太高，幾乎～。

【無傷大雅】wúshāng-dàyǎ〔成〕對事物的整體或主要方面沒有甚麼妨害或影響：這本書有幾處疏漏，能改正最好，不改也～。

【無上】wúshàng〔形〕沒有比它更高的；最高：～榮光｜～權力｜至高～。

【無神論】wúshénlùn〔名〕否認神的存在、反對迷信的學說：～者。

【無聲】wúshēng〔動〕沒有聲音：此時～勝有聲｜萬籟～｜～手槍｜～的抗議。

【無聲片】wúshēngpiàn（口語中也讀 wúshēngpiānr）〔名〕（部）只有形象沒有聲音的影片。也叫默片。

【無聲無息】wúshēng-wúxī〔成〕沒有聲響，沒有氣息。形容沉寂，沒有動靜。也比喻人或事情沒有影響，不為人知：秋天～地來了，樹葉開始飄落｜一場轟轟烈烈的運動，早已變得～了。

【無聲無臭】wúshēng-wúxiù〔成〕沒有聲音，沒有氣味。比喻人沒有名譽或事情毫無影響：她～地度過了一生｜開頭倒挺熱鬧的，後來就～，煙消火滅了。

【無繩電話】wúshéng diànhuà 指副機和主機之間不用電話綫連接的一種電話機，即把電話機底座（主機）與帶撥號盤的送話器（副機）分離，用戶通過無綫電波傳送信息進行通話。

【無師自通】wúshī-zìtōng〔成〕沒有老師指導依靠自學而懂得、掌握：他對電腦知識很感興趣，許多東西都能～。

【無時無刻】wúshí-wúkè〔成〕沒有哪個時刻，表示時時刻刻、每時每刻（常和“不”字連用）：她～不在搜集民歌民諺｜～都想念着你。**注意**“無時無刻不”“無時無刻都”都是“時時刻刻都”的意思。

【無事不登三寶殿】wúshì bùdēng sānbǎodiàn〔諺〕如果沒有某種要求，是不會登上佛殿的。比喻有急事就不上門：～，我今天是特意來求老兄幫忙的。

【無事生非】wúshì-shēngfēi〔成〕無緣無故地製造出一些是非來：挑撥離間，～，既有礙團結，又影響工作。

【無視】wúshì〔動〕不放在眼裏；不認真對待：～課堂紀律｜～群眾利益｜～黨紀國法。**注意**a）“無視”在句中通常只做謂語。b）“無視”後頭不帶“了、着、過”。c）“無視”後頭一定要帶賓語，賓語所指的只能是事物，而不能是人。

【無術】wúshù〔動〕❶ 沒有學問，沒有技術：不學～。❷ 沒有方法，沒有策略：分身～。

【無數】wúshù ❶〔形〕沒法子計數，形容極多：～的星星在天空閃爍｜～的事實證明了他說得對。❷〔動〕不知道底細；沒有把握：怎麼辦才好，我們都心中～。

【無雙】wúshuāng〔動〕沒有第二個；獨一無二：天下～｜舉世～。

【無私】wúsī〔形〕沒有私心；不含有自私的目的：鐵面～｜大公～｜～援助｜～奉獻｜～才能無畏｜心底～天地寬。

【無算】wúsuàn〔動〕沒法兒計算；形容極多（只做謂語）：損失～｜溺水而死者～。

【無損】wúsǔn〔動〕❶ 沒有損害（常與介詞“於”搭配使用）：這～於人們對他功過的評價。❷ 沒有遭到損壞：國寶完好～回歸祖國。

【無所不能】wúsuǒbùnéng〔成〕沒有甚麼事不會做或不能做：上天入地，～｜吹拉彈唱，～。

【無所不為】wúsuǒbùwéi〔成〕沒有甚麼事不去做的；意謂甚麼事都幹（多指壞事）：投機倒把，損人利己，～｜獨霸一方，～。

【無所不用其極】wú suǒ bùyòng qí jí〔俗〕《禮記·大學》：“是故君子無所不用其極。”原指無處不用盡心力。現多指任何卑劣的手段都使出來了，或所有壞事都幹盡了：為謀私利，他弄虛作假，損公肥私，投機鑽營，貪污受賄，～。

【無所措手足】wú suǒ cuò shǒuzú〔成〕《論語·子路》：“刑罰不中，則民無所措手足。”沒有可以放手腳的地方。形容拘束或緊張得不知道該怎麼辦才好：領導朝令夕改，讓下屬～｜第一次登台演唱，真有點～。

【無所顧忌】wúsuǒgùjì〔成〕沒有任何顧忌。指做事時對其後果或影響沒有多加考慮：他當時決定做此事時，真是～。

【無所事事】wúsuǒshìshì〔成〕沒有甚麼事情可做。指閒着甚麼事也不做：飽食終日，～｜找朋友談談，也比關在家裏～的好。

【無所適從】wúsuǒshìcóng〔成〕不知道該依從誰或怎麼做：你這樣說，他那樣說，倒叫我～了｜看到大家一哄而散，他～地愣在那裏。

【無所畏懼】wúsuǒwèijù〔成〕沒有甚麼可害怕的；甚麼也不怕：她向來是～的｜我做事沒有私心，自然也就～了。

【無所謂】wúsuǒwèi〔動〕❶ 說不上；談不到：這裏四季如春，～春夏秋冬｜搞科學研究，～假日不假日。❷ 沒有甚麼關係；不在乎：臉上露出一種～的神情｜她去不去～，你是非去不可的｜吃甚麼都行，我～。

【無所用心】wúsuǒyòngxīn〔成〕《論語·陽貨》：“飽食終日，無所用心，難矣哉！”沒有可思考的事情。指甚麼事情都漠不關心：像這樣整天吃喝玩樂，～，簡直糟透了！

【無所作為】wúsuǒzuòwéi〔成〕做不出甚麼成績或不努力做出成績：～和驕傲自滿的思想都是錯誤的｜難道你就甘心於一輩子～嗎？

【無題詩】wútíshī〔名〕（首）詩人別有寄託不願標明題目或覺得沒有適當的題目，即以“無題”為標題，故稱無題詩。

【無條件】wútiáojiàn ❶〔動〕不提出任何條件：～停火｜～投降｜為人民服務應當是～的。❷〔形〕屬性詞。不憑藉任何條件的：～反射。

【無頭案】wútóu'àn〔名〕(樁，起，件) 比喻沒有綫索可找的案件或事情：這樁～誰也解決不了。也叫無頭公案。

【無頭告示】wútóu gàoshi 用意不明的告示；不得要領的官樣文章；沒有署名的公開啟事：街上貼了張～｜～上的話，不足為訓。

【無土栽培】wútǔ zāipéi 不用土壤而用營養液栽培植物的農業技術，已在蔬菜、花卉和水果等生產中廣泛使用。

【無往不勝】wúwǎngbùshèng〔成〕沒有一個去處不勝利。指在各處都能取得成功：我軍～，敵人望風披靡｜正義的事業是～的。也說無往而不勝。

【無妄之災】wúwàngzhīzāi〔成〕無妄：意外。無緣無故而遭受的災禍：弟弟在人行道上被汽車撞傷，真是～｜接二連三的～，弄得我一籌莫展。

【無望】wúwàng〔書〕㊀〔動〕沒有指望（跟"有望"相對）：事已～｜病好～。㊁〔形〕沒有邊際：～的宇宙。

【無微不至】wúwēi-bùzhì〔成〕沒有一處細節沒想到。形容關懷、照顧得非常細心、周到：母親對孩子的關懷照料，真是～｜～地關心和照顧病人。

【無為】wúwéi〔動〕❶〈書〉道家指順應自然，不必有所追求：～自化，清靜自正。❷〈書〉儒家指以德政感化人民，不施行刑治：～而治者，其舜也與。❸ 無所作為：碌碌～｜平庸～。

【無味】wúwèi〔動〕❶ 沒有滋味：淡而～｜吃了河豚，百樣～。❷ 沒有氣味：氧氣無色、～。❸ 沒有意味：語言～｜文章索然～｜這部電影枯燥～。

【無畏】wúwèi〔形〕沒有畏懼，（對困難、艱險等）不感到害怕：無私才能～｜～而自信的氣概。

【無謂】wúwèi〔形〕沒有甚麼意義和價值：～的糾紛｜～的爭吵｜把主要精力集注於生活瑣事，未免太～了。

【無息】wúxī㊀〔動〕沒有聲息：無聲～。㊁〔動〕沒有利息：～貸款。

【無隙可乘】wúxì-kěchéng〔成〕沒有空子可鑽。比喻沒有機會可以利用：時刻保持警惕，使壞人～。也說無機可乘。

【無暇】wúxiá〔動〕〈書〉沒有空餘的時間：～顧及｜～過問此事｜工作繁忙，～遊山玩水。

【無限】wúxiàn ❶〔形〕沒有窮盡；沒有限度（跟"有限"相對）：～大｜對未來充滿～的信心｜前途～。❷〔副〕非常；極其：～熱愛｜～忠誠｜夕陽～好，只是近黃昏｜田園～美，山河

分外嬌。

【無限期】wúxiànqī 沒有明確終結期限：～休會｜～擱置動議｜工期不得～延長。

【無綫】wúxiàn〔形〕屬性詞。不用導綫的：～電話｜～電報｜～上網。

【無綫電】wúxiàndiàn〔名〕❶ 利用電波的振蕩來傳送和接收各種信號的技術設備，因不用導綫傳送，故稱：～通信｜～傳真｜～收音機。❷ (台) 無綫電收音機。

【無效】wúxiào〔動〕❶ 沒有效果：～勞動｜～分藥｜～油井。❷ 沒有效力：～審判｜醫治～｜宣佈合同～。

【無邪】wúxié〔形〕沒有不正當的念頭：天真～｜～的目光。

【無懈可擊】wúxiè-kějī〔成〕沒有任何漏洞可以讓人攻擊或指責。形容非常嚴密：這一套方案堪稱～｜文章論證周密，敘事翔實，～。

【無心】wúxīn ❶〔動〕沒有心思（跟"有心"相對）：他家中有事，～參加晚會｜她～去做那些無聊的事。❷〔副〕無意（跟"有心"相對）：～說出來的話，您可別介意｜有意栽花花不發，～插柳柳成陰。

【無行】wúxíng〔動〕〈書〉沒有好品行；品行不好：此人～，口碑不好。

【無形】wúxíng ❶〔形〕屬性詞。不具備某種形式或名義而有類似作用的；感覺不到而能知覺到的（跟"有形"相對）：～的損失｜～的壓力｜人為的障礙是～的。❷〔副〕無形中；在不知不覺的情況下：工作已～中陷於停頓｜該組織剛成立，就～地解散了。

【無形中】wúxíngzhōng〔副〕在不知不覺的過程中；自然而然地：兩人～成了知己朋友｜輪流做東～成了這幾個老朋友聚會的一條規矩。也說無形之中。

【無形資產】wúxíng zīchǎn 指不具有實物形態的資產，一般指知識產權，包括專利權、商標權、著作權、信譽等。

【無須】wúxū〔副〕不必；用不着：～害怕｜～過慮｜～你操心｜～驚動親朋好友。也說無須乎。

【無煙煤】wúyānméi〔名〕煤的一種，色黑，質硬，有金屬光澤，比煙煤含碳量高，燃燒時冒煙較少，可用作動力燃料、生活燃料和氣化原料等。也叫硬煤。

【無言以對】wúyányǐduì〔成〕對答不上來：他的假話被大家看穿了，他羞愧得～。

【無氧運動】wúyǎng yùndòng 耗氧量超過了人體攝入能力的高強度運動，如賽跑、舉重等（跟"有氧運動"相對）。

【無恙】wúyàng〔動〕〈書〉沒有疾病；沒受損害：別來～？｜安然～｜暴雨突降，京城～。

【無業】wúyè〔動〕沒有職業：～人員｜～遊民｜

在家～。

【無一】wúyī〔動〕沒有一個：～例外｜～逃生｜～考取。

【無依無靠】wúyī-wúkào〔成〕完全沒有依靠；沒有任何依靠：舉目無親，～｜～的孤兒。

【無疑】wúyí〔動〕毫無疑問；確鑿：～是錯誤的｜這～是一種巧合。

【無遺】wúyí〔動〕沒有遺留；沒有剩下：醜惡嘴臉暴露～｜大火延燒數十日，森林破壞～。

【無以復加】wúyǐfùjiā〔成〕已到極點，沒法子再增加：盡善盡美，～｜手段之毒辣已經到了～的程度。

【無益】wúyì〔動〕沒有好處；有害：～亂吃保健品，對身體健康～。

【無異】wúyì〔動〕沒甚麼兩樣；沒甚麼不同：這種行為與自殺～｜一個嚴重缺水的城市，又加500萬流動人口，這～於雪上加霜。

【無意】wúyì ❶〔動〕沒有（做某事的）願望：我完全～於此｜～干涉別人的私事。 ❷〔副〕沒有加以注意；不是故意地：他在～中發現了正在通緝的那名逃犯｜～說了句笑話，卻得罪了一個人。

【無意識】wúyìshi〔形〕沒有經過思索的；未加注意的（跟"有意識"相對）：～的動作｜您別生氣了，我剛才說的完全是～的。

【無垠】wúyín〔動〕〈書〉沒有邊際。形容空間遼闊：一望～的大草原｜大海廣闊～。

【無影無蹤】wúyǐng-wúzōng〔成〕完全消失，蹤影全無：眾人趕到時，兇犯早已跑得～了｜原先的自卑心理，如今已～。

【無用】wúyòng〔形〕沒有用處；不起作用：～的東西｜你要是這點事都幹不成，就太～了。

【無憂無慮】wúyōu-wúlǜ〔成〕沒有任何憂愁和思慮。形容心情舒暢，生活愉快：生活過得～｜幼兒園裏的小朋友一天到晚～。

【無餘】wúyú〔動〕沒有剩餘：站在大廈最高處，京城街巷可一覽～。

【無與倫比】wúyǔlúnbǐ〔成〕沒有能與之相類比的（多含褒義）：他在文學上的成就是～的｜～的偉大建築。

【無援】wúyuán〔動〕沒有援助；得不到援助：孤立～｜處於～境地。

【無緣】wúyuán〔動〕沒有緣分；沒有機會：有緣千里來相會，～對面不相逢｜多次～世界杯。

【無緣無故】wúyuán-wúgù〔成〕沒有任何緣故；沒有任何起因或理由：他這樣～大發脾氣，令人莫明其妙｜世間決沒有～的愛，也沒有～的恨。

【無怨無悔】wúyuàn-wúhuǐ〔成〕對別人沒有怨恨，對自己也不後悔。指甘心情願承認某事實或結果：二十年前他去了邊疆，雖然失去了當專家教授的機會，但為邊疆建設做出了貢獻，至今～。

【無障礙通道】wúzhàng'ài tōngdào 為方便殘疾人、老年人、病人等安全通行而設置的通道，如盲道、輪椅坡道、殘疾人專用的升降電梯等：完善～和殘疾人專用衛生間｜有着六百多年歷史的故宮也開啟了～。

【無知】wúzhī〔形〕缺乏知識；不明事理：～無識｜～是迷信的根源｜年幼～｜犯錯誤是出於～。

【無中生有】wúzhōng-shēngyǒu〔成〕把沒有說成有。指憑空捏造：雞蛋裏挑骨頭，～。

【無足輕重】wúzú-qīngzhòng〔成〕有它不多，無它不少，不足以影響事物的輕重。形容無關緊要：不要認為只有語文、數學重要，其他各科都～｜～的小人物。

蜈 wú 見下。

【蜈蚣】wúgōng(-gong)〔名〕(條)節肢動物，軀幹由許多環節構成，每節有腳一對，第一對腳呈鈎狀，有毒腺，能分泌毒液。可入藥。

鋙(铻) wú 見"鋙鋙"(787頁)。另見 yǔ (1661頁)。

蕪(芜) wú〈書〉❶ 草長得多而亂：荒～｜田園將～，胡不歸？ ❷（文辭）雜而亂：～辭｜舉要刪～｜去～存菁。 ❸ 指草木叢生的地方：春色滿平～。

語彙　繁蕪　荒蕪　蘼蕪

【蕪辭】wúcí〔名〕繁雜的言辭：刪除～｜文多～｜～累句。

【蕪穢】wúhuì〔形〕❶ 雜草叢生的樣子：～荒涼。 ❷ 繁雜的樣子：略其～，集其清英。

【蕪雜】wúzá〔形〕（文辭等）沒有條理；雜亂：內容～｜紛亂～。

鵐(鹀) wú〔名〕鳥名，形狀大小像麻雀，雄鳥羽毛較鮮艷。吃種子或昆蟲。種類較多。

鼯 wú 鼯鼠。

【鼯鼠】wúshǔ〔名〕(隻)哺乳動物，形狀像松鼠，前後肢間有寬大多毛的皮膜，能在樹間滑翔。吃樹芽、果實等。也叫飛鼠。

wǔ ㄨˇ

五 wǔ ㊀ ❶〔數〕數目，四加一後所得：～歲｜～倍｜～十｜～分之一｜～顏六色｜三～成群｜三令～申。 ❷ (Wǔ)〔名〕姓。 ㊁〔名〕中國民族音樂音階上的一級，樂譜

上用作記音符號，相當於簡譜的"6"。參見"工尺"（447頁）。

語彙 破五　二百五　隔三岔五　二一添作五　一退六二五

【五霸】Wǔbà〔名〕春秋時代先後稱霸的五個諸侯，一般指齊桓公、晉文公、秦穆公、宋襄公和楚莊王。

【五保戶】wǔbǎohù〔名〕中國農村中因為生活無靠而享受保吃、保穿、保燒（燃料）、保教（少年和兒童）、保葬等待遇的農戶。

【五倍子】wǔbèizǐ〔名〕五倍子蚜蟲寄生在鹽膚木上刺激葉細胞而形成的蟲癭，可入藥。也作五棓子。

【五棓子】wǔbèizǐ 同"五倍子"。

【五彩】wǔcǎi〔名〕原指青、黃、赤、白、黑五種顏色，泛指各種顏色：～旗｜～斑斕｜～繽紛。

【五彩繽紛】（五采繽紛）wǔcǎi-bīnfēn〔成〕色彩紛繁，艷麗好看：節日焰火～。

【五大三粗】wǔdà-sāncū〔成〕形容人長得高大魁梧：～的漢子。

【五代】Wǔdài〔名〕唐朝以後，後梁（公元907–923）、後唐（公元921–936）、後晉（公元936–947）、後漢（公元947–950）、後周（公元951–960）先後在中原建立政權的時期。

【五帝】Wǔdì〔名〕傳說中的中國五位帝王，一般指黃帝（軒轅）、顓頊（高陽）、帝嚳（高辛）、唐堯、虞舜。

【五斗櫃】wǔdǒuguì〔名〕有五個抽屜的櫃子。也叫五屜櫃、五斗櫥。

【五短身材】wǔduǎn-shēncái〔成〕（成年人）四肢和軀幹都短小；身材矮：～的中年漢子｜生得～，練就一身武藝。

【五方雜處】wǔfāng-záchǔ〔成〕東、南、西、北、中，各方面的人雜居相處在一起。形容居民複雜，來自各地的人都有：～，人員複雜｜城市裏～，宗族觀念比較淡薄。

【五分制】wǔfēnzhì〔名〕評定學生成績的一種記分方法，共分五個等級，五分為滿分，是優等，四分為良，三分為及格，一、二分不及格。

【五分鐘熱度】wǔfēnzhōng rèdù 指時間很短的熱情：他又喜歡上集郵了，不過也就～，過了幾天就會丟在一邊。

【五更】wǔgēng〔名〕❶ 舊時將黃昏到拂曉一夜間分為五段，叫五更。❷ 第五更的時候：～天｜起～，睡半夜｜三更燈火～雞。

五更與古代時辰、現代時間對應表

更次	異名		古代時辰	現代時間
一更	一鼓	甲夜	戌時	19–21 時
二更	二鼓	乙夜	亥時	21–23 時
三更	三鼓	丙夜	子時	23–1 時
四更	四鼓	丁夜	丑時	1–3 時
五更	五鼓	戊夜	寅時	3–5 時

【五古】wǔgǔ〔名〕（首）古體詩的一種，每句五字。參見"古體詩"（466頁）。

【五鼓】wǔgǔ〔名〕五更。

【五穀】wǔgǔ〔名〕五種穀物，說法不一，一般指水稻、黍子、穀子、麥子和豆類；泛指糧食作物：四體不勤，～不分。

【五穀豐登】wǔgǔ-fēngdēng〔成〕形容年成好，糧食豐收：～，六畜興旺。

【五官】wǔguān〔名〕人體的五種器官，所指不一。中醫指鼻、目、口唇、舌、耳；西醫指眼、耳、鼻、喉、口；通常指耳、目、口、鼻、舌；泛指臉上各器官：～端正，儀表堂堂。

【五光十色】wǔguāng-shísè〔成〕呈現出多種光和色。形容花樣繁多：展銷會的商品～，令人目不暇接。

【五湖四海】wǔhú-sìhǎi〔成〕泛指全國各地：我們大家來自～。

【五花八門】wǔhuā-bāmén〔成〕原指古代戰術中變幻多端的五行陣和八門陣。現比喻事物的花樣繁多，變化莫測：那家大超市里的商品～，琳琅滿目。

【五花大綁】wǔhuā-dàbǎng 綁人的一種方式，用繩子套住脖子並繞到背後綁緊反剪的雙臂。

【五花肉】wǔhuāròu〔名〕肥瘦相間的豬肉。

【五環旗】Wǔhuánqí〔名〕指國際奧林匹克委員會會旗。旗面白色，上面印有五個圓環相套的圓環，三環在上，兩環在下。五環分別為藍、黑、紅、黃、綠五種顏色，分別代表歐洲、非洲、美洲、亞洲、大洋洲。五環象徵着五大洲的團結。五環旗在 1920 年第七屆奧運會上第一次使用。

【五講四美】wǔjiǎng sìměi 中國社會主義精神文明建設中關於文明禮貌方面的若干行為規範，"五講"指講文明、講禮貌、講衛生、講秩序、講道德；"四美"指心靈美、語言美、行為美、環境美。

【五角大樓】Wǔjiǎo Dàlóu 美國國防部辦公樓。位於美國首都華盛頓近郊波托馬克河畔。是一座由五棟五層的樓房聯結而成的五角形建築，故稱。常用作美國國防部的代稱。

【五金】wǔjīn〔名〕金、銀、銅、鐵、錫的總稱；泛指各種金屬或金屬製品：～用品｜～商店。

【五經】Wǔjīng〔名〕五種儒家經典，包括《易》《書》《詩》《禮》《春秋》。

【五絕】wǔjué〔名〕（首）絕句詩的一種，每首四句，每句五字。參見"絕句"（728頁）。

【五勞七傷】（五癆七傷）wǔláo-qīshāng 五勞：中

醫指心、肝、脾、肺、腎五臟的勞損;七傷:中醫指大飽傷脾,大怒氣逆傷肝,強力舉重、久坐濕地傷腎,形寒飲冷傷肺,憂愁思慮傷心,風雨寒暑傷形,恐懼不節傷志。泛指體弱多病。

【五里霧】wǔlǐwù〔名〕《後漢書·張楷傳》:"性好道術,能作五里霧。"後用"五里霧"比喻迷離恍惚,不能真切明瞭的境界:他的話使聽者如墮~中。

【五糧液】wǔliángyè〔名〕四川宜賓出產的一種白酒,以小麥、高粱、玉米、糯米、大米五種糧食為原料製成,故稱。屬中國名酒。

【五嶺】Wǔlǐng〔名〕南方五條山嶺的總稱,指江西、廣東間的大庾嶺,湖南東南部的騎田嶺,湖南、廣西間的萌渚嶺、都龐嶺和越城嶺。

【五律】wǔlǜ〔名〕(首)律詩的一種,每首八句,每句五字。參見"律詩"(878頁)。

【五倫】wǔlún〔名〕封建禮教所規定的君臣、父子、兄弟、夫婦、朋友等五種倫理關係。

【五馬分屍】wǔmǎ-fēnshī〔成〕古代一種酷刑,用五匹馬拴住人頭和四肢,然後驅馬將人撕裂開。比喻把完整的東西分割成幾部分。

【五內】wǔnèi〔名〕五臟,常用來指內心:~俱傷|~如焚|銘感~。

【五色】wǔsè〔名〕五彩:~繽紛|~旗|目迷~。

【五十步笑百步】wǔshí bù xiào bǎi bù〔成〕《孟子·梁惠王上》:"兵刃既接,棄甲曳兵而走,或百步而後止,或五十步而後止,以五十步笑百步,則如何?"意思是臨陣退卻了五十步的士兵恥笑退卻了一百步的士兵。後用"五十步笑百步"比喻自己跟別人有同樣的錯誤和缺點,卻以自己程度較輕而嘲笑別人。也比喻兩者的缺點、錯誤性質是一樣的,只不過略有些程度上的差別而已。

【五四青年節】Wǔ-Sì Qīngnián Jié 紀念五四運動的節日,為繼承和發揚中國青年光榮革命傳統,1949年12月中央人民政府政務院規定5月4日為青年節。

【五四運動】Wǔ-Sì Yùndòng 1919年5月4日,北京數千名愛國學生在天安門前集會,並舉行示威遊行,反對北洋軍閥政府在賣國的巴黎和約上簽字,要求"外爭國權,內懲國賊"。運動很快擴展到全國,並得到工人的支持,從而形成空前規模的反對帝國主義和封建主義的偉大革命運動,它標誌着中國新民主主義革命的開始。

【五台山】Wǔtái Shān〔名〕中國四大佛教名山之一,位於山西五台縣東北。由五座山勢雄渾、頂平如台的山峰構成,故稱。相傳兩名印度僧人見佛經中"五台山"是文殊菩薩所居之地的記載,便專程來中國五台山訪察,並奏請當時的漢明帝在山中建寺。從此歷代相沿,廟宇興建不絕。漢代的顯通寺、唐代的南禪寺、宋代的五郎廟、明代的無量殿、清代皇帝上山朝拜時所建行宮等,使這裏殿堂成群,金碧輝煌,蔚為大觀。

【五體投地】wǔtǐ-tóudì〔成〕佛教徒向尊者行禮,兩膝、兩肘和額頭全部與地面接觸,是佛教最高禮節。形容尊敬或佩服到了極點。

【五味】wǔwèi〔名〕指酸、甜、苦、辣、鹹五種味道;泛指各種味道或各種美味食品:打翻了~瓶——說不上是啥滋味|~令人口爽。

【五味子】wǔwèizǐ〔名〕多年生藤本植物,品種較多,產於北部的有"北五味子",產於中部的有"華中五味子"。二者花有乳白、淡紅及橙黃之分,漿果深紅或淡紅,果實可入藥,性溫,味酸甜,有補肺腎、澀精氣等功效。

【五綫譜】wǔxiànpǔ〔名〕在五條平行橫綫上標記音符的樂譜。兩綫之間叫間,音符記在綫、間上表示音的高低,如有更高或更低的音,則在五綫上下加短橫綫表示。

【五香】wǔxiāng〔名〕指茴香子、花椒、八角、桂皮、丁香花蕾等五種調味香料。

【五星紅旗】Wǔxīng Hóngqí 指中華人民共和國國旗。旗面為紅色,象徵革命,左上方一大四小五顆星象徵中國共產黨領導下的全國各族人民大團結。

【五刑】wǔxíng〔名〕古代五種刑罰,殷、周時指墨(刻刺面額,填以黑色)、劓(yì,割去鼻子)、剕(fèi,把腳砍掉)、宮(閹割)、大辟(處死),隋以後指笞(chī,鞭打)、杖(用棍棒打)、徒(監禁,服勞役)、流(流放,服苦役)、死(死刑)。

【五行】wǔxíng〔名〕指水、火、木、金、土五種物質。中國古代思想家認為這五種物質是構成萬物的原素,並以這五種物質之間的關係說明宇宙的變化。中醫學用五行相生相剋說明人體生理病理現象,星象家則用它推算人的命運。

五行與五方、五色、四季、五音相配表				
五行	五方	五色	四季	五音
木	東	青	春	角
火	南	赤	夏	徵
土	中	黃	季夏	宮
金	西	白	秋	商
水	北	黑	冬	羽

【五椏果】wǔyāguǒ〔名〕常綠喬木。高可達30米,樹皮紅褐色,葉長圓形,花白色,果實球形。根、皮可入藥。

【五言詩】wǔyánshī〔名〕(首)中國的一種舊體詩,每句五個字,有五言古詩、五言律詩、五言絕句和五言排律。

W

【五顏六色】wǔyán-liùsè〔成〕同時呈現的各種各樣的顏色，形容顏色多而雜：碼頭燈光輝煌，天空～｜廣場上停着～的車輛。

【五羊城】Wǔyángchéng〔名〕廣州的別稱。

【五業】wǔyè〔名〕指農業、林業、畜牧業、副業、漁業：～興旺。

【五一國際勞動節】Wǔ-Yī Guójì Láodòng Jié 全世界勞動人民團結戰鬥的節日。1886 年 5 月 1 日美國芝加哥工人舉行大罷工，反對資本家的殘酷剝削，要求實行八小時工作制，經過英勇頑強的鬥爭，在世界各國工人支援下，最終取得勝利。1889 年在恩格斯領導召開的第二國際成立大會上，決定 5 月 1 日為國際勞動節。簡稱勞動節、五一節。

【五音】wǔyīn〔名〕❶中國古代五聲音階中的五個音級，即宮、商、角(jué)、徵(zhǐ)、羽，唐以後又名合、四、乙、尺(chě)、工，相當於現代簡譜中的 1、2、3、5、6。❷中國音韻學名詞，指五類聲母在口腔中的五種發音部位，即喉、牙、舌、齒、唇五音。

【五月節】Wǔyuè Jié〔名〕端午節。

【五嶽】Wǔyuè〔名〕中國五大名山的合稱，指東嶽泰山(在山東)、西嶽華山(在陝西)、南嶽衡山(在湖南)、北嶽恆山(在山西)和中嶽嵩山(在河南)。

【五臟】wǔzàng〔名〕心、肝、脾、肺、腎五種器官的合稱：～俱裂｜～六腑。

【五指】wǔzhǐ〔名〕手上的五個指頭，即大拇指、食指、中指、無名指、小指。

【五洲】wǔzhōu〔名〕亞洲、歐洲、非洲、大洋洲和美洲的合稱，泛指世界各地：雄視～｜～萬國。

【五子登科】wǔzǐ-dēngkē〔成〕《宋史·竇儀傳》載，竇禹鈞的五個兒子相繼及第，故稱。後用作祝福辭或吉祥語。

【五子棋】wǔzǐqí〔名〕(盤)棋類運動之一。用圍棋子在圍棋盤上對下，先將五子連成一列(橫行、直行或斜行)者為勝。

午 wǔ〔名〕❶地支的第七位。❷日正當中，十二時：鋤禾日當～，汗滴禾下土。❸(Wǔ)姓。

語彙　端午　晌午　上午　下午　正午　中午

【午餐】wǔcān〔名〕(頓)午飯。

【午飯】wǔfàn〔名〕(頓)中午吃的飯食。

【午後】wǔhòu〔名〕下午；午飯以後：～兩點鐘上班｜～休息一會兒再去。

【午間】wǔjiān〔名〕中午：～新聞｜～休息。

【午覺】wǔjiào〔名〕午飯後短時間的睡眠：睡個～再出去。

【午前】wǔqián〔名〕上午；午飯以前：～八點，到大禮堂聽報告｜希望您在～趕回來。

【午時】wǔshí〔名〕用十二時辰記時指上午十一時至下午一時；泛指中飯前後的一段時間。

【午睡】wǔshuì ❶〔動〕午飯後睡覺休息：我一般不～｜小朋友都～了。❷〔名〕午覺：我從來不睡～｜～能令人精神飽滿。

【午休】wǔxiū〔動〕午間休息：～之後開個會。

【午宴】wǔyàn〔名〕午間舉行的宴會。

【午夜】wǔyè〔名〕半夜；夜裏十二時(零時)左右：工作到～｜列車到站，已是～時分。

伍 wǔ ❶ 古代軍隊編制的最小單位，士兵五人為一伍；今泛指軍隊：隊～｜行(háng)～｜入～。❷ 同輩；夥伴：不與為～。❸〔數〕"五"的大寫。多用於票據、賬目。❹(Wǔ)〔名〕姓。

語彙　隊伍　行伍　落伍　配伍　入伍　退伍　羞與為伍

仵 wǔ ❶仵作。❷(Wǔ)〔名〕姓。

【仵作】wǔzuò〔名〕舊時稱以檢驗死傷、代人殮葬為業的人。

忤〈啎〉 wǔ〈書〉違逆；觸犯：～權貴｜不以為～。

【忤逆】wǔnì〔動〕(對父母)不孝順：～不孝。

武 wǔ ㊀❶關於軍事、技擊或強力的(跟"文"相對)：～備｜～功｜～打｜～工｜～士｜～鬥｜練～｜文～雙全。❷勇猛；猛烈：～夫｜～火｜～勇｜神～｜雄～｜威～不屈。❸(Wǔ)〔名〕姓。
㊁〈書〉半步；泛指腳步：步～｜繼～｜踵～前賢。

語彙　比武　步武　動武　繼武　練武　尚武　神武　威武　玄武　演武　英武　勇武　用武　踵武　窮兵黷武

【武場】wǔchǎng〔名〕戲曲伴奏樂器中的鑼鼓等打擊樂部分。也指演奏這些樂器的人(區別於"文場")。

【武丑】wǔchǒu(～兒)〔名〕傳統戲曲中丑行的一種，扮演身懷武藝而性格機警、語言幽默的人物。着重翻跳武功，講究口齒清楚有力(區別於"文丑")。俗稱開口跳。

【武打】wǔdǎ〔動〕傳統戲曲中用武術表演的搏鬥，泛指表演性的搏鬥：～場面｜擅長～。

【武旦】wǔdàn〔名〕傳統戲曲中旦行的一種，扮演擅長武藝的女性人物，偏重武打，特別是"打出手"。

【武德】wǔdé〔名〕習武的人應具備的品德：重視～，伸張正義。

【武斷】wǔduàn ❶〔動〕不顧客觀事實，只憑主觀意志來進行判斷：我沒有調查清楚，不便憑空～｜給別人提意見，要注意防止～。❷〔形〕形容言行主觀片面，不顧客觀實際：作風～｜傲慢～｜這樣做未免太～了。

【武瘋】wǔfēng〔名〕精神分裂症的一種類型，不僅說瘋話，而且行動粗暴，甚至於打人、殺人、毀壞器物（區別於"文瘋"）。

【武工】wǔgōng❶同"武功"②。❷〔名〕武裝工作：~隊。

【武工隊】wǔgōngduì〔名〕（支）武裝工作隊的簡稱，抗日戰爭時期在中國共產黨領導下的一種精幹武裝組織。任務是深入敵佔區開展各種鬥爭，打擊敵軍，摧毀偽政權。

【武功】wǔgōng〔名〕❶軍事方面的業績：文治~｜~顯赫。❷武術方面的功夫。多指傳統戲曲中的武術表演：這齣戲~很好。也作武工。

【武官】wǔguān〔名〕（位，名）❶從事軍事工作的官員（區別於"文官"）：文官不愛錢，~不怕死。❷駐外使館的組成人員之一，是使館中負責軍事的外交官，由本國軍事主管部門派遣軍事人員擔任。

【武館】wǔguǎn〔名〕民間教習武術的處所。

【武行】wǔháng〔名〕❶傳統戲曲中泛指表演武打的配角，所扮角色在劇本中大都沒有名字，專職是翻翻打打。❷比喻騷亂打鬥的行為或場面：兩個團夥發生衝突，演了一齣全~。

【武火】wǔhuǒ〔名〕（烹飪或煎中藥時用的）比較猛的火（區別於"文火"）：用~烹炸。

【武警】wǔjǐng〔名〕❶武裝警察的簡稱：~部隊｜~總隊｜~戰士。❷（位，名）武裝警察人員。

【武力】wǔlì〔名〕❶軍事力量；武裝力量：~雄厚｜戰爭是一種~的較量。❷強暴的力量：讓人心服，不能憑~。

【武林】wǔlín〔名〕❶武術界：~高手｜稱霸~。❷（Wǔlín）浙江杭州的別稱，以武林山而得名。

【武廟】wǔmiào〔名〕（座）供奉關羽的廟。有的地區也指關羽、岳飛合祀的廟。

【武器】wǔqì〔名〕❶直接用於殺傷敵人或破壞其設施的器械、裝置等：常規~｜核~｜收繳~。❷比喻進行某種鬥爭的工具或手段：我們有批評和自我批評這個~。

【武生】wǔshēng〔名〕傳統戲曲中生行的一種，扮演擅長武藝的青壯年男子。長靠武生紮大靠，武打、功架並重，短打武生着緊身短裝，偏重武打特技。武老生扮演老年勇武人物。

【武士】wǔshì〔名〕（名）❶有勇力的人：多虧這位~拚死相救。❷古代的宮廷衛士。

【武士道】wǔshìdào〔名〕日本幕府時代武士奉行的道德準則，內容是忠君、節義、勇武、堅忍等，要求對封建主絕對忠誠，甚至不惜身家性命。

【武術】wǔshù〔名〕中國傳統的體育項目，指徒手或持種各器械的技擊動作，含長拳、太極拳、南拳、劍術、刀術、槍術、棍術等。現已成為世界體育運動項目之一。

【武松】WǔSōng〔名〕白話小說《水滸傳》中的人物，勇武剛直，曾在景陽岡上徒手打死猛虎，後參加梁山泊農民起義軍。一般把他當作英雄好漢的典型。

【武戲】wǔxì〔名〕以武功為主的戲（區別於"文戲"）：你喜歡~還是文戲？

【武俠】wǔxiá〔名〕舊指武藝高強，專門扶危濟困、打抱不平的人：~小說。

【武星】wǔxīng〔名〕指有名的武術運動員或武打演員。

【武藝】wǔyì〔名〕武術方面的技藝：~超群｜十八般~，樣樣高強。

【武職】wǔzhí〔名〕武官的職務；軍事職務（區別於"文職"）：~人員｜擔任~。

【武裝】wǔzhuāng❶〔名〕軍裝；戎裝：~帶｜中華兒女多奇志，不愛紅裝愛~。❷〔名〕軍隊：我們是人民的~。❸〔名〕武力；暴力：~鬥爭｜~偵察。❹〔名〕軍事裝備：~力量。❺〔動〕用武器加以裝備：~起來，保衛家鄉｜敵人已經~到牙齒了。❻〔動〕用精神的東西充實加強：用科學知識~頭腦。

昈 wǔ〈書〉光明。

迕 wǔ〈書〉❶違背；抵觸：上下相反，好惡乖~。❷相遇：相~。❸交錯：錯~。

語彙 　牾迕　錯迕　乖迕　相迕

侮 wǔ ❶欺負；侮辱：欺~｜不~鰥寡｜士可殺，不可~。❷外來的侵略和壓迫：團結禦~。

語彙 　欺侮　外侮　禦侮

【侮慢】wǔmàn〔動〕欺侮輕慢：不得~使者。

【侮蔑】wǔmiè〔動〕❶侮辱輕慢：~長者｜受到嘲諷和~。❷輕蔑：~的眼光。

【侮辱】wǔrǔ〔動〕用言行侮弄、損害對方的人格或名譽，使蒙受恥辱：遭受~｜不許~婦女。

【侮狎】wǔxiá〔動〕〈書〉輕慢戲弄：每欲~之。

捂 wǔ〔動〕遮蓋；封閉：用手帕~着鼻子｜身上~着兩床被子｜你把眼睛~住，不許看｜放鞭炮了，快把耳朵~上｜把生柿子放在缸裏~兩天。

悟 wǔ 見"抵牾"（277頁）。

珷 wǔ〈書〉玉石。

【珷玞】wǔfū〔名〕類似玉的石塊。也作砆砆。

砆 wǔ〈書〉玉石。

【砆砆】wǔfū 同"珷玞"。

舞

wǔ ❶〔名〕"舞蹈"①：獨~｜雙人~｜集體~｜交誼~｜秧歌~｜豐收~｜跳了一次~。❷〔動〕"舞蹈"②：載歌載~｜萬里長空且為忠魂~。❸飄舞；飛舞：東風勁吹紅旗~。❹〔動〕手執某種器械做出有節奏或有規則的動作：~劍｜~槍弄棒｜~龍燈。❺〔動〕揮舞；舞動：~着鐵棍亂打｜張牙~爪。❻耍；玩弄：~文弄墨｜營私~弊。

語彙　飛舞　歌舞　鼓舞　揮舞　飄舞　跳舞　樂舞　芭蕾舞　交際舞　獅子舞　龍飛鳳舞　眉飛色舞　輕歌曼舞　群魔亂舞　聞雞起舞　載歌載舞

【舞伴】wǔbàn（~兒）〔名〕（位）舞會上伴同跳舞的人。

【舞弊】wǔbì〔動〕弄虛作假，鑽空子做違法亂紀的事：營私~｜利用職權~｜嚴查考試~。

【舞場】wǔchǎng〔名〕供人跳舞的場所（多為營業性的）：他開了個~。

【舞池】wǔchí〔名〕指舞廳中心供跳舞的場地，比伴奏和休息的地方略低，形似池。

【舞蹈】wǔdǎo ❶〔名〕以有節奏的動作和造型來表現社會生活和思想感情的一種藝術形式：~動作｜~表演｜古典~｜民間~。❷〔動〕表演舞蹈；跳舞：她~的姿勢非常優美。

【舞動】wǔdòng〔動〕揮舞；擺動：手持鮮花，不停地~着｜姑娘~腰肢，跳起了民族舞蹈。

【舞會】wǔhuì〔名〕（場）以跳交誼舞為主的集會：週末~｜化裝~。

【舞劇】wǔjù〔名〕綜合音樂、舞蹈、啞劇等藝術而主要以舞蹈表現內容和情節的戲劇。

【舞美】wǔměi〔名〕舞台美術的簡稱：~燈光｜~設計。

【舞迷】wǔmí〔名〕（位）喜歡跳舞並且十分入迷的人：兩個人都是~，有舞會，他們肯定參加。

【舞弄】wǔnòng〔動〕揮舞耍弄：~刀槍｜~棍棒｜手中~着一個東西。

【舞女】wǔnǚ〔名〕（名）舞場中以伴舞為業的女子。

【舞曲】wǔqǔ〔名〕（支，首）為配合舞蹈節奏而作成的樂曲，多用作舞蹈伴奏，也可獨立演奏：圓~｜秧歌~。

【舞台】wǔtái〔名〕❶（座）供演出戲劇、歌舞等的台子：~美術｜~監督｜~生活｜~藝術。❷比喻供人開展事業、發揮才能或施展抱負的社會活動領域：政治~｜歷史~｜在軍事~上導演出威武雄壯的話劇來。

【舞台美術】wǔtái měishù 戲劇藝術的一個組成部分，包括燈光、佈景、化裝、服裝、道具和音響效果等；其作用和目的是配合演員表演，表現生活環境和創造角色外部形象。簡稱舞美。

【舞廳】wǔtīng〔名〕❶（座）供跳舞用的大廳：~裏人們正翩翩起舞。❷（家，座）供人跳舞的營業性娛樂場所。

【舞文弄墨】wǔwén-nòngmò〔成〕《隋書·王充傳》："明習法令，而舞弄文墨，高下其心。"原指歪曲利用法律條文以達到舞弊的目的。現多指賣弄文才，玩弄文字技巧，以顯示自己的高明：寫文章宜實事求是，不可~，華而不實。

【舞榭歌台】wǔxiè-gētái〔成〕供歌舞用的台榭。

【舞星】wǔxīng〔名〕（位，名）指有名的舞蹈演員：歌星、~、笑星、影星濟濟一堂。

【舞姿】wǔzī〔名〕跳舞的姿態：~優美｜輕盈的~。

廡（庑）

wǔ〈書〉堂下周圍的走廊、廊屋。

潕（沅）

Wǔ 潕水，水名。源出貴州，東流經鎮遠為潕陽河。再東北流，經芷江至黔陽，與沅江匯合。

憮（怃）

wǔ〈書〉❶驚愕的樣子。❷失意或失望的樣子：~然。

嫵（妩）

wǔ 見下。

【嫵媚】wǔmèi〔形〕姿容美好可愛：風流~｜~動人｜又添了幾分~。

鵡（鹉）

wǔ 見"鸚鵡"（1628頁）。

wù　ㄨ

兀

wù〈書〉❶高聳；突出：~立｜突~。❷光禿：~鷲｜蜀山~，阿房出。
另見 wū（1425頁）。

【兀傲】wù'ào〔形〕〈書〉倔強高傲的樣子：恃才~。

【兀鷲】wùjiù〔名〕一種猛禽，身體高大，頭和頸部羽毛退化而裸露，翼長，嘴端有鉤，視覺敏銳。生活在高原山麓地區，常在高空盤旋覓食動物屍體。

【兀立】wùlì〔動〕直立；獨自站立：群峰~。

【兀兀】wùwù〔形〕〈書〉獨自勤奮不止的樣子：焚膏油以繼晷，恆~以窮年。

【兀自】wùzì〔副〕〈書〉仍然；尚自：大火撲滅，~有騰騰熱氣｜天色已晚，~飲酒不歇。

勿

wù〔副〕不要；別（用於禁止或勸阻）：請~吸煙｜萬~泄露｜~謂言之不預（不要說事先沒有打招呼）。

戊

wù〔名〕天干的第五位。也用來表示順序的第五：~戌年。

【戊戌變法】Wùxū Biànfǎ 1898年（農曆戊戌年）以康有為、梁啟超為首的改良派發動的一場企圖通過光緒皇帝進行政治改革的變法維新運動。主張學習西方，廢八股，立學堂，提倡商辦工業，裁減綠營冗兵等。自該年6月11日起，清政府曾頒佈一系列變法詔令。但因遭到以慈禧太后為首的守舊派的反對和打擊，歷時僅 103 天即告失敗。也叫戊戌維新、百日維新。

【戊夜】wùyè〔名〕古代指五更時，即凌晨三時至五時。

扤
wù〈書〉撼動；搖動。

屼
wù〈書〉山禿的樣子。

阢
wù 見下。

【阢陧】wùniè 同"杌陧"。

杌
wù 杌子：～凳。

【杌凳】wùdèng（～兒）〔名〕杌子：兩個小～兒。

【杌陧】wùniè〔形〕〈書〉不安的樣子。也作阢陧、兀臬。

【杌子】wùzi〔名〕沒有靠背的小矮凳子：搬幾個小～來。

芴
wù〔名〕有機化合物，化學式 $C_{13}H_{10}$。白色片狀晶體，存在於煤焦油中。[英 fluo-rene]

物
wù ❶ 東西：～美價廉｜玩～喪志｜身外之～。❷ 物產：地大～博。❸ 動物：人為萬～之靈。❹ 法律上指權利客體之一，含生產資料和生活資料。❺〈書〉指自己以外的人或環境：橫遭～議｜待人接～｜不以～喜，不以己悲。❻ 內容；實質：空洞無～｜言之有～。❼ 附於名詞後構成新名詞，表示事物的較大類別：貨～｜景～｜塊狀～。❽ 附於動詞後構成名詞：產～｜飾～｜讀～｜化合～。❾ 附於形容詞後構成名詞：寶～｜舊～｜廢～｜怪～｜靜～｜有機～。

語彙				
寶物	博物	財物	產物	動物	讀物	廢物
公物	古物	穀物	怪物	貨物	景物	靜物	刊物
礦物	禮物	名物	器物	人物	生物	失物	食物
實物	事物	飾物	玩物	萬物	文物	信物	藥物
衣物	遺物	異物	尤物	贓物	植物	作物	參照物
混合物	建築物	暴殄天物	龐然大物	恃才傲物
探囊取物	言之有物

【物產】wùchǎn〔名〕天然出產或人工製造的物品（多就一國或一地區而言）：～豐富。

【物阜民豐】wùfù-mínfēng〔成〕物產豐盛，人民富足。

【物故】wùgù〔動〕〈書〉死亡；去世：數人染時疫～｜前年我弟～。

【物歸原主】wùguī-yuánzhǔ〔成〕東西歸還給原來的主人：你丟失的那支筆我拾到了，現在～吧。

【物耗】wùhào〔名〕物資消耗：減少～｜降低～。

【物候】wùhòu〔名〕自然界氣候變化在動植物生長過程中和活動現象上的週期性反映：～學｜觀察～｜農諺裏包含着豐富的～知識。

【物換星移】wùhuàn-xīngyí〔成〕景物改變，星辰移動。形容時序世事的變遷。

【物極必反】wùjí-bìfǎn〔成〕事物發展到極限，就會走向反面：～，否（pǐ）極泰來｜壞事做盡之人，必將迅速垮台，這就是～的道理。

【物價】wùjià〔名〕商品的價格：市場繁榮，～穩定｜調整～｜加強市場～管理。

【物件】wùjiàn〔名〕成件的物品；這些珍貴～要收好。

【物理】wùlǐ〔名〕❶〈書〉事物的常理：人情～｜聰明有機斷，尤精～。❷ 物理學。

【物理變化】wùlǐ biànhuà 物質只改變形態而沒有生成其他物質的變化，是物質變化的一種類型，如汽油揮發、水遇冷凝結（區別於"化學變化"）。

【物理性質】wùlǐ xìngzhì 物質不需要發生化學變化就表現出來的性質，如狀態、顏色、比重、味道、氣味、沸點及能否溶解等（區別於"化學性質"）。

【物理學】wùlǐxué〔名〕研究物質運動最一般規律和物質基礎結構的學科。

【物力】wùlì〔名〕可供使用的物資：節約使用人力～｜這項工程需要充足的人力、～、財力支持。

【物料】wùliào〔名〕物品材料：～充足｜節約～。

【物流】wùliú〔名〕物品從供貨處到受貨處的流動過程，包括包裝、儲存、配送、運輸等多個環節：新型～企業｜提供～服務｜～配送中心｜減少企業～成本。

【物美價廉】wùměi-jiàlián〔成〕東西質量好，價格便宜：想買點～的貨。也說價廉物美。

【物品】wùpǐn〔名〕東西（多指體積不大的）：貴重～｜零星～｜各種～｜易燃～｜買了些日常生活必需的～。

【物權】wùquán〔名〕對物的權利，即人對其財產的權利：～法｜業主委員會討論了業主在小區內享有的～。

【物色】wùsè〔動〕按照一定的標準去發現和挑選（所需要的人或物）：～人才｜他在為兒子～對象呢｜～好建房地點。

【物體】wùtǐ〔名〕佔有一定空間的物質實體：玻璃是透明～｜任何～都有發射和反射電磁波的能力。

【物象】wùxiàng〔名〕❶ 物體在不同環境中顯示的現象：勞動人民根據～，總結出不少有用的農諺。❷ 物體的形象：客觀～｜模仿～。

【物業】wùyè〔名〕❶ 產業，多指房地產及相關配套設施：～管理。❷ 指物業管理公司：維修房屋找～。

【物以類聚】wùyǐlèijù〔成〕同類的人或事物常聚合

在一起：～，人以群分，他倆是一路貨色。

【物以稀為貴】wù yǐ xī wéi guì〔俗〕物品因為稀少而顯得珍貴：這裏水果很難買到，而且價錢很高，大概是～吧。

【物議】wùyì〔名〕〈書〉來自外界人們的批評議論：～譁然｜引起～｜不為～所動。

【物語】wùyǔ〔名〕故事；傳說：青春～｜時尚～。[日]

【物欲】wùyù〔名〕對物質享受的欲望；經不住～的誘惑。

【物證】wùzhèng〔名〕能對案件的真相起證明作用的物品或痕跡（區別於"人證"）：找到了～｜人證～俱在。

【物質】wùzhì(-zhi)〔名〕❶哲學上指獨立存在於人的意識之外的客觀實在：運動是～的根本屬性｜～的唯一特徵是客觀實在性。❷特指金錢、生活資料和生產工具等：～生活｜～獎勵｜～享受｜～文明｜～條件比過去好了。

【物質刺激】wùzhì cìjī用物質利益刺激人們的積極性：不能放棄思想工作，片面強調～。

【物質文化遺產】wùzhì wénhuà yíchǎn指具有歷史、藝術和科學價值的文物，包括可移動文物和不可移動文物，如手稿、建築、石刻等。

【物質文明】wùzhì wénmíng指人類在社會實踐過程中創造和積累的物質成果（跟"精神文明"相對）：加強精神文明和～建設。

【物種】wùzhǒng〔名〕生物分類的基本單位，指有自身的生理、形態特點並有一定的自然分佈地區的生物類群。簡稱種。

【物主】wùzhǔ〔名〕物品的所有者（多指失竊或丟失財物的）：在失物招領處，很多～在認領自己的東西。

【物資】wùzī〔名〕（生活上、生產上或軍事上所使用的）物質資料：～供應｜～儲運｜農用～｜軍用～｜調撥抗洪～。

虺 wù 見"虺虺"（981頁）。

烏（乌）wù 見下。
另見 wū（1426頁）。

【烏拉】wùla〔名〕（雙，隻）東北地區冬天穿的一種靴子，用皮革製成，內墊烏拉草。也作靰鞡。
另見 wūlā（1426頁）。

【烏拉草】wùlacǎo〔名〕產於中國東北地區的一種草，莖葉曬乾後，襯墊在鞋內，可以保暖：東北三件寶——人參、貂皮、～。也作靰鞡草。

悟 wù〔動〕領會；覺醒：～性｜領～｜恍然大～｜執迷不～｜～出一個道理。

語彙 感悟 悔悟 覺悟 醒悟 恍然大悟 執迷不悟

【悟性】wùxìng〔名〕理解、判斷和推理的能力：～差｜～好｜她有很高的～。

晤 wù〈書〉遇；見面：會～｜～談｜海上一～，至今數年。

【晤面】wùmiàn〔動〕〈書〉見面：初次～，印象頗佳｜神交已久，從未～。

【晤談】wùtán〔動〕〈書〉見面並交談：～片刻｜～竟日｜～之中，倍生敬意。

焐 wù〔動〕❶用熱東西使涼東西變暖；在暖氣上～～手｜用熱水袋～被窩兒。❷把熱的東西放在不容易導熱的容器中，使保温：把飯鍋～在草籃子裏。

務（务）wù ❶任務；事情：公～｜內～｜總～｜雜～｜不急之～。❷從事；致力：～實｜～虛｜不～正業。❸追求；謀求（多用於貶義）：不～虛名｜貪多～得。❹舊時收稅關卡，現多用於地名：曹家～（在河北）｜河西～（在天津）｜商酒～（在河南）。❺〔副〕必定，一定：～請出席｜～於三時前趕到。❻（Wù）〔名〕姓。

語彙 財務 常務 黨務 防務 服務 港務 公務 國務 家務 教務 劇務 軍務 內務 僑務 勤務 任務 商務 時務 事務 稅務 特務 外務 洋務 業務 醫務 義務 雜務 債務 政務 職務 總務 不急之務

【務本】wùběn〔動〕致力於根本：君子～，本立而道生。

【務必】wùbì〔副〕必須；一定要（多用於祈使句）：～完成任務｜明天的會議請你～參加。

【務工】wùgōng〔動〕從事工業生產或工程建設方面的工作（多就脫離農業生產而言）：外出～人員。

【務農】wùnóng〔動〕從事農業生產：一個兒子做工，一個兒子～｜小李畢業後，決心回鄉～。

【務期】wùqī〔動〕務必要；一定要：～必克｜～努力向前。

【務實】wùshí ❶(-//-)〔動〕指研究討論如何開展和完成具體實際的工作（跟"務虛"相對）：重在～｜別老務虛，該務務實了！❷〔形〕講求實際，不尚浮華：作風～｜這人工作很～。

【務使】wùshǐ〔動〕一定使；一定要讓（某人或某事怎麼樣）：做好救災工作，～群眾滿意｜講求商品質量，～美觀耐用。

【務須】wùxū〔副〕務必；必須（語氣較輕，多用於書面語）：～繼續努力｜～按計劃完成。

【務虛】wù//xū〔動〕指就某項工作的理論原則、政治意義等方面進行討論或研究（跟"務實"相對）：～會｜～多，務實少｜～是為了統一認識。

惡（恶）wù 討厭；憎恨（跟"好 hào"相對）：好逸～勞｜深～痛絕。
另見 è（339頁）；wū（1427頁）；"惡"另見 è（338頁）。

語彙　可惡　痛惡　厭惡　憎惡

靰

wù　見下。

【靰鞡】wùla　同"烏拉"。

瘄

wù　見下。

【瘄子】wùzi〔名〕（顆）凸起的痣，紅色或黑褐色：她眉間有個小～。

嫿

wù　❶古星名，即女宿。❷（Wù）嫿州，古地名。在今浙江金華一帶。

【嫿劇】wùjù〔名〕地方戲曲劇種，流行於浙江金華和麗水一帶。主要唱腔有高腔、昆腔等。舊稱金華戲。

塢（坞）〈隖〉

wù　❶周圍高、中間低的地方：山～｜村～。❷四面擋風的建築物：花～｜船～。❸〈書〉防守用的小型城堡：結～自守。

誤（误）

wù　❶差錯：筆～｜訛～｜勘～｜謬～｜核實無～｜深恐有～。❷不正確的：～解｜乖～。❸非故意的：～傷｜～入歧途。❹〔動〕耽誤：～事｜不～農時｜別～了上課｜沒～過一次工。❺〔動〕使受損害：～人子弟｜人～地一時，地～人一年。

語彙　筆誤　遲誤　舛誤　錯誤　耽誤　訛誤　註誤　勘誤　謬誤　失誤　脫誤　違誤　無誤　延誤　貽誤　正誤

【誤餐】wùcān〔動〕耽誤了吃飯（多指因外出工作而延誤了正常用餐時間）：～補助。

【誤差】wùchā〔名〕一個量的計算值或觀測值跟其真值的差數：～很大｜～極小｜～不超過千分之三毫米。

【誤導】wùdǎo〔動〕錯誤地引導：把握宣傳的正確方向，防止～｜虛假廣告～消費者。

【誤點】wù//diǎn〔動〕（車、船、飛機等）出發或到達時比規定時間晚（跟"正點"相對）：火車～了｜輪船～是常有的事。

【誤讀】wùdú〔動〕❶讀錯（字、詞、句子等）：電視節目主持人也有～字音的情況。❷錯誤地理解：對這一新政策要加以宣講，避免民眾～。

【誤工】wù//gōng〔動〕❶耽誤工作：採取措施，保證進度，避免～。❷在生產勞動中缺勤或遲到：最近他因家中有病人已多次～。

【誤國害民】wùguó-hàimín〔成〕使國家受損，人民受害：身為政府要員，當思報效國家，不可專權亂政，～。

【誤會】wùhuì　❶〔動〕誤解別人的意思：他～你的意思了｜你千萬別～。❷〔名〕（場）對別人意思的誤解：這是一場～｜消除～，增進團結｜我對他沒有絲毫的～。

【誤解】wùjiě　❶〔動〕不正確地領會：不要～了題

意｜你們倆之間完全～了｜請別～我的話。❷〔名〕錯誤的理解：現在弄清楚了，原來是～｜這是一種～。

【誤判】wùpàn〔動〕做出錯誤判決，多指法庭判案或體育競賽中裁判的錯誤行為：裁判兩次～，激起我方隊員不滿｜案子～，傷及無辜。

【誤區】wùqū〔名〕由於某種原因而形成的不正確認識或做法：認為花錢多就能買到好東西，這是消費的～。

【誤人子弟】wùrénzǐdì〔成〕因教育者不稱職或不負責任而耽誤了求學的年輕人：學校辦不好就是～。

【誤入歧途】wùrù-qítú〔成〕因失誤或一時不慎而走上錯誤的道路：他們也是受人誘惑，～。

【誤殺】wùshā〔動〕法律上指主觀上沒有殺人動機，因一時失誤而造成別人死亡。

【誤傷】wùshāng〔動〕無意中使他人身體受傷：～別人。

【誤事】wù//shì〔動〕耽誤事；把事辦壞：酒後開車會～｜你放心，誤不了事｜從來沒有誤過事｜你可別誤了我的事。

【誤診】wùzhěn〔動〕❶錯誤地診斷：患者因醫生～而致死。❷由於延誤時間，使診治不及時：他一直以為是小病，因而～。

窹

wù〈書〉❶從睡眠中醒來：～寐求之｜七日而～。❷同"悟"：覽古事而自～。

鋈

wù〈書〉❶白銅；白色金屬。❷鍍：～器（鍍以金銀的器具）。

霧（雾）

wù　❶〔名〕（場）接近地面的水蒸氣，是空氣中的水分遇冷凝結而成的小水點：雲～｜煙～｜騰雲駕～。也說霧氣。❷像霧的東西：噴～器｜～化治療。

語彙　迷霧　煙霧　雲霧　騰雲駕霧

【霧靄】wù'ǎi〔名〕〈書〉霧氣：～沉沉楚天闊。

【霧化】wùhuà〔動〕使液體變成霧狀：做～治療。

【霧裏看花】wùlǐ-kànhuā〔成〕唐朝杜甫《小寒食舟中作》詩："春水船如天上坐，老年花似霧中看。"意思是年老眼花，看花像隔了一層霧。後用"霧裏看花"形容模糊不清，看事物不真切，不分明。也比喻看不清事物的本質。

【霧濛濛】wùméngméng（～的）〔形〕狀態詞。形容霧氣濃重的樣子：江面上～的，甚麼也看不清楚。

【霧氣】wùqì〔名〕"霧"①：～濛濛，看不清河對岸。

【霧凇】wùsōng〔名〕在有霧的寒冷天氣裏，霧氣凝聚在樹木枝條或其他物體上的白色鬆散冰晶。附着在樹上的，通稱樹掛。中國農諺有"霧凇重霧凇，窮漢置飯甕"，認為霧凇景觀的出現是豐年之兆。

鶩（骛）wù〈書〉❶ 奔馳：心～於榮辱之途。❷ 追求：致力：外～｜好高～遠。

語彙　旁鶩　外鶩

鶩（鹜）wù〈書〉❶ 鴨子：水～｜不與雞～爭食。❷ 野鴨：落霞與孤～齊飛，秋水共長天一色。

X

XĪ ㄒㄧ

夕 xī／xì ❶〔名〕日落時；傍晚：～陽｜朝不保～｜朝發～至｜一朝一～。❷泛指夜晚：竟～未能入睡｜終～不寐。❸（Xī）〔名〕姓。

語彙 除夕 旦夕 七夕 前夕 朝不保夕

【夕陽】xīyáng ❶〔名〕傍晚的太陽：～西下｜～無限好。❷〔名〕比喻晚年：～工程｜關愛～。❸〔形〕屬性詞。比喻傳統的、日漸衰落、不再有發展空間的（跟"朝陽"相對）：～技術｜～產業。

【夕照】xīzhào〔名〕傍晚照射的陽光：雷峰～｜～中鳥兒喳喳地叫着歸巢了。

兮 xī ❶〔助〕〈書〉語氣助詞。用在句中或句末，與現代漢語的"啊"相似：長太息以掩涕～，哀民生之多艱｜不稼不穡，胡取禾三百廛～！❷（Xī）〔名〕姓。

西 xī ❶〔名〕方位詞。四個主要方向之一，太陽落下去的一邊（跟"東"相對）：～沉｜～樓｜～橋｜往～去。❷（Xī）西洋；內容或形式屬於西洋的：～醫｜～點｜中～文化交流｜全盤～化行不通。❸指西方極樂世界；陰間：一命歸～。❹（Xī）〔名〕姓。

語彙 東西 歸西 中西 聲東擊西

【西北】xīběi〔名〕❶方位詞。西和北之間的方向：一颳～風可就冷了。❷（Xīběi）特指中國西北部地區，包括陝西、甘肅、寧夏、青海、新疆等省區和內蒙古自治區西部。

【西邊】xībian（～兒）〔名〕方位詞。西：～的太陽快要落山了。

【西賓】xībīn〔名〕西席。

【西餅】xībǐng〔名〕西式點心、蛋糕，又稱"西點"：好多人為了趕早班車，就在便利店買個～，拿到公司當作早餐｜地鐵站裏又多開了兩家～店。

【西餐】xīcān〔名〕西洋式的飯菜，吃時用刀叉（區別於"中餐"）：晚宴吃的是～｜中餐、～都可以。

【西點】xīdiǎn〔名〕西洋式糕點。

【西方】xīfāng〔名〕❶方位詞。西：～有一片樹林。❷（Xīfāng）指歐美各國；有時特指西歐和北美等地區的資本主義國家：～文明｜～國家（包括日本）。❸佛教徒指西天。

❹（Xīfāng）複姓。

【西非】Xīfēi〔名〕非洲西部地區，包括毛里塔尼亞、西撒哈拉、加那利群島、馬里、塞內加爾、岡比亞、布基納法索、幾內亞、幾內亞比紹、佛得角、塞拉利昂、利比里亞、科特迪瓦、加納、多哥、貝寧、尼日爾、尼日利亞等。

【西風】xīfēng〔名〕❶（股，陣）秋風：～起，秋天到。❷指西洋的風氣：～東漸（jiàn）。

【西鳳酒】xīfèngjiǔ〔名〕陝西鳳翔柳林鎮出產的一種白酒。酒質醇厚、甜潤，有水果香。

【西服】xīfú〔名〕（套，身）西洋式的服裝。三件一套的男西服，包括一件上衣，一件背心（襯衣外的）和一條褲子；女西服一套有兩件，一件上衣和一條裙子。舊稱洋服，也叫西裝。

【西瓜】xīguā〔名〕❶一年生草本植物，果實為圓形或橢圓形大漿果，果肉富含水分，味甜。❷（塊，牙）這種植物的果實：這個～脆沙瓤兒｜無子～。

西瓜東傳

西瓜原產於非洲，公元 10 世紀傳入西域。不久，就傳入中國北方以至中原。宋朝歐陽修《新五代史·四夷附錄》載，遼天祿元年（公元 947 年），胡嶠隨蕭翰北上契丹，途中首次吃到西瓜。據說是"契丹破回紇得此種，以牛糞覆棚而種，大如中國冬瓜而味甘"，故稱西瓜。明朝徐光啟《農政全書》中也說："西瓜，種出西域，故名之。"近年考古工作者在吐魯番古墓葬中發現了一千多年前的西瓜子，更為上述史籍記載提供了實物佐證。

【西郭】Xīguō〔名〕複姓。

【西漢】Xīhàn〔名〕朝代，公元前 206-公元 25 年，自劉邦稱漢王開始，至劉玄更始三年止（包括王莽稱帝的 14 年時間）。建都長安（今陝西西安）。因長安在東漢都城洛陽之西，史稱西漢。也叫前漢。

【西紅柿】xīhóngshì〔名〕番茄。

【西湖】Xī Hú〔名〕湖名，位於浙江杭州。原為杭州灣的一部分，後被泥沙淤塞、隔斷而成湖，面積 5.6 平方千米。湖濱多名勝古跡。

【西化】xīhuà〔動〕模仿歐美的風俗習慣或語言文化等：全盤～。

【西晉】Xījìn〔名〕朝代，公元 265-317 年，自武帝司馬炎泰始元年起，至湣帝司馬鄴建興五年止。建都洛陽。

【西經】xījīng〔名〕本初子午綫以西的經度或經綫：～180 度。參見"經度"（695 頁）、"經綫"（697 頁）。

【西門】Xīmén〔名〕複姓。

【西面】xīmiàn（～兒）〔名〕方位詞。西邊。

【西南】xīnán〔名〕❶方位詞。西和南之間的方向。❷（Xīnán）中國西南部，包括四川、雲南、貴州、西藏等省區及重慶市。

【西歐】Xī'ōu〔名〕歐洲西部地區，狹義指歐洲的英國、愛爾蘭、荷蘭、比利時、盧森堡、法國和摩納哥等國。通常指東歐以外的歐洲國家。

【西皮】xīpí〔名〕戲曲聲腔之一，板式有導板（倒板）、慢板、原板、快板、散板等。曲調明快高亢，一般適合表現人物激昂慷慨或活潑愉快的情緒。跟二黃聲腔並用，合稱皮黃。

【西乞】Xīqǐ〔名〕複姓。

【西遷節】Xīqiān Jié〔名〕錫伯族的傳統節日，在農曆四月十八日。當天舉行野炊、射箭、唱歌、跳舞等活動，紀念先民西遷。也叫遷徙節。

【西曬】xīshài〔動〕陽光在下午從房屋朝西的窗戶射進來。西曬的房屋，冬冷夏熱。

【西施】Xīshī〔名〕春秋時越國美女。越王勾踐獻西施給吳王夫差以亂其政。後把西施當作美女的代稱。也叫西子。

【西式】xīshì〔形〕屬性詞。西洋式樣的（區別於"中式"）：～糕點｜～家具｜～建築｜～婚禮。

【西天】xītiān〔名〕❶中國古代佛教徒稱印度為西天。印度古稱天竺，在中國西南方，故稱。❷佛教徒指極樂世界。

【西魏】Xīwèi〔名〕南北朝時北朝之一，公元535-556年，元寶炬所建，建都長安（今陝西西安）。

【西席】xīxí〔名〕舊時指家中所請的教師或官吏請來辦事的人員。古代主位在東，客位在西，故稱。也叫西賓。

【西夏】Xīxià〔名〕中國古代西北少數民族黨項族拓跋氏建立的政權（1038-1227）。在今寧夏、陝西北部、甘肅西北部、青海東北部和內蒙古西部。建都興慶府（今銀川）。因在宋之西，史稱西夏。為元所滅。

【西學】xīxué〔名〕西洋的學術，舊指歐美各國的社會科學和自然科學：中學為體，～為用｜～東漸。

【西亞】Xīyà〔名〕亞洲的西南部地區，包括阿富汗、伊朗、土耳其、塞浦路斯、敍利亞、黎巴嫩、巴勒斯坦、以色列、約旦、伊拉克、科威特、沙特阿拉伯、也門、阿曼、阿拉伯聯合酋長國、卡塔爾、巴林、格魯吉亞、阿塞拜疆、亞美尼亞等國家和地區。

【西洋】Xīyáng〔名〕❶泛指歐美各國：～文學｜～音樂。❷古代指馬來群島、馬來半島、印度、斯里蘭卡、阿拉伯半島、東非等地：鄭和下～。

【西洋畫】xīyánghuà〔名〕（張，幅）西洋的各種繪畫。因工具、材料的不同，可分為鉛筆畫、油畫、水彩畫、水粉畫等。簡稱西畫。

【西洋景】xīyángjǐng〔名〕一種民間的娛樂遊戲器具，一個大的箱子，裏面裝着畫片兒，箱子的一面裝有放大鏡，可以從放大鏡看到放大的畫面。因為最初畫片兒多是西洋畫兒，故稱。也叫西洋鏡。參見"拉洋片"（792頁）。

【西洋鏡】xīyángjìng〔名〕❶西洋景。❷比喻故弄玄虛藉以騙人的計謀或手法：拆穿～。

【西洋參】xīyángshēn〔名〕多年生草本植物，形似人參，根莖略呈圓柱形。原產北美洲，中國引種栽培。根可入藥，有養陰、清火、生津等功用。

【西藥】xīyào〔名〕西醫所用的藥物。

【西醫】xīyī〔名〕❶從歐美等西方國家傳入中國的醫學。❷（名，位）運用西醫的理論和技術治病的醫生：中醫和～要互相學習。

【西周】Xīzhōu〔名〕朝代，公元前1046-前771年，自周武王滅商起，至周平王東遷前一年止，建都鎬京（今陝西西安西南）。

【西裝】xīzhuāng〔名〕（套，身）西服。

【西子】Xīzǐ〔名〕西施的雅稱。

【西子湖】Xīzǐ Hú〔名〕指浙江杭州的西湖。宋朝蘇軾《飲湖上初晴後雨》有"欲把西湖比西子，淡妝濃抹總相宜"的詩句，故稱。

汐　xī/xì　夜晚的潮：潮～｜海～。

吸　xī

❶〔動〕生物體把液體或氣體從口或鼻孔引到體內（跟"呼"相對）：～氧｜用力～一下氣｜勸他別～煙，他還～。❷〔動〕吸收；吸入：海綿～水｜這種紙不～墨。❸〔動〕吸引；吸附：磁石能～鐵。❹（Xī）〔名〕姓。

語彙　呼吸　解吸　空吸　吮吸

【吸塵器】xīchénqì〔名〕（台）利用電動抽氣機吸除灰塵、粉末等的機器。也叫除塵器。

【吸儲】xīchǔ〔動〕（銀行、信用社等）吸收儲蓄存款：提高服務質量，增強～競爭力｜他是這家銀行的～能手。

【吸毒】xī//dú〔動〕吸食鴉片、大麻或吸食、注射嗎啡、可卡因、海洛因等毒品。

【吸附】xīfù〔動〕固體或液體將其他物質分子或微粒吸過來，使附着在自己表面上。這種現象在防毒、脫色、染色、催化等方面都起着重要作用。

【吸管】xīguǎn（～兒）〔名〕❶（根）一種供吸取飲料用的塑料或蠟紙細管兒：賣盒裝飲料都帶～兒｜用～喝酸奶。❷（支）化學實驗中用來吸取少量液體的器具，由玻璃管兒（有的上面刻有C.C.度數）和球狀的皮頭兒組成。

【吸力】xīlì〔名〕引力，多指磁體作用所表現出的吸引他物的力量：地心～｜工業吸盤靠～取運貨物。

【吸納】xīnà〔動〕❶吸收納入：～資金｜～新生力量｜第三產業在～勞動力就業方面有獨特的

優勢。❷接受；採納：～先進的管理理念｜～合理化建議。

【吸取】xīqǔ〔動〕吸收取得：～水分｜～營養｜～教訓。

【吸濕】xīshī〔動〕吸收潮濕：～劑｜～性｜石灰有～功能。

【吸食】xīshí〔動〕用嘴或鼻吸進：～毒品｜～流質食物。

【吸收】xīshōu〔動〕❶動、植物有機體攝取有益成分：消化～｜～營養。❷把外界的某些物質吸到內部：木炭可以～有毒氣體。❸物體使某些現象、作用減弱或消失：這個音樂廳的牆壁設計很科學，噪音都被～了。❹接受；接納：～新會員｜他被～入加組織。

【吸吮】xīshǔn〔動〕吮吸：嬰兒～母親的乳汁。

【吸鐵石】xītiěshí〔名〕（塊）磁鐵：用～吸出鐵屑。

【吸血鬼】xīxuèguǐ〔名〕❶西方傳說中專門吸食人的血液的魔怪：在這部影片裏他扮演了一個～。❷比喻靠榨取勞動人民血汗生活的人：贓官和奸商是一群～。

【吸煙】xī//yān〔動〕❶將香煙或煙絲點燃後產生的煙吸進並呼出：～對人體有害｜先吸一支煙歇歇再說。❷特指吸食鴉片：那個敗家子，有一點錢就去煙館～，把父母都氣死了。通常說吸大煙。

【吸引】xīyǐn〔動〕把別的物體、力量或別人的注意力引到某一方面：～力｜互相～｜～眼球｜把聽京戲的觀眾～過來｜他的講話很～人。

希 xī ㊀ ❶〔動〕希望：屆時～出席指導｜敬～讀者批評指正。❷(Xī)〔名〕姓。
㊁舊同"稀"①。

【希冀】xījì〔動〕〈書〉希望達到某種目標（多指好的）：有所～。

【希臘字母】Xīlà zìmǔ 希臘文的字母。來源於腓尼基字母①；公元前4世紀形成，共24個。在數學、物理、天文等學科中常用作符號。

【希圖】xītú ❶〔動〕企圖；打算達到某種目的（多指不好的）：～矇騙別人｜～發橫財｜不知他心裏～甚麼。❷〔名〕希望；企圖：不知他有甚麼～。

【希望】xīwàng ❶〔動〕想要達到某種目的或出現某種情況：他～當個飛行員｜他～雨停下來好出去玩兒。❷〔名〕願望：你的～很快就能實現。❸〔名〕希望所寄託的對象：青少年是國家未來的～。

【希望工程】Xīwàng Gōngchéng 動社會關心、幫助貧困地區失學、輟學兒童上學學習的規劃和措施。因少年兒童是國家未來的希望，故稱。

【希望小學】xīwàng xiǎoxué 在實施希望工程的過程中，由單位或個人捐資興建的小學。

昔 xī/xí ❶往昔；從前（跟"今"相對）：今～對比｜撫今追～。❷(Xī)〔名〕姓。

語彙 古昔 今昔 平昔 往昔 撫今追昔

【昔年】xīnián〔名〕〈書〉往年；從前：～同窗，今又重逢。

【昔日】xīrì〔名〕〈書〉往日；從前：～的荒地，今天的良田｜～風光今猶在。

【昔時】xīshí〔名〕〈書〉往日：～是朋友，今日成冤家。

析 xī ❶分開；分散：分崩離～。❷分析；辨析：奇文共欣賞，疑義相與～。❸(Xī)〔名〕姓。

語彙 辨析 分析 解析 剖析 分崩離析 條分縷析

【析產】xīchǎn〔動〕分家產：父母遺留的房子，歸你們兄弟幾個繼承，～就比較複雜了。

【析疑】xīyí〔動〕〈書〉解釋疑惑：論難～。

矽 xī/xì〔名〕硅的舊稱。

【矽肺】xīfèi〔名〕硅肺的舊稱。

胅 xī〈書〉聲音振起或傳播。多見於人名：羊舌～（春秋時晉國人）。

窸 xī 見"窸窣"（1799頁）。

傃 xī〈書〉訴訟時當面對質。

恓 xī 見下。

【恓惶】xīhuáng〔形〕〈書〉煩惱不安的樣子。

【恓恓】xīxī〔形〕〈書〉忙碌不安的樣子：陋巷孤寒士，出門苦～。

茜 xī 多見於中國婦女名字或外國婦女名字的譯音。
另見 qiàn（1073頁）。

栖 xī 見下。
另見 qī "棲"（1047頁）。

【栖栖】xīxī〔形〕〈書〉不安的樣子。

唏 xī ❶〈書〉歎息：噓～。❷〔歎〕表示不以為然：～，照這樣說，他倒是為我們好？

【唏噓】xīxū 同"欷歔"。

息 xī/xí ❶呼出或吸進的氣：氣～｜鼻～。❷休息：按時作～。❸停止：～怒｜掌聲經久不～。❹繁殖；滋生：生～｜蕃～。❺〈書〉指子女：子～。❻利錢，利息：年～｜股～｜無～貸款。❼音信：消～｜信～。❽(Xī)〔名〕姓。

語彙 安息 本息 屏息 出息 喘息 定息 姑息 股息 利息 年息 平息 棲息 氣息 稍息 聲息 瞬息 太息 歎息 偃息 消息 信息 休息 窒息 川流不息 休養生息 仰人鼻息 自強不息

【息夫】Xīfū〔名〕複姓。

【息金】xījīn〔名〕利息。

【息怒】xīnù〔動〕停止發怒：～之後，再談問題｜

請您～，聽他慢慢解釋。

【息壤】xīrǎng〔名〕傳說中一種能自己生長、永不損耗的土壤。

【息肉】（瘜肉）xīròu〔名〕因黏膜發育異常而形成的肉質突起。

【息事寧人】xīshì-níngrén〔成〕❶ 調解糾紛，平息爭端，使彼此得到安寧：爭辯不休，傷了和氣，不如～，和睦相處。❷ 主動在糾紛中讓步，避免麻煩：對他的蠻橫無理，我們採取了～的態度，事情才沒有鬧大。

【息息相關】xīxī-xiāngguān〔成〕呼吸互相關聯。比喻關係非常密切：是國人民的命運～。也說息息相通。

【息影】xīyǐng ⊖〔動〕〈書〉指歸隱閒居：～故里。⊜〔動〕指影視演員退出演藝生涯，不再拍戲：她已～多年，很少在公眾面前露面。

郗 Xī〔名〕姓。
另見 Chī（174頁）。

奚 Xī ❶〔代〕〈書〉疑問代詞。何：子～不為政（你為甚麼不做官）？❷（Xī）〔名〕姓。

【奚落】xīluò〔動〕諷刺；挖苦；嘲笑：本是好意相勸，不料卻被他～一番。

【奚幸】xīxìng 同"傒倖"

浠 Xī ❶ 浠水，水名。源出湖北英山縣，向西南流經浠水縣至蘭溪鎮入長江。❷〔名〕姓。

娭 xī〈書〉同"嬉"。
另見 āi（4頁）。

硒 xī〔名〕一種非金屬元素，符號 Se，原子序數 34。結晶體黑色，粉末暗紅色；能導電，且導電能力隨光的照射強度的增減而改變，可用來製造光電池、半導體晶體管等。是人體必需的營養元素之一。

【硒鼓】xīgǔ〔名〕激光打印機中的一個部件。以鋁板為基材，上塗感光材料。因兩端呈鼓形，故稱。

晞 xī〈書〉❶ 乾；乾燥：白露未～。❷ 天亮；天明：東方未～。

欷 xī見下。

【欷歔】xīxū〔動〕〈書〉因過分哭泣而呼吸急促；哽咽；抽噎：不勝～。也作唏噓。

悉 xī ❶〔書〕詳盡：所問甚～。❷ 詳細地敍述；詳盡地知道：知～｜書不能一～意｜來函敬～。❸ 全部：～精銳擊官兵。❹〔副〕完全；都：～已渡河｜～如家人｜～聽尊便。❺（Xī）〔名〕姓。

語彙 洞悉　獲悉　熟悉　探悉　纖悉　知悉

【悉力】xīlì〔副〕〈書〉竭盡全力：～搶救。

【悉數】xīshù〔副〕〈書〉全部；全數：～陣亡｜移作基金｜他將僅有的一點積蓄～捐出。

【悉心】xīxīn〔副〕〈書〉用盡所有心思：～研究｜～照顧病人。

烯 xī〔名〕稀烴。

【烯烴】xītīng〔名〕有機化合物的一類，分子中含有一個雙鍵的不飽和烴類，如乙烯、丙烯等。

淅 xī ❶〈書〉淘米：～米而儲之。❷（Xī）〔名〕姓。

【淅瀝】xīlì〔擬聲〕形容微風、細雨、落葉等的聲音：秋風～｜淅淅瀝瀝下起雨來了。

惜 xī/xí ❶〔動〕愛惜；珍惜：珍～光陰。❷ 惋惜：可～｜痛～。❸ 吝惜；捨不得：不～工本｜不～犧牲生命。❹ 同情；哀憐：～老憐貧｜～餘年老力衰。

語彙 愛惜　不惜　顧惜　可惜　吝惜　痛惜　惋惜　珍惜

【惜敗】xībài〔動〕以極小的差距令人惋惜地敗給對手：種子選手在小組賽中以一分之差～對手。

【惜別】xībié〔動〕捨不得分別而分別：依依～｜今日～，期待來日相會。

【惜老憐貧】xīlǎo-liánpín〔成〕愛護老人，同情窮人。也說憐貧惜老。

【惜力】xīlì〔動〕捨不得用力：老李幹活不～。

【惜墨如金】xīmò-rújīn〔成〕愛惜筆墨就像愛惜金子一樣，形容寫字、畫畫、做文章時非常慎重，不輕易下筆：他～，很少寫東西。

【惜售】xīshòu〔動〕捨不得賣掉：捂盤～｜囤積～。

薪 xī見下。

【薪蓂】xīmì〔名〕草本植物，葉橢圓形，開白花，角果有廣翅，種子可榨油，全草入藥。也叫遏藍菜。

晰〈晳〉xī ❶ 清楚；明白：明～｜清～｜昭～。❷（Xī）〔名〕姓。

語彙 明晰　清晰

睎 xī〈書〉❶ 遠望：於是～秦嶺。❷ 仰慕；追～祖德。

稀 xī ❶ 少；罕見；不多：～客｜～少｜物以～為貴｜人生七十古來～。❷〔形〕分佈廣，密度小，空隙大（跟"密"相對）：～針大綫｜地廣人～｜月明星～。❸〔形〕水分多；稀薄（跟"稠"相對）：～飯｜粥太～了｜和（huò）～泥。❹ 稀的東西：糖～｜拉～。❺ 用在"鬆、軟"等形容詞前面，表示程度深：～軟｜～爛｜～糟。

語彙 古稀　拉稀　依稀

【稀薄】xībó〔形〕稀少；淡薄：山頂空氣～。

【稀飯】xīfàn〔名〕粥（區別於"乾飯"）：大米～｜小米～。

【稀罕】(希罕)xīhan ❶〔形〕稀奇少見：～物兒｜～玩意兒｜夾竹桃在南方不那麼～。❷〔動〕認為稀奇而喜愛；貪圖：女家不～彩禮，要的是個好女婿。❸(～兒)〔名〕稀罕的事物：瞧～兒。

【稀客】xīkè〔名〕(位)難得來的客人：您真是位～！

【稀爛】xīlàn〔形〕狀態詞。❶極爛：冬瓜煮得～不好吃。❷極破碎：玻璃砸得～。也說稀巴爛。

【稀裏糊塗】xīlihútú〔形〕狀態詞。❶不明白，不清楚：這事從哪裏入手，他還是～的。❷不認真，隨隨便便：他連想也沒想，就～答應了。

【稀裏嘩啦】xīlihuālā ❶〔擬聲〕形容水聲、物體倒塌聲等：水～流個不停｜房子～倒了。❷〔形〕狀態詞。形容七零八落或徹底粉碎的樣子：舊書、廢報紙～堆了一地｜敵軍不堪一擊，早被打得～了。

【稀料】xīliào〔名〕用來溶解、稀釋塗料或擦洗油漆的有機液體，如汽油、酒精等：手上沾的油漆用～才能擦洗乾淨。

【稀奇】(希奇)xīqí〔形〕稀少而新奇：～古怪｜村子裏出了一件～事兒｜這事兒真～，還真沒聽說過。

辨析　稀奇、稀罕　都有少見、少有、不平常的意思。"稀罕"強調稀少、罕見，如"一邊出太陽，一邊還下着雨，真稀罕"。"稀奇"強調新鮮奇特，如"稀奇古怪的玩具"。"稀罕"還有珍惜、喜歡的意思，如"誰稀罕那玩意兒？""不稀罕你們的東西"，"稀奇"沒有這種用法。

【稀缺】xīquē〔形〕稀少短缺：～物資｜～人才。

【稀少】(希少)xīshǎo〔形〕少見；為數不多(跟"眾多"相對)：人丁～｜路上行人～。

【稀世】(希世)xīshì〔形〕屬性詞。世間少有的：～珍奇。

【稀釋】xīshì〔動〕加溶劑使溶液的濃度變小：將酒精加水～。

【稀疏】xīshū〔形〕空間隔得遠，時間拉得長：～的鬍鬚｜～的狗吠聲｜他們見面的次數日漸～｜村外稀稀疏疏長着幾株柳樹。

【稀鬆】xīsōng〔形〕❶差勁；做事不認真，不努力：本領～｜做事～。❷無關緊要：這種事，往後放放再說。

【稀湯寡水】xītāng-guǎshuǐ〔成〕粥很稀，湯裏沒有甚麼油水。指沒甚麼營養的飯菜：整天吃這些～的東西，身體怎麼會好？

【稀土元素】xītǔ yuánsù 鑭、鈰、鐠、釹、鉅、釤、銪、釓、鋱、鏑、鈥、鉺、銩、鐿、鑥、鈧、釔17種元素形成一組，叫稀土元素。這類元素的化學性質極相似，在自然界中常混雜在一起。也叫稀土金屬。

【稀稀拉拉】xīxilālā(～的)〔形〕狀態詞。稀疏的樣子(跟"密密麻麻"相對)：今晚戲園子裏上座兒～的。也說稀稀落落。

【稀有】(希有)xīyǒu〔形〕很少有；不多見的：此物世間少～｜～元素｜山村閉塞，能有汽車開進來也算～的事。

【稀有金屬】xīyǒu jīnshǔ 地殼中儲藏量少、礦體分散的金屬，如鋰、鈹、鈮、鈦、釩、鉭、鈮、鎵、銦等。

【稀有元素】xīyǒu yuánsù 自然界中存在的數量很少或很分散的元素，例如鋰、鈹、鉭、鎵、硒、碲、氦、氬、氙等。

傒 xī〈書〉歸向：率土～心。

【傒倖】xīxìng〔形〕苦惱；煩惱(多見於古典小說、戲曲)：悶懨懨～死。也作奚幸。

舾 xī/xì 見下。

【舾裝】xīzhuāng〔名〕船上的裝置和設備；也指安裝這些裝置和設備的工作。

翕 xī/xì〈書〉❶和順；和樂：兄弟既～。❷收縮；閉合：～張｜～翼而不能飛。

【翕動】(噏動)xīdòng〔動〕〈書〉一張一合地動：傷員的嘴唇微微～了一下，似乎想說些甚麼。

【翕然】xīrán〔形〕〈書〉❶一致的樣子：～信之。❷安定和順的樣子：郡境～，威信大著。

腊 xī ❶〈書〉乾肉：～百斤。❷(Xī)〔名〕姓。另見là"臘"(793頁)。

粞 xī ❶〈書〉碎米。❷〔名〕(吳語)糙米輾軋時脫下來的皮。

犀 xī〔名〕❶哺乳動物，形狀略像牛，頭短，四肢粗大，鼻子上有一個或兩個角，生活在亞洲和非洲的熱帶森林裏。通稱犀牛。❷(Xī)姓。

【犀角】xījiǎo〔名〕犀牛的角，由角質纖維組成，很堅硬，過去常用來製作器物或入藥。

【犀利】xīlì〔形〕鋒利；銳利：～的目光｜～的兵器｜言辭～｜文筆～。

【犀牛】xīniú〔名〕(頭)犀的通稱。

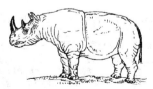

皙 xī〈書〉潔白(多指人的皮膚)：白～。

傒 xī〈書〉❶等待：～予後(等我君王)。❷同"蹊"(xī)。

溪 (❶谿)xī(舊讀 qī)〔名〕❶(條)山間小河溝；泛指小河溝：小～｜

清～｜沿～而行。❷（Xī）姓。
　　"谿"另見 xī（1450 頁）。

【溪澗】xījiàn〔名〕夾在兩山中間的河溝。

【溪流】xīliú〔名〕（條，道）山間流出的小股水
流：～淙淙。

褉　xī〈書〉敞開或脫掉上衣，露出身體的一部
分：袒～。
　　另見 tì（1332 頁）。

熙〈熙熙〉❶〈書〉光明：～天曜日。
❷〈書〉和樂：～和。❸〈書〉
興旺：庶績咸～。❹（Xī）〔名〕姓。

【熙熙】xīxī〔形〕〈書〉和樂的樣子：眾人～。

【熙熙攘攘】xīxī-rǎngrǎng〔成〕形容人來人往、擁
擠熱鬧的景象：在～的人流裏，母親正在東張
西望地找兒子。

豨　xī〈書〉豬：封～修蛇（大豬長蛇）。

【豨薟】xīxiān〔名〕一年生草本植物，莖、葉、
花、果均入藥。

蜥　xī 蜥蜴：巨～。

【蜥蜴】xīyì〔名〕（隻）爬行動物，有四肢，尾巴細
長，生活在草叢裏，有些棲息在岩石縫裏或樹
洞中，捕食昆蟲和其他小動物。俗稱四腳蛇。

僖　xī ❶〈書〉喜樂。❷（Xī）〔名〕姓。

餼（饩）xī〔量〕老解放區曾用過的一種計
算工資的單位，一餼等於若干種實
物價格的總和。也叫折實單位。

熄　xī/xí〔動〕滅；熄滅：～燈｜火～了。

【熄燈】xī//dēng〔動〕滅燈：～號｜～睡覺。

【熄火】xī//huǒ〔動〕止火；停止燃燒。特指發動
機停止運轉：汽車突然熄了火。

【熄滅】xīmiè〔動〕❶停止燃燒：火～了。❷比
喻消失：只要有人類社會存在，人類文明就不
會～。

磎　xī〈書〉❶同"溪"①。❷山谷：臨萬仞之
石～。

嘻〈譆〉xī ❶〔歎〕〈書〉表示感歎：～，
異哉！❷〔擬聲〕形容笑聲：～～
地笑。

【嘻哈】xīhā〔名〕20 世紀 80 年代起源自美國黑人
社區的一種街頭文化的總稱，包括說唱、街
舞、音樂、塗鴉、服飾等。[英 hip hop]

【嘻嘻哈哈】xīxīhāhā〔形〕狀態詞。❶形容嬉笑
歡樂的樣子：成天～。❷形容態度或言談不嚴
肅、不認真：正式投票就要開始了，別～的！

噏　xī〈書〉❶同"吸"①—③。❷收斂：將
欲～之，必固張之。

巂　xī ❶用於地名：越～（舊縣名，在四川南
部，今作越西）。❷（Xī）〔名〕姓。

膝〈厀〉xī〔名〕❶大腿和小腿相連的關節
的前部。通稱膝蓋。❷（Xī）姓。

語彙　促膝　護膝　盤膝　卑躬屈膝

【膝蓋】xīgài〔名〕膝的通稱：～骨。

【膝下】xīxià〔名〕〈書〉❶兒女幼時常依於父母膝
下，因此以"膝下"表示父母身邊，如"膝下
猶虛"，是"還沒有兒女"的意思。❷寫信給
父母或祖父母，加在開頭的稱呼下面，表示尊
敬，如"父親大人膝下"。❸代稱父親母親：
違離～，三十五年。

瘜　xī "瘜肉"，見"息肉"（1447 頁）。

嬉　xī ❶〔動〕（吳語）玩耍：遊戲：請到這邊
來～吧！❷（Xī）〔名〕姓。

語彙　遊嬉　文恬武嬉

【嬉鬧】xīnào〔動〕嬉笑打鬧：一群孩子在暮色
中～。

【嬉皮士】xīpíshì〔名〕20 世紀 60 年代美國社會中
出現的以頹廢派青年為主的群體。他們對社會
懷有某種不滿，以奇裝異服、蓄長髮、吸毒來
發泄。[嬉皮，英 hippy 或 hippie]

【嬉皮笑臉】xīpí-xiàoliǎn〔成〕嬉笑不認真的樣
子：放尊重點，別老～的。也作嘻皮笑臉。

【嬉戲】xīxì〔動〕〈書〉遊戲；玩耍：小鴨在池塘
裏～｜孩子們在村邊～。

【嬉笑】xīxiào〔動〕嬉戲笑鬧：孩子們～不停。

熹　xī〈書〉明亮；光明：有時而星～。

【熹微】xīwēi〔形〕〈書〉天剛亮時，陽光微弱的樣
子：晨光～。

榽　xī 見"木榽"（949 頁）。

曦　xī〈書〉光明。

螅　xī 見"水螅"（1269 頁）。

錫（锡）xī/xí ㊀〔名〕❶一種金屬元素，符
號 Sn，原子序數 50。常見的白錫
為銀白色，富有延展性，在空氣中不易起變化，
多用來鍍鐵、焊接金屬或製造合金。北方官話叫
錫鑞（là）。❷（Xī）〔名〕姓。
㊁〈書〉賜給：孝子不匱，永～爾類。

【錫伯族】Xībózú〔名〕中國少數民族之一，人口
約 19 萬（2010 年），主要分佈在新疆，少數散
居在遼寧、吉林。錫伯語是主要交際工具，有
本民族文字。

【錫箔】xībó〔名〕表面塗有一層薄錫的紙。民間
多把這種紙疊成元寶形，焚化給神佛或死去的
親人。

【錫石】xīshí〔名〕礦物名，化學成分為 SnO_2。常

為淡黃、褐或黑褐色顆粒，有光澤，是煉取錫的主要原料。

【錫紙】xīzhǐ〔名〕（張）包裝糖果、捲煙等所用的金屬紙，多為銀白色，有光澤。

歙 xī/xì〈書〉❶ 吸氣。❷ 和洽：眾庶～然，莫不悅喜。
另見 Shè（1191 頁）。

羲 xī ❶ 見"伏羲"（397 頁）。❷（Xī）〔名〕姓。

熺 xī〈書〉明亮。

窸 xī 見下。

【窸窣】xīsū〔擬聲〕形容細微的摩擦聲：～有聲。

蹊 xī〈書〉小路：桃李不言，下自成～。
另見 qī（1048 頁）。

【蹊徑】xījìng〔名〕〈書〉途徑；方法：另闢～。

螅 xī 見下。

【螅蟀】xīshuài〔名〕（隻）昆蟲，身體黑褐色，觸角很長，後腿粗大，善於跳躍。尾部有尾鬚一對，雌的兩個尾鬚之間有一個產卵管。雄的好鬥，兩翅摩擦能發聲。也叫促織，有的地區叫蛐蛐兒。

餏 xī 見"餑餏"（100 頁）。

谿 xī 見"勃谿"（100 頁）。
另見 xī "溪"（1448 頁）。

釐 xī ❶ 見於帝王諡號：周～王。❷（Xī）〔名〕姓。
另見 lí（820 頁）；lí "厘"（819 頁）。

醯 xī〈書〉醋：～醢（醋和肉醬）。

騱（骚） xī〈書〉前足全白的馬。

曦 xī〈書〉（清晨的）陽光：晨～｜曙～。

巇 xī〈書〉險峻：～道。

【巇嶮】xīxiǎn〔形〕〈書〉險巇。

犧（牺） xī 古代稱用作祭品的毛色純一的牲畜：～牛｜～羊。

【犧牲】xīshēng ❶〔名〕古代為祭祀宰殺的牲畜。❷〔動〕為了正義的事業而獻出自己的生命：為國～｜壯烈～。❸〔動〕放棄或損害一方的權益；為達到某一目的的付出代價：～個人利益｜～休息時間｜為追求數量而～質量是不允許的。

【犧牲品】xīshēngpǐn〔名〕被人利用而成為犧牲對象的人或物：戰爭的～｜孩子是家庭不和

的～。

爔 xī〈書〉同"曦"。

酅 Xī〔名〕姓。

鼶 xī 鼶鼠。

【鼶鼠】xīshǔ〔名〕❶ 小家鼠，家鼠的一種，身體小，吻尖而長，耳朵較大，是傳播鼠疫的媒介。俗稱隱鼠。❷ 中國古代傳說中的一種大獸。

蠵 xī 見下。

【蠵龜】xīguī〔名〕一種大海龜，背褐色，腹淡黃色，頭部有對稱鱗片。吃魚、蝦、蟹等。

瀺（鸂） xī 見下。

【瀺鶒】xīchì〔名〕古指一種水鳥，在水中成雙成對地游，像鴛鴦。

觿 xī 古代用來解繩結的骨錐。

xí ㄒㄧˊ

郋 Xí 古地名。在今河南郾城東。

席〈❶蓆〉 xí ❶〔名〕（領，張）席子：涼～｜草～｜竹～。❷ 席位：入～｜退～｜來賓～。❸〔名〕特指議會中的席位：該黨在議會選舉中失去了 15～。❹〔名〕酒席；宴席（成桌的飯菜）：辦幾桌～｜～間賓主頻頻舉杯。❺〔量〕用於所說的話或成桌的酒菜：一～話｜一～酒。❻（Xí）〔名〕姓。

| 語彙 | 避席 | 出席 | 酒席 | 涼席 | 列席 | 缺席 | 首席 |
| 枕席 | 主席 | 坐席 | 座無虛席 |

【席不暇暖】xíbùxiánuǎn〔成〕座位來不及坐暖就又走開了。形容為事務奔忙：經理成天為公司的事忙碌，～。

【席地】xídì〔副〕原指坐或臥在鋪於地面的席上，後泛指在地上坐或臥：～倚牆而坐。

【席捲】xíjuǎn〔動〕❶ 像捲席子一樣把東西全部捲進去：～而逃｜暴風雪～大草原。❷〈書〉比喻佔領而且統治：有～天下，包舉宇內，囊括四海之意。

【席夢思】xímèngsī〔名〕（張）一種裝有彈簧的床墊，也指裝有這種彈簧床墊的軟床。[英simmons]

【席面】xímiàn〔名〕指筵席上的飯饌：～高檔豐盛。

【席棚】xípéng〔名〕用席子搭成的棚：臨時搭了兩個～。

【席位】xíwèi〔名〕參加集會的個人或團體所佔的坐席。特指議會中的席位，表示當選的人數：這個黨的～大大減少了。

【席子】xízi〔名〕（領，張）用葦、篾等編成的片狀物，一般為長方形，用來做鋪墊或搭棚子等。

惠
xí〔名〕姓。

習（习）
xí ❶ 學習；溫習；練習：修文～武｜學而時～之。❷ 熟悉：熟～｜不～水性。❸ 習慣：惡～｜舊～｜陋～。❹（Xí）〔名〕姓。

語彙 補習 傳習 惡習 複習 見習 練習 實習 熟習 溫習 學習 演習 自習

【習得】xídé〔動〕由學習而獲得：語言～｜～能力。

【習非成是】xífēi-chéngshì〔成〕錯誤的東西習慣了，反認為是正確的。

【習慣】xíguàn ❶〔動〕對於新情況逐漸適應：他已～了部隊生活。❷〔形〕對某種情況能夠適應：對於高原氣候，我已經很～了。**注意**"習慣"用作形容詞，"很習慣"可以說，但"太習慣"不大能說，如果加上否定副詞"不"，成為"很不習慣""不太習慣"卻是習用的。❸〔名〕長期養成而且不易改變的行為或社會風尚：孩子們要有愛清潔講衛生的好｜他這種睡懶覺的壞～總也改不了。

【習慣成自然】xíguàn chéng zìrán〔俗〕指經常如此，便成為自然的習性：父親和兒子天天早起晨練，如今已～。

【習好】xíhào〔名〕長期養成的愛好：個人～｜生活～。

【習見】xíjiàn〔動〕時常見到：這種現象為人所～。

【習氣】xíqì〔名〕逐漸養成的不良習慣或作風：官僚～｜文人～｜流氓～。

【習染】xírǎn〈書〉❶〔動〕沾染（壞習慣）：長期接觸，不免～。❷〔名〕壞習慣：不良。

【習尚】xíshàng〔名〕習俗風尚：當地～，一時難變。

【習俗】xísú〔名〕習慣風俗：民間～如此。

【習題】xítí〔名〕（道）供練習用的題目：～集｜老師佈置了二十道～｜這個～太難了。

【習習】xíxí ❶〔形〕形容風輕輕吹拂：春風～。❷〔擬聲〕表示風、雨聲或東西輕輕摩擦聲：樹葉在晚風中～作響。

【習性】xíxìng〔名〕在某種環境中長期生活所養成的特性：這家子弟～高傲｜隨着全球氣候變暖，候鳥的～也發生了變化，有些已經不再按時遷徙。

【習焉不察】xíyān-bùchá〔成〕對某種事物習慣了而覺察不到其中的情況或問題：我們天天用漢語，對漢語的一些語法問題已經～。也說習而不察。

【習以為常】xíyǐwéicháng〔成〕經常看到某種現象或經常做某件事，就會習慣地認為它很平常：這事別人都～，可是他卻看不慣。

【習用】xíyòng〔動〕經常使用；慣用：～語｜他有一個～的筆名。

【習字】xízì ❶〔動〕練習寫字：孩子天天～。❷〔名〕為練習用而寫的字：～一幅呈政。

【習作】xízuò ❶〔動〕練習繪畫、寫作等：～很勤。❷〔名〕（篇）學習階段的練習作品（文章、繪畫等）：發表一篇～｜近幾年的～都在這裏了。

媳
xí 媳婦：婆～｜童養～。

【媳婦】xífu〔名〕❶ 兒子的妻子：劉老太的～很賢惠。也叫兒媳婦。❷ 小輩或晚輩親屬的妻子：弟～｜姪～｜孫～｜外甥～。

【媳婦兒】xífur〔名〕（北方官話）❶ 妻子：娶～｜他的～是鄰村的。❷ 已結婚的年輕婦女：大閨女小～。

覡（觋）
xí〈書〉替人禱祝鬼神的巫師（多指男性的）。

嶍
Xí 山名。在雲南峨山彝族自治區。

檄
xí ❶ 檄文：羽～（古時徵兵用的軍書，上插羽毛）。❷〈書〉用檄文進行曉諭或聲討。

語彙 傳檄 羽檄

【檄文】xíwén〔名〕（篇）古代用於徵召、曉諭的政府公告或聲討、揭發罪行等的文書。現也指戰鬥性強的批判、聲討文章。

隰
xí ❶〈書〉低濕的地方：山有榛，～有芩。❷〈書〉新開墾的田地。❸（Xí）〔名〕姓。

霫
xí 見下。

【霫霫】xíxí〔形〕〈書〉形容下雨的樣子：雨聲～。

鰼（𰀡）
xí ❶ 古指泥鰍。❷ 古代傳說中的一種怪魚。❸ 用於地名：～水（舊縣名，在貴州北部。今作習水）。

襲（袭）
xí ㊀ ❶ 照原樣做；依照着（傳統）繼續下去：因～｜沿～｜抄～。❷ 特指繼承：～位｜世～。❸〔量〕〈書〉用於成套的衣服：一～棉衣｜贈衣二～。

㊁ ❶ 襲擊；侵襲：夜～｜空～｜偷～。❷ 比喻撲面而來：花香～人｜寒氣～人。❸（Xí）〔名〕姓。

語彙 抄襲 空襲 奇襲 侵襲 世襲 偷襲 沿襲 夜襲 因襲

【襲擊】xíjī〔動〕❶ 趁人不備而突然進攻：～敵軍陣地。❷ 意外侵襲：沿海一帶遭到颱風的～。

【襲取】xíqǔ ㊀〔動〕偷偷地用武力奪取：～敵營。

㊀〔動〕沿用；沿襲；採取：電視劇《三國演義》是～同名小說內容改編而成的。

【襲擾】xírǎo〔動〕襲擊騷擾：敵機不斷～我後方城鎮。

【襲用】xíyòng〔動〕〈書〉沿襲採用：～舊名｜～故智，得以取勝。

xǐ TǏ

洗 xǐ ❶〔動〕用水、汽油、稀料等除去污垢：～臉｜～衣服｜～乾淨。❷ 洗雪：～冤｜～罪。❸〔動〕清除：清～｜磁帶上的錄音被～了。❹〔動〕清除罪證，將非法的變為合法的：～錢｜～白｜～人。❺ 搶盡、殺光、劫一城。❻〔動〕印製相片時的顯影、定影：沖洗｜～膠捲｜～相片兒。❼〔動〕把牌摻和了重新整理好以便再玩：快把牌～～。❽ 古代盥洗用的器皿，特指洗筆的器皿：筆～。❾ 洗禮：領～｜受～。

另見 Xiǎn（1469 頁）。

語彙 筆洗 拆洗 沖洗 乾洗 盥洗 機洗 漿洗 清洗 梳洗 血洗 一貧如洗

【洗塵】xǐchén〔動〕宴請剛從遠道來的人，意為用酒為遠道來的人洗去風塵：今晚設宴為你接風～。

【洗滌】xǐdí〔動〕❶ 洗去衣物上的髒東西：他特愛清潔，一天到晚不是擦拭就是～。❷ 比喻除去思想或行為上的污濁不潔之處：讀好書可以幫助我們～靈魂。

【洗耳恭聽】xǐ'ěr-gōngtīng〔成〕洗乾淨耳朵恭敬地聽。形容專心地聽人講話：～您的講話。

【洗劫】xǐjié〔動〕將財物搶掠光：～一空。

【洗禮】xǐlǐ〔名〕❶ 基督教入教儀式。主持人口誦經文，把水滴在受洗人的額上，或將受洗人身體浸在水裏，以洗淨過去的罪惡。❷〈次〉比喻重大的鍛煉和考驗：接受戰鬥的～｜經受了炮火的～。

【洗練】（洗煉）xǐliàn〔形〕語言、文字等簡潔利落：內容生動，文筆～。

【洗面奶】xǐmiànnǎi〔名〕一種用於清潔面部皮膚的化妝品：泡沫～｜保濕～｜男士～。

【洗牌】xǐ // pái〔動〕❶ 把牌打亂後整理好以便再玩：你～吧，咱們再玩一把。❷ 打破原有局面，建立新的格局。多指商業對手之間通過激烈競爭建立新的行業格局：市場經過重新～將原有幾家落後企業淘汰出局了。

【洗盤】xǐ // pán〔動〕股市莊家為抬高股價，有意使股價上下波動，誘使先前買進股票的投資者賣出股票，這種操縱股市的方式叫洗盤。

【洗錢】xǐ // qián〔動〕犯罪分子通過銀行、兌換所、賭場、股票經紀人、人壽保險公司等中介把贓款變成合法的錢。

【洗三】xǐ // sān〔動〕舊俗在嬰兒出生後第三天給他洗澡：他中年得子，特地備了酒席，邀親朋好友為兒子～。

【洗手】xǐ // shǒu〔動〕❶ 洗去手上的污穢：飯前便後要～｜～焚香禮拜。❷〈婉〉上廁所：您坐坐，我去洗了手就來陪您。❸ 比喻竊賊、盜匪等改邪歸正：他年輕時當過土匪，不過早就～不幹了。❹ 比喻不再從事某種職業：改革開放後，我就～不再當命先生了。

【洗手間】xǐshǒujiān〔名〕〈婉〉指廁所：我去一下～。

【洗漱】xǐshù〔動〕洗臉漱口：早晨起床後，大家開始～。

【洗刷】xǐshuā〔動〕❶ 用水洗並用刷子刷：～地面｜～案板。❷ 徹底清除：～恥辱｜～罪惡。

【洗心革面】xǐxīn-gémiàn〔成〕洗滌污穢的心，改變舊面貌。比喻徹底悔改：他表示，從此以後～，重新做人。也說革面洗心。

【洗雪】xǐxuě〔動〕洗刷（冤屈、恥辱等）：～沉冤。

【洗衣機】xǐyījī〔名〕（台）用來洗滌衣物的家用電器，有單缸、雙缸（帶甩乾）、半自動、全自動等多種類型。

【洗印】xǐyìn〔動〕沖洗和印製照片或影片：～社｜彩捲兒正在～。

【洗浴】xǐyù〔動〕洗澡：～中心。

【洗澡】xǐ // zǎo〔動〕用水洗除身上的污垢：去澡堂～｜洗了個澡就睡了。

【洗濯】xǐzhuó〔動〕洗去物體上的髒東西。

枲 xǐ 不結子的大麻：～麻（大麻的雄株）。也叫花麻。

徙 xǐ ❶ 遷移：～居｜遠～他鄉。❷〈書〉調動（職務）：～齊王（韓）信為楚王。

語彙 流徙 遷徙 轉徙

【徙居】xǐjū〔動〕移居；搬家：抗戰期間，全家～內地。

【徙倚】xǐyǐ〔動〕〈書〉徘徊：步～而遙思｜～不前。

喜 xǐ ❶〔形〕快樂；高興（跟"悲"相對）：歡～｜～不自勝｜她～得眼淚都出來了。❷ 愛好：好大～功｜～新厭舊。❸〔動〕適宜於：～光植物｜蘭花～溫暖。❹ 可慶賀的、值得高興的：～事｜～訊。❺ 可慶賀的事：報～｜賀～。❻〈口〉身孕：有～｜害～（因懷孕而產生噁心、嘔吐等異常現象）。❼（Xǐ）〔名〕姓。

語彙 報喜 沖喜 道喜 恭喜 歡喜 驚喜 可喜 狂喜 欣喜 有喜 沾沾自喜

【喜愛】xǐ'ài〔動〕喜歡；愛好：～戶外活動｜我們最～這首歌曲｜他深得眾人～。

【喜報】xǐbào〔名〕（張）報告喜訊的書面通知：大

紅～｜立功～。

【喜不自勝】xǐbùzìshèng〔成〕高興得自己控制不住自己：聽到了前方傳來的勝利消息，大家都～。

【喜車】xǐchē〔名〕(輛)結婚時迎親用的車輛：～開來，樂隊奏起熱烈而歡快的樂曲。

【喜沖沖】xǐchōngchōng(～的)〔形〕狀態詞。形容非常高興的樣子：甚麼事叫樂得他～的？

【喜出望外】xǐchūwàngwài〔成〕遇到沒有料到的好事而特別高興：小王給我弄到兩張演唱會的門票，讓我～。

【喜好】xǐhào ❶〔動〕喜歡；愛好：他從小就～下圍棋。❷〔名〕對某種事物的濃厚興趣：他的生活很乏味，甚麼～都沒有。

【喜歡】xǐhuan ❶〔動〕對人或某種事物有好感，有興趣：～美術｜～安靜｜～唱歌｜～上網｜～聽京戲｜～看電視｜她最不～吹吹拍拍｜爸爸～兒子｜哥哥真心～她。❷〔形〕快樂；高興：聽到勝利的消息，心裏好～｜有甚麼好事快告訴我，讓我也～～。

【喜酒】xǐjiǔ〔名〕結婚時宴請賓客的酒或酒席：甚麼時候喝你的～呀？｜我們吃～去｜擺了幾桌。

【喜劇】xǐjù〔名〕戲劇的一種類型，特點是用誇張的手法，諷刺和嘲笑醜惡、落後的事物，肯定美好、健康的事物，台詞風趣，往往引人發笑，結局大多是圓滿的(跟"悲劇"相對)：情景～｜～大師。

【喜怒哀樂】xǐ-nù-āi-lè〔成〕喜悅、惱怒、悲傷、快樂。泛指人的各種感情：～，人之常情｜～，不形於色。

【喜怒無常】xǐnù-wúcháng〔成〕一會兒高興，一會兒惱怒，變化不定。指人的性情多變，難於捉摸：他～，不容易跟別人相處。

【喜氣】xǐqì〔名〕喜樂的神情或氣氛：滿臉～｜～洋洋。

【喜氣洋洋】xǐqì-yángyáng〔成〕形容非常歡樂、高興的樣子：參加活動的人一個個精神抖擻，～。

【喜慶】xǐqìng ❶〔形〕令人高興和值得慶賀的：～事｜在這～的日子裏。❷〔名〕令人高興和值得慶賀的事：村裏的人每逢～，總要將他請來。

【喜鵲】xǐquè(-que)〔名〕(隻)鳥名，嘴尖，尾長，全身羽毛大部黑色，肩和腹部羽毛白色，叫聲嘈雜。民間傳說，聽見牠叫將有喜事來臨，所以叫喜鵲：～登枝，好事臨門｜～嘴，刀子心。也叫鵲。

【喜人】xǐrén〔形〕讓人高興的；使人喜愛的：今

年又取得了～的成果｜形勢～｜好一派～的豐收景象｜這孩子長得真～。

【喜喪】xǐsāng〔名〕指高壽老人去世時所辦的喪事。

【喜色】xǐsè〔名〕歡喜的神色：面帶～。

【喜事】xǐshì〔名〕❶(件，樁)使人高興、值得慶賀的事：一件大～｜俗話說，人逢～精神爽。❷特指結婚：辦～。

【喜壽】xǐshòu〔名〕俗稱七十七歲壽辰。"喜"字草書像豎寫的"七十七"，故稱。

【喜糖】xǐtáng〔名〕(塊)結婚時用來招待來賓和分發給親友的糖果。

【喜帖】xǐtiě〔名〕(張)❶邀請親友參加婚禮的請帖。❷中國傳統婚俗議定婚嫁時，男方送給女方的定親憑證。

【喜聞樂見】xǐwén-lèjiàn〔成〕喜歡聽，樂意看。指很受群眾歡迎：～的題材，通俗易懂的語言。

【喜笑顏開】xǐxiào-yánkāi〔成〕形容因心裏高興而滿面笑容：在歡慶會上，個個～，迎接凱旋的英雄。

【喜新厭舊】xǐxīn-yànjiù〔成〕喜歡新的，厭棄舊的。多指對愛情不專一。

【喜形於色】xǐxíngyúsè〔成〕喜悅流露在臉上。指抑制不住內心的高興：聽到兒子考上了名牌大學，父親不禁～。

【喜訊】xǐxùn〔名〕令人高興的消息：～傳來，群情振奮。

【喜洋洋】xǐyángyáng〔形〕狀態詞。非常歡樂的樣子：正月十五鬧元宵，家家戶戶～。

【喜雨】xǐyǔ〔名〕(場)解除乾旱，有利農時的及時雨：普降～。

【喜悅】xǐyuè〔形〕高興；愉快(跟"悲哀"相對)：懷着萬分～的心情，打開了錄取通知書。

【喜滋滋】xǐzīzī(～的)〔形〕狀態詞。形容內心喜悅的樣子：一提起兒子，他心裏總是～的。

葸 xǐ〈書〉害怕；恐懼：畏～不前。

鉨(铱) xǐ〈書〉同"璽"①。

銑(铣) xǐ〔動〕用銑床切削金屬。另見xiǎn(1469頁)。

【銑床】xǐchuáng〔名〕(台)切削金屬用的一種機床，裝有棒狀或盤狀的多刃刀具，用來加工平面、曲面和各種凹槽。

【銑刀】xǐdāo〔名〕(把)銑床上用的刀具。

【銑工】xǐgōng〔名〕❶用銑床進行切削的工作。❷(名，位)操作銑床進行工作的工人：他是這間工廠的～。

屣 xǐ〈書〉鞋：～履｜棄如敝～。

蓰 xǐ〈書〉表示原數的五倍：或相倍～，或相什百，或相千萬。

憙　xǐ〈書〉喜悅。

禧　xǐ（舊讀 xī）幸福；吉祥；喜慶：鴻～｜年～｜恭賀新～。

蟢　xǐ 蟢子。

【蟢子】xǐzi〔名〕蠨蛸的通稱。也作喜子。

璽（壐）　xǐ ❶ 帝王的印：玉～。❷（Xǐ）〔名〕姓。

鎶（镭）　xǐ〔名〕一種放射性金屬元素，符號 Sg，原子序數 106。

鱚（鱚）　xǐ〔名〕魚名，生活在近海沙底，身體圓筒形，銀灰色，嘴尖，眼大。也叫沙鑽（zuàn）魚。

囍　xǐ 喜慶用字，用於結婚場面，意為雙喜（多用紅紙或金紙剪製而成）。

纚（缡）　xǐ〈書〉束髮的帛：缡～。
　　　另見 lí（821 頁）。

xì ㄒㄧ

卅　xì〔數〕〈書〉四十：欣逢～年慶，感慨賦詩篇。

系　xì ❶〔名〕系統：太陽～｜語～｜派～｜水～。❷〔名〕大學中按學科分出的教學行政單位：歷史～｜這個～是新成立的｜他們學院有兩個～。❸〔名〕地層系統分類的第三級系以上為界，與地質年代分期中的紀相對應。❹（Xì）〔名〕姓。
　　　另見 jì "繫"（624 頁）；xì "係"（1454 頁）；xì "繫"（1456 頁）；。

語彙　嫡系　派系　水系　體系　語系　直系

【系列】xìliè〔名〕性質相同或相近又互相關聯的事物：一～問題｜～產品｜連載～｜儼成～。

【系統】xìtǒng ❶〔名〕性質相同而又互有關係的事物按一定方式或原則組成的整體：灌溉～｜財貿～｜公交～｜通過組織～辦理。❷〔形〕連貫的、條理化的：～工程｜～說明｜～分析｜他的研究很～。

【系統工程】xìtǒng gōngchéng 運用先進科學方法和技術對某一部門的規劃、研究、設計、製造、試驗和使用等環節進行組織管理以求得最佳效益的思路和措施。

盻　xì〈書〉怒視；恨視：瞋目～之。

咥　xì〈書〉大笑的樣子。

係（系）　xì ❶〈書〉表示判斷，相當於"是"：純～試驗性質｜其母～山東人｜確～誤傷。
　　　"系"另見 jì "繫"（624 頁）；xì（1454 頁）；

xì "繫"（1456 頁）。

語彙　干係　關係

【係詞】xìcí〔名〕❶ 邏輯上指主賓詞式命題中，連系主詞和賓詞，表示肯定或否定的詞，如"他是學生"中的"是"，"碳不是金屬"中的"不是"。❷ 有的語法書把連繫主語和賓語的動詞"是"叫作係詞。

【係數】xìshù〔名〕❶ 加在未知數前與未知數相乘的數字或符號，如 $2ax^2$ 中的 $2a$ 是 x^2 的係數；$3xy$ 中的 3 是 xy 的係數。❷ 指科學技術上用來表示某種事物中兩個量的比例關係的數，如膨脹係數、安全係數等。

郤　xì 同"隙"。
　　　另見 Qiè（1084 頁）。

郄　xì ❶〈書〉同"隙"。❷（Xì）〔名〕姓。

屓（屭）　xì 見"贔屓"（78 頁）。

細（细）　xì ❶〔形〕（條狀的東西）橫剖面小（跟"粗"相對）：～鐵絲｜香煙比雪茄煙～。❷〔形〕（長條形的東西）兩邊距離近；窄（跟"粗"相對）：眉毛又～又長｜涓涓～流。❸〔形〕顆粒小（跟"粗"相對）：～沙｜玉米麵磨得越～越好。❹〔形〕聲音小（跟"粗"相對）：輕言～語。❺〔形〕精細（跟"粗"相對）：瓷｜這活兒做得挺～。❻〔形〕周密（跟"粗"相對）：～看才能看清楚｜精打～算｜深耕～作｜他工作做得～。❼〔形〕細微；微小：～節｜～枝末節。❽〔形〕（粵語、湘贛語）年幼：～佬｜～妹子。❾（Xì）〔名〕姓。

語彙　粗細　底細　過細　奸細　精細　瑣細　纖細　詳細　仔細　膽大心細

【細胞】xìbāo〔名〕❶ 組成生物體的結構和功能的基本單位，主要由細胞核、細胞質、細胞膜組成。植物的細胞膜外面還有細胞壁。細胞有運動、營養、繁殖等機能。❷ 比喻事物的基本組成部分：家庭是社會的～。

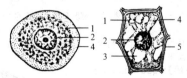

動物細胞　　　植物細胞
1. 細胞質　2. 細胞核　3. 液泡　4. 細胞膜　5. 細胞壁

【細布】xìbù〔名〕一種質地較市布更為細密的平紋棉布。

【細菜】xìcài〔名〕在某個季節裏培植費工、價格較高的蔬菜，例如北方冬季大白菜是大路貨，而暖房栽培出來的豆苗、黃瓜、西紅柿等就是細菜。

【細大不捐】xìdà-bùjuān〔成〕小的大的都不捨棄。

【細點】xìdiǎn〔名〕指用料考究、製作精細的點心：盤子裏盛着各色～。

【細工】xìgōng〔名〕手工工藝中精密細緻的活兒。

【細化】xìhuà〔動〕使具體、細緻：～任務｜～考核標準。

【細活】xìhuó（～兒）〔名〕〔件〕精緻細密的活計，特指技術性強的工作：刺繡是～兒｜慢工出～兒。

【細節】xìjié〔名〕❶ 細小的環節或情節：他是一個重視～的人。❷ 文藝作品中用來表現人物性格或事物本質特徵的詳細描寫：小說的～一定要真實。

【細究】xìjiū〔動〕仔細推求；深究：此事不宜～。

【細君】xìjūn〔名〕〈書〉古為諸侯之妻，後為妻的通稱。

【細菌】xìjūn〔名〕微生物的一大類，是沒有真正細胞核和葉綠素的單細胞微生物，有球狀、桿狀、螺旋狀等：～武器｜致病～。

【細顆粒物】xìkēlìwù〔名〕又名 PM2.5，PM 是英文 particulate matter 的縮寫詞。是一種氣象檢測及計量標誌，指懸浮在空氣中的粒徑 ≤ 2.5 微米的顆粒物。2.5 的意義是所指顆粒物的空氣動力學當量直徑（簡稱粒徑）為 2.5 微米：～是基於其物理特性及對人體健康影響特性提出的概念，具有氣象與環境監測的實用價值。

【細糧】xìliáng〔名〕指白麵、大米（區別於“粗糧”）：粗糧跟～搭配着吃對身體有益。

【細密】xìmì〔形〕❶（質地）精緻：細布較市布質地～。❷ 考慮周到、仔細；不疏忽大意：經過～分析，確係熟人作案。

【細目】xìmù〔名〕❶（圖書、商品、財產的）詳細目錄：外文期刊～｜產品～。❷ 具體的條款、項目：計劃的～，要付諸實行，必須經過討論。

【細嫩】xìnèn〔形〕細膩柔嫩：女孩的皮膚很～。

【細膩】xìnì〔形〕❶ 細密光滑：肌膚～。❷ 細緻入微：描寫～｜他是個感情～的人｜表演～，充分體現了人物的個性。

【細皮嫩肉】xìpí-nènròu〔成〕形容人肌膚細膩柔嫩：這小孩～的，真叫人喜歡。

【細巧】xìqiǎo〔形〕精細靈巧：這座浮雕上的花草雕工很～。

【細軟】xìruǎn ❶〔名〕細指金銀珠寶，軟指皮貨字畫等，泛指輕巧而便於攜帶的貴重物品：攜帶～潛逃。❷〔形〕纖細柔軟：微風吹過，柳樹～的枝條輕輕擺動。

【細弱】xìruò ❶〔形〕細小柔弱；細小微弱：～的柳條｜聲音～。❷〔名〕〈書〉幼小。

【細聲細氣】xìshēng-xìqì〔成〕小聲小氣；柔聲和氣：那女孩兒說話～的。

【細水長流】xìshuǐ-chángliú〔成〕❶ 比喻節約使用物力和人力，使經常不缺：居家過日子開支要有計劃，～才行。❷ 比喻一點一滴、堅持不懈地去做一件事，逐漸前進，總不間斷：學外語不能突擊，應～，日積月累才行。注意 這裏的“長”不寫作“常”。

【細說】xìshuō〔動〕詳細說：今天沒工夫～，改天再談吧！

【細碎】xìsuì〔形〕又小又碎；細小零碎：～的渣子落了一地｜～的腳步聲｜雨聲～。

【細微】xìwēi〔形〕微小；細小微弱：～的變化｜～差別｜說話聲音～，誰也聽不清楚。

【細小】xìxiǎo〔形〕很小；非常小：～的雨點｜事情雖～，做好不容易。

【細心】xìxīn〔形〕做事用心，細緻、周到（跟“粗心”相對）：～觀察｜～護理傷員｜～傾聽群眾意見｜她無論做甚麼事都很～。

【細雨】xìyǔ〔名〕（場）小雨；毛毛雨：～無聲。

【細語】xìyǔ〔動〕低聲細說：柔聲～｜～綿綿。

【細則】xìzé〔名〕規章、制度等的詳細規則：工作～｜制訂～｜～另定。

【細針密縷】xìzhēn-mìlǚ〔成〕針綫細密。比喻工作周到細緻。也比喻文筆周密，無懈可擊：他～的工作作風，深受大家讚賞｜事雖千頭萬緒，寫來～，一絲不苟。

【細枝末節】xìzhī-mòjié〔成〕比喻事情細小的、無關緊要的部分：事情的～就不必談它了。

【細緻】xìzhì(-zhi)〔形〕❶ 細密周到：考慮問題很～｜做～的思想工作。❷ 細密精緻（跟“毛糙”相對）：這幅工筆花鳥畫得很～。

【細作】xìzuò〔名〕〔名〕舊指間諜、暗探：捉住一名～。

舄 xì ❶〈書〉同“潟”。❷〈書〉有木底的鞋，泛指鞋。❸(Xì)〔名〕姓。

毸 **赩** xì〈書〉火紅色：～紅｜～然｜～熾。

褉 xì 古代三月第一個巳日（後改為三月三日）這天，在水濱洗濯以祓除不祥、清去宿垢的一種祭祀儀式。

隙 xì ❶ 縫隙；裂縫：牆～｜門～｜日光從雲～射出來。❷ 間隙；空閒：農～（農閒）｜～地。❸ 機會；漏洞：乘～突圍｜無～可乘。❹ 感情上的裂痕：嫌～｜將軍與大臣有～。

語彙　乘隙　仇隙　縫隙　間隙　孔隙　空隙　嫌隙

【隙地】xìdì〔名〕（片）空着的土地；小片空地：門前有一片～，可以種菜。

綌（綌） xì〈書〉粗葛布。

潟 xì〈書〉鹽鹼地：～鹵（含鹽鹼過多的土地。也作舄鹵）。

戲（戏）〈戲〉

xì ❶ 遊戲；玩耍：嬉～｜二龍～珠。❷ 嘲弄；開玩笑：～言｜～弄。❸〔名〕（齣，場，台，部）用語言、動作、表情、歌舞等來表達思想感情的一種表演；也指雜技：～迷｜京～｜馬～｜唱～｜看～｜聽～｜一晚上演了三齣。注意“戲”古代指歌舞、雜技等表演，現在多指戲劇，包括影視劇。❹（Xì）〔名〕姓。

另見 hū（550頁）。

另見 hū（550頁）。

語彙 把戲 飆戲 唱戲 兒戲 京戲 馬戲 社戲 調戲 演戲 遊戲 地方戲 獨角戲 現代戲 折子戲 重頭戲 逢場作戲

【戲班】xìbān（～兒）〔名〕舊時戲曲劇團的泛稱。也叫戲班子。

【戲包袱】xìbāofu〔名〕戲曲知識淵博、業務熟悉或能扮演各種角色的藝人。這樣的人一肚子戲，好像裝滿戲曲知識的包袱，故稱。

【戲本】xìběn〔名〕戲曲劇本的舊稱。

【戲稱】xìchēng ❶〔動〕開玩笑地稱呼：他經常坐飛機往返各地洽談業務，員工們～他為“空中飛人”。❷〔名〕玩笑性的稱呼：“空中飛人”是人們對他的～。

【戲詞】xìcí（～兒）〔名〕戲曲中的唱詞和道白。也叫戲文。

【戲單】xìdān（～兒）〔名〕（份）戲曲演出的節目單。上列劇目和演員姓名。

【戲德】xìdé〔名〕戲曲演員的職業道德：他是一個有～的好演員，尊師助人，從不耍大牌兒壓別人。

【戲法】xìfǎr〔名〕〔口〕❶ 魔術：變～。❷ 比喻詭譎的手段：事情該怎麼辦就怎麼辦，別要～。

【戲份】xìfènr〔名〕❶ 戲曲演員每次演出所得的一定份額的報酬。❷ 演員在劇中的表演工作量：在這部戲裏，他的～不少｜她演得特別好，導演準備給她增加～。

【戲劇】xìjù〔名〕❶ 由演員扮演角色，當眾表演故事以反映社會生活中矛盾衝突的藝術。是包括戲劇文學、導演、表演、音樂、舞蹈、舞台美術等多種門類的綜合藝術。按演出形式可分為戲曲、話劇、歌劇、舞劇、歌舞劇、啞劇等，按作品類型可分為悲劇、喜劇、正劇、諧劇等。

【戲劇性】xìjùxìng〔名〕戲劇所具有的衝突尖銳、情節曲折的特性。多指事情離奇、不平常，像戲劇情節那樣的性質：眼看要失敗，突然又有了轉機，真富有～。

【戲路】xìlù〔名〕演戲的路數，即演員所能扮演的角色類型：他功底厚、～寬，很受觀眾歡迎。

【戲碼兒】xìmǎr〔名〕戲曲演出的節目。

【戲迷】xìmí〔名〕（位）喜歡聽戲、看戲或唱戲，對戲入了迷的人。

【戲目】xìmù〔名〕劇目。

【戲弄】xìnòng〔動〕耍笑別人，拿人開心：不要～別人。

【戲曲】xìqǔ〔名〕❶ 中國傳統的戲劇形式，包括京劇和各種地方戲，以歌唱、舞蹈為主要表演手段。❷ 戲曲的曲文，雜劇和傳奇中的唱詞。

【戲曲片】xìqǔpiàn〔口語中也讀 xìqǔpiānr〕〔名〕（部）用電影手法拍攝的以戲曲方式演出的影視片。

【戲耍】xìshuǎ〔動〕❶ 戲弄耍笑：他總喜歡～人。❷ 遊戲玩耍：孩子們常在這裏～。

【戲說】xìshuō〔動〕❶ 詼諧地講述或評說：～百姓身邊事｜～熱點新聞。❷ 不受史實約束，以戲謔的方式虛構和創作歷史題材的文學作品（特別是影視作品）：～乾隆｜～歷史要有限度，重要史實應當“正說”。

【戲台】xìtái〔名〕（座）演戲的台子；舞台。

【戲侮】xìwǔ〔動〕戲弄侮辱：遭人～。

【戲謔】xìxuè〔動〕用詼諧有趣、引人發笑的話開玩笑。注意“謔”不讀 nüè。

【戲言】xìyán ❶〔動〕開玩笑地說：賽前他～這支弱旅會取勝，沒想到真說對了。❷〔名〕開玩笑的話：他說的不過是～，何必當真？｜軍中無～。

【戲陽】Xìyáng〔名〕複姓。

【戲園子】xìyuánzi〔名〕（家，座）舊時演齣戲曲的場所。

【戲院】xìyuàn〔名〕（座）劇場。

【戲裝】xìzhuāng〔名〕（套）戲曲演員表演時的穿戴，如官衣、蟒袍、盔頭、靴等。

【戲子】xìzi(-zi)〔名〕舊時稱職業的戲曲演員（含輕蔑意）：她不在乎別人叫她“女～”，堅持學戲。

鬩（阋）

xì〈書〉爭吵；爭鬥：兄弟～於牆，外禦其侮。

虩

xì 見下。

【虩虩】xìxì〔形〕〈書〉恐懼的樣子。

餼（饩）

xì〈書〉❶ 穀物或飼料：馬～不過粮莠（雜草）。❷ 活的牲畜；生肉。❸ 贈送（穀物或飼料）：～之粟。

繫（系）

xì ㊀ ❶〈書〉聯結；聯繫：名譽所～｜觀瞻所～。❷〔動〕用繩索等將人或物拴住後往上提或向下送：把幾塊磚～上來｜從樓上～下來一條繩子。❸ 拴；綁：～馬。

㊁ ❶ 牽掛；掛念：～戀｜～念。❷〈書〉拘囚：～獄｜妻子（妻和子）皆收～。

另見 jì（624頁）；“系”另見 xì（1454頁）、xì“係”（1454頁）。

另見 jì（624頁）；“系”另見 xì（1454頁）、xì“係”（1454頁）。

語彙 聯繫 維繫

【繫念】xìniàn〔動〕〈書〉掛念；惦記：不勝～。

蠹 xì〈書〉痛苦；悲傷：民罔不～。

xiā ㄒㄧㄚ

呷 xiā / xiá ❶〔動〕（吳語）小口地喝：～茶｜～了一口酒。❷（Xiā）〔名〕姓。
另見 gā（413 頁）。

瞎 xiā ❶〔動〕（眼睛）失去了看東西的能力：～了一隻眼。❷〔動〕子彈或炮彈不響或不炸：～子兒｜～炮。❸〔動〕（北京話）綫糾纏在一起解不開；亂：～紇縫｜綫～了。❹〔動〕（北方方話）農作物種子沒有發芽出土或子粒中空：～玉米｜～稻子｜穀子都～了。❺〔動〕（北方官話）糟蹋；浪費；辜負：這點兒麥子再不割，都得～在地裏｜你這麼說他，真是～了他這片心。❻〔副〕盲目地；沒有根據地：～花錢｜～說｜～操心。

【瞎掰】xiābāi〔動〕（北方官話）❶胡編亂造：劇中情節多半是編劇～的。❷徒勞無益：壓根兒沒給企業帶來效益，這次技術改革純屬～。

【瞎扯】xiāchě〔動〕❶沒有根據、不負責任地亂說：你對這事兒不清楚就不要～。❷沒有中心、沒有意義、惹人不耐煩地東拉西扯，閒談：一點兒正事沒談，～了一個下午。

【瞎話】xiāhuà〔名〕謊話；假話：說｜誰都知道這是～。

【瞎蒙】xiāmēng〔動〕胡亂猜測：你不知道就說不知道，可別～｜他根本不懂，純屬～。

【瞎鬧】xiānào〔動〕❶沒有目的、沒有效果地做：～不出個名堂來。❷無理取鬧；胡鬧：他～也沒用。

【瞎說】xiāshuō〔動〕沒有根據地亂說：～一通｜這都～些甚麼！

【瞎說八道】xiāshuō-bādào〔成〕沒有根據地說；亂說：別～，你親眼看見你啦？也說胡說八道、胡說白道。

【瞎信】xiāxìn〔名〕（封）因地址寫錯或字跡不清等原因使得郵政部門無法投遞的信。也叫死信。

【瞎指揮】xiāzhǐhuī〔動〕指脫離實際情況、違背客觀規律地胡亂指揮：不懂業務～，把事情搞得一團糟！

【瞎子】xiāzi〔名〕失明的人（不禮貌的說法）：～摸魚｜隔壁的～琴彈得很好。

蝦（虾）xiā〔名〕（隻）節肢動物，生活在水中，體外有透明軟殼，腹部由多個環節構成。會跳躍，捕食小蟲。種類很多，如青蝦、龍蝦、對蝦等。
另見 há（503 頁）。

語彙　對蝦　龍蝦　毛蝦　明蝦　青蝦

【蝦兵蟹將】xiābīng-xièjiàng〔成〕神話傳說中龍王手下的兵將。比喻不中用的兵將或幫兇、爪牙：一夥兒～，完全不中用。

【蝦公】xiāgōng〔名〕（客家話、粵語）蝦。

【蝦醬】xiājiàng〔名〕用磨碎的小蝦醃製的醬類食品。

【蝦餃】xiājiǎo〔名〕粵式茶樓的主要點心之一。用蝦仁做餡兒的蒸餃：香港人飲茶的習慣是一定要點～和燒賣。

【蝦米】xiāmǐ〔名〕❶曬乾的去掉頭和殼的蝦。❷（北方官話）小蝦：大魚吃小魚，小魚吃～。

【蝦皮】xiāpí〔名〕曬乾或蒸熟後曬乾的毛蝦。

【蝦片】xiāpiàn（～兒）〔名〕（片）一種食品。用攪碎的新鮮蝦肉（或魚肉）摻澱粉及調味料拌勻，蒸熟後冷卻切片，再經乾燥而製成。入油鍋炸至膨脹即可食用。

【蝦仁】xiārén（～兒）〔名〕去掉了頭和殼的鮮蝦肉：炒～｜軟炸～兒。

【蝦子】xiāzǐ〔名〕蝦的卵，乾製後用來做調味品。

xiá ㄒㄧㄚˊ

匣 xiá（～兒）〔名〕"匣子"①：木～｜梳頭～兒。

【匣子】xiázi〔名〕❶（隻）裝東西的方形盒子，下有底，上有蓋，有紙質、木質、鐵質等各種質地：中藥～｜她有一個盛首飾的小～。❷（北京話）裝有糕點的禮品盒：提了兩個～去看老岳母。❸（北方官話）舊時裝小孩兒屍體的簡陋小棺材或窮人用的簡陋棺材，棺材板很薄，做工粗糙。

狎 xiá〈書〉❶態度不嚴肅、不莊重地親近：相～。❷輕慢：玩～｜～而玩之。

【狎昵】xiánì〔動〕❶親近：～士卒，得其歡心。❷態度輕佻地過分親近：以浪語相～。

柙 xiá〈書〉❶關野獸的木籠，也指囚籠或囚車。❷匣子：珠～。

俠（侠）xiá ❶俠客：遊～｜武～。❷俠義：少以～聞。❸（Xiá）〔名〕姓。

語彙　大俠　豪俠　劍俠　女俠　武俠　遊俠

【俠肝義膽】xiágān-yìdǎn〔成〕指講義氣、有勇氣、肯捨己為人的氣概和行為：此人～，為朋友甘願兩肋插刀。

【俠客】xiákè〔名〕（位，名）舊時指武藝高強、講求信義，並能扶弱鋤強、捨己助人的人。

【俠氣】xiáqì〔名〕見義勇為、捨己助人的氣概：這個人有點～，肯定是會幫忙的。

【俠義】xiáyì〔形〕講義氣，能捨己助人、扶危濟困的：～行為｜～心腸｜十分～。

叚 Xiá〔名〕姓。
另見 jiǎ "假"（631頁）。

峽（峽）xiá 兩山夾水的地方：三門～（在河南境內的黃河上）｜長江三～。

語彙 海峽 山峽

【峽谷】xiágǔ〔名〕（條，道）河流經過的兩邊有峭壁、中間深而狹窄的山谷。

世界第一大峽谷

雅魯藏布大峽谷位於中國境內世界最高大河雅魯藏布江下游，圍繞喜馬拉雅山東端最高峰南迦巴瓦峰馬蹄形大拐彎。經測繪專家精確測量，雅魯藏布大峽谷全長 504.6 千米，最深 6009 米，為世界第一大峽谷。

狹（狹）〈陿〉xiá ❶ 窄；不寬闊（跟"廣"相對）：～路相逢｜地～人眾。❷（Xiá）〔名〕姓。

語彙 褊狹 促狹 窄狹 危狹 險狹

【狹隘】xiá'ài〔形〕❶ 狹窄；寬度小：～的山間小路。❷ 心胸、見識等不寬廣：心胸～｜～的看法。

【狹長】xiácháng〔形〕窄而長：～的隧道。

【狹路相逢】xiálù-xiāngféng〔成〕漢朝樂府詩《相逢行》："相逢狹路間，道隘不容車。"意思是在狹窄的路上相遇，無處可以相讓。後用來比喻仇人相遇，不肯輕易放過：～勇者勝。

【狹小】xiáxiǎo〔形〕❶ 空間或範圍不大：～的閣樓｜走出～的圈子。❷（心胸、氣量等）狹隘窄小：氣量～。

【狹義】xiáyì〔名〕一般指範圍比較狹窄的定義（跟"廣義"相對）："金"的廣義指所有金屬，～專指黃金。

【狹窄】xiázhǎi〔形〕❶（長的東西）寬度小：～的胡同｜～的走廊。❷ 範圍小：知識面～｜場地～。❸（心胸、氣量、見識等）不寬廣：心地～｜見識～。

祫 xiá 古代祭名。在太廟合祭遠近祖先。

翈 xiá 羽瓣，羽幹兩側由羽支連合而成的瓣狀構造。

硤（硤）xiá 用於地名：～石（在浙江）。

瑕 xiá ❶ 玉表面的赤色斑點，比喻缺點：白璧微～。❷（Xiá）〔名〕姓。

語彙 無瑕 掩瑕 指瑕 白璧微瑕

【瑕不掩瑜】xiábùyǎnyú〔成〕玉上的斑點掩蓋不住玉的光彩。比喻缺點掩蓋不住優點，優點是主要的：這部小說，雖不能說是十全十美，但～，仍不失為上乘之作。

【瑕疵】xiácī〔名〕小毛病；微小的缺點：略有～。

【瑕丘】Xiáqiū〔名〕複姓。

【瑕瑜互見】xiáyú-hùjiàn〔成〕比喻有缺點，也有優點；整部小說是～，不必全盤否定。

暇 xiá 空閒：無～他顧。

語彙 空暇 閒暇 餘暇 好整以暇 應接不暇 自顧不暇

遐 xiá ❶〔書〕遠：～邇。❷〔書〕長久：～齡（高齡）。❸（Xiá）〔名〕姓。

【遐邇】xiá'ěr〔名〕〔書〕遠近：聞名～。

【遐思】xiásī〔動〕遐想：高高的烽火台，引人～。

【遐想】xiáxiǎng〔動〕遠想；悠遠地想象：愀然～，有離世之態。

轄（轄）xiá ❶ "鍵" ②。❷〔動〕管轄；管理：直～｜省～｜統～｜下～四個軍。

語彙 管轄 統轄 直轄

【轄區】xiáqū〔名〕所管轄的地區：～治安情況良好。

【轄制】xiázhì〔動〕管束；制約：我們是獨立大隊，不受任何人的～。

霞 xiá〔名〕❶ 由於日光斜射而使天空和雲層呈現黃、橙、紅等色彩。通常把天空中這樣出現的彩色稱為霞。日出時出現的叫朝霞，日落時出現的叫晚霞。❷（Xiá）姓。

語彙 彩霞 丹霞 錦霞 流霞 晚霞 煙霞 雲霞 朝霞

【霞光】xiáguāng〔名〕（道）日光穿透雲霧射出的光芒：～萬道｜彩雲萬朵，～四射。

黠 xiá〔書〕❶ 聰明：生而聰慧，稱為～兒。❷ 狡猾：狡～｜～吏（奸猾的官吏）。

xià ㄒㄧㄚˋ

下 xià ㈠ ❶〔名〕方位詞。低處的位置（跟"上"相對）：上不着天，～不着地｜自上而～｜往～看。❷ 等級低或質量差的：～級｜～等｜～品。❸〔名〕方位詞。時間或次序在後的：～旬｜～不為例｜～學期｜～季度。❹ 指在某個時間：時～｜節～｜年～｜眼～。❺ 指方面或方位（用在數字後）：兩～裏都願意｜往四～看了看｜一家人分幾～裏住。❻〔名〕方位詞。表示屬於一定的範圍、情況、條件：名～｜部～｜屬～｜在上級領導～｜在市民支持～。❼（Xià）〔名〕姓。

㈡ ❶〔動〕由高處到低處；傳向下面：～降｜～沉｜～達｜～行｜～山｜～樓｜順流而～。❷〔動〕雨、雪等降落：～小雨｜～大雪｜～冰雹。❸〔動〕發佈；投遞：～指示｜～命令｜～戰書｜～請帖。❹〔動〕到；去（處所）：～

車間｜～鄉｜～廚房。❺〔動〕離開；退場：～崗｜球賽中場，換 3 號上，4 號～｜在音樂聲中演員邊舞邊～，大幕徐徐降落。❻〔動〕放進；放入：～種｜～網。❼〔動〕卸掉；取下：～了俘虜的槍｜把紗窗～掉一扇。❽〔動〕做出（決斷）：～結論｜～定義｜～判斷。❾〔動〕使用：～工夫｜～刀｜～筆｜對症～藥。❿〔動〕進行（棋類活動）：～象棋｜～個子兒（棋子）想半天，急死個人。⓫〔動〕（動物）產出：～了一窩兒小豬｜母雞～蛋。⓬攻剋：久攻不～｜連～數城。⓭退讓：相持不～。⓮〔動〕一段或一天的學習、工作結束：～了課就回家｜～了班兒去看電影。⓯〔動〕低於；少於：不～一萬人。

（三）（～兒）〔量〕❶指動作的次數：敲了三～兒門｜踢了幾～兒腿。❷（北京話）指器物的容量：瓶子裏裝着半～醋｜這麼大的杯子，他喝了十～兒。❸用在"兩""幾"後面，指某種技能、本領：你真有兩～兒｜別怕他，他那幾～兒我都清楚｜別看他其貌不揚，倒有個三～兩～兒的。**注意** 量詞"下"同數詞"一"連用做狀語時（後面可帶"子"），強調動作結果突然出現，如"鎖一下子就打開了""這孩子一下子就長高了"。與數詞"一"連用做補語時，帶有短暫、隨便之意，如"先說一下兒大概情況，詳細內容明天講""問一下老鄉，就知道路怎麼走了"。

下 //·xià〔動〕趨向動詞。用在動詞或動詞性語素後。❶表示行為由高處到低處，由上級到下級：坐～｜躺～｜降～｜傳～一道命令。❷表示有空間，能容納開：這房間能坐～五六十人｜這廣場能容～十萬人。❸表示動作完成、結果已定：打～基礎｜留～一封信｜攻～了最後一道難關。

語彙 卑下 陛下 部下 低下 地下 殿下 閣下 門下 名下 手下 天下 鄉下 一下 在下 足下 瓜田李下 寄人籬下 騎虎難下 雙管齊下 桃李滿天下

【下巴】xiàba〔名〕❶下頜的通稱。❷下頦的通稱：～上有個瘩子。

【下巴頦兒】xiàbakēr〔名〕下頦的通稱。

【下擺】xiàbǎi〔名〕長袍、裙子、上衣最下面的部分。

【下班】xià//bān（～兒）〔動〕規定的工作時間結束後離開工作地點：每天下午五點～｜下了班兒去看朋友。

【下半場】xiàbànchǎng〔名〕某些球類比賽的下半段時間：～決定勝負。也說下半時。

【下半旗】xià bànqí 表示舉行國哀悼的一種儀式。先將國旗升至杆頂，然後降至離杆頂佔全杆三分之一的地方：～誌哀。也說降（jiàng）半旗。

【下半夜】xiàbànyè〔名〕後半夜。

【下輩】xiàbèi（～兒）〔名〕❶指子孫：老頭子沒有～兒，成了絕戶。❷下一代：～兒的日子比上輩兒過得好。

【下輩子】xiàbèizi〔名〕來世。

【下本兒】xià//běnr〔動〕❶放進本錢：多～做大生意。❷比喻辦某件事時投入人力、物力、財力：他在孩子的培養上真肯～，光家教就請了倆。

【下筆】xià//bǐ〔動〕動筆寫或畫：不知如何～｜～千言，離題萬里｜他一～就收不住。

【下邊】xiàbian（～兒）〔名〕方位詞。下面。

【下撥】xiàbō〔動〕上級部門將物資款項調撥給下級部門：市政府～救災款 500 萬元。

【下不來】xiàbulái〔動〕❶降低不了（liǎo）：她的體溫總也～｜一漲價就再～了。❷完成不了（liǎo）；不夠數：這堵牆五千塊磚～｜這頓飯沒有五百塊錢～。❸在人前陷於為難境地；難為情：幾句話說得他臉上～了。

【下不為例】xiàbùwéilì〔成〕表示做了某事後，下次不能再照此辦理。意思是提出警告，只能通融這一次：只此一遭，～｜不搞"～"（意思是這一次就不通融）。

【下操】xià//cāo〔動〕❶出操：上午八時～。❷收操：他下了操剛回來，正在洗澡。

【下策】xiàcè〔名〕不高明的計策和辦法：出此～，實屬無奈｜此計如殺雞取卵，實為～。

【下層】xiàcéng〔名〕（組織、機構、階層中）下面的一層或幾層：深入～，了解群眾。

【下廠】xiàchǎng〔動〕到工廠去：～下鄉｜～實習｜他～了解情況去了。

【下場】xià//chǎng〔動〕❶演員或運動員退場：女主角兒一下了場，男主角兒就上場。❷舊時指到考場參加考試。

【下場】xiàchǎng（-chang）〔名〕指人的不好的結局：可恥～｜可悲～｜搞陰謀詭計的人絕不會有好～。

【下車伊始】xiàchē-yīshǐ〔成〕伊始：開始。指官吏初到任所。泛指剛到一個地方：～，先搞調查研究｜不要～，就哇啦哇啦發議論。

【下沉】xiàchén〔動〕向下沉沒；向下降落：敵艦起火～｜潛水艇逐漸～｜地面～。

【下處】xiàchu〔名〕❶離家在外的人暫時住宿的地方；旅舍：找個合適的～住下。❷舊時稱低級妓院。

【下船】xià//chuán〔動〕❶離船上岸：我們是一同下了船後才分手的。❷（吳語）登船：大家快～，就要開船了。也說落船。**注意** 方言這樣用，是歷史流傳下來的，從前船比岸低，所以"下船"就是上船。

【下垂】xiàchuí〔動〕向下耷拉着；向下吊着：麥穗兒～｜房檐兒下的辣椒串兒幾乎～到地面。

【下挫】xiàcuò〔動〕（價格、銷量等）下跌：股市～｜這種款式的皮包銷量明顯～。

【下達】xiàdá〔動〕向下級發佈或傳達指示、命令等：～作戰命令｜任務已經～。

【下單】xià // dān〔動〕發出訂單：這筆業務剛剛～｜你電話～就可以，不必親自跑。

【下等】xiàděng〔形〕屬性詞。等級或質量低的；劣等：～貨。

【下地】xià // dì〔動〕❶到地裏去幹農活：老漢一早就～了｜～勞動。❷從床上下來：他病好多了，能～了｜給孩子穿上鞋，讓他～走走。

【下跌】xiàdiē〔動〕(價格、水位等)向下跌落；下降：近幾天，美圓比價再度～｜股市～。

【下毒手】xià dúshǒu 動用殺人或傷害人的狠毒手段：要防備他再對我們～。

【下凡】xià // fán〔動〕神話傳說中指神仙來到人間：仙女～。

【下飯】xiàfàn ❶ (-//-)〔動〕就着菜把主食吃下去：這個菜你不喜歡，拿甚麼～呀？❷〔形〕適宜於幫助用餐的人把飯吃下去：這個菜很～。❸〔名〕(吳語)下飯的菜餚：桌上擺了四樣～。

【下放】xiàfàng〔動〕❶把部分權力交給下層機構：權力～。❷把幹部調到下層工作或到廠礦、農村勞動鍛煉：中央機關～了一批幹部。

【下風】xiàfēng〔名〕❶風吹向的那一方：我們在～燒窯，影響不了你上風。❷比喻作戰或比賽中所處的不利地位：處於～｜甘拜～(佩服別人，自認不如)。

【下浮】xiàfú〔動〕價格、利率等向下浮動：儲蓄利率～了一個百分點｜今年冬天大白菜的價格全面～，比去年便宜了不少。

【下崗】xià // gǎng〔動〕❶戰士、警察等結束執勤後離開進行守衛、警戒的崗位：夜班門衛剛～。❷指失去工作崗位：～待業｜～女工｜～職工再就業。

【下工】xià // gōng〔動〕❶規定的勞動時間結束後停止勞動：她已經下了工回家了。❷舊時指解僱。

辨析 下工、下班　"下班"可用於幹部，也可用於工人；"下工"只能用於工人或農民，不能用於幹部。

【下工夫】xià gōngfu 為了達到某種目的，花費很多時間，付出很大精力：技術革新得～｜不下一番工夫肯定學不好外語。

【下館子】xià guǎnzi 指到酒店、飯館去吃飯：中午他倆～去了。

【下跪】xiàguì〔動〕屈膝並使膝蓋(一個或兩個)着地，對人表示尊敬、感謝或哀求：～求饒。

【下海】xià // hǎi〔動〕❶下到海裏去：～游泳。❷指漁民出海捕魚：這一帶漁船紛紛～捕魚去了。❸指票友搭班而成為職業演員。❹喻離開原來工作，投身商業做買賣：那位教授離開學校下了海。

【下頜】xiàhé〔名〕口腔的下部。通稱下巴。

【下滑】xiàhuá〔動〕❶向下滑動：他順着滑梯快速～。❷下降：他天天泡網吧，學習成績～｜產品質量不斷～。

【下懷】xiàhuái〔名〕自己的心意：正中～(正合自己的心意)。

【下級】xiàjí〔名〕同一個組織系統內級別低的機構或人員：～服從上級｜我們又不是他的～，憑甚麼聽他發號施令！

【下家】xiàjiā〔名〕❶(打牌、擲色子或行酒令等)下一個輪到的人。❷商業活動中指承接自己貨物的單位或個人。

【下賤】xiàjiàn〔形〕❶舊時指出身卑微或社會地位低下；低賤：～之人。❷卑劣下流，行為無恥(罵人的話)：真是個～東西，連自己家裏的東西都偷。

【下江】Xiàjiāng〔名〕長江下游地區：～人｜～官話。

【下降】xiàjiàng〔動〕❶從高處往低處下落：飛機開始～。❷泛指等級、程度、數量等降低或減少：氣溫逐步～｜生產成本逐年～｜售價～了很多。

【下腳料】xiàjiǎoliào〔名〕原料經過加工、利用後所剩下的零碎材料。

【下酒】xià // jiǔ ❶〔動〕就着菜把酒喝下去。❷〔形〕適宜於和酒一起吃：油炸花生米～不下飯。

【下頦】xiàkē (～兒)〔名〕臉的最下部分：瓜子臉，尖～。通稱下巴、下巴頦兒。

【下課】xià // kè〔動〕❶上課時間結束：老師剛講完這一章就～了｜孩子們一～就急着往操場跑。❷比喻離開教練或領導崗位，多指辭職或被撤換：球隊一直沒贏球，主教練被迫～了。

【下款】xiàkuǎn (～兒)〔名〕在贈人的字畫或寫給人的書信等上面所寫的自己的名字(跟"上款"相對)。

【下來】xià // lái (-lai)〔動〕❶從高處到低處來：快從樓上～｜他下山來了｜梯子不牢，你下得來下不來？❷指領導到下面來：上級機關的工作人員到下級機關來：省裏～一個檢查組。❸表示收穫農作物：麥子～吃麥子，玉米～吃玉米｜葡萄～就快到中秋節了。❹表示一段時間結束：一年～，他學完了四門功課。注意 a)"下來"合用做謂語，"下"重讀，"來"輕讀，如"他下(xià)來(lai)了"；b)"下來"中間插入"得""不"做謂語，則"下""來"都重讀，如："溝很深，他下(xià)不(bu)來(lái)""溝不深，他下(xià)得(de)來(lái)"。

【下來】// xià // lái (xialai)〔動〕趨向動詞。❶用在動詞後，表示人或事物隨動作由高處向低處來：他從山上走～｜把樓上的箱子抬～。

❷用在動詞後，表示動作從過去繼續到現在或從開始繼續到結束：古代流傳～的寓言｜所有上夜校的人都堅持～了。❸用在動詞後，表示動作的完成或結果：風突然停了～｜我們的計劃批～了。❹用在形容詞後面，表示某種狀態開始出現並繼續發展（形容詞多為表示消極意義的）：他的聲音慢慢低了～｜天色漸漸黑～｜不能遇到困難就軟～。注意 a）趨向動詞"下來"合用做補語，"下來"都輕讀，如"抬下來（xialai）"，"推下來（xialai）"；b）動詞和作為補語的"下來"之間插入"得""不"，則"下來"兩字都重讀，如"抬得下來（dexiàlái）""抬不下來（buxiàlái）"；c）"下來"中間加上賓語，則"下"重讀，"來"輕讀，如"抬下（xià）箱子來（lai）"。

【下里巴人】xiàlǐ-bārén〔成〕戰國楚宋玉《對楚王問》："客有歌於郢中者，其始曰下里巴人，國中屬而和者數千人。"下里：指鄉里；巴人：指巴蜀的人民。原指戰國時代楚國的民間歌曲。後來泛指通俗的文學藝術，經常跟"陽春白雪"對舉着用。

【下力】xiàlì〔動〕（北方官話）出力，賣力：只要～去辦，準能辦成。

【下聯】xiàlián（～兒）〔名〕（副）對聯的下一半（跟"上聯"相對），如"人無信不立天有日方明"這副對聯，其中的"天有日方明"即為下聯。

【下列】xiàliè〔形〕屬性詞。下面列舉出來的：～幾點，請注意｜～各書供參考。

【下令】xià//lìng〔動〕下達命令：團長～緊急集合｜師部下了令，我們馬上就行動。

【下流】xiàliú❶〔名〕下游：黃河～｜珠江～。❷〔名〕指卑微的地位：位居～。❸〔形〕卑鄙骯髒：誰想到他這麼～｜～話｜～行為。

【下落】xiàluò❶〔名〕人或物的着落，去處：打聽一位老朋友的～｜有一件古物～不明。❷〔動〕往下降落：氣球～｜雪片～，無聲無息。

【下馬】xià//mǎ〔動〕❶從馬背上下來。❷比喻停止或放棄正在進行或擬議進行的某項重大工作、工程、計劃等：這項工程不能～｜今年有好幾個基建項目都下了馬。

【下馬威】xiàmǎwēi〔名〕指官吏初到任時故意顯示出來的威風，讓人知道自己的厲害。泛指一開頭就向對方顯示的威力：先給他來個～，叫他知道我們的厲害。

【下毛毛雨】xià máomaoyǔ〔慣〕❶比喻事先透露信息，使別人有所準備：由於早就下過毛毛雨，大家已經有了思想準備。❷比喻輕微的批評：～對他根本就沒有用。

【下面】xiàmian（～兒）〔名〕方位詞。❶位置較低的地方：從～兒爬上一個人來｜從山上往

下看，～是萬丈深淵。❷次序靠後的部分：請看～兒解放戰爭時期的陳列物｜上面兒是總論，～兒是分論｜～進行大會第三項議程。❸指下級：不要老蹲在上面，多到～兒了解了解｜這麼辦～兒很為難。

【下品】xiàpǐn〔名〕質量最差或品級最低下的：有個傳統觀念——萬般皆～，唯有讀書高。

【下坡路】xiàpōlù〔名〕❶由地勢高的地方通向地勢低的地方的道路。❷比喻向着衰落方向發展的道路：上半年工廠生產一直走～｜這孩子自從迷上了網絡，學習就開始走～。

【下棋】xià//qí〔動〕兩人對局做棋類遊戲：他想找個對手～｜下一盤棋。

【下情】xiàqíng〔名〕❶下級或群眾的情況；民情：～上達｜不了解～。❷〔謙〕對人稱自己的實況和心情：區區～｜～未安。

【下去】xià//qù（-qu）〔動〕❶由高處向低處去：天快黑時，才從山上～｜小王下樓去了｜水很深，你下得去下不去？❷指上級機關工作人員退出領導崗位或深入基層到下級機關去：兩個副局長到了年齡都～了｜一年中，總要～兩個月搞調查。❸從前綫到後方；從前台到後台：團長掛彩～了｜演員剛～就閉幕了。❹食物已經消化；病況已經平復；情緒已經平靜：剛吃了幾個包子這會兒還沒～呢｜頭上撞起一個大包慢慢～了｜大夥勸了半天他的氣才～了。注意 a）"下去"合用做補語，"下"重讀，"去"輕讀，如"幾十米的深溝，他下（xià）去（qu）了"；b）"下去"中間插入"得""不"做補語，則"下""去"都重讀，如"幾十米的深溝，他下（xià）不（bu）去（qù）""河溝很淺，他下（xià）得（de）去（qù）"。

【下去】//xià//qù（xiaqu）〔動〕趨向動詞。❶用在動詞後，表示人或事物隨動作由高處到低處或離開原地：洪水退～了｜船沉～了｜把犯人帶～｜部隊順着大路撤～。❷用在動詞後，表示動作仍然繼續進行：堅持～｜她激動得說不～了｜希望兩國人民世世代代友好～。❸用在形容詞後，表示某種狀態已經存在並將繼續發展（形容詞多為表示消極意義的）：不要鬆懈～｜看來天氣還會冷～｜他工作太累，一天一天瘦～了。注意 a）趨向動詞"下去"合用做補語，"下去"都輕讀，如"抬下去（xiaqu）""推下去（xiaqu）"；b）動詞和作為補語的"下去"之間插入"得""不"，則"下去"兩字都重讀，如"抬得下去（dexiàqù）""抬不下去（buxiàqù）"；c）"下去"中間加上賓語，則"下""去"分開用，則"下"重讀，"去"輕讀，如"抬下（xià）箱子去（qu）"。

【下身】xiàshēn〔名〕❶身體的下半部：雨很

大，打着傘～還淋濕了。❷指男女的陰部。❸（～兒）指褲子或裙子：這套衣服，上身兒還新，～兒早穿破了。

【下剩】xiàshèng〔動〕〈口〉剩下；剩餘：除去開支，～一百塊錢。

【下士】xiàshì〔名〕軍銜，軍士的最低一級。

【下市】xià // shì〔動〕❶（季節性的貨物）已過產銷旺季，退出銷售市場：柿子早～了，想吃凍柿子得等到明年冬天了。❷結束一天的商業經營活動：為了給老母親過生日，小王今天早早就下了市。

【下手】xiàshǒu ㊀(-//-)〔動〕着手；動手：無從～｜下不去手（常比喻不忍或膽怯）。㊁（～兒）〔名〕❶位置較卑的一側，右邊（當人在室內面向外時）：主人坐在～兒。也作下首。❷（玩牌或行酒令時的）下家：你要注意～出的是甚麼牌。❸〈口〉助手：打～（打雜兒，做助手）｜你掌勺兒，我當～兒。

【下書】xià // shū〔動〕〈書〉（派人）投遞書信：～挑戰｜給對方下了一封書。

【下屬】xiàshǔ〔名〕下級：對～該嚴就嚴，該寬就寬｜要求～做到的，領導先要做到。

【下水】xiàshuǐ ㊀(-//-)〔動〕❶造船時，當船的主要工程完成後，將船體推入水中稱為下水。❷入水：～摸魚｜～游泳。❸把紡織品投入水中使收縮：買來衣料先下一次水再拿去做衣服，以免成衣後縮水。❹比喻被誘入歧途，做壞事：拖人～｜～不久。㊁〔動〕向下游航行（跟"上水"相對）：～船。

【下水】xiàshui〔名〕（北方官話）供食用的牲畜內臟，如肚子(dǔzi)、大腸和小腸：豬～。

【下水道】xiàshuǐdào〔名〕排放污水或雨水的管道：廚房的～堵了。

【下榻】xiàtà〔動〕〈書〉客人（現多指貴賓）住宿：～客舍｜來華訪問的國家元首～國賓館。

> **"下榻"的語源**
> 東漢豫章太守陳蕃不接待來訪賓客，只為郡中名士徐稚特設一榻（床），徐稚來時就放下，一走就掛起來。後因稱接待賓客為"下榻"，又泛指留下來住宿。

【下台】xià // tái〔動〕❶從舞台或講台上下來（跟"上台"相對）：主席講完話就～了。❷比喻政治上有地位的人喪失權柄（跟"上台"相對）：那人早已～了。❸比喻擺脫不利的處境：無法～｜讓人下不了台。注意　這一義多用於否定式。

【下調】xiàtiáo〔動〕（價格、工資、利率等）向下調整：利率再次～｜這款產品價格～後，賣得很好。

【下同】xiàtóng〔動〕下面所說的與此相同（多用於附註時簡省筆墨和篇幅）。

【下頭】xiàtou〔名〕方位詞。❶位置較低的地方：山～有一條河｜桌子～沒掃乾淨。❷下級；基層：領導要經常到～去了解情況。

【下網】xiàwǎng ㊀〔動〕撒下漁網：～捕魚。㊁〔動〕獲取和發送完信息後退出互聯網（跟"上網"相對）：他給同學發完電子郵件就匆匆～了。

【下文】xiàwén ㊀〔名〕❶後面的文字，指書或文章中某一部分以後的文字（跟"上文"相對）：詳見～。❷比喻事情後續的情況或結果：申請書交上去好幾個星期了，還沒有～｜事情並沒有就此結束，還有～呢！㊁(-//-)〔動〕向下發文件：這事兒明後天就～｜你趕緊下個文兒，好讓下頭辦事有個依據。

【下問】xiàwèn〔動〕向地位、學問不如自己的人請教：不恥～。

【下午】xiàwǔ〔名〕一般指由中午十二點到黃昏的一段時間，也指從中午十二點到夜裏十二點的一段時間：上午學理論，～學技術｜上午是晴天，～就下起雨來了。

【下弦】xiàxián〔名〕農曆每月二十二日或二十三日，太陽跟地球的連綫和地球跟月亮的連綫成直角時，人們看到月亮呈 D 形，這種月相叫下弦（跟"上弦"相對）：～月。

【下限】xiàxiàn〔名〕在某一規定限度中的最後或最低界限（跟"上限"相對）：中國近代史上限 1840 年，～1919 年。

【下綫】xià // xiàn〔動〕❶指汽車、電器等在生產流水綫上完成組裝，可以出廠：一款新車剛剛～。❷指暫時停止互聯網上的交流活動，多指暫時退出網上聊天或網上遊戲。

【下鄉】xià // xiāng〔動〕到農村去：上山～｜文化～，為農民服務｜縣長每月都要下幾次鄉。

【下泄】xiàxiè〔動〕水流向下排泄：洪峰～，勢不可擋。

【下瀉】xiàxiè〔動〕❶（水流）向下流：河道經過疏浚，水流～通暢。❷比喻價格等迅速下跌：股市全面～｜金價～數十美圓，跌幅巨大。❸腹瀉：上吐～。

【下行】xiàxíng〔動〕❶中國鐵路部門規定，列車在幹綫上背着首都方向行駛，在支綫上背着連接幹綫的車站行駛，叫作下行（跟"上行"相對）。下行列車編號用奇數，如 1 次、89 次。❷船順流而下行駛。❸公文自上級發往下級：～公文。

【下旬】xiàxún〔名〕每月二十一日到月底的日子為下旬（區別於"上旬""中旬"）。

【下藥】xià // yào〔動〕❶（醫生）開方用藥：對症～。❷指下毒藥：最近老鼠太多，小區裏統一下了藥。

【下野】xià // yě〔動〕執政的要人被迫下台。

X

【辨析】下野、下台　a）"下台" 的應用範圍較寬，可以指有地位的一般人物，也可以指執政的黨政軍要人。"下野" 的應用範圍較窄，只能指執政的黨政軍要人。如 "總統下台" "部長下台" 也可以說 "下野"；但 "廠長下台" "總經理下台" 就不能說 "下野"。b）"下台" 可能是自願的，也可能是被迫的；"下野" 則一般是被迫的。

【下議院】xiàyìyuàn〔名〕兩院制議會的組成部分，名稱各國不一，有的叫眾議院，有的叫平民院或二院等。下議院按規定享有立法權和對政府的監督權，下議院的議員通常是按人口比例在選區選舉中產生。也叫下院。

【下意識】xiàyìshí ❶〔名〕潛意識。❷〔副〕不知不覺地；出於本能地：馬上就要輪到自己發言了，他～地清了清嗓子。

【下游】xiàyóu〔名〕❶ 河流接近出口的部分及其所流經的地區。❷ 比喻落後的地位：他的學習成績處於～。

【下獄】xià // yù〔動〕關進監獄。

【下元節】Xiàyuán Jié〔名〕指農曆十月十五日，舊俗為祭享祖先、神靈的節日。

【下載】xiàzài〔動〕指把程序或數據由一台遠方的計算機傳送過來並裝到與之連接的工作站或個人計算機存儲器中去的過程。也特指從互聯網上獲取信息或裝入個人計算機中的過程（跟"上傳"相對）。

【下葬】xià // zàng〔動〕埋葬（含鄭重意）：擇日～｜把骨灰撒向大海也是一種～的方式｜村裏人為老人隆重地下了葬。

【下肢】xiàzhī〔名〕人的下部肢體，包括大腿、小腿和腳（跟"上肢"相對）。

【下種】xià // zhǒng〔動〕把種子播撒在土裏：一睛天就該～了｜剛下過種就來了一場雨。

【下裝】xiàzhuāng ㊀〔動〕(-//-)（演員）卸裝；脫掉表演時穿着的服裝：到後台去看演員～。㊁〔名〕下身穿的衣服。

【下墜】xiàzhuì〔動〕❶ 向下墜落：蹦極愛好者在急速～的過程中體驗着冒險的樂趣。❷ 指將分娩的產婦或痢疾、腸炎的患者感到腹部沉重，像要大便。

【下作】xiàzuo〔形〕❶ 下流；卑鄙：他真是個～東西。❷（北京話）吃東西貪，饞：這傢伙太～，一見好酒菜就不要命了。

夏　xià ㊀〔名〕夏季：初～。
㊀（Xià）❶〔名〕朝代，約公元前 2070— 前1600 年，禹受舜禪而有天下。又一說指禹之子啟建立的中國歷史上第一個奴隸制國家。❷ 指中國：華～。❸〔名〕姓。

語彙　半夏　華夏　立夏　三夏　盛夏　西夏　消夏　仲夏

【夏布】xiàbù〔名〕(塊)用苧麻的纖維織成的布，輕薄吸濕，可以做夏季服裝或蚊帳等，產於江西、湖南、四川等地，以湖南瀏陽產的最有名。

【夏父】Xiàfù〔名〕複姓。

【夏侯】Xiàhóu〔名〕複姓。

【夏季】xiàjì〔名〕一年四季中的第二季，中國習慣於立夏到立秋的三個月，也指農曆四月、五月、六月。

【夏曆】xiàlì〔名〕農曆，中國傳統曆法。因相傳創始於夏代，故稱。

【夏糧】xiàliáng〔名〕夏季收穫的糧食。

【夏令】xiàlìng〔名〕❶ 夏季：～營。❷ 夏季的氣候：布穀聲中～新。

【夏令營】xiàlìngyíng〔名〕利用暑假舉辦的供青少年娛樂休息、增進健康並接受思想教育和某些專業訓練的營地。

【夏時制】xiàshízhì〔名〕為了充分利用日光，節約能源，根據夏季晝長夜短的特點實行的夏季時間制度。夏時制在夏季來臨時，將鐘錶撥快一小時，秋季來臨時，再把鐘錶撥慢一小時。這一時制由英國人威利特於 1907 年提出，1916年首先為德國所採納。中國從 1986 年起實行夏時制，1989 年取消。

【夏收】xiàshōu ❶〔動〕夏季收割農作物：農村正忙着～呢。❷〔名〕夏季的收成：～作物。

【夏天】xiàtiān (-tian)〔名〕夏季。

【夏娃】Xiàwá〔名〕《聖經》故事裏人類始祖亞當的妻子。[希伯來 □awwāh]

【夏陽】Xiàyáng〔名〕複姓。

【夏至】xiàzhì〔名〕二十四節氣之一，在 6 月 21 日前後。這一天北半球白天最長，夜最短。夏至後白天漸短，夜漸長。夏至日又叫長至日。

【夏裝】xiàzhuāng〔件，身，套〕夏季穿的服裝：天氣剛一熱，女孩子們就換上了～｜這台時裝表演基本上反映了今年的～流行趨勢。

唬　xià 同 "嚇"（xià）。
另見 hǔ（554 頁）。

廈（廈）　xià 用於地名：～門（在福建南部，瀕海，是經濟特區）。
另見 shà（1167 頁）。

嚇（吓）　xià〔動〕使人害怕：驚～｜別～人｜～了一跳｜～破了膽。
另見 hè（532 頁）。

【嚇唬】xiàhu〔動〕〈口〉使害怕：你幹嗎老～人？

罅　xià〈書〉縫隙：石～｜岩～｜雲～｜裂～。

【罅漏】xiàlòu〔名〕〈書〉縫隙，比喻漏洞：補苴～。

【罅隙】xiàxì〔名〕〈書〉縫隙。

xiān ㄒㄧㄢ

仙 〈❶❷儙〉 xiān〔名〕❶ 仙人;神仙:求~｜想修煉成~。❷ 指某種特異的人物:詩~｜劍~｜酒~。❸(Xiān)姓。

語彙 八仙 神仙 水仙 天仙 修仙 謫仙

【仙丹】xiāndān〔名〕(粒)神話傳說中的靈丹妙藥,具有起死回生或使人長生不老的奇效:不老~。

【仙島】xiāndǎo〔名〕傳說中仙人所住的海島,多用來象徵長生不老之地:蓬萊~。

【仙風道骨】xiānfēng-dàogǔ〔成〕形容人的風度氣質不凡,超塵脫俗。也用來形容書法飄逸瀟脫,不染流俗:老人~,一看就不是尋常之人｜這幅字飄然有~,可以想見書者其人。

【仙姑】xiāngū〔名〕❶(位)女仙人:~下凡。❷ 從事求神問卜等迷信活動以賺取錢財的婦女。

【仙鶴】xiānhè〔名〕❶(隻)丹頂鶴。民間傳說中多為仙人所飼養和駕乘,故稱。❷ 專指神話中仙人所養的白鶴。

【仙境】xiānjìng〔名〕❶ 神話中指仙人居住的地方。❷ 形容景物宜人、風光美好的地方:人間~。

【仙女】xiānnǚ〔名〕(位)年輕女仙人;比喻年輕貌美的女子:~下凡。

【仙女節】Xiānnǚ Jié〔名〕怒族的傳統節日,在農曆三月十五至十七日。節日期間舉行祭祀神女、野外聚餐、歌舞表演等活動。也叫鮮花節。

【仙人】xiānrén〔名〕(位)神話中指長生不老、神通廣大的人:~指路｜八位~各顯神通。

【仙人跳】xiānréntiào〔名〕以美女為誘餌,設置騙局詐取錢財的一種圈套。多為男女串通奸,由女人去勾引別的男人,然後由男人來捉奸以達到敲詐的目的。

【仙人掌】xiānrénzhǎng〔名〕(棵)多年生植物,莖肉質,像手掌,有硬刺,花黃赤色。耐旱,可供觀賞。有的可食用。

【仙山瓊閣】xiānshān-qiónggé〔成〕比喻奇異美妙的境界。多指幻境。

【仙逝】xiānshì〔動〕〈婉〉稱人去世(多用於長輩)。意思是人死了有如成仙而去。也說仙去、仙遊。

【仙鄉】xiānxiāng〔名〕❶ 仙人所住的地方。❷ 對別人家鄉的美稱:請問~何處?

【仙姿】xiānzī〔名〕指女子清秀美麗的體態。

【仙子】xiānzǐ〔名〕(位)❶ 仙女:花~｜其中綽約多~。❷ 泛指仙人。

先 xiān ❶〔名〕時間或次序在前的(跟"後"相對):~進｜事~｜爭~恐後｜有言

在~。❷〔名〕〈口〉先前:這孩子比~強多了。❸ 上代的:~人｜~民。❹〈書〉祖先:行莫醜於辱~｜其~,齊人也。❺ 已經死去的(含尊重意):父(限於自己的)｜~賢｜~烈｜~哲。❻〔副〕時間在先;行動在前:他比我~到｜我~說幾句｜你~擬個提綱再寫｜你不必~付款｜大家~別走｜這個問題~不討論,以後再說。❼(Xiān)〔名〕姓。

語彙 當先 領先 搶先 事先 首先 率先 優先 原先 爭先 祖先 一馬當先 有言在先

【先輩】xiānbèi〔名〕(位)❶ 指行輩在先的人。❷ 指已經去世的令人敬仰、值得學習的人:革命~｜學界~。

【先導】xiāndǎo ❶〔動〕引導;在前引路。❷〔名〕引路的人;嚮導:行業~｜技術~。

【先睹為快】xiāndǔ-wéikuài〔成〕以先看到為快樂:先生的詩作,大家都想~。

【先發制人】xiānfā-zhìrén〔成〕《漢書·項籍傳》:"先發制人,後發制於人。"先動手,爭取主動,以制伏對方。**注意** 這裏的"制"不寫作"治"。

【先鋒】xiānfēng ❶〔名〕指作戰或行軍時的先頭部隊,比喻起先進作用的個人或集體:開路~｜行業~｜~作用。❷〔形〕屬性詞。最新的,具有領先性和反叛性的:~派｜~戲劇｜~人物。

【先鋒隊】xiānfēngduì〔名〕(支)作戰時衝鋒陷陣、勇猛向前的先頭部隊;比喻不怕犧牲、勇往直前的群體:少年~｜工人階級的~｜中華民族解放的~。

【先河】xiānhé〔名〕《禮記·學記》:"三王之祭川也,皆先河而後海。"意思是古代帝王先祭黃河,然後祭海,以河為海的本源。先祭河表示重視根本。後用"先河"稱倡導在先的:《辭源》的編輯與出版,開創了中國現代辭書編纂的~。

【先後】xiānhòu ❶〔名〕先和後:革命不分~｜這些事情都要辦,但總得有個~。❷〔副〕前後相繼:各國代表團~到達北京｜我和弟弟~考上了大學｜他~兩次發言。

辨析 先後、前後 a)"先後"可以用於時間,但不能用於空間;"前後"用於時間空間都可以。如"房屋前後"不能說成"房屋先後";"前後同學"也可以說"先後同學"。b)指一段時間內事件發生的順序,用"先後"不用"前後";指整段時間,用"前後"不用"先後",如"會上他們兩人先後發言""新年前後"。在不特別說明順序時,"先後""前後"都可以用;如"先後出版了三本新書"跟"前後出版了三本新書"是一樣的。

【先機】xiānjī〔名〕較早的時機:搶佔~｜洞察市

場～，開拓新的銷售領域。

【先見之明】xiānjiànzhīmíng〔成〕能預料事後結果的能力；對事物發展所具有的預見性：誰也沒有～，大家不用抱怨他了。

【先進】xiānjìn ❶〔形〕水平高、進步快，可以作為榜樣的：～分子｜～事跡｜～經驗｜技術很～。❷〔名〕水平高、進步快，可以作為榜樣的人或集體：學習～。❸〔名〕〈書〉前輩：女界～｜學界～。

【先決】xiānjué〔形〕屬性詞。為實現某一結果，必須首先具備和解決的：～條件。

【先覺】xiānjué ❶〔動〕首先覺醒、覺察：大夢誰～？❷〔名〕指在政治、社會改革等方面覺悟得較早的人：他是民主革命的先知～。

【先來後到】xiānlái-hòudào（～兒）〔成〕指按照先後來到和排定的次序：凡事得有個～兒，不能亂了次序。

【先禮後兵】xiānlǐ-hòubīng〔成〕兵：兵器，引申為動武。與人交涉時，先用禮貌的方式，對方不接受時再使用武力或其他強硬手段：咱們～，對方不答應，再動手也不遲。

【先例】xiānlì〔名〕先前的事例；已有的事例：這件事有～可援。

【先烈】xiānliè〔名〕〔位〕對烈士的尊稱：革命～｜繼承～遺志。

【先期】xiānqī〔名〕❶ 在預定的日期之前或在某一日期之前：代表團的副團長已～到達。❷ 前期：～準備工作已完成。

【先前】xiānqián〔名〕以前；以前的某個時候：這孩子比～乖多了｜～咱們村葛根兒就沒診療所。

[辨析]先前、以前 a）在一些組合中可以換用，如"以前（先前）我們不認識""現在的生活比以前（先前）好得多"。b）"以前"可以用在動詞性詞語、名詞性詞語後面表示時間，如"睡覺以前""上飛機以前""十二點以前""不久以前"；"先前"不能這樣用。

【先遣】xiānqiǎn〔形〕屬性詞。事先派遣出去進行偵察或聯絡的：～隊｜～人員。

【先秦】Xiānqín〔名〕一般指秦統一以前的春秋戰國時期：～文學｜～要籍。

【先驅】xiānqū ❶〔動〕指導；引導：～者。❷〔名〕〔位〕指先驅者：孫中山是中國民主革命的～。

【先人】xiānrén〔名〕❶〔位〕祖先：我們的～為我們留下了寶貴的遺產。❷指已死的父親：～在世時，我在讀大學。❸古人：～有言。

【先入為主】xiānrù-wéizhǔ〔成〕《漢書‧息夫躬傳》："無以先入之語為主。"先接受了一種認為是正確的說法或思想，有了成見，再有不同的說法或思想就不容易接受：你不要～，了解清楚了再下結論。

【先入之見】xiānrùzhījiàn〔成〕先聽到並接受了的意見或說法；成見：要虛心聽取各方面的意

見，千萬不要為～所圍。

【先生】xiānsheng〔名〕❶ 老師。❷ 對人的尊稱：總統～｜記者～｜女士們，～們。❸對知識分子的尊稱。注意"先生"不只是對成年男子的尊稱，對學識淵博、有一定身份和社會地位的成年女性也可以尊稱"先生"，如"宋慶齡先生""王先生是一位女博導"。❹稱別人的丈夫，或對別人稱自己的丈夫：她～還沒回來｜等我～回來再說吧。❺（北方官話）醫生；大夫：有了病請個～看看，吃兩服藥。❻舊時稱以管賬、說書、算卦、相面、看風水等為職業的人：賬房～｜算命～。

【先聲】xiānshēng〔名〕某些重大事件發生之前所出現的相關事件或群眾輿論；最先的信號：五四運動是中國新民主主義革命的～。

【先聲奪人】xiānshēng-duórén〔成〕先張揚聲勢以挫傷對方的士氣。也比喻做事搶先動手，佔據主動：比賽剛一開始，客隊就～，一連進了三個球。

【先師】xiānshī〔名〕❶ 前輩老師。❷指自己已故的老師。❸特指孔子：～廟。

【先世】xiānshì〔名〕❶ 祖先：～煊赫。❷ 前代：～名儒｜～名醫。

【先是】xiānshì〔連〕❶ 原先：他～反對，後來又贊成了。注意 用在上半句，表示某種動作或情況發生在前，下半句多用"後""後來""然後""接着"等呼應。❷〈書〉在此以前（多用於追述性語句）：～朝廷除公宣州刺史。

【先手】xiānshǒu ❶〔動〕下棋時先出手。❷〔名〕下棋時主動的有利形勢（跟"後手"相對）：～棋。

【先天】xiāntiān〔名〕❶ 指人或動物出生前的胚胎時期（跟"後天"相對）：～畸形｜～性心臟病｜～不足，後天失調。❷ 哲學上指先於實踐、先於經驗的：人的知識不是～就有的，而是從社會實踐中來的。

【先天不足】xiāntiān-bùzú〔成〕❶ 指人或動物在胚胎時期營養及遺傳狀況不好：這孩子～，一生下來體質就很差。❷ 比喻事物的根基不好：這本書在編纂之前就缺乏資料，～。

【先頭】xiāntóu ❶〔形〕屬性詞。位置在前的：～部隊。❷（～兒）〔名〕以前；先前的時候：你～兒沒說過這事｜她～來過兩次。❸〔名〕前面；前頭：他站在隊伍的末尾，而不是～。

【先下手為強】xiān xiàshǒu wéi qiáng〔俗〕首先下手佔上風，佔優勢。也指做事搶先一步，以爭取主動地位：～，後下手遭殃｜看起來這一仗是非打不可，不如來他個～。

【先行】xiānxíng ㊀ ❶〔動〕走在前面：兵馬未動，糧草～。❷〔名〕指先行者或先行官。㊁〔動〕預先進行：～通知｜～試銷。

【先行官】xiānxíngguān〔名〕戲曲小說中指率領

先頭部隊的武官，比喻起領先作用的單位或部門：電力和交通運輸是國民經濟的～。

【先行者】xiānxíngzhě〔名〕(位)先驅；首先倡導的人：孫中山先生是偉大的革命～。

【先斬後奏】xiānzhǎn-hòuzòu〔成〕封建時代，臣子把人先斬殺了然後再奏明帝王。現比喻下級把問題先自行處理完畢，然後再報告上級：這件事，我們不妨～！

【先兆】xiānzhào〔名〕事情發生前顯露出來的跡象：地震～｜不祥的～。

【先哲】xiānzhé〔名〕(位)指已故的有才德的思想家。

【先知】xiānzhī〔名〕❶ 對事理洞察、了解較早的人：使～覺後知。❷ 猶太教、基督教稱能傳佈神旨、警覺世人的預言者。

【先知先覺】xiānzhī-xiānjué〔成〕《孟子·萬章上》：“天之生此民也，使先知覺後知，使先覺覺後覺也。”意思是上天生育人民，就是要讓覺悟早的人啟發並開導覺悟晚的人。後用“先知先覺”指那些覺悟早的人。

【先祖】xiānzǔ〔名〕〈書〉❶ 祖先。❷ 稱自己已去世的祖父。

氙 xiān〔名〕一種氣體元素，符號 Xe，原子序數54。無色無臭，化學性質極不活潑，具有極高的發光強度。可製氙氣燈、霓虹燈等。

【氙燈】xiāndēng〔名〕(盞)利用電極在燈管裏的氙氣中放電而產生強光的燈。

忺 xiān〈書〉適意；高興：綠竹久已懶，今日遇君～。

秈〈籼〉 xiān 見下。

【秈稻】xiāndào〔名〕水稻的一種，葉子黃綠色，莖稈較高較軟，稻穗上的子粒稀，米粒長而細，早熟而黏性較弱。

【秈米】xiānmǐ〔名〕(粒)秈稻碾出的米，黏性小。

袄 xiān 見下。

【袄教】Xiānjiào〔名〕一種宗教，即拜火教。

掀 xiān〔動〕❶ 揭開；向上打開：～被窩兒｜～門簾｜～不開鍋(比喻無米做飯，沒有飯吃)｜～開歷史新的一頁(比喻除舊佈新，開創新紀元)。❷ 用手向上舉：他～了一帽檐兒，掏出手絹擦擦汗。❸ 向上翻湧；翻騰：白浪～天。❹ 翻掉：颱風把屋頂～了｜游擊隊～了鐵軌。

【掀動】xiāndòng〔動〕❶ 發動：～一場大戰。❷ 翻動；翻騰：春風～了她的衣襟｜聽到演出隊來村的消息，全村都～了。

【掀起】xiānqǐ〔動〕❶ 向上揭起：～蓋子｜新娘的蓋頭。❷ 翻騰；湧起：大海～了波浪。❸ 使大規模興起；發動：～勞動競賽的新高潮。

酰 xiān 見下。

【酰基】xiānjī〔名〕無機或有機含氧酸除去羥基後所餘下的原子團。

銛（铦） xiān ❶ 古代叉一類的種田捕魚的工具。❷ 古代一種兵器。❸〈書〉銳利：鋒～｜～刀｜～戟。

暹 xiān〈書〉太陽升起：起看朝日～。

【暹羅】Xiānluó〔名〕泰國的舊稱。

鍁（锨） xiān〔名〕(把)掘土、和(huò)泥、鏟東西用的工具，有板狀的頭，用鐵或木頭製成，後面安長把兒。

薟（莶） xiān 見“豨薟”(1449頁)。

鮮（鲜）〈❶鱻〉 xiān ㊀ ❶〔形〕新生產的；剛屠宰的；活的：～蛋｜～肉｜～魚。❷〔形〕沒有枯萎的；沒有蔫兒的：～花｜～黃瓜。❸〔形〕引人注目的，光彩鮮艷的：～紅｜這塊料子顏色太～了。❹〔形〕鮮美：味道真～。❺(～兒)鮮美的食物：時～｜剛摘下來的荔枝，嘗嘗～兒吧。❻ 特指魚蝦、海味等水產物：海～｜魚～。

　㊁(Xiān)〔名〕姓。

　另見 xiǎn(1470頁)。

■ 語彙　海鮮　時鮮　新鮮　屢見不鮮

【鮮卑】Xiānbēi〔名〕❶ 中國古代民族，居住在今東北、內蒙古一帶。漢末勢力漸盛，南北朝時曾建立北魏、北齊、北周等政權。❷ 複姓。

【鮮脆】xiāncuì〔形〕味道鮮美脆嫩：～的瓜果。

【鮮蛋】xiāndàn〔名〕(隻)新鮮蛋品。

【鮮果】xiānguǒ〔名〕新鮮水果：～上市。也叫“生果”(粵語)。

【鮮紅】xiānhóng〔形〕狀態詞。鮮艷的紅色：～的血｜～的玫瑰花。

【鮮花】xiānhuā(～兒)〔名〕(朵,枝)新鮮的花：一束～｜一朵～兒插在牛糞上(比喻一個美女嫁給一個條件不好的男子)。

【鮮活】xiānhuó〔形〕❶ 新鮮的、活着的：～產品。❷ 鮮靈活潑：盆裏的鯉魚條條～。❸ 鮮明生動：～的個性｜～的記憶｜語言～。

【鮮貨】xiānhuò〔名〕新鮮的水果、蔬菜、魚蝦等。

【鮮亮】xiānliang〔形〕❶ 鮮明亮：顏色～。❷ 鮮艷漂亮：姑娘打扮得～動人。

【鮮靈】xiānling〔形〕(北方官話)❶ 鮮明而有生氣：孩子～活潑。❷ 新鮮水靈：～的嫩苗。

【鮮美】xiānměi〔形〕❶ 食物滋味好：雞湯～。❷〈書〉新鮮美麗：芳草～。

【鮮明】xiānmíng〔形〕❶ 明亮：色彩～。❷ 清楚；分明：～的對照｜觀點～｜旗幟～｜富有～的民間特色。

【鮮嫩】xiānnèn〔形〕新鮮柔嫩：～的黃瓜｜～的柳條兒。

【鮮啤】xiānpí〔名〕生啤：來一紮～。

【鮮切花】xiānqiēhuā〔名〕（枝）從植物體上剪切下來的花朵、枝葉的總稱：春節前這個鮮花市場從南方空運來一大批～。

【鮮甜】xiāntián〔形〕❶ 新鮮甘甜：空氣十分～。❷ 甜美舒適：她說話的聲音～好聽。

【鮮血】xiānxuè〔名〕血；鮮紅的血：～凝成的友誼｜火紅的戰旗是用烈士的～染成。

【鮮艷】xiānyàn〔形〕鮮明美麗；明亮艷麗：顏色～｜～奪目。

【鮮于】Xiānyú〔名〕複姓。

孅 xiān〈書〉細小：至～至悉。

鶱（鶱）xiān〈書〉騰飛的樣子：將～復敂翮。

躚（躚）xiān 見“翩躚”（1025頁）。

纖（纤）xiān 細小：～塵｜～細｜～腰。“纤”另見 qiàn“縴”（1074頁）。

語彙　化纖　纖纖

【纖長】xiāncháng〔形〕細長：～的柳枝。

【纖塵】xiānchén〔名〕細微的灰塵：不染～。也說纖埃。

【纖塵不染】xiānchén-bùrǎn〔成〕連細微的灰塵都不沾染。形容十分乾淨。也比喻沒有沾染上任何壞習氣：她把家收拾得～｜身居鬧市而～，始終保持了艱苦樸素的本色。

【纖巧】xiānqiǎo〔形〕纖細精巧；小巧：～的玩意兒。

【纖弱】xiānruò〔形〕纖細柔弱：女孩兒很漂亮，就是太～。

【纖體】xiāntǐ〔動〕減肥的雅稱，指減輕體重以使體形變得纖細、苗條：美容院有～瘦身項目。

【纖維】xiānwéi〔名〕天然的或人工合成的細絲狀的物質：天然～｜人造～｜植物～｜光導～｜～蛋白。

【纖悉無遺】xiānxī-wúyí〔成〕纖悉：詳細；詳盡。任何細微的地方都沒有遺漏。形容非常詳細：計劃非常周全，～。

【纖細】xiānxì〔形〕極細；非常細：～的頭髮｜綫條～。

【纖纖】xiānxiān〔形〕〈書〉細長：～素手｜十指～。

【纖小】xiānxiǎo〔形〕細小：一寸見方的象牙板上刻了很多～的字。

【纖腰】xiānyāo〔名〕細腰。

xián ㄒㄧㄢˊ

伭 xián〈書〉黑中帶紅；黑色。

弦〈❶❷絃〉xián ❶〔名〕（根）弓背兩端繃着的有彈性的繩狀物，一般用牛筋製成：弓～。❷（～兒）〔名〕（根）樂器上用以發聲的鋼絲、銅絲、尼龍絲或絲絃：胡琴有兩根～兒。❸〔名〕（北方官話）發條：忘了上～，鐘停了。❹〔名〕一直綫與圓相交於兩點，在圓周內的部分叫弦。❺ 中國古代稱不等腰直角三角形的斜邊。❻（Xián）〔名〕姓。

語彙　單弦兒　斷弦　上弦　下弦　心弦　續弦　扣人心弦

【弦外之音】xiánwàizhīyīn〔成〕比喻言外之意。指話裏間接透露，沒有明說的意思：他這話的～是說有些事我們瞞着他。

【弦樂】xiányuè〔名〕弦樂器演奏出的音樂。

【弦樂器】xiányuèqì〔名〕（件）藉助弦的振動而發音的一類樂器，如小提琴、琵琶、二胡等。

【弦子】xiánzi〔名〕三弦的通稱。

咸 xián ❶〔副〕〈書〉全；都：少長～集｜天下～服。❷（Xián）〔名〕姓。另見 xián“鹹”（1469頁）。

舷 xián〔名〕船、飛機等兩側的邊沿：左～｜右～｜～窗｜～梯｜叩～而歌之。注意“舷”不讀 xuán。

【舷窗】xiánchuāng〔名〕飛機、輪船或某些木船兩側密封的窗子。

【舷梯】xiántī〔名〕（架）輪船、飛機等供人上下的活動梯子：客人們從機艙裏魚貫走出來陸續走下～。

涎〈次〉xián 口水：垂～三尺。

語彙　垂涎　口涎

【涎皮賴臉】xiánpí-làiliǎn〔俗〕嬉皮笑臉地跟人糾纏：這麼～的，真不知道害羞。

【涎水】xiánshuǐ〔名〕〈口〉口水：饞得他直流～。

閑（閒）xián ❶〈書〉柵欄；養馬的圈：馬～。❷〈書〉範圍；界限；規範：大德不逾～。❸〈書〉防禦；防止：防～｜～邪（防止邪說）。❹（Xián）〔名〕姓。另見 xián“閒”（1467頁）。

閒（閑）〈閑〉xián ❶〔形〕沒有事做；有空暇（跟“忙”相對）：～人｜大家都很忙，只有他很～｜一天到晚～不住｜～着也是～着，咱們來下一盤棋。❷〔形〕空着的；不使用的：～房。❸〔形〕放置不用的：別讓機器～着。❹ 與正題或正事無關的：～談｜～話｜～差事。❺ 閒空兒：農～｜忙裏偷～｜今天她不得～。

"閑"另見 xián "閑"（1467頁）。

語彙 安閒 幫閒 等閒 賦閒 空閒 農閒 清閒 消閒 休閒 悠閒 忙裏偷閒

【閒扯】xiánchě〔動〕沒有目的、沒有中心地隨便談話：我可沒工夫跟你～。

【閒工夫】xiángōngfu（～兒）〔名〕空閒的時間：退休以後有的是～兒。

【閒逛】xiánguàng〔動〕無事時到外邊隨便遊逛：我這裏正忙着呢，沒工夫陪你～。

【閒話】xiánhuà ❶（～兒）〔名〕與正題或正事無關的話：～少說，書歸正傳。❷〔名〕說三道四的話；議論別人是非的話：別讓人說咱們的～｜她愛說別人的～。❸〔動〕〈書〉閒談：～當年。

【閒居】xiánjū〔動〕待在家裏沒有工作做；賦閒家居。

【閒磕牙】xiánkēyá〔慣〕閒談。

【閒空】xiánkòng（～兒）〔名〕空閒時間：他連給孩子們講個故事的～兒也沒有。

【閒聊】xiánliáo〔動〕閒扯：這幾個人湊到一塊兒淨～。

【閒磨牙】xiánmóyá〔動〕❶ 無意義地爭吵：快幹活兒去，別在這裏～了。❷ 白費口舌：咱們走吧，別跟這種不講理的人～。

【閒氣】xiánqì（～兒）〔名〕為與己無關的事或小事而生的氣：我可沒工夫生這份兒～。

【閒錢】xiánqián（～兒）〔名〕一時派不上用場的錢：把～存入銀行。

【閒情逸致】xiánqíng-yìzhì〔成〕悠閒的心情，安逸的興致：大家都忙得不可開交，哪裏有～去遊覽呢！**注意** 這裏的"致"不寫作"志"。

【閒人】xiánrén〔名〕❶ 無事可做的人（跟"忙人"相對）：廠裏養着大批～，效益怎能提高？❷ 不相干的人：～請勿入內。

【閒散】xiánsǎn〔形〕❶ 閒着無事可做而又無拘無束：～的日子。❷ 屬性詞。閒置起來而未被使用的：～人員｜～資金｜～土地。

【閒事】xiánshì〔名〕❶（樁，件）與己無關的事：這個老頭兒好管～｜自己的事還沒管好，幹嗎管別人的～？❷ 小事，不重要的事：這些～，不值得操心。

【閒適】xiánshì〔形〕清閒安逸：～詩｜生活～。

【閒書】xiánshū〔名〕（本，部）與正業無關僅供消遣的書：沒事時就看點～。

【閒談】xiántán〔動〕隨意地談說聊天；閒扯：兩個人～了整整一個下午。

【閒天】xiántiān（～兒）〔名〕閒話：聊～。

【閒暇】xiánxiá〔名〕閒空：趁着～我們到北海划船去吧！

【閒心】xiánxīn〔名〕❶ 閒適的心情：沒有～管這種事。❷ 不必要的、無關緊要的心思：生閒

氣，操～。

【嫻雅】xiányǎ 同"嫺雅"。

【閒言碎語】xiányán-suìyǔ〔成〕在背後不負責任地議論別人是非的話。

【閒雲野鶴】xiányún-yěhè〔成〕飄浮的白雲，山野的仙鶴。比喻遠離世事干擾，生活閒散安逸的人：他一直嚮往如～，無拘無束地生活。

【閒雜】xiánzá〔形〕屬性詞。沒有固定職務的或與某事沒有關係的：～人員｜～人等。

【閒章】xiánzhāng（～兒）〔名〕與個人姓名、職務等無關的印章，上面多刻有詩文佳句，一般用於收藏的書畫上。

【閒職】xiánzhí〔名〕空閒無事或事情不多的職務：～冗員｜掛個～。

【閒置】xiánzhì〔動〕放着不用：～的機器｜別把工具～起來，讓它在那兒生鏽。

 嫌 xián ❶ 嫌疑：避～｜涉～｜有特～（有特務嫌疑）。❷ 嫌隙；怨恨：前～盡釋｜挾～報復。❸〔動〕不滿意；厭惡：～棄｜～麻煩｜討人～｜大家都～他太驕傲。

語彙 避嫌 猜嫌 涉嫌 討嫌 挾嫌

【嫌犯】xiánfàn〔名〕犯罪嫌疑人。

【嫌棄】xiánqì〔動〕因厭惡而不願理睬，避免接近：不要～犯過錯誤的人。

【嫌惡】xiánwù〔動〕厭惡：～追逐名利的人。

【嫌隙】xiánxì〔名〕因彼此猜疑、不滿而產生的隔閡：他倆素無～，怎麼忽然鬧起來了？

【嫌疑】xiányí〔名〕指被懷疑與某個案件或事情有牽連的可能性：有間諜～｜不避～。

【嫌疑犯】xiányífàn〔名〕犯罪嫌疑人。指刑事訴訟中有作案嫌疑但尚未受到指控的人。

【嫌怨】xiányuàn〔名〕怨恨；憤懣；對人的不滿情緒：～積得很深。

銜（啣）〈銜⊖啣〉 xián ⊖ ❶〔動〕用嘴叼着；用嘴含：嘴裏～着煙斗｜燕子～泥築巢。❷ 心裏存着：～恨｜～冤。❸〈書〉奉（命）：～君命而使。❹ 相連：～接。

⊜〔名〕職務的等級或稱號：頭銜：官～｜學～｜軍～｜警～｜大使～。

語彙 官銜 軍銜 領銜 授銜 頭銜 學銜

【銜恨】xiánhèn〔動〕〈書〉心懷怨恨或悔恨：～棄世。

【銜環】xiánhuán〔動〕《後漢書·楊震傳》註引《續齊諧記》載，楊震父楊寶九歲時救了一隻黃雀，當夜黃雀銜來玉環相報答。後用"銜環"比喻報恩：～結草。

【銜接】xiánjiē〔動〕事物相互連接：前後計劃互相～｜大橋把兩條公路～起來。

【銜枚】xiánméi〔動〕〈書〉古代秘密行軍時，常令

士兵嘴裏橫叼着枚（一種像筷子似的東西），防止說話出聲被敵人發現：～突襲。

【衒命】xiánmìng〔動〕〈書〉奉命：大使～而往。

【衒冤】xiányuān〔動〕〈書〉含冤；有冤屈而未能申訴：～而歿｜～固當昭雪。

撏（挦）xián〔動〕撕；拉；拔（毛髮）：～扯｜把雞毛～下來。

賢（贤）xián ❶ 德、才出眾的人：選～與能｜見～思齊。 ❷ 德、才出眾的：～人｜～良｜～君｜～臣。 ❸ 指善良、能幹的：～妻良母｜～內助。❹〈敬〉用於平輩或晚輩：～伉儷｜～弟｜～姪。❺（Xián）〔名〕姓。

語彙　前賢　聖賢　時賢　先賢　任人唯賢

【賢達】xiándá〔名〕指德高望重的知名之士：社會～。

【賢惠】（賢慧）xiánhuì〔形〕形容婦女勤勞善良，通達情理：他家的兒媳婦很～。

【賢良】xiánliáng〈書〉❶〔形〕有才能、有德行的：～之士。❷〔名〕有才能、有德行的人：選用～。

【賢明】xiánmíng ❶〔形〕有才能、有見識的：～的領導。❷〔名〕指有才能、有見識的人：任用～。

【賢內助】xiánnèizhù〔名〕（位）賢惠能幹的妻子：他家有位～，百事不用操心。

【賢能】xiánnéng ❶〔形〕有道德、有才能的：～之士｜～之才。❷〔名〕有道德、有才能的人：廣納～｜～雲集。

【賢妻良母】xiánqī-liángmǔ〔成〕對丈夫是賢惠的妻子，對子女是慈愛的母親。多用來稱讚女子賢惠：她是～型的女子。

【賢契】xiánqì〔名〕舊時對晚輩、後生的敬稱：～不必多禮。

【賢人】xiánrén〔名〕（位）才德出眾的人。

【賢淑】xiánshū〔形〕〈書〉賢惠美好：～女子。

嫺（娴）〈嫻〉xián〈書〉❶ 文雅：～靜｜～雅｜幽～。❷ 熟練；精通：～於辭令。

【嫺靜】xiánjìng〔形〕文雅安詳：性格～。

【嫺熟】xiánshú〔形〕熟練：～的技巧｜技法～。

【嫺雅】xiányǎ〔形〕文雅大方（多形容女性）：舉止～｜談吐～｜言辭～。也作閒雅。

誠（诚）xián〈書〉融洽；和諧。

睍（睍）xián ❶〈書〉斜視。❷（Xián）〔名〕姓。　另見jiàn（649頁）。

癇（痫）xián ❶ 見"癲癇"（286頁）。❷（Xián）〔名〕姓。

鹹（咸）xián〔形〕鹽那樣的味道：～菜｜～魚｜～鴨蛋｜菜太～了。

"咸"另見 xián（1467頁）。

【鹹菜】xiáncài〔名〕用鹽醃製的某些蔬菜，如蘿蔔、黃瓜、雪裏紅、大頭菜等。也指某些醬菜。

【鹹水】xiánshuǐ〔名〕含鹽分的水：～湖｜～鴨｜～魚。

【鹹水湖】xiánshuǐhú〔名〕水中含鹽分很多的湖泊，如青海的茶卡鹽湖。

【鹹水妹】xiánshuǐmèi〔名〕舊時指東南沿海船上接待洋人的妓女。

【鹹鹽】xiányán〔名〕（北方方言）鹽。

鷳（鹇）xián〔名〕❶ 鳥名，雄鳥背部呈白、灰等色，有黑紋，腹部黑藍色，雌鳥全身紅褐色或棕綠色。有白鷳、黑鷳、藍鷳等。❷（Xián）〔名〕姓。

鰔（鲚）xián〔名〕一種魚。無鱗，頭扁平，口小，能伸縮，生活在近海。

xiǎn　ㄒㄧㄢˇ

冼　Xiǎn〔名〕姓。

挏　xiǎn 見於人名。

洗　Xiǎn〔名〕姓。注意 洗、冼是不同的姓。另見 xǐ（1452頁）。

毨　xiǎn〈書〉形容鳥獸新生的毛很齊整。

笕　xiǎn 見下。

【笕帚】xiǎnzhǒu〔名〕（吳語）刷鍋洗碗用的炊帚，一般用竹子製成。

跣　xiǎn〈書〉光着腳：～行｜～走｜～而出。

蜆（蚬）xiǎn〔名〕軟體動物，生活在淡水中，貝殼心臟形。

襳　xiǎn〈書〉祭祀用過的肉。

㬉　xiǎn ❶〈書〉明顯。❷ 見於人名：趙～（南宋恭帝名）。

銑（铣）xiǎn ❶〈書〉有光澤的金屬。❷（Xiǎn）〔名〕姓。　另見 xǐ（1453頁）。

嶮（崄）xiǎn 見下。

【嶮巇】xiǎnxī 同"險巇"。

嵼（岝）xiǎn ❶ 用於地名：周家～（在陝西子洲縣西）。❷〈書〉同"嶮"。

獫（猃）xiǎn〈書〉一種長嘴的狗。

【獫狁】Xiǎnyǔn〔名〕中國古代北方的一個民族。

險（险）

xiǎn ❶ 險要；險要；難於通過的地方：天～｜據～固守。❷ 遭遇不幸或危難的可能：遇～｜脫～｜冒～。❸〔形〕危險；險惡；險峻：～境｜～棋｜～象環生｜山路很～，要小心。❹ 狠毒；毒辣：陰～。❺〔副〕險些；幾乎：～遭毒手。

語彙	保險	風險	艱險	驚險	冒險	搶險	探險
	脫險	危險	陰險	鋌而走險			

【險隘】xiǎn'ài〔名〕險要的關口；要塞。

【險地】xiǎndì〔名〕❶ 險要的地方：佔據～。❷ 險境：身處～。

【險毒】xiǎndú〔形〕陰險狠毒；敵人～無比。

【險惡】xiǎn'è〔形〕❶ 兇險可怕的；情勢危險的：處境～｜病情～。❷ 邪惡的；狡詐陰險的；罪惡的：用心～。

【險境】xiǎnjìng〔名〕兇險的處境：脫離～。

【險峻】xiǎnjùn〔形〕❶ 山勢高峻而兇險：山石～。❷ 形勢或環境危險而嚴峻：局勢～。

【險情】xiǎnqíng〔名〕危險的情況：多處～已排除｜江堤出現～。

【險勝】xiǎnshèng〔動〕在比賽中以極小的優勢取勝：他在決勝局中以22比20～。

【險灘】xiǎntān〔名〕江河中水淺流急、礁石密佈、航行危險的地方：激流～｜江心有幾處～。

【險巇】xiǎnxī〔形〕〈書〉形容山路險難行，泛指道路艱難：世途～。也作嶮巇。

【險象】xiǎnxiàng〔名〕危險的情況：～環生。

【險象環生】xiǎnxiàng-huánshēng〔成〕危險的情況接連發生：此行真是～。

【險些】xiǎnxiē（～兒）〔副〕幾乎；差一點（出了危險）：船搖晃得厲害，～兒翻了｜我～上了他的當。

【險要】xiǎnyào ❶〔形〕險峻而處於要衝：地勢～。❷〔名〕險峻而處於要衝的地方：進據～。

【險詐】xiǎnzhà〔形〕陰險狡詐。

【險兆】xiǎnzhào〔名〕危險的徵兆：多處出現～。

【險種】xiǎnzhǒng〔名〕保險公司所設的投保種類：最近有幾個不錯的～可供選擇。

【險阻】xiǎnzǔ ❶〔形〕道路危險阻塞，難於通過：崎嶇～的山路｜不畏艱難～。❷〔名〕〈書〉危險阻塞，難以通過的地方：穿越～。

鮮（鲜）〈尠尟〉

xiǎn 少：～見｜～有｜寡廉～恥｜～為人知。
另見 xiān（1466頁）。

【鮮見】xiǎnjiàn〔動〕少見：～人跡。

【鮮為人知】xiǎnwéirénzhī〔成〕很少被人知道。

【鮮有】xiǎnyǒu〔動〕少有：～成效｜～發生。

獫（狝）

xiǎn〈書〉秋天打獵叫獫。

燹

xiǎn〈書〉火（多指野火）：兵～｜烽～。

幰

xiǎn〈書〉車的帷幔。

蘚（藓）

xiǎn〔名〕❶ 一大類低等植物，綠色，莖和葉都很小，沒有根，生在陰濕的地方。❷（Xiǎn）姓。

顯（显）

xiǎn ❶〔形〕露在外面的（跟"隱"相對）：明～｜～而易見。❷〔形〕突出；觸目；惹人注目：～眼｜紅襖綠褲子穿在身上太～。❸ 有權勢、名聲、地位的：～貴｜～要｜～赫。❹〈敬〉稱自己的先人：～考｜～妣。❺〔動〕表現；顯示：大～身手｜沒有高山，～不出平地。❻（Xiǎn）〔名〕姓。

語彙	明顯	淺顯

【顯擺】xiǎnbai〔動〕（北京話）向人顯示、誇耀：少在外頭～｜得了便宜到處～｜不～還好一點兒，越～越丟臉。

【顯妣】xiǎnbǐ〔名〕對已故的母親的敬稱。

【顯達】xiǎndá〔形〕官位顯赫而有名聲：～之士。

【顯得】xiǎnde〔動〕表現出來：他上台講話～有點緊張｜這樣一打扮～漂亮多了｜這麼穿大方。

【顯而易見】xiǎn'éryìjiàn〔成〕事情或道理十分明顯，很容易看清楚。

【顯貴】xiǎnguì ❶〔形〕顯達尊貴：家世～。❷〔名〕指顯達尊貴的人：名流～濟濟一堂。

【顯赫】xiǎnhè〔形〕權勢、名聲盛大顯著：～當世｜～一時｜功名～。

【顯宦】xiǎnhuàn〔名〕達官：高官～。

【顯見】xiǎnjiàn〔動〕可以明顯地看到：～他說的那一套行不通。

【顯卡】xiǎnkǎ〔名〕顯示卡。

【顯考】xiǎnkǎo〔名〕對已故的父親的敬稱。

【顯露】xiǎnlù〔動〕明顯地表露出；明顯地表現出：他臉上～出得意之色｜灌水、施肥的效果會在收成上～出來。

【顯明】xiǎnmíng〔形〕明顯清楚：～的對比｜特點很～。

【顯然】xiǎnrán〔形〕非常明顯；明擺着；指事情或道理容易看出或體察：這～是另外一回事｜任何工作沒有群眾的支持都是做不好的，這個道理很～。

【顯示】xiǎnshì〔動〕❶ 清楚地展示，明顯地表現：～圖像｜～力量｜這些文物～出古代勞動人民的智慧。❷ 誇耀；炫耀：不要老～自己。

【顯示卡】xiǎnshìkǎ〔名〕（塊）顯示器適配卡的簡稱，是計算機最基本的硬件之一，可以將主機輸出的信息轉換輸送到顯示器上顯示出來。也叫顯卡。

【顯示器】xiǎnshìqì〔名〕（台）一種計算機輸出

設備，可以顯示文字、圖像等：純平～｜液晶～。

【顯微鏡】xiǎnwēijìng〔名〕(台)觀察微小物體用的光學儀器，主要由一短焦距的透鏡作為物鏡和一較長焦距的透鏡作為目鏡組成，分別固定在金屬筒兩端。常用的顯微鏡可以放大到幾百倍乃至幾千倍，電子顯微鏡可以放大到幾十萬倍。

【顯現】xiǎnxiàn〔動〕顯露呈現：晨霧逐漸消失，樓群的輪廓漸漸～出來了。

【顯像管】xiǎnxiàngguǎn〔名〕(支)電視接收機、示波器等設備中的一種器件，是一個高度真空的玻璃泡，一端為塗有熒光粉的熒光屏，屏面多為長方形；另一端的裝置能產生電子束，並使電子束在熒光屏上掃描，形成圖像。

【顯效】xiǎnxiào ❶〔名〕〈書〉顯著的效果：藥有～。❷〔動〕顯示效果：這種藥～快，無副作用。

【顯性】xiǎnxìng〔形〕屬性詞。顯露出來，易被發覺的（跟“隱性”相對）：～遺傳｜～基因｜～結構｜～表現。

【顯學】xiǎnxué〔名〕著名的、影響大的學派、學說：儒、墨為先秦～。

【顯眼】xiǎnyǎn〔形〕由於太明顯而引人注目：你穿的這件大紅上衣太～了｜他坐在前面一個～的位置上。

【顯要】xiǎnyào ❶〔形〕顯著而重要：這條新聞登在報紙的～位置上｜他們在文學上佔有～的地位。❷〔形〕顯赫重要（多指官位）：～人物｜～之職。❸〔名〕指顯赫重要的官職官位：身居～。❹〔名〕指身居高位、權勢顯赫的人：朝中～｜政府～。

【顯耀】xiǎnyào ❶〔形〕顯赫榮耀：～的家世。❷〔動〕顯示誇耀：此人好（hào）～自己，太淺薄。

【顯影】xiǎn//yǐng〔動〕把曝過光的照相底片或相紙，用藥（酚、胺等）液處理使潛影顯出可見的影像。通常在暗室中操作。

【顯著】xiǎnzhù〔形〕明顯突出；非常明顯：效果～｜成績～｜經濟建設取得了十分～的成就。

xiàn ㄒㄧㄢˋ

見（见）xiàn〈書〉同“現”①：圖窮匕～｜層～疊出｜情～乎辭。
　　另見jiàn（644頁）。

限 xiàn ❶指定的範圍；規定的限度：活動範圍以城內為～｜短文一千字為～｜以一年為～。❷〔動〕限制在一定範圍內，不許超出：～期完成｜入場券每張～一人｜借書證～本人使用，不得出借。❸〈書〉門檻：門～。

【限產】xiànchǎn〔動〕限制生產；限制產量。

【限定】xiàndìng〔動〕限制數量、範圍等不許超出：～參加座談會的人數｜～按時完成｜暫不～討論範圍。

【限度】xiàndù〔名〕指定的某一範圍中數量或程度的界限：透支不得超過原存款三分之一的｜把損失減少到最低～。

【限額】xiàn'é ❶〔動〕限定數額：～發售。❷〔名〕規定的數額：沒有～｜規定了存款最低～。

【限價】xiànjià ❶〔動〕對商品的銷售價格加以限定：～房｜～銷售農用物資。❷〔名〕限定的價格：這種化肥的最高～是200元。

【限量】xiànliàng ❶〔動〕限定數量、範圍：～供應｜前程遠大，不可～。❷〔名〕限定的數量；限度：最大的～可容納三百人。

【限量版】xiànliàngbǎn〔形〕屬性詞。限量生產、銷售的版型或樣式。一般量少而珍貴：～跑車｜～香水｜這塊手錶是～的，很珍貴。

【限令】xiànlìng ❶〔動〕限定某人（或機關、團體）於一定時間內如何做：所欠稅款～一星期交齊｜～與外交人員身份不相稱的人於48小時內離境。❷〔名〕限定執行的命令：嚴格遵守～｜再次放寬。

【限期】xiànqī ❶〔動〕限定日期：～報到｜～完成｜～整改｜工作人員～到達目的地。❷〔名〕限定的日期：～已滿｜給他一個月～。

【限時】xiànshí〔動〕限定時間：(汽車)～行駛｜～完成任務。

【限行】xiànxíng〔動〕限制（車輛等某一時間在某一路段）通行：分區域～｜從即日起，機動車單雙號～。

【限於】xiànyú〔動〕受某些條件、情形的限制；局限在一定範圍之內：～水平｜～條件｜～篇幅｜這次的調查對象僅～本市的幾家企業。

【限制】xiànzhì ❶〔動〕不許超過規定的範圍；對某些行為進行約束控制：年終發放獎金應～在一定範圍內｜～發言時間。❷〔名〕規定的範圍：要有嚴格的～。

峴（岘）xiàn 峴山，山名。在湖北襄樊南。

現（现）xiàn ❶〔動〕顯現出來；顯露可見：～原形｜～了本相｜烏雲散去～出陽光。❷現今；現在：～年｜～況｜～行｜～已查明。❸當時就可以拿出來的：～金｜～鈔｜～錢｜～貨｜～匯。❹〔副〕當時；即時；臨時：～編～演｜～買～賣｜～上轎～扎耳朵眼兒。❺現金；現款：兌～｜付～｜貼～。❻（Xiàn）〔名〕姓。

【語彙】表現　出現　兌現　發現　浮現　閃現　實現　體現　顯現　隱現　湧現　再現　展現　活靈活現　曇花一現

【現場】xiànchǎng〔名〕❶發生案件或事故的處所以及該處所當時的狀況：保護～｜車禍～破壞了。❷直接從事各種活動的場所：跑～｜辦公～｜拍賣～｜演示～｜採訪～｜直播～。

【現場會】xiànchǎnghuì〔名〕在直接從事各種活動的場所召開的會議：縣委召開抗旱保苗～。

【現鈔】xiànchāo〔名〕能當時交付的鈔票。

【現炒現賣】xiànchǎo-xiànmài〔成〕當時炒熟食物當時賣。比喻剛學到本事就拿出來用；他剛跟劉師傅學了幾下拳腳，這次～，竟把兩個歹徒打蒙了。

【現成】xiànchéng(～兒)〔形〕已經做好或準備好的；原有的；買～兒的衣服｜吃～兒飯｜你甚麼時候來買都～兒。

【現存】xiàncún〔動〕現在留存；現有：倉庫～大量物資｜～的手稿。

【現大洋】xiàndàyáng〔名〕(塊)〈口〉現洋。

【現代】xiàndài〔名〕❶歷史分期，在中國一般指從五四運動到現在(區別於"近代""古代")：中國～史。❷現今這個時代；當代：～社會。

【現代化】xiàndàihuà〔動〕使事物具有現代先進的科學技術水平：國防～｜農業～｜～的技術手段。

【現房】xiànfáng〔名〕(套)商品房交易市場上指已經建造完成，可以交付使用的房子(區別於"期房")：～交易｜他買的是～，能馬上入住。

【現官不如現管】xiànguān bùrú xiànguǎn〔俗〕官再大也比不上具體管事的人有實權：你有事還得找老高，他是直接負責人，～，他不同意誰也沒轍。

【現匯】xiànhuì〔名〕在國際貿易和外匯買賣中可以當時交付的外幣。

【現貨】xiànhuò〔名〕買賣雙方成交後當時可以立即交付的貨物、金融產品(區別於"期貨")：～交易｜～市場。

【現價】xiànjià〔名〕目前的價格：這雙鞋原價100元，～50元。

【現今】xiànjīn〔名〕現在；當前(指較長的一段時間)：城鄉～一片繁榮興旺景象。

【現金】xiànjīn〔名〕❶現款；現錢：～支付｜～賬。❷銀行庫存用於支付的貨幣：～準備充足。

【現款】xiànkuǎn〔名〕能當時交付的貨幣：購貨須付～。

〔辨析〕現款、現金　"現款"只指可以當時交付的貨幣。"現金"除了指可以支付的貨幣外，有時還可以指能提取貨幣的支票及其他票據。

【現年】xiànnián〔名〕現在的年齡：～60歲。

【現錢】xiànqián〔名〕❶〈口〉現款：身上沒帶～，只好回家去取。❷舊時指硬幣。

〔辨析〕現錢、現款　"現錢"可以指數額較大的，也可以指數額很小的；"現款"一般指數額較大的。因此，"身上沒帶現錢，一塊豆腐也買不了"，不宜換用"現款"。

【現任】xiànrèn ❶〔動〕現在擔任：她～中學校長。❷〔形〕屬性詞。現在任職的：～領導｜他是校友。❸〔名〕現在任職的人：前任是～的老師。

【現身說法】xiànshēn-shuōfǎ〔成〕原為佛教用語，指佛的神力廣大，能現出種種身姿形態，向各類人說法。現指以自己的經歷為例，對人進行啟發或勸說。

【現時】xiànshí〔名〕現在；此刻：把握～｜～不努力，何時努力？

【現實】xiànshí ❶〔名〕客觀實際：～生活｜脫離～｜面對～。❷〔形〕符合客觀情況的：採取～的態度｜沒有研究就想寫出好文章，這很不～。

【現實主義】xiànshí zhǔyì ❶文學藝術的一種創作方法，通過細節真實的描寫以表現典型人物和典型環境，反映社會生活的本質。❷符合客觀情況、從實際出發的思想方法：對雙方存在的矛盾，採取～態度。

【現世】xiànshì ㊀〔名〕佛教用語，現在之世；今世。佛教認為有過去、現在和未來三世。㊁〔動〕出醜；現眼；丟臉：～寶｜沒本事就別到這裏來～。

【現世寶】xiànshìbǎo〔名〕指不成器的人：養出這樣一個～來，她覺得是老天爺對她作惡的懲罰。

【現下】xiànxià〔名〕〈口〉現在；目前：～我還沒空兒到你那裏去。

【現象】xiànxiàng〔名〕事物本質的外在表現，是事物比較表面、多變的方面(跟"本質"相對)：向不良～做鬥爭｜看事情要看本質，不要只看～。

【現行】xiànxíng〔形〕屬性詞。❶現在通行的；現在有效的：～法令｜～政策。❷正在進行犯罪的或者在犯罪後即時被發覺的：～犯｜小偷被巡邏隊抓了個～。

【現行犯】xiànxíngfàn〔名〕法律上指正在預備犯罪、實行犯罪或犯罪後即時被發覺的罪犯。

【現形】xiàn//xíng〔動〕顯露原形：賭徒在賭場～了｜事情的敗露，使他現了形。

【現眼】xiàn//yǎn〔動〕(北方官話)丟人；出醜：丟人～｜別當着大夥～了｜他在大庭廣眾之下現了眼。

【現洋】xiànyáng〔名〕(塊)舊指銀圓。也說現大洋、大洋。

【現役】xiànyì ❶〔名〕公民自應徵入伍之日起到期

滿退伍之日止所服的兵役。❷〔形〕屬性詞。
正在服兵役的：～軍人｜～軍官。

【現在】xiànzài〔名〕說話的這個時候，有時包括
說話前後或長或短的一段時間（區別於“過
去”“將來”）：～是 12 點 30 分｜我～就去
買票。

【現職】xiànzhí〔名〕目前擔任着的職務：他是今
年出任～的。

【現狀】xiànzhuàng〔名〕目前的狀況；改變～｜
安於～｜對～不滿｜～如此，難以改變。

莧（苋）
xiàn 莧菜。

【莧菜】xiàncài〔名〕一年生草本植物，莖細長，
葉子暗紫色或綠色，莖和葉子供食用。

晛（现）
xiàn〈書〉日光明亮：天氣自佳日
色～。

陷
xiàn ❶〔動〕沉入；掉進：越～越深｜一
雙腳～在泥裏，拔不出來。❷〔動〕比喻
非常繁忙，無法脫身：一天到晚～在文山會海之
中。❸〔動〕凹進：熬了一天一夜，兩腮都～進去
了。❹設計害人：～人於罪。❺攻破；被攻破：
淪～｜失～｜連～五城｜城已～。❻〈書〉陷阱：
設～。❼過失；缺點：缺～。❽（Xiàn）〔名〕姓。

語彙　構陷　淪陷　缺陷　失陷　誣陷

【陷害】xiànhài〔動〕設下圈套害人：～忠良｜被
壞人～。

【陷阱】xiànjǐng〔名〕❶挖掘後經過偽裝而不易被
發覺的坑，用來捕捉野獸或使敵人的人馬、車
輛等陷入。❷比喻害人的圈套：當心這夥壞人
設下的～。

・【陷坑】xiànkēng〔名〕陷阱。

・【陷落】xiànluò〔動〕❶地面部分下沉或物體的表
面向裏凹進去：這個天坑是地殼～形成的。
❷落進某種不利境地：～重重包圍之中。
❸淪陷；失守：防守不力，城市～。

【陷入】xiànrù〔動〕❶落進某種不利境地：～困
境｜～被動地位｜談判～僵局。❷比喻深深進
入某種狀態：～沉思｜～對往事的回憶中。

【陷於】xiànyú〔動〕落入；落到（某種不利的環
境）：～被動｜～孤立。

睍（睍）
xiàn〈書〉眼睛突出的樣子。

腺
xiàn〔名〕生物體內由腺細胞組成的能分
泌某些化學物質的器官：汗～｜乳～｜前
列～｜蜜～。

羨（羡）
xiàn ❶羨慕：欽～。❷（Xiàn）
〔名〕姓。

語彙　稱羨　欣羨　艷羨

【羨慕】xiànmù〔動〕看見了別人的長處、優勢或
好的事物心裏喜愛，希望自己能具備或擁有：

你～他有本事，他～你有學問。

【羨餘】xiànyú ❶〔名〕封建時代各種附加的賦
稅。❷〔形〕屬性詞。泛指多餘的東西：～成
分｜不論哪一種語言，總有一些～現象。

覘（觃）
xiàn〈書〉米屑：白菜青鹽～子
飯，玉壺天水菊花茶。

綫（线）〈❶-❾線〉
xiàn ❶（～兒）〔名〕
（條，根）用棉、
絲、麻、金屬等製成的細長的可以隨意纏繞的
東西：一根～｜一絡～兒｜棉～｜絲～｜毛～｜
電～。❷〔名〕（條）幾何學名詞，指一個點任意
移動所形成的圖形：直～｜曲～。❸細長像綫的
東西：～香｜光～｜一～天。❹〔名〕交通路綫：
航～｜運輸～｜沿～有許多大城市。❺邊緣交
界處：前～｜警戒～｜海岸～｜國境～。❻指思
想、政治上的路綫：上綱上～。❼比喻所接近的
邊際：生命～｜分數～｜貧困～。❽尋求秘密的
綫索：眼～｜內～。❾〔量〕用於抽象事物，表示
極少（前邊數詞限用“一”）：一～希望｜一～光
明｜一～生機。❿（Xiàn）〔名〕姓。
　　“線”另見 Xiàn（1474 頁）。

語彙　單綫　導綫　地綫　電綫　防綫　複綫　幹綫
　　　光綫　航綫　火綫　界綫　路綫　毛綫　內綫　前綫
　　　熱綫　射綫　視綫　天綫　外綫　戰綫　陣綫　專綫
　　　單行綫　導火綫　地平綫　海岸綫　回歸綫　交通綫
　　　流水綫　生命綫　穿針引綫

【綫報】xiànbào〔名〕綫人提供的情報。

【綫材】xiàncái〔名〕直徑很小的（如鋼絲通常在 9
毫米以下），可以捲起來的金屬材料。截斷面
主要為圓形，但也有方形和其他異形。

【綫段】xiànduàn〔名〕直綫上任意兩個點之間的
部分。

【綫路】xiànlù〔名〕（條）❶電流所經過的路綫：
電話～｜無綫電～。❷運動物體（如交通工具
等）所經過的路綫：公交～｜航空～｜運輸～
暢通。

辨析　綫路、路綫　“綫路”指具體的道路、航
綫，還可以指傳導的通道；“路綫”除了指具
體的道路、航綫外，還可以指抽象的政治思想
上或工作上所遵循的途徑或準則，如“思想路
綫”“群眾路綫”等。

【綫圈】xiànquān（～兒）〔名〕用帶有絕緣保護層
的導綫繞製成的圈狀物或筒狀物，是電機、變
壓器、電訊裝置上的重要元件。

【綫人】xiànrén〔名〕為警察、偵探或記者提供情
況或綫索的人。

【綫繩】xiànshéng〔名〕（根，條）用多股粗棉綫搓
成的繩子：一根～｜用～捆行李。

【綫索】xiànsuǒ〔名〕（條）❶比喻事情的頭緒、端
倪或探求問題的門徑：破案的～｜為深入調查
研究提供～。❷文藝作品中情節發展的脈絡：

故事的～｜影片的～。

【綫毯】xiàntǎn〔名〕（條，床）用棉綫織成的毯子：他不怕冷，蓋着一條～就睡着了。

【綫條】xiàntiáo〔名〕❶繪畫時所勾的曲直不同、粗細不等的綫：這幅畫的～非常柔和優美。❷人體或工藝品輪廓的曲度：這個陶俑～粗獷、雄渾｜模特兒的面部～很清晰。

【綫頭】xiàntóu（～兒）〔名〕❶綫的一端：找不着～兒，紉不上針。❷極短的一段綫：縫完衣服還剩下點～兒。也叫綫頭子。❸比喻事情的端倪：案子總算有～了。

【綫香】xiànxiāng〔名〕（根，支）用香料末製成的細長如綫的香：書房裏點上一根～。

【綫性】xiànxìng〔名〕指各組成部分在時間和空間上互不重複、先後有序如直綫排列的特性：～代數｜～模型｜語言的～特點。

【綫軸兒】xiànzhóur〔名〕❶一種纏綫用的軸形物：綫用完了剩下一個～。❷纏着綫的軸形物：到百貨商店買幾個～回來。

【綫裝】xiànzhuāng〔形〕屬性詞。中國傳統的書籍裝訂法，裝訂綫露在書的外面：～書｜我的書有～的，也有平裝的。

線（线）

Xiàn〔名〕姓。

另見 xiàn "綫"（1473頁）。

縣（县）

xiàn ❶〔名〕（個）行政區劃單位，隸屬於省、自治區、直轄市或自治州、省轄市。❷古同"懸"（xuán）。❸（Xiàn）〔名〕姓。

語彙　赤縣　外縣　知縣

【縣城】xiànchéng〔名〕縣行政機關所在的城鎮：公路修到了村子裏，到～去很方便。

【縣份】xiànfèn〔名〕縣：延慶縣是北京市的一個～。注意 "縣份"不能和專名連用。如延慶縣，不能說"延慶縣份"。

【縣令】xiànlìng〔名〕封建時代縣的最高行政官員。

【縣誌】xiànzhì〔名〕地方史誌的一種，記載一個縣的山川地貌、風土人情以及歷史、文教、人物、物產等。

【縣治】xiànzhì〔名〕舊指縣政府所在地。

餡（馅）

xiàn（～兒）〔名〕❶包在麵食、點心裏的糖、豆沙或肉末、菜等：肉～兒｜餃子～兒｜蓮蓉～兒月餅。❷帶餡兒的麵食：今天吃～兒（指吃餃子或包子等）。

【餡兒餅】xiànrbǐng〔名〕（張）有餡兒的餅，把和好的麵分成小塊，包上肉、菜等拌成的餡兒，放在鐺裏烙熟。

憲（宪）

xiàn ❶〔書〕法令：佈～於國。❷憲法：立～｜修～｜違～。❸（Xiàn）〔名〕姓。

【憲兵】xiànbīng〔名〕某些國家的特種軍事

政治警察。

【憲法】xiànfǎ〔名〕（部）國家的根本大法，具有至高無上的法律效力，是其他一切立法工作的依據。內容大都規定一個國家的社會制度、國家制度、政權機構和公民的基本權利及義務。

【憲章】xiànzhāng ❶〔動〕〈書〉效法：祖述堯舜，～文武。❷〔名〕〈書〉典章制度。❸〔名〕具有憲法作用的文件，也指規定國際機構的宗旨、原則、組織的文件：大～｜聯合國～。

【憲政】xiànzhèng〔名〕立憲的政治；民主的政治：實行～。

【憲制】xiànzhì〔名〕❶憲法：《中華人民共和國香港特別行政區基本法》是香港特別行政區的～性文件。❷憲政體制：～責任｜～危機。

錸（铼）

xiàn〔名〕金屬綫。

霰

xiàn〔名〕水蒸氣在空中遇冷空氣凝成的小冰粒，常在降雪前或降雪時出現。

【霰彈】xiàndàn〔名〕榴霰彈的簡稱。

獻（献）

xiàn ❶〔動〕恭敬而鄭重地送上：～禮｜～花｜～策｜為正義事業～出一切。❷〔動〕向人表演或表露：～技｜～藝｜～媚｜～殷勤。❸（Xiàn）〔名〕姓。

語彙　呈獻　奉獻　貢獻　捐獻　文獻

【獻寶】xiànbǎo〔動〕❶獻出寶物。❷比喻提供有益的經驗或意見。❸比喻顯示自以為珍貴或新奇的東西。

【獻策】xiàn//cè〔動〕提出計策：問題如何解決靠大家～。

【獻醜】xiàn//chǒu〔動〕〈謙〉向人表演技能時，表示自己的能力有限：他要我畫扇面兒，我就～了｜我在晚會上唱了一支歌，獻了醜。

【獻詞】xiàncí〔名〕祝賀的文章或話語；祝詞：元旦～。也作獻辭。

【獻計】xiàn//jì〔動〕提出計謀、辦法：在技術革新中人人～｜他獻了一條妙計。

【獻計獻策】xiànjì-xiàncè 貢獻計策：歡迎大家～。

【獻技】xiànjì〔動〕給觀眾表演技藝：出場～。

【獻禮】xiàn//lǐ〔動〕獻出禮物，表示慶祝：以優異成績向國慶～｜獻過我們就離開會場了。

【獻媚】xiànmèi〔動〕為了達到個人目的而做出討人歡心的姿態或舉動：在上司面前～｜向主子～。

【獻芹】xiànqín〔動〕〈書〉《列子·楊朱》："昔人有美戎菽，甘枲莖芹萍子者，對鄉豪稱之。鄉豪取而嘗之，蜇於口，慘於腹，眾哂而怨之，其人大慚。"後用"獻芹"謙稱贈人的禮品微不足道或提出的建議粗糙淺陋：粗陋之見，～方家，以求教正。

【獻身】xiàn//shēn〔動〕貢獻出自己的全部精力或生命：為祖國建設～｜～教育事業。

【獻血】xiàn//xiě〔動〕自願捐獻自己全血、血漿或血液成分，多供醫療上輸血之用：開展無償～活動｜他剛剛獻了血，需要休息。

【獻演】xiànyǎn〔動〕為觀眾表演：這個劇團是首次來京～。**注意** 獻演含有敬意，有向觀眾彙報，請觀眾評賞的意思。

【獻藝】xiànyì〔動〕獻技：海峽兩岸的藝術家同台～。

【獻映】xiànyìng〔動〕為觀眾放映影片（多指新拍攝的影片）：隆重～｜年底有好幾部大片～。

xiāng　ㄒㄧㄤ

相 xiāng ㊀〔動〕親自察看：～女婿｜這件上衣她～不中。

㊀ ❶〔副〕互相：～親～愛｜倆人～好｜守望～助｜素不～識｜～距太遠｜彼此意見～合。❷〔副〕表示一方對另一方的行為：另眼～看｜笑臉～迎｜好言～勸。❸（Xiāng）〔名〕姓。

另見 xiàng（1482 頁）。

辨析 相、互相　a）"相"表示"互相"的意義，多存在於合成詞、固定語中，如"相好""相愛""兩相情願""不相符合"等。b）"互相"是通用詞，常修飾雙音節動詞，如"互相幫助""互相交流""互相學習"。c）"相"還可用於一方對另一方的行為、態度，這種意義用法多存在於固定組合、固定語中，如"另眼相看""好言相勸"，"互相"沒有這種意義。

語彙　互相　競相　爭相　自相

【相愛】xiāng'ài〔動〕❶ 互相愛護：大家在一起工作，應該彼此～，互相幫助。❷ 男女互相愛慕：他們在畢業前就～了。

【相安無事】xiāng'ān-wúshì〔成〕彼此平安相處，沒有爭執或衝突。

【相比】xiāngbǐ〔動〕互相對照比較：跟先進單位～，差距還不小。

【相差】xiāngchà〔動〕相互間有差別、有距離：～無幾｜我們的工作跟群眾的要求還～很遠。

【相稱】xiāngchèn〔形〕相當；事物配合得合適：這件襯衫跟外衣很～｜他的工作能力跟他的職位不～。

【相持】xiāngchí〔動〕彼此爭執，互不相讓：雙方意見～不下｜爭論～已久｜戰爭進入了～階段。

【相處】xiāngchǔ〔動〕彼此在一起共同工作或生活；彼此交往，互相對待：和睦～｜她們兩個在一個單位工作，～得很好。

【相傳】xiāngchuán〔動〕❶ 長期以來輾轉傳說（聽來的而非親見的）：～諸葛亮在這裏住過。❷ 傳授；傳遞：世代～｜一脈～。

【相當】xiāngdāng ❶〔動〕差不多；配合得合適；能相

抵：得失～｜旗鼓～｜年貌～｜～於省一級的自治區。❷〔形〕合適：他幹這個工作很～｜一時想不出個～的地方來舉行婚禮。❸〔副〕達到比較高的程度：進展速度～快｜眼力～好｜演出～成功｜這個任務～艱巨。

【相得益彰】xiāngdé-yìzhāng〔成〕彼此配合互相補充，更能顯出各自的長處、優點：珠聯璧合，～。

【相等】xiāngděng〔動〕在數量、程度等方面彼此完全相同：這兩間房子的大小～｜兩隻花瓶乍看一樣，但價值並不～。

【相抵】xiāngdǐ〔動〕互相抵消：收支～｜一新產品的市場收益無法與前期投入～。

【相對】xiāngduì ❶〔動〕互相衝着；面對面：～而坐｜兩山遙遙～。❷〔動〕性質上互相對立，如大與小，長與短，善與惡，美與醜相對。❸〔形〕屬性詞。有條件的、暫時的、有限的（跟"絕對"相對）：只是～平衡，不是絕對平衡｜～真理｜～論（關於物質運動與時間空間關係的理論）。❹〔形〕屬性詞。比較的：～優勢｜～穩定。**注意** "相對"所修飾的一般是積極方面的，用於消極方面的情況不多，如可以說"相對優勢""相對穩定"，但是不能說"相對劣勢""相對混亂"。不過，現在也有"相對薄弱""相對滯後"等說法，語氣較委婉。

【相對運動】xiāngduì yùndòng ❶ 物體相對於某一參照系的位置隨時間變化時，就是對該參照系做了相對運動。❷ 力學中指同時採用幾個參照系時，物體相對於非基本參照系的運動。

【相反】xiāngfǎn ❶〔形〕事物或事物的兩個方面互相矛盾、互相對立或互相排斥：這兩種意見完全～｜結果跟我們的願望～｜向～的方向駛去。❷〔連〕用在下文句首或句中，表示遞進或轉折：學習和工作不但沒有矛盾，～，彼此是互相促進的｜錯過了戰機，就可能打敗仗，～，抓住了戰機，就可能打勝仗。

辨析 相反、相對　意義相對和意義相反的詞可以構成反義詞，但"相對"與"相反"是有所不同的："相對"是指意義處在兩個極限，具有對立關係，它們之間存在着中間狀態，如"多"與"少"、"重"與"輕"、"貧"與"富"等。"相反"是指意義之間具有矛盾關係，否定此一方即意味着肯定另一方，它們之間不存在中間狀態，如"男"與"女"、"生"與"死"、"有"與"無"等。

【相反相成】xiāngfǎn-xiāngchéng〔成〕兩種相反的事物一方面互相排斥，另一方面又互相聯結。指相反的東西有同一性：失敗是成功之母，這句話含有～的哲理。

【相仿】xiāngfǎng〔形〕相似；大致相同；相差無幾：模樣兒～｜年齡～。

【相逢】xiāngféng〔動〕(偶然)相遇：萍水～｜～何必曾相識。

【相符】xiāngfú〔形〕互相一致；彼此符合：名實～｜所談情況與實際～。

【相輔相成】xiāngfǔ-xiāngchéng〔成〕互相補充，互相配合；互相輔助，互相促進：勞和逸是～的兩個方面。

【相干】xiānggān〔動〕互相關聯；彼此牽連(多用於否定式)：毫不～｜這件事跟你不～。

【相關】xiāngguān〔動〕互相關聯：息息～｜環境衛生和人民健康密切～。

【相好】xiānghǎo ❶〔形〕相互友善的：他們在這裏沒有甚麼～的朋友。❷〔名〕親密的友人：他很孤僻，沒有甚麼～。❸〔動〕戀愛：他倆早就～了。❹〔名〕指戀愛的一方(多為不正當的)：他在老家有一個～，後來多年沒有來往。

【相互】xiānghù ❶〔副〕互相；交互：～關心｜～影響｜～了解｜兩國運動員～簽名留念。❷〔形〕屬性詞。兩相對待的：她們姐妹～感情很深。

> 〖辨析〗相互、互相　a)二者都可做狀語，如"互相理解"、"互相關心"，也可說成"相互理解""相互關心"。b)"相互"還可做定語，修飾某些名詞，而"互相"不能，如可以說"相互感情""相互關係"，但不能說"互相感情""互相關係"。

【相繼】xiāngjì〔副〕遞相接續；一個跟着一個：代表們～發言｜～退出會場。

【相見恨晚】xiāngjiàn-hènwǎn〔成〕只恨互相見面太晚。形容一見如故：兩人談得非常投機，大有～之意。

【相間】xiāngjiàn〔動〕不同的事物相互間隔着；事物與事物一個隔着一個：黑白～｜高低～。

【相交】xiāngjiāo〔動〕❶ 互相交叉：直線 AB 和直線 CD 於 E 點。❷ 互相交往：～不深，有些話當面不好說。

【相近】xiāngjìn〔形〕❶ 距離近；程度相差無幾：兩個學校地點～｜這場球賽比分～。❷ 事物的性質相似；差不多：兩個人的脾氣很～。

【相距】xiāngjù〔動〕相互間隔：兩個村子～五里｜上次見面，已經過去了五年。

【相連】xiānglián〔動〕互相連接：兩省有公路～｜兩國邊界山水～。

【相令】Xiānglìng〔名〕複姓。

【相瞞】xiāngmán〔動〕向對方隱瞞：實不～。

【相配】xiāngpèi〔形〕配起來合適：這兩口子很～｜這套家具與房間的陳設很～。

【相撲】xiāngpū〔名〕中國傳統體育項目之一，類似於現代的摔跤。秦漢時期稱角抵。現在日本仍有此種競技。

【相親】xiāng // qīn〔動〕❶ 相互親近：～相愛。❷ 男女雙方在訂婚前，由父母或本人到對方家裏親自察看。❸ 為了尋找結婚對象，未婚男女經人介紹見面：他上週剛相了一次親。

【相濡以沫】xiāngrú-yǐmò〔成〕《莊子·大宗師》："泉涸，魚相與處於陸，相呴以濕，相濡以沫。"意思是泉水乾了，魚兒靠在一起吐唾沫相互濕潤。後用"相濡以沫"比喻在困境中互相救助。

【相商】xiāngshāng〔動〕互相商量；商議：有要事～｜待～之後，再做決定。

【相識】xiāngshí ❶〔動〕互相認識：素不～｜我們早已～。❷〔名〕認識的人；熟人：老～｜從此我們兩個成了～。

【相思】xiāngsī〔動〕❶ 互相思念(多指男女互相思念)：兩地～。❷ 表示一方思念另一方：單～｜～病。

【相似】xiāngsì〔形〕相像；大致相同：這兩個人興趣～｜他們兩個長得極其～。

【相提並論】xiāngtí-bìnglùn〔成〕把不同的人或事不加區別，混在一起來談論或看待(多用於否定式)：能力懸殊，不可～｜貨真價實跟假冒偽劣怎麼能～？

【相通】xiāngtōng〔動〕❶ 事物與事物彼此銜接溝通：息息～。❷ 相互連着，可以通過：兩家的院子之間隔着一堵牆，有個小門～。

【相同】xiāngtóng〔形〕彼此一樣，沒有區別：～大小｜我和你觀點～。

【相投】xiāngtóu〔形〕彼此投合：兩人志趣很～。

【相像】xiāngxiàng〔形〕相似；彼此有相同之處：兄弟倆的相貌非常～。

【相信】xiāngxìn〔動〕認為符合實際或正確而不加懷疑(跟"懷疑"相對)：～真理｜我們的事業是正義的｜我們的目的一定能夠達到，你～不～？

【相形】xiāngxíng〔動〕相互比較：～之下，還是你的辦法好。

【相形見絀】xiāngxíng-jiànchù〔成〕跟別的人或事物相比，顯現出不足：豐富多彩的生活使一切文學藝術～。

【相依】xiāngyī〔動〕相互依靠：唇齒～｜～為命。

【相依為命】xiāngyī-wéimìng〔成〕晉朝李密《陳情表》："母孫二人，更相為命。"為命：維持生命。後用"相依為命"指互相依靠着生活下去：父母去世以後，姐弟倆～。

【相宜】xiāngyí〔形〕合適；適宜；得體：請他代表我們在會上講話最～｜一見面就跟人家要這要那，這樣做很不～。

【相應】xiāngyīng〔動〕舊式公文用語，意同"理當""應該"：～函告｜～諮復。
　　另見 xiāngyìng(1477頁)。

【相映】xiāngyìng〔動〕互相襯托；互相陪襯：紅牆綠柳，～成趣。

【相應】xiāngyìng ❶〔動〕互相呼應、照應：首尾～｜這篇文章的開頭跟結尾不一。❷〔形〕相適應；相宜：隨着工業的發展，對環境應當採取～的保護措施。

另見 xiāngyīng（1476 頁）。

【相約】xiāngyuē〔動〕互相約定：～同行。

【相知】xiāngzhī ❶〔動〕彼此相交，互相了解：～殊深｜～恨晚。❷〔名〕彼此了解、感情深厚的朋友：他是我的舊～。

【相中】xiāngzhòng〔動〕看中：她一眼就～了那條紅色的披肩｜上次別人介紹的那個姑娘他沒～。

【相助】xiāngzhù〔動〕幫助：鼎力～｜多虧朋友～，他才度過了那段艱難的歲月。

【相左】xiāngzuǒ ❶〔動〕〈書〉不相遇；錯過。❷〔形〕互相不一致；相違反：彼此意見～。

香 xiāng

❶〔形〕氣味好聞（跟"臭"相對）：～皂｜～粉｜～草｜蘭花很～。❷〔形〕食物味道好：這飯真～。❸〔形〕胃口好：餓了吃甚麼都～｜太累了吃東西就不～。❹〔形〕睡得熟：這孩子睡得很～。❺〔形〕受歡迎：吃～｜這種上海來的貨現在很～。❻香料：～精｜～薰｜～檀｜～沉。❼〔名〕（支，根，炷，盤）用香料做成的可以燃燒的細條：蚊～｜盤～｜棒~兒｜見廟燒～。❽指女性，女性的代稱：憐～惜玉｜～唇｜～閨。❾（Xiāng）〔名〕姓。

語彙　沉香　吃香　丁香　芳香　茴香　進香　噴香　清香　燒香　書香　檀香　蚊香　馨香　幽香　古色古香　國色天香　鳥語花香

【香案】xiāng'àn〔名〕舊時祭祀或典禮時用以放置香爐燭台及供品的條案。

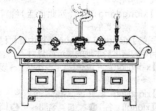

【香檳酒】xiāngbīnjiǔ〔名〕一種白葡萄酒，因原產於法國香檳（Champagne）而得名。含有二氧化碳，起泡沫。簡稱香檳。

【香波】xiāngbō〔名〕洗髮液。[英 shampoo]

【香餑餑】xiāngbōbo〔名〕比喻受歡迎的人或事物：現在的高級技工成了～，到處搶着要。

【香菜】xiāngcài〔名〕芫荽（yánsui）的通稱。

【香腸】xiāngcháng（～兒）〔名〕（根）用碎肉及調味品適當配合後，裝入腸衣製成的食品。

【香椿】xiāngchūn〔名〕❶落葉喬木，羽狀複葉，小葉長圓披針形，花白色。嫩枝葉有香氣，可以吃。也叫椿。❷這種植物的嫩枝葉。

【香醇】（香純）xiāngchún〔形〕（氣味等）香而純正：茶味～。

【香斗】xiāngdǒu〔名〕放在香案上的斗形香爐。

【香乾】xiānggān（～兒）〔名〕熏製的豆腐乾。

【香港】Xiānggǎng〔名〕地名，位於珠江口東側。包括香港島、九龍半島和新界，總面積約 1046 平方千米。鴉片戰後英國殖民者於 1842 年（道光二十二年）割據香港島，1860 年（咸豐十年）又佔九龍半島南端尖沙咀一帶，1898 年（光緒二十四年）強租九龍半島界限街以北地區，租期 99 年。1997 年 7 月 1 日，中國恢復對香港行使主權，建立香港特別行政區。

【香菇】（香菰）xiānggū〔名〕寄生在栗、櫧等樹幹上的蕈類，有冬菇、春菇等多種。做成菜餚，味道鮮美。現在可以人工培植。也叫香蕈（xùn）。

【香瓜】xiāngguā（～兒）〔名〕甜瓜。

【香花】xiānghuā（～兒）〔名〕❶有香味的花：在窗前擺上一束～。❷比喻對人民有益的文藝作品或言論（跟"毒草"相對）：學會辨別～和毒草。

【香火】xiānghuǒ〔名〕❶祭祀祖先或神佛時點燃的香和燈火：廟裏～很盛。❷舊時廟宇中照料香火的人：廟祝。❸舊指子孫祭祀祖先的事情：繼承～｜斷了～（指絕了後代）。❹〈書〉神前盟誓用香火，故以香火指代結盟關係：～兄弟｜～姊妹｜何不念～之情？❺（～兒）指燃着的綫香、棒香、盤香上的火。

【香江】Xiāngjiāng〔名〕香港的雅稱。

【香蕉】xiāngjiāo〔名〕❶多年生草本植物，葉子長而大。果莖長形而稍彎，味香甜適口。生長在熱帶或亞熱帶。❷（根）這種植物的果實：客人帶來一把～。

【香蕉球】xiāngjiāoqiú〔名〕弧綫球的俗稱。因踢出的球沿着香蕉形的弧綫前進，故稱。

【香蕉人】xiāngjiāorén〔名〕指在文化、思想、行為方式上完全西化的海外華人及其後代。因他們像香蕉那樣黃皮（黃皮膚）白心（西化的思想、文化、行為方式等），所以叫香蕉人。

【香精】xiāngjīng〔名〕用幾種香料調製成的混合香料，有花香型、水果型等多種，用於製造化妝品、食品等：～油。

【香客】xiāngkè〔名〕(位)朝山進廟燒香拜佛的人。

【香料】xiāngliào〔名〕能發出芳香氣味的物質。天然香料取自動物或植物體，如麝香、靈貓香以及玫瑰、薔薇、茉莉等的香精油；人工製造的香料也很多。用於製造化妝品、食品等。

【香爐】xiānglú〔名〕(隻)燒香用的器具，用金屬或陶瓷製成，一般為圓形，上口有雙耳，底部有三足。

【香噴噴】xiāngpēnpēn(～的)〔形〕狀態詞。形容香氣濃郁撲鼻：一碗～的紅燒肉｜她灑了些花露水兒，渾身上下～的。

【香片】xiāngpiàn〔名〕花茶。

【香氣】xiāngqì(～兒)〔名〕(股)芳香的氣味：她身上有一股～兒。

【香薷】xiāngrú〔名〕一年生草本植物，因全株有芳香氣味，故稱。莖直立，方形；葉對生，橢圓狀披針形；可提取芳香油。有的品種可入藥，有發汗、解暑等功能。

【香山】Xiāng Shān〔名〕山名，位於北京西郊。其間林木茂密，風景宜人，尤以紅葉秋色最為美妙。建築物多成於清代，主要有見心齋、雙清別墅、昭廟、琉璃塔等，1860年和1900年曾遭受外國侵略軍的嚴重破壞。香山公園北側有碧雲寺，東北方向壽安山南麓有臥佛寺。

【香石竹】xiāngshízhú〔名〕康乃馨。

【香水】xiāngshuǐ(～兒)〔名〕用香料、酒精和蒸餾水等製成的化妝品。

【香甜】xiāngtián〔形〕❶味道又香又甜：瓜果～可口。❷形容睡得熟而舒適：孩子睡得很～，簡直不忍叫醒他。

【香煙】xiāngyān ㊀〔名〕❶(股，縷)點着的香所生的煙：～繚繞。❷"香火"③：母親一直盼着他快快成親，儘早接續～。㊁〔名〕(支，根)薄紙裏包上煙草和配料捲成的條狀物，多加上過濾嘴兒，供吸用。也叫紙煙、捲煙、煙捲兒。

【香艷】xiāngyàn〔形〕❶指花木芳香艷麗：～的牡丹。❷形容辭藻華麗或內容涉及女性的詩詞、文章。也用來形容色情的文藝、影視作品：～小說。❸形容女子打扮得十分妖媚：她一身～地走過來，引得路人紛紛側目。

【香油】xiāngyóu〔名〕芝麻油。

【香皂】xiāngzào〔名〕(塊，條)在精煉的原料中加入香料而製成的肥皂，多用來洗臉、洗澡。

【香脂】xiāngzhī〔名〕芳香的脂肪。有天然生成的，如冷杉香脂；也可用精製的油脂在常溫或加熱條件下吸取香花的精油而得。有的香脂有醫療作用，或用作香料或化妝品。

厢（廂）xiāng ❶廂房：東～｜西～。❷像房子隔間的地方：車～｜包～。

❸靠近城的地區：城～｜關～。❹邊；旁(多見於舊小說、戲曲)：小生這～有禮了。

> 語彙 包廂 車廂 城廂 關廂 兩廂

【廂房】xiāngfáng〔名〕(間)正房前面左右兩旁的房屋：東～｜西～｜老人住正房，兒女住～。

 湘 Xiāng ❶湘江，水名。發源於廣西，流入湖南，匯洞庭湖入長江。❷〔名〕湖南的別稱：～劇｜～繡。❸〔名〕姓。

【湘菜】xiāngcài〔名〕湖南風味的菜餚。

【湘妃竹】xiāngfēizhú〔名〕斑竹。相傳帝舜南巡死於蒼梧。他的兩個妃子娥皇、女英哭於江湘之間，淚灑竹上，有了斑痕，故稱。

【湘劇】xiāngjù〔名〕地方戲曲劇種，流行於湖南長沙、湘潭一帶。聲腔包括高腔、彈腔(皮黃腔)、崑腔等。角色行當有顯著特點，小生不僅分文巾、雉尾、盔靠、羅帽，且有窮、文、富、武四種做派。

【湘繡】xiāngxiù〔名〕湖南出產的刺繡產品。用色鮮明，十分強調顏色的陰陽濃淡。

鄉（乡）xiāng〔名〕❶鄉村(跟"城"相對)：下～｜城～差別｜窮～僻壤。❷家鄉：～音｜故～｜還～｜背井離～。❸(個)行政區劃單位，隸屬於縣一級行政單位。❹(Xiāng)姓。

> 語彙 故鄉 家鄉 老鄉 夢鄉 睡鄉 思鄉 他鄉 同鄉 下鄉 異鄉 背井離鄉 衣錦還鄉

【鄉巴佬】xiāngbalǎo〔名〕鄉下人(含輕蔑意)，也指缺乏知識、沒見過世面的人：你真是個～，連錄像機都不認識。也說鄉下佬。

【鄉愁】xiāngchóu〔名〕思念家鄉的憂傷心情。

【鄉村】xiāngcūn〔名〕泛指農業人口聚居的、或大或小的村落。

【鄉黨】xiāngdǎng〔名〕(西北官話)鄉親：各位～｜一個村裏的～。

【鄉規民約】xiāngguī-mínyuē 泛指由鄉村村民共同制定的適用於本地的規章或公約。

【鄉間】xiāngjiān〔名〕鄉村裏：～小路｜～變化很大｜多到～看看。

【鄉井】xiāngjǐng〔名〕〈書〉家鄉：重返～。

【鄉里】xiānglǐ〔名〕❶家鄉：名聞～。❷同鄉的人：～鄉親｜大家都是～，有話好說。❸指鄉村里巷一帶地面：～小人｜土豪劣紳橫行～。

【鄉親】xiāngqīn(-qin)〔名〕❶(位)同鄉的人；泛指同胞：今天從老家來了幾位～｜父老～。❷對農村中當地人民的稱呼：～們，我們要搞好秋收。

【鄉情】xiāngqíng〔名〕對家鄉的感情：濃鬱的～。

【鄉紳】xiāngshēn〔名〕舊指鄉間有地位、有名望的人。

【鄉試】xiāngshì〔名〕明清兩代每三年在各省省城

舉行的科舉考試，考中的人稱舉人，第一名稱解元。舉人取得參加會試的資格。

【鄉塾】xiāngshú〔名〕舊時農村的私塾。

【鄉思】xiāngsī〔名〕想念家鄉的心情：～綿綿。

【鄉土】xiāngtǔ ❶〔名〕家鄉故土：旅居海外，難忘～。❷〔形〕屬性詞。本鄉本土的；農村風味的：～文學｜～題材｜～氣息｜～觀念。

【鄉下】xiāngxia〔名〕〈口〉鄉村裏；鄉間：他時常到～來｜～人。

【鄉誼】xiāngyì〔名〕〈書〉同鄉的情誼：暢敍鄉情。

【鄉音】xiāngyīn〔名〕家鄉口音：說話～很重｜少小離家老大回，～無改鬢毛衰。

【鄉郵】xiāngyóu〔名〕鄉村郵政，多指鄉村郵遞業務：～員｜～工作。

【鄉愿】xiāngyuàn〔名〕〈書〉外表忠厚老實，實際言行不一的偽君子：我不能以～的姿態，多方討好，僥倖圖存。

【鄉約】xiāngyuē〔名〕舊時鄉間的小吏。

【鄉鎮】xiāngzhèn〔名〕❶鄉和鎮：～企業。❷泛指較小的市鎮：發展市縣，也不要忘了～。

【鄉鎮企業】xiāngzhèn qǐyè 在中國鄉村、集鎮興辦和經營的集體所有制企業、其他形式的合作企業和個體企業：從 20 世紀 80 年代起，中國農村的～有了很大發展。

萷 xiāng 見 "青萷"（1091 頁）。

箱 xiāng ❶ 箱子：皮～｜書～｜手提～｜樟木～｜東西已經裝～了｜滿～的珠寶。❷ 像箱子的東西：風～｜信～｜冰～。

> 語彙　暗箱　冰箱　風箱　烤箱　水箱　信箱　郵箱　油箱　保險箱　電冰箱　手提箱

【箱包】xiāngbāo〔名〕箱子、皮包等的統稱：名牌～｜他做～批發生意。

【箱底】xiāngdǐ（～兒）〔名〕❶ 箱子內的底層。❷ 指不輕易動用的財物：～很厚｜留着讓女兒壓～兒吧（壓箱底兒，指嫁妝）。

【箱子】xiāngzi〔名〕（口、隻）盛放衣物等的長方形器具，用皮革、木頭、鐵皮等製成，上面有蓋扣住：紙～｜藤條～｜樟木～。

緗（緗） xiāng〈書〉淺黃色：～黃。

【緗綺】xiāngqǐ〔名〕淺黃色的絲織品。

蒻（芗） xiāng〈書〉❶ 調味的香草。❷ 同 "香"：～澤（香氣）。

【蒻劇】xiāngjù〔名〕地方戲曲劇種，流行於台灣和閩南地區，主要在九龍江中游的薌江一帶。

襄 xiāng ❶〈書〉升到高處：蕩蕩懷山～陵（指大水漲到山上，把山都包圍起來了）。❷〈書〉幫助；協助：遂～其役｜共～盛舉。❸（Xiāng）〔名〕姓。

【襄理】xiānglǐ ❶〔動〕〈書〉協助辦理。❷〔名〕舊日銀行、企業中協助經理主持業務的人，類似現在的經理助理：他哥哥從前是一家銀行的～。

【襄助】xiāngzhù〔動〕〈書〉幫助；協助。也說襄贊。

瓖 xiāng〈書〉❶ 馬帶上的裝飾品。❷ 同 "鑲"。

纕（纕） xiāng〈書〉佩帶：佩～。

鑲（鑲） xiāng〔動〕把東西嵌進去或在物體的外圍加邊：～牙｜～寶石｜給這幅油畫～個好框子｜周圍～上一道花邊兒。

【鑲嵌】xiāngqiàn〔動〕把一物體嵌入另一物體：耳環上～着翡翠。

【鑲牙】xiāng // yá〔動〕安裝假牙：到口腔醫院去～｜鑲了兩顆金牙。

驤（驤） xiāng〈書〉❶ 右後足為白色的馬。❷ 奔馳：騰～。❸ 昂首；引申為高舉。

xiáng ㄒㄧㄤ

庠 xiáng〈書〉鄉學名（舊時稱府學為郡庠，縣學為邑庠）：～序（泛指學校）。

【庠生】xiángshēng〔名〕明清兩代府、州、縣學的生員。

【庠序】xiángxù〔名〕古代指地方辦的鄉學，泛指學校。

降 xiáng ❶〔動〕投降：歸～｜～將｜堅守不～。❷〔動〕降伏：～龍伏虎｜你～不住他｜鹵水點豆腐，一物～一物。❸（Xiáng）〔名〕姓。

> 另見 jiàng（653 頁）。

> 語彙　歸降　納降　勸降　受降　投降　誘降　詐降　招降

【降伏】xiángfú〔動〕使馴服：～烈馬不容易。

【降服】xiángfú〔動〕投降屈服：～賊寇。

【降龍伏虎】xiánglóng-fúhǔ〔成〕使龍、虎馴服。比喻戰勝強大的對手：他有～的本領。

祥 xiáng ❶〈書〉吉凶的預兆：是何～也，吉凶焉在？**注意** 原指吉凶預兆，後來專指吉兆。❷ 吉利：吉～｜不～。❸（Xiáng）〔名〕姓。

> 語彙　不祥　慈祥　發祥　吉祥

【祥和】xiánghé〔形〕❶ 吉祥和順：過一個～快樂的春節。❷ 慈祥和藹：神情～｜～的老祖母。

【祥瑞】xiángruì〔名〕指好事情的徵象；好的兆頭；吉兆：天降～。

翔 xiáng ❶ 飛；自由迴旋地飛：翔～｜飛～｜滑～。❷〈書〉行走；遨遊：鷹擊長空，魚～淺底。❸（Xiáng）〔名〕姓。

語彙 翱翔　飛翔　滑翔　回翔

【翔實】xiángshí〔形〕詳細而確實：～的材料｜內容～。也作詳實。

詳（详） xiáng ❶ 詳細（跟"略"相對）：～告｜～述｜～略不同｜要～要略都可以。❷ 說明；細說：內～｜其餘另～。❸ 知道；清楚：作者生卒年月不～。❹（Xiáng）〔名〕姓。

語彙 安詳　不詳　猜詳　端詳　周詳　耳熟能詳　語焉不詳

【詳盡】xiángjìn〔形〕詳細全面，無遺漏：～的年表｜這份調查寫得十分～。

【詳密】xiángmì〔形〕詳細周密：計劃～可行。

【詳明】xiángmíng〔形〕詳細明白：註解～。

【詳情】xiángqíng〔名〕詳細的情形：～改日面談｜向家長了解～。

【詳實】xiángshí 同"翔實"。

【詳細】xiángxì〔形〕周到細緻；周密完備：～的報告｜情況了解得很～｜他把這次事件的始末彙報得詳詳細細。

【詳雅】xiángyǎ〔形〕〈書〉安詳，温文爾雅：～有體｜舉止～｜風姿～。

xiǎng ㄒㄧㄤˇ

享〈亯〉 xiǎng ❶〈書〉把食物獻給鬼神：吾～祀豐潔，神必據我。❷〈書〉鬼神接受祭品：祭則鬼～之。❸〔動〕（人）享受（福祿）：～樂｜坐～其成｜一輩子沒～過福。❹（Xiǎng）〔名〕姓。

語彙 分享　配享　坐享

【享福】xiǎng//fú〔動〕享受幸福；過安樂、舒適、快活的日子（跟"遭罪"相對）：有人～，有人受苦｜他享了一輩子福｜成天就知道～，甚麼都不幹。

【享國】xiǎngguó〔動〕〈書〉指帝王在位（若干年）：～日久。

【享樂】xiǎnglè〔動〕享受安樂；吃、喝、玩、樂：～主義｜～思想｜盡情～｜追求～，墮入歧途。

【享年】xiǎngnián〔動〕〈敬〉稱死去的人活了多少歲數（一般指老人）：～九十有五。

【享受】xiǎngshòu ❶〔動〕享有受用：～快樂｜～免費大餐｜～離休待遇｜～～忙中偷閒的樂趣。❷〔名〕物質或精神上得到的滿足：貪圖～。

【享祀】xiǎngsì〔動〕〈書〉祭祀：～鬼神。

【享用】xiǎngyòng〔動〕享受使用：～不盡的精神財富｜賓主共同～了一頓豐盛的晚餐。

【享有】xiǎngyǒu〔動〕取得；具有：擁有（權利、聲名、威望等）：～崇高的威望｜中國陶瓷在世界～盛名｜在～權利的同時，也要履行相應的義務。

【享譽】xiǎngyù〔動〕享有聲譽：～全球。

蚃 xiǎng 蚃蟲，指浮塵子等水稻害蟲。

想 xiǎng ❶〔動〕思考；動腦筋：～主意｜～得很遠｜等我一一～再回答你。❷〔動〕預料；推測：我～他今天準來｜你～沒～到她會生氣？❸〔動〕希望；打算：你～來北京，我們歡迎｜我也～跟大家一塊去｜他不～考大學了。❹〔動〕想念：你離開這裏以後，大家都很～你｜不知道甚麼時候回去，大夥怪～家的。❺〔動〕回想；回憶：～一～過去，看看今天｜～了很久，才～起來。❻〔動〕記住，別忘掉：你可～着點給家裏寫信｜你可要～着託你辦的那件事。❼（Xiǎng）〔名〕姓。

語彙 猜想　暢想　斷想　感想　幻想　回想　空想　理想　聯想　料想　夢想　冥想　設想　思想　妄想　遐想　預想　着想　胡思亂想

【想必】xiǎngbì〔副〕據推測必然如此：～我說錯了話，才惹他生氣了｜他沒來參加會議，～是沒收到通知。

【想不到】xiǎngbudào〔動〕料想不到：半年不見，～孩子長這麼高了｜～一年你寫了兩本書。

【想不開】xiǎngbukāi〔動〕心頭藏着彆扭的事擺脫不掉；思想不豁達：總會有不如意的事，千萬別～｜你怎麼一呀，這麼點事就愁成這樣。

【想當然】xiǎngdāngrán〔動〕憑主觀猜測，認為事情可能是或應該是這樣：她有個充滿陽剛氣的名字，光看名字人們往往～地斷定她是個男孩。

【想到】xiǎngdào〔動〕❶ 想起：忽然～還有一件事沒辦。❷ 考慮到；照顧到：在這緊急關頭，工人們首先～搶救國家財產｜經常～人民的利益。❸ 料到：我們早就～你一定會回來的。

【想得到】xiǎngdedào〔動〕意料得到；想得出來（多用於反問）：誰～他摔斷了一條腿｜誰～當年的"淘氣包"如今成了企業家。

【想得開】xiǎngdekāi〔動〕思想豁達；不把彆扭的事放在心上；能把不如意的事擺脫開：這老太太最～了，整天樂呵呵的｜天塌下來有高個兒頂着，出甚麼事都要～。

【想法】xiǎng//fǎ（～兒）〔動〕設法；想辦法；出個主意：天這麼冷，得～給大家添置點取暖設備｜想個法兒弄點煤來。

【想法】xiǎngfǎ(-fa)〔名〕主意；意見；思索的結

果：這個～還行｜你的～跟大家不一樣。

【想方設法】xiǎngfāng-shèfǎ〔成〕出種種主意，多方面想辦法：在這緊急關頭，我們總得～渡過難關。

【想見】xiǎngjiàn〔動〕可見得；由推想可知道：一有舞會他就來，可以～他對跳舞是多麼地感興趣。

【想開】xiǎng//kāi〔動〕不把彆扭的事放在心上：想得開｜想不開｜遇事要～些，看遠點兒。

【想來】xiǎnglái〔動〕表示只是推測，不敢完全肯定；估計：他的話～不錯｜這個計劃～是可以完成的｜這樣的規定～行不通。**注意**“想來”在句子裏做插入語。插入語跟全句其餘部分有結構上的關係。省掉了插入語，句子依然是完整的。所以它的位置比較自由，可以放在句子中間，也可以放在句子開頭。如“他的話想來不錯”，也可以說成“想來他的話不錯”。需要注意的是，插入語不能放在句子末尾，如不能說“他的話不錯想來”。

【想來想去】xiǎnglái-xiǎngqù 反復探索，來回考慮：～，還是沒有萬全之策。

【想念】xiǎngniàn〔動〕心中惦念、懷念，渴望見到：～親人｜在國外的人時常～祖國｜我們都很～老師。

【想入非非】xiǎngrù-fēifēi〔成〕沉迷於不切實際的虛幻境界；胡思亂想：不刻苦努力就要成名成家，這純屬～。

【想通】xiǎng//tōng〔動〕思想轉過彎來，不再有疑慮或抵觸情緒：我～了｜只要～了，他就會積極地去幹｜暫時想不通，可以保留自己的意見。

【想頭】xiǎngtou〔名〕〈口〉❶想法；念頭：他們向來多心，才有這些～｜你有甚麼～，說說看。❷希望：有～｜事到如今，沒甚麼～了。

【想望】xiǎngwàng〔動〕❶設想盼望：他從小就～着當一名電影演員。❷〈書〉仰慕：～其風采。

【想象】xiǎngxiàng ❶〔動〕對未知的事物想出它的具體形象或發展結果：難以～｜～不到竟會做出這樣的事來。❷〔名〕心理學上指在改造記憶表像的基礎上創造新形象的心理活動。也作想像。

【想象力】xiǎngxiànglì〔名〕在改造記憶表像的基礎上創造出新形象的能力：～豐富｜他是一位極富～的天才作曲家。

餉（饷）〈餉〉xiǎng ❶〈書〉用酒食等款待。❷〔名〕〈口〉薪金（舊時多指軍警等的薪金）：～銀｜幾個月都沒發～。

鮝（鯗）〈鮝〉xiǎng〈書〉乾魚；臘魚：～頭。

饗（飨）xiǎng〈書〉❶以酒食款待人；泛指給人提供某些好的東西：～客｜多出好書，以～讀者。❷同“享”：～其祿位｜百姓～其利。

響（响）xiǎng ❶回聲：～應｜若影之隨形、～之應聲。❷（～兒）〔名〕聲音：沒聽見～兒。❸〔動〕發出聲音：電鈴～了｜全場一起～喝彩聲。❹〔動〕使發出聲音：～鑼｜村口～上槍了。❺〔形〕響亮：鞭炮真～。❻〔形〕影響大，受歡迎：這個名角的戲一唱就很～｜他無論走到哪兒都叫得～。❼（Xiǎng）〔名〕姓。

【響板】xiǎngbǎn〔名〕（副）打擊樂器，由用繩連接的兩片貝殼形木片組成，演奏時將繩套在拇指和食指上搖動，木片互相敲擊發出聲響。源自西班牙民間，多用作舞蹈伴奏。

【響徹雲霄】xiǎngchè-yúnxiāo〔成〕響得好像穿透雲層、直達高空。形容聲音非常響亮：軍號～｜一曲凱歌～。

【響當當】xiǎngdāngdāng（～的）〔形〕狀態詞。形容很出色、很過硬：他是一個～的技術能手｜從前他可是這一帶～的人物。

【響動】xiǎngdong（～兒）〔名〕動作聲響；動靜：周圍很靜，沒有一點兒～。

【響度】xiǎngdù〔名〕聽覺估計聲音強弱（響亮不響亮）的程度。也叫音量。

【響遏行雲】xiǎng'è-xíngyún〔成〕《列子·湯問》：“撫節悲歌，聲振林木，響遏行雲。”指聲音響亮，直達高空，把流動的浮雲也阻止住了。形容聲音嘹亮：歌聲～，震驚四座。

【響箭】xiǎngjiàn〔名〕射出後會發出響聲的箭，即古代的鳴鏑。

【響雷】xiǎngléi〔名〕〔聲〕聲音很響亮的雷（跟“悶雷”相對）：打了一個～。

【響亮】xiǎngliàng〔形〕聲音大而強：嗓音～｜～的回答。

辨析　響亮、嘹亮、洪亮　“響亮”着重形容響度大，使用範圍較廣，只要是聽者感覺響的聲音，如笑聲、掌聲、雷聲等，都可以形容；“嘹亮”着重形容聲音高亢，傳得遠，一般只形容歌聲、號聲、喇叭聲等；“洪亮”着重形容聲音渾厚洪大，多形容嗓音、鐘聲等。

【響馬】xiǎngmǎ〔名〕舊時稱攔路搶劫的強盜，因馬身繫鈴或搶劫時先放響箭而得名。

【響器】xiǎngqì〔名〕中國鐃、鈸、鑼、鼓等打擊樂器的統稱：村裏請了一個～班子。

【響晴】xiǎngqíng〔形〕晴朗無雲（形容好天氣）：昨夜大雨，今天～。

【響聲】xiǎngshēng（～兒）〔名〕聲音：爺爺在睡覺，別弄出～兒吵醒他。

【響頭】xiǎngtóu〔名〕磕頭時額頭觸地發出聲響，稱為響頭：磕了三個～。

【響尾蛇】xiǎngwěishé〔名〕〔條〕一種毒蛇，體黃綠色，有菱形黑褐斑紋，尾巴的末端有角質的環，擺動時發出聲音。產於北美洲。

【響洋】xiǎngyáng〔名〕舊時銀圓的俗稱。

【響應】xiǎngyìng〔動〕回聲相應，比喻對某一倡議或號召用言行表示支持，贊同：～植樹造林的號召。

【響指】xiǎngzhǐ〔名〕打榧子打出的響聲。

xiàng ㄒㄧㄤ

向 1 〈㊀❶-❷嚮㊂嶯〉 xiàng ㊀ ❶方向～｜風～｜暈頭轉～。❷〔動〕正對着某個方向（跟"背"相對）：臉～西｜這間屋子不～陽｜心～光明。❸〔動〕偏袒：不能因為他是你兒子，你就～着他。

㊁❶〈書〉往日；從前；舊時：～日｜～者。❷〔副〕從來；總是；表示從過去到現在一直如此：～有準備｜～無積蓄。

向 2 xiàng ❶〔介〕表示動作的方向：～前看｜～着後面叫喊｜一江春水～東流｜列車駛～北京｜戰士們殺～敵陣｜目光轉～了我。❷〔介〕表示動作的對象：～人民負責｜～先進學習｜～老師致敬｜～你借 10 塊錢。❸〈書〉朝北的窗戶：塞～墐戶。❹（Xiàng）周朝國名，在今山東莒縣西南。❺（Xiàng）〔名〕姓。

　　另見 xiàng "嚮"（1485 頁）。

語彙　動向　方向　風向　航向　偏向　傾向　趨向　取向　去向　一向　意向　志向　走向　暈頭轉向

【向背】xiàngbèi〔動〕擁護和反對：人心～。

【向壁虛構】xiàngbì-xūgòu〔成〕對着牆壁，憑空構想。比喻毫無事實根據地捏造：他說的話既有人證又有物證，絕非～。也說向壁虛造。

【向來】xiànglái〔副〕從來；一直：他～誠實｜哥哥～不管閒事。

辨析　向來、歷來、從來　三個詞用法基本相同；但"向來"用於肯定句比用於否定句多，"歷來"一般不用於否定句，"從來"則用於否定句比用於肯定句多；如"向來很誠實"，完全可以改說"歷來很誠實"，卻一般不說"從來很誠實"；"向來不糊塗"，完全可以改說"歷來不糊塗"，卻少說"歷來不糊塗"。

【向量】xiàngliàng〔名〕矢量。

【向明】xiàngmíng〔動〕〈書〉天色微明，臨近黎明：天色～時，他就出了家門。

【向前看】xiàngqiánkàn〔慣〕指不計較過去的恩怨、得失，而着眼於未來的發展：過去的事不要再提了，應該採取～的態度。

【向日葵】xiàngrìkuí〔名〕（棵，株）一年生草本植物，莖很高。開黃花，圓盤狀頭狀花序，因多朝着太陽，故稱。種子叫葵花子，可以榨油，也可以生吃或炒熟吃。也叫葵花、朝陽花、轉日蓮。

向日葵小史
向日葵原產於美洲，16 世紀以後傳入中國。《群芳譜》《廣群芳譜》，稱之為丈菊、西番菊、迎陽花、西番葵。1688 年《花鏡》一書，正式定名為"向日葵"。1848 年《植物名實圖考》云："按此花向陽，俗間遂通呼為向日葵。其子可炒食，微香。"

【向上】xiàngshàng〔動〕上進；朝好的方向發展：好好學習，天天～｜他是個好學～的好孩子。

【向晚】xiàngwǎn〔動〕〈書〉臨近傍晚：天色～｜～時分。

【向午】xiàngwǔ〔動〕〈書〉臨近中午：～時分他才啟程。

【向心力】xiàngxīnlì〔名〕❶使物體做圓周運動或其他曲綫運動所需的力，跟速度的方向垂直，向着圓心。❷比喻集體的凝聚力：在他的領導下，這支團隊形成一種強大的～，非常團結。

【向學】xiàngxué〔動〕立志求學：一心～｜有心～。

【向陽】xiàngyáng〔動〕❶對着太陽：葵花～。❷指朝南：這幾間屋子～。

【向隅】xiàngyú〔動〕〈書〉面對着屋子內的一個角落；比喻孤獨失意或得不到機會而失望：～而泣｜分配務求公平，不使一人～。

【向隅而泣】xiàngyú'érqì〔成〕對着牆角哭泣。形容無人理睬，陷於孤立：黛玉整日～，鬱鬱寡歡。注意 這裏的"隅"不寫作"偶"，不讀 ǒu。

【向着】xiàngzhe〔動〕❶朝着：書桌～窗戶。❷〈口〉偏袒：誰說話有理，我就～誰｜奶奶老是～小孫女。

巷 xiàng〔名〕❶比較狹窄的街道：深～｜大街小～｜三街兩～｜街頭～尾。❷（Xiàng）姓。
　　另見 hàng（516 頁）。

語彙　里巷　萬人空巷

【巷戰】xiàngzhàn〔名〕（場）在城鎮街巷中進行的戰鬥：展開激烈的～。

相 xiàng ㊀ ❶〔動〕觀察事物的情貌，做出判斷：～馬｜人不可貌～｜～機行事。❷（～兒）〔名〕模樣；外貌：長～｜福～｜狼狽～｜一副可憐～兒。❸〔名〕姿態：吃～｜睡～。❹物體的外觀：月～｜金～。❺〔名〕交流電路中的一個組成部分，如三相交流發電機有三個繞阻，每個繞阻叫作一相。❻〔名〕同一物質的某種物理、化學狀態，如水蒸氣、水和冰是三個相；不同結晶的硫是不同的相。

㈡❶〈書〉輔助；幫助：吉人天～。❷宰相：丞～。❸某些國家的官名，相當於中央政府的部長。❹指幫助主人接待賓客的人；婚禮中伴郎、伴娘的別稱，男的叫男儐相，女的叫女儐相。❺（Xiàng）〔名〕姓。

另見 xiāng（1475頁）。

語彙　扮相　變相　儐相　丞相　看相　亮相　破相　識相　首相　洋相　宰相　照相　真相　裝扮

【相冊】xiàngcè〔名〕(本)保存相片用的冊子。
【相法】xiàngfǎ〔名〕觀察人的相貌來推測人的吉凶的方法（迷信）。
【相公】xiànggōng (-gong)〔名〕❶〈書〉古代對宰相的尊稱。❷舊時妻子對丈夫的敬稱。❸舊時對年輕讀書人的敬稱。❹（西北官話）關中地區對被僱用的工人、店員、長工的稱呼：王～。
【相國】xiàngguó〔名〕〈書〉古代百官之長，後為宰相的尊稱。
【相機】xiàngjī ㈠〔名〕(架,台)照相機：帶着一架～到公園去拍照 | 他買了台數碼～。㈡〔動〕察看機會：～而動 | ～行事 | ～辦理。
【相里】Xiànglǐ〔名〕複姓。
【相貌】(像貌)xiàngmào〔名〕容貌；人臉部長的樣子：～很端正 | ～平平常常。
【相面】xiàng//miàn〔動〕觀察人的相貌來推測人的吉凶禍福（迷信）。
【相片】xiàngpiàn（口語中也讀 xiàngpiānr）〔名〕(張,幀,幅)照片：半身～。
【相聲】xiàngsheng〔名〕(段)曲藝的一種，流行於北京及全國各地。多用北京話，以"說、學、逗、唱"為主要藝術手段，取得引人發笑的效果。內容多為諷刺，也有歌頌新人新事的。表演形式有單口（一個演員表演）、對口（兩個演員表演）、群口（三個以上演員表演）。
【相書】xiàngshū〔名〕指相法一類的書。
【相術】xiàngshù〔名〕通過觀察人的面貌、手紋等來預測人的命運的方法（迷信）。

珦
xiàng〈書〉一種玉，多見於人名。

項（项）
xiàng ㈠❶〈書〉頸的後部：秀髮垂～。❷（Xiàng）〔名〕姓。
㈡❶項目；門類：強～ | 弱～。❷款項：進～ | 用～ | 欠～。❸〔名〕代數中不用加、減號連接的單式，如 3ab、4x2y、5b2a 等。❹〔量〕用於分項目的事物：八～注意 | 逐～進行討論 | 還有一～議案提請大會審查。

語彙　出項　花項　進項　頸項　款項　強項　事項　說項　義項　用項　逐項

【項背】xiàngbèi〔名〕人的後背；背影：不能望其～（趕不上他；不能企及他所達到的境界）。
【項背相望】xiàngbèi-xiāngwàng〔成〕《後漢書‧左雄傳》："監司項背相望。"原指前後相顧。現形容行人很多，連續不斷：前來參觀者絡繹不絕，～。
【項鏈】xiàngliàn（～兒）〔名〕(條)套在脖子上的鏈形飾物，多用金銀珠寶製成：金～ | 珍珠～ | 水晶～。
【項目】xiàngmù〔名〕事物分成的門類；事物分類的條目：～啟動資金 | 進口～ | 援外～ | 基建～ | 討論重點建設的～。
【項圈】xiàngquān〔名〕孩童或某些民族的婦女戴在脖子上的環狀飾品，多用金銀銅等金屬製成。
【項莊舞劍，意在沛公】Xiàngzhuāng-wǔjiàn, yì-zài-Pèigōng〔成〕《史記‧項羽本紀》記載，項羽與劉邦（沛公）在鴻門相見。酒席上，項羽的謀臣范增讓項莊以舞劍助興為名，趁機刺殺劉邦。劉邦的謀士張良說："今者項莊拔劍舞，其意常在沛公也。"後用"項莊舞劍，意在沛公"比喻說話或做事雖另有藉口，但真實意圖卻在於對某人某事進行威脅或攻擊。

觲
xiàng 古代投受告密文書或儲錢的器物。入口小，放進後不易取出。

象
xiàng ㈠〔名〕❶（頭）陸地上現有的最大的哺乳動物，體高約 3 米，耳朵大，鼻子長圓筒形，蜷曲自如，多有一對長大的門牙突出唇外，吃嫩葉和野菜等。產於非洲或亞洲熱帶地區。有的可馴養用來馱運貨物。是中國國家保護動物，嚴禁捕獵。❷（Xiàng）姓。

㈡❶形狀；樣子：景～ | 氣～不凡 | 萬～更新。❷仿效；模擬：～形 | ～聲。

語彙　表象　抽象　對象　旱象　跡象　假象　景象　氣象　現象　想象　形象　意象　印象　徵象　包羅萬象　盲人摸象

【象棋】xiàngqí〔名〕(盤)棋類運動之一。共 32 子，每方持有 16 子，包括將（帥）1 枚、士（仕）、象（相）、車、馬、炮（砲）各 2 枚，卒（兵）5 枚；兩人在棋盤上依位置佈棋，按規則移動棋子。以將（jiāng）死對方的將（帥）為勝。也叫中國象棋。
【象聲詞】xiàngshēngcí〔名〕擬聲詞。
【象限】xiàngxiàn〔名〕平面上兩條互相垂直的直

綫把平面分開的四部分中的任何一部分。從右上方到左上方、左下方、右下方，分別叫第一、第二、第三、第四象限。如下圖：

第二象限	第一象限
第三象限	第四象限

【象形】xiàngxíng〔名〕六書之一，是文字模擬物體的形狀的造字法，如甲骨文"日"模擬日圓的形狀"⊙"，"月"模擬月缺的形狀"☽"。

【象牙】xiàngyá〔名〕象的門牙，質地堅硬、潔白、細膩，可製工藝美術品：～雕刻。注意 為了保護野生動物，全球已禁止為獲取象牙而捕殺大象。同時也禁止製作或出售象牙工藝品。

【象牙塔】xiàngyátǎ〔名〕原是法國19世紀文藝批評家聖佩韋（1804-1869）批評同時代消極浪漫主義詩人維尼的話。後用來比喻逃避鬥爭、脫離現實生活的文藝家的小天地。也叫象牙之塔、象牙寶塔。

【象徵】xiàngzhēng ❶〔動〕用具體事物表示某種特殊意義：火把～光明｜斧頭鐮刀～工人農民。❷〔名〕用來象徵某種特殊意義的具體事物：鴿子是和平的～｜手拉手是友好的～。

【象徵性】xiàngzhēngxìng〔形〕屬性詞。有象徵含意的：～付款｜具有～意義。

像 xiàng ❶〔名〕按照人物的樣子，運用攝影、繪畫、雕塑等方法製成的形象：牆上掛着爺爺的～｜請你給我畫幅～｜雕塑藝術家為革命烈士塑了一個～。❷〔名〕與原物相似的圖景：圖～｜成～原理。❸〔動〕表示兩個事物有較多的共同點：她長得～她爸爸｜他的脾氣～他哥哥｜臉再畫胖一點兒就更～了｜他～隻好鬥的公雞｜人群～潮水一般湧向廣場。❹〔動〕比如；譬如：《紅樓夢》這樣的作品，真是百讀不厭～｜今天樣的事，它已經發生不止一次了。❺〔副〕仿佛；好像：我覺得～在哪兒見過這個人｜剛才我聽見～有人喊了一聲"救命"似的。❻（Xiàng）〔名〕姓。

辨析 像、象、相 三者都有外觀形態、樣子的意思。"像"指用模仿、比照等方法製成的人或物的形象，也包括光綫經反射而形成的與原物相同或相似的圖景，如：畫像、雕像、像章、圖像、音像、攝像、錄像；"象"指自然界、人或物的形態、樣子，如：現象、形象、印象、景象、氣象、天象；"相"所指的外觀形態側重強調與事物內在情況相聯繫，如"真相"指事物內容的真實情況，而"現象、假象、表象"指的是外部的狀態。"站相""苦相""病相""可憐相"中的"相"都不寫作"像"或"象"；"照相""相片""相貌"中的"相"一般也不寫作"像"。此外，"像"表示如同，用於"像……一樣""好像"，如"堆得像小山一樣高""屋外好像有人敲門"。

【語彙】畫像 偶像 神像 塑像 肖像 遺像

【像話】xiàng//huà〔形〕言談、行為合乎情理（常用於否定式）：他這樣做太不～｜這種作風真不～｜胡亂罵人，這像甚麼話？

【像模像樣】xiàngmú-xiàngyàng〔成〕❶像個模樣。指夠一定標準：這份學生刊物辦得～的。❷形容體面好看：這個大宅院的人一個個都～的。也說有模有樣。

【像素】xiàngsù〔名〕像元的通稱。

【像樣】xiàng//yàng（～兒）〔形〕有水平；夠標準：她做的針綫活挺～兒｜他這麼沒有禮貌像個甚麼樣兒？也說像樣子。

【像元】xiàngyuán〔名〕組成圖像的基本單元：～越高，分辨率越高。通稱像素。

【像章】xiàngzhāng〔名〕（枚）印鑄人像的紀念性徽章，多供人佩戴在胸前。

橡 xiàng〔名〕❶落葉喬木，葉子長橢圓形，花黃褐色，堅果球形。葉子可飼柞蠶，木材可以做枕木、家具等，朽木可培養香菇及木耳。也叫櫟（lì）、麻櫟、柞（zuò）樹。❷橡膠樹。常綠喬木，樹內有白色汁液，採割加工成橡膠。原產巴西，現熱帶地方多有栽培。❸（Xiàng）姓。

【橡膠】xiàngjiāo〔名〕具有高彈性的一類高分子化合物的總稱。有絕緣性，不透水，不透氣。分天然橡膠和合成橡膠兩類。廣泛應用於工業及日常生活中，特別是輪胎製造業中。

【橡皮】xiàngpí〔名〕❶指硫化橡膠，即經過高溫處理的橡膠，彈性好，耐熱，不易折斷。也叫膠皮。❷（塊）用橡膠製成的文具，能擦掉石墨的痕跡：香～｜一～頭兒。

【橡皮膏】xiàngpígāo〔名〕（塊）一面塗有膠質的布條，有黏性，常用來固定包紮傷口的紗布等。也叫膠布。

【橡皮筋】xiàngpíjīn（～兒）〔名〕（條，根）綫狀或環狀的橡膠製品，有伸縮性，多用來捆紮東西。女孩子常把橡皮筋連綴起來，做跳躍遊戲的玩具：她小時候最喜歡跳～。

【橡皮泥】xiàngpíní〔名〕（塊）一種由石蠟、陶土、生橡膠等多種材料摻和製成的泥，柔軟且具有可塑性，多供兒童做手工時捏東西用：彩色～｜用～捏了個小狗兒。

【橡皮圖章】xiàngpí túzhāng ❶用經過硫化的橡膠製成的圖章。❷比喻只是表面上履行手續而沒有實權的機構或人員。

【橡椀】xiàngwǎn〔名〕橡樹果實的外殼。富含單寧，是一種重要的植物鞣料。

【橡子】xiàngzi〔名〕櫟（lì）樹的果實。也叫橡實。

【橡子麵】xiàngzimiàn〔名〕用橡子磨成的麵粉，可以充飢，味苦。舊時遇到災荒，貧苦的人常以橡子麵充飢。

【嚮】(向)xiàng〈書〉接近；將近：～明｜～曉｜～夕｜～晚。
另見 xiàng"向"（1482頁）。

【嚮導】xiàngdǎo ❶〔動〕帶路：遊覽長城，請小王～。❷〔名〕(位，名)帶路的人：他是中國旅行社的一名～｜我們在當地請了一個山民做～。

【嚮往】xiàngwǎng〔動〕對某種事物或境界，因羨慕、熱愛而渴望得到或達到：～環球旅行｜～二人世界｜～幸福的生活。

　辨析　嚮往、憧憬 a)"憧憬"是褒義詞，對象一般是理想中的美好事物；"嚮往"是中性詞，對象可以是好的理想，如"嚮往出國留學"；可以是自己喜歡的生活，如"嚮往村居的閒適"；也可以是不好的願望，如"嚮往紙醉金迷的生活"。b)"憧憬"用於書面語；"嚮往"書面、口頭都常用。

xiāo　ㄒㄧㄠ

【肖】Xiāo〔名〕姓。
另見 xiào（1494頁）。

【枵】xiāo〈書〉空虛：～腹。

【枵腹從公】xiāofù-cónggōng〔成〕指餓着肚子辦公家的事：一路上買不到東西吃，這些出差的人倒真的～了。

【削】xiāo／xuē ❶〔動〕用刀、斧等工具斜着去掉物體的表層或部分：～梨皮｜把鉛筆～一～｜用斧頭把柳木棍兒～平刮光。❷〔動〕使尖銳：那個人～尖了腦袋去鑽營（用為比喻）。❸〔動〕乒乓球的一種打法，用球拍斜削球面，使球旋轉而去：他～了一板，得分兒了。❹（Xiāo）〔名〕姓。
另見 xuē（1537頁）。

【虓】xiāo〈書〉虎吼。

【消】xiāo ❶〔動〕消失；消退：雲～霧散｜煙～火滅｜紅腫～了。❷〔動〕消除：～毒｜～災｜～痰止咳。❸ 耗費：～耗｜～費。❹ 消遣：～夏｜～夜。❺〔動〕需要：不～你說｜來回只～十天｜何～長篇大論。

　語彙　打消 抵消 取消 吃不消 吃得消 瓦解冰消

【消沉】xiāochén〔形〕灰心喪氣，情緒低落：意志～｜破除～情緒，跌倒了趕快爬起來。

　辨析　消沉、低沉　在形容情緒低落時，兩個詞意思很相近，都與"高昂"相對。但"消沉"一般含有現在與過去對比的意思，即過去曾高昂過而現在低落了；"低沉"則不反映這種動態變化，只形容現在的狀況。另外，"低沉"除了可以形容"情緒"外，還可以形容"聲音"以至"烏雲"等，這是"消沉"所不具備的含義。

【消除】xiāochú〔動〕除掉不利事物，使不復存在：～隱患｜～分歧｜～貧困。

【消毒】xiāo∥dú〔動〕❶ 用蒸煮、陽光曝曬或化學藥劑殺死能致病的微生物：用酒精～｜消了毒再用。❷ 比喻清除有害的東西，消除壞的影響：掃黃～（清除黃色毒害）｜對壞影碟產生的影響要～。

【消防】xiāofáng〔動〕消滅和防止火災：～車｜～隊員｜～設備｜～演習｜聯合檢查～安全工作。

【消費】xiāofèi〔動〕消耗物質資料以滿足人們生產和生活的需要：高～｜合理～｜～觀念｜～者。

【消費品】xiāofèipǐn〔名〕供消費的物品。多指個人、家庭、單位日常生活或工作中需要的物品，如家用電器、文具紙張、洗滌化妝品等。

【消費者】xiāofèizhě〔名〕消費品的使用者或勞務活動的服務對象：～的權益應受到保護。

【消耗】xiāohào ⊖〔動〕❶ 指物質或精神因使用、損失而漸漸減少：～能源｜～精力｜要高效益，不要高～。❷ 使消耗：～敵人的有生力量。⊖〔名〕音信（多見於早期小說、戲曲）：四處打聽公子與小姐的～。

　辨析　消耗、消費 a)"消費"指把東西用掉以滿足生活、生產需要，是中性詞。"消耗"指一點一點用掉或逐漸減損。b)"消費"的對象是較具體的財物；"消耗"的對象可以是具體的財物，也可以是抽象的事物，如精力、時間、能量等。c)"消耗"有使動用法，如"消耗敵人有生力量"，"消費"不能這樣用。

【消化】xiāohuà〔動〕❶ 食物在消化器官內，經過物理和化學作用而變為容易被吸收的營養物質。❷ 比喻理解、吸收學習的內容：同學們先～一下，再學新的章節。❸ 比喻自行安排解決問題：原料漲價後，原則上由企業～，不許轉嫁給消費者。

【消魂】xiāohún 同"銷魂"。

【消火栓】xiāohuǒshuān〔名〕消防用水管道上的一種可以開關的機件，供救火時接水龍帶用。

【消極】xiāojí〔形〕❶ 反面的；否定的；阻礙發展的（跟"積極"相對）：～因素｜～影響。❷ 消沉的，不求進取的（跟"積極"相對）：態度～｜近來他的情緒很～。

【消減】xiāojiǎn〔動〕減少；減退：飯量～｜黃河污染物大幅～｜～援助｜～戰爭影響。

【消解】xiāojiě〔動〕消除；化解：～旅遊疲勞｜～貿易摩擦。

【消渴】xiāokě〔名〕中醫指喝水喝得特別多，小便特別勤的病症，如糖尿病、尿崩症等。

【消弭】xiāomǐ〔動〕〈書〉消除（壞事）：～水患｜～戰亂。注意 這裏的"弭"不寫作"彌"，不讀 mí。

【消滅】xiāomiè〔動〕❶消失；滅亡：封建帝制在中國已經～了。❷使消滅；滅掉：～罪證｜～殘敵｜～小兒麻痹症｜～貧窮和落後。

【消泯】xiāomǐn〔動〕消除；泯滅：美麗的彩虹瞬間～｜舊恨～，才續舊好。

【消磨】xiāomó〔動〕❶使意志、精力等消散磨滅：～精力｜～志氣。❷排遣（時光）：～歲月｜～時光｜～長夜。

【消納】xiāonà〔動〕處理和容納（垃圾、廢物等）：～場｜～站｜垃圾須實行統一～管理。

【消氣】xiāo∥qì〔動〕消解怒氣；平息怒氣：他正在氣頭上，勸他白勸，等他消了氣再說吧。

【消遣】xiāoqiǎn〔動〕原指消愁解悶；今指借遊覽娛樂以消磨時光：晚上下棋～｜獨居山中，無可～。

【消融】xiāoróng〔動〕融化消失：冰雪～。也作消溶。

【消散】xiāosàn〔動〕消失散開（多指煙霧、氣味、熱力、腫塊、憂愁等）：大霧～了｜渾身的疲勞～了｜心頭的一層愁苦～了。

【消失】xiāoshī〔動〕人或事物不復存在：汽車在視綫中～了｜他的背影～在人群中。

【消食】xiāo∥shí（～兒）〔動〕幫助消化食物：～化積｜他吃完晚飯就出去散步～了｜飯後吃點水果消消食兒。

【消逝】xiāoshì〔動〕消失；逝去；不復存在：飛機嗡嗡的聲音慢慢～了｜隨着歲月的～，她逐漸衰老了。

【消釋】xiāoshì〔動〕〈書〉❶消融；溶化：二月匡廬北，冰雪始～。❷消除；解除（疑慮、嫌怨、誤會等）：～前嫌｜誤會～了｜疑慮～。

【消受】xiāoshòu〔動〕❶享受；受用（多用於否定式）：無福～｜怎麼～得了。❷忍受；禁受：～人間無限恨｜滿目荒涼，如何能～！

【消瘦】xiāoshòu❶〔動〕（身體）變瘦：一年不如一年，老人日益～。❷〔形〕很瘦：身形～但精神奕奕。

【消暑】xiāo∥shǔ〔動〕❶消夏：找個夏日～的好地方。❷去暑：綠豆糕是清涼～的佳品｜吃西瓜也～。

【消損】xiāosǔn〔動〕❶逐漸減少：銳氣漸見～。❷因消磨而損失：～殆盡｜歲月流逝，碑文～。

【消停】xiāoting❶〔形〕安靜；清淨：過幾天～日子吧｜一家老小平安無事，大夥兒心裏也就～了｜消消停停過日子。❷〔動〕停歇：先～一會兒再接着幹｜短信陷阱何時～？

【消退】xiāotuì〔動〕減退；消失：黃金週杂遊熱度～｜高溫逐漸～。

【消亡】xiāowáng〔動〕逐步自行消滅：中華優秀傳統文化不會～｜這個行業估計要走向～。

【消息】xiāoxi〔名〕❶（條，則）媒體對國內外新近發生的事情的報道：本地～｜最新～。❷（條）音信；信息：彼此無～｜一點兒～也沒有｜他一連發了十多條短～。

［辨析］消息、新聞　a）"消息"一般指通過電訊、簡訊等形式所做的簡短報道，多用語言文字。"新聞"兼指通過電訊、簡訊和公報、通訊、特寫、綜合報道等形式所做的報道。內容可以是簡短的，也可以是很長的。報道的形式不限於語言文字，還可以是圖片、電視、電影等。b）"消息"作為口語詞，指口頭的或書面的音信，"新聞"作為口語詞則泛指社會上最近發生的新鮮事情。

【消夏】xiāoxià〔動〕用消遣的方式度夏；避暑：盛地｜市民們在濱海公園～納涼。

【消閒】xiāoxián❶〔動〕消磨空閒時間；休閒：～解悶｜春來～別樣情，垂釣山間野趣多。❷〔形〕清閒：～自在的生活。

【消歇】xiāoxiē〔動〕〈書〉休止；消失。也作銷歇。

【消炎】xiāo∥yán〔動〕消除炎症：先～，後拔牙｜這個病一消了炎，也就好了。

【消夜】xiāoyè（吳語）❶〔名〕（頓）夜宵兒：今晚請你吃～！❷〔動〕吃夜宵兒：他們結伴去～。

【消災】xiāozāi〔動〕消除災禍：得人錢財，與人～。

【消長】xiāozhǎng〔動〕減少和增長：雙方力量互有～｜陰陽～是中國古代哲學的基本觀點。

【消滯】xiāozhì〔動〕消除膩滯；消化積食：～最簡單的方法是喝茶。

【消腫】xiāo∥zhǒng〔動〕❶消除腫脹：～止痛｜只要消了腫，病就快好了。❷比喻精簡機構，緊縮人員編制：有些機關人浮於事，要～。

宵 xiāo ❶夜：良～｜春～｜通～。❷〈書〉小：毋邇～人（不要接近小人）。❸（Xiāo）〔名〕姓。

語彙　良宵　通宵　夜宵　元宵

【宵禁】xiāojìn〔動〕夜間禁止通行：施行～｜解除～。

【宵小】xiāoxiǎo〔名〕〈書〉盜賊晝伏夜出，稱為宵小；現泛指壞人：嚴防～竄入。

逍 xiāo ❶見下。❷（Xiāo）〔名〕姓。

【逍遙】xiāoyáo〔形〕自由自在，無拘無束：～自在｜放飛風箏樂～。

【逍遙法外】xiāoyáo-fǎwài〔成〕在法律之外逍遙自在。指犯了罪的人沒有受到應有的制裁：絕對不能讓壞人～。

【逍遙自在】xiāoyáo-zìzài〔成〕形容人生活人拘無束，自得其樂：退休後他過着～的生活。

枭（梟）xiāo ❶鴟鵂。❷〈書〉強悍；勇猛：～將｜～雄。❸首領：毒～。❹兇橫霸道的人，特指販運私鹽的人：鹽～｜

私～。❺〈書〉懸掛（砍下的人頭）：～首。
❻（Xiāo）〔名〕姓。

【梟將】xiāojiàng〔名〕〈書〉勇猛的將領。

【梟首】xiāoshǒu〔動〕〈書〉舊時一種殘酷刑罰，
砍下人頭並懸掛起來。

【梟雄】xiāoxióng〔名〕〈書〉強橫而有野心的
魁首。

猇 xiāo ❶同"虓"。❷用於地名：～亭（古
地名，在今湖北宜都）。

硝 xiāo ❶〔名〕硝石、芒硝等礦物鹽的統稱。
❷〔動〕用樸硝或芒硝加黃米麵處理毛皮，
使皮板變得柔軟：這張皮子還沒～，不能用。

語彙　火硝　芒硝　樸硝

【硝石】xiāoshí〔名〕礦物的一種，成分是硝酸鉀
（KNO₃），無色、白色或灰色晶體，易溶於
水，是製造火藥、硝酸、肥料、藥品的原料。

【硝酸】xiāosuān〔名〕強酸的一種，化學式
HNO₃。無色液體，一般略帶黃色，有刺激性
氣味，腐蝕性很強。用來製造火藥、氮肥、
染料、人造絲等，也可用作腐蝕劑。俗稱硝
鏹水。

【硝煙】xiāoyān〔名〕火藥爆炸後產生的煙霧：戰
場上～滾滾。

蛸 xiāo ❶見"螵蛸"（1027頁）。❷（Xiāo）
〔名〕姓。
另見shāo（1183頁）。

翛 xiāo 見下。

【翛然】xiāorán〔形〕〈書〉無拘無束、超脫自在的
樣子：～而來，～而往。

【翛翛】xiāoxiāo〔形〕〈書〉羽毛殘破的樣子。

綃（绡） xiāo〈書〉❶生絲。❷生絲織的薄
紗、薄絹：～巾｜～帕｜～帳。

霄 xiāo ❶雲：涉清～而升遐。❷天空：九～｜
雲外｜廣～寥廓。❸（Xiāo）〔名〕姓。

語彙　重霄　九霄　凌霄　雲霄

【霄漢】xiāohàn〔名〕〈書〉雲霄和天河，指天空：
氣凌～｜飛船一衝驚～。

【霄壤】xiāorǎng〔名〕天和地；比喻相差極遠：～
之別｜不啻～。

嘵（哓） xiāo 見下。

【嘵嘵】xiāoxiāo〔擬聲〕形容爭辯或爭吵的聲
音：～不已｜～不休。

【嘵嘵不休】xiāoxiāo-bùxiū〔成〕形容亂嚷亂叫，
爭辯不停的樣子：喋喋不止，～。

銷（销） xiāo ㊀❶熔化金屬：～熔｜女媧
煉五色石以補蒼天。❷〔動〕除
掉；解除：～假｜把這筆賬～了。❸〔動〕出售：
促～｜推～｜暢～｜今天～了十台電腦。❹開

支；花費：開～｜花～。❺（Xiāo）〔名〕姓。
㊁❶銷子：插～。❷〔動〕插上銷子：～上
門窗。

語彙　包銷　報銷　插銷　產銷　暢銷　撤銷　代銷
吊銷　返銷　供銷　經銷　開銷　推銷　註銷
實報實銷　一筆勾銷

【銷案】xiāo // àn〔動〕撤銷案件：去年發生的事已
經～了｜銷了案就不再重新提起了。

【銷戶】xiāo // hù〔動〕❶註銷戶頭，解除業務關
係：銀行不會擅自予以～｜咱早就把那裏的存
摺給～了。❷註銷戶口：死亡～。

【銷毀】xiāohuǐ〔動〕❶熔化掉；毀掉：金器銀
器全～了｜核武器～｜～罪證。❷燒掉：～
文件。

【銷魂】xiāohún〔動〕魂魄離開肉體消散了。形容
人在極度悲傷、苦惱或極度興奮、愉快的情況
下，情緒達到難以控制的狀態：離別使人黯
然～。也作消魂。

【銷假】xiāo // jià〔動〕請假期滿後到准假部門報
到：按時～｜銷了假再回家。

【銷量】xiāoliàng〔名〕銷售的數量：～大增｜～
銳減。

【銷路】xiāolù〔名〕貨物銷售的去路；銷售狀
況：～很好｜～不佳｜沒有～。

【銷聲匿跡】xiāoshēng-nìjì〔成〕形容隱藏起來或
不公開露面：盜匪從此～了。

【銷勢】xiāoshì〔名〕商品銷售的勢頭：數碼相
機～很旺｜國產汽車～看好。

【銷售】xiāoshòu〔動〕賣出貨物：～一空｜在超市
降價～。

辨析　銷售、出賣　a）"銷售"的對象只限於
貨物，"出賣"的對象可以是貨物，也可以是貨
物以外的東西，如"出賣產業""出賣土地"。
b）"出賣"還有比喻用法，如"出賣民族利
益""出賣靈魂""出賣朋友"，而"銷售"沒有
這種用法。

【銷行】xiāoxíng〔動〕貨物銷售：～各地｜這本
書～很好。

【銷贓】xiāo // zāng〔動〕❶銷售贓物：這個廢品
收購站經常參與～。❷銷毀贓物：～滅跡。

【銷賬】xiāo // zhàng〔動〕從賬上勾銷：到財務
處～｜銷了這筆賬。

【銷子】xiāozi〔名〕一種形狀像釘子（沒有尖端）
的東西，用來插在相匹配的孔中，起連接或固
定作用。也叫銷釘。

攇（㧟） xiāo〈書〉敲打。

鸮（鸮） xiāo 見"鴟鸮"（174頁）。

蕭（萧） xiāo ❶蕭條冷落：～索｜～瑟｜～
條。❷（Xiāo）〔名〕姓。

【蕭艾】xiāo'ài〔名〕〈書〉艾蒿，臭草。常用來比喻品質不好的人。

【蕭規曹隨】xiāoguī-cáosuí〔成〕蕭：蕭何；曹：曹參；二人先後為漢高祖劉邦的宰相。蕭何創立的規章制度，曹參接着實行，無所變更。比喻後一輩的人完全依照前一輩訂立的規章制度辦事。

【蕭牆】xiāoqiáng〔名〕〈書〉照壁。多比喻內部：～之內｜～之患｜禍起～。

【蕭牆之禍】xiāoqiángzhīhuò〔成〕《論語·季氏》："吾恐季孫之憂不在顓臾，而在蕭牆之內也。"後用"蕭牆之禍"指內部的禍亂。

【蕭瑟】xiāosè ❶〔擬聲〕形容風吹樹木發出的聲響：秋風～。❷〔形〕景色淒涼冷落：～洋場。

【蕭疏】xiāoshū〔形〕〈書〉稀疏；稀少：入畫～三兩枝｜歡笑情如舊，～鬢已斑。❷蕭瑟；荒涼：時值萬木之寒冬｜園林裏一片～景象。

【蕭索】xiāosuǒ〔形〕蕭條冷落；淒涼：滿地落葉，秋意～｜雪中的塔林～靜謐，別有一番味道。

【蕭條】xiāotiáo〔形〕寂寞冷清，沒有生氣：原野～｜市場～｜一片～景象。

【蕭蕭】xiāoxiāo〈書〉❶〔擬聲〕形容馬叫聲或風聲、落葉聲：馬鳴～風｜兮易水寒｜無邊落木～下。❷〔形〕稀疏的樣子：白髮～。

魈 xiāo 見"山魈"（1169頁）。

簫（箫） xiāo〔名〕❶（支，管）管樂器，用竹子做成，竪吹，上有吹孔及六個音孔，發音清幽。分洞簫和排簫兩種。❷（Xiāo）姓。

瀟（潇） xiāo ❶〈書〉水清而深。❷（Xiāo）瀟水，水名。在湖南南部，北流入湘江。

【瀟灑】（蕭灑）xiāosǎ〔形〕舉止神情落落大方，不拘謹，不呆板：風度～｜神韻～。

【瀟瀟】xiāoxiāo〔形〕❶形容風狂雨驟：風雨～。❷形容小雨：～暮雨灑江天。

囂（嚣） xiāo ❶吵嚷；喧嘩：叫～｜喧～｜甚～塵上。❷（Xiāo）〔名〕姓。
另見 Áo（15頁）。

語彙　叫囂　喧囂

【囂張】xiāozhāng〔形〕邪氣高漲；肆無忌憚：一時｜氣焰十分～。

驍（骁） xiāo〈書〉勇猛，矯健：～將｜～勇｜～猛。

【驍將】xiāojiàng〔名〕勇猛的將領。

【驍騎】xiāoqí〔名〕〈書〉勇猛的騎兵。

【驍勇】xiāoyǒng〔形〕〈書〉勇猛：～善戰｜～無敵。

蠨（蟏） xiāo 見下。

【蠨蛸】xiāoshāo〔名〕蜘蛛的一種，暗褐色，腳很長。多在室內牆上結網，被認為是喜慶的預兆。通稱喜珠、蟢子。

xiáo ㄒㄧㄠˊ

洨 Xiáo 洨河，水名。在河北南部，東南流入滏陽河。

崤 Xiáo 崤山，山名。在河南西部，三門峽市以南。

淆（殽） xiáo / yáo 混雜：混～｜～亂｜～雜。

【淆亂】xiáoluàn ❶〔形〕雜亂：紛然～。❷〔動〕擾亂：～視聽。

筊 xiáo〈書〉竹索。

xiǎo ㄒㄧㄠˇ

小 xiǎo ❶〔形〕事物在規模、數量、程度等方面不及一般或不及所比較的對象（跟"大"相對）：～國｜～廠｜～聲兒｜～問題｜鞋～了點兒｜他比哥哥～兩歲。❷〔形〕排行最末的：～兒子｜～外甥｜～弟弟。❸〔謙〕稱自己或與自己有關的晚輩或事物：～生｜～兒｜～女｜～弟｜～店。❹〔副〕短暫地：～憩｜～住。❺〔副〕稍微；表示程度淺：不無｜～補｜牛刀～試。❻〔副〕用在數量詞語前，表示略少於；接近：花了～二十萬｜年紀～七十了。❼年紀小的人：上有老，下有～｜妻兒老～。❽指小學：完～｜附～。❾舊時指妾：娶了個～。❿〔前綴〕加在姓氏前面，指年輕人（有時是昵稱）：～張｜～李。⓫〔前綴〕加在人名前面，指小孩：～紅｜～英。**注意**"小某"構成的名詞，在需要的時候可以在前面再加形容詞"小"，如"小小孩兒""小小說""小小偷兒"等。⓬（Xiǎo）〔名〕姓。

語彙　矮小　初小　附小　高小　渺小　縮小　完小　微小　狹小　幼小　妻兒老小

【小巴】xiǎobā〔名〕（輛）小型公共汽車，有固定行駛路綫，上下車比較自由。[巴，英 bus]

【小白菜】xiǎobáicài〔名〕"白菜"②。有的地區叫青菜。

【小白臉】xiǎobáiliǎn（～兒）〔名〕〈口〉指皮膚白、長得漂亮的青年男子（含戲謔意）。

【小百貨】xiǎobǎihuò〔名〕指日常生活用的小商品。

【小班】xiǎobān〔名〕❶幼兒園裏由三週歲至四週歲兒童所編成的班級；幼兒園有～、中班和大班。❷人數少的班：～上課效果好。

【小半】xiǎobàn（～兒）〔數〕小半部分，即少於整體或全數一半的部分：工程只完成了一～，還有大半沒完成呢。

【小報】xiǎobào（～兒）〔名〕（張，份）篇幅比較小的報紙：～記者。

【小報告】xiǎobàogào〔名〕抱着個人目的、背着當事人向上反映的某些情況（含貶義）：打～。

【小輩】xiǎobèi〔名〕❶輩分小的人：別看他年紀大，在同族中卻是～兒。❷稱稚嫩的年輕人：無名～。

【小本經營】xiǎoběn-jīngyíng 本錢小、利潤少的生意：靠～養家糊口。

【小便】xiǎobiàn ❶〔動〕（人）排泄尿。❷〔名〕人尿：～要拿去化驗。❸〔名〕指男子的外生殖器或女子的陰門。

【小辮兒】xiǎobiànr〔名〕（條）短小的辮子：小姑娘梳着兩條～｜阿Q頭上有條～。

【小辮子】xiǎobiànzi〔名〕❶小辮兒。❷比喻把柄：抓～｜我沒有～，不怕別人抓。

【小標題】xiǎobiāotí〔名〕（個）❶大標題下的副標題（多用於報紙的新聞報道）。❷文章內的分段標題。

【小菜】xiǎocài〔名〕❶（～兒）小碟兒盛的下酒飯的菜蔬，多為鹽或醬醃製的。❷（吳語）泛指魚肉蔬菜等；也指下飯的菜。❸比喻輕而易舉的事情：他是八級電工，給你檢修電燈，那只不過是～而已。

【小菜一碟】xiǎocài-yīdié（～兒）〔俗〕形容事情很容易辦到：行，～，立馬就能辦。

【小產】xiǎochǎn〔動〕孕婦懷孕未滿28週就產出胎兒。

【小炒】xiǎochǎo（～兒）〔名〕餐館或集體食堂裏特別用小鍋炒的菜餚：家常～｜喜歡吃～。

【小車】xiǎochē（～兒）〔名〕❶（輛）指手推車：～不倒只管推。❷（輛，部）指汽車中的小轎車（跟"大車"相對）。

【小吃】xiǎochī〔名〕❶飲食店中價錢低的簡單菜餚：經濟～。❷飲食業中出售的包子、春捲兒、炸糕、油茶等食品的統稱。❸西餐中的主菜之外照例附帶的冷盤。

【小丑】xiǎochǒu ㊀（～兒）〔名〕❶傳統戲曲中行的一種，由於化妝時在鼻樑上抹一小塊白粉而俗稱小花臉，又因為跟大花臉、二花臉並列而俗稱三花臉。也指在雜技中做滑稽表演的人。❷比喻舉止不莊重，善於湊趣的人。㊁〔名〕指小人、壞人：跳樑～。

【小葱拌豆腐——一青（青）二白】xiǎocōng bàn dòufu——yīqīng-èrbái〔歇〕形容十分清白，沒有污點。也形容非常清楚明白：家務事太複雜，到底誰對誰錯～。

【小葱】xiǎocōngr〔名〕❶葱類的一種，分蘖性強，莖和葉較細較短，是普通的蔬菜，也可做炒菜的配料。❷通常指幼嫩的葱，供移栽或食用。

【小聰明】xiǎocōngming〔名〕在小事上表現出來的聰明（多含貶義）：耍～成不了大事。

【小打小鬧】xiǎodǎ-xiǎonào〔成〕指零碎地小規模地進行（工作、生產等）：這樣～是幹不出甚麼大事的。

【小大人兒】xiǎodàrén（～兒）〔名〕指言談舉止如同成人的兒童或少年：他的孩子跟～似的。

【小道兒消息】xiǎodàor xiāoxi 非正規渠道傳佈的消息：這是一些～，不要信，更不要傳播。

【小調】xiǎodiào（～兒）〔名〕（支）民間的各種俚俗曲調：地方～｜家鄉～｜民間～兒。

【小動作】xiǎodòngzuò〔名〕暗中干擾別人或集體活動的動作。特指為了某種個人目的而在背後搞的搬弄是非、弄虛作假等不正當活動。

【小豆】xiǎodòu〔名〕赤豆。

【小肚雞腸】xiǎodù-jīcháng〔成〕比喻心胸狹窄，待人接物不顧全大局，只計較小事：對～的人，你只好不跟他一般見識。

【小恩小惠】xiǎo'ēn-xiǎohuì〔成〕為了拉攏人而給人的小利：對好施～的人，要提高警惕。

【小兒】xiǎo'ér〔名〕❶指兒童：～科。❷對人謙稱自己的兒子。

【小兒科】xiǎo'érkē〔名〕❶兒科。❷比喻被人瞧不起的行當或幼稚的舉動：動漫不是～｜他玩兒的技術只能算是～。❸比喻價值不大、不值得重視的事情，或簡單容易做的事情：我們搞的這些不過是～，與你們那高精尖的試驗不可同日而語。

【小兒麻痹症】xiǎo'ér mábìzhèng 脊髓灰質炎的通稱。由病毒侵入脊髓引起，患者多為1歲至6歲的兒童，主要症狀是發熱，全身不適，頭痛，後期四肢疼痛、痙攣，嚴重的造成終身殘疾甚至死亡。簡稱兒麻。

【小飯桌】xiǎofànzhuō〔名〕為吃午飯困難的中小學生開辦的小食堂。

【小販】xiǎofàn〔名〕指本錢很小的商販：街頭～。

【小費】xiǎofèi〔名〕顧客額外給服務人員的零錢。

小費的不同說法

在華語區，一般都叫小費，港澳地區和台灣地區又叫小賬或貼士，新加坡、馬來西亞和泰國也叫貼士。

【小分隊】xiǎofēnduì〔名〕（支）本指軍隊為完成某種特定任務而組成的人員較少的隊伍，現多指某些單位、團體派出的執行特定任務的人數較少的組織：巡迴醫療～。

【小幅】xiǎofú ❶〔形〕屬性詞。面積較小的：～油畫。❷〔副〕幅度較小地：～增長｜～反彈。

【小工】xiǎogōng〔名〕（名）指無專業技術，只從事簡單的輔助性勞動的人。

【小公共】xiǎogōnggòng〔名〕（輛）小型公共汽

食用。

車：～招手即停，很受乘客歡迎。

【小姑】xiǎogū〔名〕❶丈夫的妹妹：～跟嫂子像姐妹一樣。也叫小姑子。❷年紀最小的姑姑：我的～是著名作家。

【小廣播】xiǎoguǎngbō❶〔動〕私下傳播一些非正式的消息：這人就喜歡～。❷〔名〕指私下傳播的小道兒消息：你怎麼能信這些～兒。❸〔名〕指愛傳播各種小道兒消息的人：他們車間有個～，專愛傳播各種消息。

【小廣告】xiǎoguǎnggào〔名〕指非法印製、散發、張貼的小幅廣告：街頭～被稱為城市的"牛皮癬"｜清除～。

【小鬼】xiǎoguǐ〔名〕❶（～兒）迷信指鬼神的差役：閻王好見，～難纏（多用於比喻）｜～鬥不過閻王。❷對幼兒和少年的親昵的稱呼：紅軍裏有不少～｜紅～。

【小孩兒】xiǎoháir〔名〕〈口〉❶兒童：～嘴裏討實話。❷指子女：您有幾個～？

【小寒】xiǎohán〔名〕二十四節氣之一，在 1 月 6 日前後。小寒時節，中國大部分地區氣溫較為寒冷。

【小號】xiǎohào ㊀（～兒）〔形〕屬性詞。型號較小的：～棉衣｜他穿～的皮鞋。㊁〔名〕舊時商人謙稱自己的店鋪。㊂〔名〕銅管樂器，號嘴呈碗形，音色嘹亮。最初沒有活塞，與軍號相似，叫自然小號。19 世紀 30 年代後流行活塞小號，能奏半音音階。

【小戶】xiǎohù〔名〕❶舊時指無錢無勢的人家：～人家｜小家～的孩子哪見過這陣勢。❷人口少的家庭：城裏多的是三口之家的～。❸資金少或經營規模小的商家：個體～。

【小花臉】xiǎohuāliǎn〔名〕傳統戲曲中的丑角行當。

【小環境】xiǎohuánjìng〔名〕指周圍局部的環境、氛圍、條件等（跟"大環境"相對）。

【小夥子】xiǎohuǒzi〔名〕（位）〈口〉青年男子：這～，幹活兒渾身是勁。

【小家碧玉】xiǎojiā-bìyù〔成〕《樂府詩集·碧玉歌》："碧玉小家女，不敢攀貴德。"碧玉原為人名。後用"小家碧玉"指小戶人家的美貌少女。

【小家電】xiǎojiādiàn〔名〕小型家用電器，如電吹風、電暖器、電磁爐等。

【小家庭】xiǎojiātíng〔名〕指青年男女結婚後離開父母單獨組織的家庭。

【小家子氣】xiǎojiāziqì〔形〕形容人的舉止行動小氣、不大方：他做事顯得有些～。

【小建】xiǎojiàn〔名〕農曆的小月份，只有 29 天。也叫小盡。

【小將】xiǎojiàng〔名〕（員）❶古時指年輕將領。❷比喻有上進心的年輕人或開拓精神敢於創新的年輕人。

【小腳】xiǎojiǎo（～兒）〔名〕指舊時婦女因長期纏裹而畸形變小的腳：～女人。

【小教】xiǎojiào〔名〕小學教育；小學教師：從事～工作｜以前我是一名～。

【小結】xiǎojié ❶〔名〕整個工作過程中一個段落的總結，用於總結上一段工作的經驗教訓，以便更好地開展下一段工作：工作～｜先做個～，等全部工作完成以後再做總結。❷〔動〕做小結：把前一段工作～一下。

【小節】xiǎojié ㊀〔名〕非原則性的瑣碎小事（區別於"大節"）：生活～｜不拘～。㊁〔名〕音樂節拍的單位。樂譜中小節與小節中間用一豎綫（小節綫）隔開。

【小姐】xiǎojiě(-jie)〔名〕❶舊時有錢人家僕人稱主人家未出嫁的女兒。❷對年輕女子的尊稱。❸對以單身出現時的女子的尊稱，不受年齡限制，六七十歲仍可稱為小姐。❹選美比賽的優勝者：香港～｜世界～。❺對某些職業女性的尊稱：導遊～｜禮儀～｜空中～。

【小金庫】xiǎojīnkù〔名〕❶指某些單位或部門在正常的財務管理之外私自保有和支配的錢財。❷指家庭成員中的某個人私自保有和支配的錢財。

【小九九】xiǎojiǔjiǔ〔名〕❶九九歌。❷比喻藏在心中的主意、計謀：她很聰明，對甚麼事心中都有個～。

【小舅子】xiǎojiùzi〔名〕〈口〉妻子的弟弟。

【小開】xiǎokāi〔名〕（吳語）稱老闆的兒子；小老闆。

【小楷】xiǎokǎi〔名〕❶手寫的較小的楷體漢字：毛筆～。❷拼音字母的小寫印刷體。

【小看】xiǎokàn〔動〕〈口〉看不起；輕視：你～人家，人家也～你。

【小康】xiǎokāng〔形〕❶指家庭經濟狀況為中等生活水平的：家道～｜～人家。❷指中等發達國家的社會經濟狀況水平的。

【小考】xiǎokǎo〔名〕學期中間的考試或臨時測驗（跟"大考"相對）。

【小老婆】xiǎolǎopo〔名〕舊時男子在正妻之外娶的女子。

【小老頭】xiǎolǎotóu（～兒）〔名〕指顯得過於老氣的年輕人。

【小兩口】xiǎoliǎngkǒu（～兒）〔名〕指青年夫婦。

【小靈通】xiǎolíngtōng〔名〕個人接入電話系統的俗稱，即以無綫接入網方式提供可在一定範圍內流動使用的無綫通信系統。也指這種系統的終端及其服務。

【小令】xiǎolìng〔名〕❶ 短的詞調。❷ 散曲中不成套的曲。

【小麥】xiǎomài〔名〕❶（棵，株）一年生或二年生草本植物，是主要糧食作物之一，稈直立，中空有節，葉子寬綫形，子實供製麵粉。因播種時間不同有冬小麥、春小麥兩種。❷（粒）這種植物的子實。

【小賣部】xiǎomàibù〔名〕（家）公共場所或單位內部出售糖果、糕點、水果、飲料、煙酒等的小鋪兒。

【小蠻腰】xiǎományāo〔名〕唐朝孟棨《本事詩·事感》：「白尚書姬人樊素善歌，姬人小蠻善舞，嘗為詩曰：『櫻桃樊素口，楊柳小蠻腰。』」後用「小蠻腰」借稱女子好看的細腰。

【小滿】xiǎomǎn〔名〕二十四節氣之一，在 5 月 21 日前後。小滿時節，中國大部分地區夏熟作物子粒逐漸飽滿。

【小米】xiǎomǐ（～兒）〔名〕（粒）去了殼的粟的子實：～粥。

【小麵包】xiǎomiànbāo〔名〕（輛）小型的麵包車。

【小名】xiǎomíng（～兒）〔名〕小時候起的非正式的名字。也叫乳名、奶名。注意 舊時一般人大都有三個名字：小名（乳名），大名（學名），字。現在，人們一般只有小名和大名。

【小拇指】xiǎomuzhǐ〔名〕〈口〉小指。有的地區叫小拇哥兒。

【小腦】xiǎonǎo〔名〕腦的一部分，在腦橋和延髓的背面，主要功能是對人體的運動起協調作用，如果小腦受到破壞，運動就失去正常的靈活性和準確性。

【小年】xiǎonián〔名〕❶ 農曆十二月有 29 天的年份。❷ 節日名，指農曆臘月二十三或二十四日，舊俗在這一天祭灶。❸ 指果樹歇枝、竹子生長緩慢的年份。

【小年輕】xiǎoniánqīng（～兒）〔名〕〈口〉小青年。

【小年夜】xiǎoniányè〔名〕❶ 農曆除夕的前一夜。❷ 舊指農曆十二月二十三或二十四日。

【小妞兒】xiǎoniūr〔名〕〈口〉小女孩兒。

【小農】xiǎonóng〔名〕個體農民：～思想｜～經濟。

【小農經濟】xiǎonóng jīngjì 以生產資料個體所有制和個體勞動為基礎、以一家一戶為單位從事農業生產的經濟。

【小跑】xiǎopǎo（～兒）〔動〕〈口〉小步慢跑：她一路～兒地追上來了。

【小朋友】xiǎopéngyǒu〔名〕❶ 指兒童：這些～都是小學生。❷ 成年人向小孩兒打招呼時的稱呼：～們，你們好啊！

【小便宜】xiǎopiányi〔名〕小惠；小利：貪～吃大虧。

【小品】xiǎopǐn〔名〕❶ 原本指佛經；其詳者為大品，略者為小品。❷（篇）指短篇文字，如雜感、隨筆之類。❸ 特指短小的戲劇表演形式：春節聯歡晚會上的～很有看頭兒。

【小品文】xiǎopǐnwén（～兒）〔名〕（篇）散文的一種形式，篇幅短小，形式活潑，語多雋永，耐人尋味。根據內容可分為諷刺小品、時事小品、歷史小品、科學小品等。

【小氣】xiǎoqi〔形〕❶ 氣量小。❷ 吝嗇：～鬼｜你太～了，捨不得拔一毛！

【小氣候】xiǎoqìhòu〔名〕❶ 由於地表面性質的差異和人類、生物活動所形成的小範圍內的特殊氣候。❷ 比喻小範圍內的環境、條件或氛圍：大學校園裏應當有一個良好的～，讓青年學生健康成長。

【小憩】xiǎoqì〔動〕〈書〉稍事休息：～一下吧，心情會好起來｜～片刻，放鬆一下，不是更好嗎？

【小前提】xiǎoqiántí〔名〕三段論的一個組成部分，含有結論中的主詞，是表達具體事物的命題。參見「三段論」（1154 頁）。

【小錢】xiǎoqián〔名〕❶ 舊稱特別輕小的劣錢。史籍中有莢錢、榆莢、鵝眼、雞目、綖子、綖葉等名目。❷ 中間有方孔的銅錢。清末民初，使用銅圓，每枚值十孔銅錢十文，俗稱銅圓為銅板，稱銅錢為小錢。❸ 指少量的錢：賺點～，養家糊口。

【小巧】xiǎoqiǎo〔形〕小而靈巧：～的郵件服務器｜新款手機體積～，外形美觀。

【小巧玲瓏】xiǎoqiǎo-línglóng〔成〕形容小巧精緻：他喜歡～的擺設｜那姑娘長得～。

【小青年】xiǎoqīngnián（～兒）〔名〕通常指年齡在 20 歲左右的年輕人：這幫～幹勁很大。

【小區】xiǎoqū〔名〕在城市內建築的比較集中、相對獨立、配有成套生活服務設施的居民住宅區：居民～｜～物業。

【小曲兒】xiǎoqǔr〔名〕（支）小調：～好唱口難開｜唱支～。

【小覷】xiǎoqù〔動〕〈書〉小看：不可～亞健康狀況｜盜版光盤氾濫豈容～。

【小圈子】xiǎoquānzi〔名〕❶ 狹小的生活範圍：走出學生活的～，到社會上闖蕩。❷ 為了私利互相拉攏、互通聲氣、互相吹捧、互相利用的小團體：這些人是一個～的。

【小全張】xiǎoquánzhāng〔名〕（枚）郵政部門發行的一種郵品，將整套紀念郵票或特種郵票印在一起。

【小人】xiǎorén〔名〕❶〈書〉古代指地位低的人。❷〈書〉地位低的人的自稱。❸ 指品質惡劣、人格低下的人（跟「君子」相對）：勢利～。

【小人兒】xiǎorénr〔名〕❶（北方官話）對未成年人的愛稱；小孩兒：～大志向。❷ 比較小的人的形象：麪塑的～挺像真人。

【小人書】xiǎorénshū〔名〕（本，套）〈口〉裝

訂成冊的連環畫故事書。因主要供小孩看，故稱。

【小人物】xiǎorénwù〔名〕（個）在社會上沒有地位、沒有影響的人（跟"大人物"相對）：不要欺負我們這些～。注意自己說自己是小人物的時候往往含有自嘲意。

【小日子】xiǎorìzi〔名〕人口簡單的家庭生活（多用於年輕夫妻）：～過得蠻不錯。

【小商品】xiǎoshāngpǐn〔名〕指日常生活必需而價值較低的商品，如小百貨、小五金、某些文化用品等。

【小商小販】xiǎoshāng xiǎofàn 指從事販賣較小規模商品的人。

【小生】xiǎoshēng〔名〕❶舊時青年讀書人的自稱。❷傳統戲曲中生角的一種，扮演青年男子（多為書生）。

【小生意】xiǎoshēngyi〔名〕小本經營的買賣：做點～養家糊口。

【小時】xiǎoshí〔名〕（個）時間單位，一個平均太陽日的二十四分之一。注意計算時間，"小時"前面直接可以加上數詞，如"一小時、兩小時、五小時"等。數詞後面也可以加通用量詞"個"，如"一個小時、兩個小時"等。

"小時"推源
古代將一個太陽日平分為子、丑、寅、卯、辰、巳、午、未、申、酉、戌、亥十二個時辰。後來，每個時辰又分為初、正兩個時段。每個時辰恰好等於現代的兩小時。小時是小時辰的意思，因為每個小時只等於半個時辰。

【小時工】xiǎoshígōng〔名〕（個）按小時計酬的臨時工：請～打掃衛生。也叫鐘點工。

【小時候】xiǎoshíhou（～兒）〔名〕〈口〉年紀幼小的時候：這是他～畫的畫兒｜～最愛聽奶奶講故事。

【小市民】xiǎoshìmín〔名〕❶城鎮中佔有少量生產資料或財產的居民，如手工業者、小商販、小房東等。❷指作風庸俗、斤斤計較、愛佔小便宜的人。

【小事】xiǎoshì〔名〕（樁，件）無關宏旨的事；瑣碎的事：～兒一樁，不值得大驚小怪｜一件～寫一篇大文章。

【小手小腳】xiǎoshǒu-xiǎojiǎo〔成〕❶形容小氣，不大方。❷形容做事縮手縮腳、顧慮重重，沒有魄力。

【小叔子】xiǎoshūzi〔名〕〈口〉丈夫的弟弟。

【小暑】xiǎoshǔ〔名〕二十四節氣之一，在 7 月 7 日前後。小暑時節，中國大部分地區氣候開始炎熱。

【小數】xiǎoshù〔名〕十進分數的一種特殊表現形式，如 25/100 可以寫作 0.25，又如 3574/1000 可以寫成 3.574，中間用的符號"."叫作小數點，

小數點右邊的數就是小數。

【小睡】xiǎoshuì〔動〕短時間睡眠：中午～片刻。

【小說】xiǎoshuō（～兒）〔名〕（篇，部）一種敘事性的文學體裁，通過人物的塑造，情節、環境的描寫來概括、反映社會生活的矛盾、衝突，提出現實生活中的問題或展示作者對未來的理想。一般分為長篇小說、中篇小說和短篇小說。

【小蘇打】xiǎosūdá〔名〕無機化合物，成分是碳酸氫鈉（$NaHCO_3$）。無色晶體，遇熱能放出二氧化碳，用來滅火或製焙粉、清涼飲料。醫藥上用作抗酸藥。

【小算盤】xiǎosuànpan（～兒）〔名〕比喻為個人或小團體利益的打算：他一心為公，從來不打自己的～。

【小提琴】xiǎotíqín〔名〕（把）弓弦樂器，是提琴中體積最小、發音最高的一種。音色圓潤，富於變化，可用於獨奏、重奏和合奏。

【小題大做】（小題大作）xiǎotí-dàzuò〔成〕拿小題目做成大文章。比喻把小事當作大事來處理，有故意誇張或不值得如此大力去做的意思：這不過是一件小事，何必如此～呢！

【小貼士】xiǎotiēshì〔名〕小提示、小建議等：生活～｜健康～。[貼士，英 tips]

【小同鄉】xiǎotóngxiāng〔名〕指籍貫屬同一村或同一縣的人（跟"大同鄉"相對）。

【小僮】xiǎotóng〔名〕舊時指未成年的男性僕人。

【小偷兒】xiǎotōur〔名〕偷錢財、偷東西的人；扒手：警察與～｜抓～。

【小我】xiǎowǒ〔名〕指個人（跟"大我"相對）：～服從大我｜拋開～，成全大我。

【小巫見大巫】xiǎowū jiàn dàwū〔諺〕小巫師見到大巫師，覺得沒有大巫師高明。比喻相形之下，彼此差別很大：過去一畝地能收五百斤糧已是了不起的產量，可比起今天每畝地一千斤的產量來，那簡直是～。

【小五金】xiǎowǔjīn〔名〕小件的五金製品，如釘子、螺絲、拉手、插銷等。

【小媳婦】xiǎoxífu〔名〕❶泛指年輕的已婚女性。❷比喻聽人擺佈或受約束的人。

【小小不言】xiǎoxiǎo-bùyán〔成〕細微而不值一提。

【小小說】xiǎoxiǎoshuō〔名〕（篇）微型小說。

【小鞋兒】xiǎoxiér〔名〕比喻利用職權暗中給人的刁難或施加的某種限制：我一定要幹到底，不怕別人給我～穿。

【小寫】xiǎoxiě ❶〔名〕漢字數目字的通常寫法（跟"大寫"相對），如"一、二、三、四"等是小寫，"壹、貳、叁、肆"等是大寫。❷〔名〕拼音字母的通常寫法（跟"大寫"相對），如拉丁字母的"a、b、c"（大寫為"A、B、C"）。❸〔動〕按文字小寫形式書寫。

【小心】xiǎoxīn ❶〔動〕留神；注意：～輕放｜～油漆｜過馬路要～。❷〔形〕集中注意力；謹慎：替朋友辦事要十分～｜～無大錯。

【小心眼兒】xiǎoxīnyǎnr ❶〔形〕心地褊狹；氣量狹窄：別太～，要體諒別人的難處。❷〔名〕指小的心計：愛耍～｜～最顯著的特徵是過分敏感。

【小心翼翼】xiǎoxīn-yìyì〔成〕原形容恭敬嚴肅的樣子。現多形容小心謹慎，絲毫不敢馬虎大意：他～地把出土文物送到陳列館去。

【小行星】xiǎoxíngxīng〔名〕(顆)在火星和木星軌道之間，沿橢圓形軌道圍繞太陽運行的小星體，組成小行星帶。已編號的約16萬顆。

【小型】xiǎoxíng〔形〕屬性詞。形體或規模小的：～電視機｜～水利工程。

【小型張】xiǎoxíngzhāng〔名〕(枚)郵政部門發行的一種郵品，在一張比普通信封略小的紙上，印上一枚紀念郵票或特種郵票，配有關圖案。

【小性兒】xiǎoxìngr〔名〕(北方官話)動不動就發脾氣的不好的性情：使～。

【小兄弟】xiǎoxiōngdi〔名〕❶泛指年齡比自己小的男子。❷指不講原則只講哥兒們義氣的夥伴：他那幫～盡給他出壞主意。

【小熊貓】xiǎoxióngmāo〔名〕(隻)哺乳動物，身體長約60厘米，頭部棕色、白色相間，背部棕紅色，尾巴長而粗，黃白色相間。生活在亞熱帶高山上，能爬樹，吃野果、野菜和竹葉，也吃小鳥等。是一種珍稀動物。與大熊貓是兩種不同的動物。也叫小貓熊。

【小學】xiǎoxué〔名〕❶(所)實施初等教育的學校。❷舊指研究文字、音韻、訓詁的學問。古時小學先教六書，故稱。

【小學生】xiǎoxuéshēng〔名〕(名)❶在小學讀書的學生。❷比喻初學者：在這方面，我還是個～。

【小學生】xiǎoxuésheng〔名〕(北京話)年歲較小的學生。

【小雪】xiǎoxuě〔名〕二十四節氣之一，在11月23日前後。小雪時節，中國黃河流域一般開始降雪。

【小陽春】xiǎoyángchūn〔名〕指農曆十月。因某些地區農曆十月温暖如春，故稱。也叫小春。

【小業主】xiǎoyèzhǔ(～兒)〔名〕佔有少量生產資料，從事小規模生產經營，不僱工或少僱工的小工商業者。

【小夜曲】xiǎoyèqǔ〔名〕(支)西洋音樂中的一種樂曲。適於演唱或演奏，形式比較自由，多帶有牧歌或愛情色彩。

【小姨子】xiǎoyízi〔名〕(口)妻子的妹妹。

【小意思】xiǎoyìsi〔名〕❶微薄的心意(款待親朋或贈送禮物時的客氣話)：這是我的一點～，

請您務必收下。❷指微不足道、不值一提的事：這點困難算甚麼，～，你看我的好啦！

【小引】xiǎoyǐn〔名〕寫在詩文前面的引言，多記述寫作的緣起以引起下文。

【小月】xiǎoyuè ㊀〔名〕陽曆只有30天或農曆只有29天的月份。㊁(-yue)〔動〕小產。

【小灶】xiǎozào〔名〕❶集體伙食中最高的一級(區別於"大灶")。❷比喻特別的照顧：老師給他吃～，當然進步就快了。

【小照】xiǎozhào〔名〕(張，幀，幅)尺寸較小的相片(多用作謙辭)：隨信附上～一幀，留作紀念。

【小指】xiǎozhǐ〔名〕手或腳的第五指。

【小眾】xiǎozhòng〔名〕指人數較少的群體；少數人(區別於"大眾")：～讀物｜這是一款～車，開起來顯得與眾不同。

【小註】xiǎozhù〔名〕直行書中夾在正文中的小字註釋，多為雙行。

【小傳】xiǎozhuàn〔名〕(篇)簡明扼要的傳記：這本集子編選了10篇文章，每篇文章後面都附有作者的～。

【小篆】xiǎozhuàn〔名〕指筆畫較為簡省的篆書，相傳是秦朝李斯等取大篆簡化而成。也叫秦篆。

【小資】xiǎozī〔名〕指有一定學歷和經濟實力，刻意追求所謂生活品位、情趣和格調的人：～情調｜～不是一個階層，而是一種生活方式，一種心態，一個標準。

【小資產階級】xiǎo zīchǎn jiējí 佔有少量生產資料，主要依靠自己勞動，一般不剝削別人的階級，包括中農、手工業者、小商人、自由職業者。

【小子】xiǎozǐ〔名〕❶〈書〉後輩：後生～。❷舊時長輩稱晚輩或晚輩對長輩的自稱：～鳴鼓而攻之｜～不敏，敢請前輩指教。

【小子】xiǎozi〔名〕〈口〉❶男孩子：他有兩個～，一個閨女。❷人(用於男性，含輕蔑意)：這～太不講情理！❸舊稱年輕的男僕：使喚～。

【小字輩】xiǎozìbèi(～兒)〔名〕泛指輩分低、資歷淺或年紀較輕的人：～要勇於挑大樑。

【小卒】xiǎozú〔名〕❶小兵，比喻沒有地位的小人物：無名～。❷中國象棋中的棋子"卒"：～過河，有進無退。

【小組】xiǎozǔ〔名〕為便於工作、學習而分成的小集體：學習～｜討論～｜10個人一個～。

筱 xiǎo ㊀〈書〉細竹；竹的小枝條：竹～｜翠～。

㊁❶同"小"。多見於人名：～翠花(京劇著名演員于連泉的藝名)。❷(Xiǎo)〔名〕姓。

皛 xiǎo 用於地名：～店(在河南)。

曉（晓） xiǎo ❶ 天亮，天明：拂～｜～破｜～行夜宿。❷ 知道；精通：知～｜通～｜粗～文字｜不～世情｜家喻戶～。❸ 使人知道：～示｜～喻｜揭～｜以利害～以大義。❹（Xiǎo）〔名〕姓。

語彙 報曉 洞曉 分曉 拂曉 揭曉 破曉 通曉 知曉 家喻戶曉

【曉暢】xiǎochàng〔形〕明白流暢：語言～清晰，是本書又一特點。

【曉得】xiǎode〔動〕〈口〉知道：這個道理誰都～｜他～事情的來龍去脈。

【曉示】xiǎoshì〔動〕明白地告知（多用於上對下）：～鄉里｜將革命主張～天下。

【曉諭】xiǎoyù〔動〕〈書〉上級明白地告知下級：～百姓｜此事已一再三，不得藉故推諉。

謏（谀） xiǎo〈書〉微小：～才（才疏學淺）｜～聞（小有名氣）。

xiào ㄒㄧㄠˋ

孝 xiào ❶ 孝順：～父母，敬長上｜不～。❷ 舊時尊長去世晚輩要遵守的禮俗；居喪：守～｜～滿離家。❸ 喪服：穿～｜披麻戴～。❹（Xiào）〔名〕姓。

語彙 穿孝 戴孝 弔孝 守孝 脫孝

【孝道】xiàodào〔名〕孝敬父母的準則：盡～。

【孝敬】xiàojìng〔動〕❶ 對尊長孝順尊敬：～父母｜～老大爺。❷ 獻財物給尊長以表示孝心或敬意：這盒點心是～爺爺的。

【孝廉】xiàolián〔名〕漢代舉薦人才的科目之一。孝廉指"孝子"和"廉士"。明清兩代用作對舉人的稱呼：舉～，父別居。

【孝女】xiàonǚ〔名〕孝順父母的女兒：～曹娥｜唐代張籍有《江陵～》詩｜大家都說她是～。

【孝順】xiàoshùn(-shun)❶〔動〕盡心奉養而且順從父母：～雙親。❷〔形〕孝敬馴順：兩個女兒很～，一個兒子卻很不～。

【孝心】xiàoxīn〔名〕對父母尊長孝順的心意：這是孩子們的一點～，您就收下吧！

【孝子】xiàozǐ〔名〕❶ 對父母孝順的兒子：她的丈夫是個～。❷ 父母死後，居喪守孝的兒子。

肖 xiào 像；相似：酷～原作。另見 Xiāo（1485頁）。

語彙 不肖 酷肖 生肖 惟妙惟肖

【肖像】xiàoxiàng〔名〕(幅，張)某人的相片或畫像。

【肖像畫】xiàoxiànghuà〔名〕(幅)以具體人物為描繪對象的繪畫。

【肖像權】xiàoxiàngquán〔名〕公民對自己的肖像所擁有的不受侵犯的權利，即未經本人允許，他人不得以營利為目的使用公民的肖像。

校 xiào ㊀〔名〕❶ 學校：母～｜～慶｜～園｜全～師生。❷（Xiào）姓。
㊀ 校官：大～｜上～｜中～｜少～。另見 jiào（664頁）。

語彙 黨校 高校 將校 軍校 母校 學校

【校車】xiàochē〔名〕(輛，部)專用於上學、放學時接送學生的車輛。

【校風】xiàofēng〔名〕學校的風氣：～淳樸。

【校服】xiàofú〔名〕(套，身)學校為在校學生規定的統一式樣的服裝。

【校官】xiàoguān〔名〕(名，位)軍銜，校級軍官，低於將官，高於尉官。一般包括大校、上校、中校、少校等。

【校規】xiàoguī〔名〕學校制定的師生員工必須遵守的規則。

【校花】xiàohuā〔名〕一所學校內公認長得最漂亮的女生（多指大專院校中的）。

【校徽】xiàohuī〔名〕(枚)學校成員所佩戴的標明校名的徽章，一般為金屬製成的小牌。學生所戴為白底紅字，教職員工所戴為紅底白字。

【校刊】xiàokān〔名〕(份，期)學校出版的刊物。

【校曆】xiàolì〔名〕某個學校所制定的學年和學期起訖、上課和考試週數、假日和假期的日程表。

【校慶】xiàoqìng〔名〕學校的成立紀念日；也指在校慶這天舉行的慶祝活動：參加～。

【校舍】xiàoshè〔名〕學校的房屋：～整齊｜又蓋了新～。

【校訓】xiàoxùn〔名〕學校選擇的體現辦學宗旨並對全校師生有指導意義的醒目詞語："學為人師，行為世範"是北京師範大學的～。

【校醫】xiàoyī〔名〕(位)在學校裏為師生員工服務的醫生。

【校友】xiàoyǒu〔名〕(位，名)❶ 學校的師生稱在本校畢業的人，也包括曾在本校任教或任職的人：歡迎～返校。❷ 同在一所學校畢業的人：香港北大～會。

【校園】xiàoyuán〔名〕學校範圍內的所有地面及其建築景物等。泛指學校裏的環境：～歌聲｜～文藝。

【校長】xiàozhǎng〔名〕(位)一所學校中從事行政和教育、教學業務管理的主要負責人：北京大學～蔡元培是中國近代大教育家。

【校址】xiàozhǐ〔名〕學校坐落的地點。

哮 xiào / xiāo ❶ 急促喘氣的聲音：～喘。❷ 吼叫：咆～｜虎～猿啼。

【哮喘】xiàochuǎn〔名〕氣喘，呼吸困難且有喘息聲的病。

笑〈❶❷咲〉 xiào ❶〔動〕因喜悅而露出愉快的表情，發出愉快的聲音

（跟“哭”相對）：孩子會～了｜～得前仰後合｜哈哈大～。❷〔動〕譏笑；嘲笑：不要～人家｜～破不～補｜以五十步～百步。❸（Xiào）〔名〕姓。

語彙　暗笑　嘲笑　恥笑　好笑　譏笑　冷笑　取笑　玩笑　微笑　嘻笑　眉開眼笑

【笑柄】xiàobǐng〔名〕被人譏笑的把柄：傳為～｜沒想到他們倆的事竟成了～。

【笑場】xiàochǎng〔動〕指演員在表演或排練時失笑：演話劇最怕～｜每次兩人只要眼神一對上，她就忍不住～。

【笑哈哈】xiàohāhā〔形〕狀態詞。形容開口大笑的樣子：他～地站起來跟我握手。

【笑呵呵】xiàohēhē（～的）〔形〕狀態詞。形容笑的樣子：父親～地說，這個春節他過得最開心！｜他很樂觀，一天到晚～的。

【笑話】xiàohua❶（～兒）〔名〕可以引人發笑的言語、故事：每人說個～。❷（～兒）〔名〕供人說笑的事情：不懂裝懂，淨鬧～兒。❸〔動〕嘲笑；譏笑：千萬別當眾～人，讓人不好意思。

【笑劇】xiàojù〔名〕鬧劇。

【笑口】xiàokǒu〔名〕笑時張開的嘴，指笑容：～常開。

【笑裏藏刀】xiàolǐ-cángdāo〔成〕比喻表面和氣，內心陰險狠毒：別看那個人對你挺親熱，其實～，沒存好心眼。

【笑臉】xiàoliǎn〔名〕（副，張）含笑的面容：～相迎｜成天看不見他的～兒。

【笑料】xiàoliào（～兒）〔名〕用作取笑的材料：這件事成了人們談天的～。

【笑罵】xiàomà〔動〕❶譏笑辱罵：他任人～，仍裝作若無其事的樣子。❷邊笑邊罵；玩笑着罵：這部大片在～聲中票房走紅｜同事都～他呆。

【笑瞇瞇】xiàomīmī（～的）〔形〕狀態詞。形容瞇着眼睛微笑的樣子：他總是～的｜小弟弟～的樣子，着實可愛。

【笑面虎】xiàomiànhǔ〔名〕比喻外表和善而內心兇狠的人：你千萬要注意，那個人可是個～。

【笑納】xiàonà〔動〕客套話。用於請人收下自己送的禮物：這點小東西，不成敬意，望先生～。

【笑容】xiàoróng〔名〕（絲，副）含笑的表情：～可掬｜面帶～｜他怎麼一絲～也沒有？

【笑容可掬】xiàoróng-kějū〔成〕笑容可以用兩手捧着。形容滿面堆笑的樣子：服務員～地招待着客人。

【笑談】xiàotán❶〔名〕笑柄：竟成～。❷〔名〕能引人發笑的談話、事情或故事：這不過是～，不能當真！❸〔動〕邊笑邊談；笑着談：～平生。

【笑嘻嘻】xiàoxīxī（～的）〔形〕狀態詞。形容微笑的樣子：他～地朝我打了個招呼。

【笑星】xiàoxīng〔名〕（位）對著名喜劇演員的稱呼。

【笑顏】xiàoyán〔名〕笑容：～如花｜常帶～。

【笑靨】xiàoyè〔名〕〈書〉❶酒窩兒。❷笑臉：～如花，春風滿面。

【笑盈盈】xiàoyíngyíng（～的）〔形〕狀態詞。滿面笑容的樣子：貴賓～地走下飛機。

【笑語】xiàoyǔ〔名〕歡快的話語：歡聲～｜劇院裏～聲聲，掌聲陣陣。

【笑逐顏開】xiàozhú-yánkāi〔成〕笑得臉都舒展開了。形容十分快樂或得意：今年糧棉大豐收，糧農、棉農個個～。

效〈㊁伮㊂効〉 xiào ㊀❶功用；效果：有～｜無～｜見～。❷（Xiào）〔名〕姓。
㊁仿效：上行下～。
㊂為集體或他人獻出力量或生命：～力｜～勞｜～命｜～忠。

語彙　報效　成效　仿效　功效　見效　療效　特效　無效　有效　奏效　上行下效

【效法】xiàofǎ〔動〕❶模仿：～古人。❷學習：他那嚴謹而勤奮的治學精神很值得我們～。

【效仿】xiàofǎng〔動〕模仿：爭相～｜機械～。

【效果】xiàoguǒ〔名〕❶事物或動作行為產生的有效結果：有～｜沒有～｜～不大｜取得了良好的～。❷戲劇（影視）中指配合劇情需要而製造的特殊音響或光色，如風雨聲、槍炮聲、蟲鳴鳥叫聲，日出、雪降、月明星耀等：音響～｜光影～。

【效績】xiàojì〔名〕效果和業績：構建中國企業～評價體系｜科技特派員工作～顯著。

【效勞】xiàoláo〔動〕出力做事：為祖國～｜我們大家都願意為您～。

【效力】xiàolì ㊀(-//-)〔動〕出力；效勞：為家鄉的教育事業～｜願效一己之力。㊁〔名〕功能；功效：這種藥～真大｜沒有任何～。

【效率】xiàolǜ〔名〕❶所用能量與所生功效的比率。❷單位時間內所完成的工作量：～高｜～低｜這項革新使工作～提高很多。

【效命】xiàomìng〔動〕不顧性命地全力去做：～之秋｜戰士～邊防。

【效能】xiàonéng〔名〕❶事物在一定條件下所起的作用：充分發揮水、肥的～。❷效率；功能：這部機器的～還沒有充分發揮出來。

【效顰】xiàopín〔動〕“東施效顰”的省略說法。比喻不考慮條件而模仿，效果適得其反：遇事～，不但拙劣，而且要出醜。

【效驗】xiàoyàn〔名〕成效；預期效果：用這種方法已取得很好的～｜服藥幾～，還不太明顯。

【效益】xiàoyì〔名〕功效和利益；用某種做法所獲得的好處：灌溉～｜重視經濟～｜社會～

第一。

【效益工資】xiàoyì gōngzī 指職工在基本工資以外，因企業經濟收益、勞動效果和個人業績等因素而得到的工資（一般具有浮動性質）：本公司實行了保底工資加～的薪酬制度，激發了員工工作的積極性。

【效應】xiàoyìng〔名〕❶ 物理或化學作用所產生的效果：光電～｜熱能～｜化學～。❷ 泛指效果反應：名牌～｜這劑藥的～良好。

【效用】xiàoyòng (-yong)〔名〕效力和作用：充分發揮水庫的～。

【效尤】xiàoyóu〔動〕仿效錯誤或壞的行為：違反校規，記大過一次，以儆～。

【效忠】xiàozhōng〔動〕盡心出力；獻出忠誠：～國家｜～皇族｜～儲君。

泘 Xiào〔名〕姓。

潋 xiào 用於地名：五～（在上海）。

嘯（啸） xiào ❶〔動〕噘口發出聲音；打口哨：仰天長～｜登高長～。❷〔動〕禽獸吼叫：虎～｜猿～。❸ 自然界發出某種聲音：風～｜山呼海～。❹（Xiào）〔名〕姓。

【嘯傲】xiào'ào〔動〕〈書〉曠達不受拘束：～東軒下｜～林泉。

【嘯歌】xiàogē〔動〕〈書〉長嘯歌吟。也說嘯詠。

【嘯聚】xiàojù〔動〕呼嘯聚合（多指盜匪互相招呼着聚集成群）：～山林。

斅（敎） xiào〈書〉❶ 教導：盤庚～於民。❷ 效法。
另見 xué（1540 頁）。

---

xiē　ㄒㄧㄝ

些 xiē〔量〕❶ 表示不定的數量，前面如加數詞，只限於"一"（一般省去不說）：這～｜那～｜寫了～短文章｜吃～東西再走。❷ 放在動詞、形容詞後，有稍稍、略微的意思：留神～｜小心～｜注意～｜多～｜少～｜大～｜小～｜看得遠～。

> **辨析** 些、點　都可以表示不定的數量，但仍有不同。a）"些"表示的量不一定很少，"點"表示的量一定不多，如"有些事麻煩你"，可能不只是一件事。b）"些"側重於表示不定的量，"點"側重於表示少量，如"這點人夠幹甚麼"，不能說成"這些人夠幹甚麼"。c）"點"可用於表示二以上數量的項目，如"三點意見""十點建議"，"些"不能這樣用。

【些個】xiēge〔量〕〈口〉一些：那～｜有～｜別招～不三不四的人到家來｜買～小禮品帶着。

【些微】xiēwēi ❶〔形〕少許；輕微：聽到這些話，她感到～的不愉快。❷〔副〕略微；稍微：～有點頭痛｜顏色～淺了點兒。

【些許】xiēxǔ〔形〕一點兒；少量：～小事，何足掛齒。

揳 xiē〔動〕（北方官話）把木楔、釘子等用錘子等工具敲打到別的物體裏面去：桌子腿兒活了，用釘子～一～｜在牆上～個釘子掛畫兒。

楔 xiē ❶（～兒）〔名〕"楔子"①。❷〔名〕"楔子"②。❸ 同"揳"。

【楔形文字】xiēxíng wénzì 古代巴比倫人、亞述人、波斯人使用的文字。因筆畫像楔子，故稱。也叫丁頭字。

【楔子】xiēzi〔名〕❶ 塞在木器的榫子縫裏使之牢固的木片或竹片。❷ 釘在牆上掛東西用的木釘或竹釘。❸ 雜劇裏加在第一折前頭或兩折之間的片段，作用在於介紹人物、情節或加緊前後劇情的聯繫，所唱曲子，只用一二支小令，不用套曲；也指近代小說加在正文前面的片段。

歇 xiē ❶〔動〕休息：～一會兒｜～口氣兒｜路太遠，～～再走。❷〔動〕停止：～工｜～業。❸〔動〕（北方官話）睡；住宿：他～了，有事明天再說吧！｜他在朋友家裏～了一夜。❹（～兒）〔量〕（北方官話）短暫的一段時間：歇個～兒｜從這兒上山得三四～兒才能到。

【歇班】xiē//bān（～兒）〔動〕按照規定歇着，不上班：這個禮拜我～｜一歇了班兒，他就回家了。

【歇頂】xiēdǐng〔動〕謝頂。

【歇伏】xiē//fú〔動〕伏天停工休息：一歇了伏，田裏就找不到人了。

【歇工】xiē//gōng〔動〕停工休息：這幾天他在家｜過春節一連～好幾天｜因病歇了三天工。

【歇後語】xiēhòuyǔ〔名〕由兩部分組成的一句話，前一部分是引子，後一部分是註釋，如"泥菩薩過河——自身難保""芝麻開花——節節高"等。是一種口語性的引註語。**注意** 因通常只說前一部分，後一部分隱去（"歇"掉）不說，如"八仙過海"，隱藏的意思是"各顯其能"，故稱歇後語。

【歇肩】xiē//jiān〔動〕放下擔子暫時休息；比喻停止工作：三個人挑兩擔，輪流～｜找個涼爽的地方歇歇肩吧｜專營店節日期間不～｜社會責任不可一～。

【歇腳】xiē//jiǎo〔動〕走長路疲乏時停下休息一下：走了幾十里路該～了｜咱們歇歇腳再走吧。也說歇腿。

【歇涼】xiē//liáng〔動〕（北方官話）熱天到涼爽的

地方休息；乘涼：大夥都到樹陰下～去了｜天太熱，歇歇涼再幹。

【歇晌】xiē//shǎng〔動〕午飯後休息；一般指中午睡覺：熱天要是不～，下午就沒精神｜歇罷晌又去地裏幹活兒了。

【歇手】xiē//shǒu〔動〕停止手頭正在做的事：大家直幹到東方發白，方才～。

【歇斯底里】xiēsīdǐlǐ ❶〔名〕癔症。❷〔形〕形容情緒異常激動，舉止失常：他～地大叫大嚷起來。[英 hysteria]

【歇息】xiēxi〔動〕❶ 休息：今天不要出工了，再～一天吧！❷ 睡覺：老人每天晚上很早就上床～。❸ 住，住宿：因為要看日出，當晚就在山上的旅店～了一夜。

【歇業】xiē//yè〔動〕停止營業，不再繼續營業：那家飯館生意很好，不知道為甚麼忽然歇了業。

蠍（蝎）xiē〔名〕蠍子：蛇～。

【蠍虎】xiēhǔ〔名〕壁虎。

【蠍子】xiēzi〔名〕（隻）節肢動物，身體多為黃褐色。尾末有毒鈎，用來禦敵或捕食，也能蜇人。卵胎生。多夜間活動，以蜘蛛、昆蟲等為食。可入藥。

xié ㄒㄧㄝˊ

叶 xié 調諧；和洽：～聲｜～韻。
另見 yè "葉"（1582 頁）。

邪〈衺〉xié ❶〔形〕不正當；不正派：歪～｜～理｜～說｜改～歸正｜～不壓正。❷〔形〕不正常；奇怪：～門兒｜一股子～勁兒｜這事可～了｜怎麼這麼～呢！❸ 中醫指引起疾病的環境因素：風～｜寒～。❹ 迷信的人指鬼神給予的災禍：中（zhòng）～｜驅～。
另見 yé（1578 頁）。

【邪財】xiécái〔名〕（北京話）不義之財；橫財：我不要～｜聽說他發了～。

【邪惡】xié'è〈書〉❶〔形〕奸邪、不正派而且兇惡：品行～｜～勢力。❷〔名〕指邪惡的人：誅除～。

【邪乎】xiéhu〔形〕（北京話）❶ 超出一般；厲害：風颳得～｜雨下得～。❷ 離奇；過分誇大：東村出了一件～事兒｜你把事說得也太～了！

【邪路】xiélù〔名〕不正當的生活道路（跟"正路"相對）：不要把孩子往～上引。也說邪道。

【邪門】xiémén ❶〔名〕比喻邪念、壞主意：～不壓正道｜淨想～。❷（～兒）〔形〕（北京話）不

正常：這事真～，這麼好的東西沒人要。

【邪門歪道】xiémén-wāidào〔成〕歪門邪道。

【邪魔外道】xiémó-wàidào〔成〕原為佛教用語，邪魔指無佛書根據的妄說，外道指佛教以外的教派。後泛指妖魔鬼怪和異端邪說。

【邪念】xiéniàn〔名〕不正當的念頭：打消～。

【邪氣】xiéqì〔名〕❶（股）邪惡不正之風：打擊歪風～｜正氣壓倒了～。❷ 中醫指各種與人體正氣對抗的致病因素。

【邪說】xiéshuō〔名〕有危害性的不正當的學說、主張或議論：異端～｜不要被～迷惑。

【邪行】xiéxíng〔名〕不正當的行為：士無～。

【邪行】xiéxing〔形〕（北京話）奇怪；特別：天熱得～｜這可真是個～事兒｜給錢不要，你說～不～！

協（协）xié ❶ 和諧；融洽：君臣不～。❷ 協助：～辦｜～理。❸ 共同：～商｜～議。❹（Xié）〔名〕姓。

【協辦】xiébàn〔動〕協助舉辦或辦理（區別於"主辦"）：研討會由社科院主辦，幾家出版社～。

【協查】xiéchá〔動〕協助調查或偵查：深圳檢察機關～各地反貪案件｜俱樂部主動報請公安部門，～涉賭人員。

【協定】xiédìng ❶〔名〕（條，項）雙方或多方協商後訂立的共同遵守的條款：貿易～｜停戰～｜雙邊～。❷〔動〕經過協商訂立：雙方應該～一個共同遵守的條例。

【協管】xiéguǎn ❶〔動〕協助管理；協同管理：～員｜授權派出所～交通安全。❷〔名〕指從事協管工作的人。

【協會】xiéhuì〔名〕為促進某種共同事業的發展而組建的群眾團體：作家～｜音樂家～｜中日友好～。

【協理】xiélǐ ❶〔動〕協助辦理：文藝會演由文化部主辦，中國文學藝術界聯合會～。❷〔名〕銀行、企業協助經理主持業務工作的人，地位次於經理。

【協理副校長】xiélǐ fùxiàozhǎng 港澳地區用詞。大學裏專管某項事務的副校長。[英 associate vice president]

【協力】xiélì〔動〕共同努力：齊心～。

【協商】xiéshāng〔動〕為了取得一致意見而共同商量：此事應與對方～解決｜各方共同～｜政治～會議。

【協調】xiétiáo ❶〔形〕調配得當：封面設計與書的內容很～。❷〔動〕使調配得當：～雙方關係。

【協同】xiétóng〔動〕❶ 互相配合；彼此協力：～作戰。❷ 協助和配合：此事務請～辦理｜民兵～解放軍守衛邊疆。

【協議】xiéyì ❶〔動〕共同商量：雙方～，降低地方差價。 ❷〔名〕(條，項)雙方或多方經過談判、協商後取得的一致意見：達成～｜口頭～｜書面～。

[辨析] 協議、協定　a)"協定"多指書面條款，有莊重色彩；"協議"多泛指取得的一致意見，可以是書面條款，也可以是口頭上的。b)"協定"一般限於國家、黨派、集團之間；"協議"不限於國家、黨派、集團之間，還可以是單位之間或個人之間，如"離婚協議"。

【協約國】Xiéyuēguó〔名〕第一次世界大戰時兩個敵對的軍事集團之一，最初由英、法、俄等國結成，隨後有美、日、意、中等25國加入。該集團打敗了由德、奧等國結成的同盟國，取得了第一次世界大戰的勝利。

【協助】xiézhù〔動〕幫助；輔助：～解決｜從旁～｜副總編輯～總編輯工作。

【協奏曲】xiézòuqǔ〔名〕(支，首)以一種獨奏樂器為主，由一個管弦樂隊協同演奏的大型器樂曲，一般由三個樂章組成：鋼琴～｜小提琴～。

【協作】xiézuò〔動〕協同工作；互相配合來完成任務：兩國科技人員～，取得重大成果｜幾個廠～，很快攻破難關，完成了任務。

[辨析] 協作、合作　"協作"着重指互相配合、互相協助完成某一任務，有時可以是一方為主多方支援，匯合在一起進行統一的、大規模的行動；"合作"着重指共同、合力做某事，參加者一般沒有主次之分。"合作"有"共同寫作"的意義，如"這個劇本是兩位劇作家合作的"，"協作"沒有這樣的意義。

挾（挾）xié / xiá ❶〔動〕用胳膊夾住：兩個～一個，往外走去。 ❷脅迫人服從；挾制：要(yāo)～｜～天子令諸侯。 ❸〔動〕仗恃；依靠：不～長，不～貴。 ❹〔書〕私藏：除～書之律。 ❺心裏藏着(怨恨、不滿等)：～嫌｜～恨｜～怨。 ❻(Xié)〔名〕姓。
　　另見 jiā (628頁)。

語彙　裹挾　要挾

【挾持】xiéchí〔動〕❶從左右架住被捉的人。❷用威力強迫對方服從：發生一宗～人質事件。

【挾帶】xiédài〔動〕藏着或者帶着：河水～着泥沙｜～私貨，一經查出，從嚴處罰。

【挾山超海】xiéshān-chāohǎi〔成〕《孟子·梁惠王上》："挾泰山以超北海，語人曰：'我不能。'是誠不能也。"後用"挾山超海"比喻做不可能做到的事情。

【挾嫌】xiéxián〔動〕〈書〉懷恨在心：～報復。

【挾制】xiézhì〔動〕用威力或利用別人的弱點強使服從：他的妻子以離婚～他。

脅（脅）〈脇〉xié ❶從腋下到腰以上的部分：兩～。❷要挾逼迫：威～｜～迫｜～從。

語彙　裹脅　威脅　誘脅

【脅持】xiéchí〔動〕挾持。

【脅從】xiécóng ❶〔動〕被脅迫而跟着別人做壞事。❷〔名〕指被脅迫而跟着別人做壞事的人：首惡必辦，～不問。

【脅肩諂笑】xiéjiān-chǎnxiào〔成〕把兩肩收攏聳起，裝出一副討好人的笑臉。形容阿諛逢迎的醜態：他整天跟在領導後面～，令人厭惡。

【脅迫】xiépò〔動〕威脅強迫：不懼～，不受誘惑。

偕　xié ❶〔動〕共同；與……一同：～行｜相～｜～同｜～夫人出訪。❷(Xié)〔名〕姓。

【偕老】xiélǎo〔動〕夫妻共同和諧生活到老：白頭～。

【偕同】xiétóng〔動〕伴同別人：～貴賓觀劇｜～友人旅行觀光。

斜　xié ❶〔形〕不正，歪：～坡｜～對面｜布裁～了。❷〔動〕傾斜；偏斜：～着身子躺在沙發上｜你再～過去一點兒，現在我要給你們拍照了。❸〔動〕斜着眼睛看：～他一眼。❹(Xié)〔名〕姓。

語彙　乜斜　偏斜　傾斜　歪斜

【斜暉】xiéhuī〔名〕傍晚西斜的日光：湖水映着～。

【斜井】xiéjǐng〔名〕(眼，口)直接通到地面的一種礦井，井筒有一定的傾斜角度：打一口～。

【斜路】xiélù〔名〕(條)歪斜的路，比喻錯誤的道路或途徑：走正路不走～｜生活的道路不是筆直平坦的，稍一不慎就會走到～上去。

【斜面】xiémiàn〔名〕❶簡單機械，主要的部分是由傾斜的平面構成。如將重物搬移到卡車上時，在車體和地面之間放上一塊斜板，將重物緩緩推上，這樣可以省力。螺旋和劈刀都是斜面的變形。❷傾斜的平面：通往地下室樓梯兩邊砌了～。

【斜睨】xiéní〔動〕斜着眼睛看，含有瞧不起的意味：他～了我們兩眼。

[辨析] 斜睨、斜視　a)"斜睨"是書面語詞，"斜視"是通用詞。在習慣組合中不能換用，如"目不斜視"，不能換用"斜睨"。b)"斜睨"含有瞧不起的意味和色彩，而"斜視"卻沒有這樣的意味和色彩。

【斜坡】xiépō(～兒)〔名〕高度逐步升高或降低的地面：前面是向下～兒，車子要開慢一點。

【斜射】xiéshè〔動〕❶光線不垂直地照射：陽光～在古老的石刻柱礎上。❷不從正面射擊：機槍～過去｜他從 17 米處左腳～破門。

【斜視】xiéshì ❶〔名〕一隻眼睛視綫偏斜，由眼球位置異常、眼球肌肉麻痺等原因所引起的眼病。也叫斜眼。❷〔動〕斜着眼看：目不～。

【斜紋】xiéwén〔名〕由於經紗和緯紗的交織點連成一條斜綫，使織物表面呈現的斜向紋路：～布。

【斜綫】xiéxiàn〔名〕（條）跟某一直綫或某一平面既不垂直又不平行的綫。

【斜眼】xiéyǎn ❶〔名〕指斜視的眼病。❷（～兒）〔名〕患斜視的眼睛。❸（～兒）〔名〕指患斜視的人。❹〔副〕斜着眼看：正眼以德看人是君子，～人貌取人是小人。

【斜陽】xiéyáng〔名〕傍晚西斜的太陽：目送～｜雨後復～，關山陣陣蒼。

絜 xié〈書〉❶用繩子量物體周圍的長度：見大樹，～之百圍。❷衡量：度長～大。❸見於姓氏人名。

另見 jié（672 頁）；jié"潔"（676 頁）。

堼 xié 用於地名：麥～（在江西新干東南）。

頡（頡）xié ❶見下。❷（Xié）〔名〕姓。

另見 jié（676 頁）。

【頡頏】xiéháng〈書〉❶〔動〕鳥上下飛翔。❷〔動〕不相上下，相抗衡：～名家。❸〔形〕倔強：～以傲世。

鞋〈鞵〉xié〔名〕（雙，隻）腳上的穿着物，便於行走：一雙～｜布～｜皮～｜平跟兒｜粗跟兒。

語彙 便鞋 冰鞋 草鞋 膠鞋 涼鞋 球鞋 拖鞋 小鞋 高跟兒鞋 繡花鞋

【鞋幫】xiébāng（～兒）〔名〕鞋底以外的部分。

【鞋墊】xiédiàn（～兒）〔名〕（副，隻）放在鞋內底部的襯墊，多用布、皮或海綿等製成。

【鞋匠】xiéjiang〔名〕（名）做鞋或修鞋的手藝人。

【鞋楦】xiéxuàn〔名〕木製或金屬製的腳的模型，用來楦在鞋裏頭使鞋形周正。也叫鞋楦頭、鞋楦子。

【鞋油】xiéyóu〔名〕擦在皮鞋表面使發光澤並起保護作用的膏狀物。

【鞋子】xiézi〔名〕（雙，隻）（吳語）鞋（多指布鞋）：做了雙～。

勰 xié〈書〉和諧。多見於人名：劉～（南朝人，著《文心雕龍》五十篇）。

諧（諧）xié ❶調和；和諧：～聲｜～調｜相～｜無所不～。❷協商好；辦妥：事～之後，定有重謝。❸詼諧：～語｜～謔。

語彙 和諧 詼諧 亦莊亦諧

【諧和】xiéhé〔形〕和諧；一切相合無間：全班同學融治～。

【諧劇】xiéjù〔名〕介於戲劇與曲藝之間的藝術形式，流行於四川，演員一人，扮演角色，寓莊於諧，風趣幽默。

【諧聲】xiéshēng〔名〕形聲。

【諧調】xiétiáo〔形〕和諧，協調：節拍～｜氣氛～｜生活不可能像大自然那樣～。

【諧星】xiéxīng〔名〕著名的喜劇演員；笑星：香港～擔任現場解說。

【諧謔】xiéxuè〔動〕〈書〉戲笑；言語、行為滑稽而略帶戲弄：雅好～。

【諧音】xiéyīn ❶〔動〕指字詞的讀音相同或相近。比如"絲"跟"思"同音，就是"絲""思"諧音。用諧音可以造成雙關語，增強表達效果。❷〔名〕組成樂音的和諧的音，第一諧音稱為基音，其他諧音稱泛音。有些樂器，可以用演奏方法使不同的諧音特別突出。

鮭（鮭）xié 古指魚類菜餚。

另見 guī（488 頁）。

擷（擷）xié / jié〈書〉❶摘下；取下：語苑～英｜願君多採～，此物最相思。❷順着往下捋(luō)：老女人哼起佛號，～着唸珠。❸同"襭"。

【擷取】xiéqǔ〔動〕摘取；選取：～精華。

襭（襭）xié〈書〉將衣襟掖在腰帶上裝東西。

攜（携）〈擕攜攜〉xié/xī ❶帶；攜帶：提～｜扶老～幼｜～眷參加｜～款潛逃。❷拉着（手）：～手前進。

【攜帶】xiédài〔動〕❶帶領；帶着：～一家老小｜隨身～提包兩個。❷扶植；提攜：謝謝老師～。

【攜貳】xié'èr〔動〕〈書〉離心；有二心：～的心思｜至死無～。

【攜手】xié//shǒu〔動〕手拉着手；比喻共同做某事：～並進｜～合作｜兩家～辦廠。

纈（纈）xié 古指印有花紋的絲織物。

xiě ㄒㄧㄝˇ

血 xiě〔名〕〈口〉義同"血"（xuè）：流了很多～｜累得吐～｜一針見～。

另見 xuè（1541 頁）。

語彙 便血 咯血 吐血 一針見血

【血淋淋】xiělínlín（口語中也讀 xiělīnlīn）（～的）〔形〕狀態詞。❶形容鮮血淋漓的樣子：幾個受傷人員渾身～的。❷比喻慘痛；殘酷；嚴酷：這是一個～的教訓｜～的事實教育了大家。

【血暈】xiěyùn〔動〕受傷後，皮膚未破而呈現紅紫色。

另見 xuèyùn（1542 頁）。

寫（写） xiě ❶〔動〕書寫：～春聯兒｜～～畫畫。❷〔動〕寫作：～詩｜～小說｜～畢業論文。❸〔動〕描寫：～景｜小說裏的人物～得很生動。❹ 描摹：～生｜～真｜～意。❺ 畫；繪製：開來～就青山賣。❻（Xiě）〔名〕姓。

另見 xiè（1501 頁）。

語彙 編寫 採寫 抄寫 大寫 複寫 改寫 簡寫 描寫 默寫 譜寫 書寫 速寫 特寫 填寫 小寫 輕描淡寫

【寫稿】xiě // gǎo（～兒）〔動〕❶ 撰寫草稿：寫個初稿兒。❷ 撰寫文章：他經常為文藝刊物～｜你給我們黑板報寫篇稿兒好嗎？

[辨析] 寫稿、擬稿　"寫稿"多指撰寫文學或學術著作，"擬稿"多指草擬文稿。

【寫景】xiějǐng〔動〕描寫景物：他很善於～｜～和抒情要有機地結合起來。

【寫生】xiěshēng ❶〔動〕以人物、靜物或風景等作為對象來進行繪畫：靜物～｜野外～。❷〔名〕(幅)寫生的畫：這幾幅～很見功力。

【寫實】xiěshí〔動〕描繪事物的真實情況：報告文學只能～，不能虛構。

【寫手】xiěshǒu〔名〕(位，名)以文字寫作為業的人；擅長寫作的人：專欄～｜短信～｜網絡～。

【寫意】xiěyì〔名〕中國畫的一種畫法，着筆不求工細，用極為簡練概括的筆墨突出地表現事物神態和抒發作者的情趣（跟"工筆"相對）：老畫家的畫有～，也有工筆。

另見 xièyì（1501 頁）。

【寫照】xiězhào ❶〔動〕畫人像：傳神～。❷〔名〕對事物的描寫刻畫或反映：百花盛開，爭奇鬥妍，這是當今戲劇電影日漸繁盛的～。

【寫真】xiězhēn ❶〔動〕拍攝或畫人像：這位青年畫家善於～。❷〔名〕(幅)拍攝或畫的人像：牆上掛着他家先人的～。❸〔名〕指對事物的如實描寫："朱門酒肉臭，路有凍死骨"是唐朝大詩人杜甫對自己生活的那個時期的～。

【寫字間】xiězìjiān〔名〕❶ 辦公室。❷ 書房。

【寫字樓】xiězìlóu〔名〕(棟)配備有現代化通信設施的商務辦公樓。

【寫字枱】xiězìtái〔名〕(張)辦公、寫字用的長方形桌子。

【寫作】xiězuò〔動〕寫文章；特指文學創作：從事～｜他經常從半夜～到天亮。

xiè ㄒㄧㄝˋ

灺 xiè〈書〉燈燭或焚香的灰燼。

卸 xiè ❶〔動〕把裝運的東西從運輸工具上搬下來（跟"裝"相對）：～貨｜～行李。❷〔動〕把拉車或拉磨的套從牲口身上解開取下來：～牲口｜～磨殺驢。❸〔動〕除去；放下：～妝｜～下肩上的擔子。❹〔動〕拆開；拆卸：～零件｜把這扇窗子～下來。❺〔動〕解除；推脫；推卸：～任｜～責｜～職。❻（Xiè）〔名〕姓。

語彙 拆卸 交卸 推卸 脫卸 裝卸

【卸車】xiè // chē〔動〕❶ 把裝運的東西從車上搬下來：咱們訂的貨來了，趕快去～｜卸完車再休息。❷ 把拉車的騾馬等解開放出來：～給騾馬餵料。

【卸貨】xiè // huò〔動〕把貨物從運輸工具上搬下來：從火車上～｜卸了這一批貨再裝。

【卸肩】xièjiān〔動〕把肩上的負擔放下來；比喻卸掉責任或辭去職務：新的負責人一來，他就可以從此～了。

【卸磨殺驢】xièmò-shālǘ〔成〕拉完磨就把拉磨的驢殺掉。比喻達到目的後就把幫助過自己的人除去：人家在關鍵時刻為你出過力，你可不能～。

【卸任】xiè // rèn〔動〕解除職務；不再擔任職務：父親～以後一直在家賦閒｜他卸了任就回到家鄉來了。

【卸載】xièzài〔動〕❶ 把車、船等裝載的貨物卸下來。❷ 把計算機上安裝的軟件卸下來。

【卸妝】xièzhuāng〔動〕婦女除去身上的裝飾：小妹在房裏卸了妝，就到奶奶這兒來。

【卸裝】xiè // zhuāng〔動〕演員演完戲後除去化裝時的穿戴和塗抹的脂粉、油彩：她正在後台～呢｜這些演員卸了裝才去吃飯。

泄〈洩〉 xiè ❶〔動〕氣體、液體排出：水～不通｜煤氣～出來了。❷〔動〕比喻不能保持原有的勁頭：氣可鼓而不可～。❸〔動〕泄露：～密｜～底。❹〔動〕發洩；出氣：～憤｜～恨｜～怨氣。❺（Xiè）〔名〕姓。

語彙 發泄 排泄 下泄 宣泄

【泄底】xiè // dǐ〔動〕泄露底細；泄露內幕：無論他做的事多麼秘密，總有一天會～｜不料一句話泄了他的底。

【泄憤】xiè // fèn〔動〕發泄怨恨：為了～，他借題發揮｜泄私憤，圖報復。

【泄洪】xièhóng〔動〕排放洪水：開閘～｜啟用新建成的入海水道～。

【泄勁】xiè // jìn（～兒）〔動〕失去信心和勁頭：繼續努力，不要～｜聽說這個節目不上了，演員們都泄了勁。

【泄漏】xièlòu ❶〔動〕(液體、氣體)因不嚴密而漏出：硫酸～｜河流被污染｜毒氣～了。❷ 同"泄露"。

【泄露】xièlòu〔動〕機密被傳出，讓不該知道的人知道了：～秘密｜～了行動計劃。也作泄漏。

辨析　**泄露、泄漏**　"泄漏"通常指液體、氣體漏出，如"石油泄漏""煤氣泄漏"。"泄露"通常指洩密，如"泄露情報""泄露天機""泄露計劃""泄露暗號""泄露文件"；有時也指流露、顯露，如"她顫抖的聲音裏泄露出一種恐懼"。

【泄密】xiè//mì〔動〕泄露機密：這件事要守口如瓶，不能～｜一定是有人泄了密，不然怎麼會都來搶購商品呢！

【泄氣】xiè//qì ❶〔動〕泄勁：要鼓足幹勁，不要～。❷〔形〕沒出息；沒有本領：這點小事你都幹不成，你也太～了。

【泄題】xiè//tí〔動〕泄露考題：誰～誰將受到懲罰｜防止～｜大家懷疑是他泄了題。

契　Xiè　人名，商代的祖先，相傳是舜的臣。另見qì（1058頁）。

屑　xiè ❶碎末：木～｜煤～｜粉筆～。❷細小：瑣～。❸重視；顧及；認為值得（常跟"不"連用，構成否定式）：不～一顧｜不～幹這種事。

語彙　不屑　瑣屑

械　xiè ❶器物：機～｜器～。❷武器：槍～｜～鬥｜繳了敵人的～。❸古指枷、鐐、銬一類刑具：～繫。

語彙　兵械　機械　繳械　軍械　器械　槍械

【械鬥】xièdòu〔動〕雙方手持棍棒等器械群毆：以前這兩個村子曾為爭水而發生～。

【械繫】xièxì〔動〕〈書〉用鐐銬拘禁。

卨（卨）xiè ❶見於人名：万俟～（宋朝奸臣）。❷（Xiè）〔名〕姓。

傒　Xiè〔名〕姓。

紲（紲）〈線〉xiè〈書〉❶馬韁繩。❷綁縛犯人的繩索：縲～。❸捆綁。

渫　xiè ❶〈書〉除去污垢。❷〈書〉分散；疏散：粟有所～。❸〈書〉消散；止歇：為歡未～。❹（Xiè）〔名〕姓。

屟　xiè〈書〉❶鞋的襯底。❷木屐。❸踐踏；行走：步～白楊郊野間。

媟　xiè〈書〉輕慢不恭：～狎｜反恭為～。

塮　xiè〔名〕（吳語）圈（juàn）裏積的家畜的糞便：羊～｜豬～。

解　xiè ㊀〔動〕〈口〉明白；懂得：多想想就～得開這個道理了。
㊁舊指雜技表演的各種技藝；特指騎在馬上表演的技藝：跑馬賣～。
㊂（Xiè）❶古地名。在河南洛陽附近。

❷解池，湖名。在山西運城南。❸〔名〕姓。另見jiě（677頁）；jiè（681頁）。

【解數】xièshù〔名〕武術的架勢和套路；泛指手段或本領：使出了渾身～。注意　這裏的"解"不讀jiě。

【解㑊】xièyì〔名〕中醫學病症名。

榭　xiè　建在高台上的敞屋：水～｜舞～歌台。

水榭

橝　xiè ❶〈書〉門檻。❷楔子。

【橝石】xièshí〔名〕礦物名。多呈褐色或綠色，有光澤。化學成分$CaTi[SiO_4]O$。是提煉鈦的礦物原料。

寫（写）xiè　見下。另見xiě（1500頁）。

【寫意】xièyì〔形〕（吳語）舒適；愉快：生活蠻～。另見xiěyì（1500頁）。

鼹　Xiè〔名〕姓。

嶰　xiè〈書〉山澗；溝壑：幽～｜～阤。

獬　xiè　見下。

【獬豸】xièzhì〔名〕古代傳說中的獨角異獸，能辨別曲直，見人爭鬥，就用角頂壞人。清代御史及按察使的官服前後常繡有獬豸圖案。

廨　xiè〈書〉官舍，官署；也指官府營建的房屋：官～｜公～｜～宇。

瀣　xiè ㊀〔動〕（北京話）❶溶解：用熱水把藥片兒～開。❷使變稀；稀釋：把糨子～一～。❸（糊狀物、膠狀物）沒有黏性：熬豆粥加點兒鹼麵兒就不～了｜鹵都讓你和（huò）弄了。
㊁〈書〉海：渤～（渤海的古稱）。

懈　xiè ❶鬆散；泄氣：～怠｜堅持不～｜常備不～｜夙夜匪～。❷（Xiè）〔名〕姓。

語彙　弛懈　怠懈　鬆懈

【懈怠】xièdài〔形〕鬆散懶惰：學習上他一向不～｜你再～下去，考試恐怕就不及格了。

【懈氣】xièqì〔動〕放鬆志氣和幹勁：要堅持，別～。

薤　xiè〔名〕❶多年生草本植物，葉子細長，花紫色，傘形花序，地下有鱗莖。❷這種植物的鱗莖，可以食用。以上也叫藠頭（jiàotou）。

薢 xiè 見"萆薢"（74頁）。

邂 xiè 見下。

【邂逅】xièhòu〔動〕〈書〉偶然遇見；不期而遇：～相遇，歡快異常。

謝（谢） xiè ❶〔動〕向人表示感激：道～｜快去～主人｜自己人還用～嗎？❷認錯：～罪。❸拒絕；辭去：閉門～客｜敬～不敏。❹〔動〕（花或葉子）凋落：花兒～了，明年還是一樣地開。❺〈書〉告訴：多～後世人，戒之慎勿忘！❻(Xiè)〔名〕姓。

> **語彙**　壁謝　稱謝　酬謝　答謝　道謝　凋謝　多謝　感謝　鳴謝　致謝　新陳代謝

【謝病】xièbìng〔動〕推託生病：～歸田。

【謝忱】xièchén〔名〕感謝的情意：承蒙協助，謹申～。

【謝詞】xiècí〔名〕在某種儀式上所說的感謝的話：主人向賓客致～。也作謝辭。

【謝頂】xiè // dǐng〔動〕頭頂的頭髮逐漸脫落：他年歲不大，卻已經開始～了。也說歇頂。

【謝恩】xiè // ēn〔動〕感謝別人給予的恩惠（多用於臣對君）：皇恩浩蕩，～吧！

【謝絕】xièjué〔動〕〈婉〉推辭；拒絕：婉言～｜參觀｜饋贈一概～。

【謝客】xièkè〔動〕❶謝絕見客：閉門～。❷感謝客人；向賓客致謝：趕快～。

【謝幕】xièmù〔動〕❶演出結束後，演員在觀眾的掌聲中回到前台敬禮，答謝觀眾的盛情厚意：演員一再向觀眾～｜她謝了幕才到後台卸裝。❷比喻事情結束：世界杯賽完美～。

【謝票】xièpiào〔動〕台灣地區用詞。選舉活動結束後，對投支持票的民眾表示感謝。

【謝丘】Xièqiū〔名〕複姓。

【謝世】xièshì〔動〕〈書〉去世：雙親相繼～。

【謝天謝地】xiètiān-xièdì〔成〕感謝天地。是在危難解脫、感到欣慰或慶倖時說的話：～，你總算回來了！

【謝謝】xièxie〔動〕❶對別人的好意表示感謝：～您｜承您關照，～！注意"謝謝"是客套話，隨時隨地可用，例如在開會時發言後，照例對與會的眾人說聲"謝謝"或"謝謝大家"，在乘車到達目的地時對司機說聲"謝謝"。❷表示推辭；辭謝：～，請恕我不能出席您舉辦的宴會了｜這些行李我自己拿得動，不用麻煩您了。～！

【謝儀】xièyí〔名〕❶為表示感謝而送的禮。❷酬金：事成之後奉送五十兩～。

【謝意】xièyì〔名〕（番）感謝的心意：聊表～｜請您代我們向會長轉達～。

【謝罪】xiè // zuì〔動〕向人承認錯誤，請求原諒：

登門～｜他既然謝了罪，也就饒恕了他吧！

爕（爕） xiè ❶〈書〉協調；調和：～和上｜～理陰陽。❷(Xiè)〔名〕姓。

褻（亵） xiè ❶輕慢；不鄭重地對待：～瀆｜～慢｜～狎。❷淫穢：穢～｜猥～｜狎～｜淫～｜～語。

【褻瀆】xièdú〔動〕輕慢；不尊敬：～尊長｜～職守｜～神靈。

【褻衣】xièyī〔名〕（件）〈書〉貼身的內衣。

蟹〈蠏〉 xiè〔名〕螃蟹：魚鱉蝦～。

> **語彙**　海蟹　河蟹　螃蟹　大閘蟹

【蟹粉】xièfěn〔名〕（吳語）用來做菜的蟹黃和蟹肉。

【蟹黃】xièhuáng（～兒）〔名〕螃蟹體內的卵巢和消化腺，橘黃色，味鮮美可口：～包子｜～豆腐。

【蟹青】xièqīng〔形〕像蟹殼那樣灰而發青的顏色：她穿了一身～衣裳。

瀉（泻） xiè〔動〕❶液體很快地流：傾～｜江水奔騰，一～千里。❷拉肚子：腹～｜上吐下～。

> **語彙**　奔瀉　腹瀉　傾瀉　吐瀉

【瀉肚】xiè // dù〔動〕腹瀉：亂吃東西，哪兒能不～！｜一瀉了肚子，渾身簡直一點勁兒也沒有了。也說瀉肚子。

【瀉藥】xièyào〔名〕內服後能瀉肚的藥物。注意這裏的"瀉"不寫作"泄"。

齘（齘） xiè〈書〉❶牙齒相磨。❷物體的上下相接處不吻合。

澁 xiè 見"沉澁"（516頁）。

瓅 xiè〈書〉像玉的美石。

躞 xiè 見下。

【躞蹀】xièdié〔動〕蹀躞。

xīn　ㄒㄧㄣ

心 xīn ❶〔名〕（顆）人和高等動物身體內推動血液循環的器官，人的心臟位於胸腔內兩肺之間稍偏左，呈圓錐狀，分四腔，上為左右心房，下為左右心室。心房與心室通過收縮與舒張推動血液在全身循環。❷〔名〕（條）古人認為心是進行思維的器官，因而習慣上指思想器官和思想、意念、感情等：用～｜全～全意｜誰知道他安的甚麼～｜你的好～我領了｜把～掏出來給你看（比喻至誠）。❸中央；中心：江～｜核～｜圓～｜掌～｜重～。❹二十八宿之一，東方蒼龍七宿的第五宿。也叫商。參見"二十八宿"（347頁）。❺（Xīn）〔名〕姓。

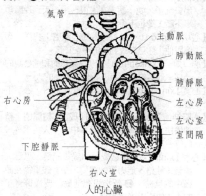

氣管
主動脈
肺動脈
肺靜脈
右心房
左心房
左心室
室間隔
下腔靜脈
右心室

人的心臟

語彙 安心 背心 變心 操心 粗心 擔心 當心 點心 動心 多心 放心 費心 關心 核心 狠心 灰心 交心 精心 決心 良心 留心 耐心 熱心 傷心 細心 小心 信心 虛心 野心 中心 重心 專心 赤膽忠心 觸目驚心 大快人心 刻骨銘心 苦口婆心 力不從心 利欲熏心 人面獸心 無所用心

【心愛】xīn'ài〔動〕從心眼裏喜愛：～的人｜～的書畫。

【心安理得】xīn'ān-lǐdé〔成〕自以為事情做得合情合理，心裏覺得很坦然：只要對得起人，我也就～了。

【心病】xīnbìng〔名〕❶憂鬱、煩悶的心情：還須心藥治。❷（塊）隱藏在內心的心事或傷痛：這真是他的一塊～｜這幾天他一直愁眉不展，莫非有甚麼～？

【心不在焉】xīnbùzàiyān〔成〕心思不在這裏。指做事思想不集中：他～地聽着，甚麼都沒聽進去。

【心裁】xīncái〔名〕心中的考慮、籌劃：別出～｜～獨運。

【心腸】xīncháng〔名〕❶心地；用心；存心：～好｜不知道他是甚麼～！❷感情：～軟｜鐵石～。❸（北方官話）心緒；情趣：她正在為家務苦惱，沒有～去玩。

【心潮】xīncháo〔名〕像潮水一樣起伏的激動心情：～起伏｜～澎湃｜～逐浪高。

【心潮澎湃】xīncháo-péngpài〔成〕心情激動得像翻滾奔騰的潮水一樣：連日來她～，抑制不住情緒的激動。

【心慈手軟】xīncí-shǒuruǎn〔成〕心地善良，下不了手：對待壞人不能～。

【心粗】xīn∥cū〔形〕粗心：他～，做校對工作不合適。

【心膽俱裂】xīndǎn-jùliè〔成〕嚇破了膽。形容極

度驚恐，被嚇壞了：嚇得～，不敢向前。

【心得】xīndé〔名〕在學習或實踐中體驗或領會到的認知：讀書貴有～｜希望你談談讀《論語》的～｜難道你一點～都沒有嗎？

【心地】xīndì〔名〕❶指人的內心：～坦白｜～不好｜～善良。❷心情：～輕鬆｜～迷惘。❸胸懷；胸襟：～開闊｜～狹窄。

【心電圖】xīndiàntú〔名〕用電子儀器掃描記錄下來的心臟收縮、舒張的波狀圖形。可用來分析研究心臟的活動情況，診斷心臟疾病。

【心動】xīndòng ❶〔動〕心臟跳動：～過緩｜超聲～圖檢查。❷〔動〕動心：他是令女人怦然～的美男子。❸〔形〕屬性詞。令人動心的：～戀曲｜～大片兒。

【心煩】xīnfán〔形〕心情煩躁；心裏煩悶：～意亂｜家務事最讓人～｜看到這亂七八糟的樣子就～。

【心房】xīnfáng〔名〕❶心臟內部上面的兩個空腔，左右各一，互不相通。❷指人的內心：遠大的理想，激蕩着青年人的～。

【心扉】xīnfēi〔名〕人的內心：叩人～｜袒露～｜第一次敞開～，傾訴愛慕之情。

【心服口服】xīnfú-kǒufú〔成〕嘴裏、心裏都服氣。指徹底服氣。

【心浮】xīn∥fú〔形〕浮躁；不踏實：～氣躁｜～意亂｜你學習不好，是因為你～貪玩。

【心腹】xīnfù ❶〔名〕親信的人：他是上司的～。❷〔名〕內部；要害部位：鏟除～之患。❸〔形〕屬性詞。內心的：～話｜～事。❹〔形〕屬性詞。親信的：～人｜～朋友。

【心腹之患】xīnfùzhīhuàn〔成〕指隱藏在內部的禍患：除去～。也說心腹之疾。

【心甘】xīngān〔動〕心裏願意：～情願｜為了祖國建設，再苦再累也~。

【心甘情願】xīngān-qíngyuàn〔成〕完全願意，沒有絲毫勉強：為國家效力，～。也說甘心情願。

【心肝】xīngān〔名〕❶指良心：媚敵求榮，全無～｜為了追求享樂，他拋妻棄子，毫無～。❷（～兒）稱最鍾愛的人：～寶貝｜老祖母摟着小孫子叫～兒。

【心梗】xīngěng〔名〕心肌梗死的簡稱：他得了～，剛搶救過來。

【心廣體胖】xīnguǎng-tǐpán〔成〕《禮記·大學》："富潤屋，德潤身，心廣體胖。"原意是內心開闊，外貌自然安泰。後用來指心情舒暢，身體健壯。**注意** 這裏的"胖"不讀 pàng。也說心寬體胖。

【心寒】xīn∥hán〔形〕❶因內心失望而痛苦：看到這悽慘的景象，令人～。也說寒心。❷害怕：膽戰～。

【心黑】xīn∥hēi〔形〕❶心腸兇狠毒辣：一個人臉

厚～，並不能保證他最後的成功。❷貪心：想賺錢也不能太～啊！

【心狠手辣】xīnhěn-shǒulà〔成〕心地兇狠，手段毒辣：你要格外提(dī)防，他這個人～，甚麼事情都做得出來。

【心花怒放】xīnhuā-nùfàng〔成〕心裏高興得像鮮花盛開。形容愉快到極點：開獎結果令彩民們～。

【心懷】xīnhuái ❶〔動〕心裏藏着：～叵測｜～不滿｜～天下｜～碧玉體自香。❷〔名〕心意；意願：抒發愛國～。❸〔名〕胸懷；心胸：博大的心～｜～坦蕩｜敞開｜袒露。

【心懷鬼胎】xīnhuái-guǐtāi〔成〕心裏藏着見不得人的壞主意：這些人全都～，你可要小心。

【心懷叵測】xīnhuái-pǒcè〔成〕心裏藏着難以揣測的惡意：這個人陽奉陰違，～，不可重用。

【心慌】xīn//huāng ❶〔形〕心裏驚慌：傳來的壞消息叫人～意亂。❷〔動〕(北方官話)心跳加速、加強和心律不齊的症狀：練功開始出現～｜盜汗～。

【心灰意冷】xīnhuī-yìlěng〔成〕灰心失望，意志消沉：人處逆境不要～，要振作精神，努力進取，方可戰勝困難。也說心灰意懶。

【心機】xīnjī〔名〕心思；計謀；圖謀：費盡～｜各藏～｜她的～旁人無法覺察。

【心肌】xīnjī〔名〕構成心臟的肌肉，受交感神經和迷走神經的支配，心肌的收縮是自動而有節奏的。

【心急】xīn//jí〔形〕❶心中焦躁；着急：～如焚｜你別～，問題總會解決的。❷不耐煩，急於求成：～繡不出好花。

【心計】xīnjì〔名〕內心的打算；計謀：擅長炒作，工於～｜別看他年紀小，可是很有～。

【心跡】xīnjì〔名〕內心的真情和想法：當眾表明～｜袒露了作家的心～。

【心焦】xīnjiāo〔形〕心中着急煩躁：煙民低齡化令人～｜要發獎金，又無現錢，經理好～。

【心勁兒】xīnjìnr〔名〕❶興致；情緒；精神：忽然～上來了｜最近實在沒～看書。❷想法；心思：全廠上下，～一致｜這個舉措正合大夥的～。❸思考和處理問題的能力：這家公司員工善於用～推銷產品｜跟外資競爭，拚的就是～。

【心旌】xīnjīng〔名〕〈書〉平靜不下來的心：～搖蕩｜撩人～。

【心驚膽戰】xīnjīng-dǎnzhàn〔成〕膽、心：指內心。戰：戰抖。形容十分害怕：登上山頂再回過頭來看那陡峭的山路，真令人～。也說膽戰心驚。

【心驚肉跳】xīnjīng-ròutiào〔成〕形容心神恐懼不安：剛才那一陣電閃雷鳴，嚇得人～。

【心境】xīnjìng〔名〕心情；心緒；心中苦樂的情境：～愉快｜～十分苦悶｜隨時調控自己的～。

【心靜】xīnjìng〔形〕內心平靜：～自然涼｜孩子都出去玩了，她一個人在家很～｜一天到晚麻煩事不斷，總也不得～。

【心坎】xīnkǎn(～兒)〔名〕內心深處：我從～裏佩服他｜你這話說到我的～上了。

【心口如一】xīnkǒu-rúyī〔成〕心裏想的和嘴裏說的一樣。形容誠實直爽：我最喜歡～的人。

【心寬】xīn//kuān〔形〕心胸開闊：他～，遇事不發愁。

【心曠神怡】xīnkuàng-shényí〔成〕心情開朗，精神愉快：春色滿園，置身其中，令人～｜～，寵辱皆忘。

【心理】xīnlǐ〔名〕❶感覺、知覺、記憶、思維、情感、性格、能力等的總稱，是客觀事物在頭腦中的反映。❷泛指思想活動：要懂得青年的～才能引導青年前進。

【心裏】xīnlǐ〔名〕❶胸口內部：～悶得慌。❷頭腦裏；思想裏：記在～｜她～壓根兒沒有你｜痛快百病消。

【心裏打鼓】xīnlǐ-dǎgǔ〔俗〕忐忑不安；提心吊膽：我當時也沒把握，心裏直打鼓。

【心裏話】xīnlǐhuà〔名〕(句)內心深處的思想、感情；藏在心裏的話；實在話：說～，我不喜歡這個地方｜你不說～，我們就沒有辦法幫助你了。

【心力】xīnlì〔名〕❶精神與體力：竭盡～｜為兩岸的和平與發展盡力一份～。❷心肌收縮的力量：～衰竭｜調查表明，～強盛的人比～衰弱的人要長壽。

【心力交瘁】xīnlì-jiāocuì〔成〕精神與體力都極為勞累：接連出現的幾個官司，把公司老總弄得～。

【心靈】xīnlíng ㊀〔形〕頭腦靈活敏銳：～手巧｜小妹妹～，針線活兒一教就會。㊁〔名〕內心：～深處｜在她幼小的～裏留下了創傷。

【心靈手巧】xīnlíng-shǒuqiǎo〔成〕頭腦靈敏，雙手靈巧。形容人聰明能幹：到技術攻關部工作的，都是～的年輕人。

【心領】xīnlǐng〔動〕客套話。用於辭謝別人的饋贈或邀請：～，謝謝｜你們的好意我～了。

【心領神會】xīnlǐng-shénhuì〔成〕不用對方明說，自己已經領會、理解了。也指深刻地領會：班長一擺手，兩個戰士～，迅速從側面迂迴過去｜有些詩詞，雖然能～，卻難以用形象的語言表達出來。

【心路】xīnlù〔名〕❶心機；心計：有～｜鬥～。❷心術；用心：～不正｜弄不清他的～。❸氣量；心胸：他這個人～狹窄。❹心理變化的軌跡：她始終想拍一部真正反映女性～歷程的影片。

【心律】xīnlǜ〔名〕心臟跳動的節律：～失常。

【心亂如麻】xīnluàn-rúmá〔成〕心緒煩亂得像一團亂麻。形容心情煩亂不安：工作重，家務多，弄得她～，坐臥不寧。

【心滿意足】xīnmǎn-yìzú〔成〕形容心裏十分滿足：不指望我成龍變鳳，只要我能有一技之長，爸爸就～了。

【心明眼亮】xīnmíng-yǎnliàng〔成〕心裏清楚，眼睛雪亮。形容看問題深刻，能明辨是非：老人～，弄虛作假的事瞞不過他。

【心目】xīnmù〔名〕❶耳聞目睹的感受：以娛～｜追憶往昔，猶在～。❷心裏所想和眼睛所見：在我的～中他是一位英雄。

【心平氣和】xīnpíng-qìhé〔成〕平心靜氣，態度溫和：儘管別人對他有誤解，他還是那樣。

【心氣】xīnqì（～兒）〔名〕❶心思；想法：他倆～相投。❷志氣；心勁：別看他人小，～兒可高着呢。❸心情：～平和人自清｜農民的負擔輕了，～順了。❹氣量：～大。

【心切】xīnqiè〔形〕心情迫切：由於回家～，放假的當天就走了。

【心情】xīnqíng〔名〕❶內心的感情狀態：歡快的～｜～很好｜～不舒暢。❷情趣；情緒：我沒有～賞月｜她哪兒有～去玩！

【心曲】xīnqū〔名〕❶內心深處：亂我～。❷衷情；心事：傾訴～｜譜寫愛的～。**注意**這裏的"曲"不讀qǔ。

【心如刀割】xīnrúdāogē〔成〕內心傷痛得像刀割一樣。形容極度痛苦：她聽到這不幸的消息，～。也說心如刀絞。

【心軟】xīn//ruǎn〔形〕容易憐憫或同情：他這個人從來不～，不合理的要求絕對不答應｜都是～惹的禍。

【心上人】xīnshàngrén〔名〕因愛慕而經常放在心上的異性；意中人：做個心形動畫送給～｜～忘～。

【心神不定】xīnshén-bùdìng〔成〕精神狀態不安定：媒體高考大戰，攪得考生～。

【心聲】xīnshēng〔名〕心裏想要說的話；心底的聲音：表達群眾的～｜言為～。

【心事】xīnshì〔名〕（件，樁）心裏老想着的為難事：～重重｜他這幾天悶悶不樂，一定有～。

【心術】xīnshù〔名〕❶存心；居心（多指壞的）：～不正。❷心計：朋友之間應當坦誠相見，不必用～。

【心數】xīnshù〔名〕〈口〉心計：這孩子不傻，挺有～的。

【心思】xīnsi〔名〕❶想法；念頭：壞～｜他這真怪｜誰都猜不透她的～。❷（番）心神；精力：用～｜挖空～｜費了一番～。❸心情；興趣：沒有～聽音樂。

【心酸】xīn//suān〔形〕心中悲痛；傷心：聽了他的哭訴，無人不～｜～落淚。

【心算】xīnsuàn〔動〕只用腦子而不用運算工具進行運算（區別於"筆算""口算"）：他～比筆算快。

【心碎】xīn//suì〔動〕心都破碎了；形容悲傷到了極點：每次的離別，都令她～。

【心態】xīntài〔名〕心理狀態；內心活動：詩人的～｜這部小說描寫了當代青年的～。

【心疼】xīnténg ❶〔動〕疼愛：你要是真的～孩子就不要慣他。❷〔形〕感到惋惜：這麼多先進的機器閒置不用，扔在空地上風吹雨淋，看了叫人真～。❸〔動〕捨不得：我並不是～錢，只是覺得買這東西沒多大用。

【心田】xīntián〔名〕❶居心；心地：他表面對人嚴厲，但～不錯。❷內心：溫暖我～｜老師在我們幼小的～裏播下理想的種子。

【心跳】xīntiào〔動〕心臟跳動；特指心臟加快的跳動：我～得厲害，快扶我躺下來。

【心頭】xīntóu〔名〕心上；心裏：記在～｜感激之情湧上～。

【心頭肉】xīntóuròu〔名〕比喻最喜愛的人或東西：那些善本書是老爺子的～，千萬別亂動。

【心無二用】xīnwú'èryòng〔成〕一心不能用於兩事。指做事必須專心致志：常言道～，你既要上學，又想經商，這是很難兼顧的。

【心細】xīn//xì〔形〕思想周密；細心：膽大～｜他做事～，不會馬馬虎虎。

【心弦】xīnxián〔名〕思想感情：動人～｜歌聲觸動了我的～｜他的英雄事跡引起我～的共鳴。

【心心相印】xīnxīn-xiāngyìn〔成〕彼此的思想感情和境界完全一致，可以互相印證：他們兩個情投意合，～，不久就要結為終身伴侶了。

【心性】xīnxìng〔名〕性情；性格：～剛強。

【心胸】xīnxiōng〔名〕❶胸懷；氣量：～廣闊｜～褊狹｜～坦蕩蕩，有話當面講。❷志向；抱負：他有～，有志氣，前程無限。❸心懷；內心：敞開～訴衷情。

【心虛】xīn//xū〔形〕❶做錯了事而膽怯：做賊～｜理屈～。❷缺乏信心：擔負如此重要的工作，我很～。

【心緒】xīnxù〔名〕心上的頭緒；心情：～不寧｜～難安。

辨析 心緒、情緒、心情 a）"情緒"可指心理、心情激奮的狀態，如"急躁情緒""情緒高昂""情緒煩躁"。也可以指不高興的、不愉快的心情。"有情緒"是說不快，"沒有情緒"是說沒有不快。b）"心情"着重指感情狀態，如"心情舒暢""陰暗的心情"。"沒有心情"是說情緒不佳，但不說"有心情"，加上修飾語就可以說了，例如"有好心情"。c）"心緒"着重指心情變動的狀態（安定或煩亂），如"心緒寧靜""心緒煩亂""偶爾也有好心緒"，多用於書面語。

【心血】xīnxuè〔名〕心思和精力：用盡～｜為培養

子女,他費了不少~。

【心血來潮】xīnxuè-láicháo〔成〕形容感情衝動突然產生某種念頭:~,忘乎所以。

【心眼兒】xīnyǎnr〔名〕❶ 內心:從~裏高興。❷ 心地;用心:~很好 | 不知他是甚麼~。❸ 智慧;心計:他有~,會辦事 | 遇事要留個~。❹ 多餘的顧慮和懷疑:這個人不夠直爽,~太多。❺ 胸懷;度量:~窄,愛生氣,受不得委屈。❻ 心思;喜好:你要衝着他的~說話。

【心儀】xīnyí〔動〕〈書〉仰慕;嚮往:與~的人有個約會 | 他是我~已久的學者。

【心意】xīnyì〔名〕(片,番)❶ 親切的情意:請你吃飯,這是我們大家的一片~。❷ 意思;意圖:~已定,決不動搖 | 我們要了解他的這番~。

【心硬】xīn // yìng〔形〕心腸冷;不易憐憫或同情:你這做父親的,對孩子的死活都不管,也太~了。

【心有餘力不足】xīn yǒuyú lì bùzú〔俗〕對要做的事心裏想去做,但能力不夠:我雖然有心幫你的忙,無奈~。

【心有餘悸】xīnyǒuyújì〔成〕悸:驚懼;害怕。危險事情過後,心裏還感到恐懼:地震脫險已經一年,如今回想起來,仍然~。

【心語】xīnyǔ〔名〕心裏話:~聊天室 | 纏綿~,說幾聲,訴說許多情長。

【心猿意馬】xīnyuán-yìmǎ〔成〕心思像猿跳馬跑似的控制不住。形容心思不專一,經常變化:學習時要聚精會神,切不可~,胡思亂想。也說意馬心猿。

【心願】xīnyuàn〔名〕(椿)願望;希望達到的目標:了卻一椿~ | 滿足了他的~。

【心悅誠服】xīnyuè-chéngfú〔成〕誠心誠意地信服:高超的技藝令人~。

【心臟】xīnzàng〔名〕❶〔顆〕"心"①。❷ 比喻中心:首都北京是祖國的~。

【心照】xīnzhào〔動〕不必對方明白說出而心中自然知曉:大家彼此~。

【心照不宣】xīnzhào-bùxuān〔成〕彼此心裏明白,不需要說出來:他~地看了我一眼。

【心折】xīnzhé〔動〕從心眼兒裏欽佩:她晚會上的演唱令人~。

【心直口快】xīnzhí-kǒukuài〔成〕性格直爽,有甚麼說甚麼:他~,從不轉彎抹角。

【心志】xīnzhì〔名〕意志:~不移。

【心智】xīnzhì〔名〕❶ 智慧;思考能力:數學~開發 | 重視兒童的體格~發育。❷ 心理:他們工作的落腳點始終放在調整員工~上。

【心中無數】xīnzhōng-wúshù〔成〕胸中無數。

【心中有數】xīnzhōng-yǒushù〔成〕胸中有數。

【心醉】xīnzuì〔動〕因極度喜愛而陶醉:美妙的琴聲使人~。

辛 xīn ㊀ ❶ 辣:酸甜苦~。❷ 辛苦:~勤 | 艱~ | 苦~。❸ 痛苦:~酸 | 悲~。❹(Xīn)〔名〕姓。
㊁〔名〕天干的第八位。也用來表示順序的第八。

【辛亥革命】Xīnhài Gémìng 指孫中山領導的推翻清王朝的資產階級民主革命。1911年(農曆辛亥年)10月10日在湖北武昌起義,各地相繼響應,形成全國性的革命運動,終於推翻了清王朝,結束了中國兩千多年的封建君主專制制度。1912年1月1日,在南京成立中華民國臨時政府。

【辛苦】xīnkǔ ❶〔形〕身心勞苦:辛辛苦苦 | 農活兒很~ | 大家~了,快休息休息吧!❷〔動〕求人做事的客氣話:這事還得麻煩你~一趟。

【辛苦費】xīnkǔfèi〔名〕對別人出力幫助給予的報酬。

【辛辣】xīnlà〔形〕❶ 辣:一股~味撲鼻而來。❷ 比喻文章、語言潑辣尖銳,有刺激性:~的諷刺 | 這番話句句~。

【辛勞】xīnláo ❶〔形〕辛苦勞累:當記者十分~。❷〔動〕辛勤勞作:為國~。

【辛勤】xīnqín〔形〕辛苦勤勞:~工作 | ~耕耘 | ~一生 | 做事~肯幹。

【辛酸】xīnsuān〔形〕痛苦悲傷:一提起往事就十分~ | 滿紙荒唐言,一把~淚。

【辛垣】Xīnyuán〔名〕複姓。

忻 xīn ❶〈書〉同"欣"①。❷(Xīn)〔名〕姓。

芯 xīn ❶ 去皮的燈芯草;泛指草木的中心部分:燈~。❷ 某些物體的中心部分:機~ | 筆~ | 岩~ | 氣門~。
另見 xìn(1509頁)。

【芯片】xīnpiàn〔名〕具有完整功能的精細電子綫路的集成電路,體積小,耗電少,速度快,廣泛應用於電子計算機、通信設備和家電產品等方面。

昕 xīn〈書〉❶ 黎明時分;太陽將要升起的時候:~夕與共。❷ 鮮明;明亮。

欣〈❶訢〉 xīn ❶ 喜悅;高興:~喜 | ~悅 | ~歡～鼓舞。❷(Xīn)〔名〕姓。
"訢"另見 Xīn(1507頁)。

【欣然】xīnrán〈書〉❶〔形〕喜悅的樣子:海內~。❷〔副〕愉快地:~接受 | ~同意 | ~前往。

【欣賞】xīnshǎng〔動〕❶ 懷着喜愛的心情領略美好事物中的意趣:~音樂 | ~山野風光。❷ 喜歡;賞識:我很~這間客廳的佈置 | 他十分~你的為人。

【辨析】**欣賞、觀賞**　都可以指觀看美好的事物，領略其中的情趣。"欣賞"指多種感官和精神的享受，對象不限於看得見的東西，還可以是音樂、美味、美好的思想情感等，如"欣賞古典音樂""最欣賞酸酸甜甜的楊梅""很欣賞他的樂觀精神"。"觀賞"則側重指通過視覺來欣賞，對象只能是看得見的東西，如"觀賞湖光山色""觀賞表演""觀賞菊花"。可以說"很欣賞"某某，不能說"很觀賞"某某。

【欣慰】xīnwèi〔形〕高興而心安：倍感～｜～的紀念。

【欣喜】xīnxǐ〔形〕歡喜；快樂：～逾常｜各族人民莫不～。

【欣喜若狂】xīnxǐ-ruòkuáng〔成〕高興得像發狂了一樣。形容高興到了極點：勝利的消息傳來，人們～，奔走相告。

【欣羨】xīnxiàn〔動〕〈書〉喜愛而羨慕：你取得的成功令人～。

【欣欣向榮】xīnxīn-xiàngróng〔成〕形容草木茂盛，生機蓬勃。也比喻事業繁榮昌盛、蓬勃發展：春雨過後，田裏小麥～｜文化藝術事業～。

【欣幸】xīnxìng〔動〕歡喜而慶倖：～脫險歸來。

炘　xīn〈書〉燒，灼。

【炘炘】xīnxīn〔形〕熾熱：光焰～。

莘　xīn　用於地名：～莊（在上海）。
另見 shēn（1194 頁）。

訴（诉）　Xīn〔名〕姓。
另見 xīn "欣"（1506 頁）。

新　xīn ❶〔形〕剛出現的（跟"舊""老"相對）：～書｜～產品｜～風氣。❷〔形〕性質上改變得更好的（跟"舊"相對）：～文化｜～社會。❸〔形〕沒有用過的（跟"舊"相對）：～門窗｜～桌椅｜～枕頭。❹〔形〕結婚的或結婚不久的：～郎｜～娘｜～媳婦｜～女婿。❺〔副〕新近；剛：～油漆的門窗｜～做的衣裳。❻ 革除舊的、換上新的；使變成新的：革～｜改過自～。❼ 指新人新事物：～陳代謝｜推陳出～｜迎～晚會｜以老帶～。❽（Xīn）王莽建立的國號（9—23）。❾（Xīn）〔名〕指新疆：蘭～鐵路。❿（Xīn）〔名〕姓。

語彙　重新　創新　翻新　革新　更新　全新　刷新　維新　迎新　嶄新　自新　除舊佈新　耳目一新　破舊立新　推陳出新　溫故知新

【新編】xīnbiān〔動〕重新編寫或最新編寫：～教科書｜～字典｜～歷史劇｜故事～。

【新潮】xīncháo ❶〔名〕新潮流；最新流行的事物：藝術～｜影視～。❷〔形〕趕時髦；新流行的：～髮型｜～時裝｜他認為這種文藝很～。

【新陳代謝】xīnchén-dàixiè ❶ 指生物體從外界取得生活必需的物質，通過物理、化學作用變成生物體的有機組成部分，供給生長、發育，同時產生能量維持生命活動，並排除廢物的過程。❷ 比喻新的事物滋生發展，代替舊的事物：～是不以人們的意志為轉移的客觀規律。

【新寵】xīnchǒng〔名〕新近受人喜愛或歡迎的人或事物：互聯網正成為人們的～。

【新仇舊恨】xīnchóu-jiùhèn〔成〕新的冤仇加上舊的怨恨。形容仇恨很多：～湧上心頭。也說舊恨新仇。

【新春】xīnchūn〔名〕❶ 春節；農曆新年：～佳節。❷ 初春：～伊始。

【新大陸】xīndàlù〔名〕美洲的別稱。因為 15 世紀歐洲人才發現這塊大陸是向這裏移民，所以叫新大陸（區別於歐洲舊大陸）。

【新低】xīndī〔名〕數量、價格、水平等方面下降到的新的最低點：民意測驗表明，本屆總統選舉投票率將創下歷史上的～。

【新房】xīnfáng〔名〕❶（間）洞房；新婚夫婦的臥室：鬧～。❷ 新建的房子：～加舊房夠大家住了。

【新風】xīnfēng〔名〕新的風氣；新的風尚：都市～｜破除舊俗，樹立～。

【新高】xīngāo〔名〕數量、價格、水平等方面上升到的新的最高點：節前的北京火車站客流量再次創下～。

【新姑爺】xīngūye〔名〕新女婿。

【新貴】xīnguì〔名〕指新得勢的顯貴。

【新好男人】xīnhǎonánrén　符合時代新標準的優秀丈夫。一般認為應事業有成，具有家庭責任感，對妻子溫柔體貼，擅長家務等：妻子外出工作，造就了很多出門拚命賺錢養家、回家歡快下廚燒菜的～。

【新歡】xīnhuān〔名〕新的戀人或情人（含貶義）：有了～，忘了舊人。

【新婚】xīnhūn〔動〕剛結婚：燕爾～｜～夫婦。

【新紀元】xīnjìyuán〔名〕新的歷史階段的開始；比喻劃時代的事業的開始：開創～｜歷史的～。

【新交】xīnjiāo ❶〔動〕剛剛認識不久或結交不久：她又～了一個男友。❷〔名〕新結交的朋友：他有了～，忘舊交。

【新近】xīnjìn〔副〕不久前的一段時間；最近：我～沒有看見他｜這是～發生的事。

【新居】xīnjū〔名〕剛建成或剛遷入的住所：不久他將搬入～。

【新款】xīnkuǎn〔名〕新的款式：～臥車受追捧｜這裏是全球最大的～牛仔褲市場。

【新來乍到】xīnlái-zhàdào〔成〕剛剛來到或新近來到：我們～，人地生疏，請多關照。

【新郎】xīnláng〔名〕（位）男子結婚時的稱呼。也叫新郎官。

【新綠】xīnlǜ〔名〕草木剛長出來的嫩綠色：入春

的江南，一片～。

【新貌】xīnmào〔名〕嶄新的面貌或樣子：古都～。

【新苗】xīnmiáo〔名〕剛出土的幼苗；比喻新出現的、有發展前途的人或事物：培養足球運動的～要從娃娃抓起。

【新能源】xīnnéngyuán〔名〕新開發利用的能源，如核能、太陽能、地熱能、風能、生物質能、海洋能等，區別於煤、石油、天然氣等傳統能源。也稱非常規能源。

【新年】xīnnián〔名〕元旦和元旦以後的一段時日。專用於陽曆。農曆新年叫春節，可是民間習慣仍然管過春節叫過年。

【新娘】xīnniáng〔名〕（位）女子結婚時的稱呼。也叫新娘子。

【新派】xīnpài ❶〔名〕新的派別：他屬～。❷〔形〕屬性詞。新出現的不同於傳統思想和做法的（區別於"老派"）：～人物。

【新篇章】xīnpiānzhāng〔名〕新的一頁，比喻新的開始：譜寫了兩國關係史上的～｜魯迅的創作是現代中國文學的～。

【新品】xīnpǐn〔名〕新品種；新產品：～上市｜依靠科技實力和人才優勢進行～研發｜彩電～爭搶市場。

【新瓶裝舊酒】xīnpíng zhuāng jiùjiǔ〔俗〕新標籤，老貨色。比喻用華麗的辭藻掩飾陳腐的內容或用新的手法闡述舊的觀點：說得好聽，只不過是～，其實還是老一套。

【新奇】xīnqí〔形〕新鮮奇特：～的設想｜他初到北京，處處感到～。

【新巧】xīnqiǎo〔形〕新穎精巧：文章立意～，勝人一籌｜這兩幅畫構思～，各有千秋。

【新區】xīnqū〔名〕❶新解放的地區。特指解放戰爭開始後解放的地區（區別於"老區"）。❷新的住宅區或商業區、開發區等。

【新人】xīnrén〔名〕❶具有新思想、新道德品質的人：一代～｜～新事。❷某一行業或領域的新手：文壇～。❸新來的人員：編輯部今年來了不少～。❹指新郎和新娘。有時特指新娘。❺改過自新的人：爭取重做。

【新人新事】xīnrén-xīnshì〔成〕具有新思想、新道德品質的人和體現新的社會風尚的事：～大量湧現。

【新銳】xīnruì ❶〔形〕新奇銳利：思想活躍，持論～。❷〔形〕新出現的富有銳氣的：～作家｜～的樂隊人氣飆升。❸〔名〕新出現的富有銳氣的人：歌壇～｜選手當中有一流車手，也有嶄露頭角的～。

【新生】xīnshēng ㊀❶〔形〕屬性詞。剛產生的；剛出現的：～嬰兒｜～力量｜～事物。❷〔名〕新生命：失足青年獲得了～。㊁〔名〕新入學的學生：大一～。

【新生代】xīnshēngdài〔名〕新的一代人或事物：～

作家｜～車型。

【新生事物】xīnshēng shìwù 剛出現或新近出現的事物；新事物：～層出不窮。

【新詩】xīnshī〔名〕（首）❶指五四以來用白話寫的詩（區別於"舊體詩"）。也叫新體詩。❷新作的詩：這是他最近創作的兩首～。

【新式】xīnshì〔形〕屬性詞。新的式樣；新的形式（跟"舊式"相對）：～皮鞋｜～農具｜～裝備。

【新手】xīnshǒu（～兒）〔名〕（把，名）剛參加某種工作或技藝還不熟練的人：剪裁衣服，他還是一把～兒。

【新四軍】Xīnsìjūn〔名〕中國共產黨領導的抗日革命武裝，原為南方八省的紅軍游擊隊，1937年全面抗日戰爭開始後編為新四軍，是華中地區抗日的主力。

【新天地】xīntiāndì〔名〕新的領域或境界：開創經濟建設的～｜在學術界打出一片～。

【新文化運動】Xīnwénhuà Yùndòng 指五四運動前後的文化革命運動。五四運動前，是資產階級舊民主主義的新文化與封建階級的舊文化的鬥爭，主要內容是高舉民主和科學的大旗，提倡辦學校，反對科舉；提倡新學，反對舊學。五四運動後，馬克思主義開始在中國廣泛傳播，宣傳十月革命，宣傳社會主義成為這一運動的主流。

【新聞】xīnwén〔名〕❶（條，則）媒體對國內外重要事情報道的消息：發佈～｜～聯播。❷（件）泛指社會上最近發生的新鮮事（跟"舊聞"相對）：這真是一件從來沒聽說過的～。

【新聞公報】xīnwén gōngbào 政黨或國家機關就重大事件發表的政治性公告或聲明。有直接發表的，有委託通訊社發表的。

【新鮮】xīnxiān(-xian)〔形〕❶剛生產或加工的；不腐腐變質的（多指食物）：～牛奶｜～魚蝦｜～的瓜果蔬菜。❷比喻新流出或新抽出的：～血液。❸鮮嫩沒有枯萎的：～的秧苗｜～花朵。❹不含雜質，經常流通的：～空氣。❺新出現的；罕見的；奇異的：～事兒｜～經驗｜你這話可真～！

【新鮮血液】xīnxiān xuèyè 比喻某一組織或團體新吸收的成員：一個組織不吸收～就沒有活力。

【新星】xīnxīng〔名〕（顆）❶在短時期內亮度突然增大，後來又逐漸回降到原來亮度的恆星。中國古代也叫客星、暫星。❷新的明星；新出現的出類拔萃的人物：棋壇～｜影視～｜體操～｜科技～。

【新興】xīnxīng〔形〕屬性詞。剛剛興起的；處在發展中的：～勢力｜～的獨立國家｜～的工業城市。

【新型】xīnxíng〔形〕屬性詞。新式；新的類型：～企業｜～劇場｜～科學家。

【新秀】xīnxiù〔名〕新湧現的優秀人才：文藝～｜

京劇～｜醫學界～｜理論界～｜體壇～。

【新學】xīnxué〔名〕清末指歐美的自然科學和社會、政治學說（跟"舊學"相對）。也稱西學。

【新異】xīnyì〔形〕新奇：～品牌服飾｜琥珀戒指，色澤漂亮款式～｜這聽起來～得讓人難以相信。

【新意】xīnyì〔名〕新的意思或意境：這篇文章很有～，值得一讀。

【新穎】xīnyǐng〔形〕新鮮別緻，不同流俗：題材～｜服裝款式很～。

【新雨】xīnyǔ〔名〕❶剛剛下過的雨：一夜～，滿目秋爽。❷〈書〉比喻新朋友：舊雨來～亦來。

【新垣】Xīnyuán〔名〕複姓。

【新月】xīnyuè〔名〕❶農曆每月初出現的形狀如鈎的月亮：一彎～。❷朔月。

【新張】xīnzhāng〔動〕新商店剛開張營業：～期間特價酬賓｜新超市日前正式～。

【新招】xīnzhāo（～兒）〔名〕新的手段、辦法：解決困難，廠長有～。

【新知】xīnzhī〔名〕❶新的知識：學習～｜舊學～。❷新結交的朋友：攜舊友，挑戰革新夢想｜舊友～迎千禧。

【新址】xīnzhǐ〔名〕新的地址：這個廠的～在郊外。

【新妝】xīnzhuāng〔名〕指女子修飾後的容貌妝飾：紅燭照～。

【新裝】xīnzhuāng〔名〕❶（套）新的服裝。❷比喻新的面貌：山鄉換～。

【新作】xīnzuò〔名〕（部，篇）新的作品：文藝刊物上有不少～發表。

歆　xīn ❶〈書〉祭祀時，鬼神吸、嗅、享受祭品的氣味。❷〈書〉用食品招待貴賓或祭祀鬼神。❸〈書〉欣羨；羨慕：～羨｜～慕。❹〈書〉觸發。❺～動。❻（Xīn）〔名〕姓。

鋅（鋅）xīn〔名〕一種金屬元素，符號Zn，原子序數30。藍白色，質地脆。大都用來製合金或者鍍鐵板。

【鋅版】xīnbǎn〔名〕（塊）用鋅製成的印刷版，多用來印刷照片、插圖、表格等。

廞（廞）xīn〈書〉陳設。

薪　xīn ❶柴火；杯水車～｜臥～嘗膽｜賣炭翁，伐～燒炭南山中。❷〔名〕薪金：發～｜加～｜停～留職。❸（Xīn）〔名〕姓。

語彙　底薪　乾薪　工薪　年薪　日薪　月薪　杯水車薪　釜底抽薪　曲突徙薪

【薪酬】xīnchóu〔名〕〈書〉薪金；報酬。

【薪俸】xīnfèng〔名〕薪水，俸給。舊時官吏的所得叫俸給，一般級別較低的職員或僱員的所得叫薪水。後來不分，合稱薪俸。

【薪金】xīnjīn〔名〕薪水。

【薪盡火傳】xīnjìn-huǒchuán〔成〕前一根柴剛燒盡，後一根柴已經燒着，火永遠不熄滅。比喻師生傳授，學術、技能一代代流傳不息。也省稱薪火或薪傳。

【薪水】xīnshui〔名〕原指柴和水，是人們日常生活不可缺少的東西。後借指工資。

【薪餉】xīnxiǎng〔名〕舊時指軍、警的薪金。

【薪資】xīnzī〔名〕工資。

馨　xīn〈書〉傳佈很遠的香氣：清～｜溫～｜芳～｜如蘭之～。

【馨香】xīnxiāng〈書〉❶〔形〕芳香：花團似錦，滿園～。❷〔名〕焚香的香味：～祝禱。

鑫　xīn ❶〈書〉財富興盛。❷見於人名或商店字號，取多金之義。❸（Xīn）〔名〕姓。

xín　ㄒㄧㄣˊ

鐔（鐔）xín ❶古指劍柄手握處兩端的突出部分。❷古代一種似劍而小的兵器。❸（Xín）〔名〕姓。

另見 Chán（145頁）；Tán（1312頁）。

xǐn　ㄒㄧㄣˇ

伈　xǐn 見下。

【伈伈】xǐnxǐn〔形〕〈書〉小心恐懼的樣子。

xìn　ㄒㄧㄣˋ

囟　xìn〔名〕囟門。

【囟門】xìnmén〔名〕嬰兒頭頂骨尚未合縫的地方。

芯　xìn/xīn 見下。

另見 xīn（1506頁）。

【芯子】xìnzi〔名〕❶裝在器物中間的捻子之類的東西，如油燈、蠟燭的捻子，爆竹的引綫等。❷蛇的舌頭。

信　xìn ㊀❶確實；真實：～史｜～而有據。❷〔動〕相信；信任：～以為真｜～不～由你。❸〔動〕信奉：～教｜～佛｜～神｜不～邪。❹隨意；任憑：～步所之｜～口開河。❺信用：守～｜失～｜～譽卓關。❻符信；憑據：～號｜印～。❼〔名〕（封）函件：一封～｜介紹～｜公開～｜證明～。❽（～兒）〔名〕消息：口～兒｜通風報～。❾引信：～管。❿同"芯"（xìn）。⓫古同"伸"（shēn）：欲～大義於天下。⓬（Xìn）〔名〕姓。

㊁信石，砒霜：紅～｜白～。

語彙　報信　電信　復信　回信　口信　迷信　親信　確信　失信　通信　威信　相信　音信　自信　雞毛信　匿名信　通風報信

【信筆】xìnbǐ ❶〔副〕隨意（寫或畫）：～拈來皆文章｜～塗抹，稚拙可愛。❷〔名〕隨意寫的文字：職涯～｜雖是～，但也曾下過工夫。

【信步】xìnbù〔動〕沒有目標地隨意走走；漫步：閒庭～。

【信從】xìncóng〔動〕信任聽從：不要盲目～｜凡是試過的人都接受了，也～了。

【信貸】xìndài〔名〕銀行存款、貸款等信用業務活動的總稱，一般專指銀行貸款：長期～｜～資金。

【信都】Xìndū〔名〕複姓。

【信訪】xìnfǎng〔動〕群眾來信或來訪：～工作｜網上～｜局長接待～｜公民進行～活動應遵守法紀。

【信封】xìnfēng（～兒）〔名〕裝信的封套。

【信奉】xìnfèng〔動〕❶信仰並崇奉：～佛教｜～上帝。❷相信並奉行：～實用主義。

【信服】xìnfú〔動〕相信並佩服：他高明的醫術令人～。

【信鴿】xìngē〔名〕（羽，隻）受過訓練，專門用來傳遞書信的家鴿。

【信管】xìnguǎn（～兒）〔名〕（支）引信。

【信函】xìnhán〔名〕（封）指以封套形式傳遞的書信。

【信號】xìnhào（～兒）〔名〕❶用光、電波、聲音、動作等傳送的事先規定或約定的通信符號，一般用來傳遞消息或發佈命令：燈光～｜識別～｜～彈｜～燈｜～槍。❷電路通信中帶有信息的電流、電壓或無線電波等。

【信匯】xìnhuì ❶〔動〕由銀行或郵局通過信函的方式匯款（區別於“電匯”）。❷〔名〕（筆）通過信函辦理的匯款。

【信箋】xìnjiān〔名〕（張）信紙。

【信件】xìnjiàn〔名〕書信、明信片和遞送的文件、印刷品等。

【信口雌黃】xìnkǒu-cíhuáng〔成〕古人抄書、校書常用雌黃（一種礦物，成分是三硫化二砷，橙黃色）塗改文字。後來用“信口雌黃”指不顧事實，隨口亂說：他說的這些話毫無根據，～。

【信口開河】（信口開合）xìnkǒu-kāihé〔成〕隨便亂說：你別聽他～。

【信賴】xìnlài〔動〕信任依靠：可以～｜值得～｜他勤奮工作，受到領導～。

【信念】xìnniàn〔名〕自己認為正確並堅信不移的看法：他的～非常堅定，從來沒有動搖過。

【信任】xìnrèn〔動〕相信並可以託付：大家都很～他，選他當代表。

【信賞必罰】xìnshǎng-bìfá〔成〕該賞的一定賞，該罰的一定罰。形容賞罰分明：新廠長來了以後～，工廠出現了新氣象。

【信石】xìnshí〔名〕砒霜，因產地信州（今江西上饒一帶）而得名。

【信史】xìnshǐ〔名〕記載真實可靠的史書：司馬遷的《史記》堪稱～。

【信使】xìnshǐ〔名〕（位，名）奉派傳達消息或擔任使命的人，現指向駐外機構傳送文書信件的人：派遣～｜～往來頻繁。

【信誓旦旦】xìnshì-dàndàn〔成〕《詩經‧衛風‧氓》：“總角之宴，言笑晏晏。信誓旦旦，不思其反。”旦旦：誠懇的樣子。指誓言真誠可信：結婚之時他～，誰知沒過多久，他就拋棄了妻子。

【信手拈來】xìnshǒu-niānlái〔成〕隨手拿來。形容掌握的詞彙或材料豐富，用不着冥思苦想就能寫出好文章：～都是好文章。

【信守】xìnshǒu〔動〕忠實地遵守：～盟約｜～諾言。

【信水】xìnshuǐ〔名〕〈書〉指婦女的月經。因為月經按月而至，準則有信，故稱。

【信天翁】xìntiānwēng〔名〕鳥名，生活在海邊，身體白色而帶青，長一米左右，翅膀淡黑色，善於飛翔，趾間有蹼，能游水。捕食魚類。

【信天遊】xìntiānyóu〔名〕陝北民歌曲調的一類，多為兩句一段，短的一段為一曲，長的可達數十段為一曲。上句起興作比，下句點題。同一曲調可以反復演唱，節奏自由，旋律奔放。

【信條】xìntiáo〔名〕信奉並遵守的準則：不抽煙、不喝酒是王老師的～。

【信筒】xìntǒng〔名〕郵局為收集信件專設的供寄信人投放信件的筒狀設備。也叫郵筒。

【信徒】xìntú〔名〕（名）信仰某一宗教的人；也泛指信仰某人、某學派、某主義或主張的人：佛教～｜黑格爾的～。

【信託】xìntuō ❶〔動〕相信並託付：他是完全可以～的人。❷〔形〕屬性詞。經營寄售商品業務的：～商店｜～公司。

【信物】xìnwù〔名〕作為憑證的物件：他倆訂婚的～是一對戒指。

【信息】xìnxī〔名〕（條）❶音信；消息：那件事一點兒～也沒有。❷信息論中指用符號傳遞的報道。泛指給予接收者的預先不知道的消息或能消除不確定因素的消息。也作訊息。

【信息安全】xìnxī ānquán 對敏感的信息採取各種保護措施，以防止信息的泄露、轉移、修改或破壞。

【信息產業】xìnxī chǎnyè 有關信息的生產、應用和流通的產業，包括電子計算機產業、軟件業、通信業以及信息服務業等：～要依賴於各種高技術的支持。

【信息高速公路】xìnxī gāosù gōnglù 一種大容量、高速度的信息傳輸網絡，是國家信息基礎設施或全球信息基礎設施。

【信息科學】xìnxī kēxué 研究信息的產生、獲取、存儲、傳輸、處理和使用的基礎科學。

【信箱】xìnxiāng〔名〕❶（隻）郵局設置的供人投寄信件的箱子。❷（隻）設在郵局（或報社）編有號碼供人租來收信用的箱子，叫郵政專用信箱。有時某號信箱只是某收信者的代號。❸（隻）設置在門前用來收信的箱子。❹指書報雜誌特闢的欄目或影視廣播特設的節目。"方小姐信箱"，就是某電視台特設的專門解答婚姻和家庭問題的節目名稱。❺指電子信箱。

【信心】xìnxīn〔名〕確信事情能辦好或目標、願望能實現的心理：滿懷～｜缺乏～｜有～｜～十足。

【信仰】xìnyǎng ❶〔動〕對某種宗教或某種主義、主張信服、崇拜，並奉為行為的準則：人民群眾有～宗教的自由。❷〔名〕指信服、崇拜，並奉為行為準則的事物：宗教～｜他甚麼～也沒有。

【信義】xìnyì〔名〕信用和道義：有～｜守～｜講～。

【信用】xìnyòng(-yong) ❶〔名〕能夠履行諾言而取得的信任：講～｜這個人沒有～。❷〔形〕屬性詞。可以按時償付，不需要提供物資保證的：～貸款｜～合作社。❸〔名〕指銀行借貸或商業上的賒銷、賒購。❹〔動〕〈書〉相信並任用：不要～壞人。

【信用卡】xìnyòngkǎ〔名〕（張）由銀行或專門機構簽發的一種電子支付憑證（電子貨幣），持卡人憑卡和本人簽字可以在約定的商店或場所進行記賬消費，在銀行取款機上支取現金等。

【信譽】xìnyù〔名〕信用和聲譽：～卓著｜享有很高的～。

【信札】xìnzhá〔名〕（封）書信：名人～。也叫書札。

【信紙】xìnzhǐ〔名〕（張）寫信用的紙。

【信眾】xìnzhòng〔名〕信仰某一宗教的人：八方～前往峨眉朝拜。

焮 xìn ❶〈書〉燒，烤。❷（北京話）皮膚發炎腫痛。

釁 釁 xìn〈書〉❶以香塗身。❷同"釁"①。

釁（衅） xìn ❶嫌隙；爭端：～端｜尋～｜挑～。❷(Xìn)〔名〕姓。

語彙　啟釁　挑釁　尋釁

【釁端】xìnduān〔名〕〈書〉爭執的緣由；爭端：挑起～｜釀成～。

xīng　ㄒㄧㄥ

狌 xīng〈書〉同"猩"。另見 shēng（1205頁）。

星 xīng ❶〔名〕（顆）宇宙間能發射光或反射光的天體，如恆星、行星、衛星、彗星、流星等。通常指夜間天空中發光的天體：滿天～｜～羅棋佈。❷〔名〕形狀像星星的東西：五角～。❸比喻某種突出的人物：歌～｜影～｜～級演員。❹(～兒)〔名〕細碎的小東西：火～兒｜油～兒｜一～半點兒。❺〔名〕秤桿上的金屬小點子：秤～｜定盤～。❻二十八宿之一，南方朱雀七宿的第四宿。參見"二十八宿"（347頁）。❼(Xīng)〔名〕姓。

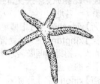

五角星　　　　海星

語彙　秤星　寒星　恆星　彗星　救星　零星　流星　明星　壽星　童星　衛星　新星　行星　影星　值星　準星　寥若晨星

【星辰】xīngchén〔名〕天上星星的總稱：日月～｜昨夜～燦爛。

【星斗】xīngdǒu〔名〕❶天上的星星：滿天～。❷特指北斗星。

【星光】xīngguāng〔名〕星的光輝：今夜～燦爛。

【星漢】xīnghàn〔名〕〈書〉銀河：～西流夜未央。

【星河】xīnghé〔名〕銀河：天上～轉，人間簾幕垂。

【星火】xīnghuǒ ㊀〔名〕❶微小的火：～燎原。❷零星的火光：兩三～是瓜州｜～西湖不夜天。㊁〔名〕流星的光，比喻急迫：急如～。

【星級】xīngjí ❶〔名〕賓飯、飯店的等級。目前國際上通行用五個星級，標明賓館、飯店由低到高的等級：三～賓館｜五～飯店。❷〔形〕屬性詞。水平高的、等級高的：家電公司推出～服務。❸〔形〕屬性詞。明星級的：此後他片約如潮，身價陡增，成為～人物。

【星際】xīngjì〔形〕屬性詞。星體與星體之間：～飛行｜～導航。

【星空】xīngkōng〔名〕佈滿星體的天空：萬里～｜仰望～。

【星羅棋佈】xīngluó-qíbù〔成〕像天上的星星和棋盤上的棋子那樣分佈着。形容數量多，分佈廣：全縣小水電站～，對農業十分有利。

【星期】xīngqī〔名〕❶（個）中國古代曆法把二十八宿按日、月、火、水、木、金、土的次序排列，七日一週，週而復始，稱為"七曜"。公元前1世紀古羅馬用於星占的日曆也是以七日為一週，方法與"七曜記日"暗合。後來根據國際習慣，把這樣連續排列的七天作為工作學習學習或作息日期的計算單位，叫作星期。❷跟"一、二、三、四、五、六、日"連用，表示一個星期的某一天；和"幾"連用，構成問話，表示詢問某日是該星期中的哪一天：～一｜～四｜今天～幾？｜今天～六。❸ 星期日的簡稱：～到郊外去玩。❹〈書〉舊時特指農曆七月七日。

【星球】xīngqiú〔名〕天文學上指宇宙間能發射光和反射光的天體。

【星散】xīngsàn〔動〕〈書〉像星星散佈在天空那樣；比喻原來在一起的人分離四散：昔日同學，～各地。

【星術】xīngshù〔名〕根據星象占卜吉凶的方法。

【星探】xīngtàn〔名〕指受僱專職探查、挖掘演員的人：拍過幾個廣告之後，他的表演才能引起了～的注意。

【星體】xīngtǐ〔名〕天體。一般指個別的星球，如太陽、火星等。

【星條旗】xīngtiáoqí〔名〕指美國國旗。因其圖案由星星和橫綫條構成，故稱。

【星系】xīngxì〔名〕由恆星和星際物質組成的天體系統。

【星相】xīngxiàng〔名〕星象和相貌，迷信者認為根據星相可以占卜吉凶。

【星象】xīngxiàng〔名〕指天空中星體明暗、位置移動等現象。古人常用這些現象來附會人事的變化。

【星星】xīngxing〔名〕比喻零散的、細小的東西：～點點，不成系統。注意"萬里晴空，一星半雲也沒有""油就剩下這麼一星星"，其中的"星星"可以看成名詞，也可以看成量詞。現代漢語數詞不直接加在名詞前面，因此還是看成量詞較好；不過，前面的數詞限於"一"。

【星星點點】xīngxīngdiǎndiǎn〔形〕狀態詞。❶ 形容數量多而分散：夏季的草地，到處開放着各種顏色的野花，～的。❷ 形容數量很少或零散：夜深了，遠處的高樓只剩下～的燈光。

【星星之火，可以燎原】xīngxīngzhīhuǒ, kěyǐliáo-yuán〔成〕一點點火星，可以引起蔓延原野的大火。比喻新生事物開始時雖然顯得弱小，但有旺盛的生命力和廣闊的發展前途。也比喻小問題可以釀成大亂子。也說星火燎原。

【星宿】xīngxiù〔名〕中國古代指星座，共分二十八宿。參見"二十八宿"（347頁）。

【星夜】xīngyè〔名〕天上佈滿星星的夜晚（多用於表示連夜活動）：～兼程｜水利部門～趕往各地水庫，排查險情。

【星移斗轉】xīngyí-dǒuzhuǎn〔成〕斗轉星移。

【星雲】xīngyún〔名〕雲霧狀的天體。在銀河系以內的叫作河內星雲，在銀河系以外的叫河外星雲。

【星運】xīngyùn〔名〕成為明星的運氣：由於～不佳，他不再接受媒體採訪｜她的～亨通，身價日高。

【星座】xīngzuò〔名〕天文學上為了便於研究和認識星空，將星空劃分為許多區域，叫星座。現在國際通用的星座共有88個。如北斗七星就是屬於大熊座的星群。中國古代叫星宿。

猩 xīng 猩猩。

【猩紅】xīnghóng〔形〕狀態詞。像猩猩的血那樣紅；血紅：～的榴火｜～的地毯。

【猩紅熱】xīnghóngrè〔名〕一種由溶血性鏈球菌引起的急性傳染病，患者多是3至7歲的兒童，主要症狀是發熱，咽痛，口圍蒼白，舌頭表面呈草莓狀，全身有點狀紅疹，紅疹消失後脫皮。

【猩猩】xīngxing〔名〕(隻、頭)哺乳動物，比猴子大，前肢長，無尾，全身有赤褐色長毛。主食野果。生活在加里曼丹和蘇門答臘的森林中。

惺 xīng〈書〉❶ 機靈，聰明。❷ 領會；醒悟。

【惺忪】(惺松)xīngsōng〔形〕剛醒而眼睛模糊不清的樣子：睡眼～。

【惺惺】xīngxīng ❶〔形〕聰明：一半～一半愚。❷〔名〕聰明的人：～惜～，好漢識英雄(比喻同類的人互相愛惜)。❸ 放在形容詞"假"後，構成形容詞生動形式。見"假惺惺"(633頁)。

【惺惺相惜】xīngxīng-xiāngxī〔成〕惺惺：聰明的人。聰明的人相互愛惜、同情。比喻同類的人互相愛惜。

【惺惺作態】xīngxīng-zuòtài〔成〕裝模作樣，故意做出一副姿態。形容不老實的樣子。

瑆 xīng〈書〉玉的光澤。

腥 xīng ❶ 生肉；一般指魚類、肉類等食物：不吃葷～。❷〔名〕生魚蝦之類發出的氣味：隔天茶水可去～｜薑塊入菜可以去～解膩。❸〔形〕有腥氣：帶魚的氣味太～。

語彙　葷腥　血腥

【腥臭】xīngchòu〔形〕又腥又臭：這個菜市場的衛生不錯，賣魚肉的地方幾乎沒有～味兒。

【腥風血雨】xīngfēng-xuèyǔ〔成〕形容屠殺殘酷的景象。也說血雨腥風。

【腥氣】xīngqi ❶〔名〕(股)魚、蝦等難聞的氣味：哪兒來的一股子～？❷〔形〕帶有腥氣：很～，真難聞。

【腥臊】xīngsāo〔形〕(氣味)又腥又臊：不愛聞那～味兒。

【腥膻】xīngshān ❶〔形〕又腥又膻：不喜歡～味兒。❷〔名〕又腥又膻的東西，指肉食：老人不食～。

煋 xīng〈書〉光芒四射。

箵 xīng ❶〈書〉竹名。❷ 見"筹箵"(852頁)。

興（兴） xīng ❶旺盛：～衰｜～亡｜～盛。❷〔動〕流行：時～｜現在又～穿喇叭腿褲了。❸〔動〕使盛行：大～實事求是之風。❹發動；舉辦：～辦｜百廢待～｜～利除弊｜大～土木。❺起；起來：晨～｜夙～夜寐。❻〔動〕允許（常用於否定式）：不～胡說｜不～打人。❼〔副〕或許：明天看戲，他也～去，也～不去。❽（Xīng）〔名〕姓。

另見 xìng（1519頁）。

語彙 勃興　復興　時興　新興　振興　中興　百廢俱興

【興辦】xīngbàn〔動〕創辦：～鄉鎮企業｜～學校。

【興奮】xīngfèn ❶〔形〕精神振奮；激動：人們懷着～的心情看演出。❷〔名〕在外界或內部刺激下，引起或增強神經系統和相應器官機能活動的生理現象。

【興奮點】xīngfèndiǎn〔名〕❶生物學上指大腦皮層興奮的中心。❷比喻能引起人們高度注意的方面：成才——多年不衰的～。

【興奮劑】xīngfènjì〔名〕❶刺激大腦、心臟、肺臟功能，使之興奮的藥物：嚴禁運動員服用～。❷比喻使精神振奮的事物：同伴的鼓勵成了他努力進取的～。

【興風作浪】xīngfēng-zuòlàng〔成〕颳起大風，掀起波浪。比喻煽動挑撥，挑起爭端：這件事上誰要～，推波助瀾，誰就是千古罪人。也說掀風鼓浪。

【興國】xīngguó〔動〕使國家興盛：科教～｜樹立～之志，為振興中華而不懈奮鬥｜愛國就要～。

【興建】xīngjiàn〔動〕動工建造較大規模的建築：～水庫｜～高速公路｜～跨海大橋。

【興利除弊】xīnglì-chúbì〔成〕興辦有益的事業，革除弊端：目前的任務是～，改變社會風氣。

【興隆】xīnglóng〔形〕興旺發達：生意～。

【興起】xīngqǐ〔動〕❶開始出現並發展起來：20世紀 60 年代初期～一門新科學——激光。❷〈書〉因感動而奮起：聞者莫不～。

另見 xìngqǐ（1519頁）。

【興盛】xīngshèng〔形〕蓬勃發展，興旺昌盛：國家～｜文物收藏行業日益～。

【興師】xīngshī〔動〕出動軍隊；起兵：～北伐｜～問罪。

【興師動眾】xīngshī-dòngzhòng〔成〕原指大規模出兵。後多指動用大量人力去做某件事：這是一件小事，何必～。也說勞師動眾。

【興師問罪】xīngshī-wènzuì〔成〕指明對方的罪狀，出兵聲討。

【興衰】xīngshuāi〔動〕興盛和衰落：～存亡｜歷覽古今～事，成敗得失在用人。

【興歎】xīngtàn〔動〕發出感歎：望洋～｜古人曾經～：一部二十四史，不知從何說起。

【興替】xīngtì〔動〕興衰：以史為鏡，可以知～｜凡事有～，翰墨無古今。

【興亡】xīngwáng〔動〕興盛和衰亡：國家～，匹夫有責。

【興旺】xīngwàng〔形〕興隆；旺盛：祖國日益～發達｜國家～，人民安康。

辨析 興旺、發達　"興旺"主要形容人或生物的旺盛，如"人丁興旺""六畜興旺"；"發達"意義範圍廣，形容的對象廣泛，可以形容人體或生物體，也可形容經濟、科學、文化各方面的事業，如"肌肉發達""農業很發達"等。

【興修】xīngxiū〔動〕動工修建：～公路｜～水利。

【興許】xīngxǔ〔副〕（北京話）也許；或許：這件事～他早就知道了。

【興妖作怪】xīngyāo-zuòguài〔成〕比喻壞人暗中搗亂，進行破壞：只要我們同心協力，就能戰勝任何～的壞人。

騂（骍） xīng ❶〈書〉赤色的（馬或牛）。❷〈書〉泛指赤色：～衣。❸（Xīng）〔名〕姓。

xíng　ㄒㄧㄥˊ

刑 xíng ❶刑罰：判～｜量～｜～滿釋放。❷特指對犯人的體罰：用～｜受～｜～訊。❸（Xíng）〔名〕姓。

語彙 動刑　服刑　緩刑　極刑　酷刑　量刑　肉刑　上刑　死刑　徒刑　行刑　嚴刑

【刑部】xíngbù〔名〕古代官制六部之一，主管全國法律、刑獄等。

【刑場】xíngchǎng〔名〕處死犯人的地方。

【刑車】xíngchē〔名〕（輛）運載犯人的專用車。

【刑罰】xíngfá〔名〕執法機關根據國家刑法的規定對罪犯所施行的法律制裁。

【刑法】xíngfǎ〔名〕規定甚麼是犯罪行為、刑事責任、刑罰的種類、刑罰的具體運用等的法律規範的總稱。

【刑法】xíngfa〔名〕對犯人的體罰：動了～｜受了～｜這種～真屬害。

【刑警】xíngjǐng〔名〕（位，名）刑事警察的簡稱。從事刑事偵查和刑事科學技術工作的人員。

【刑拘】xíngjū〔動〕刑事拘留。指公安機關在緊急情況下依法暫時強行限制犯罪嫌疑人或刑事被告人的人身自由。

【刑具】xíngjù〔名〕用來拘禁、拷問或執行刑罰的工具，如腳鐐、手銬、夾棍、絞架等。

【刑律】xínglǜ〔名〕刑事法規：觸犯～。

【刑期】xíngqī〔名〕有期徒刑服刑的期限。

【刑事】xíngshì〔形〕屬性詞。有關刑法的（區別於"民事"）：～案件｜～責任。

【刑事犯】xíngshìfàn〔名〕（名）觸犯刑律，負有刑事責任的犯人：兩名～。

【刑事訴訟】xíngshì sùsòng〔名〕關於刑事案件的訴訟（區別於"民事訴訟"）。

【刑釋】xíngshì〔動〕刑滿釋放。刑期執行完畢，予以釋放。

【刑庭】xíngtíng〔名〕刑事法庭。負責審理刑事案件的法庭。

【刑訊】xíngxùn〔動〕動用刑具逼供的審訊。

【刑偵】xíngzhēn〔動〕刑事偵查。在刑事案件中，司法機關為查清犯罪事實而進行的調查活動和採取的強制措施。

 行 xíng ❶ 走：三人～，必有我師焉｜日～千里。❷ 出行；旅行：～程｜非洲之～。❸ 流行；流通；推廣：風～一時｜貨幣發～｜銷國內外。❹ 流動的；臨時的：～商｜～營｜～轅。❺ 辦；做：～醫｜～賄｜簡便易～。❻ 表示進行某項活動（多和前邊的單音節副詞共同修飾後面的雙音節動詞）：另～通知｜再～安排｜即～查復。❼〔動〕可以：～，我跑一趟｜事情辦不成那怎麼～？❽〔形〕能幹：老王，你可真～｜新來的兩個人很～。❾〔副〕將要：～將出國｜～及三載。❿〈書〉道路；行程：千里之～，始於足下。⓫〔舊讀 xìng〕行為：言～一致｜素無操～。⓬ 行書。⓭（Xíng）〔名〕姓。

另見 háng（514頁）；hàng（516頁）；héng（536頁）。

語彙	頌行	暴行	不行	步行	德行	發行	飛行
航行	橫行	環行	餞行	踐行	進行	舉行	流行
旅行	履行	品行	平行	實行	送行	通行	現行
言行	遊行	執行	罪行	身體力行	一意孤行

【行百里者半九十】xíng bǎi lǐ zhě bàn jiǔshí〔諺〕走一百里路，走到九十里才算走了一半。比喻做事情越接近成功越是困難。含有勸勉人再接再厲、繼續奮鬥的意思。

【行成於思】xíngchéngyúsī〔成〕唐朝韓愈《進學解》："行成於思，毀於隨。"意思是說，辦成事情是由於多思考，失敗是由於漫不經心。後用"行成於思"指做事情要多思考，善於思考。

【行程】xíngchéng〔名〕❶ 路程；進程：～萬里｜歷史發展的～。❷ 旅行的日程：～早就安排定了｜～變更，很多人就不去旅遊了。

【行刺】xíngcì〔動〕（用武器）進行暗殺：～總統的那個人已經捕獲了。

【行動】xíngdòng ❶〔動〕行走；走動：他的兩條腿有毛病，～不便。❷〔動〕為達到某種目的而進行活動：響應號召，～起來吧！❸〔名〕行為；舉動：是否屬於犯罪要看有沒有～，不能憑動機做出判斷。

【行方便】xíng fāngbian 給人以某種便利（多用於請求對方答應做某件事）：行個方便吧！

【行房】xíngfáng〔動〕〈婉〉夫婦性交。也說行床、行房事。

【行宮】xínggōng〔名〕（座）封建時代京城以外供皇帝出行時居住的宮殿。

【行賄】xíng//huì〔動〕用財物賄賂人：向人～，當然有罪｜向官吏行賄的人，不能逃避法外。

【行跡】xíngjì〔名〕行動的蹤跡：～遍全國｜～不定｜～可疑。

【行將】xíngjiāng〔副〕〈書〉即將；將要：～就木｜～卒業｜～完工。

【行將就木】xíngjiāng-jiùmù〔成〕木：棺材。指壽命不長，快要進棺材了：年老多病，～。

【行經】xíngjīng ㊀〔動〕行路途中經過：～杭州。㊁〔動〕來月經。

【行徑】xíngjìng〔名〕行為；舉動（多指壞的）：野蠻～｜無恥～｜侵略～。

【行軍】xíng//jūn〔動〕軍隊從一地前往另一地：急～｜夜～｜～打仗。

【行樂】xínglè〔動〕〈書〉遊戲取樂；追尋歡樂：他追求及時～，亂花錢。

【行禮】xíng//lǐ〔動〕向人致敬禮：向烈士遺像～｜給長輩行了一個禮。

【行李】xínglǐ 同"行理"。

【行李】xíngli〔名〕（件）出門時所帶的箱包等物件：兩件～｜～超重了。

【行理】xínglǐ〔名〕〈書〉使者：～之命，無月不至。也作行李（xínglǐ）。

【行旅】xínglǚ ❶〔名〕過往行人；往來的旅客：～稱便。❷〔動〕旅行：～箱｜記下～中的見聞。

【行年】xíngnián〔名〕現有年齡：～五十而知四十九年之非。

【行期】xíngqī〔名〕出發的日期：～已定。

【行乞】xíngqǐ〔動〕向人乞討：靠～活命。

【行俏】xíngqiào〔形〕銷路好；受歡迎：經濟適用房很～｜中等專業技術人才～職場。

【行竊】xíng//qiè〔動〕進行偷竊活動：～不成，被抓住了。

【行人】xíngrén〔名〕❶ 古代通稱使者為行人。❷ 走路的人：～走便道｜路上～擁擠。

【行若無事】xíngruòwúshì〔成〕指在緊急關頭鎮靜如常，像沒有事一樣。也指對壞人壞事任之，不加過問，不去制止。

【行色】xíngsè〔名〕出行時的神態或氣派：～匆匆不暫留。

【行商】xíngshāng〔名〕舊時稱沒有固定地點，流動販賣貨物的商人（區別於"坐賈"）。

【行屍走肉】xíngshī-zǒuròu〔成〕晉朝王嘉《拾遺記·後漢》："（任末）臨終誡曰：'夫人好學，雖死猶存；不學者，雖存，謂之行屍走肉耳。'"行屍：會走動的屍體；走肉：會走動而沒有靈魂的肉身。比喻沒有理想、無所作為，糊裏糊塗混日子，毫無生氣的人。

【行使】xíngshǐ〔動〕執行；使用：～監督權｜～……

否決權。

【行駛】xíngshǐ〔動〕（車船、飛機等）運行；行進：列車向東～｜遠洋輪船已在海上～多日了。

【行事】xíngshì ❶〔名〕行為：言談～。❷〔動〕辦事；做事：按計劃～。❸〔動〕指交際應酬：她可真不會～，怎麼不留客人吃飯呢！

【行書】xíngshū〔名〕漢字的一種字體，介於楷書和草書之間，比草書工整，比楷書活潑。也叫行楷。

【行署】xíngshǔ〔名〕行政公署的簡稱。

【行頭】xíngtou〔名〕❶（件，套）戲曲演員演出時用的服飾和道具。❷戲稱比較講究的服裝：這位小姐又添了新～。

【行為】xíngwéi〔名〕人的有意識的活動：正當的～｜～不端｜～光明磊落。

辨析 行為、行動　a）在名詞的用法上，"行動"着重指一般的、具體的舉動或動作；"行為"着重指能表現思想品質的舉動或動作。"行為不端""針對這種情況，我們要採取某種行動"，其中的"行為""行動"不能互換。b）"行動"有動詞用法，如"行動起來，努力實現目標"，"行為"不能這樣用。

【行文】xíngwén〔動〕❶用文字表情達意：～流暢。❷發送公文給有關單位：年度計劃綱要不日～下達。

【行銷】xíngxiāo〔動〕出售；發售：～各地｜～全球。

【行星】xíngxīng〔名〕（顆）按照大小不同的橢圓形軌道圍繞太陽運行的天體，能夠清除其軌道附近的其他物體。本身不能發光，只能反射太陽的光。太陽系的八大行星按距離太陽由近及遠的次序，依次是水星、金星、地球、火星、木星、土星、天王星和海王星。此外尚有矮行星和眾多的小行星。

【行刑】xíng//xíng〔動〕執行刑罰，特指執行死刑。

【行行好】xíngxínghǎo 因憐憫同情而做好事（用於請求人給以幫助的場合）：～，可憐這些孩子吧！

【行兇】xíng//xiōng〔動〕進行打人、殺人等兇暴活動：作惡～｜歹徒殺了人，行了兇，很快被捕獲了。

【行醫】xíng//yī〔動〕從事醫生業務：～濟世｜老先生早年行過醫，如今隱居家鄉過安閒日子了。

【行營】xíngyíng〔名〕舊時指軍隊的統帥出征時辦公的軍營。也指專設的機構，如南昌行營、西安行營、洛陽行營等。

【行轅】xíngyuán〔名〕舊時大官出行時的駐所。也指機構，如大元帥行轅，既是駐所，又是機構。

【行雲流水】xíngyún-liúshuǐ〔成〕天上飄浮的雲，河裏流動的水。比喻流暢自然：他寫的散文如～，大家都愛讀。

【行在】xíngzài〔名〕即行在所，指皇帝出行所居住的地方。

【行者】xíngzhě〔名〕❶〈書〉走路的人。❷佛教用語。指未經剃度帶髮修行的僧人。

【行政】xíngzhèng ❶〔動〕執行國家權力：～部門｜～單位｜～機構。❷〔名〕國家事務的管理工作；機關團體或企業的事務管理工作：～經費｜～人員｜～職能｜管～。

【行政公署】xíngzhèng gōngshǔ ❶ 中國解放前在根據地和解放後在部分地區設立的地方政權機關。❷ 中國某些省、自治區設立的派出機關。以上簡稱行署。

【行政拘留】xíngzhèng jūliú 對擾亂公共秩序、妨害公共安全、侵犯公民人身權利、損害公私財產等情節較輕、尚不夠刑事處分的一類違反治安管理行為的一種行政處分。行政拘留由公安機關裁決、執行。拘留期限為半日到十日之間，加重處罰不得超過十五日。

【行政區】xíngzhèngqū〔名〕即行政區域，指設有國家政權機關的各級地區，如省、市、縣、鄉等。

【行之有效】xíngzhīyǒuxiào〔成〕做起來有成效：我們制定的辦法切合實際，～。

【行止】xíngzhǐ〔名〕〈書〉❶行蹤：～不定。❷品行；德行：～不端｜這個人最沒有～。

【行裝】xíngzhuāng〔名〕出門時所帶的衣物行李：～簡便。

【行蹤】xíngzōng〔名〕行動或出行的蹤跡：～詭秘｜～飄忽。

形 xíng ❶ 樣子；形狀：方～｜地～｜畫影圖～。❷ 形體：有～｜無～｜～影不離｜瘦得脫了～。❸ 表現；顯露：喜～於色｜～之於外。❹ 對照；比較：相～見絀。❺（Xíng）〔名〕姓。

語彙　變形　雛形　地形　畸形　情形　體形　圖形　忘形　無形　現形　象形　原形　整形　得意忘形　如影隨形

【形成】xíngchéng〔動〕經過發展而變成或構成某種事物、情況或局面等：～良好風氣｜～強烈的對比｜～一股洪流。

【形單影隻】xíngdān-yǐngzhī〔成〕唐朝韓愈《祭十二郎文》："兩世一身，形單影隻。"形容十分孤獨：這位老人～、無依無靠，需要更多的社會關照。

【形而上學】xíng'érshàngxué〔名〕❶哲學史上指哲學中探究宇宙本體的部分。❷與辯證法對立的世界觀或方法論。用孤立、靜止、片面的觀點看世界，認為一切事物都是孤立的，不變的；如果說有變化，也只是數量的增減和場所

的變更，這種增減和變更的原因不在事物內部
而在事物外部，即由於外力的推動。以上也叫
玄學、純粹哲學。

【形骸】xínghái〔名〕〈書〉指人的身軀形態：～尚
健｜放浪～。

【形跡】xíngjì〔名〕❶ 舉止神情：不露～｜～可
疑。❷ 儀容禮貌：不拘～。❸ 痕跡：不留～。

【形旁】xíngpáng〔名〕分析漢字形體時，指跟形
聲字的意義有關的部分。參見"形聲"（1516
頁）。

【形容】xíngróng ❶〔名〕〈書〉形態、容貌：～憔
悴｜～枯槁。❷〔動〕描繪；表述：難以～｜
簡直無法用語言來～。

【形容詞】xíngróngcí〔名〕表示人或事物的性質
或狀態的詞，如"高、矮、大、小、胖、瘦、
軟、硬、暖和、寒冷、活潑、呆板"等。

【形聲】xíngshēng〔名〕六書之一，是漢字由形
旁和聲旁兩部分合成的造字法，如"洋"是由
形旁"氵（水）"和聲旁"羊"合成的。形旁表
意，聲旁表音。漢字的絕大部分是形聲字。也
叫諧聲。

【形勝】xíngshèng〔形〕〈書〉地理形勢優越壯美：
東南～，三吳都會，錢塘自古繁華。

【形式】xíngshì〔名〕❶ 事物的形狀、結構等：組
織～｜藝術～。❷ 虛文縟節；表面現象：不要
只圖～，要講求實際。❸ 哲學上指內容的表現
方式，即事物矛盾運動的表現形態。

【形式邏輯】xíngshì luójí(-ji) 研究思維形式及其
規律的科學，它撇開具體的思維內容，研究概
念、判斷和推理及其正確聯繫的規律和規則；
它反映事物最簡單、最普遍、最常見的聯繫，
表達最初步而最重要的思維規律，如同一律、
矛盾律和排中律等。

【形式主義】xíngshì zhǔyì 只重現象不重本質的思
想方法或只重形式不管實質的工作作風。

【形勢】xíngshì〔名〕❶ 地勢：～險要。❷ 事物發
展變化的情況和趨勢：客觀～｜經濟～｜越
來越好。

【形勢逼人】xíngshì-bīrén〔成〕客觀事物不斷向前
發展的情勢令人不得不加倍努力：～，要爭分
奪秒，攀登科學高峰。

【形似】xíngsì〔動〕❶ 形式上或外表上相像（區別
於"神似"）：這兩種東西雖然～，但本質是不
同的。❷ 特指繪畫上的形貌相似：中國畫在～
之上更重神似，更重意境。

【形態】xíngtài〔名〕❶ 事物的狀態或表現形式：
意識～｜社會經濟～。❷ 語法上指詞的內部
變化形式，包括構詞形式和詞形變化的形式。
❸ 形狀、姿態：品種不同，～各異。

【形體】xíngtǐ〔名〕❶ 身體的外形：健美運動員
的～很勻稱。❷ 事物的形狀和結構：漢字
的～。

【形象】xíngxiàng ❶〔名〕人的形體、相貌；事物
的具體形狀：她想參加全國模特兒大賽，因此
總想通過整形改變一下自己的～。❷〔名〕文
藝作品反映社會生活的特殊形式，是作者創造
出來的生動具體的、能激發人們想像的生活圖
景，一般指作品中典型人物的精神面貌和性格
特徵。❸〔形〕描述、表達得具體、生動：這
個比喻很～。

【形象大使】xíngxiàng dàshǐ 指形象代言人。

【形象代言人】xíngxiàng dàiyánrén 以自身形象和
影響力為社會公益活動或企業及其產品進行宣
傳推介活動的人。

【形象工程】xíngxiàng gōngchéng 某些官員為標
榜政績、樹立個人形象而搞的只重形式、不切
實際的項目或活動：由於縣長急於出政績，這
座大橋沒有經過充分論證就倉促上馬，是不折
不扣的～。也叫政績工程。

【形象思維】xíngxiàng sīwéi 文學藝術創作者在觀
察社會生活、汲取創作材料從而塑造藝術形象
這整個過程中的主要的思維活動和思維方式。
形象思維遵循認識的一般規律，並受創作者世
界觀的指導和支配，也受社會生活熟悉、理
解程度的制約。也叫藝術思維。

【形形色色】xíngxíng-sèsè〔成〕各種各樣。形容
事物種類繁多：～的錯誤思想｜社會上的人
物～，甚麼樣的都有。

【形影不離】xíngyǐng-bùlí〔成〕像身體和它的影子
那樣不可分離。形容彼此關係親密：這兩個同
學～，像親兄弟一樣。

【形影相弔】xíngyǐng-xiāngdiào〔成〕晉朝李密《陳
情表》："煢煢孑立，形影相弔。"意思是孤身
一人，只有和自己的身影互相慰問。後用"形
影相弔"形容孤單，無依無靠。

【形狀】xíngzhuàng〔名〕物體的樣子；外貌：美
術工藝品琳琅滿目，～不一。

邢 Xíng〔名〕姓。

型 xíng ❶ 模子：模～｜砂～。❷ 式樣；類
型：髮～｜血～｜新～｜大～｜瘦肉～的
豬。❸（Xíng）〔名〕姓。

語彙　成型　大型　典型　定型　類型　模型　體型
微型　小型　新型　血型　原型　造型　紙型　中型
重型

【型鋼】xínggāng〔名〕不同形狀斷面的鋼材的統
稱。分簡單斷面型鋼，如方鋼、圓鋼等；複雜
斷面型鋼，如工字鋼、槽鋼等。

【型號】xínghào〔名〕機器等工業製品的性能、規
格和大小。

【型煤】xíngméi〔名〕用粉煤或粉煤加黏合劑製成
的、具有一定幾何形狀的煤，如蜂窩煤、煤
球等。

娙（姪）xíng〈書〉女子身材修長美麗。

陘（陉）xíng ❶〈書〉山脈中斷處。❷（Xíng）春秋時楚國地名，在今河南偃城東部。

硎 xíng〈書〉❶ 磨刀石：刀刃新發於～。❷ 磨製。

鈃（铏）xíng ❶ 古代一種盛酒器。❷ 同"鍟"。

鍟（铏）xíng 古代一種盛羹器。

滎（荥）Xíng ❶ 滎水，古水名。故址在今河南鄭州西。❷〔名〕姓。
另見 yíng（1629 頁）。

餳（饧）xíng ❶〈書〉糖稀。❷〔動〕糖塊、麵糰兒等變軟：和好的麵要～一會兒。
另見 táng（1317 頁）。

xǐng ㄒㄧㄥˇ

省 xǐng ❶ 檢查自己：內～｜反～｜自～｜吾日三～吾身。❷ 探望、問候（尊長）：～親。❸ 知覺：不～人事。❹ 省悟；覺悟：猛～｜警～。❺（Xǐng）〔名〕姓。
另見 shěng（1207 頁）。

語彙　反省　內省　發人深省

【省察】xǐngchá〔動〕檢討自己的思想言行；認識自己要從～自己入手。
【省親】xǐngqīn〔動〕遠道探望父母尊長：返鄉～。
【省視】xǐngshì〔動〕審察；探望：深入民間～｜親身了解民情｜～父母。**注意** 這裏的"省"不讀 shěng。
【省悟】xǐngwù〔動〕醒悟：經過一番激烈的思想鬥爭，他終於～了。

醒 xǐng ❶〔動〕酒醉、麻醉或昏迷後恢復正常知覺：酒～了｜昏迷不～。❷〔動〕結束睡眠狀態或尚未入睡：天不亮就～了｜他有心事，一直～着睡不着。❸〔動〕把和（huó）好的麵糰放一會兒，使軟硬均勻。❹〔動〕覺悟：讓人猛～｜經他一指點，我才～過來了。❺ 頭腦清楚、明白：清～。❻ 使人看得清楚、明顯：～目。❼（Xǐng）〔名〕姓。

語彙　喚醒　驚醒　猛醒　清醒　蘇醒　提醒

【醒豁】xǐnghuò〔形〕明顯；清楚；顯豁：白底黑字特別～｜你這幾句話把道理說得十分～。
【醒酒】xǐng//jiǔ〔動〕促使酒後由醉而醒；解酒：喝醋酸可以～｜吃點兒水果醒醒酒。
【醒目】xǐngmù〔形〕❶ 清晰明顯；引人注目：報紙第一版的大字標題特別～。❷（粵語）機

靈，聰明：這男孩子看起來很～。
【醒悟】xǐngwù〔動〕認識由模糊而清楚或認識到自己的錯誤：經過磨難，他終於～來了。

擤 xǐng〔動〕捏住鼻子用力出氣，排出鼻涕：～了一把鼻涕。

xìng ㄒㄧㄥˋ

杏 xìng〔名〕❶ 杏樹，落葉喬木，花粉紅色，間有白色，果實圓形，成熟前青綠色，成熟時黃紅色，味酸甜。❷（～兒）這種植物的果實。❸（Xìng）〔名〕姓。

【杏紅】xìnghóng〔形〕比杏黃稍紅的顏色：～泥｜老裁縫輕快地將～旗袍從衣架上取下來。
【杏黃】xìnghuáng〔形〕像杏一樣黃而略微發紅的顏色：～旗｜～的外套。
【杏林】xìnglín〔名〕三國吳董奉免費為人治病，癒者植杏五株，積久成林。後以"杏林"代指良醫：～園地｜醫家每每以～中人自居。
【杏仁兒】xìngrénr〔名〕（顆）杏核中的仁，扁圓形，味甜美微苦，可炒並製食用，苦的入中藥，有鎮咳祛痰的作用：～茶｜～豆腐｜～露｜～酪。
【杏壇】xìngtán〔名〕相傳為孔子聚徒講學之處，後泛指授徒講學之所：教書世家，香飄～｜聖地拜先哲，～聽神韻。
【杏眼】xìngyǎn〔名〕女子大而圓的眼睛：～桃腮｜～怒睜。
【杏子】xìngzi〔名〕（吳語）杏兒。

幸 xìng ❶ 認為幸福而高興：慶～｜欣～。❷〈書〉期望；希望：～勿推辭。❸ 舊稱帝王到某處去：臨～｜巡～。❹ 福分：三生有～。❺ 同"倖"①。❻（Xìng）〔名〕姓。
另見 xìng"倖"（1519 頁）。

語彙　不幸　榮幸　萬幸

【幸福】xìngfú ❶〔名〕舒適而愉快的生活境況：為人民謀～｜～是辛勤勞動換來的。❷〔形〕生活境況愉快、美滿：～的晚年｜婚後她感到很～。
【幸會】xìnghuì〔動〕客套話。表示與對方相會感到很榮幸。
【幸事】xìngshì〔名〕（椿，件）幸運的事，值得慶倖的事：這真是一椿～｜一輩子沒生過大病也可算人生～。
【幸喜】xìngxǐ〔副〕幸虧：～來了一場大雨，火勢才沒有蔓延開來。
【幸運】xìngyùn ❶〔名〕意想不到的好機會；好運氣：～總是偏愛他。❷〔形〕稱心如意；運氣好：咱們幾個人就數他～，中了頭獎。
【幸運兒】xìngyùn'ér〔名〕幸運的人：她是歌壇新人中的～。

X

【幸運號碼】xìngyùn hàomǎ〔名〕港澳地區用詞。香港人認為可以提升自己身份、地位或者能為自己帶來好運的號碼，包括電話號碼、車牌號碼、樓層數、房間號等。例如"1""3""8""168"等。"3"在廣東話中諧音"生"，有"有生氣、有活力、生猛、生財"的意思。"8"諧音"發"，代表"發達、發財"。"168"諧音"一路發"等：為了競拍這個～車牌，他花了一百萬！

【幸災樂禍】xìngzāi-lèhuò〔成〕對別人遭遇災禍感到高興：他有困難，有些人不去幫助，反而～，真不近人情。

 性 xìng ❶ 性格；性子；脾氣：～情｜～急｜江山易改，本～難移。❷ 性質；性能；作用：藥～平和。❸〔名〕情欲的本能；有關生殖或性欲的：～器官｜～行為｜～感｜～教育。❹ 性別：雄～｜雌～｜男～｜女～｜同～｜異～。❺〔名〕語法中表示名詞（以及代詞、形容詞）的類別的語法範疇。德語、俄語都有陰、陽、中三性。❻〔後綴〕表示事物的某種性質或性能；跟在名詞、動詞或形容詞後，構成抽象名詞或表屬性的形容詞：黨～｜紀律～｜彈～｜遺傳～｜毒～｜優越～｜綫～（排列）｜歷史～（事件）｜綜合～（刊物）｜化膿～（腦膜炎）｜硬～（規定）｜流行～（感冒）。❼（Xìng）〔名〕姓。

語彙 本性 稟性 詞性 黨性 定性 惡性 個性 共性 慣性 記性 理性 烈性 慢性 耐性 人性 任性 索性 彈性 特性 天性 同性 習性 硬性 積極性 技術性 偶然性 思想性 藝術性

【性愛】xìng'ài〔名〕指兩性之間的愛欲。

【性別】xìngbié〔名〕男、女或雌、雄兩性的區別。

【性病】xìngbìng〔名〕主要通過性行為傳播的疾病的統稱，如梅毒、下疳、淋病等。

【性感】xìnggǎn ❶〔名〕對異性富有誘惑力的感覺：她看上去很有～。❷〔形〕對異性富有誘惑力的：～明星｜～女郎｜她長得很～。

【性格】xìnggé〔名〕表現在對待客觀事物的態度和行為上的穩定的個性特點：人物～｜～孤僻｜～豪爽。

【性賄賂】xìnghuìlù〔動〕以滿足有權勢的人的性欲為手段變相進行的賄賂。

【性急】xìng // jí〔形〕脾氣急；急躁；沒有耐性：你太～，當然辦不成事｜學習不能～，要一步一步由淺入深才能學好｜～吃不了熱豆腐。

【性價比】xìngjiàbǐ〔名〕商品的品質、性能、配置等與價格形成的比率：筆記本電腦～走高｜這是一款～最高的數碼相機。

【性交】xìngjiāo〔動〕男女之間發生性行為。

辨析 性交、交媾、交配、交尾 "性交""交媾"用於人；"交配"用於動物、植物；"交尾"只用於動物。

【性解放】xìngjiěfàng〔動〕指男女性生活不受約束。

【性靈】xìnglíng〔名〕內心世界。泛指思想、感情、精神等：～是自然形成的，又是人所賦予和感悟出的｜陶冶～。

【性命】xìngmìng〔名〕（條）人和動物的生命：保全～｜～攸關｜雨天飛車，險些丟了～。

辨析 性命、生命 a）"生命"應用範圍廣，泛指一切生物的，包括人、動物、植物。還有比喻用法，如"藝術生命""政治生命"。"性命"應用範圍窄，多指人或動物。一般不用於比喻。b）兩個詞的習慣組合不宜替換，如"性命攸關""性命難保""生命科學""生命起源"。

【性命攸關】xìngmìng-yōuguān〔成〕與生死相關。形容關係重大：這是～的問題，要慎重處理。

【性能】xìngnéng〔名〕器材、物品、機械等所具有的性質和功能：～良好｜這種新機器的～怎麼樣？

【性器官】xìngqìguān〔名〕生殖器官。

【性侵犯】xìngqīnfàn〔動〕對他人進行猥褻、性騷擾、強奸等侵犯活動。

【性情】xìngqíng(-qing)〔名〕性格：～高傲｜～暴躁｜～溫柔。

【性情中人】xìngqíngzhōngrén〔名〕指重感情、講義氣，個性鮮明，不為世俗約束，好率性而為的人。

【性騷擾】xìngsāorǎo〔動〕以輕佻、下流的言語或舉動對他人進行騷擾（多指男性對女性）：～是時下頗受關注的侵犯婦女的行為。

【性生活】xìngshēnghuó〔名〕男女發生性行為的過程（多指夫婦之間）。

【性行為】xìngxíngwéi〔名〕指與性有關的行為。

【性欲】xìngyù〔名〕對性行為的欲求：～衝動。

【性質】xìngzhì(-zhi)〔名〕一種事物區別於他種事物的根本特徵：硫酸和鹽酸雖然都是酸，但～不同｜首先要弄清問題的～。

【性狀】xìngzhuàng〔名〕性質和狀態。

【性子】xìngzi〔名〕❶ 性情；脾氣；稟性：他是急～｜這匹馬的～很野。❷ 藥、酒等的刺激性：這藥～平和｜白酒的～比別的酒烈，因此叫烈性酒。

姓 xìng ❶〔名〕表明家族的字，如趙、錢、孫、李等：貴～｜大～。❷〔動〕以……為姓：他～張｜你～甚麼？❸（Xìng）〔名〕姓。

語彙 百姓 複姓 貴姓 同姓 外姓

【姓名】xìngmíng〔名〕姓和名字：請你在這裏填上～。

【姓氏】xìngshì〔名〕姓；表明家族的字。姓和氏原有區別，姓起於女系，氏起於男系；後來姓氏專指姓。

荇

荇 xìng ❶見下。❷（Xìng）〔名〕姓。

【荇菜】xìngcài〔名〕多年生草本植物，花黃色，葉子圓形，浮於水面，根生在水底，嫩葉可以做菜蔬。

倖（幸）

倖（幸） xìng ❶僥倖：～存｜～免｜～進之心｜～未成災。❷舊指得到帝王的寵愛：寵～｜近～。

"幸"另見 xìng（1517 頁）。

語彙　寵倖　僥倖　慶倖

【倖存】xìngcún〔動〕❶僥倖生存：～者｜她在大地震中～下來。❷僥倖保存：家裏～的文物只有這張畫。

【倖而】xìng'ér〔副〕多虧；倖虧：我正愁無處避雨，～遇到你開車路過，讓我搭了一程。也作幸而。

【倖好】xìnghǎo〔副〕倖虧：房子塌下來的時候～屋裏沒有人。也作幸好。

【倖虧】xìngkuī〔副〕因某種有利條件而僥倖避免不良後果：～你提醒了我，要不我準忘了帶錢｜沒想到飛機提前一小時到達，～我們來得早，不然就接不着你了。也作幸虧。

【倖賴】xìnglài〔動〕〈書〉倖虧依靠：～祖宗留下的一筆遺產，他還可勉強度日。也作幸賴。

【倖免】xìngmiǎn〔動〕僥倖避免：大地震中～於難｜侵略者瘋狂屠殺老百姓，連小孩也難～。

悻

悻 xìng 見下。

【悻悻】xìngxìng〔形〕怨恨發怒的樣子：～而去。

婞

婞 xìng〈書〉剛直；倔強；固執：～直｜性～｜剛潔。

興

興（兴） xìng 興致；興趣：遊～方濃｜豪～未減｜～猶未盡。

另見 xīng（1513 頁）。

語彙　敗興　乘興　高興　即興　盡興　遣興　掃興　雅興　遊興　助興

【興沖沖】xìngchōngchōng（～的）〔形〕狀態詞。形容非常高興的樣子：他～地跑進來，告訴我們這個好消息。

【興高采烈】xìnggāo-cǎiliè〔成〕興致高，精神旺盛。也形容高興、興奮、愉快的樣子：大家～地去公園遊玩。

【興會】xìnghuì〔名〕因一時的感受而產生的激情、靈感：詩人～更無前｜一時～所至，他畫了這幅大寫意。

【興會淋漓】xìnghuì-línlí〔成〕因一時的感受而產生的激情、靈感得到充分表露：這篇文章意到筆隨，～。

【興起】xìngqǐ〔動〕產生興趣；引起衝動：現場觀眾一時～，玩起了人浪。

另見 xīngqǐ（1513 頁）。

【興趣】xìngqù〔名〕（對事物）喜好的情緒：看京戲我非常有～｜我懷着極大的～讀完了這本小說。

【興頭】xìngtou〔名〕因為感興趣或高興而產生的勁頭：他對體育活動的～越來越大。

【興味】xìngwèi〔名〕興致；趣味：饒有～｜～頗濃。

【興味盎然】xìngwèi-àngrán〔成〕興致、趣味非常旺盛：參觀者～，對每件展品都仔細欣賞。

【興致】xìngzhì〔名〕高興的情緒；興趣：他對下圍棋很有～｜他～勃勃，樂此不疲。

xiōng ㄒㄩㄥ

凶 xiōng ❶不幸的；不吉利的（跟"吉"相對）：～兆｜～信。❷災荒；年成不好：～年｜～歲。

【凶多吉少】xiōngduō-jíshǎo〔成〕指對事態發展的估計很不樂觀，認為前景不妙，可能會出現危險：他這次前去恐怕～。

【凶年】xiōngnián〔名〕荒年；災年。

【凶肆】xiōngsì〔名〕出售喪葬用品的店鋪。

【凶歲】xiōngsuì〔名〕災年；荒年。

【凶信】xiōngxìn（～兒）〔名〕死亡的消息：～傳來，眾人痛悼｜一聽到～兒，全班同學都哭了。

【凶兆】xiōngzhào〔名〕不祥的預兆（跟"吉兆"相對）：這恐怕是個～。

兄 xiōng ❶哥哥：胞～｜堂～。❷親戚中同輩而年齡比自己大的男子：表～。❸對男性朋友的尊稱：老～｜仁～。❹（Xiōng）〔名〕姓。

語彙　弟兄　老兄　仁兄　師兄　世兄　孔方兄

【兄弟】xiōngdì ❶〔名〕哥哥和弟弟：他們～幾個都很有成就。❷〔形〕屬性詞。親如兄弟的：～民族。

【兄弟】xiōngdi〔名〕〈口〉❶弟弟：他是我的～。❷（位）稱呼比自己年紀小的男子（表示親熱）：小～，請問前面是甚麼地方？❸〈謙〉男子跟自己輩分相同的人或對眾人說話時的自稱：～初來乍到，情況不熟悉，請大家多多指教。

【兄弟鬩牆】xiōngdì-xìqiáng〔成〕《詩經·小雅·常棣》："兄弟鬩於牆，外禦其務。"務：通"侮"。意思是兄弟們雖然在自己家裏爭吵，可是能一致抵禦外人的欺侮。後用"兄弟鬩牆"比喻內部由於爭權奪利等原因而發生衝突或戰爭。

【兄長】xiōngzhǎng〔名〕（位）對年長的哥哥和男性朋友的尊稱：他是我家～｜你們的都要聽～的話。

兇（凶）xiōng ❶〔形〕兇惡：這個人的手段真～｜樣子看起來很～，其實是外強中乾。❷〔形〕厲害；過甚：嚷得很～｜雨勢很～。❸ 傷害或殺害人的行為：行～。❹ 行兇作惡的人：～犯｜正～。

　　"凶"另見 xiōng（1519頁）。

■ 語彙　幫兇　逞兇　行兇　元兇

【兇暴】xiōngbào〔形〕兇惡殘暴：～專橫｜性情～。

【兇殘】xiōngcán ❶〔形〕兇狠殘忍：～成性。❷〔名〕〈書〉兇狠殘忍的人：剪此～，為民除害。

【兇惡】xiōng'è〔形〕❶ 性情、行為兇暴惡劣：這一群歹徒十分～。❷ 相貌兇猛可怕：面目猙獰，～可怕。

【兇犯】xiōngfàn〔名〕（名）行兇的罪犯：審問～｜押解一名～。

【兇悍】xiōnghàn〔形〕兇猛強悍：藏獒是世界上最～的狗｜他外表～，內心怯懦。

【兇狠】xiōnghěn〔形〕❶ 兇惡狠毒：手段特別～｜此人～毒辣，不可不防。❷ 兇猛有力：他的扣球十分～。

【兇橫】xiōnghèng〔形〕兇惡強橫：～不法。

【兇猛】xiōngměng〔形〕❶ 性格兇惡，氣力強大：～的野獸。❷ 氣勢猛烈：風勢異常～。

【兇器】xiōngqì〔名〕（件）❶ 行兇時所用的器具：罪犯的～已經繳獲。❷ 古代稱兵器為兇器。❸ 埋葬死人的器物，如裝殮死人的棺木等等。

【兇殺】xiōngshā〔動〕殺人：～案｜發生了～｜遭遇～。

【兇神惡煞】xiōngshén-èshà〔成〕迷信的人指兇惡的神。後用來形容兇惡的壞人：那夥歹徒有如～，殘暴到極點。

【兇手】xiōngshǒu〔名〕（名）行兇的人：捉拿～歸案。

【兇頑】xiōngwán ❶〔形〕兇惡頑固而不易降服：～的敵軍。❷〔名〕兇惡頑固的敵人：力斬～。

【兇險】xiōngxiǎn〔形〕❶ 情勢嚴重危險：病情～｜火勢～。❷ 兇惡陰險：這夥罪犯非常～。

【兇相】xiōngxiàng〔名〕（副）兇惡的相貌或表情：一臉～｜～畢露。

【兇相畢露】xiōngxiàng-bìlù〔成〕兇惡的面目完全暴露出來了：到了沒有人煙的地方，這幫歹徒就～，開始搶劫了。

【兇焰】xiōngyàn〔名〕兇惡的氣焰：～萬丈｜屠殺民眾，逞其～。

匈 xiōng〈書〉同"胸"。

【匈奴】Xiōngnú〔名〕中國古代民族。戰國時遊牧於燕、趙、秦以北地區。東漢時分裂為南北兩部，北匈奴西遷，南匈奴南下依附漢朝，漸習農耕。兩晉時曾先後建立前趙、後趙、夏、北涼等政權。

芎 xiōng/qióng 見下。

【芎藭】xiōngqióng〔名〕川芎。

洶（汹）xiōng 見下。

【洶洶】xiōngxiōng〔形〕❶〈書〉形容波濤翻滾的樣子：波濤～。❷ 形容聲勢盛大或氣焰囂張的樣子：氣勢～｜來勢～。❸〈書〉形容喧譁雜亂的樣子：群情～｜議論～｜天下～，戰亂四起。也作訩訩。

【洶湧】xiōngyǒng〔動〕（水）猛烈地向上湧或翻騰激蕩：波濤～｜歷史的洪流～向前。

【洶湧澎湃】xiōngyǒng-péngpài〔成〕形容水猛烈地往上湧，波浪互相衝撞。常用來比喻聲勢浩大：～的時代潮流，不可阻擋。

恟 xiōng〈書〉恐懼：人皆～懼。

胸（胷）xiōng ❶〔名〕軀幹的一部分，在頸和腹之間：挺起～來｜媽媽把孩子摟在～前。❷ 心上；頭腦裏；思想上：成竹在～｜～懷祖國，放眼全球。

■ 語彙　雞胸　劈胸　文胸　心胸　成竹在胸

【胸花】xiōnghuā〔名〕佩戴在胸前的花或花狀裝飾品：新郎新娘胸前都別着～。

【胸懷】xiōnghuái ❶〔動〕胸中懷着：～祖國｜～救國救民的大志。❷〔名〕胸襟；抱負：～坦蕩｜有遠大～。❸〔名〕胸腔：敞開～｜露出～。

【胸懷坦白】xiōnghuái-tǎnbái〔成〕心裏真誠坦率，毫無隱私。也說襟懷坦白。

【胸襟】xiōngjīn〔名〕❶ 胸部的衣襟：把校徽別在～上。❷ 氣量；抱負：～開闊｜～狹小。

【胸徑】xiōngjìng〔名〕林業上指距地面高1.3米處樹幹的直徑。

【胸卡】xiōngkǎ〔名〕（張）佩戴在胸前衣襟上的卡片，上面記有佩戴者本人的姓名、職務、編號等。

【胸口】xiōngkǒu〔名〕胸腔前面正中的劍形骨頭的下邊：～疼｜～堵得慌。

【胸脯】xiōngpú（～兒）〔名〕胸部：拍着～兒說了句敢負責任的話。也叫胸脯子。

【胸腔】xiōngqiāng〔名〕胸部的空腔，裏面有心、肺等器官。

【胸膛】xiōngtáng〔名〕胸部：挺起～。

【胸圍】xiōngwéi〔名〕❶ 圍繞胸和背一周的長度：人體的三圍，指的是～、腰圍和臀圍。❷ 林業上指距地面高 1.3 米處樹幹的周長。

【胸無點墨】xiōngwúdiǎnmò〔成〕形容沒有文化或文化水平太低：他雖然富有，卻～。

【胸臆】xiōngyì〔名〕❶心中；腦際：天地入～，文章生風雷。❷內心的想法：抒發－｜直抒～。

【胸有成竹】xiōngyǒuchéngzhú〔成〕宋朝晁補之《贈文潛甥楊克一學文與可畫竹求詩》："與可畫竹時，胸中有成竹。"說畫家文與可畫竹子之前，心裏已經有了竹子的形象。後用來比喻做事之前已有全面的設想和考慮：明年的計劃，總編輯早就～了。也說成竹在胸。

【胸章】xiōngzhāng〔名〕（枚）❶佩戴在胸前表示身份或職務的徽章。❷佩戴在胸前的紀念章、獎章等。

【胸罩】xiōngzhào〔名〕乳罩。

【胸針】xiōngzhēn〔名〕（枚）佩戴在胸襟上的小裝飾品，多用別針固定。

【胸中無數】xiōngzhōng-wúshù〔成〕對事情不了解，沒有底；沒有把握應付：這件事剛剛接手，怎樣去做～。也說心中無數。

【胸中有數】xiōngzhōng-yǒushù〔成〕對事情心裏有底，有打算；有把握應付：他～，跟着他沒錯兒。也說心中有數。

> 【辨析】**胸中有數、胸有成竹**　兩個成語意思都是心裏有數，但"胸中有數"着眼於對眼前的情況有所了解，而"胸有成竹"意在做事之前已有全面考慮和解決辦法。如"對這種紛亂的局面，他胸有成竹，早就想好了周密的對策"，其中"胸有成竹"不能用"胸中有數"替換；而"這場辯論的誰是誰非，他雖然沒有發表意見卻心中有數"，這裏"心中有數"也不能用"胸有成竹"來替換。

【胸椎】xiōngzhuī〔名〕胸部的椎骨，共有十二塊。

詷（讻）
xiōng 見下。

【詷詷】xiōngxiōng 同"洶洶"③。

xióng　ㄒㄩㄥˊ

雄　xióng ❶〔形〕屬性詞。生物中能產生精細胞的（跟"雌"相對）：～性｜～雞｜～蕊。❷超群的：～姿。❸強有力的：～兵｜～辯。❹強有力的人或國家：不世之～｜兩～不並立｜戰國七～。❺（Xióng）〔名〕姓。

> 語彙　稱雄　雌雄　奸雄　群雄　梟雄　英雄

【雄辯】xióngbiàn ❶〔名〕強有力的辯論：事實勝於～。❷〔形〕有說服力：最～的證據就是事實俱在。

【雄兵】xióngbīng〔名〕戰鬥力強大的軍隊：胸中自有～百萬。

【雄才大略】xióngcái-dàlüè〔成〕傑出的才能和遠大的謀略：唐太宗～，是中國歷史上的偉大人物。

【雄風】xióngfēng〔名〕❶強勁的風。❷使人敬畏的氣派；威風：老將軍～不減當年｜重振～。

【雄關】xióngguān〔名〕（座，道）地勢險要的關口：～漫道真如鐵，而今邁步從頭越。

【雄厚】xiónghòu〔形〕財力、物力和人力十分充足：實力～｜財力～｜～的資本。

【雄黃】xiónghuáng〔名〕礦物名，化學成分為硫化砷，橘黃色，有光澤。可以製造煙火、染料、農藥，中醫可入藥。也叫雞冠石。

【雄黃酒】xiónghuángjiǔ〔名〕民間端午節飲用的摻有雄黃的酒。傳說飲雄黃酒或用雄黃酒塗於兒童額頭及鼻耳間，可以避邪解毒。

【雄渾】xiónghún〔形〕雄壯有力；含蓄渾厚：筆力～｜～高亢的歌聲。

【雄健】xióngjiàn〔形〕強勁有力：～豪邁｜筆力～。

【雄勁】xióngjìng〔形〕強勁有力：落筆～｜實力～，獨佔鼇頭。

【雄赳赳】xióngjiūjiū（～的）〔形〕狀態詞。形容威武雄壯的樣子：～，氣昂昂｜接受檢閱的儀仗隊隊員，個個都～的。

【雄踞】xióngjù〔動〕威武地蹲着或坐着；也形容實力雄厚地處在某個位置：人民大會堂～天安門廣場西側｜～榜首。

【雄絕】xióngjué〔形〕非常雄壯：奇峰～｜他的漆書更是～一時。

【雄峻】xióngjùn〔形〕雄偉峻峭：山勢～｜峽谷景致～幽深，植被保護完好。

【雄奇】xióngqí〔形〕雄偉奇異：巍峨～的黃山。

【雄師】xióngshī〔名〕強大的軍隊：鐘山風雨起蒼黃，百萬～過大江。

【雄圖】xióngtú〔名〕宏偉的計劃或遠大的謀略：～大略｜～霸業。

【雄偉】xióngwěi〔形〕❶氣勢宏偉而壯觀：氣勢～｜～的天安門城樓。❷身體強壯而魁梧：形貌～。

【雄文】xióngwén〔名〕偉大的著作；深刻有力的文章：～百卷。

【雄心】xióngxīn〔名〕遠大的理想和抱負：樹～，立壯志｜老將軍～勃勃。

【雄心壯志】xióngxīn-zhuàngzhì〔成〕遠大的理想、抱負和宏偉的志願：他是一個有～的人。

【雄性】xióngxìng〔名〕生物兩性之一，能產生精細胞。

【雄壯】xióngzhuàng〔形〕❶氣魄宏偉；聲勢浩大：～的歌聲。❷雄偉強壯：蓄水後的三峽依舊｜反恐特警軍材～。

【雄姿】xióngzī〔名〕雄壯的姿態：奇峰～｜傲蒼穹女兵戰士～英發。

熊 xióng ㊀〔名〕**❶**（隻、頭）食肉類哺乳動物，頭大尾短，四肢短而粗，腳掌大，趾端有帶鈎的爪，能爬樹。種類較多，有棕熊、白熊、黑熊等。**❷**（Xióng）姓。

㊁**❶**〔動〕（北方官話）斥責：捱～｜～了他一頓。**❷**〔形〕膽小而又無能：這個人真～。

語彙　狗熊　黑熊　貓熊　熊熊　棕熊　裝熊

【熊貓】xióngmāo〔名〕（隻）哺乳動物，似熊而較小，體肥胖，兩耳、眼周、肩部和四肢黑色，其餘部分白色。生活在中國西南高山區的原始竹林中，為中國特有的珍稀動物。也叫大熊貓、貓熊。

【熊市】xióngshì〔名〕指行情看跌，較長時間低迷，發展前景不妙的股票市場（跟"牛市"相對）。

【熊瞎子】xióngxiāzi〔名〕（隻）（東北話）熊。

【熊熊】xióngxióng〔形〕形容火勢旺盛：～烈火｜火光～。

【熊樣】xióngyàng（～兒）〔名〕（北方官話）膽小無能的樣子：裝出一副～｜瞧你那～！

【熊掌】xióngzhǎng〔名〕（隻）熊的腳掌，富含脂肪，舊時為珍貴佳餚。**注意** 為了保護野生動物，已經禁止將熊掌列為食品。

xiòng ㄒㄩㄥˋ

詗（诇）xiòng〔書〕偵察，刺探：～伺｜～察。

夐 xiòng **❶**〔書〕遼遠：～古｜～絕｜幽～｜～乎不可及矣。**❷**（Xiòng）〔名〕姓。

xiū ㄒㄧㄡ

休 xiū ㊀**❶**〔動〕停止；作罷：～會｜～學｜～刊｜爭論不～。**❷**〔動〕休息：～假｜病～｜退～｜黃金週可～七天。**❸**〔動〕舊社會丈夫離棄妻子，將她退回娘家：～妻｜把老婆～了。**❹**〔副〕不；不要：～問情由｜閒話～提，書歸正傳｜～要東拉西扯，胡攪蠻纏。

㊁**❶**〔書〕歡樂；幸福；吉利：～戚與共（福禍同當）｜～咎（吉凶、福禍）。**❷**（Xiū）〔名〕姓。

語彙　罷休　病休　甘休　公休　離休　輪休　退休　喋喋不休　無盡無休

【休兵】xiūbīng〔動〕停止戰事：雙方～。

【休耕】xiūgēng〔動〕為了恢復耕地的地力，在規定的時間內停止耕種：鼓勵農民短期或長期～一部分土地。

【休會】xiū//huì〔動〕暫時中止正在開的會議：～期間｜～三天｜因故休了半小時會。

【休假】xiū//jià〔動〕按照規定或經過批准在一定時期內休息不工作：～一星期｜回國～｜休了兩個月的假。

【休刊】xiūkān〔動〕報紙、刊物暫時停止出版：春節期間本報～一天。

【休克】xiūkè**❶**〔名〕人體受到強烈刺激，如劇烈創傷、大量出血、嚴重感染、中毒、過敏等引起毛細血管循環功能障礙的綜合病症。主要表現為血壓下降、脈搏細弱、面色蒼白、四肢發冷，甚至昏迷。應輸液、輸血進行急救，並針對病因給予治療。**❷**〔動〕發生休克：病人～了。[英 shock]

【休眠】xiūmián〔動〕某些生物為了克服不利的自然環境，減少生命活動，處於差不多停頓的狀態。如蛇到冬季就不吃不動，植物的芽在冬季停止生長等。

【休沐】xiūmù〔動〕〈書〉休息洗頭，即休假。

【休牧】xiūmù〔動〕為了保護草地生長，促進牧業良性循環，在規定時間內禁止放牧。

【休戚】xiūqī〔名〕幸福和禍患；歡樂和憂愁。泛指有利的和不利的境遇：～與共｜～相關。

【休憩】xiūqì〔動〕〈書〉休息。

【休市】xiūshì〔動〕交易市場因節假日等原因暫停交易：深圳證券交易所五一～三天。

【休書】xiūshū〔名〕舊時離棄妻子的文書。

【休息】xiūxi〔動〕**❶**暫時停止工作、學習或活動：～一會兒｜工作越緊張越要適當～｜走累了，～～再走。**❷**睡眠：夜間～不好，白天無精打采。

休養和休息

病休：病假中休養；

存休：規定休息的時間不休息，把這個休息時間存起來以後再利用；

倒休：規定休息的時間不休息，倒換另外的時間休息；

輪休：輪流休息，幾個人輪換着休息；

全休：不工作，完全休息；

半休：半日工作，半日休息。

【休閒】xiūxián〔動〕**❶**可耕地閒着，一季或一年不種作物：～地。**❷**休息；過輕鬆悠閒的生活：～裝｜～場所｜旅遊～。

【休閒服】xiūxiánfú〔名〕（件、套、身）適於休閒時穿的寬鬆隨意的衣服。也叫休閒裝。

【休閒食品】xiūxián shípǐn 在休息、娛樂時吃的零碎食品。

【休想】xiūxiǎng〔動〕不要妄想：～佔便宜｜他～

賴債。

【休學】xiū // xué〔動〕學生在求學期間因故不能繼續學習，經學校批准，在保留學籍的條件下暫時停止學習：他休了一年學，比我晚畢業一年。

【休養】xiūyǎng〔動〕❶ 休息調養：易地～｜他到外地～去了｜逐步改善勞動者～的條件。❷ 指安定人民生活，使生產、經濟得到恢復和發展：～生息。

【休養生息】xiūyǎng-shēngxī〔成〕指在大動盪或大變革之後保養民力，增殖人口，恢復生產，發展經濟，安定生活：動亂過後，人民需要～。

【休養所】xiūyǎngsuǒ〔名〕供人們休息療養的處所，一般建在風景優美的地方：廬山工人～。

【休業】xiū // yè〔動〕❶ 停止營業：今日盤點存貨，～一天。❷ 結束一個階段的學習：～式｜～證明書。

【休漁】xiūyú〔動〕為保護海洋生態、促進魚類和其他水生動物生長繁殖，在規定的時間內停止捕魚作業：一年一度的伏季南海～即將開始｜～制度有效保護了海洋經濟魚類資源。

【休戰】xiū // zhàn〔動〕❶ 交戰雙方簽訂協定，暫時停止軍事行動：～一週｜剛休了幾天戰，就又開戰了。❷ 暫時停止爭論或比賽：意甲聯賽～一個月｜瀏覽器標準之爭暫時～。

【休整】xiūzhěng〔動〕休息整頓：部隊奉命調離前綫，利用戰鬥間隙進行～｜長期加班之後需要短期～。

【休止】xiūzhǐ〔動〕停止：雙方爭論已經～。

【休止符】xiūzhǐfú〔名〕樂譜中表示暫時中止發音的符號。

咻　xiū〈書〉喧嚷：一齊人傅之，眾楚人～之。

【咻咻】xiūxiū〔擬聲〕❶ 喘氣聲：～地喘氣。❷ 某些動物的叫聲：大雁～地叫着。

庥　xiū〈書〉庇蔭；保護：庇～。

修〈㊀㊁脩〉xiū ㊀ ❶ 裝飾使完美：～飾｜～辭｜～裝。❷〔動〕整治；修理：～鞋｜～洗衣機。❸〔動〕撰寫；編寫：～譜｜～史｜～縣誌。❹〔動〕學習；鑽研；鍛煉：自～｜進～｜研～｜～了幾門課。❺〔動〕興建；建築：～渠｜～水庫｜～了一條高速公路。❻〔動〕剪、削使整齊：～指甲｜～樹枝。❼〔動〕修行：～道｜～煉。
　　㊁〈書〉❶ 長：～短（長短）｜～齡（長壽）｜～眉｜茂林～竹。❷ 善；美好：～名（美名）。❸ 指賢德之人：景慕前～。
　　㊂（Xiū）〔名〕姓。注意 在古代，“脩”原義是“乾肉”，弟子用來送給老師做酬金。因此，“束脩”“脩金”等詞中的“脩”，習慣仍不寫作“修”。

“脩”另見 xiū（1524 頁）。

語彙　必修　編修　翻修　返修　檢修　進修　搶修　維修　興修　選修　增修　整修　專修　裝修　自修

【修補】xiūbǔ〔動〕把破損的東西修理整治好：～路面｜～堤岸｜車胎要～｜～還能用。

【修長】xiūcháng〔形〕細長：身材～。

【修辭】xiūcí ❶〔動〕選擇或調整詞句，運用各種表現方式，使語言表達得以準確、鮮明、生動。❷〔名〕指修辭學。

【修辭格】xiūcígé〔名〕各種修辭方式，如誇張、比喻、對偶、排比等。

【修道院】xiūdàoyuàn〔名〕（座，所）天主教或東正教等教徒出家修行的機構。

【修訂】xiūdìng〔動〕修改訂正：～課本｜這部教材已經～了多次｜主持～工作。

【修復】xiūfù〔動〕❶ 整治修理使恢復完好：～鐵路｜～沿河堤壩。❷ 改善使恢復原關係：～兩國關係｜～邦交。

【修改】xiūgǎi〔動〕修訂改正文章、計劃、文件中的錯誤、缺點：～計劃｜～憲法｜這篇文章還得～～。

【修蓋】xiūgài〔動〕修建：～廠房。

【修好】xiūhǎo ㊀〔動〕〈書〉國與國之間表示親善、友好：兩國～｜與鄰國～。㊁(-//-)〔動〕行善；行好修福：～積德｜修修好吧，救救孩子。

【修剪】xiūjiǎn〔動〕❶ 用剪子修理：～指甲｜院子裏的灌木叢該～了。❷ 修改剪接：影片進入後期～。

【修建】xiūjiàn〔動〕建造；施工：～大樓｜～機場｜～體育館。

辨析 **修建、修蓋**　“修蓋”的對象只限於房屋一類的建築物；“修建”的對象除了房屋外，還可以是機場、水庫、橋樑等。

【修腳】xiū // jiǎo〔動〕削去腳上的趼子、修剪腳趾甲兼治一些腳病：～工｜給人～｜洗澡還修了腳。

【修舊利廢】xiūjiù-lìfèi〔成〕對破舊、廢棄的物品進行加工並再利用。

【修浚】xiūjùn〔動〕整治疏通：河道淤塞，亟須～。

【修理】xiūlǐ〔動〕❶ 加工使損壞的東西恢復原狀或性能：～機器｜當場～，立等可取。❷ 修剪：頭髮一個月至少要～一次。❸ 整治：回家看我怎麼～你！

【修煉】xiūliàn〔動〕❶ 指道教的修道、練功、煉丹等活動。❷ 學習鍛煉：～道德｜～本領｜職業經理人要自我～。

【修面】xiū // miàn〔動〕（上海話）刮臉。

【修明】xiūmíng〔形〕〈書〉治理國家有法度、有條理：政治～。

【修女】xiūnǚ〔名〕（位，名）天主教或東正教中出家修行的女子。

【修配】xiūpèi〔動〕修理機器等，配齊零部件：先得有這種零件，才好~｜汽車~廠。

【修葺】xiūqì〔動〕修理建築物：~老屋｜~一新。

【修繕】xiūshàn〔動〕修葺：~教室｜~廠房｜天壇祈年殿今起~。

【修身】xiūshēn ❶〔動〕努力提高自己的品德修養：以德~｜~養性。❷〔名〕舊時教育中的一門課，內容是當時的為人處世之道。

【修士】xiūshì〔名〕(位，名)天主教或東正教中出家修行的男子。

【修飾】xiūshì〔動〕❶ 修整裝飾：~門面。❷ 梳妝打扮：她一~就更漂亮了。❸ 對語言文字進行潤色加工：文章寫完以後，總得~~，才能拿得出手。

【修書】xiū//shū〔動〕〈書〉❶ 編纂書籍：聚集學者修一部大書。❷ 寫信：~一封。

【修禊】xiūxì〔動〕古代民俗於春秋兩季到水邊祭祀或嬉遊，以驅除不祥，叫修禊。

【修憲】xiūxiàn〔動〕修改憲法。

【修行】xiūxíng(-xing)〔動〕宗教徒學習教義並根據教義立身處世：在家~｜出家~。

【修養】xiūyǎng〔名〕❶ 理論、知識、技能等方面所達到的水平：文學~｜藝術~。❷ 個人養成的符合現實社會要求的待人處事之道：他很有~，待人接物恰到好處。

辨析　修養、涵養　"修養"可以指人的各方面（思想理論、文化知識、處世態度等）達到的一定水平；而"涵養"多偏重於為人處事能掌握自己的情緒，有自制能力。說一個人"有修養"和"有涵養"含義是不同的。

【修業】xiūyè〔動〕學生在校學習：~期滿，准予畢業。

【修造】xiūzào〔動〕❶ 修理製造：~戰船。❷ 修蓋建造：~運動場｜在蒲松齡故里~聊齋城。

【修整】xiūzhěng〔動〕修理使完整或整齊：~綠地｜這座古老寺廟~一新。

【修正】xiūzhèng〔動〕改動使正確：通過小組討論，~了建議書裏的一些提法。

【修正案】xiūzhèng'àn〔名〕針對某一方案提出的修改後的方案。

【修築】xiūzhù〔動〕修建：~城防工事｜~高速公路｜~大型水庫。

脩 xiū ❶〈書〉乾肉：~脯。❷ "束脩"的省稱，舊指送給老師的酬金：~金。
另見 xiū "修"(1523 頁)。

羞 xiū ㊀ ❶〔動〕害臊；難為情：~得滿臉通紅。❷〔動〕使人難為情：別~人家。❸ 感到恥辱：恥求筆утили利，~逐眼前名。❹ 恥辱：~辱｜國家民族之~。
㊁〈書〉同"饈"。

語彙　害羞　含羞　嬌羞　怕羞　遮羞

【羞慚】xiūcán〔形〕羞愧：滿面~｜怪不好意思，羞羞慚慚的。

【羞恥】xiūchǐ ❶〔形〕不光彩；不體面：非常~。❷〔名〕恥辱：不知~｜真是莫大的~。

【羞答答】xiūdādā(~的)〔形〕狀態詞。形容害羞的樣子：新娘子~的｜~地不說話。也說羞羞答答。

【羞憤】xiūfèn〔形〕羞慚和憤恨；既慚愧又憤怒：他因~而自盡。

【羞花閉月】xiūhuā-bìyuè〔成〕閉月羞花。

【羞愧】xiūkuì〔形〕感到羞恥和慚愧：~難當。

【羞明】xiūmíng〔動〕眼睛怕見光。

【羞赧】xiūnǎn〔形〕〈書〉因害羞而臉紅的樣子：迷人中還帶着~｜她漸漸變得~起來。注意 這裏的"赧"不讀 chì。

【羞怯】xiūqiè〔形〕因不好意思而膽怯：她那~的樣子更加逗人愛了。

【羞人】xiū//rén〔動〕令人羞恥；難為情：這麼做真~｜快別這樣，羞死人了。

【羞人答答】xiūréndādā(~的)〔形〕狀態詞。形容人感到難為情的樣子：快別說了，~的！

【羞辱】xiūrǔ ❶〔名〕恥辱：不顧~。❷〔動〕使受羞辱：我當眾~了他。

【羞臊】xiūsào〔動〕❶ 怕羞害臊；又羞又臊：感到~｜小夥子~得滿臉通紅。❷ 使羞臊：不要~人家｜故意~他。

【羞澀】xiūsè〔形〕❶ 因不好意思而舉止拘謹，態度不自然；難為情的樣子：小夥子~得像個大姑娘。❷〈書〉貧窮匱乏：囊中~（口袋裏沒有錢）。

【羞手羞腳】xiūshǒu-xiūjiǎo〔成〕形容很羞澀的樣子：膽子大一點，別~的。

【羞與為伍】xiūyǔwéiwǔ〔成〕把跟某人在一起認為是恥辱。

貅 xiū 見"貔貅"(1021 頁)。

髹 xiū〈書〉上漆；把漆塗在器物上：~漆。

蝌 xiū〔名〕一種身體細長像竹節的昆蟲，生活在樹上，吃樹葉。也叫竹節蟲。

鵂 (鵂) xiū 見下。

【鵂鶹】xiūliú〔名〕鳥名，羽毛棕褐色，有橫斑，腿部白色，頭部沒有角狀羽毛。捕食鼠、兔、昆蟲等，是益鳥。也叫鴞(xiāo)。

饈 (饈) xiū〈書〉精美的食物：珍~美味。

xiǔ ㄒ丨ㄨˇ

朽 xiǔ ❶〔動〕腐爛；敗壞：～木。❷〔動〕比喻磨滅（用於否定式）：英名永垂不～。❸衰老：老～｜年～齒落。❹（Xiǔ）〔名〕姓。

語彙 不朽　腐朽　老朽　摧枯拉朽　永垂不朽

【朽才】xiǔcái〔名〕衰弱無能之才，多用於自謙或責備人：你真是～，這點事都辦不好。

【朽壞】xiǔhuài〔動〕腐朽毀壞：木門～。

【朽爛】xiǔlàn〔動〕腐朽爛掉：門窗～｜木料～。

【朽邁】xiǔmài〔形〕〈書〉衰老腐朽；年老無用：～無能。

【朽木】xiǔmù〔名〕❶腐爛的木頭：枯株～。❷比喻不堪造就的人。

【朽木不雕】xiǔmù-bùdiāo〔成〕《論語·公冶長》："宰予晝寢。子曰：'朽木不可雕也，糞土之牆不可圬也。'"後用"朽木不雕"比喻人不堪造就或事情無法挽救。

宿〈宓〉xiǔ〔量〕用於計算夜：玩了一整～｜寫文章寫了半～｜三天兩～失眠。

另見 sù（1290 頁）；xiù（1525 頁）。

瀟 xiǔ〈書〉臭水。

xiù ㄒ丨ㄨˋ

秀 xiù ㊀❶〔動〕莊稼抽穗開花：穀子～穗兒了。❷（Xiù）〔名〕姓。

㊁❶俊；美：山明水～。❷聰明：內～｜心～。❸優異出眾：優～｜～異。❹在某方面特別優異的人才：影壇新～｜後起之～。

㊂表演；展示：模仿～｜脫口～｜作～。[英 show]

語彙 閨秀　俊秀　清秀　優秀　山清水秀

【秀才】xiùcái〔名〕❶明清兩代縣學生員的通稱。❷泛指讀書人：～不出門，便知天下事。

【秀才人情】xiùcái-rénqíng〔成〕秀才為讀書人，送不起厚禮，只能饋贈詩文書畫而已。後用"秀才人情"比喻菲薄的贈品：～紙半張。

【秀出】xiùchū〔形〕才能優異傑出。

【秀而不實】xiù'érbùshí〔成〕《論語·子罕》："苗而不秀者有矣夫！秀而不實者有矣夫！"莊稼開花而不結果實。後用"秀而不實"比喻只學到一些皮毛而實際無所成就。

【秀髮】xiùfà〔名〕秀美的頭髮：～隨風飄散。

【秀麗】xiùlì〔形〕清秀美麗：～的面龐｜山川～。

【秀美】xiùměi〔形〕清秀美麗：姿態～｜山河～。

【秀氣】xiùqi〔形〕❶清秀：這個孩子長得～。❷言談、舉止文雅大方：小夥子說起話來慢聲細語，真～。❸形容器物靈巧輕便：這對花瓶挺～。

【秀色】xiùsè〔名〕❶美好的景色：水鄉～｜～可餐。❷美麗的容貌：麗姿～｜徐娘半老，盡失～。

【秀色可餐】xiùsè-kěcān〔成〕晉朝陸機《日出東南隅行》："鮮膚一何潤，秀色若可餐。"意思是女子的秀美可以使看的人忘了吃飯。後用"秀色可餐"形容女子姿色十分美麗；也用以形容風景之美。

【秀外慧中】（秀外惠中）xiùwài-huìzhōng〔成〕唐朝韓愈《送李願歸盤谷序》："曲眉豐頰，清聲而便體，秀外而惠中。"後用"秀外慧中"指外表秀美，內心聰穎。

岫 xiù ❶〈書〉山洞：隱重～之內。❷〈書〉峰巒：林～｜遠～｜重巒疊～。❸（Xiù）〔名〕姓。

【岫玉】xiùyù〔名〕軟玉的一種，質地細密，用於雕刻工藝品。因主要產於遼寧岫岩，故稱。

琇 xiù〈書〉有瑕疵的玉。

臭 xiù ❶氣味：乳～未乾｜氧氣是無色無～的。❷同"嗅"：食之則甘，～之則香。

另見 chòu（186 頁）。

袖 xiù ❶（～兒）〔名〕袖子：短～兒襯衣｜長～善舞｜兩～清風。❷〔動〕把……藏在袖子裏：～着手站在旁邊｜～手旁觀｜～刃（在袖子裏暗藏兵器）。

語彙 拂袖　領袖　水袖　套袖

【袖標】xiùbiāo〔名〕一種戴在袖子上的標誌：袖子上戴着紅色～。

【袖箭】xiùjiàn〔名〕（支）一種藏在袖中以便暗中射人的箭。

【袖手旁觀】xiùshǒu-pángguān〔成〕把手揣在袖子裏一邊看。比喻置身事外，不加協助或不予制止：大家都在熱火朝天地幹活，只有他～，沒事人一樣｜看到損壞公共財物的現象不能～。

【袖章】xiùzhāng〔名〕套在袖子上表示身份或職務的標誌。如值勤用的袖章，工作人員、服務人員用的袖章等。

【袖珍】xiùzhēn〔形〕屬性詞。小型的或小巧而便於攜帶的：～型｜～本的書｜～詞典｜～錄音機。

【袖子】xiùzi〔名〕（隻）衣服套在胳膊上呈筒狀的部分：捲起～來好幹活兒。

琇 xiù〈書〉像玉的石頭。

宿〈宓〉xiù 中國古代天文學家把天上某些相近的星組成的集合體叫作宿：星～｜二十八～。

另見 sù（1290 頁）；xiǔ（1525 頁）。

嗅 xiù〔動〕聞；用鼻子辨別氣味：～覺｜警犬～出了包中的毒品。

【嗅覺】xiùjué〔名〕❶ 鼻子聞到氣味時的感覺：～很靈。❷ 比喻人辨別事物、洞察事物性質的能力：政治～。

溴 xiù〔名〕一種非金屬元素，符號 Br，原子序數 35。暗棕紅色發煙液體，有刺激性氣味，化學性質較為活潑，能直接與大部分元素化合。對皮膚有強烈的腐蝕性。可用作染料。醫藥上溴的化合物用作鎮靜劑。

褎 xiù "袖" 的古字。

繡（绣）〈綉〉 xiù ❶〔動〕用彩色線在綢、緞、綾、紗、布等上面縫出花紋、圖像或文字：～鴛鴦｜～金匾｜～荷包｜～上一行字。❷ 繡成的物品，如湖南有湘繡，四川有蜀繡，蘇州有蘇繡。❸（Xiù）〔名〕姓。

語彙 刺繡　錦繡　蜀繡　蘇繡　湘繡

【繡房】xiùfáng〔名〕(間) 舊指青年女子的居室。

【繡花】xiù//huā（～兒）〔動〕繡出花葉紋樣等：這幾個姑娘都會～｜在枕頭上繡兩朵花兒。

【繡花枕頭】xiùhuā-zhěntou〔成〕比喻徒有外表而無學識才能的人或外觀好看而質量不好的物品：那傢伙是個～。

【繡品】xiùpǐn〔名〕刺繡工藝品。

【繡球】xiùqiú〔名〕用絲綢結成的球狀物：獅子滾～（一種雜技）。

【繡闥】xiùtà〔名〕〈書〉裝飾華麗的門：披～，俯雕甍。

【繡像】xiùxiàng〔名〕❶ 用不同顏色的彩綫繡成的人像。❷ 明清以來的通俗小說中插在卷首的書中人物白描畫像：～小說。

【繡鞋】xiùxié〔名〕(雙，隻) 婦女穿的繡有紋飾的鞋：羅襪～。也叫繡花鞋。

鏽（锈）〈銹〉 xiù ❶〔名〕(層) 金屬表面所生的氧化物：鐵～（氧化鐵，紅黃色）｜銅～（碳酸銅，綠色）。❷〔名〕附着在物體表面的類似鏽的東西：茶～～。❸〔動〕生鏽：刀都～了｜後院門上的鎖～住了。❹〔名〕鏽病：抗～劑｜滅～。

語彙 茶鏽　水鏽　鐵鏽　銅鏽

【鏽斑】xiùbān〔名〕金屬生鏽或植物發生鏽病出現的斑點、斑痕：自行車上有～了。

【鏽病】xiùbìng〔名〕植物的一種病害，由真菌引起。發生病害時葉子和莖出現鐵鏽色的斑點，植株被侵害後，作物產量會大大降低。

【鏽蝕】xiùshí〔動〕金屬因生鏽而遭到腐蝕：鐵管子～後漏水了｜古器物上的文字已～。

Xū ㄒㄩ

圩 xū〔名〕湖南、江西、福建、廣東等地區稱村鎮集市：～市｜趕～。**注意** 趕圩，北方地區叫趕集，西南地區叫趕場。

另見 wéi（1402 頁）。

【圩場】xūcháng〔名〕集市。

戌 xū〔名〕❶ 地支的第十一位。❷（Xū）姓。

另見 qu（1112 頁）。

【戌時】xūshí〔名〕用十二時辰記時，指晚上七時至九時。

吁 xū ❶〔動〕歎氣：長～短歎｜～了一口氣。❷〔歎〕表示驚異或奇怪：～，你怎麼有這種想法？❸（Xū）〔名〕姓。

另見 yū（1652 頁）；yù（"籲"）（1667 頁）。

【吁吁】xūxū〔擬聲〕形容出氣的聲音：氣喘～｜～喘氣。

盱 xū ❶〈書〉形容太陽剛剛升起。❷ 用於地名：～江（在江西）。

盱 xū ❶〈書〉睜大眼睛看：～衡大局（縱觀局勢）。❷（Xū）〔名〕姓。

【盱眙】Xūyí〔名〕縣名，在江蘇洪澤湖南面。

耇 xū〔擬聲〕〈書〉皮骨相離聲：～然響然，奏刀騞（huō）然。

另見 huā（559 頁）。

胥 xū ㊀〔名〕❶〈書〉小官吏：～吏｜里～（一里之長）。❷（Xū）〔名〕姓。

㊁〔副〕〈書〉皆；都；全：萬事～備。

訏（讦） xū〈書〉大：～策｜～謨｜川澤～～。

虛 xū ❶ 空無所有；空着的：～幻｜～無縹緲｜座無～席｜乘～而入。❷〔形〕信心、勇氣不足：心裏很～。❸ 不真實的；假的（跟 "實" 相對）：～名｜～構｜～張聲勢。❹ 不自滿：～心｜謙～。❺〔形〕虛弱：氣～｜他的身子太～。❻ 空着；空出來；留着：～位以待。❼〔副〕徒然；白白地：～度｜彈不～發。❽ 指思想理論、方針政策：務～｜以～帶實｜有～有實。❾ 二十八宿之一，北方玄武七宿的第四宿。參見 "二十八宿"（347 頁）。❿（Xū）〔名〕姓。

語彙 乘虛　空虛　謙虛　務虛　心虛　玄虛　子虛　避實就虛

【虛白】xūbái〔形〕〈書〉貧寒；空無所有：一室之中，未免～｜～滿四壁，照見寒夜永。

【虛報】xūbào〔動〕假報，謊報；不照真實情況上報：～不實｜～了兩千塊錢。

【虛詞】xūcí〔名〕❶ 不能單獨成句，沒有具體的實在意義的詞，有的只起語法作用，如 "的、把、被、呢、嗎" 等，有的表示某種結構關係，如 "因為、所以、不但、而且、和、或" 等。漢語的虛詞包括副詞、介詞、連詞、助詞、歎詞、擬聲詞六類。❷〈書〉虛誇不實之詞。也作虛辭。

【虛度】xūdù〔動〕白白地度過：～光陰｜～年華。

【虛浮】xūfú〔形〕架空的；不切實際的；不踏實的：作風～｜幹事要踏實，不可～。

【虛高】xūgāo〔形〕不真實地偏高；不合理地偏高：整治藥價～｜近七成企業存在着學歷～｜房價～，開發商還能撐多久？

【虛構】xūgòu ❶〔動〕憑想象編造：～不實之詞。❷〔名〕文藝創作的一種方法。指作者對所掌握的生活材料進行選擇和集中，並且加以想象和綜合，從而塑造出典型的藝術形象。文藝作品多屬虛構。

【虛汗】xūhàn〔名〕因身體衰弱或其他疾病所引起的不正常的出汗現象。如休克、昏厥、結核病等都有出虛汗的症狀。

【虛懷若谷】xūhuái-ruògǔ〔成〕胸懷像山谷那樣深邃、寬廣。形容人十分謙虛：他～，博採眾議，集中了大家的有益經驗。

【虛幻】xūhuàn〔形〕憑主觀幻想的；不真實的：～不實｜～的景象。

【虛假】xūjiǎ〔形〕跟實際不相符合（跟"真實"相對）：～的繁榮｜～的情意｜他待人很～。

【虛驚】xūjīng〔名〕不必要的驚慌：原來是一場～。

【虛誇】xūkuā〔動〕說話虛假誇張：辦事要腳踏實地，說話切忌～。

【虛名】xūmíng〔名〕與事實不相符合的名聲：這個人好(hào)～，不務實際。

【虛擬】xūnǐ ❶〔動〕虛構：報告文學所寫的人和事都應當是真實的，不能～。❷〔動〕模擬：京劇表演中，往往以揚鞭～騎馬，以划槳～行船。❸〔形〕屬性詞。假設的；不一定符合事實的：～語氣｜～動作。

【虛擬現實】xūnǐ xiànshí一種人機交互技術，通過綜合應用計算機圖形、音像、通信、仿真、體感及全息成像等方面的成果，使人產生立體視覺、聽覺、觸覺、嗅覺等感官刺激，並對人的動作做出實時反應。

【虛胖】xūpàng〔形〕由內分泌疾患引起的人體內脂肪過多而發胖：近來他的身體顯得有點兒～，怕是浮腫吧？

【虛情假意】xūqíng-jiǎyì〔成〕虛假的情意：花言巧語，～。

【虛熱】xūrè ❶〔名〕中醫指身體虛虧引起的發熱現象。❷〔形〕比喻虛假繁榮：警惕報業投資的～現象｜目前房地產市場～，需調整。

【虛榮】xūróng ❶〔名〕表面上的光榮、體面：她好～。❷〔形〕喜歡虛榮：她特別愛面子，很～。

【虛榮心】xūróngxīn〔名〕追求表面光榮、體面而不務實際的心理：他是一個～很強的人。

【虛弱】xūruò〔形〕❶身體不健壯，疲弱無力：他

生了一場病，身體變得非常～。❷空虛薄弱：國力～。

【虛設】xūshè〔動〕雖有設置但不起作用：那個附屬機構簡直形同～，可以裁撤。

【虛實】xūshí〔名〕虛假和真實；泛指實際情況：偵察對方內部～。

【虛數】xūshù〔名〕❶虛假的不實在的數字：敵人兵員號稱十萬，這是個～。❷負數的平方根，如 -1，平常以 i 代表 -1。

【虛歲】xūsuì〔名〕舊式計算年齡的一種方法，人生下來就算一歲，以後每逢新年就增加一歲，這樣就比以出生之日算起至一週歲為一歲的實際年齡多一歲或兩歲，所以叫虛歲：老人～今年九十了。

【虛脫】xūtuō ❶〔名〕因大量失血、脫水、中毒等引起的心臟和血液循環突然衰竭的現象。主要症狀是體溫和血壓下降，脈搏微細，出冷汗，臉色蒼白等。❷〔動〕發生虛脫：剛住進醫院的一個病人～了。

【虛妄】xūwàng〔形〕虛假的；毫無事實根據的：～的證詞。

【虛偽】xūwěi〔形〕不真誠；不實在；虛假（跟"真誠"相對）：～的面目終於暴露了｜這個人很～，無論跟誰都不說真話。

辨析 虛偽、虛假　"虛偽"是"真誠"的反面，指人的語言、作風、行為等不誠實，善於偽裝；"虛假"是"真實"的反面，指情況與事實不符。

【虛位以待】xūwèiyǐdài〔成〕留着位子等待某人的到來：請坐！這裏～已有多時了。也說虛席以待。

【虛文】xūwén〔名〕❶徒有形式而無實際的文辭。❷空有形式的應酬禮數：～俗套。

【虛無】xūwú〔形〕有若無，實若虛，道家用來指"道"（真理）的本體：道家以～為本。

【虛無縹緲】xūwú-piāomiǎo〔成〕隱隱約約、若有若無的樣子。形容空虛渺茫，不可捉摸：他沉浸在～的境界，無法脫身｜忽聞海上有仙山，山在～間。

【虛無主義】xūwú zhǔyì否定人類歷史文化遺產，否定民族文化，否定權威，以至否定一切的思想。

【虛銜】xūxián〔名〕❶空頭銜：他已引退，只保留了顧問的～。❷空職銜：他祖父在清朝捐了個～。

【虛綫】xūxiàn〔名〕（條）圖畫或文字中用點或短綫畫成的斷續的綫。

【虛心】xūxīn〔形〕不自滿；肯向人求教或接受別人的意見：他很～，所以進步快｜要是不～，就甚麼也學不進去了。

【虛掩】xūyǎn〔動〕❶門未上門或加鎖，只是關上：～房門，等候來客。❷衣襟遮住前胸，但

未扣上紐扣兒：剛起床，還～着懷呢。

【虛應故事】xūyìng-gùshì〔成〕按照現成的辦法應付，敷衍了事，並不認真對待：此次整頓必須認真對待，絕不許可～。

【虛有其表】xūyǒu-qíbiǎo〔成〕表面上看來挺好，但實際並非如此。形容人或物有名無實：那幾個人開的公司只搭了個空架子，～而已。

【虛與委蛇】xūyǔwēiyí〔成〕對人假意敷衍應酬：他們要求跟我們合作，行就行，不行就拉倒，千萬不要～。注意“委蛇”不讀 wěishé。

【虛張聲勢】xūzhāng-shēngshì〔成〕故意製造虛假的聲威和氣勢：盜匪看見來抓捕他們的人，雖然已經膽怯，可是還～叫喊着要抵抗。

【虛職】xūzhí〔名〕虛設的有名無實的職務：他擔任的是～，無事可做。

【虛字】xūzì〔名〕古人稱沒有很實在意義的字，其中一部分相當於現代所說的虛詞（跟“實字”相對）。

須（须） xū ❶〔動〕助動詞。必須；須要：～知｜無～｜務～｜登山～做好準備。❷〈書〉等待：～晴日｜～我友。❸（Xū）〔名〕姓。
“须”另見 xū“鬚”（1528 頁）。

語彙　必須　無須　務須　些須

【須要】xūyào〔動〕助動詞。必須要。必須要：～努力｜我們～生產更多的糧食。

【須臾】xūyú〔名〕〈書〉佛家以 400 彈指為一須臾，以 30 須臾為一晝夜；借指片刻，一會兒：布帛菽粟，不可～離開｜觀古今於～，撫千載於一瞬。

【須知】xūzhī ❶〔動〕必須知道；一定要知道：～爭得和平不易｜～稼穡之艱難。❷〔名〕對所從事的工作或活動必須知道的事項（常用於通告或指導性文件的名稱）：考試～｜遊覽～｜旅客～。

欻 xū〔副〕〈書〉忽然：黑雲密佈，暴雨～至。
另見 chuā（196 頁）。

頊（顼） Xū/Xù〔名〕姓。

需 xū ❶〔動〕需要；欲求：～求｜～索｜以應急～｜～款甚巨。❷對事物的欲望或需要的東西：軍～。

語彙　必需　急需　軍需

【需求】xūqiú〔名〕由需要而產生的願望、要求：滿足人民的～。

【需要】xūyào ❶〔動〕要求得到；必須有；應該有：他～一本詞典｜這兒的工作正～你｜這裏甚麼東西都有，我一概不～。❷〔名〕對事物的欲望、要求：我們了解群眾的～｜滿足人民生活的基本～。

辨析　需要、需求　都是指對事物（包括精神）的要求。如“滿足群眾的文化需求”“適應群眾的生活需要”。不同的是，“需要”還是動詞：a）表示必須有，一定得到，後頭可以帶名詞或代詞賓語，前頭可以有副詞狀語。如“寫論文需要參考書”“領導小組正需要他”“物質的需求滿足以後，就需要注意精神的需求”（“需求”是名詞，“需要”是動詞，分別非常清楚）。b）表示應該，必須（可以帶動詞、形容詞賓語）。如“上演之前需要彩排”“取得勝利需要勇敢”。此外還可以帶主謂詞組賓語。如“語言研究工作需要我們制定一個新的規劃”。

噓（嘘） xū ❶〔動〕慢慢地吐氣：～氣。❷〈書〉歎氣：仰天而～。❸〔動〕火或熱氣蒸、燙：熱氣～了手｜膏藥用火一～就化開了。❹表示關心、體貼：～寒問暖。❺〔動〕發出“噓”聲制止或驅逐：把他～下台去。❻〔歎〕表示制止或驅逐：～！孩子剛睡着，別出聲音。
另見 shī（1215 頁）。

【噓寒問暖】xūhán-wènnuǎn〔成〕噓寒：呵出熱氣以驅散別人身邊的寒氣。形容對別人的生活非常關心、體貼：大家對災區來的學生～，非常關心。

【噓唏】xūxī 同“歔欷”。

墟 xū ❶大土堆：丘～。❷原來有人聚居現已荒廢了的地方：廢～｜殷～。❸〈書〉集鎮；村落：曖曖遠人村，依依～裏煙｜～落。❹同“圩”（xū）：～市｜當～。

語彙　廢墟　故墟　丘墟

歔 xū 見下。

【歔欷】xūxī〔動〕〈書〉啜泣：暗自～。也作噓唏。

魖 xū 魖魖，放在形容詞“黑”後，構成形容詞生動形式，形容黑暗。注意“魖”不讀 qū 或 yuè。

嬃（媭） xū ❶古代楚國人稱姐姐。❷見於人名，多見於古代女性人名：呂～（西漢樊噲之妻）。

諝（谞） xū〈書〉❶才智。❷計謀：設詐～。

繻（𦈡） xū〈書〉❶彩色的繒，一種細密的絲織物。❷用帛製成的出入關卡的憑證。

鬚（须） xū ❶鬍鬚：～眉皆白｜剃～｜留～。❷動植物的鬚子：觸～｜鼠～｜花～。
“须”另見 xū“須”（1528 頁）。

【鬚髮】xūfà〔名〕鬍鬚和頭髮：～蒼蒼。

【鬚眉】xūméi〔名〕〈書〉鬍鬚和眉毛；古人以男子之美在鬚眉，故借為男子的代稱：中天月色照～｜老在～壯在心｜巾幗不讓～。

【鬚生】xūshēng〔名〕老生。戲曲角色行當，有文武兩種，文的掛黑鬍子，武的掛紅鬍子。

【鬚子】xūzi〔名〕（根）動植物體上像鬍鬚的東西：老鼠～｜玉米～。

玉米鬚子

xú　ㄒㄩˊ

徐 xú ❶〔副〕〈書〉慢慢地：～步｜～圖｜清風～來，水波不興｜～～升起。❷（Xú）〔名〕姓。

【徐步】xúbù〔動〕慢慢地從容地散步：～庭前。

【徐緩】xúhuǎn〔形〕緩慢：步履～｜行進～。

【徐娘半老】Xúniáng-bànlǎo〔成〕《南史·梁元帝徐妃傳》載，元帝徐妃，生活淫蕩，年雖漸老，仍很多情。後用"徐娘半老"指有風韻的女人已到中年。

【徐圖】xútú〔動〕〈書〉慢慢地設法謀劃：～發展｜此事不可操之過急，當～良策。

【徐徐】xúxú〔形〕緩慢：清風～｜幕布～降下來｜運動會的聖火～熄滅了。

xǔ　ㄒㄩˇ

姁 xǔ 見下。

【姁姁】xǔxǔ〔形〕〈書〉溫和或安逸的樣子。

珝 xǔ〈書〉玉名。

栩 xǔ ❶見下。❷（Xǔ）〔名〕姓。

【栩栩】xǔxǔ〔形〕形容生動活潑的樣子：這隻青蛙畫得～如生。

峮 xǔ 見於人名。

許（许） xǔ ㊀❶〔書〕稱許；讚許：～為上乘之作。❷〔動〕答應；允諾：～願｜他～我上公園去玩。❸〔動〕許可；准許：特～｜不～亂動。❹〔動〕許配：他的女兒已～了人了。❺〔副〕也許；或許：他今天沒來，～是生病了。❻〔助〕〈書〉結構助詞。表示大概的數；左右；上下：年四十～。注意"許"在現代口語裏多說"來"，如"年四十許"，就是"年紀有四十來歲"；"潭中魚可百許頭"，就是"潭中的魚大概有一百來條"。

㊁❶表示一定程度的量；些：些～｜～久｜放少～。② 河漢清且淺，相去復幾～？❷〔書〕此；這：問渠那得清如～？為有源頭活水來。❸〔書〕處所；地方：何～人？

㊂（Xǔ）❶周朝國名，介於鄭國和晉國之間，在今河南許昌東。❷〔名〕姓。

語彙				
不許	稱許	何許	或許	默許 容許 稍許
少許	也許	允許	讚許	准許

【許多】xǔduō〔形〕很多：街上聚集了～人｜積累了～經驗｜人瘦了，衣服就顯得肥了～。注意"許多"有兩種重疊式：a)"許許多多"，表示多種多樣，如"婦女的時裝有許許多多的款式"。b)"許多許多"，強調數量多，如"這是許多許多年以前的事"。

【許婚】xǔhūn〔動〕女方接受男方求婚。

【許嫁】xǔjià〔動〕許配。

【許久】xǔjiǔ〔形〕很久；很長時間：他～沒上班了｜大家討論了～，還是沒有結論。

【許可】xǔkě〔動〕准許；容許：故意損壞公共財物，絕對不～｜只要條件～，我們一定辦理｜未經～，不得入內。

【許可證】xǔkězhèng〔名〕（張）由有關部門頒發的准予做某事的書面證明：生產～。

【許諾】xǔnuò〔動〕答應；應承：他～如期還清債款。

【許配】xǔpèi〔動〕舊時女子由家長做主答應跟某人婚配：她已經～別人了。

【許人】xǔrén〔動〕女子許配人家：兩個女兒都不曾～。

【許願】xǔ∥yuàn〔動〕❶向神佛祈求保佑，答應給予酬報（跟"還願"相對）：向神佛～重修廟宇。❷比喻答應滿足對方要求或給以某種好處：幹部不得以權謀私，向親友～｜先前既然許過願，現在就得還願。

【許字】xǔzì〔動〕〈書〉許配。

滸 xǔ〈書〉❶清澈。❷茂盛：其葉～～。
另見 Xù（1531頁）。

詡（诩） xǔ〈書〉吹噓；說大話：自～｜～誇～。

滸（浒） xǔ / hǔ 用於地名：～墅關（在江蘇）｜～浦（在江蘇）。
另見 hǔ（554頁）。

糈 xǔ〈書〉❶糧食；糧餉。❷祭神用的精米。

醑 xǔ ❶〈書〉美酒：清～。❷〔名〕醑劑的簡稱：樟腦～｜氯仿～。

【醑劑】xǔjì〔名〕揮發性物質溶解在酒精中所成的製劑。簡稱醑。

盨 xǔ 古代一種青銅食器，用來盛（chéng）黍、稷、稻、粱等。橢圓形，斂口，二耳，圈足，有蓋。蓋上一般有四個矩形紐,仰置時成為四足的食器。盉在西周出現,到春秋後期就消失了。

xù ㄒㄩˋ

旭 xù ❶〈書〉早晨剛出來的陽光:朝~|初~。❷(Xù)〔名〕姓。

【旭日】xùrì〔名〕初升的太陽:~東升。

序 xù ㊀❶古代指正房兩側的廂房:東~|西~。❷古代由地方舉辦的學校(殷代叫作庠,周代叫作序)。

㊁❶次序;秩序:循~漸進|長幼有~|雜亂無~。❷排在正式名之前的:~曲|~幕。❸〔名〕(篇)序文:請你為這本書寫篇~。❹〈書〉按次序排列:~齒。❺(Xù)〔名〕姓。

語彙 程序 詞序 次序 代序 工序 順序 秩序 自序

【序跋】xùbá〔名〕序文和跋文。

【序齒】xùchǐ〔動〕〈書〉按年齡大小來排次序:諸友~入座。

【序號】xùhào〔名〕表示排列順序的號碼:按~叫吧|你的~是多少?

【序列】xùliè〔名〕按次序排好的行列:訓練課程的~|編入~。

【序列號】xùlièhào〔名〕軟件開發商為防止盜版而設置的識別碼,由字母、數字或其他符號組成。也叫機器碼、認證碼。

【序論】xùlùn同"緒論"。

【序幕】xùmù〔名〕❶原指某些多幕劇第一幕之前的一場戲,用來介紹劇中人物的歷史和劇情發生的遠因,或預示全劇的主題;後也用來指小說、敍事詩等文學作品在矛盾衝突尚未展開之前,對人物所處時代背景和社會環境的交代或提示。❷比喻重大事件的開端:火炬傳遞揭開了奧運會的~。

【序曲】xùqǔ〔名〕❶(支)歌劇、舞劇、戲曲、電影等開場時演奏的樂曲,有概括全劇內容和醞釀情緒的作用。❷比喻事情的開端:大會發言是這次學術討論會的~|東進~。

【序數】xùshù〔名〕表示次序的數目(區別於"基數")。漢語序數的表示方法,是在整數前加"第",如"第一、第一百零一"等。另有一些習慣的表示法(多用於開始或結尾),如"頭一回、末一次、正月、初一、大兒子、小兒子"等。序數詞後有量詞或名詞時,可以省去"第",如"二號、三等、六樓、三層、五團、四組"等。

【序文】(敍文)xùwén〔名〕(篇)古代的序文是作者在著作完成之後所寫的敍述經歷、說明體例、闡釋旨意的文章,附在書尾。現在一般指印在著作正文之前的文章。有作者自己寫的,

多說明書的宗旨和寫作經過;有別人寫的,多介紹書的內容或對書的內容做出評價。

【序言】(敍言)xùyán〔名〕(篇)序文。

茅 xù 古指橡樹的果實。
另見 zhù(1784頁)。

昫 xù〈書〉同"煦"。多見於人名:劉~(後晉人)。

㳰 xù〈書〉水流淌的樣子。

淢 xù〈書〉田間水道:溝~。

恤〈邺卹賉〉xù ❶〈書〉顧慮;考慮:勤~民隱。❷憐憫;可憐:憐~|體~|憫~。❸救濟:撫~|賑~。❹(Xù)〔名〕姓。

【恤金】xùjīn〔名〕(筆)撫恤金:烈士家屬領了一筆~。

【恤衫】xùshān〔名〕(件)襯衫。[恤,英 shirt]

堉 xù 古代房屋的東西牆。見於人名:章~(徐志摩之名)。

畜 xù ❶畜養:牧~|~牛|不~雞犬。❷(Xù)〔名〕姓。
另見 chù(195頁)。

【畜產】xùchǎn〔名〕畜牧業產品。

【畜牧】xùmù〔動〕飼養、牧放大批的牲畜或飼養大批的家禽,多專指前者:~業|在野外~羊群。

【畜養】xùyǎng〔動〕飼養;豢養:~牛羊|~雞鴨。

聟 xù〈書〉同"婿":女從~家來。

酗 xù〈書〉❶沉迷於酒。❷撒酒瘋:好酒而~。

【酗酒】xùjiǔ〔動〕無節制地喝酒;喝醉了酒發酒瘋:~鬧事。

勖〈勗〉xù〈書〉勉勵:~勉|~勵。

敍(敘)〈敘〉xù ❶〔動〕說;談:~家常|閒言少~。❷記述:~事|~述|記~。❸評判等級次第:~功|~獎|銓~。❹同"序"㊀❶❷❸❹。❺(Xù)〔名〕姓。

語彙 插敍 倒敍 記敍 鋪敍 銓敍 順敍 小敍 追敍 平鋪直敍

【敍別】xùbié〔動〕話別;臨別時聚在一起傾訴衷情:畢業班同學跟老師~。

【敍舊】xù∥jiù〔動〕談論跟彼此有關的舊事:海峽兩岸的親人重逢~|聯誼會上老同學溫馨~|敍一敍舊。

【敍事】xùshì〔動〕敍述事情:~有條不紊|~文|~詩。

【敍述】xùshù〔動〕寫出或說出事情的經過:~事

件的始末｜詳細～了一遍。

【敍說】xùshuō〔動〕把事情原原本本說出來：聽他如實～，我才明白了事情的真相。

【敍談】xùtán〔動〕隨意交談：離別五年以後重聚，大家盡情～一番。

【敍寫】xùxiě〔動〕敍述描寫：～自己的教學故事｜用愛的心～一生的傳奇。

【敍用】xùyòng〔動〕〈書〉任用（官吏）：永不～。

渭 Xù 渭水，水名。在陝西西南部，發源於太白山，南流入漢水。

另見 xǔ（1529頁）。

絮 xù ㊀❶棉絮。❷古指粗糙的絲綿。❸像棉絮的東西：柳～｜蘆～。❹〔動〕在被褥、衣服裏鋪襯棉花、絲綿等：～上點棉花｜棉襖｜～被褥。❺（Xù）〔名〕姓。
㊁絮叨。

語彙　煩絮　花絮　柳絮　棉絮

【絮叨】xùdāo(-dao)❶〔動〕囉囉唆唆地說話；反反復復地說：老太太～起來沒完｜這件事咱們得～～。❷〔形〕說話囉唆：她可真～｜絮絮叨叨，沒完沒了。

【絮煩】xùfan〔形〕過多重複地說使人感到厭煩：就這麼點事，說起來沒完，太～了。

【絮語】xùyǔ〈書〉❶〔動〕絮絮叨叨說個沒完。❷〔名〕絮叨的話。❸〔名〕綿綿細語：人生～｜青春～。

婿〈壻〉xù ❶女婿：賢～｜翁～。❷丈夫：夫～｜妹～。

語彙　夫婿　女婿　贅婿　子婿　乘龍快婿

煦 xù/xǔ〈書〉溫暖：春光和～｜春風拂～。

語彙　拂煦　和煦　溫煦

滷 xù 用於地名：～仕（在越南）。
另見 chù（195頁）。

蓄 xù ❶〔動〕儲存；積攢：儲～｜～水｜～洪｜～電池｜養精～銳｜水庫～滿了水。❷〔動〕留起來不去掉：～髮｜～着滿臉鬍鬚｜～指甲。❸心底藏着：～意｜～謀。❹（Xù）〔名〕姓。

語彙　儲蓄　含蓄　積蓄　蘊蓄　兼收並蓄

【蓄電池】xùdiànchí〔名〕化學電池的一種。能將化能和直流電能相互轉換的一種裝置。這種電池放電後經充電能復原續用，如常用的鉛蓄電池。

【蓄洪】xùhóng〔動〕為了防止洪水成災，把河道所不能容納的水儲存在一定的地區：～既防旱又防澇｜～工程。

【蓄積】xùjī〔動〕儲存積聚：～糧食｜～雨水。

【蓄謀】xùmóu〔動〕內心早就藏着計謀（多指壞

的）：～已久｜～陷害。

【蓄水】xù//shuǐ〔動〕儲存水：在山坡上建池～｜水庫蓄滿了水。

【蓄養】xùyǎng〔動〕❶飼養：～鴿子｜～麋鹿。❷積蓄培養：～精力。

【蓄意】xùyì〔動〕存心；內心早就藏着這種意圖（多指壞的）：～挑釁｜～破壞｜～干涉別國內政。

潊（潊）xù ❶〈書〉水邊。❷（Xù）潊水，水名。古名序水，又名雙龍江，在湖南，流入沅江。❸（Xù）〔名〕姓。

緒（绪）xù ❶絲的頭，比喻開端：千頭萬～｜準備就～。❷〈書〉殘餘：流風餘～。❸心情；思想：心～｜情～｜愁～。❹〈書〉功業；事業：繼先輩之～。❺（Xù）〔名〕姓。

語彙　端緒　就緒　情緒　思緒　頭緒　心緒

【緒論】xùlùn〔名〕（篇）著作的開頭部分，一般是闡述全書宗旨和內容概要。也作序論。

【緒言】xùyán〔名〕（篇）發端的話；緒論。

續（续）xù ❶連綿不斷：連～｜繼～。❷〔動〕連接起來；連接下去：這條繩子太短，再～上一截兒吧｜～家譜。❸〔動〕添；加：往茶壺裏～點開水。❹〈書〉指延續下來的：此亡秦之～也。❺（Xù）〔名〕姓。

語彙　持續　繼續　連續　陸續　手續　延續

【續編】xùbiān〔名〕繼原書之後續寫的書；原書叫正編，後續的書叫續編（常用於書名）：《華蓋集～》。也叫續集。

【續貂】xùdiāo〔動〕"狗尾續貂"的省說，指將不好的東西補接在好的東西後面，顯得極不相稱：～之作。

【續訂】xùdìng〔動〕原先訂閱的報紙、雜誌期限已滿，繼續付款訂閱：下半年的報紙早一點～。

【續斷】xùduàn〔名〕治骨折的一種中草藥。多年生草本植物，葉子對生，開白色或紫色花，根赤黃色，細而長，入藥治骨折，故稱。

【續集】xùjí〔名〕續編。

【續假】xù//jià〔動〕假期已滿，繼續請假：～十天｜又續了一個月的假。

【續借】xùjiè〔動〕借用期滿後，繼續借用：圖書逾期，不得～｜你的這本書已～過一次。

【續篇】xùpiān〔名〕接着原來內容續寫的相對獨立的文章或著作：《旅遊攻略》有～｜文章的～即將完稿。

【續聘】xùpìn〔動〕繼續聘用或聘任：合同期滿，成績顯著者可以～。

【續簽】xùqiān〔動〕❶合同到期後繼續簽字，使有效。❷護照到期後繼續簽證，使有效。

【續弦】xù∥xián〔動〕男子在妻子死後再娶。古時用琴瑟比喻夫婦。妻子死掉，如同琴瑟斷了弦，不能互相唱和，故妻死叫斷弦，再娶叫續弦：妻子死後一年，他就續了弦。也叫續娶。

【續約】xùyuē ❶(-∥-)〔動〕繼續簽約：她的廣告～一年，淨賺五百萬。❷〔名〕繼續簽訂的條約、協議、合同：目前正在商談～簽訂事宜。

鱋（鲋） xù〔名〕鲢。

xu ·ㄒㄩ

蓿 xu∕sù 見“苜蓿”（951頁）。

xuān ㄒㄩㄢ

喧 xuān〈書〉威儀顯赫的樣子。
另見 Xuǎn（1535頁）。

宣 xuān ❶ 公開說出；傳揚、散佈出去：～誓｜心照不～。❷ 疏通、疏導：～泄洪水。❸ 召喚（多用於帝王召喚臣子）：皇上有旨，～丞相上殿。❹ 指宣紙：虎皮～｜玉版～。❺（Xuān）〔名〕姓。

【宣佈】xuānbù〔動〕用文字、語言公開告訴大家：～獨立｜～無效｜～會議開始｜～了候選人名單｜這項規定還沒有向群眾～過。

【宣稱】xuānchēng〔動〕公開聲明；公開宣佈：他當眾～不服判決，準備上訴。

【宣傳】xuānchuán ❶〔動〕用講演、文字、文學作品等形式對人進行講解說明：～車｜～隊｜～節約用水｜～奧運會｜～抗震救災。❷〔名〕使人跟着行動起來的說明講解（口頭的或書面的）：這些～，起到了很好的作用。

【宣傳車】xuānchuánchē〔名〕（輛）向行人進行宣傳的車輛，多裝有高音喇叭。

【宣傳品】xuānchuánpǐn〔名〕做宣傳用的物品，如傳單、招貼畫等。

【宣讀】xuāndú〔動〕當眾朗讀：～命令｜～文件。

【宣告】xuāngào〔動〕公開告訴大家：公司～成立｜大會～結束。注意“宣告”必帶賓語，而且只能是動詞性賓語。

【宣講】xuānjiǎng〔動〕宣傳講解：～文明公約。

【宣講團】xuānjiǎngtuán〔名〕為宣傳講解某一特定主題而組成的團體：中央～｜學習理論～。

【宣教】xuānjiào〔名〕宣傳教育：從事～工作。

【宣判】xuānpàn〔動〕法院在案件審理終結後向訴訟雙方宣佈案件的判決書：～有罪｜～無罪釋放｜案件已經～了。

【宣示】xuānshì〔動〕❶ 公開告知：～朝野。❷ 宣揚：～功德。

【宣誓】xuān∥shì〔動〕參加某一組織或擔當某項重大任務時，舉行一定儀式當眾宣佈表示決心的話：～就職｜他曾宣過誓。

【宣腿】xuāntuǐ〔名〕雲南宣威出產的火腿。也叫雲腿。

【宣泄】xuānxiè〔動〕❶ 疏通水道讓積水流出去：河道上游泥沙淤積，河水～不暢。❷ 舒散；傾吐：～內心的積鬱。❸ 泄露；事屬個人隱私，不宜～。注意 這裏的“宣”不寫作“渲”。

【宣言】xuānyán ❶〔名〕（篇，項，份）國家、政黨、團體或其領導人對重大問題表明其基本立場和態度而發表的文告：獨立～｜發表～。❷〔動〕宣告；聲明：我們鄭重～，此事與本公司無涉。

【宣揚】xuānyáng〔動〕廣泛宣傳；傳揚：～好人好事。

【宣于】Xuānyú〔名〕複姓。

【宣戰】xuān∥zhàn〔動〕❶ 一個國家或一個集團宣佈同另一個國家或集團處於戰爭狀態：兩國斷絕邦交，正式～｜宣了戰就不易休戰。❷ 比喻進行艱苦、激烈的鬥爭：向沙漠進軍，向大海～。

【宣召】xuānzhào〔動〕指帝王召見臣下。

【宣紙】xuānzhǐ〔名〕（張）一種寫毛筆字和畫國畫用的適於長期保存的高級紙張，質地綿軟、堅韌，不易破裂和被蟲蛀，吸墨均勻。這種紙產於安徽宣城、涇縣（古屬宣州）一帶，所以叫宣紙。

軒（轩） xuān ㊀ ❶ 有窗戶的長廊或小屋子（舊時多用為書齋、廳堂名或茶肆、飯館的字號）：臨湖～（北京大學廳堂名）｜來今雨～（北京中山公園餐館名）。❷ 古代一種四周有帷幕，前頂較高的車：朱～繡軸。❸〈書〉長廊：戶外為～。❹〈書〉窗戶；門：～窗｜開～納微涼。
㊁ ❶ 高：～昂｜～然大波。❷（Xuān）〔名〕姓。

【軒昂】xuān'áng〔形〕❶〈書〉高峻的樣子：瓊樓～。❷ 精神振奮、氣度不凡的樣子：氣宇～。

【軒房】xuānfáng〔名〕指居住的房間：獨居～。

【軒冕】xuānmiǎn〔名〕〈書〉古時卿大夫乘坐的車和穿的服飾。也指爵祿和顯貴者。

【軒渠】xuānqú〔動〕〈書〉歡笑：一坐～｜捧腹～。

【軒然】xuānrán〔形〕❶ 歡笑的樣子：～仰笑。❷ 高舉的樣子：～飛舉。

【軒然大波】xuānrán-dàbō〔成〕高高湧起的巨大波浪。比喻大的糾紛或風潮：沒想到一點點小事竟釀成了～。注意 這裏的“軒”不寫作“喧”。

【軒轅】Xuānyuán〔名〕❶ 中國古代傳說中黃帝的

名字。❷複姓。

【軒輊】xuānzhì〔名〕〈書〉車頂前高後低叫軒，後高前低叫輊。比喻才能、氣力等的高低、輕重、優劣：不分～。

揎　xuān 捋起袖子露出胳膊：～拳捋袖｜～衣露臂。

喧〈誼〉　xuān 聲音大：～嘩｜～鬧｜鑼鼓～天｜百鳥聲～。

【喧賓奪主】xuānbīn-duózhǔ〔成〕客人的聲音蓋過了主人。比喻次要的事物壓倒了主要的事物或佔據了主要的位置：這幅人物肖像，畫得背景複雜而又突出，未免～了。

【喧嘩】xuānhuá ❶〔動〕喧嚷：請勿～｜辦公要地，禁止～。❷〔形〕聲音大而雜亂：戲謔～｜市聲～。

【喧豗】xuānhuī〔形〕〈書〉喧閙：飛湍瀑流爭～。

【喧叫】xuānjiào〔動〕大聲叫喊：一路上他們大聲～着｜猴王齜牙咧嘴，～狂吼。

【喧鬧】xuānnào ❶〔形〕喧嘩熱鬧：十分～｜宣佈散會以後，大廳中頓時～起來。❷〔動〕喧嘩吵閙：孩子們嬉戲～，大人們安靜地閒談。

【喧嚷】xuānrǎng〔動〕大聲喊叫：人聲～。

【喧擾】xuānrǎo〔動〕喧嚷擾亂：人來客往，～不休。

【喧騰】xuānténg〔動〕喧鬧沸騰：廣場上一片～。

【喧囂】xuānxiāo ❶〔形〕聲音大而雜亂；不清靜：車馬～｜～不止。❷〔動〕大嚷大叫：～一時｜～鼓噪。

[辨析] 喧囂、喧嘩、喧嚷　a)"喧嘩"指聲音大而雜亂，"喧嚷"指大聲叫喊或說；"喧囂"除了指人大喊大叫外，還指車馬等的喧鬧。它們的習慣組合不能互換，如"喧囂不止""人聲喧嚷""禁止喧嘩"。b)"喧囂"還可以用於比喻，如"有關戰爭的宣傳，喧囂一時"，"喧嘩""喧嚷"沒有這種用法。

【喧笑】xuānxiào〔動〕大聲說笑：樓上有人在～，還有打牌聲｜我也跟着他們～了起來。

【喧雜】xuānzá〔形〕喧閙嘈雜：我們遠離～的城市｜少了人的～，輕音樂是自然的音符。

愃　xuān〈書〉忘記。

瑄　xuān 古代祭天用的大璧：～玉。

萱〈蕿蘐蕿蕿〉　xuān 萱草。

【萱草】xuāncǎo〔名〕多年生草本植物，葉子條狀披針形，花橙紅或黃紅色，供觀賞。相傳可以使人忘憂，因此俗稱忘憂草。

【萱堂】xuāntáng〔名〕〈書〉母親的居室，也尊稱母親：白髮～。

暄　xuān ㊀〈書〉溫暖：寒～｜天氣微～。
㊁〔形〕（北方官話）物體內部疏鬆而柔韌綿

軟：發麵餅很～｜沙土地～，不好走。

【暄騰】xuānteng〔形〕（北方官話）鬆軟柔韌有彈性：饅頭～好吃。

煖　xuān〈書〉溫暖。
另見 nuǎn "暖"（990 頁）。

煊　xuān ❶〈書〉同"暄"㊀。❷（Xuān）〔名〕姓。

【煊赫】xuānhè〔形〕名聲很大，氣勢很盛：聲勢～。

儇　xuān〈書〉巧慧而輕佻：～薄（輕薄）｜～子（聰明而又輕薄浮滑的人）。

鍹（锽）　xuān〔擬聲〕〈書〉玉器的響聲。

襑　Xuān〔名〕姓。

諼（谖）　xuān〈書〉❶欺詐：詐～之辭｜❷忘記：永矢弗～（矢：發誓）。

懁　xuān〈書〉急躁：民俗～急。

嬛　xuān 見於人名。
另見 huán（568 頁）。

翾　xuān〈書〉飛翔：～飛。

譞（𧮫）　xuān〈書〉智慧。

xuán ㄒㄩㄢˊ

玄　xuán ❶黑；黑色的：～雲｜～狐。❷奧妙的；深奧的：～理｜～之又～。❸〔形〕〈口〉玄虛；靠不住：這篇文章的內容太～了。❹〈書〉北方：～方｜～郊。❺（Xuán）〔名〕姓。

【玄奧】xuán'ào〔形〕深奧；高深難懂：《周易》的內容十分～。

【玄關】xuánguān〔名〕住房從入門到客廳之間的一段空間：～設計在房間裝飾中起到畫龍點睛的作用。

【玄乎】xuánhu〔形〕玄虛難以捉摸：這事可真～，簡直沒法兒想象。

【玄黃】xuánhuáng〈書〉❶〔名〕指天地的顏色，玄為天色，黃為地色。也指天地。❷〔名〕指血。❸〔形〕馬生病的樣子：我馬～。

【玄機】xuánjī〔名〕❶天意；天機：～不可泄露。❷神妙的計策：～在握。

【玄妙】xuánmiào〔形〕深奧奇妙，難於捉摸：這種道理很平常，並不～。

【玄孫】xuánsūn〔名〕曾孫的兒子。

【玄武】xuánwǔ〔名〕❶二十八宿中北方七宿（斗、牛、女、虛、危、室、壁）的統稱。參見"二十八宿"（347 頁）。❷道教所奉的北方之神。❸指烏龜，或烏龜和蛇。❹北：～門。

【玄想】xuánxiǎng ❶〔名〕超脫世俗的思想。

❷〔動〕想象；幻想：閉目～。

【玄虛】xuánxū ❶〔名〕用使人迷惑的形式來掩蓋真相的騙人把戲：故弄～。❷〔形〕不真實；不可靠：這本武俠小說越寫越～。

【玄學】xuánxué〔名〕❶一種唯心主義的哲學思潮，是魏晉時期的一些哲學家用道家思想糅合儒家經義而成。❷形而上學。

【玄言】xuányán〔名〕魏晉時讀書人所談的玄理。它崇尚虛無，擯棄世務，脫離實際：好談～。

【玄遠】xuányuǎn〔形〕〈書〉❶玄妙幽邃：～的哲理。❷久遠：天地～｜想得很～。

【玄之又玄】xuánzhīyòuxuán〔成〕《老子·第一章》："玄之又玄，眾妙之門。"後用"玄之又玄"形容深奧玄妙，不可思議：他說得這樣～，讓人聽了不知所云。

玹 xuán〈書〉玉的色澤。

痃 xuán 見"橫痃"（537頁）。

旋 xuán ❶迴環轉動：～轉｜天～地轉｜一架飛機在空中盤～。❷返回；歸來：～里｜凱～。❸〈書〉不一會兒；很快地：～即。❹（～兒）〔名〕圈兒：老鷹在空中打～兒。❺（～兒）〔名〕毛髮呈漩渦樣的地方：他頭髮裏有兩個～兒。❻（Xuán）〔名〕姓。

另見 xuàn（1537頁）；xuàn"鏇"（1537頁）。

語彙 打旋 飛旋 迴旋 凱旋 螺旋 盤旋 氣旋 斡旋 周旋

【旋即】xuánjí〔副〕很快地：事情辦完後，～返京。

【旋里】xuánlǐ〔動〕返回故鄉：攜眷～。

【旋律】xuánlǜ〔名〕（段）由各種高低、長短、強弱的樂音按一定的節奏組織起來的和諧運動。是音樂樂曲的基礎，樂曲的內容、風格以及民族特徵等首先由旋律表現出來：主～（多用於比喻）。

【旋鈕】xuánniǔ〔名〕器物上用以開關、啟閉的可以轉動的部件。

【旋繞】xuánrào〔動〕繚繞：炊煙～｜號聲在山谷中～。

【旋手】xuánshǒu〔名〕安在門窗上用以旋開門窗的把手。

【旋梯】xuántī〔名〕（架）❶形狀像梯子的運動器械。中間有一根軸固定在鐵架上，能夠圍繞軸旋轉。❷旋轉上升的梯子。

【旋渦】xuánwō 同"漩渦"。

【旋踵】xuánzhǒng〔動〕旋轉腳跟。比喻時間迅速過去，也比喻退縮：～即逝｜義無反顧，計不～。

【旋轉】xuánzhuǎn〔動〕物體繞一個點或一個軸迴環運轉：陀螺在地上～｜地球繞地軸～叫自轉。

【旋轉乾坤】xuánzhuǎn-qiánkūn〔成〕扭轉天地的位置。比喻從根本上改變局面。形容人的能力或權威非常大：局面已經形成，恐怕只有能人出來才可以～。

【旋子】xuánzi〔名〕❶圈兒：打～。❷玩具名，即陀螺。

另見 xuànzi"鏇子"（1537頁）。

漩 xuán（～兒）〔名〕迴環的水流；水流旋轉的圓窩：泡～。

【漩渦】xuánwō ❶（～兒）水流急劇下瀉時所形成的螺旋形水渦。❷比喻危險的境地：他天天去賭博，已經陷入～。以上也作旋渦。

駩（駮）xuán〈書〉一歲的馬。

曤 xuán〈書〉明亮。

璿（璇）xuán〈書〉美玉名：～玉。

【璿璣】xuánjī〔名〕〈書〉❶指北斗七星中的第一至第四星。❷古代測天象的天文儀器。

懸（悬）xuán ❶〔動〕吊起來；掛在空中：彩燈高～。❷公佈：～賞。❸〔動〕抬起來；懸空：～肘｜把腕子～起來寫字。❹〔動〕擱置；無着落：～而未決｜事情還～着，沒處理呢。❺掛記：～念｜心～兩處。❻憑空設想：～想。❼差別大；距離遠：～殊。❽〔形〕（北京話）危險：這件事有點兒～｜差點兒叫車撞了，你看多～！❾（Xuán）〔名〕姓。

語彙 倒懸 心懸 虛懸 明鏡高懸

【懸案】xuán'àn〔名〕❶（樁，件）未能解決的案件：這是一起擱置了三年的～。❷沒有解決的問題：這部古書的作者和時代問題還都是～。

【懸車】xuánchē〔動〕❶古代指官員年老退休，因退休後家居，廢車不用，故稱：～告老。❷指隱居不仕：閉門～。

【懸垂】xuánchuí〔動〕懸空下垂：空中～的天車來回移動。

【懸吊】xuándiào〔動〕懸空吊着：天花板上～着彩燈。

【懸浮】xuánfú〔動〕不上不下地漂浮在液體內或空中：沙塵暴過後，空氣中仍～着許多微粒｜這種飲料中有果粒～。

【懸隔】xuángé〔動〕相隔很遠：帶河阻山，～千里｜時空距離～久遠。

【懸掛】xuánguà〔動〕用繩子、鈎子、釘子等將物體附着於某處：輪船上～着中國國旗｜牆上～着地圖。

【懸棺】xuánguān〔名〕葬在懸崖石洞裏的棺材。懸棺葬是一種古老的喪葬形式，中國西南和東南地區古代有懸棺而葬的風俗。

【懸河】xuánhé〔名〕瀑布。多用來比擬滔滔不絕的言辭：口若～。

【懸乎】xuánhu〔形〕〈北京話〉危險；不安全；靠不住：真～！他差點從樓上摔下來｜這件事讓他去辦可有點兒～。

【懸弧】xuánhú〔動〕古代尚武，生男孩則在門左掛弓一張，後因稱生男為懸弧：～之慶。

【懸壺】xuánhú〔動〕行醫：～濟世｜華僑老人～海外，心繫中華。

懸壺和葫蘆

道家煉製丹藥常用葫蘆存放，故有俗語"葫蘆裏賣的甚麼藥"。中醫則將葫蘆懸掛作為行醫的標誌。"壺"與"葫"二字同音通假，故喻懸壺為行醫。

【懸空】xuánkōng〔動〕❶離開地面，懸在空中：兩腳～。❷比喻沒有着落：你先別急，建房的事兒還～着，等落實了再說。

【懸樑】xuánliáng〔動〕在屋樑上上吊：～自盡。

【懸樑刺股】xuánliáng-cìgǔ〔成〕《太平御覽》卷三六三引《漢書》："孫敬字文寶，好學，晨夕不休。及至眠睡疲寢，以繩繫頭，懸屋樑。後為當世大儒。"《戰國策·秦策一》："(蘇秦)讀書欲睡，引錐自刺其股，血流至足。"後用"懸樑刺股"形容學習刻苦。

【懸念】xuánniàn ❶〔動〕惦記；掛念：兒子遠行，老人時刻～。❷〔名〕一種文學藝術的創作技巧，讓觀眾或讀者欣賞戲劇、電影或其他文藝作品時，對情節發展和人物命運產生關切的心情。

【懸賞】xuán//shǎng〔動〕公佈獎勵辦法，徵求別人幫助做某事：～尋物｜～緝拿逃犯｜懸了重賞，才把被盜的東西找回來了。

【懸殊】xuánshū〔形〕相差很遠：力量～｜貧富～。注意"懸殊"本身就有相差很遠或差別很大的意思，後面不能再加"很大""極大"等修飾成分。

【懸梯】xuántī〔名〕(架)懸掛在某物體上的軟梯，多用在輪船或直升機上。

【懸腕】xuán//wàn〔動〕用毛筆寫大字時抬起手腕，不挨着桌子：寫大楷要懸着腕才能寫好。

【懸望】xuánwàng〔動〕掛念盼望：早去早回，免我～。

【懸想】xuánxiǎng〔動〕憑空想象：只能根據事實，不能～如何如何。

【懸心】xuán//xīn〔動〕擔心；掛念：母親日夜～，希望兒子早回來。

【懸心吊膽】xuánxīn-diàodǎn〔成〕提心吊膽：他們總是～地過日子。

【懸崖】xuányá〔名〕(座)高聳陡峭的山崖：～峭壁｜～勒馬。

【懸崖勒馬】xuányá-lèmǎ〔成〕在陡峭的山崖邊上勒住馬的韁繩。比喻臨到危險的邊緣及時醒悟回頭：勸告那些搞不正之風的人，趕快～才是｜～不為晚，船到江心補漏遲。注意這裏的"勒"不讀 lēi。

xuǎn ㄒㄩㄢˇ

咺 Xuǎn〔名〕姓。
另見 xuān(1532 頁)。

晅 xuǎn〈書〉❶光明。❷乾燥。

烜 xuǎn〈書〉盛大；旺盛：～赫。

【烜赫】xuǎnhè〔形〕聲勢很盛；聲威顯赫，影響巨大：～一時｜聲勢～。

咺 xuǎn〈書〉日氣。
另見 gèng(446 頁)。

選(选) xuǎn ❶〔動〕挑揀；揀擇：比賽前～場地｜～良種｜～接班人。❷〔動〕選舉：～代表｜我們～他當班長。❸被選中了的人或物：入～｜人～｜上～。❹被選出來編在一起的作品：作品～｜詩歌～｜散文～。❺(Xuǎn)〔名〕姓。

語彙 編選　大選　當選　改選　候選　競選　落選　評選　普選　入選　篩選　上選　挑選　推選　文選　中選

【選拔】xuǎnbá〔動〕挑選優秀者：～賽｜～運動員｜～優秀學生。

【選報】xuǎnbào〔動〕❶選擇報考(某個學校或專業)：在綜合大學裏～一個法學專業｜第一志願～北京大學。❷經選擇後上報：～藝術節比賽節目｜為國家隊～優秀運動員。

【選本】xuǎnběn〔名〕從一人或多人的作品中選出若干篇在一起的書：這是一個～，收了很多著名作家的代表作。

【選編】xuǎnbiān ❶〔動〕從某些資料或作品中選出一部分編輯成書：這個集子是由名家～的｜本書～了當代著名作者的散文。❷〔名〕選編出來的集子(多用作書名)：《法律法規～》。

【選材】xuǎn//cái〔動〕❶挑選人才：～要注意品學兼優｜運動員要科學～。❷選取材料或素材：這套家具的～用料很講究｜語文課本可從歷代散文作品中～。

【選單】xuǎndān〔名〕計算機屏幕或圖形輸入板上供使用者選擇操作項目的目錄。俗稱菜單。

【選登】xuǎndēng〔動〕挑選刊登：～讀者來信。

【選點】xuǎndiǎn〔動〕選擇適合開展某一工作的地點：～建站｜比賽項目、～路線都將凸現城市特色。

【選調】xuǎndiào〔動〕選拔調動：從機關～幹部

充實基層｜從各俱樂部~國家隊隊員。

【選定】xuǎndìng〔動〕挑選確定：~了比賽地點｜~參賽隊員。

【選讀】xuǎndú ❶〔動〕有選擇地閱讀（區別於"通讀"）：這部書篇幅很長，可~其中有關部分。❷〔動〕選擇讀書的學校或專業：~名牌大學｜這是中國學生~最多的一個專業。❸〔名〕從一個人或若干人的作品中選出一部分編成的讀本（多用於書名）：《古代散文~》。

【選段】xuǎnduàn〔名〕文章、歌曲或戲曲、電影中選出的某一片段：梅派唱腔~｜相聲~。

【選購】xuǎngòu〔動〕選擇購買：本店商品齊全，歡迎顧客~。

【選集】xuǎnjí〔名〕從一個人或若干人的著作中選錄若干篇編成的集子（多用於書名）：《魯迅~》｜《當代詩歌~》。

【選輯】xuǎnjí ❶〔動〕選擇輯錄：本書~了最有代表性的三百首唐詩。❷〔名〕選輯成的書（多用於書名）：《茶詩~》｜《印度音樂~》。

【選舉】xuǎnjǔ〔動〕用投票或舉手等方式選出代表或負責人：直接~｜間接~｜無記名投票~。

【選刊】xuǎnkān ❶〔動〕選登：來稿將擇優~。❷〔名〕選擇刊登已發表的作品的刊物（多用於刊物名）：《小說~》。

【選錄】xuǎnlù ❶〔動〕選拔錄用；選擇錄取：公開~優秀專業人才｜優先~特長生。❷〔動〕選擇收錄：這本集子共~了29篇舊文。❸〔名〕選錄的書（多用於書名）：《泰戈爾詩集~》。

【選美】xuǎnměi〔動〕通過評比，選拔選出在形體、容貌、素質等方面的最佳美女：她在~活動中奪得桂冠。

【選民】xuǎnmín〔名〕（位）有選舉權的公民：~證｜~登記。

【選派】xuǎnpài〔動〕挑選合格人員派遣出去：~代表參加會議｜~出國留學生。

【選配】xuǎnpèi〔動〕❶ 選擇配備：科學~助聽器｜做好幹部~工作。❷ 選擇配種：犬的~就是選擇適合的公犬和母犬配種。❸ 選擇搭配：這身夏裝~得好。

【選票】xuǎnpiào〔名〕（張）選舉人用來填寫或圈定被選舉人姓名的票。

【選聘】xuǎnpìn〔動〕挑選聘用：某大學向海內外公開~所有副校長職位。

【選區】xuǎnqū〔名〕為便於進行選舉，按人口劃分的區域。

【選取】xuǎnqǔ〔動〕挑選採用：~最佳路綫｜~名優產品在博覽會展出。

【選收】xuǎnshōu〔動〕選擇收錄：這部詞典着重~百科詞語。

【選手】xuǎnshǒu〔名〕（位，名）被選出來參加比賽的人：這一百多個~在體操比賽中競技狀態

都很好。

【選送】xuǎnsòng〔動〕選拔出來並加以推薦：~優秀青年出國留學。

【選題】xuǎntí ❶(-//-)〔動〕選擇題目：寫論文選好題挺重要。❷〔名〕選定的題目：大作已列入~，將在我社出版｜優化~。

【選賢任能】xuǎnxián-rènnéng〔成〕選用能幹的人：~是作風建設的關鍵。

【選項】xuǎnxiàng ❶〔名〕供選擇的答案、辦法等：這道題設了四個~。❷〔動〕選擇（產業、科研等）項目：招商~一定要結合當地的實際情況。

【選修】xuǎnxiū〔動〕學生從可供選擇的科目中，選擇自己要學習的科目（區別於"必修"）：我們班大部分同學~英語~一課。

【選秀】xuǎnxiù〔動〕選拔優秀人才：全國巡迴~活動開始了｜國外頂級商學院院將蒞臨北京~。

【選樣】xuǎnyàng ❶(-//-)〔動〕選擇樣品：~調查。❷〔名〕選出的樣品：這是產品的~。

【選印】xuǎnyìn〔動〕挑選並印行：~五十幅古代名畫。

【選用】xuǎnyòng〔動〕選擇使用：~優秀人才｜不少人~靈芝調理身體。

【選育】xuǎnyù〔動〕選擇培育：~優良品種。

【選擇】xuǎnzé〔動〕挑選：~日期｜~開會地點｜沒有~的餘地｜衣服料子很多，我得~~。

> 辨析 選擇、抉擇　都有從若干事物中挑選出來加以採納的意思。"抉擇"的對象一般是抽象、重大的事物，多用於書面語，有莊重的色彩，如"艱難的抉擇""人生的重大抉擇"。"選擇"的對象比"抉擇"廣，通用於口語和書面語，如"選擇一條近路""有多個辦法供選擇"。

【選址】xuǎnzhǐ ❶(-//-)〔動〕選擇地址：這個項目，從~開始，就得到了領導的重視。❷〔名〕選定的地址：兩次變更~造成很大經濟損失。

【選種】xuǎn//zhǒng〔動〕挑選植物或動物的優良品種：播種前要~｜選好種。

【選中】xuǎn//zhòng〔動〕選上；入選：~一種名牌打印機｜我被導演~當主角。

癬（癬）xuǎn/xiǎn〔名〕（塊，片）由真菌引起的傳染性皮膚病，如腳癬、手癬、股癬等。

xuàn ㄒㄩㄢˋ

券 xuàn/quàn 見"拱券"（456頁）。
另見 quàn（1116頁）。

泫 xuàn ❶〈書〉水珠下滴：花上露猶~。❷〈書〉流淚的樣子：涕~流而沾巾。❸(Xuàn)〔名〕姓。

【泫然】xuànrán〔形〕〈書〉水珠滴下的樣子：~淚

下：～流涕。

眴 xuàn〈書〉日光。

炫 xuàn ❶ 燦爛奪目；強光耀眼：光彩～目。❷ 誇耀；賣弄：自～｜～耀。

【炫目】xuànmù〔形〕耀眼；奪目：異彩～｜新款大彩屏產品～登場。

【炫示】xuànshì〔動〕有意在別人面前顯示：別看他從不～自己，其實他是個很有本領的人。

【炫耀】xuànyào〔動〕❶ 照耀：光明～。❷ 誇耀；顯示：～武力｜他常掉書袋子，～自己的學問。

眩 xuàn ❶ 眼睛昏花：暈～｜昏～｜頭暈目～。❷〈書〉迷惑；沉湎；執迷：～於名利｜以術～人。

【眩光】xuànguāng〔名〕人眼無法適應的、能引發眩暈感的光：防～技術。

【眩暈】xuànyùn〔動〕覺得本身或周圍的東西在旋轉。多由內耳、小腦、延髓等功能障礙引起，近距離注視高速運動的物體，站在高處向下看，自己做旋轉運動等，都能產生眩暈的感覺。

珬 xuàn〈書〉佩玉。

衒 xuàn〈書〉同"炫"❷。見於人名。

旋 xuàn ㊀ 旋轉的：～風。㊁〔副〕臨時（做）：～蒸～賣｜～用～買。
另見 xuán（1534 頁）；xuàn "鏇"（1537 頁）。

【旋風】xuànfēng(-feng)〔名〕❶（陣，股）呈螺旋狀運動的風：颳了一陣～。❷ 比喻有強力、動作快捷的人物：黑～｜小～。

【旋風式】xuànfēngshì〔形〕屬性詞。非常快捷的：～訪問。

渲 xuàn "渲染"❶。

【渲染】xuànrǎn〔動〕❶ 中國畫的一種技法。用水使墨色或色彩濃淡相宜。❷ 比喻誇大地形容：～戰爭恐怖｜輕快的舞蹈給這場戲～了歡樂的氣氛。

絢（绚）xuàn 色彩華麗：～麗｜～爛。

【絢爛】xuànlàn〔形〕光彩奪目；光華燦爛：朝霞～｜～之極歸於平淡。

【絢麗】xuànlì〔形〕燦爛美麗：～多姿｜文采～｜～的景色。

楦（楥）xuàn ❶ 楦子：鞋～｜帽～。❷〔動〕用楦子填緊或撐大鞋、帽的中空處：剛做好的新鞋要用鞋楦子～一～。❸〔動〕（北京話）泛指填緊裝東西物體的中空處：用蕎麥沙～的枕頭，夏天枕着涼快。

【楦子】xuànzi〔名〕製作鞋、帽時所用的模型，一般用木料製成。也叫楦頭（xuàntou）。

鉉（铉）xuàn ❶〈書〉橫貫鼎耳以扛鼎的器具。見於人名：徐～（北宋人）。❷（Xuàn）〔名〕姓。

碹 xuàn ❶〔名〕橋樑、涵洞等建築的弧形部分。❷〔動〕用磚、石等築成弧形：～三眼新窰。

鏇（旋）xuàn ❶〔動〕用車床切削或用刀子旋轉着削：把一根圓鋼～成車軸｜給孩子一個梨吃。❷ 鏇子。
　　"旋"另見 xuán（1534 頁）；xuàn（1537 頁）。

【鏇子】xuànzi〔名〕❶ 較淺的碟子。❷ 溫酒時盛水的容器：酒～。
　　另見 xuánzi "旋子"（1534 頁）。

xuē ㄒㄩㄝ

削 xuē／xuè ❶ 義同"削"（xiāo），用於複合詞：～髮(fà)｜剝～｜～足適履。❷ 刪除；減少：刪～｜～減｜～價｜～弱｜～繁就簡。❸ 免除：～職為民。
　　另見 xiāo（1485 頁）。

語彙 筆削　剝削　斧削　刪削　瘦削

【削背】xuēbèi〔名〕仿佛刀削過一樣的窄而平的背部：蜂腰～｜窄肩～。

【削壁】xuēbì〔名〕仿佛削過一樣的陡峭山崖：懸崖～。

【削髮】xuēfà〔動〕剃掉頭髮：～謝罪｜～明態｜～為僧。

【削價】xuējià〔動〕減價；降價：～出售。

【削減】xuējiǎn〔動〕減少；在已經確定的數目中減去：～軍費｜～非生產性開支。

【削平】xuēpíng〔動〕❶ 鏟平；清除：這些炸藥足以將山峰～｜～三個山頭修建機場。❷〈書〉消滅；平定：～叛亂。

【削弱】xuēruò〔動〕❶ 變弱：第一線的力量～了。❷ 使變弱：壯大自己，～敵人。

【削足適履】xuēzú-shìlǚ〔成〕《淮南子·說林》："夫所以養而害所養，譬猶削足而適履，殺頭而便冠。"把腳削小適應鞋子的大小。比喻不合理地遷就現成條件，或生搬硬套。也說削履適履。

靴〈鞾〉xuē 靴子：馬～｜皮～｜雨～｜長～｜簡～｜亮～底（戲曲表演程式動作，武將常用這個動作表示英武矯健）。

【靴子】xuēzi〔名〕（雙，隻）鞋幫呈筒狀且較高的鞋：冬天穿～暖和。

薛 Xuē ❶ 周代諸侯國名，在今山東滕州東南。❷〔名〕姓。

xué ㄒㄩㄝˊ

穴 xué / xuè ❶〔名〕洞；地上或建築物上的坑或孔：洞～。❷〔名〕動物的棲息處：蟻～｜虎～。❸〔名〕墓穴。❹〔名〕"穴位"①。❺〔量〕用於播下的種子：他們播了 980～種子。❻（Xué）〔名〕姓。

語彙 巢穴　點穴　洞穴　匪穴　虎穴　孔穴　墓穴　太陽穴　龍潭虎穴

【穴道】xuédào〔名〕穴位。

【穴居】xuéjū〔動〕在山洞裏居住：～野處（chǔ）。

【穴頭】xuétóu（～兒）〔名〕指組織走穴從中牟利的人。

【穴位】xuéwèi〔名〕❶ 中醫指人體上可以進行針灸的部位，為人體臟腑、經絡的活動功能聚結於身體表面的一些特殊部位，如太陽穴、腰穴、足三里穴等。也叫穴道。❷ 墓穴的位置。

苊 xué〔動〕用苊子圍起來囤糧食。

【苊子】xuézi〔名〕用竹篾編成的狹長的粗席，可圍起來做糧食囤。也作蝁子。

蝁 xué〔動〕❶ 盤旋：四野風來，左右亂～。❷ 來回走：在窗前～來～去｜那個人不離左右，～了好幾次。❸ 中途折返：他走到胡同口又～回來了。

【蝁摸】xuémo〔動〕〈口〉尋找：屋裏沒人，你別瞎～！

【蝁子】xuézi 同"苊子"。

噱 xué / xuè（吳語）笑：發～。
另見 jué（729 頁）。

【噱頭】xuétóu（吳語）❶〔名〕逗人笑的話或動作：這齣戲裏～真多。❷〔名〕花招：擺～（耍花招）｜～蠻大。❸〔形〕滑稽；可笑：真～｜～極了。

嶨（峃）xué ❶〈書〉山上大石很多。❷ 用於地名：～口（在浙江）。

學（学）xué ❶〔動〕學習（跟"教 jiāo"相對）：～技術｜～本領｜～外語｜～知識｜活到老～到老。❷〔動〕模仿：～雞叫｜這孩子～他爸爸走路的樣子。❸ 學識；學問：才疏～淺｜博～多能｜～有專長。❹ 學科：語言～｜政治經濟～。❺ 學校：小～｜中～｜大～｜入～｜退～。❻（Xué）〔名〕姓。

語彙 博學　才學　輟學　大學　道學　法學　放學　復學　國學　漢學　講學　教學　經學　絕學　開學　科學　留學　求學　上學　升學　失學　逃學　同學　退學　文學　小學　休學　治學　中學　自學　煩瑣哲學　勤工儉學

【學霸】xuébà〔名〕在學術界、教育界稱王稱霸，打壓異己，破壞學術研究氛圍的人。

【學報】xuébào〔名〕（份，期）學術團體、科研單位或高等學校定期出版的學術性刊物：《物理～》｜《北京大學～》。

【學部】xuébù〔名〕❶ 中國科學院和中國工程院所屬各大類的領導機構，由若干院士（舊稱學部委員）擔任的學部主席團組成。❷ 特指中國科學院哲學社會科學部，是中國社會科學院的前身。

【學潮】xuécháo〔名〕學生、教職員因政治或其他原因而舉行的罷課、請願、遊行示威等活動。

【學弟】xuédì〔名〕（位，名）同一所學校的高年級學生對低年級男同學的稱呼：班長經常幫助學習有困難的～。

【學而不厭】xué'érbùyàn〔成〕《論語·述而》："子曰：'默而識之，學而不厭，誨人不倦，何有於我哉？'"學習總感到不滿足。形容好學：～是自學成才的重要條件之一。

【學閥】xuéfá〔名〕憑藉勢力排斥異己，把持學術界或教育界的人。

【學費】xuéfèi〔名〕❶ 學生在校學習期間按規定應該繳納的費用。❷ 個人求學的花費。❸ 比喻學習別人經驗的過程中所付出的代價：我們搞經濟建設沒有經驗，繳一點～是值得的。

【學分】xuéfēn〔名〕高等學校計算學生學習分量的單位，通常以每學期每週上課一小時為一學分。美國大學首先採用這個方法。學生必須按規定取得足夠的學分才能畢業。

【學風】xuéfēng〔名〕學習方面的風氣（多指學校的或學術界的）：～不正｜樹立良好～。

【學府】xuéfǔ〔名〕（座，所）與學問、學術有關的機構，特指較著名或規模較大的高等學校：北京大學是遠近聞名的高等～。

【學好】xué // hǎo〔動〕照着好人好事的樣子去做：這孩子抽煙喝酒不～。

【學號】xuéhào〔名〕學校為方便管理而給在校學生編的序號。

【學會】xuéhuì ㊀〔名〕從事某一學科研究的人組成的學術團體或某一方面的社會團體：辭書～｜語言～。㊁(-//-)〔動〕學習到能夠熟練掌握的程度：她～了游泳｜我想學開車，又怕學不會。

【學籍】xuéjí〔名〕通過考試和辦理入學手續所取得的在校學習的資格：保留～｜取消～。

【學姐】xuéjiě〔名〕（位，名）同一所學校的低年級學生對高年級女同學的尊稱：明星～返校，學弟、學妹精心製作海報歡迎她。

【學界】xuéjiè〔名〕❶ 學術界。❷ 教育界。

【學究】xuéjiū〔名〕唐代科舉考試中應試"學究一經"（專門研究一種經書）科的人。後指迂腐的讀書人：老～｜～氣十足。

【學科】xuékē〔名〕❶依據學術的性質而劃分的科學門類。如自然科學中的物理學、化學;社會科學中的歷史學、語言學。❷學校教學的科目。如語文、數學、歷史。❸軍事訓練或體育訓練中以傳授知識為主的科目(區別於"術科")。

【學理】xuélǐ ❶〔名〕科學上的原理;學問中的道理:人文學術研究應有嚴謹的～基礎|闡發～,宣傳文化。❷〔動〕學習理科:以前學文～全憑自己的興趣。

【學力】xuélì〔名〕文化程度和學術研究的水平:具有高等學校同等～。**注意**"同等學力",不作"同等學歷"。

【學歷】xuélì〔名〕求學的經歷,指在何校肄業或畢業:請在登記表上填寫你的～。

【學齡】xuélíng〔名〕兒童適合於入學的年齡,一般從六七歲開始:～兒童|～前兒童。

【學妹】xuémèi〔名〕(位,名)同一所學校的高年級學生對低年級女同學的稱呼:座談會上,學弟、～們向返校做報告的學長們提出各種問題。

【學名】xuémíng〔名〕❶科學上的專門名稱:各種植物的名稱均以拉丁文名稱為～。❷一個人入學時使用的正式名字(區別於"小名")。

【學年】xuénián〔名〕由教育行政機關規定的學習年度。從秋季開學到暑假,或者從春季開學到寒假為一學年。

【學派】xuépài〔名〕同一學科中,由於學說、觀點和詮釋主張不同而形成的派別;孔子是儒家～的開山鼻祖|漢代經學分今文經～和古文經～。

【學期】xuéqī〔名〕中國一般把一學年分為兩學期,從秋季開學到寒假和從春季開學到暑假各為一個學期。

【學前班】xuéqiánbān〔名〕對將要入小學的兒童進行教育所編的班級:孩子正在上～。

【學前教育】xuéqián jiàoyù 對學齡前兒童所進行的教育,如幼兒園的教育。

【學人】xuérén〔名〕學者:一代～|海外～。

【學舌】xuéshé〔動〕❶模仿別人說話;比喻沒有主見,人云亦云:鸚鵡～(多用於比喻)。❷〈口〉嘴不嚴,喜歡傳話:不要當着孩子亂說,孩子會～。

【學生】xuésheng〔名〕❶(名)在學校讀書的人。❷(名)向老師或前輩學習的人:～應當超過老師。❸〈書〉〈謙〉明清讀書人或官場上的自稱。

【學生會】xuéshēnghuì〔名〕高校或中學校內全體學生的群眾性組織。

【學時】xuéshí〔名〕(個)一節課的時間,中等或高等學校的學時通常為四十五分鐘或五十分鐘。

【學識】xuéshí〔名〕學術上的修養和見識:～淵博|～豐富。

【學士】xuéshì〔名〕❶讀書人:文人～。❷學位最低的一級,大學畢業時由學校授予。❸(位,名)指獲得了學士學位的人。

【學術】xuéshù〔名〕❶比較專門的、有系統的學問:～團體|國際～交流活動。❷舊時以文、理兩科為"學",應用各科為"術",統言則無別。

【學說】xuéshuō〔名〕學術上成體系的主張或理論:孫文～|接近真理的～是科學的。

【學堂】xuétáng〔名〕(所)學校的舊稱:清華～|送孩子上～。

【學徒】xuétú ❶〔名〕(名)在商店裏學習做生意或在工廠裏學習生產技術的青少年。❷〔名〕泛指向學者專家學習的人:能給這位畫壇前輩當～,我是求之不得的呀!❸(-//-)〔動〕當學徒:解放前他在商店～|在工廠學了三年徒。

【學位】xuéwèi〔名〕由高等學校、科研機構根據專業學術水平而授予的稱號,中國學位分學士、碩士、博士三級。

【學問】xuéwen〔名〕❶(門)系統的知識:這是一門新興的～。❷學識:他很有～|世事洞明皆～,人情練達即文章。

【學無止境】xuéwúzhǐjìng〔成〕學問沒有邊際;學習沒有盡頭:～,只有刻苦學習的人才能有所發現,有所發明,有所創造,有所前進。

【學習】xuéxí〔動〕❶通過聽講、閱讀或社會實踐等方式獲取知識或技能:～新技術|～科學知識|～別人的長處。❷效法:～英雄人物|向傑出青年～。

【學銜】xuéxián〔名〕國家根據高等院校教師、科研機構研究人員的教學能力或專業水平而授予他們的學術職稱。中國高等學校一般分為教授、副教授、講師、助教四級。中國科研機構一般分為研究員、副研究員、助理研究員、實習研究員四級。

【學校】xuéxiào〔名〕(所)專門進行教育的機構,因傳授知識的深淺不同及專業性質的不同而有等級不同的各類學校。

【學養】xuéyǎng〔名〕學問和修養:～高深|～不足。

【學業】xuéyè〔名〕❶學習的功課和作業:～成績|每學年組織兩次～水平考試。❷學識;學問:～有成|志存高遠,～精深。

【學以致用】xuéyǐzhìyòng〔成〕學到的知識能應用於實際:我們需要～,不能為學習而學習。

【學友】xuéyǒu〔名〕(位)同學:～論壇|歡迎新～。

【學員】xuéyuán〔名〕(位,名)通常指在大、中、小學校以外的學校或訓練班學習的人:培訓班～。

【學院】xuéyuàn〔名〕❶（所）以某一專業為主的高等學校，如音樂學院、美術學院、師範學院等。❷大學中介於學校和系之間的教學行政單位，如文學院、理學院等。

【學雜費】xuézáfèi〔名〕學費和雜費的合稱：免收～。

【學長】xuézhǎng〔名〕❶（位）對比自己年長或前屆同學的尊稱。❷舊時大學文、理等科的領導人。

【學者】xuézhě〔名〕（位）在學術上有一定建樹和成就的人：著名～｜～眾多。

【學制】xuézhì〔名〕國家對各級各類學校的組織系統和課程及學習年限的規定。有時單指學年限：～改革｜縮短～。

【學子】xuézǐ〔名〕（位，名）〈書〉學生（含莊重意）：莘莘～｜青年～，思想前衛。

斅（敩）xué〈書〉同"學"。另見 xiào（1496 頁）。

xuě ㄒㄩㄝˇ

雪 xuě ㊀❶〔名〕（場）由於氣溫降低，空氣中所含的水汽遇冷凝結，變成白色結晶物（多為六角形）從空中落下來，這種白色結晶物就叫雪。❷像雪的：～白。❸（Xuě）〔名〕姓。
㊁洗刷，除去：～恥｜～恨｜昭～。

語彙　初雪　大雪　滑雪　瑞雪　申雪　洗雪　昭雪　暴風雪　陽春白雪

【雪白】xuěbái〔形〕狀態詞。雪一樣潔白的：～的襯衫｜牆刷得～。

【雪崩】xuěbēng〔動〕山頂的積雪由於本身重量、大風或底部融解等原因突然大塊崩落下來。常釀成災害。

【雪藏】xuěcáng〔動〕❶冷藏；冷凍：～汽水｜啤酒。❷比喻深藏不露或擱置不用：這部作品～15 年後即將與觀眾見面｜眾多被收藏家數十年的田黃石重現京城。

【雪恥】xuěchǐ〔動〕洗刷恥辱：報仇～。

【雪頓節】Xuědùn Jié〔名〕藏族的傳統節日，藏曆六月三十日開始，為期四五天。節日期間舉行以藏戲為主的文藝匯演、體育競技、產品展銷、經貿洽談等活動。也叫藏戲節。

【雪糕】xuěgāo〔名〕（根）冷食的一種，長方形，較冰棍兒軟，是味美的冰涼食品。

【雪恨】xuěhèn〔動〕洗刷仇恨：為國～。

【雪花】xuěhuā（～兒）〔名〕（片）空中飄下的雪片，多呈六角形，像花一樣，因此叫雪花：窗外飄着～兒。

【雪茄】xuějiā〔名〕（根，支）一種用結實柔韌的煙葉螺旋包裹煙絲而成的圓柱形捲煙；以古巴、墨西哥、巴西、西班牙等國出產的品牌最為著名。**注意**這裏的"茄"不讀 qié。[英 cigar]

【雪景】xuějǐng〔名〕下雪時或雪後的自然景色：觀賞～。

【雪裏紅】xuělǐhóng〔名〕一年生或二年生草本植物，是葉用芥菜的一個變種，莖和葉子是普通蔬菜，味略辛辣，多醃製後食用。也作雪裏蕻。

【雪裏蕻】xuělǐhóng 同"雪裏紅"。

【雪亮】xuěliàng〔形〕狀態詞。❶雪一樣明亮：玻璃窗擦得～｜大廳裏的日光燈～～的。❷比喻敏銳、明白：群眾的眼睛是～的。

【雪盲】xuěmáng〔名〕陽光中的紫外綫經雪地表面的強烈反射對眼部所造成的損傷，症狀是眼睛紅腫發痛，怕光，流淚，視物不清等，嚴重時可造成失明。

【雪泥鴻爪】xuění-hóngzhǎo〔成〕鴻雁踏過雪地時留下的爪痕。比喻往事留下的痕跡。也說鴻爪雪泥。

【雪片】xuěpiàn〔名〕❶一片一片的雪花：風吹～似花落。❷比喻紛至沓來的東西：賀電～般飛來。

【雪橇】xuěqiāo〔名〕（隻）一種在冰雪上滑行的沒有輪子的交通工具，一般用畜力拉動。

【雪青】xuěqīng〔形〕淺紫：她喜歡用～的料子做衣服。

【雪人】xuěrén〔名〕❶（～兒）用雪堆成的人形：大夥在雪地裏堆～兒。❷本世紀有很多探險家在歐洲和亞洲海拔 5000 米以上終年積雪的高山上見到的行走很快、類似人猿的動物。

【雪山】xuěshān〔名〕（座）常年被冰雪覆蓋着的山。

【雪上加霜】xuěshàng-jiāshuāng〔成〕比喻一再遭受不幸，苦上加苦：飢寒交迫的難民，又遭風雨侵襲，真是～。

【雪條】xuětiáo〔名〕（根）（粵語）冰棍兒。

【雪綫】xuěxiàn〔名〕多年積雪區的界綫。雪綫的高度一般隨緯度的增高而降低。赤道附近，雪綫約高 5000 米。兩極地區，雪綫就是地平綫。

【雪冤】xuěyuān〔動〕申明冤情，洗刷冤屈。

【雪原】xuěyuán〔名〕積雪的原野：林海～。

【雪杖】xuězhàng〔名〕（支，根）滑雪者用來加快速度、保障安全的撐杆，着地部分裝有金屬尖，手握部分有設計好的圓環，用皮帶套在手上。

【雪中送炭】xuězhōng-sòngtàn〔成〕下雪天送人以炭火。比喻在別人急需的時刻給予物質上或精神上的幫助：錦上添花非實意，～是真情。

鱈（鱈）xuě〔名〕魚名，生活在海洋中，頭大，尾小，下頜有鬚。肝是製魚肝油的重要原料。也叫大頭魚。

xuè ㄒㄩㄝˋ

血 **xuè/xiě ❶**〔名〕(滴)人和高等動物心臟與血管中流動的黏滯性紅色液體,由血漿、血細胞和血小板構成。起給體內各組織輸送養分和激素、收集廢物輸送給排泄器官、調節體温和抵禦病菌等作用。也叫血液。**❷**有血統關係的:～流│～親│～緣。**❸**比喻剛強熱烈:～性。**❹**〔名〕指月經:來～。**❺**(Xuè)〔名〕姓。
另見 xiě(1499頁)。

語彙 碧血 充血 骨血 流血 貧血 熱血 輸血 鮮血 心血 嘔心瀝血 茹毛飲血

【血癌】xuè'ái〔名〕白血病的俗稱。

【血案】xuè'àn〔名〕(樁,起,件)流血的兇殺慘案:最近發生的～令人感到震驚。

【血本】xuèběn(～兒)〔名〕經商的老本兒。因籌措不易,是多年心血的積聚,故稱;犧牲～,減價出售│國外手機廠商不惜～在中國市場投入重金。

【血崩】xuèbēng〔名〕中醫指婦女經期以外子宮大量出血的病,多由子宮病變、陰道構造異常或發生癌症等引起,因來勢急驟,如同山崩,故稱。

【血沉】xuèchén〔名〕指紅細胞沉降率。紅細胞在單位時間內從血漿中分離出來而下沉的速度。血沉正常值男子1小時後約2-3毫米,女子約2-10毫米(短管法)。

【血防】xuèfáng〔名〕對血吸蟲病的預防與治療:～工作│～組織│～站。

【血管】xuèguǎn(～兒)〔名〕(根,條)血液循環時所經過的管狀通道,分動脈、靜脈和毛細血管:腦～兒│心～兒。

【血海深仇】xuèhǎi-shēnchóu〔成〕指因親人被殺害而引起的深仇大恨:世代不忘～。

【血汗】xuèhàn〔名〕血和汗;比喻辛勤勞動或勞動果實:～錢│人民的～。

【血紅】xuèhóng〔形〕狀態詞。顏色像血那樣的紅;鮮紅:～的太陽│～色。

【血跡】xuèjì〔名〕(塊,片)血液濺落所留下的痕跡:～斑斑│踏着烈士的～前進。

【血檢】xuèjiǎn〔動〕血液檢查。通常指檢驗常規的血液成分,有時特指檢驗血液中是否含有違禁藥物:～報告│～過關的運動員才能進入正式比賽。

【血漿】xuèjiāng〔名〕血液中除血細胞、血小板外其餘的液體部分,呈半透明淡黃色黏稠狀,含有水、無機鹽、營養物、激素、尿酸等。血漿經過毛細血管過濾就成為組織液。

【血口噴人】xuèkǒu-pēnrén〔成〕比喻用極惡毒的語言誣衊、辱罵別人:簡直是～!

【血庫】xuèkù〔名〕醫院為患者輸血的需要而專門配備的採集、儲藏和提供血液的設備。

【血淚】xuèlèi〔名〕痛哭時眼裏流出來的帶血的淚水;比喻悲慘的遭遇:～仇│～斑斑的家史│充滿～的往事湧上心頭。

【血路】xuèlù〔名〕用鮮血拚殺出的道路;比喻艱苦拚搏出的生路:眾人終於殺出一條～。

【血脈】xuèmài〔名〕**❶**中醫指人體內血液運行的脈絡。**❷**比喻事物的脈絡:河流是地球的～。**❸**血統;傳統:他懷疑兒子非親生～│藝術～牽繫海峽兩岸。

【血泡】xuèpào〔名〕皮膚上充血的泡:腳打了好幾個～。

【血泊】xuèpō〔名〕大灘的血:倒在～中。

【血氣】xuèqì〔名〕**❶**精力:～方剛。**❷**血性:這小夥子敢做敢當,有～。

【血氣方剛】xuèqì-fānggāng〔成〕形容年輕人精力旺盛:他剛剛二十歲,正是～的時候。

【血親】xuèqīn〔名〕有血緣關係的親屬。按照血源關聯的程度,分直系血親和旁系血親兩大類:法院判決～結婚無效。

【血清】xuèqīng〔名〕血漿中除去纖維蛋白原後的淡黃色透明液體,在血液凝固後才能分離出來。多用於進行各種血清學試驗,以幫助診斷疾病。

【血球】xuèqiú〔名〕血細胞的舊稱。

【血肉】xuèròu〔名〕**❶**血和肉:～之軀│～橫飛。**❷**比喻十分密切的關係:兩岸同胞～相連。

【血肉相連】xuèròu-xiānglián〔成〕像血和肉一樣相連。比喻關係密切,不能分離:工人和農民～。

【血色】xuèsè〔名〕**❶**皮膚紅潤的顏色:面無～。**❷**像血一樣的顏色:～黃昏│一抹～的夕陽映照在他們身上。

【血書】xuèshū〔名〕用自己的血寫成的訴狀、志願書、決心書以至遺書等,往往是因為有極大仇恨、冤屈,或為了表示決心而寫的。

【血栓】xuèshuān〔名〕由於動脈硬化或血管內壁損傷,心臟或血管內的少量血液凝結成的塊狀物,附着在心臟或血管的內壁上,可能脫落形成栓塞,造成相應部分功能的障礙。

【血糖】xuètáng〔名〕血液中所含的糖,通常是葡萄糖,主要來源是食物中的澱粉和糖類。血糖能變成肝和肌肉中的糖原,也能轉變成脂肪。

【血統】xuètǒng〔名〕人類因生育而自然形成的關係,如父母與子女、兄弟姊妹之間的關係;也指有共同祖先的關係:中國～。

【血洗】xuèxǐ〔動〕像用血洗了一樣;形容殘暴地進行大屠殺:敵人～了村莊。

【血細胞】xuèxìbāo〔名〕血液中的細胞,由紅骨髓和脾臟等製造出來,分為紅細胞和白細胞兩種。舊稱血球。

【血小板】xuèxiǎobǎn〔名〕血液成分的一種,比血細胞小，形狀不規則。含有凝血致活素，有幫助血液凝固和血塊收縮的作用。

【血腥】xuèxīng ❶〔名〕血液的腥味：～氣。❷〔形〕比喻屠殺的殘酷：～的白色恐怖｜～的鎮壓。

【血型】xuèxíng〔名〕人類血液的個體特徵之一。最常見的血型為 O、A、B、AB 四種，還有一些亞型。人的血型終生不變。輸血時，除 O 型血可以輸給任何型，AB 型可以接受任何型外，輸給或接受都必須用同型的血。

【血性】xuèxìng〔名〕剛強正直的性格和氣質：有～｜～男兒。

【血壓】xuèyā〔名〕血管中血液流動對血管壁產生的壓力。心臟收縮時的最高血壓叫收縮壓，心臟舒張時的最低血壓叫舒張壓。

【血樣】xuèyàng〔名〕用作化驗樣品的血：採集～。

【血液】xuèyè〔名〕❶“血”①。❷比喻事物的重要組成部分：大批青年校友入會，為校友會增添了新鮮～。

【血衣】xuèyī〔名〕(件)殺人者或被殺者沾有血跡的衣服。

【血友病】xuèyǒubìng〔名〕由血漿中缺少某種球蛋白引起的先天性疾病，患者身體各部位(皮膚、肌肉、關節、內臟等)自發性出血或輕微受傷就出血，血液凝固時間顯著延長。

【血雨腥風】xuèyǔ-xīngfēng〔成〕形容殘酷屠殺的景象：幾十年間，軍閥混戰，～，老百姓處在水深火熱之中。也說腥風血雨。

【血緣】xuèyuán〔名〕血統：～關係。

辨析　血緣、血統　a)兩個詞都是指人類因繁殖後代而形成的一種自然親屬關係，但“血統”強調的是由這種關係構成的系統，因而應用範圍較廣，除了家庭成員之外，還適用於宗族、民族、國家、地區等，如“中國血統”“歐洲血統”；“血緣”強調的是這種關係的自然聯繫性質，較多地用於家庭或家族成員。b)二者做修飾語的習慣組合不能替換，如“中國血統的後代”“血緣關係”等。

【血暈】xuèyùn〔名〕中醫指產後因失血過多而暈厥的病。
　　另見 xiěyùn(1499頁)。

【血債】xuèzhài〔名〕(筆)指殘殺無辜的罪行：欠下一筆～｜～要用血來還。

【血戰】xuèzhàn ❶〔名〕(場)非常激烈的戰鬥：一場～｜大～。❷〔動〕進行殊死的戰鬥：～到底｜千軍萬馬～疆場。

【血脂】xuèzhī〔名〕血液中所含的脂類，包括脂肪、膽固醇、磷脂和游離脂肪酸等。

【血漬】xuèzì〔名〕(塊，片)血跡。

謔 (谑)〈谑〉xuè / nüè〈書〉戲弄；開玩笑：戲～｜調笑相～。

語彙　嘲謔　調謔　戲謔　笑謔　諧謔

xūn ㄒㄩㄣ

葷 (荤)〈葷〉xūn 見下。
　　另見 hūn(589頁)。

【葷粥】Xūnyù 同“獯鬻”。

塤 (埙)〈壎〉xūn 古代一種陶製樂器，橢圓形如鵝卵，有五六個孔。雙手捧着吹，聲音低沉悠遠。

熏 〈㊀燻〉xūn ㊀〔動〕❶煙氣或氣味等接觸物體，使其變色或沾染氣味：煤煙～黑了牆｜臭氣～人｜～沐。❷比喻迷惑：利欲～心。❸熏製：～雞｜～肉｜～魚。㊁❶〈書〉和暖：～風。❷(Xūn)〔名〕姓。
　　另見 xùn(1546頁)。

【熏風】xūnfēng〔名〕〈書〉溫暖的風：～自南來。

【熏染】xūnrǎn〔動〕長期接觸逐漸受到影響：惡臭～了海灘｜用書香～生命。

【熏陶】xūntáo〔動〕人的思想、行為、品德或生活習慣逐漸受到某種影響(多指好的)：藝術～｜孩子們在優良校風的～下，都知道努力上進。也作薰陶。

【熏蒸】xūnzhēng〔動〕❶熱氣蒸騰。形容天氣悶熱，使人感到難受：暑熱～。❷一種治病方法，如用煮藥草的蒸汽浴身。

【熏製】xūnzhì〔動〕食品加工方法的一種，先把原料塗透或煮熟，再用煙火或香花熏蒸，使帶有某種香味兒。

窨 xūn 同“熏”(用於熏茶葉)。把茉莉花等放在茶葉中，使茶葉染上花香，叫窨茶葉。
　　另見 yìn(1626頁)。

勳 (勋)〈勛〉xūn ❶功勞：～績｜殊～｜屢建奇～。❷勳章：授～。

語彙　功勳　殊勳　元勳

【勳爵】xūnjué〔名〕❶封建王朝君主賜給功臣的封爵。❷英國貴族的等級名銜，由國王授予，可以世襲。

【勳勞】xūnláo〔名〕功勞：～卓著。

【勳業】xūnyè〔名〕〈書〉功勞和事業：～卓著。

【勳章】xūnzhāng〔名〕(枚)某些國家授給有特殊功勞或貢獻的人的一種榮譽獎章。

獯 xūn 見下。

【獯鬻】Xūnyù〔名〕中國古代北方的一個民族。也作葷粥。

薰 xūn ㊀❶〈書〉一種香草：～蕕不同器(香草和臭草不能放在一個器物裏，比喻好的和壞的不能共處)。❷(Xūn)〔名〕姓。㊁同“熏”㊀❷①。

嚐

繍（繡）

醺

嚐 xūn〈書〉❶日落時的餘暉：夕～。❷黃昏日暮：日將～。

繍（繡） xūn〈書〉淺紅色：～裳。

醺 xūn 酒醉：令人微～｜～～大醉。

xún ㄒㄩㄣˊ

旬 xún ❶十日為一旬，一個月分為三旬：上～｜～刊｜數～未上班。❷〔量〕年齡十歲為一旬：年逾八～。❸〈書〉用於年月，表示足或滿，如"旬歲"即"滿一年"，"旬月"即"滿一月"。**注意**"旬月"還有"十個月"的意思。❹（Xún）〔名〕姓。

語彙 兼旬　上旬　下旬　中旬

【旬刊】xúnkān〔名〕每十天出版一次的刊物。

【旬日】xúnrì〔名〕十天。

巡（廵） xún ❶往來查看：～夜。❷視察：南～（到南方視察）。❸〔量〕遍（用於給全座斟酒）：酒過三～。

語彙 出巡　逡巡

【巡按】xún'àn〔名〕明代巡按御史的簡稱。到各地巡視的監察御史，任務為考核吏治、審理大案要案，職權頗重。

【巡捕】xúnbǔ〔名〕❶舊時稱租界中受僱於人的警察。❷清朝維持治安的官。❸清朝總督、巡撫等的僚屬，掌管傳達、護衛等。

【巡捕房】xúnbǔfáng〔名〕在舊中國上海等商埠的租界裏的警察局，是帝國主義侵略者為壓制中國人民而設立的巡捕辦事機關。也叫捕房。

【巡查】xúnchá〔動〕巡行查看：～員｜在街上～｜～崗哨。

【巡察】xúnchá〔動〕巡視考察：到外地～。

【巡訪】xúnfǎng〔動〕巡迴訪問：代表團將～五大城市｜上門服務，定期～客戶。

【巡風】xúnfēng〔動〕來回走動着觀望風聲：民警逮住了為賭博～放哨的人。

【巡撫】xúnfǔ〔名〕明朝為派往地方巡視監察的官員，清朝正式定為掌管軍政大權的省級封疆大吏，地位在總督之下。

【巡航】xúnháng〔動〕巡邏航行：緝私艇沿港灣～。

【巡迴】xúnhuí〔動〕按一定路綫或範圍到各處進行活動：～演出｜～展覽｜講師團到外地進行～教學｜～大使。

【巡警】xúnjǐng〔名〕❶（名，隊）城市裏街上執行巡邏任務的警察。❷舊時指警察。

【巡禮】xúnlǐ〔動〕❶到聖地參拜行禮。❷旅遊觀光考察。

【巡邏】xúnluó〔動〕巡查警戒：在郊區～｜警察上街～。

【巡視】xúnshì〔動〕❶到各地巡行視察：～各地｜省長到各縣～。❷掃視；環顧：從窗口～雨後的星空｜他把在場的人～了一遍。

【巡行】xúnxíng〔動〕❶出行巡查：～陣地。❷沿着一定路綫行走：在街上～。

【巡倖】xúnxìng〔動〕〈書〉指皇帝離開京城到外地巡視。

【巡演】xúnyǎn〔動〕巡迴演出：去年該雜技團在歐洲～了一個月。

【巡洋艦】xúnyángjiàn〔名〕（艘）一種主要在遠洋活動，裝備較大口徑火炮和較厚裝甲的大型軍艦。用於護航、炮擊敵艦及岸上目標和支援登陸兵作戰等。

【巡夜】xúnyè〔動〕夜間巡邏：警察帶着警犬～｜執法人員一夜未眠為考生。

【巡醫】xúnyī〔動〕巡迴醫療：去災區～。

【巡弋】xúnyì〔動〕軍艦在海上巡邏。

【巡遊】xúnyóu〔動〕❶外出遊玩：～江南。❷巡行察看：巡警在鬧市區～。

【巡展】xúnzhǎn〔動〕巡迴展出：中國出土文物到世界各地～。

【巡診】xúnzhěn〔動〕巡迴給病人治病：醫務人員輪流到農村～。

峋 xún 見"嶙峋"（849頁）。

郇

郇 Xún ❶周朝國名，在今山西臨猗西。❷〔名〕姓。
另見 Huán（568頁）。

洵 xún〔副〕〈書〉的確；實在；誠然：～非虛傳｜～美且異。

恂 xún ❶〈書〉恐懼：～懼｜～然。❷（Xún）〔名〕姓。

【恂恂】xúnxún〔形〕❶恭敬謹慎的樣子：進退～｜～儒者。❷心有顧慮的樣子：吾～而起，視其缶，而吾蛇尚存，則弛然而臥。❸循循。有步驟的樣子：～善誘。

紃（紃） xún〈書〉縧子。

珣 xún〈書〉玉名。

荀 Xún〔名〕姓。

栒 xún 見下。

【栒子木】xúnzimù〔名〕落葉灌木，花白色，葉卵形，果實紅色球形，供觀賞。

循 xún ❶遵守；依照：～例｜～序漸進｜～名責實。❷（Xún）〔名〕姓。

語彙 因循　遵循

【循規蹈矩】xúnguī-dǎojǔ〔成〕規、矩：定方圓的標準工具，借指行為的準則。遵守規矩。有時也用來形容人拘泥保守，不敢變革：他是個～的人。

【循環】xúnhuán〔動〕週而復始地運動或變化：～不息｜～往復｜血液在周身～。

【循環經濟】xúnhuán jīngjì 一種經濟運行模式，它以資源節約和反復利用為特徵，力求有效保護自然資源，維護生態平衡，減少環境污染，使經濟活動成為"自然資源 —— 產品和用品 —— 再生資源"這樣一種合理的經濟循環。

【循環賽】xúnhuánsài〔名〕(場)一種體育比賽形式，即參加的各隊相互輪流比賽，按勝、負、平局給以不同的分數，以積分多少決定名次。

【循環往復】xúnhuán-wǎngfù〔成〕週而復始，反復進行：～以至無窮。

【循吏】xúnlì〔名〕〈書〉守法循禮的官吏。

【循例】xúnlì〔動〕依照常例：～處理。

【循名責實】xúnmíng-zéshí〔成〕按照事物的名稱考核事物的實際，以求名實相符：～，達到一定學術水平才能授予學位。

【循序】xúnxù〔動〕按照次序：～漸進，有條不紊。

【循序漸進】xúnxù-jiànjìn〔成〕有步驟地逐步深入或提高：打基礎要～，不能一蹴而就。

【循循善誘】xúnxún-shànyòu〔成〕善於有次序、有步驟地對別人加以引導：～的好老師。

尋（尋）〈尋〉 xún ㊀❶〔量〕古代長度單位，八尺叫一尋：千～峻嶺。❷(Xún)〔名〕姓。

㊁(口語中舊讀 xín)〔動〕"找"㊀：～個好媳婦。

語彙 訪尋 搜尋 探尋 推尋 找尋 追尋

【尋查】xúnchá〔動〕查找；尋找：～怪病病源。

【尋常】xúncháng〔形〕古代八尺為"尋"，倍尋為"常"，尋、常都是平常的尺度，因而"尋常"有平常的意思：事情很～｜最近他的行蹤不～。

【尋短見】xún duǎnjiàn（口語中讀 xín duǎnjiàn）自殺。

【尋訪】xúnfǎng〔動〕尋找探問：～多時，未見蹤影｜～民間老藝人。

【尋根】xúngēn〔動〕❶探尋根源：～究底。❷尋找祖宗生活過的地方：很多海外華人回到祖國～。

【尋根究底】xúngēn-jiūdǐ〔成〕追究事情發生的根底緣由；弄清事情的原委：無論研究甚麼問題，他總喜歡～。

【尋呼】xúnhū〔動〕通過無線台尋找呼叫：～台。

【尋呼機】xúnhūjī〔名〕一種無線傳呼機：交談時間不長，～卻響了三次。

【尋花問柳】xúnhuā-wènliǔ〔成〕❶指觀賞風景。

❷指嫖妓。

【尋歡】xúnhuān〔動〕尋求歡樂，特指追逐異性：～買笑。

【尋歡作樂】xúnhuān-zuòlè〔成〕尋求歡樂，縱情享受：那裏是有錢人～的地方。

【尋獲】xúnhuò〔動〕找到：失事飛機的黑匣子已～｜二戰美機殘骸及部分遺物。

【尋機】xúnjī〔動〕〈書〉尋找機會：～鬧事｜～報復。

【尋覓】xúnmì〔動〕尋找；搜求：～礦藏｜～知音｜～春天的蹤跡。

【尋摸】xúnmo〔動〕〈口〉尋找：我要給自己～一個合適的職業｜在北京好歹總能～到一點事兒幹的｜大家幫我～～，謝了！

【尋求】xúnqiú〔動〕尋找追求：～解決問題的辦法｜～打開僵局的途徑。

【尋事生非】xúnshì-shēngfēi〔成〕招惹是非，製造麻煩：這事本不該他管，如今捅了婁子，豈不是～。

【尋視】xúnshì〔動〕尋找查看：她～着匆匆而過的行人，想發現小寶的身影。

【尋思】xúnsi（口語中也讀 xínsi）〔動〕思索；考慮：遇事要～一番再去處理，千萬不可莽撞。

【尋死】xúnsǐ（口語中也讀 xínsǐ）〔動〕想法子自殺：千萬不能～。

【尋死覓活】xúnsǐ-mìhuó〔成〕鬧着不想活下去了或用尋死來嚇唬人：不要怕他～，他這是故意嚇唬人。

【尋味】xúnwèi〔動〕琢磨；仔細體會：耐人～｜～成都小吃。

【尋問】xúnwèn〔動〕找人問；打聽：巡警四處～忘記取鑰匙的車主。

【尋釁】xúnxìn〔動〕故意尋找事端進行挑釁：蓄意～。

【尋章摘句】xúnzhāng-zhāijù〔成〕讀書不深入研究，只摘記一些詞句。也指寫作只堆砌現成詞句，缺乏創造性：這篇作文～，表面華麗，其實沒有自己的觀點。

【尋找】xúnzhǎo〔動〕搜求所需要的事物或訪求所要見到的人：～失物｜把孩子～回來了。

【尋蹤】xúnzōng〔動〕尋找蹤跡：古址～｜記者專程前往革命老根據地～。

【尋租】xúnzū〔動〕❶尋找可供租借的處所：～啟事｜一室一廳待住房。❷指權力尋租，即某些單位或個人把手中的權力作為資源尋找合作者，以謀取私利：政府審批太多，容易導致權力～和交易。

詢（詢） xún 查問；詢問：查～｜諮～｜質～。

語彙 查詢 探詢 諮詢

【詢查】xúnchá〔動〕詢問查找：～家庭住址和電

話號碼。

【詢訪】xúnfǎng〔動〕詢問訪查：～知情人。

【詢問】xúnwèn〔動〕打聽；徵求意見：校長～同學的學習情況｜技術問題要向專家～。

【詢診】xúnzhěn〔動〕醫生通過詢問答疑的方式給人看病：在線～｜視頻～｜心理～｜～熱線。

噚（嘵）xún，又讀yīngxún〔量〕英尋，舊也作潯。

潯（浔）xún ❶〈書〉水邊：江～。❷（Xún）〔名〕江西九江的別稱。❸（Xún）〔名〕姓。

郇（郇）Xún ❶古代國名，在今山東濰坊西南。❷〔名〕姓。

璕（璕）xún〈書〉一種略次於玉的美石。

蕁（荨）xún 見下。另見qián（1071頁）。

【蕁麻疹】xúnmázhěn（舊讀qiánmázhěn）〔名〕一種皮膚病，常由於對某種食物、氣候、花粉等過敏而引起，症狀為皮膚突然瘙癢、出現浮腫塊，消退後雖不留痕跡，但可復發。也叫風疹、風疙瘩。

燖（燖）xún〈書〉❶祭祀時在湯中煮肉，泛指煮肉。❷用熱水燙宰殺後的畜、禽以去毛。

鱘（鲟）xún〔名〕魚名，生活在淡水中，有的入海越冬，背部黃灰色，體圓筒形，口小而尖，背部和腹部有大片硬鱗。

xùn　ㄒㄩㄣˋ

汛 xùn ❶江河每年定期的漲水：～期｜～情｜春～｜防～。❷（Xùn）〔名〕姓。

語彙　潮汛　春汛　防汛　伏汛　凌汛　秋汛　魚汛　桃花汛

【汛期】xùnqī〔名〕江河水位季節性上漲的時期：～快到了，要做好防汛準備。

【汛情】xùnqíng〔名〕汛期水位漲落的情況：密切關注～。

迅 xùn ❶快；快速：～疾｜～雷｜～跑｜～駛。❷（Xùn）〔名〕姓。

【迅即】xùnjí〔副〕立即；馬上：～辦理｜～答復。

【迅疾】xùnjí〔形〕快速；迅速：火車～奔馳。

【迅捷】xùnjié〔形〕迅速敏捷：～前進｜行動～。

【迅雷不及掩耳】xùnléi bùjí yǎn'ěr〔成〕雷聲很快來到，連捂耳朵都來不及。比喻事情突然來到或發生，令人來不及防備：警察以～之勢直搗犯罪團夥窩點，把歹徒一網打盡。

【迅猛】xùnměng〔形〕疾速猛烈：水勢～異常。

【迅速】xùnsù〔形〕快很；速度高（跟"緩慢"相對）：工業發展非常～｜～召開會議｜～做出

處理。

徇〈狥〉xùn ❶曲從；依從：～情｜～私。❷〈書〉當眾宣示：遂斬叛逆，以～徒眾。❸〈書〉同"殉"②。❹（Xùn）〔名〕姓。

【徇情】xùnqíng〔動〕〈書〉曲從人情；礙於情面：～枉法。

【徇私】xùnsī〔動〕曲從私情：～舞弊。

【徇私枉法】xùnsī-wǎngfǎ〔成〕屈從私情而歪曲法律或做違法亂紀的事：法制的完善使～的現象逐漸減少。

【徇私舞弊】xùnsī-wǔbì〔成〕為了私利弄虛作假，違法亂紀：那名官員因～被撤職。

殉 xùn ❶殉葬。❷為追求某種理想或為維護正義事業而犧牲生命：～職。

【殉道】xùndào〔動〕為理想、信仰、道義而獻身：三名傳教士在戰亂中～。

【殉國】xùn//guó〔動〕為國犧牲生命：烈士～｜以身～｜壯烈～。

【殉節】xùn//jié〔動〕❶在戰敗或國亡後因不願屈服，為保持名節而自殺。❷舊指婦女因為要追隨死去的丈夫或不願遭到凌辱而自殺。

【殉難】xùn//nàn〔動〕為國家或正義事業遭到不幸而喪生：革命志士在起義時～。

【殉情】xùn//qíng〔動〕由於愛情受到阻礙或干涉而自殺：女青年臥軌～。

【殉葬】xùnzàng〔動〕❶古代的一種野蠻風俗，奴隸主死後用奴隸、妻妾等陪葬；也指用俑和器物等隨葬：～品。❷比喻為某種目的而死（多含貶義）：這批遺老竟甘心為覆滅的封建王朝～。

【殉葬品】xùnzàngpǐn〔名〕❶舊時人死後用以隨葬的物品。❷比喻追隨壞人或舊事物而與之一同滅亡的人：不要做封建禮教的～。

【殉職】xùn//zhí〔動〕在工作崗位上為公務而犧牲生命：以身～。

訓（训）xùn ❶〔動〕訓誡；斥責：～話｜教～｜不要隨便～人｜爸爸～兒子一頓。❷訓練：輪～｜軍～。❸教導或勸誡的話：家～｜古有明～。❹標準；法則：不足為～。❺解釋（詞義）：～詁。❻（Xùn）〔名〕姓。

語彙　古訓　集訓　家訓　教訓　軍訓　培訓　受訓　校訓　不足為訓

【訓斥】xùnchì〔動〕訓誡斥責：屢遭～。

【訓詞】xùncí〔名〕向下級進行教導的話：校長在開學典禮上致～。也作訓辭。

【訓導】xùndǎo〔動〕教育訓誡：～處｜～主任｜對學生要進行～。

【訓讀】xùndú〔動〕日文借用漢字寫日語原有的詞，用日語讀該漢字，叫作訓讀。

【訓詁】xùngǔ ❶〔動〕對古書字詞進行解釋：研

讀古籍應通～。也叫訓故、詁訓。❷〔名〕訓詁學,研究對古書字詞進行解釋的科學,是語言學的分支。

【訓話】xùn//huà〔動〕指上級對下級講指示、告誡的話:緊急集合,首長要～|全體隊員聆聽教練～。

【訓誨】xùnhuì〔動〕〈書〉教導:～子弟。

【訓誡】(訓戒)xùnjiè〔動〕教導告誡:～下屬。

【訓練】xùnliàn〔動〕進行有計劃的教育培養,使具有某種技能:京劇演員都受過嚴格～|他～游泳運動員有一套科學方法。

【訓練有素】xùnliàn-yǒusù〔成〕指平日堅持訓練,因而功底扎實:這是一支～的隊伍。

【訓令】xùnlìng〔名〕上級機關曉諭下級機關或委派人員時所用的公文。

【訓人】xùnrén〔動〕訓斥人:板起面孔～。

【訓示】xùnshì ❶〔動〕〈書〉訓導指示:～學員|首長～。❷〔名〕上級或長輩對下級或晚輩的指示:傳達上級的～。

【訓釋】xùnshì ❶〔動〕註解古書:～六經。❷〔名〕對古書進行註解的文字:諸家的～各有不同。

【訓育】xùnyù ❶〔動〕〈書〉教誨撫育:～子女。❷〔名〕舊指學校裏的道德教育。

訊 (讯)

xùn ❶詢問:問～。❷審問:審～|提～|刑～。❸〔名〕消息;信息:新華社～|警察聞～趕到現場。

語彙 傳訊 電訊 簡訊 快訊 零訊 審訊 通訊 問訊 喜訊 音訊

【訊號】xùnhào〔名〕❶通過電磁波發出的信號。❷為傳達某一信息而做出的特定表示、標誌、符號等。

【訊問】xùnwèn〔動〕❶向人問:～近日情況|事件的起因和結果。❷審問:～案情|～被告人。

浚〈濬〉

Xùn 浚縣,地名。在河南北部。
另見jùn(733頁)。

巽

xùn ❶〔名〕八卦之一,卦形是☴,代表風。參見"八卦"(17頁)。❷〈書〉同"遜"①。

馴 (驯)

xùn/xún ❶(禽獸)馴服,順從人意:～順|溫～。❷〔動〕使順服:～馬|～獸|～虎。

語彙 溫馴 雅馴 桀驁不馴

【馴服】xùnfú ❶〔形〕順從的:野豬不～,家貓～。❷〔動〕使順從:這匹野馬不容易～。

【馴化】xùnhuà〔動〕野生動物、植物經過人飼養、培植之後,逐漸改變其原來的習性,成為人們需要的家畜、家禽或栽培植物。

【馴良】xùnliáng〔形〕指人或動物順從善良:品德高潔,性情～|這匹馬很～。

【馴鹿】xùnlù〔名〕❶(隻、頭)鹿的一種,雌雄都有角,蹄寬大,尾短,頸長,耐寒,善游泳,性溫和。俗稱四不像。❷馴養的鹿。

【馴順】xùnshùn〔形〕馴服順從:這頭大象十分～。

【馴養】xùnyǎng〔動〕馴化飼養野生動物使其逐漸馴服:他在動物園裏～動物。

熏

xùn〔動〕(北京話)煤氣使人窒息中毒:讓煤氣～着了。
另見xūn(1542頁)。

遜 (逊)

xùn ❶讓出:～位(皇帝的位置)。❷謙虛:出言不～。❸差:比不上:～色|稍～風騷|略～一籌。

【遜色】xùnsè ❶〔名〕比不上的地方:毫無～。❷〔形〕比不上;差勁:一點也不～|這齣戲比那齣戲可～多了。

噀

xùn〈書〉含在口中噴出:道士又飲酒,朝西南～之|～水。

蕈

xùn〔名〕一種高等菌,大多呈傘形,生長在森林裏或草地上。種類很多,顏色鮮艷的多半有劇毒,如毒蠅蕈。無毒的可以食用,味鮮美。

語彙 毒蕈 松蕈 香蕈

Y

yā ㄧㄚ

丫〈❶椏❶枒〉yā ❶（樹枝等）前端的分杈：枝～。❷ 物體前端的叉形部分：腳～兒。❸ 女孩兒（含喜愛意）：小～｜～頭。❹（Yā）〔名〕姓。
"椏"另見 yā（1547頁）。

【丫杈】yāchà〔名〕❶ 樹枝等分出旁枝的地方：沿着～往上爬。❷〔形〕形容分枝歧出的樣子：這棵樹丫丫杈杈地長瘋了。**注意** "丫杈" 按 AABB 式重疊才有此義，不重疊無此義。

【丫鬟】yāhuan〔名〕（個）舊時小女孩頭髮多有梳成環形的，後借稱婢女；舊時在大戶人家供使喚的女孩兒：這齣戲裏，你去小姐，她去～。也作丫環。

【丫頭】yātou〔名〕❶ 女孩子（舊時女孩兒常梳丫形髮髻，故稱）：她生了個～兒。❷ 丫鬟。

【丫枝】yāzhī〔名〕植物主幹上斜出的分枝：～上結滿了桃子。

呀yā ❶〔歎〕表示驚異或讚歎：～，你怎麼這麼快就回來了｜～，這兒太好了！❷〔擬聲〕開關門窗等的聲音：風吹得窗戶～～作響。
另見 ya（1552頁）。

語彙 哎呀　咿呀

押yā ㊀〔動〕❶ 把財物交給別人作為擔保：～金｜先把手錶～在這裏，我回家去取錢｜她那兩個金項圈～了四千元。❷ 拘留；扣留：把小偷兒～起來。❸ 跟隨照料或看管：～車｜～着俘虜往回走。
㊁❶ 在文書、契約上簽名或畫符號：～署｜～尾。❷ 在文書、契約上簽的名字或畫的符號：花～｜畫～。❸（Yā）〔名〕姓。

語彙 抵押　典押　關押　管押　花押　畫押　羈押　監押　拘押　看押　扣押　簽押　收押　退押　在押

【押寶】yābǎo 同 "壓寶"。

【押解】yājiè〔動〕❶ 押送：～出境｜～犯人。❷（保安人員）跟隨看管運送；押運：～貨物｜～財寶。**注意** 這裏的 "解" 不讀 jiě。

【押金】yājīn〔名〕（筆）❶ 用作抵押的錢：租遊船要交～。❷ 指預付款。

【押款】yākuǎn ❶（－∥－）〔動〕用財物做抵押，向銀行等處借款：用房地產押了一筆款。❷〔名〕（筆）用抵押方式借來的錢。

【押送】yāsòng〔動〕❶ 拘送犯人或俘虜：把歹徒～到公安局。❷（保安人員）跟隨看管運送；押運：出國展覽的文物由文物局派人～。

【押題】yātí〔動〕考試前猜測可能要考的問題並重點複習準備。也作壓題。

【押尾】yāwěi〔動〕畫押於文書、契約的末尾。

【押運】yāyùn〔動〕（保安人員）跟隨照料運送：～貨物。

【押韻】（壓韻）yā∥yùn〔動〕在詩歌或韻文句子的句末，選用韻母相同或相近的字，使音調和諧優美。

【押賬】yāzhàng ❶〔動〕用某種物品做抵押借錢：貸款時他用房產～。❷〔名〕借錢時用作抵押的財物。

【押租】yāzū〔名〕（筆）承租人租用土地或房屋時除租金外向出租人所交的保證金：這套房子租金不貴，～也合理。

埡（埡）yā（西南官話）兩山之間的狹窄地方。多用於地名：范家～（在湖北）｜黃桷～（在重慶）。

啞（啞）yā 見下。
另見 yǎ（1550頁）。

【啞啞】yāyā〔擬聲〕形容烏鴉的叫聲或小兒學語聲：鳥兒～枝上啼｜～學語。

椏（椏）yā 見 "五椏果"（1436頁）。
"椏"同 yā "丫"（1547頁）。

雅yā〔書〕同 "鴉"。
另見 yǎ（1550頁）。

鴉（鴉）〈鵶〉yā〔名〕❶ 鳥類的一屬，全身羽毛多為黑色，喙大，翼長，足有力。主食昆蟲，有時挖播種的種子吃。多築巢在高樹上。中國常見的有烏鴉、寒鴉等。❷（Yā）姓。

語彙 寒鴉　老鴉　塗鴉　烏鴉

【鴉片】（雅片）yāpiàn〔名〕阿片用作毒品時叫鴉片。俗稱大煙。參見 "阿片"（1頁）。

【鴉片戰爭】Yāpiàn Zhànzhēng 清道光二十年至二十二年（1840-1842）英國以販賣鴉片受到查禁為藉口對中國發動的侵略戰爭。林則徐等人領導廣東愛國軍民堅決抵抗，但是清政府腐敗無能，一再動搖妥協，在英軍攻陷廈門、寧波、上海等地後，兵臨南京城下時，被迫在1842年8月與英國簽訂了喪權辱國的《南京條約》。從此，中國逐步淪為半殖民地半封建國家。

【鴉雀無聲】yāquè-wúshēng〔成〕形容非常安靜：整個考場～，考生都在專心答卷。

【鴉頭】yātou〔名〕丫頭。

鴨（鴨）yā〔名〕（隻）鳥類的一科，嘴扁腿短，趾間有蹼，善游泳。肉可以吃，酕（rǒng）毛經過處理可以用來裝被子、做羽絨衣、填充枕頭等。

【鴨蛋】yādàn〔名〕❶鴨子生的蛋，橢圓形，硬殼淡青色。❷比喻零分(0)：考試吃了個大～。

【鴨蛋青】yādànqīng〔形〕像鴨蛋殼一樣的淡青色：～的窗簾。

【鴨兒梨】yārlí〔名〕梨的一個品種，卵圓形，果皮淡黃並有棕色斑點，果肉雪白，味甜，脆而多汁。

【鴨絨】yāróng〔名〕經過處理的鴨的䍁(rǒng)毛：～被｜～背心｜～枕頭。

【鴨舌帽】yāshémào〔名〕(頂)帽頂前部跟帽檐扣在一起形似鴨舌的帽子。

【鴨子兒】yāzǐr〔名〕〈口〉鴨蛋。

【鴨子】yāzi〔名〕(隻，個，群)〈口〉鴨：趕～上架。

【鴨嘴筆】yāzuǐbǐ〔名〕(支)製圖時畫墨綫用的筆，筆頭由一片平面鋼片和一片弧形鋼片相合而成，形狀如鴨嘴，故稱。

【鴨嘴獸】yāzuǐshòu〔名〕(隻)現今世界上最原始的哺乳動物，身體像獸，嘴像鴨嘴，毛細密，深褐色，卵生。穴居河邊，善游泳，吃魚蝦、昆蟲和貝類。產於澳大利亞南部。

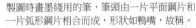

壓（压）yā ❶〔動〕從上向下施加重力：～扁｜～碎｜把相片～在玻璃板下邊。❷〔動〕比喻施加壓力：泰山～頂不彎腰｜黑雲～城城欲摧。❸〔動〕抑制；使穩定；使平靜：一正～百邪｜強～怒火｜節目很精彩，準能～得住台。❹〔動〕壓制；用威力制伏：敵人～不垮我們｜強龍難～地頭蛇。❺〔動〕逼近：～境｜太陽～山了。❻〔動〕壓倒；勝過：才～當世｜技～群芳。❼〔動〕擱置不處理：這份公文～的時間太長了。❽〔動〕賭博時下注：～兩萬元。❾比喻工作、電流、流動液體的壓力：施～｜變～器｜高～。❿(Yā)〔名〕姓。

另見yà(1552頁)。

語彙　按壓　低壓　高壓　積壓　扣壓　欺壓　氣壓　強壓　彈壓　鎮壓　重壓　黑壓壓

【壓寶】yā // bǎo〔動〕一種以"寶"為賭具的賭博。參賭的人在幾種可能性中憑猜測下注，中者為勝；比喻憑運氣、機遇辦事：盲目買入大量股票，簡直就是～｜壓錯了寶。也作押寶。

【壓場】yāchǎng〔動〕❶控制場面：他說話能～。❷把最好的節目或活動項目排在最後進行：～戲｜慶祝活動以焰火表演～。

【壓船】yāchuán〔動〕貨船因天氣惡劣或裝卸延誤而不能按時開出碼頭：颱風襲來，各港口～嚴重。

【壓擔子】yā dànzi〔慣〕比喻讓人擔負重大的責任：給青年人～，使他們得到鍛煉。

【壓倒】yā // dǎo〔動〕在力量或重要性上勝過：抗旱救災是當前～一切的任務｜不是東風～西

風，就是西風～東風｜困難壓不倒我們。

【壓服】(壓伏)yāfú〔動〕強力制伏；強迫服從：教育孩子不能採取～的手段｜思想工作不能～，只能說服。

【壓級】yājí〔動〕壓低(物品質量等的)級別：在糧食收購中不許～壓價。

【壓價】yājià〔動〕強行降低價格：～百分之二十｜收購人員隨意～，影響了棉農的積極性。

【壓驚】yājīng〔動〕用酒食安慰受驚的人：安排筵席，為友人～。

【壓卷】yājuàn〔名〕最佳而能壓倒其他同類作品的詩文或書畫：～之作｜堪稱～。

【壓力】yālì〔名〕❶垂直作用於物體表面的力：大氣～。❷迫人就範的力量：輿論的～｜決不屈服於任何～。❸過重的負擔：工作～｜老廠退休人員多，經濟～大。

【壓力機】yālìjī〔名〕(台)用衝壓、鍛壓等方法對金屬材料進行加工的機器。

【壓卵】yāluǎn〔動〕《晉書·孫惠傳》："泰山壓卵。"以山壓鳥卵，極言以強壓弱：百萬大軍圍城，形成～之勢。

【壓迫】yāpò〔動〕❶以權勢強制別人服從：反對民族～，實行民族自治｜不許～老百姓。❷外力擠壓有機體的某一部分：腫瘤～氣管，造成呼吸困難｜病人的胸部受到～。

【壓氣】yā // qì(～兒)〔動〕平息怒氣；消氣：他已經認錯兒了，你快壓壓氣兒吧。

【壓歲錢】yāsuìqián〔名〕舊時長輩在除夕把銅錢用彩繩穿起來，編成龍形，放在床腳(或壓在小孩兒枕下)，叫做壓歲錢。今指春節時長輩給小孩兒的錢：紅包兒裏裝的是～。

【壓縮】yāsuō〔動〕❶用壓力使範圍或體積縮小：把氫氣～到鋼瓶裏｜～餅乾。❷減少；縮減：～開支｜～篇幅｜把這篇文章～一下。

【壓縮餅乾】yāsuō bǐnggān 為便於攜帶和保存，加壓使體積變小的餅乾。

【壓縮空氣】yāsuō kōngqì 在容器中貯存的壓力高於大氣壓的空氣，由氣泵將空氣壓入容器所形成。可用來開動機器等。

【壓台戲】yātáixì〔名〕指戲曲或其他藝術演出排在最後的節目。一般是由名演員演出的質量最高、分量最重的節目，足以壓住全場，使觀眾不致中途退席，故稱。

【壓題】yātí 同"押題"。

【壓抑】yāyì ❶〔動〕限制感情、力量等，使不能充分顯露：～不住內心的激動｜積極性受到～。❷〔形〕鬱悶；不舒暢：感到很～。

【壓榨】yāzhà〔動〕❶壓取物體的汁液：甘蔗～機。❷剝削或搜刮：工人受到殘酷的～。

【壓制】yāzhì〔動〕竭力抑制或制止：～民主｜～批評｜～不同意見｜～不住滿腔怒火。

Y

壓制、壓抑　"壓抑"的對象主要是精神、感情，比較抽象。"壓制"的對象主要是人、活動、民主、意見、言論等，比較具體。"壓制民主""壓制群眾的意見"等不能換用"壓抑"；"精神受到壓抑"不能換用"壓制"。

【壓製】yāzhì〔動〕用壓力製造：～磚坯｜～新型板材。

【壓軸戲】yāzhòuxì〔名〕❶戲曲演出中排在倒數第二個的節目。❷指安排在最後的文藝節目或項目。❸比喻最後出現的精彩事件：學術大會的～是著名科學家的講演。

壓軸戲的起名緣由
壓軸戲因其緊壓大軸（最後一個劇目）而得名。一般安排由名演員出演的精彩節目（而最後一齣有時卻安排無足輕重的小戲，稱為"送客戲"）。所以，在有些觀眾心目中，壓軸戲是非常重要的。

【壓軸子】yāzhòuzi ❶〔名〕戲曲演出時，安排在最後的一齣戲叫大軸子，大軸子的前一齣叫壓軸子。❷〔名〕指排在最後的精彩節目或活動：最後由李老講話，算是大會的～。❸〔動〕一次戲曲演出中把某一齣戲或某一位主要演員排在倒數第二個節目：明天晚上《借東風》～｜請梅蘭芳梅老闆來～吧。

yá 1ㄚˊ

牙　yá ㊀❶〔名〕（顆）牙齒的通稱：小孩兒該換～了｜叫人笑掉大～（誇張的說法）｜老虎嘴裏拔～（比喻極端危險）。❷特指象牙：～筷｜～雕。❸（～兒）〔名〕像牙的東西：櫃子上還有一道～兒。❹（Yá）〔名〕姓。
㊁舊時介紹買賣從中取得佣金的人：～婆｜～行。
㊂〈書〉同"衙"①。

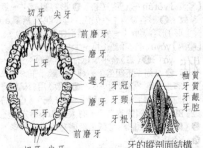

切牙　尖牙
前磨牙
磨牙
上牙
磨牙
遲牙
下牙
前磨牙
切牙　尖牙

牙冠
牙質
牙髓腔
牙頸
牙根
軸質

牙的縱剖面結構

板牙　齙牙　槽牙　蟲牙　倒牙　佛牙　虎牙　門牙　磨牙　奶牙　犬牙　牙牙　咬牙　月牙　爪牙　老掉牙　虎口拔牙　佶屈聱牙　青面獠牙　以牙還牙

【牙磣】yáchen〔形〕〈口〉❶咀嚼帶有沙子或其他雜質的食物，牙齒感到不舒服：飯裏有沙子，吃着～｜菜沒洗乾淨，吃起來～。❷比喻言語粗鄙，不堪入耳：說這話，虧你不怕～。

【牙齒】yáchǐ〔名〕（顆）人和高等動物嘴裏長出的高度鈣化的器官，用以撕咬咀嚼食物、自衛或協助發音。人的牙齒有兩套，即乳牙（共20顆）和恆牙，在 7~12 歲，恆牙逐漸代替乳牙；到 18~20 歲，恆牙基本長齊（共 32 顆），包括上下各 4 個切牙（門牙）、各 2 個尖牙（犬牙）、各 4 個雙尖牙（前臼齒，也叫前磨牙）、各 6 個磨牙（臼齒，也叫槽牙）。通稱牙，也叫齒。

【牙床】yáchuáng ㊀〔名〕牙齦的通稱。㊁〔名〕（張）用牙雕裝飾的床。也泛指精美的床。

【牙雕】yádiāo〔名〕在象牙上雕刻形象、圖案的藝術。也指用象牙雕刻而成的工藝品。

【牙膏】yágāo〔名〕（支，管）裝在金屬或塑料的軟管裏，供人刷牙時用的膏狀物：藥物～。

【牙垢】yágòu〔名〕牙齒表面的污垢，呈黃色或黑褐色：到牙科沖洗～。

【牙關】yáguān〔名〕上頜與下頜之間的關節：～緊閉｜咬緊～（表示為了達到既定目的而忍受痛苦、困難）。

【牙行】yáháng〔名〕（家）舊時為買賣雙方提供場所、說合交易並抽取佣金的商行。

【牙科】yákē〔名〕醫院中的一科，專門醫治牙病及口腔疾病。

【牙口】yákou〔名〕❶牲口的牙齒數及其磨損程度。借指牲口的年齡（根據牲口的牙齒數和磨損程度可以推知其年齡）：看一看這頭牛的～。❷（～兒）指老人的咀嚼能力：您老人家的～還挺好哇！❸〈西北官話〉口氣；口風：各位回村以後，～得放硬點。

【牙輪】yálún（～兒）〔名〕齒輪的通稱。

【牙籤】yáqiān ㊀〔名〕（～兒）（根）剔除牙縫中食物殘屑的細棍兒，木製或竹製，一頭尖或兩頭尖。㊁〔名〕（隻）藏書者在綫裝書的函套上附加的骨製或象牙製的籤牌，上面標有書名，以便檢取。

【牙刷】yáshuā（～兒）〔名〕（把，支）用來刷牙的刷子。

【牙牙】yáyá〔擬聲〕嬰兒開始學說話的聲音：～學語。

【牙醫】yáyī〔名〕（位，名）專治牙病的醫生。

【牙齦】yáyín〔名〕包住牙下部分的黏膜組織，粉紅色。通稱牙床，也叫齒齦。

【牙周炎】yázhōuyán〔名〕牙周發炎的疾病，主要症狀是牙齦紅腫，可引起牙齒鬆動、脫落。

【牙子】yázi ㊀〔名〕〈口〉器物的外沿或雕飾的凸出部分：馬路～。㊁〔名〕舊時為買賣雙方撮合以取得佣金的人。

Y

伢 yá〔名〕(西南官話)小孩兒：只生一個～｜也叫伢子。

岈 yá 見"嵖岈"(140頁)。

玡 yá 見"琅玡"(801頁)。

芽 yá(～兒)❶〔名〕植物種子或植物體上萌生的幼體，可以發育為莖、葉或整株植物：麥～｜稻種發～了。❷像芽兒的東西：肉～兒(多長出來的肉)。

語彙　抽芽　催芽　豆芽　發芽　花芽　麥芽　萌芽　嫩芽　胚芽　肉芽　葉芽　幼芽

【芽茶】yáchá〔名〕最細嫩的茶葉。

【芽豆】yádòu〔名〕水泡後開始發芽的蠶豆，可做菜吃。

蚜 yá 蚜蟲：菜～｜棉～｜麥～｜桃～｜高粱～。

【蚜蟲】yácháng〔名〕昆蟲，身體卵圓形，大小如芝麻，口器管狀，刺入植物吸食其汁液，是農業害蟲。俗稱膩蟲。

琊 yá/yé 用於地名：琅～鎮｜～川鎮(均在貴州)。

埡 yá 用於地名：洛河～｜北～(均在山東)。

崖 yá/yái(舊讀ái)❶〔名〕山石或高地陡峭的側面：山～｜雲～。❷〈書〉邊際；盡頭：浮於海，不見其～。❸(Yá)〔名〕姓。

語彙　摩崖　山崖　懸崖　雲崖

【崖壁】yábì〔名〕陡直如牆壁的崖面：賀蘭山裏有～畫(岩畫)。

【崖略】yálüè〔名〕〈書〉大略；梗概：窺其～。

涯 yá ❶水邊；岸：大海亦有～。❷泛指邊際：天～海角｜一望無～。❸比喻極限：吾生也有～，而知也無～。❹〈書〉約束：少不自～。

語彙　際涯　生涯　天涯　無涯　有涯

睚 yá〈書〉眼角。

【睚眥】yázì〈書〉❶〔動〕瞪眼怒視：同窗三年，素無～。❷〔名〕借指細小的怨恨：～之怨｜必報(謂心胸狹窄)。

衙 yá ❶衙門：官～｜縣～。❷(Yá)〔名〕姓。

【衙門】yámen〔名〕舊時官吏辦公的地方；官署：～口兒朝南開，有理無錢莫進來。

【衙內】yánèi〔名〕唐代的禁衛官。唐末五代至宋初多以官家子弟擔任，後泛指官僚子弟(多為小說、戲曲中的反面人物)。

【衙役】yáyi〔名〕(名)舊時官府衙門的差役。

yǎ ㄧㄚˇ

圧 yǎ〈書〉同"雅"。
另見Pǐ(1021頁)；pǐ"匹"(1021頁)。

啞(啞) yǎ ❶〔形〕因生理缺陷或疾病而發音困難，不能說話：聾～學校。❷不說話的：～劇｜～口無言。❸〔形〕嗓子疲勞，發不出聲音或聲音不清：嗓子喊～了。❹炮彈、子彈等因發生故障而打不響：～炮｜～彈。❺(Yǎ)〔名〕姓。
另見yā(1547頁)。

語彙　粗啞　聾啞　沙啞　嘶啞　裝聾作啞

【啞巴】yǎba〔名〕因生理缺陷或疾病而喪失說話能力的人：～吃元宵，心裏有數。

【啞巴吃黃連——有苦說不出】yǎba chī huáng lián——yǒu kǔ shuō bù chū〔歇〕指內心有苦楚，但不敢或不便向人訴說：我做劉老財的替罪羊，黑鍋背了五年了，可我沒錢沒勢，～哇。

【啞巴虧】yǎbakuī〔名〕見"吃啞巴虧"(173頁)。

【啞劇】yǎjù〔名〕一種不用說或唱而只用動作和表情來演出的戲劇。

【啞口無言】yǎkǒu-wúyán〔成〕指被人質問或駁斥，無言對答。形容理屈詞窮，像啞巴一樣說不出話來：這一番話把他駁得～。

【啞鈴】yǎlíng〔名〕(對，副，隻)體育運動器械，用鐵或木製成，中間細，兩頭呈球形，像兩個無聲的鈴，用手握住中間的短棒做各種動作，以鍛煉臂部和胸部的肌肉。

【啞謎】yǎmí〔名〕❶用動作和表情來暗示謎底的一種猜謎形式。❷隱晦難解的話：明人不說暗話，你別跟我打～。注意"啞謎"一般只跟"猜""打"等連用。

【啞然】yǎrán ㊀〔形〕〈書〉❶形容寂靜：～無聲。❷形容驚訝：～失色。㊁("啞"舊讀è)〔形〕形容笑聲：～失笑(禁不住笑出聲來)。

【啞語】yǎyǔ〔名〕手語：打～｜～新聞。

雅 yǎ ㊀❶〈書〉合乎規範的；標準的：～言。❷高尚；不粗俗：～興｜～致｜主～客來勤｜譯事三難：信、達、～。❸〈敬〉用於稱對方的情誼、舉動：～意｜～鑒｜～屬(囑)。❹《詩經》風、雅、頌兩裁之一，有大雅和小雅之分。❺《爾雅》一類訓詁書籍相沿稱為雅書或雅學。❻(Yǎ)〔名〕姓。
㊁〈書〉❶交情：有同窗之～。❷〔副〕向來；素來：～不欲攀附。❸〔副〕甚；很：～欲為之。
另見yā(1547頁)。

【語彙】博雅　大雅　淡雅　典雅　風雅　高雅　古雅　精雅　俊雅　清雅　儒雅　素雅　溫雅　文雅　嫻雅　秀雅　優雅　幽雅　溫文爾雅　一面之雅

【雅觀】yǎguān〔形〕（外觀）文雅大方；好看（多用於否定式）：蓬頭垢面，未免太不～。

【雅號】yǎhào〔名〕❶ 高雅的名號，多用來尊稱他人的名字：請問～。❷ 綽號（含詼諧意）：他好動，行動敏捷，同學給他起了一個～叫"靈猴"。

【雅間】yǎjiān〔名〕雅座：訂了兩個～。

【雅靜】yǎjìng〔形〕❶ 雅致清靜：庭院～。❷ 文雅嫻靜：溫文～。

【雅量】yǎliàng〔名〕〈書〉❶ 宏大的氣度：服君～｜向以～見稱。❷ 大的酒量：～驚人。

【雅皮士】yǎpíshì〔名〕（名，位）西方社會對精明、能幹、肯上進、會享受的城市知識青年的戲稱。也叫雅皮。[雅皮，英 yuppie]

【雅思】yǎsī〔名〕由英國劍橋大學考試委員會、澳大利亞高校國際開發署及英國文化委員會共同擬製的國際英語水平測試系統。[英 IELTS，是 International English Language Testing System 的縮寫]

【雅俗共賞】yǎsú-gòngshǎng〔成〕各種文化程度的人都能欣賞：這齣戲～，很受歡迎。

【雅興】yǎxìng〔名〕高雅的興致：～不淺｜～正濃｜不知姐姐可有此～？

【雅意】yǎyì〔名〕❶ 高尚的情趣：～在山水之間。❷〈敬〉稱對方的情意或意向；尊意：週末請諸老友一聚，～如何？

【雅譽】yǎyù〔名〕良好的聲譽：從小就獲得了才子的～。

【雅正】yǎzhèng〈書〉❶〔形〕典雅純正：文辭～。❷〔形〕正直：秉性～。❸〔動〕〈敬〉把作品送人時，表示請對方指教：某某仁兄～。

【雅致】yǎzhì〔形〕（服飾、器物、建築等）優美而富於情趣：裝束～｜陳設～｜小別墅非常～。

【雅座】yǎzuò（～兒）〔名〕指飯館、酒店等服務行業中比較雅致舒適的小房間：請客人到～兒來。

瘂（痖）yǎ 同"啞"①③。

yà 丨ㄚˋ

亞（亚）yà ㊀❶ 較差（多用於否定式）：他的烹調技術才不～於老師傅。❷ 次一等的：～軍｜～音速。
㊁❶ 指亞洲：～運會（亞洲運動會）。❷ 姓。注意"亞"不讀 yǎ。

【亞當】Yàdāng〔名〕《聖經》故事裏人類的始祖。[希伯來 Ādhām]

【亞非會議】Yà-Fēi Huìyì 1955 年在印度尼西亞萬隆舉行的有亞洲、非洲 29 個國家和地區的代表參加的會議。會議倡議以十項原則作為國與國之間和平相處、友好合作的基礎。也叫萬隆會議。

【亞非拉】Yà-Fēi-Lā 亞洲、非洲和拉丁美洲的合稱：～人民。

【亞健康】yàjiànkāng〔名〕指身體沒有患病卻也不夠健康的一種狀態，表現為食欲不振，頭痛胸悶，體力匱乏，易怒健忘，做事效率低下，夜眠不安等。也叫第三狀態。

【亞軍】yàjūn〔名〕體育、遊藝等競賽的第二名。

【亞克西】yàkèxī〔形〕好。也說牙克西、雅克西。[維吾爾]

【亞麻】yàmá〔名〕❶（棵，株）一年生草本植物，有細長的莖，葉條形或披針形。莖皮纖維可做紡織原料；油中亞麻的種子可榨油，為中國西北及內蒙古一帶主要油料作物，當地人稱胡麻。❷ 這種植物的莖皮纖維：～布。

【亞熱帶】yàrèdài〔名〕熱帶和溫帶間的過渡地帶。與熱帶相比，氣溫較低；與溫帶相比，氣溫較高。植物在冬季仍能緩慢生長。

【亞太經合組織】Yà-Tài Jīnghé Zǔzhī 亞洲和環太平洋部分國家和地區為促進本區域的經濟交流與合作而成立的國際組織。英文首字母縮寫為 APEC。成立於 1989 年 11 月，現有澳大利亞、文萊、加拿大、中國、智利、印度尼西亞、日本、韓國、馬來西亞、墨西哥、新西蘭、巴布亞新幾內亞、菲律賓、新加坡、泰國、美國以及中國台北和香港等 20 多個成員。秘書處設在新加坡。

【亞洲】Yàzhōu〔名〕亞細亞洲的簡稱。位於東半球的東北部。面積約 4400 萬平方千米，是世界第一大洲。人口約 41 億（2010 年），佔世界總人口半數以上。

軋（轧）yà ㊀❶〔動〕碾；滾壓：把路面～平｜～得粉碎。❷ 排擠：擠～｜傾～。❸（Yà）〔名〕姓。
㊁〔擬聲〕形容機器轉動的聲音：壓路機～～地開過來了。
另見 gá（413 頁）；zhá（1704 頁）。

【軋光】yàguāng〔動〕通過機械的一定壓力使織物表面變得平滑而有光澤：～機。

【軋花】yàhuā〔動〕通過機械把棉籽和棉花纖維分離開來：～機｜～廠。

【軋馬路】yà mǎlù〔慣〕在街上散步；在馬路上閒逛（含詼諧意）：倆人一到週末就去～。也作壓馬路。

迓 yà〈書〉迎接：迎～｜漫天飛雪～春回｜淨掃門庭～國賓。

砑 yà〔動〕加工皮革布匹時，用卵石等碾壓、摩擦，使緻密、光滑：～開｜～光。

【砑光】yàguāng〔動〕用卵石或石塊碾壓或摩擦皮革、布匹、紙張等，使緻密光亮：染坊師傅用元寶石把布匹～。

掗（挜）yà〔動〕(吳語)硬要讓人買自己的商品或接受自己的錢物：～賣｜～賒逼討（強行賒給人貨物又逼討價款）。

訝（讶）yà〔書〕詫異；驚奇：驚～｜～異。

語彙　怪訝　驚訝　疑訝

婭（娅）yà〔書〕連襟：姻～。

揠yà〔書〕拔：～苗害稼。

【揠苗助長】yàmiáo-zhùzhǎng〔成〕《孟子·公孫丑上》載，宋國有個人擔心禾苗不長，就一棵棵往上拔高一點，結果反而使禾苗都枯死了。比喻違反事物的發展規律，急於求成，反而把事情弄糟：教學要循序漸進，切不可～。也說拔苗助長。

氬（氬）yà〔名〕一種氣體元素，符號 Ar，原子序數 18。無色無臭，不易與其他元素化合，是大氣中含量最多的惰性氣體。

猰yà 見下。

【猰貐】yàyǔ〔名〕古代傳說中一種吃人的猛獸。

壓（压）yà/yā 見下。另見 yā(1548 頁)。

【壓根】yàgēnr〔副〕〈口〉從來；根本：這件事我～不知道｜～就沒這麼回事兒｜問題～沒解決｜～他就不認識我。**注意** a)"壓根兒"用在否定式，不用於肯定式，如可以說"他壓根兒沒來"，不能說"他壓根兒來了"。b)"壓根兒"用在否定詞前面，不用在否定詞後面。如可以說"我壓根兒沒想到"，不能說"我沒壓根兒想到"。c)"壓根"常跟"就"呼應，語氣比單用"壓根兒"強，比較："我們壓根兒沒見過面""我們壓根兒就沒見過面"。

ya · l Y

呀ya〔助〕語氣助詞。"啊"受前一字韻母 a、e，i，o，ü 的影響而發生的變音：他～，真是個好人｜大夥兒快來～！｜好大的魚～！另見 yā(1547 頁)。

yān l ㄢ

咽yān〔名〕口腔後部主要由肌肉和黏膜構成的管子，是人消化和呼吸的共同通道。分為上段鼻咽、中段口咽和下段喉咽三部分，鼻咽和口咽之間有鼻咽峽，口咽和口腔之間有口咽

峽，喉咽下連食管，前通喉腔。也叫咽頭。另見 yàn "嚥"(1565 頁)；yè (1582 頁)。

【咽喉】yānhóu〔名〕❶咽頭與喉頭；口腔的深處，通食管和氣管的地方。俗稱喉嚨。❷比喻形勢險要的通道：～要塞｜山海關是通往內地的～。

【咽頭】yāntóu〔名〕咽。

【咽炎】yānyán〔名〕咽部黏膜發炎的疾病。由勞累或受寒等引起，急性期咽部充血，有發熱、咽痛、吞嚥困難等症狀；屢次發作可轉為慢性，有咽部乾燥、隱痛、異物感等症狀。

殷yān/yīn〔書〕黑紅色。另見 yīn(1617 頁)；yǐn(1623 頁)。

【殷紅】yānhóng〔形〕深紅帶黑：血跡～｜～淺碧。

胭〈臙〉yān 胭脂：～粉。

【胭脂】yānzhi〔名〕舊時多為女性使用的用來塗在兩頰或嘴唇上的紅色化妝品。也用作中國畫的顏料。

焉yān ❶〔書〕相當於介詞"於"加代詞"此、是"：心不在～｜積土成山，風雨興～。❷〔代〕〈書〉疑問代詞。哪裏；怎麼（多用於反問）：～有今日？｜不入虎穴，～得虎子？｜殺雞～用牛刀？❸〔連〕〈書〉乃；於是：公輸子自魯南遊楚，～始為舟戰之器｜音樂博衍無終極兮，～乃逝以徘徊。❹〔助〕〈書〉語氣助詞。用於補足某種語氣：寒暑易節，始一反～｜宅邊有五柳樹，因以為號～。❺(Yān)〔名〕姓。

語彙　心不在焉　有厚望焉

崦yān 見下。

【崦嵫】Yānzī〔名〕❶山名，在甘肅天水西。❷古代指日落的地方：望～而勿迫。

淹yān ❶〔動〕浸泡：莊稼被水～了。❷〔動〕淹沒：孩子沒～死，得救了｜洪水～了三個縣。❸〔動〕汗液等浸漬皮膚：夾肢窩～得難受極了｜眼睛～了，睜不開。❹〔書〕深廣；精深：～博｜～通｜～雅。❺〔書〕遲滯；久留：～留｜日月忽其不～兮，春與秋其代序。❻(Yān)〔名〕姓。

【淹沒】yānmò〔動〕❶（大水）漫過；浸沒：洪水～了房屋和良田。❷掩蓋；遮蓋：他的講話～在一片歡呼聲中。

湮yān/yīn〔書〕❶埋沒：～滅｜～沒。❷淤塞；堵塞：河道久～｜洪水，決江河。另見 yīn(1619 頁)。

【湮滅】yānmiè〔動〕〈書〉埋沒；消失：古今人事～而不稱者，不可勝數｜～無聞。

【湮沒】yānmò〔動〕埋沒：～無聞。

煙（烟）〈⑤菸〉

yān ❶〔名〕（股，縷）物質燃燒時產生的氣體：炊～｜煤～｜一陣～｜～消火滅。❷像煙的東西：～霧｜雲～。❸煙熏所積的黑色物：松～｜鍋～。❹〔動〕煙刺激眼睛流淚或睜不開：一屋子煙，～了我們眼睛了｜他不會抽煙，一抽煙就～得直流眼淚。❺〔名〕煙草：～葉｜～種｜烤～。❻〔名〕（支，根）煙草製品：旱～｜捲～｜雪茄～。❼大煙；鴉片：禁～｜～土。❽（Yān）〔名〕姓。

“烟”另見 yīn（1618 頁）。

語彙 炊煙　大煙　風煙　烽煙　旱煙　捲煙　狼煙　人煙　水煙　松煙　夕煙　香煙　硝煙　油煙　雲煙　紙煙　七竅生煙　往事如煙

【煙靄】yān'ǎi〔名〕〈書〉雲霧：山中～。

【煙波】yānbō〔名〕煙霧蒼茫的水面：～浩渺｜～江上使人愁。

【煙草】yāncǎo〔名〕❶一年生草本植物。葉子大，有圓形、卵形、披針形等等。圓錐花序頂出，花冠漏斗形，粉紅或淡黃色。蒴果卵形，種子褐色。葉子是製造煙絲、捲煙等的主要原料。❷煙草製品：～公司｜～市場。

煙草的來路
煙草原產於美洲，17 世紀始傳入中國。先自南路，由菲律賓傳至閩廣一帶；繼由北路，從日本經朝鮮傳入中國東北。自 1890 年捲煙傳入中國後，煙草遂遍植於各省。煙草內含有多種毒性和刺激性物質，吸煙對身體健康有害。

【煙塵】yānchén〔名〕❶指戰爭的烽煙和戰場上的塵土，借指戰爭：漢家～在東北，漢將辭家破殘賊。❷煙霧灰塵：滿屋～｜～陡亂。

【煙囪】yāncōng〔名〕（根，節）煙筒。

【煙袋】yāndài〔名〕抽煙的工具。有旱煙袋和水煙袋兩種。一般指旱煙袋。

【煙袋鍋】yāndàiguō（～兒）〔名〕安在旱煙袋一端的小型金屬碗狀物。有時也指旱煙袋。也叫煙鍋、煙袋鍋子。

【煙斗】yāndǒu〔名〕❶吸煙用具，多用硬木或角質製成，粗的一頭呈斗狀，裝煙絲，細的一頭銜在嘴裏吸。❷鴉片煙槍下端的陶質或金屬製的斗狀物，裝上鴉片煙泡兒，並用煙扦子扎通，以便燃燒吸食。

【煙鬼】yānguǐ〔名〕❶舊時稱吸鴉片成癮的人。❷指吸煙癮很大的人。

【煙海】yānhǎi〔名〕煙霧迷茫的大海，多用於比喻：宛似蓬萊隔～｜浩如～。

【煙盒】yānhé（～兒）〔名〕裝煙捲兒的盒子，多用厚紙、金屬或塑料製成。

【煙壺】yānhú〔名〕裝鼻煙的小瓶子：鼻～。

【煙花】yānhuā ㊀〔名〕❶指美麗的春景：～三月下揚州。❷舊指妓女：淪為～。㊁〔名〕煙火（yānhuo）：燃放～。

【煙花女】yānhuānǚ〔名〕舊稱妓女。

【煙花巷】yānhuāxiàng〔名〕妓院集中的地方。

【煙灰】yānhuī〔名〕煙吸完後剩下的灰。有香煙的灰，也有鴉片煙灰。特指香煙的灰。

【煙灰缸】yānhuīgāng（～兒）〔名〕一種瓷、玻璃或金屬等的器皿，用來盛煙灰、煙頭兒、燃剩的火柴棍兒等。

【煙火】yānhuǒ〔名〕❶煙與火：～騰騰｜倉庫重地嚴禁～。❷煙火食，指熟食：豈能不食人間～！❸祭祖的香火，借指後嗣：～不絕。❹烽火；戰火：邊塞～。

【煙火】yānhuo〔名〕一種在火藥中摻入鋁、鎂、鍶、鈉、鋇等金屬鹽類，外部用紙裝成的喜慶用品，燃放時能噴射出多種絢麗燦爛的火花，有的還能變幻成各種景物，發出不同的響聲，供人觀賞。也叫煙花、焰火。

【煙捲兒】yānjuǎnr〔名〕（支，根）“香煙”㊁。

【煙煤】yānméi〔名〕煤的一大類，暗黑色，有光澤，比無煙煤含碳量低，燃燒時冒濃煙。可用來做燃料或用於煉焦、煉油、氣化等。可分為焦煤、肥煤、瘦煤、氣煤、長焰煤等。

【煙民】yānmín〔名〕（名）抽煙的人：世界～中年輕人佔的比例較大。

【煙幕】yānmù〔名〕❶用化學藥劑造成的作戰時用來遮蔽敵人視綫的煙霧：～彈。❷燃燒某些材料或化學物質所產生的濃厚煙霧，可用來防止霜凍。❸比喻用以遮掩真相或掩飾某種企圖的言語或行為：他這番話，是掩蓋事件真相的～。

【煙幕彈】yānmùdàn〔名〕❶（顆）爆炸後可放出煙霧的炸彈或炮彈。❷比喻用以掩蓋真相或掩飾某種企圖的言語或行為：犯罪分子蓄意製造事端，放出一個個～，企圖引開辦案人員的視綫。

【煙色】yānsè〔名〕像烤煙那樣的顏色；深棕色：～褲子。

【煙絲】yānsī〔名〕煙葉加工後切成的絲或細末，用來製造捲煙或裝入煙斗吸食。

【煙筒】yāntong〔名〕❶（根，節）安在爐灶上排煙的管狀裝置。❷與鍋爐配套的排煙裝置：過去這裏～林立，污染嚴重。

【煙頭】yāntóu（～兒）〔名〕紙煙吸剩的部分：不要亂扔～兒。俗稱煙屁股，也叫煙蒂。

【煙土】yāntǔ〔名〕未經熬製的鴉片的俗稱。

【煙霧】yānwù〔名〕泛指煙、氣、雲、霧等：白濛濛的～｜瀰漫｜～籠罩江面。

【煙霞】yānxiá〔名〕❶煙霧和雲霞：山中～，江上帆影。❷〈書〉指山水勝景：以～自適。❸香港地區用詞。霧霾。

煙霞和霧霾

在近地面的空氣中，有大量的塵埃或煙屑在浮游，令能見度下降。香港將這種氣象稱為"煙霞"，內地稱為"霧霾"。

【煙霞癖】yānxiápǐ〔名〕〈書〉❶ 舊指性好山水之癖：老來竟搶～。❷ 舊指吸食鴉片煙的癮頭：其父有～。

【煙消雲散】yānxiāo-yúnsàn〔成〕像煙雲消散一樣不留痕跡。比喻事物消失得乾乾淨淨：聽完他的解釋，大家的疑慮都～了。也說煙消霧散、雲消霧散。

【煙葉】yānyè〔名〕(片)煙草的葉子，是製造煙絲、捲煙等的主要原料。

【煙癮】yānyǐn〔名〕吸煙的癮頭：犯～|他～可大了。**注意** 舊時，"煙癮"多指吸鴉片煙的癮。今多指吸紙煙的癮。

【煙油】yānyóu〔名〕沉積在吸煙用具中的黑黃色油狀物。

【煙雨】yānyǔ〔名〕如霧似霧的細雨：～茫茫。

【煙柱】yānzhù〔名〕升騰直上的呈柱狀的煙。

【煙子】yānzi〔名〕火煙、油煙等凝聚而成的黑色小顆粒，可以製墨，也可以做肥料。

【煙嘴兒】yānzuǐr〔名〕❶ 一種吸紙煙用的輔助煙具。呈短管狀，較粗的一端插紙煙，較細的一端銜在嘴裏。❷ 指過濾煙嘴兒，紙煙末端的一小部分。❸ 旱煙袋上端供嘴銜的部分。

鄢 yān ❶（Yān）〔名〕姓。❷ 用於地名：～陵（在河南）

馮 yān 用於地名：～城（在四川）。

嫣 yān〈書〉美好；美艷（多指女性）：～然|～紅。

【嫣紅】yānhóng〔形〕〈書〉鮮艷的紅色：～柔綠|姹紫～花開遍。

【嫣然】yānrán〔形〕〈書〉形容美好，嫵媚：～一笑|風韻～。

醃（腌） yān〔動〕把魚、肉等食品用鹽、糖等浸漬：～肉|～魚|～鴨蛋。
另見 ā（2頁）。

燕 Yān ❶ 周朝諸侯國名，在今河北北部和遼寧西部。❷ 舊時河北的別稱，也指河北北部。❸〔名〕姓。
另見 yàn（1564頁）。

【燕京八景】Yānjīng Bājǐng 燕京(今北京)地區八處勝景的統稱。八景分別是居庸疊翠(在居庸關)、玉泉趵突(在玉泉山)、太液秋風(在北海公園)、瓊島春陰(在北海公園)、薊門煙樹(在海淀黃亭子村元代土城遺址)、西山晴雪(在香山)、盧溝曉月(在盧溝橋)、金台夕照(在河北易縣)。此說法大約起始於金、元時代，流行過程中字面和內容也有所更改，到清

乾隆皇帝題字刻碑後才固定下來。

閹（阉） yān ❶〔動〕閹割：～雞|～牛。❷〈書〉指宦官：～黨|～人。❸（Yān）〔名〕姓。

【閹割】yāngē〔動〕❶ 摘去睾丸或破壞卵巢，使生殖機能消失(不是為了醫療)。❷ 比喻抽掉文章或理論的實質性內容，使喪失原來的作用。

閼（阏） yān ❶ 見下。❷（Yān）〔名〕姓。
另見 è（340頁）。

【閼氏】yānzhī〔名〕漢代匈奴對單于、諸王之妻的統稱，特指君主的正妻(相當於皇后)。

懨（恹） yān 見下。

【懨懨】yānyān〔形〕〈書〉形容病體衰弱或精神不振的樣子：病～|～瘦損。

yán ㄧㄢˊ

言 yán ❶〈書〉說：～之有理|姑妄～之|松下問童子，～師採藥去。❷ 話：～近旨遠|～多必失。❸〔名〕漢語中的一個字：五～詩|四～雜字|全書凡八十萬～。❹（Yán）〔名〕姓。

語彙	弁言	讒言	常言	倡言	陳言	傳言	導言
斷言	發言	煩言	方言	格言	胡言	謊言	諱言
佳言	進言	開言	空言	狂言	讕言	例言	良言
留言	流言	美言	諾言	片言	前言	聲言	失言
食言	誓言	婉言	危言	文言	戲言	虛言	序言
宣言	雅言	揚言	妖言	謠言	遺言	引言	語言
預言	寓言	怨言	贈言	真言	箴言	直言	忠言
暢所欲言		沉默寡言		金口玉言		啞口無言	
倚馬千言		仗義執言		至理名言			

【言必信，行必果】yán bì xìn, xíng bì guǒ〔諺〕信：講信用；果：果斷。言語一定信實，行為一定堅決：新領導上任後～，大大改變了工作面貌。

【言必有中】yánbìyǒuzhòng〔成〕《論語·先進》："夫人不言，言必有中。"意思是此人不輕易開口，開口就一定切中要害。後用來指說話能抓住關鍵。

【言不及義】yánbùjíyì〔成〕《論語·衛靈公》："群居終日，言不及義。"意思是多人聚集，一天到晚談論都說不到正經道理上。後用來指談論的都不是重要的有用的事。

【言不由衷】yánbùyóuzhōng〔成〕說的話不是發自內心的。指心口不一：那種～的道歉話，不說也罷。

【言傳】yánchuán〔動〕用言語表達或傳授：這事只可意會而不可～。

【言傳身教】yánchuán-shēnjiào〔成〕一面用言語傳授，一面用行動引導做出榜樣：家長在道德

方面的～，對子女的影響最大。

【言辭】yáncí〔名〕語句；言語：～懇切｜過激的～。也作言詞。

【言而無信】yán'érwúxìn〔成〕說話不講信用：你怎麼～，昨天答應過的條件今天就變了。

【言歸於好】yánguīyúhǎo〔成〕重新和好：他們兩人消除了誤會，～。**注意**這裏的"言"是古漢語的句首助詞，沒有實際意義。

【言歸正傳】yánguī-zhèngzhuàn〔成〕把話頭轉到正題上來：閒話少說，～，還是討論本單位的問題吧。

【言過其實】yánguòqíshí〔成〕《管子·心術》："言不得過實。"話說得過分，不符合實際情況：這個人是不錯，可要是說他一切都好，未免～。

【言和】yánhé〔動〕講和；和解：停戰～｜握手～。

【言簡意賅】yánjiǎn-yìgāi〔成〕言語簡明，意思完備：老王的發言～，切中時弊。**注意**"賅"不讀 hé。

【言教】yánjiào〔動〕用言語教人：身教勝於～。

【言路】yánlù〔名〕(條)向政府或上級部門進言(提出批評或建議)的途徑：廣開～。

【言論】yánlùn〔名〕對於政治或其他公共事務所發表的議論：～自由｜我們看一個人，不僅要聽他的～，還要看他的行動。

【言情】yánqíng ❶〔動〕抒發感情：文章有～、寫景、說理、敍事之分。❷〔形〕屬性詞。描寫愛情故事的：～小說。

【言人人殊】yánrénrénshū〔成〕《史記·曹相國世家》："言人人殊，參未知所定。"指各人有各人的見解，不知如何定奪。後用來指各人所說各有不同：關於這個問題，座談會上～，一時未能達成共識。

【言談】yántán ❶〔動〕交談；談論：不善～。❷〔名〕指談話的內容和見識：～舉止｜～荒謬。

【言聽計從】yántīng-jìcóng〔成〕對某人所說的話都聽信，所出的主意都採納(多含貶義)：他對領導～，從不敢違抗。

【言外之意】yánwàizhīyì〔成〕指暗含在話語中的意思：他一再說忙，～是不想去了。也說言下之意。

【言為心聲】yánwéixīnshēng〔成〕漢朝揚雄《法言·問神》："言，心聲也。"言語是心靈的聲音，是思想的表現形式：～，從詩句可以看出詩人的愛國情懷。

【言行】yánxíng〔名〕言語和行為：～一致｜～不一。

【言行不一】yánxíng-bùyī〔成〕言語和行為不一樣：他向來～，說的是一套，做的又是一套。

【言猶在耳】yányóuzài'ěr〔成〕形容別人說過的

話還在耳邊迴響：先生十多年前對我的教誨，～｜昨日促膝談心，～，今日竟成永訣。

【言語】yányǔ〔名〕言辭；說的話：～不清｜～粗鄙｜～妙天下(說的話非常精妙)。

【言語】yányu〔動〕(北京話)說話；回答：他這人不愛～｜你需要幫忙就～一聲兒｜人家問你話呢，怎麼不～？

【言者無罪，聞者足戒】yánzhě-wúzuì, wénzhě-zújiè〔諺〕提意見的人即使提得不對，也沒有罪，聽取意見的人無論如何也值得引為警戒；對待批評的態度應該是～，有則改之，無則加勉。

【言之成理】yánzhī-chénglǐ〔成〕說話說得合乎道理：要讓人家信服，必須持之有故，～。

【言之無物】yánzhī-wúwù〔成〕文章或言論沒有實質性內容：空話連篇，～，是寫文章的大忌。

【言之有據】yánzhī-yǒujù〔成〕所說的話有充分依據：給別人提意見要～。

【言之有物】yánzhī-yǒuwù〔成〕文章或言論內容充實具體，不空洞：文章須～。

妍 yán〈書〉美麗(跟"媸"相對)：百花爭～｜明鏡照物，～媸必露。

語彙　嬌妍　鮮妍　爭妍

芫 yán/yuán 見下。
另見 yuán(1669頁)。

【芫荽】yánsui〔名〕一年生或二年生草本植物，羽狀複葉，互生，花小、白色。果實球形，可用作香料，也可入藥。莖和葉有特殊香氣，多用來調味。通稱香菜。

岩〈❶-❸巖 ❶-❸嵓 ❶-❸喦〉 yán ❶ 岩石：～層｜沉積～｜石灰～。❷ 岩石形成的山峰：日光～(在廈門鼓浪嶼)。❸ 岩洞：三洲～(在廣東德慶)。❹(Yán)〔名〕姓。

語彙　巉岩　熔岩　砂岩　花崗岩

【岩層】yáncéng〔名〕構成地殼的層狀岩石。

【岩洞】yándòng〔名〕石灰岩層中因地下水多年浸泡溶蝕或沖刷而形成的窟洞：廣西地區多～。

【岩畫】yánhuà〔名〕刻畫在岩石上或崖壁上的圖畫：從先民的～中可以看到當時的生活情況。也叫崖壁畫。

【岩漿】yánjiāng〔名〕地殼深處天然產出的含有硅酸鹽和揮發成分的高溫熔融體，是造成多數火成岩和內生礦床的母體；火山噴發，噴出大量的～。

【岩石】yánshí〔名〕(塊)天然存在的一種或多種礦物的集合體。是構成固體地殼的基本單位。按成因分為三大類，即火成岩、沉積岩和變質岩。

【岩芯】yánxīn〔名〕地質勘探時用管狀機件從地層

Y

中取得的圓柱狀岩石標本。

【岩鹽】yányán〔名〕地殼中沉積的礦石鹽，大多是古代海水或湖水乾涸後形成的。也叫礦鹽。

延 yán ❶ 伸展；延續：～長｜～續｜～頸舉踵｜益壽～年。❷〔動〕把時間向後推遲：～遲｜～期｜會議～到下週再開。❸〈書〉聘請；邀請：～師｜～聘。❹〈書〉及，至：禍～子孫。❺(Yán)〔名〕姓。

語彙 遲延 俄延 苟延 稽延 羈延 曼延 蔓延 綿延 遷延 伸延 順延 推延 拖延 宛延 招延

【延長】yáncháng〔動〕增加距離或時間；加長（跟"縮短"相對）：煤氣管道又向西～了20公里｜會議～半天｜這個音要～一拍。

【延遲】yánchí〔動〕向後推延；推遲：開學日期～了。

【延宕】yándàng〔動〕拖延：～時日。

【延擱】yángē〔動〕拖延擱置：此事～已久｜這封信立即發出，不要～。

【延緩】yánhuǎn〔動〕推遲，使放慢：～幾天再做手術｜～衰老｜～工作進度。

辨析 延緩、延遲 意思相近，但有差異。"延遲"有推遲、晚些時候進行的意思；"延緩"是使進行緩慢下來，不要太急太快。如"開幕日期延遲了"不能說成"開幕日期延緩了"，而"延緩工作進度"不能說成"延遲工作進度"。

【延陵】Yánlíng〔名〕複姓。

【延年益壽】yánnián-yìshòu〔成〕延長歲數，增加壽命：加強鍛煉可以～。也說益壽延年。

【延聘】yánpìn〔動〕〈書〉❶ 聘請：～家庭教師。❷ 延長聘用期限：～三年。

【延期】yán//qī〔動〕推遲原定的日期：～付款｜～償還債務｜原定明天春遊，因故～。

【延請】yánqǐng〔動〕臨時請人擔任某項工作：～律師｜～特護人員。

【延燒】yánshāo〔動〕蔓延燃燒：劇場失火，～鋪戶十餘家。

【延伸】yánshēn〔動〕延長伸展：這條路一直～到江邊。**注意** 這裏的"延"不寫作"沿"。

【延髓】yánsuǐ〔名〕後腦的一部分，下接脊髓。是管理呼吸、血液循環、唾液分泌等重要反射的中樞。也叫延腦。

【延誤】yánwù〔動〕遲延耽誤：不得～｜～戰機。

【延續】yánxù〔動〕持續；延長：這種狀況不能再～下去了｜～了半年的旱情終於緩解了｜機器是人手的～。**注意** 這裏的"延"不寫作"沿"。

【延展】yánzhǎn〔動〕延伸，擴展。

炎 yán ❶ 極熱：～熱｜～夏。❷ 炎症：發～｜肺～｜腸～。❸ 權勢：趨～附勢。❹ (Yán)指炎帝：～黃子孫。❺ (Yán)〔名〕姓。

語彙 發炎 消炎 炎炎

【炎帝】Yándì〔名〕又稱神農氏。中國古代傳說中的帝王，與黃帝同為中華民族的祖先，合稱炎黃，是中國文明初創時期的代表人物。

【炎黃子孫】Yán-Huáng zǐsūn 炎帝神農氏與黃帝軒轅氏是中國古代傳說中的兩個帝王。後人認為炎黃是中華民族的共同祖先，炎黃子孫指中華民族的後代：海內外華人都是～。

【炎涼】yánliáng ❶〔名〕氣候冷和冷：地勢不殊，而一異致。❷〔形〕形容人情冷淡或親熱反復無常：人情冷暖，世態～。

【炎熱】yánrè〔形〕(氣候)極熱：涼風驅～｜～的夏天。

【炎暑】yánshǔ〔名〕❶ 熱的夏天：～將至。❷ 熱氣；暑氣：軒窗避～。

【炎炎】yányán〔形〕❶ 形容陽光灼熱：夏日～。❷ 形容火勢強大：大火～。

【炎症】yánzhèng〔名〕機體受到有害刺激後所產生的最常見的反應。局部常見紅、腫、熱、痛和功能障礙等症狀，全身出現白細胞增多和體溫升高等現象。

沿 yán ❶ 遵循(老規矩)；繼承(老辦法)：～襲｜世代相～。❷〔動〕(給衣物)鑲邊：～鞋口｜在衣領上～一道邊兒。❸ (～兒)〔名〕邊緣：溝～兒｜南河～兒。**注意** "溝沿兒""南河沿兒"作為地名，其中的"沿兒"讀 yànr。❹ (～兒)〔名〕邊兒(多用在名詞後)：炕～｜缸～｜前～。❺〔介〕順着：～街往前走｜～着海岸航行｜～着大路一直往東就到了。**注意** a) 後面的名詞性短語較長或是抽象意義的詞語時，必加"着"。如"沿着紅軍走過的路進行考察""沿着時間的長廊遊走中華五千年"。b) 跟單音節名詞性語素組合，多表處所。如"沿湖、沿途、沿河、沿街"等。

語彙 邊沿 窗沿 床沿 溝沿 河沿 炕沿 前沿 相沿

【沿岸】yán'àn〔名〕近水一帶的地區；岸邊：長江～｜黃河～｜洞庭湖～｜地中海～國家。

【沿邊】yán//biānr〔動〕把布條或縧子縫在衣物的邊上：用這個絲帶子～｜給袖口沿個邊兒。

【沿革】yángé〔名〕沿襲和變革的過程：社會風俗的～｜歷代行政區劃～。

【沿海】yánhǎi〔名〕近海一帶：～城市｜～地區｜開發～自然資源。

【沿路】yánlù ❶〔名〕臨近道路一帶；路邊：～擠滿觀看比賽的人｜～有許多高樓大廈。❷〔副〕順着道路：～走去｜～叫賣。

【沿途】yántú ❶〔名〕一路上；沿路：參觀團一受到熱情的接待｜～設有飲水站。❷〔副〕順着道路：～追擊逃竄之敵。

【沿襲】yánxí〔動〕遵循；繼續使用：～舊制｜～陳規｜～成例。

【沿綫】yánxiàn〔名〕靠近交通綫一帶：鐵路～的

村鎮｜公路～的防風林不能隨意砍伐｜～有碼
頭可以停靠貨輪。

【沿用】yányòng〔動〕繼續使用（舊例）：～舊的
　裝訂方法｜～原來的名稱。**注意**"沿用"不作
　"延用"。"延"指時間的延續或空間的延長，沒
　有"繼續"的意思，故不能與"用"搭配。

阽

yán "阽" diàn 的又讀。

研

yán ❶〔動〕細磨（mó）：～墨｜～成
粉末。❷ 研究：～讀｜～習｜科～。
❸（Yán）〔名〕姓。

另見 yàn（1563 頁）。

語彙　調研　教研　科研　鑽研

【研讀】yándú〔動〕鑽研閱讀：仔細～｜～文字學
　書籍。

【研發】yánfā〔動〕研究開發：～自主品牌｜新的
　軟件系統已進入～階段。

【研究】yánjiū〔動〕❶ 鑽研和探求：～理論｜～自
　然科學｜～中國歷史。❷ 對意見、問題進行考
　慮或商討：會議～三個問題｜他的意見值得認
　真～｜這件事～～再說。

　辨析　研究、鑽研　a）"研究"可指思維活動，
　也可指考察、調查、實驗等實際活動；"鑽研"
　主要指思維活動。b）"研究"強調周密地推求與
　考慮，多用於科學的探求活動；"鑽研"強調做
　深入推求，多用於業務知識的學習。如"研究
　室""研究人員"，不說"鑽研室""鑽研人員"；
　"鑽研業務""鑽研技術"中的"鑽研"，不宜換
　為"研究"；c）"研究"還有商討的意思，"鑽研"
　沒有。

【研究生】yánjiūshēng〔名〕（名）大學畢業後（或
　同等學力）經考核錄取在高等學校或研究機關
　進一步學習、研究的學生。有碩士研究生、博
　士研究生。

【研究所】yánjiūsuǒ〔名〕（所）❶ 從事某一領域專
　題研究工作的研究機構。❷ 研究生院，主要培
　養碩士、博士專門人才及進行基礎研究工作，
　多用於台灣地區。

【研究員】yánjiūyuán〔名〕（位，名）科學研究機
　關中最高一級的研究人員，往下依次為副研究
　員、助理研究員、實習研究員。

【研磨】yánmó〔動〕❶ 用工具把東西磨碎：把牛
　黃放在乳鉢裏～成藥末兒。❷ 用磨料摩擦工
　件，使提高精度或光潔度：～拋光機。

【研討】yántǎo〔動〕探討；研究和討論：對語言
　起源問題進行～會。

【研討會】yántǎohuì〔名〕（次，場）由專業人員就
　專門問題進行研究和討論的會議。

【研習】yánxí〔動〕研究學習：～名家碑帖。

【研修】yánxiū〔動〕研究進修：～生｜出國～。

【研製】yánzhì〔動〕研究和製造：～新式武器。

琷

yán〈書〉像玉的石頭。

閆

（闫）

Yán〔名〕姓。

塩

yán "鹽"字的俗體。

礏

yán〈書〉同"研"（yán）。清人阮元有《礏
經室集》。

鉛

（铅）

yán ❶ 用於地名：～山（在江西東
北部）。❷（Yán）〔名〕姓。

另見 qiān（1066 頁）。

蜒

yán ❶ 見下。❷ 見"蚰蜒"（1643 頁）、"蜿
蜒"（1387 頁）。

【蜒蚰】yányóu〔名〕蛞蝓。

筵

yán ❶ 古人席地而坐的席子，今指酒
席：～宴｜殘～。❷（Yán）〔名〕姓。

語彙　婚筵　盛筵　壽筵　喜筵

【筵席】yánxí〔名〕宴飲時的座位，泛指酒席：天
　下沒有不散的～。

綖

（綖）

yán 古代冠冕上的裝飾物。

虓

yán〈書〉老虎發怒的樣子。

閻

（阎）

yán ❶ 古代指里巷的門。❷（Yán）
〔名〕姓。

【閻羅】Yánluó〔名〕佛教傳說中管地獄的神。也
　叫閻王、閻王爺、閻羅王。［閻魔羅闍的省
　略，梵 yamarāja］

【閻王】yánwang〔名〕❶（Yánwang）閻羅。❷ 比
　喻極兇惡的人：活～。

【閻王好見，小鬼難纏】yánwang-hǎojiàn，
　xiǎoguǐ-nánchán〔諺〕比喻奴才比主人還要難
　對付：～，他手下的人你也要使錢意思意思，
　否則辦不成事。

【閻王賬】yánwangzhàng〔名〕（筆）高利貸的
　俗稱。

檐

〈簷〉

yán（～兒）〔名〕❶ 屋頂向旁邊伸
出的部分：房～｜廊～兒｜～溝｜
飛～走壁。❷ 某些器物上向旁邊伸出的部分：
帽～兒。

語彙　房檐　飛檐　廊檐　茅檐　帽檐　屋檐

【檐子】yánzi〔名〕〈口〉房檐兒。

顏

（颜）

yán ❶ 臉色；臉部表情：容～｜
開～｜鶴髮童～｜和～悅色。❷ 臉
面；體面；面子：無～見人｜厚～無恥。❸ "顏
色"①：五～六色。❹（Yán）〔名〕姓。

語彙　慚顏　慈顏　犯顏　汗顏　紅顏　厚顏　歡顏
開顏　龍顏　赧顏　奴顏　破顏　啟顏　強顏　容顏
覥顏　童顏　酡顏　笑顏　玉顏　正顏　朱顏

Y

【顏料】yánliào〔名〕用於着色的物質。可分為天然和人造兩類，天然顏料多為礦物性的，如硃砂、石綠，人造顏料包括無機的和有機的，無機的如鈦白，有機的如甲苯胺紅。

【顏面】yánmiàn〔名〕❶臉部；面部：～神經｜～消瘦。❷體面；面子：顧全～｜～攸關。

【顏色】yánsè〔名〕❶色彩；物體所發射、反射或透過的光綫經由視覺所產生的印象：～艷麗｜紅、白、黃各種～的花，你喜歡哪種？❷〈書〉面容；容貌：風檐展書讀，古道照～。❸臉上的表情；神色：～莊重。❹顯示厲害的臉色或言行：何必給他～看。

另見 yánshai（1558 頁）。

【顏色】yánshai〔名〕〈口〉顏料或染料。

另見 yánsè（1558 頁）。

【顏體】yántǐ〔名〕指唐朝大書法家顏真卿所寫的字體，筆力渾厚挺拔，開闊雄偉。與唐朝柳公權所寫的柳體並稱"顏柳"。

嚴（严）yán

❶〔形〕緊密；嚴密：把窗戶關～｜他嘴～，從不亂說。❷〔形〕嚴格；嚴厲：規矩很～｜高標準，～要求｜以律己，寬以待人｜～師出高徒。❸厲害；程度深：～刑｜～冬｜～寒。❹指父親：家～｜～命。❺（Yán）〔名〕姓。

語彙　從嚴　家嚴　解嚴　戒嚴　謹嚴　森嚴　威嚴　先嚴　莊嚴　尊嚴　義正詞嚴

【嚴辦】yánbàn〔動〕嚴厲懲治：對販運毒品的人一定要～！

【嚴懲】yánchéng〔動〕嚴厲懲辦或處罰：～兇手｜～不貸。

【嚴懲不貸】yánchéng-bùdài〔成〕嚴厲懲罰，決不寬容饒恕：對販毒分子要～。

【嚴詞】yáncí〔名〕嚴厲的言辭：～責備｜～拒絕。

【嚴打】yándǎ〔動〕❶嚴厲打擊：～違法亂紀行為。❷特指公安部門嚴厲打擊刑事犯罪活動：～辦公室｜堅持～方針，嚴密治安管理。

【嚴冬】yándōng〔名〕嚴寒的冬天（跟"酷暑"相對）：～過後春天就到了。

【嚴防】yánfáng〔動〕嚴密防範；嚴格防止：～壞人混入｜～敵人破壞｜～火勢蔓延。

【嚴防死守】yánfáng-sǐshǒu〔成〕嚴密防範，拚死守住：要～，保證大堤不出問題。

【嚴格】yángé ❶〔形〕嚴肅認真：～要求自己｜～遵守作息制度。❷〔動〕嚴肅認真地施行：～財務管理｜～規章制度。

【嚴寒】yánhán〔形〕氣溫很低；極冷：天氣～｜他們冒着～搶修電路。

【嚴緊】yánjǐn〔形〕❶嚴密；緊湊：瓶口封得很～。❷嚴格；厲害：管教得非常～。

【嚴謹】yánjǐn〔形〕❶嚴肅謹慎：說話辦事都很～｜～的科學態度。❷嚴密周到：體系～｜

結構～。

【嚴禁】yánjìn〔動〕嚴格禁止：～煙火｜～體罰。

【嚴峻】yánjùn〔形〕❶嚴厲；嚴肅：～的考驗｜態度～。❷嚴重：形勢～。

【嚴酷】yánkù〔形〕❶嚴厲；嚴格：～的教訓｜要求特別～。❷殘酷；冷酷：～的鬥爭｜黑手黨頭子對手下的人也非常～。

【嚴厲】yánlì〔形〕嚴肅而厲害：～的批評｜他的態度很～。

辨析　嚴厲、嚴格　a）"嚴格"着重表示態度的認真，"嚴厲"着重表示態度的嚴肅和手段的厲害。b）"嚴格"可用於對己或對人，"嚴厲"一般只用於對人。c）"嚴格"有動詞用法，如"嚴格財務制度"，"嚴厲"不能這樣用。

【嚴密】yánmì〔形〕❶結合得很緊，沒有空隙：把守～｜組織～｜文章結構很～。❷周到；沒有疏漏：我們的考慮還不～｜消息封鎖得十分～。

辨析　嚴密、緊密　"嚴密"強調結合的事物之間沒有空隙或疏漏；"緊密"強調結合的事物不可分離。"嚴密的組織""嚴密的思考"不能換用"緊密"，"聯繫緊密""緊密團結"不能換用"嚴密"。"緊密"可以指"多而連續不斷"，如"緊密的槍聲"，"嚴密"不能這樣用。

【嚴明】yánmíng ❶〔形〕嚴肅而分明：賞罰～。❷〔形〕嚴格而明確：號令～｜紀律～。❸〔動〕使嚴明：～法紀｜～紀律。

【嚴師出高徒】yánshī chū gāotú〔諺〕嚴格的老師能培養出本領高的學生：這次競賽，前三名都是馬老師的學生，真是～呀！

【嚴實】yánshi〔形〕❶（北方官話）緊密而沒有縫隙：把門關～了｜被子捂得很～。❷藏得隱蔽而不易顯露：把東西藏～了。❸牢靠而穩當：他的嘴向來很～。

【嚴絲合縫】yánsī-héfèng〔成〕指縫隙密合，絲毫無差；也比喻言行周密，沒有漏洞：這個塞子正合適，塞進去～｜他這一番話～，找不出任何漏洞。

【嚴肅】yánsù ❶〔形〕莊重；鄭重：態度～｜～的氣氛。❷〔形〕嚴格認真：無論做甚麼事，他都十分～｜～處理。❸〔動〕使嚴肅：～紀律。

【嚴刑】yánxíng〔名〕嚴酷的刑法（xíngfa）或刑罰：～峻法｜～拷打。

【嚴陣以待】yánzhèn-yǐdài〔成〕以嚴整的陣勢等候迎擊來犯的敵人：我軍～，隨時準備殲滅入侵之敵。

【嚴整】yánzhěng〔形〕❶嚴肅整齊：軍容～。❷嚴密；嚴謹：治家～｜思路～。

【嚴正】yánzhèng〔形〕嚴肅莊重，光明正大：～聲明｜持論～｜提出～抗議。

【嚴重】yánzhòng〔形〕❶程度深；影響大：錯

Y

誤～｜～的後果。❷ 情勢急：敵情很～。

【辨析】嚴重、嚴格、嚴密　形容詞。這三個詞有時可以互換，但有細緻區別。"嚴重"側重主觀感覺；"嚴格"側重客觀標準；"嚴密"側重無懈可擊。以下例句可見出各有側重（不能互換）："嚴格遵守制度""嚴密監視敵人活動""問題相當嚴重"。

鹽（盐）yán〔名〕❶ 食鹽，有海鹽、池鹽、井鹽等：開門七件事，柴米油～醬醋茶。❷ 由金屬離子（正離子）和酸根離子（負離子）組成的化合物，常溫下為晶體，在溶液狀態下能電離：酸式～｜鹼式～｜正～。❸（Yán）姓。

語彙　海鹽　椒鹽　精鹽　食鹽　岩鹽

【鹽巴】yánbā〔名〕（西南官話）食鹽。
【鹽場】yánchǎng〔名〕海灘上用海水製鹽的場所。
【鹽池】yánchí〔名〕含鹽量高、可供製取食鹽的鹹水湖。也叫鹽湖。
【鹽花】yánhuā（～兒）〔名〕❶ 微量的鹽：湯裏擱點兒～兒｜涼菜拌好了再撒上幾粒～兒。❷ 鹽霜。
【鹽鹼地】yánjiǎndì〔名〕含有較多鹽分的土地。這種土地有礙於作物生長。
【鹽井】yánjǐng〔名〕（口、眼）為汲取含鹽的地下水而挖的井。四川的自貢、雲南的祿豐等地也有很多鹽井。
【鹽鹵】yánlǔ〔名〕製鹽時剩下的黑色液體，味苦有毒。可以使豆漿凝結成豆腐。也叫鹵水。
【鹽汽水】yánqìshuǐ〔名〕含有鹽分的汽水，供高溫下工作的人飲用。
【鹽泉】yánquán〔名〕（眼）一種含有大量鹽分，可用來提取食鹽的礦泉。
【鹽霜】yánshuāng〔名〕含鹽分的東西表面的白色細鹽粒。
【鹽水】yánshuǐ〔名〕鹽的水溶液：～選種｜用～消毒。
【鹽酸】yánsuān〔名〕強酸的一種。化學式 HCl。氯化氫的水溶液，無色透明，含雜質時呈淡黃色，有刺激性氣味和腐蝕性，遇濕空氣即生白煙。多用於工業和醫藥。
【鹽田】yántián〔名〕為曬製海鹽、湖鹽，在海邊或鹽湖邊挖的一排排方形淺坑。

yǎn ㄧㄢˇ

沇yǎn 用於地名：～河（在河南）。

奄yǎn/yǎn ❶〈書〉覆蓋；包括：～有四方｜不足以～之。❷〔副〕〈書〉忽然；突然：～忽｜狼～至。❸（Yǎn）姓。
【奄忽】yǎnhū〔副〕〈書〉忽然：～而卒。

【奄奄】yǎnyǎn〔形〕呼吸微弱的樣子：氣息～。

衍yǎn ❶〈書〉開展；延長：廣～｜敷～｜流～四方。❷〈書〉多出（字句）：訛脫～倒。❸〈書〉沼澤：曲～。❹〈書〉低而平坦的土地：曠～。❺（Yǎn）〔名〕姓。

語彙　奧衍　充衍　繁衍　敷衍　廣衍　曼衍　平衍　推衍

【衍變】yǎnbiàn〔動〕演變。
【衍生】yǎnshēng〔動〕❶ 化學上指較簡單的化合物中的原子或原子團被其他原子或原子團所取代而生成較複雜的化合物。❷ 繁衍生息：這種病毒可以～出多種變體。
【衍文】yǎnwén〔名〕書籍或文章在抄寫或排印中多出來的字句（或涉上下文而誤，或以註文入正文而誤）：該版多～，需仔細核校。

弇yǎn〈書〉❶ 遮蓋；覆蓋：～其目。❷ 狹隘：～俗｜～陋（見識淺陋）。

兗（兖）Yǎn ❶ 兗州，地名。在山東南部。❷〔名〕姓。

剡yǎn〈書〉❶ 削：剡木為舟，～木為楫。❷ 銳利：～棘（尖銳的刺）。
另見 shàn（1172 頁）。

掩yǎn ❶〔動〕遮蓋；掩蔽：～鼻而過｜迅雷不及～耳｜～人耳目。❷〔動〕合：～卷歎息｜柴扉常～。❸〔動〕（北京話）肢體被夾；被卡：車門關得太快，不小心把胳膊～住了。❹〈書〉乘人不備而襲擊或襲取：～殺｜～襲。❺（Yǎn）〔名〕姓。
【掩蔽】yǎnbì ❶〔動〕遮蔽；隱藏：游擊隊員～在叢林中。❷〔名〕用來遮蔽的物體；隱藏的地方：前頭的一堵牆正好做我們的～。

【辨析】掩蔽、掩藏、掩護　這三個動詞都有藏起來不使發現的意思；但 a）"掩蔽"重在遮蔽，用於人或物，不能用於抽象事物，如可以說"掩蔽着身體"，不能說"掩蔽着痛苦"；而"掩藏"重在隱藏，既可用於人或物，也可用於抽象事物，如"掩藏內心的痛苦"。b）"掩護"重在保護，常用於人，使得到安全，如"一班掩護部隊撤退"；而"掩蔽"或"掩藏"不能這麼用。c）"掩蔽"和"掩護"還有名詞用法，如"這河堤正好是我們的掩蔽（掩護）"，而"掩藏"沒有此種用法。

【掩蔽部】yǎnbìbù〔名〕為免受敵方炮火傷害而構築的掩蔽工事，多建在地下。
【掩藏】yǎncáng〔動〕隱藏：這件事～不住了｜將愛慕之情～在心底。
【掩耳盜鈴】yǎn'ěr-dàolíng〔成〕《呂氏春秋·自知》載，有人偷得一口鐘，想背着跑，而鐘太大了，背不動就用鐵錘敲開來拿。鐘鏜然作響，他怕別人來奪取，就急忙把耳朵捂住了。後用"掩耳盜鈴"比喻用拙劣的方法自己欺騙自己。

【掩蓋】yǎngài〔動〕❶從上面遮住：白雪～了大地。❷隱藏；隱瞞：～矛盾｜～罪行｜謊言～不了事實。

【掩護】yǎnhù ❶〔動〕作戰時為保障己方部隊或人員行動安全而對敵方採取警戒、牽制等手段：你們班～鄉親們轉移｜我用機槍～你們衝過去。❷〔動〕採取某種方式暗中保護：有人暗地裏～你。❸〔名〕指作戰時遮蔽身體的工事、山岡、樹木等，也指起保護作用的方式、手段：利用地形地物為～｜他以算命為～，混進城裏，獲得不少重要情報。

【掩懷】yǎn//huái〔動〕不扣紐扣兒，用衣服遮住胸部：他掩着懷就出來見客人了。

【掩埋】yǎnmái〔動〕用泥土等蓋住；埋葬：～好戰友的屍體，他們又繼續戰鬥了。

【掩人耳目】yǎnrén'ěrmù〔成〕遮蔽別人的耳朵和眼睛，比喻故意掩蓋事實，讓人不知道真相：為了～，這幾個傢伙把贓物分頭藏了起來。也說遮人耳目。

【掩飾】yǎnshì〔動〕使用手法來掩蓋、粉飾（缺點或真實情況）：～矛盾｜毫不～自己的感情。

辨析 掩飾、掩蓋　這兩個動詞都有隱藏、遮蔽的意思。但 a）"掩蓋"着重指遮蔽；而"掩飾"着重於有意遮蓋，若對象是缺點錯誤則含貶義。b）"掩蓋"的對象可以是具體的事物，也可以是抽象的事物；而"掩飾"的對象較窄，常限於抽象事物。如"綠陰掩蓋着的小巷"不能說成"綠陰掩飾着的小巷"，"一種傾向掩蓋另一種傾向"不能說成"一種傾向掩飾另一種傾向"。

【掩體】yǎntǐ〔名〕軍事上供單人或單個技術裝備使用的露天工事：單人～｜火炮～。

【掩映】yǎnyìng〔動〕遮蔽映襯：湖光塔影相互～。

眼 yǎn ❶〔名〕（隻，雙）眼睛：耳聽為虛，～見為實｜～不見，心不煩｜睜隻～閉隻～。❷（～兒）〔名〕小洞；窟窿：泉～｜網～｜耳朵～兒｜用電鑽打一個～兒。❸（～兒）〔名〕關節；關鍵所在：腰～兒｜節骨～兒。❹〔名〕圍棋用語，指己方棋子中間的空位（在此空位中對方不能再下子）：做～。❺〔名〕唱曲中音樂的小拍。如四拍子（由一板三眼構成，或稱"三眼板"）中前一弱拍稱"頭眼"，後一弱拍稱"末眼"，中間次強拍稱"中眼"，一般用輕敲鼓一記或用手指按一下以示。❻〔量〕用於井、泉等：一～井。❼（Yǎn）〔名〕姓。

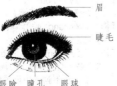

眉　睫毛　眼瞼　瞳孔　眼球

語彙　礙眼　白眼　板眼　榜眼　瞥眼　刺眼　打眼　瞪眼　對眼　法眼　放眼　過眼　合眼　紅眼　慧眼　巨眼　開眼　冷眼　滿眼　眉眼　起眼　親眼　青眼　惹眼　傻眼　手眼　順眼　挑眼　翻眼　現眼　斜眼　心眼　耀眼　展眼　招眼　正眼　轉眼　着眼　字眼　走眼　醉眼　別具隻眼　橫眉豎眼　擠眉弄眼　有板有眼

【眼巴巴】yǎnbābā（～的）〔形〕狀態詞。❶急切盼望的樣子：～地盼着他回來。❷眼看着不如意的事情發生，焦急而又無可奈何的樣子：他～地看着久病的朋友斷了氣。

【眼白】yǎnbái（～兒）〔名〕眼球上的白色部分。

【眼不見，心不煩】yǎn bù jiàn, xīn bù fán〔俗〕看不到不順眼的人或事，心裏就沒有煩惱：他們怎麼折騰我管不着，我一走了事，圖個～。

【眼岔】yǎnchà〔動〕看錯；看花眼（後面常用"了"）：對不起，剛才是我～了。

【眼饞】yǎnchán〔動〕看到別人有好的事物自己就極想得到：小英看着人家手裏的巧克力，真～｜不～人家升官發財。

【眼眵】yǎnchī〔名〕眼瞼分泌出來的黃色黏液。北方官話叫眼屎或眵目糊（chīmuhū）。

【眼袋】yǎndài〔名〕指中老年人下眼皮因肌肉鬆弛、下眼瞼浮腫而略微鼓出的部分。

【眼底下】yǎndǐxia〔名〕〈口〉❶眼睛近處：他的眼睛近視得厲害，要放到～才看得清。❷眼下；目前：先把～的事辦了再說。以上也說眼皮底下。

【眼福】yǎnfú〔名〕能見到某種難以見到的珍貴或美好事物的福分：大飽～｜～不淺。

【眼高手低】yǎngāo-shǒudī〔成〕眼界高而能力低：此人～，志大才疏，甚麼事也辦不好。

【眼觀六路，耳聽八方】yǎnguān-liùlù，ěrtīng-bāfāng〔俗〕六路：指上、下、前、後、左、右。八方：指東、南、西、北、東南、東北、西南、西北。形容十分機警，能同時了解掌握各方面的情況：身臨戰場，一定要～，才能隨機應變。

【眼光】yǎnguāng〔名〕❶目光；視綫：大家以懷疑的～看着他。❷觀察和鑒別事物的能力：有～。❸觀點；看法：不要用老～來看新事物｜政治～｜歷史～。

辨析 眼光、目光　是同義詞，二者都可用在抽象的意義上，但組合的詞語不同。如"政治眼光""有眼光"中的"眼光"不能換成"目光"；"目光如炬""目光遠大"中的"目光"也不能換成"眼光"。

【眼紅】yǎnhóng ❶〔動〕看到別人條件好或有好的東西時非常羨慕和忌妒（而想取得）：看到別人有錢，他就～｜我們不用～人家的成就，要加緊努力才對。❷〔形〕憤激難平的樣子：仇人相見，分外～。

【眼花】yǎnhuā〔形〕眼睛看東西模糊不清：頭暈～｜耳聾～。

【眼花繚亂】yǎnhuā-liáoluàn〔成〕眼睛看見複雜新奇的現象而感到昏花迷亂：精彩的雜技表演，真令人～。

【眼尖】yǎnjiān〔形〕視覺敏銳；視力好：小王～，先瞧見是表弟走過來了。

【眼瞼】yǎnjiǎn〔名〕眼球外圍能夠張開和閉合的皮，邊緣有睫毛，起保護作用。注意"瞼"不讀liǎn。通稱眼皮。

【眼見為實】yǎnjiàn-wéishí〔成〕親眼見到的才是真實可信的：耳聽為虛。

【眼角】yǎnjiǎo（～兒）〔名〕眥(zì)的通稱。靠近鼻樑的叫大眼角，靠近太陽穴的叫小眼角。

【眼睫毛】yǎnjiémáo〔名〕（根）〈口〉睫毛：她的～長長的，很美。

【眼界】yǎnjiè〔名〕視綫所及的範圍，借指知識或見聞的廣度：～很寬｜擴大～｜～無窮世界寬。

【眼睛】yǎnjing〔名〕（隻，雙）人或動物的視覺器官：她有一雙迷人的～｜像愛護～一樣愛護集體的榮譽｜群眾的～是雪亮的。

【眼睛向上】yǎnjing-xiàngshàng 形容只看重上級或地位高的人而看不起下級或地位低的人：幹部處理事情把群眾拋在一邊，只顧～，是很不對的。

【眼睛向下】yǎnjing-xiàngxià 形容在工作中看重群眾、深入群眾、依靠群眾：幹部應當～，虛心向群眾學習。

【眼鏡】yǎnjìng（～兒）〔名〕（副）為矯正視力或保護眼睛而戴在眼睛上的透鏡。

【眼鏡蛇】yǎnjìngshé〔名〕（條）一種毒蛇，頸部有一對白邊黑心的環狀斑紋，發怒時頭部昂起，頸部膨大，斑紋像一副眼鏡。以鱔、蛙、蟾蜍、小鳥等小動物為食。生活在熱帶和亞熱帶地區。

【眼看】yǎnkàn ❶〔動〕看着某情況發生：～小白兔鑽進草叢，不見了｜～着那輛汽車開上了便道。❷〔動〕坐觀；聽憑不如意的事態發生或發展：咱們哪能～着他走上邪路呢｜～着他的病越來越重，卻沒有辦法。❸〔副〕馬上：暴風雨～就要來了｜車快開了，你還不動身？

【眼科】yǎnkē〔名〕醫院中的一科，專門負責眼部疾病的預防和治療。

【眼眶】yǎnkuàng〔名〕❶ 眼皮內側形成的框兒：～都濕了。❷ 眼睛的周圍：不要用手揉～。

【眼淚】yǎnlèi〔名〕（滴，行）淚液的通稱：～汪汪｜一把鼻涕一把～。

【眼裏】yǎnlǐ(-li)〔名〕目中；心目中：看在～，記在心上｜在她～，我還是個孩子｜情人～出西施。

【眼力】yǎnlì〔名〕❶ 視力：好～｜～差。❷ 鑒別的能力：你真有～，找到這麼些好幫手。

【眼簾】yǎnlián〔名〕指眼皮或眼中（多用於文學作品）：映入～的是無邊的春色。

【眼明手快】yǎnmíng-shǒukuài〔成〕眼光敏銳，動作迅速：她～，投籃很準。

【眼泡】yǎnpāo（～兒）〔名〕〈口〉上眼皮：腫～。

【眼皮】yǎnpí（～兒）〔名〕眼瞼的通稱。

【眼皮子淺】yǎnpízi qiǎn〔慣〕眼光短淺；沒見識：嫌貧愛富，～。也說眼皮子薄。

【眼前】yǎnqián〔名〕❶ 視綫所及；跟前：～有景道不得。❷ 眼下；目前：～利益服從長遠利益｜醫得～瘡，剜卻心頭肉。

【眼球】yǎnqiú〔名〕❶（隻，對）眼的主要組成部分，人的眼球呈球形，前面突出，後面有神經和血管，周圍有眼肌附着，使眼球得以轉動。眼球壁為纖維膜、血管膜和視網膜三層。纖維膜前端為角膜，中後部為鞏膜。血管膜前部為虹膜，虹膜中心有一個圓形瞳孔。眼球的內腔充滿具有折光作用的眼房水、晶狀體和玻璃體。來自物像的光綫通過它們進入視網膜，轉變為神經衝動後，由視神經傳遞到大腦而產生視覺。通稱眼珠。❷ 借指注意力：這些新產品吸引着眾人的～。

【眼圈】yǎnquān（～兒）〔名〕眼眶：他連着三天沒睡覺，～都黑了。也叫眼圈子。

【眼熱】yǎnrè〔動〕眼紅；見人家得了個頭獎，他就～起來了｜不要～別人有錢。

【眼色】yǎnsè〔名〕❶ 表情示意的目光：丟了個～｜何必看人的～行事。❷ 眼力；見識：你也太沒～了｜搞收藏要有～。

【眼神】yǎnshén〔名〕❶ 眼睛的神態；眼色：看他那～是捨不得你離開家｜看我的～行事。❷（～兒）(北京話)視力：～不濟｜我～不好，看不清那麼小的字。

【眼生】yǎnshēng〔形〕看着生疏；好像沒見過：這個客人我覺得～。

【眼屎】yǎnshǐ〔名〕(北方話)眼眵。

【眼熟】yǎnshú〔形〕看着熟悉；好像見過：這人我好～｜這幅畫兒我覺得～，可能在展覽會展出過。

【眼跳】yǎntiào〔動〕眼皮跳動，多由眼睛疲勞或沙眼嚴重而引起，舊俗以為不吉利：今天一早就～，我哪兒也不敢去。

【眼窩】yǎnwō（～兒）〔名〕眼球所在的凹陷處：～深陷。

【眼下】yǎnxià〔名〕目前；現在：～救人要緊。

【眼綫】yǎnxiàn ㊀〔名〕化妝時在眼睫毛邊上畫出的深色綫條：描～。㊁〔名〕秘密偵察情況（多指犯罪情況），必要時可充當行動嚮導的人：做～。

【眼藥】yǎnyào〔名〕治眼病的藥物。

【眼影】yǎnyǐng〔名〕化妝時塗在眼皮上的顏色，

有藍色、淺褐色、粉紅色等：～粉｜～膏｜她淡淡地抹了層～。

【眼暈】yǎnyùn〔動〕看着覺得眩暈：汽車開得那麼快，真讓人～。

【眼罩】yǎnzhào（～兒）〔名〕❶ 用來遮蓋人眼睛的罩子。❷ 用來遮蓋驢、馬等牲畜的眼睛的布罩。❸ 用手平放在眉毛上以遮擋陽光叫打眼罩。

【眼睜睜】yǎnzhēngzhēng（～的）〔形〕狀態詞。睜着眼睛發愣或無可奈何的樣子：～看着時間一分一秒地過去｜哪能～看着女兒往火坑裏跳？

【眼中釘】yǎnzhōngdīng〔名〕比喻心目中最惱恨、最厭惡的人或事：～，肉中刺。

【眼珠子】yǎnzhūzi〔名〕❶（隻）〔口〕眼球的通稱。也叫眼珠兒。❷ 比喻最珍愛的人或物：小外孫是姥爺的～，誰也不能碰一下。

【眼拙】yǎnzhuō〔形〕〈謙〉目力遲鈍（表示認不出或記不清對方）：恕我～，咱們曾見過嗎？

偃 yǎn ❶〈書〉仰面躺下；放倒：息～在床｜～旗息鼓。❷〈書〉停止：～兵｜～武修文｜干戈～～。❸（Yǎn）〔名〕姓。

【偃旗息鼓】yǎnqí-xīgǔ〔成〕放倒旗子，停止擊鼓。原指行軍時隱蔽行蹤，不讓敵人發覺。也指停止戰鬥。現多用來比喻事情中止或聲勢收斂：昨天還幹得熱火朝天，今天怎麼就～了？

琰 yǎn ❶〈書〉美玉名：雕～｜翠～｜琬～。❷（Yǎn）〔名〕姓。

栎 yǎn 古書中一種果木名。果實似柰子（nàizi），紅色，可食。

郾 yǎn 用於地名：～城（在河南中部偏南）。

晻 yǎn〈書〉昏暗無光的樣子：～～日欲暝。
另見 àn "暗"（12 頁）。

戭 yǎn 見下。

【戭戭】yǎnyí〔名〕〈書〉門閂：自掩柴門上～。

渰 yǎn〈書〉雲興起的樣子。

罨 yǎn ❶〈書〉捕捉魚或鳥的網。❷〔動〕蓋；敷：熱～（醫療方法，即熱敷）｜天際濃雲～～。

演 yǎn ❶ 演變；變化：～化｜～進｜愈～愈烈。❷ 推演；闡發：～繹｜文王拘而～《周易》。❸ 依照程式進行練習或計算：～武｜～算。❹〔動〕當眾表現技藝：～戲｜～電影｜他經常～反派角色｜～了一輩子京戲。❺（Yǎn）〔名〕姓。

語彙 搬演 扮演 編演 表演 操演 重演 出演 串演 輟演 導演 調演 公演 會演 講演 開演 排演 上演 天演 推演 義演 預演 主演

【演變】yǎnbiàn〔動〕經歷時間很久地、逐漸地發

展變化：從猿～到人，中間經歷了數百萬年。

【演播】yǎnbō〔動〕演出節目，並通過廣播或電視播送：～室｜～大廳｜～評書節目。

【演唱】yǎnchàng〔動〕表演歌曲、戲曲等：上台～｜由兩位歌手共同～。

【演出】yǎnchū ❶〔動〕把文藝節目等演給觀眾欣賞：～精彩的節目｜在上海～三天｜登台～。**注意** "演出節目"可以是動賓結構，如"劇場正在演出節目"；也可以是偏正結構，如"今晚的演出節目，個個都好"。❷〔名〕（場，次）表演節目的活動：這場～獲得了成功｜參加了多次～。

【演化】yǎnhuà〔動〕演變；變化：天體～｜類人猿是從古猿～而成的。

> **辨析** **演化、演變**　二者的基本意義是歷時較久的發展變化。但"演變"可以指自然界，也可以指人類的社會現象；而"演化"則多指自然界的變化。如"社會制度的演變是有規律的"，其中的"演變"不宜換為"演化"。

【演技】yǎnjì〔名〕表演的技巧；表演的能力：～高超｜～精湛。

【演講】yǎnjiǎng ❶〔動〕演說；講演：明天有科學家要到學校來～。❷〔名〕演講的內容：聽～｜精彩的～。

【演進】yǎnjìn〔動〕長時間逐漸地發展進化：把握歷史～的方向。

【演練】yǎnliàn〔動〕演習訓練；實地練習：隊列～｜醫務人員～戰場救護。

【演示】yǎnshì〔動〕通過實物、圖表或實驗把事物的發展過程或某種工作方法顯示出來：老師把使用顯微鏡觀察植物細胞的方法～了一番。

【演雙簧】yǎn shuānghuáng〔慣〕唱雙簧。

【演說】yǎnshuō ❶〔動〕就某個問題對聽眾講述事理和見解：為喚起民眾，他到處～｜～了一個小時｜聽他～的人都被感染了。❷〔名〕（篇）就某個問題當眾發表的見解：報紙上刊登了這位經濟學家的～。

【演算】yǎnsuàn〔動〕按照原理和公式計算：～方法｜老師要我們在黑板上～。

【演習】yǎnxí〔動〕模擬實際情況進行練習：軍事～｜消防～｜防空～。

【演戲】yǎn∥xì〔動〕❶ 表演戲劇：為牧民～｜劇團在村子裏演了三天戲。❷ 喻指假裝、做作：別～了，你的眼淚騙不了人。

【演義】yǎnyì〔名〕小說體裁之一。根據史傳或傳說，經藝術加工敷演而成的長篇章回體小說，如《三國演義》《民國演義》等。

演義的由來
演義由宋朝的講史話本發展而來。宋朝的講史話本主要講說歷史故事，內容側重於朝代興亡和政治、軍事鬥爭，形式上分卷、分目，而段

落、標題則不甚分明。元朝的講史話本分段及標題都比較明確。元末明初羅貫中《三國志通俗演義》已開始分回，以七言單句為標題，奠定了後世章回體演義小說的基礎。明朝為演義小說繁榮鼎盛的時代。

【演藝】yǎnyì〔名〕❶ 表演藝術：～界｜～人員。❷ 表演的技藝：高超的～｜～爐火純青。

【演繹】yǎnyì〔名〕一種由一般的知識、原理推導出特殊或個別的結論的邏輯推理方法（跟"歸納"相對）。

【演員】yǎnyuán〔名〕(位，名)影視、戲劇、音樂、舞蹈、曲藝、雜技等的表演人員。

【演職員】yǎnzhíyuán〔名〕文藝團體裏演員和職員的合稱：～名單｜～宿舍｜全體～受到嘉獎。

【演奏】yǎnzòu〔動〕用樂器表演：請著名鋼琴家～世界名曲。

蝘 yǎn 古代指一種像蟬的昆蟲。

【蝘蜓】yǎntíng〔名〕一種爬行動物，背部圓鱗古銅色，有金屬光澤，腹部白色，生活於石縫、草叢間，捕食昆蟲。也叫銅石龍子。

戭 yǎn〈書〉一種長戈。

繎（繎） yǎn〈書〉延長。

厴（厴） yǎn〔名〕❶ 螺類介殼口的圓片狀薄蓋兒。❷ 蟹腹下面的薄殼。

鷃（鷃） yǎn〈書〉鳳的別名。

夔（夔） yǎn 五代時南漢國(917—942)建立者劉巖為自己改名而自造的字，取"飛龍在天"之意。

甗 yǎn 古代炊具，相當於現在的蒸鍋。分為上下兩部分，上部為甑，置食物，下部為鬲(lì)，置水。甑與鬲之間有一層箅子。箅子上有通氣的孔。陶或青銅製成。銅甗流行於商代到戰國時期。漢晉以後，甗無足，則稱為釜。

儼（俨） yǎn〈書〉❶ 恭敬；莊重：有美一人，碩大且～。❷ 很像：～像｜～然｜～如。

【儼然】yǎnrán〈書〉❶〔形〕莊重的樣子：道貌～。❷〔形〕整齊的樣子：屋舍～。❸〔副〕仿佛；好像：他雖然閱綽，～是個大富豪。

【儼如】yǎnrú〔動〕〈書〉十分像；活像：張開萬把紅傘，～萬朵鮮花怒放｜萍水相逢，～舊友。

鼹（鼹） yǎn 鼹鼠。

【鼹鼠】yǎnshǔ〔名〕(隻)哺乳動物，外形似鼠，毛黑褐色，前肢五爪，掌心向外，善掘土，夜晚出來捕食昆蟲和吃農作物的根。

巘（巘） yǎn〈書〉山嶺；峰頂：絕～危崖。

魇（魇） yǎn ❶ 做夢時發生的呻吟或驚叫現象：夢～。❷〔動〕發生夢魘：～住了。

黤（黤） yǎn〈書〉❶ 昏暗：～如深夜撤燭。❷ 黑痣：披毛索～（故意挑毛病，尋找差錯）。

yàn ｜ㄢˋ

研 yàn〈書〉同"硯"：筆～。
另見 yán(1557頁)。

彥 yàn ❶〈書〉指有才德的人：俊～｜時～。❷(Yàn)〔名〕姓。

冔（冠） yàn 用於地名：～口（在浙江富陽）。

晏 yàn ❶ 天空晴朗無雲：天清日～。❷ 平靜；安樂：河清海～｜～樂。❸ 晚；遲：～起｜年末歲～。❹(Yàn)〔名〕姓。

唁 yàn 對喪家表示慰問：弔～｜～函｜致電悼～。

> 語彙　悼唁　電唁　弔唁　慰唁

【唁電】yàndiàn〔名〕(封)慰問喪家的電報。

【唁函】yànhán〔名〕(封)慰問喪家的信件。

宴〈㊀醼〉 yàn ㊀ ❶ 以酒飯款待客人：～請｜～客。❷ 大家聚會在一起吃酒飯：歡～。❸ 酒席：設～｜盛～｜家～｜便～｜赴～。

㊁ ❶〈書〉安樂；閒適：～然｜～安｜～樂。❷(Yàn)〔名〕姓。

> 語彙　便宴　赴宴　國宴　歡宴　家宴　設宴　盛宴　晚宴　午宴　筵宴　鴻門宴

【宴會】yànhuì〔名〕飲酒吃飯的隆重聚會：舉行慶祝～｜明天晚上有～。

【宴請】yànqǐng〔動〕設宴款待：～遠方來客。

【宴席】yànxí〔名〕請客的酒席：吃～｜承辦～｜預定～。

捬 yàn〈書〉美艷。見於人名。
另見 shàn(1173頁)。

堰 yàn ❶〔名〕(道)江河上用於攔水和溢流的建築物，比壩低，可抬高上游水位，以利於灌溉、發電或航運。❷ 渠道或水槽中的一種量水設備，稱為量水堰。❸ 古代水利工程名，如四川的都江堰、陝西的山河堰。

> 語彙　地堰　塘堰　圍堰　修堤築堰

硯（硯） yàn ❶ 硯台：紙墨筆～｜同～(指同學，因同學常共筆硯)。❷ 舊時指有同學關係的：～友｜～兄｜～弟。❸(Yàn)〔名〕姓。

中國三大名硯
端硯：產於廣東高要端溪；
歙硯：產於安徽歙縣；
洮硯：產於甘肅臨潭洮河。

【硯池】yànchí〔名〕硯台，也特指硯台的低窪部分。

【硯台】yàntai〔名〕(塊，方)供研墨的文具，通常用石頭製成。

雁〈鴈〉yàn〔名〕(隻)鳥名，外形略似家鵝或較小。羽毛淡灰褐色並有斑紋，常排列成行(háng)飛行。常見的有鴻雁、豆雁等。

> **語彙** 大雁 豆雁 孤雁 鴻雁 頭雁 魚雁 沉魚落雁

【雁過拔毛】yànguò-bámáo〔俗〕比喻對經手的事絕不放過牟利的機會：在公路上設卡收費，～，這種違規行為必須嚴肅處理。

【雁行】yànháng〔名〕❶鴻雁飛行時形成的行列：晚見～頻。❷〈書〉比喻兄弟，如"雁行失序""雁行折翼"，都喻指兄弟輩的死亡。

【雁來紅】yànláihóng〔名〕一年生草本植物，葉子長卵圓形，近頂處有紅、黃、紫等色。秋季開花，供觀賞。

嗲 yàn〈書〉❶同"唁"。❷剛直；粗率。

烻 yàn〈書〉火熾盛的樣子。
另見 shān(1171頁)。

焰〈燄〉yàn❶火苗：燈～｜人爭氣，火爭～。❷比喻氣勢：氣～｜勢～。
注意"焰"字的右上角只有兩畫，與"滔"字不同。

> **語彙** 敵焰 光焰 火焰 烈焰 氣焰 勢焰

【焰火】yànhuǒ〔名〕煙火(yānhuo)：放～｜晚會。

焱 yàn〈書〉火花；火焰。

【焱焱】yànyàn〔形〕〈書〉光彩閃爍的樣子：簌簌的紅輪西墜，～的玉兔東生。

塀 yàn 同"堰"。用於地名：繞渠過～｜梁家～(在山西)｜樺樹～(在內蒙古)。

厭〈猒〉yàn❶滿足：學而不～｜貪得無～。❷〔動〕因次數多而不喜歡；膩煩：不～其煩｜這些話都聽～了。❸排斥：山不～高，海不～深。❹憎惡；討厭：可～｜令人生～。❺(Yàn)〔名〕姓。

> **語彙** 煩厭 討厭 嫌厭 憎厭 貪得無厭 學而不厭

【厭煩】yànfán〔動〕因嫌煩而討厭：這孩子老哭，真叫人～。

【厭倦】yànjuàn〔動〕因對某種事情失去興趣而不願再繼續：打撲克，我早就～了｜對官場上的明爭暗鬥，他十分～｜他～這刻板的生活。

【厭棄】yànqì〔動〕因厭惡而嫌棄：受人～。

【厭食】yànshí〔動〕食欲不好，不想進食：這孩子～。

【厭世】yànshì〔動〕對世事不滿、不抱希望而厭惡人世：～逃名｜樂觀進取，從不～。

【厭惡】yànwù〔動〕討厭；憎惡：令人～｜他～這種勢利小人｜不要惹別人～。

【厭學】yànxué〔動〕對學習感到厭煩：～情緒｜成績差的學生容易～。

【厭戰】yànzhàn〔動〕厭惡戰爭；對戰爭感到厭倦：官兵都～了。

燕〈㊀鷰〉yàn ㊀〔名〕(隻)鳥名，體形小，翼尖長，尾呈剪刀狀。上體藍黑色，額和喉部棕色，喙扁而短。捕食昆蟲，對農作物有益。是候鳥。種類很多，常見的為家燕，通稱燕子。

㊁〈書〉同"宴"㊁①。
另見 Yān(1554頁)。

> **語彙** 雛燕 家燕 乳燕 銀燕

【燕爾新婚】yàn'ěr-xīnhūn〔成〕燕爾：安樂，快樂。形容新婚的快樂。常用作對新婚者的讚語。也作宴爾新婚。**注意**"燕爾新婚"有時也省作"燕爾"，如"燕爾之樂"。

【燕好】yànhǎo〔形〕指夫婦間感情諧調，相處和美：～如初。

【燕鴴】yànhéng〔名〕(隻)鳥名，體形較家燕大，兩翼大部灰褐色，頸的後部有半環形棕色斑紋，尾白色，分叉。主食昆蟲，為蝗蟲天敵，是益鳥。通稱土燕。

【燕麥】yànmài〔名〕❶(棵，株)一年生或二年生草本植物，葉子細長而尖，圓錐花序，綠色，小穗有細長的芒。性喜涼爽濕潤氣候，較不耐寒。子實可食用或做飼料。❷(粒)這種植物的子實。

【燕雀】yànquè〔名〕❶(隻)鳥名，體小，嘴黃色，尖端微黑，尾羽黑色，最外側的一對帶白色，羽毛褐黃色，下部白色。吃昆蟲等。❷燕子和麻雀，常用來比喻平庸之輩：～安知鴻鵠之志哉！

【燕雀處堂】yànquè-chǔtáng〔成〕《孔叢子·論勢》載，燕子和麻雀在堂上築巢居住，房子着了火，燕雀們若無其事，竟不知災禍已經臨頭。比喻自以為處境安全而缺乏警惕。

【燕尾服】yànwěifú〔名〕(件)西方男子穿的一種黑色晚禮服，後襟較長，下端開叉像燕尾。

【燕窩】yànwō〔名〕金絲燕在海邊崖洞等處築的窩，是由金絲燕的唾液混合絨羽或纖細海藻等凝結而成，是一種珍貴食品。有補肺養陰、祛痰止咳的功效：～製品熱賣。

【燕子】yànzi〔名〕(隻)家燕的通稱。

諺（谚）

yàn 諺語：俗～｜古～｜農～。

【諺語】yànyǔ〔名〕在民間流傳的簡練、通俗而含義深刻的固定語句，如"只要功夫深，鐵杵磨成針""種瓜得瓜，種豆得豆"等。諺語可分為農諺、諷頌諺、規誡諺、風土諺、修辭諺、生活常識諺等。

贗（赝）〈贋〉

yàn〈書〉偽造的：～品｜～幣。

【贗本】yànběn〔名〕（件）偽造的名人書畫、碑帖、刻本等：這幅山水畫是～。

【贗幣】yànbì〔名〕〈書〉偽造的硬幣或紙幣：古玩市場的古錢幣～不少，要仔細分辨。

【贗鈔】yànchāo〔名〕（張）偽造的鈔票。

【贗鼎】yàndǐng〔名〕偽造的鼎，泛指贗品。

【贗品】yànpǐn〔名〕偽造的物品（多指書畫等文物）：這方古硯是～。

嚥（咽）

yàn〔動〕❶使（食物等）通過咽（yān）頭到食道裏去；吞嚥（yàn）：～唾沫｜細嚼慢～｜眼淚往肚子裏～。❷憋住（話）；忍住（氣）：話到嘴邊又～回去了｜他實在～不下這口氣。

"咽"另見 yān（1552 頁）；yè（1582 頁）。

語彙 吞嚥　狼吞虎嚥　細嚼慢嚥

【嚥氣】yàn // qì〔動〕❶死亡斷氣：他是在早晨五點鐘嚥的氣。❷〔口〕忍住心中的火氣：憑甚麼單單處罰我？我嚥不下這口氣！

嬿

yàn〈書〉美好：～婉。

熖（焰）

yàn〈書〉同"焰"。

鷇（鷃）

yàn〈書〉鳥名：～雀（古書上指一種小鳥）：藩籬之～。

驗（验）〈騐〉

yàn ❶〔動〕檢查；察看：～尿｜～血｜護照～完，就可以走了。❷獲得預期的效果：屢試屢～。❸預期的效果：明效大～。

語彙 案驗　參驗　測驗　查驗　點驗　化驗　檢驗　經驗　勘驗　考驗　靈驗　實驗　試驗　體驗　效驗　應驗　證驗

【驗鈔機】yànchāojī〔名〕（台）專用於檢驗紙幣真偽的儀器。

【驗方】yànfāng〔名〕經實踐證明確有療效的藥方：民間～能治大病。

【驗光】yàn // guāng〔動〕檢測眼球晶狀體的屈光度：先去驗一下光，再配眼鏡。

【驗看】yànkàn〔動〕檢驗查看：～證件｜仔細～。

【驗屍】yàn // shī〔動〕對屍體進行檢驗以探究其死亡的原因和過程：法醫驗了屍，確定死者為自殺。

【驗收】yànshōu〔動〕按標準進行檢驗後予以接受：派人逐項～｜這項工程已由國家～。

【驗算】yànsuàn〔動〕（用逆運算或其他算法）檢驗得出的運算結果是否正確：每道數學題做完後都要～一遍，以免出錯。

【驗血】yàn // xiě〔動〕檢驗血的性質和成分：上次～，醫生告訴我是 O 型｜去驗一下血，看白細胞高不高。

【驗證】yànzhèng ㊀〔動〕通過實驗來證實：～計算結果｜最好把這道題的得數再～一下。㊁〔動〕查驗證件：～處｜不～不能通過哨卡。

饜（餍）

yàn〈書〉❶吃飽：～酒食而返。❷滿足：～足｜貪求無～。

艷（艳）〈豔豓〉

yàn ❶〔形〕（色彩光澤）鮮明美麗：～裝｜濃～｜百花爭～。❷指有關愛情的：～情｜～詩｜～遇。❸〈書〉（文辭）華美：信言不～。❹〈書〉羨慕：～羨。❺（Yàn）〔名〕姓。

語彙 哀艷　浮艷　光艷　紅艷　華艷　嬌艷　明艷　濃艷　吐艷　鮮艷　香艷　妖艷　冶艷　爭奇鬥艷

【艷福】yànfú〔名〕指男人有美女陪伴的福分：～不淺。

【艷麗】yànlì〔形〕❶鮮艷美麗：色彩十分～｜姿色～。❷〔文辭〕華美：文章～。

【艷羨】yànxiàn〔動〕〈書〉非常羨慕：～她們年輕美麗｜～之心頓生。

【艷陽】yànyáng〔名〕❶明亮的太陽：～高照。❷風和日麗的天氣，多指春天：～天｜九.九.〉。

【艷陽天】yànyángtiān〔名〕風和日麗的春天。

釅（酽）

yàn〔形〕汁液濃；味厚：～茶｜茶太～了｜墨磨得～～的。**注意** 味道濃厚，本來都可以說是釅，如"酒太釅""菜太釅"，可是後來變成主要指茶水味。

讞（谳）

yàn〈書〉審判定罪：定～｜～獄。

灔（滟）

yàn〈書〉水波浮動的樣子：湖光～～，雪浪翻空。

【灔灔】yànyàn〔形〕〈書〉水光浮動的樣子：～逐波輕｜～隨波千萬里。

【灔澦堆】Yànyùduī〔名〕重慶奉節東、長江瞿塘峽口的巨石，附近水流很急，是著名的險灘。1958 年整治航道時已炸平。

yāng　丨ㅊ

央

yāng ㊀〔動〕懇求；請求：～人把兒子找回來。㊁中心；中間：中～。㊂〈書〉盡；終止：夜未～｜樂無～。

Y

語彙 當央 未央 無央 中央

【央告】yānggào〔動〕央求；懇求：孩子～了半天，就帶他去吧｜我去～～他，或許能答應。

【央行】yāngháng〔名〕中央銀行的簡稱。在中國，指中國人民銀行。

【央求】yāngqiú〔動〕央告；懇求：該罰款就罰款，～也沒用｜我再三～他答應我們去。

【央視】yāngshì〔名〕中央電視台的簡稱。

映 yāng〈書〉應答聲。見於人名。

泱 yāng 見下。

【泱泱】yāngyāng〔形〕〈書〉❶ 水深廣：江水～。❷ 氣勢宏大：～大國。

殃 yāng ❶ 災禍；禍害：禍～｜災～｜遭～。❷ 使遭受禍害：禍國～民｜邊境森林失火，～及鄰國。

語彙 禍殃 災殃 遭殃

秧 yāng ❶（～兒）〔名〕植物的幼苗：樹～兒｜茄子～兒｜絲瓜～兒。❷〔名〕特指稻子的幼苗：～田｜插～。❸〔名〕某些植物的莖：豆～｜西瓜～｜白薯～。❹ 某些初生的供飼養的動物：魚～｜豬～。❺〔動〕（北京話）栽培；畜養：～幾棵花｜這魚好好兒～着吧。❻（Yāng）〔名〕姓。

語彙 菜秧 插秧 串秧 豆秧 瓜秧 花秧 拉秧 蒔秧 樹秧 魚秧 育秧 豬秧

【秧歌】yāngge〔名〕流行於中國北方廣大農村的一種民間舞蹈，用鑼鼓伴奏。跳這種舞叫扭秧歌或鬧秧歌。有陝北秧歌、東北秧歌等。

【秧歌劇】yānggejù〔名〕由秧歌發展而成的帶有簡單情節的歌舞小戲，多以生活中的實事為內容，形式活潑生動。如《兄妹開荒》等。也叫秧歌戲。

【秧雞】yāngjī〔名〕（隻）鳥名，形狀略像雞，頭小尾短，嘴較長，背部羽毛灰褐色，帶斑紋，翼黑褐色。生活在沼澤或近水的草叢中，食蚯蚓、昆蟲等，步行快速，不善高飛，會游泳。

【秧苗】yāngmiáo〔名〕（棵，株）農作物的幼苗；通常指水稻的幼苗：把～從苗床移植到大田去。

【秧田】yāngtián〔名〕（塊）培植稻秧的田。

【秧子】yāngzi〔名〕❶ "秧" ①：樹～｜早稻～。❷ "秧" ③：白薯～｜西瓜～。❸ "秧" ④：豬～｜魚～。❹ 指某類人（含貶義）：奴才～｜病～。

鞅 yāng（舊讀 yǎng）古代用牲口拉車時套在牲口脖子上的皮套子。
另見 yàng（1571 頁）。

鸯（鸯） yāng 見 "鴛鴦"（1667 頁）。

yáng ㄧㄤ

羊 yáng〔名〕❶（隻，頭）哺乳動物，一般頭上有一對角，反芻。種類較多，有山羊、羚羊、岩羊、黃羊、綿羊等。❷（Yáng）姓。

語彙 放羊 羔羊 牧羊 奶羊 山羊 頭羊 替罪羊 歧路亡羊 順手牽羊

【羊腸小道】yángcháng xiǎodào 狹窄蜿蜒的小路：沿着這一～走去，就到了那座寺院。

【羊城】Yángchéng〔名〕廣州的別稱。相傳古代有五位仙人騎着五色羊來到廣州，故稱。也說五羊城。

【羊齒】yángchǐ〔名〕多年生草本植物，多生長在陰濕的地方，羽狀複葉，小葉披針形，孢子囊群生在葉脈兩側。根莖短而粗，可做驅除絛蟲的藥。也叫綿馬。

【羊羔】yánggāo（～兒）〔名〕（頭，隻）小羊。

【羊倌】yángguān（～兒）〔名〕專門飼養、放牧羊群的人：小～兒的山歌唱得好聽極了。

【羊毫】yángháo〔名〕（支，管）指用羊毛做筆頭的毛筆，較柔軟。

【羊角風】yángjiǎofēng〔名〕癲癇的俗稱。

【羊圈】yángjuàn〔名〕養羊的欄棚。

【羊毛出在羊身上】yángmáo chū zài yáng shēnshang〔諺〕羊毛是從羊身上剪下來的。比喻給某人錢物，原來即取自某人（給的人並無損失）：商品的廣告費最終要打到成本中，由消費者負擔，～啊！

【羊皮】yángpí〔名〕（張）❶ 去毛後製成的熟羊皮；加工過的羊的毛皮：～夾克｜～褥子。❷ 帶毛的羊皮：披着～的狼。

【羊皮紙】yángpízhǐ〔名〕（張）❶ 用羊皮做成的薄片。可用於書寫。❷ 像羊皮一樣厚而結實的紙，不透油和水，多用於包裝物品。

【羊絨衫】yángróngshān〔名〕（件）用山羊腹部的絨毛織成的保暖上衣。

【羊舌】Yángshé〔名〕複姓。

【羊水】yángshuǐ〔名〕人或哺乳動物懷孕過程中，包裹着胎兒的膜中的液體，有供給胎兒養分、保護胎兒免受外界震盪和減少胎兒對母體的刺激等作用。

【羊桃】yángtáo 同"陽桃"。

【羊癇風】yángxiánfēng〔名〕癲癇的俗稱。

佯 yáng 假裝：～攻｜～死｜～敗勿追｜～作不知。

【佯攻】yánggōng〔動〕假裝向敵方進攻：選定～方向｜～敵人側翼。

【佯狂】yángkuáng〔動〕〈書〉假裝瘋狂：被髮～（被：披）。也作陽狂。

【佯言】yángyán〔動〕〈書〉為了某種目的，假說要採取某種行動；偽稱：敵人～，天亮以前一定要進攻我方的一個要塞。

垟 yáng 田地。多用於地名：翁～（在浙江樂清南）。

徉 yáng 見"徜徉"（139 頁）。

洋 yáng ❶〔名〕覆蓋地球表面，佔地球面積約十分之七的廣大水域，有太平洋、大西洋、印度洋、北冰洋。❷〔名〕洋錢，銀圓：一塊大～｜罰～五百。❸ 盛大：～溢｜一片汪～｜～～大觀。❹ 外國的；外國來的：～人｜～畫｜～酒。❺〔形〕（形式、方法）現代化；時尚（區別於"土"）：土～結合｜中醫用了～辦法｜她打扮得很～。❻（Yáng）〔名〕姓。

> **語彙** 北洋　重洋　崇洋　出洋　大洋　定洋　東洋　放洋　光洋　海洋　毫洋　留洋　碼洋　南洋　外洋　汪洋　西洋　現洋　小洋　洋洋　銀洋　遠洋

【洋白菜】yángbáicài〔名〕（棵）結球甘藍的通稱。

【洋插隊】yángchāduì〔動〕指 20 世紀 80 年代中國學生到外國留學、打工（含戲謔意）。

【洋車】yángchē〔名〕（輛）〈口〉"人力車"②。

【洋蔥】yángcōng〔名〕❶ 多年生草本植物，花莖細長，濃綠色。地下鱗莖扁球形，白色或帶紫紅色，可做蔬菜或藥用。❷ 這種植物的鱗莖。也叫蔥頭。

【洋服】yángfú〔名〕西服的舊稱。

【洋鎬】yánggǎo〔名〕（把）鶴嘴鎬的通稱。

【洋鬼子】yángguǐzi〔名〕舊時對侵略中國的外國人的一種憎稱。

【洋行】yángháng〔名〕原指中國人開的專跟洋人做買賣的商行；也指外國在中國開設的商行。

【洋灰】yánghuī〔名〕水泥的舊稱。

【洋火】yánghuǒ〔名〕（根）〈口〉火柴的舊稱。

【洋涇浜】yángjīngbāng〔名〕原是上海租界的舊地名，泛指上海租界。這種地方華洋雜處，語言混雜，所以後來指不純正的英語。

【洋流】yángliú〔名〕（股）海洋中沿着一定方向湧流的水。也叫海流。

【洋奴】yángnú〔名〕（名）給洋人當奴隸使喚的人；泛指崇洋媚外、心甘情願為外國人效勞的人：～買辦｜～思想。

【洋氣】yángqì(-qi)〔形〕（式樣、風格等）帶有西洋特點；時髦：她穿的那條裙子真～｜我第一次走進這麼～的舞廳｜打扮得這麼～啊！

【洋人】yángrén〔名〕指外國人（多指西洋人，稱東洋人則帶個"東"字）。

【洋嗓子】yángsǎngzi〔名〕用西洋發聲方法唱歌的嗓音：要演西方歌劇，得練出～。

【洋娃娃】yángwáwa〔名〕按西洋小孩兒的相貌、服飾製成的玩具娃娃。

【洋為中用】yángwéizhōngyòng〔成〕吸收外國文化中有益的東西，為中國所用：發展科技事業，要堅持～，獨立自主。

【洋務】yángwù〔名〕❶ 清朝末年指關於對外關係和學習外國科技文化的事情。鴉片戰爭時叫夷務。❷ 舊時香港等地指以外國人為對象的服務行業。

【洋相】yángxiàng〔名〕令人可笑的怪樣子。多和動詞"出"搭配，表示出醜、鬧笑話：出～｜出盡了～｜～出得夠大了。

【洋洋】yángyáng〔形〕❶ 眾多或盛大的樣子：～萬言｜～灑灑。❷ 得意的樣子：喜～｜得意～。也作揚揚。

【洋洋灑灑】yángyáng-sǎsǎ〔成〕形容文辭豐富流暢，連綿不斷：下筆如有神，一會兒就是～的一大篇｜他的一部長篇小說～百萬言。

【洋溢】yángyì〔動〕（情緒、氣氛等）熱烈而充分顯示：熱情～｜聯歡會～着友好團結的氣氛。

【洋油】yángyóu〔名〕煤油的舊稱。

【洋芋】yángyù〔名〕（西北官話、西南官話）馬鈴薯。

烊 yáng〔動〕（吳語、閩語）❶ 熔化（金屬）：～錫｜～銅。❷ 溶化：雪～了｜糖都～了。

另見 yàng（1571 頁）。

揚（揚）〈㊀㊁欨㊂颺〉 yáng ㊀❶〔動〕高舉搖動；向上升：～手｜催馬～鞭｜趾高氣～。❷〔動〕向上播散：～湯止沸｜曬乾～淨。❸ 傳播；傳佈：～言｜～名｜隱惡～善。❹ 指長得漂亮（多用於否定式）：其貌不～。

㊁〈書〉（風）飛揚：飄揚：江風～帆｜楊柳輕～。

㊂（Yáng）❶ 指江蘇揚州：～劇。❷〔名〕姓。

"颺"另見 yáng（1569 頁）。

> **語彙** 昂揚　褒揚　表揚　闡揚　稱揚　傳揚　發揚　飛揚　弘揚　激揚　飄揚　輕揚　聲揚　頌揚　外揚　顯揚　宣揚　抑揚　悠揚　褕揚　遠揚　讚揚　張揚　趾高氣揚

【揚長避短】yángcháng-bìduǎn〔成〕發揚長處和優勢，避開短處和缺點：因地制宜，～。

【揚長而去】yángcháng'érqù〔成〕大模大樣地離開：他接過錢，二話不說，～。

【揚場】yáng // cháng〔動〕把打下來的穀物、豆類等揚起，藉助風力吹掉雜質，得到乾淨的子粒：今天天氣好，又有點兒小風，正好～｜揚完場，去河裏洗洗澡。

【揚塵】yángchén ❶〔動〕揚起塵土：這條公路雨天泥濘，晴天～，周邊居民出行很不方便。❷〔名〕揚起的塵土：為防止～飛散，只得用灑水車往路面噴水。

【揚帆】yáng // fān〔動〕〈書〉張起風帆（行船）：～出海｜～遠航｜揚起帆順水而下。

【揚花】yánghuā〔動〕小麥、水稻、高粱等作物開花時，雄蕊的花藥（貯存花粉的小囊）裂開，花粉飄散：小麥～了。

【揚眉吐氣】yángméi-tǔqì〔成〕形容擺脫了長期受欺壓的境地後，心情愉快、歡暢的樣子：中華人民共和國成立以後，各族人民～，做了國家的主人。

【揚名】yángmíng〔動〕傳播名聲：～全國｜～世界。

【揚旗】yángqí〔名〕一種鐵路信號，設置在車站兩端。在立柱上裝有可活動的板，板橫着時表示火車不准進站，板向下斜時表示准許進站。

【揚棄】yángqì〔動〕❶哲學上指新事物代替舊事物不是簡單地拋棄，而是保留、發揚舊事物中的積極因素並克服舊事物中的消極因素。❷拋棄（舊思想、舊事物）：～落後保守的觀念。

【揚琴】（洋琴）yángqín〔名〕擊弦樂器，把許多銅絃或鋼絲弦安在一個扁平的木箱上，用兩根纖細的富有彈性的竹鍵敲弦而發聲。俗稱蝴蝶琴。

【揚沙】yángshā ❶〔動〕大風吹起地面的沙塵，使空氣渾濁，能見度較差：～天天。❷〔名〕揚起的沙塵：山風捲起～迎面而來。

【揚聲器】yángshēngqì〔名〕把電能變為聲音，使聲音擴大、傳播出去的器件。

【揚水】yángshuǐ〔動〕用水泵把低處的水提升到高處。

【揚湯止沸】yángtāng-zhǐfèi〔成〕湯：開水；熱水。把鍋裏的開水舀起來再倒回去，想叫它涼下來不沸騰。比喻辦法不徹底，不能從根本上解決問題：～，不如釜底抽薪。

【揚言】yángyán〔動〕故意傳播出將採取某種行動的話；聲言：他～要給那個人一點顏色看。

【揚揚】yángyáng 同"洋洋"②。

【揚子鱷】yángzǐè〔名〕(隻、條)鼉(tuó)，因產於揚子江而得名。

【揚子江】Yángzǐ Jiāng〔名〕長江在江蘇儀徵、揚州一帶古稱揚子江，後成為長江的一個別稱。

蛘 yáng（～兒）〔名〕〈吳語〉米穀中的小黑甲蟲。

陽（阳） yáng ❶ 中國古代哲學認為存在於宇宙間的一切事物的兩大對立面之一（跟"陰"相對）：陰～二氣。❷ 太陽；日光（跟"陰"相對）：夕～｜～光｜～曆。❸ 山的南面；水的北面（跟"陰"相對）：衡山之～。**注意** 地名第二字用"陽"的，一般都來自這個意義，如"衡陽"在衡山之南，"洛陽"在洛水之北。❹ 凸出的（跟"陰"相對）：～文圖章。❺ 外露的；表面的（跟"陰"相對）：～溝｜～奉陰違｜陰一套，～一套。❻ 迷信指屬於活人的或人間的（跟"陰"相對）：～世｜～宅｜還（huán）～。❼ 帶正電的（跟"陰"相對）：～電｜～極。❽ 指男性生殖器：～痿。❾（Yáng）〔名〕姓。

語彙 殘陽 朝（cháo）陽 重陽 端陽 驕陽 平陽 太陽 夕陽 向陽 斜陽 炎陽 艷陽 陰陽 朝（zhāo）陽 遮陽

【陽春】yángchūn〔名〕指和暖的春天：～三月｜十月小～。

【陽春白雪】yángchūn-báixuě〔成〕戰國時楚國的高雅歌曲名，後來泛指高雅的文學藝術，經常跟"下里巴人"對舉：～，和者蓋寡｜觀眾不僅需要"下里巴人"，也需要"～"。

【陽春麵】yángchūnmiàn〔名〕一種具有南方風味的素湯麵條兒。

【陽電】yángdiàn〔名〕正電的舊稱。

【陽奉陰違】yángfèng-yīnwéi〔成〕表面上遵從，暗地裏違背：他～，慣會玩弄兩面手法。

【陽剛】yánggāng〔形〕❶ 形容男性雄健的性格、氣概（跟"陰柔"相對）：～之氣。❷ 形容（文藝作品等的）風格）剛勁（跟"陰柔"相對）：他的詩歌具有～之美。

【陽剛之氣】yánggāngzhīqì 指男子表現出的剛強豪邁的氣質：讓孩子們練練武術，多一點～。

【陽溝】yánggōu〔名〕(條)顯露在外的排水溝（區別於"陰溝"）：～裏翻船（在沒有問題的所在，偏偏出了問題）。

【陽關道】yángguāndào〔名〕(條)古代經過陽關（今甘肅敦煌西南）通向西域的大道，後用來比喻寬闊平坦、前途光明的道路：你走你的～，我走我的獨木橋。也說陽關大道。

【陽光】yángguāng ❶〔名〕日光：～充足｜～普照大地。❷〔形〕屬性詞。公開的；透明的：～操作｜～採購。❸〔形〕屬性詞。充滿朝氣的；開朗的：～少年。

【陽光工程】yángguāng gōngchéng ❶ 指開發、推廣和利用太陽能的工程。❷ 指從設計到施工都在公開、透明中進行的工程。

【陽極】yángjí〔名〕❶ 電池等直流電源中吸收電子帶正電的電極，如乾電池中間的炭精棒就是陽極。也叫正極。❷ 電子器件中吸收電子的一極，電子管和各種陰極射綫管中都有陽極，這一極在電路中跟電源的正極相接。也叫板極。

【陽間】yángjiān〔名〕迷信指人世間（跟“陰間”相對）。

【陽曆】yánglì〔名〕曆法的一類，以地球繞太陽運轉一周的時間（約等於 365.25 日）為一年的曆法。公曆是陽曆的一種。也叫太陽曆。

【陽平】yángpíng〔名〕普通話字調的第二聲，讀高升調，如“黎”“明”“前”“程”。參見“四聲”（1282 頁）。

【陽秋】Yángqiū ❶〔名〕即《春秋》；泛指史書。因晉簡文帝之母鄭太后名阿春，避其諱，故稱《春秋》為《陽秋》：《晉～》(史書名)。❷〔動〕〈書〉批評；褒貶：皮裏～(在內心裏評論)。

【陽傘】yángsǎn〔名〕(把)遮蔽陽光的傘，用布或綢子蒙在傘骨上製成。也叫旱傘。

【陽台】yángtái〔名〕伸出樓房外的圍有欄杆的小平台，具有擴展起居室、提供室外活動場地等作用。也叫涼台。

【陽桃】yángtáo〔名〕❶常綠灌木，葉羽狀複生，花紫紅色，果實有五條棱，味甜。❷這種植物的果實。以上也作羊桃、楊桃，也叫五斂子。

【陽痿】yángwěi〔名〕成年男子陰莖不能勃起或勃起而不堅硬的病，多由前列腺炎或神經功能障礙、過度疲勞或焦慮等所引起。

【陽文】yángwén〔名〕鎸刻或鑄成的凸出來的文字或花紋（跟“陰文”相對）。

【陽性】yángxìng〔名〕❶醫療上某種試驗或化驗所得的屬肯定性質的結果。說明體內有某種病原體存在或對某種藥物有過敏反應。如注射結核菌素後，有紅腫等反應，試驗結果即為陽性。❷一種語法範疇。某些語言裏名詞、代詞、形容詞等有陰性、陽性或陰性、陽性、中性的分別。

【陽宅】yángzhái〔名〕迷信的人稱住宅為陽宅（區別於“陰宅”）。

瑒（场）yáng 古代祭天用的一種玉。多見於人名：應～(三國時魏國人)。
另見 chàng (153 頁)。

楊（杨）yáng〔名〕❶楊樹。❷(Yáng)姓。

語彙　白楊　小葉楊　百步穿楊

【楊柳】yángliǔ〔名〕❶楊樹和柳樹。❷(棵)柳樹：～青青｜～依依｜春風～萬千條。

【楊梅】yángméi ㊀〔名〕❶(棵，株)常綠喬木，雌雄異株，初夏果熟，紫紅色或白色，球形，表面有粒狀突起，味酸甜，可食，核堅硬。❷這種植物的果實。㊁〔名〕(北方官話)梅毒。

【楊樹】yángshù〔名〕落葉喬木，葉互生，多寬闊，花雌雄異株。種類很多，常見的有銀白楊、毛白楊、小葉楊、響葉楊等。

【楊桃】yángtáo 同“陽桃”。

暘（旸）yáng〈書〉❶日出：～谷(古代傳說指日出之處)。❷晴天：雨以潤物，～以乾(gān)物。❸初升的太陽：新～破曉晴。

煬（炀）yáng〈書〉❶同“烊”①：金～則液。❷好色而遠禮；好色而怠政。古代用為諡號：隋～帝。
另見 yàng (1571 頁)。

瘍（疡）yáng ❶〈書〉瘡：膿～｜腫～。❷(皮膚或黏膜)潰爛：潰～。

錫（钖）yáng〈書〉❶馬額頭上的金屬裝飾物，馬行走時發出聲響。❷盾的背面像龜背一樣的裝飾。

颺（飏）yáng 見於人名。
另見 yáng “揚”(1567 頁)。

yǎng　一ㄤˇ

仰 yǎng ❶〔動〕頭或臉向上揚（跟“俯”相對）：～望｜～天長嘯｜前俯後～｜～着睡。❷敬慕：～慕｜久～。❸依賴；依靠：～仗｜～給於人(全靠別人供給)。❹舊時公文用語。用在上行文中表示恭敬，如“仰承”“仰請”“仰祈”等；用在下行文中表示命令，如“仰即知照”。❺(Yǎng)〔名〕姓。

語彙　俯仰　景仰　敬仰　久仰　渴仰　欽仰　信仰　瞻仰　宗仰　前俯後仰

【仰賴】yǎnglài〔動〕〈敬〉依靠：～大家。

【仰慕】yǎngmù〔動〕敬仰欽慕：～盛名｜～已久｜～之情。

【仰人鼻息】yǎngrénbíxī〔成〕比喻依賴他人活命，看人臉色行事：我們自己有辦法，絕不～。

【仰韶文化】Yǎngsháo wénhuà 中國黃河流域新石器時代晚期的一種文化，因 1921 年首次發現於河南澠池仰韶村而得名。繪有花紋的彩陶是仰韶文化的特徵。也叫彩陶文化。

【仰事俯畜】yǎngshì-fǔxù〔成〕《孟子·梁惠王上》：“必使仰足以事父母，俯足以畜妻子。”意思是對上侍奉父母，對下養活妻兒。泛指供養一家老小。

【仰望】yǎngwàng〔動〕❶抬頭向上看：～星空。❷〈書〉敬仰並期望：百姓～｜～終身。

【仰臥】yǎngwò〔動〕臉向上躺着：～休息｜～起坐(一種運用腰腹肌，反復使身體由臥姿變坐姿的體育鍛煉方式)。

【仰泳】yǎngyǒng〔名〕❶一種游泳姿勢，泳者仰臥水面，雙臂交替向腳的方向划水，兩腿交替着上下打水。❷游泳運動項目之一。

【仰仗】yǎngzhàng〔動〕依靠；依賴：～父兄的權勢｜～大家的力量克服困難。

氧 yǎng〔名〕一種氣體元素，符號 O，原子序數 8。無色無臭，能助燃，化學性質活潑，可直接與多種元素化合。氧在冶金工業、化學工業中用途很廣，也是人和動物必須吸收的氣體。

語彙 缺氧 輸氧 製氧

【氧吧】yǎngbā〔名〕設有輸氧裝置，專供人吸氧的營業性場所。又指一種用於空氣淨化的小型裝置，能生成活性氧 O_3，具有殺菌、除塵的功能。[吧，英 bar]

【氧化】yǎnghuà〔動〕狹義指物質跟氧化合。廣義指一物質失去電子的化學反應過程。金屬生鏽、煤燃燒等，都是氧化。在化學反應中得到電子的物質叫作氧化劑。氧化和還原是同時發生的：～物｜～作用｜鐵～了變成氧化鐵。

【氧氣】yǎngqì〔名〕氧分子（O_2）組成的氣態物質：～煉鋼｜～瓶｜～面罩｜～療法。

養（养） yǎng ❶〔動〕養活：掙錢～家｜全家五口人靠他一個人來～。❷〔動〕飼養；培植：～雞｜～狗｜這種花很難～。❸〔動〕生育；生殖：二姨子了個女孩兒｜他家的花貓～了一窩小貓。❹〔動〕培養：從小～成好習慣。❺〔動〕調（tiáo）養；使身心得到滋補或休息：補～｜療～｜～病｜～了一個月的傷。❻養護；維修：～路。❼〔動〕蓄養；保持：頭髮～長了。❽扶植；扶助：以副～農｜以書～書（用暢銷書所得到的利潤扶植出一些不暢銷的書）。❾非親生的；屬於撫養性質的：～子｜～女｜～父｜～母。❿修養：教～｜素～｜學～。⓫（Yǎng）〔名〕姓。

語彙 保養 抱養 補養 哺養 放養 奉養 扶養 撫養 供養 涵養 戶養 護養 豢養 給養 寄養 家養 將養 嬌養 教養 靜養 鞠養 療養 領養 培養 棄養 贍養 生養 侍養 收養 飼養 素養 調養 餵養 孝養 休養 修養 蓄養 學養 馴養 頤養 營養 終養 滋養 嬌生慣養

【養兵千日，用兵一時】yǎngbīng-qiānrì，yòngbīng-yīshí〔諺〕長期供養、訓練士兵，以備緊急時能用得上。比喻平時長期準備，就為必要時使用：～，關鍵時刻得管用。

【養病】yǎng // bìng〔動〕因生病而休息調養：好好在家～｜在溫泉養了一個月病。

【養兒方知父母恩】yǎng ér fāngzhī fùmǔ ēn〔俗〕自己有了兒女，才知道父母對自己的恩情。

【養分】yǎngfèn〔名〕物質中可供有機體吸取的營養成分：增加土壤的～｜蘋果含有多種～。

【養父】yǎngfù〔名〕養育自己的非生身父親。

【養護】yǎnghù〔動〕❶保養維護：注意～生物資源｜加強鐵路～｜～花草樹木。❷調養護理：出院以後要多加～。

【養活】yǎnghuo〔動〕〈口〉❶供給生活資料或費用：一家全靠他～。❷飼養家禽家畜：這隻小貓，你抱回家～着吧。❸生育並撫養：她～了一兒一女。

【養精蓄銳】yǎngjīng-xùruì〔成〕保養精神精力，蓄積銳氣：球員今天休息，～，準備明天決賽大顯身手。

【養老】yǎng // lǎo〔動〕❶奉養家中的老年人：～送終。❷老年人閒居休養（多指不能工作後）：老楊退休在家～。

【養料】yǎngliào〔名〕有營養價值的物質；營養成分：母馬要下駒兒了，多給牠些～｜作家要從生活中汲取～。

【養路】yǎng // lù〔動〕保養公路或鐵路：～費｜～工人。

【養母】yǎngmǔ〔名〕養育自己的非生身母親。

【養女】yǎngnǚ〔名〕領養的非親生女兒。

【養神】yǎng // shén〔動〕保持身心平靜，休養精神：閉目～｜看書看累了，聽聽音樂養一養神。

【養生】yǎngshēng〔動〕保養身體，維護健康：大夫教我們如何～｜老先生頗得～之道。

【養生村】yǎngshēngcūn〔名〕台灣地區用詞。提供食宿和醫療設備及各種服務供老年人安度晚年的機構，類似養老院、療養院：社會老齡化，～有發展的空間。

【養顏】yǎngyán〔動〕保養容顏：～食品｜生吃黃瓜不僅能夠生津止渴，還可以排毒～。

【養眼】yǎngyǎn〔形〕形容風景或容貌等看上去非常舒服，使人產生愉悅感：現代人都希望擁有一個～的居家環境｜女主角不僅容貌～，演技也不錯。

【養癰成患】yǎngyōng-chénghuàn〔成〕患了毒瘡不治療，造成禍患。比喻姑息壞人壞事，結果造成禍害：社會上的黑惡勢力一出頭就要打擊，否則會～。也說養癰遺患。

【養育】yǎngyù〔動〕撫養和教育：父母有～子女的責任｜～之恩，終生不忘。

【養殖】yǎngzhí〔動〕動植物的飼養、培育和繁殖：～場｜～業｜人工～｜～海帶。

【養子】yǎngzǐ〔名〕領養的非親生兒子。

【養尊處優】yǎngzūn-chǔyōu〔成〕生活在尊貴、優裕的環境中，無所用心，不求進取：溺愛子女，從小就讓他們～，這不利於他們的成長。注意 這裏的"處"不讀 chù。

癢（痒） yǎng〔形〕❶皮膚不適時一種想撓的感覺。如被蚊、蚤、蝨等咬過，或者接觸細毛或某些化學藥品，都會發癢：搔到～處｜怕～。❷比喻忍不住想做某事：心～｜手～｜技～。

語彙 刺癢 技癢 瘙癢 手癢 痛癢 心癢 不痛不癢 隔靴搔癢

【癢癢】yǎngyang〔形〕〈口〉癢：蚊子咬得腿上直～｜撓～。

yàng ㄧㄤˋ

快 yàng 見下。

【快快】yàngyàng〔形〕〈書〉形容不稱心、不滿意的神情：～不悅｜居常～。

恙 yàng〈書〉❶病：微～｜小～。❷泛指不順之事：別來無～｜安然無～。

語彙 抱恙　貴恙　賤恙　微恙　無恙

烊 yàng/yáng 見"打烊"（232頁）。另見 yáng（1567頁）。

羕 yàng〈書〉水流長長的樣子。

煬（炀）yàng/yáng〈書〉❶烘乾：就火～之。❷烤火：夏多積薪，冬則～之。另見 yáng（1569頁）。

鞅 yàng/yāng 見"牛鞅"（984頁）。另見 yāng（1566頁）。

漾 yàng〔動〕❶水面微微動蕩：蕩～｜鏡湖～清波。❷液體太滿向外溢：池水都～上岸來了。❸比喻充溢：孩子臉上～出了笑容。

【漾奶】yàng//nǎi〔動〕嬰兒吃奶過多後吐出。

樣（样）（～兒）〔名〕"樣子"①：式｜變～｜花～｜裝模作～。❷（～兒）〔名〕"樣子"②：胖乎乎的～兒可逗人愛了。❸（～兒）〔名〕"樣子"③：～品｜書～｜鞋～兒。❹（～兒）〔量〕表示事物的種類：三～兒菜｜四～點心｜他～～兒都懂。❺（～兒）〔名〕"樣子"④：看～兒天會晴。❻（Yàng）〔名〕姓。

語彙 榜樣　變樣　別樣　抽樣　大樣　花樣　校樣　兩樣　模樣　清樣　取樣　時樣　式樣　試樣　同樣　圖樣　小樣　學樣　一樣　異樣　照樣　字樣　走樣

【樣板】yàngbǎn〔名〕❶板狀的樣品。❷（用於比照或檢驗尺寸、形狀、光潔度等的）板狀工具。❸榜樣：他是我們學習的～｜～工程。

【樣板間】yàngbǎnjiān〔名〕房地產開發商和銷售商在樓盤銷售時精心開發裝修的一套或數套供購房人參觀的樣品房，帶有廣告性質，起促銷作用。

樣板間的不同説法

在華語圈，中國大陸叫樣板間或樣板房，台灣地區叫樣品屋，港澳地區、新加坡和馬來西亞叫示範單位。

【樣板戲】yàngbǎnxì〔名〕指"文化大革命"期間經常演出的"革命現代戲"，因被樹立為戲劇改革的樣板而得名。當時的"樣板戲"共有八個，即：京劇《智取威虎山》《海港》《紅燈記》《沙家浜》《奇襲白虎團》，芭蕾舞劇《紅色娘子軍》《白毛女》，交響音樂《沙家浜》。

【樣本】yàngběn〔名〕❶展示商品圖樣的印本或剪貼本：各種服裝的式樣都在這本～上。❷用作廣告或徵求意見的出版物或其摘印本：寄上該圖片集的～，請將意見寄給我們。

【樣品】yàngpǐn〔名〕（件）作為樣子的商品；作為標準的物品：～酒｜～房｜這是我廠生產的電視機～。

【樣式】yàngshì〔名〕式樣；形式：各種～的裙子｜你的書櫃～很別緻。

【樣書】yàngshū〔名〕做樣品用的圖書：送審～｜櫥窗內放着～｜～庫。

【樣張】yàngzhāng〔名〕❶作為樣子的單頁印刷品。❷（張）繪有服裝樣式的紙樣。

【樣子】yàngzi〔名〕❶形狀；式樣：這套組合家具～很好看｜這活兒做得不成～。❷模樣；神情：瞧他那高興的～｜裝出一副可憐的～。❸用來作為標準或代表的東西：衣服～｜照這個～做。❹〈口〉形勢；趨勢：看～天要下雨了｜那棵樹搖搖晃晃，像是要倒的～。

yāo ㄧㄠ

么 yāo "幺"字的俗體。另見 me（906頁）。

幺 yāo ❶〔數〕説數字時用來代表"1"。**注意** 代表數目"一"的"幺"只能單用，不能組合成數詞，也不能帶量詞，舊時指色(shǎi)子和骨牌中的"一"點，現在説數碼時也用來代替"1"，如電話號碼"5123181"就説"五幺二三幺八幺"。❷〈西南官話〉排行最小的：～爺爺｜～叔｜～妹｜～兒。❸（Yāo）〔名〕姓。

【幺麼】yāomó〔形〕〈書〉卑微：～小丑｜～小蟲。

夭〈㊀妖〉yāo ㊀〈書〉草木茂盛：厥草惟～｜～桃穠李（也用來比喻新娘容貌秀麗）。

語彙 壽夭　早夭　逃之夭夭

【夭亡】yāowáng〔動〕未成年而死。

【夭折】yāozhé〔動〕❶未成年而死。也説夭逝、夭殤。❷比喻事情中途停止：對方毫無誠意，談判中途～。

吆 yāo〔動〕大聲喊；大聲斥責：大～小喝｜～號子｜別把小孩～跑了。

【吆喝】yāohe〔動〕❶打招呼；呼喚：走的時候～一聲。❷叫賣東西：賣小金魚兒的，一邊走一邊～｜賣甚麼～甚麼。❸大聲叫喊趕牲口："呼，呼——"他大聲～着牲口。

妖 yāo ❶妖怪：女～｜人～顛倒。❷邪惡荒誕而迷惑人的：～術｜～風｜～霧。

❸〔形〕妖艷；不正派（多指女性）：～冶｜～裏～氣。❹嫵媚；美麗：～嬈。

語彙　女妖　人妖　蛇妖

【妖風】yāofēng〔名〕（股，陣）幻想中妖魔鼓起的風，多比喻邪惡的風氣或潮流：一時間～四起，壞書刊充斥市場。

【妖怪】yāoguài(-guai)〔名〕神話、傳說故事中形狀奇怪可怕，常以妖術害人的鬼怪。

【妖精】yāojing〔名〕❶妖怪。❷喻指妖媚迷人的女子。

【妖媚】yāomèi〔形〕姣好嫵媚而不正派（形容女性）：他迷上了這位～的舞蹈演員。

【妖魔】yāomó〔名〕妖怪：～鬼怪。

【妖魔鬼怪】yāomó-guǐguài〔成〕❶妖怪和魔鬼。❷比喻各種各樣的邪惡勢力。

【妖孽】yāoniè〔書〕❶怪異反常的事物。❷指妖魔鬼怪。❸比喻邪惡成性的人。

【妖嬈】yāoráo〔形〕〈書〉嬌艷嫵媚：紅裝素裹，分外～。

【妖言惑眾】yāoyán-huòzhòng〔成〕用荒誕的言論或邪惡之說迷惑民眾：邪教專門～，危害社會。

【妖艷】yāoyàn〔形〕嫵媚艷麗而不莊重：那個女人打扮得十分～。

【妖冶】yāoyě〔形〕嫵媚艷麗而不正派：～其容。

要 yāo ❶求：～求。❷威脅；強迫：～挾。❸〔書〕同"邀"：便～還家｜與友人～。❹古同"腰"。❺(Yāo)〔名〕姓。

　　另見 yào（1575 頁）。

【要求】yāoqiú ❶〔動〕提出某種願望或條件，希望能實現或做到：～發言｜～賠償損失｜嚴格～自己｜一再～見負責人。❷〔名〕（點，項）所提出的某種願望或條件：提出三點～｜達到質量～｜回絕了他的無理～。

【要挾】yāoxié〔動〕抓住把柄或倚仗勢力脅迫對方應自己的要求：以武力～對方｜不要怕他～，諒他也不敢怎麼樣。

約（约） yāo〔動〕〈口〉❶用秤稱：～一～這西瓜有多重。❷論斤購買：上街給我～兩斤肉回來。

　　另見 yuē（1676 頁）。

塽 yāo 用於地名：寨子～（在山西蒲縣）。

嗂 yāo 見下。

【嗂嗂】yāoyāo〔擬聲〕〈書〉形容蟲叫的聲音：～草蟲。

腰 yāo ❶〔名〕身體中間胯以上脅以下的部分：～酸腿疼｜～扭了｜低頭彎～｜攔～抱住。❷〔名〕褲腰；袍腰；衣服腰：黑褲白～｜這件旗袍～肥二尺四。❸〔名〕指腰包或衣兜：

他～裏有錢。❹事物的中段：山～｜半中～。❺中間狹小，兩頭寬闊，像腰狀的地勢：海～。❻(Yāo)〔名〕姓。

語彙　叉腰　撐腰　當腰　躬腰　哈腰　褲腰　攔腰
　　　毛腰　山腰　伸腰　彎腰　仗腰　折腰　伸懶腰
　　　水蛇腰　摧眉折腰　虎背熊腰

【腰板兒】yāobǎnr〔名〕❶人的腰和背：挺起～來。❷借指體格：老人～硬朗，說話響亮，不像七十多歲的人。❸借指氣質或氣概：奮發圖強，咱們有這個～。

【腰包】yāobāo(～兒)〔名〕錢包；特指腰間所繫的錢包；也指錢財：他把錢都裝進了自己的～兒｜今天是我請客，哪能讓你掏～？｜不能老是來刮兄長的～。

【腰纏萬貫】yāochán-wànguàn〔成〕古有"腰纏十萬貫，騎鶴上揚州"之語。後用"腰纏萬貫"形容人財物多，極為富有。

【腰帶】yāodài〔名〕（根，條）束腰的帶子；褲帶：緊緊～。

【腰桿子】yāogǎnzi〔名〕❶指腰部：挺直～。❷比喻靠山：～硬（後面支持的力量大）。以上也說腰桿兒。

【腰鼓】yāogǔ〔名〕一種斜掛在腰間敲打的鼓，短圓柱形，兩頭略小：打～｜～舞（一種民間舞蹈）｜～隊。

【腰果】yāoguǒ〔名〕❶常綠灌木或小喬木，葉子互生，果實腎形，果仁可吃，果殼可榨油。原產南美，中國廣東等地也有栽植。❷這種植物的果實。

【腰花】yāohuā(～兒)〔名〕把豬或羊的腰子劃出交叉的刀痕後切成的小塊兒，供烹調食用：炒～兒。

【腰裏硬】yāoliyìng〔名〕（條）一種用絲縧織成的寬腰帶，繫上有助於練功。

【腰牌】yāopái〔名〕（塊）❶舊時繫在腰間作為身份證明的牌子，常用作出入備查的通行憑證。❷安裝在公共汽車、電車等車側中部標明路綫編號或起終點的牌子。

【腰身】yāoshēn〔名〕人體的腰部（就粗細而言），也指衣服的腰部（就大小而言）：她的～很細｜這件旗袍兒的～太肥。注意"腰身"不等於"腰部"，"他腰部有塊傷疤"不能說"他腰身有塊傷疤"。

【腰眼】yāoyǎn(～兒)〔名〕❶腰椎骨兩側的部位。❷比喻要害之處；關鍵所在：這話點到了～。

【腰斬】yāozhǎn〔動〕❶古代一種殘酷刑法，從腰部把人斬為兩段。❷比喻把某事物從中割斷：這首詩的後半部分統統刪去，不是把它～了嗎？

【腰椎】yāozhuī〔名〕腰部的椎骨，共有五塊。

Y

【腰子】yāozi〔名〕〈口〉腎臟。

邀 yāo ❶〔動〕邀請：特～｜應～出席｜～幾個朋友來玩兒。❷〈書〉求得：～功｜～賞｜諒～同意。❸攔住：～截。

辨析 邀、約（yuē）a）都有"邀請"的意思，多用於約會、訪問、參加會議等。b）"約"（yuē）還有約定或商量的意思。如"事先約好見面的地點""約一個時間聚一聚"，其中的"約"不能換為"邀"。

【邀功】yāogōng〔動〕把別人的功勞攫為己有（含貶義）：～求賞。也作要功。

【邀擊】yāojī〔動〕在中途攔住敵人攻擊。也作要擊。

【邀集】yāojí〔動〕邀請；召集（若干人）：今天～大家來開個會。

【邀請】yāoqǐng〔動〕請人按時前來或到某處去：～您參加婚禮｜～文化代表團到中國來訪問。

【邀請賽】yāoqǐngsài〔名〕（場，次）一種體育比賽形式，即由單位或國家組織，邀請許多單位或國家參加的體育比賽。

yáo ㄧㄠˊ

爻 yáo〔名〕構成八卦的基本符號，長橫道"—"為陽爻，兩個短橫道"- -"為陰爻。卦的變化取決於爻的變化，不同的爻的組合表示卦象的變化：～辭（說明卦中各爻要義的文辭）。

垚 yáo〈書〉山高。用於地名：炭～坪（在山西）。

姚 Yáo〔名〕姓。

珧 yáo ❶江珧，一種軟體動物。❷古代指貝殼，用於裝飾刀、劍等。

陶 yáo 見於人名：皋～（虞舜時人）。
另見 táo（1320頁）。

堯（尧） Yáo ❶傳說中的上古帝王名。❷〔名〕姓。

【堯舜】Yáo-Shùn〔名〕❶唐堯和虞舜，傳說中上古的兩位賢明君主。❷泛指聖人、賢人：人皆可以為～。

軺（轺） yáo 古代一種輕便的車，多用一兩匹馬駕駛，為一般人所常用：～車。

搖 yáo ❶〔動〕搖擺：使物體來回動：～頭｜手裏～着扇子｜風不動，草不～。❷（Yáo）〔名〕姓。

語彙 動搖　扶搖　飄搖　招搖

【搖擺】yáobǎi〔動〕來回移動或變動：柳枝在微風中～｜你要拿準主意，不能左右～。

【搖擺舞】yáobǎiwǔ〔名〕由爵士舞演變而來的一種舞蹈，隨着搖滾樂的產生而興起。舞蹈時全身扭轉搖擺，節奏鮮明，感情奔放。

【搖蕩】yáodàng〔動〕搖擺晃蕩：小船在歌聲燈影中～｜秋千～在半空中。

【搖動】yáodòng〔動〕❶（-//-）搖東西使動：歡迎的群眾～着花束｜這棵大樹怎麼搖得動呢？❷搖晃：一聲巨響，我覺得大地都有些～了。

辨析 搖動、動搖　意義相近，但用法很不相同。"動搖"多用於信仰、信念，也可用於具體事物，如"信心十足，從未動搖""老人的牙齒幾乎全動搖了"。使動用法多用於全局大事，如"動搖國本"。"搖動"多指具體的行為，既可指搖而使動，如"輕輕搖動搖籃""這杆大旗，一個人搖不動"，也可以指搖晃，如"大地搖動"，都不能換用"動搖"。

【搖滾樂】yáogǔnyuè〔名〕20世紀50年代興起於美國的一種通俗音樂，由爵士樂（布魯斯）演變而來，樂曲激情奔放，節奏強烈。

【搖撼】yáohàn〔動〕❶猛烈地搖動（樹木、建築物等）：狂風～着柳樹，像要把它連根拔起。❷比喻意志、精神動搖：意志堅定，豈能為名利所～！

【搖晃】yáohuàng（-huang）〔動〕搖擺晃動：地震時，大樓都有些～｜把這銅鈴～～，就能聽到悅耳的響聲。

【搖獎】yáojiǎng〔動〕通過專門的機器搖號來確定中獎號碼。

【搖籃】yáolán〔名〕❶嬰兒臥具，可左右搖動，形狀略像籃子。❷比喻某種培育人才成長的處所或文化、運動的發源地：科技大學是科技人才的～｜黃河流域是中國古代文化的～。

【搖耬】yáo//lóu〔動〕用耬播種時，不斷搖晃耬把，使種子均勻漏下：他一邊吆喝着牲口，一邊搖着耬。

【搖落】yáoluò〔動〕〈書〉凋零；零落：草木～。

【搖旗吶喊】yáoqí-nàhǎn〔成〕古代打仗時，有多人搖着旗子，喊殺助威。現比喻替別人助長聲勢：那夥人為他們的頭子～。

【搖錢樹】yáoqiánshù〔名〕神話中一種一搖晃就能落下錢來的樹，多比喻可藉以不斷地獲得錢財的人或事物：勤是～，儉是聚寶盆。

【搖身一變】yáoshēn-yībiàn〔成〕神怪小說中描寫某個形象一晃身子就改變了自己的模樣。現用來指人突然改變身份、態度、語言、行動（含貶義）：他本來是反對白話文的，～，又成了白話文的倡導者。

【搖手】yáoshǒu ㊀（-//-）〔動〕將手掌心向外左右晃動，表示阻止或否定：他衝我～，讓我別過去｜我向他們搖了一下手，他們就回去了。**注意** 表示告別或致敬的動作與此類似，通常多稱為揮手，而不說搖手。㊁〔名〕機械上供人握着旋轉使輪子等轉動的手柄。

【搖頭】yáo//tóu〔動〕將頭左右搖動，表示否定、阻止或不以為然：作文寫得太糟了，老師看了直～｜他搖了搖頭，我們只好作罷。

【搖頭擺尾】yáotóu-bǎiwěi〔成〕形容悠閒自得或洋洋得意的樣子：小有成就就～，成不了大事。

【搖頭晃腦】yáotóu-huàngnǎo〔成〕形容自得其樂或鳴得意的樣子（含貶義）：不要～，沾沾自喜，最後的勝負還未定呢。

【搖頭丸】yáotóuwán〔名〕（粒，顆）甲基苯丙胺類興奮劑的一種，是冰毒的衍生物，服用後使人極度興奮，搖頭狂舞不止，出現幻覺，行為失控。過量服用會導致死亡：要讓年輕人對～說不。

搖頭丸的不同說法
在華語區，一般都叫搖頭丸，台灣地區叫快樂丸，新加坡、馬來西亞、泰國則叫瘋藥或狂藥。

【搖尾乞憐】yáowěi-qǐlián〔成〕狗搖着尾巴乞求愛憐。比喻人卑躬屈膝、諂媚討好的醜態。

【搖搖欲墜】yáoyáo-yùzhuì〔成〕搖搖晃晃，眼看就要倒下來。形容非常危險或即將倒台。

【搖曳】yáoyè〔動〕〈書〉搖蕩；擺動：～的燭光｜花影兒～多姿｜柳枝兒迎風～。

【搖椅】yáoyǐ〔名〕（把）一種前後腿連成弓形的椅子，弓背着地，人坐上時可前後搖晃。

【搖羽毛扇】yáo yǔmáoshàn〔慣〕戲曲中扮演軍師一類角色的人常手持羽毛扇，後用"搖羽毛扇"借指出謀劃策：他背後一定有一個～的。也說搖鵝毛扇。

徭　yáo❶〈書〉徭役。❷（Yáo）〔名〕姓。

【徭役】yáoyì〔名〕古代統治者強迫人民承擔的無償勞動。有軍役、力役、雜役等。

猺　yáo〔名〕哺乳動物，身體似貓而細長，生活在山林中，以果實、小鳥等為食。有青猺和黃猺之分。青猺也叫果子狸、花面狸，黃猺也叫青鼬。

嬈　yáo〈書〉美艷動人。

瑤　yáo〈書〉❶美玉：瓊～｜～佩（美玉製成的佩飾）。❷形容美好而珍貴：～漿玉液｜～席（華美的酒宴）｜～章｜～函｜～箋。

【瑤族】Yáozú〔名〕中國少數民族之一，人口約279.6萬（2010年），主要分佈在廣西，少數散居在湖南、雲南、廣東、貴州、江西等地。勉語是主要交際工具，曾有本民族文字方塊瑤文，現多通用漢語文。

僥（僥）　yáo 見"僬僥"（658頁）。另見jiǎo（662頁）。

銚（銚）　yáo❶古代指一種大鋤。❷（Yáo）〔名〕姓。

另見diào（297頁）。

遙　yáo❶遠；長：～想當年｜路～知馬力，日久見人心。❷（Yáo）〔名〕姓。

語彙　迢遙　逍遙　遙遙　任重途遙

【遙測】yáocè〔動〕運用現代化儀器對遠距離事物進行探測：空間～｜從太空～地面。

【遙感】yáogǎn〔名〕一門新興的綜合性探測技術。在高空或遠距離處，利用現代化儀器接受物體輻射的電磁波信息，經加工處理成能夠識別的圖像或電子計算機用的記錄磁帶，從而揭示被測物的性質、形狀和變化規律：航空～｜航天～｜～衛星。

【遙控】yáokòng〔動〕❶利用通信綫路或聲波裝置操縱一定距離外的機器、儀器等。❷遠距離指揮或控制：毒梟～着他手下的嘍囉販毒走私。

【遙望】yáowàng〔動〕往遠處看：～南天｜海外遊子，～故鄉。

【遙相呼應】yáoxiāng-hūyìng〔成〕遠遠地互相配合。

【遙想】yáoxiǎng〔動〕❶回想很久以前或很遠的事情：～當年那段艱苦歲月。❷想象遙遠的將來：～將來遨遊太空的情景。

【遙遙】yáoyáo〔形〕❶距離遠：～相對。❷時間長：～無期。❸程度大：比分～領先。

【遙遠】yáoyuǎn〔形〕❶很遠：路途～｜～的邊疆。❷很久：～的將來｜～的過去。

嶢（嶢）　yáo〈書〉山勢高峻的樣子：岩～（tiáo）～｜～者易缺。

窯（窰）〈窰〉　yáo❶〔名〕燒製磚瓦陶瓷等的建築物：瓦～｜官～｜民～。❷〔名〕指土法燒煤的礦洞：小煤～。❸〔名〕窯洞：投軍別～（京戲名）。❹指妓院：～姐兒（妓女）。❺（Yáo）〔名〕姓。

語彙　哥窯　官窯　民窯　汝窯　瓦窯　宣窯

【窯洞】yáodòng〔名〕（眼，孔）中國西北黃土高原地區依土山挖成的洞，供人居住：～冬暖夏涼。

【窯子】yáozi〔名〕〈口〉指妓院：逛～（嫖妓）。

餚（肴）　yáo 已做熟的雞鴨魚肉等葷菜：菜～｜酒～｜美味佳～。

【餚饌】yáozhuàn〔名〕〈書〉比較豐盛的或宴席上的飯菜。

絲　yáo ❶〈書〉草木茂盛的樣子。❷〈書〉同
"搖"。❸（Yáo）〔名〕姓。
　　另見 yóu（1646 頁）；zhòu（1776 頁）。

謠（谣）　yáo ❶ 歌謠：民～｜～諺。
❷ 謠言：造～｜闢～。❸（Yáo）
〔名〕姓。

> **語彙**　傳謠　風謠　歌謠　民謠　闢謠　童謠　信謠
> 造謠

【謠傳】yáochuán ❶〔動〕謠言傳播：外間～他發
　了大財。❷〔名〕傳播的謠言：切勿聽信～。
【謠言】yáoyán〔名〕虛假的信息：製造～｜絕不
　能聽信～｜～終究是要被戳穿的。

飆（飙）　yáo "飆飆"，見"飄搖"（1027 頁）。

鰩（鳐）　yáo〔名〕魚名，生活在海中，身體
扁平，略呈圓形或菱形，嘴位於腹
部，牙細小。有的胸鰭發達，有的身上有發電器
官，能產生電流。

yǎo ㄧㄠˇ

杳　yǎo〈書〉❶ 昏暗：～冥。❷ 遙遠；不見盡
頭或蹤影：～渺｜～無消息。
【杳如黃鶴】yǎorúhuánghè〔成〕唐朝崔顥《黃鶴
　樓》詩："昔人已乘黃鶴去，此地空餘黃鶴樓。
　黃鶴一去不復返，白雲千載空悠悠。"後用"杳
　如黃鶴"形容蹤影全無。
【杳無音信】yǎowúyīnxìn〔成〕長期沒有一點消
　息：他離家出走後，一直～。**注意** 這裏的
　"杳"不寫作"渺"。

咬〈齩〉　yǎo〔動〕❶ 上下牙用力對着；
將上下牙相向用力壓碎或夾住東
西：～緊牙關｜～了一口饅頭｜兔子急了也～
人｜一朝遭蛇～，十年怕井繩。❷（鉗子等）夾
住；（齒輪之間、螺絲螺母之間）互相卡住：換個
新螺母就～緊了。❸（狗）叫；（魚）吞餌；（蚊子
等）叮：雞叫狗～｜魚～鉤了｜腿上讓蚊子～了
個包。❹ 受審或受責難時，平白牽連別人：反～
一口｜亂～好人。❺ 唸出字音：～字不清。❻ 過
分地鑽研字義詞義：～文嚼字｜別光～字眼兒，
要解決實際問題。❼（球賽或軍事上）追趕；進
逼：上半場比分～得很緊｜追擊部隊緊緊～住敵
人。❽（北京話）（油漆）刺激（皮膚）；（濕土）腐
蝕（金屬）：我皮膚過敏，怕漆～｜刀埋在地裏，
讓土～了。

> **語彙**　蟲咬　叮咬　反咬

【咬春】yǎochūn〔動〕舊時京津地區的習俗，在立
　春之日吃春餅和生蘿蔔，叫咬春。
【咬定】yǎodìng〔動〕非常肯定地說出；不改口地
　說出：一口～｜他～會計做假賬，需要認真

調查。
【咬耳朵】yǎo ěrduo〔慣〕對着耳朵小聲說話，以
　防別人聽見：兩人咬了一會兒耳朵｜有話大聲
　講，別～。
【咬秋】yǎoqiū〔動〕舊時京津地區的習俗，在立
　秋之日吃瓜，叫咬秋。
【咬群】yǎoqún〔動〕〔口〕❶ 個別家畜常跟同類爭
　鬥：這馬～。❷ 借指某人常跟別人鬧糾紛：這
　小子愛～，大夥都不喜歡他。
【咬人的狗不露齒】yǎo rén de gǒu bù lòu chǐ〔俗〕
　比喻內心兇狠的人，表面上不露形跡。
【咬舌兒】yǎoshér ❶〔動〕說話時舌尖老挨着牙
　齒，造成發音不清：他說話～。❷〔名〕說話
　咬舌兒的人。
【咬文嚼字】yǎowén-jiáozì〔成〕對文章的字句反
　復體會，反復琢磨：既然要學好語文，就少不
　了要～。
【咬牙】yǎo // yá〔動〕❶ 由於憤怒或忍住痛苦而
　咬緊牙齒：～切齒｜恨得直～｜咬着牙，忍
　着痛。❷ 熟睡時牙齒相磨發聲，是一種生理
　現象。
【咬牙切齒】yǎoyá-qièchǐ〔成〕切齒：咬緊牙齒。
　形容痛恨到了極點：直恨得～。

舀　yǎo〔動〕用瓢、勺等取東西（多為流
質）：～水｜～湯｜～粥。
【舀子】yǎozi〔名〕（把）舀取東西的器具。

窅　yǎo〈書〉❶ 眼窩深。❷ 形容深遠：～
然｜～冥。❸ 遠望。

窈　yǎo〈書〉❶ 深；遠：～而深。❷ 幽
暗：～黑。
【窈窕】yǎotiǎo〔形〕〈書〉❶ 文靜美好的樣子：
　淑女｜春花～。❷ 幽遠深邃的樣子：雲岫～。

yào ㄧㄠˋ

要　yào ㊀ ❶ 重要；簡要：～言不煩｜～
事｜～點。❷ 重要的內容：概～｜扼～｜
撮～｜擇～記錄。
　㊁〔動〕❶ 希望得到或保持：我～一件上
衣｜那支筆我不～了。❷ 索取：～賬｜他向我
～過兩張票｜我沒向她～過甚麼。❸ 請求；要求
（後面必帶兼語）：她～我幫她把箱子搬下來｜主
任～每個人都填張表。❹ 須要；應該：路上～小
心｜借東西～還｜水果～洗乾淨｜千萬不～聲張
出去。❺ 需要：買這件衣服～兩百多塊錢｜坐飛
機從廣州到北京～幾個小時？❻ 助動詞。表示做
某事的意志：我～爬到山頂上去｜他有話～說｜
這位先生～見見您。❼ 助動詞。將要：小王～
出國了｜刀不磨，～生鏽；水不流，～發臭。
❽ 助動詞。表示估計，用於比較句：他們村～
比咱們富些｜你們～比我們辛苦多了｜小張比小
王考得～好一點。**注意** ❼❽項一般都不問"要不

要……”，而是問“是不是要……”，如：“小王是不是要出國？”“小張是不是比小王考得好些？”

　　㊂〔連〕❶ 表示假設；如果：你～看見賣否我的，買上一斤帶回來｜路～不遠，咱們就走着去｜你真沉得住氣，～我早急了｜沒事的話，就不用打電話了｜～不是他拉我一把，我非滑倒不可。❷ 表示非此即彼；要麼：～就前進，～就後退，沒有其他選擇｜～就是你，～就是我，總得去一個人。

另見 yāo（1572 頁）。

【要隘】yào'ài〔名〕險要的關隘：守住～。

【要案】yào'àn〔名〕重要的案件：抓緊處理大案～。

【要不】yàobu〔連〕❶ 如果不這樣；否則：給爸爸打個電話，～他會不放心的。❷ 表選擇，或者：飛機票賣完了，～你坐火車去？以上也說要不然。

【要不得】yàobude〔動〕表示人或事物不好，不可取：這種自私行為～｜～的餿主意。

【要不是】yàobushi〔連〕如果不是：～他把我救上岸，我就淹死了｜～白送，我才不要呢。

【要衝】yàochōng〔名〕重要道路會合的地方；重要路口：鄭州是中國交通的～。

【要道】yàodào〔名〕❶（條）重要的道路：海上交通～。❷〈書〉切要的道理和方法：～不煩。

【要得】yàode〔形〕〈西南官話〉好（表示同意或讚美）：這個辦法～！

【要地】yàodì〔名〕❶ 重要的地方：軍事～｜戰略～｜通商～。❷〈書〉樞要的地位：身居～。

【要點】yàodiǎn〔名〕❶ 主要內容；主要方面：講話的～｜這篇文章沒有抓住～。❷ 重要據點：堅守～｜兵家必爭的戰略～。

【要犯】yàofàn〔名〕（名）重要的罪犯；情節嚴重的罪犯：捉拿～｜在逃～。

【要飯】yào // fàn〔動〕向人乞討飯食或零錢：逃荒～。

【要害】yàohài〔名〕❶ 身體上的致命部位：一槍擊中～。❷ 比喻重要的部門、關鍵所在或軍事要地等：～部門｜迴避～問題｜三號高地是這條防線的～。

【要好】yàohǎo〔形〕❶ 指感情融洽，親密：他倆從小就很～｜我有個非常～的朋友。❷ 努力求好，求上進：這孩子很～，門門功課都不錯。

【要價】yào // jià（～兒）〔動〕❶ 賣方向顧客說出貨物的售價：漫天～｜要了一個高價兒。❷ 比

談判時向對方提出各種條件：對方在談判中～越來越高。

【要津】yàojīn〔名〕❶ 重要的渡口，借指要害的地方：徐州地處～，為古代兵家必爭之地。❷ 指顯要的地位或職位：竊據～。

【要緊】yàojǐn〔形〕❶ 重要：這封信很～，千萬別丟了｜有件～事兒跟他商量｜先別追究事故責任，救人～。❷ 嚴重（用於否定式）：病就會好的，不～。

【要領】yàolǐng〔名〕❶ 主要之點；綱領：抓住～。❷（項）訓練、操練或操作的基本要求：掌握射擊～。

【要略】yàolüè〔名〕概說；概要：《中國文法～》｜疏其大要，省其舉例，以成～。

【要麼】（要末）yàome〔連〕表示兩種可能的選擇關係：買快車票去，～就改坐飛機｜～去頤和園，～去十三陵，反正只能去一個地方。

【要面子】yào miànzi〔慣〕愛面子：她～，沒考上大學就不願出門兒了｜這個人最～，有困難也不跟大家說。

【要命】yào // mìng〔動〕❶ 使喪失生命：要我們的命也不能投降。❷ 表示到了極點：她倆好得～｜天氣熱得～。❸ 使人陷入難於忍受和應付的困境：這人真～，這麼大的事情也不說一聲。

【要目】yàomù〔名〕重要條目或篇目（多指書報）。

【要強】yàoqiáng〔形〕爭強好勝：她很～，凡事不肯落在別人後頭。

【要人】yàorén〔名〕（位）有權有勢有地位的重要人物：軍政～｜商界～。

【要塞】yàosài〔名〕有相當強的防禦設施的重要軍事據點：邊防～。

【要事】yàoshì〔名〕（件，項）重要的事情：處理～｜有～相商。

【要是】yàoshi〔連〕如果；如果是：我～回家晚了，你就自己先吃飯吧。

【要死要活】yàosǐ-yàohuó〔俗〕形容程度非常嚴重、厲害：吵得～｜累得～｜氣得～。

【要素】yàosù〔名〕構成事物的必要因素或成分：議論文的～有論點、論據、論證方法等。

【要聞】yàowén〔名〕（條）重要的新聞：國際～。

【要言不煩】yàoyán-bùfán〔成〕語言簡明扼要，不煩瑣：他的演講～，贏得了陣陣掌聲。**注意** 這裏的“煩”不寫作“繁”。

【要員】yàoyuán〔名〕（位）高級官員：政府～。

【要賬】yào // zhàng〔動〕討債：上門～｜已經跟他要過幾次賬了。

【要職】yàozhí〔名〕重要的職位：身居～｜謀取～。

【要旨】yàozhǐ〔名〕主要的意思；宗旨：本書～已見於緒論。

祕
嶢　yào〈書〉同"勒"。

祕
嶢　yào 見下。

【嶢嶮】yàoxiǎn〔名〕兩山之間像馬鞍子的地方。多用於地名：～鄉（在陝西）。

勒　yào（～兒）〔名〕靴子或襪子穿在踝骨以上的部分：襪～兒｜高～靴。

瘧（疟）　yào 瘧子。另見 nüè（991 頁）。

【瘧子】yàozi〔名〕〈口〉瘧（nüè）疾：發～。

藥（药）　yào ❶〔名〕（副，劑，丸，片，粒）藥物：用～｜吃～｜西～｜～到病除｜良～苦口，忠言逆耳。❷ 某些有特定作用的化學物品：彈～｜炸～｜鼠～｜殺蟲～。❸ 用藥物治療：不可救～。❹〔動〕用藥毒死：～耗子｜～蟲子｜～蟑螂。❺（Yào）〔名〕姓。

【語彙】補藥　草藥　成藥　彈藥　毒藥　方藥　膏藥　火藥　良藥　涼藥　麻藥　蒙藥　妙藥　農藥　配藥　熱藥　入藥　山藥　聖藥　湯藥　投藥　下藥　醫藥　炸藥　抓藥　迷魂藥　不可救藥　換湯不換藥

【藥材】yàocái〔名〕中醫指製藥的原料。

【藥草】yàocǎo〔名〕可用作藥物的草本植物。

【藥典】yàodiǎn〔名〕（本，部）國家有關部門編定的記載藥物名稱、性質、功能、形狀、成分、用量、配製、貯藏方法等的典籍。

最早的藥典

世界第一部藥典是中國唐高宗顯慶四年（公元 659 年）頒行的《新修本草》。1542 年頒行的《紐倫堡藥典》被公認為歐洲第一部藥典。

【藥店】yàodiàn〔名〕（家）出售藥物的商店。

【藥方】yàofāng（～兒）〔名〕❶ 為治療某種疾病而開列的若干種藥物的名稱、劑量和用法等。❷（張）寫有藥方的紙：拿着這張～到藥房配藥。

【藥房】yàofáng〔名〕❶（家）出售西藥的商店，有的能調劑配方或兼售中成藥。香港、澳門的藥房不僅出售藥品，還出售個人生活用品、奶粉等。❷ 醫院或診療所中按處方供應藥物的部門。

【藥費】yàofèi〔名〕買藥的費用：報銷～。

【藥粉】yàofěn〔名〕粉末狀的藥。

【藥膏】yàogāo〔名〕膏狀的藥（多用於外敷）。

【藥罐子】yàoguànzi〔名〕❶ 熬中藥用的罐子。❷ 比喻經常因病吃藥的人（含戲謔意）：這家的二小姐是個～。

【藥劑】yàojì〔名〕根據藥典或處方配成的藥物製劑。

【藥劑師】yàojìshī〔名〕（位，名）受過高等藥學教育或具有同等能力，經國家衞生部門審查合格

的製藥、配藥等的專業人員。也叫藥師。

【藥檢】yàojiǎn〔動〕❶ 國家有關部門對藥品質量進行化驗檢查：經～全部合格。❷ 對參加比賽的運動員是否服用了違禁藥物進行檢查測定：對運動員進行突擊～。

【藥酒】yàojiǔ〔名〕藥材浸泡在酒（多為白酒）中而成的有一定療效的酒，可用於治療慢性病，如人參酒、蛤蚧酒等。

【藥理】yàolǐ〔名〕藥物在機體內所起的變化、作用和防治疾病的原理：～學。

【藥力】yàolì〔名〕藥物的效力：～持久｜～達不到。

【藥棉】yàomián〔名〕醫療上用的經過消毒處理的脫脂棉。也叫藥棉花。

【藥麵】yàomiàn（～兒）〔名〕〈口〉藥粉。

【藥捻兒】yàoniǎnr〔名〕帶有藥物的紙捻兒或紗布條，外科治療時放入傷口或瘡口內。也叫藥捻子。

【藥片】yàopiàn（～兒）〔名〕片狀的藥。

【藥品】yàopǐn〔名〕藥物和化學試劑的統稱。

【藥鋪】yàopù〔名〕（家）按中醫處方配售中藥的商店，現在多兼售西藥。

【藥膳】yàoshàn〔名〕配有中藥的膳食（含粥、湯、菜餚等），用於保健或輔助治療慢性病。

【藥石】yàoshí〔名〕❶ 古時指藥和針砭用的石針：～罔效｜病在肌膚，～可及。❷〈書〉比喻勸人改過的話：～之言｜字字肺腑，句句～。

【藥水】yàoshuǐ（～兒）〔名〕液態的藥：紅～。

【藥丸】yàowán（～兒）〔名〕（粒）丸狀的藥。

【藥味】yàowèi〔名〕❶（～兒）（股）藥的氣味或味道。❷ 中醫方劑中的藥物的味數（種數）：這位大夫開的～真不少｜～齊全。

【藥物】yàowù〔名〕能防治疾病、病蟲害等的物品：自然～｜化學合成～。

【藥箱】yàoxiāng〔名〕（隻）裝有常用藥和簡易醫療器械的箱子：急救～｜背着～出診去。

【藥性】yàoxìng〔名〕藥物的性質與功能：～平和｜深諳～。

【藥引子】yàoyǐnzi〔名〕中藥藥劑中另加的一些能加強藥劑效力的輔助性藥物：用蘆根做～。

【藥皂】yàozào〔名〕（塊，條）含有適量殺菌劑或防腐劑，有消毒作用的肥皂。

曜　yào〈書〉❶ 日光：日出有～。❷ 日、月、星的總稱；"日""月"加"火""水""木""金""土"等五星合稱七曜。舊時以日曜日為星期日，月曜日為星期一，火曜日為星期二，以此類推。❸ 照耀：明月～夜。

耀〈❶-❹燿〉　yào ❶ 光芒：日星隱～｜光～。❷ 光綫強烈地照射：閃光～眼。❸ 顯揚；顯示出來：炫～｜光宗～祖｜～武揚威。❹ 光榮：榮～。❺（Yào）〔名〕姓。

語彙 光耀 輝耀 誇耀 榮耀 閃耀 顯耀 炫耀 照耀

【耀武揚威】yàowǔ-yángwēi〔成〕炫耀武力，顯示威風：不能容忍敵艦在我們的家門口~。

【耀眼】yàoyǎn〔形〕光綫強烈，使人目眩：燈光~｜金碧輝煌，十分~。

鷂（鹞）yào ❶〔名〕鳥名。像鷹而小，性兇猛，捕小鳥、小雞為食。種類很多，有白頭鷂、白尾鷂、鵲鷂等。❷雀鷹。

【鷂鷹】yàoyīng〔名〕（隻）雀鷹的通稱。

【鷂子】yàozi〔名〕❶（隻）雀鷹的通稱。❷（吳語）紙鷂；風箏：放~。

鑰（钥）yào 鑰匙。另見 yuè（1680 頁）。

【鑰匙】yàoshi〔名〕（把）開鎖用的器具（有的鎖用它才能鎖上）：一把~開一把鎖（比喻解決不同的問題要用不同的方法）。

yē ㄧㄝ

吔yē ❶〔助〕語氣助詞。表示驚異、着急等：快來~！❷〔歎〕表示驚訝、疑問等：~，怎麼啦？

耶yē / yé ❶ 譯音用字：~穌。❷（Yē）〔名〕姓。另見 yé（1578 頁）。

【耶和華】Yēhéhuá〔名〕希伯來人信奉的猶太教的神，意為自有永有。基督教《舊約》中稱為上帝。[英 Jehovah；希伯來 Yěhōwāh]

【耶穌】Yēsū〔名〕基督教所信奉的救世主，稱為基督。據《新約》記載，是上帝（或稱天主）的兒子，為拯救人類降生為人。生於猶太伯利恆，召十二門徒，傳教於猶太各地。後為猶太教當權者所仇視，被羅馬官吏逮捕，釘死在十字架上，死後復活升天。[拉丁 Jesus；希伯來 Yēshuá]

掖yē〔動〕塞進（某處）：藏~｜把錢~在兜兒裏｜腰裏~着把手槍。另見 yè（1582 頁）。

伽yē 見「伽倻琴」（627 頁）。

椰yē / yé ❶ 椰子：~林｜~汁。❷（Yē）〔名〕姓。

【椰乾兒】yēgānr〔名〕（塊，片）用椰子肉晾成的乾兒。

【椰蓉】yēróng〔名〕椰子肉晾乾後製成的碎末兒，用來做糕點的餡兒：月餅有~餡兒的。

【椰子】yēzi〔名〕❶（棵）常綠喬木，樹幹直立，無分

枝。核果球形，外果皮黃褐色，中果皮為厚纖維層，內果皮即堅硬的椰殼，果肉多汁，含脂肪。❷ 這種植物的果實。

暍yē〈書〉中暑；傷暑。

噎yē〔動〕❶ 食物堵住食管：吃飯防~，走路防跌。❷ 因為迎風或濃煙刺激，使呼吸一時不暢：這關東煙勁兒真大，一口就把我~住了。❸（北方官話）用語言頂撞人或使人受窘難堪：說話別老~人。

語彙 抽噎 防噎 鯁噎 澀噎 酸噎

【噎膈】yēgé〔名〕中醫指食道癌或胃癌。

yé ㄧㄝ

邪yé ❶ 同「耶」（yé）①。❷ 見「莫邪」（944頁）。另見 xié（1497 頁）。

耶yé ❶〔助〕〈書〉語氣助詞。表示疑問：是~非~？｜然則何時而樂~？❷ 古同「爺」①：~娘妻子走相送。另見 yē（1578 頁）。

揶yé 見下。

【揶揄】yéyú〔動〕〈書〉嘲弄：屢遭~｜人受得起批評，可受不了~。

爺（爷）yé ❶〔名〕（吳語）父親：~娘。❷〔名〕祖父：我~八十歲了。❸〔名〕對長一輩或年長男子的尊稱：大~｜二~｜張~。❹ 舊時窮苦人對有錢有勢者的稱呼：老~｜少~｜太~。❺ 迷信的人對某些神的稱呼：土地~｜財神~｜火神~｜老天~。

語彙 大爺 倒爺 佛爺 老爺 少爺 師爺 太爺 兔兒爺 王爺 爺爺 祖師爺

【爺們兒】yémenr〔名〕（北京話）❶ 男人（既表示複數，又可以用於單數）：咱~不是外人｜瞧你還是個~，怎麼哭起來了？❷ 指丈夫：她~出外打工了。

【爺兒】yér〔名〕〈口〉長輩男子和晚輩男女的合稱，如父親與子女，祖父和孫子孫女等（後面常帶數量詞）：~倆上街呀？｜~幾個一塊兒逛公園。

【爺兒們】yérmen〔名〕〈口〉長輩男子和晚輩男子的合稱：我們~的事兒，娘兒們別管。

【爺爺】yéye〔名〕〈口〉❶ 祖父：他~是物理學家。❷ 稱呼跟祖父輩分相同或年紀相仿的男性：張~｜李~｜老~。

鎁（铘）yé 見「鎮鎁」（946 頁）。

yě ㄧㄝˇ

也 yě ㊀❶〔助〕〈書〉語氣助詞。表示判斷或解釋：陳勝者，陽城人～｜封建非聖人意～，勢～。❷〔助〕〈書〉語氣助詞。表示疑問或反詰：何～？｜是何言～？｜此畫果真～？幻～？❸〔助〕〈書〉結構助詞。表示句中停頓：聽其言～，可以知其所好矣｜祈禱～，祭告～，懺悔～，立種種事神之儀式。❹（Yě）〔名〕姓。

㊁〔副〕❶表示兩事相同或並列：來～可以，不來～可以｜我們～划船，～游泳｜他個兒高，力氣～大｜他們中間有中國人，～有日本人。❷表示無論這樣或那樣，都會出現某種結果：寧可死，～絕不投降｜不管他怎麼扳，～扳不倒｜這衣服洗～洗不乾淨了。❸表示轉折或讓步（常與上文的"雖然、即使"等呼應）：雖然下雨了，我們～要守約去和朋友見面｜即使幹不了重活兒，～要找點輕活兒幹｜今天來的人就算少，～有五十多個。❹表示委婉的語氣：這袋土豆兒～就五十來斤｜這幅畫兒～還拿得出去｜我看～只好如此了。❺表示語氣的加強（常與"連、再"或限於"一"的數詞配合）：連偏僻的山區～用上了互聯網｜他再霸道～不敢欺負人了｜樹葉一動～不動｜村子裏靜極了，一聲狗叫～沒有。

語彙　空空如也　溜之乎也　之乎者也

〔辨析〕**也、又**　a)"也"表示跟別人的動作相等同，如"他來了，你也來了"；"又"表示跟自己以前的動作相同，如"昨天你來了，今天你又來了"。b)"又……又……""也……也……"表示兩種動作、狀態同時存在。前者既可以用動詞，也可以用形容詞，如"又吃又喝""又快又好"；後者一般只能用動詞，如"也吃也喝"，不能用形容詞，如不能說"也快也好"。c)主語相同時"又……又……"，也可用"也……也……"，如"他又（也）做教師，又（也）當編輯""他又會賦詩又會唱戲，多才多藝"；主語不同時，一般用"也……也……"，如"你也來了，他也來了，可以開始討論了"。d)"也"在表示強調時，往往和"都"的意思相同，如"樹葉一動也不動"；"又"沒有這種意思和用法。

【也罷】yěbà〔助〕語氣助詞。❶表示容忍或只能如此，相當於"也好"，語氣略重：他不來～，這點活兒咱們幾個也能幹｜～，你一定要走，我也就不留了。❷連用兩個（或更多），表示在任何情況下都如此（常與上文中的"不管、不論"等和下文中的"都、也"等呼應）：不管敵人來～，不來～，我們都要做到有備無患｜不論老師～，同學～，誰也說服不了他。

【也好】yěhǎo〔助〕語氣助詞。❶表示允許、贊成：多費點事～，問題一下子就徹底解決了｜大學生們到工廠去勞動勞動～，體驗一下工人的生活。❷連用兩個（或更多），表示任何情況都一樣：無論是花～，鳥～，他都會侍弄｜他同意～，不同意～，咱們明天就出發。**注意**"也好"有時是副詞和動詞連用，相當於"也便於"，如"家裏要留一個人，有客來也好接待"。

【也許】yěxǔ〔副〕❶用在動詞前，表示有可能但不很肯定：他沒來上班，～是病了｜那份稿子～在抽屜裏，～在書櫃裏，你再找一找。❷用於判斷句，表示有所商量的意思，相當於"是不是"：這樣處理～更妥當一些｜～我們不答應，他會生氣的。

冶 yě ㊀❶熔煉（金屬）：～金｜～鐵｜～鑄。❷〈書〉熔煉金屬的工匠：良～｜❸（Yě）〔名〕姓。

㊁〈書〉形容裝飾艷麗（含貶義）：妖～｜佳～｜窈窕。

語彙　陶冶　妖冶

【冶金】yějīn〔動〕冶煉金屬：～工業｜有色～。

【冶煉】yěliàn〔動〕用焙燒、熔煉、電解、使用化學藥劑等方法提取礦石中的金屬，減少金屬中所含雜質或增加金屬中的某種成分，使成為所需金屬。

【冶容】yěróng〈書〉❶〔動〕女子打扮自己使嬌艷：～誨淫｜～求好。❷〔名〕妖艷的容貌：麗質～，傾城傾國。

野〈❶-❾埜 ❶-❾壄〉yě ❶野外：～營｜～田～。❷界限；範圍：分～｜視～。❸指不當政掌權的地位（跟"朝"相對）：下～｜在～｜朝～～。❹〔形〕屬性詞。自然生長的（動植物）：～獸｜～鴨｜～花｜～菜。❺〔形〕蠻橫粗魯，沒有禮貌：粗～｜撒～｜～蠻｜動作太～｜說話～着呢。❻狂妄的；非分的（心思）：～心～。❼〔形〕屬性詞。非正式的；非法的：～史｜～廣告。❽〔形〕屬性詞。無主的；無人收留的：～貓｜～狗～。❾〔形〕不受約束或難於約束：～性｜玩～了｜狂放的表演顯得特～。❿（Yě）〔名〕姓。

語彙　遍野　草野　朝野　粗野　村野　分野　荒野　郊野　狂野　曠野　平野　撒野　山野　視野　四野　田野　文野　沃野　下野　原野　越野　在野　堅壁清野

【野菜】yěcài〔名〕（棵）生長在田野、山間可做蔬菜的植物，如薺菜、莧菜等。

【野餐】yěcān ❶〔動〕野外就餐：美美地～一頓。❷〔名〕（頓）在野外就餐時吃的各種食品：～有麵包，有香腸，還有啤酒。

【野草】yěcǎo〔名〕野生的草：～叢生。

Y

【野地】yědì〔名〕野外的荒地:荒郊~|~裏兔子很多。

【野廣告】yěguǎnggào〔名〕(張)指街頭張貼的各種騙人的廣告。

【野果】yěguǒ(~兒)〔名〕野生植物的果實:村裏的孩子喜歡上山採~。

【野狐禪】yěhúchán〔名〕佛教禪宗指妄稱覺悟而流入邪僻的人,泛指邪門歪道之類的事物。

【野火】yěhuǒ〔名〕燃燒於荒山野地的火:嚴防~引發森林火災|~燒不盡,春風吹又生。

【野雞】yějī ❶〔名〕(隻)雉的通稱。傳說是因呂后名雉而改。❷〔名〕當街拉客的妓女。❸〔形〕屬性詞。指不合規章而開辦或經營的:~店|~大學|~公司。

【野菊花】yějúhuā〔名〕(株)多年生草本植物,生於荒野。葉互生,卵狀橢圓形,羽狀分裂,裂片邊緣有鋸齒。花黃色。中醫以花或全草入藥,有清熱解毒的功效。也叫野菊。

【野驢】yělǘ〔名〕(頭)哺乳動物,毛深棕色,背中央有一條褐色細綫,腹部毛白色。生活在荒漠或荒漠草原地帶,是一種珍稀動物。

【野蠻】yěmán〔形〕❶蒙昧的,沒有進入文明狀態的:~時代|~人。❷粗野蠻橫:他的行為很~|嚴禁~執法。

【野貓】yěmāo〔名〕❶(隻)無主的貓。❷有的地區指野兔。

【野牛】yěniú〔名〕(頭)哺乳動物,形狀與家牛相似,背脊發達而突起,頭部和頸部有褐色長毛,四肢下部毛白色。食樹葉、樹皮等。是一種珍稀動物。

【野薔薇】yěqiángwēi〔名〕(棵,株)野生的薔薇。花有各種顏色,且多重瓣,花瓣通常為五片。

【野人】yěrén〔名〕❶〈書〉古代指平民。❷未開化的人。❸生活於山野,目前尚未確知的一種身上有毛、大腳、能直立行走的靈長目動物。也叫紅毛野人。❹性情粗野的人。

【野生】yěshēng〔形〕屬性詞。在自然環境裏生長,非人工餵養或栽培的:~植物|~動物。

【野史】yěshǐ〔名〕(部)古代私人所著未曾列入正史的史書(區別於"正史")。

【野獸】yěshòu〔名〕(頭)泛指生長在山野間的獸類(區別於"家畜")。

【野兔】yětù〔名〕(隻)生活在野地裏的兔子,身體較家兔略大,多為茶褐色或灰色。後腿發達。以植物為食。有的地區叫野貓。

【野外】yěwài〔名〕遠離城鎮、鄉村的地方:~作業|成年在~工作。

【野心】yěxīn〔名〕對領土、權位、名利等非分而強烈的欲望:~家|侵略~|~勃勃。

【野心家】yěxīnjiā〔名〕對權位、名利等有着非分而強烈欲望的人:個人~。

【野性】yěxìng〔名〕❶(動物)在自然中兇猛、不馴順的習性;也指人的放縱不拘的性情:放歸的老虎開始撲殺小動物,恢復了~|他~不改,又從收容所中逃出去流浪。❷樂居於山鄉田野的性情:~從來與世疏。

【野營】yěyíng〔動〕到野外住宿並有計劃地進行一些活動,是軍事或體育訓練的一種項目:暑假同學們要到海濱~。

【野戰】yězhàn〔動〕在要塞或城市以外的廣大地區作戰:~軍|~醫院|這支部隊在~中屢建奇功。

【野戰軍】yězhànjūn〔名〕❶在廣大地區執行機動作戰任務的正規軍。❷中國人民解放軍在解放戰爭時期的最高一級建制單位,各野戰軍直屬中國人民革命軍事委員會領導,下設若干兵團及特種部隊。

【野豬】yězhū〔名〕(頭,隻)哺乳動物,形狀略像家豬,毛粗硬,黑褐色,犬齒突出口外,耳朵挺立。性兇猛,晝伏夜出,拱食低矮的植物,有時襲擊家豬等。

yè ㄧㄝˋ

曳 yè/yì 拖;拉:搖~|~引|~光彈(發射後尾部能發光的槍彈或炮彈)|棄甲~兵(兵:武器)。

語彙 馳曳 牽曳 拖曳 徐曳 搖曳

【曳引】yèyǐn〔動〕牽引:大卡車~着拖車在公路上行駛。

夜〈亱〉 yè〔名〕❶從天黑到天亮的一段時間(跟"日""晝"相對):~以繼日|夙興~寐|日不做,~摸索。❷(Yè)姓。

語彙 熬夜 白夜 半夜 殘夜 長夜 徹夜 成夜 初夜 黑夜 竟夜 連夜 漏夜 良夜 年夜 陪夜 起夜 前夜 清夜 日夜 入夜 深夜 守夜 夙夜 通夜 午夜 消夜 星夜 巡夜 夤夜 元夜 月夜 值夜 晝夜 子夜 日以繼夜

【夜班】yèbān〔名〕在夜裏工作的班次(區別於"白班"):上~|值~|~車。

【夜半】yèbàn〔名〕半夜;夜裏十二時前後:~時分|~歌聲|~鐘聲到客船。

【夜不閉戶】yèbùbìhù〔成〕《禮記·禮運》:"是故謀閉而不興,盜竊亂賊而不作,故外戶而不閉。"後用"夜不閉戶"(夜裏睡覺不閂門)形容社會風氣良好。

【夜不成寐】yèbùchéngmèi〔成〕夜裏睡不着覺:聽到這個好消息,他興奮得~。

【夜叉】yèchā〔名〕佛經裏所說的一種吃人的惡鬼,後用來比喻相貌醜陋、性情兇惡的人:母~。[梵 yakṣa]

【夜長夢多】yècháng-mèngduō〔成〕比喻時間一長，事情或情況可能發生不利的變化：這事兒要儘快解決，免得～，又出別的問題。

【夜場】yèchǎng〔名〕晚場：～電影｜觀眾很多，日場不夠，得增加一個～。

【夜車】yèchē〔名〕❶稱夜間行駛的車：我們坐～去。❷見"開夜車"（741頁）。

【夜大】yèdà〔名〕（所）夜大學的簡稱。利用夜間上課的大學，多為業餘性的。

【夜工】yègōng〔名〕夜晚進行的勞動或工作：打～｜做了好幾個～。

【夜光錶】yèguāngbiǎo〔名〕（塊，隻）錶面的數字（或符號）和指針上塗有熒光質，在黑暗中也能看清時刻的錶。也叫夜明錶。

【夜航】yèháng〔動〕（船隻、飛機）夜間航行：江面起了大霧，不能～。

【夜壺】yèhú〔名〕（把）男人夜間或病中用的壺形小便器具（多指舊式的）。也叫便壺。

【夜間】yèjiān〔名〕夜裏：～行車｜～施工。

【夜景】yèjǐng〔名〕夜晚的景色：十里長街，～如畫｜澳門的～，燈火通明，五彩斑斕。

【夜來香】yèláixiāng〔名〕（棵，株）多年生藤本植物，葉對生，呈卵圓形，夏秋開花，花冠呈高腳碟狀，黃綠色，香氣濃，夜間尤盛。也叫夜香花。

【夜闌人靜】yèlán-rénjìng〔成〕夜深沉，人寂靜：～，正是寫作的好時候。

【夜裏】yèli〔名〕從天黑到拂曉的一段時間：～很涼，出門多加衣服。

【夜盲】yèmáng〔名〕一種疾病，由缺乏維生素A所引起，症狀是在夜間光綫不足的地方看不清或完全看不見東西。也叫雀（qiǎo）盲眼。

【夜貓子】yèmāozi〔名〕（北方官話）❶（隻）貓頭鷹。❷比喻喜歡晚睡的人（含戲謔意）：這傢伙真是個～，越到晚上越有精神。

【夜明珠】yèmíngzhū〔名〕（顆）古代傳說指夜間能放光的寶珠。今多用於比喻：晚會中她打扮得那樣美麗，像～吸引着人們的視綫。

【夜幕】yèmù〔名〕指夜間。因夜間景物像被一幅大幕罩住一樣，故稱：～籠罩大地｜～降臨。

【夜勤】yèqín〔名〕夜裏值勤的班次，多指警察夜間值班，醫生夜間值勤或護士的夜間護理工作：今晚我有～。

【夜色】yèsè〔名〕❶夜裏的景色：蒼茫的～。❷朦朧的夜光：趁着～突圍。

【夜生活】yèshēnghuó〔名〕指夜間進行的交際、文化娛樂等活動：香港的～很豐富。

【夜市】yèshì〔名〕夜晚集中買賣貨物和提供飲食消費的固定市場，延續的時間長短不一：台北的～是旅遊的熱點。

宋朝的夜市

據宋朝吳自牧《夢粱錄》記載，臨安（今浙江杭州）夜市十分盛行，凡衣帽扇帳，盆景花卉，魚鮮豬羊，糕點蜜餞，時新果品等，應有盡有。又云："杭城大街，買賣晝夜不絕，夜交三四鼓，遊人始稀；五更鐘鳴，賣早市者又開店矣。"

【夜晚】yèwǎn〔名〕夜間；晚上：他在報社當編輯，經常～工作，白天休息。

【夜襲】yèxí〔動〕夜間襲擊：～敵營。

【夜宵】（夜消）yèxiāo（～兒）〔名〕供夜裏吃的飯食、點心：食堂為夜班工人準備的～。

【夜校】yèxiào〔名〕（所）夜間上課的學校，多屬業餘性質的：識字～｜上～。

【夜以繼日】yèyǐjìrì〔成〕日夜不停，加緊工作或學習：工程正～地進行着｜建橋工人～地工作，終於趕在雨季前完成了任務。

【夜鶯】yèyīng〔名〕（隻）鳥名，體態美麗，鳴聲清婉，夜間也鳴，所以叫夜鶯；文學作品中泛指叫聲清脆的小鳥：～的叫聲使他憶起一段美好的往事。

【夜鷹】yèyīng〔名〕（隻）鳥名，頭部扁平，嘴呈三角形，羽毛灰褐色，背部有縱斑，胸部有橫帶。晝伏夜出，捕食昆蟲，是益鳥。

【夜遊神】yèyóushén〔名〕傳說中夜間巡遊的神，比喻喜歡深夜遊逛的人（含戲謔意）：他是個～，常常深夜才回家。

【夜戰】yèzhàn〔動〕夜間作戰。泛指夜間加班工作：挑燈～。

【夜總會】yèzǒnghuì〔名〕（家）都市中規模較大的供人夜間休閒娛樂的營業性場所：這家～通宵營業，生意火暴。

拽 yè 同"曳"。
另見 zhuāi（1788頁）；zhuài（1788頁）。

頁（页）yè ❶書刊中單張的紙：扉～｜活～｜版權～。❷〔量〕舊指綫裝書中的一張紙，現指兩面印刷的書本中的一面：這本書有六百～｜打開新書第一～。**注意**可以說"打開新的一頁"，但是從來不說"打開新的兩頁"或"打開新的三頁"等等。"打開新的一頁"是比喻的說法，意思是推陳出新，從頭做起。❸（Yè）〔名〕姓。

語彙　冊頁　插頁　扉頁　畫頁　活頁　書頁

【頁碼】yèmǎ（～兒）〔名〕標示書頁順序的數碼：引文要註上書名和～兒。

【頁面】yèmiàn〔名〕❶書刊、本冊每一頁的圖文設置或書寫狀況：～工整。❷計算機屏幕上界定的一個顯示畫面：設置～。❸網頁在計算機屏幕上所顯示的內容：打開～｜刷新～。

【頁心】yèxīn〔名〕❶書刊版面上排印文字、圖畫的部分（不包括頁碼、裝飾及外圍空白）。也叫版心。❷木版書書框的中縫。也叫版心、版口。

咽

yè 聲音因受阻而沉滯：哽～｜嗚～｜馬蹄聲碎，喇叭聲～。

另見 yān（1552頁）；yàn "嚥"（1565頁）。

語彙　哀咽　悲咽　感咽　哽咽　嗚咽　幽咽

掖

yè ❶從側面攙扶別人，借指扶助或提拔：扶～｜獎～｜誘～。❷（Yè）〔名〕姓。

另見 yē（1578頁）。

語彙　扶掖　宮掖　獎掖　秘掖　戎掖　提掖　誘掖　中掖

液

yè ❶液體：黏～｜溶～｜津～｜胃～。❷（Yè）〔名〕姓。

語彙　毒液　津液　精液　黏液　溶液　輸液　體液　唾液　胃液　血液　玉液　汁液

【液化】yèhuà〔動〕❶因温度降低或壓力增加等原因，使氣態的東西變成液體：石油～氣｜～天然氣｜液氨是由氣態氨～而成。❷有機體組織因病理變化而變成液體。

【液化氣】yèhuàqì〔名〕經過液化的氣體。特指石油氣，多灌裝在鋼罐中，為城市居民的重要燃料。

【液晶】yèjīng〔名〕液態晶體，是一種具有液體的流動性和晶體的光學特徵的有機化合物。可用來製作電子顯示器材：～電視｜～顯示器。

【液態】yètài〔名〕物質存在的液體狀態：～氧。

【液體】yètǐ〔名〕有一定的體積，可以流動，形狀隨容器而定的物質。如常温下的水、油、汞等。

【液壓】yèyā〔名〕利用液體傳遞的壓力：～表｜～機｜～傳動。

腋

yè ❶〔名〕上臂與胸側相連靠底下的地方：～窩。❷其他生物體上跟腋類似的部位：葉～（葉的基部和莖之間的夾角處）｜～芽（葉腋內生出的芽）。❸指狐狸腋下的小塊毛皮：集～成裘。

語彙　狐腋　集腋　群腋　肘腋　一狐之腋

【腋臭】yèchòu〔名〕腋窩發出的狐臭。

【腋毛】yèmáo〔名〕人體腋窩部位生長的毛。

【腋窩】yèwō〔名〕人體腋下呈窩狀的地方。

葉（叶）

yè ㊀❶（～兒）〔名〕〔片〕植物的營養或光合作用的器官，通常由葉片、葉柄和葉托三部分組成。通稱葉子。❷像葉子的東西：百～窗｜肺～。❸舊同"頁"①②。❹（Yè）〔名〕姓。

㊁較長時期的某一段：初～｜19世紀中～｜唐朝中～｜清朝末～。

"叶"另見 xié（1497頁）。

語彙　百葉　敗葉　初葉　茶葉　落葉　綠葉　末葉　煙葉　一葉　中葉　枝葉　粗枝大葉　金枝玉葉　添枝加葉

【葉公好龍】Yègōng-hàolóng〔成〕漢劉向《新序・雜事》載，古時有一位葉公，特別喜歡龍，器物上畫着龍，房子內外刻着龍。真龍知道後，就來到葉公家，把頭探進窗戶，尾巴甩在堂前。葉公一見，嚇得面如土色，拔腿而逃。後用"葉公好龍"比喻口頭上說愛好某事物，實際並不真的喜歡。

【葉綠素】yèlùsù〔名〕植物體中的綠色色素，植物利用它進行光合作用製造養料。

【葉輪】yèlún〔名〕安裝有葉片的輪盤。它和機軸聯結，或者是帶動機軸旋轉而產生動力，或者是在機軸帶動下旋轉而使流體運動。是渦輪機、離心泵、通風機等機器的主要部件。也叫轉輪。

【葉落歸根】yèluò-guīgēn〔成〕樹葉凋落後仍回到樹根附近。比喻事物總有自己的歸宿。借指客居於異國他鄉的人最終要回到故鄉：～，這位老華僑帶着妻兒從海外回到家鄉來定居了。

【葉脈】yèmài〔名〕（條）分佈在葉片上的細管狀脈紋，主要由細而長的細胞構成。按分佈到葉片各個部分的級序和粗細，可分為主脈、側脈和細脈。有輸送水分、養料和支撐葉片的作用。

【葉片】yèpiàn〔名〕❶（片）植物的葉的組成部分之一，通常是薄的扁平體，是植物進行光合作用的主要部分。❷葉輪中的形狀像葉子的零件：～式壓縮機。

【葉鞘】yèqiào〔名〕稻、麥、莎（suō）草等植物的葉片包在莖節上呈鞘狀的部分。

【葉酸】yèsuān〔名〕B族維生素之一。在新鮮的綠葉菜及肝、腎、酵母中含量較多。同氨基酸和核酸的代謝有關。高等動物如缺乏葉酸，會發生貧血。

【葉鏽病】yèxiùbìng〔名〕鏽病的一種，受害的植株葉子上出現很多赤褐色的斑點，影響作物的產量。小麥等容易感染。

【葉序】yèxù〔名〕葉在莖上排列的方式，有互生、對生、輪生三種情況。也叫葉列。

【葉岩】yèyán〔名〕層理明顯的薄板狀泥質岩石，是沉積中分佈較廣的一種：灰色～｜鈣質～｜油母～。

【葉子】yèzi〔名〕❶（片）植物的葉的通稱。❷（張，副）指紙牌。

楪 yè 用於地名：～村（在廣東）。

業（业） yè ㊀❶〔名〕行業：商～｜各行各～。❷〔名〕職業：待～｜就～｜失～。❸〔名〕學業：畢～｜～精於勤荒於嬉。❹〔名〕事業：大～｜創～｜～績。❺〔名〕產業；財產：物～｜～主。❻〈書〉從事（某種行業）：～文｜～商。❼(Yè)〔名〕姓。

㊁佛教用語。佛教把人的行動、言語、思想都稱為業，分別稱作身業、口業、意業，業又包括善惡兩個方面，一般指惡業：～障｜解冤洗～。

㊂已經：～已｜～經。

語彙					
百業	畢業	別業	產業	創業	從業	大業
待業	功業	行業	基業	家業	結業	敬業	就業
開業	課業	樂業	立業	生業	失業	實業	始業
事業	守業	受業	停業	同業	偉業	無業	物業
休業	修業	學業	勳業	肄業	營業	在業	正業
職業	專業	轉業	卒業	祖業	作業	兢兢業業	

【業大】yèdà〔名〕(所)業餘大學的簡稱。

【業績】yèjì〔名〕(項)功業；功績；重大成就：～卓著｜～永存｜光耀～。

【業界】yèjiè〔名〕指某一行業；企業界：～動態｜～人士｜這項措施一提出來就遭到～的普遍反對。

【業經】yèjīng〔副〕〈書〉已經：～核實｜～批准｜～呈報在案。

【業師】yèshī〔名〕(位)傳授學業的老師；也用於稱自己的老師：拜見～｜這幾位教授都是我的～。

【業態】yètài〔名〕業務經營的形式、形態：新興～｜這裏出現了由大型市場組成的購物消費新～。

【業務】yèwù(-wu)〔名〕(項)專業事務；專業工作：～範圍｜～水平｜發展～｜鑽研～。

【業已】yèyǐ〔副〕〈書〉已經：～調查核實｜～批准。

【業餘】yèyú❶〔名〕工作之餘：利用～寫小說｜豐富職工的～生活｜～學校（主要利用業餘時間進行教育的學校）｜～教育（對在職人員業餘時間進行的教育）。❷〔形〕屬性詞。非專業的：～棋手｜～劇團。

【業餘大學】yèyú dàxué 招收在職職工，主要利用業餘時間進行高等教育的學校。簡稱業大。

【業障】yèzhàng〔名〕❶佛教用語，指妨正道、害善心的障礙。❷舊時長輩斥責不肖子弟的話。

【業主】yèzhǔ〔名〕(位)產業或企業的所有者；住宅小區中住房的所有者：～委員會。

鄴（邺） Yè ❶古地名，在今河北臨漳。❷〔名〕姓。

曄（晔） yè〈書〉光亮、光彩的樣子：～如晴天散彩虹。

謁（谒） yè ❶〈書〉拜見；進見：拜～｜進～｜～見｜～陵（拜謁陵墓）。❷(Yè)〔名〕姓。

語彙			
拜謁	參謁	朝謁	干謁	進謁	晉謁	禮謁
請謁	求謁	造謁				

【謁見】yèjiàn〔動〕進見（用於下對上）：～總統。

爗（烨）〈燁〉 yè〈書〉❶火光；日光。❷火光很盛的樣子：～然。

饁（饁） yè〈書〉❶給在田地裏耕作的人送飯：～彼南畝。❷田獵時以獸祭神：～獸於郊。

靨（靥） yè 酒窩兒：嬌～｜笑～｜兩～。

語彙			
嬌靨	酒靨	兩靨	淺靨	微靨	笑靨

yī

一 yī ㊀❶〔數〕最小的正整數。1）用在量詞前：～尺｜～秒｜～個｜～角錢｜～齣戲。2）用在名詞前：這～事故相當嚴重｜這～情況應該馬上彙報。3）表示一次動作，或表示動作是試一下的、短暫的：踢了～腳｜說～聲｜商量～下｜快去看～看｜好好想～想。❷〔數〕表示每一：～組十人｜～人十元。❸〔數〕表示另一：西紅柿～名番茄。❹〔數〕表示同一：～視同仁｜意見不～｜咱們～路走｜全是～碼事。❺〔數〕表示整個；全；滿：～年的收入｜～屋子人｜～天星斗。❻表示專一：～心～意｜～意孤行。注意"一"的上述❻義為語素義。❷❸❹❺義已不完全屬於數目、數量的語義範疇，各辭書標註詞性有分歧。綜合考慮這些意義及其與其他詞語搭配的語法特點，不具有別的詞類的特點，故暫標數詞。❼〔副〕一旦：此人～得勢，必作惡｜防洪要高度重視，～大意就會造成損失。❽〔數〕同"就"等呼應，表示先做一下某個動作，緊接着引起下面的動作或情況：～學就會｜～說準成｜～病不起｜他～解釋，大家都明白了。❾〔數〕表示突然出現某種情況：心裏～慌｜眼前～黑｜路燈～亮。❿〔助〕〈書〉語氣助詞。表示加強語氣：吏呼～何怒｜事態嚴重，～至於此｜精神為之～振。⓫(Yī)〔名〕姓。

㊁〔名〕中國民族音樂音階上的一級，樂譜上用作記音符號，相當於簡譜的"7"。參見"工尺"(447頁)。注意"一"字用在第四聲（去聲）字前，唸第二聲（陽平），如"一半"(yíbàn)、"一共"(yígòng)；用在第一、二、三聲（陰平、陽平、上聲）字前，唸第四聲（去聲），如"一天"(yìtiān)、"一年"(yìnián)、"一點兒"(yìdiǎnr)。

為簡便起見，本詞典條目中的"一"字，都注第一聲（陰平）。

語彙 不一 純一 單一 劃一 均一 如一 同一 統一 萬一 唯一 一一 逐一 專一 單打一 背城借一 九九歸一

【一把手】yībǎshǒu〔名〕❶（參加某項活動的）重要一員：我們打算合夥承包這項工程，你也算上～吧。❷ 能幹的人：別看他個子不高，幹起活來可真是～。❸ 第一把手：老馬雖說是副總經理，可這幾年總經理暫缺，他實際上成了～。

【一把抓】yībǎzhuā〔動〕❶ 無論大事小事，樣樣都要管：要善於調動其他人的積極性，不能一個人～。❷ 不分輕重緩急，件件事都在辦：幹工作要學會"彈鋼琴"，不能眉毛鬍子一～。

【一百八十度轉彎】yībǎi bāshí dù zhuǎnwān〔俗〕比喻態度突然有很大變化，轉到與原來相反的方向去了：極力反對的經理，態度突然來了個～，表示支持大夥兒的方案。

【一敗塗地】yībài-túdì〔成〕《史記·高祖本紀》："今置將不善，一敗塗地。"意思是，現在如果安排的將領不妥當，一旦失敗就會肝腦塗地。現用來形容失敗到無法收拾的地步：這場球賽，我們隊～。

【一般】yībān〔形〕❶ 一樣；同樣：姐妹二人～高｜鋼鐵～的意志｜掌聲如暴風雨～響起來。注意 a）"一般"修飾的單音節形容詞一般是積極意義的，如不能說"姐妹二人一般矮"。b）在雙音節以上的詞語後邊時，"一般"可說成"般"，如"鋼鐵般的意志""暴風雨般的掌聲"。❷ 普通；平常（跟"特殊"相對）：這部字典的檢字法很特殊，和～的字典不一樣｜我只是～工作人員｜這篇文章的內容很～｜那人非常聰明，很不～｜各單位～都是五點下班｜～說來，這種可能性不大。❸ 屬性詞。普遍通行的：～語言學｜具有～意義。

【一般化】yībānhuà〔動〕普普通通，缺乏任何特色：他的講演～，沒甚麼新見解。

【一般見識】yībān-jiànshi〔成〕指同樣淺薄的氣度與見解（多用於否定意義）：你怎麼能跟他們～呢？｜不要跟小孩子～。注意"不跟某某一般見識"的意思是指"不要跟某某計較"。

【一板一眼】yībǎn-yīyǎn〔成〕板、眼：原指戲曲音樂的節拍。比喻言語、行動有條理，合規矩，仔細認真。有時也比喻做事死板，不懂得靈活掌握：他幹工作總是～，從不馬虎｜情況這麼緊急，你怎麼還～、慢條斯理的？

【一半】yībàn（～兒）〔數〕二分之一：咱倆合買這筐蘋果，你要～兒，我要～兒。

【一……半……】yī……bàn…… 分別用在同義或近義的名詞性語素前邊，形容很少或很短暫：～星～點兒｜～鱗～爪｜～時～會兒｜～知～解。注意"一年半載"可以表示時間短，如"建成投產，一年半載足夠了"；也可表示時間長，如"把這件事辦成，非一年半載不可"。

【一半天】yībàntiān〈口〉數量詞。一兩天：用不了～，我就能把這本書看完。

【一報還一報】yībào huán yībào〔俗〕你怎樣對待別人，別人也會怎樣對待你。多指惡事相報。

【一輩子】yībèizi〔名〕〈口〉一生一世：這件事我～也忘不了｜一個人做點好事並不難，難的是～做好事，不做壞事｜學習～的事，不是一陣子的事。

【一本萬利】yīběn-wànlì〔成〕本錢很小而利潤很大。比喻花費很少而收效很大：投資辦教育，是～的事。

【一本正經】yīběn-zhèngjīng〔成〕形容很莊重，很規矩，很認真：他講課～，從不在課堂上說閒話。

【一鼻孔出氣】yī bíkǒng chūqì〔俗〕比喻兩人配合做壞事或出壞主意：他倆此唱彼和，完全是～。

【一筆勾銷】yībǐ-gōuxiāo〔成〕把賬一筆抹去。形容把原來的事情都取消，統統不算數：多年來，大家對他關心照顧，這些恩情，不料全被他一～了。

【一筆抹殺】yībǐ-mǒshā〔成〕比喻把事實、優點、成績等全盤否定：我們的工作有缺點，可也取得了不少成績，不應當～。

【一臂之力】yībìzhīlì〔成〕一部分力量或不大的力量：助～（表示從旁幫忙）｜願效～｜借他～。

【一邊】yībiān（～兒）❶〔名〕方位詞。一側；一方面：用案板的這～兒切菜｜永遠站在多數人～。注意"一邊"有時有兩種意思。如"一邊坐着一個小孩"，可以是只在某一邊坐着一個小孩；也可以是坐着兩個小孩，這一邊坐着一個，那一邊也坐着一個。❷〔名〕方位詞。旁邊：站在～看熱鬧。❸〔副〕"一邊……一邊……"表示兩種以上的動作同時進行：他們～聊着天兒，～往前走｜老王～兒學習～兒工作｜你～說，我～記｜～走，～唱，～打拍子。注意"一邊"中的"一"有時可以省去；省"一"後，同單音節動詞組合時，中間不停頓，如"邊走邊說""邊幹邊學"。

【一邊倒】yībiāndǎo〔動〕❶ 指態度、立場完全傾向於對立雙方中的某一方：選民～，大都投了她的票。❷ 雙方中的一方佔了絕對優勢：這場球賽形成～的局面。

【一表人才】yībiǎo-réncái〔成〕指某人相貌氣質出眾，很有風度：他生得～，器宇非凡。

【一併】yībìng〔副〕合在一起（後帶雙音節動詞）：～解決｜～考慮｜～辦理。

【一病不起】yībìng-bùqǐ〔成〕不起：病不能痊

癥。指因病致死：年初，老人～，離開人間。

【一波三折】yībō-sānzhé〔成〕原指書寫隸書筆畫時筆勢曲折多姿。後多用來形容文章作品內容、情節起伏跌宕或事情進展屢經挫折：申請出國的事拖了很久，～，最近才得到批准。

【一波未平，一波又起】yībō-wèipíng，yībō-yòuqǐ〔俗〕一個波浪還沒有平息，另一個波浪又起來了。比喻波折多，問題一個接一個發生：這幾天，車間裏～，小張曠工的事還沒處理，小王跟小李又打起架來了。

【一……不……】yī……bù…… ❶分別用在兩個反義的單音節動詞性語素前面，表示事情發生後就不改變：～瞑～視｜～蹶～振。❷分別用在一個單音節名詞性語素和一個單音節動詞性語素前面，表示強調：～塵～染｜～竅～通。

【一不做，二不休】yī bù zuò，èr bù xiū〔諺〕唐朝趙元一《奉天錄》卷四載，張光晟隨朱泚叛亂，形勢不利，又出賣了朱泚，投降了唐王朝，但最後仍被處以極刑。張光晟臨死前說："傳語後人，第一莫作，第二莫休。"意思是要麼不做賊造反，既然做了就不要半途而廢。後來指事情既然開始做了，就索性做到底：咱們～，索性幹完活兒再歇會吧。

【一步到位】yībù-dàowèi〔成〕一次達到預定的目標或理想的水平：移民工作～｜畢業生擇業不要老想着～。

【一步登天】yībù-dēngtiān〔成〕一步跨上天去。比喻一下子達到最高境界或突然得志，爬上高位（含諷刺意）：本領靠的是勤學苦練，想不花氣力、～是不可能的｜那種靠吹牛拍馬～的人，終究是站不住腳的。

【一步一個腳印兒】yībù yīgè jiǎoyìnr〔俗〕比喻做事踏踏實實：不管做甚麼事都要～。

【一差二錯】yīchā-èrcuò〔成〕意外的差錯或不幸：倘有個～，可就對不起他了。

【一剗】yīchàn〔副〕❶（北方官話）全部；一律：～的青磚瓦房。❷一味；總是（多見於早期白話）：～地自吹自擂。

【一場空】yīchángkōng 形容徒勞無功或希望落空：竹籃打水～。

【一唱百和】yīchàng-bǎihè〔成〕一人首倡，百人附和。形容附和的人非常多。

【一唱一和】yīchàng-yīhè〔成〕原指感情相投而互相唱和。後多用來比喻互相呼應，互相配合（多含貶義）：他們倆在會上～，否定大家的意見，簡直是在演雙簧。注意 這裏的"和"不讀 hé。

【一朝天子一朝臣】yīcháo tiānzǐ yīcháo chén〔俗〕比喻一個人上台，下屬也隨着更換：領導換了，秘書當然要換，～嘛。

【一塵不染】yīchén-bùrǎn〔成〕❶佛教把色、聲、香、味、觸、法稱為六塵，教徒修行時，排除物欲，不被六塵所玷污，叫作一塵不染，即六根清淨。後泛指人品格高尚純潔，絲毫不沾染壞作風、壞習氣：他為官清廉，～。❷形容非常清潔，沒有污染：她的房間窗明几淨，～。

【一成不變】yīchéng-bùbiàn〔成〕一經形成就不再改變：事物都是發展的，沒有～的東西。

【一籌莫展】yīchóu-mòzhǎn〔成〕一點計策也施展不出；一點辦法也沒有：要材料沒材料，要地皮沒地皮，真讓管基建的人員～。注意 這裏的"籌"不寫作"愁"。

【一觸即發】yīchù-jífā〔成〕形容情勢非常緊張，只要有一點兒誘因，就會爆發嚴重事件：兩軍對峙，戰爭～｜大有～之勢。

【一錘定音】（一槌定音）yīchuí-dìngyīn〔成〕比喻一句話就做出決定：老師傅～，就這麼辦了。

【一錘子買賣】yī chuízi mǎimai〔俗〕只做一次而不考慮以後怎樣的交易。比喻不顧後果，沒有長遠打算的做法：他把所有的錢都投進去了，～，是賺是賠全看運氣。

【一次能源】yīcì néngyuán 指自然界中的天然能源。如石油、煤炭、天然氣等：提高生產過程中～的利用率｜加快～結構調整，推行可持續能源戰略。

【一次性】yīcìxìng〔形〕屬性詞。❶只此一次而再無第二次的：～補助｜～處理。❷只使用一次即不再用的：～茶杯｜～飯盒。

【一蹴而就】yīcù-érjiù〔成〕踏一步就能到達。形容很容易成功，一下子就能成功：學好外語要艱苦努力，日積月累，不可能～。注意 這裏的"蹴"不寫作"傶"，不讀 jiù。

【一寸光陰一寸金】yīcùn guāngyīn yīcùn jīn〔諺〕光陰：太陽照射物體形成的影子，隨着時間而移動。形容時間寶貴：～，寸金難買寸光陰。

【一帶一路】yī dài yī lù 指"絲綢之路經濟帶"和"21 世紀海上絲綢之路"。由中國首倡，為沿綫國家優勢互補、開放發展創造了新的機遇，對中國現代化建設具有深遠的意義。

【一旦】yīdàn ❶〔名〕一天之內（表示時間短）：毀於～。❷〔副〕有那麼一天（如果有一天或忽然有一天）：參加了保險，～發生意外事故，就可以獲得補償。

【一刀兩斷】yīdāo-liǎngduàn〔成〕比喻堅決果斷地斷絕關係：一對好朋友忽然鬧翻，幾十年的感情就這樣～了。

【一刀切】yīdāoqiē〔動〕比喻不加區別，用同一種方法、同一個標準處理各種情況或事物：各地情況不一樣，建設新農村不能搞～。

【一道】yīdào（～兒）〔副〕一同；一起：我也上北京，咱們兩個～兒去｜家長跟老師～兒擔負起教育下一代的責任。

【一得之愚】yīdézhīyú〔成〕《晏子春秋·內篇雜

Y

下》:"聖人千慮,必有一失;愚人千慮,必有一得。"後用"一得之愚"指自己多次考慮後才得到的一點兒粗淺見解(多用作謙辭):～,僅供參考。

【一點兒】yīdiǎnr 數量詞。❶ 表示較少的數量:還有～活兒,很快就幹完了｜這是我們對老師的心意。❷ 表示程度輕:這衣服奶肥了｜這種葡萄酒有～酸。❸ 用於否定式,有"完全"的意思:那錢～沒動｜他～也不累。

【一丁點兒】yīdīngdiǎnr(北京話)數量詞。極少或極小的一點兒:你吃這麼～飯就飽了?

【一定】yīdìng ❶〔形〕屬性詞。規定的;確定的:考勤、考查和考試,都有～的制度。❷〔形〕屬性詞。固定的;必然的:戰士進行野外訓練時,沒有～的住處｜他沒日沒夜地工作,吃飯睡覺都沒有～的時間了｜農作物的生長和土壤、水分、日光等都有～的關係。❸〔形〕屬性詞。某種程度的;相當的:技術有了～的提高｜我準備在～的場合發表我的意見｜工廠具備了～的規模｜生產力達到～水平。❹〔形〕屬性詞。特定的:～的文化是～社會的政治和經濟在觀念形態上的反映。❺〔副〕表示堅決或必定:我～照辦｜我們的目的～能夠達到｜這件事你～是忘記了｜你不～非去找他。**注意**"不一定"表示情況不能肯定,但偏於否定。用於叮囑、協商問題時,含有"可以不必"的意思,如"口頭彙報就行了,不一定要寫成書面材料"。"一定不"表示徹底否定,如"他一定不唱,就不要勉強了""你一定不跟大夥兒一塊兒走,就只好各走各的吧"。

> **辨析　一定、必定** a)"一定"除了表示對事物的推論外,還可表示主觀的願望和決心,如"我一定要幫他""我們一定好好工作",其中的"一定"不能換成"必定"。b)"一定"可以受副詞修飾,有時可以單用,如"明天你能來嗎?——不一定";"你一定來嗎?——一定"。例中的"一定"不能換成"必定"。c)"一定"還有"特定"的形容詞意思,如"在一定的溫度和壓力下,氫氣可以變為液體或固體","必定"是副詞,沒有這種意思和用法。

【一定之規】yīdìngzhīguī〔成〕一定的規則。也指已經打定的主意:申請貸款有～,不能違反｜你有你的千言萬語,我有我的～。

【一動不如一靜】yīdòng bùrú yījìng〔諺〕挪動不如不挪動,還是不挪動的好:老實說,～,何必搬去又搬來!

【一肚子壞水】yī dùzi huàishuǐ〔俗〕指滿腦子陰謀詭計:這傢伙～,小理他。

【一度】yīdù ❶ 數量詞。一次;一陣:一年～秋風勁｜經過～緊張的拚搏,終於取得了成功。❷〔副〕有過一次或一陣:他～失業,現在

有了工作｜我～從事新聞工作,後來就教書去了。

【一端】yīduān〔名〕❶(長形物體的)一頭:鉛筆的～嵌有一塊橡皮。❷(事物總體中的)一點或一個方面:此其一｜各執～。

【一……而……】yī……ér……分別用在兩個單音節動詞前,表示前一個動作很快產生了結果:～飲～盡｜一望～知｜～晃～過｜～揮～就。

【一而再,再而三】yī ér zài, zài ér sān〔諺〕強調連續重複多次(所得結果常是消極的):醫生～地勸他戒煙,他就是下不了決心。

【一二】yī'èr〔數〕一兩個;少許:邀請～知己小聚｜略知～。

【一……二……】yī……èr……❶ 分別用在某些雙音節形容詞的兩個語素前面,表示強調:～清～白｜～乾～淨｜～清～楚｜～差～錯。❷ 分別用在兩個單音節形容詞前面,表示第一和第二:～大～公｜～窮～白。❸ 分別用在兩個單音節名詞性語素前面,表示效率高:～身～任｜～石～鳥。

【一‧九運動】Yī'èr-Jiǔ Yùndòng 1935年12月9日,北平學生在中國共產黨領導下發動的抗日救亡運動。他們為反對日本帝國主義對華北的進一步侵略和當時國民政府的不抵抗政策,舉行了聲勢浩大的遊行示威,要求停止內戰,一致對外,實現抗日。運動很快發展到全國,為1937年開始全面抗日戰爭準備了條件。

【一二三】yī-èr-sān 指事情的起因、經過、結果等:一進來就大發雷霆,也不問個～!

【一髮千鈞】yīfà-qiānjūn〔成〕千鈞一髮。

【一帆風順】yīfān-fēngshùn〔成〕船掛滿帆順風行駛。比喻非常順利,沒有任何阻礙:祝你此行～｜他大學畢業以後～,很快辦成了一個工廠｜人生旅途上不可能～。

【一反常態】yīfǎn-chángtài〔成〕與平時態度完全相反:她～,竟然提出了種種無理要求。

【一方面】yīfāngmiàn ❶ 兩種互相對立的事物的一方或互相關聯的事物的一面:責任不在我們這～｜這只是事情的～。❷ 連用,連接並列的兩種相關聯的事物,或一個事物的兩個方面。後一個"一方面"前邊可加"另",後邊常有"又、也、還"等副詞:～增加生產,～厲行節約｜我們～要肯定成績,另～也要看到不足｜這球打輸了,～是由於對方實力較強,另～也是由於我們沒有配合好。

【一分為二】yīfēnwéi'èr〔成〕哲學上對立統一規律所做的通俗表述。任何事物都包含着兩個相互對立而又相互聯繫的對立面,對立面之間又統一又鬥爭,在一定條件下各向其相反的方面轉化。現也指全面看待人或事物,既要看到積極的方面,也要看到消極的方面。

【一風吹】yīfēngchuī〔動〕❶比喻一筆勾銷，統統不算數：過去的恩怨、矛盾應該～，不要再糾纏了。❷比喻一種風氣很快流行起來：現在社會又是～，幹甚麼都要有文憑，好像文憑就能決定一切。

【一夫當關，萬夫莫開】yīfū-dāngguān, wànfū-mòkāi〔成〕一個人把守關口，一萬個人也攻不開。形容地勢險要，易守難攻：長城沿綫，有許多～的險要之處｜自古華山一條路，～。

【一概】yīgài〔副〕表示無例外地適用於全體；全部如此：大家的意見，他～不接受｜心、肝、肺～正常｜這些事情他～不清楚。注意"一概"後面不能只有一個單音節詞，如不能說"一概論"。

辨析 一概、一律 在通知、規定中，如果是概括事物，那麼，可以用"一概"也可以用"一律"，如"出口關稅一概免徵""出口關稅一律免徵"。如果是概括人，則常用"一律"，不用"一概"，如"一律憑票入場"少說"一概憑票入場"。"一律"有形容詞義，如"規格一律""強求一律"，"一概"不能這樣用。

【一概而論】yīgài'érlùn〔成〕不加分析地用同一原則或標準來觀察、認識和處理問題：這些問題，有的是原則性的，有的屬於細枝末節，不能～。

【一乾二淨】yīgān-èrjìng〔成〕形容十分乾淨。也指一點不剩：把教室打掃得～｜他把責任推脫得～。

【一竿子插到底】yī gānzi chā dào dǐ〔俗〕比喻政策、措施等直接貫徹到基層；也比喻將事情一次性辦妥：這次經理下去調研，～，直接到公司基層｜你要接這件事，就～，做完後再幹別的。

【一個勁兒】yīgejìnr〔副〕表示連續不停地：～地咳嗽｜孩子～地要求到公園去玩兒。

【一個心眼兒】yīge xīnyǎnr ❶專心一意：他～幹事業。❷固執而不知變通：你怎麼～地往歪處想？❸一條心；同心：小鳳和她家的人不是～。

【一共】yīgòng〔副〕合計；總共：我們組～有五個人｜這個月的水費、電費～是120元。注意"一共"後面的"是、有"等也可以不用，如"一共五個人""一共120元"。

【一股腦兒】（一古腦兒）yīgǔnǎor〔副〕（北京話）通通；全部：這些東西～都用車拉走吧｜把心裏的委屈～吐出來。

【一鼓作氣】yīgǔ-zuòqì〔成〕《左傳‧莊公十年》："夫戰，勇氣也。一鼓作氣，再而衰，三而竭。"意思是，打仗是要憑勇氣的，第一次擂鼓進軍，士氣昂揚，第二次、第三次的時候，士兵的勇氣就減退了，消失了。後用來比喻趁鬥志昂揚時一下子把事情辦成：大家～爬上山頂。

【一貫】yīguàn〔形〕屬性詞。（思想、政策、行為等）始終如一，不改變：坦白從寬，抗拒從嚴是我們～的政策｜平易近人是他的～作風｜他～自由散漫。

【一棍子打死】yī gùnzi dǎsǐ〔俗〕比喻不加分析地全盤否定：不能因為工作中有失誤，就把人～。

【一鍋端】yīguōduān〔慣〕❶比喻全部消除或消滅：將走私分子～。❷比喻全拿出來，沒有剩餘：不管對的不對的，我～全說給你聽了。

【一鍋燴】yīguōhuì〔慣〕❶比喻將所有問題一併處理：乾脆，把有關人員都找來，一起研究，當場解決。❷比喻不分青紅皂白，對不同問題都按一種辦法處理：具體問題要認真研究，分頭處理，不能～。以上也說一鍋煮。

【一鍋粥】yīguōzhōu〔名〕比喻混亂現象；一團糟的局面：老師不在，孩子們打打鬧鬧，教室裏亂成了～。

【一國兩制】yīguó-liǎngzhì 一個國家，兩種制度。即在一個中國前提下，大陸實行社會主義制度，香港、澳門和台灣實行資本主義制度。

【一國三公】yīguó-sāngōng〔成〕《左傳‧僖公五年》："一國三公，吾誰適從？"意思是一個國家有三個主持政事的人，我該聽誰的好呢？後用"一國三公"泛指政權或事權不統一。

【一哄而起】yīhòng'érqǐ〔成〕形容沒有準備就盲目行動起來：新能源產業要有計劃地發展，不能～。

【一哄而散】yīhòng'érsàn〔成〕形容一下子在哄鬧中散去或停止做某事。

【一呼百諾】yīhū-bǎinuò〔成〕一聲呼喚，便有多人應諾。也指勢力大，有多人順從：此人手下徒弟眾多，～。

【一呼百應】yīhū-bǎiyìng〔成〕一聲呼喚，便有多人響應。

【一環扣一環】yīhuán kòu yīhuán〔俗〕一個環套着另一個環扣。形容一件件事情是緊密聯繫着的：這個故事～，聽着令人着迷。

【一晃】yīhuǎng（～兒）〔動〕很快地閃一下：那黑影～兒就不見了｜車窗外景物～而過。
另見 yīhuàng（1587頁）。

【一晃】yīhuàng〔動〕表示時間不知不覺地過得很快：青少年時代～就過去了｜～就過了四年，眼看要大學畢業了。
另見 yīhuǎng（1587頁）。

【一揮而就】yīhuī'érjiù〔成〕一揮動筆桿，馬上就完成了。形容寫字、做文章或書畫很快完成：幾千字的文章，他～｜老王的寫意畫，～。

【一回生，二回熟】yī huí shēng, èr huí shóu〔諺〕初次見面陌生，再次見面就熟悉了。也指初次做事不熟練，再做就熟練了：咱們～，以後常來我家串門兒吧｜畫不好沒關係，～，多練習就會了。

【一回事】yīhuíshì〔名〕❶一件重要的事情：我不過隨便說說，誰知道他真當成～來幹了｜你跟他說也白搭，他從來不把這當成～。❷指同一個（問題、事情）：他們所說的不是～。❸連用時，強調各指一件事情：主觀願望是～，實際情況又是～。

【一會兒】yīhuìr❶數量詞。很短的時間；在很短的時間內：休息～｜過了～｜他～就來｜天～就晴了。注意凡說到過去的事兒，"一會兒"和"沒一會兒"意思一樣，都表示"不大一會兒"。如"過了一會兒"、"過了沒一會兒"，"我剛來一會兒"、"我剛來沒一會兒"。❷〔副〕連用，表示兩種相反或對立的情況在短時間內交替變化：～陰～晴｜他倆～好～壞｜你別～說東～說西。

【一技之長】yījìzhīcháng〔成〕某一種技藝特長：發揮自己的～。

【一家之言】yījiāzhīyán〔成〕漢朝司馬遷《報任安書》："亦欲以究天人之際，通古今之變，成一家之言。"指有獨立見解、自成一說的學術著作或學說。也指一種觀點、見解：這種理論，自成～｜他的意見，僅是～。

【一見如故】yījiàn-rúgù〔成〕初次見面就像老朋友一樣：在車上，他們倆～，談得非常投機。

【一見鍾情】yījiàn-zhōngqíng〔成〕鍾：傾注。男女初次見面就產生了愛情：～的事可能有，但總不會多。

【一箭雙雕】yījiàn-shuāngdiāo〔成〕一箭射中兩隻雕。原指射箭技術高超。現多比喻採取一種行動得到兩種收穫：投資該項目既可佔領市場，又可獲得高利潤，真可謂～。

> **一箭雙雕的故事**
> 《隋書·長孫晟傳》載，有兩隻雕在空中爭肉，有人給司衛上士長孫晟兩支箭，命他射下來。長孫晟乘兩隻相攫時，只一箭便射中了雙雕。《新唐書·高駢傳》載，有兩隻雕比翼而飛，禁軍將領高駢當眾說："我且貴，當中之！"一箭射去，貫穿兩雕。眾人大驚，稱他為"落雕侍御"。

【一經】yījīng〔副〕表示只要經過某種步驟或採取某種措施（就會產生某種效應）：～說明，立即釋然｜錯誤～發現，就立即改正。

【一……就……】yī……jiù……表示兩件事先後緊接（兩事可以是同一主語，也可以不是同一主語）：～學～會｜他～接到通知～動身了｜請～到｜天氣～變他～犯病。

【一舉】yījǔ❶〔名〕一種舉動：～兩得｜多此～。❷〔副〕一次行動就（完成某事）：～攻破敵人防線｜邊防戰士～殲滅入侵之敵。

【一舉成名】yījǔ-chéngmíng〔成〕原指舊時讀書人一旦科舉及第就天下聞名。現泛指因某種活動或機遇一下子就出了名：這齣電視劇播出後，擔任主角的她～。

【一舉兩得】yījǔ-liǎngdé〔成〕做一件事情而兼得兩利：戒了煙，既省下一筆開支，又對身體有好處，真是～。

【一句話】yījùhuà〔慣〕❶用一句話概括：前邊講的，總而言之～，就是要保證質量。❷只憑一句話就能辦到：成不成在您～｜加工資，這不是～的事兒。❸表示慷慨允諾：我兒子的事就拜託您了。——～！

【一蹶不振】yījué-bùzhèn〔成〕一跌倒就再也爬不起身。比喻一遭受挫折就再也振作不起來：他沒考上大學，從此就～了｜球隊輸了球要總結經驗，以利再戰，不可～。

【一刻千金】yīkè-qiānjīn〔成〕宋朝蘇軾《春夜》詩："春宵一刻值千金。"春宵：春天的夜晚，多比喻男女歡愛的夜晚。後用"一刻千金"形容美好的時光異常寶貴：今日良宵，～。

【一客不煩二主】yīkè bùfán èrzhǔ〔諺〕一個客人不煩勞兩家主人（常用於認定只請求某人相幫）：～，這事就拜託您了。

【一孔之見】yīkǒngzhījiàn〔成〕從小孔裏見到的。借指狹隘片面的認識和看法：不可滿足於個人的～，要善於吸收他人的真知灼見。

【一口】yīkǒu❶〔名〕"滿口"②：～北京話｜他能講～流利的英語。❷〔副〕表示說話的口氣堅決：～否認｜～咬定｜～拒絕。

【一口氣】yīkǒuqì（～兒）❶呼吸的氣息（多指微弱的）。借指微弱的生命力：只要我還有～，就要堅持到底。❷〔副〕迅速而不間斷地（做某事）：～跑上七樓｜～背完了白居易的《長恨歌》。

【一口咬定】yīkǒu-yǎodìng形容說話非常堅決：他～事情不是他幹的。

【一塊兒】yīkuàir❶〔名〕同一個處所或方面：在～工作｜兩個人既然說不到～，就分開各幹各的。❷〔副〕一同；一起：咱倆～去｜新賬舊賬～算。

【一塊石頭落地】yīkuài shítou luòdì〔俗〕比喻心裏的負擔消失，感到輕鬆：聽到確切的消息之後，大家才～，放心了。

【一來二去】yīlái-èrqù〔成〕反復接觸、交往後逐漸產生了某種情況：幾個人分在一個班裏，～，就混熟了。

【一覽】yīlǎn❶〔名〕用圖表或簡明的文字編成的概括說明（多用於書名）：《北京名勝古跡～》。❷〔動〕一眼看去：～無餘。❸〔動〕舉目縱觀：會當凌絕頂，～眾山小。

【一覽表】yīlǎnbiǎo〔名〕簡明概括、使人一目了然的表格：組織機構～。

【一覽無餘】yīlǎn-wúyú〔成〕形容一眼看了，事物就盡收眼底：高樓上觀景，～｜詩詞貴在含蓄，要是～，就索然無味了。也說一覽無遺。

【一攬子】yīlǎnzi〔形〕屬性詞。包括各種事物或與中心事物有關的各部分的；包攬一切的：～方案｜～計劃（綜合的計劃）。

【一勞永逸】yīláo-yǒngyì〔成〕一次性勞累，贏得永久性安逸：裝修房子，人人都想～。

【一連】yīlián〔副〕連續不斷地：大雨～下了三天｜我～叫了他三聲，他都沒聽見。

【一連串】yīliánchuàn〔形〕屬性詞。數量多、頻率大的；一個接一個的：取得～的成績｜帶來～的問題。

【一了百了】yīliǎo-bǎiliǎo〔成〕起主導作用的事情了結了，相關的事情也就跟着了結了：他以前炒股，天天惦記着股市行情，後把股票全拋售了，也就～了。

【一鱗半爪】yīlín-bànzhǎo〔成〕比喻不完整的、零星片斷的事物：只抓到～就發表議論，一定不會中肯。也說東鱗西爪。

【一溜兒】yīliùr ❶ 數量詞。一排（用於集中成行的東西）：這～是今年蓋的商品房。❷〔名〕指附近一帶：他家就在這～。

【一溜歪斜】yīliùwāixié（北京話）❶ 形容走路腳步不穩，東倒西歪的樣子：他喝了個大醉，～地往家走。❷ 不直、不工整的樣子：這條線畫得～｜字寫在沒有格兒的紙上，～，真不好看。

【一溜煙】yīliùyān（～兒）〔副〕形容跑得非常快：孩子們～兒跑出去了。

【一路】yīlù ❶〔名〕指整個行程中；沿途：～平安｜～所見｜～上說說笑笑，很快就走到了。❷〔名〕同一類：～人｜～貨色。❸〔副〕一起：你上北京，我也上北京，咱們倆～走。❹〔副〕一直；一個勁兒：甲隊～領先。

【一律】yīlǜ ❶〔形〕同一個樣子：規格～｜不必強求～。注意"一律"不能修飾名詞，如不能說"一律規格"，只能說"規格一律"。❷〔副〕全部；無一例外：全體同學～到操場集合｜不分男女，～平等｜這些意見，他～不接受。

【一落千丈】yīluò-qiānzhàng〔成〕形容大幅度下降或跌落：這個商店販賣了一批假貨，信譽～｜我軍士氣旺盛，敵軍士氣～。

【一馬當先】yīmǎ-dāngxiān〔成〕策馬走在隊伍的前頭。形容領先或帶頭：短跑比賽，他又～，奪得頭名｜今年春天植樹，我們小組～。

【一馬平川】yīmǎ-píngchuān〔成〕能夠縱馬飛跑的大片平地：山下是～。

【一脈相承】yīmài-xiāngchéng〔成〕由一個血脈、一個系統或一個派別承接流傳下來：一百年來的花鳥畫家都是～的。也說一脈相傳。

【一毛不拔】yīmáo-bùbá〔成〕《孟子·盡心上》：

"楊子取為我，拔一毛而利天下，不為也。"意思是楊子主張為自己，拔一根汗毛對天下有利都不肯幹。後用來形容非常吝嗇。

【一門心思】yīmén-xīnsi〔成〕專心一意；集中精神和注意力：他～搞學問，不過問其他事情。

【一米綫】yīmǐxiàn〔名〕銀行、機場等場所距離辦理有關業務的櫃枱或窗口一米遠的地上畫的橫綫（多為黃色）。辦理業務的顧客在綫內，等待辦理的在綫外，以利於場所秩序和個人信息安全。

【一面】yīmiàn ❶〔名〕一個方面：獨當～｜既有有利的～，也有不利的～。❷〔動〕〈書〉見過一次面：～之交｜～之緣。❸〔副〕表示兩個動作或兩種行為同時進行（多連用）：～戰鬥，～生產｜～走，～揮舞花環｜～聽講，～記筆記。注意"一面"有時是數量詞，如"這張報紙，一面是彩色印的，一面是單色印的"。

【一面之詞】yīmiànzhīcí〔成〕發生爭議的各方中一方的陳述；單方面的話：不能只聽～｜～難以盡信。

【一面之交】yīmiànzhījiāo〔成〕見過一次面的交情。指交情不深：我跟他只有～。

【一鳴驚人】yīmíng-jīngrén〔成〕《史記·滑稽列傳》："此鳥不飛則已，一飛衝天；不鳴則已，一鳴驚人。"比喻平時沒有突出表現，忽然一下子做出了非凡成績：運動會上，他～，創造了跳高新紀錄。

【一命嗚呼】yīmìng-wūhū〔成〕指死（含詼諧或譏諷意）：我昨天滑冰時掉進冰窟窿裏，差點兒就～了。

【一模一樣】yīmú-yīyàng〔成〕形容樣子或面貌完全相同，沒甚麼兩樣：這對雙生姐妹長得～｜這個箱子跟那個～。

【一目了然】yīmù-liǎorán〔成〕一看就清楚明白：從樓上往下看，街上的店鋪～｜平面圖畫得很好，～。

【一目十行】yīmù-shíháng〔成〕看一眼就是十行，形容看書速度快：他～，一個晚上就把這部小說看完了。

【一年半載】yīnián-bànzǎi〔成〕一年或半年：再等～，他就回來了｜再拖上個～的，這事兒就沒戲了。

【一年到頭】yīnián-dàotóu（～兒）從年初到年底；整年：老李～兒總這樣辛苦。

【一年四季】yīnián-sìjì〔成〕一年春、夏、秋、冬四季。指整年：他～都侍弄花木。

【一年之計在於春】yīnián zhī jì zàiyú chūn〔諺〕完成全年計劃的關鍵在春天：～，一生之計在於勤｜～，一日之計在於晨。

【一念之差】yīniànzhīchā〔成〕一閃念的差錯（引出嚴重後果）：墮落到這個地步，都是因為當初的～。

【一諾千金】yīnuò-qiānjīn〔成〕《史記·季布欒布列傳》載，季布重交情，講信用，人們都很信任他。楚人諺曰："得黃金百，不如得季布一諾。"後用"一諾千金"形容說話算數，諾言信實可靠：他為人豪爽，～，結交了不少朋友。也說千金一諾。

【一拍即合】yīpāi-jíhé〔成〕一打拍子就合於樂曲的節奏。比喻彼此觀點、認識相同，很快就結合起來一致行動。

【一盤棋】yīpánqí〔名〕比喻一個整體或全局：全國～｜要樹立～思想。

【一盤散沙】yīpán-sǎnshā〔成〕比喻群體缺乏凝聚力，組織不起來，力量分散：有他號召，我們大家團結得很緊，再也不是～了。

【一片冰心】yīpiàn-bīngxīn〔成〕形容人心地純潔，不慕虛榮名利。

> **"一片冰心"的出典**
> 南朝宋鮑照《代白頭吟》："直如朱絲繩，清如玉壺冰。"唐朝姚崇《冰壺誡序》："故內懷冰清，外涵玉潤，此君子冰壺之德也。"唐朝王昌齡《芙蓉樓送辛漸》："洛陽親友如相問，一片冰心在玉壺。"

【一票否決】yīpiào fǒujué ❶議案交付表決時，只要有一票反對，該案便不能成立。❷考核官員政績時，如果某特定任務未完成，則整個政績為不合格。

【一瞥】yīpiē ❶〔動〕很快地看一下：他用眼～，很快就認出那個準備轉身躲開的人。❷〔名〕一眼看到的概貌（常用於文章題目）：《長安街～》。

【一貧如洗】yīpín-rúxǐ〔成〕形容十分貧窮，一無所有：從前，我家～，常常吃了上頓沒下頓。

【一抔黃土】yīpóu-huángtǔ〔成〕《史記·張釋之馮唐列傳》："假令愚民取長陵一抔土，陛下何以加其法乎？"一抔土：一掬土，借指墳墓。後常用"一抔黃土"形容事物毫無價值。

【一曝十寒】yīpù-shíhán〔成〕《孟子·告子上》："雖有天下易生之物也，一日暴（同"曝"）之，十日寒之，未有能生者也。"意思是說，即使有世上最容易生長的植物，如果曬它一天，凍它十天，也不可能成活。後用"一曝十寒"比喻一時勤奮，多時懶散，缺乏恆心，不能堅持：～是甚麼都學不好的。

【一齊】yīqí〔副〕大家一起；同時：咱們～動手｜在座的人～站了起來。

【一起】yīqǐ ❶〔名〕同一處所或方面：我們住在～｜他倆說不到～。❷〔副〕表示在同一地點或合到一處；一塊兒：我一直想外婆～生活｜咱們～看電影去吧｜精神文明和物質文明要～抓。

【辨析】一起、一齊　都可做狀語。"一起"表示事情發生在同一地點或合到一處，是從一個整體出發的，相當於"一塊兒、一道"；而"一齊"表示事情發生在同一時間，是從人或事物的每個個體出發的，相當於"都"；二者一般不能互換，如"大家一齊鼓起掌來"，不能說"大家一起鼓起掌來"，"我和工人一起勞動了三個月"不能說"我和工人一齊勞動了三個月"。"一起"有名詞用法，如"住在一起，吃在一起"，"一齊"不能這樣用。

【一氣】yīqì ❶（～兒）〔副〕一口氣；不停頓地（做某事）：～呵成｜他～游到對岸。❷〔動〕彼此勾結串通（多含貶義）：他們串通～。❸數量詞。一陣（多含貶義）：胡鬧～。

【一氣呵成】yīqì-hēchéng〔成〕❶比喻詩文、繪畫氣勢流暢，首尾貫通：這首七言絕句～。❷比喻整個動作或工作過程順利緊湊，渾然一體：他的雙槓動作～，得了滿分。

【一錢不值】yīqián-bùzhí〔成〕形容毫無價值：不要妄自菲薄，把自己看得～。也說一文不值。

【一竅不通】yīqiào-bùtōng〔成〕比喻一點兒都不懂：圍棋，我可是～。

【一切】yīqiè〔代〕指示代詞。❶全部；各種：戰勝～困難｜調動～積極因素。❷全部事物：這裏～正常，請放心｜所有這～，都讓我難以忘懷。注意　習慣用語有"一切的一切"的說法，是強調對事物的最大概括，如"一切的一切都在所不惜了"。

【一清早】yīqīngzǎo（～兒）〔名〕〈口〉清晨：他～兒就去公園了。

【一窮二白】yīqióng-èrbái〔成〕窮：指生產不發達；白：指科學文化水平低。第一是窮，第二是白。形容基礎差，底子薄：我國～的面貌有了改變。

【一丘之貉】yīqiūzhīhé〔成〕一個山丘上的貉。原指彼此一樣，沒有差別。現用來比喻彼此都是一樣的壞人：軍閥跟官僚是～。

【一去不復返】yī qù bù fùfǎn〔俗〕一離開就不再回來。多指事物已成過去，不會再出現：山村點煤油燈的日子已～了。

【一仍舊貫】yīréng-jiùguàn〔成〕仍：按照。《論語·先進》："仍舊貫，如之何？何必改作？"意思是，按照老樣子延續下去怎麼樣？何必改動變易呢？後用"一仍舊貫"指一切按老法子辦。

【一日千里】yīrì-qiānlǐ〔成〕原指好馬一日能行千里，形容馬跑得快。後用來形容事物發展迅速，進展極快：新農村的建設～向前發展。

【一日三秋】yīrì-sānqiū〔成〕《詩經·王風·采葛》："一日不見，如三秋兮。"一天不見面，就好像過了三年。形容思念的心情極其殷切：～，寸腸千結，思君之情，何以名之？

【一如既往】yīrú-jìwǎng〔成〕完全和過去一樣。形容持續做某事，態度立場不變：中國將～，堅持改革開放。

【一掃而光】yīsǎo'érguāng〔成〕一下子就消除得乾乾淨淨：把地裏的害蟲～｜幾個同學一來，兩盤花生米頃刻～。

【一色】yīsè〔形〕❶ 顏色一樣：秋水共長天～。❷ 屬性詞。全部一樣的；整齊劃一的：～的二層小樓｜～的硬木家具。

【一身】yīshēn〔名〕❶ 全身：渾身：～是勁｜～橫肉。❷ 一個人：～二任｜～兩役。

【一身是膽】yīshēn-shìdǎn〔成〕形容膽量極大：偵察員個個～。也說渾身是膽。

【一神教】yīshénjiào〔名〕只信奉一個神的宗教，如基督教、猶太教、伊斯蘭教等（區別於"多神教"）。

【一生】yīshēng〔名〕終生；一輩子：他～經歷了三個朝代｜好人～平安。

【一聲不響】yīshēng-bùxiǎng〔成〕口裏不發出一點聲音：她把文件放好後，就～地走出去。

【一失足成千古恨】yī shīzú chéng qiāngǔ hèn〔諺〕一旦墮落或犯罪，將成為不可挽回的終身恨事：～，再回頭已百年身｜這名被告者述說了他的犯罪經過，哀歎～。

【一石兩鳥】yīshí-liǎngniǎo〔成〕一塊石頭打中兩隻鳥。比喻做一件事情達到了兩個目的；收購這家國外公司可以直接打進國外市場，還能利用該公司的技術資源，可謂～。

【一時】yīshí ❶〔名〕一個時期：此～彼～｜～無兩。❷〔名〕短暫的時間：～半刻｜風行一｜在家千日好，出外～難。❸〔副〕臨時；偶然：我～想不起他的名字了｜他～高興，竟手舞足蹈起來。❹〔副〕連用，跟"時而"相同，表示情況在短時間內交替變化：天氣～冷～熱｜他的病～好～壞。

【一時一刻】yīshí-yīkè〔成〕❶ 時時刻刻：～都不能忘記這件事。❷ 很短的時間：～哪裏想得出辦法來！也說一時半刻。

【一事】yīshì〔名〕（北方官話）一碼事；彼此有連屬的關係：這家商店跟那家公司是～。

【一事無成】yīshì-wúchéng〔成〕一件事情也沒做成。多指較長時間內未在事業上有所成就：雖已兩鬢斑白，卻仍～｜他在國外闖蕩了幾年，還是～。

【一視同仁】yīshì-tóngrén〔成〕唐朝韓愈《原人》："是故聖人一視而同仁，篤近而舉遠。"原指對人同等看待，同施仁愛。後泛指平等看待，不分厚薄：老教授對幾個弟子～｜父親從不重男輕女，對兒子和女兒一～。

【一手】yīshǒu ❶（～兒）〔名〕指一種較高的技能或本領：今天，我給大家露～兒｜阿文在發球兒方面很有～兒。❷（～兒）〔名〕指一種卑劣的手段：暗地裏給人來～兒｜你這～兒早讓人識破了。❸〔名〕滿手：弄了～泥。❹〔名〕比喻一方面：～抓物質文明建設，～抓精神文明建設。❺〔副〕由單獨一個人（做某事）：～造成｜～承攬｜～操辦。❻〔形〕屬性詞。指直接得來的：～資料。

【一手包辦】yīshǒu-bāobàn〔成〕獨自辦理，個人負責。也指憑個人意志處理所有事項：宴請的事兒你就～吧｜這麼重大的問題，你要和大家商量商量，不能～。

【一手遮天】yīshǒu-zhētiān〔成〕形容一個人倚仗權勢，玩弄手法，矇騙眾人耳目：一個人權勢再大也不能～。

【一瞬】yīshùn〔名〕一眨眼之間：～即逝｜千年～。

【一絲不苟】yīsī-bùgǒu〔成〕形容十分嚴格認真，一點不馬虎：老李對工作總是～。

【一絲不掛】yīsī-bùguà〔成〕形容沒有穿任何衣服，赤裸着身子。

【一絲一毫】yīsī-yīháo〔成〕形容極小或極少；絲毫：編寫字典詞典～也不能馬虎｜父母的血汗錢，～也不能浪費。

【一塌糊塗】yītā-hútú〔成〕形容亂到不可收拾或糟到不可收拾：屋子裏亂得很｜～這篇文章寫得簡直～。

【一體】yītǐ ❶〔名〕密切協調的一個整體：融為～。❷〔名〕全體成員：希～遵照執行｜希軍民人等～周知。❸〔副〕同樣；一律：對各界進步人士，宜～愛護和關心。

【一天】yītiān ❶〔數量詞。一晝夜：～二十四小時都有人值班。❷〔數量詞。指一個白天的時間：您今天～都沒閒着，早點兒睡覺吧。❸〔名〕指過去的某一天：～，他在上學的路上撿到一個錢包。❹〔副〕（北京話）一天到晚；成天：～價瞎忙。

【一天到晚】yītiān-dàowǎn 從早到晚；整天：～無所事事，那怎麼成？

【一條龍】yītiáolóng〔名〕❶ 比喻一個長長的行列：買票的人排成了～。❷ 比喻各環節緊密結合的一個整體：～大協作｜形成產運銷～。

【一條心】yītiáoxīn〔名〕一個心思；一個想法：我們跟您～｜眾人～，黃土變成金。

【一通百通】yītōng-bǎitōng〔成〕一個關鍵性的問題弄通了，其他有關問題也就迎刃而解了：弄懂了文學的基本原理，對其他藝術也就～了。

【一同】yītóng〔副〕共同；一起：～歡度春節｜～到張先生家去。

【一統】yītǒng〔動〕統一（國家）：～天下｜～乾坤｜全國～。

【一頭】yītóu ❶〔副〕連用，表示同時進行幾件事；一面：咱們～走～說。❷〔副〕徑直；一下子：為了弄清這個問題，他～扎在書堆裏。❸〔副〕出乎意外地：沒想到在這裏～撞見了他。❹〔副〕表示動作是頭部帶動身體，急速往前鑽，往下扎或往下倒：他～鑽到車裏｜～倒在床上。❺（～兒）〔名〕一端：這桌子怎麼一高一低？❻（～兒）〔名〕（北方官話）一塊兒；一夥兒：他跟咱們不是一夥兒。❼〔名〕指一個頭的高度：高人～｜他比我幾乎高出～了。

【一頭兒沉】yītóurchén ❶〔名〕一種一頭有櫃子或抽屜而另一頭沒有的書桌或辦公桌。❷〔動〕比喻（進行調解時）偏袒一方：解決兩個村子的土地糾紛，不能～，要按政策辦事。

【一頭熱】yītóurè〔動〕見"剃頭挑子——一頭熱"（1331頁）。

【一頭霧水】yītóu-wùshuǐ〔成〕形容摸不着頭腦，弄不清事情的真相：聽他解釋了半天，我還是～。

【一團和氣】yītuán-héqì〔成〕本指一團祥和之氣，謂態度和藹可親；現多指互相之間只講和氣，不講原則：有意見不提，大家～，不可能達到真正的團結。

【一團漆黑】yītuán-qīhēi〔成〕漆黑一團。

【一退六二五】yī tuì liù èr wǔ〔俗〕本是一句珠算斤兩法口訣（舊制1斤等於16兩，1被16除是0.0625）；在計算時要用手指推移算盤的珠子，因"退""推"諧音，故借用作推卸乾淨的意思（有時就說成"一推六二五"）：事情是你負責的，出了問題，就來個～，這可不成。

【一碗水端平】yī wǎn shuǐ duānpíng〔俗〕比喻處事公正，不偏袒某一方：有關部門在調解這件土地糾紛事件時沒有做到～，才會出現存在｜父母對子女沒有～，常引起家庭矛盾。

【一網打盡】yīwǎng-dǎjìn〔成〕比喻全部抓住或徹底肅清：公安人員把那個販毒團夥～了。

【一往情深】yīwǎng-qíngshēn〔成〕《世說新語·任誕》："子野可謂一往有深情。"意思是寄情深遠。後用"一往情深"形容對人或事物有深厚感情，一心嚮往。

【一往無前】yīwǎng-wúqián〔成〕無前：不把前進中的困難放在眼裏。形容無所畏懼地奮勇向前：瞻前顧後甚麼事也做不成，目標確定以後就要～。

【一望無際】yīwàng-wújì〔成〕一眼望去看不到邊：遼闊的大草原，～。

【一味】yīwèi〔副〕單純地；總是：～推託｜～遷就｜～蠻幹｜～固執己見。

【一文不名】yīwén-bùmíng〔成〕名：佔有。一文錢也沒有，形容極為窮困：我是～，還想甚麼買房子買車！也說不名一文、不名一錢、一錢不名。

【一文不值】yīwén-bùzhí〔成〕一錢不值。

【一問三不知】yī wèn sān bùzhī〔俗〕《左傳·哀公二十七年》："君子之謀也，始、衷、終皆舉之，而後入焉。今我三不知而入之，不亦難乎？"後用"一問三不知"指甚麼都回答不出。形容人無知或裝糊塗：不知他這歷史課是怎麼學的，～。

【一窩蜂】yīwōfēng〔副〕形容許多人亂哄哄一擁而上的樣子：孩子們～圍上來了｜～地盲目推崇。

【一無是處】yīwú-shìchù〔成〕沒有一點兒對的或好的地方：不能因為他有缺點，就把他說得～。

【一無所長】yīwúsuǒcháng〔成〕沒有一點兒專長或長處：他說自己～，謙虛得未免過分了。

【一無所有】yīwúsuǒyǒu〔成〕❶空空蕩蕩的，甚麼也沒有：從前，這裏是～的荒地，現在已綠樹成陰了。❷一點兒財物都沒有：他除去幾本書之外就～了。

【一無所知】yīwúsuǒzhī〔成〕甚麼都不知道：我對他們內部的情況～。

【一五一十】yīwǔ-yīshí〔成〕❶以五為單位，一五，一十，十五，二十……地數數目：小紅替他把這些硬幣～地數完收起來。❷（敍事時）條理分明，無所遺漏：他～地把當時的情況都詳細講出來了。

【一物降一物】yīwù xiáng yīwù〔諺〕一種事物制伏另一種事物（又會被別一種事物所制伏）：鳥怕蛇，蛇怕獴，可謂～。

【一誤再誤】yīwù-zàiwù〔成〕❶一次又一次地失誤：中途輟學，工作中有機會學習又不努力，豈不是～？❷一再耽誤：他～，把大好時光都浪費了。

【一息尚存】yīxī-shàngcún〔成〕還有一口氣兒。表示只要還活着（就仍當盡心竭力）。

【一席話】yīxíhuà〔成〕一番話（多指重要的）：你這～使我茅塞頓開｜聽君一～，勝讀十年書。

【一系列】yīxìliè〔形〕屬性詞。許多相互關聯的或一連串的（事物）：～矛盾｜引起～後果｜採取～措施。

【一下兒】yīxiàr ❶數量詞。表示輕微的量，用在動詞後面當補語，使這個補結構含有試着做一做的意思：看～｜嘗～｜討論～。❷〔副〕表示短時間：頭髮～就全白了。❸〔副〕表示突然：我～明白了，他只不過說說而已，並不想真幹。以上也說一下子。

【一綫】yīxiàn ㊀數量詞。形容細微：～陽光｜～希望｜～生機。㊁〔名〕❶戰爭的最前綫：指揮員要上～，才能抓住戰機，打擊敵人。❷指直接從事具體工作的部門或崗位：後勤工作是為～服務的。

【一廂情願】yīxiāng-qíngyuàn〔成〕指處理雙方有關問題時，只有單方面願意。也泛指辦事從主觀願望出發，不考慮客觀條件是否許可或對方是否願意：還沒有徵求意見，就要人家跟你合夥兒經營，這完全是～。也作一相情願。

【一向】yīxiàng ❶〔名〕過去的一段日子；前～工作很順利｜這～身體好吧？ ❷〔副〕表示情況從過去到現在沒改變：～勤勞｜～好客｜成績～很好。

【一小撮】yīxiǎocuō 數量詞。少量；為數極少的量（用於人時含貶義）：～白糖｜～壞人｜～匪徒｜～不法分子。

【一笑置之】yīxiào-zhìzhī〔成〕（對某事）笑一笑就把它擱下，表示無須費心或不當一回事：看完那封謾罵信，他～。

【一些】yīxiē 數量詞。 ❶ 表示不定的較少數量：就剩這～了，不知道夠不夠？ ❷ 表示不止一種或不止一次：有～問題還搞清楚｜他擔任過～重要的職務。注意 "一些" 中的數詞 "一" 有時可省去不說，如 "就剩這些了" "有些問題沒搞清楚"。 ❸ 放在謂詞後，表示程度適中：早～｜開心～｜走快～。

辨析 一些、一點兒 a）在表示不定的較少數量時有時可換用，如 "就剩這些（一點兒）了" "還有一些（一點兒）錢，都給你吧"，但 "掙一點兒花一點兒" 不能換用 "一些"。b）"一些" 可表示不止一種，如 "他擔任過一些重要職務" 不能換用 "一點兒"；"一點兒" 用於否定式，可表示完全，如 "一點兒也不累"，不能換用 "一些"。

【一瀉千里】yīxiè-qiānlǐ〔成〕形容江河奔流直下，流速快，流程遠。也比喻文筆流暢，氣勢奔放：長江大河，～｜長篇大論，～。

【一心】yīxīn ❶〔名〕一條心：萬眾～｜團結～｜軍民～。 ❷〔副〕專心，全心全意：～嚮往｜～為人民｜～把工作搞好｜～為報答父母。

【一心一德】yīxīn-yīdé〔成〕同心同德；思想、行動都一致：全國人民～搞建設。

【一心一意】yīxīn-yīyì〔成〕指意念專一，沒有其他想法：植棉專家～幫助農民種好棉花｜～學好自己的專業。

【一星半點兒】yīxīng-bàndiǎnr 形容極少：少那麼～，也不要緊｜可能出現～差錯。

【一行】yīxíng〔名〕指同行（xíng）的人：代表團～四人已於昨日到達。

【一言不發】yīyán-bùfā〔成〕一句話也不說：別整天悶着，～｜你怎麼在會上～呀？

【一言既出，駟馬難追】yīyán-jìchū，sìmǎ-nánzhuī〔諺〕《論語·顏淵》："夫子之說君子也，駟不及舌。"駟：四匹馬拉的車。舌：指說出的話。意思是四匹馬拉的車也追不回已經說出去的話。後用 "一言既出，駟馬難追" 形容話既已說出，就難以收回：大丈夫～，豈能翻悔｜～，事情就這麼設定了！

【一言九鼎】yīyán-jiǔdǐng〔成〕鼎：古代烹具，也

作為禮器。九鼎：夏商周三代的傳國之寶。一句話有九鼎的重量。比喻說話的人信譽高，所說的話分量重、效力大。

【一言難盡】yīyán-nánjìn〔成〕事情曲折、複雜，一句話說不清楚：那十來年的苦處，真是～。

【一言堂】yīyántáng〔名〕❶ 舊時商店掛着寫有 "一言堂" 三字的牌匾，表示不還價。 ❷ 指領導獨斷專行不聽取群眾意見的工作作風（跟 "群言堂" 相對）：領導不能搞～，要廣泛聽取群眾意見。

【一言為定】yīyán-wéidìng〔成〕事情已經說好就信守不渝；說話算數：咱們～，說辦就辦！

【一樣】yīyàng ❶〔形〕相同；沒差別：姐兒倆相貌～｜我跟你～高興。 ❷〔助〕結構助詞。表示相似（起比況作用）：牛馬～的生活｜像血～紅。

【一咬牙】yīyǎoyá〔慣〕表示下狠心做出決定：他～拿出 10 萬元錢把店面盤了下來。

【一葉障目】yīyè-zhàngmù〔成〕《鶡冠子·天則》："一葉蔽目，不見太山；兩豆塞耳，不聞雷霆。"太山：即泰山。後用 "一葉障目" 比喻被局部的或暫時的現象所迷惑，看不到全局或認不清本質。也說一葉蔽目。

【一葉知秋】yīyè-zhīqiū〔成〕見一片黃葉飄落，就知道秋天來臨。比喻通過細微的跡象，可以看出事物的發展趨向。

"一葉知秋" 的來歷

《淮南子·說山》："以小明大，見一葉落而知歲之將暮，睹瓶中之冰而知天下之寒。"宋朝唐庚《文錄》："山僧不解數甲子，一葉落知天下秋。"

【一一】yīyī〔副〕逐一；逐個地：～對應｜不～細說了。

【一……一……】yī……yī…… ❶ 分別用在兩個義類相同的名詞前面，表示百分之百或數量極少：～心～意｜～朝～夕。 ❷ 分別用在兩個意義相對的名詞前面，表示對比或對應關係：～薰～蕕｜～夫～妻。 ❸ 分別用在兩個義類相同的動詞前面，表示動作的連續：～瘸～拐｜～蹦～跳。 ❹ 分別用在兩個意義相對的動詞前面，表示兩種動作協調配合或交替進行：～問～答｜～唱～和｜～起～伏｜～開～合。 ❺ 分別用在兩個反義的方位名詞或形容詞等的前面，表示對應或對比：～左～右｜～長～短。

【一衣帶水】yīyīdàishuǐ〔成〕《南史·陳本紀下》載，陳後主荒於酒色，不恤政事，徵取百端，牢獄常滿。隋文帝伐陳時說："我為百姓父母，豈可限一衣帶水不拯之乎？"一衣帶水意思是像一條衣帶那樣窄的河。原指長江（陳在長江之南）。後用來形容一水之隔，往來非常方便：我們兩國是～的友好鄰邦。注意 "一衣帶水"的結構層次應該是 "一/衣帶水"（一條衣

帶似的水），而不應該是"一衣/帶水"。

【一意孤行】yīyì-gūxíng〔成〕無視他人意見，不顧客觀實際，堅持按個人意志行事。

【一應】yīyīng〔代〕指示代詞。一切；所有的全部：～俱全｜～物件均已備齊。

【一語道破】yīyǔ-dàopò〔成〕一句話就說穿：小張的秘密被老王～了。

【一語破的】yīyǔ-pòdì〔成〕破的：射中箭靶。一句話說到本質或要害：他～，指明了這場爭論的性質。注意 這裏的"的"不讀 de 或 dí。

【一再】yīzài〔副〕一次又一次地，表示情況反復出現（含強調意）：～推辭｜～表示歉意。

【一早】yīzǎo（～兒）〔名〕〔口〕清晨：他～就走了｜明天～出發。

【一戰】Yīzhàn〔名〕第一次世界大戰的簡稱。

【一站式】yīzhànshì〔形〕屬性詞。把相關部門集中在一處，一次就可辦妥所有手續的服務方式：～辦公｜～服務。

【一着不慎，滿盤皆輸】yīzhāo-bùshèn，mǎnpán-jiēshū〔諺〕下棋時有一步不小心，走錯了，就會導致整盤棋都輸掉。比喻關鍵問題沒搞好，致使全局處於被動，以至前功盡棄：～，下棋如此，戰爭也是如此。

【一朝】yīzhāo〔副〕一旦（多用於料想將來）：～任務下達，我們就要大幹一番。

【一朝一夕】yīzhāo-yīxī〔成〕一個早晨或一個晚上。指很短的時間：改造荒山，絕不是～就能成功的。

【一針見血】yīzhēn-jiànxiě〔成〕比喻說話簡短透徹，切中要害：他對問題的分析真是～。

【一針一綫】yīzhēn-yīxiàn〔成〕一枚針，一根綫。比喻細小的東西：不拿群眾～。

【一枕黃粱】yīzhěn-huángliáng〔成〕指最終破滅的夢想。注意 這裏的"粱"不寫作"梁"。參見"黃粱夢"（576頁）。

【一陣】yīzhèn（～兒）數量詞。表示動作或發生的情況持續的一段時間：咳嗽了很長～｜臉上紅，白～兒｜上午下了～雨｜這種衣服式樣時興了一～，現在不時興了。也說一陣子。

【一陣風】yīzhènfēng ❶〔副〕像一陣風那樣迅速，形容動作快：她～似的跑來了。❷〔動〕像一陣風那樣一下就過去了，比喻動作短暫，不能持久：反腐敗要一抓到底，不能～。

【一知半解】yīzhī-bànjiě〔成〕知道得不全面，理解得不透徹：我對詩不過是～，不敢妄加評論。

【一直】yīzhí〔副〕❶表示順着一個方向不變：～走，別拐彎兒｜順着河沿兒～往南，看見小橋就到了。❷表示動作、狀態或行為始終持續不變：雨～下了三天｜他的功課～很好｜機器運轉情況～正常｜受寒潮影響，氣溫將～下降｜大娘～送我們上了汽車。❸表示情況、範圍加

強或擴大：從心窩～熱到全身｜從老人～到小孩無不歡欣鼓舞。

辨析 一直、從來 a）都有表示從過去持續到現在的意義，如"他一直就很用功"也可以說成"他從來就很用功"，但"從來"的語氣更重一些。如果持續的時間較短，離現在較近，則只能用"一直"，不能用"從來"，如"他一直在發燒"不能說成"他從來在發燒"。b）"從來"用於否定句為多，用於肯定句較少，"一直"無此特點。c）"一直"有按一定方向不改變義，如"一直往前走"，有強調所指範圍義，如"從老人一直到小孩都很熱情"；"從來"不能這樣用。

【一紙空文】yīzhǐ-kōngwén〔成〕指沒有效用、不去執行的條約、規定、計劃等。

【一致】yīzhì ❶〔形〕相同而沒有分歧：雙方取得～的意見｜與上級保持～｜步調～。❷〔副〕表示相同而沒有分歧地（做）：～行動｜團結～向前看。

【一專多能】yīzhuān-duōnéng〔成〕具有一種專長，兼有多種能力：多培養一些～的人才。

【一準】yīzhǔn（～兒）〔副〕一定；肯定：他不在家，～兒進城去了｜電視機不出圖像，～是壞了。

【一字長蛇陣】yīzì chángshézhèn 古代作戰時擺開的"一"字形像蛇一樣的陣勢。後泛指排成長長行列的人或物：擺開～。

【一字千金】yīzì-qiānjīn〔成〕《史記·呂不韋傳》載，秦相呂不韋讓門客著《呂氏春秋》，書成後出告示言有能增刪一字者，賞以千金。後用"一字千金"稱讚詩文精彩。

【一字師】yīzìshī〔名〕宋朝陶岳《五代史補》載，鄭谷在袁州府時，詩人齊己帶着詩作去拜訪。其中有一首《早梅》詩寫道："前村深雪裏，昨夜數枝開。"鄭谷說："數枝非早也，未若一枝。"於是改為："前村深雪裏，昨夜一枝開。"雖只有一字之改，卻使詩的題意貼切，意境全出。當時士大夫們稱鄭谷為一字之師。後用"一字師"或"一字之師"稱讚他人詩文一二字而恰好好處的高手。

【一總】yīzǒng〔副〕❶（～兒）總共；合併（計算）：這次裝修房子，人工、材料～兒花了五萬元。❷全部；統統一起：這些事情～交給總務處去管吧。

伊 yī ㊀〔助〕〔書〕語氣助詞。用在詞語前面或中間，加強語氣或感情色彩：新年～始｜就職～始｜～於胡底？

㊁❶〔代〕〔書〕指示代詞。這；那：所謂～人，在水一方（我說的那個姑娘，在河水的那一方）。❷〔代〕人稱代詞。他或她。注意 五四運動前後，許多文學作品中的"伊"專指女性，後來改用"她"。❸（Yī）〔名〕姓。

【伊甸園】yīdiànyuán〔名〕猶太教、基督教聖經中

Y

所指的人類始祖居住的樂園；泛指人類社會的理想世界。[伊甸，英 Eden；希伯來 édēn]

【伊妹兒】yīmèir〔名〕電子郵件：每天他都要收到幾封～。[英 e-mail]

【伊人】yīrén〔名〕〈書〉那個人（指女性）：秋水～｜～何處。

【伊始】yīshǐ〔動〕〈書〉開始：下車～｜自今～。

【伊斯蘭教】Yīsīlánjiào〔名〕世界三大宗教之一，公元 7 世紀初阿拉伯半島麥加人穆罕默德創立，盛行於西亞和北非。唐代傳入中國。在中國也叫清真教。[伊斯蘭，阿拉伯 Islām]

【伊索】Yīsuǒ〔名〕古希臘寓言作家，原為奴隸，後獲自由。以寓言諷刺權貴，後遭殺害。後人將其作品編為《伊索寓言》。[英 Aesop]

衣 yī ❶ 衣服：穿～吃飯｜豐～足食。❷ 包在物體外面的東西：炮～｜筍～｜書～。❸ 胞衣。❹（舊讀 yì）〈書〉穿（衣服）；拿衣服給別人穿：解衣～我｜不耕而食，不織而❺（Yī）〔名〕姓。

另見 yì（1606 頁）。

語彙　胞衣　便衣　布衣　襯衣　成衣　鶉衣　大衣　單衣　法衣　風衣　更衣　寒衣　號衣　和衣　寬衣　棉衣　內衣　皮衣　青衣　僧衣　上衣　壽衣　睡衣　蓑衣　糖衣　天衣　外衣　孝衣　血衣　雨衣　浴衣　罩衣　徵衣　緇衣　百衲衣　量體裁衣

【衣胞】yībao〔名〕胞衣。

【衣鉢】yībō〔名〕佛教指袈裟與鉢盂。禪家以迢相授受叫作授受衣鉢。後用來泛稱前輩傳授下來的思想、學術、技能等：～傳授｜繼承～。

【衣櫥】yīchú〔名〕放置衣物的櫥子。

【衣服】yīfu〔名〕（件，套，身）穿在身上遮體、禦寒並裝飾自己的物品。

衣服的演變

原始社會生產力低下，古人只能用樹葉、獸皮遮體。隨着生產力的發展，距今約 5000 年前的先民學會了用野麻或葛的纖維捻成綫織成衣服。殷商時代，人們掌握了養蠶和絲綢織造技術，使衣服大為改觀。此時做衣服的材料為布帛，布為麻葛織品，帛為絲織品，前者為平民所穿，後者為貴族所穿。也是在這時，建立了上衣下裳的制度，上身穿的稱 "衣"，下身圍的稱 "裳"（類似現在的裙子）。至魏晉南北朝時才流行上身穿衣，下身穿褲。

【衣冠】yīguān〔名〕衣服和帽子；借指人的穿戴：～不整。

【衣冠楚楚】yīguān-chǔchǔ〔成〕楚楚：鮮明的樣子。形容穿戴得十分整齊漂亮：你～，是要去相親嗎？

【衣冠禽獸】yīguān-qínshòu〔成〕穿衣戴帽的禽獸。指道德敗壞，行為像畜生一樣的人：這個罪犯是～，其罪行令人髮指。

【衣冠塚】yīguānzhǒng〔名〕只埋着死者衣帽等遺物的墳墓，如北京香山碧雲寺就有孫中山先生的衣冠塚。也叫衣冠墓。

【衣櫃】yīguì〔名〕放衣物的櫃子。

【衣架】yījià〔名〕❶ 懸掛衣服的三角形或丁字形的架子；懸掛、放置衣物的家具：把洗好的衣服用～晾起來｜把大衣掛在～上。❷ 比喻只講穿着而無他用的人：她可不想當個花瓶兒、～兒。

【衣襟】（衣衿）yījīn〔名〕衣服前面的部分：敞開～。

【衣錦還鄉】yījǐn-huánxiāng〔成〕古時指在外做官後，穿了錦繡衣服，回家鄉顯示榮耀。形容富貴後榮歸鄉里：他這次回家鄉工作，並非～，只想為父老鄉親做些實事。也說衣錦榮歸。

【衣料】yīliào（～兒）〔名〕（塊）做衣服用的材料（如棉布、絲綢、呢絨等）。

【衣帽間】yīmàojiān〔名〕公共場所中供暫時存放衣物的處所：把大衣放在～。

【衣裳】yīshang〔名〕（件，身，套）衣服。

衣與裳

古代衣與裳各有所指，如《詩經・邶風・綠衣》："綠衣黃裳。"衣，指上衣。裳，指下裙。隋唐以後，衣裳多泛指衣服，如白居易《賣炭翁》："賣炭得錢何所營？身上衣裳口中食。"

【衣食父母】yīshí-fùmǔ〔成〕指供給衣食賴以生活的人。

【衣食住行】yī-shí-zhù-xíng〔成〕穿衣、吃飯、住宿、行路，指生活的基本需要、基本條件：他和年邁的父母同住，照顧兩位老人的～。

【衣物】yīwù〔名〕指衣着和各種用品：整理～。

【衣魚】yīyú〔名〕（隻）昆蟲，體長而扁，比米粒稍大，有銀色細鱗和三條長尾毛。常蛀食衣服和書籍等。也叫蠹魚。

【衣着】（衣著）yīzhuó〔名〕指全身的穿戴（一般指衣服、帽子、鞋子等，不包括首飾）：～整潔｜她很注意自己的～｜出席不同場合要有不同的～。

依 yī ❶ 靠着：～偎｜～傍｜白日～山盡，黃河入海流。❷ 依靠；倚仗：唇齒相～｜相～為命。❸〔動〕依從；同意：他說得那麼肯定，就～了他吧！｜對孩子要教育，不能處處～着他。❹〔動〕原諒；寬恕：你要是把事情弄精了，我可決不～你。❺〔介〕表示根據某種標準、看法：～法懲處｜～我看，可以這樣做｜～當時的情況，只能採取緊急措施。❻（Yī）〔名〕姓。

語彙　皈依　憑依　偎依　無依　相依　依依

【依此類推】yīcǐ-lèituī〔成〕依照這樣的情況進行同類推理：第一個數是 1，第二個數是 3，第三個數是 5，～，第五個數應該是 9。

【依次】yīcì〔副〕依照次序：～入座｜～發言。

【依從】yīcóng〔動〕順從：答應我這三個條件，我便～你。

【依存】yīcún〔動〕依附於對方而存在：軍民魚水，相互～｜國防的強大～於經濟的強大。

【依飯節】Yīfàn Jié〔名〕仫佬族的傳統節日，每隔三至五年一次，一般在立冬後。節日期間舉行祭祖、祭神、體育競技、歌舞演出及經貿洽談等活動。也叫喜樂節。

【依附】yīfù〔動〕依賴；附着；從屬：～權貴｜灰塵～在衣服上｜不～於別國。

【依舊】yījiù ❶〔動〕跟以前的樣子相同：山河～。❷〔副〕表示持續不變：家裏～是那個老樣子｜人面不知何處去，桃花～笑春風。

【依據】yījù ❶〔動〕以某種事物作為根據或依託：選拔幹部要～公平、公正、公開的原則。❷〔介〕以某事物作為根據或依託（做某事）：～青年教師的意見，再把這個問題研究一下。❸〔名〕作為根據或依託的事物：你說的話要有～｜這些出土文物，是研究殷代文化的重要～。

【依靠】yīkào ❶〔動〕指望或仰仗某種力量來達到一定目的：只有～大家，才能把這個問題調查清楚｜搞好建設，需要外國幫助，但更重要的是～自己的力量。❷〔名〕可以依靠的人或事物：進了敬老院，老人的生活有了～｜父母相繼去世，兩個孩子失去了～。

【依賴】yīlài〔動〕❶ 依靠別的人或事物來生活或做事：要獨立思考，別～老師｜災區人民生產自救，不～國家救濟。❷ 彼此互為條件，不可分離：城市和農村相互～，相互支援。

【依戀】yīliàn〔動〕因留戀而不願離開：～家園｜老先生身在異域，心卻～着祖國。

【依然】yīrán ❶〔動〕仍舊原樣：風物～。❷〔副〕依舊：去年簽署的文件，今年～有效。

辨析　依然、依舊　"依然"指跟以前一樣，繼續保持不變；"依舊"除了表示"跟以前一樣"的意思以外，有時還強調說舊，指事情經過變化以後，仍然恢復原狀。如"書櫃依舊挪回了原處"，這裏的"依舊"不宜換成"依然"。"問題依然沒有解決"中的"依然"，也不宜換成"依舊"。

【依然故我】yīrán-gùwǒ〔成〕仍舊是我原先的老樣子。指人的行為等沒有甚麼變化（多含貶

義）：母親叫他早起鍛煉身體，他只堅持了兩天，就又～，睡起懶覺來。

【依然如故】yīrán-rúgù〔成〕仍舊像以前一樣：老張總是起得很早，雖然退休不上班了，也～。

【依託】yītuō ❶〔動〕依靠：兩口子都上班，孩子只好～奶奶照看。❷〔動〕假借；偽託：《列子》一書，乃魏晉時人～列子之名所作。❸〔名〕可以依靠的人或事物：這個國家以地中海為～，積極發展通商事業。

【依偎】yīwēi〔動〕親熱地緊靠着：～在母親的懷裏。

【依稀】yīxī〔形〕模模糊糊：～可見｜景物～似舊時｜夢裏～慈母淚。

【依樣畫葫蘆】yīyàng huà húlú〔諺〕照着葫蘆的樣子畫葫蘆。比喻一味模仿，缺乏新意：堪笑所謂名作家，不過～。

【依依】yīyī〔形〕❶〈書〉輕柔而隨風飄蕩的樣子：楊柳～｜～墟里煙。❷ 依戀而不忍分離的樣子：～惜別｜相見語～。

【依依不捨】yīyī-bùshě〔成〕形容對人或對某地某物十分留戀，不忍離去：二人～，灑淚而別｜老場長～地告別了自己親手創建的農場。

【依仗】yīzhàng〔動〕倚仗：～權勢。

【依照】yīzhào ❶〔動〕依從；聽從：銀行發放貸款，向來都～這個規定。❷〔介〕表示依據某種標準：～法律辦事｜～計劃執行。

注意　a）"依照"做動詞時，後面必帶名詞賓語，不能單獨做謂語，如不能說"這個報銷差旅費的規定，我們依照"。b）"依照"做介詞時，不能用在單音節名詞前，如不能說"依照法辦事"。

咿〈吚〉yī 見下。

【咿唔】yīwú〔擬聲〕形容吟誦詩文的聲音：他捧着書咿咿唔唔地唸了起來。

【咿呀】yīyā〔擬聲〕形容槳聲、琴聲、小兒學語聲等：遠處傳來咿咿呀呀的胡琴聲｜小兒～學語。

洢　Yī 洢水，水名。在湖南。

栘　yī 見"栘栘"（1598頁）。

猗　yī〈書〉❶〔助〕語氣助詞。相當於"啊"，多用於句末：河水清且漣～。❷〔歎〕表示讚美：～歟盛哉！❸（Yī）〔名〕姓。

揖　yī ❶〈書〉拱手行禮：～而進之｜長～不拜。❷ 拱手禮：打躬作～｜給諸位作個～。❸（Yī）〔名〕姓。

壹　yī ❶〔數〕"一"的大寫。多用於票據、賬目。❷（Yī）〔名〕姓。

椅　yī/yǐ〔名〕一種落葉喬木，葉子卵形，花黃綠色，有香氣，果實球形，紅色。木材可

製器具。也叫山桐子。
另見 yǐ（1605頁）。

禕（褘）yī〈書〉美好。多見於人名。

嫛yī 見下。

【嫛婗】yīní〔名〕〈書〉嬰兒。

銥（铱）yī〔名〕一種金屬元素，符號 Ir，原子序數 77。銀白色，脆而硬，化學性質很穩定。其合金可製標準量具或筆尖等。

漪yī〈書〉水的波紋：～瀾（水波）｜～漣（微波）｜清～。

瑿yī〈書〉黑紅色的琥珀。

噎yī/yì〔歎〕❶〈書〉表示悲痛或歎息：～，天喪予！天喪予！❷ 表示驚訝：～，這是誰寫的字？

繄yī〈書〉❶〔助〕語氣助詞。多用於句首，相當於"惟"：爾有母遺，～我獨無（你有母親可供她食物，單單就我一個人沒有）。❷〔代〕指示代詞。是（這樣）：一雨三日，～誰之力。

醫（医）yī ❶ 醫生：良～｜名～｜缺～少藥。❷〔名〕醫學：中～｜西～｜～學院｜我是學～的。❸〔動〕醫治：張大夫～好了我的病｜心病還需心藥～｜頭痛～頭，腳痛～腳（常用作比喻）。❹（Yī）〔名〕姓。

<table>
<tr><td>語彙</td><td>法醫　就醫　軍醫　良醫　儒醫　神醫　世醫</td></tr>
<tr><td></td><td>獸醫　太醫　巫醫　西醫　行醫　牙醫　延醫　庸醫</td></tr>
<tr><td></td><td>中醫　諱疾忌醫　病篤亂投醫</td></tr>
</table>

【醫保】yībǎo〔名〕醫療保險：～中心｜辦理～業務。

【醫道】yīdào〔名〕醫術（多指中醫治病的本領）：～好。

【醫德】yīdé〔名〕醫務人員的職業道德：～高尚。

【醫護】yīhù〔動〕醫療護理：～人員｜經精心～，傷勢已開始好轉。

【醫科】yīkē〔名〕醫療、藥物、公共衛生等學科的統稱：～大學。

【醫理】yīlǐ〔名〕醫學上的原理或理論：精通～｜從～上講清這種疾病的發生和防治。

【醫療】yīliáo ❶〔名〕疾病的預防治療及有關藥品、保健工作等的總稱：～制度｜～工作｜～機構。❷〔動〕治療（疾病）。

【醫療隊】yīliáoduì〔名〕（支）由若干醫護人員組成的醫療隊伍：向地震災區派去了～。

【醫生】yīshēng〔名〕（位，名）掌握醫學和藥物知識，以防病治病為業的人：外科～｜主治～｜他是一位有名的～。也叫大（dài）夫。

【醫師】yīshī〔名〕（位，名）受過高等醫學教育或具有同等能力，經國家衛生部門審查合格的負

主要醫療責任的醫務人員。按專業分工，有內科、外科、婦產科、兒科、口腔科、骨科、針灸科等專科醫師。

【醫士】yīshì〔名〕（位，名）受過中等醫學教育或具有同等能力，經國家衛生部門審查合格的負醫療責任的醫務人員。

【醫書】yīshū〔名〕（本，部，套）闡述醫學知識、理論及歷代醫案驗方的書籍：李時珍的《本草綱目》是經典～。

【醫術】yīshù〔名〕（套）醫療技術：～精湛｜學習先進～。

【醫託】yītuō（～兒）〔名〕對求醫者進行哄騙，以介紹醫療或推薦藥品為名而從中牟利的人：別上～的當。

【醫務】yīwù〔名〕醫療事務：～處｜～工作者。

【醫學】yīxué〔名〕以保護和增進人類健康、預防和醫治疾病為研究內容的科學。中國現有中醫和西醫兩個醫學體系。

【醫藥】yīyào〔名〕❶ 醫療和藥物：～費｜～常識。❷ 藥品和醫療器械：～公司。

【醫院】yīyuàn〔名〕（所，家）以診斷治療和護理病人為主要工作的機構，並從事健康檢查、疾病預防等有關工作。按業務性質，一般分為綜合醫院、專科醫院和特種醫院等。

【醫治】yīzhì〔動〕❶ 治療：及時～｜～無效。❷ 比喻通過治理或建設以消除因人為或自然災禍等造成的傷害：～戰爭創傷｜～社會痼疾｜～心靈創傷。

【醫囑】yīzhǔ〔名〕醫生對病人關於醫療方面的囑咐，包括病人的飲食、用藥、化驗、臥位、手術前的準備、手術後的護理等：用藥請看說明或遵～。

黟yī ❶〈書〉黑木。❷（Yī）黟縣，地名。在安徽黃山市。

鷖（鷖）yī 古書上指鷗鳥。

yí 〡

匜yí 古代洗手洗臉時澆水用的器具。器身呈瓢形，橢圓形口，前有方形流，後有捲尾獸形鋬（pàn）。匜在西周中晚期出現，多有四足。春秋時有三足和無足的匜。戰國的匜一般都沒有足。

扅yí〈書〉橋。

夷yí ㊀〈書〉❶ 平坦：～以近，則遊者眾；險以遠，則至者少｜履險如～。❷ 平安：化險為～。❸ 平常：匪～所思。❹ 破壞建築物（使成為平地）：～為平地。❺ 滅掉；殺盡：～滅｜一人有罪，而三族皆～。

㊁❶ 中國古代稱東方民族或中原以外各

族：島～｜四～。❷舊時泛指外國或外國人：～務｜華～雜處。❸(Yí)〔名〕姓。

語彙 鄙夷 凌夷 芟夷 化險為夷

沂 Yí ❶沂河，水名。發源於山東，南流至江蘇入海。❷〔名〕姓。

怡 yí ❶〈書〉快樂；愉悅：心曠神～。❷(Yí)〔名〕姓。

【怡然】yírán〔形〕〈書〉欣喜的樣子：～自樂。

【怡然自得】yírán-zìdé〔成〕形容高興而滿足的樣子：安閒舒適，～｜退休後他釣魚，寫寫字，～。

【怡人】yírén〔形〕〈書〉讓人愉快：山光水色，～心懷。

【怡怡】yíyí〔形〕〈書〉親切和睦的樣子：兄弟～。

宜 yí ❶合適：老幼咸～｜這部影片，兒童不～｜淡妝濃抹總相～。❷應當：事不～遲｜～未雨而綢繆｜～將剩勇追窮寇｜冤仇～解不～結。❸(Yí)〔名〕姓。

語彙 便(biàn)宜 不宜 得宜 合宜 機宜 便(pián)宜 權宜 失宜 時宜 事宜 適宜 相宜 因地制宜

【宜居】yíjū〔形〕屬性詞。適合居住和生活的：～城市｜～環境。

【宜人】yírén ㊀〔名〕封建時代（自宋朝始）婦女因丈夫或子孫做了官而得的一種封號。㊁〔形〕合人心意：氣候～｜景色～。

咦 yí〔歎〕表示驚異：～，書包怎麼不見了？｜～，你怎麼先到家了？

迤 yí見"逶迤"（1401頁）。
另見yǐ（1605頁）。

姨 yí ❶〔名〕姨母；也用來尊稱跟母親同輩的女性：二～｜表～｜趙～。❷妻子的姐妹：大～子（妻子的姐姐）｜小～子（妻子的妹妹）。

語彙 阿姨 大姨 娘姨 婆姨 小姨

【姨表】yíbiǎo〔形〕屬性詞。兩家的母親是姐妹的親戚關係（區別於"姑表"）：～兄弟｜～姐妹｜我倆是～。

【姨夫】yífu〔名〕姨父。

【姨父】yífu〔名〕姨母的丈夫。

【姨媽】yímā〔名〕〈口〉姨母（指已婚的；未婚的一般稱"姨兒"）。

【姨母】yímǔ〔名〕母親的姐妹。

【姨兒】yír〔名〕〈口〉姨母。

【姨太太】yítàitai〔名〕〈口〉妾。也叫姨太。

【姨丈】yízhàng〔名〕姨父。

荑 yí〈書〉除去地裏的野草：芟～。
另見tí（1327頁）。

移 yí見下。

移核 yíyī〔名〕半常綠或落葉喬木，葉子橢圓形或卵狀披針形，花白色，果實卵形。樹皮和果實可入藥。

貤 (貤) yí〈書〉移動；轉手：～易。
另見yì（1607頁）。

盱 yí用於地名：盱(xū)～(在江蘇)。

胰 yí〔名〕人和高等動物體內的一種消化腺，人的胰在胃的後下方，呈帶狀。能分泌胰液，幫助消化，又能分泌胰島素，有調節糖代謝的作用。舊稱膵(cuì)臟，也叫胰腺。

【胰島素】yídǎosù〔名〕胰腺分泌的激素，能促進合成脂肪和蛋白質，調節體內血糖的含量。胰島素分泌不足時，血糖升高，可引起糖尿病。

【胰腺】yíxiàn〔名〕胰。

【胰子】yízi〔名〕〈口〉❶豬、羊等的胰。❷(塊)(北方官話)肥皂(舊時以豬胰浸酒，製成護膚用品，冬日塗抹手背，可免皸裂。後也稱皂莢和皂角為"胰子")：香～。

宧 yí古時指屋內的東北角。**注意**"宧"字十畫，"宦官"的"宦"字九畫。

蛇 yí見"委蛇"（1400頁）。
另見shé（1187頁）。

移 〈❶❷迻〉 yí ❶〔動〕移動；挪動：愚公～山｜電視機不要老～來～去的。❷改變；變動：～風易俗｜江山易改，稟性難～｜矢志不～。❸(Yí)〔名〕姓。

語彙 搬移 不移 難移 挪移 漂移 飄移 遷移 推移 遊移 轉移 物換星移

【移動】yídòng〔動〕改換位置：把靶位向左～一米｜保險櫃顯然被～過。

【移動存儲器】yídòng cúnchǔqì 不固定在計算機上，插拔方便，可以隨身攜帶的存儲器，如優盤、移動硬盤。

【移動電話】yídòng diànhuà 能在移動中使用的電話，在移動網絡覆蓋的範圍內，自由與外界通話，含手機、對講機、車載電話等。也指這種通信系統本身。

【移動通信】yídòng tōngxìn 利用無線電波傳遞信息，在其網絡範圍內變換地點進行通信的通信方式。

【移防】yífáng〔動〕（軍隊）轉移駐地點：～海疆，準備痛殲來犯之敵。

【移風易俗】yífēng-yìsú〔成〕轉移風氣，改變習俗：～，建設新農村。

【移行】yíháng〔動〕拼音文字書寫或排版時，一個單詞在上行末排不下，按一定規則分拆一部分移至下行之首：這篇英文稿子～有錯，要改過來。

【移花接木】yíhuā-jiēmù〔成〕原指把有花的枝條嫁接到另外的樹木上。後用來比喻暗施手段，更換人或事物：他訂購了一款名牌手機，誰知商家～，用水貨冒充正品。

【移交】yíjiāo〔動〕❶把人或事物交給有關方面：這批儀器已經～給研究所了。❷原責任人離職前把有關事項交付給接任的人；老張退休前把工作～給我了。

【移居】yíjū〔動〕轉移居住地點；搬遷住所：他們全家人由南京～北京。

辨析　移居、搬家　在本地遷居叫"搬家"，遷移到外地或外國居住叫"移居"。"搬家"還可指單位遷移地點或物體挪動位置，如"銀行搬家了""桌子上的東西全搬了家，誰弄的？"，"移居"沒有這樣的意義和用法。

【移錄】yílù〔動〕〈書〉抄錄；謄錄：輾轉～。

【移苗】yímiáo〔動〕把秧苗、樹苗移植到另外的地方。

【移民】yímín❶〔動〕遷移到外地或外國定居：庫區的～工作進行得很順利｜老兩口兒想～到兒子的居留國去。❷〔名〕遷移到外地或外國定居的人：～點（入境移民居住的地點）｜～法（對入境移民進行審查和管理的法令）。

【移山倒海】yíshān-dǎohǎi〔成〕移動高山，翻倒大海。形容人類改造自然的偉大力量和氣魄。

【移譯】yíyì〔動〕〈書〉翻譯。

【移栽】yízāi〔動〕把植物（多為幼苗）移到另一處栽種：果樹～技術。

【移植】yízhí〔動〕❶將植物連土掘起移到別處栽種：幾年前～了三萬棵樹苗，如今已長成了防風林。❷比喻將別處的優良事物拿來，改造為自己領域的東西：近年來，京劇和地方戲曲互相～優秀劇目。❸將有機體的一部分組織或器官（如角膜、皮膚、骨、血管等）取下來替換同一機體或另一機體的缺陷部位，使它癒合復原：腎臟～｜骨髓～。

【移樽就教】yízūn-jiùjiào〔成〕移樽：端着酒杯到別人跟前（共飲）；就教：向人請教。指主動前去向人請教：他已是著名學者，但仍然～，向別的專家問學。

屐
yí 見"屐屐"（1562頁）。

痍
yí〈書〉創傷：瘡～。

貽（贻）
yí〈書〉❶贈送：～我彤管。❷遺留；留下：～人口實（讓人當作話柄）｜～笑大方。

【貽害】yíhài〔動〕〈書〉留下禍害：～於人｜～無窮。

【貽誤】yíwù〔動〕由於錯誤沒及時糾正，致使遺留下來造成壞影響；耽誤：～後代｜～工作｜～戰機｜～青年。

【貽笑大方】yíxiào-dàfāng〔成〕《莊子·秋水》："吾長見笑於大方之家。"大方：指有某種專長的人。給內行人留下笑柄：對這個問題，我知道得太少，亂發議論，豈不～。

詒（诒）
yí〈書〉自滿的樣子：～～（洋洋自得的樣子）。

詒（诒）
yí〈書〉❶同"貽"①：～友人書。❷同"遺"④：相與刻石，以～後世。

椸
yí〈書〉衣架。

飴（饴）
yí 飴糖，用米和麥芽製成的糖：含～弄孫｜高粱～｜甘之如～。

疑
yí❶懷疑：堅信不～｜無可置～｜半信半～｜～人不用，用人不～。❷猜度；猜測：猜～｜多～。❸不能確定或不能解決的：～義｜～惑｜～案。❹疑難問題：釋～｜存～｜答～。

語彙　猜疑　遲疑　存疑　答疑　多疑　犯疑　狐疑　懷疑　見疑　解疑　驚疑　決疑　可疑　起疑　闕疑　善疑　生疑　釋疑　無疑　析疑　嫌疑　獻疑　猶疑　置疑　質疑　半信半疑　將信將疑

【疑案】yí'àn〔名〕❶（件）一時難以決斷或判決的案件：這件～終於偵破了。❷一時難以確定的事件或情節：弄清情況後～得到澄清。

【疑兵】yíbīng〔名〕為迷惑敵人而部署的虛張聲勢的兵力：多設～，使敵人難辨虛實。

【疑點】yídiǎn〔名〕有疑問或不明白的地方：這份材料有很多～，不大可信。

【疑竇】yídòu〔名〕〈書〉可疑之處；疑點：頓生～｜～叢生。

【疑犯】yífàn〔名〕（名）犯罪嫌疑人：追捕～｜～全部抓獲。

【疑匪】yífěi〔名〕沒有經過起訴、審判、宣判定罪等法律程序的刑事犯罪嫌疑人：～逃至境外，香港警方通報國際刑警組織，聯手破案。

【疑惑】yíhuò❶〔動〕心裏感到不明白；迷惑：不解｜大為～｜道理甚明，無可～。❷〔名〕感到懷疑或迷惑之處：幫助他消除心中的～。

【疑懼】yíjù❶〔動〕疑慮恐懼：他接到匿名信後，終日～不安。❷〔名〕因疑慮而產生的恐懼心理：打消～。

【疑慮】yílǜ❶〔動〕懷疑和顧慮：沒有問題，不必～。❷〔名〕因懷疑而產生的顧慮：一番談話，消除了我心中的～。

【疑難】yínán❶〔形〕屬性詞。感到疑惑，難於判斷或處理的：～問題｜～雜症。❷〔名〕疑惑難解的道理或問題：學習中碰到不少～｜他的研究破解了科學上的一大～。

【疑神疑鬼】yíshén-yíguǐ〔成〕形容神經過敏，妄生疑慮：根本沒有那麼回事兒，你別～的。

【疑似】yísì〔形〕屬性詞。似乎是而又不能確定的：～病例。

【疑團】yítuán〔名〕積累下來的種種疑惑：滿腹～｜打破～｜～頓釋。

【疑問】yíwèn〔名〕可疑的問題；不清楚不明白的事情：毫無～｜對這個計劃的可行性，我還有～。

【疑問句】yíwènjù〔名〕提出問題或帶懷疑語氣的句子，如"誰說的？""你還吃嗎？""這件事真是他幹的？"。書面上，疑問句末尾用問號。

【疑心】yíxīn ❶〔名〕疑慮；懷疑的念頭：人家不是說你，你別起～｜～生暗鬼。❷〔動〕懷疑；猜測：我～他在說謊。

【疑心病】yíxīnbìng〔名〕指多疑的心理：誰也沒在背後說你甚麼，你別老犯～。

【疑心生暗鬼】yíxīn shēng ànguǐ〔俗〕心有疑惑而生出種種幻覺，從而使自己感到驚懼。

【疑兇】yíxiōng〔名〕涉嫌行兇的人：經過認真偵察，最後鎖定了這件血案的～。

【疑義】yíyì ❶〔書〕指難於理解的文義或問題：奇文共欣賞，～相與析。❷值得懷疑的問題；可疑之點：毫無～，這是他的筆跡｜對這一點，大家還有甚麼～嗎？

【疑雲】yíyún〔名〕（團）像烏雲一樣籠罩在心頭的懷疑：～密佈｜這件事真叫我難消。

【疑陣】yízhèn〔名〕❶ 為迷惑敵人而擺開的虛實難辨的陣勢：現代軍事更注重設偽裝，佈～。❷ 文藝作品中為引人入勝而安排的使人迷惑的情節場景：小說一開頭就故佈～。

儀（仪）yí
❶ 人的外表：～表｜威～。❷ 禮節；儀式：司～。❸ 禮物：賀～｜奠～。❹〔書〕嚮往；仰慕：心～。❺（Yí）〔名〕姓。
㊀ 器具；儀器：地動～｜半圓～｜渾天～。

【儀表】yíbiǎo ㊀〔名〕指人的好的外表（包括容貌、姿態、舉止、風度等）：～堂堂｜～不凡｜注重～。㊁〔名〕測量壓力、溫度、速度、電壓、電流等的儀器，形狀多像計時用的錶：航空～｜電氣～。

【儀器】yíqì〔名〕（台，架）科學技術工作中用來檢查、測量、計算或發出信號的較為精密的器具或設備：化學～｜繪圖～。

【儀容】yíróng〔名〕多指人的好的外表容貌：～端莊｜～整肅。

【儀式】yíshì〔名〕典禮及其他禮儀活動的程序和形式：條約簽字～｜宗教～｜隆重的歡迎～。

【儀態】yítài〔名〕〔書〕多指人的好的外表姿態：～萬方｜～萬千。

【儀仗】yízhàng〔名〕❶ 古代帝王、官員等外出時侍從人員拿着的武器、旗、牌、傘等。❷ 國家舉行大典或迎接外國元首、政府首腦等貴賓時，護衛人員所持的武器；也指遊行隊伍前頭舉着或抬着的鮮花、旗幟、標語、圖表、模型等。

【儀仗隊】yízhàngduì〔名〕(支) ❶ 執行禮節性任務的小部隊，有時帶有軍樂隊。用於迎送國家元首、政府首腦及高級將領等；也用於隆重典禮：陸海空三軍～。❷ 走在遊行隊伍的前面，手持鮮花、旗幟等儀仗的隊列。

頤（頤）yí
㊀〔書〕頰；腮：持～（手托住腮）｜解～（臉上露出笑容）｜涕淚交～。
㊁〔書〕養；保養：～養｜～育萬物｜～神自守。注意 "頤"字的左邊有七畫，和"臥"字的左邊、"宦"字的下邊都不相同。

【頤和園】Yíhé Yuán〔名〕中國名園之一，位於北京西郊。原為封建帝王的行宮花園，後幾經改建，形成景外有景、園中有園的佈局。為北京著名遊覽勝地，全國重點文物保護單位。

【頤養】yíyǎng〔動〕〔書〕保養：～天年｜～精神。

【頤指氣使】yízhǐ-qìshǐ〔成〕用面部表情和口鼻出氣示意的方式來支使人。形容權勢者指揮別人的傲慢態度：～，旁若無人。

遺（遗）yí
❶ 遺失的東西：路不拾～。❷〔書〕遺失：飲酒醉，～其冠。❸ 疏失：～漏｜補～。❹ 留下：～風｜不～餘力。❺ 死者留下（的）：～囑｜～物｜～像。❻ 不自主地排泄（大小便或精液）：～矢｜～尿｜～精。❼〔書〕留給。
另見 wèi（1413頁）。

【遺愛】yí'ài〔名〕〔書〕留給後世的仁愛：～在人間。

【遺產】yíchǎn〔名〕❶（份，筆）死者留下的財物：繼承～｜父親留下的～。❷（份）歷史上遺留下來的物質財富或精神財富：歷史～｜文學～｜世界自然與文化～。

【遺臭萬年】yíchòu-wànnián〔成〕指死後壞名聲永留後世，被人唾罵和鄙視：那些賣國求榮的人，必將～。

【遺傳】yíchuán〔動〕（生物體的構造和生理特徵）由上代傳給下代：隔代～｜這種病不會～。

【遺傳工程學】yíchuán gōngchéngxué 在遺傳學（研究生物體遺傳和變異規律的科學）基礎上發展起來的一門新興學科。主要指把一種生物的遺傳物質（細胞核、染色體、脫氧核糖核酸等）轉移到另一生物的細胞中去。其應用範圍很廣，可用來有計劃地改進現存生物的遺傳性狀，為培育動植物和微生物新品種、控制遺傳性疾病和癌症等提供了可能。

【遺毒】yídú〔名〕歷史遺留下來的有毒害作用的思想、風氣等：清除封建迷信的～。

【遺腹子】yífùzǐ〔名〕父親死後才出生的孩子。

【遺稿】yígǎo〔名〕（份，件）死者遺留下來的尚未發表的稿件：珍貴～。

【遺孤】yígū〔名〕死者留下的孤兒：烈士～。

【遺骸】yíhái〔名〕人死後的屍體或屍骨：烈士～｜死者～由親屬認領。

【遺憾】yíhàn ❶〔名〕遺恨：終生的～。❷〔形〕未符合心願而感到惋惜：昨天的晚會你沒來，我實在～。❸〔形〕由於待人不周而表示歉意：非常～，我不能留下來陪你。❹〔形〕外交上表示不滿或抗議：對你方的不友好行為，我們深表～。

【遺恨】yíhèn〔名〕臨終仍感到悔恨或不稱心的事情：鑄成千年～。

【遺跡】yíjì〔名〕古代或舊時代人的活動遺留下來的痕跡：先民～｜古戰場的～。

【遺精】yíjīng〔動〕（睡夢中）無意流出精液。男子在夜間有時遺精是正常生理現象，若次數過多則為病理現象。

【遺老】yílǎo〔名〕❶改朝換代後仍眷念前朝的老年人（多為前朝舊臣）：宗室～。❷〈書〉指歷經滄桑世變的老人：欲知其事，可訪～。

【遺留】yíliú〔動〕（以前的事物或問題）繼續存在；留存下來：協商解決歷史～下來的兩國邊界問題｜這是他～給孩子的東西。

【遺漏】yílòu〔動〕因疏忽而沒有列入或提到：代表名單上～了他倆的名字｜無一～。

【遺民】yímín〔名〕❶新朝代建立後仍效忠或眷念前朝的人。❷泛指經受亡國之苦或大亂後倖存的百姓：～淚盡胡塵裏，南望王師又一年。

【遺墨】yímò〔名〕（件）死者遺留下來的手跡（書信、字畫、手稿等）：先人～，恕不贈送。

【遺尿】yíniào〔動〕不自覺地排尿，多指夜間睡夢中的排尿。嬰幼兒在夜間遺尿是生理性的，五歲以後遺尿多屬不正常現象。

【遺棄】yíqì〔動〕❶拋棄；丟棄：敵軍的槍支彈藥很多。❷對自己有責任關心照料的親屬（妻兒老小等）撇開不管：他因～老人而獲罪｜她收養了這個被～的女嬰。

【遺缺】yíquē〔名〕因去世或去職而空出來的職位：局長離職，由副局長暫補。

【遺容】yíróng〔名〕❶人死後的面容：瞻仰～。❷遺像：室內懸掛着母親的～。

【遺少】yíshào〔名〕新朝代建立後仍效忠或眷念前朝的年輕人。

【遺失】yíshī〔動〕因粗心大意而丟失（多指物件）：駕駛執照～了｜身份證可別～。

【遺矢】yíshǐ〔動〕〈書〉排大便：一日三～。

【遺事】yíshì〔名〕前人留下來的事跡（常用於書名）：追憶前代～｜《宣和～》。

【遺書】yíshū〔名〕❶（部）後人刊印的前人留下來的著作或抄本（多用於書名）：《船山～》｜《敦煌石室～》。❷〈書〉散佚的書：遍求～於天下。❸（封，份）臨終留下的書面遺言。

【遺屬】yíshǔ〔名〕死者的親屬。

【遺孀】yíshuāng〔名〕稱某人死後留下的寡居的妻子。注意本人不能自稱為某人的遺孀。

【遺體】yítǐ〔名〕❶死者的軀體（含尊敬意）：向～告別。❷動植物死後留下的殘餘：深洞中有蛇鼠～。❸古代稱自己的身體是父母的遺體。

【遺忘】yíwàng〔動〕忘記：被人～的角落｜受人恩惠，不能～。

【遺物】yíwù〔名〕（件）❶死者生前遺留下來的東西：這是死者的三件～，請轉交給他的親屬。❷古代留傳下來的東西：通過這些古戰場的～，可以想見當時戰爭的殘酷。

【遺像】yíxiàng〔名〕（張，幀）死者生前的照片或畫像。

【遺言】yíyán〔名〕（句）臨終前留下來的話：遵照父親～，將骨灰送回故鄉安葬。

【遺願】yíyuàn〔名〕死者生前未能實現的願望：一定要實現先烈的～，建設好祖國。

【遺贈】yízèng〔動〕死者生前以遺囑的方式將其財產部分或全部贈給國家、集體或法定繼承人以外的人。

【遺址】yízhǐ〔名〕已經湮沒或坍塌毀壞的古城鎮村落、古建築物的原址：丁村～｜圓明園～。

【遺志】yízhì〔名〕死者生前未能實現的志願：繼承先烈的～。

【遺囑】yízhǔ〔名〕（份）在生前或臨死時留下的關於自己身後諸事應如何處置的囑咐，形式有口頭和書面兩種：立下～｜將軍生前留有喪事從簡的～。

【遺著】yízhù〔名〕死者遺留下來的著作；特指生前未發表的著作：整理～，編成文集出版。

【遺作】yízuò〔名〕（篇，部）死者遺留下來的作品或著作；特指生前未發表的部分：先生～由其夫人整理出版。

嶷 yí 九嶷，山名。在湖南寧遠南。

簃 yí〈書〉連在樓閣旁邊的小屋（多用於書齋名）：晚晴～（近人徐世昌齋名）。

彝 yí ㊀❶古代青銅器的通稱，多指宗廟祭祀用的器具：～器。❷宋朝以來，以銅器中侈口圈足兩耳者為彝，是一種盛酒器。❸〈書〉常規；法度：～章｜～憲。❹（Yí）〔名〕姓。

彝器

㊁(Yí)彝族：～劇｜～文。

【彝族】Yízú〔名〕中國少數民族之一，人口約871.4萬(2010年)，主要分佈在四川、雲南以及貴州、廣西，少數散居在重慶等地。彝語是主要交際工具，有本民族文字。

蠿　yí 見下。

【蠿蠿】yíyí〔形〕〈書〉獸角銳利的樣子。

yǐ

乙 yǐ ㊀〔名〕❶天干的第二位。也用來表示順序的第二：～級｜～等。❷(Yǐ)姓。

㊁〔名〕中國民族音樂音階上的一級，樂譜上用作記音符號，相當於簡譜的"7"。參見"工尺"(447頁)。

㊂從前讀書寫字時常用到的一種"乙"字形符號。作用有二：1)古時沒有標點符號，遇有一段終了而下無空格時，則勾一個ㄥ形記號，叫乙或勾乙。2)字句有錯漏或字有顛倒，上下勾正，或在旁邊勾添，叫塗乙。

語彙　勾乙　甲乙　塗乙

【乙部】yǐbù〔名〕中國古代把圖書分為甲、乙、丙、丁四部，乙部即後來的史部。

【乙醇】yǐchún〔名〕有機化合物，無色易燃液體，有特殊氣味。是常用的溶劑和重要化工原料，也用於醫藥和製飲料。通稱酒精。

【乙夜】yǐyè〔名〕古代指二更時，即夜裏九時至十一時。

【乙正】yǐzhèng〔動〕校勘書籍或撰寫文稿時，遇有字句顛倒處，畫上形狀像"乙"的符號(∽)，表示將其位置互換；"或弗"原作"弗或"，被誤倒，今～。

已 yǐ ㊀❶停止：學不可以～｜爭論不～。❷〔副〕已經(跟"未"相對)：時間未到，人～來齊｜～派人處理此事。❸〔副〕〈書〉後來；不多時：～而｜～忽不見。❹〔副〕〈書〉太；過：不為～甚｜不～重乎！❺(Yǐ)〔名〕姓。

㊁〈書〉同"以"。和"上、下、東、西"等連用，表示時間、方位、數量的界限：年七十～上｜自丞相～下。

語彙　不已　而已　久已　無已　業已　早已　自已　不得已　死而後已

【已故】yǐgù〔動〕已經去世：此人～｜整理幾位～科學家的著作。

【已婚】yǐhūn〔動〕已經結婚：～男子｜～六年。

【已經】yǐjīng〔副〕表示事情完成或達到某種程度：風～停了｜我～明白了｜溫度～降到零下｜天氣～不熱了｜火車～開了。

【辨析】已經、曾經　a)"已經"表示事情完成，時間一般在不久以前，如"他已經去了西安，你現在見不到他"。"曾經"表示從前有過某種行為或情況，時間一般不是最近，如"我在十年前曾經去過西安"。b)"已經"所表示的動作或情況可能還在繼續，如"我已經喝了五杯啤酒，這是第六杯"。"曾經"所表示的動作或情況現在已結束，如"我曾經一氣喝過十瓶啤酒"。c)"已經"後面的動詞多跟"了"搭配；"曾經"後面的動詞多跟"過"搭配。

【已然】yǐrán ❶〔動〕已經是這樣；已成為事實：自古～｜與其補救於～，不如防患於未然。❷〔副〕已經：事情～是這樣了，就不要老批評他了。

【已往】yǐwǎng〔名〕過去；以前：～怎麼處理，今後仍怎麼處理｜悟～之不諫，知來者之可追。

【已知數】yǐzhīshù〔名〕代數式或方程中已經知道數值的數(區別於"未知數")，如x+y=3中，3是已知數。

以 yǐ〈❶-❾曰❶-❾叭〉❶〔介〕用；拿：～身作則｜～一當十｜曉之～理｜～其人之道，還治其人之身。❷〔介〕構成"以……為……"的格式，表示"把……作為……"、"認為……是……"或"比較起來怎麼樣"的意思：國～民為本｜民～食為天｜～人為鑒，可以明得失｜這塊地～種瓜為宜。❸〔介〕表示憑藉：～頑強的毅力克服了重重困難｜～老朋友的身份和你聊一聊。❹〔介〕按照；根據：～人均2000元計算｜～高標準嚴格要求自己｜不～人的意志為轉移。❺〔介〕表示原因：不～人廢言｜～吃苦耐勞著稱。❻〔介〕〈書〉於；在(指時間)：魯迅～1881年生於浙江紹興城內姓周的一個大家族裏。❼用在"上""下""東""西"等單純的方位詞前，表示時間、方位、數量的界限：十年～前｜黃河～北｜二十個～內。❽〔連〕〈書〉用法同"而"：城高～厚｜其人惠～有謀。❾〔連〕表示目的：總結經驗，～利再戰｜修訂再版，～滿足讀者需要。❿(Yǐ)〔名〕姓。

語彙　得以　給以　何以　加以　藉以　據以　堪以　可以　賴以　聊以　難以　能以　是以　所以　予以　足以

【以暴易暴】yǐbào-yìbào〔成〕用暴虐替換暴虐。多指政權更迭了，但殘暴的統治未變。也指一個禍害去掉了，卻換來另一個禍害。

【以便】yǐbiàn〔連〕用於下半句話的開頭，表示上半句話的內容為的是容易實現下文所說的目的：準備些零錢，～上車買票。

【以辭害意】yǐcí-hàiyì〔成〕因拘泥詞義而誤解作者本意："白髮三千丈"是一種誇張，不可～。

【以次】yǐcì ❶〔副〕依照次序：～上車。❷〔名〕以下：這一章是唐代文學概論，～各章為唐代詩歌和唐代散文。

【以次充好】yǐcì-chōnghǎo〔成〕用質量差的冒充質量好的。

【以德報怨】yǐdé-bàoyuàn〔成〕用恩德來報答怨恨。指把恩惠施與跟自己有仇的人：創業成功後，他對以前跟他作對的人多有照顧，～，人緣越來越好。

【以點帶面】yǐdiǎn-dàimiàn〔成〕一種領導工作方法。先在小範圍內開展工作，取得經驗，再把這些經驗推廣開來，帶動全局的工作。

【以毒攻毒】yǐdú-gōngdú〔成〕原指用毒藥來醫治毒瘡。後比喻針鋒相對，以比對方更甚的手段來制伏對方。

【以訛傳訛】yǐ'é-chuán'é〔成〕把不正確的話錯誤地傳遞去，越傳越錯：古時有人說自己能吐出羽毛，結果～，人們竟傳說他能吐出鴨子。

【以耳代目】yǐ'ěr-dàimù〔成〕拿耳朵代替眼睛，指把聽來的當成親眼看到的。表示不親身調查了解，將聽來的情況信以為真：您可不能～，輕信他的馬路消息。

【以攻為守】yǐgōng-wéishǒu〔成〕指用主動進攻作為積極防禦的措施。

【以寡敵眾】yǐguǎ-díyòng〔成〕以少對多；用小的力量抵擋大的力量。

【以觀後效】yǐguānhòuxiào〔成〕對犯法或犯錯誤的人寬大處理，以觀察他是否有改正的表現：對這兩名嚴重違反勞動紀律的員工給予警告處分，～。

【以後】yǐhòu〔名〕方位詞。從某時之後或從現在之後的某段時間：不久～，我們就搬了家｜從此～，我們的家鄉變了樣｜五分鐘～，他果真來了｜～我再慢慢給你說吧。

【以及】yǐjí〔連〕連接並列的詞、詞組或小句，表示聯合關係（多用於連接最後一項）：本店經銷電視機、收音機、錄音機～各種電器零件｜矛盾是如何產生，如何發展的，～最後該如何解決，都需要調查研究。

《辨析》以及、及、和　a)"以及"可以連接小句，"及""和"不能。如"他問了我許多問題：那裏的氣候怎樣，生活過得慣不慣，以及當地的老鄉對我們熱情不熱情，等等"。其中的"以及"不能換用"及"或"和"。b)"以及""及"所連接的事物，常常前邊是主要的，後邊是次要的；"和"則不必有此區別。c)"及"只能連接名詞性成分；"以及""和"則廣泛得多。

【以己度人】yǐjǐ-duórén〔成〕拿自己的想法去衡量、揣度或要求別人：人家拾金不昧，他～，竟說人家是傻子！

【以假亂真】yǐjiǎ-luànzhēn〔成〕把假的看作真的，致使真假難辨：這些贗品真到了～的程度。

【以儆效尤】yǐjǐngxiàoyóu〔成〕嚴肅處理或懲辦違反規定的人以警戒那些仿效的人：必須嚴懲酒後駕車的肇事者，～。注意 這裏的"儆"不寫作"敬"或"警"，不讀 jìng。

【以來】yǐlái〔名〕方位詞。從過去某時到現在的一段時間：自古～｜任職～｜參加工作～。

《辨析》以來、以後　"以後"表示某個時點後的時間，這個時點可以是過去、將來、現在的某個時間。"以來"只表示從過去某個時間到現在的一段時間，如"上大學以來他學習更努力了"。"我走了以後你再告訴他"是指現在的某個時間以後，"搬了家以後一定請你來玩兒"是指將來的某個時間以後，兩個句子中的"以後"都不能換成"以來"。

【以禮相待】yǐlǐ-xiāngdài〔成〕用應有的禮節來對待：他雖然反對過你，但這次見面，也應～。

【以理服人】yǐlǐ-fúrén〔成〕用道理來說服人：雙方辯手都能尊重事實，～，非常可貴。

【以鄰為壑】yǐlín-wéihè〔成〕《孟子·告子下》："是故禹以四海為壑，今吾子以鄰國為壑。"意思是夏禹疏通河道，讓水流入大海，而你卻把鄰國當作蓄洪的水庫。比喻把災禍或困難推給別人：不能～，把這些劣質原料賣給兄弟廠。

【以卵擊石】yǐluǎn-jīshí〔成〕用雞蛋去擊打石頭。比喻自不量力，自取滅亡。也說以卵投石。

【以貌取人】yǐmào-qǔrén〔成〕《史記·仲尼弟子列傳》載，澹台滅明（字子羽）相貌醜陋，孔子本不願收他為弟子。後來勉強收下，卻見他品學都很優秀，因而歎道："吾以貌取人，失之子羽。"指根據外表來判斷人的優劣以決定取捨。

【以免】yǐmiǎn〔連〕用於下半句話的開頭，表示上半句話的內容為的是不至於產生下文所說的結果：自行車不要亂放，～影響交通。

【以內】yǐnèi〔名〕方位詞。在一定界限之內（跟"以外"相對）：五年～｜圍牆～｜三十人～｜臨時工作人員不在編制～。注意 a)"以內"不能單獨使用。b)"以內"前面的名詞不能是單音節的，如不能說"牆以內"，而要說"圍牆以內""大牆以內"或"牆內"等。

【以偏概全】yǐpiān-gàiquán〔成〕用片面的或局部的來概括全面的或全局的：看問題要全面，不能～。

【以其昏昏，使人昭昭】yǐqíhūnhūn, shǐrénzhāo-zhāo〔成〕《孟子·盡心上》："賢者以其昭昭，使人昭昭；今以其昏昏，使人昭昭。"意思是自己糊裏糊塗卻想使別人明白。

【以其人之道，還治其人之身】yǐ qírén zhī dào, huán zhì qírén zhī shēn〔成〕用那人對付別人的辦法來對付那人。

【以前】yǐqián〔名〕方位詞。比現在或所說某時間早的時間：～我們不認識｜十點～我不在家｜很早～，這裏是一片荒地｜不久～，他病了一場。

【以權謀私】yǐquán-móusī〔成〕利用職權謀取私利：應嚴厲懲處國家幹部～。

【以人為本】yǐrénwéiběn 中國現階段科學發展觀的核心和本質。強調以實現人的全面發展為目標，堅持民眾在社會發展中的主體地位，把最廣大人民的根本利益作為一切工作的出發點和落腳點，不斷滿足民眾日益增長的多樣要求，切實維護和保障人民的政治、經濟、文化以及其他一切正當合理的權益，主張發展成果由人民共同享有。

【以上】yǐshàng〔名〕方位詞。❶ 表示高於、多於或大於某一界限：半山～終年積雪｜團級～幹部｜60分～為及格｜20歲～才夠條件。注意 "60分以上" "20歲以上" 是否包括 "60分" 或 "20歲" 在內，有時不明確。需要精確表達時，往往用 "60分及60分以上" "已滿20週歲" 等說法。❷ 指前面的（話），表示總括上文：～是我對這個問題的看法。

【以身試法】yǐshēn-shìfǎ〔成〕用自身的行為來試探法律的分量。指明知犯法而故意做觸犯法律的事：他～，貪污公款，終於受到嚴厲制裁。

【以身殉職】yǐshēn-xùnzhí〔成〕為本職工作而犧牲自己的生命：那位消防隊長全力救火，～，用自己的生命保護了國家財產。

【以身作則】yǐshēn-zuòzé〔成〕用自己的實際行動做出榜樣：班長一向～，按照安全規程操作。

【以售其奸】yǐshòuqíjiān〔成〕用欺騙手段來施展其害人的伎倆：騙子往往利用人們貪財的心理，放出釣餌，～。

【以太】yǐtài〔名〕古希臘哲學家設想出來的一種充塞宇宙的介質。近代某些思想家認為它是物質世界的本源，用它來解釋世界上種種物質的和精神的現象。現代科學證明，這種介質並不存在。[英 ether]

【以退為進】yǐtuì-wéijìn〔成〕拿退卻作為進攻。指以主動退卻贏得時間或有利的形勢。

【以外】yǐwài〔名〕方位詞。在一定界限之外（跟 "以內" 相對）：八小時～的時間由個人支配｜五十米～的靶子他就看不清了｜除了老劉來過～，別人沒有來過。注意 a) "以外" 不能單獨使用。b) "以外" 前面的名詞不能是單音節的，如不能說 "門以外"，而要說 "鐵門以外" "大門以外" 或 "門外" 等。

【以往】yǐwǎng〔名〕以前；往常：我～是六點起床，今天晚了｜他的表現和～不大一樣｜今年的收成比～哪年都好。

【以為】yǐwéi〔動〕認為：我～這部電影應該獲獎｜我～是老王呢，原來是你｜小張滿～今天來得最早，誰知還有比他早的。

辨析 **以為、認為** a) 都可以表示做出判斷，但 "以為" 的語氣較輕，有時只是表示主觀的估計，如 "我以為來早了，可別人比我更早"，其中的 "以為" 不宜換成 "認為"。b) 用於被動句式時，"認為" 可以說 "被人家認為" 或 "讓人家認為"，而 "以為" 只能說 "讓人家以為"，不能說 "被人家以為"。c) "認為" 的前邊不能加 "滿"；"以為" 的前邊可以。d) "自以為是"、"不以為然" 是兩個熟語，不能換成 "認為"。

【以文會友】yǐwén-huìyǒu〔成〕用詩詞文章等結交朋友：參加會議，寫論文，～。

【以下】yǐxià〔名〕方位詞。❶ 表示低於、少於或小於某一界限：氣溫在零度～｜成績在60分～｜全班平均年齡在20歲以下。注意 "60分以下" "20歲以下" 是否包括 "60分" 或 "20歲" 在內，有時不明確。需要精確表達時，往往用 "60分及60分以下" "不滿20週歲" 等說法。❷ 指下面的（話）：～請老陳接着講｜～幾句應該刪去。

【以小人之心，度君子之腹】yǐ xiǎorén zhī xīn，duó jūnzǐ zhī fù〔成〕用人格卑劣的人的想法去揣測道德高尚的人的心思。也指曲解人家的好意：他借錢給你完全是一片好心，沒有壞念頭，別～。

【以眼還眼，以牙還牙】yǐyǎn-huányǎn，yǐyá-huán-yá〔成〕《舊約·申命記》第十九章："要以命償命，以眼還眼，以牙還牙，以手還手，以腳還腳。" 比喻用對方使用的手段還擊對方，針鋒相對地進行鬥爭。

【以一當十】yǐyī-dāngshí〔成〕一個人抵擋十個人。形容英勇善戰，以少勝多。

【以逸待勞】yǐyì-dàiláo〔成〕臨戰前做好充分準備，養精蓄銳，以對付疲勞的敵軍：敵軍遠道來犯，我軍養精蓄銳，～。

【以怨報德】yǐyuàn-bàodé〔成〕拿怨恨來報答恩德。指用怨恨回報對自己有恩的人：受人滴水之恩，當湧泉相報，勿做～的事。

【以正視聽】yǐzhèngshìtīng〔成〕揭穿假象和謊言，使人們明辨是非，認識歸於正確：鑒於有人利用這次事件造謠惑眾，我們有必要公佈事實真相，～。

【以至】yǐzhì〔連〕❶ 表示由小到大、由少到多、由淺到深、由低到高發展，或向相反方向發展；直到：不但要考慮今年，還要考慮明年、後年，～更長的時間｜看一遍不懂，就看兩遍、三遍，～七八遍｜從車間到班組，～每個工人都明確了承包任務。❷ 用於下半句話開頭，表示下文所說的結果是由於上半句談到的情況造成的：他吃了一驚，～把筷子掉到地上｜現代科技發展得這樣快，～許多知識都需要更新。以上也說以至於。

【以致】yǐzhì〔連〕用於下半句話的開頭，表示下文所說的結果（多指不好的）是由於上半句談到的原因造成的：他用力過猛，～把韌帶拉傷｜他擅離崗位，～引起這場大火。

【辨析】**以致、以至**　a）都是連詞，都表示由某種原因產生某種結果，不同的是，"以致"多用於人們不希望的結果，如"司機酒後開車，以致釀成車禍"。b）"以至"也可以說成"以至於"，"以致"不能。c）"以至"可以用於表示由小到大、由少到多、由淺到深、由低到高發展，或向相反方向發展，如"好文章，看兩遍三遍，以至於五六遍，都不生厭"，"以致"不能這樣用。

【以資】yǐzī〔書〕〔連〕用在下半句開頭，表示通過以上所為，達到下文的目的：當眾表揚，～鼓勵｜加蓋公章，～證明。

【以子之矛，攻子之盾】yǐzǐzhīmáo，gōngzǐzhīdùn〔成〕《韓非子·難一》："楚人有鬻（yù）盾與矛者，譽之曰：'吾盾之堅，物莫能陷也。'又譽其矛曰：'吾矛之利，於物無不陷也。'或曰：'以子之矛陷子之盾，何如？'其人弗能應也。"後用"以子之矛，攻子之盾"比喻用對方的觀點或論據等來反駁對方：他的論據有明顯的錯誤，只要～就能駁倒他。

佁　yǐ〔書〕靜止的樣子：～然不動。

尾　yǐ（～兒）〔名〕❶稱馬尾（wěi）上的長毛：馬～羅（用馬尾毛做的篩子）。❷稱蟋蟀等尾（wěi）部的針狀物，"二尾兒"指雄蟋蟀，"三尾兒"指雌蟋蟀。
另見wěi（1406頁）。

矣　yǐ❶〔助〕〔書〕語氣助詞。用在句末，表示肯定，相當於"了"：悔之晚～｜法已定～。❷〔助〕〔書〕語氣助詞。表示感歎：難～哉！｜歎觀止～！｜三代之事，邈乎遠～！❸〔助〕〔書〕語氣助詞。表示命令或請求：先生休～｜君無疑～。❹〔助〕〔書〕語氣助詞。表示疑問：年幾何～❺（Yǐ）〔名〕姓。

苡　yǐ見"薏苡"（1612頁）。

苢　yǐ見"芣苢"（398頁）。

迤　yǐ/yí❶〔書〕（地勢）斜着延長。❷〔介〕往；向（某個方向延伸）：天安門前～西是西長安街。
另見yí（1598頁）。

【迤邐】yǐlǐ〔形〕〔書〕曲折連綿：登高山而知群阜～｜～不斷的青山。

釔（钇）　yǐ〔名〕一種金屬元素，符號Y，原子序數39。屬稀土元素。灰黑色，用於製造合金或特種玻璃等。

酏　yǐ❶古代一種用黍子釀成的酒。❷古代指稀粥。❸酏劑：芳香～。

【酏劑】yǐjì〔名〕用糖、揮發性油或其他主要藥物配製而成的酒精溶液製劑。

倚　yǐ❶〔動〕靠着：～閭而望｜～欄遠眺。❷仗恃：～仗｜～官仗勢｜～老賣老。❸〔書〕偏；歪：不偏不～。❹（Yǐ）〔名〕姓。

語彙　偏倚　徙倚　斜倚　依倚　不偏不倚

【倚靠】yǐkào❶〔動〕身體靠在物體上：他～着大樹歇了歇。❷〔動〕倚仗；依賴：～權貴欺壓民眾。❸〔名〕可以依靠的人或物：丈夫死後，她失去了～｜坐在板凳上，沒個～，真難受。

【倚賴】yǐlài〔動〕依賴。

【倚老賣老】yǐlǎo-màilǎo〔成〕仗着年紀大，擺老資格，輕視別人：老先生從不～，不明白的事總是虛心詢問。

【倚仗】yǐzhàng〔動〕依賴；仗恃（自己的有利條件或別人的勢力）：～着力氣大，總喜歡跟人家比試比試｜～舅舅的權勢，橫行鄉里。

【倚重】yǐzhòng〔動〕〔書〕依靠並信賴；器重：～老臣。

辰　yǐ❶古代指位於門窗之間的屏風。❷（Yǐ）〔名〕姓。

椅　yǐ❶椅子：藤～｜轉（zhuàn）～｜桌～板凳。❷（Yǐ）〔名〕姓。
另見yī（1596頁）。

語彙　交椅　輪椅　圈椅　躺椅　藤椅　搖椅　竹椅　轉椅　桌椅　太師椅

【椅披】yǐpī〔名〕披在椅子上起裝飾作用的彩色繡花織物。今多用於戲曲舞台上。

【椅子】yǐzi〔名〕（把）用木頭、竹子、鐵管兒等製成的有靠背的坐具，有不同的種類和樣式，常用的有扶手椅、太師椅、躺椅等。

蛾　yǐ〔書〕同"蟻"：～伏（表示順從）｜～術（比喻勤學）。
另見é（338頁）。

旖　yǐ見下。

【旖旎】yǐnǐ〔形〕〔書〕輕柔美好的樣子：風光～｜～春如錦，看花人更紅。**注意**"旖旎"不讀qíní。

踦　yǐ〔書〕觸；抵住：足之所履，膝之所～。

蟻（蚁）　yǐ〔名〕❶螞蟻。❷〔Yǐ〕姓。

【蟻蠶】yǐcán〔名〕剛孵化出來的幼蠶，體狀像螞蟻，故稱。

【蟻附】yǐfù〔動〕〔書〕像螞蟻似的群集趨附：～蠅集。

顗（顗）　yǐ〔書〕安靜的樣子。多見於人名。

艤（艤）yǐ〈書〉停船靠岸：釣舟初～｜～舟江畔。

齮（齮）yǐ〈書〉咬：～齕（嚙咬；引申為毀傷、傾軋）。

yì ㄧˋ

乂　yì〈書〉❶治理：保國～民。❷安定：～安（太平無事）。❸才德過人的人：俊～。

弋　yì❶〈書〉一種繫有繩子的箭：～不射宿（宿：棲宿的鳥）。❷〈書〉用繫有繩子的箭射獵：～鳧與雁。❸（Yì）〔名〕姓。

語彙　巡弋　游弋

刈　yì〈書〉❶割（草或穀類）：芟～｜～麥。❷割草用的農具。

【刈草機】yìcǎojī〔名〕（台）割草用的機器。

仡　yì〈書〉❶健壯勇武的樣子：～然｜～勇。❷抬頭。

另見 gē（435頁）。

【仡仡】yìyì〔形〕〈書〉❶健壯勇敢的樣子：～勇夫。❷高聳的樣子：崇墉～。

艾　yì〈書〉❶同"乂"②：～安。❷懲治：懲～。❸改正：自怨自～。注意 "自怨自艾" 原義是悔恨自己的錯誤，自己改正。現在只指悔恨自己的錯誤。這裏的 "艾" 不讀 ài。

另見 ài（5頁）。

屹　yì❶〈書〉高聳的樣子：～然｜～立。❷（Yì）〔名〕姓。

另見 gē（436頁）。

【屹立】yìlì〔動〕〈書〉高聳而穩固地立着；比喻堅定而不可動搖：～於天地之間｜巍然～。

辨析 屹立、聳立　都含有高聳的意思。但 "屹立" 可用於比喻，因此又多了一層像山峰一樣穩固堅定而不可動搖的意思，既可用於物，也可用於人；"聳立" 不是比喻，有高聳的含義，又着眼於直，一般只用於物。

【屹然】yìrán〔形〕〈書〉穩固地聳立的樣子：～特立｜～不動。

亦　yì❶〔副〕〈書〉也（表示相同）；也是：反之～然｜～工～農｜適當喝點兒酒，～無不可。注意 "亦" 有一種常用格式 "不亦……乎"，用於反問句，表示委婉的肯定，相當於 "不是很……嗎"，如 "學而時習之，不亦說（悅）乎？"。❷（Yì）〔名〕姓。

【亦步亦趨】yìbù-yìqū〔成〕《莊子·田子方》："夫子步亦步，夫子趨亦趨，夫子馳亦馳。" 意思是老師慢走學生也慢走，老師快走學生也快走，老師快跑學生也快跑。後用 "亦步亦趨" 比喻一味模仿別人而自己毫無主見，或為了討好，事事順從、追隨別人：學習國外對我們有用的東西，但不能～，全盤照搬。

【亦即】yìjí〔動〕〈書〉也就是：沈雁冰～茅盾｜安南～今之越南。

【亦莊亦諧】yìzhuāng-yìxié〔成〕既莊重又詼諧：他的散文，～，別具風格。

衣　yì〈書〉穿（衣服）；拿衣服給人穿：～布衣｜解衣～我。

另見 yī（1595頁）。

妵　yì古代宮廷女官名。

抑　yì ㊀❶向下按；壓制：～強扶弱｜屈心～志｜高者～之，下者舉之。❷（Yì）〔名〕姓。

㊁〔連〕〈書〉❶表示選擇，相當於 "或是、還是"：天道乎，～人故也？❷表示轉折，相當於 "可是、但是"：美則美矣，～臣又有所懼也。❸表示遞進，相當於 "而且"：非獨曉其文，～亦深其義。❹表示假設，相當於 "如果"：～齊人不盟，若之何？

語彙　貶抑　遏抑　勒抑　平抑　壓抑　鬱抑

【抑或】yìhuò〔連〕〈書〉表示選擇關係，相當於 "或者、還是"：這種舞蹈，無論是現代派青年，～是傳統觀念較強的人，都喜聞樂見。

【抑揚】yìyáng〔動〕（聲音）高低起伏：琴聲～婉轉。

【抑揚頓挫】yìyáng-dùncuò〔成〕形容音調或文章氣勢高低起伏，停頓轉折：老師講課，聲音洪亮，～，很受歡迎。

【抑鬱】yìyù〔形〕憂憤鬱結，不得排解：～不舒｜因為出了一起工傷事故，廠長這幾天心情非常～。

【抑鬱症】yìyùzhèng〔名〕一種神經系統疾病，症狀為持久情緒低落，感到沒有樂趣、沒有希望、生活沒有意義等，並伴有乏力失眠和其他軀體不適感。

【抑止】yìzhǐ〔動〕壓下去；控制住：～內心的衝動｜不可～。

【抑制】yìzhì〔動〕❶一種阻止皮質興奮，減弱器官活動的過程，是大腦皮質基本神經活動過程之一，睡眠就是大腦皮質處於完全抑制狀態。❷控制；約束：～憤怒｜～雜草生長｜～通貨膨脹。

杙　yì〈書〉木樁。

邑　yì❶〈書〉城市：都～｜通都大～。❷古代指縣：郡～。❸封地：食～｜湯沐～。❹（Yì）〔名〕姓。

佚　yì❶同 "逸"①-⑥。❷（Yì）〔名〕姓。

語彙　散佚　亡佚　遺佚

役　yì❶出勞力的事：勞～｜徭～。❷兵役：現～｜服～｜預備～。❸舊時稱被使喚的人：僕～｜雜～。❹ 戰鬥；戰役：護法之～。
❺ 役使：奴～。

> **語彙** 兵役 差役 夫役 服役 賦役 工役 拘役 苦役 勞役 免役 奴役 僕役 侍役 退役 現役 衙役 雜役 戰役 一身兩役

【役齡】yìlíng〔名〕❶ 已服兵役的年數：他的～已超過三年。❷ 適合服兵役的年齡：～青年。
【役使】yìshǐ〔動〕❶ 使用（牲畜）：這是一匹烈性馬，不大好～。❷ 強力驅使（人）幹活兒：他老是～別人｜不能聽任廠主～工人加班加點。

苅 yì〈書〉同"刈"。

枂 yì〈書〉樹名。

易 yì ㊀❶ 不費事；不費力；容易（跟"難"相對）：簡便～行｜來之不～｜千軍～得，一將難求。❷〔副〕發生某種變化的可能性大：鐵遇水～生鏽｜天氣忽冷忽熱，～患感冒。❸ 平和；和悅：平～近人。❹〈書〉輕視：吏民慢～之。
　　㊁❶ 改變；變換：移風～俗｜～地出售｜江山～主。❷ 交換：以物～物｜～子而教。
❸（Yì）指《周易》。❹（Yì）〔名〕姓。

> **語彙** 辟易 變易 不易 改易 更易 和易 簡易 交易 貿易 平易 淺易 輕易 容易 移易 避難就易

【易拉罐】yìlāguàn〔名〕一種裝果汁、啤酒或其他流質食品的金屬罐，開啟時拉開罐口的金屬環即可：～飲料。台灣地區稱作易開罐。
【易燃物】yìránwù〔名〕容易燃燒的物品，如汽油、煤油等：嚴禁攜帶～、易爆物上車。
【易如反掌】yìrúfǎnzhǎng〔成〕《孟子·公孫丑上》："以齊王，由反手也。"漢枚乘《上書諫吳王》："必若所欲為，危於累卵，難於上天；變所欲為，易於反掌，安於泰山。"意思是做事容易得像翻一下手掌。比喻事情極易辦成：你們隊是老牌勁旅，戰勝他們還不是～！
【易手】yìshǒu〔動〕改換擁有者：名畫以兩百萬元～。
【易幟】yìzhì〔動〕更換旗幟。指國家政權改變或軍隊改變歸屬關係。

佾 yì 古代樂舞的行列：八～舞於庭（八佾即八列，每列八人）。

佽 yì 見"解佽"（1501 頁）。

洢 yì〈書〉❶ 水漫出。❷ 放蕩；荒淫。

枻 yì〈書〉短槳；船舵：鼓～。

昳 yì 見下。
另見 dié（299 頁）。
【昳麗】yìlì〔形〕〈書〉美麗光艷：形貌～。

食 yì 見於人名：酈～其（Lì Yìjī）（漢初人）。
另見 shí（1219 頁）；sì（1283 頁）。

犵 yì 見"林犵"（848 頁）。

弈 yì ❶〈書〉圍棋：博～｜～林（指棋藝界或棋手聚集的地方）。❷〈書〉下棋：～者對～。❸（Yì）〔名〕姓。

奕 yì ❶〈書〉盛大。❷〈書〉重疊：～世（一代接一代）。❸（Yì）〔名〕姓。

> **語彙** 赫奕 奕奕 游奕

【奕奕】yìyì〔形〕〈書〉❶ 高大的樣子：～梁山。❷ 精神煥發的樣子：神采～｜眼光～，數步射人。❸ 心神不定的樣子：憂心～。

疫 yì 瘟疫：瘟～｜時～｜防～｜～苗｜～症。

> **語彙** 畜疫 防疫 檢疫 免疫 時疫 瘟疫

【疫病】yìbìng〔名〕流行性的傳染病：大災之後，常有～相繼。
【疫癘】yìlì〔名〕〈書〉瘟疫：～流行，萬戶蕭疏。
【疫苗】yìmiáo〔名〕用病毒、細菌、抗毒素等製成的、用於使機體產生免疫力的生物製品。習慣上僅指病毒製劑或立克次體（體積介於細菌和病毒之間的一類微生物，因美國病理學家立克次首先發現而得名）製劑，如牛痘苗、斑疹傷寒疫苗等。
【疫情】yìqíng〔名〕瘟疫或傳染病發生和流行的情勢：監測～｜～嚴重。

羿 Yì ❶ 中國神話傳說中夏朝有窮國的君主，善射。❷〔名〕姓。

挹 yì〈書〉❶ 舀：～水於河｜維北有斗，不可以～酒漿。❷ 拉；提拔：獎～。

> **語彙** 獎挹 謙挹 推挹

貤（貤）yì〈書〉❶ 重疊物品的次第。❷ 延伸。
另見 yí（1598 頁）。

悒 yì〈書〉同"悒"：～傱（抑鬱不快的樣子）。

益 yì ㊀❶ 好處（跟"害"相對）：有～無害｜滿招損，謙受～｜受～匪淺。❷ 有益的（跟"害"相對）：良師～友｜～蟲｜～鳥。
　　㊁❶〈書〉增加；增強：不～尺寸之地｜～壽延年｜加強民間交流，以～關係改善。❷〔副〕〈書〉更加；逐漸：相得～彰｜多多～善｜日～強盛。❸（Yì）〔名〕姓。

> **語彙** 裨益 補益 公益 教益 進益 利益 請益 權益 日益 實益 收益 受益 損益 無益 效益 有益 愈益 增益 集思廣益

【益蟲】yìchóng〔名〕對人類有益的昆蟲，如能吐絲的蠶、能釀蜜和傳播花粉的蜜蜂、能捕食農業害蟲的螳螂、能疏鬆土壤的蚯蚓等（跟“害蟲”相對）。

【益處】yìchù〔名〕好處；有利的因素（跟“害處”相對）：毫無～｜～多多。

【益母草】yìmǔcǎo〔名〕一年生或二年生草本植物。莖葉和子實可入藥，有通經止血作用。也叫茺蔚（chōngwèi）。

【益鳥】yìniǎo〔名〕對人類有益的鳥，如燕子（能捕食昆蟲）、啄木鳥（能捕食樹洞裏的害蟲）、貓頭鷹（能捕食老鼠）等。

【益友】yìyǒu〔名〕（位）在工作、學習、思想等方面對自己有幫助的朋友：良師～。

【益智】yìzhì〔動〕有益於智力發展；能增長智慧：健腦～｜～玩具｜～遊戲。

湆 yì〈書〉濕潤；沾濕：渭城朝雨～輕塵。

悒 yì〈書〉憂鬱不安：抑～｜～戚｜～憤｜～～不悅。

語彙　抑悒　悒悒　憂悒　鬱悒

場 yì〈書〉❶田界：疆～（田邊）有瓜。❷邊界；國境：邊～｜疆～（邊境）無事。

異（异） yì ❶有區別；不一樣（跟“同”相對）：黨同伐～｜標新立～｜求大同，存小～｜這兩個詞的用法，有同有～。❷奇異；特別：～術｜～聞｜～獸。❸驚異；奇怪：詫～｜駭～。❹另外的；別的：～鄉｜～域｜～日。❺分開：離～｜同居～爨（cuàn）（雖住在一起，卻分開來燒火煮飯）。❻（Yì）〔名〕姓。

語彙　差異　詫異　怪異　瑰異　詭異　駭異　驚異　迥異　睽異　離異　立異　靈異　奇異　歧異　神異　特異　無異　新異　穎異　優異　災異　珍異　卓異　大同小異　黨同伐異　求同存異　日新月異

【異彩】yìcǎi〔名〕異樣的光彩；比喻成就輝煌或表現突出：～紛呈｜大放～。

【異常】yìcháng ❶〔形〕不同尋常（跟“正常”相對）：氣候～｜神情～｜出現許多～現象。❷〔副〕非常；特別：～激動｜～危險｜這裏的礦藏～豐富。

辨析　異常、非常　a)“非常”經常做定語、狀語；“異常”除做定語、狀語外，還常做謂語。如“情況異常”“聲音異常”，都不能換用“非常”。b)“非常”可以修飾單音節詞，“異常”一般不能。

【異讀】yìdú〔名〕形、義相同的字所具有的不同讀法。如“誰”字讀 shéi 又讀 shuí，“鑰”字讀 yào 又讀 yuè 等。

【異端】yìduān〔名〕〈書〉不合乎正統思想的學說或教義：～邪說｜攻乎～。

【異國】yìguó〔名〕外國：～見聞｜身居～。

【異乎尋常】yìhūxúncháng〔成〕完全不同於往

常；超出一般：施上這種肥料，莊稼長得～地好。

【異化】yìhuà〔動〕❶相同或相似的事物逐漸變得不相同或不相似（跟“同化”相對）。❷哲學上指把自己的素質或力量轉化為自己的對立物。❸語音學上指在一定條件下連發幾個相似或相同的音，其中一個變得和其他的音不相似或不相同，如普通話“冷水”lěngshuǐ（兩個字都是上聲），說成 léngshuǐ，第一個上聲連讀變調，異化為陽平。

【異己】yìjǐ〔名〕同一集體中在立場、主張、政見等方面跟這個集體不同或相反的人：～分子｜排除～。

【異腈】yìjīng〔名〕有機化合物的一類，為無色液體，有惡臭。舊稱胩。

【異軍突起】yìjūn-tūqǐ〔成〕比喻一種新生力量突然出現：以魯迅為代表的文化新軍，在當時的文壇上～，猛烈地衝擊着保守勢力。

【異口同聲】yìkǒu-tóngshēng〔成〕不同的人說出同樣的話：眾人～地讚這幅畫好看。

【異曲同工】yìqǔ-tónggōng〔成〕唐朝韓愈《進學解》：“子雲相如，同工異曲。”意思是說，揚雄（字子雲）和司馬相如的作品就像兩支樂曲，雖然曲調不同，卻同樣精緻。後用“異曲同工”比喻不同的人的作品同樣精彩。也比喻做法上雖有區別，卻同樣達到了很好的效果：這幾部作品～，各有千秋。也說同工異曲。

【異體字】yìtǐzì〔名〕與規定或習慣上認可的正體字同音同義而形體有所不同的字，如“盃”是“杯”的異體字，“瓈”是“璃”的異體字等。

【異同】yìtóng ❶〔名〕不同之處和相同之處：分別～｜考其～。❷〔形〕〈書〉不一樣：宮中府中，俱為一體，陟罰臧否，不宜～。

【異味】yìwèi〔名〕❶異乎尋常的美味食品：這些珍饈～，我連聽都沒聽說過，別說吃了。❷（～兒）（股）不正常的怪味兒：剛進門，就聞到一種刺鼻的～。

【異物】yìwù〔名〕❶醫學上指滯留或進入某器官或體內的外物，如進入眼內的沙子、飛入耳道的昆蟲等：患者氣管內有～。❷〈書〉指死去的人：化為～。❸〈書〉指不同於人的怪物（妖魔鬼怪等）：彼雖～，情亦猶人。❹奇異的物品：如此～，不知產於何處？

【異鄉】yìxiāng〔名〕外鄉；外地：流落～｜獨在～為異客。

【異想天開】yìxiǎng-tiānkāi〔成〕天開：天門打開。形容想法不切實際。也形容想象離奇，與眾不同：他竟～地要創造一種宇宙語，跟外星人對話。

【異形詞】yìxíngcí〔名〕指意義、讀音、用法相同而寫法不同的詞，如“按語、案語”“令愛、令嬡”等。

【異性】yìxìng ❶〔形〕屬性詞。性別或性質不同的：～朋友｜同性的電相斥，～的電相吸。❷〔名〕性質不同的事物或性別不同的人：同性相斥，～相吸｜～之間，開玩笑要有分寸。

【異姓】yìxìng〔名〕不同的姓氏：～姊妹｜這個村的人都姓陳，～很少。

【異樣】yìyàng〔形〕❶兩樣；不同：學校變化不大，跟我在這裏讀書時沒甚麼～。❷特殊；不同尋常：～的眼光｜神色～。

【異議】yìyì〔名〕不同或相反的意見：提出～｜如果沒甚麼～，就這麼決定了。

【異域】yìyù〔名〕❶外國：揚名～｜～珍禽。❷外地。

【異族】yìzú〔名〕❶外族：抵禦～入侵。❷不同的民族：～通婚。

釴　yì ❶古代一種方鼎。❷（Yì）〔名〕姓。

翊　yì〈書〉輔佐：～贊（輔佐贊助）｜～衛（輔佐保衛）。

翌　yì〈書〉明（天、年）：～晨｜～日｜～年。

【翌年】yìnián〔名〕〈書〉次年；明年：～而碑立。

【翌日】yìrì〔名〕〈書〉次日；明日：～登嵩山。

軼　（轶）yì ❶〈書〉後車超越前車。❷同"逸"②⑥。❸（Yì）〔名〕姓。

逸　yì ❶安樂；閒適：以～待勞｜一勞永～。❷散失的；失傳的：～句｜～本｜～聞。❸放縱的；不檢點的：驕奢淫～。❹避世；隱居：～民｜隱～｜～於布衣。❺逃跑；奔跑：逃～｜馬～不能止。❻超越：超～｜～群之才（超過一般人的才能）。❼釋放：試管中有氣體～出。❽（Yì）〔名〕姓。

語彙　安逸　超逸　俊逸　飄逸　清逸　逃逸　亡逸　閒逸　秀逸　淫逸　隱逸　一勞永逸

【逸樂】yìlè〔形〕〈書〉閒適安樂：安於～｜～喪志。

【逸民】yìmín〔名〕古代稱遁世隱居的人。也指前朝滅亡後不願為新朝做事為官的人。

【逸事】yìshì〔名〕（件）不為眾人所知的名人事跡，多不見於正式記載：畫壇～。

【逸聞】yìwén〔名〕不為眾人所知的傳聞，多不見於正式記載：名人～。

潩　yì〈書〉水流得很急的樣子。多用於地名：～灘（在河南）。

溁　yì〈書〉水流動的樣子。

嗌　yì〈書〉咽喉：～乾面塵。另見ài(5頁)。

肄　yì 學習：～習｜講～。

【肄業】yìyè〔動〕❶修習學業：在中學～期間，

他學會了彈鋼琴。❷在學校學習未畢業而離校：高中～｜北京大學～｜～證書。

詣　（诣）yì ❶〈書〉前往（含莊重意）：～長安。❷〈書〉前往見某人（多為所尊敬的）：先主（指劉備）～亮（諸葛亮），凡三往，乃見。❸〈書〉學問、技藝等所達到的程度：造～｜超～｜苦心孤～。❹（Yì）〔名〕姓。

襃　yì〈書〉❶書套。❷纏繞。

裔　yì ❶〈書〉後代：後～｜苗～｜華～｜～孫。❷〈書〉邊遠之地：遐～｜四～。❸（Yì）〔名〕姓。

語彙　邊裔　後裔　華裔　苗裔　四裔　遐裔

意　yì ㊀❶意思：來～｜詩～｜～在筆先｜醉翁之～不在酒。❷心願；願望：好～｜中(zhòng)～｜美～｜如～。❸意料；料想：～外｜～中｜出其不～。
㊁（Yì）〔名〕指意大利：中～友好。

語彙　本意　筆意　稱意　誠意　創意　春意　醋意　措意　達意　大意　歹意　得意　敵意　惡意　公意　故意　掛意　過意　含意　寒意　好意　合意　厚意　悔意　會意　加意　假意　介意　經意　敬意　酒意　倦意　決意　可意　刻意　快意　來意　樂意　立意　涼意　留意　滿意　美意　民意　命意　起意　歉意　愜意　情意　任意　如意　銳意　善意　深意　生意　盛意　失意　詩意　實意　示意　適意　授意　率意　睡意　順意　肆意　隨意　遂意　他意　特意　天意　同意　玩意　無意　寫意　謝意　心意　新意　蓄意　雅意　一意　用意　有意　雨意　寓意　原意　願意　在意　真意　執意　旨意　致意　中意　主意　屬意　注意　着意　恣意　醉意　差強人意　回心轉意　全心全意　三心二意　詩情畫意　言不盡意　言外之意

【意表】yìbiǎo〔名〕意料或想象之外：出人～。

【意會】yìhuì〔動〕內心領會（其意思）：可～而不可言傳｜姐姐使了個眼色，她～到現在不能講這件事。

【意見】yìjiàn(-jian)〔名〕（點，條）❶對某事的看法或想法：發表～｜交換～｜我的這個～還不太成熟｜他倆的～有些分歧。❷不滿意的想法：批評性的看法：我對這種粗暴的做法有～｜大家的～很大。

【意匠】yìjiàng〔名〕文章、藝術作品構思的過程：～獨運｜～慘淡經營中。

【意境】yìjìng〔名〕文藝作品中所描繪的形象和表達的思想感情融合而成的一種藝術境界：這首詩的～十分深遠｜中國畫最重～。

【意料】yìliào〔動〕事先的估計或預想：這是～中的事｜出乎～｜不出我的～，他果然入選了。

【意念】yìniàn〔名〕念頭；想法：我當時只有一個～："救人要緊！"

【意氣】yìqì〔名〕❶意志；氣概：～風發。❷志向、興趣和性格：二人～十分投合。❸偏激、任性的情緒：～用事｜都因為一時～，連朋友也得罪了。

【意氣風發】yìqì-fēngfā〔成〕形容精神奮發，氣概高昂：中國人民～，團結一致，奮勇前進。

【意趣】yìqù〔名〕意味，情趣：雨中漫步，別有一番～。

【意識】yìshí ❶〔名〕人腦對於客觀世界的反映，是感覺、思維等各種心理過程的總和。人們的社會存在決定人們的意識，而意識又反作用於存在。❷〔名〕認識和重視的程度；悟性：增強國民的環境保護～｜這個球員的射門～很強。❸〔動〕覺察；認識：他～到問題的嚴重性｜病情正在惡化，老王自己也～到了。注意 a)"意識"這個動詞常和"到"字連用，組成一個動趨式結構。它的否定式用"沒"或用"不"；用"沒"則放在"意識"之前，如"這一點，我當時還沒意識到"，用"不"則放在"意識"之後，如"他還意識不到責任有多麼重大"。b)還有"有意識(的)""沒意識(的)"兩種說法，意思分別是"故意(的)""不是故意(的)"，如"有意識的犯規""沒意識地踢了一腳"。

【意識流】yìshíliú〔名〕指如水流般的人的意識活動；也指文學創作的一種手法，採用自由聯想、獨白等手法描寫人物的內心世界：～小說。

【意識形態】yìshí xíngtài 人在一定的社會經濟基礎上形成的對於世界和社會的有系統的看法和見解，具體表現為哲學、政治、法律、藝術、宗教、道德等形式，是上層建築的重要組成部分。在階級社會裏具有階級性。對社會存在具有反作用。也叫觀念形態。

【意思】yìsi ❶〔名〕語言文字或其他信號所表達的意義；思想內容：他這話是甚麼～？｜"小"的～跟"大"相對｜病人點了頭，～就是他同意了。❷〔名〕意見；願望：大家的～是您年紀大了，不必親自去了｜小王很有追求她的～。❸〔名〕動向或苗頭：天氣悶熱，有點要下雨的～｜他口氣緩和了，有點回心轉意的～。❹〔名〕情調；趣味：這幅畫兒畫得真有～｜這故事挺沒～的。❺〔名〕指代表心意的禮品(前面一般加"一點"或"小"等)：一點兒小～，您就收下吧。❻〔動〕表示一點心意：寄張賀卡，～一下｜小張結婚，咱們送他一本相冊～～。

【意圖】yìtú〔名〕為達到某種目的的計劃、打算：作戰～｜領會上級～｜他的～很明顯，就是想離婚再娶。

【意外】yìwài ❶〔形〕意料之外；料想不到：～事件｜他的突然到來，使我很感～。❷〔名〕指想不到的不幸事件：你護送這位老先生回家，以防途中發生～。

【意味】yìwèi〔名〕❶含蓄的、需細細體會的意思：～深長。❷情調；情趣：這篇小說很有些哲學～｜他的作品鄉土～很濃。❸跡象；苗頭：天陰沉沉的，有impl將下雪的～。

辨析 意味、意趣　作為名詞，"意味"有旨趣義，如"意味深長""話中含諷刺的意味"，都不能換用"意趣"。"意趣"只是名詞，不能做動詞；而"意味"與"着"字連用，還可以做動詞，如"沉默就意味着同意"。

【意味着】yìwèizhe〔動〕❶表示；標誌着：科學的發展～人類的進步。❷含有某種意思；可以理解為：暫時的退卻，決不～屈服。注意 "意味着"後面必帶動詞性賓語，它的主語也多為動詞性的。

【意想】yìxiǎng〔動〕意料；想象：大家都為能取得這～不到的成績而高興。

【意向】yìxiàng〔名〕意圖；想達到的目的：～不明｜共同的～｜雙方都表示了合作～。

【意向書】yìxiàngshū〔名〕(份)共同簽署的表明合作雙方意向的文書。

【意象】yìxiàng〔名〕❶意境：～超俗｜～新穎。❷印象；想象：兒時～，尚在記憶之中｜～中的伴侶。

【意興】yìxìng〔名〕意趣興致：～正濃｜～索然。

【意義】yìyì〔名〕❶語言文字或其他信號所表示的含義或內容：許多詞除有其基本～之外，還有派生～。❷價值；作用：具有歷史～的事件｜這部影片很有教育～｜這樣做沒有甚麼～。

辨析 意義、意思　a)"意義"較多地用於抽象的地方，特別是術語裏，如"詞彙意義""語法意義"；"意思"較多地用於具體的地方，常指某個字、某句話或某個信號所表示的內容，如"點頭是表示同意的意思"。b)"意義"可指價值或作用，如"這本書很有教育意義"，"意思"不能這樣用。c)"意思"可指願望，如"小王有追求她的意思"；可指趣味，如"這個故事很有意思"；"意義"都不能這樣用。

【意譯】yìyì〔動〕❶不是依照原文逐字逐句翻譯，而是根據基本的意思來翻譯(區別於"直譯")：翻譯小說之類的作品，一般採用～的多，採用直譯的少。❷根據某種語言的詞語的含義譯成另一種語言的詞語(區別於"音譯")：漢語中的"電話"是從英語"telephone"～過來的。

【意願】yìyuàn〔名〕願望；心願：這封信，表達了我們全體職工的～｜他的～是繼續學習。

【意蘊】yìyùn〔名〕包含在內部的意義：詩的～｜～彌深。

【意在言外】yìzàiyánwài〔成〕真正的含義在言辭表面的意思之外：詩貴～。

【意旨】yìzhǐ〔名〕(理當遵從的)意向；意圖：秉承～｜遵從～｜不應該違背民眾的～。

【意志】yìzhì〔名〕人們為實現某種理想或達到某種目的而自覺之努力的心理活動：～堅強｜鋼鐵般的～｜～消沉｜在同困難做鬥爭的過程中，鍛煉我們的～。

【意中人】yìzhōngrén〔名〕心上人；心裏愛慕的異性：我知道你的～是誰｜她已經有了自己的～。

義（义）yì ㊀❶ 公正無私的道理或合乎道德規範的行為：仁～｜道～｜見～勇為｜大～滅親。❷ 人與人之間應有的感情；情誼：無情無～。❸ 合乎正義或公益的：～舉｜～戰。❹ 拜認的(親屬關係)：～母｜～子。❺ 人工製造的(人體某部分)：～齒｜～肢｜～足。❻ (Yì)〔名〕姓。
㊁意義；道理：一詞多～｜言不及～。

語彙　奧義　褒義　本義　貶義　不義　詞義　大義　道義　定義　恩義　廣義　含義　講義　教義　結義　精義　就義　舉義　名義　歧義　起義　情義　取義　仁義　釋義　首義　文義　俠義　狹義　新義　信義　行義　演義　要義　疑義　意義　音義　仗義　正義　忠義　主義　轉義　字義　背信棄義　顧名思義　急公好義　假仁假義　見利忘義　開宗明義　天經地義　忘恩負義　望文生義　言不及義

【義不容辭】yìbùróngcí〔成〕在情理或道義上不允許推脫：保衛祖國，～｜～的責任。

【義齒】yìchǐ〔名〕假牙。

【義憤】yìfèn〔名〕對非正義的行為或不公正的事情所產生的憤恨：引起～｜填膺。

【義憤填膺】yìfèn-tiányīng〔成〕正義的憤恨之情充滿胸腔：目睹敵人的暴行，戰士們～。

【義父】yìfù〔名〕拜認的父親。

【義工】yìgōng〔名〕❶ 自願參加的義務性公益工作：星期天他去社區做～。❷ 自願參加義務性公益工作的人：她無兒無女，常有～來看望、幫助她。

【義舉】yìjǔ〔名〕符合公益與正義的舉動：他捐資興學的～，受到鄉親們的讚揚。

【義理】yìlǐ〔名〕言論或文章所闡述的意旨和道理：研究～，是辭章學的主要內容。

【義賣】yìmài〔動〕為贊助或公益事業而出售物品(其中有募集捐獻的，售價一般比市價高)，將所得捐獻：老畫家將自己捐贈給災區的作品委託書畫店～。

【義母】yìmǔ〔名〕拜認的母親。

【義拍】yìpāi〔動〕為贊助正義或公益事業拍賣物品(多數為捐獻的)，捐出所得收入。

【義旗】yìqí〔名〕(面)代表義師的旗幟：高舉～。

【義氣】yìqi〔名〕❶ 從主持公道或某種私人情誼出發，甘於承擔風險或犧牲自己利益的氣概：～凜然｜他這個人很講～。❷〔形〕講公道或重

情誼的：小王真夠～！

【義賽】yìsài〔動〕為贊助正義或公益事業而舉行體育比賽，捐出所得收入。

【義師】yìshī〔名〕起義抗暴或為正義而戰的軍隊：面對侵略，各地大興～｜～乘勝而前。

【義士】yìshì〔名〕(位)舊指能主持公道、維護正義的人或講義氣、肯捨己助人的人。

【義無反顧】(義無返顧)yìwúfǎngù〔成〕道義上絕不可以退縮猶豫，只能勇往直前；為拯救危難的祖國，他們～地奔向戰場。注意"義無反顧"的結構是"義/無反顧"，不是"義無/反顧"。

【義務】yìwù ❶〔名〕(項)公民或法人依法應盡的責任(跟"權利"相對)：服兵役是公民的光榮～。❷〔名〕道義上應盡的責任：救死扶傷，是醫務工作者應盡的～。❸〔形〕屬性詞。不拿報酬的：～勞動｜～植樹｜～宣傳員。

【義務兵役制】yìwù bīngyìzhì 公民在一定年齡內有義務應征服兵役的制度。中國於1955年頒佈《兵役法》，開始實行義務兵役制。

【義務教育】yìwù jiàoyù 國家法律規定一定年齡的兒童必須受到的、一定程度的教育。中國於1986年頒佈《義務教育法》，規定對6歲以上兒童實行九年制義務教育。

【義務勞動】yìwù láodòng 自願參加的沒有報酬的公益性勞動：他參加了星期天～。

【義形於色】yìxíngyúsè〔成〕《公羊傳·桓公二年》："孔父正色而立於朝，則人莫敢過而致難於其君者，孔父可謂義形於色矣。"指內懷正義之氣而流露在臉上。

【義學】yìxué〔名〕舊時由私人集資或用地方公益金創辦的一種免費學校。也叫義塾。

清朝的義學
義學盛行於清朝，既為官紳子弟提供受教育機會，也招收鄉里農民子弟入學。山東堂邑人武訓，立志行乞興學，經過三十多年的不懈努力，於1888年至1896年，先後在山東堂邑、館陶、臨清興辦了三所義學。武訓告誡學生："讀書不用功，回家無臉見父兄；讀書不用心，回家無臉見母親。"

【義演】yìyǎn〔動〕為贊助正義或公益事業而舉行演出，將所得捐獻：三位老藝人重新登台，參加了這次賑災～。

【義勇軍】yìyǒngjūn〔名〕(支)為抗擊侵略者而自發組織起來的軍隊。特指中國抗日戰爭時期人民自動組織起來的一種抗日力量：東北抗日～｜《～進行曲》(中華人民共和國國歌)。

【義診】yìzhěn〔動〕❶ 為贊助正義或公益事業而給患者治病，將所得捐獻。❷ 醫生免費義務為患者治病。

【義正詞嚴】yìzhèng-cíyán〔成〕道理正當充足，措辭嚴肅有力：對外電的不實報道，外交部做

了～的回復。也作義正辭嚴。

【義肢】yìzhī〔名〕假肢。

【義塚】yìzhǒng〔名〕收容和埋葬無主屍體的公墓。

溢 yì㊀❶〔動〕（水滿後）向外流出：～出｜山崩水～｜滿而不～｜月滿則虧，水滿則～。❷過度：～譽（過分稱讚）｜～美之詞。
㊁古同"鎰"：黃金四十～。

語彙 充溢 橫溢 流溢 漫溢 飄溢 外溢 洋溢 盈溢

【溢洪道】yìhóngdào〔名〕（條）建築在水庫大壩一側的大槽子似的泄洪設施，當庫中水位上漲，超過安全限度時，可使洪水從溢洪道泄向下游，防止堤壩被毀壞。

【溢美之詞】yìměizhīcí〔成〕過分誇獎、讚美的話：主持人對我的介紹，多有～。

勩（勩）yì㊀〈書〉辛勞；勞苦：莫知我～。㊁〔動〕器物因磨損而失去棱角、鋒芒等：紐襻兒～了｜石磨用～了。

蜴 yì見"蜥蜴"（1449頁）。

廙 yì〈書〉❶帳篷之類的可遷移的屋子。❷謹慎；恭敬。多見於人名：丁～（三國時魏國人）。

【廙廙】yìyì〔形〕〈書〉恭敬的樣子：～大君。

漢 yì清漢河，水名。在河南。

嬑 yì〈書〉和善；柔順；婉～。

藝 yì〈書〉同"藝"①：～麻｜種～｜樹～｜五穀。

億（亿）yì❶〔數〕一萬萬：十三～人｜三個～的財產。❷〔數〕古代指十萬；也喻指極大的數目：據～丈之城。❸（Yì）〔名〕姓。

【億萬】yìwàn〔數〕泛指極大的數目：～民眾｜～富翁（指擁有極大財產的人）｜～斯年（形容無限長遠的年代，"斯"字無義）。

誼（谊）yì交情；情分：世～｜深情厚～｜盡地主之～。

語彙 厚誼 交誼 聯誼 年誼 戚誼 情誼 世誼 鄉誼 友誼

瘞（瘗）yì〈書〉掩埋；埋葬：《～鶴銘》｜親431棺殮，～之路側。

毅 yì❶堅決：～力｜堅～｜弘～｜果～。❷（Yì）〔名〕姓。

語彙 沉毅 剛毅 果毅 弘毅 堅毅 強毅 雄毅 勇毅

【毅力】yìlì〔名〕堅韌持久的意志：學習要有～。

【毅然】yìrán〔副〕堅決果斷地；毫不猶豫地：～前往｜～決然。

熠 yì〈書〉光耀；鮮明：～耀｜～～生輝｜繁星～～。

殪 yì〈書〉❶因外力致死：左驂～兮右刃傷。❷殺死：～賊數百。

曀 yì〈書〉陰天有風：終風且～。

【曀曀】yìyì〔形〕〈書〉陰暗；天色陰沉的樣子：星之昭昭（明亮），不若月之～。

螠 yì〔名〕無脊椎動物的一大類，生活在海底泥沙中。身體呈棒狀、圓筒狀或卵形而稍扁，不分節，前端常延長成吻部。俗稱海腸子。

嶧（峄）Yì嶧山，山名。在山東。

劓 yì❶古代一種割掉鼻子的酷刑。❷〈書〉割掉鼻子：王怒，令～之。

燚 yì〈書〉火燃燒的樣子。多見於人名。

懌（怿）yì〈書〉喜悅：悅～｜不～。

憶（忆）yì❶回想；記得：回～｜～舊｜記～｜～舊遊。❷（Yì）〔名〕姓。

語彙 回憶 記憶 追憶

【憶苦思甜】yìkǔ-sītián〔成〕回憶過去的苦日子，體味現在的幸福生活來之不易。

繶（繶）yì〈書〉勒死；吊死：～殺｜自～。

薏 yì見下。

【薏米】yìmǐ〔名〕（粒）去殼後的薏苡的子實，白色，可供食用或藥用。也叫薏仁米、苡仁、苡米。

【薏苡】yìyǐ〔名〕一種多年生草本植物，莖直立，果實卵形，果仁叫薏米。

翳 〈書〉醫 yì❶遮蔽：蔭～。❷〔名〕白翳，眼球角膜病變後留下的瘢痕。❸（Yì）〔名〕姓。

語彙 白翳 蔭翳 雲翳 遮翳

臆 yì❶胸；胸～｜淚沾～｜血淚盈～。❷主觀地：～想｜～斷｜～造。

【臆測】yìcè〔動〕憑主觀想象推測：憑空～｜你的想法只是～，了解一下情況再說吧。

【臆斷】yìduàn❶〔動〕憑臆測來斷定：事情究竟屬於甚麼性質，尚需調查，不能主觀～。❷〔名〕憑臆測做出的判斷：實驗證明，這個結論與實際不符，純屬～。

【臆說】yìshuō〔名〕憑主觀想象推測出來的說法：此類～，不足為據。

【臆想】yìxiǎng❶〔動〕憑主觀想象。❷〔名〕主觀想象出來的想法：拒絕一切獨斷的～。

【臆造】yìzào〔動〕按主觀想法去編造：這些所謂的罪行材料，都是誣告者～的。

鮨（鮨）yì〔名〕魚名，大部分生活在海洋中，體側扁，有斑紋，口大，牙細而尖。種類很多，常見的有鱖魚、花鱸、石斑魚等。

䗩　yì〔書〕同"蟻"。

翼　yì❶〔名〕翅膀；鳥類的飛行器官（有的鳥翼退化，不能飛翔）：比～齊飛。❷〔名〕飛行工具兩側像鳥翼一樣的東西：機～｜飛機的一～被擊穿。❸指某物的兩側或其中的一側：兩～｜左～｜側～。❹〔書〕幫助；輔佐：～贊｜～輔。❺〔書〕同"翌"：～日｜～年。❻二十八宿之一，南方朱雀七宿的第六宿。參見"二十八宿"（347 頁）。❼（Yì）〔名〕姓。

語彙　鼻翼　比翼　側翼　輔翼　機翼　戢翼　兩翼　卵翼　鳥翼　尾翼　翼翼　右翼　羽翼　左翼　如虎添翼　為虎傅翼

【翼側】yìcè〔名〕作戰時部隊的兩側或其中的一側：左～｜右～。也說側翼。

【翼翼】yìyì〔形〕〔書〕❶恭敬謹慎的樣子：小心～。❷嚴整有序的樣子：四牡～。❸繁盛眾多的樣子：黍稷～。

鎰（鎰）yì〔量〕古代重量單位，一鎰合二十兩（約合今 315 克）或二十四兩：黃金百～。

癔　yì見下。

【癔症】yìzhèng〔名〕一種精神病，多由精神受強烈刺激引起，主要表現為運動、感覺和意識等障礙，如哭笑無常、言語錯亂、焦慮暴躁，或伴有痙攣、失明等。舊稱癔病，也叫歇斯底裏。

藝（艺）yì❶〔書〕種植：菽稷隨時～。❷技藝；技能：手工～｜粗通此～｜～高人膽大｜～多不壓身（多掌握幾種本領，對自己只有好處沒有壞處）。❸藝術：演～｜～苑。❹〔書〕準則；限度：用人無～。❺（Yì）〔名〕姓。

語彙　才藝　茶藝　傳藝　從藝　工藝　技藝　六藝　賣藝　農藝　棋藝　球藝　曲藝　手藝　文藝　無藝　武藝　舞藝　學藝　遊藝　園藝　製藝　多才多藝

【藝高人膽大】yì gāo rén dǎn dà〔諺〕技藝高超的人做起事來胸有成竹，膽量大：～，膽大藝更高｜多難的加工他都敢做，真是～。

【藝齡】yìlíng〔名〕藝人從事藝術活動的年數：師傅已有三十年～。

【藝名】yìmíng〔名〕藝人演藝用的別名：內地著名相聲演員常寶堃的～叫"小蘑菇"。

【藝人】yìrén〔名〕（位）❶從事戲曲、曲藝、雜技、影視等藝術的演員：一位拉二胡的民間老～。❷某些手工藝工人：玉雕～。

【藝術】yìshù(-shu)❶〔名〕〔書〕舊時指各種技術、技能。❷〔名〕（門）通過塑造典型形象來反映現實生活、表現作者思想感情的一種社會意識形態。通常分為表演藝術（音樂、舞蹈）、造型藝術（繪畫、雕塑、建築）、語言藝術（文學）和綜合藝術（戲劇、影視）等；也可分為時間藝術（音樂）、空間藝術（繪畫、雕塑、建築）和時空並列藝術（文學、舞蹈、戲劇、影視）等。❸〔名〕富於創造性的方式、方法：領導～｜經營管理的～。❹〔形〕形狀獨特而美觀或語言幽默而含蓄：房間佈置得很～｜他這幾句話說得不怎麼～。

【藝術家】yìshùjiā〔名〕（位）從事藝術創作或表演並有相當造詣的人：戲劇表演～。

【藝術品】yìshùpǐn〔名〕（件）藝術作品，一般指造型藝術作品：陶瓷～｜泥塑～。

【藝術體操】yìshù tǐcāo 女子體操運動項目之一。在音樂伴奏下，徒手或手持器械做出各種富於藝術性的體操動作。起源於 20 世紀初，50 年代傳入中國，1984 年第 23 屆奧林匹克運動會列為比賽項目。

【藝術性】yìshùxìng〔名〕文藝作品通過塑造藝術形象反映社會生活、表現思想感情所達到的準確、鮮明、生動的程度以及形式、結構、表現技巧的完美程度：文藝作品力求高度的思想性和完美的～的統一｜這座普通的體育館，設計也很有～。

【藝壇】yìtán〔名〕藝術界：～新秀｜～奇葩。

【藝員】yìyuán〔名〕港澳地區用詞。演藝人員的簡稱，即演員：這家商鋪的開業典禮請來了好幾位當紅～剪彩｜這位影視歌三棲明星是從電視台～訓練班畢業的。

【藝苑】yìyuàn〔名〕薈萃文學藝術的處所，泛指文學藝術界：遊目～｜～菁華。

鷾（鷾）yì同"鶂"。

【鷾鴯】yìyì〔擬聲〕〔書〕形容鵝的叫聲。

繹（绎）yì❶〔書〕理出頭緒；分析：演～｜紬～｜尋～。❷連續不斷：～然｜絡～。❸（Yì）〔名〕姓。

語彙　紬繹　絡繹　尋繹　演繹

縙（縙）yì古代鞋上面做裝飾用的絲帶。

饐（饐）yì〔書〕食物變味兒發臭。

譯（译）yì❶〔動〕翻譯：口～｜音～｜今～｜把英語～成漢語｜把古漢語～為現代漢語｜快把密碼～出來。❷（Yì）

〔名〕姓。

語彙	筆譯	編譯	重譯	翻譯	今譯	口譯	破譯
	通譯	移譯	意譯	音譯	摘譯	直譯	轉譯	拙譯

【譯本】yìběn〔名〕作品、著作等翻譯成另一種語言的本子：《紅樓夢》日文~｜這部著作已有英文~。

【譯筆】yìbǐ〔名〕指譯文的質量、筆調和風格：~已臻信、達、雅。

【譯碼】yìmǎ ❶〔名〕編譯出來代表某項信息的一系列數碼信號。❷〔動〕將數碼信號譯成原信息。

【譯名】yìmíng〔名〕翻譯過來的名稱：外國地名~｜《英語姓名~手冊》。

【譯述】yìshù〔動〕翻譯並述說：小王給我~了那篇英文小說的故事情節。

【譯文】yìwén〔名〕(篇)翻譯過來的文字：發表~。

【譯意風】yìyìfēng〔名〕常在國際會議或多民族參加的會議上使用的一種翻譯裝置。譯員在隔音室裏即時把講演人的話譯成各種語言，聽的人挑選自己聽得懂的語言，戴上裝在座位上的耳機收聽。[英 earphone]

【譯音】yìyīn ❶〔動〕把一種語言的詞語用另一種語言中相同或相近的音表示出來，如英語詞"tank"用漢語"坦克"表示。❷〔名〕用譯音法譯成的音："蘇維埃"是俄語詞"совет"的~｜這個詞的~不夠準確。

【譯員】yìyuán〔名〕(位)做翻譯工作的人（多指口譯的）。

【譯者】yìzhě〔名〕(位)翻譯著作或文件的人：翻譯文學名著的~，要求有較高的文學修養。

【譯製】yìzhì〔動〕翻譯製作（外國影視片等）：這部外語片由上海電影製片廠~。

【譯製片】yìzhìpiàn（口語中也讀 yìzhìpiānr）〔名〕(部)譯製的外國影視片。

【譯著】yìzhù ❶〔名〕(部)翻譯的著作：~豐富。❷〔動〕翻譯著述：他經常讀書，~到深夜。

【譯註】yìzhù〔動〕將古代語言譯成現代語言並註釋字詞的意義（常用於書名）：《論語~》。

議（议）

yì ❶ 意見；言論：提~｜芻~｜動~｜力排眾~。❷〔動〕商量；討論：~而不決｜這個方案請大家一~。❸ 評論；議論：非~｜街談巷~。

語彙	謗議	駁議	參議	倡議	成議	籌議	芻議
	創議	謙議	動議	非議	附議	復議	腹議	公議
	和議	會議	計議	建議	決議	抗議	面議	擬議
	評議	清議	商議	審議	提議	物議	協議	異議
	爭議	咨議	嘗議	不可思議	街談巷議	力排眾議

【議案】yì'àn〔名〕(項，條)會議上列入議程正式交付討論的提案：代表們將逐項審理這些~｜

關於環保問題，已提出多項~。

【議程】yìchéng〔名〕(項)會議規定的討論程序：列入會議~｜下面進行第二項~。

【議定書】yìdìngshū〔名〕(份)一種條約的附屬文件，是締約雙方對於條約的解釋、補充、修改或延長有效期以及關於某些技術性問題所達成的書面協議，通常附在正式條約的後面。也可作為獨立的文件。有時也把國際會議就某問題達成協議並經簽字的記錄叫作議定書。

【議和】yìhé〔動〕講和；通過談判，停止對抗或結束戰爭：交戰雙方已經停戰~了。

【議會】yìhuì〔名〕❶ 某些國家的最高立法機關，一般由上、下兩院（或稱參議院、眾議院）組成。有的國家只設一院。也叫議院。❷ 某些國家的最高權力機關。以上也叫國會。

【議會制】yìhuìzhì〔名〕以議會為國家最高權力機關、政府（內閣）對議會負責的一種政權組織形式。其主要特點是：議會不但是立法機關，而且是最高權力機關，國家元首沒有實權；首相（或總理）是政府頭腦，由議會中多數黨領袖擔任，政府成員由議會多數黨（或政黨聯盟）的議員充當；政府受議會監督，對議會負責。議會不同意政府政策並通過不信任案時，內閣應提出辭職，也可請國家元首下令解散議會，重新選舉，決定政府去留。議會制起源於英國，歐美多個國家實行這種制度。也叫代議制或國會制。

【議價】yìjià ❶(-//-)〔動〕買賣雙方或同業之間共同議定商品價格：你說說這芹菜多少錢一斤合適，咱們議個價。❷〔名〕由買賣雙方協商決定的商品價格；由同業之間共同議定的商品臨時價格（區別於"平價"）：~出售。

【議決】yìjué〔動〕開會討論並做出決定：這個方案即日~｜這些重大問題，待召開全廠職代會~。

【議論】yìlùn ❶〔動〕對人或事物表示各自的意見：~紛紛｜紛紛~｜~不休。❷〔名〕各自對人或事物所表示的意見：大發~｜自有公正的~。

【議論文】yìlùnwén〔名〕以議論為主要表達方法，評論是非曲直、表明主張和態度的文體。通常要求具備三要素：論點、論據、論證。社論、評論、讀後感等都屬於議論文。

【議事】yìshì〔動〕研究商討應辦的公事：~日程｜~規則。

【議題】yìtí〔名〕(項)(開會)討論的題目：大會的中心~是如何搞好下半年生產。

【議席】yìxí〔名〕議會中議員的席位：民主黨佔了多數~。

【議員】yìyuán〔名〕(位，名)有正式代表資格、享有表決權的議會成員。上議院議員（通常叫參議員）由間接選舉產生，或由國家元首首確定，有的是終身職或世襲職。下議院議員（通常叫眾議員）一般由直接選舉產生。

【議院】yìyuàn〔名〕"議會"①。

【議長】yìzhǎng〔名〕（位）實行議會制國家中議會的領導人。通常由議員選舉產生，對外代表議會，對內綜理會務。

鷸（鷸）yì 同"鷸"。

鐿（鐿）yì〔名〕一種金屬元素，符號 Yb，原子序數 70。屬稀土元素。可用於製造特種合金或用作發光材料。

鷁（鷁）yì ❶ 古代指一種水鳥：六～退飛過宋都。❷ 古代借指船。因船頭畫有鷁鳥，故稱。

懿 yì ❶〈書〉美好：～德（美德）｜～安（書信用語）｜～旨（皇太后或皇后的詔令）｜嘉言～行。❷（Yì）〔名〕姓。

囈（呓）yì 睡夢中說的話：夢～｜譫～。

【囈語】yìyǔ ❶〔名〕夢話：他睡夢中不時發出～。❷〔名〕比喻不切實際的話：～連篇｜書呆子的～。❸〔動〕說夢話；說胡話：白日～。

驛（驿）yì ❶ 古代指傳遞信息或往來官員所用的馬：馳命走～。❷ 驛站。也用於地名：鄭～（在湖南中北部）。

語彙　傳驛　古驛　館驛　置驛

【驛道】yìdào〔名〕（條）古代政府用於傳遞公文、供官員等來往的道路，沿途設置驛站。

【驛站】yìzhàn〔名〕古代供傳遞公文的人或往來官員途中更換馬匹或休息、住宿的處所。

藟（藟）yì 藟草，多年生草本植物。葉子扁平，稈粗壯。嫩時可做飼料，稈可用來編織器物或造紙。

yīn　ㄧㄣ

因〈❶-❻曰〉yīn ❶〈書〉沿襲：～襲｜陳陳相～。❷〔介〕憑藉；根據：～勢利導｜～風吹火，用力不多｜療效～人而異。❸〔介〕由於：～禍得福｜～公犧牲｜會議～故改期。❹〔連〕〈書〉因此；於是：陶淵明宅邊有五柳樹，～以為號焉（號五柳先生）。❺〔連〕表示原因：～天氣不好，春遊改為明日｜根本沒法游泳，～水草太多｜他的傷口～救治及時，很快痊癒。❻ 原因（跟"果"相對）：前～後果｜內～｜外～｜話中有～。❼（Yīn）〔名〕姓。

語彙　病因　成因　基因　近因　內因　起因　前因　外因　誘因　原因　遠因　陳陳相因　事出有因

【因材施教】yīncái-shījiào〔成〕針對學生的能力、

性格、志趣等情況實施不同的教育。

【因此】yīncǐ〔連〕因為這個。用在後一個分句的句首或主語後，表示結果：工作太忙，～抽不出時間給您寫信｜我也是過來人，～很理解你的心情｜連降暴雨，莊稼～遭災。

【因地制宜】yīndì-zhìyí〔成〕根據各地的情況制定適宜的辦法：應～，合理密植。

【因而】yīn'ér〔連〕用於後一個分句的句首或主語後，表示結果或結論：由於大量廢液注入，～河水嚴重污染｜他們農業機械化搞得好，生產率～大大提高。

【因果】yīnguǒ〔名〕❶ 原因和結果：二者互為～。❷ 佛教用語。指事情的起因和結果。因者能生，果者所生。有因則必有果，有果則必有因。善因者善果，惡因者惡果：～報應｜相信～。

【因禍得福】yīnhuò-défú〔成〕因遭遇禍害反而得到了幸福。指壞事因某種條件變成了好事：小夥子被救以後～，留在當地找到了自己的意中人。

【因陋就簡】yīnlòu-jiùjiǎn〔成〕❶ 簡陋苟且，不求創新。❷ 將就利用原有簡陋的條件，儘量節約辦事：他把自家一間堆放雜物的房子收拾出來，～辦起一個圖書閱覽室。

【因人成事】yīnrén-chéngshì〔成〕《史記·平原君虞卿列傳》："公等錄錄，所謂因人成事者也。"指依賴他人的力量辦成事情。

【因人設事】yīnrén-shèshì〔成〕不是根據需要，只是為了安置某人而設置工作崗位：企業不能～，而要精簡機構。

【因人制宜】yīnrén-zhìyí〔成〕根據具體人的情況採取相應的辦法或做出適當的安排。

【因時制宜】yīnshí-zhìyí〔成〕根據不同時期的情況制定適宜的辦法：瓜菜種植要～，才能充分利用土地，提高產量。

【因勢利導】yīnshì-lìdǎo〔成〕順應事物的發展趨勢，向好的方向引導：要根據學生的情況～，使他們的長處得以發展，短處得以克服。

【因素】yīnsù〔名〕❶ 構成事物的要素：積極～｜各種～。❷ 決定事物發展的條件原因：苦練基本功是成為一名優秀運動員的重要～之一。

【因特網】Yīntèwǎng〔名〕指目前全球最大的一個開放性計算機互聯網。由美國阿帕發展而來。[英 Internet]

【因為】yīnwèi (-wei) ❶〔介〕放在主語後或主語前，表示原因：小金～這件事受到批評｜～這麼點兒困難，我們就不幹了嗎？❷〔連〕放在分句中，表示原因（常和"所以""就""才"等呼應）：～有別的事，所以沒去找你｜～病情已有好轉，就不必再送醫院了｜～撲救及時，大火才沒燒起來。

【辨析】因為、為了　作為介詞，"因為"用於表原因，"為了"用於表目的。如"他因為生病，沒有來上班"中的"因為"就不能改用"為了"。"因為"還是連詞，同"所以"呼應連接分句，如"因為天旱，所以莊稼長得不好"，"為了"在現代不能用作連詞。

【因襲】yīnxí〔動〕沿用模仿（過去的方式方法或規章制度）：～陳規｜無所～｜不必一味～前人舊法。

【因小失大】yīnxiǎo-shīdà〔成〕因貪圖或顧及小利而造成大損失；因注意細節而忽略大體：開墾草地雖可多種莊稼，但造成生態環境破壞，是～。

【因循】yīnxún〔動〕〈書〉❶沿襲：～舊習。❷拖延；拖拉：～怠慢｜～坐誤。

【因循守舊】yīnxún-shǒujiù〔成〕不求變革，堅持按老的做法辦事。

【因噎廢食】yīnyē-fèishí〔成〕《呂氏春秋·蕩兵》："夫有以饐死者，欲禁天下之食，悖。"饐：同"噎"。後用"因噎廢食"比喻因為出了一點小問題或怕出問題而索性不幹：不能因為出現了一些偏差，就～，放棄了我們奮鬥的目標。

【因應】yīnyìng ❶〔動〕順應；適應：～發展方向｜政策可以～形勢而不斷修正。❷〔動〕應對：～之道｜有關部門在深入研究後提出了～策略。❸〔連〕表示採取某種措施的原因（常見於港式中文）：～政府將禽流感嚴變級別提升至嚴重，醫院已加強感染控制措施。

【因由】yīnyóu（～兒）〔口〕原因：她兩天沒來了，想必有點兒～兒。

【因緣】yīnyuán〔名〕❶佛教用語。"因"指對事物形成起主要和直接作用的根本原因，"緣"指起輔助和間接作用的必要條件。例如，種子為因，雨露、農夫等為緣，因緣和合而生成糧食。❷緣分。

【因子】yīnzǐ〔名〕❶如果一個整數能被另一個整數整除，後者就是前者的因子，如1、2、3、4、6都是12的因子。也叫因數。❷如果一個多項式能被另一個多項式整除，後者就是前者的因子，如a+b和a-b都是a^2-b^2的因子。也叫因式。

音　yīn

❶〔名〕聲音：樂～｜噪～｜～調｜～韻｜他的演講已經錄了～。❷消息：佳～｜無信無～。❸指音節：雙～詞。❹〔動〕讀作某音：歆，～欣。❺（Yīn）〔名〕姓。

【語彙】播音　讀音　發音　方音　福音　話音　回音　佳音　今音　口音　錄音　落音　配音　嗓音　聲音　失音　收音　童音　土音　尾音　五音　鄉音　諧音　心音　餘音　語音　玉音　樂音　雜音　噪音　正音　知音　觀世音　空谷足音　弦外之音

【音標】yīnbiāo〔名〕記錄語音的符號。目前，世界流行的、記音最為準確的是國際音標。

【音叉】yīnchā〔名〕（把）一種發聲儀器；用金屬製成，形狀像叉子，因其長短厚薄不同，敲打時發出的聲音音高也各不相同。用於測定音調。

【音程】yīnchéng〔名〕用"度"表示的兩個樂音之間的音高關係。如簡譜從1到1或從2到2都是一度，從1到3或從2到4都是三度。

【音帶】yīndài〔名〕（盒，盤）錄音磁帶：盒式～｜灌製～。

【音調】yīndiào〔名〕❶說話、讀書的腔調：～哀切｜～鏗鏘。❷聲音的高低：兒童的～比成人高。

【音符】yīnfú〔名〕樂譜中表示音長或音高的符號。較通用的符號體系有五綫譜和簡譜。

【音高】yīngāo〔名〕聲音的高低。由發聲體振動頻率的不同決定。頻率越高，聲音越高；頻率越低，聲音越低。

【音階】yīnjiē〔名〕以一定的調式為標準，按音高次序排列成的一組音。按向上次序排列的音階簡譜記為1234567i̇。

【音節】yīnjié〔名〕由一個或幾個音素構成的語音單位。其中包含一個比較響亮的中心，如"佳"（jiā）中的a。在漢語裏，一個字一般就是一個音節，一個音節寫成一個字。

【音量】yīnliàng〔名〕聲音的強弱：放大～｜～太小。

【音律】yīnlǜ〔名〕指中國古代審定樂音高低的標準和樂曲的調式等：頗懂～｜～不諧。也叫樂律。

【音盲】yīnmáng〔名〕（名）不懂音樂的人。

【音名】yīnmíng〔名〕❶中國古代審定樂音高低的名稱，即律呂的名稱，如黃鐘、大呂等。❷西洋音樂中代表不同音高的七個基本音律的名稱，即C、D、E、F、G、A、B。

【音頻】yīnpín〔名〕聲頻的舊稱。

【音強】yīnqiáng〔名〕音勢。

【音兒】yīnr（北方官話）〔名〕❶（說話的）聲音：急得他說話～都變了｜大嗓門兒，銅鑼～。❷話裏邊隱約顯露出來的意思：鑼鼓聽聲兒，聽話聽～。

【音容】yīnróng〔名〕聲音和容貌（多用於死者）：～宛在｜～笑貌｜一別～兩渺茫。

【音色】yīnsè〔名〕聲音的特色。發音體、發音條件、發音方法不同，都能造成不同的音色。音色是各種發音體聲音的個性。如鋼琴和小提琴的音色不同，每個人的音色也有區別。也叫音質。

【音勢】yīnshì〔名〕聲音的強弱態勢。是由聲波振動的幅度大小決定的，振幅大音就強，振幅小音就弱。也叫音強。

【音素】yīnsù〔名〕構成語音的最小單位，如 bà 這個音，就是由 b、a 和去聲調這三個音素組成的。

【音速】yīnsù〔名〕聲速的舊稱：超～飛機。

【音位】yīnwèi〔名〕語言中能夠區別意義的最小語音單位。如普通話中"難"(nán)、"藍"(lán)這兩個字的字義上的差別，從語音上看，是通過"n"和"l"表現出來的，因此，"n"和"l"在普通話中就是兩個音位；但在西南官話中"nán""lán"既可指"難"，又可指"藍"，"n""l"不能區別意義，因此在西南官話中，"n""l"屬同一個音位。

【音響】yīnxiǎng〔名〕❶聲音：無論是設備還是～效果，這個劇場都堪稱一流。❷(套)指能夠產生音響的機器設備：他買了一套組合～。❸戲曲影視演出時用各種手段模擬出來的雷聲、雨聲、槍炮聲、雞鳴犬吠等的統稱：～技巧。

【音像】yīnxiàng〔名〕錄音和錄像；也指錄音和錄像的設備：～製品｜～出版物｜查禁～盜版。

【音像製品】yīnxiàng zhìpǐn 錄音、錄像製品，包括錄有節目的唱片、光盤、錄音帶、錄像帶等。

【音信】yīnxìn〔名〕指有關的消息、信件等：～杳然｜互通～｜他一去多年，沒有一點兒～。

【音譯】yīnyì〔動〕"譯音"①(區別於"意譯")。如把英語"sofa"音譯成"沙發"，把俄語"большевик"音譯成"布爾什維克"。

【音域】yīnyù〔名〕指樂器或人所能發出的樂音的高低兩極間的範圍，也指一首歌曲的最高音至最低音的範圍：～寬廣。

【音樂】yīnyuè〔名〕一種以節奏和旋律為基本要素，通過有組織的樂音來塑造形象、反映生活、表達感情的藝術，包括聲樂和器樂兩大門類：～學院｜～教師｜古典～｜流行～。

【音樂電視】yīnyuè diànshì 用畫面配合歌曲演唱，以增強表現力，提高視聽效果的電視節目形式。

【音樂會】yīnyuèhuì〔名〕(場)為聽眾進行音樂表演的活動：舉辦～。

【音樂劇】yīnyuèjù〔名〕(部，場)一種歌劇體裁，興起於19世紀末20世紀初，內容多取材於日常生活，以淺顯通俗的民歌或爵士音樂為素材，演出時載歌載舞，夾用說白。後來題材多取自著名的戲劇文學作品。因以紐約的百老匯為演出中心，故也叫百老匯歌舞劇。

【音韻】yīnyùn〔名〕❶抑揚頓挫的和諧聲音：研究律詩的～美。❷漢字字音中聲、韻、調三要素的總稱：漢語～學｜研究中古～。

【音值】yīnzhí〔名〕指人們實際發出或聽見的語音。在實際說話時，往往有音位相同而音值有異的情況，如普通話中的"安"(ān)和"骯"(āng)，這兩個 a 雖是同一音位，而音值則有

些不同。

【音質】yīnzhì〔名〕❶音色。❷(錄音或廣播時)指聲音的清晰和逼真的程度：這台錄音機磁頭有毛病，錄出來的磁帶～不好。

涸 yīn〔動〕浸濕滲透；特指墨水落在紙上向四外擴散：下了一陣兒小雨，連地皮都沒～透｜這種紙愛～，得換換圓珠筆寫。

姻〈婣〉yīn ❶婚姻：聯～｜～緣｜～親。❷比較間接的親戚關係；如稱弟兄的岳父、姐妹的公公為"姻伯"，稱姐夫的弟兄為"姻兄""姻弟"等。

【姻親】yīnqīn〔名〕由婚姻而結成的親戚，如姨夫、妹夫、姐夫的父母、弟媳的兄嫂姐妹等。

【姻婭】yīnyà〔名〕〈書〉女婿的父親稱姻，兩婿互稱為婭；泛指有婚姻關係的親戚：他們是個大家庭，～眾多。也作姻亞。

【姻緣】yīnyuán〔名〕婚姻結合的緣分：美滿～｜千里～一綫牽。

茵 yīn ❶墊子或褥子；鋪的東西：～席｜～褥｜綠草如～。❷(Yīn)〔名〕姓。

【茵陳】yīnchén〔名〕多年生草本植物，經冬不死，因陳而生，故稱。莖、葉入藥，主治濕熱黃疸、身熱尿赤等症。也叫茵陳蒿。

氤 yīn 見下。

【氤氳】yīnyūn〔形〕〈書〉❶古代稱萬物產生以前陰陽二氣混混沌沌的樣子：天地～，萬物化醇。❷煙雲瀰漫的樣子：雲煙～｜空山多秀色，秋水共～。以上也作絪縕、烟煴。

殷〈㊀④慇〉yīn ㊀ ❶盛；大：～盛。❷多；富：～實｜～富｜家～人足。❸深；深切：～憂｜情～｜～切｜情意甚～。❹殷勤：招待甚～。

㊁(Yīn)〔名〕❶朝代名，約公元前1300年，商代遷都於殷(今河南安陽西北小屯村)，自遷殷後至公元前1046年被稱為殷，後來多殷商並舉。❷姓。

另見 yān(1552頁)；yǐn(1623頁)。

語彙　孔殷　情殷　殷殷

【殷鑒】yīnjiàn〔名〕《詩·大雅·蕩》："殷鑒不遠，在夏後之世。"意思是夏朝覆亡的史實並不久遠，商朝子孫應引為鑒戒。後泛指可作為鑒戒的前事：～不遠｜可資～。

【殷切】yīnqiè〔形〕深厚而急切：國家對青年一代寄予～的期望｜希望兒子成才的心非常～。

【殷勤】(慇懃)yīnqín ❶〔形〕熱情周到：服務員接待顧客十分～。❷〔名〕〈書〉指慇切的情意：通～｜獻～。注意"殷勤"是褒義詞，而"獻殷勤"有時含貶義，是為了討好別人而百般逢迎的意思。

【殷實】yīnshí〔形〕富足；富裕：家境～｜～

人家。

【殷墟】Yīnxū〔名〕商代都城遺址，在河南安陽西北的小屯村一帶。1899 年（清光緒二十五年）首次在這裏挖掘出了甲骨文資料。以後，又進行了多次發掘。新中國成立後，又繼續進行勘探清理，現已發掘出甲骨刻辭十多萬片及其他許多珍貴文物。現小屯新建有殷墟博物館，展出大量殷代文物。

烟 yīn 見下。
另見 yān "煙"（1553 頁）。

【烟煴】yīnyūn 同 "氤氳"。

裀 yīn ❶ 古代指夾衣。❷〈書〉同 "茵" ①。

陰（阴）〈陰〉yīn ❶ 中國古代哲學認為存在於宇宙間的一切事物中的兩大對立面之一（跟 "陽" 相對），如、天、火、暑是陽，地、水、寒是陰。❷ 指太陰，即月亮（跟 "陽" 相對）：～曆。❸ 指時間；光陰：寸～寸金。❹〔形〕一種天氣現象，中國氣象部門規定，凡中、低雲的雲量佔局部天空十分之八以上者為陰。生活中以天空雲層密佈，有下雨的跡象為陰：～天｜～轉晴｜天～了。❺（～兒）不見陽光的地方：樹～｜林～道｜背～兒。❻ 山的北面；水的南面（跟 "陽" 相對）：蒙～（在蒙山之北）｜漢～（漢水南岸）。❼ 背面：碑～。❽ 凹進的（跟 "陽" 相對）：～文。❾ 不露在外面的；暗藏的（跟 "陽" 相對）：～溝｜陽奉～違。❿〔形〕陰險；不光明：～謀｜這個人特～。⓫（迷信）指屬於鬼神的；陰間的（跟 "陽" 相對）：～宅｜～曹地府。⓬ 帶負電的（跟 "陽" 相對）：～電｜～極。⓭ 生殖器；有時特指女性生殖器：～部｜～囊｜～道。⓮（Yīn）〔名〕姓。

語彙　碑陰　背陰　寸陰　分陰　光陰　歸陰　綠陰　樹陰　太陰　惜陰

【陰暗】yīn'àn〔形〕暗；陰沉（跟 "明朗" 相對）：天空～｜色調～｜臉色～｜～的心情。

【陰暗面】yīn'ànmiàn〔名〕比喻社會生活中不健康的方面：社會～｜揭露～。

【陰蔽】yīnbì〔動〕（枝葉）遮蔽：一幢白色的小屋～在樹林中。

【陰部】yīnbù〔名〕人的外生殖器官。

【陰曹】yīncáo〔名〕陰間：～地府。

【陰沉】yīnchén ❶〔形〕（天空）陰暗的樣子：天色～欲雨。❷〔形〕比喻人的臉色憂鬱沉悶：面色～。❸〔動〕（臉色）變得憂鬱沉悶：～着臉。

【陰錯陽差】yīncuò-yángchā〔成〕陰、陽：指不確定的事物因素。比喻由於偶然的因素造成了差錯：他原是學物理的，後來～當起了律師。也說陰差陽錯。

【陰丹士林】yīndānshìlín〔名〕❶ 一種有機合成染料，最常見的是藍色，能染棉、絲、毛等纖維和紡織品，耐洗，耐曬。❷ 用陰丹士林染就的藍布。［德 Indanthren］

【陰道】yīndào〔名〕女性和某些雌性動物生殖器官的一部分，管狀。人的陰道連接子宮與外生殖器，與膀胱和直腸相鄰。

【陰德】yīndé〔名〕迷信的人指在陽世間做了善事而積下的可以在陰間記功得善報的德行；一般指做好事而不求人知的德行：廣積～。

【陰電】yīndiàn〔名〕負電。

【陰風】yīnfēng〔名〕❶ 寒風：歲暮天氣陰，～生破村。❷ 從暗處颳來的風，比喻從某處產生的對社會起不良作用的言論、行動：一小撮壞人大煽～。

【陰乾】yīngān〔動〕把濕東西放在陰涼通風處慢慢晾乾：有些藥材需～炮製。

【陰溝】yīngōu〔名〕（條）修在地面下的排水溝（區別於 "陽溝"）。

【陰溝裏翻了船】yīngōuli fān le chuán〔俗〕比喻不小心遭到了意外的失敗、挫折：本想藉此在股市上大幹一場，誰知～，成了窮光蛋。

【陰戶】yīnhù〔名〕陰門。

【陰魂】yīnhún〔名〕（迷信）指人死後的靈魂（多用於比喻）：超度～｜～不散。也說陰靈。

【陰魂不散】yīnhún-bùsàn〔成〕比喻壞人、壞事雖已不存在，但其惡劣影響仍在起作用。

【陰極】yīnjí〔名〕❶ 電比等直流電源中放出電子帶負電的電極，如乾電池的鋅皮就是陰極。也叫負極。❷ 電子器件中放射電子的一極。電子管和各種陰極射綫管中都有陰極，這一極在電路中一定跟電源的負極相接。有的電子管中的燈絲就是陰極。

【陰間】yīnjiān〔名〕迷信指人死後靈魂所在的地方（跟 "陽間" 相對）。也叫陰曹、陰司、冥府。

【陰莖】yīnjīng〔名〕男子和某些雄性動物生殖器官的一部分，兼有排尿的功能。人的陰莖為柱狀，主要由兩條陰莖海綿體和一條尿道海綿體（尿道貫通其中）組成。

【陰冷】yīnlěng〔形〕❶（天氣）陰暗寒冷：這幾天～～的。❷（臉色）陰沉冷漠：孩子們一看見他那～的臉色就害怕極了。

【陰曆】yīnlì〔名〕❶ 曆法的一類，主要是根據月球繞地球運行的週期（約等於 29.5 日）而制定的，月份與四季寒暑無關。也叫太陰曆。❷ 指中國民間通用的農曆曆法（實際上是陰陽曆）。

【陰涼】yīnliáng ❶〔形〕因日光照不到而使人感覺涼爽：此藥宜置於～處｜烈日當頭，但大榕樹下很～。❷（～兒）〔名〕因日光照不到而涼爽的地方：樹～兒｜樹大～大｜找個～兒歇歇。

【陰霾】yīnmái〔名〕霾的通稱：～天氣。

【陰毛】yīnmáo〔名〕陰部的毛。

【陰門】yīnmén〔名〕陰道的外口兒。也叫陰戶。

【陰謀】yīnmóu ❶〔動〕秘密計議；暗中策劃：～暴亂｜～叛逃。❷〔名〕詭計；暗中幹壞事的計謀：～家｜～手段｜～詭計｜揭穿敵人的～。

【陰囊】yīnnáng〔名〕陰莖後面下垂的皮囊，內有睪丸、附睪和精索。

【陰平】yīnpíng〔名〕普通話字調的第一聲，讀高平調，如"春""天""花""開"。參見"四聲"（1282頁）。

【陰柔】yīnróu〔形〕❶ 形容女性溫和、柔美的性格、氣質（跟"陽剛"相對）：文靜～。❷ 形容（文藝作品等風格）柔美細膩（跟"陽剛"相對）：她的繪畫作品充滿～之美。

【陰森】yīnsēn〔形〕（環境、氛圍、臉色等）幽暗而可怕的樣子：～可怕｜～的山洞｜臉色鐵青，目光～。

【陰蝨】yīnshī〔名〕蝨子的一種，寄生在人的陰毛上，灰白色，不大活動，能傳染疾病。

【陰司】yīnsī〔名〕陰間：～報應。

【陰私】yīnsī〔名〕（件）不可告人的醜事：揭發～。

【陰天】yīntiān〔名〕天空大部分面積被雲遮住的天氣；氣象學上專指空中雲層的覆蓋面達到80%的天氣（跟"晴天"相對）。

【陰文】yīnwén〔名〕鐫刻或鑄成的凹下去的文字或花紋（跟"陽文"相對）。

【陰險】yīnxiǎn〔形〕內心險惡而不表現出來：那人十分～毒辣。

【陰笑】yīnxiào ❶〔動〕陰險奸猾地笑：聽了這話，他～了幾聲。❷〔名〕陰險奸猾的笑容：一臉～，又不知打甚麼鬼主意。

【陰性】yīnxìng〔名〕❶ 醫療上指某種試驗或化驗所得屬否定性質的結果，說明體內沒有某種病原體存在或對某種藥物沒有過敏反應。如注射結核菌素後，沒有紅腫等反應，試驗結果即為陰性。❷ 一種語法範疇。某些語言裏名詞、代詞、形容詞等有陽性、陰性或陽性、陰性、中性的分別。

【陰陽】yīnyáng〔名〕❶ 中國古代哲學解釋萬物化育生長的兩個對立範疇，凡天地、日月、晝夜、男女以及腑臟、氣血等都分屬陰陽。❷ 古代指日月等天體運轉規律的學說。❸ 戰國時期用"五行"相生相剋之說來比附歷史上王朝興替，並以此為主要研究內容的一個學派，稱陰陽家或陰陽五行家。❹ 後世稱星相、占卜、相宅、相墓、擇日等的方術。

【陰陽怪氣】yīnyáng-guàiqì（～的）〔成〕性格、言行、態度等曖昧古怪、不可捉摸：他這人說話總是那麼～的。

【陰陽曆】yīnyánglì〔名〕曆法的一類，綜合陰曆、陽曆兩類曆法而製成。它既與月圓月缺的現象相符合，也與地球繞日運動的週期相符合，如中國的農曆。

【陰陽人】yīnyángrén〔名〕❶ 陰陽生。❷ 兩性人。

【陰陽生】yīnyángshēng〔名〕（名）舊時以勘測風水、占卜、看相等為業的人。也叫陰陽先生。

【陰一套陽一套】yīn yītào yáng yītào〔俗〕指玩弄兩面手法，背後做的和當面做的不一樣：為人應當光明磊落，別～的。

【陰影】yīnyǐng（～兒）〔名〕❶（條，片，道）陰暗的影子：肺部有～｜月球的表面有許多～。❷ 指畫面上表示陰暗或投影的部分：塗上～，才能顯出立體。❸ 比喻不愉快的事或禍患的影響：這個不好的消息，給大家心裏投上了一層～｜戰爭的～並沒有遠離人類。

【陰雨】yīnyǔ〔動〕天陰下雨：～綿綿｜連日～。

【陰鬱】yīnyù〔形〕❶（天氣）陰暗鬱悶：烏雲壓過來，天色更加～。❷（氣氛）消沉，不活躍：弔唁廳裏一片～。❸（心情）憂鬱，不開朗：面帶～｜～的臉色。

【陰雲】yīnyún〔名〕❶（團，片，層）天陰時的雲：～密佈｜～消散。❷ 比喻壓抑、沉悶的情緒：心頭罩上了一層～。

【陰宅】yīnzhái〔名〕迷信的人稱墳地、墳墓為陰宅（區別於"陽宅"）。

【陰騭】yīnzhì〔形〕〈書〉陰險兇狠：～的笑容。

【陰騭】yīnzhì〔名〕〈書〉陰德：多積～。

堙〈陻〉yīn ❶〈書〉土山。❷〈書〉填塞：堙塞～谷。❸（Yīn）〔名〕姓。

暗〈瘖〉yīn〈書〉❶ 嗓子啞了，不能說話；失音：～啞｜～不能言。❷ 默不作聲：萬馬齊～。

湮　yīn 同"洇"。
另見 yān（1552頁）。

愔　yīn 見下。

【愔愔】yīnyīn〔形〕〈書〉❶ 安詳和悅的樣子：琴絲（樂聲）～。❷ 靜寂無聲的樣子：萬籟靜～。

絪（絪）yīn 見下。

【絪縕】yīnyūn 同"氤氳"。

歅　yīn〈書〉淤塞；凝滯。見於人名：九方～（堙）（春秋時人，善相馬）。

潁　Yīn 用於地名：～溜（liù）（在天津薊縣南）。

禋　yīn ❶ 古代祭天的一種禮儀。先燃柴升煙，再加牲體、玉帛於火上焚燒，使煙氣升騰於天。❷〈書〉虔誠地進行對天的祭祀。

銦（銦）yīn〔名〕一種金屬元素，符號 In，原子序數 49。銀白色，有延展性，比鉛軟。可用來製造低熔點合金。

蔭（荫）yīn ❶ 同"陰"⑤。注意 1985年《普通話異讀詞審音表》規定："蔭"統讀 yìn；"樹蔭（yīn）""林蔭（yīn）道"應作"樹陰""林陰道"。❷（Yīn）〔名〕姓。
另見 yìn（1626頁）。

駰（骃）yīn 古書上指一種淺黑帶白色兼有雜色的馬。

諲（諲）yīn〈書〉恭敬。

闉（闉）yīn ❶ 古代甕城的門：城～。❷〈書〉堵塞。❸（Yīn）〔名〕姓。

yín 1ㄣˊ

圻 yín〈書〉同"垠"。
另見 qí（1048頁）。

吟 yín ❶〔動〕吟詠：～詩｜新詩改罷自長～｜行～澤畔。❷ 古樂府詩體的一種：白頭～｜梁父～。❸（龍）拉長聲音叫：虎嘯龍～。❹（Yín）〔名〕姓。
"唫"另見 jìn（690頁）。

語彙　悲吟　蟬吟　沉吟　歌吟　呻吟　行吟　笑吟吟

【吟哦】yín'é〔動〕〈書〉❶ 吟詠；吟唱：曼聲～。❷ 抒寫：山光水色費～。

【吟風弄月】yínfēng-nòngyuè〔成〕指詩人以風花雪月為題材，吟詠寫作，抒發閒情逸致。多形容作品逃避現實，缺乏社會內容。

【吟誦】yínsòng〔動〕用抑揚頓挫的腔調唸（詩詞）：他給大家～了一首新詩。

【吟味】yínwèi〔動〕吟詠玩味：～自娛｜反復～。

【吟詠】yínyǒng〔動〕❶ 有節奏地、抑揚頓挫地誦讀：～再三。❷ 抒寫：～情性｜～不盡。

垠 yín〈書〉❶ 界限；邊際：一望無～｜其小無內，其大無～。❷ 岸：土斷而川分，有積石橫當其～。

炛 yín〈書〉光明。

珢 yín〈書〉像玉的石頭。

狺 yín 見下。

【狺狺】yínyín〔擬聲〕〈書〉形容狗叫的聲音：～狂吠｜猛犬～。

硍 yín 用於地名：六～圩（在廣西）。

崟 yín ❶ 見下。❷（Yín）〔名〕姓。

【崟崟】yínyín〔形〕〈書〉❶ 高聳的樣子：狀貌～兮峨峨。❷ 繁茂的樣子：叢林兮～。

淫 yín〈滛❸❹婬〉❶ 過多；過甚：～威｜～雨。❷ 放縱；迷亂：驕奢～逸｜富貴不能～，貧賤不能移。❸ 淫穢：～書｜～畫。❹ 貪色；奸淫：～亂｜～欲｜～人妻女。

語彙　荒淫　誨淫　奸淫　賣淫　侵淫　手淫

【淫蕩】yíndàng〔形〕淫亂放蕩：不為～之事。

【淫穢】yínhuì〔形〕猥褻下流：查禁～書刊和錄像。

【淫亂】yínluàn〔動〕違背性道德，在性行為方面放縱、混亂：～行為。

【淫威】yínwēi〔名〕原指盛大的威儀；後指濫用的威力或恣行的暴政：濫施～。

【淫猥】yínwěi〔形〕淫蕩猥褻。

【淫雨】（霪雨）yínyǔ〔名〕久雨；過量的雨：～霏霏，連月不開｜～傷稼。

寅 yín〔名〕❶ 地支的第三位。❷（Yín）姓。

【寅吃卯糧】yínchīmǎoliáng〔成〕寅年之後為卯，寅年就吃了卯年的糧。比喻入不敷出，預先支用了以後的收入。也說寅支卯糧。

【寅時】yínshí〔名〕用十二時辰記時指凌晨三時至五時。

鄞 Yín ❶ 鄞州，地名。在浙江。❷〔名〕姓。

銀（银）yín ❶〔名〕一種金屬元素，符號 Ag，原子序數 47。白色，富延展性，是傳熱導電性能極好的金屬。用於電鍍，製感光材料、器皿、貨幣、首飾等：～粉｜～幣｜～碗｜一雙～筷子。通稱白銀。❷ 跟貨幣有關的：～行｜～根。❸ 像銀子顏色的：～河｜紅地～字｜滿頭～髮。❹（Yín）〔名〕姓。

語彙　白銀　包銀　本銀　餅銀　鍍銀　金銀　嵌銀　水銀　紋銀

【銀白】yínbái〔形〕白而微灰，略像銀子的顏色：月光灑在大地上，一片～。

【銀白楊】yínbáiyáng〔名〕（棵）落葉喬木，樹皮灰白色，葉互生，葉背有白絨毛。木材白色，質地細緻，可用於建築、造船、造紙、製火柴等。

【銀杯】yínbēi〔名〕❶ 銀質酒杯或茶杯。❷（座）獎給比賽第二名的銀質獎杯。

【銀本位】yínběnwèi〔名〕一種貨幣制度，用一定成色和重量的白銀作為本位貨幣（區別於"金本位"）。

【銀幣】yínbì〔名〕（塊，枚）銀製的貨幣：他保存了幾十枚民國時期的～。

【銀錠】yíndìng〔名〕❶（～兒）（塊）成塊的白銀，特指銀元寶（用銀鑄成的馬蹄形硬塊），舊時可做通貨用。❷ 迷信的人焚化給鬼神用的、用錫箔紙做成的元寶。

【銀盾】yíndùn〔名〕一種銀製的盾形器物，上面刻有文字和圖案，多用作獎品或紀念品。

【銀耳】yín'ěr〔名〕真菌的一種，白色或淡黃色，半透明，多膠質。用作滋補品。也叫白木耳。

【銀根】yíngēn〔名〕舊時貨幣以銀子為主，實行銀本位制，故習慣上稱市場的資金供應情況為

Y

銀根。當市場上資金求大於供，出現貨幣緊張時，叫作銀根緊或銀根緊俏，反之叫作銀根鬆或銀根鬆疲。通常把中央銀行採取提高利率、緊縮貨幣、減少資金供應的政策稱為緊縮銀根，反之稱為鬆動銀根。

【銀漢】yínhàn〔名〕〈書〉銀河：～無聲轉玉盤。

【銀行】yínháng〔名〕（家）經營存款、貸款、匯兌、儲蓄等業務的金融機構：工商～｜到～取款｜把錢存到這家～去。

【銀行卡】yínhángkǎ〔名〕（張）商業銀行向社會發行的具有消費信用、轉賬結算、存取現金等功能的信用支付工具。

【銀河】yínhé〔名〕晴天夜晚，天空呈現的一條橫貫南北、像河一樣的銀白色光帶，由許多閃爍的小星構成。也叫天河、銀漢、雲漢、星漢、星河等。

【銀河系】yínhéxì〔名〕由上千億顆恆星以及其他物質所組成的龐大天體系統。形狀像個扁圓盤，直徑約8萬光年。太陽是銀河系中的恆星之一，距離銀河系中心2.8萬光年。

【銀狐】yínhú〔名〕（隻）狐的一種，毛深黑色，長毛尖端白色。產於北美。也叫玄狐。

【銀灰】yínhuī〔形〕淺灰而微帶光澤的顏色：～西裝。

【銀婚】yínhūn〔名〕西方風俗稱結婚二十五週年為銀婚。

【銀獎】yínjiǎng〔名〕指二等獎。

【銀匠】yínjiàng〔名〕（位，名）製造金銀飾物及器皿的手藝人：請～給我打一副鐲子。

【銀兩】yínliǎng〔名〕舊時做貨幣用的以兩為單位的銀子的總稱：～充足｜生意不好，虧了～。

【銀領】yínlǐng〔名〕稱收入較高的高級技術人員。

【銀幕】yínmù〔名〕❶供放映電影或幻燈時顯示影像用的白色屏幕。一般用布或塑料（上面塗有硫酸鋇或金屬粉末）製成。❷借指影片：小王上了～了。

【銀牌】yínpái〔名〕（枚，塊）銀質獎牌，獎給比賽或其他評比活動的第二名。

【銀屏】yínpíng〔名〕❶電視機的熒光屏。❷借指電視節目：～歌聲｜～連着千家萬戶。

【銀器】yínqì〔名〕銀質的器物。

【銀錢】yínqián〔名〕❶銀質錢幣。❷泛指錢財：給人打短兒，賺些～。

【銀球】yínqiú〔名〕指乒乓球。因乒乓球為白色，故稱。

【銀色浪潮】yínsè làngcháo 白髮浪潮：21世紀是人類社會進入老齡化的世紀，～將席捲全球。

【銀條】yíntiáo〔名〕（根）條狀的銀子。

【銀屑病】yínxièbìng〔名〕一種慢性皮膚病，常發於頭皮、肘部和膝關節附近，患處有多層銀白色鱗屑的丘疹或斑片。俗稱牛皮癬。

【銀杏】yínxìng〔名〕❶落葉大喬木，葉子扇形，

生長緩慢，木質緻密，可供雕刻用。核果似杏，果仁可食，也可入藥。也叫公孫樹。❷這種植物的果實。以上也叫白果。

【銀洋】yínyáng〔名〕（枚，塊）銀圓。

【銀樣鑞槍頭】yín yàng là qiāngtóu〔俗〕表面像銀其實是鑞（焊錫）做的槍頭。比喻（男子）外表像個樣兒，實際不中用：他原來苗而不秀，是個～。

【銀魚】yínyú〔名〕（條）魚名，生活在海邊或淡水湖中，體細長，微透明，嘴大，白色，無鱗。俗稱麵魚。

【銀圓】yínyuán〔名〕（枚，塊）舊時使用的銀質硬幣，圓形，每枚重量為舊制七錢二分。也作銀元，也叫洋錢、銀洋、大洋。

【銀針】yínzhēn〔名〕（根，枚）中醫治病時刺穴位用的針（今多用不鏽鋼製成）。

【銀朱】yínzhū〔名〕一種無機化合物，化學式HgS。鮮紅色，粉末狀，有毒。用作顏料和藥品。

【銀子】yínzi〔名〕（塊，錠）銀質貨幣的通稱，也泛指貨幣：當面～對面錢（銀錢往來要當面點清）。

畚　yín〈書〉❶攀附：～緣。❷深：～夜。

【畚夜】yínyè〔名〕〈書〉深夜：～為何來此？

【畚緣】yínyuán〔動〕〈書〉攀緣上升；比喻巴結權貴，拉關係向上爬：峭壁無路難～｜～得官。

闇（闇）　yín ❶見下。❷（Yín）〔名〕姓。

【闇闇】yínyín〔形〕〈書〉辯論時，和悅而直率的樣子：～如也｜～談國事，了了述邊情。

蟫　yín 古書上指衣魚（蠹魚）。

嚚　yín〈書〉❶愚蠢：～頑。❷奸詐：～猾。

霪　yín "霪雨"，見"淫雨"（1620頁）。

斷（斷）　yín ❶〈書〉同"齦"。❷見下。

【斷斷】yínyín〔形〕〈書〉爭辯不休的樣子：朝臣～。

齦（齦）　yín 齒齦：牙～。也叫牙床子。

yǐn ㄧㄣˇ

尹　yǐn ❶〈書〉治理；主管：以～天下。❷古代官名：令～｜州～｜縣～｜京兆～。❸（Yín）〔名〕姓。

語彙　百尹　道尹　府尹

引　yǐn ❶拉；牽引：～而不發｜～車賣漿（拉車賣豆漿）。❷〔動〕帶領；引導：～港｜

Y

把水～到大田去｜把敵人～進埋伏圈兒。❸〈書〉離開：～避｜秦軍～而去。❹〈書〉伸着：～領｜～頸。❺〔動〕使發生；使出現：用紙～火｜玉之磚。❻〔動〕引起；惹得：他這句玩笑話，～得大家都不高興。❼〔動〕用來作為依據：～了書中的一段話｜～以為榮。❽樂府詩體的一種：箜篌～｜琵琶～（也叫琵琶行）。❾古時文體的一種，跟序類似：恭疏短～（恭敬地寫下這篇短序）。❿舊時出殯用來牽引棺材的長布條：發～。⓫〔量〕長度單位。十丈為一引，十五引等於一里。⓬（Yǐn）〔名〕姓。

語彙　茶引　稱引　導引　逗引　發引　勾引　汲引　薦引　接引　路引　牽引　索引　推引　吸引　小引　鹽引　誘引　援引　摘引　招引　徵引　指引　旁徵博引

【引爆】yǐnbào〔動〕引發爆炸：～裝置｜～炸彈。

【引柴】yǐnchái〔名〕用來引火的易燃的小竹片、小木片或秫秸等。也叫引火柴。

【引導】yǐndǎo〔動〕❶指引；帶領：主人～我們參觀了一個頗具民族特色的村寨。❷啟發誘導：教師應～學生獨立思考。

【引得】yǐndé〔名〕索引。［英 index]

【引逗】yǐndòu〔動〕招引；挑逗：孩子該睡覺了，別～他了。

【引渡】yǐndù〔動〕甲國應乙國的請求，把乙國逃到甲國的犯罪者拘捕，解交乙國。通常只有在訂有此種內容的條約國之間才有此種義務，引渡的對象主要限於犯有國際罪行的罪犯（如戰犯）或某些重大刑事犯；准予政治避難的人不予引渡。

【引而不發】yǐn'érbùfā〔成〕《孟子·盡心上》：“君子引而不發，躍如也。”意思是拉開弓而不發箭，做出躍躍欲試的樣子。比喻擺開架勢，做好準備以控制局面。也比喻不直接說明用意，只進行啟發引導：好的教師講課，不僅講得生動明白，而且還能～，促使學生積極思考。

【引發】yǐnfā〔動〕引起；觸發：這個事件～了一場爭議｜兩國因領土問題，～了軍事衝突。

【引吭高歌】yǐnháng-gāogē〔成〕放開嗓子，大聲歌唱：面對浩瀚的大海，大家情不自禁地～。

【引航】yǐnháng〔動〕由熟悉航道的專職人員引導或駕駛船舶進入港口，或在一定水域內航行。

【引號】yǐnhào〔名〕標點符號的一種，形式為“”和‘’（用於橫排文字），『』和「」（用於豎排文字）。主要用於行文中直接引用的部分，需要着重論述的對象，或具有特殊含義的語詞。引號裏還要用引號時，外面一層用雙引號（“”或『』），裏面一層用單引號（‘’或「」）。

【引火燒身】yǐnhuǒ-shāoshēn〔成〕❶比喻自找麻煩，自惹災禍：他這樣做本想佔點便宜，結果是～。❷比喻主動揭露自己的錯誤，以爭取別人的批評幫助。

【引見】yǐnjiàn〔動〕引導雙方見面，使互相認識：我對這位大文學家心儀已久，惜無人～。

【引薦】yǐnjiàn〔動〕介紹並推薦：經朋友～，他在報社當了一名編輯。

【引進】yǐnjìn〔動〕❶引薦：我想向研究所～一位新人來接替我的工作。❷從外國或外地引入：～人才｜～西方先進設備｜～西瓜新品種。

【引經據典】yǐnjīng-jùdiǎn〔成〕引用經典作為立論的依據：他學識淵博，平時談話常常～。

【引咎】yǐnjiù〔動〕〈書〉自己承認有錯；把過失歸於自己：～辭職｜～而去｜～自責。**注意**“引咎”一般只做連謂結構的第一個謂語動詞，不能獨用作謂語。

【引狼入室】yǐnláng-rùshì〔成〕比喻自己把敵人或壞人引入內部，造成禍患。

【引力】yǐnlì〔名〕❶物體之間相互吸引的力。比如帶異性電荷的物體之間或異性磁極之間就有引力。❷萬有引力的簡稱。

【引領】yǐnlǐng㊀〔動〕〈書〉伸直脖子向遠處看，形容盼望殷切：～而望。㊁〔動〕帶領；引導：～來賓參觀實驗場｜～時代潮流。

【引流】yǐnliú〔動〕❶導引水流：～種樹。❷動手術把體內病灶的膿液等引出來：先～然後切除腫瘤。

【引起】yǐnqǐ〔動〕引發；由此生出：～懷疑｜～注意｜～一場熱烈的討論｜放爆竹容易～火災。

【引橋】yǐnqiáo〔名〕（座）連接道路和正橋的橋。

【引擎】yǐnqíng〔名〕發動機；習慣上多指蒸汽機、內燃機等發動機：這架飛機的～發生故障。［英 engine]

【引人入勝】yǐnrén-rùshèng〔成〕把人引入優美的境地。多用來形容風景或文章十分美妙，很吸引人：蘇州園林格局不大，卻都那麼～｜這本小說情節曲折，～。

【引人注目】yǐnrén-zhùmù〔成〕吸引別人注視；引人注意：他胸前佩戴着閃閃發光的獎章，很～｜這家工廠發生了～的變化。

【引入】yǐnrù〔動〕❶引着進入：～歧途。❷引進：～水稻新品種。

【引申】yǐnshēn〔動〕（字、詞）由本義推衍產生新義。如“網”，本義是用繩等結成的捕魚捉鳥的工具，用網捕捉（如“網着一條魚”）是它的引申義。

【引水】yǐnshuǐ〔動〕❶引航。❷把某處的水引導過來，加以利用：～上山。

【引退】yǐntuì〔動〕主動辭去官職：他對官場生活感覺厭倦，～了。

【引文】yǐnwén〔名〕（句、段）書籍文章中引用的相關文獻、文章或書籍中的語句：核實～出處。也叫引語。

引文的四種方式

明引：引用時具體指明該語句出於何人、何書、何篇、何卷或何頁。

泛引：引用時只泛稱該語句出於某地或某人。

暗引：引用其原文而不註出處。

節引：引用時對原文有所刪節。

【引綫】yǐnxiàn〔名〕❶ 延長出來的導火綫；引信上的導綫。❷ 起媒介作用的東西：文章用一雙襪子的細節做～，表現出作者艱苦的童年生活。❸（吳語）縫衣服的針。

【引信】yǐnxìn〔名〕使炮彈、炸彈、地雷等爆炸的一種控制裝置。也叫信管。

【引言】yǐnyán〔名〕（篇）寫在書籍或文章前面的類似前言、序言或導言的文字。

【引以為戒】yǐnyǐwéijiè〔成〕以他人或自己失誤的教訓作為鑒戒：這次失火，大家要～，今後絕不能再亂扔煙頭兒了。

【引用】yǐnyòng〔動〕❶ 在文章、談話中使用別人的話語、別人文章的語句内容：～原話用引號。❷ 任用；引進：～三名外籍球員。

【引誘】yǐnyòu〔動〕❶ 誘導，多指誘使人犯錯誤、幹壞事：～青少年犯罪｜不為金錢美女所～。❷ 誘使動物照人的意願活動：～魚兒上鈎。

【引證】yǐnzhèng〔動〕引用事實或文獻、著作等的内容作為印證：這本《回憶錄》～了許多鮮為人知的檔案材料。

【引種】yǐnzhǒng〔動〕把别處的動植物優良品種引入本地區繁殖推廣：～培育出高產的果樹苗。
　　另見 yǐnzhòng（1623 頁）。

【引種】yǐnzhòng〔動〕引入外地的優良作物品種在本地種植：這種矮稈小麥抗伏倒伏，我們～了五十畝，獲得了豐收。
　　另見 yǐnzhǒng（1623 頁）。

【引資】yǐnzī〔動〕（從外地或外國）引進資金：招商～。

【引子】yǐnzi〔名〕❶ 戲曲中重要角色登場時所奏的第一支曲子，大多是介紹劇中的規定情境（京劇及某些地方戲則為有唱有唸的一段韻文）。引子之後，常連定場詩、定場白。❷ 某些樂曲開始時起渲染氣氛、提示内容等作用的部分：這段樂曲的～歡快動人。❸ 比喻引出正文或引導别人發言的話：這段話是～，跟下去才入正題｜我的～說完了，下邊請大家積極發表意見。❹ 藥引子；發麫引子：用蜂蜜做這服藥的～。

吲 yǐn 見下。

【吲哚】yǐnduǒ〔名〕有機化合物，化學式 C_8H_7N。可從煤焦油或腐敗的蛋白質中提煉得到，供製香料、染料、藥物等。〔英 indole〕

蚓 yǐn〈書〉蚯蚓：夫～，上食槁壤，下飲黃泉。

殷 yǐn〈書〉❶ 震動：～天動地。❷〔擬聲〕形容雷聲：～其雷，在南山之陽。
　　另見 yān（1552 頁）；yīn（1617 頁）。

飲（饮）〈飮〉 yǐn ❶ 喝：～茶｜～水。❷ 特指飲酒：暢～｜痛～。❸ 心裏存着；含着：～恨｜～泣吞聲。❹ 喝的東西：餐～｜冷～。❺ 飲子（宜於冷着喝的湯藥）：香蘇～。
　　另見 yìn（1626 頁）。

語彙 餐飲　暢飲　啜飲　酣飲　豪飲　劇飲　冷飲　牛飲　熱飲　痛飲　小飲

【飲茶】yǐnchá〔動〕❶ 喝茶。❷ 到茶樓、酒樓喝茶、吃點心、吃炒粉麫等，分為早茶、午茶、下午茶等，是粵港一帶生活習慣；週末早晨，一家人外出～。

【飲彈】yǐndàn〔動〕〈書〉被子彈射中：～而亡。注意"飲彈"不能單獨做謂語，一般充當連謂式表原因部分的謂語動詞，如"飲彈倒地""飲彈斃命"。

【飲恨】yǐnhèn〔動〕〈書〉受屈含恨而無法申訴：～吞聲｜終身～｜～而逝。

【飲咖啡】yǐn kāfēi〔動〕港澳地區用詞。指廉政公署召見疑犯或涉案人士到署接受盤問，協助調查有關案例。召見時提供咖啡，故用飲咖啡借指：某區議員涉嫌選舉時有賄賂行為，被廉政公署請去～。

【飲料】yǐnliào〔名〕經過加工製造的供飲用的液體：清涼～｜運動～。

【飲片】yǐnpiàn〔名〕經過加工炮製的片狀、絲狀、塊狀、段狀的中藥，供煎湯飲服。

【飲品】yǐnpǐn〔名〕飲料：兒童～｜天然～。

【飲泣】yǐnqì〔動〕〈書〉淚流入口；形容流淚多，極其悲痛：～吞聲。

【飲食】yǐnshí〔名〕❶ 吃喝：～起居｜節制～。❷〔名〕喝的吃的；食物：自備～｜～充足｜～業｜～療法（調配病人的飲食以治療某些疾病的方法）。

【飲水思源】yǐnshuǐ-sīyuán〔成〕喝水要想到水的來源。比喻不忘本：我能取得這些成績，全憑老師教導，～，永不敢忘。

【飲譽】yǐnyù〔動〕受到普遍歡迎；享有很高聲譽：～國内外影壇。注意"飲譽"做謂語動詞不單用，後面跟表處所的賓語，如"飲譽京津地區""飲譽大江南北"。

【飲鴆止渴】yǐnzhèn-zhǐkě〔成〕《後漢書‧霍諝傳》："譬猶療飢於附子，止渴於鴆毒，未入腸胃，已絕咽喉，豈可為哉！"意思是拿附子（一種有毒的植物）來充飢，喝鴆酒來解渴，還沒下肚，喉嚨早爛了。後用"飲鴆止渴"比喻不顧嚴重後果，用有害的辦法來解決眼前的困難：利用通貨膨脹來刺激經濟發展，我看是～。

靷 yǐn 古代繫在車軸上引車前進的皮帶。

蚓 yǐn〈書〉同"蚓"：～無爪牙之利、筋骨之強，上食埃土，下飲黃泉，用心一也。

隱（隱）yǐn ❶ 隱藏（跟"顯"相對）：～蔽｜～瞞｜～於山林。❷〈書〉傷痛；憐惜：～其無罪而就死地｜～惻。❸ 潛伏的；藏在深處的：～私｜～患｜～疾。❹〈書〉精微深奧：探賾索～，鈎深致遠。❺〈書〉隱秘的事：摧奸決～｜難言之～。❻（Yǐn）〔名〕姓。

語彙 惻隱　歸隱　索隱　退隱　隱隱

【隱蔽】yǐnbì ❶〔動〕藉助別的東西遮掩躲藏：戰士～在山洞裏。❷〔形〕被遷往不易發現：作案的手法很～｜東西藏在很～的地方。

【隱避】yǐnbì〔動〕隱藏躲避：～海外｜兇犯～在城鄉結合部的民房中。

【隱藏】yǐncáng〔動〕藏起來，不使發現：把這些東西～起來｜～在窪地的深草裏。

> 辨析 **隱藏、隱蔽** a）"隱蔽"更帶有積極、主動的意味，多用於人。b）"隱藏"能用於把字句，如"把糧食隱藏起來"，"隱蔽"不能用於把字句。c）"隱蔽"有形容詞義，如"這個地下室很隱蔽，不易發現"，"隱藏"不能這樣用。

【隱惡揚善】yǐn'è-yángshàn〔成〕《禮記·中庸》："隱惡而揚善。"意思是包涵別人的缺失，褒揚別人的好處。是古人提倡的一種為人處世之道。

【隱患】yǐnhuàn〔名〕潛在的禍患：安全～｜消除火災～。

【隱晦】yǐnhuì〔形〕（含意）不明朗，不清楚：文章寫得太～，令人難於理解。

【隱諱】yǐnhuì〔動〕因有顧慮而隱瞞不說：我毫不～自己的觀點｜他對自己的過失從不～。

【隱疾】yǐnjí〔名〕不便告訴人的病，如性病之類。

【隱居】yǐnjū ❶〔動〕有才能的人因不滿時政或等待時機而居住在偏僻地方：～山林｜～於市。❷〔名〕隱居之所：白鶴青岩畔，幽人有～。

【隱瞞】yǐnmán〔動〕把真相遮蓋着不使人知道：不要～錯誤。

【隱秘】yǐnmì ❶〔動〕隱蔽，保密：希望加以～。❷〔名〕秘密的事：刺探～｜她對母親訴說了心中的～。❸〔形〕（真相）被隱蔽，難以發現：他自以為這件事幹得很～，別人不會知道｜指揮部的所在地相當～。

【隱匿】yǐnnì〔動〕〈書〉❶ 隱瞞：勝則邀功請賞，敗則～不言。❷ 躲藏起來：一眨眼，那人就不見了｜走私船～在茫茫的迷霧中。

【隱情】yǐnqíng〔名〕（段）不好對人說的情況或原

因：他們夫妻忽然提出要離婚，其中必有～。

【隱忍】yǐnrěn〔動〕抑制真實情感，不發作：～至今｜一再～。

【隱射】yǐnshè〔動〕影射；暗射：有話直說，不～｜文章的這一段～着當時的一件事。

【隱士】yǐnshì〔名〕（位）隱居避世的人。

【隱私】yǐnsī〔名〕（件）不願公開的個人之事：～權｜不要打聽別人的～。

【隱痛】yǐntòng〔名〕❶ 輕微的若有若無的疼痛：腹部有些～。❷ 藏在內心深處，不願對人訴說的痛苦：～很深｜觸着了他的～。

【隱退】yǐntuì〔動〕❶ 消失；消退：黑夜漸漸～，東方透出一片魚肚白｜往事早已從他的記憶中～。❷（官員）退職隱居：稱病～。

【隱顯墨水】yǐnxiǎn mòshuǐ 用氯化金溶液或硝酸鈷鹽溶液等製成的無色墨水。用隱顯墨水書寫的字跡必須經過加熱或用一定成分的溶液把紙浸濕後才能顯出。

【隱形飛機】yǐnxíng fēijī 有較強的隱蔽性，不易被雷達、紅外綫等探測系統發現的飛機。

【隱形眼鏡】yǐnxíng yǎnjìng 角膜接觸鏡的通稱。一種直接貼附在眼球角膜上以矯正視力的眼鏡，鏡片多用薄型或超薄型柔軟透明材料製成。

【隱性】yǐnxìng〔形〕屬性詞。性質尚未顯現的；難於發覺的（跟"顯性"相對）：～感染｜～遺傳。

【隱姓埋名】yǐnxìng-máimíng〔成〕隱藏自己的真實姓名：為了避禍，他～，到山中拜師學藝。

【隱隱】yǐnyǐn ❶〔形〕隱約；不分明：杏花村～可見｜～的雷聲｜山～，水迢迢。❷〔擬聲〕〈書〉形容雷聲、車聲等：～何甸甸，俱會大道口。

【隱憂】yǐnyōu〔名〕深藏於心底的憂愁或憂慮：耿耿不寐，如有～｜心懷～。

【隱語】yǐnyǔ〔名〕❶ 不把本意直接說出而借用別的詞語來暗示的話，古代叫隱語，類似後世的謎語。如"千里草"為"董"，"卯金刀"為"劉"。❷ 黑話；暗語：許多黑社會、行幫都有自己的～｜販毒分子用～接頭。

【隱喻】yǐnyù〔名〕暗喻。

【隱約】yǐnyuē〔形〕依稀，不很清楚；不很明顯：晨霧中，一座井架～可見｜～聽到山那邊傳來的笛聲。

【隱衷】yǐnzhōng〔名〕不便對別人訴說的苦衷。

> 辨析 **隱衷、隱情、隱私** "隱情"着重情由；"隱私"着重個人私密；"隱衷"着重內心苦衷。"隱情"跟"隱衷"有時可以換用，意義相近，如"他最近情緒很壞，問他原因，他也不講，必有隱衷（隱情）"。"隱私"不能跟"隱情""隱衷"這兩個詞互相換用。

繾（繾）yǐn〔動〕（北方官話）絎（háng）：
～被子。

勰（勰）yǐn 見下。

【勰桰】yǐnkuò〔書〕❶〔名〕使彎曲竹木等平直成
形的工具。❷〔動〕就原有文章的內容加以剪
裁改寫：略加～，皆為新奇。以上也作隱括。

癮（癮）yǐn〔名〕❶年深月久積成的不良癖
好：煙～｜吸毒成～。❷濃烈的
興趣：下棋上～了｜讓我打兩盤兒（乒乓球），過
過～｜小王對武俠小說可有～了。

語彙　成癮　毒癮　過癮　酒癮　棋癮　球癮　上癮
戲癮　煙癮　有癮

【癮君子】yǐnjūnzǐ〔名〕（位，名）吸毒或抽煙成癮
的人。

【癮頭】yǐntóu（～兒）〔名〕濃烈的興趣或愛好：你
們哪兒來這麼大的～兒？

讔（讔）yǐn〔書〕隱語；謎語。

yìn 一ㄣˋ

印　yìn ❶〔名〕圖章：蓋～｜藏書～。❷（～兒）
〔名〕痕跡：烙～｜按個手～兒。❸〔動〕留
下痕跡和印象，特指印刷或印相片：～書｜膠捲兒
已送照相館沖洗擴～｜他的高大形象深深～在我
的腦海裏。❹符合：～證｜心心相～。❺（Yìn）
〔名〕指印度：加強中～文化交流。❻（Yìn）
〔名〕姓。

語彙　編印　彩印　重印　抽印　打印　疊印　翻印
付印　複印　鋼印　掛印　官印　火印　腳印　刊印
刻印　擴印　烙印　摹印　排印　鉛印　石印　手印
水印　縮印　拓印　套印　洗印　血印　影印　用印
油印　掌印　指印　心心相印

【印把子】yìnbàzi〔名〕指印信上的把兒；借指政
權：掌握～。

【印次】yìncì〔名〕圖書印刷的次數。從第一版第
一次印刷起連續計算（區別於"版次"）：這本
詞典已經有 74 個～。

【印第安人】Yìndì'ānrén〔名〕美洲最古老的居
民。共約三千多萬人，屬蒙古人種，講印第安
語。皮膚紅黑色，從前稱紅種人。早期曾創造
了瑪雅、印加等文化。16 世紀起遭受歐洲殖
民者的摧殘，人口大減，現多居住在中南美各
國，極小部分在北美。[印第安，英 Indian]

【印度洋】Yìndù Yáng〔名〕世界第三大洋，位於
亞洲、非洲、大洋洲和南極洲之間，大部分在
南半球，面積 7491.7 萬平方千米。

【印發】yìnfā〔動〕印製散發：～傳單｜～教材。

【印花】yìnhuā ㊀❶（～兒）〔動〕將有色花紋或圖

案印到紡織品或玻璃等物品上去。❷（～兒）
〔形〕屬性詞。印有花紋兒圖案的：～布｜～
頭巾｜～玻璃杯。㊁〔名〕印花稅票的簡稱。
是一種作為稅款的特製印刷品，由政府部門出
售，規定貼在契約、憑證等上面。

【印鑒】yìnjiàn〔名〕預留下來供取款時鑒別真偽用
的印章底樣：憑～支付。

【印泥】yìnní〔名〕蓋印時用的一種膠泥狀紅色顏
料，多用硃砂、艾絨和油料調製而成。

【印譜】yìnpǔ〔名〕（本）彙集古印或篆刻家所刻印
章鈐（qián）印後複製而成的書：《齊白石～》。

【印染】yìnrǎn〔動〕對紡織品進行印花和染色：～
廠｜～車間｜布料經過～後成為各色花布。

【印數】yìnshù〔名〕（書、畫等）印刷的數量：這
部詞典的～達 40 萬冊｜這套郵票的～很少。

【印刷】yìnshuā〔動〕把文字、圖畫等製成版，塗
上油墨，印在紙張上。手工操作，要用棕刷子
蘸墨刷在印版上，再用乾淨刷子擦拭鋪在印版
上的紙背，所以叫印刷；近代印刷已改用各種
印刷機及電子計算機操作的噴墨、激光照排
系統。

【印刷機】yìnshuājī〔名〕（台）印刷用的機器，種
類很多，一般都是由續紙、印版、上墨、整理
印張等幾部分主要裝置裝配而成：輪轉～｜雙
面～。

【印刷品】yìnshuāpǐn〔名〕通過印刷製成的各類物
品的總稱，如書籍、報刊、圖片、招貼等。也
叫印刷物。

中國最早的印刷品
中國最早的印刷品是在敦煌莫高窟發現的《金
剛經》殘卷，是由七張紙連接而成的卷軸，卷
首有一幅釋迦牟尼向眾弟子說法的木刻畫，
左右諸多護法神和僧人，上有飛天，氣氛莊嚴
肅穆。佛經卷末署"咸通九年（公元 868 年）四
月十五日王玠為二親敬造普施"。現藏於大英圖
書館。

【印刷術】yìnshuāshù〔名〕印刷的技術。為中國
古代四大發明之一。原始印刷術可以追溯到戰
國初期使用的印章和拓石。隋唐時發明了雕版
印刷，即在整塊木板或石板上刻字進行印刷，
但這種方法費工費時，不太方便。宋仁宗慶曆
時（1041-1048）布衣畢昇發明了膠泥活字印
術，成為印刷史上的一次大飛躍。現代印刷術
有凸版印刷、平版印刷、凹版印刷、絲網印刷
等。中國學者王選發明的漢字激光照排系統是
印刷史上的又一巨大進步。

【印刷體】yìnshuātǐ〔名〕文字或拼音字母的印刷
形式（區別於"手寫體"）。

【印台】yìntái〔名〕蓋木質或橡皮圖章時所用的印
油盒：請往～裏加點兒印油。也叫打印台。

【印堂】yìntáng〔名〕指額部兩眉之間。舊時看相

的人根據印堂氣色判斷人的吉凶禍福。印堂也是針灸穴位名。

【印象】yìnxiàng〔名〕心理學指具體事物刺激感覺器官在人頭腦裏留下的跡象；泛指客觀事物在人頭腦裏留下的跡象：第一～｜永恆的～。

【印信】yìnxìn〔名〕政府機關的圖章的總稱。

【印行】yìnxíng〔動〕印製發行：此書國內～｜中國從清末開始～郵票。

【印油】yìnyóu〔名〕供蓋圖章用的油質液體，有紅、藍、黑等色。

【印章】yìnzhāng〔名〕印和章的合稱：畢業證書上分別蓋有學校的和校長的～。

【印張】yìnzhāng〔名〕(個)計算印刷圖書用紙數量的單位，印刷機上承受兩面印刷的一張紙（相當於一整張紙的一半）叫一個印張。如印某本書需 10 張全張紙，則此書為 20 個印張。

【印證】yìnzhèng ❶〔動〕證明所說與事實相符：他介紹的情況尚需進一步～｜這條推論有待～｜材料已～過。❷〔名〕證明所說與事實相符的證據：得到～｜有了～｜這本圈點得密密麻麻的書，是他刻苦自學的最好～。

【印製】yìnzhì〔動〕印刷製作：～書刊｜～精美。

【印子】yìnzi〔名〕❶(條，道)痕跡：血～｜手～｜腳～。❷印子錢的簡稱：放～｜打～（放債的稱為放印子，借債的稱為打印子）。

【印子錢】yìnziqián〔名〕(筆)高利貸的一種。放債人把本錢和很高的利息加在一起，限債務人按期分次償還，每週一次，在摺子上蓋一印記，故稱。

茚 yìn〔名〕有機化合物，化學式 C9H8。無色液體，化學性質活潑，容易產生聚合反應。是製造合成樹脂的原料。[英 indene]

胤 yìn ❶〔書〕後代；子嗣：～子｜～嗣(後代)。❷(Yìn)〔名〕姓。

埱 yìn〔書〕沉澱物；渣滓：磨刀～（磨刀時水中的沉澱物）。

飲(饮)〈歓〉yìn〔動〕給牲畜喝水：～馬｜～驢｜～牲口。

另見 yǐn（1623 頁）。

【飲場】yìnchǎng〔動〕舊時舞台上在表演的間隙給演員喝茶叫作飲場。

窨 yìn 地窨子；地窖：～井（為便於檢查或疏通地下管綫、地下水道而設置的井狀建築物，齊地面處有窨井蓋）。

另見 xūn（1542 頁）。

蔭(荫)〈❷❸廕〉yìn ❶〔形〕〈口〉不見陽光且又涼又潮：這屋子太～，關節炎可受不了。❷〈書〉蔭庇：榆柳～後檐。❸封建時代子孫因父祖的官職、功勞而得到的入學或任官的權利：餘～｜恩～｜難～（凡官員因公死亡的，照本官應升品級加贈，並得送一子進國子監讀書六月，期滿錄用，叫難蔭）。

另見 yīn（1619 頁）。

語彙　庇蔭　難蔭　襲蔭　餘蔭

【蔭庇】yìnbì〔動〕〈書〉大樹以枝葉遮蔽陽光，使人們在其下免受暴曬；比喻祖宗保佑子孫或尊長護佑晚輩：端賴祖先～。

【蔭涼】yìnliáng〔形〕因曬不到陽光而潮濕、涼爽：地下室～～的。

憗(憗)yìn〈書〉❶願；肯：曾不～留｜不～遺一老。❷負傷；殘缺：兩君之士肯未～也。

【憗憗】yìnyìn〔形〕〈書〉謹慎小心的樣子：～然莫相知（提心吊膽地沒法識透其底細）。

鮣(鮣)yìn〔名〕魚名，生活在海洋中，身體細長，灰黑色，鱗小而圓，頭扁平，頂部有橢圓形吸盤，常吸附在大魚、海龜身體下或船底上。也叫印頭魚、粘船魚。

yīng ㄧㄥ

吋 yīngcùn，又讀 cùn〔量〕英寸舊也作吋。

呎 yīngchǐ，又讀 chǐ〔量〕英尺舊也作呎。

英 yīng ㊀❶〈書〉花兒：落～繽紛｜夕餐秋菊之落～。❷傑出的人：～雄｜～傑｜群～會。❸傑出的；出眾的：～姿｜～才。❹(Yīng)〔名〕姓。
㊁(Yīng)〔名〕指英國：～寸｜～鎊｜～倫三島。

語彙　殘英　含英　精英　落英　耆英　秋英　群英　舜英

【英鎊】yīngbàng〔名〕英國的本位貨幣。1 英鎊等於 100 便士。

【英才】yīngcái〔名〕❶出眾的才智：別具～。❷才智傑出的人（多指年輕人）：願天下～而教育之｜科技～。

【英尺】yīngchǐ〔量〕英美制長度單位，1 英尺等於 12 英寸，合 0.3048 米。舊也作呎。

【英寸】yīngcùn〔量〕英美制長度單位，1 英寸等於 1 英尺的 1/12，合 2.54 厘米。舊也作吋。

【英噸】yīngdūn〔量〕英制質量或重量單位，1 英噸等於 2240 磅，合 1016.047 千克（區別於"美噸"）。也叫長(cháng)噸。

【英豪】yīngháo〔名〕(位)英雄豪傑：四方～｜中華大地，～輩出。

【英俊】yīngjùn ❶〔形〕〈書〉才智出眾：～有為。❷〔名〕〈書〉才智出眾的人：十大～。❸〔形〕容貌俊秀有精神：～少年｜小夥子長得很～。

【英里】yīnglǐ〔量〕英美制長度單位，1 英里等於 5280 英尺，合 1.6093 千米。舊也作哩。

【英兩】yīngliǎng〔量〕盎司的舊稱。舊也作嗬。

【英烈】yīngliè ❶〔形〕英勇剛烈：～女子。❷〔名〕英勇獻身的烈士：一代～｜中華～。

【英靈】yīnglíng〔名〕❶ 對所崇敬的人死後的尊稱：告慰～｜烈士～永存。❷〈書〉指才能出眾的人：聖賢無隱者，～盡來歸。

【英名】yīngmíng〔名〕傑出人物的名字或名聲：～永存｜烈士～天下傳揚。

【英明】yīngmíng〔形〕有遠見卓識而處事明智：～領袖｜～的決策｜～果斷｜這項措施很～。

【英模】yīngmó〔名〕英雄模範：～報告團。

【英畝】yīngmǔ〔量〕英美制地積單位，1 英畝等於 4840 平方碼，合 4046.86 平方米。舊也作嗬。

【英年】yīngnián〔名〕生氣勃勃的年紀；青壯年時期：正當～｜～早逝。

【英文】yīngwén〔名〕英美等國的文字，採用拉丁字母：用～寫作。

【英雄】yīngxióng ❶〔名〕（位）舊指武過人的人：～豪傑｜～好漢。❷〔名〕（位）指奮不顧身，為人民利益而英勇拼搏，令人欽敬的人：戰鬥～｜勞動～｜女～｜向體育戰綫的～們致敬｜人民～永垂不朽。❸〔形〕屬性詞。具有英雄品質的：～本色｜～氣概。

【英雄所見略同】yīngxióng suǒjiàn lüètóng〔諺〕英雄人物的見解大體相同。常用來美言雙方意見一致。

【英雄無用武之地】yīngxióng wú yòngwǔ zhī dì〔諺〕有本領的人得不到施展才能的機會：縱有經天緯地之才，奈～。

【英尋】yīngxún〔量〕英美制計量水深的單位，1 英尋等於 6 英尺，合 1.828 米。舊也作噚。

【英勇】yīngyǒng〔形〕勇敢出眾；特別勇敢：～善戰｜～頑強｜打仗十分～。

辨析　英勇、勇敢　"勇敢"的程度比"英勇"輕，常形容具體行動或言論；"英勇"含有"特別勇敢"的意思，多形容為某種理想而獻身的精神和氣概。如"英勇犧牲""英勇奮鬥"，不用"勇敢"；"勇敢"也形容一般的行為，如"勇敢說出自己的意見""勇敢地走上講台"，不用"英勇"。

【英姿】yīngzī〔名〕英俊威武的姿態：～勃勃｜～颯爽。

哩　yīnglǐ，又讀 lǐ〔量〕英里舊也作哩。
另見 lī（819頁）；li（831頁）。

嗬（嗬）yīngliǎng，又讀 liǎng〔量〕英兩（盎司）舊也作嗬。

嫈　yīng〈書〉婦女的美稱：女～｜～嫻。

瑛　yīng〈書〉❶ 美玉：瑤～。❷ 玉的光彩：～華。

霙　yīng〈書〉❶ 雪花。❷ 雨雪雜下。

噢　yīngmǔ，又讀 mǔ〔量〕英畝舊也作噢。

噚（噚）yīngxún，又讀 xún〔量〕英尋舊也作噚。

罃（罃）yīng ❶ 古代一種盛液體的長頸瓶子。❷〈書〉同"罌"。

嬰（嬰）yīng ㊀ ❶ 初生不久的小孩：男～｜女～｜婦～保健站。❷（Yīng）〔名〕姓。
㊁〈書〉觸；觸犯：～怒｜～疾（得病）｜莫敢～其鋒。

語彙　保嬰　婦嬰　溺嬰　退嬰　育嬰

【嬰兒】yīng'ér〔名〕未滿週歲的小孩兒。

【嬰幼兒】yīngyòu'ér〔名〕嬰兒和幼兒的合稱。

鎄（鎄）yīng〈書〉鈴聲。

膺　yīng ㊀〈書〉胸：義憤填～｜撫～長歎。㊁〈書〉❶ 受；當：榮～｜～上賞。❷ 打擊：～懲。

語彙　服膺　拊膺　榮膺　義憤填膺

應（应）yīng ❶〔動〕答應：喊了半天，裏邊沒人～。❷〔動〕應允；答應（做）：提出的條件他都～了｜您這大衣太難做，我們店不敢～｜是我～下來的任務。❸〔動〕助動詞。應該：理～如此｜合理要求，～予考慮。注意 a）"應"不能單獨回答問題，如"這些合理要求，應不應予以考慮？"不能回答"應"。b）"應"只用於書面語。c）"應"後面一般不能是主謂結構，如"大家的事情應當大家來辦"，不能說成"大家的事情應大家來辦"。❹（Yīng）〔名〕姓。
另見 yìng（1633頁）。

語彙　該應　理應　亟應　相應　一應　自應

【應當】yīngdāng〔動〕助動詞。應該：說話、寫文章都～簡明扼要｜天氣這麼冷，～把爐子生起來了｜你不～騎車帶人。

【應得】yīngdé〔動〕應當得到：罪有～｜這是你～的一份。

【應分】yīngfèn〔形〕屬性詞。分內應該的：送貨上門，是我們商店～的事。

【應該】yīnggāi〔動〕助動詞。❶ 表示情理上必須：老人和小孩～得到照顧｜不用謝，這是我～做的｜他做出這麼大的成績，～不～表揚？——～。注意"應該"可以單獨回答問題。否定式為"不應該"。"不應該"用作謂語時，前邊常可以加"很"，如"他這樣做，很不應該"；"應該"前邊加"很"也可以，如"你很應該下去鍛煉鍛煉"，但這種情況不常見。❷ 表示意料中必然：他昨天動身去上海，今天～到了。

【應屆】yīngjiè〔形〕屬性詞。本期的；最近一屆的：～畢業生｜～生。

【應名兒】yīngmíngr ❶〔動〕(-//-)用某種名義（辦事）：應校辦工廠的名兒買了一輛汽車。❷〔動〕(-//-)掛某種虛名兒：你就應個名兒吧，反正也不用你拋頭露面。❸〔副〕僅在名義上（是）：他～是大學畢業生，實際上並沒有學到甚麼。

【應有盡有】yīngyǒu-jìnyǒu〔成〕應該有的都有了；一切齊備：各種服務設施～｜這家百貨商店商品齊全，～。

【應允】yīngyǔn〔動〕同意；允許：點頭｜得到～｜工會主席～我們抽出工作時間去練球兒。

鎣（鎣）yīng ❶ 古代一種長頸瓶。短足，似盉(hé)。❷〈書〉磨拭使發光。❸〈書〉明亮。

另見 yíng（1630 頁）。

攖（攖）yīng〈書〉❶ 迫近；觸犯：虎負嵎，莫之敢～。❷ 擾亂；糾纏：～擾｜不以人物利害相～。

罌（罌）〈甖〉yīng 古代一種盛液體的小口大腹的瓶子。

【罌粟】yīngsù〔名〕一年生或二年生草本植物，果實球形，未成熟時割破表皮，流出的汁液可製取鴉片。果殼可入藥，有鎮痛、止咳和止瀉作用。花紅色、粉色或白色。

嚶（嚶）yīng〔擬聲〕〈書〉形容鳥鳴聲：～其鳴矣，求其友聲｜鳥鳴～～。

鷹yīng〈書〉同"應"(yīng)：遙知讀《易》東窗下，車馬敲門定不～。

另見 yìng（1634 頁）。

瓔（瓔）yīng〈書〉似玉的石頭。

【瓔珞】yīngluò〔名〕用珠玉綴成的頸項飾物。佛教特指佛、菩薩胸頸部的飾物。

蘡（蘡）yīng 見下。

【蘡薁】yīngyù〔名〕落葉藤本植物，有捲鬚，葉子闊卵形，邊緣有鋸齒，夏季開花，果實黑紫色。根、葉可入藥，叫"野葡萄藤"。果可釀酒，莖的纖維可做繩索。

櫻（櫻）yīng ❶ 櫻桃：～繁香日斜。❷ 櫻花。❸（Yīng）〔名〕姓。

【櫻花】yīnghuā〔名〕❶（株）落葉喬木，葉子橢圓形，花淡紅色或白色，為著名觀賞植物，果實球形。原產中國和日本，日本定為國花。❷（朵）這種植物的花。

【櫻桃】yīngtáo(-tao)〔名〕❶（棵，株）落葉喬木，葉子長卵圓形，花白色略帶紅暈。果實球形，紅色，味甜，可食。木材堅硬緻密，可製器物。❷（粒）這種植物的果實：～好吃樹難栽。❸喻指女子的紅唇：～小口｜一曲清歌，

暫引～破。

鶯（鶯）〈鸎〉yīng〔名〕鳥名，體小，羽毛多橄欖綠色，嘴短而尖。叫聲清亮，吃昆蟲，是益鳥：千里～啼綠映紅｜～歌燕舞。

纓（纓）yīng ❶ 古代帽子上的帶子，可捲繫頷下；也泛指帶子：慷慨淚沾～。❷（～兒）〔名〕服裝或器物上的用絲、綫等製成的穗狀飾物：白帽～｜紅～槍。❸（～兒）〔名〕像纓兒的東西：蘿蔔～兒｜芥菜～兒｜玉米吐～了。

語彙　長纓　請纓　簪纓

鷹（鷹）yīng〔名〕（隻）鳥名，上嘴鉤曲，足趾有利爪，性兇猛，捕食小獸及其他鳥類。種類很多，通常指蒼鷹。

語彙　蒼鷹　老鷹　雀鷹　鶻鷹　銀鷹　戰鷹

【鷹鼻鷂眼】yīngbí-yàoyǎn〔成〕形容奸詐兇惡的相貌：兇犯～，是多起命案主犯。

【鷹鉤鼻子】yīnggōu bízi 像鷹嘴一樣彎曲成鉤的鼻子。

【鷹派】yīngpài〔名〕一國政府內的強硬派，指主張採取強硬的態度及手段處理外交、軍事等問題的人士、團體或勢力（區別於"鴿派"）。

【鷹犬】yīngquǎn〔名〕會幫主人咬殺抓捕獵物的鷹和狗；比喻忠實地受驅使、做爪牙的人：這個叛徒充當了敵特機關的～。

【鷹隼】yīngsǔn〔名〕〈書〉鷹和隼；比喻兇惡或勇猛的人。

鸚（鸚）yīng 見下。

【鸚哥】yīnggē(-ge)（～兒）〔名〕鸚鵡的俗稱。

【鸚哥兒綠】yīnggērlù〔形〕跟鸚哥兒羽毛相似的綠色：她穿着一條～的裙子。

【鸚鵡】yīngwǔ〔名〕（隻）鳥名，頭大而圓，上嘴彎曲呈鉤狀，羽毛美麗。生活在熱帶森林中。能模仿人說話的聲音，供賞玩。俗稱鸚哥。

【鸚鵡學舌】yīngwǔ-xuéshé〔成〕鸚鵡學人說話。比喻人家怎麼說，他也跟着怎麼說（含貶義）：這番話全無新意，～罷了。

yíng ㄧㄥ

迎yíng ❶〔動〕迎接（跟"送"相對）：歡～｜～親（舊俗，男家用花轎鼓樂等到女家迎接新娘）｜喜～八方客｜辭舊歲～新春。❷〔動〕對着；衝(chòng)着：～面｜～擊｜～着

困難上。❸（Yíng）〔名〕姓。

語彙　出迎　逢迎　恭迎　歡迎　郊迎　失迎　送迎　相迎　笑迎

【迎春】yíngchūn ❶〔動〕迎接新春：～座談會。❷〔名〕落葉灌木，小葉卵形，可入藥，花單生，黃色，鮮艷，供觀賞。因早春開放，故稱。

【迎風】yíng//fēng ❶〔動〕對着風：～而立｜你出了那麼多汗，別迎着風站在那裏。❷〔副〕隨風：五星紅旗～飄揚。

【迎風招展】yíngfēng-zhāozhǎn〔成〕形容旗幟等隨風飄蕩：彩旗～。

【迎合】yínghé〔動〕為了討好，特意使自己的言行適合對方的心意：不要為～某些觀眾的低級趣味而糟蹋了自己的作品｜他處處～老闆的愛好。

【迎候】yínghòu〔動〕事先在某處等候迎接（來客）：老先生親自站在大門口～友人｜歡迎的人在廣場～。

【迎接】yíngjiē〔動〕❶ 走上前去接待（來客）：到機場～貴賓。❷ 以積極主動的態度承受（考驗、任務等）：以昂揚的鬥志～新的考驗。

【迎面】yíngmiàn〔副〕正對着臉：～走來｜一輛出租車正～駛來｜一股熱浪～撲了過來。

【迎刃而解】yíngrèn'érjiě〔成〕《晉書·杜預傳》："譬如破竹，數節之後，皆迎刃而解。"意思是好比劈竹子，上面幾節一破開，下面自然就隨着刀口逐一裂開。比喻主要問題解決了，其他問題就自然隨之解決：只要把員工的積極性充分調動起來，公司存在的諸多問題都可以～。

【迎頭】yíngtóu ❶（～兒）〔副〕迎面：～痛擊｜剛出門，～碰上了劉老師。❷（-//-）〔動〕對着頭：迎着頭就是一悶棍。

【迎頭趕上】yíngtóu-gǎnshàng〔成〕朝着領先者的方向奮力追到前頭去：我們今年雖然落後了，但決不氣餒，明年一定要～！

【迎頭痛擊】yíngtóu-tòngjī〔成〕上前從正面狠狠打擊：給侵略者以～。

【迎新】yíngxīn〔動〕❶ 迎接元旦或春節：辭舊～。❷ 歡迎新來的同學或同事：～大會。

【迎迓】yíngyà〔動〕〈書〉迎接：有失～｜前往～。

【迎戰】yíngzhàn〔動〕❶ 朝着來犯者的方向展開戰鬥：發現敵機，我空軍部隊立即～。❷ 比喻跟對手進行比賽：中國女排～日本女排｜中國圍棋選手～韓國棋手。

盈　yíng ❶ 充滿：喜氣～門｜熱淚～眶｜惡貫滿～。❷ 增長；多出：～虧｜～餘｜～利。❸〔動〕（贛語）剩；剩下：除了吃飯，一個月還能～多少錢｜他們都走了，就～我一個人。❹（Yíng）〔名〕姓。

語彙　持盈　充盈　豐盈　驕盈　輕盈　虛盈　盈盈　惡貫滿盈

【盈虧】yíngkuī〔名〕❶ 指月亮的圓滿或缺損：人有禍福，月有～。❷ 指盈利或虧本：自負～。

【盈利】yínglì ❶〔名〕工商業的利潤：～五百萬元。❷〔動〕獲得利潤：企業要把社會效益放在首位，不能只顧～。以上也作贏利。

【盈餘】（贏餘）yíngyú ❶〔動〕（收支兩抵後）剩下來：～五萬元。❷〔名〕（收支兩抵後）剩下來的部分：有五千元的～。

楹　yíng ❶ 廳堂前部的柱子；也泛指柱子：華～｜～柱｜石～｜玉階雕～。❷〔量〕〈書〉房屋一列或一間為一楹：兩～之間｜堂旁有兩～側屋。

【楹聯】yínglián〔名〕（幅）懸掛或張貼在楹柱上的對聯，也泛指對聯。

塋（塋）yíng〈書〉墳地：墳～｜祖～｜塚～｜～地。

熒（熒）yíng〈書〉❶ 光亮微弱的樣子：～燭｜～然。❷ 迷亂；疑惑：～惑。

語彙　光熒　青熒　熒熒

【熒光】yíngguāng〔名〕某些物質受光或其他射線照射時發出的可見光。當照射停止後，這種光仍能維持一定時間。日光燈的燈管和電視機的屏幕都塗有發熒光的物質。

【熒光燈】yíngguāngdēng〔名〕（盞、支）燈的一種，在真空的玻璃管裏裝有水銀，兩端各有一個燈絲做電極，管的內壁塗上熒光粉。通電後，水銀蒸氣放電，同時產生紫外綫，激發熒光粉而發光。俗稱日光燈。

【熒光屏】yíngguāngpíng〔名〕塗有能發出熒光的物質的屏幕，如電視機、示波器等上面裝的玻璃屏。

【熒惑】yínghuò ❶〔動〕炫惑；迷惑：～世人。❷〔名〕中國古代指火星。其光呈紅色，亮度常變化，運行方向不定，故稱。

【熒屏】yíngpíng〔名〕❶ 熒光屏，特指電視機的熒光屏。❷ 借指電視節目：將科普知識搬上～｜～連着你和我。

榮（荣）yíng 用於地名：～經（在四川中部偏西）。
另見 Xíng（1517頁）。

瑩（莹）yíng ❶〈書〉光潔如玉的石頭：如玉如～。❷ 光潔透明的樣子：晶～剔透。❸（Yíng）〔名〕姓。

語彙　澄瑩　光瑩　清瑩　瑩瑩　玉瑩　珠瑩

嬴　Yíng〔名〕姓。

螢（萤）yíng〔名〕螢火蟲：飛～｜流～｜囊～苦讀。

語彙 飛螢　流螢　囊螢　秋螢　夜螢

【螢火蟲】yínghuǒchóng〔名〕(隻)昆蟲，身體扁平細長，黃褐色，觸角絲狀，腹部末端有發光器官，能發淡黃色、淡藍色或淡綠色的光。種類很多。

【螢石】yíngshí〔名〕礦物名，成分是 CaF，有黃、藍、白、綠、紫等多種顏色，具有玻璃光澤和熒光現象。

縈（縈）yíng ❶ 纏繞；盤繞：～繞｜～紆（yū）。❷（心中）牽掛：～懷｜～念。❸（Yíng）〔名〕姓。

語彙 愁縈　回縈　夢縈　牽縈　心縈

【縈懷】yínghuái〔動〕(事情)牽掛在心：往事～，浮想聯翩，夜不能寐。

【縈迴】yínghuí〔動〕〈書〉環繞；盤旋往復：往事如煙，～腦際。

【縈繞】yíngrào〔動〕〈書〉纏繞；盤旋往復：清泉～｜報國之情，日夜～心頭。

營（營）yíng ㊀❶ 謀求：～利｜～救｜無～無欲。❷ 經營；管理：～建｜～業｜合～。❸（Yíng）〔名〕姓。
㊁❶ 軍隊的駐地：軍～｜～房｜安～紮寨。❷〔名〕軍隊編制單位，在團之下，連之上：～部｜～長｜～教導員。❸ 像軍營似的聚眾場所：集中～｜難民～。

語彙 安營　拔營　兵營　公營　國營　合營　劫營　經營　軍營　老營　聯營　綠營　露營　亂營　民營　私營　宿營　偷營　行營　野營　運營　紮營　炸營　陣營　鑽營　大本營　集中營　步步為營

【營地】yíngdì〔名〕部隊等駐紮的地方：戰士在～附近開荒種菜｜～設在一個山坡上。

【營防】yíngfáng〔名〕❶ 營房及其周邊的防禦工事。❷ 指駐防軍：～不久就要開拔。

【營房】yíngfáng〔名〕部隊居住的房舍及周邊限定的區域：戰士們把～打掃得乾乾淨淨，迎接入伍新兵。

【營火】yínghuǒ〔名〕露營時的篝火：～晚會。

【營建】yíngjiàn〔動〕經營修建：這條公路是農民集資～的。

【營救】yíngjiù〔動〕想辦法援救：～遇險船員。

【營壘】yínglěi〔名〕❶ 軍營及周圍工事；炮轟敵軍～。❷ 陣營：革命～｜～分明。

【營區】yíngqū〔名〕軍隊安營駐紮的地區。

【營生】yíngshēng〔動〕謀生；謀求生計：在外～｜～立業。

【營生】yíngsheng（～兒）〔名〕(北方官話)職業；活計：找個～兒｜店鋪裏的～全託付給你了。

【營私】yíngsī〔動〕謀取私利：結黨～｜～舞弊（為謀私利而耍手段幹違法亂紀之事）。

【營衛】yíngwèi ㊀〔名〕中醫學名詞，營氣和衛氣的合稱。營氣行於脈中，有生化血液、營養身體的作用；衛氣行於脈外，有抗禦疾病、護衛身體的作用。㊁〔動〕〈書〉護衛：遣士卒～，賊不敢近。

【營銷】yíngxiāo〔動〕經營銷售：～策略｜市場～｜網上～。

【營養】yíngyǎng ❶〔動〕機體從外界吸取養分以維持生長發育等生命活動：加強～｜好好～身體。❷〔名〕機體生長發育所需的養分：這桌菜不僅色、香、味俱佳，而且～豐富。

【營養缽】yíngyǎngbō〔名〕人工配製的、用來育苗的缽狀土團，一般裝在瓦盆或小袋中，具有多種營養成分。

【營養餐】yíngyǎngcān〔名〕針對某一人群特殊需要配製的含有豐富、合理營養的膳食：學生～。

【營業】yíngyè〔動〕(商業、交通部門等)面對大眾經營業務：～部｜商店上午九時開始～｜今日盤點，暫停～｜春節期間照常～。

【營業員】yíngyèyuán〔名〕(位，名)營業部門的人員，一般指售貨員和收購員：本商店招聘三名～｜這幾位～工作能力很強。

【營運】yíngyùn〔動〕❶（車、船、飛機等）經營和運行：這架新客機即將投入～。❷ 經營和運作：公司～狀況良好。

【營造】yíngzào〔動〕❶ 經營建築：～宮室｜～住宅。❷ 有計劃地造(林)：～大面積防護林。❸ 有目的地造(氣氛)：努力在我校～一種團結、緊張、嚴肅、活潑的氛圍。

濴（濴）yíng 用於地名：～灣(在湖南)｜～溪(在四川)。

鎣（鎣）yíng ❶〈書〉採鐵。❷ 華鎣山，山名。在重慶西北和四川東部交界處。
另見 yīng（1628頁）。

瀅（瀅）yíng〈書〉清澈。

蠅（蠅）yíng〔名〕蒼蠅：蚊～｜～蛹｜～營狗苟｜滅～。

語彙 捕蠅　蒼蠅　飛蠅　家蠅　麻蠅　滅蠅　青蠅　蚊蠅

【蠅拍】yíngpāi〔名〕(支)打蒼蠅用的拍子，多用長方形小塊兒鐵紗裝上竹子把兒做成，也有用塑料製的。也叫蒼蠅拍子。

【蠅頭】yíngtóu〔名〕比喻微小之物：～小楷｜～小利｜～小功～。

【蠅頭小利】yíngtóu-xiǎolì〔成〕比喻微不足道的利益：蝸角虛名，～。

【蠅營狗苟】yíngyíng-gǒugǒu〔成〕像蒼蠅那樣追腥逐臭，到處鑽營；像狗那樣搖尾乞憐，苟且無恥。也說狗苟蠅營。

【蠅子】yíngzi〔名〕(隻)〈口〉蒼蠅。

瀛 yíng ❶〈書〉大海：～海｜～上。❷(Yíng)〔名〕姓。

瀠(濚) yíng 見下。

【瀠洄】yínghuí〔形〕〈書〉水流迴旋的樣子：高山崔嵬(高大險峻)，小河～。

贏(贏) yíng ❶〔動〕獲勝(跟"輸"相對)：這場比賽誰～了？｜比輸～。❷獲利：～虧｜～利。

【贏得】yíngdé〔動〕博得；得到：～勝利｜～獨立｜～大家的讚揚｜～長時間的掌聲。

【贏家】yíngjiā〔名〕賭博、比賽中獲勝的一方：他是這場遊戲的～，獨得獎金十萬元｜入圍最佳女主角提名的三位女星到底誰能成為最後的～，非常值得期待。

【贏利】yínglì 同"盈利"。

籯(籝) yíng〈書〉❶箱籠(lǒng)一類的竹器：黃金滿～。❷盛放筷子的竹籠(lóng)子。

yǐng ㄧㄥˇ

郢 Yǐng ❶郢都，春秋戰國時楚國的都城，在今湖北江陵北：～書燕說(郢人信上誤寫的東西，燕人為之解說；比喻亂解原意，穿鑿附會)。❷〔名〕姓。

影 yǐng ❶(～兒)〔名〕"影子"①：身～｜樹～｜陰～。❷(～兒)〔名〕"影子"②：倒～｜湖光塔～｜引鏡窺～。❸(～兒)〔名〕"影子"③：孤帆遠～碧空盡｜他早忘得沒～兒了。❹照片：攝～｜合～｜近～｜～集。❺舊指祖先的畫像：到宗廟拜～。❻指電影：～壇｜～院｜～迷。❼指皮影戲：灤州～。❽〔動〕隱藏；隱蔽：樹後～着一個人｜把東西～在背後。❾臨摹；摹拓；照相：～本｜～鈔(依原式摹寫宋、元舊版書)｜～印。❿(Yǐng)〔名〕姓。

語彙 暗影 背影 側影 倒影 電影 合影 黑影 後影 幻影 剪影 掠影 留影 泡影 倩影 人影 射影 攝影 身影 書影 縮影 息影 小影 笑影 形影 陰影 真影 燭影 蹤影 杯弓蛇影 捕風捉影 刀光劍影 繪聲繪影 立竿見影

【影壁】yǐngbì〔名〕❶(道)對房屋院落起屏蔽和裝飾作用的牆壁。也有木製的，下有底座，可以移動。❷指有浮雕的牆壁。

【影帝】yǐngdì〔名〕指在電影節上獲得最佳男主角的人。

【影碟】yǐngdié〔名〕(張)存放聲音和圖像信息的光盤。

【影碟機】yǐngdiéjī〔名〕(台)影碟放映機。

【影后】yǐnghòu〔名〕指在電影節上獲得最佳女主角獎的人。

【影集】yǐngjí〔名〕(本)保存照片的簿冊：阿燕結婚，咱們送她一本～做紀念｜這是我旅遊東南亞的～。

【影劇院】yǐngjùyuàn〔名〕(家)供放映電影或演出戲劇等的場所。

【影樓】yǐnglóu〔名〕主要從事人像藝術攝影的照相館：婚紗～。

【影迷】yǐngmí〔名〕喜歡看電影而着了迷的人；崇拜某影星且着了迷的人。

【影片】yǐngpiàn(口語中也讀yǐngpiānr)〔名〕❶已拍攝好的、可供放映的電影膠片：～發行公司。參見"拷貝"(750頁)。❷(部)放映的電影：故事～｜科教～。

【影評】yǐngpíng〔名〕(篇)評論電影的文章：這部影片有幾篇很有影響的～。

【影射】yǐngshè〔動〕藉此說彼；暗指某人某事：有話明說，別～攻擊｜這篇小說的主角是～一個頭面人物的。

【影視】yǐngshì〔名〕電影和電視的合稱：～文學。

【影壇】yǐngtán〔名〕電影界：～新星｜蜚聲～。

【影戲】yǐngxì〔名〕❶皮影戲。❷〈口〉指電影。

【影響】yǐngxiǎng ❶〔動〕對人或事物產生作用：不要大聲喧嘩，以免～別人休息｜二者互相～，互相制約。❷〔名〕〈書〉影子和回聲：民之從之有同～。❸〔名〕對人或事物所起的作用：消除天災的～｜產生了巨大的～｜～深遠。

【影像】(影象)yǐngxiàng〔名〕❶畫像；肖像。❷形象。❸物體通過光學裝置、電子裝置等呈現出來的形狀。

【影星】yǐngxīng〔名〕電影明星。

【影業】yǐngyè〔名〕電影事業：香港～｜～百年。

【影印】yǐngyìn〔動〕用照相製版的方法印刷(多用於複製古籍、手稿或文獻資料)：這部珍貴的古籍已～出版。

【影影綽綽】yǐngyǐngchuòchuò(～的)〔形〕狀態詞。模模糊糊；若隱若現：在遠處的樹林中，～可以看到一座廟宇。

【影院】yǐngyuàn〔名〕(家)電影院。

【影展】yǐngzhǎn〔名〕❶攝影作品展覽：攝影記者優秀作品～。❷電影放映展覽：～期間，將放映百年優秀電影。

【影子】yǐngzi〔名〕❶物體被光線照射後，映在地面或其他物體上的形象：樹～在牆上晃動｜身正不怕～斜。❷物體在鏡面、水面等反映出來的形象：青山的～倒映在江水中。❸模糊的形象：事過多年，我連點～兒也記不得了｜一眨眼的工夫，他就跑得連個～也沒有了。

【影子內閣】yǐngzi nèigé 某些西方國家的在野黨為一旦獲取政權能及時將國家機器運作起

來而在議會黨團內按內閣形式組成的預備班子。1907 年，英國保守黨首先使用這一名稱。通常是由取得議會多數席位的一個大黨組成執政的內閣，獲得次多數席位的另一大黨則在議會中組成影子內閣。也叫預備內閣、在野內閣。

穎（穎） Yǐng ❶ 穎河，水名，發源於河南登封嵩山西南，東南流至安徽壽縣入淮河。❷〔名〕姓。

穎（穎）〈穎〉 yǐng ❶ 稻，麥等禾本植物子實的帶芒的外殼。❷〈書〉某些微小細長的東西的尖；鋒~｜脫~而出。❸ 聰明：聰~｜~悟。❹（Yǐng）〔名〕姓。

語彙 才穎 聰穎 短穎 鋒穎 毛穎 內穎 脫穎 外穎 新穎 秀穎

【穎慧】yǐnghuì〔形〕〈書〉穎悟聰慧：育二子，皆~。

【穎脫而出】yǐngtuō'érchū〔成〕脫穎而出。

【穎悟】yǐngwù〔形〕〈書〉聰明；理解力強：幼而｜~過人。

瘦（瘦） yǐng〔名〕❶ 中醫指長在脖子上的囊狀瘤，多指甲狀腺腫大等病症：肉~｜氣~｜石~。❷ 蟲瘦。

【瘦蟲】yǐngchóng〔名〕植物瘦中的蟲子。

yìng 12

映〈暎〉 yìng ❶ 照：月~東牆。❷〔動〕因光綫照射而顯出形象：朝霞~在湖面上｜~日荷花別樣紅。❸ 對照；襯托：交~｜相~成趣。

語彙 播映 襯映 重映 反映 放映 輝映 交映 開映 上映 相映 掩映 照映

【映襯】yìngchèn ❶〔動〕映照；襯托：紅花綠柳，互相~。❷〔名〕修辭手段。並列相似、相對或相反的事物，使相互對照，相得益彰。如"昔我往矣，楊柳依依；今我來思，雨雪霏霏"。

【映山紅】yìngshānhóng〔名〕"杜鵑"㊀。

【映射】yìngshè〔動〕❶ 照射：在陽光~下，宮殿更顯得金碧輝煌。❷ 反映：觀眾的情緒~出一種心態。

【映像】yìngxiàng〔名〕❶ 具體事物的形象在人腦中的摹寫：腦子裏現出那花白鬍子的~。❷ 因光綫反射而顯現的物像：鏡子中的~就跟真的差不多。

【映照】yìngzhào〔動〕照射：皎潔的月光~在湖面上，泛出清冷的光。

硬 yìng ❶〔形〕物體內部組織堅密，受外力作用不易變形（跟"軟"相對）：~席｜

幣｜~木家具｜~領襯衫。❷〔形〕剛強；強硬：心腸~｜軟~兼施｜~漢子。❸〔形〕能力或陣容強；質量或內容好：新領導班子很~｜~骨頭｜練就一身~功夫。❹〔形〕不可改變；（工作）不易完成：~指標｜~任務。❺〔副〕勉強；執拗：生搬~套｜~撐着幹｜不讓你去你別~去。

語彙 粗硬 過硬 堅硬 僵硬 強硬 生硬 死硬 心硬 嘴硬 硬碰硬 欺軟怕硬

【硬邦邦】yìngbāngbāng（~的）〔形〕狀態詞。❶ 形容堅硬結實：個個都是~的小夥子｜饅頭放了好幾天，~的啃不動。❷ 強硬；不自然：說出的話~，讓人難以接受｜你跳舞的動作~的，一點兒也不優美。

【硬棒】yìngbang〔形〕（北方官話）硬；結實：這根樹枝挺~，可以當拐棍兒｜老人快八十了，身子骨兒還那麼~。

【硬筆】yìngbǐ〔名〕筆頭較堅硬的筆，如鋼筆、鉛筆、圓珠筆等（相對於筆尖柔軟的毛筆而言）：~書法大賽。

兩種書法藝術
毛筆書法：能粗能細，可大可小，容易發揮繪畫效果，是傳統的書法藝術；
硬筆書法：能細不能粗，可小不可大，容易產生繪圖效果，是一種現代化的書法藝術。

【硬幣】yìngbì〔名〕（枚）金屬的貨幣（區別於"紙幣"）。

【硬度】yìngdù〔名〕❶ 固體堅硬的程度，即固體抵抗外物磨損或擠壓的能力：金剛石的~最大。❷ 用毫克當量濃度表示的水中含鈣鎂等溶解鹽類的總量，是水質指標之一。

【硬齶】yìng'è〔名〕齶的前部由骨組織和肌肉構成的部分（區別於"軟齶"）。

【硬功夫】yìnggōngfu〔名〕過硬的本領；扎實的功夫：練就一身~｜拿下這個大工程，建築公司要有~。

【硬骨頭】yìnggǔtou〔名〕比喻頑強堅定、不動搖、不屈服的人（區別於"軟骨頭"）：~精神｜武警戰士個個都是~。

【硬漢】yìnghàn〔名〕（條）頑強堅定、不動搖、不屈服的男子漢。也說硬漢子。

【硬化】yìnghuà〔動〕❶ 由軟逐漸變硬（區別於"軟化"）：血管~｜動脈~｜肝~。❷ 比喻思想停滯；僵化：墨守陳規，思想~。

【硬件】yìngjiàn〔名〕❶ 計算機系統的組成部分，是運算器、控制器、存儲器及外部設備等裝置的統稱（區別於"軟件"）。也叫硬設備。❷ 借指生產、科研、經營管理等過程中的物質材料、物質條件，如基礎設施、資金等（區別於"軟件"）：你們廠~不錯。

辨析　**硬件、軟件**　硬件是有形的實體，軟件是無形的功能。對人體而言，大腦是硬件，語言、思想和知識是軟件，教育的作用是補充新的軟件。對音樂而言，鋼琴是硬件，樂譜是軟件。對電腦而言，電子電路、存儲器、輸入輸出設備等是硬件，算法、計算程序、編碼等是軟件。對企業而言，房屋、設備、資金等是硬件，人的素質、水平、態度等是軟件。

【硬結】yìngjié ❶〔動〕凝結成塊；變硬：長期乾旱，土壤～。❷〔名〕凝結而成的硬塊：外痔在肛門周圍形成了若干～。

【硬朗】yìnglang〔形〕❶〈口〉(老年人) 身體結實：老爺爺的身板兒還挺～。❷堅定有力：話說得十分～｜作風～。

【硬裏子】yìnglǐzi〔名〕京戲鬚生角色名，是班子裏扮演二路 (較一路略低) 角色的演員，意為重要的配角。

【硬煤】yìngméi〔名〕無煙煤。

【硬麪】yìngmiàn (～兒)〔名〕加少量的水和(huò)成的麪或在發酵的麪中再摻入乾麪和成的麪：～兒餑餑｜～饅頭。

【硬木】yìngmù〔名〕質地堅實緻密的木材，多指紫檀、花梨、柏木、水曲柳等：～家具｜～地板。

【硬盤】yìngpán〔名〕固定在電子計算機內的硬磁盤，其存儲能力大於軟盤。

【硬碰硬】yìngpèngyìng〔慣〕硬東西碰硬東西。比喻用強硬態度對付強硬態度。也比喻任務艱巨，必須經過頑強的努力才能完成：這人脾氣犟，要耐心勸導，不要～｜鑿岩修路可是～、實打實的工作。

【硬拼】yìngpīn〔動〕多指全憑力氣或力量，不顧一切地幹：敵強我弱，不能～。

【硬傷】yìngshāng〔名〕❶人或器物因外力作用而致的難於整治的損傷。❷(處) 比喻著作中文字、體例或知識性的不應有的錯誤：消除～。

【硬是】yìngshì〔副〕❶實在是；真正是：村民們～憑着手拉肩扛，把起重機弄上山｜他一使勁兒，～把胳膊粗的木棍撅折了。❷就是 (後面多用否定式)：他雖然身體不好，可～不肯休息｜千遍萬遍地勸他，他～不聽。

【硬水】yìngshuǐ〔名〕硬度高 (含鈣鹽、鎂鹽等較多) 的水。硬水的味道不好，並容易形成水垢，一般供工業用，飲用則需經軟化。

【硬說】yìngshuō〔動〕堅持說，一口咬定：他～他做得對｜她～她不累｜這管毛筆明明不是他的，他～是他的。

【硬體】yìngtǐ〔形〕❶屬性詞。機體組織較硬的；質地較硬的，和軟體相對：～材料。❷〔名〕台灣地區用詞。硬件。

【硬挺】yìngtǐng〔動〕勉強支撐：有病可別～着｜

小夥子受了傷，還～着把活兒幹完。

【硬通貨】yìngtōnghuò〔名〕幣值相對穩定，在國際商業交往中能廣泛作為計價、支付、結算等手段使用的貨幣。

【硬臥】yìngwò〔名〕火車上的硬席臥鋪 (區別於"軟臥")。

【硬席】yìngxí〔名〕火車上設備普通的、硬的座位或鋪位 (區別於"軟席")：～臥鋪｜～座位。

【硬性】yìngxìng〔形〕屬性詞。不可改變的；不能變通的：～規定｜～指標。

【硬玉】yìngyù〔名〕礦物名，成分是鈉和鋁的硅酸鹽，是翡翠的主要成分。

【硬着頭皮】yìngzhe tóupí〔慣〕比喻明知很為難而勉強去做某事：～頂住｜～又喝了一杯酒｜事到如今，身不由己，只好～繼續幹下去。

【硬紙板】yìngzhǐbǎn〔名〕(張) 不容易變形的紙板，多用作精裝書籍的封面或包裝物品。

【硬指標】yìngzhǐbiāo〔名〕在時間、數量、質量等方面都有明確要求，不能改變的指標。

【硬着陸】yìngzhuólù〔動〕❶人造地球衞星、宇宙飛船等未經減速控制而降落到地面或其他星體表面上。❷比喻強行實施某種政策措施。

【硬座】yìngzuò〔名〕火車上的硬席座位。

滕 yìng〈書〉❶陪嫁。❷陪嫁的人：～臣 (古代隨嫁的臣僕)｜～婢 (隨嫁的婢女)｜妃嬪～嬙。❸妾：嬌妾美～。

應(应) yìng ❶回答；反響：一呼百～｜山鳴谷～｜叫天天不～，叫地地不靈。❷〔動〕滿足要求；接受：有求必～｜～邀前往｜～讀者需要。❸順應；適應：～時｜得心～手｜～運而生。❹應付：～急｜從容～敵。❺接應：裏～外合。

另見 yīng (1627 頁)。

語彙　報應　策應　承應　酬應　答應　對應　反應　感應　供應　呼應　回應　接應　內應　適應　順應　相應　響應　效應　照應　支應　一呼百應　有求必應

【應變】yìngbiàn ㊀〔動〕應付突然發生的事態變化：隨機～｜～能力｜～的措施。㊁〔名〕物理學上指物體由於外部原因或內在缺陷而相應發生的形狀或尺寸的改變。也叫相對變形。

【應承】yìngchéng〔動〕答應 (做)；承諾：勉強～｜你還沒認真考慮，怎麼就把這事～下來了？

【應酬】yìngchou ❶〔動〕交際往來；應接款待：我不善～｜客人已經來了，你先去～～｜我無暇接待，你替我～一下吧。❷〔名〕指私人間的宴會：今天晚上這個～不去是不行的。

【應答】yìngdá〔動〕回答；回應：～自如｜電話接通了，但對方沒有～。

【應對】yìngduì〔動〕❶答對：不善～｜～裕如。❷應付：無法～｜～有方。

【應對如流】yìngduì-rúliú〔成〕形容口才好，答話敏捷流利：對客人的各種問話，這孩子都能～。也說應答如流、對答如流。

【應付】yìngfù(-fu)〔動〕❶採取某種方法、措施以待人或處事：～自如｜一切由我來～｜這個人脾氣太倔，不好～。❷敷衍；湊合：既然非寫不可，我就～一篇吧｜對顧客的要求不能馬虎～｜今年冬天這件棉衣還能～過去。

┌─────────────────────────────────┐
│〔辨析〕應付、敷衍 a)"應付"重在採取方法│
│處理，"敷衍"則只是表面對付，因此"應付突│
│然發生的事變"，其中的"應付"不能換用"敷│
│衍"。b)在指勉強維持的意義上，二者有時可│
│以互換，如"剩下的錢還能應付(敷衍)一段時│
│間"。c)"應付"只有ABAB式一種重疊形式；│
│"敷衍"除ABAB式外，還有AABB式重疊，│
│重疊後的"敷敷衍衍"是形容詞。│
└─────────────────────────────────┘

【應付自如】yìngfù-zìrú〔成〕形容待人或處事從容不迫，十分輕鬆：面對考官的提問，她～。也說應付裕如。

【應合】yìnghé〔動〕❶事物或言行適應配合着某種要求：這部小說～了時代的呼聲。❷使聲音動作等相呼應：～着優美的樂曲聲，客人紛紛起舞｜強烈的節奏和急速的舞步相～。

【應活兒】yìng // huór〔動〕承接加工、生產或修理等活計：電器修理部每天八點就開始～。

【應急】yìng // jí〔動〕應付急切的需要：～預案｜準備一些～的藥品｜您借給我的錢可真應了急。

【應接不暇】yìngjiē-bùxiá〔成〕《世說新語‧言語》："從山陰道上行，山川自相映發，使人應接不暇。"原指景物繁多，來不及觀賞。後用來形容來人或事情太多，來不及接待應付：顧客擠擠挿挿，售貨員～。

【應景】yìng // jǐng(～兒)〔動〕❶勉強做某事以適應當前景況：人家都想去，你就陪着應個景兒吧｜他本不喝酒，這時也不得不抿一點兒應應景。❷適應節令：端午節，粽子是～的吃食｜這位作家也常作～詩文。

【應考】yìngkǎo〔動〕應招參加考試：報名～｜～的人很多。

【應力】yìnglì〔名〕物體受外力作用或由於缺陷而產生形變時內部產生的對抗力。其大小主要由外力的作用方向及物體的內在性能及溫度變化等條件決定：內～｜預～。

【應募】yìngmù〔動〕接受招募：～去邊疆｜～者絡繹不絕。

【應諾】yìngnuò〔動〕答應；允諾：你放心好了，他～的事情肯定能辦到｜所提要求，對方已經～。

【應拍】yìngpāi〔動〕拍賣時競買人舉牌表示接受拍賣價。

【應聘】yìngpìn〔動〕接受聘請：～者｜他～到一所中學任教｜一時無人～。

【應聲】yìngshēng〔副〕隨着聲音；～而答｜槍聲一響，飛碟～而落。

【應聲蟲】yìngshēngchóng〔名〕❶古代傳說指寄生在病人腹內的一種蟲，病人說甚麼，牠也說甚麼。❷喻指胸無定見而一味隨聲附和的人。

【應時】yìngshí ❶〔形〕屬性詞。適合時令的：～貨品｜～瓜果。❷〔副〕立即；馬上：一聲令下，幾個戰士一撲上前去。

【應市】yìngshì〔動〕(商品)適應需求供應市場：常年有新鮮瓜果～。

【應試】yìngshì〔動〕❶應招參加考試。❷應對考試：～教育。

【應試教育】yìngshì jiàoyù 只注重培養學生應對考試的能力的教育(區別於"素質教育")。

【應驗】yìngyàn〔動〕預言或預感在後來得到了證實：他說今晚有雨，果然～了。

【應邀】yìngyāo〔動〕接受邀請：～前往｜～出席大會。注意"應邀"一般充當連調式第一個謂語動詞。

【應用】yìngyòng ❶〔動〕使用：～新技術｜把理論～於實踐｜這項研究成果尚未廣泛～。❷〔形〕屬性詞。可供直接在生產或生活中運用的：～文｜～數學。

【應用文】yìngyòngwén〔名〕(篇)社會生活和工作中常用的文體，有一定格式和習慣用語，包括書信、公文、佈告、契約、單據、便條等。

【應運而生】yìngyùn'érshēng〔成〕原指順應天命而降生。後泛指順應客觀形勢而出現：供求雙方難於直接溝通，中介機構～。

【應戰】yìngzhàn〔動〕❶跟來犯的敵人作戰：敵人可能來偷襲，我們要做好一切～的準備。❷接受對方提出的挑戰條件：三班向我們提出挑戰，我們堅決～。

【應招】yìngzhāo〔動〕接受招募、招聘等：空姐招聘，～的人很多｜因為工資低，有人不願～。

【應診】yìngzhěn〔動〕接待病人並給予治療：張大夫每天都在門診部～。

【應徵】yìngzhēng〔動〕❶響應徵兵號召：～入伍。❷對某種徵求或徵集活動做出響應：～的稿件很多｜在這次廣告用語徵集活動中，有三千多人～。

應 yìng〈書〉同"應"(yìng)①：倦童呼喚～復眠，啼雞拍翅三聲絕。
另見 yīng(1628頁)。

yō ㄛ

育 yō 見"杭育"(515頁)。
另見 yù(1662頁)。

唷

唷 yō ❶〔歎〕表示輕微的驚異：～！照這樣說，他倒是照顧我們了？❷見"哼唷"（536頁）。

喲（哟）

喲（哟） yō〔歎〕用在句首，表示輕微的驚異或讚歎：～，你踩我腳了｜～，你怎麼變樣兒了？

另見 yo（1635頁）。

語彙 哎喲　嗨喲

yo ·lㄛ

喲（哟） yo ❶〔助〕語氣助詞。用在句末，表示祈使、讚歎或指責：加把勁兒～！｜孩子們玩得多歡～！｜你都說些甚麼～！❷用在歌詞中做襯字：呼兒嗨～！

另見 yō（1635頁）。

yōng ㄩㄥ

邕 Yōng ❶邕江，水名。在廣西南寧一帶。❷廣西南寧的別稱。❸〔名〕姓。

庸 yōng ㊀❶平凡；平常：平～｜～言（常言）｜～行（平常的行為）。❷不高明的；無所作為的：～人｜～才。❸（Yōng）〔名〕姓。
㊁〈書〉❶用（多用於否定式）：毋～置疑｜毋～諱言。❷〔副〕表示反詰；豈；難道：～可廢乎？｜～知其吉凶？

語彙 凡庸　附庸　何庸　昏庸　居庸　平庸　毋庸　中庸

【庸才】yōngcái〔名〕〈書〉平庸之才；才能低下的人：臣本～（自謙）｜豈非～？

【庸碌】yōnglù〔形〕平庸瑣碎；無所作為：～無能｜絕不能庸庸碌碌，虛度年華。

【庸人】yōngrén〔名〕〈書〉平庸而無所作為的人：不加強學習，就會成為一個故步自封的～。

【庸人自擾】yōngrén-zìrǎo〔成〕《舊唐書·陸象先傳》："天下本自無事，只是庸人擾之，始為繁耳。"後用"庸人自擾"泛指平白無故地自己惹事找麻煩：天下本無事，～之。

【庸俗】yōngsú〔形〕平庸鄙俗：互相吹捧的～作風｜高雅藝術跟～低級趣味水火不相容。

噰 yōng 見下。

【噰噰】yōngyōng〔擬聲〕〈書〉形容鳥鳴聲。

傭（佣） yōng ❶僱用：～工｜～女｜～婦。
"佣"另見 yòng（1639頁）。

語彙 幫傭　僱傭　女傭　書傭　酒家傭

【傭工】yōnggōng〔名〕受僱用給人做工的人：當了二十年～。

雍〈雝〉 yōng ❶〈書〉和諧：～和｜～睦（和睦）。❷（Yōng）〔名〕姓。

【雍容】yōngróng〔形〕儀容溫和端莊，舉止文雅從容（常形容尊貴的女性）：～華貴｜～嫻雅｜進止～。

澭 Yōng 澭湖，古水名。在今湖南岳陽南。

墉 yōng〈書〉❶城牆：碉堡既成，我～斯固。❷高牆；牆：誰謂鼠無牙，何以穿我～？

鄘 Yōng ❶西周諸侯國名，在今河南新鄉西南。❷〔名〕姓。

慵 yōng〈書〉睏倦；懶：～睏｜～惰｜日高睡足猶～起。

擁（拥） yōng / yǒng ❶〔動〕抱：～抱｜把孩子緊緊～在懷裏。❷〔動〕多人跟着；圍着：前呼後～｜球迷們～着球星走出球場｜～被而坐（圍着被子坐着）。❸〔動〕（人群）擠着往前：一～而入｜歡樂的人群～向天安門廣場。❹擁護：～戴｜軍愛民，民～軍。❺〈書〉擁有：～書萬卷｜～兵百萬。❻（Yōng）〔名〕姓。

語彙 簇擁　蜂擁　坐擁　前呼後擁

【擁抱】yōngbào〔動〕為表示親愛而抱住或互相抱住：～親吻｜兩國選手熱情～，互致問候。

[辨析] **擁抱、摟抱** a)"摟抱"指單方面的行為；"擁抱"指互相抱住。"媽媽摟抱着孩子"，"摟抱"不能換成"擁抱"。b)"摟抱"有時也可以指互相抱住，如"兩人摟抱在一起"，但"擁抱"可以用於指一種莊重的禮節行為，如"兩國領導人會見時熱烈擁抱"，這裏的"擁抱"不能換成"摟抱"。

【擁戴】yōngdài〔動〕擁護和尊奉：議員～本黨領袖出任內閣總理｜得到球迷一致～。

【擁堵】yōngdǔ〔動〕擁擠，堵塞：交通～｜道路～。

【擁躉】yōngdǔn〔名〕（粵語）支持者；擁戴者。

【擁護】yōnghù〔動〕贊成並完全支持：堅決～憲法｜完全～這一決定。

【擁擠】yōngjǐ ❶〔動〕（人或物）密集攢聚在一起：排隊入場，不要～！｜很多人～在車廂裏，非常悶熱。❷〔形〕擠在一起的樣子：～的人流｜今天乘車的人不多，不像往日那樣～。

【擁軍優屬】yōngjūn-yōushǔ 擁護人民軍隊，優待革命軍烈屬：政府十分重視～工作。

【擁塞】yōngsè〔動〕（人馬、車船等）擁擠堵塞（道路或河道）：地鐵綫路增加後，地面交通～的情況有所緩解。

【擁有】yōngyǒu〔動〕領有；具有（有規模的、可寶貴的東西）：中國～九百六十萬平方公里土地｜這是一個～最新設備的研究所｜多年發展，公司已～數個分廠。

【擁政愛民】yōngzhèng-àimín 軍隊擁護政府，愛護人民：對戰士進行～的教育。

壅 yōng ❶ 堵塞：～塞｜～蔽。❷〔動〕把土或肥料培在植物的根部：～土｜～肥｜～田｜鏟土以～其本。

【壅塞】yōngsè〔動〕堵塞不通：河道～。

灘 yōng 見於人名。

臃 yōng ❶〈書〉腫。❷（Yōng）〔名〕姓。

【臃腫】yōngzhǒng〔形〕❶ 形容肥胖過度、動作不靈活的樣子：本來就肥胖的身體，又穿上一件羽絨服，更顯得～。❷ 比喻機構龐大、工作效率很低：實行精兵簡政，改變機構～、人浮於事的現象。

鏞（鏞）yōng 古代的一種打擊樂器，鐘形，演奏時表示節拍。

鱅（鱅）yōng〔名〕魚名，身體暗黑色，鱗細而密，頭很大。俗稱胖頭魚。

饔 yōng〈書〉熟食，也專指早餐：～飧不繼（飧，晚飯。指吃了上頓沒下頓）。

癰（癰）yōng〔名〕由葡萄球菌侵害皮膚和皮下組織引起的化膿性炎症，多發生在背部和頸的後部：養～遺患。

語彙 腸癰 頭癰 養癰

【癰疽】yōngjū〔名〕❶ 毒瘡。❷ 比喻某種禍患：要治理賭博、賣淫這些醜惡現象，不要讓它們發展為社會的～。

yóng ㄩㄥˊ

喁 yóng〈書〉魚口露出水面：水濁則魚～，令苛則民亂。
另見 yú（1655頁）。

【喁喁】yóngyóng〔形〕〈書〉比喻眾人仰望，有所期待的樣子：眾望～｜～之望｜～望治。

顒（顒）yóng〈書〉❶ 大。❷ 仰慕：下民～望｜～若望風。

【顒顒】yóngyóng〔形〕〈書〉仰慕的樣子：天下～｜凡百君子，莫不～。

yǒng ㄩㄥˇ

永 yǒng ❶〈書〉長；久：～恆｜江之～矣｜人間歡樂～。❷〔副〕長遠；久遠：～放光芒｜～垂不朽｜～不變心｜～無止境。❸（Yǒng）〔名〕姓。

語彙 江永 雋永 日永 味永 宵永 書永

【永葆】yǒngbǎo〔動〕永遠保持：～青春。

【永別】yǒngbié〔動〕永遠分別，指人死：與世～｜與家鄉～。

【永垂不朽】yǒngchuí-bùxiǔ〔成〕指光輝的業績和偉大的精神永遠流傳後世，不會磨滅（多用於悼念偉大的人物或群體）：人民英雄～。

【永存】yǒngcún〔動〕永久存在：英名～｜與青山～。

【永古】yǒnggǔ〔名〕永遠；永世：～流傳｜～不滅。

【永恆】yǒnghéng〔形〕永久不變；永遠存在：～的紀念｜海誓山盟，～不渝。

【永久】yǒngjiǔ〔形〕永遠；長久：～居留｜～不忘｜藏之名山，垂之～。

【永訣】yǒngjué〔動〕〈書〉永別（指死別）：此次分手，竟成～。

【永生】yǒngshēng ❶〔動〕佛教用語。指涅槃，即永存不滅。現多用於哀悼死者，表示不朽的意思：在烈火中～。❷〔名〕一生；終生：～難忘｜～的追求。

【永世】yǒngshì〔副〕世世代代；永遠：～長存｜永生～牢記在心。

【永遠】yǒngyuǎn〔副〕表示時間長久，沒有終止：～懷念｜～不向困難低頭｜我不信咱們就～沒有出頭之日。注意 因為"永遠"是個指將來的副詞，所以它可以用在動詞"沒有"前而不能用在副詞"沒有"前。如，不能說"永遠沒有注意"，除非說"從來沒有注意"；不能說"永遠沒有忘記"，只能說"永遠不會忘記"。

【永宅】yǒngzhái〔名〕〈書〉永遠的住所；喻指墓地：長眠～。

【永字八法】yǒngzì bāfǎ 以"永"字為例來說明漢字正楷書寫運筆的基本法則。"八法"指點、橫、豎、鈎、提（仰橫）、撇、短撇和捺。

八種運筆方法

古代書法家總結出八種筆畫的運筆方法。稱"點"為"側"，須側鋒峻落，鋪毫行筆，勢足收鋒；"橫"為"勒"，須逆鋒落低，緩去急回，不應順鋒平過；"直"（豎）為"努"，不宜過直，須直中見曲勢；"鈎"為"趯"（tì），須駐鋒提筆，突然趯起，力量集中於筆尖；"仰橫"（提）為"策"，用力在發筆，得力在畫末；"撇"為"掠"，起筆同直畫，出鋒宜稍肥，力氣貫到底；"短撇"為"啄"，落筆左出，須快而峻利；"捺"為"磔"（zhé），逆鋒輕落筆，折鋒鋪毫緩行，至末收鋒。

甬 Yǒng ❶ 甬江，水名。在浙江，發源於四明山，流經寧波至鎮海入海。❷〔名〕寧波的別稱。❸〔名〕姓。

【甬道】yǒngdào〔名〕（條）❶ 大的院落或墓道中間用磚石砌成的路。也叫甬路。❷ 兩邊有牆

Y

的通道：在～兩側的牆上，有表現宗教故事的壁畫。

泳 yǒng ❶ 游泳：蝶～｜蛙～｜～池。❷（Yǒng）〔名〕姓。

語彙　側泳　蝶泳　冬泳　潛泳　蛙泳　仰泳　游泳　自由泳

【泳道】yǒngdào〔名〕（條）游泳池中供游泳比賽的分道（正規游泳池的泳道為八條，每道寬 2.5 米）：第五～。

【泳裝】yǒngzhuāng〔名〕（套，件）游泳時所着服裝，多指女式的，有文胸式、三點式、背心式、平角式等。

枔 yǒng〈書〉樹名。見於人名。

俑 yǒng 古代用來代替活人殉葬的偶人：陶～｜木～｜兵馬～。

兵俑

語彙　木俑　男俑　女俑　陶俑　作俑　兵馬俑

俑的歷史

戰國時楚國有木俑，是俑的最初形式。秦代的兵馬俑，以形象高大、表情豐富而著稱於世。漢俑多採用圓雕、浮雕和綫雕相結合的表現手法，造型誇張而注重整體效果。兩晉南北朝時期，南方出現了瓷俑，北方出現了少數民族形象的陶俑。隋唐陶俑藝術達到了登峰造極的境地，其中以唐三彩為最。唐三彩色彩鮮艷，造型活潑，風格富麗。清朝以紮紙俑代替，焚化給死者"享用"。

勇 yǒng ❶〔形〕勇敢有膽量，不怕危險或困難：～冠三軍（勇猛居三軍之首）｜智～雙全｜將在謀不在～｜三國戰將心，首推趙子龍。❷ 清朝稱因戰事需要而臨時招募的兵：鄉～｜散（sǎn）兵游～。❸（Yǒng）〔名〕姓。

語彙　沉勇　逞勇　大勇　奮勇　剛勇　悍勇　好勇　驍勇　神勇　武勇　驍勇　義勇　英勇　餘勇　忠勇　匹夫之勇　散兵游勇　無拳無勇

【勇敢】yǒnggǎn〔形〕不畏艱難險阻；有膽量：～善戰｜機智｜勤勞～的中國人民。

【勇猛】yǒngměng〔形〕勇敢而猛烈：作戰～｜～進擊。

【勇氣】yǒngqì〔名〕敢作敢為無所畏懼的氣概：～十足｜極大的～｜增加了克服困難的～。

【勇士】yǒngshì〔名〕（位，名）勇猛無畏的人：十八～｜視死如歸的～。

【勇往直前】yǒngwǎng-zhíqián〔成〕不畏艱險，一直向前進：具有～的戰鬥精神。

【勇於】yǒngyú〔動〕臨事勇敢不推諉（後面跟雙音節以上動詞或動詞性詞語）：～帶頭｜～承認錯誤｜～承擔責任。

埇 yǒng 用於地名：～橋（在安徽）。

恿 yǒng 見 "慫恿"（1285 頁）。

〈慫慂〉

詠（咏） yǒng ❶ 抑揚頓挫地唸；緩慢有致地唱：歌～｜吟～。❷ 用詩詞等來讚頌或敍述：～梅｜～懷｜歌以～志。

語彙　諷詠　歌詠　題詠　吟詠

【詠懷】yǒnghuái〔動〕用詩歌抒發情懷抱負。三國魏阮籍有《詠懷》詩八十二首，後來抒寫個人懷抱的詩作便多以此為標題。

【詠歎】yǒngtàn〔動〕吟誦；抒寫：反復～｜這些詩句，是詩人對自己不幸遭遇的～。

【詠歎調】yǒngtàndiào〔名〕（首）有伴奏的，集中抒發人物內心感受、情緒的獨唱曲。通常是歌劇、清唱劇或大合唱曲的組成部分。

湧 1（涌） yǒng ❶〔動〕水或雲氣冒出：風起雲～｜地下～出一股清泉。❷〔動〕從水或雲氣中冒出：一輪紅日從東海～出。❸〔動〕像水那樣現出：～現｜多少往事～上心頭｜臉上～出了笑意。❹〔名〕波峰圓滑、波長特大、波速特快的海浪：～浪。❺（Yǒng）〔名〕姓。

湧 2 Yǒng〔名〕姓。
"涌" 另見 chōng（179 頁）。

語彙　奔湧　潮湧　翻湧　激湧　噴湧　泉湧　騰湧　洶湧　風起雲湧

【湧現】yǒngxiàn〔動〕（人或事物）一時大量出現：新人新事不斷～｜青年中～出許多優秀人才。

蛹 yǒng〔名〕某些昆蟲從幼蟲到成蟲階段的過渡形態。一般呈棗核形，不食不動。在條件成熟時變為成蟲。

踴（踊） yǒng 往上跳：～躍｜～身暴起。

【踴躍】yǒngyuè ❶〔動〕跳躍：～歡呼。❷〔形〕情緒十分熱烈，行動十分積極，爭先恐後：發言很～｜～參軍｜～響應號召。

鰤（鰤） yǒng〔名〕魚名，生活在海中，體扁平而長，頭部扁而寬，有黑褐色斑點，無鰾。

yòng ㄩㄥˋ

用 yòng ❶〔動〕使用：這本書你先～着｜把食堂臨時～作會場｜加強宣傳，～以擴大影響｜這些年，家家～開了電飯煲｜這麼高級的轎車，你能～得起？｜這種吸塵器非常好～。注意 "用作" 是 "當作……用" 的意思；"用以"

是"用這個來……"的意思，用於書面語；"用開了"是"廣泛使用起了"的意思，否定式是"沒用開"；"用得起"是"有能力買來使用"的意思，否定式是"用不起"；"好用"是"用着滿意"或"用着方便"的意思，否定式是"不好用"或"難用"。❷〔動〕需要（多用於否定式）：不～攙扶，我走得動｜事情好辦，不～擔心。❸〔動〕〈敬〉吃；喝：～茶｜請～飯。❹費用：～項｜家～｜零～。❺〔名〕用處：功～｜沒甚麼～｜有一點兒～。❻〔介〕引進動作、行為所憑藉的工具、手段等：～水洗｜～道理說服人。❼〔連〕〈書〉因此；因而：～特佈告周知。❽(Yòng)〔名〕姓。

語彙　備用　並用　採用　拆用　代用　盜用　調用　頂用　動用　費用　服用　公用　功用　管用　慣用　國用　耗用　合用　花用　急用　家用　節用　借用　經用　軍用　濫用　利用　連用　零用　留用　錄用　妙用　民用　耐用　挪用　聘用　啟用　任用　日用　實用　食用　使用　試用　適用　受用　套用　無用　習用　襲用　享用　效用　信用　敘用　選用　沿用　移用　引用　應用　御用　援用　運用　佔用　徵用　中用　重用　專用　擢用　自用　租用　作用　大材小用　寬打窄用　物盡其用　心無二用　學以致用

【用兵】yòngbīng〔動〕指揮軍隊打仗：不得已而～｜長於～，短於治國｜～如神。

【用不了】yòngbuliǎo〔動〕❶使用不完：買個鋁鍋，～多少錢｜～三天，我就能把總結寫完。❷不能使用；用不上：我不懂外文，即使有外文參考書也～。

【用不着】yòngbuzháo〔動〕❶無用場：這些錢現在～，存到銀行去吧。❷沒有必要：都是熟人，這麼客氣，～吧｜小事一樁，～四處張揚｜我自己能幹，～請別人幫忙。

【用餐】yòngcān〔動〕吃飯（多用於正式場合）：邀請客人一起～。

【用場】yòngchǎng〔名〕用途；用處：有～｜沒甚麼～｜派不上～。

【用處】yòngchu〔名〕用途；作用：～很大｜煤有很多～｜埋怨半天也沒甚麼～。

【用得了】yòngdeliǎo〔動〕❶能用完：做兩個窗簾～四米布嗎？❷能使用；用得上：這部書要等你上大學後才～。

【用得着】yòngdezháo〔動〕❶有用場：我要出差，這旅行箱正～｜那地方很冷，羽絨服可能～。❷有必要（多用於疑問句）：這麼近的路，～坐汽車嗎？｜大家都是熟人，還～這麼客氣？

【用度】yòngdù〔名〕各種花費：他家人口多，～大｜雖然日子富裕了，吃穿～仍要儉省。

【用法】yòngfǎ〔名〕使用方法：～說明｜動詞有很多～。

【用費】yòngfèi〔名〕辦某件事需要用的錢財；費用：結婚請客的～儘可能節約一些｜上大學的～不少。

【用工】yònggōng〔動〕招收和使用工人：進一步完善～制度。

【用功】yònggōng❶(-//-)〔動〕努力學習：躲在家裏～｜平時不～，考試就發蒙(mēng)｜用了半天功。❷〔形〕學習勤奮努力：這孩子學習很～｜他讀書非常～。

【用戶】yònghù〔名〕長期或定期使用某項公用設施或某種消費品的單位和個人：電話～｜供電局經常徵求～意見。

【用勁】yòng//jìn(～兒)〔動〕用力：一齊～｜大夥兒用了很大勁兒，才把石頭搬開。

【用具】yòngjù〔名〕有特定用途的器具：廚房～｜學習～｜消防～。

【用力】yòng//lì〔動〕使勁兒；用力氣：～過猛｜～把實心球扔出去｜沒用多大力。

【用品】yòngpǐn〔名〕生產、工作或生活中應用的物品：文娛～｜床上～｜生活～｜辦公～。

【用人】yòng//rén〔動〕❶挑選和使用人員：學會～｜～之道｜～不當。❷需要人手：～之秋｜這麼重的機器，要搬上汽車得用不少人。

【用人】yòngren〔名〕舊指僕人：當～｜女～。

【用事】yòngshì〔動〕❶憑（感情、意氣等）行事：意氣～｜不要感情～。❷〈書〉掌權：～者｜奸佞～。❸〈書〉用典故：～貼切自然。

【用途】yòngtú〔名〕物品應用的方面或範圍：塑料～很廣｜貸款～要明確、合法。

辨析　用途、用場、用處　a)"用場"多用於口語；"用處"通用於書面語和口語，"用途"多用於書面語。b)"用處"強調能起某種作用或具有某種效用，可以用於事物，也可用於人，如"石油的用處太多了""這個人留着，將來有用處"。"用途"強調應用的方面和範圍，只用於事物，不用於人，如不能說"這個人有很大用途"。"用場"強調在一定的地方起作用，可用於事物，也可用於人，如"這些木料質量差，沒甚麼用場""電工在這裏沒甚麼用場"。c)"用場"可與"派"搭配，說成"派用場"，"用處""用途"不能。

【用武】yòngwǔ〔動〕❶用兵；使用武力：此非～之時。❷比喻施展本領：英雄無～之地。

【用項】yòngxiàng〔名〕費用；開支：買電器、買家具，各種～加在一起已數萬元｜明年更新設備，得增加一些～。

【用心】yòngxīn㊀(-//-)〔動〕集中心思；加強注意力：～思索｜你要在學習方面多用點兒心。❷〔形〕用功；注意力集中：這孩子學習非常～。㊁〔名〕居心；存心：～險惡｜～良苦｜別有～。

【用以】yòngyǐ〔動〕用於；用來（後面只能帶動詞性賓語）：～說明問題｜設立獎學金，～獎勵品學兼優的學生。

【用意】yòngyì〔名〕主意；打算：深遠的～｜～很明顯｜你到底是甚麼～？｜我的～是為他好。

【用印】yòngyìn〔動〕蓋印；蓋圖章（含莊重意）：雙方代表在文件上簽字～。

【用語】yòngyǔ ❶〔動〕措辭：～講究｜～不當。❷〔名〕某一專業或行業的專用詞語：商業～｜教學～｜外交～。

佣 yòng 佣金。
另見 yōng "傭"（1635 頁）。

【佣金】yòngjīn〔名〕（筆）買賣成交後付給中間人的報酬。也叫佣錢。

烱 yòng〔名〕工質的一個熱力學狀態參數。常用單位為焦／千克或千焦／千克。

yōu　ㄧㄡ

攸 yōu ❶〔助〕〈書〉結構助詞。用在動詞前，相當於"所"：性命～關｜責有～歸。❷（Yōu）〔名〕姓。

呦 yōu〔歎〕❶ 表示驚異或讚歎：～！敢情是你們倆呀！｜～！原來這棒小夥子是你兒子。❷ 表示恍然有所悟：～！我忘了帶錢了。

幽 yōu ㊀❶〈書〉深遠；僻靜：曲徑通～處｜鳥鳴山更～。❷ 隱蔽；不公開的：～居。❸ 沉靜；深微：～思｜～情。❹ 囚禁：～囚｜～身｜～圄。❺ 迷信指陰間：～冥｜～靈｜～魂。
㊁（Yōu）❶ 幽州，古九州之一，約在今京津地區、河北北部和遼寧南部一帶。❷〔名〕姓。

語彙　闃幽　青幽　清幽　探幽　通幽　尋幽　幽幽　燭幽

【幽暗】yōu'àn〔形〕昏暗：～的燈光｜薄暮悄悄降臨，草木的綠色變得～濃重了。

【幽閉】yōubì〔動〕❶〈書〉囚禁：下獄～。❷ 古代對婦女所用的一種毀壞其生殖器官的酷刑。❸ 深居家中不外出：終日～，不出戶所。

【幽憤】yōufèn〔名〕鬱結於心的怨憤：多年～，一吐為快。

【幽谷】yōugǔ〔名〕❶ 幽深的山谷：～探險。❷ 特指兩壁陡削，谷底較寬，橫斷面呈 U 形的谷地。也叫槽谷。

【幽會】yōuhuì〔動〕男女私下約會：村邊的小樹林，成了青年男女～的地方。

【幽魂】yōuhún〔名〕死者的靈魂（迷信）。

【幽禁】yōujìn〔動〕軟禁：中南海的瀛台曾經是～光緒皇帝的地方｜遭～多年，最終被釋。

【幽靜】yōujìng〔形〕幽雅清靜：～的山村｜環境很～｜夜色分外～。

【幽靈】yōulíng〔名〕鬼魂（迷信）：～再現。

【幽門】yōumén〔名〕胃與十二指腸連接的部分，即胃的下口。胃裏的食物從幽門進到腸裏。

【幽默】yōumò〔形〕（言談舉止）詼諧有趣且意味深長：這個人說話很～｜～感｜～大師。[英 humour]

【幽情】yōuqíng〔名〕深沉悠遠的情懷：充滿～｜傾吐～｜發思古之～。

【幽趣】yōuqù〔名〕〈書〉幽雅的趣味：頗多～｜獨領林中～。

【幽深】yōushēn〔形〕（山水、樹林、宮室等）幽靜而深邃：～的峽谷｜屋舍儼然，庭院～。

【幽思】yōusī ❶〔動〕沉靜地深思：撫摩着老友的墓碑，他長時間～默念。❷〔名〕內心深處的思想感情：～綿長，向誰傾訴？

【幽邃】yōusuì〔形〕〈書〉很深；深而遠：洞穴～｜～的天空。

【幽嫻】yōuxián〔形〕形容女子安詳文雅：舉止～。也作幽閒。

【幽香】yōuxiāng〔名〕淡雅的香氣：野菊散發着～｜～四溢｜陣陣～，沁人心脾。

【幽雅】yōuyǎ〔形〕幽美雅致：陳設～的客廳｜環境十分～。

【幽咽】yōuyè〔形〕〈書〉❶ 形容低微的哭泣聲：夜久語聲絕，如聞泣～。❷ 形容水聲低沉微弱：泉流水下灘。

【幽幽】yōuyōu〔形〕❶（聲音、光綫等）微弱：～泣訴｜燈光～。❷〈書〉深遠：～鄉情。

【幽怨】yōuyuàn〔名〕內心深處的哀怨：她在這首詞中，傾訴了自己的一腔～、滿腹柔情。

悠 yōu ❶ 久遠；遙遠：～久｜～揚。❷ 閒適：～閒｜～然。❸〔動〕〈口〉在空中晃動：～蕩｜～顫｜他抓住繩子～了過去｜坐在秋千上～來～去。

語彙　顫悠　忽悠　晃悠　飄悠　悠悠　轉悠

【悠長】yōucháng〔形〕❶（時間）長久；（聲音）持久：～的歲月｜喊聲在幽深的小巷裏顯得格外～。❷（空間距離）長；漫長：～的東西長安街。

【悠蕩】yōudàng〔動〕懸空擺動：秋千來回～着。

【悠久】yōujiǔ〔形〕年代久遠；長久：～的文化｜～的傳統｜歷史～的文明古國。

【悠然】yōurán〔形〕悠閒舒坦的樣子：～自得｜～神往｜采菊東籬下，～見南山。

【悠閒】yōuxián〔形〕清閒安適：～自在｜神態～｜在河邊～地散步。也作幽閒。

【悠揚】yōuyáng〔形〕形容聲音飄忽起伏、和諧動聽：琴聲～悅耳｜～的歌聲從山那邊傳來。

【悠悠】yōuyōu〔形〕❶ 遙遠；綿長：～蒼天｜～水～，好行舟｜～生死別經年｜黃鶴一去不復返，白雲千載空～。❷ 從容悠閒的樣子：～自得｜白雲紅葉兩～。❸〈書〉紛紜；眾多：～萬事，唯此為大｜～者，天下皆是也。❹〈書〉庸俗；荒謬：～之談｜智者不為～

之論。

【悠悠蕩蕩】yōuyōudàngdàng〔形〕狀態詞。搖搖晃晃，懸浮不定的樣子：梧桐葉在秋風中～飄落地下。

【悠遠】yōuyuǎn〔形〕❶ 長久；久遠：年代～。❷ 遼遠；遙遠：道路～。

【悠哉遊哉】yōuzāi-yóuzāi〔成〕從容不迫，悠閒自得的樣子：～地趕着駝隊前行。

【悠着】yōuzhe〔動〕（北京話）節制着（不使過度）；大病初癒，做事～點兒。

麀 yōu〈書〉母鹿。

憂(忧) yōu ❶ 憂愁：～慮｜～傷｜～心忡忡。❷ 憂慮；擔心：～國～民｜杞國無事～天傾。❸ 使人憂愁的事：高枕無～｜人無遠慮，必有近～。❹〈書〉指父母的喪事：丁～｜丁母～。❺（Yōu）〔名〕姓。

> **語彙** 百憂 擔憂 丁憂 煩憂 分憂 解憂 近憂 堪憂 離憂 內憂 杞憂 深憂 紓憂 忘憂 無憂 先憂 消憂 殷憂 隱憂 幽憂 采薪之憂 後顧之憂

【憂愁】yōuchóu〔形〕憂悶愁苦：他總是那麼樂觀，從來也不～｜十分～｜～的面容。

【憂憤】yōufèn〔形〕憂悶憤慨：～成疾｜～至極。

【憂患】yōuhuàn〔名〕憂傷之心，患難之事：曾經～｜生於～，死於安樂。

【憂懼】yōujù〔動〕憂慮恐懼：～不安｜令人～。

【憂慮】yōulù〔動〕憂愁擔心：深感～｜～不安。

【憂色】yōusè〔名〕〈書〉愁容：面有～｜～滿面。

【憂傷】yōushāng〔形〕憂愁悲傷：神色～｜我心～｜～不已。

【憂心】yōuxīn ❶〔名〕〈書〉憂愁的心緒：～如焚（憂慮的心情像火燒一樣）。❷〔動〕擔憂；擔心：令人～｜別為我～。

【憂心忡忡】yōuxīn-chōngchōng〔成〕《詩經·召南·草蟲》："未見君子，憂心忡忡。"形容憂慮不安的樣子：孩子的病不見好，母親～。

【憂鬱】yōuyù〔形〕憂傷鬱悶：心情～｜～成疾。

優(优) yōu ㊀ ❶〔形〕優良；好（跟"劣"相對）：～等｜品學兼～｜～勝劣汰。❷〈書〉優裕；富裕：～渥｜～厚。❸ 優待；厚待：擁軍～屬。❹（Yōu）〔名〕姓。
㊁ 舊時指戲曲演員：～伶｜女～。

> **語彙** 倡優 從優 德優 名優 女優 俳優 學優 擇優 品學兼優 養尊處優

【優待】yōudài ❶〔動〕給予好的待遇：～軍烈屬｜～俘虜｜對教師格外～。❷〔名〕優厚的待遇：給以特別的～。

【優等】yōuděng〔形〕上等；優良的等級：～生｜技藝～｜這項新產品被評為～。

【優點】yōudiǎn〔名〕（條）好的地方；長處（跟"缺點"相對）：謙虛謹慎是他的～｜發揚～克服缺點｜這種紙有許多～。

【優撫】yōufǔ〔動〕優待和撫恤：～軍烈屬。

【優厚】yōuhòu〔形〕豐厚；（待遇）好：待遇～。

【優弧】yōuhú〔名〕大於半圓的弧（區別於"劣弧"）。

【優化】yōuhuà〔動〕採取措施使變得優良：～勞動組合｜～產業結構｜～管理。

【優化組合】yōuhuà zǔhé 在崗位設置、人員安排上，實行最有利於事業發展的選擇和配置：工廠經過～，生產率明顯提高。

【優惠】yōuhuì〔形〕較一般優厚：～條件｜價格～｜享受最～的待遇。

【優良】yōuliáng〔形〕優秀；良好：發揚艱苦樸素的～作風｜考試成績～｜推廣小麥～品種。

【優伶】yōulíng〔名〕舊時稱演戲的人；多指戲曲演員。

【優美】yōuměi〔形〕（形象）賞心悅目；（語言、聲音）動人：風景～｜這本小說的語言十分～｜～的環境｜嗓音～｜～的舞蹈動作。

【優盤】yōupán〔名〕利用半導體存儲芯片製造的袖珍型移動存儲器。也叫閃盤、閃存盤。港澳地區俗稱為"手指"，台灣地區俗稱為"大拇哥"。

【優柔寡斷】yōuróu-guǎduàn〔成〕辦事猶豫遲疑，不果斷：～，喪失戰機｜他是個～的人。

【優生學】yōushēngxué〔名〕研究應用遺傳學原理來優化人類素質的學科。

【優生優育】yōushēng yōuyù 按照最佳的科學方法生育和撫養孩子：進行～宣傳，提高人口素質。

【優勝】yōushèng ❶〔形〕屬性詞。因優秀而取勝的：～者｜～紅旗。❷〔名〕勝利：在這次勞動競賽中，我們班組獲得～。

【優勝劣汰】yōushèng-liètài〔成〕生物在生存競爭中適應力強的保存下來，適應力差的被淘汰。也泛指事業中優秀者生存發展，低劣者失敗消亡：在商海中，～，看誰的本事大了。

【優勢】yōushì〔名〕能壓倒對方的有利態勢（跟"劣勢"相對）：爭取～｜我方佔絕對～｜集中～兵力，力求全殲敵人。

【優先】yōuxiān ❶〔動〕在待遇上先於他人：錄取新生時少數民族考生可以～｜老年人看病～。❷〔副〕首先：～發展教育事業｜這個問題得～考慮。

【優秀】yōuxiù〔形〕相當出色；非常好：～學生｜～作文｜他的成績門門～。

【優選法】yōuxuǎnfǎ〔名〕一種尋求最優效率的方法。對生產和科學試驗中的問題，根據數學原理，合理安排試驗點，用盡可能少的試驗次數，以求得最合理方案。

【優雅】yōuyǎ〔形〕❶（物品、聲音）優美雅致：～的陳設｜演奏～。❷〔姿態〕優美高雅：舉止～｜～的姿態。

【優異】yōuyì〔形〕(成績、表現等)特別好；很出色：資質｜表現～｜取得～的成績。

辨析 優異、優秀　a)都有出色的意思，但"優異"更為突出一些。b)二者多用於成績、貢獻等，"優秀"還可用於人品、作品等方面。如"吸引優秀人才""獎勵優秀創作"，都不能換為"優異"。

【優遊】yōuyóu〈書〉❶〔形〕悠閒：～自在｜～談笑。❷〔動〕從容遊樂：魚兒～於水中。

【優裕】yōuyù〔形〕財物充足，生活條件好：生活～｜家境十分～。

【優遇】yōuyù〔動〕〈書〉優待；受到｜格外～。

【優越】yōuyuè〔形〕優勝；較一般更好：～的地位｜～的條件｜環境無比～。

【優越感】yōuyuègǎn〔名〕自以為比別人優越的感覺：富家子女不應有甚麼～。

【優越性】yōuyuèxìng〔名〕優良的性質；社會主義制度的～｜山區有山區的～。

【優質】yōuzhì❶〔形〕屬性詞。質量優良的：～產品｜～木材｜～服務。❷〔名〕優良的質量：創～，奪高產。

鄾　Yōu❶周朝國名，在今湖北襄樊北。❷〔名〕姓。

耰　yōu❶古代的一種農具，形如榔頭，用來擊碎土塊，平整田地。❷〈書〉播種後，用耰平土，蓋住種子：～而不輟。

yóu 一ㄡˊ

尤　yóu ㊀❶〈書〉優異；突出：人，動物之～者也｜無恥之～。❷〔副〕尤其：～佳｜～甚｜～為重要｜此地出產藥材，～以黨參著稱。❸〔Yóu〕〔名〕姓。
㊁〈書〉❶指責；歸罪：動則見～(見尤：被指責)｜不怨天，不～人。❷罪過；過失：非臣之～｜言寡～，行寡悔。

語彙　蚩尤　寡尤　悔尤　效尤　怨尤　罪尤

【尤其】yóuqí〔副〕更加；特別(多用在句子的後面部分，表示更進一步)：他的愛好廣泛，～喜歡畫畫兒｜今年各季度產量都比去年同期高，第四季度～顯著｜要注意飲食，～是生冷不要入口｜此地經常下雨，～是在秋天。

辨析 尤其、特別　"尤其"表示同類事物中或在全體中異常突出，如"這幾幅山水畫畫得好，意境尤其深遠""他們門功課都很優秀，尤其外語在班上是最好的"。"特別"表示非常，極其，如"他特別喜歡唱歌""節日的廟會特別熱鬧"。

【尤物】yóuwù〔名〕❶指優異的人；多指美女：～

移人(絕色女子易影響人的情志)。❷珍奇的物品：素中～｜筍飄香。

由　yóu❶〔動〕聽憑；順從(必帶名詞性賓語或兼語)：信不信～你｜身不～己｜別～着性子亂來｜她主意已定，就～她去吧。❷經過：言不～衷｜必～之路。❸〔介〕表示某事歸某人或某單位負責去做：這個問題～你處理｜吃住～接待站負責安排｜～他擔任隊長｜～工會決定是否舉辦這屆運動會。❹〔介〕表示憑藉：～此可見｜大會代表～民主選舉產生｜細胞主要～細胞核、細胞質、細胞膜構成。❺〔介〕表示原因或來源：咎～自取｜歷覽前賢國與家，成～勤儉敗～奢。❻〔介〕表示起點或經由：～此及彼｜～淺入深｜火車～西站開出｜～蝌蚪變成了青蛙｜參觀展覽請～前門入場。❼緣由：理～｜來～｜根～。❽〔Yóu〕〔名〕姓。

語彙　案由　根由　經由　來由　理由　情由　事由　無由　因由　緣由　責由　摘由　自由　不禁不由

【由不得】yóubude❶〔動〕不能依從：這事可～他｜事到如今還由得了你嗎？～你了！❷〔副〕不由自主地：～笑起來。注意 動詞"由不得"是動補結構(帶可能補語)，是"由得了"的否定形式，也可以說成"由不了"，如"下不下雨可由不了人"；而副詞"由不得"是不能說成"由不了"的。

【由來已久】yóulái-yǐjiǔ〔成〕從發生到現在已有很長時間：二人的矛盾～｜這種習俗～。

【由頭】yóutou(～兒)〔名〕〈口〉藉口：老闆找個～兒把他解僱了。

【由於】yóuyú❶〔介〕表示原因：～工作關係，我經常和他接觸｜這次事故，完全是～責任心不強造成的。❷〔連〕因為(和後面的"所以、因此、因而"等呼應，表示原因。用於書面語；口語用"因為"，很少用"由於")：～事先做了充分準備，所以展覽會辦得非常成功｜～教練指導有方，因此運動員的游泳成績提高很快。注意 連詞"由於"不能用在後一分句，如不能說"運動員成績提高很快，由於教練指導有方"，除非改成"……是由於教練指導有方"。

【由衷】yóuzhōng〔動〕(感情)發自內心：言不～｜～地感激｜感到～的高興。

油　yóu❶〔名〕(滴)動植物體內所含的脂肪：豬～｜豆～｜柴米～鹽醬醋茶。❷〔名〕(滴)各種碳氫化合物的混合物，易燃燒，一般不溶於水：煤～｜汽～。❸〔動〕用桐油、油漆等塗飾：～門窗｜櫃子剛～過一次｜～飾一新。❹〔動〕被油弄髒：衣服～了一大片。❺〔形〕油滑：～腔滑調｜這傢伙～得很。❻〔Yóu〕〔名〕姓。

Y

語彙 柏油 茶油 打油 燈油 甘油 黃油 葷油 加油 揩油 流油 麻油 煤油 奶油 汽油 清油 生油 石油 食油 松油 酥油 素油 頭油 香油 原油 榨油 走油

【油泵】yóubèng〔名〕(台)用來抽出或壓入油類的泵，在油類輸送或潤滑傳輸系統中使用的。

【油餅】yóubǐng ㊀〔名〕(塊)油料作物的種子榨油後剩下的餅形渣滓，如豆餅、花生餅等。也叫枯餅、油枯。㊁〔名〕(～兒)(張)油炸的一種餅狀麵食，多用作早點。

【油布】yóubù〔名〕(塊)塗有桐油的布，多用於防水防濕。

【油彩】yóucǎi〔名〕演員化裝用的含有油質的顏料。

【油菜】yóucài〔名〕❶ 一年生或二年生草本植物，莖直立，葉互生，花黃色，種子可榨油，是中國重要油料作物之一。也叫蕓薹(yúntái)。❷ 二年生草本植物，莖短小，葉子深綠色，略像小白菜，屬普通蔬菜。

【油層】yóucéng〔名〕石油積聚的岩層。

【油茶】yóuchá ㊀〔名〕常綠灌木或小喬木，葉子橢圓，互生，花白色，種子可榨油。是中國特有的油料樹種，遍佈長江以南各省。㊁〔名〕用油茶麵兒加熱水沖成的糊狀食品。

【油茶麵兒】yóuchámiànr〔名〕用麵粉摻牛骨髓或牛油相拌炒熟，加糖、芝麻、花生仁兒等製成。用開水沖成糊狀吃。

【油船】yóuchuán〔名〕(艘，隻，條)油輪。

【油燈】yóudēng〔名〕(盞)舊時以植物油為燃料的燈，將燈芯浸入後，點燃其一端照明。

【油坊】yóufáng〔名〕(家)榨植物油的作坊。

【油橄欖】yóugǎnlǎn〔名〕❶ 常綠小喬木，葉子橢圓形，花白色，味芳香，果實成熟後黑色，可食，可榨油。原產歐洲，西方用它的枝葉作為和平的象徵。❷ 這種植物的果實。以上通稱橄欖，也叫齊墩果。

【油膏】yóugāo(～兒)〔名〕用脂肪煉成的膏狀藥品，如獾油膏，可用來治療燙傷等。

【油工】yóugōng〔名〕(名)建築、裝飾等行業中從事油漆工作的工人。也叫油漆工。

【油光】yóuguāng〔形〕狀態詞。光亮潤澤的樣子：把自行車擦得～鋥亮｜頭髮梳得～可鑒。

【油耗】yóuhào〔名〕汽油、柴油、機油等在車輛、機器運行中的消耗量：降低～。

【油耗子】yóuhàozi〔名〕油老鼠，比喻倒賣或走私汽油、柴油等以牟取暴利的人。

【油葫蘆】yóuhúlu(有些地方讀 yóuhúlǔ)〔名〕昆蟲，像蟋蟀而略大。危害豆類、穀類、瓜類等農作物。

【油滑】yóuhuá〔形〕處事圓滑，不誠懇；世故：為人～｜此人～得很，少跟他打交道。

【油畫】yóuhuà〔名〕(幅，張)用含油質的顏料在布、木板或厚紙板上繪製而成的畫。是西洋畫的主要畫種。

【油井】yóujǐng〔名〕(口，眼)為開採石油用鑽機從地面打到油層的井。

【油庫】yóukù〔名〕(座)儲存油類的庫房：～重地，嚴禁煙火。

【油礦】yóukuàng〔名〕❶ 蘊積在地下的石油礦藏。❷ 開採石油的機構或場地：他在～工作。

【油老虎】yóulǎohǔ〔名〕喻指耗油多的機器、車輛或單位。

【油料作物】yóuliào zuòwù 種子飽含油脂的作物，如花生、油菜、大豆、芝麻、蓖麻、胡麻、向日葵等。

【油綠】yóulù〔形〕狀態詞。帶有光澤的深綠色：麥苗～，菜花金黃。注意 如果不是對舉，一般都以重疊式出現，如"君子蘭的葉子油綠油綠的"。

【油輪】yóulún〔名〕(艘，隻，條)運載散裝石油的船，艙壁將船分隔成若干油艙，船上設有管道和強力油泵，可迅速進行裝卸。也叫油船。

【油麥】yóumài 同"莜麥"。

【油毛氈】yóumáozhān〔名〕油氈。

【油門】yóumén(～兒)〔名〕內燃機上調節燃料供給量的裝置，油門開得大，機器運轉得就快：加大～兒。

【油墨】yóumò〔名〕(滴)印刷用的着色劑，是將各種顏料或油煙均勻地調和在植物油、礦物油、合成樹脂或溶劑中配製而成的黏性流體物質：這張紙剛印出來，還有～味兒。

【油泥】yóuní〔名〕含油的污垢：這台機器保養得很不好，到處都是～。

【油膩】yóunì ❶〔形〕含油多：這東西太～了，你可要少吃。❷〔名〕含油脂多的食物：我吃不得～，這盤兒青菜最可口。

【油皮】yóupí(～兒)〔名〕(北方官話)❶ 表皮，皮膚的最外層：沒關係，只蹭破一塊～。❷(張)豆腐皮。

【油漆】yóuqī ❶〔名〕指含有乾性油、樹脂和顏料等的黏流狀塗料。多用於塗飾各種器物，起到保護和增加光澤的作用。也用作絕緣材料。❷〔動〕(北方官話)用油或漆塗飾：把家具都～～。

【油腔滑調】yóuqiāng-huádiào〔成〕形容說話油滑，不嚴肅：他說話～的，令人生厭。

【油然】yóurán〔形〕❶ 雲氣很盛的樣子：一片烏雲從東南天邊～湧起。❷ 自然而然：～而生敬佩之情。

【油水】yóushuǐ(～兒)〔名〕❶ 菜餚裏所含的脂肪質：～稀少。❷ 比喻可以撈到的好處(多指不正當的收入)：撈～｜他嫌這活兒～不大，早就不幹了。

【油酥】yóusū〔形〕屬性詞。油性大、鬆而易碎的（多指食品）：～火燒｜～點心。

【油田】yóutián〔名〕(座)含有油層分佈、可供開採石油的地區：開發～｜大慶～。

【油條】yóutiáo〔名〕❶(根)一種油炸的長條形麵食。多用作早點。❷比喻閱歷多，處事油滑的人：他可是個老～，誰也別想跟他鬥心眼兒。注意要加"老"字，不說"他可是個油條"。

【油桐】yóutóng〔名〕落葉小喬木，葉子卵形，花大，白色帶有黃紅色斑點和條紋，果實近球形。種子榨的油叫桐油。

【油桶】yóutǒng〔名〕盛油的桶。

【油頭粉面】yóutóu-fěnmiàn〔成〕形容因過分打扮而顯得庸俗輕浮（多指男子）：他在電影裏總是扮演～的角色。

【油頭滑腦】yóutóu-huánǎo〔成〕形容人油滑輕浮，不實在：在商場混了幾年，他也變得～起來。

【油汪汪】yóuwāngwāng（～的）〔形〕狀態詞。❶形容油多，好像要滴下來的樣子：雞腿兒炸得～的，十分饞人。❷油光水滑：～的辮子黑又長。

【油污】yóuwū〔名〕含油的污垢：滿身～。也說油垢。

【油煙】yóuyān〔名〕油類燃燒未盡所產生的黑色物質，主要成分是碳，可用來製墨、油墨等。也叫油煙子。

【油印】yóuyìn〔動〕將蠟紙刻寫或打成可供印刷的版，然後用油墨印刷。

【油渣】yóuzhā〔名〕❶用油炸肥豬肉所剩下的肉渣：媽媽烙的～餅很好吃。❷(粵語)柴油：汽車多用汽油和天然氣，用～的少了。

【油氈】yóuzhān〔名〕(塊)用氈子或厚紙坯浸透瀝青後製成的建築材料，有韌性，不透水，多用作地基、屋面的防水、防潮層。也叫油毛氈。

【油脂】yóuzhī〔名〕液態的油和固態半固態的脂的統稱。

【油紙】yóuzhǐ〔名〕(張)用桐油浸製的紙，能隔水防潮，多用於包裝。

【油子】yóuzi〔名〕❶某些稠而黏的油狀物（多為黑色）：煙袋～｜膏藥～。❷(北方官話)指老於世故、待人處事圓滑的人（前面多加"老"字）：這個人在倒騰買賣方面可是老～了。

【油漬】yóuzì〔名〕粘在衣物上的油污。

【油棕】yóuzōng〔名〕生長在熱帶的常綠喬木，羽狀複葉，果實卵圓形，黃褐色，可榨油。因和椰子樹極相似。也叫油椰子。

【油嘴】yóuzuǐ ㊀〔名〕（～兒）噴油的噴嘴兒，管狀，出口一端管孔較小：這個油壺的～堵了。㊁〔名〕指說話油滑的人：他是個～。

【油嘴滑舌】yóuzuǐ-huáshé〔成〕形容說話油滑輕浮：那人～地說了半天，沒有一句是可信的。

柚 yóu/yòu 見下。
另見 yòu（1651 頁）。

【柚木】yóumù〔名〕落葉喬木，大葉卵圓形，花序圓錐狀，花白色，木材堅硬耐用，適於造船艦、橋樑、家具等。產於印度、印度尼西亞、緬甸等地。

疣 yóu〔名〕一種由病毒引起的皮膚病，症狀是皮膚上（多在面部、頭部或手背等處）出現黃褐色小疙瘩，不痛不癢。通稱瘊子，也叫贅疣。

斿 yóu〈書〉同"遊"。
另見 liú（858 頁）。

浟 yóu 見下。

【浟浟】yóuyóu〔形〕〈書〉水流的樣子。

莜 yóu 見下。

【莜麥】yóumài〔名〕❶(棵，株)一年生草本植物，是燕麥的一個品種，但小穗的花數較多，成熟後，子粒容易與外殼分離。子實供食用或做飼料。❷(粒)這種植物的子實。以上也作油麥。

蚰 yóu ❶見下。❷見"蜒蚰"（1557 頁）。

【蚰蜒】yóuyán〔名〕(條)節肢動物，像蜈蚣而略小，灰白色或黃褐色，觸角和腳都很細。生活在陰濕的地方。

郵（郵）yóu ❶〔動〕郵寄；郵匯：信寫好了，還沒～走｜給家中～去兩千元錢。❷有關郵務的：～筒｜付～｜通～｜交～。❸特指郵票：集～｜～展。❹(Yóu)〔名〕姓。

語彙　督郵　付郵　集郵　軍郵　快郵　通郵　投郵　用郵　置郵

【郵包】yóubāo（～兒）〔名〕由郵局寄遞的包裹：寄～｜到郵局取～兒。

【郵編】yóubiān〔名〕郵政編碼的簡稱。

【郵差】yóuchāi〔名〕(名，位)郵遞員。港澳地區沿用此稱。

【郵車】yóuchē〔名〕(輛)運送郵件的車輛。

【郵船】yóuchuán〔名〕(艘，條，隻)指定期、定綫航行的遠洋客船。因過去國際郵件多委託這種客輪運載而得名。也叫郵輪。

【郵戳兒】yóuchuōr〔名〕郵局蓋在郵件上註銷郵票的墨印（上有日期和地名）。

【郵遞】yóudì〔動〕由郵局遞送（郵件）：他從事～工作數十年，從沒出過差錯。

【郵遞員】yóudìyuán〔名〕(位，名)郵局中從事郵件遞送工作的人員：山區～。也叫投遞員。

【郵電】yóudiàn〔名〕郵政和電信：～局｜～業務。

【郵費】yóufèi〔名〕(筆)〈口〉郵資。

【郵購】yóugòu〔動〕通過郵局匯款給售貨部門，

再由售貨部門把貨物寄給購貨人：該書我已～得到。

【郵匯】yóuhuì ❶〔動〕通過郵局匯款：貨款已～，請查收。❷〔名〕通過郵局匯出的款項：上月收到～三筆。

【郵寄】yóujì〔動〕由郵局寄遞。

【郵件】yóujiàn〔名〕由郵政部門寄遞的信件、印刷品、郵包、匯款、報刊等。

【郵局】yóujú〔名〕（家）專門辦理郵遞業務的機構。也叫郵政局。

【郵路】yóulù〔名〕通郵的綫路：～暢通｜這個郵局今年新增～一百多公里。

【郵票】yóupiào〔名〕（枚，張）郵局發售的一種小型紙質有價憑證，貼在郵件上的郵票表示的價值與郵資相當。郵票以其精美的圖案、圖像成為收藏品、買賣交易的商品：貼足～｜紀念～｜～公司。

【郵品】yóupǐn〔名〕郵票、小型張、首日封及特製明信片等的統稱。

【郵市】yóushì〔名〕❶ 郵票市場，即專門進行郵票買賣、轉讓、交換的場所。❷ 郵品交易的行情。

【郵亭】yóutíng〔名〕郵局在公共場所設置的經營部分業務的單間小屋。

【郵筒】yóutǒng〔名〕郵局為收集信件專設的供寄信人投放信件的筒狀設備。

【郵箱】yóuxiāng〔名〕信箱，供發信人投信用的箱狀設備。

【郵展】yóuzhǎn〔名〕郵品展覽：專題～｜本年已舉辦多次～。

【郵政】yóuzhèng〔名〕郵電業務的一大部門，主管寄遞信件和包裹、辦理匯兌、發行報刊等。中國人民郵政以綠色為專用色。

【郵政編碼】yóuzhèng biānmǎ 郵政部門編定的代表不同區域以便於分揀和投遞郵件的數碼。中國郵政編碼採用六位數，前兩位數代表省、自治區或直轄市，第三位數代表郵區，第四位數代表縣，末兩位數代表投遞局。簡稱郵編。

郵政編碼的使用

1959 年 7 月，英國首先試用郵政編碼，此後很快引起了國際上的重視。1980 年 7 月 1 日，中國大陸開始推廣郵政編碼。

【郵政局】yóuzhèngjú〔名〕（家）郵局。

【郵資】yóuzī〔名〕郵局按規定向寄郵件者收取的費用（在郵件上貼郵票或由業務員在郵件上蓋郵資已付的戳記）。

猶（犹）yóu ❶〔書〕如同：貌～少婦｜過～不及。❷〔副〕〔書〕還；仍：言～在耳｜記憶～新｜菊殘～有傲霜枝。❸（Yóu）〔名〕姓。

【猶大】Yóudà〔名〕據基督教《新約·馬太福音》記載，猶大本是耶穌十二門徒之一，因貪圖三十個銀幣而出賣了耶穌。後來用作叛徒的代稱。［希臘 'Ioúdas］

【猶如】yóurú〔動〕如同：燈火輝煌，～白晝｜一聲斷喝，～晴天霹靂｜倉皇逃跑，～喪家之犬。注意"猶如"後面必帶賓語。

【猶太教】Yóutàijiào〔名〕猶太人信奉的宗教，形成於公元前 11 世紀的巴勒斯坦北區，尊崇耶和華為唯一真神，基督教聖經中的《舊約》即其經典。

【猶太人】Yóutàirén〔名〕公元前 13 世紀聚居在巴勒斯坦的居民，古稱希伯來人。前 11 世紀建立以色列一猶太王國，後來為羅馬所滅，人口向外遷徙，散居在歐洲、美洲、西亞和北非等地。1948 年，猶太人在地中海東南岸建立了以色列國。［猶太，希伯來 Yěhūdhi］

【猶疑】yóuyí〔形〕因擔心或無把握而做事主意不定：～不定｜大膽往前走，別～。

【猶豫】yóuyù〔形〕遲疑不決：毫不～｜去還是不去？他很～｜他一～，失去了投籃得分的機會｜要走就走，別猶猶豫豫的。

游 yóu ❶〔動〕人或動物浮在水上或在水中行動：～泳｜～水｜魚在水中～來～去。❷ 江河的一段：上～｜長江中下～。❸〔形〕空閒的、行動不固定的（同"遊"）：～民｜散兵～勇。❹（Yóu）〔名〕姓。
　　另見 yóu "遊"（1645 頁）。

語彙　浮游　洄游　潛游　上游　下游　中游

【游擊】（遊擊）yóujī〔動〕一種戰術，分散避開敵鋒，伺機襲擊來敵：打～｜從左右兩側～敵人。

【游擊隊】（遊擊隊）yóujīduì〔名〕（支）一種行動靈活、裝備輕便、利於進行游擊戰的非正規武裝組織：鐵道～｜參加～。

【游離】yóulí〔動〕❶ 一種物質不和其他物質化合而單獨存在；某種物質從化合物中分離出來：奶油從奶汁中～出來了。❷ 比喻脫離集體或所依附的事物而獨自存在：作家不能～於社會。

【游水】yóushuǐ〔動〕〈口〉在水裏游動；游泳：他很會～。

【游移】yóuyí〔動〕❶（態度、立場等）左右搖擺：～不決｜～於兩者之間｜沒有～的餘地。❷ 移動：落花在湖面上～。

【游弋】yóuyì〔動〕❶ 軍艦進行巡邏性航行。❷ 游動：群鯨～在大海中。

【游泳】yóuyǒng ❶（-//-）〔動〕在水裏游動：沙鷗翔集，錦鱗～｜游了半天泳。❷〔名〕水上運動項目之一。競賽項目有蛙泳、蝶泳、自由泳、仰泳、混合泳和花樣游泳等。

游泳小史

中國在公元前 6 世紀時已有關於游泳的記載，《詩經・邶風・谷風》："就其深矣，方之舟之；就其淺矣，泳之游之。"漢魏時有在端午節舉行游泳比賽的習俗。宋朝蘇軾對學習游泳和潛水有精闢論述，他在《日喻》一文中說："南方多沒（mò）人，日與水居也。七歲而能涉，十歲而能浮，十五而能沒（潛水）矣！"

【游泳池】yóuyǒngchí〔名〕（座）人工建造的專供游泳用的池子，分室內、室外兩種。國際比賽用的游泳池一般寬 21 米，長 50 米。

【游資】yóuzī〔名〕（筆）❶ 在各國金融市場游移以獲取利潤的短期資本。也叫熱錢。❷ 不投入再生產而游離出來的貨幣資金。

楢 yóu 古指一種適於造車輪的樹木。今多見於人名。

鈾（铀） yóu／yòu〔名〕一種放射性金屬元素，符號 U，原子序數 92。銀白色結晶，是最基本的核燃料，可用來產生核能，製造原子彈，建造核反應堆、核能發電站等。

遊（游） yóu ❶〔動〕遊覽；閒逛：漫～｜旅～｜～園｜～山玩水｜承德三日～。❷〈書〉交遊；來往：交～甚廣｜夫子與之～。❸ 經常移動的（同"游"）：～絲。
"游"另見 yóu（1644 頁）。

語彙　遨遊　暢遊　出遊　春遊　導遊　宦遊　交遊　郊遊　倦遊　浪遊　旅遊　漫遊　夢遊　飄遊　秋遊　神遊　同遊　網遊　臥遊　仙遊　閒遊　巡遊　夜遊　優遊　遠遊　雲遊　周遊　信天遊

【遊伴】yóubàn〔名〕（位）遊玩時的伴侶。

【遊車河】yóuchēhé〔動〕港澳地區用詞。開車或乘車外出兜風遊玩，欣賞沿途景色：華燈初上，夜晚～真是一種享受。

【遊船】yóuchuán〔名〕（艘，條，隻）載客遊覽的船：豪華～｜太陽能動力～。

【遊船河】yóuchuánhé〔動〕港澳地區用詞。開船或乘船外出在海上兜風遊玩，欣賞沿岸景色：在香港維多利亞港～，可見兩岸高樓大廈林立。

【遊蕩】yóudàng〔動〕❶ 任性閒逛，不務正業：這孩子逃學以後，在街上～。❷ 遊逛：～遣興。❸ 浮蕩；晃蕩：輕舟隨風～。

【遊逛】yóuguàng〔動〕遊覽；隨意閒走遊玩：在西湖～了三天｜上街～。

【遊記】yóujì〔名〕（篇）記述遊覽見聞的作品：作者的東南亞～已結集出版。

【遊街】yóu//jiē〔動〕❶ 押解着不法分子在街上行進，以示懲戒：～示眾。❷ 簇擁着英雄人物在街上行進，以示表彰：披紅～。

【遊客】yóukè〔名〕（位，名）遊人：～須知｜外

國～。

【遊覽】yóulǎn〔動〕遊玩觀賞（風景、名勝、古跡等）：～長城。

辨析 **遊覽、遊逛**　"遊逛"多指隨意到各處走走、看看，沒有人組織，也沒有甚麼目的，含有"自由自在、悠閒自得"的意味；"遊覽"多指有組織地遊玩參觀，有時還有一定的目的。"參觀團遊覽了長城"，"遊覽"不能換成"遊逛"；"他無所事事，整天在街上遊逛"，"遊逛"不能換成"遊覽"。

【遊樂場】yóulèchǎng〔名〕（座）備有各種設施供人們遊玩娛樂的場所：水上～。

【遊歷】yóulì〔動〕到遠地遊覽考察：他～了南亞各國。

【遊民】yóumín〔名〕生活無着，遊動不定的人：無業～。

【遊牧】yóumù〔動〕不定居一處，而是根據水草情況遊走放牧：～民族｜～時代｜～生活。

【遊憩】yóuqì〔動〕〈書〉遊覽休息：攜伴侶，同～。

【遊人】yóurén〔名〕（位）遊覽的人：～如織｜～很少｜～紛至沓來。

【遊刃有餘】yóurèn-yǒuyú〔成〕《莊子・養生主》："彼節者有間，而刀刃者無厚；以無厚入有間，恢恢乎其於遊刃必有餘地矣。"意思是技術純熟的廚師把牛切割成塊，用極薄的刀片兒在骨縫之間移動，沒有一點阻礙。後用"遊刃有餘"比喻才能出眾或技術精熟，遇到問題時可應付裕如：她教大學英語多年，到這個培訓班上課～。

【遊手好閒】yóushǒu-hàoxián〔成〕遊蕩懶散，好逸惡勞：他雖是富家子弟，卻不願坐享其成，～。

【遊說】yóushuì〔動〕古代的說客憑着口才周遊各國，勸說統治者採納其政治主張，叫遊說。後來泛指用語言勸說，使接受自己的主張：許多鄉民在他的～下動了心，參加了他的建築隊。

【遊絲】yóusī〔名〕❶ 蜘蛛等所吐的飄蕩在空中的絲：～軟繫飄春榭｜滿眼～兼落絮。❷ 裝在鐘錶內的用金屬絲捲成的彈性元件，用來控制儀表轉軸或擺輪的運動。

【遊艇】yóutǐng〔名〕（艘，條，隻）遊船。

【遊玩】yóuwán〔動〕遊逛；玩耍：到海濱公園～。

【遊戲】yóuxì ❶〔名〕文化娛樂活動。有智力遊戲，如下棋、填字、猜謎等；有活動性遊戲，如跳繩、捉迷藏、托球跑等。一般都有規則。❷〔動〕玩耍；做遊戲：孩子們在河灘上～。

【遊戲規則】yóuxì guīzé 遊戲時必須遵守的規則。比喻在具有競爭性的活動中普遍認同的規則或程序：炒股要懂得其中的～。

【遊戲機】yóuxìjī〔名〕（台）電子遊戲機的簡稱。

【遊俠】yóuxiá〔名〕古代稱武功高強、好交遊、重

然諾、輕死生、肯救人急難的人：～列傳。

【遊行】yóuxíng〔動〕❶遊逛；漫遊：三春花滿堪～。❷為了表示慶祝、紀念或示威等而結隊在街上行進：萬人大～｜示威～。

【遊興】yóuxìng〔名〕遊逛的興頭：～很濃｜明媚春光引發起人們的～。

【遊學】yóuxué〔動〕〈書〉赴外地或外域求學：早年～歐美｜～京滬。

【遊藝】yóuyì〔名〕遊戲娛樂活動：～廳｜～晚會。

【遊園】yóuyuán〔動〕在公園或花園裏遊玩觀賞：～活動｜～會。

【遊子】yóuzǐ〔名〕（位，名）〈書〉指遠離家鄉或久居異地的人：海外～｜慈母手中綫，～身上衣。

【遊子】yóuzi 同"罶子"。

猷 yóu ❶〈書〉謀略；計劃：新～｜鴻～｜嘉～。❷（Yóu）〔名〕姓。

語彙　才猷　鴻猷　嘉猷　新猷

蝣 yóu 見"蜉蝣"（401 頁）。

蝤 yóu 見下。
另見 qiú（1105 頁）。

【蝤蛑】yóumóu〔名〕（隻）海蟹的一種，頭胸部的甲殼呈梭形，螯足長而大。也叫梭子蟹。

魷（鱿）yóu 見下。

【魷魚】yóuyú〔名〕（隻）軟體動物，生活在海洋中，形狀像烏賊而內無硬骨，尾端呈菱形，略似標槍的槍頭。也叫槍烏賊、柔魚。

猶（犹）yóu ❶古書上說的一種臭草。比喻惡人：薰～不同器（比喻好人和壞人搞不到一塊兒）。❷〔名〕落葉小灌木，葉互生，卵形或披針形，花藍色，果實上部有毛，成熟後裂成四個小堅果。供觀賞。

輶（輶）yóu ❶古代一種輕便的車子：～軒。❷〈書〉輕：德～如毛。

鮋（鲉）yóu〔名〕魚類名，生活在近海岩石間，體側扁，長 30~40 厘米，頭部有許多棘狀突起。種類很多。

繇 yóu〈書〉同"由"④⑥：～今以往｜此言之。
另見 yáo（1575 頁）；zhòu（1776 頁）。

罶 yóu 見下。

【罶子】yóuzi〔名〕（隻）捕鳥時使用的能引來同類鳥的鳥。也作遊子，也叫鳥媒。

yǒu ㄧㄡˇ

友 yǒu ❶朋友：好～｜松竹梅歲寒三～｜交～。❷親近；友好：～愛｜～善。❸有

友好關係的：～人｜～邦。❹（Yǒu）〔名〕姓。

語彙　病友　窗友　工友　故友　好友　會友　夥友　酒友　舊友　老友　良友　賣友　盟友　密友　幕友　難友　膩友　朋友　票友　戚友　契友　親友　求友　師友　詩友　畏友　小友　孝友　校友　學友　益友　擇友　戰友　靜友　知友　摯友　忘年友　狐朋狗友　良師益友　歲寒三友

【友愛】yǒu'ài〔形〕友好親愛：團結～的集體｜～之心。

【友邦】yǒubāng〔名〕友好的國家。

【友好】yǒuhǎo ❶〔名〕好朋友：生前～都趕來參加他的葬禮。❷〔形〕親近和睦：～條約｜～人士｜誠摯～的態度｜關係十分～。

【友情】yǒuqíng〔名〕友誼；朋友之情：深厚的～比金子還要貴重的～｜～為重。

【友人】yǒurén〔名〕（位）朋友；友好人士：遠方的～｜國際～。

【友善】yǒushàn〔形〕友好親善：他待人十分～。

【友誼】yǒuyì〔名〕朋友的情誼：戰鬥的～｜加深了～｜願我們兩國之間的～萬古長青。

辨析　友誼、友情　"友情"帶親切色彩，多用於個人之間；"友誼"帶莊重色彩，不僅用於個人之間，還常用於國家、民族、政黨、單位等之間。

有 yǒu ❶〔動〕擁有（跟"無"相對）：我～一部《楚辭集註》｜他～兩個孩子｜小王～藝術家的氣質。❷〔動〕存在。1)"有"後面為存在的主體，有時可提到"有"前（跟"無""沒"相對）：樹上～兩隻小鳥｜湖面～兩條船開過來｜～許多工作等我們去做｜椅子那裏～，不必再搬。2)"有"後為不定指詞語，組成泛指詞語：～一天，漁夫捕到一條金色鯉魚｜～人說那山河裏藏着寶貝｜～地方發大水了。3)"有"後面為"人、時候、地方"，整個組合連用，表事物的一部分：～人贊成，～人反對｜～地方雨大，～地方雨小｜～時候熱，～時候冷。4)用作應答語："小張！"～！。❸〔動〕表示事物達到某個數量或某種程度（跟"無""沒"相對）：這套房子的建築面積～100 平方米｜蘋果個個都～拳頭那麼大｜問題～那麼嚴重嗎？❹〔動〕表示有關事物量多量大或程度深：他在這方面很～研究｜你比我～經驗｜這個人～學問。❺〔動〕發生或出現：他～病了｜情況～變化｜事情～轉機｜學習～進步。注意"有"後面帶"了"，還可以是"懷孕"的婉稱，如"她有了"。❻〔助〕用在動詞前，表示動作行為曾經發生或完成（常見於港式中文）：～看潮流雜誌的人，大都對他的名字不陌生｜你～去世界博覽會看展覽嗎？～去。❼同某些動詞性語素組成表客氣的套語：～賴｜～請。❽〔前綴〕〈書〉用在某些朝代名稱或形容詞前：～周（周朝）｜～宋（宋朝）｜嚴～翼（恭敬）。❾（Yǒu）

〔名〕姓。

另見 yòu（1651 頁）。

【有礙】yǒu'ài〔動〕（對某方面）有妨礙：～觀瞻｜～交通。

【有案可查】yǒu'àn-kěchá〔成〕有案卷或記載可以查考：此人情況～｜處理這類事情，～。也說有案可稽。

【有板有眼】yǒubǎn-yǒuyǎn〔成〕唱戲腔調合乎節拍。比喻做事有條不紊，言語行動從容得體：他說話、幹事兒～。

【有備無患】yǒubèi-wúhuàn〔成〕事先有準備可避免出問題：居安思危，～｜出門多帶點錢，～。

【有鼻子有眼兒】yǒu bízi yǒu yǎnr〔俗〕比喻把虛構的事物說得活靈活現，十分逼真：聽他說得～，大家以為真有那麼回事。

【有償】yǒucháng〔形〕屬性詞。有補償的；有報酬的：～勞動｜～服務｜～新聞（一種歪風）。

【有待】yǒudài〔動〕需要等待：究竟如何處理，～上級做出決定。

【有的】yǒude〔代〕指示代詞。人或事物中的一部分（多連用）：～這樣說，～那樣說｜這些慰問信，～來自首都，～來自邊疆｜還來自國外。

【有的是】yǒudeshì 有。強調很多：他～錢，買輛汽車算甚麼｜這種草藥山上～。

【有底】yǒu // dǐ（～兒）〔動〕掌握了底細，有把握：他心中～，知道這場官司準贏｜通過實際調查，小王有了底兒。

【有的放矢】yǒudì-fàngshǐ〔成〕的：箭靶的中心。瞄準箭靶子射箭。比喻說話或做事目標明確，切合實際：要把理論和實踐緊密結合起來，做到～。

【有點兒】yǒudiǎnr〔副〕表示稍微；略微（多用於不如意或不滿意的事情）：～不好意思｜我學習稍微～吃力｜他是不是後悔了？ —— ～｜那個年輕人是不是～太狂了？注意 要區分兩個"有點兒"。一個是副詞，意為"略微、稍微"，修飾謂詞性詞語，如"有點兒冷""有點兒吃力""有點兒不習慣"；另一個是動詞和量詞的組合，後面跟名詞性詞語，如"有點兒水""有點兒錢""有點兒麻煩事"。

【有方】yǒufāng〔動〕有辦法；得法（跟"無方"相對）：教導～｜首長指揮～，戰士作戰勇敢，這是取勝的關鍵。

【有福同享，有禍同當】yǒufú-tóngxiǎng,

【有福同享，有禍同當】yǒuhuò-tóngdāng〔俗〕有福分一同享受，有災禍一同擔當：你我兄弟，不分彼此，～。也說"有福同享，有難（nàn）同當"。

【有功】yǒu // gōng〔動〕有功勞；有貢獻（跟"無功"相對）：對革命～｜重獎～人員｜主意不是我出的，事情不是我做的，我有甚麼功？

【有關】yǒuguān〔動〕❶ 有關係：這事兒與他～｜找～部門談一談。❷ 涉及：這是～全局的大問題｜他掌握了～此事的所有材料。

【有光紙】yǒuguāngzhǐ〔名〕（張）一種一面光滑一面毛糙的脆而易破的薄紙。

【有軌電車】yǒuguǐ diànchē 電車的一種，沿軌道行駛，故稱。

【有鬼】yǒu // guǐ〔動〕比喻有不可告人的打算或勾當：我看其中～｜他心裏到底有甚麼鬼，誰也不清楚。

【有過之無不及】yǒu guòzhī wú bùjí〔俗〕相比之下，只有超過，而沒有趕不上的（多用於壞的方面）。也說有過之而無不及。

【有害】yǒuhài〔動〕有害處；有損傷：吸煙對健康～｜這種工業廢氣對農作物十分～。

【有好戲看】yǒu hǎoxì kàn〔慣〕比喻將要發生激烈衝突或其他意外事件（含幸災樂禍之意）：他這次回來，準～。

【有恆】yǒuhéng〔動〕有恆心，能堅持：事貴～，學忌無終｜～為成功之本。

【有會子】yǒu huìzi〔口〕有了一段時間了；表示時間已經不短了：他這個電話打了可是～啦。也說有會兒。

【有機】yǒujī〔形〕屬性詞。❶ 原指與生物體有關的或來源於生物體的（化合物），現在指除一氧化碳、二氧化碳、碳酸、碳酸鹽這些簡單的含碳化合物之外的含碳原子的（化合物）：～酸｜～化學｜～肥料。❷ 事物構成的各個部分互相關聯，像一個生物體那樣不可分割：劇情中的幾個事件～地緊繫着。

【有機玻璃】yǒujī bōlí（-li）塑料的一種，高度透明，質輕，耐光，不易破碎，易於成型加工。可用作航空玻璃、光學玻璃及日用品等。

【有機肥料】yǒujī féiliào 含有有機物的肥料，如糞肥、綠肥等。

【有機化學】yǒujī huàxué 化學的一個分支，研究有機化合物的結構、性質、變化、製備、用途等。

【有機可乘】yǒujī-kěchéng〔成〕有機會可以利用；有空子可鑽：管理有漏洞，使竊賊～。也說有隙可乘。

【有機食品】yǒujī shípǐn 根據有機農業標準生產、加工，在儲運過程中沒有污染，經主管部門認證的優質安全保健食品。

【有機物】yǒujīwù〔名〕有機化合物。

【有加無已】yǒujiā-wúyǐ〔成〕不斷增加，沒有停止：浪費現象～，必須引起重視。也說有增無已。

【有價證券】yǒujià zhèngquàn 指能兌取現金或對商品和其他資產等有價物具有一定權利的憑證，如股票、債券、匯票、支票、提貨單等。

【有獎銷售】yǒujiǎng xiāoshòu 商家為促進銷售而組織的購物有獎活動，設有獎品、獎券，中獎方法多種多樣。

【有教無類】yǒujiào-wúlèi〔成〕《論語・衛靈公》：“子曰：‘有教無類。’”不論賢愚貴賤，都一視同仁地加以教育。

【有救】yǒu // jiù〔動〕有挽救或補救的可能：趕緊送醫院，這人還～｜要是明天能下點兒雨，這莊稼就有了救了。

【有口皆碑】yǒukǒu-jiēbēi〔成〕人人都用嘴來替他當記功碑。形容人人歌頌、稱讚：她幾十年來堅持照顧孤寡老人的事跡～。

【有口難分】yǒukǒu-nánfēn〔成〕有嘴卻難以講述分辯。指蒙受冤屈，無法申訴。也指內情複雜，無從辯解清楚：只怕誤了公事，那時就～了。

【有口難言】yǒukǒu-nányán〔成〕雖然有嘴卻難以說話。形容不便說或不敢說。

【有口無心】yǒukǒu-wúxīn〔成〕指雖然嘴上愛說，心裏其實沒有甚麼特別的用意。也指說話漫不經心，脫口而出：他是～，您別見怪｜說的人～，聽的人卻起了疑心。

【有賴】yǒulài〔動〕必須依賴（後面常跟“於”）：要實現這個目標，～於大家的共同努力。注意 “有賴”的否定形式是“不依賴”或“無須依賴”，不是“無依賴”或“無賴”。

【有理】yǒulǐ〔形〕有道理：你講得～｜～走遍天下，無理寸步難行。

【有力】yǒulì〔形〕有力量；有分量：你的發言十分～｜～回擊了對方的挑釁｜這次掃黃，～地打擊了歪風邪氣。

【有利】yǒulì〔形〕有好處；有幫助（跟“不利”相對）：～條件｜地形十分～｜休漁制度～於保護漁業資源。

【有利可圖】yǒulì-kětú〔成〕有利益可以謀取：荒山承包給村民，既得到了綠化，村民也～，是件大好事。

【有兩下子】yǒu liǎngxiàzi 有些真本領：他還真～，竟把這台破機器鼓搗得能使了。

【有零】yǒulíng〔動〕用在整數後，表示附有零數：四十～｜一千～。

【有門兒】yǒu // ménr〔動〕（北京話）❶ 有指望；有實現的可能（跟“沒門兒”相對）：她沒表示反對，看來這事～。❷ 掌握了些竅門兒：通過老師傅比着手教，他對幹這活兒也有點兒門兒了。

【有名】yǒu // míng〔形〕名字為眾人所熟知；出名：這位科學家很～｜～的醫生｜他雖然早就

有了名，但是一直謙虛謹慎。

【有名無實】yǒumíng-wúshí〔成〕虛有某種名義或名聲而沒有某種實際：他老覺得自己當的這個官兒～｜許多人都說那部電影好極了，我看不過是～。也說“有其名，無其實”。

【有目共睹】yǒumù-gòngdǔ〔成〕凡有眼睛的人都看得見。形容極其明顯：太陽從東升起從西方落下，這是～的事實｜人民的生活有了很大改善，這是～的。

【有目共賞】yǒumù-gòngshǎng〔成〕凡是見到的人都讚賞：這真是一首～的好詩。

【有奶便是娘】yǒu nǎi biànshì niáng〔俗〕比喻見利忘義，誰給他好處就投靠誰：那小子～，為了錢連人格都不要了。

【有的你】yǒu nǐde〔慣〕感歎（對方）頗有一套本領：一句話就把他們鎮住了，真～。

【有盼兒】yǒu // pànr〔動〕（北京話）有希望；願望能實現：你調工作的事～了｜你得讓人家心裏有個盼兒，人家才肯跟着你幹。

【有期徒刑】yǒuqī túxíng 有期限的徒刑。刑期內對犯人加以監禁，凡有勞動能力的，實行勞動改造。中國刑法規定有期徒刑的期限為六個月以上十五年以下，數罪並罰或死刑緩期執行減為有期徒刑時，最高不超過二十年。

【有其父，必有其子】yǒu qífù, bìyǒu qízǐ〔俗〕有甚麼樣的父親，就會有甚麼樣的兒子。意思是兒子的思想、行為一定很像父親：～，父親能幹，兒子也是能人。

【有氣無力】yǒuqì-wúlì〔成〕形容氣力軟弱或無精打采的樣子：他病了好幾天，說話都～的。

【有錢】yǒu // qián〔動〕指錢多；富有：他很～｜～人家｜～有勢。

【有求必應】yǒuqiú-bìyìng〔成〕只要有人來求，都會答應：他義務為鄰居修理電器，～。

【有趣】yǒuqù（～兒）〔形〕有趣味；使人感覺好奇或喜愛：～的童話｜這個遊戲很～。

【有日子】yǒu rìzi ❶ 表示有了較長的時日；有好些天：咱們～沒見面了｜他有些日子沒來了。❷ 表示有了確定的日期：你們辦喜事～了沒有？一有了日子就快告訴我。

【有色】yǒusè〔形〕屬性詞。帶有顏色的：～眼鏡｜～人種（白種人以外的人種）。

【有色金屬】yǒusè jīnshǔ 指鐵、錳、鉻三種黑色金屬以外的所有金屬，如金、銀、銅、錫、汞、鋅、銻等。

【有色眼鏡】yǒusè yǎnjìng 比喻妨礙得出正確看法的偏見：別帶着～看人。

【有神論】yǒushénlùn〔名〕承認有超自然的神存在，認為這種超自然的神能創造和支配萬物，能主宰或干預人類社會的學說。

【有生力量】yǒushēng lìliàng ❶ 專指軍隊中的兵員和馬匹。❷ 泛指軍隊：殲滅敵人的～。

❸泛指新生力量：新近錄用的大學生，是公司裏的～。

【有聲片】yǒushēngpiàn（口語中也讀 yǒushēngpiānr）〔名〕(部)有說話聲、音樂聲的影片（區別於"無聲片"）。

【有聲有色】yǒushēng-yǒusè〔成〕形容描寫和表演十分生動而精彩："涼風至，白露降，寒蟬鳴"，這實在是對去秋之月的～的描寫。

【有時】yǒushí〔副〕不定甚麼時候；有時候：他～也出去走走｜這裏的天氣～颳風，～下雨。

【有識之士】yǒushízhīshì〔成〕有眼光、有見識的人：歡迎國內外～來我省投資辦廠。

【有史以來】yǒushǐ yǐlái 從有史實記載到現在的很長時間：～還沒見過這麼大的隕石雨。

【有始無終】yǒushǐ-wúzhōng〔成〕有開頭而無結尾。指不能堅持到底：他學過英語，學過日語，可都是～，結果一樣也沒學好。

【有始有終】yǒushǐ-yǒuzhōng〔成〕有開頭也有結尾。指能堅持到底：他一貫辦事認真，～，這個任務可以交給他。

【有事】yǒushì（～兒）〔動〕❶有事情：你今晚～兒嗎？沒事兒陪我去看電影。❷有問題：～兒多跟同事商量。❸出事；發生事故：放心吧，不會｜一旦～，我們要立刻出動。❹有工作；有職業：他現在～了，每月能掙千把塊錢。❺(心裏)有隱私或思慮：我看他心裏～，要不然怎麼愁眉不展的。

【有恃無恐】yǒushì-wúkǒng〔成〕因有所倚仗而無所懼怕（含貶義）：他們有後台，所以～。

【有數兒】yǒushùr ❶（-//-）〔動〕掌握了實情；有底；有把握：他是個甚麼人，我心中～｜通過調查研究，心裏有了數兒。❷〔形〕為數不多：利用～的幾天把計劃訂好。

【有所】yǒusuǒ〔動〕〈書〉有一些；有一定程度（後面多跟雙音節動詞）：～增長｜～提高｜～準備。注意"日有所思，夜有所想""寸有所長，尺有所短"中的"有所"一般認為是兩個詞，"所"與後面的單音節動詞或形容詞構成體詞結構，相當於一個名詞。

【有條不紊】yǒutiáo-bùwěn〔成〕有條理，有秩序，不紊亂：他做事～｜文章寫得～。

【有望】yǒuwàng〔動〕有希望；有可能（跟"無望"相對）：奪魁～｜這場比賽，我隊～取勝。

【有為】yǒuwéi〔動〕有作為：年輕～｜他是個～的青年。

【有……無……】yǒu……wú……❶表示只有前者而無後者：～職～權｜～氣～力｜～勇～謀｜～眼～珠（罵人像瞎子一樣，看不出事物的重要或人物的偉大）｜～頭～尾（多指做事不能堅持到底）｜～心～力（有某種願望或設想，卻沒有力量實現）。❷強調有前者必無後

者：～我～敵，～敵～我｜～我～他。❸表示有前者才能免於後者：～備～患｜～恃～恐。❹表示若有若無：～意～意｜～心～魂。

【有喜】yǒu // xǐ〔動〕〈口〉(婦女)懷孕：大嫂～了｜這些天她特別愛吃酸的，大概是有了喜。

【有戲】yǒu // xì〔動〕〈口〉有可能；有希望：球隊奪冠～｜你看這件事有沒有戲？

【有隙可乘】yǒuxì-kěchéng〔成〕有機可乘。

【有限】yǒuxiàn〔形〕❶有一定限度（跟"無限"相對）：能力～｜生命是～的。❷表示數量不多、程度不高：～的幾本參考書，根本不夠用｜這次出差時間很～，辦完事就得趕快回去。

【有綫】yǒuxiàn ❶〔形〕屬性詞。使用導綫的：～電視｜～廣播。❷〔名〕指有綫電視。

【有綫電視】yǒuxiàn diànshì 利用電纜或光纜傳輸圖像的電視系統：～台｜～節目。

【有綫廣播】yǒuxiàn guǎngbō 把聲音變成電信號，通過放大器放大，再靠導綫或光導纖維送到裝在各處的揚聲器播出的一種廣播方式。

【有效】yǒuxiào〔形〕有效果；有成效：兩種文本同樣～｜這種藥治療哮喘很～｜～地制止了災情的蔓延。

【有效期】yǒuxiàoqī〔名〕❶(條約、合同等)具有約束力的期限。❷(食品、化學物品、醫藥用品、特殊器材等)在規定條件下，其性能保持效力的期限：這種藥的～為二年。

【有些】yǒuxiē ❶〔代〕指示代詞。一部分（數量不大）：～人違反勞動紀律｜～產品已打進國際市場。❷〔副〕表示程度不太深；稍微：～失望｜～不滿｜心裏～着急｜這道題～難了。注意 a)"有些"中的"些"表示的數量、程度等是相對的、不定的，因此，"有些"也可以受"很"的修飾，表示數量大，如"很有些錢""很有些失望"。b)要注意"有些"有時是動詞和量詞的組合，如"家裏有些困難""有些貨物不好賣"。

【有心】yǒuxīn ❶〔動〕有心意；存心（跟"無心"相對）：我～採朵茉莉花送給你｜他早就～把老人接到城裏來住。❷〔副〕有意；故意（跟"無心"相對）：他是～說給你聽的。

【有心人】yǒuxīnrén〔名〕(位)有某種見地、認識，並為此專心留意、認真思索的人：世上無難事，只怕～｜她平時非常注意節約資源，是個環保的～。

【有形】yǒuxíng〔形〕屬性詞。可以通過感官感覺到的（跟"無形"相對）：～損耗（指機器、廠房等固定資產由於使用或自然力作用而生鏽、腐爛所引起的損耗）｜世上萬物，固體是～的，氣體大多是無形的。

【有幸】yǒuxìng〔形〕很幸運；有運氣：三生～｜他～得到名師指點。

【有血有肉】yǒuxuè-yǒuròu〔成〕形容文藝作品內容充實，描寫生動，形象鮮明：他筆下的人物～，栩栩如生。

【有言在先】yǒuyán-zàixiān〔成〕話已經說在前頭；事先已打過招呼：～，誰也不許反悔。

【有眼不識泰山】yǒu yǎn bù shí Tài Shān〔諺〕泰山：在山東，天下名山。比喻見聞淺陋，認不出眼前本領高強或名聲很大的人物。

【有氧運動】yǒuyǎng yùndòng 人體所攝入的氧氣能夠滿足消耗的低強度運動，如散步、慢跑、打太極拳等（跟"無氧運動"相對）。

【有一搭，沒一搭】yǒu yīdā，méi yīdā〔俗〕指沒話找話說。也指可有可無，無關緊要：船艙裏不相識的人這時也～地聊了起來｜他對足球賽並不熱衷，偶爾～地看看電視。

【有一說一，有二說二】yǒuyī-shuōyī，yǒu'èr-shuō'èr〔俗〕說話實事求是，不隱瞞，不縮小，不誇大。

【有益】yǒuyì〔形〕有益處；有幫助：～的格言｜運動對健康～｜做一個～於社會的人。

【有意】yǒuyì ❶〔動〕有（做成某事的）心思：你要是～買，價格還可再降低點兒｜聽我介紹完男方的情況後，女方很～。❷〔動〕有愛慕之意：姑娘一直對他～，他卻不知道。❸〔副〕存心；故意：～歪曲｜～刁難｜這支筆是他～留下的。

【有意識】yǒuyìshi〔副〕特意；主觀上意識到的（跟"無意識"相對）：～地克服自己的缺點。

【有意思】yǒuyìsi ❶ 有深意，耐人尋味：他的幾句話講得很～。❷ 有趣：今天的晚會～極了。❸（對異性）產生愛慕之心：你是不是對她～了？

【有……有……】yǒu……yǒu…… ❶ 分別用在意思相反或相對的兩個單音詞前面，表示兩方面兼而有之：～前～後｜～始～終｜～來～往｜～賞～罰｜～善～惡。❷ 分別用在意思相同或相近的兩個詞或一個雙音詞的兩個語素前面，表示強調：～頭～臉｜～憑～據｜～偏向｜～情～義。

【有餘】yǒuyú〔動〕❶ 有剩餘：自給～｜綽綽～。❷ 有零：他是個二十～的小夥子。

【有緣】yǒuyuán〔動〕有緣分；有機緣：～千里來相會，無緣對面不相逢。

【有則改之，無則加勉】yǒuzégǎizhī，wúzéjiāmiǎn〔諺〕（對別人給自己指出的缺點錯誤）如果有就改正，沒有就引為鑒戒，自己加以勉勵；對於別人的批評，我們要抱着言者無罪，聞者足戒，～的正確態度。

【有朝一日】yǒuzhāo-yīrì〔成〕將來有那麼一天（預料某種情況將在某一天出現）：～，我們會到月球上旅遊。

【有志者事竟成】yǒuzhìzhě shì jìng chéng〔諺〕有志氣有恆心的人，做事終究會成功：～，他經過千百次失敗，終於把新產品研製成功了。省作有志竟成。

【有志之士】yǒuzhìzhīshì〔成〕有高尚志向和品德的人：這些～一直在為國家的振興而奔走呼號。

【有助於】yǒuzhùyú〔動〕對某事有幫助（後面多跟動詞性詞語）：～消化｜～增進兩國人民的相互了解｜～問題的解決。

【有準兒】yǒu // zhǔnr〔動〕有主見；有把握：心裏～｜這事怎麼處理，你有沒有準兒？

酉　yǒu〔名〕❶ 地支的第十位。❷（Yǒu）姓。

【酉時】yǒushí〔名〕用十二時辰記時指下午五時至七時。

卣　yǒu 古代一種口小腹大的盛酒器具，多用於祭祀。銅卣始見於商朝前期。"卣"的名稱，為宋朝金石學家所定。其形狀近似於西周中晚期的壺而有提樑，俗稱提樑卣。

羑　yǒu ❶ 用於地名：～里（古地名，在今河南湯陰北。是殷商的監獄所在地，相傳商紂王曾囚禁西伯即周文王姬昌於此）。❷（Yǒu）〔名〕姓。

莠　yǒu/yòu ❶〔名〕狗尾草。❷〈書〉比喻品質不好的人（跟"良"對舉）：良～不齊。

銪（铕）　yǒu〔名〕一種金屬元素，符號Eu，原子序數63。屬稀土元素。用於製彩色電視機屏幕的熒光粉。在核反應堆中做吸收中子用。

牗　yǒu〈書〉積柴焚燒以祭天。

牖　yǒu〈書〉窗：伏處～下｜～中窺日。

語彙　窗牖　風牖　戶牖　窺牖　甕牖　虛牖

黝　yǒu 淡黑色：面～｜～黑。

【黝黑】yǒuhēi〔形〕狀態詞。❶ 黑：皮膚曬得～～的。❷ 黑暗無光：橫山青翠，深谷～～。

yòu　ㄧㄡˋ

又　yòu ❶〔副〕表示動作、狀態重複或繼續：看了～看｜一次～一次地試驗｜他～生氣了｜今年～是一個豐收年。❷〔副〕表示幾種情況或性質累積在一起，同時存在：趙老師是先進工作者，～是人民代表｜既美觀～大方｜好～快～省。❸〔副〕表示更進一層：嚴而～嚴｜天很黑，～下着雨，路更難走了。❹〔副〕表示在既定範圍之外有所補充：辦公室～添了一位秘書｜聽完報告後，他～談了自己的三點意見｜～，前次所寄新書二冊已收到，勿念。❺〔副〕表示整數外加零數：一年～五個月｜三～二分之一。❻〔副〕表示兩件事情互相抵觸（多連用）：他～想去、～不想去，拿不定主意｜～要馬兒跑，～要馬兒不吃草，這是辦不到的。❼〔副〕表示轉折，含有"可是"的意思：想參加，～怕沒時間｜心裏有萬語千言，嘴裏～說不出來。❽〔副〕加強否定或反問語氣：他～不會吃人，你怕他甚麼？｜這～做何解釋？｜這點兒花招～能騙得了誰？❾（Yòu）〔名〕姓。

【又及】yòují〔動〕又附帶提一下。書信寫完並署名後，又補充一些內容，常常用"又及"。

右 yòu ❶〔名〕方位詞。面向南時靠西的一邊（跟"左"相對）：～方｜～首。❷〔名〕方位詞。西（跟"左"相對）：江～｜山～（太行山以西的地方，後專指山西）。❸上（古人以右為尊）：無出其～。❹〔形〕（政治思想）保守或反動（跟"左"相對）：～派｜～傾。❺〈書〉同"佑"①：天子所～，寡君亦～之。❻（Yòu）〔名〕姓。

語彙　豪右　江右　山右　尚右　左右　座右　無出其右

【右邊】yòubian（～兒）〔名〕方位詞。靠右的一邊：大樓的～有家商店。

【右面】yòumian（～兒）〔名〕右邊。

【右派】yòupài〔名〕❶階級、政黨、集團內，政治上保守或反動的一派。❷屬於右派的人。

【右傾】yòuqīng〔形〕（思想上）保守或向反動、落後勢力靠攏：思想～｜～投降主義。

【右手】yòushǒu ❶〔名〕右邊的手：他是左撇子，～不會使筷子。❷同"右首"。

【右首】yòushǒu〔名〕右邊（多指座位或建築物，區別於"左首"）：老王坐在我的～。也作右手。

【右翼】yòuyì〔名〕❶作戰時位於正面部隊右側的部隊：我軍突破敵人～。❷階級或政黨、集團中在政治思想上傾向保守的派別：他成功地說服了政黨中的～人士。

幼 yòu ❶年紀小；初生的（跟"老"相對）：年～無知｜～苗｜～畜。❷小孩兒：敬老愛～。❸（Yòu）〔名〕姓。

語彙　慈幼　婦幼　老幼　年幼　託幼　長幼　扶老攜幼

【幼蟲】yòuchóng〔名〕（隻，條）泛指由蟲卵孵化出來的幼體，特指全變態類昆蟲的幼體，形態與成蟲顯著不同，如蠶是蠶蛾的幼蟲，蛆是蒼蠅的幼蟲。

【幼兒】yòu'ér〔名〕幼小的兒童：～園｜～教育。

【幼兒師範】yòu'ér shīfàn 專門培養幼兒教育人才的專業或學校。簡稱幼師。

【幼兒園】yòu'éryuán〔名〕（所）照料教育幼兒的機構（多分大班、中班、小班）：把孩子送～。也稱幼稚園。

【幼教】yòujiào〔名〕幼兒教育，對入學前兒童實施的教育。

【幼苗】yòumiáo〔名〕（株，棵）生長初期的幼小植物體：他精心護理着這幾株牡丹～｜～茁壯成長。

【幼年】yòunián〔名〕指三歲左右到十歲左右的年齡段：～喪母｜他從～就接受良好的教育。

【幼師】yòushī〔名〕❶（所）幼兒師範的簡稱：～畢業。❷（位，名）幼兒教師的簡稱：招聘～。

【幼體】yòutǐ〔名〕母體內的或剛離開母體的小生物體：魚卵變成了魚的～。

【幼童】yòutóng〔名〕幼兒；幼小的兒童：拐騙～，從嚴治罪。

【幼小】yòuxiǎo〔形〕年幼；未長成：～的心｜～的秧苗｜年紀～。

【幼芽】yòuyá（～兒）〔名〕植物剛長出的小芽：嫩綠的～｜小樹長出了～兒。

【幼稚】yòuzhì ❶〔形〕〈書〉年紀小：君年～。❷〔名〕〈書〉幼兒：～園｜婦女～，號啼道路。❸〔形〕形容想法簡單或缺乏經驗：～可笑｜～的想法。

【幼稚病】yòuzhìbìng〔名〕指認識和處理問題簡單片面，不做具體分析的思想表現：犯～。

【幼子】yòuzǐ〔名〕小兒子。

有 yòu 〈書〉同"又"⑤：十～九年｜行年六十～五。
另見 yǒu（1646頁）。

佑 yòu ❶〈書〉保佑：若違誓言，蒼天不～。❷（Yòu）〔名〕姓。

語彙　保佑　庇佑　護佑　眷佑

侑 yòu〈書〉勸人（飲食）：～酒｜～宴｜鼓琵琶以～飲。

狖 yòu 古書上指一種猴：猿～。

柚 yòu〔名〕柚子。
另見 yóu（1643頁）。

【柚子】yòuzi〔名〕❶常綠喬木，葉子卵形，花白色。果實大，球形，果皮淡黃，可製蜜餞，果肉白色或粉紅色，可鮮食。產於中國南部地區。❷這種植物的果實。以上也叫文旦。

囿 yòu ❶古代帝王畜養動物以供遊樂的園子：鹿～｜園～。❷〈書〉局限；拘泥：～於己見｜～於習俗｜～於一隅｜不為舊習所～。

語彙　拘囿　鹿囿　園囿

宥 yòu ❶〈書〉寬容；饒恕：尚希見～｜不赦死，不～刑。❷（Yòu）〔名〕姓。

語彙　寬宥　諒宥　曲宥　赦宥　原宥

祐 yòu〈書〉同"佑"①：欺天負人，鬼神不～。

蚴 yòu 某些寄生蟲（如絛蟲、血吸蟲等）的幼體：毛～｜尾～。

釉 yòu〔名〕釉子：上～｜青～｜～裏紅（釉下彩的一種）。

【釉陶】yòutáo〔名〕(件)一般指表面帶有釉子的陶器：墓葬中，發現一些南代～。

【釉質】yòuzhì〔名〕(層)覆蓋在牙齒表面的一層物質，主要成分是磷酸鈣和碳酸鈣，堅韌耐磨，有保護牙齒的作用。也叫琺瑯質。

【釉子】yòuzi〔名〕以石英、長石、硼砂等為原料，經研磨、加水調後後，塗敷於陶瓷坯體表面，再經焙燒而成的玻璃質薄層。能增加製品的美觀、機械強度和防腐、絕緣性能。

誘(诱) yòu ❶ 誘導；引導：循循善～｜我向學。❷ 引誘；誘惑：～敵深入｜景色～人。

語彙 利誘 勸誘 煽誘 引誘 循循善誘

【誘捕】yòubǔ〔動〕引誘捕捉：～害蟲｜民警成功地將嫌疑犯～歸案。

【誘導】yòudǎo〔動〕❶ 勸誘引導，使向好的方向發展：～學生動腦筋。❷ 生理學上指神經中樞之間發生相互作用的一種形式。大腦皮層發生興奮，引致抑制的加強，稱為負誘導；大腦皮層發生抑制，引致興奮的加強，稱為正誘導。

【誘餌】yòu'ěr〔名〕用來誘捕動物的食物，也比喻用來引誘別人上當的事物：蚯蚓可做釣魚的～｜他被金錢和女色的～拖下水。

【誘發】yòufā〔動〕❶ (向好的方面)誘導啟發：～學生的集體榮譽感。❷ 導致發生(疾病、災害等)：小病不治，可能會～出大病來｜過度開採地下水會～地質災害。

【誘供】yòugòng〔動〕用哄、騙等不正當方法誘使被告人按偵查、審訊人員的意願來陳述案情：執法人員絕不能搞逼供或～。

【誘拐】yòuguǎi〔動〕引誘拐騙(婦女、兒童等)：～良家婦女｜嚴懲～兒童的犯罪分子。

【誘惑】yòuhuò〔動〕❶ 引誘；迷惑：不為金錢所～。❷ 吸引；招引：～力｜在一片奇景的～下，他向更高的山頂爬去。

【誘姦】yòujiān〔動〕誘惑、欺騙異性，使跟自己發生性行為。

【誘騙】yòupiàn〔動〕誘惑欺騙：～別人上當。

【誘殺】yòushā〔動〕引誘出來殺死：～害蟲。

【誘降】yòuxiáng〔動〕引誘使投降：他堅貞不屈，敵人多次～，均未能得逞。

鼬 yòu〔名〕哺乳動物，身體細長，四肢短小，毛有褐、棕等色。種類很多，常見的有黃鼬、青鼬、紫貂等。也叫鼬鼠。

【鼬獾】yòuhuān〔名〕(隻)哺乳動物，似貓而小，毛棕灰色，兩眼之間有一方形白斑，腹部毛白色或略帶淡黃。生活在樹林中或岩石間，雜食。分佈在長江流域以南各省區。也叫猵子、白猵、山獾。

yū ㄩ

吁 yū〔歎〕吆喝牲口停步的聲音。
另見 xū(1526頁)；yù "籲"(1667頁)。

迂 yū ❶ 曲折；迂迴：～曲｜～道。❷〔形〕迂腐：他這個人真～，到現在辦事還翻皇曆，找吉利日子。

【迂夫子】yūfūzǐ〔名〕迂腐而不通人情世事的讀書人。

【迂腐】yūfǔ〔形〕(言行)拘泥於陳規舊習，不適應新潮流：～之見｜這個人滿口之乎者也，～得很。

【迂緩】yūhuǎn〔形〕〈書〉(行動)猶豫遲緩；不簡捷：此事應該迅速處理，若～遷延，會誤事的。

【迂迴】yūhuí ❶〔形〕曲折迴旋：山路～。❷〔動〕繞向敵人的側面或後面(攻擊敵人)：～包抄｜～到敵人左側。

【迂闊】yūkuò〔形〕〈書〉不切實際：其言～，不可採納。

【迂曲】yūqū〔形〕❶ 迂迴曲折：道路～｜～的小路。❷ 牽強附會：其理～難通。

【迂遠】yūyuǎn〔形〕❶ 迂迴遙遠：山道～。❷ 迂闊；不切合實際：所言～。

於 Yū/Yú〔名〕姓。
另見 wū(1426頁)；yú(1653頁)。

紆(纡) yū ❶〈書〉彎曲；曲折：～回｜縈～。❷〈書〉繫；垂：～青拖紫，服冕乘軒。❸ (Yū)〔名〕姓。

語彙 環紆 盤紆 縈紆

淤 yū ❶ 水中沉積的泥沙：河～｜溝～。❷〔動〕沉積：洪水過後，地上～滿了泥。❸ 淤積起來的：～泥。❹ 同 "瘀" ❷❸。

語彙 澱淤 溝淤 河淤 泥淤 沙淤 填淤

【淤積】yūjī〔動〕(帶水的泥沙等)沉積：從上游帶下來的泥沙～在這裏，形成了一塊平原。

【淤泥】yūní〔名〕水底沉積的泥沙；污泥：清除陰溝裏的～｜荷花出～而不染。

【淤塞】yūsè〔動〕被沉積的泥沙堵住：航道～｜河床被大量泥沙～住，需要疏通。

【淤滯】yūzhì〔動〕因沉積堵塞而不通暢：挖泥船疏通了～的河道。

瘀 yū ❶ 血液凝滯的病：活血化～。❷〔動〕(血液等)沉積堵塞：氣滯血～｜嗓子裏～着很多痰。❸ 凝滯住的(血液等)：～血｜～熱。

【瘀熱】yūrè〔名〕❶ 中醫指熱和痰濕互結，鬱積於裏的熱症。❷ 中醫指體內滯留的瘀血，鬱而

化熱。也作淤熱。

【瘀血】yūxuè〔名〕指體內血液凝滯於一定部位的病症。可因病致瘀，如跌仆負重、月經閉止、寒凝氣滯等；也可因瘀致病，如氣化阻滯、經脈阻塞、瘀熱內結，以至蓄血發狂等。也作淤血。

【瘀滯】yūzhì〔動〕中醫指人體血脈等逐漸阻塞不通。也作淤滯。

yú ㄩˊ

于 yú ❶〔助〕用在句首或句中，無實義：鳳凰～飛｜之子～歸。❷（Yú）〔名〕姓。
　另見 yú "於"（1653頁）。

【于思】yúsāi〈書〉❶〔形〕鬍鬚很多的樣子（多疊用）：～～，棄甲復來（語出自《左傳·宣公二年》，本為宋築城者譏笑絡腮鬍子敗將華元之語，後用"棄甲于思"戲謔應試落第，考試失敗）。❷〔名〕借指髭鬚。

予 yú ❶〈書〉〔代〕人稱代詞。我：～與汝同往。❷（Yú）〔名〕姓。
　另見 yǔ（1657頁）。

【予取予求】yúqǔ-yúqiú〔成〕《左傳·僖公七年》："唯我知女，女專利而不厭，予取予求，不女疵瑕也。"意思是只有我了解你，你壟斷財貨而不知滿足，從我這裏取，從我這裏求，不挑剔你。後用"予取予求"指任意索取：民眾反對這位～的縣官，把他趕跑了。

邘 Yú ❶周朝國名，在今河南沁陽西北。❷〔名〕姓。

伃 yú 見"倢伃"（671頁）。

玗 yú 用於地名：顧家～（在上海）。

余 yú ❶〔代〕〈書〉人稱代詞。我：～何所畏懼！❷（Yú）〔名〕姓。
　另見 yú "餘¹"（1656頁）。

好 yú 見"婕好"（672頁）。

盂 yú〔名〕❶（～兒）盛液體的器皿：痰～｜漱口～兒。❷（Yú）姓。

語彙　缽盂　飯盂　盤盂　水盂　痰盂　唾盂

臾 yú ❶見"須臾"（1528頁）。❷（Yú）〔名〕姓。

於 (于) yú ❶〔介〕在（表示時間、處所、範圍）：馬克思生～1818年｜來信已～昨日收到｜畢業～北京大學｜～專業學習之外，也看些小說。❷〔介〕向（表示動作的方向）：問道～盲｜告慰～知己｜求助～同事。❸〔介〕給（表示交與、付給）：嫁禍～人｜讓位～新生力量。❹〔介〕對（引進對象或有關事物）：滿足～現狀｜不要苛求～前人｜這樣做，～事無補｜形勢～我們有利。❺〔介〕到（表示趨向、目標）：形勢趨向～緩和｜集中精力～學習方面。❻〔介〕自（表示來源或出發點）：發～內心｜黃河發源～青海｜人參產～中國東北｜業精～勤，荒～嬉；行成～思，毀～隨。❼〔介〕比（表示比較）：猛～烈火｜重～泰山｜霜葉紅～二月花。❽〔介〕被（表示被動，引進動作的主動者）：見笑～大方之家｜限～篇幅，暫不刊登。❾前加動詞、形容詞性語素組成合成詞，後接動詞性詞語，表示對象、方面等：樂～助人｜易～了解｜難～實行｜慣～耍弄手腕。
　另見 wū（1426頁）；Yū（1652頁）；"于"另見 yú（1653頁）。

語彙　等於　對於　關於　歸於　過於　合於　急於　鑒於　介於　屬於　陷於　由於　在於　至於　終於　不至於

【於是】yúshì〔連〕承前啟後，表示兩件事相繼發生，後一事往往是由前一事引起的：大夥兒都說這個電影好，～我也買了一張票。注意口語裏也常常說成"於是乎"。

禺 yú ❶古書上指一種赤目長尾的大猴。❷古書上指一里之地。❸（Yú）〔名〕姓。

竽 yú 一種古樂器，像笙而略大，管數也較多：吹～｜濫～充數。

語彙　濫竽　笙竽　南郭竽

舁 yú〈書〉抬：～上殿就座。

俞 yú ❶〔歎〕〈書〉表示允諾或許可：～，往哉！❷（Yú）〔名〕姓。
　另見 shù（1258頁）。

【俞允】yúyǔn〔動〕〈書〉允許（多用於君主）。

猰 yú 見"犰猰"（1103頁）。

娛 yú ❶歡樂：～適｜視聽之～。❷使歡樂：～～心｜聊以自～。

語彙　歡娛　清娛　文娛　自娛

【娛記】yújì〔名〕指專門報道娛樂界的人和事的記者。俗稱狗仔隊。

【娛樂】yúlè ❶〔動〕使歡娛快樂；消遣：～場所｜過節了，咱們～～｜組織一個晚會，大家跳舞唱歌～一番。❷〔名〕使人歡娛快樂的活動：～活動｜下棋也是一種～。

【娛樂城】yúlèchéng〔名〕（家）專供遊客娛樂、消遣的規模較大的場所。

【娛樂片】yúlèpiàn（口語中也讀 yúlèpiānr）〔名〕（部）專供觀眾娛樂、消遣的影視片：春節期間將上演多部～。

雩 yú ❶〈書〉祭神求雨：不～而雨。❷用於地名：～山（在江西於都北）｜～都（在江西南部，今作亦都）。

魚（鱼）

yú〔名〕❶（條，尾）脊椎動物的一大類，一般身體側扁，有鱗和鰭，用鰓呼吸。種類多，大部分可供食用：～苗兒｜～與熊掌，不可兼得。❷（Yú）姓。

語彙　鮑魚　池魚　蠹魚　黃魚　金魚　枯魚　木魚　游魚　武昌魚　渾水摸魚　臨淵羨魚　漏網之魚　緣木求魚

【魚白】yúbái ㊀〔名〕魚的精液。㊁魚肚白：一覺醒來，東方已現～。

【魚鰾】yúbiào〔名〕"鰾"①。**注意**"鰾"不讀 piào。

【魚翅】yúchì〔名〕鯊魚的鰭加工後，其軟骨條叫魚翅，是珍貴的食品：～席。也叫翅子。

【魚蟲】yúchóng（～兒）〔名〕節肢動物，身體小而透明，橢圓形，有硬殼。成群生活在水溝或池沼中，是金魚等的飼料。也叫水蚤、金魚蟲。

【魚刺】yúcì〔名〕（根）魚的尖細的骨頭：擇（zhái）～｜有根～卡在嗓子裏了。

【魚肚】yúdǔ（～兒）〔名〕用某些魚類的鰾（biào）製成的食品。

【魚肚白】yúdùbái〔名〕白裏略帶青，像魚肚子的顏色。多用來描寫黎明時東方天空的顏色：東方露出～。

【魚餌】yú'ěr〔名〕釣魚時用來引魚上鈎的食物：蚯蚓可以做～。

【魚肝油】yúgānyóu〔名〕從鯊魚、鱈魚等的肝臟中提煉出來的脂肪，為稀薄的油狀液體，黃色或深黃色，有腥味兒，含有豐富的維生素 A 和維生素 D。

【魚鈎】yúgōu（～兒）〔名〕（枚）釣魚用的鈎子，鈎的尖端有倒刺，使魚吞食後不易逃脫。也作漁鈎。

【魚狗】yúgǒu〔名〕（隻）鳥名，嘴尖而長，體長約 40 厘米，有的頭部有冠狀羽毛。常棲息在小溪旁，捕食水中魚、蝦等。

【魚貫】yúguàn〔副〕像游魚先後相續一樣，一個挨一個地跟着（走）：～而入｜～進場。

【魚雷】yúléi〔名〕（顆）一種圓柱形的水中炸彈，能自行推進、自行控制方向和深度，有的還有能準確捕捉目標的自導裝置。由艦艇發射或飛機投擲，可摧毀敵方的艦船、潛艇等。

【魚雷艇】yúléitǐng〔名〕（艘）以魚雷為主要武器的小型高速戰鬥船隻，備有魚雷發射管 2-4 具。能高速逼近敵艦，發射魚雷。也叫魚雷快艇。

【魚鱗】yúlín〔名〕（片）魚身上的鱗片，具有保護身體和幫助游動等作用。可用來製魚膠。

【魚鱗坑】yúlínkēng〔名〕在山坡上挖成的交錯排列像魚鱗的半圓土坑。可用來蓄水或植樹造林。

【魚龍】yúlóng〔名〕古爬行動物，形狀像魚，四肢呈槳狀，生活在海洋中，性兇猛。侏羅紀最繁盛。

【魚龍混雜】yúlóng-hùnzá〔成〕魚和龍混合摻雜在一起。比喻壞人和好人混在一起：泥沙俱下，～。

【魚米之鄉】yúmǐzhīxiāng〔名〕一般指中國江南水土肥沃，盛產魚和稻穀的富庶地方：杭州是有名的～｜這片貧瘠的土地已經改造成～。

【魚苗】yúmiáo〔名〕（尾）由魚子孵化出來的小魚，供養殖用：放養～。也叫魚花。

【魚目混珠】yúmù-hùnzhū〔成〕拿魚眼睛冒充珍珠。比喻用假的冒充真的：古玩市場上～的事不少見，別上當。

【魚漂兒】yúpiāor〔名〕釣魚時拴在綫上漂浮於水面的東西，根據它的沉浮情況，可判斷魚是否上鈎。

【魚情】yúqíng〔名〕魚類因水溫變化或產卵而洄游、聚集的情況：觀察～。

【魚肉】yúròu❶〔名〕〈書〉魚和肉，比喻受宰割者：《史記·項羽本紀》："如今人為刀俎，我為魚肉。"（刀俎：宰割的器具，比喻掌握生殺大權者。）❷〔動〕〈書〉比喻用暴力欺凌、殘害：土豪劣紳橫行鄉里，～百姓（以百姓為魚肉）。

【魚水】yúshuǐ〔名〕魚和水。比喻彼此的關係親密無間，像魚和水一樣，彼此相依：軍民～情｜子弟兵和老百姓的關係親如～。

【魚鬆】yúsōng〔名〕用魚的肉加工製成的鬆散如絨狀或碎末狀的食品。

【魚尾紋】yúwěiwén〔名〕人的眼角和鬢角之間像魚尾一樣的皺紋。

【魚鮮】yúxiān〔名〕魚蝦等鮮活水產品：～市場。

【魚汛】yúxùn〔名〕某些魚類由於越冬等原因，定時成群地出現在某一水域，這一適於捕撈的時期叫魚汛。也作漁汛。

【魚秧】yúyāng（～兒）〔名〕比魚苗稍大的小魚：這養養的是～，不能捕撈。也叫魚秧子。

【魚鷹】yúyīng〔名〕（隻）❶鶚的通稱。❷鸕鷀的通稱。

【魚游釜中】yúyóufǔzhōng〔成〕《後漢書·張綱傳》："若魚游釜中，喘息須臾間耳。"魚在鍋裏游，喘息難持久。比喻處境危險，快要滅亡：敵人已被包圍，如～，早晚會被消滅。

【魚躍】yúyuè〔動〕像魚那樣跳躍：一個～，把球撲住。

【魚子】yúzǐ〔名〕魚卵：～醬。

萸

yú 見"茱萸"（1777 頁）。

揄

yú ❶〈書〉揮動；提起：～袂（揮動衣袖）。❷見"揶揄"（1578 頁）。

【揄揚】yúyáng〔動〕〈書〉❶讚揚；宣揚：極口～｜～大義，彰示來世。❷揮揚；提起：～

滌蕩。

喁 yú〔擬聲〕〈書〉應和的聲音：～唱（互相應和）｜～～私語（小聲說話）。
另見 yóng（1636 頁）。

崳 yú〈書〉❶山勢彎曲的地方。❷同"隅"：山陬海～。

崳 yú 大崳山，島名，在福建霞浦東。

畬 yú〈書〉開墾了兩三年的田地。
另見 shē（1186 頁）。

腴 yú ❶肥胖：充～｜豐～。❷肥沃；肥美：膏～。

語彙　充腴　豐腴　甘腴　膏腴　珍腴

渝 yú ㊀改變（感情或態度）：堅貞不～｜矢志不～。
㊁（Yú）〔名〕❶重慶的別稱。❷姓。

愉 yú ❶歡愉；高興：～快｜歡～。❷（Yú）〔名〕姓。

語彙　歡愉　欣愉　悅愉

【愉快】yúkuài〔形〕舒暢；快樂：心情～｜～的旅程｜感到很～｜祝你生活～！

【愉悅】yúyuè〔形〕愉快喜悅：懷着～的心情參加這次聚會｜讀着兒子的來信，感到十分～。

隅 yú ❶角落：牆～｜城～｜一人向～，滿座不歡。❷邊沿的地方：海～｜山～。

語彙　邊隅　城隅　東隅　方隅　負隅　海隅　角隅　舉隅　山隅　向隅　一隅

瑜 yú ❶〈書〉美玉：懷瑾握～。❷〈書〉玉的光彩；多比喻人的優點：瑕不掩～｜瑕～互見。❸（Yú）〔名〕姓。

【瑜伽】yújiā〔名〕印度一種古典的健身修行方式。"瑜伽"原為"相應"或"結合"之意。要求身與心相應，口與意相應，意與身相應。通過靜坐和調匀呼吸等方法，調節精神，修身養性。也作瑜珈。［梵 Yoga〕

榆 yú〔名〕❶榆樹：廣植桑～。❷（Yú）姓。

【榆木腦瓜兒】yúmù nǎoguār 比喻腦子不開竅的人：這麼簡單的道理都不懂，真是～。也說榆木腦袋。

【榆樹】yúshù〔名〕（棵，株）落葉喬木，葉子卵形，花有短梗。翅果扁圓，叫榆錢兒。木質堅韌耐朽，可供建築或造器具用。

【榆葉梅】yúyèméi〔名〕（棵，株）落葉灌木或小喬木，葉子與榆樹葉相仿，花粉紅色，核果球形，紅色。供觀賞。

虞 yú ㊀〈書〉❶意料；預料：不～之譽｜不～君之涉吾地也。❷憂慮：前景堪～｜無凍餒之～｜興修水利則旱澇無～。❸欺騙：我無爾詐，爾無我～。

㊁（Yú）〔名〕❶傳說中的朝代名，舜所建，居蒲阪（今山西永濟蒲州鎮）。❷周朝諸侯國名，在今山西平陸一帶。❸〔名〕姓。

語彙　不虞　艱虞　疏虞　無虞　爾詐我虞

【虞美人】yúměirén〔名〕❶一年生或二年生草本植物，莖細長，開紫紅色花，供觀賞。❷詞牌和曲調名。

愚 yú ❶笨；傻：～笨｜～蠢｜～昧｜～不可及。❷愚弄：為人所～｜～民政策（愚弄人民，使人民處於愚昧無知狀態的政策）。❸〈書〉〈謙〉用於自稱：～以為不可｜～見僅供參考。❹（Yú）〔名〕姓。

語彙　安愚　如愚　頑愚　下愚　賢愚　智愚　大智若愚　一得之愚

【愚笨】yúbèn〔形〕頭腦遲鈍：這孩子並不～，只是不用心。

【愚不可及】yúbùkějí〔成〕《論語·公冶長》載，春秋時衛國的大夫甯武子在政治清明時便聰明，政治黑暗時便愚蠢，"其智可及也，其愚不可及也"。意思是說他那份聰明，別人能趕得上；那裝傻的本領，別人就趕不上了。後用"愚不可及"形容人愚蠢到了極點：他們喝醉酒以後常說些～的瘋話。

【愚蠢】yúchǔn〔形〕愚笨；傻（跟"聰明"相對）：十分～｜～得很｜你這聰明人，怎麼幹起了～事？

【愚鈍】yúdùn〔形〕愚笨；不伶俐：頭腦～｜他雖有些～，但做事認真。

【愚公移山】Yúgōng-yíshān〔成〕《列子·湯問》載，有位老人，叫北山愚公，年近九十，仍決心要把門前的兩座大山鏟平。另一老人河曲智叟笑他傻，認為根本辦不到。愚公說："雖我之死，有子存焉；子又生孫，孫又生子；子又有子，子又有孫。子子孫孫，無窮匱也，而山不加增，何苦而不平？"後用來比喻做事有毅力，不畏艱險：發揚～精神，改變家鄉面貌。

【愚昧】yúmèi〔形〕因沒有文化而不明事理：這個～落後的山村｜請原諒我的～無知。

辨析　愚昧、愚蠢　"愚蠢"着重指頭腦遲鈍，不靈活。多用於個人。"愚昧"着重指沒有教養，沒有開化，指理和物質落後。可用於個人，還可用於形容某種現象或民族、部落、社會等。"愚昧的部落""消除社會愚昧現象"，這裏"愚昧"不能換成"愚蠢"。

【愚弄】yúnòng〔動〕蒙蔽捉弄：～百姓｜真相大白之後，他才知道是被人～了。

【愚人節】Yúrén Jié〔名〕歐美習俗以 4 月 1 日為愚人節，當天可用傳播戲弄人的虛假信息、做愚弄人的事來娛樂。

【愚妄】yúwàng〔形〕愚昧而狂妄：此人把祖國幾

千年文化視為虛無，真是～到了極點。

【愚者千慮，必有一得】yúzhě-qiānlǜ, bìyǒu-yīdé〔成〕《史記・淮陰侯列傳》：“臣聞智者千慮，必有一失；愚者千慮，必有一得。”意思是愚鈍的人經多番考慮，總會有一點可取之處。

與（与）yú 同“歟”。
另見 yǔ（1659頁）；yù（1664頁）。

餘 yú 見下。

歟
【艅艎】yúhuáng〔名〕古代一種大木船。

歟
yú〈書〉❶歌：吳越吟～。❷同“愉”①。

逾〈❶踰〉yú ❶超過；越過：情～骨肉｜～期｜年～古稀。❷〔副〕〈書〉更加：疼痛～甚｜雨過天～碧。

> **語彙**　不逾　超逾　過逾

【逾期】yú//qī〔動〕超過規定期限：～未作廢｜拖欠的款項，已經～，再不還就要受罰了｜信用卡卡數～不還，利息很高。

【逾越】yúyuè〔動〕越過；超越：～常規｜難以～的鴻溝｜不可～的長江天塹被征服了。

漁（渔）yú ❶捕魚：～撈｜～獵｜～翁｜竭澤而～。❷謀取（不應得的財物）：從中～利｜侵～。❸〔名〕指漁業：農、林、牧、副、～，五業興旺。❹（Yú）〔名〕姓。

> **語彙**　出漁　侵漁　休漁　竭澤而漁

【漁產】yúchǎn〔名〕漁業產品：～豐富。

【漁場】yúchǎng〔名〕魚群密集，便於集中捕魚的水域：捕魚季節，～上船隻往來如梭。

【漁船】yúchuán〔名〕（條，隻，艘）捕魚用的船。

【漁村】yúcūn〔名〕漁民聚居的地方。

【漁夫】yúfū〔名〕靠打魚為生的男子。

【漁港】yúgǎng〔名〕（座）供漁船停泊、避風、裝卸的港灣：魚兒滿艙回～。

【漁歌】yúgē〔名〕（首，支）漁民所唱的、反映其生活的歌曲：～唱晚。

【漁鼓】yúgǔ〔名〕❶演唱道情用的打擊樂器，在長竹筒的一端蒙上薄皮，用手敲打。❷借指道情。參見“道情”（264頁）。以上也作魚鼓。

【漁火】yúhuǒ〔名〕漁船上的燈光：水面上～點點｜江楓～對愁眠。

【漁家】yújiā〔名〕靠捕魚為業的人家。

【漁具】（魚具）yújù〔名〕（件，套，副）釣魚或捕魚的器具：～商店｜把～準備好，明天一早出發。

【漁利】yúlì ❶〔動〕用不正當的手段趁機取利：從中～。❷〔名〕趁機取的不應得的利益：坐收～。參見“鷸蚌相爭，漁人得利”（1666頁）。

【漁獵】yúliè〔動〕❶捕魚打獵：風景保護區，禁止～。❷〈書〉掠奪：～鄉民。❸〈書〉貪求；

追逐：～美色。❹〈書〉瀏覽；涉獵：～百家｜～群書。

【漁輪】yúlún〔名〕（艘，隻，條）用於捕魚的輪船。

【漁民】yúmín〔名〕（位）以捕魚為業的人：他家祖祖輩輩都是～。

【漁區】yúqū〔名〕以養魚捕魚為主要生產活動的地區。

【漁色】yúsè〔動〕〈書〉貪戀並侵佔女色：～成性。

【漁網】（魚網）yúwǎng〔名〕（副，張）捕魚的網：織～｜撒～。

【漁業】yúyè〔名〕開發、利用和培育各種水產資源的事業，由捕撈、養殖、加工及資源保護等業務組成：海洋～｜淡水～。

【漁政】yúzhèng〔名〕有關漁業生產、經營、管理等方面的事務：加強～管理。

窬 yú〈書〉翻越；跳：穿～之盜（打洞或爬牆的賊）。

褕 yú ❶見“襜褕”（144頁）。❷〈書〉華美：～衣甘食。

蝓 yú 見“蛞蝓”（788頁）。

餘¹（余）yú ❶〔動〕剩下；留下：剩～｜～下｜渡頭～落日，墟里上孤煙｜收支相抵，尚～三百元。❷〔動〕整數除法中被除數未除盡而剩下：4除3，商1～1。❸剩下的；留下的：多～｜～暉｜不遺～力｜～音繞樑｜比上不足，比下有～。❹〔數〕整數後的零數：三百～里｜二百斤有～｜五十年有～。❺後；在……以後的時間：課～｜業～｜工作之～｜興奮之～，吟詩一首。
　　“余”另見 yú（1653頁）。

餘²（馀）Yú〔名〕姓。**注意**“餘”和“余”是兩個姓。

> **語彙**　編餘　殘餘　多餘　富餘　工餘　公餘　積餘　節餘　劫餘　結餘　課餘　寬餘　其餘　闊餘　三餘　剩餘　詩餘　唾餘　無餘　羨餘　緒餘　業餘　盈餘　有餘

【餘波】yúbō〔名〕喻指某事件結束後留下的影響：那場糾紛～未平，又出現了新的事端。

【餘黨】yúdǎng〔名〕殘存的黨羽：首惡已除，～四處逃竄。

【餘地】yúdì〔名〕可供迴旋的地步：訂計劃要留有～｜已經沒有退讓的～了。

【餘毒】yúdú〔名〕殘餘的毒素或禍害：肅清～｜封建迷信的～仍然存在。

【餘額】yú'é〔名〕❶定額中剩下的空額：已招收97名徒工，還有3個～。❷賬目上收付兩抵後結餘的金額：年終結算，尚有5萬元～。

【餘辜】yúgū〔名〕抵償不盡的罪過：死有～｜猶有～。

【餘暉】(餘輝)yúhuī〔名〕落日的光輝：落日～｜西牆上的一抹～也慢慢消失了。

【餘悸】yújì〔名〕事後仍有的恐懼：～猶存｜心有～。

【餘力】yúlì〔名〕剩餘的力量；多餘的精力：不遺～｜行有～，則以學文。

【餘糧】yúliáng〔名〕(個人、家庭)吃、用之外多餘的糧食：農民們積極把～賣給國家｜生活好了，農民家家都有～。

【餘留】yúliú〔動〕殘存：施工～的建築垃圾已經清除。

【餘孽】yúniè〔名〕指殘餘的敵對分子或邪惡勢力：殘渣～｜封建～。

【餘怒】yúnù〔名〕未消的怒氣：～未平｜平息～。

【餘缺】yúquē〔名〕❶ 多餘之物和缺欠之物：調劑～。❷ 空餘的編制名額：辦事人員名已無～。

【餘熱】yúrè〔名〕❶ 生產中未及利用的熱量：～鍋爐(以餘熱為能源的鍋爐)。❷ 比喻離休、退休人員的精力和作用：發揮老專家～。

【餘唾】yútuò〔名〕殘餘的唾沫，比喻別人說過的話：拾人～。

【餘威】yúwēi〔名〕剩餘或留下來的威力：猛虎雖死，～猶在｜颶風的～仍造成相當大的損失。

【餘味】yúwèi〔名〕❶ 飲食後留下來的味道：香茗～長留齒間。❷ (詩、文等)讀罷留下的耐人回味的意趣：這篇散文意境深遠，讀後～無窮。

【餘暇】yúxiá〔名〕工作、學習以外的空閒時間：他偶有～，就來我這裏聊上一會兒。

【餘興】yúxìng〔名〕❶ 未盡的興致：聯歡結束後，小張、小王等幾個青年尚有～，回到宿舍又接着鬧騰了半天。❷ 會議或宴會之後的文娛活動：會後有何～節目？——有舞會。

【餘音】yúyīn〔名〕仿佛仍在耳邊迴響的聲音：～繞樑，三日不絕｜父親的叮囑，～還在。

【餘音繞樑】yúyīn-ràoliáng〔成〕《列子·湯問》："昔韓娥東之齊，匱糧，過雍門，鬻歌假食。既去，而餘音繞樑欐(lì)，三日不絕，左右以其人弗去。"意思是歌手韓娥到齊國去，因缺糧，在雍門賣唱求食；唱完歌離開後，餘音還繞着房樑迴旋三日不止，別人以為她還沒走呢。後用"餘音繞樑"形容樂曲或歌聲極為優美，給人留下深刻而長久的印象。

【餘勇可賈】yúyǒng-kěgǔ〔成〕《左傳·成公二年》載，齊人高固憑個人之勇衝入晉國軍隊，抓了俘虜並綁在所繳獲的戰車上，回到齊軍陣地炫耀說："要勇氣的人可以來買我剩下的勇氣！"後用"餘勇可賈"指還有餘力可用。

【餘裕】yúyù〔形〕充足有餘：～的時間｜～的資金｜時間尚多～。

【餘震】yúzhèn〔名〕(次)大地震後接着發生的一連串較小的地震。較大的餘震也會造成破壞。

諛（谀）yú〔書〕諂媚；奉承：面～(當面阿諛)｜～言(當面奉承的話)。

語彙　諂諛　阿諛　面諛　不乞不諛

覦（觎）yú 見"覬覦"(624頁)。

璵（玙）yú〔書〕美玉：～璠。

輿（舆）yú ⊖〔書〕❶ 車：輕～｜馬｜捨舟就～。❷ 車廂：出則同～，坐則同席。❸ 轎子：肩～｜彩～｜竹～。
⊜ 地：～圖｜～地｜～方。
⊜ ❶ 眾人的：～論｜～議｜～情｜～望。
❷ (Yú)〔名〕姓。

語彙　乘輿　方輿　扶輿　肩輿　坤輿　籃輿　鸞輿　權輿　竹輿

【輿論】yúlùn〔名〕公眾的意見或言論：～監督｜～工具｜～譁然｜受到國際～的譴責。

【輿情】yúqíng〔名〕群眾的意願和態度：察訪～｜～激昂。

【輿圖】yútú〔名〕〈書〉疆域地圖。也叫輿地圖。

歟（欤）yú〔助〕〈書〉語氣助詞。表示疑問或感歎：葛天氏之民～？(葛天氏，傳說中的遠古帝王的名號；葛天氏之世，理想的淳樸之世)｜猗～！偉～！

髃 yú〔名〕中醫指肩前骨：肩～(針灸穴位)。

旟（旟）yú 古代一種繪有鳥隼圖案的旗。

歟（歟）yú〈書〉同"漁"①。

yǔ ㄩˇ

予 yǔ 給：～以表揚｜授～獎章｜免～懲處｜請～批示。
另見 yú(1653頁)。

語彙　賜予　賦予　給予　寄予　授予　准予

【予人口實】yǔrén-kǒushí〔成〕給人以可資利用的藉口。

宇 yǔ ❶ 房檐；房屋：屋～｜樓～｜室～。❷ 上下四方的整個空間；世界：～宙｜寰～。❸〔名〕地層系統分類的第一級。宇以下為界。跟地質年代分期中的宙相對應。❹ 人的外表；風度：眉～｜器～｜風～。❺ (Yǔ)〔名〕姓。

語彙　棟宇　風宇　廣宇　海宇　衡宇　寰宇　樓宇　眉宇　廟宇　氣宇　器宇　神宇　室宇　天宇　庭宇　屋宇　玉宇

【宇航】yǔháng ❶〔動〕宇宙航行。指人造地球衛星、宇宙飛船等在太空航行。❷〔形〕屬性詞。跟字航有關的：～員｜～服。

【字航員】yǔhángyuán〔名〕(位，名)航天員。

【字文】Yǔwén〔名〕複姓。

【字宙】yǔzhòu〔名〕❶ 包括地球及其他一切天體周圍的無限空間：～航行。❷ 天地萬物的總稱；廣大無限的整個世界。"宇"指無限空間，"宙"指無限時間。中國古代樸素唯物主義者解釋說，上下四方曰宇，往古來今曰宙。

【字宙飛船】yǔzhòu fēichuán 用多級火箭做運載工具，從地球上發射出去，進入宇宙航行的飛行器：載人～。

【字宙觀】yǔzhòuguān〔名〕世界觀。

 羽　yǔ ㊀❶ "羽毛" ①：～扇。❷ 鳥類、昆蟲的翅膀：鎩～(傷殘了翅膀)｜振～。❸〔量〕用於鴿子及其他鳥類：信鴿五十～。❹(Yǔ)〔名〕姓。

㊁ 古代五音之一，相當於簡譜的"6"。參見"五音"(1437頁)。

> **語彙**　白羽　翠羽　黨羽　鳳羽　積羽　毛羽　鳥羽　鎩羽　振羽　吉光片羽

【羽毛】yǔmáo〔名〕❶(根)鳥類身體表面所長的具有保溫、護體、幫助飛翔等作用的毛：白色～｜～豐滿(也用來比喻人長大、成熟或力量已經夠強大)。❷ 比喻人的名譽、聲望：愛惜～。

【羽毛球】yǔmáoqiú〔名〕❶ 球類運動項目之一。運動員用球拍將羽毛球向對方場區拍擊。場地長 13.40 米，寬單打 5.18 米，雙打 6.10 米，中間橫隔球網(網高 1.524 米)。規則類似網球。❷ 羽毛球運動使用的球，下部為包有羊皮的半球形軟木，上插一圈白色羽毛。也有用塑料製的。

【羽毛未豐】yǔmáo-wèifēng〔成〕比喻人年紀輕，閱歷少，不成熟，或尚未把力量積蓄充足。

【羽絨】yǔróng〔名〕❶ 禽類背部和腹部的絨毛。❷ 指經過加工處理的鵝、鴨等的羽毛和絨毛：～服｜～製品。

【羽絨服】yǔróngfú〔名〕(件)內裝羽絨的冬季禦寒服裝。也叫羽絨衣。

【羽紗】yǔshā〔名〕一種薄而有斜紋的紡織品，用棉紗和人造絲混合織成，適於做衣服裏子。

【羽翼】yǔyì〔名〕翅膀。比喻左右輔助的人或力量(多含貶義)：～已成｜廣羅～。

雨　yǔ〔名〕❶(陣，場，滴)從雲層中降下的水滴。水蒸氣升到空中遇冷凝成雲，雲裏的小水滴增大到不能浮懸在空中時，就下降成雨：風～交加｜春～貴如油｜今天傍晚有陣～｜整個夏天沒降一滴～｜聽見風就是～(聽信謠傳)。❷(Yǔ)姓。

另見 yù(1662頁)。

> **語彙**　暴雨　風雨　穀雨　好雨　舊雨　苦雨　雷雨　霖雨　毛雨　梅雨　透雨　喜雨　細雨　煙雨　陰雨　淫雨　雲雨　陣雨　驟雨　阻雨　及時雨　春風化雨　翻雲覆雨　風風雨雨　耕雲播雨　呼風喚雨　密雲不雨　槍林彈雨　五風十雨　腥風血雨　櫛風沐雨

【雨點兒】yǔdiǎnr〔名〕點狀的雨：小～｜～越來越大了。

【雨過地皮濕】yǔ guò dìpí shī〔諺〕❶ 比喻完成某項任務時潦草塞責，圖表面，走過場。❷ 比喻大利當前，自己也得些實惠。以上也說水過地皮濕。

【雨過天晴】yǔguò-tiānqíng〔成〕雨後天放晴。也比喻壞的形勢已經過去，出現了好的局面：～，空氣格外清新｜一場激烈的爭吵過去了，～，氣氛變得和諧起來。

【雨後春筍】yǔhòu-chūnsǔn〔成〕春雨之後竹筍長得又多又快。比喻新生事物大量湧現：好人好事如～｜民營企業在這個地區～般發展起來了。

【雨季】yǔjì〔名〕雨水偏多的季節(跟"旱季"相對)。

【雨具】yǔjù〔名〕擋雨防濕防水的用具，如雨傘、雨衣、雨鞋等。

【雨量】yǔliàng〔名〕在一定時間內，降落在某塊水平地面上的雨水所積的深度。通常用毫米計算：今年的～未達到年平均值。

【雨露】yǔlù〔名〕雨水和露水。比喻恩惠：～滋潤禾苗壯。

【雨披】yǔpī〔名〕(件)披在身上遮雨的斗篷。

【雨前】yǔqián〔名〕綠茶的一種，因是穀雨前採摘的細嫩芽尖製成，故稱。

【雨傘】yǔsǎn〔名〕(把)擋雨的傘，用油紙、油布或塑料布等製成。

【雨水】yǔshuǐ〔名〕❶ 降雨而來的水：～充足。❷ 二十四節氣之一，在 2 月 19 日前後。雨水以後，中國大部分地區降雨逐漸增加。

【雨蛙】yǔwā〔名〕(隻)兩棲動物，體長三厘米左右，背綠色，腹部白色，腳趾上有吸盤，可以爬到較高的地方。吃昆蟲。種類很多。

【雨霧】yǔwù〔名〕像霧一樣的雨：～迷蒙。

【雨鞋】yǔxié〔名〕(雙，隻)用膠皮或塑料等製成的不透水的鞋。

【雨衣】yǔyī〔名〕(件)用油布、膠布或塑料等製成的擋雨外衣。

【雨意】yǔyì〔名〕下雨前的徵兆：陰雲密佈，～正濃。

俣　yǔ ❶ 見下。❷(Yǔ)〔名〕姓。

【俣俣】yǔyǔ〔形〕〈書〉魁偉的樣子：碩人～，公庭萬舞。

禹　Yǔ ❶ 人名。傳說中夏朝的第一個君主，鯀的兒子。因治水有功，舜讓位於他。

❷〔名〕姓。

圄 yǔ 見"囹圄"（851頁）。

敔 yǔ 古代一種木製的打擊樂器，用於樂曲將終時，敲擊以示演奏結束。

圉 yǔ〈書〉**❶**蓄養：將～馬於成（成，地名）。**❷**養馬的人：馬有～，牛有牧。

語彙 邊圉　禁圉　牧圉

俣 yǔ **❶**〈書〉形容獨行。**❷**（Yǔ）〔名〕姓。

【俣俣】yǔyǔ〔形〕〈書〉孤單的樣子：獨行～。

庾 yǔ **❶**〈書〉露天的穀倉。**❷**用於地名：大～縣（在江西南部，今作大餘縣）｜大～嶺（江西、廣東的界山）。**❸**（Yǔ）〔名〕姓。Yǔ 周朝國名，在今山東臨沂北。

郙 yǔ 見"獌貐"（1552頁）。

瑀 yǔ **❶**〈書〉似玉的白石：琚～｜～璜。**❷**（Yǔ）〔名〕姓。

與（与） yǔ ㊀**❶**給予；授予：～之寶馬｜～人方便自己方便。**❷**結交；交好：相～多年。**❸**讚許；贊助：～人為善。**❹**（Yǔ）〔名〕姓。
㊀**❶**〔介〕跟：～眾不同｜～朋友交，言而有信。**❷**〔連〕和：生～死｜普及～提高｜成～不成，在此一舉｜喜訊傳來，大家無比興奮～激動。
另見 yú（1656頁）；yù（1664頁）。

【與虎謀皮】yǔhǔ-móupí〔成〕跟老虎商量扒下牠的皮來。比喻跟對方（多指有勢力的人或惡人）謀求有損其利益的事：勸那奸商不圖暴利、資助公益，簡直是～。

【與民更始】yǔmín-gēngshǐ〔成〕革除弊政，與民眾一起重新開始：除舊佈新，～。

【與其】yǔqí〔連〕表示不選擇某事而選擇另一事，用在放棄的一面（後面常用"毋寧""不如"等詞呼應）：～奢也寧儉｜～臨淵羨魚，毋寧退而結網｜～坐以待斃，不如拚死一搏。

【與人為善】yǔrén-wéishàn〔成〕原指同別人一起做好事。《孟子·公孫丑上》："取諸人以為善，是與人為善者也。"指吸取別人的優點來行善，這就是同別人一道行善了。後用來指贊助別人學好；今多指善意幫助別人。

【與日俱增】yǔrì-jùzēng〔成〕與歲月一同增加：離開祖國三年了，思鄉之情～。

【與時俱進】yǔshí-jùjìn〔成〕和時代一同前進。指不斷進取，永不停滯。

【與世長辭】yǔshì-chángcí〔成〕同人世永遠告別。指人去世：班主任昨晚～，同學們都很悲痛。

【與世無爭】yǔshì-wúzhēng〔成〕跟社會上的任何人都沒有紛爭。形容處世淡泊：他為人老實本分，～。

【與眾不同】yǔzhòng-bùtóng〔成〕跟大家不一樣。泛指人的性格行為等不同尋常或事物獨具特色：這部電影的表現手法～。

傴（伛） yǔ〔動〕彎腰曲背：～僂｜～下腰｜～着背。

【傴僂】yǔlǚ〈書〉**❶**〔形〕脊背彎曲；駝背：行步～。**❷**〔動〕彎腰，以示恭敬：柔色～｜～奉迎。

瘐 yǔ **❶**見下。**❷**（Yǔ）〔名〕姓。

【瘐死】yǔsǐ〔動〕古代指囚犯在獄中因凍餓、疾病、受刑而死亡：～獄中。也說瘐斃。

語（语） yǔ **❶**話：漢～｜千言萬～｜～不驚人死不休。**❷**〈書〉諺語；成語：～云"知己知彼，百戰不殆"。**❸**代替語言的某種動作或信號：手～｜旗～｜燈～。**❹**說：默默不～｜竊竊私～｜人平不～，水平不流（意思是人們如果覺得事情辦得公平，自然就不說甚麼了）。**❺**（Yǔ）〔名〕姓。
另見 yù（1665頁）。

語彙 按語　暗語　跋語　標語　表語　賓語　補語　讖語　成語　詞語　導語　燈語　定語　短語　斷語　耳語　反語　飛語　告語　古語　國語　漢語　話語　寄語　結語　警語　敬語　考語　口語　快語　詁語　俚語　儷語　略語　謎語　妙語　母語　目語　判語　批語　評語　旗語　軟語　手語　熟語　術語　私語　俗語　套語　土語　外語　妄語　韻語　笑語　絮語　言語　諺語　囈語　隱語　用語　韻語　讚語　讕語　主語　狀語　自語　標準語　結束語　口頭語　世界語　書面語　歇後語　風言風語　豪言壯語　花言巧語　冷言冷語　齊東野語　三言兩語　甜言蜜語　隻言片語　不可同日而語

【語病】yǔbìng〔名〕語言表述中的毛病，如用詞不當、生造詞語或不通順、有歧義等。

【語詞】yǔcí〔名〕泛指詞和詞組。

【語調】yǔdiào〔名〕語句的腔調，即說話時聲音高低、輕重、快慢等的變化：～低沉。

【語法】yǔfǎ〔名〕**❶**語言的結構規則，包括詞的構成和變化規則以及詞組和句子的構成規則。**❷**語法研究：～學｜～理論｜比較～。

【語感】yǔgǎn〔名〕對詞語表達的直覺、感受及理解：他沒學過語法，但憑～可以指出文章中語句的毛病。

【語彙】yǔhuì〔名〕一種語言所具備的或一個人所使用的詞和短語的總和：～豐富｜～貧乏。

【語句】yǔjù〔名〕話語；詞句：這篇作文～通順，層次清楚。

【語料】yǔliào〔名〕語言實際用例的材料：～庫｜這篇語法論文～豐富。

【語料庫】yǔliàokù〔名〕語言材料的總匯，指按照一定目的收集並以文本形式存放在計算機裏的語言材料。多用於信息檢索或語言研究：現在做語言研究都可藉助～了。

【語錄】yǔlù〔名〕某人或多人言論的記錄或摘錄：《朱子語類》是南宋朱熹的～｜他們編了一本名人談讀書的～。

【語氣】yǔqì〔名〕❶ 說話的口氣：～很嚴屬｜聽他的～，好像沒多大問題。❷ 表示陳述、疑問、祈使、感歎等分別的語法範疇：表達～的手段有語調和語氣助詞。

【語態】yǔtài〔名〕❶ 說話的態度：他那反常的～把我們嚇了一跳。❷ 表明主體或客體與動作的關係的語法範疇，一般分為主動和被動兩種。如“小王打傷了小李”屬前者，“小李被小王打傷了”屬後者。

【語體】yǔtǐ〔名〕人們在長期進行特定的交際任務中所形成的語言運用體系。可分為口頭語體和書面語體兩大類。口頭語體又可分為談話語體和演說語體，書面語體又可分為事務語體、科技語體、政論語體和文藝語體。

【語體文】yǔtǐwén〔名〕白話文。

【語文】yǔwén〔名〕❶ 語言和文字：～程度｜學點兒語法修辭，提高自己的～修養。❷ 語言和文學：大學～｜～教材。

【語無倫次】yǔwúlúncì〔成〕說話或寫作用語沒有條理和層次：他心情緊張，說着說着就～了。

【語系】yǔxì〔名〕語言學中依譜系關係分類法，將有共同歷史來源的一組語言稱為語系。如漢藏語系、印歐語系等。同一語系又可以根據關係疏密分成若干語族，如印歐語系可以分為日耳曼、羅馬、斯拉夫、印度、伊朗等語族。語族又可分成若干語支，如英語、荷蘭語、德語同屬於日耳曼語族的西部語支。

【語序】yǔxù〔名〕詞在詞組或句子裏的先後次序；句子在一個語言片段中的先後次序；語言片段在整篇文章中的先後次序：～是漢語語法的重要特點。

【語焉不詳】yǔyān-bùxiáng〔成〕焉：於是；於此。說了了，但是不夠詳細：來信雖談及近況，但～。

【語言】yǔyán〔名〕❶ 以語音為物質外殼，由詞彙和語法構成的符號系統。是人類特有的和最重要的交際工具，人們運用它進行思維、表情達意、交流思想。它只有民族性、沒有階級性，因而又是一種特殊的社會現象。“語言”一般有口語和書面語兩種形式，有時也單指口語：漢語是世界上使用人口最多的一種。❷ 指由語言表達出來的思想認識：～無味，面目可憎｜在這個問題上，我們有共同～。❸ 指在一定領域中使用的非語音的符號系統，如計算機語言、舞蹈語言。

中國的語言

漢藏語系　漢語、藏語、門巴語、白馬語、倉洛語、彝語、傈僳語、拉祜語、哈尼語、基諾語、納西語、堂郎語、末昂語、桑孔語、畢蘇語、卡卓語、柔若語、怒蘇語、土家語、白語、景頗語、獨龍語、格曼語、達讓語、阿儂語、義都語、崩尼博嘎爾語、蘇龍語、崩如語、阿昌語、載瓦語、浪速語、仙島語、波拉語、勒期語、羌語、普米語、嘉戎語、木雅語、爾龔語、爾蘇語、納木依語、史興語、扎壩語、貴瓊語、拉塢語、卻域語、壯語、布依語、傣語、臨高語、標話、侗語、水語、仫佬語、毛南語、莫語、佯僙語、拉珈語、茶洞語、黎語、村語、仡佬語、布央語、普標語、拉基語、布干語、木佬語、蔡家話、苗語、布努語、巴哼語、炯奈語、勉語、畬語、巴那語。

阿爾泰語系　維吾爾語、哈薩克語、撒拉語、烏孜別克語、柯爾克孜語、塔塔爾語、西部裕固語、圖瓦語、土爾克語、蒙古語、土族語、達斡爾語、東鄉語、保安語、東部裕固語、康家語、滿語、錫伯語、鄂溫克語、鄂倫春語、赫哲語。

系屬待定　朝鮮語。

南島語系　阿美語、排灣語、布農語、泰耶爾語、賽夏語、巴則海語、邵語、魯凱語、鄒語、噶瑪蘭語、賽德克語、卑南語、雅美語、沙阿魯阿語、卡那卡那富語、回輝語。

南亞語系　佤語、德昂語、布朗語、克木語、克蔑語、京語、莽語、布興語、俫語。

印歐語系　塔吉克語。

混合語　五屯話、唐汪話、誒話、扎話、倒話。

【語言規範化】yǔyán guīfànhuà 根據語言發展規律為語言的運用確定語音、詞彙、語法各方面的標準，以引導語言向健康、純潔、完善的方向發展。漢語的規範化還包括文字在內，通稱語文規範化。

【語言學】yǔyánxué〔名〕研究語言的本質、結構，語言的運用和功能及其發展規律的科學。分具體語言學和普通語言學。普通語言學研究人類語言的一般規律；具體語言學又可分為描寫語言學和歷史語言學，研究具體語言存在和發展的規律。此外，為研究語言實踐問題，特別是同通信科學技術、機器翻譯有關的語言實踐問題，又分出應用語言學、數理語言學等。中國傳統的語言學，包括音韻、文字和訓詁在內。

【語義】yǔyì〔名〕詞語的意義。

【語意】yǔyì〔名〕話語包含的意義：～深長｜～不明。

【語音】yǔyīn〔名〕❶ 語言的聲音。是語言的物質外殼，每種語言的語音，都有其系統性和一定

Y

的特點。❷某人說話的聲音：聽他的～，大概是長江以南的人。

【語源】yǔyuán〔名〕語音和語義的起源及演變：～學｜探索。

【語種】yǔzhǒng〔名〕按語音、詞彙、語法特徵的不同而劃分的語言種類：大～（使用人口多、流通廣、教育發達、出版物豐富的語種）｜小～（使用人口相對偏少的語種）。

【語重心長】yǔzhòng-xīncháng〔成〕言辭懇切，情意深長：老師傳對徒弟說的這番話，真是～。

鋙（铻）yǔ見"鉏鋙"（717頁）。另見 wú（1434頁）。

窳 yǔ〈書〉（事物）粗劣；壞：～敗｜～陋｜～劣｜不分良～。

嶼（屿）yǔ（舊讀 xù）海中小島：島～｜鼓浪～（在福建廈門東側海中）｜檳榔～（在半島馬來西亞西北部海中）。

齬（龉）yǔ見"齟齬"（719頁）。

yù ㄩˋ

玉 yù ❶〔名〕（塊）軟玉和硬玉的總稱，質地細而有光澤。主要用作裝飾品或雕刻材料。通稱玉石。❷比喻潔白或美麗：～羽｜～立。❸〈敬〉指對方的身體、儀容、言行或與對方有關的事物：～體｜～照｜～音｜～步｜～札。❹（Yù）〔名〕姓。

語彙 碧玉 翠玉 金玉 昆玉 美玉 竊玉 珠玉 藍田玉 堆金積玉 渾金璞玉 藍田生玉 憐香惜玉 拋磚引玉

【玉帛】yùbó〔名〕〈書〉❶玉器和絲織品。泛指財富：子女～，則君有之。❷古時國家之間交往以玉帛為禮物，因以玉帛借指國家之間的友好交往：化干戈為～。

【玉不琢，不成器】yù bù zhuó, bù chéngqì〔諺〕玉不經雕琢，成不了器物。比喻人不受教育，就不能成才。

【玉成】yùchéng〔動〕〈敬〉成全（多用於請人幫助）：此事全仗～｜萬望～此事。

【玉雕】yùdiāo〔名〕（件，座）在玉石上雕刻形象的工藝美術。也指用玉石雕刻成的工藝品（含器物、佩飾、擺設）：～廠｜精美的～。

【玉皇大帝】Yùhuáng Dàdì 道教所信奉的天上最高的神。也叫玉皇、玉帝。

【玉潔冰清】yùjié-bīngqīng〔成〕像玉和冰一樣純潔清白。比喻人品高尚純潔：～，行為俗表（俗眾的表率）。也說冰清玉潔。

【玉蘭】yùlán〔名〕❶（棵，株）落葉喬木，葉背有柔毛，花多為白色或紫色，有香氣，果實圓筒

形。供觀賞。❷（朵）這種植物的花。

【玉蘭片】yùlánpiàn〔名〕曬乾了的白色嫩筍片，供食用。

【玉米】yùmǐ〔名〕❶重要農作物之一，一年生草本植物，莖高約二米，葉子長而大，花單性，雌雄同株，子實比黃豆粒大，以馬齒型和硬粒型栽培較廣。❷（粒）這種植物的子實。除供食用外，工業用途也很廣，可製澱粉、酒精、塑料等。以上也叫玉蜀黍、包穀、包蘆、包米、珍珠米、棒子等。

玉米的故鄉

墨西哥是玉米的故鄉。現代考古證實，玉米的祖先是 5000 年前生長在墨西哥米切肯州巴爾薩河流域的一種野生黍類，經過墨西哥人數千年的培育，才成為今天的玉米。玉米現有數百個品種，是世界第三大糧食來源。

【玉器】yùqì〔名〕（件）用玉石雕琢成的各種器物（多為工藝美術品）：精美的～。

【玉汝於成】yùrǔyúchéng〔成〕（逆境）幫助你成功：艱難困苦，～。

【玉色】yùsè❶（口語中讀 yùshǎi）〔名〕淡青色。❷〔形〕〈書〉比喻貌美：麗華秀～，漢女嬌朱顏。

【玉石】yùshí(-shi)〔名〕（塊）"玉"①的通稱：～簪子｜這個香爐是用～雕成的。

【玉石俱焚】yùshí-jùfén〔成〕美玉和石頭都燒毀了。比喻好的和壞的一同毀掉了。

【玉蜀黍】yùshǔshǔ〔名〕玉米。

【玉碎】yùsuì〔動〕《北齊書·元景安傳》："大丈夫寧可玉碎，不願瓦全。"意思是寧可像玉一樣破碎，不願像瓦一樣完整。後以"玉碎"比喻堅貞不屈而死。

【玉兔】yùtù〔名〕❶〈書〉白兔。❷古代神話傳說月中有白兔，後因指月亮：～東升｜金烏長飛～走，青鬢長青古無有（金烏，指太陽）。

【玉璽】yùxǐ〔名〕（枚，方）君主的玉印：傳（chuán）國～。

【玉音】yùyīn〔名〕❶〈敬〉尊稱對方的言辭、書信：佇候～。❷指帝王詔旨。❸佛家指誦經之聲：舉～法事。

【玉宇】yùyǔ〔名〕❶天空；宇宙：～來清風，羅帳延秋月。❷傳說中玉帝的居處，也指瑰麗的宮闕殿宇：我欲乘風歸去，又恐瓊樓～，高處不勝寒。

【玉簪】yùzān ㊀〔名〕（支）用玉做成的簪子。也叫玉搔頭。㊁〔名〕❶（株）多年生草本植物，葉大如掌，有長柄，總狀花序，蒴果長形。❷（朵）這種植物的花。夏秋間開放，潔白如玉，味清香，花蕊如簪頭。

【玉照】yùzhào〔名〕（幅）〈敬〉稱對方的照片（多指女性的）：分手多年，蒙遠贈～，倍增思念。

聿 yù ❶古代指筆。❷〔助〕〈書〉結構助詞。用在句首或句中：～勞我心｜歲～其莫（暮）（一年將盡）。❸(Yù)〔名〕姓。

芋 yù〔名〕❶芋頭。❷泛指馬鈴薯、甘薯等植物：山～｜洋～。❸(Yù)姓。

【芋艿】yùnǎi〔名〕芋頭。

【芋頭】yùtou〔名〕❶多年生草本植物，葉有長柄，花穗軸在苞內，雄花黃色，雌花綠色。❷這種植物的塊莖，橢圓形，供食用。

> **芋頭的別稱和族系**
> 《史記・貨殖列傳》載，汶（岷）山下沃野有蹲鴟可以充飢。蹲鴟即芋頭最早的稱謂，以其如蹲伏的鴟，故稱。芋頭在東南亞熱帶地區，叫蠻芋；在温帶地區，叫芋艿。芋頭分旱芋和水芋兩大族。旱芋又分三大家：一為多子芋，如杭州的白梗芋和廣州的旱芋；一為魁芋，如廣西宜山的檳榔芋；一為多頭芋，如浙江金華的切芋和廣西宜山的狗爪芋。水芋又有紅梗芋和白梗芋之分。

谷 yù見 "吐谷渾"（1369頁）。
另見 gǔ（466頁）；gǔ "穀"（469頁）。

雨 yù〈書〉下雨（或雪）：五日～不～。
另見 yǔ（1658頁）。

育 yù ❶生育：節～｜不～症｜生兒～女｜提倡晚婚晚～。❷養活：～嬰｜～雛（餵養小鳥）｜～種（zhǒng）｜封山～林。❸培養：～才｜～英｜養～之恩，終生不忘。❹教育：德～｜體～。❺(Yù)〔名〕姓。
另見 yō（1634頁）。

語彙 保育 哺育 德育 發育 繁育 撫育 化育 教育 節育 絕育 美育 培育 生育 體育 晚育 選育 訓育 養育 優育 孕育 早育 智育 滋育

【育齡】yùlíng〔名〕適合生育的年齡：～婦女。

【育苗】yù//miáo〔動〕培養幼苗：育了兩畝樹苗。

【育秧】yù//yāng〔動〕培育秧苗：育了兩炕白薯秧。

【育嬰堂】yùyīngtáng〔名〕(所)舊時收養棄嬰的機構。

【育種】yù//zhǒng〔動〕用人工方法培育生物新品種：育了種，就開始大面積種植。

郁 yù ❶香氣濃郁：馥～｜～烈。❷(Yù)〔名〕姓。
另見 yù "鬱"（1666頁）。

語彙 葱郁 馥郁 濃郁

【郁郁】yùyù〔形〕〈書〉有文采的樣子：～乎文哉！

昱 yù〈書〉❶日光。❷照耀：日以～乎晝，月以～乎夜（有太陽照亮就是白晝，有月亮照亮就是夜晚）。

彧 yù〈書〉富有文采的樣子：～然｜～蔚。

峪 yù 山；山谷。多用於地名：馬蘭～（在河北遵化西）｜慕田～（在北京懷柔北）。

浴 yù ❶洗澡：～池｜～淋｜冷水～｜蒸汽～。❷(Yù)〔名〕姓。

語彙 池浴 淋浴 沐浴 盆浴 水浴 洗浴 新浴 日光浴 蒸汽浴

【浴場】yùchǎng〔名〕露天的游泳場所：濱江～。

【浴池】yùchí〔名〕❶供多人同時洗澡的水池。❷(家)指澡堂（多用於洗澡堂名稱）：華清～。

【浴缸】yùgāng〔名〕洗澡用的大缸，圓形；現指長方形的大澡盆，陶瓷、塑料等製成。

【浴巾】yùjīn〔名〕(條、塊)洗澡用的長毛巾。

【浴盆】yùpén〔名〕洗澡用的盆。

【浴室】yùshì〔名〕❶(間)有洗澡設備的房間。❷(家)指澡堂。

【浴血奮戰】yùxuè-fènzhàn〔成〕渾身帶血地拚死戰鬥。形容在激烈的戰鬥中頑強作戰：經過三天～，終於奪回了陣地。

【浴衣】yùyī〔名〕(件)洗澡前後所穿的衣服。

域 yù ❶疆界；一定範圍內的地方：區～｜領～｜異～｜絕～（隔絕難通的遙遠地區）。❷泛指某種範圍：音～｜水～。

語彙 地域 方域 封域 海域 疆域 境域 絕域 空域 領域 流域 區域 水域 外域 西域 異域 音域 畛域

【域名】yùmíng〔名〕企業、機構等在互聯網上註冊的符號化網絡地址兼名稱，可便於相互識別和聯絡。

> **域名的組成**
> 為了區別各個站點，必須為每個站點分配一個唯一的地址，即 IP（Internet Protocol）地址。IP 地址由四個從 0-255 之間的數字組成，如202.116.0.54。由於這些數字難於記憶，人們發明了 "域名" 來代替它，域名由幾個具有一定意義的拉丁字母組成。如在 www.jointpublishing.com 中，com 代表商務網（commercial），jointpublishing 代表三聯書店，www 代表環球信息網（World Wide Web），合起來就是三聯書店的站點。

堉 yù〈書〉肥沃的土壤。

悆 yù〈書〉喜悅。

欲 yù ❶欲望：食～｜情～｜求知～｜縱～。❷〈書〉想；〈❶慾〉希望：暢所～言｜～加之罪，何患無辭｜己所不～，勿施於人（自己不希望的事，也不要加給別人）。❸〈書〉要；需要：智～圓而行～方。❹〔副〕將要：搖搖～墜｜東方～曉。

語彙 節欲 禁欲 六欲 情欲 人欲 肉欲 色欲
食欲 嗜欲 獸欲 私欲 貪欲 物欲 性欲 意欲
淫欲 縱欲 窮奢極欲 隨心所欲

【欲罷不能】yùbà-bùnéng〔成〕《論語·子罕》：
"夫子循循然善誘人，博我以文，約我以禮，
欲罷不能。"原指學習心切，想着停止下來都
不可能。後泛指興之所至，難以停止：近年他
迷上了集郵，雖耗費不少，卻～。

【欲蓋彌彰】yùgài-mízhāng〔成〕《左傳·昭公
三十一年》："或求名而不得，或欲蓋而名章。"
章：同"彰"。意思是有人求名而不可得，有
人想要隱名而名聲更顯赫了。後用"欲蓋彌彰"
指企圖掩蓋事情的真相，結果卻暴露得更加明
顯：他塗改賬目，巧自掩飾；貪污罪責，～。

【欲壑難填】yùhè-nántián〔成〕形容貪婪的欲望
像深谷一樣，難於填滿：那些傢伙～，胃口大
得很。

【欲火】yùhuǒ〔名〕比喻強烈的欲望（多指性
欲）：～中燒。

【欲加之罪，何患無辭】yùjiāzhīzuì，héhuàn-wúcí
〔成〕想要給人加上個罪名，還怕找不到說法
嗎？指用種種藉口成心誣陷別人。

【欲擒故縱】yùqín-gùzòng〔成〕想要捉拿而故
意放縱。比喻為了有效地控制，有意先放鬆
一步。

【欲速則不達】yù sù zé bù dá〔成〕《論語·子
路》："欲速則不達，見小利則大事不成。"指
一味圖快，反而達不到目的。

【欲望】yùwàng〔名〕取得某種東西或達到某種
目的的迫切要求：強烈的～｜他早就有出國留學
的～。

淯 Yù ❶ 淯水，古水名，即今河南白河。源出
伏牛山，南流入漢水。❷〔名〕姓。

尉 yù 用於地名：～犁（在新疆中部）｜～莊
（在山西鄉寧東南）。
另見 wèi（1412頁）。

【尉遲】Yùchí〔名〕複姓。

馭（驭）yù ❶ 駕馭（車馬）：～四馬｜奔馬
難～。❷〈書〉比喻控制：安上～
下｜以簡～繁。❸〈書〉駕馭車馬的人：顏回為～
（顏回，字子淵，孔子的弟子）。

【馭手】（御手）yùshǒu〔名〕使役或駕馭牲畜的
人：～班（由士兵馭手組成）｜他是個很好
的～。

菀 yù〈書〉茂盛：枯林再～，涸轍重流。
另見 wǎn（1390頁）。

棫 yù 古代指一種植物，叢生，有刺，果實紫
色，可食。

喻 yù ❶ 明白；知曉：不言而～｜家～戶曉｜
君子～於義，小人～於利。❷ 說明；告
知：不可言～｜～之以理。❸〈書〉比方：比～｜

請以戰～｜泰山不足～其高，北海不足～其深。
❹（Yù）〔名〕姓。

語彙 暗喻 比喻 諷喻 理喻 明喻 譬喻 訓喻
言喻 隱喻 不言而喻

御 yù ❶〈書〉趕車；駕馭車馬：～馬徐行｜～
風而行。❷ 封建社會指君主對治下的控制
或治理：～眾以寬｜振長策而～宇內。❸〈書〉駕
車的人：其～屢顧（他的馭手多次回頭看）。❹ 封
建社會指與皇帝有關的事物、行為：～旨｜
賜｜告～狀｜～駕親征。❺（Yù）〔名〕姓。
另見 yù "禦"（1666頁）。

【御用】yùyòng〔形〕屬性詞。❶ 帝王專用：～印
章｜此米非～。❷ 被統治者所利用的：～文
人｜～工具。

飫（饫）yù〈書〉❶ 宴食；飲酒：～宴有
節。❷ 飽；足：飽遊～觀（遊覽諸
多風景）｜甘饜肥（飽食肥美的食物，形容生活
奢侈、優裕）。

寓（庽）yù ❶ 寄居：～居｜暫～友人處。
❷ 寄託；隱含：～意｜～偉大於平
凡。❸ 居住的地方：公～｜客～｜張～（張某人的
住宅）。❹（Yù）〔名〕姓。

語彙 公寓 寄寓 客寓 流寓 僑寓

【寓公】yùgōng〔名〕（名）舊指失勢寄居外鄉的士
紳、官僚。後多指流亡國外的官僚、闊老；民
國初年，他祖父逃去京官，到天津當了～。

【寓居】yùjū〔動〕居住（在異國他鄉）：老畫家～
海外達四十年。

【寓目】yùmù〔動〕〈書〉過目；觀看：文章已寫出
初稿，請老師～｜～階除，雜草叢生。

【寓所】yùsuǒ〔名〕寓居的處所：白天拜會各方面
的朋友，晚上很晚才回到～。

【寓言】yùyán〔名〕❶（則）用假想的故事來說明
某種哲理，從而達到教育或諷刺目的的文學作
品：《伊索～》｜《狐假虎威》這則～諷刺了倚仗
別人權勢嚇唬人、欺壓人的人。❷ 言近旨遠、
寓意深長的話：著書十萬餘言，大抵皆～也。

中國古代的寓言
寓言結構簡短，故事性強。主人公可以是人，
可以是動物，也可以是無生物。寓言原為民間
口頭創作，後為文人所採用，發展為一種文學
體裁。先秦諸子中，有不少寓言保存下來，如
在《孟子》《莊子》《韓非子》及《戰國策》《呂氏
春秋》等書中，就引用過不少寓言故事。漢魏
以後的一些作家也有所創作，如唐朝柳宗元的
散文中，有著名的《三戒》《臨江之麋》《黔之
驢》《永某氏之鼠》，使寓言取得了獨立的文學
地位。元末明初的劉基，有《郁離子》一書，基
本上是用寓言的形式，曲折地、間接地反映了
當時的社會現實。

【寓意】yùyì ❶〔動〕寄託或蘊涵某種意旨：畫面上老樹綻出了新枝，～人老心不老。❷〔名〕寄託或蘊涵的意思：～深遠。

裕 yù ❶ 豐富；寬綽：富～｜充～。❷〈書〉使富足：富國～民。❸（Yù）〔名〕姓。

語彙 充裕 豐裕 富裕 寬裕 優裕 餘裕

【裕固族】Yùgùzú〔名〕中國少數民族之一，人口約 1.4 萬（2010 年），主要分佈在甘肅肅南、酒泉，少數散居在新疆等地。裕固語是主要交際工具，沒有本民族文字。兼通漢語文。

【裕國利民】yùguó-lìmín〔成〕使國家富足，人民受益：地方政府必須貫徹中央制定的～政策。

【裕如】yùrú〔形〕〈書〉❶ 從容寬鬆的樣子：措置～｜應對～。❷ 豐足有餘：生活～。

粥 yù〈書〉❶ 同"鬻"①。❷ 育；生養：孕而不～。
另見 zhōu（1774 頁）。

喬 yù ㊀〈書〉用錐子穿物。
㊁〈書〉象徵祥瑞的彩雲。

遇 yù ❶〔動〕相逢；碰上：不期而～｜兩車相～｜棋逢對手，將～良材。❷ 對待；款待：待～｜優～｜厚～｜殊～。❸ 機會：機～｜際～｜良～。❹（Yù）〔名〕姓。

語彙 不遇 待遇 厚遇 機遇 際遇 景遇 境遇 冷遇 禮遇 奇遇 巧遇 殊遇 外遇 相遇 優遇 遭遇 知遇 不期而遇

【遇刺】yùcì〔動〕遭受刺殺：～身亡。
【遇害】yùhài〔動〕被殺害：不幸～。
【遇見】yùjiàn (-jian)〔動〕碰到：～一位老同學｜這事正好讓我～了。
【遇救】yùjiù〔動〕得到救援；獲救：海難中的船員全部～了。
【遇難】yù//nàn〔動〕❶ 因遭受迫害或發生意外而死亡：因飛機失事～｜地震使許多居民不幸遇～了難。❷ 碰上危難：逢凶化吉，～成祥。
【遇事】yù//shì〔動〕遇到事情或變故：～多和大家商量｜不～便罷，遇了事也不要驚慌。
【遇險】yù//xiǎn〔動〕多指人、車、船、飛機等遭遇到危險：營救～人員｜船行到鬼門灘時遇～了險。

罛 yù 古代指捕捉小魚的細眼兒網。

與（与） yù〈書〉參加；參與：～會｜～謀｜～聞。
另見 yú（1656 頁）；yǔ（1659 頁）。
【與會】（預會）yùhuì〔動〕參加會議：～代表｜能否～，請告知。
【與聞】（預聞）yùwén〔動〕〈書〉參與並知道（內情）：從未～｜國家機密，一般人不得～。

鈺（钰） yù ❶〈書〉珍寶。❷（Yù）〔名〕姓。

愈 yù ㊀〈書〉好過；勝過（用於比較）：此～於彼。
㊁❶〔副〕越；更加（一般連用）：～戰～勇｜真理～辯～明｜～聽心裏～高興。❷（Yù）〔名〕姓。
另見 yù "癒"（1666 頁）。
【愈加】yùjiā〔副〕越發：病情～嚴重了。
【愈演愈烈】yùyǎn-yùliè〔成〕事態發展變化越來越嚴重：某些地區非法侵佔農民耕地的問題～，要大力治理。
【愈益】yùyì〔副〕愈加；更加：有你這句話，～增強了我的信心。

煜 yù ❶〈書〉光耀的樣子：～明｜～煒。❷（Yù）〔名〕姓。

預（预） yù ㊀❶ 預先；事前：～付｜～祝｜～售｜～料。❷（Yù）〔名〕姓。
㊁ 過問；參與：干～。
【預案】yù'àn〔名〕（為應對突發事件）預先制訂的方案：緊急～｜實施～。
【預報】yùbào ❶〔動〕預先報告（某種情況）：～下周賽事｜～有十級大風｜天氣情況，～完了。❷〔名〕天文、氣象等方面的預先報告：我沒聽～｜天氣～說明天有雨｜這位土專家做出了準確的地震～。
【預備】（豫備）yùbèi〔動〕準備：～幾個紙箱，搬家時用｜中午飯我給你～好了｜各就各位，～跑！

> **辨析** **預備、準備** a）都是事先安排、籌劃的意思，可以互相換用，如"準備（預備）晚飯""我們已經預備（準備）好了"。b）習慣組合有不同，如"預備隊""預備黨員"不能說"準備隊""準備黨員"，"精神準備""有充分的準備"也不能換用"預備"。

【預備役】yùbèiyì〔名〕服完兵役的退伍軍人、依法應服兵役而未入伍的公民，是根據國家需要隨時準備應徵入伍的兵役，稱預備役。也叫後備役。
【預卜】yùbǔ〔動〕事先預測斷定：吉凶如何，尚難～。
【預測】yùcè ❶〔動〕預先推測或測定：～颱風｜～我校高考升學率。❷〔名〕預先推測或測定的結果：比賽結果跟我的～完全一樣。
【預產期】yùchǎnqī〔名〕預計的分娩日期。通常是最後一次月經的第一日後加九個月零七天。
【預定】yùdìng〔動〕預先規定或約定：飛機在～地點着陸｜這部影片～在明年春天開拍。
【預訂】yùdìng〔動〕預先訂購：～機票｜我～了一套《二十四史》。
【預防】yùfáng〔動〕預先防備：～疾病｜～火災。

【預付】yùfù〔動〕預先付給：～定金｜～貨款。

【預感】yùgǎn ❶〔動〕事先感覺：他～到情況不妙。❷〔名〕事先的感覺：他有關節炎，每次陰天下雨都有～。

【預告】yùgào ❶〔動〕事先通告；顯示：這個消息已～大家了｜除夕的爆竹聲～了新年的到來。❷〔名〕事先的通告：下週節目～。

【預購】yùgòu〔動〕預先訂購或購買。一般先交付定金，簽訂合同，屆時按合同取貨：～門票｜我在木器廠～了一套組合家具。

【預後】yùhòu〔名〕醫療中對病情的發展趨勢和最後結果的預測：～不良｜～良好。

【預計】yùjì〔動〕預先估算、計劃或推測：～需 60 萬元｜～明年完工｜～明天北部山區有大雨。

【預見】yùjiàn ❶〔動〕預先推斷將來的發展變化：～未來｜他早就～到這孩子在音樂方面định有發展。❷〔名〕預先對將來狀況的推斷：科學的～｜英明的～｜他對這事早有～。

【預警】yùjǐng〔動〕預先警示將有某情況發生：～雷達｜～機｜緊急～。

【預料】yùliào ❶〔動〕事先料想、推測：誰也沒有～到會出現這樣的情況。❷〔名〕事先的料想或推測：出乎～｜早有～｜你的～是正確的。

【預謀】yùmóu ❶〔動〕預先謀劃（做壞事）：這個團夥～明天挖墓盜寶。❷〔名〕做壞事之前的謀劃；特指犯罪前所進行的謀劃：通過這些跡象可以看到，他們的罪惡活動是早有～的。

【預期】yùqī〔動〕預先期待：～能考出好成績｜實現～的效果。

【預熱】yùrè〔動〕❶（機器等）預先加熱：發動機～到適當溫度後打火。❷（活動等）預先準備或提前營造氣氛：球隊開始集訓，為下月的比賽～｜雜技演員通常是先～，用搞怪逗笑招徠觀眾。

【預賽】yùsài〔動〕體育運動等比賽中選拔參加半決賽或決賽的選手或單位的比賽：有三名選手順利通過了～。

【預示】yùshì〔動〕預先顯示：雪花飛舞，～着來年的好收成。

【預售】yùshòu〔動〕預先發售：～火車票｜房會上正在～新房。

【預算】yùsuàn ❶〔動〕預先計算：應該認真～一下，看這項工程得投資多少錢。❷〔名〕對於未來一定時期內的收入和支出的計劃：國家財政～｜編制年度～。

【預習】yùxí〔動〕學生預先自習老師將要講授的功課（跟 "複習" 相對）：～第三課。

【預先】yùxiān〔副〕在事情發生或進行之前：～佈置｜～了解一下｜他們～就準備好了。

【預想】yùxiǎng ❶〔動〕推測；料想：事情還沒做，你怎麼就～着要失敗呢？｜他變成今天這個樣子，這是誰也沒有～到的。❷〔名〕事先的推測、料想：他的～變成了現實｜得出的結果與你的～完全一樣。

【預選】yùxuǎn〔動〕在名額較多的候選人中先選舉出一定名額的正式候選人。

【預選賽】yùxuǎnsài〔名〕為選拔正式比賽或決賽的參賽者而進行的比賽：世界杯～｜奧運會～｜高校圍棋網絡～。

【預言】yùyán ❶〔動〕預先說出（將要發生的事）：他～這場比賽我們會贏。❷〔名〕預先說出的某事將要發生的見解：科學的～｜事實證實了他的～。

【預演】yùyǎn〔動〕正式演出前進行試演：這齣戲準備最近日～一次。

【預約】yùyuē〔動〕預先約定：按～時間上門維修｜門診的日期是～好的。

【預展】yùzhǎn〔動〕展覽會正式開幕前先行展覽，以便吸收意見，加以改進，再正式展出。

【預兆】yùzhào ❶〔名〕事先顯露出來的徵兆：地震之前有許多～｜燕子低飛，往往是下雨的～。❷〔動〕某些現象或事物預示將發生某事：瑞雪～着來年豐收。

【預支】yùzhī〔動〕預先支付或領取：～稿酬。

【預製構件】yùzhì gòujiàn 按設計規格在工廠或工地預先製成的鋼、木或混凝土建築結構單元。施工時起吊到設計位置即可裝配。也叫預製件。

蜮 yù ❶ 傳說中一種能在水中含沙射人、使人發病的鬼物。比喻陰險小人：鬼～伎倆。❷ 古書上指一種食苗的害蟲：螟～。

毓 yù〈書〉生育；孕育：～秀｜以蕃鳥獸，以～草木。❷（Yù）〔名〕姓。

獄（狱） yù ❶〔名〕監獄：入～｜出～｜越～。❷ 官司；罪案：斷～｜冤～。

語彙　地獄　斷獄　黑獄　監獄　劫獄　鞠獄　牢獄　煉獄　入獄　繫獄　下獄　疑獄　冤獄　越獄　詔獄　折獄　文字獄

【獄吏】yùlì〔名〕（名）舊時管理監獄的小吏。

【獄卒】yùzú〔名〕（名）舊時稱看守監獄的士兵。

語（语） yù〈書〉告訴：吾～汝（我告訴你）。
另見 yǔ（1659 頁）。

嫗（妪） yù ❶〈書〉老年婦女：老～｜～翁～。❷（Yù）〔名〕姓。

蔚 Yù ❶ 蔚縣，地名。在河北太行山西麓。❷〔名〕姓。
另見 wèi（1412 頁）。

潏 yù〈書〉水流湧動的樣子：蕩～｜～波。

熨 yù 見下。
另見 yùn（1684 頁）。

【熨帖】yùtiē〔形〕❶（用字遣詞）貼切；恰當：這個詞放在這裏不太～。❷（心情）平靜；安適：事辦得順利，心裏十分～。❸（事情）完全辦妥：貸款的事還沒有辦～。

閾（阈）yù〈書〉❶門檻：立不中門，行不履～。❷界限或範圍：痛～（醫學用語）。

鴪（𫛞）yù〈書〉鳥快飛的樣子。

諭（谕）yù ❶告訴；吩咐（舊時用於上級對下級或長輩對晚輩）：面～（當面吩咐）｜～知｜～旨（皇帝施於臣下的文書）。❷古同"喻"①：低頭獨長歎，此歎無人～。❸〈書〉比喻：請以市（集市）～，市朝（早上）則滿（擠滿了人），夕則虛。❹（Yù）〔名〕姓。

語彙 教諭 口諭 勸諭 上諭 手諭 曉諭 訓諭 旨諭

燏 yù〈書〉火光閃爍的樣子。

豫 yù ㊀〈書〉❶喜歡；快樂：面現不～之色。❷安樂；安適：逸～無期（無限度地追求安逸）。

㊁〈書〉預備；事先做準備：～則禍不生｜凡事～則立，不～則廢。

㊂（Yù）〔名〕❶河南的別稱：～劇。❷姓。

語彙 遐豫 逸豫 猶豫

【豫劇】yùjù〔名〕地方戲曲劇種，流行於河南及其鄰近地區，以梆子擊節，以板胡為主要伴奏樂器。也叫河南梆子。

遹 yù〈書〉遵循：～追先志。

隩 yù〈書〉深而彎曲的水邊。
另見 ào（16 頁）。

薁 yù 見"蘡薁"（1628 頁）。

蕷（蓣）yù 見"薯蕷"（1257 頁）。

禦（御）yù〈書〉抵抗；抵擋：～風寒｜～侮｜～敵於國門之外。

"御"另見 yù（1663 頁）。

語彙 抵禦 防禦 捍禦 抗禦

【禦寒】yùhán〔動〕抵禦寒冷：生火～｜～用品。

【禦侮】yùwǔ〔動〕抵抗外來侵侮：團結～，一致對外。

燠 yù〈書〉溫暖；熱：～熱｜盛暑郁～｜南土地～，北人居之，慮生疾疫。

【燠熱】yùrè〔形〕〈書〉炎熱；悶熱：～難耐。

澦（滪）yù 見"灩澦堆"（1565 頁）。

鵒（鹆）yù ❶見"鴝鵒"（1109 頁）。❷（Yù）〔名〕姓。

癒（愈）〈瘉〉yù（傷、病）好了：病～｜痊～｜傷～歸隊。

"愈"另見 yù（1664 頁）。

【癒合】yùhé〔動〕（瘡口、傷口）長好：他這一動，剛剛～的傷口又裂開了。

譽（誉）yù ❶名譽：榮～｜～滿全球。❷稱讚；讚美（跟"毀"相對）：毀～參半｜好面～人者，亦好背而毀之。❸（Yù）〔名〕姓。

語彙 稱譽 馳譽 過譽 毀譽 令譽 美譽 面譽 名譽 榮譽 聲譽 盛譽 推譽 信譽 飲譽 讚譽 沽名釣譽

鬻 yù ❶〈書〉賣：炫～｜賣兒～女｜賣官～爵｜～文為生。❷（Yù）〔名〕姓。

鷸（鹬）yù〔名〕鳥名，體色暗淡，嘴細長，常在淺水或澤地覓食小魚、貝類、昆蟲等。是候鳥。

【鷸蚌相爭，漁人得利】yùbàng-xiāngzhēng，yúrén-délì〔成〕《戰國策·燕策二》裏的一則寓言說，蚌張開殼曬太陽，鷸去啄牠的肉，蚌用殼夾住了鷸的嘴，彼此不肯放開。漁翁來了，把牠們都捉住了。後用"鷸蚌相爭，漁人得利"比喻雙方爭持不下，讓第三者得到好處。

【鷸鴕】yùtuó〔名〕鳥名，翅膀和尾巴都已退化，嘴長，跑得很快，捕食蠕蟲和昆蟲，常發出"幾維幾維"的叫聲。產於新西蘭，是珍稀鳥類。也叫無翼鳥、幾維鳥。

鬱（郁）〈鬰欝〉yù ❶（草木）茂盛：蒼～｜蓊～。❷憂愁；煩悶：～悶｜抑～｜沉～｜積～。**注意** 古代"鬱"和"郁"是兩個不同的姓。

"郁"另見 yù（1662 頁）。

語彙 悲鬱 勃鬱 蒼鬱 沉鬱 積鬱 蓊鬱 抑鬱 悒鬱 陰鬱 憂鬱

【鬱積】yùjī ❶〔動〕積聚不得發泄：在親人面前，她再也抑制不住～在心頭的悲痛之情，放聲大哭。❷〔名〕鬱積的情緒：內有憂思感憤之～。

【鬱結】yùjié〔動〕鬱積：肝氣～｜煩悶～在心頭。

【鬱金香】yùjīnxiāng〔名〕❶（棵，株）多年生草本植物，闊葉披針形，有白粉，結蒴果，根可做鎮靜劑。❷（朵）這種植物的花。花瓣倒卵形，有紅、黃、白、藍、紫等色，供觀賞，可入藥。

【鬱悶】yùmèn〔形〕（心情、天氣等）沉悶；不舒暢：天氣十分～｜實驗又失敗了，他的心情很～。

【鬱鬱】yùyù〔形〕❶（草木）茂盛的樣子：～蔥蔥。❷心情愁悶；不舒展：～不快｜～不得志。

籲（吁）

yù　為某種請求而呼喊；呼告：呼～｜～請校方改善學生伙食。
"吁"另見 xū（1526頁）；yū（1652頁）。

---

yuān ㄩㄢ

帒　yuān 見"繻帒"（359頁）。

瞀　yuān〔書〕❶眼球枯陷的樣子。❷枯竭：～井（枯井）。

冤〈寃寃〉yuān❶〔名〕強加的傷害；冤屈：不白之～｜鳴～叫屈｜含～負屈。❷冤仇：～有頭，債有主｜往日無～，近日無仇。❸〔形〕上當；不合算：白跑一趟，真～！❹〔動〕（北京話）欺騙：真有電影嗎？你可別～我｜他老～人。

> 語彙　抱冤　辨冤　沉冤　仇冤　煩冤　含冤　喊冤　蒙冤　鳴冤　申冤　訴冤　銜冤　雪冤　不白之冤　覆盆之冤

【冤案】yuān'àn〔名〕（件，起）因誤判或被人誣陷而造成冤屈的案件：平反～。

【冤仇】yuānchóu〔名〕（遭受侵害或侮辱而產生的）仇恨：結下～｜百年～｜宜解不宜結。

【冤大頭】yuāndàtóu〔名〕被利用而白費力氣或白費錢財的人（含譏諷意）：他被抓了個～｜這事你讓別人幹吧，別抓我的～。

【冤家】yuānjia〔名〕❶仇人：一個朋友一條路，一個一堵牆。❷稱似恨實愛，給自己帶來苦惱而又捨不得丟開的人。戲曲或民歌中常指情人或子孫：不是～不聚頭｜將此物將與我那～看｜皆因你這小～，帶累我受此千般苦。

【冤家路窄】yuānjiā-lùzhǎi〔成〕仇人狹路相逢，無法迴避。也泛指不願意相見的人偏偏相遇。

【冤屈】yuānqū ❶〔動〕加上不應有的罪名；受到不應有的責備：說他不孝順可真～了他。❷〔名〕屈辱性的待遇；不應受到的損害：蒙受～｜一肚子～向誰訴說？

【冤枉】yuānwang ❶〔動〕誣陷無罪者為有罪；平白無故地給人加上惡名：不能～好人！❷〔形〕所加的罪名不應有；受到待遇不公平：小陳無端被領導批評一頓，確實很～。❸〔形〕不值得；吃虧：白白走了許多～路｜花了錢買氣受，真～！

【冤獄】yuānyù〔名〕受冤屈而被監禁的案件：～

終於平反了｜嚴格執法，杜絕～。

【冤冤相報】yuānyuān-xiāngbào〔成〕仇敵間互相報復，誰也不肯罷休：～，寧有窮期｜今生的冤仇今生解了，省得來生裏～。

浣　yuān 用於地名：～市鎮（在湖北松滋東北長江南岸）。
另見 wò（1425頁）。

淵（渊）yuān ❶深水；潭：為～驅魚｜天～之別｜積水成～。❷深：～然｜～深。❸（Yuān）〔名〕姓。

> 語彙　九淵　臨淵　深淵　天淵　積水成淵

【淵博】yuānbó〔形〕（學識）精深廣博：他的學問很～。

【淵深】yuānshēn〔形〕〈書〉深邃；深厚：學問～｜～的意境。

【淵藪】yuānsǒu〔名〕淵：深水，魚類聚集處。藪：水旁草叢，獸類聚集處。泛指人或事物聚集的處所：罪惡～｜道之～｜盜賊之～。

【淵源】yuānyuán〔名〕水的源頭。比喻事物的本原：家學～｜考察中日兩國文化的歷史～。

蜎　yuān ❶ 古書上指孑孓（jiéjué）。❷（Yuān）〔名〕姓。

【蜎蜎】yuānyuān〔形〕〈書〉昆蟲蠕動爬行的樣子。

鳶（鸢）yuān ❶〔名〕老鷹：～飛魚躍（形容萬物各得其所）。❷紙鳶：長風吹斷～。

【鳶尾】yuānwěi〔名〕（株）多年生草本植物，根莖淡綠色，葉子劍形，花多為藍色或藍紫色，像蝴蝶，蒴果長橢圓形。供觀賞。也叫蝴蝶花。

箢　yuān 見下。

【箢箕】yuānjī〔名〕一種竹篾編成的盛器。也叫箢篼（yuāndōu）。

鴛（鸳）yuān 鴛鴦：～侶（比喻配偶）。

【鴛鴦】yuānyang（-yang）❶〔名〕（對，隻）鳥名，外形像野鴨，生活在內陸湖泊溪流，雄的羽毛華麗，翅上有豎起的扇狀直立羽。雌的背蒼褐色。雌雄多成對生活在一起。文學上常用來比喻夫妻：棒打～兩離分｜亂點～譜。❷〔形〕屬性詞。成雙成對的：～劍（雌雄劍）｜～瓦（成偶的瓦）｜～火鍋｜～座。

【鴛鴦火鍋】yuānyang huǒguō 一種用金屬片把湯汁隔成兩半的火鍋，一半香鮮可口，一半麻辣

Y

味濃烈。

【鴛鴦座】yuānyāngzuò〔名〕影劇院專為情侶特設的雙人座位。

鴸（鵷） yuān 鴛鴦：鳳凰～屬。

【鴸鶵】yuānchú〔名〕傳說中與鸞鳳同類的鳥。

yuán ㄩㄢˊ

元 yuán ⊖❶開始的；第一：紀～｜～年｜～妃｜～配。❷為首的；居首的：～首｜魁～｜～戎｜～老｜～勳｜～功。❸主要的；根本的：～素｜～音。❹構成一個整體的成分：單～｜～件。❺〔名〕數學運算式中，表示變量的字母稱作元：一～二次方程。❻(Yuán)〔名〕朝代，1206-1368，1206年蒙古族孛兒只斤‧鐵木真(成吉思汗)建立蒙古汗國，1271年忽必烈定國號為元。1279年滅南宋，建都大都(今北京)。❼(Yuán)〔名〕姓。注意"原來""本原"等的"原"，本來都寫作"元"。明朝初年，因為嫌它跟"元朝"的"元"混淆，改寫作"原"。
⊜貨幣單位，同《圓》⑦⑧。

語彙 單元 多元 二元 改元 公元 會元 紀元 解元 金元 黎元 三元 上元 西元 下元 一元 中元 狀元

【元寶】yuánbǎo〔名〕(錠)舊時用金銀鑄成的錠子，兩頭翹起中間凹下，做貨幣流通，銀元寶一般重五十兩或一百兩，金元寶重五兩或十兩。

【元旦】Yuándàn〔名〕新年的第一天。自漢代至清末，以夏曆正月初一為元旦；辛亥革命後以正月初一為春節，陽曆1月1日為新年；1949年9月27日，中國人民政治協商會議將陽曆新年正式定名為元旦。

【元惡】yuán'è〔名〕〈書〉首惡：～憝(duì)(首惡被人大怨恨)。

【元件】yuánjiàn(～兒)〔名〕構成機器、儀表等的器件兒，由若干零件組成，可在同類裝置中掉換使用，如電阻器、電容器等：電器～。

【元老】yuánlǎo〔名〕(位)古稱天子的老臣。後來稱某一領域年輩長、資望高的人物。

【元謀猿人】Yuánmóu yuánrén 中國最早的人類化石，其生活年代距今已有170萬年，為舊石器時代早期人類的代表。1965年5月在雲南元謀縣上那蚌村發現。也叫元謀人。

【元年】yuánnián〔名〕❶帝王或諸侯即位的第一年或帝王改元的一年，如僖公元年、開元元年。❷某種紀元的第一年，如公元元年、回曆元年。❸政體或政府組織改變的第一年：民國～。

【元配】yuánpèi〔名〕指第一次娶的妻子：他的～

去世後，又續了弦。也作原配。

【元氣】yuánqì〔名〕(人的)精神、精力；(組織團體的)生命力：～大傷｜恢復～。

【元曲】yuánqǔ〔名〕元代雜劇和散曲的統稱。是盛行於元代的一種文藝形式，在中國文學史上常與唐詩、宋詞並稱。其中雜劇成就尤高，因此元曲有時也常指元雜劇。

元曲四大家

元代是中國戲曲史上的黃金時代，作家有一百多人，最著名的是元曲四大家。說法有二，一是"關馬鄭白"，二是"關王馬白"。"關"指關漢卿，代表作《竇娥冤》；"馬"指馬致遠，代表作《漢宮秋》；"鄭"指鄭光祖，代表作《倩女離魂》；"白"指白樸，代表作《梧桐雨》；"王"指王實甫，代表作《西廂記》。

【元戎】yuánróng〔名〕〈書〉主將；統帥：元首耀北辰，～雄泰岱(指泰山)。

【元首】yuánshǒu〔名〕(位)❶君主。❷某些國家對國家最高領導人的稱呼。

【元帥】yuánshuài〔名〕❶(位)古代稱統率全軍的首領。❷軍銜，高於將官的軍官：十大～。

【元素】yuánsù〔名〕❶要素：古代哲學把"陰""陽"看作組成事物的～。❷在化學上，具有相同核電荷數的同一類原子的總稱。如氧氣、一氧化碳、二氧化碳中都含有核電荷數為8的氧原子，這類原子總稱氧元素。

【元素週期表】yuánsù zhōuqībiǎo 根據俄國化學家門捷列夫(1834-1907)總結出的元素週期律(元素的性質隨着原子量的遞增呈現週期性的變化)，將已知的各種元素組成有週期性的體系(元素週期系)，這種按原子序數排成的表，稱為元素週期表。

【元宵】yuánxiāo〔名〕❶一種應時食品，用糯米麵做成，小球形，有餡，多煮着吃。❷指農曆正月十五日夜晚。古代稱這一天為上元，所以晚上叫元宵：火樹銀花鬧～。也叫元夕、元夜。

元宵趣話

元宵作為一種食品，在中國由來已久。最早叫"浮元子"，以後又稱元宵、湯圓、圓子、粉果等，生意人還美其名曰"元寶"。民國初年，袁世凱篡奪革命果實當上大總統，因"元、袁""宵、消"同音，他作賊心虛，忌諱"元宵"有"袁世凱被消滅"之嫌，便在1913年元宵節前下令：不准稱元宵，只許叫湯圓。但他不久就垮了台，中國大部分地區遂又恢復"元宵"的名稱。

【元宵節】Yuánxiāo Jié〔名〕中國傳統節日，在農曆正月十五日。從唐代起，在這一天夜晚，各地有觀燈、吃元宵的風俗。也叫燈節、上

元節。

【元兇】yuánxiōng〔名〕(名)罪魁禍首：國際法庭宣判了這幾名戰爭～的死刑。

【元勳】yuánxūn〔名〕(位)立有特大功勳的人：開國～。

【元音】yuányīn〔名〕語音學上指發音時聲帶顫動，氣流在口腔內不受阻礙所形成的聲音，如普通話語音中的 a，e，o，i，u，ü 等(區別於"輔音")。也叫母音。發元音時鼻腔不通氣，如果鼻腔也通氣，發出的元音稱鼻化元音。

【元魚】yuányú 同"黿魚"。

沅 Yuán ❶ 沅江，水名。發源於貴州雲霧山，東流入湖南。❷〔名〕姓。

妧 yuán 多見於女性人名。
另見 wàn（1392頁）。

芫 yuán 見下。
另見 yán（1555頁）。

【芫花】yuánhuā〔名〕(株)落葉灌木，葉子對生(偶有互生)，花淡紫色，先葉開放，結核果。供觀賞，花蕾可入藥。

垣 yuán ❶〔書〕矮牆；也泛指牆：紅～金塔｜斷壁殘～。❷〔書〕城：蘇～(蘇州城)｜省～(省城)。❸(Yuán)〔名〕姓。

語彙　宸垣　城垣　短垣　牆垣　省垣　頹垣

爰 yuán ❶〔連〕〔書〕於是；甚而：～整其旅(於是發令調兵遣將)｜～命有司，使之條為(於是發令有關部門，使之逐條上奏)。❷〔代〕〔書〕疑問代詞。哪裏；何處：瞻烏～止(飛來飛去的烏鴉，停在誰家屋頂)？｜～其適歸(哪裏是我的歸處)？｜～有寒泉(哪裏有寒泉)？❸(Yuán)〔名〕姓。

袁 Yuán〔名〕姓。

【袁大頭】yuándàtóu〔名〕(枚，塊)民國初年發行的鑄有袁世凱頭像的銀圓。也叫袁頭、大頭。

原 yuán ㊀❶ 最初的；開始的：～先｜～供｜～生動物。❷〔形〕屬性詞。原來；本來：～單位｜～計劃｜官復～職｜～班人馬｜～封不動｜這個編輯室～有 20 人。❸ 沒加工的：～木｜～煤｜～棉。❹ 原狀：還～。❺(Yuán)〔名〕姓。
㊁ 原諒：情有可～。
㊂ 寬廣平坦的地方：高～｜平～｜山舞銀蛇，～馳蠟象｜離離～上草，一歲一枯榮。

語彙　本原　病原　草原　川原　復原　高原　還原　荒原　抗原　燎原　莽原　平原　推原　雪原　中原

【原班人馬】yuánbān rénmǎ 指原來的成員。

【原版】yuánbǎn〔名〕❶ 書籍、錄音帶、錄像帶等原來的版本：這盒磁帶是轉錄的，不是～。❷ 未經翻譯的書籍、音像製品：英語～教材。

【原本】yuánběn ㊀〔名〕❶ 底本；手稿(區別於"抄本")：作者又對～進行了加工修改。❷ 初刻本(區別於"重刻本")。❸ 翻譯所據的原書：這本書是依據日文～翻譯成中文的。㊁〔副〕原來；本來：他～是幹印刷的，後來改為機修。

【原材料】yuáncáiliào〔名〕原料和材料的合稱：～緊缺｜節約～｜降低～消耗。

【原唱】yuánchàng ❶〔動〕最先公開演唱某首新歌(區別於"翻唱")：～歌曲。❷〔名〕最先公開演唱某歌的人：他是這首歌的～。

【原創】yuánchuàng〔動〕最先創作；首創：這項技術由我國科技人員～｜～音樂｜～相聲小品。

【原動力】yuándònglì〔名〕❶ 產生動力的力，如水力發電的水力、火力發電的火力、風力發電的風力等。❷ 比喻促使事物發展的動因：民族生存發展的～植根於民族精神之中。

【原封】yuánfēng（～兒）〔形〕屬性詞。沒開封的；泛指保持原來的樣子，沒有任何變動的：～兒沒動｜把他送來的這些禮品～退回。

【原封不動】yuánfēng-bùdòng 保持原來的樣子，一點不加變動：把這些箱籠連同鑰匙～地送還主人。

【原稿】yuángǎo〔名〕(部)完成後未經他人修改增删的稿子或圖像；編輯部門據以編輯加工或出版部門據以印刷出版的稿子：～退回｜依據～進行校對。

【原告】yuángào〔名〕(名)向法院提起訴訟的一方(跟"被告"相對)：～席。也叫原告人。

【原籍】yuánjí〔名〕本來的籍貫(區別於"客籍""寄籍")：老王～山東，寄籍北京。

【原價】yuánjià〔名〕原定的價格：這雙鞋～300 元，現價 100 元。

【原來】(元來)yuánlái ❶〔形〕屬性詞。過去的；沒有改變的：按～的計劃進行｜王小虎是他～的名字｜他還住在～的地方。❷〔名〕原先的時候；過去：現在比～大有進步｜他～可不像現在這樣兒｜我家～有五口人｜這個地區的交通很不方便，現在方便多了。❸〔副〕表示發現以前不知道的情況(含有恍然醒悟的意思)：我以為是誰呢，～是你！｜我說屋裏怎麼這麼冷，～還開着窗戶。

【原理】yuánlǐ〔名〕某一學科、部門或領域中的具有普遍意義的道理；可據以推出有關定理或命題的基本理論：機械～｜飛機的導航儀器是根據指南針～製成的。

【原糧】yuánliáng〔名〕未經加工的糧食，如沒有磨成麵粉的小麥。

【原諒】yuánliàng〔動〕對有缺點或過失的人予以理解和容忍，不加責備或懲罰：來信遲復，請～｜他已經向你道歉了，你就～他吧。

Y

【原料】yuánliào〔名〕尚待加工的材料，如供紡織用的棉紗，供紡紗用的皮棉：化工～｜～價格。

【原貌】yuánmào〔名〕原來的面貌或樣子：維持～｜恢復～。

【原煤】（元煤）yuánméi〔名〕從礦井開採出來沒經過篩、洗等加工程序的煤。

【原棉】yuánmián〔名〕用作紡織原料的皮棉。

【原木】yuánmù〔名〕砍伐後未經加工的原始木料。

【原配】yuánpèi 同"元配"。

【原色】yuánsè〔名〕能混合成各種顏色的基本顏色。顏料中的原色是紅、黃、藍；色光中的原色是紅、綠、藍。也叫三原色、基色。

【原審】yuánshěn〔名〕第一審。當被告因不服判決而依法上訴時，相對於上一級法院的審判而言，下級法院的審判就叫原審。

【原生動物】yuánshēng dòngwù 最原始、最簡單的動物，生活在水中、土壤中或其他生物體內，大多是單細胞動物。

【原生態】yuánshēngtài〔名〕指原始的、未受外界影響的自然或社會的環境、狀態；沒有經過任何藝術加工的形態：～民族風情｜來自邊陲的歌手以其～的歌聲傳情，讓聽眾如痴如醉。

【原聲帶】yuánshēngdài〔名〕（盒）錄製的原版磁帶（區別於轉錄的磁帶）。

【原始】yuánshǐ〔形〕❶ 屬性詞。古老的；未開發的：～動物｜～森林。❷ 未開化的：～社會｜～人｜這種刀耕火種的生產方式太～了。❸ 屬性詞。最初的；第一手的：～材料｜～記錄。

【原始社會】yuánshǐ shèhuì 人類歷史上最早的社會形態，從原始群的形成開始，經過母系氏族公社、父系氏族公社直至原始公社解體，被奴隸社會所取代。原始社會生產力極低，初期，人們主要使用石器，以採集、狩獵為生；後期有了畜牧業、農業和小手工業。在這個社會裏，生產資料公有，人們共同勞動，共同消費，沒有剝削，沒有階級。

【原委】yuánwěi〔名〕事情的本末緣由；事情自始至終的過程：弄清事情的～。

【原文】yuánwén〔名〕❶ 翻譯時所據的外文原著：這篇譯文沒能體現～精神。❷（句、段）徵引、轉寫或改寫所據的原著語句：直接引用～要加引號｜把抄件再跟～核對一下。

【原先】yuánxiān ❶〔形〕屬性詞。從前的；早先的：這個說法和～的說法不一樣。❷〔名〕當初；以前某一時期（含有現在已經有所變化的意思）：他～只是個普通工人｜我～並沒想到事情這麼複雜。

【原形】yuánxíng〔名〕原先的形狀；本來的面目：那個騙子終於露出了～。

【原形畢露】yuánxíng-bìlù〔成〕本相完全顯露出來了。指剝掉了偽裝，顯露出本來面目。

【原型】yuánxíng〔名〕原來的類型或模型，特指文學創作中作者塑造人物時所參照的現實生活中的人：這部小說的～，是我在醫院結識的一位病友。

【原鹽】yuányán〔名〕經過初步曬製或熬製的含較多雜質的鹽，可用作工業原料。

【原樣】yuányàng（～兒）〔名〕老樣子；原來的樣子：照～複製。

【原野】yuányě〔名〕平坦曠野：駿馬奔騰在～上。

【原意】yuányì〔名〕原來的意思：符合～｜有失～｜這不是我的～。

【原因】yuányīn〔名〕引起某種結果或造成某種情況發生的條件：～不明｜這次失敗的～在於輕敵｜把事故的～調查清楚。

> **辨析** 原因、緣故　"緣故"常用於一般事件、事情，使用的範圍較窄。"原因"除了用於一般事物以外，還常用於重大事物，使用範圍較寬。凡用"緣故"的地方一般都能換成"原因"，但"原因"的地方有些不能換成"緣故"，如"這場戰爭發生的原因是多方面的"，"把事故的原因調查清楚"其中的"原因"不能換成"緣故"。

【原油】yuányóu〔名〕開採出來尚未提煉加工的石油：～生產｜～價格。

【原宥】yuányòu〔動〕〈書〉原諒；寬恕：請加～。

【原原本本】（源源本本、元元本本）yuányuán-běnběn〔成〕從頭到尾地（敍說）；照原來的情況（講）：將事實～地彙報上去。

【原則】yuánzé〔名〕❶（項、條）指導思想言行的準繩：～性｜這次談判，你要掌握一條——不亢不卑。❷ 指宏觀上；整體上（不包含某些細節）：～上同意｜～通過。

【原則性】yuánzéxìng〔名〕❶ 觀察和處理問題時掌握的準則：犯了～的錯誤｜身為國家幹部卻替犯罪分子鳴冤叫屈，還有沒有一點～！❷ 嚴格按原則辦事的品性：缺乏～｜～很強｜把～和靈活性結合起來。

【原職】yuánzhí〔名〕原來的職務：保留～｜官複～｜恢復～原薪。

【原主】yuánzhǔ（～兒）〔名〕（財物）原來的主人：物歸～｜將錢物送還～。

【原著】yuánzhù〔名〕❶ 譯本、縮寫本、刪節本、改編本等所依據的著作的原本：這個譯本很好地體現了～的風格。❷ 原本的作者：這部電影的～和改編者是同一個人。

【原裝】yuánzhuāng〔形〕屬性詞。生產廠家直接裝配或包裝好的：～複印機｜～貨。

【原狀】yuánzhuàng〔名〕原來的狀態：恢復～｜已非～。

【原子】yuánzǐ〔名〕組成單質和化合物分子的最小

粒子，也是物質保持其基本屬性和進行化學反應的最基本單位。由小而重的帶正電的原子核和圍繞原子核運動的帶負電的電子組成。

【原子筆】yuánzǐbǐ〔名〕圓珠筆的舊稱。

【原子彈】yuánzǐdàn〔名〕（顆，枚）核武器的一種，利用鈾、鈈等原子核裂變所產生的原子能進行殺傷和破壞。主要組成部分是核裝料（鈾、鈈等）、引爆裝置、中子源、反射層和外殼。爆炸時產生有極強殺傷力的衝擊波、光輻射、貫穿輻射和放射性沾染。

【原子核】yuánzǐhé〔名〕原子的中心部分，帶正電，由質子和中子組成。原子質量的絕大部分集中在原子核中。

【原子核反應堆】yuánzǐhé fǎnyìngduī 使鈾、鈈等放射性元素的原子核裂變以取得原子能的裝置。原理是用中子擊破鈾、鈈等元素的原子核，發生鏈式反應而釋放出大量的能。也叫反應堆、核反應堆。

【原子量】yuánzǐliàng〔名〕各種元素的相對質量。以碳 12（C₁₂）的質量的 1／12 為標準單位，其他元素的原子量以此單位計算，如氫的原子量約為 1，氧的原子量約為 16，硫的原子量約為 32。也叫相對原子質量。

【原子能】yuánzǐnéng〔名〕核能。

【原子序數】yuánzǐ xùshù 元素週期表中，元素按次序排列的號碼。原子序數在數值上等於該元素原子核的質子數或原子核外的電子數。如鐵在週期表中的序號是 26，它的質子數為 26，電子數也為 26。

員（员）

yuán ❶ 周圍：幅～（領土面積）。❷ 單位中的職員：～工。❸ 指團體或組織中的成員：黨～｜團～｜社～。❹ 指學習的人或從事某種工作或職業的人：學～｜教～｜飛行～｜保育～｜公務～｜列車～｜運動～｜售貨～｜理髮～。注意 a）是否用「員」有一定的習慣性。如，有「守門員」而無「看門員」；有「店員」而無「鋪員」；不說「提琴員」「突擊員」而說「提琴手」「突擊手」。b）有的例子可以不用「員」，意思不變，如「司令員」也說「司令」，「裁判員」也說「裁判」。❺〔量〕用於武將：一～虎將。

另見 yún（1681 頁）；Yùn（1682 頁）。

語彙 兵員 病員 裁員 超員 成員 船員 大員 黨員 店員 定員 動員 隊員 幅員 復員 閣員 僱員 官員 海員 會員 減員 教員 滿員 人員 冗員 傷員 生員 屬員 隨員 團員 委員 學員 演員 要員 議員 譯員 職員

【員工】yuángōng〔名〕（名）職員和工人：公司～｜師生～都參加了這次大掃除。

【員外】yuánwài〔名〕❶ 古代官名，員外郎的簡稱。因這種官是在正員之外設的，故稱。❷ 古時稱富豪。

援

yuán ❶ 以手牽引；以手握持：攀～｜～筆疾書。❷ 引用：～用｜有例可～。❸ 援助：支～｜增～｜孤立無～。❹ 援軍：圍城打～。

語彙 奧援 馳援 打援 待援 後援 回援 接援 救援 來援 攀援 乞援 請援 求援 聲援 外援 無援 應援 增援 支援 阻援

【援兵】yuánbīng〔名〕增援的兵力：～及時趕到，打退敵人的進攻。

【援建】yuánjiàn〔動〕援助建設：～單位｜給西部地區～一批水利工程。

【援救】yuánjiù〔動〕幫助解救，使別人脫離危險或痛苦：緊急～｜九號油輪出事了，快去～！

【援軍】yuánjūn〔名〕（支）增援的部隊：派遣～。

【援例】yuánlì〔動〕引用慣例或先例：～發給補助金｜～免予徵稅。

【援外】yuánwài〔動〕在經濟、技術等方面援助外國：～項目｜～醫療隊。

【援引】yuányǐn〔動〕❶ 引用：～書證｜～文義。❷ 推薦或任用：更相～｜～賢能。

【援用】yuányòng〔動〕引用（規定、習慣做法等）：他家的境況可～困難補助條例給予救濟。

【援助】yuánzhù〔動〕支援；幫助：無私～｜互相～｜～不發達地區。

辨析 **援助、支援、贊助** a）「援助」一般是國家、政府、政黨、單位、集體的行為，而且規模比較大。「支援」可以是國家、政府、政黨、單位、集體的行為，也可以是個人的行為；規模可以大，也可以小。「贊助」多為單位、集體或個人的行為，目的一般是為某個活動或某項事業提供幫助。「他每月拿出錢來支援弟弟上學」，「支援」不能換成「援助」或「贊助」；「拉贊助」不能說成「拉援助」或「拉支援」。b）「援助」「支援」的內容可以是財物，也可以是人力；「贊助」的內容只能是財物。「派幹部支援邊疆建設」「對山區進行技術援助」，都不能換成「贊助」。

湲

yuán 見「潺湲」（144 頁）。

媛

yuán ❶ 見「嬋媛」（144 頁）。❷（Yuán）〔名〕姓。

另見 yuàn（1675 頁）。

塬

yuán〔名〕中國西北黃土高原的一種地形地貌。因流水沖刷，使四周陡峭，頂部平坦，呈台狀，是良好的耕作地區。

園（园）

yuán ❶（～兒）種蔬菜或花果樹木等的地方：花～兒｜果～兒｜菜～兒｜住在～裏。❷ 營建景物供人休息遊覽的地方：公～｜植物～｜免票入～。❸（Yuán）姓。

語彙 菜園 茶園 公園 故園 灌園 果園 花園 家園 醬園 淨園 開園 樂園 梨園 陵園 名園 田園 庭園 小園 校園 遊園 莊園 幼兒園 目不窺園

【園地】yuándì〔名〕❶（塊）菜園、果園、花園及苗圃等的統稱：這二畝麥田留給學校做試驗～。❷（個）開展活動的場所或範圍：學習～｜文學創作的～。

【園丁】yuándīng〔名〕（位，名）園藝工人；也喻指教師：觀賞這美麗的花木，可別忘記精心培育它們的～｜向辛勤耕耘在教育戰綫的～們致敬！

【園林】yuánlín〔名〕營建山水亭閣，種植花草樹木，供人遊賞憩息的處所：蘇州～美極了。

【園圃】yuánpǔ〔名〕種植花草、果木、蔬菜的園地。

【園區】yuánqū〔名〕為集中發展科技或某種產業而規劃的地區：工業～｜生態農業觀光～。

【園藝】yuányì〔名〕種植蔬菜、果木、花卉的技藝：～家｜～博覽會｜學習～。

圓（圓）yuán ❶〔形〕從中心到周圍每一點的距離都相等的：～圈兒｜～孔｜這個鐵環很～。❷〔形〕形狀像球的：籃球癟了，不～了｜滾～的鋼珠兒｜小酸棗，滴溜～。❸（為人）不露鋒芒：這人外～內方。❹〔形〕圓滿；周全：小張把這事做得很～，各方面都照顧到了｜他這話說得不～，讓人家抓住了把柄。❺〔動〕經過解說，使圓滿：自～其說｜他倆差點兒鬧僵了，多虧老李～了場。❻〔名〕圓周的簡稱；也指圓周所圍的平面：老師畫一個～｜靶心是一個～。❼〔量〕中國的本位貨幣單位，一圓等於十角或一百分。也作元。❽圓形的金屬貨幣：金～｜銀～｜銅～。也作元。❾（Yuán）〔名〕姓。

語彙 包圓 長圓 重圓 方圓 復圓 滾圓 渾圓 金圓 溜圓 美圓 湯圓 銅圓 團圓 銀圓 正圓 花好月圓 隨方就圓 字正腔圓

【圓白菜】yuánbáicài〔名〕結球甘藍的通稱。

【圓場】yuán // chǎng〔動〕❶為解決糾紛或緩和僵局而進行調解或提出折中辦法：幸虧李叔出來圓了場，不然真會鬧出事來！❷戲曲舞台上，一個或幾個角色按規定的圓形路綫繞行，以表現舞台空間的轉換。

【圓規】yuánguī〔名〕（隻）一種畫圓或弧的用具，軸上固定有兩個可以開合的腳，一腳是尖針（確定圓心），另一腳可以裝上鉛筆尖或鴨嘴筆頭（畫圓或弧），兩腳之間的距離（半徑）可以調整。

【圓滑】yuánhuá〔形〕形容為人處事善於敷衍應付，各方面都不得罪：青年人應該敢想敢說敢幹，不能學得那麼～。

【圓寂】yuánjì〔動〕佛教用語。原指掃除一切無知與私欲的覺悟，後指僧尼的死亡。

【圓滿】yuánmǎn〔形〕沒有缺點和遺漏，讓人感到滿意：結局很～｜～的答復｜會議～結束。

【圓夢】yuán // mèng〔動〕❶（迷信）根據夢的內容，預測人的吉凶。❷夢想或願望得到了實現：圓了大學夢。

【圓明園】Yuánmíng Yuán〔名〕清代皇家園林。位於北京西郊，距頤和園不遠。首建於明代，1709 年（康熙四十八年）開始擴建，由環繞福海的圓明、萬春、長春三園組成。有樓台殿閣、廊館軒樹 140 多處，周長達 10 千米，總面積 776 公頃。1860 年（咸豐十年）毀於英法聯軍。近年來在遺址上逐漸恢復了一些景觀和建築，使之成為了可供遊覽和進行愛國主義教育的遺址公園。

【圓圈】yuánquān（～兒）〔名〕圓形的圈兒。也說圓圈子。

【圓全】yuánquan〔形〕（北京話）圓滿而周全：這事兒交給他，保準辦得很～｜你斟着理呢，無論怎麼說也說不～。

【圓潤】yuánrùn〔形〕❶飽滿潤澤：歌喉～，曲調婉轉｜這兒出產的珍珠粒粒～。❷（書畫筆法）熟練流暢：用筆～｜刀法～。

【圓通】yuántōng〔形〕靈活變通，不固執：辦事～。

【圓舞曲】yuánwǔqǔ〔名〕（支，首）華爾茲舞的舞曲。特點是節奏明快，旋律流暢，每小節三拍，第一拍重音較為突出，如《藍色多瑙河》。

【圓心】yuánxīn〔名〕圓形的中心，即跟圓周上各點距離都相等的一點。

【圓形】yuánxíng〔名〕以某一定點為圓心，某一長度為半徑畫出的圖形：～水池。

【圓鑿方枘】yuánzáo-fāngruì〔成〕方枘圓鑿。

【圓周】yuánzhōu〔名〕在平面上，一動點以一定點為中心做等距離的環繞運動，運動一周的軌跡叫圓周。簡稱圓。

【圓周率】yuánzhōulǜ〔名〕圓周長度與圓的直徑長度的比值。圓周率是一個定值，用希臘字母"π"表示，通常以 3.1416 作為 π 的近似值。

【圓珠筆】yuánzhūbǐ〔名〕（支）用油墨書寫的一種筆，主要部分是筆芯，筆芯裏裝有油墨，筆尖為小圓珠，書寫時，油墨由圓球周圍滲下。舊稱原子筆。

【圓柱】yuánzhù〔名〕❶數學上一般指正圓柱，即把一個矩形繞着它的一邊旋轉一周所得到的立體。也叫圓柱體。❷圓形柱子：屋前的～上掛着楹聯。

【圓錐】yuánzhuī〔名〕數學上一般指正圓錐，即把一個直角三角形繞着它的一條直角邊旋轉一周所得到的立體。也叫圓錐體。

【圓桌】yuánzhuō〔名〕（張）桌面呈圓形的桌子。

Y

【圓桌會議】yuánzhuō huìyì 一種圍圓桌而坐或把席位擺成圓圈形的會議形式。以表示與會各方不分主次，一律平等。

圓桌會議的由來

英國亞瑟王為避免他的騎士們開會時因席位上下尊卑而發生爭執，命人做了一個大圓桌。"圓桌會議" 的名稱就這樣形成並延續下來。

猿（猨猨）yuán〔名〕❶ 哺乳動物，像猴而大，沒有頰囊和尾巴，有些特徵跟人類相似。生活在森林裏。如黑猩猩、大猩猩、長臂猿：虎嘯～啼｜風急天高～嘯哀。❷（Yuán）姓。

語彙　古猿　類人猿　巫峽猿　意馬心猿

【猿猴】yuánhóu（～兒）〔名〕猿和猴；有時也偏指其中一類：攀援上下同～｜麋鹿遊我前，～戲我側。

【猿人】yuánrén〔名〕最原始的人類。猿人的頭顱、面貌像猿，而四肢卻很像人，已能直立行走，能製造簡單的工具，知道用火，以洞穴為家，並有了簡單的語言。如 1929 年於周口店發現的北京猿人，1965 年在雲南元謀發現的元謀猿人。

源　yuán ❶ 水流開始的地方（跟 "流" 相對）：水～｜窮～溯流｜～遠流長｜飲水思～。❷ 來源：財～｜病～｜資～｜貨～。❸（Yuán）〔名〕姓。

語彙　本源　兵源　病源　財源　導源　電源　發源　肥源　富源　根源　光源　河源　貨源　開源　來源　能源　起源　泉源　熱源　生源　水源　溯源　探源　同源　淵源　源源　震源　資源　桃花源　世外桃源　飲水思源　正本清源　左右逢源

【源流】yuánliú〔名〕水的發源和流經之地；比喻事物的起源和經過：探明這條河的～｜中國文化發展的～。

【源泉】yuánquán〔名〕❶ 泉的源頭，也指水的來源。❷ 比喻事物的來源：生活是文藝創作的～｜找到了力量的～。

【源頭】yuántóu〔名〕水流發源的地方；比喻事物的起點：問渠哪得清如許？為有～活水來｜古代神話是文學藝術發展的一個～。

【源源】yuányuán〔副〕接連不斷的樣子：～不斷｜產品剛一試銷，各地的訂貨單便～而來。

【源遠流長】yuányuǎn-liúcháng〔成〕❶ 水流很遠，水流很長：長江黃河，綿延數千公里，可謂～。❷ 比喻歷史悠久：兩國人民的友誼～。

嫄　yuán 見於人名：姜～（傳說係周朝祖先后稷母親的名字）。

緣（緣）yuán ❶ 緣故；緣由：無～無故。❷ 緣分：人～｜有～｜無～。❸ 邊：邊～｜周～。❹〔連〕〈書〉因為：不畏浮雲遮望眼，自～身在最高層。❺〔介〕〈書〉順着；沿着：～溪行，忘路之遠近。❻〔介〕為了：花徑不曾～客掃，蓬門今始為君開。

語彙　邊緣　塵緣　化緣　機緣　結緣　絕緣　良緣　攀緣　前緣　親緣　人緣　俗緣　夙緣　隨緣　投緣　無緣　血緣　因緣　姻緣　畬緣　有緣　周緣　文字緣

【緣分】yuánfèn〔名〕人與人之間的遇合機會；泛指人與人或人與物之間發生某種聯繫的可能性：咱兩家有～，做鄰居已三十多年了｜我跟酒沒有一點～，從來就不愛喝它。

【緣故】（原故）yuángù〔名〕原因：他忽然不辭而別，其中必有～。

【緣木求魚】yuánmù-qiúyú〔成〕《孟子·梁惠王上》："以若所為，求若所欲，猶緣木而求魚也。" 意思是，憑着你這種作為，想滿足你的欲望，好像爬到樹上去找魚。比喻做事的方向或方法不對頭，不可能達到目的。

【緣起】yuánqǐ〔名〕❶ 事情發生的緣由：弄清事件的～，才能確定事件的性質。❷ 說明發起做某事或成立某組織的緣由的文字；請他寫一篇 "書法學會～"。

【緣由】（原由）yuányóu〔名〕原因；事情的緣起與由來：搞清糾紛的～，做好調解工作。

蜒　yuán 見 "蜒蜒"（1138 頁）。

圜　yuán〈書〉同 "圓"：～者中規，方者中矩。另見 huán（568 頁）。

羱　yuán 羱羊。

【羱羊】yuányáng〔名〕（隻、頭）哺乳動物，形狀比山羊大，雌雄都有角，雄的角特大，向後彎曲。生活在高山地帶。也叫北山羊。

黿（黿）yuán〔名〕黿魚。

【黿魚】yuányú〔名〕爬行動物，身體比鱉大，吻突比鱉短，背甲暗綠色，近圓形，散生小疣。現已被列為國家一級保護動物。也作元魚，俗稱癩頭黿。

轅（轅）yuán ❶〔名〕大車前面駕牲口的兩根直木：駕～。❷ 舊指軍營的大門，借指軍政官署：～門｜行～。❸（Yuán）〔名〕姓。

語彙　車轅　改轅　駕轅　南轅　攀轅　推轅　行轅

【轅馬】yuánmǎ〔名〕（匹）駕轅的馬。

【轅門】yuánmén〔名〕古代帝王外出止宿，以車為屏蔽，使轅相對為門，稱轅門；後指軍營或官署的門：大漠風塵日色昏，紅旗半捲出～｜《～斬子》（傳統劇目名）。

Y

櫞（橼） yuán 見“枸櫞”（717頁）。

顯（骟） yuán〈書〉赤毛白腹的馬。

yuǎn ㄩㄢˇ

遠（远） yuǎn ❶〔形〕空間或時間距離長（跟“近”相對）：～隔重洋｜～水不救近火｜～在天邊，近在眼前｜～之所由來者矣｜人無～慮，必有近憂。❷〔形〕（血統關係）疏遠：～房｜～親｜我們雖是同姓，但血緣關係比較～。❸〔形〕多；大：相差甚～｜這種方法～不如那種方法省力。❹〈書〉深遠；深奧：其言邇，其旨～。❺〈書〉不接近：敬而～之｜重賢者，～小人。❻（Yuǎn）〔名〕姓。

語彙	邊遠	長遠	廣遠	荒遠	久遠	曠遠	遼遠
	邈遠	偏遠	繞遠	深遠	疏遠	天遠	望遠	遙遠
	以遠	意遠	永遠	幽遠	悠遠	旨遠	致遠
	捨近求遠	慎終追遠	天差地遠

【遠播】yuǎnbō〔動〕（名聲等）傳播到遠方：聲名～｜讚譽之聲，～異國。

【遠程】yuǎnchéng〔形〕屬性詞。路程遠的；遠距離的：～導彈｜～航運｜～教育。

【遠處】yuǎnchù〔名〕距離遠的地方（跟“近處”相對）：～群山隱約可見。

【遠大】yuǎndà〔形〕長遠廣闊：～的理想｜前程～｜見識～。

【遠道】yuǎndào（～兒）〔名〕遙遠的路程：～而至｜我腿腳不方便，走不了～。

【遠東】Yuǎndōng〔名〕歐洲人指亞洲東部地區。

【遠方】yuǎnfāng〔名〕遙遠的地方：有朋自～來，不亦樂乎｜～來客。

【遠房】yuǎnfáng〔形〕屬性詞。血緣關係較遠的：～親戚｜～叔姪。

【遠古】yuǎngǔ〔名〕遙遠的古代：～時代｜這是一則從～流傳下來的神話故事。

【遠航】yuǎnháng〔動〕遠程航行：出海～｜破浪～。

【遠見】yuǎnjiàn〔名〕遠大的見識：～卓識｜富有～｜缺乏～。

【遠郊】yuǎnjiāo〔名〕離城區較遠的郊區（區別於“近郊”）：～區縣。

【遠近】yuǎnjìn〔名〕❶遠近的程度：這兩條路～差不多。❷遠處和近處：無論～我都去。❸指很大的範圍；到處：他是位～聞名的老中醫。

【遠景】yuǎnjǐng〔名〕❶遠距離的景物（跟“近景”相對）：眺望～｜這幅畫兒的～是幾座縹緲的山峰。❷將來的景況（跟“近景”相對）：～規劃｜對實現美好的～充滿信心。

【遠慮】yuǎnlǜ〔名〕長遠的考慮；深謀～｜人無～，必有近憂。

【遠親】yuǎnqīn〔名〕住在遠處的親戚；血緣關係遠的親戚：～不如近鄰｜窮居鬧市無人問，富在深山有～。

【遠視】yuǎnshì〔形〕❶由眼球前後直徑過短或晶狀體折光力過弱而造成的視力缺陷，能看清遠處的東西，看不清近處的東西（跟“近視”相對）：～眼｜～鏡。❷比喻眼光遠大：不能只顧眼前利益，要有～的人生態度。

【遠水不解近渴】yuǎnshuǐ bùjiě jìnkě〔諺〕比喻迂緩的措施救不了眼下的緊急情況：這個辦法好是好，只是～。也說遠水不救近火。

【遠圖】yuǎntú〔名〕〈書〉長遠的謀劃：經國之～。

【遠行】yuǎnxíng〔動〕出遠門；行遠路：出國留學，離家～。

【遠揚】yuǎnyáng〔動〕（名聲等）傳播到很遠：聲名～｜將軍聲威，～海外。

【遠洋】yuǎnyáng〔名〕離陸地比較遠的大海：～輪船｜～漁業｜～航行｜到～做科學考察。

【遠因】yuǎnyīn〔名〕導致某種結果的間接原因（區別於“近因”）：造成這次火災的近因是小張亂扔煙頭兒，～是平時不注意防火教育。

【遠在天邊，近在眼前】yuǎnzài-tiānbiān，jìnzài-yǎnqián〔俗〕指要找的人或物就在面前：你要找的人～，那就是我。

【遠征】yuǎnzhēng〔動〕遠道出征或長途行軍：～軍｜紅軍不怕～難，萬水千山只等閒。

【遠志】yuǎnzhì ㊀〔名〕遠大的志向：宏才～。㊁〔名〕多年生草本植物，莖細，葉互生，蒴果卵圓形。根可入藥，有安神、祛痰等作用。

【遠走高飛】yuǎnzǒu-gāofēi〔成〕跑到遠處，飛向高空。指離開到很遠的地方去了。

【遠足】yuǎnzú〔動〕比較遠的徒步旅行：暑假期間，我們幾個同學準備到郊區～。

【遠祖】yuǎnzǔ〔名〕許多代以前的祖先；高祖以上的祖先：他們家族的～從山地遷到了平原。

yuàn ㄩㄢˋ

苑 yuàn ❶古代養禽獸的園林：～有白鹿｜～囿（栽種花木畜養禽獸的園地，大的叫苑，小的叫囿）｜秦～｜漢～｜舊～。❷薈萃、集中的地方（多指學術、文藝）：文～｜藝～。❸（Yuàn）〔名〕姓。

語彙	池苑	宮苑	翰苑	禁苑	閬苑	林苑	說苑
	文苑	藝苑

怨 yuàn ❶〔動〕埋怨；責備：不～天，不尤人｜自己有錯，別～別人。❷怨恨；仇恨：結～｜恩～｜我與你前日無～，往日無仇。❸（Yuàn）〔名〕姓。

【語彙】哀怨　抱怨　悲怨　嗔怨　仇怨　恩怨　慎怨　構怨　怪怨　閨怨　積怨　結怨　舊怨　埋怨　民怨　匿怨　私怨　宿怨　嫌怨　挾怨　修怨　幽怨　責怨　招怨　任勞任怨　天怒人怨　以德報怨

【怨不得】yuànbude ❶〔動〕不應該責怪：這事小王，是我沒向他交代清楚。❷〔副〕怪不得；難怪：～電燈不亮，原來是燈絲斷了。

【怨恨】yuànhèn ❶〔動〕強烈不滿或仇恨：自己做得不好，怎麼能～別人？❷〔名〕憤怨；仇恨：心懷～。

【怨偶】yuàn'ǒu〔名〕〈書〉(對)長期不和睦的夫妻：經過耐心調解，這對～好起來了。

【怨氣】yuànqì〔名〕(股)怨恨的情緒：～衝天｜滿肚子～都衝着他發泄出來了。

【怨聲載道】yuànshēng-zàidào〔成〕載：充滿。怨恨的聲音充滿了道路。形容民眾普遍強烈不滿：這個施工場地污染嚴重，有關方面也未及時處理，周圍居民～。

【怨天尤人】yuàntiān-yóurén〔成〕尤：責怪；歸罪。埋怨上天，歸罪別人。形容一味抱怨客觀條件而不從主觀方面找原因：今年夏糧減產，村民們沒有～，而是總結經驗，準備奪取秋季豐收。

【怨言】yuànyán〔名〕(句)抱怨的話：～不斷｜毫無～｜沒有半句～。

【怨艾】yuànyì〔動〕〈書〉怨恨；悔恨：心懷～｜～日深｜深自～。

垸 yuàn 垸子：堤～｜～田。

【垸子】yuànzi〔名〕湖南、湖北等地把圍繞房屋、田地等修建的像堤壩一樣的防水建築物叫垸子；也指院內的田地。

衒 yuàn 見"衒衒"(515頁)。

院 yuàn〔名〕❶(～兒)院子：四合～兒｜大雜～兒｜我們兩家住在一個～兒裏。❷某些機關、學校或公共場所的名稱：法～｜科學～｜醫～｜學～｜博物～｜電影～。❸(Yuàn)姓。

【語彙】病院　禪院　場院　出院　大院　當院　道院　獨院　法院　貢院　後院　畫院　妓院　經院　劇院　跨院　入院　僧院　深院　試院　書院　寺院　庭院　小院　學院　醫院　議院　影院　雜院　宅院　住院　四合院　三宮六院

【院落】yuànluò〔名〕院子；庭院：笙歌歸～，燈火下樓台。

【院士】yuànshì〔名〕(位，名)國家在科學技術方面的最高學術稱號；具有這個學術稱號的科學家：中國科學院～｜中國工程院～｜外籍～。

【院綫】yuànxiàn〔名〕(條)由一個電影發行主體和若干影院組成的系統：～片｜這條～放的主

要是老影片。

【院子】yuànzi〔名〕❶(座)房屋周圍用牆或柵欄圍起來的空地：晚飯後，大夥兒坐在～裏聊天兒。❷舊小說、戲曲中稱僕人為院子：～請夫人出堂。

掾 yuàn 古代屬官的通稱：吏～｜丞～｜獄～。

媛 yuàn/yuán〈書〉美女：名～。　另見 yuán(1671頁)。

【語彙】才媛　令媛　名媛　淑媛　賢媛

瑗 yuàn〈書〉一種圓形有孔的玉器，邊大孔小的叫璧，孔大邊小的叫瑗，邊、孔相當的叫環。

愿 yuàn〈書〉老實；謹慎：誠～｜鄉～｜～而恭。　另見 yuàn"願"(1675頁)。

願(愿) yuàn ❶願望：平生之～｜天從人～｜如～以償。❷"願心"①：許～｜還～。❸〔動〕祝願：～天下有情人皆成眷屬｜～兩國人民世代友好。❹〔動〕助動詞。願意：我～到貧困地區去支教。❺(Yuàn)〔名〕姓。"愿"另見 yuàn(1675頁)。

【語彙】本願　稱願　初願　大願　發願　甘願　宏願　還願　寧願　情願　請願　如願　誓願　私願　夙願　素願　遂願　心願　許願　遺願　意願　志願　祝願　自願　平生願　天從人願

【願景】yuànjǐng〔名〕希望達到的目標；所嚮往的前景：企業的～｜美好～｜構建兩岸共同～。

【願望】yuànwàng(-wang)〔名〕希望將來達到某種目的或出現某種情況的心願：主觀～｜從團結的～出發｜世界和平是我們的共同～。

【願心】yuànxīn〔名〕❶迷信的人對神佛祈求時許下的將來報恩的酬謝：進了香，許了～。❷願望；志向：立下～，努力學習。

【願意】yuànyì(-yi)〔動〕❶希望(有某種情況)：大家都～咱們村富裕起來。❷助動詞。同意；認為符合自己的心願：給你介紹個對象，～不～？**注意**a)動詞"願意"不能帶名詞賓語，如不能說"我願意這件事"。b)"願意"可受程度副詞修飾，如"非常願意認識您""不太願意"。c)"願意"前面可用助動詞"會、可能、能"。"能"僅用於反問句。如"你看他會願意嗎？""他可能不願意""你不想想，這麼做她能願意嗎？"。d)一般語氣，"意"讀輕聲；"意"讀去聲時，含有特殊強調的意味，如"你管得着嗎？我願意(yuànyì)！"。e)不能用"沒、沒有"表示否定。

yuē ㄩㄝ

曰 yuē〈書〉❶ 說：孫子~："兵者，國之大事。"（孫子，中國古代軍事家。）❷ 叫作：國無九年之蓄曰~不足。

約（约） yuē ❶ 束縛；限制：~束｜制~。❷〔動〕共同商定必須遵守某事：~個時間，老同學們聚一聚｜不是事先~好了誰也不許反悔嗎？❸〔動〕邀約：是他把我~來的｜~王老來給咱們講一講。❹ 節儉：節~｜簡~｜自奉甚~。❺〔動〕約分：24 可以~成 12。❻ 簡單；簡要：由博返~｜此言~而明。❼〔副〕大概：年~七十｜重~六斤｜這篇文章有九千字｜我~於月底動身。❽ 約定的事；共同議定的必須遵守的條文：踐~｜立~｜如~｜有~在先。❾（Yuē）〔名〕姓。

另見 yāo（1572 頁）。

> **語彙** 背約 草約 成約 綽約 大約 締約 訂約 負約 赴約 稿約 公約 規約 合約 和約 換約 毀約 婚約 集約 儉約 簡約 踐約 節約 解約 立約 履約 盟約 密約 片約 聘約 契約 簽約 商約 失約 誓約 爽約 特約 條約 婉約 違約 鄉約 相約 協約 邀約 隱約 預約 制約 租約

【約定】yuēdìng ❶〔動〕經過商量後確定：咱們~每個星期一碰一次頭。❷〔名〕經過商量所確定的內容：這個~，雙方都是簽了字的｜你怎麼不遵守~？

【約定俗成】yuēdìng-súchéng〔成〕事物名稱或社會習慣是由人們經過長期實踐而認定或形成：漢字的簡化基本上是遵循着~的方針。

【約法】yuēfǎ〔名〕暫行的具有憲法性質的法律。如中國 1912 年公佈的《中華民國臨時約法》。

【約法三章】yuēfǎ-sānzhāng〔成〕《史記·高祖本紀》："與父老約，法三章耳：殺人者死，傷人及盜抵罪。"這是劉邦為了得民心而訂立的三條法律。後泛指訂立簡單易行的條款：咱們~：不遲到，不早退，不無故請假。你要能做到，就到我這個班來。

【約會】yuēhuì（-hui）❶〔動〕預先約定相會：同學們~明天上午八時在校門口集合。❷〔名〕先期約定的會晤：他今天晚上有個~，不能到這裏來了。

【約計】yuējì〔動〕大概合計：這次新家裝修，~花了八萬多元。

【約見】yuējiàn〔動〕約定時間會見：外交部長~該國大使｜~時間訂在明天上午。

【約略】yuēlüè〔副〕❶ 大概；大約：從飛機場到市中心~三十餘公里。❷ 仿佛；隱隱約約：童年學游泳的情景還~記得。

【約莫】yuēmo〈口〉❶〔動〕估計：我~着現在有十二點了。❷〔副〕大約：來回一趟，~得用

三個小時。以上也作約摸。

【約請】yuēqǐng〔動〕邀請：這次學術討論會~了外國專家。

【約束】yuēshù〔動〕限制管束，使不出範圍：受~｜別讓這些條條框框把孩子的想象力~住。

> [辨析] **約束、拘束** a）"拘束"着重在限制人的言行，不能隨便；"約束"則是指限制使不超出一定範圍，可以是人的言行，也可以是事情。如"學術研究要百家爭鳴，不可約束學者的自由探討"，"約束"不能換用"拘束"。b）"拘束"還有形容詞用法，如"他顯得很拘束"，"約束"不能這樣用，如不能說"他顯得很約束"。

【約數】yuēshù（~兒）〔名〕❶ 大約的數目：這是個~兒，不十分精確。❷ 能整除某一個數的數，如 2 和 7 都能整除 14，因此，2、7 都是 14 的約數。

矱 yuē〈書〉尺度：矩~（規矩，法度）。

彠（彟） yuē〈書〉❶ 尺度：矩~。❷ 用秤約（yāo）。

yuě ㄩㄝˇ

噦（哕） yuě ❶〔擬聲〕嘔吐時發出的聲音：~的一聲，吐了一地。❷〔動〕〈口〉嘔吐：這孩子吃甚麼藥都~｜乾~。

另見 huì（587 頁）。

yuè ㄩㄝˋ

月 yuè ❶〔名〕月球；月亮：登~火箭｜古人不見今時~｜天上星多~不明。❷〔名〕月份；指一年十二個月中的某個月：這個~的氣溫很高｜三~裏桃花開。❸〔名〕每月的：~報｜~產量｜~工資。❹ 形狀像月的；圓的：~琴｜~餅。❺〔量〕用於計算月數：十~懷胎，一朝分娩。❻（Yuè）〔名〕姓。

> **語彙** 包月 殘月 出月 初月 大月 淡月 當月 冬月 風月 皓月 荒月 霽月 臘月 累月 臨月 落月 滿月 彌月 蜜月 明月 年月 閏月 歲月 踏月 跳月 彎月 旺月 望月 小月 新月 元月 匝月 齋月 正月 足月 風花雪月 烘雲托月 荒時暴月 鏡花水月 披星戴月 吳牛喘月 吟風弄月

【月白】yuèbái〔形〕近似月色的淡藍色：~上衣｜~背心。

【月白風清】yuèbái-fēngqīng〔成〕形容幽靜、明朗的月夜：~的夜晚。

【月餅】yuèbing〔名〕（塊）圓形餅狀夾餡的點心，為中秋節應時的食品：蘇式~｜廣式~｜棗泥~｜雙黃白蓮蓉~。

月餅的命名

明朝田汝成《西湖遊覽志餘》記載："八月十五日謂之中秋，民間以月餅相遺，取團圓之意。"明朝劉侗《帝京景物略》云："八月十五日祭月，其祭果餅必圓。"清朝富察敦崇《燕京歲時記》亦云："至供月月餅到處皆有，大者尺餘，上繪月宮蟾兔之形。"

【月初】yuèchū〔名〕一個月的開頭幾天。

【月底】yuèdǐ〔名〕一個月的最後幾天。

【月份】yuèfèn（～兒）〔名〕指某一個月：七～放暑假。

【月份牌】yuèfènpái（～兒）〔名〕〈口〉舊式的彩畫單張年曆或日曆。

【月供】yuègōng〔名〕按揭貸款購物後按月交納給銀行的錢。

【月光】yuèguāng〔名〕由太陽光照到月亮上反射出來的光綫：皎潔的～｜～照到屋裏來了。

【月華】yuèhuá〔名〕❶〈書〉月色；月光：願逐～流照君。❷月亮周圍的五彩光環，常見於中秋及其前後兩天夜晚。

【月季】yuèjì(-ji)〔名〕❶（株）矮小直立灌木，莖有刺，羽狀複葉，小葉闊卵形，四季開花，有紅、粉等色，供觀賞。❷（朵）這種植物的花。以上也叫月月紅、四季花。

【月經】yuèjīng〔名〕❶女子子宮內膜週期性脫落並出血的生理現象。每28日左右一次，每次持續3–5天。一般在13–15歲開始有月經，45歲左右停止。懷孕和哺乳期間通常無月經。❷月經期間流出的血。

【月均】yuèjūn〔動〕每月平均：～收入三千元。

【月刊】yuèkān〔名〕（期，份，本）每月出版一次的刊物。

【月老】yuèlǎo〔名〕月下老人：何須尋～，你就是良媒。

【月利】yuèlì〔名〕按月計算的利息。

【月亮】yuèliang〔名〕月球的通稱。

【月亮門兒】yuèliangménr〔名〕庭院中牆上圓形的過門兒。

【月末】yuèmò〔名〕月底。

【月票】yuèpiào〔名〕（張）按月購買的乘公交車或遊覽公園等的票，當月使用有效：請出示～。

【月琴】yuèqín〔名〕（把）撥弦樂器，木製，琴面圓如滿月，故稱。琴柄較短，有四根弦或三根弦，用撥子彈奏，可用於獨奏，也可用於合奏或戲曲伴奏。

【月球】yuèqiú〔名〕地球的衛星，和地球相距約38.44萬千米，其表面凹凸不平，本身不發光，因反射太陽光才被人們看見。其直徑為3476千米，約是地球直徑的1/4，引力相當於地球的1/6。月球上沒有水，幾乎沒有大氣。通稱月亮。

【月嫂】yuèsǎo〔（位，名）〕受僱到家中照料產婦坐月子兼而照顧嬰兒的已婚婦女：～在城市中很受歡迎。

【月色】yuèsè〔名〕月光：～如水｜乘着～散步。

【月食】（月蝕）yuèshí〔名〕地球運行到月球和太陽的中間並在一條直綫上，太陽的光被地球擋住，射不到月球上去，月球上就出現黑影，這種現象叫月食。太陽光全部被地球擋住時，叫月全食；部分被擋住時，叫月偏食。月食都發生在農曆十五日或稍後。

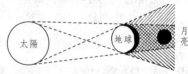

太陽　　地球　　月亮

【月事】yuèshì〔名〕〈婉〉月經。

【月台】yuètái〔名〕❶賞月觀景的露天平台。❷站台：～票。

【月頭兒】yuètóur〔名〕〈口〉❶滿一個月的時候（多用於按月支付錢物時）：到～了，該發工資了。❷月初。

【月望】yuèwàng〔名〕指農曆每月十五日。

【月息】yuèxī〔名〕月利。

【月下老人】yuèxià lǎorén 唐朝李復言《續幽怪錄·定婚店》中說，韋固月夜經過宋城，見一老人正坐着翻檢書本。經詢問才知道這老人是專管人間婚姻的神仙，他把男女配成對，用紅繩繫連，便成夫婦。後稱媒人為月下老人。也叫月下老兒、月老。

【月薪】yuèxīn〔名〕按月發的工資。

【月牙】（月芽）yuèyá（～兒）〔名〕〈口〉指農曆每月初三、初四細如彎眉的月亮。

【月暈而風，礎潤而雨】yuèyùn'érfēng，chǔrùn-éryǔ〔諺〕月亮帶環表明會颳風，礎石潮濕表明將下雨。比喻有某種徵兆，就會有某事發生。

【月氏】Yuèzhī〔名〕漢朝西域國名。

【月中】yuèzhōng〔名〕指每月15日左右。

【月子】yuèzi〔名〕❶分娩後的第一個月：坐～｜剛出了～。❷分娩期：她的～是五月中旬。

刖　yuè 古代砍斷腳的酷刑。

刔　yuè〈書〉折斷：車軸折，其衡（車轅前端橫木）～。

玥　yuè 古代傳說中的神珠。多見於人名。

岳 yuè ❶稱妻的父母或妻的叔伯：～家｜～父｜～母｜叔～｜令～。❷(Yuè)〔名〕姓。
另見 yuè "嶽"(1679頁)。

【岳父】yuèfù〔名〕妻子的父親。也叫岳丈。

【岳母】yuèmǔ ㊀〔名〕妻子的母親。㊁〔名〕(Yuèmǔ)岳飛的母親：～刺字(京戲劇目名)。

娀 yuè〈書〉輕揚。

軏(軏) yuè 古代小車車轅與橫木相銜接處的關鍵：大車無輗，小車無～，其何以行之哉！

悅 yuè ❶愉悅；歡樂：歡～｜取～。❷使愉悅：～耳｜賞心～目。❸(Yuè)〔名〕姓。

語彙 和悅　歡悅　取悅　喜悅　欣悅　愉悅

【悅耳】yuè'ěr〔形〕好聽；動聽：歌聲～｜～之言。

【悅目】yuèmù〔形〕好看：色彩～｜容貌～｜賞心～。

越 yuè ㊀❶跨過(阻礙)：～界｜跨～｜翻山～嶺。❷超過(範圍)；超出(次序)：～權｜～級。❸〈書〉搶奪：殺人～貨。❹(聲音、情感等)昂揚：激～｜清～。
㊁〔副〕連用，表示程度隨着事態的變化而加深：風～颳～大｜大家～幹～起勁兒｜研究得～細緻，討論得～深入，問題就解決得～好。
㊂❶周朝國名，原來在今浙江東部，後來擴展到江蘇、山東。❷指浙江東部。也單指紹興一帶。❸(Yuè)〔名〕姓。

語彙 百越　播越　超越　穿越　顛越　翻越　飛越
橫越　激越　僭越　跨越　攀越　侵越　清越　檀越
騰越　偷越　吳越　優越　逾越　隕越　卓越

【越冬】yuèdōng〔動〕(昆蟲、植物等)過冬：～作物｜青蛙鑽到泥土裏～。

【越發】yuèfā〔副〕❶更加(表示同一事物在程度上進一步變化)：父親一死，生活～不如從前了｜老師的臉色～嚴厲了｜春雨過後，莊稼的長勢～喜人。❷跟"越"或"越是"相呼應，意義和用法基本同"越……越……"：工作進展得越順利，我們就～不能掉以輕心｜越是激動，心裏的話就～說不出來。**注意**"越發"限用於中間有停頓的兩個小句中，如不能說"風越颳越發大""大家越幹越發起勁兒"。

辨析 越發、更加、愈加　a)在表示事物進一步變化的意義上，用"越發"的地方都可換用"更加"，如"莊稼長得越發(更加)喜人了"；而用來表示兩種事物比較的"更加"不可換用"越發"，如"小張的身體比小王的身體更加結實"不能說成"小張的身體比小王的身體越發結實"。b)"越發"和"愈加"在意義和用法上基本相同，但"愈加"更多用於書面語。

【越軌】yuèguǐ〔動〕越出軌道；超出了規章、道德等許可的範圍：～行為｜我們不過是在一塊兒打打撲克，有甚麼～？

【越過】yuèguò〔動〕跨過中間的界限、障礙物等到另一邊去；跨過：～軍事分界綫｜～高山。

【越級】yuè // jí〔動〕不按照一般程序，直接到達更高的一級：～上告｜～提升｜連越三級，將此事直接彙報省裏。

【越境】yuè // jìng〔動〕非法越過疆界(多指國境)：～逃跑｜～毒梟。

【越劇】yuèjù〔名〕地方戲曲劇種，產生於浙江嵊州，是在當地民歌小調的基礎上化裝演出，逐漸演變而成，以單皮鼓和檀板敲擊節奏，"的篤"之聲不絕。由民間小戲型的"的篤班"進入到杭州、上海等大城市，成為受到市民歡迎的劇場藝術，始名"紹興文戲"。1942年著名演員袁雪芬等進行了大膽革新，吸取了其他地方戲的長處，精益求精，改名"越劇"，並很快流行於全國。

【越來越……】yuèláiyuè……表示程度隨時間的推移而增加(只能有一個主語)：天氣～冷｜孩子的成績～好。**注意**"越來越……"本身就是表示程度隨着時間的推移而發展的副詞，所以，它的後面不能再加別的程度副詞，如不能說"參加長跑的人越來越很多"。

【越權】yuè // quán〔動〕超出自己的權限：咱們還是請示一下上級，不要～處理此事。

【越位】yuèwèi〔動〕❶〈書〉越出了應處的名位：苟非我之本分，無～而相求。❷越過了應處的位置。在足球比賽中規定，進攻隊向位於對方場區的本方無球隊員傳球的剎那間，這個無球隊員與對方端綫之間的場地內，僅有一名防守隊員，或者進攻一方有隊員在對方半場內位於球的前方，則判這名無球隊員越位。冰球、橄欖球比賽也有判越位的規定。

【越野】yuèyě〔動〕在野地、山地裏行進或進行：～車｜～賽。

【越野賽跑】yuèyě sàipǎo 徑賽項目之一，在野外或公路上進行的中長距離賽跑。

【越獄】yuèyù〔動〕(犯人)逃出監獄：～潛逃｜～未遂。

【越俎代庖】yuèzǔ-dàipáo〔成〕俎：古代祭祀時盛酒食的器具；庖：廚師。《莊子·逍遙遊》："庖人雖不治庖，尸祝不越樽俎而代之矣。"意思是廚師即使不下廚，主祭的人也不能越過自己的職守，放下祭器去代他烹調。後用"越俎代庖"比喻超出自己的職責範圍去處理別人所管的事：這件事孩子完全可以處理好，用不着我們～。**注意**這裏的"庖"不寫作"疱"。

粵 Yuè〔名〕❶指廣東、廣西：兩～。❷廣東的別稱：～贛邊境。❸姓。

【粵菜】yuècài〔名〕廣東風味的菜餚。

【粵劇】yuèjù〔名〕地方戲曲劇種，用廣東話演唱，流行於說粵語的地區。形成於清朝，是在昆山腔、弋陽腔等劇種基礎上，吸收了廣東民間音樂和曲調演變而成的。

鉞（钺）yuè 古代一種像大斧的兵器或刑具，盛行於商朝。

說（说）yuè ❶ 古同"悅"①：學而時習之，不亦~乎？❷（Yuè）〔名〕姓。
另見 shuì（1271頁）；shuō（1273頁）。

閱（阅）yuè ❶〔動〕看（文字）：~覽｜翻~｜此件已~｜~卷児｜這些作文，老師都~過了。❷檢閱：~兵。❸〈書〉經歷；經過：~歷｜~世｜新法已~半年。❹（Yuè）〔名〕姓。

> **語彙** 參閱　查閱　察閱　傳閱　訂閱　閱閱　翻閱　檢閱　校閱　借閱　批閱　披閱　評閱　圈閱　賞閱　審閱　巡閱　贈閱

【閱兵】yuèbīng〔動〕檢閱軍隊：~式｜請首長~。

【閱讀】yuèdú〔動〕閱覽誦讀（書報等）：認真~文件｜提高~能力。

【閱卷】yuèjuàn〔動〕評閱試卷：高考~｜網上~。

【閱覽】yuèlǎn〔動〕看或瀏覽（書報等）：他晚飯後，總要把當天的各種報紙一~番。

【閱覽室】yuèlǎnshì〔名〕（間）供人閱覽書籍報刊的公共房間：圖書~。

【閱歷】yuèlì ❶〔動〕經歷：他走南闖北，~過的事情可多了。❷〔名〕經歷過的事：生活中積累的知識、經驗：~豐富｜~很淺｜兩代人，有不同的~。

樂（乐）yuè ❶ 音樂：~器｜器~｜聲~｜鼓~。❷（Yuè）〔名〕姓。**注意**"樂"（Yuè）與"樂"（Lè）是不同的姓。
另見 lè（812頁）。

> **語彙** 哀樂　鼓樂　管樂　國樂　軍樂　禮樂　民樂　配樂　器樂　聲樂　西樂　仙樂　弦樂　雅樂　音樂　奏樂　交響樂

【樂池】yuèchí〔名〕舞台前邊供樂隊伴奏的地方，低於舞台台面，有矮牆與觀眾席隔開。

【樂隊】yuèduì〔名〕（支）多人組成的演奏音樂的集體，其成員多使用不同的樂器；軍~｜~奏起了歡快的舞曲。

【樂府】yuèfǔ〔名〕❶ 漢代朝廷的音樂官署，掌管朝會奏樂，兼採各地民間詩歌配以樂曲。❷後世把樂府採集的民歌歌詞或文人模擬的作品也稱為樂府。

【樂理】yuèlǐ〔名〕音樂的基礎理論：~知識。

【樂律】yuèlǜ〔名〕音律：精通~。

【樂譜】yuèpǔ〔名〕用書面符號記錄的音樂作品；歌唱或奏樂用的曲譜。按記譜的方法分為五綫譜、簡譜、工尺譜等。

【樂器】yuèqì〔名〕（件）供演奏音樂用的器具，如鋼琴、胡琴、電子琴、琵琶、笛子、嗩吶、鼓等。

【樂曲】yuèqǔ〔名〕（支，首）音樂作品：悠揚的~｜這支~具有強烈的感染力。

【樂壇】yuètán〔名〕音樂界：~新秀。

【樂團】yuètuán〔名〕演出音樂的專業團體：民族~｜交響~｜中央~。

【樂音】yuèyīn〔名〕發音體有規律地振動所產生的、有一定頻率的、和諧悅耳的聲音（區別於"噪音"）。

【樂章】yuèzhāng〔名〕交響曲或其他成套的樂曲中的組成部分，具有一定的主題，有相對的獨立性。一部交響曲一般分為四個樂章，有的樂章可以單獨演奏。

【樂正】Yuèzhèng〔名〕複姓。

櫟（椋）yuè ❶〈書〉樹陰；也指交聚成陰的樹：林~｜~下。❷（Yuè）〔名〕姓。

嶽（岳）yuè ❶ 高大的山：東~泰山｜黃山歸來不看~。❷古指五嶽。
"岳"另見 yuè（1678頁）。

> **語彙** 北嶽　岱嶽　東嶽　方嶽　河嶽　南嶽　山嶽　五嶽　西嶽　中嶽

龠yuè ❶〔量〕漢制以深一寸、方九分的容量為一龠，相當於 1/20 升。❷古代的一種管樂器，形狀似笛而稍短。❸古同"籥"。

櫟（栎）yuè 用於地名：~陽（在陝西臨潼東北）。
另見 lì（830頁）。

�soulyuè〈書〉❶ 黃黑色。❷玷污。

瀹yuè〈書〉❶ 烹；煮：~茗。❷疏通河道：~濟、漯而注諸海。❸開發；引導：欲~民智，莫善於譯書。

躍（跃）yuè ❶〔動〕跳：跳~｜飛~｜一~而出｜龍騰虎~｜~出水面。❷跳動活躍的樣子：活~｜~然紙上。❸（Yuè）〔名〕姓。

> **語彙** 飛躍　奮躍　歡躍　活躍　雀躍　騰躍　跳躍　踴躍　魚躍　躍躍　龍騰虎躍

【躍層】yuècéng〔名〕一種住宅結構。在同一套單元式住宅內分為上下兩個樓層：~住宅。

【躍進】yuèjìn〔動〕❶ 跳着前進：利用地形地物，向前~。❷比喻高速前進：一個民辦小廠竟~到省級優秀企業的行列。

【躍居】yuèjū〔動〕很快前進或上升並居於（某名次、某地位）：~世界前列｜質量~同類產品之冠。

【躍然】yuèrán〔形〕生動活躍地呈現出來的樣

子：歡快之情～紙上。
【躍升】yuèshēng〔動〕跳躍式上升：世界排名～至第五位。
【躍躍欲試】yuèyuè-yùshì〔成〕形容對某事饒有興致，心情急切地想試着做：聽說度假村下午安排軍事演習，年輕人個個摩拳擦掌，～。

燏 yuè〈書〉火光：煜～。
【燏燏】yuèyuè〔形〕〈書〉光明耀眼的樣子。

籥 yuè ❶ 古時兒童習字的竹片。❷ 同"龠"②。

鑰（钥） yuè / yào 鑰匙：鎖～（比喻做事的關鍵或軍事要地）。
　　另見 yào（1578頁）。

語彙	管鑰 庫鑰 鎖鑰 銀鑰

鸑（鸑） yuè 見下。
【鸑鷟】yuèzhuó〔名〕❶ 古書上指一種水鳥，似鳧而大，目赤。❷ 古代鳳鳥的別稱。

籰 yuè 籰子，纏繞絲、綫等的用具。

yūn ㄩㄣ

暈（晕） yūn ❶〔形〕（頭腦）昏眩：頭～｜～頭轉向。❷〔動〕昏迷：～倒｜～厥｜～過去了。
　　另見 yùn（1683頁）。
【暈菜】yūncài〔動〕（北京話）頭腦發昏，反應遲鈍：這兩天天天加班，忙得都～了。
【暈厥】yūnjué〔動〕昏厥；腦部貧血引起供氧不足以致短時間失去知覺：老人近來常～，身體大不如前。
【暈頭轉向】yūntóu-zhuànxiàng〔成〕形容頭腦昏亂，辨不清方向：這車坐得我～｜事情又多又雜，弄得我～。也說蒙（mēng）頭轉向。
【暈暈忽忽】yūnyunhūhū（～的）〔形〕狀態詞。感到頭重腳輕。也形容頭腦不清醒：這兩天感冒發燒，燒得我～的｜喝醉了，～地東倒西歪站不穩｜我們可不能被勝利衝昏頭腦，整天～忘乎所以。

氲〈氲〉 yūn 見"氤氲"（1617頁）。

熅〈熅〉 yūn〈書〉微火；沒有光焰的火。
　　另見 yùn（1683頁）。
【熅熅】yūnyūn〔形〕〈書〉火勢微弱的樣子。

緼（缊）〈緼〉 yūn 見"絪緼"（1619頁）。
　　另見 yùn（1684頁）。

顳（颙） yūn〈書〉頭大的樣子。

醖〈醖〉 yūn〈書〉香。

贇（赟） yūn〈書〉美好。多見於人名。

yún ㄩㄣ

云 yún ❶〈書〉說：不知所～｜人～亦～｜先生～何？❷〔助〕〈書〉語氣助詞。可用在句首、句中、句末，表示強調：日～暮矣｜余登箕山，其上蓋有許由塚～（我登上箕山，那上頭大概有許由的墳墓）。❸〔助〕結構助詞。用在句末，表示所引的話有所省略：言下不勝感慨，表示"此風斷不可長"～。❹（Yún）〔名〕姓。
　　另見 yún "雲"（1681頁）。

語彙	不知所云 人云亦云

【云云】yúnyún〔助〕結構助詞。多用於引文或轉述的末尾，相當於"如此這般"（言下有保留之意）：據領導批示，謂既經有關方面研究可行，自應准予照辦～。

勻（匀） yún ❶〔形〕均勻：墨色不～。❷〔動〕使均勻：兩人的大米～一～，別有多有少。❸〔動〕抽出部分時間、東西等給別人或做別用：～出點時間，陪孩子玩玩｜你要是吃不了，就把飯～給我一點兒。

語彙	均勻 調勻 停勻

【勻稱】yúnchèn（-chen）〔形〕均勻相稱；搭配得很合適：～的身材｜這幾個字寫得真不錯，結構很～。
【勻淨】yúnjing〔形〕勻稱；深淺、粗細或大小一致：桌面油漆得很～｜這塊布的顏色不夠～。
【勻臉】yún // liǎn〔動〕化妝時使臉上的脂粉勻淨：她出門前，勻了勻臉。也說勻面。
【勻實】yúnshi〔形〕〈口〉均勻：這塊地毯織得挺～。
【勻速】yúnsù〔形〕屬性詞。物體運行速度保持不變的：～運動｜～前進。
【勻整】yúnzhěng（-zheng）〔形〕均勻整齊：客廳的陳設擺放合理，顯得十分～｜挑了幾塊個頭兒～的雨花石。

沄 yún ❶ 見下。❷（Yún）〔名〕姓。
　　另見 yún "澐"（1682頁）；

妘 Yún〔名〕姓。

芸 yún ❶ 芸香。❷（Yún）〔名〕姓。
　　另見 yún "蕓"（1682頁）。

語彙	書芸 香芸 芸芸

【芸香】yúnxiāng〔名〕（棵，株）草本植物，莖直立，根部木質。花葉有強烈香氣，可入藥，有驅蟲、驅風、通經等作用。古時稱芸草或芸

香木。

【芸芸眾生】yúnyún-zhòngshēng〔成〕芸芸：形容眾多。眾生：佛家指世間一切有生命的存在。泛指為數眾多的普通人。

昀

昀　yún 日光。多見於人名；紀～（清朝人，字曉嵐）。

昀

昀　yún 見下。

【昀昀】yúnyún〔形〕〈書〉已開墾的田地平坦整齊的樣子。

員（员）

員（员）　yún ❶〈書〉同"云"②：君子～獵，～獵～遊。❷ 見於人名：伍～（春秋時吳國大夫，字子胥）。

　　另見 yuán（1671 頁）；Yùn（1682 頁）。

耘

耘　yún ❶ 在田地裏除草：～田｜春耕夏～。❷（Yún）〔名〕姓。

語彙　鋤耘　耕耘　釋耘　夏耘

【耘鋤】yúnchú〔名〕一種帶鏵齒的農具，中耕時，靠畜力拉動除草鬆土（多用於旱地作物）。也指鋤頭。

紜（纭）

紜（纭）　yún 見下。

【紜紜】yúnyún〔形〕〈書〉繁多而亂的樣子：紛紛～｜眾說～。

雲（云）

雲（云）　yún〔名〕❶（朵，片）由水滴、冰晶聚集成團，在空中飄浮的物體：烏～｜彩～｜風起～湧｜天有不測風～，人有旦夕禍福。❷（Yún）指雲南：～煙（雲南產的煙葉）｜～腿（雲南宣威一帶出產的火腿）。**注意**古代"雲"和"云"是兩個不同的姓。

　　"云"另見 yún（1680 頁）。

語彙　白雲　彩雲　殘雲　層雲　愁雲　風雲　浮雲　紅雲　凌雲　密雲　暮雲　青雲　彤雲　烏雲　閒雲　祥雲　煙雲　疑雲　陰雲　戰雲　火燒雲　鏤月裁雲　響遏行雲

【雲彩】yúncai〔名〕（朵，片）〈口〉彩色的雲；也泛指雲：一片～把月亮遮住了。

【雲層】yúncéng〔名〕一層一層的雲：飛機穿過了～。

【雲端】yúnduān〔名〕❶ 雲裏；雲層之上：高入～｜火箭騰空而起，直射～。❷ 一款採用應用程式虛擬化技術（Application Virtualization）的軟件平台，集軟件搜索、下載、使用、管理、備份等多種功能為一體。通過該平台，各類常用軟件都能夠在獨立的虛擬化環境中被封裝起來，從而使應用軟件不會與系統產生耦合，達到綠色使用軟件的目的。

【雲岡石窟】Yúngāng Shíkū 中國著名石窟，在山西大同武周山南麓，始建於北魏中期。現存主要洞窟五十三個，石雕彩繪佛像、飛天等五萬一千多個，其中最高的佛像達十七米。為全國重點文物保護單位。

【雲海】yúnhǎi〔名〕從高處向下看時像海一樣面積廣闊的雲層：～茫茫｜明月出天山，蒼茫～間。

【雲漢】yúnhàn〔名〕〈書〉❶ 銀河：～澄江一練長。❷ 雲霄；高空：比翼翔～｜鳥瞰五洲，搏擊～。

【雲集】yúnjí〔動〕像雲一樣聚集，比喻許多人從各處聚在一起：舟車～｜冠蓋～｜遊客～｜世界各國建築師～北京。

【雲集響應】yúnjí-xiǎngyìng〔成〕漢朝賈誼《過秦論》："斬木為兵，揭竿為旗，天下雲集響應，贏糧而景從。"意思是像雲層聚集，像回聲相應。形容許多人從各地會合在一起，表示贊同和支持。

【雲計算】yùnjìsuàn〔動〕雲計算是一種通過互聯網絡以服務的方式提供動態可伸縮的虛擬化的資源的計算模式。

【雲鑼】yúnluó〔名〕打擊樂器。由十面不同音高的小銅鑼排列而成，第一排一個，以下三排各三個，懸掛在木架上，用槌擊奏，因第一面小鑼不常用，因此也叫九音鑼。現經改革，鑼數增加，多達三十八面。用於民族器樂合奏。

【雲母】yúnmǔ〔名〕礦物名，是具薄層狀結構的鉀、鈉、鎂、鐵等的鋁硅酸鹽礦物的總稱。根據顏色可分為白雲母、黑雲母、金雲母等；硬度小，可分成極薄的透明薄片，有彈性，耐高溫，不導電，是電氣工業重要的絕緣材料。

【雲泥】yúnní〔名〕〈書〉天空的雲和地面的泥，比喻地位高下懸殊：～之別｜判若～。

【雲氣】yúnqì〔名〕❶ 雲霧；霧氣：山上籠罩着濃重的～。❷〈書〉雲霄：絕～，負青天，然後圖南。

【雲雀】yúnquè〔名〕（隻）鳥名，羽毛赤褐色，有黑色斑紋，嘴小而尖，翅膀很大。起飛時能筆直向上，鑽入雲層，叫聲嘹亮。

【雲山霧罩】yúnshān-wùzhào〔成〕山上雲遮，山間霧罩。形容說話漫無邊際，不可捉摸：他又～地聊上了｜他說話～，讓你摸不透。

【雲杉】yúnshān〔名〕（棵，株）常綠喬木，樹皮灰褐色，葉錐形或條形，球果長橢圓形，褐色。木材白色，質堅而緻密，供建築和製器具用。

【雲孫】yúnsūn〔名〕❶ 從本身算起的第九代孫。❷ 泛指遠孫。

【雲梯】yúntī〔名〕❶ 古時攻城時攀登城牆的長梯。❷（架）救火用的長梯子。❸ 通往山上的石階：出了洞還得爬上百步～，這才到達山頂。

【雲天】yúntiān ❶〔名〕高空：響徹～｜仰望～。❷〔形〕雲天般高厚：～高誼｜～之德。

Y

【雲土】yúntǔ〔名〕舊指雲南出產的鴉片煙。

【雲霧】yúnwù〔名〕❶（層，團，片）雲和霧：～瀰漫。❷比喻障礙或遮蔽的東西：撥開～見青天。

【雲霞】yúnxiá〔名〕彩雲；彩霞：日落西山～飛。

【雲消霧散】yúnxiāo-wùsàn〔成〕煙消霧散。

【雲霄】yúnxiāo〔名〕天際；高空：響徹～｜高峰直入～。

【雲崖】yúnyá〔名〕高峻的山崖；懸崖：金沙水拍～暖，大渡橋橫鐵索寒。

【雲煙】yúnyān ㊀〔名〕雲氣和煙霧；比喻易於消失的事物：過眼～｜往日的憂愁，猶如～，消逝得無蹤無影了。㊁〔名〕指雲南烤煙。

【雲遊】yúnyóu〔動〕（和尚、道士等）任意遨遊，蹤跡不定：～四方｜四處～｜湖海～二十春。

【雲雨】yúnyǔ〈書〉❶〔名〕舊時比喻恩澤：洪恩罔極，～增加。❷〔動〕指男女歡愛。

> **巫山雲雨**
>
> 戰國楚宋玉《高唐賦》記載，楚懷王嘗遊高唐，怠而晝寢，夢見一婦人，自稱是巫山之女。她言下有意，楚懷王對她寵倖有加。臨別時，她說：「妾在巫山之陽，高丘之陰；旦為朝雲，暮為行雨，朝朝暮暮，陽台之下。」後即用「雲雨」指男女歡愛。

【雲蒸霞蔚】yúnzhēng-xiáwèi〔成〕雲氣蒸騰，彩霞燦爛奪目。形容景物燦爛絢麗：山上密佈亭台樓閣，～，頗為壯觀｜草木蔥蘢其上，若～。也說雲興霞蔚。

鄖（鄖）Yún ❶鄖縣，地名。在湖北西北部。❷〔名〕姓。

筠 yún〈書〉❶竹子的青皮。❷竹子的別稱：柴門空閉鎖松～。**注意** 革命烈士江竹筠（江姐）的「筠」，讀 jūn，不讀 yún。
另見 jūn（732頁）。

溳（溳）Yún 溳水，水名。在湖北隨州一帶，南流入漢水。

鋆 yún〈書〉金子。多見於人名（在人名中也讀 jūn）。
另見 jūn（732頁）。

澐（沄）yún〈書〉江水大波浪。「沄」另見 yún（1680頁）；

【澐澐】yúnyún〔形〕〈書〉❶水流浩蕩的樣子：流水～。❷（名聲等）廣遠傳揚：聲容～。

蕓（芸）yún 見「蕓薹」（1682頁）。「芸」另見 yún（1680頁）。

【蕓豆】（雲豆）yúndòu〔名〕菜豆的通稱。

【蕓薹】yúntái〔名〕「油菜」①。

簹（簹）yún 見下。

【簹簹】yúndāng〔名〕一種生長在水邊節長而高大的竹子。

yǔn ㄩㄣˇ

允 yǔn ㊀❶答應；允許：應～｜不～。❷（Yǔn）〔名〕姓。
㊁公平；得當：公～｜平～。

語彙 俯允 公允 惠允 慨允 明允 平允 依允 應允 俞允 中允

【允當】yǔndàng〔形〕得當；適當：賞罰～。

【允諾】yǔnnuò〔動〕答應；允許：慨然～。

【允許】yǔnxǔ〔動〕許可：得到～｜請～我代表我的家人向你們致敬｜決不～破壞紀律。

狁 yǔn 見「獫狁」（1469頁）。

隕（隕）yǔn〈書〉墜落：～石｜星～如雨。

【隕落】yǔnluò〔動〕（星體或其他物體）從高空墜落；比喻著名人物逝世：火箭殘骸～在大海中｜將星～（比喻著名軍事家逝世）。

【隕滅】yǔnmiè〔動〕❶從高空掉下而毀滅：間諜飛機被擊中，霎時在空中～。❷死亡；喪命：這位才華出眾的年輕詩人，不幸過早～了。也作殞滅。

【隕石】yǔnshí〔名〕（塊）石隕星。

【隕鐵】yǔntiě〔名〕（塊）鐵隕星。

【隕星】yǔnxīng〔名〕大的流星體在經過地球大氣層時，沒有完全燒毀的殘餘部分掉在地面上的叫隕星。有鐵隕星、石隕星和石質鐵隕星三種。地質學上叫隕石。

殞（殞）yǔn〈書〉死亡：～命｜～沒。

【殞滅】yǔnmiè 同「隕滅」②。

【殞命】yǔnmìng〔動〕〈書〉喪命；死亡：不幸～於車輪之下。

yùn ㄩㄣˋ

孕 yùn ❶懷胎：～育｜避～｜～穗（指水稻、小麥、玉米等農作物的穗在葉鞘內形成而尚未抽出）。❷身孕；胎：有～｜懷～｜～婦。

語彙 包孕 避孕 含孕 懷孕 妊孕 身孕 受孕 胎孕

【孕婦】yùnfù〔名〕（位，名）懷孕的婦女：他站起身，把座位讓給一位～。

【孕育】yùnyù〔動〕懷胎生育；比喻在既存的事物中醞釀、生長着新的事物：～着新生命｜～着更大的危機。

員（員）Yùn〔名〕姓。
另見 yuán（1671頁）；yún（1681頁）。

慍〈慍〉yùn〈書〉怒；怨恨：面有～色｜憂心悄悄，～於群小｜人不知而不～，不亦君子乎？

惲（恽） Yùn〔名〕姓。

鄆（郓） yùn ❶用於地名：～城（在山東西南部）。❷ Yùn〔名〕姓。

暈（晕） yùn / yūn ❶〔動〕產生一種頭腦發昏、周圍物體好像在旋轉、身體不由自主要跌倒的感覺：～車｜～船｜站在這麼高的樓上往下看，真讓人眼～。❷〔名〕太陽和月亮的光through雲層時形成的光環：日～｜月～｜今晚月有～。❸〔名〕色彩或光影周圍的模糊狀態：紅～｜燈～｜彩燈的光有～。

另見 yūn（1680頁）。

語彙 波暈　紅暈　酒暈　眉暈　日暈　眩暈　血暈
月暈

【暈場】yùnchǎng〔動〕演員上台演出或考生上場應試時因過度緊張等原因而頭暈：她雖是第一次登台演唱，但一點不～。

【暈車】yùn//chē〔動〕因乘車而出現頭暈甚至嘔吐：一路顛簸，許多人都暈了車。

【暈船】yùn//chuán〔動〕因乘船而出現頭暈甚至嘔吐：先吃片乘暈寧，免得～｜風浪太大，我也暈了船。

熅（煴） yùn〈書〉同"熨"。
另見 yūn（1680頁）。

運（运） yùn ㊀❶運動；轉動：～行｜～轉。❷〔動〕搬運；運輸：把這批貨～到北京去。❸ 運用；使用：～思｜～氣｜～筆。❹（Yùn）〔名〕姓。
㊁〔名〕命運；運氣：幸～｜財～｜好～｜時來～轉。

語彙 搬運　背運　駁運　財運　漕運　車運　承運
儲運　春運　倒運　調運　冬運　厄運　噩運　發運
販運　官運　國運　海運　航運　河運　黑運　紅運
貨運　機運　集運　家運　客運　空運　聯運　陸運
命運　盤運　起運　氣運　時運　世運　水運　挑運
頹運　託運　文運　幸運　押運　營運　應運　載運
轉運　裝運　走運　桃花運　匠心獨運

【運筆】yùnbǐ〔動〕運腕用筆：～如飛｜～略無凝滯。

【運籌帷幄】yùnchóu-wéiwò〔成〕帷幄：軍用帳幕。《史記·高祖本紀》："夫運籌策帷幄之中，決勝於千里之外，吾不如子房。"意思是在軍幕中出謀劃策，決定千里之外戰鬥的勝利，我不如張良。後用"運籌帷幄"指在後方謀劃軍機，決定作戰策略。也指籌劃、指揮重要事情的運作：在公司的發展中，他是個幕後～的人物，功勞不小。

【運動】yùndòng ❶〔動〕〈書〉古代指天地轉動運行：因天時而行罰，順陰陽而～。❷〔動〕

〈書〉活動；鑽營、說情等：經多方～，他終於謀到這一官職。❸〔名〕物體的位置（一般指一個物體和其他物體之間的相對位置）不斷變化的現象。❹〔名〕哲學範疇。指不斷地發展變化，是物質的存在形式和固有屬性，同物質不可分離，宇宙間一切現象都是物質運動的表現形式。❺〔名〕（場，項）指體育活動：球類～｜～健將｜這項～很受人們喜愛。❻〔動〕從事體育活動：每週～兩次｜打打球，～～。❼〔名〕（場，次）指有組織、有目的、規模較大的群眾性活動：新文化～｜愛國衛生～｜積極參加技術革新～。

┌─────────────────────────────┐
│ **辨析** **運動、活動**　兩個詞都是多義詞，在某些意義上近似。a）作為動詞，在表示動作的意義上，"活動"指讓身子隨便動一動，可以帶賓語，如"活動活動四肢"；"運動"指從事一般的體育活動，一般不能帶賓語。b）作為名詞，"活動"指個人群眾的一般行動，如"社交活動""社會活動"；"運動"一般指有領導、有組織的規模較大的行動，如"政治運動""整風運動"。c）"活動"有形容詞義，指不固定、靈活，如"活動房屋"，"運動"無這種意義。
└─────────────────────────────┘

【運動服】yùndòngfú〔名〕適合於從事體育運動的人穿着（zhuó）的服裝。

【運動會】yùndònghuì〔名〕（屆，次）規模較大、含多項體育運動的競賽會：全國～｜奧林匹克～。

【運動飲料】yùndòng yǐnliào 指適合在劇烈運動後飲用的飲料。根據運動時生理消耗的特點而配製，可以有針對性地補充運動時消耗的營養，起到盡快消除疲勞，保持、提高運動能力的作用。

【運動員】yùndòngyuán〔名〕（位，名）憑一定運動技能參加體育運動競賽的人：足球～｜體操～。

【運費】yùnfèi〔名〕（筆）運輸貨物的費用：～昂貴。

【運河】yùnhé〔名〕（條）為溝通不同水系或海洋而用人工開挖的河道。如中國的大運河和埃及的蘇伊士運河、美洲的巴拿馬運河等。

【運力】yùnlì〔名〕運輸能力或力量：～不足｜增加～。

【運量】yùnliàng〔名〕運送人或物資的數量：增加～。

【運能】yùnnéng〔名〕運輸能力，指運輸部門在一定時期內所能擔負的最大運輸量。

【運氣】yùn//qì〔動〕練氣功的人把氣運集到身體某一部分：只見他運了運氣，一掌就把五塊磚頭劈斷了。

【運氣】yùnqi ❶〔名〕命運：小王的～真好。❷〔名〕機會；機遇：有～｜沒～｜碰碰～。❸〔形〕幸運；稱心如意：你真～，果然心想事成。

【運輸】yùnshū〔動〕用交通工具把人或物資運轉輸送到另一個地方：把這些救災物資緊急～到災區去。

【運思】yùnsī〔動〕運用心思（多指詩文寫作）：～精巧。

【運送】yùnsòng〔動〕運輸轉送：～傷員｜把化肥～到農村去。

【運算】yùnsuàn〔動〕按數學法則求出題目或算式的結果：四則～｜題出錯了，沒辦法進行～｜這台計算機每秒鐘～二百萬次。

【運行】yùnxíng〔動〕（星球、車船等）週而復始地運轉；定時定向地前行：地球繞太陽～｜立即清除障礙，保證車輛的正常～。

【運營】yùnyíng〔動〕❶ 交通工具運行和營業：新建鐵路開始通車～｜高鐵～正常。❷ 經濟單位經營：新建的連鎖店～良好。

【運用】yùnyòng〔動〕使用；利用：靈活～修辭方法｜熟練～｜成語之妙，在於～。

辨析｜運用、使用　a）"使用"可用於人，也可用於事物；"運用"只用於事物，不用於人。如"使用人力""使用幹部"，"使用"不能換成"運用"。b）"運用"多用於理論、原理、知識等；"使用"多用於工具、機器、手段、方法等。如"運用先進理論""運用科學原理"，"運用"不能換成"使用"。"使用工具""使用機器"，"使用"不能換成"運用"。

【運載】yùnzài〔動〕裝載和運送：～工具｜～貨物。

【運載火箭】yùnzài huǒjiàn 把人造衞星、宇宙飛船等發送到預定軌道上去的火箭，有很高的速度，通常由多級火箭組成。

【運轉】yùnzhuǎn〔動〕❶（星球等）沿着一定的軌道週而復始地運行：地球繞着太陽～一周的時間就是一年。❷（機器等）有規則地轉動：印刷機～正常。❸（組織、機構等）行使權力；進行活動：各部門～有序。

【運作】yùnzuò〔動〕運行和工作：計算機～正常｜中國鄉鎮企業將完全按市場經濟機制～。

辨析｜運作、操作　a）"操作"指人按一定要求活動工作，"運作"指機構、組織開展工作，如"這台精密機器，不易操作""公司資金不足，難以運作"，二者不能互換。b）"操作"可帶賓語，如"操作機器""操作事務"，"運作"不能帶賓語。

熨　yùn〔動〕用烙鐵或熨斗壓燙衣物等使平：把衣褶兒～平｜～一～衣服。
另見 yù（1666 頁）。

【熨斗】yùndǒu〔名〕用來燙平衣物的金屬器具。舊式熨斗形狀似斗，中間燒木炭；現代家庭多用電熨斗。

【熨燙】yùntàng〔動〕用熨斗燙平：～衣服｜～整齊。

緼（缊）〈縕〉yùn〈書〉❶ 新舊混合在一起的絲綿：～袍。❷ 亂麻。
另見 yūn（1680 頁）。

醖（酝）〈醞〉yùn〈書〉❶ 釀酒：自～｜春～夏成。❷ 酒：佳～｜奇～。

【醖釀】yùnniàng〔動〕造酒的發酵過程；比喻事前的考慮或準備：～候選人名單｜經過反復～，選出了十名代表。

韞（韫）〈韞〉yùn〈書〉積存；懷有：～奇才而莫用。

蘊（蕴）〈蘊〉yùn ❶ 積聚；包含：～藏｜～結（聚積）。❷ 深奧的含義：底～｜精～。❸（Yùn）〔名〕姓。

語彙｜包蘊　才蘊　底蘊　含蘊　精蘊　內蘊　五蘊　意蘊

【蘊藏】yùncáng〔動〕在內部蓄積，尚未顯露或發掘：這座山裏～着豐富的鐵礦｜玩具市場～巨大的商機｜這幅山水畫，～了作者某種深厚的感情。

【蘊涵】yùnhán ❶〔動〕包含：這首小詩～了豐富的內容。也作蘊含。❷〔名〕邏輯判斷中，存在於前後兩個命題間的一種條件關係，用 A 和 B 表示前件和後件，則 A 和 B 的蘊涵式寫作 A→B（或 A⊃B），讀作"A 蘊涵 B"（或"如果 A 則 B"）。

【蘊藉】yùnjiè〔形〕〈書〉（說話、文章或神情等）寬和而含蓄不露：溫恭～｜意味～｜～的笑意｜端凝～，學者風儀。

【蘊蓄】yùnxù〔動〕包含、積蓄着而沒有顯露出來：深深的海底，～着各種奇異的珍寶。

韻（韵）yùn ❶ 和諧的聲音：雅～｜琴～悠揚。❷ 情趣：～味｜～致｜風～。❸〔名〕韻母；韻腳：押～｜雙聲疊～｜～文｜～書｜音有～，義有類。❹（Yùn）〔名〕姓。

語彙｜步韻　出韻　詞韻　次韻　疊韻　風韻　和韻　集韻　氣韻　琴韻　清韻　神韻　詩韻　險韻　協韻　新韻　押韻　陽韻　陰韻　音韻　餘韻

【韻白】yùnbái〔名〕❶ 傳統戲曲中一種有較強節奏感和音樂性，語調抑揚頓挫的道白。京劇中指用傳統唸法唸出的道白，某些字音同北京音有區別。❷ 戲曲中句子整齊押韻的道白。

【韻腹】yùnfù〔名〕指韻母中的主要元音，是韻的核心。

【韻腳】yùnjiǎo〔名〕韻文句末押韻的字。

【韻律】yùnlǜ〔名〕詩詞創作中的聲韻和節律，包括平仄格式和押韻規則。

【韻母】yùnmǔ〔名〕漢語字音（音節）中，除聲母、聲調以外的構成要素。韻母主要由元音構成，但也有在元音後面帶某些輔音的。韻母可以分成單韻母、複韻母兩類；還可以根據是否含有鼻輔音而分成鼻韻母和非鼻韻母。複韻母可以分為韻頭（介音）、韻腹（主要元音）、韻尾三部分。如"槍"（qiāng）的韻母是 iang，其中 i 是韻頭，a 是韻腹，ng 是韻尾。韻腹是韻母的核心，一個韻母可以沒有韻頭或韻尾，卻不能沒有韻腹。

【韻事】yùnshì〔名〕〈書〉風雅之事：風流～（有關男女情愛的事）。

【韻頭】yùntóu〔名〕指韻母中在主要元音之前與聲母銜接的元音，如"叫（jiào）"中的"i"。普通話中能充當韻頭（介音）的元音有 i、u、ü。通稱介音。

【韻尾】yùnwěi〔名〕指韻母的收尾部分，即複韻母中處於主要元音之後的部分。如韻母 ai 或 ei 中的 i，韻母 ao 中的 o，韻母 ou 中的 u，屬元音韻尾；韻母 an、en 中的 n，韻母 ang、eng、ong 中的 ng，屬鼻音韻尾。

【韻味】yùnwèi〔名〕❶ 聲韻中蘊涵的意味：～十足｜他這段戲唱得很有～。❷ 情趣；神韻：古典～｜城市～｜這書的文化～很濃。

【韻文】yùnwén〔名〕(篇) 泛指有節奏講韻律的文學體裁，包括詩、詞、歌、賦及各種有韻之文（區別於"散文"）。

Z

zā ㄗㄚ

匝〈帀〉zā ❶〔量〕周；環繞一周叫一匝：繞樹三～，無枝可依。❷〈書〉環繞：滋蔓～清池。❸〈書〉周遍；滿：～地｜～月。

【匝道】zādào〔名〕連接高架橋、立交橋上下兩條道路的路段；連接高速公路與鄰近輔路的路段。

【匝月】zāyuè〔動〕〈書〉滿一個月：淫雨～｜～陰蒙始放晴｜未～而事已成。

咂zā〔動〕❶ 咂嘴。❷ 吸吮：～了一口酒｜別老是～指頭｜端起人參湯～了一口。❸ 仔細辨別：這茶～出點味兒來了｜細～你這句話的滋味兒，真叫人失望！

【咂摸】zāmo〔動〕〈口〉細心體味；仔細辨別：～一下這茶的滋味兒｜這話的意思你再～～看。

【咂嘴】zā//zuǐ（～兒）〔動〕舌尖與上齒齦接觸又縮回張嘴發聲，表示羨慕、讚美、驚訝等：點頭～兒，讚歎不已｜他聽了只咂了一下嘴，甚麼也沒說｜老牛～嘴——想吃嫩草。

拶zā〈書〉擠；壓；逼迫：排～｜～榨。
另見 zǎn（1692頁）。

紮（扎）〈紥〉zā/zhá ❶〔動〕捆；纏束：～辮子｜～紅頭繩｜～蝴蝶結｜～稻草人｜把腰帶～緊點兒｜這麼細的帶子～不緊。❷〔量〕用於某些成捆的東西：一～麥子。
另見 zhā（1704頁）；"扎"另見 zhā（1703頁）、zhá（1704頁）。

語彙　包紮　結紮　捆紮

臢（臢）zā/zāng 見"醃臢"（2頁）。

zá ㄗㄚ

咱〈喒偺〉zá 見下。另見 zán（1692頁）；zan（1693頁）。

【咱家】zájiā〔代〕人稱代詞。我（多見於早期白話小說、戲曲）：～醉了也｜多虧眾好漢抬舉～。

砸zá〔動〕❶ 用器物或沉重的東西撞擊；重物落在物體上：～夯｜～地基（常比喻給某事打基礎）｜核桃～開了｜錘子把手～腫了。

❷ 打破；打碎：玻璃～了｜盤子～了｜不要～了飯碗（比喻失業）。❸ 搗爛；搗碎：～薑｜～蒜。❹（北京話）失敗：這件事給辦～了｜頭一次登台，可別唱～了。

【砸飯碗】zá fànwǎn〔慣〕比喻失業或失去生活來源：～的事不幹｜砸了飯碗怎麼辦？

【砸鍋】zá//guō〔動〕（北京話）比喻失敗：這件事怕要～｜想不到頭一天演出就砸了鍋。

【砸牌子】zá páizi〔慣〕因產品（多指名牌產品）質量不好或經營行為不當而毀壞信譽：～的事不能幹｜不能因為貪小利而砸了我們的牌子。

雜（杂）〈襍〉zá ❶〔形〕不單純；多種多樣的：～糧｜～貨｜～燴｜～亂｜苛捐～稅。❷ 非正規的或正項以外的：～牌｜～費｜～務。❸〔形〕雜亂：人多手～｜心煩事～。❹〔動〕摻雜；混合：五方～處｜～在人群中，以免引人注目。

語彙　嘈雜　摻雜　錯雜　打雜　繁雜　複雜　混雜　夾雜　拉雜　龐雜　勤雜　蕪雜　閒雜　喧雜　人多嘴雜　魚龍混雜

【雜拌兒】zábànr〔名〕❶ 摻和在一起的各種果脯、乾果、糖果等。❷ 比喻由多種成分湊集而成的事物：雜誌本身就是個～，甚麼文章都有。

【雜草】zácǎo〔名〕各種草；野草：人跡罕至，～叢生｜清除～。

【雜湊】zácòu〔動〕不同的人或物勉強湊集在一起：由學生、演員、教工表演～成一台晚會｜這些家具是臨時～起來的。注意 勉強湊合在一起的人或物，口語中稱為"雜八湊兒"。

【雜費】záfèi〔名〕（項）❶ 雜項開支的費用：～支出，很難預計｜得壓縮一下～。❷ 學校向學生收取的一種雜項開支費用：～免交｜學～（學費和雜費）。

【雜感】zágǎn〔名〕❶ 零碎的、多方面的感想：旅途中～不少。❷（篇）指抒發這些感想的短文：一年發表～五十多篇。

【雜活兒】záhuór〔名〕各種零碎瑣事：幹些～。

【雜貨】záhuò〔名〕供出售的各項日常生活用品，如油、鹽、醬、醋、糖果、點心、煙、酒、火柴、針線綫腦等：日用～｜～鋪兒。

【雜記】zájì〔名〕❶ 記載山水、風物、人事、瑣屑細故等的一種文體，多以記敍為主，間有議論、抒情。❷（篇，本）指零碎的筆記：他有記～的習慣。

【雜技】zájì〔名〕（項）各種技藝表演的總稱，如耍弄器物、變魔術、人體技巧動作及車技、口技等：～團｜～演員｜～表演｜頂碗、走鋼絲、空中飛人，哪一項～不是靠長期勤學苦練出來的？

古代雜技源流

中國的雜技藝術源遠流長，漢朝稱百戲或角抵，隋唐稱散樂或百戲，唐宋以後始稱為雜技。《史記·李斯列傳》謂秦二世在甘泉，觀角抵優俳之戲。《漢書·武帝紀》稱，公元前108年作角抵戲，三百里內皆來觀看。《後漢書·安帝紀》註云，舍利之獸從西方來，激水化成比目魚，漱水作霧，化成黃龍。漢朝張衡《西京賦》中有跳劍丸、走繩索、爬高竿及吞刀吐火等描述。

【雜家】zájiā〔名〕❶（Zájiā）戰國末至漢初綜合儒、墨、名、法各家觀點而自成系統的一個學派。❷（位）指通曉多種學科，知識較廣博的人：他當了幾十年編輯，可以算是個～。

【雜交】zájiāo〔動〕指不同種屬或品種的生物體進行交配或結合。經過生殖細胞結合的，叫有性雜交；經過體細胞結合的，叫無性雜交。雜交後產生的新品種，多具有兩親種的特徵：～牛｜～育種｜這種水稻是多次～培育出來的。

【雜劇】zájù〔名〕古代戲劇樣式，有晚唐雜劇、宋雜劇，通常指元代發展成的戲曲形式。每本以四折為主，有時在開頭或折間加"楔子"（相當於序幕或過場戲）。每折用同一宮調的北曲、套曲組成，兼有若干唱白。全劇由正末（男主角）或正旦（女主角）一人主唱，其他角色以唱白配合。流行於大都（今北京）一帶。明清雜劇，每本不限四折。

【雜糧】záliáng〔名〕稻穀、小麥以外的各種糧食，如玉米、高粱、穀子、蕎麥、豆類等：五穀～｜光吃細糧也不見得好，得吃點兒～。

【雜亂】záluàn〔形〕繁雜而混亂（跟"整齊"相對）：～的腳步聲｜會場裏人聲～｜這裏的工作～得很。

辨析 雜亂、混亂　a）"雜亂"着重指許多東西或事情摻雜在一起，顯得亂七八糟；"混亂"着重指事物相互攪混在一起，顯得不統一、不穩定，沒有秩序或條理。b）"混亂"常形容綫抽象的事物，像思想、局面、狀態等，如"社會秩序混亂""文章結構混亂"，其中的"混亂"不能換用"雜亂"。

【雜亂無章】záluàn-wúzhāng〔成〕繁雜混亂，沒有條理：這篇文章寫得～。

【雜麪】zámiàn〔名〕❶用綠豆、小豆等磨成的粉。❷用這種粉做成的麪條：煮碗～吃。也說雜麪條兒。

【雜木】zámù〔名〕質量較次的各種木材：～細加工，用處也很多。

【雜牌】zápái（～兒）〔形〕屬性詞。正牌以外的；非正規的（含輕視意）：～兒貨｜～兒學校｜～兒軍（舊時指非正規或非嫡系的軍隊）。

【雜七雜八】záqī-zábā〔成〕各種各樣；多而不純：～的事情｜公園裏～的人都有｜內容～的文章不值得細看。

【雜色】zásè❶〔名〕多而不純的顏色（跟"正色"相對）：～衣服｜～長筒襪｜把布料染成～。❷〔形〕屬性詞。雜牌的；非正規的：～部隊。

【雜事】záshì（～兒）〔名〕雜七雜八的瑣事：一天到晚，～挺多｜～纏身｜處理～。

【雜耍】záshuǎ（～兒）〔名〕曲藝、雜技等的統稱：～表演｜～藝人｜看～兒。

【雜碎】zásui〔名〕❶一種熟食品，用牛羊的內臟（心、肺、胃、肝等）加工切碎後攪拌而成：牛～｜羊～｜買點兒～來吃。❷喻指零零碎碎的物品：這家鋪子盡賣些針頭綫腦、扣子、鞋帶、氈帽之類的小～。

【雜沓】（雜遝）zátà〔形〕雜亂；擁擠紛亂：～的腳步聲。

辨析 雜沓、雜亂　二者意義基本相同。但前者強調雜亂，沒有條理；後者強調繁雜，重複。使用範圍，"雜亂"要比"雜沓"廣，"雜沓"現多形容腳步聲，用於書面語。

【雜談】zátán〔名〕零碎地、無系統的論述：思想～｜往事～。

【雜文】záwén〔名〕（篇）現代散文的一種。是直接而迅速地反映社會現實的文藝性短論，內容廣泛，形式多樣，尖銳潑辣，短小精悍。含雜感、雜論、隨筆、筆記等：～家｜寫了多篇～。注意 雜文這一文學體裁，其實古已有之，中國古代諸子百家的著述中就有一些是雜文。

【雜務】záwù〔名〕正事以外的瑣事：～叢集｜～纏身｜要善於處理～。

【雜項】záxiàng〔名〕正式項目以外的項目：～支出。

【雜音】záyīn〔名〕❶嘈雜擾人的聲音：住宅周圍的～太多｜街上有各種～。❷醫學上指人或動物的心、肺等發出的不正常聲音，可以用聽診器聽到：心臟～｜心臟舒張期～。❸機器裝置、收音機、電視機等因發生障礙或受干擾而發出的不應有的聲音：這台收音機很好，沒有甚麼～。

【雜院兒】záyuànr〔名〕（座）住有許多戶人家的院子：我們幾家同住在一個～裏。也說大雜院兒。

【雜誌】zázhì〔名〕❶（份，期，本）刊物。"雜"為多種多樣，"志"為記載。因刊物刊載的內容多種多樣，故稱。❷隨手的筆記（多用於書名）。

【雜質】zázhì〔名〕夾雜在某種物質中的不純的成分：這裏的海鹽～很少。

【雜種】zázhǒng〔名〕❶動物或植物經過雜交後所產生的新品種：～牛｜～高粱。❷〈詈〉原為罵人血統不純，後變為與"壞蛋""狗東西"等差不多的罵人話。

zǎ ㄗㄚˇ

咋 zǎ〔代〕（北方官話）疑問代詞。怎；怎麼：他～說？│該～辦就～辦│你～不來？

另見 zé（1699 頁）；zhā（1703 頁）。

zāi ㄗㄞ

災（灾）〈栽菑〉zāi〔名〕（場）❶災害：～情│天～│火～│氾濫成～│玉米受了～。❷遭遇的不幸：無妄之～│滅頂之～│沒～沒病│破財只當消～。

語彙 蟲災 旱災 洪災 火災 救災 抗災 澇災 水災 天災 遭災 賑災

【災變】zāibiàn〔名〕災害和變故：遭遇突發│冷靜應對～。

【災害】zāihài〔名〕（場）天災或人為因素所造成的禍害：自然～│發生了冰雹和早霜等～│亂砍濫伐導致泥石流等～頻發。

【災荒】zāihuāng〔名〕（場，次）因自然災害而造成的饑荒：抵禦～│～連年。

【災毀】zāihuǐ〔動〕因受災而被毀壞：修復～道路│重建～住房。

【災禍】zāihuò〔名〕（場）自然或人為因素造成的災難禍害：意外的～│戰爭造成了～。

> 〔辨析〕**災禍、災害** 都指自然或人為的禍害。但"災害"多指自然力造成的禍害，"災禍"多指人為的禍害，如"水、旱災害嚴重""戰爭造成一場災禍"，二者不宜互換。

【災民】zāimín〔名〕遭受災害的人：妥善安置～│關心～的生活和生產。

【災難】zāinàn〔名〕（場）天災人禍給人帶來的嚴重損失和苦難：～深重│減輕～帶來的損失。

【災情】zāiqíng〔名〕遭受災害的情況：了解～│這場雨使乾旱的～有所減輕。

【災區】zāiqū〔名〕遭受災害的地區：重～│深入～│支援～建設│來自～的報告。

【災星】zāixīng〔名〕古代迷信稱能引起人間災變的某些星辰為災星，後用來比喻給人帶來災難或厄運的人（跟"福星"相對）：大～│今年碰上～了。

【災殃】zāiyāng〔名〕災禍；災難：一場～│從天降│戰勝～。

甾 zāi〔名〕有機化合物的一類，廣泛存在於動植物體內，如膽固醇、維生素 D 和性激素等。也叫類固醇。

哉 zāi ❶〔助〕〈書〉語氣助詞。跟疑問詞合用，表示疑問或反詰；相當於"嗎""呢"：有何難～？│何足道～？❷〔助〕〈書〉語氣助詞。表示感歎；相當於"啊"：美～！│誠～斯言！│悲～！秋之為氣也。❸〔助〕〈書〉語氣助詞。表示揣測；相當於"吧"：多乎～？│我其試～！❹〔助〕（吳語）語氣助詞。用在句末，表示已然，相當於"了"（le）：來～│比仔（起）從前省得多～。❺（Zāi）〔名〕姓。

語彙 善哉 嗚呼哀哉 優哉遊哉

栽 zāi ㊀❶〔動〕栽種（zhòng）：～秧│櫻桃好吃樹難～│有意·花花不發，無心插柳柳成陰。❷〔動〕插上；安上：～電綫杆子│～刷子│汽車站牌沒～好。❸〔動〕強行安上：～贓（zāng）│罪名～不到人家頭上。❹〔名〕供移植的植物幼苗：柳～│松～。❺（Zāi）〔名〕姓。

㊁〔動〕❶摔倒；跌倒：～跟頭│頭上～了個大包│這一跤～得不輕。❷（北京話）比喻遭受挫折：這次他可～了。

語彙 柳栽 輪栽 盆栽 松栽 桃栽 移栽

【栽跟頭】zāi gēntou ❶因不小心而摔倒：小孩兒學走路，～難免～│栽了跟頭，別怪石頭。❷〔慣〕比喻遭受挫折或失敗：不吸取教訓早晚要～│他在經濟問題上栽過跟頭。

【栽培】zāipéi〔動〕❶栽種並培養（植物）：花卉～技術│～水稻。❷培養和造就（人才）：感謝老師～。❸照顧和提拔：往後請多加～│晚生能有今日，都是您老～。

【栽贓】zāi // zāng〔動〕為了達到誣陷的目的，暗自把贓物或違禁品放在別人處：故意～│又是他栽的贓。

【栽種】zāizhòng〔動〕種植（蔬菜、果樹、花卉等）：用新法～麥子│在北方試行～熱帶樹木│～花卉的園丁。

zǎi ㄗㄞˇ

仔 zǎi ❶〔名〕兒子：這是我那～兒│乖～│大不由娘。❷（粵語）男青年：打工～│肥～。

另見 zī（1803 頁）；zǐ（1807 頁）。

語彙 乖仔 牛仔 打工仔

【仔褲】zǎikù〔名〕牛仔褲。

宰 zǎi ㊀❶主管；主持：主～│～制。❷古代官名：太～│～相。❸（Zǎi）〔名〕姓。

㊁〔動〕❶殺（牲畜、家禽等）：～牛│～羊│～鵝。**注意** 有時也用於人，含有輕蔑憤怒的意思，如"我先宰了這小子再說！"。❷索取高價：～客│捱～〈顧客被迫按高價付款〉│買了套西裝，被～上百元。

語彙 捱宰 太宰 屠宰 主宰

【宰父】Zǎifǔ〔名〕複姓。

【宰割】zǎigē〔動〕❶宰殺和切割（牛羊等）。

❷比喻侵略、壓迫和剝削：｜不能任人～。

【宰客】zǎikè〔動〕索取高價，坑蒙顧客：經過整頓，旅遊車～現象少了。

【宰人】zǎirén〔動〕比喻向顧客索要高價：比較而言，這家超市更～。

【宰殺】zǎishā〔動〕殺（牲畜、家禽等）：嚴禁～耕牛｜代客～雞鴨。注意"宰殺"的賓語不能用單音節的，如不能說"宰殺雞""宰殺馬"等；只能說成"宰殺牛羊"等。

【宰牲節】Zǎishēng Jié〔名〕伊斯蘭教的重要節日，在伊斯蘭教曆 12 月 10 日。教徒要宰殺牛、羊、駱駝等向真主獻禮。也叫古爾邦節、犧牲節。

【宰相】zǎixiàng〔名〕中國封建時代輔佐君主總攬政務的最高級官員：～肚裏好撐船（比喻人寬宏大量）。

【宰制】zǎizhì〔動〕〈書〉主宰控制：～萬物｜舊中國在列強的～之下，弄得民窮財盡。

崽 zǎi ❶同"仔"（zǎi）①。❷（～兒）〔名〕幼小的動物：老母豬剛下了一窩～兒。

【崽子】zǎizi〔名〕幼小的動物（多用作罵人的話）。

載（載）zǎi 〔一〕年：一年半～｜千年萬～｜千～難逢。

〔二〕〔動〕記錄；刊登：記～｜登～｜於去年的《東方日報》。

另見 zài（1691 頁）。

語彙 登載　記載　刊載　連載　轉載

zài ㄗㄞˋ

再〈再再〉zài ❶〔副〕表示同一動作的重複或繼續：學習，學習，～學習｜不要～推辭了｜機不可失，時不～來。注意 a)"再"多用於將要重複或繼續的動作，如"再唱一個"（將重複）、"再坐一會兒"（將繼續）。b)"再"和"不"連用時，"不再"表示動作不重複下去，如"我不再去了"。"再不"表示動作堅決不重複下去，如"我再（也）不去了！"。❷〔副〕表示程度加深（多用在形容詞前）：文章還可以改得～精練一些｜好得不能～好了。❸〔副〕表示如果繼續或重複下去（就會怎樣）：～推辭，大夥兒要生氣了｜你～不好好學習，可能就要留級了。❹〔副〕表示即使繼續或重複下去（也不會怎麼樣）：你～怎麼勸，他也不動心｜～等也是白等，不會有人來了｜～困難也不怕。❺〔副〕表示一個動作將在另一動作結束後出現，相當於"然後"：把情況調查清楚～研究解決辦法｜開完會～去好了。❻〔副〕表示所說的範圍有所擴大或補充，相當於"另外"：除了書和字盤，他～也沒有別的財產了｜會講故事的有小張、小錢，～就是小趙。❼〈書〉再出現；再繼續：盛會難～｜青春

不～。❽〔副〕〈書〉第二次：得意不宜～｜往一鼓作氣，～而衰，三而竭。❾（Zài）〔名〕姓。

> **辨析 再、又** 在表示動作重複或繼續時，"再"用於未實現的，"又"用於已實現的。如"再說一遍"（待重複）、"再看一會兒"（待繼續），"又說了一遍"（已重複）、"又看了一會兒"（已繼續）。

【再版】zàibǎn〔動〕❶書刊出版後，內容變更重行出版；該書～添了不少新資料。❷也指按原版進行第二次印刷。參見"版次"（37 頁）。

【再不】zàibu〔連〕〈口〉表示可以進行另一種選擇，相當於"要不"或"不然的話"：讓他跟你一塊兒去最好，～你就一個人去也行。也說再不然。

【再次】zàicì〔副〕第二次；又一次：父親～叮囑他｜讓我們～表示感謝。

【再度】zàidù〔副〕第二次；又一次：～做了修改｜～訪問貴國｜歡迎～來遊。

> **辨析 再度、再次** 兩個詞的意義和用法基本相同，只是"再度"比"再次"要文一些，多用於書面語。

【再會】zàihuì〔動〕❶"再見"①。❷"再見"②。

【再婚】zàihūn〔動〕（離婚或配偶死亡後）再次結婚（區別於"初婚"）：她～後沒有要孩子｜他不想～了。

【再見】zàijiàn〔動〕❶再一次見面：我盼望明年同他們～。❷臨別時的禮貌語言，表示希望以後再見面：這一次就談到這兒，～｜～，我有事再找你。

【再醮】zàijiào〔動〕古代男女婚嫁時，父母給他們酌酒的儀式叫"醮"（此為"初醮"）；因此男子再娶、女子再嫁都可稱為"再醮"。後來則偏指婦女再嫁。

【再接再厲】（再接再礪）zàijiē-zàilì〔成〕唐朝韓愈、孟郊《鬥雞聯句》："一噴一醒然，再接再礪乃。"意思是，在鬥雞過程中，每給雞噴一次水，都使雞再次清醒；於是再一次接觸，再一次把嘴磨利，再一次勇敢交鋒。比喻繼續努力：百折不撓，～｜希望你～，爭取更好的成績。注意 這裏的"厲"不寫作"勵"。

【再就業】zàijiùyè〔動〕下崗後重新就業：～培訓｜解決下崗職工的～問題。

【再三】zàisān ❶〔數〕表示多次：考慮～｜言之～。❷〔副〕一次又一次地重複：～再四｜～勸解｜～道謝｜～表示決心。注意"再三"是數詞，也是副詞。其區分方法是，如放在動詞後面做動量賓語，則是數詞，如"考慮再三"。如放在動詞前面做修飾語，則是副詞，如"再三表示感謝"。

【再審】zàishěn〔動〕❶再一次審查（稿件、賬目等）：請～一遍｜免費～。❷第二審。已經審

理判決的案件，當事人不服而上訴，上級法院發現確有不當，發回原審法院重新審理。

【再生】zàishēng〔動〕❶ 使死而復活：～之恩｜～父母。❷ 生物體的器官或某一部分脫落或受到損傷後，重新生長。如創口癒合，植物失去根莖後又長出新根新芽。❸ 對廢品加工後，使恢復原有性能，成為新產品：～紙｜～橡膠｜～塑料。

【再生產】zàishēngchǎn〔動〕指生產過程不斷重複或經常更新：簡單～｜擴大～。

【再生人士】zàishēng rénshì〔名〕港澳地區用詞。接受了器官移植的人士：香港～運動員參加世界移植運動會，取得佳績。

【再生水】zàishēngshuǐ〔名〕中水。

【再說】zàishuō ❶〔動〕（先擱一段時間）再行辦理或考慮：先別急，過兩三天～吧｜關於進修問題，等試用期滿～。❷〔連〕承接前一分句，添加說明另外的原因或理由；況且：時間不早了，～你身體欠佳，該休息了｜學習漢語拼音並不難，～你是北方人，又多了一層方便。注意 "不要再說了" "請再說一遍" 裏的 "再說"，不是一個詞，是副詞 "再" 修飾動詞 "說" 的詞組，可以插入別的詞語擴展，如 "不要再囉囉唆唆地說了" "請你再詳細說一遍"。

【再現】zàixiàn〔動〕（過去的場面、人物或情景）再次出現或顯現：華枝～｜一枕黃粱～｜影片生動地～了當年的情景。

【再造】zàizào〔動〕重新給予生命：～之恩｜恩同～（多用於對重大恩德的感激）。

在 zài ❶〔動〕存在：青春常～｜留得青山～，不怕沒柴燒。❷〔動〕在世：雙親健～｜爺爺不～了。❸〔動〕後面帶賓語，表示人或事物存在的時間、處所、位置、職位等：張老師～家嗎？──｜兩支筆都～桌上｜不～其位，不謀其政。❹〔動〕在於；決定於；關係到某個方面：有理不～高聲｜駟馬～駕，功～不捨｜功～國家，利～自己。❺〔動〕參加（某組織）；屬於（某組織）：老王是～社聯的人｜他已經～黨了。❻〔介〕跟時間、處所、方位等詞語組成介賓結構。1）表示事情或動作、行為發生的時間：職工大會～明年五月舉行｜故事發生～很久很久以前。2）表示動作、行為或存在的處所：聽～耳裏，記～心上｜我住～中山路 145 號。3）表示範圍或條件：～學習上，來不得半點驕傲｜～大家的幫助下，我的認識提高了。4）表示行為的主體：這一點兒活，～他（對他來說）算不了甚麼｜～你看來（依你看），這事應該怎麼辦？❼〔副〕正在：雨～不停地下着｜談判～繼續進行｜社會～發展，時代～前進。注意 "在" 字後面加 "這裏" 或 "那裏"，處所的意義有時很不明顯，主要是強調時間的持續（表示正在怎麼樣），如 "大白天，電燈還在那裏亮着" "我在這裏想，

我們究竟應該怎麼做才是"。❽（Zài）〔名〕姓。

> **辨析 在、當**　作為介詞，構成表示時間的詞語，如果後面跟的是小句或動詞短語構成的時間詞組，那麼 "在" "當" 可以換用，如 "在我回來的時候"，也可說 "當我回來的時候"；而如果後面跟的是單獨的時間詞，那麼只能用 "在"，不能用 "當"，如可以說 "在 2014 年"，不可以說 "當 2014 年"。

語彙　存在　健在　內在　潛在　實在　所在　外在　現在　正在　自在　大有人在

【在案】zài'àn〔動〕公文用語，指某事已記錄保存在檔案中，可供查考：記錄～｜～逃犯。

【在編】zàibiān〔動〕（人員）在編制內：～職工。

【在場】zàichǎng〔動〕親身在發生或進行某事的現場：討論問題的時候，我～，他也～。

【在朝】zàicháo〔動〕原指在朝廷擔任官職；現指在中央當政掌權（跟 "在野" 相對）：這些人以為有人～，有靠山，做事便無所顧忌。

【在讀】zàidú〔動〕正在學校讀書學習：～大學生。

【在崗】zàigǎng〔動〕（在國家或集體單位中）有工作；在工作崗位上：～職工｜她去年下崗了，她丈夫還～。

【在行】zàiháng〔形〕懂行；對某事熟練，能運用自如：這件事他很～｜莊稼活你還不～｜讓～的人來幹。

【在乎】zàihu〔動〕❶ 同賓語結合，指出事情的緣由或關鍵所在；在於：詩寫得好，主要～意境｜自學成才，完全～堅持不懈的努力。❷ 放在心上；介意（多用於否定式或問句）：吃點兒小虧，他倒不～｜難道你就～這一會兒工夫？｜你受了批評，～不～？

【在即】zàijí〔動〕（某情況）在近期即將出現或發生：年終～｜開學～｜大會閉幕～。

【在家】zàijiā〔動〕❶ 在家裏；在工作單位或居住場所：他爸爸不～｜～靠父母，出門靠朋友｜留些人～處理日常工作。❷ 保持世俗身份，過世俗生活（跟 "出家" 相對）：～人。

【在劫難逃】zàijié-nántáo〔成〕劫：佛教用語，指災難、厄運；也指世界的終結、末日。佛教認為，命中注定要遭受的災難或世界末日是逃脫不了的。現借指壞事臨頭，逃不掉。

【在理】zàilǐ〔形〕有理；合乎道理：她說得～｜這話不～｜老師的話很～，我心服口服。

【在世】zàishì〔動〕（人）活在世上；活着：祖父～的時候｜媽媽要是還～，該有多好。

【在所不辭】zàisuǒbùcí〔成〕決不推辭：他一心撲在工作上，只要工作需要，再苦再累也～。

【在所不惜】zàisuǒbùxī〔成〕決不吝惜：為了控制

疫情，花多少錢也～。

【在所難免】zàisuǒnánmiǎn〔成〕難於避免：前進中遇到困難～。也說在所不免。

【在逃】zàitáo〔動〕（犯人或犯罪嫌疑人）正在逃跑，尚未捉到：主犯～，從犯業已捕獲。

【在天之靈】zàitiānzhīlíng〔成〕尊稱逝者的精神：告慰先烈的～。

【在望】zàiwàng〔動〕❶ 在視綫以內，可以望見：半山亭隱隱～｜碼頭已經～。❷（盼望的好事情、想要達到的結果等）即將實現，就在眼前：勝利～｜今年豐收～。

【在位】zàiwèi〔動〕❶ 處在君主的地位；當君主：清聖祖玄燁～達 61 年。❷ 居於某領導崗位：他早就不～了。

【在握】zàiwò〔動〕拿在手中；比喻有把握：兵權～｜勝券～。

【在下】zàixià〔名〕〈謙〉稱自己。舊時坐席，尊者上座，卑者下席，故以"在下"自稱（多見於近代小說、戲曲）：～這廂有禮｜承蒙看得起～｜容～進一言。

【在先】zàixiān ❶〔副〕預先；事先：～要有個準備｜許多事情，～也難以預料。❷〔副〕早先；先前：～我年紀還小，不懂事｜我～只讀過《紅樓夢》，沒讀過《三國演義》。❸〔動〕發生在某事以前（多用於提醒對方）：聲明～｜我有言～，出了問題別找我。

【在綫】zàixiàn〔動〕❶ 科學技術上指處於某種系統的控制過程中。❷ 用戶的電子計算機已處於跟互聯網相連接的狀態中。

【在押】zàiyā〔動〕（犯人或犯罪嫌疑人）在被拘留監禁中：疑犯正～候審。

【在野】zàiyě〔動〕沒有在朝廷擔任官職；泛指沒有在中央當政掌權（跟"在朝"相對）：～黨｜處於～的地位。

【在意】zài//yì〔動〕❶ 從思想上重視；留意（多用於否定式）：多次發出警告，他還是一點兒也不～。❷ 介意；耿耿於懷（多用於否定式）：我剛才失言了，您可別～｜我要是～，早就走了。

【在於】zàiyú〔動〕❶ 同賓語結合，指出事物的本質或重點所在；恰恰在：錯誤的根源～獨斷專行｜學習的目的全～應用｜生命～運動。❷ 同賓語結合，指出事情的關鍵所在；決定於：一年之計～春，一日之計～晨｜願意不願意挑重擔全～你自己了。

【在職】zàizhí〔動〕擔任某職務；在某工作崗位上（區別於"離職"）：～教師｜～培訓｜～一天，就要盡一天責任｜他已經不～了。

【在座】zàizuò〔動〕在某集會的座位上；出席：有客人～，要講禮貌｜～的老師今天分外高興｜那天你不是也～嗎？

載（載）zài ㊀❶〔動〕裝載：～人｜～貨｜車～斗量。❷ 運輸工具所裝的東西：卸～｜過～。❸〈書〉充滿（於途中）：怨聲～道｜風雪～途。❹（Zài）〔名〕姓。注意 在與裝載（zài）有關的詞語中，都不能讀 zǎi，如"載貨""載重汽車""載人航天飛船"。

㊁〔副〕〈書〉又；且（用在動詞前面，表示同時有兩個動作）：～歌～舞｜～笑～言。

另見 zǎi（1689 頁）。

語彙　超載　承載　滿載　運載　裝載

【載波】zàibō〔動〕在有綫電、無綫電技術中，把要發送的、傳達某種信息的低頻信號，加在高頻電波上，然後發送。

【載歌載舞】zàigē-zàiwǔ〔成〕又唱歌，又跳舞。形容熱烈歡騰的場面：廣場上人們～，歡迎貴賓。

【載荷】zàihè〔名〕建築構件承受的重量；電力或機械設備等所擔負的工作量：～能力｜超～。也叫荷載。

【載體】zàitǐ〔名〕❶ 科技上指各種能起催化作用或運載其他物質的物質。如工業上用來傳遞熱能的介質就是一種載體。❷ 泛指傳遞信息或承載其他事物的物質，如語言文字是信息的一種載體。

【載譽】zàiyù〔動〕滿載榮譽：～歸來。注意"載譽"只做連謂式的第一個謂語動詞，如"載譽回歸故里""載譽而歸"，不能單用。

【載運】zàiyùn〔動〕運載：～工具｜～乘客又多又快。

【載重】zàizhòng〔動〕（車、船、飛機等）承載重量：～量（運輸工具所能承載的最大的量）｜～綫（畫在船體兩側表示載重限度的最高水平綫）｜～汽車（專用於裝載貨物的汽車）｜一節車皮能～多少噸？

儎（儎）zài ❶ 同"載"㊀②。❷〔量〕（吳語）指車、船等可載運的量，一輛車或一隻船裝運的貨物為一儎。

zān ㄗㄢ

糌 zān 見下。

【糌粑】zānba〔名〕把青稞麥炒熟後磨成的麵，用酥油茶或青稞酒拌和，捏成小糰吃。是藏族人民的主要食物。

簪 zān ❶（～兒）〔名〕簪子：扁～｜碧玉～。❷〔動〕插；戴：～菊（把菊花插在頭髮上）｜頭上～了茉莉花。

【簪纓】zānyīng〔名〕古代官宦的冠飾，舊時借指官宦顯貴：～之家（官宦家族）。

【簪子】zānzi〔名〕（根，支）用來綰住頭髮的條狀物，多用獸骨、玉石、翡翠或金屬等製成。

zán ㄗㄢˊ

咱〈嘁偺〉 zán ❶〔代〕人稱代詞。咱們：這點兒小事兒你別放在心上，～哥們兒沒說的。❷〔代〕(北方官話)人稱代詞。我：～有個主意｜～沒有人家的覺悟高。❸(Zán)〔名〕姓。

另見 zá(1686頁)；zan(1693頁)。

【咱們】zánmen〔代〕人稱代詞。❶稱說話人(我、我們)和聽話人(你、你們)雙方：～村｜～李校長｜這項任務～組能完成。**注意**"咱們"包括聽話人在內，與"他們"相對；"我們"不包括聽話人在內，與"你們"相對。但因"咱們"平常談話多用，故在比較莊重的場合，也會把"咱們"說成"我們"，如"讓我們團結起來，再創佳績！"。❷借指你、你們(含親切意)：～乖，～不哭(對幼兒說，指你)｜師傅，～這兒有針綫嗎？(對售貨員說，指你們)。❸借指我：～識字不多，不像你們有文化。

zǎn ㄗㄢˇ

拶 zǎn 壓緊。

另見 zā(1686頁)。

【拶指】zǎnzhǐ〔動〕用拶子夾手指，舊時常用的一種酷刑。

【拶子】zǎnzi〔名〕舊時的一種刑具，用繩穿五根小木棍，套入犯人手指收緊。

昝 Zǎn〔名〕姓。

寁 zǎn〈書〉迅速；快捷。

嚓 zǎn〈書〉❶銜：～味含甘。❷咬；叮：蚊虻～膚，通昔(夕)不瘈。

攢(攢) zǎn〔動〕積蓄；積聚：～錢｜～郵票｜剪報剛～三個月，就貼了兩大本。

另見 cuán(219頁)。

趲(趲) zǎn〔動〕趕；加快(多見於早期小說、戲曲)：～路｜～趲文書。

zàn ㄗㄢˋ

暫(暫)〈蹔〉 zàn/zhàn ❶時間短(跟"久"相對)：短～｜久～。❷〔副〕暫時：～緩｜～定｜～用｜～不登記｜外語課請趙老師～代。❸(Zàn)〔名〕姓。

【暫定】zàndìng〔動〕暫時規定或確定：會期～五天｜本專科學制～兩年。

【暫緩】zànhuǎn〔動〕暫時延緩(一段時間)：～執行｜～做出決定｜小汽車～一兩年再買。

【暫且】zànqiě〔副〕暫時；姑且：組長不在，～讓小王主持小組會｜你身體不好，～歇幾天吧。

【暫時】zànshí〔名〕短時間：這件事可以～擱一擱｜圖書館內部整理，～停止對外｜時間到了，我的話～說到這兒｜情況不熟悉是～現象。**注意**"暫時"是時間名詞。漢語裏名詞一般不做狀語，但時間名詞可以。如所舉"暫時擱一擱""暫時停止""暫說到這兒"。

【暫停】zàntíng〔動〕❶暫時停止(做某事)：～營業｜～一切收付｜大小會議一律～。❷指暫停止比賽(多用於球類比賽等)：對方教練要求～｜～完畢，比賽繼續進行。

【暫行】zànxíng〔形〕屬性詞。暫時施行的(規章、辦法等)：～條例｜～辦法｜～規定。

鏨(鏨) zàn ❶鏨石頭或刻金銀的小鑿子(鏨子)或小刀(鏨刀)。❷〔動〕在金石上鏨刻：～花｜～字。

贊(贊)〈贊〉 zàn ❶幫助；輔佐：～助。❷(Zàn)〔名〕姓。

"贊"另見 zàn "讚"(1692頁)。

【贊成】zànchéng〔動〕❶對別人的主張或行動表示同意：很～｜～這個意見｜～馬上出發。❷〈書〉贊助促成：～其行。**注意**"贊成""同意"一類動詞，既可帶體詞性賓語，又可帶謂詞性賓語，還受程度副詞修飾。如"贊成他們的建議""很贊成他們參加會議"。

【贊同】zàntóng〔動〕贊成；同意：～這個建議｜別人都沒有意見，只有她一個人不～。

> **辨析** **贊同、贊成**　兩詞意義基本相同，但在用法上略有差別，在正式場合表態時用"贊成"，不用"贊同"。如"贊成的請舉手""投贊成票"，其中的"贊成"不能換用"贊同"。

【贊助】zànzhù ❶〔動〕(經濟上)支持和幫助：～單位很多｜本片由一家電器廠～拍攝｜有幾十個企業表示願意～｜～祖國建設的僑胞遍及全世界。❷〔名〕(筆)用於支持和幫助別人的錢財：拉～｜交～。

酇(鄼) Zàn 古地名。在今湖北丹江口市東南。

另見 cuó(223頁)。

灒(灒) zàn〔動〕(西北官話、西南官話)濺：～了一身臭水。

瓚(瓚) zàn 古代祭祀時酌酒用的玉製器具，形狀像勺子。

讚(贊) zàn ❶稱讚：～頌｜盛～｜～不絕口。❷舊時的一種文體，用於頌揚(多為韻文)：畫像～。

"贊"另見 zàn "贊"(1692頁)。

語彙　褒讚　稱讚　誇讚　禮讚　盛讚

【讚不絕口】zànbùjuékǒu〔成〕不住口地連聲稱讚：美景目不暇接，遊人～｜參觀的人看了，都～。

【讚歌】zàngē〔名〕(首，支，曲)表示讚頌的歌曲或詩文：唱～｜一曲民族團結的讚～。

【讚美】zànměi〔動〕稱讚；誇獎：～祖國的大好河山｜很～你的才華｜～不已。

【讚賞】zànshǎng〔動〕讚美賞識：很～他的文才｜看了這場戲的人無不～｜我們對此表示～。

【讚頌】zànsòng〔動〕稱讚頌揚：～英雄事跡｜助人為樂的精神永遠值得～。

【讚歎】zàntàn〔動〕高度稱讚；感慨地稱讚：連聲～｜～不已。

【讚許】zànxǔ〔動〕表示接受某種意見或肯定某人某事：聽了他的話，大家不由得頻頻點頭～｜這件事值得～。

【讚揚】zànyáng〔動〕稱讚表揚：值得～｜同聲～｜熱烈～兩國人民的珍貴友誼。

【讚譽】zànyù〔動〕讚美；稱讚：～他是愛民警察｜倍加～。

zan ·ㄗㄢ

咱〈喒偺〉zan(北方官話)用在"這咱、那咱、多咱"裏，是"早晚"二字的合音。
另見 zá(1686頁)；zán(1692頁)。

zāng ㄗㄤ

牂　zāng〈書〉母羊。

【牂牁】Zāngkē〔名〕西漢至隋朝時郡名，轄境約含今貴州大部、廣西西北部和雲南東部。

【牂牂】zāngzāng〔形〕〈書〉草木茂盛的樣子：東門之楊，其葉～。

臧　zāng ❶〈書〉善；好：人謀不～。❷古同"藏"(cáng)：～匿。❸(Zāng)〔名〕姓。

【臧否】zāngpǐ〔動〕〈書〉褒貶；評論(人物的優劣得失)：口不～人物｜陟(zhì)罰～，不宜異同。注意 這裏的"否"不讀fǒu。

贓（贓）〈臟〉zāng ❶ 贓款；贓物：分～｜銷～｜人～俱獲｜捉賊見～，殺人見傷(比喻注重證據)。❷(Zāng)〔名〕姓。

語彙　分贓　貪贓　窩贓　銷贓　栽贓　追贓

【贓官】zāngguān〔名〕貪污、受賄的官吏。

【贓款】zāngkuǎn〔名〕(筆)貪污、受賄、盜竊或通過其他非法手段得來的錢：追回一筆～。

【贓物】zāngwù〔名〕貪污、受賄、盜竊或通過其他非法手段得來的物品：退回～。

髒（臟）zāng〔形〕❶有污染；不乾淨：～水｜～東西｜別把衣服弄～了。❷比喻不廉潔；來路不正：舊社會，十個衙門十個～｜我們不要這些～錢、臭錢。❸比喻粗俗、下流：～話｜～字。
"髒"另見 zàng "臟"(1694頁)。

【髒病】zāngbìng〔名〕〈口〉指性病。

【髒話】zānghuà〔名〕粗俗下流的話：不說～，不帶髒字。

【髒亂差】zāng-luàn-chà 指環境又骯髒，又凌亂，又差勁：～的現象非整治不可｜齊心治理～。

【髒字】zāngzì(～兒)〔名〕粗俗下流的字眼兒：說話別帶～｜他一說話就滿口～兒，真是沒有教養。

zǎng ㄗㄤˇ

駔（駔）zǎng〈書〉駿馬：乘駕駔而乘～｜～儈(牲畜交易的經紀人)。

zàng ㄗㄤˋ

奘　zàng ❶〈書〉大而壯。多見於人名：玄～(唐朝著名僧人)。❷〔形〕(北方官話)粗魯；笨重；態度生硬：這人說話真～。
另見 zhuǎng(1796頁)。

葬〈塟𡒁〉zàng ❶〔動〕把死者遺體或骨灰掩埋在土裏：～禮｜安～｜生養死～｜～在家鄉。❷用其他方式處理死者遺體或骨灰：天～｜水～｜海～｜火～。❸(Zàng)〔名〕姓。

語彙　安葬　殯葬　薄葬　國葬　海葬　厚葬　火葬　埋葬　墓葬　喪葬　水葬　送葬　隨葬　天葬　土葬　下葬　殉葬

【葬禮】zànglǐ〔名〕為死者舉行的出殯和埋葬儀式：為烈士舉行～｜參加～的人很多。

【葬身】zàngshēn〔動〕❶埋葬身體(指屍體)，多指遇災難死亡：死無～之地｜～魚腹｜～火海。❷比喻事物遭到毀滅：被炮火擊中的敵艦最終～海底。

【葬送】zàngsòng〔動〕斷送；毀掉：企業的前途～在他手裏｜一生幸福都被～了。

藏　zàng 〇❶ 儲存大量財富的所在：寶～｜～庫。❷佛教或道教經典的總稱：大～經(佛教經典的總匯)｜道～。❸古同"臟"：人死五～腐朽。❹(Zàng)〔名〕姓。
　　〇(Zàng) ❶〔名〕指西藏：～香(西藏出產的線香)｜～人｜～員｜青～鐵路。❷藏族：～

Z

語｜～文｜～曆。
　　另見cáng（131頁）。

語彙　寶藏　道藏　庫藏　三藏　釋藏

【藏獒】zàng'áo〔名〕（條，隻）西藏出產的一種獒。

【藏傳佛教】Zàngchuán Fójiào 佛教的一支，主要流行於中國的西藏、內蒙古等地區。公元7世紀佛教傳入西藏，和當地原有宗教融合而成。

【藏紅花】zànghónghuā〔名〕❶多年生草本植物，葉細長，鱗莖球狀。花淡紫色，可入藥。原產歐洲，由西藏傳入內地，故稱。❷這種植物的花。

【藏藍】zànglán〔形〕藍中帶微紅的顏色：～制服｜～色。

【藏曆】Zànglì〔名〕藏族的傳統曆法。唐代文成公主入藏，帶去中原文化，使藏曆更臻完善。藏曆的"望"必定在每月的十五日，"朔"則不一定在初一日，所以有時可能和農曆相差一天。藏曆仿農曆以干支紀年，而以陰陽五行和十二生肖命名。如農曆的甲申年，藏曆為陽木猴年；農曆的乙酉年，藏曆為陰木雞年；農曆的丙戌年，藏曆為陽火狗年，等等。

【藏青】zàngqīng〔形〕藍中帶黑的顏色：～色｜～料子。

【藏族】Zàngzú〔名〕中國少數民族之一，人口約628.2萬（2010年），主要分佈在西藏及青海、甘肅、四川、雲南等地。藏語是主要交際工具，有本民族文字。

臟（脏）zàng ❶內臟：～器｜～腑｜脾～｜麻雀雖小，五～俱全（比喻規模小而門類全）。❷（Zàng）〔名〕姓。
　　"脏"另見zāng"髒"（1693頁）。

語彙　肺臟　肝臟　內臟　腎臟　五臟　心臟

【臟腑】zàngfǔ〔名〕中醫以人體內部的心、肝、脾、肺、腎為五臟，以胃、膽、三焦、大腸、小腸、膀胱為六腑，合稱臟腑。

【臟器】zàngqì〔名〕醫學上指心、肝、脾、肺、腎、胃、腸等內臟器官。

【臟象】zàngxiàng〔名〕中醫的臟腑學說，古稱臟象。着重從整體觀念來闡明人體臟腑的生理功能和病理變化，並強調內臟和全身各組織之間的有機聯繫。它和經絡學說等結合起來，對中醫臨床各科有重要指導意義。

zāo ㄗㄠ

遭 zāo ㊀❶〔動〕遇上；碰上（多指不好的事情）：慘～不幸｜屋漏偏～連陰雨｜～了暗算｜再也不～水淹了。❷〔介〕表示主語是動作的接受者，"遭"後為施事者（常見於港式中文）：該

議案～多位立法會議員批評。❸（Zāo）〔名〕姓。㊁（～兒）〔量〕❶回；次：頭一～兒｜一～生，兩～熟。❷周；圈兒：行李捆了好幾～兒。

【遭到】zāodào〔動〕遭受（不幸或不利的事情）；受到（不好的對待）：～挫折｜～解僱｜～打擊迫害。**注意**"遭到"一般帶謂詞性賓語，不帶體詞性賓語。

【遭際】zāojì〈書〉❶〔名〕境遇；處境：個人的～｜生平～實堪憐。❷〔動〕"遭遇①"：～不幸。

【遭劫】zāo//jié〔動〕❶遇到災難（多見於早期白話）：不幸～｜～在數。❷遭到搶劫：不料途中遇上車匪路霸，遭了劫。

【遭難】zāo//nàn〔動〕〈口〉遭遇災難，特指遭到死難：飛機失事，他們同時～了｜地震中哥哥遭了難。

　┌─────────────────────────┐
　│ **辨析** **遭難、遭劫**　在指"遇到災難"的意義
　│ 上，"遭劫"多見於書面語，"遭難"為通用語；
　│ "遭難"還特指死亡，"遭劫"沒有此義；"遭劫"
　│ 還指遭到搶劫，"遭難"沒有此義。
　└─────────────────────────┘

【遭受】zāoshòu〔動〕受到（傷害或損失）：～突然襲擊｜～沉重的打擊。

　┌─────────────────────────┐
　│ **辨析** **遭受、受到**　"遭受"只用於不幸或不利
　│ 的事情；"受到"沒有這樣的限制。如"受到表
　│ 揚""受到保護"，不能說"遭受表揚""遭受保
　│ 護"。在用於不幸或不利的事時，二者的組合
　│ 有不同，如"遭受搶劫""遭受水災"，"受到批
　│ 判""受到威脅"，二者不能互換。
　└─────────────────────────┘

【遭殃】zāo//yāng〔動〕遭受災禍；遭到不幸：先下手為強，後下手～（意思是要搶在對方前頭動手，以免吃虧）｜這場大火，居民都遭了殃。

【遭遇】zāoyù❶〔動〕碰到；遇上（敵人或不幸的事）：～不幸｜～過不少困難。❷〔名〕（次）遇到的不幸的事情：聽她訴說痛苦的～｜他的～很悲慘。

【遭罪】zāo//zuì〔動〕受罪；遭受痛苦、折磨等（跟"享福"相對）：你～了｜遭了不少罪｜前半生～，後半生享福。

糟（❺蹧）zāo ❶〔名〕釀酒剩下的渣子：酒～。❷〔動〕用酒或酒糟醃製（食品）：～蛋｜～魚｜母親～的鵝掌味道很好。❸〔形〕腐爛；朽爛；不結實：布～了｜木頭～。❹〔形〕糟糕；壞：把事情搞～了｜他近來身體很～｜～了，下雨啦。❺損害；浪費：踏～｜～踐。

語彙　酒糟　醪糟　稀糟　一團糟　亂七八糟

【糟糕】zāogāo〔形〕〈口〉壞；不好（多就事情的結果而言）：～，我忘了通知他了｜～透了，我們的船觸了礁｜最近情況很～。

【糟踐】zāojian〔動〕〈北方官話〉❶"糟蹋①"：掙的幾個錢都～光了。❷"糟蹋②"：你別～我

們了。

【糟糠】zāokāng〔名〕酒糟、糠皮等粗劣的食物，貧苦人家常用以充飢，後用來借指經歷困苦的生活：～之妻不下堂（共患難的結髮妻子不該拋棄）。

> **糟糠之妻**
>
> 《後漢書·宋弘傳》載，光武帝之姐湖陽公主新寡，對大司空宋弘頗有好感。光武帝對宋弘說：「顯貴者另交新友，富有者另娶新妻，這是人之常情吧？」宋弘答：「臣聞貧賤之知不可忘，糟糠之妻不下堂。」光武帝對其姐說：「事不諧矣（事情沒有談成）。」後人多以「糟糠」來指稱自己的妻子，以表明不當遺棄之意。

【糟粕】zāopò〔名〕釀酒、加工糧食剩下的渣滓，比喻事物粗劣沒有價值或有害的部分（跟「精華」相對）：封建～｜視名利如～｜取其精華，棄其～。

【糟蹋】zāotà(-ta)〔動〕❶浪費；損壞：～糧食｜好好的一件衣服～了。❷侮辱：你說話怎麼淨～人（侮辱人格）。❸指強奸：她昨晚被壞人～了。以上也作糟踏。

【糟心】zāoxīn〔形〕不如意；心煩：事情竟鬧成這樣，真讓人～｜這事辦得要多～有多～。

záo　ㄗㄠˊ

鑿（凿）záo ㊀❶鑿子。❷〔動〕打孔；開：掘：冰窟窿～開了｜在門上～個眼兒｜～井防旱，種穀防饑。❸〈書〉卯眼：圓～方枘。

㊁〈書〉確實：確～｜言之～～。**注意**「穿鑿、確鑿、鑿空、鑿鑿、圓鑿方枘」中的「鑿」字，過去讀zuò，1985年《普通話異讀詞審音表》規定「鑿」統讀záo。

【鑿空】záokōng〔動〕〈書〉穿鑿；憑空：～之論，何以服人？

【鑿枘】záoruì〔名〕〈書〉❶卯眼和榫頭：～相應（比喻互相投合）。❷圓鑿方枘的縮語，比喻格格不入：在這個問題上，兩位代表的意見～不合。以上也說枘鑿。

【鑿鑿】záozáo〔形〕〈書〉確切而真實：言之～（說得很確實）｜～有據（確確實實，有憑有據）。

【鑿子】záozi〔名〕（把）一種用於挖槽、穿孔的工具，前端有刃，後端安有木柄，使用時用錘子敲擊柄端，使前端刃部揳入工件：錘子不敲，～不進。

zǎo　ㄗㄠˇ

早 zǎo ❶〔名〕早上；早晨：從～到晚｜～出晚歸。❷〔形〕時間靠前；天還～，再玩一會兒｜今年雪下得很～｜多情應笑我，～生華髮。❸〔形〕比某一時間靠前；更早（跟「晚」相對）：你比他來得～｜～兩天他還到這兒來過｜去～了，他還沒起床，去晚了，他又出門走了。❹〔形〕問候語。用於早晨見面打招呼時（意思是「早上好」）：老師～！❺〔副〕用在動詞前，表示假設，含有恨晚的意思：有問題～說就解決了｜～知今日，何必當初（謂後悔不及）。❻〔副〕強調事情的發生已經離現在有一段時間（句末常用「了」）：他～回家了｜大夥兒～已聽說了｜他有這麼一個結果，我們～就料到了。❼(Zǎo)〔名〕姓。

【早安】zǎo'ān〔動〕問候語。早上好。用於早晨見面打招呼時：見了老師道一聲～。

【早班】zǎobān(～兒)〔名〕在早晨前後一段時間內勞動或工作的班次（區別於「中班」「晚班」）：上～｜送～工人回家。

【早搏】zǎobó〔名〕心臟跳動過程中出現的忽然提前跳動一次的現象，是一種心跳頻率或節律不正常的病症。

【早餐】zǎocān〔名〕（頓）早飯：吃～｜～以後集合。

【早操】zǎocāo〔名〕（節，套）早晨做的健身體操：做～｜上完～就到禮堂開會。

【早茶】zǎochá〔名〕早晨吃的茶點：廣東人講究吃～。

【早產】zǎochǎn〔動〕婦女懷孕28週後，胎兒不足月就生出：一場病使她～了。

【早場】zǎochǎng〔名〕電影、戲劇等在上午演出的場次（區別於「晚場」）：看～｜買～票｜～已包給學校了。

【早車】zǎochē〔名〕早晨開出、早晨經過或早晨到達的火車、汽車、班車：明天搭～動身｜～已經過去了｜～進站了，快去接客人。

【早晨】zǎochen〔名〕天亮前後的一段時間：～起來｜米、米、油、鹽、醬、醋、茶（形容當家不容易）。

> **辨析　早晨、凌晨**　所指時間並不單一。通常認為，兩個詞都可指早上天快亮的時間。「早晨」有時也指半夜十二點以後到中午十二點以前的一段時間；「凌晨」有時指半夜十二點以後到天亮以前的一段時間。

【早春】zǎochūn〔名〕立春後不久的一段時間；初春：～天氣｜～時節｜～二月（農曆）｜～作物。

【早稻】zǎodào〔名〕插秧期和收割期都比較早的稻子：～育秧｜栽種～｜(收割期)～要搶，晚稻要養。注意 在一年種兩季稻子的地區，"早稻"區別於"晚稻"；在一年種三季稻子的地區，"早稻"區別於"中稻"和"晚稻"。

【早點】zǎodiǎn〔名〕早上吃的點心；早飯：請用～｜供應各式～｜～吃過了沒有？

【早飯】zǎofàn〔名〕(頓)早上吃的飯食：～吃得好，午飯吃得飽，晚飯吃得少。

【早慧】zǎohuì〔形〕年少時比一般同齡人聰明：孩子～，教育要得法。

【早婚】zǎohūn〔動〕未達到法定結婚年齡就結婚。

【早間】zǎojiān〔名〕❶ 早上：～新聞。❷ 不久前：他們～作為志願者去了災區。

【早戀】zǎoliàn〔動〕過早地談戀愛：家長、老師之所以對學生與異性交往敏感，是怕他們～，耽誤學習。

【早年】zǎonián〔名〕❶ 多年以前；現在的生活跟～大不相同｜～的事兒記不太清楚了。❷ 年輕的時候(只用於多年以後回顧時)：他～當過兵｜這裏是老師～任教的學校。

【早期】zǎoqī〔名〕最初階段；初期：清代～｜～肝癌｜～他迷戀油畫。

【早期白話】zǎoqī báihuà 指唐宋至五四運動前口語的書面形式。

【早起】zǎoqǐ❶〔動〕較早地起床：～晚睡｜～三朝當一工。❷〔名〕(西北官話、吳語、閩語)早晨：他～還是好好的，怎麼忽然害起病來了。

【早日】zǎorì❶〔副〕早早兒地；儘快地：～竣工｜～答復｜～恢復健康。❷〔名〕往日；從前：～的荒涼景象，現在已看不見了。

【早上】zǎoshang〔名〕〈口〉早晨：～他一起床就出門了｜孩子鬧了一個～。

【早市】zǎoshì〔名〕早晨的集貿市場：逛～。

【早逝】zǎoshì〔動〕〈書〉過早地去世：英年～｜不幸～。

【早熟】zǎoshú〔形〕❶ 生理學上指由於生殖腺過早發育，從而使生長加速，長骨和骨骺(hóu)提早融合。早熟～的兒童比同齡的兒童身材高，但到成年時，長得反而比常人矮。❷ 農作物生長期比較短，成熟快：～品種｜～作物｜這種玉米～，產量也高。

【早衰】zǎoshuāi〔動〕(生物體)過早地衰老：他才三十多歲，就～了，一臉的皺紋｜進行早熟栽培，要避免作物～。

【早退】zǎotuì〔動〕未到規定時間就提前離開(工作場所、會議)：上班他never遲到～｜會還沒開完，怎麼今天又～了？

【早晚】zǎowǎn❶〔名〕早上和晚上：～天涼，要多加衣服｜每天～都練功。❷(～兒)〔名〕時候：多～(等於"多咱""甚麼時候")｜怎麼這～還不回來呢？❸〔名〕虛指將來的某個時候：你～進城，別忘了告訴我一聲。❹(～兒)〔副〕(北方官話)偶爾：他過去常來，現在只～兒來一趟。❺〔副〕或早或晚；遲早：癰疽～要出膿(比喻矛盾遲早會暴露)｜急甚麼？他～會回來的。

【早霞】zǎoxiá〔名〕早晨的雲霞。

【早先】zǎoxiān〔名〕從前；先前：你的字比～有進步｜～他也是演員｜這話你～為甚麼不說？

【早已】zǎoyǐ❶〔副〕早已經；早就(表示動作行為或情況在說話以前很早就發生了，句末多帶助詞"了")：會議～結束了｜戲票～售完了｜他～搬到鄉下去了，你沒有聽說？❷〔名〕(北京話)從前；先前：那是～的事了｜現在男女平等了，～女的只能圍着鍋台轉｜～北京城的電車是有軌電車，現在都變成無軌了。

【早早兒】zǎozǎor(口語中也讀 zǎozǎor)〔副〕〈口〉及早；儘快：～上路｜～出去，～回來。

【早造】zǎozào〔名〕生長期較短、成熟期較早的農作物(區別於"晚造")：～作物｜爭取～獲得好收成。

蚤 zǎo ❶ 跳蚤：鼓上～時遷(《水滸傳》中的人物)。❷ 古同"早"：～起｜朝晏退｜此事不可不～慮。

棗(枣) zǎo〔名〕❶ 棗樹，落葉喬木，幼枝有刺，核果長圓形。❷(～兒)這種植物的果實：紅～兒｜蜜～兒｜囫圇吞～兒｜有～沒～打三竿(比喻盲目行動)。❸(Zǎo)姓。

【棗茶】zǎochá〔名〕用紅棗、紅茶等製成的保健飲料。

【棗紅】zǎohóng〔形〕像紅棗兒那樣的顏色：～緞子｜～馬。

【棗泥】zǎoní〔名〕把棗煮熟、脫核、去皮後搗成的泥狀物，多用作食品的餡兒：～月餅｜～餡的山藥糕。

【棗子】zǎozi〔名〕(枚，顆)"棗"②。

澡 zǎo ❶〈書〉洗：以清水～之。❷〈書〉保持潔白，不污濁：～身浴德(砥礪志行，使身心純潔清白)。❸ 洗身體的行為過程：洗～｜要想身體好，常洗冷水～。

語彙　擦澡　搓澡　泡澡　洗澡

【澡堂】zǎotáng〔名〕(家)供人洗澡的處所(多指營業機構)。也叫澡堂子。

【澡塘】zǎotáng〔名〕❶ 澡堂裏供許多人共同洗澡的池子：～裏剛換了水。❷(家)澡堂：這家～服務不錯。

璪 zǎo 古代帝王冠冕前下垂的成串玉石飾物，也指貫串玉石的五彩絲纓。

藻 zǎo ❶〔名〕藻類植物：水～｜綠～｜海～｜小球～。❷ 華麗的文辭：辭～。❸ 華美：～井。❹(Zǎo)〔名〕姓。

語彙 才藻　辭藻　海藻　綠藻　品藻　水藻

【藻井】zǎojǐng〔名〕中國古典建築的天花板上狀如井口向上凹進的部分，有方形、六角形、八角形或圓形等，內有浮雕或彩繪。

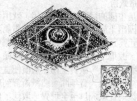

【藻類植物】zǎolèi zhíwù 低等植物的一大類，沒有根、莖、葉之分，有葉綠素和其他輔助色素，能自製養料。多數水生，極少數生於陸地陰濕處，有些可食用。如海帶、紫菜等。

【藻飾】zǎoshì〔動〕〈書〉用華麗的文辭修飾；潤色（多指文章）：稍加～｜不假～。

zào ㄗㄠˋ

皂〈皁〉 zào ㊀❶黑色：粉底～靴｜不問青紅～白。❷舊時稱官府的差役：～隸。❸（Zào）〔名〕姓。
㊁肥皂：香～｜藥～。

【皂白】zàobái〔名〕黑與白；比喻是與非，好與壞：不分～｜～難辨。

【皂莢】zàojiá〔名〕❶（棵，株）落葉喬木，枝上有刺，花淡黃色，莢果扁平，可用來洗衣物。❷這種植物的莢果。也叫皂角（jiǎo）。

【皂隸】zàolì〔名〕舊時官府的差役。因身穿黑服，故稱。

灶〈竈〉 zào ❶〔名〕用磚、土、石、金屬等製成的烹煮食物或燒水的設備：土～｜煤氣～｜有鍋沒～還做不成飯。❷借指廚房：家家都有個～｜下～。❸指灶君：祭～｜送～。❹（Zào）〔名〕姓。

語彙 病灶　大灶　祭灶　跨灶　爐灶　送灶　小灶　掌灶　中灶　老虎灶

【灶具】zàojù〔名〕（套）爐灶及其配套用具：新型不鏽鋼～｜燃氣～。

【灶君】zàojūn〔名〕舊時民間在灶邊供奉的神，認為可主宰全家禍福。也叫灶王爺、灶神。

【灶台】zàotái〔名〕燒火做飯的設備，中間留空放鍋，平台四周寬而平，可放置碗盤等物。

【灶王爺】zàowángyé〔名〕灶君。

唣 zào 見"囉唣"（884頁）。

造 zào ㊀❶〔動〕製作；做：～船｜～飛機｜～機器。❷〔動〕建築；興修：～橋｜～房子。❸〔動〕編製；編造：～句｜～預算｜～輿論。❹〔動〕假編；捏造：向壁虛～｜～謠惑眾。❺（Zào）〔名〕姓。
㊁〈書〉❶前往；到達：～府｜登門～訪｜登峰～極。❷培養：可～之才。❸成就：～詣。
㊂❶舊時訴訟時稱某方面的人：甲～勝訴，乙～敗訴｜兩～對質。❷農作物的一次收成：早～｜晚～。❸時代；時期：清代末～。

語彙 編造　創造　打造　締造　鍛造　翻造　仿造　改造　構造　假造　建造　釀造　捏造　人造　深造　生造　塑造　晚造　偽造　修造　臆造　營造　早造　製造　鑄造　粗製濫造　向壁虛造

【造成】zàochéng〔動〕形成；使產生：～一種假象｜～生動活潑的政治局面｜地下水取用過量，～了地面下沉。

【造次】zàocì〔形〕〈書〉❶倉促；急遽：～之間，未免辭不達意。❷莽撞；魯莽：不要～｜不敢～行事。

【造反】zào // fǎn〔動〕❶對統治者或統治秩序採取反抗、叛亂行動：一人～，九族同誅（許多親屬受牽連）｜秀才～，三年不成｜你這是造誰的反？❷指小孩子胡鬧、搗亂：老師剛一出門，他們就～了。

【造訪】zàofǎng〔動〕〈書〉到別人家裏拜訪：登門～｜日前～未遇。

【造福】zàofú〔動〕（為眾人）謀求幸福：～子孫｜～鄉里｜吃苦一時，～萬年｜為人類～。

【造府】zàofǔ〔動〕〈書〉到府上去：來日當～拜訪。

【造化】zàohuà〔名〕古人指自然界的創造化育者，也指自然：～的力量｜以～為師。

【造化】zàohua〔名〕運氣；福分：他～不小，考了個第一名｜大獎被你抽中，你果然有～。

【造假】zàojiǎ〔動〕製造假冒商品；弄虛作假：～窩點｜杜絕新聞報道中的～現象。

【造價】zàojià〔名〕製造物件或建造房屋、道路、橋樑等所花的費用：～低廉｜降低～。

【造就】zàojiù ❶〔動〕有效地培養（人才）：～一大批專門人才｜～不堪。❷〔名〕成就；已經達到的程度（多就學術等而言）：總算有了點兒～｜還沒有甚麼～。

【造句】zào // jù〔動〕用詞語組合成句子：遣詞～｜你學日語的時間不短了，造個句看看。

【造林】zàolín〔動〕大面積播撒樹種或種植樹苗使成林：飛播～｜植樹～，綠化祖國。

【造馬】zàomǎ〔動〕港澳地區用詞。指在賽馬時，用收買騎師等不正當的手段影響賽馬名次，從中獲利。泛指任何以金錢等不法手段去影響事情結果的做法：一旦發現有～的嫌疑，香港賽馬會會直接交給警方處理｜這次學生會主席選舉有～嫌疑，引起了同學的強烈不滿。

【造孽】zào // niè ❶〔動〕佛教用語，意為種下惡因將來必有惡果；後泛指做壞事：多做些好事，少造一點兒孽。注意"造孽"也說"作孽"，但"自作孽"不說"自造孽"。❷〔形〕（西南官話）可憐：他剛結婚，愛人就出了車禍，真～。

【造市】zàoshì〔動〕為產品或產業營造市場氛圍：古玩商聯手～，抬高畫價。

【造勢】zàoshì〔動〕大力宣傳，造成某種聲勢：為旅遊業持續發展～｜大做廣告，是為了～。

【造物】zàowù〈書〉❶〔動〕創造萬物：偉哉夫～者。❷〔名〕創造萬物的神力：～棄我，竟如此耶？

【造物主】zàowùzhǔ〔名〕基督教認為萬物都是上帝創造的，因此稱上帝為造物主。

【造形】zàoxíng ❶ 同"造型"②：殫土木之功，窮～之巧。❷ 同"造型"③。

【造型】zàoxíng ❶〔動〕製造砂型：乾沙～。❷〔動〕創造或塑造物體形象：～藝術｜大鐘先用泥土～，然後用銅澆鑄。也作造形。❸〔名〕創造或塑造出來的物體形象：～優美。也作造形。

【造型藝術】zàoxíng yìshù 運用一定的手法，藉助某些物質材料來表現物體的輪廓和外形，構成可以讓人們通過視覺來欣賞的藝術，包括繪畫、雕塑、建築等。也叫空間藝術、視覺藝術。

【造血】zàoxuè〔動〕❶ 機體組織本身製造血液：肝臟是人體的主要～器官。❷ 比喻企業、部門通過內部挖潛，增強自身活力：銀行不光是給企業輸血而已，尤其要幫助培植企業自身的～功能。

【造謠】zào // yáo〔動〕編造謠言；為達到某種目的而捏造消息：～惑眾｜～破壞｜是誰造的謠？

【造謠惑眾】zàoyáo-huòzhòng〔成〕捏造消息，迷惑群眾：～，危害社會治安，將予以嚴肅查處。

【造詣】zàoyì〔名〕學問、藝術或技術所達到的水平：～很深｜有很高的～｜～愈高，貢獻愈大。注意"詣"不讀 zhǐ。

辨析 造詣、成績 a）"造詣"含褒義，常跟"高、深"等詞搭配；"成績"屬中性詞，可以跟"好、突出"等搭配，如"成績很好、成績突出"，也可以跟"差、低劣"等搭配，如"成績很差、成績低劣"。b）"造詣"只用於個人，多指較大的成就；"成績"可用於個人，也可用於集體，可指較大的成就，也指一般的成就。

【造影】zàoyǐng〔動〕口服或注射某種藥物，使某

些器官在 X 射線下顯示出來，以便於檢查疾病：鋇餐～。

【造紙】zàozhǐ〔動〕利用木材、蘆葦、稻草、麻等植物纖維，經化學和機械加工製成紙張。

中國的造紙術

造紙術是中國的發明。西漢初年，就用苧、麻造紙；因出土於西安灞橋，被稱為灞橋紙。東漢和帝元興元年（公元 105 年），蔡倫集中前人的經驗，改進了造紙術，用樹皮、麻頭、破布和破漁網等造紙，紙質堅韌，造價便宜，被稱為蔡侯紙。唐朝天寶年間，造紙術傳到中亞以至西亞，後傳往歐洲以至全世界，取代了他們原先使用的埃及草紙和羊皮紙。

【造作】zàozuò〔動〕製造：老師自己～教學模型。

【造作】zàozuo〔形〕做作：表情～｜太～了｜矯揉～，令人作嘔。

愯 zào 見下。

【愯然】zàorán〔形〕〈書〉倉促、急忙的樣子：～避位。

【愯愯】zàozào〔形〕〈書〉忠厚誠實的樣子：君子～｜～習詩書。

噪 〈❸譟〉 zào ❶〈書〉（蟲、鳥）喧叫：雀～荒村｜蟬～一時｜柴門鳥雀～。❷〈書〉（聲名）響亮；廣泛傳揚：聲名益～｜名～一時。❸ 喧嘩，吵嚷：鼓～而起｜眾人大～。

語彙 鼓噪 聒噪 呼噪 鵲噪

【噪聲】zàoshēng〔名〕泛指一切妨礙人們生活、工作的嘈雜刺耳的聲音：消除～污染｜～控制（研究控制噪音的學科）。

噪聲的計量標準

計量噪聲的單位為分貝。30-40 分貝屬比較安靜的環境；50 分貝以上會影響睡眠和休息；70分貝以上會影響談話和工作效率；90 分貝以上會影響聽力和健康。

【噪音】zàoyīn〔名〕發音體無規律地振動所產生的不悅耳的聲音（區別於"樂音"）。

簉 zào〈書〉副的；附屬的：～室（舊時稱妾）。

燥 zào〔形〕乾燥；缺少或沒有水分：～熱｜～風｜～濕各宜｜天氣太～。

語彙 乾燥 枯燥

【燥熱】zàorè〔形〕天氣乾燥炎熱：烈日當頭，～難耐。

磙 zào 用於地名：～頭｜～口｜石家～（均在江西）。

躁 zào〔形〕性情急；不沉着，愛感情用事：～性子｜戒驕戒～｜少安毋（wú）～。

語彙　暴躁　發躁　煩躁　浮躁　急躁　焦躁　狂躁　毛躁　戒驕戒躁　少安毋躁

【躁動】zàodòng〔動〕❶浮躁而騷動；擾動：心神～｜群情～。❷不停地跳動；蠕動：快要成熟的胎兒在母體內～。

zé ㄗㄜˊ

咋 zé〈書〉咬；齧。
另見zǎ（1688頁）；zhā（1703頁）。

【咋舌】zéshé〔動〕〈書〉形容因吃驚、畏懼而說不出話：耿直之士～｜其奢華場面，令人～。

則（则）zé ㊀❶規範；榜樣：祖先遺～（準則）｜以身作～。❷規則；條文：通～｜簡～｜附～｜原～。❸〈書〉效法；仿效：～前賢之言行。❹作；做：不敢一聲（作聲）｜前去尋他一甚（做甚麼）？❺〈書〉即；就是：此～圓明園之大觀也。❻〔量〕用於自成段落的文字條數：消息兩～｜筆記三～｜笑話六～。❼(Zé)〔名〕姓。
　　㊁〈書〉❶〔連〕表示順承關係：寒往～暑來，暑往～寒來｜聞過～喜｜水至清～無魚｜既來之，～安之。❷〔連〕表示轉折關係：今～不然｜我～異於彼。❸〔連〕表示對比關係：凡事預～立，不預～廢｜兼聽～明，偏信～暗｜有過～改之，無～加勉。❹〔連〕表示讓步關係：大～大矣，而無補於事｜此計好～好，只怕瞞不過諸葛亮。❺〔助〕結構助詞。用於"一、二(再)、三"等後面，列舉原因或理由：一～太冷，二～太累，三～錢也用完了，確實不能再去了。

語彙　定則　法則　規則　簡則　實則　守則　四則　通則　細則　原則　章則　準則　總則

【則聲】zéshēng〔動〕作聲（多用於否定式）：不要～，保持安靜｜我再三詢問，他總不～。

迮 zé❶〈書〉狹窄：～狹。❷(Zé)〔名〕姓。

責（责）zé❶責任：盡職盡～｜～無旁貸｜各負其～｜天下興亡，匹夫有～。❷要求（做成某件事或達到某標準）：循名～實｜求全～備｜待人寬，～己嚴。❸質問；責備：斥～｜譴～｜指～。❹責罰：杖～｜打～。❺古同"債"(zhài)。❻(Zé)〔名〕姓。

語彙　叱責　斥責　督責　負責　呵責　苛責　譴責　塞責　文責　職責　指責　罪責

【責備】zébèi〔動〕批評指摘：不要一味地～孩子｜各人多作自我批評，不要老～對方｜上級～下來，咱們不好交代。

【責編】zébiān〔名〕（名，位）責任編輯的簡稱，出版部門負責對某一稿件進行審讀、編輯加工等工作的人員。

【責成】zéchéng〔動〕（上級）指定專人或有關機構負責完成某事：已～財政司司長研究解決｜～專門委員會提出方案。

【責打】zédǎ〔動〕用打來處罰：～一頓｜弟弟太淘氣，捱了爸爸～。

【責罰】zéfá〔動〕責備處罰：免於～｜已經承認了錯誤，就不要～他了。

【責怪】zéguài〔動〕責備怪罪：事出有因，對當事人不加～｜這事不能～他。

【責令】zélìng〔動〕下命令責成：～辭職｜～公安部門將逃犯捉拿歸案｜～全體官兵立即整裝出發。

【責罵】zémà〔動〕嚴詞責備；用粗魯的話斥責：～不解決問題，而只能增加反感。

【責難】zénàn〔動〕指摘非難：他認了錯，就別再～了｜出了問題不要光～別人。

【責任】zérèn〔名〕❶應盡的職責和應承擔的任務：～重大｜我有～幫助他｜只要明確～，大家都會去幹的。❷應該承擔的過失；應受的責難：追究刑事～｜出了事故，你可要負～｜事情搞糟了，～全在我｜～保險（對投保人可能將承擔經濟賠償責任的保險）。

【責任感】zérèngǎn〔名〕自覺完成任務、做好工作的認識和思想：～很強｜務必加強～｜有強烈的～。也說責任心。

【責任事故】zérèn shìgù 由於工作上不負責任或違反規章制度而造成的事故：把～減少到最低限度｜管理不嚴，還是出了一起～。

【責任心】zérènxīn〔名〕責任感。

【責任制】zérènzhì〔名〕將各項任務劃分給專人負責並明確規定其責任範圍的管理制度：推廣～｜家庭聯產承包～。

【責任狀】zérènzhuàng〔名〕（份，張）為保證重要任務完成，上級責令下級或下級向上級保證而訂立的達到指定工作要求的文書：層層立下～。

【責問】zéwèn〔動〕用指責的口氣問；質問：嚴詞～。

> **辨析**　責問、質問　a)"責問"語氣較輕，"質問"語氣較重。b)"責問"着重在責備，指出別人的過錯，並不一定要求回答；"質問"着重追問是非曲直，常要求回答。

【責無旁貸】zéwúpángdài〔成〕貸：推卸。應盡的責任，無可推卸：醫務工作者救死扶傷，～。

【責有攸歸】zéyǒuyōuguī〔成〕攸：所。責任自有歸屬；分內的責任不容推卸：因循坐誤，～。

筰 Zé〔名〕姓。
另見zuó（1829頁）。

舴 zé 見下。

【舴艋】zéměng〔名〕〈書〉小船，因其小，如舴（zhà）蜢，故稱：～隨風不費牽。**注意**"舴"

Z

不讀 zhǎ。

嘖（嘖）zé ❶〈書〉大聲呼。❷〔歎〕表示讚歎：你看，～，那火光不是綠瑩瑩的嗎？｜～，多麼好！❸〔擬聲〕咂嘴的聲音。

【嘖有煩言】zéyǒufányán〔成〕《左傳·定公四年》："嘖有煩言，莫之治也。"嘖：爭論。煩言：氣憤不滿的話。形容有很多人議論紛紛地說不滿意的話：有不同想法的人在一起做事，～，是意料中事。

【嘖嘖】zézé〔擬聲〕❶形容咂嘴聲或說話聲：～稱奇｜～歎賞｜蟲聲～｜老夫吟詩聲～。❷形容輕而細的聲音。

幘（幘）zé 古代的一種頭巾。起初只是老百姓戴，西漢末以後上下通行：文武官皆免冠著～。

擇（擇）zé ❶挑選；選擇：～偶｜～期｜～善而從｜不～手段｜飢不～食｜兩題任～一題。❷〈書〉捨棄：泰山不辭小土，江海不～細流。❸（Zé）〔名〕姓。

另見 zhái（1707 頁）。

語彙　採擇　抉擇　選擇

【擇吉】zéjí〔動〕舊時指挑選宜於辦婚喪喜慶等大事的吉祥日子：～成婚｜～安葬｜～開張營業。

【擇交】zéjiāo〔動〕❶選擇朋友：知人實難，～匪易｜～不慎，誤入歧途。❷選擇友邦：安民之本，在乎～。

【擇偶】zé'ǒu〔動〕選擇配偶：～有一定條件｜婚配，人生大事。

【擇善而從】zéshàn'ércóng〔成〕《論語·述而》："三人行，必有我師焉。擇其善者而從之，其不善者而改之。"選擇並依從好的，向好的學。也指經過篩選，採納和依從好的意見或做法：國外的管理經驗，我們要～｜對學者的不同意見，～。

【擇校】zéxiào〔動〕家長為子女選擇較好的中小學就讀（而不是就近入學）：～費｜～生｜～入學要符合政策，要有控制。

【擇業】zéyè〔動〕選擇職業：指導幫助青年人～｜～人員和用人單位實行"雙向選擇"。

【擇優】zéyōu〔動〕選取成績或質量優秀的（予以錄取或採用）：～錄取｜～培養提拔。

澤（澤）zé ❶水聚積的地方：湖～｜水～｜竭～而漁。❷某些物體發出的光亮：色～｜光～。❸恩惠；恩澤：～流後世｜～被四表（恩德覆蓋四方）。❹流風餘韻和留下的痕跡：君子之～，五世而斬｜畫家手～。❺濕；濕潤：潤～。❻（Zé）〔名〕姓。

語彙　草澤　恩澤　芳澤　膏澤　光澤　湖澤　袍澤　潤澤　色澤　手澤　水澤　沼澤

【澤國】zéguó〔名〕〈書〉❶河流和湖泊眾多的地方：水鄉～。❷被水淹沒的地區：一夜之間，竟成～。

簀（簀）zé〈書〉竹席：即捲以～，置廁中。

賾（賾）zé〈書〉精微；深奧：探～索隱｜由簡而繁，由易而～。

齰（齰）zé〈書〉同"齰"：餓犬～枯骨。

齰（齰）zé〈書〉咬；嚙：恥見眾辱，～斷其舌。

zè ㄗㄜˋ

仄（仄）zè ㊀仄聲：平～。

㊁❶狹窄：～路｜人多地～。❷內心感到不安：歉～｜愧～。❸〈書〉傾斜；歪斜：日極則～。

語彙　逼仄　愧仄　平仄　歉仄

【仄聲】zèshēng〔名〕古漢語四聲裏上、去、入三聲的總稱（區別於"平聲"）。

昃　zè〈書〉太陽西斜：日中則～。

側（側）zè 同"仄"㊀。

另見 cè（134 頁）；zhāi（1706 頁）。

zéi ㄗㄟˊ

賊（賊）zéi ㊀❶〔名〕偷竊財物的人：不怕～偷，就怕～惦記着。❷壞人：工～｜民～｜賣國～。❸邪惡的；不正派的：～眉～眼｜～頭～腦。❹〔形〕狡猾：這傢伙兩眼發～｜老鼠可真～。❺〈書〉傷害：戕（qiāng）～｜二人相憎，而欲相～也。

㊁〔副〕（東北話）很；非常：～漂亮｜～好吃｜這兩盤菜～鹹，簡直不能吃｜客廳裏電燈～亮，怪刺眼的。

語彙　盜賊　飛賊　工賊　國賊　家賊　奸賊　蟊賊　民賊　戕賊　竊賊　烏賊

【賊船】zéichuán〔名〕❶（條）盜賊的船：～逃竄不遠，快艇能追上。❷比喻犯罪的團夥或幫派：他早就上了～。

【賊喊捉賊】zéihǎnzhuōzéi〔成〕做賊的人跟大家一同喊叫捉賊。比喻壞人幹了壞事後，假裝成好人，以混淆視聽，逃脫罪責：案破以後，他～的伎倆被揭穿了。

【賊眉鼠眼】zéiméi-shǔyǎn〔成〕形容神情鬼鬼祟祟：你看那個人～，要多加小心。

【賊去關門】zéiqù-guānmén〔成〕比喻平日不警惕，出了事故後才採取防範措施。也說賊走關門。

【賊頭賊腦】zéitóu-zéinǎo〔成〕形容神情不正派，行動鬼鬼祟祟：這個人～，不像一個老實人。

【賊心】zéixīn〔名〕（顆）邪念；做壞事的心：～不死｜賊人～。

【賊心不死】zéixīn-bùsǐ〔成〕比喻壞人做壞事的企圖沒有改變：這一夥人～，總想乘機搗亂。

【賊星】zéixīng〔名〕（顆）流星的俗稱：剛才天上有一顆～挺亮。

【賊贓】zéizāng〔名〕盜賊偷來或搶來的財物：繳獲～｜～轉移了。

鰂（鯽）zéi ❶ 見"烏鰂"（1427頁）。❷ 用於地名：～魚涌（chōng）（在香港）。

zěn ㄗㄣˇ

怎 zěn〔代〕疑問代詞。怎麼（多用於反問）：你～能這樣做？｜在人屋檐下，～敢不低頭？

【怎麼】zěnme〔代〕疑問代詞。❶ 用於詢問性狀、方式、原因等：這是～一回事？｜你說該～辦吧？｜你～沒去看電影？❷ 表示反問或感歎：強人所難，這一行呢？｜這麼大的事，～能無動於衷呢？｜你～看得那麼準呢？❸ 做謂語，表示詢問狀況：你到底～啦？｜明年的計劃～了？❹ 用於句首，後有停頓，表示驚異或反問：～，你不認識我了？｜～，他們又變卦了？｜～，為了趕寫文章你一夜都沒睡？❺ 用於虛指：不知道～一來他就氣跑了｜我已經忘記了是～認識他的｜這裏～好，那裏～差，他說得非常具體｜這種雞孵育，～餵養，～管理，他全知道。❻ 用於任指：不管他～吵鬧都別理他｜大夥～讓他發言，他都不吭聲｜我這字～寫也寫不好。❼ 表示有一定程度（多用於否定式）：他給我的印象不～深｜這種牌子的電視機不～出名｜剛學彈鋼琴，還不～會｜你今天好像不～高興。

【怎麼得了】zěnme déliǎo 表示情況很嚴重，後果難以預料，不知道怎麼辦：孩子到現在還沒回來，～｜證件全丟失了，這可～啊！

【怎麼樣】zěnmeyàng〔代〕疑問代詞。❶ 用於詢問性質或方式：不知道他是～的一個人？｜我該～你才相信呀？❷ 用於詢問動作或狀況：～，都準備好了吧？｜你最近身體～？❸ 用於虛指或任指：他總說這本書～～好，希望我們都去買｜不管～，你都不該發脾氣。❹ 代替某種不直接說出來的動作或情況（多用於否定式）：這個節目我看不～（等於說不好）｜我就是不走，你還能把我～（等於說拿我沒辦法）？

【怎麼着】zěnmezhe〔代〕疑問代詞。❶ 用於詢問方式、動作等：我真想不出該～跟他說｜

你～去呀，是騎車還是坐車？❷ 用在句首，後有停頓，表示驚異或反問：～，他不認賬了？｜～，才兩年時間，就建了這麼多樓房！❸ 做補語，詢問狀況或結果：參觀的事聯繫得～了？❹ 用於虛指或任指：不知道～她突然哭了｜他愛～就～，隨他吧。❺ "怎麼樣"④：他能把咱們～？｜這篇文章寫得不～。

【怎樣】zěnyàng〔代〕疑問代詞。❶ 用於詢問性質、情狀、方式等：他父親是～一個人？｜從前你們過的是～的生活？❷ 用於詢問狀況：新來的年輕人表現～？｜你明年打算～？｜～，能取勝嗎？❸ 用於虛指：我沒感到～熱｜他逢人就說用機械操作～～快，～～好。❹ 用於任指：～說也說不服他｜不管她～訴說，～哀求，～聲淚俱下，都無濟於事。❺ 表示達到一定程度：大家這才了解到，他做了～大的貢獻｜物有所值，多花幾個錢倒並不～心疼｜這足以說明他平日是～勤懇，對業務又是～熱愛了。❻ "怎麼樣"④：你能把我～？｜這歌唱得不～。

zèn ㄗㄣˋ

譖（譖）zèn〈書〉說壞話（誣陷別人）：～害。

【譖言】zènyán〔名〕〈書〉毀謗、誣衊別人的話。

zēng ㄗㄥ

曾 zēng ❶ 指中間隔兩代的親屬關係：～祖父｜～孫女。❷ 古同"增"①：～益其所不能。❸〔副〕〈書〉還（hái）；尚：老臣病足，不能疾走｜汝心之固，固不可徹，～不若孀妻弱子｜～記否，到中流擊水，浪遏飛舟？❹（Zēng）〔名〕姓。

另見 céng（136頁）。

【曾孫】zēngsūn〔名〕兒子的孫子。

【曾孫女】zēngsūnnǚ（-nü）（～兒）〔名〕兒子的孫女。

【曾祖父】zēngzǔfù〔名〕父親的祖父。注意 a）可簡稱"曾祖"。b）與"曾祖母"並列時，可合稱"曾祖父母"。

【曾祖母】zēngzǔmǔ〔名〕父親的祖母。注意 a）不能簡稱"曾祖"。b）與"曾祖父"並列時，可合稱"曾祖父母"。

增 zēng ❶〔動〕增加（跟"減"相對）：～產～收｜產量猛～｜與日俱～。❷（Zēng）〔名〕姓。

語彙　倍增　遞增　激增　與日俱增

【增補】zēngbǔ〔動〕因有所缺漏而加以補充：增添和補足：人員略有～｜本屆立法會～了多名

委員｜本書內容～了三章。

【增產】zēng//chǎn〔動〕增加生產：～糧食｜～鋼材兩萬噸｜光施化肥恐怕增不了產。

【增訂】zēngdìng〔動〕對書籍內容進行增補並修訂：～本｜這本詞典計劃每五年～一次。

【增多】zēngduō〔動〕增加；加多：來華旅遊的人數日益～｜學生比去年～了不少。

〖辨析〗增多，增加　二詞結構不同，用法也異：a）"增多"是補充結構，"增加"是並列結構。b）"增加"可帶賓語，"增多"一般不帶賓語。如說"增加生產"，不能說"增多生產"。

【增幅】zēngfú〔名〕增加或增長的幅度：小麥產量～很大。

【增光】zēng//guāng〔動〕增加光榮：為祖國～｜給父母臉上增了光。

【增輝】zēnghuī〔動〕增添光彩：～添彩｜為國旗～。

【增加】zēngjiā〔動〕在原有基礎上增多或加多：～生產，厲行節約｜～收入，節約支出｜工業總產值比去年～了百分之七。

【增進】zēngjìn〔動〕增強促進：～身心健康｜～兩國人民的友誼｜～彼此的了解。

【增刊】zēngkān〔名〕（版，期）（報紙或雜誌）臨時增加的篇頁或加出的冊子：星期日～｜本期～不另加價｜一年準備出幾期～。

【增強】zēngqiáng〔動〕增進加強：～團結｜～戰鬥力｜發展體育運動，～人民體質。

〖辨析〗增強、增加　a）"增強"的意思着重在加強，"增加"的意思着重在加多。b）"增強"的對象必須是有強弱之分的事物，"增加"的對象多屬有數量可計的事物。"給孩子增加營養，增強他身體的抗病能力"中，兩個詞不能互換。

【增容】zēngróng〔動〕增加容量：對農用電話綫進行～。

【增色】zēngsè〔動〕給某種活動增添光彩，增加情趣：文藝表演使交易會大為～｜他倆的精彩表演使晚會～不少。

【增刪】zēngshān〔動〕增補和刪削（文字）：文章須做適當～｜無可～｜～的幅度很大。

【增生】zēngshēng〔動〕一種病理現象，由於多種原因，生物體某一部分組織細胞數量增加，體積擴大。如皮膚因受摩擦，上皮和結締組織變厚，就是一種增生。一些炎症或腫瘤也能引起增生：乳腺～。也叫增殖。

【增收】zēngshōu〔動〕增加收入：～節支｜增產不～，是沒有意義的。

【增添】zēngtiān〔動〕增多；添加：～辦事人員｜～花樣｜～家具｜～了節日的歡樂。

【增效】zēngxiào〔動〕增加效果或效益：～洗衣粉｜周密計劃，使生產減員～。

【增選】zēngxuǎn〔動〕在原有數額之外，增加選出：還可以～若干篇目｜學會將～新理事。

【增援】zēngyuán〔動〕增加人力、物力來援助（多用於集體）：～的部隊按時趕到了｜～災區人民。

【增長】zēngzhǎng〔動〕增加使提高：～才幹｜～見識。

〖辨析〗增長、增加　a）"增長"的意思着重在提高，"增加"的意思着重在加多。b）"增長"多用於抽象的事物，"增加"多用於具體的事物或數字。如"增長知識""增長才幹""增加收入""人口增加"，二者在這些用例中不能互換。

【增值】zēngzhí〔動〕增加產值或價值：原料轉化為產品，才可能～｜人民幣～商品。

【增殖】zēngzhí〔動〕❶增生：營養液使培養的細胞不斷～。❷繁殖：～耕牛｜人口～很快。❸增加：不斷～財富。

鄫 zēng 用於地名：～城前村（在山東）。

憎 zēng 恨；厭惡：愛～分明｜語言無味，面目可～。

〖語彙〗愛憎　可憎　嫌憎

【憎稱】zēngchēng〔名〕表示憎恨、嫌惡的稱呼（跟"愛稱"相對）。如"糟老頭子"是憎稱，"老頭兒"則是愛稱。

【憎恨】zēnghèn〔動〕厭惡痛恨：對人間的不平極其～。

【憎惡】zēngwù〔動〕憎恨；厭惡：我一向～那種唯利是圖的人｜他的行為令人～。　**注意** "憎恨""憎惡"都是表心理活動的動詞，可以帶賓語，不能重疊，可以受程度副詞修飾。如不說"憎恨憎恨"，可以說"很憎恨""十分憎恨"。

罾 zēng〔名〕（架）用竹竿或木棍做支架的一種方形漁網。

矰 zēng〈書〉射鳥用的拴着絲繩的箭：鳥高飛以避～之害。

翻 zēng〈書〉高飛。

繒（缯）zēng 古代對絲織物的總稱：～帛。另見 zèng（1703頁）。

zèng ㄗㄥˋ

綜（综）zèng//zòng〔名〕舊用織布機上使經紗交錯着上下分開的一種裝置，作用是形成梭口，以便梭子帶着緯紗通過。
另見 zōng（1816頁）。

鋥（锃）zèng（北京話）器物光澤耀眼：～光。｜～亮。

【鋥光】zèngguāng〔形〕（北京話）狀態詞。異常光滑：大衣櫃漆得～。

【鋥光瓦亮】zèngguāng-wǎliàng（"瓦"口語中也讀 wà）（北京話）閃閃發光，異常光亮：大銅壺擦得～｜擦得～的自行車。

【鋥亮】zèngliàng〔形〕（北京話）狀態詞。異常光亮：燈光照得屋裏～｜大理石地面～。**注意**重疊形式是鋥亮鋥亮，屬 ABAB 式。

甑 zèng ❶古代蒸食物的瓦器炊具，底部有許多氣孔，用時放在鬲（lì）上：以釜～爨。❷甑子；飯。❸用玻璃、鐵或其他材料製成用來蒸餾或使物體分解的容器：曲頸～（瓶頸向一側彎曲的梨形蒸餾器皿）。❹（Zèng）〔名〕姓。

【甑子】zèngzi〔名〕蒸米飯等的用具，呈桶形，有屜子而無底，放在鍋上。

繒（缯）zèng〔動〕（北京話）綁；緊縛：板凳快散架了，找根繩子～一～｜衣裳太瘦，～得身上可難受了。

另見 zēng（1702 頁）。

贈（赠）zèng〔動〕贈送：～禮｜～詩｜臨別～言。｜～君一句話。

語彙　封贈　奉贈　賵贈　回贈　惠贈　捐贈　饋贈　轉贈　追贈

【贈別】zèngbié〔動〕送別時以言語、詩文或物品相贈：以詩～｜無物～，友情長存。

【贈答】zèngdá〔動〕贈送和酬答（禮物、詩文等）：互相～｜詩作～，引為樂事。

【贈品】zèngpǐn〔名〕（件，份）贈送的物品：向顧客分發～。

【贈送】zèngsòng〔動〕把錢或物無償地送給別人：～紀念品｜把藏書～給母校｜向演員～花籃。

【贈言】zèngyán〔名〕（句）說給或寫給對方的勉勵性話語：臨別～｜互相題寫～。

【贈閱】zèngyuè〔動〕（報刊社、出版單位把報刊書籍）免費送給別人閱覽：書桌上堆滿了～的書刊｜本報從明年起不再～。

zhā　ㄓㄚ

扎 zhā ㊀❶〔動〕刺；刺穿：～花（刺繡）｜縫補衣服時，針把手～了｜臨上轎，現～耳朵眼兒（出嫁時才忙於在耳朵上扎孔戴耳環；比喻事先不做好準備）。❷〔動〕（北京話）鑽入；投進：他一頭～進了圖書館｜～到屋子裏就出不來了。

㊁廣口瓶或杯（多指盛啤酒的）：～啤。

［英 jar］

另見 zā "紮"（1686 頁）；zhá（1704 頁）；zhā "紮"（1704 頁）。

【扎根】zhā//gēn〔動〕❶（植物的根部）牢固地深入土中：移栽的幾棵花都～了。❷比喻深入某處，扎實地學習和工作：～山區辦教育｜在群眾中扎了根，開展工作就順利多了。

【扎勒特】Zhālètè〔名〕哈尼族的傳統節日。在農曆十月第一個龍日舉行，歷時五天，主要是祭獻天神和祖先。最富特色的是擺"長街宴"，還有蕩秋千、摔跤、歌舞等娛樂活動。也叫十月年。

【扎猛子】zhā měngzi（會游泳的人）頭朝下鑽入水中：他可會～了｜他跳進河裏，扎一個猛子就不見了。

【扎啤】zhāpí〔名〕鮮啤酒的一種。多以廣口瓶盛裝。［英 draft beer］

【扎實】zhāshi〔形〕❶堅實；牢固：地基打得很～｜這鋪板～得很。❷（學問、工作、作風等）踏實；穩當：學問～｜基本功～｜他做事扎扎實實。

【扎手】zhā//shǒu〔動〕❶刺手：玫瑰有刺，小心紮着手。❷比喻事情難辦：這件案子很～。

【扎眼】zhāyǎn〔形〕❶刺眼：她穿得太～了｜這幅畫顏色真~。❷惹人注目；引人注意（含貶義）：他在會場裏走來走去，顯得特別~。

【扎針】zhā//zhēn〔動〕中醫療法之一，用特製的毫針刺入穴位治病：上醫院～｜扎了針沒有？｜針灸科～的人很多。

吒 zhā 見於神話傳說中的人名，如《封神演義》中的哪（Né）吒、金吒、木吒等。❷見於地名：～祖村（在廣西）。

另見 zhà "咤"（1705 頁）。

咋 zhā/zé 見下。

另見 ză（1688 頁）；zé（1699 頁）。

【咋呼】zhāhu〔動〕（北方官話）❶大聲說叫；吆喝：瞎～。❷虛張聲勢；張揚炫耀：事還沒辦成就～開了。以上也作咋唬。

挓 zhā 見下。

【挓挲】zhāshā（-sha）〔動〕（北方官話）張開；撒開；伸開：～着兩隻手｜貓嚇得毛～着。也作扎煞。

查〈查〉zhā ❶"山查"，見"山楂"（1170頁）。❷（Zhā）〔名〕姓。

另見 chá（138 頁）。

【查白歌節】Zhābáigē Jié〔名〕布依族的傳統節日，在農曆六月二十一至二十三日。節日期間在貴州興義的查白場舉行賽歌、祭山等活動，後來又增加了節日遊樂、旅遊購物等活動。

麥 zhā 用於地名：～山｜～河｜～湖｜～山集（均在湖北漢陽西南）。

啈　zhā/zhá　見"啅啈"(1719頁)。
另見 zhà(1705頁)。

紮（扎）〈紮〉　zhā 駐紮：安營～寨。
另見 zā(1686頁)；"扎"另見 zhā(1703頁)、zhá(1704頁)。

語彙　屯紮　駐紮

【紮堆兒】zhāduīr〔動〕❶(若干人)湊在一處；聚攏在一起：不要～聊天了｜愛～，睹起哄。❷(若干事物)集中出現：春節是賀歲片～上映的時間｜據說餐館～開設，生意容易火。

揸　zhā〔動〕❶抓取：將羊肉大把～來只顧吃。❷手張開：～開五指。

喳　zhā ❶〔擬聲〕鳥叫的聲音(多疊用)：麻雀～～地叫｜喜鵲叫～～，心裏樂開花。❷〔歎〕(舊時奴僕對主人)表示應諾。
另見 chā(138頁)。

渣　zhā〔名〕❶(～兒)"渣滓①"：豆～｜煤～兒｜甘蔗榨了糖，剩的～還可以利用。❷(～兒)碎末：麵包～兒。❸(Zhā)姓。

語彙　殘渣　沉渣　豆渣

【渣子】zhāzi〔名〕〈口〉渣：煤～｜點心～。

【渣滓】zhāzǐ(-zi)〔名〕❶物品經過提煉或使用後的殘餘部分：水果加工成飲料，～還可以充當飼料。❷比喻對社會起破壞作用的人或事物：社會～(指盜賊、騙子、流氓等)｜民族～(出賣民族利益的壞人)｜封建文化的～。**注意** 不要將"渣滓"唸成 zhāzǎi。

楂　zhā 見"山楂"(1170頁)。
另見 chá(140頁)。

齄　zhā 鼻端暗紅色的斑點。齄鼻俗稱酒糟鼻。

zhá ㄓㄚˊ

扎　zhá 見下。
另見 zā"紮"(1686頁)；zhā(1703頁)；zhā"紮"(1704頁)。

【扎掙】zházheng〔動〕(北京話)勉強支持：他～了半天，才走到門口｜我有點兒～不住了。

札〈❸❹劄❸❹箚〉　zhá ❶古代寫字用的小而薄的木片。❷書信：大～(尊稱對方來信)｜信～｜書～｜手～。❸舊時的一種公文：～子。❹筆記：～記。❺(Zhá)〔名〕姓。
"箚"另見 zhá(1704頁)。

語彙　筆札　大札　芳札　華札　手札　書札

【札記】(劄記)(箚記)zhájì〔名〕(則，篇)讀書時摘要記錄下來的內容和體會；隨時記錄下來的見聞和感想：讀書～｜養成寫～的習慣。

【札子】zházi〔名〕古代一種公文，開始時多用於上奏，後來也用於下行。

軋（軋）　zhá/yà〔動〕把鋼坯等金屬材料壓成一定形狀：～鋼｜熱～｜冷～。
另見 gá(413頁)；yà(1551頁)。

【軋鋼】zhágāng〔動〕根據不同規格和要求，把鋼坯壓製成各種形狀的鋼材：～工人｜～廠。

炸　zhá〔動〕❶把食物放在沸油鍋裏煮熟：～油條｜～魚。❷(北京話)把蔥花或肉餡等放在熱油裏和油炒。❸把蔬菜放在開水裏略煮：把野菜～一下再吃。
另見 zhà(1705頁)。

【炸醬麵】zhájiàngmiàn〔名〕一種麵食，麵條煮熟後，放上炸熟的醬和鮮菜，拌着吃：～是北京人常吃的飯食。

喋　zhá 見"嘍喋"(1167頁)。
另見 dié(299頁)。

閘（閘）〈牐〉　zhá ❶〔名〕(道，座)水閘；控制水流的建築物：～門｜船～｜分洪～｜河上的～已經打開。❷〔名〕制動器的通稱：車～｜踩～。❸〔名〕電閘：拉～斷電。❹〔動〕關上閘門，把水流截住：～得住｜趕快把水～住。❺(Zhá)〔名〕姓。

語彙　車閘　船閘　電閘　拉閘　水閘　跳閘

【閘盒】zháhé(～兒)〔名〕一種盒狀電器，內裝保險絲，安在電路中。

【閘口】zhákǒu〔名〕閘門開時水流過的孔道。

【閘門】zhámén〔名〕(道)水閘或管道上可以開啟和關閉的門：打開～。

箚　zhá 見"目箚"(950頁)。
另見 zhá"札"(1704頁)。

鍘（鍘）　zhá ❶鍘刀：～刀｜鋼～。❷〔動〕用鍘刀切：～草。

【鍘刀】zhádāo〔名〕❶(口，把)一種切草、切藥材等用的器具，由刀和帶槽的底座組成，刀的一端安在帶樞紐的底座上，另一端有把兒，可以上下活動。❷單指刀本身(不含底座)。

zhǎ ㄓㄚˇ

拃　zhǎ ❶〔量〕張開手掌，大拇指和中指兩端間的最大距離為一拃：這支毛筆有一～多長｜這孩子比桌子還高出兩～呢。❷〔動〕張開手掌，以"拃"為長度單位量物：你～一～，看這塊布有多寬。

Z

苲 zhǎ 見下。

【苲草】zhǎcǎo〔名〕指金魚藻等水生植物。

砟 zhǎ（～兒）〔名〕砟子：爐灰～兒。

語彙　道砟　焦砟

【砟子】zhǎzi〔名〕小塊兒的石頭、煤炭等：煤～｜焦～｜把路上的～清理乾淨。

眨 zhǎ〔動〕（眼睛）很快地一閉一開：～眼｜她眼睛一～不～地看着我｜小弟神秘地向我～了兩下兒眼。

【眨眼】zhǎ//yǎn〔動〕❶ 眨動眼睛：姑娘不住地向小王～，要他別說了。❷ 時間快速消失：一～的工夫｜大學四年，好像眨一下眼就過去了｜不遠，～就到。

鲝（鮓）zhǎ ❶ 古指經加工製作便於貯存的魚類食品，如醃魚、糟魚等。❷ 指切成小塊的茄子、扁豆等跟米粉、麪粉及鹽等作料拌合在一起製成的便於貯存的菜：扁豆～。

鲝（䰱）zhǎ ❶ 同"鲝"。❷ 同"苲"。用於地名：～草灘（在四川）。

zhà ㄓㄚˋ

乍 zhà ❶〔副〕剛開始；起初：～暖還寒時候｜初來～到。～一看去，真沒甚麼好看的。❷〔副〕突然；忽然：～雨～晴｜～明～暗｜～風～起，吹皺一池春水。❸〔形〕壯；大：直着養壯腰圓胳又～，一個個像座黑鐵塔｜這老漢胳～腰圓。❹（Zhà）〔名〕姓。

柞 Zhà 柞水，水名，漢水的支流。
另見 zuò（1834 頁）。

栅（栅）zhà ❶ 栅欄：木～｜鐵～｜～門。❷（Zhà）〔名〕姓。
另見 shān（1170 頁）。

【栅欄】zhàlan（～兒）〔名〕❶（道）用竹、木、鐵條等做成的阻攔物：打開～門｜牧場的四周都有～兒｜圍牆只有一米高，上面安了鐵～兒。❷ 軍用障礙物的一種：～網。

夯 zhà〔動〕（北方官話）❶ 張開；打開：頭髮全～起來了｜推門～戶。❷ 從思想上放開；振作：～着膽子幹｜～起精神。
另見 zhā（1703 頁）。

咤〈吒〉zhà 吼叫；歎息：叱～｜歎～。
"吒"另見 zhā（1703 頁）。

炸 zhà〔動〕❶（物體）突然破裂並發出響聲：熱水瓶～了｜玻璃杯～開了一道裂紋。❷ 用炸藥或炸彈摧毀：橋～斷了｜～死～傷多人｜～沉了一艘軍艦。❸〈口〉怒氣發作：大夥兒一聽都～了。❹（北京話）（鳥群等）因受驚而突然散開：房檐下的鳥兒～窩了。

另見 zhá（1704 頁）。

語彙　爆炸　轟炸　狂轟濫炸

【炸彈】zhàdàn〔名〕（顆，枚）一種裝有炸藥、一觸動引信就會爆炸的武器，有較大的殺傷力和破壞力。

【炸藥】zhàyào〔名〕受熱或撞擊後，能由其本身的能量發生爆炸的物質：烈性～｜～包。

痄 zhà 見下。

【痄腮】zhàsai〔名〕中醫指流行性腮腺炎。

蚱 zhà 見下。

【蚱蜢】zhàměng〔名〕（隻）一種對莊稼有害的昆蟲，形狀像蝗蟲而較小，善於跳躍。常生活在一個地區，不向別處遷移。

蛇 zhá〔名〕海蜇。

詐（詐）zhà ❶〔動〕欺騙：～財｜爾虞我～｜兵不厭～。❷〔動〕用假話引出對方的真話：你不妨～他一下，看他說不說實話。❸ 偽裝（某種狀態）：～降｜～死。❹（Zhà）〔名〕姓。

語彙　訛詐　詭詐　奸詐　狡詐　欺詐　敲詐

【詐敗】zhàbài〔動〕假裝被打敗：～佯輸。

【詐唬】zhàhu〔動〕〈口〉欺騙恐嚇：他這是～你，你不用害怕。

【詐騙】zhàpiàn〔動〕訛詐騙取：～錢財｜冒充富商～。

【詐取】zhàqǔ〔動〕用欺詐手段取得：～錢財。

【詐屍】zhàshī〔動〕❶ 停放的屍體忽然動起來，現代醫學認為，這是由於局部神經尚未完全死亡而發生的痙攣現象（死而復活的則為假死）。❷〈詈〉罵人突然叫嚷或做出瘋狂的動作。

【詐降】zhàxiáng〔動〕假裝投降：敵人向～｜被困敵軍想以～解危。

溠 Zhà 溠水，水名。在湖北隨州一帶，流入溳（Yún）水。

榨〈搾〉zhà ❶〔動〕把物體裏的汁液壓擠出來：石頭裏～不出油來（比喻辦不到）｜花生、芝麻等可以～油｜一根甘蔗～不成糖。❷ 壓出物體汁液的裝置：～床｜酒～。❸（Zhà）〔名〕姓。

語彙　酒榨　壓榨　油榨

【榨菜】zhàcài〔名〕❶ 二年生草本植物，芥（jiè）菜的變種。莖膨大成瘤狀，可吃。也叫莖用芥菜。❷ 用芥菜的嫩莖加工而成的副食品，以鮮、香、嫩、脆、回味返甜為特徵，因醃製時需榨出莖內汁液，使呈微乾狀態，故稱。

【榨取】zhàqǔ〔動〕❶ 用擠或壓的辦法取得：～甘蔗的汁液。❷ 比喻殘酷地搜刮或侵奪（民間財

Z

物）：～民脂民膏。

【榨油水】zhà yóushuǐ〔慣〕比喻用敲詐、強制手段搜刮錢財或撈取好處：黑心老闆從童工身上～│榨不出一點兒油水。

磋 zhà 用於地名：大水～（在甘肅）。

蜡 zhà 古代年終大祭祀名。
另見 là "蠟"（793頁）。

雪 Zhà 雪溪，水名。在浙江北部，流入太湖。

醡 zhà〈書〉❶ 榨酒的裝置。❷ 榨酒。

zha ·ㄓㄚ

饁（馇）zha 見 "餶饁"（438頁）。
（馇）另見 chā（138頁）。

zhāi ㄓㄞ

側（侧）zhāi〔動〕（北方官話）歪；向一邊傾斜：～歪│～着肩膀。
另見 cè（134頁）；zè（1700頁）。

【側棱】zhāileng〔動〕（北京話）傾斜；歪：～着身子睡覺│看你那帽子～着，像甚麼樣兒！│這桌子腿兒不一般高，有點兒～。

【側歪】zhāiwai〔動〕（北京話）向一邊歪：超載了，船已經～了│車在泥地裏～着走。

摘 zhāi〔動〕❶ 採；採摘：～桃子│春分栽菜，大暑～瓜│～不光的棉花，抖不光的芝麻。❷ 取下戴着或掛着的東西：～眼鏡│～髮卡│把牆上的畫～下來。❸ 有選擇地取用：～記│～編│尋章～句│～其所要。❹ 借；摘借：先～幾百塊錢應應急。

語彙　採摘　扷摘　書摘　文摘　指摘

【摘抄】zhāichāo ❶〔動〕選取一部分抄錄下來：這本書很好，可以～一些│讀書是學習，～是整理，寫作是創造。❷〔名〕摘抄下來的內容：葉靈鳳日記～│中外名言～。

【摘除】zhāichú〔動〕將有機體上某一有害的部分除去：～枯葉串，消滅越冬幼蟲│～腹部腫瘤。

【摘借】zhāijiè〔動〕因急需錢財而臨時向人借取：～幾個錢救急│存款取不出，往哪兒～去呢？

【摘錄】zhāilù ❶〔動〕摘抄：～要點。❷〔名〕摘錄下來的內容：文件～│名著～。

【摘帽子】zhāi màozi〔慣〕比喻除去原來加給的罪名或壞名義：摘掉落後帽子。

【摘牌】zhāi∥pái〔動〕❶ 終止某種證券在股票市場的交易資格：近日有多家上市公司被～。
❷ 摘去榮譽牌匾，取消其既得榮譽：文明示範單位有時會被～的。❸ 職業體育組織吸收掛牌

轉會的運動員，叫摘牌；運動員轉會掛牌，沒人～就停下崗。❹ 在體育比賽中獲得獎牌：爭取奪金～。

【摘取】zhāiqǔ〔動〕採摘；獲取：～玫瑰│～高台跳水桂冠。

【摘要】zhāiyào ❶〔動〕從文字材料中摘錄要點：～播出。❷〔名〕摘錄下來的要點：論文～│時事～。

【摘引】zhāiyǐn〔動〕摘錄引用：～自《紅樓夢》第五回│為說明問題，最好多～幾句。

【摘由】zhāi∥yóu ❶〔動〕為便於查閱而摘錄公文的主要事由（多只用一兩句話）：由秘書負責～。❷〔名〕摘錄下來的有關公文的主要事由：～簿│公文前面的～以簡明扼要為宜。

齋（斋）zhāi ㊀ ❶ 齋戒。❷ 佈施飯菜給僧人、道人：諸寺～僧。❸ 佛教、道教的教徒或信奉者所吃的素食：一人吃～，十人唸佛（比喻一人做好事帶動許多人）。❹ 泛指素食：他正吃～呢，不能沾葷腥。❺（Zhāi）〔名〕姓。
㊁ 屋子。常用於書房、學校宿舍、飯館、商店的名稱：書～│靜～（清華大學女生宿舍名）│五芳～（飯館名）│榮寶～（北京一家專營書畫以及文房四寶的商店名）。
㊂ 港澳地區用詞。❶〔形〕形容事物單一：～啡（不加牛奶和糖的咖啡）❷〔副〕光，只，僅僅：～吹（不洗頭，只吹風）│在茶樓裏～坐，不點東西吃，恐怕不太好吧。

語彙　長齋　吃齋　持齋　封齋　化齋　開齋　破齋　施齋　書齋

【齋飯】zhāifàn〔名〕❶ 僧尼化緣得來的飯食。❷ 寺廟裏素的飯食。

【齋戒】zhāijiè〔動〕❶ 舊時在祭祀、禮佛或舉行隆重大典前，沐浴、更衣、吃素、戒酒、禁欲並靜養一至三日，以表虔誠，叫齋戒。❷ 伊斯蘭教徒按《古蘭經》規定，每年在該教教曆九月份，白天禁止飲食，全月禁絕房事，是伊斯蘭教五項基本功課之一。

【齋居疏食】zhāijū-shūshí〔成〕閒居在家，粗茶淡飯。形容生活儉樸，恬淡無欲：祖父年近八十，～，身體硬朗。

【齋月】zhāiyuè〔名〕伊斯蘭教教曆的九月，是教徒奉行齋戒的月份。

zhái ㄓㄞˊ

宅 zhái ❶ 住宅；房舍（多指較大的）：舊～│私～│內～│深～大院。❷〔動〕長時間待在家裏不出門：～男│～女│週末她在家～了一整天，哪兒都沒去。❸（Zhái）〔名〕姓。

語彙　邸宅　故宅　家宅　舊宅　民宅　內宅　私宅　住宅

【宅電】zháidiàn〔名〕住宅電話：明天老總在家辦公，有事請致～。

【宅基】zháijī〔名〕居住房屋的地基。

【宅基地】zháijīdì〔名〕個人依法取得的居住房屋所佔的土地，個人有在上面建房、居住、使用的權利。

【宅男】zháinán〔名〕指熱衷於動漫和電遊等室內活動，很少與外界交流的男子。泛指喜歡待在家裏，不願外出的男子。

【宅女】zháinǚ〔名〕指熱衷於動漫和電遊等室內活動，很少與外界交流的女子。泛指喜歡待在家裏，不願外出的女子。

【宅院】zháiyuàn〔名〕(座，所)帶有院子的宅子，泛指住宅。

【宅子】zháizi〔名〕(所)〈口〉住宅；住房。

翟 Zhái〔名〕姓。
另見 dí(276 頁)。

擇(擇) zhái〔動〕〈口〉挑選；選擇：～菜｜～席｜他睡覺～地方｜那一團亂綫都～開了嗎？
另見 zé(1700 頁)。

【擇不開】zháibukāi〔動〕❶ 分解不開；難解難分：毛綫纏成一團，～了｜他倆是～的一對。❷ 擺脫不掉(纏身的事務)；抽不開身：這個月忙得我一天也～，等下個月吧。

【擇席】zháixí〔動〕〈口〉習慣於固定地方睡，換個地方就睡不好覺：我從來就不～｜他有～的毛病。

zhǎi ㄓㄞˇ

窄 zhǎi ❶〔形〕橫向距離小(跟"寬"相對)：田埂修得太～了｜肩膀～(比喻承擔不起)｜冤家路～｜路不會越走越～(比喻前途較寬廣)。❷〔形〕(心胸)不開闊；(度量)小：心眼兒～成不了大事。❸〔形〕(生活)窘迫；不寬裕：以前日子過得～，現在好多了｜寬打～用(錢財上留有餘地)。❹(Zhǎi)〔名〕姓。

> 〔辨析〕狹、窄　二者都指不寬廣。"狹"跟"廣"相反，如"廣狹"；"窄"跟"寬"相反，如"寬窄"。二者雖然同義，但使用上卻不完全一樣。a)"窄"作句子成分比"狹"自由，如"肩膀窄""窄胡同"，都不能換為"狹"。b)二者在構成的固定語中不能互換，如"狹路相逢""冤家路窄"。c)"窄"還有"度量小"義，如"心眼兒窄"，還有"不寬裕"義，如"日子過得很窄"，"狹"不能這樣用。

語彙 寬窄　狹窄　心窄　冤家路窄

【窄巴】zhǎiba〔形〕〈口〉❶ 不寬敞：房子小，地方～。❷ 不寬裕：日子過得窄窄巴巴的。

【窄小】zhǎixiǎo〔形〕又窄又小；狹小：～的廚

房｜衣袖～。

鈩 zhǎi(～兒)〔名〕(北京話)❶ 指某些器皿、水果、衣服等上面的殘缺損傷的痕跡：這蘋果，個兒大不說，一點兒～兒也沒有｜瓷瓶上有～兒，買時沒發現。❷ 指某人歷史上的污點：儘管他歷史上有點～兒，我們也不應當歧視他。

zhài ㄓㄞˋ

砦 Zhài〔名〕姓。
另見 zhài "寨"(1707 頁)。

祭 Zhài〔名〕姓。
另見 jì(622 頁)。

債(債) zhài〔名〕❶(筆)欠別人或別人欠自己的錢財：欠～｜收～｜無～一身輕｜益子多了不咬，～多了不愁。❷(筆)比喻應辦而未辦的事：我答應給他寫篇序，這筆～不能再拖，得趕快還了。❸ 比喻尚未受到懲處的罪行：血～｜冤有頭，～有主。❹(Zhài)〔名〕姓。

語彙 逼債　抵債　放債　負債　公債　國債　借債　討債　外債　血債　閻王債

【債權】zhàiquán〔名〕要求債務人償還借款和履行一定義務的權利：～人(借了錢給別人因而擁有債權的人)｜～國｜～轉讓。

【債券】zhàiquàn〔名〕(張)❶ 公債取本息的憑證。由銀行代理發行，可以向銀行抵押，也可以轉讓。❷ 某些公司企業發行的借款憑證，由債券持有人憑以領取本息。

【債台高築】zhàitái-gāozhù〔成〕《漢書‧諸侯王表序》註引服虔說，戰國時周赧(nǎn)王負債，無法償還，被債主催逼，逃到一座高台上避債，後人稱此台為"逃債台"。後用"債台高築"形容欠債極多，經濟十分困難：企業原來～，經徹底整頓，幾年工夫還了欠債，開始盈利。

【債務】zhàiwù〔名〕❶ 償還債款的義務：～人(對債權人負有償還義務的人)｜～國｜～管理。❷(筆)所欠的債款：代償～｜清理～。

【債主】zhàizhǔ〔名〕借出錢財以收取利息的人；債權人。

寨〈❶-❹砦〉 zhài ❶ 防衛用的柵欄：木～｜鹿～。❷ 指山寨：～主。❸ 駐兵的地方；營壘：水～｜紮營立～｜偷營劫～。❹〔名〕"寨子"②。多用於地名：村～｜邊～｜大～(在山西)｜金～(在安徽)。❺(Zhài)〔名〕姓。
"砦"另見 Zhài(1707 頁)。

語彙 邊寨　村寨　大寨　劫寨　山寨　水寨　安營紮寨

【寨子】zhàizi〔名〕❶ 防衛用的柵欄、籬笆或圍牆：安上～｜～需要重修。❷ 周圍有柵欄或圍牆的村莊：王家～｜這是個大～。

瘵 zhài〔書〕❶病：瘵～(肺瘵病)。❷衰
敗：凋～。

攕 zhài〔動〕(北方官話)把附加的物件縫在衣
服上：～肩章。

zhān ㄓㄢ

占 zhān ❶〔動〕占卜(吉凶)：～卦。
❷(Zhān)〔名〕姓。
另見 zhàn "佔"(1710頁)。

【占卜】zhānbǔ〔動〕一種預測吉凶禍福的活動，
時代不同，方法也不一樣，古代用龜甲、蓍草
等，後世用銅錢、牙牌等。

【占卦】zhān // guà〔動〕用一定工具一定方法演
出卦象，又據所得的卦象來推斷吉凶：占上一
卦｜過去村裏蓋房、辦婚喪事都要～。也說算
卦、打卦。

【占星】zhānxīng〔動〕用觀察星象來推斷人間的
吉凶禍福：～術。

沾〈❶-❺霑〉zhān ❶〔動〕浸濕；(液體)
滲入：淚下～裳｜汗出～
背。❷〔動〕浸染；粘：手叫針扎破了，先別～
水｜雙手～滿了鮮血｜剛包完餃子，手上還～着
麵呢。❸〔動〕挨上；接觸：這事我沒～過手｜他
累得一～枕頭就睡着了｜煙酒不～。❹帶着點兒
(關係)：～親帶故。❺〔動〕因某種關係而分得
(好處)：～光｜愛～小便宜｜拒腐蝕，永不～。
❻〔動〕(山東話)成；行；好：～不～？｜這可
不～。❼(Zhān)〔名〕姓。

【沾邊】zhān // biān (～兒)〔動〕❶略微接觸：他
剛一～兒，就賴上他了｜這事兒我根本就沒沾
過邊兒。❷接近事實或情理：說話不～兒｜說
了半天，跟新生入學沾甚麼邊兒呢？

【沾光】zhān // guāng〔動〕因他人或某事情得到
好處或討得便宜：不許別人～｜兒子沾老子的
光｜這次旅遊可沾了集體的光。

【沾親帶故】zhānqīn-dàigù〔成〕多少有點兒親
屬、親戚、朋友或老熟人之類的關係：咱們都
是～的，用不着客氣。

【沾染】zhānrǎn〔動〕❶沾上；附着上：鏡子上
了不少灰塵｜衣服～上油漆了。❷因接近而受
到壞的影響：～上賭博的惡習。

【沾手】zhān // shǒu〔動〕❶用手接觸；(東西)跟
手接觸：這兒有電，別～｜雪花一～就化了。
❷插手；介入(某事)：這件事別讓他～｜我
看你也沾不上手。

【沾沾自喜】zhānzhān-zìxǐ〔成〕自以為很優越或
很有成績而洋洋得意：～於一得之功和一孔
之見｜我們憑甚麼拿祖宗的成就來～｜有了一
點兒成績就～，成不了大事。

柕 zhān 見下。

柕檀zhāntán〔名〕〈書〉檀香。

旃 zhān ㊀〔助〕〈書〉語氣助詞。相當於
"之"或"之焉"：舍～｜勉～！❷(Zhān)
〔名〕姓。
㊁〈書〉同"氈"①。

粘 zhān/nián ❶〔動〕有黏(nián)性的東西互相
連接在一起或附着在別的東西上：幾顆糖～
成了一團｜每一函書都～上個紙條兒。❷〔動〕(用膠
水等)使分着的東西連接在一起：～住｜～牢｜寄信
別忘了～郵票。❸(Zhān)〔名〕姓。
另見 Nián(977頁)。

【粘連】zhānlián〔動〕粘在一起，特指身體內的黏
膜或漿膜因炎症病變而粘在一起：腸～(腸管
和腹壁粘在一起或腸管之間粘在一起)｜淋濕
的書頁都～在一起了。

【粘貼】zhāntiē〔動〕用膠水等把紙張等附着
(zhuó)在另一物體上：～廣告｜招貼畫應～
在顯眼的地方｜又～甚麼告示啦？

詹 Zhān〔名〕姓。

氈(氊)〈毹〉zhān ❶氈子：～墊｜～
靴｜如坐針～｜羊毛雖
舊能做～。❷一種像氈子的建築材料：油～。
❸(Zhān)〔名〕姓。

【氈帽】zhānmào〔名〕(頂)氈料做的帽子，黑色
或深灰色，呈半球形，帽邊翻起約一寸多。

【氈靴】zhānxuē〔名〕(雙，隻)用氈做的靴
子。多在北方寒冷地區使用。

【氈子】zhānzi〔名〕(塊)用羊毛或駱駝毛等壓製
而成的像厚呢子似的東西。

邅 zhān〈書〉❶行進艱難的樣子：迍～。
❷轉；變換方向：～吾道夫崑崙兮，路修
遠以周流。

【邅迍】zhānzhūn〔形〕〈書〉迍邅。

瞻 zhān ❶向上或向前看：高～遠矚｜～前顧
後。❷(Zhān)〔名〕姓。

語彙 觀瞻 馬首是瞻

【瞻顧】zhāngù〔動〕〈書〉❶瞻前顧後：多所～｜
徘徊～。❷照顧：彼此～。

【瞻念】zhānniàn〔動〕展望和考慮：～前途。

【瞻前顧後】zhānqián-gùhòu〔成〕❶看着前面，
又看看後面。比喻考慮周到，辦事謹慎：凡事
要～，讓多數人滿意才好。❷形容顧慮過多，
遇事猶豫不決：這樣～，猶豫不決，還能有甚
麼作為？｜如果需要我獻身，我決不～！

【瞻望】zhānwàng〔動〕向遠處看；往將來看：～
江天遠處，漁帆點點｜～將來，信心百倍。

【瞻仰】zhānyǎng〔動〕懷着敬意觀看：～革命烈
士墓｜～人民英雄紀念碑。

譫(譫)zhān〈書〉病中說胡話：～妄(短
時間內情緒失常，如說胡話，不認

識熟人等）｜～語（胡言亂語）。

饘（饘） zhān〈書〉稠粥。

鱣（鱣） zhān 古書上指一種魚，其說不一。或指鱘，或指鰉，或指鯉。

鸇（鸇） zhān 古指一種猛禽：山林間，上有鷹～，下有虎狼。

zhǎn ㄓㄢˇ

展 zhǎn ❶ 展開；放開：愁眉不～｜舒眉～眼｜風～紅旗如畫。❷ 施行：大～宏圖｜一籌莫～。❸ 延緩：～期（延期）｜～限（推遲限期）。❹ 展覽：書～｜預～｜科技成果～。❺（Zhǎn）〔名〕姓。

語彙 發展 個展 畫展 匯展 進展 開展 擴展 美展 伸展 施展 舒展 影展 預展 花枝招展 一籌莫展

【展播】zhǎnbō〔動〕展覽性地播放電視或廣播節目等：電視劇～｜舉行～活動。

【展出】zhǎnchū〔動〕展覽出來：在中國美術館～｜展覽會上～了各種民間工藝品。

【展館】zhǎnguǎn〔名〕❶ 展覽館的簡稱，專用於舉辦展覽的建築物：農～。❷ 大型展覽會劃分的組成部分：文物博覽會分兩個～。

【展緩】zhǎnhuǎn〔動〕推遲或放寬（期限）：先～幾天再說｜交費的日期不能再～了。

【展會】zhǎnhuì〔名〕（次，個）系統地陳列物品，在一定時間內供參觀欣賞或促進購銷的大型活動。

【展開】zhǎnkāi〔動〕❶ 張開；鋪開；伸展：雄鷹～翅膀｜～地毯｜姑娘們～雙臂，婆娑起舞。❷ 有領導有組織地進行：～討論｜～勞動競賽｜向恐怖組織～進攻。

【展覽】zhǎnlǎn ❶〔動〕把物品分別類地陳列在一定場所供人參觀：工業～｜菊花～｜巡迴～。❷〔名〕陳列和展示的物品：看～｜參觀～。

辨析 展覽、展示、展演　a）"展覽"的對象廣泛，包括藝術品、工業產品、農產品等，如"油畫展覽""花卉展覽""輕工業產品展覽"；"展示"多用於凸現景物、操作、商品等，如"展示社區的歡樂場景""展示了服裝設計大師的最新創作""名模應邀前來參加展示"；"展演"用於表演，如"展演新編京劇現代戲""拉美民族舞蹈正在展演"。b）"展覽"有名詞義，如"參觀一個文物展覽"，"展示""展演"不能這樣用。c）"展覽"組合能力較強，可構成"展覽會""展覽館"等詞語，可簡縮構成新詞"美展""畫展"等。

【展賣】zhǎnmài〔動〕展銷。

【展品】zhǎnpǐn〔名〕（件）展出的物品：～概不出售。也叫展覽品。

【展評】zhǎnpíng〔動〕展覽和評比：新產品經過～、選樣，然後才正式投產｜參加～的有一百多家工廠的八百多種產品。

【展期】zhǎnqī ㊀〔動〕把預定日期往後推遲或延長：會議～舉行｜展覽會～三天結束。㊁〔名〕展出的時間和期限：～暫定兩個月。

【展區】zhǎnqū〔名〕大型展覽會、展銷會按單位或品類劃分的區域。

【展示】zhǎnshì〔動〕❶ 清楚地陳列出來讓人看到：公訴人在法庭～證據。❷ 明顯地表現出來讓人知道：放錄像～了儀器的操作方法｜作品～了工人忘我勞動的精神面貌。

【展枱】zhǎntái〔名〕陳列展品的枱子。

【展廳】zhǎntīng〔名〕陳列展品的大廳。

【展望】zhǎnwàng〔動〕❶ 往遠處和大片區域看：他站在山上，～遼闊平原。❷ 綜合觀察和預測（跟"回顧"相對）：～國際形勢｜讓我們一下今後的發展趨勢。

【展現】zhǎnxiàn〔動〕清楚地顯現出來：～了人們的美好心靈｜一片綠洲～在我們面前。

【展銷】zhǎnxiāo〔動〕展覽並銷售：～會｜時裝～。

【展演】zhǎnyǎn〔動〕展出並表演：秋季服裝～。

【展映】zhǎnyìng〔動〕在一段時間內展覽性地放映某些影片：～期間，將組織演員、導演和觀眾見面、座談｜舉行抗日戰爭影片～。

斬（斬） zhǎn ❶〔動〕砍（斷）；殺（死）：～首｜腰～｜～釘截鐵｜快刀～亂麻｜先～後奏（多用於比喻）｜兩國相爭，不～來使。❷（Zhǎn）〔名〕姓。

語彙 監斬 問斬 腰斬

【斬草除根】zhǎncǎo-chúgēn〔成〕比喻鏟除禍害，務求徹底，不留後患。也說剪草除根。

【斬釘截鐵】zhǎndīng-jiétiě〔成〕形容說話或辦事果斷，不含糊：她～地說："我們一定能如期完成任務！"

【斬獲】zhǎnhuò〔動〕〈書〉❶ 殲敵與俘獲：我軍～無數。❷ 奪取；獲取。特指在體育比賽中因力挫對手而獲獎：我體育健兒在奧運會上多有～。

【斬將搴旗】zhǎnjiàng-qiānqí〔成〕砍殺敵方的將領，拔取敵方的軍旗。形容英勇善戰：有～之大功｜～，追奔逐北。

【斬首】zhǎnshǒu〔動〕殺頭：～示眾｜～行動（現代戰爭中指突然襲擊敵方首腦、中央所在地）。

撖 zhǎn〔動〕拿乾燥的東西輕輕擦拭或按壓，以除去髒物或吸去多餘的液體：簽完字後，用吸墨紙～一～。

【撖布】zhǎnbù〔名〕（塊）抹（mā）布；擦拭器皿的布。

盞（盞）〈醆❶❷琖〉 zhǎn ❶ 小杯子：把～ ｜ 酒～ ｜ 玉～ ｜ ❷ 像杯子的器皿：燈～ ｜ ❸〔量〕用於燈：萬～明燈。

語彙 把盞　茶盞　燈盞　酒盞　玉盞

嶄（嶃）〈嶄〉 zhǎn ❶〔書〕高峻；高出一般：～露頭角 ｜ ❷〔形〕（吳語）美好；優異：文章寫得邪氣～（非常好）｜ 這套衣裳蠻～ ｜ 菜的味道真～ ｜ ❸ 很；特別：～亮 ｜ ～新。❹（Zhǎn）〔名〕姓。
【嶄露頭角】zhǎnlù-tóujiǎo〔成〕比喻突出地表現出才能和本領：他在大學讀書時，就已經～。**注意** 這裏的"嶄"不寫作"展"。
【嶄然】zhǎnrán〔形〕〈書〉超出一般的樣子：～一新 ｜ 衣冠～ ｜ ～見頭角。
【嶄新】（嶄新）zhǎnxīn〔形〕屬性詞。極新；全新：～的房子 ｜ ～的課本 ｜ 呈現出一派～的氣象。**注意** 重疊形式是"嶄新嶄新"，屬ABAB 式。

颭（颭）zhǎn〈書〉因風而顫動或展開：驚風亂～芙蓉水 ｜ 紅旗高處～，一望水天收。

瞤（瞤）zhǎn〔動〕（北方官話）眼皮眨動：眼皮也不～一下。

輾（輾）zhǎn 見下。"輾"另見 niǎn"碾"（977 頁）。
【輾轉】（展轉）zhǎnzhuǎn〔動〕❶（身體）翻來覆去地轉動：～不寐 ｜ ～反側。❷ 經過許多地方或人的傳遞，曲折地行進：～託人才買到 ｜ 由海外～回到祖國。
【輾轉反側】zhǎnzhuǎn-fǎncè〔成〕躺在床上翻來覆去睡不着。形容心中有事：為了想把明天的會開好，他～，難以入睡 ｜ ～，思念心上人。

黵（黵）zhǎn〔動〕（北方官話）弄髒；污染：別讓黵手把紙～了 ｜ 這塊布耐～。

zhàn ㄓㄢ

佔（占）zhàn〔動〕❶ 佔據；佔領：獨～ ｜ 侵～ ｜ 鵲巢鳩～ ｜ 施工工地～了農田。❷ 居於；處（chǔ）於：～先 ｜ ～上風 ｜ ～統治地位。
"占"另見 zhān（1708 頁）。

語彙 霸佔　獨佔　攻佔　強佔　搶佔　侵佔

【佔據】zhànjù〔動〕❶ 強行取得（地域、場所）：～地盤 ｜ 快速～十二號高地。❷ 處在（某種地位）：教育在國家發展中～重要的地位。
【佔領】zhànlǐng〔動〕❶ 用武力取得（陣地或領土）：～三號高地 ｜ ～了市區 ｜ 一個村子一個村子地～。❷ 佔有：～市場。

【佔便宜】zhàn piányi〔慣〕❶ 用非正當手段，取得分外的利益：處處想～ ｜ ～了便宜還賣乖。❷（因有某種條件而）佔上風；佔優勢：他跑得快，踢足球肯定～。
【佔上風】zhàn shàngfēng〔慣〕比喻在較量中佔優勢：決賽中，客隊～。
【佔先】zhànxiān〔動〕佔據優先地位：技術含量並不～的產品面臨市場危機。
【佔綫】zhàn // xiàn〔動〕（電話）綫路被佔用：電話～了，打不進去 ｜ 怎麼老佔着綫？
【佔用】zhànyòng〔動〕有並佔用；強行使用：別人的房子怎麼能隨便～ ｜ 非法～大量耕地 ｜ ～大家一點兒時間說個事兒。
【佔優】zhànyōu〔動〕佔據優勢；前者以速度見長，後者以體力～。
【佔有】zhànyǒu〔動〕❶ 佔據；據為己有：～財富 ｜ ～大量土地。❷ 處在（某種地位）：～優勢 ｜ ～重要的地位。❸ 擁有；掌握：～第一手資料 ｜ 學生必須儘可能多地～知識。
【佔着茅坑不拉屎】zhànzhe máokēng bù lāshǐ〔俗〕比喻佔着某職位而不做實事：有些幹部無所作為，應該撤換。

站 zhàn ㊀❶〔動〕直着身體，兩腳踏在實處：～得高，看得遠 ｜ ～着說話不腰疼。❷〔動〕比喻堅持或堅守：～穩立場 ｜ 兩腳～得牢，不怕大風搖。❸（Zhàn）〔名〕姓。
㊁❶〔動〕在行進中停下來；停留：掛鐘～住不走了 ｜ 不怕慢，就怕～。❷〔名〕供上下乘客或裝卸貨物而設的停車點：電車～就在前邊 ｜ 列車進～了 ｜ 船到碼頭車到～（比喻可以鬆一口氣了）。❸〔名〕為便於開展工作而設立的分支辦事機構：加油～ ｜ 衛生保健～ ｜ 水電～ ｜ 氣象～。

辨析 站、立　a）在指"腳踏在某處"的意義上，"站"可自由充當句子成分，如"站着說話""站在岸上"，不能換用"立"；這個意義的"立"多出現在一些合成、固定組合中，如"立正""坐立不安"。b）"立"有使豎立義，如"立界柱""立石碑"，"站"無此義。

語彙 報站　兵站　車站　大站　電站　接站　糧站　送站　小站　驛站　服務站

【站點】zhàndiǎn〔名〕❶ 停車站或停車點：公交～ ｜ 客運～。❷ 專門設立的工作點：社區衛生服務～ ｜ 氣象監測～。❸ 互聯網網站。
【站隊】zhàn // duì〔動〕站成隊列：按個子高矮～ ｜ 按先後次序～ ｜ 站好隊準備出發。
【站崗】zhàn // gǎng〔動〕為執行守衛、警戒等任務而站在指定崗位上；泛指堅守在工作崗位上履行職責：當兵～ ｜ 站好最後一班崗。
【站櫃枱】zhàn guìtái〔動〕❶（商店營業員）站在櫃枱內側接待顧客：～是營業員的基本功。❷ 借指當營業員：你做甚麼工作？～。

【站立】zhànlì〔動〕腳直立在某處：～不住｜～在人們的面前｜直挺挺地～着。

【站票】zhànpiào〔名〕(張)不提供座位的戲票、車票等：打一張～｜～也賣光了。

【站台】zhàntái〔名〕車站供旅客上下或貨物裝卸用的高於路面的平台：到 3 號～接人｜歡迎的人群在～上等待。也叫月台。

【站台票】zhàntáipiào〔名〕(張)為便於人們迎送親友，由火車站發售的憑以進出站台的票。也叫月台票。

【站穩】zhàn // wěn〔動〕❶ 站着並保持平穩：汽車拐彎兒，乘客們～了｜他病剛好，還站不大穩。❷ (車輛)停住並穩定下來：等車～了，再下｜別急，車還沒～呢。❸ 使穩定；使堅定：～腳跟(比喻不會垮掉)｜～立場。

【站長】zhànzhǎng〔名〕(位，名)以 "站" 命名的機構的領導人：火車站～｜防疫站～｜南極長城站～。

【站着說話不腰疼】zhànzhe shuōhuà bù yāoténg〔俗〕比喻說大話、說風涼話容易，但不解決實際問題。

【站住】zhàn // zhù(-zhu)〔動〕❶ (人馬車輛等在行進中)停下來：聽到後邊有人喊，他～了｜～，要不就開槍了！❷ 站平穩；站着並保持平衡：這小孩兒不要人扶，也能～｜我腳發軟，站不住。❸ 在某處工作並穩定下來：總算在公司裏～了｜看來他在學校裏有些站不住了。❹ (論點、論據等)入情入理；說得通：你這種說法站不住｜只有一條理由能～。

【站住腳】zhànzhùjiǎo ❶ 把腳站穩：他從台上跳下來，沒～跌倒了。❷ 停住腳；暫時停頓：剛～，就有人把他找去了｜整天東奔西跑，哪裏站得住腳？❸ 較安穩地待(dāi)下去：他勤勞守信，很快就在村裏站住了腳。❹ (理由、觀點等)成立，獲得認可：你這些理由很難～｜他很多年前寫的文章，今天還能站得住腳。

偓　zhàn〈書〉齊整。

組 (组)　zhàn〈書〉縫補：賴得賢主人，覽取為我～。

棧 (栈)　zhàn ❶ 飼養牲畜使用的竹木柵欄，起遮擋、保護作用：羊～｜豬欄馬～。❷ 棧道：古～｜蜀～。❸ 堆放貨物的房屋：貨～｜堆～｜糧～。❹ 旅館：客～。❺ (Zhàn)〔名〕姓。

語彙　堆棧　古棧　貨棧　客棧　戀棧　糧棧

【棧道】zhàndào〔名〕(條)古代在山岩峭壁上鑿孔，架木樁或石條並鋪上木板而成的路：古～｜明修～，暗度陳倉。

【棧房】zhànfáng〔名〕❶ (間)堆放貨物的房屋；倉庫。❷ (北方官話)旅店：住～｜沿途都有～。

【棧橋】zhànqiáo〔名〕(座)工礦企業、車站、碼頭等處修建的一種略似橋形的建築物，多用於裝卸貨物，港口的棧橋碼頭還用於上下旅客。

湛　zhàn ❶ 水深；功夫深：深～｜精～。❷ 清澈；澄清：清～｜水木～清華(清華：清秀美麗)。❸ (Zhàn)〔名〕姓。

語彙　精湛　清湛　深湛

【湛藍】zhànlán〔形〕狀態詞。深藍：～的天空｜～的海水。

綻 (绽)　zhàn〔動〕裂開：衣裳～綻了｜鞋子開～了｜被打得皮開肉～。

語彙　初綻　開綻　破綻　皮開肉綻

【綻放】zhànfàng〔動〕花朵開放：春風送暖，處處鮮花～。

【綻開】zhànkāi〔動〕(植物花果等)展開；裂開：花蕾～了｜棉桃一個個～了，露出了白絨｜～的石榴像含着紅寶石。

【綻裂】zhànliè〔動〕開裂；裂開：竹竿已經～了｜腳上～了一個口子。

【綻露】zhànlù〔動〕顯露(某種表情)：孩子們的臉上～出笑容。

戰 (战)　zhàn ㊀❶ 戰爭；戰鬥：大～｜空～｜開～｜休～｜～綫｜～區｜陣地～｜～利品｜決一死～。❷ 作戰；打仗：南征北～｜速～速決｜浴血奮～｜無不勝。❸ 泛指鬥爭：苦～｜～天鬥地。❹ 借指比賽；角逐；爭論：觀～｜棋～｜商～｜舌～｜筆～。❺ (Zhàn)〔名〕姓。
㊁ 發抖：(凍得直)打～｜膽～心驚｜股～而慄。

語彙　鏖戰　備戰　筆戰　參戰　出戰　打戰　大戰　督戰　惡戰　反戰　奮戰　觀戰　海戰　寒戰　混戰　激戰　交戰　決戰　開戰　抗戰　空戰　苦戰　冷戰　論戰　內戰　熱戰　善戰　實戰　水戰　死戰　挑戰　停戰　巷戰　休戰　宣戰　血戰　野戰　迎戰　應戰　助戰　作戰

【戰敗】zhànbài〔動〕❶ 被打敗；在戰爭或競技中失敗：敵人～了｜我校球隊～了。❷ 戰勝；擊敗；把對方打敗：我們～了敵人｜甲隊把乙隊～了。**注意**①義不能帶賓語，主語是受事主語。②義要帶賓語，主語是施事主語。

【戰報】zhànbào〔名〕(份)❶關於戰爭情況的報道：第五號～。❷關於工作或競技比賽情況的報道：工地～傳來好消息｜中日圍棋比賽～。

【戰備】zhànbèi〔名〕作戰的準備：加強～｜一級～。

【戰場】zhànchǎng〔名〕❶兩軍交戰的場所：古～｜開赴～｜開闢新～。❷鬥爭激烈的場合；工作奮力拚搏的場所：車間就是我們的～。

【戰車】zhànchē〔名〕(輛)作戰用的車輛。

【戰船】zhànchuán〔名〕(艘)作戰用的船隻。

【戰地】zhàndì〔名〕兩軍交戰的地區：～記者｜指揮部｜～黃花分外香。

【戰抖】zhàndǒu〔動〕哆嗦；發抖：渾身～。

【戰鬥】zhàndòu ❶〔名〕(場,次)敵對雙方所進行的武裝衝突：這是一次關鍵性的～。❷〔動〕敵對雙方進行武裝衝突：這是我們～過的地方｜一排已經～了二十個小時｜我們堅決同敵人繼續～下去，決不後退！❸〔動〕泛指鬥爭：勘探隊員長年～在荒山野地之中。

【戰鬥力】zhàndòulì〔名〕軍隊作戰的能力；泛指人或事物發揮作用的能力：這支部隊的～很強｜年輕人的～不容忽視｜這篇文章有很強的～。

【戰犯】zhànfàn〔名〕(名)戰爭罪犯；犯有嚴重戰爭罪行的人：審判～｜嚴懲～。

【戰俘】zhànfú〔名〕(名)戰爭中被活捉的人：押送～｜交換～｜遣返工作｜～收容所。

【戰歌】zhàngē〔名〕(首)鼓舞士氣、表達戰鬥豪情的歌曲：高唱～前進｜這首～使人想起炮火連天的歲月。

【戰功】zhàngōng〔名〕作戰時立下的功勞或功績：立下了赫赫～｜～不是驕傲的資本。

【戰鼓】zhàngǔ〔名〕❶(面)古代作戰時所擊的鼓，作用是整齊號令、鼓舞士氣以向前進擊：～齊鳴。❷比喻某種號令或號召：～催春｜東風吹，～擂｜向科學進軍的～。

【戰國】Zhànguó〔名〕指中國歷史上的一個時代(公元前 475– 前 221)。因諸侯連年戰爭，故稱戰國。

戰國七雄
戰國時期互相攻伐的七個主要諸侯國，即齊、楚、燕、韓、趙、魏、秦，史稱戰國七雄。自公元前 230 年至公元前 221 年，秦國陸續消滅了六國，統一了中華大地。

【戰果】zhànguǒ〔名〕❶戰鬥中獲得的勝利成果：取得了輝煌～｜乘勝擴大～。❷比喻工作成績：掃盲工作取得了很大～。

【戰壕】zhànháo〔名〕(條)作戰時用作掩護的壕溝：挖～｜我們是同一條～裏的戰友(比喻患難與共的夥伴)。

【戰後】zhànhòu〔名〕戰爭結束以後(的一段期間)：～時期｜～我們將加緊經濟建設。

【戰火】zhànhuǒ〔名〕戰爭的火焰；戰爭或戰事所帶來的禍害：～紛飛｜深受連年～之苦。

【戰禍】zhànhuò〔名〕戰爭的禍害：消弭(mǐ)～｜舊中國軍閥混戰，～連年。

【戰機】zhànjī ㊀〔名〕作戰的有利時機：尋找～｜不要失去～。㊁〔名〕(架)作戰用的飛機：我～起飛迎敵｜出動～數架。

【戰績】zhànjì〔名〕作戰或競技中取得的成績：～輝煌｜我們的籃球隊三戰三勝，～最佳。

【戰局】zhànjú〔名〕戰爭或競技各方在某一時間內所形成的局勢：～平穩｜扭轉～｜關注～變化。

【戰慄】(顫慄)zhànlì〔動〕身體因受驚嚇或受凍而發抖：渾身～。

【戰亂】zhànluàn〔名〕戰爭造成的混亂局面：連年～｜～頻仍。

【戰略】zhànlüè〔名〕❶戰爭的方略；指導戰爭全局的計劃和策略(區別於"戰術")：制訂～｜～進攻｜～核武器｜戰術和～問題。❷比喻重大的、帶有全局性質的謀略(區別於"戰術")：發展教育是一項～措施｜制訂經濟發展～。

【戰馬】zhànmǎ〔名〕(匹)受過專門訓練，用於作戰的馬匹：～嘶鳴，戰車隆隆。

【戰旗】zhànqí〔名〕(面)軍隊用的旗幟；部隊行軍作戰時舉的旗幟：高擎～｜～飄揚。

【戰前】zhànqián〔名〕戰爭發生以前(的一段時間)：～動員｜～，人民過着和平的生活。

【戰區】zhànqū〔名〕在較大規模的戰爭中，為便於協同作戰以完成戰略任務而劃分的作戰地區，具有獨立完整的作戰體系：第五～｜各～。

【戰勝】zhànshèng〔動〕❶在戰爭或比賽中打敗敵人或對手，取得勝利：～敵人｜～對手。❷泛指在與環境或自身鬥爭中取得勝利：～災荒｜～疲勞｜～困難｜～疾病。

【戰士】zhànshì〔名〕❶(名,位)軍隊中的士兵：老～｜普通～。❷泛指投身於某種正義事業的人：國際主義～｜白衣～｜文化～。

【戰事】zhànshì〔名〕作戰中的各個戰鬥戰役活動；戰火：～緊急｜西綫無～｜在～間歇之際。

【戰術】zhànshù〔名〕❶(套)指揮和進行戰鬥的原則和方法(區別於"戰略")：～學｜戰略上藐視敵人，～上重視敵人。❷比喻指導和解決具體問題的原則和方法(區別於"戰略")：裝腔作勢的嚇人～是毫無用處的｜為了辦成這件事，戰略上要大膽，～上要細心。

【戰天鬥地】zhàntiān-dòudì〔成〕以大無畏的英雄氣概，為改造和征服自然而鬥爭：～，誓在大旱之年奪豐收！

【戰無不勝】zhànwúbùshèng〔成〕打仗沒有不勝的。形容強大無比，可以戰勝一切；這是一支～，攻無不剋的部隊。

【戰綫】zhànxiàn〔名〕❶（條）兩軍作戰時的接觸綫：～南移｜開闢新～。❷比喻某一鬥爭領域或工作陣地：工業～｜教育～｜思想～。

【戰役】zhànyì〔名〕為實現一定的目標有計劃地進行的一系列戰鬥的總稱：台兒莊～。

【戰友】zhànyǒu〔名〕（位）在部隊中一起戰鬥的人；在某一鬥爭領域中一起奮鬥的人：歡迎新～｜我們是親密～。

【戰戰兢兢】zhànzhànjīngjīng〔形〕狀態詞。❶因極端害怕而身體戰慄的樣子：嚇得我～｜一時間，慌了手腳。❷因心懷戒懼而非常謹慎：～，如臨深淵，如履薄冰。

【戰爭】zhànzhēng〔名〕（場，次）為了一定的政治目的而進行的具有一定規模的武裝鬥爭，通常由若干戰役組成（跟"和平"相對）：一場正義～｜發動～｜爆發了～｜～與和平。

【戰爭販子】zhànzhēng fànzi 蓄意挑動戰爭以從中牟利的人：警惕~的謊言。

顫（顫） zhàn 舊同"戰"㊀。另見 chàn（146頁）。

蘸 zhàn〔動〕往粉狀或液狀物裏沾一下取出：～點兒墨水｜用抹布～點兒水擦｜饅頭～糖好吃｜辣椒醬～多了。

【蘸水兒筆】zhànshuǐrbǐ〔名〕（支）由筆桿兒和金屬筆尖兒組成的筆，沒有貯存墨水的裝置，只能用筆尖兒蘸着墨水寫字。

zhāng ㄓㄤ

章 zhāng ㊀❶音樂的一曲，詩文的段落；泛指詩文：樂（yuè）～｜文～｜尋～摘句｜斷～取義｜出口成～。❷條目；條理：約法三～｜雜亂無～。❸章程；章法：黨～｜會～｜招生簡～｜典～制度。❹奏章：本～。❺〔量〕用於書籍、法規等：全書共十二～｜第一篇第三～。❻（Zhāng）〔名〕姓。
㊁❶〔名〕印章；戳記：圖～｜公～｜私～｜簽名蓋～。❷身份榮譽等的標誌；標記：領～｜肩～｜袖～｜證～｜動～｜獎～｜徽～｜紀念～。

語彙 報章　臂章　辭章　黨章　典章　公章　規章　華章　徽章　肩章　簡章　獎章　領章　篇章　詩章　私章　圖章　違章　文章　憲章　像章　袖章　勳章　印章　樂章　證章　奏章　急就章　出口成章　約法三章

【章草】zhāngcǎo〔名〕草書的一種，由漢隸的草寫發展而成，流行於兩漢時期。筆畫仍帶隸書形跡，每字獨立不連寫。

> **章草的得名**
> 章草因何得名，說法不一，大致有四種：a）因漢元帝時黃門令史游所作，並曾以此體書寫其所著《急就章》；b）因多用於書寫奏章；c）因受到漢章帝的喜愛；d）因筆畫猶存波磔，字體構造彰明。

【章程】zhāngchéng〔名〕政黨、社會團體等組織制定的包含有政治綱領、組織原則、權利、義務等的條例；也泛指辦事條例：《中國共產黨～》｜《中國作家協會～》｜怎麼管理，咱們立一個～。

【章程】zhāngcheng〔名〕指辦法；規矩：我自有～｜做人做事做學問都得有個～。

【章法】zhāngfǎ〔名〕❶文章的組織結構：～謹嚴｜寫文章要講究～。❷繪畫的佈局：中國畫、西洋畫全都講究～。❸指程序、規則等：他辦事很有～｜這回有點兒亂了～。

【章回小說】zhānghuí xiǎoshuō（部）中國古典長篇小說的主要形式，特點是故事銜接，段落整齊，分回標目，首尾完具。如《水滸傳》《三國演義》《西遊記》《紅樓夢》。

【章節】zhāngjié〔名〕章和節，一本書通常分為若干章，每章分為若干節。

【章句】zhāngjù〔名〕❶（古書的）章節和句讀（dòu）。❷對古書章節和句子的分析和解釋：尚書～｜～之學。

張（张） zhāng ❶〔動〕張開；放開：～牙舞爪｜綱舉目～｜衣來伸手，飯來～口｜鳥兒一～翅膀飛了。❷〔動〕把弓弦或琴瑟的弦繃緊：～弓｜改弦更～｜文武之道，一～一弛。❸陳設；鋪排：～燈結彩｜大～旗鼓。❹擴大；誇大：虛～聲勢｜明目～膽。❺看；望：東～西望。❻商店營業：開～｜新～｜關～。❼緊；急：緊～｜慌～｜～皇失措。❽〔量〕1）用於有延展平面的東西：一～報紙｜兩～登記表｜三～唱片｜四～桌子｜六～床｜三～犁｜一～席子｜這套郵票有八～。2）用於嘴、弓等：一～嘴｜兩～弓。❾二十八宿之一，南方朱雀七宿的第五宿。參見"二十八宿"（347頁）。❿（Zhāng）〔名〕姓。

語彙 乖張　慌張　緊張　開張　誇張　擴張　鋪張　伸張　聲張　舒張　囂張　新張　樣張　印張　紙張　主張　改弦更張　綱舉目張　劍拔弩張

【張燈結彩】zhāngdēng-jiécǎi〔成〕在廳堂等處懸掛花燈、彩飾。形容節日或喜慶日子裝飾的景象：～，歡度佳節｜只見禮堂裏張已～，一片歡樂氣象。

【張飛穿針——大眼瞪小眼】Zhāng Fēi chuān zhēn——dàyǎn dèng xiǎoyǎn〔歇〕張飛：三國時蜀漢大將，輔佐劉備，以勇猛著稱，《三國演義》描寫他臉黑，眼睛大而圓。指面對發生的問題，相關的人束手無策，只能互相眼睜睜地看着。也用來形容彼此沒有話說的尷尬局面：面對這五連敗，全隊上下全都～。

【張飛鳥】zhāngfēiniǎo〔名〕鶺鴒（jílíng）的俗稱。因頭黑眼圓，形如張飛臉，故稱。

【張掛】zhāngguà〔動〕把東西展開並懸掛起來：～地圖｜牆上～着名人字畫｜把帳子～起來。

【張冠李戴】zhāngguān-lǐdài〔成〕把姓張的帽子戴到姓李的頭上。比喻弄錯了對象或弄錯了事實：引書要弄清出處，以免～。

【張果老】Zhāng Guǒlǎo〔名〕傳說中的八仙之一。姓張名果，因在八仙中年事最高而稱張果老。本是江湖術士，自言生於堯時，有長生不老之法。常手持漁鼓唱道情，倒騎毛驢，遊遍名山大川。

【張皇失措】zhānghuáng-shīcuò〔成〕慌慌張張，舉動失去了常態。形容人受驚嚇時無主見無辦法的情況：遇到緊急情況時，不要～｜在我軍突襲之下，敵人～，潰不成軍。

【張家長，李家短】zhāngjiā cháng，lǐjiā duǎn〔俗〕張家怎麼怎麼好，李家怎麼怎麼壞（張、李是常見的姓，泛指一般人家）。形容說東道西，背後議論人家：她們閒得無聊，整天就在那裏～的。

【張口結舌】zhāngkǒu-jiéshé〔成〕嘴巴張開，舌頭僵硬，說不出話來。形容理屈、害怕或緊張：他被問得～，面紅耳赤，兩眼發呆。

【張羅】zhāngluo〔動〕❶料理：孩子明天上學，書包早收拾好，不要臨時～｜他那兒事不少，你去幫助～一下。❷籌劃：～一筆錢｜～去旅遊｜～着辦婚事。❸應酬；接待：他～客人入席就餐｜參加會的人都到了，請你到會場來～～｜顧客多，一個售貨員～不過來。

【張三李四】zhāngsān-lǐsì〔成〕假設的兩個姓名（張、李都是常見姓），泛指某人或某些人：管他～，只要肯做事就行。

【張貼】zhāngtiē〔動〕公開貼出展示：～尋人啟事｜把招生廣告～出去｜此處禁止～。

【張望】zhāngwàng〔動〕（為搜尋一定目標）向四周或遠處看：向四下裏～｜探頭～。

【張牙舞爪】zhāngyá-wǔzhǎo〔成〕（猛獸）露出牙齒，揮動利爪。形容兇惡或猖狂的樣子：有話好好說，別那麼～的！

【張揚】zhāngyáng〔動〕把秘密的或不願為人所知的事情散佈出去：到處～｜這件事不能～出去。

【張嘴】zhāng // zuǐ〔動〕❶張開嘴：～，把這片藥吃下去。❷開口說話：讓她叫媽，她怎麼也張不開嘴｜不許你～！❸向人借錢、物或有所請求：私人的事，我不好意思向公家～｜一次次地麻煩人家，我怎麼張得開嘴？

獐〈麞〉zhāng〔名〕獐子：～頭鼠目。

【獐頭鼠目】zhāngtóu-shǔmù〔成〕頭小而尖像獐子，眼凹而圓像老鼠。形容相貌醜陋而神情狡詐（多指壞人）：地下賭場老闆～，耍花招坑了不少人。

【獐子】zhāngzi〔名〕（隻）哺乳動物，形狀像鹿而小，無角。行動靈敏，善跳躍。雄的犬齒發達。

彰 zhāng ❶明顯；顯著：欲蓋彌～｜相得益～｜天理昭～｜～明較著。❷宣揚；表彰：～善癉（dàn）惡｜不肯自～。❸（Zhāng）〔名〕姓。

語彙　表彰　昭彰　欲蓋彌彰

【彰明較著】zhāngmíng-jiàozhù〔成〕較：明顯。顯豁通明，十分顯著。形容極其清楚而明顯：這夥人～地索賄，膽子也太大了。

【彰善癉惡】zhāngshàn-dàn'è〔成〕表彰善良，斥責邪惡：為政者應該～，保一方平安。

【彰顯】zhāngxiǎn〔動〕鮮明地顯示；充分地展現：～時代精神｜～個人魅力。

鄣 Zhāng 春秋時國名，在今山東東平東部。

漳 Zhāng ❶漳河，水名。在河北、河南兩省邊境，發源於山西，流入衞河。❷漳州，市名。在福建南部，九龍江下游，是重要的貨物集散地。附近盛產橘柑、荔枝、菠蘿等水果，所產水仙花最有名。❸〔名〕姓。

嫜 zhāng〈書〉丈夫的父親：姑～（婆婆和公公）。

璋 zhāng 古代的一種玉器，形狀像半個圭，多用於祭祀。

樟 zhāng〔名〕樟樹，常綠喬木，高可達30米。全株有香氣，可以防蟲蛀。木質緻密，適於製箱櫃等家具和手工藝品，枝葉可提製樟腦。

【樟腦】zhāngnǎo〔名〕有機化合物，是樟樹的枝、葉等蒸餾後提製而成的白色晶體，有刺激性香味，可做防腐驅蟲劑、強心劑和增塑劑等：～丸。

暲 zhāng〈書〉太陽上升。

餦（饻）zhāng ❶〈書〉糧食：峙（儲備）~以待。❷見下。

【餦餭】zhānghuáng〔書〕❶乾的飴糖。❷一種油炸的甜麵食。

蟑　zhāng 見下。

【蟑螂】zhāngláng〔名〕（隻）昆蟲，體扁平，黑褐色，有光澤。能分泌惡臭，常咬壞或玷污衣物，能傳播傷寒、霍亂等疾病。俗稱偷油婆，也叫蜚蠊（fěilián）。

zhǎng 　ㄓㄤˇ

仉　Zhǎng〔名〕姓。

長（长）zhǎng ㊀❶〔形〕年齡大（出生較早）：年~｜大哥~我十一歲。❷同輩中排行（háng）第一：~男｜~媳｜~女｜~房｜~孫。❸〔形〕輩分（fèn）高；地位高：~輩｜叔叔比姪子~一輩。❹領導者；負責人：首~｜省~｜護士~｜列車~。

㊁〔動〕❶生；產生：鐵~鏽了｜臉上癬了｜樹那~蟲子了。❷生長；發育：揠苗助~｜~得又高又大。❸生成；長成：人心都是肉~的。❹增長；提高：~見識｜~志氣｜教學相~。

另見 cháng（147頁）。

辨析 長、發、生　三個詞在"生出、產生"的意義上習慣的組合對象不同。"長（生）"可以較自由地充當句子成分，如"長（生）鏽""長（生）瘡""長（生）蟲子"，但"長莊稼""長癬"不能換用"生"。"發"這個意義組合有限制，上述各例都不能換用"發"，常見的組合如"種子發芽了""發出電來了"，都不能換為"生"。前一例能換為"長"。

語彙 成長 船長 家長 年長 酋長 生長 師長 首長 校長 兄長 學長 增長 助長 滋長 尊長 土生土長

【長輩】zhǎngbèi〔名〕輩分高的人（跟"晚輩"相對）：您是我的~｜向~拜年｜~要愛護晚輩。

【長房】zhǎngfáng〔名〕家族中長子的一支。

【長官】zhǎngguān〔名〕（位）舊時指軍隊或政府的高級官員，也用於對一般官吏的尊稱：行政~｜~意志。

【長官意志】zhǎngguān yìzhì 領導者個人的意見、思想：僅憑~辦事不行。

【長機】zhǎngjī〔名〕（架）編隊飛行中領先的一架飛機，負責率領和指揮後面的機群或僚機。

【長進】zhǎngjìn〔動〕成長進步：學業~很快｜各方面大有~。

【長老】zhǎnglǎo〔名〕❶〈書〉年老的人：侍奉~。❷（位，名）舊時對有德行的老和尚的尊稱：寺院~。❸猶太教、基督教等指本教在地方上的領袖。

【長臉】zhǎng∥liǎn〔動〕增加體面，使臉上有光彩：奪了一枚獎牌，也算給代表隊~了。

【長勢】zhǎngshì〔名〕（植物）生長發育的趨勢（多用於農作物）：~喜人｜~良好｜棉花的~普遍好於去年。

【長孫】zhǎngsūn〔名〕❶長子的長子，現在也指排行（háng）最大的孫子。❷（Zhǎngsūn）複姓。

【長相】zhǎngxiàng（~兒）〔名〕〈口〉相貌；模樣：~好｜一人有一人的~兒｜這對雙胞胎的~兒幾乎一模一樣。

【長者】zhǎngzhě〔名〕❶輩分高、年紀大的人：村中~。❷年長德高的人：寬厚~｜~風度｜受到了~的器重。

【長子】zhǎngzǐ〔名〕❶排行（háng）最大的兒子。❷（Zhǎngzǐ）縣名。在山西長（cháng）治西南。

另見 chángzi（149頁）。

掌　zhǎng ❶〔名〕手掌：鼓~｜孤~難鳴｜~上明珠。❷〔名〕某些動物的腳掌：鴨~｜熊~。❸〔名〕馬蹄鐵；馬掌：給馬釘個~。❹（~兒）〔名〕鞋底前後所補的鐵片、皮子或橡膠：鞋~兒｜釘塊前~兒｜後~兒補得很牢。❺〔動〕用手掌打（人）：~嘴。❻〔動〕掌管；掌握：~灶｜~勺兒｜~舵｜~權｜~印把子。❼〔動〕（北方官話）釘補鞋底：~鞋。❽（Zhǎng）〔名〕姓。

語彙 巴掌 拊掌 鼓掌 擊掌 腳掌 馬掌 魔掌 拍掌 手掌 熊掌 執掌 瞭如指掌 摩拳擦掌 易如反掌

【掌班】zhǎngbān ❶〔動〕舊時指掌管戲班或妓院。❷〔名〕舊時指掌管戲班或妓院的人。也叫掌班的。

【掌鞭】zhǎngbiān〔名〕（北方官話）趕牛車、馬車的人。也叫掌鞭的。

【掌燈】zhǎngdēng〔動〕❶點上燈（以便照明）：天黑了，快~！❷舉着燈：~細尋。

【掌舵】zhǎngduò ❶（-//-）〔動〕掌握船舵；比喻把握前進的方向：船載千斤，~一人｜~的掌好舵，乘船的才穩當（比喻領導者要沉着穩重）｜你掌穩了舵，我來撒網。❷〔名〕（位）指掌舵的人。

【掌故】zhǎnggù〔名〕有關典章制度的沿革及歷史人物的故事等：熟悉文壇~｜注意收集~。

【掌管】zhǎngguǎn〔動〕負責管理；主管：~門市部｜伙食有專人~｜副局長~日常行政事務。

【掌櫃】zhǎngguì〔名〕❶（位）舊稱商店老闆或總

管商店事務的人。❷（北京話）丈夫：等我～回來幫你修。以上也叫掌櫃的。

【掌控】zhǎngkòng〔動〕掌握控制：～全局｜～複雜局面。

【掌權】zhǎng // quán〔動〕掌握權力：掌好權，用好權｜誰～，誰負責｜他只掌了三個月的權。

【掌上明珠】zhǎngshàng-míngzhū〔成〕手掌中的珍珠。比喻極受父母寵愛的子女，特指女兒。有時也比喻為人所珍愛的物品：老兩口兒身邊只有一女，真是～｜也說掌上珠、掌中珠。

【掌勺兒】zhǎngsháor〔動〕主持烹調：今天我～｜～的（主持烹調的廚師）。

【掌聲】zhǎngshēng〔名〕（陣）鼓掌的聲音：～四起｜經久不息的～。

【掌握】zhǎngwò〔動〕❶（在理解的基礎上）充分把握或運用：～情況｜～特點｜～知識｜～方法｜～精神實質｜熟練～。❷主宰：自己的命運要靠自己來～。❸主持：～會場｜今天的討論誰～？❹控制：～部隊｜政權～在人民手裏｜我方～了主動權｜要～住時機｜時間～得很好。

〖辨析〗掌握、把握　a）"把握"指握住、控制住時與"掌握"同義，組合的詞語有同異。可以說"把握（掌握）戰機""把握（掌握）主動權"，但"掌握部隊""掌握政權"中的"掌握"，不能換成"把握"。b）"掌握"有控制住並充分支配或運用的意義，如"他掌握兩門外語""掌握最新的科學技術"，"把握"不能這樣用。c）"把握"有名詞功能，可以做"有"的賓語，如"有把握戰勝對方"；"掌握"沒有這種用法。

【掌嘴】zhǎng // zuǐ〔動〕用手掌打嘴巴：給我～（命令手下人去打對方的嘴巴）！｜自己～（喝令對方自己打自己的嘴巴）！｜看我掌你的嘴（多用於警告）！

漲（涨）zhǎng〔動〕❶（水位）升高（跟"跌"相對）：～潮｜～水｜水～船高。❷（物價）升高（跟"跌"相對）：～價｜行情看～。

另見 zhàng（1717頁）。

語彙　暴漲　飛漲　高漲　回漲　看漲　上漲

【漲潮】zhǎngcháo〔動〕潮水逐漸上漲（跟"退潮"相對）：大海正在～｜一～沙灘全沒（mò）在海水中了。

【漲風】zhǎngfēng〔名〕（物價）上漲的勢頭：～很猛｜煞住～。

【漲幅】zhǎngfú〔名〕（物價等）上漲的幅度：～很大｜今年物價～低於往年。

【漲價】zhǎng // jià〔動〕價格上漲（跟"跌價"相對）：米漲了價｜～的幅度並不大。

【漲落】zhǎngluò〔動〕上升和下降：潮水～有定時｜價格～不定｜看得出她心潮的～。

【漲勢】zhǎngshì〔名〕上漲的勢頭：物價～趨緩｜河水～猛烈。

【漲停板】zhǎngtíngbǎn〔名〕證券市場實施的一種行政管理措施和制度，它規定股票、基金、債券當日漲幅的最高限度（不得超過前一天收盤價的 10%），以此作為當日的最高價，但不停止交易（跟"跌停板"相對）。

礃 zhǎng 見下。

【礃子面兒】zhǎngzimiànr〔名〕採礦或隧道掘進工程中的工作面：那個～停工了。也作掌子面兒。

zhàng 业尢

丈 zhàng ㊀❶古時對男性老者的尊稱：～人｜老～。❷丈夫（用於某些親戚的尊稱）：姨～（姨夫）｜姑～（姑夫）｜姐～（姐夫）｜妹～（妹夫）。注意 "姨"也可稱作"姨母"，因此，"姨夫"也可以稱作"姨父"。同理，"姑夫"也可以稱作"姑父"。

㊁❶〔量〕長度單位，1 丈等於 10 尺。❷〔動〕丈量：清～｜～了地，才知道計算有誤。

語彙　方丈　姑丈　函丈　老丈　清丈　姨丈　岳丈　光芒萬丈　一落千丈

【丈二的和尚——摸不着頭腦】zhàng'èr de héshang——mōbùzháo tóunǎo〔歇〕丈二：一丈二尺，換算為法定計量單位為 4 米。人長得高，手夠不着頭部。指對事情疑惑不解，完全摸不着頭緒：明明對方犯規，卻對我出示紅牌，那裁判的判罰真讓人～！

【丈夫】zhàngfū〔名〕成年的男子：男子漢大～｜大～志在四方。

【丈夫】zhàngfu〔名〕女子的配偶。

> **妻子對丈夫的稱法**
> 當家的、夫、夫婿、夫子、官人、孩子他爹、漢子、家主公、接腳夫、郎君、老公、老頭子、良人、男人、外子、先生、相公、爺們、丈夫。

【丈量】zhàngliáng〔動〕測量土地的面積：村裏的地畝已～完畢｜～土地的工作開始了｜～一下這個地段。

【丈母娘】zhàngmuniáng〔名〕岳母。也叫丈母。

【丈人】zhàngrén〔名〕古代對男性老者的尊稱。

【丈人】zhàngren〔名〕岳父。

仗 zhàng ❶兵器的總稱：明火執～。❷〔名〕戰爭或戰鬥：勝～｜敗～｜這一～打得真漂亮。❸〔名〕比喻緊張的工作、事情：打好秋收這一～。❹〈書〉拿着：～劍而行｜～策（手執馬鞭，指騎馬）。❺〔動〕憑藉；倚仗：～勢欺人｜～着親戚朋友的幫助，他才交齊了學費。

❻〔動〕壯；使增強：～膽兒。

語彙　敗仗　打仗　對仗　接仗　開仗　炮仗　憑仗　勝仗　恃仗　仰仗　依仗　儀仗　倚仗　硬仗　明火執仗

【仗勢欺人】zhàngshì-qīrén〔成〕倚仗權勢欺負人：別以為你爸爸兒大，就可以～。

【仗恃】zhàngshì〔動〕〈書〉倚仗（含貶義）：～着人多勢眾｜～手中有權，欺壓百姓。

【仗義執言】zhàngyì-zhíyán〔成〕為主持正義而堅持說公道話：他是個正直的人，敢於～。
注意 這裏的"執"不寫作"直"。

杖 zhàng ❶ 拐杖；手杖：扶～而行。❷ 泛指棍棒：擀麵～｜舞槍弄～。❸ 舊時一種用棍棒打犯人的刑罰：有情皮肉無情～。

語彙　禪杖　拐杖　魔杖　手杖　錫杖　擀麵杖

帳（帐） zhàng ❶ 用織物製成的遮蔽用的東西：紗～｜夏布～｜尼龍～。❷ 比喻像帳一樣的遮蔽物：青紗～。❸ 舊同"賬"。❹（Zhàng）〔名〕姓。

語彙　幔帳　篷帳　設帳　升帳　蚊帳　營帳

【帳幕】zhàngmù〔名〕指較大的帳篷（多為軍中所用）：臨時兵營中搭起了一排～。

【帳篷】zhàngpeng〔名〕〔頂〕用硬架子撐着，上面覆以帆布等織物，供遮蔽風雨、陽光之用的東西：搭～｜軍用～｜住～。

【帳子】zhàngzi〔名〕〔頂〕張在床上或屋裏用來遮擋蚊蟲等的東西，用布、紗或綢子做成。

脹（胀） zhàng ❶〔動〕膨脹：熱～冷縮｜門～得關不上了。❷〔形〕身體內充塞難受：吃多了，肚子～得挺不舒服的。

語彙　鼓脹　膨脹　腫脹

幛 zhàng 幛子：喜～｜壽～｜賀～｜輓～｜壁～。

【幛子】zhàngzi〔名〕〔幅〕題有詞句和上下款的整幅長布或綢子，用作慶賀或弔唁的禮品。

嶂 zhàng 似屏障的山峰：層巒疊～｜綠～百重，青川萬轉。

漲（涨） zhàng ❶〔動〕體積增大：豆子泡在水裏就～了。❷〔動〕充血：頭昏腦～｜～得面紅耳赤｜氣得～紅了臉。❸〈書〉瀰漫；充滿：煙塵～天。❹〔動〕超出（原來的數目）：～出了三元錢｜錢早就花～了｜一量，布～出了一尺。
另見 zhǎng（1716頁）。

障 zhàng ❶ 阻擋；遮蔽：～蔽｜一葉～目，不見泰山。❷ 用來遮蔽、阻擋的東西：障礙物：屏～｜風～（擋風用的）｜路～。

語彙　保障　故障　魔障　屏障　業障　白內障

【障礙】zhàng'ài ❶〔動〕擋住道路，使不能順利通過；阻礙：～物。❷〔名〕阻擋前進的事物：清除～｜任何～都擋不住我們前進！

【障礙賽跑】zhàng'ài sàipǎo 徑賽項目之一，要求越過跑道上若干障礙物的一種賽跑。

【障礙物】zhàng'àiwù〔名〕❶ 軍事上指阻礙敵人行動的地形和設施。❷ 障礙賽跑時在跑道上設置的阻擋之物。

【障眼法】zhàngyǎnfǎ〔名〕擋住或轉移別人的視綫，使無法看清真相的一種手法；也比喻蒙蔽公眾的伎倆：變魔術的人都有一套～｜玩弄～。也叫遮眼法。

賬（账） zhàng ❶（筆）關於錢財收入和支出的記載：記～｜算～｜結～｜～要勤算，書要勤唸。❷（本）賬冊；賬簿：三本～都交給你了。❸ 債：要～｜收～｜還～。❹ 比喻被查核的自己做過的事情或說過的話：認～｜不認～。

語彙　報賬　查賬　沖賬　出賬　抵賬　放賬　付賬　還賬　結賬　舊賬　賴賬　爛賬　買賬　賠賬　認賬　賒賬　算賬　銷賬　總賬　流水賬

【賬本】（賬本兒）zhàngběn（～兒）〔名〕〔本，冊〕賬簿。

【賬簿】zhàngbù〔名〕（本）記載錢款和貨物出入事項的本冊：流水～（按時間順序載入而不分類別的賬簿）｜分類～。也叫賬冊、賬本。

【賬單】zhàngdān（～兒）〔名〕❶（張，份）記載錢款和貨物出入事項的單子。❷（張）載明需付費用數額和期限的通知單。

【賬房】zhàngfáng（～兒）〔名〕❶（間）舊時指工商企業中或有錢人家中管賬和管錢物的處所：～重地，非請莫入。也叫賬房間。❷（位）舊時在賬房裏負責管賬和管錢物的人：他在公司當～兒。也叫賬房先生。

【賬號】zhànghào〔名〕銀行在賬上給建立經濟關係的客戶編的號碼：個人～｜單位～｜機關團體～。

【賬戶】zhànghù〔名〕❶ 會計核算中，對各種資金運用、資金來源和經營過程等所設的類別：分類～｜～的名稱叫會計科目。❷ 會計上在某一科目內為有賬務往來的單位或個人立的戶頭：在銀行開立～｜註銷～。

【賬目】zhàngmù〔名〕賬上所記的項目：～公開｜～不清｜要求公佈～｜～清查完畢。

瘴 zhàng 瘴氣：～癘｜蠻煙～雨（舊時形容中國南方邊遠地區惡劣的自然環境）｜～鄉惡土（舊指瘴癘流行、荒涼貧瘠、文化落後的邊遠地區）。

【瘴癘】zhànglì〔名〕熱帶或亞熱帶潮濕地區流行的惡性瘧疾等傳染病。

【瘴氣】zhàngqì〔名〕熱帶或亞熱帶山林中的濕熱空氣，舊時認為是瘴癘的病原。

zhāo ㄓㄠ

招 zhāo ⊖ ❶〔動〕用手勢叫人或致意：～手｜～之即來，揮之即去。❷〔動〕用公開的方式使人來：～兵｜～標｜～女婿。❸〔動〕引來：樹大～風｜滿～損，謙受益。❹〔動〕招惹；觸動：別～事兒｜這個人～不得。❺〔動〕引起（愛憎等反應）：～人喜愛的茶花｜那條黑狗真～人討厭。❻〔動〕(北京話)傳染：他在外頭～了一身病｜這病雖不～人，也還是分開碗筷好。❼(Zhāo)〔名〕姓。

　　⊜〔動〕(向審問者)承認罪行：～供(gòng)｜快從實～來｜不打自～｜屈打成～｜老老實實～出來吧。

　　⊜❶同"着"(zhāo)①。❷(～兒)〔名〕計策；手段：～數｜絕～兒｜花～兒｜我沒～兒了｜三十六計，走為上～。

語彙 高招 花招 絕招 不打自招 屈打成招

【招安】zhāo'ān〔動〕舊時統治者誘使武裝反抗者或盜匪投降歸順：受～｜設法～。

【招標】zhāo // biāo〔動〕興建工程或進行大宗商品交易時，公佈標準和條件，招人承包或承購，以便擇優成交：工程～｜～信息｜招了標沒有？｜三項工程同時～。

【招兵】zhāo // bīng〔動〕按一定條件和要求招募合適的人來當兵：四處～｜～買馬｜都招了些甚麼兵？

【招兵買馬】zhāobīng-mǎimǎ〔成〕招募士兵，購置戰馬，組織或擴充武裝力量。比喻從各方面擴充人員：～，積草屯糧｜為擴大企業規模而四處～。

【招待】zhāodài ❶〔動〕迎接賓客或顧客：～來賓｜～顧客｜熱情～。❷〔名〕(名)擔任招待工作的人：這裏的～很多｜這次宴會請他做～。

【招待會】zhāodàihuì〔名〕為招待一定對象而舉行的聚會或集會：舉行冷餐～｜記者～(招待記者的會，多在會上發佈新聞)。

【招待所】zhāodàisuǒ〔名〕(家)某些機關或企業用來招待過往人員的處所。

【招工】zhāo // gōng〔動〕招收員工；招考和錄用員工：向社會～｜今年招不招工？｜招了多少工？

【招供】zhāo // gòng〔動〕(犯罪嫌疑人)承認罪行並交代犯罪事實：已經～｜還沒有審問，他就招了供。

【招呼】zhāohu〔動〕❶呼喚：他～你呢，快去吧！｜樓上的人都給～下去了。❷問候：從外面回來要先～爺爺一聲兒｜見面～了一聲就走了。❸吩咐；關照：廚師菜裏別放辣椒，孩子就託付給您了，請多～着點兒。❹照料：

伺候：～着點兒老人｜～病人｜～孩子吃藥。❺(北京話)留神；當心：～別砸着腦袋｜天兒這麼冷，可得～受涼。❻(北京話)上手；打鬥：大夥兒一塊兒～｜那兩口子又～上啦！❼(北京話)迅速進行、完成：一口氣～出十幾里地｜一頓飯～下八個饅頭。

【招魂】zhāohún〔動〕❶招回死人的魂。為死者招魂，是中國古代的一種迷信習俗。❷(迷信的人)為生病或受到驚嚇的小孩叫魂。❸比喻為腐朽消亡的事物宣傳鼓吹：這本小說實際上是在為封建制度～。

【招集】zhāojí〔動〕招呼人們使聚集在一起：～人馬｜把工人都～到工地。

【招架】zhāojià〔動〕❶抵擋：只有～之功，全無還手之力｜山洪暴發，誰也～不了。❷對付：姑娘是個嘴巴厲害的人，小夥子感到難以～。

【招考】zhāokǎo〔動〕為招收某種人員，公開發佈通告讓人來參加考試：實行統一～｜學校每年都～新生｜今年不～演員。

【招徠】zhāolái〔動〕〈書〉招攬：～顧客｜～觀眾｜提高服務質量，以廣～。

【招攬】zhāolǎn〔動〕招引(顧客等)；拉買賣：～生意｜～遊客｜老主顧不用～也會來。

> **辨析** **招攬、招徠** "招徠"的對象限於人，"招攬"的對象則不限於人，可以說"招攬顧客"，也可以說"招攬生意"。

【招領】zhāolǐng〔動〕公開發佈通告讓丟失財物的人來認領失物：～失物｜拾物～(公告標題)｜失物～處。

【招募】zhāomù〔動〕招收募集(人員)：～志願人員｜～技術工人。

【招牌】zhāopai〔名〕❶(塊)掛在商店門口，寫有商店名稱等字樣以作為標誌的牌子。❷比喻商店的信譽、名聲等：可不能只顧賺錢，砸了自己的～。❸比喻某種名義或標誌(多含貶義)：掛着進步的～，幹着見不得人的勾當。

【招聘】zhāopìn〔動〕公開發佈通告招引人員來報名，擇優加以聘請和任用：～教師｜～高級技師｜公開～廠長｜人才～會。

【招親】zhāoqīn〔動〕把人招到自己家裏做女婿。

【招惹】zhāorě〔動〕❶招引；引來(不愉快的事)：～是非｜～事端｜～麻煩。❷碰觸；逗弄(不好惹的人)：誰也不敢～他｜看把小孩兒～哭了。

【招商】zhāoshāng〔動〕招引商家(投資經營)：～引資｜對外～。

【招生】zhāo // shēng〔動〕(學校或學習班、培訓班)招收新生：到邊遠地區～｜～辦公室｜簡章｜進修班已經招了生了。

【招事】zhāo // shì〔動〕招惹事端：到外面去別～｜話多了，難免～｜招出事來就麻煩了！

【招收】zhāoshōu〔動〕通過考試或其他方式選用

（新成員）：～新生｜～學徒工｜～打字員。

【招手】zhāo∥shǒu〔動〕舉起手來左右或上下搖動，表示叫人來或打呼或回應示意：他向你～，要你進去｜主席向大家～致意｜鄉親們招着手，歡迎我們進村。

【招數】zhāoshù ❶〔名〕武術的動作：學會了一些前遮後擋、鈎挑撥刺的～。❷〔名〕比喻手段或計謀：她們咒罵了一陣，再也沒有甚麼～了。以上也作着數。❸同"着數"①。

【招貼】zhāotiē〔名〕（張）貼在街頭或公共場所，起宣傳作用的廣告或圖畫：～畫（作為廣告而公開展示的圖畫）｜牆上貼着許多引人注目的｜～把牆都貼滿了。

【招降】zhāoxiáng〔動〕不用武力，而用勸說、召喚方式讓敵人來投降：～納叛｜～已經被完全包圍的敵軍。

【招降納叛】zhāoxiáng-nàpàn〔成〕招引和接納由敵方投降或叛變過來的人。現多指有意識地收羅壞人來加以利用。

【招搖】zhāoyáo〔動〕故意炫耀和張揚自己，引人注意：～過市｜他這樣做太～了。

【招搖過市】zhāoyáo-guòshì〔成〕指故意炫耀和張揚自己，以引起別人注意：那一幫人奇裝異服，～。

"招搖過市"的出典

《史記·孔子世家》記載，魯定公十五年（公元前 495 年），孔子第二次到衞國，住了一個多月。衞靈公和夫人南子同車，由宦官雍渠陪着外出，讓五十七歲的孔子乘着第二輛車子跟在後邊，"招搖市過之"。孔子感到很厭惡，便離開衞國，經由曹國，到宋國去了。

【招搖撞騙】zhāoyáo-zhuàngpiàn〔成〕假借名義，四處炫耀，乘機進行詐騙：打着名人旗號，到處～。

【招引】zhāoyǐn〔動〕（用某個特點）吸引招來：酒吧用歡快的音樂～顧客｜燈光會～蛾子｜盛開的鮮花～來無數蜂蝶。

【招用】zhāoyòng〔動〕招收錄用：～臨時工｜公司正在～導遊。

【招災惹禍】zhāozāi-rěhuò〔成〕招來災害，惹來禍端：這幫無業遊民經常在外面～。

【招展】zhāozhǎn〔動〕❶飄動；展示：彩旗～｜姑娘們個個花枝～。❷招攬、吸引相關的商家或企業參加展覽：～籌備工作已基本就緒。

【招致】zhāozhì〔動〕❶引起；造成（不好的結果）：～失敗｜無謂的犧牲。❷招收；聘請：～人才｜從國外～技術人員。

【招贅】zhāozhuì〔動〕把男方招來做女婿並成為女方家庭的一員：你們只有一個女兒，可以～嘛。

【招租】zhāozū〔動〕招人來租用（房屋、鋪面

等）：多餘的房屋可以～。

昭 zhāo ❶ 明顯；明白：～彰｜～著｜安能以其昏昏，使人～～。❷ 洗刷：～雪。❸〈書〉彰明，顯揚：功～日月。❹ 古代宗廟排列次序，始祖居中，左為昭，右為穆。❺（Zhāo）〔名〕姓。

【昭然若揭】zhāorán-ruòjiē〔成〕《莊子·達生》："昭昭乎若揭日月而行也。"意思是明顯得好像高舉着日月走路。後用"昭然若揭"形容事情已清楚明白，無可置疑（多形容醜行暴露）。

【昭示】zhāoshì〔動〕明白地表示或宣布：～國人｜～天下。

【昭雪】zhāoxuě〔動〕把被誣枉者的冤屈洗刷乾淨，以還其清白：平反～｜多年的冤情已經～。

【昭彰】zhāozhāng〔形〕〈書〉明顯；顯著：罪惡～｜天理～。

【昭著】zhāozhù〔形〕〈書〉明顯；顯著：臭名～｜劣跡～｜罪行～。

釗（钊）zhāo ❶〈書〉勉勵。多見於人名。❷（Zhāo）〔名〕姓。

喒 zhāo/zhōu 見下。另見 zhōu（1774 頁）。

【喒哳】zhāozhā〔形〕〈書〉形容聲音繁雜而細碎：春禽日～｜其語～不可辯。也作嘲哳。

朝 zhāo ❶ 早晨；早上：～發夕至｜～不慮夕。❷ 日；天：今～｜一～權在手，便把令來行。

另見 cháo（156 頁）。

語彙　花朝　今朝　明朝　三朝　一朝

【朝不保夕】zhāobùbǎoxī〔成〕晉朝李密《陳情表》："人命危淺，朝不慮夕。"意思是生命垂危，保得住早上的安全，不一定保得住晚上的安全。後用"朝不保夕"形容情況危急，難以預料：那些年兵荒馬亂，人民的生活～。也說朝不慮夕、朝不謀夕。

【朝發夕至】zhāofā-xizhì〔成〕早晨出發，晚上到達。形容路程不遠或交通快捷：北京去廣州，乘高鐵，可～。

【朝令夕改】zhāolìng-xīgǎi〔成〕早上發佈的命令，晚上就改變了。形容政策、法令不穩定，使人們無所適從：政策要相對穩定，不能～。

【朝露】zhāolù〔名〕〈書〉早晨的露水，比喻不能久存的事物：人生如～，當愛惜時光。

【朝氣】zhāoqì〔名〕早晨的氣象，比喻振作奮發、不斷進取的氣概（跟"暮氣"相對）：～蓬勃｜年輕人富有～。

【朝氣蓬勃】zhāoqì-péngbó〔成〕形容人富於朝氣、充滿活力的樣子：青年人～，幹勁十足。

【朝乾夕惕】zhāoqián-xītì〔成〕乾：勉力。惕：謹慎小心。《易·乾》："君子終日乾乾，夕惕若

屬，無咎。"形容從早到晚都勤奮自強，深自警惕，不敢懈怠。

【朝秦暮楚】zhāoqín-mùchǔ〔成〕戰國（公元前475－前221）前期，秦楚兩大強國經常打仗，其他諸侯小國或一般遊說之士，從自身利益出發，時而親秦，時而親楚。比喻反復無常。也比喻男女用情不專：男朋友發現她虛榮心強，～，就同她分手了。

【朝三暮四】zhāosān-mùsì〔成〕《莊子·齊物論》載，有個養猴人拿橡子餵猴子，他跟猴子們說，早上給三個，晚上給四個，猴子們聽了很生氣。於是他又說，早上給四個，晚上給三個，猴子們聽了都高興。原指用名義上改變而實際不改變的手法欺騙人，後比喻反復無常，經常改變主意：這份工作得來不易，要踏踏實實幹，別～的。

【朝思暮想】zhāosī-mùxiǎng〔成〕早晚都在思念着。形容時刻都想念：以前我倆終日在一起也不覺得甚麼，一旦分別卻～，寢食難安。

【朝聞夕死】zhāowén-xīsǐ〔成〕《論語·里仁》："朝聞道，夕死可矣。"意思是早晨得到了真理，晚上死去都可以。後用"朝聞夕死"形容對某種信仰的執著追求：革命志士追求真理，哪怕～，也心甘情願。

【朝夕】zhāoxī ❶〔副〕天天；經常：～相處。❷〔名〕一朝一夕；很短的一段時間：～不保（存在的時間不長了）｜股市漲落，～大變。

【朝夕相處】zhāoxī-xiāngchǔ〔成〕早晚接觸往來。形容整天在一起：他們自幼～，一起長大。

【朝霞】zhāoxiá〔名〕早晨的彩霞：一片～｜～雨，晚霞晴。

【朝陽】zhāoyáng ❶〔名〕初升的太陽：迎着～。❷〔形〕屬性詞。比喻新興的、富有發展前途的（跟"夕陽"相對）：～產業｜～事業。
　　　另見 cháoyáng（156 頁）。

着 zhāo ❶（～兒）〔名〕在棋盤上安置或挪動棋子一次叫一着：我走錯了一～兒｜一～不慎，滿盤皆輸。❷同"招"❸❷。❸〔動〕（北京話）擱；放：這菜有點口輕，再～點兒鹽。❹〔介〕（北京話）用；拿：我沒～耳朵聽，不知他說了些甚麼。
　　　另見 zháo（1720 頁）；zhe（1728 頁）；zhuó（1802 頁）。

【着數】zhāoshù ❶〔名〕下棋的步驟、辦法和計謀：圍棋最講究～｜看看誰的～高。也作招數。❷同"招數"❶❷。

鉊（鉊）zhāo〈書〉鐮刀。

嘲 zhāo/cháo 見下。
　　　另見 cháo（156 頁）。

【嘲哳】zhāozhā 同"啁哳"。

zháo ㄓㄠ

着 zháo〔動〕❶接觸；挨上：歪打正～｜前不～村，後不～店｜～三不～兩（辦事失宜）。❷感到；受到：～急｜～迷｜昨晚～了涼了。❸燃燒；（燈）發光（跟"滅"相對）：汽油～了｜爐子～了｜天黑了，路燈都～了。❹用在動詞或形容詞後做補語（可帶"了"，可插入"得、不"），表示達到了目的，產生了結果或影響：找～了｜爐子點得～｜抓不～｜累不～。❺（北京話）睡着（zháo）：一躺下就～了。
　　　另見 zhāo（1720 頁）；zhe（1728 頁）；zhuó（1802 頁）。

【着慌】zháo//huāng〔動〕着急；發慌：別～｜心裏有點兒～｜他遇事從不～｜他考試兩門不及格，這一下可着了慌。

【着火】zháo//huǒ〔動〕起火；失火：他家着了火，趕快去救！

【着急】zháo//jí〔動〕❶發急；急躁不安：慢慢來，別～｜不管遇到甚麼事，他都不～｜小張正在那兒～呢｜你着甚麼急呀？❷擔心；放心：他不～別的，就～英語考不好｜他～病倒了沒人照顧孩子。

【着涼】zháo//liáng〔動〕受到低溫的影響或刺激而生病：室內外溫差很大，容易～｜多穿件衣服出去，以免～｜昨晚着了點兒涼。

【着忙】zháo//máng〔動〕❶因時間緊迫或事情太多而加快動作：平時不複習，臨考瞎～｜時間有的是，你着甚麼忙呢？❷着慌：病很快就會好的，別～。

【着迷】zháo//mí〔動〕對人或事物產生迷戀；入迷：看球賽，越看越～｜聽戲聽得～了｜天天集郵，我看他是着了迷了。

【着魔】zháo//mó〔動〕中（zhòng）了魔法或被魔怪纏身；形容因迷戀某種事物而言語或行為失去常態：一看起小說來就連飯也忘了吃，真跟～了一般｜他迎風唸唸有詞，像是着了魔。

【着三不着兩】zháosān bù zháoliǎng〔俗〕指考慮不周，說話不得要領，待人處事輕重失宜：那孩子不懂事，有點兒～｜他不是那種～的人。

zhǎo ㄓㄠ

爪 zhǎo〔名〕❶鳥獸的腳：虎～｜鷹～｜一鱗半～｜張牙舞～。❷特指某些動物的腳趾甲：龜的趾端有～。❸（Zhǎo）姓。
　　　另見 zhuǎ（1788 頁）。

【爪牙】zhǎoyá〔名〕猛禽猛獸的爪和牙；比喻壞人的黨羽或幫兇：培植～｜豢（huàn）養了一批｜那些一個個耀武揚威，不可一世。

找 zhǎo ㊀❶〔動〕覓取；尋求：他還沒有～對象｜～個合適的工作｜認真～～失敗的原因｜騎驢～驢｜滿山都是寶，看你～不～。❷（Zhǎo）〔名〕姓。
　㊁〔動〕❶ 退還超過應收的部分（的錢款）：～錢｜～給他兩塊錢。❷ 補上（不足的部分）：～補｜～齊｜～平。

語彙　查找　倒找　搜找　尋找　自找　兩不找

【找補】zhǎobu〔動〕把略有不足的部分補上；補足：款子請點一下，不夠再｜這兒沒漆到，再一兩下｜話說完就算了，還一甚麼！

【找茬兒】zhǎo//chár〔動〕故意挑毛病；挑別：看樣子，她是來～的｜動不動就找人家的茬兒。

【找對象】zhǎo duìxiàng 尋求可以和自己談戀愛並可能結為終身伴侶的人：二十多歲了，該～了｜老王託我給他兒子找個對象。

【找零】zhǎolíng〔動〕收到整錢後，將超出應收部分的零錢還給付款人：很多公交車為無人售票車，不設～。

【找麻煩】zhǎo máfan 添麻煩；增加煩惱、困難等：自～｜故意～｜我不想找你的麻煩。

【找平】zhǎo//píng〔動〕（北方官話）幹活時把略有不平的地方補平：～補齊｜牆的東頭還差兩層磚，～了再下班｜木板的右邊稍微高了些，得找個平兒。

【找齊】zhǎoqí〔動〕❶ 幹活時把不太整齊的物體弄得比較整齊：籬笆頂上再一～一下就好了。❷ 找補；補足：差數明天～｜先付一部分款，差多少收貨時～。

【找錢】zhǎo//qián〔動〕收進大面額貨幣後，將超過貨款多收的部分，用小面額貨幣或輔幣退還給人：你還沒～｜該找你多少錢？

【找事】zhǎo//shì〔動〕❶ 謀求職業：我想～做｜你能幫我找個事做嗎？❷ 故意挑毛病，引起爭吵：我警告你，別故意～！❸ 自找麻煩：你不要出去～，別惹禍。

【找死】zhǎosǐ〔動〕故意惹禍或自投羅網（多用於責備人不顧危險）：紅燈了你還闖，～呀！｜他下狠心要除掉你，你去找他，～呀！

【找尋】zhǎoxún〔動〕找；尋找：去～幾個熟人｜～火柴和蠟燭｜得一個歸宿。

【找尋】zhǎoxun〔動〕（北京話）挑毛病；找岔子：他倒～上我來了｜變着法兒～人｜三天兩頭～自己的老婆。

沼 zhǎo 天然的水池：池～｜泥～｜～澤。

語彙　池沼　湖沼　泥沼

【沼電】zhǎodiàn〔名〕❶ 沼氣發電的簡稱。❷ 沼氣發電產生的電能。

【沼肥】zhǎoféi〔名〕指沼液和沼渣，即有機物在一定條件下經微生物分解產生的除了沼氣以外的物質，是一種無公害複合肥料。

【沼氣】zhǎoqì〔名〕污泥水池腐爛植物生成的氣體，主要是甲烷，可燃燒。秸稈、雜草、糞便等有機物質在適當條件下也可生成。用作燃料或化工原料。

【沼澤】zhǎozé〔名〕因湖海淤淺、長期沉積而形成的水草叢生的泥濘地帶。

zhào　ㄓㄠˋ

召 zhào ㊀❶〔動〕召喚：～見｜～集｜號～｜把調查員～回中央。❷（Zhào）〔名〕姓。
　㊁寺廟。多用於地名：烏審～（在內蒙古鄂爾多斯）。[蒙]
　另見 Shào（1185 頁）。

語彙　感召　號召　徵召

【召喚】zhàohuàn〔動〕呼喚；號召（含鄭重意，用於抽象事物）：時刻聽從祖國～｜新的勝利在～我們繼續前進。

【召回】zhàohuí〔動〕❶ 把派遣人員叫回來：～大使｜談判代表將被～。❷ 生產商把有質量問題的已上市產品收回：產品～制｜這款新車剎車系統有問題，廠家全部～。

【召集】zhàojí〔動〕通知聚集：～人｜～全班同學｜你先去～人，我馬上就到。

【召見】zhàojiàn〔動〕❶ 上級叫下級來見面：總理～了各部部長。❷ 外交部通知外國駐本國使節前來見面，表示某種意向或提出抗議等：明天外交將～三國大使。

【召開】zhàokāi〔動〕召集舉行（會議或集會）：～代表大會｜～學術會議｜全國運動會～了。

兆 zhào ㊀❶"預兆"①：徵～｜不祥之～。❷ 預示：瑞雪～豐年（冬雪有利於越冬作物生長，預示着來年的豐收）。❸（Zhào）〔名〕姓。
　㊁〔數〕❶ 古代或以十萬為億，十億為兆；或以萬萬為億，萬億為兆；或以億億為兆。❷ 今以一百萬為兆，或極言其多，如"億兆""兆民"。

語彙　吉兆　前兆　先兆　凶兆　預兆　徵兆

【兆赫】zhàohè〔量〕頻率單位，1 秒振動 100 萬次為 1 兆赫。

【兆頭】zhàotou〔名〕"預兆"①：這事今年春天就有好～｜這是不吉利的～｜天昏地暗，這是暴風雨要來的～。

笊 zhào 見下。

【笊籬】zhàoli〔名〕(把)用竹篾、柳條或金屬絲等編成的帶漏孔的用具，有長柄，可從液體中撈取東西。金屬的也叫鐵笊籬。

棹〈櫂〉zhào ❶〔名〕船槳：鼓～前進。❷ 船：歸～｜～歌。❸〔動〕划(船)：或命巾車(有帷幕的車子)，或～孤舟。

詔(诏) zhào ❶〈書〉對下級或晚輩進行告誡：為父者，必能～其子。❷ 詔書：下～｜～旨｜遺～(皇帝臨死前的詔書)｜罪己～(皇帝責備自己的詔書)。

【詔書】zhàoshū〔名〕(道)皇帝發佈的命令或文告：頒下～。

旐 zhào ❶ 古代繪有龜蛇的旗子。❷〈書〉出喪時為棺柩引路的旗子。

照〈❶-⓬炤〉zhào ❶〔動〕(光線)照射：太陽～在西牆上｜用手電筒～～床底下｜撥亮一盞燈，～紅一大片。❷〔動〕對着鏡子或反光的東西看：鏡子或反光的東西反射：對着鏡子～一～｜清澈的湖水～出了塔影。❸〔動〕拍攝(相片)：～一張半身相｜這張相片～得特別清楚。❹ 關心；看顧：～拂｜～料｜～顧｜關～。❺ 把有關事項告知對方：知～｜～會。❻ 知道；明白：心～不宣。❼ 查對；比對：比～｜對～｜參～。❽ 相片：拍～｜遺～｜劇～｜小～。❾〔名〕執照；(政府主管部門發給的)憑證：牌～｜無～經營｜護～。⓾〔介〕向；朝；對：～着這個方向前進。⓫〔介〕按照；依照：～本宣科｜～葫蘆畫瓢｜～每年遞增百分之七計算｜～你這麼一說，我明白了。⓬ 表示按照件或某種標準去做：～搬｜～辦｜～轉｜～抄。⓭(Zhào)〔名〕姓。

〖辨析〗**照、拍**　兩個詞都有"拍攝"的意思，但 a)"拍"可用於"拍電影"，"照"不能。b)可以說"照相""照相館"，不能說"拍相""拍相館"；可以說"拍片""拍攝"，不能說"照片"(非指其名詞義)"照攝"。

語彙　按照　比照　彩照　參照　殘照　對照　仿照　關照　光照　合照　護照　劇照　拍照　牌照　憑照　普照　日照　夕照　寫照　依照　遺照　執照　遵照　肝膽相照　回光返照

【照搬】zhàobān〔動〕把現成的方法、經驗等全部原封不動地拿來模仿和運用：去年的教案不能～｜全盤～外國經驗是要吃虧的｜人家的好經驗，～有甚麼錯？

【照辦】zhào//bàn〔動〕依照指示或要求辦理：立即～｜你就照着辦吧。

【照本宣科】zhàoběn-xuānkē〔成〕指不改動地讀條文稿子。現常用來形容只會照現成的規定，缺乏創造性：對着教材～，學生不愛聽｜他對上級的指示只會～，生怕出甚麼錯。

【照壁】zhàobì〔名〕中國傳統宅院中大門外對着大門所建的起屏蔽作用的牆壁。也叫照牆、壁牆。參見"影壁"(1631頁)。

【照常】zhàocháng ❶〔動〕如同平常：課程表做了調整，作息時間～｜一切～，不做改動。❷〔副〕表示情況同平常一樣：～工作｜～營業。

【照抄】zhàochāo〔動〕❶ 照原式抄寫(強調不能改動)：～原稿｜這份材料，請～一份給我。❷ 照搬：別國的經驗不能～。

【照發】zhàofā〔動〕❶ 照原定數目或原有規定發給：女工產假期間，工資～。❷ 照原樣發出(公文、電報等)，多用於公文批語：此件～同意。

【照顧】zhàogù(-gu)〔動〕❶ 顧及；顧全：困難戶需要～｜～大多數｜要～不同年齡學生的特點。❷ 照管；照料：請您～一下這孩子｜耕牛農家寶，定要～好。❸ 優待；優惠：社區對空巢老人格外～｜領導～他，讓他順便回趟老家。❹ 商店用於請顧客前來購物、光顧：請多～。

【照管】zhàoguǎn〔動〕照顧看管：～孩子｜房子由他～。

【照葫蘆畫瓢】zhào húlu huà piáo〔諺〕比喻照着現成的樣子模仿：這事不難，～，人家怎麼做，咱就怎麼做。也說依葫蘆畫瓢。

【照會】zhàohuì ❶〔名〕(份)國家間往來的一種外交文書，分正式照會和普通照會。正式照會由國家元首、政府首腦、外交部長、大使、代辦等人簽名發出，用第一人稱寫成，一般不蓋機關印章，用於重大事項的通知、重要問題的交涉、隆重禮儀的表示等。普通照會由外交部、大使館出面，用第三人稱寫成，加蓋機關印章，不簽名，用於一般交涉、行政性通知、辦理日常事務、交際往來等。❷〔動〕發出照會這種外交文書(給有關方面)：～對方｜～各國政府。

【照舊】zhàojiù ❶〔動〕跟原來一樣；不改變：一切～｜編寫體例可以～，內容則要求更加充實。❷〔副〕仍舊；仍然：已經批評他多次了，他～不改。

【照看】zhàokàn〔動〕照料看管：由我來～病人｜請～一下我的狗｜都去買票，誰～行李？

【照例】zhàolì〔副〕依照習慣或常規：春節～休假三天。

【照料】zhàoliào〔動〕照管料理：悉心～多病的公婆｜他～過這個小馬駒｜～孩子很辛苦。

〖辨析〗**照料、照顧**　都有顧及、照管的意思，但有區別：a)"照顧"的意思側重在用心看護，"照料"的意思側重在悉心料理。b)"照顧"可以受程度副詞修飾，如"對他很照顧"，"照料"沒有這個用法。

【照貓畫虎】zhàomāo-huàhǔ〔成〕按照貓的樣子

畫老虎。比喻照樣子模仿：他抄文件時，有些字不認識，就只好～了。

【照面兒】zhàomiànr ❶(-//-)〔動〕露面；(同對方)見面(多用於否定式)：彼此不～｜他心中有鬼，好幾天沒敢～｜今兒早上照了個面就走了。❷〔名〕面對面的、短暫的相遇叫打照面。

【照明】zhàomíng〔動〕用燈光照耀，使明亮：～裝置｜請專人負責舞台的～。

【照明彈】zhàomíngdàn〔名〕(顆)一種用於夜間照明目標的炮彈，內裝有照明劑和小降落傘，向空中射出去後能在徐徐降落的過程中發出很強的亮光。

【照排】zhàopái〔動〕排版技術，即用電子計算機照相排版：激光～｜～中心。

【照片】zhàopiàn(口語中也讀 zhàopiānr)〔名〕(張，幀)將照相底片中的影像通過曝光、顯影、定影、水洗等工藝而印在感光紙上的人或物的圖片：黑白～｜彩色～｜擴印～。

【照射】zhàoshè〔動〕(光線)放射出來，照在物體上：用紫外線～｜萬物都受到陽光的～｜舞台被～得通明｜探照燈一直～到高空。

【照說】zhàoshuō〔副〕按說：～你也該結婚了｜～我該去的，您倒先來了。

【照相】zhào//xiàng〔動〕用相機拍下實物影像：沒帶照相機，怎麼～？｜給你照個相。

【照相機】zhàoxiàngjī〔名〕(架)用來攝影的器具，一般照相機由暗箱、鏡頭、快門及感光片等組成，數碼照相機則用可反復使用的存儲卡代替感光片。舊稱攝影機。

【照樣】zhàoyàng(～兒)❶(-//-)〔動〕按照原有的樣子或式樣(做)：～兒畫一張｜照着樣兒裁衣服｜照這個樣兒蓋一個廚房。❷〔副〕"照舊"②：他當了老總，每天～騎自行車上下班｜煉鋼工人節假日～堅持生產｜衣服破了，補一下，～可以穿。注意 動詞"照樣"跟副詞"照樣"不同，動詞"照樣"是動賓式，中間可以插入其他成分；副詞"照樣"不能離合，中間不能插入任何成分。

【照耀】zhàoyào〔動〕(光線)強烈地照射：一輪紅日～着祖國大地｜聚光燈～得如同白晝｜勝利的光芒～着我們繼續前進。

【照應】zhàoyìng〔動〕(文辭)相互呼應，(行動)相互配合：文章要前後～｜文章首尾失去了～｜中鋒前鋒傳球互相～，攻入一球。

【照應】zhàoying〔動〕照料：對病人～很周到｜在家～小孩子｜有列車員～着，你就放心吧！

【照直】zhàozhí〔副〕❶不改變方向，按直線：～走｜～往南。❷(說話)直截了當，不拐彎抹角兒：有話～說吧。

【照准】zhàozhǔn〔動〕公文用語，表示按照實際情況或有關規定，批准下級的請求：改造道路

計劃，上報後已～。

罩 zhào ❶〔動〕覆蓋在上面；套在外面：滿天烏雲～着大地｜外衣太小了，～不上棉襖。❷(～兒)〔名〕罩子，覆蓋在物體外面的用具：口～兒｜紗～兒｜燈～兒。❸(～兒)套在或穿在外面的東西：被～兒｜床～｜袍～兒。❹〔名〕覆蓋在地上的養家禽的小竹籠：雞～｜鴨～。❺〔名〕在水中覆蓋捕捉魚類的竹籠：漁～。❻(Zhào)〔名〕姓。

【罩衫】zhàoshān〔名〕(件)(吳語)罩衣。

【罩衣】zhàoyī〔名〕(件)穿在外面套住短襖或長袍的單衣。也叫罩褂兒。

趙(赵) Zhào ❶周朝諸侯國名，在今山西中部和北部、河北西部和南部一帶。❷〔名〕姓。

肇 zhào ❶〔書〕開始：～始｜～端｜～開基業。❷發生：～事｜～禍。❸(Zhào)〔名〕姓。

【肇端】zhàoduān〔動〕〔書〕發端；開始：禍患往往～於細微，故小事不可不慎。

【肇禍】zhàohuò〔動〕闖禍：謹防～｜行人被撞重傷，～者為一酒醉司機。

【肇事】zhàoshì〔動〕鬧事；造成事故或事端：嚴懲～者｜不可出外～。

曌 zhào〔書〕同"照"①—⑫。《資治通鑒》記載：公元 689 年，唐朝鳳閣侍郎宗秦客給"天、地、照、人"等十二字另造字形。照的新字形為"曌"。取日月當空、光輝永放之意。太后武則天喜歡，用來作為自己的名字，並把同音字"詔"，改稱為"制"。

鮡(鮡) zhào〔名〕魚名，生活在山澗溪流中，頭部扁平，無鱗，胸部前方有的有吸盤。

zhē ㄓㄜ

折 zhē〔動〕〔口〕❶翻轉：～跟頭｜把箱子～了個過兒，也沒找着那件襯衣。❷倒騰；倒過來倒過去：水太燙，用兩個杯子～一～｜躺在床上～來～去，怎麼也睡不着。

另見 shé(1187 頁)；zhé(1724 頁)；zhé "摺"(1725 頁)。

【折騰】zhēteng〔動〕〔口〕❶(身子)翻來覆去：我怎麼也睡不着，直～了一夜。❷翻來覆去地做(某事)：他在院子裏～那些盆景呢｜把一台錄音機～出毛病來了。❸瞎指揮；亂處置：窮～｜小日子經不起～｜他自己修房子，～了

兩天就～不動了｜歷史的教訓告訴我們，再也不能亂～了。❹折磨；使痛苦：這孩子把人～壞了。

蜇 zhē/zhé〔動〕❶蜂、蠍等用毒刺刺人或動物：蠍子～人｜頭上被馬蜂～了一個大包｜蜜蜂你不惹牠，牠是不～你的。❷某些物質刺激人體使發生痛：切洋葱～得我眼睛都睜不開了｜剛擦了碘酒，傷口～得生疼。

另見 zhé（1725 頁）。

嗻 zhē 見"嚖嗻"（159 頁）。
另見 zhè（1727 頁）。

遮 zhē〔動〕❶遮蔽：烏雲～不住太陽｜猶抱琵琶半～面。❷攔住：橫～竪攔｜～風擋雨。❸掩飾；掩蓋：～羞｜一手～天｜你別替他～醜了。

【遮蔽】zhēbì〔動〕一物體擋住另一物體：烏雲～了整個天空｜一堵牆～了我們的視綫。

【遮醜】zhē//chǒu〔動〕把醜陋的地方或不體面的事遮蓋起來；也比喻粉飾缺點錯誤：牆上太髒了，就是掛一幅畫也難～｜犯了錯誤，越掩蓋越遮不住醜。

【遮擋】zhēdǎng ❶〔動〕遮蔽攔擋：～風雨｜窗戶～得嚴嚴實實。❷〔名〕起遮擋作用的東西：一馬平川，甚麼～也沒有｜走廊裏沒有甚麼～，雨都淋進來了。

【遮蓋】zhēgài〔動〕❶遮蔽（在上面）：～在地上的黃葉有一寸多厚｜浮萍把整個湖面都～住了。❷隱瞞；遮掩：不要～自己的錯誤｜有話直說，別～。

【遮人耳目】zhērén'ěrmù〔成〕掩人耳目。

【遮羞】zhē//xiū〔動〕❶遮住身體上不便裸露的部位：～布｜拿塊～的東西｜快穿件衣服遮遮羞。❷用好聽的話來掩蓋丟人現眼的事：為了～，扯起謊來了｜這不過是聊以～罷了。

【遮羞布】zhēxiūbù〔名〕（塊）❶繫在腰間用來遮蔽下身的布。❷比喻用來掩蓋自己醜事或劣跡的某種遁詞或事物：撕下他那塊美化醜行的～｜任何～也無濟於事。

【遮掩】zhēyǎn〔動〕❶遮蔽；遮擋：濃霧～了群山｜月亮被雲層～着。❷掩飾：有缺點不要～｜錯誤是～不住的｜想用笑聲～自己的不安。

【遮眼法】zhēyǎnfǎ〔名〕障眼法。

zhé ㄓㄜˊ

折 zhé ❶〔動〕斷；使斷：骨～了｜～枝｜～彎｜～斷一枝荷，爛掉一窩藕。❷死亡：夭～。❸損失：損兵～將｜賠了夫人又～兵。❹彎曲；使彎曲：～腰｜百～不撓｜純鋼不彎，真理駁不倒。❺〔動〕回轉：辦完事就快～回家｜走到半路又往回～。❻折服：令人心～。

❼〔動〕折合；抵作：將功～罪｜100 日元～成人民幣是多少？❽〔名〕折扣：九～（90%）｜對～（50%）｜不～不扣｜打一個。❾〔名〕漢字的筆畫，有所曲折，形狀是"乛乛乚〈"等。❿〔量〕元代雜劇的一個段落，通常每齣有四折，也有多至五折、六折的。一折跟現代戲曲的一場相當，但在一折中，場景可有所變換。⓫（Zhé）〔名〕姓。

另見 shé（1187 頁）；zhē（1723 頁）；zhé"摺"（1725 頁）。

語彙 波折 摧折 挫折 骨折 曲折 夭折 心折 周折 轉折

【折衝樽俎】zhéchōng-zūnzǔ〔成〕折衝：毀壞戰車，指擊退敵軍。樽俎：古代酒杯和盛肉之器，借指談判。比喻不以武力而在談判宴席上制敵取勝。泛指進行外交談判。

【折服】zhéfú〔動〕❶說服；使屈服：你沒有理，～不了我｜再大的壓力也難於～為正義事業而奮鬥的人。❷信服；佩服：實在令人～｜深表～。

【折桂】zhéguì〔動〕❶《晉書·郤詵傳》載，郤詵（Xì Shēn）舉賢良對策列最優，自稱"猶桂林之一枝，昆山之片玉"。後以"折桂"比喻科舉及第，登科：猶喜故人新～。❷借指在大範圍考試中獲得出類拔萃的成績：全省數學競賽，市立中學一名學生～。

【折合】zhéhé〔動〕❶（在兩種貨幣間、兩種實物間或實物與貨幣間）按比價計算：把美圓～成人民幣｜那時一斤肉才～五個雞蛋｜全部存貨可～十萬元。❷（在不同計量單位之間）進行換算：把公斤～成市斤｜一公頃～十五市畝。

【折戟沉沙】zhéjǐ-chénshā〔成〕唐朝杜牧《赤壁》詩："折戟沉沙鐵未銷，自將磨洗認前朝。"意思是說，沉入江底埋在沙中的斷戟，可以認出是曹操在赤壁之戰中被擊敗後遺留下來的兵器。後用"折戟沉沙"形容失敗慘重。

【折價】zhé//jià〔動〕❶把實物按一定價格折合成錢：損壞公物，～賠償｜把這些東西折價賣好記賬。❷商品降價處理：書籍折價出售｜商品～賣。

【折舊】zhéjiù〔動〕補償廠房、機器等固定資產在一段時間內所損耗的價值。如某項新設備的使用壽命為十年，則每年應從資金中扣除該設備成本的十分之一，作為補償：房屋～｜～費（為折舊而扣除的錢）。

【折扣】zhékòu〔名〕❶買賣貨物時，價款按十分之幾減算的計價方法，如標價 10 元的，減到 9 元，叫九折或九扣，折扣是 1 元；減到 8.5 元，叫八五折或八五扣，折扣是 1.5 元：明碼實價，不打～｜這價錢已經打了不少～了。❷比喻事物的數量或質量有所下降的程度：對他的這番話該打個很大的～來聽｜晚會時雜音太多，大家的興致都多少打了個～｜這件事必須按計劃去辦，不能打一點～。參見"打折扣"（232頁）。

【折磨】zhémó(-mo)〔動〕使人在肉體或精神上感到痛苦：～人｜受盡～｜別～我了｜疾病把他的身體～垮了。

【折射】zhéshè〔動〕❶ 光綫、聲波等從一種媒質進入另一種媒質時傳播方向發生偏折。在同類媒質中，由於介質本身不均勻，也會使傳播方向發生偏折。❷ 比喻曲折地表現事情的實質；反映：這個故事～出封建社會男女青年對愛情的追求。

【折壽】zhé // shòu〔動〕減損壽命（舊時認為過分享受、隨意承受財物、隨意得罪長輩等行為會減損自己應享的壽命）：您給我行禮，這不是折我的壽嗎？

【折算】zhésuàn〔動〕根據一定標準折合換算：人民幣在那裏不通用，購物用美圓～｜房產可以～成現金。

【折腰】zhéyāo〔動〕〈書〉❶ 彎腰行禮。比喻屈身事人：不為五斗米～｜～非我之心願。❷ 傾倒；為之奮鬥：江山如此多嬌，引無數英雄競～。

不為五斗米折腰

《晉書·陶潛傳》記載，陶淵明為生計所迫，再次出仕，任彭澤縣令。豫章郡派督察員來縣巡視，縣吏說，應束帶相迎，以表敬意。陶淵明說："吾不能為五斗米折腰，拳拳事鄉里小人邪！"五斗米是晉朝縣令的俸祿。陶淵明即日棄官回鄉，寫下《歸去來兮辭》，從此隱居不仕。

【折中】（折衷）zhézhōng ❶〔動〕對幾種不同的意見進行調和，使各方都能接受；不同意見的雙方各做適當的讓步，使彼此趨於接近或一致：我來～一下｜不搞～調和那一套。❷〔形〕屬性詞。保持平衡的；不偏不倚的：～方案｜尋找～的解決辦法。

【折子戲】zhézixì〔名〕選演全本戲中的某一折或某一片段情節的戲曲。如演整本《西廂記》是本戲，只演其中的《佳期》或《拷紅》就是折子戲。

哲〈喆〉zhé ❶ 賢明；明智：～人｜～兄（敬稱別人之兄）。❷ 聰明有智慧的人：先～｜賢～｜前～｜聖～。❸（Zhé）〔名〕姓。

"喆"另見 zhé（1725頁）。

【哲理】zhélǐ〔名〕（條）宇宙或人生的根本原理：他的講話充滿～｜富於～的詩篇。

【哲人】zhérén〔名〕〈書〉智慧超常的人；哲學家。

【哲嗣】zhésì〔名〕〈敬〉稱別人的兒子。

辨析 **哲嗣、令郎**　"令郎"只用於尊稱對方的兒子。"哲嗣"主要是用於在對方面前尊稱別人的兒子，偶爾也用於尊稱對方的兒子。

【哲學】zhéxué〔名〕關於世界觀、價值觀、方法論的學說。是在各門科學知識的基礎上形成的，具有抽象性、反思性、普遍性的特點。

哲 zhé〈書〉明亮。

喆 zhé 見於人名。
另見 zhé "哲"（1725頁）。

蜇 zhé 見"海蜇"（507頁）。
另見 zhē（1724頁）。

箸 zhé 箸子，一種粗糙的竹席。

摺（折）zhé ❶〔動〕疊；摺疊：把信瓤～好，裝在信封裏｜用紙～成一個小燕子。❷（～兒）〔名〕摺子：奏～｜存～兒。

"折"另見 shé（1187頁）；zhē（1723頁）；zhé（1724頁）。

語彙　存摺　對摺　奏摺

【摺疊】zhédié〔動〕把物體的一部分回轉過來，同另一部分疊合，使便於收藏、放置或觀賞：～傘｜～椅｜～床｜用紙～成各種玩具。

【摺扇】zhéshàn〔名〕（把）可摺疊的扇子，用竹、木等做骨架，上面蒙上紙或絹，用時展開，便於攜帶和存放。注意 可以說扇(shān)扇子，不能說扇摺扇。

【摺紙】zhézhǐ〔動〕一種用紙摺疊成各種物體形象的手工藝：幼兒園老師教孩子們～、畫畫兒。

【摺子】zhézi〔名〕❶（本）用紙摺疊或裝訂成的小冊子，封面和封底的紙較厚，多用於記事或記賬（摺疊式的摺子外面有硬套）：採購的物品都寫在～上。❷〈口〉銀行存摺：活期儲蓄～｜～丟了，趕快掛失。

輒（輒）〈輙〉zhé ❶〔副〕〈書〉總是；就：下筆萬言，～不能自休｜動一得咎（動不動就獲罪或受責備）｜淺嘗～止。❷（Zhé）〔名〕姓。

磔 zhé ㊀❶ 古代分裂牲體以祭神。❷ 古代一種酷刑，將人肢體分裂致死。
㊁〈書〉漢字的筆畫，即捺(nà)。

蟄（蟄）zhé / zhí〈書〉蟄伏：驚～｜龍蛇之～，以存身也｜久～鄉間。

語彙　出蟄　驚蟄　入蟄

【蟄伏】zhéfú〔動〕❶ 動物在冬天潛伏着，不食不動；進行冬眠：蛇和青蛙都～起來了｜～的時間長達幾個月。❷ 借指人蟄居：～偏遠地區｜～一方，待機而起。

【蟄居】zhéjū〔動〕〈書〉（人）像動物冬眠一樣，隱蔽地住在某處，不出頭露面：～鄉野｜～一隅｜～達數年之久。

謫（谪）〈讁〉 zhé ❶ 封建時代指官吏降級或流放：貶～｜降～｜遷～｜居。❷ 舊時迷信指神仙受處罰，被降到人間：～仙人（指唐朝詩人李白）。❸〈書〉譴責；指摘：眾口交～（許多人同聲責備）。

語彙 貶謫 遷謫 眾口交謫

【謫居】zhéjū〔動〕〈書〉貶謫後住在某地：～江州。

轍（辙）zhé/chè（～兒）〔名〕❶ 車轍；車輪輾過後留下的痕跡：重蹈覆～｜前有車，後有～兒（比喻前人做過的事，可為後人做借鑒）。❷ 指行車的方向、道路：離～兒｜順～兒｜南轅北～。❸（北京話）辦法；主意：沒～了｜想個～｜連個飯～也沒有（吃飯的辦法都沒有）。❹ 戲曲、歌詞的韻腳：合～押韻｜合不上～｜得按十三～來押韻。

語彙 車轍 放轍 改轍 合轍 十三轍 重蹈覆轍 改弦易轍 南轅北轍 如出一轍

【轍口】zhékǒu〔名〕〈口〉戲曲、歌詞等通俗文藝作品所押的韻：這首歌詞的～，唱起來順口。

讋（讋）zhé〈書〉恐懼：～服（懾服）｜神～鬼慄。

zhě ㄓㄜˇ

者 zhě ㊀〔助〕結構助詞。❶ 附在名詞、名詞性詞語後面，構成名詞或名詞性詞語，表示有某種信仰、有某種特性或從事某種工作的人：筆～｜唯物主義～｜科技工作～。❷ 附在動詞或動詞性詞語後面，構成名詞或名詞性詞語，表示進行這一動作的人或具有這一屬性的人：編～｜勞動～｜擺攤設點～｜符合要求～。**注意** a）在口語裏，有些單音節動詞後面不能附加"者"，如"患者"不能說成"病者"，"歌者"不能說成"唱者"。b）"說者""言者"是帶有文言意味的，"說者"指發表議論的人，"言者"才是指說話的人。c）"者"附在多音節動詞或動詞性詞語後面，是比較自由的，如"演唱者""患病者""扮演者""當選者""參觀展覽者"都可以說。❸ 附在形容詞或形容詞性詞語後面，構成名詞或名詞性詞語，表示具有這一屬性的人或事物：長～｜幼～｜鮮嫩～｜破敗不堪～。❹〈書〉附在"二、三、數、前、後"等詞後面，構成名詞，指代上文提到的事項：魚與熊掌，二～不可得兼｜德智體，三～缺一不可｜此數～必有一誤｜義與利，前～是首要的，後～是次要的。
㊁〔助〕語氣助詞。❶〈書〉用在詞、短語或分句後面，表示提示：再～，方法也要注意｜歲寒三友～，松竹梅也。❷ 用在句末，表示祈使（多見於近代小說、戲曲）：一路小心～！

㊂❶〔代〕指示代詞。這（見於近代漢語）：～漢大痴｜不是～個道理。❷（Zhě）〔名〕姓。

語彙 筆者 編者 讀者 患者 或者 記者 弱者 使者 學者 長者 著者 作者 第三者 獨裁者 勞動者 先行者 始作俑者

赭 zhě ❶ 紅褐色：～衣（古代的囚衣）。❷（Zhě）〔名〕姓。

【赭石】zhěshí〔名〕主要成分是三氧化二鐵的天然產物，研細後可做繪畫的顏料。

鍺（锗）zhě〔名〕一種金屬元素，符號Ge，原子序數32。質脆，無延展性，有單向導電性。是製造晶體管、整流器和光電池等的頭等重要的材料。

褶 zhě/zhé（～兒）〔名〕（道，條）褶子：紙壓出～兒來了｜把襯衣上的～兒熨平｜包子好吃不在～上。

【褶皺】zhězhòu〔名〕❶（道）皮膚上的皺紋：額頭上起了幾道～。❷（道）衣服上的皺紋：衣褲筆挺，沒有半點～。❸ 因受地殼運動的壓力，岩層上所形成的連續波狀皺紋。

【褶子】zhězi〔名〕❶ 衣服、裙子上經摺疊後縫成的紋：裙子上～別打得太密。❷（道，條）衣服、布、紙等經摺疊後留下的痕跡：這件上衣壓在箱底，弄得都是～。❸（道，條）臉上的皺紋：滿臉～。

zhè ㄓㄜˋ

毛 Zhè〔名〕姓。
另見 tuō（1376頁）。

柘 zhè〔名〕❶ 柘樹，落葉灌木或小喬木。葉卵形或倒卵形，可餵蠶。果實紅色，近球形，可食，兼可釀酒。皮可染黃色，樹幹質堅而緻密，是貴重木材。❷（Zhè）姓。

浙〈淛〉Zhè ❶ 浙江，古水名。今名錢塘江，在浙江。❷〔名〕指浙江。❸〔名〕姓。

這（这）zhè ❶〔代〕指示代詞。指比較近的人或事物：～時候｜～孩子｜～事情好辦。❷〔代〕指示代詞。指眼下，這時、此刻、現在：他～就來｜～都幾點了，你還不走？｜我～就去上海。❸〔代〕指示代詞。代替比較近的人或物：～是小張｜～是一位老編輯｜～是他寫的論文｜～不合格。❹〔代〕指示代詞。複指前文：有花有實，有香有色，又練筋骨，又長見識，一～就是養花的樂趣。❺〔代〕指示代詞。跟"那"對舉，表示眾多事物，不確定指某人或某物：挑～揀那，揀揀那，一樣兒也看不上眼。❻（Zhè）〔名〕姓。

【這邊】zhèbiān（～兒）〔代〕指示代詞。指代近處的一邊；自己的一邊：～請｜風景～獨好｜正義在我們～｜～敲鑼，那邊打鼓。

【這個】zhège〔代〕指示代詞。❶指代近處的人或事物；這一個：～孩子真好｜打毛綫～活兒我不會｜～房間光綫好｜他摸摸～，動動那個，樣樣都覺得新鮮。❷〈口〉用在動詞或形容詞前，表示程度深，有誇張意味：大夥兒～高興啊！｜湖水～清啊！｜瞧他～嚷嚷，誰知道你說些甚麼！❸直接指代東西、事情、情況、原因等：正是因為～，才來找您幫忙的｜～是我借來的。❹跟"那個"對舉，泛指某些人或事物：姑娘們～穿針，那個引綫，幾天就繡好了｜你～那個地都說些甚麼呀？

【這會兒】zhèhuìr〔代〕指示代詞。❶指現在；眼下；目前：～沒有空跟你聊天兒｜大家～都忙着呢。❷在明確的上下文中指過去或將來的這個時候：去年～我還在學校讀書｜後天～你該平安到家了。

【這裏】zhèlǐ〔代〕指示代詞。指稱比較近的地方、處所：～風景很好｜我熟悉～的一草一木｜我捨不得離開～｜北京站～到處都是旅客。注意"這裏"與"那裏"配合使用時，表示多處，不確指某處，如"水面上這裏那裏起了幾道波紋""她駕着輕舟，把遊客送到這裏那裏""他這裏走走，那裏看看，幾乎忘了吃飯"。

【這麼】（這末）zhème〔代〕指示代詞。❶指示性質、狀態、方式、程度、數量等：是一回事｜～好的畫｜我看就～辦吧｜他們那景沒有～冷｜就剩下～些，沒有了。❷代稱某種動作或方式：別～着｜～不就行了嗎？

【這麼點兒】zhèmediǎnr〔代〕指示代詞。❶指示較小的數量：～飯，夠誰吃？｜我就要～紙才～行李，自己搬得了。❷指示較小的個體（修飾名詞，多帶"的"）：～的石頭刻了那麼多字｜～的孩子畫的畫還真好。❸代稱數量較少的事物：～夠你用嗎？｜他只有～，別跟他要了。

【這麼些】zhèmexiē〔代〕指示代詞。❶指示數量（多或少）：～活兒，夠你忙的了｜突然間來了～人，真不好對付｜他非要～參考書不可｜才買了～水果，怎麼夠分呢？❷指代某些人或事物。強調多或少：倉庫哪裏裝得下～呀｜擱～就太鹹了｜一桌菜才上～，怎麼吃呢？｜這麼大箱子只裝～呀。

【這麼着】zhèmezhe〔代〕指示代詞。❶指示動作方式：～唸就對了。❷指代動作或情況：～還不得摔下去？｜這事就～吧，別爭了。

【這兒】zhèr〔代〕指示代詞。❶〈口〉這裏：到～來｜在～休息｜～有樹陰｜歡迎你到我們～來玩。❷用在"打、從、由"後邊，指代那時、當前、這時候：打～起，他每天堅持練字｜從～開始，到明年六月，得把圖紙拿出

來｜由～以後，他們特別注意提高服務質量。

〔辨析〕這兒、這裏 a）"這兒"多用於口語，"這裏"不限。b）"這兒"還可以指代時間，"這裏"不能。如"打這兒起，他不再亂吃補藥"，不能換成"這裏"。

【這山望着那山高】zhèshān wàngzhe nàshān gāo〔諺〕從這座山上望過去，覺得那座山更高。比喻不滿意、不安心此時此地的環境或工作，總覺得別處或別的工作好：安心當老師吧，別～了！｜～，到了那山還是這山好。

【這些】zhèxiē〔代〕指示代詞。❶指示較近的兩個以上的人或事物：～學生挺好的｜以後再給你們講～問題｜～書是誰買的？｜南方～天正在下雨。❷代稱較近的兩個以上的人或事物：～是新來的夥伴｜我講的～供你們參考就只剩下～了。注意 a）口語多說"這些個"。b）"這些"做主語用於提問時，通常指物不指人。問人的時候，如果是一句真正的問話，就不能說"這些是甚麼人？"，而應說"這些人是甚麼人？"；如果是反問、反駁，就可以說"這些是甚麼人？"，意思是這些人不是好人。

【這樣】zhèyàng（～兒）〔代〕指示代詞。❶指示性質、狀態、程度、方式等：我就是～的人｜～的舞蹈我還沒有看過｜想不到會有～好的成績｜～處理比較好。❷代稱某種動作或情況：～比較好｜怎麼凍成～了？｜好，就～吧！也說這麼樣。

〔辨析〕這樣、這麼 a）"這樣"可以修飾動詞、形容詞，也可以修飾名詞；"這麼"只能修飾動詞、形容詞，不能修飾名詞。如"不應該這麼做""寫得這麼好"，其中的"這麼"可以換為"這樣"，"這樣的好人，哪去找"中的"這樣"不能換為"這麼"。b）"這麼"可以指示程度、方式和數量，不能指示性狀；"這樣"可以指示性狀、程度和方式，不能指示數量。

【這陣兒】zhèzhènr〔代〕指示代詞。❶這時候；現在：明年～我該畢業了｜他們～正在城裏玩呢｜～你們怎麼樣？❷最近以來的一段時間：～老是下雨，難得晴天。也說這陣子。

嘛 zhè〔歎〕舊時奴僕對主人的應諾聲。
另見 zhē（1724頁）。

蔗 zhè 甘蔗：果～（可當水果食用的甘蔗）｜糖～（供榨糖的甘蔗）｜～田｜～糖｜～渣｜～農（以種甘蔗為主的農民）。

【蔗糖】zhètáng〔名〕❶有機化合物，白色晶體味甜，多從甘蔗或甜菜中提取，是白糖和紅糖中的主要成分。❷特指用甘蔗榨汁熬製成的糖。

【蔗渣】zhèzhā〔名〕甘蔗榨糖後剩下的渣滓，可做飼料及造紙和釀酒的原料。

鷓 zhè 見下。

【鷓鴣】zhècóng〔名〕昆蟲，常在住宅牆根的土

Z

裏活動，棕黑色，雄的有翅。可入藥，有活血散瘀、通經止痛等作用。通稱土鱉。

鷓（鷓）

zhè 見下。

【鷓鴣】zhègū〔名〕(隻)鳥名，頭似鵪鶉，頂部棕色，形似母雞，背部和腹部黑白相間，吃穀粒、昆蟲、蚯蚓等：～聲聲｜深山聞～。

zhe ·ㄓㄜ

着

zhe〔助〕時態助詞。❶ 用在動詞後，表示動作正在進行：人們跳～，唱～｜雨正下～呢｜一場激烈的辯論正在進行～。**注意** 有時可以在幾個雙音節動詞後邊共用一個"着"字，如"他們一直這麼糾纏、爭吵、廝打着"，這種用法見於書面語，單音節動詞一般不這麼用。❷ 用在動詞或形容詞後，表示狀態的持續：門窗全都敞開～｜牆上掛～一幅畫｜已經是第二天的早晨，街上的路燈還亮～｜她的臉紅～，不說話。❸ 用在動詞或表示程度的形容詞後邊，表示祈使或提醒：得永遠記～｜路上不要絆～了｜慢點兒，別摔了！｜光圈小～點兒｜下筆重～點兒。❹ 用在連動句第一個謂語動詞後，表示方式、手段、情態等：站～說｜抿～嘴笑｜拿～看了看大小｜抱～孩子過馬路｜走～走～不覺到了家門口｜談～談～都笑了起來。❺ 附在某些單音節動詞後，構成介詞：朝～｜順～｜為（wèi）～｜沿～｜照～。

另見 zhāo（1720頁）；zháo（1720頁）；zhuó（1802頁）。

語彙 跟着 接着 來着 為着 悠着 有着

【着呢】zhene〔助〕〈口〉語氣助詞。用在形容詞或形容詞性詞語後面，表示強調某種性質或狀態（含誇張意味）：長安街長～｜天安門廣場熱鬧～｜這本書好看～｜萬里長城有名～｜這裏的風光迷人～！**注意** a)"着呢"前面的形容詞，不能再受程度副詞的修飾，也不能再帶表示程度的補語，如，不能說"很長着呢"或"長着呢很"。b)"動＋着＋呢"表示持續，跟助詞"着呢"不同，如"他在院子裏站着呢"可以擴展為"他在院子裏站着看花呢"，其中的"着"是時態助詞，"呢"是語氣助詞。

zhèi ㄓㄟ

這（这）

zhèi "這"（zhè）的口語音。**注意** "這（zhèi）"是"這（zhè）"和"一（yī）"的合音。

zhēn ㄓㄣ

珍〈珎〉

zhēn ❶ 珍貴的東西：奇～異寶｜山～海味｜如數（shǔ）家～。❷ 珍貴；寶貴：～本｜～品｜～禽。❸ 看重；愛惜：世人～之｜～愛｜～藏｜～惜。❹ (Zhēn)〔名〕姓。

語彙 奇珍 山珍 袖珍 席上珍 敝帚自珍 如數家珍

【珍愛】zhēn'ài〔動〕珍惜愛護：特別～他的手跡｜～幼小的心靈。**注意** "珍愛"是心理動詞，可受程度副詞修飾，如"非常珍愛""十分珍愛"。

【珍寶】zhēnbǎo〔名〕(件)珍珠、玉石、寶石等；泛指貴重的物品：視同～｜稀世～。

【珍本】zhēnběn〔名〕古代書籍中歷時久遠、常人罕見的珍貴本子：～叢書。

【珍藏】zhēncáng ❶〔動〕珍重地加以收藏：～古物｜此器乃故宮博物院~。❷〔名〕所珍藏的物品：將全部～獻給國家。

【珍貴】zhēnguì〔形〕寶貴；價值高或意義深：～的禮品｜～樹種｜這些展品很～。

【珍品】zhēnpǐn〔名〕(件)珍貴的物品：藝術～。

【珍奇】zhēnqí〔形〕珍貴而奇特的：～動物｜～花木。

【珍禽】zhēnqín〔名〕稀有而珍貴的鳥類：～異獸。

【珍攝】zhēnshè〔動〕〈書〉書信套語，珍視和保重身體。

【珍視】zhēnshì〔動〕珍惜重視：～安定團結的大好局面｜～勞動成果｜對友情非常～。

【珍聞】zhēnwén〔名〕(則)珍奇的見聞：海外～｜世界～。

【珍惜】zhēnxī〔動〕珍視；愛惜：～時間｜～人才｜～勞動成果。

【珍稀】zhēnxī〔形〕屬性詞。珍貴而稀有的：～動物。

【珍饈】zhēnxiū〔名〕〈書〉珍奇名貴的菜餚：～美味｜玉盤～。也作珍羞。

【珍重】zhēnzhòng〔動〕❶ 珍視和保重（自己的身體）：兩人依依惜別，互道～。❷ 珍愛和重視（有積極作用的人或事物）：人才難得，當深為～｜我們對優秀文化傳統倍加～。

【珍珠】zhēnzhū〔名〕(顆，粒)某些軟體動物的貝殼內產生的圓形顆粒，色白（或微黃），有光澤，分天然的和人工培養的兩種。多用作裝飾品。也作真珠。

貞（贞）

zhēn ㊀❶〈書〉占卜。❷ (Zhēn)〔名〕姓。

㊁❶ 堅定不移；有節操：忠～｜堅～。❷ 舊禮教指女子不失身，不改嫁，從一而終：～烈｜～女｜～婦。

Z

語彙 純貞 堅貞 童貞 忠貞

【貞操】zhēncāo〔名〕❶〈書〉堅貞不渝的節操：～之士｜堅守～｜少(shào)有～。❷指女子的操守、貞節，是束縛婦女的封建道德。

【貞節】zhēnjié〔名〕❶堅貞的節操：～之士｜慕古人之～。❷封建社會指女子不失身或不改嫁的品德：女慕～｜～牌坊(封建禮教表彰女子守節或殉節的建築物)。

【貞潔】zhēnjié〔形〕指婦女在貞操上清白，沒有污點。

【貞烈】zhēnliè〔形〕封建禮教稱婦女堅守節操為"貞"，為守節操而死難(自殺或被殺)為"烈"，並稱"貞烈"：村中的大牌坊，是為表彰舊時～女子所立的。

膶 zhēn (～兒)鳥類的胃；特指家禽的胃：雞～兒｜鴨～兒。

真 zhēn ❶〔形〕真實(跟"假""偽"相對)：～憑實據｜弄假成～｜～偽莫辨｜是～的，假不了。❷正確：～理｜～知。❸〔形〕真切；清楚：看得～｜聽得～｜讀書要字字咬得～。❹〔副〕實在；的確(加強肯定)：今天的電影～好｜這孩子～聽話｜聽了～讓人高興。注意"真"做副詞時，多帶有感情色彩。在褒義詞前表示讚許，如"這花兒～香"，在貶義詞前則表示厭惡，如"這人～壞"。❺真書：～草隸篆，無一不精。❻真容；真景：寫～｜留～｜傳～。❼〈書〉本質純真的狀態：返璞歸～。❽(Zhēn)〔名〕姓。

語彙 逼真 傳真 純真 當真 頂真 歸真 果真 亂真 清真 認真 失真 率真 天真 童真 寫真 弄假成真 以假亂真

【真才實學】zhēncái-shíxué〔成〕真實的才能和學問：沒有～，再好的理想也實現不了。

【真誠】zhēnchéng〔形〕真實誠懇，沒有半點虛偽(跟"虛偽"相對)：～的態度｜對人非常～。

【真傳】zhēnchuán〔名〕由名師親自傳授下來的學術或技藝精華；嫡傳：得其～｜～弟子。

【真刀真槍】zhēndāo-zhēnqiāng〔成〕真的刀槍。比喻真實確切，毫不作假：他倆～地幹起養殖業來了。

【真諦】zhēndì〔名〕真實的意義；深刻的道理：追求人生的～。

【真格的】zhēngéde(北京話)實在的；真的：～，我家沒有這本書｜說～，我那天不在場｜考評幹部要動～了。

【真跡】zhēnjì〔名〕書法家、畫家或著作家本人的手跡：拓本易得，～難求｜拍賣名家～。

【真假】zhēnjiǎ〔形〕真實和虛假：～難分｜李逵｜真真假假，叫人不易捉摸。

【真金不怕火煉】zhēnjīn bùpà huǒliàn〔諺〕比喻堅強正直的人經得起嚴酷的考驗：～，困難越大，鬥志越高。

【真菌】zhēnjūn〔名〕生物的一大類，菌體為單細胞或由菌絲組成，沒有葉綠素，有完整的細胞核，主要靠菌絲體吸收現成的營養物質。通常寄生在其他物體上，自然界中分佈很廣，種類繁多，如酵母菌、青黴菌及蘑菇、木耳、靈芝、茯苓等。有些能使動植物致病。

【真空】zhēnkōng〔名〕❶沒有空氣或只有極少空氣的空間：～管｜～泵。❷比喻某地區各種勢力已退出或尚未進入的狀態：將軍隊開進城以填補～｜人不是生活在～裏｜這裏是～地帶，沒有戰事。

【真理】zhēnlǐ〔名〕(條)真實的道理；對客觀事物及其規律的正確反映(跟"謬誤"相對)：追求～｜～越辯越明｜實踐是檢驗～的唯一標準。

【真品】zhēnpǐn〔名〕(件)❶真正出自某時、某地或某人之手的物品(區別於"贋品")：漢代青銅～。❷地道的名牌產品。

【真憑實據】zhēnpíng-shíjù〔成〕真實的憑據：你拿出～來，才會令人信服。

【真槍實彈】zhēnqiāng-shídàn〔成〕真實的槍支和子彈。泛指武器裝備：進行～的演習。

【真切】zhēnqiè〔形〕❶真實確切：看得～｜看不大～｜時間太長，記不～了｜夜深人靜，聽得格外～。❷真摯懇切：～的情意｜演員的表情～感人。

【真情】zhēnqíng〔名〕❶真實的感情；真誠的情意(跟"假意"相對)：～實意｜獻上一份～。❷實在的情形：～實況｜說的是～。

【真人不露相】zhēnrén bù lòuxiàng〔諺〕原指修行得道的人不露出自己的真相。後泛指學問、本領高的人不輕易顯示或炫耀自己：他的學問大着呢，只是～｜～，露相不真人。

【真善美】zhēn-shàn-měi 真實、善良、美好；泛指理想的美好境界：追求～｜作品描繪了一個～的世界。注意 常與"假惡醜"對舉使用。

【真實】zhēnshí〔形〕符合客觀事實；實實在在(跟"虛假"相對)：～性(反映事物真實情況的程度)｜～的理由｜～的情感｜這段描寫很～。

【真是】zhēnshi〔動〕實在是(表示不滿或抱歉)：老天爺不下雨，～｜～，你何必麻他呢！｜我也～，居然沒認出來是你！也說真是的。注意 "真是"後面帶賓語時，相當於"真的是""確乎是"，如"這可真是我的好寶貝""沒有能見到他，真是太遺憾了！"，這時"是"不輕讀。

【真書】zhēnshū〔名〕楷書。

【真率】zhēnshuài〔形〕真誠坦率：為人～｜性情～。

【真絲】zhēnsī〔名〕指蠶絲：～被面兒｜～頭巾。

【真相】zhēnxiàng〔名〕事物的本來面目或真實情

Z

況（跟“假象”相對）：隱瞞～｜～大白（真實的情況已徹底弄清楚了）｜他們給人以假象，而將～隱蔽起來。

【真心】zhēnxīn〔名〕真實的心意（跟“假意”相對）：～實意｜出於～｜說～話。

【真心實意】zhēnxīn-shíyì〔成〕真實的心意；誠心誠意：～地為你着想｜朋友之間最可貴的是～。也說真心誠意。

【真正】zhēnzhèng ❶〔形〕屬性詞。名實完全相符：～的意圖｜～的朋友。❷〔副〕的確；確實：～不容易｜心中～歡喜｜～認識了自己的錯誤。

【真知】zhēnzhī〔名〕正確而深刻的認識：～灼見｜實踐出～。

【真知灼見】zhēnzhī-zhuójiàn〔成〕正確而深刻的認識，明白而透徹的見解：他是一個有～的人｜大家都佩服他的～。

【真摯】zhēnzhì〔形〕（感情）真誠懇切：～的友情｜感情～｜她笑得那麼～，那麼深情。

【真珠】zhēnzhū 同“珍珠”。

【真主】Zhēnzhǔ〔名〕伊斯蘭教信奉的唯一的創造和主宰世界的神。

砧〈碪〉zhēn 捶、搗、砸、切東西的時候，墊在下面的器具：～板｜～木｜～鐵｜（砸鋼鐵所用）｜石～（捶搗衣服所用）｜木～（切東西所用）｜肉～（剁肉所用）。

【砧板】zhēnbǎn〔名〕（塊）切菜、剁肉用的墊板。

【砧木】zhēnmù〔名〕嫁接植物時，承受接穗的植物體叫砧木。如梨樹嫁接在棠梨樹上，梨樹枝是接穗，棠梨樹就是砧木。

針（针）〈鍼〉zhēn ❶〔名〕（根，枚）縫製衣物時用來引線的細長形工具，多用金屬製成：繡花～｜縫紉機～｜穿～引線（有時用於比喻）。❷細長像針的東西：松～｜磁～｜別～｜唱～｜大頭～。❸〔名〕針劑：防疫～｜早上打了一～。❹〔根〕中醫用來扎患者穴位的金屬針：扎～｜留～。也叫金針。❺中醫用特製的金屬針扎入患者穴位給患者治病：～灸｜百病一～，病情要分（需根據病情選定穴位，然後扎針治療）。❻(Zhēn)〔名〕姓。

語彙 別針 磁針 打針 頂針 方針 毫針 金針 秒針 南針 時針 松針 指針 撞針 大海撈針 見縫插針 綿裏藏針

【針鼻兒】zhēnbír〔名〕針眼。

【針砭】zhēnbiān ❶〔名〕古代扎皮肉治病的石頭針；比喻對別人的深刻批評：痛下～｜藥石之苦，～之傷。❷〔動〕古代用石頭針給人扎皮肉治病（其方法已失傳）；比喻深刻地予以批評：～時弊｜痼疾難施～。

【針對】zhēnduì〔動〕對準（某人或某事）：這話並不～任何人｜～青年的特點進行教育｜這個

問題展開討論。

【針對性】zhēnduìxìng〔名〕同某種實際情況能準確對應的性質；扣緊要解決問題的確切程度：講話要有～｜這篇文章的～很強。

【針鋒相對】zhēnfēng-xiāngduì〔成〕針尖對着針尖。比喻雙方的思想言行尖銳地對立，無法調和：～的鬥爭。

【針劑】zhēnjì〔名〕（劑）供注射用的藥物。

【針尖對麥芒兒】zhēnjiānr duì màimángr〔俗〕針尖兒對準麥穗上的芒。比喻彼此尖銳對立，互不相讓：兩個人～，誰也不甘示弱。

【針腳】zhēnjiǎo〔名〕❶（行）縫紉衣物時針眼之間的距離：～很勻｜～太密了。❷（道）縫紉衣物留下的針綫痕跡：棉褲上的～很顯眼｜順着綫頭找～（比喻沿着綫索去追究原委）。

【針灸】zhēnjiǔ〔名〕中醫針法和灸法的合稱。針法是用特製的金屬針刺入人體的一定穴位，運用捻、提等手法以治療疾病；灸法是用艾絨搓成的艾條或艾柱，點燃後熏烤一定穴位以治療疾患：～科｜～療法。

針灸簡史

針灸療法在春秋戰國時已比較普遍，扁鵲是當時的名醫。針灸用的金屬針，西漢時有九種不同的針型，後世在此基礎上逐漸改進。唐朝開始在太醫院設立針灸科。宋朝著名針灸學家王惟一主持設計鑄造了立體銅人孔穴模型。

【針麻】zhēnmá〔動〕針刺麻醉的簡稱。一種麻醉技術，用毫針扎在病人的某些穴位上，達到鎮痛目的，使病人在清醒狀態下接受手術。

【針頭綫腦】zhēntóu-xiànnǎo（～兒）〔俗〕❶縫紉用的針綫。也指針綫活兒：這是買～的錢｜姑娘家要學點～的。❷泛指細碎零星的物品：～兒的別到處亂扔。

【針綫】zhēnxian〔名〕❶縫紉用的針和綫：～包｜～笸籮。❷縫紉刺繡等工藝：～活兒樣樣都會｜這麼大姑娘不會～。

【針眼】zhēnyǎn〔名〕❶針上穿綫的孔：奶奶眼花看不見～｜～太小，綫太粗，穿不過去。❷（～兒）被針扎過後形成的小孔：先扎個～兒，再穿麻綫。

【針眼】zhēnyan〔名〕一種眼病。在眼皮靠近睫毛處長出粒狀小疙瘩，造成局部紅腫、疼痛。也叫麥粒腫。

【針葉樹】zhēnyèshù〔名〕（棵，株）葉子呈針狀或呈鱗片狀的樹木，如松樹、杉樹、柏樹（區別於“闊葉樹”）。

【針織品】zhēnzhīpǐn〔名〕（件）泛指用針（將紗或綫等）編織成的衣物。分機織和手工織兩類，如綫的手套兒、襪子、圍巾、內衣等。

【針黹】zhēnzhǐ〔名〕〈書〉縫紉刺繡等工藝：～工巧｜以從事～度日。

偵(侦)〈遉〉 zhēn 暗中察看；秘密探聽：～察｜～緝｜～破｜刑～。

【偵辦】zhēnbàn〔動〕偵查辦理（案件）：～人｜～刑事案｜依法～。

【偵查】zhēnchá〔動〕為確定犯罪人和弄清犯罪事實而進行調查：案情已經～清楚。

【偵察】zhēnchá〔動〕為弄清作戰地形及有關敵情等而進行實地考察或秘密調查等活動：敵後～｜～敵情。

【偵察兵】zhēnchábīng〔名〕（名）負有偵察任務，專門從事偵察工作的士兵。

【偵察機】zhēnchájī〔名〕（架）裝有空中攝影機等器材，專門用於偵察敵情的飛機。

【偵緝】zhēnjī〔動〕偵查緝捕：～科｜～逃犯。

【偵破】zhēnpò〔動〕偵查並破獲：～一起重大殺人案。

【偵探】zhēntàn ❶〔動〕偵查（案情）；探聽（機密）：～案情｜～敵人行蹤。❷〔名〕（名，位）做偵探工作的人：女～｜便衣～。

幀(帧) zhēn/zhèng ❶〈書〉畫幅：偶成一詩，題於一首｜裝～。❷〔量〕幅（用於書畫、照相等）：木刻四～｜畫像六～。

湞(浈) Zhēn 湞水，水名。在廣東北部，發源於江西，流入北江。

蔵 zhēn〔名〕❶馬蘭。❷茄科多年生草本植物。果實、根等可入藥。也叫酸漿草。

椹 zhēn〈書〉同"砧"。
另見 shèn（1200頁）。

楨(桢) zhēn ❶古代築牆時所立的木柱。❷(Zhēn)〔名〕姓。

【楨幹】zhēngàn〔名〕〈書〉古代築牆時，立在兩端的木柱叫"楨"，立在兩側的叫"幹（榦）"；比喻堪當重任的人才：國之～。

斟 zhēn ❶〔動〕往杯子或碗裏倒（酒、茶等）：～滿酒｜～上一杯茶｜自～自飲。❷(Zhēn)〔名〕姓。

【斟酌】zhēnzhuó〔動〕反復考慮，仔細推敲：～字句｜這篇文章還要再～一下｜此事請～辦理｜大家～～，看怎麼辦好。

溱 Zhēn ❶古水名。所指有二，一在湖南，一在河南。❷〔名〕姓。
另見 qín（1089頁）。

禎(祯) zhēn〈書〉吉祥：～祥（吉兆）。

瑧 zhēn〈書〉玉名。

蓁 zhēn 見下。

【蓁蓁】zhēnzhēn〔形〕〈書〉❶草木茂盛的樣子：桃之夭夭（夭夭：美麗茂盛），其葉～。❷集聚的樣子：蝮蛇～。

榛 zhēn〔名〕❶落葉灌木或小喬木，葉子互生，圓形或倒卵形，堅果球形。果仁可食，也可榨油。❷這種植物的果實。以上通稱榛子。❸(Zhēn)姓。

【榛莽】zhēnmǎng〔名〕〈書〉叢雜的草木：斫除～。

【榛榛】zhēnzhēn〔形〕〈書〉草木叢雜的樣子：草木～｜荊棘～。

甄 zhēn ❶〈書〉考察，識別：～別。❷〈書〉選擇；選拔：～拔｜～舉。❸(Zhēn)〔名〕姓。

【甄別】zhēnbié〔動〕審查辨別；考察鑒別：～幹部｜～真偽。

禎 zhēn〈書〉吉祥；以真誠而受福佑。多見於人名。

嫀 zhēn 多見於女性人名。

箴 zhēn ❶〈書〉規勸；告誡：～言｜～規。❷古代一種以規勸告誡為主的文體，漢朝揚雄有《徐州箴》《太史令箴》。❸(Zhēn)〔名〕姓。

【箴言】zhēnyán〔名〕（句）〈書〉規勸告誡的話；多含指導意義的話：警世～｜古代哲人的～。

臻 zhēn ❶〈書〉達到（完善、美好的境地）：日～完善（一天一天地趨於完善）｜已～佳境。❷〈書〉聚集：百福並～（各種福分彙集在一起）。❸(Zhēn)〔名〕姓。

鱵(针) zhēn〔名〕魚名，生活在近海，有的也進入淡水，體細長，淡藍色，下頜延長如針狀，口小，眼大，鱗圓形。種類很多。也叫針魚。

zhěn ㄓㄣˇ

枕 zhěn/zhèn ❶〔名〕枕頭：竹～｜靠～｜～巾。❷〔動〕躺臥時把頭放在枕頭或其他物體上：～枕頭｜～石而臥｜～着餅捱餓（意思是有好條件，卻不會利用）。❸(Zhěn)〔名〕姓。

〔語彙〕安枕　高枕　就枕　靠枕　落（lào）枕

【枕戈待旦】zhěngē-dàidàn〔成〕枕着武器，等待天明。形容保持警惕，隨時準備作戰：戰士們～，只等一聲令下，馬上投入戰鬥。

【枕藉】zhěnjiè〔動〕〈書〉縱橫交錯地躺在一處或倒在一起：相與～乎舟中，不知東方之既白｜死者～。

【枕巾】zhěnjīn〔名〕（條，塊）覆蓋在枕頭上的針織品（多為毛巾之類）：提花～。

【枕木】zhěnmù〔名〕（根）鋪在鐵路路基上承受鋼軌的橫樑，原為方柱形木頭，現多用鋼筋水泥製成。也叫道木。

【枕套】zhěntào〔名〕枕頭由兩部分構成，中間的鬆軟的囊狀物叫枕芯，套在枕芯外面的比較美觀的織物套子叫枕套。也叫枕頭套。

【枕頭】zhěntou〔名〕〔對〕躺臥時墊着頭部的東西：繡花兒～｜睡不着怨～，真可笑！

【枕席】zhěnxí〔名〕❶枕頭和席子；泛指床榻：不安｜願薦～（願意嫁與您為妻）。❷（～兒）（塊）天熱時鋪在枕頭上的小涼席。也叫枕頭席兒。

【枕芯】zhěnxīn〔名〕枕套中套着的鬆軟的囊狀物，內裝木棉、蒲絨等。也叫枕頭芯兒。

畛　zhěn〈書〉明亮。

畛　zhěn〈書〉❶田間小路：～陌｜～畦。❷界限：～畛｜～域。

【畛域】zhěnyù〔名〕〈書〉界限；範圍：～分明｜彼此無分～｜初不存～之見。

疹　zhěn〔名〕皮膚上起的紅色小疙瘩，多由於皮膚表層發炎浸潤而引起：濕～｜蕁麻～｜丘～｜皰～｜風～｜皮～。

【疹子】zhěnzi〔名〕〈口〉麻疹的通稱：出～。

袗　zhěn〈書〉❶單衣。❷華美的：～衣。

紾（紾）zhěn〈書〉變化：禍福利害，千變萬～。

軫（軫）zhěn㊀❶古代車廂底部四周的橫木，借指車：停～｜還～。❷二十八宿之一，南方朱雀七宿中的第七宿。參見"二十八宿"（347頁）。❸（Zhěn）〔名〕姓。㊁〈書〉悲痛；深切：～念｜～恤｜～悼。

【軫念】zhěnniàn〔動〕〈書〉悲痛地懷念：憤慨之餘，殊深～。

診（诊）zhěn　診察：初～｜復～｜急～｜巡～｜候～｜出～。

語彙　會診　門診　確診　聽診　義診　應診

【診察】zhěnchá〔動〕醫生對病人進行觀察和檢查，以了解病情：住院～｜細心～。

【診斷】zhěnduàn〔動〕醫生在了解病情的基礎上，對病因、性質和程度等做出判斷：到底是甚麼病，讓醫生～一下｜證明｜～書。

【診療】zhěnliáo〔動〕診察並治療：巡迴～｜～所（基層的醫療單位）。

【診脈】zhěn//mài〔動〕中醫用食指、中指、無名指按在病人腕部動脈上，根據脈搏的快慢、強弱、深淺等形態變化來診察病情：先～，後開方｜診一診脈。也說按脈、把脈、號脈、切脈。

【診室】zhěnshì〔名〕❶附設於企事業單位內部的綜合性簡易醫療機構，規模比診所要小。通稱診療室、醫療室、醫務室。❷（間）醫院門診部或較大的診所內部分設的對病人進行診察的房間：外科第三～。

【診所】zhěnsuǒ〔名〕（家）❶規模較小的醫療單位。❷醫生個人開業看病的地方：私人～。

【診治】zhěnzhì〔動〕診療；接受診療：用多種方法～｜有病早一點兒～。

積　zhěn〈書〉細密。

縝（缜）zhěn〈書〉細緻：～密。

【縝密】zhěnmì〔形〕細緻；周密：～的頭腦｜～的計劃｜研究的方法十分～。

鬒　zhěn〈書〉（頭髮）黑而稠密：～髮如雲。

---

zhèn　ㄓㄣˋ

圳　zhèn〔名〕田間水溝；水渠。多用於地名：深～（在廣東南部，是經濟特區）。

振　zhèn❶〔動〕振作；奮起：萎靡不～｜一蹶不～｜精神為之一～。❷〈書〉揮動；抖動：～臂高呼｜～筆疾書｜新浴者必～衣。❸振動：共～｜～幅。❹（Zhèn）〔名〕姓。

語彙　共振　諧振　一蹶不振

【振臂】zhènbì〔動〕揮動手臂（表示奮發或激昂）：～高呼｜～而起。

【振動】zhèndòng〔動〕物理學上指物體以某一位置為中心往復不斷地運動。也叫振蕩。

【振奮】zhènfèn❶〔形〕振作奮發（跟"萎靡"相對）：精神～｜士氣非常～｜一聽這話，馬上就～起來。❷〔動〕使振奮：～精神｜～人心的好消息｜～全軍的士氣。

【振幅】zhènfú〔名〕物體在振動過程中偏離中心位置的最大距離。

【振聾發聵】zhènlóng-fākuì〔成〕聵：耳聾。發出大響聲，讓耳聾的人也聽得見。比喻用語言文字喚醒糊塗麻木的人。也比喻見解深刻，使人突破認識屏障：讀達爾文的《物種起源》，真有～的作用。也說振耳發聵。

【振興】zhènxīng〔動〕通過發展使興盛起來：～中華｜～經濟｜～教育事業。

> **"振興中華"的由來**
> 1894年11月24日，孫中山起草《檀香山興中會章程》，其第一條云："是會之設，專為振興中華，維持國體起見。蓋我中華受外國欺凌，已非一日……茲特聯絡中外華人，創興是會，以申民志而扶國宗。"

【振振有詞】zhènzhèn-yǒucí〔成〕振振：理直氣壯的樣子。形容自認為理由很充分，說個沒完：他～，仿佛真理就在自己手中。也作振振有辭。

【振作】zhènzuò❶〔形〕精神振奮，情緒高漲：

聽了老師的話，大家很～。❷〔動〕使振作：～精神｜你要～起來。

朕 zhèn ㊀〔代〕人稱代詞。❶ 我，我的（用於秦始一以前）：～不食言｜～皇考曰伯庸。❷ 秦始皇起定為皇帝專用的自稱，歷代帝王沿襲下來：～為始皇帝。
㊁〈書〉預兆：～兆｜凡物有～，唯道無～。

【朕兆】zhènzhào〔名〕〈書〉預兆；兆頭：有～可尋｜事先毫無～。

陣（阵）zhèn ㊀❶ 古代軍隊作戰時佈置的以不同方式組合的戰鬥隊列：疑～｜佈～｜八卦～｜堂堂之～，正正之旗。❷ 陣地：上～｜臨～脫逃。❸（Zhèn）〔名〕姓。
㊁（～兒）〔量〕❶ 一小段時間：剛上考場那～兒有點緊張｜這一～兒工作正忙。❷ 事情活動經過的段落（多用於驟發的、持續時間比較短的情況）：下了幾～兒小雨｜響了一～兒槍聲。**注意** 跟它搭配的數詞限於“一”和“幾”。

語彙 敗陣 出陣 對陣 觀陣 叫陣 臨陣 罵陣 怯陣 上陣 壓陣 雁陣 疑陣 助陣 背水陣 迷魂陣 衝鋒陷陣

【陣地】zhèndì〔名〕❶（塊）軍隊作戰時所佔據的處所，通常築有戰壕、碉堡等工事：進入～｜～上硝煙瀰漫｜向敵軍～衝去。❷ 比喻其他重要工作的領域（多帶有定語）：宣傳～｜思想文化～｜堅守教育～。

【陣腳】zhènjiǎo〔名〕❶ 作戰時戰鬥隊列的前端：守住～。❷ 比喻關係全局工作的基礎：穩住～｜壓得住～｜壓不住～｜別亂了～。

【陣容】zhènróng〔名〕❶ 作戰隊伍的整體外觀：～威武雄壯｜顯示了我軍的強大～。❷ 比喻人員力量的配備狀態（含素質、水平、能力等）：～齊整｜演員～強大。

【陣勢】zhènshi(-shi)〔名〕❶ 作戰或比賽時的力量配備和佈置：擺開～｜對方的～已經亂了。❷ 顯示出來的場面；表現出來的趨勢：鄉鎮企業的～不小｜看這～，大雨要來了。

【陣痛】zhèntòng〔名〕❶ 分娩時因子宮一陣一陣地收縮而引起的疼痛。❷ 比喻因社會變革而起的暫時痛苦：新事物誕生，難免會有～。

【陣亡】zhènwáng〔動〕在作戰中死亡：中彈～｜在前綫～｜祭奠～將士。

【陣綫】zhènxiàn〔名〕（條）戰綫；比喻結合在一起的社會勢力：人民～｜民主～｜愛國～｜革命～。

【陣營】zhènyíng〔名〕❶ 軍隊的營壘。❷ 為了共同的鬥爭目標而聯合起來的集團勢力：和平～｜革命～。

【陣雨】zhènyǔ〔名〕（場）突然降落、突然停止、為時不長而強弱無定的雨：雷～｜剛剛下了～。

陣子 zhènzi〔量〕（北方官話）❶ 一段時間（一般指若干小時或若干天）：這～｜那～｜忙了一～。❷ 表示事情或動作的段落：下了幾～雨｜颳了一～風｜烤了一～火｜被一～笑聲驚醒。

紖（纼）zhèn〔名〕牛鼻繩；泛指牽引牲口的繩子。也叫紖子。

揕 zhèn〈書〉刺，擊：右手持匕首～之。

瑱 zhèn〈書〉同“鎮”㊀①：瑤席兮玉～（華貴坐席墊玉石鎮邊旁。
另見 tiàn（1339頁）。

賑（赈）zhèn ❶ 賑濟：～災｜以～饑民。❷ 用於救濟的款物：放～。

【賑濟】zhènjì〔動〕用衣、物、錢、糧等救濟：～災區｜～災民。

【賑災】zhènzāi〔動〕賑濟災區人民：撥款～｜這筆錢用來～。

震 zhèn ❶〔動〕震動；顫動：玻璃器皿怕～｜火車轟隆開過，～得窗玻璃直響。❷ 震懾；使顫動：威～八方｜名～遐邇｜～古爍今。❸〔動〕（情緒）過分激動：～驚｜～怒｜她不禁心頭一～，只覺得血往上湧。❹〔動〕特指地震：～級｜～中｜餘～未息｜幾分鐘後又～了一次。❺〔名〕八卦之一，卦形是“☳”，代表雷電。參見“八卦”（17頁）。❻（Zhèn）〔名〕姓。

語彙 地震 防震 抗震 威震 餘震

【震顫】zhènchàn〔動〕顫動；使震動：全身～｜開山炮使整個山谷都～起來｜嘴唇不住地～。

【震旦】Zhèndàn〔名〕古代印度對中國的稱呼。

【震盪】zhèndàng〔動〕震動；動盪；機器轟鳴聲～山谷｜槍聲使整個村子全～起來｜社會～。

【震動】zhèndòng〔動〕❶（因受到外力的影響而發生）顫動：遠處傳來隆隆的炮聲，窗玻璃也微微～起來｜忽然一聲巨響，好像大地都在～。❷（重大的事情、消息等）激動人心：我們的勝利～了全世界｜每當我讀到這一章，思想上都會引起～。

辨析 震動、振動　都可以表示因受外力作用、影響而顫動。“振動”一般指有規律的顫動，一般用於具體的物體，如“振動翅膀”“機械振動”“空氣振動”。“震動”不一定有規律，但比較強烈，並常伴有較大聲響，如“大地震動”。“震動”還表示重大的事情使人心裏不平靜或引起強烈反響，如“震動心靈”“震動足壇”“震動全國”“震動世界”；“振動”沒有這個用法。

【震耳欲聾】zhèn'ěr-yùlóng〔成〕形容聲響巨大，把耳朵都要震聾了：～的鞭炮聲｜發動機的轟鳴聲～。

Z

【震感】zhèngǎn〔名〕對地震的感覺：～明顯｜由於震級較小，周圍城市幾乎沒有～。

【震古爍今】zhèngǔ-shuòjīn〔成〕爍：光芒閃耀。形容事業偉大或功績卓著，可以震動古人，顯耀今世：勳高望重，～。

【震撼】zhènhàn〔動〕❶震動；搖撼：狂風暴雨～着草樹｜。❷比喻影響涉及（很大範圍）：這次事件～了整個世界｜這次恐怖襲擊～了全世界。❸指強烈地打動（人心）：這一番話強烈地～着孩子們的心｜這首詩使人心靈～。

【震級】zhènjí〔名〕表示地震強度的等級。參見"地震"（282頁）。

【震驚】zhènjīng❶〔形〕突然得知而異常驚訝：大為～｜感到十分～。❷〔動〕使震動和驚訝：～世界｜～中外。

【震怒】zhènnù〔動〕大怒；異常生氣和憤怒：頑皮的兒子打傷了鄰居的孩子，父親大為～。

【震懾】zhènshè〔動〕使感到震動和恐懼：～敵人｜起～作用。

【震源】zhènyuán〔名〕地球內部發生地震的地方，即地震震波的發源地。

【震中】zhènzhōng〔名〕地震時震動最嚴重受破壞最大的地方；震源正上方的地面：～區｜位於～的房屋倒塌了不少。

鴆（鴆）〈❷❸酖〉zhèn ❶傳說中的一種鳥，羽毛有毒，用來泡酒，能把人毒死。❷用鴆的羽毛泡成的酒；有毒的酒：飲～止渴。❸〔書〕用毒酒謀害：使醫～之，不死。

【鴆毒】zhèndú〔書〕❶〔名〕毒酒；毒藥：以宴安為～（把安逸看作是毒藥）。❷〔動〕用毒藥謀害；毒害：多所～。

鎮（鎮）zhèn ㊀❶〔動〕壓住；抑制：～痛｜止癢｜～浮躁。❷安定：～靜｜～定。❸用武力把守；維持安定：～守｜坐～一方｜～之以靜。❹用強力壓制；制裁：柔遠～邇。❺〔動〕把飲料、水果等置冰放在一塊兒或放在冷水裏、冰箱裏使變涼：冰～啤酒｜把西瓜用井水～一～。❻鎮物的器具：書～｜以白玉為～。❼用武力把守的地方：重～。❽〔名〕行政區劃單位，隸屬於縣。❾〔名〕較大的市集：城～｜村～｜集～｜鄉～。❿（Zhèn）〔名〕姓。

㊁❶整個的一段時間（多見於早期小說、戲曲）：～日。❷〔副〕時常；經常（多見於早期白話）：十年～相隨。

語彙 冰鎮　城鎮　村鎮　藩鎮　集鎮　市鎮　鄉鎮　墟鎮　重鎮　坐鎮

【鎮定】zhèndìng ❶〔形〕遇到緊急情況，沉着穩定；不慌張：神色～｜～自若｜請大家保持～。❷〔動〕使鎮定：～人心｜～神經。

【鎮靜】zhènjìng ❶〔形〕情緒平靜：心裏很～｜～的神態。❷〔動〕使鎮靜：～劑（對大腦皮層有抑制作用的藥劑）｜不管遇到甚麼情況都要～自己，不要慌亂。

【鎮日】zhènrì〔名〕〈書〉從早到晚；整天（多見於早期小說、戲曲）：～心緒不寧｜～大雪紛飛｜攻讀九年～勤。也說鎮日家、鎮日價。

【鎮守】zhènshǒu〔動〕軍隊駐紮在軍事重鎮防守：～要塞｜派軍～。

【鎮痛】zhèntòng〔動〕抑制或減輕疼痛：～劑｜～良方。

【鎮壓】zhènyā〔動〕❶壓緊（播種後的壟或植株行間的土壤）：麥苗都～完了。❷用強力壓制，不許進行活動：～叛亂｜暴亂很快就被～下去了。❸〈口〉處決（反動分子）：～了四個惡霸。

【鎮紙】zhènzhǐ〔名〕（方）壓住紙或書書，使紙面保持平直或書頁保持穩定，以便於寫字、繪畫或閱覽的文具，用玉石、金屬等製成。

zhēng ㄓㄥ

丁 zhēng 見下。
另見 dīng（300頁）。

【丁丁】zhēngzhēng〔擬聲〕〈書〉形容伐木、滴水、彈琴等的聲音：伐木～｜～漏水夜何長。
注意 這裏的"丁"不讀 dīng。

正 zhēng 正月：新～。
另見 zhèng（1738頁）。

【正月】zhēngyuè〔名〕農曆一年的第一個月：～寒，二月濕，正（zhèng）好時候春三月。

征 zhēng ❶往遠處走；遠行：遠～｜長～。❷出兵討伐：～伐｜南～北戰。❸（Zhēng）〔名〕姓。
另見 zhēng "徵"（1736頁）。

語彙 長征　出征　從征　遠征

【征塵】zhēngchén〔名〕行軍或長途旅行時身上沾染的塵土，借指旅途中的勞累：衣上～未洗，又開始新的奔波。

【征伐】zhēngfá〔動〕討伐：～叛逆｜出兵～。

【征夫】zhēngfū〔名〕❶古代出征的士兵：將軍白髮～淚。❷〔書〕離家遠行的人：～行未息。也說征客。

【征服】zhēngfú〔動〕❶用武力使對方屈服：一個國家強行～另一個國家是侵略行為。❷用作品或物品的高水平、高質量使別人信服：美妙的音樂～了聽眾｜我們被這部作品的藝術魅力～了。❸大力制伏或奮力完成艱險行動：～黃河｜中國登山隊～了珠穆朗瑪峰｜頑強的毅力能～世界上任何一座高峰。

【征途】zhēngtú〔名〕❶（條）遠行的路途；前往作戰的途程：踏上～｜艱辛的～｜～遙遠。❷比喻前進的歷程：革命的～｜在尋求真理的～中｜漫長的人生～不會處處平坦。

【征戰】zhēngzhàn〔動〕出征作戰：連年～｜將軍半生～。

爭（争）zhēng ⊖❶〔動〕爭奪；力求獲得或達到：～權奪利｜春一日，夏～時｜力～上游｜大家～着報名。❷〔動〕爭執；因意見不同而爭辯：百家～鳴｜～長論短｜為一點小事～來～去沒完。❸〔動〕爭鬥；因利害關係而衝突：明～暗鬥｜龍～虎鬥｜鷸蚌相～，漁翁得利｜兩國相～，不斬來使。❹〔動〕（北方官話）差：不～多少了｜～點兒沒趕上開會。❺（Zhēng）〔名〕姓。

⊖〔代〕〈書〉疑問代詞。怎；怎麼（多見於近代漢語詩、詞、曲中）：見此～無一句詩｜若是有情～不哭？

語彙 鬥爭　紛爭　競爭　抗爭　力爭　論爭　戰爭　分秒必爭　與世無爭　鷸蚌相爭

【爭霸】zhēngbà〔動〕爭奪霸權；爭當霸主：不～｜～世界。

【爭辯】zhēngbiàn〔動〕爭論和辯駁：無可～｜無休無止地～｜～真理不怕～。

【爭吵】zhēngchǎo〔動〕因意見不合或利害衝突而大聲爭辯，互不相讓：～不休｜互相～｜～了半天也沒有一個結果。

【爭寵】zhēngchǒng〔動〕力求獲得他人對自己的寵愛：～奪愛｜古代宮中嬪妃～之激烈，不亞於眾王爭位之殘酷。

【爭鬥】zhēngdòu〔動〕❶打架：一言不合，兩人～起來｜他從不跟人～。❷鬥爭；戰勝或制伏對方：和敵人～｜她生性不好(hào)～。

辨析 爭鬥、鬥爭　"鬥爭"的對象一般是人和勢力；"鬥爭"的對象除人和勢力外，還可以是自然、疾病、困難等。a)"鬥爭"指為某種目標而努力奮鬥，如"為實現美好理想而鬥爭""同疾病做鬥爭"；"爭鬥"指同對手較量，戰而勝之，如"奮力同敵人爭鬥"，二者不能互換。b)"爭鬥"可以指打架，如"孩子在街上同人爭鬥，受了傷"，"鬥爭"無此義；"鬥爭"可以指揭發打擊，如"鬥爭壞分子"，"爭鬥"無此義。

【爭端】zhēngduān〔名〕爭執不清而難以解決的事端：引起國際～｜發生邊界～｜用和平談判方式解決各國之間的～。

【爭奪】zhēngduó〔動〕爭取；奪取：～市場｜～領導權｜～世界冠軍｜～得非常激烈。

【爭分奪秒】zhēngfēn-duómiǎo〔成〕爭奪一分一秒的時間。形容抓緊時間（做某事）：～地搶修大壩｜學習上也必須～。

【爭風吃醋】zhēngfēng-chīcù〔成〕在追求同一異性時，因嫉妒而互相爭鬥：兩個女人～，動手打了起來｜一對事業上的朋友，在女人面前成了～的男人。

【爭購】zhēnggòu〔動〕爭先購買：～股票｜～紀念郵票｜到處～他的作品。

【爭光】zhēng // guāng〔動〕爭取光榮和榮譽：為祖國～｜他為母校爭了光。

【爭衡】zhēnghéng〔動〕〈書〉較量高下勝負：楚漢～｜～於天下。

【爭論】zhēnglùn〔動〕觀點不同的人各陳己見，進行辯論：～學術問題｜多～～有好處｜經過～，道理終於弄清了。

【爭鳴】zhēngmíng〔動〕（蟲、鳥等）爭着鳴叫；比喻（學術界）進行爭辯：百家～｜歡迎參加～。

【爭奇鬥艷】zhēngqí-dòuyàn〔成〕形容花草競逞新奇，爭相比美。也比喻新鮮事物爭着展示風采：百花園內，姹紫嫣紅，～｜參加演出的文藝節目～。

【爭氣】zhēng // qì〔動〕奮發努力，不安於落後，不甘示弱：～不爭財｜人爭一口氣｜他是個很～的孩子。

【爭搶】zhēngqiǎng〔動〕爭相搶奪：每人一份，大家不要～｜課堂很活躍，同學們都～着發言。

【爭取】zhēngqǔ〔動〕❶盡最大努力去獲得：～自由｜～和平｜團結起來，～更大的勝利。❷盡最大努力去實現：～一次解決問題｜～早日恢復健康｜～超額完成任務。

【爭權奪利】zhēngquán-duólì〔成〕爭奪權柄和私利：那夥人成天～｜哪裏官員～，哪裏問題就多。

【爭先】zhēngxiān〔動〕爭着趕到別人前頭；爭着居於領先地位：～恐後｜長跑運動員個個奮勇～｜～發言｜～報名參軍。

【爭先恐後】zhēngxiān-kǒnghòu〔成〕爭着趕到前頭，唯恐落在後面。形容行動踴躍：～地報名參加志願者隊伍。

【爭議】zhēngyì❶〔名〕意見分歧的情況和問題：這件事還有～｜有～的條款暫時不做結論。❷〔動〕有不同意見而辯論：雙方再～也達不成協議了。

【爭執】zhēngzhí〔動〕爭論時各持己見，互不相讓：雙方意見對立，～不下。

怔 zhēng 見下。
另見 zhèng（1741頁）。

【怔忡】zhēngchōng〔動〕中醫指心悸（心臟跳動劇烈）。

【忪忪】zhēngzhōng〔動〕〈書〉驚慌恐懼：～不安。

丞 zhēng〈書〉❶眾多：～民（眾民）。❷祭祀的通稱，特指冬祭。

挣（挣）zhēng 見下。
另見 zhèng（1742頁）。

【挣扎】zhēngzhá〔動〕在困境中奮力支撐、行動：在危難中～｜病後，他剛～着走了幾步，就覺得頭昏｜看樣子，敵人還要做垂死～。

崢（崢）zhēng 見下。

【崢嶸】zhēngróng〔形〕❶高峻突出：群峰～｜怪石～。❷比喻才氣、品格、氣象等高超不凡，超乎尋常：頭角～｜才氣～｜歲月～。

猙（猙）zhēng 見下。

【猙獰】zhēngníng〔形〕（面貌）兇惡：面目～｜～可怕。

睜（睜）zhēng〔動〕張開（眼睛）：～眼｜睏得眼睛都～不開了。

【睜眼瞎】zhēngyǎnxiā〔名〕比喻不識字的成年人；文盲：他祖宗三代都是～。

【睜一隻眼，閉一隻眼】zhēngyīzhīyǎn, bìyīzhīyǎn〔俗〕看見只裝着沒看見。指對該管的事情不認真，敷衍馬虎。也說"睜隻眼，閉只眼"。

鉦（鉦）zhēng 古代行軍時用以節止步伐的青銅樂器，似鐘而狹長，有長柄可手執，用時口朝上以槌敲擊。

蒸 zhēng ❶蒸發：～騰｜～汽｜～餾。❷〔動〕把水燒開，利用開水的蒸汽使食物變熱變熟：～包子｜把剩飯再～一～｜窩頭過一會兒就～好了。

語彙　清蒸　薰蒸

【蒸發】zhēngfā〔動〕❶液體表面轉化為氣體：溫度越高，～越快｜酒精～比水快｜鍋裏的水都～乾了。❷比喻突然或迅速地消失：販毒頭目聞到風聲很快在人間～了。

【蒸餾】zhēngliú〔動〕將液體混合物加熱變成蒸氣，再冷凝成液體，從而使不同物質或雜質分離。

【蒸餾水】zhēngliúshuǐ〔名〕用蒸餾方法取得的純淨而不含雜質的水，多用於醫藥和化學工業。也可直接飲用。

【蒸籠】zhēnglóng〔名〕用竹、木等製成的蒸食物的器具，底上有多個透氣的小孔。

【蒸汽】zhēngqì〔名〕水蒸氣：～機｜～錘｜～療法｜～供暖。

【蒸汽機】zhēngqìjī〔名〕（台）利用蒸汽的熱能做機械功的機器。

【蒸氣】zhēngqì〔名〕液體或某些固體因蒸發或升華而變成的氣態物質：水～｜水銀～｜碘～｜苯～。

【蒸騰】zhēngténg〔動〕液體因受熱化為氣體後向上散發：熱氣～｜頭上汗氣～。

【蒸蒸日上】zhēngzhēng-rìshàng〔成〕蒸蒸：熱氣上升的樣子。形容日益繁榮，不斷發展：經濟建設～｜我們的事業～。

箏（箏）zhēng ❶〔名〕一種撥弦樂器。古代的箏僅五弦，秦朝改為十二弦，隋唐改為十三弦，近代箏為十六弦，後改革增至十八弦、二十五弦不等。音箱呈長方形，竹製或木製。演奏時以右手大、食、中三指彈撥，以左手的食指、中指（或中指、無名指）按弦，以控制弦音變化。也叫古箏。❷見"風箏"（390頁）。

徵（征）㊀❶〔動〕召集國民服役；徵募：每年～一次兵｜適齡青年踴躍應～。❷〔動〕政府依法向人民收取財物；徵收：～糧｜～稅～完了。❸〈書〉收集並引用文字材料；徵引：旁～博引。❹〔動〕希望得到某種人或事物；徵求：～調｜～婚｜～聘｜～集｜～文｜～稿。

㊁❶〈書〉證明；證驗：信而有～｜文獻不足～｜有出土文物可～。❷預兆；跡象：～兆｜～候｜特～。

另見 zhǐ（1756頁）；"征"另見 zhēng（1734頁）。

語彙　病徵　緩徵　特徵　象徵　應徵　信而有徵

【徵兵】zhēng // bīng〔動〕政府徵召適齡公民到軍隊服兵役：開始～了｜每年都要徵一次兵。

【徵調】zhēngdiào〔動〕政府徵集、調用人員或物資：～人員｜防汛物資已～齊備。

【徵訂】zhēngdìng〔動〕書籍報刊發行前徵求訂購：～單｜這套叢書目前正在～。

【徵購】zhēnggòu〔動〕國家根據需要依法向生產者或所有者購買（農產品、土地等）：～糧食｜～棉花。

【徵候】zhēnghòu〔名〕某種情況發生前出現的跡象：病情有好轉的～｜看不出有下雨的～。

【徵婚】zhēnghūn〔動〕公開徵求結婚對象：～啟事｜通過電視～。

【徵集】zhēngjí〔動〕❶用書面或口頭方式收集：～革命文物｜～歷代錢幣｜～各界人士簽名。❷（政府團體）徵募並聚集：～新兵入伍｜～志願者服務社區。

【徵求】zhēngqiú〔動〕公開詢問訪求：～訂戶｜～意見。

【徵收】zhēngshōu〔動〕政府依法向公民、企業或有關機構收取（公糧、稅款、土地等）：～農業稅｜～個人所得稅。

【徵稅】zhēng // shuì〔動〕徵收稅款或實物：依法～｜對企業徵了稅，不再收取不合理費用。

【徵文】zhēngwén ❶〔動〕圍繞某個主題或題目公開向社會徵集詩文稿件：每年～一次。

❷〔名〕（篇）用上述方式徵集來的稿件：～選刊｜未入選的～恕不一一退回。

【徵象】zhēngxiàng〔名〕徵候；跡象：暴風雨前的～｜種種～表明公司要改組了。

【徵信】zhēngxìn〔動〕對有關企業、團體或個人的信用狀況進行調查後，向相關用戶提出調查報告：信用諮詢有限公司專門從事信用～、評估以及信用管理業務。

【徵詢】zhēngxún〔動〕徵求或詢問（意見）：～觀眾意見｜廣泛～消費者對商店的意見。

【徵引】zhēngyǐn〔動〕摘引；引證：直接從原文～｜～的話條註明出處｜廣泛～正反兩方面的材料。

【徵用】zhēngyòng〔動〕國家根據公共利益的需要，依法將個人、集體或單位所有或原使用的土地、房產等收作公用，同時給予適當的補償：～土地要嚴格控制｜他的房產被～了。

【徵招】zhēngzhāo〔動〕徵求；招募：～僱員｜～代理商｜～義工。

【徵召】zhēngzhào〔動〕❶ 依法招集（人員）：～適齡青年入伍｜響應國家～。❷〈書〉徵求召集賢者並授予官職：～賢能。

【徵兆】zhēngzhào〔名〕事情發生前顯露出來的兆頭；先兆：不祥的～｜地震前還是有些～，不過人們不易覺察罷了。

髯 zhēng 見下。

【髯鬡】zhēngníng〔形〕〈書〉鬚髮蓬亂的樣子。

錚（铮）zhēng ❶ 見下。❷（Zhēng）〔名〕姓。

【錚錚】zhēngzhēng ❶〔擬聲〕形容金屬或玉器撞擊的聲音：～作響。❷〔形〕響噹噹，指堅強剛正：～鐵漢（剛正堅貞的硬漢）｜鐵骨～。

鯖（鲭）zhēng 古指魚和肉燒成的菜。另見 qīng（1097 頁）。

癥（症）zhēng 中醫指肚子裏結塊的病。"症"另見 zhèng（1742 頁）。

【癥結】zhēngjié〔名〕肚子裏結塊的病，比喻事情或問題不能解決的關鍵：廠子辦不好的～是領導腐敗。

zhěng 业ㄥˇ

拯 zhěng 救：～救｜田出穀以～饑｜～民於水火之中。注意 "拯"不讀 chéng 或 chěng。

【拯救】zhěngjiù〔動〕援救；救助：把她從苦海中～出來｜～災民｜～一個孩子的性命。

整 zhěng ❶〔形〕完整；沒有剩餘或殘缺（跟"零"相對）：～數｜～年｜～塊｜～～一天｜化～為零。❷〔形〕整齊；有秩序：勻～｜齊～｜嚴～｜工～｜～然有序｜衣冠不～。

❸〔動〕整理；整頓：～編｜～隊｜休～｜重整旗鼓｜瓜田不納履，李下不～冠（路過瓜田不彎腰提鞋子，路過李樹不抬手扶正帽子，比喻避嫌疑）。❹〔動〕修理：～容｜～枝｜～舊如新。❺〔動〕使遭受痛苦或不幸：～人｜捱～。❻〔動〕（東北話、西南官話）搞；弄：別亂～｜你不會就不要～嘛。❼（Zhěng）〔名〕姓。

> 語彙　工整　歸整　規整　平整　齊整　調整　完整　休整　修整　嚴整　勻整

【整編】zhěngbiān〔動〕❶ 整頓和改編（軍隊等組織）：集中一段時間～，以利再戰｜我們這個師，將～成三個團｜限期～完畢。❷ 整理和編寫（文字資料等）：～地震資料｜長江歷年的水文資料有待進一步～｜指定專人負責把這些材料～好。

【整飭】zhěngchì〈書〉❶〔動〕整頓；整治；使有條理：～學風｜～軍容。❷〔形〕整齊；嚴整；有條理：服裝～｜軍容～。

【整除】zhěngchú〔動〕一個整數除另一個整數，得到的商是整數而沒有餘數時，就叫整除：3能～9｜9能被3～。

【整黨】zhěng//dǎng〔動〕整頓黨的組織；特指中國共產黨整頓自己的組織（不同時期有不同的內容）：～工作｜開始～｜兩年前整過一次黨。

【整隊】zhěng//duì〔動〕把隊伍集合起來，排成隊列：打靶完畢，～回營｜～入場｜立即整好隊出發。

【整頓】zhěngdùn〔動〕使紊亂的、不健全的變為整齊有序、健全起來：～課堂秩序｜～基層組織｜一定要把我們車間～好｜～領導班子。

【整風】zhěng//fēng〔動〕整頓思想作風和工作作風等：～中實行"懲前毖後，治病救人"的方針｜自從整了風，大家的精神面貌就好起來了。

【整改】zhěnggǎi〔動〕整頓並改進、改革：認真～｜為～做好準備。

【整個】zhěnggè（～兒）〔形〕屬性詞。全部；整體：～下午｜～兒社會｜～事業｜～計劃。

> 辨析　整個、全部　"整個"多用於作為一個整體的事物，如"整個工程""整個學校""整個部隊"等；"全部"多用於由許多個體合成的事物，如"全部存貨""全部槍支""全部家具"等。

【整合】zhěnghé〔動〕通過調整重新組合：改革、～後的企業生機煥發｜把小規模的生產～成大規模的生產。

【整機】zhěngjī〔名〕組裝好的機器：這款筆記本電腦～重1公斤。

【整潔】zhěngjié〔形〕整齊清潔：穿着（zhuó）～｜經過收拾，客廳裏顯得格外～。

【整理】zhěnglǐ〔動〕❶ 收拾整頓，使有條理：～

Z

床鋪｜～文件｜～內務。❷（對古書）進行校
點、校勘等工作，使便於利用：～古籍｜～祖
國文化遺產。

【整料】zhěngliào〔名〕(塊)整塊的材料，即合乎
一定尺寸，可用來製作一個物件(如一件衣服)
的材料等(區別於"零頭")：充分利用～｜這
是塊～，可別浪費了。

【整流】zhěngliú〔動〕把交流電變成直流電：～管
(起整流作用的電子管或晶體管)｜～器(將交
流電變為直流電的一種裝置)。

【整齊】zhěngqí ❶〔形〕有秩序；有條理(跟"雜
亂"相對)：～的步伐｜屋裏收拾得又～，又
乾淨｜大夥兒的服裝整整齊齊。❷〔形〕外形
一致；有規則：一排排～的宿舍｜新出的麥苗
十分～｜馬都是那樣肥壯，個子毛色又～。
❸〔形〕水平相近：這一班學生程度～。
❹〔形〕齊全：人馬～｜到會的人極為～。
❺〔動〕使有秩序，不紊亂：大家要～步伐，
並肩前進。

【整容】zhěngróng〔動〕❶ 修飾和美化容貌：大病
後，會見客人，她都細心～。❷ 給有缺陷或受
損傷的面部施行手術，使美觀、完整：傷者的
面部已做過了～｜～手術很成功。

【整數】zhěngshù〔名〕❶ 不含分數或小數的數：
正～(不帶負號的自然數)｜負～(帶負號的
自然數)｜零也是一個～。❷ 不帶零頭的數
目(區別於"零數")：十、百、千、萬、億都
是～｜湊個～，算一百斤得了｜零頭不計，～
是五百萬元。注意 "整數"和"零數"是相對而
言，沒有絕對的界限。在 3500 元中，3000
元是整數，500 元是零數；在 3579 元中，3000
元或 3500 元都可以是整數，而以剩下的為零
數。餘可類推。

【整套】zhěngtào〔形〕屬性詞。完整的或成系統
的一套(前邊可加數詞"一")：～設備｜一～
計劃｜～雜誌缺一本，價值就降低了。

【整體】zhěngtǐ〔名〕一個集體的全體；全體(跟
"部分""局部"相對)：～觀念｜不可分割
的～｜～成一個完美的～｜家庭是社會這個～
的組成部分。

【整天】zhěngtiān〔名〕全天；從早到晚整一天：
星期日還忙了一～｜我星期三～都在家｜三個
人幹了兩個～。

【整形】zhěngxíng〔動〕指用外科手術使患者的
身體外形或生理機能恢復正常：～手術｜～外
科｜她的上唇是整過形的。

【整修】zhěngxiū〔動〕整治和修理：～梯田｜故
居已一新｜古寺經過～，更顯得莊嚴肅穆。

辨析 整修、修整 "整修"多用於規模較大的
工程；"修整"多用於個體的、小量的東西或規
模較小的工程，如農具、果樹、門窗等。

【整訓】zhěngxùn〔動〕整頓和訓練：～部隊｜幹

部～。

【整整】zhěngzhěng〔副〕表示達到某個整數；
不折不扣(多用於強調數量之大)：～五十公
里｜～一千萬元｜住了～二十年｜～裝了三
卡車。注意 "整整"用在動詞前和用在數量詞
前，基本意思一樣，只是強調的重點有所不
同。如"整整裝了三卡車""裝了整整三卡車"。

【整治】zhěngzhì〔動〕❶ 整頓治理；修理：～經
營不善的企業｜～航道。❷ 懲罰；管教：這些
佔道經營的攤販得～～。❸ 做；搞；從事(某
項工作)：～飯食｜～莊稼(搞田間管理)。

【整裝】zhěngzhuāng〔動〕❶ (-//-)整理衣裝：
先整一下裝再出去見客人。❷ 整理行裝或裝
備：～待發｜立即～前往。

zhèng ㄓㄥˋ

正 zhèng ❶〔形〕符合標準方向；垂直(跟
"歪"相對)：～東｜～上方。❷ 位置或時間
在正中的(跟"側""偏"相對)：～殿｜～門｜～
廳｜～午。❸ 正面(跟"反"相對)：這種紙不
分～反。❹〔形〕正直，正當(dàng)：廉～｜
剛～不阿｜公～無私｜義～詞嚴。❺ 合於法則或
規矩：～規｜名～言順｜改邪歸～｜撥亂反～。
❻ 端正：～楷｜～體。❼〔形〕(色、味等)純正
不雜：～色｜這帶魚味兒不～。❽〔形〕屬性詞。
主要的；基本的(區別於"副")：～題｜～副教
授。❾〔形〕屬性詞。物體或圖形的各邊、各角
或所有半徑都相等的：～三角形｜～六面體｜～
圓形。❿〔形〕屬性詞。大於零的(跟"負"相
對)：～數｜～號｜～負相乘得負。⓫〔形〕屬性
詞。物理學上指失去電子的(跟"負"相對)：～
極｜～電。⓬〔動〕使位置正：～一～帽子｜～襟
危坐。⓭ 使端正：～人心｜～本清源｜～人先
己。⓮ 訂正；改正：～誤｜～音｜～字。⓯〔副〕
恰好；剛好：高低～好｜我～要找你｜冬季修水
利，～是好時機。⓰〔副〕加強肯定語氣：關鍵
在這裏｜～是為了你，我才來的。⓱〔副〕表示動
作或狀態在持續中：列車～開往北京｜我～忙着
呢｜心裏～難受着呢。⓲ (Zhèng)〔名〕姓。
另見 zhēng(1734 頁)。

語彙 辨正 補正 純正 訂正 端正 反正 方正
斧正 改正 剛正 更正 公正 矯正 校正 教正
糾正 就正 勘正 匡正 立正 修正 修正 雅正
嚴正 真正 指正 轉正 改邪歸正 矯枉過正

【正版】zhèngbǎn〔名〕正式出版發行的圖書音
像製品版本(區別於"盜版")：～書｜～光
盤｜～產品。

【正本】zhèngběn〔名〕❶ 作為正式依據並備有副
本的文書、文件：兩國交換了文件的～｜將～
送存檔案庫。❷ 藏書中備有副本的正式原本圖

書：～不外借｜現在只能看到影印本，～藏在善本書室裏。

【正本清源】zhèngběn-qīngyuán〔成〕從根本上整治，從源頭上清理：不採取～的辦法，恐怕難以解決問題。

【正比】zhèngbǐ〔名〕❶ 兩個相關事物或同一事物的兩個方面，彼此有相一致的量變關係，這種現象叫正比（跟"反比"相對）：兒童年齡的增長和體力的增強成～｜出色的成績和辛勤的勞動成～。❷ 正比例的簡稱。

【正比例】zhèngbǐlì〔名〕a 和 b 兩個量，a 擴大到若干倍，b 也隨着擴大到若干倍，或者 a 縮小到原來的若干分之一，b 也隨着縮小到原來的若干分之一，這兩個量的變化關係叫正比例（跟"反比例"相對）。簡稱正比。

【正編】zhèngbiān〔名〕有續編的書，原書叫正編。

【正步】zhèngbù〔名〕隊伍行進的一種步法，上身保持立正姿勢，兩臂擺動較高，兩腿繃直，兩腳着地有力（區別於"便步"）。通常用於檢閱。

【正餐】zhèngcān〔名〕正常的餐飯，如一日三餐。

【正冊】zhèngcè〔名〕❶ 舊時指專門登錄"好人"的戶口冊，如前清時地方官府編寫丁口冊，就分正冊、另冊兩種，好人入正冊，匪盜等壞人入另冊。❷ 舊時指專門登錄出類拔萃人物的一種名冊（區別於"副冊"）：金陵十二釵－《（紅樓夢》中十二位女子名冊）。

【正常】zhèngcháng〔形〕符合常規常情（跟"異常""反常"相對）：～現象｜～關係｜～的情況｜～的溫度｜呼吸～｜發動機運轉～｜飲食起居很～。

【正大光明】zhèngdà-guāngmíng〔成〕言行正派，胸懷坦蕩：做事～，從不搞陰謀詭計。也說光明正大。

【正當】zhèngdāng〔動〕正處在（某時間）：～其時｜～播種之時｜～人手奇缺的時刻，他們來了。

　　另見 zhèngdàng（1739 頁）。

【正當年】zhèngdāngnián 正處在身強體壯或精力充沛的年齡：他～，多幹點活累不壞｜十七八力不全，二十七八～。

【正當】zhèngdàng〔形〕❶ 屬性詞。合法或合乎情理的：～要求｜～防衞｜～的行為｜～的途徑｜保護公民的～權益。❷（人品）端正；正派：這個人向來很～｜為人～。

　　另見 zhèngdāng（1739 頁）。

【正當防衞】zhèngdàng fángwèi 為使國家、公共利益、本人或他人的人身、財產和其他權利免受正在進行的不法侵害而採取的制止不法侵害的行為。正當防衞對不法侵害人造成傷害的一般不負刑事責任。

【正道】zhèngdào〔名〕❶（條）"正路"①：從～走，稍微遠一點兒｜天黑了，走～回去，別抄小道了。❷"正路"②：要引導青年走～｜堅守崗位，做好工作，這是～。

【正點】zhèngdiǎn〔動〕（車、船、飛機等）準時開出、運行或到達（跟"晚點""誤點"相對）：火車～開出｜飛機～到達｜開到北京的高鐵都～。

【正電】zhèngdiàn〔名〕質子所帶的電，物體失去電子時帶正電（跟"負電"相對）。舊稱陽電。

【正法】zhèngfǎ〔動〕依法執行死刑（含嚴肅意）：就地～。

【正方】zhèngfāng ㊀〔形〕屬性詞。四條邊相等、四個角也相等的；立方體的：～形｜～體｜～桌子（桌面呈正方形的桌子）｜～盒子（盒面呈正方形或六面均為正方形的盒子）。㊁〔名〕辯論中對某命題持肯定意見的一方或提出論點的一方（跟"反方"相對）。

【正方體】zhèngfāngtǐ〔名〕立方體。

【正方形】zhèngfāngxíng〔名〕四條邊相等、四個角都是直角的四邊形。

【正房】zhèngfáng〔名〕❶（間）四合院子裏位於正面的房屋，通常是坐北朝南（區別於"耳房""廂房""偏房"）。也叫上房。❷ 借指大老婆（區別於"偏房"）。也叫正妻。

【正告】zhènggào〔動〕❶ 鄭重告訴（含規勸意）：老師～同學們要珍惜青春年華。❷ 嚴正告訴（含警告意）：～侵略者，玩火者必自焚！

【正規】zhèngguī〔形〕合乎正式規定或統一標準：～軍（有統一的編制、統一的訓練和統一的制度的軍隊）｜～化｜～學校｜～教育｜訓練很～。

【正軌】zhèngguǐ〔名〕正常的秩序、狀態；合乎正常的發展道路：教學逐漸恢復了～｜各項工作業已納入～。

【正果】zhèngguǒ〔名〕佛教稱由正道修行所得的結果；借指學術成就：修成～｜成不得～｜～非一日之功所能獲致。

【正好】zhènghǎo ❶〔形〕正合適：你來得～｜這雙鞋我穿～。❷〔副〕表示恰巧遇到機會：好不容易見面，～向您求教｜下雨天不能出去，～在家讀點書。

【正號】zhènghào（～兒）〔名〕數學上表示正數的符號，用"＋"表示。

【正極】zhèngjí〔名〕"陽極"①。

【正襟危坐】zhèngjīn-wēizuò〔成〕理好衣襟，端端正正地坐着，表示恭敬、嚴肅或拘謹：會議開始主席～，態度嚴肅｜先生讀書時必～，毫不苟且。

【正經】zhèngjīng ❶〔形〕正派：假～｜不～｜他是個～人。❷〔形〕正當（dàng）：說～的｜跟你談件～事｜錢要花在～的地方。❸〔形〕正式；正規：要請客就正正經經請｜這些都是～

貨。❹〔副〕（北京話）真正；確實：唱不～唱，跳也不～跳，算怎麼回事｜這莊稼長得～不錯呢！

【正經八百】（正經八擺）zhèngjīng-bābǎi（北京話）正經的；認真嚴肅的：～的莊稼人｜你瞧那孩子一副～的樣子，多逗人樂呀！

【正楷】zhèngkǎi〔名〕楷書。

【正理】zhènglǐ〔名〕正確的道理：合乎～｜你說的不是～｜犯了錯誤就堅決改正，這才是～。

【正路】zhènglù〔名〕❶（條）正式通行的路；大路：走～去，遠就遠一點兒。❷比喻為人處事的正當（dàng）途徑（跟“邪路”相對）：正直的人走～｜一心為公，不謀私利，這才是～。

【正門】zhèngmén〔名〕（道）整個建築物正面中間的主要的門：中山公園有～、後門和旁門｜北京故宮的～朝南。

【正面】zhèngmiàn ❶〔名〕人體臉部、胸部、腹部所在的一面（區別於“背面”“側面”）：一寸～免冠照片｜我沒有看到他的～，分不清是誰。❷〔名〕建築物正門所在的一面，裝飾多比較講究（區別於“側面”）：大會堂的～｜大樓～臨街。❸〔名〕面對着的正前方；前進的方向（區別於“側面”）：～進攻｜～防禦｜～作戰。❹〔名〕片狀物主要使用的一面或朝外的一面（跟“背面”相對）：料子的～比較光滑｜硬幣的面值鑄在～。❺〔形〕屬性詞。好的、積極的一面（跟“反面”相對）：～典型｜～人物｜～意義。❻〔名〕事情、問題等直接顯示的一面：看問題既要看到～，也要看到反面。❼〔形〕屬性詞。當面；直接：有意見可以～提｜避免～答復。

【正派】zhèngpài〔形〕（品質）好；（作風）規矩；（言行）光明正大：～人｜為人～｜作風很～。

【正片】zhèngpiàn〔名〕❶（張）用拍攝過的膠片在照相紙上洗印出來的相片。❷（部）用拍攝成的電影底片洗印出來供放映用的膠片。❸（部）在某一電影場次中映出的主要影片：～放映前，加映了新聞短片。

【正品】zhèngpǐn〔名〕質量合格的產品。

【正氣】zhèngqì〔名〕❶光明正大的氣概；剛正不阿的氣節：浩然～｜～凜然。❷純正良好的作風和風氣：打擊歪風，發揚～｜～上升，邪氣下降。

【正巧】zhèngqiǎo ❶〔形〕正合適：你來得～，今天是我生日。❷〔副〕剛好；正好：～警察來巡邏，及時發現了案情。

【正確】zhèngquè〔形〕切合實際和標準，沒有錯誤：方向～｜～的道路｜你的意見很～。

【正人君子】zhèngrén-jūnzǐ〔成〕指品行端正的人。

【正色】zhèngsè ㊀〔名〕指青、黃、赤、白、黑等五種純正的顏色（跟“雜色”相對）。㊁〔副〕態度嚴肅；神色嚴厲：～答問｜～謝絕。

【正身】zhèngshēn〔名〕當事人自己（一般用於犯人）：緝拿～｜驗明～。

【正史】zhèngshǐ〔名〕（部）指《史記》《漢書》等紀傳體史書（區別於“野史”）。

【正式】zhèngshì〔形〕屬性詞。合乎一定標準或程序的；已經確定下來的：代表團的～成員｜～黨員｜～工｜～文本｜接到了～的邀請｜會議定於七月一日～開幕。

【正事】zhèngshì（～兒）〔名〕（件）本分應該做的事；正經事兒：咱們先談～吧｜不能丟了～不辦｜～都忙不過來，哪有工夫去玩兒。

【正室】zhèngshì〔名〕大老婆（區別於“側室”）。

【正視】zhèngshì〔動〕認真嚴肅地對待，不敷衍，不迴避：～困難｜～缺點｜～現實問題。

【正數】zhèngshù〔名〕數學上指大於零的數（跟“負數”相對）。

【正說】zhèngshuō〔動〕以史實為主要依據，正面敍述歷史事件（區別於“戲說”）：～清朝十二帝。

【正題】zhèngtí〔名〕❶說話或寫文章的主要內容或中心問題：咱們還是談～吧｜文章扯遠了，完全離開了～｜扯了半天，還沒有觸及～。❷文章的主要標題（區別於“副標題”）：這篇文章的～很吸引人。也叫正標題。注意文章只有一個標題時，無所謂正副。如有兩個標題，則通常稱第一個為正題，第二個為副標題。副標題對正題起補充說明的作用。

【正統】zhèngtǒng ❶〔名〕舊指封建王朝先後相承的合法的統治系統：～的政權｜《資治通鑒》以三國魏為～，《三國演義》則以三國蜀為～。❷〔名〕泛指學派別中一脈相傳的嫡派：他是這個學派中的～。❸〔形〕（人、事）符合傳統的：他這個人特別～。

【正文】zhèngwén〔名〕著作的本文（不包括“注解”“附錄”等）：詞典～｜這部書的～有二百多萬字。

【正午】zhèngwǔ〔名〕中午十二點。

【正誤】zhèngwù ❶〔名〕正確和錯誤：分清～。❷〔動〕勘正（書刊文字的）錯誤：～表。

【正兇】zhèngxiōng〔名〕（名）兇殺案件中的主要兇手（區別於“幫兇”）。

【正言厲色】zhèngyán-lìsè〔成〕言辭莊重，表情嚴肅：～地發表了一通訓話｜因為出了次品，師傅～地批評了他一通。

【正顏厲色】zhèngyán-lìsè〔成〕臉色嚴肅，表情嚴厲：他偶爾出了次品，師傅也會～地批評一通｜父親～地說他，叫他不要再去賭博。

【正義】zhèngyì ㊀❶〔名〕公正的，符合人民利益的事業或道理：為～而戰｜伸張～｜主持～。❷〔形〕屬性詞。合乎正義的：～戰爭｜站在～的立場。㊁〔名〕經史文字義理的正確解釋，

也用於書名:《五經～》|《史記～》。

【正音】zhèngyīn ❶(-//-)〔動〕矯正語音,使正確:幫助學生～|請老師給你正一正音,學好普通話。❷〔名〕正確的語音;標準音:～詞典。

【正在】zhèngzài〔副〕表示動作在進行或狀態在持續中:我們～排練|機器～進行改裝|情況～一天天好轉。注意"正在"後面如果是名詞,則"正"和"在"應是兩個詞,即副詞"正"和介詞"在"。如"他正在車站等你"我正在家閒着呢",其中的"在車站""在家"均為介賓結構,是用來修飾後邊的"等"和"閒"的。

辨析 正在、正、在　a)三個詞在表示行動狀態持續的副詞義時,"正"着重指時間,"在"着重指狀態,"正在"既指時間又指狀態。b)這個意義的"正""正在"可直接同動詞組合,如"我們正在學習""我們在學習",用"正"則要在句末加"呢",如"我們正學習呢"。c)"在"後不能用介詞"從","正"和"正在"不限,如"他正從上面下來",或"他正在從上面下來",不能說成"他在從上面下來"。d)"在"可以表示反復進行或長期持續,"正"和"正在"不能,如"經常在思考""一直在研究",不能說成"經常正(正在)思考""一直正(正在)研究"。

【正正】zhèngzhèng〔副〕加強肯定語氣(常見於港式中文):這座建築的設計～反映了中國傳統文化特色|這些舉措～體現了我們實現中國夢的決心。

【正直】zhèngzhí〔形〕公正坦率;不偏邪:為人～|～的人。

【正職】zhèngzhí〔名〕部門中主要的、只設一人的領導職位(區別於"副職"):擔任～|～尚未任命。

【正中】zhèngzhōng〔名〕方位詞。不前不後、不左不右的地方:廣場的～有一座紀念碑|圓桌擺在客廳～。注意 也說"正當中"或"正中間"(含強調義),如"花圃就ική在院子的正當中""驢騎後,馬騎前,騾子騎在正中間"(騎牲口宜分清部位)。

【正中下懷】zhèngzhòng-xiàhuái〔成〕下懷:自己的心意。指別人說的話或做的事,正好符合自己的心意:我一聽那個人說的話,感到～,立即表示贊成。

【正字】zhèngzì ❶〔動〕(-//-)矯正字形,使符合規範:～法|小學生應注意～練習。❷〔名〕規範的字形;標準字形:～表。

【正宗】zhèngzōng ❶〔名〕佛教指初祖所創建的宗派,後來泛指各種學術技藝流派的正統:文章～|中國傳統文學向以詩文為～|梅派～(梅蘭芳流派正宗)。❷〔形〕屬性詞。正宗的;真正的:～川菜|這個店的烤鴨很～。

怔 zhèng/lèng〔動〕因驚愕、受刺激一時表情呆滯,無反應:一見她的面,大家都～住了|倆人相對無言,～了半天,誰也說不出話來。

另見 zhēng(1735頁)。

政 zhèng ❶政治;政事:～體|～令|～績|參～議～。❷國家某一部門主管的業務:郵～|財～|民～。❸政權:執～|當～。❹政府;行政機構:擁～愛民|精兵簡～。❺家庭或集體生活中的事務:家～|校～。❻(Zhèng)〔名〕姓。

語彙 暴政 弊政 秉政 財政 參政 朝政 從政 大政 當政 德政 國政 建政 軍政 苛政 廉政 民政 內政 親政 勤政 仁政 施政 時政 市政 聽政 憲政 行政 議政 執政 專政 各自為政 精兵簡政

【政變】zhèngbiàn〔動〕政府或軍隊中的少數人採取非常手段自上而下地造成國家政權的突然變更:軍事～|宮廷～|粉碎了一起未遂～。

【政策】zhèngcè〔名〕(項,條)國家或政黨為完成一定歷史時期的總任務而制定的各方面的處事辦法和行動準則:工業～|稅收～|掌握～|加強～教育。

【政黨】zhèngdǎng〔名〕代表一定階級、階層或集團的利益並為之奮鬥的政治組織。

【政敵】zhèngdí〔名〕(名)因政見不同而處於對立地位的人;政治上的敵手:他們兩個人雖說是～,可私交很好。

【政法】zhèngfǎ〔名〕政治和法律:～部門|～工作|～幹部|～學校。

【政風】zhèngfēng〔名〕政府部門的工作作風:促進～建設|不良～。

【政府】zhèngfǔ〔名〕國家權力機關的執行機關,即國家行政機關(中央政府和地方各級政府),如中國的國務院即中央人民政府。

【政綱】zhènggāng〔名〕政治綱領;政黨或社會集團在一定時期內的政治任務和要求。

【政工】zhènggōng〔名〕政治工作:～部門|～幹部。

【政紀】zhèngjì〔名〕行政紀律:嚴肅～|～處分。

【政績】zhèngjì〔名〕官員在任職期間的業績。

【政績工程】zhèngjì gōngchéng 形象工程:急功近利的～,有不少屬於豆腐渣工程。

【政見】zhèngjiàn〔名〕政治見解:～相同|～不合|發表～。

【政界】zhèngjiè〔名〕政治界:～人士|退出～。

【政局】zhèngjú〔名〕政治局勢:～穩定|國內～|控制了～。

【政客】zhèngkè〔名〕(名)政治掮客;進行政治投機,玩弄權術以謀求私利的人。

【政令】zhènglìng〔名〕(項,條)政府頒佈的政策法令：推行～｜～暢通。

【政論】zhènglùn〔名〕(篇)政治評論：發表～｜～家｜～文章。

【政權】zhèngquán〔名〕❶對一個國家或地區實行政治統治的權力。❷指政權機關。

【政審】zhèngshěn〔動〕進行政治審查：～工作｜通過～，被機要部門錄用。

【政壇】zhèngtán〔名〕政界：～人物｜退出～。

【政體】zhèngtǐ〔名〕國家政權的構成形式，如人民代表大會制、議會制、君主立憲制等。中國的政體是人民代表大會制。

【政委】zhèngwěi〔名〕(位，名)政治委員的簡稱。是中國人民解放軍團以上部隊或某些獨立營的政治工作人員，主持黨委日常工作，和軍事指揮員同為部隊首長。

【政務】zhèngwù〔名〕國家政治和行政方面的事務：～繁忙｜～院(1954年9月以前，中國中央人民政府的名稱，此後改稱國務院)。

【政協】zhèngxié〔名〕政治協商會議的簡稱。是中國人民愛國統一戰線的組織形式。有全國性的組織"中國人民政治協商會議"，也有地方性的各級政協。

【政要】zhèngyào〔名〕(位)政權機構或政界的重要人物：～雲集｜報紙上出現了幾位新～的名字。

【政治】zhèngzhì〔名〕政黨、社會集團在國家生活和國際關係方面的政策和活動。政治是經濟的集中表現，又給經濟以巨大影響。

【政治避難】zhèngzhì bìnàn一國公民因政治原因逃到別國，請求該國政府准予居留並給予法律保護。

【政治犯】zhèngzhìfàn〔名〕(名)因從事某種政治活動被政府當局認為犯罪的人。

【政治家】zhèngzhìjiā〔名〕(名，位)在政治活動方面有卓越成就或有深遠影響的人，多指國家的領導人物。

【政治性】zhèngzhìxìng〔名〕政治方面的特性；政治傾向性：～很強｜～錯誤。

症 zhèng 疾病：不治之～｜對～下藥。
另見zhēng"癥"(1737頁)。

【症候】zhènghòu〔名〕❶疾病：他得了甚麼～？❷症狀：心臟病的～有哪些？

【症狀】zhèngzhuàng〔名〕生物體因患病而呈現的不正常的狀態、感覺；病狀：初期～｜～不明顯｜這種病的～是食欲不振、四肢無力和持續低燒。

掙(挣) zhèng ㊀〔動〕用力擺脫束縛：～斷了捆在身上的繩子。
㊁〔動〕❶用勞動換取：～飯吃｜～錢。

❷用力爭取：～面子｜面子～回來了。
另見zhēng(1736頁)。

【掙揣】zhèngchuài〔動〕〈書〉掙扎：難以～。也作閘閘。

【掙命】zhèngmìng〔動〕❶為保住生命而掙扎：落水的人在～。❷〈口〉拚命幹活：歲數兒大了，別一個勁兒地～了。❸(北京話)做丟人的事：你別四處兒～去了！

【掙錢】zhèng∥qián〔動〕用勞動換取錢財：出外～｜～養家｜一年到頭掙不了多少錢。

閘(闸) zhèng 見下。

【閘閘】zhèngchuài 同"掙揣"。

諍(诤) zhèng / zhēng〈書〉直言規勸：力～｜諫～｜～諫。

【諍諫】zhèngjiàn〔動〕〈書〉對尊長、朋友進行規勸，使改正錯誤：歷史上敢於～的名臣，多為後世所稱道。

【諍言】zhèngyán〔名〕〈書〉直率地勸人改正錯誤的話：～屢進｜容納～。

【諍友】zhèngyǒu〔名〕(位)〈書〉能直言規勸人改正錯誤的朋友：難得的是～，敢於當面批評。

鄭(郑) Zhèng ❶周朝諸侯國名，在今河南新鄭一帶。❷〔名〕姓。

【鄭重】zhèngzhòng〔形〕嚴肅認真(跟"輕率"相對)：～聲明｜穿拖鞋進音樂廳很不～。

【鄭重其事】zhèngzhòng-qíshì〔成〕嚴肅認真地對待工作或事情：他～地向領導呈交了一份辭職書｜學會的秘書～地說："凡已經發表過的論文，不得再提交學術年會。"

證(证) zhèng ❶證明：～實｜求～｜～查～。❷憑據：人～｜物～｜罪～。❸(～兒)〔名〕證件：出生～｜學生～兒｜營業許可～。❹(Zhèng)〔名〕姓。

【證詞】zhèngcí〔名〕證人作證時提供某項證明的陳述；證言。

【證供】zhènggòng〔名〕港澳地區用詞。提供給法庭的證詞或證據：由於原告～不足，所以法官宣判當庭釋放｜你現在說的每一句話都將作為呈堂～。

【證婚】zhènghūn〔動〕舉行結婚典禮時應邀為新郎新娘的結合做證明：～人｜市長親自為參加集體婚禮的新人～。

【證件】zhèngjiàn〔名〕(份)證明身份、學歷、經歷、資格等的文件，如公民身份證、畢業證書、工作證、資格證書、出國護照等。

【證據】zhèngjù〔名〕用作證明的真實憑據：搜集～｜～不足｜辦案要重～。

【證明】zhèngmíng❶〔動〕用事實或材料來表明情況的真實性：我～這話不是他說的｜事實～，這小孩沒有撒謊｜你說的情況，誰能～得了呢？❷〔名〕（份）起證明作用的文件（證明書、證明信等）：開具～｜～要隨身攜帶，以備沿途檢查。

【證券】zhèngquàn〔名〕表示對貨幣、實物等有某種所有權或債權的書面憑證，如股票、公債、國庫券及各種票據、提貨單等：～買賣｜～交易所。

【證券市場】zhèngquàn shìchǎng 證券發行和流通的活動場所。由發行市場（一級市場）和流通市場（二級市場）組成，包括債券市場和股票市場。

【證人】zhèngren〔名〕❶（位，名）法律上指能給案情提供證據的非當事人。❷泛指能對某事提供證明的人。

【證實】zhèngshí〔動〕證明屬實：在實踐中～真理和發展真理｜他的話被～了｜此事尚待～｜這個消息未經～，不可輕信。

【證書】zhèngshū〔名〕（張，份）證明具有某種資格、榮譽或權利等的專用文件：畢業～｜獲獎～｜結婚～。

【證言】zhèngyán〔名〕證人就自己知道的案件情況所做的陳述。

【證章】zhèngzhāng〔名〕（枚）機關、團體、學校等發給本單位人員佩戴在胸前以證明其身份的硬質小牌子，多用金屬製成。

【證照】zhèngzhào〔名〕❶證件和執照：～齊全。❷（張）用來貼在證件上的照片：～立等可取。

zhī ㄓ

支 zhī ㊀❶〔動〕支撐：～架子｜把涼棚～起來｜他用手～着下巴在聽人說話。❷〔動〕向外伸；豎起：～着耳朵聽｜嘴外邊～着兩隻虎牙，樣子十分難看。❸〔動〕支持；支援：～邊｜體力不～｜睏得～不住了。❹〔動〕支使；調度：～派｜得想法把他～走。❺〔動〕付出或領取（款項）：～取｜～一筆購物款｜收～相抵，尚略有剩餘。❻（Zhī）〔名〕姓。

㊁❶分支；支派：～流｜～脈｜～局｜～行（háng）。❷〔量〕用於隊伍：一～軍隊｜一～運輸隊｜我們是一～不可戰勝的力量。❸〔量〕用於桿狀物：一～筆（鉛筆、鋼筆、毛筆、畫筆）｜一～槍（鋼槍、手槍、紅纓槍）｜一～簫｜一～箭｜十～煙捲兒。❹〔量〕用於歌曲或樂曲：一～歌｜兩～新譜的曲子。❺〔量〕用於分支的棉綾或毛綾：一～棉綾｜一斤毛綾可十～。❻〔量〕棉紗等纖維粗細程度的計算單位。紗綾愈細，支數愈

多；90～紗的背心。❼〔量〕發光強度的非法定計量單位，1支相當於 1 瓦：25～光的燈泡不夠亮｜書桌上的枱燈等 40～光的。

㊂ 地支：干～紀年（用天干地支來記載年份）。

語彙　超支 地支 分支 干支 借支 開支 旁支 槍支 收支 透支 預支 獨木難支 樂不可支

【支邊】zhībiān〔動〕支援邊遠地區；支援邊疆建設：智力～｜～工作｜自願～。

【支部】zhībù〔名〕❶一些黨派、團體的基層組織。❷特指中國共產黨或共產主義青年團的基層組織：黨～｜團～。

【支撐】zhīchēng〔動〕❶頂住物體使不倒塌；承受物體的重量：鋼樑有柱子～着｜他右腿發軟，沒有拐杖～着，簡直邁不了步。❷勉力維持（某種局面）：為了～這個家，她日夜操勞｜局面如此混亂，～一天算一天吧。

【支持】zhīchí〔動〕❶自身支撐；盡力維持：病得～不住了｜連續做兩個手術，你～得了嗎？｜一家人的生活全靠她一人～。❷鼓勵和幫助：我～他這樣做｜～你們的正確主張｜我們的試驗得到了領導的大力～。

辨析　支持、支援　a）"支持"多屬精神上的同情、鼓勵和幫助，"支援"多為具體的人力、物力、財力等的援助。b）"支持"不能帶雙賓語，"支援"可以，如可以說"支援你們化肥"，但是不能說"支持你們化肥"。

【支出】zhīchū❶〔動〕支付款項；付出錢財：本月共～三千元｜事業費～得太多了｜一年的收入還不夠～。❷〔名〕（筆，項）支付的款項；付出的錢財：財政～｜軍費～｜一大筆～｜節約非生產性～。

【支絀】zhīchù〔形〕（款項）不夠支配；（錢）不夠用：經費異常～。

【支點】zhīdiǎn〔名〕❶物理學指槓桿上固定不動的一點，在槓桿發生作用時起支撐作用。❷比喻關鍵的地方：這個觀點是整個理論體系的～。

【支店】zhīdiàn〔名〕（家）一家商店在別處開設的店（比"分店"小）：這家公司在全國有五十餘處分～（分店和支店）｜本～直屬總店。

【支付】zhīfù〔動〕付出（款項）（跟"支取"相對）：～現金。

【支行】zhīháng〔名〕（家）某些營業性機構的分支機構；銀行的分行之下設立的獨立營業單位：～營業部｜～行長。

【支架】zhījià❶〔名〕支撐起來可以承重的架子：金屬～｜自行車～。❷〔動〕支撐；搭建：匠人將些木頭把屋樑～起來。

【支借】zhījiè〔動〕預支；借支：先～一點錢｜向財務部門～。

【支局】zhījú〔名〕（家）郵政局、電信局或書局等在別處設置的營業服務機構。

【支離破碎】zhīlí-pòsuì〔成〕形容零碎殘缺，不成整體：好端端一篇文章給改得～，面目全非。

【支流】zhīliú〔名〕❶（條）河流的分支；流入幹流的河流（區別於"幹流"）：贛江是長江的～。❷ 比喻事物發展的次要方面（區別於"主流"）。

【支脈】zhīmài〔名〕（條）山脈的分支：這座山是太行山的～。

【支農】zhīnóng〔動〕支援農業：～物資。

【支派】zhīpài ㊀〔名〕派別的分支；分出來的派別：小刀會的一部分是天地會的～，另一部分是白蓮教的～。㊁(-pai)〔動〕支使；調派：老愛～別人｜我～不動他｜大家都同意，隨你～吧。

【支配】zhīpèi〔動〕❶ 安排：她不會～時間，經常顯得很忙亂｜合理地～人力｜某些產品由國家直接～。❷ 指揮；控制：不能讓金錢來～一切｜興奮的情緒一直在～着我，久久不能平靜｜價格的變動要受價值規律～。

【支票】zhīpiào〔名〕（張）存戶向銀行支取或劃撥存款的票據：現金～（憑以提取現款的支票）｜轉賬～（憑以轉入某賬戶的支票）｜開～｜～薄｜空頭～。

【支前】zhīqián〔動〕支援前綫：～模範。

【支取】zhīqǔ〔動〕取出（款項）；領取（跟"支付"相對）：～加班費｜～儲蓄存款｜這筆錢請你親自到財務處去～。

【支使】zhīshi〔動〕❶ 差遣；使喚：～人｜被～得團團轉。❷ 支配；操縱：不要受感情～。

【支書】zhīshū〔名〕（位，名）支部書記：黨、團支部的主要負責人：黨～｜團～。

【支委】zhīwěi〔名〕（名，位）支部委員，是黨團基層組織中支委會的成員。

【支吾】zhīwu(-wu)〔動〕用話搪塞、應付；說話含混躲閃：～其詞｜～了半天，等於甚麼也沒說。也作枝梧。

【支綫】zhīxiàn〔名〕（條）交通綫路、通信綫路或地下管道的分支（區別於"幹綫"）：鐵路～｜公路～｜電話～｜輸油管～。

【支應】zhīyìng(-ying)〔動〕❶ 應付；接待：用幾句話～他一下｜人來客往，全靠他替我～｜我累了，你去～～。❷ 供應；供給：～公差（chāi）｜～糧草。❸ 守候；聽候支使：～門戶有我呢｜今天晚上讓他來～。

【支援】zhīyuán〔動〕（用人力、物力、財力或其他實際行動）支持和援助：～前綫｜～發展中國家｜他家裏有困難，大家～～吧。

【支招】zhī//zhāo〔動〕給人出主意：在旁邊～的，未必比下棋的高明｜看在老同學的分上，快給我支支招吧！

【支支吾吾】zhīzhīwúwú（口語中也讀 zhīzhi-wūwū）〔形〕狀態詞。（說話）吞吞吐吐，含糊躲閃：快說，別那麼～的｜他始終～，不敢正面回答。

【支柱】zhīzhù〔名〕❶（根）起支撐作用的柱子：水泥～｜這種樹的樹幹可以做～｜大殿裏有兩根～需要修理。❷ 比喻中堅力量：精神～｜經濟～｜這幾位老師是我們學校的～。

氏 zhī ❶ 見 "閼氏"（1554 頁）。❷ 見 "月氏"（1677 頁）。
　　另見 shì（1227 頁）。

之 zhī ㊀〔書〕往；到：不知所～。❷〔名〕姓。
　　㊀〔代〕〔書〕❶ 指示代詞。相當於"這、那"：～子于歸｜彼其～子（他那人）｜～二蟲又何知？❷ 人稱代詞。代替人或事物，相當於"他、它"（多做賓語）：取而代～｜將欲取～，必先與～｜無～不為～感動｜堅決、徹底、乾淨、全部殲滅～。❸ 人稱代詞。虛用，不代替甚麼（多用在固定詞語中）：久而久～｜全班成績你最好，他次～，我又次～。
　　㊁〔助〕〔書〕結構助詞。❶ 大致跟"的"（de）相當，用在修飾語和中心語之間，表示結構間的修飾關係或領屬關係：大旱～年奪豐收｜光榮～家｜星星～火，可以燎原｜赤子～心｜失敗是成功～母｜糧食是寶中～寶。注意"之"後的詞，絕大多數為單音節詞。❷ 用在主謂結構之間，取消它的獨立性，使變成偏正結構：範圍～廣泛是空前的｜影響～深遠難以預料｜規模～大世所罕見。

辨析　之、的　a）都是結構助詞。但"之"是文言，"的"是白話。"之"字後面用單音節詞的情況比較多，"的"字後面用雙音節詞的情況比較多。b）有些場合，只能用"之"，不能用"的"，如"其中之一""百分之八十""十億之多""不勝榮幸之至""想群眾之所想，急群眾之所急"。c）在有些場合，"之"字可以跟"的"字搭配着用，以顯示不同的層次，如"我們大家要學習也毫無自私自利之心的精神""實踐的觀點是辯證唯物論的認識論之第一的和基本的觀點"。d）"的"可以構成"的"字結構，相當於名詞，"之"不能，如"瓶中的花，有紅的、黃的、白的"。

語彙　反之　加之　兼之　由之　換言之　不了了之　感慨繫之　姑妄言之　好自為之　敬而遠之　取而代之　堂而皇之　心嚮往之　一笑置之　總而言之　一言以蔽之

【之後】zhīhòu〔名〕方位詞。❶ 表示在某個時間或某一事情的後面：一小時～｜看了展覽～請提意見｜～，他們又修改過多次（用在句首，表示在上文所說的事情後面）。❷ 表示在某個處所或某種順序的後面：正廳～是書房｜儀仗隊～是各省區的代表隊。

【之乎者也】zhīhūzhěyě〔成〕此四字是古漢語常用虛詞，借用來譏笑那種說話或寫文章文白夾雜、不倫不類的情況：滿口～，叫人半懂不懂的｜寫文章不要～，故意轉文。

【之間】zhījiān〔名〕方位詞。❶表示在某種距離（兩個時間、兩個處所、兩個人、兩個數）以內（不能單用）：春夏～｜往來於京滬～｜妯娌～｜孩子的年齡大約在十歲至十五歲～。❷放在某些雙音節動詞或副詞後，表示時間短暫：眨眼～｜轉瞬～｜說話～｜忽然～。

【之前】zhīqián〔名〕方位詞。❶表示在某個時間或某一事情的前面：三天～｜十二時～｜就寢～不要太激動｜放假～我們會答復你的。❷表示在某個處所或某種順序的前面：大樓～有一座假山｜湖南省代表隊排在河南隊之後，廣東隊～。

卮〈巵〉zhī 古代一種盛（chéng）酒的器皿。漏～（比喻財政上的漏洞）。

汁 zhī（～兒）〔名〕含有某種物質的液體：豆～兒（一種飲料）｜果～兒｜西瓜～兒｜墨～｜絞盡腦～。

語彙　膽汁　豆汁　果汁　墨汁　乳汁　絞盡腦汁

【汁水】zhīshui〔名〕（吳語）汁兒：牛肉～｜這種西瓜～多。

【汁液】zhīyè〔名〕汁兒（一般指植物體中的）：雄蚊專吸植物的～。

吱 zhī〔擬聲〕形容牙齒、門軸等的摩擦聲：老鼠～～叫｜院門～的一聲開了。
另見 zī（1803 頁）。

語彙　嘎吱　咯吱

芝 zhī ❶古書上指靈芝。❷古書上指白芷。❸（Zhī）〔名〕姓。

【芝蘭】zhīlán〔名〕芝草與蘭草，古時比喻高尚的品德或美好的事物：與善人居，如入～之室，久而不聞其香｜～蕭艾，豈可相提並論！

【芝麻】（脂麻）zhīma〔名〕❶（棵，株）一年生草本植物，莖直立，花白色，種子小而扁平，呈黑、白、黃、褐等色，是油料作物：～開花節節高。❷（粒）這種植物的種子，可以吃，也可以榨油：撿了～，丟了西瓜｜陳穀子、爛～（比喻陳舊而無關緊要的事物）。

【芝麻官】zhīmaguān〔名〕（名）比喻職位低的小官：七品～。

【芝麻開花 —— 節節高】zhīma kāihuā —— jié-jiégāo〔歇〕芝麻莖直，每長高一節，便開一層花。強調生活水平或價值等不斷提高：扒倒了

三間泥棚，換成了五間大瓦房，老劉頭小日子過得真是～哇！

【芝麻油】zhīmayóu〔名〕用芝麻榨的油，香味濃郁。也叫香油、麻油。

枝 zhī ❶（～兒）〔名〕樹木等植物主幹分出來的細莖：樹～｜柳～｜節外生～｜～上小鳥叫，花間蝴蝶飛。❷〔量〕用於樹枝或帶枝的花朵：折來了幾～楊柳｜瓶裏插着一～梅花。❸同"支"㊀❸。❹（Zhī）〔名〕姓。

語彙　高枝　荔枝　駢枝　整枝　橄欖枝　連理枝　不蔓不枝　節外生枝

【枝繁葉茂】zhīfán-yèmào〔成〕樹木的枝葉繁密茂盛。比喻人丁興旺，或事業擴大發展：他們家族現在～，出了不少名人｜公司要做大做強，～，要花很大力氣。

【枝節】zhījié〔名〕❶植物的枝和節，比喻相關的次要的事情：不要在～問題上糾纏｜拋開事情的～不談。注意"枝枝節節"是"枝節"的重疊形式，其意義、用法與"枝節"同。❷比喻在處理一件事情的過程中遇到的意外問題：另生～｜橫生～（意外地冒出個新問題）。

【枝蔓】zhīmàn ❶〔名〕枝條和藤蔓，比喻事物中煩瑣散亂的部分：剔除～。❷〔形〕比喻煩瑣散亂，頭緒不清：文辭～｜不枝不蔓（不蕪雜散亂）。

【枝梧】zhīwú 同"支吾"。

【枝葉】zhīyè〔名〕❶植物的枝子和葉子：～扶疏（枝葉繁茂有致的樣子）。❷比喻瑣碎而次要的事物：～問題｜我們應抓住主幹，而不是～。

知 zhī ❶〔動〕知道：～過必改｜～難而進｜疾風～勁草｜不～他何時能到。❷使知道：～照｜告～｜示～。❸〈書〉主持；掌管：～政｜～府｜～州。❹知識：求～｜真～灼見｜愚昧無～。❺知己：新～舊友｜久旱逢甘霖，他鄉遇故～。❻（Zhī）〔名〕姓。

語彙　感知　告知　故知　獲知　良知　明知　求知　稔知　熟知　通知　無知　先知　相知　須知　預知　真知　周知

【知道】zhīdào（-dao）〔動〕對事實有了解，對道理有認識：這件事只有他一人｜人生的意義不可不～｜我～應該怎麼做｜不～的就說不～，不要不懂裝懂。

【知底】zhī // dǐ〔動〕知道底細或內情：他最知根～了｜一個～的人都沒有｜我能知你甚麼底？

【知過必改】zhīguò-bìgǎi〔成〕知道自己有錯誤，就一定改正：能夠做到～，就是一個好學生。

【知會】zhīhui〔動〕〈口〉口頭通知（某人）：明天開會，你去～他一聲｜應該～的人都～過了。

【知己】zhījǐ ❶〔形〕相互了解而有深厚的情誼：～

的朋友｜他倆很～。❷〔名〕相互了解而有深厚情誼的人：黃金易得，～難尋｜海內存～，天涯若比鄰｜酒逢～千杯少，話不投機半句多。

【知己知彼】zhījǐ-zhībǐ〔成〕《孫子·謀攻》："知彼知己，百戰不殆。"後用"知己知彼"指正確地估計自己並準確地了解對方：～，百戰百勝｜搞外交也要～，採取恰當對策，化解各種矛盾。

【知交】zhījiāo〔名〕〈位〉知心朋友：他是我父親的～｜我在校時間不長，卻有很幾個。

【知覺】zhījué〔名〕❶ 感覺：他睡得很深，甚麼～也沒有。❷ 在感覺的基礎上形成的有組織的心理體驗過程，比感覺複雜而完整。感覺是來自感官的神經活動，知覺發生在更高的腦神經；感覺幾乎是立即產生的，知覺的形成需要一定時間。

【知了】zhīliǎo〔名〕〈隻〉身體最大的一種蟬。因叫聲像"知了"而得名。

【知名】zhīmíng〔形〕有名；著名：中外～｜～度｜～人士。

【知名度】zhīmíngdù〔名〕被公眾所知道或熟悉的程度：在我們學校，他的～很高｜提高企業～。

【知命】zhīmìng〔名〕〈書〉《論語·為政》："五十而知天命。"指人到了五十歲，才知道上天賦予自己的使命。後來用"知命"指人五十歲：年逾～｜～之年。

【知難而進】zhīnán'érjìn〔成〕知道有困難仍繼續堅持下去，不後退：只有～才會獲得成功｜大智大勇的人必然是～。

【知難而退】zhīnán'értuì〔成〕知道有困難就不再堅持去做：搞尖端技術不能～，一定要有所突破。

【知其一，不知其二】zhī qíyī, bùzhī qí'èr〔諺〕只知道事物的一方面，不知道另一方面：他把複雜的問題看得太簡單了。

【知青】zhīqīng〔名〕〈名〉知識青年；特指受過中等教育、沒有升學、尚未正式就業的青年：下放～（上山下鄉參加勞動的知青）｜～辦公室（安排知青下放及回城等事宜的政府機構）。

【知情】zhīqíng ㊀〔動〕了解情況；知道內情（多指不好的）：～權｜～人｜一點兒也不～｜～不報，罪加一等。㊁〔動〕(-//-)感激幫助的人：你的關照，他很～｜你幫他，他也不知你的情。

【知情達理】zhīqíng-dálǐ〔成〕通達人情事理；說話做事很講情理：他不是那種不～的人，肯定會同意的。也說通情達理。

【知情權】zhīqíngquán〔名〕當事人知道事情真實情況的權利。

【知趣】zhīqù〔形〕知道別人的意向，盡量不惹人

討厭：小王很～，沒提任何條件，就離開了｜人家不理他，他還嘮叨叨個不停，太不～了。

【知人論世】zhīrén-lùnshì〔成〕原指為了理解作者，需弄清作者所處的時代。後泛指了解人物和評論世事：倘要～，必要深知內情。

【知人善任】zhīrén-shànrèn〔成〕善於了解和使用人才：～，從諫如流｜～是對領導者的要求。

【知人之明】zhīrénzhīmíng〔成〕識別人才高下的洞察力：領導者貴有～。

【知人知面不知心】zhī rén zhī miàn bùzhī xīn〔諺〕了解人只看到表面，不知道真實的內心。形容人心難測：畫虎畫皮難畫骨，～。

【知識】zhīshi ❶〔名〕人們在社會實踐中不斷積累起來的認識和經驗的總和：不受挫折，不長～｜黃金有價，～無價｜～就是力量。❷〔形〕屬性詞。指掌握知識的：～界｜～階層｜～分子。

【知識產權】zhīshi chǎnquán 指腦力勞動者對自己在科技、文學藝術等領域創造性勞動取得的智力成果依法享有的專有權。包括工業產權和版權。工業產權主要指專利權、商標權以及服務標記（產地名稱）等權利，版權即著作權。

> **知識產權的不同說法**
> 中國大陸和港澳地區叫知識產權，台灣地區叫智慧財產權或智慧產權。

【知識產業】zhīshi chǎnyè 教育、科學研究、信息服務等部門起着創造、傳播和提供知識、信息的作用，被稱為知識產業或智力產業。

【知識分子】zhīshi fènzǐ（位）具有較高文化水平或專業知識，主要從事腦力勞動的人，如科學技術工作者、文藝工作者、教師、醫生、記者、律師、工程師等。

【知識青年】zhīshi qīngnián（名）指受過初級或中級教育，具有一定科學文化知識的青年：他是一個有作為的～。

【知事】zhīshì〔名〕知：主持、主管。舊指主管地方行政的長官。宋代有知某府（州、縣）事；明、清稱知府、知州、知縣；民國初年廢府、州，稱知縣為縣知事，簡稱知事。

【知無不言，言無不盡】zhīwúbùyán, yánwúbùjìn〔成〕凡是知道的沒有不說的，既然說了沒有不把話說完的。指毫無保留地發表意見：張先生熱心社會服務，每次開座談會，他總是～。

【知悉】zhīxī〔動〕〈書〉知道（多用於書信）：業已～｜內情則無由～｜～已久。

【知心】zhīxīn〔形〕彼此相互了解而且感情深厚：～的話兒｜～人｜～朋友｜女兒和母親很～。

【知音】zhīyīn ❶〔動〕〈書〉通曉音律：不～者不可與言樂(yuè)。❷〔名〕《列子·湯問》載，伯牙善彈琴，鍾子期善聽。伯牙彈琴時心裏所

想的，鍾子期都能聽出來。鍾子期死後，伯牙認為知音已去，便從此不再彈琴。後來借指能深切理解和賞識自己的人：～難逢｜尋覓。

【知遇】zhīyù〔動〕〈書〉賞識並加以提拔或重用：～之恩。

【知照】zhīzhào〔動〕❶知悉（舊時公文用語，多用於上級對下級）：定於九月一日正式上課，仰各～。❷通知；關照：請～他一聲，我今晚不能去｜一個人說走就走，無須～誰。

【知足】zhīzú〔形〕知道滿足；對自己的現狀滿意：～常樂｜不要得福不～｜他對目前自己的生活狀況感到挺～。

肢
zhī 人的胳膊、腿，也指某些動物的腿：上～｜下～｜四～｜前～｜後～｜截～｜義～。

語彙　斷肢　假肢　腰肢

【肢解】（支解、枝解）zhījiě〔動〕❶古代一種割去四肢的酷刑，現指罪犯殺人後分解屍體：現場發現女屍，已被～。❷比喻使整體事物分裂、瓦解：國家被～，人民奮起反抗。

【肢體】zhītǐ〔名〕❶四肢：～瘤｜～殘缺。❷四肢和軀幹：～完好。

【肢障】zhīzhàng〔名〕指肢體傷殘、障礙：關愛～人士｜這次射箭錦標賽的參賽者包括一些拄着拐杖、坐着輪椅的～選手。

泜
Zhī 泜河，水名。在河北南部。

苬
zhī 用於地名：～梁（在內蒙古）。

栀〈梔〉
zhī 栀子。

【栀子】zhīzi〔名〕❶常綠灌木或小喬木，葉子長橢圓形，花白色或黃色，供觀賞。果實倒卵形，可入藥或做染料。❷這種植物的果實。

胝
zhī 見"胼胝"（1025 頁）。

袛
zhī〈書〉恭敬地：～悉｜～仰｜～請｜～頌｜～候回音｜～候光臨。

隻（只）
zhī ❶單獨；單個：～身在外｜形～影｜～言片語｜～字不提。❷〔量〕用於某些動物（多指飛禽走獸）：一～鳥｜兩～老虎｜三～羊｜四～老鼠。❸〔量〕用於人或動物的某些器官：一～眼睛｜兩～耳朵｜一～手｜一～腳｜一～角｜四～蹄子。❹〔量〕用於某些用品、器具：一～襪子｜一～手錶｜兩～箱子。❺〔量〕用於某些交通工具：一～雪橇｜兩～船。

"只"另見 zhǐ（1752 頁）。

語彙　船隻　艦隻　羊隻　形單影隻

【隻身】zhīshēn〔副〕獨自一人：～前往｜～在外，一切多加小心。

【隻言片語】zhīyán-piànyǔ〔成〕零星的詞句；片段的話語：連～也沒有聽到｜～，不足為憑。

【隻字不提】zhīzì-bùtí〔成〕一個字也不提及。指有意迴避或故意抹殺：對路上發生的事，他～。

脂
zhī ❶動物體內或某些植物的種子裏所含的油質：羊～｜油～｜松～｜～肪。❷胭脂：～粉｜塗～抹紅｜香～。❸（Zhī）〔名〕姓。

語彙　凝脂　樹脂　松脂　脫脂　香脂　油脂

【脂肪】zhīfáng〔名〕有機化合物，由脂肪酸和甘油所構成。存在於動植物體內，是儲存熱能最多的物質，為食油的主要成分。

【脂粉】zhīfěn〔名〕胭脂和粉（女性化妝品）；舊時借指年輕的女人：傅～（擦胭脂抹粉）｜～氣（女性的嬌柔之氣）｜～錢（婦女的私蓄）。

趾
zhī 見"趼趾"（1025 頁）。

稙
zhī〔形〕早種的穀物：～禾。

褆
zhī〈書〉福；喜。

楮
zhī〈書〉❶木頭或石頭的柱礎。❷支撐；拄：～之以木｜～杖。

蜘
zhī 見下。

【蜘蛛】zhīzhū〔名〕（隻）節肢動物，身體圓形或長圓形，有腳四對。肛門尖端分泌的黏液在空氣中凝成細絲，用來結網捕蟲：不織網的～捉不到蟲｜～絲扳不倒石牌樓。

【蜘蛛人】zhīzhūrén〔名〕（位）❶指懸在高樓外半空中進行作業的工人。他們憑藉從屋頂上吊下來的繩索，像蜘蛛一樣在牆壁上緩慢移動，故稱。❷指有攀爬高層建築高超技能的人。

織（织）
zhī ❶〔動〕使紗或綫等縱橫交叉穿過，製成綢、布、呢子等：～布｜男耕女～｜～綢子｜～了一匹錦緞。❷〔動〕編織，即用針使紗或綫等互相勾連，製成毛衣、網子等：～毛衣｜～麻袋｜手套～小了｜網子～大了。❸集合；構成：交～｜羅～。❹（Zhī）〔名〕姓。

語彙　編織　促織　紡織　耕織　交織　羅織　組織　男耕女織

【織補】zhībǔ〔動〕用棉紗綫綾或絲綫等在衣服破損處按織布的方式加以修補。

【織錦緞】zhījǐnduàn〔名〕以緞紋為底紋，以三種以上的彩色絲為緯，用提花機織出花鳥、景物

Z

等圖案的絲織品。適於做婦女服裝、被面、帷幕和室內裝飾等用，為中國傳統工藝之一。

【織女】zhīnǚ〔名〕❶（位）舊時指民間織布、織綢的女子。❷指織女星。後衍化為神話人物：如今直上銀河系，同到牽牛～家。

【織女星】zhīnǚxīng〔名〕天琴座三顆星中最亮的一顆，隔銀河與牽牛星相對。中國民間廣泛流傳着有關牛郎織女的神話故事。

zhí　ㄓˊ

直 zhí ❶〔形〕不彎曲；成直綫（跟"曲"相對）：這是一條～路｜街道又寬又～｜把繩子拉～。❷〔形〕跟地面垂直的（跟"橫"相對）：～升機｜把標杆立～。❸〔形〕空間上從上到下的；從前到後的（跟"橫"相對）：～上～下｜大樓～裏 6 米，橫裏 5 米。❹公正的；正義的：理～氣壯。❺〔形〕直率；直爽：～性子｜心眼兒｜心～口快｜言無隱。❻〔動〕挺直；伸直：～起腰來｜～～身子。❼〔副〕一直，直接（不轉折；沒有間隔）：～達｜這班船～發上海。❽〔副〕一個勁늘；不間斷：這孩子～哭｜他熱得～流汗。❾〔副〕簡直：哭得～讓人難受｜真正能了解自己的人，～如鳳毛麟角。❿（Zhí）〔名〕姓。

語彙 筆直　垂直　剛直　耿直　橫直　簡直　徑直　廉直　率直　一直　愚直　正直

【直白】zhíbái〔形〕直率而坦白：說得～一些，這篇文章寫得很粗糙｜文章～，也有些好見解。

【直播】zhíbō〔動〕廣播電台或電視台不經過錄音或錄像而直接播送消息或實況：現場～｜～足球錦標賽實況。

【直撥】zhíbō〔動〕電話不經過中轉而直接撥通：～電話｜長途～。

【直腸】zhícháng〔名〕大腸的末段，上接乙狀結腸，下連肛門，有吸收水分的作用。

【直達】zhídá〔動〕直接到達：從上海乘火車～烏魯木齊｜七路加班車～終點，沿途不停靠｜您要去的地方，現在還不能～，得在中途轉車。

【直到】zhídào〔動〕一直到（某個時間、空間或範圍）：～昨晚才接到通知｜～兩點鐘還沒有睡着｜他從上小學～高中畢業，都是在家鄉讀的。

【直裰】zhíduō〔名〕（件）古代家居常服，又指僧道穿的大領長袍。

【直觀】zhíguān〔形〕感官能直接感受；可以直接觀察到的：～教具（唱片、錄音帶、廣播、掛圖、模型、電影、電視、幻燈片等形象化教具）｜～教學｜這種說明很～，聽眾容易理解。

【直航】zhíháng〔動〕飛機、輪船等直接航行到某地，中途不繞道、不轉乘：這趟班機在上海不停留，～東京。

【直擊】zhíjī〔動〕❶直接觸及：～要害｜～民生熱點。❷現場看到，多指新聞媒體現場直接報道：庭審～｜～晚會彩排現場。

【直角】zhíjiǎo〔名〕數學上指兩直綫或兩平面垂直相交時所形成的 90°角。

【直接】zhíjiē〔形〕屬性詞。不經過中間環節而發生關係的（跟"間接"相對）：～稅（不能轉由他人負擔的稅）｜由兩國～交涉｜～原因不知道。

【直截了當】（直捷了當、直接了當）zhíjié-liǎodàng〔成〕形容說話、做事爽快，不繞彎子：他心口如一、～，是個爽快人｜別繞彎子，有甚麼話就～說吧！

【直徑】zhíjìng〔名〕通過圓心連接圓周上兩點的綫段；通過球心連接球面上兩點的綫段。

【直覺】zhíjué〔名〕直接的感覺；直接受外界刺激而產生的反應：看問題不能光憑～｜以我的～知道他可能不會同意｜我對她了解不深，只有一點～的印象。

【直快】zhíkuài〔名〕直達快車的簡稱。指停站少、行車時間少於普通列車的旅客列車。

【直立】zhílì〔動〕垂直站立或竪着：～人（能直立行走的猿人）｜岩石邊～着幾株翠竹。

【直流電】zhíliúdiàn〔名〕在電路中傳導方向不隨時間改變的電流，可由電池、直流發電機等直流電源獲得，也可由交流電經過整流器而獲得，多用於電解、電信等方面（區別於"交流電"）。

【直露】zhílù〔形〕爽直外露；不含蓄：他是個感情～的人｜這種情形下不要把話說得太～。

【直落】zhíluò〔動〕❶急速地降落下來：一股山泉從峭壁上～下來｜物價～。❷競技比賽中迅速取勝：我隊～兩局，以二比零戰勝對方。

【直眉瞪眼】zhíméi-dèngyǎn〔成〕竪起眉毛，瞪着眼睛。形容生氣、吃驚或發呆的樣子：嚇得他～地愣着｜瞧你～的，想些甚麼心事呢？

【直升機】zhíshēngjī〔名〕（架）藉助一副或幾副旋翼升空和推進的航空器，旋翼安裝在機身上方，繞垂直軸或接近垂直的軸做水平旋轉以產生升力。可用於救援、運輸、科學考察等。近年，直升機已發展成為威力巨大的作戰武器。**注意** 把"直升機"稱為"直升飛機"，乃是一種誤稱。直升機是使用旋翼的航空器，飛機是使用固定翼的航空器。直升機並不是飛機的一種。

【直抒己見】zhíshū-jǐjiàn〔成〕直率地發表自己的意見：在座談會上，代表們～，熱烈發言。

【直屬】zhíshǔ❶〔動〕直接隸屬於：我們廠～信息產業部領導（不歸地方政府管）｜南京市屬江蘇省，上海市～中央。❷〔形〕屬性詞。直接統屬的：～縣～企業｜～單位｜國務院～

Z

機關。

【直率】zhíshuài〔形〕直爽：他說話很～｜這～的回答使我愣住了。

辨析 **直率、坦率、坦誠** "坦率"，着重率真，如"坦率的發言""他的看法表現得非常坦率"。"坦誠"，着重誠懇，如"坦誠相見""坦誠的態度和言談"。"直率"，着重直截了當，不繞彎子，如"這一番話含蓄有餘，直率不足""他對朋友一向很直率"。這三個詞基本同義，常可互相換用，但也不盡然，如"坦誠相見"，就不能說成"坦率相見"或"直率相見"，"性格直率"中的"直率"也不宜換成"坦誠""坦率"。

【直爽】zhíshuǎng〔形〕心地坦白，言行爽快，沒有顧忌：性情～｜我看你很～｜他是個～人，說的都是～話。

【直挺挺】zhítǐngtǐng（～的）〔形〕狀態詞。筆直或僵直的樣子：他～地站在那兒｜～地躺在地上。

【直系親屬】zhíxì qīnshǔ 跟自己有直接血緣關係或婚姻關係的人，包括父、母、夫、妻、子、女等（區別於"旁系親屬"）。

【直轄】zhíxiá ❶〔動〕直接管轄：上海市歸中央～。❷〔形〕屬性詞。直接管轄的：～市｜文化部～機構。

【直轄市】zhíxiáshì〔名〕由中央直接管轄的市。中國有北京、上海、天津、重慶四個直轄市。

【直綫】zhíxiàn ❶〔名〕（條）直的綫段，一個平面上兩點間最短的綫。❷〔副〕無起伏地；急劇地：～上升｜～下降。❸〔形〕屬性詞。直接進行的：～電話｜～運輸｜～聯繫。

【直銷】zhíxiāo〔動〕廠家不通過中間環節直接把自己的產品賣給消費者：服裝～｜廠家～。

【直選】zhíxuǎn〔動〕直接選舉的簡稱，指選民直接選出代表或領導人。

【直言不諱】zhíyán-bùhuì〔成〕直截了當、毫不隱諱地說出來：我喜歡這種熱情奔放、～的爽朗性格｜歡迎～地向我們提出批評。**注意** "諱"不寫作"悔"，不讀 huǐ。也說直言無諱。

【直譯】zhíyì〔動〕忠實於原文字句來進行翻譯（區別於"意譯"）。

【直音】zhíyīn〔名〕中國傳統的注音方法之一，即用一個同音字直接給另一個字標註讀音的方法，如"釗，音招"。直音產生於漢朝末年，唐朝時有所改良，至今仍有人使用。但有局限性，如"夼（kuǎng）"字便沒有同音字可用，"渠"字只能用比它更難認的字來注。

【直飲水】zhíyǐnshuǐ〔名〕經過處理可以直接飲用的水：有些景區安裝了～水龍頭，方便遊客飲用。

【直至】zhízhì〔動〕直到：～今天尚未做出處理｜團結戰鬥，～徹底勝利｜從廣東～黑龍江。

侄 Zhí〔名〕姓。
另見 zhí "姪"（1749頁）。

姪（侄）zhí〔名〕（～兒）姪子：小～兒｜舍～｜令～。**注意** 單用時"姪"兒化，在複合詞中"姪"不兒化，如"表姪、令姪、姪子、姪孫"。
"侄"另見 Zhí（1749頁）。

語彙 表姪 令姪 內姪 舍姪 叔姪 賢姪

【姪女】zhínǚ（-nü）（～兒）〔名〕弟兄或其他同輩男性親屬的女兒。

【姪子】zhízi〔名〕弟兄或其他同姓同輩男性親屬的兒子。

值 zhí ❶ 價值；價格：升～｜貶～｜產～。❷〔名〕數值；按數學式運算出來的結果：比～｜近似～。❸〔動〕（物品）價格相當於：價～連城｜一字～千金｜這輛車子～多少錢？｜那台舊的打字機～不了幾個錢。❹〔形〕有意義；有價值；值得：三塊錢買這麼多書，真～｜為一點兒小事傷和氣，太不～了。❺〔動〕遇着；逢上：～此喜慶之日｜他的生日正～中秋節。❻ 輪流承擔某項任務：～夜｜～勤。

語彙 保值 比值 幣值 貶值 產值 當值 價值 淨值 輪值 面值 升值 數值 增值 近似值

【值班】zhí//bān〔動〕（輪流）在規定的時間裏擔任某工作：輪流～｜明天輪到他～｜值了一天班。

【值乘】zhíchéng〔動〕工作人員在運行中的車、船、飛機上當班工作：～48 次列車｜在江漢六號輪～｜班機的～人員早已到齊。

【值當】zhídàng〔動〕（北方官話）值得；合算：增長了知識，吃點兒苦也～｜花這麼多錢，～嗎？｜為這點小事生這麼大氣，太不～了！

【值得】zhí//dé(-de)〔動〕❶ 價格適宜；划得來：西紅柿三塊錢一斤，～買。❷ 有必要（做）；有意義：這個經驗～推廣｜這本書很～一讀｜這點小事不～大做文章｜為了孩子的幸福，就是吃點兒苦也～。**注意** a）"值得"的否定式有"不值得"或"值不得"，如"這種觀點不值得一駁""值不得同他多費口舌"。b）"值得"可以帶動詞賓語，如"值得買""值得讀"。c）"值得"可以受程度副詞修飾，如"故宮博物院的珍寶館很值得去看""先讓青年編輯學習一段時間以後再工作，這樣做相當值得"。

【值錢】zhíqián〔形〕價格高；賣錢多：金子比銀子～｜這套紅木家具很～｜他家有～貨。

【值勤】zhí//qín〔動〕部隊指戰員或負責治安保衞、交通指揮等工作的人員值班上崗：今天他～｜每天夜裏都～｜他正值着勤，不能離開。

Z

【值日】zhírì〔動〕(輪流)在某日執行任務(多用於學校)：輪流～｜明天該你～，把教室打掃乾淨。

【值守】zhíshǒu〔動〕值班守護：碼頭邊有一些士兵～，不讓閒雜人員走近。

填 zhí〈書〉❶ 黏土：～土。❷ 堅固；牢固：～固。

執(执) zhí ❶〔動〕拿着：～鞭｜明火～仗｜披堅～銳｜手～利刃。❷ 掌握；管理：～掌｜～教｜～政。❸ 堅持：各～己見。❹ 執行：～勤｜～法。❺〈書〉捉住；捕獲：當場被～。❻ 憑單；憑證：回～｜存～｜～照。❼〈書〉好友：父～(父親的好友)。❽(Zhí)姓。

語彙 存執　父執　固執　回執　拘執　偏執　收執　迂執　爭執

【執棒】zhíbàng〔動〕指擔任音樂指揮：由著名指揮家為音樂會～。

【執筆】zhíbǐ〔動〕拿着筆(寫作)；特指負責起草集體名義的文稿：～為文｜集體討論，一人～。

【執導】zhídǎo〔動〕執行導演任務；擔任導演：這部影片由青年導演～。

【執法】zhífǎ〔動〕執行法律、法令：嚴格～｜～如山｜有法必依｜～必嚴｜～人員。

【執教】zhíjiào〔動〕當教師；擔任教學工作或教練：～多年｜在球隊～。

【執迷不悟】zhímí-bùwù〔成〕固執己見，堅持錯誤而不知醒悟：要是～，那就很難挽救了！

【執牛耳】zhí niú'ěr〔慣〕古代諸侯訂立盟約，由主盟的人割牛耳取血，盛在盤裏，供與盟者取用。與盟者都要嘗一點牲血或將牲血塗在嘴唇上，以表誠意。"執牛耳"因此指做盟主，後來泛指在某一方面居於領導或領先地位：諸侯盟，誰～？｜汽車企業的～者。

【執拗】zhíniù〔形〕固執；聽不進別人的勸告和意見：脾氣很～｜她太～了。

【執勤】zhí // qín〔動〕執行勤務：～人員｜今晚我～｜執完了勤才回家。

辨析 執勤、值勤　兩詞同音且都有執行勤務的意思，但前者多為由專人負責進行的，是從個人執行任務的角度說的，後者則指多人參與輪流值班進行的，是從輪流執行任務的角度說的。

【執事】zhíshì〔名〕〈書〉❶ 舊指侍從左右、供差遣的人：命～前往迎候。❷(敬)書信中用來稱呼對方，表示不敢直面其人而只敢與其左右的人對話：叔言先生～。

【執事】zhíshi〔名〕舊時某些儀式中的儀仗：舊俗出殯時要有一群打～的。

【執行】zhíxíng〔動〕實行(政策、命令、任務等)：～決議｜～政策｜～指示｜～命令｜遵照～｜嚴格～｜貫徹～。

【執行主席】zhíxíng zhǔxí 開大會時，輪流主持會議的主席團成員。

【執業】zhíyè〔動〕(律師、醫生等專業人員取得相關資格後)從事業務活動：～醫師｜～證書｜～資格考試。

【執意】zhíyì〔副〕堅持自己的意願：～要走｜～不收｜～不允｜～不接受彩禮。

【執掌】zhízhǎng〔動〕負責掌管；掌握：～兵權｜～內政大權｜我家的大小開支，都是由母親～。

【執照】zhízhào〔名〕(張，份)由主管機關核發的允許做某事的憑證：營業～｜駕駛～｜換發～｜領取～｜吊銷～。

【執政】zhízhèng ❶〔動〕掌管國家政權：～黨｜競選中獲勝的黨～。❷〔名〕北洋軍閥時期一度稱臨時政府的首腦為執政。

【執著】zhízhuó〔形〕❶ 佛教指為某對象所吸引，追逐不捨，不能超脫。❷ 泛指對某事物堅持不懈或過於拘泥：他迷上了京戲，非常～｜對生活小事不要～。以上也作執着。

【執着】zhízhuó 同"執著"。

壂 zhí〈書〉同"填"。見於人名。

植 zhí ❶〔動〕栽；種(zhòng)：移～｜～苗｜～樹造林。❷〈書〉樹立：～黨營私。❸〔動〕(人或動物)已斷或受損的肌體再連接或再培植：～皮｜斷手再～。❹ 指植物：～保｜被～｜～株。❺(Zhí)〔名〕姓。

語彙 扶植　根植　密植　培植　手植　移植　栽植　種植

【植保】zhíbǎo〔動〕植物保護，指防治病、蟲、鳥、獸及雜草等對植物的危害，以保護植物的正常生長和發育：～人員｜～公司｜～責任制。

【植被】zhíbèi〔名〕覆蓋在一定地區內地表上的較為密集的各種植物：保護～，防止水土流失。

【植根】zhígēn〔動〕比喻藝術創作深入到社會和實踐中；(創作、思想)來源於某處：只有～於民眾生活才能創作出好作品。

【植樹】zhíshù〔動〕栽種樹木：～造林，綠化祖國。

【植樹節】Zhíshù Jié〔名〕為了動員全民植樹而規定的節日。中國的植樹節是 3 月 12 日。

【植物】zhíwù〔名〕生物的一大類，已知的有三十餘萬種。一般有葉綠素，沒有神經和感覺，多以無機物為養料。

【植物人】zhíwùrén〔名〕指因傷病致使大腦喪失活動能力而完全沒有知覺的人。

【植物纖維】zhíwù xiānwéi 棉、麻等植物體所含的纖維。

【植物油】zhíwùyóu〔名〕從植物種子或果實中提

Z

取的油，如豆油、麻油、椰子油等。

【植物園】zhíwùyuán〔名〕（座）種植各種植物，從事科學研究和科普教育、兼供遊人觀賞休憩的園地。

【植株】zhízhū〔名〕（棵）成長中的植物體，含根、莖、葉等部分。

殖

zhí ❶ 生育；滋生：繁～｜養～｜增～。❷（Zhí）〔名〕姓。
另見 shi（1237頁）。

語彙 繁殖　貨殖　墾殖　生殖　養殖　增殖

【殖民】zhímín〔動〕原指強國向它所侵佔的地區移民；資本主義發展時期指資本主義國家掠奪和奴役不發達國家或地區的人民。

【殖民地】zhímíndì〔名〕原指強國在國外侵佔並大批移民的地區。資本主義發展時期指資本主義國家侵佔、掠奪、控制的不發達國家或地區。

摭

zhí〈書〉拾取；摘取：採～｜～拾（多指襲用現成的事例或詞句）。

縶 (絷)

zhí〈書〉❶ 拘囚。❷ 拴縛（馬足）。❸ 拴縛（馬足）的繩索。

職 (职)

zhí ❶ 職務；分內應做的事：盡～｜失～｜本～。❷ 職位：任～｜到～｜兼～｜免～。❸ 職業：求～｜覓～。❹〈書〉舊時公文中個人向上級的自稱：～誠惶誠恐。❺ 掌管：～事｜～掌。❻〔介〕〈書〉由於：～是之故。❼（Zhí）〔名〕姓。

語彙 本職　撤職　稱職　辭職　到職　調職　瀆職　副職　革職　公職　供職　掛職　官職　兼職　降職　解職　盡職　就職　離職　留職　免職　謀職　求職　去職　任職　失職　述職　天職　停職　退職　文職　武職　閒職　現職　殉職　要職　在職　正職　專職　一官半職

【職別】zhíbié〔名〕職務的類別：～不同，待遇也不一樣。

【職場】zhíchǎng〔名〕任職、工作的場所：～白領｜～女性｜～禮儀｜～規則。

【職稱】zhíchēng〔名〕專業技術職務的名稱：評～｜～評審委員會。

【職大】zhídà〔名〕（所）職業大學或職工大學的簡稱。

【職高】zhígāo〔名〕（所）職業高中的簡稱。

【職工】zhígōng〔名〕（名）職員和工人：～代表大會。

【職級】zhíjí〔名〕職務的級別：行政～｜晉升～。

【職階】zhíjiē〔名〕台灣地區用詞。職級。

【職介】zhíjiè〔名〕職業介紹：～機構｜～專場。

【職能】zhínéng〔名〕本身獨有的或應該有的作用功能：大腦的～｜貨幣的～｜政法機關的～尚未得到充分的發揮。

【職權】zhíquán〔名〕工作職務範圍內的權限：行

使～｜不能超越～｜不得濫用～｜圖謀私利。

【職權範圍】zhíquán fànwéi 行使職務權力的程度和界限：這是我～內的事｜這樣做已超出了您的～。

【職守】zhíshǒu〔名〕工作崗位和責任：忠於～｜玩忽～｜不得擅離～。

【職位】zhíwèi〔名〕所任職務的地位；職務的高低：～很高｜這是一個責任重大的～｜不論～高低，都是人民的勤務員。

【職務】zhíwù〔名〕在某種組織機構中所承擔的工作：擔任了重要～｜解除～｜撤銷黨內外一切～。

【職銜】zhíxián〔名〕❶ 職位和軍銜。如少將師長，師長是職位，少將是軍銜。❷ 舊指軍銜。

【職業】zhíyè ❶〔名〕個人服務於社會並作為主要謀生手段的工作：自謀～｜介紹～｜我的～是新聞記者。❷〔形〕屬性詞。專門的；專業的：～劇團｜～作家｜～運動員。

【職業病】zhíyèbìng〔名〕與特定的職業或行業有關的疾病，多由工業毒物、生產性灰塵、放射性物質、噪音和震動等因素引起，如煉銅工人易患陰囊癌，紡織工人易患肺結核等。

【職業道德】zhíyè dàodé 某一行業的從業人員應該遵守的道德規範和行為準則。

【職業高中】zhíyè gāozhōng 側重實施某種職業技能訓練（如旅遊、烹飪）的高級中學。簡稱職高。

【職業教育】zhíyè jiàoyù 給學生傳授從事某種職業所需的知識技能的教育，主要通過中等專業學校、中等技工學校、職業高中及職業技術學院的設置來實現，也包括在職人員的職業培訓等。簡稱職教。

【職業學校】zhíyè xuéxiào（所）進行職業技術教育的學校，一般招收初中畢業生。

【職業租客】zhíyè zūkè〔名〕港澳地區用詞。租住業主樓宇，故意拖欠、拒付租金的租客；這些租客並非沒錢交租，而是利用法律保護租客的一些規定，既不交租，又不退房；又稱"租霸"：將房子放租的時候，最怕遇到～。

【職員】zhíyuán〔名〕（名）企業事業單位、機關、團體、學校以及科研機構裏擔任行政管理或一般業務工作的人員。

【職責】zhízé〔名〕❶ 職務上應盡的責任：～範圍｜分清～｜培養德智體全面發展的新人是教師應盡的～。❷ 分內的責任：服兵役是每個公民的神聖～。

【職掌】zhízhǎng ❶〔動〕掌管；掌握：～財務｜一切事務均有專人～。❷〔名〕所掌管的事情；職責：這不是我的～｜各人有各人的～。

蹠 (跖)

zhí ❶〔名〕腳面上接近腳趾的部分：～骨（構成腳掌的小型長骨，共五塊，上面是腳面）。❷〈書〉腳掌：雞～｜

熊～｜～穿膝暴。❸〈書〉踩；踏。

蹢 zhí 見下。
另見 dí（276 頁）。
【蹢躅】zhízhú〈書〉同"躑躅"。

躑（躑） zhí 見下。
【躑躅】zhízhú〔動〕〈書〉在一個地方來回地走；徘徊：～街頭｜～不前｜～不安。

zhǐ 㞢

止 zhǐ ❶ 停止：遊人～步｜淺嘗輒～｜適可而～｜樹欲靜而風不～。❷〔動〕阻止；使停止：望梅～渴｜揚湯～沸｜這種藥～癢｜咳嗽起來吃藥也～不住。❸〔動〕到一定期限為止；截止：報名自八月二十八日起至三十日～。❹〔副〕只；僅僅（直接放在名詞或代詞前，限制事物的數量。可以理解為中間隱含一個動詞"有""是"等）：～此一家，別無分店｜這種想法不～我一個人有。❺（Zhǐ）〔名〕姓。

語彙 不止 底止 遏止 防止 廢止 觀止 何止 截止 禁止 靜止 舉止 勸止 停止 為止 行止 休止 抑止 制止 中止 終止 阻止 淺嘗輒止 適可而止 望門投止

【止步】zhǐbù〔動〕❶ 停止腳步：為甚麼～不前？｜（公園）辦公重地，遊人～。❷（-//-）比喻工作、計劃等停止進行：如果就這樣止了步，無異前功盡棄。
【止境】zhǐjìng〔名〕終點；最後的界限：學無～｜認識的發展是沒有～的。
【止痛】zhǐ//tòng〔動〕止住疼痛：～片｜打過針以後才止住了痛。
【止息】zhǐxī〔動〕停止；停息：先進同落後的鬥爭永無～｜這噪音甚麼時候才會～？
【止血】zhǐ//xuè〔動〕阻止出血；使傷口不再流血：先～，後看病｜趕快～｜傷口已經止住了血。

只〈祇祇秖〉 zhǐ ㊀〔副〕❶ 表示對行為、動作的範圍有所限定（常跟"不""沒""無"等對應）：萬事俱備，～欠東風｜～重衣衫不重人｜我～去過上海，沒去過寧波。❷ 表示限制行為的可能性或與動作有關的事物的數量：～可意會，不可言傳｜思想工作～能耐心細緻，不能操之過急｜教室裏～有三四個人。❸ 直接用在代詞、名詞或名詞性語詞前邊，表示事物數量少。可以理解為中間隱含一個動詞"有""是"等：～我一個人在家｜全班五十多個人，～她一個是女同學｜任務很重，～你一個人行嗎？｜～他一家就貢獻了十五萬斤糧食給國家。
㊁（Zhǐ）〔名〕姓。
另見 zhī "隻"（1747 頁）；"祇"另見 qí

（1050 頁）。

【只不過】zhǐbùguò〔副〕僅僅；限定範圍或程度，含有往小裏或輕裏說的意味：以上～是我個人的意見｜沒有摔傷，～是擦破了一點兒皮。
【只得】zhǐdé〔副〕只好；表示沒有別的選擇：沒有車了，我們～走路去｜着急沒用，～耐心點兒｜我沒空兒去，～你來一趟了。
【只讀】zhǐdú〔形〕屬性詞。計算機文檔的一種狀態。只能打開閱讀，不能修改也不能儲存：～存儲器｜她已將自己的博客改成了～模式。
【只顧】zhǐgù〔副〕表示專一；一味地：你不能胡思亂想，一點兒不考慮實際情況｜他～趕路，別人叫他也聽不見。
【只管】zhǐguǎn〔副〕❶ 表示動作行為不受條件限制；儘管：有困難～說｜有意見～提｜孩子放在託兒所，你～放心。❷ 只顧：他～往前走，別的甚麼也不想｜從早到晚～幹，甚至忘了吃飯。
【只好】zhǐhǎo〔副〕表示沒有別的選擇；不得不：我沒有書，～向人借着看｜來不及做飯，～簡單吃點兒了｜右手摔傷了，～左手寫字｜你一定要我去，我也～去。
【只是】zhǐshì ❶〔副〕表示限定某種情況或範圍；僅僅是（前後常有說明情況或進一步解釋的詞語）：我～耳聞，並沒有親見｜我們～想了解一下情況，不需要多少時間｜他並非書不好，～謙虛而已（句末用"而已"或"罷了"等配合，表示語氣更為緩和）。❷〔副〕強調在任何條件下情況都不變；總是：你問他甚麼話，他都不回答，～笑｜無論我們怎麼勸，他～當成耳旁風。❸〔連〕用在後一分句，表示輕微的轉折，補充修正上文的意思；不過：他各方面都很好，～脾氣倔一些｜我很想把話說透，～沒有時間了。

辨析 只是、不過 連詞"只是"和連詞"不過"用法相近，但"不過"的轉折語氣比"只是"要重，"不過"後面可以停頓，"只是"後面不能停頓。

【只消】zhǐxiāo〔動〕（吳語）只需要；只要：有甚麼事，～來個電話就行｜你去一趟，一切都好商量。
【只許州官放火，不許百姓點燈】zhǐxǔ zhōuguān fànghuǒ, bùxǔ bǎixìng diǎndēng〔諺〕宋朝陸游《老學庵筆記》卷五載，田登任州官時，不許全州吏民提及他的名字，"燈"與"登"同音，也不許說。凡有違反者必加以鞭笞。於是全州上下，都管"燈"叫"火"（如"點燈"要說"點火"）。元宵節放燈，為了讓民眾來看，州吏貼出告示云："本州依例放火三日"。後用來形容某些掌權者只許自己胡作為非，而不許別人有正常活動。
【只要】zhǐyào〔連〕表示必要的條件，有此即可

（下文常用副詞 "就、便" 等呼應）：～下功夫，就一定能學會｜～你願意，便可以參加。**注意** a）在某些句子中，也可以不用副詞相呼應，如 "荒山是寶，只要人搞" "只要船頭穩，不怕浪來顛" "我可以幫他帶去，只要東西不太多"。b）"只要是" 有 "凡是" 的意思，如 "只要是認識他的人，沒有一個不佩服的"。

【只要功夫深，鐵杵磨成針】zhǐyào gōngfu shēn，tiěchǔ móchéng zhēn〔諺〕比喻只要有毅力，再難的事情也能辦成（多用來勉勵人做事要下苦功夫）。

鐵杵磨成針的故事
宋朝祝穆《方輿勝覽·眉州·磨針溪》載，傳說李白小時候在象耳山中讀書，半途而欲棄學出山。經過山下小溪時，遇見一位老婦人拿着一根鐵棒在石頭上磨。李白問她在幹甚麼，老婦人邊磨邊說："想做一根繡花針。" 李白從中深受啟發，回到山中，認真刻苦地學習，最終成為著名的大詩人。

【只有】zhǐyǒu ❶〔副〕表示唯一的選擇：你～採取這個辦法了。❷〔連〕表示唯一的條件（下文常用副詞 "才" 呼應）：～努力學習，才能把成績搞上去｜～在緊急情況下，才能使用這個裝置｜～生產發展了，咱們的生活才能改善。

【只爭朝夕】zhǐzhēng-zhāoxī〔成〕應該力爭在朝夕之間（很短的時間內）解決問題。形容抓緊時間，努力做事：辦事要～，今天該做的事就不要拖到明天。

【只知其一，不知其二】zhǐzhī-qíyī，bùzhī-qíèr〔諺〕對發生的事情，不了解全面情況。常用來批評人看問題片面：你～，他遲到是因為在路上做了好事。也說知其一不知其二。

旨 zhǐ ㊀〈書〉❶ 美味：食～不甘。❷ 滋味美：～酒。
㊁❶ 意義；意思；目的：～趣｜言近～遠｜普及教育～在提高人的素質。❷ 舊指帝王的命令：聖～｜諭～｜奉～討賊。

語彙 本旨　法旨　宏旨　聖旨　題旨　要旨　意旨　諭旨　主旨　宗旨

【旨趣】zhǐqù〔名〕〈書〉宗旨和意圖：此書～高遠。

【旨要】zhǐyào〔名〕主要的觀點內容：明其～，觀其會通。也作指要。

【旨意】zhǐyì〔名〕〈書〉主旨；意圖：秉承～｜究其～，只在圖利己而已。

址 〈阯〉 zhǐ ❶ 建築物的地基：基～｜遺～。❷ 建築物的位置地點：地～｜住～｜舊～｜新～。

語彙 地址　定址　故址　會址　基址　舊址　新址　遺址　原址　住址

抵 zhǐ〈書〉側擊；拍：～掌而談（形容談得投合、高興）。**注意** "抵" 不寫作 "抵"，不讀 dǐ。

【抵掌】zhǐzhǎng〔動〕〈書〉擊掌（表示高興）。

沚 zhǐ〈書〉水中小洲。

芷 zhǐ ❶ 香草名：白～｜蘭～｜岸～汀蘭，鬱鬱青青。❷（Zhǐ）〔名〕姓。

祉 zhǐ〈書〉幸福；福氣：福～。

指 zhǐ ❶〔名〕手指頭：～紋｜拇～｜十～有長短｜十～連心，哪個都疼。❷〔量〕一個手指頭的寬度為一指（用於計量五指以內的寬度、厚度或深度）：四～寬的口子｜夜間下了三～雨。❸〔動〕用手指頭或細長的東西對着：～手畫腳｜～鹿為馬｜針針～着九點｜朝山上～了一下｜請你～給我看看。❹（頭髮）直豎：令人髮（fà）～。❺〔動〕指點：～明方向｜～出問題｜請給～～缺點。❻ 指斥：千夫所～。❼〔動〕意思上向：你這話是～誰說的？❽〔動〕指望；依靠：全家都～着你呢！❾（Zhǐ）〔名〕姓。

語彙 扳指　大指　髮指　戒指　掐指　屈指　染指　食指　手指　彈指　五指　搯指

【指標】zhǐbiāo〔名〕（項）規定要達到的目標、份額：生產～｜數量～｜質量～｜工作需要調人，但～不夠。

【指斥】zhǐchì〔動〕指摘；斥責：嚴厲～｜當面～。

【指出】zhǐchū〔動〕用言語說明：明確～｜～缺點｜～正確方向｜有何缺點，請～。

【指導】zhǐdǎo ❶〔動〕指點和教導：外語老師～學生發音｜虛心接受～。❷〔名〕（位）負責指導的人：這位工程師是我們的技術～。

【指導員】zhǐdǎoyuán〔名〕（位，名）政治指導員的簡稱。中國人民解放軍中連一級的政治工作人員，和連長同為連的首長。

【指點】zhǐdiǎn〔動〕❶ 指給人看；指引：他～着北斗星給我做解釋｜我有哪些缺點，請不客氣地給我～出來｜請多多～他。❷ 在一旁或背後說人的缺點或錯誤：作為名人，少不得遭人～｜他老是這麼指指點點的。❸〈書〉議論；評論：～江山（縱談國家大事）。

【指定】zhǐdìng〔動〕事先確定（時間、處所、人選等）：由主講人～開講時間｜請～一個地方開會｜工作人員都～好了。

【指腹為婚】zhǐfù-wéihūn 兩家主婦在懷孕期間，家長就指腹相約，產後若是一男一女，即可訂婚，長大後結為夫婦。是一種舊式婚姻方式。

【指畫】zhǐhuà ❶〔動〕用指頭指點；用手比劃示意：孩子們～着，"看，大鯉魚！"｜只見他指指畫畫說個沒完。❷〔名〕（幅）用指頭蘸墨或顏料繪製成的畫，是中國特有的一種傳統藝術。

【指環】zhǐhuán〔名〕（枚）戒指。

【指揮】zhǐhuī ❶〔動〕發佈命令或指令，使行動協調一致、符合規定的要求：～部隊｜～交通｜～唱歌｜～抗洪搶險大軍｜瞎～。❷〔名〕（位，名）發令調度的人，也指揮樂隊或合唱隊的人：總～｜樂隊～｜他是大合唱的～。

【指揮棒】zhǐhuībàng〔名〕❶（根）樂隊指揮所用的小棒。❷比喻起導向作用的事物或行為（多含貶義）：高考～｜跟着～轉｜～不靈了。

【指揮部】zhǐhuībù〔名〕指軍隊裏具有指揮權的機構；也指為完成某項重大工程或戰鬥任務而設置的領導機構：師～｜防汛～。

【指揮員】zhǐhuīyuán〔名〕（位，名）❶ 中國人民解放軍中各級領導幹部的統稱（區別於"戰鬥員"）：在陣地上，～的命令必須無條件服從｜～和戰鬥員團結一致。❷泛指某項重大工程或戰鬥任務的指揮人員：水庫工地的～｜親臨現場，指揮抗洪搶險工作。

【指甲】zhǐjia（口語中也讀 zhījia）〔名〕蓋着指尖兒、起保護作用的角質物：手～｜腳～（趾甲）｜～刀｜～油。

【指教】zhǐjiào〔動〕客套話。指點教導（多用於請別人提出批評或意見）：請多加～｜希望不吝～。

【指靠】zhǐkào〔動〕指望和依靠：過去父母多～子女養老｜這件事就～您了｜光～別人不行。

【指控】zhǐkòng〔動〕指責控告：有人～他貪污受賄｜受到當地群眾的聯名～。

【指令】zhǐlìng ❶〔動〕對下級下達指示命令：軍部～我師立即就地宿營｜是領導～他辦這件事的。❷〔名〕（道）對下級下達的指示命令：下一道～｜這是誰下的～？❸〔名〕舊時下行公文的一類，上級機關向下級機關呈請而有所指示稱為指令。❹〔名〕電子計算機中用來指定實現某種控制或運算的代碼：～系統（一台計算機所具有的指令的全體）｜遙控～。

【指鹿為馬】zhǐlù-wéimǎ〔成〕指着鹿說是馬。比喻故意歪曲事實，顛倒是非。

指鹿為馬的故事

《史記·秦始皇本紀》記載，秦二世時，丞相趙高想篡位，怕群臣不服，就設法試探一下。他把一隻鹿獻給二世，說："這是馬。"二世說："丞相錯了吧，把鹿說成馬了。"趙高當即問左右群臣這是甚麼。大臣們有的不說話，有的說是馬，也有的說是鹿。事後，趙高把說是鹿的大臣都治罪殺害了。

【指名】zhǐmíng（～兒）〔動〕明確指出人的姓名或物的名稱：～道姓｜有的批評可以不～兒｜他～兒要法國產的葡萄酒。

【指名道姓】zhǐmíng-dàoxìng〔成〕毫不避諱地直接說出某人的姓名：他雖然沒有～，大家也知道說的是誰。

【指明】zhǐmíng〔動〕指示清楚；明白指出：～原因｜給他～出路｜～前進的方向。

【指南】zhǐnán〔名〕❶比喻辨別方向的根據，指導行動的準則：行動的～｜實踐若不以理論為～，就會變成盲目的實踐。❷ 有關重要信息的說明（多用於生活用書書名）：《北京遊覽～》｜《投資～》。

【指南針】zhǐnánzhēn〔名〕❶用磁鐵製成的用於指示方向的儀器（針的一端總指着南方），與火藥、造紙術、印刷並稱為中國古代的四大發明。❷比喻辨別正確方向的依據。

中國發明指南針

指南針的雛形"司南"大約出現在戰國時期，《韓非子·有度》載："先王立司南以端朝夕。"北宋沈括《夢溪筆談》中對磁鐵磨成的指南針有詳細記載。大約 12 世紀末到 13 世紀初，指南針由中國傳入阿拉伯，再由阿拉伯傳入歐洲。指南針的發明和應用，推動了世界航海事業的發展和中西文化的交流。

【指派】zhǐpài〔動〕指定和派遣（某人去辦理某事）：組織上～你去參加籌備工作｜我自己來的，沒有受誰～｜暫時沒有人可供～。

【指認】zhǐrèn〔動〕指出並確認：嫌疑人～了犯罪現場。

【指日可待】zhǐrì-kědài〔成〕（某事的實現）可以指出具體日子來期待。形容不久就可以實現：勝利～｜攻下難關是～的事。

【指桑罵槐】zhǐsāng-màhuái〔成〕指着桑樹罵槐樹。比喻表面上罵別人，實際上罵另一人：婆婆經常～地說媳婦，兩人關係非常緊張。也說指雞罵狗。

【指使】zhǐshǐ〔動〕出主意叫人去做某事（多含貶義）：～他打人｜這件事幕後一定有人～｜要是沒有人～，他不敢這樣放肆。

【指示】zhǐshì ❶〔動〕對下級或晚輩就如何處理問題指明原則和方法：中央～｜我們要顧全大局｜這議論文怎麼寫，請老師～｜～部隊立即出發。❷〔名〕（點，條，項）給下級或晚輩指示有關事項的言辭或文字：下達～｜口頭～｜執行上級的有關～。❸〔動〕指給人看：～燈｜～器｜～代詞｜～劑（一種化學試劑）｜～植物（可據以獲知該地的土壤、氣候、地形等情況的植物）。

【指事】zhǐshì〔名〕六書之一。以象徵性符號來表示意義的造字法，可分兩小類：1）純抽象的，如"上"字古代寫作"二"，"下"字古代寫作"二"。2）在象形字的基礎上加上某種象徵性符號，如在"刀"字左側加"、"為"刃"，表示刀口的所在。

【指手畫腳】(指手劃腳)zhǐshǒu-huàjiǎo〔成〕說話時兼用手腳示意。也形容率爾地指點、批評或發號施令：他自己不懂建築，卻偏愛～，叫工程人員為難。

【指數】zhǐshù〔名〕❶ 數學上指寫在數的右上角，指明該數自乘若干次的數字，如 3^2、4^8、5^7 中的 3、4、5 為底數，2、8、7 則為指數。❷ 統計學上指不同時期或不同地區內有關經濟數值差異程度的比數：物價～｜綜合～｜生活費～(以上具體指數多用百分比表示)。

【指頭】zhǐtou(口語中多讀 zhítou)〔名〕手指；也指腳趾：十個～有長短｜一個～遮不住臉。

【指望】zhǐwang ❶〔動〕一心期望；心裏盼望：～回一趟老家｜他很～這次能解決問題｜要致富得靠自己，不能光～別人。❷〔名〕實現某種指望的可能；盼頭：今年豐收有～｜他這病還有沒有～？

【指紋】zhǐwén〔名〕❶ 手指肚上皮膚的紋理。❷ 這種紋理留下來的痕跡：～學｜～鑒別｜罪犯戴了手套，沒留下～。

【指要】zhǐyào 同"旨要"。

【指引】zhǐyǐn〔動〕指點引導：請他在前邊～｜大海裏的燈塔～着船舶航行。

【指印】zhǐyìn(～兒)〔名〕❶ 指紋在器物上留下的痕跡：罪犯留下的～｜～凌亂，難於辨認｜留在煙灰缸上的～很清晰。❷ 用手指蘸上印泥後按在契約、單據等上面的指紋：你沒有圖章，就按個～吧。

【指責】zhǐzé〔動〕指摘；責備：橫加～｜受到群眾的～｜我們不應該～一個敢於說實話的人。

【指摘】zhǐzhāi〔動〕用言語批評、責備：無端～。

【指戰員】zhǐzhànyuán〔名〕部隊中指揮員和戰鬥員的合稱。

【指針】zhǐzhēn〔名〕❶ 鐘錶上指示時間的針(含時針、分針、秒針)；儀表上指示度數或方向的針。❷ 比喻指示前進方向和道路的學識理論：這篇講話是我們今後工作的～。

【指正】zhǐzhèng〔動〕指出錯誤，以便改正(多用於請人提批評意見)：敬請～｜講得不對的地方，請大家批評～。

【指證】zhǐzhèng〔動〕指認並作證：由於種種原因，多名受害人不願站出來～。

枳 zhǐ〔名〕落葉灌木或小喬木，小枝多硬刺，小葉倒卵形或橢圓形，春天開白花，果實黃綠色，味酸苦，可入藥。也叫枸橘(gōujú)。

【枳殼】zhǐqiào〔名〕枳樹成熟已乾的果實，皮薄而中虛，可入藥，有消積、化痰等功用。

【枳實】zhǐshí〔名〕枳樹未熟的果實，皮厚而中實，乾製後可入藥。

咫 zhǐ〔量〕古代長度單位，八寸為咫。

【咫尺】zhǐchǐ〔名〕古代八寸為咫，比喻很近的距離：近在～｜～山河(相距很近但不能相見，有如遙隔着山河一般)。

【咫尺天涯】zhǐchǐ-tiānyá〔成〕距離雖然很近，感覺就像在天邊一樣遙遠。多用來形容彼此很難見面。也比喻感情上的隔閡：兄弟倆在一個城市謀生，由於意見不合，很少見面，也是～。

紙 (纸)〈帋〉zhǐ ❶〔名〕(張)用來書寫、繪畫、印刷、包裝等的片狀纖維製品：～幣｜稿～｜～上談兵｜力透～背｜～包不住火｜～做的花兒不結果。❷〔名〕特指迷信用的紙錢等：燒的～多，惹的鬼多。❸〔量〕用於文件、書信等的件數或張數：一～空文｜一～家書｜附件三～｜手不停筆，頃得七～。❹(Zhǐ)〔名〕姓。

語彙	報紙	草紙	稿紙	故紙	剪紙	蠟紙	濾紙
綿紙	皮紙	契紙	砂紙	燒紙	試紙	手紙	圖紙
宣紙	摺紙	鎮紙	狀紙	字紙			

【紙幣】zhǐbì〔名〕(張)紙質的貨幣，一般由國家銀行發行。中國紙幣最早出現於北宋，當時稱為"交子"或"錢引"。

【紙巾】zhǐjīn〔名〕用來擦手、擦臉等的軟質方形紙片：濕～｜消毒～。

【紙老虎】zhǐlǎohǔ〔名〕(隻)比喻外表強大而實際上空虛無力的人或集團；外強中乾的東西。

【紙裏包不住火】zhǐlǐ bāobùzhù huǒ〔諺〕燃燒着的火無法用紙包起來。比喻不好的事情總是隱瞞不住的：～，雪地裏埋不住死人｜～，還是主動說出來的好。

【紙捻】zhǐniǎn(～兒)〔名〕(根)用長條形的紙搓成的像細繩的東西，舊時多用來裝訂書冊或蘸油點着照明：搓～兒｜穿～(將紙捻從書冊旁鑽好的小孔中穿過去)｜打個～，蘸蘸油點着了，遞給他照亮兒。

【紙牌】zhǐpái〔名〕(副)用硬紙片印製而成的娛樂用品(如撲克牌)，多用作賭具：打～｜鬥～｜玩～。

【紙錢】zhǐqián(～兒)〔名〕用白紙或草紙照銅錢的樣子鉸成的圓紙片，民間習俗將紙錢拋撒、焚燒以祭死去的親人或鬼神：後死諸君多努力，捷報飛來當～。

【紙上談兵】zhǐshàng-tánbīng〔成〕從書本出發來討論軍事問題和用兵策略。比喻脫離實際空談：打假不能～，必須真槍實刀地幹。

紙上談兵的故事
《史記·廉頗藺相如列傳》記載，戰國時趙國名將趙奢的兒子趙括，自幼學習兵法，善於談兵，誰也難不倒他。後來他當將軍，只會按兵書上的教條辦事，不懂得靈活運用，長平之戰被秦兵打敗，全軍覆沒。

【紙型】zhǐxíng〔名〕（副）用特製的紙覆蓋在排好鉛字的版上壓製而成的模型，可用來澆鑄整塊的鉛版，以便於印刷：打～。

【紙煙】zhǐyān〔名〕香煙。

【紙張】zhǐzhāng〔名〕紙的總稱。

【紙醉金迷】zhǐzuì-jīnmí〔成〕宋朝陶穀《清異錄·居室》載，唐朝末年有個名叫孟斧的人，他家房間裏的家具都包上了金紙，光瑩四射。人們見了都說，在那房間裏待一會兒，能"令人金迷紙醉"。後用"紙醉金迷"來形容生活奢侈豪華：經商發了財，他迷上了～的生活，不久家產就花光了。也說金迷紙醉。

趾 zhǐ ❶〔名〕腳指頭：腳｜鴨子的～間有蹼。❷〔腳〕：舉～｜方～圓顱｜～高氣揚。

【趾高氣揚】zhǐgāo-qìyáng〔成〕走路時把腳抬得很高，神氣十足。形容驕傲自滿，得意忘形的樣子：他到城裏做生意賺了點兒錢，就～地看不起鄉下人了。

【趾甲】zhǐjiǎ〔名〕腳指甲。

軹（轵）zhǐ〈書〉車軸的兩端。

帋 zhǐ〈書〉指縫紉、刺繡等針線活：針～。

酯 zhǐ〔名〕有機化合物的一類。低級的酯為揮發性液體，氣味芳香，可做溶劑、香料等；高級的酯為蠟狀固體或糊狀液體，是動植物油脂的主要成分。

徵 zhǐ 古代五音之一，相當於簡譜的"5"。參見"五音"（1437頁）：變～（比"徵"低半音，近似於簡譜的"4"）。**注意**"徵（zhǐ）"不能簡化為"征"。
另見 zhēng（1736頁）。

zhì ㄓ

至 zhì ❶〔動〕到：朝發夕～｜上海～北京｜無微不～｜工程～此告一段落｜迎春花可開～清明以後｜集資多～一百萬元。❷ 到來：聯翩而～｜賓～如歸｜口惠而實不～｜不知老之將～。❸ 到了極點、盡頭：～寶｜冬～｜理名言｜仁～義盡。❹〔副〕〈書〉最；極：～愚｜～為感激｜～高無上｜～遲下週交稿。❺（Zhì）〔名〕姓。

語彙 冬至　及至　竟至　乃至　甚至　四至　夏至　以至　直至　周至　接踵而至　無所不至　無微不至　朝發夕至

【至愛】zhì'ài ❶〔形〕最喜愛的；最熱愛的：他的這張經典專輯是很多歌迷的～收藏。❷〔名〕最愛的人或事物：直到今日，她在電影中塑造的那個溫柔形象還是很多人心中的～｜強震使不少人頃刻間失去了親人。

【至寶】zhìbǎo〔名〕最珍貴的寶物：如獲～。

【至誠】zhìchéng ❶〔名〕極其誠懇的心意：一片～可對天｜出於～｜此天下之～。❷〔形〕極誠懇；極誠實：他是個～人，從來不弄虛作假。

【至遲】zhìchí〔副〕最晚，不晚於規定的或估計的時限：這項工程～年底完成｜～下週定可到達。

【至此】zhìcǐ〔動〕❶ 到這裏：步行～為止。｜❷ 到這個時候：～，故事暫告一段落。❸ 到這種地步：事已～。

【至多】zhìduō〔副〕表示最大限度，最大的可能：這個會～開五天｜～一個月就回來｜他～給出出主意罷了。

【至高無上】zhìgāo-wúshàng〔成〕指最高的，沒有比這更高的了：～的權力｜人民的利益～。

【至交】zhìjiāo〔名〕最親密、最要好的朋友：我同你大哥是多年～｜～之間，無話不談。

【至今】zhìjīn〔副〕到今天；直到現在（某事未實現，某種狀況無多大變化）：～沒有人提出意見｜發展計劃～停留在紙上｜我～未得到他的答復｜他～還是單身。

【至理名言】zhìlǐ-míngyán〔成〕最正確的道理，最有價值的話：王老師說的都是～，你不要猶豫了｜"沒有調查就沒有發言權"的確是～。

【至親】zhìqīn〔名〕最親近的親人：骨肉～｜～好友，不要見外｜你我～，不必推辭。

【至上】zhìshàng〔形〕（價值地位）最高：人民利益～｜顧客～。

【至少】zhìshǎo〔副〕表示最小的限度：這個會～要開三天｜這篇文章～兩萬字｜～你得承認這一點。

【至於】zhìyú ❶〔動〕表示達到某種程度（常用否定式"不至於"；也常用於反問"何至於""哪至於"）：好好想一想，不～答不上來｜他不會生氣吧？我看，不～｜平時多複習，何～考試不及格！｜當初要是聽我的，哪～落到今天這步田地！｜為這麼點兒小事就生氣，～嗎？❷〔介〕轉換話題，引進另一件事（"至於"後的名詞、動詞等詞語是引進的另一話題，後面常有停頓）：他的理論是很高明的，～實踐，那就不一定了｜這是我個人的意見，～是否行得通，我不敢預料。

【辨析】**至於、關於**　a)"至於"是在本話題之外，另起一個話題；"關於"只涉及一個話題，如"關於考試的安排，將在下週宣佈"。b)"關於"可用於書名或篇名，如《關於農業問題》；"至於"無此用法。

【至尊】zhìzūn ❶〔形〕最尊貴的；頂級的：～汽車俱樂部｜～音樂頒獎禮。❷〔名〕最尊貴的人；地位最高者：信徒認為，玉皇大帝乃是統領天、明、幽三界的神中～。

志 zhì ㊀❶〔名〕意志：～在四方｜專心致～｜～大才疏｜人老～不衰｜有～者事竟成。❷(Zhì)〔名〕姓。
㊁〔動〕（北方官話）稱；量：用秤～～｜找個家什來～一～。
另見 zhì "誌"(1761 頁)。

【語彙】得志　鬥志　篤志　立志　明志　神志　矢志　同志　心志　遺志　意志　遠志　壯志　躊躇滿志　玩物喪志　專心致志

【志大才疏】zhìdà-cáishū〔成〕志向遠大而才能不足：眼高手低，～，成不了氣候。

【志節】zhìjié〔名〕志向節操：有～｜～之士。

【志氣】zhìqì (-qi)〔名〕做成某事的決心和氣概：人憑～虎憑威｜不怕困難大，就怕沒～。

【志趣】zhìqù〔名〕志向和興趣：追求的目的要求：～高遠｜兩人～各異｜～不同，好朋友也分了手。

【志士】zhìshì〔名〕(位)有高遠志向和高尚品德的人：～仁人（有志氣節操和有仁愛道德的人）｜革命～｜～常存報國之心。

【志同道合】zhìtóng-dàohé〔成〕志趣相同，思想一致：他們幾個同學～，一起去做了志願者。

【志向】zhìxiàng〔名〕關於未來事業的理想和決心：～遠大｜從小就有從軍的～。

【志願】zhìyuàn ❶〔名〕志向和願望：我的～｜第一～｜從小立下了當飛行員的～。❷〔動〕自願：～軍｜我～到這裏來鍛煉｜～報名參軍。

【志願者】zhìyuànzhě〔名〕自願為社會公益活動、賽事等提供無償服務的人員。

志願者的不同説法
在華語區，中國大陸叫志願者，港澳地區、新加坡、馬來西亞和泰國均叫義工，泰國又叫志願員，台灣地區則叫志工。

【志在四方】zhìzàisìfāng〔成〕形容人志向遠大，不戀鄉土：好男兒～。

豸 zhì ❶〔書〕沒有腳的蟲，如蚯蚓之類：蟲～。❷(Zhì)〔名〕姓。

忮 zhì〔書〕❶嫉妒；忌恨：不～不求。❷固執；剛愎自用：大勇不～。

【忮心】zhìxīn〔名〕〔書〕妒忌、嫉恨之心：雖有～，亦無怨色。

庢 zhì〔書〕河流彎曲的地方。多用於地名：盩～(在陝西。今作周至)。

帙〈袠袠〉zhì〔書〕❶書畫外面包着的套子：卷～。❷〔量〕綫裝書一函稱一帙：編次文集凡五～，每～十卷。

制 zhì ❶訂立；規定：因地～宜。❷約束；限定：～止｜～約｜強～｜扼～。❸制度；體制：學～｜幣～｜百分～｜公有～｜志願兵役～｜人民代表大會～。❹(Zhì)〔名〕姓。
另見 zhì "製"(1761 頁)。

【語彙】編制　創制　抵制　過制　管制　機制　節制　克制　控制　牽制　強制　體制　限制　壓制　抑制　專制

【制裁】zhìcái〔動〕用強力處分或懲罰：實行經濟～｜受到法律～｜從快從重嚴懲～。

【制訂】zhìdìng〔動〕擬制；訂立：～工作計劃｜～增產節約措施｜～漢語拼音方案。

【制定】zhìdìng〔動〕明確規定出（法律、章程、條例等）：～政策｜～法令｜～安全規程。

【制動】zhìdòng〔動〕使運行中的運輸工具、機器等減速或停止運行：緊急～｜～裝置。

【制動器】zhìdòngqì〔名〕使運行中的運輸工具、機器等減速或停止運行的裝置。通稱閘。

【制度】zhìdù (-du)〔名〕❶(條，項)要求有關人員共同遵守的規定、準則等：規章～｜會議～｜遵守～｜財務～。❷在一定的歷史條件下形成的政治、經濟等方面的體系：社會～｜資本主義～｜社會主義～。

【制伏】zhì // fú〔動〕用強力使馴服或順從：終於～了敵人｜這條河到底給～了｜植樹造林，～風沙｜那匹烈馬誰也制不伏。也作制服。

【制服】zhìfú ㊀(-//-)同"制伏"。㊁〔名〕(件，套，身)公務員、軍人、警察、學生等穿着的有規定式樣的服裝。

【制高點】zhìgāodiǎn〔名〕軍事上指便於居高臨下以控制周圍地面和發揮火力的高地或建築物等：佔領～｜奪回～。

【制海權】zhìhǎiquán〔名〕軍隊在一定時間和一定海域內的控制權。

【制衡】zhìhéng〔動〕相互制約，使趨於平衡：不受～的權力容易產生腐敗。

【制空權】zhìkōngquán〔名〕軍隊在一定時間和一定空域內的控制權。

【制錢】zhìqián〔名〕(枚)明、清兩代稱由本朝官局按制度規定監督鑄造的銅錢為制錢，以區別於歷代所鑄的舊錢。

【制勝】zhìshèng〔動〕制伏對方以取勝；戰勝：出奇～｜剋敵～｜～頑軍。

【制式】zhìshì〔名〕法式；規定的式樣或程式：～警服｜～器材｜～教練（按照條令規定進行的

軍人隊列動作教練）｜這台進口的錄像機有中國～的。

【制約】zhìyuē〔動〕牽制和約束；一事物的存在和變化影響另一事物的存在和變化：二者互相～｜物質生活的生產方式～着整個社會生活。

【制止】zhìzhǐ〔動〕強迫使停止；不允許繼續（行動）：～戰爭挑釁｜～通貨膨脹｜及時～事態的發展。

炙 zhì ❶〔書〕烤：飲醇酒，～肥牛｜～手可熱。❷〔書〕薰陶：親～（比喻親受教益）。❸〔書〕烤熟的肉：割～引酒｜膾～人口。❹〔書〕餚饌，菜餚：殘羹冷～。❺（Zhì）〔名〕姓。

【炙手可熱】zhìshǒu-kěrè〔成〕手一挨近就感覺烤得很熱。形容人權勢很大，氣焰很盛：～勢絕倫｜他如今掌了大權，～。

治 zhì ❶〔動〕治理；管理：～喪｜～國安民｜～家有道。❷〔動〕醫療：～傷｜不～（治療不好）之症｜三分～病七分養。❸〔動〕消滅（害蟲）：～蝗｜棉花不～蟲，秋收一場空。❹〔動〕整理，整治：～絲益棼｜～沙｜～鹼（鹽鹼地）｜把淮河～好。❺研究；研討：～史｜～學。❻懲辦；懲治：～罪｜以其人之道還～其人之身。❼太平；安定：～世｜天下大～。❽舊稱地方政府所在地：州～｜府～｜省～。❾（Zhì）〔名〕姓。

語彙 懲治 處治 大治 法治 防治 根治 救治 吏治 人治 調治 統治 醫治 診治 整治 政治 自治 勵精圖治

【治安】zhì'ān〔名〕安定的社會秩序：擾亂～｜維持社會～｜加強～保衞工作｜～聯防。

【治保】zhìbǎo〔動〕治安保衞：～主任｜～委員。

【治本】zhìběn〔動〕從根本上進行整治或治理（跟"治標"相對）：～的辦法｜不能治標不～。

【治標】zhìbiāo〔動〕就表面的問題做應急的或一時的處理（跟"治本"相對）：～不治本，能解決甚麼問題！

【治病救人】zhìbìng-jiùrén〔成〕把病治好，把人救活。比喻批評某人的錯誤和缺點，幫助他改正：大家對你的批評，完全是為了～｜要抱着～的態度，幫助犯了錯誤的人。

【治假】zhìjiǎ〔動〕懲治製假販假行為。

【治理】zhìlǐ〔動〕❶統治；管理：把國家～好｜～學校。❷整修；整治：～淮河｜實行綜合～｜～經濟環境，整頓經濟秩序。

【治療】zhìliáo〔動〕診斷醫治疾病，使恢復健康：～慢性病｜請專家會診，細心～。

【治喪】zhìsāng〔動〕辦理喪事（含鄭重意）：～委員會｜～小組。

【治山】zhìshān〔動〕治理山坡或山林，使於人

民有益：齊心～｜～治水，利在當代，造福子孫。

【治水】zhìshuǐ〔動〕疏通水道，興修水利，消除水患：～有功｜大禹～（大禹是中國古代傳說中的部落聯盟領袖，曾領導人民疏通江河，興修溝渠，制伏洪水，發展農業；歷時十三年，三過家門而不入）。

【治絲益棼】zhìsī-yìfén〔成〕棼：紛亂。理絲不找頭緒，結果越理越亂。比喻處理問題抓不住要領，反而使問題更加複雜：不顧具體情況，照搬外國經驗，必然會～。

【治外法權】zhìwài fǎquán 負有外交使命的官員所享有的一種特權，包括人身、住所的不受侵犯，不受所在國司法、行政的管轄，免除捐稅和服役等。這種特權是由國家間相互授予對方有關人員的。

【治學】zhìxué〔動〕研究學問：～謹嚴｜從實際出發，是～的根本態度。

【治裝】zhìzhuāng〔動〕置備行裝：不日～西行｜～已畢，動身在即。

【治罪】zhì∥zuì〔動〕給犯罪的人以應得的懲罰：依法～｜從嚴～｜從重從快治這些慣匪的罪。

郅 zhì ❶〔副〕〔書〕極；最：～隆（最為隆盛）｜臻於～治（達到天下大治）。❷（Zhì）〔名〕姓。

峙 zhì〔書〕聳立；屹立：雙峰對～｜一山飛～大江邊。

另見 shì（1232頁）。

語彙 鼎峙 對峙 飛峙 聳峙

庤 zhì〔書〕儲藏；儲備：倉～豐足。

桎 zhì〔書〕拘束罪犯兩腳的刑具，即腳鐐。

【桎梏】zhìgù〔名〕〔書〕❶腳鐐和手銬；泛指刑具。❷比喻束縛人或思想的東西：擺脫封建思想的～。

致 zhì ❶〔動〕給予；送：～函｜～信｜～電｜～賀詞｜面～（當面送給）。❷〔動〕表示；表達：特此～謝｜請代～意。❸集中（意志、力量等）：～力｜專心～志。❹引起；招致：～癌｜重傷～死。❺達到；獲得：學以～用｜格物～知。❻情趣：情～｜雅～｜興（xìng）～勃勃｜別有韻～｜錯落有～。❼〔連〕以至：措辭晦澀，～生歧解。❽（Zhì）〔名〕姓。

另見 zhì "緻"（1762頁）。

語彙 大致 導致 風致 格致 獲致 極致 堅致 景致 羅致 興致 雅致 一致 以致 引致 有致 誘致 韻致 招致 淋漓盡致 閒情逸致

【致哀】zhì'āi〔動〕表示哀悼：～三分鐘｜全體～。

【致癌】zhì'ái〔動〕引發癌症：～物質。

【致癌物質】zhì'ái wùzhì 能引發癌症的物質，含有病毒、射綫、化學製劑等。

【致病】zhìbìng〔動〕導致發生疾病：政府免費救治因食用問題奶粉而～的患兒。

【致殘】zhìcán〔動〕造成殘疾：因工傷～。

【致詞】zhì//cí 同"致辭"。

【致辭】zhì//cí〔動〕在某個儀式上發表講話（含莊重意）：來賓～｜新年～。也作致詞。

【致富】zhìfù〔動〕達到富裕境地：發家～｜勤勞～｜脫貧～｜拓寬～門路。

【致賀】zhìhè〔動〕表示祝賀：發電報～｜送花籃～。

【致敬】zhìjìng〔動〕敬禮表敬意；表示敬意：門衞向首長行禮～｜向保衞祖國的英雄們～！

【致力】zhìlì〔動〕把力量集中用在（某一事業、工作方面）：他一生～於科學研究｜～航天事業。

【致命】zhìmìng〔動〕導致喪命（形容後果極其嚴重）：～傷｜一槍～｜酗酒是司機的～弱點。

【致歉】zhìqiàn〔動〕表示歉意：一再～｜向對方～。

【致使】zhìshǐ ❶〔動〕使產生、出現（不好的結果）：過度捕撈～海產減少｜旱澇相繼，～顆粒無收。❷〔連〕以致：由於經營不善，～企業連年虧損。

【致仕】zhìshì〔動〕古指官吏辭去官職退休：七十而～。

【致死】zhìsǐ〔動〕導致死亡：因公～｜酗酒～。

【致謝】zhìxiè〔動〕表示感謝：向您～｜再三～｜謹此～（多用於書信）。

【致以】zhìyǐ〔動〕表示（禮節、情意等）：～崇高的敬意｜～衷心的感謝｜～熱情的問候。注意 多用於書信、講話中向對方表示敬意、情意。

【致意】zhìyì〔動〕表示思慕、問候等情意：揮手～｜再三～｜向老工人含笑～。

晊 zhì〈書〉大。

秩 zhì ㊀❶〈書〉整齊；有條理：～然有序。❷〈書〉次序：～序。❸〈書〉官員的俸祿或品級：～米｜加官晉～｜貶～三等。❹（Zhì）〔名〕姓。

㊁〈書〉十年為一秩：八～壽辰。

【秩序】zhìxù（-xu）〔名〕事物整齊地組合在一起的狀況：維持社會～｜整頓經濟～｜～井然｜緊張而有～地工作。注意"秩"不讀 chì。

> **辨析** **秩序、次序** "秩序"是就事物的整齊狀況說的，跟時間沒有關係；"次序"是就事物在空間或時間上排列的先後說的。因此涉及時間順序的句子只能用"次序"不能用"秩序"，如"討論的次序，是先從農業開始，然後及於工業、交通等"。

猘 zhì〈書〉（狗）瘋狂。

陟 zhì〈書〉❶登（高）：～彼高岡。❷提拔；晉升：～罰臧否，不宜異同。

梽 zhì 用於地名：～木山（在湖南邵陽西南）。

畤 zhì 古時祭天地、五帝的處所。

痔 zhì〔名〕由於肛門或直腸下端的靜脈曲張而形成突起的小結節的病，症狀為發癢、疼痛、大便出血等。有內痔、外痔、混合痔多種：吮癰舐～。通稱痔瘡。

【痔瘡】zhìchuāng〔名〕痔的通稱。

窒 zhì 堵塞；阻塞：～礙難通。

【窒悶】zhìmèn〔形〕窒息沉悶；憋悶：～的空氣｜空氣混濁，使人感到異常～。

【窒息】zhìxī〔動〕❶呼吸困難或停止呼吸：空氣稀薄，令人～｜防止病人～。❷比喻事物的發展受到嚴重的阻礙：保守主義思想～了群眾的積極性。

紩（𰬸） zhì〈書〉縫：縫～｜補～｜敝而～之。

蛭 zhì〔名〕環節動物門的一綱，身體長而扁平，前後各有一個吸盤。有的吸食人畜血液。生活在淡水中或潮濕處。通稱螞蟥。

智 zhì ❶聰明；有智慧：明～｜睿～｜～者千慮，必有一失。❷智慧；才識：鬥～不鬥力｜開發民～｜情急～生｜不經一事，不長（zhǎng）一～。❸（Zhì）〔名〕姓。

> **語彙** 才智 鬥智 故智 機智 理智 明智 睿智 神智 心智 急中生智 見仁見智

【智殘】zhìcán〔名〕因大腦生理缺陷或傷殘而導致的智力殘缺：～兒童｜他因幼時的一場大病而導致了～。

【智齒】zhìchǐ〔名〕（顆）口腔中最裏面的大臼齒（上下左右共四顆），一般要在 18–22 歲才長出來，也有人終生不長的。

【智多星】zhìduōxīng〔名〕《水滸傳》中梁山泊軍師吳用的綽號；泛指聰明出眾、足智多謀的人：他是我們球隊的～。

【智慧】zhìhuì〔名〕對事物認識、辨析、判斷和發明創造的能力：人民的～是無窮無盡的｜這些精美的工藝製品表現了工藝美術家的高度～。

【智慧產權】zhìhuì chǎnquán〔名〕台灣地區用詞。也稱"智慧財產權"。即知識產權。

【智力】zhìlì〔名〕認識事物和解決問題的能力：提高～｜～商數｜～測驗（用來衡量人們的學習能力、抽象能力和適應能力的一種成套的測驗）｜重視～開發。

【智力開發】zhìlì kāifā 指對人們智力的培養和更

新，目的是提高人的素質和知識、技術水平：家長們越來越重視對孩子的～。

【智力投資】zhìlì tóuzī ❶ 為開發智力、培養智力人才而投入資金：他們請來專家講授技術，捨得～。❷ 為開發智力、培養人才而投入的資金：對我們這樣一個小廠來說，這可是不小的一筆～啊。

【智齡】zhìlíng〔名〕智力年齡。指與某一智力標準水平相應的年齡。測定某一年齡兒童的智齡，根據對一定數量同齡兒童進行測驗的平均成績確定。智齡超過實際年齡越多，智力發展水平就越高。

【智謀】zhìmóu〔名〕智慧和謀略：以～取勝｜老將軍～高，屢挫來犯之敵。

【智囊】zhìnáng〔名〕裝着智謀的袋子，比喻足智多謀、替別人出謀劃策的人：～團｜這幾個人都是總統的～。

【智囊團】zhìnángtuán〔名〕比喻足智多謀、為政治人物或政治團體出謀劃策或可供決策諮詢的參謀團或顧問團。

【智能】zhìnéng ❶〔名〕智慧和能力：開發兒童～｜高～遊戲機｜這個班的學生～特高。❷〔形〕屬性詞。具有足以代替人的某些智慧和能力的：～機器人｜～電子計算機。

【智取】zhìqǔ〔動〕用計謀奪取：～華山｜只可～，不可強攻。

【智弱】zhìruò〔形〕智力比較低（智力發育比同齡人差）：她學習成績差，是因為～，並非主觀不努力。一般說弱智。

【智商】zhìshāng〔名〕智力商數。用以表示智力水平的數值。智商的計算方法是智力年齡除以實足年齡再乘以一百（智商＝智齡÷實足年齡x100）。智商大於120者為“聰明”，小於70者為智力有缺陷。

【智術】zhìshù〔名〕〈書〉智慧和策略：～短淺。

【智勇雙全】zhìyǒng-shuāngquán〔成〕智謀和勇氣齊備：～的指揮員｜做偵察工作最需要～。

【智育】zhìyù〔名〕發展智力的教育；對學生進行的文化科學知識方面的教育：使學生在德育、～、體育幾方面都得到發展。

【智障】zhìzhàng〔名〕智力障礙，因大腦先天缺陷或後天受損而造成的智力低下：～人士。

【智者千慮，必有一失】zhìzhě-qiānlǜ, bìyǒu-yīshī〔成〕聰明人千番考慮，難免會有一次失誤：～；愚者千慮，必有一得。

痣 zhì〔名〕❶（顆）皮膚上凸起的肉質小圓粒或小圓斑，呈青、紅、黑、褐等色。❷（Zhì）姓。

豦 zhì ❶〈書〉豬：～牢（豬圈）｜田～。❷（Zhì）〔名〕姓。

輊（輊）zhì 古代一種四周有帷幕，前頂較低的車：軒～（比喻高低優劣）。

跱 zhì〈書〉❶佇立。❷佔據；對峙：鼎～而立。

置〈❶真〉zhì ❶擱；放：本末倒～｜～之度外｜～懷（放在心上，念念不忘）｜～之不理｜～之死地而後生。❷設置；安排：～酒待客｜舞台～景。❸〔動〕買；購置：～些廚房用具｜～點兒產業。

> **語彙** 安置　佈置　處置　措置　倒置　放置　廢置　擱置　購置　配置　棄置　設置　添置　位置　閒置　裝置

【置辦】zhìbàn〔動〕購置；採辦：～原材料｜～圖書儀器｜～炊事用具｜～年貨。

【置辯】zhìbiàn〔動〕辯論；申辯（多用於否定式）：不予～｜毋庸～｜無可～。

【置換】zhìhuàn〔動〕❶數學上指通過變換位置，使若干不同元素從一種排列變換成另一種排列，如 abcd 置換成 bdca、bcda、dbca 等。❷化學上指一種元素把某種化合物中的某種元素替換出來，取而代之，如用銀從合金的混合溶液中將金置換出來，用鎂從硫酸銅中將銅置換出來等。❸替換：用新零件～機器上的舊零件。

【置喙】zhìhuì〔動〕〈書〉插嘴（多用於否定式）：不容～｜無所～。

【置若罔聞】zhìruòwǎngwén〔成〕放在一旁不管，好像沒有聽見：長輩對我們進行教育，豈能～？

【置身】zhìshēn〔動〕把自己擺在其中；自己參加進去：不容～事外｜～於群眾之中。

【置信】zhìxìn〔動〕承認某事是真的；相信（多用於否定式）：無法～｜他說的這些話，讓人難以～！

【置業】zhìyè〔動〕購買房屋、土地等產業：錢放在銀行裏不如投資～。

【置疑】zhìyí〔動〕認為某事不一定如此；懷疑（多用於否定式）：毋庸～｜毫不～｜無可～。

【置之不理】zhìzhī-bùlǐ〔成〕（將某人或某事）放在一邊，不理不睬：採取～的態度｜對這種事情，可以～｜對於這種挑釁，怎麼能～呢？

【置之度外】zhìzhī-dùwài〔成〕把某事放在考慮之外。通常表示不把生死、得失等放在心上：把個人安危～｜成敗利害，一概～｜甚麼危險我都～。

【置之腦後】zhìzhī-nǎohòu〔成〕把某事放在腦後面；形容不放在心上：託他辦一件這麼要緊的事，不料他竟～。

【置之死地而後快】zhì zhī sǐdì ér hòu kuài〔俗〕把某人放在必死的境地然後才感到快意。形容心腸兇狠，手段毒辣：必欲～。

雉 zhì ㊀〔名〕❶鳥名，外形像雞，雄的羽毛華麗，頸下有一白色環紋，尾長，雌的淡黃褐色，尾較短。善走，不能久飛。通稱野雞，也叫山雞。❷(Zhì)姓。

㊁❶〔量〕古代城牆長三丈高一丈為一雉：都城過百～。❷〈書〉指雉堞：樓～相望。

【雉堞】zhìdié〔名〕古代城牆上可供守城人掩護自己的矮牆。

【雉鳩】zhìjiū〔名〕(隻)鳥名，形狀像鴿子，翅膀褐色，有黑斑，頸和胸部淡紫紅色，腹部白色，腳強健，善走。

稚 〈稺穉〉 zhì ❶年少；幼小：幼～｜～子(幼兒)。❷孩子；兒童：～戲｜～氣。❸(Zhì)〔名〕姓。

【稚嫩】zhìnèn〔形〕❶幼小嬌嫩：剛剛生出的小芽｜～的心靈。❷不成熟：做事～｜文筆～，但清新可愛。

【稚氣】zhìqì(-qi)〔名〕孩子氣：一臉～｜帶着幾分～｜～未泯。

寘 zhì〈書〉絆倒；跌倒：跋(bá，踩)前～後。

製 (制) zhì ❶〈書〉裁剪製作衣服：～芰(jì，菱葉)荷(荷葉)以為衣。❷〔動〕製造；製作：～藥｜～革｜粗～濫造。❸寫作：所～新作，已拜讀。

"制"另見 zhì(1757頁)。

語彙　仿製　複製　監製　精製　炮製　攝製　試製　研製

【製假】zhìjiǎ〔動〕製造假冒產品：～窩點｜嚴厲打擊～販假分子。

【製冷】zhìlěng〔動〕人工製造低溫：～設備｜～效果不錯。

【製品】zhìpǐn〔名〕加工而成的物品(多用作中心語)：豆～｜黃麻～｜金屬～。

【製售】zhìshòu〔動〕製造並出售：～食品。

【製圖】zhì // tú〔動〕根據實況、實物或設計要求在平面上按一定比例繪製或塑製成圖：工程～｜機械～｜根據設計思想先製一張圖，再開會研究。

【製造】zhìzào〔動〕❶通過勞動使原材料成為產品：～飛機｜～藥品｜～各種設備。❷人為地造出或引出某種事端或局面(含貶義)：～謠言｜～輿論｜公開～分裂｜暗中～事端。

【製作】zhìzuò〔動〕將原材料加工成為可用之物：～糕點｜～家具。

銍 (铚) zhì〈書〉❶一種割莊稼用的短鐮刀。❷用短鐮刀收割莊稼。❸收割下來的莊稼。

誌 (志) zhì ❶記住；記載：永～不忘｜～怪小說。❷記錄下來的文字：碑～｜日～｜地方～。❸記號：標～｜樹於界上以為～。

"志"另見 zhì(1757頁)。

語彙　碑誌　標誌　方誌　墓誌　日誌　縣誌　雜誌

【誌哀】zhì'āi〔動〕用某種方式表示哀悼：下半旗～｜行人肅立～｜向死難烈士～。

瘈 zhì〈書〉瘋狂：～狗(瘋狗)。
另見 chì(178頁)。

滯 (滞) zhì 停滯；不流通；不活動：～留｜～銷｜呆～。

語彙　板滯　沉滯　遲滯　呆滯　凝滯　澀滯　停滯　淤滯　阻滯

【滯礙】zhì'ài〔動〕阻礙：胸中無～｜～難行。

【滯後】zhìhòu〔動〕因停滯不前而落在形勢發展的後面；落後：發展～｜設計～｜嚴重～。

【滯留】zhìliú〔動〕❶停留不動：～異地。❷久不得任用或升遷：～不用｜多年～。

【滯納金】zhìnàjīn〔名〕(筆)因逾期繳納稅款、保險費或水費、電費等需額外繳納的錢款。

【滯銷】zhìxiāo〔動〕(貨物)賣不出去；銷售不暢(跟"暢銷"相對)：產品～｜名牌貨緊俏，劣質品～。

滍 Zhì 古水名。即今河南中部的沙河。

摯 (挚) zhì ❶〈書〉懇切；誠懇：誠～｜真～｜懇～｜深～。❷(Zhì)〔名〕姓。

【摯愛】zhì'ài〔動〕真誠地愛；深愛：～祖國｜對下一代的～之情。

【摯誠】zhìchéng〔形〕真摯誠懇：～的朋友｜一片～之心｜二人～地講述着各自的認識和理解。

【摯友】zhìyǒu〔名〕(位)親密而且情意深厚的朋友。

幟 (帜) zhì ❶旗子：旗～｜獨樹一～。❷(Zhì)〔名〕姓。

質 (质) zhì / zhí ㊀❶〔名〕事物的根本特性；性質：變～｜量的變化能引起～的變化。❷〔名〕事物的優劣程度；質量：優～｜劣～｜按～論價｜～量並重(質量和數量同樣強調)。❸物質；質地：雜～｜流～｜食物｜木～的家具。❹樸實；單純：～直｜樸～。❺(Zhì)〔名〕姓。

㊁詢問；責問：～問｜～疑｜～之高明。

㊂〈書〉❶抵押；典質：以衣物～錢。❷抵

押品：以宋版書為～。

語彙 本質 變質 才質 地質 對質 活質 流質 品質 氣質 人質 實質 素質 特質 體質 物質 性質 音質 優質 雜質 資質 蛋白質 神經質 有機質

【質變】zhìbiàn〔名〕事物的性質的變化，是事物以一種性質向另一種性質的突變（區別於"量變"）：水燒開變成氣體，是一種～。

【質地】zhìdì〔名〕❶ 事物的性質或構成材料的性質：～精良｜～細密｜～優等，式樣美觀。❷ 指人的本質與素養：～優秀｜～很高。

【質對】zhìduì〔動〕〈書〉對證；對質：舉報經過～，確認為事實。

【質感】zhìgǎn〔名〕指藝術品表現出來的物質特性的真實感覺：這種對人體～的表現，正是雕塑藝術的魅力所在｜樹皮畫利用樹皮的皺紋造成了山石的～，藝術效果極佳。

【質檢】zhìjiǎn〔動〕對質量加以檢查：對產品既要量檢，更要～。

【質量】zhìliàng〔名〕❶ 表示物體慣性大小的物理量。也指物體中所含物質的量。表示質量所用的單位為千克。質量通常是一個常量，不因高度或緯度的變化而改變。❷ 產品或工作的優劣程度：住房～｜教學～｜這雙鞋又便宜，～又好。

【質樸】zhìpǔ〔形〕淳樸；樸實：強悍而～的性格｜～無華。

【質數】zhìshù〔名〕素數。

【質問】zhìwèn〔動〕向有責任者問明原委是非；責問：提出～｜受到～。

【質詢】zhìxún〔動〕向有責任者質疑詢問：代表們向部長～。

【質言之】zhìyánzhī 直截了當地說：～，這事大家都有責任。

【質疑】zhìyí〔動〕（針對某事項）提出疑問；對疑難問題加以質問：～問難（nàn）｜對他的報告～的人很多。

【質直】zhìzhí〔形〕（品性）樸實正直：為人～。

【質子】zhìzǐ〔名〕構成原子核的粒子之一，帶正電，質量為電子質量的 1836 倍。化學元素的原子序數就是其原子核中的質子數。

膣 zhì〔名〕舊指陰道。

緻（致）zhì ❶ 精密；細密：細～｜精～｜工～｜～密。❷ 美好：標～。
"致"另見 zhì（1758 頁）。

語彙 標緻 別緻 工緻 精緻 細緻

【緻密】zhìmì〔形〕細緻周密；精緻細密：觀察～｜這種布質地～｜～的紋理。

櫛（梳）zhì/jié ❶ 古指梳子、篦子等用具：鱗次～比。❷〈書〉梳理：～沐（梳洗頭髮）｜盥～食寢外無餘事。**注意** "櫛"不讀 jié。

【櫛比】zhìbǐ〔動〕〈書〉像梳子、篦子的齒那樣稠密地排列着：廠房～｜煙囪林立。

【櫛風沐雨】zhìfēng-mùyǔ〔成〕憑風梳頭，任雨洗髮。形容奔波在外，不避風雨，異常艱辛：十年來為找礦，他～，艱苦備嘗｜老人家大半輩子在跋山涉水、～中度過。**注意** "櫛"不讀 jié。

摘 zhì〈書〉❶ 同"擲"：～玉毀珠。❷ 搔（癢）。❸ 搔頭，古代婦女的一種首飾。
另見 tī（1327 頁）。

贄（贽）zhì〈書〉初次拜見長輩時所送的禮物：執～｜～見（拿着禮物求見）｜～敬（學生拜見老師時所送的禮物）。

擲（掷）zhì〔動〕扔；投：～鐵球｜～手榴彈｜一～千金｜孤注一～。

語彙 拋擲 投擲 虛擲 孤注一擲

【擲地有聲】zhìdì-yǒushēng〔成〕扔在地上，發出響亮聲音。形容人說話有力，言語豪邁：他在辯論會上的幾句話，～，令對方無言以對。

【擲還】zhìhuán〔動〕〈謙〉請人把原物歸還給自己：日前借閱之新書兩本，敬請～為荷。

觶（觯）zhì 古代飲酒的器皿，侈口，圓腹，圈足，形似小瓶，大多有蓋（這種形狀的觶多為商器，西周時做方柱形而四角圓）。

識（识）zhì〈書〉❶ 記住：默而～之｜博聞強～。❷ 記載；記述：～其始末。❸ 記號；標誌：款～｜題～（題寫在書、畫、古籍上的文字）。
另見 shí（1224 頁）。

礩（硕）zhì〈書〉柱子下面的基石。

騭（骘）zhì〈書〉❶ 公馬。❷ 升；登。❸ 定；安定：評～｜陰～。

鷙（鸷）zhì ❶〈書〉猛禽。❷〈書〉兇猛：～鳥｜虎豹熊羆、～而無敵。❸（Zhì）〔名〕姓。

【鷙鳥】zhìniǎo〔名〕兇猛的鳥，如鷹、雕：～不群｜～潛藏。

躓（踬）zhì〈書〉❶ 跌倒；絆倒：不～於山，而～於垤（dié）。❷ 困頓；不順利：屢試屢～｜困～。

鑕（锧）zhì ❶〈書〉砧板。❷ 古代刑具鍘刀（用於腰斬）的底座。

zhōng ㄓㄨㄥ

中 zhōng ❶〔名〕方位詞。跟四周距離相等的位置；中心：居～｜當～｜震～。❷〔名〕方位詞。在一定界限以內；裏面：風～之燭｜目～無人｜醉眼～的朦朧｜金玉其外，敗絮其～。❸〔名〕方位詞。用在動詞後表示進程持續：健康尚在恢復～｜遊覽～結識了幾位朋友。❹ 位於兩端之間的：～游｜～旬｜～年。❺ 等級、規模等處於兩端之間的：～級｜～型｜號｜～篇小說。❻ 不偏不倚於任何一端或一方的：～允｜～立｜～庸之道｜折～方案。❼ 為雙方介紹、調解或作證的人；中人：請人作～。❽〔形〕(北方官話)好；行；成：您看這麼辦～不～？——我看～！｜飯～了，吃飯吧！❾ 適合於；宜於：～聽｜～看｜不～用了。❿(Zhōng)〔名〕中國：～醫藥｜洋為～用｜～外文化交流。⓫(Zhōng)〔名〕姓。

另見 zhòng（1770 頁）。

語彙 暗中 從中 當中 個中 集中 居中 空中 郎中 其中 人中 適中 心中 折中 震中 正中 秀外慧中

【中巴】zhōngbā〔名〕(輛)中型公共汽車。[巴，英 bus]

【中班】zhōngbān〔名〕❶ 下午勞動或工作的班次(區別於"早班""晚班")：上～｜～工人。❷ 幼兒園裏由四週歲至五週歲兒童所編成的班級：孩子剛上～。

【中飽】zhōngbǎo〔動〕經手錢物的人從中將錢物的全部或一部分據為己有：～私囊。

【中表】zhōngbiǎo〔形〕屬性詞。跟姑母子女的親戚關係叫外表，跟舅父或姨母子女的親戚關係叫內表，二者合稱中表：～之親。

【中波】zhōngbō〔名〕波長從 100 米到 1000 米(頻率從 3000 千赫到 300 千赫)的無綫電波。直接在地面或空中傳播，用於較短距離的無綫電廣播和通信等。

【中部】zhōngbù〔名〕中間部分：鼻子在臉的～｜大廳～｜河南省是中國～的省份之一。

【中餐】zhōngcān〔名〕❶ 中國式的飯菜，吃時用筷子(區別於"西餐")：吃～｜用～接待貴賓。❷(頓)中午吃的飯食：早餐要吃得飽，～要吃得好，晚餐要吃得少。

【中草藥】zhōngcǎoyào〔名〕中藥。

【中層】zhōngcéng〔名〕不高不低、位置居於中間的層次：～幹部｜～樓房｜我住在～(如為三層的樓，則在二層；如為六層的樓，則在三層或四層；以此類推)。

【中成藥】zhōngchéngyào〔名〕中藥成藥，包括按配方製成的丸、散、膏、丹、膠、酒等多種劑型，服用方便。

【中輟】zhōngchuò〔動〕事情尚未完成因故而停止：試驗已～｜築路工程被迫～｜堅持下去，不要～。

【中詞】zhōngcí〔名〕邏輯學上指三段論的大前提和小前提中都出現的名詞，在推出結論時，起中介作用。

【中道而廢】zhōngdào'érfèi〔成〕中途停止，不再繼續做下去：這項工程，因資金不足～。

【中稻】zhōngdào〔名〕插秧期或生長期、成熟期早於晚稻而晚於早稻的稻子。

【中等】zhōngděng〔形〕屬性詞。❶ 等級或質量介於優等、劣等之間的：～貨｜質量～。❷ 程度介於高等、初等之間的：～教育｜～專科學校｜文化程度～。❸ 身材不高不矮的：～個兒｜身材～。❹ 規模不大不小的：～城市｜～規模的工廠｜運動會規模～。

【中東】Zhōngdōng〔名〕歐洲人指亞洲西部和非洲東北部地區，包括埃及、敍利亞、伊拉克、伊朗、約旦、黎巴嫩、也門、沙特阿拉伯、科威特、以色列、巴勒斯坦、阿拉伯聯合酋長國、阿曼、卡塔爾、巴林、土耳其、塞浦路斯等，是世界石油主要產區。

【中斷】zhōngduàn〔動〕事情在進行中因故停止或斷絕：～會談｜交通～了好幾個小時｜我們的事業永遠不會～｜學習從來沒有～過。

【中隊】zhōngduì〔名〕❶ 隊伍的一種編制，在大隊之下，小隊之上：～長｜～部｜第三～｜飛行～。❷ 軍隊編制的一種，相當於連一級的組織：武警～(武裝警察中隊)。

【中耳炎】zhōng'ěryán〔名〕中耳局部發炎的疾病，由細菌侵入或鼻炎蔓延引起，主要症狀有耳疼、聽力減退、化膿等，嚴重的會鼓膜穿孔。

【中幡】zhōngfān〔名〕掛着窄長旗子的又長又粗的旗杆。雜技演員把它托在掌上或頂在額上，拋擲舞弄而不倒，叫舞中幡。

【中飯】zhōngfàn〔名〕午飯。

【中非】Zhōngfēi〔名〕❶ 非洲中部地區，包括乍得、中非共和國、剛果共和國、加蓬、喀麥隆、剛果民主共和國、赤道幾內亞、聖多美和普林西比。❷ 指中非共和國。

【中鋒】zhōngfēng ㊀〔名〕(名)籃球、足球等球類比賽的前鋒之一，位置在中間。㊁〔名〕寫毛筆字時，將筆的主鋒保持在筆畫的中綫上的筆法。書法家講究"筆筆中鋒"。

【中伏】zhōngfú〔名〕❶ 夏至後第四個庚日，是三伏的第二伏。❷ 通常指從夏至後第四個庚日起到立秋後的第一個庚日前一天這段時間，共十天或二十天。以上也叫二伏。參見"三伏"(1154 頁)。

【中服】zhōngfú〔名〕(套，身)中裝：平常他都穿～。

【中古】zhōnggǔ〔名〕❶次於上古的時代，在中國歷史分期上通常指魏晉南北朝隋唐這個時期。❷歐洲自西羅馬滅亡至哥倫布發現新大陸（公元5-15世紀）這個時期。❸泛指封建社會時代：～史。

【中官】zhōngguān〔名〕〈書〉宦官；太監。注意 北京中關村的"中關"，原來當是"中官"。

【中國】Zhōngguó〔名〕中華人民共和國。1949年10月1日建立，通常稱新中國。新中國成立以前的中國，通常稱舊中國。中國位於亞洲東部，陸地面積約960萬平方千米，人口約13.705億（2010年），首都北京。

【中國大媽】zhōngguó dàmā 原指大量購買黃金引起世界金價變動的中國中年女性，有戲謔義。現泛指出手闊綽的中國中年婦女。

【中國共產黨】Zhōngguó Gòngchǎndǎng 中國工人階級的政黨，1921年7月成立於上海。中國共產黨是中國社會主義事業的領導核心，其最終目標是實現共產主義的社會制度。簡稱中共。

【中國共產主義青年團】Zhōngguó Gòngchǎn Zhǔyì Qīngniántuán 中國共產黨領導的先進青年的群眾組織，是其助手和後備軍。1922年5月成立於廣州，原名中國社會主義青年團，迭經變動，1949年4月成立中國新民主主義青年團，1957年5月改今名。簡稱共青團。

【中國畫】zhōngguóhuà〔名〕(張,幅)國畫。

【中國話】zhōngguóhuà〔名〕(句)中國人使用的語言，特指漢語普通話：～並不難學｜～的方言比較複雜。

【中國結】zhōngguójié〔名〕中國傳統民間工藝品的一種。由一根比較長的彩繩通過綰、結、穿、纏、繞、編、抽等多種工藝技巧按照一定的章法編製而成。常用作裝飾品：高懸於道路兩旁的大紅燈籠和～，成了北京街頭一道亮麗的風景。

中國結的起源
中國結作為一種裝飾藝術品始於唐宋時代，到了明清時期，人們根據結的外形、寓意來命名，如有"蝴蝶結""如意結""吉祥結"等。

【中國夢】zhōngguómèng〔名〕中華民族實現偉大復興的夢想。

【中國猿人】Zhōngguó yuánrén 北京人和藍田人原來的屬名，現在二者均歸屬於直立人。參見"北京猿人"(58頁)、"藍田猿人"(798頁)。

【中國字】zhōngguózì〔名〕中國人使用的文字，特指漢字。

【中和】zhōnghé ❶〔形〕(為人)中正平和：他是個～的人。❷〔動〕調和；調劑：你們倆一個急躁，一個遲緩，～一下就好了。❸〔動〕化學上指中和反應，即酸和鹼反應生成鹽和水的過程。

【中華】Zhōnghuá〔名〕古代稱黃河流域一帶，以其居四方之中，故稱中華，是漢族的發祥地，後用來指中國：振興｜為～之崛起而奮鬥｜～兒女多奇志。

【中華民族】Zhōnghuá Mínzú 中國各民族的總稱，包括漢族、滿族、蒙古族、回族、藏族、維吾爾族等五十六個民族，有悠久的歷史，燦爛的文化，優秀的傳統。

【中華鱘】zhōnghuáxún〔名〕魚名，生活在江河和近海中，常棲息在有沙礫的水底，身體呈梭形，吻尖而長，有兩對短鬚，眼細小，無鱗，背部青灰色或灰褐色，全身有五縱行骨板，尾鰭歪向一側。以無脊椎動物和魚類為食，素有生物中的活化石之稱。

【中級】zhōngjí〔形〕屬性詞。介於高級和初級之間的：～讀物｜～幹部｜～職稱｜～人民法院。

【中技】zhōngjì〔名〕中等技術學校的簡稱。

【中堅】zhōngjiān ❶〔形〕屬性詞。在集體中最堅強並起主要作用的：～力量｜～分子｜～人物。❷〔名〕指在集體中強有力並起主要作用的人：社會～｜這批知名人才是公司的～。

【中間】zhōngjiān〔名〕方位詞。❶跟四周距離相等的位置；中央：大院～有一個噴水池｜池子～是一座假山｜水是從假山～噴出來的。❷中心：河裏結了冰，越到～冰越薄。❸在一定界限以內；裏面：置身於群眾～｜這是個初步規劃，～還有些問題。❹跟兩邊或兩端距離相等的位置；當中：第八排～的座位還是空的｜把這根繩子從～剪斷。❺在兩邊或兩端之間：一邊山，一邊水，一條羊腸小道｜從家到學校，～要換三次車。❻放在動詞性詞語後充當中心語，表示過程中：說話～，不覺已到目的地｜讓幹部在做的～增長才幹。❼處於兩種對立狀態之間的：～人｜～人物｜～派｜～道路｜～狀態。

辨析 中間、之間、中 "中間"既可用於兩點的距離以內，也可用於周圍的界限以內，如"兩點中間""人群中間"都可以說；"之間"只能用於前者不能用於後者，可以說"兩點之間"，不能說"人群之間"；"中"表示兩點距離之內，多存在於合成詞中，如"中游""居中"。"中"作為詞則只能用於表示周圍的界限之內，如可以說"人群中"，不能說"兩點中"。

【中間派】zhōngjiānpài〔名〕❶處於兩種對立的政治力量之間的派別：爭取～。❷指在對立的意見、爭端或派別間持中立態度的人：他是個～｜我不想當～。

【中間人】zhōngjiānrén〔名〕(位)在甲、乙兩方之間起介紹、調停或見證作用的人。也叫中人。

【中將】zhōngjiàng〔名〕軍銜，將官的一級，低於上將，高於少將。

【中介】zhōngjiè〔名〕在中間起聯繫、介紹作用的人或機構：～人｜～組織｜～作用｜貨幣是商品交換的～。

【中景】zhōngjǐng〔名〕照相機或影視畫面的一種取景範圍，即表現人物膝蓋以上的畫面。

【中看】zhōngkàn〔形〕看起來順眼：～不中吃，中吃不～（形式與內容常常不統一）。

【中考】zhōngkǎo〔名〕❶指初中升高中或中專、中等技術學校的招生考試：～即將開始。❷期中考試。

【中饋】zhōngkuì〔名〕〈書〉❶家庭中膳食供應方面的事務：入主～｜職在～。❷借指主持中饋的人；妻子：～猶虛（謂尚未娶妻）。

【中立】zhōnglì〔動〕在對立的雙方之間，不傾向於任何一方：嚴守～｜保持～｜永久～。

【中立國】zhōnglìguó〔名〕❶在別國發生戰爭時嚴格保持中立的國家（各交戰國不得利用中立國領土來作為活動基地或進行戰爭）。❷有國際條約保證，永遠奉行中立政策的國家。

【中流】zhōngliú〔名〕❶水流的中央；江河中央：～砥柱｜砥柱～｜到～擊水，浪遏飛舟。❷指中等的社會地位：社會～。

【中流砥柱】zhōngliú-Dǐzhù〔成〕指立在黃河激流之中的砥柱山（在河南三門峽市東）。比喻能在艱難環境中起支柱作用的個人或集體：教育界之～｜英雄模範是我們民族的～。

【中落】zhōngluò〔動〕（家境）在發展過程中突然衰落下來（跟“中興”相對）：家道～。

【中美洲】Zhōngměizhōu〔名〕指墨西哥和南美洲之間的地區，包括危地馬拉、洪都拉斯、薩爾瓦多、尼加拉瓜、哥斯達黎加、巴拿馬等國。

【中年】zhōngnián〔名〕介於青年和老年之間的年齡段，一般指四五十歲的年紀：～人｜人到～｜這是他～時期的作品。

【中農】zhōngnóng〔名〕經濟地位在富農和貧農之間的農民，生活來源主要靠自己勞動，一般不剝削別人，也不出賣勞動力。其中又分為上中農、中中農（狹義的中農）和下中農三個層次。

【中歐】Zhōng'ōu〔名〕歐洲中部地區，包括波蘭、捷克、斯洛伐克、匈牙利、德國、奧地利、瑞士、列支敦士登等國家。

【中跑】zhōngpǎo〔名〕指徑賽的中距離賽跑，包括男子 800 米、1500 米、3000 米和女子 800 米、1500 米等項目。

【中篇】zhōngpiān ❶〔形〕屬性詞。篇幅中等的（多指詩文）：～小說。❷〔名〕（部，個）指中篇小說。

【中篇小說】zhōngpiān xiǎoshuō（篇）故事的繁簡、篇幅的長短介於長篇小說和短篇小說之間的小說，能較深入地刻畫一兩個人物，反映生活的一個段落。

【中期】zhōngqī〔名〕❶某一時期的中間階段：上世紀～。❷介於長期和短期之間的時期：～目標｜～貸款。

【中秋】Zhōngqiū〔名〕農曆八月十五日（約在公曆九月份）。居三秋（農曆七、八、九月）之中，故稱。中秋是中國傳統節日，有賞月、吃月餅等習俗：人逢喜事精神爽，月到～分外明。

【中人】zhōngrén〔名〕❶中間人。❷〈書〉身材中等的人：這是～穿的鞋。❸〈書〉容貌中等的人：～之姿。❹〈書〉智力中等的人：才能不及～。❺〈書〉財產中等的人家：～之家｜一叢深色花，十戶～賦。

【中山狼】zhōngshānláng〔名〕明朝馬中錫（一說宋朝謝良）《中山狼傳》載，趙簡子在中山打獵，一隻狼中箭而逃，趙在後面追捕。東郭先生打那裏經過，狼向他求救，東郭先生動了憐憫之心，把狼藏在囊中，騙過了趙簡子。狼活命後卻要吃救命恩人東郭先生。比喻沒有良心，忘恩負義的人：子係～，得志便猖狂。

【中山裝】zhōngshānzhuāng〔名〕（件，套）一種男裝，上衣領子外翻，前襟有四個帶蓋能扣的明口袋，褲子兩側和右前面各有一個暗口袋（兩大一小），右後臀部有一個帶蓋能扣的暗口袋。由中國民主革命的先行者孫中山提倡，故稱。

【中師】zhōngshī〔名〕（所）中等師範學校的簡稱。

【中士】zhōngshì〔名〕軍銜，低於上士，高於下士。

【中世紀】zhōngshìjì〔名〕指歐洲歷史上的封建社會時期，即從 5 世紀西羅馬帝國滅亡至 17 世紀英國資產階級革命前這一段時期。

【中式】zhōngshì〔形〕屬性詞。中國式樣的（區別於“西式”）：～飯菜｜～糕點｜～家具｜～服裝。

【中樞】zhōngshū〔名〕在某事物系統中起主導或關鍵作用的部分；中心樞紐：神經～｜領導～｜指揮～｜～神經系統。

【中水】zhōngshuǐ〔名〕經過處理後的生活污水、工業廢水、雨水等，水質標準達到清潔水和污水之間，可以在一定範圍內作為非飲用水重複使用。

【中堂】zhōngtáng ㊀〔名〕❶堂屋；正中的廳堂。❷（幅）懸掛在客廳正中的大型書畫，兩側多配有對聯。㊁(-tang)〔名〕明清兩代的內閣大學士的別稱（是實際上的宰相）。唐朝設政事堂於中書省，由宰相領其事，後世乃稱宰相為中堂。

【中天】zhōngtiān〔名〕天空中：～月色｜如日～。

【中聽】zhōngtīng〔形〕（話）好聽；使人聽着舒服：別盡說不～的話｜她這幾句話還～。

【中途】zhōngtú〔名〕❶半路：～下了兩位乘客｜直達車～不停。❷事情進行的中間：他～

辭職了｜我負責到底，決不會～退縮。

【中外】zhōngwài〔名〕中國和外國；國內外：～合資｜～人士｜馳名～。

【中衛】zhōngwèi〔名〕（名）足球、手球等球類比賽中擔任防守而居於左、右衛之間的隊員。

【中尉】zhōngwèi〔名〕軍銜，尉官的一級，低於上尉，高於少尉。

【中文】zhōngwén〔名〕❶中國的語言文字，特指漢族的語言文字：～版｜～書報｜許多世界名著已譯成～。❷中國的語言文學：～系｜～科。

【中午】zhōngwǔ〔名〕白天十二點左右的時間；特指午餐後的片段時間：咱們～見面｜你～睡不睡午覺？

【中西】zhōngxī〔名〕中國和西洋：學貫～｜～合璧。

【中綫】zhōngxiàn〔名〕❶（條）位置居中的綫；能將場地、地面或物體表面畫分為彼此對稱的兩個部分的綫：畫～｜過了～｜足球場上的～也就是雙方的交界綫。❷數學上指三角形頂點與其對邊中點的連綫。三角形的三條中綫相交於一點。

【中校】zhōngxiào〔名〕軍銜，校官的一級，低於上校，高於少校。

【中心】zhōngxīn〔名〕❶跟周圍的距離大致相等的位置；中央：廣場～有一座高大的紀念碑。❷事物的主導部分或主要部分：～思想｜以經濟建設為～。❸在某一或某些方面居於主導地位的城市或地區：北京是全國的政治、經濟和文化～。❹在經濟或文化等方面有重要地位的專業機構；也指專業的商業機構（多用於商店、單位名）：貿易～｜學術交流～｜培訓～。❺〈書〉心中；內心：～藏之，無日忘之。

【中興】zhōngxīng〔動〕（國家民族）在衰敗過程中再次興旺起來（跟"中落"相對）：古代北方遊牧民族有過幾次～，建立了強盛的王朝。

【中型】zhōngxíng〔形〕屬性詞。形體或規模不大不小的：～客機｜～詞典｜～水利工程。

【中性】zhōngxìng❶〔名〕介乎兩種相對的性質之間，不偏於一方的性質，如非酸性又非鹼性的化合物的性質，又如無雌、雄蕊的植物的性質：這種溶液呈～。❷〔名〕一種語法範疇。某些語言裏名詞、代詞、形容詞等有陽性、陰性或陽性、陰性、中性的分別："太陽"一詞在法語中是陽性，在德語中是陰性，在俄語中是～｜法語和西班牙語的～已經消失。❸〔形〕屬性詞。指詞義中不含褒貶色彩：～詞。

【中學】zhōngxué ㊀〔名〕（所）實施中等普通教育的學校：初級～｜高級～｜職業～｜～畢業生。㊁〔名〕清末到五四運動前後對中國傳統學術的稱呼：～為體，西學為用｜西學與～

之爭。

【中旬】zhōngxún〔名〕每月十一日到二十日為中旬（區別於"上旬""下旬"）：定在四月～開會｜下月～可以到家。

【中亞】Zhōngyà〔名〕亞洲中部地區，包括土庫曼斯坦、烏茲別克斯坦、吉爾吉斯斯坦、塔吉克斯坦及哈薩克斯坦等國。

【中央】zhōngyāng〔名〕❶方位詞。跟四周距離大致相等的地方；跟兩側距離約略相當的地帶：廣場～｜湖～｜河～｜馬路～。❷特指國家政權或政治組織的最高領導機構（跟"地方"相對）：～政府｜黨～｜～電視台｜～和地方的建設。❸（Zhōngyāng）複姓。

【中央集權】zhōngyāng jíquán 國家統治權力集中統一於中央政府的制度，地方政府直接受中央領導並按中央的政策法令辦事：～的封建君主制。

【中藥】zhōngyào〔名〕（服，劑）中醫所用的藥物，多利用植物、動物或礦物炮（páo）製而成：腸胃不舒服，吃幾服～調劑調劑。

【中葉】zhōngyè〔名〕一個世紀或一個朝代中間的若干年（區別於"初葉""末葉"）：20世紀～｜明朝～。

【中醫】zhōngyī〔名〕❶中國的傳統醫學：～學｜～學院｜～專家門診｜～院（中醫醫院）｜～研究院。❷（位，名）用中國傳統醫學的理論和方法治病的醫生：老～｜有志當一名～。

【中庸】zhōngyōng ❶〔名〕儒家的最高道德標準，指不偏不倚，恰到好處的處世態度：～之道。❷（Zhōngyōng）〔名〕《禮記》中的一篇，相傳為孔子的孫子孔伋（子思）所作，宋代把它和《大學》《論語》《孟子》並列，合稱四書。❸〔形〕中等；平庸：～之才｜～之輩。

【中用】zhōngyòng〔形〕有用；頂用（多用於否定式）：～不～？｜老了，不～了｜人老骨頭硬，越老越～。

【中游】zhōngyóu〔名〕❶江河的中段：武漢在長江～｜黃河～的含沙量很大。❷比喻不前不後的地位；不高不低的水平：保住～，力爭上游｜～思想不可取。

【中元節】Zhōngyuán Jié〔名〕祭祀祖先和亡魂的節日，在農曆七月十五日。

【中原】Zhōngyuán〔名〕❶指黃河中下游地區，包括河南大部、山東西部，河北、山西的南部。❷泛指中國：逐鹿～。

【中止】zhōngzhǐ〔動〕事情進行中停止：～談判｜房子建了一半就～了。

辨析 中止、停止、停滯、停頓　"停止"是說到此為止，不再往下進行；"停滯"是說受到阻力，難以順利進行；"停頓"是說暫時停下，以後還要進行；"中止"是說在進行中間，因故停下來。它們的組合對象也有差別，如"談判中止"，不能換用"停頓""停滯"，"心臟停止跳動"，不能換用"中止"。

【中指】zhōngzhǐ〔名〕中間的指頭；第三個手指或腳趾。

【中州】Zhōngzhōu〔名〕舊時指現在黃河中游的河南省一帶。中國古代有冀、豫、雍、揚、兗、徐、梁、青、荊等九州，豫州位於中間，故稱。

【中專】zhōngzhuān〔名〕（所）中等專科學校的簡稱。

【中轉】zhōngzhuǎn〔動〕❶中途轉乘或轉運：貨物經香港～至新加坡。❷中間經過轉手傳遞：藥品發行要減少～環節。

【中裝】zhōngzhuāng〔名〕（件，套）中國式服裝。也叫中服。

【中子】zhōngzǐ〔名〕構成原子核的粒子之一，質量約和質子相等，不帶電，用中子轟擊原子核，可以發生不同的核反應。

松 zhōng 見"怔忪"（1736頁）。
另見 sōng（1284頁）。

忠 zhōng ❶〔形〕忠誠：～告｜～臣｜～心｜效～。❷〔書〕竭盡心力做事：受人之託，～人之事。❸（Zhōng）〔名〕姓。

語彙　盡忠　精忠　矢忠　效忠　愚忠

【忠臣】zhōngchén〔名〕（位）忠於君主或國家的臣子（跟"奸臣"相對）：～義士｜世亂識～。

【忠誠】zhōngchéng〔形〕盡心盡力，誠心誠意：對國家無限～｜他對朋友很～｜～於教育事業。

【忠肝義膽】zhōnggān-yìdǎn〔成〕形容十分忠誠，講義氣：此人～，對國家一片赤誠之心。

【忠告】zhōnggào ❶〔動〕誠懇地勸告：再三～｜老師曾～我們不要隨波逐流。❷〔名〕誠懇勸告的話：接受朋友的～｜拒絕～，必然會吃虧。

【忠骨】zhōnggǔ〔名〕忠烈之人的遺骨：青山有幸埋～，生鐵無辜鑄奸臣。

【忠厚】zhōnghòu〔形〕忠實厚道：～老實｜為人～。

【忠良】zhōngliáng〔名〕忠誠善良的人：殘害～｜～遭陷。

【忠烈】zhōngliè ❶〔形〕忠誠正直，為國犧牲：表彰他的～｜～之人。❷〔名〕忠於國家、為國家犧牲的人：一門～｜緬懷～。

【忠實】zhōngshí〔形〕❶忠誠老實：～的夥伴｜為人～可靠。❷真實，不走樣：～的寫照｜～記錄了大家的發言｜～於原文。

【忠心】zhōngxīn ❶〔形〕忠誠；真誠：～為國。❷〔名〕（片）忠誠的心：一片～｜～耿耿。

【忠心耿耿】zhōngxīn-gěnggěng〔成〕耿耿：明亮，形容忠誠。一片忠心；十分忠誠：～為革

命｜對祖國～。

【忠言逆耳】zhōngyán-nì'ěr〔成〕誠心誠意的話（一般指真實尖銳的批評勸告）聽了不舒服：良藥苦口利於病，～利於行。

【忠於】zhōngyú〔動〕忠誠地對待；忠實於（後面必須帶賓語）：～人民｜～職守｜～事實。

【忠貞】zhōngzhēn〔形〕忠誠堅定：～不渝（不變心）｜～不屈（不屈服）｜～不貳（不背叛）。

柊 zhōng〔名〕常綠灌木或小喬木。花白色，有香氣。

【柊葉】zhōngyè〔名〕多年生草本植物。根莖塊狀，葉子長圓形，可用來包粽子。乾葉片可用來包參茸等物，經久不變質。根莖和葉也可入藥。

盅 zhōng（～兒）〔名〕沒有把兒的杯子：茶～兒｜酒～兒。

【盅子】zhōngzi〔名〕盅：拿個大～來。

舯 zhōng 船體長度的中點，也指船體的中部。

衷 zhōng ❶內心：由～之言｜無動於～。❷心願；心事：初～｜私～｜苦～｜隱～。❸舊同"中"。❹（Zhōng）〔名〕姓。

語彙　初衷　苦衷　熱衷　私衷　隱衷
無動於衷　言不由衷

【衷腸】zhōngcháng〔名〕〈書〉衷情：互訴～｜傾訴～｜暢敘～。

【衷情】zhōngqíng〔名〕〈書〉內心的情意：互訴～。

【衷曲】zhōngqū〔名〕〈書〉心事；苦衷：細訴～｜吐露～。

【衷心】zhōngxīn〔形〕發自內心的：～祝賀｜～感謝你的幫助｜表示～的感謝。

終（终） zhōng ❶事情的結局；最後（跟"始"相對）：～點｜有始有～｜自始至～。❷從開頭到末了的整段時間：～歲｜～宵｜～身｜～日。❸（人）死亡：臨～｜送～｜善～。❹〔副〕終歸；終究（多與單音詞連用）：送君千里，～須一別｜蛟龍得雲雨，～非池中物。❺（Zhōng）〔名〕姓。

語彙　告終　臨終　年終　善終　始終　送終　最終
有始有終　自始至終

【終場】zhōngchǎng〔動〕❶（演藝或賽球等）結束（跟"開場"相對）：～的哨聲響了｜球賽一～馬上發獎。❷（考試）結束：～時注意維持好秩序｜認真參加考試，直到～。

【終點】zhōngdiǎn〔名〕❶一段程路或線路結束的地方（跟"起點"相對）：旅行的～｜京廣鐵路的～是廣州｜車到～站，請旅客全部下車。❷特指徑賽結束的地點（跟"起點"相對）：～綫｜無論如何也要跑到～。❸比喻最後的時刻

Z

（跟"起點"相對）：奮鬥到生命的～。

【終端】zhōngduān〔名〕❶綫狀物的一頭：電綫的～連着開關。❷電子計算機系統中用來發指令或接受信息的裝置，通常由一個鍵盤和某種顯示裝置組成；也泛指網絡上用戶發出、接受信息的設備（如電話機、傳真機等）：～設備｜漢字智能～。

【終古】zhōnggǔ〔形〕〈書〉永遠；長遠：～長流｜～不息｜～常新｜～垂楊有暮鴉。

【終歸】zhōngguī〔副〕畢竟；到底：雨～要停｜事實～是事實｜不用着急，～孩子會成才。

【終極】zhōngjí〔名〕最後；最終：～目的｜～關懷。

【終將】zhōngjiāng〔副〕最終將會：別看他們現在猖狂，～逃脫不了法律的制裁。

【終結】zhōngjié〔動〕終了；最後結束：事情已經～｜大學生活即將～。

【終究】zhōngjiū〔副〕畢竟；終歸：小王兒～還是個孩子，想得不周到是可以理解的｜一個人的力量～是有限的。

【終老】zhōnglǎo〔動〕度過晚年時光，直至去世：老畫家喜愛自己的家鄉，以它入畫，並～於此。

【終了】zhōngliǎo〔動〕（一段時間）結束；完了：學期～｜暑假即將～，開學之日已近。

【終南捷徑】Zhōngnán-jiéjìng〔成〕終南：山名，在陝西西安南。唐劉肅《大唐新語·隱逸》載，盧藏用曾隱居終南山，至中宗朝以高士之名而當上大官。他對道士司馬承禎説："此山中大有佳處，何必遠行？"道士諷刺他説："依我看來，這兒倒是做官的捷徑！"後用"終南捷徑"比喻謀求官職、名利等最便捷的途徑。也比喻達到目標的快捷途徑。

【終年】zhōngnián ❶〔副〕整年；全年：～積雪｜～不見陽光｜～在外奔波。❷〔名〕人死時的年齡：～七十一歲。

【終日】zhōngrì ❶〔名〕全天：飽食～，無所用心。❷〔副〕成天；整天：他～忙碌，事情還是做不完。

【終身】zhōngshēn〔名〕❶一生；一輩子：婚姻是～大事。❷指婚姻大事（多指女方）：私訂～｜可不要誤了女兒～。

【終身教育】zhōngshēn jiàoyù 一種現代教育思想。指教育系統為個人提供一生參與有組織學習的機會，使其進行不斷學習，提高素質，以適應社會發展的需要。

【終身制】zhōngshēnzhì〔名〕一輩子擔任某種職務或享受某種待遇的制度：廢除幹部～。

【終審】zhōngshěn〔動〕❶法院對案件進行最終審判。注意 在中國，民事訴訟第二審的判決、裁定，是終審的判決、裁定。刑事訴訟第二審的判決、裁定和最高人民法院的判決、裁定，都是終審的判決、裁定。❷對作品、稿件進行

最終審定：～定稿。

【終生】zhōngshēng〔名〕一生；從活着直到生命結束的整個過程：～不忘｜奮鬥～｜～相伴。

【終天】zhōngtiān ❶〔副〕整天；一天到晚：～學習｜～勞動。❷〔名〕〈書〉終身：抱恨～｜～之恨。

【終於】zhōngyú〔副〕到底；表示所預料或所期望的某種情況經過等待或變化而最終出現：經過周密調查，我們～把問題弄清楚了｜身體～康復了。注意 "終於"多用於希望達到的結果，如可以説"經多方搶救，他終於脱離危險了"，因為這是希望達到的目的。但也有例外，如"雖經多方搶救，終於還是把腿給鋸了"，顯然這是不希望出現的情況。

〖辨析〗終於、到底 a）"終於"多用於書面語，"到底"口語、書面語都常用。b）"到底"修飾的動詞性詞語必帶"了"，如"問題到底解決了"，"終於"不受此限，如"問題終於解決"或"問題終於解決了"都能説。c）"到底"可用於問句，加強語氣，"終於"不能，如可以説"你到底去不去？"，但是不能説"你終於去不去？"d）"到底"還有"畢竟"的用法，"終於"沒有，如可以説"他到底是受過專業訓練的，很快就找出了問題的所在"，但是不能説"他終於是受過專業訓練的，很快就找出了問題的所在"。

【終止】zhōngzhǐ〔動〕❶結束；終了：辯論～｜儘快～這種不正常狀態。❷停止：協議～執行。

鍾（钟）

zhōng ㊀❶匯聚；集中：～愛｜～情。❷（Zhōng）〔名〕姓。

㊁古代量器，六斛四斗為一鍾：粟則受三～。

㊂同"盅"。

"钟"另見 zhōng "鐘"（1769頁）。

語彙 老態龍鍾

【鍾愛】zhōng'ài〔動〕專心一意地愛：～田野風光｜小女兒倍受父母～。

【鍾馗】Zhōngkuí〔名〕民間傳説中驅鬼之神，穿戴着破帽、藍袍、朝靴，相貌醜陋。相傳唐明皇病中夢見一個大鬼，將小鬼捉來吃掉，自稱是終南進士鍾馗，曾經應武舉試，因貌醜未中而自殺，死後以驅除妖孽為己任。唐明皇醒後病癒，詔畫師畫出夢見的鍾馗形象貼在宮門，並廣賜大臣，以後又傳佈民間。舊時端午或除夕，民間多懸鍾馗像，以驅鬼除邪。現多用鍾馗指代那些勇於與邪惡勢力鬥爭的人物。

【鍾離】Zhōnglí〔名〕複姓。

【鍾靈毓秀】zhōnglíng-yùxiù〔成〕凝聚着山川的靈氣，孕育出優秀的人才：這裏傍山依水，歷來是～之地。

【鍾情】zhōngqíng〔動〕傾心；專心愛慕：一見～｜～於舊時同桌。

螽 zhōng 見下。

【螽斯】zhōngsī〔名〕(隻)昆蟲，體窄長，綠色或褐色，觸角呈絲狀，雄蟲的前翅有發音器，雌蟲尾端有劍狀產卵管，善跳躍，吃莊稼或其他小蟲。

鐘（钟）zhōng〔名〕❶(口)金屬製成的中空響器：～鼓齊鳴｜夜半一聲到客船｜～不敲不響，話不講不明。❷(座)計時的器具：座～(放在桌上的)｜掛～｜自鳴～(能自動報時的)。❸指鐘點、時間：幾點～？｜十點～了｜還差二十分～｜一秒～都不差。

　　"钟"另見 zhōng"鍾"(1768頁)。

語彙 擺鐘 洪鐘 警鐘 鬧鐘 喪鐘 時鐘 石英鐘 暮鼓晨鐘

【鐘錶】zhōngbiǎo〔名〕鐘和錶的總稱：～店｜～業｜～生產｜精修～。

【鐘點】zhōngdiǎn(～兒)〔名〕(口)❶特定的時刻：按～兒開車｜到了～兒就下班。❷一個小時的時間；鐘頭：保證兩個～完成。

【鐘點房】zhōngdiǎnfáng〔名〕(間)酒店、旅館中按小時計費的客房。

【鐘點工】zhōngdiǎngōng〔名〕(位，名)小時工。

【鐘鼎文】zhōngdǐngwén〔名〕❶金文。因多鑄刻在鐘、鼎等古代銅器上，故稱。❷指金文字體：這位書法家有一方～的圖章。

"鐘鼎文"的由來
古代銅器中，禮器以鼎為最多，樂器以鐘為最多，故以"鐘鼎"為各種古銅器的總稱。"金"在古代指各種金屬，故稱青銅器上的文字為"金文"，也叫"鐘鼎文"。範鑄的鐘鼎文呈肥筆或圓筆，刀刻的鐘鼎文則呈細綫條。

【鐘鳴鼎食】zhōngmíng-dǐngshí〔成〕擊鐘奏樂，列鼎而食。形容古代貴族生活奢華。現多形容富貴人家生活奢華：～之家。

【鐘乳石】zhōngrǔshí〔名〕石灰岩洞中自洞頂下垂的物體。是含碳酸鈣的水溶液經逐漸蒸發凝聚而成。因形狀像鐘或乳房，故稱。也叫石鐘乳。

【鐘頭】zhōngtóu〔名〕(口)小時：下班後又幹了三個多～｜幾個～能完？

辨析 **鐘頭、小時** a)"鐘頭"與數詞(不包括"仨""倆")之間，必須有量詞"個"；"小時"可以有量詞，也可以省去量詞。b)科技術語用"小時"表述，如"千瓦小時"，不能說"千瓦鐘頭"。

zhǒng ㄓㄨㄥˇ

冢〈❶塚〉zhǒng ❶墳墓：衣冠～。❷〈書〉大：～宰(百官之長)。❸〈書〉嫡長的；正宗的：～子(嫡長子)｜～婦(嫡長子的妻子)。

腫（肿）zhǒng〔動〕皮膚、黏膜、肌肉等因發生病變而突起：頭上～了一個包｜渾身都～起來了｜兩眼都哭～了。

語彙 浮腫 囊腫 膿腫 水腫 臃腫

【腫瘤】zhǒngliú〔名〕機體內不正常增生的一種組織，對機體有危害性，有良性和惡性之分。也叫瘤、瘤子。

【腫脹】zhǒngzhàng〔動〕肌肉、皮膚、黏膜等因生理變化而體積增大並發脹：牙齦～｜腿部～。

種（种）zhǒng ❶〔名〕物種的簡稱：家犬是哺乳動物犬科犬屬的一～。❷人種；種族：黃～｜黑～｜白～。❸宗族；族類：王侯將相，寧有～乎？❹(～兒)〔名〕生物傳代繁殖的物質：選～｜撒～｜點～(點播種子)｜配～。❺類別；式樣：軍～｜兵～｜劇～｜語～｜特～部隊。❻〔名〕膽量；骨氣(跟"有、沒、沒有"連用)：有～｜沒～。❼〔量〕用於某類人或事物：一～植物｜三～蔬菜｜這～人很難合作｜一～新氣象｜兩～奇怪的想法｜遭遇了～～磨難。❽(Zhǒng)〔名〕姓。

　　另見 zhòng(1772頁)；"种"另見 Chóng(180頁)。

語彙 變種 兵種 播種 採種 傳種 工種 火種 劇種 絕種 軍種 良種 滅種 謬種 品種 情種 人種 樹種 稅種 物種 下種 有種 語種 育種 雜種

【種類】zhǒnglèi〔名〕按照事物的性質或特點而分成的不同類別：燃料的～很多｜不同～的刀具｜貨品齊全，～繁多。

【種種】zhǒngzhǒng ❶〔量〕各種；樣樣：設置了～障礙｜～手段幾乎都用遍了。❷〔代〕指各種各樣的事物：凡此～，不一而足｜從前～，譬如昨日死，以後～譬如今日生。

【種子】zhǒngzi〔名〕❶(顆，粒)顯花植物的胚珠受精後發育而成的器官，在一定條件下能萌發長成新個體。❷比喻某方面特殊的人物；也比喻蘊涵着希望或實力較強的個人或集體；多

Z

情～｜革命的～。❸ 體育比賽中，進行分組淘汰賽時，被安排在各組裏實力較強的隊，叫作種子隊，實力較強的運動員叫種子。

【種族】zhǒngzú〔名〕人種。

【種族歧視】zhǒngzú qíshì 敵視、迫害或不平等地對待某些種族或民族：反對～。

【種族主義】zhǒngzú zhǔyì 認為人們在遺傳上的體質特徵同個性、智力、文化等有必然聯繫的一種反動理論，它認定不同種族生來就分優劣，劣等種族注定是被統治者，而優等種族則負有統治劣等種族的使命。

踵 zhǒng〈書〉❶ 腳後跟：不旋～｜繼而至｜摩肩接～。❷ 鞋後跟：～決肘見（鞋跟破裂，臂肘外露。形容衣履破爛，窮困不堪）。❸ 到；親至：～門相告。❹ 跟隨；因襲：～武｜勉～前修。

語彙 繼踵 接踵 旋踵 摩頂放踵

【踵事增華】zhǒngshì-zēnghuá〔成〕南朝梁蕭統《文選序》："踵其事而增華。"繼承前人的（文學）事業並增其華飾，使之提高。後用"踵事增華"指繼承事業，使進一步發展。有時也反其意而用，指徒事煩瑣，有害無益：子承父業，～日新月異｜其事大體已備，不必～，徒生枝蔓。

【踵武】zhǒngwǔ〔動〕〈書〉（武：足跡）循着前人的足跡走；比喻效法：～前賢。

zhòng ㄓㄨㄥˋ

中 zhòng〔動〕❶ 恰好切合或對上：～標｜～獎｜百發百～｜正～下懷｜切～時弊｜這個謎語他猜～了｜這些話擊～了要害。❷ 遭受（指不好的事）：～毒｜～暑｜～圈套｜～計｜～傷。

另見 zhōng（1763 頁）。

語彙 卒中 看中 考中 命中 切中 相中 百發百中 談言微中 言必有中

【中標】zhòng//biāo〔動〕投標方被招標方選中，獲得招標工程或事業的建設或經營權：市政建設投標中他們～｜中了標他們準備大幹一場。

【中的】zhòngdì〔動〕射中箭靶的中心。比喻說到了關鍵處：一語～。

【中毒】zhòng//dú〔動〕❶ 人或動物被毒物所害，發生組織細胞破壞、生理機能障礙等異常現象：食物～｜煤氣～｜中了毒｜中過一次毒。❷ 比喻思想受到蠱惑：思想上～很深｜中了淫穢讀物的毒了。

【中風】zhòngfēng❶〔名〕由腦血管栓塞或腦出血等引起的病，患者突然昏迷，口眼歪斜，言語困難或半身不遂等，嚴重的可致死亡。

❷（-//-）〔動〕患中風（zhòngfēng）病：自從中了風，他就偏癱了。以上也叫卒中。

【中獎】zhòng//jiǎng〔動〕持有的獎券等的號碼跟抽籤或搖號時所得號碼相同，從而獲得獎金、獎品等：～者｜～機會｜他最近又中了一次獎。

【中肯】zhòngkěn〔形〕肯：肯綮；筋骨結合的地方。比喻（話語）切中要害，恰到好處：這是很～的話｜意見提得十分～。

【中傷】zhòngshāng〔動〕用誣衊的話陷害人：惡語～。

【中暑】zhòngshǔ❶〔名〕一種在高溫中或烈日下受熱時間過長而引起的病，症狀為頭痛、暈眩、心悸等，嚴重者可致虛脫、血壓下降。❷〔動〕（-//-）患中暑（zhòngshǔ）病：有人～了｜可別中了暑。也說發痧。

【中選】zhòng//xuǎn〔動〕參加某項競爭活動而被選上（跟"落選"相對）：第三種方案～了｜七名歌手全部～｜參加競選的人有的中了選，有的落了選。

【中意】zhòng//yì〔動〕符合心意；滿意：那幾件衣服，她全不～｜這本書中你的意嗎？｜想送你一樣東西，不知道你～不～？

仲 zhòng ❶ 地位居中的：～裁。❷ 指農曆每季的第二個月：～夏｜～秋。❸ 兄弟排行裏的老二：～兄｜～弟｜伯～之間（比喻差別不大）。❹（Zhòng）〔名〕姓。

語彙 伯仲 杜仲 昆仲 翁仲

【仲裁】zhòngcái〔動〕雙方爭執不下時，由雙方同意的權威機構居中調解予以裁決：海事～｜國際～。

辨析 仲裁、調停 二者性質不同："仲裁"的性質屬於一種法律行為，而"調停"則只是勸告和建議，不進行裁決。

【仲長】Zhòngcháng〔名〕複姓。

【仲春】zhòngchūn〔名〕春季的第二個月，即農曆二月。

【仲冬】zhòngdōng〔名〕冬季的第二個月，即農曆十一月。

【仲秋】zhòngqiū〔名〕秋季的第二個月，即農曆八月。

【仲孫】Zhòngsūn〔名〕複姓。

【仲夏】zhòngxià〔名〕夏季的第二個月，即農曆五月。

重 zhòng ❶〔名〕重量；分量：載～｜超～｜兩斤～｜～三斤。❷ 重物：舉～｜負～。❸〔形〕重量大；分量多（跟"輕"相對）：擔～｜一箱子書可～了。❹〔形〕不一般；超乎平常：繁～｜語～心長｜責任很～。❺ 數量多：金～｜價～｜賞～｜兵～。❻〔形〕程度深：～病｜私心太～｜千里送鵝毛，禮輕人意～。❼ 沉着；莊重：自～｜穩～｜持～。❽ 重要：～鎮｜～

Z

地｜～點。❾重型的：～工業｜～武器｜～機槍。❿〔動〕重視：器～｜～理輕文｜～男輕女。⓫（Zhòng）〔名〕姓。

另見 chóng（180頁）。

【語彙】保重 笨重 比重 並重 慘重 側重 超重 沉重 承重 吃重 持重 粗重 繁重 貴重 厚重 加重 借重 淨重 敬重 舉重 看重 口重 隆重 毛重 凝重 濃重 偏重 器重 輕重 深重 慎重 失重 手重 體重 推重 危重 穩重 心重 嚴重 言重 載重 珍重 鄭重 注重 莊重 着重 自重 尊重 德高望重 拈輕怕重 忍辱負重

【重辦】zhòngbàn〔動〕(對犯罪或犯法的人)從重判決；嚴厲懲治：那幾個首惡分子非～不可！

【重磅】zhòngbàng〔形〕屬性詞。分量很重的：～新聞｜～推出。

【重兵】zhòngbīng〔名〕強大的部隊：～把守｜派駐～｜調～前往支援。

【重創】zhòngchuāng ❶〔名〕嚴重的創傷：身受～。❷〔動〕使受到重大傷亡：～敵軍。

【重挫】zhòngcuò〔動〕沉重地挫傷或打擊：球隊出師不利，首場比賽便遭～。

【重大】zhòngdà〔形〕(事情、責任)大而重要：～的責任｜意義～｜採取～的步驟｜事關～，不可擅自處理。

【重擔】zhòngdàn〔名〕(副)沉重的擔子，比喻重大的責任：爭挑～｜千斤～壓在肩上。

【重地】zhòngdì〔名〕重要的、不許隨便進出的地方(前面多有定語)：施工～，閒人止步｜倉庫～，嚴禁煙火。

【重點】zhòngdiǎn ❶〔名〕物理學指槓桿上承受重力或克服阻力的一點。❷〔名〕整體事物中特別重要的部分：文章的～｜工業建設的～｜抓住～，帶動一般。❸〔形〕屬性詞。同類事物中特別重要的：～建設｜～文章｜～學校｜～問題。❹〔副〕有重點地：～防禦｜～介紹｜～討論幾個問題。

【重負】zhòngfù〔名〕沉重的負擔：～在肩｜如釋～。

【重工業】zhònggōngyè〔名〕以生產生產資料為主的工業，包括冶金、電力、煤炭、石油、化學、機械、建材、森林採伐等(區別於"輕工業")。

【重話】zhònghuà〔名〕分量過重使人難以接受的話：夫妻爭吵，大家都不要說～。

【重活】zhònghuó(～兒)〔名〕費力的體力勞動或工作(跟"輕活"相對)：幹～兒｜～兒都留給我吧｜派他管運輸，那是個～。

【重獎】zhòngjiǎng ❶〔動〕給予金額較大的獎勵：～有突出貢獻的青年教師。❷〔名〕金額較大的獎金或獎品：對有功人員給予～。

【重金】zhòngjīn〔名〕很高的價錢；巨額的錢款：～收買｜不惜～引進人才。

【重力】zhònglì〔名〕❶地球對其他物體的吸引力，力的方向指向地心。物體落到地上就是這種力作用的結果。也叫地心引力。❷泛指任何天體使其他物體向該天體表面吸附的力。

【重利】zhònglì ❶〔動〕把錢財看得很重：～輕義｜商人～輕別離。❷〔名〕很高的利息：～盤剝。❸〔名〕高額利潤：牟取～｜不以獲取～為目標。

【重量】zhòngliàng〔名〕物體所受重力的大小，單位為牛頓。日常生活中用來指物質質量，可用天平或秤測量，單位為克、千克、噸等。

【重量級】zhòngliàngjí〔形〕屬性詞。比喻非常重要的；有重大影響的：他是公司裏的～人物｜這條消息絕對是今天的～新聞。

【重炮】zhòngpào〔名〕(門，尊)指榴炮彈、加農炮、高射炮等重型大炮。

【重拳】zhòngquán〔名〕比喻嚴厲的措施：～出擊｜政府出～淨化網絡環境。

【重任】zhòngrèn〔名〕(項)重大的任務或責任：委以～｜肩負～｜～在肩。

【重賞】zhòngshǎng ❶〔動〕給予優厚的獎賞酬勞：～有功人員｜～舉報人。❷〔名〕優厚的獎賞酬勞：立功者有～。

【重視】zhòngshì〔動〕認真對待；看重(跟"輕視"相對)：～人才｜上級很～老張的意見｜對這些科研成果開始～起來了。

【重水】zhòngshuǐ〔名〕重氫和氧的化合物，其密度、沸點和凝固點都比水高。可用於核能工業，在核反應堆中用作中子減速劑，也可用作獲得重氫的原料。

【重聽】zhòngtīng〔形〕聽覺遲鈍或失靈：他左耳有點～｜只要眼睛能看，耳朵～就～吧。

【重頭】zhòngtóu ❶〔名〕重要的部分：社會治安是公安工作的～。❷〔形〕屬性詞。重要的；有分量的：～產品｜～戲。

【重頭戲】zhòngtóuxì〔名〕原指唱功和做功很重的戲，現多比喻重要的內容、活動或任務：語言類節目仍是晚會的～｜搶救名人故居已成為城市建設的～。

【重託】zhòngtuō〔名〕重大而鄭重的委託：不負～｜受人～｜肩負人民的～。

【重武器】zhòngwǔqì〔名〕體積大、威力大、轉移時需用車輛裝載、牽引的武器，如高射炮等，坦克、裝甲車也屬於重武器。

【重孝】zhòngxiào〔名〕古代孝服中表示哀思程度最深的一種，如子女為父母所穿的孝服：有～在身，不便遠行。

【重心】zhòngxīn〔名〕❶幾何學上指三角形三條中綫相交的一點。❷物理學上指物體各部分所受重力的合力的作用點，整個物體重量的集中點：推車要掌握～。❸比喻事情的核心或主要

Z

部分：抓住問題的～｜工作～轉移。

【重型】zhòngxíng〔形〕屬性詞。與同類產品相比，在重量、體積、功效或威力上都特別大的（跟"輕型"相對）：～卡車｜～機床（自重超過三十噸的加工大型工件的機床）｜～炸彈｜～坦克。

【重要】zhòngyào〔形〕（事情）重大；（事物）值得重視：～文件｜～消息｜這個任務很～。

【重音】zhòngyīn〔名〕❶ 語音學中指語言中重讀的音，有詞重音和語句重音。漢語中非輕聲音節就是詞重音。如"桌子"，"子"是輕聲，"桌"就是重音。重音在一些外語中起重要的辨義作用。在語句中有些詞語重讀，根據語法結構特點重讀的是語法重音（如謂語的中心詞一般重讀），表示強調的重讀是邏輯重音。❷ 樂曲中強度較大的音，是構成節奏的重要因素。

【重用】zhòngyòng〔動〕放在重要的崗位上來使用：～人才｜～後起之秀｜一來就受～。

【重於泰山】zhòngyútàishān〔成〕漢朝司馬遷《報任安書》："人固有一死，或重於泰山，或輕於鴻毛。"意思是，人總是要死的，有的人死得意義重大，比泰山還重；有的人死得毫無意義，比鴻毛還輕。後用"重於泰山"形容意義重大或情義深重：多少仁人志士，為抗日而犧牲，他們的死～。

【重鎮】zhòngzhèn〔名〕❶ 在軍事或其他方面佔重要地位的城鎮：國防～｜工業～。❷〈書〉指掌握大權，擔負國家重任的人：斯人乃社稷之～。

莳 zhòng〈書〉花草叢生的樣子。

蚛 zhòng〈書〉蟲子咬；被蟲咬殘。

眾（众）〈衆〉 zhòng ❶ 許多；多種（跟"寡"相對）：芸芸～生｜～矢之的（dì）｜敵～我寡，不可硬拼｜～人拾柴火焰高。❷ 群眾；許多人：觀～｜～望所歸｜～叛親離。❸〔量〕佛教用於稱出家的人：一行三～｜收了一～小徒。❹（Zhòng）〔名〕姓。

語彙 出眾 從眾 大眾 當眾 公眾 觀眾 廣眾 會眾 聚眾 民眾 群眾 示眾 聽眾 萬眾 興師動眾 烏合之眾

【眾多】zhòngduō〔形〕（人）很多（跟"稀少"相對）：地大物博，人口～｜～的讀者。

【眾口難調】zhòngkǒu-nántiáo〔成〕眾人的口味不同，很難做出一種誰都滿意的飯菜。比喻辦事情很難讓大家都滿意：後勤工作是～的事，他幹得已經很出色了。

【眾口鑠金】zhòngkǒu-shuòjīn〔成〕鑠金：熔化金屬。原比喻輿論影響的強大。後也指很多人亂說，能混淆是非而不容置辯。

【眾口一詞】zhòngkǒu-yīcí〔成〕大家所說的完全一樣：對新任廠長，工人們～，沒有不讚揚的。

【眾目睽睽】zhòngmù-kuíkuí〔成〕許多人都睜大眼睛注視着：竊賊竟然在～之下搶走了珠寶。

【眾目昭彰】zhòngmù-zhāozhāng〔成〕眾人的眼睛看得很清楚。

【眾怒難犯】zhòngnù-nánfàn〔成〕眾人的憤怒難於觸犯：礦主想少報礦難死傷人數，但～，上級最終查清了實情。

【眾叛親離】zhòngpàn-qīnlí〔成〕眾人背棄，親信遠離。形容不得人心，徹底孤立：背棄祖國謀一己之私的人，最終會～，遭到唾棄。

【眾擎易舉】zhòngqíng-yìjǔ〔成〕許多人一齊用力，容易把東西托起來。比喻齊心合力，能把事情辦好：～，獨力難成。

【眾人】zhòngrén〔名〕許多人；大家：～齊心，其利斷金。

【眾人拾柴火焰高】zhòngrén shíchái huǒyàn gāo〔諺〕大家動手撿柴火，柴火多了，火焰就旺。比喻人多力量大：～，只要大家齊心幹，就一定能夠成功。

【眾矢之的】zhòngshǐzhīdì〔成〕被許多箭瞄準的靶子。比喻大家共同攻擊的目標：大家對這件事都有意見，主管此事的人成了～。

【眾說紛紜】zhòngshuō-fēnyún〔成〕人們的說法、議論多而雜：～，莫衷一是｜要提出一個各方面都能接受的意見來，不要弄得～。

【眾所周知】zhòngsuǒzhōuzhī〔成〕大家都知道：～，公民有納稅的義務。

【眾望】zhòngwàng〔名〕眾人的期望：不負～｜不孚～｜～所歸（公眾願望的歸向；多指希望某人擔任某項工作）。

【眾議院】zhòngyìyuàn〔名〕兩院制議會中的下議院名稱之一，議員按人口比例在選區選舉產生（區別於"參議院"）。

【眾志成城】zhòngzhì-chéngchéng〔成〕萬眾一心，力量如同堅固的城牆。比喻團結一致，力量就無比強大：我們同心同德，～，甚麼困難都能克服。

種（种）zhòng〔動〕❶ 種植；栽：～田｜～瓜得瓜，～豆得豆｜刀耕火～。❷ 接種（疫苗）：～痘｜～卡介苗。

另見 zhǎng（1769 頁）；"种"另見 Chóng（180 頁）。

語彙 播種 點種 復種 耕種 家種 間種 接種 連種 輪種 芒種 搶種 套種 引種 栽種 刀耕火種

【種地】zhòng // dì〔動〕在田間（多指在旱地）從事生產勞動：種了二畝地｜一輩子～為生。

【種痘】zhòng // dòu〔動〕為預防天花，把牛痘苗接種到人體上：給孩子～。也說種牛痘、種花。

【種瓜得瓜，種豆得豆】zhòngguā-déguā，zhòng-dòu-dédòu〔諺〕種了甚麼，就收穫甚麼。比喻做了甚麼事情，就會有甚麼結果。

【種花】zhòng // huā〔動〕❶（～兒）培植花草。❷（～兒）種痘。❸（北方官話）種棉花。

【種田】zhòng //tián〔動〕種地（多指在水田）：科學～｜越種越甜。

【種植】zhòngzhí〔動〕播種種子或栽植幼苗：既～蔬菜又～花木，村民收入明顯提高。

穜 zhòng〈書〉同"種"（zhòng）。

zhōu ㄓㄡ

舟 zhōu ❶〈書〉船：刻～求劍｜順水推～｜學如逆水行～，不進則退。❷（Zhōu）〔名〕姓。

語彙　泛舟　龍舟　扁舟　輕舟　漁舟　衝鋒舟

【舟車】zhōuchē〔名〕〈書〉船和車，借指旅途：～勞頓。

【舟楫】zhōují〔名〕〈書〉船和船槳，泛指船隻：～往來｜互通～。

【舟子】zhōuzǐ〔名〕〈書〉船夫。也叫舟師、舟人。

州 zhōu ❶舊時一種行政區劃，今保留在地名中，如廣州、福州、柳州、德州等。❷〔名〕自治州。回族、苗族、布依族、藏族等少數民族行政區劃名，介於自治區和自治縣之間，如黔南布依族苗族自治州。❸（Zhōu）〔名〕姓。

語彙　九州　神州　中州

侜 zhōu〈書〉欺騙，說謊：～誑。

【侜張】zhōuzhāng〔動〕〈書〉欺詐：～為幻。也作譸張。

周 zhōu ㊀❶〔量〕圈，用於成環形的運動：運動員繞場一～｜月亮繞地球一～為一個月。❷ 周圍：四～｜～邊｜～長。❸ 全；普遍：～身｜眾所～知｜～遊。❹ 周到；周密：招待不～。

　㊁❶ 周濟：～老濟貧｜濟人貧苦，～人之急。❷〈書〉適合，中（zhòng）：不～於用。

　㊂（Zhōu）〔名〕❶ 朝代，公元前 1046-前 256，姬發所建。公元前 1046-前 771 為西周，公元前 770-前 256 為東周。❷ 北朝之一，公元 557-581 年，鮮卑人宇文覺所建，建都長安（今

陝西西安，國號周，史稱北周。❸ 公元 690-705 年，唐武后武則天稱帝，改國號為周，史稱武周。❹ 五代之一，公元 951-960 年，郭威所建，建都汴（今河南開封），國號周，史稱後周。❺ 姓。

另見"週"（1774 頁）。

語彙　比周　不周　四周　圓周

【周邊】zhōubiān〔名〕周圍：～國家｜～省份。

【周長】zhōucháng〔名〕一個圖形或一個區域周圍的長度：知道圓的半徑，就可以求出它的～｜水庫的～約十二公里。

【周到】zhōudào〔形〕各方面都不忽略；全面：服務很～｜說得不～的地方，請批評指正｜正確的判斷來源於～的和必要的偵察。

【周濟】（賙濟）zhōujì〔動〕接濟，救助：～窮人｜孤寡老人得到～。

【周密】zhōumì〔形〕準確完備，沒有缺陷：計劃訂得很～｜做了～的準備｜安排得十分～。

【周全】zhōuquán ❶〔形〕周到而全面：想得很～｜事情辦得不太～。❷〔動〕成全：深望大力～。

【周身】zhōushēn〔名〕全身上下：得了感冒～不適｜～沾滿了泥水。

【周圍】zhōuwéi〔名〕四周；外圍；圍繞着中心的附近一帶：村子～全是山｜～一個人也沒有｜把進步青年緊密團結在自己～。

【周詳】zhōuxiáng〔形〕周到而詳細：凡事須有～的準備｜這個說明書寫得十分～。

【周延】zhōuyán〔形〕邏輯學上指某概念所指對象的範圍周全而沒有遺漏。一般說來，全稱命題的主項和否定命題的謂項都是周延的，如"所有金屬都是導體"這一判斷中，主詞"金屬"指的是它的全部外延，所以是周延的。

【周易】zhōuyì〔名〕書名。儒家經典之一。相傳周文王所演。通過八卦形式，推測自然和社會的變化，認為陰陽兩種勢力的相互作用是產生萬物的根源，包含有樸素的辯證法。也叫《易》《易經》。

【周遊】zhōuyóu〔動〕到處遊歷；遊遍：～天下｜～世界。

【周瑜打黃蓋——一個願打，一個願捱】Zhōu Yú dǎ Huáng Gài——yī gè yuàn dǎ，yī gè yuàn ái〔歇〕黃蓋是三國時東吳的老將，他獻上苦肉計，故意違反軍令，讓大都督周瑜在眾人面前痛打自己一頓，然後詐降曹操，取得曹操信任，配合火攻赤壁，擊敗了曹兵。泛指事情出於兩相情願，吃虧佔便宜都與別人無關：他們兩個人，一個急等用錢，一個願意借出去，不管利息多高，也屬～！

【周章】zhōuzhāng〈書〉❶〔形〕驚懼的樣子：狼狽～。❷〔名〕周折：頗費～。

【周折】zhōuzhé〔名〕事情曲折不順的變化過程：幾經～｜大費～｜尚有一番～。

【周至】zhōuzhì〔形〕〈書〉周到；仔細：照顧～｜所議各條，簡便～。

【周轉】zhōuzhuǎn〔動〕❶ 企業一次次投入資金生產，產品經銷售一次次收回多於或少於投入的貨幣：加速資金～｜除非向銀行貸款，才能～得過來。❷ 指對經濟開支進行調度：這個月要花的錢太多，～不開了。❸ 指對物品輪流使用：鐵鍬太少，不夠～，你們可以先幹點兒別的活兒。

洲 zhōu〔名〕❶ 地球表面的大塊陸地（含附近島嶼），分七大洲，即亞洲、非洲、歐洲、北美洲、南美洲、大洋洲、南極洲。❷ 江河中由泥沙淤積而成的成片陸地：鸚鵡～（在武漢長江中）｜橘子～（在湖南長沙湘江中）。❸（Zhōu）姓。

語彙　綠洲　滿洲　沙洲　五洲　三角洲

【洲際】zhōujì〔形〕屬性詞。❖洲與洲之間的；世界各大洲之間的：～導彈｜～航運。

【洲際導彈】zhōujì dǎodàn 射程超過 8000 千米以上，可以飛越洲際的彈道導彈。

琊 zhōu〈書〉玉名。

捆 zhōu〔動〕（北方官話）從一側或一端抬起（重物）：這個櫃子太沉，倆人都～不動。

喁 zhōu 見下。
另見 zhāo（1719 頁）。

【喁啾】zhōujiū〔擬聲〕〈書〉形容鳥叫的聲音：乳雀～。

婤 zhōu 見於人名。

羿

週（周）zhōu ❶ 繞行一圈：～旋｜～而復始。❷ 時間的一輪：～年｜～歲｜～期。❸〔名〕星期：本～｜～末｜一個學期十八～。
"周"另見 zhōu（1773 頁）。

【週報】zhōubào〔名〕（張，期，份）每週出版一期的報刊：工人～｜文匯讀書～。

【週而復始】zhōu'érfùshǐ〔成〕繞完一圈又一圈；一遍又一遍地重複進行：一年四季，～｜大家輪流值日，～。

【週刊】zhōukān〔名〕❶（期，份，本）每週出版一次的期刊：生活～｜新世紀～。❷ 報紙上每週一次的副刊：文史～。

【週末】zhōumò〔名〕一週末尾的時間，即星期六；實行雙休日時，週末也指星期五（一週的第一天為星期日）。

【週年】zhōunián〔名〕滿一年的時間：～紀念｜建廠四十～｜一百～校慶。

【週期】zhōuqī〔名〕❶ 物體做圓周運動或往復運動（振動）時，每重複一次所經過的時間：公轉～｜自轉～｜振動～。❷ 事物在運動變化過程中，某些特徵多次重複出現，每兩次出現所間隔的時間：生產～。

【週歲】zhōusuì〔名〕❶ 指小兒出生滿一年的時間：今天孩子過～。❷ 足歲；實歲：年滿十八～才算成人｜按～計算，不按虛歲計算。

【週旋】zhōuxuán〔動〕❶〈書〉旋繞；盤旋：大鳥在高空～。❷ 交際；應酬：他在客人中間～自如｜不得不～一番。❸ 與敵力量高低，相機進退：他率領子弟兵與敵人長期～。

粥 zhōu〔名〕用糧食（也可加其他東西）熬成的半流質食物：僧多～少｜熬一鍋～｜一～一飯，當思來之不易。
另見 yù（1664 頁）。

【粥麵館】zhōumiànguǎn〔名〕港澳地區用詞。專門賣各類粥食和麵條、河粉、米粉的飯館：他到～總是點一碗皮蛋瘦肉粥｜她喜歡～的牛腩麵。

【粥少僧多】zhōushǎo-sēngduō〔成〕僧多粥少。

輈（辀）zhōu〈書〉❶ 小車上的獨轅，從車底伸出的曲木；也泛指車轅。❷ 泛指車：駕龍～兮乘雷。

賙（赒）zhōu 同"周"㊀①。

螯 zhōu〈書〉山巒彎曲的地方。多用於地名：～屋（在陝西。今作周至）。

鵃（鸼）zhōu 見"鶻鵃"（469 頁）。

謅（诌）zhōu/zōu〔動〕隨意編造；隨口亂說：胡～｜瞎～。

譸（诪）zhōu〈書〉❶ 欺詐。❷ 詛咒；咒罵。

【譸張】zhōuzhāng 同"侜張"。

zhóu ㄓㄡˊ

妯 zhóu 見下。

【妯娌】zhóuli（-li）〔名〕哥哥的妻子和弟弟的妻子的合稱：兩姐妹成了～｜～和氣。

軸（轴）zhóu ❶〔名〕（根）穿進輪子或其他機件，使輪子或其他機件繞着它轉動或隨着它運動的圓柱形機械零件：車～｜曲～｜多～自動車床。❷（～兒）〔名〕可供繞東西的圓柱形器物：綫～兒｜畫～兒。❸〔量〕用於繞在軸上或捲在軸上的東西：兩～兒綫｜一～人物畫。
另見 zhòu（1775 頁）。

語彙 超軸 磁軸 當軸 地軸 掛軸 畫軸 卷軸
立軸 輪軸 天軸 杼軸 轉軸

【軸承】zhóuchéng〔名〕一種用來支持軸，保持軸
的準確位置並承受軸傳來的力的機械零件。按
摩擦性質，可分為滑動軸承和滾動軸承。

【軸心】zhóuxīn〔名〕❶軸的中心，為連接軸兩端
圓心的直綫：滑輪～｜滾輪～。❷比喻事物的
中心：～國｜～人物。

【軸心國】Zhóuxīnguó〔名〕指第二次世界大戰期
間結成侵略同盟的德國、意大利、日本三國。
它們互相標榜為"改造世界的軸心"，1940年
9月在柏林簽訂的《德意日三國同盟條約》通常
被稱為"三國軸心條約"。

碡 zhóu/dú 見"碌碡"（864頁）。

zhǒu ㄓㄡˇ

肘 zhǒu〔名〕❶上臂與前臂相接而向外突
起的部分：～窩（肘關節向裏凹下的部
分）｜～腋｜捉襟見～。❷（～兒）"肘子"②：
後～｜豬～。

語彙 掣肘 胳膊肘兒 捉襟見肘

【肘腋】zhǒuyè〔名〕《三國志·蜀書·龐統法
正傳》："主公之在公安也，北畏曹公之強，
東憚孫權之逼，近則懼孫夫人生變於肘腋之
下……"後用"肘腋"比喻極近的地方：變
生～（指變亂起於最親近的人）｜～之患（比喻
身旁的禍患）。

【肘子】zhǒuzi〔名〕❶肘；胳膊肘兒：胳膊～往裏
彎（比喻人多為自己的一方考慮）。❷作為食
物的豬腿的上部：紅燒～。

帚 〈箒〉zhǒu 清掃塵土、垃圾的用具；掃
帚：敝～自珍。

語彙 炊帚 掃帚 笤帚

zhòu ㄓㄡˋ

伷 zhòu〈書〉同"胄"㊀。多見於人名。

咒 〈呪〉zhòu ❶〔名〕舊時迷信以為可以
驅鬼除災的口訣：唸～。❷〔名〕
附有懲罰條件的誓言：賭～發誓｜賭一個～。
❸〔動〕說些惡意的、希望別人遭受懲罰的話：～
他快死｜為甚麼～人家？

語彙 賭咒 符咒 詛咒 緊箍咒

【咒罵】zhòumà〔動〕詛咒；痛罵：～貪官污吏。

【咒語】zhòuyǔ〔名〕❶和尚、道士等施法術時所
唸的語句：唸～｜口誦～。❷某些魔術師在變

魔術時所唸的詞句，以加強神秘色彩，並為手
法變化轉換贏得時間。

宙 zhòu ❶古往今來；所有的時間：宇～。
❷〔名〕地質年代分期的第一級。根據生物
在地球上出現和進化的順序劃分。宙以下為代，
跟宙相應的地層系統分類單位叫宇。❸（Zhòu）
〔名〕姓。

【宙斯】Zhòusī〔名〕希臘神話中的眾神之父，威
力無邊，是主宰諸神和人類的命運之神。[英
Zeus]

胄 zhòu ㊀古代稱帝王或貴族的後代：華～｜
貴～｜王室之～。
㊁古代作戰時戴的頭盔：甲～。

語彙 貴胄 華胄 甲胄 免胄 裔胄

喙 zhòu〈書〉鳥嘴。

紂（纣）zhòu ㊀〈書〉後鞦（qiū）；套在駕
轅牲口屁股周圍的皮帶、糞袋等。
㊁（Zhòu）帝辛，商（殷）朝末代君主，殘
暴好戰，後兵敗自焚：助～為虐。

酎 zhòu〈書〉❶經過多次釀製而成的醇酒：
飲～。❷進貢：～金。

晝（昼）zhòu ❶從早晨到黃昏的一段
時間；白天（跟"夜"相對）：
白～｜～夜｜～短夜長。❷（Zhòu）〔名〕姓。

【晝夜】zhòuyè〔名〕白天和黑夜：～兼程｜春分
秋分，～平分｜小夥子幹起活兒來不分～。

軸（轴）zhòu/zhóu 見"壓軸子"（1549
頁）。"軸子"本作"胄子"（武戲），
故"軸"有zhòu音。
另見zhóu（1774頁）。

偦（伄）zhòu 俊俏；乖巧（多見於早期小
說、戲曲）：姓名又香，體態又～。

葤（荮）zhòu ❶〔動〕用草包裹。❷〔量〕
碗、碟、杯（玻璃杯）等用草繩或
塑料繩束成一捆為一葤。

惆（怐）zhòu〔形〕（北方官話）執拗；固
執：～脾氣｜怎麼勸他也不聽，～
得厲害。

甃 zhòu ❶〔名〕井壁。❷〔動〕修井；用磚砌
井壁。

皺 zhòu 見"僝僽"（144頁）。

皺（皱）zhòu ❶〔名〕皺紋：年紀大了，
臉上起着～｜褲子弄得淨是～。
❷〔動〕起皺紋：眉頭一～，計上心來｜裙
子～了。

語彙 打皺 枯皺 起皺 摺皺 褶皺

【皺眉】zhòuméi〔動〕緊蹙雙眉（表示不愉快或
為難）：令人～｜平生不做～事，世上應無切

齒人。

【皺紋】zhòuwén（～兒）〔名〕（條，道）皮膚或物體表面細微的凹凸紋路，多為收縮或揉搓造成。

縐（绉）zhòu 縐紗。

語彙　碧縐　雙縐　絲縐　羽縐

【縐紗】zhòushā〔名〕一種有皺紋的絲織品：洋～（一種極薄而軟的平紋縐）｜湖～（浙江湖州生產的縐）。

繇 zhòu 古時占卜的文辭。
另見 yáo（1575 頁）；yóu（1646 頁）。

籀 zhòu ❶〔書〕閱讀；諷誦：～讀｜諷～。❷籀文。

【籀文】zhòuwén〔名〕古代一種字體。也叫大篆、籀書。

驟（骤）zhòu / zòu ❶〔書〕（馬）快跑：馳之～之。❷急：暴風～雨｜雨疏風～。❸〔副〕驟然；突然（多與單音詞連用）：狂風～起｜水位～漲｜身體～感不適。

語彙　步驟　馳驟　急驟

【驟然】zhòurán〔副〕忽然：氣溫～下降｜演出結束，～響起了一陣熱烈的掌聲。

zhū ㄓㄨ

朱 zhū ❶朱紅；大紅：～筆｜～漆｜～門。❷（Zhū）〔名〕姓。
另見 zhū "硃"（1777 頁）。

【朱筆】zhūbǐ〔名〕蘸紅色以進行批改、勾畫和書寫的毛筆：～圈閱。

【朱紅】zhūhóng〔形〕鮮紅：～欄杆｜～的封面。

【朱鸛】zhūhuán〔名〕（隻）鳥名，全身白色，額和眼睛周圍朱紅色，嘴黑色，長而略彎，腿、爪呈紅色。生活在沼澤或水田等近水處，捕食小魚、軟體動物和水生昆蟲等。是一種珍稀動物。

> **鳥類的活化石**
> 朱鸛是鳥類中的活化石，生存史已有 6500 萬年之久。朱鸛曾廣泛分佈在東亞地區，20 世紀中葉以來，數量急劇減少，是世界瀕危物種之一。目前，朱鸛已成為中國的特有物種，屬國家一級保護動物。

【朱門】zhūmén〔名〕紅漆的大門，舊時借指指豪門大族：～酒肉臭，路有凍死骨。

【朱批】zhūpī〔名〕用朱筆寫的批語；特指皇帝的

批示：研究清朝歷代皇帝的～，是探討清史的重要內容。

【朱雀】zhūquè ㊀〔名〕鳥名，形狀像麻雀，雄鳥羽毛以紅色為主，雌鳥以橄欖褐色為主。也叫紅麻料兒。㊁〔名〕❶二十八宿中南方七宿（井、鬼、柳、星、張、翼、軫）的統稱。也叫朱鳥。參見 "二十八宿"（347 頁）。❷道教所奉的南方之神。

【朱拓】zhūtà〔名〕用銀朱等紅色顏料從碑刻或器物上拓下的文字或圖像：～本。

【朱文】zhūwén〔名〕印章上的陽文，用印色印在白紙上是白底紅字，故稱（跟 "白文" 相對）：楷書～｜～篆體。

【朱顏】zhūyán〔名〕〔書〕❶紅潤美好的容顏：雕欄玉砌應猶在，只是～改。❷年輕人：～今日雖欺我，白髮他時不讓君。

侏 zhū ❶矮小：～儒。❷（Zhū）〔名〕姓。

【侏儒】zhūrú〔名〕〔名〕❶由於腦垂體前葉功能低下，導致發育異常而身材特別矮小的人。❷古代指形體矮小而以滑稽笑謔供君王消遣取樂的人。❸比喻某方面嚴重不足的人：運動員不能成為身體上的壯漢、文化上的～。

邾 Zhū ❶古國名，周朝的鄒國原來叫邾，在今山東鄒城東南。❷〔名〕姓。

洙 Zhū 洙水河，水名。在山東。

珠 zhū ❶珍珠；珠子：明～｜～光寶氣｜魚目混～。❷（～兒）小的球形的東西：淚～兒｜有眼無～。❸（Zhū）〔名〕姓。

語彙　串珠　電珠　頂珠　滾珠　淚珠　連珠　露珠　明珠　唸珠　胚珠　數珠　遺珠　珍珠　買櫝還珠　探驪得珠　綴玉聯珠

【珠寶】zhūbǎo〔名〕（件）珍珠寶石等飾品：～商｜～店｜滿身～。

【珠璣】zhūjī〔名〕〔書〕珠子（蚌珠圓的稱作珠，不圓的稱作璣），比喻文采或文才：字字～｜滿腹～。

【珠江】Zhū Jiāng〔名〕中國華南第一大河，由西江、北江、東江匯合而成。西江為珠江幹流，發源於雲南東部，流經貴州、廣西等省區，在廣東中部注入南海，全長 2215.8 千米。

【珠聯璧合】zhūlián-bìhé〔成〕《漢書·律曆志上》："日月如合璧，五星如連珠。" 形容天象奇妙如相合之璧、相連之珠。後用 "珠聯璧合" 比喻美好的人或事物聚集在一處：你們倆，一個是詩人，一個是畫家，結為夫婦，可謂～。注意 這裏的 "璧" 不要寫作 "壁"。

【珠穆朗瑪峰】Zhūmùlǎngmǎ Fēng〔名〕喜馬拉雅山主峰。在中國西藏定日縣與尼泊爾交界處，海拔 8844.43 米，為世界第一高峰。常用來比

喻令人景仰的、崇高的人物或目標。〖珠穆朗瑪，藏語音譯，女神〗

【珠三角】Zhūsānjiǎo〔名〕❶ 珠江三角洲的簡稱。指珠江泥沙在河口附近沉積形成的三角形陸地。在廣東省，包括西、北江三角洲和東江三角洲，面積約 1.1 萬平方千米。❷ 指以廣州、深圳、珠海等城市為中心的珠江三角洲經濟區，為中國重要的經濟中心區域。

【珠算】zhūsuàn〔名〕利用算盤進行加、減、乘、除等各種運算的方法，由春秋時期的"籌算"逐漸演變而成，其特點是操作簡便，只要能熟練掌握口訣，便可以很快得出計算結果。東漢徐嶽的《數術記遺》中有關於珠算的記載，帶有橫樑的算盤北宋時已在社會上普遍使用。

【珠子】zhūzi〔名〕❶（粒，顆，串，掛）珍珠：斷了綫的～，七零八落。❷ 像珠子的顆粒：眼～｜算盤～。

茱

zhū 見下。

【茱萸】zhūyú〔名〕（株）山茱萸（落葉小喬木）、吳茱萸、食茱萸（落葉喬木）等的統稱。

株

zhū ❶ 樹木露在地面上的根、莖；樹椿子：枯木朽～｜守～待兔。❷ 植物體；植株：病～｜～距。❸〔量〕（用於一部分植物）棵：果樹三四～。

語彙　病株　幼株　植株　枯木朽株

【株距】zhūjù〔名〕同一行作物中相鄰兩個植株之間的距離（區別於"行距"）：～不宜過密。

【株連】zhūlián〔動〕樹根被鋤，則枝葉盡落。故以"株連"指一人有罪而牽連他人：～九族｜我的事也～到她。

【株守】zhūshǒu〔動〕在樹椿邊守候著；比喻拘泥於舊沒有作為，不知變通；因循～，坐失良機。參見"守株待兔"（1244 頁）。

硃（朱）

zhū 硃砂：近～者赤，近墨者黑。

"朱"另見 zhū（1776 頁）。

【硃砂】zhūshā〔名〕礦物名，朱紅色，半透明，為煉汞的主要原料，也可製顏料及用作鎮靜藥等：抓起紅土當～（比喻對相似的事物辨別不清）。也叫丹砂。

蛛

zhū 蜘蛛：～網｜～絲馬跡。

【蛛絲馬跡】zhūsī-mǎjì〔成〕蜘蛛的引絲，馬蹄的痕跡。比喻可據以尋根求源的細小零星的綫索：任何作案的人都會留下些～。

【蛛網】zhūwǎng〔名〕（張）蜘蛛用蛛絲結成的用來粘捕昆蟲的網：這間破廟的門窗上佈滿～。

【蛛蛛】zhūzhu〔名〕（隻）〈口〉蜘蛛。

誅（诛）

zhū〈書〉❶ 殺戮；殺死（有罪的）人）：害民者～｜罪不容～。❷ 責

備；譴責：～心之論｜口～筆伐。❸ 索求；要別人供給東西：～求無已。

語彙　伏誅　口誅　罪不容誅

【誅戮】zhūlù〔動〕〈書〉殺害：～無辜｜妄加～｜～暴君。

【誅求無已】zhūqiú-wúyǐ〔成〕勒索榨取沒完沒了：～，天下空虛｜竭澤而漁，～。

【誅心之論】zhūxīnzhīlùn〔成〕責備別人的動機的言論；推究別人的用心的深刻議論。

"誅心之論"的由來

《左傳·宣公二年》載，晉國趙穿殺靈公，史官書曰"趙盾弒其君"，趙盾大呼冤枉。史官董狐指出，趙盾身為正卿，卻不捉拿弒君之賊，可見他雖無弒君之事卻不免有弒君之心。趙盾無言以對。後世謂史官不論行跡而只追究其居心的說法為誅心之論。

銖（铢）

zhū〔量〕古代重量單位，二十四銖為一兩，六銖為一錙（zī）。

【銖積寸累】zhūjī-cùnlěi〔成〕積銖累寸。

【銖兩悉稱】zhūliǎng-xīchèn〔成〕在分量上，兩邊完全相當。形容雙方對稱相等，不相上下：律詩對偶，務求～。

豬（猪）

zhū〔名〕❶（口，頭）家畜，頭大，鼻子和吻長，耳大肢小，體肥多肉。肉供食用，皮可製革，鬃可製刷子。❷（Zhū）姓。

【豬圈】zhūjuàn〔名〕養豬的有棚有欄的簡易建築：打掃～｜起～（把圈裏的積肥移到圈外）。

【豬玀】zhūluó〔名〕❶（吳語）豬。❷〈詈〉蠢材；懶漢。

【豬排】zhūpái〔名〕（塊）用大而厚的豬肉片炸成或煎成的菜餚。

【豬鬃】zhūzōng〔名〕豬的脖頸上的長而硬的毛，可用來製刷子等。

諸（诸）

zhū ㊀❶ 眾；各個：～位先生｜在座～君｜～子百家｜自然科學～部門。❷（Zhū）〔名〕姓。

㊁〈書〉❶"之（人稱代詞）""於（介詞）"的合音，意義等於"之於"：君子求～己｜近取～身，遠取～物。❷"之（人稱代詞）""乎（語氣助詞）"的合音，意義等於"之乎"：雖有粟，吾得而食～？

【諸多】zhūduō〔形〕很多；眾多（用於抽象事物）：～問題｜一旦離家，就會有～不便｜循例可一帆風順，違章則～窒礙。

【諸葛】Zhūgě〔名〕複姓。

【諸葛亮】Zhūgě Liàng〔名〕（公元 181–234）字孔明，是三國蜀漢政治家、軍事家。輔佐劉備建立蜀漢政權。小說《三國演義》把他寫成一個才智出眾、神機莫測的人物。後常用來稱足智

多謀的人：不要當事後～。

【諸宮調】zhūgōngdiào〔名〕一種有說有唱，以唱為主的藝術形式。取同一宮調的若干曲牌聯成短套，首尾一韻，再用不同宮調的許多短套聯成數萬言的長篇，雜以說白，以說唱長篇故事。諸宮調在北宋時已經出現，逐漸成為流行於宋、金、元時代的一種文學體裁。其中金代董解元的《西廂記諸宮調》是迄今保存完整而又標誌着當時說唱文學水平的代表作。

【諸侯】zhūhóu〔名〕❶中國商周時期和漢初由帝王分封並統轄的列國國君的總稱：～力政，不統於王｜挾天子以令～。❷古代也指各地掌握軍政大權的長官：不求聞達於～。

【諸如】zhūrú〔動〕譬如（種種）：各種雜事，～代購物品、送往迎來、值班守夜等等，他都樂於承擔。

【諸如此類】zhūrú-cǐlèi〔成〕（承接上文）意為許多像這一類的事物：節日的公園裏，有說相聲的，有演雜技的，有變魔術的，～，不勝枚舉。

【諸位】zhūwèi〔代〕人稱代詞。對於眾人的敬稱：～來賓｜歡迎～光臨｜～請多加指教！

【諸子百家】zhūzǐ-bǎijiā❶指先秦至漢初各學派及其代表人物。諸子指儒家的孔子、孟子，道家的老子、莊子，法家的韓非子、墨家的墨子等，百家指儒家、道家、法家、墨家等。❷諸子百家所著書籍的總稱。

潴（潴）zhū〈書〉❶積水的地方：以～蓄水。❷（水）積聚：溪水流而復～，成一小湖。

【潴留】zhūliú〔動〕醫學上指體內液體聚積停留：尿～（膀胱內尿液不能排出體外）。

櫧（櫧）zhū〔名〕常綠喬木，葉子橢圓形，花黃綠色，果實球形。木質堅硬，可製器具，也可做建築材料。

橥（橥）zhū〈書〉❶拴牲口用的小木樁。❷木籤，可用作標誌：揭～。

zhú ㄓㄨˊ

朮 zhú〔名〕多年生草本植物，根莖團塊狀，有香氣，可入藥，開紫紅色花的叫白朮，開白色或淡紅色花的叫蒼朮。
另見 shù "術"（1258 頁）。

竹 zhú❶〔名〕竹子：～林｜修～｜今年栽～，來年吃筍。❷竹林：公然抱茅入～去。❸竹製管樂器：無絲～之亂耳｜品～調弦。❹（Zhú）〔名〕姓。

【語彙】斑竹 爆竹 毛竹 石竹 絲竹 天竹 文竹 紫竹 勢如破竹 胸有成竹

【竹帛】zhúbó〔名〕古代用來寫字的竹簡或白絹，借指史冊或典籍：功德著於～｜～所載，萬世不泯。

竹帛和紙的更替
戰國時期，竹、木簡與帛同為書寫文字的主要材料，秦漢時期，簡冊與帛書並用。因帛易於書寫，又便於收藏攜帶，故而漸取代了簡的地位。但由於帛價格昂貴，一般人用不起，便促進了既具有帛的優點又比帛便宜的紙的發明。魏晉時代，用帛書寫與用紙書寫成了區分高貴與卑賤的標誌。

【竹布】zhúbù〔名〕一種紋理緻密、質地較薄的棉布，多為淡青色或白色，用來做夏衣：～小褂兒｜～長衫兒。

【竹筏】zhúfá〔名〕（張）用較粗的竹竿編排而成的水上運輸工具。

【竹竿】zhúgān（～兒）〔名〕（根）砍伐後除去枝葉的竹子的莖：用～兒把蚊帳支起來。

【竹篙】zhúgāo〔名〕（根）粗細適中，用來晾曬衣被或撐船的竹竿。

【竹簡】zhújiǎn〔名〕❶（片）中國自戰國至魏晉時代用來書寫著作、文件等的竹片。❷（枚）指寫了字的竹片或竹簡文獻。

【竹籃打水——一場空】zhúlán dǎshuǐ——yīchǎngkōng〔歇〕指一切努力和期望都沒有着落，目的沒有達到：一心想出國的小江，如今落了個～，不但讓人家騙走了幾萬元錢，出國夢更是如同泡影。

【竹馬】zhúmǎ〔名〕❶兒童當馬騎着玩兒的竹竿：青梅～。❷一種繫在表演者身上的民間歌舞用的道具，用竹片、紙等紮成馬形。

【竹器】zhúqì〔名〕（件）用竹子或竹篾製成的器物：～家具｜經銷各種～。

【竹筍】zhúsǔn〔名〕（根，支）筍。

【竹葉青】zhúyèqīng ㊀〔名〕（條）一種毒蛇，頭頂和體背綠色，生活在溫帶和熱帶的山區樹林中，以青蛙、蜥蜴、小鳥等為食。㊁〔名〕❶將多種藥材放入汾酒浸泡釀製而成的酒，顏色金黃帶綠而透明。❷浙江紹興出產的一種黃酒。

【竹戰】zhúzhàn❶〔動〕打麻將牌。舊式麻將牌背面鑲有竹片，故稱：客廳裏～正酣。❷〔名〕（場）麻將牌之戰：每週至少有兩場通宵的～。

【竹枝詞】zhúzhīcí〔名〕（首）唐朝四川東部一帶民歌，後由詩人劉禹錫等改作新詞，語言通俗，音調輕快，多描寫地區風俗或男女愛情。

【竹紙】zhúzhǐ〔名〕（張）一種用嫩竹子做原料製

成的紙，很薄。

【竹子】zhúzi〔名〕（根）常綠植物，種類很多。莖圓柱形，中空，有節，可供建築和製作器具。嫩芽叫筍，可食用。

竺　zhú ❶〈書〉同"竹"。❷（Zhú）〔名〕姓。

逐　zhú ❶ 追逐：～鹿中原｜追奔～北｜隨波～流。❷ 驅逐；趕走：～出門外。❸ 競爭：角～｜競～｜心潮～浪高。❹ 促使：笑～顏開。❺〔介〕挨次；依次（跟"一"或單音量詞、時間名詞連用，表示行動的步驟或方式）：～一審查｜～項完成｜～條解釋清楚｜～日～月｜～年。❻（Zhú）〔名〕姓。

語彙　放逐　競逐　角逐　驅逐　征逐　追逐

【逐步】zhúbù〔副〕一步一步（表示動作行為有計劃、有節奏地循序漸進）：～推廣｜～深入人心｜～加以改革｜人民生活～得到改善。

【逐臭】zhúchòu〔動〕〈書〉追求腐臭；追隨醜惡：如蠅～｜～之夫。

【逐個】zhúgè（～兒）〔副〕一個一個地：～檢驗｜問題須～研究解決｜客人們都來了，請～介紹一下。注意 如涉及的事物不能用"個"做量詞，就不能說逐個怎麼樣。如讀書，不能說"逐個閱讀"而要說"逐本閱讀"；討論法律條文，不能說"逐個討論"，而要說"逐條討論"。

【逐漸】zhújiàn〔副〕漸漸；緩慢而有序：病情～好轉｜天氣～熱了起來。注意"逐漸"後面結合的動詞或形容詞，至少要有兩個音節。

辨析　逐漸、逐步　a)自然而然地變化，多用"逐漸"；有意識有步驟地轉變，多用"逐步"。b)"逐漸"可修飾形容詞，"逐步"不能，如可以說"天氣逐漸暖和了"，但是不能說"天氣逐步暖和了"。

【逐客令】zhúkèlìng〔名〕公元前237年，秦王政下令驅逐從別國來的客卿，時任秦國客卿的楚國人李斯上書勸諫才停止。後泛指用來示意客人離開的言辭或舉動（多和"下"連用）：下～。

【逐鹿】zhúlù〔動〕《史記·淮陰侯列傳》："秦失其鹿，天下共逐之"。鹿：比喻帝位。後用"逐鹿"比喻群雄爭奪天下。也用於體育競賽，比喻運動員爭奪獎杯：～中原（古代稱中國中部為中原）｜中國女排，多次～世界錦標賽，勇奪冠軍。

【逐年】zhúnián〔副〕一年一年地：人口出生率～下降｜公司的利潤～上升。

【逐日】zhúrì〔副〕一天一天地：病情～好轉｜做學問靠的是～逐年積累｜兩人的感情～加深。

【逐一】zhúyī〔副〕逐個；一一：對計劃的要點，將～加以說明｜～解決職工的具體困難｜例子很多，不必～列舉。

【逐字逐句】zhúzì-zhújù〔成〕一字一字、一句一句地：要求老師～地講解課文｜～研讀文件。

舳　zhú〈書〉船尾；船舵。

【舳艫】zhúlú〔名〕〈書〉泛稱船尾船頭（艫）相銜接的若干船隻：～相屬，萬里連檣｜～千里，旌旗蔽空。

瘃　zhú 中醫指凍瘡。

燭（烛）zhú ❶ 古指火炬，後指蠟燭：火～｜～台｜風中殘～｜洞房花～｜～影搖曳。❷〈書〉照：火光～天｜日月所～。❸〈書〉比喻明察：洞～其奸。❹〔量〕燭光的簡稱，1燭相當於1瓦。注意 通常人們所說的電燈泡的燭光數實際是電燈泡的瓦特數，如"這個燈泡是45燭的"，就是說"這個燈泡是45瓦的"。❺（Zhú）〔名〕姓。

語彙　秉燭　燈燭　花燭　火燭　蠟燭　犀燭　香燭　風前燭

【燭光】zhúguāng ❶〔名〕蠟燭的光亮：～晚會｜～暗淡。❷〔量〕發光強度的非法定計量單位。指完全輻射的物體在白金凝固點溫度下，每1/60平方厘米面積的發光強度。簡稱燭。

【燭花】zhúhuā〔名〕❶ 燭焰。❷ 蠟燭燃燒時燭心結成的花狀物。燭花爆，民間認為是喜兆。

【燭臨】zhúlín〔動〕〈書〉由上向下照耀：～萬方｜～下土。

【燭夜】zhúyè〔名〕〈書〉雞的別名。

【燭照】zhúzhào〔動〕〈書〉照亮：陽光～人間｜詩文～千古。

【燭照數計】zhúzhào-shùjì〔成〕以燭光照亮，用數學計算。比喻分析預測事物細微準確。

蠋　zhú〔名〕蝴蝶、蛾等的幼蟲。

躅　zhú 見"躑躅"（1752頁）。

斸（斵）zhú〈書〉❶ 除草和鬆土的農具。❷ 掘；挖：～地｜～蕨根。❸ 砍；削：蓮可折，木可～。

zhǔ　ㄓㄨˇ

主　zhǔ ❶ 家長：一家之～｜戶～。❷ 主人；接待客人的人（跟"客""賓"相對）：賓～頻頻舉杯｜一客不煩二～（比喻一件事由一個人幫到底，不必再找別人）｜客隨～便。❸ 舊時指受僕人伺候的人（跟"奴""僕"相對）：～僕之間。❹〔名〕擁有財物或權力的人：財～｜物歸原～｜當家做～。❺ 當事者；有直接關係的人：苦～｜買～｜債～。❻ 死者的牌位：神～｜木～。

❼〔名〕基督教徒、伊斯蘭教徒對其信仰對象的稱呼。❽主意；對事物的確定見解：心中無～｜先入為～。❾從自身出發的：～動｜～觀。❿主要的：～將｜～力。⓫主張：～戰｜～和｜～降。⓬主持；掌管：～編｜～考｜～婚｜問蒼茫大地，誰～沉浮？⓭〔動〕預示（未來變化）：～吉｜～凶｜早霞～雨，晚霞～晴。⓮（Zhǔ）〔名〕姓。

語彙 霸主 版主 本主 賓主 財主 得主 地主 公主 顧主 戶主 火主 教主 君主 苦主 領主 買主 賣主 盟主 民主 牧主 失主 施主 事主 窩主 業主 原主 債主 真主 自主 做主 東道主 封建主 救世主 造物主 反客為主 六神無主 喧賓奪主

【主辦】zhǔbàn〔動〕主持舉辦或辦理（區別於"協辦"）：展覽會由文化部～｜～短期訓練班。

【主筆】zhǔbǐ ❶〔名〕(位,名)指報刊編輯部中的負責人或負責撰寫評論的人。❷〔動〕主持或負責撰寫：這篇社論是由社長親自～的。

【主幣】zhǔbì〔名〕本位貨幣（跟"輔幣"相對）。

【主編】zhǔbiān ❶〔動〕主持編輯、編寫；在編輯、編寫過程中負主要責任：～一套叢書｜由會長親自～。❷〔名〕(位,名)主持編輯、編寫工作的人：在編輯部任～｜他是這部大辭典的～。

【主場】zhǔchǎng〔名〕體育比賽中，某體育運動隊作為主人迎接其他客隊來自己所在地的場地進行比賽，這個場地對這個體育運動隊來說就是主場（跟"客場"相對）。

【主持】zhǔchí〔動〕❶負責掌管和安排：～設計｜～家務｜會議由校長～。❷主張；維持：極力～公道｜一貫～正義。

┌─────────────────────────────┐
│ 辨析 主持、主辦　a）"主持"表示負責掌管，"主辦"表示負責舉辦或辦理。b）"主持"的對象多屬會議、工作、家務等，"主辦"的對象多為展覽會、聯歡會、演出等。│
└─────────────────────────────┘

【主持人】zhǔchírén〔名〕(位,名)主持會議、節目等的人：會議～｜婚禮～｜節目～｜～大賽。

【主創】zhǔchuàng ❶〔動〕在文藝作品的創作中擔負主要工作：劇組～人員｜～陣容。❷〔名〕在文藝作品的創作中擔負主要工作的人：導演及～出席了開機儀式。

【主詞】zhǔcí〔名〕邏輯學上指一個命題中表示思考的對象。

【主次】zhǔcì〔名〕主要事物和次要事物：～分明｜～不分｜做工作要分清～。

【主從】zhǔcóng〔名〕主要事物和從屬事物：～關係｜分清～｜切忌～不分。

【主打】zhǔdǎ〔形〕屬性詞。重點的；起主要作用的：～產品｜～項目｜～演員。

【主刀】zhǔdāo ❶〔動〕主持並親自給病人做手術；由有經驗的大夫～｜外科主任親自～示範。❷〔名〕(位,名)主刀的醫生：這是我第一次擔任～｜手術進行了五個小時，～滴水未進。

【主導】zhǔdǎo ❶〔動〕對事物發展起主要引導作用：～着發展的方向。❷〔形〕屬性詞。主要的；對事物發展起主要引導作用的：～思想｜～作用｜～地位。❸〔名〕起主導作用的事物：工業是國民經濟的～。

【主動】zhǔdòng〔形〕❶不待外力影響而行動；自覺的（跟"被動"相對）：～出擊｜他無論做甚麼工作都很～。❷(局面)能自己掌握駕馭，(事情)能照自己想法去做（跟"被動"相對）：只有力爭～，才能擺脫困境。

【主動脈】zhǔdòngmài〔名〕人體內最粗大的動脈，從左心室發出，向上彎成弓狀，然後沿脊柱下行，在胸腔和腹腔內分出很多較小的動脈。也叫大動脈。

【主隊】zhǔduì〔名〕在主場參加比賽的本國、本地或本單位的體育代表隊（跟"客隊"相對）。

【主犯】zhǔfàn〔名〕(名)組織、領導犯罪團夥進行犯罪活動的人或者在共同犯罪中起主要作用的人（區別於"從犯"）。

【主峰】zhǔfēng〔名〕(座)山脈中最大最高的山峰：北京香山的～叫香爐峰｜蓮花峰、光明頂和天都峰是黃山的三大～。

【主父】Zhǔfù〔名〕複姓。

【主婦】zhǔfù〔名〕(位)家庭的女主人：家庭～｜家無～，掃廚倒竈。

【主幹】zhǔgàn〔名〕❶植物的主要的莖：果樹的～不宜長得太高｜西紅柿的～承受不住果實的重量。❷(位,名)比喻起主要作用的力量：他倆是工作組的～。

【主攻】zhǔgōng ❶〔動〕集中優勢兵力在主要方向上發動進攻（區別於"助攻"）：～敵人團部。❷〔名〕擔負主攻任務的部隊：三營是～。❸〔動〕主要鑽研：他在研究所～地球物理｜讀書須選定～的目標，以期學有專長。

【主顧】zhǔgù〔名〕(位)顧客：老～｜招徠～。

【主觀】zhǔguān〔形〕❶屬性詞。指屬於自我意識方面的（跟"客觀"相對）：從～方面找原因｜發揮～能動性。❷(思想行動)不依據實際情況，單憑自己的意願的（跟"客觀"相對）：～的估價｜作風相當～｜都怨我太～了。

【主觀能動性】zhǔguān néngdòngxìng指人們的主觀意識既是客觀世界的反映，又能在實踐的基礎上進一步認識客觀世界並據以自覺地改造主客觀世界的特性。

【主觀主義】zhǔguān zhǔyì指不從客觀實際出發，而只從主觀願望或臆想出發來認識和行動的一種片面的思想作風。

【主管】zhǔguǎn ❶〔動〕主要經管；負主要管理責任：～農業｜～產品設計｜誰～這項工作？ ❷〔名〕(位，名)負責主要管理責任的人：新來的～姓黎｜我找你們的～｜老～退休了。

【主婚】zhǔhūn〔動〕主持婚禮：～人｜由老領導～。

【主機】zhǔjī〔名〕❶(台)在成套動力設備中起主要作用的機器，如用於船舶推進的發動機等。 ❷(台)指計算機的核心裝置，由運算器、控制器和存儲器等構成。❸(台)指某一網絡中為聯網的計算機提供信息的計算機，一般稱服務器。

【主見】zhǔjiàn〔名〕個人的比較確定的見解：她遇事很有～｜自己得先拿出～來。

【主講】zhǔjiǎng ❶〔動〕負責講授或講演：～中國哲學史｜今天的報告會是誰～？❷〔名〕(位)擔任主講的人：他是這次中國文化講座的～。

【主將】zhǔjiàng〔名〕❶(員，位)主要的將領或統帥：決戰雙方的～都十分謹慎。❷借指在某方面起主導作用的人：重金聘請知名專家當研發這項技術的～。

【主叫】zhǔjiào〔名〕指撥出電話的一方(跟"被叫"相對)。

【主教】zhǔjiào〔名〕(位，名)天主教、東正教的高級神職人員，通常為一個教區的主管人，地位在神甫之上。新教的某些教派(如聖公會)也設此職。

【主句】zhǔjù〔名〕語法學上指主從複句中表示主要意思的分句。在一般情況下，從句(也叫偏句)在前，主句(也叫正句)在後。如"因為父母把他託養給別人，所以他不清楚自己的生日是在哪一天""凡事須得研究，才會明白""縱有千難萬險，也擋不住我們前進的步伐"等等。

【主角】zhǔjué(～兒)〔名〕❶(位，名)戲劇、影視表演中的主要角色；扮演主要角色的演員：她在這齣戲裏演～｜最佳女～。❷比喻在某一範圍內起主要作用的人：在我們學校，中年教師唱～。注意這裏的"角"不讀 jiǎo。

【主考】zhǔkǎo ❶〔動〕主持考試。❷〔名〕明清兩代稱朝廷派到各省主持鄉試的官員，現泛指主持考試的人：每個考點設～一人。注意各級學校中的常規考試多由教務部門組織進行，一般不設主考、副主考。

【主課】zhǔkè〔名〕(門)學習的主要課程，如小學的語文和數學，中學的語文、數學和外語，大學的某些基礎課和專業必修課等。

【主禮】zhǔlǐ 港澳地區用詞。❶〔動〕主持典禮：今天的畢業典禮，由校長和牧師共同～。 ❷〔名〕典禮、儀式的主持人，也稱為"主禮嘉賓"：新大廈落成典禮，地區議員受邀成為～嘉賓。

【主力】zhǔlì〔名〕起主要作用的力量：～部隊｜～隊員｜這幾個人是我們組的～。

【主力軍】zhǔlìjūn〔名〕❶(支)軍隊的主力；擔負作戰主力的部隊。❷泛指主要的力量：發揮農村信用社支農～的作用。

【主流】zhǔliú〔名〕❶幹流：金沙江是長江上游的～。❷比喻事物發展的本質的、主要的或基本的方面(區別於"支流")：～是好的｜要看到教育工作的～。

【主謀】zhǔmóu ❶〔動〕主持謀劃(幹壞事)：這次集體舞弊行為是誰～的？❷〔名〕主謀的人：他是這個案子的～｜對～進行審訊。

【主權】zhǔquán〔名〕指國家主權，即一個國家所擁有的獨立自主、不受任何外來干涉地處理其內外事務的權力以及維護國家尊嚴和領土完整的權力：～國家｜相互尊重國家～｜一個國家的～不容侵犯。

【主兒】zhǔr〔名〕〈口〉❶主人。❷指某一類人：他是不見棺材不落淚的～｜碰上個蠻不講理的～就不好辦了。❸指婆家：該給姑娘找個～了。

【主人】zhǔrén〔名〕❶接待客人的人(跟"客人"相對)：～在客廳門口迎接客人。❷權力或財物的所有者或支配者：還沒找到這個皮包的～｜誰是那匹馬的～？❸舊時被僱用者稱僱用他的人：這事得問過我家～才行。❹使用者、稱呼者本人：名從～。

【主人翁】zhǔrénwēng〔名〕❶主人；當家做主的人：人民是國家的～。❷文藝作品中的中心人物。也稱主人公。

【主任】zhǔrèn〔名〕(位，名)某些部門或某些單位的主要負責人的職務名稱：總政治部～｜教導～｜居民委員會～｜～委員(某些委員會的領導人)。

【主食】zhǔshí〔名〕飯食中的基本食物，多為糧食製成品，如米飯、麵條、饅頭等(跟"副食"相對)：南方多以米飯為～｜餐廳的～花樣較多。

【主使】zhǔshǐ〔動〕出主意指使(別人幹壞事)：他頭腦簡單，一定是受人～才這樣幹的。

【主事】zhǔshì〔動〕主持事務：～人｜家有千口，～一人｜請問你們這個部門誰～？

【主訴】zhǔsù〔動〕醫療機構指病人向醫生陳述自己的病情：重傷者～不清，由家人做了補充。

【主題】zhǔtí〔名〕❶文學藝術作品中通過具體的藝術形象表現出來的中心思想，是作品內容的靈魂。❷一般文章中所表現的中心意思或中心論點。❸泛指某些活動的主要內容：～班會｜明天的社區活動以關懷老人為～。

【主體】zhǔtǐ〔名〕❶事物的主要部分：～工程｜工人、農民是國家的～。❷哲學上指有意識、能實踐的人(區別於"客體")：客體不依賴於～而存在｜～通過實踐，能動地認識和改造客觀世界。❸法律上指對客體（物品、行為等）擁有權利、義務和責任的自然人、法人或國家。

【主文】zhǔwén〔名〕判決書上或裁定書中的結論性文字。

【主席】zhǔxí〔名〕❶舊指主管宴會的人。❷主持會議的人：～宣佈大會開始｜～團｜執行～（主席團中掌握會議進程的人）。❸（位）國家、國家機關或黨派團體的某級組織的最高領導職位的名稱：國家～｜全國婦女聯合會～｜作家協會～。

【主席台】zhǔxítái〔名〕舉行大會時，主席或主席團所在的位置。

【主席團】zhǔxítuán〔名〕某些委員會或大型會議的集體領導組織，由代表組成或選舉產生。

【主心骨】zhǔxīngǔ（～兒）〔名〕❶主意或主見：他一慌就沒了～。❷比喻可以依賴的重要人物或核心力量：有你坐鎮，大家就有了～｜子弟兵是抗戰前綫人民的～。

【主刑】zhǔxíng〔名〕可以獨立施用的刑罰，有管制、拘役、有期徒刑、無期徒刑、死刑等（區別於"附加刑"）。

【主旋律】zhǔxuánlǜ〔名〕❶多聲部音樂中的主要曲調。❷比喻基本的、主要的精神：時代的～｜和平與發展是當今世界的～。

【主演】zhǔyǎn❶〔動〕扮演（戲劇或影視作品中的）主角：這部連續劇由一位青年演員～。❷〔名〕扮演主角的人：這齣戲的～是誰？

【主要】zhǔyào〔形〕屬性詞。為主的；重要的（跟"次要"相對）：原因～有兩個｜抓住～矛盾｜分清～的東西和次要的東西。

【主業】zhǔyè〔名〕主要從事的工作或業務；主要經營的產業：打擊犯罪是公安機關的～｜村委會把旅遊業作為未來發展的～。

【主頁】zhǔyè〔名〕網站的起始頁面，相當於書本的前言和目錄，起介紹和引導作用。

【主義】zhǔyì〔名〕❶對社會、自然界等所持有的思想、理論體系：唯物～｜人道～｜砍頭不要緊，只要～真。❷一定的社會制度或政治經濟體系：封建～｜資本～｜社會～。❸表現突出的思想作風：個人～｜官僚～｜教條～｜革命英雄～。

【主意】zhǔyi〔名〕❶確定的想法；主見：考研究生的～已經打定了｜是不是出去旅遊，他沒有～。❷處理事情的辦法；主張：你這個～真不錯｜柴多火焰高，人多～好。

【主語】zhǔyǔ〔名〕謂語陳述的對象。在漢語一般的句子中，主語通常在謂語之前，表示謂語所陳述的是"誰"或是"甚麼"。如"他在看電視"中的"他"、"小樹苗茁壯成長"中的"小樹"。

【主宰】zhǔzǎi❶〔動〕主管；支配：上天～不了人們的命運｜～人與人相互關係的不應該是金錢。❷〔名〕指處於支配地位的人或事物：誰也別想成為世界的～。

【主張】zhǔzhāng❶〔動〕對事情持有某種看法或提出某種建議：～民主與科學｜～男女平等｜我～他倆都去。❷〔名〕（項）對事情持有的看法或提出的建議：各人有各人的～｜自作～。

【主旨】zhǔzhǐ〔名〕主要的用意；宗旨：文章的～｜會議的～｜以培養高級人才為～。

【主治】zhǔzhì〔動〕❶（藥物）主要醫治（某種疾病）：甘草～咳嗽。❷（醫生）主持治療（病人）：～大夫。

【主子】zhǔzi〔名〕舊時奴僕對主人的稱呼。現多指主使、奴役和操縱別人的人：兇犯最終供出他的～，命案告破。

拄 zhǔ〔動〕用棍杖等抵住地面以支持身體：老人家登泰山都不用～拐棍兒。

渚 zhǔ〈書〉❶水中間的小塊陸地：江～。❷海島：東海之～。❸水邊：滕王高閣臨江～。

煮〈煑〉zhǔ❶〔動〕把食物放在有水的鍋中加熱使熟：～麵條｜一鍋～（比喻把不同的事放在一塊兒處理）｜生米～成熟飯。❷〔動〕把東西放在有水的鍋中燒沸消毒：～針頭｜病人用過的東西都得一一～。❸（Zhǔ）〔名〕姓。

【煮豆燃萁】zhǔdòu-ránqí〔成〕《世說新語‧文學》載，魏文帝曹丕命令他弟弟曹植在七步之內做詩一首，如果做不成，就要殺害他。曹植應聲吟道："煮豆持作羹，漉菽以為汁。萁在釜下燃，豆在釜中泣。本自同根生，相煎何太急！"後用"煮豆燃萁"比喻兄弟間自相殘害。注意 這裏的"萁"不寫作"箕"，不讀 jī。

【煮鶴焚琴】zhǔhè-fénqín〔成〕將鶴煮了吃，拿琴當柴燒（鶴和琴都是高雅之物，本不應受到如此糟蹋）。比喻做煞風景的事：名園一片慘敗，不復昔日清幽，不禁有～之傷。

訏（讠）zhǔ〈書〉智慧；知識。

裻 zhǔ/chǔ〈書〉❶將絲綿裝在衣服裏（製成棉衣）。❷囊；袋。
另見 Chǔ（194頁）。

麈 zhǔ❶古書上指一種像鹿而稍大的動物：～尾（麈尾巴做的拂塵）。❷指麈尾：玉～（裝有玉柄的拂塵）｜揮～。

【麈談】zhǔtán〔動〕〈書〉魏晉名士清談常持麈尾，後世稱清談為麈談，也用於書名：《顧曲～》。

屬（属）zhǔ❶〈書〉連接；跟隨：前後相～。❷〈書〉聚集；會集：國中～而和者數千人。❸〈書〉同"囑"①。❹〈書〉撰寫：～辭比事（泛指撰文記事）｜～對（對對

Z

子）｜～稿（起草文稿）。❺古同“囑”。

另見 shǔ（1257 頁）。

【屬望】zhǔwàng〔動〕〈書〉期待；期望：殷
殷～｜不負諸位～之至意。也作囑望。

【屬垣有耳】zhǔyuán-yǒu'ěr〔成〕《詩‧小雅‧小
弁》：“君子無易由言，耳屬于垣。”意思是有
人把耳朵貼着牆偷聽：～，說話要注意。

囑（嘱）zhǔ ❶ 囑咐：千叮萬～。❷ 託
付：有事～之。

語彙　叮囑　醫囑　遺囑

【囑咐】zhǔfu〔動〕把想法告訴別人，希望照着去
做（多用於對晚輩或下級）：～孩子路上要小
心｜請你～～他，一定要遵守紀律。

辨析　囑咐、吩咐　“囑咐”是告訴、叮囑的意
思，着重在關心，如“奶奶一再囑咐我別忘了
吃藥”；“吩咐”含讓、叫的意思，着重在按要
求做，如“醫生吩咐我把藥給三號病床送去”。

【囑託】zhǔtuō ❶〔動〕囑咐；託付：媽媽再三～
大伯別忘了給爸爸買藥。❷〔名〕所囑託的內
容：牢記奶奶的～，照顧好小妹。

矚（矚）zhǔ ❶ 注視；望：高瞻遠～｜舉目
四～。❷（Zhǔ）〔名〕姓。

【矚目】zhǔmù〔動〕〈書〉注視；注目：世人～｜
萬眾～。

【矚望】zhǔwàng〈書〉❶〔動〕注視；專心地看：
凝神～。❷同“屬望”：～已久｜天下～政通
人和。

zhù 业ㄨˋ

助 zhù 幫助；輔佐：～人為樂｜我一臂之
力｜愛莫能～｜得道多～，失道寡～。

語彙　幫助　臂助　補助　扶助　輔助　互助　藉助
救助　捐助　內助　求助　談助　相助　襄助　協助
援助　贊助　資助

【助殘】zhùcán〔動〕幫助殘疾人：～活動｜每年 5
月的第三個星期日為“全國～日”。

【助產】zhùchǎn〔動〕幫助產婦生孩子：～專
業｜～技術｜人工～。

【助產士】zhùchǎnshì〔名〕（位，名）受過助產專
業教育，能獨立接生和護理產婦的中級醫務
人員。

【助詞】zhùcí〔名〕附着在詞、詞組或句子後面，
表示一定附加意義的虛詞。包括：1）結構助
詞，如“的、地、得、所”。2）時態助詞，如
“了、着、過”。3）語氣助詞，如“呢、嗎、
吧、啊”。

【助動詞】zhùdòngcí〔名〕動詞的一個附類，表
示可能、應該、必須、願望等意思，如“能、
能夠、可以、該、應該、應當、得（děi）、必

須、務必、肯、敢、願意”等。助動詞多用在
動詞或形容詞前面，不能帶“了、着、過”，
不能重疊。

【助工】zhùgōng〔名〕助理工程師的簡稱。

【助攻】zhùgōng〔動〕在次要方向上配合主力進攻
（區別於“主攻”）：由三團負責～。

【助教】zhùjiào〔名〕（名）高等學校教師的初級
職稱。

【助理】zhùlǐ ❶〔形〕屬性詞。協助主要負責人辦
事的（多用於職務名稱）：～人員｜～研究員。
❷〔名〕（名）協助主要負責人辦事的人；市
長～。

【助理工程師】zhùlǐ gōngchéngshī 工程技術行業
中的初級職稱，低於工程師，高於技術員。

【助理教授】zhùlǐ jiàoshòu 港澳地區用詞。高等學
校教師職稱，職位在教授、副教授之下，講師
之上。［英 assistant professor］

【助理研究員】zhùlǐ yánjiūyuán 科學研究機關中的
中級職稱，低於副研究員，高於實習研究員。

【助力車】zhùlìchē〔名〕（輛）一種裝有小型發動
機的自行車，具有機動和腳踏兩種驅動結構，
機動時速不超過 25 千米，腳踏時速不少於 20
千米。也叫助力自行車。

【助燃】zhùrán〔動〕幫助其他物體燃燒（區別於
“自燃”）：～劑｜氧能～。

【助人為樂】zhùrén-wéilè〔成〕以幫助人為快樂：
大力弘揚～的精神。

【助手】zhùshǒu〔名〕（位，名）起協助作用的人
或集體：得力～｜他的～很能幹。

【助聽器】zhùtīngqì〔名〕（副）輔助聽覺的一種小
型器械，通過耳塞使聲音適當增加響度，以幫
助重聽的人聽清話音。

【助威】zhù // wēi〔動〕幫助增加氣勢：吶
喊～｜壯膽｜拉拉隊擂鼓吹號，給主隊助
了威。

【助興】zhù // xìng〔動〕幫助提高興致：我給大家
說個笑話～｜再來段京劇助助興吧｜他的表演
給大家助了興。

【助學】zhùxué〔動〕幫助興辦教育或為學習者提
供各種資助，方便：捐資～｜勤工～。

【助學金】zhùxuéjīn〔名〕（筆）（有關機構、團體）
發給學生的生活補助金（區別於“獎學金”）：
申請～｜發放～。

【助研】zhùyán〔名〕助理研究員的簡稱。

【助養】zhùyǎng〔動〕幫助撫養或照顧：十多年
來，他掏出一半以上的收入，～了幾十名素不
相識的孤兒。

【助長】zhùzhǎng〔動〕❶ 幫助成長：揠苗～。
❷ 幫助加劇：～歪風邪氣｜～了壞人的囂張
氣焰。

【助陣】zhùzhèn〔動〕製造氣氛或聲勢，表示支持
或鼓勵：對抗賽吸引了數萬名觀眾前來～。

Z

【助紂為虐】zhùzhòu-wéinüè〔成〕隋朝祖君彦《為李密檄洛州文》:"達等助紂為虐,嬰城自固。"紂:商朝將亡時的暴君。比喻幫助惡人幹壞事:～之徒|切不可～。也說助桀為虐。

住 zhù ❶〔動〕住宿;居住:在山上～了三天|他～在招待所了|你～樓上,我～樓下|一家人才～了五十平方米。❷〔動〕停止:風～了|雨～了。❸ 使停止:～手!|～嘴!不許罵人。❹〔動〕做動詞的結果補語,表示停止、靜止或不讓行進:站～不走了|一下子呆～了|攔~他,別讓他跑了!❺〔動〕做動詞的結果補語,表示牢固或穩固:抓～|捆~|一下子把我吸引~了。❻〔動〕同"得""不"結合,做動詞的可能補語,表示行為能否實現、進行:招架得～|忍耐不～|天氣轉暖,毛衣穿不~了。❼(Zhù)〔名〕姓。

語彙 長住 常住 打住 寄住 借住 居住 且住 小住 站住 保不住 吃得住

【住持】zhùchí〔名〕(位)住在寺中,護持佛法並主持事務的僧人。禪宗興起後用為寺院主管僧的職稱。後道教也採用此制。也叫方丈。
【住處】zhùchù〔名〕❶ 居住的處所:我知道他的～|我已經回到原來的～。❷ 臨時住宿的處所:剛下車就找到了～|給客人安排～。
【住房】zhùfáng〔名〕(間)居住的房子:解決～問題|改善～條件。
【住戶】zhùhù〔名〕(家)長期定居的家庭或個人(多持有戶口簿):院內有三家~。
【住家】zhùjiā ❶〔動〕居住並安家:在郊區～|樓下營業,樓上～|在這裏~很合適。❷〔名〕居住並安家的處所:我天天盼着有個理想的~。❸(~兒)〔名〕住戶:我們樓的～兒沒有養狗的。
【住口】zhù//kǒu〔動〕停口;停止說話(常用於制止):那人滔滔不絕,一刻也不~|快點我～!
【住手】zhù//shǒu〔動〕❶ 停手;罷手:他一天到晚不~地寫|快~,不准再打了!|她正在洗衣服,聽見敲門,忙住了手去開門。❷ 停止進行:你難道非要把公司搞垮才肯~嗎?
【住宿】zhùsù〔動〕居住,睡覺(多指在自家以外的地方):今晚在旅社~|這個中學有宿舍供學生~。
【住所】zhùsuǒ〔名〕居住的處所:固定～|請到我~來|她從~到工廠,中間要換兩次車。
【住校】zhùxiào〔動〕住在學校:～生|來自偏遠地區的學生,學習期間需要~。
【住院】zhù//yuàn〔動〕病人住進醫院接受治療:～開刀|他一發病就住了院|我已經住過三次院了。
【住宅】zhùzhái〔名〕(所、套)住房(多指規模較

大的):～區|～建設|搬進了新的~。
【住址】zhùzhǐ〔名〕居住的地址(含地名、街巷名和門牌號等):我的～是本市中山路98號|我忘了他的~,沒法去找他。

佇 (佇)〈竚〉 zhù〈書〉佇立:～馬山旁。

【佇候】zhùhòu〔動〕〈書〉長時間站着等候,泛指等候:～佳音|~首長接見。
【佇立】zhùlì〔動〕〈書〉長時間站立:～目送親人遠去|玉階空~,宿鳥歸飛急。

苧 zhù〈書〉同"苎"。
另見 xù(1530頁)。

杼 zhù ❶ 筘(kòu)。❷ 古代指織布機上用來控制緯綫的梭:三告投~,賢母生疑。

注 zhù ❶ 灌注;流入:東~大海。❷ 傾瀉:血流如~。❸ 專注在某一點上:~目|~重|~關|~全神貫~。❹〔名〕賭注:孤~一擲|下了很大的~。❺〔量〕事務一宗為一注:三~交易|發了一~大財。❻(Zhù)〔名〕姓。
另見 zhù"註"(1786頁)。

語彙 賭注 關注 貫注 灌注 澆注 傾注 專注 轉注

【注定】zhùdìng〔動〕❶(迷信)指命運、鬼神等預先定下:是前生~事,莫錯過姻緣|閻王~三更死,決不留人到五更。❷ 由客觀規律、社會力量等決定:你那條道路～走不通|貪污受賄者~要毀滅。
【注目】zhùmù〔動〕集中視綫,注意看:～禮|引人~|海內外~。
【注入】zhùrù〔動〕流入;灌入:長江～東海|把調好的泥漿～石膏模子內使它成型|~新鮮血液。
【注射】zhùshè〔動〕用注射器(頂端裝有針頭的小唧筒狀的醫用器械)把液體藥劑推擠到有機體內:肌肉～|靜脈～|給病人~鏈黴素。
【注視】zhùshì〔動〕專注地看:大家密切~着事態的發展。

┌─────────────────────────────────┐
│ **辨析 注視、凝視** "凝視"的對象是客觀景物,"注視"可以指景物,也可以指抽象的東西。如"我們必須注視客觀局勢的發展以確定我們的方針和對策",這句話裏的"注視"就不能換用"凝視"。
└─────────────────────────────────┘

【注水】zhù//shuǐ〔動〕❶ 灌進水:向魚缸內~。❷ 比喻摻雜虛假不實的成分:～文憑|～廣告|有人為了求得一份好工作,竟往簡歷中~,加入一些虛假內容。
【注意】zhù//yì〔動〕把心意放到(某個方面);留神:～安全(帶命令語氣)|我～聽了一下,沒發現甚麼動靜|對不起!我沒~到這一層|街上沒有路燈,你要注點兒意,別摔倒了。
【注音】zhù//yīn〔動〕(用符號或字母等)標明文

字的讀音：～符號｜～字母｜用《漢語拼音方案》給漢字～｜凡是難認的字都注了音。

【注音字母】zhùyīn zìmǔ 在 1958 年《漢語拼音方案》公佈前通行的為漢字注音的一套音標。包括ㄅㄆㄇㄈㄉㄊㄋㄌㄍㄎㄏㄐㄑㄒㄓㄔㄕㄖㄗㄘㄙ等二十四個聲母和ㄧ（直作丨）ㄨㄩㄚㄛㄜㄝㄞㄟㄠㄡㄢㄣㄤㄥㄦ等十六個韻母，其中的ㄪ只做注方音之用。也叫注音符號。

注音字母小史

注音字母是 1913 年由讀音統一會制定，1918 年由北洋政府教育部頒佈推行的一套為漢字注音的音標。1930 年改稱為注音符號。1958 年以後為《漢語拼音方案》所取代。

【注重】zhùzhòng〔動〕注意並重視：～發展生產力｜必須～產品的質量｜辦事要～實效。

【注資】zhùzī〔動〕投入大量資金：企業～3 個億用於技術改造｜港商～城市軌道工程。

苧（苎）zhù 見下。
另見 níng “薴”（982 頁）。

【苧麻】zhùmá〔名〕❶ 多年生草本植物，莖皮纖維堅韌有光澤，可供紡織、造紙、製作漁網等用。❷ 這種植物的莖皮纖維：～織物｜～產品。

苧麻的種植和外傳

中國是苧麻的故鄉。《詩經‧陳風‧東門之池》：“東門之池，可以漚紵。”這是記載苧麻的最早的文字。考古證明，在距今五千多年前，我們的祖先就已經開始種植苧麻，並用它織布縫衣了。中國的苧麻很早就傳到朝鮮、日本，被稱為“南京草”；18 世紀傳入英國，被稱為“中國草”。後相繼傳入法國、美國、比利時等國。

柷 zhù 古代打擊樂器，木製，形似方斗。用以表示演奏開始。

柱 zhù ❶ 柱子：頂樑～｜偷樑換～。❷ 柱狀物：冰～｜水～｜花～。❸〔名〕琴瑟上架弦的木條，可以移動以確定音階，便於按弦取音：一弦一～｜思華年｜膠～鼓瑟。❹（Zhù）〔名〕姓。

語彙　抱柱　光柱　火柱　脊柱　沙柱　石柱　台柱　煙柱　支柱　頂樑柱　中流砥柱

【柱石】zhùshí〔名〕❶ 柱子和墊在柱子下面的石礅；支柱和基石。❷ 比喻起支撐作用的重要力量或擔負國家重任的人物：你們要好好學習，將來都是國家的～。

【柱子】zhùzi〔名〕（根）建築物中直立的起支撐作用的構件，通常用鋼筋水泥、鋼材、磚石、木材等製成。

炷 zhù ❶〈書〉油燈的燈芯。❷〈書〉點燃（香）：又～中庭一夕香。❸〔量〕用於點燃的香：一～香。

祝 zhù ❶ 向神禱告祈福：～禱。❷〔動〕祝願：～你幸福｜～新年快樂。❸ 男巫；寺廟中管祭禮、香火的人：廟～。❹（Zhù）〔名〕姓。

語彙　禱祝　廟祝　慶祝　尸祝

【祝詞】zhùcí〔名〕❶（篇）表示祝賀的話或文章（用於舉行典禮或開會時）：致～｜向大會宣讀～｜新年～。❷ 古代祭祀時的文辭（話語）。以上也作祝辭。

【祝福】zhùfú〔動〕❶ 指祈求上天賜福；泛指祝願平安幸福：～您萬事如意｜他向大家～｜～祖國繁榮昌盛。❷ 指流行於中國南方的在農曆年底祝告天地、祈求賜福的舊習俗。

【祝賀】zhùhè〔動〕在喜慶日或重要活動時表示良好心願；向有喜事的人道喜：～新年｜～你勝利歸來｜～國家乒乓球隊又勇奪世界男女團體賽冠軍。

【祝捷】zhùjié〔動〕祝賀戰鬥或體育比賽取得勝利：向前線將士～｜致電～。

【祝酒】zhùjiǔ〔動〕舉杯敬酒表示良好祝願：頻頻舉杯～｜在宴會上，領導向有功人員～。

【祝融】Zhùróng〔名〕神話中的火神，借指火或火災：～之災。

【祝壽】zhùshòu〔動〕為老年人慶祝生日並祝賀他長壽：給奶奶～｜老師八十歲生日，學生都來～。也說拜壽。

【祝英台】Zhù Yīngtái〔名〕民間傳說中的人物，曾女扮男裝，與梁山伯一同讀書三年。因父母將她許配馬家，不能成就與梁山伯的美好姻緣。後梁山伯病卒，她到墳上哭祭，墳忽然裂開，祝於是躍進墳中，與梁一同化為蝴蝶，雙飛而去。在文藝作品中祝英台是女子為追求純真愛情而獻身的典型。

【祝願】zhùyuàn ❶〔動〕表示美好的願望：衷心～你們永遠幸福｜～貴國日益繁榮昌盛。❷〔名〕所表示的美好願望：致以良好的～｜把最好的～獻給最可愛的人。

砫 zhù 石頭柱子；聳立的像柱子的石頭。用於地名：石～（在重慶東部。今作石柱）。

疰 zhù〈書〉病名。指慢性傳染病。中醫稱隨處可生的多發性膿瘡為流疰。

【疰夏】zhùxià〔名〕中醫指一種夏季得的病，患者多為小兒，症狀是因排汗障礙而體熱食少，心煩身倦等。

蛀 zhù ❶ 蛀蟲。❷〔動〕（蛀蟲）咬壞：蟲子～壞了衣服｜書讓蠹魚～了。

【蛀蟲】zhùchóng〔名〕❶（隻，條）指天牛、衣蛾、米象、蠹魚等齧蝕樹木、衣物等的小蟲。

❷ 比喻企業、機構內部侵吞財物、起破壞作用的人：挖出一條侵吞國家財產的～。

【蛀蝕】zhùshí〔動〕**❶**（蟲子）咬壞：房樑被白蟻～了｜衣箱裏放些樟腦以防蛀子。**❷** 比喻壞人、壞思想對人進行腐蝕和傷害：不能讓享樂主義～孩子的靈魂。

紵（纻）zhù〈書〉**❶** 苧麻。**❷** 用苧麻纖維織成的粗布。

著 zhù **❶** 顯明；顯著：彰明較～｜見微知～。**❷** 顯露；顯出：頗～成效。**❸**〔動〕撰寫；撰述：～文十二篇｜～書立說。**❹** 著作：巨～｜論～｜遺～｜拙～。**❺**（Zhù）〔名〕姓。

另見 zhuó（1802 頁）。

另見 zhuó（1802 頁）。

> **語彙** 編著 大著 較著 巨著 論著 名著 土著 顯著 遺著 原著 昭著 專著 撰著 拙著 卓著 見微知著

【著稱】zhùchēng〔動〕因某方面有名而被人廣為稱說：廬山以避暑勝地～。

【著錄】zhùlù〔動〕記載在簿籍上（多指將書名及作者分類登記，列入目錄）：《全國總書目》～歷年出版圖書。

【著名】zhùmíng〔形〕有名；廣為人知：～作家｜～的論斷｜北京烤鴨在國內外都很～。

【著書立說】zhùshū-lìshuō〔成〕撰寫著作，創立學說。泛指從事研究和著述工作。

【著述】zhùshù **❶**〔動〕撰寫；編纂：專心～。**❷**〔名〕撰寫或編纂出來的成品：～十種五十八卷｜～甚豐。

【著譯】zhùyì **❶**〔動〕撰寫和翻譯：～工作｜～者。**❷**〔名〕寫成和譯成的書：他的～頗豐。

【著者】zhùzhě〔名〕(位)著書或寫文章的人。

【著作】zhùzuò **❶**〔動〕撰寫；寫作：專事～。**❷**〔名〕(本，套，部)寫出的作品（多指成冊的）：～權（著者對自己的著作依法享有的權益）｜～等身（書與人齊高，極言其著作之多）。

貯（贮）zhù/zhǔ〔動〕收藏；儲存：存～｜積～｜～糧備荒｜～水滿缸。

【貯藏】zhùcáng〔動〕**❶** 收存並保管：～過冬大白菜。**❷** 蘊藏：地下～着豐富的礦產。

【貯存】zhùcún〔動〕儲藏；收存：～信息｜地窖裏～有好酒。

【貯運】zhùyùn〔動〕貯存和運輸：這批瓜果經過半個月的～，還像剛摘下來的一樣。

筑 zhù/zhú **❶** 古代弦擊樂器，長條形，一端略寬圓，有五弦、十三弦不等。左手控弦，右手以竹尺擊打發音。**❷**（Zhù）〔名〕貴陽的別稱。**❸**（Zhù）〔名〕姓。

另見 zhù "築"（1787 頁）。

另見 zhù "築"（1787 頁）。

註（注）zhù **❶**〔動〕對詩文的字、詞、句進行解釋：古書難～｜難字要～音｜這部史書～得好。**❷** 記載；登記：～冊｜～銷。**❸**〔名〕用來解釋字詞句的文字：這本書的～很好｜把～放在正文之後。

"注"另見 zhù（1784 頁）。

"注"另見 zhù（1784 頁）。

> **語彙** 備註 附註 集註 夾註 箋註 腳註 校註 批註 評註 簽註 詮註 小註 譯註

【註冊】zhù//cè〔動〕向有關部門或學校登記備案以取得合法地位：～商標｜九月一日至三日新生報到～｜你去學校注了冊沒有？

【註腳】zhùjiǎo〔名〕"註解"②。

【註解】zhùjiě **❶**〔動〕用文字來解釋字句：～古代散文｜～古詩｜～古醫書。**❷**〔名〕解釋字句的文字：這本書的～通俗易懂｜閱讀古書不能不靠～。

> **註解的四種方式**
> 夾註：註在正文之中，分雙行小字排列，叫"雙行夾註"；外加括號者，叫夾註或括註；
> 腳註：註於正文當頁的下邊，也叫本面註、頁末註；
> 篇末註：註於文章結束之後；
> 書末註：註於全書之後，多註明被註詞語在哪頁。

【註釋】zhùshì **❶**〔動〕"註解"①。**❷**〔名〕"註解"②。

【註疏】zhùshū〔名〕舊時把解釋古書的文字叫註或傳（zhuàn），把解釋傳、註的文字叫疏，合稱註疏（多用於書名）：《十三經～》。

【註文】zhùwén〔名〕註解的文字。

【註銷】zhùxiāo〔動〕（對單據、賬目、有關事項等）註明取消，使不再有效：把借條～｜這筆賬應予～｜學籍被～了。

翥 zhù〈書〉（鳥）飛：重比翼，和雲～｜鸞鳥軒～而翔飛（軒翥：高飛）。

箸（筯）zhù〔名〕（閩語、客家話）筷子：象～（象牙筷子）｜舉～｜析～（分家）。

> **語彙** 火箸 析箸 下箸

> **上古吃飯不用箸**
> 上古吃飯不用箸（筷子），而是用手捏，捏一次叫作"一飯"，一飯並非吃一口，而是要分多次咀嚼。主客宴飲，客人三飯後必須說已經吃飽，須讓主人勸說而後再食。所以《儀禮·公食大夫禮》說："三飯而止，君子食不求飽。"

駐（驻）zhù **❶** 車馬停住；停留：～馬｜～步｜～足。**❷**〔動〕駐紮：部隊～在村西大院裏。**❸**〔動〕派駐：～京辦事處。**❹** 留住：青春永～｜～顏有術。

Z

辨析 **駐、住** 兩者都有"居留"的意思，但"住"指一般的居住，"駐"指為執行公務而居住；"住"的主體為個人或家庭，"駐"的主體為部隊、機關或執行公務的人。

語彙　進駐　留駐　派駐　屯駐

【駐地】zhùdì〔名〕❶ 部隊或外勤人員駐紮的地方：邊防軍～｜地質勘探隊～｜必須在當天返回～。❷ 地方行政機關的所在地：石家莊市為河北省人民政府～。

【駐點】zhùdiǎn ❶〔動〕到基層單位調查研究，開展工作；蹲點：～工作組｜分頭到幾十個村寨～。❷〔名〕為調查研究、開展工作而停留或駐紮的地方：提前到～待命｜十幾個～統由王局長負責指導。

【駐防】zhùfáng〔動〕駐紮和防守（軍事要地）：～南京｜派部隊到邊疆｜派一個師～足夠了。

【駐軍】zhùjūn ❶〔動〕軍隊駐紮（在某地）：～城郊。❷〔名〕（支）駐紮在某地的軍隊：當地～｜～首長。

【駐守】zhùshǒu〔動〕駐紮和守衛：～山海關｜這一帶有邊防軍～。

【駐屯】zhùtún〔動〕駐紮；屯兵：這個山口歷來都有部隊～｜我部曾經～在南口一帶。

【駐顏】zhùyán〔動〕保持容顏不衰老：～有術｜難覓～靈藥。

【駐紮】zhùzhā〔動〕軍隊或外勤人員在某地住下：邊境有重兵～｜地質隊經常都～在野外。

【駐足】zhùzú〔動〕停步：～諦聽｜～觀賞。

築（筑）zhù / zhú ❶〈書〉用杵搗土使實：～土作堤。❷〔動〕修建：～壩｜～路｜四周～了一圈圍牆。
"筑"另見 zhù（1786頁）。

語彙　構築　建築　澆築　修築　債台高築

【築巢引鳳】zhùcháo-yǐnfèng〔成〕構築新巢，引來鳳鳥。比喻創造好條件，吸引傑出人才和大宗投資：經濟開發區要做好～這篇文章。

【築室道謀】zhùshì-dàomóu〔成〕《詩經·小雅·小旻（mín）》："如彼築室於道謀，是用不潰於成。"意思是，建造房屋，同過路人商量，因此不能達到成功。後用來比喻辦事無主見，與不相干的人商量，必難成事：與其～，不如斷以己見。

鑄（鑄）zhù ❶〔動〕鑄造：～字｜鋼打鐵～｜簡直是一個模子～的（比喻若干人或物非常相似）。❷ 比喻培養、陶冶：～人。❸ 造成：～成大錯。❹ 錘煉（詞語）：自～偉辭。❺（Zhù）〔名〕姓。

語彙　電鑄　鼓鑄　澆鑄　熔鑄　陶鑄

【鑄成大錯】zhùchéng-dàcuò〔成〕宋朝孫光憲《北夢瑣言》卷十四載，唐末，魏博節度使羅

紹威為了剪滅所部"牙軍"八千人及其家屬，耗盡了資財，削弱了自己，漸為梁王朱全溫所牽制而後悔不迭。他對部下說："合六州四十三縣鐵，不能為此錯也。"錯：指銼刀，借指錯誤。後用"鑄成大錯"指造成很大錯誤：以大筆資金炒作證券，連連虧損，～。

【鑄工】zhùgōng〔名〕❶ 鑄造器物的工藝：～車間。也叫翻砂。❷（位，名）從事鑄造生產的工人。也叫翻砂工。

【鑄件】zhùjiàn（～兒）〔名〕鑄造出來的金屬部件或構件。

【鑄鐵】zhùtiě〔名〕生鐵。

【鑄顏】zhùyán〔動〕〈書〉漢朝揚雄《法言·學行》："或曰：'人可鑄乎？'曰：'孔子鑄顏淵矣。'"借指培養或造就人才。

【鑄造】zhùzào〔動〕將金屬熔化後灌入砂型或模具裏，使形成預定形狀的器物：無砂｜～機器零件｜鼎是用青銅～的。

zhuā 　ㄓㄨㄚ

抓 zhuā〔動〕❶ 用手或爪取物：～一把花生｜老鷹～小雞。❷ 用指甲或爪搔：～耳撓腮｜貓把孩子的手～破了｜身上癢癢，幫我～一～。❸ 捕；捉；逮：～小偷兒｜～到監獄裏去了。❹ 給予重視並投入主要力量加緊辦理：～管理｜兩個文明一起～。❺ 掌握；把握：～緊時間｜～住機遇。❻ 吸引別人的注意：老演員一出場就能～住觀眾。

【抓辮子】zhuā biànzi〔慣〕揪辮子：你那句錯話，被他～住了小辮子。

【抓捕】zhuābǔ〔動〕捉拿；逮捕：～逃犯｜歸案。

【抓差】zhuā//chāi〔動〕臨時派人去做某事：你又～來了｜這次可別抓我的差了。

【抓耳撓腮】zhuā'ěr-náosāi〔成〕抓抓耳朵，搔搔腮幫子。形容因歡喜或焦慮而心思浮躁的樣子：喜得他～，眉開眼笑｜他急得～，也想不出辦法來。

【抓飯】zhuāfàn〔名〕維吾爾等族的飯食，用大米加入羊油、羊肉、洋蔥、胡蘿蔔、葡萄乾等燜熟，用手抓着吃。

【抓哏】zhuāgén〔動〕相聲或戲劇丑角演員演出時即景生情，臨時編詞或改詞來逗人發笑。

【抓工夫】zhuā gōngfu 把握可以利用的零星時間；抽空（kòng）：～學習｜愛人穿的毛衣是～織的。

【抓獲】zhuāhuò〔動〕抓住；抓到：～兇手｜逃犯已被～｜當場～了三名犯罪嫌疑人。

【抓緊】zhuā//jǐn〔動〕緊緊地把握住：～有利時機｜工作不～，任務就完不成｜抓而不緊，等於不抓。

【抓鬮兒】zhuā // jiūr〔動〕用若干小紙片兒寫上字或做上記號，分別捲成捲兒或揉成團兒，攪亂後撒開，由有關的人各取一個，以決定事情或賭一勝負：別爭了，還是～吧｜抓個鬮兒看看這個獎歸誰。也說拈鬮兒。

【抓舉】zhuājǔ〔名〕舉重運動中，一種以連續動作用兩手將槓鈴從地上提舉過頭，直到兩臂向上伸直為止的舉重法（區別於"挺舉"）。

【抓牛鼻子】zhuā niúbízi〔慣〕比喻解決問題要從關鍵處下手：我們要善於～，以帶動和搞活整個工作。

【抓拍】zhuāpāi〔動〕攝影前不做安排等，而是抓住最佳時機拍攝（區別於"擺拍"）：當時他正巧路過，～下這一精彩的瞬間。

【抓破臉】zhuāpòliǎn〔慣〕比喻公開爭吵，不顧情面：我不想跟你～，你不要逼人太甚｜不要跟人家抓破了臉，你們以後還要共事呢。也說撕破臉。

【抓瞎】zhuā // xiā〔動〕因毫無準備而忙亂緊張：考前充分複習，以免臨場～｜早就叫你準備，你不聽，臨時抓了瞎，怨誰！

【抓藥】zhuā // yào〔動〕❶中藥店或醫院的中藥房按藥方為病人配藥，因每味中藥都要用手抓取，故稱：藥劑師在中藥房｜千萬別抓錯了藥。❷憑藥方到中藥店買藥：進城給爺爺～去｜照這個方子抓七服藥。

【抓週】zhuā // zhōu（～兒）〔動〕舊俗在嬰兒週歲時，舉行儀式，將書籍文具、賬本算盤、針綫秤尺、脂粉釵環等物陳列盤中，任其抓取，以卜其志向和前途。

撾（挝）zhuā〈書〉擊（鼓）；敲打：～鼓｜按其鈴，～其門。
　　另見 wō（1424 頁）。

鬏 zhuā 見下。

【鬏髻】zhuāji〔名〕梳在頭頂兩旁或腦後，盤成某種形狀的髮結。也叫鬏鬆（zhuājiu）。

樀（树）zhuā〈書〉❶短木棍；馬鞭子：執～候晨。❷笙兩側的管子。

zhuǎ ㄓㄨㄚˇ

爪 zhuǎ ❶義同"爪"（zhǎo）①：雞～兒。❷某些器物的腳：三～鐵鍋。
　　另見 zhǎo（1720 頁）。

【爪尖兒】zhuǎjiānr〔名〕指做成食物的豬蹄：買兩個～下酒。

【爪子】zhuǎzi〔名〕（隻，對）〈口〉某些動物的腳（多指帶尖甲的）：鷹～｜貓～｜雞～。

zhuāi ㄓㄨㄞ

拽 zhuāi（北京話）㊀〔動〕因生病或受傷造成胳膊有毛病，伸屈活動不便：一隻～胳膊｜胳膊～了。
　　㊁〔動〕❶擲：氣得我～了他兩句。❷扔；棄置：爛蘋果不能吃，～了吧｜把球～過來｜不該把客人～在一邊兒。
　　另見 yè（1581 頁）；zhuài（1788 頁）。

【拽子】zhuāizi〔名〕（北京話）稱胳臂有毛病，活動不靈便的人（不禮貌的說法）。

zhuǎi ㄓㄨㄞˇ

跩 zhuǎi〔動〕（北方官話）走路時左右搖晃：鴨子走起路來一～一～的。

轉（转）zhuǎi〔動〕（北方官話）轉文：說大白話就行，用不着～。
　　另見 zhuǎn（1790 頁）；zhuàn（1793 頁）。

【轉文】zhuǎi // wén，又讀 zhuǎn // wén〔動〕說話時故意用些文縐縐的字眼兒，以顯示自己有學問：別～了，有甚麼話快說｜在老同學面前還轉甚麼文呢！

zhuài ㄓㄨㄞˋ

拽 zhuài〔動〕拉；拖：生拉硬～｜把門～上｜九頭牛也～不動。
　　另見 yè（1581 頁）；zhuāi（1788 頁）。

zhuān ㄓㄨㄢ

專（专）〈❶-❹耑〉zhuān ❶單純的；集中於某一事物或某一方面的：～職｜～著｜～業戶｜～心致志。❷〔形〕在某種學術技能方面有特長：一～多能｜他在這方面很～。❸獨自（掌握或享有）：～政｜～權｜～制。❹〔副〕特別；專門：～好跟人開玩笑｜～愛在小題目上做文章｜～治皮膚病。❺（Zhuān）〔名〕姓。
　　"耑"另見 duān（322 頁）。

【專案】zhuān'àn〔名〕（件）專門處理的案件或重要事件：～組｜～人員｜環境污染問題，已作為～調查處理｜～調查貪腐官員。

【專版】zhuānbǎn〔名〕報刊上專門刊登某項內容的版面：開闢～｜體育～。

【專才】zhuāncái〔名〕（名）精通某一學科或某項技藝的專門人才（區別於"通才"）：珍視人才，～專用，不要讓他們分散了精力。

【專長】zhuāncháng〔名〕（門）專門的知識或

Z

技能；特長：發揮～｜有～｜她的～是服裝設計。

【專場】zhuānchǎng〔名〕❶（場）劇場、影院等專為某一部分人安排的場次：兒童～｜暑期學生～。❷專門演出某種類型的節目的場次：曲藝～｜舞蹈～。

【專車】zhuānchē〔名〕（輛）❶專為某人某事而開行的車輛：與會代表，有～接送。❷某人或單位專用的車輛：部長～｜單位～。

【專誠】zhuānchéng ❶〔形〕〈書〉真誠；至誠：為人～。❷〔副〕特地；誠心誠意地：～拜訪。

【專程】zhuānchéng〔副〕專為某事動身到某地：～拜訪｜我是～從北京來接您的。

【專訪】zhuānfǎng ❶〔動〕專門對某人某事進行採訪：對這名學生的家長進行～。❷〔名〕（篇）指專訪體裁的文章：寫～。

【專攻】zhuāngōng〔動〕專門研究：～中國美術史｜聞道有先後，術業有～。

【專櫃】zhuānguì〔名〕商店裏專門出售某種商品的櫃枱：醫療器械～｜中老年服裝～。

【專號】zhuānhào〔名〕（期）專為某一內容而編成的一期報刊：青年～｜國慶～｜短篇小說～。

【專橫】zhuānhèng〔形〕專斷強橫，任意妄為：～獨斷｜～暴戾｜～跋扈。

【專橫跋扈】zhuānhèng-báhù〔成〕專斷狂妄，任意妄為：這個犯罪團夥～，胡作非為，最終落入法網。

【專機】zhuānjī〔名〕（架）❶專為某人某事而飛行的飛機：派～去接代表來開會。❷某人專用的飛機：總統～。

【專家】zhuānjiā〔名〕（位）學有專長或擅長某項技藝的人：水稻～｜白蟻～（專門治白蟻的人）｜來了幾位老～。

【專家門診】zhuānjiā ménzhěn 醫院裏專門開設的，由副主任醫師以上醫學專家為病人診療的門診。

【專刊】zhuānkān〔名〕❶（期）報紙雜誌圍繞某項內容而編輯的一欄或一期：孫中山紀念～｜清代文學～。❷（本，份）由學術機構按專題編輯出版的單冊著作：魯迅研究～｜紀念五四運動～。❸（期）由群眾自寫自編的有專題內容的牆報、黑板報等：元旦～｜春節～。

【專科】zhuānkē〔名〕❶某一專業學科或門類：～辭書｜～病房。❷專科學校的簡稱：他有～文憑。

【專科學校】zhuānkē xuéxiào（所）實施專業教育的學校，有中等專科學校（中專）和高等專科學校（大專）之分：師範～｜水利～｜醫學～。簡稱專科。

【專控】zhuānkòng〔動〕（對某些商品的購買或銷售）進行專項控制：～商品。

【專款】zhuānkuǎn〔名〕（筆）規定專門用於某方

面的款項：下撥～，以應救災急需｜～專用。

【專欄】zhuānlán〔名〕❶報紙雜誌上專門刊登某類稿件的欄目：經濟～｜國際知識～｜～作家（經常為專欄供稿的作者）。❷指具有專題內容的牆報、黑板報、宣傳欄等：計劃生育～｜普及法律知識～。

【專利】zhuānlì〔名〕（項）對某項創造發明在一定時期內依法保障其持有者獨享權益的權利：～權｜申報～｜取得了～。

【專列】zhuānliè〔名〕❶為國家領導人、重要事情開行的列車：國家主席的～進站了｜鐵路部門春節期間安排了民工～。❷某人專用的列車。

【專賣】zhuānmài〔動〕❶國家指定專營機構經營某些產品，其他部門非經專營機構許可，不得生產和運銷：菸酒～｜歷史上食鹽曾實行過～。❷專門出售某一種類或某一品牌商品：～店｜女裝～。

【專賣店】zhuānmàidiàn〔名〕（家）專門出售某一種類或某一品牌商品的商店：煙花爆竹～｜嬰兒用品～。

【專門】zhuānmén ❶〔形〕屬性詞。有專長的；專業性強的：～人才｜小王在這方面曾受過～訓練。❷〔副〕特地；特別：這套衣服是～為你設計的｜他～愛吃媽媽做的飯。❸〔副〕表示僅限於某個範圍：這次會議～研究農民工權益保障問題。

【專名】zhuānmíng〔名〕❶專有名詞，如人名、地名、國名、朝代名等。❷某些專有名詞中表示個體屬性的部分（區別於“通名”），如“渭河”這個專有名詞中的“渭”是專名。

【專名號】zhuānmínghào〔名〕標點符號的一種，形式為“——”，用在橫行文字的下邊或竪行文字的左邊，表示人名、民族名、地名、國名、朝代名、單位名、機關團體名等。今多用於古籍整理或某些專著。

【專區】zhuānqū〔名〕中國在省或自治區內設置的一級行政區域，下轄若干縣、市。1975 年改稱地區。

【專權】zhuānquán〔動〕獨攬大權：領導者不能獨斷～，要充分發揚民主。

【專人】zhuānrén〔名〕專門承擔某項任務的人：文件派～送去｜夜裏有～值班｜由～負責。

【專任】zhuānrèn ❶〔動〕專門擔任某工作（區別於“兼任”）：～教師｜～輔導員｜總經理由你～，不再由董事長兼任。❷〔形〕屬性詞。專門擔任的（區別於“兼任”）：～教師｜～輔導員｜～秘書。注意“專任”同後面的名詞組合，可以是動賓結構，也可以是偏正結構。如“只專任教師，不兼任其他工作”，屬前者；“專任教師必須參加開會，兼任教師可自願參加”，屬後者。

Z

【專屬經濟區】zhuānshǔ jīngjìqū〔名〕從領海基線量起 200 海里，在領海之外並連接領海的一個區域。

【專題】zhuāntí〔名〕專門性問題；單獨處置的問題：~報告｜這五個~，由大家分頭去寫｜治理噪聲污染問題，可做~研究。

【專綫】zhuānxiàn〔名〕(條) ❶ 專用的鐵路綫：這是鋼鐵公司的~。❷ 專用的電話綫：為駐防部隊架設~。❸ 專用的供電綫：他家有~，不怕停電。

【專項】zhuānxiàng〔名〕專門設立的項目：~檢查｜~資金｜農業問題設立三個~，派人分別處理。

【專心】zhuānxīn〔形〕集中心意：~一意(注意力高度集中)｜~致志｜他幹活非常~｜這孩子無論學甚麼都很~。

┌─────────────────────────────┐
│ 辨析 專心、精心　"精心"着重表示特別用   │
│ 心，認真細緻；"專心"着重表示心思專一，不   │
│ 受干擾。前者強調用心的程度，後者側重用心   │
│ 的範圍。因此"精心製作""精心設計""精心安   │
│ 排"同"專心工作""專心聽講""專心學習"中   │
│ 的"精心"和"專心"都不能互換。   │
└─────────────────────────────┘

【專業】zhuānyè ❶〔名〕高等院校或中等專業學校所設置的學業門類：物理系光學~｜本院設有九個系二十多個~｜~課｜~知識。❷〔名〕科學研究機關或產業部門所分設的業務門類：~生產會議｜生產按~分工。❸〔形〕屬性詞。專門從事某種學業、職業或事業的：~歌手｜~作家｜~文藝工作者。❹〔形〕具有專業水平和知識的：他的發言很~。

【專業操守】zhuānyè cāoshǒu 港澳地區用詞。從事某些行業或職業的從業人員或機構應遵守的法律規範、職業規則、道德規範、行為準則等：~是每個從業者都須要遵守的｜這家銀行完全不顧~，竟將客戶的資料泄露給某些公司，從中牟利。

【專業戶】zhuānyèhù〔名〕中國農村中專門從事某種農副業的農戶或個人：植棉~｜養蜂~。

【專業課】zhuānyèkè〔名〕高等學校中，為使學生具備必要的專門知識和技能所設置的課程。

【專一】zhuānyī〔形〕專心一意：精神~｜感情~。

【專營】zhuānyíng〔動〕專由某一部門經營；專門經營(某類商品)：~商店｜~權｜對石油、鋼材等實行~。

【專用】zhuānyòng〔動〕(供某人或某種需要)專門使用：專款~｜這輛車供部長~。

【專員】zhuānyuán〔名〕(位，名) ❶ 擔任某種專職的官員：商務~｜禮賓司~。❷ 省、自治區派往專區(1975 年改稱地區)的負責人：~公署(省、自治區設立的派出機關，1978 年改稱行政公署)。

【專政】zhuānzhèng〔名〕統治階級對敵對階級和敵對分子所實行的強力統治：人民民主~｜依靠國家機器實行~｜~對象。

【專職】zhuānzhí ❶〔名〕由專人擔任的、側重於某項工作的職務：設置~｜各有~。❷〔形〕屬性詞。專門擔任某種職務的(區別於"兼職")：~副主席｜~幹部。

【專制】zhuānzhì ❶〔動〕統治者獨掌政權：君主~｜~思想。❷〔形〕獨斷專行：你未免太~了｜反對~作風｜他很~，一點不講民主。

【專注】zhuānzhù〔動〕集中注意：心思~｜眼睛~在黑板上。

【專著】zhuānzhù〔名〕(本，部)側重於某一方面的專門性著作：發表~｜出版~｜中國文學史~。

【專座】zhuānzuò〔名〕專門為某個人或某類人設立的座位：老幼病殘孕~。

膞 (胯)

zhuān 禽類的胃：鴨~。

磚 (砖)〈塼甎〉

zhuān ❶〔名〕(塊)用土坯燒製而成的長方形或方形建築材料。❷ 形狀像磚的東西：冰~｜金~｜~茶。❸ 比喻粗陋的事物或見解：拋~引玉。

┌─────────────────────────────┐
│ **古代的磚**   │
│ 中國素有"秦磚漢瓦"之說，說明秦漢時期建築   │
│ 裝飾的輝煌。除鋪地青磚為素面外，大多數磚   │
│ 面有米格紋、太陽紋、平行綫紋、小方格紋等   │
│ 紋飾，有的還印刻有射獵、宴客等圖案。秦始   │
│ 皇陵出土的一種大空心磚，呈橢圓形，表面有   │
│ 龍紋，代表當時最高的製磚水平。   │
└─────────────────────────────┘

語彙　茶磚　瓷磚　缸磚　煤磚　玻璃磚　耐火磚　空心磚　敲門磚　引玉之磚

【磚茶】zhuānchá〔名〕加工壓成的磚塊狀的茶葉：雲南~。也叫茶磚。

【磚坯】zhuānpī〔名〕(塊)用土和煤渣等製成的磚的毛坯(燒製後即成磚)。

【磚頭】zhuāntóu〔名〕(塊)碎磚。

【磚頭】zhuāntou〔名〕(塊)(北方官話)磚。

【磚窯】zhuānyáo〔名〕(座)燒磚的窯。

顓 (颛)

zhuān ❶〈書〉蒙昧無知：~蒙｜~愚。❷〈書〉同"專"：~門｜~擅。❸(Zhuān)〔名〕姓。

【顓孫】Zhuānsūn〔名〕複姓。

【顓頊】Zhuānxū〔名〕傳說中的上古帝王名。

zhuǎn ㄓㄨㄢˇ

轉 (转)

zhuǎn〔動〕❶ 旋轉；改換方向、形勢等：~身｜風~舵｜~危為安｜風向南～北。❷傳送；經別人或別地間接送到：～遞｜你的信今天能～到。

　　另見 zhuǎi（1788 頁）；zhuàn（1793 頁）。

語彙　暗轉　倒轉　掉轉　好轉　回轉　流轉　逆轉　扭轉　偏轉　婉轉　旋轉　運轉　輾轉　中轉　周轉

【轉包】zhuǎnbāo〔動〕把自己承包下來的工程、項目等轉給其他人承包：～土地｜～合同。

【轉變】zhuǎnbiàn〔動〕轉換；變化：態度～了｜他的思想～了。

【轉播】zhuǎnbō〔動〕（廣播電台、電視台）把別的電台或電視台的節目播放給聽眾或觀眾：觀眾要求電視台～世界女子排球比賽｜～中央台春節聯歡晚會節目。

【轉產】zhuǎnchǎn〔動〕（工廠）停止生產原來的產品，轉而生產別的產品：這家軍用器材工廠已經～民用器材。

【轉車】zhuǎn // chē〔動〕途中改乘別的綫路的車輛：到鄭州～｜途中得轉兩次車。

【轉達】zhuǎndá〔動〕把一方的意思轉告另一方：請～我對他的問候｜我一定把你的原話～給他。

【轉動】zhuǎndòng〔動〕轉着身子活動；身體或物體的某個部分自由活動：～～身子，活動一下筋骨｜這種洋娃娃的四肢可以自由～。

　　另見 zhuàndòng（1793 頁）。

【轉幹】zhuǎngàn〔動〕由工人編制轉為幹部編制。

【轉崗】zhuǎngǎng〔動〕轉換工作崗位：對部分工人進行～技術培訓。

【轉告】zhuǎngào〔動〕把一方的話告知另一方：請～你哥哥，我改日再來｜關於開會的時間，請分頭～一下。

【轉軌】zhuǎnguǐ〔動〕轉入另一軌道運行。比喻改變原來的體制，轉變方向等：～變型｜推動農村經濟從自然經濟、半自然經濟向商品經濟～｜從軍工生產～民用生產。

【轉化】zhuǎnhuà〔動〕❶哲學上指事物向相反的方面轉變：由後進～為先進｜矛盾雙方在一定條件下可以互相～。❷變化；轉換：善於把資源優勢～為經濟優勢。

【轉換】zhuǎnhuàn〔動〕一種情況代替原來的情況；改換：汽車正～方向，要坐穩｜話題～了。

【轉會】zhuǎn // huì〔動〕職業運動員從一個俱樂部效力轉到為另一個俱樂部效力：～制｜～合同｜不能限制運動員合理～。

【轉機】zhuǎnjī ㊀〔名〕（病情或事情）由壞的狀態向好的狀態轉變的跡象或可能性：病情出現～｜局勢開始有了～。㊁〔動〕途中從陸路水路交通工具改乘飛機或空中旅行途中換乘另一航班飛機：船到上海後～去廣州｜先飛往上海再～到舊金山。

【轉基因】zhuǎnjīyīn〔動〕運用遺傳工程技術，將某種生物的基因轉入另一種生物的基因組中，從而產生具有特定優良遺傳性狀的物質。

【轉嫁】zhuǎnjià〔動〕把自己的困難、負擔、罪名等轉移給別人：不能把原材料漲價的負擔～給廣大消費者。

【轉交】zhuǎnjiāo〔動〕把一方的東西交給收東西的一方：這包衣服請你～給他。

【轉口】zhuǎnkǒu〔動〕貨物經過一個港口運到另一個港口或通過一個國家運到另一個國家：～貿易。

【轉捩點】zhuǎnlièdiǎn〔名〕轉折點：世界歷史的～。

【轉錄】zhuǎnlù〔動〕把磁帶上的音、像錄到另一磁帶上：磁帶都用來～喜歡的歌了。

【轉念】zhuǎnniàn〔動〕轉換念頭；改換思路：～一想，他說的也有些道理｜剛剛答應了的事，怎麼一～就變了？注意 "轉念" 的前後常用 "一"，而且只能用 "一"。

【轉蓬】zhuǎnpéng〔名〕〈書〉隨風飄轉的蓬草；形容漂泊不定的身世：命如～。

【轉讓】zhuǎnràng〔動〕❶把自己得到的方便或好處轉給別人享有：優待證只限本人使用，不得～。❷把自己的東西賣給別人：股票不記名，允許～｜房屋～，欲購從速。

【轉入】zhuǎnrù〔動〕轉到某個範圍內；轉到某種狀態中：～敵人後方｜～地下鬥爭｜全面～正常｜他從復旦大學～南京大學繼續學習。

【轉身】zhuǎn // shēn〔動〕❶轉過身子朝向另一方：我不愛聽，～就出了會場｜她轉過身去，不理他。❷比喻剛過一會兒：～就忘。

【轉生】zhuǎnshēng〔動〕佛教指人、動物死後轉世再生。

【轉世】zhuǎnshì〔動〕❶轉生。❷重新轉入人世間。特指藏傳佛教的首領（活佛）圓寂後，由寺院上層集團以降神、占卜等方式，到民間尋訪在該活佛圓寂日同時出生的若干嬰兒，從中選定一名靈童作為他的繼承人：活佛～｜～靈童。

【轉手】zhuǎn // shǒu〔動〕倒（dǎo）手；把從一方取得或買得的東西交給或賣給另一方：你直接交給他吧，不必讓別人～｜這批貨物一～，就能賺不少錢。

【轉述】zhuǎnshù〔動〕把一方的話向有關的人敘述：老師的話我會向同學～。

【轉瞬】zhuǎnshùn〔動〕轉眼：如電光石火，～即逝｜～之間，即將畢業。

【轉彎】zhuǎn // wān（～兒）〔動〕❶行路轉變方向；拐彎兒：從這裏回家，～兒就到｜你打這兒往東走再轉個彎兒就到了。❷比喻轉變思路：我這腦袋裏瓜子怎麼也轉不過彎兒來。❸比喻轉移話題或言在此意在彼：他怕老人生氣，所以轉

Z

了個彎兒說"我明天再來看您"│說話要直截了當，何必～兒抹角！

【轉彎抹角】zhuǎnwān-mòjiǎo〔成〕拐彎抹角。

【轉危為安】zhuǎnwēi-wéi'ān〔成〕從危急狀態轉化為安全狀態：經醫生全力搶救，病人已～│採取了斷然措施，終於使局勢～。

【轉文】zhuǎn∥wén "轉文"zhuǎi∥wén 的又讀。

【轉向】zhuǎnxiàng〔動〕❶轉換行進的方向：汽車突然～，往東開去。❷改變立場、態度等（多用於消極方面）：白色恐怖一來，他馬上～投降了。
另見 zhuànxiàng（1793 頁）。

【轉型】zhuǎnxíng〔動〕❶轉換產品的型號或轉換生產的門類：這個廠正處在～階段。❷社會經濟結構、價值觀念、文化形態及生活方式等方面發生轉變：社會～時期，難免問題多。

【轉學】zhuǎn∥xué〔動〕從原校轉到另一個學校學習：搬家以後他就～了│他～是因為家長調動了工作│因為中途轉了學，結果多讀了一年才畢業。

【轉眼】zhuǎnyǎn〔動〕一眨眼；只經過極短時間：新年剛過，～又是春節了。也說一轉眼。

【轉業】zhuǎnyè〔動〕特指中國人民解放軍的幹部因服役期滿或工作需要轉到地方工作：他從部隊～後，一直在學校工作。

【轉移】zhuǎnyí〔動〕❶改換方位或地方：～視綫│部隊～了│這麼多機器設備，一兩天可以～不了。❷轉變；改變：客觀規律是不以人的主觀意志為~的。

【轉義】zhuǎnyì〔名〕❶泛指由原義轉化而成的意義，包括引申義和比喻義。如"孩"的本義是"小兒笑"，"幼童"是其引申義；"鐵"的本義是"一種金屬"，而"堅硬、堅強、確定不移"等都是它的比喻義。❷特指由原義、故事、成語等轉化而成的意義。如"簡"原指"古人用來寫字的竹片"，轉義指"書信"；"推敲"原指兩種動作，因有"僧敲(推)月下門"的故事，轉而指"斟酌文章字句"的意思。

【轉院】zhuǎnyuàn〔動〕病人從一家醫院轉到另一家醫院治療：～證明│～手續│～救治。

【轉運】zhuǎnyùn ㊀(-∥-)〔動〕迷信指運氣開始好轉：吃了這麼些年苦，也該～了│扭虧為盈，這家公司可轉了運了。㊁〔動〕把東西再運到別的地方去：大批貨物經由上海～內地。

【轉載】zhuǎnzǎi〔動〕刊登別的報刊上發表過的文章：校刊上的一篇文章被報紙～了│今天各地報紙都在頭版～了《人民日報》社論。

【轉贈】zhuǎnzèng〔動〕把別人贈送的東西轉送給另一人：這床毛毯是大哥送給我的，現在～給你│寄上新書一冊，如果你已經有了，就請～朋友吧。

【轉戰】zhuǎnzhàn〔動〕在不同地區連續作戰：早

年他曾～長城內外和大江南北。

【轉賬】zhuǎn∥zhàng〔動〕發生交易時，不收付現金，只在雙方賬戶上記明其收付關係：到銀行轉個賬就行│～結算。

【轉折】zhuǎnzhé〔動〕❶情況的發展改變了原來的趨勢：世界形勢急劇～。❷(言語或文章)由一層意思轉到另一層意思：從頭到尾平鋪直敘，為甚麼不～一下呢？

【轉折點】zhuǎnzhédiǎn〔名〕使事物發展進程發生根本變化的事件；事物發展進程中發生根本變化的時刻：這一戰役是整個戰爭的～│今天便是我廠從連年虧損到開始盈利的～。也說轉捩點。

【轉正】zhuǎn∥zhèng〔動〕非正式的或臨時的成員按條件轉為正式成員：剛參加工作的人要等試用期滿才能～│轉了正以後，他對自己要求更嚴格了。

【轉制】zhuǎnzhì〔動〕轉變體制；轉換機制：促使企業～│經過重組和～，公司效益大幅提高。

【轉注】zhuǎnzhù〔名〕六書之一。有不同的解釋。較為可信的一種說法是：意義上相同或相近的字彼此可以互相解釋的一種方法。如《說文解字》"老"字的解釋是"考也"，"考"字的解釋是"老也"，以"考"注"老"，以"老"注"考"，所以叫"轉注"。

【轉租】zhuǎnzū〔動〕把租來的東西轉手租出去；租用別人租來的東西：租來的房子準備～分出去│這間屋子是向二房東～的。

zhuàn ㄓㄨㄢˋ

沌 Zhuàn 沌河，水名。在湖北，流經漢陽沌口入長江。
另見 dùn（331 頁）。

塼 zhuàn〈書〉❶耕田翻土。❷田邊土壟；高壟。

瑑 zhuàn〈書〉❶玉器上面雕刻的隆起的花紋。❷在玉器上雕刻花紋：常玉不～，不成文章；君子不學，不成其德。

傳(传) zhuàn ❶指解說經義的文字：經～│《春秋左氏～》。❷〔名〕傳記：小～│自～│魯迅～。❸敘述歷史或人物故事的作品(多用於作品名)：《射雕英雄～》。
另見 chuán（199 頁）。

語彙 別傳 經傳 列傳 內傳 評傳 外傳 小傳 自傳 樹碑立傳 言歸正傳

【傳記】zhuànjì〔名〕(篇)記述人物生平事跡的作品：名人～│～文學(用文學手法再現人物生平的一種文學體裁)。注意"傳記"一般不用於篇名或書名，但可以用作刊物的名稱，如《傳記文學》是一種期刊。

【傳略】zhuànlüè〔名〕(篇)行文簡略的傳記：茅盾～｜為烈士們寫～。

僎 zhuàn〈書〉才具；才能。

撰（譔）zhuàn 寫作；著述：～文｜～稿。

語彙　編撰　杜撰

【撰述】zhuànshù ❶〔動〕〈書〉寫作；著述：以～為樂｜長年～不輟。❷〔名〕撰述的作品：一生～甚豐。

【撰寫】zhuànxiě〔動〕寫作：～論文。

【撰著】zhuànzhù ❶〔動〕〈書〉寫作：～學術論文｜本書由集體～。❷〔名〕(本,部)著作：老師～多種,將陸續出版。

篆 zhuàn ❶篆書：～體｜真草隸～。❷〈書〉用篆書寫：～額(用篆字寫在碑額上)。❸〈書〉指印信,特指官印：接～(指接任)｜卸～(指卸任)｜攝～(指代理官職)。

語彙　大篆　接篆　秦篆　攝篆　小篆　卸篆

【篆刻】zhuànkè ❶〔動〕雕刻印章。印章印字體多用書書,故稱：～藝術。❷〔名〕篆刻的圖章：～展覽。

篆刻藝術概說

刻製印章一般先寫後刻。大藝術家則是用刻刀直接在印石上鐫刻,且採用單刀手法,一刀下去即成,不用修改。篆刻作為一門藝術,從書法上說,有篆、隸、正楷等字體；從刀法上說,講求腕力,刻刀素有「鐵筆」之稱；從章法上說,既注重字與字、筆畫與筆畫之間的疏密適當,更注重印出後筆畫和紅、白二色組織的圖案的美感。中國的篆刻藝術講究在一方小小天地裏,創造出優美的藝術境界。

【篆書】zhuànshū〔名〕漢字的一種字體,含大篆、小篆。筆畫圓勻,結構整齊,是漢魏以前通用的一種字體。大篆一名籀文,傳為周宣王時太史籀所作。小篆為秦李斯所整理,故又稱秦篆。狹義的篆書專指小篆,如《說文解字》的字頭。

和平萬歲

賺（賺）zhuàn ❶〔動〕獲得利潤(跟"賠"相對)：～錢｜一年～到五萬元。❷〔動〕(吳語)掙(錢)：～工資｜每月～五百元錢。❸(～兒)〔名〕(北京話)賺頭：有～兒。

另見 zuàn(1825頁)。

【賺錢】zhuàn//qián〔動〕獲得利潤、收益或報酬：這個生意很～｜他很會～｜做買賣賺了一筆錢。

【賺頭】zhuàntou(～兒)〔名〕〈口〉利潤：小本生意沒有多少～。

篡 zhuàn〈書〉❶同"饌"。❷同"撰"。
另見 zuǎn "纂"(1825頁)。

轉（转）zhuàn ❶〔動〕轉動：風車被風吹得直～｜輪子怎麼不～了？❷〔動〕繞着某個中心移動；來回移動：有個陌生人在門口來回～｜這個問題老在我腦子裏～。❸〔量〕(吳語)旋轉一圈兒或繞一圈兒為一轉：我上街就一～就來。

另見 zhuǎi(1788頁)；zhuǎn(1790頁)。

語彙　打轉　倒轉　飛轉　公轉　空轉　輪轉　自轉　二人轉　連軸轉　捻捻轉兒

【轉動】zhuàndòng〔動〕❶物體圍繞一個點或一個軸運動：地球繞太陽～,同時繞地軸～。❷使轉動：～把手兒門就打開了。
另見 zhuǎndòng(1791頁)。

【轉爐】zhuànlú〔名〕(座)冶煉鋼鐵的一種,在冶煉過程中爐體可根據生產需要而轉動：～煉鋼法。

【轉門】zhuànmén〔名〕可以旋轉的門,由幾扇門扇固定在轉軸上構成。

【轉盤】zhuànpán〔名〕❶留聲機等器械上能夠旋轉的圓盤。❷便於鐵路機車等轉向或轉轍的圓盤形設備,上面鋪有軌道,能用人力、電力等使它轉動。❸在交叉路口方便汽車轉彎的圓盤形公路。也叫環島。❹雜技項目的一種,演員雙手各持若干細竿,每根細竿上頂着一個盤子不停地旋轉,演員變換種種姿勢,盤子仍旋轉不停。也叫轉碟。

【轉速】zhuànsù〔名〕物體做圓周運動的速度(在單位時間內轉動的圈數)：～計。

【轉台】zhuàntái〔名〕❶中心部分可以旋轉的舞台,便於演出時迅速換景。❷餐桌上安放的可以轉動的圓台,用來放置菜餚等,便於就餐。

【轉向】zhuànxiàng〔動〕❶(-//-)迷失方向：暈頭～｜初到一個地方,走路容易～｜到現在還回不來,他大概轉了方向了。❷比喻分不清是非：在緊要關頭可不能～啊。
另見 zhuǎnxiàng(1792頁)。

【轉椅】zhuànyǐ〔名〕❶(把)安裝在螺旋軸上能轉動的椅子。❷兒童遊樂器械。在大轉盤上安裝若干小椅子,兒童坐在上面隨轉盤旋轉娛樂。

【轉悠】(轉遊)zhuànyou〔動〕❶〈口〉靈活地轉動：眼珠子一～,想出了一個主意。❷漫步；閒走：到大街上～～。

【轉軸】zhuànzhóu〔名〕安裝在器具上可以轉動的軸。

饌（饌）〈籑〉zhuàn〈書〉食物；飲食：～餚｜盛～。多用於稱

Z

人相邀而設的豐盛宴席。

囀（啭）zhuàn/zhuǎn〈書〉鳥類婉轉地鳴叫：鳥～鶯啼。

zhuāng ㄓㄨㄤ

妝（妆）〈粧〉zhuāng ❶ 打扮；化妝：梳～｜濃～｜淡～。❷ 女子或演員身上的裝飾：紅～｜卸～。❸ 女子出嫁時娘家陪送的衣物、房產或錢財：嫁～｜～奩。

語彙 淡妝 化妝 嫁妝 靚妝 凝妝 濃妝 梳妝 卸妝

【妝奩】zhuānglián〔名〕原指女子梳妝用的鏡匣；後泛指嫁妝：備辦～。

【妝飾】zhuāngshì ❶〔動〕打扮：略加～｜着意～。❷〔名〕妝飾出來的模樣：～華麗｜艷麗的～。

莊（庄）zhuāng ㊀❶（～兒）〔名〕村莊：張家～｜這個～兒到那個～兒很近。❷ 封建時代皇室、貴族等所佔有的大片土地：皇～｜～園｜～田（封建莊園的田地）｜～客（封建莊園的農民）。❸ 城外消閒休養用的園林房舍：避暑山～。❹ 舊時稱規模較大或專營批發的商店：飯～｜錢～｜茶～｜綢緞～。❺〔名〕莊家：坐～｜現在是誰的～？❻（Zhuāng）〔名〕姓。
㊁莊重：亦～亦諧。

語彙 村莊 端莊 飯莊 鍋莊 皇莊 票莊 錢莊 山莊 田莊 坐莊

【莊戶】zhuānghù〔名〕農家；農戶：他是個～人｜村子裏住的都是～人家。

【莊家】zhuāngjia〔名〕(位) ❶ 打牌或賭博時每一局的主持者，多由參加者輪流擔任。❷ 股市交易中資金雄厚、買賣數額巨大、足以左右行情走勢的投資者。

【莊稼】zhuāngjia〔名〕生長着的農作物（多指糧食作物）：種～｜～長得很好｜肥多～旺。

【莊嚴】zhuāngyán〔形〕佛家指裝飾美盛；引申為端莊而嚴肅：追悼會會場～肅穆｜節日的天安門顯得格外～、雄偉和美麗。

〔辨析〕**莊嚴、莊重** a)"莊嚴"一般只用於人，不能用於物，如說"他的態度莊重"，但是不能說"他的住房莊嚴"，"莊嚴"可以指人的神態，還可以指重大事物形成的氣勢，如"莊嚴的天安門"。b)"莊重"的意思着重在不隨便、不輕浮，"莊嚴"的意思着重在端莊而嚴肅，如"態度莊重"屬於前者，"神態莊嚴"屬於後者。

【莊園】zhuāngyuán〔名〕(座) 封建時代皇室、貴族、大地主、寺院等佔有的大片土地，含一個或多個村莊。現在有些國家中的大種植園也叫莊園。

【莊重】zhuāngzhòng〔形〕(言談舉止) 嚴肅端正；不輕浮（跟"輕佻""輕浮"相對）：她的神態很～｜他說話～大方。

【莊子】Zhuāngzǐ〔名〕即莊周（約前369- 前286），戰國時宋國蒙（今河南商丘市東北）人，道家學派的代表人物之一。相傳楚威王聞其名，厚幣以迎，許以為相，他推辭不就。思想觀點上尊崇老子，主張清靜無為。著書十餘萬言，編成《莊子》，又稱《南華經》，是道家經典之一。

【莊子】zhuāngzi〔名〕〈口〉村莊：今天～裏可熱鬧了｜這幾年我們～富足了。

裝（装）zhuāng ㊀❶〔動〕把東西放入容器內：舊瓶～新酒｜口袋小，～不下。❷〔動〕把物品放到運輸工具上（跟"卸"相對）：～車｜～船｜～貨。❸〔動〕裝配；安裝：～鎖｜暖氣～上了。❹裝訂：精～｜平～｜簡～。
㊁❶〔動〕修飾；化裝；扮演：～扮｜搞地下工作時，他～成一個賣藥的｜這齣戲裏她～紅娘。❷〔動〕假裝；故意做作：～樣｜～腔作勢｜不懂不要～懂。❸ 服裝：古～｜時～｜西～｜奇～異服。❹ 裝備：輕～上陣｜整～待發。❺ 演員化裝時穿戴塗抹的東西：上～｜下～｜卸～。❻（Zhuāng）〔名〕姓。

語彙 安裝 包裝 便裝 春裝 短裝 服裝 改裝 古裝 紅裝 化裝 假裝 精裝 軍裝 平裝 喬裝 輕裝 戎裝 散裝 盛裝 時裝 偽裝 武裝 西裝 戲裝 綫裝 行裝 洋裝 卸裝 整裝 治裝 中裝 着裝 總裝 組裝 學生裝 中山裝

【裝扮】zhuāngbàn〔動〕❶ 裝飾；打扮：～得十分華麗｜女孩子都愛～。❷ 扮演：他在戲中～成老太婆。❸ 假裝；偽裝：他～成殘疾人行乞。

〔辨析〕**裝扮、打扮** a)二者都有裝飾，使外表好看的意思，如"節日的天安門打扮得分外壯麗""國慶佳節，首都北京讓鮮花裝扮得分外妖嬈"。b)"打扮"還是名詞，意思是打扮成的樣子，衣着服飾，如"學生打扮""看他這身打扮，很像一個搞藝術的"。"裝扮"不能這樣用。

【裝備】zhuāngbèi ❶〔動〕配備給軍隊武器、軍事用品等：用新式武器去～部隊。❷〔名〕(套) 配備起來的武器、彈藥等：現代化的武器～｜部隊的～很先進。

【裝點】zhuāngdiǎn〔動〕裝飾點綴：新家～得很漂亮｜此關山，今朝更好看。

【裝訂】zhuāngdìng〔動〕把書刊印張或相對零散的紙頁加工成冊：書是印好了，可還沒～。

【裝瘋賣傻】zhuāngfēng-màishǎ〔成〕假裝瘋顛、痴呆的樣子：此人被抓獲以後，一直～，拒不交代。

【裝裹】zhuāngguo ❶〔動〕為死者穿衣整裝：～

起來｜～已畢。❷〔名〕指死者入殮時的穿戴等：這身～是生前就預備下的。

【裝糊塗】zhuāng hútu〔慣〕假裝自己不清楚，以迴避責任或矛盾：這事就是你做的，別～了｜事情明擺在這兒，你裝甚麼糊塗！

【裝潢】（裝璜）zhuānghuáng ❶〔動〕原指用黃檗汁染成的紙來裝裱書畫，現泛指裝飾物品、房屋等；也比喻對不好的東西加以粉飾：～設計｜店面｜商品經過～，更富於吸引力了｜這家皮包公司開張時僱了幾個職員來～門面。❷〔名〕指物品、房屋等外表的裝飾：古樸典雅的～｜這本書的～相當華麗。

【裝幌子】zhuāng huǎngzi〔慣〕假裝樣子給人看：那些書全是買回來～的。

【裝甲兵】zhuāngjiǎbīng〔名〕❶以坦克、自行火炮和其他裝甲車輛為基本裝備的兵種，是陸軍的重要突擊力量。❷（名）這一兵種的士兵。也叫坦克兵。

【裝甲車】zhuāngjiǎchē〔名〕（輛）裝有防彈鋼板和戰鬥武器的軍用車輛。也叫鐵甲車。

【裝假】zhuāng//jiǎ〔動〕裝成某種假象，而將真相隱蔽着：他說生病是～，就是不想來｜我從來裝不了假。

辨析 裝假、假裝　a）"假裝"指故意做出一種不真實的動作，如"假裝睡着了""假裝聽懂了對方的話"；"裝假"指實際上不是那樣而故意裝成那樣，如"你又裝假了""我為甚麼要裝假"。b）"假裝"可以帶賓語，如"他假裝小王""假裝正經"；"裝假"不能帶賓語，如不能說"他裝假小王"或"裝假正經"。

【裝殮】zhuāngliàn〔動〕給死者穿戴好並放進棺材：兵荒馬亂，死者來不及～就草草掩埋了。

【裝聾作啞】zhuānglóng-zuòyǎ〔成〕假裝聾啞，表示未聽到。指對事情裝作不知道，不想或不願過問：我也管不了這些，只好～。

【裝門面】zhuāng ménmian〔慣〕比喻為了表面好看而粉飾點綴：他早已入不敷出了，卻還要請客送禮～。

【裝模作樣】zhuāngmú-zuòyàng〔成〕為掩蓋真相故意做出某種姿態：不要～了，你的事同案犯都說了｜不懂就是不懂，不要～充內行。

【裝配】zhuāngpèi〔動〕組裝；配套：機器部件一到，工人馬上進行～｜精心～調試。

【裝腔作勢】zhuāngqiāng-zuòshì〔成〕為引人注意或嚇唬人，故意裝出某種腔調，擺出某種姿態：專愛在生人面前～，顯示自己｜你別～嚇唬人，沒有誰怕你。

【裝傻充愣】zhuāngshǎ-chōnglèng〔成〕假裝呆傻糊塗的樣子。

【裝神弄鬼】zhuāngshén-nòngguǐ〔成〕原指巫師裝扮成鬼神騙人。多比喻玩弄花招矇騙人：那些～的偽氣功最容易使人走火入魔。

【裝飾】zhuāngshì ❶〔動〕在身體、物體上加上能使美觀的東西：牆上用浮雕～｜彩霞把天空～得非常絢麗｜～音（旋律音的附加音）。❷〔名〕指裝飾品：有了這些～，大廳更顯得雅致了。

【裝飾品】zhuāngshìpǐn〔名〕❶（件）起裝飾作用的物品：書房裏到處是書，甚麼～也沒有。❷比喻只圖形式、不求實效的事物：不能把職工代表大會變成一種～。

【裝束】zhuāngshù ❶〔名〕衣着；穿戴：看他們的～就知道不是本地人。❷〔動〕〈書〉整理行裝：～停當。

【裝蒜】zhuāng//suàn〔動〕〈口〉裝糊塗；裝腔作勢：事情的經過你最清楚，別～啦！｜你比我多認不了兩個字，裝甚麼蒜？

【裝填】zhuāngtián〔動〕將炮彈、火藥等裝入槍炮；往凹處裝塞：～火藥｜一連～了二十多發炮彈｜向坑內～沙土。

【裝卸】zhuāngxiè〔動〕❶往運輸工具上放進或卸下物品：～貨物｜～工｜～碼頭。❷組裝和拆卸（機件）：～手槍｜老師傅～自行車的本領可高了。

【裝熊】zhuāngxióng〔動〕裝出軟弱無能的模樣：那傢伙可會～哩｜別～啦，誰還不了解誰！

【裝修】zhuāngxiū〔動〕裝潢和修飾（房屋）：我家正在～｜內部～，暫停營業。

【裝運】zhuāngyùn〔動〕裝載並運輸：～鋼材｜這批貨物由公司負責～。

【裝載】zhuāngzài〔動〕裝上車、船、飛機並運輸：～救災物資。

【裝幀】zhuāngzhēn（舊讀 zhuāngzhèng）〔名〕原指書法、繪畫作品的裝潢、裱褙形式；現指書籍、期刊的封面、扉頁、版面、插圖、裝訂的款式設計：～工藝｜這套叢書的～十分考究｜紙質書的～是電子書無法比擬的。

【裝置】zhuāngzhì ❶〔動〕安裝；配置：～防盜報警系統。❷〔名〕（件）指機器、儀器或其他設備中，某種構造複雜、具有獨立功能的機器或配件：雷達～｜自動化～。

【裝作】zhuāngzuò〔動〕假裝；裝扮成（必帶賓語）：～啞巴｜～酒醉的樣子｜～睡着了。

椿（桩）zhuāng ❶〔名〕椿子：界～｜絆人的～不在高｜一個籬笆三個～，一個好漢三個幫。❷〔量〕件（多用於事情）：一～～，一件件，牢記在心間｜這～事由我負責。❸（Zhuāng）〔名〕姓。

語彙 打椿　界椿　竹尖椿

【椿子】zhuāngzi〔名〕（根）一頭插入地裏的木棍或石柱等：這是兩縣分界的～｜樓房下面的～打得很深。

zhuǎng ㄓㄨㄤˇ

奘 zhuǎng〔形〕(北京話)❶粗大：這棵樹長得真~｜小夥子身體可~了。❷富裕；闊綽：日子越過越~。

另見 zàng（1693頁）。

zhuàng ㄓㄨㄤˋ

壯（壯）zhuàng ㊀❶ zhuàng/zhuǎng〔形〕強壯：身強力~｜兵強馬~｜表~不如裏~（表面看似健康，不如內裏結實）。❷雄壯：~志｜師直為~（氣壯，有力量）｜老當益~。❸〔形〕肥壯；肥大：人怕出名豬怕~。❹〔動〕加大；使壯大：~膽｜以~聲威。❺〔量〕中醫灸法治病，用艾絨熏灼一次叫一壯。❻（Zhuàng）〔名〕姓。

㊀（Zhuàng）壯族：~劇｜~錦。

語彙 悲壯 粗壯 膽壯 肥壯 豪壯 健壯 精壯 強壯 少壯 雄壯 茁壯 兵強馬壯 老當益壯 身強力壯

【壯大】zhuàngdà ❶〔形〕強大：科技隊伍不斷~。❷〔動〕使強大：~自己的力量｜~我們的隊伍。

【壯膽】zhuàng // dǎn〔動〕使加大膽量；使增加勇氣：多給他撐腰~｜我們陪他去，給他壯一壯膽。

【壯丁】zhuàngdīng〔名〕(名)舊時指達到當兵或服役年齡的青壯年男子：抓~(抓人當兵)｜村裏剩下的~已經不多了。

【壯工】zhuànggōng〔名〕(名)沒有技術專長，只能從事輔助性體力勞動的工人。

【壯觀】zhuàngguān ❶〔名〕壯麗雄偉的景象：日出的~持續了一個多小時。❷〔形〕景象壯麗而雄偉：燈火輝煌的大壩工地顯得十分~｜影片展現了氣勢~的戰爭場面。

【壯錦】zhuàngjǐn〔名〕壯族手工所織的有彩色花紋的絲織品。色彩鮮艷，圖案別緻，壯族人把它作為幸福的象徵，婚嫁生育時互相贈送。廣西賓陽是壯錦的主要產地。

【壯舉】zhuàngjǔ〔名〕豪邁的舉動；壯烈的行為：空前的~｜登月是人類歷史上的一大~。

【壯闊】zhuàngkuò〔形〕❶形容聲勢浩大，雄壯開闊：波瀾~｜~的旋律。❷闊大；宏偉：規模~｜中山陵高敞~。

【壯麗】zhuànglì〔形〕❶（山川）雄壯美麗：~的景色｜山河更加~。❷（事業、業績）宏偉燦爛：~的青春｜~的歷史篇章。

【壯烈】zhuàngliè〔形〕豪壯不屈有氣節：~地犧牲了｜他死得很~。

【壯門面】zhuàng ménmian〔慣〕比喻使外表有氣派；使很有面子：兒子很有出息，使他這個當爹的覺得挺~｜小店開張時為了~，還請來樂隊，吹吹打打。

【壯年】zhuàngnián〔名〕壯盛之年；三四十歲的年紀：他現在正是~，精力充沛。

【壯實】zhuàngshi〔形〕健壯結實：~的身體｜他長得很~。

【壯士】zhuàngshì〔名〕(位，名)豪壯而勇敢的人：紅粉贈佳人，寶劍贈~｜將軍百戰死，~十年歸。

【壯心】zhuàngxīn〔名〕〈書〉壯志：烈士（建功立業之士）暮年，~不已｜商海浮沉多年，他~盡失。

【壯行】zhuàngxíng〔動〕為遠行者舉行送別儀式以壯行色：為南極科學考察團~。

【壯志】zhuàngzhì〔名〕遠大的抱負；宏偉的志向：雄心~｜胸懷~｜~豪情。

【壯志凌雲】zhuàngzhì-língyún〔成〕壯志直上雲霄。形容志向非常遠大：許多青年志在報國，~。

【壯族】Zhuàngzú〔名〕中國少數民族之一，人口約 1692.6 萬（2010 年），是人口最多的少數民族，主要分佈在廣西，少數散居在雲南、廣東、貴州、湖南等地。宋朝作橦族，後作僮族，1965 年改為今字。壯語是主要交際工具，有本民族文字。

狀（狀）zhuàng ❶ 形狀；狀態：奇形怪~｜驚恐萬~。❷ 狀況：情~｜現~｜症~。❸ 陳述人物事跡的文字：傳（zhuàn）~｜行（xíng）~。❹ 訴狀：供~｜告~。❺ 有關獎、懲、委任的文書：獎~｜軍令~｜委任~。❻ 陳述；描摹：不可名~｜繪景~物。

語彙 保狀 病狀 慘狀 告狀 供狀 獎狀 名狀 摹狀 情狀 訴狀 無狀 現狀 行狀 形狀 言狀 症狀 罪狀 軍令狀 責任狀

【狀況】zhuàngkuàng〔名〕事物表現出來的狀態或情況：生活~｜健康~｜及時了解學生的思想~。

【狀態】zhuàngtài〔名〕人或事物呈現出來的狀況或情態：緊急~｜精神~良好。

【狀態詞】zhuàngtàicí〔名〕形容詞的一個附類，與屬性詞相區別，表示人或事物的狀態，帶有生動的描寫色彩，如雪白、冰涼、紅撲撲、白花花、金燦燦、黑黢黢、黑不溜秋等。

【狀語】zhuàngyǔ〔名〕動詞、形容詞前的表示程度、方式、時間、處所、狀態等的修飾語。副詞、形容詞以及表時間、處所、狀態的詞都可以做狀語，如"天很冷"裏的"很"（程度），"空喊一陣"裏的"空"（方式），"他時常遲到"裏的"時常"（時間），"咱們屋裏談"裏的"屋裏"（處所），"你老實說吧"裏的"老實"（狀態）。狀語有時可以放在主語前邊，如"忽然電燈滅了"裏的"忽然"。

【狀元】zhuàngyuan〔名〕❶科舉時代最高層級考試考中者的最佳稱號。唐朝以第一名進士為狀元；宋朝稱殿試第一名為狀元，有時第二、三名也稱狀元；元、明、清僅指殿試一甲第一等第一名。❷比喻某一行業中成績最好的人：三百六十行，行行出～｜只有～徒弟，沒有～師傅。

【狀子】zhuàngzi〔名〕（份，張）〈口〉訴狀：寫～｜把～交上去。

僮 Zhuàng 中國少數民族"壯族"的"壯"字原寫作僮。
另見 tóng（1357 頁）。

撞 zhuàng ❶〔動〕敲；擊：～巨鐘，擊鳴鼓｜做一天和尚～一天鐘。❷〔動〕人或物在運動中別的人或物猛然碰上：汽車～人了｜頭上～了個大包｜不～南牆不回頭。❸〔動〕無意中遇見：今天在路上～着我表弟了｜多年不見的老同學想不到會在北京～上了。❹〔動〕試探；碰：～～運氣再說｜這回你可～着好機會了。❺〔動〕莽撞行事：亂衝亂～。❻（Zhuàng）〔名〕姓。

語彙 衝撞 頂撞 莽撞 碰撞 白日撞 跌跌撞撞 橫衝直撞

【撞車】zhuàng // chē〔動〕❶車輛互相碰撞：防止～事故｜從來沒有撞過車。❷比喻時間上衝突或內容上碰巧相同：每逢開班會，差不多都跟全校性活動～｜同一部書幾家出版社都出，早就撞了車！

【撞大運】zhuàng dàyùn〔慣〕僥倖碰上好運氣：春節摸彩，我～摸到了個頭獎。

【撞擊】zhuàngjī〔動〕❶猛然碰撞：撞針～底火（子彈引發裝置），子彈才能發射。❷比喻兩事物發生矛盾衝突：新舊觀念之間經常會相互～。

【撞見】zhuàngjiàn〔動〕無意中遇到：若再讓我～，決不輕饒｜小偷在行竊的時候被警察～了。

【撞騙】zhuàngpiàn〔動〕四處找機會行騙：招搖～。注意"撞騙"一般同"招搖"組合用，自身也不能帶賓語，可以說"招搖撞騙了很多人"，不能說"撞騙了很多人"。

【撞衫】zhuàngshān〔動〕在同一場合兩個人碰巧穿了相同的衣服：這種款式只此一件，穿出去絕對不用擔心～｜上週末的足球聯賽因兩隊～而推遲。

【撞鎖】zhuàngsuǒ ❶〔名〕（把）碰鎖。❷〔動〕上門找人，人外出而鎖着門叫撞鎖：昨兒去找您，結果～了｜讓客人～，多不好！

【撞針】zhuàngzhēn〔名〕（根）槍炮裏的一種針狀機件，用來撞擊槍、炮彈的引發裝置，使彈體發射出去。

幢 zhuàng / chuáng〔量〕用於房屋（多指樓房）：一～小洋房｜新建了四～樓房。
另見 chuáng（202 頁）。

戇（戇）zhuàng〈書〉戇直。
另見 gàng（428 頁）。

【戇直】zhuàngzhí〔形〕憨厚剛直：為人～｜生性～。

zhuī ㄓㄨㄟ

隹 zhuī 古書上指短尾巴的鳥。

追 zhuī ❶〔動〕追擊；追逐：～奔逐北｜窮寇勿～。❷〔動〕追趕；趕：急起直～｜落在後面的選手～上來了。❸〔動〕追究；尋求：～贓｜～根究底｜～本溯源｜一定得把這件事～個水落石出。❹〔動〕追求：～名逐利｜好幾個小夥子都在～她。❺回顧過去：～悔｜～溯｜～憶。❻補做過去沒做的事：～贈｜～認｜～加。❼（Zhuī）〔名〕姓。

語彙 跟追 尾追 急起直追 馳馬難追

【追奔逐北】zhuībēn-zhúběi〔成〕北：指敗逃者。追擊敗逃之敵：斬將搴旗，～。也說追亡逐北。

【追本溯源】zhuīběn-sùyuán〔成〕探究根本，尋找來源：下一番～的功夫｜不僅要～，而且要發現規律。也說推本溯源、探本究源、追本窮源。注意"溯"不讀 suò 或 shuò。

【追逼】zhuībī〔動〕❶追趕和逼近：乘勝～｜緊緊～｜下令～敵人，務求全勝。❷用強制手段向別人追究根由或索取財物：政繁攻心為上，不要～他了｜他沒有錢，再～也沒用。

【追捕】zhuībǔ〔動〕追趕並逮捕：～歸案｜犯罪嫌疑人｜四出～。

【追補】zhuībǔ〔動〕❶追加：～預算｜～稅款十多萬元。❷事後補償：這兩個月他沒日沒夜地在工地忙，現在要好好睡一覺，～～了。

【追查】zhuīchá〔動〕以已知事實為綫索和根據進行追問調查：～事故原因｜～個水落石出。

【追悼】zhuīdào〔動〕追思和悼念（死者）：～會｜～死難烈士｜～之懷，愴然幽咽。

【追肥】zhuīféi ❶（-//-）〔動〕作物生長期間為補充基肥而繼續施肥：該～了｜已經追了一次肥。❷〔名〕作物生長期間施用的肥料：適當添加速效～，瓜菜會長得更好。

【追趕】zhuīgǎn〔動〕加快速度逼近（前面的人或事物）：他～已走遠，你～不上了｜～國際先進水平。

Z

【追根】zhuīgēn〔動〕追究根源：～究底（追究某事發生的根本原因）。

【追還】zhuīhuán〔動〕追繳使歸還：～非法所佔房屋｜～歷年所欠債款。

【追回】zhuī∥huí〔動〕追究查問，使東西回歸原主：～臟款臟物｜有些東西可能追不回來了。

【追悔】zhuīhuǐ〔動〕事後感到悔恨：～莫及｜事已至此，～也沒有用了。

【追擊】zhuījī〔動〕追趕攻擊：乘勝～｜～倉皇逃竄之敵。

【追加】zhuījiā〔動〕在原定數額基礎上再增加：～投資｜～預算｜～貸款。

【追繳】zhuījiǎo〔動〕追查並勒令交出（不應得的錢物等）：～全部非法所得｜積極～非法挪用的公款。

【追究】zhuījiū〔動〕查問事情緣由、責任等：對事故發生的原因，我們一定要～到底｜只要認真改正，已往的事可不予～。

【追捧】zhuīpěng〔動〕極力追逐推崇：這名球星備受青少年～。

【追求】zhuīqiú ❶〔動〕為達到某種目的而努力爭取：～真理｜～幸福｜～利潤｜不能光～數量。❷〔動〕特指戀愛求偶：他正～一位財經系的女生。❸〔名〕追求的理想：青年人要有～｜沒有～，生活就沒有動力。

【追認】zhuīrèn〔動〕❶ 事後認可（某項法令、決議等）：人大常委會～該項法令有效。❷ 批准某人生前提出的加入組織的要求：上級黨委根據烈士生前的請求，～他為中國共產黨黨員。❸ 追授某種光榮稱號：哥哥殉職被～為優秀警察。

【追授】zhuīshòu〔動〕授予死去的人某種榮譽稱號：～為"人民功臣"｜他"抗洪英雄"光榮稱號。

【追思】zhuīsī〔動〕追憶和思念（過去的人和事）：～會（為懷念死者而舉行的會議）｜父母恩情。

【追溯】zhuīsù〔動〕❶ 逆着水流往上去探尋：我們沿坡坡前進，～這條河的源頭。❷ 逆着時間順序去查考或回憶來歷：兩國交往的歷史可以～到公元前2世紀。

【追隨】zhuīsuí〔動〕緊緊跟隨：出發後，我始終～在他的左右｜從當兵那天起就～將軍到現在｜～潮流。

【追索】zhuīsuǒ〔動〕❶ 跟蹤尋找：順着雪地上的腳印～熊的行蹤。❷ 追求探索：～新的能源。❸ 追逼索取：～債款。

【追尾】zhuīwěi〔動〕機動車在行駛中，後車因跟得太緊，來不及剎車而撞上前車的尾部：注意保持車距，防止～。

【追問】zhuīwèn〔動〕追究和質問；追根究底地查問：再三～｜～事故發生的原因｜這事不是他

負責的，不應該～他。

【追星】zhuīxīng〔動〕指對歌星、影星、球星等崇拜、追捧，奉為偶像：～族。

【追腥逐臭】zhuīxīng-zhúchòu〔成〕追逐腐敗、醜惡的東西：腐敗官員的身後，往往有一群～的不法之徒。

【追敘】zhuīxù ❶〔動〕敍說過去的事情：老同學見面，最喜歡～當年在校時的情景。❷〔名〕一種寫作手法，先把結局寫出來，然後再敍述經過：小說用～寫了主人公的少年生活。

【追憶】zhuīyì〔動〕回憶：～往事，浮想聯翩。

> 【辨析】追憶、追溯　都指追尋往事。但"追溯"含有追尋求源的意思，側重按時間順序（多為逆序）連貫起來進行回顧；"追憶"一般不強調往事的先後順序。如"報紙的起源發展追溯""記者生活追憶"，二者不能互換。

【追贓】zhuīzāng〔動〕勒令當事人繳回贓款贓物。

【追贈】zhuīzèng〔動〕由政府或有關部門贈予死去的人某種官職、稱號等：～英雄的稱號。

【追逐】zhuīzhú〔動〕❶ 追趕：～嬉戲｜海鷗～着波浪。❷ 追求（多含貶義）：～名利。

【追蹤】zhuīzōng〔動〕❶ 按足跡、跡象或綫索加緊尋找：雪地～｜～逃犯。❷〈書〉景仰和仿效（歷史人物）：～前賢，不容稍懈。

椎 zhuī 椎骨：頸～｜胸～｜腰～｜尾～。
另見 chuí（205頁）。

【椎骨】zhuīgǔ〔名〕構成脊柱的短骨，根據所處部位，依次分為頸椎、胸椎、腰椎、骶椎和尾椎。除第一、二顎椎外，每兩塊椎骨中間有一椎間盤。通稱脊椎骨。

【椎間盤】zhuījiānpán〔名〕相鄰兩塊椎骨中間的圓盤狀軟墊，有承受壓力、緩衝震蕩並使脊柱能活動等作用。

錐（錐） zhuī ❶ 錐子：無立～之地。❷ 像錐的東西：毛～（毛筆）｜三角～。❸〔動〕鑽（zuān）；用錐子穿孔：鞋底太厚，～不動。

語彙　冰錐　改錐　棱錐　凌錐　絲錐　圓錐

【錐處囊中】zhuīchǔ-nángzhōng〔成〕《史記·平原君虞卿列傳》："夫賢士之處世也，譬若錐之處囊中，其末立見。"末：尖端；見：同"現"。後用"錐處囊中"比喻有才智的人終能顯露頭角，不會長久埋沒：讀大學後，他如一，優異的數學天賦得到教授的賞識。

【錐度】zhuīdù〔名〕圓錐形物體大小兩個截面直徑之差與兩截面間距離之比。用以表示圓錐面的傾斜程度。也叫梢（sāo）。

【錐形】zhuīxíng〔名〕圓錐的形狀或類似圓錐的形狀：竹筍多呈～。

【錐子】zhuīzi〔名〕（把）一端帶把兒，另一端有尖頭便於扎孔的小型工具：納鞋底子先用～扎透再穿綫｜一～扎不出血來（比喻反應遲鈍）。

騅（骓）zhuī ❶〈書〉毛色黑白相間的馬：力拔山兮氣蓋世，時不利兮～不逝。❷（Zhuī）〔名〕姓。

zhuì ㄓㄨㄟˋ

惴　zhuì〈書〉驚恐；擔憂：～慄（懼怕而顫抖）｜～～不安。

【惴惴不安】zhuìzhuì-bù'ān〔成〕由於害怕或擔憂而深感不安、不放心：他感覺今天沒發揮好，考完試以後心裏一直～的。

腄　zhuì〈書〉腳腫。

綴（缀）zhuì ❶〔動〕縫，用針綫使連在一起：～扣子｜在破口處～上幾針。❷〈書〉聯結；組合：～集（收集彙編有關資料編成書）｜～句成篇。❸〔動〕裝飾；附着：點～｜夜空中～滿了寶石般的星星。

語彙　編綴　補綴　詞綴　點綴　縫綴　後綴　連綴　拼綴　前綴　音綴

【綴文】zhuìwén〔動〕〈書〉作文；寫文章：～之士｜自幼能～。

醊　zhuì〈書〉祭祀時，以酒澆地，表示祭奠。

墜（坠）zhuì ❶〔動〕落；掉下：～馬｜～淚｜～入陷阱｜天花亂～。❷〔動〕往下垂；往下沉：穀穗往下～｜石榴把樹枝都～彎了｜心情沉重，像～上了一盤石磨（mò）。❸（～兒）〔名〕用作裝飾的垂着或吊着的東西：扇～兒｜耳～兒。

語彙　耳墜　偏墜　扇墜　下墜　天花亂墜　搖搖欲墜

【墜地】zhuìdì〔動〕〈書〉❶ 掉在地上：金釵～。❷（小孩）剛剛出生：呱呱～。❸ 衰落；喪失：名聲～。

【墜毀】zhuìhuǐ〔動〕從空中墜落毀壞：班機不幸～｜敵機被擊中，～在峽谷中。

【墜落】zhuìluò〔動〕（沉重地）掉落；落下：隕石～｜一架飛機～在海裏了。

【墜入】zhuìrù〔動〕❶ 落入；掉進：～水中｜～井底｜～深淵。❷ 落到（某種地步）；變化成：從小康人家而～困頓。

【墜子】zhuìzi ㊀〔名〕❶（對，雙，隻）耳墜兒。❷ "墜" ③：水晶～｜扇～。㊁〔名〕❶ 曲藝的一種。流行於河南、山東、安徽等地。因主要伴奏樂器為墜子弦（現名墜琴或墜胡）而得名。通稱河南墜子。❷ 指墜琴，一種拉弦樂器，琴鼓兩面蒙桐木板或蟒皮，兩弦，用馬尾弓拉奏。

鐓（镦）zhuì〈書〉馬鞭頂端的金屬針。

縋（缒）zhuì〔動〕用繩子拴住人或物，從上往下運送：～城而下｜用筐把房頂上曬的裹～下來。

贅（赘）zhuì ❶ 多餘而又無用的：～疣｜毋庸～言｜冗詞～句。❷ 入贅；招女婿：～婿｜招～～。❸〈書〉人身上生的肉瘤；附～懸疣。❹〔動〕（北京話）累贅：有孩子～着，她沒法出去工作。

語彙　累贅　冗贅　肉贅　入贅　招贅

【贅述】zhuìshù〔動〕多餘地敍述：毋庸～｜不必一一～了。

【贅婿】zhuìxù〔名〕入贅的女婿（有的要改從岳家的姓）。俗稱上門女婿。

【贅言】zhuìyán〈書〉❶〔動〕說多餘的話；不需～。❷〔名〕多餘的話：純屬～。

【贅疣】zhuìyóu〔名〕❶（粒）疣。❷ 比喻多餘而無用的東西：這段文字不但起不到畫龍點睛的作用，反而成了全篇的～。

zhūn ㄓㄨㄣ

屯　zhūn ❶ 見下。❷（Zhūn）〔名〕姓。
另見 tún（1375 頁）。

【屯邅】zhūnzhān 同 "迍邅"。

迍　zhūn〈書〉困頓：愚者多貴壽，賢者獨賤～。

【迍邅】zhūnzhān〔形〕〈書〉❶ 遲遲不進的樣子。❷ 比喻處境不利，困頓不得志：多年～，窮居陋巷。以上也作屯邅。

肫　zhūn ㊀ 鳥類的胃，特指家禽的胃：鴨～｜雞～。
㊁〈書〉誠懇；懇切：～誠｜～～其仁｜其言侃侃，其色～～。

窀　zhūn 見下。

【窀穸】zhūnxī〔名〕〈書〉墓穴。

諄（谆）zhūn 懇切；誠懇：～囑｜～誨。

【諄諄】zhūnzhūn〔形〕〈書〉誠懇殷切：～教導｜～教誨｜～告誡｜言者～，聽者藐藐。

衝　zhūn ❶ 盡；老是。❷〔形〕純；純粹（見於早期白話）：～鋼槊（一種矛），蠟槍頭。

zhǔn ㄓㄨㄣˇ

准　zhǔn〔動〕准許；許可（多用於否定式）：批～｜劇場裏不～吸煙｜你病了，不～出

Z

去亂跑。

另見 zhǔn "凖"（1800頁）。

語彙 核准 獲准 批准 允准 照准 作准

【准考證】zhǔnkǎozhèng〔名〕准許參加考試的證件。

【准入】zhǔnrù〔動〕准許進入（某個特定的行業或領域）：教師～制度｜市場～機制。

【准許】zhǔnxǔ〔動〕（上級或主管部門）同意人的要求；允許做某事：上級～了他的請求｜請～我參加吧｜他要求複學，校長已經～了。

〖辨析〗**准許、允許** "准許"多用於上級對下級，管轄者對被管轄者；"允許"沒有這個限制。如"同學不允許，不能看他的日記"，不宜換用"准許"。

【准予】zhǔnyǔ〔動〕准許；同意（多用於公文）：～入境｜～報銷｜～量才錄用。**注意** a）"准予"的否定式為"不准"。b）"准予"後面一定要有動詞或動詞性詞語做賓語。

埻 zhǔn〈書〉箭靶；箭靶的中心。

凖（准） zhǔn ❶標準；準則：～繩｜此為～。❷〔介〕依照；按照：～此辦理。❸〔形〕準確；正確：投球很～｜放之四海而皆～。❹〔形〕確定不移：～主意｜說～時間，一起去。❺〔副〕一定：明天一早我～到｜這回比賽～勝｜你～能把他說服。❻〔前綴〕加在名詞前面，構成名詞，表示雖不夠標準，但仍可作為某種事物對待：～尉｜～賓語｜～平原｜我在北京住了五十年了，可以算是個～北京人吧。❼〈書〉〔名〕鼻子。❽（Zhǔn）〔名〕姓。

"准"另見 zhǔn（1799頁）。

語彙 保凖 標凖 定凖 基凖 校凖 隆凖 瞄凖 水凖 一凖

【凖保】zhǔnbǎo〔副〕表示肯定或保證：～沒錯兒｜這個月～能超額完成任務。也說保凖。

【凖備】zhǔnbèi ❶〔動〕事先籌劃、安排：～晚飯｜不打無～之仗。❷〔動〕打算；考慮：他正～休息，聽見有人敲門｜大家都報了名了，你～怎麼辦？❸〔名〕事先的想法或做出的安排：思想上和艱苦地方鍛煉，他有～。

〖辨析〗**凖備、打算** a）在指考慮計劃這一動詞意義上，二者可互換，如"凖備（打算）去上海""凖備（打算）買房子"。b）"凖備"有事先操作的動詞義，如"凖備晚飯""凖備一個發言稿"，"打算"不能這樣用。c）兩個詞都有名詞的用法，"凖備"指事先籌劃的工作，如"他們來以前有充分的凖備"，"打算"指計劃、想法，如"各有各的打算"，二者不能互換。

【凖點】zhǔndiǎn〔形〕凖時：～出發。

【凖將】zhǔnjiàng〔名〕某些國家的軍銜，將官的一級，低於少將。

【凖譜兒】zhǔnpǔr〔名〕凖兒：你一會兒這樣說，一會兒又那樣說，到底有沒有個～？

【凖確】zhǔnquè〔形〕完全符合實際情況或預期要求：用詞～｜發音不夠～｜～命中目標。

【凖兒】zhǔnr〔名〕〈口〉確定的主意；成功的把握；可靠的根據：心裏有～｜能不能獲勝，我可沒個～｜他會不會答應，我們也還沒～。

【凖繩】zhǔnshéng〔名〕❶凖：測定水平面的器具。繩：取直的墨繩。測定物體平直的器具。❷比喻衡量事物的標準或原則：以人民利益為～｜以事實為依據，以法律為～。

【凖時】zhǔnshí〔形〕（行為發生）在事先確定的時間：你到得很～｜儘管天氣惡劣，她還是～趕到了。

【凖頭】zhǔntou（～兒）〔名〕〈口〉凖確性：他的槍法一點兒都沒有｜他說的這些話很有～兒。

【凖尉】zhǔnwèi〔名〕某些國家的軍銜，尉官的一級，低於少尉。

【凖星】zhǔnxīng〔名〕❶桿秤上或戥（děng）子上的定盤星。❷槍口上端直立的短尖狀物，為瞄凖裝置的一部分。❸比喻確定不移的主意：說話、辦事，他心裏都有個～。

【凖則】zhǔnzé〔名〕（條，項）可以作為依據的標準或原則：行為～｜國際法～｜起碼的外交～。

綧（綧） zhǔn〈書〉布帛的寬度。

zhuō ㄓㄨㄛ

拙 zhuō / zhuó ❶〔形〕笨；不靈巧：手～｜眼～｜心～口笨｜勤能補～。❷〈謙〉用於稱與自己有關的事物：～文｜～見｜～荊。

語彙 笨拙 藏拙 粗拙 古拙 眼拙 迂拙 愚拙 稚拙 弄巧成拙 心勞日拙

【拙筆】zhuōbǐ〔名〕〈謙〉稱自己寫或畫的東西。

【拙見】zhuōjiàn〔名〕〈謙〉稱自己的觀點意見：個人～，謹供參考。

【拙荊】zhuōjīng〔名〕〈謙〉稱自己的妻子：改日當攜～一同登門道謝。

〖"拙荊"的來歷〗
後漢梁鴻的妻子孟光容貌甚醜而德行甚修，生活非常儉樸，以荊枝作釵，粗布為裙。梁鴻十分讚賞，說："此真鴻妻也。"後遂以"荊妻、荊婦、荊室、拙荊、山荊、老荊"等謙稱自己的妻子，以"亡荊"稱自己的已故之妻。

【拙口鈍腮】zhuōkǒu-dùnsāi〔成〕指不善言辭：師父，我等～，不會說話，惹您生氣了。

【拙劣】zhuōliè〔形〕笨拙而低劣：技藝～｜手法極為～｜一個非常～的騙局。

【拙作】zhuōzuò〔名〕〈謙〉稱自己的著作或書畫：敬呈～，切望斧正。

捉 zhuō ❶ 握；持：～筆（執筆）｜～刀。❷〔動〕抓；捕捉：甕中～鼈｜不管白貓黑貓，～到老鼠就是好貓｜老鷹～小雞。❸（Zhuō）〔名〕姓。

語彙　捕捉　活捉　擒捉

【捉刀】zhuōdāo〔動〕〈書〉《世說新語‧容止》載，曹操將接見匈奴使者，自以為形貌醜陋，不足以顯示威武，就叫崔琰坐着代他接見，自己卻握刀站在崔的旁邊。事後，派人問匈奴使者：“魏王怎麼樣？”回答道：“魏王的威望非比異常；但站在旁邊的捉刀人，才真是個英雄。”後來把代人執筆為文叫捉刀：所有演講稿都是校長親自草定，不要別人～。

【捉雞罵狗】zhuōjī-màgǒu〔俗〕比喻藉此罵彼：對我有意見直接說，別～的。

【捉奸】zhuōjiān〔動〕抓住正在通奸的人：捉賊捉贓，～雙（誣給人定罪必須有真憑實據）。

【捉襟見肘】zhuōjīn-jiànzhǒu（見，舊讀 xiàn）〔成〕《莊子‧讓王》：“曾子居衞，十年不製衣，正冠而纓絕，捉襟而肘見。”這是形容孔子的學生曾參艱苦樸素，說他衣服破爛，拉一下衣襟就露出了胳膊肘兒。後用“捉襟見肘”比喻顧此失彼，難於應付：同時搞幾項經營，資金周轉有問題，公司現在是～。

【捉迷藏】zhuō mícáng ❶ 一種兒童遊戲，一人蒙住眼睛，其他人在附近來回躲藏，引他來捉。❷ 比喻言語、行為故意迷離恍惚，使人捉摸不定：他老躲着我不照面，跟我～。**注意** 這裏的“迷”不寫作“謎”。

【捉摸】zhuōmō（-mo）〔動〕揣測：他性格多變，難以～｜這到底是怎麼回事，令人～不透。

┌─────────────────────────────────────┐
│ **辨析** **捉摸、琢磨（zuómó）** a）“捉摸”是猜│
│ 測的意思，“琢磨”是反復思索的意思。b）“捉│
│ 摸”多用來表述否定意義，如“他的用意捉摸不│
│ 透”，不說“捉摸透了他的用意”。“琢磨”沒有│
│ 這個限制，如“大家琢磨出了一個好主意”，也│
│ 可以說“一時大家琢磨不出甚麼好主意”。│
└─────────────────────────────────────┘

【捉拿】zhuōná〔動〕擒拿；逮捕（犯罪嫌疑人或壞人）：限期～歸案。

【捉弄】zhuōnòng〔動〕戲弄，使難堪；耍弄，使為難：他老愛～人｜被他無端～了一番。

【捉賊捉贓】zhuōzéi-zhuōzāng〔成〕捉賊要拿到贓物。指確定罪名必須有真憑實據：～，不能亂說誰拿了你的東西。也說捉賊見贓。

桌〈❶槕〉 zhuō ❶（～兒）〔名〕（張）桌子：課～兒｜圓～兒｜八仙～｜花瓶放在～上。❷（Zhuō）〔名〕姓。

語彙　供桌　炕桌　書桌　圍桌　八仙桌

【桌布】zhuōbù〔名〕（塊）鋪在桌子上起保護或裝飾作用的布。

【桌餐】zhuōcān〔名〕按桌上菜的就餐方式：中式～｜～便於凝聚氣氛，但是比較耗費時間｜旅行社提供的是～，十人一桌，十菜一湯。

【桌燈】zhuōdēng〔名〕（盞）枱燈。

【桌面】zhuōmiàn〔名〕❶ 桌子上用來放東西或做事的平面。❷ 進入計算機的操作系統平台時，顯示器上顯示的背景叫桌面。

【桌面上】zhuōmiànrshang〔名〕比喻正式交往的處所或公開的場合：有意見擺到～來談，別在背地裏議論！

【桌球】zhuōqiú〔名〕❶ 枱球。❷ 有的地區指乒乓球。

【桌子】zhuōzi〔名〕（張）用支柱撐着一個硬平面的日用家具，可以在上放置東西或做事。

倬 zhuō ❶〈書〉高大；顯著。❷（Zhuō）〔名〕姓。

棁 zhuō〈書〉樑上短柱。

涿 zhuō / zhuó 用於地名：～鹿（在河北張家口南）｜～州（在河北中部）。

鐯 zhuō 化學上指環庚三烯正離子。如溴化鐯，化學式 C_7H_7Br。

焯 zhuō〈書〉❶ 明徹；明白。❷ 照耀：～爍（光彩的樣子）。
另見 chāo（155 頁）。

鐯（镯） zhuō〔動〕（北方官話）用小鎬刨：～高粱｜～玉米。

zhuó　ㄓㄨㄛˊ

汋 zhuó〈書〉激打水的聲音。

灼 zhuó ❶〔動〕燒；燙：～傷｜為火所～｜陽光～人。❷ 明亮：日光～～。❸ 明顯：～然可見。

語彙　焦灼　燒灼　灼灼

【灼見】zhuójiàn〔名〕高明而透徹的見解：真知～｜確有～。

【灼熱】zhuórè〔形〕狀態詞。❶ 形容火燙似的熱：空氣～｜～的太陽｜盛夏叫人～難熬。❷ 形容充滿熱情的：詩人有一顆～的心。

卓 zhuó（舊讀 zhuō）❶ 高而直：～立｜～然。❷ 高明；高超：～見。❸ 獨特；突出：～爾｜～著。❹（Zhuó）〔名〕姓。

【卓爾不群】zhuó'ěr-bùqún〔成〕（德才等）優秀卓越，超群出眾：在青年時期，他就表現出志向高遠，～。

【卓見】zhuójiàn〔名〕高明的見解：頗有～｜大家都佩服他的～。

【卓絕】zhuójué〔形〕超出一切，無與倫比：英勇無雙，才智～｜經過艱苦～的努力。

【卓犖】zhuóluò〔形〕〈書〉卓越；超出一般：英才～｜～多姿。也作卓躒。

【卓躒】zhuóluò 同"卓犖"。

【卓然】zhuórán〔形〕傑出；卓越：業績～｜～成家。

【卓識】zhuóshí〔名〕高超的見識：遠見～。

【卓文君】Zhuó Wénjūn〔名〕西漢人，臨邛大富商卓王孫的女兒。善鼓琴，寡居在家。因心戀司馬相如，連夜私奔，一同逃往成都。不久又同返臨邛，相如賣酒，文君當壚。她的故事廣泛流傳於民間，是女子衝擊封建禮教，追求自由愛情的典型。

【卓有成效】zhuóyǒu-chéngxiào〔成〕有突出的成績或效果：工作～｜幾年來植樹造林～。

【卓越】zhuóyuè〔形〕超絕出眾：才華～｜做出了～的貢獻。

【卓著】zhuózhù〔形〕突出地好；(成就貢獻)特別顯著：成績～｜聲譽～｜功勳～。

叕 zhuó〈書〉連綴。

茁 zhuó 草木生長的樣子：～實｜～壯。

【茁壯】zhuózhuàng〔形〕❶茂盛；旺盛：一棵～的小松樹｜禾苗長得翠綠｜❷壯健；肥壯：水草豐美，牛羊～。❸強壯；健康：他個頭不高，卻非常～｜一群～的小夥子｜一代新人在～成長。

斫〈斸斵斲〉zhuó〈書〉砍；削：～伐樹木｜～輪老手。

【斫輪老手】zhuólún-lǎoshǒu〔成〕《莊子·天道》謂輪扁斫輪一輩子，有"不徐不疾，得之於手而應於心""行年七十而老斫輪"等語。後用"斫輪老手"稱經驗豐富、技藝高超的人（常用來讚譽篆刻家）。

酌 zhuó ❶斟(酒)；飲(酒)：自～自飲｜獨～｜對～。❷考慮；估量：商～｜字斟句～｜請～加修改。❸〈書〉酒宴：便～｜謹備菲～，恭候光臨。

語彙　裁酌　參酌　商酌　斟酌　字斟句酌

【酌量】zhuóliáng (-liang)〔動〕本指計算釀酒的米。引申為斟酌；估量：怎麼辦？得～一下。
　　另見 zhuóliàng（1802頁）。

【酌量】zhuóliàng〔副〕適量；適度：～吃點稀飯｜～減輕負擔。
　　另見 zhuóliáng（1802頁）。

【酌情】zhuóqíng〔動〕根據情況和情理來考慮：～辦理｜～給予補助｜～核減一部分稅款。

浞 zhuó ❶〔動〕沾濕；淋：讓雨～了｜晾在陽台上的衣服全～濕了。❷(Zhuó)

〔名〕姓。

啄 zhuó〔動〕鳥類用喙取食物：雞～米｜啄木鳥專～樹裏的蟲吃｜狗熊嘴大啃西瓜，麻雀嘴小～芝麻。

【啄木鳥】zhuómùniǎo〔名〕(隻)鳥名，嘴長而尖，舌端有鈎，趾端有利爪，適於攀在樹幹上啄穿樹皮以捕食害蟲。有"森林醫生"之稱。

琢 zhuó ❶〔動〕雕刻玉石：精雕細～｜玉不～，不成器。❷(Zhuó)〔名〕姓。
　　另見 zuó（1829頁）。

語彙　雕琢　粉妝玉琢

【琢磨】zhuómó〔動〕❶(對玉石等)精細雕刻打磨：～玉器｜～得很光滑。❷對文藝作品等反復加工使精美：切磋～｜這篇文章還可以再～～，不要忙着發表。
　　另見 zuómó（1829頁）。

著 zhuó 見"執著"（1750頁）。
　　另見 zhù（1786頁）。

稞 zhuó 古代割去男性生殖器的酷刑。

晫 zhuó〈書〉明亮的樣子。

着 zhuó ㊀❶穿(衣)：～裝｜一生吃～不盡。❷貼近；接觸：～陸｜不～邊際。❸塗；使附着：～色｜～墨。❹把力量或注意力集中在某一方面：～力｜～眼｜～手成春。❺下落；着落：遍尋無～｜'衣食無～。
　　㊁❶〔動〕派遣：～人送去｜～一名手下前去洽商。❷令；飭令(公文中常用)：～即照辦｜～在文史館任事。
　　另見 zhāo（1720頁）；zháo（1720頁）；zhe（1728頁）。

語彙　沉着　穿着　附着　膠着　黏着　衣着

【着力】zhuólì〔動〕致力；把力氣或力量集中在(在某一方面)：全校師生～教改｜務必～於農田基本建設。

【着陸】zhuólù〔動〕(從空中)降到地面：班機準點～｜飛行員跳傘安全～。注意 a)這裏的"着"不讀zháo。b)"着陸"有時泛指降落在某天體表面(不一定是地面上)，如"在月球着陸"。

【着落】zhuóluò ❶〔名〕下落；丟失的提包至今還沒有～。❷〔名〕可靠的來源：買房子的費用已經有～了。❸〔名〕歸宿：女兒有了個～，老太太就放心了。❹〔動〕歸屬；責成(多見於早期白話)：～在你身上的事一定要辦好。

【着墨】zhuómò〔動〕指用筆蘸墨繪畫或敍述描

寫：大處～｜～無多，而人物栩栩如生。

【着色】zhuósè〔動〕塗上顏色：地板只塗了一層清漆，沒有～。

【着實】zhuóshí〔副〕❶ 表示肯定；確實：這孩子～討人喜歡。❷（言語、動作）分量重；力量大：～說了他一通。

【着手】zhuóshǒu〔動〕動手；開始做：～回春（稱讚醫生的醫術高明）｜大處着眼，小處～｜籌建工作已經～半年了｜提高教育質量要從全面貫徹教育方針～。

【着想】zhuóxiǎng〔動〕（為某人或某事）考慮；設想：處處替別人～｜一切要從大局～｜他可從來沒有為自己～過。注意 這裏的“着”不讀 zháo。

【着眼】zhuóyǎn〔動〕（從某個角度）觀察和考慮：～全局｜～於未來｜從大處～。

【着意】zhuóyì ❶〔副〕專心一意（做某事）：～修飾｜～研究實際問題｜～栽花花不發，無心插柳柳成陰。❷〔動〕關心；留心（多用於否定式）：他對周圍的事毫不～。

【着重】zhuózhòng〔動〕把重點放在某方面；特別注意：～講了三個問題｜應該～基本知識和基本技能的訓練。

辨析 着重、注重　“注重”多指考慮問題時，集中注意力於某一方面，予以重視；“着重”多指說話或處理問題時，把重點放在某一方面，予以強調和加強。有時互換而意思微異，如“會議注重（着重）討論生產安全問題”。有時不能換用，如“注重產品質量”“注重工作實效”，不能換為“着重”。

【着重號】zhuózhònghào〔名〕標點符號的一種，形式為“．”，加在橫行文字下邊或豎行文字的右側，表示這些字、詞、句很重要，須特別注意。

【着裝】zhuózhuāng ❶〔動〕指穿衣戴帽等：按規定～。❷〔名〕衣着：整理～｜他的～一直很樸素。

襏　Zhuó〔名〕姓。

詠（詠）　zhuó〈書〉讒言：謠～。

濁（浊）　zhuó ❶（水）不乾淨；渾濁（跟“清”相對）：～流｜污泥～水｜渭水～，涇水清。❷（聲音）低沉厚重：聲音重～。❸昏亂；混亂：～世。❹（Zhuó）〔名〕姓。

語彙 白濁 塵濁 粗濁 惡濁 渾濁 混濁 污濁 涇清渭濁

【濁世】zhuóshì〔名〕❶〈書〉亂世；渾濁之世：避～以全身。❷ 佛教對現實世界持否定態度，認為它充滿煩惱和苦痛，故稱之為濁世。

【濁音】zhuóyīn〔名〕語音學上指發音時聲帶振動的音（區別於“清音”）。漢語普通話中的元音（a、o、e、i、u、ü）和一部分輔音（l、m、n、ng、r）都是濁音，其他輔音為清音。

擢（擢）　zhuó〈書〉❶ 拔：～髮難數。❷ 提拔（人才）：～用｜升～｜拔～。

【擢髮難數】zhuófà-nánshǔ〔成〕《史記‧范雎蔡澤列傳》載，范雎問仇人須賈：“汝罪有幾？”須賈答：“擢賈之髮，以續賈之罪，尚未足。”後用“擢髮難數”形容罪惡極多：這個黑惡勢力的罪行真是～。

【擢升】zhuóshēng〔動〕〈書〉提拔；提升（職位）：～為總經理。

【擢用】zhuóyòng〔動〕〈書〉提拔任用：量才～｜敢於～人才。

濯（濯）　zhuó〈書〉洗：～足｜洗～。

【濯濯】zhuózhuó〔形〕〈書〉山上沒有草木光禿禿的樣子：童山～。

繳（缴）　zhuó〈書〉射鳥時拴在箭上的絲繩；也指帶絲繩的箭：弓～。
另見 jiǎo（662 頁）。

鐲（镯）　zhuó 鐲子：手～｜玉～。

【鐲子】zhuózi〔名〕（副，隻）戴在手腕或腳腕上的環形飾品：金～。

鷟（鷟）　zhuó 見“鸑鷟”（1680 頁）。

zī ㄗ

仔　zī 見下。
另見 zǎi（1688 頁）；zǐ（1807 頁）。

【仔肩】zījiān〔名〕〈書〉所擔負的任務；所承擔的責任：甫卸～｜～至重，難以獨任。

孖　zī ❶雙：～生。❷雙生子。
另見 mā（888 頁）。

吱　zī〔擬聲〕形容小動物的叫聲：三月雞，～～～｜小老鼠在床底下～～叫。
另見 zhī（1745 頁）。

【吱聲】zī//shēng〔動〕（北方官話）作聲：怎麼問，他都不～｜他沒吱一聲就出門了。

孜　zī ❶見下。❷（Zī）〔名〕姓。

【孜孜】（孳孳）zīzī〔形〕勤勉：日夜～｜～不倦｜～矻矻。

【孜孜不倦】zīzī-bùjuàn〔成〕努力不懈，不知疲倦：～地學習｜他每天潛心典籍，～。

【孜孜矻矻】zīzīkūkū〔形〕形容勤勉不懈怠的樣子：編纂者～耕耘十餘年方完成此書。

咨　zī ❶商議；徵詢：～商｜～詢。❷〈書〉歎息：～嗟。❸咨文。

【咨文】zīwén〔名〕❶（篇）舊時用於平行機關的

一種公文：有～可據。❷（份）某些國家元首在年初向國會提出的書面報告，有國情咨文、預算咨文、特別咨文等。

【咨詢】zīxún〔動〕詢問；徵求意見：提供～｜去學校～招生情況。同"諮詢"。

【咨政】zīzhèng〔動〕為政府決策提供諮詢：～會｜～建言｜～獻策。

姿 zī ❶容貌：～容｜天～國色。❷形態；姿勢：舞～｜英～煥發｜搖曳生～。❸〈書〉資質；才能：棟樑之～｜～才超人。

語彙　風姿　舞姿　雄姿　英姿　綽約多姿　龍章鳳姿　搔首弄姿

【姿容】zīróng〔名〕容貌（多指女子）：～秀美｜～姣好。

【姿色】zīsè〔名〕（女子）美好的容貌：頗有幾分～。

【姿勢】（姿式）zīshì(-shi)〔名〕❶身體顯示出來的樣子：～優美｜他們都擺好了～，讓記者照相。❷架勢；陣勢：三團做出進攻的～。

【姿態】zītài〔名〕❶形象；姿勢：擺出一個金雞獨立的～。❷態度；氣度：採取高～｜他身居高位，卻從來不以領導者的～出現。

茲 （兹） zī〈書〉❶〔代〕指示代詞。這個：～登一樓｜～念遠望｜～理易明（這個道理容易明白）。❷今；現在：揮手從～去｜～訂於明天下午在禮堂召開職工大會｜～將錄取名單張榜公佈如下。❸年；歲：今～美禾｜來～美麥。❹(Zī)〔名〕姓。

另見 cí（209頁）。

【茲事體大】zīshì-tǐdà〔成〕這件事關係十分重大：～，得與各方相商。

淄 Zī 淄河，水名。源出山東萊蕪，東北流經臨淄，入小清河。

菑 zī ❶〈書〉開荒除草。❷古指開墾、耕作了一年的田地。❸〈書〉茂密的草叢。❹(Zī)〔名〕姓。

嗞 zī ❶〔擬聲〕形容水噴射或遇熱時汽化的聲音；火藥引信燃燒的聲音：水珠掉在炭火上，～～～響｜導火索～～作響。❷同"吱"（zī）。

嵫 zī 見"崦嵫"（1552頁）。

粢 zī 古代供祭祀用的穀物。

孳 zī 生育；繁殖：～乳｜～衍。

【孳乳】zīrǔ〔動〕〈書〉❶（哺乳動物）繁殖。❷派生：文字隨着社會的發展～增多。

【孳生】zīshēng 同"滋生"①。

滋 zī ㊀❶生長；生：聚眾～事。❷增益；加多：～補｜～養。❸〔副〕〈書〉更加：貪取～甚。

㊁〔動〕（北京話）噴射：孩子拿水槍～人｜電綫往外～火，快找電工來修理。

語彙　樂滋滋　美滋滋　喜滋滋

【滋補】zībǔ〔動〕供給養分來補養身體：人參、鹿茸都是～身體的名貴藥品｜病後虛弱，需要增加營養～～。

【滋蔓】zīmàn〔動〕〈書〉滋長蔓延：水草～。

【滋擾】zīrǎo〔動〕騷擾；打擾：～了機關的正常工作｜加強戒備，嚴防有人～。

【滋潤】zīrùn ❶〔形〕水分充足；不乾枯：～的原野｜皮膚～｜雨後的莊稼地十分～。❷〔形〕（北京話）舒暢而自得的樣子：心裏該多麼～｜小日子過得挺～！❸〔動〕適當增添水分，使不乾枯：雪水～着泥土。

【滋生】zīshēng〔動〕❶繁殖；產生：草木～｜蚊蠅～之地。也作孳生。❷引起；使發生：～事端。

【滋事】zīshì〔動〕鬧事；生出事端：造謠～｜聚眾～。

【滋味】zīwèi（～兒）〔名〕❶味道：這個菜越吃越有～｜四川菜有點兒辣，可是～不錯。❷比喻意味或感受：少年不識愁～｜別是一般～在心頭。

【滋養】zīyǎng ❶〔動〕滋補；增加養分：～身體。❷〔名〕指營養；養料：吸收～｜含有豐富的～。

【滋長】zīzhǎng〔動〕產生；生出（某種不好的思想、情緒等）：～了驕傲自滿情緒。

赼 zī 見下。

【赼趄】zījū〔形〕〈書〉徘徊猶豫的樣子：～不前。

鄑 （鄑） zī 用於地名：徐家～水（在山東）。

觜 （觜） zī〈書〉計算；估量（多指錢財方面）：所費不～（形容花費很大）。

另見 zī "資"（1804頁）。

觜 zī 二十八宿之一，西方白虎七宿的第六宿。參見"二十八宿"（347頁）。

另見 zuǐ（1825頁）。

訾 zī ❶〈書〉同"貲"：～計｜～粟（估算畝產量）。❷(Zī)〔名〕姓。

另見 zǐ（1808頁）。

資 （资） 〈㊀貲〉zī ㊀❶財物；費用：投～｜工～｜郵～｜川～（旅費）｜集～｜合～。❷資本家；資方：勞～關係。❸資料；材料：談～｜師～。❹資助：～敵（以錢物等幫助敵人）。❺供給；提供：以～鼓勵｜可～對比。❻(Zī)〔名〕姓。

㊁❶資質：天～。❷資格：～歷｜論～排輩。

"貲"另見 zī（1804頁）。

Z

【資本】zīběn〔名〕❶經營工商業的本錢：～比較雄厚｜拿這筆錢做～。❷特指掌握在資本家手裏的生產資料和用來僱用工人的貨幣。❸比喻可資憑藉的條件：政治～｜她拿美貌作為進入娛樂圈的～。

【資本家】zīběnjiā〔名〕佔有資金和生產資料，使用僱傭勞動以獲取剩餘價值的人。

【資本主義】zīběn zhǔyì 以資本家佔有生產資料並使用僱傭勞動為基礎的生產方式或社會制度。

【資財】zīcái〔名〕物資和錢財；頗有～｜清點～。

【資產】zīchǎn〔名〕❶財產；產業；沒有甚麼～。❷資金：～雄厚｜固定～｜流動～。❸在以貨幣形式反映企業資金運用及來源的報表中，表示資金運用的一方（跟"負債"相對）：～負債表。

【資產階級】zīchǎn jiējí 佔有生產資料，使用僱傭勞動以獲取剩餘價值的階級。

【資方】zīfāng〔名〕指私營工商業中的資本家一方（跟"勞方"相對）：～代表｜～代理人。

【資費】zīfèi〔名〕應收或應付的費用：郵電～。

【資斧】zīfǔ〔名〕〈書〉路費；盤纏：兄長遠行，小弟願少助～｜願自出～，進行調查。

【資格】zīgé〔名〕❶從事某種工作或參加某種活動應具有的條件：審查｜取消比賽～｜他沒有～做這類工作。❷資歷；由從事某種工作或活動的經歷所形成的地位、身份：擺老～｜在教育界，他的～還差一些。

【資金】zījīn〔名〕（筆）可供發展生產或某項事業之用的錢財：建設～｜籌集～｜～短缺。

【資力】zīlì〔名〕〈書〉❶財力：～不足｜雄厚的～。❷人的能力素質：～甚高｜本人～有限。

【資歷】zīlì〔名〕資格和經歷：～很深｜～太淺。

【資料】zīliào〔名〕❶生產上或生活上所用的東西：勞動～｜消費～。❷可用來作為參考或依據的材料：報刊～｜收集～｜～彙編。

【資深】zīshēn〔形〕屬性詞。資歷深或資格老的：～記者｜～教授。

【資望】zīwàng〔名〕資歷和名望：頗有～｜他在這一帶～很高。

【資信】zīxìn〔名〕資產和信譽：～情況｜進行～調查。

【資訊】zīxùn〔名〕信息。

【資源】zīyuán〔名〕人力、物力、財力的來源：礦產～｜旅遊～｜人力～。

【資政】zīzhèng ❶〔動〕〈書〉幫助治理國政。❷〔名〕官職名。宋朝有資政殿大學士，簡稱資政。元、明、清有資政大夫。民國初年，總統府設資政若干人，由總統選聘，以備諮詢。現在某些國家（如新加坡）仍設有資政一職。

【資質】zīzhì〔名〕人的智力能力；素質稟賦：中等～｜～很高｜～魯鈍。

【資助】zīzhù〔動〕（用錢物）幫助：～受難同胞｜～成績優秀的貧困學生。

緇（缁）zī〈書〉黑色：～衣｜涅（染黑）而不～。

【緇衣】zīyī〔名〕〈書〉❶黑色布衣：吟罷低眉無寫處，月光如水照～衣。❷僧侶穿的衣服，因此也作為僧侶的代稱。

鼒 zī〈書〉口小的鼎。

輺（辎）zī 古代一種有帷蓋的載重車：～車｜～重。

【輺重】zīzhòng〔名〕出行時車子攜帶的行李、物資；特指部隊行軍時車運的軍械、糧草、被服等軍用物資：～連（負責攜帶輺重的連隊）。

髭 zī 嘴上邊的鬍子：～鬚｜短～。

錙（锱）zī ❶〔量〕古代重量單位，四錙為一兩，六銖為一錙。❷（Zī）〔名〕姓。

【錙銖必較】zīzhū-bìjiào〔成〕對極小的事或極少的錢都要計較一番。形容非常認真或異常小氣：出入倉庫貨物，大小都要登記，～此人～，難與為友。

諮（谘）zī 同"咨"①。

【諮詢】zīxún〔動〕同"咨詢"。

鎡（镃）zī 見下。

【鎡錤】zījī〔名〕〈書〉鋤頭。也作鎡基。

鰦（鲻）zī〔名〕魚名，生活在熱帶、亞熱帶海中或河海交界處，體側扁，銀灰色，有暗色縱紋。是常見的食用魚。

齜（龇）zī〔動〕〔口〕露出（牙齒）：～牙咧嘴｜笑不～牙。

【齜牙咧嘴】zīyá-liězuǐ〔成〕❶形容疼痛難忍的樣子：疼得他～的。❷形容兇狠的樣子：他那～的樣子，把孩子嚇得直哭。

zǐ ㄗˇ

子 zǐ ㊀❶上古指兒和女，現在專指兒子：父～｜長（zhǎng）～。❷指人：男～｜女～。❸古代稱有學問的男人，也是男子的美稱：荀～｜韓非～｜先秦諸～。❹古代指老師：～墨子｜～程子。❺古代經、史、子、集圖書四類分類中的第三類：～書｜二十二～｜諸～集成。❻〔代〕人稱代詞。古代稱你或您：以～之矛，攻～之盾｜～非魚，安知魚之樂？

❼（～兒）〔名〕植物的種子：油菜～｜蓮～｜開花結～。❽〔名〕動物的卵、幼崽：蠶～｜雞～兒（雞蛋）｜狼～野心｜不入虎穴，焉得虎～。❾同"仔"（zǐ）。❿派生的、附屬的：～金｜～音｜～目｜～公司。⓫（～兒）〔量〕用於能用手指掐住的細長的東西：一～兒掛麵｜兩～兒絲綫｜三～香（綫香）。⓬（～兒）〔名〕舊時指銅圓（不帶方孔的銅輔幣）：一個～兒｜一個小～兒換十文制錢。⓭〔Zǐ〕〔名〕姓。

㈡古代公、侯、伯、子、男五等爵位的第四等：～爵。

㈢〔名〕地支的第一位。

㈣〔後綴〕❶加在某些名詞性成分後，構成名詞：兀～｜日～｜車～｜句～｜夜貓～｜耳挖～。❷加在某些動詞性成分後，構成名詞：引～｜夾～｜礤～｜騙～。❸加在某些形容詞性成分後，構成名詞：尖～｜亂～｜胖～。**注意**凡涉及人的生理特徵的帶"子"的詞，多含有不尊重意，如瘦子、矮子、麻子、瞎子等。❹加在某些量詞性成分後，有的能構成名詞：一下～｜一陣～｜這檔～事。**注意**以上作為後綴的"子"都是輕讀；但有些名詞裏的"子"是詞根語素（不是詞綴），則必須讀 zǐ，如孔子、赤子、魚子、原子等。

語彙	哀子	案子	把子	敗子	步子	才子	岔子
	赤子	處子	膽子	底子	弟子	電子	獨子	對子
	分子	夫子	公子	孤子	瓜子	孩子	甲子	驕子
	巨子	句子	君子	浪子	眸子	棋子	親子	犬子
	孺子	竪子	太子	天子	童子	王子	西子	仙子
	小子	孝子	學子	養子	樣子	遊子	原子	質子
	中子	種子	敗家子	私生子	偽君子	五味子
	遺腹子	凡夫俗子	封妻蔭子	龍生九子

辨析 子（zi）、兒　a）"子"（zi）是必不可少的構詞成分，不能省略（只有極少數例外）；"兒"在有些詞中有一定程度的隨意性，書面上可以省略。b）"兒"多有附加意義（如指"小"）；"子"只有少數含有不尊重意，如聾子、禿子、瘋子等。

【子部】zǐbù〔名〕中國古代圖書四大分類的一大部類，包括諸子百家及釋道宗教的著作。也叫丙部。參見"四部"（1282頁）。

【子丑寅卯】zǐ-chǒu-yín-mǎo〔成〕十二地支中的前四個，後面還有八個，比喻成套的道理或緣由：講出個～來｜他說了半天，也聽不出甚麼～來。參見"子午卯酉"（1806頁）。

【子彈】zǐdàn〔名〕（顆、發、粒）槍彈的通稱。

【子弟】zǐdì〔名〕❶指子女、弟弟、姪甥等：～小學｜高幹（高級幹部）～｜受過教育的～。❷泛指年輕的後輩：農家～｜～兵｜誤人～。❸古代多指不良仕宦子弟，元雜劇中引申為嫖客的別稱。

【子弟兵】zǐdìbīng〔名〕原指由同一地區的年輕後輩組成的部隊；現稱中國人民解放軍為工農子弟兵或人民子弟兵，體現人民軍隊和廣大人民之間的親密關係。

【子房】zǐfáng〔名〕花的雌蕊基部的膨大部分，內有胚珠。受粉後，子房發育成果實，胚珠發育成種子。

【子宮】zǐgōng〔名〕女子或某些雌性哺乳動物生殖器官的一部分，形狀像一個倒置的梨，胎兒在這裏孕育。

【子規】zǐguī〔名〕杜鵑鳥：～啼血（指杜鵑鳥的哀鳴）｜疏煙淡月，～聲斷。

【子金】zǐjīn〔名〕利息（本金為母金）。

【子車】Zǐjū〔名〕複姓。

【子粒】zǐlì〔名〕子實。也作籽粒。

【子路】zǐlù〔名〕❶〔Zǐlù〕春秋時代卞（今山東泗水）人。名仲由，字子路（一字季路）。孔子的弟子之一。相傳有勇力，故後來有時作為勇士的代稱。❷〈書〉熊的別稱。

【子棉】zǐmián〔名〕摘下後未去種子的棉花。也作籽棉。

【子母扣兒】zǐmǔkòur〔名〕（粒）一種用金屬製成的紐扣，一凸一凹，配成一對，一摁即合，一摳即開。也叫摁扣兒。

【子目】zǐmù〔名〕總目下的細目；大項目下的小項目。如《中國叢書綜錄》中就有子目分類目錄，又如《四庫全書總目》分經、史、子、集四大類，大類下各分若干小類，某些比較複雜的小類再細分若干子目。

【子女】zǐnǚ〔名〕兒子和女兒的統稱：你家有幾個～？｜他家的～很多。

【子時】zǐshí〔名〕用十二時辰記時指夜間十一時至一時。

【子實】zǐshí〔名〕水稻、小麥等農作物穗上的種子；大豆、綠豆等豆類作物豆莢裏的豆粒。也作籽實。

【子嗣】zǐsì〔名〕〈書〉（傳宗接代的）兒子：～猶虛｜尚無～。

【子孫】zǐsūn〔名〕兒子和孫子，泛指後代：～滿堂｜不肖～｜造福～。

【子午卯酉】zǐ-wǔ-mǎo-yǒu〔成〕❶十二地支中的四個（分佈在第一、第七、第四、第十），可概括全部地支。後用來比喻成套的道理或緣由：他紅着臉，說不出個～｜我決心非要問個～不可。❷借指滿意的結果或成就：跟你說不出個～來！｜他出外多年，都沒混出個～。

【子午綫】zǐwǔxiàn〔名〕經綫。北為子，南為午，故稱：本初～。

【子虛烏有】zǐxū-wūyǒu〔成〕漢朝司馬相如假託子虛、烏有、亡（無）是公三人對話，寫成《子虛賦》。後稱虛無之事為"子虛烏有"或"烏有子虛"：報上所傳某名人早年婚戀之事，純屬～。

【子葉】zǐyè〔名〕植物學上指種子植物幼胚的組成
部分之一，是貯存養料、種子發芽時供應養分
的器官。

【子夜】zǐyè〔名〕正當子時的夜間；半夜：檔案發
生在～。

仔 zǐ ❶幼小的（家畜、家禽等）：～畜｜～
豬｜～雞。❷(Zǐ)〔名〕姓。
另見 zǎi（1688頁）；zī（1803頁）。

【仔畜】zǐchù〔名〕幼小的牲畜。也作子畜。

【仔細】（子細）zǐxì〔形〕❶周密；細緻：～檢驗產
品質量｜工作～｜仔仔細細地看一遍。❷（北
方官話）節儉；儉省：日子過得很～｜花錢的
事，他一向～。❸當心；留神：～上當｜天黑
路窄，～點兒。

【仔豬】zǐzhū〔名〕幼小的豬。也作子豬。

玗 zǐ〈書〉玉名。

姊（姊）zǐ 姐姐：～妹。

【姊妹】zǐmèi ❶〔名〕姐姐：三～｜同胞～，骨肉
情深。❷〔名〕同輩女友親熱的稱呼：～們，
團結起來！❸〔形〕屬性詞。像姊妹一樣親近
的：～城｜～篇。

【姊妹篇】zǐmèipiān〔名〕姐妹篇。

籽 zǐ〈書〉培土：或耘或～。

呰 zǐ〈書〉❶同"訾"(zǐ)。❷同"呲"。

籽 zǐ 用於地名：～蚄(fāng)口（在河北）。

籽 zǐ 同"子"㊀⑦。

【籽粒】zǐlì 同"子粒"。

【籽棉】zǐmián 同"子棉"。

【籽實】zǐshí 同"子實"。

茈 zǐ〈書〉草名，可染紫色，也供藥用。用於
地名：～湖口（在湖南沅江東南）。
另見 cí（209頁）。

秭 zǐ ❶〔數〕古代指一萬億。❷用於地名：～
歸（在湖北長江西陵峽上游）。

筊 zǐ〈書〉竹編的床墊。也用為床的代稱：
床～。

梓 zǐ ❶〔名〕梓樹，落葉喬木，夏初開淺黃
色花。木質輕軟，可供建築及製造器具等
用。❷把木片刻成書版並印刷成書。泛指製版印
刷等：付～｜～行（印行）。❸(Zǐ)〔名〕姓。

語彙　付梓　喬梓　桑梓　鄉梓

【梓里】zǐlǐ〔名〕〈書〉故鄉；鄉里：榮歸～。參見
"桑梓"（1159頁）。

呰 zǐ〈書〉低劣；破敗：～敗（虛弱敗壞）｜～
窳（苟且，懶惰）。

紫 zǐ ❶〔形〕像茄子的顏色：～茄子｜～窗
簾。❷(Zǐ)〔名〕姓。

語彙　紺紫　絳紫　青紫　龍膽紫

【紫菜】zǐcài〔名〕藻類植物，生長在淺海岩石
上，紫色，狀扁平，可以吃。也叫甘紫菜。

【紫紅】zǐhóng〔形〕略帶紫色的深紅色。

【紫花】zǐhuā(-hua)❶〔名〕一種土色的棉花：～
布（用紫花織成的布）。❷〔形〕淡赭；淺棕
（類似咖啡的顏色）：～襖｜～褲子。

【紫禁城】Zǐjìnchéng〔名〕中國明清兩代的宮城，
始建於明永樂年間（1407－1421），古人認為紫
微星座象徵帝王居處，而王城百姓不得接近，
故稱紫禁城。城在北京市中心，佔地78萬平
方米，宮殿起伏，氣勢雄偉壯麗。現為故宮博
物院。

【紫荊】zǐjīng〔名〕落葉小喬木或灌木，葉子近圓
形，花紫紅色。供觀賞。花芽、嫩葉可做蔬
菜。樹皮、木材、根均可入藥。

紫荊花的故事
據南朝梁吳均《續齊諧記·紫荊樹》載，田真兄
弟三人準備分家，堂前一棵紫荊樹，打算破成
三份。荊忽枯死，田真對兄弟們說："樹本同
株，聞將分斫，所以憔悴。是人不如木也。"兄
弟們也非常感動，不再談分家的事。樹又再次
繁茂起來。後因以"紫荊"為有關兄弟的典故。

【紫羅蘭】zǐluólán〔名〕❶（棵，株）二年生或多
年生草本植物，莖直立，葉子橢圓形或倒披針
形，花紫紅色，也有紅、黃、白等色，供觀
賞。❷（朵，枝）這種植物的花。

【紫氣東來】zǐqì-dōnglái〔成〕《列仙傳》："老子西
遊，關令尹喜望見有紫氣浮關，而老子果乘青
牛而過也。"後以"紫氣"為祥瑞。紫氣東來，
即祥瑞來臨。

【紫砂】zǐshā〔名〕一種質地細膩的陶器，因呈紫
紅色而得名。江蘇宜興丁蜀鎮用這種陶器製成
的茶具馳名中外。

【紫檀】zǐtán〔名〕❶常綠喬木，小葉卵形，花黃
色。木材堅硬，質紋細密，芯材紫紅，為製家
具、樂器、工藝品等的貴重材料。❷這種植物
的木材。以上通稱紅木，也叫青龍木。

【紫藤】zǐténg〔名〕落葉藤本植物，莖纏繞，小葉
長橢圓形，花多為紫色，可供觀賞。果實可入
藥。通稱藤蘿。

【紫外綫】zǐwàixiàn〔名〕波長比可見光綫短的電
磁波，在光譜上位於紫色光的外側，故稱。肉
眼看不見，但可使照相底片感光，並具有殺菌
能力（對眼睛有害），可用於食物消毒、治療
皮膚病和軟骨病等。

【紫菀】zǐwǎn〔名〕多年生草本植物，根和莖可
入藥。

【紫藥水】zǐyàoshuǐ〔名〕龍膽紫溶液的通稱，是一種常用的消毒防腐藥，殺菌力很強而無刺激性。因溶液呈紫色，故稱。

【紫雲英】zǐyúnyīng〔名〕(株)一年生或二年生草本植物，莖直立或匍匐，花紫紅色或白色。為中國南方水稻區的主要綠肥作物及蜜源作物。通稱紅花草。

【紫竹】zǐzhú〔名〕(株，根)竹子的一種，莖初長時綠色，以後逐漸變為紫黑色。莖堅韌雅致，可製書架、几案、手杖、樂器等。也叫黑竹。

訾 zǐ〈書〉詆毀；指責：～病｜～議｜茍～｜相～。

另見 zī(1804頁)。

【訾議】zǐyì〔動〕〈書〉議論和指責別人的短處：妄事～｜無可～｜～賢者。

滓 zǐ ❶ 渣子；沉澱物：渣～｜～穢。❷ 髒；污濁：泥而不～｜～濁。❸ 污染：碧嶺再辱，丹崖重～。注意"滓"不讀 zǎi。

語彙　塵滓　泥滓　渣滓

zì ㄗˋ

自 zì ㊀ ❶ 自己。1)構成人稱代詞：～己｜～我｜～家。2)構成動詞，表示動作由自己發出並及於自身：～愛｜～殺｜～勉｜～治。3)構成動詞，表示動作由自己發出，非外力作用：～動｜～發｜～覺｜～燃。❷〔副〕自然；當然：吉人～有天相｜有眾人相幫，困難～會迎刃而解。❸(Zì)〔名〕姓。

㊁〔介〕❶ 從；由。1)表示時間的起點：人生～古誰無死？｜～此以後，風波未再發生｜本條例～公佈之日起生效。2)表示處所的起點：～北京飛往東京｜遊客～四面八方蜂擁而至。❷ 用在單音動詞後表示來歷或出處：我們來～五湖四海｜寄～日本東京都｜引～《魯迅全集》第三卷 15 頁。

語彙　暗自　獨自　各自　儘自　逕自　竟自　親自　擅自　私自　枉自　兀自　猶自

【自愛】zì'ài〔動〕自己愛惜自己(主要就名譽而言)：他是個非常～的人｜他很～，不會輕舉妄動的｜不～，難怪別人瞧不起。

【自拔】zìbá〔動〕自己從汚淖中把腿拔出來，比喻主動地從痛苦或罪惡中把自己解脫出來：謹防越陷越深，不能～。

【自白】zìbái ❶〔動〕自我表白心跡：他常於無人處傷心｜～：誰בי解我？❷〔名〕(篇)自我表述出來的心跡：他的～充滿了悲憤之情。

【自報家門】zìbào-jiāmén〔成〕戲曲中人物上場時自我介紹的一種手法，包括姓名、籍貫、身世等。後用來泛指做自我介紹：新來的同事

請～，我們互相認識一下。

【自暴自棄】zìbào-zìqì〔成〕自己糟蹋自己，自己厭棄自己。形容甘心落後，不求進取：犯了錯誤，不可～，破罐子破摔。

【自卑】zìbēi〔形〕自己看不起自己，覺得處處不如人：他從農村來，剛進入大學，有點～｜他從來不～。注意 在"行遠必自邇，登高必自卑"中，"自""卑"是兩個詞。全句是說：走遠路要從近處出發，登高山要從低處啟程。

【自便】zìbiàn〔動〕按自己意願行動：聽其～｜請～，別老陪着我｜你就讓大家～吧，別張羅了。

【自不量力】zìbùliànglì〔成〕不能正確估量自己的力量。指過高估計，做力不能及的事情：資金有限，不要～，去經營有風險的大項目。也說不自量力。

【自裁】zìcái〔動〕〈書〉❶ 自殺；自盡：犯罪嫌疑人最後拒捕。❷ 自行裁奪或裁決：請貴公司～。

【自慚形穢】zìcán-xínghuì〔成〕《世說新語·容止》："珠玉在側，覺我形穢。"原指在容貌舉止方面相形見絀。後泛指自愧外貌能力等各方面不如別人。

【自沉】zìchén〔動〕〈書〉自己沉入水底，指投水自盡：他悲觀厭世，不能解脫，～於湖底。

【自稱】zìchēng〔動〕❶ 自己說明自己：～在山中迷路｜～來自山東。❷ 自己聲稱(自誇或未必真實)：～臣是酒中仙｜他～打過硬仗，是戰鬥英雄。❸ 自己稱呼自己：他～老槐樹。

【自成一家】zìchéng-yījiā〔成〕在學術、藝術或技術上有獨特成就，能自成體系：齊白石的畫～｜搞漢語語法研究，他～。

【自持】zìchí〔動〕自己控制自己的欲望或情緒：一時衝動，幾乎不能～。

【自出機杼】zìchū-jīzhù〔成〕自己裝置織布機上的機件並織出新產品。比喻文藝創作中能精心構思而自創新意：他的文章～，成一家風骨，不與人同。

【自出心裁】zìchū-xīncái〔成〕構思或設計出於自己的創造，不與人同：在機器人的研製中，往往有～的創造。

【自吹自擂】zìchuī-zìléi〔成〕自吹喇叭自敲鼓。比喻自己吹噓自己：他剛有點成績，就～，人家反而看不起他了。

【自從】zìcóng〔介〕從；打從；表示過去某時間的起點：～盤古開天地，三皇五帝到如今(猶言有史以來)｜～水庫開工，他就不在家住了。注意 a)"自從"只能指過去，不能指現在和將來。如"自從今天起""自從明年三月份開始"，都不能說。b)"自從"只表示時間的起點，不表示處所的起點。如"自從北京到廣州""自從家裏前往學校"，都不能說。

【自大】zìdà〔形〕自以為了不起：自高～｜他揚言你們都不是他的對手，也太～了。

【自得】zìdé ❶〔動〕〈書〉自己得到或體會到：～其樂。❷〔形〕自己感到得意：悠然～｜怡然～｜洋洋～。

【自得其樂】zìdé-qílè〔成〕自己單獨享受到其中的樂趣：研究中國音韻學，別人說是枯燥無味，他卻～｜他做了兩樣小菜，～地喝起酒來。

【自動】zìdòng ❶〔副〕主動；出於自願：～組織起來｜在會上～做了檢討。❷〔副〕指動作、變化等不由人力而由物體自身發出：～燃燒｜水～往上冒。❸〔形〕屬性詞。不用人力而由機械裝置自行操作的：～開關｜～步槍｜～卸煤機。

【自動扶梯】zìdòng fútī 電梯的一類。外形像樓梯，兩側有扶手，斜向或水平運行。廣泛用於車站、機場、商廈等公共場所。也叫滾梯。

自動扶梯的不同說法
在華語區，中國大陸叫自動扶梯或滾梯，港澳地區叫扶手電梯或電動梯，新加坡、馬來西亞和泰國也叫扶手電梯，台灣地區則叫手扶梯。

【自動化】zìdònghuà〔動〕採用自動控制、自動測量和自動調整的裝置來操縱機器，使機器、設備等能自行按規定的要求和程序進行工作：汽車裝配～，產量大大提高。

【自發】zìfā〔形〕屬性詞。指在人們並不認識和掌握的情況下自然發生的；不自覺的（區別於"自覺"）：～地組織起來。

【自肥】zìféi〔動〕謀私利己：損人～｜中飽～。

【自費】zìfèi〔動〕自己負擔費用：～生｜～醫療｜～留學｜～旅遊。

【自費生】zìfèishēng〔名〕（名）自己負擔費用赴國外學習的留學生（區別於"公費生"）。

【自焚】zìfén〔動〕自己燒死自己：投火～。

【自封】zìfēng ㊀〔動〕自命；自己封自己某種稱號（含貶義）：～為作家｜先進不能～。㊁〔動〕〈書〉自己限制自己，不再前進：故步～。

【自負】zìfù ㊀〔動〕自己擔負（責任、後果等）：文責～｜後果～｜～盈虧。㊁〔形〕自以為了不起：他很～｜不要太～了。

【自高自大】zìgāo-zìdà〔成〕自以為能力、本領了不起，看不起別人：淺薄無知的人往往～。

【自告奮勇】zìgào-fènyǒng〔成〕自己勇敢提出來擔承某項任務：他剛學會游泳，就～去救落水的小孩兒。

【自個兒】（自各兒）zìgěr〔代〕〈口〉人稱代詞。自己：要怨只能怨他～｜這鞋子是～做的。

【自供】zìgòng ❶〔動〕自己招供：～不諱。❷〔名〕（篇，紙）自己招的供：全部案犯的～都在這裏。

【自供狀】zìgòngzhuàng〔名〕（張，份）自己招認

罪行的材料；也指解剖自己、表明自己心態的文字：我的～。

【自僱人士】zìgù rénshì〔名〕港澳地區用詞。沒有僱傭員工的小老闆，自己獨立運營，自己僱傭自己，不聘請員工：依照政府規定，～和僱員所繳的稅額是有分別的｜金融海嘯之後，很多小公司的老闆成了～。

【自顧不暇】zìgù-bùxiá〔成〕自己都沒有工夫照顧自己（多用來說明更無時間照顧別人）：我近來～，實在沒有精力管孩子的學習了。

【自豪】zìháo〔形〕自己感到豪邁和光榮；非常～｜我們為祖國建設所取得的偉大成就而～｜運動健兒在世界賽事中奪得金牌，大家都感到～。

【自己】zìjǐ〔代〕人稱代詞。❶ 複指前頭的名詞或代詞，表示該名詞或代詞所指自身：也怪小劉～不好，沒把話講明｜他～知道該怎麼做（與人名或人稱代詞結合起來做主語或賓語）｜我看了半天，～也沒看懂｜你為了救我，倒害了～（單用，做主語或賓語）｜他老愛～跟～過不去（"自己＋動/介＋自己"為常用格式）。**注意** a）"自己"用在同位語中，往往有強調意味，如"你自己看看你打扮得像個甚麼樣兒？"。b）"自己"一方面同"人家""別人""群眾"等相對，一方面又可同這些詞組成同位語，如"人家都不這麼說""別人自己會幹的""讓孩子們自己教育自己"。❷ 泛指自身（句中未出現的某個主體）：～動手，豐衣足食｜提高學習成績主要靠～。❸ 用在名詞前表示屬於本人這方面的：～人｜弟兄｜～學校｜～單位。

辨析 自己、自個兒、自、己 意義基本相同，但使用範圍有區別。"自己"的使用範圍最廣，口語、書面都用；"自個兒"多用於口語；而"自"和"己"是文言詞的遺留，只存在於某些固定結構或語句中，如"自編自導""自拉自唱""獨立自主""自力更生""捫心自問""捨己救人""堅持己見""己所不欲，勿施於人""欲要人不知，除非己莫為"。

【自己人】zìjǐrén〔名〕彼此利益完全一致的人；關係很密切的人：～不必客氣｜我們一直把你看成～。

【自給】zìjǐ〔動〕依靠自己的生產供給自己的需要（不依賴別人幫助）：～自足｜糧食～有餘。

【自給自足】zìjǐ-zìzú〔成〕依靠自己的生產或勞動所得來供給並滿足自己的需要，完全不依賴外援：經濟上實現～｜～的小農經濟。

【自盡】zìjìn〔動〕自殺：懸樑～｜服毒～｜投河～。

【自經】zìjīng〔動〕〈書〉自縊。

【自剄】zìjǐng〔動〕〈書〉自刎。

【自淨】zìjìng〔動〕（水、大氣、土壤等受到污染

後）自行恢復到原先的純淨狀態：～作用｜湖水不能～，渾濁多了。

【自咎】zìjiù〔動〕〈書〉自己責備自己：事情又不是由你引起的，不必～。

【自疚】zìjiù〔形〕〈書〉因自己犯有過失而深感慚愧不安：不無～｜～不已｜內心～。

【自救】zìjiù〔動〕靠自己力量擺脫危險或困難：組織災民生產～。

【自居】zìjū〔動〕自以為具有某種身份或品質（多含貶義）：以功臣～｜以先進～｜他從來不以權威～。

【自決】zìjué〔動〕❶（民族、國家等）自己管理並決定自己的事：民族～｜～權。❷〈書〉自殺。

【自掘墳墓】zìjué-fénmù〔成〕自己挖坑埋自己。比喻自尋絕路，自己斷送自己的前途：企業不致力於提高產品質量，卻熱衷於虛假廣告，這無疑是～。

【自絕】zìjué〔動〕犯有嚴重錯誤、罪行不悔改而自行斷絕或脫離原有的關係（多指自殺）：～於社會｜～於人民。

【自覺】zìjué ❶〔動〕自己覺得；自己感覺到：～無趣｜～症狀不明顯。❷〔形〕因有認識而自己主動（區別於"自發"）：～遵守法紀｜執行任務很～。

【自覺自願】zìjué-zìyuàn〔成〕自己有認識而心甘情願：這是～的事，誰也不能強迫誰｜～參加義務獻血。

【自考】zìkǎo〔名〕自學考試的簡稱。

【自誇】zìkuā〔動〕自己誇耀自己：～開車技術高｜王婆賣瓜，自賣～。

【自鄶以下】zìkuàiyǐxià〔成〕《左傳·襄公二十九年》載，春秋時吳國的公子季札到魯國觀賞周代樂舞，依次對各諸侯國的樂曲發表自己的看法，而自鄶國以後，他就閉口不談了。後用"自鄶以下"比喻從某一事物以下就不值一提了。

【自拉自唱】zìlā-zìchàng〔成〕自己伴奏自己唱。比喻獨自尋找樂趣或單獨做某事：他喜歡京劇，閑下來就～。

【自來水】zìláishuǐ（～兒）〔名〕供水機構通過管道提供的生產、生活用水。

【自理】zìlǐ〔動〕❶自己負擔：旅費～｜生活費用～。❷自己料理：老人生活不能～。

【自力更生】zìlì-gēngshēng〔成〕依靠自己的力量把事情辦好，獲得發展：獨立自主，～｜放手讓下面～，經濟問題就解決了。

【自立】zìlì〔動〕自己獨立（不依賴別人）：幾個子女都已經～了。

【自量】zìliàng〔動〕估量自己的水平和實際能力：不知～｜憑你的小體格想打敗他，你也太不～了｜我～能贏對手。

【自留地】zìliúdì〔名〕（塊）中國實行農業集體化時期留給農民個人使用的少量土地，產品歸個人所有。

【自流】zìliú〔動〕❶（液體）自動地流：～井（能自動出水的井）｜～灌溉（水自動流進農田灌溉作物）。❷比喻因無人過問或管理而各行其是：放任～｜工地管理問題多，再也不能任其～了。

【自律】zìlǜ〔動〕自己約束自己：增強～意識｜治理官員腐敗，光靠～是遠遠不夠的。

【自滿】zìmǎn〔形〕對自己取得的成績感到滿足，不再努力：驕傲～｜剛一有點兒成績就～，怎麼能進步呢？

【自鳴得意】zìmíng-déyì〔成〕自己表現出很得意：他自以為有靠山，就～起來了。

【自命】zìmìng〔動〕自己稱自己有某種身份品格：～詩人｜～不凡。

【自命不凡】zìmìng-bùfán〔成〕自己認為自己不平凡：他雖有才能，但～，不團結人，難以成大器。也說自負不凡。

【自餒】zìněi〔動〕自己氣餒；自己失去了勇氣和信心：失敗時要防止～｜遇到挫折他從不～。

【自欺欺人】zìqī-qīrén〔成〕欺騙自己，也欺騙別人：虛報統計數字，～，危害極大。

【自強不息】zìqiáng-bùxī〔成〕《周易·乾》："君子以自強不息。"指自覺進取，永不停息：人人發奮努力，個個～｜他雖身有殘疾，卻～，實現了當歌唱家的理想。

【自輕自賤】zìqīng-zìjiàn〔成〕自己看輕和貶低自己；自己看不起自己：自高自大、～，都要不得。

【自取滅亡】zìqǔ-mièwáng〔成〕自己走上滅亡的道路；自己找死：貪污腐化，必將～！

【自然】zìrán ❶〔名〕自然界：大～｜～資源。❷〔形〕任事物自由發展；不經人工干預：～美｜～免疫｜聽其～。❸〔副〕當然；一定（表示理應如此）：功到～成｜吸煙過多，～會影響健康｜老友重逢，～有說不完的話。❹〔連〕連接分句或句子，表示追加說明或意思有轉折：正式公佈的簡化字應該廣泛使用，～，翻印古籍是另一回事｜旱情嚴重，人們天天盼下雨。～，即使老天不下雨，我們也要抗旱奪豐收。

【自然】zìran〔形〕不勉強；不做作；不呆板：他回答記者追問態度很～｜露出一種不大～的微笑｜她在冰上的表演是那樣～。

【自然保護區】zìrán bǎohùqū 為保護典型的自然生態系統、珍稀瀕危野生動植物資源、有特殊意義的自然遺跡及其所在的陸地、陸地水體或海域，依法劃出一定面積予以特殊保護和管理的區域。

【自然村】zìráncūn〔名〕人們長期居住自然形成的村落：這個鄉管轄上百個～。

【自然而然】zìrán'érrán〔成〕不受外力影響而天然如此;沒有任何勉強而成為這樣:魚會游,鳥會飛,都是~的|他倆多年相處,~地產生了愛情。

【自然界】zìránjiè〔名〕狹義指自然科學所研究的無機界和有機界。廣義指統一的客觀物質世界,不依賴於意識而存在。人類社會是其中的一個特殊部分。

【自然景觀】zìrán jǐngguān 自然形成的山川湖海等地形地貌中有觀賞價值的景物(跟"人文景觀"相對):西藏以雪域高原的~吸引着旅遊者。

【自然科學】zìrán kēxué 研究自然界各種物質、現象和運動規律的科學,如物理學、化學、動物學、植物學、礦物學、生理學、數學等。

【自然人】zìránrén〔名〕❶ 法律上指在民事上能享受權利和承擔義務的個人(區別於"法人")。❷ 社會學上指近於原始狀態尚未開化的人。

【自燃】zìrán〔動〕自動燃燒。如潮濕的煤屑或柴草等物,大量堆積時緩慢氧化,因通風不良,散熱困難,溫度升高到着火點時便自己着起火來(區別於"助燃"):幾處山火是枯枝落葉~而發生的。

【自如】zìrú〔形〕❶ 神態鎮定自然:談笑~|神態~。❷ 活動、操作或指揮靈活如意無阻礙:運用~|操縱~|揮灑~。

【自若】zìruò〔形〕〈書〉(言行舉止)跟平時一樣。多形容臨事鎮定:神色~|臨危不懼,談笑~。

【自殺】zìshā〔動〕自己殺死自己(區別於"他殺"):服毒~|投井~|畏罪~。

【自上而下】zìshàng'érxià〔成〕從上面到下面;從上級到下級;從領導到群眾:把他~打量了一番|~一級一級地傳達會議精神。

【自身】zìshēn〔名〕自己(強調不是別人或別的事):~做事~當(表示不諉過於人)|不顧~安危|加強~建設。

【自生自滅】zìshēng-zìmiè〔成〕自發產生,自行消失或消滅。指無人過問,任其消長:對好的苗子要注意培養,不能眼看着他們~|一部分無名作家無人理會,就這樣~了。

【自食其果】zìshíqíguǒ〔成〕自己吞下自己所種的苦果。比喻做了壞事,由自己來承擔後果:作惡多端,必將~。

【自食其力】zìshíqílì〔成〕依靠自己的勞動所得來養活自己:幾個孩子都已經能~了。

【自食其言】zìshíqíyán〔成〕自己把自己說過的話收回去,只當沒說過。指不講信用,說話不算數:說到做到,我決不~|答應了的事又推翻,豈不是~?

【自始至終】zìshǐ-zhìzhōng〔成〕從開始到結束:談判~洋溢着友好的氣氛|這件事我~都在場。

【自視】zìshì〔動〕自己認為自己(怎麼樣):~甚高(自己把自己看得很高)|~無能,只好妥協。

【自恃】zìshì〈書〉❶〔動〕倚仗(自己的優勢):~有功|~人多勢眾。❷〔形〕驕傲自滿,自以為是:不可~太過|不可有才而~。

【自首】zìshǒu〔動〕(犯案的人)主動向有關部門交代自己的罪行:投案~|限期~|及時~,可以從寬處理。

【自私】zìsī〔形〕只替自己打算,不顧別人:人不可以太~|此人~得很|他有點~,不一定會幫助你。

【自私自利】zìsī-zìlì〔成〕只考慮個人,絲毫不考慮別人:~的人,無朋友,也無快樂。

【自討苦吃】zìtǎokǔchī〔成〕自己找苦吃;自己給自己招惹麻煩:你可別~|你幫他,還受他的埋怨,真是~。

【自投羅網】zìtóu-luówǎng〔成〕羅:捕鳥的網。比喻自行進入對方預先設好的圈套:民警做好安排,讓綁匪~。

【自外】zìwài〔動〕把自己放在某個範圍之外;自視為外人:~於親友|不敢~。

【自慰】zìwèi〔動〕❶ 自我安慰:聊以~(姑且用來安慰自己)|差(chā)堪~。❷ 指手淫。

【自衛】zìwèi〔動〕以自己的力量保衛自己:練習武術是為了~|歹徒搶劫,他奮力~。

【自刎】zìwěn〔動〕用刀、劍等利器割頸部自殺:抹脖子~而死|舉刀~,至死不屈。

【自問】zìwèn〔動〕❶ 自己責問自己:反躬~|捫心~。❷ 自己查看自己:我~盡了最大努力|我~沒有對不起他的地方。

【自我】zìwǒ〔代〕人稱代詞。自己;自身(多用在雙音節動詞前,表示這一動作或行為是自己對自己進行的):~欣賞|~陶醉|~調節|超越~。

【自我隔離】zìwǒ gélí 澳門地區用詞。凡問題賭博者自行提出申請或其親屬提出申請,禁止其進入澳門部分或全部娛樂場,為期2年:申請~,要親臨澳門特區政府博彩監察局辦理,或填寫申請表送交政府處理。

【自我作古】zìwǒ-zuògǔ〔成〕由我創新。指不沿襲古人:~,無所因襲。

【自習】zìxí〔動〕學生在課上課下自己學習:因老師請假,兩節語文課改為~|晚~。

【自下而上】zìxià'érshàng〔成〕從下面到上面;從下級到上級;從群眾到領導:~地把瘋枝剪去|~,層層選拔。

【自相】zìxiāng〔副〕指某種狀態或行為是在自己跟自己或同類中存在或進行的:他說的話前後~矛盾|匪徒們~殘殺起來了。

【自相殘殺】zìxiāng-cánshā〔成〕自己人互相

Z

殺害：在古代，為爭奪王位，父子兄弟間往往～。

【自相矛盾】zìxiāng-máodùn〔成〕比喻說話或做事前後互相抵觸：他的發言～的地方很多。

【自新】zìxīn〔動〕自覺地拋棄舊我重新做人：悔過～｜決心走～之路。

【自信】zìxìn ❶〔動〕自己相信自己：～不疑｜～能說到做到。❷〔名〕對自己的信心：平添了幾分～。❸〔形〕自認自己能做能實現：自己的方案能通過，他很～｜他太～了，結果被淘汰。**注意**"自信"的動詞義要帶謂詞性賓語，如"他自信能夠考上"。形容詞義則做謂語中心詞，能加程度副詞，不能帶賓語，如"他很自信，不會想到會出事"。名詞義則可帶數量詞（一般是"一點""幾分"）做主語或賓語，如"一點自信也沒有"｜"他多了幾分自信"。

【自行】zìxíng〔副〕❶ 自己進行（不依賴別人）：～處理｜～設計｜～安排。❷ 自然而然（不需要外力）：～脫落｜～消失。

【自行車】zìxíngchē〔名〕(輛)一種兩輪的交通工具，騎在上面用腳蹬動輪盤帶動車輪向前行進，因不借外力而得名。也叫腳踏車、單車。

【自行其是】zìxíngqíshì〔成〕自己做自己認為對的事情：多聽聽別人的意見，別～。**注意**這裏的"是"不寫作"事"。

【自修】zìxiū〔動〕❶ 學生自己學習：在家～｜老師生病，語文課改為～。❷ 自學：～日語｜～了大學化學系的全部課程｜要求得知識，就必須不斷地～。

【自詡】zìxǔ〔動〕自己吹噓自己；自誇（含貶義）：～為天才｜他一向～是經商能手。**注意**這裏的"詡"不寫作"栩"，不讀 yǔ。

【自序】zìxù〔名〕❶ (篇)作者自己寫的序言。❷ 指自己敍述生平經歷及著作旨意的文字。以上也作自敍。

【自選商場】zìxuǎn shāngchǎng (家)顧客自行挑選商品的零售綜合商場。這種商場售貨員較少，顧客自我服務，選好商品後到出口處結算付款。也叫超級市場。

【自學】zìxué〔動〕❶ 學生在課上課下自己學習：這一課先～，然後老師再講。❷ 泛指在學校外自己學習：～成才｜很多知識是靠～得到的。

【自學考試】zìxué kǎoshì 根據國家有關規定和要求對自學者進行的學歷資格考試，合格者可獲得中專、大專或大學本科畢業學歷證書：高等教育～。簡稱自考。

【自言自語】zìyán-zìyǔ〔成〕自己跟自己說話：想起失去多年的兒子，她就～地說個沒完｜進入考場前，他～：不要慌。

【自以為是】zìyǐwéishì〔成〕自認為自己正確，不考慮別人的意見：力戒～的作風｜領導幹部切不可～，盛氣凌人。

【自縊】zìyì〔動〕〈書〉上吊自殺：～身亡｜～而死。

【自用】zìyòng ❶〔動〕供自己使用：留作～。❷〔動〕〈書〉過於自信，聽不進別人意見：剛愎～｜愚而～。

【自由】zìyóu ❶〔名〕在法律規定範圍內，按個人意願進行活動的權利：人身～｜言論～。❷〔名〕哲學範疇。指人們在認識了事物發展規律的基礎上，自覺地支配自己和改造世界。❸〔形〕不受約束限制；隨自己心願：～發言｜～報名｜處處受限制，他覺得很不～。

【自由港】zìyóugǎng〔名〕設在一國境內之內，允許外國貨物、資金自由進出的港口區。進出港區的貨物免徵關稅，准許在港區內進行改裝、加工、長期儲存或銷售等業務活動。只有當貨物轉移到自由港所在國的課稅地區時，才需繳納關稅。

【自由貿易區】zìyóu màoyìqū 具有類似自由港功能的貿易區。

【自由市場】zìyóu shìchǎng 個體攤販集中在一起經營的農貿市場。

【自由體操】zìyóu tǐcāo 體操比賽項目之一。運動員在專用場地上於限定時間內徒手完成一系列翻騰、跳躍、轉體等動作。

【自由王國】zìyóu wángguó 哲學上指人們認識和掌握客觀規律後得以自覺地運用客觀規律來改造客觀世界的境界（區別於"必然王國"）：人類的歷史就是一部從必然王國向～發展的歷史。

【自由行】zìyóuxíng〔動〕❶ 自助遊。❷ 以個人身份申請到其他國家及地區旅遊，一般不通過旅行社安排，或只通過旅行社安排酒店及機票，而自行安排行程、食宿的一種旅行方式，又稱個人遊：～是到國外深度遊的好方式。

【自由泳】zìyóuyǒng〔名〕❶ 爬泳的通稱。❷ 游泳運動項目之一。運動員可以任何一種姿勢游完規定距離。

【自由職業者】zìyóuzhíyèzhě〔名〕指憑藉一定的知識技能，獨立從事醫務、教學、法律、新聞採訪、自由撰稿、藝術表演等職業的人。

【自由主義】zìyóu zhǔyì ❶ 早期資產階級的一種政治思想，主張自由競爭、個人自由，反對政治的、社會的和宗教的束縛。❷ 革命隊伍中的一種錯誤的思想作風，主要表現為自由放任，不講原則，無組織，無紀律，把個人利益放在第一位等。

【自由自在】zìyóu-zìzài〔成〕不受限制，無拘無束；安閒舒適：不為兒女操心，樂得～｜假日到野外爬山釣魚，～。

【自幼】zìyòu〔副〕從幼年時候起：他～就喜歡畫畫兒｜這是～養成的好習慣。

【自娛自樂】zìyú-zìlè〔成〕自我消遣；使自己快

Z

樂：附近的居民幾乎每晚都聚集到社區廣場，吹拉彈唱，～。

【自圓其說】zìyuánqíshuō〔成〕提出理由，使自己的說法圓滿周全，不露破綻：發議論寫文章至少要能～｜你的論點自相矛盾，不能～。

【自怨自艾】zìyuàn-zìyì〔成〕艾：改正。《孟子·萬章上》："太甲悔過，自怨自艾。"太甲：商代君王名。原指悔恨自己的錯誤，並加以改正。現只指自己悔恨：有錯誤改了就好，何必～呢？注意 這裏的"艾"不讀 ài。

【自願】zìyuàn〔動〕自己願意（不是勉強或被迫）：～參加｜出於～。

【自在】zìzài〔形〕心無牽掛；不受拘束：自由～｜逍遙～。

【自在】zìzai〔形〕自然，不拘束；安閒舒適：在生人面前他很窘，顯得不大～｜日子過得挺～。

【自責】zìzé〔動〕自己責備自己：引咎～｜這事我們倆也有責任，你就不要一味地～了。

【自找】zìzhǎo〔動〕❶ 自己招致；自己引起：～苦吃｜何必～麻煩呢？❷ 自己謀求；自己尋找：～工作｜～出路。

【自知之明】zìzhīzhīmíng〔成〕《老子·三十三章》："知人者智也，自知者明也。"後用"自知之明"指準確了解自己優缺點的能力（有時偏指了解缺點）：人貴有～｜缺乏～｜他也太沒有～了。

【自制】zìzhì〔動〕克制自己：～力｜她一拿起小說來就不能～，常常一看就是通宵。

【自治】zìzhì〔動〕（民族、地區、團體等）對自己的事務依法獨立行使一定的權力：實行民族區域～。

【自治旗】zìzhìqí〔名〕與縣一級相當的行政區劃單位（適用於實行民族自治的地區），中國內蒙古自治區有三個自治旗：鄂倫春自治旗、鄂溫克族自治旗、莫力達瓦達斡爾族自治旗。

【自治區】zìzhìqū〔名〕與省一級相當的行政區劃單位（適用於實行民族自治的地區），中國有五個自治區：內蒙古自治區、廣西壯族自治區、西藏自治區、寧夏回族自治區和新疆維吾爾自治區。

【自治權】zìzhìquán〔名〕依法實行自治的權力：少數民族聚居的地區享有充分的～。

【自治縣】zìzhìxiàn〔名〕與縣一級相當的行政區劃單位（適用於實行民族自治的地區），中國有120個自治縣（包括3個自治旗），如河北省的孟村回族自治縣、廣西壯族自治區的融水苗族自治縣、新疆維吾爾自治區的巴里坤哈薩克自治縣等。

【自治州】zìzhìzhōu〔名〕介於自治縣和自治州之間的一級行政區劃單位（適用於實行民族自治的地區），中國有30個自治州，如吉林省的延

邊朝鮮族自治州、貴州省的黔東南苗族侗族自治州、新疆維吾爾自治區的巴音郭楞蒙古自治州等。

【自製】zìzhì〔動〕自己製作：～了一隻枱燈｜～糕點。

【自重】zìzhòng ㊀〔動〕❶ 自尊；珍重自己的人格、言行：自愛～｜君子～。❷〔動〕〈書〉推重、抬高自己：擁兵～。㊁〔名〕（機器、運輸工具或建築物承重構件等）本身的重量：這種卡車～兩噸。

【自主】zìzhǔ〔動〕自己做主（不受干預）：婚姻～｜獨立～｜不由～（自己不能控制自己）｜～創新。

【自主權】zìzhǔquán〔名〕自己決定和處理自己事務的權利：減少干預，擴大企業～。

【自助餐】zìzhùcān〔名〕（頓）將各種飯菜分類陳列，由用餐者自行選取的用餐方式。吃自助餐一般是按人頭收取固定的費用，不因吃多吃少而分別計價：吃～不要浪費食物，吃多少拿多少。

【自傳】zìzhuàn〔名〕（篇、部）自己敍述自己生平經歷的文章或著作。

【自轉】zìzhuàn〔動〕天體繞着自身的軸心轉動（區別於"公轉"）：地球～一周約二十四小時，月球～一周的時間與它繞地球公轉一周的時間相同。

【自足】zìzú ❶〔形〕自己感到滿足；自己滿意：自滿～｜瞧他那～的樣子。❷〔動〕自己滿足自己的需要：自給～｜這個地區糧食已經能夠～。

【自尊】zìzūn〔動〕珍重自己的名譽，不對別人低三下四，也不允許別人小看自己：我們都要～、自信、自強｜她不～，難怪別人看不起。

【自尊心】zìzūnxīn〔名〕尊重自己人格，不容許他人小看的意識：他的～極強｜別挫傷孩子的～｜提高民族～和自信心。

【自作聰明】zìzuò-cōngmíng〔成〕自以為聰明而輕率地說話、行事：不要～｜～的人其實是最愚蠢的。

【自作孽，不可活】zì zuòniè，bùkě huó〔諺〕《孟子·公孫丑上》："天作孽，猶可違；自作孽，不可活。"指自己蠻幹胡為引起的報應，無可逃脫：他陰謀敗露，畏罪自殺，正可謂～。

【自作主張】zìzuò-zhǔzhāng〔成〕對某事擅自做出決定或採取行動：這件事要請示領導，不要～。

【自作自受】zìzuò-zìshòu〔成〕自己造下的罪孽，自己承擔其後果：他有錢就賭，把家當輸光，無處棲身，真是～。

字 zì ❶（～兒）〔名〕文字：～裏行間｜常用～｜他一個～兒都不認識。❷（～兒）

〔名〕字音：咬～清楚｜～正腔圓。❸〔名〕字體：篆～｜草～｜顏～（唐代書法家顏魯公的字體）。❹〔名〕書法作品：一幅～｜一～畫。❺〔名〕字眼；詞：用～準確｜文從～順。❻（～兒）〔名〕字據；合同：借了錢，留個～兒｜空口無憑，立～為據。❼〔名〕水表電表等指示的數字：這個月水表走了 20 個～。❽〔名〕根據本名的含義另取的別名：岳飛～鵬舉｜諸葛亮～孔明｜稱呼對方的～是表示尊敬。❾〔名〕指姓名：簽～。❿ 舊時稱女子許嫁：尚未～人｜待～閨中。⓫〈書〉養育：～人之孤。⓬（Zì）〔名〕姓。

語彙 八字 白字 本字 表字 別字 草字 測字 襯字 赤字 刺字 錯字 打字 待字 單字 漢字 活字 立字 隸字 留字 柳字 盲字 名字 歐字 排字 鉛字 簽字 如字 生字 數字 題字 吐字 文字 虛字 許字 顏字 咬字 雜字 髒字 正字 鑄字 篆字 走字 繁體字 聯綿字 異體字 白紙黑字 片紙隻字 識文斷字 咬文嚼字

【字典】zìdiǎn〔名〕(部, 本)工具書的一種。彙集單字，按一定順序排列，並一一註明其讀音、意義和用法。如《康熙字典》《新華字典》《漢語大字典》。

字典的命名
中國古代的字典叫字書。最早的字書是東漢許慎著的《說文解字》。至遲到唐朝，就有了用"字典"命名的字書，只是未傳於世。現在所見最早的字典，是清朝的《康熙字典》。它是以張玉書、陳廷敬為總纂官的三十多位學者奉旨編纂的一部辭書，始於康熙四十九年（1711年），成書於康熙五十五年（1716年），共收字 47000 多個。康熙皇帝親為作序，稱此書"善兼美具"，可奉為"典常"，故命名為"字典"。其後，凡這類以解釋單字為主的辭書就都稱為"字典"。

【字調】zìdiào〔名〕漢字發音時高低升降的情況。漢語普通話的字調有陰平、陽平、上聲、去聲四類（方言的字調多寡和調值各地區有所不同）。也叫聲調。參見"四聲"（1282 頁）。

【字號】zìhào〔名〕❶ 表示事物次第的文字和數碼，如"天字第八號""中發字第十五號"等：文件編了～沒有？❷ 漢文鉛字以號數區別大小，初號字最大（邊長約 14.7 毫米），七號字最小（邊長約 1.84 毫米），常用的是五號字（邊長約 3.68 毫米），這種標誌漢字大小的編號叫字號。

【字號】zìhao〔名〕商店的名稱；泛指店鋪：中華老～｜這是全市最大的～。

【字畫】zìhuà〔名〕(張, 幅)書法和繪畫：歷代名家～｜裝裱古今～｜我喜愛收藏～。

【字彙】zìhuì〔名〕漢字彙編；字典一類的工具書。如明朝梅膺祚撰《字彙》（成書於 17 世紀初的一部字典，收字 3.3 萬餘個），《漢字正字小字彙》（為漢字正字正音的小型工具書，收字 4000 個左右）。

【字跡】zìjì〔名〕字的書寫痕跡（筆畫形體）：～模糊｜牆上隱約有些～，很難辨認。

【字句】zìjù〔名〕指寫文章所用的字詞和句子：～簡練｜～方面還需認真推敲。

【字據】zìjù〔名〕(張)用文字寫成的憑據，如收據、借條、合同、契約等：借錢得寫個～｜口說無憑，最好立個～｜訂約雙方都在～上簽了字。

【字庫】zìkù〔名〕以數字化形式儲存在計算機內的字符集合。每個字符為一個二進制編碼。也指儲存標準字的專用軟件。

【字裏行間】zìlǐ-hángjiān〔成〕字句之間。指文章的每一個字、每一句話的深層含義而不是字面上的意思：～流露出一種樂觀向上的情緒。

【字謎】zìmí〔名〕用漢字做謎底的謎語。如"分開不用刀"，謎底是"八"字；"一旦有心，便能持久"，謎底是"恆(恒)"字。

【字面】zìmiàn（～兒）〔名〕指字詞表面上的（意義）：～意思｜中國的古典詩詞，光從～上去解釋遠遠不夠，甚至會錯。

【字模】zìmú〔名〕用來澆鑄鉛字的模型，多用銅或鋅合金製成（字模字形是凹下的正字，可使鑄出的鉛字成為凸出的反體文字）：衝壓～｜～雕刻機。也叫銅模。

【字母】zìmǔ〔名〕❶ 拼音文字或注音符號的最小的書寫單位：拉丁～｜注音～。❷ 漢語音韻學指聲母的代表字，如唐宋三十六字母中，"滂"字代表"p"聲母，"透"字代表"t"聲母等。

【字幕】zìmù〔名〕(條)原指銀幕上映出的文字，後也指電視機熒光屏上和劇場舞台側的小幕布上映出的文字，目的是為了幫助觀眾了解內容、聽懂對白或唱詞：中文～｜打～。

【字喃】zìnán〔名〕越南在文字改革前使用的文字，包括借用的漢字和仿照漢字體式而造的越南字。越南語的定語在中心語之後，故字喃即喃字之意。

【字書】zìshū〔名〕(本, 部)以解釋漢字形體為主，兼及讀音和意義的書，如《說文解字》。

【字體】zìtǐ〔名〕❶ 文字的體式，如漢字的形體在歷史演變中有篆書、隸書、草書、楷書、行書等，現代楷書有手寫體、印刷體的不同，後者又有宋體、仿宋體、黑體等的分別。❷ 書法的流派，如顏真卿的字體叫顏體，柳公權的字體叫柳體，歐陽詢的字體叫歐體，蘇東坡的字體叫蘇體，等等。

【字條兒】zìtiáor〔名〕(張)寫有少量文字的紙條兒，如借據、便條兒、通知等。

【字帖兒】zìtiěr〔名〕寫有文字的紙片兒、簡帖。

【字帖】zìtiè〔名〕(本，張)練習書法時用以臨摹的各種字體的範本(區別於"畫帖")，有毛筆字帖、鋼筆字帖等。**注意** 這裏的"帖"不讀 tiē 或 tiě。

【字形】zìxíng〔名〕字的形體：標準～｜新舊～對照表。

【字眼】zìyǎn(～兒)〔名〕句子中的字、詞或短語(多就其使用是否得體而言)：別摳～｜用這個～來形容，我認為不大恰當。

【字義】zìyì〔名〕字所表示的意義：辨明～，不寫錯別字。

【字音】zìyīn〔名〕字的讀音：糾正～，學好普通話。

【字斟句酌】zìzhēn-jùzhuó〔成〕(寫文章或說話時)仔細推敲所用的字詞句，以求貼切：先寫好初稿，再～地進行修改加工｜即席講話，顧不上～。

【字正腔圓】zìzhèng-qiāngyuán〔成〕(演唱、唸白或朗誦時)發音準確，腔調圓潤：他的朗誦～，聲情並茂。

【字字珠璣】zìzì-zhūjī〔成〕璣：不圓的珠子。每一字都如同珍珠。比喻文章華美精彩。

剚 zì〈書〉刺：～刃(用刀劍刺入)｜拔劍自～其胸。

牸 zì 母牛；也泛指雌性牲畜：老～。

恣 zì ❶ 放縱；無拘束：～情享受｜～行無忌(隨心所欲，不顧後果)。❷〔形〕(北方官話)舒服；得意：他每天下下棋，遛遛鳥，～得很。

語彙 放恣 驕恣 自恣

【恣肆】zìsì〔形〕〈書〉❶ 放肆；放縱：驕橫～，不可一世。❷(文筆)氣勢豪放：落筆為文，汪洋～。

【恣睢】zìsuī〈書〉〔形〕❶ 放縱驕橫：暴戾～(殘暴兇狠，為所欲為)。❷ 自在；自得的樣子：遙蕩～。

【恣意】zìyì〔副〕肆意；任意：～妄為｜～踐踏。

眥〈眦〉zì 上下眼瞼的接合處，靠近鼻子的叫內眥，靠近兩鬢的叫外眥：目～盡裂(形容怒不可遏的樣子)。通稱眼角。

胾 zì〈書〉大塊的肉；也泛指肉食。

胔 zì〈書〉帶有腐肉的屍骨；屍體：掩骼埋～。

漬(渍) zì ❶〔動〕浸；漚；泡：～麻｜汗水把衣服都～黃了。❷〔動〕東西被油、泥等污染：機器上～了很多油泥｜自行車鏈子又～上泥了。❸ 地面的積水：內～｜防洪排～。❹ 積在器物上難以除去的沾染物：茶～(茶具裏面的積垢)｜油～(含油的污跡)。

語彙 浸漬 污漬 血漬 油漬

zōng ㄗㄨㄥ

宗 zōng ❶ 祖先：祖～｜～祠｜光～耀祖。❷ 宗族；家族：同～｜～兄｜～弟。❸ 派別；宗派：禪～｜北～山水。❹ 主旨；宗旨：開～明義(一開始就講明本意)｜萬變不離其～。❺ 為公眾所敬仰和師法的人物：一代文～。❻〔名〕原西藏地方政府的行政區劃單位，相當於縣一級。如"宗本"，也叫"宗官"，相當於縣長。❼〔動〕尊崇；在學術或文藝上效法：世人～之｜他在畫法上～的是嶺南畫派。❽〔量〕多用於較重大的事物：一～交易｜心裏老惦記着這～大事。❾(Zōng)〔名〕姓。

語彙 禪宗 辭宗 大宗 岱宗 卷宗 同宗 文宗 正宗 祖宗 萬變不離其宗

【宗祠】zōngcí〔名〕祠堂。

【宗法】zōngfǎ ❶〔名〕舊時以家族為中心，按血統遠近來區別嫡庶親疏的法則，其核心內容是嫡長子繼承制：～制度鞏固了封建統治階級的世襲統治。❷〔動〕師法；取法：其詩多～杜甫。

【宗匠】zōngjiàng〔名〕在學問技藝方面成就巨大、為眾人所敬仰和效法的人；大師：一代～｜藝苑～。

【宗教】zōngjiào〔名〕社會意識形態之一，上層建築的一部分。相信在現實世界之外還存在着超自然、超人間的神秘境界和力量，主宰着自然和人類社會，因而產生敬畏和崇拜。世界宗教主要有佛教、基督教、伊斯蘭教等。

【宗廟】zōngmiào〔名〕(座)帝王或諸侯供奉、祭祀祖先的處所：～樂歌(祭祀祖先的詩)。

【宗派】zōngpài〔名〕❶〈書〉宗族的分支。❷ 政治、學術、文藝、宗教等方面因各有所宗而形成的派別(今多用於貶義)：～之爭｜克服～情緒。

【宗師】zōngshī〔名〕(位)德高望重、學問淵博或技藝精湛、受到尊崇堪稱師表的人：一代～｜奉為～。

【宗室】zōngshì〔名〕帝王的宗族；與帝王同宗族的人：大畫家八大山人出身於明代的～。

【宗兄】zōngxiōng〔名〕稱同宗的兄長。

【宗政】Zōngzhèng〔名〕複姓。

【宗旨】zōngzhǐ〔名〕根本目的；基本意圖；主導思想：辦學的～。

【宗主國】zōngzhǔguó〔名〕封建社會中統治和支配藩屬國的國家。現指統治殖民地附屬國的資本主義國家。

【宗族】zōngzú〔名〕同一父系的家族，也指同一

Z

宗族的人（不包括出嫁的女性）：～制度｜～勢力。

偬 Zōng 傳說中的上古神人。

棕
椶〈椶〉 zōng ❶〔名〕棕樹。❷〔名〕棕毛：～床｜～繩｜～刷子。❸棕色：～熊。

【棕繃】zōngbēng〔名〕（張）以木質框架為依託，用棕繩編織成的床鋪。也叫棕繃子。

【棕櫚】zōnglǘ〔名〕（棵，株）常綠喬木，樹幹呈圓柱形，外有紅褐色片狀纖維包裹，沒有分枝，葉子大，有長柄。可供觀賞。通稱棕樹。

【棕毛】zōngmáo〔名〕包在棕樹樹幹外面的紅褐色纖維，呈片狀，可製蓑衣、繩索、刷子等。也叫棕皮、棕衣。

【棕色】zōngsè〔名〕像棕毛一樣的顏色。

【棕樹】zōngshù〔名〕（棵，株）棕櫚的通稱。

【棕油】zōngyóu〔名〕一種用油棕樹果實榨的油，除食用外，還用於製作人造黃油、麵包、餅乾、蛋糕、糖果點心和冰淇淋等食品，還可從中提煉出脂肪酸、甲基脂，可製肥皂和無煙蠟燭。

腙 zōng〔名〕有機化合物的一類，由醛或酮與肼作用生成。[英 hydrazone]

綜〈綜〉 zōng / zòng ❶總聚；總合：～上所述，可得如下結論。❷（Zōng）〔名〕姓。

另見 zèng（1702 頁）。

【綜觀】zōngguān〔動〕總起來看：～全局｜～歷史｜～當前國內外形勢。

【綜合】zōnghé〔動〕❶ 把各種不同而互相關聯的事物或現象組合在一起：～利用｜～療效。❷ 把各個獨立而互相關聯的事物或現象綜合起來，從整體上加以考察（跟"分析"相對）：科學研究既有分析，又有～｜先做好分析的研究，才有可能做～的研究。

【綜合國力】zōnghé guólì 指一個國家在政治、經濟、科技、文化、軍事等方面具有的實力和潛力，以及由此產生的國際影響力：科學技術的發展，在很大程度上決定着一個國家經濟發展水平和～的高低。

【綜括】zōngkuò〔動〕綜合概括；總括：～大家的意見｜把各地情況～起來研究。

【綜述】zōngshù ❶〔動〕綜合敘述：校長～了開學以來的教學情況｜～國際形勢。❷〔名〕（篇）綜合敘述的文字：這篇～很有分量。

【綜藝】zōngyì〔名〕綜合文藝：～大觀｜～節目。

樅〈枞〉 zōng ❶用於地名：～陽（在安徽長江北岸）。❷（Zōng）〔名〕姓。
另見 cōng（214 頁）。

鬃〈騣髮騌〉 zōng〔名〕馬、豬等頸上的長毛：馬～｜～刷（用豬鬃製的刷子）。

蹤〈踪〉 zōng ❶人或動物走過留下的腳印、痕跡：潛～｜跟～追擊｜無影無～。❷（Zōng）〔名〕姓。

語彙 藏蹤 躡蹤 萍蹤 失蹤 行蹤 追蹤

【蹤跡】zōngjì〔名〕行動或移動後留下的痕跡：到處找不到她的～｜發現了兔子的～。

【蹤影】zōngyǐng〔名〕（被尋找對象的）蹤跡和形影：～全無｜哪裏去找他的～。

zǒng ㄗㄨㄥˇ

傯〈傯〉 zǒng 見"倥傯"（767 頁）。

總〈总〉 zǒng ❶〔動〕匯總；綜合：～其事｜～而言之｜～起來算一算得花多少錢。❷〔形〕全面的；整體的：～動員｜～同盟｜～的認識是一致的。❸〔形〕主要的；為首的：～司令｜～書記｜～政策。❹〔副〕表示推測或估計：他不來上班～有七八天了吧｜他不喜歡你，～會有一定的原因。❺〔副〕表示持續不變；經常；一直：他～愛躺着看書｜開會的時候，他～不發言｜他的性子～是這麼急躁。❻〔副〕畢竟；總歸：跟過去比，～算前進了一步｜真理～是真理，誰也推翻不了！

辨析 總、老 a）在做副詞表持續的意義上，二者可以互換，如"總（老）愛上街""總（老）是這麼性急。b）"老"可表示程度高，如"樹長得老高"，"總"不能這樣用；"總"可表示推測，如"他不來總有原因吧"，可表示"畢竟"，如"事實總是事實，不能不承認"，"老"不能這樣用。

語彙 共總 歸總 匯總 老總 攏總 一總

【總編】zǒngbiān〔名〕（位）總編輯的簡稱，出版或新聞機構中編輯工作的主要負責人。

【總裁】zǒngcái〔名〕❶ 明、清兩代稱中央編纂機構的主管官員和主持會試的大臣。❷ 某些政黨的首腦。❸ 某些企業的領導人，如公司總裁、銀行總裁等。

【總得】zǒngděi〔副〕表示情理上或事理上的必要；終究要：做事～有耐心｜問題～解決了才行｜～留個人在家照顧病人。

【總動員】zǒngdòngyuán〔動〕❶ 從總體上調動一切人力、物力和財力以適應某種需要的緊急措施，特指國家把全部武裝力量和政治、經濟、文化教育等一切活動,從平時狀態轉入戰時狀態,以服從軍事需要的重大決策。❷泛指發動大家行動起來參加某項活動。

【總督】zǒngdū〔名〕❶明初在用兵時臨時派往地方督察軍務的高級官員;成化五年(1469年)始專設兩廣總督,後各地續有增設,遂成定制。❷清朝統轄一省或二、三省的軍事和民政的地方最高長官。❸明、清兩代專管河道或漕運事務的官員。❹近代以來英法等國政府派駐殖民地的最高統治官員。❺英王派駐自治領的代表或由英王任命的英聯邦成員國的最高行政長官。

【總額】zǒng'é〔名〕總的金額或數額:儲蓄~|工資~|生產~|招生~。

【總而言之】zǒng'éryánzhī ❶總括起來說:有的人贊成,有的人反對,有的人懷疑,有的人迴避,~,看法很不一致。❷表示在任何情況下結果都一樣:不管你怎麼解釋,~你推脫不了責任。

【總綱】zǒnggāng〔名〕❶思想理論的要點:經過討論,確定了這套叢書的~。❷法規、章程中說明總的原則和內容要點的部分。

【總工】zǒnggōng〔名〕(位,名)總工程師的簡稱,技術幹部的最高職務名稱。能獨立指揮完成一個部門、一個單位或某一大型工程的技術任務的高級專門人員。

【總攻】zǒnggōng〔動〕軍事上指對敵人全面進攻或全線出擊:發起~。

【總共】zǒnggòng〔副〕表示合在一起;一共(後面多有數量詞呼應):我們年級~有八個班|全年~上繳利潤150萬元。注意"總共"後面的動詞有時可以省去不說,如"這九筆賬加起來,總共(是)三萬七千元"。

【總管】zǒngguǎn ❶〔動〕全面進行管理:由王總~社|院內工作一時無人~。❷〔名〕(位)指全面管理某事務的人:財務~|技術~。❸〔名〕(位)舊時貴族或富豪家裏負責管理奴僕和雜務的人。

【總歸】zǒngguī〔副〕表示最後必然怎樣;歸根到底:獨斷專行~要失敗|不管困難多大,~是能克服的|事實~是事實,誰也否認不了。

【總和】zǒnghé〔名〕總數;總體:全年產量的~|技術力量的~。

【總匯】zǒnghuì ❶〔動〕水流匯合在一起:幾條河流在這裏~。❷〔名〕彙集在一起形成的整體:這個成就是人民智慧和力量的~。❸〔名〕指各種商品集中的處所(多用於商店名稱):燈飾~|家具~。

【總機】zǒngjī〔名〕機關、企業、學校等內部設置的可以接通分機和外線的電話交換機。

【總集】zǒngjí〔名〕(部)彙集多人作品的詩文集,如南朝梁蕭統(昭明太子)《文選》、宋朝郭茂倩《樂府詩集》,區別於收集個人作品的別集。

【總計】zǒngjì〔動〕總起來計算:聽眾~有兩千人。

【總監】zǒngjiān〔名〕負責全面監督管理的人:工程~|財務~|藝術~。

【總角】zǒngjiǎo〔名〕〈書〉古代兒童把頭髮紮成向上分開的兩個髮髻(形狀像角),借指幼年或少年:~之交(自幼結識的好友)。

【總結】zǒngjié ❶〔動〕對一定階段內思想工作、學習等情況進行分析研究,做出有指導意義的結論:把前一階段的思想好好~一下|我們早就~過這方面的教訓。❷〔名〕(份)指通過總結概括出來的結論:寫~|工作~。

【總經理】zǒngjīnglǐ〔名〕(位,名)某些企業在行政和業務方面的最高領導人,具有經營管理、財務和人事的決定權。

【總括】zǒngkuò〔動〕匯總和概括:~起來就是三句話:有困難,有希望,有辦法|各方面情況,提出相應的措施。

【總攬】zǒnglǎn〔動〕全面掌握;把持:~大權|~一切|~全局|一切都由他~。

【總理】zǒnglǐ ❶〔動〕〈書〉全面掌管:~軍務|~各國事務衙門(清朝末年為辦理洋務而設立的機構,光緒二十七年即1901年改組為外務部,民國以後改稱外交部)。❷〔名〕某些政黨的領導人:孫中山是中國國民黨~。❸〔名〕中國國務院領導人名稱。❹〔名〕某些國家中央政府的首腦:政府~。

【總量】zǒngliàng〔名〕一定範圍內的各部分數量的總和;總的數量:全年降雨~|糧食儲備~|發電~增加了。

【總領事】zǒnglǐngshì〔名〕(位,名)一國政府派駐他國首都以外的某城市或某地區的高級外交官,是領事中的最高一級。

【總目】zǒngmù〔名〕匯總大型綜合圖書各部分目錄而成的目錄,如《中國叢書綜錄》第一冊為《總目分類目錄》,第二冊為《子目分類目錄》,有的還附有提要,如《四庫全書總目》。

【總數】zǒngshù〔名〕若干個數相加起來的數:全校學生~|財政收入~|收支~接近於平衡。

【總司令】zǒngsīlìng〔名〕(位)軍隊的最高統帥或某一軍種的最高指揮官:中國人民解放軍~|空軍~|~部。

【總算】zǒngsuàn〔副〕❶表示過了一段時間或經過不斷努力後,才實現某種願望;終於:下了半個月的雨,今天~晴了|前後報考了三次,這次~考取了。❷表示大體夠得上;大致:有這點成績~不錯了|雖然幅度不大,~增產了。❸表示碰上了某種機遇;幸虧:春節~沒下雨,大家過得挺高興|~趕上了這班車,否則就要遲到了。

【總體】zǒngtǐ〔名〕由若干個體合成的整體：～規劃│從～上看│～說來，情況是好的。

【總統】zǒngtǒng〔名〕(位)某些國家的元首的名稱。

【總務】zǒngwù〔名〕❶ 機關或企業事業單位的内部事務，包括財務、財產和膳食管理等：～工作│～處。❷ 指負責總務工作的機構或人員：找～去│～老張不同意，我不便去買。

【總則】zǒngzé〔名〕(條)表述總的原則的概括性條文，常列在法律、法令、條例或規章的開頭：憲法～│婚姻法～。

【總長】zǒngzhǎng〔名〕❶ 民國臨時政府和北洋軍閥時期政府設置的各部的最高長官：教育～│外交～。❷ 軍隊中總參謀長的簡稱。

【總之】zǒngzhī〔連〕表示歸總上文所述，下文是總括性的話：上海、廣州、武漢、成都、西安、瀋陽，～，各大城市都有直達車前往北京│社會在發展，時代在前進，～，新事物終將代替舊事物│門牌號碼記不清了，～是在南京路中段│不用多說了，～我會給你幫助的。**注意**"總之"也可以說成"總而言之"。"總之"後面不一定要停頓；"總而言之"後面一般要有個停頓，使語氣有所加重。

【總裝】zǒngzhuāng〔動〕把零部件最後裝配成整體；整體裝配：～車間│井下～和調試。

zòng ㄗㄨㄥˋ

粽〈糉〉 zòng 粽子。

【粽子】zòngzi〔名〕一種傳統食品，用竹葉或葦葉等包住糯米紮成三角錐體等形狀，煮熟了吃。中國民間在五月初五端午節有吃粽子的習俗。

> **粽子的來源**
> 據晉朝周處《風土記》、南朝梁宗懍《荊楚歲時記》、宋朝陳元靚《歲時廣記》等記載，粽子原為"嘗黍"和"祭祖"的食品，後來成為夏至日或端午節的節令食品，並用以紀念愛國詩人屈原。

猣 zòng 公豬。

瘲〈疯〉 zòng 見"瘛瘲"(178頁)。

縱〈纵〉 zòng / zōng ㊀❶〔形〕地理上南北向的(跟"橫"相對)：京廣鐵路北起北京，南到廣州，～貫河北、河南、湖北、湖南和廣東五省。❷〔形〕空間上從前到後的(跟"橫"相對)：～深八米，橫寬四米。❸〔形〕跟物體長的一邊平行的(跟"橫"相對)：～剖面│～交錯。❹〔名〕軍隊編制上的縱隊：一～│三～。❺(Zòng)〔名〕姓。

㊁(北京話)❶〔形〕褶皺不平的樣子：衣服壓～了，得熨一下。❷〔動〕打皺：你老～着眉頭幹嗎？

㊂❶ 放開；釋放：稍～即逝│欲擒故～│～虎歸山，必有後患。❷〔動〕聽任；不加約束：～情│～聲大笑│不能～着下級胡為。❸〔動〕縱身：他向上一～，就把球投到籃裏去了。

㊃〔連〕〈書〉縱然：～有千山萬水，也擋不住英雄漢│死猶聞俠骨香。

語彙 操縱 放縱 合縱 嬌縱 驕縱 寬縱 欲擒故縱

【縱波】zòngbō〔名〕物理學上指振動方向與傳播方向一致的一種波(區別於"橫波")。

【縱斷面】zòngduànmiàn〔名〕縱剖面。

【縱隊】zòngduì〔名〕❶ 前後相接的縱形隊列(區別於"橫隊")：隊伍以四路～行進。❷ 軍隊的一級組織；中國人民解放軍在解放戰爭時期曾設此編制，相當於軍。

【縱觀】zòngguān〔動〕從時間(過去現在)的進程看；歷史地看：～科學發展，有價值的成果是不會湮沒的。

【縱橫】zònghéng ❶〔形〕竪一道橫一道；交錯的樣子：～交錯│道路～│河渠～。❷〔形〕奔放；毫無拘束的樣子：筆意～。❸〔動〕向各方向馳騁：長驅二萬餘里，～十一個省。

【縱橫捭闔】zònghéng-bǎihé〔成〕縱橫：借ı向四方遊說。捭闔：開合。指在政治和外交上運用手段對有關方面進行拉攏聯合或分化瓦解。

【縱橫馳騁】zònghéng-chíchěng〔成〕不可抵擋地往來奔馳。形容所向無敵或自由發展：我三路大軍在中原大地～│在廣闊科學領域裏～。

【縱橫家】zònghéngjiā〔名〕戰國時期靠遊說來進行政治外交活動的謀士，代表人物有蘇秦、張儀等，其主要策略分別是合縱(合六國以抗強秦)、連橫(由六國分別事秦，可自保，又可借強欺弱)，故稱。

【縱橫談】zònghéngtán〔動〕結合歷史和現實來分析說明；自由地談論(多用於文章名或書名)：《巴爾幹半島局勢～》│《科學發現～》。

【縱虎歸山】zònghǔ-guīshān〔成〕放虎歸山。

【縱火】zònghuǒ〔動〕放火：～燒山│～犯。

【縱酒】zòngjiǔ〔動〕漫無節制地喝酒：～傷身│～鬧事。**注意** 唐朝杜甫的詩句"白日放歌須縱酒"是開懷暢飲的意思，現代無此用法。

【縱覽】zònglǎn〔動〕縱情觀覽：遊目～│～雲飛。

【縱令】zònglìng ㊀〔連〕即使(用於上句，表示姑且承認某種情況，下句用"也、仍、還是"等呼應，以轉入正意)：～天寒地凍，仍堅持鍛煉。㊁〔動〕放縱；放任：他～其子作案，罪有應得。

【縱目】zòngmù〔動〕〈書〉盡視力所及（看）：～遠眺｜～四望｜～騁懷。

【縱剖面】zòngpōumiàn〔名〕把長形的物體豎着切開後所呈現的平面（區別於“橫剖面”），如圓柱體的縱剖面為一個長方形。也叫縱切面、縱斷面。

【縱情】zòngqíng〔副〕盡情：～歡呼｜～歌唱。

【縱然】zòngrán〔連〕用在主從複合句中，表示讓步；即使：～有些困難，也不該推諉不管。

【縱容】zòngróng〔動〕（對錯誤言行）放縱包容：在個別領導的～下，他膽子越來越大了。

【縱身】zòngshēn〔動〕猛力使身體跳離原地：～上馬｜～跳出車廂。

【縱深】zòngshēn〔名〕❶縱向深度；多用來指作戰時軍隊向前推進的距離：正面突破後立即向～推進。❷更深的層次；更高的階段：把技術革新活動向～。

【縱使】zòngshǐ〔連〕縱然，哪怕：～條件再艱苦，我也要報名參加。

【縱談】zòngtán〔動〕不受拘束地談：～古今｜～十年來的成就，令人振奮。

【縱向】zòngxiàng〔形〕屬性詞。❶上下或前後方向的（跟“橫向”相對）：～延伸｜～聯繫｜～比較。❷南北方向的（跟“橫向”相對）：京廣鐵路是～的。

【縱欲】zòngyù〔動〕放縱情欲，不加節制。

【縱坐標】zòngzuòbiāo〔名〕平面上某一點到橫坐標軸的距離叫作這個點的縱坐標（區別於“橫坐標”）。參見“坐標”（1832頁）。

zōu ㄗㄡ

陬 zōu〈書〉❶角落：山～海澨（shì，水邊）。❷山腳；山麓：黃河東岸太行～。❸農曆正（zhēng）月。

鄒（邹）Zōu ❶周朝諸侯國名，在今山東鄒城一帶。❷〔名〕姓。

緅（缁）zōu〈書〉深青透紅的顏色。

諏（诹）zōu〈書〉❶問；諮詢：～訪（詢問）｜諮～善道。❷商量；選擇：～日｜～吉。

鄹 Zōu 春秋時魯國地名，在今山東曲阜東南，是孔子的故鄉。

鯫（鲰）zōu〈書〉❶雜色小魚。❷淺薄；卑微：～生。

【鯫生】zōushēng〔名〕〈書〉❶淺薄卑微的人；小人。❷〔謙〕自稱；義同“小生”。

騶（驺）zōu ❶古代給貴族掌管養馬、出行駕車的人。❷（Zōu）〔名〕姓。

zǒu ㄗㄡˇ

走 zǒu ❶〔動〕步行；人或動物的腳交互向前移動：正步～｜～路｜孩子剛會爬，還不會～｜一頭牛～了過來。❷〈書〉跑；奔逃：飛沙～石｜不脛而～｜心似平原～馬，易放難收｜棄甲曳兵而～。❸〔動〕（按一定規律）移動；挪動：你的錶～快了｜不能～那步棋｜飛針～綫，巧奪天工。❹〔動〕離開原來的地方：他剛～｜我明天要～了｜該搬～的都搬～。❺〔動〕通過；經由：咱們～旁門進去吧｜走了好幾道手續。❻〔動〕（親戚）往來；交往：～娘家｜～親戚｜他們兩家～得很勤。❼〔動〕交上；碰上（機遇）：～紅｜～好運。❽〔動〕因失誤而流失、發生：槍～火了｜說～了嘴。❾〔動〕失去原樣：香腸～味兒了｜遵照操作規程不～樣。❿〔動〕〈婉〉去世：一個多年老友昨天～了。⓫（Zǒu）〔名〕姓。

語彙　奔走　出走　趕走　競走　逃走　退走　行走齊步走　不脛而走　烏飛兔走

【走板】zǒu∥bǎn〔動〕❶唱戲不合節拍：荒腔～｜唱走了板。❷（～兒）比喻說話離題：剛說完，便覺察到自己走了板兒。

【走筆】zǒubǐ〔動〕〈書〉運筆迅速寫出：～操狂詞。注意 常用作文章題目，如“京郊走筆”。

【走低】zǒudī〔動〕（價格、行情等）往下降：油價～｜貸款利率～。

【走調兒】zǒu∥diàor〔動〕❶（唱歌、唱戲或演奏樂器）不合調子：我唱歌～｜走了調兒了。❷比喻說話離開了原意：老張的話有點～。

【走動】zǒudòng〔動〕❶行走；活動：坐了半天，該～～了｜你要經常～着點兒。❷離開原來所在的處所：我一般不大～，你甚麼時候來找我都行。❸（親戚、朋友間）彼此往來看望：兩親家經常～｜幾個老同學多年都沒～了。

【走讀】zǒudú〔動〕學生只在學校上課，不在學校住宿（區別於“寄宿”）：～生｜他高中三年全是～。

【走訪】zǒufǎng〔動〕前往訪問：老師～了幾位學生家長｜～了許多農村，了解到不少情況。

【走鋼絲】zǒu gāngsī ❶雜技演員在懸空的鋼絲上走動和表演各種動作。❷〔慣〕比喻在複雜危險的環境中，保持平衡，艱難行進：股市～，每一步都走在成功與失敗、快樂與痛苦一綫之間。

【走高】zǒugāo〔動〕（價格、行情等）往上升：物價～｜匯率～。

【走狗】zǒugǒu〔名〕❶〈書〉獵狗（“走”的古義為跑，獵狗善跑，故稱）：狡兔死，～烹。❷比喻被人豢養，受人驅使作惡的人：忠實～｜這幾名兇犯是大毒梟的～。

【走光】zǒuguāng〔動〕不小心暴露出身體的隱秘部位：女歌手上台前匆匆整理短裙，避免～。

【走過場】zǒu guòchǎng ❶ 戲曲表演中，角色上場後不停留，穿場而過。❷〔慣〕比喻敷衍了事或做做樣子：打假治劣，要長期抓認真抓，不能～。

【走紅】zǒuhóng〔動〕走運；受歡迎：他最近連着出了兩本書，正～呢｜他是近兩年～的歌星。

【走後門兒】zǒu hòuménr〔慣〕比喻通過不正當途徑達到某種目的：早年他～倒賣鋼材賺了一大筆錢｜聽說他是～進到公司來的。

【走火】zǒuhuǒ〔動〕❶ (-//-) 不小心觸動扳機，使槍支等火器發出子彈等：擦槍要注意，走了火兒會誤傷人。❷ 電綫因跑電而冒火星：電綫～了。❸ 比喻說了不該說的話；失言：今天在會上我說話～了。

【走火入魔】zǒuhuǒ-rùmó ❶ 因練氣功不得法導致幻覺、神志異常等症候。❷ 泛指因精神長時間高度集中於某事而導致過於痴迷：他從事漢字輸入計算機的研究，幾乎到了～的程度。

【走江湖】zǒu jiānghú〔慣〕指四方奔走，靠賣藝、賣藥或給人看相算命等為生：～，闖天下，到處為家。

【走廊】zǒuláng〔名〕❶（條）屋檐下供人通行的過道或樓房間有房頂的通道。❷ 比喻連接兩個地區的狹長地帶：河西～（指甘肅中部黃河以西至玉門市一帶）。

【走漏】zǒulòu〔動〕❶ 泄露（消息等）：～風聲（泄露機密）。也作走露。❷（轉運中的財物）部分失竊：採購運來的那批貨沒有～。❸ 走私漏稅：杜絕～。

【走路】zǒu//lù〔動〕❶ 兩腳交替着向前移動：你們坐車，我們～｜走不盡的路，讀不完的書。❷ 離開（原崗位）；解僱：不接受我的意見，我就～｜你這麼蠻幹，明天就請你～。

【走馬燈】zǒumǎdēng〔名〕❶ 花燈的一種。用彩紙剪成各種人騎馬的形象，貼在燈裏的紙輪子上，輪子因蠟燭的火焰所造成的空氣對流而自轉，紙剪的人馬便也隨着繞圈兒，供賞玩。❷ 比喻人員頻繁變換的情況（含貶義）：我們單位關係複雜，最近又～似的換了幾位主任。

【走馬觀花】zǒumǎ-guānhuā〔成〕騎馬跑着看花卉。比喻浮光掠影地觀察事物：到農村去看一看，～，總比不走不看好。也說走馬看花。

【走麥城】zǒu Màichéng〔慣〕《三國演義》中有關雲長敗走麥城、被俘遇害的情節。後用"走麥城"比喻事業失敗，英雄末路：別光吹噓自己"水淹七軍"而忘了也有"～"的時候。

【走南闖北】zǒunán-chuǎngběi〔成〕四處奔走闖蕩，到過很多地方：他從小就～，見多識廣｜你是～的人，別和他一般見識。

【走俏】zǒuqiào〔形〕（商品）銷路好，賣得快：夏

天一到，空調～｜中國的皮貨在國際市場上非常～。

【走親戚】zǒu qīnqi 不時到親戚家看望或小住一段時間：小明跟着他爹～去了｜農閒時節，多走了幾家親戚。

【走色】zǒushǎi〔動〕（紙張、織品、衣服等）失去原來的色澤：牆上的古畫兒早～了｜這裙子再洗也不會～。

【走神兒】zǒu//shénr〔動〕注意力不集中；思想開小差兒：上課老～，成績肯定好不了｜我看你是走了神兒了，前言不搭後語的。

【走失】zǒushī〔動〕❶ 外出後失蹤；丟失：～多年的小弟回來了｜～了一頭牛。❷ 改變或失去（原來的意思）：把我的話轉告他，可別～了原意。

【走勢】zǒushì〔名〕❶（地形）走向：山脈的～。❷ 變化發展的趨勢：石油價格～｜這段時間美圓～強勁。

【走獸】zǒushòu〔名〕泛指野獸。"走"的古義為跑，野獸都善跑，故稱：飛禽～。

【走私】zǒusī〔動〕非法販運貨物出入國境，逃避檢查和納稅：～香煙｜嚴防～。

【走台】zǒutái〔動〕❶ 演員在舞台上設計排練正式演出時的站位和走步。❷ 泛指表演性的行走：參賽佳麗穿晚裝魚貫～。

【走題】zǒu//tí〔動〕（說話或寫文章）偏離主題：你這話越說越～了｜命題作文可不許～｜他的話走了題。

【走投無路】zǒutóu-wúlù〔成〕無路可走，無處投奔。比喻處境極其困難：不能逼得他～｜連續虧損、～之時，他爭取到了一筆貸款。

【走味兒】zǒu//wèir〔動〕❶（茶葉、食品等）失去原來的氣味或味道：茶葉存放久了就會～｜蓋嚴實點兒，別讓酒走了味兒。❷ 比喻（言語等）失去原意而帶上消極的意味：話一從他嘴裏說出來就～了，讓人聽着不好受。

【走向】zǒuxiàng ❶〔名〕（山脈、礦脈、邊界綫等）延伸的方向：海岸綫的～｜確定兩國邊界綫的全部～。❷〔動〕朝某方向發展：從勝利～勝利｜繁榮富強｜局勢～緩和。

【走形】zǒu//xíng（～兒）〔動〕變形：這毛衣才下一次水就走了形了｜這件襯衫怎麼洗也不～。

【走形式】zǒu xíngshì 辦事只求做樣子給人看，不講求實效：治理環境污染要真幹，只是一般要求，～，不能奏效。

【走穴】zǒu//xué〔動〕❶ 舊指雜技藝人跑碼頭流動演出。❷ 今指演員為撈取外快私自外出進行有償演出：他這一年走了三次穴。❸ 泛指其他行業的成員私自到本單位以外活動謀利。

【走樣】zǒu//yàng（～兒）〔動〕失去原來的樣子或意思：放上鞋楦兒免得鞋～｜貫徹上級指示不～｜這件事讓他一說完全走了樣兒。

Z

【走運】zǒu // yùn〔動〕遇到好的機運：你真不～，戲票剛剛賣完了｜這一次他可走了運，買彩票中了大獎。

【走着瞧】zǒuzheqiáo〔慣〕❶ 邊進行邊觀察、判斷，等待事情變化：一時想不出主意，只好～了。❷ 威脅人的話，意思是等着看將來的後果吧：不信，咱們就～！

【走卒】zǒuzú〔名〕❶ 舊時指替人當差服役的人：販夫～。❷（名）比喻受主子豢養，甘心為主子驅使作惡的人：忠實～｜甘心充當～。

【走嘴】zǒu // zuǐ〔動〕說話不小心，無意中說錯或泄露了秘密：情急之中，竟把話說～了｜誰讓你說走了嘴！

zòu ㄗㄡˋ

奏 zòu ❶〔動〕演奏：～樂｜樂隊高～迎賓曲。❷ 呈現；取得：～功｜～捷｜～效。❸〔動〕古代臣子向君主上書或面陳意見：～上一本｜書～天子。❹（Zòu）〔名〕姓。

> **語彙** 伴奏　重奏　吹奏　獨奏　合奏　節奏　齊奏　啟奏　前奏　演奏　先斬後奏

【奏捷】zòujié〔動〕取得勝利；獲勝：祝早日～｜全軍～而歸。

【奏疏】zòushū〔名〕（篇）奏章。

【奏效】zòu // xiào〔動〕見效；顯出效果：這藥吃下去一定會～｜中國女排重扣加輕吊，一再～。

【奏樂】zòuyuè〔動〕演奏樂曲：～歡迎貴賓光臨。

【奏章】zòuzhāng〔名〕（篇）古代臣子向君主奏事的文書：上～。也叫奏疏。

【奏摺】zòuzhé〔名〕寫有奏章的摺子。奏摺有題本和奏本之分，題本用於公事，用印，奏本用於私事，不用印。

揍 zòu〔動〕❶〈口〉打：～了他一頓｜這孩子因為淘氣，老捱～。❷（北京話）打碎：把個玻璃杯給～了。

zū ㄗㄨ

租 zū ❶〔動〕租用：～了三間房｜汽車已經～好了｜～一條船讓孩子去划。❷〔動〕出租：這房子地點不好，老～不出去｜機關禮堂可以～給劇團演戲用。❸ 租用所交或出租所得的金錢或實物：房～｜交～。❹ 舊時指土地稅；田賦：催～。❺（Zū）〔名〕姓。

> **語彙** 包租　承租　出租　地租　佃租　房租　押租　招租　轉租

【租霸】zūbà〔名〕即職業租客（見1751頁）。

【租界】zūjiè〔名〕帝國主義國家用強制手段在半殖民地國家的口岸或城市劃界租借的區域。在舊中國，最初租界是外國人居留、貿易的特定地區，後來發展成獨立於中國主權和法制之外的"國中之國"，至1949年才全部取消。

【租借】zūjiè〔動〕❶ 租用：～了一輛三輪車。❷ 出租：房東～給公司一間倉庫用房。

【租金】zūjīn〔名〕（筆）出租房屋物品的人向租用者收取的錢；租用房屋或物品的人向物主支付的錢：這套住房他每月收～3000元｜交了一筆～。

【租賃】zūlìn〔動〕❶ 出租（房屋或物品）：有房屋～。❷ 租用（房屋或物品）：小劇團的服裝和道具都得向別人～。

【租讓】zūràng〔動〕租借轉讓：這家企業可以～給外商經營。

【租稅】zūshuì〔名〕舊時指田賦和稅款；特指稅款：～收入｜經營這一行的～很重。

【租用】zūyòng〔動〕在一定時期內出錢使用別人的土地、房屋或物品等：～禮堂｜～了一個櫃枱買東西。

【租子】zūzi〔名〕〈口〉舊時指實物地租或貨幣地租：催～｜收～。

葅 zū〈書〉❶ 酸菜；醃菜。❷ 肉醬。❸ 切碎。

zú ㄗㄨˊ

足 zú ㊀❶ 腳：手舞～蹈｜捷～先登｜削～適履｜畫蛇添～。❷ 某些器物下部像腿的支撐部分：鼎～而三。❸ 足球；足球隊：～壇｜男～。❹（Zú）〔名〕姓。

㊁❶〔形〕充實；完備：～智多謀｜豐衣～食｜裝～了水再上路。❷ 滿足：心滿意～｜人心不～蛇吞象。❸〔副〕滿；完全（表示程度或數量夠得上）：～能勝任｜兩天～可以完成任務。❹ 足以；值得（多用於否定式）：不～為奇｜何～掛齒｜無～輕重。❺〔副〕盡情地；充分地：～玩了三天。

> **語彙** 補足　不足　插足　長足　赤足　充足　跌足　鼎足　豐足　富足　高足　立足　滿足　平足　蛇足　涉足　失足　十足　實足　手足　天足　厭足　遠足　知足　自足　家給人足　品頭論足

【足彩】zúcǎi〔名〕足球彩票的簡稱。以猜測足球比賽結果為內容的體育彩票。

【足赤】zúchì〔名〕成色十足的赤金（其實含金量最多只能達到99.7%）：人無完人，金無～。

【足夠】zúgòu ❶〔動〕完全夠；完全能達到或滿足：這些錢～買書了｜這麼多水，～喝了｜有你在我身邊就～了。❷〔形〕充分；充足：有～的時間｜對困難要有～的估計。

【足跡】zújì〔名〕走路留下的痕跡；腳印：～遍五

洲｜哪裏有高峰，哪裏就有登山隊員的～。

【辨析】**足跡、腳印**　前者多用於書面語，後者多用於口語。"足跡"可以有抽象的用法，如"探尋中國婦女運動的足跡""這位作家的作品留下了他思想變化的足跡"，"腳印"一般不這樣用。

【足見】zújiàn〔連〕完全可以看出：他的發言內容充實，～他做過一番準備｜就憑這件小事，也～他的為人了。

【足球】zúqiú〔名〕❶ 球類運動項目之一。主要用腳踢（攔界外球和守門員除外），兩隊交鋒，每隊 11 人。以把球射入對方球門次數多者獲勝。❷ 足球運動使用的球，比排球略大：踢～｜買個～。

足球運動起源於中國

1975 年由阿爾道舍夫·齊魯曼所著的《世界足球史》中，明確指出：中國古代足球的出現比歐洲及美洲要早得多，其名字就叫作"蹴鞠"。周秦時期，蹴鞠已經廣泛流行。到了漢朝，蹴鞠已經非常規範化了，出現了專業著述《蹴鞠》，制定了成套的競賽規則，蹴鞠所用的"鞠"有了專業的製作方法，蹴鞠廣為普及，"家以蹴鞠為學"，出現了女子蹴鞠活動。因此，2004 年 7 月 15 日上午，在北京展覽館舉行的第三屆中國國際足球博覽會開幕式上，國際足聯主席布拉特向全世界鄭重宣佈："中國是足球的故鄉。"隨後，亞洲聯秘書長維拉潘向中國山東的淄博臨淄頒發了確認紀念證書。

【足下】zúxià〔名〕❶ 古代下對上或對朋友的敬稱（多用於書信）：仁兄～｜～以為如何？｜區區之意，惟～諒之。❷ 腳下：千里之行，始於～。

用於面稱的敬辭

陛下（稱君主）、大駕、殿下（稱太子或親王）、閣下（古稱高官，現多用於外交場合）、君（古代臣子稱君主，後也用於一般人互稱）、鈞座（稱上級或尊長）、子、足下、左右。

【足以】zúyǐ〔動〕足夠用來；完全可以（表示程度夠得上）：這些作品～說明他藝術的精湛｜言之者無罪，聞之者～戒。

【足月】zúyuè〔動〕（懷孕）達到足夠的月份和天數：不～出生的孩子常常體弱多病。

【足智多謀】zúzhì-duōmóu〔成〕富於智慧，精於謀劃：諸葛亮是～的典型人物。

【足足】zúzú ❶〔副〕表示充分；整整：～等了三個小時｜～裝了一口袋。❷〔擬聲〕〈書〉形容雌性鳳凰的鳴聲。

卒〈卆〉zú ㊀ ❶ 士兵：一兵一～｜無名小～｜身先士～。❷ 舊時稱差役：隸～｜走～。❸〔名〕象棋棋子之一：卒子｜小～

過河頂大車（jū）。❹（Zú）〔名〕姓。
㊁〈書〉❶ 完畢；終結：～業｜～歲。❷ 死；死亡：暴～｜生～年月｜～於 1870 年。❸〔副〕終於；到底：～底於成（最後終於完成了）｜～成大業。
另見 cù（217 頁）。

語彙　暴卒　兵卒　禁卒　隸卒　戍卒　獄卒　走卒　馬前卒　身先士卒

【卒業】zúyè〔動〕〈書〉結束學業；畢業：早年～於美術專科學校。

【卒子】zúzi〔名〕象棋棋子之一：過河～｜小～一個。

崒zú〈書〉山峰突兀險峻的樣子：此山～然起於莽蒼之中。

族zú ❶ 家族：同一～｜～叔（同族的叔父）｜～兄弟（同族的平輩男子）｜三～（通指父族、母族、妻族）。❷〈書〉滅族：毋妄言！～矣。❸ 種族；民族：漢～｜維吾爾～｜各～人民。❹ 事物有某種共同屬性的一大類；種類：水～｜語～（語言譜系分類法的一個層次，在語系之下，語支之上）｜芳香～化合物（有機化合物的一大類，多具有芳香氣味）。❺ 指具有共同特點的某一類人：追星～｜上班～。❻（Zú）〔名〕姓。

語彙　大族　貴族　寒族　皇族　家族　滅族　民族　親族　士族　氏族　外族　王族　望族　遺族　異族　語族　宗族

【族權】zúquán〔名〕封建宗法社會中家族系統的權力；擁有這種權力的族長利用宗規、族規、家規等，對家族成員實行統治。

【族長】zúzhǎng〔名〕封建宗法社會中家族或宗族的首領。一般由族中輩分最高、年紀較大又有權勢的人擔任。

鏃（镞）zú〈書〉金屬箭頭；後也指箭：利～｜勁～。

zǔ ㄗㄨˇ

阻zǔ ❶ 攔擋：推三～四｜風雨無～｜大使出訪之行受～。❷（Zǔ）〔名〕姓。

語彙　梗阻　禁阻　攔阻　勸阻　無阻　險阻

【阻礙】zǔ'ài ❶〔動〕阻擋去路，妨礙通過或發展：～車輛通行｜嚴重～了事業的發展。❷〔名〕指阻礙前進的事物：清除人為的～｜整頓交通秩序有很多～。

【阻擋】zǔdǎng〔動〕攔阻；使不能通過：民警～他們穿越馬路｜誰也不能～我們前進的步伐。

【阻斷】zǔduàn〔動〕阻塞；使斷絕：～交通｜公路運輸被洪水～。

【阻隔】zǔgé〔動〕分隔；使兩地不能相通或很難

來往：山河～｜高山大海也～不了兩國人民的友誼。

【阻擊】zǔjī〔動〕部署戰鬥力量阻止敵人進攻、增援或逃跑：～戰｜～敵人。

辨析　阻擊、狙擊　"阻擊"是以防禦手段來阻止敵人的戰鬥行動，如"阻擊敵人的援兵"；"狙擊"指埋伏起來伺機襲擊敵人，如"狙擊侵略者""狙擊手"（用冷槍襲擊敵人的射手）。

【阻截】zǔjié〔動〕（在途中）阻擋；攔截：加強～，不能讓對方把球帶過中場。

【阻攔】zǔlán〔動〕阻止；不讓某種行為實現：讓他走，別～他｜誰也～不住她。

辨析　阻攔、阻擋　a）在阻止行動的意義上，有時可換用，如"她要走，誰也阻攔（阻擋）不了"。b）"阻擋"的主體可以是自然物，如"大山阻擋了交通""大河阻擋了去路"，"阻攔"不能這樣用。c）"阻擋"的對象可以是抽象的潮流、進程等，如"歷史潮流不可阻擋"，不能換用"阻攔"。

【阻力】zǔlì〔名〕❶阻礙事物前進或工作順利開展的力量：工作遇到了～｜減少前進的～。❷物理學上指阻礙物體運動的作用力：空氣～｜摩擦～。

【阻難】zǔnàn〔動〕阻撓刁難：無理～｜不顧家庭的～。

【阻撓】zǔnáo〔動〕阻止或從中擾亂（使不能順利進行）：百般～｜～會議的召開｜這件事誰也～不了。

【阻塞】zǔsè〔動〕❶有障礙而不能通過；使形成障礙不能通過：防止交通～｜圍觀的人群～了道路。❷比喻阻止，斷絕（言路）：要廣開言路，而不要～言路。

【阻止】zǔzhǐ〔動〕使停止；使不能前進或發展：不要～孩子向大人提問題｜誰也～不了歷史車輪前進｜必須～事態的惡化。

珇　zǔ〈書〉美好。

俎　zǔ❶古代祭祀或宴飲時放祭品或食物的器具：樽～｜越～代庖。❷古代切肉用的案板：人為刀～，我為魚肉。❸（Zǔ）〔名〕姓。

【俎上肉】zǔshàngròu〔名〕〈書〉砧板上的肉，比喻任人宰割或擺佈的弱者：舊中國好比是～，列強任意來瓜分。

祖　zǔ❶父母親的上一輩：～輩｜令～。❷祖先：遠～｜始～。❸事業或派別的創始人：鼻～｜佛～｜～師爺。❹（Zǔ）〔名〕姓。

語彙　鼻祖　佛祖　不祧之祖　數典忘祖

【祖輩】zǔbèi〔名〕❶祖宗；先輩：我們的～世代代在此繁衍生息。❷特指父母的上一輩；農村的"留守兒童"們對父輩的感情不如對～。

【祖產】zǔchǎn〔名〕父親、祖父輩留存下來的產業、財產等。

【祖傳】zǔchuán〔動〕祖宗傳留或傳授下來：有～瓦房三間｜～秘方｜這些珠寶是～下來的。

【祖墳】zǔfén〔名〕（座）祖宗的墳墓：祭掃～。

【祖父】zǔfù〔名〕父親的父親。

【祖國】zǔguó〔名〕自己的國家（含尊敬意）：熱愛偉大的～｜為～爭光｜～在我心中。

【祖籍】zǔjí〔名〕祖輩出生地；原籍：～杭州。

【祖率】zǔlǜ〔名〕中國南北朝時期南朝科學家祖沖之（429-500）所推算出的圓周率的值，在3.1415926到3.1415927之間，約率227，密率為355113，領先世界近千年。

【祖母】zǔmǔ〔名〕父親的母親。

【祖母綠】zǔmǔlǜ〔名〕（塊）寶石名，是因含鉻而呈翠綠色的綠柱石（鈹的鋁硅酸鹽）。

【祖上】zǔshàng〔名〕家族中年代比較久遠的先代：他家～曾在朝做官，功名顯赫。

【祖師爺】zǔshīyé〔名〕某些宗教、團體、學術、技藝的創始者或創立派別的人。也叫祖師、開山祖師。

民間各業的祖師爺			
理髮業	呂洞賓	蠶絲業	嫘祖
織布業	黃道婆	染坊業	葛洪
裁縫業	軒轅氏	豆腐業	樂毅
火腿業	宗澤	釀酒業	杜康
製茶業	陸羽	木匠業	魯班
鐵匠業	李老君	製筆業	蒙恬
造紙業	蔡倫	中醫業	華佗
中藥業	李時珍	卜卦業	鬼谷子
風水業	劉伯溫	星相業	柳莊
評話行	柳敬亭	梨園行	李隆基

【祖孫】zǔsūn〔名〕❶祖父或祖母和孫子或孫女：～倆。❷祖父母、父母和孫子孫女：～三代。

【祖先】zǔxiān〔名〕❶一個民族或家族的上代；特指年代比較久遠的先代：～崇拜｜中華民族的～。❷演化為現代生物的古生物：始祖鳥是鳥類的～。

【祖業】zǔyè〔名〕❶祖先的功業。❷祖產。

【祖宗】zǔzong〔名〕家族的先代，多指較早的。也泛指民族的先祖：祭拜～。注意"老祖宗"多用於對家族中老輩人的尊稱。

【祖祖輩輩】zǔzǔbèibèi〔名〕世世代代：我們家～都種地，沒有經商的。

組（组）　zǔ❶〔動〕組合；構成：～閣｜～一個新班子｜～成一支強大的理論隊伍。❷〔名〕按一定的目的和要求，由不多的人組成的單位：互助～｜全班劃分四個～。❸合成一組的（文藝作品）：～歌｜～曲｜～詩。❹〔量〕用於事物的集體，指成套的事物（相當於"套"）：兩～電池｜三～郵票。❺（Zǔ）〔名〕姓。

Z

【語彙】班組　編組　車組　詞組　改組　機組　繞組　小組　互助組　教研組

【組成】zǔchéng〔動〕（由部分或個體）組合成為（整體）：～流動服務小組｜中國是一個由五十六個民族～的多民族國家。

【組隊】zǔduì〔動〕組成隊伍：～參賽。

【組稿】zǔ//gǎo〔動〕編輯按計劃約作者或譯者等提供稿件：積極～｜派人到各地～｜編輯部向幾位專家組了稿。

【組歌】zǔgē〔名〕由主題相同而又相對獨立的若干首歌組成的一組歌曲：《長征～》。

【組閣】zǔgé〔動〕組織成立國家的最高行政機關（內閣）。有時也指組建領導班子：受命～｜～遇到不少困難。

【組合】zǔhé ❶〔動〕組織結合：這部書是由內集、外集和附錄三部分～而成的｜將原有的240名學生重新～為六個班。❷〔名〕指組合而成的整體：商業～｜詞組是詞的～。❸〔名〕從相異的東西中，每次取出定數，不管次序，而求其相配的不同方式，叫作組合。如甲、乙、丙、丁四種元素，每次取出兩種，可以有甲乙、甲丙、甲丁、乙丙、乙丁、丙丁六種組合。

【組建】zǔjiàn〔動〕組織和建立（機構、隊伍等）：～劇團｜～國家男子籃球隊。

【組曲】zǔqǔ〔名〕由同一調性而性質有別的若干樂章組成的器樂套曲。近代組曲多由歌劇、舞劇、電影音樂等選出若干段樂曲組成。

【組詩】zǔshī〔名〕由主題相同而又相對獨立的若干首詩組成的一組詩：《園丁～》。

【組團】zǔtuán〔動〕組織代表團、參觀團、旅遊團等臨時性集體：～出訪｜～參加運動會。

【組委會】zǔwěihuì〔名〕組織委員會的簡稱。負責組織某項活動的領導和辦事機構：亞運會～｜藝術節～。

【組屋】zǔwū〔名〕新加坡政府建造的居民住宅：去新加坡旅遊，參觀～是一項活動｜他涉嫌把～當作非法賭博場所而被捕。

新加坡的組屋
新加坡政府建造的組屋是給予津貼的，所以售價比地產商所建造的房屋便宜得多。國民可用公積金以分期付款的方式購買，因此將近90%的國民住在組屋裏。

【組織】zǔzhī ❶〔動〕把分散的人或事物有目的、有系統、有秩序地結合起來：～隊伍｜～力量｜～學習｜文章的結構要重新～｜舞會～得很好。❷〔名〕按照一定的原則組合起來的集體：公益～｜社團～｜學生會～。❸〔名〕有一定關係的事物之間形成的系統或相互配合的關係：～龐大｜嚴密的～。❹〔名〕紡織品的經緯紗綫的結構：平紋～｜斜紋～。❺〔名〕多細胞動植物體內由若干性狀和作用相似的細胞組合而成的基本結構：上皮～｜結締～｜肌肉～｜神經～。

【組織性】zǔzhīxìng〔名〕（黨、團、行政、工會等組織的成員）遵守自己所在組織的規定的自覺性：他的～很強｜加強～、紀律性。

【組裝】zǔzhuāng〔動〕組合安裝：把零件組合裝配成部件或整體：～自行車｜～電腦｜～車間（負責組裝的車間）。

詛（诅）zǔ〈書〉詛咒。

【詛咒】zǔzhòu〔動〕❶舊指祈求鬼神降禍給別人的。❷因痛恨而咒罵對方，希望他遭災禍：她～那些害死了她兒子的毒犯。

zuān　ㄗㄨㄢ

躦（躦）zuān〔動〕❶從空隙通過：母狼～籬笆——進退兩難。❷亂走動：一群人在樓裏～上～下。

鑽（钻）〈鑚〉zuān ❶〔動〕（用尖的物體在另一物體上）轉動穿孔：在鐵板上～個孔｜話不說不明，木不～不透。❷〔動〕進入；穿過：獵人～進密林裏去了｜籬笆打得緊，野狗～不進｜火車～山洞。❸〔動〕仔細、深入地研究：～業務｜你應該～～數學｜不怕學不會，就怕不肯～。❹〔動〕鑽營：～門子｜見風使舵到處～。❺（Zuān）〔名〕姓。
另見 zuàn（1825頁）。

【鑽空子】zuān kòngzi〔慣〕利用別人的漏洞或疏忽進行有利於自己的活動：小心有人～｜他正是鑽了咱們制度不健全的空子。

【鑽謀】zuānmóu〔動〕鑽營謀求：善於～｜～官位。

【鑽牛角尖】zuān niújiǎojiān（～兒）〔慣〕❶比喻把精力用在枝節問題上或用在根本無法解決的難題上：他善於思考，就是有時愛～。❷指認死理，不靈活：她爹最愛～，兒女都說服不了他。也說鑽牛角、鑽牛犄角。

【鑽探】zuāntàn〔動〕用器械向地下鑽孔並取出土壤或岩心來分析研究：地質～｜海底～。

【鑽心蟲】zuānxīnchóng〔名〕螟蟲。專門鑽食作物的苗心，故稱：人怕肺癆病，禾怕～。也叫蛀心蟲。

【鑽研】zuānyán〔動〕細緻而深入地研究：～業務｜～科學技術｜認真～。

【鑽營】zuānyíng〔動〕找門路託人情或巴結逢迎有權勢的人以謀取私利：到處～｜～拍馬｜官場中～頗精。

zuǎn ㄗㄨㄢˇ

纂〈㊀❶篹〉zuǎn ㊀❶〈書〉編撰，編輯：～集｜～輯｜編～。❷（Zuǎn）〔名〕姓。

㊁（～兒）〔名〕（北方官話）婦女梳在腦後邊的髮髻：頭上綰着個～兒｜將一朵鮮花插在～兒上｜今年夏天，婦女梳～兒的又多起來了。

"篹"另見 zhuàn（1793頁）。

纘（纘）zuǎn〈書〉繼承：～先人之緒。

zuàn ㄗㄨㄢˋ

賺（賺）zuàn／zhuàn〔動〕誆騙：～人｜別叫他～了。

另見 zhuàn（1793頁）。

攥 zuàn〔動〕〈口〉握；緊握：～緊拳頭｜一把～住了這孩子的手腕｜把剝了的白菜再～一～，免得老出水。

鑽（鑽）〈鑽〉zuàn〔名〕❶（把）穿孔的工具：一把～｜不會拿～，別當車匠。❷鑽石：～戒｜這塊手錶有15～。

另見 zuān（1824頁）。

語彙　電鑽　風鑽　黃鑽　金剛鑽

【鑽床】zuànchuáng〔名〕（台）主要用於鑽孔的機床（還可以用來擴孔、鉸孔、攻螺紋等）：旋臂～｜立式～。

【鑽機】zuànjī〔名〕（台）鑽井、鑽（zuān）探用的鑽深孔的機械，可從不同深度取出岩石或礦石樣品。

【鑽戒】zuànjiè〔名〕（枚）鑲有鑽石的戒指：送給未婚妻一枚～做結婚禮物。

【鑽石】zuànshí〔名〕❶（顆，粒）經過琢磨的金剛石，可製裝飾品等。❷（粒）硬度較高的人造寶石；可製裝飾品及儀表、儀器的軸承等。

【鑽石婚】zuànshíhūn〔名〕西方風俗稱結婚六十週年為鑽石婚。也叫金剛石婚。

【鑽石王老五】zuànshí Wánglǎowǔ 王老五本是20世紀30年代國產電影《王老五》中塑造的一個老光棍形象。後來在前面加上"鑽石"二字，比喻有錢、有地位的未婚男性：他已過而立之年，事業有成，資產逾億，是典型的～。

【鑽頭】zuàntóu〔名〕一種裝在鑽、鑽床或鑽機上的刀具，常見的有帶螺旋槽的麻花鑽頭，地質鑽探用的硬質合金鑽頭、金剛石鑽頭等。

zuī ㄗㄨㄟ

朘 zuī〔名〕男孩的生殖器。

另見 juān（724頁）。

zuǐ ㄗㄨㄟˇ

咀 zuǐ 用於地名：尖沙～（在香港）。

另見 jǔ（717頁）。

觜 zuǐ〈書〉同"嘴"。

另見 zī（1804頁）。

嘴 zuǐ〔名〕❶（張）人或動物的口；吃東西、發聲音的器官：張～｜閉～｜掌～（打嘴巴）｜鸚鵡舌頭畫眉～（形容很會說）。❷（～兒）像嘴的東西：奶～兒｜瓶～兒｜茶壺～兒。❸指話語：多～｜回～｜～甜。

語彙　拌嘴　辯嘴　插嘴　吵嘴　吃嘴　頂嘴　鬥嘴　多嘴　還嘴　豁嘴　忌嘴　犟嘴　快嘴　利嘴　零嘴　磨嘴　努嘴　嗆嘴　撇嘴　貧嘴　親嘴　繞嘴　順嘴　說嘴　貪嘴　偷嘴　油嘴　咂嘴　爭嘴　走嘴

【嘴巴】zuǐba〔名〕❶〈口〉指嘴附近的部位：打了一個～。也叫嘴巴子。❷"嘴"①：～張開。

【嘴笨】zuǐ∥bèn〔形〕不善言談；口頭表達能力差：我～，不知道該怎麼說才好。注意"嘴笨"這類形容詞（如"嘴饞""手巧"等），一般不直接受副詞"很""太""也"等的修飾，如不說"很嘴笨、太嘴笨、也嘴笨"，而是拆開來說"嘴很笨、嘴太笨、嘴也笨"。但這樣說"嘴"是主語，"笨"是謂語中心詞，是兩個詞了。否定式不說"不嘴笨"，而說"嘴不笨"。

【嘴饞】zuǐchán〔形〕貪吃；喜歡吃好的：見到好吃的東西就～｜這孩子～，先讓他吃點兒吧。

【嘴唇】zuǐchún（～兒）〔名〕唇的通稱：厚～｜抹了個紅～兒。

【嘴乖】zuǐ∥guāi〔形〕〈口〉說話乖巧，使人愛聽：這孩子～，很招人疼。

【嘴尖】zuǐ∥jiān〔形〕❶說話尖刻：她這人～，抓住你一點毛病就損半天。❷辨別滋味能力強：她～，喝了點湯就知道放了甚麼香料。

【嘴緊】zuǐ∥jǐn〔形〕不輕易說話；說話小心謹慎：那孩子～，甚麼也不肯說。也說嘴嚴。

【嘴快】zuǐ∥kuài〔形〕愛說；急於把話說出來：這姑娘～，甚麼話也藏不住。

【嘴臉】zuǐliǎn〔名〕相貌；臉色（含貶義）：～難看｜揭露侵略者的醜惡～。

【嘴軟】zuǐ∥ruǎn〔形〕❶自知理虧，表示認錯或服輸：在事實面前，他變得～了。❷說話不理直氣壯：吃了人家的～，拿了人家的手軟。

【嘴上無毛，辦事不牢】zuǐshàng-wúmáo，bànshì-bùláo〔俗〕嘴上沒長鬍子，辦事不牢靠。表示年輕人缺少辦事經驗（含輕視意）：讓小李子他們去交涉怕不妥。～。

【嘴鬆】zuǐ∥sōng〔形〕說話不謹慎，不善於保密：他這個人～，有甚麼秘密千萬別對他說。

【嘴甜】zuǐ∥tián〔形〕說出的話，讓人聽起來舒服：這孩子～，"爺爺""爺爺"叫個不停。

【嘴穩】zuǐ // wěn〔形〕說話穩重，不隨便：這事得找～的人先商量一下。

【嘴硬】zuǐ // yìng〔形〕(已知理虧而仍)口氣強硬，不肯認錯或服輸：輸了還～｜明擺着是你錯了，還～甚麼！

zuì ㄗㄨㄟˋ

最〈冣冣〉zuì ❶〔副〕用在形容詞前邊，表示事物的某種屬性達到了頂點：他的嗓音～洪亮｜她打扮得～漂亮｜以～快的速度到達終點。❷〔副〕用在表時間、數量的形容詞前，表示估計或所能允許的最大限度：～早也得明天才能寫完｜～快也要三小時才能到達｜隨帶行李～重不超過 20 公斤。❸〔副〕用在表心理活動的動詞和助動詞前，表示某種情感、認識、態度達到最高程度：～喜歡｜～了解｜～能幫助同志｜誰～能為群眾造福，群眾就～擁護誰。❹〔副〕用在某些方位詞前，表示方位的極限：～上邊｜～東頭兒｜站在場子的～中間(正中間)。❺居首位的人或事物：世界之～。

［辨析］**最、頂**　a)"最"，口語、書面語都常用，"頂"只用於口語。b)"最＋形"可直接修飾名詞，如"最大功率""最危險信號"，"頂"一般不能這麼用。c)"最"可以直接修飾的形容詞遠比"頂"多，如"先、後、前、本質、新式"等形容詞前邊，用"最"不用"頂"，只有"頂呱呱""頂尖"(頂尖人物)等少數詞不能說成"最呱呱""最尖"。

【最愛】zuì'ài〔名〕最喜愛的事物：這種簡約小戶型，適於打造溫馨二人世界，是上班族白領們的～。

【最初】zuìchū〔名〕開始的時候；最早的時期：～階段｜～印象｜～這所學校建教室都是借的。

【最好】zuìhǎo ❶〔形〕優點最多；最優秀：～的學生｜～的一齣戲｜質量～｜我們班他的成績～。❷〔副〕最理想，最適宜：我們還有點事，你～先去｜我們～在天黑以前到達。

【最後】zuìhòu〔名〕時間上最晚；次序上最末：～通牒｜～一排｜誰笑在～，誰笑得最好。

【最後通牒】zuìhòu tōngdié 兩個國家發生糾紛，經過多次談判得不到解決，其中一國用書面通知對方，限期接受其最後的、不可改變的條件，否則將採取某種強制措施。這種外交文書叫最後通牒。也叫哀的美敦書。

【最壞】zuìhuài ❶〔形〕缺點最多；質量最差：～的人｜～的公路。❷〔副〕最不合理想：一畝地～也能收它三百斤。

【最惠國】zuìhuìguó〔名〕(在貿易、航海等方面)接受某國給予的不低於任何第三國的優惠待遇的國家：～待遇｜簽訂～條約。

最惠國待遇

國際貿易條約的規定，締約國雙方在通商、航海、關稅和公民法律地位等方面相互給予的不低於現在或將來給予第三國的優惠、特權或豁免等待遇，即最惠國待遇。根據關稅及貿易總協定的原則，最惠國待遇是締約國之間貿易自由的核心和貿易關係的基礎。簽訂最惠國條約的目的，在於消除締約國之間通商、航海等方面的歧視。

【最佳】zuìjiā〔形〕(內衣品性)最好；最合乎理想：～演員｜～方案｜～選擇｜三個方案中，第一個～。

【最近】zuìjìn〔名〕指在說話以前(或以後)不久的日子：我～病了一場｜這本書～還會重印｜～這齣戲就要正式公演。

【最終】zuìzhōng〔名〕最後；結束的時候：～結果｜～目的｜～達成了協議｜事情目前有些困難，但～會成功。

晬zuì〈書〉週年，特指嬰兒一週歲：～盤(抓週所用的盤子)。

罪〈辠〉zuì ❶〔名〕犯法的行為：犯～｜搶劫～｜～大惡極｜王子犯法，與庶民同～(法律面前不分貴賤)。❷過失：言者無～｜歸～於別人。❸〔名〕苦難；痛苦：遭～｜活受～｜旅途勞頓，受了不少～。❹懲處；刑罰：待～｜畏～潛逃。❺歸咎；譴責：～己｜不知者不～。

［語彙］得罪　抵罪　定罪　犯罪　服罪　功罪　怪罪　歸罪　悔罪　獲罪　開罪　論罪　免罪　判罪　賠罪　請罪　認罪　受罪　贖罪　死罪　畏罪　問罪　謝罪　治罪

【罪不容誅】zuìbùróngzhū〔成〕罪惡大到處死也不能抵償：民憤極大，～。

【罪錯】zuìcuò〔名〕指觸犯法律的罪行和過錯：犯了嚴重～的幹部，出事之後往往追悔莫及。

【罪大惡極】zuìdà-èjí〔成〕罪惡大到了極點：這個漢奸～，不殺不足以平民憤。

【罪惡】zuì'è〔名〕犯罪的行為；作惡的行徑：極大｜～昭彰｜～的黑手｜～的陰謀。

【罪惡滔天】zuì'è-tāotiān〔成〕罪惡瀰漫於天下。形容罪惡極大：歷史上的暴君殺人盈萬，～。

【罪犯】zuìfàn〔名〕(名)犯罪分子：被依法判處刑罰的人：刑事～｜關押～。**注意** 涉案人員在法庭判定其有罪之前，只能稱之為"犯罪嫌疑人"或"被告人"。參見"案犯"(11頁)。

【罪該萬死】zuìgāiwànsǐ〔成〕形容罪惡極大，應該處死很多次。多指應受最嚴厲懲處：這夥暴徒作惡多端，～(詛咒的話)。**注意** 此話有時也用於請罪：我對不起人民，對不起父母，～。

【罪過】zuìguo〔名〕❶罪行；過失：清算侵略

【罪魁】zuìkuí〔名〕〈書〉帶頭作大惡、犯大罪的人：～禍首。

【罪名】zuìmíng〔名〕❶ 據以定罪的名目；所犯罪行的名稱：羅織～｜莫須有的～｜根據他的～，完全應該判刑。❷ 罪惡昭彰的名聲：留下千秋～｜～將遭臭萬年。

【罪孽】zuìniè〔名〕應當受報應的罪惡：～深重｜他造下的～還少嗎？｜虐待自己的母親，～呀～！

【罪情】zuìqíng〔名〕犯罪的情節：～嚴重｜根據不同～分別判處。

【罪人】zuìrén〔名〕有罪的人：民族的～（對本民族犯有重大罪行的人）｜千古～｜歷史的～。

【罪行】zuìxíng〔名〕犯罪的行為：揭發貪污～｜～嚴重。

【罪責】zuìzé〔名〕因犯罪或過失嚴重而應承擔的責任：推卸～｜～難逃。

【罪證】zuìzhèng〔名〕犯罪的證據：提供～｜～確鑿｜這些指紋就是他作案時留下的～。

【罪狀】zuìzhuàng〔名〕❶（條）犯罪的事實情況：查明～｜宣佈～。❷ 比喻嚴重的缺點錯誤：黨八股有八大～。

【醉】zuì ❶〔動〕因飲酒過量頭腦被酒精麻醉而神志不清：他～了｜借酒三分～（藉故發作）｜這種酒～不了人。❷ 沉迷；酷愛：沉～｜～心。❸〔動〕陶醉：花香～人｜喝這麼香甜的荔枝蜜，我的心都～了。❹〔動〕用酒炮製（食品）：～蝦｜～棗。❺(Zuì)〔名〕姓。

語彙 沉醉　爛醉　麻醉　迷醉　陶醉　心醉

【醉鬼】zuìguǐ〔名〕喝醉了酒的酒徒（含厭惡意）：他是個～，別惹他。

【醉漢】zuìhàn〔名〕喝醉了酒的男人：朋友見面，喝多了，都成了～。

【醉駕】zuìjià〔動〕喝醉酒後駕駛汽車：～枉顧他人性命，是犯法行為，應受到嚴懲。

【醉酒】zuìjiǔ〔動〕因飲酒過量而神志不清：嚴禁～駕車。

【醉拳】zuìquán〔名〕（套）拳術的一種，其動作前俯後仰，東倒西歪，融武功於醉態中，故稱。

【醉人】zuìrén〔動〕❶ 使人喝醉：烈性酒易～，還是少喝為好。❷ 使人陶醉：～的歌聲｜夜色～。

【醉生夢死】zuìshēng-mèngsǐ〔成〕沉迷於侈靡生活，終日像在酒醉後、睡夢中：賭場上撈了一筆後，他過着～的生活，錢很快花光了。

【醉翁之意不在酒】zuìwēng zhī yì bùzài jiǔ〔諺〕宋朝歐陽修《醉翁亭記》："醉翁之意不在酒，在乎山水之間也。"意思是自己的真意不在於喝酒，而在於遊山玩水。後常用"醉翁之意不

在酒"指另有真意或別有用心：他借錢給這個公司，看似解困，然而～，最終是想兼併它。

【醉心】zuìxīn〔動〕因強烈愛好某事物而沉醉迷戀：晚年～書畫｜～於古史研究。

【醉醺醺】zuìxūnxūn（～的）〔形〕狀態詞。形容人喝多了酒，暈暈忽忽的樣子：喝得～的。

【醉眼】zuìyǎn〔名〕醉酒後迷迷糊糊的眼睛：～矇矓｜～迷離｜～半開。

【醉意】zuìyì〔名〕酒醉的神情或感覺：微有～｜不覺有了幾分～。

蕞 zuì 見下。

【蕞爾】zuì'ěr〔形〕〈書〉小的樣子：～小國。

檇(檇) zuì 見下。

【檇李】zuìlǐ〔名〕❶（棵）李樹的一個品種，果皮紅紫色，漿多味甜。❷（顆）這種植物的果實。

zūn ㄗㄨㄣ

【尊】zūn ㊀❶ 地位或輩分高；高貴：唯我獨～｜養～處（chǔ）優。❷〈敬〉用於尊稱對方及其有關的人或事物：～府｜～意｜～姓大名。❸ 尊奉；敬重：自～自愛｜～師愛徒。❹〈書〉同"樽"。❺(Zūn)〔名〕姓。
㊁〔量〕❶ 用於神佛塑像：一～菩薩｜五百～羅漢。❷ 用於炮：重炮八～。

語彙 令尊　年尊　屈尊　天尊　至尊　自尊

【尊稱】zūnchēng ❶〔動〕尊敬地稱呼：人們～他為工藝大師。❷〔名〕對人表示尊敬的稱呼："先生"是對成年男子的一種～｜"陳老"是學生對陳教授的～｜"您"是"你"的～。**注意** "先生"有時也稱德高望重的女性或具學術地位的女性：宋慶齡～受國人尊重｜何香凝～是社會活動家｜王～教我們文字學。

【尊崇】zūnchóng〔動〕尊敬；崇敬：林則徐堅決禁煙，受到後世～｜我非常～我的第一位老師。

【尊貴】zūnguì〔形〕高貴而可敬的（跟"卑賤"相對）：～的客人｜～的女士們、先生們｜他坐在嘉賓的席位上，顯得分外～。

【尊駕】zūnjià〔名〕〈敬〉稱呼對方。不敢直呼其名，代之以"您的車子"：～何時光臨？

【尊敬】zūnjìng ❶〔動〕敬重對待：～老人｜航天英雄受到人們的～｜令人～的學者。❷〔形〕值得敬重的：～的各位來賓。

【尊容】zūnróng〔名〕稱人的容貌（多含厭惡意），"尊"在這裏是反義用法）：瞧她那副～｜買面鏡子照照自己的～吧！

【尊嚴】zūnyán ❶〔形〕崇高而莊嚴的：巍巍泰山，何等～｜～的大學講壇。❷〔名〕崇高莊

嚴而不可侵犯的地位或身份；維護法律的～｜為了民族的～｜祖國的～高於一切。**注意** 在通常情況下，"尊嚴"做名詞時，前面往往要帶名詞性定語。

【尊意】zūnyì〔名〕〈敬〉稱對方的意願或意見：擬照～辦理｜未知～如何？

【尊長】zūnzhǎng〔名〕地位或輩分高的人：他一向目無～｜這幾位老先生是我們的～。

【尊重】zūnzhòng ❶〔動〕重視；敬重：～知識，～人才｜你要別人～你，首先就要～人。❷〔動〕重視並嚴肅對待：～事實｜～歷史。❸〔形〕(言語、行為)莊重：請你放～一些。

[辨析] **尊重、尊敬** a)"尊敬"着重在恭敬，"尊重"不但指恭敬，而且還指重視。b)"尊敬"的對象是人。"尊重"的對象除了人以外，還可以是抽象事物，如知識、科學、勞動、意見等。

嶟 zūn〈書〉山石高峻的樣子。

樽〈罇〉 zūn 古代盛酒的器具：移～就教｜有酒盈～。

遵 zūn ❶〈書〉循；沿着：～海而南。❷遵守；依照：～從｜恪～(嚴格遵守)｜～命｜(服藥)每日三次，每次兩片，或～醫囑。❸(Zūn)〔名〕姓。

【遵從】zūncóng〔動〕遵照和服從：～全國人民的願望｜這是政府的決定，必須～。

【遵命】zūnmìng〔動〕〈敬〉❶ 按照有關命令或指示執行(跟"抗命"相對)：～辦理｜～而行。❷ 按照有關囑咐辦事：實在不能～｜我～就是了。

【遵守】zūnshǒu〔動〕完全依從；不違反：～公共秩序｜自覺～學校的規章制度。

[辨析] **遵守、服從** a)"遵守"是依照規定行動，"服從"是按別人的意願辦事。b)"遵守"的對象多為法令、制度、規則、紀律等，一般不直接用於人，如不能說"我遵守你"；"服從"的對象可以是口頭的命令、上級的分配、集體的利益和工作的需要等，也可以直接用於人，如可以說"我服從你"。

【遵行】zūnxíng〔動〕遵照實行；奉行：～協議的各項規定｜～一貫的原則。

【遵循】zūnxún〔動〕遵照；依照：～正確的途徑和方法去研究｜制訂出一個章程，使大家有所～｜他們所～的基本原則是一致的。

【遵照】zūnzhào ❶〔介〕組成介賓結構，表示行為所當依照的指示、原則、精神等：～教育工作會議精神，學校修訂了教學計劃。❷〔動〕

遵從，依照：頒佈的規定，軍民一律～，不得違背。

鐏（鐏） zūn ❶〈書〉戈柄下端圓錐形的金屬套。❷(Zūn)〔名〕姓。

鱒（鱒） zūn〔名〕魚名，生活在淡水中，長約 30 厘米，有小黑斑，口蓋有犁骨，眼上緣呈紅色的，叫赤眼鱒，是常見食用魚類；背部有一條紅色縱帶的，叫虹鱒，屬名貴魚類。

zǔn ㄗㄨㄣˇ

僔 zǔn〈書〉謙遜；恭敬。

撙 zǔn ❶〔動〕節省：～衣節食｜～了一筆錢。❷壓抑。

【撙節】zǔnjié〔動〕〈書〉❶ 約束；克制：君子恭敬～，退讓以明禮。❷ 節省；節約：～用度。❸ 調節：～飲食。

噂 zǔn〈書〉聚在一起議論。

zùn ㄗㄨㄣˋ

捘 zùn〈書〉用手指擠推捏搓。

zuō ㄗㄨㄛ

作 zuō / zuò 作坊：雕玉～｜洗衣～｜五行(háng)八～(各手工行業)。
另見 zuò(1830 頁)。

【作坊】zuōfang〔名〕(家，間)從事手工業製造或加工的場所。**注意** 這裏的"作"不讀 zuò。

噈 zuō〔動〕❶〈口〉吮吸；聚縮嘴唇吸取：小孩兒～奶。❷(嘴唇)收縮向外翹：～着嘴唇吹曲子。
另見 chuài(197 頁)。

【噈牙花子】zuō yáhuāzi〔慣〕(北京話)用舌頭咂牙齦發聲，表示感到很為難或傷腦筋：這樣的難題，無論誰遇上都得～。

zuó ㄗㄨㄛˊ

昨 zuó ❶ 昨天：～晚｜～夜｜～接來信。❷ 泛指往日：覺今是而～非。

【昨兒】zuór〔名〕(北京話)〈口〉昨天：我～才到｜～的事就甭提了。也說昨兒個(zuórge)。

【昨日】zuórì〔名〕昨天；泛指過去：～陰，今日晴｜從前種種譬如～死，以後種種譬如今日生。

【昨天】zuótiān (-tian)〔名〕❶ 今天的前一天：今天星期四，～是星期三｜她是～才來的。❷ 不遠的過去：～的苦難已一去不復返了｜～你還是孩子，今天已經長大成人了。

捽 zuó ❶〔動〕(北話)揪：一把～住那人的頭髮。❷〈書〉衝突；碰撞：一頭～將過去。❸〈書〉拔：～草耙土。

筰 zuó 竹篾擰成的繩索(古代主要用來引舟)：～橋(竹索橋，四川成都西南夷里橋的別名，以竹索編成，故稱。相傳是晉代桓溫大破蜀主李勢處)。

另見 Zé(1699 頁)。

琢 zuó/zhuó 見下。

另見 zhuó(1802 頁)。

【琢磨】zuómo〔動〕反復思索；仔細考慮：先～一會兒再寫｜我一直在～條例的新精神｜他的話我～到現在還不知道是甚麼意思。

另見 zhuómó(1802 頁)。

zuǒ　ㄗㄨㄛˇ

左 zuǒ ❶〔名〕方位詞。面向南時靠東的一邊(跟"右"相對)：向～轉｜～顧右盼。❷〔名〕方位詞。東(跟"右"相對)：山～(太行山以東，特指山東省)｜江～(長江東岸南京到銅陵一帶，也泛指江南東部)。❸旁；附近：～鄰右舍。❹〈書〉同"佐"①②。❺相反；不協調：所謀輒～｜意見相～。❻〔形〕乖僻：～性子｜～脾氣。❼邪；不正：旁門～道。❽〔形〕錯；不對：想～了｜說～了｜弄～了。❾〔形〕政治進步；傾向革命的(跟"右"相對)：～派人士｜～翼作家聯盟。**注意** 如果指過分激進的、脫離實際的、形左實右的，則在書面上多加上引號，如"他這樣'左'，對革命不僅無益，而且有害"。❿向下：～遷。⓫反正；左右：～不過是這麼回事。⓬(Zuǒ)〔名〕姓。

語彙 江左　閭左　相左

【左膀右臂】zuǒbǎng-yòubì〔成〕比喻得力的助手。

【左邊】zuǒbian(～兒)〔名〕方位詞。靠左的一邊：在～｜～轉彎有一座橋。

【左道旁門】zuǒdào-pángmén〔成〕旁門左道。

【左顧右盼】zuǒgù-yòupàn〔成〕向左邊看看，向右邊瞧瞧：考試時不許交頭接耳、～。

【左近】zuǒjìn〔名〕鄰近；附近：他就住在～｜～有郵局嗎？

【左鄰右舍】zuǒlín-yòushè〔成〕❶周圍的鄰居：別驚動～｜～都來看望他老人家。❷借指關係比較近的其他單位：每逢節日，～的幾個研究所經常在一起聯歡。

【左面】zuǒmiàn(～兒)〔名〕方位詞。左邊。

【左派】zuǒpài〔名〕❶階級、政黨、集團內，政治上傾向進步或革命的一派：革命～｜～勢力｜～幼稚病。❷屬於左派的人：他是個～。

【左撇子】zuǒpiězi〔名〕人們一般多以右手做事，因而稱習慣於左手做事的人為左撇子：弟弟是個～｜對付～羽毛球手不容易。

【左遷】zuǒqiān〔動〕〈書〉降職(古時多以右為尊，故降職稱左遷)：獲罪～｜～至荒漠之地。

【左傾】zuǒqīng〔形〕❶(思想上)傾向進步或傾向革命：思想～。❷思想超越客觀實際，在革命鬥爭中有急躁盲動偏向的(左字常帶引號作"左")：～冒險主義｜～路綫錯誤。

【左丘】Zuǒqiū〔名〕複姓。

【左券】zuǒquàn〔名〕古代契約分左右兩片(竹或木製成)，左片即左券，由債權人收執，作為討債的憑證；故以左券比喻成功的保證：穩操～｜～在握。

【左人】Zuǒrén〔名〕複姓。

【左嗓子】zuǒsǎngzi〔名〕❶(副)唱歌時，音調高低不準的嗓子：我生就一副～，唱不了歌。❷左嗓子的人：合唱隊裏哪能要我這個～！

【左手】zuǒshǒu〔名〕❶(隻)左邊的手：他是個左撇子，連寫字都用～。❷同"左首"。

【左首】zuǒshǒu〔名〕左邊(多指座位或建築物，區別於"右首")：他坐在我的～｜大樓的～是一家銀行。也作左手。

【左袒】zuǒtǎn〔動〕〈書〉《史記·呂太后本紀》載，漢高祖劉邦死後，呂后專權，大封呂姓族人以培植勢力。呂后死，太尉周勃等設謀誅除呂氏家族，在軍中宣稱"為呂氏右袒，為劉氏左袒(露出左臂)"。軍中都左袒，表示對劉氏的擁護。後用"左袒"指偏袒一方：對辯論雙方評論要公正，不可～。

【左翼】zuǒyì〔名〕❶(鳥、飛機等)左邊的翅膀。❷作戰時位於正面部隊左側的部隊：擊潰敵人的～。❸階級或政黨、團體中在政治思想上傾向革命或進步的派別：中國～作家聯盟。

【左右】zuǒyòu ❶〔名〕方位詞。左邊和右邊：～搖晃｜不離～｜～是平房，中間是主樓。❷〔名〕方位詞。身邊；周圍：守候在病人～。❸〔名〕指隨從在身邊的人：將軍揮一揮手，示意～退下。❹〔名〕〈書〉〈敬〉書信中多用於稱對方(不直稱其名，只稱其左右)：某某仁兄～｜不得舒憤激以晚～。❺〔名〕方位詞。用在數量詞後邊，表示此數為概數：五十歲～｜三千元～｜一米七～。**注意** "左右"前邊必須是一個確定的數量。如不能說"五十來歲左右""三千多元左右""一米五到兩米左右"。❻〔動〕操縱；控制：～局勢的發展｜咱們不能老是受他的～。❼〔副〕反正；橫竪：～就是那麼回事，誰幹都一樣。

辨析 左右、上下、前後　a)"左右"和"上下"都可以表示年齡，如"十五歲左右""二十歲上下"；"前後"不能。b)"左右"和"上下"

都可以表示距離，如"十五米左右""二十千米上下"；"前後"不能。c）"左右"和"前後"都可以表示時間，但"前後"只用於時點，如"我十五日前後回京"，不能用於時段，如，不能說"我在路上用了三個小時前後"；"左右"既可用於時點也可用於時段；"上下"不能用於時間。

【左……右……】zuǒ……yòu…… ❶ 表示同類行為的多次反復：～思～想（反復思索）｜～顧～盼｜～一句～一句地說個沒完｜～一趟～一趟地派人去催。❷ 表示周圍或某些方面：～膀～臂｜～支～絀（chù）。

【左右逢源】zuǒyòu-féngyuán〔成〕❶《孟子·離婁下》："資之深，則取之左右逢其源。"原指做學問要有豐富的知識積累，使用時才會感到處處是源頭，取之無盡，用之不竭。後用來泛指事情無論怎樣處理，都能夠得心應手。❷ 比喻為人乖巧圓滑，做事路路暢通：仗着會鑽營、有關係，他出入官場、商場，～。

【左右開弓】zuǒyòu-kāigōng〔成〕左右手都能拉弓射箭。比喻兩手輪流做同一動作，或一隻手左邊一下右邊一下做同一動作。也指同時做幾項工作：老王被兒子氣壞了，～打了他兩巴掌｜他兩手都能射擊，～，槍槍中靶。

【左右手】zuǒyòushǒu〔名〕指揮力助手：他是廠長的～｜把我的～都調走了，叫我怎麼幹？

【左右為難】zuǒyòu-wéinán〔成〕這麼辦也不好，那麼辦也不好。形容陷入某種困境，很難做出抉擇：是勸父親還是勸母親，真叫我～｜走還是不走，他～。

【左支右絀】zuǒzhī-yòuchù〔成〕支：支撐。絀：不足。指能力或財力不足，顧此失彼，難於應付：這筆買賣虧損後，公司已到了～的程度。

佐 zuǒ ❶ 輔助；輔助：～理｜輔～。❷ 任輔佐職務的人：僚～｜官～｜軍～。❸〔名〕日本軍官的一級，相當於中國的校級軍官。❹（Zuǒ）〔名〕姓。

【佐餐】zuǒcān〔動〕〈書〉就着菜餚把飯吃下去：以一菜一湯～。

【佐酒】zuǒjiǔ〔動〕〈書〉❶ 就着菜餚把酒喝下去：無物～。❷ 陪伴飲酒：無人～｜有親明故友多人～。

【佐書】zuǒshū〔名〕指隸書。隸書可輔助篆書，故稱。

【佐證】（左證）zuǒzhèng ❶〔名〕證據：有力的～｜缺乏～。❷〔動〕〈書〉證實：～其罪｜無從～。

撮 zuǒ / cuō（～兒）〔量〕用於成叢的少量毛髮：痣上有一小～毛｜一～山羊鬍子。也說撮子。

另見 cuō（223 頁）。

---

zuò ㄗㄨㄛˋ

作 zuò / zuó ❶ 起身；興起：日出而～｜興風～浪｜鼓聲大～｜見機而～。❷ 訂立；制訂：制禮～樂｜～法自斃。❸〔動〕寫作；創作：吟詩～賦｜～曲｜述而不～｜這首歌是誰～的詞？❹ 裝作：～態｜裝模～樣。❺〔動〕充當，作為：認賊～父｜過期～廢｜請人～保。❻ 發生；發作：令人～嘔｜周身～痛。❼〔動〕從事某種活動：～案｜為非～歹｜～報告｜～鬥爭。❽ 作品：成名之～｜嘔心瀝血之～。❾（Zuò）〔名〕姓。

另見 zuō（1828 頁）。

語彙　操作　創作　大作　動作　發作　耕作　工作　合作　佳作　傑作　勞作　力作　擬作　詩作　細作　下作　協作　寫作　原作　造作　振作　著作　做作

【作案】zuò'àn〔動〕進行犯罪活動：屢次～｜歹徒～後逃跑。

【作罷】zuòbà〔動〕作為罷論；取消原來的打算：這件事還是～為好｜看來也只好～。

【作保】zuò // bǎo〔動〕做擔保；充當保證人：立契～｜請人作個保｜借錢得有人～。

【作弊】zuò // bì〔動〕用不正當手段做違法或違規的事：串通～｜考試～｜他從來沒有作過弊。

【作壁上觀】zuòbìshàngguān〔成〕在自己的營壘上觀戰，不肯出兵。比喻置身事外，袖手旁觀：這件事你可不能～｜三國時蜀國、魏國爭鬥，吳國常常～。

【作別】zuòbié〔動〕〈書〉告辭；告別：與親友一一～｜～登車而去。

【作成】zuòchéng〔動〕成全：～兩人的親事。

【作詞】zuò // cí〔動〕創作歌詞：我們的國歌是田漢～，聶耳作曲｜這支歌是幾位工人作的詞。

【作對】zuòduì〔動〕❶（-//-）結成對頭；故意跟人為難：你沒有必要跟他～｜我沒有跟誰作過對。❷ 結為配偶；做夫妻：成雙～。

【作惡】zuò // è〔動〕幹壞事；做犯罪之事：～多端｜那個流氓頭子作了一輩子的惡。

【作伐】zuòfá〔動〕〈書〉《詩·豳風·伐柯》："伐柯如何？匪斧不克；取妻如何？匪媒不得。"意思是砍伐木材做斧柄，沒有斧頭不行；娶妻，沒有媒人不行。後來就稱做媒為"作伐"：當年是朋友～，成就了我們的婚事。

【作法】zuòfǎ ㊀〔動〕（-//-）（道士等）施展法術：請人～除妖｜那道士作起法來，口中唸唸有詞。㊁〔名〕❶ 指繪畫或寫作的方法：文章～。❷（～兒）做法；方式方法：動機雖好，～不當。

【作法自斃】zuòfǎ-zìbì〔成〕自己立法，自己受害。指自己制定法律或規則，反而害了自己：他們妄圖操縱選舉，結果反倒～，最終黯然下台。

【作廢】zuòfèi〔動〕終止某種功能；不再有效：過期～｜辦了新的工作證，舊工作證就～了。

【作風】zuòfēng〔名〕❶ 指體現在工作、生活等方面的態度或行為：民主～｜～民主｜艱苦樸素的工作～｜反對愛講排場的～。❷ 風格，特指作家創作獨具的風格：研究魯迅雜文的～。

辨析 作風、風格 a）"作風"指人在工作或生活中表現出來的態度和行為；"風格"除可以指個人或集體表現出來的氣度、風範外，還可以指一個時代、一個民族、一個流派或一個人的文藝作品所表現的主要思想特點和藝術特點，"民族風格""風格獨特"中的"風格"，不能換用"作風"。b）"作風"有好有壞，如"官僚主義作風"；"風格"一般都是指好的。

【作梗】zuògěng〔動〕設置障礙；阻撓：有人從中～｜只要你不～，事情就好辦了。

【作古】zuògǔ〔動〕〈書〉〈婉〉成為古人；去世（含敬重意）：老先生已於前日～｜昔日師友多已先後～。

【作怪】zuòguài〔動〕迷信指鬼怪害人；比喻進行搗亂，起破壞作用：興妖～｜誰在這裏～？

【作家】zuòjiā〔名〕（位，名）有成就的文藝創作者：著名～｜外國～｜～協會。

"作家"意思的演變
"作家"最早的意思是"治家"，如"（漢）桓帝不能作家，曾無私蓄"。後演化成"著作者"的意思，相傳唐宰相王璵經常為人作碑誌，給他送酬金的人誤敲了右丞王維的門，王維指著王璵家說："大作家在那邊。""作家"還當"能手""對手"講，如北宋秦觀寫的詞，合乎音律，上口好唱，被稱為"作家歌"；又如《封神演義》中"二將大戰，正是棋逢對手，將遇作家"。

【作假】zuòjiǎ〔動〕❶ 以假亂真；以劣充優；摻假使壞：弄虛～｜～騙人。❷ 不爽直；故作客套：您是海量，再喝一杯，何必～！

【作價】zuò//jià〔動〕折價；評估確定價格：～賠償｜～抵償債款｜先作了價才好拿出去賣。

【作奸犯科】zuòjiān-fànkē〔成〕犯科：觸犯法律條文。指為非作歹，違法亂紀。

【作繭自縛】zuòjiǎn-zìfù〔成〕蠶吐絲作繭，包住自己。比喻自己做了某事束縛了自己，自己給自己製造麻煩。

【作踐】zuòjiàn（口語中也讀 zuójiàn）〔動〕❶ 糟蹋；浪費：～糧食。❷ 侮辱；摧殘：～人｜姑娘被他～了。

【作客】zuòkè〔動〕〈書〉旅居異地：～他鄉。

【作樂】zuòlè〔動〕取樂：尋歡～｜苦中～。
　　　　　另見 zuòyuè（1832頁）。

【作料】zuòliao（口語中也讀 zuóliao）〔名〕❶（～兒）烹飪用的調味品，如油、鹽、醬、醋和蔥、薑、蒜等。❷ 比喻同某事有關、或真或假的細節：這事被傳來傳去，添加了不少～。

【作亂】zuòluàn〔動〕發動叛亂；製造暴亂：興兵～｜犯上～。

【作美】zuòměi〔動〕（天氣條件）幫助人實現好事；適應人的需要（多用於否定式）：天公不～，我們正玩得高興，忽然下起雨來了。

【作難】zuònán〔動〕❶ 感到為難：他有點～，不知道該怎麼辦。❷ 使感到為難：刁難：別～人家。

【作孽】zuò//niè〔動〕造孽；做壞事：村裏有多人生病，不是妖怪～，而是因為飲用水被污染｜少作些孽吧！

【作弄】zuònòng（口語中也讀 zuōnòng）〔動〕捉弄；拿人開玩笑：你別～我｜他被你～得夠苦了。

【作嘔】zuò'ǒu〔動〕❶ 食道或胃裏難受，想要嘔吐：聞到這氣味就要～。❷ 比喻憎惡（wù）：看他那扭捏作態的樣子，簡直令人～。

【作派】zuòpài〔名〕❶ 故意做出的架勢；派頭：我就看不慣他的～。也作做派。❷ 作風：官商～。

【作陪】zuòpéi〔動〕當陪客（一般是莊重場合）：明天的宴會請你～｜出席～的都是知名人士。

【作品】zuòpǐn〔名〕（篇，部，件）文學藝術創作的成品：文學～｜著名畫家的～｜他的～除了書法，還有雕塑和攝影。

【作曲】zuò//qǔ〔動〕創作音樂曲譜；為歌詞譜曲：《教我如何不想她》這首歌是劉半農作詞、趙元任～｜《義勇軍進行曲》是聶耳作的曲。

【作色】zuòsè〔動〕〈書〉顯出嚴肅或憤怒的神色：愀然～｜忿然～。

【作聲】zuòshēng（～兒）〔動〕❶（人）發出聲音，如說話、咳嗽、哭、笑等：快嚷起來，別～！❷ 指聲明或發表意見：我當著眾人的面沒有～，是想先私下裏和你談談。以上也作做聲。

【作勢】zuòshì〔動〕故意做出某種樣子或姿態：裝腔～。

【作數】zuò//shù〔動〕（說話）算數；承認有效：說話～｜舊規定統統不～｜你這話作得了數嗎？

【作祟】zuòsuì〔動〕迷信指鬼怪作弄人，比喻暗中搗鬼作怪：有人暗中～｜虛榮心從中～。

【作態】zuòtài〔動〕虛偽誇張地做出某種姿態或表情：扭怩～（故意裝出含羞的樣子）｜惺惺～（假惺惺地裝出某種姿態）。

【作威作福】zuòwēi-zuòfú〔成〕《尚書·洪範》："惟辟作福，惟辟作威。"意思是只有君王才能給人福祉，只有君王才能給人威刑。後用"作威作福"形容濫用權勢，獨斷專行：當了官，要全心全意為人民服務，不能高高在上，～。

【作為】zuòwéi ⊖❶〔名〕舉動；行為：一個人的～是受他自己的思想支配的。❷〔動〕特指做出的顯著成績或重大貢獻：有所～（有做出顯著成績的表現）｜大有～（有做出重大貢獻的可能）。⊜❶〔動〕當作：要把環境保護～一件大事來抓｜這間教室，就暫時～老師的辦公室吧。❷〔介〕就人的某種身份或事物的某種性質來說：～一個青年，應該有遠大理想｜～藝術品，木雕、石雕、玉雕、牙雕各具特色，難分高低。

【作文】zuòwén ❶(-//-)〔動〕（學生）練習寫文章：說話要清楚，～要明白｜作一篇文試試看。❷〔名〕（篇）（學生）練習寫的文章：他的一篇～登在了晚報上。

【作物】zuòwù〔名〕農作物的簡稱：高產～｜糧食～｜油料～｜～栽培。

【作息】zuòxī〔動〕工作和休息：按時～｜～制度。

【作戲】zuòxì〔動〕❶ 為做假而表演：別上當，他們是在～。❷ 做遊戲：姐妹們一起玩圍棋摸牌～。❸ 隨便玩：逢場～。

【作興】zuòxing（口語中也讀 zuóxing）（吳語）❶〔動〕時興；流行：現在～開舞會。❷〔動〕（情理上或習慣上）允許；許可（多用於否定式）：不～打人罵人！❸〔副〕也許；可能：天～會晴｜他身上～有錢。

【作秀】zuòxiù〔動〕❶ 做節目；表演：模特們上台～。❷ 為促銷、競選而展示表演：電子新產品～展賣。❸ 表面上做做樣子：不知道是來招牌還是來～的｜所謂形象工程大多是～罷了。以上也作做秀。港澳地區常用"作騷""做騷"。[秀，英 show]

【作業】zuòyè ❶〔名〕（篇，本）教師佈置給學生的練習題或實驗任務等：課堂～｜寒假～｜家庭～。❷〔名〕生產單位給工人佈置的生產活動或部隊給士兵佈置的訓練任務：野外～｜～計劃。❸〔動〕從事生產活動或軍事活動：帶電～｜高空～｜連隊正在冰上～。

【作揖】zuò//yī（口語中也讀 zuóyī）〔動〕兩手抱拳高拱，身子向前略彎，表示敬意：打躬～（恭順懇求的樣子）｜他衝大家作了一個揖。

【作俑】zuòyǒng〔動〕〈書〉原義是製作殉葬用的人或動物的偶像，後用來比喻開創先例（多用於貶義）。參見"始作俑者"（1226頁）。

【作用】zuòyòng(-yong) ❶〔動〕對事物施加影響：外界事物～於我們的大腦，就形成了印象。❷〔名〕指對事物施加影響的活動：異化～｜物理～｜化學～。❸〔名〕指對事物施加影響所產生的效用或變化：發揮～｜起帶頭～｜防止發生副～。

【作用力】zuòyònglì〔名〕作用於物體上的力。也比喻影響事物變化的原因條件：群眾的呼聲是

強大的～，促使有關部門解決了問題。

【作樂】zuòyuè〔動〕❶ 製作樂律：制禮～。❷ 奏樂：樂師在準備～。
　　　另見 zuòlè（1831頁）。

【作戰】zuòzhàn〔動〕進行戰鬥：～勇敢｜努力～。

【作者】zuòzhě〔名〕（位，名）文章撰述者或藝術作品的創作者：小說～｜維護～權益。

【作證】zuòzhèng〔動〕❶ 作為證據：有血衣可以～。❷(-//-)當證人：這件事我可以～｜出庭～｜他既然給你作了證，就該在證詞上簽個名。

坐 zuò

❶〔動〕把臀部放在椅子、凳子或其他東西上支持身體：你請～｜席地而～｜樹底下～着幾位老大爺。❷〔動〕掌管；統治：～江山｜～天下。❸〔動〕搭；乘：～車｜～硬席｜一架大型客機可以～三百人｜不小心～過站了。❹〔動〕不出力；白閑着：～吃山空｜～以待斃｜～收漁人之利。❺〔動〕在某處；固定在某地：～牢｜～館（舊時指擔任私塾教師）｜～商｜～堂大夫。❻〔動〕（建築物）背對着某方向：～西朝東｜四合院的北屋都是～北朝南的。❼〔動〕把鍋、壺等放在爐火上：在爐子上～了一壺水｜快把高壓鍋～到火上去。❽〔動〕物體向後施加壓力：放炮的時候炮身會向後～｜大樓有點兒向後～了。❾〔動〕瓜果等植物結實：～瓜｜那棵樹一直就沒～過果兒。❿〔動〕形成（疾病）：從那次淋雨以後就～下了病。⓫ 舊指定罪：連～（連帶辦罪）｜反～（給原告定罪）。⓬〔介〕〈書〉因為：～此失彼｜停車～愛楓林晚，霜葉紅於二月花。⓭〔副〕〈書〉無緣無故：淒風～我涼，百籟～自吟。⓮ 同"座"①。

語彙　乘坐　打坐　反坐　靜坐　枯坐　連坐

古代坐式

古人席地而坐，很講究坐的姿勢。兩膝着地，臀部落在腳跟上，姿勢安適，叫作"坐"。如果臀部離開腳跟，伸腰及股，以示恭敬，叫作"跪"。將臀部抬起，上身挺直，準備站起，同時又表示尊重，叫"跽"，也叫"長跪"。上身據物，垂足而坐，叫"踞"。與踞相近，但不據物垂足，而是豎膝而坐，叫作"蹲"。最隨意輕慢的坐式是臀部着地，兩腿平伸張開，上身與腿成直角，狀如簸箕，叫作"箕踞"，也稱"箕坐""箕踞"，是最失禮的坐式。

【坐班】zuò//bān〔動〕❶ 舊指群臣各就班列侍朝：黎明～。❷(～兒)按規定時間在固定的地點（辦公室等）上班：行政人員～，老師不～。

【坐標】zuòbiāo〔名〕明確標示某個點在空間、平面或直線上的位置的一個數或一組數，叫作這個點的坐標（如輪船在海上的位置通常用經緯

度組成的坐標來標明）：～軸（垂直相交於原點的直綫，通常為兩條或三條，可據以確定任何一點的位置）。

【坐禪】zuòchán〔動〕佛教指排除雜念，靜坐修行。

【坐吃山空】zuòchī-shānkōng〔成〕光消費而不生產，即使有堆積如山的財富也會吃空用盡：不肖子孫～，家產很快被揮霍光了。

【坐等】zuòděng〔動〕不操心，不費力，坐着等待：～顧客上門｜勝利得去爭取，不能～！

【坐地分贓】zuòdì-fēnzāng〔成〕原指盜賊首領等不親自偷竊搶劫而分到贓物，後也泛指盜賊就地瓜分贓物。

【坐而論道】zuò'érlùndào〔成〕原指大臣輔佐君主謀劃政事，後指坐下來議論各項事理。現多指空談理論而不去實踐：學習經濟管理，不能～，要多參加實踐。

【坐功】zuògōng ❶〔動〕道家稱靜坐修行。❷〔名〕耐坐的功夫：他～好，適合當文書。

【坐賈】zuògǔ〔名〕有固定營業地點的商人（區別於"行商"）。注意"坐賈"也可以叫"坐商"，但"行商"不能叫"行賈"。

【坐觀成敗】zuòguān-chéngbài〔成〕對別人的成功或失敗採取袖手旁觀的態度：朋友遇到了麻煩，我們豈可～？也說坐視成敗。

【坐果】zuò//guǒ〔動〕（果樹等）結果實：這樹明年就能～｜近來溫度太低，西紅柿一時坐不了果。

【坐化】zuòhuà〔動〕僧人端坐安然而死。

【坐井觀天】zuòjǐng-guāntiān〔成〕唐朝韓愈《原道》："坐井而觀天，曰天小者，非天小也。"意思是坐在井底看天（只能看到一小塊），說天很小，其實天並不小。後用來比喻眼界狹窄，見識有限：咱們在山溝裏，哪見過大世面？｜關門搞研究，難免～，眼界不開闊。

【坐具】zuòjù〔名〕❶供人坐的器具，如椅子、凳子、馬紮等：開會請自帶～。❷佛教指僧人用來護衣、護身、護床席臥具的布巾。

【坐困】zuòkùn〔動〕被困在一個地方，沒有出路：長期～｜～愁城，無計可施。

【坐蠟】zuò//là〔動〕（北方官話）陷入困境；感到左右為難：答應了的事又反悔，這不是讓我這中人～嗎？｜東西是替別人買的，沒想到質量這麼差，我可坐了蠟。

【坐牢】zuò//láo〔動〕被關在牢房裏：吃官司～｜他坐過三年牢。

【坐冷板凳】zuò lěngbǎndèng〔慣〕❶比喻工作中長期處於受冷落的境地或擔任不重要的職務：他不想在機關裏～，辭職下了海。❷比喻長期無人理會，寂寞清苦：搞科研就要有～的精神。

【坐立不安】zuòlì-bù'ān〔成〕坐也不是，站也不是。形容心裏煩躁或情緒緊張：終日～，不知道該怎麼辦才好。

【坐落】zuòluò〔動〕自然物或建築物的位置處在（某處）：招待所～在一條比較清靜的街上。注意"坐落"後要用介詞"在"引入表地方的詞語，如"坐落在河邊"，不能說"坐落河邊"。

【坐騎】zuòqí〔名〕供人騎的馬或其他獸類。

【坐蓐】zuòrù〔動〕婦女臨產。舊時婦女分娩身下鋪有草席等，故稱。

【坐山觀虎鬥】zuò shān guān hǔ dòu〔成〕《史記‧張儀列傳》載，春秋時有個叫卞莊子的人善於搏虎，他在山裏觀看兩隻虎爭食相鬥，等到老虎一死一傷，他就刺死受傷的虎，博得了一舉殺死兩隻虎的名聲。後用"坐山觀虎鬥"比喻坐在旁觀看雙方的爭鬥，等到兩敗俱傷時，再從中取利：面對市場上家電的降價促銷，這家公司～，不輕易介入。

【坐失良機】zuòshī-liángjī〔成〕因自己無作為而白白地失去了機遇：他們～，讓敵人在深夜的大雨中逃走了。也說坐失機宜。

【坐視】zuòshì〔動〕坐着看；袖手旁觀：～不管｜礦主對礦上生產安全～不顧，最終釀成大禍。

【坐收漁利】zuòshōu-yúlì〔成〕等待時機，利用爭鬥雙方的矛盾，輕易地獲取利益：國內廠商爭相壓價擠出口同一產品，使外商～。也說坐收漁人之利。參見"鷸蚌相爭，漁人得利"（1666頁）。

【坐探】zuòtàn〔名〕（名）專在某地或混入某組織內部刺探情報的人：他是敵人派來的～。

【坐堂】zuòtáng〔動〕❶舊時指官吏在公堂上審理案件：～問案。❷佛教指在禪堂上坐禪。❸大夫在中藥店堂裏給人看病：～醫｜～問診。

【坐位】zuòwèi(-wei)同"座位"。

【坐臥不寧】zuòwò-bùníng〔成〕坐着躺着都不安寧。形容心煩意亂，靜不下來：哥哥因車禍住院後，母親天天憂心忡忡，～。也說坐臥不安。

【坐誤】zuòwù〔動〕不主動採取行動而耽誤（時機）：～良機｜因循～。

【坐席】zuòxí ❶〔動〕坐到筵席的座位上；舉行或參加宴會：大爺快去～｜屋裏正～呢｜請村裏的幹部都來～。❷〔名〕供人坐的位子：禮堂裏的～全部坐滿了。

【坐喜】zuòxǐ〔動〕指婦女懷孕：嫂嫂～幾個月了？

【坐享其成】zuòxiǎng-qíchéng〔成〕自己不操心費力而享受別人的勞動成果：父親創的家業都留給了他，他～。也說坐享其功。

【坐藥】zuòyào〔名〕中醫指栓劑。

【坐以待斃】zuòyǐdàibì〔成〕《資治通鑒‧後漢隱帝乾祐二年》："若以此時翻然改圖，朝廷必喜，自可不失富貴，孰與坐而待斃乎？"後用

"**坐以待斃**"指在危難境地無所作為，只等滅亡或失敗：公司嚴重虧損，與其～，不如另謀生路。

【**坐以待旦**】zuòyǐdàidàn〔成〕坐着等天亮。形容勤奮或心情迫切：怕起晚誤了考試，他乾脆～。

【**坐椅**】zuòyǐ〔名〕椅子：賽車～｜電動～｜休閒～。

【**坐月子**】zuò yuèzi〈口〉婦女臨產及產後一個月內休息和調養身體：他請母親照顧～的妻子。

【**坐診**】zuòzhěn〔動〕醫生應邀長期在藥店設案給人看病，以便於病家就近買藥：請專家～｜名醫在藥店～。

【**坐鎮**】zuòzhèn〔動〕❶（長官）固定鎮守在某地：～金陵。❷有聲望的人固定在現場主持：這次試驗有兩位總工程師～，你們還慌甚麼？

【**坐莊**】zuòzhuāng ㊀〔名〕商號設在外地的常駐機構：這是瑞蚨祥綢緞莊在蘇州開的一家～。㊁(-//-)〔動〕在牌戲或賭博時做莊家：該你～了｜我一連坐了三把莊。

岞 zuò 用於地名：～山（在山東）。

作 zuò〈書〉慚愧：愧～｜仰不愧於天，俯不～於人。

阼 zuò 古代指堂前東面的台階，是主人揖迎賓客的地方（主人走東面的台階，客人走西面的台階）。

柞 zuò〔名〕❶柞樹，即櫟（lì）樹，葉子可飼柞蠶。❷（Zuò）姓。
另見 Zhà（1705 頁）。

【**柞蠶**】zuòcán〔名〕（條，隻）昆蟲，比家蠶大，吃柞樹、麻櫟等的葉子，柞蠶吐的絲是重要的紡織原料。

胙 zuò ❶〈書〉祭祀用的肉。❷（Zuò）〔名〕姓。

祚 zuò ❶〈書〉福：門衰～薄。❷〈書〉皇位：帝～｜踐～（即位）。❸（Zuò）〔名〕姓。

語彙　帝祚　國祚　踐祚　年祚

唑 zuò 譯音用字：咪～｜噻～。

座 zuò ❶（～兒）〔名〕座位：給老人讓～兒｜高朋滿～｜禮堂有三千個～兒。❷〈敬〉用於稱對方。稱其坐處，表示不敢直接指稱對方（多用於書信）：鈞～｜台～｜～右。❸〈敬〉舊時用來稱軍政長官：軍～（軍長）｜委～（委員長）｜廳～（廳長）。❹在座的人：語驚四～｜滿～重聞皆掩泣。❺（～兒）〔名〕器物的基礎部分；墊在器物底下的東西：燈～兒｜鐘～兒。❻星座：天龍～｜飛馬～。❼〔量〕用於山、樓、橋、墳等：一～大山｜三～大樓｜兩～墳｜五～橋。❽（Zuò）〔名〕姓。

語彙　寶座　茶座　底座　講座　叫座　看座　客座　落座　賣座　滿座　末座　讓座　上座　首座　星座　雅座　在座　正座

【**座艙**】zuòcāng〔名〕❶客機上載旅客的部分：登機進入～。❷戰鬥機的駕駛艙（多為單座）。

【**座次**】zuòcì〔名〕座位的次序：～表｜排～。

古代的座次
古人席地而坐，以座次論尊卑。除堂上的"君臣位，南北面"不計外，一般室內（包括軍營等）以坐西朝東的位置為最尊，其次是坐東朝南，再次是坐南朝北，坐東朝西的位置最卑。因為坐西朝東在席的西端，後來就用"西席""西賓"指代老師和賓客；與之相對的是坐東朝西，因在席的東端，屬主人的位置，後來就用"東家"指稱主人。

【**座號**】zuòhào（～兒）〔名〕課堂、禮堂、影劇院及客運工具等處所編的座位號碼：按～入座。

【**座機**】zuòjī〔名〕❶（架）供專人乘坐的飛機：總統～。❷（台）固定電話（區別於"手機"）。

【**座談**】zuòtán〔動〕不拘形式地討論漫談：～會｜～心得體會｜請各方面人士參加～。

【**座談會**】zuòtánhuì〔名〕〔次〕不拘形式地進行漫談討論的會，人數可多可少：文藝～｜～由您主持。

【**座位**】zuòwèi(-wei)〔名〕❶供人坐的位子（多用於公眾場合）：留兩排～給來賓坐｜硬席車廂坐滿了人，沒有～了。❷（～兒）供人坐的器具：自己搬個～兒來｜過道裏再加幾個～兒。❸〈書〉指位置；座次：依長幼尊卑排定～。以上也作坐位。

【**座無虛席**】zuòwúxūxí〔成〕所有座位都坐了人，沒有一處是空着的。形容聽眾、觀眾或出席的人很多：禮堂裏～，氣氛格外熱烈｜世界著名交響樂團來京演出，國家大劇院演奏廳～。

【**座下**】zuòxià〔名〕〈敬〉對僧王、教主的尊稱：歡迎僧王～來華訪問。

【**座右銘**】zuòyòumíng〔名〕古人作銘文置於座位右邊，用為警戒，故稱。現泛指激勵、警戒自己的格言："勤能補拙"是我們的～。

【**座子**】zuòzi〔名〕❶"座"⑤：碑～｜鐘～｜玉器～｜～不穩。❷自行車、摩托車等上面供人坐的部分：車～｜皮～｜～該換新的了。

做 zuò〔動〕❶製造；製作（對象為具體實物）：～雙鞋｜飯菜～好了｜沙發～得挺結實。❷寫作；創作（對象與思想文化有關）：～首詩｜～作文｜～學問。❸從事；進行（較複雜的工作或活動）：～完實驗，再～練習｜有多大本錢，～多大生意。❹舉行；舉辦：給小寶寶～滿月｜～禮拜。❺當；作為：選他～人民代表｜我們都願～大媽的乾兒子。❻當……用：這筆錢留～科學研究的獎勵基金｜這幢樓可以～倉庫。
❼結成（某種關係）：不想跟你～冤家｜咱倆～個
朋友吧｜親上～親不符合優生學原理。❽裝扮成
（某種樣子）：～出一副悲天憫人的樣子。

[辨析] **做、作** 普通話裏"做""作"都讀去
聲，意義上也有交叉，因此在哪種場合應該寫
哪個 zuò 字，人們的認識不盡一致。目前辭
書界傾向性的意見是："做"主要用於造句，
"作"主要用於構詞。a）首字是 zuò 的動賓詞
組，全用"做"。如：做準備／做廣告／做生
意／做貢獻。b）首字是 zuò 的雙音節詞，按習
慣用法。如：做伴／做東／做工／做功／做活兒；
作案／作罷／作弊／作祟。c）末字是 zuò 的雙音
節詞或三音節詞語，全用"作"。如：比作／叫
作／看作／算作／裝作／理解作。d）成語或四字
格等固定結構中的"做"或"作"的，按習慣用
法。如：白日做夢／小題大做／做賊心虛／好吃
懶做／逢場作戲／胡作非為／裝腔作勢／自我作
古。e）在用"做""作"兩可的情況下，要做到
局部一致。如"用作－用做；作詩－做詩；作
秀－做秀"。

【做愛】zuò'ài〔動〕指人性交。

【做伴】zuò // bàn（～兒）〔動〕當同伴：夜深了，
路上得有人～。

【做操】zuò // cāo〔動〕做體操；進行體操運動：
天天～｜做完操，又打了一會兒籃球。

【做東】zuò // dōng〔動〕做東道主；出錢請客吃
飯：今天我～，請大家吃飯｜你就做個東吧！

【做法】zuòfǎ〔名〕處理事情或製作物品的方法：
各有各的～｜原則不能動搖，～可以變通。

【做飯】zuò // fàn〔動〕把米麵等加熱使熟（包括做
菜）：等我～給你吃｜今天晚上做甚麼飯？

【做工】zuò // gōng ㊀〔動〕當工人；從事體力勞
動：哥哥～，弟弟務農｜姐姐在紗廠～｜做了
一天工，真有點累了。㊁❶〔名〕指製作的技
術：～粗糙。❷同"做功"①。

【做功】zuògōng ❶（～兒）〔名〕戲曲中的表演功
夫。如京劇中的動作和表情，包括手、眼、
身、法、步各個方面（區別於"唱功"）：～
戲｜～老生。也作做工。❷〔動〕物理學上指
用力使物體朝着與作用力相同的方向運動。

【做官】zuò // guān〔動〕擔任官職；當領導幹
部：～當老爺（諷刺領導人高高在上，不關心
民間疾苦）｜做個為民辦事的官。

【做活兒】zuò // huór〔動〕❶從事體力勞動：一天
不～就閒得慌｜昨天做甚麼活兒去啦？❷特指
婦女做針綫活兒。

【做客】zuòkè〔動〕以客人的身份探訪別人：到老
朋友家～去了｜明天去城裏～。

【做媒】zuò // méi〔動〕擔任婚姻介紹人：給人介

紹對象：馬大姐是個熱心人，經常給人家～｜
錢伯母給你做個媒。

【做夢】zuò // mèng〔動〕❶睡眠中因大腦皮層尚
未完全休息而呈現出種種虛幻或錯亂的景象：
做了一個夢｜這是～也想不到的事。❷比喻對
實現某事加以幻想：想靠賭博發財，別～啦｜
他不知那是一場騙局，還在那裏～呢。

【做派】zuòpài（-pai）❶〔名〕戲曲演員演出時的
動作和表情：畢竟是名角，那～透着一股子英
雄氣概。❷同"作派"。❸〔形〕（北京話）裝
模作樣，做作：他為人太～了，不自然。

【做人】zuòrén〔動〕❶為人處世；待人接物：
會～｜如今方知～難。❷當個正派人：革面洗
心，重新～｜是～還是做鬼，由你自己選。

【做人情】zuò rénqíng〔動〕對人或以某種行動或饋贈結好於
人，使別人對自己心存感激之情：別拿我們的
血汗去～｜這件皮襖你也穿不着，不如做個人
情，送給老張吧。

【做生日】zuò shēngrì 慶賀生日。

【做生意】zuò shēngyi 做買賣；經商：學會～｜
他一直做着皮貨生意。

【做聲】zuòshēng 同"作聲"。

【做事】zuò // shì〔動〕❶從事某種活動；處理某
項事情：他為大家～，一貫任勞任怨。❷從事
某工作；擔任某職務：你現在在哪兒～？｜他
爸爸曾在省政府做過事。

【做手腳】zuò shǒujiǎo〔慣〕暗中進行安排或舞
弊：他最會～了｜那人做了手腳，把兩個皮包
掉換了。

【做壽】zuò // shòu〔動〕（為老年人）慶祝生日：給
母親～｜爺爺剛做完壽，就回鄉下老家了。

【做文章】zuò wénzhāng ❶指寫作：～沒有一定
的成法。❷〔慣〕比喻抓住一件事發議論或施
展手法（含貶義）：不要抓住一件小事做大～！
❸〔慣〕比喻發揮創造性、認真細緻地做好某
件事情：咱們一定要做好改變經營作風這篇
文章。

【做戲】zuòxì〔動〕❶演戲。❷比喻故意做出某種
姿態讓人看：別～了，我才不相信呢。

【做秀】zuòxiù 同"作秀"。

【做賊心虛】zuòzéi-xīnxū〔成〕做賊的人心裏不踏
實。比喻幹了壞事的人怕有人覺察而提心吊
膽：他回答問題躲躲閃閃，正好說明他～。

【做主】zuò // zhǔ〔動〕主持其事；獨立做出決
定：當家～｜他恐怕做不了主。

【做作】zuòzuo〔形〕故意做成某樣子；裝模作
樣：做人不要太～｜我向來不喜歡～。

酢 zuò〈書〉客人向主人回敬酒：酬～（酬：向
客人敬酒；酢：向主人敬酒）。
另見 cù（218頁）。

西文字母開頭的詞語 *

【α 粒子】α lìzǐ　阿爾法粒子。

【α 射綫】α shèxiàn　阿爾法射綫。

【β 射綫】β shèxiàn　貝塔射綫。

【γ 刀】γ dāo　伽馬刀。

【γ 射綫】γ shèxiàn　伽馬射綫。

【AA 制】AA zhì　指聚餐或其他消費結賬時,各人平攤出錢或各自結賬的做法。

【ABC】A、B、C 是拉丁字母中的前三個,常用來借指一般常識或淺顯的道理。有時也用於書名。

【ABS】防抱死制動系統。一種具有防滑、防鎖死等性能的汽車安全控制系統。[英 anti-lock braking system 的縮寫]

【AB 角】AB jué　A 角和 B 角的合稱。指在 AB 制中擔任同一角色的兩個演員。

【AB 制】AB zhì　劇團排演某劇時,其中的同一主要角色由兩個演員(A 角和 B 角)擔任,演出時 A 角不能上場則由 B 角上場,或 A 角、B 角在不同場次輪換上場,這種安排叫作 AB 制。

【ADSL】非對稱數字用戶綫路。[英 asymmetrical digital subscriber line 的縮寫]

【AI】人工智能。[英 artificial intelligence 的縮寫]

【AIDS】獲得性免疫缺陷綜合徵,即艾滋病。[英 acquired immune deficiency syndrome 的縮寫]

【AM】調幅。[英 amplitude modulation 的縮寫]

【APC】複方阿司匹林。由阿司匹林、非那西丁和咖啡因製成的一種解熱鎮痛藥。[英 aspirin, phenacetin and caffeine 的簡縮形式]

【APEC】亞太經濟合作組織。[英 Asia Pacific Economic Cooperation 的縮寫]

【API】空氣污染指數。[英 air pollution index 的縮寫]

【AP 中文】AP zhōngwén　指美國"大學漢語和中國文化預修課程及考試"。也說 AP 漢語。[AP,英 Advanced Placement 的縮寫]

【AQ】逆境商數。指人處於逆境、面對挫折時,擺脫困難和超越困難的能力。[英 adversity quotient 的縮寫]

【ATM 機】ATM jī　自動櫃員機。[ATM,英 automatic teller machine 的縮寫]

【AV】音頻與視頻。[英 audio-video 的縮寫]

【A 股】A gǔ　指人民幣普通股票。由中國境內(不含港、澳、台)公司發行,供境內投資者以人民幣認購和交易。自 2013 年 4 月 1 日起,港、澳、台居民亦可開立 A 股賬戶進行交易。

【A 照】A zhào　中國內地機動車駕駛證的一種類型。持 A 照者能駕駛所有類別的機動車。

【B2B】指電子商務中企業對企業的交易方式。[英 business to business 的縮寫,也作 B to B]

【B2C】指電子商務中企業對消費者的交易方式。[英 business to customer 的縮寫,也作 B to C]

【BBC】英國廣播公司。[英 British Broadcasting Corporation 的縮寫]

【BBQ】燒烤。[英 barbecue 的縮寫]

【BBS】❶ 電子公告牌系統。[英 bulletin board system 的縮寫] ❷ 電子公告牌服務。[英 bulletin board service 的縮寫]

【BD】藍光光盤。[英 Blu-ray Disc 的縮寫]

【BEC】商務英語證書。[英 Business English Certificate 的縮寫]

【BIG5】漢字的一種編碼標準。包含 400 餘個圖形符號和 13000 多個漢字,1984 年由台灣財團法人資訊工業策進會和五家軟件公司創製。香港、澳門和台灣地區通常使用這種編碼標準。俗稱大五碼。

【BIOS】基本輸入輸出系統。[英 basic input-output system 的縮寫]

【Blog】博客。[英 weblog 的簡縮形式]

【BOBO 族】BOBO zú　波波族。擁有高學歷、高收入,追求生活享受,崇尚自由解放,積極進取又特立獨行的人。[BOBO,英 Bourgeois(布爾喬亞)和 Bohemian(波西米亞)的簡縮形式]

【BP 機】BP jī　無綫尋呼機。[BP,英 beeper 的簡縮形式]

【BRT】快速公共交通系統。[英 bus rapid transit 的縮寫]

【B 股】B gǔ　指人民幣特種股票。由中國內地公司發行,在境內(不含港、澳、台)證券交易所上市。以人民幣標明面值,供投資者以美圓(滬市)或以港幣(深市)認購和交易。

【B 淋巴細胞】B línbā xìbāo　一種免疫細胞,起源於骨髓,禽類在腔上囊發育成熟,人和哺乳動物在骨髓中發育成熟,再分佈到周圍淋巴器官和血液中去,佔血液中淋巴細胞的 15%–

---

*　此處收錄的詞語均以西文字母開頭,有些詞語是借詞,有些是西文縮略語,有些是漢語拼音縮略語。詞語中字母的讀音,一般按照西文的習慣。數字的讀音,有些按照西文的習慣,有些按照普通話的讀音。漢字按照普通話的讀音。這裏為詞目中的漢字標註了拼音。

30%。能夠產生循環抗體。簡稱 B 細胞。[B，英 bone marrow（骨髓）的第一個字母]

【B 細胞】B xìbāo B 淋巴細胞的簡稱。

【B 超】B chāo ❶ B 型超聲波診斷的簡稱。❷ B 型超聲波診斷儀的簡稱。

【B 照】B zhào 中國內地機動車駕駛證的一種類型。持 B 照者能駕駛除大客車以外的其他類別機動車。

【C2C】指電子商務中消費者對消費者的交易方式。[英 consumer to consumer 的縮寫，也作 C to C]

【C³I 系統】C³I xìtǒng 指軍隊自動化指揮系統。[C³I，英 command（指揮），control（控制），communication（通信），intelligence（情報）的縮略形式]

【C⁴ISR】指軍隊自動化指揮系統。由 C³I 系統發展而來。[英 command（指揮），control（控制），communication（通信），computer（計算機），intelligence（情報），surveillance（監視），reconnaissance（偵察）的縮略形式]

【CA】認證機構。[英 certification authority 的縮寫]

【CAD】計算機輔助設計。[英 computer aided design 的縮寫]

【CAI】計算機輔助教學。[英 computer aided instruction 的縮寫]

【CATV】有線電視。[英 cable television 的縮寫]

【CBA】中國籃球協會。也指該協會主辦的賽事。[英 Chinese Basketball Association 的縮寫]

【CBD】中央商務區。[英 central business district 的縮寫]

【CCC】中國強制認證。也說 3C 認證。[英 China Compulsory Certification 的縮寫]

【CCD】電荷耦合器件。一種作為光輻射接收器的固態光電子器件，多用於數字相機、數字攝像機等電子產品。[英 charge-coupled device 的縮寫]

【CCTV】❶ 中國中央電視台。[英 China Central Television 的縮寫] ❷ 閉路電視。[英 closed circuit television 的縮寫]

【CD】激光唱盤。[英 compact disc 的縮寫]

【CDC】疾病預防控制中心，簡稱疾控中心。[英 center for disease control and prevention 的縮寫]

【CDMA】碼分多址。一種數字通信技術。[英 code division multiple access 的縮寫]

【CD-R】可錄光盤。[英 compact disc recordable 的縮寫]

【CD-ROM】只讀光盤。[英 compact disc read-only memory 的縮寫]

【CD-RW】可擦光盤。[英 compact disc rewritable 的縮寫]

【CEO】首席執行官。[英 chief executive officer 的縮寫]

【CEPA】(中國內地與港、澳地區) 更緊密的經貿關係安排。[英 Closer Economic Partnership Arrangement 的縮寫]

【CET】中國教育部組織的全國性大學英語考試，分大學英語四級考試（CET4）和六級考試（CET6）兩種。[英 College English Test 的縮寫]

【CFO】首席財政官。[英 chief finance officer 的縮寫]

【CI】❶ 企業標誌。[英 corporate identity 的縮寫] ❷ 企業形象。[英 corporate image 的縮寫]

【CIA】美國中央情報局。[英 Central Intelligence Agency 的縮寫]

【CID】警方刑事偵緝部門，英國稱 "刑事調查局"，香港稱 "刑事偵緝處"，俗稱 "重案組"。[英 Criminal Investigation Department 的縮寫]

【CIMS】計算機集成製造系統。[英 computer integrated manufacturing system 的縮寫]

【CIP】在版編目；預編目錄。圖書出版之前，圖書編目部門根據出版商提供的校樣先行編目，編目後將著錄內容及標準格式交給出版商，將它印在圖書的版權頁上。[英 cataloging in publication 的縮寫]

【CIS】企業標誌系統。[英 corporate identity system 的縮寫]

【CMMB】手持電視，掌上數字電視；中國移動多媒體廣播。[英 China mobile multimedia broadcasting 的縮寫]

【CMOS】互補性氧化金屬半導體。一種可記錄光綫變化的半導體，多用於數字相機、數字攝像機等電子產品。[英 complementary metal oxide semiconductor 的縮寫]

【CNN】美國有綫電視新聞網。[英 Cable News Network 的縮寫]

【CPA】註冊會計師。[英 certified public accountant 的縮寫]

【CPI】居民消費價格指數。是根據與居民生活有關的產品及勞務價格統計出的物價變動指數。[英 consumer price index 的縮寫]

【CPU】中央處理器。[英 central processing unit 的縮寫]

【CRT】陰極射綫管。[英 cathode ray tube 的縮寫]

【CT】❶ 計算機體層成像。❷ 計算機體層成像儀。[英 computerized tomography 的縮寫]

【C 照】C zhào 中國內地機動車駕駛證的一種類型。持 C 照者只能駕駛小轎車以及 7 座以下的小客車。

【DC】數碼相機。[英 digital camera 的縮寫]

【DINK 家庭】DINK jiātíng 丁克家庭。[DINK，英 double income no kids 的縮寫]

【DIY】自己動手做。[英 do it yourself 的縮寫]

【DJ】原指用唱片製作電子音樂或說唱歌曲的人。現多指電台或電視台的節目主持人。[英 disc jockey 的縮寫]

【DM】直接投送廣告。是通過郵局直接寄給收信人的廣告。[英 direct mail 的縮寫]

【DNA】脫氧核糖核酸。[英 deoxyribonucleic acid 的縮寫]

【DNA 芯片】DNA xīnpiàn 基因芯片。生物芯片的一種，將大量基因片段緊密有序地固定在玻璃片或纖維膜等載體上製成。

【DNS】域名系統。[英 domain name system 的縮寫]

【DOS】磁盤操作系統。[英 disk operating system 的縮寫]

【DSL】數字用戶綫路。[英 digital subscriber line 的縮寫]

【DV】數字化視頻。也指以這種格式記錄音像數據的數碼攝像機。[英 digital video 的縮寫]

【DVD】數字化視頻光盤。也指能夠播放這種光盤的機器。[英 digital videodisc 的縮寫]

【EBD】電子制動力分配系統。[英 electronic brakeforce distribution 的縮寫]

【EC】電子商務。[英 electronic commerce 的縮寫]

【ECFA】（海峽兩岸）經濟合作框架協議。[英 Economic Cooperation Framework Agreement 的縮寫]

【ED】（男性生殖器）勃起功能障礙。[英 erectile dysfunction 的縮寫]

【EDI】電子數據交換。[英 electronic data interchange 的縮寫]

【EM】電子信箱。[英 electronic mailbox 的縮寫]

【E-mail】電子郵件。[英 electronic mail 的縮寫]

【EMBA】高級管理人員工商管理碩士。[英 Executive Master of Business Administration 的縮寫]

【EMS】郵政特快專遞。[英 express mail service 的縮寫]

【EPT】中國內地出國進修人員英語水平考試。[英 English Proficiency Test 的縮寫]

【EQ】情商。[英 emotional quotient 的縮寫]

【ERP】公路電子收費制。[英 electronic road pricing]

【ETC】電子不停車收費系統。[英 electronic toll collection system 的縮寫]

【EU】歐盟。[英 European Union 的縮寫]

【e 化】e huà　電子化。[e，英 electronic 的首字母]

【E 時代】E shídài　信息時代；電子化時代。[E，英 electronic 的首字母]

【E 通道】E tōngdào　香港、澳門海關設置的供持有智能身份證、通行證的居民進出境的自助通道。[E，英 electronic 的首字母]

【F1】一級方程式錦標賽。[英 formula 1 的縮寫]

【FAX】❶ 傳真件。❷ 用傳真機傳送。❸ 傳真系統。[英 facsimile 的簡縮變體]

【fb】面書，社交網絡服務網站。[英 facebook 的縮寫]

【FBI】美國聯邦調查局。[英 Federal Bureau of Investigation 的縮寫]

【FIFA】國際足球聯合會。[法 Fédération Internationale de Football Association 的縮寫]

【FLASH】一種流行的網絡動畫設計軟件。也指用這種軟件製作的動畫作品。

【FM】調頻。[英 frequency modulation 的縮寫]

【FTA】❶ 自由貿易協定。[英 free trade agreement 的縮寫]❷ 自由貿易區。[英 free trade area 的縮寫]

【FTP】文件傳輸協議。因特網上廣泛使用的一種通信協議，是為網絡用戶進行文件傳輸（包括文件的上傳和下載）而制定的。[英 file transfer protocol 的縮寫]

【G8】八國集團。由美國、日本、德國、法國、英國、意大利、加拿大、俄羅斯組成。每年召開一次會議，商討世界政治、經濟、軍事等問題。[G，英 group 的首字母]

【G20】二十國集團。由八國集團（美國、日本、德國、法國、英國、意大利、加拿大、俄羅斯）和十一個重要新興工業國家（中國、阿根廷、澳大利亞、巴西、印度、印度尼西亞、墨西哥、沙特阿拉伯、南非、韓國和土耳其）以及歐盟組成。每年至少召開一次會議，商討世界經濟等問題。[G，英 group 的首字母]

【GA】總代理人。[英 general agent 的縮寫]

【GB】國家標準。中國國家標準的代號。[漢語拼音 guóbiāo 的縮寫]

【GBK 碼】GBK mǎ　國家標準擴展碼。信息處理用漢字編碼字符集擴展集。[GBK，漢語拼音 guójiā biāozhǔn kuòzhǎn 的縮寫]

【GB 碼】GB mǎ　國標碼。信息處理用漢字編碼字符集。[GB，漢語拼音 guóbiāo 的縮寫]

【GDP】國內生產總值。[英 gross domestic product 的縮寫]

【GIS】地理信息系統。[英 geographic information system 的縮寫]

【GMAT】（美國等國家）管理專業研究生入學資格考試。[英 Graduate Management Admission Test 的縮寫]

【GMDSS】全球海上遇險與安全系統。[英 global maritime distress and safety system 的縮寫]

【GMP】藥品生產質量管理規範。是世界各國對藥品生產全過程監控管理普遍採用的法定技術規範。[英 Good Manufacturing Practice 的縮寫]

【GNP】國民生產總值。[英 gross national product 的縮寫]

【GPS】全球定位系統。[英 Global Positioning System 的縮寫]

【GRE】(美國等國家)研究生入學資格考試。[英 Graduate Record Examination 的縮寫]

【GSM】全球移動通信系統。[英 Global System for Mobile 的縮寫]

【GYM】健身房。[英 gymnasium 的前三個字母]

【H1N1】正黏液病毒,常見的有禽流感等。

【HDMI】高清晰度多媒體接口。[英 high-definition multimedia interface 的縮寫]

【HDTV】高清晰度電視。[英 high-definition television 的縮寫]

【hi-fi】高保真度。[英 high-fidelity 的縮寫]

【HIV】人類免疫缺陷病毒;艾滋病病毒。[英 human immunodeficiency virus 的縮寫]

【HR】人力資源。[英 human resource 的縮寫]

【HSK】漢語水平考試。[漢語拼音 hànyǔ shuǐpíng kǎoshì 的縮寫]

【HTML】超文本標記語言;網頁製作語言。[英 Hypertext Mark-up Language 的縮寫]

【H股】H gǔ 在中國內地註冊、在香港上市的股票。以人民幣標明面值,供中國港、澳、台地區及海外投資者以港幣認購和交易。[H,英 Hong Kong 的首字母]

【ICAC】香港廉政公署。[英 Independent Commission Against Corruption 的縮寫]

【ICP】因特網信息提供商。[英 internet content provider 的縮寫]

【ICQ】一種國際通行的網絡即時通訊軟件。[英 I seek you(我尋找你)的諧音]

【ICU】重症監護病房。[英 intensive-care unit 的縮寫]

【IC卡】IC kǎ 集成電路卡。[IC,英 integrated circuit 的縮寫]

【IDC】互聯網數據中心。[英 internet data center 的縮寫]

【IDD】國際直撥(電話)。[英 international direct dialing 的縮寫]

【ID卡】ID kǎ ❶ 身份證。[ID,英 identity 的前兩個字母] ❷ 身份標誌卡。[ID,英 identification 的前兩個字母]

【IE】一種網頁瀏覽器。[英 internet explorer 的縮寫]

【IELTS】雅思。國際英語水平測試,英國、澳大利亞、加拿大等國採用。[英 International English Language Testing System 的縮寫]

【IMAX】一種巨幕電影放映系統。[英 image maximum 的縮寫]

【IMF】國際貨幣基金組織。[英 International Monetary Fund 的縮寫]

【Internet】因特網。

【IOC】國際奧林匹克委員會。[英 International Olympic Committee 的縮寫]

【IPTV】互聯網協議電視;網絡電視。[英 internet protocol television 的縮寫]

【IP卡】IP kǎ IP 電話卡。[IP,英 internet protocol 的縮寫]

【IP地址】IP dìzhǐ 網際協議地址。因特網使用 IP 地址作為主機的標誌。[IP,英 internet protocol 的縮寫]

【IP電話】IP diànhuà 網際協議電話;網絡電話。[IP,英 internet protocol 的縮寫]

【IQ】智商。[英 intelligence quotient 的縮寫]

【ISBN】國際標準書號。[英 international standard book number 的縮寫]

【ISDN】綜合業務數字網。[英 integrated services digital network 的縮寫]

【ISO】國際標準化組織。[英 International Organization for Standardization 的縮寫]

【ISP】因特網服務提供商。[英 internet service provider 的縮寫]

【ISRC】國際標準音像製品編碼。[英 international standard recording code 的縮寫]

【ISSN】國際標準期刊號。[英 international standard serial number 的縮寫]

【IT】信息技術。[英 information technology 的縮寫]

【ITS】智能交通系統。[英 intelligent transportation system 的縮寫]

【KTV】指有卡拉 OK 設備的娛樂場所。通常分成許多包間。[K,指卡拉 OK;TV,英 television 的縮寫]

【K粉】K fěn 一種常見毒品,即氯胺酮。吸食過量可致死,具有一定的精神依賴性。[K,英 ketamine 的縮寫]

【K歌】K gē 唱卡拉 OK 歌曲。[K,指卡拉 OK]

【K金】K jīn 開金。[K,英 karat 的縮寫]

【K綫】K xiàn 記錄單位時間內證券等價格變動情況的柱狀綫。依時間單位的長短可分為日 K 綫、週 K 綫、月 K 綫等。

【LAN】本地網絡系統;局域網。[英 local area network 的縮寫]

【LCD】液晶顯示器。[英 liquid crystal display 的縮寫]

【LD】激光視盤。[英 laser disc 的縮寫]

【LPG】液化石油氣。[英 liquefied petroleum gas 的縮寫]

【M0】流通中現金。

【M1】狹義貨幣供應量。M1 = M0 + 非金融性公司的活期存款。

【M2】廣義貨幣供應量。M2 = M1 + 非金融性公司的定期存款 + 儲蓄存款 + 其他存款。

【MBA】工商管理碩士。[英 Master of Business Administration 的縮寫]

【MD】迷你光盤。[英 mini disc 的縮寫]

【MMS】多媒體短信服務；彩信服務。[英 Multimedia Messaging Service 的縮寫]

【MO】手機無綫上網。[英 mobile online 的縮寫]

【MODEM】調制解調器。[英 modulator 和 demodulator 的縮寫]

【MP3】一種數字音頻壓縮格式。也指採用這種格式的音頻文件，以及播放這種音頻文件的便攜式播放器。[英 MPEG 1 Audio Layer 3 的簡縮形式]

【MP4】一種數字影音壓縮格式。也指採用這種格式的影音文件，以及播放這種影音文件的便攜式播放器。[英 MPEG 1 Audio Layer 4 的簡縮形式]

【MPA】公共管理碩士。[英 Master of Public Administration 的縮寫]

【MPEG】運動圖像壓縮標準。是 MPEG 專家組制定的一種運動圖像及其伴音的壓縮編碼國際標準。[英 Motion Pictures Experts Group 的縮寫]

【MRI】磁共振成像。[英 magnetic resonance imaging 的縮寫]

【MSN】一種網絡即時通訊軟件。[英 messenger 的簡縮形式]

【MTV】音樂電視。[英 music television 的縮寫]

【MV】一種用動態畫面配合歌曲演唱的藝術形式。[英 music video 的縮寫]

【MVP】最有價值運動員。[英 most valuable player 的縮寫]

【MW】中波。[英 medium wave 的縮寫]

【NBA】（美國）全國籃球協會。也指該協會主辦的賽事。[英 National Basketball Association 的縮寫]

【NCAP】新車安全評價規程。[英 new car assessment program 的縮寫]

【NG】不好，不合格。影視攝製中的常用術語，多用於拍攝某些鏡頭時不過關的、不合格的，稱為 NG 鏡頭。有時會作為拍攝花絮播放。[英 no good 的縮寫]

【NGO】非政府組織。[英 non-governmental organization 的縮寫]

【NHK】日本放送協會，日本廣播協會。[日語羅馬字 Nippon Hōsō Kyōkai 的縮寫]

【NMD】國家導彈防禦系統。[英 National Missile Defense 的縮寫]

【N 股】N gǔ 中國在紐約上市的股票。[N，英 New York 的首字母]

【OA】辦公自動化。[英 office automation 的縮寫]

【OCR】光學字符識別。[英 optical character recognition 的縮寫]

【ODA】政府發展援助。由發達國家政府為發展中國家提供的，用於經濟發展和提高人民生活水平的贈款或貸款。[英 official development assistance 的縮寫]

【OEM】原始設備製造商。[英 original equipment manufacturer 的縮寫]

【OL】職業女性，辦公室職業婦女。[英 office lady 的縮寫]

【OLED】有機發光二極管；～顯示屏｜～屏幕。[英 organic light-emitting diode 的縮寫]

【OPEC】石油輸出國組織；歐佩克。[英 Organization of Petroleum Exporting Countries 的縮寫]

【OTC】非處方藥。[英 over the counter 的縮寫]

【PC】個人電腦，個人計算機。[英 personal computer 的縮寫]

【PC 機】PC jī 個人計算機。[PC，英 personal computer 的縮寫]

【PDA】個人數字助理。[英 personal digital assistant 的縮寫]

【PDP】等離子顯示器。[英 plasma display panel 的縮寫]

【PE】❶ 市盈率。[英 price-earnings ratio 的縮寫] ❷ 聚乙烯：～軟管｜～纖維｜～保鮮膜。[英 polyethylene 的縮寫] ❸ 體育教育。[英 Physical Education 的縮寫]

【PET】正電子發射斷層掃描裝置。[英 positron emission tomography 的縮寫]

【PETS】（中國）全國英語等級考試。[英 Public English Test System 的縮寫]

【pH 值】pH zhí 氫離子濃度指數。[pH，法 pouvoir d'hydrogène 的縮寫]

【PK】原指網絡遊戲中，兩個玩家之間以對方遊戲生命終結為目的的對抗。後泛指雙方的競爭或對抗。[英 player killing 的縮寫]

【PM2.5】在空中漂浮的直徑小於或等於 2.5 微米的可吸入的顆粒物。被人體吸收後能進入肺泡，危害健康。[PM，英 particular matter 的縮寫]

【PMI】製造業採購經理指數。[英 purchase management index 的縮寫]

【POS 機】POS jī ❶ 銷售點終端機。供銀行卡持卡人刷卡消費使用。❷ 商場電子收款機。[POS，英 point of sale 的縮寫]

【PPA】苯丙醇胺，即 N- 去甲麻黃鹼。某類感冒藥和減肥藥中的一種成分，可刺激鼻腔、喉頭的毛細血管收縮，減輕鼻塞症狀，也有促使中樞神經興奮等作用。服用該藥有可能引起血壓升高、心臟不適、顱內出血、痙攣甚至中風。中國醫藥部門通告，停止使用含這類成分的感冒藥。[英 phenylpropanolamine 的縮略變體]

【PPI】工業品出廠價格指數。[英 producer price index 的縮寫]

【PS】原指用 Photoshop 軟件對照片進行修改，現泛指用軟件對原始照片進行修改。[英 Photoshop 的縮寫]

【PSC】普通話水平測試。[漢語拼音 pǔtōnghuà shuǐpíng cèshì 的縮寫]

【PT】特別轉讓（股市用語）。[英 particular transfer 的縮寫]

【PVC】聚氯乙烯。一種化合物，耐腐蝕，不易着火，可用來製造合成纖維和塑料。[英 polyvinyl chloride 的縮寫]

【PX】對二甲苯，是一種無色透明液體，具有芳香氣味，易燃，其蒸氣與空氣可形成爆炸性混合物。[英 p-Xylene 的縮寫]

【QC】質量管理。[英 quality control 的縮寫]

【QDII】合格的境內機構投資者。[英 qualified domestic institutional investors 的縮寫]

【QQ】一種網絡即時通訊軟件。

【QS】（食品）質量安全。[英 quality safety 的縮寫]

【Q版】Q bǎn 卡通版本，可愛的版本。[Q，英 cute 的諧音]

【RAM】隨機存取儲器。[英 random-access memory 的縮寫]

【RMB】人民幣。[漢語拼音 rénmínbì 的縮寫]

【RNA】核糖核酸。[英 ribonucleic acid 的縮寫]

【ROM】只讀存儲器。[英 read-only memory 的縮寫]

【RS】遙感技術。[英 remote sensing 的縮寫]

【SARS】嚴重急性呼吸綜合徵。通稱非典。[英 severe acute respiratory syndrome 的縮寫]

【SCI】科學引文索引。美國科學情報研究所出版的世界著名的期刊文獻檢索工具書，所收錄的文獻能覆蓋全世界最重要的研究成果。[英 Science Citation Index 的縮寫]

【SDR】特別提款權。[英 special drawing rights 的縮寫]

【SD卡】SD kǎ 安全數碼卡，用於手機、相機等。[英 Secure Digital Memory Card 的縮寫]

【SIM卡】SIM kǎ 用戶身份識別卡。移動通信數字手機中用於存儲用戶的電話號碼和服務資料。[SIM，英 subscriber identi-fication module 的縮寫]

【SMS】短信息服務。[英 short message service 的縮寫]

【SNG】衛星新聞採集，特指裝載全套 SNG 設備的衛星新聞採訪車。[英 satellite news gathering 的縮寫]

【SNS】❶社交網站，社交網。[英 social networks site 的縮寫] ❷ 社交網絡服務。[英 social network service 的縮寫]

【SOHO】小型家居辦公室。[英 small office home office 的縮寫]

【SOS】國際上曾經通用的緊急呼救信號。現也用於一般的求救或求助。[英 save our ship 及 save our souls 的縮寫]

【SOS兒童村】SOS értóngcūn 一種專門收養孤兒的慈善機構。[SOS，英 save our souls 的縮寫]

【SP】電信增值服務提供商。[英 service provider 的縮寫]

【SPA】一種使人體肌肉放鬆的休閒方式。通過水療、水浴、泡温泉等方式消除疲勞，治療疾病，改善體質。[拉丁 Solus Par Aqua 的縮寫]

【SSD】固態硬盤。[英 solid state disk 的縮寫]

【ST】特別處理（股市用語）。指股票連續兩年虧損，業績特別不好，需要特別處理。[英 special treatment 的縮寫]

【STD】性傳播疾病。[英 sexually transmitted disease 的縮寫]

【SUV】運動型多功能車。[英 sport utility vehicle 的縮寫]

【Tel】電話（號碼）。[英 telephone 的簡ండ形式]

【TMD】戰區導彈防禦系統。[英 Theater Missile Defense 的縮寫]

【TNT】梯恩梯，黃色炸藥，烈性炸藥。[英 trinitrotoluene 的縮寫]

【TOEFL】托福考試。[英 Test of English as a Foreign Language 的縮寫]

【TV】電視。[英 television 的縮寫]

【T型台】T xíng tái 呈 T 字形的表演台，多用於時裝表演。也叫 T 台。

【T恤衫】T xù shān 一種短袖套頭上衣。因略呈 T 形而得名。也叫 T 恤。[恤，英 shirt 的粵語音譯]

【T淋巴細胞】T línbā xìbāo 一種免疫細胞，起源於骨髓，在胸腺中發育成熟，再分佈到周圍淋巴器官和血液中去，佔血液中淋巴細胞的 50%–70%。可分化為輔助細胞、殺傷細胞和抑制細胞。簡稱 T 細胞。[T，拉 thymus（胸腺）的首字母]

【T細胞】T xìbāo 淋巴細胞的簡稱。

【UFO】不明飛行物。[英 unidentified flying object 的縮寫]

【UN】聯合國。[英 United Nations 的縮寫]

【USB】通用串行總綫。[英 universal serial bus 的縮寫]

【UV】紫外綫。[英 ultraviolet 的縮寫]

【U盤】U pán 優盤。

【VCD】激光壓縮視盤。也指能夠播放這種視盤的機器。[英 video compact disc 的縮寫]

【VIP】非常重要的人物；貴賓。[英 very important person 的縮寫]

【VOD】視頻點播。[英 video on demand 的縮寫]

【vs】表示競爭或競賽雙方的對比。[英 versus 的簡ండ形式]

【WAP】無綫應用協議。一種向移動終端提供互聯網內容和先進增值服務的全球統一的開放式協議標準。[英 Wireless Application Protocol 的縮

寫]

【WC】盥洗室；廁所。[英 water closet 的縮寫]

【WHO】世界衞生組織。[英 World Health Organization 的縮寫]

【WiFi】無綫保真。一種高速無綫數據傳輸技術。[英 Wireless Fidelity 的縮寫]

【WSK】（中國）全國外語水平考試。[漢語拼音 wàiyǔ shuǐpíng kǎoshì 的縮寫]

【WTO】世界貿易組織。[英 World Trade Organization 的縮寫]

【WWW】萬維網。[英 World Wide Web 的縮寫]

【X 刀】X dāo 一種用於放射治療的設備。採用三維立體定位，X 射綫能夠準確地按照腫瘤的生長形狀照射，使腫瘤組織和正常組織之間形成整齊的邊緣，像用手術刀切除一樣。

【X 光】X guāng 愛克斯射綫。

【X 染色體】X rǎnsètǐ 決定生物個體性別的性染色體的一種。女性的一對性染色體是兩條大小、形狀相似的 X 染色體。

【X 射綫】X shèxiàn 愛克斯射綫。

【X 綫】X xiàn 愛克斯射綫。

【Y 染色體】Y rǎnsètǐ 決定生物個體性別的性染色體的一種。男性的一對性染色體是一條 X 染色體和一條較小的 Y 染色體。

阿拉伯數字開頭的詞語 *

【^{14}C 測年分辨率】^{14}C cènián fēnbiànlǜ 也作 "碳十四測年"，指含碳（C 為英語 Carbon 的首字母）物質的 C14 含量在 C 元素中所含的比例幾乎是保持恆定的，如果含 C 物質一旦停止與大氣的交換關係，則該物質的 C14 含量不再得到新的補充，而原有的 C14 按照衰變規律減少，每隔 5730 年減少一半，因此只要測出含 C 物質中 C14 減少的程度，就可以計算出它停止與大氣進行交換的年代，這就是 C14 測年的原理。

【18K】指黃金所佔比例為 $^{18}/_{24}$，即 750‰，K 是表示黃金純度的標記，在黃金珠寶市場中，18K 金也被稱為 "K 金"。［K，德文 Karat 的首字母］

【24K】指黃金的純度近 100%，即俗稱的 "純金"。嚴格來說，其黃金含量為 99.99%，因此在黃金珠寶市場中，也被人稱為 "四條九" 金。［K，德文 Karat 的首字母］

【211 工程】211 gōngchéng 指由中國國務院批准，面向 21 世紀重點建設 100 所左右的高等學校和一批重點學科的高等教育建設工程。

【2B 鉛筆】2 B qiānbǐ 軟性鉛筆，因其鉛筆的墨色塗寫均勻，並且深度符合考試機讀卡識別，故常被作為標準化的考試專用鉛筆。［B，英文 black 的首字母］

【2D】二維，在一個平面上的內容就是二維，即長、寬兩種度量。二維平面技術通常用於科技、動漫等領域。［D，英文 dimension 的首字母］

【3C】三個以 C 開頭的英文單詞合稱，即計算機（Computer）、通訊（Communication）和消費電子產品（Consumer electronics）。3C 產品通常指電腦、數碼相機、手提電話、電視機、電子詞典、影音播放硬件設備或數碼音頻播放器等。

【3D】三維，即長、寬、高三種度量組成的空間。三維空間技術多用於科技、動漫、影音遊戲等領域。［D，英文 dimension 的首字母］

【3D 打印】3 D dǎyìn 立體打印，是一種以數字模型文件為基礎，運用粉末狀金屬或塑料等可粘合材料，通過逐層打印的方式來構造物體的技術。

【3D 眼鏡】3 D yǎnjìng 立體眼鏡，是一種可以用來觀看 3D 圖像或影像的特殊眼鏡，其主要目的是令雙眼接收不同影像，大腦會將雙眼所接收的資料合併起來造成立體的效果。

【3D 電影】3 D diànyǐng 立體電影，是一種使用立體鏡視覺顯示系統，再製畫面，將左右眼平面投影影像立體顯示成像，使觀眾對影像產生立體深度的電影模式。也稱 "三維電影"。

【3G 手機】3 G shǒujī 即俗稱的第三代（The Third Generation）手機。第一代手機主要以語音通話為主，第二代手機增加了數據接收功能，例如收發電子郵件等。第三代手機除了傳輸聲音和數據的速度提高外，還能夠實現多媒體通訊技術，包括圖像、音樂、視頻、網頁瀏覽、電話會議、電子商務、網絡互動以及其他一些信息服務等增值服務，是新一代的移動通訊系統手機。［G，英文 generation 的首字母］

【3K 黨】3 K Dǎng 指美國歷史上和現在奉行白人至上主義的民間組織，也是美國種族主義的代表性組織。3K 黨曾經是美國歷史最悠久、機構最龐大的恐怖主義組織，現在人數已經減少。3K 是英語 Ku Klux Klan 首字母合稱。Ku Klux 來源於希臘文 κυκλος，意為圈子、集會；Klan（Clan）意思為家族、種族。

【4D】四維，即空間的三坐標（長、寬、高）和時間坐標的四維度。［D，英文 dimension 的首字母］

【4D 電影】4 D diànyǐng 在 3D 立體電影的基礎上，加上環境特效模擬仿真，如震動、吹風、噴水、煙霧、氣泡、氣味、佈景、人物實景表演等特技效果，而組成的新型的影視模式，也叫 "四維電影"。

【4G 手機】4 G shǒujī 採用 4G 技術的手機。4G 的重要特點是靜態傳輸速率可達到 1Gbps，手機等通訊設備在高速移動的狀態下可以達到 100Mbps 的傳輸速度。4G 技術不僅用於手機通訊等領域，還可應用於金融、醫療、教育、交通等不同領域。與 3G 手機相比，4G 手機具有高數據速率、無線網絡時延低、高移動性等特點。［G，英文 generation 的首字母］

【4S 店】4 S diàn 一種集汽車銷售（sale）、售後服務（service）、零配件（spare part）和信息反饋（survey）為一體的銷售企業。

【5W 理論】5 W lǐlùn 美國學者 H・拉斯維爾於 1948 年提出的構成傳播過程的五個基本要素。這五個基本要素（W）分別指：Who（誰）、

---

* 此處收錄的詞語均以阿拉伯數字開頭，有些詞語由數字和字母組成，有些由數字和漢字組成，有些由數字、字母和漢字組成。詞目中的漢字仍用漢語拼音標註讀音，數字和西文字母對應按照英語和西文的音讀即可，這裏不再用漢語拼音為這二者標註讀音。

says What（說甚麼）、in Which channel（通過甚麼方式）、to Whom（對誰說）、with What effect（有甚麼效果）。該理論被廣泛應用於傳播、廣告、新聞等領域，也被人們稱為 "5W 模式" "拉斯維爾程式"。

【7 字店】7 zìdiàn　指 7-eleven 便利店，是全球最大的連鎖加盟便利商店之一，也是香港連鎖店最多的便利商店。7-eleven 便利店在港澳地區也被稱為 "七十一" "七仔"。

附 錄

漢 語 拼 音 方 案

（1957 年 11 月 1 日國務院全體會議第 60 次會議通過）

（1958 年 2 月 11 日第一屆全國人民代表大會第五次會議批准）

一、字母表

字母	A a	B b	C c	D d	E e	F f	G g
名稱	ㄚ	ㄅㄝ	ㄘㄝ	ㄉㄝ	ㄜ	ㄝㄈ	ㄍㄝ
	H h	I i	J j	K k	L l	M m	N n
	ㄏㄚ	ㄧ	ㄐㄧㄝ	ㄎㄝ	ㄝㄌ	ㄝㄇ	ㄋㄝ
	O o	P p	Q q	R r	S s	T t	
	ㄛ	ㄆㄝ	ㄑㄧㄡ	ㄚㄦ	ㄝㄙ	ㄊㄝ	
	U u	V v	W w	X x	Y y	Z z	
	ㄨ	ㄪㄝ	ㄨㄚ	ㄒㄧ	ㄧㄚ	ㄗㄝ	

ｖ只用來拼寫外來語、少數民族語言和方言。字母的手寫體依照拉丁字母的一般書寫習慣。

二、聲母表

b	p	m	f		d	t	n	l
ㄅ玻	ㄆ坡	ㄇ摸	ㄈ佛		ㄉ得	ㄊ特	ㄋ訥	ㄌ勒
g	k	h			j	q	x	
ㄍ哥	ㄎ科	ㄏ喝			ㄐ基	ㄑ欺	ㄒ希	
zh	ch	sh	r		z	c	s	
ㄓ知	ㄔ蚩	ㄕ詩	ㄖ日		ㄗ資	ㄘ雌	ㄙ思	

在給漢字注音的時候，為了使拼式簡短，zh ch sh 可以省作 ẑ ĉ ŝ。

三、韻母表

	i ㄧ　衣	u ㄨ　烏	ü ㄩ　迂
a ㄚ　啊	ia ㄧㄚ　呀	ua ㄨㄚ　蛙	
o ㄛ　喔		uo ㄨㄛ　窩	
e ㄜ　鵝	ie ㄧㄝ　耶		üe ㄩㄝ　約
ai ㄞ　哀		uai ㄨㄞ　歪	
ei ㄟ　欸		uei ㄨㄟ　威	
ao ㄠ　熬	iao ㄧㄠ　腰		
ou ㄡ　歐	iou ㄧㄡ　憂		
an ㄢ　安	ian ㄧㄢ　煙	uan ㄨㄢ　彎	üan ㄩㄢ　冤
en ㄣ　恩	in ㄧㄣ　因	uen ㄨㄣ　温	ün ㄩㄣ　暈
ang ㄤ　昂	iang ㄧㄤ　央	uang ㄨㄤ　汪	
eng ㄥ　亨的韻母	ing ㄧㄥ　英	ueng ㄨㄥ　翁	
ong （ㄨㄥ）轟的韻母	iong ㄩㄥ　雍		

（1）"知、蚩、詩、日、資、雌、思"等七個音節的韻母用 i，即：知、蚩、詩、日、資、雌、思等字拼作 zhi, chi, shi, ri, zi, ci, si。

（2）韻母ㄦ寫成 er，用做韻尾的時候寫成 r。例如："兒童"拼作 ertong，"花兒"拼作 huar。

（3）韻母ㄝ單用的時候寫成 ê。

（4）i 行的韻母，前面沒有聲母的時候，寫成：yi（衣），ya（呀），ye（耶），yao（腰），you（憂），yan（煙），yin（因），yang（央），ying（英），yong（雍）。

u 行的韻母，前面沒有聲母的時候，寫成：wu（烏），wa（蛙），wo（窩），wai（歪），wei（威），wan（彎），wen（溫），wang（汪），weng（翁）。

ü 行的韻母，前面沒有聲母的時候，寫成：yu（迂），yue（約），yuan（冤），yun（暈）；ü 上兩點省略。

ü 行的韻母跟聲母 j, q, x 拼的時候，寫成：ju（居），qu（區），xu（虛），ü 上兩點也省略；但是跟聲母 n, l 拼的時候，仍然寫成：nü（女），lü（呂）。

（5）iou, uei, uen 前面加聲母的時候，寫成：iu, ui, un。例如 niu（牛），gui（歸），lun（論）。

（6）在給漢字注音的時候，為了使拼式簡短，ng 可以省作 ŋ。

四、聲調符號

陰平	陽平	上聲	去聲
ˉ	ˊ	ˇ	ˋ

聲調符號標在音節的主要母音上，輕聲不標。例如：

媽 mā	麻 má	馬 mǎ	罵 mà	嗎 ma
（陰平）	（陽平）	（上聲）	（去聲）	（輕聲）

五、隔音符號

a, o, e 開頭的音節連接在其他音節後面的時候，如果音節的界限發生混淆，用隔音符號（'）隔開，例如：pi'ao（皮襖）。

中國歷代紀元表

1. 本表從"五帝"開始，到 1949 年中華人民共和國成立為止。

2. 較小的王朝如"十六國""十國"等不列表。

3. "帝號"或"廟號"，以習慣上常用者為據；年號後用括號附列使用年數，年中
   改元時在干支後用數字註出改元的月份。

五帝（約前 30 世紀初 – 約前 21 世紀初）

黃帝	顓頊 [zhuānxū]	帝嚳 [kù]	堯	舜

夏（前 2070 – 前 1600）

禹				泄			
啟				不降			
太康				扃 [jiōng]			
仲康				廑 [jǐn]			
相				孔甲			
少康				皋 [gāo]			
予				發			
槐				癸 [guǐ]（桀 [jié]）			
芒							

商（前 1600 – 前 1046）

商前期（前 1600 – 前 1300）

湯				祖辛			
太丁				沃甲			
外丙				祖丁			
中壬				南庚			
太甲				陽甲			
沃丁				盤庚（遷殷前）			
太庚							
小甲							
雍己							
太戊							
中丁							
外壬							
河亶 [dǎn] 甲							
祖乙							

商後期（前 1300 – 前 1046）

盤庚（遷殷後）*	（50）		前 1300
小辛			
小乙			
武丁	（59）		前 1250
祖庚			
祖甲			
廩辛	（44）		前 1191
康丁			
武乙	（35）	甲寅	前 1147
文丁	（11）	己丑	前 1112
帝乙	（26）	庚子	前 1101
帝辛（紂）	（30）	丙寅	前 1075

* 盤庚遷都於殷後，商也稱殷。

周（前 1046 – 前 256）

西周（前 1046 – 前 771）

武王（姬發）	（4）	乙未	前 1046	懿王（～囏 [jiān]）	（8）	壬戌	前 899
成王（～誦）	（22）	己亥	前 1042	孝王（～辟方）	（6）	庚午	前 891
康王（～釗）	（25）	辛酉	前 1020	夷王（～燮 [xiè]）	（8）	丙子	前 885
昭王（～瑕）	（19）	丙戌	前 995	厲王（～胡）	（37）	甲申	前 877
穆王（～滿）	（55）	乙巳	前 976	共和	（14）	庚申	前 841
共 [gōng] 王（～繄 [yī] 扈）	（23）	己亥	前 922	宣王（～靜）	（46）	甲戌	前 827
				幽王（～宮湦 [shēng]）	（11）	庚申	前 781

東周（前 770 – 前 256）

公元前 770 年至公元前 476 年，為春秋時代；公元前 475 年至公元前 211 年，為戰國時代，主要有秦、魏、韓、趙、燕、楚、齊等國。

平王（姬宜臼）	（51）	辛未	前 770	敬王（～匄 [gài]）	（44）	壬午	前 519
桓王（～林）	（23）	壬戌	前 719	元王（～仁）	（7）	丙寅	前 475
莊王（～佗）	（15）	乙酉	前 696	貞定王（～介）	（28）	癸酉	前 468
釐 [xī] 王（～胡齊）	（5）	庚子	前 681	哀王（～去疾）	（1）	庚子	前 441
惠王（～閬 [làng]）	（25）	乙巳	前 676	思王（～叔）	（1）	庚子	前 441
襄王（～鄭）	（33）	庚午	前 651	考王（～嵬 [wéi]）	（15）	辛丑	前 440
頃王（～王臣）	（6）	癸卯	前 618	威烈王（～午）	（24）	丙辰	前 425
匡王（～班）	（6）	己酉	前 612	安王（～驕）	（26）	庚辰	前 401
定王（～瑜 [yú]）	（21）	乙卯	前 606	烈王（～喜）	（7）	丙午	前 375
簡王（～夷）	（14）	丙子	前 585	顯王（～扁）	（48）	癸丑	前 368
靈王（～泄心）	（27）	庚寅	前 571	慎靚 [jìng] 王（～定）	（6）	辛丑	前 320
景王（～貴）	（25）	丁巳	前 544				
悼王（～猛）	（1）	辛巳	前 520	赧 [nǎn] 王（～延）	（59）	丁未	前 314

秦 [秦帝國](前 221 – 前 206)

周赧王五十九年乙巳(前 256),秦滅周。自次年(秦昭襄王五十二年丙午,前 255)起至秦王政二十五年己卯(前 222),史家以秦王紀年。秦王政二十六年庚辰(前 221)完成統一,稱始皇帝。

昭襄王(嬴則,又名稷)	(56)	乙卯	前 306	始皇帝(~政)	(37)	乙卯	前 246
孝文王(~柱)	(1)	辛亥	前 250	二世皇帝(~胡亥)	(3)	壬辰	前 209
莊襄王(~子楚)	(3)	壬子	前 249				

漢(前 206 – 公元 220)

西漢(前 206 – 公元 25)

包括王莽(公元 9 – 23)和更始帝(23 – 25)。

高帝(劉邦)	(12)	乙未	前 206		神爵(4)	庚申	前 61
惠帝(~盈)	(7)	丁未	前 194		五鳳(4)	甲子	前 57
高后(呂雉)	(8)	甲寅	前 187		甘露(4)	戊辰	前 53
文帝(劉恆)	(16)	壬戌	前 179		黃龍(1)	壬申	前 49
	(後元)(7)	戊寅	前 163	元帝(~奭 [shì])	初元(5)	癸酉	前 48
景帝(~啟)	(7)	乙酉	前 156		永光(5)	戊寅	前 43
	(中元)(6)	壬辰	前 149		建昭(5)	癸未	前 38
	(後元)(3)	戊戌	前 143		竟寧(1)	戊子	前 33
武帝(~徹)	建元(6)	辛丑	前 140	成帝(~驁 [ào])	建始(4)	己丑	前 32
	元光(6)	丁未	前 134		河平(4)	癸巳	前 28
	元朔(6)	癸丑	前 128		陽朔(4)	丁酉	前 24
	元狩(6)	己未	前 122		鴻嘉(4)	辛丑	前 20
	元鼎(6)	乙丑	前 116		永始(4)	乙巳	前 16
	元封(6)	辛未	前 110		元延(4)	己酉	前 12
	太初(4)	丁丑	前 104		綏和(2)	癸丑	前 8
	天漢(4)	辛巳	前 100	哀帝(~欣)	建平(4)	乙卯	前 6
	太始(4)	乙酉	前 96		元壽(2)	己未	前 2
	征和(4)	己丑	前 92	平帝(~衎 [kàn])	元始(5)	辛酉	公元 1
	後元(2)	癸巳	前 88	孺子嬰(王莽攝政)	居攝(3)	丙寅	6
昭帝(~弗陵)	始元(7)	乙未	前 86		初始(1)	戊辰	8
	元鳳(6)	辛丑	前 80	[新]王莽	始建國(5)	己巳	9
	元平(1)	丁未	前 74		天鳳(6)	甲戌	14
宣帝(~詢)	本始(4)	戊申	前 73		地皇(4)	庚辰	20
	地節(4)	壬子	前 69	更始帝(劉玄)	更始(3)	癸未	23
	元康(5)	丙辰	前 65				

東漢（25－220）

光武帝（劉秀）	建武（32）	乙酉_六	25	沖帝（～炳）	永憙 [xī]	乙酉	145
	建武中元（2）	丙辰_四	56		（嘉）（1）		
明帝（～莊）	永平（18）	戊午	58	質帝（～纘	本初（1）	丙戌	146
章帝（～炟 [dá]）	建初（9）	丙子	76	[zuǎn]）			
	元和（4）	甲申_八	84	桓帝（～志）	建和（3）	丁亥	147
	章和（2）	丁亥_七	87		和平（1）	庚寅	150
和帝（～肇）	永元（17）	己丑	89		元嘉（3）	辛卯	151
	元興（1）	乙巳_四	105		永興（2）	癸巳_五	153
殤 [shāng] 帝	延平（1）	丙午	106		永壽（4）	乙未	155
（～隆）					延熹 [xī]	戊戌_六	158
安帝（～祜 [hù]）	永初（7）	丁未	107		（10）		
	元初（7）	甲寅	114		永康（1）	丁未_六	167
	永寧（2）	庚申_四	120	靈帝（～宏）	建寧（5）	戊申	168
	建光（2）	辛酉_七	121		熹 [xī] 平	壬子_五	172
	延光（4）	壬戌_三	122		（7）		
順帝（～保）	永建（7）	丙寅	126		光和（7）	戊午_三	178
	陽嘉（4）	壬申_三	132		中平（6）	甲子_{十二}	184
	永和（6）	丙子	136	獻帝（～協）	初平（4）	庚午	190
	漢安（3）	壬午	142		興平（2）	甲戌	194
	建康（1）	甲申_四	144		建安（25）	丙子	196
					延康（1）	庚子_三	220

三國（220－280）

魏（220－265）

文帝（曹丕）	黃初（7）	庚子_十	220		嘉平（6）	己巳_四	249
明帝（～叡 [ruì]）	太和（7）	丁未	227	高貴鄉公（～髦	正元（3）	甲戌_十	254
	青龍（5）	癸丑_二	233	[máo]）	甘露（5）	丙子_六	256
	景初（3）	丁巳_三	237	元帝（～奐 [huàn]）	景元（5）	庚辰_六	260
齊王（～芳）	正始（10）	庚申	240	（陳留王）	咸熙（2）	甲申_五	264

蜀漢（221－263）

昭烈帝（劉備）	章武（3）	辛丑_四	221		景耀（6）	戊寅	258
後主（～禪 [shàn]）	建興（15）	癸卯_五	223		炎興（1）	癸未_八	263
	延熙（20）	戊午	238				

吳（222－280）

大帝（孫權）	黃武(8)	壬寅十	222	景帝（~休）	永安(7)	戊寅十	258
	黃龍(3)	己酉四	229	烏程侯（~皓 [hào]）	元興(2)	甲申七	264
	嘉禾(7)	壬子	232		甘露(2)	乙酉四	265
	赤烏(14)	戊午九	238		寶鼎(4)	丙戌八	266
	太元(2)	辛未五	251		建衡(3)	己丑十	269
	神鳳(1)	壬申二	252		鳳凰(3)	壬辰	272
會稽王（~亮）	建興(2)	壬申四	252		天冊(2)	乙未	275
	五鳳(3)	甲戌	254		天璽(1)	丙申七	276
	太平(3)	丙子十	256		天紀(4)	丁酉	277

晉（265－420）

西晉（265－317）

武帝（司馬炎）	泰始(10)	乙酉十二	265		太安(2)	壬戌十二	302
	咸寧(6)	乙未	275		永安(1)	甲子	304
	太康(10)	庚子四	280		建武(1)	甲子七	304
	太熙(1)	庚戌	290		永安(1)	甲子十一	304
惠帝（~衷）	永熙(1)	庚戌四	290		永興(3)	甲子十二	304
	永平(1)	辛亥	291		光熙(1)	丙寅六	306
	元康(9)	辛亥三	291	懷帝（~熾）	永嘉(7)	丁卯	307
	永康(2)	庚申	300	愍 [mǐn] 帝	建興(5)	癸酉四	313
	永寧(2)	辛酉四	301	（~鄴 [yè]）			

東晉（317－420）

東晉時期，在我國北方和巴蜀，先後存在過一些封建割據政權，其中有：漢（前趙）、成（成漢）、前涼、後趙（魏）、前燕、前秦、後燕、後秦、西秦、後涼、南涼、南燕、西涼、北涼、北燕、夏等國，歷史上叫做"十六國"。

元帝（司馬睿 [ruì]）	建武(2)	丁丑三	317	哀帝（~丕）	隆和(2)	壬戌	362
	大興(4)	戊寅三	318		興寧(3)	癸亥二	363
	永昌(2)	壬午	322	海西公（~奕）	太和(6)	丙寅	366
明帝（~紹）	永昌	壬午閏十一	322	簡文帝（~昱 [yù]）	咸安(2)	辛未十一	371
	太寧(4)	癸未三	323	孝武帝（~曜 [yào]）	寧康(3)	癸酉	373
成帝（~衍 [yǎn]）	太寧	乙酉閏八	325		太元(21)	丙子	376
	咸和(9)	丙戌二	326	安帝（~德宗）	隆安(5)	丁酉	397
	咸康(8)	乙未	335		元興(3)	壬寅	402
康帝（~岳）	建元(2)	癸卯	343		義熙(14)	乙巳	405
穆帝（~聃 [dān]）	永和(12)	乙巳	345	恭帝（~德文）	元熙(2)	己未	419
	升平(5)	丁巳	357				

南北朝（420－589）

南朝

宋（420－479）

武帝（劉裕）	永初(3)	庚申六	420		景和(1)	乙巳八	465
少帝（～義符）	景平(2)	癸亥	423	明帝（～彧 [yù]）	泰始(7)	乙巳十二	465
文帝（～義隆）	元嘉(30)	甲子八	424		泰豫(1)	壬子	472
孝武帝（～駿）	孝建(3)	甲午	454	後廢帝（～昱 [yù]）	元徽(5)	癸丑	473
	大明(8)	丁酉	457	（蒼梧王）			
前廢帝（～子業）	永光(1)	乙巳	465	順帝（～準）	昇明(3)	丁巳七	477

齊（479－502）

高帝（蕭道成）	建元(4)	己未四	479	東昏侯（～寶卷）	永元(3)	己卯	499
武帝（～賾 [zé]）	永明(11)	癸亥	483	和帝（～寶融）	中興(2)	辛巳三	501
鬱林王（～昭業）	隆昌(1)	甲戌	494				
海陵王（～昭文）	延興(1)	甲戌七	494				
明帝（～鸞）	建武(5)	甲戌十	494				
	永泰(1)	戊寅四	498				

梁（502－557）

武帝（蕭衍）	天監(18)	壬午四	502		太清(3)*	丁卯四	547
	普通(8)	庚子	520	簡文帝（～綱）	大寶(2)**	庚午	550
	大通(3)	丁未三	527	元帝（～繹 [yì]）	承聖(4)	壬申十一	552
	中大通(6)	己酉十	529	敬帝（～方智）	紹泰(2)	乙亥十	555
	大同(12)	乙卯	535		太平(2)	丙子九	556
	中大同(2)	丙寅四	546				

* 有的地區用至六年。

** 有的地區用至三年。

陳（557－589）

武帝（陳霸先）	永定(3)	丁丑十	557	宣帝（～頊 [xū]）	太建(14)	己丑	569
文帝（～蒨 [qiàn]）	天嘉(7)	庚辰	560	後主（～叔寶）	至德(4)	癸卯	583
	天康(1)	丙戌二	566		禎明(3)	丁未	587
廢帝（～伯宗）	光大(2)	丁亥	567				
（臨海王）							

北朝

北魏 [拓跋氏，後改元氏]（386－534）

北魏建國於丙戌（386年）正月，初稱代國，至同年四月始改國號為魏，439年滅北涼，統一北方。

帝	年號	干支	西元	帝	年號	干支	西元
道武帝（拓跋珪 [guī]）	登國（11）	丙戌	386		皇興（5）	丁未八	467
	皇始（3）	丙申七	396	孝文帝（元宏）	延興（6）	辛亥八	471
	天興（7）	戊戌十二	398		承明（1）	丙辰六	476
	天賜（6）	甲辰十	404		太和（23）	丁巳	477
明元帝（~嗣 [sì]）	永興（5）	己酉十	409	宣武帝（~恪 [kè]）	景明（4）	庚辰	500
	神瑞（3）	甲寅	414		正始（5）	甲申	504
	泰常（8）	丙辰四	416		永平（5）	戊子八	508
太武帝（~燾 [tāo]）	始光（5）	甲子	424		延昌（4）	壬辰四	512
	神䴥 [jiā]（4）	戊辰二	428	孝明帝（~詡 [xǔ]）	熙平（3）	丙申	516
	延和（3）	壬申	432		神龜（3）	戊戌二	518
	太延（6）	乙亥	435		正光（6）	庚子七	520
	太平真君（12）	庚辰六	440		孝昌（3）	乙巳六	525
	正平（2）	辛卯六	451		武泰（1）	戊申	528
南安王（~餘）	永（承）平（1）	壬辰三	452	孝莊帝（~子攸 [yōu]）	建義（1）	戊申四	528
文成帝（~濬 [jùn]）	興安（3）	壬辰十	452		永安（3）	戊申九	528
	興光（2）	甲午七	454	長廣王（~曄 [yè]）	建明（2）	庚戌十	530
	太安（5）	乙未六	455	節閔 [mǐn] 帝（~恭）	普泰（2）	辛亥二	531
	和平（6）	庚子	460	安定王（~朗）	中興（2）	辛亥十	531
獻文帝（~弘）	天安（2）	丙午	466	孝武帝（~脩）	太昌（1）	壬子四	532
					永興（1）	壬子十二	532
					永熙（3）	壬子十二	532

東魏（534－550）

帝	年號	干支	西元	年號	干支	西元
孝靜帝（元善見）	天平（4）	甲寅十	534	興和（4）	己未十一	539
	元象（2）	戊午	538	武定（8）	癸亥	543

北齊（550－577）

帝	年號	干支	西元	帝	年號	干支	西元
文宣帝（高洋）	天保（10）	庚午五	550	後主（~緯）	天統（5）	乙酉四	565
廢帝（~殷）	乾明（1）	庚辰	560		武平（7）	庚寅	570
孝昭帝（~演）	皇建（2）	庚辰八	560		隆化（1）	丙申十二	576
武成帝（~湛）	太寧（2）	辛巳十一	561	幼主（~恆）	承光（1）	丁酉	577
	河清（4）	壬午四	562				

西魏（535－556）

文帝（元寶炬）	大統(17)	乙卯	535	恭帝（～廓）	－(3)	甲戌$_2$	554
廢帝（～欽）	－(3)	壬申	552				

北周（557－581）

孝閔 [mǐn] 帝（宇文覺）	－(1)	丁丑	557		建德(7)	壬辰$_3$	572
					宣政(1)	戊戌$_3$	578
明帝（～毓 [yù]）	－(3)	丁丑$_9$	557	宣帝（～贇 [yūn]）	大成(1)	己亥	579
	武成(2)	己卯$_8$	559	靜帝（～闡）	大象(3)	己亥$_2$	579
武帝（～邕 [yōng]）	保定(5)	辛巳	561		大定(1)	辛丑$_2$	581
	天和(7)	丙戌	566				

隋（581－618）

隋建國於 581 年，589 年滅陳，完成統一。

文帝（楊堅）	開皇(20)	辛丑$_2$	581	煬 [yáng] 帝（～廣）	大業(14)	乙丑	605
	仁壽(4)	辛酉	601	恭帝（～侑 [yòu]）	義寧(2)	丁丑$_{11}$	617

唐（618－907）

高祖（李淵）	武德(9)	戊寅$_5$	618	武后（武曌 [zhào]）	光宅(1)	甲申$_9$	684
太宗（～世民）	貞觀(23)	丁亥	627		垂拱(4)	乙酉	685
高宗（～治）	永徽(6)	庚戌	650		永昌(1)	己丑	689
	顯慶(6)	丙辰	656		載初 ** (1)	庚寅$_正$	690
	龍朔(3)	辛酉$_3$ *	661				
	麟德(2)	甲子	664	武后稱帝，改國號	天授(3)	庚寅$_9$	690
	乾封(3)	丙寅	666	為周	如意(1)	壬辰$_4$	692
	總章(3)	戊辰$_3$	668		長壽(3)	壬辰$_9$	692
	咸亨(5)	庚午$_3$	670		延載(1)	甲午$_5$	694
	上元(3)	甲戌$_8$	674		證聖(1)	乙未	695
	儀鳳(4)	丙子$_{11}$	676		天冊萬歲(2)	乙未$_9$	695
	調露(2)	己卯$_6$	679		萬歲登封(1)	丙申$_臘$	696
	永隆(2)	庚辰$_8$	680		萬歲通天(2)	丙申$_3$	696
	開耀(2)	辛巳$_9$	681				
	永淳(2)	壬午$_2$	682		神功(1)	丁酉$_9$	697
	弘道(1)	癸未$_{12}$	683		聖曆(3)	戊戌	698
中宗（～顯，又名哲）	嗣聖(1)	甲申	684		久視(1)	庚子$_5$	700
睿 [ruì] 宗（～旦）	文明(1)	甲申$_2$	684		大足(1)	辛丑	701
					長安(4)	辛丑$_{10}$	701

中宗(李顯， 又名哲)， 復唐國號	神龍(3)	乙巳	705	敬宗(~湛)	寶曆(3)	乙巳	825
	景龍(4)	丁未九	707	文宗(~昂)	寶曆	丙午十二	826
					大(太)和 (9)	丁未二	827
睿[ruì]宗(~ 旦)	景云(2)	庚戌七	710				
	太極(1)	壬子	712		開成(5)	丙辰	836
	延和(1)	壬子五	712	武宗(~炎)	會昌(6)	辛酉	841
玄宗(~隆基)	先天(2)	壬子八	712	宣宗(~忱[chén])	大中(14)	丁卯	847
	開元(29)	癸丑十二	713	懿[yì]宗(~漼	大中	己卯八	859
	天寶(15)	壬午	742	[cuǐ])	咸通(15)	庚辰十一	860
肅宗(~亨)	至德(3)	丙申七	756	僖[xī]宗(~儇	咸通	癸巳七	873
	乾元(3)	戊戌二	758	[xuān])	乾符(6)	甲午十一	874
	上元(2)	庚子閏四	760		廣明(2)	庚子	880
	-(1)***	辛丑九	761		中和(5)	辛丑七	881
代宗(~豫)	寶應(2)	壬寅四	762		光啟(4)	乙巳三	885
	廣德(2)	癸卯七	763		文德(1)	戊申二	888
	永泰(2)	乙巳	765	昭宗(~曄[yè])	龍紀(1)	己酉	889
	大曆(14)	丙午十一	766		大順(2)	庚戌	890
德宗(~适	建中(4)	庚申	780		景福(2)	壬子	892
[kuò])	興元(1)	甲子	784		乾寧(5)	甲寅	894
	貞元(21)	乙丑	785		光化(4)	戊午八	898
順宗(~誦)	永貞(1)	乙酉八	805		天復(4)	辛酉四	901
憲宗(~純)	元和(15)	丙戌	806		天祐(4)	甲子閏四	904
穆宗(~恆)	長慶(4)	辛丑	821	哀帝(~柷[chù])	天祐****	甲子八	904

* 辛酉三月丙申朔改元，一作辛酉二月乙未晦改元。

** 始用周正，改永昌元年十一月為載初元年正月，以十二月為臘月，夏正月為一月。久視元
年十月復用夏正，以正月為十一月，臘月為十二月，一月為正月。本表在這段期間內干支後
面所註的改元月份都是周曆，各年號的使用年數也是按照周曆的計算方法。

*** 此年九月以後去年號，但稱元年。

**** 哀帝即位未改元。

五代（907－960）

五代時期，除後梁、後唐、後晉、後漢、後周外，還先後存在過一些封建割據政權，其中
有：吳、前蜀、吳越、楚、閩、南漢、荊南（南平）、後蜀、南唐、北漢等國，歷史上叫做
"十國"。

後梁（907－923）

太祖(朱晃，又名 溫、全忠)	開平(5)	丁卯四	907		貞明(7)	乙亥十一	915
	乾化(5)	辛未五	911		龍德(3)	辛巳五	921
末帝(~瑱[zhèn])	乾化	癸酉二	913				

後唐（923－936）

莊宗（李存勗 [xù]）	同光（4）	癸未四	923	閔 [mǐn] 帝（～從厚）	應順（1）	甲午	934
明宗（～亶 [dǎn]）	天成（5）	丙戌四	926	末帝（～從珂 [kē]）	清泰（3）	甲午四	934
	長興（4）	庚寅二	930				

後晉（936－947）

| 高祖（石敬瑭 [táng]） | 天福（9） | 丙申十一 | 936 | | 開運（4） | 甲辰七 | 944 |
| 出帝（～重貴） | 天福 * | 壬寅六 | 942 | | | | |

* 出帝即位未改元

後漢（947－950）

| 高祖（劉暠 [gǎo]，本名知遠） | 天福 * 乾祐（3） | 丁未二 戊申 | 947 948 | 隱帝（～承祐） | 乾祐 ** | 戊申二 | 948 |

* 後漢高祖即位，仍用後晉高祖年號，稱天福十二年。
** 隱帝即位未改元。

後周（951－960）

| 太祖（郭威） | 廣順（3） 顯德（7） | 辛亥 甲寅二 | 951 954 | 世宗（柴榮） 恭帝（～宗訓） | 顯德 * 顯德 | 甲寅二 己未六 | 954 959 |

* 世宗、恭帝都未改元。

宋（960－1279）

北宋（960－1127）

太祖（趙匡胤 [yìn]）	建隆（4）	庚申	960	仁宗（～禎）	天聖（10）	癸亥	1023
	乾德（6）	癸亥十一	963		明道（2）	壬申十一	1032
	開寶（9）	戊辰十一	968		景祐（5）	甲戌	1034
太宗（～炅 [jiǒng]，本名匡義，又名光義）	太平興國（9）	丙子十二	976		寶元（3）	戊寅十一	1038
					康定（2）	庚辰二	1040
	雍熙（4）	甲申十一	984		慶曆（8）	辛巳十一	1041
	端拱（2）	戊子	988		皇祐（6）	己丑	1049
	淳化（5）	庚寅	990		至和（3）	甲午三	1054
	至道（3）	乙未	995		嘉祐（8）	丙申九	1056
真宗（～恆）	咸平（6）	戊戌	998	英宗（～曙）	治平（4）	甲辰	1064
	景德（4）	甲辰	1004	神宗（～頊 [xū]）	熙寧（10）	戊申	1068
	大中祥符（9）	戊申	1008		元豐（8）	戊午	1078
				哲宗（～煦 [xù]）	元祐（9）	丙寅	1086
	天禧（5）	丁巳	1017		紹聖（5）	甲戌四	1094
	乾興（1）	壬戌	1022		元符（3）	戊寅六	1098

徽宗(~佶 [jí])	建中靖國(1)	辛巳	1101		政和(8)	辛卯	1111
					重和(2)	戊戌$_{十}$	1118
	崇寧(5)	壬午	1102		宣和(7)	己亥$_{二}$	1119
	大觀(4)	丁亥	1107	欽宗(~桓 [huán])	靖康(2)	丙午	1126

南宋（1127-1279）

高宗(趙構)	建炎(4)	丁未$_{五}$	1127	理宗(~昀 [yún])	寶慶(3)	乙酉	1225
	紹興(32)	辛亥	1131		紹定(6)	戊子	1228
孝宗(~昚 [shèn])	隆興(2)	癸未	1163		端平(3)	甲午	1234
	乾道(9)	乙酉	1165		嘉熙(4)	丁酉	1237
	淳熙(16)	甲午	1174		淳祐(12)	辛丑	1241
光宗(~惇 [dūn])	紹熙(5)	庚戌	1190		寶祐(6)	癸丑	1253
					開慶(1)	己未	1259
寧宗(~擴)	慶元(6)	乙卯	1195		景定(5)	庚申	1260
	嘉泰(4)	辛酉	1201	度宗(~禥 [qí])	咸淳(10)	乙丑	1265
	開禧(3)	乙丑	1205	恭帝(~㬎 [xiǎn])	德祐(2)	乙亥	1275
	嘉定(17)	戊辰	1208	端宗(~昰 [shì])	景炎(3)	丙子$_{五}$	1276
				帝昺(~昺 [bǐng])	祥興(2)	戊寅$_{五}$	1278

遼 [耶律氏]（907-1125）

遼建國於 907 年，國號契丹，916 年始建年號，938 年（一說 947 年）改國號為遼，983 年復稱契丹，1066 年仍稱遼。

太祖（耶律阿保機）	-(10)	丁卯	907		太平(11)	辛酉$_{十一}$	1021
	神冊(7)	丙子$_{十二}$	916	興宗(~宗真)	景福(2)	辛未$_{六}$	1031
	天贊(5)	壬午$_{二}$	922		重熙(24)	壬申$_{十一}$	1032
	天顯(13)	丙戌$_{二}$	926	道宗(~洪基)	清寧(10)	乙未$_{八}$	1055
太宗(~德光)	天顯*	丁亥$_{十一}$	927		咸雍(10)	乙巳	1065
	會同(10)	戊戌$_{十一}$	938		大(太)康(10)	乙卯	1075
	大同(1)	丁未$_{二}$	947				
世宗(~阮)	天祿(5)	丁未$_{九}$	947		大安(10)	乙丑	1085
穆宗(~璟)	應曆(19)	辛亥$_{九}$	951		壽昌(隆)	乙亥	1095
景宗(~賢)	保寧(11)	己巳$_{二}$	969		(7)		
	乾亨(5)	己卯$_{十一}$	979	天祚 [zuò] 帝	乾統(10)	辛巳$_{二}$	1101
聖宗(~隆緒)	乾亨	壬午$_{九}$	982	(~延禧)	天慶(10)	辛卯	1111
	統和(30)	癸未$_{六}$	983		保大(5)	辛丑	1121
	開泰(10)	壬子$_{十一}$	1012				

* 太宗即位未改元。

西夏（1038－1227）

1032 年（北宋明道元年）元昊嗣夏王位，1034 年始建年號，1038 年稱帝，國名大夏。在漢籍中習稱西夏。1227 年為蒙古所滅。

景宗（嵬名元昊）	廣運(2)	甲戌十	1034		元德(8)	己亥	1119
	大慶(2)	丙子十二	1036		正德(8)	丁未	1127
	天授禮法延祚(11)	戊寅十	1038		大德(5)	乙卯	1135
毅宗（～諒祚）	延嗣寧國(1)	己丑	1049	仁宗（～仁孝）	大慶(4)	庚申	1140
	天祐垂聖(4)	庚寅	1050		人慶(5)	甲子	1144
	福聖承道(4)	癸巳	1053		天盛(21)	己巳	1149
	奲[duǒ]都(6)	丁酉	1057		乾祐(24)	庚寅	1170
	拱化(5)	癸卯	1063	桓宗（～純祐）	天慶(12)	甲寅	1194
惠宗（～秉常）	乾道(1)	戊申	1068	襄宗（～安全）	應天(4)	丙寅一	1206
	天賜禮盛國慶(5)	己酉	1069		皇建(1)	庚午	1210
	大安(11)	甲寅	1074	神宗（～遵頊[xū]）	光定(13)	辛未八	1211
崇宗（～乾順）	天安禮定(2)	乙丑	1085	獻宗（～德旺）	乾定(3)	甲申十二	1224
	天儀治平(3)	丁卯	1087				
	天祐民安(8)	庚午	1090	末帝（～睍[xiàn]）	寶義(1)	丁亥	1227
	永安(3)	戊寅	1098				
	貞觀(13)	辛巳	1101				
	雍寧(5)	甲午	1114				

金 [完顏氏]（1115－1234）

太祖（完顏旻[mín]，本名阿骨打）	收國(2)	乙未	1115		承安(5)	丙辰十一	1196
	天輔(7)	丁酉	1117		泰和(8)	辛酉	1201
太宗（～晟[shèng]）	天會(15)	癸卯九	1123	衛紹王（～永濟）	大安(3)	己巳	1209
熙宗（～亶[dǎn]）	天會*	乙卯一	1135		崇慶(2)	壬申	1212
	天眷(3)	戊午	1138		至寧(1)	癸酉五	1213
	皇統(9)	辛酉	1141	宣宗（～珣[xún]）	貞祐(5)	癸酉九	1213
海陵王（～亮）	天德(5)	己巳十二	1149		興定(6)	丁丑九	1217
	貞元(4)	癸酉三	1153		元光(2)	壬午八	1222
	正隆(6)	丙子二	1156	哀宗（～守緒）	正大(9)	甲申	1224
世宗（～雍）	大定(29)	辛巳十	1161		開興(1)	壬辰一	1232
章宗（～璟）	明昌(7)	庚戌	1190		天興(3)	壬辰四	1232

* 熙宗即位未改元。

元 [孛兒只斤氏]（1206－1368）

蒙古孛兒只斤·鐵木真於 1206 年建國。1271 年忽必烈定國號為元，1279 年滅南宋。

太祖（孛兒只斤·鐵木真）（成吉思汗）	－(22)	丙寅	1206	泰定帝（～也孫鐵木兒）	泰定(5)	甲子	1324
					致和(1)	戊辰二	1328
				天順帝（～阿速吉八）	天順(1)	戊辰九	1328
拖雷（監國）	－(1)	戊子	1228	文宗（～圖帖睦爾）	天曆(3)	戊辰九	1328
太宗（～窩闊台）	－(13)	己丑	1229				
乃馬真后（稱制）	－(5)	壬寅	1242	爾			
定宗（～貴由）	－(3)	丙午七	1246	明宗（～和世㻋[là]）*		己巳	1329
海迷失后（稱制）	－(3)	己酉三	1249				
憲宗（～蒙哥）	－(9)	辛亥六	1251		至順(4)	庚午五	1330
世祖（～忽必烈）	中統(5)	庚申五	1260	寧宗（～懿[yì]璘[lín]質班）	至順	壬申十	1332
	至元(31)	甲子八	1264	順帝（～妥懽帖睦爾）	至順	癸酉六	1333
成宗（～鐵穆耳）	元貞(3)	乙未	1295		元統(3)	癸酉十	1333
	大德(11)	丁酉十	1297		（後）至元(6)	乙亥十一	1335
武宗（～海山）	至大(4)	戊申	1308				
仁宗（～愛育黎拔力八達）	皇慶(2)	壬子	1312		至正(28)	辛巳	1341
	延祐(7)	甲寅	1314				
英宗（～碩德八剌）	至治(3)	辛酉	1321				

* 明宗於己巳（1329）正月即位，以文宗為皇太子。八月明宗暴死，文宗復位。

明（1368－1644）

太祖（朱元璋）	洪武(31)	戊申	1368	孝宗（～祐樘[chēng]）	弘治(18)	戊申	1488
惠帝（～允炆[wén]）	建文(4)*	己卯	1399				
成祖（～棣[dì]）	永樂(22)	癸未	1403	武宗（～厚照）	正德(16)	丙寅	1506
仁宗（～高熾）	洪熙(1)	乙巳	1425	世宗（～厚熜[cōng]）	嘉靖(45)	壬午	1522
宣宗（～瞻基）	宣德(10)	丙午	1426				
英宗（～祁鎮）	正統(14)	丙辰	1436	穆宗（～載垕[hòu]）	隆慶(6)	丁卯	1567
代宗（～祁鈺[yù]）（景帝）	景泰(8)	庚午	1450	神宗（～翊[yì]鈞）	萬曆(48)	癸酉	1573
				光宗（～常洛）	泰昌(1)	庚申八	1620
英宗（～祁鎮）	天順(8)	丁丑二	1457	熹[xī]宗（～由校）	天啟(7)	辛酉	1621
憲宗（～見深）	成化(23)	乙酉	1465	思宗（～由檢）	崇禎(17)	戊辰	1628

* 建文四年時成祖廢除建文年號，改為洪武三十五年。

清 [愛新覺羅氏]（1616－1911）

清建國於 1616 年，初稱後金，1636 年始改國號為清，1644 年入關。

太祖（愛新覺羅·努爾哈赤）	天命（11）	丙辰	1616	高宗（~ 弘曆）	乾隆（60）	丙辰	1736
				仁宗（~ 顒 [yóng] 琰 [yǎn]）	嘉慶（25）	丙辰	1796
太宗（~ 皇太極）	天聰（10）	丁卯	1627				
	崇德（8）	丙子四	1636	宣宗（~ 旻 [mín] 寧）	道光（30）	辛巳	1821
世祖（~ 福臨）	順治（18）	甲申	1644	文宗（~ 奕詝 [zhǔ]）	咸豐（11）	辛亥	1851
聖祖（~ 玄燁 [yè]）	康熙（61）	壬寅	1662	穆宗（~ 載淳）	同治（13）	壬戌	1862
世宗（~ 胤 [yìn] 禛 [zhēn]）	雍正（13）	癸卯	1723	德宗（~ 載湉 [tián]）	光緒（34）	乙亥	1875
				~ 溥 [pǔ] 儀	宣統（3）	己酉	1909

中華民國（1912－1949）

中華民國（38）		壬子	1912				

中華人民共和國（1949 年 10 月 1 日成立）

計量單位簡表

物理量	法定與否	中文名稱	中文符號	外文符號	換算關係	不規範的名稱或符號
長度	法定	米	米	m	1 米 =100 厘米 =1000 毫米	公尺，M
		千米，公里	千米，公里	km	1 千米 =1000 米 =10^3 米	Km，KM
		厘米	厘米	cm	1 厘米 =1/100 米 =10^{-2} 米	公分，糎，CM
		毫米	毫米	mm	1 毫米 =1/1000 米 =10^{-3} 米	公厘，粍，MM
		微米	微米	μm	1 微米 =10^{-6} 米	μ
		納 [諾] 米	納米	nm	1 納米 =10^{-9} 米	毫微米，mμm
		海里	海里	n mile	1 海里 =1852 米 =1.852 千米	浬
		埃	埃	Å	1 埃 =10^{-10} 米	
	非法定	光年	光年	l. y.	1 光年 =9.46053x10^{15} 米	
		天文單位	天文單位	ua	1 天文單位 =1.495979x10^{11} 米	A
		[市] 里	里		1 里 =1500 尺 =500 米	
		[市] 尺	尺		1 尺 =10 寸 =1/3 米	
		[市] 寸	寸		1 寸 =1/30 米	
		英里	英里		1 英里 =1760 碼 =5280 英尺 =1.609344 千米	哩
		碼	碼	yd	1 碼 =3 英尺 =0.914 米	
		英尺	英尺	ft	1 英尺 =12 英寸 =0.3048 米	呎
		英寸	英寸	in	1 英寸 =2.54 厘米	吋
面積	法定	平方米	米 ^{2}	m^2		
		平方千米，平方公里	千米 ^{2}，公里 ^{2}	km^2	1 千米 ^{2}=1000000 米 ^{2} =100 公頃	
		平方厘米	厘米 ^{2}	cm^2	1 厘米 ^{2}=1/10000 米 ^{2}	
		平方毫米	毫米 ^{2}	mm^2	1 毫米 ^{2}=1/1000000 米 ^{2}	
		公頃	公頃	hm^2	1 公頃 =10000 米 ^{2}=10^4 米 ^{2}	
	非法定	平方英里	英里 ^{2}		1 英里 ^{2}=2.589988 千米 ^{2}	
		平方英尺	英尺 ^{2}	ft^2	1 英尺 ^{2}=9.29x10^{-2} 米 ^{2}	
		平方英寸	英寸 ^{2}	in^2	1 英寸 ^{2}=6.45 厘米 ^{2}	
		公畝	公畝	a	1 公畝 =100 米 ^{2}	
		英畝	英畝		1 英畝 =4046.856 米 ^{2}	
		[市] 畝	畝		1 畝 =666.$\dot{6}$ 米 ^{2}	

物理量	法定與否	中文名稱	中文符號	外文符號	換算關係	不規範的名稱或符號
體積，容積	法定	立方米	米^3	m^3		
		立方千米，立方公里	千米^3，公里^3	km^3	1 千米^3=10^9 米^3	
		立方厘米	厘米^3	cm^3	1 厘米^3=10^{-6} 米^3	cc
		立方毫米	毫米^3	mm^3	1 毫米^3=10^{-9} 米^3	
		升	升	L, l	1 升 =1/1000 米^3 =1000 厘米^3	公升，立升，竏
		毫升	毫升	mL, ml	1 毫升 =1 厘米^3	公撮，竓，cc
	非法定	立方英里	英里^3		1 英里^3=4.16818 千米^3	
		立方英尺	英尺^3	ft^3	1 英尺^3=1728 英寸^3 =2.831685×10^{-2} 米^3	
		立方英寸	英寸^3	in^3	1 英寸^3=16.3871 厘米^3 =1.63871×10^{-5} 米^3	
		加侖（美）	加侖（美）	gal (US)	1 加侖（美）=3.78543 升	
		加侖（英）	加侖（英）	gal (UK)	1 加侖（英）=4.546092 升	
		蒲式耳（美）	蒲式耳（美）	bu (US)	1 蒲式耳（美）=35.238 升	
		蒲式耳（英）	蒲式耳（英）	bu (UK)	1 蒲式耳（英）=8 加侖（英）=36.369 升	
質量	法定	千克，公斤	千克，公斤	kg		Kg
		克	克	g	1 克 =1/1000 千克 =10^{-3} 千克	gm, gr
		毫克	毫克	mg	1 毫克 =1/1000000 千克 =10^{-6} 千克	
		噸	噸	t	1 噸 =1000 千克	公噸
		原子質量單位	原子質量單位	u	1 原子質量單位 =1.66054×10^{-27} 千克	
	非法定	磅	磅	lb	1 磅 =16 盎司 =0.453592 千克	
		盎司	盎司	oz	1 盎司 =28.349523 克	唡
		短噸，美噸	短噸，美噸	ton (US)	1 短噸 =2000 磅 =0.907185 噸	
		長噸，英噸	長噸，英噸	ton (UK)	1 長噸 =2240 磅 =1.016047 噸	
		[米制]克拉	克拉		1 克拉 =200 毫克	
		[市]擔	擔		1 擔 =100 斤 =50 千克	
		[市]斤	斤		1 斤 =10 兩 =500 克	
		[市]兩	兩		1 兩 =50 克	

物理量	法定與否	中文名稱	中文符號	外文符號	換算關係	不規範的名稱或符號
力	法定	牛頓	牛	N	1 牛 =1 米·千克 / 秒^2	
	非法定	千克力，公斤力	千克力，公斤力	kgf	1 千克力 =9.80665 牛	
		噸力	噸力	tf	1 噸力 =9.80665×10^3 牛	
		達因	達因	dyn	1 達因 =1/100000 牛 =10^{-5} 牛	
		磅達	磅達	pdl	1 磅達 =0.138255 牛	
		磅力	磅力	lbf	1 磅力 =4.44822 牛	
壓力，壓強，應力	法定	帕斯卡	帕	Pa	1 帕 =1 牛 / 米^2	
		千帕斯卡	千帕	kPa	1 千帕 =1000 牛 / 米^2	KPa
	非法定	巴	巴	bar	1 巴 =100000 帕 =100 千帕	b
		標準大氣壓	標準大氣壓	atm	1 標準大氣壓 =101325 帕 =101.325 千帕	
		毫米汞柱	毫米汞柱	mmHg	1 毫米汞柱 =133.322 帕	
		千克力每平方厘米	千克力 / 厘米^2	kgf/cm^2	1 千克力 / 厘米^2=98066.5 帕 =98.0665 千帕	
		磅力每平方英寸	磅力 / 英寸^2	lbf/in^2	1 磅力 / 英寸^2=6894.76 帕 =6.89476 千帕	
溫度	法定	開爾文	開	K		°K
		攝氏度	攝氏度	°C	$T/\mathrm{K}=t/\mathrm{°C}+273.15$	
	非法定	華氏度	華氏度	°F	$t/\mathrm{°C}=5/9[(t_F/\mathrm{°F})-32]$	
能，功，熱	法定	焦耳	焦	J	1 焦 =1 牛·米	
		電子伏	電子伏	eV	1 電子伏 =1.602189×10^{-19} 焦	
		千瓦特小時	千瓦·時	kW·h	1 千瓦·時 =3.6×10^6 焦	KWH
	非法定	卡路里	卡	cal	1 卡 =4.1868 焦	
		大卡路里，千卡路里	大卡，千卡	kcal	1 大卡 =4186.8 焦	
		千克力米	千克力·米	kgf·m	1 千克力·米 =9.80665 焦	
		爾格	爾格	erg	1 爾格 =10^{-7} 焦	
		英熱單位	英熱單位	Btu	1 英熱單位 =1055.06 焦	
功率	法定	瓦特	瓦	W	1 瓦 =1 焦 / 秒	
		千瓦特	千瓦	kW	1 千瓦 =1000 焦 / 秒	瓩，KW
	非法定	[米制] 馬力	[米制] 馬力		1[米制] 馬力 =735.49875 瓦	
		[英制] 馬力	馬力	hp	1 馬力 =745.6999 瓦	

物理量	法定與否	中文名稱	中文符號	外文符號	換算關係	不規範的名稱或符號
平面角	法定	弧度	弧度	rad	1 弧度 =180/π 度	
		度	度	(°)	1 度 =（π/180）弧度 =60 分 =3600 秒	
		[角] 分	分	(')	1 分 =（π/10800）弧度 =60 秒	
		[角] 秒	秒	(")	1 秒 =（π/648000）弧度	
頻率	法定	赫茲	赫	Hz	1 赫 =1/ 秒	HZ, hz
速度	法定	米每秒	米 / 秒	m/s		
		千米每小時	千米 / 時	km/h	1 千米 / 時 =0.27̇ 米 / 秒	千米 / 小時
		節	節	kn	1 節 =1 海里 / 時 =0.51444 米 / 秒	Kn
	非法定	英里每小時	英里 / 時		1 英里 / 時 =1.609344 千米 / 時 =0.44704 米 / 秒	
		英尺每秒	英尺 / 秒	ft/s	1 英尺 / 秒 =0.3048 米 / 秒	

說明：（1）"法定" 表示中國法定計量單位。

（2）"不規範的名稱或符號" 應避免使用。

元素週期表

圖例：

原子序數 → 19 K ← 元素符號
鉀 ← 元素名稱
39.0983(1) ← 原子量
註 * 的是人造元素

主表

族／週期	IA	IIA	IIIB	IVB	VB	VIB	VIIB	VIII			IB	IIB	IIIA	IVA	VA	VIA	VIIA	0
1	1 H 氫 1.00794(7)																	2 He 氦 4.002602(2)
2	3 Li 鋰 6.941(2)	4 Be 鈹 9.012182(3)											5 B 硼 10.811(7)	6 C 碳 12.0107(8)	7 N 氮 14.0067(2)	8 O 氧 15.9994(3)	9 F 氟 18.9984032(5)	10 Ne 氖 20.1797(6)
3	11 Na 鈉 22.989770(2)	12 Mg 鎂 24.3050(6)											13 Al 鋁 26.981538(2)	14 Si 硅 28.0855(3)	15 P 磷 30.973761(2)	16 S 硫 32.065(5)	17 Cl 氯 35.453(2)	18 Ar 氬 39.948(1)
4	19 K 鉀 39.0983(1)	20 Ca 鈣 40.078(4)	21 Sc 鈧 44.955910(8)	22 Ti 鈦 47.867(1)	23 V 釩 50.9415(1)	24 Cr 鉻 51.9961(6)	25 Mn 錳 54.938049(9)	26 Fe 鐵 55.845(2)	27 Co 鈷 58.933200(9)	28 Ni 鎳 58.6934(2)	29 Cu 銅 63.546(3)	30 Zn 鋅 65.39(2)	31 Ga 鎵 69.723(1)	32 Ge 鍺 72.64(1)	33 As 砷 74.92160(2)	34 Se 硒 78.96(3)	35 Br 溴 79.904(1)	36 Kr 氪 83.80(1)
5	37 Rb 銣 85.4678(3)	38 Sr 鍶 87.62(1)	39 Y 釔 88.90585(2)	40 Zr 鋯 91.224(2)	41 Nb 鈮 92.90638(2)	42 Mo 鉬 95.94(1)	43 Tc 鎝 (97.99)	44 Ru 釕 101.07(2)	45 Rh 銠 102.90550(2)	46 Pd 鈀 106.42(1)	47 Ag 銀 107.8682(2)	48 Cd 鎘 112.411(8)	49 In 銦 114.818(3)	50 Sn 錫 118.710(7)	51 Sb 銻 121.760(1)	52 Te 碲 127.60(3)	53 I 碘 126.90447(3)	54 Xe 氙 131.293(6)
6	55 Cs 銫 132.90545(2)	56 Ba 鋇 137.327(7)	57-71 La-Lu 鑭系	72 Hf 鉿 178.49(2)	73 Ta 鉭 180.9479(1)	74 W 鎢 183.84(1)	75 Re 錸 186.207(1)	76 Os 鋨 190.23(3)	77 Ir 銥 192.217(3)	78 Pt 鉑 195.078(2)	79 Au 金 196.96655(2)	80 Hg 汞 200.59(2)	81 Tl 鉈 204.3833(2)	82 Pb 鉛 207.2(1)	83 Bi 鉍 208.98038(2)	84 Po 釙 (209,210)	85 At 砈 (210)	86 Rn 氡 (222)
7	87 Fr 鈁 (223)	88 Ra 鐳 (226)	89-103 Ac-Lr 錒系	104 Rf 鑪* (261)	105 Db 𨧀* (262)	106 Sg 𨭎* (263)	107 Bh 𨨏* (264)	108 Hs 𨭆* (265)	109 Mt 䥑* (268)	110 Ds 鐽* (269)	111 Rg 錀* (272)	112 Cn 鎶* (277)						

0 族電子層電子數

電子層	電子數
K	2
L K	8 2
M L K	8 8 2
N M L K	8 18 8 2
O N M L K	8 18 18 8 2
P O N M L K	8 18 32 18 8 2

鑭系

57 La 鑭 138.9055(2)	58 Ce 鈰 140.116(1)	59 Pr 鐠 140.90765(2)	60 Nd 釹 144.24(3)	61 Pm 鉕* (147)	62 Sm 釤 150.36(3)	63 Eu 銪 151.964(1)	64 Gd 釓 157.25(3)	65 Tb 鋱 158.92534(2)	66 Dy 鏑 162.50(3)	67 Ho 鈥 164.93032(2)	68 Er 鉺 167.259(3)	69 Tm 銩 168.93421(2)	70 Yb 鐿 173.04(3)	71 Lu 鎦 174.967(1)

錒系

89 Ac 錒 (227)	90 Th 釷 232.038(1)	91 Pa 鏷 231.03588(2)	92 U 鈾 238.02891(3)	93 Np 錼 (237)	94 Pu 鈽 (239,244)	95 Am 鎇* (243)	96 Cm 鋦* (247)	97 Bk 錇* (247)	98 Cf 鐦* (251)	99 Es 鑀* (252)	100 Fm 鐨* (257)	101 Md 鍆* (258)	102 No 鍩* (259)	103 Lr 鐒* (260)

註：1. 原子量錄自 1999 年國際原子量表，以 $^{12}C=12$ 為基準。原子量的末位數的準確度加註在其後括號內。

2. 括號內數據是天然放射性元素較重要的同位素的同位素質量數或人造元素半衰期最長的同位素的質量數。